顾鸣九主编

刁节木主编

陈伟宇主编

孟令中主编

上海崇明人，1957年8月生。现任崇明经济促进会常务理事、中国诗群主联合会常务副主席、上海格律诗词社常务副社长、39个大诗群（16000多诗人）联合会副总监、兼职教授。1974年1月中学毕业后在农村参加劳动，1977年恢复高考后考入上海第六师范理科班，1981年9月参加教育工作，次年参加上海教育学院中文系汉语言文学专业的自学考试并毕业。1984年在中国教育部与联邦德国合办的上海师资培训中心莘庄实验基地进修；1985年任崇明教师进修学院语文教研室教研员；1990年任上海市农场局教卫处课题组组长。1992年下海经商至2013年。2014年后在东华大学、华东理工大学成人高等教育中心招生办工作。四十年来，其散文、诗歌、教育札记等散见于国内报刊。

1982年毕业于安徽大学哲学系。合肥市行政学院副教授。2016年5月正县级退休。现为中华诗词学会、安徽省作协会员，曾担任过巢湖市、合肥市作协副主席，主编《展望诗苑》20年。截止2019年底，共创作诗词4440多首，其中近4000首3230余次刊载于法国、日本、新加坡和国内（含港澳台）478家书报刊〔累计发表11160多首（次）〕（以登记为准）。公众号平台发表39次，其中33次被今日头条转载。并有短评被"人民网"置顶头条。曾由国家级出版社出版专著四本：《木子绝句一千首》《木子诗词三百首》《木子旅游一千咏》《木子诗文随笔录》等，并先后被北京大学、清华大学等多家图书馆收藏；传略入编《中国专家人才库》《东方之子》等近百部典籍。

水利工程师，广东省岭南诗社社员，佛山市禅城区诗词学会执行会长，韶关市翁源县诗词学会顾问、理事。

作品见于《禅城诗词》(2016卷)、《禅城诗词》(2017卷)、《禅城诗词》(2018卷)、《禅城诗词》(2019卷)、《诗人咏古灶》、《禅隅诗词选集》、《粤海风华》(当代岭南诗词选)、《中国当代诗歌大辞典》、《诗中国杂志》、《韵墨情雨》(国际精华版)》、《中华崛起：新中国文学记忆》、《四十年文创成果精品选粹》；著作有《石门诗集》《石门兰花集》《石门九仙桃集》；近几年作品散发于媒体网络和微信群。

网名寒梦，56岁，河南郑州人，无党派。教育报刊社编辑，主编及参编师生教辅图书三十多种。多年兼任河南诗词学会副秘书长，从事现代诗与旧体诗的研究与创作。古体诗《新洛阳女儿行》曾获教育部与中华诗词学会共同举办的2018年"中华通韵"全国征文大赛优秀奖。现代诗《开封印象》获2019年"诗兴开封"全球诗歌大奖赛微诗组第二名。出版有诗集《爱与火》。编辑有"中国诗词大会"重要参考书《课本诗词经典名家解读》，由中州古籍出版社出版，海内外公开发行。作品有《草之事》《书之灵》《花之容》《你不是林徽音》《路况信息》《挥之不去的乡愁》《平水韵挽救不了旧体诗》《死守平水韵是在传递正能量吗》等。

莫峰琼常务副主编　　韩明华副主编　　余根全副主编　　陈麟副主编

笔名天际微光、雅儒等。浙江湖州南浔芙蓉潭人。长衫诗社副社长；上海城市诗人社理事；蓝风诗社副社长；香港诗人联盟成员；中国诗歌学会会员；短诗原创联盟副会长；香港国际青少年联盟上海分会会长。诗观：诗歌是人在困顿中，灵感突现的一道光，是星星之火的起源。拿起，写下；纵然诗歌诗歌界依然无我，我已然满足。

1944年生于山东荣成，曾任《中国航空工业史丛书》《医药养生保健报》和《保健时报》编辑、记者。《西窗夜话》《景山放歌》《韩明华诗词》和《掩卷心语》是其先后问世的四部著作。《韩明华诗词》是其60年的诗词创作，共遴选了251首。题材广泛，情感真挚。有其跋涉奋斗的足迹和漂泊流浪的惆怅；有共和国历经的凄风苦雨和振兴腾飞的豪迈。《韩明华诗词》采用现代汉语音韵，格律严谨。《七律·长城感怀》等诗词在"中国梦之歌——全国诗词大赛"中荣获优秀奖；在"华鼎奖全国诗词大赛"中荣获诗词精英奖。1980年，韩明华开启了中国诗词创作"藏头步韵"的先河。2006年，韩明华将《岳阳楼记》谱曲，演唱，史无前例。

笔名余水，中共党员，高级工程师。启蒙时读两年私塾，又读13年，电子机械高专毕业。在125信箱工作25年后，调入广元市科技局和知识产权局工作至退休。退休后，教过中专、中技、电大的机械制图、机械原理、机械零件、电工基础、工企供配电。因从小读古书，故爱作诗。六年前始作格律诗，第二届诗词世界杯中华诗词大奖赛一等奖。第十三届天籁杯中华诗词大奖赛特等奖。参加国家诗人档案投稿12首作品，有幸被评为一级诗人。中华诗词学会会员，中华当代文学学会会员，中国诗词家协会理事。参加了中华诗词联盟机构计划，被聘为该机构理事。同时被聘为中华当代文学学会常务理事，诗词世界杂志社理事会理事。上海格律诗词社资深格律诗人，专家。

71岁，诗人。香港诗词文艺协会和大中华诗词协会常务理事，众创诗社顾问。

蒋宝山副主编

网名随歌而飞，自幼喜欢琴棋书画，中华诗词协会、世界红楼梦研究会会员

曹亚园副主编	冯恩启常务副主编	贺运海副主编	黄升霞副主编	瞿永尚副主编	刘茏嶓副主编	卢建国副主编
牛春霞副主编	欧阳刚副主编	沈岳副主编	苏永生副主编	孙庆兰（忆君）副主编	熊熠副主编	汤小忠副主编
汪海君副主编	王纪君副主编	王军武副主编	吴伯贤常务副主编	吴顺珍副主编	吴晓华副主编	谢锡庆副主编
姚崇实常务副主编	周海燕副主编	朱晓梅副主编	曹靖波诗友	陈春华诗友	陈恒奎诗友	陈锦娥诗友
陈麟泰编委	陈荣华诗友	程道恒编委	程肖华诗友	寰州居士（欧正天）	樊志刚诗友	冯增群诗友
高建锋（高歌）	高翔（界夫）	葛彩锭诗友	郭成勇诗友	郭克会诗友	胡昌礼诗友	胡时芳诗友
胡兴贵诗友	花中君子（王国民）	黄艳玲诗友	孔子温度（田建国）	蓝桥落雪	李俊凤诗友	李克义诗友
李丽华诗友	梁丽成诗友	梁青华诗友	林福才诗友	刘炳峰编委	刘昌习编委	刘加美诗友

 刘应平诗友	刘英彪诗友	吕玉光诗友	美芳子诗友	孟秀英编委	倪少芬诗友	欧阳芝兰诗友
彭得宝编委	漆爱礼编委	秦建诗友	丘廷荣诗友	石教耕诗友	宋蕴玉编委	苏守煜诗友
苏以翔诗友	谭锡华编委	唐章先诗友	陶林诗友	田仁爱编委	万水旺诗友	汪全栋诗友
王军胜诗友	王军诗友	王镇诗友	魏学士诗友	文青（张兰凤）	吴长华诗友	吴红诗友
萧凤菊诗友	邢桐生诗友	杨玲编委	杨青诗友	友缘（汪友元）	郁金香（郁美芳）	袁超诗友
岳骊诗友	张承平诗友	张冬菊诗友	张淑云（清风飘香）	张孝周诗友	张耀光编委	章卫星副主编
樟林虹彩（黄能鑫）	赵四环编委	赵学前诗友	赵阳春编委	周新平诗友	朱遵林诗友	滋润（彭海洲）

上海滩诗叶

名誉主编：刘　章　刘向东

主　　　编：黄汉江　黄荣良　顾鸣九
　　　　　　刁节木　陈伟宇　孟令中

常务副主编：姚崇实　向小文　金繁荣　冯恩启　邱启永　蓝成东
　　　　　　于　洋　莫洪飞　张艳朝　莫峰琼　吴伯贤

执行副主编：王军武　唐建昆　陈　麟　沈　岳　瞿永尚　谢锡庆
　　　　　　曹亚园　苏永生　杨　玲　王纪君　熊　熠　周玉兰
　　　　　　周腾昉　金林松　黄升霞　闫明昌　欧阳刚　卢建国
　　　　　　孙庆兰　吴晓华　蒋宝山　余根全　贺运海　汤小忠
　　　　　　朱念清　郭　俊　章卫星　汪海君

副　主　编：曹初阳　翁仞袍　张玉明　黄建春　孙忠凯　韩明华
　　　　　　柏　松　邓国琴　黄小刚　周海燕　钟立魁　柳育龙
　　　　　　谢永旭　邱世堂　刘　凯　程　林　姜云姣　袁明忠
　　　　　　刘红艳　吴顺珍　王　砺　陶志强　丁玉芳　刘茏嵋
　　　　　　牛春霞　朱晓梅　陈智杰

上海文艺出版社

图书在版编目(CIP)数据

上海滩诗叶/黄汉江,黄荣良,顾鸣九主编. --上海:上海文艺出版社,2020
 ISBN 978-7-5321-7655-7

Ⅰ.①上… Ⅱ.①黄… ②黄… ③顾… Ⅲ.①诗集-中国-当代 Ⅳ.①I227

中国版本图书馆 CIP 数据核字(2020)第 071352 号

书　　名：上海滩诗叶
主　　编：黄汉江　黄荣良　顾鸣九
　　　　　刁节木　陈伟宇　孟令中

责任编辑：高　健　吴　艳　唐　祯
装帧设计：周　睿

出　　版：上海文艺出版社
出　　品：上海故事会文化传媒有限公司
发　　行：上海文艺出版社发行中心
　　　　　(上海市绍兴路50号)
印　　刷：常熟市兴达印刷有限公司
开　　本：787×1092 毫米　1/16
印　　张：181.5　插页：2　4200 千字
版　　次：2020 年 7 月第 1 版
印　　次：2020 年 7 月第 1 次印刷
书　　号：ISBN 978-7-5321-7655-7/I.6088
定　　价：1580.00 元

版权所有　翻印必究
本书如有印装问题,请与印刷厂联系调换。联系电话：0512-52381162

《上海滩诗叶》首席主编黄汉江先生简介

黄汉江,笔名晓翰、扈姬优、撇缰等。1956年1月生,1982年1月毕业于东北财经大学。1987年破格晋升副教授,1993年晋升教授(并享高干)。历任上海市财政局副科长,上海基建优化研究所所长,上海理工大学商学院副院长、投资建设学院院长、国民经济学(研究生)学科创始人,立信会计出版社社长,上海立信会计学院工商管理学院院长,历兼任中国基建优化研究会常务理事、《基建优化》副总编、世界杰出华人联合会副主席、世界教科文卫组织专家、国家自然科学基金会管理科学专家、中国诗词家协会名誉会长、中国诗歌学会会员、《中华网络诗刊》(国家版权局颁证)顾问、《承德诗词》杂志顾问、上海格律诗词社社长、中国诗群群主联合会(800多诗群)主席、39大诗群联合会首席主席、上海市基建优化研究会执行会长兼秘书长、《基建管理优化》总编辑、上海市社会科学界联合会委员、经济学与工商管理荣誉博士、博导、政协委员。曾出访欧、美、澳、亚30余个国家和城市。曾参加1984年"莫干山会议"(全国首届中青年经济学者理论会议)。主编《投资大辞典》、《建筑经济大辞典》、《投资学概论》等39部著作、教材、工具书。上世纪70年代读中学始业余酷爱诗歌,已出版《荷苞集》(散文诗选与散文诗漫谈)、《黄汉江散文诗》专集,2009年始发表格律诗,2010年师从全国著名格律诗人周笃文先生,2011年师从全国著名大诗人刘章先生,2012年始于《中华诗词》发表诗作,2014年始于《诗刊》发表格律诗词。其诗词收录于《中华诗词大辞典》、《中华诗词家名典》、《中华诗词著作家全书》、《中华六十年诗人大典》、《诗国诗典》、《诗海》(10、12、13卷)、《中华国魂诗书画选》、《全国诗书画献礼》、《情系中华诗词格言选萃》、《民族文化复兴中华诗词大系》、《第五届新视点全国诗词书画大赛获奖作品集》、《天籁之音Ⅷ》、《短篇文学精品集》、《颂歌献给党》、《党旗颂诗词联大观》、《崇明颂》等书。2017年主编出版特大型诗集《黄浦江诗潮》(2200多诗人诗友入录),2020年主编出版现代最大型诗集《上海滩诗叶》(3500多诗人诗友入录)。在全国50多家报刊上公开发表论文150余篇。著作、论文总字数约5000万字。其中28种论著分别获全国和上海市奖。并获国际"二十世纪成功人士"证书和勋章。总主编"沪江商学丛书"和"立信投资建设暨工商管理精品教材丛书"及"新世纪经济管理博士丛书"(共计185部著作、辞典、教材等)。并积德行善,筹集资金,为故乡捐建了1个村民活动中心、6个候车亭、2个休闲亭、20条混凝土路和建立老年福利基金,获上海崇明县"瀛洲好乡贤"荣誉称号。其主编的《黄浦江诗潮》和其独著主编总主编185部图书双获大世界基尼斯纪录(全国之最)。

《上海滩诗叶》编辑委员会

名誉主编：
刘　　章：当代诗人，国家一级作家，中国乡土诗人协会名誉会长，《诗刊》《中华诗词》编委。
刘向东：当代诗人，一级作家，河北省作家协会副主席、中国诗歌学会副会长。

主　　编：
黄汉江：教授，主编《黄浦江诗潮》和独著主编总主编185部图书而双获大世界基尼斯纪录。
黄荣良：荣晟企业集团有限公司董事长，兼职教授，爱好诗书、音乐，作品散见于书报刊。
顾鸣九：中国诗群主联合会常务副主席，兼职教授。诗歌、小说、散文散见于国内书报刊。
刁节木：主编《展望诗苑》廿年，近30年发表作品11000多首（次），30次荣登《今日头条》。
陈伟宇：广东岭南诗社社员，禅城区诗词学会执行会长，翁源县诗词学会顾问、理事。
孟令中：河南省杜甫研究会理事，河南嵩岳诗社理事，河南诗词学会副秘书长。

常务副主编：
姚崇实：河北民族师范学院教授、河北省诗词协会副会长、承德市诗词学会会长。
向小文：实力派诗人，诗词评论家。诗词百家杂志主编，北京久恒林文化传媒总编辑。
金繁荣：笔名余一，江西余江人，70后。喜爱诗词书画，著有多部小说、散文、诗集。
冯恩启：网名：神龙。大型诗集《黄浦江诗潮》副主编。中国诗歌学会会员。
邱启永：中华诗词学会会员，山东诗词学会理事，枣庄诗词学会常务副会长，华夏诗文副主编。
蓝成东：网名梦湖苑、本科，旅居加拿大。《上海诗社》社长，39大诗群联合会主席。
于　　洋：中国作家协会会员。《中国诗歌网》认证诗人。出版寓言集《美女与蛇》。
莫洪飞：男，广东茂名人；中华诗词学会会员；《诗词快速入门》一书作者。
张艳朝：笔名张连畅，70后男，籍贯鄂蕲春，活跃网络诗人，《望月文学》编委。
莫峰琼：笔名雅儒。长衫诗社副社长、中国诗歌学会会员、短诗原创联盟副会长。
吴伯贤：崇明人，1946年生，中校转业军人，副译审。贤体新诗创始人。

执行副主编：
王军武：国家一级导演，中国电影家协会会员，中华诗词学会会员，已发表诗歌1000首。
唐建昆：农业研究员（教授），中华诗词学会会员，中国老年书画研究会会员。
陈　　麟：71岁，诗人。香港诗词文艺协会和大中华诗词协会常务理事，众创诗社顾问。
沈　　岳：男，原任人民画报上海记者站负责人，人民画报书画院副院长等职，一级美术师。
瞿永尚：男，1955年8月生。工农兵学商诸业均有涉及。在各类诗刊发表过诗作。
谢锡庆：副处级干部。在各大报刊上发表过众多著名论文与文章。业余常发诗作。
曹亚园：笔名若思，1968年生，祖籍嵊州，后迁居上海，填词作诗乃唯一爱好。

苏永生：(江南居士、孤山仙翁)东坡居士的后裔。传承"祖业"，正全力诗词创作中。
杨　玲：贵州省六盘水市人，自小热爱古诗词，常发表诗词，并创有文集《幽兰集》。
王纪君：女。笔名：寒雪无痕，江苏扬中市人，喜欢徐吟慢行地走在诗歌这一方净土里。
熊　熠：笔名云朵，微信名云在飞，古典诗词业余爱好者。潇雨轩文化传媒主编。
周玉兰：笔名：牧海，女，黑龙江人，文学研究生，中华诗词学会会员。2019年度上榜诗人。
周腾昉：汉族，生于四川省通江县。爱好诗词，17岁始写诗，诗词入驻多种选集。
金林松：网名：沙门书使，多次获奖，世界作协会员，常在中国诗歌网等发表诗章。
黄升霞：女，1970年9月19日出生。工作之余，景物描述，人生感悟，细微体会。
闫明昌：山东阳谷县人，现为《湖北诗词》、《诗词百家》会员、《奉天诗刊》编委。
欧阳刚：湖南湘潭市人，男，笔名：湘水念诗欧阳，常发表散文、诗词、书画。
卢建国：入选《新时代中国各省市知名诗人全记录》、《内蒙古作家大辞典》，乡土诗人。
孙庆兰：笔名：忆君，女诗人，常发表爱情婉约唯美诗篇。愿为社会奉献！愿人生有价值！
吴晓华：江西余干人，副处级公务员，中华诗词学会会员。作品散见报刊杂志。
蒋宝山：网名随歌而飞，自幼喜欢琴棋书画，中华诗词协会、世界红楼梦研究会会员。
余根全：高工，诗人，十三届天籁杯特奖。上海格律诗词社专家，中华诗词联盟理事。
贺运海：《教育文摘周报社》河南站南阳区域主任调研员。南阳作协会员。社旗县政协常委。
汤小忠：世界汉语文学作家协会珠海分会主席，《世界华语精英争霸赛》冠军。
朱念清：字竹韵，青岛人。爱好诗词，作品散发各大网站和多家微刊及省市纸质诗刊。
郭　俊：笔名蒙村老郭，华裔作家、诗人。北美文苑主席，诗作多次获中国大奖。
章卫星：中华诗词学会会员，铜陵诗词学会理事，胥坝诗词学会副会长兼秘书长。
汪海君：丝绸之路国际诗人联合会常务理事，中国诗歌学会会员，河南省作协会员。

副主编：
曹初阳：籍贯江西庐山，云帆新媒体平台创始人，《云帆当代诗词年鉴》主编。
翁仞袍：字吉夫，号水云斋，小学校长、高级教师。浙江文成县诗联学会副会长兼秘书长。
张玉明：上海人。华东师汉语言文学专业毕业，文学士。建筑时报社副总编辑。
黄建春：上海某集团公司副总裁，诗作发表于《青年文学》《文学青年》《春风》等杂志。
孙忠凯：中华网络诗刊社长主编，诗人百科网总编，珠海市诗词楹联学会副会长。
韩明华：山东荣成人。1980年开启了中国诗词创作"藏头步韵"的先河。
柏　松：常用微名君子如兰，长春人，公务员。多家诗社副主编及顾问，并喜作曲。
邓国琴：(绿绮)，丁芒弟子，其诗词和诗评散见于各诗刊和网络。几次获全国诗词奖。
黄小刚：永修人。江南诗社副社长。诗词网站版主。500首诗作发表于多种诗刊。
周海燕：格律诗词讲师，诗人，主编。网教实体诗教四年，立足当下，培育后昆责在肩。
钟立魁：黑龙江省诗协会员，以诗人的情怀记录和赞美人生，感恩祖国，讴歌时代。
柳育龙：陕西蓝田人。曾获陕西青年诗人奖、太白诗歌奖。出版有10多部著述。
谢永旭：华中师大特聘研究员、中诗协秘书长、多届全国诗词大赛评委、多家微刊编审。
邱世堂：中华诗词、中国楹联学会会员，湖北楹联、恩施州诗联学会理事，东诗联副会长。
刘　凯：江苏徐州人，吉林建筑大学硕士，晨风诗社社长，酷爱诗词。

程　　林：男,诗人作家,武汉诗词《论坛精粹》刊物执行主编,出版专著《冬之梦》。
姜云姣：语文教研员。武汉作协会员,中华诗词会员。主编十余本教研专著。诗社秘书长。
袁明忠：缘分,《天下诗词文学》理事,艺术总监兼上海站长,中国诗歌学会会员。
刘红艳：叶儿,山西晋城人。中国诗歌报诗词二室执行主编,诗作见于中国作家网。
吴顺珍：原名：吴顺祥,八零后作家,四川省宜宾市人,四川德阳作家协会理事
王　　砺：河南省作协会员,安阳诗词学会副会长、北关区作协副主席。诗集《空巷里的独舞》。
陶志强：笔名原野,翻译,中国诗词研究会会员,上海格律诗词社专家委员会委员。
丁玉芳：笔名爱玲。中华诗词学会会员,宁夏诗词学会副秘书长,入录30多本诗集。
刘茏嶓：笔名风吟无忌。中国诗歌网认证诗人,《诗刊》子曰诗社社员。
牛春霞：网名：翠竹黄花。《当代文艺精品选萃》平台总编。作品散见多家媒体。
朱晓梅：笔名南飞雁,安徽人,居香港。诗观：惠心发掘生活美,文字描绘世间情。
陈智杰：笔名陈老思,80后,现居杭州。之江诗社社长及主编,作品常有获奖。

执行编委：
姜常青：湖南宁乡人,大学。早年参军后转在原湖南医科大学,1992年携全家移居美国。
程道恒：安徽庐江人。语文教师。中国诗歌网蓝V诗人。沧浪诗人区梦里水乡诗社版主。
高宏大：网名：闲逸达人,丹东市诗词学会理事,鸭绿江诗社主编,中诗报二室副主编。
蔡典明：安徽当涂人。安徽省诗词学会会员,已出版《田园新韵》《乌溪乡韵》等多部诗集。
牛继和：山西人,中华(山西)诗词学会、山西楹联协会会员;黄河散曲社社员。
陈麟泰：男,1962年3月19日生于海南黄流孔汶,三亚市民间艺术家会员,好诗书画。
宋蕴玉：爱好诗歌和散文崇明岛人。平时喜欢即兴随吟,开心为好,随遇而安。
孟秀英：笔名子皿。济南章丘人,中华诗词学会会员,数百首诗发表在各种诗集书刊上。
刘炳峰：2009年正师大校退休,在150余种报刊上发表(转载)各类文章1000余篇(首)。
赵四环：湖北黄梅人,原县教委主任。现县楹联学会顾问、中国楹联学会会员。
刘昌习：汉族,山东青岛即墨居士,中华诗词学会会员,著有《天体与玄学》一书。
赵阳春：中华诗词学会会员,诗界·中华诗词研究院理事,红枫诗社秘书长。
漆爱礼：江西靖安人,现系中华诗词学会、江西省诗词学会、靖安诗词学会会员。
李　　洵：黄山市三源化轻公司总经理,一级安全评价师,中华当代文学学会常务理事。
谭锡华：72岁,广东兴宁人,建筑工程师,建筑监理师。爱好并常发表诗歌。
田仁爱：号武陵耕夫,中华诗词学会、《诗刊》子曰诗社会员、重庆诗词学会理事。
彭得宝：字：珍珠棉,祁东人,家庭贫寒,少年失学,爱好诗词,继承古典。
陈　　浩：1955年生,西泠印社社员、中国书协会员、中华诗词学会会员,现居深圳。
陈治安：粤东梅州,天命年,笔尖撩动诗词,掀春秋,摇曳日月,点染文字,回旋乾坤。

编　委：
江荣清：至爱诗词。愿为其辛劳尽力、作嫁衣妆而生活一辈子。
李海杰：女,梁山县乡村文化志愿者协会会长,梁山相富医药有限公司总经理。
边　　义：辽宁辽阳市人。辽宁省诗词协会会员,鞍山市诗词学会会员,千山诗社社员。

欧　鸿：笔名藏龙，海雁，号藏龙居士，广东肇庆人，诗人、书法家，中美杰出华人艺术家。
周永军：笔名周奎成，诗人。中华诗词学会会员，中国作协《诗刊》子曰诗社社员。
彭　彪：甘肃人，热爱汉语言文学，让诗词从内心深处去触摸不敢做假的人性。
张耀光：sunnyman，地质工作者，湖北省诗词学会会员，中华诗艺社社长。
宋延萍：笔名美玉紫翡，紫翡，辽宁大连人。现担任左岸诗词歌赋苑主编社长。
朱卫东：男，笔名汉水真人，作诗六百首，中国诗歌学会会员，老河口文学研究会会员。
吴金梅：笔名文妹。安徽合肥人。中国诗歌学会会员，中国国画院安徽分院会员。
尹诗妍：女，本名刘建平。酷爱格律诗词写作。喜欢结交诗友，常发表诗作。
郭士玲：天山雪莲，女，诗人，保险经纪人。在多家平台常发表诗歌。
杨　玲：瑶族，中学教师。出版过散文集《我爱女孩》和诗集《瑶家妹子的歌》。
江治安：中国国画院副院长，提倡诗书画合一，多次在全国大赛中获奖。
谭成珠：女，北京国家剧院一级演员，教授。曾得到周恩来总理三次接见。
孟广才：男，1962年生，辽宁人，中级兽医师，爱好诗词创作及养花。
万銎松：男，福州人。热爱诗词，在吾爱诗词网常发表诗词。网名：中流击水2019。
李锦秀：男，中华诗词学会会员，中国诗歌学会会员，中国楹联学会会员。
郑福友：浙江温岭人。中华诗词学会、中国楹联学会会员，著有《水韵诗文》诗集。

总编室顾问：
孙英隽：上海理工大学金融系主任，教授，博士。

总编室主任：
刘红艳：叶儿，山西晋城人。中国诗歌报诗词二室执行主编，作品见于中国作家网。

总编室副主任：
张晓霞：女，中华诗词学会会员、潞州区作协会员。作品散见于《中华诗人》等纸刊。
崔鑫鑫：女，上海理工大学管理学院2017级研究生。
张　建：女，上海理工大学管理学院2018级研究生。
濮　钰：女，上海理工大学管理学院2018级研究生。
吴文阳：男，上海理工大学管理学院2019级研究生。

编辑部人员（上海理工大学研究生）：
朱佳乐　邓钫元　张舒婷　朱雪丽　罗欣怡　管怡珺　倪小迪
钱梦瑶　刘　畅　任　哲　冒金凤　邵晓艳　王雨飞

编审说明

1. 《上海滩诗叶》分上下编和特编,上编为旧体诗(传统诗),含古体(古风、歌行体)、近体(律、绝)、词、曲、联,下编为现代诗(自由诗),特编为诗论、诗议、诗评及附录。

2. 正文前特设全国名家诗苑专栏和相关诗选。

3. 作者目录按拼音音节表排序,上下编分列。

4. 目录中所列作者姓名以作者投稿时所写第一作者姓名为准,可能是真姓实名,也可能是笔名,或是网名。

5. 英文或特殊姓名排在该字母段的最后。

6. 本诗集正文录用了3326位诗人诗友的作品。另录用了全国名家诗苑26人、《抗疫赞歌》唱和诗专栏318人和《上海滩诗叶》贺诗专栏141人的诗作。年龄最长者90多岁,最幼者10多岁,真乃四代同堂,可庆可贺。

上海格律诗词社社长:黄汉江

《诗词百家》杂志主编:向小文

2020年03月28日

编审说明

1. 《上海掌故丛书》分上下编分批出版。上编为市辖区（含老城），含青浦（古冈身以西部分）、泖淀（青龙）、泗泾、南、曲、沙、下沙等均沪南片区（包括青浦）、海南别样起、洁北、江滨沙地等。

2. 由文献流通度及检索便捷角度考虑，市版采取...

3. 作者旧联接其各家与编次，以下编分别之。

4. 旧体中所列各编名以作者欲据编列原第一初列依当论，另据考述核定、查询、缺之，改更附之。

5. 选文以体社及排选注字学技的选店。

6. 本书采文采用了 3320 字体源大体系排选。一...编楷、汉楷规范楷体 25 文（书批发条），简体中楷 116，小体字号 10.5 号字，全书分为第 14 个小章节，中排最长者 90 多万，部分分章 10 号字，全书无省约之页分。

上海格各资同体社作编：黄文江
文门丁文，（海洋百东）分（主上海、何为大
2020 年 02 月 29 日

《上海滩诗叶》目录

(按拼音音节表排序)

《上海滩诗叶》编辑委员会

编审说明

全国名家诗苑
(按拼音序)

蔡世平	晨 崧
丁 芒	范诗银
高 昌	胡迎建
江 岚	蒋有泉
李树喜	林 峰
刘庆霖	刘向东
刘 章	刘 征
罗 辉	彭崇谷
宋彩霞	滕伟明
王改正	武立胜
星 汉	熊东遨
杨逸明	赵京战
钟振振	周啸天

……………… (1)

刘 章诗选……… (16)

刘向东诗选……… (19)

黄汉江诗选……… (22)

黄荣良诗选……… (45)

刁节木诗选……… (57)

莫峰琼诗选……… (68)

刘炳峰诗选……… (80)

孟秀英诗选……… (93)

《抗疫赞歌》
唱和诗专栏…… (2804)
《上海滩诗叶》
贺诗专栏……… (2841)

上编：旧体诗(传统诗)

含古体(古风、歌行体)、
近体(律、绝)、词、曲、联

A

阿 南 ………… (108)
阿 朱 ………… (108)
艾才文 ………… (109)
艾利圣 ………… (109)
爱琴海 ………… (110)
安 然 ………… (110)
暗香疏影 ……… (111)

B

巴晓芳 ………… (112)
白贵生 ………… (113)

白 洁 ………… (114)
白金财 ………… (114)
白买奎 ………… (115)
白 水 ………… (116)
白 童 ………… (116)
白小安 ………… (117)
白 燕 崔天公
　　　………… (118)
白增志 ………… (119)
白忠民 ………… (120)
柏廷文 ………… (121)
柏占山 ………… (121)
班云鹏 ………… (122)
半 知 ………… (123)
包学冠 ………… (123)
薄文忠 ………… (124)
抱朴书生 ……… (125)
鲍丰臣 ………… (125)
鲍仙友 ………… (126)
鲍莹珂 ………… (127)
北斗吉星 ……… (127)
北 雁 ………… (128)
毕相山 ………… (129)
毕霄鹏 ………… (130)
毕秀梅 ………… (130)
卞大琳 ………… (131)
博平峰 ………… (132)
卜训东 ………… (132)

C

— 1 —

蔡典明 …………（133）	陈保红 …………（158）	陈　麟 …………（185）
蔡国华 …………（134）	陈本多 …………（159）	陈麟泰 …………（186）
蔡红柳 …………（135）	陈昌国 …………（160）	陈侣白 …………（187）
蔡建明 …………（135）	陈传添 …………（160）	陈民福 …………（187）
蔡君山 …………（136）	陈春林 …………（161）	陈明林 …………（188）
蔡奎伶 …………（136）	陈大林 …………（162）	陈平平 …………（189）
蔡任权 …………（137）	陈　丹 …………（162）	陈　其 …………（189）
蔡卫和 …………（138）	陈德永 …………（163）	陈其良 …………（189）
蔡选平 …………（139）	陈　芳 …………（164）	陈　芹 …………（190）
蔡永政 …………（140）	陈　飞 …………（164）	陈沁园 …………（191）
曹初阳 …………（140）	陈　峰 …………（165）	陈庆军 …………（192）
曹　刚 …………（141）	陈冠英 …………（165）	陈庆霞 …………（193）
曹桂东 …………（142）	陈广华 …………（166）	陈　全 …………（193）
曹国民 …………（142）	陈桂锦 …………（167）	陈荣华 …………（194）
曹国清 …………（143）	陈国良 …………（167）	陈　瑞 …………（195）
曹海云 …………（144）	陈海舟 …………（168）	陈瑞金 …………（196）
曹红梅 …………（144）	陈好武 …………（169）	陈赛红 …………（196）
曹继梅 …………（145）	陈恒奎 …………（169）	陈生贵 …………（197）
曹继文 …………（145）	陈慧茹 …………（170）	陈世举 …………（198）
曹景瑜 …………（146）	陈继豪 …………（171）	陈仕兵 …………（198）
曹靖波 …………（147）	陈家新 …………（172）	陈述云 …………（199）
曹克考 …………（148）	陈嘉鹏 …………（173）	陈树坤 …………（200）
曹　丽 …………（149）	陈建成 …………（173）	陈堂君 …………（200）
曹莉萍 …………（149）	陈建国 …………（174）	陈天培 …………（201）
曹仁红 …………（150）	陈金昌 …………（175）	陈桐君 …………（202）
曹卫国 …………（150）	陈金石 …………（177）	陈统才 …………（202）
曹祥开 …………（151）	陈锦锋 …………（177）	陈统源 …………（203）
曹秀芳 …………（152）	陈进修 …………（178）	陈万利 …………（204）
曹　燕 …………（152）	陈劲煌 …………（178）	陈惟林 …………（206）
曹　阳 …………（153）	陈景伟 …………（179）	陈伟阳 …………（206）
曹咏梅 …………（154）	陈敬明 …………（180）	陈文林 …………（207）
曹志标 …………（154）	陈　军 …………（181）	陈祥凤 …………（208）
常承献 …………（155）	陈乐怡 …………（181）	陈晓明 …………（208）
常红卫 …………（156）	陈立和 …………（182）	陈晓燕 …………（209）
常向锋 …………（156）	陈立华 …………（183）	陈　鑫 …………（210）
常玉山 …………（156）	陈丽华 …………（183）	陈学海 …………（210）
巢居子 …………（157）	陈丽琴 …………（184）	陈亚萍 …………（211）
陈宝祥 …………（157）	陈　良 …………（185）	陈义棣 …………（212）

陈逸梅 …………（212）	池国祯 …………（238）	党　彤 …………（261）
陈应武 …………（213）	迟连庄 …………（239）	邓高鹏 …………（262）
陈永龙 …………（214）	重　阳 …………（239）	邓娟英 …………（263）
陈永珍 …………（215）	储春忠 …………（240）	邓茂增 …………（263）
陈友雄 …………（215）	楚红城 …………（241）	邓石林 …………（264）
陈有文 …………（216）	楚俊芳 …………（241）	邓万宽 …………（264）
陈佑昌 …………（217）	楚长揖 …………（243）	邓小美 …………（265）
陈玉芳 …………（217）	褚晨光 …………（243）	邓秀军 …………（266）
陈　元 …………（218）	丛日出 …………（244）	邓垚川 …………（267）
陈云云 …………（219）	寳州居士 ………（244）	邓玉柱 …………（267）
陈灶亲 …………（220）	崔宝寅 …………（245）	邓元发 …………（268）
陈则韶 …………（221）	崔波祖 …………（246）	邓珍明 …………（268）
陈正维 …………（221）	崔德煌 …………（247）	邓致东 …………（269）
陈志国 …………（222）	崔洪才 …………（247）	荻埠归帆 ………（270）
陈志文 …………（222）	崔丽媛 …………（248）	刁春旭 …………（270）
陈治安 …………（223）	崔天功 …………（248）	刁节木 …………（271）
陈智杰 …………（223）	崔卫国 …………（249）	刁永泉 …………（272）
陈中建 …………（224）	崔杏花 …………（250）	丁德涵 …………（273）
陈忠海 …………（225）	崔玉兵 …………（251）	丁德煜 …………（273）
陈忠海 …………（226）	崔御风 …………（251）	丁明祥 …………（274）
陈重百 …………（226）	崔运强 …………（252）	丁素梅 …………（275）
陈卓昌 …………（227）	崔新玉 …………（252）	丁文革 …………（276）
成朝柱 …………（227）	翠竹黄花 ………（253）	丁新桥 …………（276）
程宝庆 …………（228）		丁　讯 …………（277）
程春华 …………（229）	**D**	丁友士 …………（278）
程大宋 …………（229）		丁玉芳 …………（279）
程道恒 …………（230）	大　树 …………（253）	丁志柏 …………（280）
程君玉 …………（231）	代和平 …………（254）	丁祖平 …………（281）
程　林 …………（231）	代鹏飞 …………（255）	东篱坊主 ………（282）
程　萍 …………（232）	戴爱琴 …………（256）	东篱雨菊 ………（283）
程杉丹 …………（233）	戴逢红 …………（256）	东　之 …………（284）
程少钧 …………（233）	戴家鼎 …………（257）	董德兴 …………（284）
程肖华 …………（234）	戴俊卿 …………（257）	董逢武 …………（285）
程秀珊 …………（235）	戴绍基 …………（258）	董惠龙 …………（286）
程绪奇 …………（236）	戴世琴 …………（258）	董建兵 …………（286）
程裕祯 …………（236）	戴铁杵 …………（259）	董九林 …………（287）
程运钦 …………（237）	戴　真 …………（260）	董文学 …………（287）
程宗功 …………（238）	淡　墨 …………（260）	董献国 …………（288）

董新民 …………（289）	范　信 …………（315）	
董志成 …………（289）	范玉厚 …………（315）	**G**
董志敬 …………（290）	范振斌 …………（315）	
杜昌海 …………（291）	方　军 …………（316）	旮旯山人 ………（344）
杜鸿志 …………（292）	方克逸 …………（317）	甘志友 …………（345）
杜金保 …………（292）	方明海 …………（319）	高　宝 …………（345）
杜　梅 …………（293）	方萍霞 …………（320）	高丙彦 …………（346）
杜门弟子 ………（293）	方　生 …………（320）	高彩虹 …………（346）
杜明炼 …………（294）	方文德 …………（321）	高常贵 …………（346）
杜天云 …………（295）	方晓舜 …………（322）	高德臣 …………（347）
杜铁胜 …………（296）	方钰轩 …………（322）	高　歌 …………（348）
杜伟明 …………（296）	方跃明 …………（323）	高红霞 …………（348）
杜　祥 …………（297）	方　卓 …………（324）	高宏大 …………（349）
杜兴华 …………（298）	房德夫 …………（325）	高洪巧 …………（352）
杜　钺 …………（299）	房永敏 …………（326）	高建锋 …………（352）
杜跃生 …………（300）	放空心灵 ………（326）	高建民 …………（352）
渡　心 …………（302）	冯　超 …………（327）	高敬畏 …………（353）
段恩瑞 …………（304）	冯登学 …………（327）	高林森 …………（353）
段凡丁 …………（304）	冯恩启 …………（328）	高满应 …………（354）
段乐三 …………（305）	冯　富 …………（329）	高擎擎 …………（355）
段升良 …………（306）	冯贵华 …………（329）	高升雷 …………（355）
段思镜 …………（306）	冯国平 …………（331）	高　翔 …………（356）
段永华 …………（307）	冯惠愚 …………（331）	高　扬 …………（356）
段岳岭 …………（308）	冯集蕴 …………（332）	高占臣 …………（357）
顿　积 …………（309）	冯立新 …………（333）	高占君 …………（358）
	冯全喜 …………（334）	高志发 …………（358）
F	冯　塘 …………（334）	高仲岗 …………（359）
	冯志清 …………（335）	葛彩玉 …………（359）
樊冬枝 …………（309）	付顺兰 …………（337）	葛丽红 …………（359）
樊　徽 …………（310）	付祥苓 …………（337）	葛　霞 …………（360）
樊平发 …………（311）	付筱羚 …………（338）	葛宗社 …………（361）
樊晓华 …………（311）	傅冬青 …………（339）	耕　夫 …………（361）
樊旭东 …………（312）	傅筱萍 …………（340）	耿凤琴 …………（362）
范珑平 …………（313）	傅延勋 …………（340）	耿丽萍 …………（362）
范仁喜 …………（313）	傅一清 …………（341）	公茂友 …………（363）
范少华 …………（313）	傅　瑜 …………（342）	宫岳霖 …………（364）
范世儒 …………（314）	傅祖民 …………（343）	龚建文 …………（365）
范献亭 …………（314）	富次海 …………（344）	龚守东 …………（365）

龚义成 …… (366)	国士元 …… (392)	昊 龙 …… (418)
贡春岩 …… (366)	国印周 …… (393)	何春水 …… (419)
贡 庆 …… (367)	国志兴 …… (394)	何代昌 …… (419)
古汉新 …… (369)	过眼云烟 …… (394)	何光腾 …… (420)
古 月 …… (369)		何慧琴 …… (420)
故乡的云 …… (370)	**H**	何锦胜 …… (421)
顾凤章 …… (370)		何 静 …… (421)
顾建武 …… (371)	哈锦祥 …… (395)	何其三 …… (422)
顾克武 …… (372)	海天风 …… (395)	何巧平 …… (422)
顾鸣九 …… (372)	韩保汇 …… (397)	何清洋 …… (423)
顾晓平 …… (373)	韩本源 …… (397)	何素云 …… (424)
顾 岩 …… (374)	韩德发 …… (398)	何新人 …… (425)
顾云杰 …… (375)	韩 峰 …… (398)	何修文 …… (425)
雇 页 …… (375)	韩福坤 …… (399)	何展鹏 …… (426)
关胜伶 …… (377)	韩桂云 …… (400)	何治杰 …… (427)
关盛南 …… (377)	韩井凤 …… (401)	和志红 …… (428)
管友民 …… (378)	韩 军 …… (402)	荷 叶 …… (429)
管自桃 …… (379)	韩明华 …… (403)	贺德起 …… (429)
桂亚洲 …… (379)	韩庆龄 …… (404)	红 竹 …… (430)
郭成才 …… (380)	韩世霞 …… (405)	洪业掌 …… (431)
郭成勇 …… (380)	韩守江 …… (405)	侯建新 …… (431)
郭东方 …… (381)	韩淑静 …… (406)	侯 铭 …… (433)
郭海霞 …… (382)	韩贤锐 …… (407)	侯尚培 …… (434)
郭金明 …… (382)	韩晓红 …… (408)	侯世明 …… (434)
郭 军 …… (382)	韩 新 …… (408)	侯锡文 …… (435)
郭克会 …… (383)	韩亚宁 …… (409)	侯向生 …… (436)
郭黎明 …… (383)	韩永秀 …… (410)	胡爱萍 …… (437)
郭茂林 …… (384)	寒江钓雪 …… (411)	胡 斌 …… (437)
郭平德 …… (385)	寒 雪 …… (412)	胡炳生 …… (438)
郭廷瑜 …… (385)	寒庄闲叟 …… (412)	胡昌礼 …… (441)
郭新华 …… (386)	郝定荣 …… (413)	胡端雄 …… (441)
郭亚军 …… (387)	郝红梅 …… (414)	胡 刚 …… (442)
郭永清 …… (388)	郝 丽 …… (414)	胡革林 …… (443)
郭玉春 …… (389)	郝 勤 …… (415)	胡焕亮 …… (443)
郭昀霖 …… (390)	郝秀普 …… (416)	胡会东 …… (444)
郭长东 …… (391)	郝玉栋 …… (416)	胡建中 …… (445)
郭真明 …… (391)	郝运舟 …… (417)	胡 凯 …… (445)
郭振国 …… (392)	郝子靖 …… (418)	胡梅芳 …… (446)

— 5 —

胡奇强 …………（446）	黄建新 …………（471）	
胡荣珍 …………（447）	黄剑峰 …………（472）	**J**
胡少杰 …………（448）	黄 丽 …………（473）	
胡时芳 …………（448）	黄利梅 …………（473）	嵇奔奔 …………（499）
胡士庆 …………（449）	黄谱智 …………（474）	嵇江良 …………（499）
胡世鹏 …………（450）	黄荣兰 …………（475）	吉洪花 …………（500）
胡水莲 …………（451）	黄荣良 …………（476）	季晗翾 …………（501）
胡苏平 …………（451）	黄绍武 …………（476）	季瑞兰 …………（501）
胡天将 …………（452）	黄升霞 …………（477）	季学兰 …………（502）
胡铁辉 …………（452）	黄守东 …………（478）	冀军校 …………（502）
胡万喜 …………（453）	黄四红 …………（478）	冀玉泰 …………（503）
胡新科 …………（454）	黄 维 …………（479）	贾柏林 …………（504）
胡新玲 …………（455）	黄伟夫 …………（480）	贾虹月 …………（504）
胡兴贵 …………（455）	黄小波 …………（480）	贾同新 …………（505）
胡永平 …………（456）	黄小刚 …………（481）	贾泽均 …………（505）
胡永清 …………（457）	黄心培 …………（482）	剑 峰 …………（506）
胡友红 …………（457）	黄 馨 …………（483）	涧 石 …………（507）
胡友良 …………（459）	黄兴龙 …………（484）	江道英 …………（507）
胡育强 …………（459）	黄艳玲 …………（484）	江光志 …………（508）
胡占平 …………（460）	黄耀明 …………（485）	江和平 …………（509）
胡长江 …………（461）	黄永强 …………（486）	江菊萍 …………（509）
胡昭泉 …………（461）	黄友富 …………（486）	江俊华 …………（510）
胡子龙 …………（462）	黄友龙 …………（487）	江荣清 …………（511）
湖西闲云 …………（463）	黄有明 …………（487）	江盛棉 …………（512）
花爱艳 …………（464）	黄友明 …………（489）	江先金 …………（512）
花间醉月 …………（464）	黄有水 …………（489）	江信高 …………（513）
花中君子 …………（465）	黄玉才 …………（490）	江玉娥 …………（514）
华慧娟 …………（465）	黄玉兰 …………（491）	江 源 …………（514）
华明芹 …………（466）	黄云海 …………（492）	江治安 …………（515）
华强北 …………（466）	黄运洋 …………（493）	姜常青 …………（516）
华先龙 …………（467）	黄兆轩 …………（494）	姜超英 …………（517）
黄 晨 …………（468）	黄中飞 …………（495）	姜凤霞 …………（517）
黄承旭 …………（468）	黄 铸 …………（495）	姜广辉 …………（518）
黄冬松 …………（469）	黄荣培 …………（496）	姜建青 …………（518）
黄伏炎 …………（470）	回宗义 …………（497）	姜丽毅 …………（519）
黄高天 …………（470）	混世摩王 …………（497）	姜琳琳 …………（520）
黄光前 …………（470）	霍庆来 …………（498）	姜荣华 …………（520）
黄加毅 …………（471）	霍云海 …………（499）	姜树立 …………（521）

姜　维 …………（522）	金子正 …………（549）	雷吉远 …………（571）
姜晓峰 …………（523）	靖银环 …………（550）	雷林波 …………（572）
姜　兴 …………（523）	居才友 …………（551）	黎柏强 …………（573）
姜秀奎 …………（524）	琚兴建 …………（551）	黎友明 …………（573）
姜云姣 …………（525）	琚跃武 …………（552）	李爱文 …………（574）
姜云艳 …………（525）	巨志更 …………（553）	李宝翠 …………（577）
蒋宝山 …………（526）	Julia …………（554）	李宝忠 …………（577）
蒋代云 …………（527）		李本深 …………（578）
蒋赣生 …………（527）	K	李　兵 …………（579）
蒋海东 …………（528）		李博洋 …………（579）
蒋来春 …………（529）	康凤雏 …………（555）	李成东 …………（580）
蒋礼吾 …………（529）	亢连生 …………（555）	李成强 …………（581）
蒋卫东 …………（530）	亢　铸 …………（555）	李成孝 …………（582）
蒋小华 …………（530）	柯传章 …………（556）	李承方 …………（582）
蒋效炳 …………（531）	柯友宝 …………（558）	李传生 …………（583）
蒋应超 …………（532）	柯于财 …………（558）	李　存 …………（584）
蒋有亮 …………（532）	孔繁宇 …………（559）	李德田 …………（584）
蒋月华 …………（533）	孔庆更 …………（559）	李登峰 …………（585）
蒋峥嵘 …………（534）	孔祥金 …………（560）	李迪生 …………（586）
焦佃荜 …………（534）	孔祥志 …………（560）	李恩德 …………（587）
焦红霞 …………（535）	孔祥忠 …………（561）	李发春 …………（588）
焦黎明 …………（536）	孔　渊 …………（561）	李　芳 …………（588）
焦龙洪 …………（536）	孔子温度 …………（561）	李峰梅 …………（589）
焦培忠 …………（537）	匡立志 …………（562）	李　凤 …………（589）
焦聘之 …………（538）	邝培旭 …………（563）	李福宪 …………（590）
焦玉惠 …………（539）		李　刚 …………（590）
金本娟 …………（540）	L	李观进 …………（591）
金繁荣 …………（541）		李广才 …………（591）
金冠军 …………（542）	赖科生 …………（563）	李广东 …………（592）
金和平 …………（543）	赖品汉 …………（564）	李桂霞 …………（593）
金家法 …………（544）	兰　云 …………（564）	李过景 …………（594）
金林松 …………（544）	蓝成东 …………（565）	李海杰 …………（594）
金齐鸣 …………（545）	蓝桥落雪 …………（566）	李汉明 …………（595）
金瑞冬 …………（546）	郎晓梅 …………（567）	李　红 …………（595）
金孝奎 …………（546）	老师傅 …………（568）	李红梅 …………（596）
金永银 …………（547）	雷国辉 …………（568）	李宏允 …………（597）
金援朝 …………（548）	雷海峰 …………（569）	李洪起 …………（598）
金长渊 …………（549）	雷和平 …………（570）	李鸿国 …………（598）

— 7 —

李华丽 …………（599）	李少斌 …………（625）	李育林 …………（648）
李焕银 …………（599）	李胜年 …………（625）	李裕华 …………（649）
李继尤 …………（600）	李识经 …………（626）	李源和 …………（649）
李建初 …………（601）	李世林 …………（626）	李跃贤 …………（650）
李建芳 …………（602）	李叔和 …………（627）	李云峰 …………（651）
李建国 …………（602）	李树峰 …………（628）	李运泉 …………（651）
李建辉 …………（603）	李树珠 …………（629）	李运通 …………（652）
李金峰 …………（604）	李松柏 …………（629）	李再旺 …………（653）
李金龙 …………（605）	李松哲 …………（630）	李增春 …………（653）
李锦秀 …………（605）	李遂生 …………（630）	李哲峰 …………（654）
李进军 …………（606）	李天恩 …………（631）	李振东 …………（654）
李　静 …………（607）	李同心 …………（631）	李振江 …………（655）
李聚生 …………（607）	李同振 …………（632）	李震清 …………（656）
李　军 …………（608）	李　伟 …………（632）	李政奇 …………（656）
李俊凤 …………（609）	李文华 …………（633）	李　志 …………（657）
李开元 …………（609）	李文杰 …………（634）	李致忠 …………（657）
李克义 …………（610）	李文喆 …………（634）	李智慧 …………（658）
李孔涛 …………（611）	李锡泉 …………（635）	李忠兰 …………（658）
李　奎 …………（611）	李贤君 …………（636）	郦帼瑛 …………（659）
李　奎 …………（612）	李相斌 …………（637）	栗成湘 …………（660）
李立伟 …………（613）	李祥高 …………（637）	梁常云 …………（660）
李连云 …………（613）	李肖华 …………（638）	梁春芝 …………（661）
李龙江 …………（614）	李晓艳 …………（639）	梁桂森 …………（661）
李嵋屏 …………（614）	李筱蓉 …………（640）	梁国当 …………（662）
李梦痴 …………（615）	李新民 …………（640）	梁怀勇 …………（663）
李明德 …………（616）	李　鑫 …………（640）	梁剑章 …………（663）
李明军 …………（616）	李兴刚 …………（641）	梁锦伟 …………（664）
李明乐 …………（617）	李秀文 …………（642）	梁景钢 …………（664）
李培玉 …………（617）	李　迅 …………（642）	梁青华 …………（665）
李　平 …………（618）	李亚非 …………（643）	梁　圣 …………（666）
李　强 …………（619）	李彦栋 …………（643）	梁淑艳 …………（666）
李青葆 …………（620）	李艳高 …………（644）	梁树春 …………（666）
李庆林 …………（621）	李艳丽 …………（644）	梁同余 …………（667）
李庆泉 …………（621）	李阳民 …………（645）	梁文敏 …………（668）
李琼秀 …………（622）	李毅梅 …………（646）	梁祝秦 …………（669）
李全振 …………（623）	李应雄 …………（646）	廖建忠 …………（669）
李荣辉 …………（623）	李永红 …………（647）	廖友农 …………（670）
李　锐 …………（624）	李勇刚 …………（648）	廖　原 …………（671）

廖振东 ………… (672)	刘富国 ………… (698)	刘庆才 ………… (726)
廖振南 ………… (672)	刘庚洲 ………… (699)	刘球生 ………… (726)
廖正福 ………… (673)	刘功才 ………… (699)	刘全忠 ………… (727)
廖志东 ………… (673)	刘光白 ………… (700)	刘仁山 ………… (728)
廖智慧 ………… (674)	刘广茂 ………… (701)	刘日泽 ………… (729)
林春娟 ………… (674)	刘广恕 ………… (701)	刘瑞麟 ………… (729)
林福才 ………… (675)	刘国栋 ………… (702)	刘瑞琴 ………… (730)
林海利 ………… (676)	刘国红 ………… (702)	刘声尧 ………… (731)
林海山庄 ……… (676)	刘国权 ………… (703)	刘胜洪 ………… (731)
林洪海 ………… (676)	刘寒霖 ………… (703)	刘诗玉 ………… (732)
林建兰 ………… (677)	刘和喜 ………… (704)	刘士光 ………… (733)
林 健 ………… (678)	刘红霞 ………… (705)	刘树靖 ………… (733)
林 杰 ………… (679)	刘红艳 ………… (705)	刘双燕 ………… (735)
林满红 ………… (680)	刘洪成 ………… (707)	刘顺才 ………… (735)
林明金 ………… (680)	刘 华 ………… (708)	刘顺平 ………… (736)
林少龙 ………… (681)	刘慧娟 ………… (708)	刘斯威 ………… (737)
林世保 ………… (682)	刘际光 ………… (708)	刘铁兵 ………… (737)
林淑君 ………… (683)	刘加美 ………… (709)	刘为泰 ………… (738)
林松云 ………… (683)	刘建锋 ………… (709)	刘文革 ………… (739)
林淞月 ………… (685)	刘建始 ………… (710)	刘文婷 ………… (739)
林小专 ………… (685)	刘建雄 ………… (711)	刘希灵 ………… (740)
林作标 ………… (686)	刘建章 ………… (712)	刘喜荣 ………… (741)
灵依清果 ……… (686)	刘结根 ………… (712)	刘献琛 ………… (742)
刘安澜 ………… (687)	刘金根 ………… (713)	刘潇潇 ………… (743)
刘安如 ………… (688)	刘金林 ………… (713)	刘 欣 ………… (744)
刘柏林 ………… (688)	刘锦权 ………… (714)	刘星星 ………… (745)
刘碧华 ………… (689)	刘井海 ………… (715)	刘兴利 ………… (745)
刘 斌 ………… (690)	刘 军 ………… (715)	刘兴田 ………… (746)
刘成宏 ………… (691)	刘乐青 ………… (717)	刘学伟 ………… (747)
刘成林 ………… (692)	刘立喜 ………… (717)	刘雅萍 ………… (748)
刘传柱 ………… (693)	刘连茂 ………… (718)	刘亚倩 ………… (749)
刘春惠 ………… (694)	刘林森 ………… (719)	刘瑶瑶 ………… (749)
刘 丹 ………… (694)	刘玲翠 ………… (720)	刘银良 ………… (750)
刘道海 ………… (695)	刘茏嵋 ………… (720)	刘英杰 ………… (750)
刘飞霞 ………… (695)	刘鲁宁 ………… (722)	刘应平 ………… (751)
刘 峰 ………… (696)	刘璐昌 ………… (722)	刘永汉 ………… (752)
刘福宝 ………… (697)	刘茂林 ………… (723)	刘宇辉 ………… (752)
刘福成 ………… (697)	刘清天 ………… (724)	刘玉龙 ………… (753)

刘育祥 …………（754）	卢拥军 …………（780）	吕建兵 …………（804）
刘月盛 …………（754）	卢振君 …………（780）	吕剑锋 …………（805）
刘云飞 …………（755）	卢宗先 …………（780）	吕立农 …………（806）
刘再林 …………（756）	庐安居士 ………（781）	吕连法 …………（808）
刘战生 …………（756）	鲁鸿舜 …………（782）	吕嵩光 …………（809）
刘振芳 …………（757）	鲁景华 …………（783）	吕晓亮 …………（809）
刘振山 …………（758）	鲁文佑 …………（783）	吕玉光 …………（810）
刘志澄 …………（758）	陆 盾 …………（784）	吕云飞 …………（810）
刘志宏 …………（760）	陆广毅 …………（785）	律柄权 …………（810）
刘志孝 …………（760）	陆景龙 …………（785）	
刘治平 …………（761）	陆龙海 …………（786）	**M**
刘治洲 …………（761）	陆玉梅 …………（786）	
刘忠钢 …………（762）	陆振刚 …………（787）	麻盘云 …………（811）
刘祖荣 …………（763）	鹿志强 …………（789）	马海泉 …………（812）
刘作根 …………（763）	路望姣 …………（789）	马荷月 …………（812）
柳金虎 …………（764）	路 遥 …………（790）	马红杰 …………（813）
柳茂恒 …………（765）	潞 冰 …………（790）	马洪波 …………（813）
柳仕义 …………（765）	伦炳宣 …………（790）	马洪川 …………（814）
龙能斌 …………（766）	罗春风 …………（792）	马洪奎 …………（814）
龙 佩 …………（767）	罗道旺 …………（792）	马剑英 …………（815）
陇 耕 …………（768）	罗刚丕 …………（793）	马金辉 …………（815）
娄光辉 …………（769）	罗建武 …………（794）	马骏英 …………（816）
楼立剑 …………（769）	罗江冰 …………（795）	马昆仑 …………（817）
楼晓峰 …………（770）	罗金华 …………（795）	马丽萍 …………（818）
卢德利 …………（771）	罗满昌 …………（796）	马 敏 …………（818）
卢东明 …………（772）	罗启明 …………（797）	马明太 …………（819）
卢福武 …………（772）	罗伟平 …………（798）	马佩全 …………（820）
卢家忠 …………（773）	罗伟雄 …………（798）	马 倩 …………（820）
卢建国 …………（773）	罗武第 …………（799）	马士光 …………（821）
卢建华 …………（774）	罗显容 …………（799）	马世杰 …………（821）
卢竞芳 …………（775）	罗小荣 …………（800）	马文斐 …………（822）
卢 璐 …………（775）	罗益香 …………（800）	马文荣 …………（823）
卢清庆 …………（776）	罗 勇 …………（801）	马锡荣 …………（823）
卢盛宽 …………（776）	骆琳玲 …………（802）	马新明 …………（824）
卢世明 …………（777）	吕 杰 …………（802）	马英利 …………（825）
卢素兰 …………（778）	吕宝勤 …………（802）	马迎春 …………（826）
卢象贤 …………（778）	吕炳贵 …………（803）	马迎利 …………（826）
卢筱琴 …………（779）	吕桂荣 …………（804）	马 庸 …………（827）

马仲国 ……… (828)	缪学文 ……… (853)	欧 阳 ……… (877)
马宗生 ……… (828)	莫昌安 ……… (854)	欧阳刚 ……… (878)
麦明金 ……… (829)	莫洪飞 ……… (855)	欧阳建 ……… (878)
满心广 ……… (829)	莫贤鹏 ……… (857)	欧阳龙贵 …… (878)
曼珠沙华 …… (830)	莫缵强 ……… (857)	欧阳婷 ……… (879)
毛谷风 ……… (831)	墨言之 ……… (858)	欧阳芝兰 …… (880)
毛丽玲 ……… (832)	牟益文 ……… (858)	欧阳东明 …… (880)
毛前进 ……… (833)	牟永喜 ……… (859)	
毛新仁 ……… (833)		**P**
梅如柏 ……… (834)	**N**	
梅守福 ……… (836)		潘诚慧 ……… (881)
梅耀东 ……… (837)	纳兰明媚 …… (860)	潘春葆 ……… (882)
梅宇峰 ……… (838)	南策英 ……… (862)	潘逢燕 ……… (883)
梅长荣 ……… (839)	倪道勤 ……… (863)	潘桂香 ……… (884)
门锁柱 ……… (840)	倪进明 ……… (864)	潘建清 ……… (884)
蒙山沂水,云中有鹤影	倪少芬 ……… (864)	潘立升 ……… (885)
……… (840)	你,我 ……… (865)	潘培坤 ……… (886)
孟凡领 ……… (841)	年 丰 ……… (866)	潘书文 ……… (887)
孟凡武 ……… (841)	聂朋群 ……… (866)	潘孝杰 ……… (887)
孟广才 ……… (842)	聂向晖 ……… (867)	潘新荣 ……… (888)
孟广平 ……… (843)	聂泽光 ……… (867)	潘运鸿 ……… (888)
孟久卿 ……… (843)	宁建辉 ……… (868)	裴希林 ……… (889)
孟立群 ……… (843)	宁巧凤 ……… (869)	彭 彪 ……… (890)
孟庆斌 ……… (844)	宁晓艳 ……… (869)	彭德超 ……… (892)
孟庆和 ……… (844)	牛冰华 ……… (870)	彭光军 ……… (893)
孟庆泉 ……… (845)	牛伯忱 ……… (871)	彭光禄 ……… (893)
孟宪桥 ……… (846)	牛广德 ……… (872)	彭海祥 ……… (894)
孟献斌 ……… (847)	牛继和 ……… (872)	彭克和 ……… (895)
孟祥荣 ……… (847)	牛建国 ……… (873)	彭年祥 ……… (895)
孟雪梅 ……… (848)	牛其涛 ……… (874)	彭运国 ……… (896)
孟照富 ……… (848)	牛文泉 ……… (874)	彭志纯 ……… (898)
梦 欣 ……… (849)	牛运祖 ……… (875)	平 庸 ……… (899)
梦中来 ……… (850)	牛占坤 ……… (876)	蒲惠瑜 ……… (899)
米金波 ……… (850)		
秘广霞 ……… (851)	**O**	**Q**
闵华山 ……… (852)		
闵祥炬 ……… (852)	欧 鸿 ……… (876)	戚信跃 ……… (900)
明德志 ……… (852)	欧居山 ……… (877)	漆 龙 ……… (901)

— 11 —

齐　光 …… （901）	曲富安 …… （929）	邵春秋 …… （951）
齐玉锁 …… （902）	7度方舟 …… （930）	邵德库 …… （952）
祁国凯 …… （903）		邵佳萍 …… （953）
祁美英 …… （904）	**R**	邵琼琼 …… （954）
祁汝平 …… （904）		邵文兰 …… （954）
钱从顺 …… （904）	饶丽萍 …… （930）	佘汉武 …… （955）
钱红旗 …… （905）	饶兆璇 …… （931）	深堂曲仔 …… （955）
钱俊义 …… （906）	人杰地灵 …… （932）	沈德绪 …… （956）
钱守桐 …… （907）	任爱琴 …… （932）	沈桂明 …… （956）
钱小林 …… （908）	任伯坤 …… （933）	沈　俊 …… （957）
钱叶芳 …… （908）	任大力 …… （933）	沈　莉 …… （958）
强　建 …… （909）	任凤英 …… （934）	沈林峰 …… （958）
乔建荣 …… （910）	任光一 …… （935）	沈林生 …… （959）
秦存怀 …… （910）	任广生 …… （935）	沈　明 …… （960）
秦　凤 …… （911）	任胜利 …… （936）	沈汝葆 …… （960）
秦海英 …… （912）	任顺富 …… （937）	沈三柏 …… （961）
秦立新 …… （913）	任卫民 …… （937）	沈　皖 …… （961）
秦南阶 …… （913）	任希衍 …… （938）	沈晓斌 …… （962）
秦升平 …… （914）	任学书 …… （939）	沈欣平 …… （963）
秦炜章 …… （915）	任雨玲 …… （939）	沈学斌 …… （963）
秦晓宁 …… （915）	任玉峰 …… （940）	沈雁鸿 …… （964）
秦新解 …… （915）	任昭君 …… （940）	沈阳凯旋诗社
青　杨 …… （916）	茹枫铃翔 …… （940）	（彭　扬
青　衣 …… （918）	阮莉萍 …… （941）	朗丰尚
青竹山人 …… （918）	若　邻 …… （943）	关玉久）…… （965）
清　泉 …… （918）	若　思 …… （943）	沈一森 …… （965）
丘廷荣 …… （919）		沈长庚 …… （966）
邱才扬 …… （920）	**S**	沈正稳 …… （967）
邱　德 …… （921）		沈志成 …… （967）
邱法宝 …… （921）	沙永松 …… （944）	盛书珍 …… （968）
邱启永 …… （922）	单连山 …… （944）	师道强 …… （968）
邱善文 …… （923）	单　良 …… （945）	施昌林 …… （969）
邱世堂 …… （924）	山　村 …… （945）	施将维 …… （970）
邱锡武 …… （925）	山谷童子 …… （946）	施开红 …… （971）
邱秀荣 …… （925）	山　乡 …… （949）	施　彤 …… （971）
秋　江 …… （926）	商忠敏 …… （949）	石安邦 …… （973）
瞿翔翅 …… （927）	上善弱水 …… （950）	石宝杰 …… （973）
瞿永尚 …… （928）	尚珍法 …… （951）	石国庆 …… （974）

石国祥 ……… (974)	宋慎香 ……… (998)	孙德力 ……… (1023)
石教耕 ……… (975)	宋天祥 ……… (999)	孙德荣 ……… (1024)
石 钧 ……… (975)	宋婉莹 ……… (1000)	孙德振 ……… (1025)
石礼国 ……… (976)	宋卫国 ……… (1001)	孙桂云 ……… (1026)
石晓芳 ……… (977)	宋延萍 ……… (1001)	孙 华 ……… (1027)
石晓伟 ……… (978)	宋艳红 ……… (1002)	孙建平 ……… (1027)
石兴林 ……… (978)	宋 洋 ……… (1003)	孙建英 ……… (1028)
石义祥 ……… (979)	宋有祥 ……… (1003)	孙建忠 ……… (1028)
石跃强 ……… (980)	宋毓彬 ……… (1004)	孙金榜 ……… (1029)
石兆坤 ……… (981)	宋蕴玉 ……… (1005)	孙 晋 ……… (1030)
石智仁 ……… (981)	苏 波 ……… (1006)	孙景泉 ……… (1030)
时玉维 ……… (982)	苏翠芬 ……… (1007)	孙 磊 ……… (1031)
史洪久 ……… (983)	苏翠花 ……… (1007)	孙 立 ……… (1031)
史晓丽 ……… (983)	苏德军 ……… (1008)	孙明海 ……… (1033)
史秀辉 ……… (985)	苏福贵 ……… (1008)	孙 琦 ……… (1033)
史雪莹 ……… (985)	苏贵全 ……… (1009)	孙绍勤 ……… (1034)
手心手背 ……… (986)	苏桂芝 ……… (1009)	孙世元 ……… (1035)
姝 汀 ……… (987)	苏景明 ……… (1010)	孙守华 ……… (1035)
舒 晴 ……… (987)	苏开元 ……… (1010)	孙书琴 ……… (1036)
舒水修 ……… (988)	苏 昆 ……… (1011)	孙 文 ……… (1037)
舒 展 ……… (988)	苏明义 ……… (1012)	孙希敏 ……… (1037)
帅小平 ……… (989)	苏平录 ……… (1013)	孙小枝 ……… (1038)
司徒伟文 ……… (989)	苏胜和 ……… (1013)	孙彦华 ……… (1039)
松间明月 ……… (990)	苏守煜 ……… (1014)	孙彦堂 ……… (1040)
宋 沐 ……… (990)	苏新河 ……… (1014)	孙业玲 ……… (1040)
宋宝玉 ……… (991)	苏 燕 ……… (1015)	孙迎浩 ……… (1041)
宋国华 ……… (991)	苏以淦 ……… (1016)	孙跃明 ……… (1041)
宋红军 ……… (992)	苏以翔 ……… (1017)	孙长印 ……… (1042)
宋会良 ……… (992)	苏永生 ……… (1018)	孙长忠 ……… (1043)
宋继平 ……… (993)	苏 云 ……… (1018)	孙 中 ……… (1044)
宋佳东 ……… (994)	苏仲权 ……… (1019)	孙忠华 ……… (1045)
宋建国 ……… (994)	宿淑芝 ……… (1020)	孙忠凯 ……… (1046)
宋今平 ……… (995)	隋银旭 ……… (1021)	孙仲军 ……… (1046)
宋金来 ……… (995)	随 心 ……… (1021)	孙作林 ……… (1047)
宋举元 ……… (995)	孙宝林 ……… (1022)	
宋 玲 ……… (996)	孙 兵 ……… (1022)	**T**
宋乃良 ……… (997)	孙 才 ……… (1023)	
宋品娥 ……… (997)	孙彩娥 ……… (1023)	塔国文 ……… (1048)

谈金清 (1048)	田幸云 (1073)	王步琴 (1096)
谭建明 (1049)	田玉清 (1074)	王彩蜜 (1096)
谭荣卿 (1049)	田育乐 (1074)	王灿景 (1097)
谭文静 (1050)	田云川 (1075)	王查清 (1098)
谭哲胜 (1051)	苔 哥 (1075)	王臣殊 (1098)
汤昌社 (1051)	听风者 (1076)	王 晨 (1099)
汤厚宽 (1052)	佟淑珍 (1077)	王 成 (1100)
汤 敏 (1052)	涂东云 (1077)	王崇杰 (1101)
汤小忠 (1053)	涂禹川 (1078)	王 川 (1102)
汤又又 (1054)	涂祖二 (1079)	王春雷 (1103)
唐爱民 (1054)	土 土 (1079)	王存白 (1103)
唐 佳 (1055)	庹德荣 (1080)	王大保 (1104)
唐建昆 (1056)		王丹香 (1105)
唐开矿 (1056)	W	王道祥 (1106)
唐乃侗 (1057)		王德文 (1106)
唐实全 (1057)	万芙香 (1080)	王发昌 (1107)
唐宋元 (1058)	万巩华 (1081)	王 芳 (1108)
唐余智 (1058)	万銎松 (1082)	王丰邦 (1109)
唐章先 (1059)	万水旺 (1082)	王丰平 (1109)
唐昭平 (1059)	汪春莲 (1083)	王福珍 (1110)
唐振才 (1060)	汪冬霖 (1083)	王 庚 (1110)
唐子香 (1061)	汪国伦 (1084)	王广超 (1111)
唐宗宝 (1062)	汪海龙 (1085)	王贵育 (1112)
陶柏林 (1063)	汪汇泉 (1085)	王桂琴 (1113)
陶 林 (1064)	汪继桥 (1086)	王桂香 (1113)
陶青山 (1064)	汪 杰 (1086)	王国辉 (1114)
陶淑霞 (1065)	汪品飞 (1087)	王国祥 (1114)
陶 陶 (1065)	汪 萍 (1088)	王海红 (1115)
陶为祥 (1066)	汪全栋 (1088)	王海华 (1115)
陶维民 (1067)	汪时健 (1089)	王海仙 (1116)
陶文华 (1067)	汪贤猛 (1090)	王亨俊 (1116)
陶 一 (1068)	汪 新 (1091)	王恒深 (1117)
田成才 (1069)	汪兴吾 (1092)	王洪青 (1119)
田福卿 (1069)	汪亚平 (1092)	王洪铁 (1120)
田淑琴 (1070)	汪艳玲 (1093)	王会琴 (1121)
田素东 (1070)	王宝江 (1094)	王基民 (1121)
田文海 (1071)	王本伦 (1095)	王吉远 (1122)
田新民 (1072)	王 斌 (1095)	王纪君 (1123)

王继民……（1123）	王尚荣……（1148）	王晓昱……（1170）
王加之……（1124）	王少东……（1148）	王晓云……（1171）
王建国……（1124）	王少华……（1149）	王新华……（1172）
王建华……（1125）	王少君……（1150）	王兴凡……（1172）
王建生……（1126）	王绍华……（1150）	王秀山……（1173）
王 杰……（1126）	王声杰……（1150）	王旭红……（1174）
王金辉……（1126）	王世金……（1151）	王旭岚……（1174）
王金涛……（1127）	王世全……（1152）	王绪贵……（1175）
王景山……（1128）	王守华……（1153）	王炫章……（1176）
王敬明……（1128）	王殳炎……（1153）	王学新……（1177）
王 静……（1129）	王书通……（1154）	王 勋……（1178）
王静忠……（1130）	王树茂……（1155）	王 岩……（1179）
王巨山……（1131）	王水宽……（1156）	王彦杰……（1180）
王军胜……（1132）	王思雅……（1156）	王彦武……（1180）
王军武……（1133）	王天云……（1156）	王彦芝……（1180）
王 君……（1133）	王铁庄……（1157）	王阳华……（1181）
王君丽……（1134）	王廷栋……（1158）	王一平……（1181）
王克敏……（1134）	王通路……（1158）	王义田……（1182）
王克修……（1135）	王 同……（1159）	王益龙……（1183）
王 坤……（1136）	王万欣……（1160）	王 毅……（1184）
王 坤……（1136）	王为民……（1160）	王荫琴……（1184）
王坤堂……（1137）	王维贞……（1161）	王银厂……（1185）
王礼昌……（1138）	王 伟……（1162）	王 盈……（1186）
王 力……（1139）	王伟丽……（1162）	王永连……（1187）
王立军……（1140）	王纬华……（1163）	王宇翔……（1188）
王丽格……（1140）	王炜堃……（1163）	王玉斌……（1190）
王林侠……（1141）	王文凤……（1164）	王跃东……（1191）
王灵捷……（1141）	王文全……（1164）	王占民……（1193）
王茂全……（1142）	王五超……（1165）	王占强……（1193）
王美珍……（1142）	王希良……（1165）	王长里……（1194）
王明松……（1143）	王锡华……（1166）	王兆明……（1195）
王其民……（1144）	王献力……（1166）	王贞饶……（1195）
王 强……（1144）	王香元……（1167）	王贞友……（1196）
王 青……（1144）	王小慧……（1168）	王振华……（1197）
王庆新……（1145）	王小兰……（1168）	王 镇……（1197）
王荣辉……（1146）	王晓慧……（1169）	王 峥……（1198）
王 锐……（1147）	王晓露……（1170）	王正心……（1199）
王善同……（1147）	王晓薇……（1170）	王志栋……（1199）

王中生……………（1200）	翁德辉……………（1228）	吴然昌……………（1254）
王中炜……………（1201）	翁仞袍……………（1229）	吴任用……………（1255）
王忠涛……………（1201）	翁锡鸿……………（1230）	吴诗韵……………（1255）
王仲官……………（1202）	邬志强……………（1231）	吴世和……………（1256）
王重明……………（1203）	屋檐雨……………（1232）	吴天义……………（1257）
王重阳……………（1205）	无　解……………（1233）	吴文炳……………（1257）
王周泉……………（1205）	毋　言……………（1233）	吴文兴……………（1258）
王　卓……………（1206）	吾　学……………（1234）	吴　晓……………（1259）
王子琦……………（1207）	吴安强……………（1234）	吴晓华……………（1259）
王宗麟……………（1207）	吴北如……………（1235）	吴雪芬……………（1260）
王宗墨……………（1208）	吴伯贤……………（1236）	吴延平……………（1260）
韦成柏……………（1209）	吴　成……………（1236）	吴应福……………（1261）
隗合明……………（1209）	吴承阳……………（1237）	吴永祥……………（1261）
卫金报……………（1210）	吴德化……………（1238）	吴远帆……………（1262）
卫声才……………（1211）	吴德慧……………（1238）	吴约中……………（1262）
魏福余……………（1212）	吴德正……………（1239）	吴长春……………（1263）
魏国斌……………（1213）	吴恩国……………（1239）	吴长华……………（1263）
魏河流……………（1214）	吴法仁……………（1239）	吴正友……………（1264）
魏丽红……………（1214）	吴凤琴……………（1240）	吴致玫……………（1264）
魏淑娟……………（1215）	吴桂林……………（1240）	吴宗绩……………（1265）
魏小乐……………（1215）	吴桂玲……………（1241）	武保军……………（1265）
魏珣丽……………（1216）	吴国祥……………（1242）	武道钰……………（1266）
魏延庆……………（1217）	吴海生……………（1242）	武广涵……………（1266）
魏延长……………（1218）	吴海霞……………（1243）	武立胜……………（1267）
魏应平……………（1218）	吴海樱……………（1244）	武燕妮……………（1268）
魏玉兰……………（1219）	吴　红……………（1244）	武永焱……………（1268）
魏跃鲜……………（1219）	吴虹芸……………（1245）	武章章……………（1270）
魏志泉……………（1220）	吴华山……………（1246）	武志斌……………（1271）
魏子昌……………（1221）	吴家春……………（1246）	勿忘侬……………（1272）
温诚荣……………（1222）	吴津生……………（1247）	
温建峰……………（1222）	吴　瑾……………（1248）	**X**
温小平……………（1223）	吴　敬……………（1248）	
温小燕……………（1224）	吴描玉……………（1249）	奚道清……………（1272）
文成俊……………（1225）	吴　楠……………（1250）	奚锦杰……………（1273）
文　革……………（1225）	吴能夫……………（1251）	奚之坤……………（1276）
文　静……………（1226）	吴能武……………（1252）	夏爱菊……………（1276）
文　青……………（1226）	吴祈生……………（1253）	夏桂芳……………（1277）
文质彬彬…………（1227）	吴啟润……………（1253）	夏可池……………（1277）

夏克明……（1278）	谢玲香……（1302）	徐　群……（1330）
夏克琼……（1278）	谢敏娟……（1303）	徐荣峰……（1330）
夏利民……（1279）	谢文习……（1303）	徐荣章……（1331）
夏　敏……（1280）	谢晓云……（1304）	徐少安……（1332）
夏小燕……（1281）	谢亚东……（1305）	徐树春……（1333）
夏新俊……（1281）	谢永旭……（1306）	徐思成……（1334）
相启艳……（1282）	心　一……（1306）	徐逃平……（1334）
湘　涵……（1283）	辛　中……（1307）	徐天安……（1335）
向明月……（1283）	新青山依旧……（1308）	徐晓帆……（1336）
向小文……（1285）	星　汉……（1309）	徐晓玲……（1337）
向新民……（1285）	邢建建……（1309）	徐晓英……（1337）
向志平……（1286）	邢思斌……（1310）	徐秀华……（1338）
项　琳……（1286）	邢桐生……（1311）	徐选贤……（1338）
象　皮……（1287）	邢协宇……（1312）	徐学武……（1339）
肖北平……（1288）	熊人协……（1312）	徐义兴……（1340）
肖翠风……（1288）	熊生贵……（1313）	徐艺宁……（1341）
肖德安……（1289）	熊淑君……（1313）	徐永凯……（1341）
肖德权……（1289）	熊　熠……（1314）	徐永利……（1342）
肖广重……（1290）	熊振英……（1315）	徐雨生……（1343）
肖汉斌……（1291）	徐安华……（1316）	徐玉荣……（1343）
肖红……（1291）	徐成祖……（1316）	徐月侠……（1344）
肖红胜……（1292）	徐春华……（1318）	徐云军……（1345）
肖淑珍……（1292）	徐德军……（1319）	徐再城……（1345）
肖竹韵……（1293）	徐登峰……（1320）	徐增干……（1346）
萧本农……（1294）	徐定福……（1320）	徐长清……（1347）
萧凤菊……（1294）	徐　东……（1321）	徐志海……（1347）
萧海声……（1295）	徐东辉……（1322）	徐宗文……（1348）
萧明涛……（1296）	徐飞贤……（1322）	许碧霞……（1348）
潇　嘉……（1296）	徐　菲……（1323）	许多顶……（1349）
小飞象……（1297）	徐光泉……（1323）	许　华……（1350）
小龙斋……（1298）	徐桂芬……（1324）	许金平……（1350）
小青叔……（1299）	徐慧君……（1325）	许锦华……（1351）
晓　松……（1299）	徐吉鸿……（1325）	许龙楠……（1352）
晓　汶……（1299）	徐继荣……（1326）	许胜带……（1352）
谢成成……（1300）	徐　进……（1327）	许实明……（1353）
谢洪英……（1300）	徐晋贤……（1328）	许仕刚……（1354）
谢华珍……（1301）	徐　奎……（1328）	许淑云……（1354）
谢　辉……（1302）	徐培波……（1329）	许　祥……（1355）

许小中………(1356)	燕燕燕………(1380)	杨习和………(1405)
许心潮………(1357)	阳润平………(1381)	杨小萌………(1406)
宣世明………(1357)	阳万青………(1382)	杨晓君………(1406)
宣以清………(1358)	阳　迅………(1383)	杨　杨………(1406)
玄庐君………(1359)	杨宝荣………(1383)	杨　英………(1407)
薛华忠………(1360)	杨　斌………(1384)	杨　瀛………(1408)
薛俊东………(1360)	杨殿忠………(1385)	杨永起………(1409)
薛俊英………(1361)	杨冬霞………(1385)	杨玉英………(1409)
薛鲁光………(1362)	杨付桥………(1386)	杨泽花………(1410)
薛淑芬………(1363)	杨富林………(1387)	杨长华………(1410)
薛文斌………(1364)	杨国良………(1387)	杨照宇………(1411)
薛文甫………(1364)	杨海宏………(1388)	杨　正………(1411)
薛有毅………(1365)	杨洪文………(1388)	姚崇实………(1411)
薛作才………(1365)	杨华德………(1389)	姚大全………(1412)
雪轻云………(1366)	杨济国………(1389)	姚　繁………(1413)
荀德麟………(1367)	杨继新………(1389)	姚　锋………(1413)
	杨　杰………(1390)	姚　磊………(1414)
Y	杨金权………(1391)	姚　敏………(1414)
	杨锦荣………(1392)	姚泉名………(1415)
闫承玫………(1368)	杨　精………(1392)	姚人杰………(1415)
闫广武………(1369)	杨　静………(1393)	姚万春………(1416)
闫明昌………(1369)	杨静波………(1394)	姚宪民………(1417)
闫绍奇………(1370)	杨　玲………(1394)	姚秀华………(1417)
严立青………(1371)	杨　玲………(1395)	姚燕飞………(1418)
严琴英………(1371)	杨　柳………(1395)	姚振龙………(1418)
严振华………(1372)	杨露霞………(1396)	野　马………(1419)
严振援………(1373)	杨　梅………(1396)	叶爱莲………(1420)
阎安生………(1373)	杨民生………(1397)	叶　华………(1421)
阎润钰………(1374)	杨　敏………(1398)	叶集成………(1421)
颜炳霞………(1375)	杨　荣………(1398)	叶　灵………(1422)
颜见式………(1375)	杨森翔………(1399)	叶明增………(1422)
颜新泰………(1376)	杨士众………(1400)	叶青才………(1423)
颜云根………(1377)	杨书娟………(1400)	叶远财………(1424)
燕安琪………(1378)	杨维护………(1401)	叶振学………(1425)
燕　飞………(1378)	杨伟声………(1402)	夜轻寒………(1425)
燕　河………(1379)	杨位俭………(1402)	一阿猫………(1426)
燕　明………(1379)	杨文建………(1403)	伊如　谢静……(1427)
燕小六………(1380)	杨文学………(1404)	伊生晖………(1427)

以　琳…………（1428）	余根全…………（1453）	臧守梅…………（1480）
易呈学…………（1429）	余君君…………（1454）	曾　创…………（1480）
易　凡…………（1429）	余　琳…………（1454）	曾海兰…………（1481）
易建国…………（1430）	余　烁…………（1455）	曾红乐…………（1481）
易金星…………（1430）	余斯文…………（1455）	曾纪科…………（1482）
易梦然…………（1431）	余廷林…………（1456）	曾建林…………（1482）
易绪进…………（1431）	余秀玲…………（1456）	曾江保…………（1483）
意共云飘………（1432）	俞伯根…………（1457）	曾俊甫…………（1483）
殷广兴…………（1432）	俞炯玲…………（1457）	曾美华…………（1484）
殷恒孚…………（1433）	俞益民…………（1458）	曾梦雄…………（1485）
殷丽君…………（1434）	渔歌听海………（1459）	曾少怀…………（1485）
殷维明…………（1434）	愚　乐…………（1460）	曾少棠…………（1486）
殷毅中…………（1435）	雨　虹…………（1461）	曾宪章…………（1486）
银开源…………（1436）	郁美芳…………（1461）	曾玄伟…………（1487）
尹春田…………（1436）	喻智勇…………（1463）	曾跃进…………（1488）
尹金辉…………（1437）	袁爱瑜…………（1463）	查旺春…………（1488）
尹诗妍…………（1438）	袁保涎…………（1464）	查阳春…………（1489）
尹小军…………（1439）	袁传宝…………（1466）	詹　强…………（1489）
尹新春…………（1439）	袁登举…………（1466）	占传忠…………（1490）
尹永平…………（1440）	袁国屏…………（1466）	张　文…………（1491）
尹永荣…………（1440）	袁家顺…………（1467）	张　明…………（1492）
尹志杰…………（1441）	袁建勋…………（1468）	张爱国…………（1492）
尤中波…………（1441）	袁灵君…………（1469）	张爱民…………（1493）
游明信…………（1442）	袁满华…………（1470）	张昌武…………（1493）
游远华…………（1443）	袁明忠…………（1471）	张承平…………（1494）
游泽道…………（1443）	袁庭轩…………（1472）	张传亮…………（1495）
友　缘…………（1444）	袁锡琢…………（1472）	张春波…………（1495）
于　发…………（1445）	袁修桂…………（1473）	张春华…………（1496）
于茂燕…………（1445）	袁旭升…………（1474）	张春艳…………（1496）
于秋香…………（1446）	月下孤魂………（1475）	张纯峰…………（1497）
于　群…………（1446）	乐谨言…………（1475）	张存元…………（1497）
于卫东…………（1447）	乐满江湖………（1476）	张大峰…………（1498）
于希淼…………（1448）	乐宇麟…………（1477）	张道兴…………（1499）
于晓霞…………（1448）	乐正和…………（1477）	张道友…………（1500）
于秀英…………（1449）	岳　骊…………（1478）	张德易…………（1500）
于艳侠…………（1450）	云　岭…………（1478）	张殿军…………（1501）
于　洋…………（1451）		张定华…………（1502）
余翠兰…………（1452）	**Z**	

张定田………（1502）	张　玲…………（1526）	张新伟…………（1553）
张冬菊…………（1503）	张茂春…………（1526）	张　雄…………（1554）
张恩国…………（1503）	张美娟…………（1527）	张学仁…………（1555）
张福生…………（1504）	张美荣…………（1527）	张学勇…………（1555）
张甫升…………（1505）	张木清…………（1528）	张学智…………（1556）
张国洪…………（1506）	张年斌…………（1529）	张亚林…………（1557）
张国华…………（1506）	张年琴…………（1529）	张彦彬…………（1557）
张国华…………（1507）	张　鹏…………（1530）	张艳朝…………（1560）
张国柱…………（1507）	张清亮…………（1530）	张艳娟…………（1560）
张海生…………（1508）	张琼菊…………（1531）	张　燕…………（1561）
张海燕…………（1508）	张全福…………（1533）	张耀臣…………（1562）
张洪安…………（1509）	张全省…………（1534）	张宜武…………（1563）
张厚玉…………（1509）	张　瑞…………（1534）	张寅生…………（1564）
张　华…………（1510）	张瑞清…………（1535）	张永根…………（1565）
张继周…………（1510）	张三强…………（1535）	张永红…………（1566）
张家安…………（1511）	张　深…………（1536）	张有清…………（1566）
张家崇…………（1511）	张士国…………（1537）	张玉华…………（1567）
张建海…………（1512）	张世和…………（1537）	张玉兰…………（1568）
张建兰…………（1513）	张世琼…………（1538）	张玉梅…………（1568）
张觉明…………（1514）	张仕荣…………（1539）	张　岳…………（1569）
张杰才…………（1514）	张守元…………（1540）	张跃垂…………（1569）
张金良…………（1515）	张淑斌…………（1541）	张跃红…………（1570）
张金英…………（1516）	张淑云…………（1542）	张云磊…………（1571）
张进芝…………（1516）	张水根…………（1544）	张运银…………（1571）
张景涛…………（1517）	张斯伟…………（1544）	张在胜…………（1571）
张久荣…………（1518）	张四维…………（1545）	张长宁…………（1572）
张峻华…………（1518）	张嗣荣…………（1546）	张兆嵩…………（1573）
张克生…………（1519）	张锁占…………（1546）	张哲宇…………（1573）
张力夫…………（1519）	张伟英…………（1547）	张正坤…………（1573）
张立德…………（1520）	张文元…………（1548）	张知莹…………（1574）
张立娇…………（1520）	张熙仲…………（1548）	张志佛…………（1575）
张丽明…………（1521）	张相奎…………（1549）	张志河…………（1576）
张丽影…………（1522）	张小红…………（1550）	张志先…………（1576）
张莉仙…………（1522）	张小虎…………（1550）	张子兰…………（1577）
张连娥…………（1523）	张晓峰…………（1551）	张子让…………（1578）
张连华…………（1524）	张晓霞…………（1552）	张宗茂…………（1578）
张连坤…………（1524）	张欣然…………（1552）	张宗令…………（1579）
张林渠…………（1525）	张新春…………（1553）	章爱华…………（1579）

章从武 …………（1580）	赵秀伶 …………（1605）	郑杨松 …………（1634）
章广财 …………（1580）	赵学前 …………（1606）	郑永汉 …………（1635）
章国保 …………（1581）	赵雅雯 …………（1607）	郑永麟 …………（1636）
章　寒 …………（1582）	赵阳春　赵　彦	郑祝云 …………（1636）
章勤玲 …………（1582）	…………（1607）	钟海燕 …………（1637）
章长茅 …………（1582）	赵　英 …………（1608）	钟立军 …………（1638）
樟林虹彩 ………（1583）	赵玉璜 …………（1609）	钟立魁 …………（1638）
赵安民 …………（1584）	赵元席 …………（1610）	钟　丽 …………（1639）
赵　斌 …………（1584）	赵曰春 …………（1610）	钟　鸣 …………（1640）
赵桂云 …………（1586）	赵月花 …………（1611）	钟世韩 …………（1640）
赵海强 …………（1587）	赵允廷 …………（1612）	钟　泱 …………（1641）
赵海荣 …………（1588）	赵　韵 …………（1613）	周阿香 …………（1642）
赵　宏 …………（1589）	赵中岳 …………（1613）	周保祥 …………（1643）
赵　洪 …………（1590）	赵忠启 …………（1614）	周　波 …………（1644）
赵继文 …………（1590）	赵子玉 …………（1615）	周成龙 …………（1645）
赵家骏 …………（1591）	甄尌喆 …………（1616）	周春炫 …………（1645）
赵江波 …………（1591）	郑毕红 …………（1618）	周　聪 …………（1646）
赵军超 …………（1592）	郑　泊 …………（1619）	周　达 …………（1647）
赵立君 …………（1593）	郑大春 …………（1620）	周德斌 …………（1648）
赵立明 …………（1593）	郑德福 …………（1621）	周德禹 …………（1648）
赵莉勤 …………（1593）	郑　定 …………（1621）	周芳禄 …………（1949）
赵联锋 …………（1594）	郑福友 …………（1622）	周峰光 …………（1649）
赵　琳 …………（1595）	郑付启 …………（1623）	周赣衡 …………（1650）
赵萝芙 …………（1596）	郑海波 …………（1624）	周国林 …………（1651）
赵鹏飞 …………（1596）	郑海峰 …………（1624）	周海燕 …………（1651）
赵强烨 …………（1597）	郑和平 …………（1625）	周洪斌 …………（1656）
赵钦怀 …………（1598）	郑剑平 …………（1625）	周焕新 …………（1656）
赵仁童 …………（1598）	郑　健 …………（1626）	周吉潭 …………（1657）
赵日新 …………（1599）	郑　杰 …………（1626）	周家禄 …………（1658）
赵士红 …………（1599）	郑景娜 …………（1627）	周军民 …………（1658）
赵守贵 …………（1600）	郑琴香 …………（1628）	周　立 …………（1659）
赵树云 …………（1601）	郑清健 …………（1628）	周莉芳 …………（1660）
赵四环 …………（1601）	郑琼兰 …………（1629）	周其全 …………（1661）
赵同峰 …………（1602）	郑润松 …………（1630）	周启安 …………（1662）
赵文亮 …………（1603）	郑文卓 …………（1631）	周启兴 …………（1663）
赵　霞 …………（1604）	郑　侠 …………（1631）	周球锡 …………（1532）
赵贤龙 …………（1605）	郑　贤 …………（1632）	周　荣 …………（1664）
赵新海 …………（1605）	郑　星 …………（1633）	周尚品 …………（1666）

周　慎…………(1666)	朱日祥…………(1691)	左　笔…………(1716)
周石岚…………(1667)	朱绍荣…………(1692)	左继明…………(1717)
周士琴…………(1667)	朱守平…………(1693)	左启顺…………(1717)
周世鼎…………(1668)	朱书荣…………(1693)	左哲夫…………(1717)
周淑华…………(1669)	朱思丞…………(1694)	
周腾昉…………(1670)	朱卫东…………(1694)	**下编：现代诗（自由诗）**
周同顺…………(1670)	朱文海…………(1695)	
周锡英…………(1671)	朱文良…………(1696)	**A**
周小龙…………(1672)	朱祥麟…………(1696)	
周　新…………(1673)	朱小明…………(1697)	阿　恒…………(1721)
周颜樑…………(1673)	朱新渝…………(1698)	阿基龙德………(1722)
周彦平…………(1673)	朱新云…………(1698)	阿　娉…………(1723)
周阳生…………(1674)	朱秀娟…………(1699)	阿　然…………(1724)
周逸树…………(1675)	朱雪华…………(1699)	艾　芸…………(1725)
周永军…………(1676)	朱延霞…………(1700)	艾　子…………(1726)
周玉梅…………(1676)	朱英武…………(1700)	安之驴…………(1727)
周云辉…………(1677)	朱永和…………(1701)	奥丁格…………(1728)
周兆道…………(1677)	朱月莲…………(1702)	
周兆西…………(1678)	朱振林…………(1702)	**B**
周致俊…………(1678)	朱遵林…………(1703)	
周忠明…………(1679)	祝成润…………(1703)	白　水…………(1729)
朱昌明…………(1680)	祝嗣臣…………(1704)	白轩玮…………(1730)
朱德良…………(1681)	祝嗣友…………(1704)	陂　北…………(1731)
朱刚强…………(1682)	祝相顺…………(1705)	北　城…………(1733)
朱光华…………(1682)	庄　辉…………(1706)	北　雁…………(1735)
朱汉祥…………(1683)	庄稼鸿…………(1707)	比　明…………(1737)
朱宏秀…………(1684)	庄友明…………(1708)	毕恩付…………(1738)
朱洪滔…………(1685)	滋　润…………(1708)	毕福堂…………(1739)
朱　华…………(1685)	子　皿…………(1709)	毕　月…………(1740)
朱　慧…………(1686)	子　鱼…………(1709)	碧云天…………(1741)
朱建设…………(1686)	邹积慧…………(1710)	卞大琳…………(1742)
朱江南…………(1687)	邹其霖…………(1711)	滨湖云耀………(1742)
朱俊义…………(1688)	邹青姣…………(1712)	卜子托塔………(1743)
朱丽华…………(1688)	邹世鸿…………(1712)	
朱莉红…………(1689)	邹添锦…………(1713)	**C**
朱林兴…………(1690)	邹五星…………(1714)	
朱茂康…………(1690)	邹章义…………(1714)	蔡官富…………(1745)
朱念清…………(1691)	祖家声…………(1715)	蔡济如…………(1746)

— 22 —

蔡可欣 ……… （1747）	陈智杰 ……… （1779）	刁统斌 ……… （1814）
蔡力平 ……… （1747）	陈忠海 ……… （1780）	刁永泉 ……… （1815）
蔡树国 ……… （1749）	陈宗辉 ……… （1781）	丁凡夫 ……… （1816）
曹　冲 ……… （1749）	晨　霞 ……… （1782）	丁丽侠 ……… （1817）
曹　霞 ……… （1750）	程德文 ……… （1783）	丁　莉 ……… （1819）
曹志标 ……… （1751）	程官义 ……… （1784）	东方虹雨 ……… （1820）
常树荣 ……… （1752）	程慧玲 ……… （1785）	冬　至 ……… （1820）
常泽荣 ……… （1753）	程杉丹 ……… （1785）	董国平 ……… （1821）
车　静 ……… （1753）	程向阳 ……… （1786）	董克勇 ……… （1822）
陈保安 ……… （1754）	程长有 ……… （1787）	董善芹 ……… （1823）
陈昌国 ……… （1755）	池朝兴 ……… （1788）	董卫华 ……… （1823）
陈春华 ……… （1755）	迟春艳 ……… （1789）	董献国 ……… （1824）
陈春全 ……… （1757）	楚衣飞雪 ……… （1790）	杜国栋 ……… （1826）
陈春霞 ……… （1757）	褚向平 ……… （1791）	杜梦瑶 ……… （1827）
陈广德 ……… （1758）	刺宝荣 ……… （1792）	段乐三 ……… （1827）
陈贺文 ……… （1759）	丛林嘟嘟 ……… （1793）	段梅子 ……… （1828）
陈季光 ……… （1760）	丛守武 ……… （1795）	铎　木 ……… （1829）
陈家林 ……… （1761）	崔　超 ……… （1797）	
陈建平 ……… （1762）	崔明之 ……… （1798）	**F**
陈　金 ……… （1763）	崔御风 ……… （1799）	
陈敬标 ……… （1764）	翠竹黄花 ……… （1800）	樊志刚 ……… （1830）
陈　军 ……… （1765）		范　莹 ……… （1833）
陈立华 ……… （1766）	**D**	范雨薇 ……… （1836）
陈敏文 ……… （1767）		梵　君 ……… （1838）
陈鸣鸣 ……… （1767）	大　卫 ……… （1801）	方佩岚 ……… （1838）
陈　全 ……… （1769）	代　康 ……… （1802）	房贵东 ……… （1839）
陈全德 ……… （1769）	戴逢红 ……… （1802）	房照远 ……… （1840）
陈荣华 ……… （1770）	戴约瑟 ……… （1803）	费玉馨 ……… （1842）
陈荣来 ……… （1770）	淡　墨 ……… （1804）	枫の清杨 ……… （1843）
陈蓉芝 ……… （1771）	党文华 ……… （1805）	枫叶红了 ……… （1844）
陈如琴 ……… （1772）	道生子 ……… （1806）	冯恩启 ……… （1847）
陈瑞芝 ……… （1773）	邓　飞 ……… （1807）	冯果果 ……… （1847）
陈述云 ……… （1774）	邓果娣 ……… （1808）	冯　欢 ……… （1848）
陈曦浩 ……… （1775）	邓红琼 ……… （1811）	伏牛浪子 ……… （1849）
陈秀芹 ……… （1776）	邓厚石 ……… （1811）	
陈秀文 ……… （1776）	邓文波 ……… （1812）	**G**
陈言齐 ……… （1777）	邓秀芳 ……… （1812）	
陈弈星 ……… （1778）	刁节木 ……… （1813）	甘光华 ……… （1850）

甘家敏 (1851)	郭宜滨 (1887)	侯秀英 (1931)
淦 (1852)	郭云生 (1887)	胡承梅 (1932)
高保民 (1852)		胡金城 (1933)
高彩虹 (1853)	**H**	胡金全 (1934)
高彩英 (1854)		胡景全 (1935)
高东泽 (1855)	哈斯也提 (1889)	胡 军 (1935)
高付安 (1856)	海盗船 (1890)	胡 龙 (1936)
高鸿文 (1856)	海 地 (1893)	胡树娣 (1937)
高家村 (1857)	海 琴 (1893)	胡育强 (1938)
高建锋 (1859)	海 山 (1895)	湖北山村 (1939)
高 杰 (1859)	韩 奋 (1896)	华山论剑 (1941)
高林帅 (1860)	韩 峰 (1897)	黄昌印 (1942)
高铭政 (1861)	韩雪飞 (1898)	黄楚雯 (1944)
高培刚 (1862)	韩延晓 (1899)	黄端平 (1945)
高小栋 (1862)	寒江雪 (1900)	黄冠文 (1946)
高 璇 (1864)	郝保国 (1901)	黄建春 (1947)
高艳茹 (1864)	郝久谅 (1903)	黄 坤 (1950)
高雁丘 (1866)	郝 军 (1904)	黄丽琳 (1951)
高 扬 (1866)	郝 丽 (1905)	黄良畅 (1951)
高洋斌 (1867)	郝满国 (1907)	黄 敏 (1953)
高 增 (1868)	浩 瀚 (1908)	黄三郎 (1954)
公茂友 (1869)	何 华 (1910)	黄生林 (1955)
龚建舟 (1870)	何基富 (1911)	黄万裕 (1956)
巩艳春 (1871)	何军雄 (1914)	黄文庆 (1958)
古汉新 (1871)	何 均 (1916)	黄午季 (1959)
谷雨鸿 (1872)	何 苦 (1918)	黄晓华 (1960)
顾胜利 (1873)	何清平 (1919)	黄亚琴 (1961)
顾胤宸 (1875)	何晓李 (1920)	黄 影 (1962)
雇 页 (1875)	何学明 (1921)	黄永健 (1964)
瓜 瓜 (1877)	何中俊 (1922)	黄 勇 (1966)
关奇超 (1879)	和国连 (1923)	黄友龙 (1967)
郭 静 (1880)	贺运海 (1923)	黄 宇 (1968)
郭林波 (1881)	恒 虹 (1926)	霍秀琴 (1968)
郭佩峰 (1883)	宏 翔 (1926)	
郭平德 (1884)	红 颜 (1927)	**J**
郭巧娥 (1884)	洪 英 (1928)	
郭 伟 (1885)	洪瑜沁 (1929)	姬星宇 (1969)
郭文瀚 (1886)	鸿飞敏儒 (1930)	嵇奔奔 (1969)

嵇江良 ………… (1970)		李龙江 ………… (2036)
季俊群 ………… (1970)	**L**	李鲁燕 ………… (2037)
季　萍 ………… (1971)		李美霖 ………… (2038)
冀金全 ………… (1972)	劳士诚 ………… (2003)	李念一 ………… (2038)
贾大伟 ………… (1972)	老　君 ………… (2004)	李　强 ………… (2039)
贾虹月 ………… (1972)	老　游 ………… (2005)	李全通 ………… (2039)
贾　彦 ………… (1973)	雷　宁 ………… (2006)	李　睿 ………… (2041)
剑　兰 ………… (1975)	离　兮 ………… (2006)	李盛霖 ………… (2041)
江　北 ………… (1975)	黎世松 ………… (2008)	李淑芳 ………… (2041)
江湖海 ………… (1978)	黎　昕 ………… (2008)	李　硕 ………… (2044)
姜利威 ………… (1980)	礼　乐 ………… (2009)	李涛红 ………… (2044)
姜利晓 ………… (1981)	李建生 ………… (2010)	李同波 ………… (2045)
姜　尼 ………… (1981)	李爱华 ………… (2010)	李　伟 ………… (2046)
姜庆生 ………… (1982)	李安禾 ………… (2011)	李文瑞 ………… (2047)
将小小 ………… (1983)	李伴锋 ………… (2011)	李文喆 ………… (2047)
蒋红平 ………… (1983)	李　本 ………… (2013)	李　霞 ………… (2048)
蒋俊彦 ………… (1984)	李　斌 ………… (2014)	李向阳 ………… (2049)
蒋木阳 ………… (1985)	李博洋 ………… (2015)	李小蓉 ………… (2049)
蒋文静 ………… (1985)	李彩菊 ………… (2016)	李晓彬 ………… (2050)
金　罡 ………… (1985)	李大任 ………… (2017)	李晓楠 ………… (2051)
金光涛 ………… (1986)	李　峰 ………… (2018)	李筱蓉 ………… (2051)
金　渝 ………… (1987)	李富元 ………… (2019)	李孝军 ………… (2053)
金援朝 ………… (1988)	李　恒 ………… (2021)	李效民 ………… (2054)
金长渊 ………… (1988)	李恒民 ………… (2021)	李新潮 ………… (2055)
晋凤霞 ………… (1989)	李红凤 ………… (2022)	李　星 ………… (2056)
靳　敏 ………… (1991)	李洪彬 ………… (2023)	李秀艳 ………… (2057)
静　默 ………… (1993)	李华毅 ………… (2024)	李亚琦 ………… (2057)
酒　哥 ………… (1994)	李家瑞 ………… (2025)	李永辉 ………… (2059)
鄄箕山人 ……… (1995)	李建华 ………… (2027)	李玉桃 ………… (2060)
	李剑东 ………… (2028)	李　玥 ………… (2061)
K	李　娇 ………… (2029)	李云峰 ………… (2062)
	李金昆 ………… (2029)	李哲峰 ………… (2063)
阙　心 ………… (1997)	李巨龙 ………… (2030)	李　振 ………… (2063)
康建设 ………… (1997)	李　钧 ………… (2031)	李志军 ………… (2065)
康　康 ………… (1999)	李丽君 ………… (2032)	李　治 ………… (2066)
康乃馨 ………… (2000)	李　林 ………… (2033)	李仲琪 ………… (2067)
柯　羽 ………… (2001)	李　龙 ………… (2034)	李宗洋 ………… (2069)
颗　粒 ………… (2002)	李　龙 ………… (2035)	栗　鹰 ………… (2069)
	李小蓉 ………… (2410)	

— 25 —

栗振光 ……… （2070）	刘九星 ……… （2112）	陆永新 ……… （2154）
砺 影 ……… （2072）	刘巨峰 ……… （2113）	路 遥 ……… （2155）
连 强 ……… （2073）	刘君喜 ……… （2114）	栾 伟 ……… （2155）
梁存利 ……… （2074）	刘 凯 ……… （2115）	吕炳宁 ……… （2156）
梁丽成 ……… （2074）	刘丽娟 ……… （2115）	吕世豪 ……… （2158）
梁太武 ……… （2075）	刘茏嶲 ……… （2116）	吕世宏 ……… （2159）
梁小花 ……… （2076）	刘 敏 ……… （2117）	吕素庆 ……… （2160）
梁秀英 ……… （2077）	刘全有 ……… （2118）	吕万海 ……… （2161）
梁 瑛 ……… （2078）	刘少为 ……… （2120）	
廖明德 ……… （2079）	刘树芳 ……… （2121）	**M**
林春娟 ……… （2079）	刘文海 ……… （2121）	
林春泉 ……… （2081）	刘西英 ……… （2125）	马德甫 ……… （2162）
林 芳 ……… （2082）	刘祥宏 ……… （2126）	马 飞 ……… （2163）
林凤才 ……… （2083）	刘心宽 ……… （2127）	马君立 ……… （2165）
林广耀 ……… （2084）	刘彦平 ……… （2129）	马美娟 ……… （2166）
林巧儿 ……… （2084）	刘英彪 ……… （2130）	马卫山 ……… （2166）
林如栋 ……… （2086）	刘宇辉 ……… （2131）	马献武 ……… （2167）
林天奇 ……… （2087）	刘雨欣 ……… （2133）	马 彦 ……… （2168）
林 杨 ……… （2088）	刘玉山 ……… （2133）	马永新 ……… （2169）
林益强 ……… （2089）	刘子琛 ……… （2134）	麦 客 ……… （2170）
灵 儿 ……… （2092）	刘自文 ……… （2135）	麦 德 ……… （2173）
灵 俊 ……… （2094）	刘祖荣 ……… （2136）	莽 林 ……… （2173）
凌韵雪婷 ……… （2094）	流 彩 ……… （2138）	毛丽玲 ……… （2174）
刘宝双 ……… （2095）	琉璃姬 ……… （2139）	梅德平 ……… （2175）
刘保乾 ……… （2096）	柳 风 ……… （2140）	梅 兰 ……… （2177）
刘春凤 ……… （2098）	柳絮飘雪 ……… （2141）	梅守福 ……… （2179）
刘春丽 ……… （2099）	柳育龙 ……… （2141）	梅艺涵 ……… （2180）
刘春伟 ……… （2100）	龙开柏 ……… （2143）	梅宇峰 ……… （2181）
刘福麟 ……… （2100）	龙启平 ……… （2144）	美芳子 ……… （2183）
刘国辉 ……… （2101）	龙秀梅 ……… （2145）	孟宪华 ……… （2184）
刘国瑞 ……… （2103）	卢建华 ……… （2146）	孟宪丽 ……… （2185）
刘国意 ……… （2104）	卢文敏 ……… （2147）	闵祥炬 ……… （2186）
刘合军 ……… （2105）	卢志宏 ……… （2148）	明晓明 ……… （2187）
刘洪涛 ……… （2106）	鲁文佑 ……… （2149）	明 子 ……… （2188）
刘惠霞 ……… （2107）	陆凤霞 ……… （2150）	陌上人如玉 ……… （2189）
刘继光 ……… （2108）	陆景龙 ……… （2151）	莫峰琼 ……… （2189）
刘继红 ……… （2110）	陆千巧 ……… （2152）	莫赣珠 ……… （2190）
刘加美 ……… （2110）	陆晔峰 ……… （2153）	墨尚江南 ……… （2191）

牟福明 ………… (2193)		沈　岳 ………… (2258)
木　槿 ………… (2194)	**Q**	圣　乐 ………… (2259)
木　易 ………… (2195)		师梓淯 ………… (2259)
	齐晓娥 ………… (2226)	诗情恒生 ……… (2259)
N	祁艳忠 ………… (2228)	诗仙子 ………… (2261)
	乔桂堂 ………… (2228)	施　云 ………… (2265)
南鸿子 ………… (2197)	乔素梅 ………… (2230)	石春平 ………… (2266)
年　轻 ………… (2198)	秦德林 ………… (2231)	石慧霞 ………… (2267)
宁家亮 ………… (2198)	秦浩安 ………… (2232)	石晓伟 ………… (2268)
牛　磊 ………… (2199)	秦仁碧 ………… (2233)	石跃强 ………… (2269)
牛　涛 ………… (2200)	秦　一 ………… (2234)	史博英 ………… (2270)
牛　雪 ………… (2203)	清　欢 ………… (2236)	史凤云 ………… (2271)
	清心如云 ……… (2236)	史红霞 ………… (2272)
O	邱梦思 ………… (2237)	侍　文 ………… (2273)
	邱启永 ………… (2238)	淑　君 ………… (2274)
欧阳刚 ………… (2204)	邱善文 ………… (2239)	舒　畅 ………… (2274)
欧阳华 ………… (2204)	仇学慧 ………… (2239)	舒水修 ………… (2274)
欧阳欣悦 ……… (2205)	曲树丰 ………… (2240)	水　木 ………… (2276)
		水木清华 ……… (2277)
P	**R**	水　子 ………… (2278)
		思　归 ………… (2279)
帕里克 ………… (2206)	饶　蕾 ………… (2241)	俣传江 ………… (2280)
潘逢燕 ………… (2207)	任建华 ………… (2242)	宋典法 ………… (2282)
潘学文 ………… (2208)	任雨玲 ………… (2243)	宋清芳 ………… (2283)
潘政祥 ………… (2209)	阮振梅 ………… (2245)	宋星明 ………… (2284)
磐　石 ………… (2210)	若　水 ………… (2247)	宋玉春 ………… (2286)
庞勉之 ………… (2211)		苏岱香 ………… (2286)
庞壮国 ………… (2211)	**S**	苏改平 ………… (2287)
培　英 ………… (2213)		苏　梦 ………… (2288)
裴国华 ………… (2215)	桑恒昌 ………… (2248)	苏圣婷 ………… (2289)
彭海波 ………… (2216)	沙尘暴 ………… (2249)	苏玉花 ………… (2290)
彭继峰 ………… (2217)	砂　子 ………… (2251)	苏　子 ………… (2293)
彭晓雨 ………… (2219)	傻女人 ………… (2252)	孙国才 ………… (2293)
平　儿 ………… (2220)	商长江 ………… (2253)	孙　立 ………… (2294)
萍　萍 ………… (2221)	上官云儿 ……… (2254)	孙俪娉 ………… (2296)
鄱阳余晓 ……… (2222)	深堂曲仔 ……… (2255)	孙明亮 ………… (2297)
蒲海鸿 ………… (2223)	沈德绪 ………… (2256)	孙茜茜 ………… (2298)
蒲衣子 ………… (2225)	沈　明 ………… (2257)	孙瑞晓 ………… (2299)

孙树宏 (2300)	王 丹 (2335)	王相华 (2370)
孙天禄 (2301)	王道祥 (2336)	王小林 (2371)
孙温如 (2302)	王冬梅 (2337)	王晓旭 (2372)
孙显平 (2302)	王福昌 (2338)	王 鑫 (2373)
孙玉波 (2304)	王富香 (2339)	王兴献 (2373)
	王海荣 (2340)	王秀春 (2374)
T	王荷芳 (2340)	王秀钦 (2375)
	王红霞 (2341)	王义合 (2376)
谈金清 (2305)	王洪青 (2342)	王宇新 (2378)
谭 飚 (2306)	王建华 (2343)	王育才 (2379)
谭芮茜 (2309)	王建录 (2343)	王跃东 (2380)
汤云明 (2310)	王建明 (2344)	王赞峰 (2382)
汤 静 (2310)	王建雄 (2345)	王振荣 (2384)
唐德林 (2311)	王金涛 (2346)	王中亮 (2384)
唐殿冠 (2313)	王俊峰 (2349)	王忠军 (2385)
唐美玲 (2314)	王 凯 (2350)	王子涵 (2386)
唐 梦 (2315)	王克金 (2351)	王子豪 (2386)
唐 敏 (2316)	王 坤 (2352)	王子琦 (2386)
唐 萍 (2319)	王 磊 (2353)	王子轩 (2386)
唐世彰 (2319)	王立世 (2354)	王祖新 (2387)
涛 (2320)	王 丽 (2355)	韦晗杰 (2388)
陶光勇 (2320)	王 梅 (2357)	韦 钰 (2390)
天山雪莲 (2321)	王明亮 (2358)	卫彦琴 (2391)
天雪沉香 (2322)	王牧天 (2359)	魏 红 (2391)
田 冲 (2324)	王 楠 (2359)	魏淑琴 (2393)
田艳龙 (2325)	王 萍 (2359)	魏学士 (2394)
铁血寒冰 (2327)	王 琦 (2360)	文 川 (2395)
	王瑞林 (2360)	文质彬彬 (2396)
W	王世北 (2361)	翁志勇 (2396)
	王淑兰 (2362)	无 痕 (2397)
汪德国 (2327)	王舒漫 (2363)	无语丁香 (2398)
汪剑平 (2328)	王素玲 (2365)	吴伯贤 (2399)
汪 萍 (2329)	王 韬 (2366)	吴德正 (2401)
汪幼琴 (2330)	王天一 (2367)	吴基军 (2402)
王宝江 (2331)	王 同 (2368)	吴金梅 (2403)
王 波 (2332)	王 拓 (2368)	吴兰保 (2404)
王昌赋 (2333)	王文浩 (2368)	吴明燕 (2405)
王 琛 (2334)	王宪亚 (2369)	吴丕丽 (2406)

吴祈生 …… (2407)	徐素艳 …… (2448)	杨功夫 …… (2484)
吴鲜玫 …… (2408)	徐 锡 …… (2449)	杨贵平 …… (2486)
吴燕青 …… (2408)	徐益民 …… (2450)	杨海松 …… (2487)
伍小平 …… (2409)	徐迎晨 …… (2451)	杨红萍 …… (2489)
武庆川 …… (2410)	许多顶 …… (2452)	杨佳鑫 …… (2490)
勿忘侬 …… (2411)	许淮南 …… (2452)	杨剑横 …… (2491)
	许 靖 …… (2453)	杨 菁 …… (2492)
X	许历港 …… (2454)	杨 军 …… (2493)
	许文季 …… (2455)	杨孟军 …… (2495)
细 节 …… (2411)	许 攸 …… (2456)	杨 敏 …… (2496)
夏 明 …… (2412)	玄 鱼 …… (2456)	杨 明 …… (2497)
夏 风 …… (2413)	薛红芳 …… (2458)	杨瑞福 …… (2498)
夏 莉 …… (2414)	薛晋萍 …… (2459)	杨拓夫 …… (2499)
夏天的风 …… (2415)	薛可珂 …… (2460)	杨晓波 …… (2500)
夏维纪 …… (2416)	薛鲁光 …… (2461)	杨晓君 …… (2501)
闲 云 …… (2416)	薛淑芬 …… (2462)	杨 洋 …… (2503)
向新国 …… (2418)	雪丰谷 …… (2464)	杨 艺 …… (2504)
项美静 …… (2419)	雪 铓 …… (2465)	杨永椿 …… (2505)
肖茂果 …… (2421)	雪 树 …… (2466)	杨运菊 …… (2506)
萧骏琪 …… (2423)	寻 梦 …… (2467)	杨志杨 …… (2507)
小 点 …… (2426)		姚金波 …… (2508)
小 范 …… (2426)	**Y**	姚丽蓉 …… (2509)
小 柴 …… (2427)		姚宪民 …… (2510)
晓 颖 …… (2428)	雅 儒 …… (2468)	姚小敏 …… (2512)
啸 鸣 …… (2429)	雅香居士 …… (2469)	姚一梅 …… (2513)
谢富云 …… (2431)	燕 明 …… (2470)	姚长军 …… (2514)
谢黎晴 …… (2432)	闫卫星 …… (2471)	叶 冰 …… (2515)
谢锡庆 …… (2433)	严文明 …… (2472)	叶丽丽 …… (2516)
解 强 …… (2434)	严正华 …… (2474)	叶萧萧 …… (2517)
解 珍 …… (2435)	岩 泉 …… (2475)	晔 子 …… (2518)
邢启辉 …… (2436)	雁南春 …… (2477)	一世芊千 …… (2518)
熊绍其 …… (2438)	杨岸森 …… (2478)	伊 萍 …… (2520)
熊 毅 …… (2440)	杨 斌 …… (2479)	伊生晖 …… (2521)
修中河 …… (2442)	杨秉森 …… (2479)	伊晓雪 …… (2522)
秀水一航 …… (2443)	杨婵娟 …… (2480)	衣金红 …… (2523)
秀 子 …… (2444)	杨成军 …… (2482)	以马内利 …… (2524)
徐嘉和 …… (2446)	杨丰伊 …… (2483)	忆 君 …… (2525)
徐启航 …… (2448)	杨芳芳 …… (2484)	易新辉 …… (2526)

殷祥臻……………（2528）	张昌映………（2565）	张文娟…………（2603）
咏　梅……………（2528）	张长奎………（2566）	张　武…………（2604）
游明信……………（2529）	张　超………（2566）	张喜春…………（2604）
游子雪松…………（2530）	张　诚………（2568）	张霞云…………（2605）
于术芹……………（2531）	张承斌………（2570）	张宪军…………（2605）
于　洋……………（2533）	张　春………（2571）	张相军…………（2606）
于　哲……………（2536）	张笃德………（2572）	张相奎…………（2606）
余　烁……………（2536）	张枫聆………（2572）	张晓红…………（2607）
余　一……………（2538）	张　岗………（2573）	张新锐…………（2607）
俞筱税……………（2540）	张贵才………（2574）	张新宇…………（2608）
渔歌听海…………（2541）	张国胜………（2574）	张秀明…………（2609）
宇　宙……………（2542）	张海霞………（2575）	张艳朝…………（2609）
玉子慧……………（2542）	张海燕………（2576）	张耀光…………（2611）
郁美芳……………（2544）	张　贺………（2577）	张　奕…………（2613）
袁传宝……………（2546）	张　华………（2578）	张逸雷…………（2614）
袁满华……………（2547）	张火炎………（2579）	张印珍…………（2615）
袁秀苇……………（2547）	张继伟………（2579）	张永波…………（2616）
袁旭东……………（2548）	张建红………（2580）	张永昌…………（2618）
月下狼族…………（2549）	张丽珍………（2581）	张玉梅…………（2618）
乐谨言……………（2550）	张　龙………（2582）	张玉明…………（2620）
乐孝军……………（2550）	张美荣………（2582）	张跃堂…………（2621）
乐　意……………（2551）	张明明………（2583）	张则以…………（2622）
云垛垛……………（2552）	张平静………（2584）	张芝慧…………（2622）
云　渊……………（2552）	张　强………（2585）	张助军…………（2623）
	张秋平………（2587）	张卓尔…………（2623）
Z	张仁贵………（2588）	张子让…………（2624）
	张瑞平………（2589）	朝晨村色………（2625）
再封一年…………（2554）	张瑞平………（2590）	赵爱芳…………（2626）
臧汴京……………（2554）	张润光………（2591）	赵爱平…………（2627）
臧守梅……………（2556）	张升平………（2592）	赵昌方…………（2627）
曾吉林……………（2558）	张石生………（2593）	赵　成…………（2628）
曾琼青……………（2559）	张士国………（2595）	赵成武…………（2629）
曾舒倩……………（2561）	张世和………（2596）	赵冬梅…………（2631）
查德元……………（2561）	张顺志………（2596）	赵　飞…………（2631）
张　鹏……………（2562）	张天珍………（2597）	赵凤仙…………（2633）
张安羽……………（2563）	张维舟………（2599）	赵　洪…………（2634）
张彩秀……………（2564）	张伟英………（2600）	赵洪亮…………（2635）
张昌华……………（2565）	张卫强………（2602）	赵华梅…………（2636）

赵家骏……（2637）	郑 烨……（2665）	朱仁凤……（2688）
赵建国……（2638）	钟海燕……（2666）	朱 韬……（2689）
赵丽红……（2639）	钟先清……（2667）	朱晓梅……（2689）
赵 靓……（2641）	衷 心……（2668）	朱新云……（2690）
赵 龙……（2642）	仲 馗……（2668）	朱绪龙……（2691）
赵妮妮……（2643）	周邦祖……（2669）	朱 扬……（2692）
赵 群……（2644）	周德禹……（2669）	朱振娟……（2693）
赵生斌……（2645）	周殿林……（2670）	朱正刚……（2694）
赵相国……（2646）	周国平……（2671）	祝金斗……（2695）
赵雅雯……（2647）	周家鸿……（2672）	庄 辉……（2697）
赵月明……（2648）	周家明……（2674）	庄子蝶一……（2698）
赵志凯……（2649）	周建好……（2674）	子 昀……（2699）
郑成美……（2650）	周建平……（2676）	邹章义……（2701）
郑德福……（2651）	周璐璐……（2676）	邹中海……（2702）
郑富匀……（2652）	周淑兰……（2676）	祖 建……（2703）
郑国辉……（2653）	周腾昉……（2677）	左·右……（2704）
郑海峰……（2655）	周逸树……（2678）	左海媚……（2705）
郑继军……（2656）	周雨辰……（2680）	左晋明……（2706）
郑丽州……（2657）	周玉兰……（2681）	左玲玉……（2707）
郑玲芳……（2658）	朱本云……（2683）	左骐铭……（2708）
郑清健……（2659）	朱 博……（2684）	左晓波……（2709）
郑清匀……（2661）	朱冬石……（2684）	左玉芬……（2710）
郑天枝……（2662）	朱 慧……（2685）	左哲夫……（2711）
郑 炜……（2664）	朱 凌……（2686）	

特编：诗论、诗议、诗评

当代诗词的格律极端化 ……………………………………………………… 姚崇实(2715)
当代诗词之我见 …………………………………………………………… 向小文(2720)
回文诗浅析 ………………………………………………………………… 丁玉芳(2724)
丁芒先生作品赏析 ………………………………………………………… 邓国琴(2728)
黄汉江先生诗词作品赏析 ………………………………………………… 邓国琴(2734)
评黄汉江先生《高楼建筑夜施工》 ………………………………………… 刘宇辉(2741)
评刘章先生《题泰山斩云剑》 ……………………………………………… 刘宇辉(2743)
诗艺杂谈 …………………………………………………………………… 伦炳宣(2745)
诗，是一种"态"的表达 …………………………………………………… 余 一(2761)
浅谈诗的和韵 ……………………………………………………………… 汪全栋(2767)

文字净化心灵,心灵迸发诗意……………………………………… 彭 彪(2771)
欣赏古诗词的意境和意象 …………………………………………… 姜云姣(2774)
诗词用典之体会 ……………………………………………………… 余根全(2778)
《诗海》第十三卷 序 ………………………………………………… 黄汉江(2781)

附录：

附录1 大世界基尼斯纪录：……………………………………………………(2785)
　　　黄汉江主编最巨诗集《黄浦江诗潮》获大世界基尼斯纪录 ………(2785)
　　　黄汉江独著主编总主编185部图书获大世界基尼斯纪录 …………(2786)

附录2 《黄浦江诗潮》赞 ………………………………………………………(2787)

附录3 《建筑时报》2019.7.22第四版大幅专题报道黄汉江教授：
　　　纵然阅尽千帆,归来仍是少年
　　　——记上海市基建优化研究会常务副会长兼秘书长黄汉江
　　　……………………………………………… 张玉明　宋世琦(2793)

附录4 歌曲：
　　　《中兴镇七浃河之歌》……………………… 黄汉江 词 韩明华 曲(2798)
　　　《生态岛之歌》……………………………… 黄汉江 词 韩明华 曲(2799)
　　　《黄浦江之歌》……………………………… 黄汉江 词 韩明华 曲(2800)
　　　《红星村之歌》……………………………… 黄汉江 词 韩明华 曲(2801)
　　　《放歌长江》………………………………… 黄汉江 词 柏 松 曲(2802)

附录5 《抗疫赞歌》唱和诗专栏(以投稿时间先后为序)：…………………(2806)
　　　黄汉江　刁节木　姚崇实　孙忠凯　唐　风　邓国琴　周海燕　郑清健
　　　王香谷　蓝成东　余　一　陈　麟　陈芝宗　韩明华　秀水一航　胡芯铭
　　　刘炳峰　通　明　丛守武　倪少芬　王良民　刘建华　王益龙　林明金
　　　王春法　程道恒　王　军　赵中岳　周逸树　袁家顺　老树着花　张斌生
　　　牛继和　杨　玲　李金龙　忆江南　周　慎　王军胜　管庆江　董　礼
　　　谷习宝　默斋主人　武永焱　张永财　杨　青　了　凡　直　珍　罗春风
　　　董志成　万水旺　戴学文　江文祥　张孝周　侯建新　张金良　牛　岱
　　　夏小燕　刘章际　子　皿　王恒深　漆爱礼　祖家声　覃滋高　陶长庚
　　　高思强　冯增群　唐建昆　陈伟宇　周永红　邓小美　夏天的风　周阳生
　　　鑫　雨　金嘉德　黄祖琦　邓红琼　巩　固　袁爱华　蔡典明　凌志成
　　　蒙村老郭　张斯伟　左哲夫　周其全　刘志广　郭成勇　孙德振　王秉和
　　　李孝任　饶江宏　姜常青　汪全栋　黄龙良　唐良明　李　洵　谢锡庆

— 32 —

周阳生	夏　敏	赵四环	欧阳婷	晨　曦	唐　湘	陶柏林	雷海峰
江咏萍	莫等闲	杜昌海	杜　祥	絮雪飞花	胡万喜	牛文泉	李　宏
姜朋云	薛有毅	于　歌	李　志	朱伟民	任胜利	云　朵	湘韵乡音
胡焕亮	珍珠棉	杨　玺	周德禹	张水根	王建强	朱念清	鲍仙友
姜云姣	冼艳萍	陈淡群	孟令中	王秉和	赵元席	邹五星	王发昌
孙者奎	萧竹韵	陈宗辉	苏开元	邓本宝	王　琼	高保民	谢文习
俞伯根	张如舟	朱秋在	彭福田	陈嘉鹏	汪　新	五岳凌云	一江清流
石跃强	阳万青	韦成柏	翁仞袍	平　凡	梅裔庆	方文伯	陈　汉
骆琳玲	陈家博	于　蓝	吴伯贤	丰　桦	徐荣峰	陈永坚	陈锦娥
陈港贤	黄有水	刘昌习	柏　松	刘雅钧	江玉娥	刘成宏	吕玉光
叶翀飞	郑富匀	孟庆斌	王洪青	张长奎	李　芳	马金玉	商忠敏
孙作林	朱丽华	李承方	秦方怀	闫承玫	孙长忠	杨位俭	刘传柱
赵允廷	马世杰	董志达	赵阳春	孙志江	程　林	闫绍奇	厉鼎丰
霍庆来	周丽芝	党立武	徐成祖	吴能武	李志明	蓝树宽	刘宇辉
叶　华	徐　菲	吴凤琴	刘金鹏	宋洪富	薛作才	水上飞	张井荣
刘志澄	王海华	张怀明	樊　徽	苕　哥	孟凡领	向清瑜	朱钟昕
秋　云	陈俊泽	王志竹	赵立君	王伯刚	王能广	胡华松	胡效祯
朱细典	张华政	江先金	杨维华	卢　波	陈仕兵	赵丽芬	李　伟
殷家鸿	郑　华	孙庆涛	曹国民	潘春葆	李传生	李旭念	郑淑鹏
周家禄	南策英	秦　建	王端恒	天高云淡	徐耀煌	崔丽荣	雁惊寒
石教耕	熊振厚	李继武	陈治安	子　墨	姚庆才	凌益群	胡子哥
陈　浩	杜向东	郑杨松	林　瑛	汪春莲	梦　飞	千层浪	程肖华
汪海君	黄艳玲	汤昌社	张冬菊	邢桐生	罗　汉	彭　云	徐少安
赵佳军	李丽华	吴长华	葛彩锭	朱卫东	黄华统	刘世勇	王海红
杨汉林	陆振刚	彭得宝	关瑞芹	不冻泉	卜训东	游远华	但伯清
严楚湘	舒序敏	汤小忠	韩桂云	计英臣	张世琼	程田金	张艳朝
吴神贵	颜淑丽	武道钰	卢盛宽	陈则韶	霍　然	胡荣珍	陈国良
吴忠祥	徐再城	傅延勋	唐爱民	程少钧	卢结成		

黄汉江先生七律《抗新冠病毒》赏析(邓国琴)

附录6 《上海滩诗叶》贺诗专栏(以投稿时间先后为序)：……………………(2843)

萧竹韵	姚崇实	谭锡华	周海燕	朱伟民	张华政	珍珠棉	苏永生
朱念清	平　凡	通　明	漆爱礼	千层浪	任胜利	万水旺	向清瑜
石教耕	巩　固	李传生	薛有毅	宁登俊	杨汉林	倪少芬	楚德亮
程道恒	冯增群	林　瑛	吴凤琴	刘志澄	王能广	程　林	戴学文
祖家声	周阳生	陈伟宇	陈芝宗	董志成	李志明	周丽芝	陈治安
葛彩锭	梦　飞	水上飞	张孝周	吕玉光	邹五星	姜朋云	梅裔庆
李丽华	刘炳峰	陈　浩	彭福田	王端恒	牛继和	徐荣峰	韩明华

周其全	周逸树	苔　哥	江文祥	翁仞袍	姜云姣	计英臣	汪全栋
蔡典明	潘春荣	刘新华	陶长庚	金嘉德	王军胜	南策英	聂金杨
黄　馨	李　洵	凌益群	李　宏	陶柏林	左哲夫	汤小忠	赵元席
雷海峰	高思强	赵阳春	岳　骊	王秉和	李庆林	乐宇麟	王春法
蓝树宽	王恒深	胡荣珍	盛书珍	姚大全	宣以清	金家法	马昆仑
傅延勋	程少钧	熊振厚	颜淑丽	杨　青	周　慎	汪海君	孟庆斌
张世琼	韦成柏	卜训东	佘厚启	不冻泉	王学文	杨国武	孟凡领
刘宇辉	吴忠祥	黄荣良	张金全	蒋梅岩	哈锦祥	沈光明	章卫星
忆江南	刘建华	张水根	唐爱民	田仁爱	杨　玺	刘世勇	宋洪富
舒序敏	饶江宏	王　琼	吴神贵	吴能武	柳　春	秦　建	陈俊泽
黄元基	郭成勇	程田金	骆琳玲	孟令中			

鸣谢 ··· (2858)

全国名家诗苑

(按拼音序)

蔡世平　晨　崧
丁　芒　范诗银
高　昌　胡迎建
江　岚　蒋有泉
李树喜　林　峰
刘庆霖　刘向东
刘　章　刘　征
罗　辉　彭崇谷
宋彩霞　滕伟明
王改正　武立胜
星　汉　熊东遨
杨逸明　赵京战
钟振振　周啸天

蔡世平

中国国学中心特聘专家,国务院参事室中华诗词研究院原常务副院长。国家一级作家。主要作品集有:词集《南园词》《21世纪新锐吟家诗词编年》、楹联集《南园楹联》、散文集《大漠兵谣》、书法集《词随心动—蔡世平自书南园诗词》、诗论集《中华诗词现代化散论》。因《南园词》创作,引发"蔡世平文化现象",评论、研究与赏析《南园词》的专著有《南园词评论》(李元洛、周笃文、王兆鹏等著,中国青年出版社2015),《旧体词的当代突围—以蔡世平南园词为例》(王雅平著,中国青年出版社2015),《南园风景—蔡词赏析》(何文俊著,线装书局2012)。

汉宫春·南园

搭个山棚,引顽藤束束,跃跃攀爬。移栽野果,而今又蹿新芽。锄他几遍,就知道,地结金瓜。乡里汉,城中久住,亲昵还是泥巴。

难得南园泥土,静喧嚣日月,日月生花。花花草草,枝枝叶叶婀娜。还将好景,画图新,又饰窗纱。犹听得,风生水上,争春要数虫蛙。

满庭芳·旧忆

数点星声,几多萤语,晚蛙题句南塘。野风芳草,雷雨说潇湘。黄鹤楼头落日,烟波里,一脉斜阳。车窗外,羊城晓月,淡抹夜时妆。

时长。挥不去,红楼翠影,柳色荷光。有佛心还在,明月西窗。难瘦胸中旧样。十年梦,没个商量。何曾却?涛声依旧,渔火汨罗江。

风入松·山行

小花小草小风摇。歌踏外婆桥。路边摘得椒花戴,好羞羡,暗处山妖。苔石溪头小坐,啼鹃自在枝桃。

拾来古币起情涛。嬉卦盼阳爻。摩挲擦拭知多少,说当时,珍重厘毫。惆怅莺声渐老,而今可唱童谣?

贺新郎·题龙窖山古瑶胞家园

龙窖山又称药姑山,在湖南岳阳临湘市境。二〇〇〇年,中国瑶学专家实地踏勘认定,龙窖山即瑶胞寻找中的故园"千家峒"。古瑶胞在此居住千年,于数百年前南迁至湘南、广西、广东、东南亚一带。

龙窖山留下的瑶胞古迹不计其数,有石寨、石屋、石堤、石桥、祀司台等,令人叹为观止。眼前曾是一个民族的热血家园,而今人去山空,草萋林茂,能不叫人神思千古,洒泪而歌。

处处闻啼鸟。满葱茏,横斜竹影,乱枝争俏。闻说瑶胞生息地,春上药姑、龙窖。踏溪桥,心儿怯跳。石寨沉沉荒草里,尚依稀,门动瑶娘笑。摸祀柱,苍烟袅。

西风残照南迁道。过山瑶,衣衫泪湿,把家寻找。岁岁年年频回首,何日故园重到?多少痛,都随梦绕。流水落花春又去,只瑶歌,滴血青山老。情百代,总难了。

御街行·江南青草

江南青草初初碧。浓淡衔羞涩。眠虫仄仄试娇声,蛙句池塘还比。一声亲切。一声情切。报得春消息。

风生满眼花飞絮。乱入相思里。捉来晨梦赋新词,又被鹦哥呼起。恼他无理。恨他无理。却怪晴天气。

晨崧

男,1935年生于河北省泊头市。原中纪委专职机关党委书记、中华诗词学会副会长,全球汉诗总会副会长,现任中华诗词学会顾问、中华诗教工作委员会副主任、北京市诗词学会顾问、官园诗社社长、中国诗词书画研究会会长、中国诗词书画总编。

闲弄宫商

一生正气映丹光,词魄诗魂度日长。
过眼荣华如夜露,谗言名利似秋霜。
穷通半世知音少,素淡三餐饭菜香。
岁月有尘贤俊怨,未酬壮志弄宫商。

游览国家新京湿地

亲水平台柳逐风,临渊映眺翠湖明。
凭栏遥望西山雪,赏鹭高登观鸟亭。
孔雀金鸡狼尾草,鸳鸯蝴蝶蒲公英。
蛙声伴客游芳径,我醉中华爱国情。

祝贺《春天桃花雨》诗集出版

春天雨露润桃花,爱我神州爱我家。
德酿文明修义道,诗扬仁善植桑麻。
豪情敢醉刘伶酒,笔力能烹陆羽茶。
学富五车才八斗,青云得路走天涯。

夜路梦思

北国冰城千里遥,铁龙一夜渡银桥。
丽君携月迎佳客,学子擎云谢小娇。
一串紫珠情似海,满腔珍泪爱盈潮。
人间七夕思牛女,醉梦醇缘除寂寥。

祝贺罗忠明七秩大寿暨其诗书画册出版

巴中彩艺慕忠明,七秩舒愉八雅情。
邀月称觞吟盛世,临渊泼墨绘兴隆。
春催地绿夏催雨,秋润天蓝冬润冰。
播爱传仁圆国梦,迎新时代踏新程。

丁芒

江苏南通人。当代著名老诗人、作家、文艺评论家、散文家、书法家。先后任江苏省中华诗学研究会名誉会长,中国散文诗学会副主席,国务院中华诗词研究院顾问,中华诗词学会顾问。自1942年开始发表作品,出版诗词曲、散文、诗论等著作50余部。获奖二十余次,1999年获"二十世纪国际桂冠诗人"荣誉称号,同年书法作品获"世界华人艺术"国家荣誉奖。

一剪梅·六十自遣

浅涉人间六十年，红褪腮边，白染鬓边。遍尝苦辣与酸甜。喜在眉尖，愁在心尖。

半是书生半是仙，血写真言，酒写诗篇。还将老骨去肥田。播个秋天，长个春天。

石桥暮归

南石桥高挹落霞，苍茫寺角晚烟斜。暮钟撞碎轻波月，邀得清风到我家。

宣纸赞

原驰彩兽海驰舟，浩瀚云天纵辔游。案上腾烟三万丈，诗情画意一时收。

徽墨赞

一锭松烟出皖南，千磨百劫骨如磐。粉身殉向云霞去，染遍中华万座山。

歙砚赞

绿沁精岩水着痕，皖南名砚玉为魂。书家笔下飞烟雨，化作神州万壁春。

范诗银

笔名石音、巳一、苍实，1953年生，齐齐哈尔人。1972年参军，2008年退休，空军大校军衔。曾任空军航空兵某师副政治委员、国防大学中华军旅诗词研究创作院执行副院长，现为中华诗词学会常务副会长、《中华诗词》杂志社社长。出版诗词集《天浅梦深》《响石二集》《响石斋诗词》《虹影集注评》《诗银词》。

八声甘州·江州有怀

这来生也做九江人，谁与我同行。望南山菊老，香炉烟纱，彭浪潮平。空念琵琶丝冷，弦月照伶仃。剩有蓼花影，犹为风鸣。

见说芙蓉墩上，正片黄凝蜡，点紫吹英。逐村前泮后，细雨漱奇声。醉寒茶、湿红痴梦，共初心、沉绿滴诗朋。呼春色、泼西林壁，题向新晴。

数修河抱影几回春，磨列玉簪青。载长桥梦火，画楼情眼，绿袖心星。道是新容旧国，山廊印江城。翠叶迎风舞，扑耳弦钲。

识得秋收人物，润杜鹃红湿，滴血飞旌。便问花桃里，奇蕊竞高庭。最可怜、泪喷双井，试峻句、石语不堪听。云岩上、倚霜月读，一烛微明。

望东篱剩菊有谁收，香魄旋苍冥。薄凝天云乱，摇蒲霜卷，拍水舟横。也折桃花几朵，也结武陵亭。仍是喧声里，孤影三更。

人境从来难画，睨庙堂衔冷，湖海如烹。纵寸心能剪，剪罢恐还生。惜男儿、空怀烈抱，笑酒徒、辜负了长缨。斜阳外、醉依五柳，梦暖真情。

扬州慢·扬州步白石韵

料峭京华，烟花三月，清风助我诗程。负云随鹤去，醉水碧山青。步诸子、红桥踏月，翠湖邀桨，古渡谈兵。弄银弦，短笛长箫，吹彻新城。

九州富甲，越千年、重现堪惊。便十日痕消，尘弹香袖，好叙幽情。晓韵所依何谱，桃枝乱、帘卷春声。看连天帆举，倾江正是潮生！

云泊金陵，浪掀京口，东瀛万里帆程。叹高僧远去，剩风淡天青。昔年里、一腔血热，慈航普渡，未了魔兵。泪应枯、十日三屠，何况西城？

荷花桂子，梦吴山、夜半魂惊。望北

固楼头,稼轩意气,故国悲情。九议美芹谁会,潮头立、采石无声。惜丹心空裂,怅缘几负书生?

柳试鹅黄,琼张朵小,兰桃争报春程。赏红桥嵌绿,过妩屿藏青。度牙板、波分楚带,扇摇吴水,越将淮兵。惜东坡、颔抵平山,茶冷扬城。

二分明月,照无眠、往事当惊。掬波上流光,轻烟如幻,谁个痴情?梦里湖光诗眼,皆应寄、一桨云声。看天边风起,悠然歌自心生。

高昌

1967年生于河北辛集,祖籍河北晋州周家庄乡九队。1985年毕业于河北无极师范,1989年毕业于河北大学作家班。曾以新诗入选《诗刊》杂志社青春诗会,也曾以旧体诗入选《中华诗词》杂志青春诗会。现任《中华诗词》杂志主编、中国文化报社专刊中心主任兼理论部主任、中华诗词学会副会长、中国作协诗歌委员会委员、中国毛泽东诗词研究会常务理事。主要著作有《公木传》《玩转律诗》《玩转词牌》《变成一朵鲜花》《百年中国的感情气候》《儒林漫笔》等。

某个某

连夜长风不肯停,吹山吹水入新屏。
醒来香草搴旗绿,植入春天一缕萌。

流云稍浅月偏深,风信传来香满襟。
秘密花园围一角,留开彩色那些心。

楼外流云曼妙姿,绝怜瑞雪欲飞时。
天公若更随人意,你有梅花我有诗。

飘然行处佳山水,摇曳相思红紫蕊。
过眼还看名士轻,关情只醉胜游美。

胡迎建

(1953—),祖籍都昌,出生于星子。1987年毕业于江西师大,获文学硕士学位。历任省社科院赣鄱文化研究所所长,二级研究员。江西省诗词学会会长、中华诗词学会副会长、省文史馆员。著有《民国旧体诗史稿》等,诗集有《帆影湖星集》《雁鸣集》《轻舟集》《莹鉴集》。

春节前后整理旧日信札有感

三十年间信札堆,一朝清理触心哀。
高堂多病思游子,诗友交情见茂材。
鲜活音容存梦幻,纷纭人事化尘埃。
而今我亦鬓斑白,且尽堆花酒一杯。

戊戌初春有怀变法
六君子被慈禧太后诛害

凄惨六君子杀身,废除帝诏止征轮。
垂帘一个逞威愠,造孽多端误国人。
栋折榱摧危矣态,芝焚蕙叹黯然春。
百年犹忆弥天恸,世变滔滔启运新。

朝天门观重庆城

一门斜降仰朝天,城在峰丛傍水边。
簇簇高楼添壮概,巴山夜雨忆从前。

导游吉安庐陵诗词学会
一行到庐山山南星子采风

一路辛劳亦畅襟,匡南献秀列峰岑。
万杉郁郁藏真气,一月如如照古心。
已览先贤铭石语,更祈来者贡诗琛。
庐山千载人文蕴,愿与诸君探浅深。

敬题徐人健先生《秋声集》

萧飒秋声未觉寒,休云风雨历艰难。
高怀朗咏和为乐,健魄周游路自宽。

老去神情犹俊逸，新开曲苑任盘桓。
欣闻又缀词千片，何惜沤心一寸丹。

江岚

1968年生，河南信阳市人，中国人民大学文学硕士，曾供职于中华全国总工会教科文卫体工会。现任《诗刊》编辑部副主任、子曰诗社秘书长、中华诗词学会常务理事、解放军《红叶》诗刊特约评论员。著有旧体诗选《听雨庐诗稿》。作品散见于国内各诗词刊物及云帆、小楼、搜韵等微信平台。

登宿州埇桥涉故台

一

耳边苦雨尚飘潇，篝火狐鸣破寂寥。
绝路黔黎不畏死，霎时镐杵化为刀。
花开大泽春犹在，草长平台事已遥。
年少谁无鸿鹄志？聊因暇日一登高。

二

竿木亡秦夸尔曹，故台登眺碧云高。
白花犹似祭张楚，翠柏空教想战袍。
耕读渔樵自有味，王侯将相本无聊。
农家远近斜阳里，燕雀回翔乐更饶。

过宿州萧县皇藏峪

清溪谁筑锁龙桥？龙去空山归寂寥。
洞口蜘蛛春结网，林中兰若夏鸣蜩，
伏泉九曲出地表，栈道何年横树梢？
观景台高徒在望，可怜壮气逐年消。

汴河晚望

沱汴分鬃处，云都半夕阳。
临河展画卷，怀古叹流光。
莲外楼台静，桥头水月凉。
居人足乐事，来往柳丝旁。

秋窗晚望怀友

满城灯火乱如蝶，雨打秋槐一径斜。
老友半年不曾聚，算来只隔两条街。

蒋有泉

1945年12月生于浙江奉化，毕业于解放军重庆通讯学院和中国人民大学。曾任新华社校对中心主任、中广联党委常务副书记。现任中国楹联学会会长、野草诗社副社长。

自上海赴重庆军院途中

极目大江英气稠，鹏图初展向渝州。
铁舟撞碎千重浪，蜀道古愁今不愁。

1960年8月于长江"江峡"轮上

月夜思

今夜无端思故乡，披衣仰望独临窗。
冰轮照我军中客，吟碎床前明月光。

1962年中秋于重庆

过瞿塘峡

峭壁摩云风浪狂，鬼神无语镇瞿塘。
满江昏暗天如线，夜半孤舟吊胆航。

1963年8月于长江三峡

靶子山忆友

黄草摇身风扫叶，寒塘清浅似当年。
相看携手笑谈处，花落苇尖愁指天。

1965年12月于上海

答故友

无私自敢斥阎罗，恶鬼凶神奈我何？
暗箭如蝗浑不觉，直行大道独高歌！

1966年12月于北京

李树喜

河北省安平县人，毕业于北京大学历

史系。高级记者、作家、人才学与历史学者，中华诗词学会副会长，光明日报出版社原社长兼总编辑。

白帝怀李白
朝霞暮雨过江陵，夹岸云山晦不明。
风物已随人力改，汽轮声里忆猿声。

秋讯
猛可山林红欲燃，暮年心绪异从前。
欲将一叶江南寄，又恐西风占客先。

知秋
又对西风卷白云，花红果艳各纷纷。
三冬过硬春偏软，还是秋光最可人。

西风
黄河出没彩云中，大漠长天落日雄。
华夏正须凛冽气，西风切莫象春风。

重阳寄远
赤橙黄绿未摊均，雨洗风吹变幻频。
只道重阳颜色好，不知自己亦秋深。

林峰
广东梅州人，寓居香港，专业会计。香港诗词学会创会会长，中华诗词学会第三、第四次全国代表大会主席团成员。作近体诗五千首，辑峰回园诗系五集；作新诗万行，辑《时代的回声》《天声海韵》二集。主编有《近四百年五百家诗选》《中华历代慷慨诗词选》等多部大型诗集。

己亥吟春
清流漱石水初声，雨湿桃花正动情。
江柳乘时莺早起，渔人得意纲新更。
风吹白发催诗老，香染红笺赋日晴。

大雅未忘民冷暖，登高俯海气纵横。

春游泉州开元寺
泉州湾畔客徘徊，玉塔巍峨石两堆。
缘证色空扬佛道，但求名利拜如来。
松风竹雨清萧寺，桂圃兰阶冷月台。
明镜菩提依旧在，可怜弘一已成灰。

悼友人·金庸先生
与君知遇已多时，转觉凡尘幻未追。
看月倚栏成一梦，裁笺泼墨隔重帷。
文章万卷留人世，道德千秋入古诗。
笑貌音容都宛在，如今学士可依谁。

香江时事感怀
边隅何事扰纷纷，欲黑天南几缕云。
无那遗臣翻恶浪，何堪片雨乱晴氛。
山河一统诚难得，海岛千秋岂再分。
不死独心宜自省，且看严阵是三军。

关帝庙前怀古
刚愎终归寸土无，骄兵难挽六军孤。
斩关斩将真雄杰，抗魏抗吴如匹夫。
辜负青龙哀白刃，何堪赤兔走穷途。
古来络绎行香客，空吊君侯九尺躯。

刘庆霖
1959年2月生，黑龙江省密山市人。1978年入伍，解放军西安政治学院毕业，从戎28年，上校军衔。现为中华诗词学会副会长兼秘书长，《中华诗词》副主编。

鹧鸪天·玉溪通海秀山
赠孔祥庚及随行诸诗友
共沐清风柏挹尘，阳光薄薄洒于身。
不为闹市不为野，半在花间半在云。
山作友，水成邻，莺声颜色正缤纷。

谈诗论道过禅院，便是神仙也羡人。

浣溪沙·玉溪拜谒聂耳铜像

耳听民间疾苦多，倾情报国斗凶魔。
奈何弦断雨滂沱。
一把琴成一段路，一支歌是一条河。
此河此路在心窝。

浣溪沙·龙门石窟

谁曳禅音左耳听，龙门移步一身轻。
千龛万像看人行。
佛界让石头占领，石头被佛主重生。
世间法则略能更。

刘征

原名刘国正，1926年生于北京。著名语言教育家、作家。现任《中华诗词》名誉主编，中华诗词学会顾问。

花束

老友远方来，遗我一束花。
月上老友去，花束瓶中插。
归游觅无处，历历忽在目。
手捧一杯茶，良夜听花语。

手稿问世

手稿即问世，我心则惴惴。
如长重仪容，衣冠求得体。
示人儿时照，光腚拖鼻涕。
如大厨治筵，绝美色形味。
待到后厨看，错杂而狼藉。
转念又一想，惴之大不必。
示人以憨笑，示人以稚气。
示人以误谬，示人以败笔。
示人者何物？一个真自己。
诗情千万端，唯真最可贵。

老梅图歌

忆昔三日宿逸园，中秋爽气满西山。
山高势与月相近，如与嫦娥共笑谈。
逸园主人清兴发，笔翻墨海信挥洒。
忽惊时序变春秋，一树梅花欹堂下。
老梅图成赠老梅，三十余年手一挥。
自嗟老来哀乐减，白头衰飒何垂垂。
展卷重看老梅图，时光印记讶全无。
一如画就才掷笔，花湿滴露雨晴初。
依旧老干横半壁，虬龙盘屈贵辟易。
重重风雨镂霜皮，点点春苔青欲滴。
依旧花苞含笑开，轻罗掩梦未舒眉。
清风阵阵穿窗过，欲度幽香引蝶来。
依旧密处花万朵，你推她肩她依我。
谁将快剪剪红霞，烘天照海一团火。
由来读画如读书，画梅如此我何如？
老梅三拜老梅图。逸园主人见诗必大笑，画兴方酣管它老不老！

红豆曲并序

2001年访无锡，因得赏无锡红豆树。树传为梁昭明太子萧统手植，已1000多年。原为两树，后两干合抱，并为一树，上枝仍分为二。近处旧有文选楼，已圮无遗迹。时值岁寒，木叶尽脱，根柯盘结如虬龙。廊上悬有红豆树图片及前贤诗文，益我见闻。听老者讲昭明太子浪漫传说，哀艳动人，遂有写《红豆曲》之萌动，孕育多日，终于呼之欲出。2002年春节多暇，命笔成章。传说为我起兴，赋事任臆所之，真实不虚者只一情字。

南国红豆生处处，最数无锡红豆树。
道是萧郎手自栽，红泪千年咽风雨。

萧郎帝子人中龙，金蝉翠緌当华风。
济贫苏困不自足，文选楼头夜烛红。

恰是清明新雨后，信马郊游问花柳。

暂辞倦眼万飞鸦，难得清心一壶酒。

当垆女儿傍前溪，杏红衫子绿杨枝。
相逢却似曾相识，未曾相识已相思。

素手捧杯奉公子，明眸含笑凝春水。
不须丝竹伴清歌，天下流莺欲羞死。

碧桃花下誓终生，阿侬小语许花听：
"因爱红豆名红豆，不慕繁华只重情。"

归来杜门耽笔砚，寝馈沉酣书万卷。
碧玉未及破瓜时，待嫁移年应未晚。

文选终成第一书，牙签锦轴聚琼琚。
凤声龙管迎红豆，春风一里紫云车。

白头阿母吞声泣："岂料一病终不起！
欲寻红豆向何方？前溪一片埋愁地。

朝占鹊噪暮灯昏，枫叶桃花秋复春。
伶仃寸草寒家女，卑微无路扣金门。

嘘气如丝泪成血，枕上声声尤唤君。
叮嘱一物遗公子，锦帕包裹是儿心。"

帕上鸳鸯女亲绣，鸳鸯帕裹双红豆。
如闻红豆唤萧郎，红豆与郎永相守。

悔因功业负佳人，恨我来迟卿已走。
从今见豆如见卿，豆似明珠捧在手。

一双红豆种楼前，春怜风雨夜怜寒。
泪挽柔枝唯脉脉，月移树影望珊珊。

香丝未尽春蚕死，红豆树长年复年。
双树合抱成一树，双枝交叶绿含烟。

黄鸟来歌白蝶舞，芝兰相伴幽篁护。
彤管轻吹玫瑰风，情天漫洒金盘露。

梦里繁星坠地来，枝头红豆结无数。
祝福天下有情人，欲启朱唇作低语。

岁寒来访雪压枝，回郭图展令心怡。
豆似丹霞花似雪，前修诗笔罗珠玑。

树前闲话得小憩，秀眉老父道传奇。
和泪翻成红豆曲，聊补摩吉相思诗。

相争扰扰多愁怨，采撷休忘摩吉劝。
安得播爱遍人间，婆娑红豆植伊甸。

罗辉

1950年生，湖北省大冶市人。现任中华诗词学会副会长，湖北省荆门聂绀弩诗词研究基金会理事长。诗词方面的著作有《新修康熙词谱》《新白香词谱》《诗词格律与创作》《四时吟草》《流光情寄鹧鸪天》《一路行吟集》《一声酬唱清如水》等。

橘山行
午天霜木照晴光，万户千村竞问商。
果贱伤农又伤树，可怜柑橘一山黄。

定风波·防汛
夜半窗前听雨声，黑云翻滚迅雷惊。遥望洪涛如万马，东下，白云黄鹤寄叮咛。　　一野汪洋忙治水，谁济？红星闪烁请长缨。但愿天公休肇事，入世，仁风万里动真情。

三访徐楼村
向来恩怨有缘由，三访乡村听诉求。
事简农安呼壮举，风清吏肃问良谋。

丹心莫怕一时苦，白发常怀百姓忧。
月照归途千万绪，抬头遥望岳阳楼。

忆江南·赋得"一高一低"现象

风雨里，望处逝烟云。一咏一觞生紫气，一缘一会倚红尘。明月霁光新。

高山下，流响唤行人。送尔悬崖千丈瀑，胜他旷世万张琴。清韵入清心。

清平乐·农民工

半壶醇酒，但愿薪常有。露宿风餐天下走，缺月落霞为友。

闻鸡起舞星稠，望乡兴叹声遒。曾子商歌凡载，流光逝水悠悠。

彭崇谷

中华诗词学会副会长、中国书法家协会会员、中国楹联学会顾问、湖南省诗词学会会长，中南大学、湖南大学、湖南师范大学客座教授，河南省教育科学研究院博士后导师，已出版诗词集和书法集多部。

咏北戴河五首
黎明观渔舟出海

混沌东天色暗朦，渔人荡桨驾长风。
心中自有丹阳壮，何惧惊涛险浪中。

鹰角山瞻仰毛泽东塑像

当年反掌救神州，诗赋谁人敢与俦。
堪笑夜鸮讥日彩，光辉无损耀千秋。

观海鸥安然栖息于海浪有感

海天一色际归无，鸥鸟栖波静处孤。
心视鸿毛轻利誉，任他风浪有沉浮。

秋登山海关

一斩通途锁海山，千军万马柱凶顽。
和风甘露滋天下，十亿民心十亿关。

登万里长城第一关老龙头

雄风虎势耸巍楼，敢教盗贼失胆忧。
又荡清风欣海宴，龙头不老壮春秋。

宋彩霞

中国作家协会会员、中华诗词学会常务理事、《中华诗词》副主编。诗词中国"最具公众影响力诗人"奖获得者。著作有《白雨庐词》《宋彩霞作品选·诗词卷、评论卷》《当代诗词鉴赏》等专著十余部。

菩萨蛮·立秋(2018年)

归期始信从前错。小红桥上金风约。气象两相高。谁人舍得抛。

绕篱新菊嫁。一幅清凉画。收拾小窗秋。方能好梦留。

菩萨蛮·立冬(2018年)

燕山已见零星雪。冬梅未放枝头结。待得此花开。月从花上来。

十年漂泊地。十载诗中意。心有满天星。清欢照眼明。

西江月·夏至(2019年)

小鸭堂前逐水，诗情野外成林。桃红柳绿一杯斟，来就中华通韵。

细数年来所有，只消一个开心。楼台且有醉花阴。自在晴光方寸。

西江月·秋分(2019年)

谁把蓝揉当枕，风将碧引牵花。西郊小坐赏城霞，水墨新描图画。

云淡天高动镜，水新桥下分沙。亭前开宴小杯茶，品着诗香一架。

南歌子·春日（2019年）

小雪来清座，红梅去晚妆。鱼儿拱水享初阳。柳外玉兰赶着、嫁新郎。

日子寻常过，冰凌哪里藏。人间万物各登堂。桃李甘棠不管、旧沧桑。

南歌子·夏日（2019年）

柳上蝉鸣早，林间雀梦迟。渔翁端坐老塘西。钓暑钓风钓雨、已忘机。

一架葡萄瘦，三排豆角肥。姑娘忙着剪秋葵。更有娃儿小跑、摘花回。

滕伟明

1943年生，四川成都人。毕业于四川大学中文系。历任重庆城口中学与四川职业艺术学院教师、《四川文艺报》《四川文化报》《岷峨诗稿》副主编。现任蜀文献编委会主编，四川省诗词协会会长。著有《滕伟明诗词集》《诗海探骊》等多种。

冬夜杂咏

日出照积雪，雪香四海流。我亦乘此兴，策杖登高丘。高丘安可仰，一望令人愁。往者诚已逝，来者未可求。中间偏萧索，何为来此游。

佞臣脂粉厚，老将新冢多。国运已如此，刍荛其奈何。转喉动触讳，畏人如畏魔。斗室绕千匝，对月空吟哦。翻慕祢衡子，击鼓犹可歌。

巴山苦寒地，十月雪纷纷。哀哉淡食民，举家无衣衾。再食惟山芋，驱寒旋斫薪。喜怒皆莫辨，双眸时一轮。开国二十载，如何见此民。

注：巴山贫甚，至有大姑娘无衣裤者。又缺盐，民多悬瘿，而自谓忧伤所致。山芋指土豆，山民常年食之，又以当菜。冬雨雪，井泉皆生冰，全家所赖过冬者惟火塘而已，山民故多火癍。

老卒

将军告庙后，老卒带创归。剧言安南战，敌军数十围。硝烟灼面起，流弹贯肠飞。报国无反顾，踏雷搴虏旗。一割丧猱胆，小试显神威。班师瘴水上，国殇裹革随。忽闻南使至，卑辞何葳蕤。愿言捐前嫌，卸甲息边陲。鹿砦今已弃，獐目每斜窥。唧啾抱瓜卖，得钱裹胫腓。明主念我劳，召我归峨眉。临行坟上酹，同袍尽此杯。

黄河

我过黄河上，书空忽咄咄。中流惟一线，茫茫横沙漠。那得喧豗声，何处承日落。侧闻卫无船，复惊宋有涸。入海已失道，蓬蒿巢燕雀。掩面长太息，吾生一何蹙。

注：吾凡六过黄河，皆不见水，中华摇篮至此，亦良可哀者。

月下忆妹

今夜月正圆，千里共皎皎。披衣步中庭，花影如荇藻。所思在远方，两妹可安好。骨肉三地分，音书渐稀少。心知同艰难，问候殊草草。忆昔大饥年，兄妹皆瘦小。阿母忍偏心，厚薄保高考。小妹才换牙，经年难一饱。薯芋何甘芳，阿兄其趁早。对此岂能餐，五脏如刀铰。掩面入书房，涕泪湿刍稿。自誓取功名，堆金报窈窕。尔来三十年，垂垂忽将老。曾无赠一钱，奚言撒金袄。陡坂服盐车，一身难自保。念此忽忽狂，槎枒生怀抱。人生百年忧，此情如何了。中夜起悲风，泰山为吹倒。我对月团团，焚心以默祷。食贫未可哀，无疾以为宝。

注：大妹绮明，小我八岁，在大英县蓬莱盐厂工作。小妹练明，小我十二岁，在蓬溪县职业中学任教。兄妹三人，皆遭遇饥饿岁月，思之凄绝！

王改正

汉族，1951年生于河南省郾城县（现漯河市召陵区），1969年加入解放军，2006年退休。现居北京。退休后在中华诗词学会服务，现为中华诗词学会副会长，《诗刊子曰》顾问，《中华辞赋》副总编辑。著有诗词集《细柳营边草》《岁月歌吟》《霞落玉潭红》《信步走燕山》等。

重阳有问

客路堪悲晚景凉，家山眺望又重阳。
良宵梦见坟生草，故里人知我姓王。
问候先流双眼泪，攀谈几断九回肠。
云边半面清清月，已照篱花点点黄。

过华山

凭窗南望华山高，我欲攀爬怕闪腰。
翠黛青峰皆幻彩，仙园紫府在云宵。
从来追梦人无数，自此登天路一条。
五朵莲开惊世界，双眉对镜有白毛。

两岸诗家论坛记怀

（一）
佳人谁不盼佳期，泪满愁怀酒满卮。
两岸情牵君莫忘，一生心苦我相思。
东湖岸上萧郎意，黄鹤楼头弄玉痴。
梦到天高云散后，歌吟花好月圆时。

（二）
秋风带雨冷飕飕，峡海波翻浪打头。
日月潭边谁落泪，龟蛇山下我生愁。
难销楚鄂风骚痛，可诵周文雅颂柔。
两岸诗家情意厚，无人对酒问曹刘。

花亭湖上忆朴老

朴老乡愁何处寻？寺前河畔柏森森。
春深杨柳花亭寺，秋老芝兰翰墨林。

居士原来真逸士，禅心自有大悲心。
清风明月尖茶味，妙相庄严自在身。

武立胜

男，安徽省淮南市人，现定居北京。1966年出生，1983年入伍，原北京军区朱日和训练基地副参谋长，上校军衔，研究生学历。现为安徽省诗词学会副会长、《中华诗词》杂志责任编辑。诸多赛事征文主评委。

闻"旧体诗词不宜入史"论

敢笑方家传语讹，百千年事费琢磨。
可怜溯史寻根少，才致沽名钓誉多。
华夏何曾无血脉，诗文自古有衣钵。
长河毕竟东流去，淘尽泥沙是碧波。

白帝城杂咏

斯城岂肯泛中游，自耸瞿塘峡外楼。
故事千年縈耳目，夔门十丈锁咽喉。
三国便是难容蜀，诸葛焉能不助刘。
莫叹皇叔才智少，托孤亦可算良谋。

访托孤堂

衰朝何处觅前途，白帝城中戏一出。
切切情由独自演，纷纷泪看众人哭。
孔明本是贤丞相，阿斗惜非伟丈夫。
问罢托孤归去晚，西天落日没江湖。

游奉节小寨天坑地缝

或深或浅已沉埋，由窄向宽俱可哀。
窥地仅存穴一孔，观天只见树双排。
些微物理难勘测，多少机心费解猜。
对此休说缺憾美，但失圆满不重来。

夜宿奉节游轮，甲板与泉名闲酌

孤城晚舸自寻常，客在夔州待远航。

几粒花生聊下酒,数滴小雨偶飞凉。
交谈尽是知心话,兄弟无需过夜床。
饮到明晨风解缆,清流千里共汤汤。

星汉

姓王,字浩之,1947年5月生,山东省东阿县人。新疆师范大学文学院教授。中华诗词学会发起人之一,第二届、第三届副会长,现为顾问;新疆诗词学会会长。出版有《清代西域诗研究》《天山东望集》等20余种。

陪黄河诗会诸名家谒杜甫故里
挥毫异代各传神,少小谁家不苦辛。
雨洒乡愁来万里,云飞诗句漫三春。
杜工部伴乾坤老,笔架山擎日月新。
拜谒堂前留一语,高吟自有后来人。

游李商隐公园
多年无力解无题,亲到荥阳问玉溪。
红药避风开蕊晚,碧桃带雨压枝低。
朝廷多事磨吟骨,幕府长途费马蹄。
未尽幽情回首望,满园春色透灵犀。

雨中祭三苏坟
万里东来胜读书,天山不许怯长途。
乌云酿雨灵思远,翠柏翻风健笔粗。
西蜀多才扶两宋,中原有幸葬三苏。
前贤今日如相见,我愿追随作仆夫。

李依若墓
苍天今日始怜君,百丈村前漫夕曛。
康定情歌传四海,何曾一句到荒坟。

拜关羽持刀塑像
依旧当年胆气豪,荆州仰望白云高。
东吴山色开图卷,西蜀江声绕节旄。
口舌交争摧鲁肃,头颅厚葬感曹操。
面陈一语君休怒,多用兵谋少用刀。

熊东遨

字日初,号楚愚,别署忆雪堂,湖南宁乡人。湖南省文史馆馆员;中国楹联学会、新华诗社、诗刊子日诗社顾问;中华诗词学会常务理事,《中华诗词》杂志编委,湖南省诗词协会副会长。主要从事诗词创作和理论研究。先后担任"世纪颂""沈园杯""屈原杯""根祖杯""百诗百联""湘天华杯"等多届全国诗词大赛评审委员。20世纪90年代初曾在湖南电视台开辟"诗词曲联"系列讲座,将传统诗词教学搬上屏幕。已出版的主要著作有:《诗词曲联入门》《古今名联选评》《诗词医案拾例》等三十余种。参与《诗经鉴赏辞典》《唐宋八大家鉴赏辞典》《花鸟诗歌鉴赏辞典》《清诗鉴赏辞典》《中国旅游名胜诗话》《二十世纪诗词文献汇编》《百年文言》等十余部大型文献辞书的编撰。

林琦兄以乾隆青花加彩壶见赏后奉题
泥陶本常物,贵出圣明时。
道路经多变,炎凉岂不知。
盛来初雪水,认作小莲池。
难怪林夫子,终生为汝痴。

杭州喜晤吴公伟平旋又作别集唐八家句寄怀
酒倾无限月,赏玩夜忘归。
白石同谁坐,青云羡鸟飞。
自知栖不定,此别意多违。
暂往比邻去,吴山有绿薇。

春归写意

一线春从柳上还,过江门户不曾关。
垆边竹叶留人醉,雪里梅花笑我闲。
林子理应归鸟雀,先生心已属云山。
鸡声茅店星光里,犹作唐时画卷看。

庐山石门涧过慧远祖师讲经堂

闻经几度梦柴桑,此日随缘过讲堂。
百变峰俱真面目,千寻瀑是旧文章。
无心涉世愚何碍?有井观天小不妨。
忽见空山动佳气,两三飞鸟入青苍。

空调叹

烈日当头似火燃,空调启动却忧天。
忍教废气污环境,谁献新招保自然?
人类奢求犹未已,地球物种恐难全。
劝君稍惜身前福,留与儿孙作善缘。

杨逸明

1948年8月生于上海,祖籍江苏无锡。第二届、第三届中华诗词学会副会长。中国作家协会会员、中华诗词学会顾问、上海市诗词学会副会长、《上海诗词》主编。已出版诗集《飞瀑集》《新风集·杨逸明卷》《古韵新风·杨逸明作品集》《路石集·杨逸明卷》等多种。

听春雨戏作

一夜潺潺未肯停,春波急涨与桥平。
如今好雨知时态,润物那甘不作声?

读柳永词

井水勾栏随处村,柳词能唱遍蓬门。
白衣何必称卿相,可敬头衔是草根。

见大雁排列人字形横空而过

金风渐减远山青,一字飞来目最醒。
撇捺雁行天上写,世间团队少人形。

中秋宿苏州

金秋夜宿太湖东,思古幽怀自不同。
此地清辉资格老,曾扶西子入吴宫。

听阿炳二胡曲

摩擦丝弦妙曲成,指间流出二泉声。
心虽一寸能飞瀑,梦可千回共扎营。
忆我家乡湖石醉,听他天籁鬼神惊。
通谙圣殿门和路,别有双眸映月明。

赵京战

笔名苇可,河北安平人,1966年入伍,空军功勋飞行员,副师职,大校军衔(已退休)。曾任中华诗词学会副会长,《中华诗词》常务副主编。现任中华诗词学会顾问,《中华诗词》编委。

生查子·戎装初试

军装今日发,算个新兵蛋。对镜试腰身,左右频频看。

常怀志士心,今日真实现。照相寄爹娘,好慰殷勤盼。

小重山·队列训练

立正稍息口令急,忽听呼右转,脚难移。跟跄哪顾辨东西。频气喘,转眼汗湿衣。

队列有玄机。新兵刚入伍,掉层皮。当兵此是大前提:军姿正,浩气与天齐。

采桑子·早操

曙光初照晨风冷,口令声声。口号声声,四面群山也动情。

集合更显军威壮,队列成城。众志成城,千载长歌细柳营。

卜算子·收操
收阵看军容,方显军威壮。队列八方四散开,跑步离操场。
口号震云天,怎比军歌响。响到营房战士心,织就天罗网。

采桑子·熄灯
嘀嗒军号催人睡,吹灭群灯。吹亮繁星,更有中天一月明。
梦中未忘千斤担,又喊杀声。又误鼾声,睡觉之时也是兵!

钟振振

1950年生,江苏南京市人。现任南京师范大学文学研究所所长、特聘院教授、博士生导师,教育部外国学者"中华文化研究奖学金"指导教授,兼任中国韵文学会会长、中国宋代文学学会副会长、中国词学研究会副会长等。编撰有《东山词校注》《北宋词人贺铸研究》《金元明清词鉴赏辞典》《宋词纪事会评》等十八部,逾1000万字。

西湖
四时花气酿西湖,细雨噙香淡若无。
一似春宵少女梦,最温馨处总模糊。

雁荡山大龙湫
一绳水曳素烟罗,百丈疑悬织女梭。
何必秋槎浮海去,攀援直上即天河。

北川废城春草
寂寂废城花不春,圮椽腐瓦久封尘。
生机最属无名草,挺出卑微傲岸身。

送春
数码编程四序推,小园香径莫徘徊。
荼蘼销尽残枝雪,自有榴红炫火来。

老牛湾
长城追欲吻黄河,追过千山追上她。
芳泽许亲翻退怯,踟蹰急峡对秋波。

周啸天

号欣托,四川省渠县人。四川大学教授,安徽师范大学中国诗学中心研究员,中华诗词学会副会长,第六届鲁迅文学奖诗歌奖得主。著有《绝句诗史》《中国分体文学史(诗歌卷)》《历代分类诗词鉴赏》(十二种)《诗词赏析七讲》《诗词创作十日谈》《周啸天谈艺录》《将进茶——周啸天诗词选》《周啸天选集》等。所获其他奖项有《诗刊》首届诗词奖第一名、中华诗词学会第五届华夏诗词奖第一名、2015"诗词中国"杰出贡献奖。

宽窄歌
峨眉自古路朝天,最是公来不禁山。
半边容我与君走,尚与路人留半边。
君不见高空王子阿迪力,观者如山俱屏息。
君不见开元大道如青天,白也尔独不得出。
渺渺一尘历劫波,爆炸徒生几千河。
却看地球渐成村,迩来天下被网罗。
天涯未及纳米宽,咫尺何啻万光年。
合德分苏讵可料,神州已着非常道。
一带一路亦人谋,两道岛链听天造。
疏可走马不容针,窄如扁担栖仨人。
纪昌习射已贯虱,庖丁解牛新发硎。
人生达命信可乐,夜行船上伸伸脚。
最窄莫过牛角尖,掉头一吹动寥廓!

注:省社科院组织朗诵会于宽窄巷子,命以宽窄为题作歌。

毕节行

眼前突兀楼盘广，毕节街箱亦宏敞。
夜来寒风驱五儿，可怜身是父母养。
髫发才近一之日，入此室处犹梦想。
不祈温度岂穹窒，暂得光明剧耗氧。
天明竟与鞋履别，拾荒姥姥呼不得。
昨夜火柴微光里，儿曹可曾睹天国？
一方网站苦噤声，四海壮夫难辞责。
君不闻、忍寒切肤甚忍饥，饥可画饼哺肉糜。
赤县宁无推恩者，苏俄尚有教育诗。
螺蠃能及人之幼，曷不先负毕节儿！

中秋引

节至中秋天作美，茶楼侍坐二三子。
于今教授未全贫，是夕月华清似水。
恍若春风浴沂时，璧月沉沉素瓷底。
以吾一日长乎尔，曷各言志毋吾以。
率尔哂由由勿嗔，喟然与点点莫喜。
从政种宁有王侯，为学心当如止水。
云英可能不如人，殷浩从来宁作己。
古人千里与万里，相遇端绮心尚尔。
此生此夜须尽欢，明月明年何处是。

刘章诗选

刘章

　　1939年1月22日出生于河北省兴隆县上庄村,当代诗人,国家一级作家,享受国务院特殊津贴专家,中国乡土诗人协会名誉会长,《诗刊》《中华诗词》编委。主要著作有《燕山歌》《刘章诗选》《刘章诗词》《刘章绝句》和《刘章散文选》《刘章评论》《小宝宝歌谣》等50部和诗文全集《刘章集》。组诗《北山恋》1980年获得全国首届中青年诗人新诗奖。

旧体诗:

夜登厦门天界峰

漫步紫云径,直登天界峰。
茶香云滴露,泉静地生星。
夜色笼身淡,海风拂面轻。
台澎遥望远,俯首万家灯。

1976年10月于厦门

山行

秋日寻诗去,山深石径斜。
独行无向导,一路问黄花。

1979年8月22日草,1981年改

乔迁过罗文峪口

罗文峪在遵化与兴隆交界处
喜庆乔迁又自伤,辞亲路似九回肠。
罗文峪口停车望,从此家乡是故乡。

1979年12月29日举家迁往省城途中

晚秋山中

山色转苍凉,黄花开未了。
秋风吹客心,落叶乱归鸟。

1989年草,1990年2月27日改

题泰山斩云剑

此景在快活三里路西,云降至此化为雨
一剑横东岳,年年斩乱云。
生成棉与帛,天下少寒人。

1992年1月改写

春绝句

楼头红日又西斜,散步归来慢品茶。
衣上轻尘不愿扫,一身花影带回家。

2004年春

油灯下夜读

独坐孤灯下,读书至夜深。
地偏无远客,落叶乱敲门。

2005年9月

家山词

丙子除夕近黄昏,故园北望白云深。
无边乡恋波涛涌,辞岁如何酒入唇?
车铃丁丁信使到,我侄寄来家山照。
回屋灯下细细观,如诗似梦故乡山。
家山入我书房里,我去家山岚岫间。
群山莽莽复苍苍,自然骄子来洪荒。
重重大岭森森树,林涛滚滚接天罡。
冬雪雕成水晶宫,兽走禽飞明镜中;
夏雨翻成波千顷,雷电开出金芙蓉。
春风暗渡野草暖,秋月扬辉水波清。
凝眸细看南山松,依稀松韵耳边鸣。
松下老屋我出世,冰封大地正严冬,
雨雪风霜近五纪,悲欣交集此一生!
松下杜鹃春似火,子规啼血卧花丛,

松下山泉漾星月，松下泥土收针叶，
松叶归根我何方？今夕幽思情切切！
南天门开国画悬，花黄柏翠枫叶丹，
孩提洞穴避烽火，瑟瑟屈身被叶眠。
东瀛盗贼心未死，饮弹先人骨已寒。
画中不见鸟双飞，飞遍天涯应倦归，
鸟归我在千里外，教人焉何不生悲？
西风衰草对斜阳，革命文化我牧羊。
天寒地冻盼羊饱，衣单腹空恨天长。
一叶离枝一啼泪，一鸟啼呼一断肠。
牢记昨天太惨淡，为求明日更辉煌！
青山历历意痴痴，如醉如痴是此时。
南甸对面痖堂上，山桃花开第一枝；
西大梁头冒烟洞，壁间留我旧题诗。
双峰似剪孤似锥，冬日割柴手频挥，
长绳欲挽夕阳坠，两手纷忙卷落晖，
汗湿棉衣风吹背，腿颤肩沉野径微。
农家最苦是山民，我道相思不是灰！
春草深山挖药忙……落花风里采山桑……
雨后劈石修旧堰……春前破土盖新房……
小村亲舍各西东，房似蜂箱人似蜂。
青山无处不飞遍，来去匆匆如转蓬。
黄土炕上生儿女，黄土丘中埋祖宗，
出出入入朝还暮，死死生生代无穷，
多少酸甜苦辣咸，都是人间五味瓶！
千岁不闻王者兴，草民只似棘和荆。
不见我建旧时巢，小丘顶上露杨梢。
砚丘曲径我开凿，一段柔肠永不消；
丘下白杨我栽下，春风画笔向天描。
白杨树边我掘井，夫妻双双曾照影，
头上白发不再青，清水还绿后人垄，
树下石碾妻推转，四山花艳映人面；
思来石磨涕泗流，蔷薇依旧篱笆院。
芍药岁岁出新土，老屋年年归旧燕……
家乡泥土生我身，家乡清风净我心。
手捧照片思纷纷，腹中音韵口中吟。
水做情肠山做骨，山灵水气入诗魂。
画里观看梦登临，家山虽小似昆仑。

大山之子情难了，来生还做大山人！
家山在我怀中抱，酒未入唇已芳芬……

1997年2月10日正月初五完稿

新诗：

雨中

三月春雨落纷纷，
队长取种赶回村——
两道眉梢水珠滚。

胸膛跳动火红心，
草帽盖着一片春——
掌上良种欲生根。

1962年春于上庄

牧场上

花半山，
草半山，
白云半山羊半山，
挤得鸟儿飞上天。

羊儿肥，
草儿鲜，
羊吃青草如雨响，
轻轻移动一团烟。

榛条嫩，
枫叶甜，
春放沟谷夏放坡，
五黄六月山头转；

抓头羊，
带一串，
羊群只在指掌间，
隔山听呼唤。

1967年夏草于上庄村
1971冬改于兴隆

向厦门

向厦门,
画中行。

石雕小楼红横幅,
禾铺大野绿条屏。

是画意,
是诗境。

蔗林万顷酿甘甜,
海浪千堆涌诗情。

诗画配,
人民功。

大地还须银锄绘,
海岸需防蟹挖空。

1976年10月1日厦门途中

湖光

蒙蒙雨,淡淡风,
岸横,杨柳依依草色青。

小溪满,水库平,
溶溶,冰瀑落珠下桃峰。

云中鱼,水中鹰,
多情,都在青山倒影中。

新船下水如白鹭,
西东,女娃头巾一点红。

笑一层,网一层,
重重,诗情画意浓。

1980年2月28日

盆松

一样金色的种子,
一样绿色的生命,
恨不能成梁成栋,
来做这点缀的盆景。

成材也不能,
化灰也不能,
空有萧萧岭上情,
谁知我心中不平。

1980年12月10日于石家庄北斗村

还乡见新坟

还乡见新坟,
一见一揪心!
煤窑年年出事故,
夺命小村第三人,
哭声遏行云!

还乡见新坟,
一见一寒噤!
纸钱买走活人命,
矿主几个不黑心?
少寡怕黄昏。

2007年1月23日

北台子地塄

北台子地塄,
生我小村的高地。
母亲站地塄张望我归去,
一川逝水,满天飞絮……
刘芝二哥站地塄喊我家分菜分粮,
丹崖回声,长风传递。

母亲仙逝,二哥远去,
山川依旧,刘章老矣!
地塄上站着他们的影子,
血脉亲情,无别,无离。

蓦然回望北台子地塄,
我在亲人的目光和呼唤声里。

2011年3月2日

刘向东诗选

刘向东

1961年5月5日出生于河北兴隆县上庄村,当代诗人,一级作家,河北省作家协会副主席、中国诗歌学会副会长。出版有诗文集《母亲的灯》《落叶飞鸟》《白纸黑字》《诗与思》《沉默集》以及英文版《刘向东短诗选》和塞尔维亚文版《刘向东的诗》等25部。作品入选《中华人民共和国50年文学精华》《新诗百年百首》等200多个选本,被翻译成英、俄、法、德、日、波兰、捷克等多国文字。曾获中国作家协会优秀作品奖、冰心散文奖、孙犁文学奖、河北文艺振兴奖等。

母亲的灯

那灯
是在怎样深远的风中
微微的光芒,豆儿一样

除了我谁能望见那灯
我见它端坐于母亲的手掌
一盘大炕,几张小脸儿
任目光和灯光反复端详

啊,富裕的夜晚
寰宇只剩了这油灯一盏
于是吹灯也成为乐趣
而吹灯的乐趣必须分享

好孩子,别抢
吹了,妈再点上
点上,吹了
吹了,点上

当我写下这些诗行
我看见母亲粗糙的手
小心地护着她的灯苗儿
像是怕有谁再吹一口
她要为她写诗的儿子照亮啊

哦,母亲的灯
豆儿一样
在我模糊的泪眼中蔓延生长
此刻茫茫大野全是豆儿了
金黄金黄

那金黄金黄的
涌动的乳汁啊
我今生今世用不完的口粮

1993年秋

落叶飞鸟

在我老家,燕山脚下
老树比村庄更古老
而树上的鸟巢
比新娘还新

半圆的巢儿朝天
孵化日月星辰
半圆的坟墓如鸟巢倒扣
拢住大地之气

土地说:落叶归根
于是叶子下沉
天空说:鸟儿凌云
于是翅膀向上

芦花辞

待到花开已白头
也不错
挤在一起
不分彼此无论伯仲
顺着风

齐刷刷和我一起白头

透明阳光里
一根白发一行诗
顺着风

自在之身轻似梦
现在忽悠就过去了
顺着风

现在忽悠就过去了
忽悠又转身折回来

齐刷刷和我一起白头

2016年秋

化蝶

蝶因心动而动
翩翩复翩翩
脉脉情人全是庄周

而不是谁都能脱胎换骨
千年等一回
任二胡独奏提琴协奏

谛听到白头
两只蝶儿落下来
不在左手就在右手

2003年夏

草原

春来草色一万里
万里之外是我的草原
草木一秋，听天由命

要有一株苜蓿
要有一只蜜蜂
有蜂嘤的神圣与宁静
没有阴影

要有一双更大的翅膀
为风而生
有一个小小的精灵
直指虞美人的花心

要有一匹小马，雪白
或者火红。让它吃奶
一仰脖儿就学会了吃草
草儿青青。而草

一棵都不能少
哪怕少一棵断肠草
天地也将失去平衡

2006年秋

纪念碑

说得对！纪念碑
是一株开不败的白花植物
有时像一只跷起的拇指
显然是一支手杖

就在那个夜晚
你抓住炮火中横飞的青枝
支撑起前进的愿望

果然是一支手杖

当你面对朝阳

在一种力量形成的瞬间
随手将手杖插入石头

依然是一支手杖

2015 年冬第二稿

鬼子坟

这个鬼子
一脚就踏上了错误的道路
故乡在他的大头靴里
征途在遥远的他乡终结

埋地雷的人
把他
埋在了
埋地雷的地方

鬼子坟
是不是另一种形式的占领？

这是我们的土地
连孩子也知道
我们的！

要不就让他留在这儿？
让他反思其实并不遥远的历史？
让他说说
都看见了什么？

你不是我们请来的
或许也不是你情愿来的
不管怎么着你都得想想
为什么你来了
却不能回去

鬼子坟
对于我们古老的乡土
永远也不会成为风景

2015 年夏第二稿

黄汉江诗选

一、格律诗词曲选辑（中华新韵）

七律·60来年吟诗谱

少幼吟读三百首，青春投稿几千家。
欲添宋柏新生叶，续种唐园旧梦茬。
幸沐刘章悬皓月，遥思范进醉余霞。
诗林起舞鸥鹏鸟，心海掀腾韵浪花。

注：自幼酷爱诗歌，读诗、写诗、投稿、退稿、改稿、再投稿、发表不多……为继承和发扬唐诗宋词元曲等中华文化而矢志不渝。除陆续在书报刊上发表诗作外，1991年公开出版《荷苞集——散文诗选辑与散文诗漫谈》，2005年公开出版《黄汉江散文诗》集。2009年始发表格律诗词，2011年年过半百叩师从全国著名大诗人刘章先生，2012年始于《中华诗词》和《诗刊》等诗刊发表格律诗词，2017年主编、出版《黄浦江诗潮》(全国最巨诗集，2200多位诗友参加，292万字），2019年4月加入中国诗歌学会，才算名正言顺的业余诗人了，年逾花甲，且已退休，真如范进中举，恰似晚霞绚丽……心潮澎湃、感慨万千，理当在诗林中飞得更高更远、在韵海里献出更大更美的浪花……

2019年4月22日-26日于沪

七律·抗新冠病毒

龟蛇瞌睡疠横流，黄鹤叮咛客禁游。
滚滚瘟波污四海，茫茫愁雾罩千州。
孔明灯蕴锦囊妙，扁鹊壶悬秘术牛。
举世楚歌驱疫魅，艳阳碧水续春秋。

注：1.本诗发表在都市头条头版后成热点，阅读量超过21万人，附言评论330多条。
2.抛一砖引来叁百玉，唱和诗人诗友318人，详见本书附录5《抗疫赞歌》唱和诗专栏。

2020年3月8日初稿于崇明岛
2020年3月28日定稿于中兴镇红星村

哭悼刘章恩师

（黄汉江系刘章的关门弟子）

九载黄花满径芳，幸得泰斗授诗囊。
父师一鹤飞仙界，弟子孤帆渡韵洋。

注：1.今晚惊闻刘章恩师于上午11时突然因病仙逝，悲痛恸哭！师从刘章老师九年，深得指导、玄理和锦囊妙谛，谁料恩师于2020年1月12日与我的1分17秒的通话竟成遗语，早知如此，我就愿再聆听老师几小时的通话，悲哉哀哉悔哉。
2.黄花是刘章老师著名诗词代表作《山行》中向导的意象。

2020年2月20日23时55分叩拜

诗钟十唱：路·楼（新韵）

题记：有路无楼，那是郊野。有楼无路，那须插翅。只有路与楼优化布局，才是优美宜居的理想城市。人生之路与成就之楼也不外乎……

凤顶格（一唱）：
路畅车流同涧水
楼高雾锁隐山峰

燕颔格（二唱）：
道路千条摹谱表
厦楼万幢赛音符

鸢肩格（三唱）：
桥长路阔新城美
树茂楼稀古墅奇

蜂腰格（四唱）：
童年泞路学生苦
花甲砼楼教授甜

鹤膝格（五唱）：

著作三十楼换大
吟诗半百路增宽

凫胫格(六唱)：
绘入蓝图修路易
核出赤字置楼难

雁足格(七唱)：
诵咏诗词悲喜路
研究论著苦甜楼

魁斗格(八唱)：
路遥万里期豪驾
屋广千间仰大楼

蝉联格(九唱)：
隧道蝉联高架路
楼林鸟瞰大悬桥

卷帘格(十唱)：
平平道路车压韵
仄仄楼房鹊唱歌

定稿于2020年1月29日沪

七绝·2020年元旦

（一）

元时欣喜吟新翰，旦日恭福溢浦江；
快赞吉祥扬静泰，乐歌盛世颂安康。

注：全嵌字诗。鹤顶格、燕颔格、鸢肩格、蜂腰格、鹤膝格、凫胫格、凤尾格(雁足格)全用。

（二）

元时银汉耀群星，旦逛滨江涌涛情；
愉祝康安如海亘，悦恭国泰似天恒。

注：嵌字诗，鹤顶格与蜂腰格。

定稿于2020年元旦

七绝·崇明岛北岸赏长江

登堤观赏北长江，恨不拔出岸柳杨；

饱蘸波涛书字画，托潮捎赠海姑娘。

注：1.崇明岛以北系长江北支流，也有滚滚浪涛入东海，也有滔滔海潮涌大江。

2.读大学时，每年坐客轮出长江口经东海黄海渤海到大连读书。我爱壮观的长江，也想念久别的美丽的东海。

定稿于2020年元旦

七绝·2018年元旦

元辰霞彩染河江，旦旭光辉暖户窗。
快斩烦愁撕旧历，乐拥福佑谱新章。

注：1.嵌头诗，鹤顶格(元旦快乐)。

2.清晨起床，望见彩霞染美了黄浦江、染美了苏州河，朝阳照满了窗户、照满了阳台、照满了厅室……在这数九寒冬，真的倍感温暖、倍感幸福。2018年的第一天，如此风水乃吉祥之兆，真令人心潮澎湃：快快斩断那2017年所有的烦恼、忧愁、冤怨、疾病、失望和挫折……紧紧拥抱那2018年所有的幸福、吉祥、安全、健康、喜悦、快乐、如意和保佑……

2018年元旦于沪宅

七绝·2019年元旦

元时黄浦彩霓全，旦日微函兆瑞年。
快纳千福祈富裕，乐迎万喜颂康安。

注：1.嵌头，鹤顶格(元旦快乐)。

2.嵌尾，凤尾格(全年裕安)。

3.元旦元时(子时半夜)黄浦江两岸依然霓虹如瀑，飞映江中；游艇满载彩灯，悠哉游哉；外滩人涌似潮，喜迎新年……白天微信若暴雪……

2019年元旦于外滩宅

七绝·清明节新悟

松幽草碧柳鸣鹍，墓地奢焚亿万千。
病榻双亲恩似海，护陪百倍孝如川。

注：清明日，千军万马浩浩荡荡踏青扫墓，焚烧冥币天文数，一片诚心祭奠亲人，但逝者能享受吗？耄耋父母常患病住院，我更应百倍护理，尽心尽孝，否则冥矣。双亲的养育之恩恰似浩浩大海，子女的孝顺之心仅如一川春水……

2019年4月5日清明下午3点于沪

七绝·观赏白樱花

紫燕轻裁嫩柳芽，顾村人海赏樱花。
东风嬉戏摇银树，霜雪欣然染脑瓜。

注：4月3日赴诗友会午宴。下午与33年之老友曹均伟总编(我1986年主编出版全国第一部投资理论专著《投资学

概论》之编辑)同游顾村公园(上海最大的白樱林)。年逾花甲,头发斑白,又逢银樱花瓣盖头,真乃"雪上加霜",其乐无穷也。

2019 年 4 月 12 日于沪

七律·宅前、宅后、宅边(三首)
宅前菜蔬
宅前生态种鲜蔬,葱蒜菠芹荠芥菇。
栽下健康栽绿色,几茬辛苦几茬福?

2019 年 4 月 12 日于沪

宅后果树
宅后栽植果树苗,梨桔柚杏李梅桃。
播出梦想播春意,捕获秋天捕几挑?

2018 年 3 月灵感于故乡种枇杷树
2019 年 4 月 11 日才吟于沪

宅边花草树竹美
宅边花草树竹林,画意诗情巧咏春。
仄仄树竹莺朗诵,平平花草燕梭巡。

2019 年 4 月 13 日午夜于沪

七绝·忆海岛乡村母校(外二首)
——献给故乡大公中学
大江诞育崇明岛,公校生于僻远乡。
中举金门书钥启,学堂瀚海智帆航。

注:1.嵌头嵌尾(鹤顶格凤尾格)诗。嵌头:大公中学,嵌尾:岛乡启航。

2.大公中学位于当时孤岛崇明僻远落后的汊浜镇。

3.本人 1974 年 1 月毕业于大公中学,同时留校任教语文至 1978 年 1 月,1978 年 3 月入辽宁财经学院(现东北财经大学)读书(文革后首届 77 级),从此我这叶扁舟载着绚丽灿烂的梦想从崇明原生态的乡村启航,驶向波澜壮阔的长江,驶向浪涛汹涌的人生海洋……大公中学的校友们都从这僻远的岛这贫瘠的乡启航……这僻壤这穷乡这落后这贫寒也完全可以变为动力,去努力去奋斗去创业去创新!

七绝·首次中学同班同学聚会
青春困惑路途遥,风雨雏鹰万里翱。
花甲举杯学友会,猜拳雷电学声潮。

注:1.大公中学 73 届 3 班毕业时,没有高考,所以十分困

态,感到迷茫遥远,而且羽毛未丰,无奈各奔西东。

2.全班同学 2019 年春节后首次聚会,都已年过花甲,整整 45 年才相会,光阴似水呵,岁月的霜雪已覆盖头发,感慨万千,激动万分……

七绝·竹篮上学
提篮上课代书包,僻壤穷孩志气高。
祖父撑灯编密篾,唯忧成绩漏一勺。

注:1.从红星小学到大公中学,本人把书本都放在竹篮里去上学,因家境贫困,买不起书包(其实当时有 60%的同学如此)。

2.家有竹园,祖父又会编篮,故只要出点力即可。这密篾的竹篮,也编入了祖父对长孙的殷切期望和无限深情。

3.我大妹对祖父有意见,说是哥哥的篮子比地密,所以她成绩差,被漏掉了。哈哈哈。

2019 年 3 月 28 日于沪

七绝·故乡海岛水好美
(三点水诗,外二首)
瀛洲江海涨汐潮,浩瀚滩涂涌浪淘。
清澈沟浜湖汊汇,泄洪灌溉港河洑。

注:1.瀛洲,崇明的古称,中国第三大岛,世界最大的河口冲积岛,是长江汹涌之水和东海潮汐的幸运儿,至今已有 1400 多年了。

2.水乡水利全:海、江、港、湖、河、溇、浜、沟、汊……溇字词典解释是崇明方言,天然的港汊,如八溇河、五溇乡。

2019 年 3 月 31 日于沪优化办

七绝·故乡春色醉如画(草字头诗)
苒苒葩花荟芯芬,萋萋芳草若茸茵。
葭苗苇荡荻芽茂,紫燕黄莺萃艺荤。

2019 年 4 月 1 日于沪优化办

七绝·故乡树木生态美(木字诗)
桃李柑桔杏柚林,杉樟松柏柳杨森。
柱桩桁架橡梁栋,橱柜桌棋椅板樽。

注:果园多彩(起)、森林棋布(承)、建筑绿色(转)、家居环保(合)……均离不开植树栽林,营造美好生活和生态。故乡正在努力建设世界级生态岛。

2019 年 4 月 2 日于沪优化办

七绝·恭贺余根全诗友

七月七日 80 岁华诞

七夕巧叩耄耋门，织女牛郎共瑞辰。
余老天天康健舞，童颜松骨百十春。

2019 年 8 月 7 日七夕节于沪

七绝·崇明生态岛（二首仄韵）
原生态

江海滩涂河港潋，芦丛贝蟹鱼虾鸟。
竹青树翠百村棉，菜嫩瓜甜千顷稻。

新生态

江海滩涂河港潋，芦丛贝蟹鱼虾鸟。
竹青树翠百花香，草嫩水清千墅妙。

注：未用一个动词。

2019 年 10 月 5 日

七绝·长江组诗
长江源（中华水塔）

唐古拉山冰万丈，沼泽棋布雪茫茫。
一朝日暖花苏醒，荡漾春心嫁海洋。

长江上游

通天波链金沙浪，峰秀三峡万代扬。
两岸猿声何处去？唯留峭壁画廊长。

长江中下游

右揽湖泊湖域广，左牵汉水水流长。
千川总汇惊涛涌，扬子滔滔献海洋。

注：主旨刻画长江精神：团结精神、奋进精神、奉献精神……

长江文化

文化多元淌不停，蜀滇吴越楚文明；
满江名胜激灵感，李杜横流主咏情。

注：常见有主演、主唱、主编、主讲的用法，我这里大胆用了：主咏。

长江今朝

黄金水道贯西东，万艇千船链碧空。
水利长桥福百姓，腾飞华夏五洲龙。

总注：长江源于青藏高原唐古拉山当曲、沱沱河，经通天河、金沙江入川江（含峡江，以上为长江上游），经中下游（扬子江）入东海，属太平洋水系。

2019 年 12 月 1 日

七绝·黄浦江组诗
黄浦江昔日（仄韵）

黄浦弯弯千百岁，滔滔故事如江水；
缘由蓝眼涌洋潮，楼挤外滩帆影汇。

黄浦江今朝（仄韵）

群桥添彩魔都画，江舞邮轮龙眼眨。
四海金潮涌浦东，陆家嘴上叠云厦。

流淌的五线谱

黄浦潮流如乐谱，千船万艇似音符。
弹拨旧曲江滩史，演奏新歌众厦图。

2019 年 12 月 6 日

七绝·崇明生态岛组诗
世界最大冲积岛

江水迢迢浪卷涛，海洋森森涨汐潮。
江情海爱姻缘美，千载冲积岛更娇。

注：长江泥沙和东海潮汐的完美联姻，才诞生出绿色美丽的世界最大的泥沙冲积岛——崇明岛（至今已有 1400 年历史，古称瀛洲）。

崇明东滩（仄韵）

滩涂广袤千顷草，芦荡茫茫飞万鸟，
蟹贝鱼虾尽逛悠，领衔主演观光岛。

注：崇明东滩湿地是万千候鸟的生态乐园，是中国乃至世界重点鸟类自然保护区，且在江沙和海潮中日长夜大。在漫无边际的青苇绿草丛中，有种类繁多的蟹类、鱼类、虾类、贝类……

绿色宜居岛

艳阳常照彩云飘，茂盛森林氧份高，
碧草繁花河水净，嫩蔬鲜果蟹鱼饶。

注：人类生存最重要三要素：空气、水、阳光。崇明岛系长

寿岛。

自然捡到的诗
黄莺歌咏染湿晨,紫燕闲聊暖透心;
知了答题仍奥妙,青蛙群鼓醉黄昏。

人与自然(仄韵)
喜鹊筑巢宅树杈,燕窝嫁在檐廊下;
青蛙保健佐农伯,日夜义工巡稻稼。

民间艺术
瀛洲古调成流派,鸟哨悠扬护鸟群;
厨下灶花花百味,扁担小戏戏千钧。

注:瀛洲古调全称为瀛洲古调派琵琶(崇明派琵琶)演奏技艺,是全国非物质文化遗产,鸟哨、灶花、扁担小戏均为上海市级非物质文化遗产,均属崇明著名民间艺术。

崇明特产
毛蟹横行汊港湾,山羊美味甲江南;
水仙花艳中华誉,米酒香飘上海滩。

注:老毛蟹(长江口天然盛产蟹苗)和老白酒(米酒)、白山羊、水仙等是名扬四方的崇明特产。

千年文明(仄韵)
寿安古寺安仨岛,孔庙学宫学问奥。
一派琵琶演艺传,瀛洲古调非遗妙。

注:崇明区含崇明岛、长兴岛和横沙岛三岛。崇明孔庙是上海最大的孔庙,现称崇明学宫,是崇明博物馆,保存着古色古香的绿色建筑群;古寺在崇明最大的是寿安寺,典型的古代绿色庙宇建筑群。它们均有千年文明底蕴。

崇明今朝
隧道穿江胜巨龙,大桥飞越赛长虹。
风车光电新生态,地铁梭织绿色中。

注:风车能利用自然风能绿色环保发电;太阳能更是清洁能源,含光热和光电等;轨道交通(地铁)是当今最绿色的交通出行方式。崇明岛正在规划建设成世界级生态岛。

2019年12月9日

七绝·赞大公中学78届

同学聚会(外一首)
一届精英自大公,同窗几载谊浓浓。
往昔事溢茶杯外,今日情淹酒盏中。

注:今天应邀参加我20世纪70年代在大公中学任教过的顾国祥(现上海师范大学中层骨干)、周胜(现宝钢中层骨干)、陈波(现药业企业家)等78届初中同学聚会,甚欣喜。

2019年12月29日于故乡中兴镇

七绝·后辈之秀(外一首)
周胜宝钢钢品棒,国祥师大大方扬,
陈波实业红如火,后浪超逾前浪长。

2019年12月30日晚于老家

七绝·上海长江隧桥吟(外二首)
—— 南隧北桥由浦东相连
长兴崇明两岛

一条巨隧赛神龙,两岛长桥胜彩虹。
世代潮汐祈坦道,今朝涌浪赞奇工。

七绝·海岛出行(一)
自古携囊坐木帆,后来行旅挤轮船,
今天桥隧如车水,明早飞机似燕穿?

五绝·海岛出行(二)
重雾锁河江,狂飙堵桨樯;
隧桥圆梦幻,岛岸豁无疆。

注:以上三首诗初稿于2009年5月8日,发表于《中华60年诗人大典》(中国文史出版社2009年11月版),后载于《诗海》(第十卷)(人民日报出版社2009年12月版),2010年4月经中华诗词当代著名诗人周笃文先生悉心亲笔评阅、指教,历尽半年多,无数次修改,尤遵格律,后稿定于2010年12月8日。

七绝·高楼放歌(外五首)
万丈高楼耸九霄,千条虹彩绕楼腰。
楼膝大雨楼身雾,楼顶依然红日高。

七绝·高楼披彩鸟瞰图
万丈高楼耸九霄,千幅霞缎剪楼袍。
汽车误作龟虫甲,四面鸥鸽脚下翱。

七绝·高楼顶上遐想曲（一）
万丈高楼耸九霄，偷塞云絮百千包。
援灾援难援寒苦，棉袄棉衣棉被袍。

七绝·高楼顶上遐想曲（二）
万丈高楼耸九霄，舀来云彩亿千瓢。
调成浓墨频挥洒，万里山河着锦袍。

七绝·高楼吊车撒鱼钩
高楼万丈吊车昂，云海滔滔渔汛忙。
钓获新城一大桶，饵出喜悦满箩筐。

七绝·高楼建筑夜施工
高楼万丈夜施工，汗洒银河浪几重。
撕块白云当手帕，湿衣晾挂月钩中。

七绝·住 28 层景观楼
窗口临摹白渡桥，阳台垂钓浦江潮。
外滩月下游船渡，宝塔楼头星斗摇。

注：①白渡桥：系上海外滩苏州河入黄浦江第一座古桥，中外闻名。②宝塔，一指美丽的东方明珠塔，二指漂亮的宝塔形 88 层金茂大厦，均坐落于外滩对岸的东方曼哈顿、上海华尔街——浦东陆家嘴，系上海地标之一。

七绝·驾车七咏

驾车高架路
高架一溪湍水流，砼楼两岸茂林啾。
霓虹溅彩飞千瀑，宝马奔驰竞万舟。

驾车高山路
巨蟒缠山越岭巅，轻车峭壁密林间。
飞轮碾碎白云影，笛响惊停鸟语喧。

驾车高速路
百马奔腾试弱强，千帆风顺竞疾航。
路遥速快知车力，道阔车豪示盛昌？

驾车城市路
人海车潮红绿灯，危楼瘦路大商城。
长桥隧道携高架，盗地偷天妙计丰。

驾车大桥路
悬索鸿图挂大河，斜拉琴曲跨江歌。
绵延乐谱虚实线，流彩音符胖瘦车。

注：悬索桥、斜拉桥均系现代建设超级大桥之新技术。

驾车隧道路
双龙共越浦西东，雾雪风霜永畅通。
车顶船舶涛滚滚，下行地铁客匆匆。

注：地下越江技术精湛，上建汽车隧道，下筑轨交隧道。

驾车泥土路
平时舢舨弄潮童，烈日尘灰舞巨龙；
雨季泥牛脾性犟，雪天巧饰北极熊。

七绝·城市诗歌音乐会
平平绿地鸟吟逐，仄仄高楼风咏读。
万道八通摹谱表，千车百态画音符。

七绝·60 来年住房谱
呱呱坠地挤茅庐，苦苦青春兑瓦屋，
卅载三迁居景厦，双亲两墅享儿福。

七律·恭贺立信会计出版社 70 周年庆
立校潘宗根系深，信传新辈叶枝春。
会财贸审同争艳，计税金商互竞芬。
七彩书洋出海味，十全版苑产山珍。
社龄似鹤青春再，庆友如潮共勉尊。

注：1.本诗为嵌头诗（立信会计七十社庆）。
2.潘宗指中国现代会计之父、立信会计创始人潘序伦。
3.会（计）、财（务）、（经）贸、审（计）、计（算计）、税（务）、金（融）、（工）商均为专业或学科。
4.以往称出版能生产精神食粮，而今应提倡出产精神的山珍海味。
5.作者 2002 年—2005 年任该社社长。

2011 年 5 月 5 日定稿于松江立信园

七绝·夜上海之灯（外四首）
座座高楼座座峰，峦峰瀑布彩霓横。
条条马路条条涧，溪涧轻舟渔火澎。

七绝·夜浦江之灯（二首）
（一）
一江星月一江艇，满艇霓虹满艇星。
游舫是灯灯是舫，星灯艇舫醉难清。

（二）
芽月弯弯水面泅，繁星闪闪满江丢。
桥灯漏彩淹航道，挤迫游船天上游。

七绝·夜高楼之灯
灯饰橱窗乱落英，外墙闪烁大荧屏。
楼头广告侵银汉，教会天神生意经。

七绝·夜马路之灯
路灯盏盏闪航标，渔火匆匆赶晚潮。
广阔人生如大海，珍惜鱼汛竞渔捞。

七律·筹资捐建故乡情
砼路条条宽又牢，车亭个个巧而姣。
文娱馆内文娱乐，闲话亭中闲话聊。
棋类乒乓凭智勇，纸牌麻将任逍遥。
健身影视民间舞，阅览评弹网上遨。

注：2003年始筹资为故乡捐建文化娱乐馆和20条混凝土路、6个候车亭、2个休闲亭，并设立老年福利基金。

七律·高楼绿色风光美
水复水波青水淼，云推云浪彩云飘。
花香四溅花花艳，鸟语八歌鸟鸟娇。
雨打雨篷哼雨曲，风吹风哨奏风谣。
山重山绿山争绿，楼外楼高楼竞高。

七律·故乡八鸟生态图
对唱黄鹂恋柳情，双飞紫燕剪禾绫。
杜鹃谷谷忙播种，喜鹊喳喳好兆萦。
撞破河云白鹭重，啄伤湖面海鸥轻。
独鹰武士巡戎阵，群雁书生变字形。

如梦令·崇明岛东滩湿地
潮浪轻摇水草。芦荡笑迎候鸟。镶点点风车，绿岸抱拥长岛。妖娆，妖娆。别墅搬来多好！

天净沙·故乡度暑假
紫藤绿树鸣蝉。轿车别墅花园。菜嫩瓜甜果鲜。鸟吟蛙咏。回乡误入桃源。

一半儿·邻居孩考上大学
儿拥金榜泣红眸。父卖猪羊缺大口。母绣衣衫千缕忧。泪仨流。一半儿欢欣一半儿愁。

摊破浣溪沙·昼夜高架路
高架横穿似涧流，砼楼竞峙若森稠。
林声无止亦无休，作啾啾。
两岸霓虹飞万瀑，一溪渔火泛千舟。
涛声无止亦无休，乐悠悠。

七绝·楼高需凭基础深
万丈危楼入九霄，狂飙骤雨莫思摇。
若无百尺深基固，岂有千层大厦牢？！

七律·恭贺上海立信会计学院85周年庆
立校潘宗根系深，信传新辈叶枝春。
会财金贸同争艳，计税工商互竞芬。
八院园丁花艺巧，五方桃李果香醇。
校坛细作商学谱，庆典遥扬诚信魂。

注：1.本诗为嵌头诗（立信会计八五校庆）。
2.潘宗指中国现代会计之父、立信会计创始人潘序伦宗师。
3.会(计)、财(务)、金(融)、(经)贸、计(算机)、税(务)、工商均为专业或学科。

4. 八院指学校现设八大本科二级学院。

2013年10月28日定稿于立信园

五绝·咏梅

迎霜傲雪开，倩影暗香来。
莫道春花艳，唯君美满怀。

2014年3月23日

七绝·游沙湖

题记：千百个芦苇沙洲浮现于碧波万顷之湖，真乃鬼斧神工，不愧为鸟之天堂、鱼之世界、游人之乐园。

何路神仙撒宝珠？千枚翠苇嵌沙湖。
茫茫碧水迎鱼跃，片片丛芦喜鸟逐。

2014年7月下旬

旅英国伦敦（五首）

七绝·泰晤士河·黄浦江

塔桥巧耸泰河中，水鸟轻摇大本钟。
黄浦斜拉弦乐曲，游船广厦画廊弘。

注：塔桥、大本钟均是世界闻名的泰晤士河地标古建筑，南浦大桥、杨浦大桥、徐浦大桥均是现代技术的斜拉桥，仿如竖琴在奏。

羊年春节

七绝·牛津街·南京路

典雅牛津古色香，摩登物品满橱窗。
刷清旧辱南京路，广厦凌霄谁逞强?!

注：牛津街是伦敦商业第一街，南京路曾是英租界，现号称中华第一商业街。

羊年春节

七绝·格林威治本初子午线
（东西零度经）

少小书读子午零，而今脚踩本初经。
格林威治皆神往，鹤发方圆童梦情。

注：天赐良机，带15位本科赴英国冬令营，才圆了几十年的伦敦梦。

草于羊年初八午时，改于2016年7月15日

五绝·一跨东西两半球

前蹬两美洲，后踩亚非欧。
世界何其大？悠然跨半球。

注：南北美洲代表西半球，亚非欧代表东半球。

2016年7月13日晚

七绝·傍晚在东西两半球零度经

何来巨手挥神斧，欲把寰球砍两片？
大不列颠夕照醉，魔痕刻处涌诗泉。

注：1. 格林威治位于大不列颠岛，英伦郊野。英国全称：大不列颠及北爱尔兰联合王国。

2. 本初子午线处用不锈钢制作成零度经，东西两侧刻上东西两半球各大城市的经度。吸引着无数游客来参观这魔一样的零度经痕。

3. 大英帝国"日不落"的一霸世界已成历史，恰似夕照，仅吸引游客游览古迹摄影吟诗作画而已。当今世界已向多元化发展，告别一国独霸之状。

初稿于2016年8月20日
改定于2016年8月23日
上海基建优化办公室

七绝·外滩·陆家嘴·黄浦江（五首）

外滩

万国建筑展鸿图，十里洋场嵌史书。
黄浦江潮淹旧耻，陆家嘴岸拓新途。

注：外滩古建筑均为原租界各国所造。

羊年春节

春节赏陆家嘴仨兄弟峰楼

吉羊首日艳阳高，东岸楼林入九霄。
三炷高香祈祷瑞，浦江常涨万福潮。

注：上海中心118层632米；环球金融中心101层492米；金茂大厦88层420米；上海地标仨兄弟，似3炷高香，保佑上海。

羊年初一

黄浦江（一）

高桥耸塔琴弦竖，快艇游船音乐符。
百里江河标谱表，波涛放嗓颂洪福。

注：黄浦江大桥多现代斜拉桥，仿如竖琴。

羊年春节

黄浦江(二)

浦江两岸竞楼高,隧道长桥显自豪,
万艇千船波浪问:还能被抢水一瓢?!

羊年春节

黄浦江(三)

好友临门乐开怀,波涛举起酒千杯。
豺狼入寇激咆怒,骇浪轰天雷万枚。

注:东北财经大学某同学认为《黄浦江(二)》战斗气息浓了点,欠温和包容,提出"江海焉拒水半瓢"。我解释说,黄浦江有段辛酸史、血泪史和耻辱史,即多国开埠瓜分旧上海旧外滩,而这几年日美勾结欲抢钓鱼岛,故我字里行间强硬了。也因此而吟了爱憎分明的本首诗。

羊年春节

五绝·住江畔大厦

窗描百丈楼,门瞰万艘舟。
梦里钟声伴,心中浦水流。

注:黄浦江外滩著名古建筑海关大钟,逢时鸣奏《东方红》乐曲。海关钟声常鸣,母亲河水长流,国泰民安。

2015 年 3 月 15 日

五绝·住外滩景观楼

小窗裱大船,广厦挤狭天。
近水浮遥月,新容忆旧滩。

2015 年 4 月 28 日

七绝·三十而立,硕果累累
——恭贺上海市基本建设优化
研究会成立 30 周年

优识志士社团联,化雨春风学术园。
卅载根深枝叶茂,年年花艳果实鲜。

注:本诗为嵌头诗:优化卅年。

2015 年 5 月 8 日

秋冬春夏(七绝四首)
秋
(阅美国之友顾先生"秋凉添秋装"微信而感秋)

秋雨秋风秋骤凉,秋菊秋雁数秋忙。
秋思秋念秋衣厚,秋谊秋情秋水长。

2015 年 11 月 19 日于上海松江大学城立信园

冬
(冬寒家园暖)

冬雪冬霜冬太寒,冬梅冬柏饰冬颜。
冬娱冬乐冬冲网,冬酒冬茶冬暖园。

2015 年 11 月 25 日于上海松江大学城立信园

春
(诗情爱意似潮涌)

春雨春风春柳摇,春莺春燕剪春苗。
春花春曲春诗画,春恋春情春涌潮。

2015 年 11 月 26 日于上海松江大学城立信园

夏
(夏乃色香味音俱美之季)

夏风夏雨夏青苍,夏夏荷花满夏芳。
夏夏蛙声丰夏谷,夏瓜夏果夏菱塘。

2015 年 11 月 28 日于上海松江大学城立信园

七绝·乡桔

茶几百果馥而鲜,唯有乡桔美又甜。
父母宅前红遍树,猴年吉兆溢家园。

猴年初八于沪家

五绝·浦江涨诗潮
——恭贺上海格律诗词社成立

浦水涨春潮,江风剪嫩苗。
诗林千鸟啭,词海万鱼遨。

注:嵌头诗:浦江诗词。

草于 2016 年 4 月 10 日深夜,
改于 11 日,于外滩家

五绝·古骚新艳
——恭贺上海格律诗词社成立

宋柏添新权,唐园吐嫩芽。
外滩神韵苑,怒放古骚花。

十字回文诗

七绝·咏现代生态大城市

题记：新加坡是典范：高楼、大树、鲜花、百鸟……

楼高树大路花稠翠鸟啾

读作：

楼高树大路花稠，大路花稠翠鸟啾。
啾鸟翠稠花路大，稠花路大树高楼。

2016 年 7 月 31 日
于基建优化办公室

顶针回文诗

生态楼

```
    绿 树 高
  池       楼
 紫         美
 啾         路
  鸟       花
    翠 稠
```

七言

树高楼美路花稠，美路花稠翠鸟啾。
稠翠鸟啾紫池绿，啾紫池绿树高楼。

五言

楼美路花稠，花稠翠鸟啾。
鸟啾紫池绿，池绿树高楼。

四言

美路花稠，稠翠鸟啾。
啾紫池绿，绿树高楼。

三言

美，路花稠，翠鸟啾，紫池绿，树高楼。

草于 2016 年 4 月 12 日深夜，
改定于 20 日，于外滩家

十六字令

楼。美路花稠翠鸟啾，紫池绿，池绿树高楼。

倒读

楼高树绿池紫啾，绿池紫啾鸟翠稠，啾鸟翠稠花路美，楼！

2016 年 7 月 31 日于基建优化办公室

回文诗

七绝·清晨散步

平平草绿舞蝶群，仄仄楼高涌彩云。
青水湖泊鸳戏戏，亭浮小岛恋深深。

回文（七绝）

深深恋岛小浮亭，戏戏鸳泊湖水青。
云彩涌高楼仄仄，群蝶舞绿草平平。

2016 年 8 月 1 日于基建优化办公室

回文词

渔父引·夜游外滩

楼外滩滩外舟，
秀圆月水长流，
稠灯彩万人游。

回文

夜乘游船

游人万彩灯稠，
流长水月圆秀，
舟外滩滩外楼。

注：身在游船，船外是滔滔江水、水边是滩、滩上是岸、岸上是楼……所以船外是滩，滩外是楼。

移首字再成一诗

外滩夜眺浦江陆家嘴

外滩滩外舟楼，
圆月水长流秀，

灯彩万人游稠。

注：夜外滩著名景观——万国建筑、七彩游船、滔滔江水，两岸高楼林立、霓虹如瀑……而滚滚人潮更是景中之景，又添圆月秀江，真乃迷人观止。

2016年8月3日晚于基建优化办公室

回文曲

雁儿落·清晨湖畔
曲牌雁儿落格律（正格）：

＋ － ＋ │ － 韵
＋ │ － │ － 韵
＋ － ＋ │ － 韵
＋ │ － － 韵

注：要求句句押韵，且平仄韵换押。本曲回文也要符合其格律，难度甚大。

厦高摩九霄，霞彩涂楼角。
大鹰云顶翱，佳景湖中倒。

回文

雁儿落·湖畔晨景
倒中湖景佳，翱顶云鹰大。
角楼涂彩霞，霄九摩高厦。

2016年8月2日于基建优化办公室

一字诗

七绝·故乡海岛东滩吟
一海一江一绿洲，一桥一隧数一流。
一滩一引一千鸟，一浪一淤一万秋。

注：1.长江泥沙和东海潮汐的完美联姻，才诞生出绿色美丽的世界最大的泥沙淤积岛——崇明岛。

2.通往崇明的上海长江隧道和上海长江大桥是世界一流的隧桥。

3.崇明东滩湿地是万千候鸟的生态乐园，是中国重点鸟类自然保护区，且在江沙和海潮中日长夜大，务须世世代代珍惜地、保护它。

2016年8月5日于基建优化办公室

半字诗：

七绝·原生态江海滩涂赞
半江半海半微咸，半半河鲜半海鲜。
半草半滩镶半苇，半云半鸟半蓝天。

注：长江水是淡的，东海水是咸的，江海交汇处的水是微咸的，这里既有淡水产河鲜，又有咸水产海鲜，更有特产河蟹苗、河鳗苗和鲜美的刀鱼、河豚鱼……在漫无边际的青苇绿草丛中，有种类繁多的蟹类、鱼类、虾类、贝类……这江海滩涂天地，更是闻名于世的万鸟王国。

2016年8月10日于基建优化办公室

五言数字诗

原生态东滩湿地
一日二渔潮，三四百亿草，
五六七万蟹，八九十千鸟。

注：崇明东滩湿地在长江泥沙和东海潮汐的完美哺育下日长夜大，昼夜两次潮汐带来了网捕鱼虾蟹鳗的渔汛，滩涂上绿色苇草一望无际的，苇草中有万亿蟹螺鱼虾和各种水生物……给各式鸟类提供了食之不尽的美味……形成了一个天然的、完美无缺的原生态生物链……

本诗是最全数字诗（在20字内唯零无法嵌入）。

2016年8月6日于夜于基建优化办公室

崇明岛东滩湿地赞（二首）
宝塔诗

艳
绿缎
皱成澜
潮退潮满
长江捐沙滩
东海馈赠水产
万鸟衔云裱湛蓝……

五言（同头同心诗）

潮涨满浪涛
潮落满绿草
潮来满鱼虾
潮去满蟹鸟。

2016年8月8日于基建优化办公室

七绝·夜望塔吊施工
吊杆横空甩九霄，银河垂钓太逍遥。
星星渔火穿云浪，芽月扁舟捕夜潮。

注：上海超高吊车约占全世界20%，许多重点工程如抢"渔汛"季节一样昼夜施工。

2016年6月28日于基建优化办公室

玻璃体+回文体

七绝·中秋游园

宗亲笑闹小亭闲，喜品茶间赏月圆。
东面水中舟共爽，兄三两曲亮云天。

七绝·回文

天云亮曲两三兄，爽共舟中水面东。
圆月赏间茶品喜，闲亭小闹笑亲宗。

2016年9月15日(中秋)22时草于基建优化办公室

玻璃体

五绝·赞十六月亮

十六月儿圆，吉白亮大全。
无需图首誉，真美显非凡。

注：十六的月亮无逊于中秋月亮，有时会更圆。

作于2016年9月16日(猴年八月十六)晚8点
改定于10月3日晚

五绝·稻海滔滔

岛内稻淹畴，金波惹海鸥。
农伯昂首笑，谷穗尽低头。

注：岛外是江海，岛内是稻海，海鸥会越岸来稻海翱翔……

2016年9月29日于基建优化办公室

七绝·徜徉在陆家嘴江畔

当年恋爱外滩潮，花甲夫妻对岸邀。
卅载情同黄浦水，秋波春浪夏滔滔。

注：1.女儿赠国际会议中心餐券，餐后与夫人在浦东江岸徜徉。
2.80年代外滩是上海人恋爱的最佳约会地。
3.抚今思昔，一江之隔，30年间，感慨万千……

草于2016年10月19日夜
定稿于10月23日

七言

校园湖素描

一湖二桥三凉亭，四滩五鹭六楼影，
七墩八椅九书声，十林百鸟千万情。

2016年11月19日于松江大学城立信园

故乡海岛八滧之歌

题记：1.八滧河港位于故乡崇明岛陈家镇中兴镇交界处，河水源自长江，其闸外是长江入海口。八滧河兴修之初是陈家镇乡、汲浜乡(中兴镇前称)、裕安乡三乡的母亲河，集饮水、排涝、灌溉、水运、渔业等多种水利功能。作者生在八滧河畔，喝八滧河水长大至21岁(1977级考入大学)。2.作者事业初成后，感恩故乡，为崇明招商引资(每年缴税300多万元)，积极行慈善，筹资捐建了1个村民活动中心、2个休闲亭、6个候车亭、20条混凝土路(汉江路、汉江南路、汉江南支路、汉江北路、汉江北二路、汉江西路、东汉江路等)和老年福利基金，被崇明县授于"瀛洲好乡贤"荣誉称号和被中兴镇授于"中兴好乡贤"荣誉称号。

七绝·乡情

汉江路伴八滧港，港水悠长路更长。
水涌怎及情感涌，乡情满满胜河江。

七绝·乡情

自幼上学泥路泞，每逢雨季苦难行。
勤读立志捐砼道，树大增荫绿叶情。

七绝·乡情

八滧河畔草平房，廿载生活爱故乡。
善建车亭捐道路，造福村镇谊情长。

故乡八滧母亲河四首(辘轳体)

七绝

八滧故里母亲河，源自长江老大哥。
忆想孩提游泳戏，满篮欢笑蟹鱼蛤。

七绝
饮育三乡世代歌，八滧故里母亲河。
排洪可御倾盆雨，灌溉能施万顷泽。

（仄韵）
渔舨渔歌渔小帅，渔杆渔网渔翁派。
八滧故里母亲河，闸外渔轮耕大海。

七绝
阳春百舸输砖瓦，盛夏西瓜满艖搁，
秋季千帆装五谷，八滧故里母亲河。

七绝·儿时八滧河夏夜
八滧河畔夜乘凉，戏水孩童捕蟹郎。
万籁群歌蛙领奏，繁星裸泳月钩檣。

七绝·回八滧河畔寻觅童年的影像
（禁不住捧喝故乡水……）
河水清清昼夜流，捧喝两口爽心头。
悠悠岁月如胶卷，嗜泳童年展眼眸。

七绝·八滧河水流过我少年的门口
河水潺潺日夜流，情同闺密伴春秋。
吟诗欢唱河轻奏，诉怨说忧水化愁。

七绝·回八滧河畔寻觅少年的音影
母亲河畔乐徜徉，游子寻踪泪脸庞。
钓蟹摸鱼偷戏水？歌声笑语耍迷藏？

七绝·八滧河水流过我青年的门口（一）
河水哗哗伴奏流，女男老幼战三秋。
杠挥挑起棉山乐，镰舞割平稻海愁。

注：1、1974年1月我于上海崇明县大公中学毕业后留校教语文，但每逢农忙都要支农。
2、三秋指秋收、秋培和秋播的农忙季节，农民们尤其担心丰收在眼的稻谷如遇风雨会霉坏。

七绝·八滧河水流过我青年的门口（二）
河水轻轻细语流，岸边泪诉志无酬。
人生雾里寻新路，唯想宅基变小楼。

注：1977年之前无高考，农村小伙人生如雾、有志难酬，只得选择先造房成家。

七绝·八滧河水流过我青年的门口（三）
八滧滚滚奋发流，考上辽财泪满眸。
父母嘱托帆挂顶，乡亲期望顺风舟。

注：1977年我考上了辽宁财经学院（现东北财经大学）。从此我这叶小舟载着父老们的重托、载着乡亲们的期望从八滧母亲河驶向了波澜壮阔的长江、驶向了波涛汹涌的海洋。

七绝·八滧河水流过我青年的心头
八滧滚滚气昂流，岸畔高呼志已酬。
教授光宗荣故里，著书超百汗浮舟。

注：上大学（22岁）和工作后，八滧母亲河虽不在我门口流，但一直在我心中流。每当我回家探望父母，总爱在河边徜徉和轻声汇报。我1987年破格晋升副教授，1993年（37岁）晋升教授（上海规定1994年之前的教授享厅局）。我前后独著、主编、总主编180多部著作、教材、工具书。

七绝·八滧河水流过我中年的心头
河水滔滔邃广流，感恩故里善行谋。
车亭筑入乡亲梦，砼路疏通致富畴。

注：步入中年，事业已成，人脉越来越广，我积极为故乡招商引资，广筹资金为老家村镇捐建混凝土道路和候车亭、休闲亭及活动中心等，造福于父老乡亲。

七绝·八滧河水正流过我老年的门口
河水幽幽静谧流，氧吧绿树小洋楼。
花鲜鸟啭竹园翠，菜嫩瓜甜鳝蟹优。

注：退休后，应会回到饮育我长大的母亲河畔，让河水仍流过我的门口……

七绝·八滧河水常在我心中流（一）
河水轻轻似梦流，故乡生态又新筹。
千蛙可占池多亩？百鸟分得树几丘？

注：欣闻崇明岛要规划建设成世界级生态岛，似觉甚远，这确是冰冻三尺之事，因为孩提时小沟边美丽的芦苇没了，动听悦耳的护田青蛙少遇了，吃害虫的蟛蜞（也是蛤蟆）罕见了，

可伸手捧喝的小沟小河水没了……

七绝·八浂河水常在我心中流(二)

河水清清静谧流，涓涓忧虑淌心头。
耄耋父母难服管，浇菜栽瓜当练球。

注：老爸老妈80多岁了，老是闲不住，偷着在宅前宅后的院子里种菜种瓜种果树，疑似后辈虐待老人。老人们电话里辩解说：这是活动活动，你们不是也跑步、游泳、打球吗？这叫锻炼身体……

七绝·徜徉在为故乡捐建的砼路上

汉江路上自徜徉，树悦花怡鹊瑞祥。
建道捐亭尊老辈，福民耀祖益家乡。

本组21首诗作于2017年2月至3月海岛老家和上海
基建优化办公室

二、歌词选辑

中兴镇七浂河之歌

难忘那：稻海波千顷，
蛙鼓赞中兴。
南江浪奏鸥帆影，
北滩鸟咏芦荡景。
七浂河，世代的母亲河，
流淌着历史流满了乡情。

更有那：文化播千顷，
乡贤会中兴。
扁担小戏担万斤，
广福古寺福百姓。
七浂河，深邃的文脉河，
流淌着智慧流满了文明。

而今呵：花菜绿千顷，
樱花艳中兴。
农楼鹊巢似睦邻，
蟹塘鱼池如亮镜。
七浂河，绚丽的生态河，
流向那未来流满了美梦……

呵，画一样中兴的七浂景，
诗一般七浂的中兴情！

注：歌词首段主写中兴镇历史，中兴镇位于上海崇明岛东部，东邻为陈家镇，西邻是向化镇，南岸即是长江航道，北滩是长江芦荡湿地，仅次于东滩，七浂河一贯南北，水系连通全镇镇域，历史上是集饮水、灌溉、排涝、水运、渔业多功能水利的母亲河。

第二段主写中兴镇文化，如乡贤文化、扁担戏(非物质文化遗产)文化、广福寺(长江第一寺)庙宇文化。

第三段主写中兴镇新农村特色和发展蓝图，全国花菜之乡、镇花樱花、人与自然生态建设等。

歌词运用了排比(段)、比喻、拟人、夸张、对仗等多种手法，以意象渲染意境，并富有歌词特点的韵律感。

（于2019年10月9日由著名音乐人韩明华先生谱曲，详见附录3）

初稿于2019年5月23日深夜
二稿于5月25日下午
三稿于5月28日下午
定稿于9月28日下午

生态岛之歌

长江迢迢，浪连涛，
东海淼淼，汐又潮，
诞育了最大的冲积岛。

滩涂广袤，万顷草，
芦荡浩邈，千群鸟，
出落成迷人的风景岛。

蓝天云高，绿水绕，
氧吧林茂，繁花闹，
素描那宜居的长寿岛。

鱼虾鲜跳，蔬果饶，
米酒香飘，宅墅俏，
油画这富足的绿色岛。

— 35 —

蟹横清漵,蛙群敲,
羊恋嫩草,鹊闲聊,
装点着优美的生态岛。

古寺孔庙,蕴玄奥,
风车轨交,妆今朝,
贯串起千年的文明岛。

啊,如诗如画的生态岛,
美丽可爱的崇明岛……

注:1.长江泥沙和东海潮汐的完美联姻,才诞生出绿色美丽的世界最大的泥沙冲积岛——崇明岛(至今已有1400年历史,古称瀛洲)。

2.崇明东滩湿地是万千候鸟的生态乐园,是中国乃至世界重点鸟类自然保护区,且在江沙和海潮中日长夜大。在漫无边际的青苇绿草丛中,有种类繁多的蟹类、鱼类、虾类、贝类……

3.螃蟹(长江口天然盛产蟹苗)和山羊等是名扬四方的崇明特产。

4.漵字词典解释是崇明方言,天然的港汊,如七漵河、五漵乡。

5.崇明孔庙是上海最大的孔庙,现称崇明学宫,是崇明博物馆,保存着古色古香的绿色建筑群;古寺在崇明最大的是寿安寺,典型的古代绿色庙宇建筑群。它们均是崇明著名的绿色砖木结构古建筑,又有很深的千年文明底蕴。

6.风车能利用自然风能绿色环保发电;轨道交通(地铁)是当今最绿色的交通出行方式。

7.崇明岛正在规划建设成世界级生态岛。

初稿于2019年10月1-10日
二稿于2019年10月11-16日
三稿于2019年10月17-20日

黄浦江之歌

弯弯的黄浦水,
流淌过弯弯的千百岁,
滔滔的黄浦水,
演讲着滔滔的故事会。
曾经是,蓝眼睛,
盯住了少女时的外滩美,
四海商潮中,五洲来,
万国建筑前,千帆飞……

宽宽的黄浦水,
流向那浩淼的江海汇,
高高的黄浦桥,
跨越成崭新的大都会。
而今是,明珠塔,
领衔着盛世的陆家嘴,
四海商潮中,五洲来,
万幢云楼下,千船飞……

黄浦江呵,你是流淌的五线谱,
弹奏着昨天今天和未来……

注:国庆前完稿了《中兴镇七漵河之歌》词曲,10月28日前完稿了《生态岛之歌》词曲,现在不得不写《黄浦江之歌》了。

初稿于2019年10月29日-2018年11月2日
二稿于2018年11月5日

红星村之歌

黄莺的歌咏诗染了清晨,
紫燕的闲聊舒爽了身心,
知了的解答玄乎了迷津,
青蛙的鼓乐陶醉了黄昏……
这里是我童苦童乐童话的红星村。

湛蓝的长空悠悠地飘云,
清澈的小河轻轻地行吟,
茂盛的树林苍翠得迷人,
芳香的花卉妍艳得销魂……
这里是我耄耋父母生活的红星村。

绿色的蔬菜繁多又鲜嫩,
有机的瓜果可口又香醇,
环保的稻米香糯又光润,
生态的鱼蟹鲜活又味纯……
这里是我父老乡亲勤劳的红星村。

在那美丽的崇明岛中兴镇,
有一个可亲可爱的红星村……

注:写了《黄浦江之歌》《生态岛之歌》和《中兴镇七漵河之歌》,如果不写我出生的红星村,我就对不起父老乡亲。

初稿于 2019 年 11 月 3 日
二稿于 11 月 5 日

放歌长江

你源头雪山冰万丈,
怀抱沼泽汇河网;
你通天波连金沙浪,
携手群峰秀峡江;
你扬子浩淼胸怀广,
博揽江湖献海洋……
长江呵,中华母亲河,
你甘纯的乳汁育万乡……

你文化多元流不尽:
巴蜀吴越楚文明……
你名胜古迹数不清:
三国三峡又金陵……
你诗意澎湃涌不停:
诗仙诗神又诗圣……
长江呵,中华母亲河,
你文明的乳汁育万姓……

你黄金水道贯西东,
千舟万船连碧空;
你绿色水利南北通,
条条大桥道道虹;
你巨轮远航五洲融,
领衔腾飞东方龙……
长江呵,中华母亲河,
你智慧的乳汁强万众……

呵! 长江,亲爱的母亲河,
腾飞的中国龙!
腾飞的中国龙!!

注:1.长江源于青藏高原唐古拉山当曲、沱沱河,经通天河、金沙江入川江(含峡江,以上为长江上游),经中下游(扬子江)入东海,属太平洋水系。

2.已写《红星村之歌》《中兴镇七浼河之歌》《生态岛之歌》和《黄浦江之歌》,就必须写《放歌长江》了,以使其系列完整。

初稿于 2019 年 11 月 15 日 – 11 月 19 日
二稿于 11 月 20 日 – 11 月 22 日
三稿于 11 月 23 日 – 11 月 30 日

三、散文诗选辑

潮

教学楼的梯呀,多么像潮起潮落的闸门口。

早晨,一股股喧哗的笑语,向楼梯口涌,往教室里流。笑语里开放着豪情壮志的浪花,脑海间飞翔着一只只渴望知识的鸥。涨潮了,是涨潮的时候。

夜晚,一股股喧哗的笑语,涌出教室门,泻向楼梯口。笑语里翻腾着黄金时代的浪花,心海里行驶着一叶叶载满知识的舟。退潮了,是退潮的时候。

教学楼的梯呀,多么像潮起潮落的闸门口……

稻田

黑板——无垠的稻田;一片字——秧苗的绿毯……

教师,是辛勤的管水员;每一个公式的推导,好像倾情的灌溉,促秧苗分蘖,根须扎入学生的心坎;每一次定理的讲解,宛如精心的施肥,使秧苗抽穗,稻花扬进学生的脑间。

呵,待到金秋,让我们欢快地核定亩产……

海边诗草

一

海滩上礁石亮晶晶，礁石外海水蓝滢滢。

礁石上读书格外亲，海水轻轻舔脚跟。

可爱的海常无情，教唆激浪抢我读书声……

二

小张常在海滩上读书，却没有留下半点脚印。

岸边的小松树，向海警告："莫要吞窃小张前进的迹痕……"

海浪大笑着说："我已把它保藏好，水晶宫里还储千姿百态的珍珠、金银……"

歌咏会

这是一次无名的歌咏会，激情的鸥扑进了我的心海——"阿拉"的青春在诗里喷焰；"老俵"的理想在歌中闪辉。诗里倔挺出长白山的青松；歌中荡漾起大草原的风味。珠江口的诗潮奔腾急泻；天山上的牧歌展翅横飞……

呵，这不出名的歌咏会，也是大学海洋里一滴珍贵的水！

多彩的路

题记：同学总爱在校园附近的山坡读书。

这是一条美丽的带——轻轻地飘在绿色的山坡，簇拥着无数奇异的小草和花朵。一头系牢山巅上的悬岩，一头牵住校门口的柳树。

这是一条闪光的梯——多少人迎朝霞攀山头，多少人披月光下山坡。松林间的鸟儿偷看我们振笔，山谷里的细流陪伴我们读书。

这是一条时代的脉——今天在野外攻克数理化，明朝去描绘中华的宏图。莫渺视这条无名小路，它跳动着时代的脉博。

这是一条奔腾的瀑——淌着无尽的汗水和知识，瀑源发自我们的胸窝。呵，泻出的是满腔豪情，泻出的是远大抱负……

蛙声呵，我的朋友

咯咯咯、咯咯咯，秧禾绿，蛙一片……
夕阳静静地浮在山间，彩霞轻轻地飘在稻田。我慢慢合上手中书本，无尽的遐思滚滚翻卷。

咯咯咯、咯咯咯，思如潮，蛙一片……
去年的夏天我在海岛，肩上的铁锹我的伙伴。凌晨，在蛙声里巡渠，傍晚，在蛙声里浇灌。

咯咯咯、咯咯咯，情似汐，蛙一片……
我和蛙鼓友爱无限，是它带来稻香的丰年；我和蛙鼓常常谈心，上大学的理想何日方能实现？

咯咯咯、咯咯咯，话胜泉，蛙一片……
今年的夏天我在大学，手中的钢笔我的伙伴。曙光里把英语朗读，明灯下将资料轻翻。

咯咯咯、咯咯咯，喜相逢，蛙一片……
欣闻异乡歌一样的蛙声，好像故友重逢在垾边。请你转告海岛的青蛙，校园的"秧禾"已经丰收在现……

咯咯咯、咯咯咯，思如潮，蛙一片……
血红的夕阳躲进了山谷，绚烂的彩霞慢慢地收敛。我急忙打开手中的书本，理想的风帆正破浪向前。

咯咯咯、咯咯咯，情似汐，蛙一片……

校园布谷声

布谷、布谷……
布谷鸟在欢叫。
你来自遥远的海岛？有什么喜讯欲相告？请在我旁边的树上歇一会，哪怕是一分一秒。

　　布谷、布谷……

　　布谷鸟在欢叫。

　　昨天村长也来函——一幅故乡涂彩的风貌:新的河,新的桥,新厂房,新良种,新农机,新指标……

　　布谷、布谷……

　　布谷鸟在欢叫。

　　老师把知识的谷,撒进我们肥沃的大脑;我们把理想的谷,撒向中华现代化的田坳。

　　布谷、布谷……

　　布谷鸟在欢叫。

　　布谷鸟呵,快飞吧,请你捎向日新月异的宝岛,你的儿女在远方笃志攻书,你的儿女向你致以崇敬的问好!

　　布谷、布谷……

　　布谷鸟在欢叫。

校园的美

　　苍翠的山紧紧地拥抱住校园,湛蓝的海热情地争把校园搂在怀……

　　我们的校园,柳长青,松长绿,花长开。

　　我们的校园,歌声常流,笑语常淌,书声常飞。

　　海鸥披了早霞来玩,山鹰捧了夕阳串门;而白鸽从早到晚地飞去又飞来……

　　呵,如果大自然是本大辞典,我们的校园一定是这字:美!

神的纸

　　你是一片小而轻的纸,爬不进文盲的眼帘。

　　你是一块大而沉的金,是青年勤奋的结晶。

　　说小,你是很小,仅几寸。我却说你极大,漫无边缘。你拨下了三千昼夜锲而不舍地伏案的雄姿……

　　说轻,你是很轻,仅几克。我却说你太重,难以称算。你积聚起几万吨改造乾坤的力量……

　　呵,神一般的纸,大学录取通知单!你是向现代化出征的马鞍!

热泪打湿了她
——文革后恢复高考第一年

　　一张入学通知书,多平凡,多简朴,紧紧儿贴在我滚热发烫的胸脯……

　　平时喜欢逗乐的我,为什么骤然哑默?双手微微颤抖,眼泪扑漱、扑漱……

　　我仿佛捧的是声讨书,愤怒的惊雷从心中爆出:谁企图埋没我们这一辈的青春?!谁妄想葬送我们这一代的抱负?!中学毕业,有志无酬,怀才不遇。

　　我仿佛捧的是红喜报,欣慰的浪波在动脉里奔突:谁给我们这一代点燃了年华的火焰?!谁替我们这一辈插上了理想的翅羽?!而今终于:实现夙愿,撒开阔步!

　　我端详的是丰收图:灯光下,埋头攻克数理化;鸡啼时,脚踩露水诵外语;酷暑天,谛听园丁细讲课;大雪夜,请教叩开教师屋,复习迎考呵多艰苦!

　　我遐想的是怎上路:肩膀上,祖辈期冀大如天;心窝里,村民嘱托重似山;回头看,曲径崎岖千里遥;昂首望,征程漫漫刚迈步。考上大学呵多幸福!

　　呵,这张入学通知书,闪荣光,溢神采,紧紧儿贴在我千山万壑的胸脯……

插秧小曲

　　是一匹匹绿绸,才泻出灵活的机织手?是一股股碧波,刚涌出奔腾的闸门口?

　　绿油油,一棵棵嫩壮的秧,在插秧机下直漏;齐刷刷,一条条翠青的毯,凭姑娘们的巧手铺就。

人人提高了警惕,决不让火急的农时逃走;个个树立了壮志,定要教村里的囤尖冲霄九。

插呀插,插下信心和豪情一片片;插呀插,插下机声和歌声一首首。

呵,一匹匹绿绸急泻出灵活的机织手,一股股碧波扑涌出奔腾的闸门口……

拔秧晨曲

轻轻的歌声在晓月光中流,甜甜的笑语在绿秧波上走。歌声吵醒了小鸟儿的酣梦,笑语扰乱了青蛙们的旋律。

"三抢"的季节被我们揪住,时辰的马车由我们驾驭!拔呀拔,使劲拔,秧儿们快乐地跳进我们的双手;拔呀拔,加速拔,农民们在竞赛中个个精神抖擞;拔呀拔,喝退腰酸背痛三千里,青年们的拉歌声一首高于一首;拔呀拔,让丰收的潮讯涌入心窝窝,男女老幼的笑语一畴胜过一畴……

呵,轻轻的歌声在晓月光中急流,甜甜的笑语在绿秧波上奔走……

脱粒机的口

一座座麦山阻云,一舔舌,被你一口吞;一幢幢豆垛如岭,一动齿,被你一口啃。

你仅一抖唇,嚼净了露牙的玉米几千亩;你稍一张嘴,喝枯了金色的稻海数万顷。

小小的脱粒机呀,饭量如此骇人,却食不尽当代农民的干劲;大大的脱粒机呀,胃口如此神通,却吃不完当代农民的雄心……

闸门

抢收季节扑面来,脱粒机呀好似闸门开。

千里万里麦波翻,一进闸,顿然水流澎湃;千顷万顷稻浪涌,一出闸,骤然风卷涛飞……

粮食的潮拍田埂,闸门一开涌向云天外;丰收的汐击堤岸,闸门一开奔往江南北——淹没了国家的大粮仓;涨满了城市的食品柜;淌入了欧亚美的碗;流进了澳洲非洲的胃……

闸门开呵乐开怀,你泻出的点点滴滴是幸福水;闸门开呵思绪飞,你甜蜜的源泉从哪里来——发源于当代农民的壮志,誓为中华多赚外汇?发源于当代农民的干劲,浇灌新农村丰收花的汗水?!

"三秋"机声

如暴风呼啸,似群雷轰鸣。迎着朝阳战"三秋"呵,串串声鸣扑我心。

万里晴空无乌云,哪儿来这风雷声?问苍天,苍天默默不理睬;问太阳,太阳只笑无回音。

越过大堤热血沸呵,好一幅喜人的图景:"卜卜卜"割晒机在稻海里游泳;"嘣嘣嘣"拖拉机翻卷层层泥浪;运输机一路欢笑一路春风;播种机满田奔忙满田歌声……

"卜卜卜""嘣嘣嘣"远胜千顷风暴,万钧雷霆;"卜卜卜""嘣嘣嘣",展示出一幅农村新图景……

船行长江口
——远离海岛,去大连读书

洁净的扬子江水把我哺育。呵,慈母的浓甜的乳汁般的江水。

清新的扬子江风将我锻炼。呵,严父的淳厚的话语似的江风。

话别父母,告辞海岛,置身江口,凭舷眺望,满江的话语在东流——

我恨不能捧起扬子江,开怀畅饮,蓄入我胃的水库;

我恨不能兜住长江风,一吸而尽,储进我肺的氧瓶……

多妙呵,在异乡还能尽情地喝故乡的水,吸故乡的氧!

圆月

圆月,我爱你,你像一面银亮的镜子,把银光赠给我们。夜,因之而神奇又优美;

圆月,我恨你,你不是一面银亮的镜子,把故乡抛在远方。夜,因之而无聊又愁闷。

我目不转睛地望着圆月,但愿你倏然真正化为透明的镜子,让我偷看一下海岛鱼米水乡的风姿;让我观赏一次海岛粮山棉岭的神影……

散步小韵
——故乡在长江口,而今在渤海滩

弯弯的月芽像一个撒进清水的鱼钩,微微激起了几圈云的涟漪。

细细的鱼钩,钓住了渤海滩游子的情思;钓住了长江口璀璨的龙珠;钓住了宝岛上又获丰收的喜讯……

井

水井默不作声地钻进很深的地下,从四面八方汲取珍贵难得的琼浆;

水井大公无私地献出辛勤的果实,让人类万物畅饮新鲜可口的玉液;

它,诚心实意,勤恳尽忠;

它,鞠躬尽瘁,永不枯竭。

从而,我悟出了知识的琼浆玉液应源于何处,流向何方……

野草

信步在绿色的小河旁,我心怡神旷……

小鸟在鹅黄的柳枝上做游戏,边追逐,边轻唱;

清香托和煦的微风捎给人,多沁心,多舒畅。

寻不着这迷人的香源,我意乱,我心慌。

呵,我像勘探队员发现了稀有矿藏——密密的芦苇脚边,藏着一片浅绿的野草,紫色的花正暗暗地开放……

我喜欢小鸟的动,天真活泼,灵巧聪明。

我更敬佩野草的静,忠实诚恳,毫不声张!

螺旋桨

勤苦的车夫螺旋桨,埋头推着小车在千山万壑的丘陵间飞跑……

中秋情歌
一、涛声

月,浮游在皎洁的云浪间;

柳,飘荡在轻盈的秋风里;

潮,奔涌在闪烁的大海边;

我,盘坐在异乡清凉的海滩上……

舞曲,一支狂欢的舞曲,一群青年男女热烈而钟情的舞曲,翱翔在圆月下,戏逐在柳树间,融合在潮声里……

但舞曲无法扑入我的脑海,只在海边盘绕。

我爱我故乡的圆月,我爱我故乡的柳树,我爱我故乡的海潮!

我痴情地谛聆大海的心声……

我又听见了和她坐在海岛的杨柳岸金风圆月下的涛声!

我又听见了和她憧憬高等学府深造的涛声!

我真的,真的又听见了和她立志为中

华腾飞宏图添彩的涛声……

二、杨柳圆舞曲

中秋之月,亮又圆;
中秋之夜,美又甜。
兴致浓烈的金风,匆匆赶来,导演一场精彩的杨柳圆舞曲——
英俊的杨,大方地伸出粗大的手,挽住柳柔软的腰;
秀丽的柳,羞怯地伸出细嫩的手,搭在杨高大的肩;
海浪自告奋勇,弹起了珠圆玉润的琴。
杨柳在酣畅的琴韵里舞姿翩翩,多轻,多美……
中秋月呀,明亮又圆润!
中秋夜呀,甜美又醉人!

山水情

海紧紧地把山搂在怀,山热情地伸出手抱住水。
海含羞地说:"山哥呵,你多可爱……"山腼腆地答:"海妹呵,你多娇美……"
"我爱你!爱你万贯家财——胸储矿藏宝贝,衣飘麦香果味……""我恋你!恋你丰富多彩——怀孕珍珠鱼类,盛养海参紫菜……"
水扑过来亲昵地吻着山,山迎上去大方地接待海……
我情不可遏,喷出了心中的泉:"我爱你们呵,祖国的山山水水……"

渔火

渔火,逮住了鱼汛的脾性,喜欢用渔网捕捉海面上的月光,过滤月光下的海水。
渔火,抓住了波涛的马鬃,善于挥木桨鞭抽浪巅上的狂风,劈斩狂风里的浪尖……

我爱你,渔民勤劳的珍影!
我颂你,渔场勇敢的精灵!

渔翁

钓杆伸向奇丽变幻的云端,长线撒进倒海翻江的山峦。
松鼠,缩紧脖子,溜走了;
野兔,竖起耳朵,惊跑了……
哈哈哈,哈哈哈……
又钓来了一大挂追逐嬉闹的鸟语;又钓到了一大群涌如春笋的楼厦……
建筑塔吊哟,你不愧是一位技艺精湛的渔翁!

外一首:

港湾仿佛成了丰饶富庶的渔场,不然,哪能引逗数不尽的昼夜垂钓的渔翁?!

钥匙

新友邀我到他家,小房偎倚在山脚下。
唤弟弟掏钥匙,弟弟却把猎枪拿给他。
没待告别,屋里仅留下"弟弟快沏茶!"
问号的闪电亮在我心的窗边;古怪的闷雷轰在我脑的海涯……
茶叶尚未沏开,新友倒背猎枪,手提野兔、野鸟一大挂。
我惊奇地跨出门槛,唯见一条曲径拴进树林葱翠的山峡……
噢,仓库真大!

白玉塔

白玉塔,臭名远扬,魔影高耸的塔。
端详你,我心中如有千万个炮弹在爆炸。
在错杂的山沟,我寻觅当年豺狼横闯

直撞的蹄印;在坎洼的山坡,我细找往日虎豹狂奔疯扑的踪迹;在险要的山巅,我搜捕那群野兽惨无人道的残杀……

我仿佛望见日本帝国主义端枪张牙舞爪地向上蠕爬;我仿佛听到沙俄帝国主义抓手榴弹啮牙裂嘴地向下乱砸;我仿佛怒视两条狂犬为抢叼一块肥肉而厮打……

日帝露出了得利的奸笑,耀武扬威地筑了这座纪念塔。从此,祖国破了又破,山河碎了又碎,人民又压了重重的枷。

呵,白玉塔,你是清朝政府腐败昏庸的耻辱柱;你是中华民族忍受创痛的伤疤!

而今,白玉塔你成了我们熊熊燃烧的火把!

我们的枪刺因之而更亮,我们的炮眼因之而更明,我们的战斗机因之而自豪地在长空翱翔,我们的舰艇因之而扬眉吐气地在领海巡查!

帝国主义岂敢再舀渤海一瓢水,采中华民族一朵花?!

注:日俄帝国主义为争霸殖民地,1904年-1905年在这旅顺险要的山上恶战。日胜后,1909年建白玉塔(也称"表忠塔")作纪念。

春歌

多少春色溶进激情澎湃的赞歌;多少春光泻进千古传颂的诗篇。

我不是诗人,不是歌手,但面对飘香逸芳,感情横溢的春天,我思潮如天边流云绮丽变幻,我激情似大江浪涛呼啸翻卷。

一

江南,春雷滚动;塞北,东风拂面。

一场春雨,挥起了涂彩的画笔,把祖国大地描绘得万紫千红,春意盎然——倔强的竹笋,冲决了残冬的封锁,一股劲儿往上窜;欢乐的小鸟,穿梭在嫩绿的杨柳,叽叽呀呀荡秋千;

白晶晶的春梅,抖落残雪,张开笑脸;红艳艳的桃花,含情怒放,芬芳四溅;

黄莺仿佛因春天的美景而尽情酣唱;白鸽好像因春天的胜利而起舞盘旋……

呵,春天来到了,她那样容光焕发;春风吹来了,她这般沁人心田!

二

我爱这争奇斗艳、教人陶醉的大自然之春,我更爱那祖国建设繁花似锦、五彩斑斓的春天:

农村承包的花枝,伸向天南海北,遍地尽燃……

城市改革的红旗,插满长城内外,红透群山……

文艺界,双百方针,大放光辉,艺术家们紧握彩笔,精心描画着不平凡的春天……

校园里,阳光普照,雨露遍洒,园丁们焕发青春,精心耕耘,苗壮的幼苗生机无限……

更喜那久旱的科技花园。一棵棵惨遭寒魔摧残的树木,如今绿叶欣欣,青春再现;一颗颗几乎闷死的嫩芽,急起直追,后来居先……

呵,来了,诗一般的春天。

我们的公民们,不!是我们英雄的中华民族欣喜若狂,扑上去,扑上去,热烈拥抱这可爱的春天!

三

我们拥抱住可爱的春天,拥抱住前景明媚的春天。像问久别重逢的故友:春天呵,您从哪里来?路上可遇到险阻艰难?春天呵,你可知我们望眼欲穿?

是的,春天走来的道路真不平坦。

她不是来自诗人们华丽的诗句,她不

是来自俏妍的红梅花间。她迎着风雨，穿过硝烟，漫漫征程，激战不断。

——那漫天的飞雪，那刺骨的朔风；那沉沉的坚冰，那厚厚的霜毯……

——怎能忘，那动乱的年代，狂舞的"阶级"棍棒，比冰霜更无情；真可恨，那昏暗的岁月，纷飞的"路线"帽子比风雪更凶残。豺狼的魔爪，几乎糟塌得万木萧条，百花凋艳……

但！春天是不可战胜的，她一次又一次斗争，她一次又一次呼喊："冬天不会长久，春天就在眼前！"

这真理的声音，震撼大地，响彻云天！这人民的声音，众望必归，一定实现！

最难忘呵，改革开放，春雷惊天，东风送暖。被压抑的春潮涌出了深渊——涌向工厂、涌向农村、涌向军营、涌向校园……甘露般的春雨洒出了新绿——洒遍山谷、洒遍平原、洒遍海岛、洒遍九百六十万……

呵，没有改革开放震撼环宇的春雷，岂能有风和日丽、繁花盛开的春天?! 没有改革开放响彻九州的春雷，岂能迎来万众齐心、向现代化突飞猛进的春天?!

呵，春天，你是英武的战士，胜利的旗帜时时将你陪伴……

呵，春天，你将永远居住在日新月异的中华大地，你将永远居住在亿万人民的心田……

注：作于1980年在辽宁财经学院读书时。宋广法教授在语文课上将本文作为范文讲评。

网

——为辽财基建经济775班30年而作

1978年的春天，辽财用一张神奇的网，把吐鲁番的葡萄、舟山岛的鱼虾、井冈山的翠竹、长白山的人参网到了渤海湾美丽的大连黑石礁旁。

1982年的春天，辽财把蘸满知识的网，撒向了中南海，撒向了黄浦江，撒向了鼓浪屿海边，撒向了深圳小渔港……

2008年的春天，东财收了一下差点儿撑破的网，网里挤满了西装革履的局长、银发斑斑的教授、金味芳香的行长、轿车奔驰的董事长……网里漏出了同学们的绵绵回忆，漏出了同学们的深深友情……

五年后的春天，十年后的春天，二十年后的春天，三十年后的春天，当东财一次又一次收网的时候，还能网到辉煌的纱帽多少顶？还能网到传世的著作多少部？还能网到洋味的别墅多少幢？……网里兜满了同学们的涓涓幽思、兜满了同学们的潺潺遐想……

作于2008年5月2日清晨，大连博览大酒店

校友网

辽财校友网有多大？

辽财校友网能把地球装下！

不然怎么会：网的纲在大连的渤海，网的目撒落到了中南海、撒落到了扬子江、撒落到了太湖、撒落到了黄河……还撒落到了马六甲海峡、撒落到了泰晤士河、撒落到了自由女神海边、撒落到了好望角的波谷、撒落到了黄金海岸的浪尖……

噢，还撒满了波涛汹涌的商海：公司财务部的报表、证券交易所的K线、税务局的账簿、财政部的国库和世界银行的金库……

注：当年的辽宁财经学院简称辽财，现今的东北财经大学简称东财。2008年5月1日辽财基建经济775班同学相会于大连博览大酒店和东财校园。

作于2008年5月8日上海

黄荣良诗选

黄荣良

笔名晨曦,男,民族:汉,藉贯:上海,大学文化,机械设计及工艺制造专业,主修外语:俄语。

获上海复旦大学公共关系学单科证书。

曾是上海市影视评论协会会员。

曾获上海市振兴中华读书活动优秀组织者光荣称号。

曾是上海市青年理论工作者协会成员,因写一论文《苏联经济改革的最大障碍是中央集权制》投稿协会,被协会邀请参加20世纪80年代中后期在陕西省党校召开的全国经济改革研讨会,同行参加的有上海社会科学院编辑,以及复旦、交大、上大等高校的经济学教授。

曾任上海工具公司所属华光工具厂厂办主任。

1990年受港商独资公司邀请辞职下海到设在时称美国国际中心的上海波特曼大酒店商务楼工作,担任常务副总经理,主管市场营销。

1994年起担任美商独资公司总经理。

该公司曾被中国工具行业业内主要刊物《工具动态》誉为明星企业。

曾获上海市外商投资企业协会高级经理人管理培训结业证书。

现任荣晟企业集团有限公司董事长,兼职教授,主要从事国际进口贸易及中法之间民间文化交流活动。

闲时最爱好:听音乐,涉书海,品咖啡,学诗词,习书法。

本人座右铭:自强不息,自知珍爱,自我超越。

旧体诗:

七绝·静夜

明月晴空百绪开,繁星点缀照香台,
成双佳丽帘中影,喜窃诗情入梦来。

赞上海

沐浦江春景,看鱼嘴奔放,
绘魔都幻境,聚明珠风光。

谱张江风彩,显豫园雅味,
听沪语儒浓,展申城胸怀。

西安沉思

历朝古都不了情,钟楼伟城千年风,
碑林雁塔诉衷肠,轩辕壶口留诗经。

秦皇遗宫妙难寻,墓碑空白武则心,
兵马彩俑气恢宏,金缕玉衣惊世形。

感怀父亲节

玉身父母呈,不忘养育恩,
母爱甚伟大,慈父由心升。
家中顶梁柱,忍辱不吭声,
屈泪肚里流,豪情永长存。

七夕抒怀

无限苍穹繁星闪,爱慕心碎情难展,
感怀天地两茫茫,欲诉衷肠望穿眼。
世上华章描穷尽,心青情字抒无境,
天天挂念日日思,岁岁七夕年年景。

学诗有感
潜心诗意创新谱，抒写书本笔画歌。
挥手难描漫雾雪，扬声怎拒满天波。
百丈棉衣毛线缝，千万名著创先河，
笑看岁月繁杂事，独享风云宇宙坡。

华山登顶
亘古华山岳中岳，直上直下数惊险，
夏日炎炎山脚行，旭日晨曦捂棉见，
百尺悬崖千尺幢，头碰屁股足踩顶，
虔诚香客叩首登，楼阁砖瓦人背送。

秋月感怀赋咏（十二首）

秋起
荷塘涟漪秋风起，蛙声奏乐蜓低飞，
岸柳摇曳菊送香，碧池丰盈玉露肌。

秋色
荷蕊娇香引蜂养，静空雁鸣醉夕阳，
秋风清新月皎洁，独上西楼诉衷肠。

秋忆
草木枯秋可自繁，人生谢世无重返，
寄寓残亘忆老舍，热泪沾襟已不然。

秋媚
秋高气畅神情爽，俯瞰大地呈金黄，
举目群山红枫染，环视江川绘画忙。

秋吟
秋风送爽流叶飘，荷香迷人形影娇，
轻舟穿梭隐莲丛，船娘摇橹穿木桥。

秋华
登高远望雁南飞，凭栏沉思柳低眉，
窗栅卷帘照夕阳，雕梁画栋霞润晖。

秋醉
金秋爽朗风轻柔，垂柳摇曳叶含羞，
碧波荡漾轻舟游，拂袖红尘梦醉酒。

秋熔
水依山转写意碎，沁怡入画挥毫醉，
柳荷相惜娇百媚，漫步深秋遂景美。

中秋
繁星闪烁挂银河，皓月晶莹映娇荷，
嫦娥中秋牵牛郎，天宫人间连奈何。

秋念
举杯邀月触景升，半载浮生笑红尘，
情缘潜心曲未终，相思抒情谱难成。

秋咏
西风漫卷柳叶飘，杏叶飘零黄金道。
银樽自斟诗词悦，丹心独抱情自傲。

秋盈
寒露蛙鸣催红枫，冷霜雁叫驾云峰，
秋风劲吹蟹脚痒，五谷盈门迎登丰。

江城子
己亥中秋 70 华诞致臻

天降祥云佳讯传，牡丹展，琼浆唤，神州大地，莺歌燕舞旋。天堑通道，蜿蜒盘，冰轮悬 众星冉。

真情流露同心愿，疆安闲，社稷然，华夏盛典，万道霞光艳。普天同庆，环球羡，馨家苑，满人间。

临江仙·盛世上海
成长青砖瓦房里，浦江逶迤岸平。浓浓沪语出乡门。晚霞映楼外，明月升申城。
　　咬文嚼字尚思苦，平凡故事杀青。四季循环始起春。上海逢盛世，壮志更凌云。

兰州行
睡眼朦胧入兰州，逶迤江水城中流，
西部要塞甚古朴，黄沙扬天面蹬溜。
翠绿难觅红退阵，山川起伏浮云层，
隐隐凄凉胡笳音，恍惚又闻铁蹄声。

海纳百川
　　望星空，在魔都。
玉兔皎洁申城阗，秋风频起杏叶散。
繁华荣晟不夜城，嫦娥凝望连惊叹。
广邀全球群豪杰，诚请世界众仕精。
日新夜异换新貌，斗转星移添惊情。
　　望星空，梦上海。

思
菊香雁飞已深秋，
思恋人消瘦，
隔海两相望，
漫漫路遥，
佳节更怀旧。

痴情难忘意相守，
鸿书难消忧，
梦中忆热拥，
深深依偎，
情切心更愁。

老里弄
霓虹搜尽浦江曲，幸运端处望奇屋。
申色娇艳披翠来，永远言佳老居窝。

秋凉
阵阵秋雨催天凉，
寒夜梦断肠。
荷残风冷，
临窗长吟，
寄雁遥凄想。

神情憔悴花失容，
原野露枯荣，
仕途峥嵘，
思恋依旧，
感时情谊浓。

淡泊名利
喜挡潇洒雨，仍然落美景。
欣恐雾霾尘，迈足少清印。
心境应淡泊，前程烙糊迷。
顿悟轻率狂，难振勇士气。

辞旧迎新
斟酒一杯慎回首，世事繁纷百事休，
终身难忘今夜聚，余生事业时刻求。
倾吐曲折追梦想，挚友畅谈诉衷肠，
薄酒落处义连绵，恩缘点滴情留长。

喜迎丁酉元宵
喜迎元宵心花开，歌舞升平忙彩排，
游子情怀鸿雁寄，阖家欢乐暖心怀。
喃喃细语沁心腑，浙浙春雨送暖来，
华灯初上兆丰年，田园萌露吉祥栽。

秋愁
层层翠竹掩山沟，阵阵细雨飘湖稠，
秋枫秋景描不尽，秋风秋雨添忧愁。

江南烟雨
　　烟雨催人醉，湖光抹彩妆。穿瓦落檐衔泥忙，小镇深巷粽叶香。

摇橹掀浪动,岸柳青丝长。江南织锦闪金光,窈窕淑女怎感绸轻凉。

节庆
看似有节摸无节,奢华平淡亦换季,
年轮迴转添鬓霜,挥毫泼墨诗言志。
菊绽荷残西夕阳,雨燕纷飞泥上梁,
阵雁南飞长哀鸣,圆月宫阙悲凄凉。
人生旅途无彩排,相濡以沫真诚待,
知己相交终身惜,潇洒余身敬一杯。

迎春
金鸡报晓辞旧符,玉犬跳跃迎新桃,
五洲共欢鸿运启,四海齐涌吉祥潮。
春风雨润柳芽青,心潮荡漾精湛勤,
万物复苏催生机,人间正道总是情。

戊戌
匠心艺心,琴瑟韵音。梅亭挚友叙情,琼浆更温馨。
人生万千,峥嵘历练。闯艰滩越险境,亦可贺可谦。

赏荷
雅趣漫步观池荷,粉腮含羞独步歌,
翠盘闪珠凝玉肌,轻舟穿行泛清波。

情洒江南
艳荷摇曳春已尽,烟雨江南,思恋自知。沉浸倩影添雅致,渴望相拥花展知。知己珍贵,天赐佳期,欢聚申城难忘时。

珍惜
一代笛圣陆春龄,桀骜不驯沙叶新,
特立独行雷动春,时代足迹留美名。
层出不穷英才显,才华横溢人品见,
后人追思忆不断,文化传承永铭延。

人生一世瞬间过,心中定位知小我,
虚度年华莫自叹,无悔岁月献成果。

注:陆春龄先生是享誉全球一代笛圣。沙叶新先生是上海人艺院长,著名戏剧作家。
雷动春先生是著名书画印章雕刻家。他们均已驾鹤仙逝,不胜感慨。

庭院吟
庭园雅致静难求,书桌负重躁更稠,
世路崎岖奈无常,仕途难得行心舟。
荷叶摇曳月光柔,莲盘沾露晶莹透,
凝神挥毫诗意浓,寻梦漫步情满楼。

商海胡笳
涉商四海店为家,转辗神洲泥养花,
秋雨淋漓惊大雁,梧桐落叶掩飞沙。
沉稳挥毫沾水墨,感怀凝思怎呼哗,
咬文嚼字寻欢乐,遥望东方忽学笳。

寻芳天涯
荷叶沾露秋,飞燕池影楼,
入梦忧未尽,相思入海流。
扉页藏心事,难掩铭刻愁,
珍礼仍尤在,单桨独行舟。

自勉
晨曦旭日冉冉升,余辉夕阳缓缓沉,
短暂人生无轮回,单程列车珍惜乘。
甜酸苦辣自品尝,艰难曲折己担当,
数载弹指瞬间过,豪迈潇洒跨时光。

孤傲
浮云掩桂月宫寒,银光泄泻窗影暗,
凝神挥杆狡兔毫,下笔入砚青松烟。
萧瑟西风叶飘落,无情细雨枝抽搐,
独慕孤傲蕾留香,漫步庭院寒水露。

思别

徘徊外滩景，浦江吴淞尽，
相思丽人醉，明珠残月影。
环球清晓云，惊蛰起春风，
别离两袖轻，思君楼已空。

品自高
满池翠绿盖，点缀粉黛来，
晨叶晶莹闪，微风催摇摆。
叶丛阳光照，婷立万般娇，
出泥玉肌洁，芬芳品自高。

攀登
飞雪漫舞送旧岁，寒梅绽放迎新年，
澄宇自转四季轮，社稷蓬勃佳讯传。
历尽磨难崎岖路，历尽峥嵘谱蓝图，
指点江山抒豪情，无限激情登梦都。

励志外孙女步入社会
杨絮娇嫩迎春风，莹影丰姿引蝶蜂，
优异个性称闺秀，雅致形貌亦胜风。
勇进社会涉商海，特立独行集智慧，
博弈冷对崎岖路，辉煌人生迎未来。

尊重
拜访张灵甫将军遗孀
粉荷摇曳勤点首，翠萍沾露频闪烁，
月下池塘蛙声鸣，秋雨潇潇诗意稠。
中秋圆月访佳人，闻名遐迩王玉玲，
文雅忠贞更聪慧，祈福康健享高龄。

又颂端午
夏风拂荷端午时，雄黄焚香众吟诗，
龙舟泛江竞赛早，祭奠先祖莫悔迟。
顶礼膜拜千歌颂，挥毫泼墨万曲咏，
汨罗长流诉衷肠，离骚不朽挥师宗。

元宵
春意纤介料峭寒，绮罗争艳尽早欢，
元宵倾城摩肩踵，彩灯霓虹红烛燃。
日月流转人添岁，时光飞逝容遗衰，
睿智穿越展宏图，戊戌翻腾闪熠辉。

中秋
冰轮羞涩挂夜空，俯视山川映群峰，
玉盘轮回团圆时，秋色迷恋节庆浓。
银光肆泄酒满盏，举杯邀月热泪挥，
难忘初心为一刻，亲友相拥情愫载。

夜深沉
庭院幽静洞箫声，紫檀晶莹沉香闻，
秋菊群傲花芯芳，潜心祈祷夜深沉。
清秋残荷杆自艳，寒风难掩蛙独演，
细雨萧瑟绸欠凉，思潮起伏舸泊浅。

游巷
穿巷过镇，游人摩肩踵。
忙里偷闲拾兴趣，
别样风情万种。
商家林立满街，应有尽有都见。
唐宋街景兴隆，囊中羞涩差钱。

荷池
荷红秋晴，湖底莲藕形。青瓦白墙映渔舟，温馨荡漾温馨。
枫红水岸柳青，满目画意诗情。深巷织锦传声，婀娜多姿身影。

天目山抒怀
翠绿山谷映晚霞，竹林荫蔽藏农家。
激流泛舟情趣处，心旷神怡忘群崖。
风前摇曳冲天长，雨后嫩笋吐新芽。
杯具交错惜挚友，零落携手乃优雅。

牵挂

地动山摇九寨沟，生灵涂炭甚担忧，
人间天堂正哭泣，世界遗产遭灾受。
万众瞩目心紧揪，八方支援齐奋斗，
企盼灾区重振兴，祈祷阿坝建新洲。

教师节感贺
抒写在三十五届教师节之际
盛世中华贺老九，精心施教扶社稷，
呕心沥血哺栋梁，笑送精英铸成就。
一寸粉笔吐智慧，背靠黑板永无悔，
三尺讲台育人才，春茧吐丝逝年岁。

赞《群书治要》
群贤选粹注行间，书呈导学汇成集，
治政安邦写峥嵘，要抚天下描社稷。
玲珑宝典凝智慧，心高鸯远激情怀，
可泣中华文明史，鉴古喻今永绽辉。

登嘉兴南湖烟雨楼
烟雨楼前南湖游，岸柳葱翠书画稠，
映日荷叶争嫩露，初夏飞燕落瓦袖。
宁视红船忆险峰，峥嵘岁月英烈奉，
伟人已逝江山坚，炎黄复兴中国梦。

海南春晓（四首）
吉翔驾云海南岛，两家双飞兴致高，
挚友相邀环岛游，触洽相处惜时少。
温暖如春三亚湾，鲜活海鲜争上岸，
椰树点头笑迎客，夕阳晚霞蜂拥玩。
博鳌论坛显儒雅，五指山峰云飘扬，
高铁环岛忙载客，东海沙滩来捧场。
雷琼世界地质园，百里连绵红树林，
天涯海角鹿回头，精英警魂难舍情。

赴巴城蟹庄有感
露深叶黄月凄凉，无限哀伤仍牵肠，
巴城品蟹太湖饮，满庭秋菊不觉香。

又逢九九庆重阳，莲藕鲜嫩酒杯扬，
一年一度秋风起，锦缎上身心中凉。

思
菊香雁飞已深秋，思恋人消瘦，隔海
两相望，漫漫路遥，举杯邀月怀旧。

痴情难忘意相守，鸿书难消忧，梦中
忆热拥，浓浓依偎，情切心更愁。

春意正浓
翠柳婀娜暖风稠，嫩芽萌发呈轻柔，
水乡新宅环江南，浩渺烟波荡渔舟。
万物复醒心情舒，薄衫飘逸青山路，
佳丽彩蝶共争艳，春色满园挥毫驻。

感慨京都
雄伟长城空怀志，辉煌燕京无典词，
衣不遮体难掩羞，古都褴褛盼人知。
城楼一拆不再有，断壁残垣尚担忧，
任凭世人枉叹惜，千年文明空忽悠。

沉思
年年祈祷岁岁福，时时辛劳秒秒付，
天道酬勤催人生，峥嵘岁月相伴过。
年迈中旬时光流，淡泊处世过此生，
挥毫落笔举还难，欹斜梧桐感漂沦。
岁月易逝容颜改，年少追梦满感慨，
冷眼旁观浮躁世，依然江山秋万代。

北京行
寒冬高铁赴京都，豪华痛惜失古风，
雾霾侵袭不歇虚，宫殿摩楼互交融。
畅游刹海登长城，古都风貌残留存，
帝王惊醒忙搥胸，只见社稷不见朕。

浪淘沙·念

相思太苦愁，事过迁就。百无聊赖心中揪。世态炎凉情惔淡，难以再忧。

晚霞抹红绸，孤雁求偶。内心独白似水流。难拗斯人重牵手，自嘲享受。

立冬寄友

雨夹飞雪又立冬，阴霾难显夕阳红，
围座推杯叙旧事，诗情画意情义浓。
细数时令话立冬，慨叹岁月瞬间纵，
梅兰竹菊似影过，遥赞蠹立悬崖松。
枫红菊香正立冬，蟹肥酒醇催脸红，
邯郸学步难成材，悬梁刺股自成功。

思恋

层林枫叶霜催红，登高望远阁楼中，
独斟品茗烛相伴，感叹！相思双肩千斤重。鸿书诉衷难对话，夜深零露起寒风，往事如烟不再有，是否？重拾恋情义更浓。

清平乐·中秋

金钩无依，凭栏无桌椅。碧池吹皱荷叶碎，琴瑟哽咽音凄。影斜寒风习习，岁月飘落无情。奈何鸿雁南飞，红衣微香雨稀。

竞折腰

万山杜鹃映山红，出水莲花娇艳浓。
熟读唐书潇洒吟，深情描绘自成穹。

初冬

秋雨淋漓薄衫凉，船帆飘忽景难藏，
深巷曲经琴瑟曲，孤鸦哀鸣梧叶黄，
司雪垂暮寒入骨，夕照残叶映池塘，
曲水流觞添新作，金蝉相对情谊长。

浦江吟

逶迤外滩妙，错落楼宇高，
妍吟陆家嘴，境研浦江潮。
亲情沪语暖，文明申城绕，
举樽儒墨涌，睿智贤士到，
潜行百川汇，东方明珠耀，
惊艳世界亮，寄语换新貌。

改革新潮流
为新中国第一代时装模特队点赞

一代名模天下扬，艰苦历程耐思量，
享誉荣耀中南海，中华大地新气象，
T台翩翩亮风彩，靓新飘逸国内外，
古板服装羞谢幕，时尚灿烂华夏来。

少年游·善缘

腾云驾雾承泰航，万米高空气流扛，舱内乘客齐凝神。祈祷！旅途平安达空港。

邻座者神端庄，子捧佛像诵经忙，慈祥谦和可亲近，惊叹！后知世界双笔王。

注：1997年飞赴泰国途中偶遇世界双笔王顾浩君先生，从此结下不解之缘。

春梦

早春寒未尽，破土露笋尖，
三月少微暖，赶衣忆织棉，
惊蛰雷惊梦，情断寸心寒，
晨曦捧旭日，群才花满山。

咏茶

碧池翠绿映山川，云雾巧手漫田间，
闻香识茶一壶水，满园春色锁江南。

书

珍书宝籍藏万家，饱读史经呈章华，
悬梁刺股磨砺志，穷乡僻壤状元花。
细细品味深营养，楼阁掩卷思晚霞，
挥毫点墨激扬情，泉水冲壶细品茶。

棋
狼烟四起没有家，方正布阵显才华，
卒子无忌奋向前，马嘶蹄疾战袍花。
大象固守车轴行，战火连天映彩霞，
千古棋艺无国界，聚神凝思忙搏杀。

小苏昊
窈窕淑女林苏昊，自幼聪慧睿智高，
学科门门列前茅，书画无师惊艳好。
天赋勤奋寒窗傲，知书达理传家宝，
自成一体巾帼魂，青出于蓝铸英豪。

附：林书昊，好友孙女，自幼天资聪慧，画画无师自通，作品令专业画家赞叹，学习成绩优异，小小年纪留学国外，已经学会驾驶水上摩托艇、骑马、溜冰、弹钢琴，真乃才女！

进博会
玉清兰馨,虹演沪音。进博环球欢欣。金秋染四叶。
技新物兴,互竞相映。漂洋过海追寻。全球融汇赢。

游浙江桐庐千岛湖钓台遐想（三首）
烟雨濛濛隐佳景，群山矗立搁湖笔，
飞流直下入砚池，尽收眼底作案几。
千岛环湖闪银盘，心镜闪烁映翠微，
思潮起伏酌琼浆，举目南眺盼雁归。
春夜滴淋伴拂晓，晨曦霞光为我娇，
钓台戏渔享清闲，安得此身无惊涛。

清明
春雨淋缠绵，思念泪洗脸。
阴阳遥相望，岸柳常留恋。
焚纸诉衷肠，点烛燃心香。
亲情永无悔，无奈与悲伦。

相思
夜色晶莹传笛声，两岸婆娑景迷人，
金钩西沉秋风冷，寒风萧瑟薄衫身。
相思遥遥梦又生，千里隐约古琴声，
祈福缘分长相守，情真意切渡旅程。

海澜马术
观海澜之家马术俱乐部有感
新侨矗立马术城，风车碧水辉映衬，
树荫隐显欧宫殿，环路逶迤马车乘。
金碧辉煌表演场，豪华气派冠东洋，
靓女帅哥宝马驹，跃尽风流美名扬。

坦荡人生
仰望星空岁催老，俯瞰江湖频起潮，
翻看四季永轮回，查阅人生终报到。
往事如梦莫叹息，各自导演独角戏，
平淡康健过当下，潇洒坦荡写真集。

春色吟
细雨润柳露春装，暖风拂面更轻狂，
涧水沾岩留墨客，嫩绿显娇菜花黄。
江湖惊蛰河鲜肥，农家春耕燕纷飞，
庭院纤介添粉色，佳丽争艳倚罗衣。

申城吟
浦江东去岁月流，梧叶渐黄已深秋，
云楼碧水相映衬，风姿绰约时代绣。
申城环现追梦行，至臻雕琢更温馨，
墨香散尽陆家嘴，寰宇远眺收眼尽。

夏之风
赞美侯莹舞蹈家
启皓首发夏之风，舞蹈经典姿押韵，
不拘一格自成体，神魂演技惊乾坤。

晚霞黯
瀑布挂幕映残阳，翠竹摇曳送晚霞，
渔舟唱晚迎夜色，皓月当空照农家。

天目游
竹之风彩

凭栏远眺绿地毯,入林漫步幽如仙,
微风吹拂姿婀娜,叶擦沙沙似琴弹。
嫩芽出土成鲜菜,枝干坚韧选良材,
洞箫悠扬传楼阁,舟排冲浪闯险海。
风雨寒暑难动摇,枯萎摧残不屈挠,
潇洒挺拔品位高,回眸葱郁尽逍遥。

喜闻《上海滩诗叶》将出版

上引人才聚贤英,海纳百川熠众星,
诗汇臻宝献智慧,叶璇四季铸精品。
词涛滚滚涌新作,创意无限风雅颂,
辉映艺刊扬四海,煌耀文坛惊诗宗。

注:藏头诗。

静思

星转斗移迎清晨,江水起伏奏涛声,
萤虫飞舞照迷途,鹂雀相偎忆恋程。
搜尽枯肠寻字根,秉烛深思不成文,
书到用时方为少,学无止境挥笔顺。

天目胜景

蓝天碧水映,曲径盘旋行,
峻岭云海露,幽林鸟欢鸣。
河鲜清澈见,珍馐难尝遍,
思绪竹海描,意境川流涧。

瀑布直泻造绿幕,翠竹摇曳泛心波,
砚池起浪涌画卷,琼楼抒情挥酣墨。

注:2010年秋,上海世博会后陪同林德辉大哥夫妇、摄影家杨正国大哥、书画家巫高云先生夫妇等一行十人受王勇先生邀请畅游天目山有感。

家乡感怀

俯瞰浦江享美景,璀璨两岸银屏。繁华秀丽现代镜。极目典雅形,连绵上海锦。
海纳百川交口称,人流如织多亲。家乡娇媚超安静。感叹霓虹请,璀璨不夜情。

敬佩空军英雄韩德彩将军

鸭绿江边战火燃,抗击美,保家园,年轻空军冲霄紧追随。直面强敌心坦然,凭智慧,捷报传。

年仅十九驾银鹰,五机赢,耀红星,博弈长空世代铸精英。官清民乐牢记心,桀骜性,凡人行。

金秋之媚

枫红露寒天地悠,雁南游,任自由,泽沛水洞清泉流。广袤无垠抒广袖,玲珑秀,宁静幽。

碧空如洗盛波秋,璀璨优,彩图绣,琴瑟和鸣万事休,亭台楼阁雕琢修,斟满酒,醉桂楼。

现代诗:
申秋赋

金秋显微的晨曦
是璀璨的画
穿越云雾照射的郊野
丰盈的家
在荷叶摇曳的池塘
阵阵桂香
浸润了人们肺腑
娇艳的枫叶
寒雁南飞
声声不绝
寒露挂枝的清晨
是飘落的屏
展现在眼帘的画面

难忘的情
在守望相助的岁月
真心的相印
耕耘着我的心田
缠绵细语
秋韵依恋

湛蓝映衬的魔都
是汇聚的嘴
海纳百川的胸襟
款款深情
在勃勃生机的申城
您的倩影在我心底
泼墨的国画呈现
婀娜的丽姿
引人入胜
浮想联翩

喷薄欲出的黎明
是年轻的滩
隐藏云海的楼宇群
犹如魔方
在日新夜异的时代
典雅震撼
能工巧匠的杰作
是奋进的印
您的峥嵘
永恒的梦

岁月

思念春梦值千金，
一枕岁月看江湖，
伤感无限逝年华。
相对无言说，
品茗持壶把。
世态巨变仅瞬息，
天涯处处为家。
微风吹拂应无恙，

漫步街巷里，
细数枝头花。

江南春色

春风温馨，
依稀烟雨景，
湖清柳绿水泊舟，
一片雅致宁静。
丹青描绘花明，
诗浪涌现仙琼。
明前踏青祭祖，
把盏冲壶品茗。

致杨丽春教授

茫茫人海
匆匆穿行
毫不显眼的装束
艰难跋涉的背后中
为了《心理剧》
莲花绽放。

无悔选择
无私奉献
为启迪心血频洒
智慧语言沐浴人心
为了迷茫者
鞠躬尽瘁。

司法武警
救灾扶弱
不高的身影频现
心理辅导丝丝入扣。
为特殊战线
平扶心态

监狱罪犯
失足失理
真诚耐心的交流

老外学者佩服称赞,
为高墙囚犯
重建希望。

平凡人生
普通生活
迈出精彩的步伐
奉献出雪莲般的洁白
谁知她的艰难
心底深埋。

注：杨丽春系中国心理剧创始人,心理学教授。

新中国第一代时装模赞
——写在他们受 CCTV 特邀专访时

您们是时代的弄潮儿,
难以想象的二十世纪中国六七十年代,
沉痛的空气充填社会,
动荡的不安弥漫四散,
井底青蛙是封闭的写照
黑灰白是服装标色,
军绿色是武斗标配,
中华传统优雅服饰已随"地富反坏右"扫入垃圾箱。
物极必反,人类终究向往美,
你们这群另类出现了!
但在当时社会
多少怀疑目光?
多少亲友反对?
多少艰难跋涉?
多少排练失败?
多少冷讽热嘲?
时代造就了您们这几位时髦青年成为新中国第一代时装模特!
是你们引发了时装改革的潮流
是你们引进了西方时装的理念,
是你们传承了中华服饰的经典,
是你们谱写了中国人崭新的服装时尚篇章,

是你们带领着广大民众掀起了追求美的享受,
是你们在中南海奠定了永恒的辉煌。
历史将永远记录着一群优秀儿女的风彩
时代卫视将不断演绎你们靓丽人生,不朽贡献。

四季谣

春悄至而雨未消, 爱萌发而无方寸,
表矜持而小鹿跳, 言难表而终渴望。
夏热情而微风吹, 情压抑而难表露,
意志坚而暗自恋, 欲望深而盼结果。
秋雨愁而寒风起, 似仿佛而难思量,
为追恋而终相思, 人隔海而叹无奈。
冬刺骨而心温暖, 情谊深而两相依,
相遥望而时牵挂, 尔还在而已存君。

思华

春风吹拂的晨曦
是明亮的灯
透过雾隙闪现的微光
彼岸的塔
在隔海遥望的岁月
厚重的晨露
沾润了薄薄衣衫
单程的航行
漫无边际
孤单影只

旭日映衬的清晨
是空灵的峰
回荡在峡谷的余音
沁心的风
在痴迷相望的岁月
款款的情书
拨动着我的心弦
动人的旋律
丝丝入耳

— 55 —

慢慢欣赏

阳光普照的茅屋
是温馨的家
隔着古老窗栅的斜映
几净窗明
在勃勃生机的原野
您的丽影
萦绕在我的心底
佳人的画像
诱人肤香
倾诉衷肠

百鸟唤醒的黎明
是永恒的印
透过清晰的树丛影
爱如长河
在奔腾不息的岁月
宁静雅致
雕琢磨砺的钻石
是洁净的心
您的抒怀
珍贵的情

黄荣良(晨曦)于上海
2019年12月18日

刁节木诗选

刁节木

1982年毕业于安徽大学哲学系。合肥市行政学院副教授。2016年5月正县级退休。现为中华诗词学会、安徽省作协会员，曾担任过巢湖市、合肥市作协副主席，主编《展望诗苑》20年。截止2019年底，共创作诗词4440多首，其中近4000首3230余次刊载于法国、日本、新加坡和国内(含港澳台)478家书报刊，累计发表11160多首(次)(以登记为准)。公众号平台发表39次，其中33次被《今日头条》转载。并有短评被"人民网"置顶头条。曾由国家级出版社出版专著四本：《木子绝句一千首》《木子诗词三百首》《木子旅游一千咏》《木子诗文随笔录》等，并先后被北京大学、清华大学等多家图书馆收藏；传略入编《中国专家人才库》《东方之子》等近百部典籍。

元宵节之夜
山前悬玉魄，灯映万家欢。
喜庆元宵夜，家圆胜月圆。

登黄山光明顶
遍岭松涛荡，层峦烟雾障。
看山去不成，唯独两相望。

登黄山天都峰
临风登绝顶，放眼览群山。
心共浮云醉，身随薄雾悬。

寄语《展望诗苑》作者
新作似泉涌，神思与日增。
开心紧相伴，快乐一身轻。

端午
游鱼嬉浅底，烟柳映清流。
隔岸观花展，沿河看赛舟。

秋菊
幽香沁菊枝，正是赏花时。
若待寒霜白，寻芳只叹迟。

雪梅
庭前铺瑞雪，映衬数枝梅。
不饰旧年景，特邀新岁回。

君子与小人
君子载行舟，狂涛任远游。
小人心眼窄，无浪亦忧愁。

巢湖观景
远眺(二首)
一
缥缈烟霞水吻天，湖光山色衬云间。
遥看一片樯帆影，回荡渔歌半扣舷。

二
一望无垠荡碧波，渔舟点点赛穿梭。
任凭风浪连天涌，沿岸遥闻水调歌。

渔帆
凌波击浪打渔船，百里平湖点点帆。
晨起披霞穿雾走，晚来乘月逐云还。

中庙
巍峨古庙耸岩边，浪拍矶头洞奏弦。
若是谁人有烦恼，临窗一眺化云烟。

夕照
澄湖百里雾朦胧，银镜空悬展玉容。
碧水波光摩倒影，晚霞不逊早霞红。

观景
雪涛烟浪接天隅，点点渔帆似嵌珠。
近水远山奇丽景，几多游客忘归途。

秋湖夕景
嬉鸟翩翩振翅飞，长天秋水白云垂。
渔舟点点湖心荡，最数壮观看落晖。

拜谒孔林(三首)

一

泗水之阳洙水阴，遍栽名木绿森森。
相传孔子作千古，这里渐成"至圣林"。

二

红墙围绕气森然，古墓成群葬圣贤。
拜谒游人从不断，缅怀纪念祈平安。

三

松柏滔滔诉国殇，坟茔座座历沧桑。
碑文句句铭青史，时代匆匆论短长?!

游长城
横亘城墙万里长，苍苍弹孔记沧桑。
秦关汉月今如故，留下传闻论始皇。

登长城感吟
群峰起伏筑长城，意在苍生获太平。
谁料萧墙灾祸起，陈吴横扫始皇兵。

登昭关怀古(三首)

一

东西连脉莽苍苍，起伏绵延百里长。
当立雄关隔吴楚，一山界断两边防。

二

吴楚相邻隔一山，平安无事不相干。
自从伍相逃亡过，千古昭关天下传。

三

霏霏细雨上昭关，历史风云忆若烟。
不见当时关隘险，只闻到处唱丰年。

采石矶纪游
太白楼感吟
仙楼千载数风雨，历尽沧桑压浪涛。
胜地初游思绪远，只缘面对大江潮。

太白楼怀仙
吟魂醉魄四方游，留下仙名享五洲。
千古才人千古恨，江天风月一诗楼。

李白像瞻思
萍泊江湖载酒行，坐吟卧饮任君评。
身离宦场纷争事，心系风云世外情。

捉月台遐想(二首)

一

一碧风涛奔大海，四时明月映江辉。
山光水色伤怀古，总望诗仙捉月归。

二

悬崖百丈大江边，笑看风涛浪激天。
捉月酒仙虽已去，永留神话写诗篇。

衣冠冢感怀(三首)

一

生前放浪好风流，一路歌吟走九州。
死后亦难甘寂寞，芳魂傲骨枕潮头。

二

奔波一世志难酬，醉酒吟诗怎解愁?!
留取丹心传万古，身随月色伴江流。

三

一卧江边数百年，风修雨练已成仙。
倘如今日能回访，当赋瑶章千万篇。

游江南诗山
——敬亭山

竹海连绵松柏稠，林荫古道壮神游。
诗仙足迹今何在？惟见山中独坐楼。

坐敬亭山遐想
——步李白韵反其意而用之

众鸟高飞总复还，孤云独去去非闲。
皇姑等得青莲会，笑看敬亭诗满山。

题黄山梦笔生花

松毫梦笔掭云烟，铺展穹苍作画笺。
不绘天宫瑰丽景，专题大地彩虹篇。

黄山清凉台观景

乘兴登高上石台，淡云缥缈雾徘徊。
我观奇景如尝酒，一醉风光醒不来。

游黄山抒怀

三山五岳共峨嵋，唯上黄山不眷归。
此景此情谁绘得？只缘梦笔最生辉。

观天堂寨瀑布（二首）

倒挂飞流起雾烟，恍如陨雨洒前川。
诗仙误断银河水，我道神娲漏补天。

百丈飞泉挂半空，仰观源首接苍穹。
传言仙女今来访，沿此悬梯下月宫。

谢梁东社长题签
《木子绝句一千首》

墨宝沉沉掭手中，端看字字笔锋雄。
用心倾注真情在，我仰名家意更浓。

谢丁芒先生为
《木子诗词名家墨迹选》题签

诗坛德望远名扬，千里邮传翰墨香。
不弃卑微不图利，深情厚意一签藏。

敬酬日本吟长
中山荣造先生赐赠诗刊（嵌名诗）

中日吟笺相互传，山高水远友情连。
荣光数创新诗体，造就华文锦绣篇。

谢《昆仑诗词》原主编
欧阳克嶷先生赠《焚余草》

海北天南任旅之，字里行间蕴情思。
丹心浇绿《焚余草》，首首吟来皆好诗。

读王澍老赠书《王屋山房吟稿》

喜悉京华君寄书，品诗辨味胜屠苏。
甜酸苦辣凝椽笔，句句珍镪字字珠。

春园小景

春到林园绿始微，桃花初放鸟低飞。
谁家孩子贪玩耍，恋上风筝忘晚归。

乡村春景

晨晖野露闪晶珠，满畈青苗始复苏。
我欲河边寻旧梦，一堤横枕影模糊。

冬归寒尽剪刀风，裁出田园绿又红。
我于庭院细寻觅，春光已在嫩枝中。

骋目田园成片花，香飘到处蜜蜂家。

蛙鸣池畔声如语，燕舞云空倩影斜。

晚春村景
淡雾朦胧三五家，村前流水小桥斜。
每临春晓微风起，零落溪边杨柳花。

山村一景
红轮喷薄出山崖，万缕金光铺彩霞。
遍野葱茏露珠湿，诱人最数向阳花。

农家速写
院落残红柳絮飞，犬鸡嬉戏夕阳微。
孩提捉笔勤思考，父母荷锄小唱归。

荷塘雨景
一池碧盖掩涟漪，莲蕊妖娆竞秀姿。
但见扁舟穿雨过，芙蓉倩女两相宜。

晨菊
嫣红姹紫映朝霞，早客寻芳披雾纱。
昨夜露珠犹似雨，侵晨湿尽满园花。

梅
琼花漫舞北风吹，小院红梅瑞气飞。
不与百花争艳丽，喜随松竹伴寒晖。

火柴
身材细小寸余长，头饰硫磺作嫁妆。
黑暗之中欲求助，星星火焰放红光。

砧板
千刀万剁性刚强，苦辣酸甜皆备尝。
累累伤痕心泣血，为人奉献又何妨！

气球
表面圆光赖气充，吹嘘吹到半空中。
若知价值有多少，质量轻浮一肚空。

有感于"现代公宴"屡禁不止（三首）

一
铺张公宴菜肴繁，一月工薪半日餐。
试问可曾乡下走，时闻鸡蛋兑油盐。

二
荤素佳肴扑鼻香，桌前主客筷勺忙。
吆三喝四杯杯酒，谁愿估猜几担粮？

三
举箸频投四季肴，甜酸苦辣齿间调。
有谁明了其中味，尽在乡农苦里熬。

人生哲理诗
人生风雨莫休闲，一半艰辛一半甜。
留得诗章千古在，管它富贵几时传！

人生之歌
悠悠岁月作长河，漫漫人生即短波。
五彩缤纷少年梦，动听最是夕阳歌。

感悟人生
岁月蹉跎烟雾蒙，各人经历不相同。
心胸豁达易长寿，逐利追名一场空。

夜吟
握笔寻诗总未成，静听院落乱蛩鸣。
冥思苦索孤灯暗，梦里几回吟出声。
娟娟明月透纱窗，夜半苦吟搜尽肠。
每觅新词情激动，常将笑意入梦乡。

论诗
故弄玄虚未必强，引经据典费思量。
好诗旨在情真切，通俗佳篇韵味长。

自题网名"放下是福"
人生在世事情多,放下心思乐几何?!
利锁名缰皆解脱,神仙夸我胜阎罗。

中秋(顶针格)
中秋节里想家中,家中父母记于胸。
于胸常念难谋面,谋面相逢泪几重。

秋景(玻璃体)
受《上海滩诗叶》总编黄汉江先生启发和指导,试作玻璃体七绝一首,以博一哂。

西风来至变天寒,果累谷丰青草干。
北水南山云雨盖,一番美景喜心田。

夏日偶成
月上栏杆独煮茶,自斟自饮对流霞。
尘心清静随风醉,暮树蝉声胜看花。

晨登
红霞一抹遍山春,草翠泉哗耳目新。
我欲飞登最高点,当回立地顶天人。

咏春
清茶呷口中,静坐对春风。
池柳刚才绿,庭杉已转浓。
初闻蛙鼓舌,偶见燕腾空。
乘兴窗外眺,满园花透红。

原玉敬和菲律宾中华逸吟神墨诗书画国际展委会施振忠会长
同道结诗缘,知交会俊贤。
逸吟抒雅兴,神墨弄新椽。
倡导文明事,开创锦绣篇。
十年功卓著,前景艳阳天。

柳荫堂自咏
"有意栽花花不发,无心插柳柳成荫。"
专修哲学未收效,习作诗文敢创新。
理性思维常费力,激情想象总随心。
欲求长进年年有,不在天生只在勤。

游颐和园
庄谐古雅帝王园,风雨沧桑数百年。
亭阁相依连画舫,长廊互接至云轩。
昆明湖上烟霞绕,万寿山前鸟雀喧。
昔日皇家游乐地,而今百姓任盘桓。

登长城
蜿蜒起伏似长龙,横贯东西座座峰。
传说千年留美誉,播扬万里享英名。
五洲好友摩肩至,四处风光照眼明。
最绝登高抬望眼,城如仙境景如屏。

登最高楼上海环球金融中心俯瞰
居高临下好观光,一览无余放眼量。
道路纵横似蛛网,楼房错落赛魔方。
双桥虹饰浦江美,孤塔珠明标志彰。
开发赢来新气象,喜看明日更辉煌。

注:双桥系指横跨黄浦江的南浦大桥和杨浦大桥;孤塔系指上海标志性建筑东方明珠塔。

再游太湖鼋头渚公园
浮鼋翘首入湖中,水秀山青春意浓。
鹿顶迎晖光灿烂,灵霄拥翠景葱茏。
樱堤花袭游人醉,兰苑香凝瑞气融。
最绝乘船上三岛,风姿独秀胜琼宫。

赏飞来石遐想
玉帝原来也动情,专邀仙女入天宫。
灯红殿内听歌乐,酒绿杯前赏倩容。
夜半花园观菊展,更深书院觅诗踪。
谁知仍有春心懒,飞落人间自作峰。

游普陀山

— 61 —

四方环海景新奇，林木丰荣百鸟嬉。
寺塔星罗香火绕，崖雕棋布古人诗。
梵音相伴涛声远，佛像常随日影移。
第一人间清静地，身临其境醉如痴。

再游和县鸡笼山风景区
鸡笼山岭泛霞光，紫绕烟云掩翠妆。
阵阵松涛鸣壑谷，铮铮巨石历沧桑。
回旋曲折阶梯路，翘角飞檐殿阁廊。
清静宜人风景雅，旅游避暑胜天堂。

漂流武夷山九曲溪
深邃幽玄九曲溪，澜回峰转世称奇。
猿惊鱼跃晴川月，狮舞鸡鸣暮岭曦。
赤壁凌霄留倩影，蓬莱出水弄芳姿。
漂流曲曲情难尽，一路风光一路诗。

游潮州西湖公园
葫芦山麓一湾湖，秀美多姿似画图。
高树凝烟荫绕岸，鲜花斗艳蕊含珠。
楼台错落晴光好，亭阁辉煌风景殊。
历代骚人游览地，寻幽怀古忘归途。

潮州印象
山环水绕老鸦州，历尽沧桑数百秋。
十里江亭容貌改，千重云树绿荫稠。
人文荟萃扬环宇，风物非凡誉满球。
景瑞生平逢盛世，喜看遍矗凤凰楼。

游天柱山神秘谷
看似堆堆乱石群，身临其境境销魂。
疑无路处便为路，确有人时不见人。
洞里藏宫宫雅静，宫中含洞洞幽深。
天公造化神仙府，寻遍名山莫与伦。

胡锦涛总书记祖居地：龙川
盎然兴致访龙川，一片新奇入眼帘。

奕世牌坊传美誉，胡家祠宇记英贤。
门前河水清而碧，堂内宗规紧且严。
代换朝更多少载，如今昌盛史空前。

咏雪
飘飘洒洒漫天扬，万里山河任点装。
遥望平川铺素锦，近观原野着银裳。
门前竹叶鸡镌印，路上梅花犬押章。
待到朝阳喷薄出，生机一片各呈祥。

原玉敬和台湾《古典诗刊》名誉理事长邓璧吟丈《八十述感》二首

一
时如飞马过骎骎，八十年华喜气临。
一世忠贞图报国，几经磨难铸丹心。
何需叹息桑榆晚？焉可担忧别怨深？
坎坷人生多少事，胸怀坦荡莫须寻。

二
朦胧世事恍如烟，别土离乡五十年。
邻海波涛虽未渡，同源沟壑尚能填。
思亲总忆川前岭，怀友常梦岭后川。
待到云开迷雾散，请回桑梓再留连。

忆江南·黄山
　　黄山雾，相见总茫茫。雨季随风飘峻岭，晴天蔽日掩山梁。屡屡煞风光。

　　黄山雨，难测几时临。细察瞬间云作雨，静观顷刻雨成云。云雨两难分。

　　黄山雪，一览白无涯。素裹群峰驰蜡象，绢披余脉舞银蛇。怎不让人夸。

　　黄山日，环眺漫山红。晨起朝霞云海出，暮归夕照雾烟笼。胜似访仙宫。

　　黄山路，行走说艰难。上下崎岖登万级，攀爬坎坷绕千弯。数日腿还弹。

　　黄山翠，植被掩群峦。修竹葱葱成碧海，奇松郁郁接蓝天。四季不厌看。

黄山阔，骋目景无边。叠嶂峰峦多起伏，深沟谷壑自连绵。远近舞翩跹。

黄山美，到处景如屏。怪石嶙峋争俏丽，奇松苍翠竞娉婷。客过醉忘形。

黄山险，危处耸人听。直立悬崖神鬼惧，横陈绝壁鸟蛇惊。只看不能行。

黄山热，四季客如潮。人气攀高情激越，风光旖旎景多娇。游览任逍遥。

忆江南·家乡赞美诗（二首）

一

家乡美，最美数清溪。千亩良田翻绿浪，一湾碧水荡涟漪。两岸鸟声啼。

二

家乡好，美景任春裁。旧景曾寻花落去，新颜非觅燕归来。孰见孰开怀。

天仙子·读毛泽东《长征》诗有感

五岭逶迤横断路，金沙水拍行无渡。红军寻道问青天，艰与苦，纵情数，大渡桥头旗劲舞。

千里岷山呈一色，遥看峰谷连天白。红军信步踏顽冰，饥饮雪，卧陪月，歌到陇南高唱绝。

相见欢·赞Q群聊天（二首）

一

每开电脑情牵，乐开颜。一只企鹅欢快映眉间。

鼠标握，轻轻点，喜心田。谁解其中滋味口垂涎。

二

Q群点击聊天，意绵绵。总见图文并茂好新鲜。

美女逗，帅男捧，尽陶然。难怪人人忙里去偷闲。

清平乐·登庐山（二首）

一

盘山而上，一路心花放。绝谷悬崖层叠嶂，美景尽收眼眶……涓流瀑布山泉，澄湖溪涧河湾。怪石奇峰仙洞，光霞雨雾云烟。

二

匡庐景象，细赏皆模样。秀水青峰春意旺，难见此山宽畅。曾经激荡风云，缘由主宰浮沉。今日游人遍访，多为究底寻根。

清平乐·兴游巢湖月亮湾湿地公园

临滨眺望，百里澄波荡。近水远山烟雾障，尽显大湖气象。

休闲清水平台，游人信步开怀。个个争相拍照，瞬间人景和谐。

清平乐·远眺巢湖姥山岛

烟霞缥缈，隐隐浮孤岛。宝塔尖尖云雾绕，山水相拥奇巧。

近观点点鱼帆，遥看白浪滔天。飞艇来回疾骋，慕名游客狂欢。

清平乐·广州花都石头记矿物园揽胜

碧波环绕，曲折林间道。四处鲜花争艳俏，偶见龙门鱼跳。

这儿宝石如金，名闻天下"森林"。科普旅游购物，神州走遍难寻。

清平乐·采茶

季过春半，绿岭姑娘倩。纤手翻飞忙不乱，摘得歌声串串。采来脆嫩葱苍，揉成浓郁清香。沁入千家万户，人人脑健身强。

采桑子·四季抒怀

春

东风送暖春来了,云雾蒙蒙,烟雨蒙蒙,万木昭苏望眼明。生机一片何如许,山也含情,水也含情,满目繁荣似画屏。

夏

炎炎夏日天流火,热浪腾翻,蒸气腾翻,每见行人汗湿衫。尘心清静无忧虑,闲也悠然,忙也悠然,面对高温不觉烦。

秋

秋高气爽晴空碧,丹桂飘香,黄菊飘香,正是丰收季节忙。田园到处人如海,谷也登场,果也登场,笑逐颜开喜欲狂。

冬

纷飞瑞雪迎风舞,天泛银辉,地映银辉,天地相连难辨谁?人生犹如自然物,谁是谁非,尔是吾非,计较斤斤何作为?

卜算子·观赏韶关丹霞双绝

游客去丹霞,数谁人气旺。鬼斧神工两石头,来此纷纷上。先去看阳元,后把阴元望。栩栩如生袭眼球,个个心波荡。

卜算子·春游巢湖东庵森林公园

四处耸群峰,遍野松涛荡。鸟语花香碧草连,溪水潺潺唱。陵墓葬英雄,古寺居方丈。驴友纷纷仰慕名,个个心花放。

卜算子·人生感赋

岁月似飞梭,弹指人生梦。一自匆匆涉世间,喜怒常相共。心阔海天宽,心窄愁思重。笑对前程意坦然,醉听"梅花弄"。

浣溪沙·沿河岸观桂林夜景

湖泊相连景色迷,流光溢彩闪虹霓,水中倒影更神奇。

时世变迁多少载,沿途古建最相知,劝君游览莫迟疑。

浣溪沙·漫步清华园(二首)

一

习习微风拂校园,绿林掩映鸟虫喧,碧溪环绕水潺潺。

水木清华谐秀美,中西兼顾古今全,莘莘学子任流连。

二

几处清廷游乐园,小溪湖泊嵌其间,古香古色耐人看。

毓秀钟灵风水地,精神魅力孕先贤,自强不息永相传。

醉花阴·游览丹东五龙山

山势巍峨林木翠。汩汩清泉水。鸟语伴花香,暮鼓晨钟,景比蓬莱美。

金蟾望月含柔媚。龙吐琼浆味。幽洞可升仙,陡壁高悬,胆大才无畏!

浪淘沙·大连揽胜

东北海滨城,气候温馨。面临黄渤早闻名。绿地沙滩欧建筑,特色鲜明。

大海献殷勤,怀抱相迎,广场遍布似罗星。最是流连忘返处,夜景华灯。

浪淘沙·香港维多利亚港夜景

万家灯火明,恍若繁星,波光辉映闪晶晶。璀璨霓虹连作片,音乐传情。

深港浪花轻,遥听钟声,朦胧夜色景如屏。幻影斑斓呈异彩,不夜之城。

小重山·游桂林银子岩

青翠群山洞贯穿,桃林相错落,果枝繁。天然盆景景争妍。人如织,个个似神仙。

美在壁岩间。遍寻钟乳石,尽奇观。神工鬼斧说天然。心已醉,游客久留连。

一剪梅·漓江

绿带青绸峰谷间,壁挂江干,水映苍山,风光旖旎客游馋。早起贪玩,夜寐梦牵。

瀑布流泉涌险滩,磨石如盘,雨浪如烟,群龙戏水更奇观。乐在游船,醉在心田。

鹧鸪天·丽江游

三省交连好地方,高原深处米粮仓。自然遗产冠全国,民族风情誉海疆。

茶马道,怒澜江。束河古镇盛名扬。玉龙雪景常年在,览胜游人喜欲狂!

注:怒澜江系指怒江和澜沧江。

鹧鸪天·避暑山庄景点选粹

(根据康熙皇帝部分景点命名集句)

四面云山万壑风,烟波致爽浪千重。金莲映日清香远,松鹤鸣斋雅兴浓。

泉绕石,水环峰。双湖夹镜映长虹。青枫绿屿连西岭,无暑清凉胜玉宫。

鹧鸪天·游青岛印象

碧海蓝天绿荫浓,常年领略海洋风。沙滩漫步精神爽,礁石徒行雅意融。

山水映,浪波汹。令人神往栈桥中。每临夜晚观城景,到处霓虹胜彩虹。

画堂春·揽胜褒禅山

连绵起伏耸群峰,相看林木葱茏。烟霞笼罩雾蒙蒙,隐现若游龙。

别有洞天奇景,引人入胜仙宫。暗河荡艇乐无穷,寻古探遗踪。

画堂春·寻踪华阳洞

荒山古洞本无名,一朝水起风生。荆公游记注深情,喻变好前行。

中学古文曾读,至今耳畔回声。勇探艰险出贤能,半废悔前程。

鹊桥仙·游微山湖

一

微山湖上,风情无限,一片壮观景象。鱼帆点点水中浮,细风起、清波荡漾。

每逢夏日,荷香四溢,莲蕊连天接壤。游人如织醉如痴,有谁不、心情欢畅?!

微山湖水,自然洒脱,风景犹如画卷。芦莲菱芡各相宜,更常见、花香鸟啭。

物华天宝,地灵人杰,铸就人文璀璨。缘于孔孟史传承,底蕴厚、流长永远。

鹊桥仙·游花都湖公园(二首)

一

岭南去处,广州亮点,请往花都一趟。环流河水起微波,所闻见、风情别样。

湖中栈道,桃花湾里,满目新奇景象。国花雕塑显神姿,醉翁意、人文开放。

二

环湖绿道,风光无限,景色迷人欲醉。骑行体验最相宜,细观察、耐人寻味。

楼台亭榭,竹园湿地,到处鲜花点缀。徜徉山水沐清风,游此后,直留钦佩!

苏幕遮·云台山观景

碧蓝天,芳草地。峰谷连绵,一路泉流水。气候宜人无可比。瀑峡沟潭,到处风光美。

　　景清幽,人鼎沸。满目新奇,游客皆称最。尽道诗情含画意。览胜归来,半宿还沉醉。

苏幕遮·游览泉瀑峡

　　上云台,情自在。遍览群峰,处处观风采。谁料深山开眼界?! 走进天然,亲密原生态。

　　峡连连,岩怪怪。碎步轻移,沿路泉澎湃。跌宕声中听气派。时尔靡靡,美妙如天籁。

渔家傲·西湖观景

　　三面环山烟雾少,湖平波静浮孤岛。柳浪闻莺春已晓,如赶巧,三潭印月云漂渺。

　　花港观鱼鱼舞蹈,断桥残雪已难找。登上雷峰观夕照,无喧扰,这边风景尤其好。

踏莎行·白水寨观景

　　峭壁危崖,雄奇无比,一条栈道深山指。绿阴蔽日透清凉,潺潺泉水澄如洗。

　　独特风光,叹为观止,游人谁见谁欢喜。最为绝妙险峰前,一帘飞瀑悬千米。

　　注:白水寨位于广东省增城市,山高828米,白水仙瀑落差达428.5米,堪称国内第一飞瀑。

青玉案·宝墨园观光

　　正门白石牌坊古。最惊艳,全雕塑。游客如云皆仰慕。桥亭堂馆,步移景换,交错纵横路。

　　包公事迹声名著。赵氏收藏引人注。玫瑰园中花楚楚。清明河上,万千气象,瓷绘繁华赋。

　　注:赵氏收藏系指赵泰来艺术宫文物收藏;最后一句系指清明上河图全景浮雕陶瓷壁画。

满江红·登长城

　　横贯东西,长万里,蜿蜒起伏。抬望眼,巨龙昂首,浩歌一曲。傲立千年防敌寇,纵穿百世卫家国。曾记否?那累累伤痕,时叮嘱。

　　草木盛,蔬果熟;城墙固,人和睦。慕名游客嚷,闹中争酷。昔化干戈为玉帛,今消隔阂同荣辱。试猜想?凭甚客如潮,真情笃!

满江红·武汉之行

　　武汉之城,临江岸,风光独特。黄鹤去,长留楼宇,广迎游客。一碧东湖明似镜,十分好客情如蜜。楚汉街,建筑尽称奇,高规格。

　　博物馆,增见识。文物荟,惊魂魄。那编钟头骨,至今无匹。飞架长虹船驶速,横穿隧道车行疾。古三镇,靠摆渡连通,成遗轶。

满庭芳·合肥写意

　　古郡庐阳,沧桑几度,而今风景如图。逍遥津口,兽舞鸟欢娱。一览包河荡漾,荷香溢,莲蕊含珠。登高处,凭栏四顾,遍地见通衢。

　　地灵人俊杰,从今溯古,多少先驱。自三国争雄,肥纽淮枢。最赞青天卓越,论功罪不问权奴。尤堪叹,群贤荟萃,创八皖新都。

念奴娇·游览巢湖紫薇洞风景区

　　群山横卧,仰烟霭缭绕,丛林湮没。隐隐重楼光闪烁,犹似蓬莱飘忽。画栋雕梁,勾心斗角,意境难描述。游人忘返,只为双井称绝。

　　缓步洞入琼宫,雄奇幽险,直令人惊悦。虎跃龙腾狮子吼,凤舞鹤鸣鹦舌。瀑落如雷,泉流似练,尽兴浮河筏。壁图如画,世间天上仙阙。

望海潮·游览芜湖长江大桥

皖江天堑,惊涛汹涌,蒙蒙雾罩鸠兹。从古迄今,相看两岸,心牵多少情思。梦想有谁知。但凭轮横渡,常误行时。偶遇风狂,只能久等盼归期。

一桥飞架东西,叹钢筋铁骨,尽展雄姿。浮艇如梭,游人如织,长龙呼啸奔驰。此景惹人迷。乘轻舟游览,过眼依依。若待华灯齐放,夜色更新奇。

莫峰琼诗选

莫峰琼

笔名天际微光、雅儒等。浙江湖州南浔芙蓉潭人。长衫诗社副社长,上海城市诗人社理事,蓝风诗社副社长,香港诗人联盟成员,中国诗歌学会会员,短诗原创联盟副会长,香港国际青少年联盟上海分会会长。诗观:诗歌是人在困顿中,灵感突现的一道光,是星星之火的起源。拿起,写下;纵然诗歌诗歌界依然无我,我已然满足。

樱花(一)

最不敢看樱花
还没来
就已经是
倒计时看着她
无悔地落下
我
又如何能无恙地
离开……

樱花(二)

十里桃花
是你给的童话
谁在花里
梦回故乡

桃之夭夭,
灼灼其华
阳光里,只有樱花

一地樱花
可是

你给的情话?
惹得
相思,分外
红亮,摇曳枝头
告诉谁
花已落下
花已落下

拈花一笑

又需要说什么?
举起放下间,
一片树叶悄然渡江。
谁说树叶都相同?
谁说他们都变尘?
也许有片叶子变成了情书,
融进某人的记忆。

平凡是平凡者的思维,
特殊是特殊者的印记

诗需要人的浸润
人需要诗的指引

不是谁都懂
也不是不懂就不是诗
只是时间地点和情景的重叠

一瞬间,你突破了万维与我重合
一时间,多少的苦痛瞬间击破了黑暗的禁锢
生命的爱被深深地覆盖,奔腾
孤独的城堡
绽放出生命的烟花。

天际的沙漠
爱是最简单的付出
却是最痛苦的信仰
在不懂爱时,以为是爱

明白爱时,已经千帆过尽
明月清风拂面
留下一片鱼鳞
和沙沙的飞泪

我把爱放在胸口

感恩你一路的照顾
虽然你的离去
曾经让我不能站立
也让我明白爱一个人
没有那么多的要求
如今我站在风口
感受你的温柔
世俗的一切恩怨
都不如你的牵手

守护这一片净土
等来世我们重逢

选择

为了光明,我选择了黑暗
为了成全,我选了离开
为了和平,我选择了战斗
为了安逸,我选了奋斗
为了父母,我选择了远行
不是我不懂美
而是美需要人创造
为了公平、善良,我选择了赢
因为只有胜利者,才能弘扬公平和善良的规则

我喜欢看不是诗

人的诗远离了那些故作深沉
抛开了沉重和喧嚣
我看一朵花在野外摇摆
没有古色古香的家具
也没有抽象和现代的元素
开得既不艺术也没创意
却独独点亮了整个生机
站着就是一道风景
摇曳就是一场歌舞
我咀嚼到泥土的芳香
我感受到生活的鲜活

别用错如果

如果不小心丢掉100块钱,好像丢在某个地方,你会花200块钱的车费去把那100块找回来吗?
如果是幸福呢?
如果不小心丢掉100块钱的幸福,好像丢在某个地方,你会花200块钱的车费去把那100块的幸福找回来吗?
答案是,一定会。
不要问我为什么。
就怕是花100万,1000万,也再找不回来。
人生没有如果,只有结果。这才是真正可怕的地方。

努力

想念也不能联系
怕黑却不能抹去

今天的饭
昨天和明天的都不能代替
咬紧牙,
大不了以牙还牙

如果我能见明天的太阳

我也不会忘记今天的黑夜
放下不放下是明天的事
今夜我不会和黑夜妥协

弹心

纤手把往事重奏，
跟着流水闪亮，
欢笑在耳边重叠，
融进这音乐。

漫步旧日的渡口，
烟雨不再刺骨，
人影已经虚化，
只是那泪
比当年更烫，

三月

一首首诗从心里爬出
在风里飘摇

你呢，你呢
花儿太多
找不到

我呢我呢
左躲右闪
一不小心
粘到
谁的花粉

读你

一次相遇
就是一次学习

太多的问题需要思考
需要一年的思索
也不一定有答案

相互交流中

相互启迪

相互伤害中

相互努力

一种习惯
维持原判
才发现已经终身监禁

残荷

零落
坐禅
的宁静

含情
入定
的安详

七情六欲

穿过月色
涟漪
层层朦胧
隐隐逸逸

泛舟心湖
惊涛骇浪里
欲望不停翻远

撩人的情绪
淹没在虚无

夜
如世俗
吞没一切
天明，才发现又变成影子
从没离去

曹雪芹

梦是一场盛宴,做……
难做完,品出的回甘
醉烂如泥,心
酸哭泣。

千帆过尽……
说不尽的富贵繁华……落尽,
道不完的缠绵悱恻……流离。

一身艳骨……千花恫,掩不完
的风流情债……雪里埋。
去……
无所去……

来……
何所来……

撕扯的姹紫嫣红……
幻成片片雪……
零落
人间

秋之物语·菊
你呀
不过是一朵
贪玩晚开的黄花
何来这黄金甲的铁蹄

不是花中偏爱菊
此花开尽更无花
一如青衣妆容的淡定

成就这
青花瓷里高台
南山篱笆的风骨

秋之物语·辣椒
即使出了红楼梦

你也红透半边天
把相思穿在身上
把热情深深藏

一夜西风紧
寒夜里
你是最让人难以忘怀的爱恨

注:王熙凤也被称凤辣子。

临窗听雨
今夜七夕
我希望月明星稀
也希望心能淅淅沥沥地下雨
更喜欢在宁静中
致
远

疯语
对着
记忆把酒推盏
巧笑倩兮

一切
又好像是最好的样子

香水
把往事当成一瓶香水
每次一喷
弥漫
整个记忆

阴谋
雅儒

等你
却等来一场雨
暗战在电波之间
电闪雷鸣

冷冷的雨让花
激烈的不适

你在电波里
掰下
她的翅膀
搭在别人的头顶

最深的梵音

片片枫叶
是天神
在拨弄瑶琴

飞舞,燃烧的生命
谁
在不屈
摇曳

注定的坎坷
走出不一样的
人间

人比黄花瘦

诗歌唱着寂寞,
比寂寞更寂寞的是泥石流,而情花花开了
谁能比流水更快抵达
这个三月
风里最多的是
暖意

醉白池

第一个想到
就是醉白虾了

然后才是李白
再就是王冕,王安石的墨池

神秘的池水
给人安静的幻想

可我总想
她是个美人
历经 900 年的风雨
舞出历史的曼妙

童年

穿过晨曦的花园
从一株狗尾草的露珠
偷窥到
一个水晶的世界

少年

酸涩
成了花的绚丽

春的能量
在青涩的果子里
不断累积

青年

爱的天空
几朵白云
最后变成了乌云

阳光灿烂的日子
听风把彩虹挂上

中年

消失的青春
在一个叫梦的地方醒来
开出的花
结出的果
留着当年的 DNA

心闲醉春风

美在眼
任时光醉了枝头
熟了忍冬

将一片阳光撒下
开出一个花园

等你
打马
借茶
把时光倒流

送别

满眼的泪光里
闪烁着坚定的希望

心碎成片片蝴蝶

挥手里
幻想
失魂落魄的拥抱

缺席的新娘

格桑花开了
开在心上

你走了
青海湖依然澎湃

那个骑牦牛的女孩
把天地变得飞扬
那串佛珠
那转经筒
从来没停止祈祷

一朵花开的时间

一朵花开
带来百花开

最后一朵花开
带来漫长的冬季

天时
地利
人和
她没选择

自信不负春光
开出自己的色彩

寒枝

残荷已无伞
孤菊抱枝憾
雪落枯草暗泪翻

处处寒风烈
突现
枯枝傲雪,寒梅点点

天天变脸的你

如此冷漠、阴森
坚硬的岩石,钢强如铁
没有半滴眼泪
一丝的温柔

你如此渺小
在浩瀚星空
可忽略不计

你如此伟大
一遍一遍把光搬到大地
却从不计较
自己的位置

人们想象着有个美丽的姑娘在上面陪你
想象着你该是转朱阁，低绮户。
不应有恨
直到阿姆斯特朗登月
我想拥抱你，但不敢接近

石头的困惑

刻着碑文的石头，
是痛的。

他不懂，
为何人们总把这传承的痛让他背

岁月
刚刚偷偷减淡这些痕迹

都不及新来的
野蛮站位

以前是石头的敲打
现在是连根拔起
吊装

再是机器的雕琢
来不及喊疼
又从这搬
到那

筋骨早就打散
做底座的兄弟
看不到站在他上面的骨肉

紫藤

想象进入了伊甸园
最耀眼的紫烟

谁搭的花架
谁在树下流连

花开谁怜
花落谁浇灌

阳光、时光
谁也没说谢谢

一个花越开越艳
一个等待中又把水浇了一遍

诺言

寂寞把心烧了窟窿
明晃晃的炙热
让指尖有种渴求

隐形的债
在心中盘旋

埋在心里的情绪
疯狂发芽
纠缠着
等谁救赎

想你

咬紧牙关
怕你越过声线

拽紧梦境
生怕进入或逃出

闷在胸口的思念
上突下穿

心啊
早在这一路中
填满你的样子

月饼

曾经给我月饼的人
大多已经离去
等我给别人时
谁还吃月饼呢

彻悟

白夜的星空
有多少惊涛骇浪
沉浸其中
把沙滩洗了一遍又一遍
撕碎了生活
本来的模样

让风小些
绕过地球
不在月亮里
找太阳的光辉

春晓清梦

桃花一瓣,衔开一个春天
燕子一剪,万锦未央
一汪清泉
淙淙情丝温柔过

叹美好总是转眼
独不忍,转身

无言,无缘。
何必问谁曾扣门
谁于门外恼
秋千过去,时光清浅

都市的花草

春在大地发芽
破土的小草
周围的树木
天天插肩
从未了解

昨天由园林工栽下
今天又被垃圾车拖走
来不及悼念
又有新的花在那
笑妍

春

雨每润一笔
春色就厚一度

桃花一抬头
天亮了
水更柔了

茶道

灵魂
在沸水中
复活

香气
在舌尖舞蹈

绽放
一盏的时光
演绎了自己的活色生香

烤玉米

一颗一颗
啵……啵……啵啵

就像我的心跳
含苞欲放的样子
塞满了幸福
的甜蜜

雁

稻子熟了,菊花开了

地上一群学子走在夕阳下
天上一群雁儿飞往

拖着远方,带走多少憧憬

长大后
一群游子
驮着故乡
回望雁儿

咏埙

从远古
渡秋音
风竹唤鸿雁
声沉沉

听
断桥残雪
千年枫桥
一滴沉香泪

明月松间
散舟谁
转眼
一曲离歌

蜗牛

背着家的人
竖着坚硬的盔甲

柔软的心
紧贴着大地

每一步
任重道远

老屋

斑驳的旧物

充满沧桑
一把铜锁挡住脚步

每次我都趴在窗口
看到里面
黑黝黝一片

直到父亲打开
阳光比我先冲入

蜘蛛和爬虫
开始慌乱,
农具
排列整齐
时刻准备着

父亲问
你进来干啥

多事之秋

树叶经历了
春的成长
夏的拷打
秋,他开始思索
这样盲目地听从大树是不是
傻
一阵风吹过
一片喊傻声

一片勇敢的树叶
在风中像燕子一样飞舞,
他说
燕子说冬天很冷,不如去南方
他跟着风
飞出森林,落在草地,
又一阵风把他吹起
直到,掉落流水

渡

借一场雨
哭靓我的恐惧
我怕
怕爱抵挡不了习惯
怕海市蜃楼
在现实变得比往常更肮脏

我哭自己执着
我怕你
执迷不悔

不管我多少领悟
牵挂和慈悲
让我放不下

岁月沉香

一起飞的自行车
划过逸夫楼的檐口
三好坞的桥
留着最青涩的笑
那杯毕业的酒
梗在眼眸
退却当初的上头

桃花雪

那壶相思的酒,
我一熬再熬熬成了片片雪花
一别几年也忘
你还是你
只是我遇见更好的我
淡然一笑
惊觉岁月沧桑
无情也多情
多了一朵桃花
早说不出当年的情怀
如秋上的芦絮,
随着岁月堆满了追忆

水很静,很宽,很淡
如你的胸怀
如我的思念
天地间的你我
早已在河的两端
各自灿烂
再记不起当年
只是岸边飘雪的桃花
依然

风

吹开了花儿的心
吹绿了世间的情
吹走了压着的乌云
吹走了一切的繁华
风儿
品尽百味
可曾为谁停留
为谁留恋
不懂收敛
终空空如呜咽

尘缘

剪断红尘的雾霾,
用你的泪擦拭我的眼。
守着寂寞的月牙泉,
等着无穷远的你在天边出现。
沙漠的风,
枯黄的心。
跑不进绿洲的夜。
明晃晃的约定。
不管圆缺。

相约冬季

我们的故事
从萌芽
到飘落
被片片落叶记载

在隆冬前
做最后的舞蹈
留下骨子里的回忆
在冬季燃烧

今夜有月,我看见路灯的眼泪落下

三伏的暴雨后,
空气还是沸腾。
树叶没有一丝想动的意思

月光也是热的
在路灯下
等待的人已经睡着
路灯
突然落下一颗泪

今音诗评:

《今夜有月,我看见路灯的眼泪落下》这首诗歌的画面的本身就具有多种释义。比如,在诗歌的第一段第一行"三伏的暴雨后"穿插一个另外一个场景"路灯/突然落下一滴泪。"留给读者印象比较深的是时间流逝的感觉,呈现出来的是诗歌的画面跨度大,诗歌的画面永远在真实的时空中流动。

又比如,从第一段到第二段,就是一个例子。从"三伏"到"月光"之间的这么一段时间流动。这是诗歌创作的一个技巧,还如,要想诗歌每段之间的跨度实现大一些时,就通过画面的更替和主角面貌的变化来得以实现。在这首诗歌当中,主角是"路灯"。

这个画面本身的释义,是以电影"蒙太奇"镜头的语言来表现的。这样讲的理由,就是通过一杆"路灯"来营造出关注和温柔,温柔是指第二段的第五行"突然落下一颗泪"。同样的眼泪,为什么不用"一滴"来表示的想法,就是认为"一颗"要比"一滴"来得珍贵。就这样的一字之差,却在思想情感上的距离相隔甚远。这是从视听的角度来理解的。所谓的视听是指,"暴雨"可以看到,雨声可以听到;月光也可以看到和感觉它的"热,"这个热是"心热",也是烦躁。

但是在第二段,当月光作为切入段口以后,同时受之影响和作用的人,"已经睡着"。由此,这首诗又显出了第二个要义,那就是人在天之下,受自然界的制约非常大,大到人类不可左右它。

从侧面透出了人类应该如何尊重和服从自然规律这样一个命题,作为思考人生的内容之一,有它的积极含义。

这首诗歌的第三个要义体现在"路灯"落泪时的"突然"。这里面有原因。原因在于三个,第一个,"暴雨"运动方式和"人"之间的冲突暂时宣告一个段落。这在第一段里表现的最为明显。

第二,事物规律的"间隙"作用在左右"人"。同时也在诗歌中形成不同的艺术节奏,比如,一组镜头的组合,在第一段里造成的是紧张气氛。

值得引起关注的是第一段朝第二段转折的时候,是用了"月光"这样一个长镜头,相对第一段的"暴雨",虽然"也是热的",但给人的感觉,正在朝平稳和缓和方面发展,所以,"等待的人已经睡着"。

就在这个时候的"路灯""突然落下一颗泪"。其中有无尽的感叹和唏嘘,甚至还有悲怜色彩。情感之复杂是在于"突然",而不是有所准备。像这样处理诗句,体现了一个自然性,没有什么故作造次在内。这是针对诗歌的艺术节奏来认识的。

重阳

岁月在秋季成熟
褶皱里藏着我走过的弯路

把朋友,爱人,陌生人,恩人,仇人
都调好旋律
在最高的云端
亲手弹奏

每一声
应和
流水,孤雁
兼葭

盘柿挂着
都是谁的祝福

我把温柔缠在枝头
比黄丝带更亮

心湖一拨
声声音符
随你猜

今音点评:

　　《重阳》着重强调的是某一个年龄段的人机能减退以后如何获得重生和机敏等功能。并以此来和现实生活中的一些矛盾形成平衡。这个要求比较高,层面和境界也与众不同,于是事物的特质表现出来了,也就是说必须打破常规。

　　比如常规的思考问题的思路等。常规是指那些按部就班的。但是在这首诗歌里面,如果按照按部就班的方式去体验去操作,从境界上是无法提高的。而诗歌创作恰恰需要境界上提高,这是指格局。作者和作品都存在一个格局。那么在这首诗歌当中的格局是建立"在最高的云端/亲首弹奏"。

　　其中所显示出来的有主动,有方法,有胸怀,有眼光等。这个"四有",在现实中所对照的是生活现象中的"四无。"于是,诗歌所切中时弊的针对性就显得非常强。又于是,诗歌兼顾到了结构的平衡。

　　诗歌创作达不到平衡,便会在行数和行宽等这些形式上把握不住,然后诗歌就容易跑偏。也就是说,这首诗歌已提供了借鉴作用,比如借鉴和围绕诗点"重阳",小心铺开;借鉴长短句变化错落,来把握发展的方向。因为诗歌的发展方向有 N 个,而属于这首诗歌的方向只有一个。比如诗歌好在三个段落之间的形式变化显得活泼;好在意象选取的相对集中而不是散乱。集中是指从属关系清晰,如"孤雁"和"云端";"枝头"与"云端";"弹奏"和"一拨"等。另外还有一个"重阳",是特指这个人群的品位互动和影响方式,而不是作为要求。这就是诗歌的机智和随和。比如机智在最后一段最后一行"随你猜"的潇洒。随和是指第二段的第一行和第二行,"每一声/应和"这个是气度。

刘炳峰诗选

刘炳峰

男，1963年1月生于河北威县。1979年7月被选入长春空军飞行预备学校(今空军航空大学)学习飞行。次年5月考进上海空军政治学院。毕业后分配到石家庄空军第四飞行学院工作。曾先后担任政治教员、连队副指导员、政教室副主任、主任等职。职业军人，大校军衔(正师级)，2009年从正师大校岗位上退休。

自幼受家庭熏陶，酷爱中华诗词。1993年起开始文学创作，先后在《美国侨报》《香港文汇报》等海内外、军内外150余种报刊上发表(含转载)各类文章1000余篇(首)。

七绝·看戏有感
金剑银枪着玉裳，花拳绣腿扮豪强。
倘如确有真才略，摆个擂台干一场！

七绝·有所思
残春独立大江洲，逝水滔滔向下流。
胜日风光能复返，韶华一去不回头！

七绝·咏蛙
虎踞池旁披绿裳，一蹿三跳甚张狂。
呱呱乱叫无人会，坐井观天自称王。

七绝·寒江
春江浩荡暂徘徊，宜当凌峰放眼开。
天道无常终有尽，严冬过后又重来！

七绝·五四运动感怀
学子当年俱忿青，瞽林起处鬼魔惊。
学潮摧动春潮涌，赤县迎来旭日红。

七绝·文学大家毛泽东
毛氏诗文傲古风，蕴涵深远意无穷。
平白如话超千句，不朽华章万代雄。

卜算子·街头即景
极目望天朦，桥道横斜错。半是氤氲半是尘，杂碎堆成垛。
休叹世间烦，莫羡仙人乐。上帝仆从请君来，可愿天堂过？

七绝·柳絮
柔婉多姿似小乔，如丝长发伴风飘。
只因随性扬花絮，引惹行人兴致消。

七绝·出游
假日出游路远塞，随机灵动向东来。
时时留意风光在，生面斑斓别样开。

七绝·有感
平生酷爱作文章，高雅风骚难匿藏。
富贵传家不久远，诗书遗后万年长。

一字诗·渔
一山一水一楼亭，一篓一杆一钓翁。
一聚神思忽又笑，一条鲜鲤跃当空。

七绝·过遂洞
层峦叠嶂路途横，车到山前壑洞生。
减速慢行宜谨慎，瞬时柳暗又花明。

七绝·夜行

夜暗云低欲远行，披风伞具备囊中。
人无深虑常淋雨，事未躬亲不洞明。

七律·咏荷(题照)

四个姑娘四朵花，含苞欲裂正芳华。
短裙绿绿微微纵，粉面红红朵朵霞。
结伴踏青声放浪，偕同行路臂交加。
娇姿招惹游人醉，宛若群仙浣碧纱。

七律·街头对弈

一群老汉绕周边，只露头皮罕见颜。
你往我来鏖战烈，此嚷彼叫乱发言。
黑炮隔士将车打，红马斜行踹相翻。
三五回合人散尽，互调座位又开盘。

七律·赵州桥

石桥横架谱新篇，绝代雄姿入眼帘。
隋匠巧工能盖世，隋河龙卧势非凡。
两端拱洞分洪缓，十遇灾情也耸然。
赤县风光多俊秀，中华自古有奇男。

五绝·倒影

波光映碧丛，水底有天空。
树似湖中物，人如云上行。

五绝·草坪

园丁施巧手，青草理平头。
大地披绒毯，江山着锦裘。

七绝·纪念毛主席520声明发表49周年

毛氏檄文一纸抛，霸王彼岸抱头嗷。
而今山姆磨刀霍，回看从前倍感骄！

七绝·二胡曲

两弦奏尽无穷韵，一曲弹得万种情。
悲喜离合仇苦怒，全凭左右手头功。

五绝·夏日小景

青野飞白鹭，红衣映绿丛。
溪出山谷间，人没雾云中。

七绝·赞屈原(二首)

(一)
九章天问万年传，词霸诗人共祖先。
报楚无门毋宁死，品格剔透照尘寰。

(二)
屈子当年赋九章，檄文恰似毙人枪。
满朝奸佞忠贤少，一怒投奔汨水江。

七绝·鳄鱼

貌如蜥蜴卧溪边，窥伺鱼虾戏水玩。
尔等疏忽狂拽日，欲将成我腹中餐。

钗头凤·雨中行

东风暖，阳光灿。驾车途半乌云乱。
乌云乱，雷声撼。紧急调头，避开灾患！
险！险！险！

风翻卷，树摇颤。雨停天际虹霞现。
虹霞现，见奇幻。多彩山川，魅姿无限！
赞！赞！赞！

七绝·叹学子

一朝结业享清闲，四载光阴逝水迁。
莫道读书无所用，潜移默化益千年。

七绝·叹唐初诗人张若虚

生前寒碜默无闻，死后淘沙见赤金。
总共遗文存两首，一篇咏罢盖唐人。

七绝·太阳

自古从东走向西，阳光普照不停息。
暂时或被乌云挡，辨识依然靠剩曦。

七绝·大猩猩
悲催模样态龙钟，恰似垂垂欲醉翁。
忽见有人投一果，腾抓精准气姚明。

七绝·赠高考学子
十度寒窗砺剑狂，一朝出鞘试锋芒。
岂能尽数皆遂愿，亮相便为卫冕王。

七绝·赠高考魁首
十年俯首伴寒窗，一举成名傲众芳。
今日运交当翘楚，明朝反哺馈家邦！

七绝·老鼠（二首）

（一）
鼠目微光看眼边，生肖竟列虎牛先。
头尖个小贼干练，暗处窥察不靠前。

（二）
品行丑恶貌稀松，竟列生肖第一名。
习惯损公肥自己，人人痛恨咒不停。

七绝·歌女
华灯初上踏歌楼，艳抹浓妆靓影柔。
身负数职人怠倦，面容欢快内心愁。

七绝·美颜相机
千娇百媚网红颜，摄魄勾魂似醉仙。
约见真人跌碎镜，蟾蜍颠倒叫蜍蟾。

注：蟾蜍，即蛤蟆。蜍蟾，则是指月亮。

卜算子·懒猫
时过已境迁，乳虎常偷懒。人饭不吃贪猫粮，总往怀前站。
胆小被鼠欺，闲空追鸡转。若有精灵出洞来，蹭蹭枝头窜。

七绝·咏蝉
韬光养晦一年年，破土出壳至树颠。
夏日狂吹遭众怒，秋天临近便声寒。

七绝·建筑工
头顶苍天脚踏悬，年年岁岁不停闲。
建成广厦千千万，可否拥得己一间？

鹧鸪天·颂毛公
武略文韬谁比高，诗词歌赋更妖娆！
治国大计雄天下，盖世功勋青史标。
思过往，看今朝，神采风范难摹描。
人民领袖人民爱，无数英雄竞下腰！

七绝·世俗
老道圆滑似绣针，两头粗细欠均匀。
眼睛长在臀窝里，只敬衣冠不敬人。

五绝·赞毛公
国父智商高，思维入碧霄。
俗人难意会，阿斗笑曹操！

七绝·论诗
作文忌讳涩朦胧，重在镶词嵌字功。
白话诗书传久远，自然朴素韵无穷。

七绝·正义
化日天光久未开，莫将怒目对瑶台。
偶然正义推迟到，驱散乌云又复来！

鹧鸪天·赏诗
字字珠玑句句鲜，犹如画卷展胸前。
咏山歌水抒欢意，借古托今泄闷烦。
理真切，意缠绵，词章华美盖诗仙。
赏读陶醉情迷处，不觉弯钩已吊悬。

七绝·枯荷

芳华渐落又一秋，姿色虽衰志劲遒。
愿化春肥滋玉藕，来年再度傲神州。

七绝·偶感
四秩休读马列毛，只知白虎与黑猫。
莫明辨证为何物，却笑先哲个不高。

十六字令·咏猫
猫，甭管纯毛与混毛。能捉鼠，便是好喵喵。
猫，貌似斑奴长不高。威风丧，失却当年娇。
猫，爱富嫌贫四处逃。奸臣相，食赖便挪槽。

七绝·造诗匠
胸中乏难空发愁，心底无悲泣不休。
假意虚情装愤怒，感天动地付东流。

七绝·环卫工
一根扫帚写人生，春夏秋冬不顿停。
泼墨挥毫随性画，辛勤过后现新城。

定风波·咏鹅
一步三摇引颈歌，惊翔向水舞婆娑。红冠白衣浮绿水，划腿，洋洋得意荡青波。
上岸湖边交项磨，诉说，情深绵远趣欢多。莫道世间情谊淡，且看，几多弟妹正欢歌。

七绝·重看《平原游击队》
敌人恰似瓮中囚，战士胸藏切骨仇。
频报平安无事日，时常大祸正临头。

五绝·登山
黄昏意坦然，徒步至山颠。
今夜夕阳下，明朝丽日悬。

七绝·算命先生
察言观色话雌黄，蜜语甜言饱己囊。
倘若能掐犹会算，缘何游荡骗钱粮？

七绝·纪念毛主席六二六指示发表54周年(二首)
（一）
扎根乡下著芳华，赤脚医生万众夸。
草药银针疗病痛，为民服务暖千家。

（二）
身背药品走天涯，惯与农民把话拉。
有病行医来炕上，患得小恙不出家。

七绝·罂粟花
秀丽风姿蛊惑心，纤纤玉手揽官人。
待得意乱情迷日，散尽家财丧魄魂。

水调歌头·迎八一
点点星火种，蓄势可燎原。南昌遭挫失散，秋季遇强蛮。转战罗霄山脉，确立党的领导，矢志挽狂澜！井冈赤旗举，红透半边天！
歼蒋匪，驱日寇，谱新篇。云开迷雾散尽，赤县魅姿煊。泽润今生后世，功盖千秋万代，旧貌变新颜！九域八荒固，四海五洲瞻！

七绝·搓澡工
春夏秋冬裸背胸，氤氲缭绕似天宫。
两只巧手均发力，一寸方巾养半生。

五绝·蹭凉(二首)
（一）
超市蹭清凉，逍遥意气扬。
口干喝绿饮，腹瘪品红肠。

(二)
书城去纳凉,舒爽墨飘香。
静坐翻诗卷,闲游益健康。

五绝·官像(平水韵)
逢司频拍马,遇属屡吹牛。
邀赏憨如象,诱过敏似猴。

五绝·西瓜
皮绿大而圆,瓤红似蜜甜。
为消黎庶苦,遭剐也安然。

七绝·风筝
扶摇直上入云天,自在逍遥胜似仙。
哪怕翔飞高万丈,岂能逃避一丝牵?

七绝·烟花
一声巨响上天垓,绚丽多姿众靥开。
岂料运如昙华现,瞬时化雾作尘埃。

五绝·温水煮青蛙
温水煮青蛙,枯柴缓慢加。
一朝知痛楚,无力再攀爬。

五绝·示友人
悠悠岁月长,莫道己斜阳。
万事随风去,逍遥似帝王。

五绝·杀鸡取卵
贪图小便宜,近视眼迷离。
为取臀中蛋,何惜处死鸡?

五绝·咏扇
舒展千番秀,折叠沁墨香。
冬来悄隐匿,夏至送清凉。

天净沙·仲夏
天赐免费桑拿。闭门狂啃凉瓜。谢客吟诗品茶。汗侵裆胯。玉人丁裤轻纱。

七绝·伞
收筋纳骨入囊中,遇有急情便远征。
淫雨烈阳浑不怕,恰如往日子弟兵!

七绝·风筝断想
扶摇直上入青天,壮志凌云靠线牵。
借助依托轻努力,犬鸡化羽变飞仙!

章台柳·农民工
喝杯酒。喝杯酒。夜半摸黑扶墙走。
两地分居各自忙,倦卧寒床谁执手?

七绝·水饺
外表白皙粉黛妆,心胸宽广不张狂。
娇柔能忍沉浮苦,千古名吃四海扬。

七绝·四渡赤水
四渡赤水用奇兵,妙算神机胜孔明。
调虎离山敌被动,群龙得首我翔腾!

五绝·竭泽而渔
便利捕鱼吃,何惜洸槁池。
贪图时下悦,岂顾未来食。

七步诗·赞豆萁
煮豆燃豆萁,豆熟上酒席。
萁化田中灰,自残肥豆萁。
只因同根生,相助才心急。

五绝·虾
莫道貌不惊,佝偻度一生。
龙宫遭进犯,迎面举刀行。

七律·谈判
厮杀未必现狼烟，胜负操于股掌间。
朗笑声中狂暴起，交杯响处怒潮掀。
唇枪舌战真相怼，握手言欢假互暄。
分寸拿捏凭智慧，韬谋卓越凯歌旋！

五律·猫虎传奇
花狸捕技高，捉鼠有绝招。
虎欲当徒弟，猫诚尽意教。
功夫学到手，翻脸耍蛮刁。
无奈枝头叹，虚情莫与交！

五绝·偶感
风光轮季转，天意废私偏。
事岂千番顺，花无百日鲜。

五绝·谷八宝
八类谷杂粮，三时慢煮忙。
出锅详品味，入口溢甜香。

七绝·秋雨
天公泪水不终休，泣涕涟涟昼夜流。
溽暑一别难复至，时光郑重入中秋。

七绝·陀螺
为人万莫做陀螺，耍懒偷奸慢耗磨。
鞭子勤抽才旋转，若无监管便蹉跎。

七绝·毛主席纪念堂前的人流
民心浩荡大潮汹，酷暑严寒久奔腾。
世上哪条河最长？天安门下九盘龙！

七绝·电风扇
一年三季把身藏，盛夏来临昼夜忙。
晃脑摇头不怕累，甘为万众送清凉。

七绝·分体式空调
夫妻模范一墙分，热予清凉冷赠温。
自始至终鲜见面，默为人世送芳馨。

七绝·叹耕牛
苦干埋头不耍滑，一生负重走天涯。
铲平庄稼兴高厦，端上餐桌伴肉虾。

七绝·蜘蛛
凭得网络巧周旋，红利藏于驻守间。
但等飞虫投陷阱，毕生享用一年年。

江城子·诗词人生
一沾平仄意飞扬，赋诗章，遣词忙。
满怀愁绪，转瞬散八荒。为记初心不辍笔，虽粗陋，意深长。

偶挽明镜细思量。鬓微霜，暗忧伤。
沧桑往事，回想泪千行。有幸结识李与杜，人渐老，又何妨？

七绝·小贪官
伏虎声威震四方，苍蝇胆颤匿豪强。
金钱贪去无缘享，待等阴曹入帐房。

七绝·龙虾
披甲执刀傲慢游，扬威耀武几时休？
安知红火登峰日，正待渔夫一网收？

七绝·垂钓
忽见肥鱼欲上钩，垂翁杆线瞬间收。
既然难抵迷食诱，只好临时把命留！

七绝·野酸枣
峭壁悬崖乱草蓬，珍珠翡翠挂枝丛。
不归己有君毋采，馋嘴贪食刺手疼。

七绝·野菊花
羞同群卉竞芬芳，秋至凌风自绽香。

常簇路边迎客笑，默然无语不张扬。

七绝·荔枝
当年高傲侍皇亲，眼下屈尊为庶民。
人世难逢千岁好，一朝天子一朝臣。

江城子·军旅
飒爽英姿少年狂。志昂扬。握长枪。无惧寒风、凛冽自刚强！为保家邦驱虎豹，踏飞雪，傲冰霜！
而今双鬓已微霜。叹国殇。望边防。国有危难、顿起罩戎装！鬼怪妖魔如敢犯，横立马，灭豺狼！

浪淘沙令·建军节
暴动第一枪，喋血南昌。纵然惨败亦荣光！幸有毛公重举义，转战井冈！
逼蒋抗倭强，奇智高张。联合帮匪战东洋。铸就军魂成劲旅，盖世无双！

七绝·长寿秘诀
少要沉稳老要癫，老不张扬进墓园。
永驻花心交异友，寻欢逗乐益延年。

七绝·西柏坡有怀
运筹帷幄统三军，决战天边扫剩云。
谈笑风生顽匪灭，洒脱倜傥世无伦。

鹧鸪天·毛主席颂
丑化中伤枉费功，歪曲淡化总难成。昏庸劲荐孙大炮，迂腐狂推孔二能。
察今古，看寰瀛，谁人可与汝争雄？尔曹身伴名湮灭，不朽勋功耀汗青！

七绝·航母
本是汪洋一座城，屯兵威慑驻机坪。
若无潜艇核丸护，恰似漂浮铁墓陵。

七绝·床
生来死去伴身旁，昼日清闲夜晚忙。
但为主人安与稳，终身寂守冷冰墙。

七绝·钱
双戈金傍孔方兄，道是无情却有情。
贫住城中乏狗友，富藏山里尽狐朋。

七绝·咏豆腐
疏松可口味含香，营养齐全素菜王。
只是豆渣无大用，如今常被筑楼房。

五绝·咏扇
热昏狂舞燥，冷静始终休。
把柄遭人攥，逢宾屡点头。

七律·辩证法
浩瀚乾坤永运行，大千世界互联通。
和谐共处非常势，矛盾纷争惯始终。
否去泰来轮次转，物极必反古今同。
剔除假象察根本，辩证思量万事明！

七绝·千里马
英雄胯下炫威风，驰骋沙场放浪行。
莫道一生无所惧，良优尚待众人评！

卜算子·咏史
千年马嘶鸣，世代兵狂啸。百姓横尸遍荒野，志士悲呼号！
十月炮声轰，赤县阳光耀。天赐神人扫蛮霸，始有祥云绕！

七绝·骤雨
乌云翻墨雨倾城，电闪雷鸣树欲疯。
莫道天穹多变幻，有晴终会胜无晴！

七绝·手机
满腹经纶聚一身,全知全晓可称神。
瞬时罗列凡间事,立等天涯若比邻。

卜算子·潇洒人生
临风玉树行,静谧无旁顾。塞耳不闻庙堂事,心向云飞处!
胸装万卷书,脚踏千程路。冷语冰人皆成诗,尽享逍遥酷!

卜算子·流年
不经四十秋,万事难参悟。尘世鲜逢康庄道,遍布荆棘树!
韶华弹指间,莫把春光误。砥砺前行日夜兼,走好人生路!

七绝·韭菜
疗伤自救韭为王,能忍人间百态凉。
但使黎民尝美味,头颅割去又何妨?

七律·八一抒怀
十六芳龄入帐营,卅年之后暂休戎。
少时始揣强军梦,老去仍怀大漠情。
朝起常吟枯树赋,暮来犹诵满江红。
倘逢国难重执锐,八面刁蛮顿铲平!

鹧鸪天·人民军队颂
井岗山头赤帜扬,人民自始掌兵枪。
工农协力摧枯朽,革命弹拨新乐章。
从弱小,到辉煌,主席才智放光芒。
战无不胜无敌手,远布声威撼四方!

七绝·蝴蝶
身披迷彩戏群芳,觅柳寻花往返狂。
纵使春宵一刻短,鲜葩嫩蕊总先尝。

七绝·床赞(二首)

(一)
生来死去不离身,一世忠诚献爱心。
但问主人安与稳,哪求家境富和贫?

(二)
人生大半守身旁,繁衍欢娱主战场。
沥胆披肝成挚友,相依为命度时光。

七律·手机
人间万象锁心胸,波诡云谲纳寸屏。
五岳三山随兴览,六合四海瞬时通。
察今立晓朝中事,探远即知域外风。
莫道力单身体弱,洽闻殚见属全能!

七绝·赞李敖
口才犀利略张狂,文笔刁蛮赋妙章。
倜傥率真千古颂,铮铮傲骨万年扬。

五绝·向日葵
晨迎旭日辉,夕送暮阳归。
赤胆忠心耿,终生紧相随。

七绝·气球
平步青云入碧霄,仰依吹力自招摇。
攀风直上凌空傲,不想须臾化粉销。

七律·北大荒
无垠荒漠起苍黄,有志青年聚北疆。
统帅号令传四海,军民踊跃战三江。
平原席卷千层浪,丘岭飞出万担粮。
前辈牺牲流血汗,换来今日稻菽香!

鹧鸪天·七夕
织女牛郎莫犯忧,七夕相会瞬时求。
飞船高铁任乘换,微信抠抠可对眸。
登北斗,踏神舟,腾云驾雾信天游。
两情若欲从长计,岂必穿梭无止休?

七绝·秋词
自古秋来众感伤，人增岁月鬓添霜。
我看夏去风光好，瓜果累累稻谷香。

鹧鸪天·房奴
楼价虚高魂魄慌，颦眉蹙眼暗神伤。
一朝签订购房契，十载逍遥梦里藏！
始悲叹，悔青肠。镜中忽现鬓如霜。
世间若有回春药，甘愿豪宅换处方！

七律·抒怀
病死离别总有时，花开花落任由之。
人间百岁能几许？万代千秋似梦痴。
前辈毋须悲鹤发，后生理必爱青丝。
老夫喜作黄昏颂，进取搏击恰适值！

七绝·实践
欲察山险必亲攀，若渡黄河备好船。
秋水渐凉鱼早晓，践行总在获知前。

七绝·野花
野外荒原烂漫开，无谁叫上姓名来。
羞同百卉争恩宠，自有情人愿采摘。

七绝·紫茉莉
姹紫嫣红漫翠微，羞同众卉竞芳菲。
解毒清热驱蚊咬，唢呐声高靠自吹。

五绝·初秋
群蝉声嘶哑，众卉色泽伤。
早晚清风爽，依然热未央。

七绝·秋蝉
一朝得势便狂喧，不解时宜惹众嫌。
身世卑微常忘本，看浓还可叫几天！

七绝·草帽
遮风挡雨蔽强光，起早贪黑伴陌桑。
不慕乌纱官宦戴，只为百姓纳清凉。

七绝·与狼共舞
荒野茅屋不设篱，任由熊豹走东西。
妄图混进魔窟里，与虎谋皮必受欺！

七绝·蜻蜓
娇小身姿技不凡，悬停点水舞翩跹。
肩插四翼独家有，无桨飞机任绕旋。

七绝·影子
不离不弃自多情，一旦消失暗夜生。
莫怕时时同进退，影形相伴有光明。

七绝·牵牛花
不慕财神不羡仙，一俟攀附死纠缠。
忠贞不二情长在，人善修来莫逆缘。

卜算子·西柏坡
三面环山村，名气难传远。统帅作为大本营，从此声威炫！
陋室十六平，导演大决战。电报播发四百封，便叫乾坤换！

五绝·搓麻
牌友聚桌边，逍遥夜砌砖。
输了眉紧蹙，和罢乐翻天！

七绝·中元节
荒郊野岭漫尘烟，祭祀先人送纸钱。
事后缅怀传敬意，莫如尽孝趁生前。

七绝·醉汉（二首）
寻常宛若闷头青，杯酒盈樽话兴浓。
饮罢三巡摇舞步，碰翻衣挂狠鞠躬。

一摇三晃眼昏花，哼唱民谣返向家。

舌燥口干何解酒？餐巾换个大西瓜！

七绝·石榴花
房前轩下展芳容，美艳红裙眩眼蒙。
秋后花凋呲嘴笑，甘甜籽粒送温情。

五绝·国旗
国旗嵌五星，先烈血涂红。
飒爽迎风展，英姿伴日升！

七绝·夕阳
秋高气爽劲风吹，七彩斑斓照翠微。
当颂夕阳无限好，余辉并不逊朝辉。

七绝·毛泽东
少年怀志背山冲，不畏艰难北上行。
一世为民谋美满，千秋万代颂英名！

十六字令·兵（五首）
兵，携笔从戎入帐营。戎装换，军帽嵌红星。

兵，队列军姿苦练成。歌嘹亮，行进步生风。

兵，滚打摸爬样样精。功夫硬，制暴逞英雄。

兵，静似苍松动似龙。军容整，仪仗显威风。

兵，苦练勤学为打赢。民呼唤，血肉铸长城。

七绝·秋
莫道秋来爽气浓，祖国交错万余程。
北疆已进清凉界，南部仍刮酷热风。

七绝·啄木鸟
一世辛劳不为名，击啄治病树郎中。
嘴尖有力舌如剑，冷酷无情灭害虫。

南乡子·七一感怀
沪浙扬帆。斩浪披波苦驾船。屡遇劫难生死渡，奇难！幸有毛公挽巨澜！
举步维艰，草地泥泽伴雪山。胸有目标无怨悔。今天，不忘初心再向前！

七绝·红旗渠
穿涯走壁绕山梁，十万英雄战太行。
豫引漳河惊世界，功超大禹永流芳！

七绝·军人
晨曦放哨沐朝阳，星夜巡逻伴月光，
千里关山足踏遍，爬冰卧雪守边防。

七绝·叹毛公
兵家泰斗厌摸枪，巨笔如椽扫匪帮。
彩墨绘出新世界，战无不胜圣名扬！

七律·九九怀念毛泽东
磅礴气势惯长虹，伟岸英姿傲世雄。
料事如神诸葛妒，恩泽似海亿民崇。
秦皇汉武输文采，宋祖唐宗逊雅风。
立党为公施厚爱，高山仰止霸王恭！

七绝·思毛公
九九秋高忆圣人，寰瀛数遍最亲民。
南飞鸿雁韶峰过，替我哀鸣表敬心。

七绝·偶感
随时随地可吟诗，细致观察构妙思。
锅碗瓢盆常用品，留心皆为绚丽词。

七绝·菊花
群卉凋零自始发，不迷春景恋秋霞。
可同倩女争姿色，却做黎民健体茶。

七绝·劝学
年少当学董仲舒，心田杂草要勤锄。
豪宅宝马何足道，难比胸藏万卷书。

七绝·枯荷
曾经鲜艳赛芙蓉，眼下凋零似乱蓬。
莫叹花开时日短，残香落尽藕生成。

七绝·毛主席语录
警句箴言妙语多，识奸辨佞镇妖魔。
千秋万代流芳远，亟待贤孙细揣摩。

满江红·纪念毛主席逝世 43 周年
　　盖世英雄，谁堪比、开国领袖！旧中国，积贫积弱，华人如狗！天降神医驱病患，工农踊跃精神抖。举义旗，洗雪百年羞，雄狮吼！

　　除浊气，清污垢。惩贪腐，割毒莠。开辟新航路，非凡成就！独立富强功业盛，与民更始恩泽厚。数群山，上下五千年，韶峰秀！

七绝·黄雀与螳螂
螳螂枝杈望蝉鸣，黄雀悄然暗处盯。
切勿急功贪小利，宜防灾祸暗萌生。

七绝·指南针
日月乾坤嵌玉盘，指针灵敏任周旋。
迷途欲返频提醒，不改初心永向南。

七绝·浮萍
醉生梦死耗青春，好似悠然自在人。
无奈不吃官宦饭，根基欠稳怎安身？

七绝·蜘蛛网
引线穿丝细致缝，坐居网络享其成。
无须辛苦寻食物，自在逍遥等入瓮。

七绝·老牛
青草充饥背忍鞭，鞠躬尽瘁默无言。
临终落泪方觉醒，当仿狐狸度日年。

七律·宦海奇观
愚夫俗子若攀龙，跋扈飞扬逞霸凌。
智浅才疏当正坐，德高望重靠边行。
嘴甜马快前途阔，足缓包迟现任停。
宦海风云多变幻，沉浮颠簸古今同。

七绝·为官
举头三尺有青天，恪尽职责莫弄权。
谨慎小心得善报，勿贪女色勿贪钱。

七律·平民
青衫落拓一平民，瓢饮箪食倍感亲。
闲去洒脱搜妙句，节来祭祖谢宏恩。
作诗岂必尊王意，说话何曾怕佞臣。
交往倦烦豪盛宴，逍遥自在避俗尘。

桂殿秋·牵牛花
藤蔓绿，绕青丛。声声唢呐寄忠诚。
郎君认定终身守，貌似无情胜有情。

长相思·舞
男儿娇。女儿娇。搭背勾肩揽细腰。成双魅影飘！
　　这也瞧。那也瞧。脉脉含情媚眼抛。竟将花样飘！

七绝·纪念鲁迅诞辰 138 周年
笔锋犀利启愚民，弃医从文铲劣根。
傲骨铁肩担道义，横眉俯首铸族魂。

五绝·枫叶（二首）
一

寒摧枫叶红，霜打色尤浓。
秋日风光好，年高重晚晴。

二
绚烂漫山涯，层林似晚霞。
风光无限好，秋叶胜春花。

长相思·国庆有寄
四九年。建国年。民众欢欣展笑颜。穷人首掌权。
享从前。用从前。判道污名遗大千。切毋欺祖贤。

七绝·秋蝉
身埋黄土默无闻，夏至惊蛰骇世人。
莫道平生多命短，韬光晦迹待来春。

七绝·赞习总（题图）
嘘寒问暖济苍生，不忘初心砥砺行。
伏虎拍蝇惩腐恶，细微之处见真情。

五绝·望月
翘首望婵娟，嫦娥夜不眠。
神仙犹寂苦，何况在人间。

七绝·人妖
羞花闭月美无伦，葱腿蛇腰乳壑深。
曼舞轻歌多妩媚，可惜不是女儿身。

七绝·统一论
两地融合靠武攻，以和为本过愚氓。
统一仰仗惊天胆，围困逼降最可行。

卜算子·国庆号子（二首）
其一
攥紧铁拳头，坚定朝前走。筑路修桥盖高楼，砥砺掳长袖！
汗水不绝流，苦累休收手。实干兴邦出佳绩，伟业天长久！

其二
歌功上酒楼，国庆毋休手。奋力拼搏有追求，盛景如娟秀！
挺胸昂起头，大步朝前走。只为人民谋幸福，万莫胡夸口！

七绝·秋忙
纵横阡陌稻飘香，锣鼓喧天喜气扬。
雀噪蝉鸣莺起舞，同声欢唱助秋忙。

七绝·鲁迅
笔墨纸砚作刀枪，斩劣除愚呐喊狂。
四亿同胞多嗜睡，惟余醒目看夕阳。

七绝·闲吟
秋高气爽景宜人，落尽繁华见率真。
家有诗书称富贵，土豪无墨亦清贫。

七律·跳舞
跟随节奏莫心惊，陶醉其中欲共鸣。
刹那狂奔如野马，忽而舒缓似仙鸿。
挺胸昂首休旁顾，收腹提臀魅态朦。
更喜周身流汗液，一排毒素尽疏通！

七绝·白露
秋叶凝霜日转凉，众禽蓄养备冬忙。
雁鸣阵阵南归去，绿草茵茵始渐黄。

七绝·宦海素描
正襟危坐倍威严，晃脑摇头扮俊贤。
大腹便便多粪土，行为羞死四泉官。

注：西门大官人，别名西门四泉。

五绝·李白

醉酒赋奇篇，诗才庇九天。
风流惊后世，千古美名传。

七绝·马本斋

马本斋，官至奉军团长。九一八事变后，因不满蒋、张不抵抗政策，愤然辞官，组织起回民支队抗敌。七七事变后，带领队伍加入八路军，任冀中军区回民支队司令员。毛主席称赞其为"百战百胜的回民支队"。

倭寇疯狂践故乡，蒋军奉命不开枪。
愤然弃甲回家转，荟萃精英斩虎狼。

七绝·红高粱

火炬橙红遍野滩，青秸玉立似竹竿。
食疗功效难攀比，五谷杂粮益寿年。

七绝·清汤面

血脂偏高欲何求，一碗清汤腹底收。
稀里糊涂填饱肚，郑重其事拜诗囚。

七绝·毛式红烧肉

八戒切方用火烹，红烧着色味香浓。
佳肴好菜传千古，每品湘君缅润公。

注：湘君，指湘君府饭店。润公，即毛润之敬称。

七律·九一八感怀

日寇嚣张践九州，匪军铩羽史蒙羞。
毛公愤笔书持久，万众同心汇巨流。
地北天南狂浪起，五湖四海怒涛吼。
百年耻辱一朝洗，倒转乾坤雪恨仇。

七绝·雄鸡

锦绣华裳绚丽身，挺胸昂首炫缤纷。
居高一唱繁星落，唤醒浑淳梦里人。

七绝·猪

腰圆脑满不多求，剩饭糙糠解瘪忧。
只懂吃喝称蠢货，终难逃避被杀头。

七绝·蟋蟀

好斗天资举世名，昂凥犄角度平生。
两雄相遇争高下，不致伤亡誓不停。

七绝·黄雀与螳螂

螳螂枝杈望蝉鸣，黄雀悄然暗处盯。
万勿急功贪小利，宜防灾祸暗萌生。

七绝·袁隆平

毕生痴为稻菽狂，化解人间米袋荒。
至伟厥功不自炫，勋章静默入他囊。

七律·叹李煜

骄奢淫逸夜笙喧，承业不知创业难。
歌舞升平迷醉梦，纵情犬马恋虚繁。
山河破碎朱颜改，身世浮沉运命残。
词帝嘉名传万代，犹悬屈辱桂王冠！

采桑子·重阳（敬步毛主席同题诗韵）

金秋十月微风爽。岁岁重阳。今又重阳。丹桂花开分外香。
天高云淡心舒畅。不是春光。胜却春光。漫野枫林叶渐黄。

七绝·莫忘初心

扬扬意气易蹉跎，勿忘初心引亢歌。
览遍千秋兴废史，成由勤俭败由奢。

七绝·秋雨

暑气嚣张岂肯降，重阳逼近逞凶狂。
焉知秋虎如泥塑，遇雨倏然遁四荒。

七绝·诗论

不薄今诗爱古诗，革新旧弊赋鲜辞。
因袭格式抒胸臆，共谱人间绚丽词。

孟秀英诗选

孟秀英

笔名子皿。籍贯：山东省济南市章丘区双山办事贺套社区。1963 年 11 月 8 日出生于章丘贺套村。中国楹联协会会员，中华诗词学会会员，《诗画天地》签约诗人，《世界诗人》签约诗人、签约作家，中华诗赋会员，中国诗赋会员，中华文艺会员，数百首诗刊登在多种诗集书册上。20 世纪 80 年代曾写小说《信的背后》。20 世纪 90 年代开始，在两个女儿高洪巧、高敬畏的指导下，在电脑网络上写作诗词，并且开始创作长篇小说《磨盘下的"疯"女人》，作品发表于腾讯 QQ 空间、微博、晚霞网站等多个网站，有十个章节已经刊登于书刊。自幼酷爱文学，所写诗词被几十种文学书籍收纳，近千首诗词发表于网络之间。

五言绝句·秋蝉
本预唱晴天，谁知水底渊。
翅膀筋骨断，惨死岸堤边。

五言绝句·花丛美人娇
美艳花丛中，白纱素雅琼。
行蹲空对日，沐浴太阳红。

五言绝句·心言
心宽无怨恨，地阔福华衬。
万物共升平，寰宇中华振。

五言绝句·大自然
轻风迎柳趣，净水戏鱼香。
慢慢人生路，高高白云长。

五言绝句·夜空
入夜望星空，莲花云朵静。
银河宇宙云，百态奇姿境。

五言绝句·蔷薇花（一）
路赏绿枝头，蔷薇吐蕾悠。
篱墙花满座，醉引蜜蜂稠。

五言绝句·蔷薇花（二）
绿叶配蔷薇，芳香醉月眉。
七颜花色美，二丈蕾滕飞。

五言绝句·蔷薇花（三）
蔷薇隐石围，绿叶配花眉。
吐尽芳香美，离花片片飞。

五言绝句·老古松
跨世老古松，章莱增美容。
仙翁从此过，立地面朝东。

五言绝句·美
蜻蜓扶绿蕾，闪烁玉花眉。
泰斗莲池座，修来贵客陪。

注：下午在溪水边拍摄的画面

五言绝句·绿草
绿草地升平，鲜花留美名。
相牵拥树展，宇宙更和平。

五言绝句·小草
登山叶吐香，上岸伴花墙。
路缝扎根过，逍遥树下凉。

五言绝句·惊蛰
旭日已登亭，惊蛰万物兴。
闻啼树隐鸟，翠柳绿枝青。

四言绝句·中国（去声二十四敬）
江山永固，社会安宁。
万里峰脉，千层露凝。

四言绝句·柳断枝杈（下平九青）
夜半人静，观寻巨星。
挥挥膀臂，柳断风平。

四言绝句·心（下平七阳）
人生梦长，夜夜黄粱。
日月虹降，天庭海洋。

四言绝句·力量（下平九青）
旭日东升，蓝天晶莹。
福星在世，拯救心灵。

四言绝句·兰（去声二十四敬）
岁月安宁，阳台稳定。
偶观绿萝，窃取安静。

四言绝句·梅（去声九泰）
红梅绽开，玉雪常在。
日夜谈心，相依感慨。

四言绝句·竹（去声十七霰）
竹青玉秆，根系连片。
九死还阳，依然璀璨。

四言绝句·菊（去声十七霰）
万缕稠卷，千姿百艳。
馨香散发，贵客寻鉴。

六言绝句·东山湖边玉如意（七虞）
绿色千稞美物，升平自在观湖。
清心吐呐氧气，奉献人间所需。

六言绝句·福运（七虞）
上帝施恩造福，花屏绿叶水湖。
园林世态幽静，大地安然复苏。

六言绝句·观雨（下平五歌）
大水呼呼而过，东西满路冲坡。
桥安仔细观赏，辽阔心情诉说。

六言绝句·盛世（十灰）
青山绿水家美，宇宙环球道规。
万物生莘璀璨，中华绽放花魁。

六言绝句·孟晚舟冤情（去声十五翰）
华为电子超前，美帝出招垄断。
软禁难回故国，公开窃取如愿。

六言绝句·观警察学院招生（上声二十三梗）
高山绿树青莹，路阔车勤共影。
学子翩翩入围，忠心效力安境。

五律·天旱落叶黄（入声九屑）
白云观日月，绿树水离别。
雨母南天住，雷公弃北辙。
梧桐黄落叶，碧草半枯截。
地域差别大，同天宇宙切。

五律·食少鱼掠夺（下平五歌）
供养出闲客，围栏物必缺。
手抛食物落，口抢水中颗。
锻炼生存力，磨合志向学。
中华从自古，莫弃爱国科。

五律·蜻蜓戏秋波（上声二十三梗）
碧水引蜻蜓，飞旋池面靓。
轻轻绕水波，慢慢出芙影。
树映倒天纹，花馨柔地岭。
登石跨越寻，瀑布溪流景。

注：瀑布：此处指的是小小石堤形成的小小瀑布。

五律·美艳绿花丛（上声二十三梗）
花丛美艳屏，旭日丝光景。
半睡半心欢，真香真庆幸。
人间少女娇，宇宙顽童冷。
旱涝两失调，风神停肃静。

五律·东山花园别墅区
（下平十一尤）
别墅小洋楼，清洁路畅悠。
环山连半片，绕岭日行舟。
数万鲜花片，成千绿叶稠。
幽幽清净地，敢叫月弯勾。

五律·看图作诗《鸟》（入声十三职）
图拼鸟觅食，仰望好气息。
满树桑枝叶，天空碧玉驰。
不劳能获取，旱涝共行驶。
看淡一幅画，屏熄万代疑。

五律·唐王山趣谈
（去声二十四敬）
唐王山背景，隐匿千军岭。
将士带雄兵，安营扎寨令。
巡查地势优，教场弯弓庆。
怎奈葛针钩，撕袍断片圣。

五律·透骨草（上声十九皓）
古道奇珍药，舒筋活血宝。
偏方四处寻，透骨一仙草。
踏岭过南坡，观丛寻堰套。
植株入用全，脚汤骨踝澡。

五律·拜灶王
一年四季忙，腊月拜君王。
敬上香三炷，萝卜豆腐汤。
登天仙聚会，报喜隐忧荒。
上帝心高兴，福临续寿康。

五言律诗·夜雨
夜伴震雷闻，狂风骤雨喷。
惊观天闪电，窥探水流痕。
玉帝一声吼，阎罗二颤身。
双门窃窃语，远梦悄悄沉。

五言律诗·中秋望月圆
月影照门庭，凝香夜露莹。
家家团聚日，户户酒杯情。
满载黄花桂，嫦娥玉兔灵。
幽幽悬挂转，颤颤阅群星。

五言律诗·八月十五望月愁
望月诉中秋，心头泪洒忧。
谁决孤岛事？世代尽行舟。
外客休声势，同根脉土收。
晴空宇宙悟，盛世赶风愁。

七律·新春
新春送暖暖家来，翠绿青松舞砚台。
小曲轻哼福寿梦，天庭贵客踏云开。
清楚烦世抛心乱，留取闲情释感怀。
答对吟诗潇洒去，勤抒笔墨四君才。

注：四君：兰、梅、竹、菊。

七律·中国里程碑
殖民社会被人欺，辱骂中国贫贱耻。
奋起移除三座山，缠足妇女能扶犁。
毛公破解掠华计，朝鲜驱逐鸣战役。

德智全能展美图，团结友爱家园立。

七律·糖醋鲤鱼
备料调和做晚餐，开膛净脏去鳞边。
椒盐搅拌加姜片，粉面轻撒遍体全。
上锅油炸黄色美，葱丝蒜末缀花盘。
白糖水醋融浇汇，可口酸甜味道鲜。

七律·赤子之心
中国成立红旗举，赤子爱国回大陆。
建设家园献技能，谁谈所取享恩禄？
品德高贵恶行缺，奉献精神引正路。
世界关评威望高，腾飞宇宙银河度。

七律·文博路口绿竹林
（下平十二侵）
文博路口绿竹林，郁郁葱葱长势新。
过去曾经枯萎状，今朝旧貌变妍频。
天应日月轮回转，地许根牙四季馨。
及是同心连脉在，精忠护卫绿风琴。

七律·观章丘贺套水渠有感
（平水韵九青）
叙说天地施恩情，修复溪渠安水亭。
无奈太空起怪雨，怎知白昼与黑屏。
日观东起白云颂，寻觅蓝天千里宁。
鸿运万福安宇宙，重德抛恶理光明。

七律·人生如梦
狂风喊叫奏窗弦，片片飞花落地怜。
树干咔咔敲瓦顶，呼声阵阵扰休眠。
轻提笔墨心思密，绘制人生苦短甜。
顾后瞻前白发乱，春秋无暖感微寒。

七律·观雪有感
玉雪飘零菱角开，回归沃土辨清白。
一年四季描观史，再度还天盼未来。

润树心平繁叶茂，留阴劳苦月关怀。
平平淡淡无争议，稳稳安安育后才。

七律·偷梁换柱
高天恩露尽分明，土地爷前变策行。
克扣不公私做卵，蟾蜍皮表漏毒精。
蛇鼠盗洞藏粮饷，变形知聊空调评。
利爪剥皮层次乱，无端谬论理亏经。

七律·雪与树
落地无音变废埃，融归大海怎辨白。
戚戚苦苦心观史，雨雨风风绘未来。
幼树植株邪水育，争相炫耀沃囊财。
横言竖目斜歪刺，哪顾留阴护将来。

注：两种家教必得两种后果。而且后果严重。
第一种教育，要懂得付出，有付出必有收获。
第二种教育，只知道炫耀财富，行为必然蛮横，后果怎能安逸？

七律·病榻心魂
郁闷多天病绕身，三餐并做药食温。
辛勤半百无所用，落得双鬓鹤发根。
老泪酸心难入笔，纸笺怎话绿山森。
挥毫上月三千尺，拨墨行云万仗门。

注：2018年底得了一场病。

七绝·兰
四季长青净化栽，安然稳坐咏诗材。
心平气爽迎新日，等待仙班著律台。

注：律为韵律。

七绝·梅
矗立寒冬炼骨筋，冰封玉雪绽花馨。
香魂踏入灵云府，注目文林咏上宾。

七绝·竹
宁折不弯净心同，愿写苍天旭日红。
不惧寒冬风雪冷，弯弓敢射润苍穹。

七绝·菊
千家万户对枫红，五谷三秋入囤中。
看是百花全落尽，一支独秀满堂琼。

七绝·诗风
悠悠岁月理光阴，慢慢枝头变绿林。
不悔苍生投笔墨，清贫念世对良心。

七绝·无题
呻吟病榻数日期，二月还阳倍暖时。
常诉空中无净土，飘飞玉雪理尘泥。

七绝·痕迹
岁月匆匆不等人，童年勤奋览书文。
光阴慢慢人生路，鹤发回音五味痕。

七绝·水柳情
清清水育木桩鲜，簇簇新芽绿柳欢，
谁诉人间无仙境，奇石瀑布共休闲。

七绝·回迁有感（上平一东）
百姓三年寻美梦，情怀四季忍寒风。
今观大厦阳光灿，万盏星灯谢月宫。

七绝·谢师恩（上声二十五）
尊师满腹才八斗，智教聪颖韵律筹。
奉献直言君子义，终修正果律词柔。

七绝·风合梧桐柔（平水韵）
梧桐展翅美姿柔，透视天庭旭日忧。
静赏丝光清万缕，风合叶绿挡千秋。

七绝·迎春木棉花
迎春绽放木棉花，满园奇风吟月茶。
独具一格枝上立，招来雅韵诗词侠。

七绝·春游
白鹭飞旋在碧空，逍遥展翅引游侬。
晴天目览蓝云景，大好河山重智雄。

七绝·天浴（新韵）
踏步石桥进绿洲，崎岖蜿蜒美悠幽。
深吸吐纳平肝气，享受人生日月酬。

七绝·东山公园碧水湖（下平十一尤）
风推碧浪万波秋，旭日光丝透水休。
环顾周边丘岭助，丛林绿色任仙游。

七绝·莲花秀（上声二十五有）
水下青蛙隐自羞，清溪育藕莲吸柳。
轻风涌动万波纹，美化人间千浪友。

七绝·水中奇景（上声二十三梗）
踏上石桥观绿景，奇形异状青松静。
溪渠梦醒水波动。晃晃悠悠天树映。

七绝·美丽风景
南山绿色入金秋，衬托清空意境悠。
淡淡白云飘万里，畸形逸状更风流。

七绝·美丽章丘
自古章丘护乾坤，今朝宝地更为尊。
宏图大业奇才励，内外环城涌四君。
注：四君：兰、梅、竹、菊。

七绝·咏菊
天空璀璨蔚蓝清，遍布松竹绕绿莹。
谁诉寒冬花已尽，菊仙绽放暖温情。

七绝·咏雁
天空大雁正逍遥，万里白云任意飘。
群鸟方知凝聚力，为民更要保国超。

七绝·东山公园西门石（去声四置）

公园路口青山翠，树景盘龙丝柳坠。
借助微风绿叶摇，一幅美画人心醉。

七绝·夏日凯歌
柳叶飘飘慢感怀，轻风劲唱夏歌来。
微微万里蓝天阔，自古中国举圣才。

七绝·观蒙山堤坝
蒙山实建坝堤宽，蓄水漂流游乐欢，
漫步长廊思古事，先人苦作后人宣。

七绝·太阳花
白云漫步坐莲花，旭日东升映彩霞。
四射光芒千万道，荣归宇宙耀中华。

七绝·牵牛花
美艳牵牛绿对红，随风传递露香侬。
招来漫步清心客，欣赏观光谢卫功。

七绝·月宫桥段奇遇
月宫桥上遇奇闻，六道车痕堵路真。
慢慢挪行三里地，寻观左右写诗文。

注：雪野月宫桥路段左右遍地是车。

七绝·正月十五雪吻梅
白花闹世满天飞，除净瘟尘吻玉梅。
高处皑皑凝雪片，璀璨盈盈照梁眉。

七绝·以假乱真（假梅）
满树红梅挂满身，灵星叶片伴花文。
观颜尚未闻香气，接触真容知少魂。

七绝·喜雨
一夜大雨喜惊魂，五岳三山绿叶熏。
洗却尘埃还玉露，行观万物月星尊。

七绝·雨后仙境

远望南山雾中寻，哪知何处觅松林？
隐隐约约入仙境，欲上莲花奏钢琴。

七绝·玉帝抓贼妖
雄鸡望月拜天桥，惊醒皇庭玉帝高。
恰巧浮云遮剑目，难寻黑水隐天妖。

七绝·金蝉玉帝聊
金蝉望月拜仙桥，玉帝听音赏乐箫。
漫步厅台滴恩露，微微绿草叶舒高。

七绝·品月茶
进入天庭赏桂花，馨香满园采黄茶。
嫦娥舞动洁纱缎，美丽翩翩盛彩霞。

武术的力度
修行武术运真工，稳若铜钟目入松。
拳举横穿风力碌，出招惯鼎万般汹。

七绝·怒指狂风
指点狂风骂树闲，丑时狗叫猎狼喃。
几只雀鸟叽叽叫，惊醒安眠睡梦天。

注：今夜狂风持续刮个不停，到丑时停止了，又有狗叫，伴着狼狗的嗷叫，搅得我一夜没睡着，黎明时终于睡着了，外面麻雀的叫声又把我吵醒了。实在无奈。

九言绝句·民族魂（去声五未）
热爱国家保护边疆卫，时时刻刻德行理念媒。
乾坤永注民族耻辱史，延续光荣革命里程碑。

九言绝句·堵（上声七麌）
先人大禹疏通水患沟，路过家门未顾探亲幽。
渠道今朝竟堵无通处，横冲墙体流淹地下囚。

注：囚：地下室的配套房。

九言绝句·臭钱（上声十六铣）
人间货币销魂指臭钱，祸害德行忘却人伦鉴。
耀武扬威穿市显高威，谁提育才国强廉道卷。

九言绝句·道(去声十二震)
人间道义文明言古训，几个黑白臭币出瘟混。
善恶不分只怪举钱财，矮人培育歪行出谬论。

十言绝句·石桥(下平五歌)
登石桥夸小河寻观找乐，绿草对莺鸽笑语唤诗多。
数点人间美景论东山跃，湖清路阔风柔众唱凯歌。

十言绝句·莲子萧条(下平二萧)
莲子水中枯萎状况萧条，轻轻踏上长桥双眼泪潮。
抚栏杆展臂弯腰相辅助，怎奈力轻通报玉帝管瞧。

十言绝句·知了(去声二十六宥)
轻轻破壳登高观望绿洲，树上悠悠玉体隐形精瘦。
每日凯歌高喊永享福荣，谁忧冬至落得骷髅残透。

十言绝句·世道(上声十九皓)
绿树成荫璀璨霞光云道，鲜花飘逸伴随香风缭绕。
德行育才千年论语妙招，善念启程任重路长微稿。

鹧鸪天·祭奠前辈金庸
神笔金庸智笔宗，枭雄跨世武雄龙。
刀劈恶势恩仇录，棒指江湖除害虫。
游四海，上廷宫。书笺记语建奇功。
可惜宇宙豪杰逝，谁再行云舞剑穹。

卜算子·悼念姜良策先生
月暗地不明，画卷携灵静。晚辈能言掉念经，提笔低头敬。
泪诉先生离，稳坐光明凳。收纳人间颂德福，赏目蓝天映。

注:安耶稣基督的说法,灵魂上天,是脱离苦海,永享安乐。

长相思·书稿无期
静也思，乱也思。思后想前万念熄，诗词稿卷迟。
天凄凄，地凄凄。日月无光书自知，晚霞情意痴。

如梦令·忆婶婆娘（仄韵）
共诉心中凄路，互暖人生相助。怎奈病魔缠，慢慢长眠山墓。孤渡，孤渡，夜幕星河相遇。

如梦令·《磨盘下的"疯"女人》（仄韵）
琼诉人生疾苦，竭力挣脱锁暮。句句扣心寒，事事贵人援助。天渡，天渡，万里征程已故。

注:为自己的长篇小说而作。

如梦令·贺套楼外溪渠（仄韵）
异万奇石登场，各个奇形怪状。胜似艺花王，踏上木桥张望。流淌，流淌，雨水顺溪欢唱。

如梦令·潇洒的 2018（仄韵）
苦难乌云驱散，旭日东升再现。蝼蚁坏心肝，暗度恶招摧惨。平淡，平淡，子皿视而不见。

如梦令·爱书（仄韵）
镜入白鬓难数，半世竟无可取。碌碌枉为忙，处处焦心受阻。争取，争取，暮尽书完心语。

如梦令·逍遥（平韵）
登山观水望高，雄鹰展翅逍遥。回亭落双脚，热瓦烫伤尖爪。飞跑、飞跑，惊起丛林雀鸟。

如梦令·大同篇一带一路（仄韵）
旭日东升璀璨，入目一片蔚蓝。宇宙

好休闲,漫步太空旋转。光艳,光艳,世界为公重现。

如梦令·送女又征程(仄韵)
送女又登新路。步步付出辛苦。万里报国恩,再与众山朝暮。才育,才育,遍布异村荒处。

如梦令·拾棉花(仄韵)
地种绿棵枝架,四面挂桃开叉。双手采白花,锦缎被绵床塌。潇洒,潇洒,陶醉夜深高厦。

洞仙歌·中国
枝琼叶茂,静观高山笑。峭壁垂直好微妙。草青坪,红日穿影辉耀,望天远,万里白云环绕。

再观平川冒,楼厦？成群,流水清清赏鱼跳,怪石磊渠边,美趣逍遥、松轻动、柳飘风叫。妙妙妙、奇才展宏图,江山稳、星球海洋依照。

喝火令·望山缘
目望石山远,枯枝绕璧连。九寒无雪透根源。何日玉花飞近,催绿满坡鲜。

对镜梳银簪。无言暗自怜。吐丝丝尽蜡燃残。岁月无边,岁月度云烟。岁月炼穿钢骨,依旧赏蓝天。

喝火令·登山行
遍地青松树,依山绕布局。赏秋光顾绿枝抒。登半腰稍停步,回目远观处。

大厦亭亭立,车龙绿化区。尽寻家苑在何居？辽阔平川,辽阔醉人舒。辽阔燕低飞转,矫健不服输。

【南吕】乾荷叶·冰寒过
冰封塑,赏寒竹。鸟越天空幕。善行孤。恶多拘。神州万里敬德舒,盛世中华足。

西江月·旱冬
雾下影歪抒泣,寒冬未雪枯枝。气污病态幼年嫉,谁敢清除霾地？

独椅破屋凝立,天神为嘛渎职？本该树挂玉依姿,却是烟云倒寄。

浪淘沙·莫让安逸失心志
日寇略中华,辱妇烧杀,炎黄子嗣浪天涯。奋起抗争命弃舍,战胜倭杂。

盛世映红花,永保国家。安逸莫忘血洒沙。踏舰漂洋开运路,宇宙海峡。

满江红·莫忘国耻
万里征程,雪山颂、草滩踏醒。驱日寇、战无不胜,英雄从命。血溅沙场酬壮志,断头台上引人敬。鬼见愁、仙帝指航程,阳光映。

军威立,旗帜令。空海陆,边关静。全身心建设,安定边境。世界和平中国梦,环球同住迎强盛。今安宁、莫忘旧时形,前生影。

卜算子·天道
月透柳溪梢,观赏行人俏。大步流星顺岸瞧,南北轻松绕。

暗自叹声言,何必多烦恼。环境悠然画福云,莫弃忧天道。

【中吕】普天乐·寻天
雾重重,霾汹汹。出行踏步,进入仙丛。隐约发霜琼,寻觅南北东。目透星光丝线萤,闻笛方解路车容。欲问神灵,旭日行程？天地合融。

如梦令·登蒙山（平韵）

蒙山龟路慢行，心欢细赏登厅，高入碧云处，辽阔醒目闻名。
精灵，精灵，上帝赐誉聪颖。

如梦令·醉溪流

安坐溪边观绣，风荡水波枝扭。摇摆度千秋，自在逍遥许久。
斟酒。斟酒。预醉轻拨垂柳。

一剪梅雪野·水上游

水势清清微荡幽，绿岸青稠，放展歌喉。引来众蜂戏花州，粉黛连收，蜜液多优。
踏步登船水上游，目染神州，晃晃悠悠。心如止水赏鱼柔，已过秋收，千里行舟。

写于2018年中秋

画堂春·兰

盆中翠绿晚观霞。万般情映红纱。有枝垂落再生芽。欢乐千家。
百年不计风沙。叶莹莹、美化奇佳。四君同聚共升华。畅吟诗茶。

注：四君指兰、梅、竹、菊。

2019年3月5日

画堂春·竹

目观亭苑立竹青。寒冬叶绿风行。雪飞飘落顶枝屏，依旧盈盈。
历经冬夏秋营。暖春融、万物相迎。悠悠岁月满乡情。共享安宁。

2019年3月6日

画堂春·梅

红梅伴月度寒霜。冷风走纱凝光。静观明月对璃窗。接吻情伤。
暗滴珠泪枝藏。任流淌、入地兴亡。东方旭日醉朝阳。万里河江。

画堂春·菊

悠悠岁月秋收粮。枫红妖艳消亡。看似田地隐迷藏。偶感凄凉。
绿菊花季奇香。绽缕丝、紫艳红黄。千家万户嘻心扬。美化厅堂。

满江红·军魂

岁月如歌，回头阅，征程已过。谁对错？万民心动，剑光四射。面对殖民国懦弱，润之高举红旗策。南昌烨，冲破帝王爵，重新跃。
逐日寇，平匪恶。行义举，援朝涉。世俗无毒怯，大地辽阔。试问敌人谁震慑？红军万里心潮热。祝军魂，不忘血沙涩，威振作。

浣溪沙·咏秋

雨落地平收，逐热凉悠，眠眠欲睡好安休。岁月难随巾帼梦，遗憾纠纠。
平淡阅人流，提笔章休，纵横交错乱幽幽。开放心门天地游，赏幕三秋。

蝶恋花·乃天焦

轻吟山鹰逃暑烤，万物行枯，眼目天空绕。臭氧层薄谁预料？任凭酷暑对风潮。
雨点难抒千里燥，残败余温，休想逍遥闹。隐秘丛中听雀吵，心舒理气观山妙。

卜算子·为张家界影集而作

凤凰古城关，矮寨桥头现。踏进天山赏美颜，十里长亭赞。龙洞尽欢心，仙境撩人愿。夫唱妇随共白头，日月富源善。

蝶恋花·寻路

一

攀上山崖观故路，坷坷坎坎，步步留酸楚。赤子之心天可助。神州万里莲花度。

恍恍惚惚晨雨露，岁月如歌，踏破行云雾。数点星空银河促，谁能冲破千规诉。

二

路道中坤天露倦，日月匆匆，尽数心难愿。运慢希年仍惨淡，银霜鹤发眉心乱。

夜晚神风逐叶片，舞动千枝，万里乾坤剑。气势蓬勃挥胜算，千钧一发思路现。

【双调】眼儿媚·山锁烟魂

山锁浓烟隐山林，楼上赏光阴。天开地盾，龙藏云近，踏入仙频。

明眼寻觅银丝馨，万里目观亲。潇潇洒洒，拢拢白鬓，静等福音。

【单调】天仙子·月观情

明月圆圆西挂屏。图案清晰云锁岭。嫦娥遥望地坪情，凄惨惨，故居零。几度光莹穿透层？

行香子·鹰

目观高空，见鸟身轻。煽动双翅转不停。怎描奇景，提笔游屏。绘天融云，地融水，海融艇。

群山陶醉，枫红竹静。架桥穿山跨经行。浏览大地，共享安宁。数风流事，逆流胆，顺流情。

行香子·三副中药解心结

郁闷心结，一病长拖。穿透乌云觅光穴。星星闪烁，璀璨哪颗？对月长叹，苦行运，背黑锅。

三珍草药，家爹送得。竟感温馨泪流河。轻抛往事，淡看歪斜。洗净忧心，赏夕暮，育文学。

注：心里郁闷，久病不愈，父亲送来三副中药，我竟感动地哭了一天一夜。我知道，我心里的苦，并不看中任何钱财，在我的人生当中，得到一点父母的温暖，已经是感恩戴德了。

行香子·观望

泪灌香魂，试写天尊。道可文笔誉新春。年年伴月，日日长存。望银河系，天庭神，桂花君。

何时围困，心忧劳顿。墨行盛世绘乾坤。神州已定，寰宇连群。赏盘中子，棋中帅，海中轮。

浪淘沙·落叶

满树落残花，飘向天涯。摇摇摆摆望红霞。四处觅寻安逸处，共度芳华。

赏月见黄花，采晒浓茶。嫦娥玉兔望风沙。慢慢长亭冬遇冷，等待春芽。

【越调】小桃红·银杏孤枝

金黄落叶盖草坪，身处凄凉境。仰望枝头感孤情。寒冬迎，风扫残露携天行。开春励志，秋收留影。冬至享安宁。

【双调】生查子·惊雷

细雨动天威，怒指花心眉。树高本自直，逆道风骚累。

上帝怜民人，震撼英雄队。盛世红旗挥，消除腐败味。

【双调】钗头凤·怒

清清雨。湿湿路。慢行熟段连环步。观绿树。松针簇。点数几枝，竟然无数。

恕。恕。恕。

青坪处。草凝露。望天长叹谁听诉?一声苦。诗词叙。委屈求生,法歪千古。怒。怒。怒。

卜算子·送女再征程

暑假雨匆匆,母女恩情重。除去炎天近秋风,度日欢歌咏。

诗韵诉轻松,转眼征程动。望儿登车难舍情,路远心隐痛。

卜算子·肝胆难诉

子皿半生余,终日辛勤苦。不畏春秋劳做汗,敢踏人间路。

上顶高山炎,下望水溪瀑。大地迎风万里呼,盛世江山固。

卜算子·腾飞

盘古破云开,日月星辰摆。挥舞银河两道岸,昼夜分明载。

鸿运路前开,建设城园快。处处高楼美景妍,夜色霓虹帅。

一剪梅·中秋

绿叶青青柳树迎,风吹枝飘,摆摆摇摇。微微夜露落花屏,闪闪圆圆,剔透莹莹。

蝈蝈吱吱叫声鸣,跳跳停停,悦耳好听。原来中秋月色清,岁岁思亲,彻夜难宁。

如梦令·行路

上帝辛勤关注,大地不辞辛苦。步步护身行,睿智清廉挥舞。天助,天助,拯救人生归宿。

如梦令·四中溪边柳

柳下石台稳固,脚踩溜子赏幕。绿化带温馨,对称二边行路。修复,修复,正是雄才绘著。

如梦令·蜗居(仄韵)

嫁入错门之处,蜜语谎言铺路。吵闹伴寒心,骤醒隐蜗居住。急促,急促,整理半生诗赋。

如梦令·村委莲花塘(平韵)

莲青台绿叶香,纯清水养鱼良。花粉醉蜂唱,带回酿造蜂浆。鱼慌,鱼慌,竟是雨落池塘。

如梦令·南门(仄韵)

脚踏景区之处,入目地图晰路。绘制布局清,慢慢悦心倾慕。轻步,轻步,恐惊密林飞物。

如梦令·指路杆(仄韵)

木架立杆牢固,现状广园修筑。遍地醉花枝,盛世乾坤歆慕。清誉,清誉,布满秀山丛绿。

如梦令·凌风厅(仄韵)

漫步凌风厅座,木板悬空铺设。紫色秀风华,透上爽凉欢悦。奇特,奇特,地貌如此开阔。

如梦令·畅观厅(仄韵)

六角畅观厅幕,建筑顶高区域。尽赏绿秋妍,竟是畅通幽路。关注,关注,步入锦园深处。

如梦令·东山阁(平韵)

东山阁筑最高,层层望吟心潮。谁诉景不好?满园锦绣逍遥。飞飘,飞飘,远处镜入蝶消。

如梦令·花架赏奇石（仄韵）
广场赏析石块,母抱俊儿抚爱。上帝造奇孩,万物布局多怪。和蔼,和蔼,感动地天长载。

如梦令·水景（仄韵）
纵向两排石路,铁簪见新纹竖。踏步进前观,敬起满心仰慕。轻触,轻触,打破水波风速。

七绝·赏竹（仄韵）
未进庭园见翠竹,葱葱郁郁护围区。
品坚质韧风格贵,雨打冰残不任输。

如梦令·水映悬崖天（平韵）
清池拍照水清,悬崖倒影崖明。池中写奇撰,波纹动荡摇灵。天停,天停,旭日步入娇影。

如梦令·回路（仄韵）
正午日中天燥,脚步快捷回绕。警示北门栏,怎遇众楼挡道?寻找,寻找,惊笑看园安保。

注：南门进北门出。

如梦令·酸枣（仄韵）
慢慢石阶昂目,步步踩高观树。绿叶近欢呼,未见果实光顾。寻度,寻度,竟赏葛针一处。

如梦令·搭桥（仄韵）
路径向东延续,缓缓入临低谷。踏步木桥平,竟是泥泞之处。回目,回目,两岸连接对路。

如梦令·黄荆
走遍满山区域,处处黄荆引路。逆境自存活,默默馨香凝露。倾诉,倾诉,四季依然如故。

一剪梅·鲁能西面小船游
路过鲁能见异池,磊建渠上,入目稀奇。青石怪异细观谜,壁绕围巢,美妙悠姿。

木质小舟水幽吸,摆摆摇摇,洒洒眯眯。轻轻飘逸逗风离,左右互动,惊起波移。

一剪梅·见水花解心苦
碧水清廉锦上花,条条珍珠,线线穿插。环形围绕醉美霞,观赏欣怡,凉爽归它。

万物清新遍天涯,处处增青,枯叶发芽。心干析解事中由,苦向谁诉?忍让难压。

采桑子·为谁忧
轻轻漫步小溪路,见水清柔,叶似行舟,嘻嘻欢欢顺势游。

风吹树叶哗哗响,警示秋头,人物解忧,不久寒冬赶来收。

采桑子·劝勉
登山见涯休停步,绕过针沟,踏上高丘,四射光环万里稠。

观寻宇宙天空志,日月行舟,气势东游,鸿运来临顺势收。

浪淘沙·忆婶婆娘
墓前诉箴言,一别多年,您在异地避风寒。二世隔绝无宿愿,上帝关怜。

事态比从前,变化多端,高楼大厦路

行宽。幽美水渠沿路建,姊娘应安。

长相思·何为修

近看忧,望远忧。万里征程觅尽头。何时踏云游。

少壮修,苦碌修。必道暮年好运收。万福笑脸柔。

长相思·默道

旭日休,少壮休。怯懦无为万物丢。银霜鹤发疚。

道苦修,运碌修。等待福年鸿运留。赏析满院秋。

浣溪沙·天地魂

入夜闭门静隐心,望天缓步诊思勤。银河布满众仙宾。

稳座太空安利目,修容惩恶碧云临。留德遍地赏乡音。

雷声振

雷声震,雷声震,雷声震裂腐烂根。新芽破土痕。

雨纷纷,雨纷纷,纷纷落地润土深。精心育才珍。

心诉

离别难,离别难,离别之时泪连连,此去几月还?

母女牵,母女牵,母女别时倍心酸,等待年底关。

上编：旧体诗

含古体（古风、歌行体）、近体（律、绝）、词、曲、联

A

阿南

姓方名河南，浙江人。省市作协、省诗词与楹联学会、中华诗词学会会员，淳安县老干部诗协顾问，浙江省诗词研究院理事兼编委，中国文学名家协会理事，中国作家创作协会名誉主席，中国诗词家协会终身荣誉会长，中国国学研究会研究员兼客座教授，中央文艺出版社常务副社长，《世界名人录》特约顾问兼编委。获数十次荣誉奖项，传略已被载入《世界名人录》等十余种典籍。

月夜思

葡萄美酒水晶杯，月不嫌贫遂我怀。
一醉方安消宿恨，管它老死任人埋！

西江月·处暑

终究迎来处暑，从今始得秋凉。欣同明月共倾觞，醉里方能畅想。
　　酷热悄然离别，轻风频至磋商。骚人灵感逐沧浪，一曲诗惊雷响！

虞美人·咏八月

夏荷零落秋花绽，桂菊齐争艳。小窗昨夜拂凉风，梦里故人乍至喜相逢。
　　重逢失却青春貌，无奈人将老。黄花遍地笑佳人，唯有秋风飒飒慰孤身。

虞美人·秋分吟

炎炎酷暑临终了，窃喜秋分到。白天黑夜两均分，一阵凉风一阵雨缤纷。
　　且看秋虎何方去，夜听芭蕉语。可怜聚散总成空，只叹离愁纠结水流东。

阿朱

本名陶然。女，辽宁丹东人。停云诗词馆创始人。

戊戌端阳留别故乡诸亲友兼寄屈子

连番蒲酒意沉沉，叠罢阳关岐路阴。
棹短难承羁客泪，词穷未发楚人吟。
红榴开后家千里，绿鬓搔时雪一簪。
我有离愁君有恨，云间江底各痴心。

戊戌中秋望月

秋云初霁晚寒轻，澹澹金波出凤城。
新照庭芜承露起，遍看烟砌响蛩生。
可怜隔岸沧浪水，直负天阶冰雪名。
待得重来三五夜，流光一泻泡清明。

鹧鸪天·戊戌七夕

鸾镜妆成未画眉，天阶尘影各成痴。多情鹊隔云千叠，清梦人迷水一涯。
　　玉绳渺，彩丝垂。红衣闲了九张机。潇潇更拟窗前字，滴向蕉花零落时。

高阳台·戊戌春独行日本见樱花缤纷美丽因手机故障无法拍摄感怀而赋

粉萼攒春，琼苞含露。新红正弄新晴。绿水斜枝，相望脉脉盈盈。天涯芳事无从付。隔林烟，又隔啼莺。恨迷蒙，不解琴心，难寄倾城。
　　年来客里风尘惯。任鸥边影动，江上舟轻。竟许飘沦，此身有梦频惊。城中渐觉春光暮。乱扑人，飞絮逢迎。待归来。细认芳菲，不是东瀛。

摸鱼儿

黑客袭，论坛数据皆失，惟余前年初开坛之页，每每望之，不胜恍惚，昨日果可重现耶？人生果如初见耶？感而作之。

似当时，篆香盈座，画楼初宿梁燕。文园金缕长呼酒，教把新词题遍。和凤管，风细细，暗传花信连枝暖。流光散漫，纵春梦沉酣，东阳消瘦，道只如初见。

谁相误，一霎飞云竟返。依然绿暗红浅。墙阴闲却秋千架，应是芳情疏懒。余几片。欲借问，当年可误桃花面。王孙渐远。便叮嘱东君，重来春色，莺语也慵剪。

艾才文

男，江西抚州市东乡人，中学高级教师，区作协、抚州市诗词楹联学会会员。情寄山水，诗吟古今，以文陶性。著有诗集《野外深呼吸》，编著《东乡艾氏谱存诗选》。

七绝·远行
悲喜每年正月正，亲怀未暖罩衣更。
沾襟欲湿尘飞路，扯断喉咙应谷声。

七绝·送别
南浦激波潮水平，浪怀青岸作回声。
平明不解绵绵意，穷夜殷勤问柳莺。

七绝·昆明翠湖夜
夏夜风清金月满，春城气爽翠湖平。
客随鸥影辞亭榭，谁掌莲灯照启明？

七绝·文姬怨
黄金赎返汉庭珠，却使参商儿女孤。
哽咽胡笳赋悲愤，魏曹千载恨单于。

七绝·七夕
人间天上怨情多，乞巧仙娘奈若何。
妙手徒劳织锦绣，经年领唱是离歌。

七绝·登烟雨楼
御笔楼台烟雨空，景新怀望见泥鸿。
从前霹雳留痕处，船上聚贤唱大风。

七律·小暑连暴雨
伏雨原应过界河，江南又起抗洪歌。
登丰稻菽流泥洗，焦虑民工漏厂窝。
心血何当成腐朽，苍天不待叹蹉跎。
找回丽日寻常照，借我龙泉斩恶魔。

七律·昆明九乡溶洞
盘涧洞开分世界，镂空原始可通神。
浮云有意生霖雨，空谷传音净俗尘。
水磨梯田琼乳溢，风吹石笋玉箫臻。
偷来半日仙游客，造化无成慢寄身。

艾利圣

江西省余干县人，1958年12月生，中共党员，退伍军人，曾在乡镇党政办供职。鹰潭市楹联协会会员，江西省诗词协会会员，《晓东诗刊》特约会员。诗书作品散见部分纸质诗集和微信诗刊。

登上海东方明珠
天高九重楼作梯，祥云万朵映妆衣。
霓虹两岸浦江水，珠嵌东方傲世奇。

渔港之夜
一片落霞铺水中，渔船灯火映江红。
今时遥望风霜夜，轻舟似箭月如弓。

古月今明
参观文化名人艾南英故居感怀
千年皓月照今明，横黛屏风水碧澄。
先祖砚香邀墨客，后人和韵荡回声。

赞江西第一人杰长沙王吴芮(平水韵)

风云鄱赣历千秋,穿越时空射斗牛。
无畏番君擎大纛,赤诚王者赞奇谋。
一腔溅血狂澜挽,百战成仁板荡收。
蹈火赴汤明已去,义军壮举美名留。

参观康郎山《忠臣庙》(平水韵)

乱世枭雄披战衣,鄱湖鏖战到边围。
重兵友谅压城急,卅六忠臣扶正威。
血染腥风忠骨见,火烧敌阵劫尘飞。
康郎锣鼓半天震,不统山河誓不归。

爱琴海

诗词爱好者,诗词在网络平台多有发表。

七绝·无题(轱辘体)

一

红尘一笑转身秋,双鬓星星已染愁。
苦辣酸甜千味后,人生难得几回眸。

二

人生难得几回眸,忘了春风忘了愁。
乐在桃源诗共酒,红尘何处不风流。

三

红尘何处不风流,不觅王侯不觅裘。
熬得茶香研日月,抛开烦事写春秋。

无题

荡破春江酒一壶,轻舟只影不言孤。
纵情尘世三千里,醉与青山隔岸呼。

立秋偶感·落叶

一叶飘飞一叶春,篱边旧梦慰情真。
曾经几度同风雨,自化相思散入尘。

题牡丹

绿叶随风展,青枝绽赤英。
花开倾国色,香动满春城。

鹊桥仙·何处一相逢

一湖镜水,漫天星月。纸扇青衫北岸。年年此夜忆知音。折枝柳,心思已乱。

庭中把酒,花前泼墨。都似曾经画卷。而今何处一相逢,又望那、茫茫银汉。

喝火令·独自莫凭栏

寂寞千杯酒,相思万里篇。一弯新月动愁弦。无处葬心事,都放两眉间。

岁月匆匆去,红尘滚滚掀。不知双鬓已斑斑。醉也离颜,醉也忆乡关。醉也断肠诗句,独自莫凭栏。

安然

浙江宁波人,原籍山东。宁波市作家协会会员,中华诗词学会会员,宁波市老干部诗词楹联协会会员。著有长篇小说《净土》,中篇小说《半身不隧》《浪漫狂想曲》,长篇童话《茜茜成长记》,另有散文、随笔、长游记、小小说等40余篇,古体诗词600余首,现代诗少许,多次获奖。

沁园春·华夏正初阳(词林正韵)

华夏逢春,五彩缤纷,日冉东方。看乾坤浩荡,蒸腾伟业,山河壮美,正气弘扬。量子天行,超能计算,入地穿穹昼夜忙。云帆举,琼苑天宫建,天眼灵光。

军威重器铿锵,新丝路、驼铃响五洋。引龙腾虎跃,全球奋进,万千气象,直向康庄。举目凭栏,茫茫天籁,大吕黄钟悠韵长。一樽举,祝前程锦绣,国运恒昌。

高阳台·观宁波帮博物馆有感(新韵)

理想托舟，乡愁载梦，漂洋过海辞亲。风浪崎岖，几番起落艰辛。至诚至信根基稳，觅商机，几度追寻。志藏胸，足手胼胝，终饮甘霖。

洋场也敢争高下，筚路荆林闯，落地生根。脱颖超然，名声鹊起芳芬。潮头勇立明珠采，对长天、把酒行吟。梓桑情，乐善行施，一掷千金。

沁园春·建国70周年颂(词林正韵)

紫气东盈，曦微旗升，云舒鸽翔。看凯歌迎瑞，满天铺锦，秋风送爽，遍地流芳。戈壁欢歌，草原曼舞，吴越龙舟曲水觞。菊花绽，笑靥层层艳，华彩韶光。

扬帆再创辉煌，有领袖、高瞻领远航。忆凝愁岁月，遥途漫漫，带腥风雨，长夜茫茫。弹雨枪林，出生入死，雾散神州耀艳阳。初心记，再征程续写，地久天长。

水调歌头·象山县松兰山游(词林正韵)

隔海桃花看，近拜普陀仙。风梳兰竹，排浪翻滚拥蓝天。浩渺烟波叠影，翠岛九珠环岸，澄碧漾漪涟。气势恢宏壮，云客自悠然。

戏浪花，拣贝壳，听潮喧。千帆鼓动，洋面彩蝶舞翩跹。古寺暮钟幽远，海岬暖沙细软，夕照醉金滩。青蟹频频探，月皓鹭鸥眠。

注：桃花：桃花岛，普陀：普陀山，千帆：帆板比赛。

扬州瘦西湖绝句三首(平水韵)

一

湖瘦花肥竹色葱，红鱼翠柳戏东风。
亭台阁榭斜阳照，人物皆涂画卷中。

二

翠微盈目水云飘，灵秀葱茏暗曲桥。
一木一花皆有色，瘦湖更比月湖娇。

三

翠满瘦湖春色好，小桥流水玉亭摇。
环肥燕瘦千秋各，更喜长春弱柳腰。

注：环：杨玉环，燕：赵飞燕，长春：瘦西湖的别称。

观画师作画(中华新韵)

泼墨观云海，挥毫峻岭娇。
奇峰听瀑泻，幽谷晚炊飘。
峦壑胸中韫，江河笔下滔。
征鸿千万里，一鹤上青霄。

注：尾句的意思是，经过艰苦努力一鸣惊人。

暗香疏影

实名于方，生于冰雪之乡，客居京城，从事教育行业。暇以诗词磨心鉴月，作品散见于《诗刊》《当代诗词》《中华辞赋》等纸媒及网络平台。

七绝·游未名湖荷塘

澄波未动动青空，莲影微云一漾中。
最是蜻蜓曾立处，清圆不与众芳同。

七绝·春分适逢花朝，睹明城墙遗址有寄

一

砌下轻阴染古台，沧桑一角可人猜。
杏桃未肯经年老，会挽东风故故开。

二

逢春微雨点苍苔，道有残垣历历回。
信得花朝能致远，古城墙伴老梅开。

桃花诗(二首)

一

— 111 —

七绝·题林芝桃花照

行来春意到林芝,灼灼桃花照水迟。
能染半坡红若雨,鬓边笔下两霏霏。

二

七绝·桃夭

桃红如语费评猜,历有崔郎几度徊。
商略无端深或浅,匆匆都上美人腮。

七律·咏蝶

柳笛轻邀薄素衣,烟光晴入远山眉。
浣花溪畔声初细,沾絮帘边舞未迟。
一段浮华还逝水,几分春色渐空陂。
翩然影里谁相忆,晓梦由来竟不知。

点绛唇·题隋代展子虔《游春图》

谁个寻春,拖蓝揉绿假山水。杏桃如契,倚岸开红字。

骢马轻舟,相顾懵憎昧。闲思起,去来无避,尽付流光里。

蝶恋花·题果青先生所摄花蝶

一梦觉来春尚浅,已是花红,迤逦寒溪畔。闲拓白云归且晚,为闻十里清香唤。

光影逐身长复短,翅底轻阴,悄入江南卷。会约双双逢彼岸,人间多个相思茧。

B

巴晓芳

《湖北日报》社高级记者。现为湖北省中华诗词学会副会长兼秘书长。有论文数十篇、散文百余篇、学术著作多部问世。主编《春风吹过四十年——1977 级大学生诗词选》等。诗词散见于《中华诗词》《诗刊》等报刊及网络。

春访英山茶园

汉上尘霾日,英山谷雨天。
偷闲离案牍,拾趣觅林泉。
老马长途倦,茶园一刻眠。
归兮何处去?菊豆负余年。

霜降柳

湖畔青青柳,千丝万缕长。
随风欣起舞,临水巧梳妆。
未效丹枫醉,犹邻野菊芳。
任凭霜露打,不肯一枝黄。

登黄鹤楼

两江夺势倚云楼,三楚河山一望收。
万里波涛奔大海,千年豪杰逗风流。
鄂王酒约黄龙府,太白诗回紫凤丘。
借问登临南北客,几人挥笔续春秋?

题两鹅吻别图

泪眼相看恨不休,缠摩赤喙话凄柔。
清波荡处翻红掌,曲项歌中誓白头。
此后嘤鸣空自语,他生顾盼再同游。
今临死别谁留影,传与诗人续雁丘。

访涿鹿黄帝城遗址

野草青青漫土墙,荒郊谁复记沧桑。
洛阳铲下传音信,黄帝城头是战场。
烽火烟消炊火起,豳风声婉楚风狂。
蛮夷华夏今何辩,三祖堂前共敬香。

游京城报国寺

当日胡尘捲地时,儒巾冠盖鹜趋之。
碑铭池北寻何在,祠写亭林叩不知。
天下兴亡匹夫责,江山翻覆帝王棋。
几时梵呗香烟杳,赑屃身旁尽棘篱。

注:当年王士禛等名士常来之地,寺内亦有顾炎武祠等指示牌,而遗迹无存。

荆州道上
莫问晴天或雨天，长途老马不须鞭。
非关衣食好山水，敢附风骚慕圣贤。
半日驰驱三百里，一灯翻阅五千年。
也知种种浮云外，临到头来未看穿。

三游洞
巉岩幽穴嵌山腰，三二黄莺慰寂寥。
薄酒可邀唐代雨，春帆还趁宋时潮。
一从司马游巴窟，屡见骑驴唱楚谣。
他日碑林添姓字，叨叨笔墨几声高。

白贵生

茂名市南天诗社会员。笔名慕雪。山西长治人，太行诗社副社长，山西省诗词学会会员，中原诗词研究会会员，东方诗人协会会员，中华诗词学会会员。有两千多首诗词发表于全国各级报刊及网络平台。

七绝·夏夜
悠然长坐月堤东，照水珠晖透绿桐。
抛却浮华谁似我，闲吟荷扇曳清风。

七绝·午觉
一枕清香醉客迷，芙蕖映水草连溪。
半床幽梦惊何处，隔岸林阴鸟自啼。

七律·卢医山
秀峰高耸碧烟迷，宇庙灵光接彩霓。
日照风亭松影动，月临银夜鸟儿栖。
嵯峨威压东邻小，挺拔雄吞北斗低。
脚下升平千百载，卢医厚泽共天齐。

七律·潞州曙影
细雨开晴霁色娇，凭窗纵目水天遥。
微波潋潋青山映，芳甸茵茵紫气飘。
款款清风除旧瘴，巍巍大厦弄新潮。
鸣蝉似许知情势，一树高歌上碧霄。

七律·七一感怀
遥思九十八年前，星火光昭万里船。
黑夜烧灯谋出路，红旗映日照征鞭。
风吹大地烽尘扫，气指长空国梦圆。
可喜初心终未负，高歌一曲慰先贤。

永遇乐·国庆感怀
千里风清，九天云淡，佳气回绕。碧宇流霞，黄花吐艳，同贺今时好。神舟潜海，嫦娥探月，丝路素晖惊耀。忆先年、延安灯火，暗途慧光高照。

长征路上，芒硝烟里，吞没几多英妙。铁马争驰，金戈纷逐，忠勇边烽扫。岁华飞逝，山河挽转，厚德史评无老。太平日、初心不改，巨龙啸傲。

水调歌头·建国70周年感咏
国民曾厄苦，血雨历沧桑。多年烽火，先烈英逸露衷肠。十月金风横扫，四海赤旗招展，雾散见天光。登楼一挥手，击棹再飞航。

谋深策，惩贪吏，固边疆。峥嵘七十，惊喜百业尽荣昌。已就蛟龙潜海，更有嫦娥探月，丝路业辉煌。大势开心眼，丽日照城乡。

念奴娇·建国70周年放歌
登高极目，眺遥穹净碧，山河雄远。草木郁葱峰顶上,缭绕瑞烟天半。拔地琼楼，参天乡树，清秀林塘苑。乾坤奇丽，尽由豪杰创建。

叹想早岁峥嵘，国门沧破，岂可遭凌践。百丈红旗风猎猎，昭曜工农千万。屈指流光，风云七十，酬得升平愿。敛眸临近,竹亭人影歌管。

白洁

内蒙古乌兰察布市凉城县人,大学本科学历,中学语文高级教师,现已退休。凉城县诗词学会秘书长,《岱海诗词》副主编,乌兰察布市作家协会会员,内蒙古诗词学会会员,中华诗词学会会员。

七律·早春漫步拾韵

东风一夜遍天涯,远眺群山荡彩霞。
雪化冰消知暖意,杨翩柳舞蕴新芽。
踏春每遇欢欣事,访友常临喜庆家。
溪畔融融生绿梦,诗翁只待赋芳华。

七律·清明祭

清明节到觉凄凉,浊酒三杯泪两行。
燃烛焚香烧鬼币,填坟扫墓祭爹娘。
阴阳隔绝天涯远,茔冢徘徊野草荒。
杜宇悲声啼不住,回乡游子断柔肠。

七律·五一节颂环卫工人(新韵)

戴月披星傲暑寒,清晨举帚舞黄衫。
胸装大众迎红日,汗洒长街扫腐残。
饰美市区环境雅,妆新道路笑声欢。
心中有爱创佳绩,为使城洁献胆肝。

七律·五四运动100周年感吟(新韵)

五四风雷已百年,群情振奋勇争先。
追求进步寻真理,废止和约捍主权。
打鬼锄奸曹府毁,兴邦反帝浪潮掀。
精神不朽垂青史,我辈图强永向前。

七律·初夏登拓跋珪公园顶峰感赋(新韵)

奇峰一座耸城边,小径逶迤上岭巅。
绿树吟风迎邑客,黄莺鸣曲舞林间。

身强敢走崎岖路,志远能游锦绣川。
独向清幽寻妙句,诗情浩荡入云天。

七律·晨起赏雨

风携细雨扰人眠,陌上民村笼瑞烟。
侧耳楼窗听玉磬,移身屋宇望云天。
平坡绮树因霖翠,小径娇花带露鲜。
洗净尘埃畴野秀,诗翁欣喜颂丰年。

七律·己亥大暑节闲吟(新韵)

连日高温似烤箱,猪猡拱地卧泥塘。
吴牛喘月湖边躲,蜀犬宣天树下藏。
伏案吟诗消暑热,铺笺润笔品茶香。
歌花咏柳轻摇扇,心静才能好纳凉。

七律·建军92周年抒怀(新韵)

南昌鼓角震云天,威武雄师利刃悬。
铁马金戈驱虎豹,枪林弹雨护家园。
导航北斗空中舞,探海蛟龙社稷安。
固我长城怀壮志,神州筑梦谱新篇。

白金财

山东省沂水县人,经商。中国诗词研究会、中华诗词学会、西山诗社、诗海选粹、凤凰诗社、众创诗社、大连诗词学会等多家诗歌社团组织成员,作品见《中国诗词》《西山诗刊》《诗海选粹》《大连诗刊》《山东诗刊》等纸刊及网络文学平台。诗观:在唐风宋雨中细品现代生活。

五律·春夜喜雨

阵阵打窗声,疑为夜鸟惊。
甘霖传逸兴,香雪显柔情。
陇上冬苗起,篱边野草生。
敲诗浑未觉,听雨已三更。

注:香雪,梨花的美称。

五律·梨花

淡客现新津，诚邀四海宾。
一溪空倚翠，千树具流银。
素影如诗雅，幽香似酒醇。
花开至寒食，可遇梦中人？

注：淡客为梨花的别称。新津为地名。

七律·清明踏青（借句）
春城无处不飞花，近水远郊笼绿纱。
笑逐村童追燕雀，欣看钓叟网鱼虾。
数声柳哨轻轻响，一叶扁舟缓缓划。
蝶舞蜂迷游客恋，踏青时节醉农家。

七律·清明祭
总愧萱堂养育情，清明魂断在坟茔。
碑前乱草随风起，树上乌鸦伴雨鸣。
一柱燃香将母慰，两行热泪把仙惊。
千般祝福阴阳说，隔土犹闻唤子声。

七律·甘心为景做诗奴
欲把书香浸我躯，甘心为景做诗奴。
匡衡凿壁兴犹涨，孙敬闭门情不孤。
醉别青莲织秋梦，吟完白雪绘春图。
清词一阙频频酌，佳句偶成堪自娱。

七律·江北大旱
仲夏闲余户外行，望中物象让人惊。
往年河水鱼虾舞，何日山川草木荣。
今见田禾犹半死，曾闻园果未全成。
天公倘若知民意，普降甘霖惠众生。

七律·江南水患
梅子初黄厄运遭，江南腹地怨声高。
万家庭院入龙口，千里田畴成水牢。
军引居民连夜避，士扶游客及时逃。
感恩邻友感恩党，不胜天灾不脱袍。

七律·静夜思
月挂枝头眺故乡，半生漂泊半生惶。
三千里外子行道，二十年来母卧床。
何处圣贤忧患解，且随文字苦辛藏。
为人忠孝难兼顾，思绪萦怀夜未央。

七律·荷
绿树阴浓盛夏妆，万千丰韵漫荷塘。
娇红带露凭栏叹，新碧连天极目望。
蝶入花心窥佛座，鱼飞水面吻禅房。
几人通悟爱莲说，身在尘间梦一场。

注：佛座指莲蓬，禅房指荷花。

七律·暮眺
半江瑟瑟半江红，日没高楼冽冽风。
目极游人存了了，身归钓客去匆匆。
飞花有意沾君发，溅水无端湿我瞳。
幸喜呼舟已迎望，冰轮隐隐欲升空。

白买奎

男，现年62岁，高中文化，中共党员。家居山西省吕梁市临县克虎镇白草坪村。1974年8月参加工作，先后任临县克虎信用社财管员，临县八堡信用社会计员，主任，2003年4月内退，2017年2月退休。

七律·扶贫颂
大力扶贫顺应天，温馨关爱泽山川。
轻舟祥岁东风顺，好雨知时夙梦圆。
迷雾茫茫康道指，春阳暖暖赤心连。
恩情似海万民颂，首首赞歌鸣奏虔。

七律·湫河晨练随吟
旭日东升飞鸟鸣，良辰美景健身诚。
楼房幢幢水中漾，游客频频河岸行。
柳碧枝浓丝漫舞，神清气爽体轻盈。
风光如画诗情荡，晨练犹思仄仄平。

七律·大女儿乔迁新居随吟

乔迁新宅卧高楼，犹似云天揽五州。
四面壮观观不尽，三更甜梦梦难休。
近邻真武佛光罩，远道诗人雅韵收。
瑞气呈祥才子出，斋堂世代丽章修。

七律·落叶

脱离枝蔓自由狂，秋菊登台我捧场。
默默无闻描雅韵，生生奉献绣枫妆。
霜裁降落沙尘伴，风荡轻飘天地翔。
白雪掩埋藏地下，残躯沃土放余光。

七律·感遇网络

五湖相识结诗缘，全辈神奇网络牵。
雅韵佳吟飘宅内，良师益友伴身边。
百花园景百花耀，万里风光万里传。
欢聚微群增学问，犹观经史赋千卷。

七律·赞医界翘楚高明启大夫

治病救人频建功，刀山火海向前冲。
从医精技回春妙，革命志坚创业丰。
万里征途双鬓白，一生军旅帜旗红。
余光不尽晚霞耀，五彩缤纷映半空。

七律·六一寄语

佳节欢歌耀彩妆，天真烂漫韵芳香。
园园苗壮沐甘露，朵朵花鲜迎曙光。
六月阳催金浪滚，五州禾舞幼鹰翔。
成林小树成才日，龙跃高峰笑列强。

白水

旅居加拿大华人，北美华人文学社副社长。自幼习诗，其中英文诗歌、古体诗歌和散文在中国、加拿大、美国、澳大利亚等国多家报刊发表。曾和友人共同创办了《北美枫》纯文学杂志。所著《远轮·诗集》与《远轮·文集》被加拿大国家图书及档案馆(Library and Archives Canada)，加拿大多伦多大学郑裕彤东亚图书馆(Cheng Yu Tong East Aslan Library University of Toronto Library)，中国国家图书馆，北大、清华、南京大学、复旦大学、澳门科技大学、香港大学、台湾汉学研究中心等40余家图书馆收藏。

七绝·咏荷

初荷

千湖百鸟倦骄阳，唯见鹦哥浴赤汤。
一捧淤泥敷碧雪，凌波仙子俏梳妆。

盛荷

赧颜烈日妒芙蓉，火鸟腾飞笑碧空。
莲叶铺开天路远，万花竞绽晚霞浓。

残荷

空野涸塘满目秋，残枝落叶葬风流。
莲蓬结籽芯中苦，断藕抽丝倾尽愁。

倦荷

皈依莲座面释迦，清水泥流逝裕华。
茎断浮萍心若死，红尘参破匿天涯。

白童

又名沈祖鉴，土家族，大学文化，祖籍湖南，生于湖北利川。世界华文诗学会会员，中国艺术研究院创作委员，中国当代诗歌协会会员，中国当代文学研究会会员，中国湖北作家协会会员，中国湖北诗词学会会员，中国湖北楹联学会会员，中国湖北民间艺术家协会会员，陕西省商州文艺家协会客座会员，湖南省衡阳市诗词学会会员，恩施州作家协会会员，恩施州诗词楹联学会会员，恩施州文艺理论家协会会员,恩施州民间艺术家协会会员,咸丰县诗词楹联学会会长。

五律·故乡行(中华新韵)

飞雪飘幽径,林泉涌厚冰。
梅花鲜古寨,奇石伴竹生。
兄弟寒暄笑,乡邻越坎迎。
戌冬回故里,处处是亲情。

七律·游重庆黔江蒲花暗河有感(中华新韵)

蒲花暗瀑生河谷,行去同穿胜境门。
栈道东西屏障树,峭崖南北吐春云。
高飞岩燕迎宾客,低涌林泉艳卉芬。
天地良心成美景,诗中濯水传奇新。

五律·濯水黔江感怀(中华新韵)

清风朝日暖,夜月咏逍遥。
脚踏廊桥景,诗平濯水潮。
碧波鸳戏浅,青宇燕争高。
问我今何在?词中卷浪涛。

七律·湘鄂黔渝诗词创作研讨会有感(二首,平水韵)

一

武陵胜境迎诗客,春碧吟坛雅颂风。
四地辞章吟濯水,八方景致举霞红。
谷驹待秣潜翰墨,紫燕凌霄韵浩穹。
共领风骚兴国粹,赤诚一片丽天空。

二

今因国粹聚精华,歌赋诗词鼓劲嗟。
燕舞莺歌歌盛会,吟平咏仄仄仙涯。
朝迎雅韵超三斗,暮得风骚过九车。
争做春中河畔柳,插篱护圃育新花。

七律·利川纪游(三首)

一

青松碧水土苗乡,百里田庄似画廊。
吊脚楼台联秀色,金山岭上唱平康。
车流如蚁奔波急,云鸽秋鹰竞翅忙。
无限风光观不尽,利川美景鄂西扬。

二

翠林绿竹栏幽径,清瀑清溪涌泊池。
野蔓秋花妍碧树,奇禽异兽隐琼枝。
爬山涉水霜来早,攀险登高暮色迟。
游子归临柴笪外,一村狗吠月明时。

三

云深峻岭利川游,竹秀松青吊脚楼。
水上鸭群追碧浪,天边雁阵舞云绸。
金龟故土春秋美,团堡长街买卖优。
八面清风频送爽,新村南北壮金瓯。

注:金山即金字山,湖北利川市团堡之西,利川市县城之东,因山形似"金"字而得名。

白小安

供职江西省抚州市金溪县交通运输局,年过半百,喜爱近体诗词。为江西省抚州市诗词楹联学会会员、江西省散曲社社员。

七律·咏松

亭亭铁骨立山冈,不老容颜四季苍。
鳞干入云迎日色,虬枝舒叶露锋芒。
超尘出俗豪情纵,傲雪凌寒大志狂。
历尽千辛仁爱在,割脂滴滴沁芬芳。

七律·六一感怀

又是儿童六一天,有余知命忆从前。
也曾稚气迷藏捉,几度郊阡牛背颠。
上树捕蝉传旧事,下河戏水赛神仙。
如歌岁月如歌逝,蒙幼流年诗梦牵。

七律·忆"双抢"
炎炎酷暑夏悠长，抢种抢收加倍忙。
割稻挥镰追日影，插秧弓背战骄阳。
朝披初旭良田竞，夕沐馀霞新谷香。
最是一年风物志，晒天晒地晒华章。

七律·话平淡
名画从来喜白描，不加修饰至情昭。
陶翁采菊清淳赋，文肃锄禾质朴谣。
处事不惊呈品性，为人无念定思潮。
生存贵在性真切，平淡是金诗意飘。

注：文肃为李绅谥号。

七律·云台山红石峡游吟
多彩云台舞媚姿，红岩峡谷景观奇。
碧潭滟滟春光映，崖壁层层远古遗。
几座虹桥连绝岸，一条栈道绕琼池。
游人如织入仙境，山水偕同共戏嬉。

七律·自吟
有馀卅载搏芳华，奋力耕耘劲倍加。
学校呕心花朵育，机关流汗格笺爬。
几多甘苦或经历，三五浮沉岂叹嗟。
咬定青山终不悔，已然无愧国和家。

七律·乐安金竹峡谷漂流有记
驱车百里上崇阿，峡谷幽幽皮艇过。
两岸风光弥烂漫，一溪云水出嵯峨。
时而浮躁狂如豹，间或温柔善似骡。
惬意行游随性动，人生跌宕莫蹉跎。

五律·缅怀凉山救火英雄
木里祸灾侵，庶民危害临。
精兵拚火海，侠骨献忠心。
无奈劫波起，那堪炼狱沉。
缅怀真切切，挥泪祭苍岑。

白燕　崔天公

蒙古族，曾在宁夏新闻单位工作近40年，高级记者。幼承翰墨，濡染丹青，书重行草，墨涉花鸟，师从国家一级美术师王系松、许家麟等研习国画，跟随刘宗金老师学习书法，系书法大师胡介文入室弟子，数十载幸得娄师白、齐由来等大师指点。现为中国大众文化学会书画艺术专业委员会委员，宁夏文史馆研究员，宁夏燕青阁名家画院院长。

崔天公、崔天功。中国著名诗人。男。50岁。山东省青岛市平度人。

醉在草原
云白如镜比江南，无限青茵在草原。
花艳黄沙连径道，香飘绿野醉蓝天。
包边篝火琴声脆，飞动驼铃雅客欢。
自信多情求顺运，大杯喝酒享平安。

枸杞红了
行来信步赏玲珑，玉叶金枝杞已红。
沃土有情园里翠，醉熟鲜果惹蝶声。

夜雨
红染伏天小雨频，偏从夜晚写芳痕。
西风恼怒生谁气，四野荫遮蕊醉人。

硒砂瓜
塞北硒瓜似椭圆，外商游客享天然。
黄河水灌甜如蜜，沙地出来解嘴馋。

大暑
绿叶青枝大暑天，山川多雨景浓添。
扬花稻穗鱼鸭望，万种柔情写韵篇。

八一奠英烈
寒心热血枪炮响，舍身取义抛颅骨。

八一年年颂赞歌,革命先烈华夏英。

自耕自乐
夜影无彩花自香,山深蜜甜蜂勤奋。
甘苦励志耕乐趣,自家幸福自家享。

夏雨荷塘逸夫
入伏山游青涩果,甩手珠玑汗履衣。
青风殿廊倦怠工,莲蓬池塘梦唐仙。

儿伴异乡偶遇
少小儿伴老不见,偶遇相面问籍贯。
同住村边柳河岸,异乡饭店叔伯安。

纪念七七事变英雄
石旧桥破志未老,怒狮亦然傲重世。
辈辈先烈辈辈雄,代代英豪代代骄。
守业爱家何弃辽,寸土寸金袭风霜。
舍身舍命华夏英,七七献身名永垂。

家香温馨报君
花开温馨心情爽,香伴娇姿报伯乐。
可知恃郎久游远,敢问野花逊家香。

白增志

网名大肚弥勒、弥勒情怀,河北邢台人,早年毕业于南开大学物理系,现居天津。典型的"喜欢诗词的理工男"。在诗词吾爱、墨染千秋等平台发表诗词1300余首,部分作品发表于《世界之醉》《中华诗人》《中华散文报》等纸媒。

八声甘州·徒染霜头
看离离青草绿天边,极目扫凡愁。任风吹云乱,浪花漫卷,我意悠悠。莫叹绿肥红瘦,只是近金秋。千里运河水,依旧东流。

何事登高临远,想故人西去,牵挂能休。念离家已久,创业异乡留。忘来路、酒茶相伴,醉诗词、四海尽丹邱。谁知我、一生无为,徒染霜头?

虞美人·花语
小村前日田才绿,甘露何时浴?桃红梨白醉东风,柳絮杨花伴舞、似仙宫。

粉红玉白芳魂洁,片片飞香雪。莫嫌春日短时光,只把此身化果、染秋霜。

青玉案·酒
人生三万红尘路,更何况、风霜著。水碧花香谁与度?新茶老酒、竹篱茅户,醉里春常驻。

短诗长调皆如诉,古韵新音尽心语。莫问闲愁余几许,一壶浊酒、半程烟雨,岁月磨成赋。

醉红妆·岁月歌
轻风细雨总相依,柳梢青,草叶黄。白云飞过露珠稀,红花秀,绿苗肥。

秋来春去景常宜,伴茶酒,敞诗扉。梦里红妆妆四季,歌岁月,颂霞辉。

如梦令·红肥绿瘦
料峭春寒风骤,迟起难消宿酒。漫步小河边,细柳桃花争秀。水皱,水皱,乱映红肥绿瘦。

七绝·雪中树(中华新韵)
亭亭玉树不言寒,笑看行人酒半酣;
抖落白衣埋腐叶,明春依旧是青颜。

五绝·夏韵
黄花十里香,荷绿小池塘。

柳和蛙歌韵，垂丝有短长。

七绝·郊游偶得
两行杨柳两行绿，十里黄花十里香。
待到金秋桃子熟，葡萄架下话情长。

白忠民

笔名红尘孤影，天涯共此时。黑龙江省兰西县人，曾在数家媒体平台发表作品上千首，作品曾入围2017年度醴丰杯全国诗词大赛。师从中华诗词坛主包德珍，中华诗词学会会员，诗词选刊编辑，安徽省诗词协会会员。安徽省诗协编委，江西省云裳一道古韵编辑。

思乡
天涯游子心，思远泪沾襟。
岁末春声近，年关福运临。
任凭花影落，犹借酒诗吟。
来往怀乡梦，频思戏水音。

新年寄语
年关将近肉香浓，梦里时浮母笑容。
昔日山花情有迹，今朝雪野鸟无踪。
倾杯举酒思怀动，吟曲弹琴爱字从。
难得人生欢乐趣，痴心枕上喜重逢。

新春感怀
暖入寒山雪色融，滨城十里笑春风。
喧天锣鼓辞华岁，震耳笙歌醉宇穹。
但有惊涛推水浪，且生壮语傲云空。
问询故友情何在，碧水一江人向东。

感悟红尘
无房无车少佳姻，有酒有茶多暖邻。
犹晓金钱能买醉，方知情世会嫌贫。
奔波劳碌凭何意，寻梦滞停归此因。

难得清闲诗一首，烛光月下养精神。

思乡
莫负诗情莫负卿，烟花散尽若浮萍。
儿时记忆多醇酒，暮岁思怀尽薄情。
难得短歌寻乐趣，唯从长调示安平。
乡思难改离伤重，且向西窗待月明。

赠恩师包德珍
触景临宣忆旧年，浮云底事若飞烟。
曾经地老人无悔，也过情长梦有缘。
远水乡音环耳际，近台海景入云川。
但从诗意风流起，除却阴霾也是仙。

生辰有作
执笔诗林几度秋，未曾懈怠远潮头。
寒星月下多专注，暮雨花前无止休。
犹感人生情语重，更羡神仙乐曲悠。
庚辰杯酒怀思起，遥念青春难驻留。

冬夜感怀
秋光向远雪光来，十里风声赴月台。
不见霜花飞彩状，只观仙子落尘埃。
街灯明灭寒犹入，巷舍阴沉暖自哀。

抒怀
浪迹天涯识旧途，行文一纸走江湖。
虽经曲折神犹健，但过艰辛影也殊。
向远家山怀故友，随临月色寄庭梧。
人生数载情和事，尽在诗心酒一觚。

贺恩师包德珍芳辰
辛苦迤遭向远程，几番曲折梦魂惊。
虽归蓉雪神犹壮，但远家山情也诚。
万象人间缘未去，千川诗韵笔勤耕。
每凭禅意心澄净，道是无私望眼明。

柏廷文

笔名三峡布衣。重庆云阳人,系《诗刊》子曰诗社社员,重庆市诗词学会理事兼云阳总站长,云阳县诗词楹联学会副会长,云阳县诗朗诵秘书长,华夏诗词湖北论坛名誉版主,江山文学签约作家。

五绝·空巢
童叟村留住,中年异地忙。
老家依旧在,华里不回乡。

七绝·春红
果树千枝闻鸟语,香云数缕吻桃红。
春风掠过花弦上,小雨飞来曲韵中。

五律·凤凰山听蝉
何来惜赋曲,渴甚鸟无声。
控鲤成仙道,乘槎作客卿。
竹楼窗月照,松涧枕蝉鸣。
暮色荒村近,蓬洲野渡横。

七律·长江领袖林
何言领袖吟秋色,又系山人写玉枝。
飞播松涛千载梦,醉收竹雨一笺词。
世间李落知春老,大地林荒恨绿衰。
曲米杯中叹柳月,诗心万里著神奇。

水调歌头·龙脊岭
榕叶戏芦瘦,竹柳笑寒秋。人头阔水天际,枫影晚霞收。双井龙坛望月,壁寺钟声擎日,祈福佑云州。诗意筑长岭,曲米醉沙鸥。

夕阳红,映碧浪,入烟洲。篷舟远去千里,荒野逝桑鸠。玉带廊桥亭阁,翠绿翘檐凤卧,风雨上层楼。牧笛山歌至,客在画中游。

多丽·公园城市会客
卧霞天,水乡绿道长篇。雨淋铃、寒蝉秋去,杜公酒肆清欢。果疏林、寄情壁下,日多丽、古寺溪前。白鹭飞花,吟歌岭比,百年梨老俏依然。石城好、昙华时度,南鸟返江川。龙坛上,轻风半卷,在水云边。

沁园春、山花烂漫,画舸东去阳关。最关情、草坪又见,轻骑过、宇宙星焉。水上千帆,自行道外,草茵心画曲楹联。客厅里、文明播远,美景纪开元。心城赋,时来运转,独创名园。

注:现代城市理念,让城市融入大自然,公园当城市的肺叶,还当城市客厅与景区打造,又将城市当客厅管理。

柏占山

男,中共党员,毕业于清华大学建筑工程系,高级工程师,国家一级注册建筑师,现已退休。诗词爱好者,"小渔村诗词曲赋学院"及"烟雨楼诗词学院"评阅老师,"上海诗社"微刊《大上海诗词》编辑。

五绝·苔
墙阴妆绿景,石缝可安家。
莫道无人问,从容绽小花。

七绝·梅雪情
琼妃窗外舞红尘,早有腊梅舒玉身。
雪护冰魂终化水,柔情浇灌一枝春。

五律·落花
暮雨飞红乱,随风陌上行。
常和蜂作友,并与蝶为兄。
别叶犹含泪,离枝更动情。
回眸缘结处,将有小桃生。

七律·江南水乡

丝丝杨柳绿江边，雨霁云消四月天。
临岸粉墙观去棹，画桥黛瓦问来船。
皆为景色迷人醉，总是氤氲扰客眠。
梦醒美图依旧在，熏风拂面水生烟。

七律·农民工

夏日骄阳似火轮，高楼挥汗又蒙尘。
红砖块块磨双手，灰袋层层压一身。
但愿云头无大雨，不愁月末有全薪。
建成广厦千千座，何处遮风歇倦人。

鹧鸪天·秋思

陌上黄花沁暗香，谁家女子望西窗。
岭南夜冷今飘雨，塞外风寒可落霜？
　　人杳杳，字行行，情丝借笔结成章。
只叹疾去南飞雁，难寄相思到北疆。

风入松·晚春

春风吹柳拨琴弦。曲荡河湾。丝丝不问离愁远，直摇得、飞絮漫天。独自凭栏长望，白云飘向谁边。
　　菱花仍照旧钗钿。易老容颜。如烟往事难回首，任由他、泪眼潸潸。陌上几多红雨，林中一只啼鹃。

望海潮·上海印象

地连东海，边通苏浙，春申江畔繁华。高厦入云，长桥过岸，香街栉比商家。淑女着轻纱，出行乘快速，何惧天涯。空客凌霄，游轮破浪斗豪奢。
　　市郊乡境堪佳。有粉墙黛瓦，绿叶黄花。蜂恋玉兰，蝉鸣翠柳，清河戏水鱼蛙。老叟品名茶，且静观落日，醉赏余霞。如此魔都美景，直叫世人夸。

班云鹏

黑龙江哈尔滨人，慈幽斋主人，号慧空，1995年生，职业：创作歌手，话剧演员兼导演，2015年哈尔滨青年散打冠军赛获得80公斤级金腰带，16战全胜。现任净龙诗社顾问，静空诗社顾问，原社副社长，慈幽斋诗社社长，中国佛学会哈尔滨市分会会员，哈尔滨市诗词学会会员，哈尔滨市道里区诗词协会秘书长，作品散见各大微信众公号以及《司空山诗刊》《长白山诗刊》《诗词日历》《中华诗词大辞典》等各大文学诗刊。认真学习之道！师从杭州骆越堂郁庵先生，是以计记，偏爱交友，饮茶煮酒！

五古·戊戌年生身佛节日

娘生我未生，我生娘正好。
如今我长大，惜惜娘已老。
我老娘不在，娘老我正好。
我意且懒佣，我狂凭廿早。
别离千里去，看来腰包讨。
月中业无事，往来空激恼。
於年二十四，故里谁相倒。
我泪忽湿衣，明日谁人宝。

五古·题侄女小作

王家有其女，小坐舞银筝。
我唱监春乐，随歌近夜平。
一挥流云散，我兴月卿卿。
再挥苍穹雨，我舞影零丁。
又挥征战铺，我醉金戈鸣。
四挥云雨断，我欲月上行。
琴停音未停，我梦醒无声。
一琴春秋笔，一女月旦评。
误我迟作相，好地趁春耕。
江云新水逝，小女舞银笔。

五律·雨

赤日忽传雨，长空舞大风。

星河云滚滚，雨耀雾濛濛。
龙母忙左右，电雷喝西东。
过天宣老月，我舞斗苍穹。

七律·戒涸口占

吞云吐雾呐金针，风冷墙高光暮霖。
翡翠居虫鸣顾曲，仙堂翠竹遇知音。
大车绣虎和三上，野马行龙震七禽。
茶前一梦如昨日，不愧如来不愧心。

七律·戊戌年初一敬呈师尊大人生辰有作

东风拂晓第一诗，月引春心摆寿词。
几处花街千色锦，有人香径九香脂。
三星照户今生笑，北斗临厅百世嘻。
望切不知春去远，心忙无奈马行迟。

七字排律·不眠诗

月冷青宵夜不眠，愁分四海末寒泉。
行风破烛云何处，走马残灯梦能还？
老去文章吟树下，晚来八卦唱花前。
春风未肯离吾舍，秋雨怎能越田边。
我有清风偏冷雨，明朝何处雪行船。
不知多少童年事，回首杯空欲变仙。
花落花开空对月，无声无限月中天。
金樽不兴空雷醉，敢向菩提问酒钱？

半知

原名张哲宇，北京市东城区人，文学爱好者。

虚悯【折花令】无名氏（词林正韵）

暮暮朝朝，阴晴冷暖悲欢叙。寂乱语、聊残句，荒曲怅蹉跎。苟延孤旅。
半世庸堕，年年岁岁噴痴寓。生几许、终何聚。好了释心宽，虚怀淡誉。

媚【醉红妆】张先（词林正韵）

羞摇玉扇半遮娇。婉纱清、怯步遥。鬓青唇润目莹潮。胭红晕、淡眉描。
风柔婵影漫香飘。暗吟语、叹终凋。醉赋秋歌凄愿老，残念惆、夜痴熬。

包学冠

文成包，1934年出生。15岁读初二辍学。18岁参加教师工作。小高职称。44岁市级劳模。50岁开始业余通讯报道。65岁参加文成诗联学会。61岁在珊溪中学退休再留用10年。72岁学电脑。81岁出版《孝行街头》《满路芳华》《西峰晚晖》。84岁获第七届"浙江孝贤"和国家"百姓学习之星"。86岁出版《孝说人生》。

珊溪母亲河改观

源远流长出大山，无须污秽臭名担。
两廊瓷壁浮雕美，九道石阶行坝安。
打跳鱼儿争丽色，临身游客赛天仙。
清泉淌入飞云水，百姓感恩开笑颜。

坦岐村春节村晚有感

革命摇篮天地换，画廊十里绕村边。
住行衣食甜如蜜，燕舞莺歌庆大年。

珊溪水库好（古风）

天降"莫兰蒂"，雨量瓢淋漓。
九千立米秒，百年一遇伊。
幸有大水库，洪流可容积。
下游不祸患，功高日月齐。

清卫工人最光荣

除污去秽最光荣，春夏秋冬勤出工。
烈日炎炎无间断，霜风飒飒乃从容。
臭脏遇您腾天外，差乱逢汝沐春风。

环境清幽人喜悦，美容师傅立丰功。

清明祭祖
清香一炷透天庭，明烛高烧表寸心。
祭奠先灵情万片，祖容再现泪淋襟。

再免费供茶有感
免费供茶今又来，平民百姓笑颜开。
街头两委孝周到，驿站爱心永不摧。

五四精神国宝花
五四精神国宝花，萌生吾党撑中华。
救民救国擎天柱，迈向小康前景佳。

贺徐世槐老师八十大寿
叶岸名师话传奇，满园桃李满天飞。
著书屡屡获嘉奖，煮字常常显圣威。
那里铭文未停手，这厢写志早开机。
生花妙笔言为序，八十春风映晚晖。

薄文忠

辽宁省朝阳人，中华诗词学会理事，辽宁省作家协会会员，朝阳诗词学会会长。在国内报刊、书籍中发表诗词、诗歌、散文、报告文学、文学评论等作品百余篇。著有《三博堂诗稿》，主编《凌河雅韵》《远古石韵》《韵起凌河》《永远的纪念》《朝阳诗词》等多部诗集。

七律·秋日野望
倩谁彩笔绘神州，万紫千红好个秋！
雁阵成行翔皓宇，丹枫似焰覆山丘。
田园美景裁诗韵，阡陌丰粮望野畴。
畅饮流霞吟岁梦，长歌大有信天游。

七律·秋风
秋风携酒到朝阳，醉我豪情万里长。
掌抚山川描画卷，神游昊宇咏诗章。
云飞凤岭千重浪，霞落凌河一脉煌。
掩卷临轩极目望，远天雁阵日边航。

七律·秋野
潇潇暮雨浣天凉，云淡天高雁字长。
枫叶霜红沾冷露，稻粱晕染沐斜阳。
山林风动叠层浪，阡陌菊发漫野香。
四季应时秋色好，高歌把酒庆丰穰。

七律·秋菊
期期佳节近重阳，漫步郊原野兴长。
把酒东篱识冷艳，遣怀河畔嗅清香。
孤标傲世凌霜雪，金蕊流霞唱晚凉。
花韵不消骚客咏，心融梦里醉菊黄。

七律·古城秋
凌河水涨秋风劲，凤岭霜燃百里冈。
双塔青锋融暮霭，一街古筑落夕阳。
香飘寺宇传佛偈，绿掩层楼伴酒觞。
雁阵苍穹抒晚意，石阶信步看菊黄。

七律·诗友秋聚
劲秋苍莽凤凰山，袖卷长风满目烟。
雁阵排云天界外，枫林漫岭牖窗前。
诗文裁就豪情簇，翰墨图成壮志添。
我醉因之翔寥廓，高歌美酒唱嘉年。

七律·秋晨漫步
凤岭连绵曙色微，长河卧野迥相回。
金风款款花飘落，浩宇明明雁阵归。
大地飞歌丰硕曲，秋阳暖照彩云飞。
堤边碧柳青烟裹，更喜菊黄稻黍肥。

七律·秋夜
云浮月魄走鸿濛，照影扶疏万古同。
海上琼风千里雪，人间气象百幻重。

礁岩落宕藏氛雾,星火安然嵌碧空。
俯仰人生嗟宇宙,犹如片羽入苍穹。

抱朴书生

高石春,号抱朴书生,江城人氏,好老庄,耽纹枰,知名诗人,诗词教育家。

夜读

居陋无人语,南华偶一参。
夜深蛙鼓噪,也作老生谈。

题楼边花木

卜居惜未近僧珍,自笑元非季雅身。
幸有四时花烂漫,无钱亦可得芳邻。

闻初阳兄频繁出差口占

纸作银帆笔作媒,文章生计两相催。
红尘摆渡车来往,不信诗心挣不回。

端午东湖别友

采艾鸣蜩日,踟蹰旧所经。
孤峰横远翠,大泽殢长亭。
鼓枻沧浪浊,离歌云梦暝。
纫兰为佩去,负手任飘萍。

元旦抒怀兼寄友人

匆匆惊岁杪,还复旧疏狂。
回首惟纾困,围炉每擅场。
茶烹春态度,梅续雪文章。
一别今宵后,东风未可量。

夜坐

渐息灯光远四邻,危楼独坐久沉沦。
人无可语风常探,席不能眠月自亲。
惯向秋深藏意气,好凭夜静养精神。
聊来且共烟和酒,消得残年又一轮。

己亥初一花城早行

笙歌一夜到平明,元日朝光气自清。
梅最撩人先着色,烟非刻意渐倾城。
春衣荏苒随心去,雪鬓飘萧勉力行。
拟至风生水起处,老夫也作凤雏鸣。

鲍丰臣

男,1970年出生于黑龙江省穆棱县,现供职海林市林业和草原局。为中华诗词会员,黑龙江省诗词协会会员,黑龙江省楹联协会会员。2007年开始写诗词,作品散见于《星星诗词》《诗词月刊》《牡丹江丹晨报》《林海文学》等报刊及网络。

七绝·山市笔架山

重峦叠嶂入云端,倒映双峰密水湾。
烂漫山花惊雨后,层林尽染醉群山。

五绝·秋乡

雨落树飘红,秋风漫妙中。
斜阳追雁远,入梦小桥东。

破阵子·致黄大年

梦里依然故国,醒来还是他川。了却浮华孤寂夜,难忘琼枝玉树天,可怜明月牵。

今日重归沃土,担当无惧赢肩。拼却平生惊世界,追梦航天今领先,死生已豁然。

注:黄大年,吉林人,曾留学英国,是国家"千人计划"专家,为国家航天事业做出杰出贡献。2017年1月癌症去世,享年58岁

蝶恋花·木菊

移得嫩枝根厚土,滴水平添,数月青如许。不羡和风不恋雨,但凭翠墨清新驻。

初现深红枝绽露,无意争春,四季芳

无阻。鬓染霜花朝又暮,笑迎木菊韶华渡。

满庭芳·登宁古台

渌水溅溅,空山杳杳,轻柔不染尘霾。闲贪春色,策杖向空阶。又是清明近也,燃耕火,农事初开。斜阳下,林归倦鸟,仿若宿瑶台。

盈怀!烟袅袅,悠悠趁步,翁媪谐俳。更姝丽含娇,眉为谁裁?莫道山乡僻陋,真境里,其乐何哉?凭栏处,银波渐转,玉镜起东崖。

七绝·题清原县清云寺

浑河一脉贯西东,雾锁清云雨亦朦。
翠裹群山灵秀地,和鸣百鸟入禅空。

注:清云寺和浑河均位于辽宁抚顺市清原县城。

江城子

十年劳作任徜徉,杜鹃芳,稻蔬香。百里奔波,处处汗欺裳。纵使风雷惊叶落,常漫野,将冬苍。

蓦然回首却沧桑,夜犹长,感寒凉。恨已相知,难舍旧时光。应叹长天斜月挂,残影里,鬓如霜。

如梦令

昨夜飞花如酒,漫饮长宵千斗。试问北风吹,却见轻柔春柳。知否,知否。还我一冬空守。

鲍仙友

笔名知觉散人。男,1961年7月生。高中文化。浙江省温岭市人。系中共党员。现为中华诗词学会、中国楹联学会、浙江省诗词楹联学会、温岭市诗词家协会会员,大溪方岩诗社副社长。作品散见于省级、地市级诗词刊物。

五绝·游石塘三蒜岛

乘舟三蒜岛,大海发诗声。
浪起千堆雪,手机摄影明。

七绝·立夏

了罢桑田夏日长,荷尖点点落池塘。
蓬门把酒待知己,一树枇杷满院香。

七绝·初春登临海长城有感

喜上长城赏雪枝,东湖浴日幻千姿。
痴心欲化灵江水,吟诵朝朝不朽诗。

七绝·晓行

鸡声唤我沐霞光,野岭山城着彩装。
欲借轻车载红日,尽收曦色入诗囊。

七绝·山乡杂吟

翠托红枫一路新,秋深陌上果丰陈。
多情应是桂仙子,大地撒金香袭人。

七绝·戊戌植树节随笔

三月和风正得时,勤培春色不嫌迟。
荷锄轻落小苗立,嫩绿浅红都是诗。

七绝·夏至

骤雨初晴复雨丝,梅黄时节写新辞。
蛙声乐奏黎明曲,知了长吟一夏诗。

七绝·己亥登太湖山赏杜鹃有作

暮春高处觅芳华,三界之巅景不差。
赤紫红黄多少色?峰端一抹彩云霞。

注:太湖山是台州的温岭、黄岩,温州的乐清三县界山。

五律·以"落叶动秋声"成一律

暑气才辞退,凉风被雨迎。

枫红山着彩，稻熟果丰盈。
陌上寒虫唧，窗前素月清。
晨昏凝玉露，落叶动秋声。

七律·戊戌清明
年年祭祀入山林，三月江南草色深。
绿竹携孙含土笑，梨花带雨对风吟。
行人组组先贤谒，布谷声声送好音。
又是子推忠孝日，神州无处不流金。

鲍莹珂
女，洛阳诗词学会副会长，《洛阳诗词》主编，诗词作品散见于各种报刊。

七绝·陈楚古街
陈风吹去梦三千，楚韵小桥春满笺。
借得龙湖一瓢饮，调琴鼓瑟向青天。

五绝·题杏花
老身新蕊里，环视众娇娥。
不敢出长气，怕惊飞去多。

五律·行春
三月春心动，隋唐闲步中。
老梅新带露，鹅柳任随风。
杖倚期颐者，筝牵始龀童。
无须开水墨，且尽一长空。

七律·漫步陈楚古街
门楼高耸接云天，一入老街心一悬。
曲水悠悠理春事，长几静静待花拳。
欲听台上淮阳调，忽见枝头太昊烟。
暮色粼粼浮锦鲤，谁今说古不由然。

七律·谒三苏园
婵娟一共思东坡，把酒更听天外歌。
上瑞清明松柏劲，钧台络绎弟兄多。
云依水调香随燕，风识碑文雨护柯。
春气氤氲青冢好，心思三寄玉声酡。

五律·龙园雅集
梵声丝上起，亭外短长篇。
杯举遗风在，情开曲水涟。
流觞道春气，奋笔赋琴弦。
千载又逢会，余音可比肩。

北斗吉星
实名李洪吉，河北省辛集人，现供职于市退役军人事务局。醉恋国学，古典尤甚，时有笔耕，稼穑勿荒。诗观：诗意荡襟怀，倚智搏人生。

沁园春·中国皮都
——河北辛集赞

燕赵平原，京畿重地，直隶一集。载物华天宝，人杰角立，比干始祖，开轫传奇。肇作殷商，明清闾替，文蕴悠尊世所稀。骄人忆，徜诗洋画海，金鹿驰蹄。

"皮都"华北明玑，甲天下风行夸斗靡。看"鸟巢"翠幕，覆压百顷，春晖四季，霞紫依依。储秀钟英，毳服鹤氅，梅雪精神妍羽霓。寒宇庇，与君轻裘暖，气候天齐。

风流子·晨染醉霜林
——写在高校开学季

晨染醉霜林，南飞雁，晓荡碧天云。礼学郡殿堂，古岸高府，刻风蚀雨，经世浮沉。岁月损莓墙地锦，翘俊仰黉深。猛志少年，奋翮思远，揽星摘月，执掌乾坤。

涛飞洪波涌，中流竞，遂见鲤跃龙门。喜报鹊音，新袍白苎伊人。看圃青苑馥，芝兰有秀，凤梧丹桂，菊雅凝芬。榱栋徂徕，地维天柱华宸。

蝶恋花·新婚别

燕尔新婚别爱鸾。归棹营盘,缱绻柔情绕。飞令如山催号角。帐门列阵云旌纛。

沙场点兵风料峭。间憩凝天,不见朦胧鸟。尘面征衣凭雨淅。乡思振作兼程道。

北雁

本名王金拴,山西代县人,供职于代县石油公司。作品散见于《雁门关》《黄河》杂志及多家诗词网站,部分诗作入选《三关新韵》和《岫云诗集》。有《北雁吟月集》问世。

雨霖铃·己亥元夕

微波初渡,花灯如昼,元夕两遇。樽酒无人肯叙,长亭外,焰火成雾。便是千种春梦,毕竟随风去。更何谈,花前月下,暮霭沉沉人不悟。

风姿才华岂负汝,自应是,京洛多情女。粉笺至今未就,凭鱼儿,口传尺素。他日把盏,陪君看尽汉关秦路。冬雪今作铃霖雨,此情谁忍误!

洞仙歌·红妆

轻匀脂粉,着蛾眉淡扫。两鬓乌云挽来巧。看裙上鹧鸪,鞋底鸳鸯,向镜里,笑怜芳影袅袅。

把莲步轻移,罗裙轻挑,踏遍香阶情未了。问水中荷花,岸上青草,何教牧童归来早。叹梦里素笺未写好,让锦鱼鸿雁,怎将书捎。

相见欢·偶题

层林尽染深秋。美难收。仙观、苍山、红叶,钟声悠。

香院静,九龙守,小径幽。问道重阳一镜解千愁。

苏幕遮·秋雨汾河

风轻轻,雨细细。薄雾浓云,波上寒烟翠。两岸秋色香径里。碧草遥天,彩蝶双飞去。

黄河情,汾水意。莲荷盈盈,画舫三五戏。情到深处知向背。长虹几渡,天天鹊桥会。

望海潮·快意人生

才思腾云,虎步生风,自专快意平生。既似将军,也似文人,真个剑胆琴心。谈笑乾坤惊。漫画人间事,谐趣恢宏。针砭时弊,赞美新风,无虚情。

泼墨自然天成。看三秋红枫,田野牧童。山水云霞,花鸟鱼虫,轻舟小桥渔翁。笔笔意趣浓。兴来书破壁,八面出锋。好友如君难逢,堪与共此生。

满庭芳·不负雁门不负卿

风流倜傥,步态轻盈,谁信八秩遐龄。诗书画印,典雅为情生。常忆烽火雁门,歌不尽、沱水古城。承闲暇,花圃怡情,俯仰自躬耕。

或三五挚友,案室挥毫,山河凭踪。漫留得,悠悠晋韵唐风。日日白茶清客,谈笑间、佳作天成。喜今朝,又绿堂前,斋主正年轻!

御街行·思念

乔羽二嫂,新婚三日,丈夫归队抗战,二嫂苦守五十一载,盼来丈夫一月相聚。十五年后黯然辞世。乔羽曾作《思念》之歌以赞。

洞房三日花初放。君一别,怎能忘。

两万落日和泪送,辛酸刺破戎帐。蝴蝶泉边,思念落满,孤影空惆怅。

五十一年难思量。看乔郎,人空巷。跑步跪拥古稀泪,白首鸳鸯承让。今夜惜别,何日再圆,离歌谁来唱?

毕相山

1940年生,河南省滑县人,退休前任安阳市人防办副主任。

现系中华诗词文化研究所、中国诗书画研究会等多家会员。560首作品,有440首被有关专集收录。有《洞天吟草》诗词集出版。韵遵新声。

鹧鸪天·书房

大海灯塔可导航,沙漠红柳正消徨。挥毫泼墨抒心志,持卷低吟醉梦长。

书躲架,画息墙。鼠标一点进学堂。晨昏独坐尘心洗,福地琅环送健康。

注:元朝伊世珍《琅环记》中,把仙人所居多书的洞府称作"琅环福地也"。

鹧鸪天·晚霞礼赞

云暮轮残现晚霞,走来一路最堪夸。生成东海普天照,染满西天烂艳刷。

披雪首,莫疲塌。悲存兴尽二分八。无常隐显盈虚识,旧趣新寻再馈花。

金缕曲·思军校战友

山下别离久。问当今、青丝几缕,几儿恭守?虽是大学一载史,仓库堂堂课授。操常会、溪流洗手。楼建池挖明月顶,社教中、汉水清腐臭。闹派性,同窗斗。

胸怀梦想各奔走。断音讯、少得机会,怎能聚首。科技花开江南北,事业有成歌奏。不业创、清风盈袖。开放改革全球惠,策利民、国力天天厚。情旧切,请开口。

最高楼·贺岁七十五

人生赞,路上几多关。回首尚得安。孩时虽苦受关爱,朝更学就不纠天。事从何?鞍卫寨,政从廉。

谈感想、戍边沙拌雪,问能耐、案头心对月。霜飞鬓,赋么闲。诗成五百歌喉润,翰挥十万落云烟。茌光阴,星闪闪,雨绵绵。

江城子·乡情

童年犹记果园香。水坑旁。麦收场。砖瓦灰灰,农舍友情长。四季农活收种管,鸡叫起趁夕阳。

别离已久话沧桑。手机装,网经商。农药化肥,机械代人忙。巨变故乡情更近,根在此,梦高堂。

破阵子·辛词醉里挑灯看剑
（朱日和阅兵步韵）

烈日红旗塞外,雄师列队连营。统帅戎装沿列视,阵阵高呼庆典声。英姿尚武兵。

铁甲隆隆地动,银鹰队队天惊。谁个豺狼伸恶爪,看我王师灭罪名。国威怎不生!

沁园春·祖国颂敬
（试步毛泽东长沙韵）

国庆歌迎,大江南北,正奋潮头。倒三山国立,更新万象;改革开放,探寻激流。盛火工农,繁花科技,巡海游天路必由。何须问,是英明政党,早主沉浮!

初心不忘争游。多举措、攻坚克难稠。正运筹十九,国强是首,民丰为要,治党风遒。大业齐天,征途近地,星月洵直且曰侯。

注：吾炎嗣，期神州圆梦，共享飞舟。
《诗经·郑风·羔裘》："洵直且侯"。洵：实在。直：顺直。侯：美。

沁园春·庆祝改革开放 40 周年

不惑倏忽，相见枯荣，巨变沧桑。忆血书小岗，承包联产，划圈深圳，楼危街长。神箭冲天，蛟龙探海，科技花开国力强。国防固，造游洋航母，导弹巡航。

四十美梦甜香。新时代，全民奔小康。惟光荣政党，未来筹划，英明领袖，当代思量。"班列"多城，"上合"聚力，再设"投行"利友邦。扩开放，要征途回望，信念高扬。

毕霄鹏

笔名南塬，男，茂名市南天诗社会员。出生于 1968 年，山西长治县人，喜欢钓鱼、闲游。诗观：以古人意，舒胸中情。

蝶恋花·忆昔南塬欢乐处

忆昔南塬欢乐处，陌上花开，蛱蝶时时舞。流水光阴春易去，家山梦里空回顾。

临舍阿翁今在否？怜我椿萱，蔓草累茔土。风雨晓来和梦驻，烟窗寥落黄莺语。

忆王孙·碧溪荷举数枝红

碧溪荷举数枝红，柳岸蝉鸣断续风。一棹渔歌夕照中。忆萍踪，人在天台第几峰？

朝中措·凄凄翠陌暗尘香

凄凄翠陌暗尘香，暮雨湿流光。青舍蔷薇谁植？攸然翻过萧墙。

别来三载，家山梦里，塬上南庄。不识故庭何处，荒烟立尽苍茫。

南乡子·槛外绿杨轻

槛外绿杨轻，枝上黄鹂断续鸣。疑怪溪头春未尽，娉婷。几处闲鸥弄早晴。

昨夜梦魂惊，桃李花阴陇上行。还似当年游故里，清明。晓镜堪怜白发生。

点绛唇·滨河早春

柳弄晴柔，莺声啼断回塘路。草明皋渚，一霎烟丝雨。

世事纷营，没个安排处。伤春序，不谙人苦，依旧来如故。

点绛唇·仲春别

春半时分，流莺乱了春城柳。小楼春酒，桃面春依旧。

槛外春风，吹落春衫袖。春芳透，日长春昼，别恨春知否？

七律·春日过无为茶舍

百年幽宅一何深，名利浮云枉用心。
诗酒悠悠人去后，茶烟淡淡月来临。
柴门半掩红尘梦，高阁轻传绿绮音。
消得芸窗清淡味，书田砚水足欢忱。

七绝·二月四日无为茶室清坐

琴声袅袅入清茶，暮色迟迟上牖纱。
庭树风来疑是客，开门但见月如芽。

毕秀梅

安徽省诗词学会会员，芜湖市诗词协会学会，无为县诗词学会会员，无为县诗词协会会员，无为县楹联学会会员，诗词书画爱好者，诗词作品散见《昭关吟苑》《永川诗苑》《玉环诗词楹联》等省内外诗刊上。

菩萨蛮·月下追凉

兰桡缓棹银塘寂,万顷荷芰连天碧。风动白蘋香,波摇绿水凉。溪边萤度草,花底鱼翻藻。坐看月儿闲,低吟菩萨蛮。

七绝·夕阳（新韵）

语燕双栖绕画梁,随君缓步访夕阳。
寻得半片胭脂色,染就罗裙靓晚妆。

七绝·桃花

花开满树恋春光,未着青衣竟早芳。
粉面冰肌清自韵,穿帘透户送幽香。

五绝·咏菊

野径菊盈枝,含香立栅篱。
霜欺存傲骨,清影惹相思。

七律·游园寻景

游园寻景未逢花,老柳孤栖向水斜。
风冷衰荷垂槁苇,日暄野鸟动蒹葭。
一丛瘦竹摇寒叶,满架藤箩枕断槎。
夕影西倾沉暮霭,霓灯竞簇伴烟霞。

如梦令·乡居

野水清波云映,萱草摇风弄影。苔色间红英,数片落花幽径。清景,清景,闲日乡居漫兴。

醉太平·桃源村闲居（新韵）

纤萝满廊,幽溪引芳,野莲摇曳横塘。送馨心晚凉,澄漪映妆,青岚挂裳,缓行浅唱夕阳,访桃源醉乡。

卞大琳

江苏扬州人,现居重庆。中华诗词学会会员,诗词网站首席版主。崇尚佛心道为,好阅读思考。酷爱古典诗词,经典文学,传统太极拳。《芙蓉国文汇》签约作家,《思归客诗刊》特邀作家,作品散见于多家刊物。

五绝·山村

院落峻山间,青苔叠翠闲。
炊烟岚处觅,听涧水流潺。

五绝·归舟

潋滟水云天,斜阳海浪翩。
渔歌轻唱晚,暮色几归舟。

七绝·晚霞

晚霞似焰映天边,明月西楼正待圆。
飞鸟归巢知夕落,黄昏人聚几回筵。

七绝·咏月

清风拂袖月朦胧,疏影繁花映水中。
潋滟婆娑春染翠,几多诗咏寄苍穹。

七绝·春雨

不恋冰天雪月情,春雷便是弄潮声。
轻敲绿叶催花绽,慢洒田园唤早耕。

七绝·重庆长江索道

长江索道御苍龙,如箭离弦入半空。
凡女已非柔柳辈,风吹衣袂若惊鸿。

七律·杏花

一夜春风满树芳,娇娆灿烂靓红妆。
梢头珠挂苞含蕊,蔓上花开露带香。
燕语莺啼催枕梦,枝摇叶动惹诗肠。
出墙可是情难掩,留与骚人谱月章。

七律·芙蓉楼行吟

梦中时见王公影,今日来寻圣手楼。

千百云台欣步转,一群雅客踏歌游。
玉壶亭上冰心结,碑刻廊间壮志酬。
望远登高言旧事,黔城新景眼前留。

博平峰

真名陈建忠,初中文化,福建省漳平市人。曾从事推销,在广州经营服装、布料等生意,跑遍全国二十多个省、市、自治区。自幼喜爱文学,诗词歌赋等,近三年来以故乡漳平市第一高峰苦笋林尖风景区的开发建设为契机,诗兴灵动,以山水为题材,创作了诗词对联等……2017年至今有部分诗作经师诗友们推荐转发,在百度、搜狐、360、今日头条等平台,查询"博平峰"即可看到,在全国各地部分诗歌群均有发表登载转发,目前是九州市诗词文学社副社长,九州诗词文学社广州市分社社长并组稿负责人,广东省岭南诗社社员,花城诗社编审等职务。

咏蝉

名谋巧略计中藏,偏惹骚人引兴长。
野地摧残传妙术,雏虫扫荡是奇方。
暑来日暖吟情意,声远林深泛梦乡。
和寡只因留正气,自甘饮露便疯狂。

咏蜜蜂

体褐身圆展翅翔,知心谁解戏群芳。
林深过耳寻清露,境野迎眸近夕阳。
采得精华称玉液,沽来温泽胜琼浆。
人间遗爱吟新句,一世辛勤引兴长!

茶山樱子笑

云蒸雾绕润鲜茶,半卷珠帘揽物华。
此会芳心连翠崿,重来艳质引香车。
虚棚每伴多情客,画角长催解语花。
风韵清颜樱子笑,娉婷已嫁入君家!

咏黄果树瀑布

裂壁高崖信可容,飞湍亘古豁心胸。
穿云激险雷霆骤,卷水排空雾雨浓。
源远千寻穷彩笔,流长九叠化黄龙。
消尘脱俗无双境,忘返常留游客踪。

卜训东

号春水先生。男,汉族,江苏省涟水人,退休教工。世界汉语文化协会会员,签约诗人。30年来多有诗、词、楹联在内地及港、澳、台以及菲律宾等海内外书刊上发表。著有个人诗集《春水流韵》系列丛书。

七律·纪念五四运动100周年

青年运动百年春,历史铭传一代人。
忘死舍身求理想,丹心碧血铸精神。
沉沦积弱轩辕恨,发奋图强社稷轸。
斗转星移天地变,中华崛起溯先仁。

七律·记嫦娥四号与玉兔二号月背着陆

嫦娥奔月觐天宫,玉兔同行入阆穹。
极地勘巡担使命,冰轮暗隅探鸿蒙。
五星耀眼天坑里,一帜红旗映太空。
肯特盆中留靓影,卡门洼内弼神通。

七律·夏至日闻陕西太白降雪

春残夏至应无寒,燕舞莺歌满翠峦。
忽报陕西飘瑞雪,太白一夜化银滩。
人间冷暖无穷变,世态炎凉任慨叹。
忘却烦心思静好,沽壶美酒觅清欢。

五律·纪念母亲节

户户高堂上,辛劳是妇人。
芳华贻子女,琐事耗青春。
白发青丝变,春晖碧血湮。
天伦说孝道,莫忘报娘亲。

七律·思友人
一去经年念到今，萍踪浪迹两难寻。
三更梦里常相会，几度神思共和琴。
风雨同舟为挚友，情投意合是知音。
人生但遇真诚客，莫负深交莫负心。

七律·纪念诺曼底登陆75周年
黩武穷兵诺曼湾，当年征战几人还？
横尸遍野无革裹，流血成河共水潺。
灾难常缘贪念起，浩劫总蕴祸心间。
但求世上无烽火，更愿和平靖宇寰。

七律·栀子花赞
花呈绚丽继春期，蕊送清芬入夏时。
百卉残红凋旷圃，一栀嫩白炫疏篱。
虽无国色牡丹俏，却媲天香茉莉奇。
青果熬汤成妙药，歧黄济世更名驰。

七律·父亲节悼先父
先严溘逝数十年，伟岸犹然屹眼前。
记忆未因时代变，缅怀永远驻心田。
慈颜映像三更梦，父爱萦迴一世缘。
祭向苍穹无尽处，滂沱泪水涌如泉。

C

蔡典明

1957年2月出生，安徽省当涂人。安徽省诗词学会、马鞍山市诗词学会会员，牛渚诗词研究会、当涂县诗词协会理事，《青莲诗刊》编委，大公圩诗会《吟坛学步》主编，《吟坛学步诗词选集》执行主编。有诗集《田园新韵》《乌溪乡韵》问世。

南极方
老来能睡天然醒，未等喉干水润肠。
漫步归来吟一首，登群冒泡晒良方。

健康歌
室外晒阳同补钙，林间散步氧吧场。
常和老友龙门阵，多与儿孙聚饭堂。
五谷杂粮调养膳，玉浆红酿活舒方。
晚来早睡天然醒，晨练归餐诵韵章。

处暑养生
处暑滋阴补肾津，秋冬百病不缠身。
坚持晨练求适可，避凉穿暖莫干唇。

烹紫苏苗叶
苗叶生生紫蓊茸，焯后冷盘配蒜蓉。
一股暗香从口起，周身感觉爽轻松。

感恩2017年（新韵）
2月15日（除夕）
鸡当事事总吉逢，美好乡村家业兴。
老母寿康无大恙，媳儿工顺有丰成。
敏孙培德连升级，老伴霓裳忘岁庚。
唯我闲吟新旧韵，与亲同乐网群中。

寄语2018年
2月16日（大年初一）
雄鸡已打今春鼓，桀犬防维五福年。
报晓清和严咯打，持家富贵旺汪前。
迎来送去皆初梦，众志成城砥砺圆。
但愿碧空山水秀，人寿时丰尧舜天。

怀念父亲
7月15日
严从老屋登仙去，转眼行经五整年。
笑貌音容依旧在，生恩育德报难全。
族规庭训崇仁孝，身教言传敬圣贤。
又得曾孙名振烨，家声有望颂神先。

题振易攀岩
8月18日

英俊少年名振易，悬崖峭壁敢攀登。
到顶有何新感想，归来三日脚还疼。

次孙振鑫在甬诞生

2018年12月18日辰时在宁波爱博尔诞生，母子安康！

久雨喜逢晴好日，次孙鄞市吉时生。
五行无火居潘火，四季余莺在东莺。
理学人家添后秀，儒林门第振新荣。
犬儿欣得乌龙子，旺旺声中旺旺行。

蔡国华

上海市崇明区人，1946年生，老三届，大学毕业后，从事教育工作，中学高级教师，历任教师、教导主任、校长。

中华诗词学会会员、上海市诗词学会会员，上海《江南诗社》社长，上海《稻香诗社》常务副社长兼主编，闵行区三届春联大赛评委。编辑过《眉寿集》等15部诗词专集。著有诗集专著《燕翼诒谋》《兆民赖之》《唐宋律词词谱》《新编元曲律曲曲谱》《诗词写作基础教程》等书。

五绝·春柳

河边杨柳漫氤氲，风动逍遥曳妙勤。
紫燕穿梭无悄语，金鱼戏影有涟纹。

七律·早锻即景

晨炼轻歌天放晴，朝暾冉冉彩霞明。
西边垂柳萌芽发，东岸斜坡花露盛。
难见河中鱼戏水，易听天上奏鸣筝。
车流渐密礼谦让，过道无人随意行。

重读文天祥《过零丁洋》

生于乱世真豪杰，荡产建军救宋安。
受命使元遭入褚，出逃奔粤遇投竿。
崖山兵败招降逼，宰相诗豪史册丹。
四七人生虽短暂，神州后裔扼胸叹。

七律·西太平洋观落日

驱车住地值余霞，沉海金乌身半遮。
浩瀚波邻一池彩，无边金灿满天涯。
近临西岸观洋景，远胜东山追日斜。
难得偷闲游万里，幸于妙处叠相加。

添声杨柳枝·农家小院

小院向阳环境幽。小洋楼。豇豌豆类满棚酬。待人收。

滚地西瓜个头大，诱娃啾。又闻屋后吉羊哞。约来秋。

暗香·故乡

鬓霜早柴。但思乡未变，梦中常忆。场景儿时，不管晓明和暮黑。蹦跳海滩田野，天知道、悲悲戚戚。待长大、曲折透迤，霜露曾阡陌。

失职。少见识。叹勤食懒耕，饥荒入室。肿浮难笔。改革春风百花植。丽舍幢幢随处，纵横河、条条澄碧。朗空里、鸣鹊过，祥和自得。

水龙吟·新河古镇

瀛洲中段明珠耀，天赐珂乡宜处。南依上海，北临海启，物丰民庶。公路纵横，壑沟阡陌，码头虎踞。有大堤护堰，青杉庇荫，望涯际、翩鸥鹭。

宝塔巍巍云阻。内珍藏、几多伤楚。施洋泽露。弟兄三烈，忠魂相聚。古树参天，学堂相望，老街求哺。更乡村美丽，民风淳朴，小康时雨。

自笺：施洋、泽露，是崇明烈士，三烈系指龚兆奇兄弟三人，是我邻居，我们村现冠名三烈村。

沁园春·贺新中国七秩华诞
华夏泱泱，辉煌无限，屈辱百年。幸南湖起舵，长风破浪，北京立国，忘我扬鞭。斗志昂扬，改天换地，燕舞莺歌不等闲。系家国，曾逶迤曲折，往事千般。

江河滚滚向前。新时代、清风朗月天。看丝绸锦路，寰球纽带，小康社会，九域家园。西气东输，北调南水，经济如梅傲雪寒。中华梦，看且行且近，夙愿终圆。

蔡红柳
笔名雪兔。山东平原人，居烟台。热爱文学，尤爱诗联。愿为传承传统诗联贡献绵薄之力。

端午忆屈子感怀
风雨如磐锁郢都，满汀兰若血凝朱。
世人皆羡渔舟隐，当日更无一丈夫！

织女
柔情织就漫天霞，朵朵是君心上花。
亘古相思开不落，清芬一路伴浮槎。

过王懿荣纪念馆有感
又来热土拜先贤，一读遗诗思渺然。
龙骨铮铮龙脉久，书生浩气亦惊天。

偶成
马上飞驰无数山，天涯回首断朱弦。
无端一夜相思碧，涨满清溪湿故园。

寻联过竹林寺见残碑
古木清于水，山中又百年。
断碑应识我，荒草自无言。
手抚尘埃落，诗成夕照残。

前生曾一至，犹似故人还。

蔡建明
公务员，国家干部，茂名市诗词楹联学会常务理事，电白楹联学会会员，电白诗社社员，浮山诗社副社长。诗词楹联作品多次荣获全国各地嘉奖并刊登。

七绝·闺梦
月落乌啼离恨天，孤灯夜枕抱愁眠。
寻君梦里阑珊处，闺阁空余往日烟。

七绝·风光一滩
碧波弄日长虹贯，山魂水韵玉滩莹。
黄金海岸鸿图展，绿色长城画卷呈。

注：中国第一滩沿岸有二十多公里海岸线，宛如明珠金光灿烂，构成绿色长城巨幅画卷。

七绝·渔舟唱晚
何处笙歌羌笛伴，孤帆远影日相辉。
忽闻水上箫声起，疑是郎君唱晚归。

七律·醉美电白
谁具匠心将锦织，君挥妙笔谱诗章。
东堤信步恭仙客，南海倾樽醉旅肠。
文化名城尤璀璨，风光福梓倍辉煌。
日星月朗千秋耀，天地人和百世昌。

注：旅肠：羁旅者的心情。

七绝·卅载情怀
光阴卅载峥嵘岁，梦里依稀往日情。
邂逅可曾知玉面，相逢未必唤君名。

七律·卅载同窗会
光阴卅载蹉跎岁，思念千般意欲狂。
昨日春风犹得意，今朝斗志更昂扬。
回眸往事良辰醉，翘首前程好景长。
苦短人生几度聚，当惜今夕美时光。

蔡君山

男，1951年5月出生，湘潭大学毕业，经济师。湖南省常德市汉寿县岩汪湖镇排子窖村人。1967年12月参加中国人民解放军空军。1978年10月转业到地方工作，军转干部。从小热爱诗词歌赋、书法。现为湖南省岳麓诗社理事，岳麓诗社驻汉寿站站长。常德市诗词学会专业委员会委员。汉寿县诗词学会副会长兼主编。中华诗词学会会员，湖南省诗词学会会员，湖南省岳麓诗社会员，常德市诗词学会终身会员，汉寿县诗词学会会员。作品曾在《中华诗词》《湖南诗词》《岳麓诗词》《常德日报》《常德民生报》《常德晚报》等报刊上发表，并被香港《迎九七回归万米长城巨卷》收录。

五绝·春感，丁酉二月初六
众草随时绿，群芳应序妍。
又经林苑过，双鬓李花沾。

五律·山寺访友
莲池偎寺北，竹影掩山南。
幽径通方外，深墙隔俗凡。
朝霞生紫气，晚水起青烟。
年少深情别，重逢只话禅。

七绝·今日谷雨
又逢谷雨淡春华，坡上人家正采茶。
欲借琼樽尝一饮，眼前溪水送残花。

七绝·花影
投墙印地上窗台，万紫千红一色裁。
幅幅素描添朴趣，随阳伴月眷情开。

七律·纪念建国70周年
重生路上气非凡，一振精神改旧颜。
衣食住行渐满足，工农商学力争先。
民安疆固和平景，箭射水潜空海篇。
创史扶贫开伟业，承前带路富人间。

七律·己亥儿童节有忆
韭菜当成青草拔，细敲瓦片做珠弹。
雨来赤脚稀泥走，晴到光头烈日玩。
包陋装书开幼惑，家贫失学困童年。
今朝国旺儿孙福，穿吃无忧乐教全。

醉春风
戊亥交春除夕，岁甲春消息。梅花未谢访春兰，吉吉吉。杨柳迎春，红灯春醉，草苏春碧。

国泰春长驻，处处春风激。春舟正发启春途，楫楫楫。春笔春犁，春苗春象，催春耕急。

鹊踏枝·清明
叶丽花娇春作赋，紫燕双飞，弄柳游丝渡。谁引莺歌群卉妩？生机难抑蛙鸣处。

水郭村田飞白鹭，最是清明，烟绕陵冈树。此景此情人莫负，年年好续香如故。

蔡奎伶

男，汉族，陕西汉中人，笔名奎星，学历本科。出生于1971年6月，祖籍陕西城固，医生。部分作品入选《中国当代诗歌大辞典》《中国近代百年诗歌精品》及《世界汉语文学经典诗词曲》。被授予世界汉语文学经典"十大词作家""诗词曲赋名家"。数次荣获诗词金奖、优秀奖等荣誉证书。

七言排律·辉煌中国 70 年
北京毛泽东宣言，雄起中华从此变。
两弹接连天帝惊，一星环绕地球转。
援朝抗美过江龙，卫国保家去征战。
土地承包小岗传，特区创建深圳先。
澳门香港回归欢，两制稳赢是卓见。
玉兔嫦娥游月宫，核潜航母远洋练。
复兴大统众心齐，屈辱历程不再现。

七律·建国 70 周年感言
七十周年歌颂党，红船照片已微黄。
毛公推倒旧中国，习大运筹新世祥。
牢记初心永不忘，勤劳百姓日匆忙。
神州复兴在图强，老骥攒蹄志四方。

七古·退伍不褪色
两年服役已完了，队友挚情似蜂胶。
昔日参军奉献多，而今退伍要求少。
若逢战事国征招，如有命令我报到。
铁打营盘流水兵，保家守土心中牢。

七绝·七七事变
日军炮击宛平城，侵华战争全面生。
民族危亡龙奋起，卢沟桥上卧狮明。

七绝·辛苦了，子弟兵
地震灾难袭长宁，冲锋抢险是官兵。
临危不惧我先上，夺秒争分救众生。

七绝·复兴之路
复兴中国逐渐强，傲立东方挺脊梁。
敢对霸权来说不，雄狮抗美志高昂。

七绝·时代楷模杜富国
你且后退我先来，战友情深似大海。
勇士排雷不惧亡，军旗飘扬吾添彩。

忆秦娥·青海湖的湟鱼（词林正韵）
　　逆流上，湟鱼征路群雄壮。群雄壮，不进则退，重重拦挡。
　　洄游产卵勇担当，完成使命身将丧。身将丧，子孙延续，保护兴旺。

蔡任权
　　生于文化古城广东省潮州市，现居湛江市。曾上山下乡到海南参加农垦工作，后投身教育事业至退休。喜诗词研习，时有拙作刊发于一些杂志和微平台。

七绝·岁寒
岁末寒潮凛冽天，纷飞瑞雪贺新年。
句芒已释春归意，缕缕梅香落玉笺。
注：句芒，中国古代神话中的木神，司春之神。

七绝·咏兰
石崖沟涧泛幽香，玉蕊娇容嘲蝶忙。
高洁梵心骚客醉，兰心蕙质自芬芳。

七绝·听海
巨浪排山天际来，雪花乱吻岸边腮。
忽闻鸥鸟豪歌远，更挟狂飙似蛰雷。

七绝·醉人的天涯海角
碧水银沙白浪飞，双峰对望诉心扉。
椰风海韵游人醉，携手依偎沐夕晖。

五律·秋夜情思
庭菊沁芳香，雕窗玉镜凉。
风轻仙籁远，夜静梦魂长。
伏案吟秋思，凝神赋韵章。
万千心底语，惟盼诉衷肠。

五律·山村晚景
青山染夕阳，溪水绕村庄。

陌野荆花艳，郊田稻谷香。
荷锄归暮霭，濯足浴霞光。
缕缕炊烟起，悠悠牧笛扬。

七律·教师节感怀
讲坛三尺老黄牛，奉献黉堂为国酋。
深髓思疑拓新境，精心解惑上层楼。
耕耘岁月春风度，挥洒韶华夙愿酬。
甘愿青丝成鬓白，桃红李艳喜心头。

西江月·兰花赋
黛叶灵根玄韵，碧茎紫蕊蒸风。垠崖涧谷醉芳丛，羞与群花争宠。
炙日凌霜高洁，披霞饮露娇容。幽贞兰草素心空，纫佩潇湘寻梦。

七绝·咏桃花
一树夭桃一树霞，竞相绽放掩新芽。
争奇斗艳蜂蝶恋，笑靥盈盈逗画家。

七绝·书香
寻梦骚坛寄眷痴，卷香缕缕惹情思。
吟诗作赋抒心志，养性修真醉曲词。

五律·观海
浩瀚连天碧，银澜一线长。
洪波衔日月，海燕浴霞光。
风卷云山倒，雷鸣骇浪狂。
凭楼观壮阔，入梦觅诗章。

五律·春雨
细雨润田畴，山林嫩绿抽。
清澜望倒影，鹭鸟悦沙洲。
岸柳垂丝雅，芳菲入梦幽。
欣然闻牧笛，乡国闹春头。

七律·赏荷
一抹霞光染碧池，田田碧芰弄风姿。
嫩腮粉蕊群蜂恋，并蒂同心彩蝶痴。
蛙噪数声惊客梦，芳魂几缕动情思。
棹舟醉卧荷花浦，侪侣依稀步履移。

七律·夜幕下的苏州河
落日余晖水色新，运河景象醉骚人。
晚风拂柳龙鱼跃，两岸闪虹楼宇臻。
月下轻舟催客醉，眠中口咏琢诗真。
莫非李杜生游兴，领略姑苏赏洛神。

浣溪沙·秋夜咏怀
瑟瑟西风落叶稠，疏星凉月探重楼。轻寒丝雨袭心头。夜静凭栏思往事，更深抚案叹离愁。几时菊酒会朋俦？

青玉案·洪湖赏荷
烟波十里洪湖路。但瞭望、塘深处，红影婆娑青芰举。暗香浮动，娇容楚楚，蜂蝶翩翩舞。
清风吹动惊鸥鹭，青盖田田逐波去。叶下鸳鸯相戏语。棹舟与度，闲情几许，醉卧荷花浦。

蔡卫和
痴情老人，笔名湮夫。祖籍浙江省青田县，生于杭州市。50后，下过乡，上过大学，做过文学编辑，任过机关干部，后出国经商。退休后定居杭州，然常年奔波于中法美三地之间。曾在国内外报刊上发表过诗词、散文、小说。

钗头凤·访友不值独步东湖
风凄厉，声嘹唳，暮天孤雁斜阳里。群芳悴，浮萍碎，人依残柳，影横寒水，泪！泪！泪！
重门闭，空凝睇，梦魂从此愁无寄。

嫦娥寐，难相对，百花洲上，一杯长酹，醉！醉！醉！

七律·中秋感怀遥呈海外双亲
欲邀明月醉淋漓，雾隔瑶台玉镜迷。
悬念高堂添白发，漫听蓬户唱黄鸡。
欷歔今日望圆夕，恍惚当年绕膝时。
晓梦悠悠飘海过，随风直到法兰西。

鹧鸪天·犹记
犹记当年小院庭，枝头豆蔻笑相迎。
鱼来雁去传芳翰，梅落桃开断赤绳。

今又是，却吞声，丁香暗折泪偷零。
沈园一阕钗头凤，唱绝人间未了情。

青玉案·临江公园
朦胧月色朦胧树，玉栏畔，蘅皋处。
绿暗红稀春已暮。二三星火，一江清露，
隔岸峰凝雾。

蓬山咫尺烟波阻，青鸟殷勤探无路。
悄问此情天不语。灵犀一点，欲通难诉，
脉脉凭栏伫。

七律·友人生辰遥有此寄
有道人生四十初，梅开二度信非虚。
逢君设帨应添酒，笑我同袍却寄书。
每忆对窗窥谢女，常嗟交臂失曹姑。
鹤山脚下朦胧月，西子湖头入梦无？

七律·重阳感怀遥寄海外诸弟
独立寒秋对夕阳，满城风雨入愁肠。
当年黄榜皆高中，今日白眉谁最良。
蛰隐括苍悲日月，撒栖欧美感参商。
迟迟不敢登高去，怕见茱萸催泪长。

贺新郎·寄怀旅欧友人
帝子飘然去，染斑斑泪痕千点，愁丝万缕。记得朦胧圆月夜，弥漫一江浓雾，总无奈伤心春暮。空恨落花随流水，更那堪残柳抛飞絮，肠已断，君知否？

朝朝望尽天涯路，叹烟波茫茫无际，云横浪阻。恍惚乘风飞过海，多瑙河边无语，泪凝噎凄然相顾。突兀狂风鞭骤雨，梦惊回急切频呼汝。寒窗外，雨如注。

贺新郎·以词代书寄怀国内友人
别后君安好？自年前匆匆去国，鱼沉雁杳。记得长亭挥泪日，残柳寒烟衰草，更雨苦离鸿哀叫。翘首盼君君不至，悔临行未报君知晓。每念及，恨多少。

大西洋上烟波渺，更那堪烟低鸥影，波沉残照。水远山遥神州路，夜夜梦萦魂绕，怕独在天涯易老。欲问归期期何有，恐无缘剪烛西窗笑。书已尽，泪难了。

蔡选平

1977年11月出生，湖北省孝昌县人，汉族，中共党员，湖北省中华诗词学会会员，1999年参加村委会工作，2003年在北京等地从事建筑装饰工程，现被列入村两委后备干部，1993年开始学习书法，诗词。作品发表于各类网络平台与报刊书籍。

七绝·故乡祖屋
风摧老屋东西歪，断壁残垣入眼来。
四代同堂欢聚地，今朝青草覆前台。

七绝·祭祖
我祭先人书未成，时逢节至又清明。
风吹绿柳微低首，雁过苍穹泣有声。

五绝·悼名相
名相今日去，天地动情哀。

华夏潇潇雨，神州哭柱才。

蔡永政

网名湘帅，1964年1月生，现于咸丰县政协工作。从事宣传文化及行政工作数十年，虽庶务缠身，但"词"心不改，"诗"志不移，有诗词赋百余首(篇)见于各级报刊、网络。

五律·戊戌中秋

细雨黄花落，云凝九宇稠。
昏明无昼夜，冷暖乱冬秋。
圆缺三微信，悲欢一碧瓯。
佳期何所倚，寄趣上高楼。

五律·大寨坪访古

草茂荒原阔，林深鸟乱鸣。
云门关要隘，壕堑护坚营。
滚木残垣嵌，悬崖旱石横。
风声疑鼓角，四顾总心惊。

注：大寨坪位于咸丰县清坪镇马家坪村，传为宋代兵寨，至今寨门、墙垣保存完好，滚木擂石堆砌，亦昭示当年这里曾发生残酷战争。

七律·河马与海马

宇宙冥冥造化奇，循名探物枉迷离。
鳞虫蜷曲潜沧海，犷兽嘶嚎蹿草池。
半寸皮干资善药，三吨肥肉慰饥狮。
天生万物分功用，莫论羸驽与武貔。

七律·唐崖土司城怀古

唐崖土司城遗址位于湖北咸丰县境内，明帝御书"荆南雄镇、楚蜀屏翰"牌坊巍然矗立，地面遗存十分丰富，具有极高的历史、艺术、文化、科学和旅游价值，被考古专家誉为"深山小故宫"。2015年7月4日，在德国波恩落幕的联合国教科文组织第39届世界遗产大会上，唐崖土司城遗址成功入选《世界文化遗产名录》。

王城寂寂万山中，世誉荆南小故宫。
完垒高墙连稻舍，丹墀层殿驻村翁。
歌台舞榭疏蒿影，凤刻龙雕乱石丛。
雄镇可堪安楚蜀，谥碑御墨已蒙曈。

七律·东湖重游(二首)

一

奇花异树四时同，水泊无垠映紫穹。
万点烂银辉丽日，千重碧练掠清风。
华舟错绮逥波上，幽径蜿蜒逆浪中。
闹市桃源堪作客，来期勿忘告陶公。

二

卅载沧桑景不同，东湖一览错春冬。
磨山黛影遮云日，绿道狂花舞火龙。
广厦连天烟岸远，飞舟遏浪素波汹。
无心对水搔华发，且就天台听楚钟。

沁园春·游龙潭司感怀

题记：龙潭司是一块红色的土地，大坪是镶嵌在龙潭司的一颗明珠。1928年(戊辰)，当地共产党员黄兴武、黄子全在这里发起龙潭司暴动，殊为壮烈。1933年(癸酉)贺龙元帅在这里休整补给，征兵扩红，当地儿郎纷纷应征入伍，几多征人未还！而今，龙潭司乡亲秉承红军精神，自强不息，建设家园，这里顿时变得美丽祥和而富饶。

浩渺唐崖，岸转青峰，碧水逆行。有大坪村落，芳陂小筑；龙潭石地，翠岭长亭。阔道香车、雕楼画栋，异树狂花时鸟鸣。凭栏望，尽婆娑竹影，谈笑渔耕。

曾经乱世飘萍。壮士去、丰碑镌美名。忆桑田沧海，金戈铁马，戊辰热血，癸酉红缨。贺帅挥兵，黄公举义，塑我河山谁与争。英雄祭，任霏烟纡卷，细雨飘零！

曹初阳

江西庐山人，云帆诗友会创始人。

登凤凰山

夏初晴正好，万里叩青山。
穹顶云分合，崖边鸟去还。
人从高处寂，心自望中闲。
也拟来春约，乘风复与攀。

戊戌春日客鹏城上梅林，晨练得句

客里东君似故人，早园独步暖闲身。
三山抱水縠纹细，丛竹摇珠碧色匀。
风自多情扶柳老，花偏无力入题新。
回眸寄语枝头燕，莫在他乡独占春。

望星空

榆光天外落无声，知是深宵第几更。
趁远山眠星欲坠，扶高树起月来迎。
云河万里今同古，世事千篇利与名。
忽觉额头凉一点，谁凝晚露濯尘缨。

注：戊戌四月初七日夜，新月如眉，星光璀璨。

平桥石坝

凌空一坝锁蛟龙，桥接平陵第几峰？
白练千寻真旷放，乌墙万仞自从容。
水将漫岸当须泄，人有诤言何必封？
且看春潮难阻挡，绿从天外撷云松。

无题

夜半无眠赖酒浇，亭前竹影为谁摇。
知人唯有天边月，分付清辉到小桥。

曹刚

男，山东省乳山市工作，系中华诗词学会会员，中国楹联学会会员，中国翻译协会会员，有诗词、散文、小小说发表于国内外刊物，诗词作品曾在全国征文大赛中获奖。

七绝·晚春雪

晚春飞雪降寒淞，枝裹琼装遮翠容。
昨日繁花飘秀色，今宵银粟又回冬。

七绝·采茶女

满目清新绿映山，红衣佳丽美娇颜。
轻姿曼舞收茶曲，笑洒芳香宇宙间。

七律·竹赞

屋后桥旁水榭边，映晖沐雨享安然，
韵情优雅姿容美，气节清高意志坚，
满负摇风呈傲骨，虚怀疏月对苍天，
伸张曲直真君子，耐暑迎寒作隽贤。

七律·千年银杏树

叶茂枝繁映夕阳，年轮饱满历沧桑。
千秋银杏千秋韵，十里金光十里香。
水润晖盈看白果，人来客悦作文章。
迎风沐雨呈仙貌，傲立尘间比寿康。

七律·海边即景

清波碧水映云烟，鸥鸟飞鱼戏钓船。
岸上游人观美景，滩头食客品生鲜。
繁花缀彩蜂争宠，绿野飘青犬逐先。
不尽春光收眼底，风情雅意韵无边。

点绛唇·红豆杉

赤豆葱衫，清新妩媚遮天地。蕴情豪气，惹众芳仇忌。

惠世良材，更有相思意。高品第，正随花季。优劣凭人议。

苏幕遮·白玉兰

似娇娥，如素女。洁白清新，轻诉灵花语。千缕芳馨天给予。出类超群，常作春同侣。

沐和风，赢远誉。零落成泥，更有香

飘去。惹尽风流明艳聚。引蝶招蜂,奢放成诗句。

曹桂东

山东省德州市陵城区人。网名古风。自幼喜爱中国古典文学,尤喜楚辞汉赋,唐诗宋词。退休后方得闲学习诗词知识,偶尔试写一点诗词小令。只为自乐,消磨时光。偶投之诗词平台,多有作品发表。

满庭芳·水上人家

鸭戏流溪,鸡鸣竹下,牵牛花满篱笆。翠林秀水,芍药醉红霞。十里荷花香透,蛙声起,鹭睡平沙。莲深处,盈盈笑语,水上有人家。

消闲何处去,鱼钩抛了,钓落年华。柳荫下,尊前共话桑麻。莫道人生梦老,逍遥得,绿蚁红茶。清风里,渔歌一曲,正晚照西斜。

八声甘州·秋思

听青蝉声咽立秋寒,一曲怨悠长。渐暮霜朝露,败杨衰柳,好个秋凉。不忍红消绿瘦,九九又重阳。日暮归鸿远,枯叶荷塘。

是处天高万里,望荒芜平野,闲忆家乡。正丰收时节,十里稻花香。忆少年,石榴园里,果累累,笑语满箩筐。西楼月,家书三问,户户催忙。

鹊桥仙·七夕

双星含恨,天降泪雨,七巧佳期如梦。彩虹着意作云桥,银汉渡,金风迎送。

年年岁岁,朝朝暮暮,终是旧情萌动。只言片语诉离冤,又留下,别愁千种。

浣溪沙·家乡行

昨日家乡旧地游。少年往事上心头。西厢闲挂钓鱼钩。

镜里雪霜留记忆,素笺宿墨赋乡愁。夕阳晚照画红楼。

蝶恋花·秋别

落叶梧桐蝉不静。啼咽声声,曲曲怨秋冷。独步闲庭吟小令。白云淡淡孤鸿影。

野菊浸香添画景。极目轻舟,别语愁相应。箫笛柔情含泪听。锦书素绢谁相赠。

忆秦娥·中元节

中元节。烛红灯暗心忧切。心忧切。风扶影灭,人去情绝。

淡星懒照西江月。野鸥凫渡芦花雪。芦花雪。笛箫幽怨,冥烟伤别。

七律·秋

细雨清霜除燥热,金风玉露送微凉。
山花未谢先红叶,野菊初开已沁香。
迁度飞鸿寻旧路,恋家白鹭觅新乡。
鱼钩抛去斜阳落,冷树寒蝉唱断肠。

清平乐·秋

天连衰草。陌上秋来早。野径落花无人扫。老树鸣蝉啼鸟。

画意一叶西风。诗情两字飞鸿。白首芦花鸥鹭,绿水碧浪渔翁。

曹国民

网名天马行空。进贤县文联会员。曾在年《抚河》期刊发表过电影文学剧本《强音》。

五绝·酒醉楼阁

柳影江湖碧，风吹水叠生。
楼台残月照，酒醒已三更。

五律·攀登山巅
星辰渐退隐，脚下染飞尘。
寺塔高山掩，亭台小径邻。
沟壑凭我跃，陡壁任蝉嗔。
站立庐云处，风光意外真。

七绝·钓翁
春风绿柳丝涤荡，烁玉流金炙水塘。
坝下痴翁垂钓杆，且凭斗笠御骄阳。

七绝·观江景
江河夕照水连天，细浪揉沙起紫烟。
远望流云催暮鼓，轻风有意舞飞鸢。

七律·五月的沉思
五月风扬云雾密，雷鸣电闪一时逢。
婆娑细柳波光潋，绿荫红莲碧水宫。
彩蝶翩飞花舞秀，蜻蜓点水弄荷葱。
栖蝉隐秘湖堤岸，避雨亭间思索中。

七律·人民领袖毛泽东
东方璀璨亮明星，万里长征灯指路。
百姓生活尽力谋，江山大业精心布。
苍穹揽月玉宫惊，碧海擒鳌龙府怒。
舞帽呼民万岁安，汪洋浩瀚东风渡。

八绝·黄山画中画
猿骇鸟惊腾云挂壁，借名山刻画各不同。
展雄峰拔地崖松柏，游古迹群僧客急匆。

八绝·庐山望湖口
游览壑松惊鸟掠丛，峭崖浓黛劲啸狂风。
锁云峰月挂山川口，飘玉带长江巧夺工。

八绝·观泰山云海
入云端信步泰山巅，松谷壑沟音环石涧。
流水急湍猿啸泣哀，面东观日手抄飞雁。

八绝·武夷茶陵
一山奇茗闻香天下，仙子品茶情陶性冶。
留倒影群峰浸绿寒，叠峦层万壑烟波泻。

曹国清
男，热爱诗词，喜欢写作。曾在《保定日报》《保定诗刊》《燕赵联坛》等刊物及微刊发表诗词楹联作品多篇。现为高阳县诗词协会、河北省诗词协会会员。

七绝·咏茉莉花
其一
淡雅温馨茉莉花，无瑕美丽众人夸。
有心采朵镶头饰，又恐来年不发芽。

其二
何处飘来茉莉香，惹君陶醉久彷徨。
清风识味随身近，拟似茶童入客房。

其三
翡翠镶珠胜百花，芳菲淡雅广褒嘉。
冰心一片随风去，散播幽香到万家。

七绝·咏荷花
夏日荷花映碧塘，微风细雨绽芬芳。
污泥不染人称颂，美景描来入画囊。

七绝·咏石
本是山间岭里生，修桥铺路性铮铮。
凡庸俾小胸怀大，碎骨投身不钓名！

浣溪沙·咏茉莉
淡雅娇姿茉莉花。柔枝叶翠露芳华。

闲情逸致煮香茶。
　　碧袖冰肌生嫩蕊，琼衣玉骨绽新芽。摄人心魄美无瑕。

鹧鸪天·爱侣游春

　　花朵迷人引蝶蜂，痴情爱侣面桃红。故园杨柳恋春色，久别鸳鸯戏丽风。
　　曾昔别，却今逢。魂牵梦绕愿心同。良宵相悦时光短，月下绵绵情意浓。

鹧鸪天·观黄河有感

　　滚滚黄河接九天，翻江倒海起狂澜。古今功德多修岸，华夏文明此发源。
　　龙势动，虎声延。形如九曲水连环。炎黄后辈齐追梦，众志成城谱雅篇。

曹海云

　　内蒙古诗词协会会员、楹联协会会员，孝义古城诗社特聘老师。

如鱼水·赞歌送给党的生日

　　云漾蓝天，岭披绿树，四海遍插红旗。诞日佳时，欢歌回荡城池。党恩滋，乡村富、城镇新姿。国梦现、欣展宏图，记初心各族相追。
　　谋策略，立丰碑。丝路一带祥规。稳扎根基。寰球朋友惊奇。决雄雌。争贸易、勇战顽黑。想来日、景秀河山绝美，万众紧跟随。

沁园春·贺祖国母亲七十华诞

　　华夏文明，世界知晓，热爱和平。忆王朝更换，生灵涂炭，苛捐杂税，民愤连声。外辱频繁，尊严尽失，割地赔银条约憎。苍天泣，万众冲沙阵，国运争擎。
　　春雷四九天惊，开国典、泽东宣讲明。看山河巨变，城楼林立，乡村貌改，环境常青。科技居先，飞舟揽月，一路丝绸一带盈。七十诞，大国腾双翼，万象峥嵘。

夜飞鹊慢·端午祭屈原

　　兰花缀山野，艾草芬芳。红日映照东方。又逢五月端午节。家家米粽飘香。堤边曲声远，看龙舟竞技，锣鼓游江。千年魂魄，汨罗河、护佑安详。
　　遥祭屈原忠烈，忧国敬贤才，文彩成章。留世诗歌绝唱，楚辞独树，天问无双。离骚情切，断柔肠、泪眼迷茫。幸流承今昔、中华国粹，珍惜书堂。

金缕曲·小暑思

　　夏日多雷雨，润禾苗、抽茎拔节，叶含银露。飞蝶忙蜂花田绕，翠柳画眉对语。渐炎热、恰逢小暑，黄犬舌申村口卧，树荫浓、几个闲聊女。风乍起，漾尘雾。
　　多情总让无情妒。学葬花、爱留心底，怨埋厚土。时节轮回光阴逝，唯恐来秋孤鹭。播黄菊、示明回路。贯看飞鸿来复去，守静心、闲觅开怀处。赏镜月，吟诗赋。

沁园春·七一颂

　　富强神州，安乐百姓，引领寰球。看飞舟登月，蛟龙入海，和邻助友，丝路真牛。大美河山，全新城镇，更引西方客畅游。兴科技，宏梦成现实，万众争谋。
　　当年族恨民愁，外敌绕、内军乱不休。喜宣言面世，英雄报国，燎原星火，七一洪流。反帝驱倭，平蒋建国，抗美携朝壮举筹。载史册，唤人民奋发，跟党千秋。

曹红梅

网名云心自在,陕西汉中人,喜欢诗词画和山水,向往真淳与美好。近年来坚持古体诗词创作,作品多抒写生活随感和自然风光,在纸质媒体、诗词公众号刊发过部分作品。

七绝·蕚见迎春冲寒而放
一冬倦眼少逢青,风沁鹅黄迸几星。
故牖寒霾深锁惯,不知春意已如萤。

七绝·江上暮见雁阵迟发
冷浸苍波霞尾赪,残阳影匿大堤横。
江声烈烈雁声激,不倦寒宵各自征。

七律·庭中茉莉迭开
天花侍者散经堂,素抱已将禅念藏。
贻世清名多郁馥,向人情味只微凉。
风来九夏神初浣,衣薄五铢夜渐长。
寰路星霜如水漫,一瓯犹可漱中肠。

临江仙·蒹葭
明灭渔灯秋水岸,西风卷过轻衫。谁吹鬓上雪初沾?寒汀千载立,无语问烟蟾。
渺远舟中幽怨笛,曲阑不是归帆。缺圆心事总难占。流年多少忆,零落浪之尖。

踏莎行·岱顶夕阳
石吐苍苔,松呼野雀。千峰立影斜阳削。翩然忽被羽裳轻,长风吹发襟怀濯。
忘我凝睛,知君浅握。浮光渺渺归玄漠。山邀北斗月衔空,一瓢云水堪同酌。

水龙吟·喷泉(次苏轼杨花韵)
池亭一脉飞泉,珠帘风曳丁东坠。雅音漱玉,涓涓犹是,谢家才思。絮堕明漪,萤微深草,灵扉不闭。又觞流颢气,梅开淡墨,诗中韵、轻拈起。
望里晶莹世界,有朝晖、夕霞点缀。心无所住,质恒以洁,凭他溅碎。去者高低,来兮寒暑,悠游云水。但红尘浩莽,迹留清浅,坦然歌泪。

曹继梅
女企业家,知名诗人。

野炊
陌上秋花石上泉,云山脚下起炊烟。
青疏野果和汤煮,蒿草松枝带露燃。

笛约(折腰体)
廊桥西畔水之湄,依约笛声帘外吹。
双双白鸟忽惊起,直向芦花深处飞。

过哈尼村
觅得仙踪云水间,蘑菇檐下听流泉。
柴门虚掩无须扣,竹影松窗野杜鹃。

无棣荷花湾(二首)

一
芙蓉桥畔雨初晴,花自含羞水自平。
妙处天然吟不得,三枝两朵已倾城。

二
烟波影里小桥横,欲荡兰桡锦鲤惊。
十里荷香迷客醉,一痕清浅月初明。

曹继文
笔名郁伯楠,1971年出生于河北省唐山市古冶区赵各庄。爱好体育运动及户外运动,尤其热爱诗歌。

苏幕遮·秋夜

柳黄时,风起后。一曲清箫,谁葬残花又。遥祭香魂倾尽酒。提笔雕今,醉眼尤难就。

叶凝霜,风鼓皱。夜色沉沉,更把单衣透。勾月依依凝望久。凌乱寒风,独自飞双袖。

浣溪沙·偶感

又是西风相顾频。风吹败叶乱红尘。遥遥相望几浮云。

千古汤汤休作隶,一身碌碌只为人。平生善恶任谁分。

浣溪沙·秋雨

细雨潇潇又是秋,飞红逝水渡香丘。晨烟渺渺影悠悠。

落尽相思难再续,吹来寂寞怎堪留。浓云卷起一天愁。

点绛唇·怀梦草

日照南窗,窗前姹紫争春笑。香风飘渺。总怨春光少。

柳絮旋归,已是春将了。阶下草。独怀梦好。笑看忧愁老。

锦帐春·无寄

粉淡青浓,情深云杳。可恨落红敲户早。想来时,争把伞,更耳边袅袅,凝眸花少。

此际人赊,此心谁表。把玉盏不言身老。舞衣盈,纤指绕。看云飞霞好,波清舟小。

高阳台·无题

晏举瑶觞,庭环碧草,东风暗送流年。弱柳青条,摇来醉意翩翩。蹒跚脚步将行处,乱心魂、几簇红颜。阻南山,更有相思,情断天边。

春花欲谢东君否,看频翻背肚,似晓难还。但记今时,东风香屑无间。今生不悔风尘契,向海涯、荡地冲天。愿依然,翠柄还持,月下长安。

恨春迟·无寄

漫卷东风芳艳坠,花若雨、谁倚雕栏。寂寞绕尘中,凌乱无人寄,落红也缠绵。

青柳池塘清波影,柳不语、影皱无言。玉瓣徘徊未去,忧怨难将,红尘之事完全。

玲珑四犯·春绪

日照柳莺,风吹花燕,春来芳蕾盈饱。乍苏香艳地,绮丽迎宾道。垂丝万条弱袅。扰尘忧,欲牵纤草。一曲东风,再扬悠远,青涩把春咬。

心难解、人留表。任沧桑尽掠,霜鬓犹笑。更需争此际,莫叹斜阳了。青春远逝江波别,静园里,闲闻啼鸟。心未杳。浮云去、青松不老。

曹景瑜

男,浙江省温岭市人,温岭市文联诗词家协会会员。

秋夜

荷残玉露生,雁落小舟横。
寂寂平湖月,秋虫一二声。

山居

九曲山间道,青庐紫竹邻。

云开苍月老，雨后绿苔新。
闲步无争念，焚香有玉麟。
碧茗迎客至，煮水复添薪。

秋月
绿蚁微凉暮霭平，闲来买醉玉杯倾。
旧时庭院新霜白，秋月可如君处明。

夜茶
红茶一盏似琼浆，墙角幽兰暗自香。
已近三更无睡意，且听夜雨向秋凉。

秋月夜
远山隐翠黛深深，小浦兰舟一水横。
雁去空余秋月影，客归忽起暮蝉声。
青灯独坐人初悟，薄酒浅斟诗偶成。
俗世无由多憾事，心明最是夜三更。

石塘民宿感怀
石径石墙生碧萝，炊烟未散客家多。
半山月下人初宿，谷雨凉中春欲过。
辽阔胸怀归大海，无由俗事散银河。
东方日出千帆影，盛世豪情许纵歌。

新农村
新村不似旧年华，改革东风换绿纱。
坦道纵横依碧树，桑田成格卧鸣蛙。
两行岸柳匀春水，一色楼台沐晚霞。
乳燕初回应不识，衔泥张望落谁家。

更漏子·春期
绿堤长，新竹细，陌上莺歌轻递。追彩蝶，够桑乌，草喧惊鹧鸪。
迟日薄，侵帘幕，烟暖小池楼阁。人欲睡，眼低垂，玉莲开未知。

曹靖波
男，60后，湖南省益阳市赫山区人，大学文化，中学高级教师，喜爱格律诗词，是多家诗词文学社会员，作品发表在多家纸刊上，如《诗人档案》《中国当代诗人诗选》《九洲雅集》《益阳会龙诗刊》等，大部分作品散见于多家微刊。

五律·初夏游
燕噪觅田虫，蝉惊盼碧空。
半支莲展绿，六月雪衔红。
艳色盈眸亮，娇声入耳聪。
歌吟花影里，游乐柳荫篷。

五律·七一（新韵）
碧血染乾坤，迎来世纪尊。
几轮墙内阅，数载火坑拼。
禹甸穹空朗，家邦事业新。
繁花开满径，梦醒早逢春。

五律·观曹仲云先生墨宝
水墨润山河，荣光逐浪多。
龙游堪画圣，凤舞谓书魔。
钩染眸前亮，横斜网上歌。
频频当国礼，赞誉满肩驮。

七律·悼岳父
善面慈言幻眼前，八旬严父瞬成仙。
迎风月季花含孝，带雨山鹃泪动天。
豆熟飘香尝味否，梅黄溢汁劝亲咽。
东床点酒茔头祭，泰岳浮云冥府悬。

七律·织女恨
银宫清冷月辉寒，织布梳纱倩影单。
和泪天弦为妾奏，飘香桂酒待郎干。
千年七夕惊中度，一世青春梦里叹。

王母催更将欲晓,来秋再聚慰人宽。

七律·伏蝉
伏蝉攀柳咏诗勤,丽曲悠扬侧耳闻。
晚唱膏粱翻细浪,晨吟肥稻播芳芬。
翅梳乌壳寻甘露,声壮金秋逐彩雯。
酷暑郊原多重奏,清音极意赞耕耘。

七律·端午吊屈原
汨罗江畔烈魂号,天问离骚激浪涛。
心系家邦忧楚殿,梦萦黎庶赴阴曹。
追思忠节千舟渡,诵读辞章万代褒。
身去神留垂楷范,今人仰止自当豪。

七律·八一纪念段德昌烈士
湘鄂风云血色蒙,段君振臂擎弯弓。
求真反蒋谋新政,抗暴为民震劣雄。
右向歪门诬赤胆,左倾斜道蔽霜瞳。
摄魂名将含冤去,天地悠悠悲愤同。

曹克考

安徽省明光县人,大学文化,语文教师,中华诗词、中国楹联、中国辞赋家协会会员,中华辞赋家联合会常务理事;安徽省作家协会、散文家协会、民间文艺家协会会员;省诗词学会理事、散曲学会副会长。现为明光市百姓家谱文化研究会会长、《家文化》总编。

七律·示儿孙亦兼自勉
天道恒长果有因,人生得失几回轮。
王槐窦桂无常绿,谢草江花不老春。
犁雨锄云知歉稔,培桃育李品酸辛。
登峰何惧千重障,立地还余七尺身。

七律·寿春怀古
楚都旧地漫悠游,东风万里满寿州。
古战场边寻鹤影,故城墙上忆王侯。
未闻秦晋刀兵响,但见金元辙迹留。
伫立楼头抬望眼,蓝天掠过一群鸥。

江城子·女山湖特大桥通车有记
池河长度一条龙。贯霓虹,望西东。国道横穿、南北喜联通。何处飞来双白鹭,声声慢,晚霞红。

恰逢岁末正隆冬。祭苍穹,唤春风。百代梦圆、千里笑谈中。万众欢呼尧舜世,天有道,乐无穷。

锦缠道·明光市张八岭镇尹集村采风
入伏来斯,展眼树森林茂,美乡村、万花如绣。小园红绿椒瓜豆,瓦舍民窑,古朴还依旧。

采风何处寻,画工诗友?访农家、妇孺留守。问学童、指点村前后:藕花开处,或许闲人有。

【中吕】喜春来·望春
桃风杏雨青山外,梅萼殷红柳眼开,霜芽满坂荠花白。冬去也,莺燕喜春来!

【中吕】山坡羊·奠四川凉山
山火中牺牲英烈
山场灾降,凉山火旺,百千壮士降魔障。若寻常,不寻常,青春雕塑英雄相。一曲赞歌哀国殇。生,百姓养;亡,百姓仰。

【双调】楚天遥带过清江引·
庆贺嫦娥四号成功登陆月背
飞驾月球车,盲降蟾蜍背。嫦娥四号船,史载千秋岁。逡巡宇宙间,探测银河系。"两器一星"随,"五帝三皇"慰。

(过)月背莅临排第一,仰赖高科技。

莫言人定天,幸际升平世,云帆挂来风正起。

【双调】对玉环带过清江引·咏腊梅

俏立悬崖,心高鄙九陔。暗结珠胎,花开香二载。春笺任写划,冰刀凭剪裁。跃上梯阶,折枝谁是客?轻吻唇腮,含情风放怀。

(过)白雪作魂冰作魄,忍负相思债。恐人嫌浅浮,独自藏真爱。花语朦胧终解。

曹丽

笔名平凡一生,辽宁省昌图县人。铁岭市作家协会会员,辽宁省散文协会会员。作品曾发表于《文学月报》《中华词赋》《昆仑诗词》《辽海诗词》《诗词家》《茶村诗词》等文集报刊。

七律·蓬勃的祖国

鲲鹏展翅傲东方,赤县腾飞国运昌。
塞北田园镶翡翠,江南绿水润麻桑。
酒泉铸就蓝天梦,南海拓开碧浪疆。
万众齐心同创业,乘风稳步向安康。

七律·党旗颂

南湖星火唤东风,辟地开天创伟功。
战火飘飘倾壮志,烽烟漫漫竞豪雄。
镰趋麦浪江山秀,锤锻钢花喜报红。
鼎力规圆华夏梦,和谐路上踏征程。

鹧鸪天·乡村秋行

绿圃枝繁硕果红,云霞雨后送习风。回肠秀笔田园意,荡气新词山水情。人奕奕,月盈盈。燎燎篝火泛星萤。吟歌踏舞裙连袂,美酒杯盛香溢浓。

鹧鸪天·农家秋景

金野初晨淡雾风,轻霜晓月影朦胧。村墟袅袅炊烟起,垄陌绵绵菽稻横。人奋志,地倾情。鸡鸣犁马奏歌声。三春挥汗积甘露,浇获仓充五谷丰。

满江红·劳动者之歌

架设金桥,铺银路,天公喟叹。洒心血、高歌猛进,雨花为汗。倒海移山惊日月,修渠开垅接星汉。写新篇、铸就世间福,新颜焕。

披霜雪,驱寒暖;拔峰壑,云阶险。筑天梯涧栈,竞旗招展。绿水青山祥气霭,红花紫叶幽香漫。付辛勤、百业共丰盈,情高远。

满江红·寄语五四青年节

大浪淘沙,同携手,惊天泣地。倾热血、救亡图进,壮怀豪气。四海翻波齐呐喊,三山破雾同奋起。屹东方、怒吼醒雄狮,开新纪。

跨崎路,越山脊;志向远,行千里。谱新篇进取,精诚心意。展翼鲲鹏云揽月,冲霄翼鸟风掣戟。待今朝、阔步踏征程,潮头立。

曹莉萍

女,1960年出生。无为市诗词学会会员。喜欢文字,热爱诗词,所写诗词作曾在重庆市永川区诗词学会的会刊《永川诗苑》等发表。

鹧鸪天·大明湖游(词林正韵,白香词谱)

画舫悠然小岛游,蕊红叶绿醉人眸。鱼吹细浪嗡莲乐,鸟踏纤枝唱曲啾。桥古朴,柳荫柔,一城山色水中留。半城湖景难为笔,逶迤明珠仙境尤。

五律·晚间散步（平水韵）

夏夜柔风爽，芙蕖碧玉亭。
婆娑垂柳舞，隐约笛音聆。
皓月迎朝露，浮云伴斗星。
闲情追梦境，惬意胜仙庭。

如梦令·雪中梅（白香词谱，新韵）

几朵蕊红初绽，冬月雪飘相伴。冷梦眷柔情，嫣笑醉眸复看。鲜艳，鲜艳，骚客酒弥诗赞。

七绝·荷（新韵）

夏日微风几缕香，眸迎绿意沁心凉。
芙蓉出水尘难染，碧玉朝天覆满塘。

七绝·油菜花（新韵）

金波耀眼媚春光，诱使蜂蝶络绎忙。
雨打风摇初梦在，凝成墨籽吐余香。

七绝·迎夏（新韵）

孟夏如约扑面至，芳春尽舍未央情。
鸣蛙月下弹琴乐，鸟雀朝曦唱曲迎。

七绝·蔷薇花（新韵）

满架青藤着色染，丛丛玉叶戴红妆。
柔风有意拂香乱，细雨多情点缀忙。

七绝·立秋（新韵）

暑热薰风懒散吹，秋云不雨缓回归。
蝉鸣鸟闹情依旧，且等金妆硕果累。

曹仁红

女，四川宜宾人，中学语文高级教师，教育硕士。爱好阅读与写作，有论文、散文、现代诗歌散见于报刊。从2016年12月26日学写第一首格律诗以来，对旧体诗词有了浓厚的兴趣，偶有作品发表于诗词杂志或微刊。

校园晨景

雨后晓风轻，枝头百鸟鸣。
红墙灯影处，更有读书声。

学诗自述

偶然兴起学吟诗，仄仄平平有点痴。
夜半披衣因得句，晓来惊梦为填词。
当轩觅韵听天籁，向水倾情唱竹枝。
邂逅桃源师与友，秋霜鬓发忘年时。

唐多令·冬日山中访亲友

古塔映琴山，寒风弄叶弦。俯长江、瘦水生烟。小径蜿蜒幽壑岭，飘落木、蝶翩然。

野菊自清欢，乡亲尽笑颜。竹千竿、村舍桃源。浊酿新醅宾主醉，家常话、暖心田。

卜算子·过镰仓观海上帆板运动

拥抱太平洋，漫步江之岛。海上飞鱼竞舞姿，压得波峰小。

一落一腾空，气势惊鸥鸟。搏浪人生有几时？勇者扬帆早。

曹卫国

男，湖北省黄石人，教师。爱好旅游、建筑装修设计、诗歌、摄影及人文社会学探讨。

五律·登崂山仰口

皓石叠奇峰，烟波枕翠松。
清宫香雾绕，道士觅仙踪。
高寿悬崖藏，穷途入壁缝。
争攀天苑顶，极目好望风。

七绝·咏雁
志远高存别祖根,结盟而旅不孤存。
春回秋去他乡客,暑往寒来故土魂。

七绝·夏夜听笛
暮色消时夜色暝,渔舟烟火点流萤。
湖风入梦凉如水,卧听邻村牧笛声。

七绝·放牛
柳港轻烟辇水流,秧田嫩绿稻禾收。
孩童散学归来早,忙趁天光好放牛。

七律·农民工
背井离乡赴远城,谋生择业弃躬耕。
留家童叟相依守,异地夫妻各自拼。
楼宇挚天栖绮梦,窝居入地度浮生,
同村相见不相识,何处邀人叙旧情。

七律·野草
野草天涯漫野川,自生自灭有谁怜!
常遭茂树遮甘露,又遇盘根霸醴泉。
数载芳菲绿荫地,一朝拓垦化墟烟。
芸芸藜莠何居寄,岁岁漂蓬春梦牵。

七律·商人
劳似狂风逸若云,盈时得意损时晕。
机关算尽为收益,谋略筹完耗本金。
商海茫茫涛浪大,人潮济济陷坑深。
莫怜富贵骄奢好,应虑艰难险恶真。

古风·今日龙口源
故土别去旧辉煌,家园迎来新时光。
千古荒蛮已图变,一代父老亦奋强。
古港披铠栽新柳,新道裹甲植桂秧。
石栏港边闲情逸,庭院门前身影忙。
滨湖奇石观日落,倚山神牛话沧桑。
薄暮华灯留芳彩,深夜明月寄迷茫。
碧水蓝天青山在,温情暖意思念长。
延绵祖辈生息地,前世修来同村庄。
茫茫人海千帆过,芸芸众生皆远航。
结伴而旅人生短,兢业进城走四方。
游子紫梦高飞处,他乡堪可作故乡?
有朝一日身心疲,留此梧桐栖凤凰。
再度相逢面容老,昨日童颜今叟样。
何时怀旧归来日,各携乡愁一相望。

曹祥开

男,生于1949年10月,上海籍。
现上海市春申诗画社、上海市枫林诗词社、上海市诗词学会、中华诗词学会会员。在许多刊物发表过诗词作品。

端午书怀
汨罗江水碧,千载映贤良。
报国忠心谱,忧民赤胆扬。
离骚铭史册,素粽祭端阳。
今读楚辞赋,九歌天久长。

愚园路怀旧吟
百岁愚园路,悠悠故事长。
华街罗万象,西式列洋房。
雅室居名士,谷邨多巨商。
沧桑东去水,海派永流芳。

扬州雨行
烟雨江南岸,小桥流水村。
瓜棚多豆果,竹舍满鸡豚。
船泊柳亭下,渔归野色昏。
芬香飘夜巷,美食古风存。

夏日野趣
小院东墙下,新藤满架爬。
葡萄刚结果,扁豆又含花。
粉蕊招黄蝶,青丝吊绿瓜。

尧天人自乐，七十学田家。

茶会咏
细雨濛濛夜，华街霓彩明。
琼楼云墨客，玉茗品人生。
下笔敲佳句，联诗唱雅声。
开怀多感慨，国盛激豪情。

溪江怀古
青山环抱白云空，日映荷花耀眼红。
寻古浣纱千载远，追源溯水五洲通。
范祠堂屋清风溢，郑旦闺房香气隆。
身在画图人欲醉，夕阳美景自然丰。

注：郑旦，溪西有西施，溪东有郑旦。诸暨出美女。

梅雨有感
时到黄梅雨日长，停停下下送清凉。
谁怜小院花含泪，我醉书斋书溢香。
习字涂鸦寻自乐，吟诗学舌愧中藏。
晚晴风色山川美，爱听蛙声闹碧塘。

老同学聚会
欢声笑语溢华堂，久别重逢话细长。
酒美人和追旧谊，情真意厚感衷肠。
匆匆岁月添痕迹，片片霞辉染锦章。
放眼山川心底阔，黄花自有一清香。

曹秀芳

网名五瓣丁香，上海人。中华诗词学会会员，《丁香诗刊》主编。致力于中华新韵格律诗词的创作与推广。作品散见于各网络平台和诗集。

咏物八绝句（中华新韵）

（一）雪梅
梅花如雪已堪嗟，雪映梅花更皎洁。
但笑骚人多费事，由来梅雪自清绝。

（二）夏雨
桑条无绿土干裂，播撒甘霖昼夜忙。
东雨莫嗔西雨小，人间何处不情长？

（三）桃花
不效红梅伴雪花，携得青柳占芳华。
一枝折取插门外，暂作武陵山野家。

（四）口红
一抹红霞任浅深，玫瑰带露总销魂。
樱唇未启香先动，无意牵愁宋玉心。

（五）高跟鞋
锥上翩翩舞芭蕾，天鹅泣血众生迷。
莫嗟三寸金莲苦，自古红颜赌胜奇。

（六）云
轻柔一片映秋池，玉貌冰肌老鹤姿。
直欲水边安梦枕，披星闲共话相思。

（七）桃花癣
风流最是东君主，吻遍千枝桃杏花。
夜入闺房闹春梦，惹得玉面也飞霞。

注：桃花癣，又叫春癣，是一种季节性皮炎，症状多为红斑，伴有瘙痒。

（八）蝉
六月梧桐振轻翅，天南地北沸如羹。
莫言不晓春秋事，生命作歌谁与同？

曹燕

广西省北流市诗词楹联学会副会长，《北流文艺》特约编辑，《勾漏诗词》副主编。曾有作品发表在《长江诗刊》《玉林日报》《万花楼》《北流文艺》《勾漏诗词》等刊物。多次荣获国内的征诗、征联赛奖。

忆秦娥·缅怀扶贫楷模黄文秀

洪兽恶,百坭村里飘哀乐。飘哀乐。扶贫路上,倾情拼搏。

香消玉殒留英魄。缅怀诗赋年年著。年年著。楷模千古,国人同学。

点绛唇·秦淮河

碧水粼粼,岸边古宅层层美。檐飞叶翠,串串灯笼坠。

追溯六朝,几许诗歌戏?王孙邸,今人凝睇,谁会凭栏意?

浪淘沙·扬州个园竹韵

古色小圆门,四季迎春。园中数万竹茵茵。天下珍稀同聚集,处处清新。

露节不沾尘,挺拔修身。虚心无畏乃真君。两百年容颜不老,知是何因?

钗头凤·重阳登高

羊肠路,旁边树,满山黄叶铺泥土。秋阳怒,秋风抚,眼前荒草,蜡黄遮墓。恶,恶,恶。

香三炷,烟如雾,满怀诚意祈先祖。伤心女,思慈父。来生缘续,孝心重补。诉,诉,诉。

诉衷肠·粽情

母亲巧手制新粮,风俗尽传扬。叶绳裹爱成粽,炉火煮清芳。

衣墨绿,糯微黄,肉甘香。年年冬至,日短情长,慰及宁杭。

满江红·学十九大,不忘初心

十月金秋,风送爽,碧空如洗。党代会,全球瞩目,星河同喜。信仰重温红色路,先锋不负匡时志。步铿锵,砥砺向前行。谁能比?

新时代,新趋势;新思想,新装备。踏征程,高举镰锤旗帜。不忘初心谋发展,难移秉性求真理。国梦圆,令万众讴歌:升平世!

减字木兰花·荷塘月色

月光几缕,风伴清香甜肺腑。灼灼娇莲,含笑依偎圆绿盘。

大塘飘雾,光影如纱涟上舞。遐想如歌,来世能成一朵荷?

调笑令·归燕

春燕,春燕,携来阳春心愿。檐前喜唱欢追,野外穿梭跃飞。飞跃,飞跃,带绿田园禾叶。

曹阳

网名蒹葭,1970年出生,黑龙江省佳木斯人,知名诗人。

看花

浅白轻红过眼频,车前怜取数枝春。
看花心事昨宵酒,风雨情怀江海人。

玉楼春

人间情事真如酒,除却消魂何所有。
半生修得一梅花,浑忘周旋冰雪久。

三千里路红酥手,应识梦中相握否。
及来相遇怎生言,衣影频牵堂下柳。

临江仙问答

一

你说春来来看我,一齐去看梅花。时光翻过薄如纱,孤山人不在,小路日西斜。

怎个前言轻似纸,原来各自天涯。柔情多少付流霞,那年梅谢了,入我梦多些。

二

我说看梅将你约,梅开人在天涯。行为生计梦为家,青袍常带雪,惆怅不须嗟。
漫道柔情难以托,人生总负年华。孤山明月旧烟霞,那间曾有我,那月照梅花。

曹咏梅

河北省滦平县人,中华诗词家联谊会会员,河北省诗词协会会员,河北省作协会员。作品曾在国家省市县级刊物上发表。2016年在河北新闻网"我的中国梦"主题征文大赛活动中,作品《天梯——走出大山的梦》荣获一等奖。

七绝·清溪
湖满微波荡石堤,岸边林阔鸟声啼。
分明水乱摇花影,流向农田唱小溪。

七绝·春到唐乡
春到苇塘绿韵绵,花隈坡岭嫩枝鲜。
莺歌燕舞风光好,景色迷人这片天。

七绝·又见"唐乡"
金山深处是"唐乡",路转峰回见苇塘。
村里浓情生暖意,道边溪水奏春章。

七绝·苇塘"梨树下"
双树缤纷绚雪花,卅年洁白恋农家。
清温古朴迎来客,月下幽然把酒茶。

七律·致高考学子
六月鲜花遍岭川,青春绚丽好华年。
书山苦读秋冬往,学海遨游试卷研。
摘得奇词添绣色,生成妙句化清泉。
一中骄子争风采,誓夺明珠谱美篇!

渔歌子·山里农家
山里农家李桃妍,小溪流水过房前。

品美酒,吐云烟。清闲自在醉流年。

青玉案·美在大冰沟
大冰沟里春光满。拉海路,繁花灿。
杨柳依依溪水暖。金猴放哨,三神聚侃。
百鸟歌喉啭!
二仙沟里双飞燕。一线天开御旗展,
幽谷行人私语伴。火盆石砚,猿人头面。
欢乐丹霞宴!

阮郎归·野村
丹霞地貌尽风光,春来野趣长。村前碧柳小池塘,鱼虾戏水忙。
花散漫,鸟飞翔。山幽百兽藏。为怜此景写文章,诗词入画廊。

曹志标

笔名智乐,字建隆,号杏妻虎子,"52诗词吾爱网"名虎啸风生。祖籍广州,千禧年移居奥克兰市,1996年毕业于北师大继续教育学院,为新西兰国学诗词协会理事(政府注册),作品入编《中国当代诗词选》,在当地发表作品,吾爱网每天一诗(词)。

十六字令·精气神
精。举国清平廉洁生,歌盛世,跃马踏征程。
气。志坚似铁豪情寄,动地天,同心创伟绩。
神。精力充盈健壮身,如龙跃,虎猛显雄音。

三字令·养生箴言(新韵)
思畅快,笑温馨,睡宁神。明饮用,便轻身。戏怡情。观览确,懂明音。
身挺立,走安心,记真寻。明朗诵,写

清真。洗多回,标准按,讲通闻。

七律·消遣
父辈希期空想遗,继承祖业作医师。
家藏典籍方书陌,古训箴言岁月滋。
学习杏林明理律,增强体魄轻身驰。
常吟叶老黄昏颂,饱满精神莫说痴。

七绝·林散之
林散之称书画精,安徽祖籍住南京。
擅长山水丹青妙,行草犹佳潇洒情。

五绝·"八·一"抒怀
富国强兵计,军威气自豪。
长城雄万里,比武实功高。

五律·夏日
蝉鸣荔熟时,睡觉实难知。
朗诵佳吟句,抒情绝妙诗。
山高随鸟舞,海阔任龙驰。
学识须多问,何惊热浪施。

回文七绝·夏日即景
悠悠海水觉风凉,幽幽香莲洁白妆。
池伴楼台花恋蝶,游仙古庙映残阳。

常承献
1959年出生,就职于南京市六合区商务局,中共党员,南京市诗词学会会员。业余爱好格律诗词、围棋、摄影等。

【双调】南歌子·踏青
浩淼银波烁,如烟绿柳垂。密林深处鸟欢啼。正是春光明媚踏青时。
塔影湖中秀,樱花树下菲。软风轻拂嫩芽枝。宛若下凡仙女弄娇姿。

七律·花甲抒怀
南山马放任神驰,一夜乡关梦境奇。
五岳巍峨云朵漫,三江壮阔浪花嬉。
吟风啸月千盅酒,踏雪寻梅万首诗。
甲子轮回双鬓白,定军坡下展雄姿。

七绝·阳澄湖畔
无际芦丛任鸟飞,波光潋滟闪银辉。
青旗唤客临轩憩,沽酒吟诗品蟹肥。

五绝·铁山寺
日隐铁山群,幽林磴道芬。
泉清凡意涤,古寺接青云。

五律·大兴安岭
才从湿地还,又去猎奇山。
九岭青峦叠,千重翠柏环。
云松蹊径窈,风谷碧泉潺。
叶隙阳光透,岚烟五彩斑。

临江仙·闲逛姑苏城
河岸繁街熙攘,园林曲径清幽。烟波画舫笛声悠。霞飞残日坠,弯月照船头。
黛瓦粉墙青蔓,拱桥水绕亭周。假峦精雅槐。姑苏风景秀,仙境任神游。

一剪梅·亚洲第一湿地
湿地根河九曲流。鸿雁凌空,白点飞鸥。蜿蜒数里景观廊。处处新奇,步步停留。
落日西沉天际柔。水映红霞,鸟宿汀洲。晚风凉爽月东升。几缕丝云,草甸清幽。

清平乐·赏梅
暗香浮动,历代文豪颂。傲雪迎风枝舞弄,含笑将春报送。

千株各摆神姿,万花齐放丹晖。翠竹青松点缀,游人驻足忘归。

常红卫

男,茂名市南天诗社会员。笔名唐朝和尚。1975年生,山西长治市上党区人,中国诗歌网会员,山西省诗词协会会员,上党区作家协会会员。作品发表于内地多家报刊和微平台。诗观:有感而发,直抒胸臆。

五绝·河边夜行
熏风摇岸柳,明月照河莲。
惟叹人生路,犹如腿坠铅。

七绝·友家庭院
风摇锦簇送幽香,柳下鸣蝉伴奏忙。
敢问谁人修此处?斟来雅韵腹中藏。

五律·黄牛叹（新韵）
细雨润桑田,黄牛暗自欢。
一生皆受累,半刻不得闲。
每叹无情月,常闻可恨鞭。
轮回何日尽,最苦是人间。

七律·静夜独行
空闲柴门小院青,夜天俯仰几多星。
同随明月归来路,独伴清风醉倚亭。
满腹自伤疏绮梦,经年感慨淡浮萍。
常思寂寞徒虚岁,功业还需立志铭。

七律·槐花飘香
槐花浓郁透清香,几树繁枝着淡妆。
绿叶遮阴春燕落,浮云蔽月柳莺藏。
蜂勤振翅停鲜蕊,草乐摇头戏矮墙。
最是山村幽静处,一帘晚景醉心房。

七律·蝴蝶
蜕变青虫化锦鲜,轻扇彩翼舞翩跹。
清风秀骨疏枝醉,寒夜娇躯宿蕊眠。
黛影修来千里月,惜香尝尽百花缘。
庄周一梦成佳话,梁祝情殇万古传。

清平乐·春风留影
春风留影,草绿南山岭。粉面桃花描盛景,醉客闻香酒醒。
窗外侧耳聆听,其声恰似银铃。只道黄鹂婉转,谁吟一曲心经?

念奴娇·午夜殇
梦难勾枕,触心菲,谁撒街前青雾?紫燕临窗,轻语诉,春浅芳华何驻?
满腹愁肠,沉哀怨道,透骨伤怀处。邀杯常问,几时携手归路?
数次辗转叮咛,怨情缘待尽,谁人能诉?铁血英男,心沸煮,一片春潮如顾。
笔欲行文,词穷曲难谱,影依廊柱。仰天长叹,浮云将月遮住?

常向锋

惜别
闻兄今日又远走,送别路上几回头。
一路顺风多保重,烟花时节再聚首。

常玉山

男,河北省承德人,1954年10月6日出生,河北省诗词协会会员,承德市诗词学会会员,在各种刊物发表诗词百余首。

七律·雪
飘飘撒撒落无声,紫雾红尘一夜空。
远岫吹寒驱蜡象,长河凝玉潜银龙。

貂裘宝马谁家子,冷灶青烟邻舍翁。
纵有晶莹千万尺,人间丘壑总难平。

七律·有怀
少壮轻狂人尽笑,许身天下恨才疏。
何辞舍命酬中国,哪肯折腰不丈夫。
巴蜀春深清梦远,江南雨润旅魂孤。
如今豪气消磨尽,浪迹红尘做酒徒。

七律·遣怀
冬日江南似见春,和风吹过小宅门。
三杯薄酒诗初草,满树梅花我岂贫。
溪畔钓心兼钓月,楼头思远更思今。
年华老去成滋味,笑看人生假与真。

七绝·鱼(两题)
一、河鱼入缸
一尺清波案上头,红虫绿饵本无忧。
鱼心却恋滔滔水,任是江湖满钓钩。

二、垂钓
一杆斜向水悠悠,锦翅银鳞次第收。
莫笑鱼儿贪钓饵,人间几个不吞钩。

七绝·石榴花
雨露调和颜色新,蜂追蝶戏闹纷纭。
裙边多少风流事,却笑桃花有艳闻。

巢居子
中华诗词学会会员,中国楹联学会会员,山西省书法家协会会员。诗联书法作品在全国各地征集中多次获奖并被收藏。

度日
一屋茶香伴酒香,案头纸墨岁悠长。
闭门谢客闲人少,架取藏书阅汉唐。

闲吟
风送巴山雨,诗吟庾亮楼。
东篱残老菊,旧月照新愁。

无题
梦中得前两句,醒而续之。末句用古人语。
月满碧云濡,冰心洁影孤。
蓬山千里外,悬邈极修途。

杂吟
园种东篱菊,迎霜耐岁寒。
成诗应不朽,岂慕贴骚坛。

己亥暑日
草枯叶卷风何处?遍地骄阳人少行。
凉雨含情难顾我,江南喜有欢笑声。

梦秋
天外西风催叶黄,琼花落地亦成霜。
楼台勾月明孤夜,几上残灯问梦长。

思湘
潇湘夜雨冷潇湘,梦断潇湘湘水长。
一片相思洞庭月,年年岁岁照离肠。

画
墨淡云山远,情浓翠色流。
庭前春意在,亘古不到秋。

陈宝祥
蒙古族,河北平泉人,1981年8月参加工作,中共党员,高级农艺师,平泉市科技局干部。是中共承德市委、承德市政府授予享受终生待遇的专业技术拔尖人才。

七律·山村雪

宙丽调辰满地银，琼瑶覆野远氤氲。
神猫逐鼠梅花乱，仙鹤追鸡竹叶新。
摄像爷翁描絮影，写生孙辈绘情人。
冬山放眼金镶玉，陋室芳尘步迈春。

七律·燕山暮春雪

清风打叶渐徐停，空翠烟霏伴絮惊。
杏蕊梦云琼宇阁，鹊巢听晓雨花声。
莺飞柳带三重景，曙照桃林七彩明。
沃野还情嘉气冉，薰风布暖物华生。

七律·己亥立夏感

花落繁枝青草烟，轻风慢舞雪回旋。
红林谢了春将远，绿水蓝之梦也骈。
金荚播飘荒野茂，朱华渲染浩江妍。
光阴无限如梭景，珍惜流年细细涓。

卜算子·戊戌孟冬贺平泉市书法协会培训基地启用

冬日墨澜馨，雅室芬芳染。荟萃群英聚玉堂，霞蔚兰亭漫。
隶篆草真书，冰映金石灿。畅叙幽情曲水凝，峻岭松涛唤。

蝶恋花·伫立燕山

伫立燕山风细细，仰视秋阳，冉冉生天际。草色凝烟曦照里，金拂渌水青峰熠。
近看城郭铺浩域，宇厦千间，绿树繁霜立。远望田园盈黍稷，华实蔽野寒潭碧。

清平乐·师德颂

香飘千里，桃李华实蔽，又到桂花芬芳季，用尽园丁心力。
艺若惠畅东风，德魂化雨无声，常润根深叶茂，换来硕果丰登。

卜算子·金鸡山月

山峻脉逶迤，溧水寒烟坠。峰映清波荡净晖，坤宇茫苍翠。
峭岭化金鸡，险哉何雄伟。昂首星空揽月归，其势嫦娥畏。

卜算子·鸡冠山月

明月荡清晖，溧水扬波翠。岸浒金鸡挂桂冠，天赐冰纱缀。
星海朗风涤，璨璧祥光瑞。翼展灵仪志已酬，月映征程岁。（为凤山兄题所摄鸡冠山月照）

陈保红

男。网名雪野炊烟，安徽省枞阳县人。中华诗词学会会员，安徽省诗词学会会员。作品在《中华诗词》《中华词赋》《诗词百家》《诗刊·子曰》等纸刊有发表。

七绝·村夏

柳向波光炫碧丝，荷锄未让稻香迟。
瓜藤不吝牵人意，红豆坡前催摘时。

七绝·秋月吟

秋风石径染霜红，最是门前一棵枫。
细数经年谁与共？月明如素古今同。

七绝·中秋夜沪上有作

长街直待醉心时，老酒深杯月未迟。
且缓风来得消息，今宵不爱赏秋枝。

五律·陪同上海书法家回乡同住莲湖宾馆

水榭瑶波度，悠悠两岸春。
朝晴风让日，星晚月依人。
好客云天小，怀乡草木珍。

愧无伤往事，岁老竹根亲。

五律·窗前桂
最忆窗前桂，阴阴绿若栽。
何期银露滴，傲对履霜开。
香惜秋风远，花疑蝶梦回。
忽生攀摘意，伫影复徘徊。

五律·同学聚会
同窗手足亲，杯酒洗风尘。
昔日梅为友，今朝竹比邻。
少年羞未忘，花季笑还珍。
鬓上玄冬雪，鱼纹复赋春。

七律·惜春沪城怀田家
日长将助耕耘季，夜短相知物候新。
菜子湖田秧信暖，申江口岸米香纯。
三千云水宁边画，一寸乡心故里人。
欲借东风穷极目，落花犹恋去时春。

七律·上海大观园留句
槛外水波天尽头，园中池映一方幽。
才倾侈说潇湘竹，痴绝生憎鸾凤舟。
忆往长风怀玉笛，观今亘岳叹红楼。
阶前绿满随春雨，日月从容历夏秋。

陈本多

笔名天行健，男，1975年出生，贵州省盘州市人。1998年贵州大学毕业后进藏工作至今，是一个爱好文学的理工男。喜欢吟诗作对，以文会友。座右铭：诗意人生，知足常乐。原创诗词作品在《众创诗社》《大连诗刊》《太湖诗刊》《大文坊》《丹江文学社》《诗词选刊》《诗海选粹》《竹韵》《江南词诗苑》《东方诗韵》《唐宋风韵》《翰林国粹》及喜播文学等平台发表。

踏青
阳光妩媚送春风，碧水清波荡漾中。
塞外山阿芳草翠，江村雨后野花红。
心随彩蝶迷娇蕊，意逐浮云念远空。
桃李飘香迎戍客，流连美景感天工。

五律·早春
闲来思妙处，出户独寻春。
拂柳芳姿俏，逢桃秀色滨。
草香蜂起舞，水暖鸭提神。
小道通幽境，逍遥卧绿茵。

五律·迎春抒怀
逢年皆喜聚，总忆未归人。
古塞遥思岁，边城晚纳春。
忧心双鬓白，问景数枝新。
雪域浮云伴，诗书作比邻。

五律·山居闲吟
心高天地广，志远岁华坚。
日丽云妖娆，风和水缠绵。
常观飞絮悦，偶觉落花怜。
雪岭千年秀，乡情万里牵。

五律·山间独酌
长歌登北岭，把盏望西郊。
红日悬天际，清风拂鬓梢。
情随云出岫，意在鸟归巢。
酣卧霞光里，功名枕后抛。

五律·中秋夜吟
庭前金桂子，天上玉冰轮。
鸿雁传书急，关山入梦频。
闲吟诗寄月，静品酒思亲。
叶落枝含泪，霜寒独自珍。

五律·秋分感怀

桂树送清香，秋分日渐凉。
夜来花饮露，晨起草披霜。
云淡繁星渺，风轻皓月苍。
天涯羁旅客，对酒诉衷肠。

陈昌国

湖南湘潭市人。大学毕业后，留校任湖南师范大学生物系助教、讲师。在美国麻省布兰代斯大学获生物学博士学位。定居美国，美籍华人。是诗词对联爱好者。

浣溪沙·赞辛弃疾

万丈豪情看剑歌，满腔壮志卫山河。
怀才不遇奈天何！
笔走龙蛇挥妙句，刀奔虎豹战狂魔。
盟鸥结鹭钓渔蓑。

满江红·退休乐

劳累终生，花甲过、双肩该歇。亲友贺、酒杯高举，意欢情悦。大笑此身归我有，豪言他日由吾决。好山河、明媚泛清辉，蓝天洁。

功名事，挥手别，辞利禄，除纠结。火炉腾烈焰，玉壶冰雪。四海云游开眼界，千山霞探舒心血。醉寻幽、唐宋古诗词，婵娟月。

鹧鸪天·田园趣

树上蝉铃放远声，池边蛙鼓报新晴。
悠扬叶底黄莺唱，婉转梁间紫燕鸣。
瓜累累，果盈盈，小园蔬菜水灵灵。
黑莓带露乌金亮，绿豆披霞碧玉明。

鹧鸪天·快马加鞭

少壮豪情冲破天，披星戴月战农田。
闻鸡起舞书山探，斩浪飞舟学海研。

无反顾，只瞻前，追风快马再加鞭。
白驹过隙时间贵，到老勤磨素笔尖。

破阵子·幽会

菡萏苞尖蜓吻，蔷薇蕾顶蜂忙。枝上褐蝉歌四面，叶底黄莺唱八方。清纯茉莉香。

携手云中赏景，投怀雾里乘凉。似酒秋波时暗送，如玉冰肌偶亮扬。蛟龙彩凤翔。

七律·渡船巧遇（诗韵八庚）

津渡舟停一杆横，仙姿媚女上船轻。
先开笑口乡音醉，再报行程慧眼明。
阔别家乡追美梦，迎来机会探亲情。
相逢何必曾相识，忙叫乡亲一路行。

陈传添

网署天泓，广东省信宜市人，1967年毕业于中山大学，先后在中共湛江地委组织部，中共赤坎区委，中共湛江市委宣传部任职，退休前任湛江市人大秘书长，现任湛江市诗社社长，广东省岭南诗社副社长、一道诗艺社编委。

山行

柱凭石径向云中，遥见山坳数点红。
近问方知贫已脱，灯笼高挂谢春风。

除夜读海

潮平水阔夜无边，岸灯星眸守大千。
最是安然波不趄，一如智者可容天。

过严楞寺

了知无物且从容，乐得安闲听晚钟。
不卜流年因有数，随心度句作雕虫。

我与共和国同龄
今生与国共风烟，七十从心识大千。
终是文明华夏好，梅开雪后尽春天。

瞻仰人民英雄纪念碑
不朽丰功旷世雄，丹心终令九州红。
百年血泪凝神剑，直指苍穹镇宇中。

中共一大会址
如磐风雨夜沉沉，幸有星光照路深。
今日远来重淬火，芳华不老藉初心。

抒怀
诗山元寂历，钟子盼知音。
尘重红梅黯，风高紫燕沉。
几家传玉笛，白屋抚焦琴。
仰首星辰外，谁堪共一吟？

感怀
无端思絮乱飘蓬，冰语居然对夏虫。
苦乐人生云着色，枯荣世事雨归空。
土豪白眼谢家秀，士子无心崔护红。
梦寄浩茫谁借枕？幽州台上待春风。

陈春林
网名晓晨，70后，江西石城人，打工一族，平时从事财务工作，初级会计师职称。石城县琴江诗社会员，赣南诗词学会会员，江西省诗词学会会员。三余之乐，偶涉诗词。兴趣所至，随心所记，聊以度闲。

五律·参加澎湃诗社首届年会有感
凌寒腊月天，澎湃庆丰年。
甲酒方酡脸，高峰又觅仙。
新知交挚友，旧识续情缘。
挥手依依别，梅琴会雅篇。

注：甲酒指当地的黄米水酒。

七绝·无题
不惑原来世事明，居然淡泊利和名。
陶情冶性习书艺，忙里偷闲享太平。

七绝·秋（复字诗）
秋来秋景满山川，秋韵秋浓入荷田。
秋画秋诗潜入脑，秋风秋月庆丰年。

七律·三八妇女节寄拙荆
一见倾心不计贫，毅然随我历艰辛。
风风雨雨兴家苦，暮暮朝朝教子频。
不爱红妆描秀色，却将陋室弄清新。
芳华已逝亲情在，真爱绵绵老也春。

七律·盛夏携儿女参加赣州市现场书法大赛
夏雨清凉意体舒，赛场竞技墨香浓。
苏王笔画手头劲，颜柳形神心底功。
几载临摹初实战，一番见识已灵通。
殷殷期望遂吾愿，汗洒庭园果实丰。

七律·过城南湿地公园
洄澜寺畔本荒芜，筑坝拦河变画图。
岸芷汀兰连碧树，山光云影映平湖。
木鱼笃笃尘心净，暮色朦朦钓客孤。
又得身闲邀老友，品茶对弈共欢娱。

鹧鸪天·宁石诗友雨日同登石城通天寨（词林正韵）
夏雨潇潇暑气融，琴梅相约喜重逢。
紫云出岫阳光煦，绿嶂无风雾霭浓。
收布伞，别花丛。吟朋携手上高峰。
玻璃栈道惊才玉，衣袂飘飘玉臂丰。

江城子·大年初一（词林正韵）
迎新春晚接年钟，烛摇红，漾春风。
家家户户，鞭炮震长空。更喜烟花掀夜

幕,腾五彩,映苍穹。

　　清晨老幼乐融融,具牲供,敬亲宗。穿新摆阔,团聚乐无穷。欢笑相逢频祝福,年要拜,步匆匆。

陈大林

　　浙江省温州市人。1953 年出生,浙江省诗联会员,温州市诗联会员。

七绝·游吹台山登高有怀

一

飘香飞韵起熏风,满目青山岚雾笼。
欲览方圆藏锦绣,白云寺外画图中。

二

天外霞光映彩虹,飘香飞韵起熏风。
缆车稳坐观山色,挺拔奇峰仙境同。

三

吹台景秀水声隆,无量寺中烟火红。
天染霞光呈瑞气,飘香飞韵起熏风。

七绝·白鹭

清晨活跃在滩头,捕捉鱼虾快意游。
芦荻丛中欣结伴,辛勤冬夏与春秋。

七律·春日偶成

邀约瑶溪攀柳枝,欢歌笑语总相宜。
轻风拂拂知佳日,细雨霏霏正恰时。
绿水池中波凑美,青山云外景争奇。
春光自是多情物,融入天然为我私。

七绝·闲步樟里村

夕照孤村静有声,小桥流水碧波平。
弯弯小路通幽处,落叶秋华领我情。

七律·游珊溪水库即景感赋

岚绕风舒雾气稠,平湖澄静碧波柔。
青山隐隐犹开卷,细浪粼粼似展绸。
云映繁花妍后岸,舟行群鸟舞前头。
万顷绿水明如镜,胜景迷人欲再游。

行香子·墨池行

　　草地青青,鸟语声声。鲜花艳,醉美芳馨。墨池今日,喜庆盈盈。聚八方客,八方谊,八方情。

　　东瓯俊士,吟坛重振。看新人,韵野驰行,书生意气,壮志盈膺。舞一升墨,一支笔,一吟旌。

陈丹

　　男,茂名市南天诗社会员。广东省五华县人,1936 年生于广东省佛山市。中山大学汉语言文学专科毕业。退休干部。

五绝·春钓

跂履东涌去,垂纶绿叶间。
轻风莺语婉,微雨我心闲。

七绝·送春

连联谷雨水初平,湖上新荷已绽英。
无计留春岂惆怅?凭轩依旧满诗情。

五律·秋分

秋分夜渐长,天气日趋凉。
风肃枯枝落,潮低饿鹭忙。
遥思陶令菊,还悼骆丞螳。
稻菽馨盈野,农家葺谷仓。

七律·题《司马相如传》

朱户从来骄陋室,布衣不屑傍豪强。
私奔冲破纲常锁,劳作挣来口腹粮。
屠狗功名非刻意,雕虫文稿却留芳。
故园衔命逢亲旧,不学沽名浅薄郎。

七律·猪年咏猪
便便大腹眼迷蒙，饱食终年不作工。
肉赖东坡叨雅气，名缘八戒媲天蓬。
香皮制革荷包靓，臭矢肥田稻谷丰。
岁值干支尤得意，金装不逊牡丹风。

菩萨蛮·东平河畔
长堤十里芊芊草，东平河畔堪垂钓。广厦入云天，吊机天外悬。

虹桥高架立，桥上车如织。旭日水金光，白鸥金上翔。

虞美人·羊年嘉月
羊年嘉月寒流少，夏候来临早。晴多倍觉日趋长，褪剩单衣难得觅清凉。

春鹃未吝胭脂染，已见蔷薇艳。东风着意弄青纱，一任扶疏摇曳逗人夸。

满庭芳·题《辛弃疾传》后
万里间关，千军倥偬，虏营铁骑擒凶。南奔归宋，年少本英雄。更有滔滔论议，美芹意，总在平戎。滁城上，当年气度，低唱岂"怀嵩"！

多情还寂寞，知音何处？机遇难逢；怅雪耻弘谟，束阁尘封！谁遣金戈铁马，醉长伴，湖柳岗松？词七百，珠玑字字，熠熠灿如虹。

陈德永

网名菩提树下一放翁，生于1962年，山东省郯城县人。自幼爱好诗词，下岗在家以诗为乐。

七律·思寻
归山相守梅花老，隐士幽居竹月深。
负手不为名所动，清身已是欲无侵。
向来闹市磨人志，只有诗书净俗心。
悟透红尘皆过了，看穿世界总思寻。

七律·躲平安
人家几处藏山野，泉水一弯微荡澜。
菡院清贫唯竹菊，陋居淡雅独梅兰。
天高自有云来访，路窄岂无君作欢。
昔日风光谁识意，当年防震躲平安。

七律·自律
流年负尽几多梦，往事添来无限情。
夏半诗成还再改，夜深月落又重生。
推敲一字初求品，嚼啮数天终感惊。
画意也从文句见，律词自有众人评。

七律·知足
从容墨海天涯趣，浪漫诗心岁月香。
笔下文章无贵贱，世中风雨见炎凉。
身怀一技寻温饱，书读五车追宋唐。
生不逢时空扼腕，人能知足即平常。

七律·清凉夜
溪桥远看云烟起，向晚遥听浪洗尘。
山水之间能养性，松林深处可修身。
知情最是清凉夜，惬意尤为爽快晨。
独守轩窗生梦境，常思诗海读书人。

七律·学古
前人写尽风花月，后辈读来天地音。
墨海方知才浅薄，文坛可学艺高深。
偏逢竹苑烟霞染，每让松居笔砚临。
诗境无奇多借古，辞章有味只缘今。

七律·闲述（新韵）
久近竹梅心性僻，常听溪水自清闲。
多年已惯孤身梦，余岁唯添两鬓斑。
若是人生如草木，且将名利化云烟。
疏狂一曲江湖上，飘逸三分大地间。

七律·自吟

初晴草蔓生新笋,轻雾墙篱挂嫩瓜。
门掩竹斋唯有月,窗含瘦影已无华。
山居伴我清风老,溪水为邻古柳斜。
斗酒狂称人醉世,举杯高笑自吟家。

陈芳

女,1966年生,福州仓山螺洲人,福建省诗词学会会员,福建省楹联学会会员,现为福建省陈氏书画研究院办公室主任,福建省电视台爱心书画院秘书长,陈宝琛文化研究院副秘书长,出版《陈芳绝句一百首》。

吟秋

小桥碧水泛波光,一夜秋风雨送凉。
坐久不知新月出,紫薇枝上有微霜。

吟荷

亭亭菡萏出污泥,风动明珠落碧溪。
佳藕难寻天作美,清香高洁孰堪齐。

夜读

秋夜读书心自宽,前人故事后人观。
虫声唧唧更初定,卧看东窗月一团。

吟梅

白梅高岭放幽香,疑是前宵夜里霜。
好雨知时花早发,怜卿冒雪入诗肠。

青云山观瀑

仰观瀑布洒云天,溅玉飞珠落碧泉。
秀色青山多妙古,闲收灵气入诗禅。

陈飞

笔名漫步长江,1970年生于江西都昌,毕业于江西财经大学,高级工程师。中华诗词学会会员,中国词赋家协会会员;诗词百家文化传媒有限公司首席代表,浔阳江诗社社长兼总编,《新时代诗词百家》主编,《若昕文学》顾问,《中国旅游文学》签约作家。作品发表于《中华诗词》《诗词世界》《中华辞赋》《红叶》《诗潮》等刊物共千余首,多次在全国诗词大赛获奖。

咏月

云磨玉镜幽,碧宇泊孤舟。
漫洒清辉夜,轻开紫竹楼。
通观天地恨,叹笑古今愁。
本是多情种,盈亏都起羞。

深秋

庭院菊含香,丹枫待雪扬。
休愁风断雁,莫叹叶生霜。
有酒忧思远,无诗恨夜长。
红尘能悟透,何必话炎凉。

秋游

登山何惧峻,戏水怎嫌深。
静坐观花蕊,闲游辨鸟音。
云遮千叠翠,泉奏万年琴。
远近分佳景,高低识寸心。

遣怀

碌碌浮生日似烟,篱边播种两瓜田。
一壶老酒连心醉,几卷诗文伴梦眠。
世态炎凉墙上草,人情深浅手中钱。
是非遍布眼尤净,青白平分自在仙。

秋思

一江帆影过汀洲,暗慕知音已白头。
细雨丝丝怜我意,丹枫片片向君羞。
天涯笃守千山隔,笔底相思两泪流。
最怕无聊明月夜,三更梦断倚西楼。

《牛山吟草》审稿有感

一山自有一山雄，巧遇知音乐未穷。
小雨临窗疑露冷，孤灯阅稿恐更终。
深交网络才三月，细读诗文已九通。
满目珠玑今萃集，倾情结卷锁玲珑。

高阳台·秋思

冷露凋荷，凉风唤菊，恍然又是清秋。雁字书天，前呼后应啁啾。鄱阳湖畔蒹葭老，鹭栖滩，水上翔鸥。对斜阳，漫卷霞云，独自凝眸。

万千思绪惟惆怅，感人生苦短，欲罢还休。百转回肠，诗中说尽闲愁。花开几度芳菲尽，把乡思，尽付东流。每思量，一世沧桑，泪满兰舟。

江城子·思君

高温酷暑困层楼。盼凉秋，却难求。赊酒千杯，哪解寂寥愁。何叹孤灯残影漏，巾边泪，两腮流。

随风往事忆难休。梦中游，荡心舟。守候沧桑，惆怅又回眸。一片痴心怀念苦，斜倚枕，夜娇羞。

陈峰

网名晨风平淡、若水，诗词爱好者。

五绝·春意

乍暖身还懒，风吹水泛澜。
杨枝初见绿，小草为探看。

五绝·父亲

躬耕脊背弯，劳作汗珠潺。
岁月无痕过，开心白发颜。

七绝·颂总理

淮安圣地出英才，祭奠忠魂举国哀。
拯救中华功盖世，今朝吾辈赞恩来。

七绝·劳动

全家总动齐参与，热火朝天奋力干。
最是今年春好处，良田万顷比天宽。

七绝·岁月如歌

花开落去叶葱笼，五月诗歌写劲风。
盛夏芳香心不远，悄然淡若水流通。

七绝·龙马精神

潇潇龙马精神在，啸啸风行此事功。
点点文章千古颂，茫茫学海乐无穷。

陈冠英

别号柏铃子。1929年生。河南省西平县人。高级经济师。中华诗词学会会员，中国国学研究会研究员（诗词）。武汉市未名诗社顾问。作品和小传收入《中国国情报告专家学者卷》等典籍。获"中华诗词文化传承人"荣誉称号。中华冶铁铸剑文化之乡赠予"合伯"宝剑（藏品）。有《九品诗品吟稿》出版。

沁园春·新中国七秩华诞
（依李文朝将军韵）

漠漠穹窿，朗朗乾坤，序列五星。看农奴创世，关河云灿；莽原幻彩，林苑禽鸣。碧水疏流，扬清涤浊，巡天探海走鲲鹏。国威盛，正驱贫耕富，联谊邀朋。

史通大道新征，创南北和谐丝路行。藉河洲吟句，沧波淘浪；柳营迷彩，武备裁兵。经略宏韬，刚柔共济，制霸固础期共赢。开新宇，度遥程曲径，豪迈蓬瀛。

七律·新中国七秩华诞

玄黄序列五星腾，从欲年华依矩行。

大道煌煌祛贫弱,小康衍衍度乡城。
强邦固础昭科技,交谊和邻慑沙虫。
醒睡蟾宫怡玉兔,当歌5G正非雄。

【正宫】塞鸿秋 新中国七秩华诞

风清十月尘烟幻,裕民强国神威现。关河锦绣山花烂,朝霞化彩祥云漫。筠篁赋靖节,兰蕙馨浓淡,梦魂舒展恢宏卷。

陈广华

1943年出生,江苏洪泽人,高中文化,中共党员,国家干部,系洪泽县三河镇粮管所所长,现已退休。诗词爱好者,曾获得天籁杯金奖和国家一级诗人荣誉称号,其作品见于《中华诗词》《诗词世界》《中华好诗词》《江海诗词》《洪泽诗苑》《黄浦江诗潮》《淮海诗苑》等多种诗词刊物并系中华当代文学学会会员,淮安市诗词协会会员。座右铭:陈二十、广二八、写好绝句扬中华。

洪泽湖水恩情

恰波靓丽华,蟹跃璟无瑕。
碧水鱼思树,清湖鸭恋霞。
莲花香万里,月色照千家。
秀彩浪光荡,归船品美茶。

洪泽湖之夜

奔水跃长龙,湖浪唱大风。
华楼幻瀑彩,新景画图中。

古堰大厦

临空放眼宽,景灿落人寰。
浩荡湖摇影,高楼壮大颜。

古堰秋怀

枯枝入画图,色染万千株。
吾自寻诗去,凉风一醉乎?

退居农村乐

蛋炒园栽蒜,蒸鱼酒曲沟。
毫书大地秀,琴拨信天游。

学书法戏作

一
初描攻字状,书法帖临颜。
师教加勤练,心灵步步攀。

二
欲速难成就,字散轻易搬。
无形力未到,少劲足蹬闲。

父亲节

父亲节,女儿为我送花。
尊老感情深,鲜花一束金。
耕耘传美德,养育得佳音。
鲤跃存仁义,衾温奉孝心。
忠魂芳百世,浩荡泽光今。

注:眠冰鲤跃:汉朝姜诗孝母,冬天睡冰上,鲤鱼跃出奉母;卧枕衾温:汉朝黄香孝母,先把床睡热,再让母亲睡。

人情债

人人都做长,喜事酒慌忙。
友寿均皆顾,南婚尽到堂。
斟亏今日账,吃借北时粮。
毕力图光彩,穷争称好强。

重阳回洪泽

回乡醉月台,习酒暖胸腮。
又是重阳至,欢春紫燕栽。

游洪泽湖

游舟疏雨中,灵隐紫烟融。
传说悬湖事,莲蓬锁晚风。

打工人思乡

小舫镜湖游，嫦娥耀九州。
别居无酌趣，满盏已深秋。
辞故成乡客，胸襟涌句愁。
才知寒露至，鸭鹭碧方柔。

彭雪枫陵园

人仁仪态敦，保国正凝铭。
高节黄花美，青松护毅灵。

陈桂锦

48岁，土家族，重庆市黔江区人。中国楹联学会会员，重庆市诗词学会会员，黔江区诗联学会副会长。业余爱好诗词、旅游。

五律·浅醉渝北

独酌嫌天热，开窗借夏凉。
风轻随我用，背裸任他狂。
醉眼观新象，凡心悟道行。
子时人已困，抱月梦还乡。

七律·午月如秋醉荷塘

仲夏如秋阵阵凉，凭栏数雨惜荷香。
绿蜓双翼花间累，玉鹤孤身雾里伥。
叠叠云盘珠点点，排排柳线露长长。
无求最是亭中叟，淡酒清风和满塘。

七律·茶韵人生

尘世如茶浓淡有，绵绵况味漫悠悠。
青枝嫩叶涵春夏，窑罐清泉化起浮。
午兑闲风聊故事，夜邀明月论新筹。
两三俗友常亭叙，不管仙家是几流。

南乡一剪梅·醉菊

何处取诗材，揭耳秋光换酒来。欲学陶翁篱下醉，朝也舒怀，暮也舒怀。平仄勿须猜，嫩蕊清香向我开。浅蘸金霞新得句，吟已悠哉。心已悠哉。

注：揭耳：黔江区郁郭揭耳于岩金丝皇菊基地。

临江仙·江山如画

万里青天碧透，彩云自在随风。成群飞雁醉长空。往来悠漫漫，栖处更从容。
村寨炊烟爱客，和和美美情浓。闲来临水影重重。鱼儿吻我背，揽景共淙淙。

陈国良

男，祖籍无锡市，1948年4月生于上海。1968年10月到皖南青阳县插队落户。1972年2月被中国科学技术大学招工入职，先后在该校食堂、印刷厂、应用化学系、总务长办公室、医院工作。当过工人、基层和中层管理干部。2008年6月退休。

七绝·旅美思乡

乡关万里地球东，常梦家园现彩虹。
静夜无眠思故旧，一弯冷月挂苍穹。

七绝·故乡小河

小河静静水波平，野草青青两岸生。
苍鹰俯身惊白鹭，鱼虾潜影剩蛙声。

七绝·定光寺尝斋饭

定光寺内尝斋饭，品味僧餐为哪般？
举箸感恩农事苦，碗中粒米重如山。

七律·游黄山

瑶台仙境落凡尘，眼底奇峰化女神。
云海烟波迷过客，松涛意趣醉游人。
温泉汩汩水清澈，怪石嶙嶙形逼真。
共赏黄山玄妙景，争观日出赶凌晨。

七律·高考

自小求知下苦功,青春理想贯长虹。
心沉考场才思涌,意向蟾宫笔路通。
金榜题名凭教养,黉门落选岂愚蒙。
弄潮须得千般艺,砥砺平生善始终。

七律·咏荷

经风见雨沐骄阳,傲立池塘图自强。
不向肥田求沃土,甘居浅水吐清香。
未因美誉沾虚位,惟以真心报故乡。
籽叶根茎堪称宝,归于百姓换钱粮。

鹊桥仙·喜《知青伴歌》问世

童年理想,青春美梦,冀盼阳光雨露。一声号令奔前程,未解惑、农村落户。

匆匆岁月,茫茫世事,坎坷人生脚步。桑榆暮景忆当初,怎忘却、乡间小路。

沁园春·航天

小小寰球,渺渺星云,浩浩太空。觅嫦娥玉兔,不闻音信,牛郎织女,未露芳容。夸父娲皇,雷公电母,神话传说趣味浓。抬头望,问茫茫宇宙,哪有人踪?

苍穹奥秘无穷。冒风险、航天上九重。看美俄较劲,两强争胜,炎黄后继,一扫平庸。输送神舟,天宫入轨,火箭长征屡建功。欢声响,庆天神接吻,时代称雄。

陈海舟

网名雩娄山人,河南人。中华诗词学会会员,信阳市老年诗词学会会员,商城县诗词学会会员。作品散见于《中州诗词》等刊物及多家文学论坛和微信群。

西江月·赏庐山三叠泉

三叠泉飞峭壁,千寻瀑泻深潭。喷珠溅玉起烟岚,势把人心震撼。

神韵充盈一谷,喧声回荡群崦。通天入地接仙凡,涤尽胸中俗念。

七律·登滕王阁

久慕今临岁近秋,赣江东岸谒名楼。
文豪妙笔才情溢,帝子遗风胜景留。
碧水长天心已鉴,落霞孤鹜境何求?
登高尽览洪都貌,吾兴遄飞意自悠!

诉衷情·七夕

银河灿灿耀天庭,鹊桥渡双星。佳期一夕何短?笑拥泪纵横。

嗟昔别,喜今迎。诉衷情。相依应胜,眼前浮利,世上虚名!

七律·悼诗坛泰斗林从龙先生

焕彩蜚声九十春,献身文苑用情真。
中原学界擎旗处,河岳诗坛扛鼎人。
词赞山川宗太白,心萦赤县效灵均。
驭云公去留风范,国粹明朝更出新!

一斛珠·说蝉

螗蜩聒噪,无端夏日枝头叫。昼无休止教人恼。饮露餐风,想是饥难饱?

世间万事何尝晓?没羞犹自称知了!千秋惹得人间笑。悄问蝉君,何日停高调?

鹧鸪天·暑热

赤日炎炎炙碧空,无边暑气肆寰中。蝉藏叶背鸣声哑,犬卧花阴吐舌红。

天有火,地无风,凡尘瀓闷似蒸笼。纵然共处苍穹下,凉热因人却不同!

五律·听蝉

夏日窗前坐,听蝉唱柳枝。
悠长舒畅意,婉转诉相思。

情到超然处,身逢蜕变时。
若心忘物我,谁复辨妍媸?

七律·"七一"礼赞

砥砺前行九八春,赢来赤县物华新。
丰功得自天心顺,伟业成于主义真。
武备文昌强我国,科荣贸盛富斯民。
欣观纛下英豪集,十亿复兴追梦人!

陈好武

  浙江省丽水市人,曾下乡务农14年,回城后连任丽水市映日商业有限公司董事长暨总经理30余年。浙江省诗词楹联学会,莲城诗词楹联学会会员,丽水市诗词楹联学会副秘书长。

承德避暑山庄有怀

九龙盘踞故行宫。炎暑萧萧皇气融。
翘角恢宏钩日月,拱门抖擞唤东风。
金戈铁马江山盛,圣旨文书天下通。
宝地披靡三百里,笑夸何处不兴隆?

游山海关怀古

广袤江山金玉碎,崇祯遗恨叹千年。
三军嬉闹金銮殿,万马翻腾塞北川。
对峙隘关凝杀气,夺争华夏起狼烟。
闯王不恋圆圆色,岂有清廷十帝传。

越王勾践

连连败北一身孤,赦死哀求作仆奴。
荒野窝居看大墓,榻前尝粪惑昏吴。
赢来放虎归山去,奋发强民故国苏。
一剑披靡诸侯扫,千秋铸史越王殊。

明太祖朱元璋

牧鞭横野睡成天,僻壤贫僧壮志坚。
峰火揭竿燎京殿,皇魂落魄坠深渊。
众星捧月乾坤盖,四海归心帝梦圆。
刀溅功臣无辜死,大明青史血腥传。

唐玄宗之恋

寡人失却八分魂,坠入甜河淹半昏。
宝殿金銮无朕迹,行宫玉院断龙痕。
升天鸡犬朝纲乱,安史刀枪窃国根。
难舍江山姿色碎,风流艳事古今存。

咏脚

同宗十仔两分家,黯宅低居不侈华。
日夜兼程为已任,雨风无阻甭需夸。
人家粉黛香腮嫩,我自茧长臭蛋丫。
奋斗一生难露脸,忠诚辅主向天涯。

为叶君"金生丽水"诗集点赞

先生儒雅亦春风,笔底烟霞韵更浓。
波荡涟漪吟秀色,峰迴纱远赋真容。
千年州邑书笺里,万亩杜鹃香墨中。
一卷辑成天籁曲,引来华夏客人恭。

大暑日有怀

悟空借扇乱嬉摇,惹得凡间半壁焦。
家院桑拿熏热浪,虫蝉煎烙哭喧嚣。
汗流老脸红衫帽,寻舞长街弓湿腰。
窥视暑情猴圣急,偷来风雨烫锅浇。

陈恒奎

  陕西省西安市人,酷爱文学。参加各地书画院画提诗活动,诗歌发表于《白鹿原文学社》《广州诗刊》等刊物,均获好评。

七绝·真心

心似红日暖融融,映出霞光范彩虹。
曾经情义深如海,如今仍旧藏赤诚!

七绝·夜叹

熟睡床榻梦自惊,望穿长安夜星空。
独自一人烟绕云,杯酒壮魂神更轻!

七绝·冰梅
冬腊寒潮瑞雪兆,露珠结晶随处耀。
坚冰包裹想沉封,破茧而出梅仍笑!

七绝·华严寺金色
清明时节色芬芳,华严寺里沙弥忙。
晨钟木鱼齐奏乐,油菜伴风佛袖扬!

七绝·颂秦岭
皇都福地长安城,古今中外皆赞同。
巨龙久卧城南郊,巍巍秦岭佑皇城!

七绝·夜难眠
入境之前心骚动,探头观天已三更。
总是还觉神未到,仁兄提醒缺酒精。

七绝·枷锁
江山美景情如诗,炊烟袅袅已近痴。
万千世态冷与暖,又有几人自由识?

七绝·江南碧月
江南美女如此娇,英雄归来竟折腰。
几坛老酒饮入肚,韵味伊香船头飘。

陈慧茹

女,汉族,公务员,网名冰山雪莲、海韵雪莲。天津市作家协会会员,中华诗词学会会员,天津市诗词学会理事,天津市海韵诗社副秘书长。获2015年度"谭克平杯"青年诗词奖。喜欢文学,酷爱古诗词。作品曾在《天津日报》《滨海时报》《今晚报》《中华诗词》《诗刊》《中国诗词选刊》《中华辞赋》《诗词月刊》《诗选刊》《心潮诗词》《境界》《长白山诗词》等刊物发表,有诗词入选多部诗集。

春兴
胜日寻芳陌上行,东风拂面柳烟轻。
眼前桃杏争娇艳,心底诗潮渐渐生。

题路边无名小花
不慕名园不惧贫,欣然随处自安身。
吐芳默默无忧怨,尽展韶华莫负春。

戊戌仲夏应约游览趵突泉公园
诗朋有约访名泉,趵突殷勤涌碧涟。
花径溪桥垂柳影,不须樽酒已陶然。

偶遇
出水亭亭月下仙,微尘不惹自婵娟。
三生有幸今朝遇,正是心中那朵莲。

观钱塘潮有感
动地涛声海上来,千钧浊浪向天摧。
年年八月雷霆怒,多少冤仇解不开?

题港珠澳大桥
零丁洋上起飞虹,港澳珠连一线通。
自古神州多巧匠,春风助力夺天工。

无题
近日无诗只有忙,寒风不觉扫秋光。
庭前枯叶纷纷下,心事成堆欲断肠。

赠牛国臣船长
巨轮掌舵国争光,航遍全球海与洋。
风雨潮头谈笑过,男儿有梦是担当。

戊戌仲夏泉城访友游大明湖(新韵)
泉城思慕久,今到大明湖。
访友偿心愿,观荷入画图。

花香招客醉，水静映云舒。
诗意来天地，何须借酒壶？

戊戌咏春——依韵和李文朝将军
变法灰飞百廿春，岁交戊戌忆逡巡。
求真革故兴邦计，洒血抛头探路人。
唤醒雄狮圆绮梦，迎来灵犬贺良辰。
喜看赤县东风起，玉宇澄清万象新。

贺天津诗词学会代表大会召开
三月津沽绿满城，九河才彦续吟盟。
台前圣手宏图远，座上同仁壮志明。
但学先贤歌古调，更将时物赋新声。
今朝雨露和风济，来日诗花遍地荣。

贺海韵诗社成立六周年
六载同舟搏浪行，新词古曲赋吟声。
阴阳平仄胸中意，雪月风花世外情。
舵手倾心培少壮，诗朋奋力写峥嵘。
今朝更把云帆举，海韵飞扬贯耳鸣。

浣溪沙·春到大洋湾
潋滟波光逐画船，长堤草树翠如烟。彩虹横卧水云天。
淑气氤氲催鸟语，樱花妩媚惹人怜。大洋湾里醉成仙。

浣溪沙·元宵
雪作衣裳玉作肤，清泉旺火几沉凫，盈盈出水赛珍珠。
温暖千家情满满，香甜一口意苏苏，开心最是月圆初。

浣溪沙·纪念周汝昌诞辰百年
沽上花飞落窦天，骚人聚首忆先贤。几多往事到樽前。
泣血红楼情笃笃，倾心曹学意拳拳。

魂归故里梦阑珊。

鹧鸪天·戊戌中秋吟步韵陈瑞林老师
仰首青霄月满轮，一城灯火正缤纷。
庭前丹桂裁新蕊，篱下黄花认旧痕。
秋入画，梦成文。清风座上动诗魂。
难逢好景如今夜，雅意盈杯自具陈。

鹧鸪天·贺扈其震老师七十华诞
沽上秋光欲醉人，红橙黄紫正缤纷。
扈家庄里欢声满，白玉堂前贵客频。
福入户，酒盈樽。人生七十亦青春。
诗文北斗谁堪比，松柏南山增寿辰。

鹧鸪天·重阳奉和诚慧姐姐
雨过天清顿觉凉，层层木叶换秋装。
犹怜水上荷无色，幸喜篱边菊正香。
风淡淡，梦长长。吟诗把酒过重阳。
闲情不问浮华事，一片痴心捧玉章。

陈继豪
中华诗词学会、中国楹联学会会员及书画艺术委员会委员，深圳市诗词学会副会长，深圳市书画家协会理事。

七绝·题黄果树瀑布
峡谷雷鸣天籁音，抟风散雾彩虹临。
瑶池溢水滔滔落，穿越深山入海襟。

七绝·壶口瀑布随想
浊流奔泻一壶天，浩渺星河已杳然。
何日晴波鲤鱼跃，稻粱垂岸浪推船。

七绝·戊戌秋谒安庆迎江寺
山门镇岸一江秋，月起云移水自流。
弥勒开怀笑今古，贪嗔痴任苦中求。

七绝·寒山寺兴怀
弄晴微雨有还无，寺径苔深柳色殊。
最是杨梅知客意，篷船载我入姑苏。

七律·巫峡神女峰
长流似练穿巫峡，轶事千秋问杳然。
朝集卿云岩更秀，暮行霏雨谷犹玄。
怀王迷幻高唐梦，神女贞娴宋玉篇。
天地之间何仰止，无穷造化此山川。

五律·巴马百魔洞探幽
探洞虚云步，层崖幻画屏。
骅骝曾识道？孔雀独梳翎。
水滴凝钟乳，烟濛锁帝庭。
行吟何处妙？揽此寿山青。

七律·己亥初夏雁荡山行
玉女峰奇且纵游，雾虹映彩大龙湫。
灵岩竦峻烟云幻，海气扬清草木稠。
亿载光阴昭物化，千般意象竞风流。
我来雁荡寻霞客，泯却心尘同放讴。

七律·癸巳秋襄阳怀古
弹指长空万里程，襄阳气爽白云横。
史垂千载隆中对，血战三家汉室倾。
摩诘挥毫酬醉客，元章索砚证颠名。
岘山形胜铜鞮古，华夏文明劫后生。

陈家新
男，网名荆山一笑生、酒中八仙歌、陈家山人，系大中华诗词学会会员，湖北省诗词学会会员。湖北省宜昌市远安县人。生于1958年9月，种过田，从过戎，务过工，后长期从政。自小喜欢文学。尤爱诗词歌赋。并有近50万字作品散见于全国及地方性刊物以及各大网络论坛。

七律·村居（八首）

一
闲居安鹿度韶华，盈耳蛙鸣竹影斜。
偶见炊烟遮落日，时逢晓月送归鸦。
逗孙追蝶东篱外，偕伴采芹西圃洼。
满桌清风何用买，一壶老酒醉流霞。

二
宅在青龙岗下居，一窗明月半床书。
周遭蛙鼓声粗细，眼底荷姿影实虚。
九月黄花香枕畔，三冬瑞雪醉裙裾。
丹青四季无须画，细雨清风自在梳。

三
六月乡间最可心，清风习习起浓阴。
身无名累凉长至，耳有泉吟暑不侵。
竹下敞怀听鸟语，溪边赤足看蝉吟。
夜来渐觉蛙声远，自是酣然入梦深。

四
八月稻粱渐熟沉，秋风乍起始虫吟。
傍篱瓜豆花红白，遮地藤萝影浅深。
几畦蔬菜悠闲种，数只鸡鹅自在寻。
尤是顽孙开学后，往来接送更专心。

五
占尽春光不用赊，篱笆小院是吾家。
河边曲岸紫垂柳，竹外回塘载落花。
每忆流年惟有梦，常思羁旅也无涯。
闲来把酒桑阴里，蛙鼓声中说物华。

六
闲来信步入青纱，盈耳虫声自噪哗。
月度荷塘惊宿鸟，风过萝径逗鸣蛙。
征鸿已去云天外，倦客还归蓼岸家。
行到村头水穷处，眼前一片尽芦花。

七

淅沥轻敲入梦初，恍如邻女隔墙呼。
惠风吹醒山千座，甘露还魂树万株。
应是枝头花烂漫，须知原野草繁芜。
平明急赴园中看，莴笋莓苔半露酥。

八

了无心事坐庭前，便有蛙声近耳边。
初似壁钟轻嘀嗒，转成鼙鼓急喧然。
微风习习飘村郭，凉霭幽幽漫野田。
一片嘈啾沉寂后，惟余月色照中天。

陈嘉鹏

1968年进上海染化一厂工作。曾任党委副书记，上海染料公司、华谊集团企发公司党委副书记兼上海染料公司副总经理。受父亲影响爱好古诗词，退休后学写诗词，也多有作品发表、获奖。现为上海市诗词学会会员，中华诗词学会会员。

七绝·莘庄探梅两首

（一）

千姿百态竞相迎，一路芳香伴客行。
挚友骚坛多雅兴，寻幽共约畅吟情。

（二）

乍暖还寒犹未定，风姿百卉傲梅花。
竹松竞翠常相伴，三友亲香似一家。

七律·戊戌金秋高中同学欢聚

东篱赏菊满馨香，再聚同窗日月光。
嬉闹欣然何觉老，欢言笑我弄孙忙。
何愁岁晚容颜改，笃信春芳意趣扬。
老树新枝添硕果，童心未泯映青阳。

七律·步姜云娇老师"赞《黄浦江诗潮》出版"瑶韵

赞美声声接九天，巨编一册见能贤。
煦风阵阵诗词颂，碧水连连曲赋妍。
大汉清音闻世界，中华韵律咏成篇。
杨骚播雅同酬唱，国粹相承四海传。

七律·续"桃花红润疏烟外"

桃花红润疏烟外，料峭微风拂拂来。
玉犬迎春春意旺，金鸡赐福福门开。
岸边鸲雀鸣柽柳，水面䴔鸂展翅䎹。
寂寞群仙停不住，流连举步几徘徊。

卜算子·步韵国华兄《卜算子·编谱》兼贺新作脱稿

秋霜染青丝，向晚迷何物。国粹传承需担当，安敢偷闲歇。

古今智慧凝，集聚屏前刷。昼夜窗前难入眠，曲谱迎新月。

摊破浣溪沙·企发公司老同事聚会抒怀

笑对人生奋自强，梦回启发忆韶光。感念当年无怨悔，傲秋霜。

聚首相欢言不尽，真情切切满怀装。艳丽红霞新貌展，意飞扬。

鹧鸪天·康健社区闹元宵

玉犬金猪舞春风，焕然康健韵情浓。扎灯男女尽欢乐，猜谜翁童皆圣雄。

情几许，爱深衷。坦怀真性寄兰松。欢忻吟诵诗词曲，锦绣年华非梦中。

陈建成

笔名学人，网名山野村夫，湖北鄂州人。鄂州市民协、作协、电视电影家协会会员。先后在《鄂州日报》《寒溪诗刊》《江南风》等报刊及花间诗词网、曲水流觞诗刊网、翰墨清吟网、一路诗怀网、雅君文学网、吾爱诗词网等诸网发表诗词作品300

余首；在《一路诗怀诗刊》发表诗词专栏作品180余首。

七律·歌咏祖国
朝阳旖旎春光美，凤舞瑶池雅韵收。
荡涤秦砖顽癣净，缠绵汉瓦古风留。
霞追飞艇天穹去，煦照蛟龙海底游。
一路丝绸连大海，初心逐梦耀神州。

七律·缱怀
韵伴清茶怨岁匆，偏贪秀水爱飞鸿。
诗山逶迤寻幽径，词海苍茫觅峻篷。
欣喜琴台音击浪，何愁老骥履掀风。
故人幸沐琼瑶美，益寿延年为母忠。

五律·游海天水世界
疏风细雨行，深壑轿车横。
昨睹汶川泪，今闻海啸声。
群雄飞浪跳，老幼浅滩争。
莫道穷山恶，虹霞挂旧棚。

注：海天水世界距四川北川地震灾区二十余公里的大山中而建。

五绝·赛龙舟
战鼓擂人兴，龙舟浪里咻。
谁浇银玉雨，凉爽白花头。

七绝·夜韵诗

一

一盏清茶夜韵诗，荷香蝉憩景幽时。
开启扉画生凉爽，拨弄闲琴跃雅池。

二

程门酿酒醉相宜，一碗甘醇夜韵诗。
醉者蟾宫攀桂去，醒来却是五更时。

三

喃燕衔泥咏丽词，蛙鸣蟋唱杜鹃痴。
扬葩缠绕渔舟晚，曲曲徘徊夜韵诗。

疏影·猫耳刺
山河四处，历年披翠影，叶形不注。带刺围裙，骨枸春㭌，伴映公园金缕。丹心一片常施展，肝肾补、鞣貳皂聚。故衬烘，洁雪如初，庭叶绿荫枝杵。

正是秋收爽意，实红红点点，昂首情绪。醉汉初寒，刺痛全醒，梦断金陵银许？黄狼鼠类无踪影，更深夜、恬然安住。和谐春，老虎苍蝇，诸哭诉回肠句。

陈建国

中共党员，创作诗词约千余首，有部分诗词作品发表于各级诗刊上。系湖北省诗词学会会员，黄梅县诗词学会常务理事。

祖国颂
青山绿水秀神州，似画如诗耀眼眸。
物产珍奇呈富庶，江湖河海尽风流。
桥横路纵人登月，市美村新车畅游。
国盛疆牢军事壮，民兴业旺展鸿猷。

忆"七·七"事变（新韵）
伤痕耻日又来临，忆往腥风痛煞心。
事变枪声依绕在，救亡怒吼仍犹存。
三千铁甲挥师壮，亿万同胞斗敌勤，
自此中华齐戮寇，顽凶尽扫喜迎春。

童年放牛忆
梦里常萦在老家，牵牛结伴闹喧哗。
东冲草绿喂方好，西畈茵青食更佳。
体壮能犁千顷地，膘肥可负百斤铧。
其时放牧兴无尽，往事回眸泛浪花。

避暑

盛夏来临烈日狂,问君何处避锋芒?
大山深处农家乐,赏景休闲好纳凉。

鹧鸪天·咏荷花

独爱炎天傲向阳,亭亭玉立水中央。枝枝绿叶馨香溢,朵朵红莲笑靥张。

丝缕缕,梗长长,千姿百媚竞芬芳。出泥不染真君子,惹得骚人走笔狂。

陈金昌

退休人员,爱好古诗词,作品散见于《厦门诗词》《安平桥》及微信群。

少年游·对弈

榕阴深处漫硝烟,马跃炮翻山。拱兵长进,驱车掩杀,专捣敌行辕。

楚河汉界当年事,韬略上棋盘。对手谊存,趣生物外,双笑凯歌还。

采《钦定词谱》《词林正韵》循晏殊词体。

醉花阴·厦门海景地铁开通

放眼九州谁气派,蛰地还观海。雪浪笑盈盈,相伴金轮,驶向春天界。

海西美岛多豪迈,看玉龙潇洒。筑路仗神工,巧手恒心,大地添光彩。

采《钦定词谱》《词林正韵》循毛滂词体。

烛影摇红·鼓浪屿月光岩

突兀悬岩,挺然放目秋空阔。万丛苍翠拥楼红,百舸波间越。

一字之差有别。自闲吟、清风素月。琴音曼妙,隙角情依,榕枝椰叶。

注:不久前,我和王金辉、包久江、尹雪金等人,走访居住在鼓浪屿的工友黄清杰、杨培青,他们带我们游览"日光岩"的小弟"月光岩",真是大开眼界。此前,我们从没有听说过这处景点。

采《钦定词谱》《词林正韵》循毛滂词体。

一丛花·信陵君

巍巍虎寨紫箫寒,残月舞鸣鞭。雄豪铁汉胸雷怒,战情急、岂可旁观。秉义窃符,捣秦救赵,天下美名传。

礼贤敬士薄云天,魏地遍英贤。夔龙难遂君心意,马独啸、哀卸征鞍。畴昔芳菲,今朝颢气,麟史注新篇。

注:夔龙,虞舜的二位名臣,尽心辅助国君。

采《钦定词谱》《词林正韵》循苏轼词体。

武陵春·厦门闽台渔轮避风港

雷雨交加洋面上,浊浪拍连天。几叶孤舟似醉颠,何处可归帆?

灯塔闪亮明走向,鹭岛有家园。抚慰惊魂一瞬间,情激白云端。

采《钦定词谱》《词林正韵》循北宋毛滂体。

摊破南乡子·嫦娥四号

梦幻广寒宫,姮娥乐、阆苑添容。寂寞月背奔玉兔,植株芽嫩,鹊桥道畅,惊喜苍穹。

伟业出豪雄。丹心聚、群力无穷。炎黄才俊征霄汉,恢弘气势,寰球胜绝,史载新功。

注:2018年12月8日,嫦娥四号探测器发射升空,并于2019年1月3日在月球背面预选区域成功软着陆,这是人类飞行器首次光顾月球背面。嫦娥四号探测器上搭载的"玉兔二号"月球车、棉花种子等器物,以及中继卫星"鹊桥",均顺利展开测试。

采《钦定词谱》《词林正韵》循程坡词体。

满江红·新加坡之旅

泼翠拖红,丹青手,煌煌大作。莫非那,异草奇花,瑶池遗落。"虎墅"灯红蕉雨急,圣淘沙白烟波阔。①看"胡姬"无处不流芳,②花园国。

乡邻酒,频酬酢。手足意,从头说。忆牛车烈日,昔时颠簸。③创业星洲幸与苦,缅怀梓里劳和获。舞龙灯,河畔闹新春,撩心魄。④

注:①虎豹别墅,圣淘沙均为新加坡旅游景点。

175

②新加坡国花胡姬,系兰花的一种。
③新加坡开埠之初,有人用牛车拉水沿街叫卖。
④1991年春节期间,来自中国、马来西亚、新加坡本地的灯饰团、歌舞团、烟花队、锣鼓队在新加坡河畔热烈庆祝华人这一传统节日。

军旅记忆
阔别戎营五十年,号声哨影挂心田。
犹迎操练交流课,似写行军鼓动篇。
警惕巡逻枪闪亮,激扬演出曲新鲜。
随时领受回征令,战士冲锋永向前。

注:近日到社区领取厦门市春节慰问品,有米、油、对联等,心存感激,并勾起军旅追忆。

七律·芦苇
欲上霄宫扫絮尘,临风起舞倍精神。
虽无拔地浮沉力,却有飞天俯仰身。
胜赏黄莺鸣岭下,幽寻白鹭戏江滨。
清酣秋色添光景,根扎山村更见真。

小重山·鹏堤春晓
玉润冰清围绿绸。几何连线里,展风流。天光倒影画中游。江花醉,白鹭伴寻幽。

忆昔事堪愁。山洪频作孽,百家忧。而今铁壁护田畴。党恩重,黎庶颂千秋。

2018年12月20日

注:福建省南安市诗溪鹏峰村堤岸,于2014年修建完工。壮伟河堤,不但可抵御百年洪水,还添加一道秀美的景色。这得感谢党和政府的精心规划和实施,感谢村两委领导人以及陈瑞元、陈德明等乡贤的不懈努力。宋代朱熹曾亲临此地,挥毫"鹏峰胜地"四个大字,这过化之乡,在新时代必将更加美丽,更上一层楼。

满庭芳·昆山千灯古镇
小巷深深,青青石板,白墙黑瓦莹然。静幽桥下,船女曲悠闲。矗立秦峰塔刹,风吹过、铃响如弹。熏青豆,袜酥麻饼,名气早流传。

江南,弦管地,吴门此处,昆曲之源。喜滋及神州,百戏春妍。更有儒师心血,《日知录》、经世鸿篇。温馨夜,群灯闪烁,古镇月轮圆。

注:昆曲发源于元末明初苏州昆山千灯镇,是我国最古老的剧种之一,很多剧种都是在它的基础上发展起来的,素有"百戏之母"的雅称。2001年5月18日,联合国教科文组织在巴黎宣布第一批"人类口述和非物质遗产代表作"19个申报项目入选名单,中国的昆曲艺术是其中之一。

顾炎武,千灯人,曾参加昆山抗清义军,富有民族气节。"天下兴亡,匹夫有责。"是他充满爱国激情的名言。他是明清之际杰出思想家、史学家,他的八十万言《日知录》,对后世有很大影响。

采《钦定词谱》《词林正韵》循晏几道词体。

清平乐·天山天池
诗情画意,天镜清如洗。西母穆王欢宴地,唱和谣声犹记。

雪岭招手蓝天,晴波轻托游船。昔日深山瑰宝,今朝熠耀人间。

注:《列子·周穆王》:"遂宾于西王母,觞于瑶池之上。西王母为王谣,王和之。"没有音乐伴奏只是清唱的歌叫"谣"。

采《钦定词谱》《词林正韵》循李白词体。

渔家傲·伊犁那拉提草原
瑶草琪花天上景,萧萧马队争驰骋。缓缓牛羊斑驳影。多明净,苍身白首遥山静。

遍野旅人游意盛,相机"平板"频留镜。毡帐塔松拼画境。真万幸,青蓝世界生题咏。

采《钦定词谱》《词林正韵》循晏殊词体。

青玉案·喀纳斯
痴迷多少行人客,水妩媚,山奇特。款款西施临北国。岗摇钗朵,浪翻裙褶,岭雪敷容色。

从来绝景藏川泽,况有红鱼待寻觅。百米深波难揣测。攀高遥望,似翻图册,页页皆金碧。

注：北疆喀纳斯湖中传说有湖怪"大红鱼"出没，据称长达10米，有科学家推测为大型淡水食肉鱼类哲罗鲑，但未得到确认。

陈金石

男，72岁，大专文化，在中国农业发展银行遵义市分行退休，系中华诗词学会会员，遵义市诗词楹联学会理事，遵义市松月诗社社长。

春游

雨过岚山翠欲流，春风梳理柳稍头。
碧池清水观云影，绝壁深沟探谷幽。
燕子楼边寻乐趣，桃花源里解烦愁。
村前把酒言心事，郊外吟诗兴不休。

亥岁春日自咏

本来无意进平台，自是群中一蠢才。
诗句贫枯知尽处，言词弊病觉悲哀。
入春案上兰花放，二月窗前柳眼开。
紫燕呢喃低细语，声声叫我莫徘徊。

早春偶咏

紫燕呢喃穿柳林，炊烟袅袅绕山村。
清风阵阵拂郊野，细雨纷纷洒水滨。
儿子牵牛先垦地，老夫荷耒亦耕春。
时光把握勤劳作，是处芳华气象新。

早春二月

黔北山村二月天，滋芽嫩柳换韶颜。
花香鸟语催春早，细雨和风绕院前。
新嫂荷锄勤种菜，老夫犁土快耕田。
乡间一片繁忙景，汗水浇出伊甸园。

清平乐·春

原野明媚，又见桃花瑞，啼鸟枝头春意醉，轻拨柳弦摇翠。
灼灼桃李芬芳，蕙草格外清香。倩影展眉舒眼，和风逐梦飞飚。

红城春早

遵义名城二月天，湘江两岸柳如烟。
清风裁就千花秀，细雨浇开百草妍。
点缀郊区几幅画，留连堤畔万家园。
痴心眷恋赏春景，沐浴阳光兆稔年。

陈锦锋

男，63岁，湖北浠水人。省市诗词学会会员，县诗词学会常务副会长，《清泉诗词》栏目编辑。有诗词作品发表于《诗词月刊》《湖北诗词》等刊物。并分别获得孟浩然田园诗词大赛优秀奖和改革开放四十年全国诗词大赛优秀奖。

七律·赞城乡敬老院

依山傍水建家园，鳏寡人人进福门。
彩电遍看关国事，荧屏纵览悦心魂。
饭肴可口餐餐饱，床褥清馨夜夜温。
自古总言儿养老，于今岁岁沐天恩。

七律·咏梅

笑语千秋和靖家，清香铁骨不繁华。
几枝疏影临池角，半树虹霓着彩花。
辞腊待来春报晓，迎新将换岁流霞。
怀情着意吟冰雪，一阕新词胜酒茶。

五律·山里人家

薄雾绕琼楼，林中躁醒鸠。
枫红霞惯送，露白菊相酬。
早雁清音爽，前门小径幽。
勤农耕四季，硕果庆丰收。

忆秦娥·农庄夜

流云歇，夕阳西下窗前月。窗前月，银辉一地，竹枝摇拽。

兴来犹自弹三阕,为酬村女歌声悦。歌声悦,庄人把盏,酒酣心热。

阮郎归·地震中的母爱

身临绝境母婴啼,重重瓦砾堆。堪怜几日腹中饥,垂危命险夷。

娃莫哭,母来依,艰难靠近移。娘亲舍命拓空基,救儿脱险期。

忆秦娥·雪中乐

寒风朔,飘飘柳絮千山泊。千山泊,屋檐挂玉,冰枝摇落。

村头阵阵童声乐。家中美酒香于昨,香于昨,隔篱呼友,围炉欢酌。

七绝·游天然寺(二首)

一

芒鞋锡杖两翩翩,曾息云游到此眠。
一自相传薪火后,始修兰若号天然。

二

此是英雄逢难处,至今人说好尘缘。
我来不只恭维佛,还向尊前忆旧贤。

陈进修

上海市崇明区总工会退休。现为上海市崇明区鳌山文学社社员,上海市崇明区诗词书画学会乡愁诗苑分会、秘书长,《乡愁诗苑》责任编辑。

五绝·咏牛

劳作多辛苦,埋头不为功。
乳甘唯食草,一世受尊崇。

五绝·中国农民丰收节

稻谷翻金浪,珠英送异香。
秋分佳节里,九亿赞歌扬。

注:珠英系桂花之别称;以户籍计,中国有9亿农民。

五律·中秋

中秋团聚日,赏月叙家常。
细数乡村美,争夸祖国强。
深情歌改革,感慨忆沧桑。
邀得嫦娥舞,翩翩广袖扬。

七绝·缅怀伟人毛泽东

唤醒神龙世界雄,千秋伟业众人崇。
邦强民富中华梦,件件寻源有尔功。

七绝·港珠澳大桥通车

港珠澳大桥于2009年12月动工,2018年10月24日正式通车,历时9年。

巨龙卧海戏诸神,九载攻坚梦变真。
浩瀚工程惊世界,中华伟业喜添新。

七绝·贺人类首次月面生物实验成功

2019年1月15日,嫦娥四号上搭载的生物科普试验载荷公开发布试验照片,在月球背面之生物科普试验载荷中,棉花种子成功发芽,标志其完成了人类在月面进行的首次生物实验。

月宫后院育棉芽,引得嫦娥笑口夸。
生物科研惊玉帝,天庭着意贺中华!

七绝·竹编工艺

柔情双鹤颈长伸,小鸟多般体态神。
精品竹编称少见,志安技艺可迷真。

注:王志安艺人系崇明中兴镇北兴村人,擅竹编各种鸟类,惟妙惟肖,似可乱真。所见诸宾,一致称绝。

陈劲煌

男,1942年生于湖北大冶。1966年毕业于华中师大。曾任中学电大党校高级教师、党校工作副校长。退休后参加省市诗词楹联学会活动。创作交流作品两千余首,被刊物发表收录数百首。

绝句·大暑偶感
盛夏严冬温度差,自然百态竞荣华。
骚人总咏岁寒友,不见谁吟傲暑花。

咏紫薇等傲暑四友(五首)
绝句·序
红颜白雪紫薇鲜,冰炭相容艳伏天。
遥感稻荷同傲暑,凌霄远望可耕田。

五律·紫薇花
紫薇傲暑开,异彩靓楼台。
最喜骄阳烤,偏迎热浪来。
红颜腾火焰,白雪瀑琼腮。
冰炭姿容美,芳心不染埃。

五律·莲藕花
仙子下天台,凌波傲暑来。
头昂闲伞盖,笔直点苞开。
热浪宜修足,纤尘不染腮。
紫薇呼稻蕊,仿友结珠胎。

五律·稻谷花
无缘属百花,不怨在农家。
傲暑荷为友,孕胎莲梦华。
谷荣三伏热,饭饱一餐奢。
济世谁能比?丰功岂用夸!

七律·凌霄花
凌霄女血溅花红,淫棍阴谋全落空。
借气生根攀绿柳,翻边漏斗倒金钟。
何愁绝壁寒冰冻,不怕骄阳暑热烘。
从夏到秋围院落,随时入药济伤穷。

注:凌霄女与柳全明抗暴殉情的传说。

立秋日读诸君颂诗有感
骚客关门颂立秋,农夫热汗遍身流。
空调不敌楚天暑,老虎田间咬死牛。

注:老虎,即秋老虎。

陈景伟

1969年12月出生于浙江青田,毕业于丽水师范专科学校物理专业,现旅居捷克共和国布拉格,从事国际贸易。系欧洲书协副主席,捷克中华书法协会秘书长,捷克中国经济贸易文化促进会秘书长,丽水市诗词协会会员。

行香子·戏说人生
似水流年,笑看花繁。取一瓢弱水三千。不要奢望,只为清欢。地久天长,一壶酒,一生缘。

千帆过尽,红尘一曲。半盏清茶望云闲。悠然自得,夜夜好眠。醉一蓑风,一暮雨,一晨烟。

观十里荷塘有感
碧潭映树水中天,倚岸轻舟对玉莲。
尽态极妍娇欲语,含香脉脉向谁传?

暮春有感
星移斗转又残春,乍暖还寒酒寄身。
桃李芬芳香已远,山榴娇艳色犹新。
落英不恨无情雨,骚客甘为养性人。
耕读渔樵凭自在,琴棋书画慰红尘。

临江仙·大学室友雅集有记
意气书生曾记否?而今华发丛生。云和重聚话离情。穿山行碧水,云曼浩然亭。

三十功名尘与土,几多风雨飘零。销魂应是杯莫停。恰良辰美景,正细月风轻。

注:云曼是指宋城云曼酒店及景区,号称小马尔代夫。

雪景

昨夜寒风催皓雪，今晨冷雨洗银装。
群山雾色连天近，万树梨花接地长。

无题

世态炎凉我自知，临窗把盏对寒枝。
三秋桂子三秋夜，寂寞成禅雨亦诗。

无题

幽篁曲径草堂深，弄墨挥毫远世音。
浅赋清词寻雅趣，春花秋月伴诗心。

临江仙·贺空中课堂两周年

又见冰枝迎腊月，梅开二度争妍。师生两载方寸间。临屏寻雅韵，平仄有真传。

惭愧无遐疏练笔，多因俗事纷繁。聊聊数语不成篇。龙门此后越，你我竞诗仙。

陈敬明

男，网名六如轩居士金明，1951年生，龙港文化站调研员，现已退休，系黄石市作协、湖北省阳新县楹联会员，中国当代诗词楹联文化研究员，著有《联趣新拾》等。有诗词楹联作品发表并得奖或入典或书刻。

江城子·自慰

风光满眼画图秋，望空雕，正飞娇。廖廓江天，水净更山幽。枫叶经霜红似火，胜二月，比花娇。

人生已过当阳桥，下金雕，御吴钩。顿令离岗退养刺心焦。才了棋牌又唤酒，对明月，又相邀。

蝶恋花·自励

虽是平生无好运，直到晚来，每每囊羞窘。在位噬谋和鬼混，清风不解稻粱困。

淡出红尘无悔恨，落得平安，正好将津问。弄月吟风花茂盛，重门不插好酣困。

卜算子·小百姓买轿车

县吏坐帆篷，省干两头拱。公社官乘统统咚，坏了求人揉。

改革驭春风，百姓轿车拥。马路如流直又宽，咫尺天涯踵。

清平乐·清贫乐

粗茶淡饭，与世无争怨。陋室寒窗无暗算，美景无钱任看。

历经曲曲弯弯，遍尝苦苦艰艰。度过沟沟坎坎，恣情水水山山。

木兰花·观某歌星演唱

霓虹高挂舞台靓，坦胸露腹如莺唱。青春活泼著时妆，飞目流波情四放。

歌星舞唱高台上，多少狂迷如海浪。自惭形秽枉诗人，羞涩阮郎书屡当。

念奴娇·赤壁怀古

蒲圻赤壁，忆当年，血雨腥风经历。魏蜀吴，三国激战，江岸至今有迹。英发周瑜，神机诸葛，孟德雄鹰立。滔滔江水，可还记那狼籍？

历史创造凭谁，人民当属，但英雄莫昧。换代改朝相接替，拼死为争权位。胜者王侯，败成魑魅，不变之规律。东风有道，与民休养生息。

满庭芳·绮梦

风冷梧桐，云浮雁影，澄光斜照芸坊。

绮栏遇旧,诘问东湖廊。昔日深情何了?打野眼,答语惶惶。嗔中恨,十年久负,酸味透心凉。

年年,打策嘴,重温绮梦,再续浓章。忍看韶光逝,人老珠黄。疲惫人生累客,已无有诗酒情囊。做三省,心中默辘,羁在老家堂。

行香子·独思

历尽磨搓,一梦南柯。漫盈说,半世蹉跎。此生无悔,唯有廉歌。笑情场错、官场过、贾场跛。

夕阳尚好,秋色如何?晚霞情,尽付吟哦。芸笺频展,铁砚常磨。咏史前铎、窗前木、佛前谟。

陈军

黑龙江省萝北县第二中学语文高级教师,曾荣获鹤岗市学科带头人、优秀班主任。中华诗词会员,省诗词协会会员,现诗词作品近500首,作品散见于《诗词月刊》《诗词世界》《鹤鸣诗刊》《湿地风》等诗词期刊。

七律·为纪念毛主席诞辰125周年而作

常忆昨秋雨泣声,哀鸿低首厦将倾。
曾燃星火燎原起,唤举红旗耀日升。
漫道雄关驱鬼魅,而今伟业跨腾龙。
人民领袖精神在,佑我江山代古兴。

七律·"天蓬开门贺新春"鹤萝三地联谊有感

生态宝泉展画廊,天蓬载瑞泛春光。
诗词新作抒心曲,歌赋佳篇赞北疆。
快板声声清脆响,舞姿款款婉约藏。
新人嘉奖积跬步,不改初心奔远方。

调笑令·初衷

晨练,晨练,舞扇耍刀弄剑。方池清净时寅,日洒淋漓健身。抖擞,抖擞,花枝细腰杨柳。

陈乐怡

女,广州市人,现已退休。诗词爱好者,目前是广东省中华诗词学会和广东省岭南诗社会员,粤穗科技诗社梅花诗社副社长。

苏幕遮·琵琶四季风

(其一)春声

一炉香,燃正午。静看芳菲,细弄宫商羽。声荡空楼楼外雨。雨后红稀,却共东风舞。

入云天,传万户,驻步行人,赏听群三五。弹者衷情弦解语。知否春江,花月流千古。

注:《春江花月夜》是一首琵琶古曲。

(其二)夏音

趁凉天,归别苑。退避凡嚣,此际桐音软。戏水鱼儿兴浪浅。昼踏香尘,在画中闲遣。

月朦胧,人缱绻。夜半无眠,恍入蓬壶殿。仙乐飘飘声委婉。惬意荷风,拂得花钿乱。

注:有瀛洲古调琵琶曲《鱼儿戏水》。

(其三)秋思

菊花黄,枫叶耀。谁个思乡,只为平安祷。但见江南生绿草。雁语交交,恰与琴同调。

旧情深,西夕照。老酒壶香,尽把愁容扫。今夜重逢明月皓。心暖如春,何惧秋风啸。

注:有感于琵琶古曲《妆台秋思》。

（其四）冬韵

静园芳，疏影诱。晓日梅妆，转轴纤纤手。独与弦丝檀板扣。白羽飘飞，撩动香风袖。

雪为衣，花佐酒。曲蕴千仪，迷醉知音友。玉蝶风中吹渐瘦。踏雪迎春，朱阁摇杨柳。

注：琵琶古曲《梅花三弄》。玉蝶，梅花品种名称。

思佳客·老而不息

老去韶华难再逢，琴诗相伴日方东。斗斋不息三更冷，半砚来濡一笔浓。

心祛暗，晚披红，光阴复得未途穷。无言感物成蹊下，香自花间叶底风。

弦声无我

人外空山一把琴，声如流水洗君心。
暂忘苦世浮名逐，犹坐舟中看涨沉。

陈立和

1947年生于广元城关，中共党员，中华诗词学会会员。毕业于西师数学系，理学学士。业余喜填词作画以自娱，50余年存诗词500余首，多为国家级诗词出版社收编。原任市审计局副县级调研员，市审行学会秘书长，《利风诗报》责编。有《诗词常识》一书问世。

七律·咏梅

滚滚寒流翠叶稀，铮铮铁干孕生机。
霜欺雪压颜无惧，雾锁冰封志不移。
万里馨香霏玉蕊，千般妩媚绽虬枝。
痴情劝得冬君去，却向花丛著绿衣。

七律·咏兰

风姿绰约貌端庄，空谷常牵屈子肠。
乐与松梅为伴侣，时偕竹菊入厅堂。
幽香袅袅骚人醉，翠叶翩翩墨客狂。
妙笔生花清气淌，跃然纸上也芬芳。

七律·咏竹

翠影婆娑秀可餐，庐前结得板桥缘。
虚心直指青云上，劲节难容玉脊弯。
耻向高天求厚土，乐携稚笋拓荒滩。
成材不作居功傲，俯首捐躯义凛然。

七律·咏菊

金风送爽话重阳，又见东篱吐艳忙。
簇簇修枝容侗傥，团团玉蕊酿幽香。
傲霜已备凌寒骨，慰世全无媚俗妆。
蜂蝶难来花自放，霓裳巧织壮秋光。

鹧鸪天·松颂

乐上高山伴险峰，铁枝铜干叶葱浓。扎根坚实　岩里，寄志苍茫云海中。

冬佩雪，夏披虹，怡然自得啸长空。遍尝世态炎凉味，任尔东西南北风。

沁园春·广元铭

川北咽喉，三省通衢，凤翥龙盘。望朝天峡耸，涛惊云栈；剑门壁立，雾锁雄关。万壑藏幽，千峰竞秀，浩荡嘉陵碧练穿。神来笔，绘翠廊百里，今古奇观。

地灵人杰投缘，有多少英贤留美谈。昔媚娘幸世，金轮感孕；孔明伐魏，木马支前。道子留痕，真卿奉韵，太白狂歌蜀道难。乾坤转，看红军赤胄，指点江山！

满江红·大连滨海路揽胜

曲径通幽，滨海路，云环翠绕。放眼望，苍穹若洗，碧波浩淼。秀水蓝天融一色，近礁远岛浮光燿。掠惊涛，燕舞共鸥飞，声喧噪。

银浪涌,阳伞俏;人如织,沙滩爆。独青山名苑,石奇林茂。六虎争雄姿各异,迎风长啸奔涯坳。壮矣哉,真鬼斧神工,何其妙!

风入松·石海洞乡游记

铺天盖地石嶙峋,百变秀纯真。摹人拟兽皆惟肖,傲长空、灵动传神。骋目奇峰俊巘,怳然身置瑶宸。

穿庐广厦细探寻,辽阔共幽氛。洞中有洞藏玄妙,泄虹霓、惊艳横陈:贝阙珠宫乳笋,小桥流水廊门。

陈立华

1958年生于上海市杨浦区。从小热爱诗词,退役于海军,退休于宝钢。喜欢读书、旅游、音乐、书画、手工和写作。记录人生感悟,写过几百首诗词。2018年12月21日加入中国诗歌网成为普通会员和蓝钻诗人,笔名缘于自然。

玉堂春·忆瞻杜甫草堂

蜀居逃乱。庐建浣花溪畔。朴雅幽深,翠竹亲楠。草木兰梅,错慰池亭榭,信步耘思泪赋酣。

二百诗呈瑰宝,千吟辉故园。巨献峰峨,圣气弥滋养,佳作流芳敬者延。

端正好·耳顺之春

万物争春风华茂。温舒惬、晨鸟欢叫。感时活力倍增巧。揽洗烹、修词稿。

善学新知安行道。心宽厚、何生烦恼。屏歌好剧醉弦调。趣练游、珍分秒。

越溪春·旧景重游
——时隔十七年再游双龙洞和诸葛八卦村

梅雨骤频河泛岸,无奈禁漂流。改游再潜双龙洞,进卧舟、纷彩环幽。奔水轰鸣,吟观岁逝,千古溶丘。

忠丞后嗣繁稠,八卦隐村楼。戒词传诵世代福,瞻思省益谁收。修性养德励远志,辉自淡中求。

2019年7月10日

注:戒词,即诸葛亮《戒子书》。"福",为入声。

少年游·读诗羡老友

博学聪慧奋恒兼,文武俱功延。性温和友,善谦低调,耳顺尽职全。

一生幸有吉妻助,子成利夫贤。勤俭相扶,重情当贵,垂范羡良缘。

七律·和老友再读归去来辞

春晖踏雪踩欧梁,夏雨思梅探故乡。
造假伤民哀股恨,分红攒利乐游忙。
心宽但有怡诗在,地阔难容叛道狂。
岁月如梭夕倦市,逍遥尽慕采菊冈。

2019年7月18日

注:去春与老友共登"欧洲屋脊"之兰少女峰。

临江仙·慕课观敬摆渡人
——追敬王步高教授

坎坷青春迢路,情痴书梦节操。师从泰斗奋学骁。躬耕培沃土,哺血育英苗。

何计薄酬孤远,惟从使命欢遥。光阴摧客健形消。古诗滋后养,新作慰君劳。

陈丽华

网名飞花丝雨,安徽合肥人。中华诗词学会会员,晓东社刊会员,在《晓东诗刊》、微信平台发表多篇诗词作品,并获2019年诗词世界杯第五节中华诗词大赛一等奖。闲暇之余喜欢用诗歌记录生活感悟!

忆家乡夏景
朝烟含碧翠，夕日映红莲。
桑梓人勤早，田畴牛作欢。

咏蝉
炎炎暑日蜩鸣嘒，自带琴音伴晚霞。
何惧一朝寒露降，悄然入土蜕蝉花。

散步闲吟
蛮吟蝉嘒晚来霞，裙摆轻摇陌上花。
吾自轻盈风自舞，朱颜未改绿鬓发。

七夕
遥望星河月一钩，人间天上话风流。
鹡鸰比翼双飞渡，入骨相思泪染秋。

小雪日
搁笔推窗迎小雪，喜闻邻院腊梅开。
正愁此景无佳句，风递清香诗韵来。

旅行感悟
沧桑岁月是非空，莫负闲时添雅情。
人在旅途诗满路，灵魂深处自丰盈。

游郊外公园有感
花间墨客寻诗乐，柳下渔翁垂钓闲。
姑且不闻尘外事，心随云卷向晴天。

雨日闲思
静坐窗前听雨哒，闲翻缃帙笔生花。
曾经几度漂流外，帘卷人归梦里家。

蝶恋花
花也美，蝶也美，花蝶相依年年春。
青山径，绿水间，花蝶起舞春也醉。
花恋蝶，蝶恋花，芬芳翩翩在天涯。
秋风来，雨扰过，花似蝶飞蝶似花。
花落地，蝶伤悲，花魂蝶梦永相随。

陈丽琴
江西省鹰潭市人，笔名念红、范儿，网络诗词编辑，鹰潭市诗词学会会员，江西省诗词学会会员，江西省女子散曲社会员。在报刊发表诗词若干。

七绝·九仙村避暑逢雨
乡中逢雨暑天喜，一片雷声一片晴。
鸡唱鸭欢还看景，田间此刻遍蛙鸣。

七绝
雨歇微风点点凉，池塘水满绿荷香。
鱼虾嬉戏清波起，欲采红莲作美裳。

七绝
一路风光一路长，不闻花语不闻香。
沉思竟忘何归处，几阵清风方觉凉。

鹊桥仙
古廊苔碧，长江水阔，遥看孤山中断。
征帆迎浪起鲸波，望天际、孤鸿幽啭。
今来观水，今来看岭，却把心思还乱。
小姑梦断望彭郎，又何奈、天涯各远。

画堂春
阴阴庭树夏虫鸣，下楼闲走园亭。柚花不见子初成，紫燕回萦。
枯井墙阴独影，思君如昨留停。繁华纵去几时明，日已西倾。

减字木兰花
荷塘香满，日落西山何觉晚？纤步盈盈，恍若云端策马行。微微风语，长夏何妨无去处。宿鸟依依，莫待芙蕖香尽时。

天仙子·暮春

一夜春风吹梦觉,离恨新愁何日了。暮春光景似流年,徒窈窕,临镜照,花落谁家愁煞脑。

本是枝头同病鸟,燕子单飞怜似草。海棠依旧妒红颜,花开早,蝴蝶绕,飞入黄花何处找。

离亭燕

一地青苔斑驳,寻遍履痕轻蹀。老屋已非当日景,小院竟如阡陌。杂草遍荫荫,难见院中亭阁。

闻得园中云雀,来往树头飞跃。还忆当年凄切事,尽在心头难却。独倚静斜晖,人去茶凉情薄。

陈良

现经营科技咨询公司,为海内外客户提供芯片器件和制程特性的建模和仿真、电子电路设计、热力学模型和仿真,以及数据建模和仿真在股市中的运用等咨询服务。作者是海外几个诗社成员,自编诗集《荒村野耕集》。

七绝·苦尽甘来

红莲两朵露天开,饱历风霜正可哀。
却喜磨多生好事,一朝苦尽便甘来。

七绝·雏凤冲天

不信穷通皆是运,一生休戚总由人。
凤雏自有冲天志,素手描成锦绣春。

五绝·智慧花开

灵根本不群,黛色正欣欣。
智慧花开处,辛勤硕果芬。

减字木兰花·长忆芳华(五首)

(其一)豆蔻年华
春光妩媚,嫩叶新苞真可意。
袅袅东风,吹出繁英点点红。
兰心蕙质,瑶草琪葩同沐日。
叠翠连娟,豆蔻金钗正妙年。

(其二)异彩芳踪
书山凝翠,曲径花香人欲醉。
春满兰房,风雨同窗情意长。
茫茫学海,如玉芳踪扬异彩。
天道无情,舟阻瞿塘梦不成。

注:"瞿塘"指瞿塘峡,是长江三峡第一峡,也是最险要的峡,地处传说中的"巫山"脚下。

(其三)心碎阳关
迎眸街市,咫尺红尘遥万里。
别绪深藏,劳燕分飞各一方。
回望纤背,未到阳关心已碎。
借问冥鸿,此去何时可再逢。

注:"阳关"指《阳关曲》,古人送别时唱的曲子,源自王维名句"西出阳关无故人"。

(其四)芳华隽永
离情谁诉,默默伤怀多少度。
极目斜晖,欲寄相思雁迹稀。
且将背影,留在心中芳隽永。
雾锁云封,携过蓬山千万重。

(其五)犹梦蓝桥
霏霏细雨,又见门前花满树。
芳信何寻,遥隔天涯思更深。
几经寒暑,还记当时相望处。
历尽沧桑,梦到蓝桥犹断肠。

注:"蓝桥":典出裴航云英故事中的蓝桥驿。

陈麟

学名习飞,微信网名麒麟,知名诗人。香港大中华诗词协会常务理事,香港诗词文艺协会理事,众创诗社顾问等10多家社团成员。其诗词作品散见于国内 40 多家纸质诗刊诗集及网络微刊,并在全球全国华文诗词大赛中多次获奖。

七律·咏蛙
雨后山风送晚凉,群蛙奋力闹田塘。
鸣来艳色鸣春色,醉了朝阳醉夕阳。
点水蜻蜓枝上舞,玩泥菡萏叶间藏。
农忙护稻除虫害,哪有闲功鼓道场。

七律·游泉州开元寺
千年古刹任徘徊,两塔凌空石妙堆。
一曲仙歌传佛教,三湘俗子敬如来。
桐城竹雨飘幽谷,寺院莲香绕供台。
胜景弘同留法宝,虔诚佑国不心灰。
注:弘同:指弘一法师李叔同。

七律·秋游庐山
邀朋揽胜乐秋游,雨后青松入镜头。
茂树参天云霭霭,凋枝匝地鸟啾啾。
仙人洞隐三江月,五老峰藏一石猴。
远眺重峦多秀丽,吟诗酌句颂金瓯。

七律·游英德尧山天门沟
夏日尧山驿栈幽,层林树屋乐心头。
唐妃品荔骑尘散,古道观泉圣水流。
郁郁峰峦藏胜迹,淙淙峡谷见飞鸥。
天门宛若蓬莱境,鸟语蝉鸣唱九州。

七律·游花都湖公园抒怀
花都锦绣青山翠,碧水湖园靓穗城。
十里香浓游憩乐,三桥色艳尽怡情。
琼楼馆塔清风恋,榭阁亭台赏月明。
巧治污河开胜景,天王故里有贤能。
注:天王故里:指广州花都区,即太平天国领袖洪秀全的家乡。

七律·重游湘潭雨湖公园
偕妻恋旧雨湖游,郁郁芊芊放远眸。
漫步仙桥观八景,栉风岸柳荡三舟。
翩翩燕舞英姿展,袅袅莺歌逐梦留。
喜揽潭州多靓丽,湘莲馥溢满亭楼。

七律·游肇东千鹤岛湿地公园
松江绿水肇东流,鹤岛风光眼底收。
湿地芙蕖香袅袅,湖天鹳鹭落悠悠。
凝思月色疑仙境,眺望粼波荡叶舟。
盛世寻芳游客旺,瑶池亮秀有新猷。
注:松江:指千年古河道松花江。

七律·游番禺宝墨园抒怀
金猪献瑞鼓声隆,福满禺山一片红。
水绕亭台闻鸟语,山环苑阁沐春风。
悠悠典故难明惑,佼佼文章岂落空。
我爱麒麟留合影,园中宝墨古香浓。

陈麟泰

男,1962 年 3 月 19 日生于海南黄流孔汶村,现任职中国工商银行三亚分行,原乐东县书协副主席,原乐东县青年书协主席,三亚民间艺术家协会会员,中级经济师,自小喜爱文学、诗词、书画、崖州民歌(国家非物质文化遗产)等,艺无止境,终生追求,一生向善。

花落蝉鸣
日烈听蝉叫,檀花似雨潇。
有谁见怜汝,曾经一瞬俏。

初夏感怀
雨散倾巢出,风清水泛圈。
鱼儿追落叶,未见有悲天。

牵挂
月上村庄美,犬惊人近扉。

隔篱妤婆问，可有玉人陪？

陈侣白

94岁，离休干部，福建省作协原秘书长，职称编审，中国作协、中国音协、中华诗词学会会员，中华诗词文化研究所研究员，中国音乐文学学会主席团荣誉委员。获中国作协"从事文学事业60周年荣誉证书"，省文联"福建省老文艺家成就奖"。

七绝·忆螺洲（二首）

小序：福州南台岛东南端乌龙江边风景秀丽的文化古镇螺洲，是福橘的产区；因橘树冬结红橘春开白花，且有田螺仙子下凡助贫的传说，故有白花仙洲的美名。1953年，我与挚友朱一震到螺洲合著多幕话剧《种橘的人们》，由福建省话剧团首演，参加首届华东话剧会演大获盛誉，京沪浙川话剧院团争演此剧，纷纷到螺洲体验生活；后来我们二人又将《种橘》改编成电影故事片《闽江橘子红》，上海电影制片厂也来螺洲进行拍摄，默默无闻的螺洲一时盛况空前。其后艺术道路艰难曲折，如今上影《闽》片人员多已作古；惟知牛犇获金鸡奖终身就奖，83岁入党，恐是硕果仅存者。我虚度94春秋，与螺洲结缘屈指66载，不胜沧桑之感，遂赋七绝二首。

一
盈盈碧水漫江流，红橘白花往事幽。
六十六年如一梦，月华犹自照仙洲。

二
烟消云散叹风流，离合悲欢寄此洲。
昔日明星多已渺，牛犇与我共白头！

七绝·西禅寺胜况天地惊

善恶从来有斗争，众生意愿判输赢。
西禅浩劫横摧后，胜况空前天地惊。

注：福州的西禅古寺，有1152年历史，迭经废兴。"文革"受害最大，今已全面振兴。

七绝·请听钟磬千古音

皇权肃杀独夫志，佛旨慈悲公众心。
万岁颂歌声竭日，请听钟磬千古音。

七绝·西禅寺即景

玉佛楼前花满株，观音阁畔鸟相呼。
觉场诗会吟声起，一幅人间安乐图。

注：觉场：诗会场所横匾"最胜觉场"。

七绝·夏日黄昏西禅寺

丹荔浓荫展翠帷，缤纷宝刹浴斜晖。
游鱼飞鸟皆知乐，人约黄昏更忘归。

临江仙·赠荷轩女主人

西海岸边精舍，满楼优雅超凡。开帘万里现江天，空濛烟水际，舟艇尽悠然。墨宝长留逸韵，舞姿潇洒蹁跹，主人自在似神仙。新醅梅子酒，宴客喜同酣。

注：女主人"荷塘夏洁"，是福州著名书法家、舞蹈家。

摊破浣溪沙·吟诵梦魂牵

吟诵书声自古传，今朝兴盛万民欢。大会推波还助浪，共加鞭。吟诵犹如春日雨，长浇国学百花妍。传统接班吾辈事，梦魂牵！

注：大会：指2019年中华经典吟诵大会。

陈民福

男，苗族，1940年元月生，当过农民、民办教师，1960年9月入伍，解放军战士、干部，荣获广州军区三等功一次，转业后回湖南老家湘西州林运公司任厂长等职。全国劳动模范，享受国模待遇。现已退休。2005年开始学写山歌，已创作3200多首，2010年5月学写诗，多数是苗歌改编而成。2013年12月聘为中国作协诗刊子曰诗社社员。2014年至2015年元月先后加入吉首市、湘西州、湖南省诗词协会，为三会会员。2010年至今，撰写诗4829首，加山歌共计8029首。各级诗刊已发表800多首。全国、全球诗赛获得卓越、民族、优秀奖、金奖，并授予优秀诗人、诗词家荣誉称号。

五一南下桂林游
合家奔赴桂林游，信步江边绕玉楼。
一路欣欣观美景，华章撰写赞风流。

四水一湖奇景观
一湖四水映蓝天，胜地三湘名好传。
陶醉游人开笑语，华章撰写赞山川。

清华老校好名传
泮宫代代黎民夸，学子忠诚为万家。
四海名扬人喜爱，骚人撰写赞风发。

改革开放创辉煌
改革开放四旬年，华夏繁荣海外传。
致富有钱心喜悦，城乡老少好容颜。

改革开放城乡富
改革开放四旬年，事业辉煌海外传。
华夏城乡新面貌，喜迎游客颂家园。

湘西开放引能人
改革要把大门开，四海能人引进来。
事业创新豪气壮，忠诚为庶献奇才。

改革开放利湘西
改革开放四旬年，伟业辉煌海外传。
遍见湘西人有种，创新求进敢为先。

华夏改革海外传
开放改革利万家，辉煌成就众人夸。
城乡新貌名声好，看予良人笑语哗。

改革开放创辉煌
中华处处大门开，海外商人不断来。
走遍城乡生意好，天天盈利乐胸怀。

开放改革豪气壮
中华开放四旬年，面貌一新名好传。
万众争荣齐奋斗，欢天喜地建家园。

辉煌成就众人夸
改革开放富中华，四海扬名众口夸。
美丽城乡新面貌，黎民个个乐哈哈。

暮岁欣然度晚年
暮年岁月恋人间，撰写华章颂故园。
旅行健身观美景，天仙扶予绕峰巅。

陈明林

男，1947年生，甘肃省平凉市人，中共党员，大专文化，工程师。中华诗词学会会员，中华当代文学学会会员，新疆诗词学会理事，中国诗词家协会理事。

五绝·秋日偶成
清风穿陋室，明月透寒窗。
来往无权贵，送迎有墨香。

七绝·邻里大妈
珍珠项链凤翅簪，妩媚犹存两鬓斑。
邻里大妈闲不住，抱孙庭院荡秋千。

七绝·送别
十里边城霜叶残，潇潇秋雨湿衣衫。
今日送君须痛饮，明朝相聚在何年？

七律·咏梅
一树梅花雪后开，诗情画意梦中来。

冰心玉体文人颂,傲骨芳姿秀女裁。
孤影疏枝桃杏色,幽香雅韵满茎苔。
莫言骚客独偏爱,御苑荒村处处栽。

七律·重阳登高

边城雨霁草凝霜,云淡风轻雁字长。
菊绕东篱松柏翠,鸟鸣西岭桂花香。
携壶结伴登高去,作赋吟诗咏禹乡。
盛世和谐人自乐,百年风雨几重阳。

卜算子·塞外春

塞外又逢春,紫燕随春到。满目桃花柳絮飞,蜂蝶花间闹。
夜雨晓初停,遍地青青草。万里晴空不染尘,布谷声声叫。

踏莎行·踏春

大地回春,城郊绿遍,田园处处蜂飞乱。桃蹊柳陌踏春行,百花丛里浓妆艳。
对对情人,双双侣伴,频拍倩影留思念。欢歌笑语度闲暇,跋山涉水声声慢。

浣溪沙·怀乡

秋暮西风夜转凉,凌晨雾气结成霜。中庭杨柳乱飞黄。
故国山河频入梦,新疆冷雨湿寒窗。断肠归路几多长。

陈平平

湖北省诗词学会会员,湖北省广水市文化和旅游局主任科员。诗联作品散见于《中华诗词》等媒体,授予改革先锋艺术家等称号,入选《纪念改革开放四十周年诗词大典》等多种文集,并多次在全国大赛中获奖。

七绝·宝通禅寺

宝通禅寺诵经声,佛教丛林享盛名。
奉旨南迁施法雨,多宗会聚步云程。

七绝·南湖新貌

廊桥遗梦卧波长,烟翠杉林月色香。
水上乐园花似锦,滨湖绿道健身忙。

七绝·端午节

龙舟竞渡任辛劳,米粽投江胆气豪。
杜宇声声悲社稷,艾蒿袅袅诵离骚。

七绝·寄语高考考生

寒窗苦读伴星辰,独占鳌头笔有神。
成败人生非此役,前程似锦喜逢春。

七绝·弄孙有感

含饴播爱水云间,明月何时照我还。
堂上恩情深似海,肩头道义重如山。

陈其

江苏省丰县人,毕业于吉林建筑大学经济与管理学院,建筑与土木工程(工程管理)硕士,酷爱诗词。

七绝·忆少时

多情刻意常相误,莫若随心对此生。
更羡少年读书时,多少无忧似梦中。

五绝·花香

佳节梨花开,银盘花中来。
携手树枝下,与君何悠哉!

七绝·佑别离

泪眼相看催舟发。一程一程为哪般。
百般情思何处断,只得枯烂转成空。

陈其良

字雅正,号梧冈斋主。1942年生,浙江瑞安人,退休教师。中华诗词学会、中国楹联学会、浙江省诗联学会会员,温州市诗联学会特邀理事、瑞安市诗联学会副会长。瑞安市甲骨文学会、辞赋社和书法家协会会员。曾多次获全国诗词大奖。编著有《梧冈汇墨》《诗赛花絮》《光风霁月》。

五律·瞻仰黄帝陵

华裔桥山汇,衣冠拜冕旒。
黄河淘九曲,黛柏越千秋。
共仰人文祖,同嘘天地悠。
万支源沮水,永念泯恩仇。

五律·登岳阳楼远眺

放眼烟波远,君山隐太清。
剪风鸥自在,搏浪棹相争。
日月鸿濛替,湖湘浩荡生。
长思忧乐句,千古重民情。

七绝·踏青

春满东瓯清谷天,莺簧蛙鼓自蝉联。
江花吐艳真如火,点我诗情一路燃。

七绝·在飞机上望云海遐思

飞似轻纱散似烟,雪原起伏望无边。
天公若惜农夫汗,长赐耕田不种棉。

七律·登快阁缅怀黄庭坚

悦目无须别处寻,涪园风物足清吟。
澄江倒印黄昏月,快阁呼回赤子心。
笔走长锋挂蛇影,诗嚼奇句抚瑶琴。
先生一首阳春曲,捧起河山咏到今。

七律·观摄影画"群马渡河"有感

腾驹十二下河滩,彼岸迷茫破浪难。
前路浮沉休盼顾,中流深浅赖奔抟。
胸涵万里翻崇岳,志涉三江撼巨澜。
家国振兴今世事,殷殷肝胆荐轩辕。

江城子·香港之夜

一天星斗落香江,甚辉煌,尽夸张。泼彩霓虹,处处灿流光。好似元宵花月夜,波倒映,两天堂。

百年荣辱忆炎凉,子离娘,泪千行。炼石补天,圆梦喜还乡。雪后荆花开更艳,春烂漫,正浓妆。

沁园春·诗画温州

白鹿吟风,卷我豪情,直上碧霄。望落虹诗岛,蓬莱储秀,探骊瓯水,江海腾蛟。双塔凌虚,孟楼遗韵,波影霞屏画境娇。凭栏处,念"池塘春草",激起诗潮。

邀来谢客鸣箫,恁高兴,平生宠辱消。看贾商云集,熙熙攘攘;机房声震,暮暮朝朝。五马驰街,九州圆梦。指顾河山尽舜尧。风流甚,数温州模式,又树航标。

陈芹

得韵斋主人,安徽省全椒县全椒中学高级教师。中华诗词学会会员,中华诗词学会安徽省女工委副秘书长,安徽省诗词学会理事,全椒县诗词楹联学会副会长兼秘书长,《全椒诗词》执行主编,全椒县吴敬梓研究会理事。

二月初九全椒神山庙会

杏月黄昏山寺中,雪融冰尽沐东风。
香烟袅袅三堂静,细雨霏霏二塔空。
韦氏诗篇千载诵,柴王迹遗万民崇。
抚今追远青山醉,煮石归来谁与同?

赴安庆诗人节步韵乡翁石秀华先生

榴蕊纷纷坠，新雏唧唧歌。
煮茶知几盏，豪饮不嫌多。
故梓圆愁梦，宜城对翠荷。
可期采莲后，襄岸众贤过。

暮春上善池
上善池边柳，三春最入流。
垂丝弹水面，跃雀乱枝头。
日丽熏风近，花残浊浪游。
遥看天与水，只待快门收。

榴花
初夏榴花窗外开，零星残蕊坠凉台。
风情尽绽繁枝上，恰似天仙挟火来。

中秋丹桂
庭前丹桂送浓香，无奈亲人客异乡。
自拍数张传挂念，虽无香味解忧伤。

睡莲
不屑春风争艳色，也曾玉立惹人怜。
濂溪去后无知己，宁作波心一卧仙。

浣溪纱·立夏
雨送暮春孟夏来，宽窗尽览万花开。园中碧草过前阶。

蝶恋残红情枉许，燕穿柳绿梦难猜。劳心人在得韵斋。

鹧鸪天·再寄恩师项东升先生
哀叹耆年时运低，须臾小恙夺魂归。人前京戏随花落，身后文章夹絮飞。

风渐冷，梦依稀，后生寄语倍凄凄。今宵诀别成追忆，揉碎肝肠作此诗。

西江月·再聚首
2017年国庆节，应邀参加全椒中学1997届高三毕业生二十周年聚会有感。

丹桂香飘椒邑，朝霖尽浥尘埃。奎光喜迓众君来，青涩少年不再。

每忆妙龄模样，更纡今日情怀。眼前却是栋梁才，吾辈安能松懈？

陈沁园

原籍河南省潢川县，现为中国平煤神马集团退休员工，平煤神马老年作协副主席，平顶山市三苏诗社副社长、秘书长，平顶山市诗词协会副会长，河南省诗词学会、中华诗词学会会员。

念奴娇·长江吟（中华通韵）

雪涛千古，咏人间成败，迹留诗赋。多少英雄曾演义，激我浪花无数。喜怒忧愁，东流逝去，笑粲云和雾。优然豪放，润滋华夏沃土。

今唱盛世风流，惊天动地，碧水三峡储。游客往来情愫吐，玉兔金乌心妒。潋滟蜿约，青山环绕，如画宏图妩。稻花香里，又歌丰产一路。

水调歌头·咏习主席检阅海军70华诞之军演行

七十年风雨，创建铸辉煌。祖先遗愿，亮剑今日我威扬。甲午风云泣血，庚子忧愁赔款，此恨永难忘。雪耻心常在，铁血固金汤。

歌大大，行大道，改沧桑。华诞军阅，世界强敌尽惶惶。曾至沙场兵点，今又海疆巡检，将士暖心房。情暖芳菲吐，关爱洒春光。

沁园春·洛阳游

华夏明珠，自古风流，名振六朝。綮万年文明，鸿图美景，千秋帝业，绝世雄枭。旖旎神州,争光史册,秀丽河山堪自豪。骚人汇、写诗词歌赋,各品妖娆。

今朝白马相招。赴牡丹花会仙子邀。览王城遗址,春光无限,伊川景点,游客如潮。雅士探幽,佳人寻路,笑倚东风兴趣高。醉心处,惊龙门石窟,天下之骄。

百字令·吟大香山寺

巍峨圣刹,写千年衰盛,人文留迹。中外父城名粲处,佛教祖庭谁觅?天竺因缘,香山光世,菩萨慈悲出。化身无数,众生多少传述。

携友今至重登,耳闻钟鼓,心拓碑文册。放眼磬鸣经诵里,肃穆庄严辉熠。古塔悠悠,皇姑犹在,仁孝醒游客。殿堂新建,更添名寺姿色。

注:中外父城:佛祖释迦摩尼出生于天竺父城,附近有座香山,平市的香山也紧邻父城(观音菩萨出生地,香山乃菩萨得道祖庭,塔下乃存菩萨真身舍利)。

沁园春·榴之梦

心寄随缘,欲觅知音,艳艳火红。见态娇生媚,歌风饮露,唇红吐蕊,逗蝶招蜂。春润精华,夏舒真爱,尽蕴芳华情味浓。卿卿问,待珠玑紫玉,谁是馋虫?

匆匆入梦相逢。挽仙子悠悠月色中。共融融絮语,传神娴雅,飘飘冶舞,出世鼙容。柔影参差,幽香零乱,怡淡拈花惊老翁。丛中笑,至醒来向往,余韵无穷。

汉宫春·重阳抒怀

重阳节,友人相邀平顶山登高。

一派残秋?看花繁草绿,红叶漫漫。熏风翻飞雀蝶,掠过双燕。无边黄菊,辉大地、斑斓山川。鸣雁处、彩云舒卷,阳光艳胜春天。

携酒邀朋神侃,笑风流白首,依旧翩翩。举觞赋词断句,戏评尘寰。悠悠醉态,看夕照、万里燃燃。情万丈、狂歌一曲,问天谁说秋残?

鹊桥仙·桂林情思

8月17日,乃老伴世桂生日,和汝携手桂花盛开之处,悠然情生……

幽幽月下,华容燦燦,簇簇飘香暗暗。金枝玉兔落尘凡?几多怨,情思漫漫。悠悠庭静,步徐缓缓,幻幻意生冉冉。轻扶丹桂醉心头,又忆起,良宵眷眷。

陈庆军

黑龙江省依安县先锋乡人,依安县作协会员。初中毕业以后一直在外地打工,20多年的打工经历,即游历了祖国的大好河山,也为自己所酷爱的诗词创作夯实了坚实的生活基础。共创作古体诗,现代诗歌和小散文300余篇,多篇作品在《鹤城晚报》《依安文苑》《黄浦江诗潮》《龙沙诗词》等报刊发表。

七绝·他乡望月

千峰万壑笼烟沙,倍感身单问酒家。
谁解孤独游子意,观灯赏月望天涯。

七绝·冀北行

打工冀北伴孤村,风卷飞花碾作尘。
寂寞无眠春下夜,西窗独守看冰轮。

七绝·闯天涯

离乡背井闯天涯,工地寒床处处家。
在外奔波何惧苦,思妻念女泪飞花。

七绝·纳凉

完工身上汗如浆,耳畔虫鸣苦热长。
唯有清池知慰我,晚风犹送小荷香。

喝火令·游子吟

昨夜凄风紧，今朝凛冽寒，雪花漫卷映窗前。鸡岁蓦然回首，漂泊又经年。

在外思乡切，亲情故里牵，几分惆怅绕心缠。泣忍心酸，泣忍泪潸然，泣忍梦回家处，客雁盼春天。

陈庆霞

女，70后，浙江省开化县人。开化县新华书店有限公司总经理。衢州市开化县诗词楹联学会会员。

七律·根宫雅会

良辰高会聚贤台，听彻琼箫始下来。
雅兴未随山照落，芳樽频向水乡开。
亭前坐论观鱼乐，根上参陪旷世才。
酒到浓时天不夜，杯添星斗醉悠哉。

七律·如家

韶日瞳瞳耀水涯，春风摇荡信堪夸。
试挥彤管题新句，却汲清泉供野茶。
柳趁熏烝方起绿，梅因荣盛漫飞花。
毋须陶令闲情赋，兑尽浮华即如家。

五律·己亥醉根诗会伴游周燕婷诸诗词大家以记

地载三衢秀，根宫万象全。
高亭悬古嶂，岭树浴寒烟。
鸟兴知人乐，花芳为客妍。
同游今幸甚，执手意难宣。

五律·致友人：蒹葭

根宫佛国伴游——自伊人桥至宛在亭以记。

长立青山下，斯亭恰柳边。
蒹葭成倒影，桃李俯澄渊。
境胜堪乘兴，风清可问贤。
伊人何可溯？叹望水云间。

七律·禅居

禅居堪念无灵地，路僻人幽远俗哗。
一枕香风诗境界，四时花色隐生涯。
书窗漫与青山对，陋室常为密树遮。
犹有多情天上月，清光伴我诵南华。

五律·乡居

竟与青溪近，心闲四体轻。
煮茶泉共绿，濯思水同清。
可羡风成曲，长怀云作缨。
人生如适意，毋使虑营营。

七律·秋悟

长叹繁华过眼违，凉生九月叶初飞。
诗心向晚牵归雁，傲骨支秋系落晖。
世事如局无定势，浮生似梦有玄微。
随缘且做三空悟，一笑浮尘万事非。

山居偶得

独爱山居好，青峰向榻开。
红尘应暂却，秋气信将来。
事少泉过耳，心清卷在怀。
披寻因得句，此兴自悠哉。

陈全

毕业于空军某大学，南京某部转业，现广东政府部门工作，业余诗词爱好，作品多见于《中国诗人》《扶贫诗歌》等。

江城子·中秋

中秋节，桂飘香，关山草满霜。月茫茫。

玉露珑玲，漫漫菊花黄。此夜清光随我影。歌不尽，欲还乡。

蝶恋花

常记长安庭院柳,三载同窗,离别经年后。最爱月影花间走,青春欲系香衫袖。

犹自清晖谁把酒,试问冰轮,丹桂飘香否?花好月圆人长久,茱萸自有相思扣。

江城子·同学相聚30年(苏轼体)

韶华岁月在长安。灞桥边。柳生烟。渭水迢迢,千里雨云间。翠色连波风正起,斜阳外,乍轻寒。

几番风雨三十年。别时难。见时难。今日相逢,重诉旧情缘。缘酿今生千盏酒,人不醉,尽欢颜。

行香子·女儿初嫁

冰玉玲珑。似水芙蓉。点婚房,绣被围重。鬓云钗冠。翠袖香浓。好青春,好体面,好颜容。

鼓乐声中。泪眼朦胧。说伤情,父爱无穷。嘱家道业,相伴融融。这份缘,一生守,共情钟。

木兰花令(韦庄体)

闻语恨由清明节,偏向晚风如漂洌。休要说,悔当初。功名使人轻离别。

阳关唱断风流绝,尽是离人心中血。愿君此夜尽情欢,莫须酒樽空对月。

长相思·春园曲

蜂满园,蝶满园,燕子来时春意斓。斜阳落径间。

莫凭栏,欲凭栏,可梦随花春漏短。梦不过凤山。

长相思

朝相思,暮相思。暮暮朝朝无计施。卷帘拆桂枝。

君亦知,我亦知。万千心事难为辞。明月共此时。

长相思

今思量,昔思量。今昔思量泪千行。同谁话凄凉。

君难忘,我难忘。有情无情两茫茫。何处诉衷肠。

七律·八一感怀

茫茫领海碧云天,暗涌腥风意欲燃。
古道西风随落日,边关冷月起孤烟。
百年沧桑成旧事,剑影刀光似眼前。
天下危安常备战,三军将士守疆边。

陈荣华

男,1972年12月生,江西省于都县人。中学语文高级教师,江西省首批中学语文骨干教师。爱好中国语言文学,在各级各类刊物平台发表文学作品、语言论文以及语文教学论文数十万字。

南京

戊戌仲夏,由宿迁返赣过南京。故人陪同夜游玄武湖,翌日独登钟山,谒皇陵,感慨系之,为此章。

钟山风雨乌衣巷,台城垂柳莫愁长。
最恨倭贼同胞血,金陵满眼是沧桑。
仲谋乾坤大挪移,华夏重心始建康。
洪武逸仙驱鞑虏,石头红旗迎风扬。

阅期中就试有感

金秋十月朔日,适逢校期中大考。所阅班级场地赏心悦目,盖众考生质慧行端且班主任管理有方矣。遥想永叔当年,阅礼部贡院识进士英才,感慨系之,得章句,聊表心意。
　　风朗气清天地新,几净扃明席群英。
　　无哗战士衔枚勇,下笔春蚕食叶声。
　　鱼跃龙门题金榜,班主有方阅试轻。
　　自惭衰病心神耗,柙虎犹梦啸山林。

三清揽胜
　　匡庐天都天下闻,三清俊秀更无边。
　　瀑流飞湍藏海雾,云蒸霞蔚东南巅。
　　葛洪炼丹福四海,观音送子乾满天。
　　若道人文逊五岳,只缘仙境不敢言。

度假九曲河畔寄语香港激进青年
　　九曲河清渔人美,烟霞雾横瀑流深。
　　茂林修竹通幽径,土楼围屋上苔痕。
　　蚍蜉不量撼大树,饮水思源润泽恩。
　　高高南岭照绝壁,巍巍神仙定乾坤。

相见欢
　　传奇聚首省师,情意浓。作别三载重逢,太匆匆。
　　鹭溪菜,百威酒,意几重。满屋女神靓仔,凰求凤!

陈瑞
　　笔名寒风,男,1968年出生,内蒙古兴和县人,中共党员。酷爱诗词,闲暇之余,怀着一颗感恩的心常写一些歌颂祖国、歌颂家乡美好新生活的诗词。偶有作品见刊。

春日踏青
　　四野轻风绿浪摧,公园信步踏青来。
　　黄莺合唱芳丛赞,紫燕翻飞美景裁。
　　人面桃花相映衬,稚童翁妪互牵陪。
　　高天几处风筝舞,旖旎春光不想回。

春燕(新韵)
　　梅兰交替柳如烟,羽剪霓霞影自翩。
　　五线谱间灵韵跳,三春雨里锦泥衔。
　　新巢拥爱修云梦,故地牵情结世缘。
　　檐下呢喃环境好,欢携佳侣共蓝天。

七律·春雨
　　丝丝缕缕贵如油,蹦跳银珠滚沃畴。
　　涤洗尘霾花靓艳,润滋阡陌草清幽。
　　云烟袅袅山含黛,溪水涓涓蛙展喉。
　　一惹长街千把伞,红红绿绿乱欢眸。

大葱
　　长须一把土中爬,娇体晶莹无玷瑕。
　　敢向雷霆挥碧剑,能同院卉衬红花。
　　生姜大蒜皆为友,辣味丰厨最恋家。
　　留得芳身清白在,油锅碎骨志当夸。
　　　　　　　　　　2017年9月28日

题爬山虎
　　不羡红唇杏出墙,洁身向上志高昂。
　　纤藤绝壁弦弹韵,丽苑豪庭叶送香。
　　春到娇姿舒玉手,夏来碧叶荫闺房。
　　真情系爱金秋恋,剪片丹霞做嫁妆。
　　　　　　　　　　2018年10月13日

美人蕉
　　身如翡翠挽罗纱,情窦初开解语花。
　　娜叶流香生碧雾,芳颜滴露泛丹霞。
　　亭台有爱真君子,楼阁逢缘好世家。
　　万种娇情生百媚,街坊邻里众人夸。
　　　　　　　　　　2018年6月23日

玻璃翠
　　身如翡翠玉玲珑,羞蕾初开次第红。
　　剔透冰肌招彩蝶,娇柔豆蔻醉痴瞳。
　　翩翩雅韵诗情里,款款仙姿画意中。
　　百姓人家添锦绣,和谐永驻沐春风。

夏日荷塘

小荷举蕾韵高扬，蛙鼓声声咏律狂。
蝴蝶穿花书蜜句，蜻蜓踏露赏华章。
悠悠翠伞花容护，款款情丝藕腹藏。
自爱洁身尘不染，亭亭玉立女儿妆。

2017年5月7日

陈瑞金

广东省梅州市大埔县人，1999年跟随父亲在广州市花都区做生意至今，2018年12月份一个偶然机会开始写诗，便一发不可收拾。

赋樱花

寒雪萧萧娇媚傲，亘来痴意惋春淘。
若无坚韧驱寒意，何以樱花煞客骚。

打瞌睡

正午频瞌虫犯扰，精神困乏眼云玄。
猛抽几口烟清境，亘古无非遁梦仙。

写诗太难

词性困斯时太久，对工扰我近迷茫。
平规仄语方知韵，古意今还未懂章。

狂饮梦之蓝

心欲倾千结，稠燃尽睦贪。
三杯方解苦，独饮梦之蓝。
忘怯情伤事，深宵困惑堪。
满惆悲喜覆，仰啸叙论谈。

学诗后感

学诗几月有，终究难如期。
聚集诸尊辈，看书定考思。
唐诗方捷径，唯一读书词。
欲速不能达，坚持是古规。

欢情莫忘港岛

七节国人皆畅欲，香江骚乱历风波。
文豪墨客金迷覆，岂赋关怀港漩涡。
浪漫玫瑰情意长，满屏频赋鹊桥河。
互论欢爱牛郎爱，港岛平安几覆和。

七夕情

本是放牛娃朴实，无由染得漫箫笙。
鹊桥七夕因由起，欲赋甜恩意共鸣。
一宿促成双对爱，几多痴恋彼吾卿。
凡仙织女刘郎故，日月千秋海地评。

陈赛红

女，现为东方文明山西省分社会员，孝义市古城诗社特聘老师，酷爱古典诗词，文学创作。

九张机·经典传承

一张机，画屏翠色染清溪。鸳鸯水上调弦曲。东风将至，林花初绽，紫燕垒春泥。

两张机，流光渐渐向西移。扁舟默默飞天际。轻挥玉笔，奔泉行草，丽景汇成诗。

三张机，佳人独自蹙眉思。香腮弱骨因君瘦。云鬓轻绾，罗裙漫卷，涌浪荡纤姿。

四张机，窗前才子为谁痴。凭栏把酒邀明月。乡愁未解，离情难寄，日夜盼归期。

五张机，唐风宋韵古今迷。鱼书雁字和枫柳。不需相问，不求朝夕，道尽两心依。

六张机，辛勤浇灌育新枝。欣观遍地皆桃李。翩翩蝶舞，悠悠蕊俏，梦也美滋滋。

　　七张机,遨游网络尽良师。学富五车声名远。寒来暑往,夜听晨练,教授亦无私。

　　八张机,真山真水且真知。好文妙句连珠语。刚柔并济,形神兼备,虎跃马长嘶。

　　九张机,梧桐树引凤凰栖。杏坛墨海盘龙聚。千秋万世,传承经典,登彼岸霞梯。

湘春夜月·湖湘游记

　　忆潇湘,老枝初染新黄。八百里洞庭湖,常雾霭茫茫。一缕古风迎面,那岳阳楼外,岳麓山苍。隐竹林僻径,清溪翠柳,书院名扬。

　　江舟撒网,田园播种,鱼米之乡。落日余晖,云水处、唱莺飞雀,斜影流光。秦花楚草,几度春、依旧芬芳。独自醉,入千年梦里、听君慢赋,轻舞霓裳。

升平乐·贺太阳诗词学院论坛专版创版

　　蝶恋花词,凤求凰曲,轻吟慢赋情浓。霜月梧桐,鱼书雁字,谱来别绪千重。佳章妙笔,写人间、漏断征鸿。研古卷,感连天号角,烽火枭雄。

　　华夏几多磨难,涌唐风宋韵,经典成宗。邻睦家和,民安国泰,时逢盛世昌隆。今朝学院,论坛开、扬汉诗功。观桃李,墨林承甘露,翰苑腾龙。

梅弄影·梅情

　　雪飞姿妙,有暗香萦绕。丝缕飘来料峭。放眼崖头,绽梅芳骨傲。

　　自风中笑,不枉千寻找。梦里情思频搅。诵遍诗词,谁人书尽好。

七律·广州小蛮腰

春酒花都不夜城,云游粤海暗香紫。
长挥彩袖娇姿起,慢扭蛮腰妩媚生。
遥看霓裳千色转,高擎皓腕九霄明。
瑶池鼓乐今何在,广塔仙音至五更。

七律·咏柳

水映鹅黄衬碧天,遥观如是岸堆烟。
鹂莺浅唱鸣枝翠,鹊鸟低飞喜线牵。
日落钩沉频钓月,帘垂幕降慢调弦。
诗中别送相思物,亦作逢迎探问篇。

人月圆·西湖游记

　　江南烟雨堆烟柳,湖上往来舟。断桥觅迹,双峰寻梦,龙井山游。

　　雷锋宝塔,幽林古刹,莺鹊歌柔。苏堤三月,红肥绿瘦,香入琼楼。

陈生贵

　　现年64岁,中华诗词协会会员,湖北省诗词学会会员,荆门市诗词学会会员,荆门市财政局退休干部。曾在全国诸多刊物上发表作品。

鹧鸪天·咏潘集湿地公园

　　湿地公园潘集洲,兼葭吐绿聚沙鸥。揽胜亭接荷香榭,垂钓台连蚱蜢舟。

　　农家乐,稻粱熟,相安鹬蚌蟹虾俦。汀兰岸芷风光好,诗绪绵绵美尽收。

七律·贺寿

师长欣逢八十秋,英贤美德数风流。
一支玉笔书今古,三尺瑶台释宇球。
秉执初心艰且挚,笃修桃李乐而悠。
亲朋学子齐恭贺,东海南山共举瓯。

七绝·卖老房

挡风遮雨四十春，瓦菲石苔述情真。
一书契约神黯澹，从此房东换主人。

七绝·怡情
湖边土屋远嚣尘，山水桃园伴碧樽。
弄笔敲诗消岁月，怡情养性屐苍痕。

七律·赞电力工人
晨起工勤日落归，严寒酷暑志难摧。
巍巍铁塔悬身影，处处场区拭汗灰。
大地千钧擎皓月，蓝天一线锁风雷。
毕生奉献输光电，庆会彰模捧奖杯。

七绝·陪孙子搭积木
夜色多情其乐融，爷孙独爱此时空。
西洋城堡悉心造，福在欢嗷笑语中。

七绝·钓翁
湖边独泊小江州，一个渔翁几钓钩。
诱饵挂杆投影过，鱼儿鲜活进筐篓。
注：小江州，是钓翁停在附近的江州牌小货车。

七律·礼赞大武汉
琼楼直上接云霓，广厦连天入眼迷。
二水飞虹舟远近，万家溢彩路东西。
汉阳日暖催芳树，鹦鹉风平静鼓鼙。
黄鹤当年何处去？归来早与白云齐。

陈世举

原籍安徽省霍邱县，现住安徽省合肥市。原在怀远县从事教育和纪检工作，现是中华诗词学会会员，安徽省怀远县诗词楹联学会会员。

七绝·春日田野
黄花遍地郁金香，蝶舞蜂飞春种忙。
燕子衔泥穿晓雾，三层楼宇筑新房。

七绝·秋日田野
稻禾遍地闪金光，渴望丰收喜气扬。
机械神通夺高产，弘扬科技万年长。

七绝·冬日田野
雪飞潇洒满田园，万物萧条似睡眠。
莫道寒冬无韵致，日出云散现青天。

七绝·黄果树瀑布
云烟缭绕裹青山，百米纵横一镜悬。
飞珠溅玉凡尘洗，唐僧跋涉梦魂牵。

七绝·赞港珠澳大桥
世界惊奇水上桥，威风凛凛中华骄。
海沉管道凌云笔，自主搏击撼海涛。

七绝·农村处处有洞天
水清气爽阳光暄，楼后庭前花果妍。
何必扎堆挤城里，农村处处有新天。

七绝·贪官
贪官落马进牢房，一夜之间两鬓霜。
台上风光成泡影，世人不齿苦刑尝。

七律·夏日田野
无边葱绿望连天，深浅参差尽美观。
座座楼房拔地起，杆杆高压耸云间。
广播声响传佳话，车辆轰鸣互让先。
更喜农家田管紧，丰收在望润心田。

陈仕兵

网名兵哥。男。湖南省永州市人，乡村教师。喜欢文学，爱好广泛，有幸进入龙风文学院学习古诗词，创作了几百首古诗词。其作品多次在各微刊，电子刊物发表。并多次获奖。是一位执着的追梦人。

五绝·雪趣
瑞雪弥天降,银沙铺僻巷。
玩童匿院庭,鸟雀筛中撞。

七绝·无题
大地春萌涧水急,溪渠鲫鲤栖荷池。
徐徐落日卧斜岭,戴笠顽童兜蟹窥。

七绝·聚
同窗挚友别离久,切切思情浓似琼。
感叹迎逢聚日短,杯盏杂错觥筹成。

五绝·静夜思
中秋月映窗,锦鲤戏璃缸。
夜静思郎切,潸然影竟双。

五律·秋趣
霸风吹旷野,彩影染峦丘。
豆垅农天喜,田头谷穗羞。
荷塘寻藕籽,架下摘恬蒌。
醉看顽童去,泥身鲤蟹兜。

五律·夏
夜短昼渐长,云开嵌艳阳。
鸣蝉栖都枝,彩蝶匿荷塘。
稻穗临风浪,瓜巍蕊吐香。
清辉篱间洒,笑语闹庭堂。

五绝·清明祭
清明原野寂,草蔓覆坟滋。
携眷虔诚祭,青烟寄涩思。

五绝·幽竹
幽篁夹涧延,凤尾舞蹁跹。
蟹鲤溪沿戏,林深不羡仙。

五绝·极目
极目眺江帆,亭檐燕呢喃。
湖光山色美,水阔远山衡。

浣溪沙·潇湘美
骤雨初停升紫烟,藕塘深处鹭声传。秀美潇湘如画卷,蓝天碧水醉心田。花妍蜂舞蝶蹁跹,风催云醒艳阳天。

陈述云

高中文化,1959年生于四川省德阳市,热爱诗词。

七绝·秋
蝉韵笛声挥日晕,柳编围网锁秋烟。
竹君集曲慢悠婉,草宿斜阳柔叶弦。

七绝·蝉
树点斜阳听呐喊,八千炉火炼秋丹。
蝉鸣不识春冬日,声利瑶阶箕舌殚。

七绝·夏
一语蝉鸣惊万权,音涧池凤唤鸥喳。
夏虫午梦多风影,一朵游云荫柳笆。

七绝·夏季
一盏绿醇言寂寞,半杯红露敬风清。
暗携芍木藏龙叶,留下夏炉培画倾。

七绝·夏夜雨
雨泣三江漓月近,半塘泓礼浸荷花。
蝉休夜语闲蛙噪,叶裁珍珠点水洼。

七绝·夏雨荷叶
三伏积云八月雨,池涵荷叶连塘碧。
鱼抬新轿追风摇,冰溜点心万扇迹。

七律·秋韵

— 199 —

老叟钩涟钓朔暮，留笺涛泻越山倾。
松针灸眼穿箫劲，半嶂听音叶尾英。
千里薄云看苍白，惊游鸦鹊探幽莺。
枫林轻语冬来雪，收杆笑观碧涌清。

忆秦娥·七夕

夜魅魄，已是天涯空泪月。穿心魂，挽联桃红，含春离岸。

又见山花漫天时，夜激秋风上霜雪，谁人问，一江涟漪，望柳扬烟。

陈树坤

蜀中人士，年39，清华大学建筑系、中文系双学士毕业，性喜古文，诗词歌赋皆有涉猎，重庆市诗词学会会员。

七律·戊戌步韵怡红公子
《种菊》有得（平水韵）

黄花绿萼共移来，便学陶翁手自栽。
良夜几枝经露冷，清朝一朵饮霜开。
初成秋色香盈盏，半醉幽芳酒满杯。
来与邻人相对酌，莫教琼爵惹尘埃。

七律·戊戌步韵怡红公子
《访菊》有得（平水韵）

胜日初晴约旧游，金风来去往还留。
凌霜吐艳千家种，带露含香几处愁？
携杖庭前情切切，吟诗萼下意悠悠。
秋华应惜寻花客，不与幽人看白头。

七律·戊戌步韵蘅芜君
《忆菊》有得（平水韵）

怀抱清秋起远思，汀州如雪寂寥时。
东篱落蕊香无迹，南月流光梦不知。
相忆终宵心已倦，独怜竟夜意方痴。
满腔别恨同谁诉，何日来逢未有期。

七律·戊戌步韵蕉下客
《残菊》有得（平水韵）

枝头霜重朵横欹，今岁将逢白露时。
萼有残芳魂浅淡，茎无全叶翠离披。
微云一径秋来早，明月千江雁去迟。
两地西风知别意，寂寥独坐晚相思。

七律·戊戌步韵潇湘妃子
《菊梦》有得（平水韵）

秋意潇湘雨已清，卷帘天外月初明。
蝶魂总忆庄生梦，菊魄仍循陶子盟。
惊起依稀怜露冷，觉来萧瑟惜蛩鸣。
孤床一枕霜华满，落蕊余芳了故情。

七律·戊戌步韵枕霞旧友
《菊影》有得（平水韵）

秋晴如画三千重，清浅云烟冷露中。
调瑟案前声宛转，推窗院里夜玲珑。
流光映照容将老，霜影扶摇意未空。
遍地落花君莫踏，微醺欲记月朦胧。

七律·戊戌步韵蕉下客
《簪菊》有得（平水韵）

手种锄栽镇日忙，撷来鬓上映容妆。
簪花醉里随香老，横笛风前为酒狂。
素袖已凝秋夜露，罗衣初染晚晴霜。
怡红公子休相负，一任凋零驿路旁。

七律·戊戌步韵潇湘妃子
《问菊》有得（平水韵）

暗问秋心尽不知，芒鞋竹杖至东篱。
如斯浊世开花晚，似彼清欢结蕊迟。
香满中庭休独忆，月移后院只相思。
幽人久病霜华里，慰语轻言可有时？

陈堂君

男，1952年出生于湖北监利。毕业

于华中师范大学。中学特级教师、中国教育家协会前理事、中国未来教育研究院终身研究员,国家级中小学骨干教师培训班导师,中国新文学学会会员,湖北省书法家协会会员,乡土诗人。主持研究了国家级教育课题4个,已获省级奖29次。

五绝·机上吟
2015年12月17日自成都飞北海机上吟。

金轮碾碧天,喋血溅琼棉。
杀伐争锋气,洋洋满大千。

五绝·咏鸡(新韵)
红冠炫彩衣,引颈唤晨曦。
天下光明否,全凭我一啼。

绝句·背春
童颜鹤首火红巾,疑是仙乡帝子身。
万岭青葱收一篓,芳香四溢驻韶春。

七绝·桨荡兰舟
桨荡兰舟水泊歌,荷擎绿伞戏清波。
赧颜美妹羞初恋,笑数身边莲子多。

注:莲子:与"恋子"谐音,指青年男女相恋。

绝句·摘云
琐事儿孙促克勤,欲亲桑梓赖新闻。
夜乘明月临空望,摘取家乡一朵云。

七绝·北京会德超、国林兄
参商数载喜相逢,手足情思漫盏中。
细语别来绥顺事,开怀畅饮雨和风。

七律·午睡开机和中路
午睡开机网络清,一睹中路和新晴。
骚篇出彩奇思涌,楼主无才拙笔横。
检索愁肠搜古韵,欲齐锦语慰贤听。
谁知老朽难堪用,未得韶箫和雅声。

七律·河柳咏照片配诗
披发垂青站岸边,晨妆对镜舞新妍。
风吟柔柳招摇韵,水望晴空俯仰天。
青蛙绕树鸣歌鼓,锦鲤钻云吐雾烟。
待到花开飘絮日,琼姿放荡意缠绵。

七律·站起来宣言
为庆祝新中国的成立,毛泽东主席在开幕式上发表了著名讲话:"中国人民站起来了!""中国人民从此站立起来了!"……

泱泱大国喜宣言,无厌强夷少睡眠。
长白山邻烽火起,炎黄勇士剑光玄。
奇兵浴血歼联寇,败将签名礼圣贤。
九鼎尊严奈何得,长城万里倚枪拳。

鹧鸪天·青龙湖感怀
爽目娱心几欲仙,碧波万顷戏风烟。
苍穹把盏盛清酒,纵饮倾杯雅颂田。
斟翠柳,醉红莲。屏山挂榜聘高贤。
龙舟快艇沙滩浴,喜结红尘四海缘。

陈天培

男,1951年11月出生。福州市仓山区螺洲镇人。中国民盟成员。

1983年加入福州市作家协会。从那时至今,先后为中国通俗文艺研究会会员、中华诗词学会会员、福建省诗词学会会员、福建省老科协《星光》文化社主编兼常务副社长等。酷爱文学创作,特别对旧体诗词情有独钟,在业余时间里创作了大量诗词作品,曾在《中华诗词》《诗词之友》《澄霞诗苑》《香港诗词》《福建诗词》《广州诗词》等发表并多次获奖。

2009年,个人诗词专集《磨砚室诗稿》由中国文联出版社出版。

铁树开花

经年只见绿生涯,赤日催开铁树花。
球状柱形皆入药,长将好运赠千家。

福州古厝

沧桑岁月耀星河,有福之州古厝多。
文物典章迷醉眼,八闽青史细观摩。

登永泰联奎塔

联奎塔下状元祠,文脉源源谱史诗。
崇教育才多捷报,大樟溪畔写传奇。

夏夜追凉

夏夜江天双月明,观瞻瞌画岸边行。
凉风扑面潮声起,恍似腾龙动地鸣。

西禅寺宋荔

西禅宋荔树峥嵘,硕果垂垂知了鸣。
六月吟声天籁起,古今馨气满榕城。

永泰状元峰遐思

雄奇挺拔状元峰,天宝石移龙爪红。
山脚济生潭里水,至今文脉井喷中。

鳌峰书院礼赞

闽人好学普天钦,福地儒风动古今。
书院历来才俊出,依然文脉壮胸襟!

闽江光影秀

五舟破浪闽江上,金彩缤纷盛世光。
双塔生描诗笔矗,三山秀色画笔长。
风扬倒影观华景,月照琼楼见锦装。
有福之州多福相,良宵璀璨倍辉煌。

陈桐君

湖南省邵阳市邵东县廉桥镇茅坪陈村九组村民,1972年出生。市诗协会员,县诗协常务理事。吟诗结友,习字修心。

鹧鸪天·咏扶贫攻坚

昔日凉茶解酒饥,哪思西塞草鱼肥。出门难得柴门掩,入梦犹怜美梦稀。
和风至,党恩回。无边甘露润矜衣。一帘秋雨潇潇下,且渡银丝共腊梅。

注:矜:老而无妻谓之矜。此处指贫困可怜之人。

酷相思·念先亲

万里长风今又起,正栏外、云歇处。恨离别,音容无觅路。欲哭也,言难诉。欲墨也,情难诉。
往后春来魂可听,各自驻、清风雨。向梅读,八千云与雾。寻梦去,相思语。倚梦去,相思语。

陈统才

壮族,1939年生,广西省象州县人,大学文化,中学高级教师。中华诗词学会、中国楹联学会、广西省诗词学会、柳州市诗词学会、柳州市楹联学会会员,柳州市罗池诗社社员。著有《萍踪浪韵》《萍踪浪韵续集》《学海心声》。

七绝·竹

皇天造就坚贞节,大地生成傲骨魂。
暴雨洗出廉洁德,虚怀若谷志凌云。

七绝·荷花

不受污泥半点浸,幽香淡淡沁人心。
修身养性成仙子,惹得骚人恋到今。

七绝·宁明花山崖画

花山崖画入非遗，骆越先民智慧奇。
千幅图腾连百里，辉煌技艺震东西。

七绝·太湖情
深秋夜宿太湖滨，漏尽更残听水音。
月泻银晖霜满地，柔情密意总思卿。

七绝·西湖梦
长空宝镜照人寰，星满天街夜色斓，
堪叹伊人无觅处，梦扶西子入婚房。

浣溪沙·小溪
曲曲弯弯一小溪，鱼肥水美柳垂枝，
晴天淑女浣纱衣。

灌溉良田丰稻麦，洪恩万古福元黎，
微波细浪颂新诗。

浣溪沙·过年
锣鼓喧天震大荒，雄狮劲舞闹城乡，
普天同庆喜洋洋。

玉液杯中盛快乐，年糕盘里泛春光，
千家酒令入诗行。

采桑子·临江楼怀旧
稚龄独上名楼眺，人世悠悠，赣水悠悠，荡涤凡间怨与愁。

当年战友今何处，义绕心头，梦绕心头，革命情谊万古流。

陈统源

男，汉族，1958年8月生，高中文化，中共党员，中华诗词学会会员。

荣获第十三届天籁杯诗词大奖赛金奖，第十四届天籁杯诗词大奖赛特等奖，第十五届天籁杯金奖，荣获第三、第四、第五届诗词世界杯诗词大赛一等奖。入选国家诗人档案国家一级诗人，荣获百姓最喜爱艺术家称号及勋章。荣获第七届中国文学艺术金猪奖(终身成就奖)。

祖国70华诞颂
共和建立震全球，百姓当家地位优。
白纸铺开描画卷，蓝图绘就写春秋。
改天换地同甘苦，抗美援朝共敌仇。
反腐倡廉施善政，防修打黑总无忧。
兴邦科技泽神州，带路宏开惠五洲。
航母巡洋宣意志，嫦娥探月任遨游。
穿崖越岭通高铁，跨海横江舞彩绸。
水碧山青添魅力，复兴民族立潮头。
小康圆梦巧筹谋，富国强军创一流。
庆祝生辰当七十，雄鸡昂首亮歌喉。

三峡大坝
长江浩荡向东流，蜀水巴山一望收。
大坝巍峨惊壮举，平湖高峡叹神州。
防洪抗旱无忧患，发电通航有远谋。
智慧勤劳奇迹现，建功当代利千秋。

看老寿星领奖
鹤发寿星婆，童颜老亚公。
排排端正坐，面面笑春风。
安享升平乐，欣逢国运隆。
晚霞无限好，歌赞夕阳红。

注：由梧村乡贤捐资设立敬老奖，80至100岁以上老寿星分别可领到金、银、铜奖。

打黑除恶惩妖魔
危害乡邻百姓愁，拉帮结派立山头。
横行放肆生威胁，扰乱纲常硬索求。
霸市欺行捞好处，砸墙毁屋挖坟丘。
天良丧尽终遭报，打黑除魔一网收。

满江红·习主席南海大阅兵
军乐铿锵，碧涛处，舰舫成列。抬望眼，战鹰呼啸，壮怀激烈。民族复兴臻美梦,中华奋跃思雄崛。震宇寰,气势贯长虹,扬旗帜。

悲痛史,犹记切;甲午恨,何时灭。航母威四海,降妖擒鳖。冲出深蓝龙气壮,剪除岛链狼烟熄。莫等闲,海上筑长城,添神翼。

赞中国海军
银鹰展翅猎旗旌,战舰乘风破浪行。
近海御防凭利器,远洋作战出尖兵。
陆中猛虎工夫硬,水上蛟龙武艺精。
科技强军操胜算,高端航母鬼神惊。

瞻仰井冈山烈士纪念碑
杜鹃怒放色斑斓,信步登临仰圣山。
起义赤旗辉社稷,燎原星火遍寰间。
朱毛奋起农奴戟,汪蒋狂挥霸主鞭。
白匪围攻枪炮急,红军退敌凯歌还。
开基创业历辛艰,建国功成慰烈颜。
不朽英雄昭日月,丰碑高耸入云端。

为纪念对越自卫反击战 40 周年而作
皓首苍颜泪眼蒙,一壶浊酒忆峥嵘。
肉飞血洒沙场惨,炮打枪击越敌凶。
英烈有灵匡故国,青春无悔守初衷。
卧槽老骥雄心在,战士尤思再立功。

陈万利

男,苗族,1949 年 5 月生,小学文化,中共党员,湖南省吉首市丹青镇人,当过农民、解放军战士,退伍后招录到吉首市公安局工作。现已退休。

2015 年全国抗日战争胜利 70 周年诗词大赛荣获特等奖。2016 年全国第二届诗词世界杯中华诗词大赛获一等奖。2017 年全国第七届中国诗人踏春行获金奖。"第八届中华诗人踏春行暨 2018 年春季中华诗人海南三亚采风交流会"征稿评选活动中荣获金奖,组委会特授予"中华诗词文化杰出贡献者"荣誉称号。2019 年 2 月 26 日,湖南省人民政府、退役军人事务部授予"光荣之家"荣誉称号。

党为人民谋幸福
新旧社会两重天,百姓千年生活艰。
党为人民谋幸福,如今日子比蜜甜。

党的领导喜心头
母亲诞生七十周,黎民生活喜无忧。
感谢先辈的贡献,党的领导乐悠悠。

党为人民解忧愁
祖国解放七十周,百姓生活乐无忧。
幸福美满开笑语,是党为民解忧愁。

党一心为民
中共中央发号文,精准扶贫为人民。
百姓走向富裕路,祖国强盛民安宁。

共产党像太阳
东方升起红日头,照得五谷大丰收。
党政为民勤办事,领导百姓富流油。

毛公一心为人民
中国出个毛泽东,三座大山被民攻。
百姓过上幸福日,祖国强盛一座峰。

五星红旗迎旭阳
我们祖国日日强,秀美山川传四方。
百姓生活真美好,五星红旗永飘扬。

勤劳与懒惰
勤劳之人厌事少,懒惰之人怕弯腰。
奋斗终生豪壮志,黎民致富钱满包。

人与人相比
勤劳黄土变成金,懒惰宝贵变清贫。
战天斗地功劳大,喜迎游客进家门。

奇特潭溪镇
三水汇潭溪,神仙来定居。
崧山奇秀美,河岸柳依依。

茶溪美
山明水秀绕茶溪,祖代先人比定居。
壮美青岑奇景点,潾潾荡漾柳依依。

闲游东乡
天湖沿岸柳依依,赏景游玩过小溪。
巧遇神仙同路走,欢声笑语不稀奇。

丹青景点
绿柳毵毵满岸堤,游人赏景太阳西。
琼楼幢幢蓝天现,常遇神仙来赶墟。

美丽清明河
(一)
碧波汩汩汇潭溪,日夜奔流离故居。
一路欢歌东海去,太平洋里舞神奇。

(二)
清明河畔柳依依,白鹭成群此定居。
座座群峰多秀美,游人赏景乐嘻嘻。

闲游东乡清明村
游人赏景走崎岖,漫步欣然过小溪。
天路盘盘云彩里,奇花异草柳依依。

茶溪景点(一)
绿柳毵毵明镜里,奇花异草漫茶溪。
崎岖悬挂蓝天上,壮美岌岌百鸟啼。

茶溪景点(二)
休闲赏景到茶溪,白鹭成群此定居。
老汉开怀花径走,神仙同去上天梯。

排杉锦绣
排杉锦绣不稀奇,出进闲游过小溪。
幽谷烟霞明镜美,陈梁祖代傍山居。

排杉景点
出外休闲过小溪,登高放步绕崎岖。
奇花异草岌岌美,祖代陈梁此定居。

奇特排杉
嵯峨壮美排杉溪,明镜梯田百里渠。
绿柳毵毵幽谷美,出门迈步走崎岖。

茶群村赏景
漫步悠悠过小溪,神仙扶我上天梯。
层层明镜云崖美,古树参天百鸟啼。

排吼枫香平村
出门十米走崎岖,绿柳毵毵百鸟居。
峡谷深深明镜美,龙潭溪水养肥鱼。

潭溪赶场
余家居住排杉溪,漫步安然去赶墟。
起早晚归花径走,神仙做伴不稀奇。

闲游排杉溪
奇山秀水排杉溪,漫步安然走崎岖。
绿柳毵毵沿岸美,神仙引路上天梯。

夏旱东乡
久旱东乡干小溪,晴空万里到阳西。

田间白鹭沅江汇，缺水青岑没鸟居。

爬山健体
轻闲漫步上天梯，巧遇神仙把病医。
老汉腾云银汉走，春风满面笑嘻嘻。

秀美丹青镇
云树阴阴百鸟啼，天梯悬挂走崎岖。
岌岌壮美丹青镇，绿水龙潭好养鱼。

东乡苗寨
山寨苗家喜小溪，艳湖沿岸柳依依。
岌岌壮美游人醉，悬挂天梯美故居。

丹青镇景点
丹青处处走崎岖，自古苗家此定居。
悬挂天梯云彩里，清明河岸柳依依。

陈惟林

1945年元月生于湖北省石首市，中专，中级经济师，中共党员，乡镇退休干部。现系中华、湖北省诗词学会会员，历任荆州市诗词学会常务理事，石首市楚望诗社副社长兼社刊主编，现为石首市诗词学会名誉会长。

七绝·三峡大坝
截流西峡出平湖，碧落瑶池浴纤夫。
更喜巫山神女手，漫天抛撒夜明珠。

七绝·回娘家
三月烟花景色佳，华车随燕转山洼。
新楼露脸高声唤，扑进桃林一片霞。

七绝·女鸭倌
扁舟湖上播辛勤，一杆长篙牧鸭群。
挑起朝霞撑落日，拨开风雨赶来云。

七绝·新村见闻
去年布谷雨催鸣，蓑甲笠盔犹出征。
今日家中闲不住，也牵黄牯看机耕。

七绝·春耕
时自清明忙不休，机耕机种驭金牛。
播来希望肥田旺，插得春光沃野稠。

五律·回乡
仁里相邀久，驱车觅旧踪。
绿风梳柳辫，红日吻桃容。
田阔机翻浪，湖清泵吐龙。
沧桑楼上酒，对酌砺谈锋。

七律·秋韵
一纸横空雁字张，挥毫狂草数千行。
铺成银海翻云影，托起金山镶日光。
重放红花枫倚老，归飞黄蝶菊飘香。
澄江汲尽皆研墨，描绘丰登七彩章。

七律·秋游石首山底湖
微波浸石几渔家，松柳幽然缀菊花。
鸥掠湖光掠水影，鹤披山色舞云霞。
大桥虹架身抛练，小艇梭穿浪织纱。
最是中秋风景夜，城灯郊火月西斜。

陈伟阳

来自名茶"铁观音"之故乡福建省安溪县，平素喜文，尤喜古诗词。茶余饭后，亦常动笔创作。信守"交朋贵真挚，落笔少浮华"原则，所创作品均源自生活，源自内心，源自感悟。

五律·雨夜有思
纷纷青雨久，寂寂瘦人心。
旧谊随弦断，新愁共酒斟。

三千词未寄,十万泪先侵。
得意前年事,唯今只独吟。

五律·我持一壶酒
我持一壶酒,足以慰风尘。
遥望云间月,独怜花下人。
红尘多俗事,市井少纯真。
寄意山川里,悠悠自在身。

七律·登楼
春暮登高景醉心,台依峻秀自凭临。
一川烟雨天连地,几卷诗书古复今。
北固亭前江滚滚,岳阳楼上赋沉沉。
风流已共江东去,却让后人何处寻?

七律·读杜少陵诗有吟
一壶浊酒小庭边,细品苍凉杜老篇。
白日曾歌剑门捷,朱门忍视富儿筵。
空悲蜀相阶前泪,独悯明妃塞上烟。
放眼苍茫天地阔,蒸民疾苦赖谁怜。

七律·秋登清源山有吟
寻幽百里入清源,胜景三千去懑烦。
日破层云天接水,禅听古塔晓连昏。
灵泉野鹤仙人迹,紫竹苍松佛刹门。
暮落西湖兴难尽,复邀明月共瑶樽。

七律·咏泰山岩
寺逾千载翠屏峰,百里人家闻梵钟。
崖谷飞烟风款款,椋枫满径水淙淙。
山灵每有仙家至,德正方膺御笔封。
问善何须东岳去,禅心一道寄青松。

南乡子·春逝
独个守斜阳,小燕无声过短墙。昨夜春风辞我去,思量,料是年年成惯常。
帘内玉觥忙,帘外冰轮照影长。争奈光阴同水逝,茫茫,明日携谁画海棠?

望海潮·咏清溪
地连山海,域邻漳厦,恒居闽境东南。双水击歌,群峰竞秀,许是天上人间。文庙起冰弦。看云腾凤麓,雁塔潺潺。蓬阁仙岩,紫云神洞,俱殷繁。

悠悠古邑千年。有三千杰俊,十万鸿篇。廖使先功,詹公清绩,榕村学士风颜。更此际新天。望诗廊十里,广厦飞烟。借若屯田逛至,定锦赋联翩。

陈文林

1949年6月生于浙江温州。现为中华诗词学会、中国楹联学会会员,中华对联文化研究院、中华诗词文化研究院研究员,原温州诗词楹联学会副秘书长,原《温州诗词》副主编。燕山诗社副社长,意大利诗书画协会顾问,欧洲龙吟诗社顾问。有诗词、楹联、诗论等作品行世。

八声甘州·赴平阳黄汤茶博园与子久茶博苑
越山阴竹影入云间,畲乡是茶乡。见层层茶圃,亭廊座座,茗曰黄汤。恰见畲家儿女,竹舞展霓裳。招待殊方客,义重情长。

茶博骚风墨翰,把佳山秀水,融合华章。醉桐馨竹韵,逸趣自泱泱。缔深缘,人来四海;茗香传,茶帜此高张。还相约,常来常往,且莫相忘。

读史
古今漫对淡兴亡,谁鉴五千年海桑。
失路羊羔由宰割,得权饕餮胜豺狼。
乾坤趋走人多累,醒醉贤愚自不妨。
世道循环未违律,前苍苍也后茫茫。

夏雨

梅雨檐头一曲歌，细听偏觉不平和。
瓜农心内生烦怨，渔叟舟中溢浪波。
闻讯东西皆有害，不知天地可无疴？
芸芸小草遭殃易，水漫池塘涌小河。

临江仙·咏飞云湖

一碧无穷诗画窖，苍浪之水晶莹。已臻上善不和争，避兴分害利，人世付真情。
造化循循相吻合，崇山只共同荣。雍容气度识虚盈，千秋犹作隐，无意取浮名。

水龙吟·端午前游飞云湖
（次稼轩登建康赏心亭韵）

看云蹈水苍茫，幽深峡谷应无际。披烟戴雾，空朦天象，青峦如髻。夏雨纷霏，入诗融画，吟坛诸子。对湖风拂面，犁琼破碧，环山转，淳淳意。

欣有鱼羊可脍。借闲情，新辞成未？旧朋旧约，几回相访，纵舒豪气。苑上风骚，笺间交往，谊凝如此。正时逢重午，沾红浥翠，溅灵均泪。

陈祥凤

安徽省合肥市人，中学教师，退休后学习诗词，现为中华诗词学会、安徽省诗词学会、太白楼诗词学会、合肥市庐州诗词学会和安徽省散曲学会会员。常有诗词曲发表于报刊。

七律·春醉（新韵）

春桃笑靥满枝桠，玫瑰红颜靓似霞。
紫燕檐梁歌韵舞，绿蝶恋蕊弄姿佳。
朝迎旭日阿娜秀，暮映夕阳妩媚华。
尽显妖娆迷客路，飞花逐酒醉诗家。

七律·春欢

春风一夜万重山，桃李争枝绽笑颜。
草木萌芽融雪道，琼花献瑞艳阳天。
农嫂陌上银锄舞，燕子堂前哺小欢。
点墨江湖都是韵，频挥几笔赋诗篇。

七律·春探

雨打青枝暗洗尘，飘来杨柳絮沾巾。
云窗月朗鲜苔墨，庭院阳和百卉芬。
竹树香风催碧草，崖泉仙水润花神。
多情醉戏逍遥梦，笑靥开娇都是君。

【双调】清江引·初夏

墙角落英花自晓，云淡枝头俏。风吹荷叶裙，霞染天仙貌，忽雨夜魂惊梦绕。

【正宫】小梁州·钓趣

一线一竿老钓翁，饵甩长空。凝神翘首举牵瞳，专心等，碧水映眉兴。

（幺）怡然养性横舟动，修身处自乐无穷。寻趣处，鱼惊蹦，挑竿快起，一举两得中。

【商调】秦楼月·品茶

莺歌炫，青山水秀春茶蔓。春茶蔓，茗香四溢，细嚼留咽。

（幺）青松岭上经霜验，玉浆瓮里星光灿。星光灿，雾珠红苋，趣尝仙赞。

陈晓明

男，1969年7月生，甘肃省武山县人，中共党员，系甘肃省作协会员，甘肃省诗词学会会员，甘肃省诗歌研究会理事，天水市作协副主席。现任武山县文联主席。

庆祝建国70周年律诗五首（平水韵）
（一）党恩颂

誓言掷地最铿锵,亿万同胞共举襄。
展望百年匡正义,挥毫千里著华章。
复兴伟业争朝夕,改革功勋指汉唐。
雅韵悠扬歌盛世,巨轮鸣笛启帆航。

(二)华夏歌

流淌心头一首歌,激扬澎湃满黄河。
轻舒彩卷淋甘露,默诵清平漾绿波。
美景燎原披锦绣,九州壮丽织绫罗。
兴来饱蘸丹青墨,再放豪情写碧荷。

(三)神州吟

煌煌史册五千年,每有精英抒巨篇。
昨日嫦娥乘火箭,今晨玉兔拜婵娟。
昆山携手创新业,华夏扬帆起快船。
四海藏礁流暗涌,一枝独秀舞翩跹。

(四)小康谣

庭院祥和沐艳阳,爷孙感慨拉家常。
曾经穷困愁温饱,今日安居住套房。
四季新衣装满柜,三餐美味绕余香。
情同手足人心顺,共贺团圆奔小康。

(五)鱼水情

峥嵘岁月当重任,窈窕丹青着彩襟。
十里安康闻笑语,百家幸福沐甘霖。
漫翻万卷观沧海,且抒千言表寸心。
愿借缧丝宫徵手,拨弦转轴颂清音。

陈晓燕

上海市人。中国乡土诗人协会会员,上海市诗词学会会员,浦东作家协会会员。《新声诗刊》编委、《浦东诗廊》编委。新声诗社等多个诗社成员。发表作品有散文、自由诗、近体诗、词等,在《诗文选刊》《中国乡土诗人》《中国当代文学作品》《上海诗词》《浦东诗廊》《新声诗刊》《诗乡顾村》《城市诗人》《长衫诗人》《文学报》

《人民铁道报》刊登。

眼儿媚·秋情二首

(一)

丝雨无端弄情柔,秋水漾成愁。红稀绿暗,枝枯叶败,花事都勾。

而今往事难回首,旧梦满东流。韶华迟尺,寸心何处,一片云悠。

(二)

浮影残荷乱珠流,点点碎心头。西风凉透,繁花零落,莺老声幽。

轻帘漫卷香飘渺,笙管绕归楼。酒阑人倦,相思难在,欲泪还休。

临江仙·秋思

抱影孤鸿声碎碎,绕窗丹桂熏熏。持杯邀月月藏身。两情难脉脉,双泪易纷纷。

可记黑山歌一阕,红唇哺酒销魂。那堪天妒降河分。殢云频入梦,尤雨最撩人。

采桑子·自在游

披风邀月歌金缕,莫替花愁。白了人头。乘兴溪山自在游。

劝君休放杯中酒,问甚春秋。几日无忧?百寿童颜岂可求。

蝶恋花·闲岸阑珊

枕浪听涛东海嗅。永夜消魂,星月和羞走。一抹初霞情染就,波光潋滟娇容秀。

浅唱低吟人已旧。绮梦烟岚,渐把心涸透。雪月风花堪折柳?只凭闲岸阑珊久。

忆秦娥·端阳节

端阳节,汨罗江上龙舟决。龙舟决,鼓催阵阵,助威声竭。

箬青米糯新丝结,骚坛橘颂情深切。情深切,缅怀屈子,虔心无绝。

五律·酹月(藏春格)

步月风流子,鞭红上小楼。
宣情长命女,琴调少年游。
索酒芭蕉雨,倾杯玉簟秋。
卖花声不度,欸乃曲成愁。

七律·致慈父

苍苍白发记峥嵘,风雨难消志向宏。
不惑私情原则守,应明公道准绳侦。
素心若雪香犹艳,华卷如兰韵正清。
日历翻开新一页,夕阳还把旭辉呈。

七律·饮尽东山一叶秋

云淡天青雁字留,枫林霞醉蕴风流。
帘梳槐影浮丹桂,烟荡荷香乱碧舟。
陶菊姿清芳气煖,梧桐色老鸟声幽。
正宜玩景登高处,饮尽东山一叶秋。

如梦令·寄梅

梅晓春情一树,香软冰心几缕。瘦影向寒枝,浮动相思无绪。轻诉,轻诉!非幻罗浮何处?

满庭芳·春梦

嫩柳游丝,素梨萦雪,海棠初吐娇红。杏桃争艳,芍药也羞容。看满庭花簇簇,芳情脉,漫醉熏风。春如锦,蜂贪蝶恋,对对入花丛。

烟波云弄巧,雨酥风抚,香软丹溶。月魂勾,卿卿谁与幽同?一枕心痕毂起,闻杜宇,华梦成空。眉间事,聆花不语,枉自惹飞蓬。

陈鑫

江苏省丰县人,吉林建筑大学,经济与管理学院,建筑与土木工程(工程管理)硕士,酷爱诗词。

五律·月下独酌

月落孤家院,长夜思漫漫。
未曾见南山,独望月飘然。
银光映雪寒,入院照无眠。
倚坐弄琴弦,一曲肝肠断。

五律·夜游

寂寞照无眠,独来小石潭。
旦见月飘然,更兼星漫漫。

五律·浮云

你我都是仙,来自彩云间。
你做官八斗,我坐马路边。
你批万字文,我阅千人脸。
一日魂归去,把酒在黄泉。

陈学海

笔名雕刻西风,1982年生,浙江省温州市人,从事教育业。

春日偶得

垂杨千缕写清幽,几片风来荡小舟。
坐灭浮云才咫尺,行看流水似春秋。

春日小别

别意浅深难具陈,但言花事不由人。
回眸伊在流光里,一抹轻鬘淡却春。

品西湖龙井

西子波成烟雨匀,潜香凝露几清晨。
我今唤取寻常火,来受人间第一春。

秋茶

催香开雾缕，得水化青韶。
既遣春风至，应教尘虑消。
杯中真况味，身外任萧条。
饮灭西楼月，坐生东海潮。

浣溪沙·春日步园

放眼郊园抱绿莎，抬头嘉木补柔柯。养人天气属春和。

晴岫调匀眉色翠，条风点破露桃多。湖漪遍数小梨涡。

浣溪沙·游湖心岛

近竹未成潇洒侯，临湖先引往来鸥。听风人在小瀛洲。

烟嶂随心眉尽展，春波有意自横流。一时天地似虚舟。

浣溪沙·听歌

常陷温柔似卧云，每闻萧瑟亦凝神。作陪日暮或清晨。

弦管打开浓淡意，雨珠歌绝寂寥春。过窗飞鸟探闲人。

木兰花·鹰扬将军

裂天紫电招豪雨，牧野鹰扬枪戟怒。修罗场内叱寒光，踏尽无常开血路。

而今四海澄如许，万国衣冠揖圣主。玄翎犹未敛风雷，时看阴山胡马度。

陈亚萍

湖北省黄梅县人，网名清平乐。中共党员，大专学历，国家公务员退休。系黄梅县诗词学会、流响诗社会(社)长，中华诗词学会、全球汉诗总会会员。系《中华女子诗词(二卷)》副主编、黄梅《流响》诗词主编。即将出版个人诗词专辑《清平乐吟草》。

临江仙·咏荷

淡雅清纯呈佛意，亭亭玉立端庄。宛如西子舞霓裳，绿裙摇倩影，嫩蕊绽鹅黄。

污泥难染冰肌洁，引来蝶舞蜓忙。虚怀妙曼送清凉，湖塘红一片，入画更芬芳。

湄潭茶乡吟

惠风拂面暖心房，主客相携水墨乡。
巧手翻飞春岭绿，翠芽沏泡玉杯香。
倾城彝妹霓裳舞，盈谷山歌天籁扬。
尤爱湄潭三月里，神壶瀹茗馥诗囊。

双峰山悟禅(孤雁格)

双峰并立彩云间，碧玉清流泻石前。
访胜西山攀绝顶，探奇破额诵遗篇。
山花绽蕊含禅意，贝叶传经蕴佛缘。
数度登临参未得，今朝顿悟倍欣然。

水龙吟·读《庄子》有感

大鹏展翅翱翔，疾飞直上重霄处。穿云破雾，迎风击浪，逍遥自许。荷逸清波，鱼游浅底，相嬉相顾。本无心插柳，名缰利锁，如轻絮，风吹去。

任尔觥筹交错，倏然间，龙蟠虎踞。悠悠岁月，寒来暑往，岂关情绪。梦蝶庄生，今宵何处笑看风雨。问凡尘小我，何时坐忘？把心斋铸。

满江红·国庆70周年感赋

时届金秋，天地丽、共欢佳节。凝望眼、虹霓万里，云闲空阔。燕舞莺歌迎盛世，河清山秀怀英杰。好时光，追梦振中华，倾心血。

霞生彩，花引蝶；歌不倦，情尤烈。看龙腾虎跃，群情激越。航母扬威南美叹，飞船探奥东欧悦。慰先贤、七秩庆丰功，红旗猎。

陈义棣

男，茂名市日南天诗社会员。广东省佛山市人，1946年生。张槎村诗社会员，诗词吾爱网春秋台管理员，香港大中华诗词学会春秋台版主等。获第二届"中华情"全国诗歌散文大赛金奖、第二届中国山水诗大赛银奖等。

七律·羊城花朝节

千姿吐艳庆花朝，百蕊添香浪蝶招。
玉女排红连插鬓，霓裳着绿竞弯腰。
手擎珠海鹅潭月，脚踩松涛越秀桥。
世道清平频乐事，江山如画更多娇。

七律·清明

奋斗人生几度秋，长于拼搏付中流。
孩童教育承先祖，老大争荣启后头。
百事坎坷皆念记，千般业绩令存留。
不求禄帛熏身去，未愧忠言对仲由。

绕池游·端午悼屈子

又临端午，见荔枝披红结。包粽子，龙舟出游烈。敲锣击鼓，欢水龙旗飘拂。海河同列。屈原激活。

回眸楚缺。屈子投江身绝。咸天问，何堪忆凄凸。离骚悲咽。足显文人声倔。记九歌诵，九州亮节。

两同心·父亲节忆父亲

任爷爷再，忆父恩深。人直爽、好帮乡里，见识广、阔落胸襟。熬辛苦，舰艇农民，八八高吟。

自文盲子书忱。独仔军参。教克勤、埋头实干，戒骄躁、努力恒心。终成就，阖府和谐，儿孝孙霖。

青玉案·忆蜀游

碧波潭涌三台俏。恰回想、相思鸟。剑阁温存围栈道。月澄蜀水，云盟覆照。旷野人烟渺。

残阳及至云蓬罩。树秃荒林惹烦恼。泥淖小溪枯且燥。冬吹衰草，山川寂貌。扑朔迷兜笑。

冉冉云·探春

爱抚娇红拥春著。桃李飚、水鸣溪处。蜂蝶舞、花放清香匀布。绿草地、芬芳雅聚。

木棉高耸云端露。岭南歌、涌波涛巨。天地动、赋大湾区刀斧。引领神州如故。

寿山曲·龙江观音阁祈愿

神灵护佑心稳，兜转能寻呴医。今赴紫云祈愿，登峰花敬慈悲。山亭野翠辉映，绿树牌坊肃仪。龙地邑人善信，齐捐拱建新威。塑身送瓦诚恳，望赐安康寿弥。

万年欢·"尹志尧"与5纳米等离子刻蚀机

热爱家邦，学成惦记，九州科技堪迟。天命年庚，无想延福舒眉。未改痴心报国，硬携团回举旌旗。凌云志、软件攻关，最终稳健拿魁。

研机刻蚀，细微神速，容存巨量，电子腾飞。赤县加工芯片，先进声威。崛起中微洒脱，发明多、永未停蹄。狂人舞、弯道超车，共炎黄百年归。

陈逸梅

别名唐万虎,广东省化州市人,中华诗词学会和中国楹联学会会员。潜心研习古典诗词,其诗词贴近生活,反映时代,既古雅又新潮;其作品行文流畅、简洁;其作品谋篇布局和遣词造句超凡脱俗。姓名入编 2015 年《化州年鉴》。

赏橘花
绿林翠浪橘花妍,人影舟车乱陌阡。
婉转黄鹂枝上乐,缠绵白鹭水中眠。
金歌一曲传千里,玉露三盅醉百篇。
鼓乐惊醒仙客梦,翩翩再度紫云巅。

春满大地
青山锁翠晚烟轻,水阁华灯掩映明。
堤岸柳风初拂面,花前月影未忘情。
谁人高赋千秋岁,我自长吟四海清。
漫步江城春烂漫,凤凰台上尽箫声。

壮怀豪情
茫茫宦海苦行舟,几许豪情几许愁。
年少贾生空作赋,功高李广不封侯。
花期有信春犹在,尘世无缘志未休。
莫为浮云遮望眼,老来依旧气横秋。

随感
飞镜流光又一秋,壮心未已恨难休。
莫求名利攀权贵,甘守清贫钓晚舟。
对月放歌诗百首,围炉行令醉三瓯。
寒烟雾野寻芳径,梦里青春不白头。

荷塘十里
蜻蜓点点戏漪涟,水底行云别有天。
花径客来寻雅士,楼台人去寄银笺。
清塘横笛轻风送,绿影垂杨细雨牵。
兴尽回舟山色晚,板桥踏韵醉吟鞭。

霍去病
烽烟塞外雷声吼,八万精兵过武州。
直捣黄龙通瀚海,不教胡马踏边楼。
茂陵铁骑将军在,漠北金戈野鬼愁。
驰骋纵横千百里,大河滚滚抱天流。

续杜甫
沉浮半百苦颠连,是日归来兴勃然。
两个黄鹂鸣翠柳,一行白鹭上青天。
窗含西岭千秋雪,门泊东吴万里船。
但遣此生无俗累,浣花溪畔读流年。

故园梦
朝辞衙第暮江湖,屐履风霜劳不瘳。
绿柳长堤吟曲赋,青山细雨乐樵苏。
童心未泯今犹昨,晚岁曾经是也无。
但愿竹林贤圣在,花前月下醉蓬壶。

陈应武

网名民工甲、沧海一粒。江苏省高邮市临泽镇人,建筑工程师、注册监理工程师、一级建造师,就职于(沪)建筑企业。业余时间创作诗词 300 余首,创作风格多以关注民生和生活环境为主题,被诗友称为"民工诗人"。

七律·游子吟
半床秋月在天涯,案几盘留蚂蚁爬。
枕上春光于好梦,口中酒气对残纱。
前溪流水陪孤客,子夜望乡想小家。
把盏倚窗瞧玉桂,何时圆满见吾娃。

七律·无题
心存善恶尔须知,不义邪财莫去思。
勤政为民家世盛,贪污腐败仕途衰。
满船白玉一时热,两袖清风千古垂。
何恋铜钱身外物,孙生三代给予谁?

七律·醉卧书山有梦牵

老朽乡间理坝田，野林放牧饮灵泉。
天明碌碌谋农事，夜半悠悠写乐篇。
一卷新诗沾美酒，几支馀墨托残年。
灯花如豆催人睡，醉卧书山有梦牵。

七绝·邻家梨树也风流

春馀小院竹篱斜，隔壁栽培我赏花。
半树梨枝还学杏，风吹朵朵到吾家。

七绝·游子吟（民工篇）

身穿旧服汗斑斑，疲影风中举步艰。
怀揣发家殷富梦，容颜不老不相还。

七绝·写给民工的歌

（一）愈影

房楼顶入天，公路绕山泉。
处处留吾影，含支化愈烟。

（二）阳光

平地起楼房，虹桥铁路长。
蓝天怜愈影，云赞我阳光。

忆秦娥·祭祀慈父

琴声灭。椿殂庚午炎焦月。炎焦月。
仙桂褪色，玉兔抽噎。

每逢忌日祭台设。缅怀慈父欢声绝。
欢声绝。三天不食，心痛啼血。

画堂春·家乡闹元宵（秦观词体）

家乡古镇闹元宵。少儿踩起高跷。
丽人花鼓扭蜂腰。龙首招摇。

灯照画廊楼阁，千年美味香飘。长街
小巷石头桥。客满如潮。

陈永龙

男，生于1956年8月。已退休，安徽省诗词协会会员，无为县诗词协会会员。

七律·乡村四月

四月乡村务实忙，产粮大地遍栽秧。
桃枝挂果青成紫，油菜垂腰绿染黄。
农户开耕犁锦绣，骚人蘸福写华章。
脱贫再揽攻坚战，笑看全民步小康。

七律·诗咏长江

茫茫江水碧连天，伫立芜湖两岸边。
百鸟飞翔蓝宇舞，千舟浩荡画家迁。
万桥通路高科技，三峡储流惠众贤。
遥想古今多少事，何如当代敢争先。

七律·状元桥头

夜临无为状元桥，灯火通明格外娇。
步履轻挪依眼尽，脑思律韵绘妖娆。
革新创造江山美，开放恢宏万技骄。
不慕蓬莱光景艳，揽云摘月自逍遥。

七律·秋后得句

烈日炎炎似火烧，房中爽适享空调。
挤时借夜咬文乐，忙里偷闲嚼字骄。
地野禾苗望水灌，田头百菜想天浇。
突然暗黑云舒卷，原是秋风伴雨潇。

七律·悟

品酒微醺思战友，我们先唱日升歌。
群聊常见修生道，心里祈福百岁多。
宁静想摘蓝月树，偶闷狠奏大河波。
朱颜皱起神情在，舒展眉头上险坡。

七律·普降喜雨

日照时温过久高，甘霖喜见普天浇。
农田滋润秋苗壮，丰产福临悦舜尧。
吐纳畅舒环境爽，精神抖擞写诗娇。

祈求四季平安泰，期盼江山永富饶。

七律·庆祝六一儿童节
积贫久弱神州散，自古英杰看少年。
前辈掀翻浊世界，后人装点好河山。
雄风五四燃星火，铁骨长征震宇环。
雨露恩泽福华夏，挥毫潇洒颂天蓝。

七律·庆祝六一儿童节
建国初期少小郎，如今皆已鬓添霜。
三千里地山河秀，七十年来奋斗忙。
脱困步康精学技，强军练武稳边疆。
天骄几代勤民志，红领巾承伟业煌。

陈永珍

笔名乘舟前行。大专文凭。现为中国诗歌学会会员，重庆网络作家协会会员，上海华文易书网签约作者。出版有长篇小说及合集诗刊。在全国各纸质刊物及网络微刊发表长篇小说、散文、诗歌诗词等。

江城子·魂断勿忘我（词林正韵）
一年最怕踏青时，故人思，遗情悲。
梦里千痴，垂泪枕帷凄。野外春风关不馁，芳草旖，柳其其。
去年花下蝶怡飞，现花迤，待人归？
魂断云迟，鹤唳血嘘唏。念得声声寻勿忘，嘶海角，泣天涯。

忆秦娥·缅怀先烈（新韵）
丰碑锲，先驱风骨铮铮烈。铮铮烈，硝烟滚掠，为国流血。
笑谈镣铐铿锵跃，会须奋战豪情烨。豪情烨，轩昂气阅，万古长埒。

点绛唇·念先驱（词林正韵）

星火之光，南湖水面飞舟跳。浩繁秋肇，大地燎原闹。
革命先驱，踏遍山河啸。宁头掉，傲然大笑，只为中华耀。

注：秋肇即肇秋，指七月。

卜算子·缅忆屈原（词林正韵）
汨罗泪沾裳，望楚河龙衮。争渡扬帆锤鼓游，不损英雄韵。
谁晓粽缠丝，缅忆忠魂殒。万载千年照我生，向水留尧舜。

减字木兰花·采莲韵歌（词林正韵）
荷塘浅烨，叩响炎炎馨六月。袅袅霓衾，屡屡荷香酒半酣。
荷花啾蝶，华盖临风绅士悦。莲采歌酣，万种怡情闹中添。

朝中措·腊八感恩（词林正韵）
严冬飞雪漫山岚。天地素云酣。岁暮逢梅红艳，雁飞流落归南。
腊时煮豆，喜迎佛粥，相馈馨甜。辞岁感恩五谷，温情慰籍天巉。

七律·看陕西地图有感
始皇耀武邦畿并，开国江山毓秀殊。
八百秦川丰庶地，十三朝代帝王都！
千年伟业沧桑建，万古图腾灿烂涂。
试看陕西基版册，握拳跽俑孰天虞？

陈友雄

广东省汕尾市人，1955年生，男，大学毕业，中学特级教师，《中学常用易错词语手册》全部编写者。退休后爱好诗歌、联对，玩玩文字游戏以怡情健脑。

七绝·端午

年年端午赛龙舟,诉尽离骚志未酬。
天问忠魂何处去,汨罗水急恨悠悠。

七绝·自家盆栽
盆小丛高干有空,存良去腐展真功。
春风不备芽常发,曝日凌寒更艳红。

七绝·风扇
高矮方圆各不同,无分贵贱送清风。
热亲冷弃寻常事,世态人情一眼通。

七律·咏荷花
开天生就水中花,深浅宜居处处家。
藕白泥污知雅丑,华香叶翠辨忠邪。
凌波起舞真心爱,沐雨翻珠青眼加。
枝蔓无缘通且直,不离宁断任风抓。

七律·读《踏雪寻梅》
梅香雪白惹人吟,路远天寒放步寻。
仙女翻飞欣伴舞,精灵静立沁君心。
时来融化千般润,令到随缘万绿荫。
兴雅情高今古事,卢翁长短定真音。

七律·母亲节感怀
初二夏临生仉氏,母亲节日九州崇。
三迁首促儿成长,百善先推孝用功。
盼茂祈全天下愿,知劳懂侍古今同。
人间不使常遗憾,温席求鱼莫落空。

注:仉(zhǎng)氏,孟母的姓氏。农历四月初二是孟母的生日,也是中国的母亲节。

五绝·月亮
微光窃太阳,炫耀挂青苍。
盖世吾功大,谁言比日凉?

五绝·有感于今年清明
无法回老家拜祖扫墓。
严教无庭训,春晖暖寸心。
分身难得法,遥祭托歌吟。

陈有文

微信名有文有路。广东广宁人也。爱好文学,专雕玉石。广东省楹联学会会员,肇庆市诗词楹联学会会员,西江省文学社社员,四会市诗词、楹联学会、玉文化研究会会员。

七绝·咏竹
凌霜玉竹叶弥翠,傲雪新篁节更高。
喜与梅松寒岁友,顶天立地笑云涛。

七绝·春分
春风春雨又春分,花落花飞花醉人。
都道人间时节好,无端触景暗伤春。

七绝·己亥初夏
五月连绵阴雨暴,芳菲落索又风雷。
纵然春色纷飞去,幸有瑶花入梦来。

五律·彩云追月
牧笛溪山远,莺飞绕阁梁。
暮云浮竹海,垂柳钓斜阳。
野旷炊烟袅,风轻帆桅长。
知音邀月下,对影沐花香。

五律·重九随寄
重阳秋意凉,离远倍思乡。
金菊花开艳,丹枫叶落黄。
鹰飞千万里,文赋一琼章。
竹影邀明月,更深梦断肠。

七律·中国人民海军建军70周年阅兵寄咏
己亥春深腾紫烟,大洋海域浪惊天。
劈波战舰汹涛跃,呼啸银鹰云宇穿。

利剑光寒千万里,雄兵威镇一坤乾。
中华向海图强日,世界和平著伟篇。

七律·己亥惊蛰
适逢三月雨潺潺,魂断孤城水幕间。
玉树新篁开嫩叶,瑶花瑞草绽娇颜。
云烟袅袅飘千里,雾霭重重锁万山。
阆苑仙葩知绿否,春风吹遍几时还?

陈佑昌

男,安徽省宿松县人,中学高级教师,中华诗词学会会员,县诗联学会副会长,《吟苑》编辑,《西乡风韵》主编,县老年大学诗词班教员。

七绝·应聘老年大学答郝徐二位校长
（一）
蒙施青眼弄风骚,韵海书山知路遥。
我与诸君多努力,穿云破壁上层霄。

（二）
敲词琢句兴何饶,朵朵诗花笔上娇。
怀弄潮心须踏浪,银丝飘荡亦陶陶。

七律·公祭
肃穆庄严旗半垂,风萧水咽曲低回。
立碑堪证屠城罪,铸鼎缘铭举世悲。
丑史昭昭当面对,劣行蠢蠢岂胡为?
翩然白鸽蓝天上,国耻毋忘国梦追。

七律·授课有感
昔日讲台梦羁身,今来老大弄秋芬。
助君哨律斜阳染,忘我餐书雅气熏。
月照三更思邈远,网连四海景奇新。
萧萧白发何须问,心底深藏一个春。

七律·自嘲
斗室萤窗寄此身,晨昏颠倒自歌吟。
风前比兴难谐韵,月下推敲也似僧。
问仄调平身伏案,谋篇取象铁磨针。
遍寻灵药终无获,骨瘦衣宽惹众嗔。

一剪梅·诗癖
跋涉诗山近似癫,独霸窗前,尽占余闲。煎心熬髓几经年。品了甘甜,品了酸咸。
一字推敲屡忘餐,总惹妻怜,也惹儿怜。偶成佳句乐翻天。忘了庚年,好了肩炎。

鹧鸪天·有感老伴同孙女捉迷藏
莫谓蛮腰老眼昏,终朝相伴不辞辛。稚童娇撒同堂祖,老太心偏隔代孙。
猫蹑步,狗弓身,一颦一笑共天真。晚霞辉映朝霞灿,谁说人生无再春。

南乡子·访迁址后二郎中学
平地起高楼,山色湖光一望收。碧水环流飘玉带,悠悠。灿灿明珠耀九州。
兴教展鸿猷,阵阵弦歌唱未休。暑往寒来培学子,加油。引领春风创一流。

陈玉芳

女,茂名市南天诗社会员。1943年出生,本科文化。浙江省诗词与楹联学会会员。2017年6月出版《缘浅情深》上下册,其中古诗词468首。

五绝·漫步西湖(新韵)
长堤映二湖,波滚舫船殊。
孤岭闻鸣鸟,垂杨古画图。

五律·中美贸易战感怀(新韵)
英雄壮士多,一路奏新歌。

217

才过中兴厄，忽来华为罗。
誓挥腰下剑，奋起斗狂魔。
莫断天山路，骄夫想进窝。

七绝·赠何雨淮老师（新韵）
蜡炬吐辉师指点，春风化雨翠微烟。
常存厚谊心头暖，碧菡承甘捧玉盘。

七律·国庆70周年感怀（新韵）
神舟玉宇共春秋，七秩国家起蜃楼。
母舰探幽巡四海，高铁跨界旅洋洲。
诗吟伟业寰球震，歌咏深恩把舵谋。
怒眼雄师征腐垢，威风霸气庆丰收。

七律·感悟毛主席诗词（新韵）
山河气壮妙无伦，字字珠玑永世珍。
志士贤达因废寝，伟人学问万国宾。
品读诗魄夕阳尽，照耀乾坤百岁恩。
个个作家挥彩笔，春秋史记送穷文。

如梦令·学诗
诗道非难非易，怎可始而少尾，多用硬功夫，觅得文词斐斐。
知矣？知矣？悟得长生一倚。

鹧鸪天·庆祝党98岁生辰
红色南湖升日东，旌旗招展舞苍穹。
跨洋九万丝绸路，击水千船秋业丰。
舟遨宇，舰波冲，年庚百岁立新功。
林欢青鸟红楼动，镰斧千锤春意浓。

沁园春·雪梅
南国冰颜，夜梦知寒，千里雪滩。扫钱塘上下，琼花似絮；西湖晨畔，玉树庭园。丹叶千枝，霜煎历尽，玉骨冰肌不染烟。红梅展，有年年芳信，河畔幽娴。

人生步履何欢，探琼叶、南枝开遍川？有乐津无限，众芳摇落。风骚占尽，院内轩栏。疏影清斜，湿生水浅，浮动清香松柏穿。黄昏月，想明朝悠赏，夕景酣轩。

陈元

乡村教师，平日里热爱中国古典诗词文化，经常购买、阅读、品味诗词书籍，并学习、练习写作诗词。热爱在诗词中抒发自己的情趣，记录人生中的点点滴滴，对诗词的热爱已经深入到的内心中。

山行
翩然尘世累，来向野郊游。
山绿花疏放，沟清水乱流。
松梢飞玉镜，竹影舞琼楼。
静谧神仙境，临风释万愁。

与友赏月
月华如练耀神洲，酌酒斟茶上阁楼。
诗友同怀团聚意，共邀太白驾蓬舟。

点绛唇·菡萏初开
菡萏初开，一池绿叶红花送。光穿帘孔，池底蓝天洞。
静坐闲书，夏色沿山弄。四方瓮，茶香袅动，诗意迷痴梦！

王昭君
诗情雁引入胡天，遥想昭君颜赛仙。
抬眼一轮秦汉月，低头青冢立前川。

五律·游始皇陵
踏青秦古道，游览始皇坟。
陶俑烧千士，陵园聚万军。
功夸全国统，名失圣儒焚。
感慨沧桑意，情飞伴白云。

清平乐·伤春

柳絮杳杳,诉说春光少。花瓣迷离纷扰扰,早被东风分了。

去岁春去天涯,今朝春驻谁家?独坐静听夜雨,点点拨拨琵琶。

陈云云

又名陈细莲。江西省高安市人。小学校长,中华诗词学会会员,江西省诗词学会会员,江西省一道诗艺社社长。网名一幽、一幽清泉、了了无尘。渴望于浮世中做一枚闲情女子,携一人一琴一书一墨在青山绿水中闲看花开花落,漫随云卷云舒。

梧桐

彩凤择枝栖此身,救焚幸遇识音人。
红尘多少伤心事,只有秋声听得真。

题图

箨龙困屈岂无光,静守深山日月长。
费尽千辛出磐石,他时好共七贤狂。

丁酉除夕有感

爆竹声中丁酉除,围炉春晚颂歌舒。
天涯滞客乡愁结,寄托东风慢慢梳。

爱晚亭

石蹬崚嶒爱晚亭,清风峡隘麓山青。
无情最是湘江水,空奏湘弦与月听。

南昌起义

神州板荡愤难平,起义南昌魑魅惊。
八一广场碑尚在,英雄多少不知名。

游岳麓山爱晚亭

水烟氤郁绕朱阑,山径紫纤木叶寒。
最是一亭秋色后,红枫寥落倩谁看?

牵牛花

蔓弱枝柔自不言,百花开尽我花繁。
藩篱尚有青云志,借得星槎伴帝孙。

自题

郁郁萑蒲漫隰皋,蓷生中谷叹徒劳。
且留清骨临风立,遥望云天月魄高。

夜雨

矫矫秋风凭地起,中天黯黯渐无光。
一庭幽竹垂清泪,几扇轩窗隔嫩凉。
小坐琴台听流水,独持秋意入愁肠。
巴山路远人情薄,望断巴山夜雨长。

落叶

炎炎一夏隔阴凉,此际飘零倍感伤。
曾护百花舒媚态,谁怜污淖断柔肠?
横斜小字随流水,缭乱春心出禁墙。
莫怨秋来情意少,西风过处夜犹长。

题鲁迅

乾坤莽莽现玄黄,满眼山河尽感伤。
一树飘零贫瘦骨,几经辗转隔残阳。
潭深更待蛟龙怒,血热何须孺子藏。
剑破苍穹存浩气,但留文字说兴亡。

浣溪沙·寄人

浪苑风光又一春,交交黄鸟最相亲。枕边幽梦向谁陈。

陌上花开君子意,湖堤柳暗美人裙。相思唯有别时文。

浣溪沙·题画

迷雾空濛隐小桥,青山叠叠路迢迢。白云生处远尘嚣。

应有林泉高士卧,岂无鸥鸟野人邀。心随流水到渔樵。

浣溪沙
曲巷空濛暮气凉,低眉黯黯意幽长,惊鸿一瞥似丁香。
微雨廉纤空泪眼,红尘郁结九回肠,依依垂柳漫飞扬。

临江仙
一径熏风流曲水,溪花卧柳舒长。村前演漾小池塘,鸳鸯相对眼,嬉戏水中央。
牧竖骑牛阡陌上,笛声清转悠扬,炊烟袅袅送斜阳,一天星月里,摇扇话农桑。

陈灶亲

1969年生,笔名山涧悠客,福建省闽北人,大山里的孩子。喜欢山里的一草一木。喜欢李白的诗、书法、唱歌、摄影、素描。

诗词爱好者,师从全球著名格律诗词研究专家曲度先生。乡村诗人,希望能将诗词的种子洒满乡村的每个角落。作品以近体诗为主,多以山水、田园为主题。曾创作不少格律诗词,获过奖,作品发表于各网络诗刊。

五绝·夜行龙盘山大峡谷
夜夜子规啼,忽惊草木凄。
龙盘行路远,十里影相齐。

五律·山涧行
风斜乱苇飞,雨滴草依依。
竹径深清响,花香送晚晖。
青光常远近,浩月照人归。
一曲歌声落,红尘尽是非。

五律·游溪源庵
初夏小荷开,寻芳独步来。
晨钟惊雀鸟,暮鼓震佛台。
万水东流去,千山复岱回。
闲游无远意,半卧弄青苔。

七绝·村晨
晓日彤彤照野村,池边蛙豉闹河屯。
篱径彩蝶寻芳趣,早有蜻蜓荡后园。

七绝·冬
三九严寒一觉冬,翻帘四季复来重。
萤虫洞寂空飞雪,竹影斜投野径松。

七绝·赞龙盘山大瀑布
万古峰前万丈渊,一帘落尽一帘旋。
时时白雾腾空起,势如倾盆泻九天。

注:古代传说天有九重,九天是天的最高层。一为中天,二为羡天,三为从天,四为更天,五为睟天,六为廓天,七为咸天,八为沈天,九为成天。

七绝·山涧行
白日登高石径长,山风拂面葳蕤香。
星零葭苇飘不尽,六月溪头处处芳。

七绝·山涧行
一缕风烟一缕柔,浮云送景帐心头。
无边苦雨潇潇下,处处残花处处愁。

七绝·小满
小满塘边绿草新,扶栏漫步究原因。
多情茉莉含苞放,正午招来蝶舞频。

七律·晚秋之山行
夜雨如帘野旷清,登高独自看雀鸣。
轻云淡淡相邀去,黛雾蒙蒙结伴行。
绿竹倾斜常入画,苍松兀立作躬迎。
秋光远照平如镜,旧地重游恨别情。

陈则韶

网名太阳升，日本工学博士，原中国科大二级教授，享受国务院津贴，荣获国家科技进步二等奖等，著有《高等工程热力学》等，发表学术论文200多篇，发明专利50多项，网发诗词380首，大中华诗词协会会员。

五律·黄山妙景
笔墨丹青秀，黄山妙景奇。
千峰云上岛，万树石间枝。
谷雨听泉曲，清明赏日熙。
游人皆醉客，梦幻化成诗。

七绝·荷塘夜色
荷塘夜色睡芙蓉，淡月流光吻丽容。
玉叶怀苞情正醉，青蛙何故闹声浓。

七绝·牡丹凋谢怀感
国色天香几日荣，繁华富贵转头空。
明知命运终如此，万类依然竞秀容。

七绝·满地落樱红
一夜寒风满地红，樱花落尽叶葱葱。
伊人树下呆无语，满腹心思惜动容。

七绝·美龄宫
红山顶上美龄宫，翠瓦飞檐树链中。
合璧中西称特色，万千感慨问东风。

七绝·秦淮河
晚上华灯百路明，秦淮河面画船行。
浮光掠影瑶池景，醉看商家不夜情。

七律·建国历程(地名诗)
南湖星火启明灯，八一南昌响炮声。
遵义城头英主立，延安塔下重臣增。
平津辽沈蒋家败，淮海金陵我党赢。
西柏坡厅出号令，中华一统太阳升。

七律·苦瓜
桌上一盆炒苦瓜，夏天败火老人夸。
清香碧色先机抢，苦味甘津后润加。
外貌坑洼身丑怪，精华透体玉无瑕。
世间莫以形评胜，内质优良最值嘉。

陈正维

1982年毕业于大冶师范，大专，现任教于大冶市第二实验中学，大冶市诗词楹联学会会员，热爱古诗词，偶有写作发表于微刊。

夏湖拾趣
一叶载风清，波摇石共行。
蜻蜓轻点水，白鹭巧叼鲭。
妹唱龙船调，哥回梆子声。
满湖诗意美，谁肯踏归程？

第34个教师节致自己
十九黉门忝作师，满腔热血沸腾时。
讲台三尺授仁道，粉笔一根传所知。
我乐你生成国栋，你愁我老理银丝。
暖香红焰将燃尽，犹把豪情写入诗。

贺袁树林老师72岁诞日
老翁不负载盐工，师训萦回肺腑中。
树茂枝繁花万朵，林深路隘景千丛。
寿星泼墨凤龙舞，比玉于怀理化通。
南海观音凭济世，山高总慕夕阳红。

亡母两周年忌日涕泪而作
忌日凄风苦雨天，枝头落叶自飘然。
思亲孝女孤坟泣，感物寒鸦野岭旋。

母去瑶池魂渺渺，儿悲老屋泪涟涟。
椿萱已逝家何在？空羡邻居杳袅烟。

鹧鸪天·家有儿女

岁暮跟前子女花，承欢膝下足堪夸。
常搀老父捶腰背，每替慈亲炒豆瓜。
穷半世，贵三娃，聪明贤慧会持家。
流年此去何为乐？享受天伦唱晚霞。

陈志国

笔名颍川，微信名颍川书生，自号瀛洲野老。江苏省盐城市人，大学文化，退休教师。2016年开始格律诗词创作，作品散见于省内外多家杂志刊物和网络诗刊。目前为中华诗词学会会员，中华楹联研究会会员，盐城市诗词协会理事。

五律·游瘦西湖

蓝天云瑞祥，湖水漾粼光。
绿树留迷影，芙蕖扮艳妆。
五亭临玉兔，白塔饮琼浆。
哪管尘缘事？醉翁谱雅章。

五律·夏日入嵩阳寺

青山葱欲滴，丽日照云梁。
客少钟声寂，僧多寺路长。
廊阁层层叠，氤氲阵阵香。
观音千手合，俗子别心凉。

七律·丁酉感怀

猴耍千钧寻果去，鸡鸣金曲报春来。
时光易逝天难老，神采难留力易衰。
应惜流年攀玉树，当将晚景舞雩台。
知君静坐青轩下，屏和新词共遣怀。

七律·晴川唱晚

登楼游目极天涯，五色余霞散绮纱。
似练澄江涟细浪，如驼秀岳绽丹花。
归禽谑语鸣音脆，牧女歌谣旋律嘉。
醉美黄昏留不住，唯求雅韵润清华。

五绝·师魂
——献礼第42个教师节

春风裁细叶，杏雨洗鸿沟。
桃李三千圃，芬芳满九州。

七绝·秋怀

斜阳西下细风凉，极目苍穹雁路长。
哀响残蝉催我老，心牵旷野爱秋香。

蝶恋花·初春怀旧

料峭春寒难退却，又刮西风，狠把春光虐。梦里枝头登喜鹊，如何独见梅君灼。
曾记当年初始约，面若桃花，携手廊亭阁。纸醉金迷情意薄，真情总被虚情捉。

行香子·寒竹

朔气萧萧，百草零凋。独苍筼，疏影妖娆。枝稠叶茂，直视云霄。任风如斧，霜如剑，雪如刀。
红尘滚滚，物欲燃烧。敬湘君，坚守贞操。甘于淡泊，无畏孤寥。集柏之品，梅之质，蕙之操。

陈志文

男，汉族，茂名市南天诗社会员。1983年11月17日出生，广东省高州市人，大学本科学历，现在高州市人民法院任研究室科员，爱好诗词、文学写作。

五绝·秋

又见秋风起，无边落木离。

忽然霜鬓满，悔恨两心知。

七绝·归田园居
归田别致日光娇，漫步长廊景色娆。
四面荷风心静处，又催秋雨落芭蕉。

乙亥年祭祖有感
微寒二月风，祭扫与谁同。
僻野无人至，穷乡有客逢。
青山松柏翠，瑞墓子孙聪。
百姓崇其祖，哀思付长空。

五律·秋日感怀
潘洲临鉴水，落木满观山。
渔火秋江上，孤舟碧月间。
离情思渐切，别绪泪仍潸。
雨后凄凄去，风前戚戚还。

七律·离人乡愁
旧院中堂落木飞，新园小径映残晖。
少年不晓严慈意，老大方明父母祈。
聒碎乡心难有梦，寂寥旅客易无依。
孤灯夜半窗前影，欲寄愁肠带泪归。

渔歌子·别灞桥
丰镐城东汉燕离。绵绵烟雨送汝时。
销魂曲，断肠诗。轻折灞柳寄哀思。

诉衷情令·桃花落处雨初停
桃花落处雨初停。又见柳枝青。潘洲南浦堤上，送子别长亭。

烟水阔，远帆行。荡离情。莫言今后，白塔石桥，如影随形。

江城子·游山感怀
平云山下燕知春，李花银，杏枝新。一缕清风，吹过渐茵茵。山里寒鸦悲欲绝，啼切切，更销魂。

忽闻远处起新坟，少人询，与谁邻？梦断情殇，陪伴是朱尘。莫待死生成憾事，亲不见，泪频频。

陈治安

笔名墨渲，广东省梅州市人氏。人生写实中在工艺美术雕刻、雕塑领域方面有对内涵深邃探求，闲暇之余，领略诗词魅力，用文笔触碰心灵的跳动，陶醉在轻盈秋风摇曳的落叶之间。偶有诗歌作品在《青年文艺》《南飞燕》《胶东文艺》《中国风》《诗谱》等报刊发表。

相信诗歌回荡生命的旋律，更相信一行行的文字就是人生旅途中最美的风景。

七绝·雾霭
雾霭吞侵山涧翠，胸前不见指头摇。
阳光驱逐欢而散，似寇潜云摆尾貂。

七绝·瑞雪
纷飞白雪头翁鸟，叫屈凄凄袭击檐。
被絮三层祥瑞气，丰盈借问揭锅甜？

七绝·冰意
冰刀利刃飞如燕，脚下生云任性飘。
剔透明灯前路亮，仕途通达怎知娇？

七绝·忆福求
竹叶青青摇翠绿，高风亮节岂能愁？
今朝直上云霄外，无奈红尘忆福求！

陈智杰

笔名陈老思，1983年生于福建省闽语，现居浙江省杭州市。现为之江诗社社长、主编，部分作品偶有得奖。对传统文化有热情，文学及书法艺术有一定造诣。

短诗写作略有所得,作品散见于诗歌社群及纸刊。

七绝·归雁
相思几许别云髻,风雨归途无所惧。
渐近家乡生怯情,明朝再会向谁诉。

七绝·莼鲈之思
夜深人静独思量,悄坐窗前望月娘。
漂泊钱塘十余载,炭烧米饭味犹香。

七绝·烟花三月
杯酒难干烟柳愁,湖心画舫醉杭州。
而今一别何时聚,唯见飞花逐水流。

七绝·渔舟归晚
渔舟满载泛霞光,倦鸟归林入夜凉。
新月无心钩往事,伊人未见湿罗裳。

七绝·凤起潮鸣
改革于今四十年,神州大地换新天。
乘风破浪春潮起,吐气扬眉鸾凤翩。

七绝·西溪赏荷
白莲款款出荷田,玉足轻轻撩碧涟。
若问此间谁最美,鱼潜溪底怯娇妍。

七律·纪念三门亭旁起义90周年
一时风雨起丹邱,二百镰刀与斧头。
率领工农来革命,武装思想待秋收。
亭亭古木立街口,暖暖晨晖照九州。
先烈长眠景历历,后人怀缅意悠悠。

一剪梅·烟花三月
美景良辰亘古同,章台杨柳,陌上桃红。钱塘波漾起和风,烟锁云峰,暮鼓晨钟。

偷得闲情仰碧空,戏蝶孩童,垂钓渔翁。莺歌燕舞斗鸣蛩,浮世清欢,恰是春浓。

陈中建

男,1952年4月生,江苏省淮安市人。在江苏省洪泽县特殊教育学校任教,中华当代文学学会会员,江苏省诗词协会会员。其作品散见于《诗词世界》《江淮诗词》《江苏楹联》《淮海诗苑》《洪泽诗苑》等各省、市、县部分刊物和典籍收藏,并多次获全国、省、市、县等单位奖。

庆祝建国70周年
风雨兼程七十年,超前布局著雄篇。
胸怀华夏连广宇,实现初心乐自然。

端午祭屈原
(一)
端阳忆屈原,数曲震乾坤。
汨水沿江祭,离骚永世传。

(二)
龙舟竞渡汨罗寒,锣鼓争鸣绝壮观。
游客乡亲人似海,千年习俗众民欢。

荷花
凝露沁清芬,冰肌玉立群。
池塘春梦浅,绿水小罗裙。

夜思
幽居已深秋,横窗月满城。
闲愁翻旧梦,水墨赋诗情。

夏夜
雨过天晴碧,熏风蛙鼓休。
回思桑梓处,心事墨中游。

闲居
隐迹家中处，吟诗练字牵。
不关朝野事，只读养生篇。

南瓜
千年饮食布农家，到处篱栽满地爬。
旖旎风光齐比翼，吟诗韵里出奇葩。

高考
寒窗数载梦芳华，坎坷人生路曲斜。
破浪扬帆鸿浩志，天高地阔满庭花。

芒种
梅雨炊烟湿落英，碧荷戏水拂蛙鸣。
麦黄镰舞风云染，端午粽香累毕生。

荷塘月色
玉洁冰清山水秀，轻风摇叶舞歌来。
湖光潋艳蛙声紧，菡萏芬芳万朵开。

暴雨
云遮日月鸟惊飞，暴雨恣狂水漫威。
上帝因何生此乱，神州陌野庶民祈。

悬湖秋影
柳拂流烟碧水亭，轻舟荡漾泛荷宁。
盈眸古堰留飞影，万古传情入画屏。

忆我的父亲——陈松
（一）
风霜雨雪逝芳华，劳累奔波只为家。
尝尽世间千万苦，浮华如梦立天涯。

（二）
顶天立地父如山，挡雨遮风育子艰。
岁月沧桑颜诉老，心存大爱勇登攀。

（三）
沐雨经风往事牵，音容别去梦眸前。
但知岁月催人老，化泪灵魂归大千。

荷
十里清风暗送香，害羞菡萏竟芬芳。
罗裙耀眼无穷碧，点绿浮萍靓彩妆。

东风桥
夜色霓虹水接天，街灯闪烁舞翩跹。
方亭闲倚观风景，如梦浮华心灿烂。

悬湖秋影
柳拂流烟碧水亭，轻舟荡漾泛荷宁。
盈眸古堰留飞影，万古传情入画屏。

荷塘夏景
拂柳天蓝山水秀，清风摇叶舞歌来。
荷塘潋滟蛙声紧，菡萏亭亭别样开。

梅雨
烟尘过后黄梅雨，连阴浮云仲夏天。
独坐窗前无尽兴，惊雷阵阵叹霞牵。

盛夏寻凉
逸致闲情傍水行，河旁漫步映荷擎。
鸣蛙伞下多消夏，留得烟霞伴古城。

幽居
竹林碧翠宜消暑，柳树荫凉正可人。
岁月流金吟古韵，人生苦乐似有神。

陈忠海

男，1949 年出生于黑龙江省大庆市林甸县，现为中华诗词学会、黑龙江省作家协会会员。有 220 多篇(首)作品在《中华诗词》等 40 多市以上报刊发表，有 18

首格律诗在国家级征稿、评选、大赛等活动中获一等奖、金奖和特等奖。

苇乡

荡漾塘湖百鹤飞，云霞舞彩端烟随。
兼葭作友招仙客，老柳为邻待密闺。
灯火渔家舟唱晚，鞭音羊韵哨声回。
芦花夕照秋中画，笑语星窗酒溢杯。

野塘

一池碧水漾微波，苇隙游鱼似杼梭。
岸上晒鸭裙羽摆，潭中倒柳影身搁。
村翁坐凳闲垂钓，牧女扬笛慢奏歌。
霞衬炊烟舟向晚，蛙鸣妇唤趣兴多。

砥砺前行

春风韵绿展新颜，华夏腾飞喜事添。
致富脱贫施惠策，申纲肃纪镇贪权。
群龙有首圆初梦，百鸟争鸣谱史篇。
重任肩担同进取，疾鞭策马敢当先。

老井

苍颜苔迹韵流深，滋养农家几代人。
老辘苦旋维系命，芳邻互助步康门。
井槽灵液酬多畜，星月神光对众君。
游子勺浆牵旧景，手扶木把话泽恩。

军旗飘扬

南昌烽火越时空，立创波澜日照红。
大渡河边漂杵血，平型关上灭倭凶。
斗寒冒暑边疆守，抗震救灾露野营。
景仰长城魂魄铸，中华神韵颂英雄。

奋斗新时代

春暖花开千岭娇，冰融河化涌新潮。
鹏程风雨图强梦，鹰越洪涯斩巨涛。
不忘初心同奋进，疾鞭策马再攀高。
目标瞄准加油干，绘就蓝图气自豪。

夏日回乡途中

千里车程一翼翔，熏风伴我返家乡。
稻田片片翻青浪，棚室幢幢闪玉光。
重忆井边饮凉水，再思场院戏迷藏。
忽闻喜鹊歌高树，遥见村烟送酒香。

七夕

静夜推窗望远方，七夕临近赋诗章。
满腔喜鹊天桥架，万里银河素浪汪。
亲重何忧茅室陋，情深哪惧律规盲。
夫妻恩爱无离苦，一次相逢话语长。

陈忠海

笔名松塔，男，48岁，汉族，1973年生，原籍山东省嘉祥县。现居住黑龙江省伊春市，自由职业，微机员。喜爱诗词，在凝炼文学院网校学习三年联诗词，经考试合格毕业。性格开朗幽默，信仰基督教，乐于助人。

五绝·雨（押支韵）

难润天街色，浮生弄得悲。
横舟荒野渡，何日涨秋池。

陈重百

湖南省邵阳县人，道号神彰佑，已用真名陈太平和笔名陈重百、陈水鑫在《人民日报》《漫画增刊》《湖南文学》《华夏诗报》《湖南日报》《福建日报》《广西日报》等30多家报刊发表过500多首诗及100多篇小说、散文和文学评论等，有诗被《中国化工报》等报刊转发，有诗在全国性诗赛中获过二等奖和三等奖。

修炼

羡赴瑶池仙境筵，常将法咒细修研。
心察四季星阳月，眼辨八方水火田。
爱纵经书培道术，情弥圣地纳神缘。
虔诚悟炼数十载，仍是凡身未做仙。

邵阳宝祥寺

宝祥寺顶泛霞光，仙气弥迷醉艳阳。
百代香云贴地起，千年寺院对天昂。
出出进进皆祥气，往往来来尽肃装。
法布诚灵迎众客，人潮漫涌促堂皇。

命运悟

星移斗转日绵延，命运凶吉可变迁。
好劣人生前世育，轮回续报到今天。

邵阳佘湖道观

佘湖雪霁满山春，四季妍陪道观亲。
香客纷纷来敬拜，心怀美愿奉诚真。

要做好人

世事纷纭有秘章，人心坏腐必招殃。
忠奸世代留荣耻，要挺清白万古扬。

陈卓昌

男，潮州市诗社会员。

登东山岛牛犊山有感

三春时节上山头，举目茫茫海气稠。
四处花开难慰我，台湾不见使人愁。

风筝

借风可上九重霄，此刻云边影最潮。
纵似飞龙由摆布，不如燕雀自逍遥。

初夏葫芦山

雨霁湖山花气芬，闲行幽径踏流云。
登高我与凌空树，欲把风光来共分。

芒种

芒种时分暑气浓，鸣蝉高树唱清风。
塘边忽忆濂溪句，因是荷开数点红。

山行

雨后郊山着墨浓，盈杯竹酒旧相逢。
今时又得清风伴，坐看流泉落翠峰。

夜入深山村

峰如宿墨染勾痕，水落高崖势若吞。
未料溪声能洗浊，心头块垒荡无存。

有感连天暴雨

暴雨连天何是涯，淹村折树断栖鸦。
滥施便是苍生泪，望尽洪流不见家。

莲池茶趣

池傍青山藕正香，身临水榭沐清凉。
茶烹荷露同君品，句读濂溪入梦乡。

成朝柱

1926年生，湖南省宁乡市人，江苏省邳州市处级离休干部，中华诗词学会会员，中国高级作家。著作有《二月花集》《绝句写作教程》《成朝柱诗文选》一、二、三集。另与名家合编《青少年学诗写诗入门》《当代绝句三百首》，全国发行。

七绝·餐菊

我餐黄菊菊餐霜，一样冰清玉洁肠。
谁羡枫林红十月，纷纷醉落卧斜阳。

七绝·火柴

万家灯火我先焚，岂惜区区一寸身。
无限光明无限爱，总缘小我献忠魂。

七绝·登岳阳楼有感
孰先欢乐孰先忧,千古名言付诵讴。
歌管楼台风月夜,玉人吹皱洞庭秋。

七绝·观庐山瀑布
九天撕下白毛巾,挂在悬崖浸在盆。
怪底庐山千古秀,原来日日洗心尘。

七绝·参观三峡工程
移山铁壁气如虹,挽住长江千里流。
万顷碧波装口袋,满天星斗落神州。

七绝·瞻仰毛主席遗容
平生未睹英雄面,此日灵堂肃穆瞻。
我仰当年掌舵手,神州千古已安澜。

七绝·军垦战士
荷枪日日更扶犁,万里荒原秀麦齐。
四十四年家未返,子规常向耳边啼。

七绝·蹦床冠军何雯娜
年妙婀娜线柳身,弹床一蹦上晴雯。
嫦娥捧出桂花酒,疑是天仙扣月门。

程宝庆

号北郊村人,中华诗词学会会员,湖北省诗词学会理事,武汉市诗词楹联学会常务理事,九州诗社常务理事,《汉语新韵》作者。作品主要在《诗刊》《湖北诗词》《武汉诗词》《九州诗社》《星星诗刊》《东坡赤壁诗词》《广东诗词》及中国诗歌网等网络论坛发表。作品曾在全国论坛版主诗词大赛、攀枝花咏花大赛、静乐杯诗词大赛等赛事中获奖。

五律·春游马鞍山森林公园
蒸云归雁外,天镜是谁磨?
梦觉蛙声老,珠新柳浪拖。
兼年寒雨尽,近午野游多。
晴暖人舒爽,湖平山静和。

七绝·过白园未入
客过龙门心眷老,先生好酒醉香山。
千年好梦难惊起,暗袖新诗上渡船。

注:白园,在洛阳龙门山景区的香山上,有白居易墓园。因时间仓促,今村人过此而未入。

七律·夜宿桃花冲
山雨频来删暑气,岚烟渐起绝嚣尘。
情深大别归游子,梦醉桃溪寄客身。
耳畔泉流琴韵袅,林间月落晓风新。
明朝何不求田舍?也学渔樵邻散人。

注:①桃花冲在英山县大别山中;
②情深大别……同游段维教授故里英山。

七律·游皇城相府
帝师国老陈廷敬,阆苑仙葩御驾来。
傲岸英雄归草莽,风流俊彦入琼台。
荣华尽仰浮云散,宝典皆由巨擘裁。
似见天官驱犬马,枉留深阙惹疑猜。

注:皇城相府,在山西晋城,是康熙皇帝的老师,《康熙字典》的总编陈廷敬的故里,康熙皇帝曾两次下榻于此。

卜算子·雨过观天云
雨后楚天青,柳外兰舟泊,一半氤氲一半晴,山水横斜错。
都怨世间烦,都羡瑶林乐,待到如来下聘时,几愿偕云鹤?

竹枝词·亮梯子
利川鱼木寨有石梯,一头插入绝壁,一头悬于空中,两阶互相亮开,故名"亮梯子"。

半砌巉崖半挂天,石梯担脚乱云悬。
听闻哟嚯休回首,那是阎王讹路钱!

程春华

湖北省黄梅县人,笔名凤源春,大专文化,中共党员,中华诗词学会、中国楹联学会会员,湖北省诗词学会理事,省楹联学会会员,东坡赤壁诗词学会会员,黄梅县诗词学会副会长,《流响》诗词副主编,县诗词培训学校校长。

包粽子
粽叶南山采,青青阔且长。
专心调佐料,放手配精粮。
线绕浓浓意,芯含淡淡香。
食鲜人欲醉,欢笑庆端阳。

咏牛
传世生肖立,谦恭让一名。
腹饥甘食草,体倦亦躬耕。
厚道人称赞,殷勤自秉诚。
不须鞭再响,抖擞踏新程。

咏竹
东园绿竹近吾家,错节盘根叠翠华。
盛夏摇风催梦枕,金秋伴月印窗花。
排箫曾引龙吟韵,闻笛能开鱼尾霞。
广制云笺谁不爱,明轩列座品香茶。

幽居
一自移居蝶岭旁,环村古道任徜徉。
夭桃当户春光媚,翠竹临窗夏日凉。
半柜诗书长夜伴,三杯米酒满堂香。
偶来雅客欣留句,蓬荜生辉胜靓庄。

青玉案·清明有寄
清明多雨苍天驾,似倾诉,如丝下。伫立墓前谁与话?故园花折,怀思惊诧,梦断琴声罢。
当年竹马戏春野,学戏台前联袂耍。两小无猜情无价。赠衣还叠,鱼书难托,含泪鹃花借。

程大宋

男,现年62岁。安徽省潜山市人。系潜山市诗联协会会员。是传统诗词爱好者。曾多次参与全国性的诗词大赛,并多次获一等奖。

山居
地僻蜗居静,小桥听涧泉。
萋萋芳草地,淡淡碧云天。
把酒邀明月,行吟学谪仙。
深山无甲子,夜夜抱书眠。

远望
东风扶我上峦峰,坐拥丹山看日红。
霭霭云霞开世界,迢迢草木接苍穹。
春临禹甸山川外,人在尧天雨露中。
奋起神州多壮志,放飞梦想逐征鸿。

链接集用古诗词名句偶成
中秋杂兴

(一)
月下飞天镜①,千山入画屏。
落花原有意,明月却多情②。
注:①语出李白《渡荆门送别》。
②语出张先《菩萨蛮·玉人又是匆匆去》。

(二)
月是故乡明①,随人处处行。
相行无话语,结伴是知音②。
注:①语出杜甫《月夜忆舍弟》。
②语出李白《关山月》。

(三)
海上生明月①,苍茫云海间②。
天涯同此刻,千里共婵娟③。

注：①语出张九龄《望月怀远》。
②语出李白《关山月》。
③语出苏轼《水调歌头·明月几时有》。

南柯子·南太湖游记

万顷青波阔，南湖泛浪花。小舟一棹走天涯。但见风清露白柳烟斜。

沽酒邀明月，凭栏看晚霞。琵琶弦上忽思家，长忆西窗共烛话桑麻。

回文词
卜算子（正读）

明月山边楼，清风花中酒。饮尽金樽空碧流，隐隐泉声吼。

晴浦白云飞，莺啼碧畔柳。极目青青草接天，点点茵藏鹭。

巫山一段云（倒读）

鹭藏茵点点，天接草青青。目极柳畔碧啼莺，飞云白浦晴。

吼声泉隐隐，流碧空樽金。尽饮酒中花风清，楼边山月明。

程道恒

安徽省庐江县人，1949年8月生，从事过教育行政工作，中学退休语文教师。爱好诗词。

七律·高考状元（中华新韵）

悬梁刺股夏冬春，独霸鳌头智越群。
腹有五车文似锦，胸存八斗笔如神。
蟾宫折桂全城晓，虎榜夺魁举世闻。
宴上亲朋伸拇赞，龙门跃过谢师恩。

七律·保护环境（中华新韵）

污秽祛除护自然，珍惜绿水蔚蓝天。
关停垢厂消霾粒，炸倒高囱去瘴烟。
处理收移清废物，填埋密闭铲毒源。
乡洁镇净贤国策，江碧山青美境园。

七律·自乐（中华新韵）

苦闷忧愁一剪删，心安喜乐找悠闲。
观花潇洒桃源处，赏景逍遥圣水间。
世故俗情丢脑后，佳肴美酒摆桌前。
举杯痛饮微微醉，梦入天庭且作仙。

七律·桐城六尺巷（中华新韵）

古瓦青砖两堵墙，桐城小巷不寻常。
恭谦大度人间誉，礼让高风史上扬。
克己修身千载颂，依官仗势一时猖。
张英片纸成名相，贤圣德馨永世芳。

七律·黄山毛峰茶（平水韵）

黄山幽境谷峰茶，雾育云滋伴彩霞。
色艳毫馨称贡品，液醇味厚誉琼葩。
价廉质秀商家抢，体雅名优赋客夸。
受命七仙来采取，西灵玉帝美流瑕。

七律·夏夜声籁（中华新韵）

月皓天蓝万籁声，蟋蛩交响伴飞萤。
蝉吟合律梧桐里，蛙鼓和弦菡萏中。
两侣甜言临水榭，三翁醉意侃凉亭。
悠歌袅曲双人舞，悦耳佳辞广告屏。

七律·夏日纳凉（平水韵）

万物繁荣夏纳凉，河边树密倚胡床。
金蝉演唱缠枝下，水鸟盘飞绕柳旁。
艳蕊飘香荷嫩美，柔风拂面梦甜狂。
人娇丽景怡情醉，疑是瑶池徙我乡。

七律·老同学相聚（中华新韵）

荏苒时光逝水流，弹挥数过五十秋。
当年宋玉西施面，今日无盐李贺头。
鹤发童颜活力去，龙钟老态友情留。
欣逢富裕繁华世，互祝长龄体健牛。

程君玉

微信名兰亭,男,安徽省枞阳县人,1951年12月生。职从医药,五十知高适;喜古韵墨香,以益心智。现是枞阳县诗词学会会员。

七律·聆听国乐
央视传情独抱琶,鹤纵秋水五弦斜。
玉盘扫拨仙音拂,琼指捻挑异域讶。
入破江南烟雨路,吹新远古龠簧葩。
芳华锦绣宜城启,国乐龙腾漫彩霞。

注:芳华,指方先生组建的"芳华十八"乐团;宜城启,指方先生是从安徽安庆走出来的国乐大师。

七律·己亥中元节思
一轮明月中元耀,恰是狂倭跪日时。
血染关山多少泪,魂溶碧水万千池。
红尘逐欲今何胀?恐怖留惊乱值思。
袅袅青烟观蝶去,朝天叩拜已无词。

七律·塑料引思
何时塑料人间热?随手抛丢祸害生。
五彩围城飘臭气,幽灵隐粒入鲜羹。
乘风布阵鲸龟死,借浪堆山极地横。
精美包装叹作假,可怜天道也无情。

浣溪沙·月笼中秋月影垂
月笼中秋月影垂,天涵秋水夜风宜。桂香暗吐扑窗帷。
移步楼台栏独倚,回眸绿荫寂滋思。不由想起少年时。

两同心·明月当空
明月当空,素晖横影。梦中醒、宝镜凝看,天如水、微风凉赠。卧难眠,漫忆当年,挥臂天井。
碧与蓝天相映。傍香飘靓。同朝夕、欢转清流,观云锦、馨存旧景。芳踪杳,欲问苍波,托鸿捎咏。

注:挥臂天井,指当年插队在生产队天井圩稻田车水。

赞成功·紫薇花开
紫薇院立,翠簇盘红。花枝风拂闪娇瞳。笑它垂态,唯我重重。迎来彩翅,任绕芳丛。
百日倾艳,潇洒幽空。曲干相拱彩门躬。锦英铺地,似待君踪。幸榴火样,伴语秋浓。

鹧鸪天·暑日
赤日炎炎七月天,柳丝无力路生烟。临窗不忍嗷嗷犬,抬眼难观漠漠田。
风习习,水涓涓。屏中漫展戏清泉。高楼俊雅几知晓,极地冰消垃圾环。

彩鸾归令·夏日环塘晚步
楼映斜阳。碧笼清波水闪光。画栏独步绕荷塘。吮清香。
往来挥手欢留语,两两三三坐纳凉。四周灯亮乐声扬,舞姿狂。

程林

男,网名抱日,笔名火星使者。中华诗词学会会员,湖北省作家协会会员,武汉市诗词学会副秘书长,论坛创始人之一;北京华夏诗书联学院研究员。作品发表于《诗刊》《中华诗词》《湖北日报》等;作品收录于《中华诗词典藏》《天籁之音》第十一、十二卷等。著有《冬之梦》新旧诗合集。

田园拾趣(三首)
出工
足量阡陌梦量天,雾锁青山碧草连。
手拉耕牛挑日月,荷来欢乐一篇篇。

插秧
面朝泥水背朝阳,扯朵红云作羽裳。
羞得春山嫌色少,却央大地染金黄。

耕田
一声吆喝太阳升,水溅云天百丈绫。
冻土新耕春入住,花溪有梦应开征。

散步随咏
百里行程易,朝朝十里难。
但凡人世事,还问窄和宽。

散步随咏
所寻非有物,走走复观观。
石上苔痕在,心头柳色残。
闲情何所寄,问月每凭栏。
时下精神养,明朝向宇攀。

卜算子·鱼荷之恋
默默送芳香,悄悄莲心捉。死死生生愿同塘,哪解凭媒约。

不请自由来,不要空承诺。不要相思涨如潮,不要天涯各。

水调歌头·论酒
千古酒诗赋,万里雨烟云。一壶天地平坦,杯落倍伤春。买醉流年虚耗,问道河山路杳,风物焕然新。斗酒谪仙逝,何处觅昆仑?

醉乎醉,何必醒,以凝津。画中鸟语,幽草芳径少啼痕。缘浅愁肠如许,谊厚情怀堪誉,爱恨总由因。莫效刘伶醉,沽酒误乾坤。

程萍

女,安徽省枞阳县人,1972年生,网名拈花微笑、莲庐主人。大专学历。中华诗词学会会员,安徽省诗协责编部副部长,安徽省诗词女工委理事,安徽省太白楼诗词学会会员。枞阳县诗词学会副秘书长。

五律·文乡与东宏兄重逢喜吟
文乡乍相见,涕泗任潸然。
烟雨双溪别,春秋四十年。
方中言不尽,物外寄无弦。
记取斜阳里,曾经牵我还。

五律·冬
去雁音尘绝,罗浮雪里归。
开帘怀旧友,启牖得芳菲。
竹老清姿许,山高负翠微。
红炉黄酒沸,薄醉试新衣。

五律·芒种有吟
麦黄承夜雨,池碧起青烟。
平野连空阔,清渠入沃田。
花辞桑渐老,云散燕频穿。
新酿杨梅熟,从今是暑天。

五律·诗缘
古韵重繁盛,文坛色正青。
因诗随曲水,爱月拜兰亭。
吟啸长歌激,登临满卷馨。
一生贪律美,小字总娉婷。

五律·故乡寄情
故土属双溪,乡心梦里迷。
疏桐愁夜雨,丛桂听晨鸡。
巷窄书声近,月昏渔火低。
幽怀惜无药,羁旅小诗题。

五律·夕下游湖
如黛山青色,清波入眼明。

人移荷影动，柳荫野舟横。
钓叟归还往，沙鸥去复惊。
水音侵笑语，意爽觉风清。

五律·初夏
春归荼蘼荣，四月碧空清。
绿满三千里，香浮十万程。
荷钱迷浣女，时雨戏蛙声。
去日银筝误，今朝句早成。

五律·大暑有怀
六月暑炎炎，鸣蝉深树潜。
庭熏灼嘉木，屋静下重帘。
玉簟清凉失，金炉毒热兼。
凭栏怀卫士，日夜镇关严。

程杉丹
黑龙江省依安县人，依安县图书馆馆员，曾为军人。热爱京剧，喜欢诗词。中华诗词学会会员，黑龙江省诗词协会会员，齐齐哈尔市作家协会会员。有作品辑入《黑龙江女史十一家》，曾获黑龙江省肇东市"东北四省区莲花杯诗词大赛"二等奖。

念奴娇·依安
地遥天远，数流年去去，向无人瞥。曾是古时流放处，愁煞几多豪杰。春色匆匆，秋声寂寂，半载风吹雪。生斯地也，寸心能不寒切？

一朝漫卷红旗，新生世界，一竟千秋越。稻黍万重还正有，百业争荣方烈。街淌车龙，霓虹似雨，有苑林芳郁。百城行遍，最圆依旧乡月。

诉衷情·依安人
小城山水也无名，儿女却多情。亦曾洒尽鲜血，求解放、为新生。

能揽月，敢追风，肯牺牲[1]。看齐前路，更看今朝，我辈英雄。

注：依安县为航天英雄刘伯明、中国世锦赛马拉松第一位冠军白雪、雷锋式的好指导员程志国烈士的故乡。

满江红·为家乡解放60周年作
迢递光阴，暗换去、风腥雨瀑。放眼处，满川银柳，遍原金粟。百业昌荣行客笑，万家安泰邻人睦。唱佳年盛世太平歌，从头数。

思往昔，峥嵘促。驱日寇，追匪卒。有英雄儿女，代代风骨。拓野无垠舒望眼，创新多措开迷雾。看今朝协力奔康庄，揭新幕！

注：依安县1946年解放，此诗初稿写于2006年。

临江仙·嫩江平原
莽莽苍原铺大野，鹰飞草长鱼游。如今一改旧时愁，连天泼麦豆，遍地撒羊牛。

昔日雄风今尚在，恰当变革潮头。冲天一鹤竞风流，扶摇八万里，逐梦在神州。

程少钧
网名后湾。原任中国石化集团公司安庆石化总厂教育处处长，2014年退休后历任安徽省老科技工作者协会会员，安庆市书法家协会会员，安庆市石化老年大学副校长，诗词学会会长，《安庆老年书画研究》杂志主编。

七绝·观国庆书画展
银画金钩书国庆，调朱研黛绘神州。
深情妙意毫端注，雅作生辉赞语稠。

七律·忆儿时过年
老街梅绽雪花妍，户户张灯年味添。
吉庆春联门上贴，新鲜鱼肉灶旁悬。

笑燃鞭炮弟兄乐，喜换靓裳姐妹牵。
炒菜煲汤香四溢，举杯痛饮贺新年。

七律·皖南景色美

驿道牌坊石巷深，小桥流水野山村。
青砖黛瓦门前绿，画栋雕梁窗外春。
宗姓祠堂列祖俸，名流故里后人尊。
皖南风景如诗画，徽派民居美誉存。

七律·手机

形影不离如伴侣，办公购物必携君。
清晨即看荧屏画，就寝还思微信文。
点击视频亲友见，传来音像祖孙欣。
手持一宝行天下，汇聚春风与夏云。

七律·拉萨纪行

雪域高原风景异，草肥花美雁飞低。
布宫殿内佛徒涌，昭寺门前拜者集。
手转经轮闹市过，口吟禅语路边移。
藏传佛教发祥地，普渡慈航造化奇。

程肖华

男，茂名市南天诗社会员。原安庆市图书馆职工。从小喜欢诗书画，现分别为安徽省和安庆市诗词学会会员。作品多见于《诗词月刊》和安庆市有关报刊。

七绝·杨桥度假（新韵）

碧水青峦鸟语鸣，曲桥信步过闲庭。
静闻笛奏黄梅调，乡茗一杯看日倾。

七律·老图书馆（新韵）

毁楼修葺更精神，故地重游倍觉亲。
冷凳卅年常相伴，香书久解好留存。
人生漫漫书山路，岁月悠悠学海深。
庆幸初衷情未变，众民泽惠快潜心。

七律·童老师作画（新韵）

侧锋横扫似涂鸦，浓淡相宜若彩霞。
实处虚图图更妙，虚中实笔笔生花。
盘虬根蔓龙游走，润泽花冠玉光华。
作画高师观万遍，何曾学点少疵瑕。

七律·春夏天无常（新韵）

天公霹雳泪横流，逐浪洪峰堤坝忧。
抢险军民惊海宇，赈灾百姓恸神州。
骄阳一日迎头笑，热烤光熏挥汗愁。
晴雨无常寒暑变，爱怜生态抿恩仇。

七律·穿越戈壁（新韵）

大客悠悠过汉关，身临绝域噤如蝉。
连天戈壁零星草，漫野灰沙满目烟。
飞鸟无踪风尤劲，行人罕至命难全。
遥看古道怜公主，怎抵征途馁与寒。

七律·故土闺友情（新韵）

龙山秀水难离地，故土蜜闺闲置身。
怀旧常吟摇桨曲，老来仍恋跳皮筋。
饥肠梦餍脊梁挺，寸草复苏华夏春。
不论沉浮言稚趣，胸襟敞豁守童贞。

十六字令·舟（二首）

（一）

舟，四海为家任我游。帆扬起，和风一小鸥。

（二）

舟，骇浪滔天困兽囚，帆拉下，船夫立鹢头。

浣溪沙·访古民居

小曲清悠茗一杯，秋千荡漾似眠催，旧时庭院已人非。

古韵春风人欲醉，流芳天雨竞纷飞，

倘徉香径能几回。

程秀珊

女，42岁，网名锦瑟小主（锦瑟华年），湖北省红安县人。黄冈市作家协会会员。从小喜欢阅读、写作，酷爱中国传统文化和古诗词。16岁来黄冈市务工，从事过多种行业，于2006年到武汉市学习女子美容养生，回来后一直经营女子美容养生艾灸至今。因为对文学对阅读的热爱，从小就培养了写日志写读后感的习惯，喜欢用文字记录生活，感悟人生，分享美好。于2019年6月加入诗词吾爱网，发表诗词、散文近100篇。2019年7月初受大中华诗词论坛邀约入网，任地域风采栏中华古韵版版主，发表诗词作品60多首。读书是一件美好的事情，值得我们用一生的时间去坚持；写作是一件惬意的事情，用文字记录生活，是最好的记忆方式；分享自己对生活的热爱，对生活的感悟，对当下的珍惜，对未来的憧憬，更是一件有意义的事情！

感赠叶嘉莹先生
（一）
先生命运真多舛，总把诗词寄满怀。
半世飘零千万字，读来不觉泪盈腮。

（二）
连读两遍泪难干，感叹先生不一般。
赤子之心犹可鉴，尽藏字里与行间。

注：读叶嘉莹先生之《祖国行》2700字，感慨万千，泪目……

早行随感
与子同游九曲桥，红荷含露水中摇。
闲聊总把苏公忆，兴叹皆因意志消。

贺祖父94岁高寿
喜迎太父耄耋辰，四代同堂分外亲。
先祖福荫泽后辈，子孙贤孝敬天尊。
茶香酒烈情更甚，菜美肴佳笑亦醇。
盛世高歌年景好，力奔百岁众欢欣。

乡愁二首
（一）
当年一别离乡土，寻梦孤身到黄州。
阅尽繁华成泡影，方知最美是乡愁。
2019年8月14日

（二）
山如黛玉树青幽，影入溪中水静流。
昨伴愁云归故里，今随丽日下黄州。
2019年6月18日

我欠秋天一首诗
（一）
我欠秋天一首诗，夜长最怕苦相思。
更深闭院孤灯灭，妆罢临窗半月时。
地北天南分燕累，寒来暑往合欢迟。
离愁别恨纷纭至，和泪低吟漱玉词。

（二）
围炉温酒叹哀词，我欠秋天一首诗。
夜半钟寒敲宿醉，三更月冷浸离思。
披衣未觉心怀热，抱枕仍嫌暖意迟。
再借杯中残玉液，或将续梦旦云时。

（三）
放眼名园尽谢时，深闺寂寞伴闲词。
冬赊春日三分暖，我欠秋天一首诗。
霜菊低眉辞旧叶，雪梅含笑卧新枝。
佳人剪烛魂牵梦，冷月残风起相思。

（四）
凄风苦雨绕寒枝，惨雾愁云笼罩时。
义士魂归天坠泪，佳人魄散地生慈。

君留俗世千般暖,我欠秋天一首诗。
愿借阴官情半缕,黄泉路上寄相思。

(五)

漏静更深鸟伏时,萧萧寒叶别空枝。
常思后院花前月,总忆闺房枕下词。
往事如烟生旧绪,闲情似梦惹愁丝。
冷风入户人惊起,我欠秋天一首诗。

程绪奇

重庆市人。现住通义市无川区宁波路航字社区。大学毕业于成都电讯工程学院无线电专业。从事航天工作20余年,任过科长、车间主任、高级工程师。退休后学习写诗,有诗被《中国诗人风采》等100余家典籍入选。入选作品曾获过金奖、银奖、一等奖、特等奖多次。现为省市作家协会会员,中华诗词学会会员。

生财富

灵山亲秀水,鹤雀饶山飞。
谷狭飞珠翠,红霞戏彩辉。
荧光铺水上,入眼闪光回。
科技生才富,民勤助国威。

发射场

西昌发射场,星塔指天堂。
点火放声吼,升空着彩装。
飞船翔宇际,拓宇写辉煌。
探索须心力,新科助国强。

生查子·春日游

往年春日游,今日春依旧,
绿树展新枝,花艳春天绣。
踏歌牧女来,笑把山花嗅。
绿草醉羔羊,百鸟同歌奏。

【双调】蟾宫曲·野兔穿林

苍天水碧无暇,绿树飞鸦,鸟唱枝头。水流声响,滚滚波涛,浪涌波翻。紫燕成对鸳戏水,平川沃野马羊肥。屋后房前,紧护栅栏,竹翠林青,野兔穿林。

程裕祯

网名酎泉老人,1939年生于山西省晋中市,毕业于北京大学中文系,退休前为北京外国语大学教授、中文学院院长兼海外汉学研究中心主任,著有《中国文化要略》及主编《中国学术通览》《新中国对外汉语教学发展史》等,晚年闲吟诗赋。

戊戌冬至

是日陈何语,山川累易新。
青红多乱目,凡圣各蒙尘。
息壤无时雪,重天厚古人。
霜风吹故土,一夜到嬴秦。

七律·拜读刘逸非先生《又寄庐醉墨》有寄同韵二首

已故刘逸非先生,新浪吟友烟雨楼台(刘晓燕)之父,安徽中医大家,1931年出生于肥西县中医世家,博学多才,兼通诗词楹联,除专业著作之外,又有《寄庐吟选》等多部诗词著作问世。

(一)

平生托魄杏林中,兼起瑶章笔底风。
出得仙方从药圣,吟来文赋作诗翁。
慈心偏遇摩天难,雄略专修济世功。
借此微篇先寄语,天庭一聚饮千盅。

(二)

家常有道亦诗中,足以登高唱大风。
过眼清风频入句,临笺雅字总随翁。
庐前又寄千篇赋,腹内还藏百世功。

李杜陶公如可约，同吟共饮一盅盅！

无题
昨事非烟鸟更惊，谁将威怒对苍生。
燕山泣血飞云暗，赵氏摧心绝洞明。
直使顽愚成木主，却推彦圣入渊坑。
倾情莫费无聊语，但待他时碧草荣。

燕京延寿寺遗址
梵宇雄姿剩几多，徒名延寿但悲歌。
有无旧迹谁人问，浅淡斜阳客鸟过。
帝国楼台随逝水，宋王涕泪洒荒坡。
燕山亭里回眸远，艮岳何曾识甲戈！

前清查嗣庭试题案
雍正无头事若何？题中止象遇锋戈。
经文几句书生罪，项部千刀国主魔。
杀伐从来随上意，衰微只合唱哀歌。
思之青史真堪惧，不竭流程血染河。

戊戌入秋
又到秋风落叶时，衰心但恐损青枝。
山中劲柏寒霜染，塞上骄骢绝道驰。
烈胆千惊无救策，冰魂万死不挥旗。
诗词更作宣情水，坠入深潭莫再思。

观山山不语
观山山不语，观水水长流。
卜世逾千代，卜居尚未休。
苍穹依旧碧，苍海自沉浮。
唯独人生异，唯如草木秋。
逢春花正艳，逢雪染霜头。
昔者何堪忆，昔时一叶舟。
曾为操笔士，曾作楚冠囚。
何以归田去，何成刘表牛。
有闲耽典册，有梦则蜉蝣。
似对阴阳镜，似疑九州岛。
微心尊绝学，微力稻粱谋。
喟悔开初愿，喟不佩吴钩。
但使眠疆垒，但能减国忧。
默思皆已矣，默散百年羞。
吾可宥宽者，吾身得道遒。
今番诚坐享，今不慕瀛洲！

避暑仙山妙(步韵吴融《和韩致光侍郎无题三首十四韵》)
行路逢炎日，归家待静尘。
花开无昼夜，虫噪每昏晨。
上网嫌诗旧，听弦冀曲新。
闻言多半假，为事一分真。
世浊天当笑，官贪鬼亦瀕。
谋财生巧计，流语长飞轮。
谀谄邀金爵，吹嘘得雪鳞。
帝耽千里马，谁保万年春。
饮酒宜留晋，跟风不返秦。
吟歌先雁塞，寄魄莫河津。
避暑仙山妙，潜心佛境珍。
烹茶凉意到，提笔素情匀。
羽扇何迎客，冰姿好对人。
盼来强阵雨，与净结芳邻。

程运钦
江西省庐山市人，资深诗词家。

暮春访谷帘泉
得空桃源欲问津，落英过雨了无痕。
好莺啼叫千千万，留住清溪一线春。

秋怀
落地金风早夜寒，添衣袖手靠栏干。
人因老迈诗情少，浪赴沙滩泡沫残。
北雁初来秋寂寂，南山大旱菊姗姗。
一时四顾无颜色，霜屑翻成柳絮看。

于西庙迓迎诗友采风
雁舞洲头情满襟，轻风浅赋洽知音。
传灯雨后西山路，望月床前南浦心。
本欲追春春已远，又将悟道道难深。
诸公好比徽班客，漫唱皮黄我侍琴。

重过金陵
六朝气概接苍穹，壁垒如山虎口冲。
金粉银铃埋帝青，暮年残叶吊梧桐。
姓程忘带门前雪，触景偏熏化外风。
曾照秦淮上林月，慵慵淡看白头翁。

《童年》四韵（选一）
书包挂树晚霞飞，对决陀螺汗湿衣。
小小乾坤鞭下转，此生际遇露端倪。

程宗功
江苏省南京市人，诗词爱好者，作品散见于各网络平台及纸媒刊物。

风筝三首
（一）
风云些许何能尔，恨只低冈或矮川。
一霎抟摇丝线断，看吾蹈海压青天。

（二）
万尺高飘君莫惊，连霄截汉一何轻。
此身但许风中死，不向人间求太平。

（三）
久困江湖气郁然，风鸢为饵起平川。
老夫欲展掣云手，百尺长绦可钓天。

池国祯
笔名西平，男，福建省诗词学会会员，龙岩市诗词学会会员，龙岩市机关公务员。作品散见于《福建文学》《福建诗词》《海峡龙吟》《闽西日报》《龙岩文化》等报刊及多家微刊。

七律·重修"新罗第一泉"赞
岩城走马街心过，又见新罗第一泉。
十八堂前啜甘醴，南门巷口觅流年。
犹思浣女砧声脆，常记阿婆草冻鲜。
晓月归舟假时日，登高迎曙赋龙川。

暮春感吟
桃月寻芳白鹭洲，三分春色二分羞。
缤纷脉脉随流水，翠绿欣欣入眼眸。
浩浩烟波千叠错，茫茫霭雾半山浮。
落红本是平常事，何必闲愁向晚舟？

七绝·题参加摄影户外实习
胜日寻春觅早莺，芒鞋竹杖溯溪行。
青山郭外浮云出，一片芳菲映晚晴。

七绝·母亲节有感（中华通韵）
款款情深颂母亲，银屏今日好温馨。
新辞旧赋慈颜爱，莫若归家伴晚晨。

忆江南·游培田古民居
青石巷，追梦意流连，访遍千村皆不是，浅砖灰瓦水如烟，寻道在培田。

西江月·故乡吟
藿水门前流过，梅山错落连绵，青砖黛瓦小桥边，缭绕炊烟一片。
把酒东篱午后，凭栏回顾从前，登高不忍日西偏，玩伴儿时寻遍。

注：九龙江北溪上游万安溪又名藿溪；梅山即梅花山。

画堂春·山城元宵
暖风沉醉碧波涛，灯笼两岸轻摇。小

城春早闹元宵,水秀山娆。

黄发垂髫倾出,龙狮竞舞争妖,笙歌吹彻任逍遥,兴尽云霄。

临江仙·上杭

旗帜当年红遍,硝烟煮酒花香。古田会议放光芒。铸军魂二度,奠万代朝纲。

汀水依然盈秀,杭川已换新装。紫金雄起傲东方。共和实践地,客族梓桑乡。

迟连庄

字水邨,号悟迟,别署恨晚斋主,1952年生,河北省南皮县人。现为中国管理科学院人文研究所研究员,中华诗词学会常务理事,天津市诗词学会常务副会长,天津市书法家协会会员。自幼喜爱诗书,以此自娱。诗宗唐宋,尤喜李杜;书学二王,独尊迂叟。

七律·元旦致友

滚滚年轮压酒潮,迎新岁火领寒朝。
天涯芳草连舟坞,海市尘霾乱墅蕉。
检点江湖多聚友,巡行野径独闻箫。
无缰隙马任驱走,管信东风递画桡。

七律·同窗邀聚因事阙席有赠

髫龄梦境荡寒烟,愧我邀筵阙席前。
手上糖衣随脉动,窗间剪纸撮光然。
球怀已教书囊失,学谊能将翰簿还。
不舍江河东逝水,遥祈逾甲度霞年。

七律·阙题

指隙流光不可拦,星垂月落岁空弹。
春风苇里思吟笛,夏柳蝉边放钓竿。
苦恨和年同一釜,艰难与世并双盘。
霜眉岂忍抛翰墨,志上昆仑跨锦鞍。

七律·大雪如约

破晓楼前雪映窗,回风四顾凛遥荒。
泥途万里舟车失,岭树千重鹤羽张。
宇道终传天有信,坊间始论世无常。
时人莫叹朝行困,渴麦欢呼野梦长。

七律·原韵奉和陈云君先生 七律戊戌贺岁

国泽难期苑草蓁,浇篱望月梦芳茵。
三千翰赋赓华脉,十万辞章步汉尘。
袖手难观时彦好,垂心定使后人珍。
欣逢紫气行天道,四海云祥处处春。

七律·戊戌新正抒怀

眼里晴晖入杳冥,春风载岁访郊汀。
无边福汇红时运,有道江湖绿远庭。
灶火飞烟催日月,移云海气蕴雷霆。
年来不作衰愁赋,面向三津振铎铃。

七律·次韵王国钦诗友戊戌迎春

春风又送岁祥临,两甲沧桑感不禁。
鼎故脾胆酬万世,颂新事业仰千寻。
横刀立马昆仑雪,望日开轩太始心。
不改江流东逝水,云行雨沛泽尧林。

重阳

本名姜明,笔名重阳 jm。网名新韵使者等。1939年10月21日生,原籍山东省威海市。《新韵说》创立人。中国作协会员,新韵学会会长,《艺苑》报主编。著有诗文集《看明月》《千里共婵娟》《新韵集》《新韵说》等。创编了《中国现代汉语普通话韵谱》(简称新韵谱)。其论文《新韵说·新韵兴起是历史必然》被收入《世界学术文库》中,并获《世界学术贡献奖》论文金奖。传略及作品被收入数十部典籍中。

倡新韵

十年倡新韵，甘苦始识君。
同道当同谋，合心永不分。

新韵当崛起
新韵当崛起，理论已成文。
千秋大业立，成功靠众人。

诗方向
普通话韵当兴旺，一石激起千层浪。
何以威震坛上客，只因代表诗方向。

美心灵
清风入竹馨香声，好诗好画美而精。
欢迎诗友常来此，挥毫泼墨美心灵。

晨景
杏林湖水绿波涌，孤山亭上歌声隆。
晨炼骄勇剑飞舞，长寿桥映彩霞中。

春游
春风化雨万物苏，甘霖滋润爽心腑。
花远香消烟雾处，相思渐远情如故。
携友郊游草木绿，细雨轻洒露如珠。
七色彩虹刚刚出，山下溪涧鸣布谷。

迎春
有心折柳恨无花，老去难当盛气侠。
把盏吟诗调画饼，捉笔泼墨乱涂鸦。
倚窗困顿期日月，信马由缰望天涯。
久违诗友翩翩至，共舞春风共赏花。

塞北风景
正是数九塞北天，自觉冰刀刺骨身。
枯枝欲言秋色美，败叶当忆夏露浸。
江湖如镜坚如铁，岭丘腾浪喷白银。
苍天一曲寒号歌，冰溶雪化喜迎春。

赞高铁
标牌呼啸和谐号，奔驰何为路远愁！
一路带风银箭去，归来携韵火龙流。
南北磨剑扬国器，东西昂头贯地球。
华夏梦中高速网，运营何止遍神州。

赏荷
万面笑脸仰青天，游人无意拨偏舷。
摇落玉露鱼虾逐，香飘十里越亭前。
嬉戏少女摘苞去，顽童泼男断藕尖。
待到寒露菊仙笑，莲子已颂诗百篇。

储春忠

男，茂名市南天诗社会员。出生于1955年3月，籍贯安徽省庐江县，现居住广州市。大学本科，工程师。毕业于信阳陆军学院和武汉大学信息工程学院。曾任陆军学院教员、大军区司令部参谋、集团军中校团职军官等职。

五律·登九华山天台峰
佛国还初愿，焚香独悟禅。
奇峰招远客，圣境缥霏烟。
兴盛缘金地，驰名始谪仙。
天台瞻旧墨，恕晚几千年。

五律·杏花村
春燕穿檀杏，飞花戏客翩。
古村镶白玉，秋浦抹红胭。
野圃茶禾绿，农家酒菜鲜。
夜深人未去，歌舞伴婵娟。

注：秋浦系河名，位于安徽省池州市城西。

五律·重走舒庐干渠有感
引水龙河口，开渠解旱愁。
万夫挑日月，百队战冬秋。
堤坝千村转，清泉四野流。

回眸丰产地,岁景去悠悠。

注:舒庐干渠系20世纪60年代人工修筑的数百公里输水渠道,位于安徽省舒城县与庐江县境内。

七绝·有感百舌鸟在我家窗台垒窝

口含绝技啼春晓,飞遍城区难筑巢。
无奈依缘窗角地,一窝梦想上林梢。

七律·生产队里小放牛

皂院农家苦出工,稚儿放犊寨山中。
琢磨岩洞听雷雨,研究溪流戏水虫。
牵去晨曦妆草地,骑来晚月挂牛篷。
满怀幻想新生代,日记三分小牧童。

注:皂院系古村名,寨山系山名,均位于合肥市庐江县城西。

七律·父亲

乱世逢灾远避荒,少年立业日奔忙。
一间茅屋遮风雨,半亩梯田保食粮。
处事随和言语少,持家俭朴水流长。
成材儿女思先父,梦里回回泪湿裳。

西江月·回村

少壮离开故土,老成回到村家。几多梦想匿山洼。尘世浮荣放下。

院外林茶吐翠。窗前桃杏飞花。一壶香茗映红霞。又见斜阳如画。

楚红城

原名李玮,目前在北京市工作。北漂诗人,文字梦境一样的存在,写着、爱着、活着,低于尘埃未被尘埃掩埋。北京市丰台区作协会员,卢沟诗社社长,中华诗词学会会员,老舍文学院第二届高研班学员,九一诗群成员。散文、诗歌、古典诗词、楹联屡次获奖,作品散见于《北京晚报》《星星》《北漂诗篇》《中国广播电视报》等报刊。曾以被访者身份出现在《南城人物》《杨万里》等电视节目,曾获得第五届中国诗歌春晚2018年度十佳诗人奖。

朝中措

刘邦莫唱大风歌,比不得荆轲。一刺岂论成败,嗟乎热血酬和。

千年易水,梅山苟且,楚梦销磨。今夜抚开青史,空如獬豸鼍鼍。

柳梢青

淅沥残声,婆娑乱柳,似我身形。恍若前年,雨中执伞,举步西泠。

何堪助酒吟情,遣十载、苏堤梦凝。烟渚连云,皱山寒渡,为了谁青?

阮郎归

绿风裁信燕儿飞,行人路上稀。桃花红了旧情思,同酬草木辞。

镰刃月,镐头溪,何方戴胜啼?远山犹似雪中时,不知春又归。

减字木兰花

汨罗江水,一枕云烟空逝里。生死之间,家国存亡值几钱?

亭台对坐,此际焉能分你我。白鹭轻盈,划破芦风辨浊清。

画堂春

故人情结遣生涯,相思不减犹加。野藤岩隙旧烟霞,又发愁芽。

遗爱湖边拾梦,风流性子由他。桥头一树海棠花,往昔嗟呀。

楚俊芳

黑龙江人,网名楚滟。女,大学文化,现就职黑龙江省萝北县纪委监委。黑龙江省女子楹联协会会员,萝北县诗词楹联协会会员。作品散见于中华《诗词月刊》《美塑杂志》《大漠文学》《诗刊词选》《湿地风》等期刊及《知音诗友》《黑龙江女子楹联》《界江艺苑》等微刊。爱好音乐、摄影、朗诵。

黄河壶口瀑布（二首）
其一
大景奇源阔地穿，狂涛怒啸五洲颠。
横观千刃云崖立，纵看九龙苍宇连。
飞瀑迷蒙腾瑞气，彩虹绚丽蔚祥烟。
群雄傲世孰能比，唯我黄河亘古传。

其二
贯通两省演桑田，圣地雄韬引俊贤。
众眺黄涛龙跃水，群瞻虹彩凤翔天。
爱流喷涌苍澜起，情焰飞歌玉韵旋。
烟雾冲霄大风起，一壶万古叹奇缘。

咏长江
雄浑壮阔势龙韬，浩荡奔腾万里遨。
漫卷风云狂放步，掀开意境大兴涛。
峡门浪底丰标固，江堰巫山石坝牢。
历尽沧桑何所欲，繁荣华夏育英豪。

行香子·登凤凰山
云罩天光，露漫游廊。沐清风、徒步群翔。撞怀绿野，放眼红妆。看山真美，林真秀，水真长。

真情有寄，大爱无疆。默凭栏、无限思量。抑扬词采，跌宕馨香。愿笔锋健。文锋锐。志锋张。

行香子·赞《史虹诗选》阅读量过万
文史精通，气势如虹。似新星、华耀苍穹。清诗丽曲，奇志殊工。看威风振，清风蔚。德风浓。

云烟袅袅，翰墨融融。领群贤、妙笔开弓。诗坛翘楚，巾帼英雄。愿情长在，人长健，著长丰。

踏莎行·初冬首雪
仙女飞鸿，嫦娥挥缎。琼台寒罩朦胧见。鲍君知我降天绒，纷然潇洒诚相伴。

娇影窗前，长屏江岸。仰望原野兴嗟叹。感时心动迓风光，人间仙境翻庭院。

满庭芳·咏萝北
九转龙江，千辉凤岭，纵含世胄炎黄。乌龙峡谷，两域具风光。峻丽文明尽显，抗倭寇，万古留芳。英雄地，青春绽放，福泽惠家乡。

金鳞硅镁墨，亚洲前列，世界名扬。绿森林，渔塘玛瑙粮仓。汇聚农林牧业，丰收望，稻黍飘香。看明日，宏图大展，北国铸辉煌。

望海潮·春
祥云飞笔，和风剪柳，春来万种风情。桃杏炫红，燕莺逐梦，耕耘正是田坪。绿叶衬丹荣。绕朱光滟滟，碧草莹莹。点翠香馨，飞歌泉韵作金声。

溪桥翘首良朋。顶春寒料峭，香冷冰凌。紫气盈园，余霞染鬓，欢歌笑语娉婷。早计觅芳萌。叹光阴流逝，岁月峥嵘。回首经年往事，万里奋鹏程。

沁园春·迎春
欲晓天光，满眼生机，绿色宝泉。正晴旸白雪，丰年瑞兆；晨曦紫气，胜景新翻。南国芳枝，北疆风韵，引领韶华大幕宽。多浪漫，畅升平歌舞，炫彩流丹。

迎春大计开元。发意志长猷憧憬鲜，感乾坤浩荡，宜时奋发；征程磅礴，健事追先。建设龙江,弘扬文化,滴水融融微力捐。齐俊秀,敢奔潮踏浪,击水三千。

渡江云·五四运动百年

百年看巨变,青春涌动,志士动铿锵,发昆仑气势,泰岱雄风,玉宇巨龙昂。先锋骁勇,洒热血、荣辱担当。涤荡处、英雄无泪,慷慨救危亡。

辉煌,九州缁涅,四海风雷,贯豪情万丈。除旧制,开新文化,强盛炎黄。反封反帝乾坤壮,奏交响,回荡城乡。融智慧,中华崛起无双。

楚长揖

古诗词爱好者,大学本科汉语言专业,见新诗兴起,而旧体诗日渐被遗忘,希望以绵薄之力,为旧时诗人承接,为众人之先。

临江仙·赠友人

新月清霜惊早鹊,难眠身起孤行。闲堂冷色泛除庭。高山飘渺曲,流水绕梁声。

别后始知相聚好,当时月朗风清。纵然难为赋长亭。寒窗多少事,诉与竹林听。

清平乐·坂湖见杏花(新韵)

晕红深注,斜袅闲园路。风动香摇花扑簌,便向清溪分付。

小沚疏影清波,偷将两处相和。开落算来几许,万般都付长歌。

点绛唇·故地重游

时雨濛濛,翠微碧幕深深道。短亭长绕,空谷寒山调。

故地重临,事事原应了。如何到,楼空人杳,催我须臾老。

五律·处临安而遥望瀛洲

遥望孤山处,孤山邈且殊。
潭中生日月,湖上坠明珠。
碧水摇空绿,红荼浸润朱。
若为灵鹊顾,岂畏绛河乎?

七律·临王羲之书法有感

风斜取势横穿户,一笔青山水色连。
仿若清泉出岫壑,还摇白雨叩江帆。
旧题犹见隔千载,新聿轻执又一年。
且共从之临洗砚,便得天地纵横间。

褚晨光

男,笔名阳光卫士。毕业于中国人民警官大学中文系。职业警察。一直在山西省孝义市公安局从事文秘工作。现任《孝义风采》主编助理,孝义市古城诗社副社长。从小爱好文学,喜欢诗歌、散文、小说创作。作品散见于文学网站、微信公众号以及报刊。

忆江南·喜迎春

金猪到,玉犬耀升宫。冰化河开鱼畅舞,燕来春浴木葱笼。何以不还童?

点绛唇·古宅情愁

古宅残年,柳枝摇曳斜阳照。旧人飘纱。唯有风呼啸。

曾记何时,两小无猜抱。天真笑。时光易老。泪滴情愁掉。

菩萨蛮·胜溪仙境

珍稀玉带城南嵌。喷壶玉液清波染。木翠锁屏风。阁台挂彩虹。

客游迷返路，侯鸟水中聚。仙境落胜溪。风光独享奇。

七绝·石榴花
玉翠珠红蝴蝶醉，风轻撩拨吻香腮。
待秋张口开颜笑，仙女翩翩下界来。

七绝·月夜楼台
庭院深深萤醉舞，低风浅浅蕾羞开。
琴音渺渺云无语，倩影迟迟月吻台。

五绝·夏日图
静水清波皱，钟声隐约来。
山闲云足驻，林里鸟红腮。

丛日出
网名旭日东升。内蒙古自治区人，农民，残疾人。杨柳风诗友会会员，爱好诗词。

老农
一顶草帽头上戴，高挽裤腿露膝盖。
弯腰背弓满身汗，不怕风吹和日晒。

锄草
一杆锄头肩上扛，早出晚归铲地忙。
春种秋收夏锄草，汗水换来粮满仓。

我爱草原
策马扬鞭追彩虹，雄鹰高飞傲苍穹。
牛羊好似珍珠撒，顶顶毡房似连营。
碧绿草原天地阔，牧民唱响草原情。

深夜
明月透过窗轩，老夫入梦正酣。
抛去一切烦恼，此时胜过神仙。

蜜蜂
百花开时它先尝，一生只为采蜜忙。
翻山越岭不嫌累，辛苦从不诉衷肠！

南乡子·美丽大草原
满地是牛羊，骑马扬鞭牧犬狂。青草碧波灵鸟唱，吉祥，山下炊烟像雾扬。
狐兔蹲山梁，放眼雄鹰志奋翔。悦耳牧歌传域广，悠扬，锦绣家园更富强。

寰州居士
原名欧居山，字正天，号寰州居士。四川省广安市人，自幼喜爱诗词，中诗协会员。曾任《烟雨红尘》网古诗词主编，《真爱文学》古诗词总编。作品散见于《四川日报》《农村报》《当代诗词》及各网站。

五绝·雪夜有聚
暮雪下篷门，灯寒冷酒浑。
诗词声播远，开出一番春。

七绝·祭母
未到坟前泪已倾，十年生死两零丁。
欲将冥币千千万，买得娘亲骂一声。

七绝·落叶
妆罢千红点翠微，攀枝抱树亦堪悲。
面黄莫笑容颜老，嫁与西风自在飞。

七绝·游秦皇兵马俑（折腰体）
商街百里绕三坑，吵醒秦朝十万兵。
鬼雄千载沾人气，也为钱财奋一争。

七绝·凉山小城
一上宁南香满山，两三街巷白云端。
有人牵手城中过，故事开成黄桷兰。

注：宁南县：大凉山上的一座小县城，当年只有三几条街巷，全城植满黄桷兰，称为黄桷兰城。

七绝·东北街头一幕
过街双拐不禁风，急刹奔驰吓老翁。
臭骂随歌跳窗出，依稀听见《活雷锋》。

五律·宿华山
云山险接天，莽莽绝尘烟。
岭劈千张刃，峰开一朵莲。
松涛萦掌故，月色涤流年。
欲做陈抟睡，诗心不肯眠。

七律·巴山夜雨
巴山夜雨逐穷秋，泪烛凄然照白头。
约客行棋人不至，吟诗对镜兴难酬。
长安有路三千里，云海无梯十二楼。
古寺钟声悲寂寞，老僧应又慰闲愁。

崔宝寅

男，汉族，山东省滕州市人。离休警官，系中华诗词学会会员，山东省书画学会会员。曾任滕州市诗词学会副会长兼秘书长。有《吟趣轩诗钞》六卷。作品被收入《中华诗词》《中华当代律诗精选》等40余种书刊，其作品多次在报刊上发表，曾荣获第二届"岳阳楼"寻春诗会金奖、第四届"相约北京"全国文学艺术大赛一等奖。

五律·春夜喜雨
开轩寒不觉，但醉屋檐声。
想象田园色，思量父老情。
风兮须悄悄，雨也莫轻轻。
愿坐滂沱里，从兹听到明。

五言排律·缅怀母亲
投笔从戎去，临行恋母慈。
征衣身上试，刀尺手中持。
适体裁长短，停针怅别离。
缝工千缕密，心事一灯知。
梦逐风霜远，眠须月露迟。
倚闾扶杖久，望断泪凄迷。

七绝·春忆
寻芳廿载未能忘，几许柔情几许狂。
记得桃花红映面，明湖南岸数鸳鸯。

沁园春·咏改革开放40周年
立马昆仑，放眼神州，心醉意飘。望巍巍五岳，奇峰剑挺；滔滔四海，激浪珠抛。袅袅炊烟，茵茵菽稻，竞崛高楼凌九霄。风光好，叹千红万紫，圣手难描。

山河壮丽妖娆。赖巨擘筹谋胆识高。看京津深沪，龙腾虎跃，粤苏浙鲁，各领风骚。火箭经天，卫星纬地，三峡截流气更豪。抓机遇，铸中华强盛，就在今朝。

一剪梅·重登崂山
轻驭飞车天地间，重登崂山，飘逸如仙。清风岭上翠禽喧。曲水潺潺，峰峦流泉。

汉柏唐榆虬匝蟠，海天无限，殿阁凌烟，太清宫畔药草原，绛雪枝繁，香玉垂丹。

注：汉柏、唐榆、绛雪、香玉是崂山名贵花木。

浪淘沙·夜雨抒怀
风细雨潺潺，吟兴阑珊，翠筠流韵有无间，邻舍灯火明灭处，锦瑟轻弹。

启户觉衣单，破晓生寒，沙堤苔碧柳舍烟。轻拂柔枝沾袖湿，蝶梦谁边？

望海潮·结伴登泰山观日出
一勾残月，村鸡报晓，长空星斗光华。东岳独尊，登高远眺，明珠点缀人家。轻雾绕天涯。嬉笑观日出，相倚琼崖。遥望瀛洲,红黄绚烂景尤佳。

彩霓绮丽堪夸,海漾金缕动,赤似丹砂。朝日皓然,光芒四射,春晖照彻中华。揽胜意犹赊。小憩评香茗,漫赏奇葩。妙境催余拈韵,莫让日儿斜。

水调歌头·游黄山

傲世任潇洒,携侣上黄山。翠峰拔地摩天,顿觉出尘寰。瑶草琼花绚烂,瑞木珍禽翩跹,峭壁古松蟠。踏上光明顶,心到玉屏前。

赏怪石,探云海,浴温泉。天都峰顶东望,缥缈现桃源。胜景鳌头独占,邀得嫦娥为伴,底事羡神仙。果是风流客,联袂共登攀。

念奴娇·华山游

东方将晓,晴光无限好,趋华阴道。踏上名山,山峻峭,危岫嵯峨奇妙。霞耀苍松,烟漫叠嶂,玉女箫声纱。南峰耸立,笑看红日高照。

攀上铁索云台,心游何似?欲乘春云绕。又为华清池畔客,浪迹莲花评诮。韩愈投书,流传千古,莫叹佳话渺。倚朝阳石,静听游子长啸。

金缕曲·三游骊山

曾三赴骊山温泉疗养,感受颇深,今撷一鳞半爪成词以志之。

一笑卿知否!想当年骊山道上,漫歌携手。三赏华清楼头月,悄采鲜花共嗅。便富贵何如诗酒。舞罢归来人散去,听鸟鸣,莫负黄昏后,谁共饮,忘年友。

乾坤朗朗山河秀,几多人剑倚西风,芼惊南斗。闲话唐宫风流事,汉武秦皇成就。俱往矣!何堪回首。乘兴吟哦温泉畔,太液池,洗濯凝脂皱。君漫唱,折杨柳。

高阳台·泉城寻梦

烟锁明湖,山留夕照,泉城断梦还寻。柳岸飞莺,依依花港春深。昔时携手谈心地,感人间岁月骎骎。最难忘篱畔呼侬,追逐疏林。

重来已是朱颜换,怅三生石在,往事消沉。小立长堤,怕惊旧日孤禽。关情总是拈花面,倩何人,乞借花阳?望楼前,烟水迷离,谁解予心。

木兰花慢·纪念建军节90周年

放歌迎九零,战旗耀,众腾欢。赞义举洪都,兴师报国,星火燎原。万里红星闪烁,望丰碑展世史无前。今日雄风永驻,长城显赫人寰。

军徽焕彩谱宏篇,当代仰新贤。举科技强军,与时俱进,击浪扬帆。航程听凭党指,敢降龙伏虎越雄关。坚护中华一统,更谋世界平安。

崔波祖

号实异子,豫籍,诗词爱好者。

荷塘

黄河两岸沙滩地,百亩荷塘碧水边。
鹳鹤蹁跹恣欢谑,鱼蛙游戏肆回旋。
风生叶动声翻岭,时至花开香满船。
美景怡情难果腹,心忧藕贱又赔钱。

与父书

书念千章求事理,常谈报国耀门宗。
时经而立房无影,岁届中年债未松。
救急一天钱入账,辛勤百日汗随踪。
眼高手俗生平误,孝道鲸亏自难容。

再登神农山

大年初七神农景,半壁骄阳半壁寒。
万折千回途不定,脚登手拽道攀难。
太行极顶迎风望,一线天旁半目观。
心悸下山冰滑处,慢趋碎步靠栏杆。

三夏之歌

布谷声中麦子黄,锋芒毕露刺阳光。
银镰墙上痕斑满,晒场塘边瓜菜香。
尘土飞扬出粒快,三轮往返入仓忙。
良田千亩须臾净,致富增收好盖房。

五四百年有感

镇南捷报始呈来,携胜求和案例开。
辛亥烽烟亡帝制,武昌枪炮灭独裁。
巴黎会议传霹雳,五四春潮起电雷。
国富民强军备壮,何须学子上街哀。

崔德煌

过马祖南

但敲门扇问途行,徙倚茆藜恋意生。
野寺松花钟送远,小桥烟石水流清。
山环秀岭云千缕,草满香阶鸟一声。
此处风情谁占尽,怆然无我半青坪。

打桩歌

邻村有小女,嫁作农家妇。过门即劳作,日夜除与煮。昢明浆洗急,正午束麻苎。每逢稻粱熟,刈割忙莳黍。麦杆铺场上,桩枷高高举。朝打红日升,暮将月色贮。绾巾积满灰,清汗流如许。汗流嘴边涩,心内或酸楚。新婚恩爱短,夫作打工旅。晒场妇思夫,工坊可思汝。一年难再归,怜妇身独处。

一日复一日,春秋连寒暑。夏收因在急,无人帮寸许。虽是柔弱躯,桩枷高高举。草垛稍歇息,月上湖中屿。思归何日归,少妇空自语。

春暮夜

谁使春光渐远浔,招怜顿起落花心。
帘风刮梦墙灯暗,夜枕生愁里巷深。
贫极何方侈玉食,病来无处度金针。
含酸幸可临窗月,一卷摊开信口吟。

庐山秀峰瀑布

链锁乾坤白日阴,壑风吹雪冷潭深。
烟迷树色辞庐意,水转山形赴蠡心。
两段危开双剑啸,九天落下一龙吟。
香炉已有披襟处,唱彻飞流自古今。

崔洪才

网名老崔。祖籍辽宁省,退休军人。从青少年起就热爱诗词,近年来经常在各种网络媒体上发表作品和个人专辑。

七绝·屈原祭

楚秦旧事付烟波,唯诵离骚唱九歌。
国破嫣能酬壮志?含悲抱石仰山河。

七绝·咏春

万树千花展俏枝,莺歌燕舞正当时。
笔穷难写青阳美,姹紫嫣红已是诗。

七绝·赏荷

桨荡轻舟画入瞳,清风拂面赏芙蓉。
婷婷玉立娇姿展,不染泥尘别样红。

七绝·呼伦贝尔大草原

巍巍兴岭漫无边,浩浩呼伦水映天。
远处云山如彩画,草原绿浪入诗篇。

七绝·阿尔山

林海松涛任鸟鸣,天池玉镜照长空。
火山岩下藏幽谷,无尽诗情在画中。

崔丽媛

1983年出生,河北省秦皇岛市人,现任小学语文教师。诗观:写诗,是心灵的自我重构。写诗,过一种诗意的人生。

江南春

春风起,百花香。心旷神怡处,蝴蝶蜜蜂忙。梨花枝头一片雪,桃花浅笑粉红妆。

天净沙·春

春日漫步园中,柳丝愈发葱茏,河畔摇曳微风。莺歌燕舞,小桥流水飞红。

卜算子·春雨

春雨蹁跹至,百花次第开。园中小径游人织,为有暗香来。
杨柳风轻轻,桃花水悠悠。独自凭栏上高楼,欲把春意留。

苏幕遮·初春

碧云天,芳草地,堂前廊下,双飞燕子啼。丝丝柳叶正梳妆,微风乍起,弄花香满衣。
念回首,忆往昔,田间地垄,麦哨随风戏。淙淙流水映彩霞,栏杆独倚,往事难寻觅。

蝶恋花·祖山行

春雨初霁日光好。一路向北,盘曲山路绕。缘溪行拄杖听涛。十里画廊人欢笑。
木兰天女开尚早。极目远眺,山下游人小。层峦叠翠山花俏。忘情之处烦恼抛。

虞美人·冬日读书

正值小雪雨涟涟,细雨做清寒。多情自古离别难,相思如草蔓延,寄归雁。
金戈铁马已倏然,只留后人叹。跨古越今弹指间,择一方僻静处,书中泛。

浪淘沙·老龙头

龙首探大海,弄涛舞浪,百年变迁写沧桑。犹记当年戚继光,护甲一方。
改革谱新章,民心激昂,红色大旗飘四方。天翻地覆慨而慷,国富兵强。

江城子·八一颂歌

中华儿女慨而慷,起南昌,换军装,披肝沥胆,打响第一枪。红军荟萃于井冈,又增添,新力量。
钢铁之师国脊梁,守边疆,护八方,不畏虎狼,天下得安康。豪气峥嵘斗苍穹,抬眼望,乾坤朗。

崔天功

网名崔天公,中国著名诗人作家,农民。唯一一个缺席巴拿马文化金奖的诗人。

立秋闲语

秋风秋雨夜别夏,人聚人多话清爽。
年年秋冬言粮丰,日日春夏耕风云。
年复日月数星亮,春飘夏盛半辈狂。
岁月如烛心凉秋,雪覆山亮名冰藏。

情人节细雨葡萄藤下情话

七夕鲜花送喜颜,桥头姻缘欢女男。
沐浴酷暑爽心田,葡萄藤下情涟涟。

窑腐汉奸
举腐千吏碎百姓，衣陋清儒锦异儿。
眼贫富政搂金银，廉明惜身狱锁龙。

八一奠英烈
寒心热血枪炮响，舍身取义抛颅骨。
八一年年颂赞歌，革命先烈华夏英。

偶遇远亲农民工
家客远乡亲，工作城市君。
异侠陌生身，思恋唯视频。
呼声儿泪痕，泣涕幼孩童。
家聚春节短，知累荣一家。
父病母体衰，医贵还需金。
无由轻钱财，生死劳苦世。
有幸城可爱，撒汗续生存。

儿伴异乡偶遇
小少儿伴老不见，偶遇相面问籍贯。
同住村边柳河岸，异乡饭店叔伯安。

纪念七七事变英雄
石旧桥破志未老，怒狮亦然傲重世。
辈辈先烈辈辈雄，代代英豪代代骄。
守业爱家何弃辽，寸土寸金袭风霜。
舍身舍命华夏英，七七献身名永垂。

夏雨荷塘逸夫
入伏山游青涩果，甩手珠玑汗履衣。
青风殿廊倦息工，莲蓬池塘梦唐仙。

崔卫国
笔名以戒为师，景德镇陶瓷学院毕业，江西省奉新县东风小学校长，大中华诗词论坛中华古韵栏目版主，业余爱好写格律诗，在中国诗歌网、诗词吾爱网等诗词网站发表了数十篇诗词，受到众多诗词爱好者的喜爱。

贺新郎·梦忆西门府（苏体）
梦忆西门府。似当初，深深大院，玉颜还素。朗朗书声透鳞瓦，院井望天似诉。网若现，蝶飞梁柱。鸿雁云飞鱼入水，过门台，雾锁塘边树粉瘦影，孤灯处。

雪梅怒放狂风舞。散浮尘百艳都尽，只君幽驻。迷雾已开聚水畔，休怕难寻诉处。醉自叹，人生谁主？只愿汝年年到此，英雄煮酒会饮渚。共月下，我领路。

玉女摇仙佩·罗塘记忆
（词林正韵，柳永体）
罗塘岁月，半世沧桑，漫忆胸中心撞。贩运西瓜，加工红薯，抢种抢收身晃。一曲歌儿唱。戏山塘水库，菜花轻扬。起炊烟，牵牛上岸，还有评书电影同享。斜阳映油茶，燕绕蜂飞，牛羊入港。

须暴雨刚过后，逗水抓鱼，一片欢腾景象。主妇在家，清鱼开肚，小狗花猫争抢。暖意真清爽。犹思念，水饺汤圆佳酿。父母惦，波涛涌起，东风召唤，幸题金榜。和声唱。红花朵朵书声朗。

一枝春·东风缘
缘起东风，猛回头，姹紫嫣红归路。茶林遍野，小径稚童乘雾。追花吮蜜，把书背，艳阳和煦。红领巾，飘荡胸前，莫让少年虚度。

从小打牢基础。纵流年，不忘当年书谱。春风送入，润物友情呵护。芬芳馥郁，扩音器里莺声吐。须谨记，诗意花园，爱心永驻。

声声慢·花花草草
（词林正韵，李清照体）

花花草草，躲躲藏藏，红红绿绿皎皎。烂漫春光时候，踏青俳笑。邀三五好友去，不管他，几多烦恼！

鸟去也，正开心，又见友情诗到。满眼樱花留照。观倩影，容颜似仙真傲。走走谈谈，几个蜜蜂打闹。春光更兼友谊，到黄昏，宝宝抱抱。这日子，怎一个强字可道？

母亲节感怀（四言古风）

怀孕十月，一朝生卿。
撕心裂肺，勇敢相迎。
把尿喂奶，熬粥热羹。
添衣盖被，皆让人惊。
求知路上，寒夜清清。
孤灯伴读，风雨同行。
发烧感冒，梦绕魂萦。
扫地做饭，寂寞无名。
心疼孩子，屡递辞呈。
精疲力尽，还要硬撑。
结婚创业，只手天擎。
青丝鬓白，又望添丁。
操心一世，孤月独明。
常思孟母，也赞豪英。
犹愿人间，萱草菁菁。
聊表数言，为母发声。
告知子弟，不忘恩情。

最高楼·寻春去
（词林正韵二部，元好问体）

寻春去，山远雾如纱。花落掉铅华。身飘飘吸收清气，孤零零渴望朝霞。望天晴，蜂与鸟，尽芳华。

见红蕾新芽，姿飒爽。弄墨舞文，均晓畅。云雾里，几童娃。蛙鸣莫怕无人晓，花开也要众人夸。任年年，吟懵懂，最无邪。

七律·梅花赞（藏头隐腹诗）

为友谊点赞。为梅花一任群芳妒的品质点赞。

小小梅花经日月，芳香四溢历寒霜。
孤芳自赏风飘落，傲雪清高雨丈量。
友对风寒红蕾在，情谈岁月粉花康。
难言暗馥吾欢喜，忘却花魁梦断肠。

崔杏花

网名杏花烟雨，微信名绿了心湖，湖南省宁乡市人。曾应邀参加2015年中华诗词青春诗会，2016年获荣第六届华夏诗词奖一等奖。诗词作品散见于全国各地报刊。

中秋

（一）

西风庭院夜初长，爱此清辉共桂香。
我自题诗君饮酒，并肩花下坐新凉。

（二）

妈妈病中，却见她送我的长春花一夜之间新开了两朵。

碧绿盈盈缀紫花，添来春色到吾家。
若卿解得人间事，不让西风吹鬓华。

浣溪沙

摇落梧桐满地幽，小庭风起夜难收。桂花香里忽逢秋。

偏是多情犹对月，应知无故莫分愁。也曾清影是温柔。

临江仙

踏尽长堤灯火，来寻桂影清风。红尘

悲喜太匆匆。纵然如意少，亦不教愁浓。

对月对花缱绻，怜秋怜夜朦胧。分香未至小词中。此情谁识得，此意几人同。

绮罗香·红叶

明媚如花，浓情似火，燃到秋深难住。不管纷纷，落也几分闲趣。且由他、一夜清霜，尽染得、千山诗句。最相宜，暖煦黄昏，无言静看蝶飞舞。

回眸应记春夏，无故江南绿遍，苍苍如许。自有丹心，未肯此番轻负。又何妨、岭上荒沟，都只是、悄然归旅。待重来，一样欣欣，在东风过处。

崔玉兵

祖籍江苏省海门市，是一名工程建设者，工程师。爱好古诗词，所写诗词见诗词吾爱网、大中华诗词论坛，网名江海风情。

七律·喜迎建国70周年抒怀（平水韵）

五四风雷怒震天，镰锤并举勇当先。
武装成立新中国，革命推翻旧政权。
揽月神舟圆美梦，巡洋航母著佳篇。
七旬沐雨云兴路，协力同心稳步前。

七绝·嫦娥四号登月成功（平水韵）

鹊唱高枝传喜讯，嫦娥探月启新篇。
古人遥望蟾宫阙，今日飞船两地牵。

七律·缅怀周总理（平水韵）

宏图伟志少年强，崛起中华责任当。
赴日旅欧求学路，济昌平沪领头航。
斡旋内战兴家国，律己廉公正义匡。
总理万机天下事，外交风采美名扬。

七绝·怀念毛主席（新韵）

红日东升遍地春，雄才武略定乾坤。
开国引领中兴路，思想明灯照后人。

七律·巨龙腾飞（平水韵）

中华巨龙抬起首，呼风唤雨驾春烟。
霖丰霞映青葱地，雾散云开美景天。
柳绿桃红吹粉面，村歌社舞盼嘉年。
欣逢盛世康庄道，共筑辉煌步顶颠。

七律·俭以养德（中华新韵）

瑟瑟秋风染稻黄，累累硕果满庭芳。
春耕粒粒皆辛苦，秋获颗颗尽溢香。
浪费铺张山见短，节约素朴水流长。
全民教育儿时起，勤俭知德正气扬。

七绝·油菜花（平水韵）

春风燕语陌阡扬，万朵金花醉夕阳。
向晚农家观美景，炊烟袅袅菜油香。

清平乐·异乡赏月（李白体）

秋蛩声咽，黄叶秋风染。落日长河波光滟，白鹭高飞孤远。

把酒独上西楼，异乡赏月飘游。入耳一声雁叫，平添几许乡愁。

崔御风

山西省晋城市人，生于1960年2月。爱好文学。写有散文、自由诗、律诗等多篇。

七绝（新韵）

（一）情

竹稀石瘦操琴处，老叟清茶古韵悠。
雁鹤南飞情远去，多心野雉苦鸣秋。

（二）蝉鸣

偶有蝉鸣入院来，欣然靠近破窗台。
多年市井新城裹，天籁稀奇绕老槐。

（三）禅
蝉鸣正午老翁烦，岸柳清茶往事缠。
回梦河边桃李笑，闲舟待日近西山。

（四）梦
牧童已老鬓斑白，后续无人浪漫来。
水色天光摇岸树，子孙梦想是城宅。

（五）村
深山犬吠隔篱唤，老妪蹒跚栅锁开。
借问茶餐何处有，空村劳客自行来。

崔运强

　　河北省魏县人，现任金佰福种植专业合作社理事长，金佰福种苗基地总经理。爱好诗词、书法、运动等。作品散见于报刊网络。现系魏县诗词楹联协会会员，邯郸市诗词协会会员，竹韵汉诗协会会员。

七绝·陀螺
千旋志趣未消磨，顺逆崎岖脚底过。
纵是被鞭心似铁，直将世态谱成歌。

七绝·送技术到涉县大棚
春雨霏霏润太行，沿街柔柳泛鹅黄。
几株早杏刚睁眼，棚内甜瓜已透香。

七绝·雨后桃花
雨后桃花更可人，嫣红凝露渐纷纷。
拈来一朵贴书上，每每翻时好共君。

五律·雨后初晴偶得
阴晴常适意，寒暑总天然。
醉月何须酒，吟风不用钱。

苍穹云叶纱，碧水藕花鲜。
多少忧烦事，皆因未悟禅。

五律·游揽紫沟
夜静春山宿，晨登揽紫沟。
鸡鸣红日近，犬吠翠云浮。
丘壑接幽径，烟岚托小楼。
钟声敲叶落，惊起一飞鸥。

七律·冬夜闲吟
皓月疏星入眼眸，烹茶煮酒润唇喉。
杯中有乐方为乐，心底无愁莫语愁。
袅袅茶烟通悟寂，沉沉世味伴清修。
婆娑万象皆因果，看淡浮华舍与求。

踏莎行·无题
雪化冰消，人来人往。几多旧事江湖忘。落花时节忽闻君，才眉尖又藏心上。
　　谁果谁因，孰真孰谎。思来但做寻常想。只期明日似当初，依然是那般模样。

西江月·致儿子
委曲伤心落泪，寻常得意高歌。未经世味打和磨，园内含苞那朵。
　　眼下耕耘勤勉，将来收获良多。时光如秤也如梭，莫学当年的我。

崔新玉

汴京新八景·包祠秋霜
一湖清碧绕祠堂，千载犹存正气香。
关外黄沙寒夜月，手中白简结秋霜。
思除弊政陈三疏，欲奉箴铭上七章。
铡虎青天民拥戴，残碑无字也流芳。

汴京新八景·南衙清风
坐镇南衙两袖清，一身正气耀东京。

立言不朽传家训,执政犹存为宦情。
粮断陈州怜百姓,心牵社稷起三更。
指坑寄托黎民意,拂拭残碑感慨生。

翠竹黄花

本名牛春霞,安徽省池州市人,《当代文艺精品选萃》平台总编。从事文字工作多年。擅写叙事诗、仓央体情诗,近体古诗词。作品散见40多家平台、纸刊,以诗抒怀,完美人生。

听琴

风送琴音隔彩霞,高楼碧瓦是谁家。
遥知深锁重门处,墙角一枝红杏花。

风景

恰逢美妙好时光,静卧三更听众芳。
四季轮回风月景,多情文苑墨浓香。

情丝

金台垂落万丝绦,欲寄相思路已遥。
一寸柳情千尺意,今朝数罢又明朝。

寄怀(新韵)

云在天边墨在眉,诗心落笔韵相随。
春霄写尽相思语,欲对东风寄向谁。

夜饮

欲借清风上翠台,又望君去复重来。
一壶浊酒诗千字,遍饮甘滋怎得开。

无题

曲断樽空夜半迟,一轮寒月照南枝。
清荷凝露幽香雨,酒醉心烦怕写诗。

登山感悟

轻装岁月寄蓬山,风静天蓝早去寒。
峰驾云涛翻细浪,溪穿林舍水流欢。
悦心缥缈浮清翠,得意逍遥入暮烟。
莫笑坐中松石矮,崖高应见玉河宽。

六月

西子时佳六月天,碧波台上粉娇妍。
风流婉约旗袍秀,婀娜娉婷玉荷仙。
真有舫舟迎客到,但无琴瑟续新弦。
青山淡墨孤鸿起,云绕千岩雾缠烟。

翠竹黄花

烟雨东南九子峰,黄花翠竹映葱茏。
几番风雨潇湘泪,一片孤虹白玉龙。
沧海有情诗韵绝,冰轮无梦画颜重。
问余红蓼前生事,七宝仙池玉华容。

月饮感赋

愚人约醉逍遥酒,独饮三杯对月斟。
千载犹存黄鹤梦,万年不忘凤凰琴。
丹青难画传情目,圣手无医蚀骨心。
我自平凡无艳骨,寒珠草露到而今。

D

大树

杨春银,湖北省黄冈市人,现住武汉市。教师。古诗词及古典文学的爱好者。作品见各报刊及网络。

沁园春·热

晟日高高,赤焰烧烧,上晒下蒸。火龙盘大地,炽风滚滚;温神执法,灼浪腾腾。室外房间,敢情好好,哪里都将焱气迎。正午刻,更是焦炎虐,暑烈狞狞。

苍青不再荣荣。蝉恐惧,无能唱郎声。玉池荷叶卷,娇莲失色;犬伸血舌,粗喘亨亨。塘水如汤,鱼藏虾躲,河里闲游勿得宁。空调累,昼夜亡歇息,岂敢奥停。

临江仙·夏荷

应是水宫真碧子,定是花界娇王。敢将沛泽绘仙乡。不输春卉艳,有教夏英昌。

雅洁岂愁身世浊,志坚勿怕风狂。从来清丽衍祺祥。耘田私锦鲤,举帜美蜓妆。

七绝·说谶

无意言行常匿谶,多归事后究其深。若将以往重过问,十件兴能八九存。

七律·悯友

一挚友摔伤住院。去看望,见那只身一人凄惨痛苦的样子,大有感慨。

伤筋动骨几旬天,道尽人生些许难。旅出行程防跌倒,居家过日保安全。只身别有灾情苦,垂老该无意外残。但愿人间多匹鸟,孤单免去乃清欢。

鹧鸪天·谈避暑

避暑何须去异乡,心安无处不清凉。空调尽送春风爽,冷气全驱夏日狂。

亲友在,七情扬,忙忙碌碌勿彷徨。应知家是磁场地,哪里非如本域强。

七律·清风一阵送秋来（新韵）

几响惊雷炎暑去,清风一阵送秋来。昨宵有意空调放,今昼无心电扇开。知了深知歌暗淡,梧桐醒悟叶徘徊。天高气爽从今始,桂菊馨香待入怀。

鹧鸪天·也拟七夕

飒飒金风扫宇清,弯弯弦月朗宵明。银河湛湛香云绕,星宿晶晶青润萦。

天地意,鹊桥平,神奇情爱此番生。仙凡恪守千年志,俗世佳缘岂勿成。

鹧鸪天·赞拾荒者

垃圾堆中常捣腾,找寻破旧来谋生。岂单菇苦含辛累,大有丢人现眼凌。

身似脏,德芳馨。更生自力最光荣。绝胜盗贼千千万,尤比贪官颜面英。

代和平

女,1964 年 8 月生,山东省滕州市人,大专文化,现为枣庄市轻工业局干部。系滕州市诗词学会会员。曾在报刊发表诗词作品近 100 篇(首)。

五绝·春暮

阡陌絮纷飞,乘风上翠微。春芳觅何处,花白野槐肥。

五绝·奚仲故里感赋

古薛多灵秀,舟车此地生。人间藏不住,还向太空行。

五绝·滕州乡村新貌

碧落如青靛,地铺芳草毡。苍山多翠鸟,水有放生船。

五律·咏春

日头斜曲栏,丝柳翠含烟。黄鸟穿新竹,玉童放纸鸢。霞披牛背笛,风送暮岚船。驰目青天外,云开如雪莲。

七绝·薛国故城感赋

残垣伫立望云烟,杜宇松风歌旧年。六万人家何处去?惟馀遗冢听河弦。

七绝·扶贫有感

富裕路途居上游,山区贫困更添愁。求贤医病除灾祸,喜看花开溪畔楼。

七绝·咏神舟飞船
都说世难难上天,喜看绕月会神仙。
嫦娥不再悔偷药,碧海人间一舸连。

七绝·咏电商购物
指点键盘如等闲,琳琅夺目货齐全。
平台购物流行势,此处无需纸币钱。

七绝·纪念"五四运动"100周年
春雷响彻动神州,还我山河壮志酬。
学子奔腾一腔血,精神千古写春秋。

七绝·尼山行
祥云迎客访尼山,翠柏苍松伴菊妍。
鸟语似将《论语》述,深秋寻慧拜先贤。

七绝·立夏行吟
蜂飞蝶去众红消,风絮满城如雪飘。
浑沌不知春渐远,蛙声新透楝花桥。

七律·元夕
十里东风度陌阡,银花火树夜无眠。
柳枝梢上拂新月,笑语声中荡画船。
缛彩龙鱼彻夜舞,鬟香红袖满街妍。
城乡灯火明如昼,妙手丹青入锦笺。

代鹏飞

笔名霜西草,1987年出生,陕西省蓝田县人。系中国作家协会会员,中华诗词学会会员,陕西省作家协会会员,陕西省诗词学会理事,陕西省太白诗社理事、蓝田县作协会员。作品散见于《中华诗词》《诗选刊》《延河》等刊。著有诗词集《莫韵唱晚》《鬲溪梅令》。

少年游
一抹茶绿入江流,明月欲归舟。谁人棹桨,芦花几朵,并上我心头。
看过往船只无数,任水向中秋。翻山过岭,去年深意,都长满新愁。

渔家傲
一点点入池碧透,悠悠几许天然釉。随意赏吟思锦绣,双鱼斗,齐唤来家中年幼。
画鼓声声吹又奏,金衣银甲谁家胄。不料浅欢风雨瘦,翻向后,老鳖衔跃荷花右。

淡黄柳
斜风细细,吹入谁家里,一夜秋蝉寒彻底。看尽裁芽新草,都若前年旧时予。
怕湿履,临池耍游戏,有虎面、叫喵语。侧寻来、瞅见刨飞起。领土何藏?雀鸣何已?唯问猫儿可取?!

五绝·归乡偶题
鸟跃林间树,风浅草木新。
花香由远近,原是故乡人。

五绝·望南山
秋日入云台,危峰低鸟哀。
终南多隐客,不见诏书来。

五律·终南
月照林间树,深山夜慎行。朝来秋饮露,暮往夏餐松。
高卧溪声近,闲门有客迎。终南多隐士,别是蕙兰风。

汉宫春·游蔡文姬馆
千载悠悠,向斜晖驻目,石硕勾红。门前绿蝇小字,道尽生平。胡笳为骨,腊月天、化玉香迎。谁欲诉,劫波怨海,几人悲愤同行。

回首翠游如旧,问来人殊记,马后胡戎。纵然黄金万许,换却安宁?年华老矣,多少情,昭我云彤。思几许,古藏四百,唱才女汉归亭。

落梅风·游王维故居

来人山路又驱峦,夕岚翠秀终南。欲迎辋谷对尊前,玉之蓝。

问君家住东西处?香茅种杏相眠。寄宫商一调清闲,越千年。

少年游

桂花一夜满中秋,香彻影幽幽。荣华梦里,千愁一醉,只怕月含羞。

深情痛泪悲秋扇,往事又重头。一日千年,正愁水调,怅望倚西楼。

鬲溪梅令

那风不与那条船,那时舷。又恐扬州垂陌、遇从前,与谁说释然。

似曾相识旧时颜,那时缘。海誓桃丘三瓣,许红笺,与谁说那年。

诉衷情令

亭前春水碧池清,寒雨晚来风。悄悄玉树斜坠,遍地落、不牵情。

金翡翠,绣帘轻,笑盈盈。捻花薄幸,问那谁啊,又在吹笙?

卜算子

夜静凉风来,吹向荷萍去。谁见伊人入憔悴,只影亭台立。

盼君愿与归,侧耳多亲昵。拾取兰香换暖意,枕畔都成戏。

戴爱琴

网名秋颜素心,江西省诗人。

鹧鸪天·拜谒江万里墓未果

两袖清风一世人,千年止水荡忠魂。故乡山野亲茅草,童叟几无识此君。

云漠漠,雨纷纷,遥遥揖礼血犹温。我今泪洒嚣尘里,不信苍生不敬神。

八声甘州·咏金陵

叹王旗变换几微尘,何处是金陵?念繁华都会,乌衣门巷,四水空明。牛首山头草树,呜咽苦歌行!一页明墙史,胆破心惊。

羞道《南京条约》,把河山辜负,家国悲倾。有锥心耻辱,白下记狰狞。起苍黄,龙盘风雨,筑金瓯,虎踞握长缨。秦淮月,醉琴箫管,更醉新晴。

注:四水,南京水域面积达11%以上,以跨省、市的流域划分水系,可划分为长江南京段、滁河、秦淮河、青弋江－水阳江四大水系。

戴逢红

江西省九江平修水县人,在《诗刊》《诗潮》《延河》《少年文艺》《诗词》《东莞文艺》《中华散文》等发表作品,著有《黄龙宗禅诗》《全丰花灯》等,现为中国诗歌学会会员,中华诗词学会会员,江西省作家协会会员。

七绝·国务院苏宏文先生之黄龙二首

一

故人千里来相访,喜煞祖师老慧南。
佛手频挥驴脚骤,三关桥上把禅参。

二

黄龙古刹爆灯花,兆有亲人近佛家。
早早铺开青玉盏,浓浓沏出赵州茶。

七绝·赠日本驹泽大学法音教授二首

一
了然一苇东瀛岛,竹杖芒鞋百衲斋。
踏遍千山真谛在,慈风煦煦惠天涯。

二
寂寞黄龙究可哀,扶桑喜有法音来。
漫川秋色为君好,幕阜莲台次第开。

七绝·南京呈清凉寺方丈理海法师
唯识唯心惟一切,因寒向火得因缘。
缘兴缘灭因缘会,前世因缘今世牵。

七绝·曾建华先生之黄龙二首

一
春风一路杏花雨,洗尽红尘贵客临。
石女低眉纤掌立,木人斗胆荐琴心。

二
寒风细雨燕低飞,幕阜峰前认祖归。
春色满山遮不住,灵源冲里尽芳菲。

七绝·同湖南省汨罗江源科考有感
崎岖始见众高峰,惊艳山中秋色浓。
鸟叫幽林林愈静,湘音赣语泄行踪。

戴家鼎

男。江苏省仪征市人。农艺师。退休前长期在江苏省仪征基层从事农业科技推广工作,现居住上海市奉贤区,参与地方文化活动。江苏省诗词协会会员,江苏省仪征市文联会员,上海市奉贤区老年书画社会员。参加奉贤区老年大学国学班学习。常在所参与的会刊和校刊及地方报刊上发表诗词。

沪南农垦之歌

精卫填海
火红年代献青春,少壮甘当垦种人。
离校离城离父母,赴山赴水赴边村。
读书未识愁和累,劳动方知苦与辛。
精卫心怀填海志,杭州湾里验灵魂。

围垦屯田
沪市南端大海边,沧茫迷漫少人烟。
荒滩野草蛇虫隐,没膝泥污臭气旋。
众志成城描画卷,抱团开拓种粮棉。
降龙锁浪千秋业,围垦屯田计万年。

围堰筑堤
围堰筑堤酣斗天,心雄气壮上前沿。
老苇划刺遗疤迹,重担熬磨练铁肩。
大汗如淋未甘后,小车不倒更推前。
蹙眉忍痛登高岸,奋发争先自策鞭。

芳香泥土
修渠治水造良田,锹舞犁欢露笑颜。
狗吠鸡鸣奔地去,披星戴月把营还。
勤耕阡陌播希望,喜获丰收庆稔年。
自给有余多贡献,芳香泥土谱辉篇。

农垦情怀
乡愁留驻未曾丢,寻梦海湾携伴游。
昔日辫长多俊俏,而今顶谢欠风流。
有缘话旧寸心慰,难得相逢壮志酬。
农垦精神传后辈,奉贤文化耀千秋。

戴俊卿

男,1955年生,河北省承德市人。原承德市检察院副检察长,中华诗词学会会员,中华辞赋社会员,中国散文学会会员,中国电影文学会会员。曾在国家和省、市报刊发表消息、通讯、论文千余篇。撰写杂文、散文、格律诗词 300 余篇。出版有诗词集《棠梧院诗词选》。

七绝·雷峰塔
西子披纱柳浪间，雷峰塔影隐云烟。
安得法海生慈念，多少真情感昊天。

七绝·拜祭秋瑾
浩气拔云赤日斜，西泠桥畔拜雄杰。
秋瑾侠女霞光里，嗟叹游人误判别。

七绝·拜祭武松
飞雪樱花铺路径，几经周折访英雄。
武松墓前长揖赞，义士孤山映彩虹。

七绝·春恋
苏堤沐雨莺歌柳，印月三潭荡倩影。
莫使桃花飞逝去，长歌一曲恋春风。

七绝·涌金门
柳绿桃红布谷啼，涌金门内浪平息。
天罡星陨空横目，一代雄杰令叹息。

戴绍基

男，汉族，1946 年出生于四川省成都市。1968 年毕业于成都电讯工程学院（现名：电子科技大学）雷达专业。20 世纪 70 年代在原五机部第五设计研究院从事电气设计工作。后转到大学从事教学工作。

在高等教育出版社、机械工业出版社和中国电力出版社出版了十余本教材和专著，其中有 4 本被教育部评为"国家级规划教材"。教书本于业，著书本于心。

在《建筑电气》《电气时代》《低压电器》《安全技术》《中国防雷》等刊物上发表科技论文多篇；在《龙门阵》《老人春秋》《躬耕》等杂志上发表文学作品多篇。

受家庭传统文化熏陶，自幼酷爱诗词、书画，虽为理工科班出身，但从小喜好诗词、楹联等文学创作。

七绝·杭州记游二首
其一
韶华催人作远游，采风江南正逢秋。
与我相亲唯蓉城，叫人最忆是杭州。

其二
云栖竹径迷烟树，满陇桂雨寻旧踪。
他生若为临安客，愿作龙井问茶翁。

谒潮州韩文公祠
水色山光护名祠，至今江山系遗思。
驱鳄辟佛非异术，化民诗礼亦丹心。
千秋硕儒几功罪，一代雄文烁古今。
不是一封朝奏事，安得韩山百世师。

念奴娇·咏成都市花木芙蓉
木莲花发，猛然悟，又是深秋时节。色茂花繁，晨光里，一片闪闪熠熠。斜倚秋水，似锦如霞，依稀佳人立。柔姿拒霜，晓来薄雾轻浥。

遥想摩诃池畔，芙蓉帐暖，冰肌素手执。水殿风来暗香满，任他风狂雨急。妖红弄色，独殿群芳，不作悲秋泣。薛涛笺上，涂抹龙蛇遗迹！

戴世琴

笔名牧羊女。山西省晋中市祁县中学退休英语教师，祁县诗词学会会员。山西作家文苑微信平台编辑部编辑，白塔文学研究会平台制作执行编辑。曾在晋中《乡土文学》杂志发表散文"笑靥如花，淡淡香尘"，在祁县《丹枫阁》杂志发表散文诗词等数十篇,在诗词辑《祁风》发表组诗,在各微信公众号平台发表散文、格律诗、现代诗、朗诵稿等上百篇。2018年祁县第四届国际王维诗歌节被选为诗词新秀。

游神堂头玫瑰园
幽幽夏日风,催绽满枝红。
双蝶时时舞,群蜂恰恰嗡。
园中轩景汇,心底暖情融。
沉溺花香里,何须羡醉翁。

游子洪南湾
绿掩蓟花彤,南湾夏意浓。
池蛙鸣阔野,闲蝶舞幽峰。
又见摩崖像,难寻刻者踪。
时光不倒转,你我且从容。

游九沟
呼朋寻绿野,幽处醉霞辉。
湖面观鱼戏,林间赏翠微。
九沟风景好,两岸牧歌飞。
绕耳蛙声里,欣欣抱雅归。

雨后游昌源湿地
渺渺烟波里,亭廊有似无。
蜂飞缠露蕊,云映缀清湖。
宾客寻幽谧,蝉蛙唱不孤。
倚舟轻弄水,疑是到姑苏。

傍晚游湿地
水澜风瑟瑟,伴我醉斜阳。
湖面铺霞色,心田染墨芳。
莲开偎碧叶,景胜解愁肠。
一阙清词就,凭舟寄远方。

娘家老院有感
风细阳光暖,秋深亦醉人。
椒红红似火,菊白白如银。
静看猫嬉戏,闲听鸟唱晨。
陪娘忙琐事,心澹自安神。

给我的古筝老师、同学
如雪轻纱舞,师徒雅曲联。
宁心寻绝调,妙手抚清弦。
山水知音乐,渔舟晚韵绵。
尽抛愁恼事,凡女已成仙。

上元夜与老伴观灯
大美昭馀夜,华灯映月娥。
流光腾瑞气,溢彩汇祥河。
身著新棉袄,手牵老帅哥。
欣欣街上走,心亦舞婆娑。

葫芦
绿叶青丝抱,天生细柳腰。
悬门常济世,奏乐美如箫。
大肚盛福禄,妍姿把财招。
应忧伯乐少,终锯我成瓢。

政府院内赏榴花
满院皆繁绿,榴花独炫梢。
几枝娇媚放,数朵正含苞。
政府施仁策,人民得美肴。
当如榴内籽,团结似同胞。

戴铁杵

茂名南天诗社会员,江苏省扬州市人。1982年江苏大学毕业后从政,先后任扬州市江都区邵伯镇镇长、党委副书记,江都区技改办主任。诗观:贴近时代贴近民生,弘扬正能量。

七律·不教白纸负神州二首(叠韵)

（一）

晚晴豪纵笔耕耨，黄叶山川识晚秋。
敢步青云登绝顶，不教白纸负神州。
竹林许我随高士，草莽看人附浊流。
认取如弦存直道，诗家声价傲王侯。

（二）

盛世何妨雅兴稠，数吟红豆忆春秋。
曾缘汉水寻黄鹤，几向江淮访绿州。
正气总从胸际涌，清风常自卷中流。
晚来爱唱平民曲，敢揭城乡腐败侯。

一庭花好入新枝

雨打风侵悉任之，八千里路着鞭时。
功名富贵烟云过，桃李芬芳雨露滋。
满架书残珍敝帚，一庭花好入新枝。
肩挑日月江山业，情写神州赤子词。

致上海诗友

愚园往昔聚吟朋，南社而今庆再兴。
雅量宁辞金谷酒，清才应似玉壶咏。
诗题四壁纱笼护，笔扫千军纸价增。
海上楼台辉日月，群公当在最高层。

戴真

1930年出生于江西省婺源县，湖北省艺术研究院文艺一级正高职称离休干部，湖北省文化厅舞台艺术咨询委员。毕业于中央戏剧学院首届本科。著作有《戴真诗词选》三册《戴真散曲选》《戴真新曲三百首》。武汉未名诗社、武汉散曲社顾问，武汉老年大学诗词研究会名誉会长，中华诗词学会会员。

开国大典

秋都万户浴春风，十里长街亮彩灯。
仰目红旗升紫禁，惊魂蒋党溃金陵。
军民振臂秧歌舞，老少扬眉喜泪盈。
赤浪天安门下过，欣闻大典巨人声。

注：作者当年20岁，在红旗方阵举着红旗走过天安门，见证了新中国的成立。

国旗颂

金星璀璨太阳红，华夏山川母子情。
黄锦苍龙遭国耻，青天白日叛先行。
经年苦难冬方尽，旷世兴隆春正浓。
猎猎旌旗飘宇宙，与时俱进跃鹏城。

东方破晓

重围严酷斗胡狼，遍野红旗自救忙。
战马鸣犁惊异兽，军民舞镐破坚荒。
老农积雨浇新地，领袖担肥育嫩秧。
陕北高瞻赢世界，东方破晓露霞光。

注：胡狼，胡宗南部队。黄锦苍龙，满清帝国旗。

淡墨

本名许红友（许明洲），70后，江西省九江市人，永修诗词学会会员等。爱好文学，热衷诗词创作，用文字记录生活的点滴，抒发情怀、感悟人生。作品散见于各报刊与网络平台等，并获有证书。对文字崇尚、执着，愿在浩瀚的诗词海洋中沐浴，畅享笔墨的幽香。

七绝·夏韵（平水韵）

燕舞蹁跹弄紫薇，蝉鸣声疾唱清词。
牧童嬉戏归来晚，折柳披衫把曲吹。

七绝·稻花香（平水韵）

千畦沃土逢甘露，万亩青禾映远天。
峰蝶欢歌翩妙舞，稻花香里庆丰年。

七绝·咏梅（平水韵）

百卉凋零君独艳，苦寒傲骨馥幽香。
雪霜难掩春晖意，万点胭红迎艳阳。

七绝·观鸥(平水韵)
芳草萋萋碧水涟,飞鸥亮翅立溪前。
斯人自顾忘情醉,惊羽一鸣声远天。

七绝·采茶(平水韵)
莲溪蝶舞弄晴和,茶岭莺呢对韵歌。
青笠髯翁抽嫩叶,红衫娇客采松萝。

七绝·煮茶(平水韵)
艳阳高照沐春芳,紫燕蹁跹绕草堂。
活水新烟陶瓮沸,琼浆沏茗满庭香。

相思令·红衫红(词林正韵)
山几重。水几重。江上秋泓涛逝东。云汀烟雨浓。

红衫娇,红衫红。万里云霄连玉宫。伊人入梦中。

党彤
女,1986年2月生,山东省滕州市人,大专文化,滕州市瑞达化工集团公司退休职工。系滕州市诗词学会会员。曾荣获全国征文比赛第一名。在国家级报刊《散文》等媒体发表诗词、散文作品近100篇(首)。

五绝·雪后
玉帝铺宣纸,红梅入画图。
仙娥临镜扮,妆粉已倾无。

七律·知音
生来任性爱求真,简朴行囊故事陈。
不晓云霜偷染鬓,谁知日月暗封唇。
高山自在接霞处,秀水轻吟率土滨。
乐选身栖幽谷涧,瑶音入盏待同邻。

七律·云水天音
潇潇洒洒舞云襟,渺渺茫茫荡水琴。
四季匆匆风舞韵,三春脉脉翠雕琛。
横塘莲影邀君赏,雅室兰香爱自斟。
叶雨飞笺飘月榭,花魁等雪借天音。

梁州令·爱我祖国
滚滚红尘客。最怕秋风萧瑟。家国喜绿水蓝天,民臣爱守德扶策。

乾坤朗朗安平国。尚善勤思索。科学创举盈握。明朝锦绣轻勾勒。

荷花媚·莲(新韵)
一池碧欢畅。微微荡、袅袅含情还朗。粼波摇倒影,花荫子藕,叶遮风雨浪。

淡雾笼、仙境瑶池上,醉清芬四溢、倾湖佳酿。人间梦、花魂样,香风邀月,夏日独舒爽。

金蕉叶·出水芙蓉(新韵)
芙蓉并蒂鸳鸯应。嫦娥羡,藕连子盈。露点腮红,万花一品清贞镜。靓惹月来趁兴。

香风翠辇娉婷璟。浴妆灵、照水修性。绮波曳影,洁身自律如兰静。落落率坦无竞。

望远行·题图(新韵)
天命之年阅世图。曰满足说意如。行囊一个现织庐。想儿时故里桑榆。

平步稳,逸云酥。物换实难忘初。凉秋霜纸叶叠书。墨盘星盏月悬壶。

翻香令·姑且不说凉(新韵)
时安时动亦疏狂。太多愫绪裹行囊。云招手,蓝天上,万籁鸣、许我地天长。

几家灯火暖心窗。五更星月伴兰香。

感怀句,知心友,薛涛笺、姑且不说凉。

恨春迟·拥抱蓝天

举目霞云晕醉眼,谁在唤、拥抱蓝天。脚下小群山,旭锦灼神羽,翠峰瀑灵泉。

江阔无涯回头岸,万物睦、转瞬千年。了悟红尘百味,禅道清欢,终怡亲近自然。

唐多令·江山多娇甘为奴

一海水轻铺。千山翠没浮。晚风清、诗月两叠酥。涛卷浪掀风雨际,合奏曲、称心如。

高首绘宏图。同心酒共壶。盼寰球、饥饿战争无。多在为和伏几案,甘愿做、太平奴。

邓高鹏

男,汉族,中华诗词学会、江西省诗词学会会员,奉新县诗词楹联学会常务副会长,《奉新诗词》主编。2010年主编《中国当代山水诗词选》文化艺术出版社出版。

五律·泛舟西湖

楫动湖心荡,堤围秀色圆。
天堂残雪觅,玉月断桥连。
塔影沾琼露,云烟绕树巅。
长龙人脚密,此处细风鲜。

七律·听蛙

夏暑听蛙一片天,星辰撼动落窗前。
几分闲趣捕风影,数点萤光弹锦弦。
日久连绵孤调奏,夜深宁静半音牵。
春花秋月耐人醉,万籁虫声谁与怜。

七律·立开封汴河怀古

文臣武将聚开封,多少英雄今日逢。
大殿堂前齐断案,清明河上任兜风。
天波逝尽心为宋,大雁盘旋力挽弓。
可叹忠魂终作古,一声长啸没城中。

七律·少林寺

千年古刹居嵩岳,绝世武功秘笈多。
门派声威扬海内,武林盟主壮山河。
青峰掩映达摩洞,寺院频传好汉歌。
除暴安良驱外辱,桩桩快意灭妖魔。

七律·夜宿洛阳

跨步中原瞻古都,洛阳帝府寡人无。
明堂皎皎华灯亮,丽景苍苍楼影殊。
欲辨朝臣偏不得,重温旧事更惊呼。
车如流水人潮涌,览罢新风酒一壶。

七律·登越王山

叱咤风云越岭旗,春秋过往辨音稀。
平川广阔如兵场,乱石坍塌似案几。
跨虎登仙寻旧迹,滴泉盈耳味禅机。
乾坤浩荡藏兴废,岁月悠悠不可追。

七律·佳遇

久慕老山云境裁,今随前梦咀芳来。
七分大暑三分热,一味清凉百味开。
始信桃源藏胜景,无关风雨落尘埃。
心中纵有千愁虑,更与梅翁共搭台。

注:老山,指五梅山。

莺啼序·万载同窗同游八仙潭

清晨鸟鸣过后,有雷声响起。天突变、盖顶乌龙,瞬间吞没云翳。昏暗里、风前雨骤,如珠如缕红尘会。想同窗将至,出游怎生息事!

漠漠长空,思绪漫舞,似轻柔柳指。晶莹露、飘散清新,叶尖滴落琼醴。倚窗台、日光乍现,象车驾、遽然驰辔。正初晴,又见东君,叹知人意!

深耕岁月,细品离愁,豪情总负累。

去看景,瀑成飞练,仙隐山林,震撼乾坤,穷其华丽。肠盘肚腑,髓流石骨,俏姿坐捧天边水,急无妨、半躺佳人睡。开怀挽手,搭肩留影缤纷,几多愁闲能比?

　　危亭侧畔,蕙草迷离,亦探身恣肆。信窥透、烟霞曼妙,顾客容姿。牛鼓鱼腮,石重蹄滞,腰横润璧,清溪奔逸。娇姹自古撩人醉,暗销魂、无憾千秋岁。筛林露眼斜阳,共赏清幽,化为一体!

邓娟英

　　昵称筝语,80后,古筝老师,新南园国学堂编辑。爱好古诗词,曾在广州"白云山郑仙诞"全球诗赛获得二等奖,在西樵"理学名山500年"诗赛获优秀奖。

五绝·观盆松图有感
虬枝难展处,困守一盆疏。
本是悬崖骨,何寻囷苑居?

五绝·咏莲
风荡影参差,鱼翔叶下漪。
香浮含滴露,烟月醉人时。

七绝·红棉
肯使虬枝落叶新,未随丝雨浥纤尘。
寒风未尽花先发,不让桃红独占春。

七绝·紫荆
从来不笑水东流,冷蕊何曾自惹愁?
浅白轻红存半紫,风回小苑倚江楼。

邓茂增

　　河北省丰宁市满族自治县人,1949年生,退伍军人,中学高级教师(已退休)。现为承德市作协会员,承德市诗词协会会员,河北省诗词协会会员。有散文、诗词在各种报刊、杂志发表。并多次获奖。

七律·夜雨
夜雨无声破晓停,桃花殒落漫阶红。
枝头嫩叶添鲜艳,墙外游丝展翠屏。
布谷声声夸好雨,农夫暗暗谢天公。
明朝满垅禾苗绿,薄雾白珠大地青。

七律·夜宿农家
小桥流水傍人家,古树浓阴掩碧霞。
剑岭奇峰藏故事,青石幽径隐仙葩。
鸟鸣自在寻知己,风闹开心戏落花。
夜静闲庭赊月色,晨烟缭绕舞轻纱。

七律·清早登山
携妻早起去登山,近景遥岑视野宽。
白雾缥浮缠玉带,村庄静谧渺炊烟。
无边绿色青葱嫩,遍地黄花紫露鲜。
远目古松说旧事,树间嘹亮响鸣蝉。

七律·坝上草原一日游
一条天路一琴弦,放眼四极天地宽。
碧草星湖奔马快,野花骤雨彩虹鲜。
遥岑远影白云动,古木层林醉岭眠。
落日红霞天幕紫,灯光璀璨伴轻寒。

七律·最后的落叶
——柳叶赞
几场寒霜不动容,婀娜依旧舞娉婷。
无边秀木风吹尽,满目秋山泪染红。
冷雨凄凄新雪嫩,流光渺渺柳笛轻。
笃情坚韧初心在,羽化成蝶叶色青。

七律·咏雪
蝶影琼花玉屑飘,群峰峻岭裹银袍。
多情青女抛心絮,凛冽冬风卷雾涛。
涤净污浊生爽朗,澄清天宇显妖娆。

山娃妇叟添欢乐,棉被千层暖麦苗。

蝶恋花·冬柳

山脚井边眠老柳,根裸皮粗,疤累青筋瘦。凛冽寒风梳破袖,衣衫褴褛还昂首。

看破红尘年已久,绿女红男,树下常牵手。固土防洪风雨骤,此中快乐天知否?

邓石林

湖南省邵阳市人,公务员,系中华诗词学会会员,中国楹联学会会员。《燕京诗刊》签约诗人。参加全国中华诗词大赛,先后获一等奖、金奖、银奖。诗词作品入编 2018《中国诗词年选》,楹联作品分别入编中国楹联学会对联文化研究院《中国对联作品集》2017 年卷、2018 年卷。

扬帆奋进

誉驰遐迩又飞鸿,万众一心筑梦同。
流水湍急何所惧?磅礴伟力世称雄。

颂英雄钟扬

一人誓为亿家人,执拗何曾顾自身。
负累沉疴今早逝,韵涛面面颂英魂。

湖南省诗协女工委成立

巾帼从不让须眉,梦笔生花倍奋飞。
红叶题诗千古颂,今朝琼玉更芳菲。

珠江新城国际金融中心

金融大厦耸云天,明月高悬试比肩。
夺目新城彰气度,扬帆出彩尽为先。

南京桂花

城郭处处有园林,风韵天然满是吟。
万朵花开香世界,三秋独占绽白银。

莲池

荷叶形如聚宝盆,芬芳蓓蕾映花林。
葱茏飘逸犹妖艳,游客悠悠俯首闻。

春光好(词林正韵)
——四月天

春深暖,夏初凉,好时光。宏大天空犹敞阳,竞芬芳。晴日澄清雾雨,青衣更换霓裳,今胜昨欢留醉墨,慨而慷。

东风齐着力
——新中国成立 70 周年

晴朗乾坤,翻天惊地,七秩宏钟。山河大好,日日赠东风。改革潮流迅猛,神州漫,梦想追踪。扬帆处,征程万里,祥瑞盈空。

砥砺向前冲,施国策,子民唤起初衷。径飘五彩,百事竞先锋。世界皆谋福祚,丝绸路,顿显霓虹。霞千缕,中华壮举,引领成功。

邓万宽

男,1932 年出生,江西省奉新县人。中共党员,曾任小学、中学校长、党支部书记,公社党委政工教育组长,办公室主任,区委主任科员。诗词作品入编《铭记历史》《伟人颂典》《中华当代旅游诗词联精选》等 18 余种辞典中。

上海浦江世博会
(一)

沪上浦江花月夜,和谐共处地球村。
明珠璀璨丹青美,雄踞亚洲中国红。
世博沟通环宇宙,东方神韵迎嘉宾。
风吹红雨歌难尽,鼎笔欢章四海欣。

（二）
百年世博梦固真，黄浦滩头意境深。
百米丹青堪激赏，万邦世界沪江春。
神州秀色开新韵，华夏和谐胜古人。
昔日病人今奋起，民殷国富展雄风。

（三）
滚滚长江东逝水，圆圆明月照春秋。
中华喜悦迎宾客，世博会园织锦绸。
黄浦江头花月夜，明珠璀璨耀寰球。
东方美景无穷美，上海徜徉谱缘畴。

鹧鸪天·世博会
（一）
长岛人歌地动诗，明珠璀璨展雄姿。
神州华夏红云绕、白主浪花绝妙词。
迎贵客，意知之，民心盛会金兰榍。
晚风邀客同赏景，寰宇五洲仰首嘶。

（二）
大浪涛涛织锦图，银光溢彩夜明珠。
东方世博百年梦，祝福吴淞万象苏。
宾客至，意如酥，高朋满座寰宇无。
新兴城镇呈新貌，黄浦客商相互呼。

我为上海世博会唱彩
（一）
我乘奥运祥云来，世博会园上海开。
万国来华风彩展，和谐中国壮情怀。

（二）
上海明珠展宏图，中华风彩丽仙姝。
五洲世博新气象，创建和谐世界殊。

（三）
上海人文天下闻，聚焦世博五洲风。

融铸城市新生态，显示中华情谊深。

邓小美

女，网名山静水清，湖南省永州市人。自小爱文学，写过不少散文，但很少投稿。只在湖南红网散文部做编辑时发过一些散文。近两年尝试古典诗词创作，创作诗词几百首，一些作品发表在《龙风诗刊》《龙风文学》《龙风期刊》。

七绝·秋千老
寂寞春深莺婉唱，梨花片片青苔上。
秋千虽在老风尘，不见青梅回首望。

七绝·平湖夜色
璀璨星光一水融，人间天上两相通。
渔舟钓罢归来近，始觉行吟非梦中。

七绝·垂钓
夜半垂钩翰墨洋，思将明月饵诗香。
丝纶无有清风借，助我长竿钓宋唐。

七绝·才疏
学诗难在语精工，自愧才疏底蕴空。
夜效寒郊寻妙句，茎须捻断也无从。

七排·阳台花开(孤雁格)
春夏秋冬四季栽，环肥燕瘦满窗台，
朝餐玉露胭脂醉，晚沐清风馥郁开。
茉莉半枝芳沁骨，椒兰几瓣韵盈怀。
夜来香袭一帘梦，墙出艳生三角梅。
剑倚青天芦荟志，情凝红豆蝶蜂猜。
藤萝滴翠明诗目，文竹含幽入画材。
遣兴消愁邀月饮，温书研墨约花陪。
修篱种菊谁心苑，坐拥群葩我是魁。

七排律·苏子吟

自古文豪蠡嶰峨，由来仰止是东坡。
诗词卓绝堪称圣，书画风流可比魔。
父子同朝惊宋主，弟兄及第慕仙娥。
乌台累系官身失，赤壁沉浮宝墨多。
几处西湖堤岸柳，一汪琼海子瞻歌。
仕途跌宕观飞瀑，人世悲欢坐涌波。
儒道相生随进退，雨晴交替笑吟哦。
大江东去沙淘尽，明月清辉照史河。

五律·夏莲

炎夏伤花草，芙蓉开正好。
翠盘呈玉珍，粉面托浮藻。
日出彩霞怀，暮归明月抱。
可叹莲子心，不畏风吹老。

五排律·迷诗

夏虫吟夜曲，流水拂琴弦。
疏竹纹窗画，清荷映柳烟。
怡情风雅起，即景仄平填。
明月邀苏轼，桑麻约浩然。
学仙文浸酒，师圣泪滋笺。
斟酌茎须断，推敲字句镌。
词工求后主，律婉美成传。
用巧花思瘦，标新愁载船。
痴心淋宋雨，醉意沐唐泉。
漏静人初定，星昏蛙欲眠。
三更犹未已，梦里续诗篇。

长相思·思父

湘水清，潇水清。杨柳依依系别情。江波逐浪声。
梦牵情，魂牵情。几度相逢空泪倾。觉来窗月明。

浣溪沙·别

江水清清芳草萋，夕阳恋恋落山西。柳烟深处婉黄鹂。

不忍天边鸿隐暮，怎堪游子马飞蹄。徒留明月照深闺。

邓秀军

笔名冀平海，中国民间文艺家协会会员，中国散文学会会员，河北省作家协会会员，16岁开始有诗作在报刊上发表，著有诗歌散文集《感受阳光》。

七律·乐龙溪即景

碧霞山后有丹霞，清水溪边是我家。
一线天藏仙女洞，双峰崖吐碧桃花。
绿杨阴里看新圃，细犬声中品旧茶。
小弟荷锄来去处，穿堂过屋路西斜。

七绝·滦平小兴州怀古

问君何处寄乡愁，古北口外小兴州。
斗转星移十甲子，未忘口外白檀秋。

五绝·滦平宜兴河清晨小记

晨起新荷香，夹岸柳丝长。
满目胭脂色，疑似入钱塘。

七绝·滦平宜兴河赏荷即景

金丝零落色犹新，玉瓣轻偎韵尚存。
莫道残荷风雅尽，绿叶红苞又一春！

七古·滦平山城暮雨

一声新雷一江云，一城烟雨一城春。
天明布谷声声起，倚红偎翠柳如荫。

七古·滦平扶贫夜归

入村归来暮色阑，遥看家中未炊烟。
小儿昨日咳声紧，未知烧退可安然！

七古·宜兴河清晨赏荷

清晨细雨落荷塘，水宫仙子淡梳妆。

碧环轻曳风姿处，不觑珍珠用斗量。

五古·宜兴河赏荷夜归
夜阑启归程，荷塘响蛙声。
寻声相望去，但见数点红。

七古·滦平初夏盼雨
四方云动雷声鸣，清风切切弄花影。
俯瞰窗前燕子飞，遥想阿爹盼雨情。

七古·古北岭口
古北岭口踏新雪，金山城上忆旧人。
血肉筑城古今是，一寸山河一寸金！

邓垚川

笔名川川。贵州人，中学教师，爱好文学写作。现代诗、古诗、词散见《白河诗刊》《广州诗刊》《深圳文苑》。

满江红·人民军魂
八一军魂，红旗展，天降劈雳。主义新，人民铸就，铁师钢律。革命浪潮鲜血染，英雄烽火忘身弈。振山河，魔殿在飘摇，邪巢岌。

黄河颂，长江赤，中原复，西南易。埋葬蒋王朝，平旧山嶙。历史潮流亡逆者。人间正道开新僻。民心顺，高唱凯旋歌，兴强国。

江南春·断肠天崖
云渺渺，雾茫茫。望穿秋水尽，愁寄九霄央。风折残露花飞泪，流浪天崖思断肠。

桃源忆故人·乡愁
金秋问断南风晚，花在谁家人看。借问南飞雁慢，寄信何期短。

门前伫立红枫烂，远在霓虹酒盏。清冷伴随绪断，明月乡愁乱。

七绝·孟秋（三首）
（一）
立秋三日还炎热，绿浪良田出穗盈。
沐浴阳光铜脸笑，兆头必定好收成。

（二）
丛林绿叶新枝老，野菊嬉皮献蜜围。
蝉静树梢留甲衣，勤蜂彩蝶日时栖。

（三）
玲燕急急忙雏食，穗实盈盈待满仓。
自信和风柔暖暖，傲娇舞蝶蕊脂香。

邓玉柱

中学高级教师，江西省诗词学会会员，琴江诗社会员。曾获"芳华秀"2018年首届诗词创作大赛三等奖。有作品散见于《中原诗韵》《赣南诗联》《琴江诗词》《梅琴雅韵》、《翠微风韵》等纸刊及微刊网媒。2019年7月1日当代诗词家公众号推出个人专辑。

五绝·初夏琴江河畔闲作
晴浮山似画，雨过水如烟。
便逐长洲外，轻鸥落眼前。

七绝·小布红烧肉
文火足时羹始熟，红香慢到味重回。
莫辞同此千钟醉，忘却人间岁月催。

五律·蟠园小吟
暑夜好徘徊，披衣拂拂开。
因风随竹影，带露破莓苔。
曲度何曾厌，蛮吟亦不猜。

— 267 —

数来萤点点，个里少尘埃。

七律·父亲
迢迢关意记行藏，岁岁生涯尚自忙。
于役焉辞风雨路，居尘不问是非乡。
流光忍使慈颜老，幽梦那堪鬓发苍。
无计来归依膝下，且闲何日慰椿堂。

七律·夏至
喑蝉时解景风无，五月炎蒸在四隅。
不耐村眉尘染著，偏宜津岸柳纷敷。
一畦芳草真珠滴，半亩清池碎锦铺。
且得邀凉闲伴侣，翛然水外逐双凫。

卜算子·端阳
哦罢怀沙篇，复诵离骚赋。时节年年逢端阳，无不殷勤语。
每入角黍香，目极凌波处。最是扬扬意气生，竞得千舟渡。

南乡子·月下
十里水风翻，轻漾南池一抹烟。如拭绿盘擎菡萏，芊芊，依约丛头拆露鲜。
人道此隅偏，且识川光九陌连。共得几枝天不夜，娟娟，逗引三更月正圆。

喝火令·春行
槛外生云迹，池头带水痕。倚风杨柳更精神。从岸沓拖烟绿，闲袅复纷纷。
便入莺花路，来寻草径春。有时携屐许为邻。望里丛枝，望里几氤氲，望里浅红深翠，趁此作逡巡。

邓元发
网名原上草，川籍，爱好写作。有文见于《辽河文艺》《诗词天地》《云上书社》《惠川文学社》《晓东诗刊》《诗知堂》和多家网络平台，《百花诗社》主编。退休后，正在努力学习格律诗的创作。

吟竹景
千年竹海凌波涌，万里茂林曲径开。
浣女偏随流水乐，吹哥远送玉箫来。
老年叼弄云烟袋，二姐鸳鸯绷子栽。
躺椅茶魂书一本，倚栏诗韵诵龙材。

吟竹姿
江洲竹国翠园春，百态千姿市井民。
宝座龙材头把椅，湘妃总有泪思亲。
娉亭玉立梢云雨，似草如藤小矮人。
鸡爪鹅毛敷粉态，观音大度笑红尘。

吟竹色
玉瘦丰姿爱绿妆，长虹偶作锦衣裳。
兰灰果草层层色，油墨金花淡淡香。
五彩一生观凤竹，三山半紫映东墙。
青峰鹤白纱铺岭，幽径鹂橙涧染黄。

吟竹声
雁过留声竹有音，清风漫漫叶筝吟。
喁喁私语轻歌舞，瑟瑟粼波翠绿荫。
凤翅沙沙摇乍起，飞珠串串落潭深。
千竿猎猎千军马，百战铮铮百战临。
箫笛更胜天籁曲，飘游激越隐仙林。

吟竹笋
山湾竹笋露春华，响棒惊虫采幼芽。
紫箨霓裳轻脱去，脂香嫩白众人夸。
煮漂减涩新鲜脆，清切烹烧配料加。
有幸乡村翻旧宅，青蔬未始菜当家。

邓珍明
男，江西省赣州市宁都县人，中学化学高级教师。酷爱古诗词文学。宁都县诗词学会、赣州诗联学会会员。诗词散见于《卢沟诗社》《中原诗韵》《齐鲁文化》《诗词选刊》《诗海选粹》《全球古诗词》《江南诗社》《赣南诗联》等纸刊和各网络诗刊。2018年参加武汉市中华诗词大赛和芳华秀诗词大赛，均荣获三等奖。

七绝·并蒂莲
芙蓉碧水涤尘埃，蕊放幽香醉粉腮，
翠叶鸳鸯欢戏水，箫笙弄曲入云台。

五律·端午情怀
五月登高至，云浮出夏阳。
菖蒲生紫气，角黍满清香。
楚国悲情泪，离骚赍恨殇。
忠魂今可在？赤胆永流芳。

七律·秋雨话吟
雨击轩窗泛练波，群山雾霭乱云过。
高秋肃杀侵千嶂，落叶纷飞满九河。
不觉身家卑陋见，无端惰性愧惭多。
平生品格皆风骨，半世沧桑砥砺磨。

七律·孤旅夜话
夜静风凉月入陂，孤莺影瘦宿高枝。
楼台雨冷寒衣少，灯火帘疏锦字迟。
酒酌他乡愁万缕，琴弹独客梦千丝。
人生聚散谁能料，化作毫笺咏小诗。

阮郎归·石榴红
郁蒸艳日翠云笼，金罂簇簇红。蕊香淡冶舞游蜂，浓妆如画中。

玉宇皓，羽衣彤。彩裙入眼瞳。唯芙蕾雅意真浓，感怀千子丰。

注：芙蕾雅：为北欧神话美与爱的传说。
千子：为石榴花的寓意。

青玉案·夕阳追思
柳垂摇曳斜阳暮。远目望、风尘路。溪碧鸳鸯双伴侣。月辉楼院，万家入户。总是人归处。

灯寒独对孤吟伫。轻捻牙弦与谁诉。惟有新词追旧赋。一帘幽梦，百般心绪。化作相思雨。

沁园春·翠微峰
翠微巍峨，丹霞危崖，拔地排空。看岿然挺秀，巉岩赤面，侧峰横岭，峦嶂弧弓。沟壑千寻，险崎隘道，罅隙阶墀一线瞳。极游处，赞奇姿胜景，魅力无穷。

悬梯攀壁孤峰。浮云缭绕高莽索踪。听猿啼回荡，瀑泉响彻，松涛呼啸，洞窟磁钟。吟社荒墟，易堂遗迹，瓦砾残垣尽古风。惊无价，日月星辉耀，不逊衡嵩。

注：赤面：当地人把翠微峰谓之为赤面寨，因丹霞岩石为赭色。
吟社：清初著名诗人曾原一创立的江湖吟社。
易堂：清初魏禧等易堂九子隐居于此。授徒著书，留有亭、庐、阁二十余处遗址。
衡嵩：指衡山和嵩山。

苏幕遮·夏雨
夏金乌，晴酷暑。热浪蒸腾，风静煎熬苦。荷伞阴凉蛙噪鼓。天若含情，会有玄冥渡。

日斜沉，云起聚。电闪苍穹，滂霈蛟龙吐。雨洗尘心随水去。凉意透明，恰似温柔处。

邓致东

男，广东省茂名市人，中华诗词学会会员，广东省楹联学会会长助理、常务理事，茂名市诗词楹联学会会长。诗词作品散见于《茂名日报》《芙蓉诗辑》等报刊。

七律·冼夫人颂
勇冠三朝定要津，风标千载尚嶙峋。

好心事主垂高义，度势靖边诛乱臣。
自有雄韬收百越，但求黎庶免兵尘。
岭南圣母英灵远，力压须眉古一人。

七律·纪念红军长征胜利

奇谋谁遣破重关，韬略毛公笔未闲。
血染红旗钢骨铸，兵陈赤水铁躯还。
三军奋起龙腾海，万死休容虎返山。
雪地荒滩经百战，长征神话震尘寰。

七律·深秋即怀

阒寂秋宵月似银，中庭徙倚待何人？
碧莲霜后清如水，丹桂风前香作尘。
雏诵新诗仍有梦，沉吟素抱莫言贫。
休嗟斯世江湖冷，当喜霞铺万里鳞。

七律·晚秋

荏苒韶光去不留，如梭岁月恨难收。
浮生回首欣衾影，醉梦萦怀苦陇丘。
屈指当知功与过，问心已品乐和忧。
马良画笔随吾愿，陶写乡关唱晚秋。

七律·国庆70周年

天风海雨斗峥嵘，盛世垂裳享太平。
击壤初心瞻远景，烹鲜巨手启新程。
花飞万里神州灿，龙啸九霄寰宇惊。
戮力齐圆强国梦，雄鸡高唱大同声。

七律·水东海月楼望三洲即景

水暖三洲芳草萋，空蒙海气鹭鸥迷。
鱼腾东港潮迎客，燕剪南溪花润泥。
次第帆归碧天外，联翩渔唱白云西。
一楼胜槩人争赏，春满长林月满堤。

荻埠归帆

本名朱永旺，安徽省人，多年在北京市从事建筑装饰行业，爱好诗词。

七绝·无题

扬州检点梦分明，三叠心湖皱复平。
廿四桥头月如水，静听冷露滴荷声。

七绝·消遣

绿蚁闲斟客不来，紫藤深巷兴低徊。
弗如诗笔享余事，独抱斜晖到露台。

七绝·秋

爱向白云深处游，霜枫如火灼残秋。
惊看雁阵横空去，又把菊花插满头。

七绝·秋吟

凛凛西风销酒气，苍茫秋色落杯中。
江湖多少弄潮客，但立潮头梦不同。

五律·秋登八达岭长城

雄关传万祀，北向自幽州。
香树红如锦，峰台情共秋。
西风频怒号，故垒最牵愁。
姜女成追忆，祖龙称大猷。

七绝·醉一回

案头寄语明朝事，一枕烦丝理数年。
宁醉今宵眠冷月，任它秋水卷长天。

五绝·随吟

闲语千斤重，谁能硬骨撑？
风来先捂耳，落个一头轻。

五绝·樵归

采樵归又晚，岩雀入烟汀。
谁立斜阳柳，懒看枝上青。

刁春旭

中华诗协会员，安徽省诗词学会会

员,安徽省书法家协会会员,《郎川诗苑》主编,有多篇作品发表于《中华诗词》《诗词月刊》《诗词》《九州诗词》《心潮》《中国中医药报》《人生与伴侣》等刊物并时有获奖。

七律·静湖梅花
凛冽寒风生雅花,静湖沿岸满眸霞。
夜来阁北灯辉树,日出城东雀跃丫。
欣伴袤空银玉舞,乐观疏影铁枝斜。
暗香盈袖游人醉,一首梅诗笺泛华。

七律·苏子农先生惠赠《春蛙七集》有寄
诗涵万物园添锦,墨泼郎川集泛霞。
追梦高峰心出色,钟情经典笔生花。
且留逸趣书中阅,频有巧思枝上斜。
把酒酣歌歌盛事,挑灯成册册含华。

七律·石涧春和
天暖桃红高日悬,崇山雨霁汇成川。
翩飞白鹭峰难阻,摇曳茶花蝶不眠。
涉足浅滩寻玉石,抛竿细浪钓云烟。
春风谁聘嫁长岸,一路绿屏追渡船。

七绝·建军节颂边防战士
军旗猎猎守边疆,铁骨铮铮斗暑霜。
寸土如金不相让,刀枪直指觊觎狼。

临江仙·咏荷
风幸柳塘摇玉叶,幽香醉了吟翁。千娇百媚展青红。蜓蜂频慕艳,轻影落芳容。
试问百花谁敢比,炎炎日下葱茏。决无炫耀与争功。待深秋老去,藏藕紫泥中。

柳梢青·兰草
溪水清清。山岚弥漫,鸟雀啼鸣。沐浴春风,雅枝舒展,玉蕊娉婷。
不和桃李争荣。洞云处,邀岩作朋。袅袅幽芳,光华四溢,谁识凡英?

【双调】折桂令·中秋望景
飞霜凝露枫红,菌苕香消,菱角芄芄。岩岭浮云,野田赏稻,金桂摇风。黄菊处处开笑容,灿阳遥遥照归鸿。蟹熟膏丰,柳瘦丝慵,明月朦胧,夜色朦胧。

【双调】庆东原·战洪魔
苍天破,淫雨多,郎川堤坝遭侵虐。河沿固坷,城区排粕,军警披蓑。聚力斩洪魔,得胜人同乐。

刀节木
号木子,又号柳荫堂主。中华诗词学会会员,合肥市作家协会副主席,安徽省《展望诗苑》主编。在全球460多家书报刊3200多次发表诗词11000余首(次),出版专著《木子绝句一千首》中国文联出版社,《木子诗词三百首》作家出版社,《木子旅游一千咏》中国文联出版社,《木子诗文随笔录》人民文学出版社。传略入编近百家典籍。

登黄山
石径逶迤涧谷深,溪琴泉瑟耳边吟。
登临绝顶观奇景,头上蓝天脚下云。

游苏州寒山寺反其意张继诗
月落乌啼已难见,江枫渔火剩虚名。
姑苏城内喧哗扰,夜半钟声听不清。

春游九华
和煦春风日丽天,秀峰起伏彩云牵。

灵山草色重重翠，圣地花容处处鲜。
铜鼎蒸烟香火旺，玉台秉烛佛光圆。
似迷似梦难分晓，只觉身浮若醉仙。

咏菊

又是寒秋落叶黄，正逢赏菊好时光。
枝头百态争娇艳，花蕊千姿沁暗香。
弱骨经风身稳健，轻肌沐露意轩昂。
不随流俗堪高洁，留取孤芳万古扬。

清平乐·武夷风光

峰峦叠翠，放眼丹霞美。九曲漂流归已醉，思绪万千难寐……

自然尽展风姿，人文荟萃多时。若不亲临所见，人间仙境谁知！

临江仙·赏琅琊山醉翁亭

煦煦晴风林壑美，野芳暗溢幽香。亭台这里独风光。松奇梅古，泉水绕回廊。

自有醉翁亭记事，文章天下传扬。慕名游客喜如狂。且留倩影，人景共珍藏。

踏莎行·石林赞

奇石如林，天公造化，风光独特名天下。摩崖题刻倍增辉，摄魂夺魄传佳话。

剔透玲珑，清新俊雅，动人最数阿诗玛。亭亭玉立貌多姿，游人谁见谁惊讶。

沁园春·始祖炎黄颂

大地恢恢，山水混沌，昊宇渺茫。肇天开地辟，霾涛泛滥；风狂雨骤，沃壤洪荒。兽舞蛇游，荆生棘长，虽见生机忧患藏。谁猜得，在神州大地，孕育炎黄。

文明雏现纲常，创道德仁慈礼义邦。赞男耕女织，衣丰食足；妇随夫唱，体健身康；子孝孙贤，流长源远，百族和谐正气扬。追先祖，为圆中国梦，国富民强。

刁永泉

国家一级作家，书法家。中国作协会员。历任汉中市文联副主席，陕西省诗词学会顾问、艺术指导，汉中诗词学会会长、名誉会长等。出版《刁永泉诗选系列》等新诗8部，另著有《虚白室吟稿》等诗、文、论著多部。近年客居加拿大。

《加拿大诗草》

五绝·题晚秋组照

秋暮邀游屐，金枫傍道斜。
绿芜豪宅外，红树左邻家。

七绝·多伦多除夕

连朝飞雪舞倾城，万户街衢少客行。
除夕华人寻乐事，闲看春晚渐天明。

五律·芝加哥印象

古城名百载，湖港仰雄观。
桥列千车市，楼高一线天。
黑姬奇饰发，洋姐素容颜。
华服谁家子，豪筵掷万钱。

七律·外孙果果领奖晚会

雪涵碧宇喜晴暄，百里驰车赴晚筵。
安大略湖霞入睡，多伦多市夜无眠。
唐装满服汉家子，狮舞龙灯华裔圈。
青女素娥扶醉客，金牌一掷月轮圆。

画堂春·戊戌元旦即景

当门福字对联红，前廊后院春风。晴波雪野共莹莹，海宇征鸿。

洋女溪边蹓狗，教堂林外鸣钟。隔栏祝福语邻翁，叽哩咕噜。

朝中措·旅居加拿大
——丁酉重阳赋登游

远游何处寄吟踪，信步问秋风。笑语紫须碧眼，答呼归鸟寒虫。

少年捉蟹，中年赏菊，既老登峰。足底一程红叶，肩头万树丹枫。

行香子·枫叶国秋游

几夕惊风，夜夜鸣蛩。赋秋声、沉醉丹枫。林溪绛浅，云壑殷浓。更街头黄、垄头赤、岸头红。

舒怀赏目，寄远吟踪。逐游旅，胜境谁逢？汉家子弟，海裔仪容；共非洲姐、欧洲妹、美洲翁。

丁德涵

男，汉族，1954年10月生，已退休。一生爱好古典诗词，现为中华诗词学会会员，中华竹韵汉诗学会会员。

七律·正月新春
雪映朱梅透晚香，长淮夜雨致新航。
春神瞒月徐窥野，花事迎风渐理妆。
阳暖万灵天历改，晖生五岳庆云翔。
东君更送寒流去，遍地农耕待闹忙。

七律·寒食感介子事
百怨横生万事匆，民间苦乐任悲风。
九阍暴虎身离远，一炬寒烟影寄中。
携母归居常驻泪，厌侯索隐拒封功。
晋文最是奸雄出，人木齐焚有几同？

七律·远望
清旭光华日正东，红旗猎猎展遥空。
春山纵马惊芳草，玉露凝蕖集蕙风。
盈户三千仓廪足，控弦百万国门雄。
尧阳舜雨仁声震，复兴全凭改革功。

七律·端午祭屈

一卷离骚喜欲狂，幽兰蕙橘各芬芳。
行吟索路天难问，太息哀民国自殇。
庙柏千株持靖节，屈心几日负沧桑。
星移斗换龙舟过，汨水招魂告楚强。

五律·过巫峡
画廊连楚鄂，曲折白云边。
神女披霞幔，明妃赴塞烟。
行舟风指顾，穿景水潆漩。
古岸猿声没，峰回别有天。

七律·登黄鹤楼
横空突兀立雄尊，风物东南望断魂。
黄鹤扶摇穿月阙，白云缥渺涌江门。
登楼最晓头颅贱，忧乐何能苟利昏。
浪下苍茫烟雨壮，昔人到处踏新温。

七律·咏曹操藏兵道
逐鹿江山百势生，亳州暗道隐戎营。
控弦劲旅思辞汉，息羽雄罴待袭城。
四极经天猫耳小，一鞭衮雪激流横。
许昌已定三分策，借得光华万古名。

丁德煜

男，湖北省咸丰县人，1957年10月生，本科，省、州、县作家协会会员，省、州、县诗词楹联学会会员。散文、古典诗词歌赋、随笔、小说、杂文、民间文学散见于报纸杂志。有散文集《我本苍凉》《风雨兼程》。散文入选恩施州《白虎文丛》。

竹枝词·打工
千红万紫映流云，日照吊楼万木春；
不绣鸳鸯深圳去，聊将短信寄芳心。

七绝·赠杨娣
红袖添得翰墨香，一方端砚写春光。

五湖明月垂钩钓，何似纤笔意趣长。

七律·咏黄金洞
黄金洞内有黄金，岁岁年年说世人。
水下漂流添雅趣，壁中索道系惊魂。
千丘田泛锦鳞戏，百丈崖增高架横。
台灶无闻硝药味，神兵一曲永留名！

七律·咏新建楚蜀大道
扩建新城广市阛，初疑阆苑绕云烟。
樱花灿灿留人醉，杨柳依依并世妍。
俯瞰清溪映碧落，仰观岚影障青峦。
琳琅巷陌呈罗绮，万绿丛中缀邑廛。

七律·游唐崖湖
喜看唐崖一坝横，放舟游兴画中行。
云山翠映晴光远，峡影凫飞瑞景明。
势引长河飘玉练，香寻双蝶戏娉婷。
龙船调发桓伊笛，唱彻楚天万象新。

西江月·忆相逢
邂逅桃花人面，酒酣诗意阑珊，离情无语短亭边，执手相看泪眼。
转瞬南来塞燕，秋风衰草连天，劳君记取爱英年，莫负韶华充电。

鹧鸪天·游长寿
长寿人人所欲求，幸逢盛世更歌讴。金曲竞唱轻雷动，高速飘然过万州。
临古镇，水中游。郁金花海竞风流。湖山广袤书奇景，梦幻人儿画里头！

鹧鸪天·林下即景
家住苍烟落照间，危楼啸对凤飞山。杜鹃桃李夕阳醉，红豆松风秋月恬。
茶龙井，酒诗仙。荷锄后圃望青鸾。莺吟丹桂鸡栖树，高卧流云皓首眠。

丁明祥

男，现年66岁，本科文化，中共党员，退休干部。系湖北省中华诗词学会会员，汉川市书法家协会会员。在《深圳特区报》《湖北诗词》《书法报》《孝感报》《汉川诗联》《汉江文艺》《汉川风采》等报刊发表过100多篇(幅)文学、书法作品，在深圳参加书法比赛和有奖征文比赛并多次获奖。

七律·七一颂党功
南湖碧浪映镰锤，马列明灯铸史碑。
党举红旗长指引，民求解放紧追随。
开拓发展惊寰宇，探索图强乐肺脾。
七一齐声夸领袖，中华复盛志焉移！

七律·咏改革开放40年(中华通韵)
骇俗惊世四十年，滚滚春潮涌九原。
探索先行恒有智，求实奋进史无前。
清廉执政民心悦，科技强国意志坚。
党领航船驱恶浪，梦圆华夏艳阳天。

七律·关羽系马口系马
关羽侯王负盛名，单骑千里世人惊。
追风赤兔通多隘，偃月青龙斩六勋。
系马襄江兄弟义，通宵秉烛丈夫贞。
烽烟自古传佳话，史载晴川汉魏争。

七律·汉江颂
一腔碧血向东流，沔水源头冢岭沟。
绕涌秦巴浇鄂陕，直经武汉漫黄州。
千秋谁者评功过，万古何时有企图。
鱼米舟楫民众赞，思恩乳液愿难酬。

七律·赞十九大盛会
京城盛会聚贤良，党政军民沐艳阳。
赤县雄风惊世界，中华上策破天荒。

双赢一带称宏猷,四信千秋是金纲。
不忘初心开十九,复兴大业战旗扬。

七律·港澳珠跨海大桥通车随想
港澳三珠一线穿,蛟龙跨海挽狂澜。
长桥尽洗丧权耻,宝岛终归正统圈。
举世雄风论我比,惊天气概让敌寒。
中华引领全球幸,底蕴精深傲宇寰。

七律·祖国70华诞颂(中华通韵)
母亲七秩儿孙喜,凤舞龙飞开锦屏。
党政军民圆大梦,工商科贸跨新程。
护国神器惊欧美,创业嘉音振友情。
一带双赢出硕果,中华引领宇寰兴。

七律·话说长江(中华通韵)
雪山奔涌出峡谷,尽纳河川荡腐衰。
功罪千秋谁点判,枯荣两岸任叠裁。
毛公截断巫山雨,神女当惊纬地才。
环保清污延水利,宏猷代代继开来。

丁素梅

生于1970年5月22日,从小就因母亲的影响(母亲娘家世代书香门第)酷爱中国的四大名著,性格刚正不阿、热爱祖国。现在是神鼎风诗词学会会员,爱好奇根异石古玩字画收藏,创作及销售。武陵奇根异石古玩字画馆的主要负责人。2007年至今是咸丰县时代水产养殖有限责任公司的法人兼总经理。2012至2015年,三亚丹海事业发展有限责任公司任副总及国家珍贵林木落笔洞基地任常务副总。

七律·春意
草碧窗前浓淡香,花明溪岸柳丝长。
新晴大地春来翠,初岁中天日曜阳。

婉转黄莺添逸韵,玲珑巧姐沐时芳。
蝶儿妖媚争芬郁,邻里闲闲聚一堂。

七律·落花
暖风吹复荼蘼蕊,美靥掀开荡彩轚。
起舞翩跹飘艳粉,红颜妆点满山新。
蝶儿逗趣谁知我?巧笑涟漪醉入尘。
品出精神呈暗郁,来年浓墨著青春。

七律·雨中山溪图
雨水冲盈满柳堤,丝绦枝蔓漂过溪。
风吹竹笠遮看眼,烟笼婆娑小径迷。
船叟摇桨划浪叠,画眉啼翠应声齐。
云舒林间梯阶上,轻唤良师日落西。
注:良师,药童唤采药的药师。

七律·浅夏
转瞬春颜已卸妆,银晖月映柳丫旁。
枝头花谢庭幽径,荷下蛙鸣笛韵扬。
墙外顽童追蝶影,院庭老叟健身忙。
风轻云淡禾翻浪,林荫深深惬意凉。

七律·端午缅怀
门悬蒿叶驱霉鬼,金线银丝把粽缠。
黄酒三杯怀屈子,江边祭祀敬忠贤。
无求显赫身先卒,世道不平问上天。
热血丹青千古颂,离骚绝响著今传。

七律·赞70周年海军大阅兵
日月星光庆检阅,红旗耀眼奏新章。
雄狮沉睡今苏醒,蛟龙推波气魄扬。
巨舰斩浪开碧宇,银鹰展翅掠空航。
洗净百年贫弱耻,看我中华挺脊梁。

五律·夏日雨后景
雨过云罩散,空气透清凉。
蝉婉停高树,顽童越院墙。

余晖胜曼舞，蛙叫尾声长。
绿叶呈晶露，荷塘夜色香。

七绝·狂风骤雨

大雨倾盆何日歇，狂风凑趣让农寒。
屋檐直泄如泉涌，乳雁无忧觅食欢。

丁文革

男，53岁，现在广东省佛山市从事企业管理工作。1986年毕业于华中科技大学压缩机专业，工学学士，1989年毕业于江西财经大学企业管理专业，经济学硕士。注册会计师。从事企业管理工作28年，热爱近体诗，为人豁达。

五绝·清明（新韵）

泪洒几行土，酒还斟一杯。
轻烟循道上，细雨又纷菲。

五律·乡思（新韵）

梦里家山美，怡然四季中。
桃花开院落，紫燕入堂风。
蝉叫翠梧叶，雁飞明月空。
犹思枯木啸，大雪立青松。

七律·华夏疆土（新韵）

疆图俯瞰论千秋，失地庄庄怎不羞？
宝岛台湾咸水阻，高原漠北乱中丢。
更思黑土前朝恨，东望他山一海愁。
试问谁能扬号令？收回华夏几十州。

七律·神秘西夏（新韵）

黄土高原党项兴，灵州进取稻花盈。
分疆割地雍凉阔，封禅开国辽宋惊。
赤面黑头历十帝，儒家佛道过八成。
贺兰山下留白冢，苍野无知是圣明。

七律·南京国祭（新韵）

幡然梦醒祭金陵，黯黯国殇万古灯。
河畔秦淮白骨垒，江边吴楚鬼魂惊。
不知前辈遭倭寇，当叫儿孙记此生。
纵有幸人今已逝，谁能污史对天争？

七律·小康人家（新韵）

腰中已贯鼓皮囊，屋下还留镇岁粮。
日暖神州千野醉，风和大地百花香。
良人比划生财茂，巧妇奔劳致物康。
呵护稚童学业满，扶携老叟笑声长。

七律·再读300首有感

纵览唐诗万韵悠，惟怜骚客几悲愁。
谪仙病醉随江月，杜圣穷归饿棹头。
空隐浩然苍野趣，苦捱牛李义山沟。
今朝幸有商海水，竞渡千帆儒子舟。

七律·竹园

一片密林竿万根，郁葱挺拔立乾坤。
春风韵雨轻破土，絮雪压枝难屈尊。
搭起夜巢栖百鸟，引来晨曲梦千魂。
暮年奋力花开没，米种留香育子孙。

丁新桥

男，汉族，湖南省攸县人。大专学历，中医师。热爱传统文化，喜欢歌赋诗词。中华诗词协会会员。写有诗词千余首。有部分诗词刊载于《沧浪一路诗怀》《诗人乐园》《中华诗词曲赋》等。还有部分诗词发表于诗词吾爱等十多个网络诗词平台。

七绝·爱农（二首）
（一）

面朝黄土背朝天，盛夏骄阳似火煎。
双抢农民身汗湿，风调雨顺盼丰年。

(二)

一日三餐米饭香，人人爱惜记心房。
农民耕种千般苦，汗水浇来万粒粮。

七律·芙蓉

秀色娇姿引蝶徉，柔情蜜意惹蜂忙。
红荷出水娉婷态，绿叶乘风素雅装。
喜笑花开千朵艳，乐欢蕊吐万枝香。
凡尘不染修清白，劲节高操永流芳。

七绝·清晨

彩云如锦聚东边，碧叶红花耀眼前。
又起惠风杨柳舞，一轮旭日照青天。

七绝·送别

饯行好友泪双瞳，对饮无言酩酒中。
今日良朋离我去，不知往后几时逢？

七绝·红尘

曾经沧海几沉浮，向晚渔歌意韵悠。
绿水青山今尚在，红尘风雨入江流。

七绝·相思

窗前对景念君知，又惹清愁夜半时。
邀得一轮明月在，唤来鱼雁寄相思。

七绝·书画

挥毫泼墨写江山，花草云岚不等闲。
尺素生描藏气势，丹青妙笔展新颜。

七绝·人生路

是非黑白要分明，意志坚强勇奋争。
漫漫人生风雨路，毕身砥砺向前行。

丁讯

网名坐隐。安徽省安庆市人，退伍军人，安庆市诗词学会会员。

五绝·遣怀

人事易蹉跎，宽心自在多。
小诗随我意，何必苦吟哦。

五绝·无题

歧路易彷徨，孤眠夜更长。
几多惆怅事，无处放思量。

七绝·修禅

禅意诗书笔下生，是非得失两分明。
亦仙亦俗谁知我，万物随心好独行。

七绝·镜鉴

半生尘土历沧桑，风雨归来两鬓霜。
对镜空嗟青发少，凡夫傲骨不梳妆。

七律·梦太白

如梦登临太白楼，惯看烟雨楚江秋。
今人谈笑何须酒，古者歌吟不觉愁。
对景开怀迎过客，凭栏极目送行舟。
清风朗月明千里，但见诗仙逐浪头。

七律·忆总理
——纪念周恩来总理逝世42周年

遥祭周公酒一杯，低头无语泪相催。
重重心事何从问，念念情思未可追。
秋去霜风摇翠竹，春来冰雪绽红梅。
长河四海悲声起，望断群山唤不回。

鹧鸪天·烽火连天泪雨飞
——纪念七七事变82周年

烽火连天泪雨飞，英雄赴死视如归。
满腔热血催红叶，一寸丹心染翠微。
同携手，不相违。丈夫许国莫言悲。
风前无惧驱顽敌，十万旌旗荡日晖。

鹧鸪天·天外追风任雨狂
——庆祝人民空军成立69周年

天外追风任雨狂，九霄万里傲冰霜。边关皓月明寰宇，飞矢流星御八方。

歼敌寇，射苍狼，长缨缚虎莫彷徨。轻身如燕穿云海，仗剑遨游志自强。

丁友士

江苏省人，现居安徽省合肥市。总工程师，高级建筑结构工程师，大学文化。现为《中国当代散曲》编委，《中国当代散曲大典》全国编委。省市诗词学会常务理事，庐州诗词学会顾问，庐州诗词学会散曲创作室主任，曾任省老年大学散曲班主讲教师。

七律·湘西古城凤凰游
寻幽访古凤凰行，璞玉浑金遐迩名。吊脚楼前花弄影，虹桥槛外叶吹声。沱江夜月丝弦静，古塔晨钟鹳鹤鸣。图画天开苗寨美，归来萦梦到边城。

满庭芳·巢湖传说
画舫轻移，琉璃滑过，极目无限风光。姥峰直矗，山塔沐金阳。虾蟹银鱼蜜酿。烟笼处，十里飘香。风帆重，渔舟唱晚，短笛伴归航。

银屏仙洞外，嵯峨峭壁，远眺汪洋。恨龟染红睛，痛失儿郎。诚谢飞来玉女，丹崖落，济世柔肠。空存念，城垣陷落，求索总难忘。

注：根据《巢县志》及民间流传"陷巢州，涨庐州"故事而作。

金缕曲·虎门英烈祭
威远沙头阙，扼珠江、炮台屹立，水声凄切。毒我炎黄罂粟，蛇蝎英伦猖獗。林少穆、将军威烈，两万烟箱烧海贼。烈焰高，军帐令如铁。天可鉴，满腔血。

乌烟散去清风拂。炳乾坤、黎明欢庆，九州澄澈。炮利船坚英匪谲，敢试中华热血？血战虎门，人未歇。天培捐躯成忠烈。贬徐公，苦伴边疆月。访故地，泪双绝。

鹧鸪天·乐山大佛
面对三江背倚山，巍峨大佛世之冠，仰观峭壁三千尺，俯瞰悬崖十八弯。

傍一水，卧三峦，碧波照影见晴川。海通功德高歌赞，后辈瞻容泪不干。

注：传说海通法师，筹得建佛善款，当地赃官令其交出，否则挖他双眼。大师不畏强权，自剜双眼，怒斥贪官，历经90年建成大佛。

满庭芳·荷塘遐思
夏日寻芳，西山湖畔，庐阳佳丽飘香。布裙荆饰，宜笑俭梳妆。玉骨冰肌窈窕，亭亭立，青涩端庄。东君宠，天生丽质，犹胜着霓裳。

一枝怏怏，日溷浊，蓬门待字，怃自凄伤。恨纨绔王孙，游冶飞觞。懿德坚贞婞直，风尘拒，不做秋娘。金樽月，萧郎独爱，共地老天荒。

喝火令·泰国人妖
艳抹浓妆女，焉知尽男倌。赧颜欢笑世尘寰。羽翼霓裳歌舞，卖俏引人欢。

一旦红颜老，珠黄玉碧残。黯然夭折有谁怜？诅咒魔头，诅咒夜如年，诅咒爹娘愚弱，任子受熬煎。

【中吕】十二月带尧民歌·雪夜情思
昨日里银龙下凡，今晨起鳞屑飞翻。夜难眠亲人未返，想阿哥意乱心烦。披衣起云鬟漫绾，想必是路阻天山。思亲人戎守边关。牵挂郎三九衾寒。守家园育养

七绝·祭母
——写在慈母离别24周年之际

香点三支默默吟,千句不断到如今。
人间天上情难已,亮火青烟寸寸心。

七律·蝉
——敬和李迪生老师原玉

噪叫原来情苦痴,豪歌早晚不离枝。
长埋蜕脱千旬赋,半醉俘擒一月诗。
咏得风流尘绝日,鸣成锦绣梦圆时。
酸甜恋曲绵吟唱,笑对骚人褒贬辞。

七律·长河远眺

渺渺徐徐一径河,人生苦乐各成歌。
和风细雨呈微脉,狂暴惊雷涌疾波。
常照阳光阴气少,勤添景影雅情多。
春来秋去流难息,竟作红尘水石磨。

七律·余荫山房感赋(二首)

其一

三弓园美卧偏洲,南国百年佳誉留。
藏巧至微平见蕴,缩龙成寸简呈幽。
绿云红雨随行水,雅景佳观豁远眸。
最贵声名朝野好,邬翁余荫慧千秋。

其二

春秋翳翳满芳菲,寒暑重重漾翠微。
神聚奇葩鸣四野,韵扬南粤取头魁。
山房百载寻无旧,余荫千年觅有谁?
过客缤纷人在世,难留尺寸岂无悲!

注:余荫山房,广东四大名园之一,座落于广州市番禺区南村镇,为清代举人邬彬私家花园,现为全国重点文物保护单位。其间名联"余地三弓红雨足,荫天一角绿云深"为邬彬所撰。

丁祖平

微信名空谷幽兰,安徽省芜湖市无为县羊山初中高级教师,中共党员。无为县诗词学会会员、常务理事、主编,芜湖市诗词学会会员,安徽省诗词协会会员,中华诗词学会会员,中国楹联学会会员。有近200首作品在省市县诗词会刊或微刊上发表。

七律·春来

春来憋闷无晴煦,雨雪载途地冻坚。
雪抱梅花香入梦,风梳岸柳草长眠。
家山桃蕊包头紧,野陌莺儿歌语蔫。
我愿天公多笑靥,花繁燕舞艳阳天。

七律·题龙凤节

日出彤云花柳欣,呈祥龙凤两殷勤。
文章总赞豪男子,岁月尤怜靓女裙。
习武木兰秋瑾侠,吟诗清照卓文君。
中华女子多奇绝,舞罢龙泉再舞文。

注:今年农历二月二,恰是"三八"节,被称"龙凤节"。

七律·午后

午后熏蒸风细细,亭中静读自逍遥。
清茶一盏欣肝肺,美赋三篇乐寂寥。
身倦倾心听鸟籁,眼枯踱步赏花苗。
偶逢佳句心迷醉,喜越王侯屋贮娇。

七律·八一断想

八一军旗猎猎红,驱倭倒蒋建新中。
一星两弹九州傲,北斗三沙百族功。
铁血凝成威敌虎,精魂铸就靖洋龙。
人无犯我宾朋待,犯我虽遥必灭凶。

七律·答友人:学古诗

才疏偏爱古诗词,忘食废寝偶有之。
带镣芭蕾难美艳,踏冰舞蹈易瑕疵。
白仙才气凡间少,甫圣文功世上稀。
平仄推敲称逸事,诗成锦绣足扬眉。

鹊踏枝·合肥南淝河印象

莫道闲情抛掷久，诗眼童心，好景时时有。破晓心随身漫走，自甘辛苦老颜朽。

河畔青葱多碧柳，花木扶苏，美女甜歌吼。独立汜桥风满袖，朝阳浴水縠纹抖。

鹧鸪天·山水之恋

吾本红尘山水郎，奇山异水是家乡。水为媚妹胸怀美，山乃仁兄气宇昂。

天万变，地千殇。我师山水永徜徉。水魂山魄凡胎骨，不弃不离醉夕阳。

蝶恋花·七夕

七夕良辰天地守，牛女今朝岁聚重霄九。叩拜鹊儿辛苦久，鹊儿鼓掌河桥秀。

快乐人间情节又，戒指鲜花酣畅亲朋酒。忽听太空新乐奏，高歌至爱大声吼。

东篱坊主

本名周永福，宁夏青铜峡市人，中学语文高级教师，区级骨干教师，宁夏教育学会语文学会理事。

东篱老叟传

余虽年近知命，重任在肩，却极好东篱词句，又老气横秋，故自号东篱老叟、东篱子。尤喜古诗词，偶有兴提笔，遂成，故余兴未尽，至今不辍，物景人事情皆入拙作。自喜之乐之，不惧讥讽，乐此不疲。

余性细腻而果断，刚直而欠圆滑，故心有大志，虽苦心孤诣，孜孜以求，却志不得伸，愿不得展，至于今日，天命之年一事无成，内忧外患接踵而至，或由此碌碌终身至于垂暮。虽若此，偶有颓靡之心，灰心之状，却终能自奋而抖擞精神，屡败屡战。使屡战屡败，不怨天尤人，更不屑于阿谀奉承、搬是弄非。余志趣颇多，摄影、书法、诗词、信息技术俱会，虽不甚佳，却也独领风骚。常悠游于志趣爱好间，自得其乐，虽名利荣誉不若人也，却也未自坠其志，徒糜人生。反技艺日渐成熟且充实自我，未尝因不得志而空虚无聊也。

故与得失之间悟一理：小人常戚戚于名利，君子终坦荡荡于情怀。

七律·叹夕阳（首句仄起不入韵）

水映斜阳霞染血，萧萧柳影沐风尘。
无边夜色弥天地，万里长烟漫道津。
一叶残舟幽远去，浮生半世独沉沦。
垂垂老暮行将至，故作衰姿叹夕晨。

七律·己亥辛未癸丑日登钟山灵谷寺远眺（首句平起入韵）

三吴隽秀独钟山，饱览青岚步履艰。
寂寂幽林藏古寺，森森墓寝望尘寰。
翻澜绿海烘仙阕，紫气流霞锁帝关。
不畏浮云蒸暑气，流连日暮雨潸潸。

注：平水韵，上平十五删。

七绝·晨（首句平起入韵）

晨风玉露碧去新，翠彩流青不惹尘。
醉在花间常做客，何须梦蝶忘凡身。

注：平水韵，上平十一真。

七绝·渡（首句仄起入韵）

穷岫翠峦水云间，青屏倩影绕烟岚。
轻舟一叶浮澄镜，自是前来渡有缘。

注：平水韵，上平十五删。

七律·久雨初晴行小园（首句平起入韵）

空蒙晓色翠薇新，雨后烟岚起远津。
百鸟啁啾羁柳径，纤虫奏乐隐柴薪。
松针颤颤穿琼露，清雨悠悠涤劫尘。

曲径通幽留散迹,乾坤渺渺一痴人。

注:平水韵,上平十一真。
散迹:浪迹不定。劫尘:凡尘。

五绝·孤芳(首句仄起不入韵)

草盛平荒静,莺蜂影迹藏。
清风其侧过,独自散馨香。

注:平水韵,下平七阳。

南歌子·夏夜观湖

万里云天暮,无边晚照晴。几多云影弄轩亭,湖柳姗姗寂寞,望烟汀,水月松风静,疏云夏夜清,无穷虫语和流莺,萤火幽幽怅惘,对繁星。

注:词林正韵,平八庚。

清平乐·醉东风

野花芳草,寂寂斜阳渺。柳落红妆莺语少,怅惘春风已老。

残阳如血溶情,凭栏独忆平生。年少关山入梦,斜阳笑对峥嵘。

七绝·落花(首句仄起入韵)

小榭飞花舞晚霞,无心闲坐向芳华。
携壶玉蚁清芬醉,独倚斜晖数落花。

注:平水韵,下平六麻。

行香子·寥落风尘

手抚心门,忧恨年轮。再回首、寥落风尘。芳华青涩,不愧师魂。忆手中笔,书中意,眼中人。

青春如梦,韶光湮泯。空留恨、万事浮云。秋心若月,方度迷津。惜月无华,泪无迹,心无痕。

唐多令·初夏傍晚古渡望黄河

(步韵东临碣石先生佳作略改)

莽莽大河流,悠悠古渡头。任萧风,漫卷沙洲,瑟瑟残阳笼四野,初夏日,似清秋。

风急曳孤舟,沙寒立晚鸥。水云接,浊浪奔流。落日长河思久远,烟缥缈,引诗愁。

七绝·无题(首句仄起入韵)

别梦依稀到谢家,小廊曲合话麻茶。
庭前自是多情月,闲对芭蕉数落花。

东篱雨菊

本名陈有智,女,四川省成都市郫都区人。一脉诗心,只缘于对诗词纯粹的钟爱,无关乎头衔及其他。但以吾手写吾心,云开日出时,淡墨成文犹不尽;月白风清处,红笺无色始为真。

浣溪沙·冬日菊花

岂肯寒流碾作尘,冰心未改昔时真。清华若水淡无痕。

不向风前追落叶,常于霜底养精神。宜诗宜酒自相亲。

摊破浣溪沙·元旦前日晨起赏雪

昨夜宵寒破玉楼,隔帘消息静幽幽。雪枕芳魂清似水,蕲风流。

素笔飞来春画卷,红笺寄去梦温柔。槛外横斜疏影里,白人头。

鹧鸪天·只有诗书似可留

辛苦遭逢何所谋,半生风雨浪颠舟。折腰斗米三餐累,落魄经年一梦浮。

云自去,水东流,蓦然回首月如钩。向来萧瑟低眉处,只有诗书似可留。

临江仙·愿借小舟从此逝

一片荷心方过雨,重重叠叠声声。画

云深处晚风倾。淡烟流水里,天地不分明。

欲楫小舟从此逝,管他身后浮名。转头斜照数峰青。江湖帆影寂,空有浪潮生。

沁园春·国学竞风流

一脉唐风,天际流云,弦上飞花。看秀山梅水,高梧起凤,长桥古洞,明月浮槎。汉阙秦津,兰亭竹舍,自有书香绕径斜。须归去,有桃源路在,秀邑人家。

千秋音韵流霞,引多少风流麟笔夸。任激扬文字,星天摘斗,漫赊日月,井砚淘沙。指点江山,风物由心,蔚起人文信手拿。天不老,佑殷勤桑梓,百代芳华。

鹧鸪天·卧病听雨

镇日风窗急雨声,可怜花叶与飘萍。晚来未遣浮云散,被底犹将病骨惊。

天作弄,梦调停,空余岁月忆曾经。囊中俗物知多少,道是无情却有情。

七律·登成都望江楼拈韵

千古沧桑千古楼,一怀风雨大江流。
潮来影挂鸿麟角,日出霞飞彩凤钩。
钟吕天音翻乐府,龙章胜笔点春秋。
星云脚下波光翠,付与涛笺细细揉。

注:望江楼下是薛涛井。

七律·东风吹梦醒云楼

东风吹梦醒云楼,月在青山影下勾。
独倚时空诸念远,骋怀天地一江流。
星疏晓夜今非昨,发散扁舟沉与浮。
放鹤归来斟北斗,飘飘衣袂戏沙鸥。

东之

武汉人。中华诗词学会会员、中国楹联学会会员,中华诗词家联谊会副秘书长,全国诗词赋联大赛策划人,《中国传统文化经典荟萃》国学丛书100本策划、副主编。

江城子·武当

惟真武不敢担当,棣燕王,紫霄光。北拱神农,南捧汉丹江。历代储君天下志,临太岳,定东方。

御征五次靖安邦,运河长,镇西洋。诛十谋畴,独爱俏徐娘。永乐建文风雨后,修巨典,大成章。

醉花阴·藕荷

疏影婆娑天嫉妒,炎暑轮番顾。端午盛青芦,重九茎枯,寒露莲心苦。

大雪冬年炉中煮,嫩藕凝丝处。名菡萏芳芙,荷荡婷姝,不屑春春误。

七律·函谷关

函谷青牛老子关,南山紫气叟童颜。
新安灵宝光阴箭,秦岭黄河水覆还。
白马公孙通哲理,狐裘短褐辨忠奸。
百夫假誉双峰险,道德真经万壑山。

七律·谷雨

化雨霏烟百谷清,香椿拂羽秭垓荣。
一从四目开天眼,广度千穷盛美羹。
霜断无须裹衣带,茶余敢许钓功名。
陈浮不过新花样,气节几经老日生。

董德兴

注册建造师、工程师。中华诗词学会会员,上海浦东新区作家协会会员,上海铁沙诗社、枫林诗社、鳌山文学社会员,上海华苑诗词社社长。

国恨
——参观崇明竖新镇民间抗日纪念馆。

冤魂四野哭神州,怒化阴风倚展楼。
白骨凝寒陈往事,屠场慑冷锁荒丘。
降书难补弥天罪,证物昭彰大地讴。
忍看青天旗上血,永怀倭寇欠深仇!

注:屠场,指日寇在崇明竖河镇的大屠杀惨案现场。青天旗,指染血的中华国旗,抗战后复得。

梦怀大姐

一

眷念黄沙西域天,自将惆怅注心田。
难移别恨思千里,枉寄悲哀到九泉。
廊下读书曾伴月,花间弄笔恨摩肩。
谁知地远重山隔,噩梦犹缠数十年!

二

欲借鹏翔望眼真,高原冷月掩沙尘。
杜鹃啼血呼鸾凤,戈壁吞声怅鬼神。
秀发曾经飘草舍,娇姿未忘映冰轮。
西台洒泪如惊梦:隔世亲人竟比邻!

注:我姐15岁入疆,48岁长眠于喀什麦盖提(农三师四十三团)。

秋游朱家角

此时莲萏正新鲜,鱼戏清波水映天。
欸乃音添桥影外,低垂柳傍石塘前。
米糕糖藕庭中品,寺庙钟声耳际传。
难得郊西存古镇,碧苔青瓦忆童年。

——作于上海 2018 年 9 月 12 日

丰收情怀
——写在崇明岛

鸥鹭齐飞岛上投,江潮沃土共绸缪。
稻花迎日秀珠嫩,凉雾笼烟金穗柔。
鱼蟹几曾禾下戏,蟾蛙刚入洞中休。
清秋酿露丰年饮,醉望瀛洲紫气浮!

己亥赴会

一

金猪送犬话乡愁,一捧诗情欢语柔。
论稿辛勤舒快意,填词逸乐品回头。
墨香未尽心中事,书味犹赊物外求。
缺席高朋莫遗憾,期刊微信见风流!

二

雨霁风轻草木新,瀛洲廊苑聚佳宾。
落梅沾袖添佳句,便宴吟词知雅人。
乘兴开怀歌友谊,感时应景逸和春。
村醅淡饭融滋味,细品方家出语真!

观马撒尿瀑布
——广西十万大山赏景

敢把青山洗折腰,白波十丈挟云飘。
人沿石壁观飞瀑,壑引天禽搭羽桥。
激水流光非马溅,移星溢彩是风摇。
世间污浊除难尽,如得此泉方可消!

——作于广西防城

董逢武

湖北省洪湖市人。曾任仙桃市人大办公室主任,现为中华诗人联谊会会员、湖北省诗词学会会员、散曲分会会员,仙桃市诗词学会会员,在全国、省、市(县)有关刊物上发表诗作。著有《陋室诗稿》《江汉吟草》诗集。

七律·百年两梦圆(新声韵)

风风雨雨斗百年,且喜而今两梦圆。
奥运北京燃圣火,世博上海建奇园。
昔时狮吼黄河岸,今日龙腾赤县天。
新纪中华开盛世,举杯酹酒荐轩辕。

满江红·南湖船颂歌

船启南湖,迎风浪、逆流奋楫。倾左

右,正航行道,舵艄犁雪。寒夜举灯光觉暖,红船劈浪声尤烈。历艰险,万里赴征程,江河越。

怀初心,何忘却。担使命,仍坚决。展锤镰旗帜,九州飞跃。华夏复兴同筑梦,而今开创辉煌业。新时代,又续挂云帆,追星月。

【正宫】叨叨令·一群俏老太

发丝曲卷波光皓,双唇点绛如年少。衣宽裤紧皮靴套,一同歌舞眉腮笑。莫要议也幺哥,莫要论也幺哥,老逢盛世人该俏。

董惠龙

菜市一景(新韵)

早市初开客未多,阿叔含笑妹轻歌。
小民也有千千梦,五彩缤纷装满箩。

童年撞"鬼"(新韵)

夜钓江边闻鬼声,竹林飞影瞬无形。
心虚遥举电烛照,一鹭枝头犹更惊。

夏日拌浆工(新韵)

一身肤色赤如铜,汗透单衣碱几重。
力尽不知炎日热,埋头犹恐误急工。

咏雪花(新韵)

不羡春风与夏阳,情倾冬麦裹银妆。
素颜未入群芳谱,却是人间第一香。

生态新农村(新韵)

绿绕村街几画廊,金乌巧变路灯光。
稻田蛙鼓荷池月,还似儿时那样香。

清明祭母(新韵)

培土手轻轻,坟前侧耳听。
林中啼杜宇,疑是唤儿声。

董建兵

茂名南天诗社会员。笔名山坡羊,男,出生于1970年,山西省长治市人,喜欢文学,尤其是诗词。诗观:勤于耕耘,诚于抒怀。

七绝·人在旅途

夜幕窗外多少重,星光点点月无踪。
偏偏相思遮不住,心上谁添一盏灯。

七绝·异乡

孑然异地望星河,明月无踪放楚歌。
今夜相思无处寄,梦中再把雁儿托。

五律·荷之韵

楚楚池中立,悠悠薄雾迷。
罗裙同水色,晨露艳颜凄。
细雨柔如柳,和风响似笛。
疑为天上客,醉里世间移。

五律·五月抒怀

晨兴锄草地,日烈烤筋皮。
稚子田头坐,新人换嫁衣。
犁翻八字阵,水引长蛇堤。
五月多辛苦,年年庆有余。

忆王孙·一张旧照

一张旧照眼前呈,方晓光阴脚步匆。鬓角何时雪染成。恨几重,一世前程袖里风。

醉花阴·暴雨

霹雳一声风来骤,雨横纱深透。屋外地天昏,屋内融融,棋上逢敌手。

落红满地枝空瘦,有怨无逾昼。试看路边流,油纸折船,几个孩儿斗。

烛影摇红·骑行老顶山

一路蜿蜒,且凭薄雾揩新汗。青春在脸意冲天,坡后坡重现。

草舞蝶翩花灿,少人赏,唯思取冠。轮飞如电,勇往直前,何辞漫漫。

董九林

笔名董九,北京市人,男,公务员。中华诗词学会会员,大中华诗词协会会员,大中华诗词论坛版主。发表作品近千篇。

南乡子·无题(词林正韵十二部)

雪后伫江楼,萧瑟西风万里游。前定日期皆放弃,低头,门外长江滚滚流。

回首那年秋,万顷波涛一叶舟。有负绿窗无限意,凝眸,燕子归来总是愁。

南歌子·无题(词林正韵三部)

夜里蛙声远,林中明月低。鸳鸯飞入画桥西。醉卧篱边,且看鸟来依。

柳岸生情意,兰舟落叶追。水天凝望晚风推。一曲南歌,唱罢万千悲。

风入松·无题(词林正韵二部)

春风又绿北山墙,依旧疏狂。桃花杏雨斜阳里,共残红、飞入长廊。窗外一帘幽梦,阶前全是清香。小河无水自凄凉,百转回肠。

淡云听取当年事,到如今、几处珍藏。半曲陈词闲唱,月光洒满兰堂。

浪淘沙·湖畔(词林正韵一部)

湖畔雾蒙蒙,春也浓浓。墙头红杏笑衰翁,行色匆匆桥两岸,赏遍花丛。

山上过飞鸿,无影无踪。一江春水又流东,往日风流依旧在,少了从容。

临江仙·苏州(词林正韵十一部)

烟花三月苏州梦,闲听吴语涛声。枫桥雨夜远帆行,水波离别意,久坐月华升。

七里山塘人济济,画楼垂下帘旌。兰舟轻踏縠纹平,醉乡吟古调,芳草满庭生。

汉宫春(词林正韵二部)

潇洒樱花,渐天香国色,一笑先芳。红云万千院落,相与霓裳。披衣伫足,是轻寒,无碍彷徉。凝视处,柳烟对耸,兰舟总入衷肠。

小径廊桥南岸,正横斜疏影,点点忧伤。风来脉脉无语,独自翱翔。危楼临水,波涛涌,一望无疆。身已老,风流纵在,亭台占尽春光。

一剪梅(词林正韵二部)

一夜西风入梦凉,花落门旁,花落池塘。缘来缘去为谁伤,行也思量,坐也思量。

白发垂肩雨雪狂,千断柔肠,万断柔肠。枯枝衰草夜中央,风过房梁,风过西窗。

画堂春·守岁感怀

抬头无语又年终,追怀往事如风。小园憔悴伫楼东,树影稀松。墙角梅花尚小,梦魂缠绕心胸。登高望远对苍穹,有愧春容。

董文学

网名碧落一痕。男,汉族。1971年10月生,自由撰稿人,喜爱诗词创作,爱好传统文化。现为朝阳市和喀左县诗词家协会会员。作品散见于《朝阳诗话》《成安诗联》《诗潮》等报刊。作品偶有获奖。

咏冬柳
憔悴冬风鬟解愁，细腰何处舞晴柔。
莺梭燕翦春无觅，寒水萦诗枕梦流。
2018年11月6日作于河南三门峡

纪念毛泽东诞辰125周年
一座丰碑心际矗，河清海晏忆毛公。
风云感慨擎天手，日月昭明济世雄。
武略文韬承马列，披荆斩棘举工农。
丰功伟绩千秋业，喜看中华跃巨龙。

贺沈阳市诗词楹联协会成立
金风送爽桂飘香，俊彦挥毫贺锦章。
大纛诗联雄塞北，梦圆国粹铸辉煌。

咏竹
天籁有声盈浩气，清风朗月影萧萧。
松梅笔底长相问，劲节虚怀忆板桥。

立夏即事
柳荫织梦醉情长，淡看烟云动客乡。
无尽清风诗笔瘦，微波翠韵接晴光。

寄赠山东临清周鸿舜先生
湖山得趣且高吟，香醪倾杯一壑云。
块垒忘年风缱绻，情肠涤俗水氤氲。
不羁浊世能狂笔，犹抱素怀未老身。
望尽天涯归棹远，春痕诗屑慰知音。

题山东临清金庆友兄《夏日探幽》山水（新韵）
松径岩扉长寂寂，仙源何处绿萝闲。
屡迷青嶂听风语，时爱白云逐鹤还。
最喜烟容开远树，莫辜夏荫满幽山。
多情筇杖扶吾老，倚醉独吟不问年。

走笔寄河南孟州杨正温老师
文云斋主淡浮名，岁月正温俊骨清。
翰逸神飞烟壑远，画魂素抱水云平。
君情如酒添豪气，诗趣犹酣祝锦程。
堪笑人间今古事，但酬肝胆作潮声。
注：杨老师号文云斋主，今已逾古稀。

董献国
  出生于1964年10月10日，字奉之，笔名安岭客，河北省隆尧县人，现居住于石家庄市，工学硕士、高级工程师。曾从事工业自动化控制工程的设计、系统集成软件的开发工作，今从事石化行业电气自动化工程设计。工作期间曾两次获部级科技进步二等奖，并于2000年获第五届河北省青年科技创新奖。
  平时勤于阅读，喜爱文学诗词，作品以意境为先导，题材来自身边的人、事、物、景，从中华诗词长河中汲取营养，在继承中求发展，用朴实的语言讴歌新时代新风貌。

咏荷四首
一
冬有梅花夏有荷，一清一傲两相娥。
清流圣洁寻何处？俏雪碧波香漫酡。

二
上苑游芳尽目收，游凌波仙子下凡。
淤污发处尘不染，清雅高洁第一流。

三
一山俊秀绿萦波，两处荷塘泡漫酡。
曲径回廊呈丽景，芙蓉婷婷向天歌。

四

七步生莲悟性通，高洁艳丽自容雍。
狂风骤雨然无恨，泪洗妆红带笑中。

宁波月湖吟

烟云雾天阁，碧水绕芳园。
古树参天外，小桥珠玉连。
通幽曲径处，画栋苑中看。
潋滟波光水，葱郁耸云杉。
天生文富地，地属贾商田。
甬地多佳丽，浙商信比山。
书局藏万卷，香漫溢千年。
文化承一脉，精神代代传。

美丽朱家尖

东海碧沙滩，美丽朱家尖。
浪卷沙沫细，海鸟戏云翻。
千军一线涌，万马跃海滩。
青山翠如海，半岛蓬莱仙。
冲舟学海燕，劈波探洋宽。
浪里博击水，豪气冲云天。
座下杨梅酒，主人邀友酣。
有朋远方客，海鲜尽余欢。

注：大青山风景区座落在东海舟山群岛的朱家尖岛。

董新民

山东省临沂市人，喜传统诗词，系中国毛泽东诗词研究会会员，中国文学艺术家协会会员。诗词入选国家级辞书典籍。在全国历次诗文比赛中多次获奖。

七律·湖北旅游诗草五首
大地山川（新声韵）

大地山川豪气生，日照乾坤万象荣。
百峰争秀光天地，秀水千寻大海情。
光怪陆离江山美，林茂花艳沃野丰。
新诗一首歌恩施，情系山河寄平生。

天际岭

日月同辉艳阳天，气暖风轻未觉寒。
云海升腾开新宇，鹰旋鸟鸣自悠然。
松展翠枝舒傲骨，花开崖头显丽艳。
万物和谐献大美，诗咏天际寄情感。

神农谷

峭岩叠加耸霄云，冷杉翠柏满乾坤。
风云际会神农谷，地造天设壮景威。
此情此景心摇曳，诗思韵目律相随。
江山多娇令我爱，佳景助我诗思飞。

武当山

云中寺庙皇家功，神山武当留美名。
十年续建成广宇，卅万民工血泪凝。
遗产煌煌天可鉴，道家精神持永恒。
得天独厚福寿地，瞻客思古顺天应。

大九湖

四南环山九湖连，绿汀长提诗意添。
菖蒲浮萍花开处，鱼泳虾跳浪花翻。
观鸟台上赏飞枝，鹿苑看畜动悯怜。
火车载客情惬意，画意诗情水上苑。

七绝·天生桥

何处传来轰鸣声，天河倒悬起雷霆。
雾浪飞波寒气逼，奇观催我动诗情。

七绝·虎潭

风冷水凉荫影浓，花繁藤高树遮空。
虎潭静榿人惧怕，严严虎威逼性命。

七绝·羊潭

水气氤氲翠叶生，花飘叶落苔成绒。
羊儿惧怕老虎威，下游饮水也心惊。

董志成

1965年生,黑龙江省人。本人酷爱文学,作品散见于各大微刊。

七绝·春山
涧水浮烟揽玉桥,林深影绰石峰腰。
樵夫早唱幽山醒,欲把春光一担挑。

七绝·故乡抒怀
一条溪水绕烟村,一口龙泉育祖孙。
一道山梁存故事,一盘石磨碾乾坤。

七绝·咏柳
一夜东风柳探春,洒飘披帛露精神。
恰如菩萨长舒袖,万里云天抖拂尘。

七绝·秋月
谁惹秋风弄月凉,清晖敷面显凄沧。
嫦娥不懂人间意,漫洒珠晶作露霜。

七绝·情恨
别梦依依退舍家,小窗孤寂暗嗟呀。
薄情犹恨霜来早,不忍园中散落花。

七律·四季歌
燕剪云泥杨柳飘,鲜花嫩草写春娇。
蝉鸣烈日浮生急,月映荷塘浅色妖。
遍野枫林涂彩画,满田稼穑抢秋膘。
寒风卷雪银绸舞,枝傲冬梅松奏箫。

七律·红楼赋
遗梦红楼千载睡,谁知真谛唤君醒。
从来窘迫悲前路,未见荣华喜后形。
花落休哀风摆树,云重莫怨雨摇亭。
曹公巨作成天曲,癫丐狂歌草石听。

七律·邻家小女(仄韵)
邻家小女名阿秀,粉面朱唇年豆蔻。

啼啭流莺天籁音,轻盈舞蝶仙宫胄。
抚琴能把海山吞,纳锦敢将星月绣。
一手好词惊世才,花柔玉软出青釉。

西江月·樱花树
昨夜初苞待放,今晨乍蕾含羞。珠鬓叠玉笑明眸,疑似邻家闺秀。入目三分淡雅,凝喉七缕清柔。生来本是作风流,常与知音邂逅。

雨霖铃·紫藤赋
情浓于烈。紫藤围蔓,炫彩清洁。丛中蜂蝶寻嗅,篱树架,风来香切。正是千花百艳,尽芳菲时节。绕葛茎,初蕴新薇,不识人间乱尘冽。

古来诸事凭谁说。一回眸、已到花堪折。哪知雨劲风疾,语断处、蕾悲枝噎。聚散由缘,何必忧伤怨恨离别。落叶岂贪树头温,奈我心如铁。

董志敬

茂名南天诗社会员。男,1974年生,本科文化,诗词吾爱网会员,现定居乌鲁木齐,为公立医院内科副主任医师。

五绝·秋渔
涧近山花落,云高倦鸟还。
秋凉渔棹晚,满月照天山。

五绝·秋雁
枫红雪雁来,叶紫万山裁。
霜草犹怀梦,江花兀自开。

五绝·梦回故乡
万里轻舟过,临乡问姓名。
青山知离苦,已到柳前迎。

五律·贺设中国医师节
天地仁心在，岐黄圣手多。
甘尝千草味，喜秉百医钵。
戴月雄鸡唱，持灯曲路波。
荣华如履袂，德艺永传说。

五律·元旦
肇元一旦临，新岁万华分。
雪岭掬红日，冰河照紫云。
抚琴逢盛世，揽月访仙君。
草木知春早，争身待蔚氲。

七律·立冬
朔风四起秋光尽，寒意欲来潜行藏。
昨夜犹闻残叶落，今朝已见院花霜。
兰室煮酒论英雄，朱榻赋诗话墨香。
一岁繁华看又过，几何稻黍慰婆娘。

青玉案·山乡春早
一川烟雨春山瘦。火炉暖，呷新酒。梅影疏斜江碧透。冰凌初消，岸薇凝露，泗水濯衫袖。

池鱼林鸟共云岫。乱掷清愁数更漏。待到明朝花似昼。兰舟一叶，香茗陈酎，对弈无时候。

蝶恋花
云断山村千里雪。三五孩童，堆塑捉云雀。帘桄庐檐啼喜鹊。梅花弄影沾衣袭。

闲看春霭舒剑成钺。天地苍茫，一骑红尘猎。犬吠鹰旋淞雾冽。空山回望一轮月。

杜昌海
安徽小霍山县人，中华诗词学会、中国诗词协会、北京西山诗社会员、安徽诗词学会理事，安徽散曲学会常务理事，大中华诗词协会、香港诗词学会理事，香江诗潮编委、西山诗词楹联研究院指导老师，作品发表在各大诗刊和诗集近500首，在诗词比赛中多次获奖。

端午节
春秋汨水明，呐喊屈原声。
欲见龙舟舞，诗书又一程。

咏荷
十里荷塘绿满池，其间菡萏点燃时。
微风荡漾清波去，浅梦廊桥六月诗。

六一感怀
三杯酣饮童心在，看似天真忘自身。
笑语悠然传达去，谁还放下一壶春。

散步得句
石上溪流不见枯，曾经记得这儿无。
枝头缝隙嫦娥现，窥看多情大丈夫。

纪念改革开放40周年有感
号角东风起，乾坤大地春。
蛟龙深海去，玉兔探天巡。
故事春秋兴，康庄岁月真。
扶摇今昔梦，华夏铸精神。

思
雨过千山翠，花无百日红。
至今庄梦在，往事圣贤中。
岁月烟云去，心胸分秒融。
朝朝悠远悟，雅韵小桥东。

千秋岁·写在母亲祭日
那年你去，驾鹤青山旅。不见影，因何故。至今多少日，无奈时时数。知儿泪,碑前注目阴阳诉。

栽下苗成树,仍感温情母。影像在,人何处。问天言未卜,叫地听无语。今只好,梦逢一曲倾心赋。

鹧鸪天·咏茶

玉露精华法则神,品之吟咏一壶春。烟霞凝聚无穷梦,沸水融和有益身。

掀起雾,赶流云,气香飘逸满天存。禅音志趣凡尘煮,味伴逍遥宇内君。

杜鸿志

网名笠翁,茂名南天诗社会员。退休干部、诗词爱好者。

七律·红蓝月亮

百年奇境有缘逢,宇宙三球一线通。
酉末太清凝桂阙,腊冬血月透寒宫。
嫦娥秉烛愁眉黛,玉兔拈香急眼红。
得见吉祥天像演,共祈世界热凉同。

七律·登长城有感

天高云淡大鹏来,梦里燕京几次回。
关险居庸峦叠翠,城长迤逦秀丽裁。
江山万代斯人苦,帝域千年好汉哀。
为国戍疆戈枕旦,不教姜女泪流腮。

七律·古稀闲吟

岁在稀年散酒醒,虚名幻影枉经营。
历磨苍海多堪事,见证兴衰几许情。
只赏夕阳无限好,莫为黄暮怅然盈。
粗茶淡饭平常度,净土仙音禅中行。

七律·夜雨敲窗

夜雨敲窗一梦休,乌云扫月入凉秋,
少年牵手红尘舞,致事舒眉绿蚁幽。
虽乐九州求解惑,然疲四海渡愁忧,

叶飘禅寺金铺地,魄隐山林有土丘?

七律·彩虹映雨荷

夏雨时开银线舞,黑烟密布水云澜。
乱风忽有吹条柳,跳玉多抛响翠盘。
痴立青蛙鱼醉伞,惊飞紫燕草收竿。
归牛夕暮长虹伴,亮首渔歌棹橹欢。

菩萨蛮·手机控

原先抢票不停歇,如今刷脸乘车惬。网上可心花,宝宝送到家。

流霞无客顾,微信尽人处。口袋勿装银,出行有马云。

西江月·重阳登滕王阁闲吟

云澹阁高檐重,倚阑眉展眸张。西山梵诵伴龙光。鹤舞帆移银漾。

是夜繁星闪烁,彩霓泉乐风扬。沧桑看落几秋荒。舒袖嫦娥无恙。

少年游·同学缘50年

同窗四载秀青丝,桃李展纤姿。春来秋去,流光溢彩,唯恐夕阳迟。

繁花五秩南柯梦,瘦影悯空枝。景易阑珊,爱须缱绻,恬淡与侬知。

杜金保

笔名金言,男,汉,1949年2月生。中共党员,师专毕业,从教20年,在乡苏木工作10余年,农民出身。喜欢格律诗词,写诗词2000余首。

近年来,诗词作品曾多次获得全国各地诗词比赛奖。

乡村秋夜

粗茶淡饭梦纯真,绿色食材样样新。
老少一家灯下坐,谈天说地享天伦。

游九寨沟
景色怡人九寨沟，河川壮美放心游。
青山绿水风光美，气爽神清好自由。

农民
面朝黄土背朝天，烈日当头汗水涟。
祈盼年年收获好，养家湖口有余钱。

扶贫
精准扶贫播大爱，人民冷暖挂心怀。
因人施助谋发展，快马加鞭向未来。

塞北草原游
邀朋聚友草原游，无限风光一望收。
碧野蓝天牛马撒，青山绿水燕莺讴。
茵茵鲜草铺千里，淡淡清香醉九秋。
最是炊烟轻冉处，牧歌伴酒显风流。

五谷香
特色中秋五谷香，农家老幼倍加忙。
金黄玉米张开口，饱满葵盘嵌靓妆。
机器轰鸣忙日夜，汗滴挥洒喜心房。
惠民政策人心暖，快马加鞭奔小康。

赞环卫工人
环卫工人四季忙，不辞雨雪与风霜。
大街小巷真干净，辛苦换来花木香。

游颐和园
青山绿水荡龙舟，景色怡人万古留。
昔日帝王玩乐处，今朝百姓尽情游。

杜梅
网名山菊。河南省人。喜欢文学，爱好诗词。作品散见于网络平台。

秋宵吟·秋静禅心
海花深，岁月浅。落叶秋风轻辗。红尘路，总会有河流，绕山萦转。露蝉鸣，布谷唤。大地长天浪漫。莲心静，冷暖藕丝牵，淡茶粗饭。
过客匆匆，聚散别，真情相伴。怨忧悲苦，胜败亏盈，宠辱笑颜见。朝雨阴晴变。结佛求缘，诚意向善。叹炎凉，世欲无贪，晨起还把韵律恋。

秋宵吟秋雨
雁声悲，柳笛诉。静夜凄凄邮编秋雨。依窗眺，沥沥若游丝，散情无住。沐寒凉，察世路。梦绕忠贞缘故。风何恼，让雾气掀开，惹云呵护。
落叶枫红，共眷恋，恩深浅处。鬓添霜白，往事如烟，片断莫回顾。还待今宵悟。色欲飞流，分化浊污。学孤桐，寂寞昂天，音韵平仄自暗渡。

七律·大暑
高温酷暑燥阳天，腐草萤虫梦纠缠。
八月未央凉意晚，七情始运旱心田。
熏风沸岸莲花苦，流火燃池蕊叶绵。
人晕目昏无绝句，凝神静气得佳联。

眼儿媚·秋叹
银露金风弄情柔，滴滴泪珠流。一帘苦雨，千丝迷雾，柳颤蝉忧。几多梦断红枫落，雁去月含羞。鹂歌蝶舞，蛙声未尽，转眼清秋。

杜门弟子
本名杨裕华，江西九江人，现居深圳。年少时师从谢云飞教授学习古典文学，受益颇多。现担任中华诗词论坛律版首席版主。

七绝·无题
巴人息讼拜文翁，万古声名流水同。
歌乐山前闲趁日，何须更到禹王宫？

五律·无题
白水渺无边，青山虚倒影。
访贤高闭门，会饮无提领。
晨露下梧桐，夕蝉鸣巷井。
八月归散闲，发人深自省。

五律·拟归乡
人有飞腾意，名无假籍年。
山家迟暮雪，野水滞寒烟。
战胜心疏契，隐沦言莫传。
林耕犹历历，鸡犬到车前。

七律·读曾国藩诗有记
漆艺由来画不成，走刀歇处即峥嵘。
细磨螺钿馆梅曲，安顿锦屏云母生。
尺寸江山非蚀剔，寻常书吏枉纹枰。
湖湘流水真千古，岳麓高看身后名。

七律·西湖柳
肯未京华梦里人，商家计定散闲身。
断桥已试沾衣雨，浅草无妨浥客尘。
水涌金门烟缩带，风疏白雪日沉沦。
八方柳色得无有，不及西湖堤上春？

七律·夏至
街灯芒果倍黄埃，扫地凤花红上台。
连雨虽知春久去，初晴始计夏重开。
无为半岁添风火，有待中程聘弱才。
欲践心期说襟抱，城东海月漏更来。

七律·游泳
居城不易近池奢，风炙椰高细日华。
老至养怡三趟水，客边消夏半台茶。
仰看亦如天上坐，深潜何似镜中拿。
只无击水三千兴，箪食一瓢思晚加。

七律·无题
饮食人间说穴崖，何如抵死仆天街。
襄阳水落沙穿浅，江右花明露坐乖。
异代结庐皆命数，从今载酒莫襟怀。
春风白社时时有，看起青云竟上佳。

七律·无题
二月坐空三月来，穷年省识不登台。
恐将入眼十分色，都作贪闲一念材。
饮酒城中添蛤蜊，读书宵半剧烟灰。
雨虫交湿复交响，朦昧心迟生草莱。

七律·无题
髀肉虚增言体宽，宅家何事说无端。
春将尽处花犹好，鸥未盟时兴已阑。
绕郭空知天地大，解危如释水冰寒。
百年匹夫身过半，颇觉当时一死难。

杜明炼

江苏省徐州市铜山区人，1967年10月3日生，高中文化，平时酷爱诗词、散文，作品散见《徐州日报》和多种微刊。

五绝·雨夜
黄月挂南城，华霓翠柳横。
湖舟风水荡，夜雨似长晶。

五绝·暮春
絮飞春色晚，花落桂枝摇。
彩蝶无寻处，相逢顷刻消。

五绝·霭晨
远山形黛绿，近水如烟玉。
蔽日雾淹天，何方听鸟曲。

五绝·别君
飞雪逗华年，红尘路境迁。
时光留不住，转眼作离筵。

七绝·并蒂莲
蜂飞碧水戏青莲，不染污泥脆藕鲜。
亘古虚心生并蒂，恰如佛手向黄天。

七绝·云中鹰
莘莘学子夜寒灯，苍海能溶百丈冰。
翰墨浮香千万里，一生独爱九霄鹰。

七绝·桃花泪
香漫曦窗惊梦客，晨游野岸觅桃春。
忽闻墓后声声泪，花醉人间悲喜尘。

七律·忆亲人
岁月无痕痴梦醉，红尘缱绻锁银晖。
千呼逝事何时现，万唤离人几日归。
野鸟叽叽声唉泣，青松默默影孤威。
光阴荏苒峥嵘度，痛失妹亲刻志扉。

五排律·端午节
端阳节至天，仲夏烈日连。
粽米粘可口，苍龙跃宿烟。
恩施飞宇宙，德泽布桑田。
吉象呈民哲，佳时伴俗年。
舟图腾万里，祭祀拜千仙。
竞渡声宏震，怀思故世贤。
屈原江投去，子胥谏言卷。
介子寒清主，曹娥孝女先。
中华悠久远，世界忌日传。
庆祝浴兰令，风调雨顺宣。

五排律·母爱无垠（仄韵）
高堂走动跟，体魄微康朗。
近日猛旋昏，常常颓惚恍。
皱纹驼背身，踟躇程扶杖。
脑梗滞言呆，肢行迫乱向。
发青变白丝，声悦成低嗓。
老母病休忙，妯兄围伺养。
冷羹昔曰餐，暮首何时享。
夜制敝衣衫，针穿红血掌。
田耕十亩余，汗洒诸多广。
上老奉迎间，孩童求学榜。
饮风茹苦迁，乏力思甘爽。
舍己博慈心，为人标志向。
娘亲深海恩，黑土无边壤。
万语道浮尘，千年恒爱荡。

杜天云

女，安徽省诗词协会、芜湖市诗词学会会员，无为县诗词学会常务理事。从事教育工作多年，爱好古体诗词。

七律·春归山坳
天除凛冽隆冬尽，冻解轻寒乍冷消。
软暖怡人风骀荡，连绵润物雨晞调。
坡头侧柏青枝密，路畔修篁绿杆高。
韵致联翩随景秀，青山碧水万般娇。

七绝·游巢湖
碧水清波映晚曦，随风作巧弄涟漪。
远山早透春归绿，岸畔芦花自有期。

如梦令·怀念教学生涯
坚守讲台时候,常是粉尘盈袖。执教砺人生,连届少儿优秀。知否？知否？烛泪化情深厚！

千秋岁·暮春山坳
暮春山坳,风景依然好。轻雾散,炊烟袅,梨花堆冻雪,杨柳垂丝佼。雄鸡叫,一声唤起声声效。

竹覆荫深道,清淡香泽绕。松柏碧,蔷薇老。蜂蝶忙起落,山雀追虫跳。斜阳里,春风挠逗山花笑。

菩萨蛮·夏夜

铁纱窗透溶溶月,月溶溶透窗纱铁。明月一怀情,情怀一月明。

等闲僖远梦,梦远僖闲等。炎夏当心安,安心当夏炎。

杜铁胜

男,中华诗词学会会员,河北省诗词学会理事,诗词作品散见于各种报刊。

七律·珠江怀古

追寻万里到江边,榕树老樟皆岸然。
清冽鲜花妆故国,悠然佳丽竞新妍。
图强变法康南海,民主驱皇孙逸仙。
不尽风雷龙虎事,匆匆来去记流年。

七律·到广州寻木棉不遇

四处张眸找木棉,英雄花在此时鲜。
长街陋巷全无影,静夜黎明空有怜。
几度梦魂追玉立,何时雨露洒金荃?
情有不甘心有恨,可能三亚报前缘。

七绝·从广州到海南

不用跋山临险水,琼州飞跃真莞尔。
静听空气妙歌传,复睹海云青浪起。
想象蕉林老戆生,待尝椰果新滋味。
一千年后有谁知,蹑步大苏到儋耳。

七绝·海南正月初三

家乡应是裹棉装,河水不流朝有霜。
三亚当春阳气盛,奇花异卉正芬芳。

七律·三亚遇木棉

各种奇花开似仙,伤心不在此城边。
广州市树高雄并,三亚浮云海口连。
远目溟濛归大海,漫思潋滟绕河船。
忽然桥下摩天立,引逗行人围半圈。

七绝·凤凰城过春节

白云无际异京东,朝日灯笼各逞红。
春意淙淙泉水出,满街棕榈尽摇风。

七绝·夜话

饭后悠悠爱夕阳,露台相对喜乘凉。
家常语罢人声悄,一枕清风送夜香。

七绝·欲访儋州东坡足迹未果,口占一绝

儋州三亚不相连,祭拜无由达九泉。
泪欲潸然偏不肯,可怜背字老坡仙。

杜伟明

字无休,广东省广州市人。中华诗词学会会员,广东岭南诗社《岭南诗歌》报编辑,花城诗社理事,广州黄埔诗社学术官,四会市诗词学会顾问。诗词爱好者,作品散见于各报刊杂志。

五律·游湖寄慨

飞燕撩风柳,携诗饮谢亭。
闲乎曾了了,乐也尚醒醒。
晴色因谁放,潺云为我停。
名来应有道,不可作花瓶。

鹧鸪天·三月三澳口村庆荔苑诗社欢饮借酒寄慨

畅饮微醺人倚栏,吟哦正是最翛然。
系将诗影酬今夜,更放琼浆入此篇。

紫雪月,赋江天,樽前得意笑风烟。

遣怀休说公卿事,攒得疏狂醉眼看。

五绝·船过浈阳峡寄慨
峭壁连江锁,鸿濛挂峡长。
逆流舟一叶,拨浪出浈阳。

七绝·路灯
晓昏独吊未寒吟,听尽红尘蹑足音。
瘦骨一杆风雨里,沿街静照夜归深。

五律·午后游海珠湖
珠湖骋目处,乘兴寄长吟。
寥阔云千里,翩绵雁一音。
泠波浮落照,檐石尽镕金。
未觉西风乱,依然草碧深。

五律·赏竹
临风闲自啸,从未委枯枝。
格局遥天外,乾坤落照知。
溯流修劲节,倚石见清奇。
不过名和利,原来酒一卮。

七律·菊
——忙里偷闲,有感菊之气节,故占之
从来喜倚东篱放,不恋华堂不恋霾。
任纵寒风吹瘦骨,好陪残月向天街。
依然宁作分枝老,未肯甘为引火柴。
只恁平生肝胆气,何需人懂我情怀。

南歌子·重建"南园"寄慨
欲赋千诗叶,原来一酒星,黯然窗月独澄明。不过樽前耽醉,笑浮生。
未了松风气,还存玉骨清,吟哦非为薄虚名。待得重头计较,与同行!

杜祥
曾用名杜元祥,笔(微)名祥和。男,1952年生于广东省肇庆市高要区。

酷爱诗、书、画印。出版有《中华科学巨匠》诗集;著有以荷花为题材的系列诗《荷之吟》百首、《三十平韵咏荷花》,唱和梅花、桃花百首及杂咏诗作无数。

现为广东省肇庆市诗词楹联学会会员、城区诗词组组长、理事,广东省肇庆市老年诗词组会员,肇庆市高要区老年诗书画摄影研究会会员、理事、副秘书长、诗词组组长。

五绝·自嘲
天生一草民,处事却求真。
虽是无风骨,仍然笑拜尘。

七律·登北岭山
迢迴拾步上穷巅,足蹈浮云望大千。
极目平畴烟缥缈,回眸崒崖岫缠绵。
山腰淅沥风摇树,壑底叮咚石拨弦。
驾驭朝霞听雁叫,漂然雾海作神仙。
注:北岭山:肇庆市北面山脉,方圆数百公里,最高峰1100多米,山势连绵起伏,是肇庆北面一度天然屏障。
南面西江两岸百里平川。

七律·自强不息
幼失家严训缺人,少年辍学误青春。
峥嵘岁月千磨志,跌宕江湖百炼身。
邂逅鸿儒修骨格,追寻巨匠效精神。
诗心不弃忘年恋,总把黄昏作早晨。

七律·乐趣金秋
老迈仍需把电充,且将翰墨韵来攻。
学诗欲效三曹骨,放浪尝临七子风。
秃笔挥书书有趣,钝刀治印印无穷。
金秋蔑视寒冬至,盗抢时光胆气雄。

浪淘沙·重阳舒怀
岁月逝如烟,皱上眉边,镜中努力觅

从前,焕发英姿何不见?无力违天!
秉笔发毫端,废纸三千,舞文弄墨学诗篇,壮志尤存看老叟。不减当年。

西江月·阅江楼

魏阙遥瞻水月,崧台近阅江楼。西江两岸眼前收。浩气长存不朽。

北伐戈挥楚戟,东征剑亮吴钩。沧桑往事应沉浮。百载军魂铸就。

注:广东省肇庆市《阅江楼》是叶挺将军北伐独立团遗址。
水月:位于肇庆七星岩景区水月宫。崧台:肇庆市古崧台书院,紧靠阅江楼。

杜兴华

男,笔名大漠雄鹰。新疆乌鲁木齐市人,籍贯陕西省旬邑县,企业管理专家。星河文学社社长,曾任中国作家协会等诸多网易博客群管理员。擅长诗词歌赋,先后有上千篇作品在文学网站发表,2008年被《中华诗词报》评为"诗词十杰"称号、俊杰文学社"十佳诗人"称号。知名网络写手、诗人,网易名博。

山乡春事

春晖三水杏红陂,渭北争开万朵颐,
太峪鸡鸣十里翠,清云袅袅醉湖眉。

拂晓过天山随占

梦曦过雪山,晓幕揭天帘。
星眨千胧眼,霞拂一赤丹。
峰峦逐日曙,机翼向东偏。
人寄浮槎去,腾云觅玉仙。

扶贫路上

过峪盘山托克逊,冬阳迥冷几驼峰。
旧朋不遇沉乡下,雁鹜难寻避草蓬。
精准扶犁除疾苦,疏香忘己浴寒风。
焕颜共进新时代,一派红梅比雪松。

七律·杜甫颂

笔翰唐朝美梦求,天涯荡尽一沙鸥。
致君尧舜哀天下,播爱黎民泪九州。
广厦难收夫子骨,草堂永仰圣人愁。
文章光焰传千代,诗史遗风万里流。

怀念领袖毛泽东

橘子洲头临楚风,南征北战斗敌雄。
开国启典中华立,沥血呕心百姓拥。
炽爱为民情比海,旧衫不舍夜多缝。
功高五岳德昭后,万古云霄仰泽东。

五指山

五峰指引握南瀛,九脉青涛如伞擎。
蝴蝶翩翩飞雪去,菠萝磊磊挂枝迎。
曾经革命琼崖战,过往云烟五指萦。
此地无冬春亘古,神灵偏爱举天觥。

念奴娇·建党96周年颂

那年夏日,黑云压、万马齐喑哀寤。嘉兴红船,光射处、镰斧锤头惊鹜。筚路旗昭,英雄同忾,唤起工农赴。峥嵘红党,刨丰功诵华赋。

千万先烈成城,鲜血凝国脉,擎天一柱。火箭冲天,舟跃宇、下五洋捉鳖去。不忘初心,廉明担道义,政和春煦。群仙凌渡,争看奇迹罗布。

楼春·吊凉山30位扑火烈士

凉山深林苍,火燎烟雾涨,兵警魁罡。一度狂风残卷,同战灾场。谁舍我,骁飞冈。勇士冲,磨难顽强。但火势凌天,灰尘盖地,三十士牺亡。

山悲泪,花噙霜。怎哀声不醒,诗雨难觞。可叹韶华覆水,好生无常。身去矣,魂还乡。烈士忠,英雄儿郎。望川上丛林,红霞碧血碑璀光。

蝶恋花·海棠花开

瀍上海棠春带雪。翩绽云桥,望关山开绝。吹起江波风色悦,逸容比下扬州月。

天降恩来心素洁。普渡人间,执着情千结。燃尽江山凭爱说,西花亭上空悲偈。

儿子完婚赋

己亥仲春,二月初十,春揭边城,逢九进十。春光明媚,莺鸣燕翔,红梅破萼,桃李绽景。喜良辰吉日犬子完婚,盔合缘成。

兹晨卯时,星月值班未落,逾日晖冒花之时,余爱子杜乐,领学友伴郎,更冠沐露,骨肉欢宜聚于轩庭;西装带绾,扬眉喜气溢出天峰。潇洒俊逸,儿虔诚然而鞠躬。屡屡礼行兮跪拜父母,言辞恳切焉而感恩谢情。九时,闻鞭炮震空响彻,娶亲人欢呼兮击掌,九辆卧车骏马跃尔出雪丛,楼院热闹兮笑语盈盈。送亲人皆生龙活虎,迎亲人更燕舞麒腾。炫然欢呼兮出发,彩绸飘飘兮趋向东城,车队隆重兮去娶新娘。亲戚们举酒相庆,宾客们兴高矣鸾凤和鸣。

桂馥兰香,鸾绮叶羡桃之幸;珠联璧合,莺鸿订山海之盟。时至正午,锦江国际,嘉宾娴丽,小姐楚楚小伙伺,只为一睹新娘芳容;筵席间美味佳肴备齐,新婚典礼未开而玉宴酒兴。

正堂上座,翁家好酒。紫宫璀璨,洞房烛明。司仪系红,典礼乐声,琅苑劲府,夹道歌笙。新娘如仙子下凡,新郎似朗月临空。掷果盈车兮美若潘安,西施浣纱兮观者相争。佳人低首含羞,才子涵桂生风。儿捧玉笋上舞台,女拖婚纱似开屏。

桥头喜鹊接丽娟,亲家将女交新郎。仪式三拜,谢天谢地拜高堂,情谊绵绵拜亲朋。新茶捧手兮孝娘父,红包送新兮爱在衷,跪乳羊羔酬母恩,感恩莫抔松柏塚。云开丹砂花吐秀,得意燕尔醉春风。

余执鉴以致词,缘夫妻恩配爱植相知,厚德以载物,自强以不息。莲荷并蒂今盟誓,同心同德比翼飞。情到深处有泪滴,父亲珠词玉句赋和诗。"修身齐家兼济天下",践行"知行合一",追求真善美,谆谆期望动客心,感染殿堂。诗曰:

景淑三阳气焕光,凤鸾贺喜拜华堂。
玉麒献瑞仙媛舞,俊子扬眉豆蔻香。
花绽池头合卺日,爱交玉液醉新疆。
鹏程万里追蓝梦,花月同圆福运长。

赋短情长,鞠躬举觥。可叹父母,期子滋荣。祝福诺诺,心昭河澄。百年好合,万里鲲鹏!

杜钺

笔名星湖客,男,退休技师,广东省肇庆市人。肇庆市诗词楹联学会会员。

瞻卧佛含丹随笔

卧佛仙湖仰,含丹景出奇。
自然禅意蕴,觉悟醒心迟。
无碍灵精聚,有为玄蒂驰。
光明天永在,智者见慈悲。

庐山岚

总说晴方好,山岚景更恢。
有林皆霭绕,无壑不烟徊。
峰自半空立,人穿重雾来。
飞流惟彻响,面目任君猜。

天台种菜

年近古稀难读书，不安龟静不蜗居。
天台隅角偷农事，想见儿时小菜蔬。

梅庵赏梅

梅庵虽小玉千枝，君却姗姗何故迟？
为备碳炉耽搁久，好陪骚客煮新诗。

兰开即事

友赠山兰好一株，久无花信少窥觑。
家雏此日声声急，为有奇香漫舍庐。

端州披云楼

岭表南来第一楼，披云载雾宋城头。
朝天门共西江月，雉堞砖同北岭秋。
岁月峥嵘随鹤唳，神州鼎盛伴歌讴。
横空见证文明史，千古庆成千古留。

江城子·海乐

"老夫聊发少年狂"，纵风樯、向朝阳，
吹号螺声，飞棹劈沧浪。欲拾青春圆梦想，呼海燕，比高翔。

敢捞龙蟹网鳊鲂，乐昭彰、渔歌扬，赤裸腰身，随意会汪洋。怎怨须毛斑变白，心不老，自非常。

忆秦娥·清明雨

清明雨，笼山水墨氤氲雾。氤氲雾，
溪声远近，柳色藏露。

朦胧亦美兴思绪，人生安得糊涂悟。
糊涂悟，繁花已谢，童心难暮。

杜跃生

男，汉族，署名翱鸹，曾用名西哲、二郎、杜老二、行香子、采桑子、书房特立：慕唐兴玄斋、九如轩、金石居、天人堂。英文名：SEIZURE

高级摄影师；通俗文艺研究会会员；厦门市企业家摄影协会会员。建有凌波馆微信诗词群，自封凌波馆主。常参与玲珑寨练笔，昵称：玲珑渡。布衣诗词练笔者，古典文化边缘人。1958年生，勘过探，下过乡，扛过枪，经过商。业余拾贝古典文学，原创颇丰，偶有付梓，余多闲置。诗词每率性为之。偶获佳句，畅饮鲸吞，暂凭杯酒长精神。浮生缱绻于悠茶袭香处。闲来偶玩茶壶、篆刻、vi设计、文案企划、小品摄影。2008年渝茗至今。

七夕引（已亥七巧节前撰）

牵牛婺女鹊桥逢，广袤星辰列宿中。
已亥深闺观斗北，乾坤冷月照箕东。
银河璀璨分区渺，汉宇逍遥对野隆。
碧海凌波吴越鼓，青州汗漫晋秦钟。
三生缱绻初秋慕，七姐婀娜健履恭。
暮暮思儿愁枕寂，朝朝忆女念紫空。
云麾似绣昆仑竹，雪氅如缝岳麓松。
求缘彼井神灵穆，乞巧斯年佛祖雍。
储水浮针察日影，描金走线媲花容。
村姑汇贯心机妙，社女交流手艺穷。
赤县传承遗产表，桃乡衍派兆基公。
浴仙汤里千丝素，参道鼎边万缕红。
仪轨天行沛霡沛，怀春梦旅染霞彤。
融合历数开元吉，演绎重温旷古泓。
往复群科闱密会，轮回品类荷香盅。
巡觞醉咏飞花令，渝茗苏歌牧岭枫。
纺雨穿梭倾瀑布，编云过线绕苍穹。
双涵洞里清泉异，七孔针旁秀指同。
俭让长桥河洛语，温良老驿海滨榕。
捉蛛织网茜唇笑，对月组针墨眼衷。
输巧列名将礼馈，博灵罗典把经崇。
幽溪沐发难濯水，香榻绊结可角宫。
染甲方寻蓝色果，拜床还敞翠纱笼。
狂堆往事昏夕纵，默诵游仙子夜蒙。
九引台沿诗意淡，三更枕畔泪情浓。
敬魁星座招文曲，接露水甑显圣雄。

足涉蓬莱悲织女，肩挑龙凤惜牛郎。
天人一道嫦娥力，日月五星七曜功。
麒麟幻化敦煌韵，玳瑁虚镶甲骨踪。
蛱蝶临兰欣我汝，蟾蜍得桂苦伊侬。
尤闻乐谱弦弦律，且促琴鸣管管工。
若遣耆卿吟叠阕，　鹄仰止立峦嵩。

白鹭女神赋

传说女神听到万石，公子跌宕琴音，化木为舟，变为渔家姑娘，一路寻踪而来。途中七彩翎被蛇妖骗走，女神奋战妖魔，热血抛洒凤凰木，捐躯羽化成白鹭；万石公子搏击鲨妖，化作灵岩伟岸，传说如此……

引子

万石松涛白鹭痴，蛇鲨遁迹彩翎知。
英郎俊女天仙配，丹凤火凰不朽诗。

掌故

听涛自古浪琴开，七彩花翎此复来。
勇斗妖蛇惊寇胆，甘抛热血洒仙台。
曲歌凰凤弦音振，鏖战鲸鲨恶怪摧！
白鹭翩跹神女在，传奇万石海豚迴。

赋曰

夫惟比赋兮，
昔已三都纸贵况且兴吟兮
今方一影人闻青丝坠瀑兮
飞髻穿风摇钏乌黛斜簪兮
越云腾雾探春鼻何悬胆兮
中庸自信文尚齿怎罗贝兮
尔雅各崇武敦桃腮渐绯兮
羞赧玉笏英魄李儑初殷兮
爱缔霞溪帅魂赤痣凝额兮
略露蓼花印辙茜服敞襟兮
稍遮仙岳履痕霓裳舞袖兮

妙手宝珠映代碧漪拍礁兮
秋波古镜流芬化木为舟兮
渔家素女登岸抚琴操乐兮
万石奇男乐伦固化成石兮
血刃鲨精决斗幽思化雨兮
绒毫线绩经纶蜂腰裹束兮
宫帏皆生妙色莲步曼挪兮
罗袜仅染香尘鼓瑟齐鸣兮
银津此夜潮涌琴弦互答兮
翠渚彼宵汐存骨钗化堤兮
独羡洋荆落瓣鸾凤求凰兮
相思梨泪悬唇麓岭梅红兮
抖擞脂融樱启庭轩杏卫兮
参差粉进香分群飞蛱蝶兮
花房待隔屏嶂独占鳌魁兮
水练初交盏樽浮萍际遇兮
当知禁果惟守素葩交陪兮
且教苍枝共奔灿菊娇莲兮
王母瑶台赐命黄莺喜鹊兮
仙班奏乐酬恩鸡冠鹿耳兮
翁婿恭揖弥勒龙窟虎窠兮
姑嫂盼归海豚时空北溯兮
跌宕鸿山庄舍岁月中轮兮
游离柳岸桃地乐天心畅兮
港旅平湖过客居易韵留兮
湾博艺苑来君踩罅引泉兮
荡漾悠情佩响回眸一笑兮
掩遮愫态鲸吞月照窗枢兮
始信蓬莱瀛岛箫吟阁榭兮
终怀古渡冈昆温良婉转兮
无瑕玉藕徐蹈俭让撩拨兮
有善金波急焚人会阑珊兮
涧岭同辉日月井参箕斗兮
鹊桥共渡乾坤雕梁画栋兮
楼台游冶蟾兔斗角勾心兮
亭院醉麒梦麟嘉禾白鹭兮
夜色娇柔旸睐女神常伫兮
　鹄颂我厦门

尾声

千波振鼓浪礁闻，七彩花翎岛识春。
令斩妖蛇擒妄俑，旗挥沃血祭忠门。
英凰烈凤焦琴曲，诡怪蛮鲨破胆魂。
白鹭翩跹神女在，嘉禾万石海天存。

秋江花月夜

秋江鹭水颂康平，桂馥凌波皓月生。
三瓣凤凰弹鼓浪，一行鸳鹭咏思明。
海西峰岳盈茶甸，庭北斫轮分色蕤；
十里芳洲神女伫，岸上柳丝君卿见。
江云镜卧水拂尘，岛渚鸥依月满轮。
江柳酬朋邀赏月，江月酢东梦旅人。
人逢盛世频关已，江浸华年渐顾似。
应晓江舟盼离人，可知秋色照流水。
昼暮秋声韶乐悠，琴歌古韵海销愁。
渔舟唱晚采桑子，水调抒怀得月楼。
翠园楼阁宴席开，素女秋心水操台。
画栋雕梁依旧在，豪庭伟构履新来。
江东隔岸犬鸡闻，渚北穿庭宾主君。
良港碧时观节度，绚梅红处感斯文。
火树腾空午夜花，灵泉涌地甲科家。
江影参差灯不尽，江形洗练月方斜。
满盏樽杯迎过客，高天箕斗依来路。
嘉禾白鹭筑巢归，硕实丰腴悬果树。

渡心

魂留赤水河（七言叙事诗）

（本故事发生于赤水河畔
一座依山傍水的千年古镇。）

莫道本诗是说诳，世间万事本无常。
今朝绿水还欢笑，明日青山泪两行。
时有青丝悲黑发，不缺白发泣儿丧。
纵然情重如山海，一旦凶灾各阴阳。
哭断肝肠无一用，盟言仍在影不双。
红尘虽有薄情客，世上犹多重义郎。
但愿有情长相守，莫得无义怨仇伤。
一支拙笔功夫浅，喜怒哀愁话短长。

高中初识两贫生，成绩前茅众赞称。
同梦苦功相鼓励，灵犀一点暗生情。
林荫月下呢喃语，赤水河沿燕笑声。
校舍操场留倩影，二人金榜有题名。

桐梓河水碧幽悠，蝶径芳丛密语留。
掬捧清泉浇尔面，身腰受妹几拳揉。
林园花艳卿庄静，摘朵芬葩戴妹头。
玉树临风哥厚重，娉娉嫋嫋妹娇羞。

我去金陵妹燕京，陪游遵市各遥程。
千叮万嘱言不尽，难舍难分绪难平。
今日别君寒假聚，寄书鸿雁莫伤情。
汽笛一响眸弹泪，挥手依依远地行。

红梅艳艳满园开，哥妹姗姗树下来。
情到浓时无语诉，四眸对望两痴呆。
飘飘长发随风舞，片片飞花映粉腮。
拭泪各言别后事，深心一吻相思埋。

暑假金陵聚首游，莫愁湖畔妹莫愁。
紫金山麓陵茔赏，偎并桥头望水流。
玄武园林衷曲诉，秦淮月夜昵依游。
江南贡院乌衣巷，古迹街坊脚印留。

推窗默默望斜阳，情事悠悠泛细浪。
暑假艳约渐影现，痴看夕景燕双行。
云霞难抹心牵恋，衷曲殷殷暗内藏。
长夜唯钟嘀嗒响，依稀梦见妹依郎。
情丝万缕绕楼房，望断千山雁远方。
缕缕丝丝拧索带，朝朝暮暮妹缠郎。
余留几缕成毫管，秉笔芳心化恋章。
字字揉哥心坎上，这般牵系咋收场？

— 302 —

笺毫寄意四年头，别校离朋转贵州。
省府南明河畔会，三更偎倚话怡愁。
明儿报到分工作，从此双双首府留。
月下花前来聚首，不离不弃两情柔。

黔南第一黔灵山，猴戏丛林道曲盘。
古木参天峰岫翠，幽潭渌水起漪涟。
善男信女佛前跪，钟荡弘福袅袅烟。
千客许佛千种愿，万人祈祷万家安。
陪同阿妹戏猴猿，漫步湖边窃窃言。
古洞麒麟观石笋，黔灵湖上泛舟船。
佛前默许三千愿，琴瑟和鸣一世弹。
仰望天光临日晚，双双携手把家还。

青山绕水水缠山，日丽风和鸟空旋。
群岛幽幽林拱宇，百花湖岛赏春妍。
千峦隐隐峰含翠，万顷清波泛棹船。
船过这山经那岛，哥情妹意两欢颜。

双亲许可瑟琴缘，两姓今结并蒂莲。
锣鼓喧天鞭炮远，花车迎妹友朋欢。
红烛艳艳妻柔媚，跪拜双亲跪地天。
妾意郎情长相守，巫云楚雨夜缠绵。

举案齐眉事共商，夫怜妻爱意绵长。
妻担家务无嗔色，郎外工作早晚忙。
察觉娇妻身受孕，盼儿出世纳吉昌。
闲时附近陪妻逛，勤俭持家奔富康。

平桥十里柳枝青，缕缕扶风掠水亭。
日照鳞波云影动，玉流隐曲景风生。
携妻牵子林荫坐，赏景观花缓步行。
泛棹河滩亲渌水，一家三口笑盈盈。

风雨桥上话悠忧，今世逢郎幸运逑。
月夜芳林留俪影，甘心柔媚侍郎羞。
只缘求跪佛千载，来谢夫恩伴喜愁。
我若先君泉路去，守塌奈桥待郎投。

贤妻话语没缘由，为甚言词隐发忧。
风雨同舟圆富梦，情尘漫漫几十秋。
今生誓愿长相守，冷暖扶持不弃休。
百载归天魂做伴，幻身共椁一坟留。

贤妻出差赤水城，坐卧心烦不定宁。
梦见娇妻说诀去，痴痴望子泪零零。
她身缕缕红云绕，挥手依依别我行。
夜里三更厢梦醒，心惊肉跳好牵萦。

遥闻赤水祸丧生，夜梦萦怀好担惊。
忽地公司奔告我，尔妻殒谢赤水城。
骇悉噩耗天旋转，涕泪交零立马行。
五内如焚车祸地，香魂一缕赴幽冥。

魂归寥廓魄随云，尔享人间卅六春。
泪洒棺函香骨冷，留夫尘世守光身。
永诀遗语无一句，托梦别郎作怨魂。
号恸崩摧悲涕落，滴滴湿纸化祭文。
香烟缭绕纸烛焚，祭奠亡妻李雪琳。
九凤山青波荡漾，水南砦冢永栖身。
芳魂寥寥归天界，雨泪滂滂致悼文。
夫婿赵阳携子嗣，墓前长跪断肠人。

清明料峭雨绵绵，祭扫携儿跪墓前。
坟瞩一湖清清水，墓依几座翠翠山。
时花伴尔度孤寂，林浪陪卿诉苦言。
去岁坟头新土垒，今朝墓草满葱芊。
同船共度岁十三，蜜意浓情夜五千。
一载四节十二月，良人思忆几时完？
他家双唱白头颂，此地独吟离恨天。
日晚形单凉凉影，仰看星汉点点寒。
林间倦鸟声声酸，饮泪千行暗暗弹。
白纸飘飘丘冢挂，黄泥捧捧墓头添。
香烟袅袅随魂逝，烛纸凄凄和泪燃。
幻世缘绝情不散，青山玉骨岁时瞻。
如今祭尔到坟前，他日依身谁个怜。
奈何桥边卿莫怨，望乡台上等并肩。

— 303 —

待儿长大成人后，我赴黄泉再手牵。
为甚今生情短暂，三生石上问由缘。

企盼沧桑相抚老，曲终弦断自吹箫。
几家情昵几家散？几处空山烛纸烧？

段恩瑞

　　字墨竹，号卧龙，江苏人，复旦大学毕业，阳明学社创立者，现主修阳明心学，诗词歌赋爱好者，国学文化传播者，金融研究者，股票操盘手！格言"豁达人生"！

广云居

仙气飘溢火炉山，蛰居云城乐不还。
翻天覆地粤港澳，统筹规划帅印韩。

忆古思今

屈死离骚伸大义，自古家仇国恨深。
扶今思之亦自重，中美再战贸易沉。
苦心经营四十载，毁于一旦不足惜。
不堪荣辱赴国难，砥砺前行中国梦。

游西双湖

飞雪迎春映山素，游鸭戏水意踟蹰。
木桥孤影不寂寞，何处不见杨柳树。

力战书

陈兵备战北萧寒，铁马冰河纷争乱。
身经百战穿金甲，视死如归破楼兰。

红梅

寒风凛冽一点红，枝头摇曳迎碧空。
谁知惊艳芳世俗，含苞依旧无悔中。

习军令

兵发南海赴征程，山河未统岂肯休。
铁血丹心壮志魂，忠诚无悔写春秋！

凌云赞

墨竹凌云千高尺，万里河山入眼眸。
会言三心出真意，雪沃松茂壮志酬。

贺上海新诗苑

百园争俏诗妖娆，君子拨弦籁九霄。
天地日月领风骚，心神灿烂诗相交。

段凡丁

　　男，1956年1月生，籍贯重庆万州，现居住成都市。重庆大学计算机专业毕业，任职于西南交通大学，曾任西南交通大学信息网络中心副主任、软件学院副院长。长期从事信息化工作，是四川省成都市多个政府部门聘请的信息化专家。2016年退休后开始学习诗词，在网站上发表习作800多首。平凡一生，学习一生。

七律·柳江古镇

古木扶风老码头，平江春水漫长流。
清深雨巷莓苔印，蜒曲墩桥吊脚楼。
胜迹翻新麻鸭嫩，民情依旧五花油。
迷离眼处红尘外，却是云烟未肯休。

七律·大学录取通知书

红纸音书恐到迟，漫将志忑化遐思。
脱缰意绪任天远，临别唠叨润眼眉。
背影家山浑不觉，心神都市惑迷离。
舟车此去何伤感，只是经年梦里时。

七律·母女

远行牵挂系飞鸿，血脉相随一笑同。
雨露初芽呵护惜，阳光绽蕊敢经风。
平常喜乐添欣慰，偶触心柔涌泪朦。
若梦青春留几许，芳华代出女儿红。

七律·中秋

此夕从来感慨衷，彷徨莫若问苍穹。
丽华金气佳时好，玉影银光盼夜空。
大地喧繁团宇殿，长天寂寞漫蟾宫。
举杯邀月言多少？不尽悲欢月亦同。

七律·万州格格

诱人热气叠高楼，俗语招牌火万州。
拈得肥肠馋适口，夹来羊肉爽刁喉。
竹笼小面杯中酒，香菜鲜汤舌上油。
味道江湖深巷里，身家不向帝王投。

蝶恋花·校园荷花正开

扶翠参差云水眷，池满荷花，弄艳娇人面。独立红妆摇曳倩，清风恰是香魂扇。
道不尽离情学殿，昔日同窗，万里孤飞燕。意气天高山越遍，乃容华发归来羡。

七绝·无名花

裳艳鲛绡靓出来，莫非芍药牡丹开？
春归寂寞尘风掩，红粉香闺未敢猜。

七绝·初夏即景

佐闲只觉四时匆，别绪愁丝拂柳风。
何怨香痕春渐远，罗裙映得石榴红。

段乐三

湖南南县人，中华诗词学会会员，在国内与美、德、法、日、巴、纽、新、加、澳等国报刊及出版物发表诗作 6000 余件，有的录入学生课本，有的被翻译成外文，出版个人单行本 53 部与《段乐三文集》13 集。

五绝·咏妻

彼此显匆忙，同床共暗香。
人生温饱事，妻月照家常。

七绝·还乡

山高路远水流长，日月随行过海洋。
父母儿朋趁健在，真情加我建家乡。

七绝·农家出耕

山高水暖坳耕田，牛上拱桥伴雾天。
父女相依勤动手，才辞旧岁又今年。

七绝·溪山闲居

瀑布成溪雪浪飘，高高峻岭屋山腰。
横根独木传三代，代代清纯过小桥。

七绝·为周月明同学素描

鞠躬事业守家庭，雪袭权当春雨听。
唯美常瞧儿女乐，门前眉月一湖星。

江南春·咏侄女段幼《枇杷》国画

山旮旯，正当阳。春风吹数遍，圆果闪金光。甜甜酸味鲜鲜蜜，原汁溜溜怡口香。

长相思·还乡

农大生，毕业生。难舍恩师授技能，叮咛不恋城。
父母情，家乡情。盼望人才领路程，无声变有声。

巫山一段云·立夏

春妹心歌动，桃红樱撒娇。夏哥情窦顺风飘，绿姐也风骚。
山翠连堤柳，园林恋半宵。青松树下更逍遥，伴侣吻今朝。

段升良

网名天舒,生于1968年,中学教师,市楹联协会会员,龙凤曲度格律诗词学员。

七绝·紫藤吟
虬枝挂玉向春深,花事如烟梦有吟。
静坐堪抛凡俗事,藤萝一架是清荫。

七绝·秦淮吟
轻舟灯影荡涟波,十里秦淮客亦多。
金粉六朝随水逝,今昔月夜几弦歌?

七绝·无题
髭须捻断无惊句,杯物频酬笔失魂。
风雨疏狂春落魄,蔷薇可否慰黄昏?

七律·端午悼屈子
为谁恒醒为谁忧,国计民生恨未酬。
断信修能明治乱,却将壮节赴清流。
贞廉犹见呈香草,俗恶从来作废丘。
今悼忠贤千古烈,离骚一曲笑王侯。

七律·咏槐
野岭荒山岁月葱,年轮可鉴志不穷。
三春几慕红颜醉?四月犹呈素玉丰。
还乐工蜂生蜜液,应羞杨絮作飞蓬。
谁追媚俗输筋骨,不惧雷霆唱大风。

七律·自嘲
熏风暑日躁浮心,执笔如偏汗若淋。
恍惚神情归旧梦,依稀韵律和清音。
时光自是催人老,学术何曾道业深。
但得余生真造化,功夫十载亦能寻。

减字木兰花·初夏
日融北户。褪尽残红春已去。紫燕声声。杨柳新浓叠翠屏。

风疏雨密。篱上蔷薇思又织。布谷频催。割麦收禾托喜媒。

临江仙·贺龙凤文学院六期开学
斗酒三千惊世绝,沉浮几数文豪。粗言秽语怎时髦,百年失国粹,文化落萧条。

曲度龙凤传古韵,群贤皆领风骚。但吟佳句细推敲。捻须几缕断,可引万思潮。

菩萨蛮·七夕
银河又是情飞渡,人间尽数心横堵。夜静为谁收,风凉悲我秋。

心如孤月白,梦恨仙缘涩。今日复年年,怎生离恨天?

段思镜

男,退休教师,大专学历,现为中华诗词学会会员,唐山市诗词学会会员,曾多次在《中华诗词》《诗词家》《诗国》《长白山诗词》《唐山诗刊》《秦皇岛日报》(副刊)等刊物发表过诗作;多次参加过诗词竞赛,并获得一、二等奖,"第四届天籁杯"获奖,并受邀于京。

七绝·兰亭怀古(二首)

一

曲水流觞古韵馨,时光远逝忆兰亭。
群贤雅客今何处,犹是当年日月星。

二

曲水流觞春作妆,吟诗对酒醉芬芳。
人生俯仰成今古,一序千秋翰墨香。

七绝·参观八大山人纪念馆
国破家亡画未亡,鱼虫花鸟寄悲肠。

霜毫泪染丹青史，感悟清空遗墨香。

五律·白玉兰
料峭轻寒里，高擎树树春。
芳情凝白雪，香思入青云。
薄暮斜阳映，清晨玉露津。
殷勤花发早，赢得岁华新。

七律·谒杜甫草堂
仰望高楠举醑觞，浣溪未老水悠长。
诗成青史千秋笔，泪尽黄涛九曲肠。
骚韵悲歌忧社稷，残杯冷炙愧文章。
胸怀广厦庇天下，万古寒心寄草堂。

七律·谒柳侯祠
罗池遗念柳侯祠，千载犹怀钓雪思。
铁骨铮铮叹憔悴，丹心耿耿逆时宜。
蛮荒任逐八司马，庙宇独尊三绝碑。
情系江山曾有誓，南来不做楚臣悲。

浪淘沙·听涛
浪涌逐云行，堆雪千层，无休无止作涛声。阅尽沧桑多少事，无限风情。
沙岸静倾听，似有叮咛，人生如浪也无平。万顷飞花成泡影，淘尽虚名。

浪淘沙·听蝉
高树隐悠扬，声入苍茫，一生一世引高吭。生命不休歌不尽，无冕歌王。
荫下歇清凉，聆听诗章，平平仄仄韵铺张。曲曲悲欢离合调，千古情肠。

段永华
毕业于山西省太谷师范，一直从事乡村教育。山西省晋中市朗诵协会会员，山西省祁县朗诵协会会员，山西省祁县诗词学会会员，山西省祁县音乐协会会员。曾参与修善村村歌的创作，并首唱《大美修善》。

七律·腾达行(一)
巍巍白塔共真情，相聚偕来喜鹊鸣。
学友并肩欢笑伴，恩师信步雅言盈。
桥边柔柳随风舞，塘里群鱼顺水行。
寸草喷香凝翠色，赤心一片润平生。

七律·腾达行(二)
东城生态近天然，乡土风情八百田。
采摘棚中歌四季，巡游餐里叙从前。
薄荷花艳槐荫下，玉米苞肥小径边。
向日油葵张笑脸，喜迎远客庆丰年。

七律·腾达行(三)
一行寻景觅花音，悦目随情自在心。
婚礼草坪扬喜气，网红曳步荡胸襟。
组团研学知收种，结伴垂钩胜抚吟。
碧叶携来诗韵起，巧思妙构赞当今。

七律·渠家行(一)
青石引路入渠家，独领辉煌代代夸。
檐下砖雕多寓意，门头牌匾蕴才华。
为人诚信传千里，创业辛勤走天涯。
成就晋商多故事，一桩一件赛云霞。

七律·渠家行(二)
显赫威名筑半城，只砖片瓦诉英明。
缝中镶铁尤称颂，院里融金更震惊。
齐案算盘增妙用，磨粮巨碾便农耕。
繁华昔日皆书尽，后辈欢游百感生。

七律·渠家行(三)
画栋雕门建法明，一门一错巧然成。
过门抬步登高处，穿道涓流去底平。
七彩山岩妆美物，闪金檀木作良楹。

戏台古朴今犹在，粉墨人间谨慎行。

七律·八月相聚
八月良辰聚一堂，当年风采再飞扬。
亲如兄妹言不尽，情似山河意更长。
婉转歌中呈过往，真诚眼里恋时光。
并肩携手欢声伴，怎忍分离翠柳旁。

七律·左权民歌汇
欢欣一路笑声连，激荡情怀向左权。
心系河边亲妹好，身环乡里粉桃妍。
歌王亮嗓青山醉，舞者舒襟万朵翩。
更爱莲花多彩润，轻风携翠夜难眠。

段岳岭
男，汉族。内蒙古自治区乌兰察布市，察右前旗土贵乌拉镇第三中学。发表的作品《沉重的脚步》《我的中学时代》《历史的记忆》等，诗词散见于各大平台。

七律·诗雅香江
碧宇清云月罩沙，诗歌颂德尽人诳。
成篇展卷寻茶煮，泼墨挥毫找酒赊。
但得忠魂多劲节，何忧大义少奇葩。
湖边树影涟漪逐，峰岭斜阳映彩霞。

江南水乡
江南水阔最繁荣，遍地清湖映月明。
到处花香看舞雀，由来鸟语赏歌莺。
游人往返诗沽酒，座客平安韵赋情。
唱晚舟车还不去，多因羡慕又前行。

七律·时代楷模余元君颂
楷模竞选属元君，独领风骚靓彩云。
碧水一江波涣涣，青山万壑雨纷纷。
生前尽说论交事，死去方知告别文。
奉献家乡留伟业，供于社会建功勋。

步韵美慧喜贺王国钦诗丈《赋说中原》出版
古来人德敬尊钦，绝唱千年尽浅吟。
推毂却无惊海内，颂歌偏有到如今。
岂惟好事供修道，更得多情上翠岑。
但愿诗词陶冶性，何须韵律绽胸衿。

七律·贺《赋说中原－王国钦离赋欣赏》正郑州首发
唐风宋雨润春秋，楚赋离骚逐竞流。
不负韶华增寿命，苍生岂愿再争侯。

七律·祝福美慧荣任香港诗词文艺协会会长
酌饮香江好润襟，豪情颂德对诗吟。
敲词有意心明月，秀出欢欣得玉音。

七律·贺美慧接任香港诗词文艺协会会长
风吹雾散月初新，好事偏逢雅秀人。
相聚欢欣诗作伴，欲来谈笑韵为邻。
倾心最是随心处，展拜何堪着待春。
浩荡千帆争奋进，淘沙浪起又催轮。

渔家傲·中元节
暑去无声还热燥。中元祭奠青灯照。祭祖扫坟修孝道。天昭告。无情最是轮回绕。

天地悠悠云袅袅。黄泉路远谁知道。地久天长人不老。情作保。人间渴望皆成好。

西江月·残暑
西下夕阳影瘦，清风吹拂绵柔。百花绽放典装秋，斟酌律诗一首。

蛙鼓蝉鸣金曲，蝶蜂正好回眸。遥看

残暑不言休,展望山河锦绣。

顿积

　　身份证叫顿耀清,笔名顿积。1955年冬月初八出生,湖北省石首市农村地主破产家庭,三岁逝母,父亲坐牢,未能上学校,自学到如今。现为中华诗词学会会员13年,中国世界华人作家艺术家协会会员多年,石首市楚望诗辞学会30余年,2005年受中国作协邀请于人民大会堂获人大常委会布赫颁奖,有诗文载诸多报刊杂志和作家文库。

攻诗
收箭深夜罢,鸡唤又开弓。
何以眠难着,攻诗兴致浓。

梦游天台
明月生经济,清风尽往来。
琉璃新世界,锦绣织天台。

隔壁妞妞
隔壁娃娃妞妞,离妈怀抱走走。
手把华麸捏碎,咿呀呀逗狗狗。

老年大学班写意
难得先生教学通,诗飞白雪大家同。
聚将彩笔投江去,流出西洋世界红。

立夏
惯于此节至高温,落地棒锤堪长根。
雷雨增多渐炎署,连筘接响遍农村。

小满
乡村四月闲人少,双抢披星戴月多。
驾驶农机注意暑,正当日午少锄禾。

今日立秋病起吟·绝句二首
一
险于车祸别今秋,瞑目丰都七日游。
鬼使脱蝉吟又是,欣看故旧爽梳头。

二
春雨夏雷秋晚凉,风清月魄吐华章。
莫忘还有下山虎,暑旱风洪需紧防。

F

樊冬枝

　　农民,江西省瑞昌县人,57岁,现居北京市。中华诗词学会会员,中华当代文学学会会员,《诗词世界》杂志社签约诗人。荣获诗词世界杯大赛一、二、三、四、五届一等奖,天籁杯第十三、十四、十五届金奖,跟着古诗词走进滕王阁诗词大赛金奖。荣获2017年度"中华国学博士","国家一级诗人"荣誉称号。

七绝·故乡情
乐愿随风去回乡,桃源美景吾瑞昌。
松林竹海笋满地,四季如春花果香。

七绝·清洁女工
一步一摇寸步行,鞠躬尽瘁丈夫身。
不分轻重脏而累,万苦千辛自更生。

七律·摘茶子感赋
国庆佳期故里还,无边无际茶籽山。
每当寒露银花海,一到深秋金果斑。
树树颗颗油似溢,坡坡岭岭画连环。
欢声笑语丰收季,醉意诗情笔底间。

七律·秋望
新凉风送已仲秋,大地更妆一望收。
满畈稻田金灿灿,丛林虫鸟乐悠悠。
南迁鸿雁寻春至,北眺芦花逐水流。
菊瑞枫丹撩醉眼,美图撷取作歌头。

七律·赞故乡

四面环山我的家,朝红夕彩满天华。
临门竹翠深林鹊,远岭松葱浅岗杉。
春季禾秧翻绿浪,秋时稻谷荡黄霞。
年年都是丰收景,代代安闲喜乐奢。

清丽双臻·新农村

昔日幽篁里,移山添壑建新村。龙凤呈祥屋光闪,瓷砖明亮瓦青银。高速路口旁,精心策划形。

别墅立,矗娉婷。树起宜丰奇迹景,开发僻壤惠民贫。竹翠深林千草绿,华堂毓秀万家春。

樊徽

1958年出生,发表诗词1000多首,作品散见于《诗词之友》《诗词世界》等十几种书报杂志和网络平台,多次在全国诗词大赛中获特等奖、金奖。2018年5月由西安电子科技大学出版社,出版诗词集《边关情韵》。现为中华当代文学学会会员,中国诗歌网注册诗人。中华诗人联谊会理事,中华诗人联谊会九州春诗社理事,新疆兵团诗词楹联家协会理事,九师文学工作者协会名誉主席。

五律·秋收

丰粮满院香,弯月扯云航。
远野听机吼,田畴卸彩妆。
村姑收藕玉,丹屠映霞阳。
秋醉农夫笑,吟歌入梦乡。

七律·咏立春

琼雪轻轻来盼春,荷塘柽柳鸟依亲。
轮回岁月风薰绿,绽放红梅蕊吐新。
欲唤湖中谁戏水?哪知冬泳亮经纶。
诗春灿烂韶光好,莫负华年制景人。

七律·山中趣

晚霞邀月落窗边,岭上归夫沐紫烟。
水坝蛙鸣芳草绿,树梢鸦落嫩枝弯。
柴门吠犬摇铃乐,云外飞鸿追梦圆。
亮眼风光何处有?农家手指武陵园。

七律·红花乡拾韵

骋目无边红海洋,云澜飘起杜鹃香。
羞眉粉染花中嫂,青叶衬出纤手妆。
朝采晨霞怜月色,暮装晚蔼惜秋阳。
园畦画锦田蛙醉,逐梦吟歌又一舫。

鹊桥仙·思伊人

月寒清影,箫声凄曲,记得那年花坠。举舫追忆断愁肠,情难了、为君清泪。

谢桥烟雨,红尘旧梦,从此相思憔悴。雁鸣弯月几轮回,夜夜念、烛摇心碎。

蝶恋花·秋日寄怀

昨夜西风寻梦处,秋雨来时,叶落从无语。遥望青山岚起舞,云帆走进斜阳暮。

桂子花开香满树,窗月多情,又把流年误。柔草徘徊霜断路,天寒菊绽谁还妒?

荔子丹·枫叶

叶落秋凉景韵浓,情润寄枫红。月辉织梦解愁绪,霜天醉、塞外有征鸿。

清风弄菊化霞彤,起舞向天穹。素手相牵无倦客,尽丹心、泪眼朦胧。

八声甘州·忆屯垦

忆西风乱草满荒滩,凄雨浸寒宵。正胡笳响起,星燃篝火,四野萧条。谁记安家戈壁,困守苦难消。数载鬓霜雪,阡陌多娇。

万马耕耘梦幻,喜蓝图规划,到处笙箫。叹雄兵十万,掀起垦荒潮。敢争先、雄风浩气,好男儿、心浪傲云霄。怎能忘、青春奉献,屯垦英豪。

樊平发

男,退休干部。喜好文学,尤其笃爱近体诗。中国诗词研究会会员,中国网络诗歌协会会员,朔州市作家协会会员。有作品散见于报刊及网络平台。

七律·春到黄河
蓄锐三冬养性柔,一朝凌解弄新舟。
掀波拍岸惊杨柳,激石放歌催马牛。
鱼跃龙门生百韵,人游壶口去千愁。
长滩客拥排船竞,满载春光逐水流。

七律·缅怀凉山烈士(新韵)
一腔热血两肩忠,入伍未思留史名。
正度芳华图壮志,倏遭恶火化金风。
山悲岭泣峰垂首,水恸波息浪不行。
欲送鲜花川路远,泪吟拙句慰英灵。

七律·老榆树
老榆风雨立街门,伴我童年几度浑。
叶里可寻逃读记,枝头能找牧羊痕。
浓荫育梦离家搏,虬皱牵肠就业奔。
眨眼杖乡添一朽,常思抚树忆初根。

七律·"六一"梦
昨夜老夫童梦香,小船荡上舰中央。
战机布阵迎风猎,箭炮齐排指日强。
我护红旗云敬礼,鱼掀警浪月巡洋。
儿歌响彻惊迟耳,孙女呼爷快起床。

五律·杨玉环(新韵)
天姿纳掖庭,伦乱侍君卿。
舞搅华清愕,歌颠御苑惊。
荔来妃子笑,媚扫帝王瞠。
爱恨白绫解,韵留千赋中。

五律·故乡(新韵)
古道小官屯,明珠耀雁门。
青荽生玉液,莜麦育乌金。
商阜洪涛秀,绿肥桑水醇。
匆匆游子远,每每梦牵魂。

江城子·趣
近来频浪少年波,昼行歌,夜吟哦。汗洒乒乓,每日乐哈多。结伴旅游欧美走,观风景,赏媛娥。

偶然提笔写蹉跎,意如河,句啰嗦。交友拜师,网络补文科。知己诗醇常醉我,迷律韵,爽心窝。

如梦令·回村
蒙入绿林环抱,花艳鸟歌楼俏。难辨北和南,羞问我家咋找?言笑。言笑。不识旧时街道。

樊晓华

笔名雅韵豪情。中华诗词学会,安徽省诗词协会,芜湖市诗词学会,无为县诗词协会等各级会员。先后有2000多首作品发表于各大报刊。

七绝·富贵牡丹
指尖捻蕊惹蜂忙,遍地花开吐异香。
富贵牡丹真国色,且将艳丽画中藏。

七绝·咏白兰花
含羞浅笑下瑶台,玉女翩跹伴尔来,
四溢馨香能入药,久咳气喘妙方开。

注:白兰花属含笑科。

七绝·品茶论道
万丈红尘多少事,茶香一缕笑谈中。

前程莫道无知己,且待秋深与尔逢。

七绝·题迎客松
而今暂借风流笔,醉赋千年不老松。
招手迎来宾客至,登高远眺觅仙踪。

七绝·受邀赴苏州有感
粉面含春笑语盈,悄然漫步至闲庭。
临风把盏邀明月,受命欣然赴此城。
注:受朋友之邀赴赴苏州有感。

七绝·嵌字无痕
徐家有女好温柔,玉面含春细语留。
珍爱无言新岁至,翩然起舞醉人眸。

七绝·嵌字无痕
陈家有个少年郎,毅志超群本领强。
弄墨习文皆出彩,点兵打仗必奔忙。

七绝·相思入骨
梅影横窗瘦骨寒,箫声入梦把心宽。
相思一曲愁长叹,锦字修书落纸端。

七绝·盼归
野渡横舟曲水长,伊人远眺盼情郎。
青山望断浑如梦,鸿雁传书待返乡。

樊旭东

春牛
劳劳农作日,迟暮亦加鞭。
默对山风扰,春耕十亩田。
注:结句典出《庄子·记王》。

渡陵江
春华逝去水苍茫,洗尽尘污又起航。
几翅鱼鹰迷远岫,一蓑烟雨渡萧郎。

渡陵江登火烽山有感
再渡陵江水,身孤复遇冬。
烟舟惊野鹜,梵呗送霜钟。
情托篱边菊,心怀涧底松。
岂因寒气阻,我自向云峰。

回乡偶书
风微拂碧波,柳曳自婆娑。
平地更夫少,横塘钓客多。
行迟天旷远,步急岭嵯峨。
延首山乡里,斜阳入玉河。

山村独酌
晚风声动荷塘叶,钩月影移茅舍栏。
隐隐星河横广宇,悠悠俚曲入重峦。
倾杯浅酌诗心寂,垂首沉吟赋客单。
归去来兮身半百,孤村夜夜醉幽兰。

日暮遣怀
本欲青峦唱大风,奈何音质不曾同。
丰颜未步云台阁,兀首已徕烟柳丛。
截缕余辉邀太白,取坛清酒醉坡公。
尤怜身似浮萍客,影入长河夕照空。

玉楼春·自行车
　　记得旧时乡陌远,幸有单车云路短。
春秋冬夏托微躯,赵了沧桑尘锈满。
　　逝水年华空怅叹,且把残身藏别院。
留连铁骨气犹存,与我千金终不换。

喝火令·晚秋
　　雨急摧斜柳,风潮折直杨。满眸萧瑟更神伤。芦竹暮烟迷岸,枯叟钓寒江。
　　岭岫松涛急,沙洲获絮狂。一身疲惫愈心惶。惜了梅残,惜了菊五香,惜了桂枝疏影。寂寞理愁霜。

行香子·秋山听琴

素手轻弹,琴韵悠扬。弦声处,鹤舞松岗。幽涓疏语,曲径流觞。唱波中影,云中雁,涧中簧。

人生百味,柔肠千转。曲终时,极目苍茫。关山隐隐,意绪惶惶。叹幽宜静,旷宜远,未宜央。

范珑平

江苏省丰县人,浙江省交通职业技术学院毕业,酷爱诗词。

五绝·杏

雨足落屋檐,疏密难裁断。
一夜东风破,杏花何其多。

七绝·春种

春暖复苏布谷忙,风拂垂柳排成行。
荷锄归来闻花香,来日收粮喜洋洋。

五绝·咏梅

雪覆麦苗尚浅,东山朝阳尚红。
冬末春来尚寒,古彭梅花尚开。

范仁喜

笔名人人喜喜,男,59岁,中学高级教师。中华诗词学会会员,山西省作家协会会员,已由团结出版社出版2本诗文专著《人人喜喜诗文选》《人人喜喜诗词选》。

七律·题忻州秀容书院

白鹤龙岗锦绣珍,秀容书院出凡尘,
凌云楼阁风来早,六角天衢雨后亲。
青碧文昌图画美,红墙孔庙榭轩新。
艺园花艳争仙客,好戏连台别有春。

七绝·步韵武老并敬贺伞寿

神韵唐风追梦寻,谁能八秩夏秋吟?
诗篇满腹情思涌,老骥长怀万里心。

附武正国原玉:七绝·八十抒怀

少小朦胧诗梦寻,老来一任放怀吟。
欣逢盛世情澎湃,八十年华十八心。

注:武正国原山西诗词学会会长。2018年1月8日晚在他伞寿80岁时赋诗一首,诗友次韵和之。

七绝·悼当代愚公——李双良

莫笑移山凭上帝,且歌当代有愚公。
一堆废铁为神宝,搬走渣山立大功。

七绝·酉颐和园有感(新韵)

湖光山色美惊天,舰款挪来建此园。
太后成烟奇景在,垂帘颐养笑空山。

注:光绪为尽慈禧孝道,挪用北洋水师巨款修复颐和园一年余。

七绝·有感于五台山拜佛

人山潮海敬香来,一片诚心撼五台。
菩萨面前鸡啄米,家中父母有谁哀?

七绝·谒昭君(孤雁出群格)

平沙落雁远和亲,不怨贪师恨纸恩。
文化如江流万载,琵琶一曲美名存。

注:白居易《昭君怨》诗云:自是君恩薄如纸。

范少华

九州诗词学会创始会长,北京华夏国粹文化研究院院士,中华诗词学会会员,中国音乐家协会二胡学会会员,中国榜书家协会安徽省分会副主席,东莞市书法家协会(东城分会名誉理事)会员,东莞市作家协会东城分会理事,中国诗书画研究会研究员,中华诗词文化研究所研究员。

登山趣

陡岭蹒跚双脚重,下坡飞快一身轻。
蓦然妙悟人生道,苦尽甘来若此行。

自问
苦中甘饮乐思源,滴水微恩报涌泉。
索取毫无多奉献,此心不愧对苍天!

缅怀阿炳吟
瞽叟扶筇步履艰,街头卖艺叹残年。
二泉映月声如诉;几度摅琴泪欲潸。

瞻阿炳像
锡惠铜雕偻瘦身,拄筇度韵抚寒琴。
二泉映月千秋赏,四海闻声万里寻。
白雪常飘开妙境,银弦不断送佳音。
乐坛后起扬风雅,长念先师华彦钧。

注:阿炳又名华彦钧,乃现代胡琴大师。二胡名曲《二泉映月》是他的传世佳作,深受欢迎!为纪念这位中外闻名的民间艺人,江苏省无锡市政府在"锡惠公园"建了一座"阿炳墓",墓前塑有尊铜像,栩栩如生。

盲人摸象
瞽对人间胡作论,瞎摸身上乱猜评。
眼前巨象多高大?堪叹盲公永不明!

井底蛙
昂头兼凸目,日夜闹喧喧。
自诩阆阆大,岂知天地宽!

讽某君
梁中有丑高腔调,塘里无鱼贵蟹虾。
疯鼠缘钩常自称,不知斤两乱吱喳!

首陟白云山感赋
岁至金秋正盛时,登高莫叹步来迟。
白云有意留春景,绿树多情作舞姿。

范世儒

男,1958年2月出生,满族,中共党员,本科文化。退休前任承德市农林科学院办公室主任,2018年3月退休。大避暑山庄文化产业促进会会员,承德市书法家协会会员。喜爱诗词和戏曲。

五绝·山庄晨晓
初霞布远山,湖水映天蓝。
花鸟抒情趣,清新咏自然。

七律·清明缅怀先烈
墓丘哀草柏森森,壮举惊天泣鬼神。
美酒揖樽安慰礼,鲜花寄语感恩心。
仁杰作古灵魂在,好汉留名傲骨存。
怀念英雄遗志继,中华崛起岁长春。

七律·五一游园
花鲜草嫩秀山川,流水逐波万里源。
芦苇尖尖初露角,香蒲细细又钻天。
麻鸭互吻缠绵戏,锦鲤相依爱恋牵。
浩荡春风情不尽,怡人景色赏心欢。

范献亭

生于1941年,退休教师,诗词爱好者,《中华诗词》《河南诗词》学会会员。

圆梦(新韵)
醒狮跃起一声吼,一扫中华近代羞。
特色旗开寻梦境,花明柳暗富民谋。
驱雷驭电天宫走,探密知玄月上求。
丝路长驱国威盛,有人惊赞有人忧。

看农民卖粮
广场堆满累山岗,送走朝霞沐月光。
昔日辘肠成记忆,淡盐野菜慰饥荒。
天时普降及时雨,五谷新生引梦长。
排队卖粮情百感,索魂粮票久珍藏。

观刈麦
(读白居易《观刈麦》有感)

南风催梦麦稍黄,金浪映云千里香。
丁壮驾机收喜悦,妇姑挥汗建新仓。
村村盛赞免农税,户户驱车卖余粮。
居易假如今健在,田头观刈有新章。

我的家乡

驱车驰骤路织网,千里烟村竟富祥。
慧女勤耕粮满囤,豪男追梦意深长。
楼阁错落速归燕,小院呼邻共举觞。
即使生花五彩笔,也愁完美写家乡。

范信
生于1949年12月4日,鄂州市初中语文教师。

上海理工

江山聚秀归新交,人生分散如过招。
上海理工大学会,母校无我也热闹。

黄埔校

江山取之国民党,英雄出自黄埔校。
学生莫怪败老师,人心向背顺大道。

范玉厚
笔名范琰石,男,1939年生,退休干部,中华诗词学会会员,中国作家协会《诗刊》子曰诗社社员,山东省诗词学会会员,德州市诗词协会会员。曾在《中华诗词》《历山诗刊》《山东老干部诗坛》《稻香湖》《鲁北文学》《无名文学》《德州》及几家报纸上发表作品,并在近几年全国诗词赛中获得过特等奖一次、金奖三次、一等奖五次、二等奖二次。出诗词书一本。

七绝·赏春(新韵)

偷闲郊外享春光,杨柳迎接鸟炫装。
抓把温馨藏两袖,花香灌满一诗囊。

七绝·棉乡情(新韵)

气爽天高絮满技,村姑巧手正忙时。
银花朵朵含佳句,一畈棉田万首诗。

七绝·堤上闲行(新韵)

微风水上弄清波,粒粒珍珠滚嫩荷。
雨霁舟闲芦苇荡,蛙声染绿一条河。

七绝·踏青(新韵)

丽日轻装郊外行,童心不改一痴翁。
野花争艳撩人醉,浸入小诗春味浓。

七律·春满人间(新韵)

东风昨夜扫残寒,坝上野花争显妍。
青杏一枝招手笑,红梅几朵逗蝶旋。
鱼游水面迎佳客,鸟唱滩头戏画船。
老叟兴来吟妙句,欣然命笔绘春天。

七律·秋韵(新韵)

云淡天高万里秋,谁将赤色染枝头?
西山枫树摇金币,南亩棉花吐彩绸。
玉米飘香迎客赏,石榴增韵惹人留。
如仙美景天公赐,常引诗家几日游。

范振斌
字苏宾,号老院居士。1955年12月生于辽省新宝系,1982年初毕业於东北财经大学。中华诗词学会会员,中国楹联学会会员,中国金融作家协会理事,中国书画家联谊会会员,北京市书法家协会会员,《金融文坛》常务副总编。出版《诗风墨员》《闲情漫寄》等诗词集,作品散见于《中华诗词》《中华辞赋》《金融文坛》《中国金融文学》《书法报》《七彩语文》等报刊。

重阳游神堂峪
穿云破雾上神堂,古道残垣紫柏苍。
九曲听琴泉作谱,三秋赏菊笔凝霜。
登高应赋东坡句,寄傲当吟五柳章。
酒煮茱萸同一醉,白头翁似少年郎。

谒杜甫草堂
菊芳桂馥裹香斋,玉藕莲蓬并蒂栽。
花径常随迁客扫,柴门不待主人开。
苍波依旧染春水,佳句如斯盖世才。
更喜秋池傍鸥侣,浣沙溪畔锦辉裁。

行香子·清明寄怀
冷水寒飔,河柳低垂。迓游人几处来归。故人不见,谕训如随。海道无反,德无失,礼无违。

雪涛春涌,残冰泥化,感苍天共与清凄。松杉颔首,竹菊凝悲。奈纸成蝶,泪成雨,梦成诗。

念奴娇·离乡40年感怀
春闱折桂,便离家,回首卅年情切。弱冠南行成远别,梦里何曾安歇!影顾平山,心连老院,鱼雁捎边月。征程南北,四京秋露冬雪。

难忘最是乡愁,渔樵耕读,梁上燕声叠。暗换垂髫生素发,过了青葱时节。河水西流,浮云无际,霞舞残阳烈。光阴迢递,笑看江远天阔。

暗香·读书会
古都秋色。似阳春时候,风颐霞逸。竹影敲窗,曾府潇湘水含碧。胜友耆贤雅集,倾心读、史经词律。霜天处,如火枫栌,醉把锦林织。

香溢。漫书墨。念小渠清嘉,临川诗笔。囊萤凿壁。都将情怀付篇帙。更见星星文字,自有那、玉颜金宅。半塘里,欣见得,水光云熠。

满庭芳·华蓥山
雾锁群峰,岚笼竹海,雨中曲径攀缘。崖奇洞诡,苔上滤清泉。绿谷红岩紫蔓,石林矗、巨擘擎天。凭栏望,浩叹蜀道,万里渺云烟。

痴迷行乐处,湖鱼戏蕊,林鸟啼峦。仰丹霞,壁痕镌铸华篇。犹见双枪老太,巍然立、血荐轩辕。斜阳外,渠江落照,暮色染苍山。

永遇乐·母校40年庆典感怀
橘绿橙黄,枫红菊紫,秋色新赋。星海扬波,尖山领首,喜卅年胜聚。两闱学子,一朝才俊,沧海中流砥柱。忆当年,冲天豪气,都付半生烟雨。

白云苍狗,山南关北,望断飞鸿无数。同学韶年,而今翁姬,叙别怀离慊。垂纶煮茗,犁田泼墨,乐此青春重度。且珍惜,老梅苍竹,朝花夕露。

万年欢·咏荷
雅冠群芳。恰芙蓉出水,占尽风光。丽质天然,琼珠泻露凝霜。半卷初开嫩叶,惹蜂蝶、啜蕊含香。浑犹似、素月峨眉,袅婷玉立端方。

东君总误佳季,更根生春恨,丝乱柔肠。太白濂溪神笔,醉写词章。韵字琴心暗度,缔莲藕、池浴鸳鸯。秋泓里、结实玲珑,辉耀华堂。

方军

现为军旅诗书画艺术家、教授,国家一级美术师,南京艺海潮书画院院长,中国国学研究会名誉会长,中国书法家协会会员,中华诗词学会会员,中国艺术研究院创作委员。方军出版有《一実斋诗抄》《方军诗书画作品集》《一実斋诗文散记集》《一実斋吟稿·方军诗词作品选》《巢湖美·方军诗词书法作品集》等。

七律·金陵抒怀
十里秦淮光艳丽,栖霞枫岭染红天。
玄湖碧浪钟山映,柳岸垂丝墨客牵。
气爽秋高丰硕果,风轻云淡喜欢颜。
满城景色随心赏,眷恋情怀少一贤。

游玄武湖
波映粼光月影斜,玄湖伴柳吻芦花。
兰馨带露如心沐,相看依然叠彩霞。

题画兰诗一首
每念幽兰擸露芳,轻盈怡态小容妆。
彩霞深处回眸望,采撷春光供玉堂。

题月色梅花图一首
红梅春拂晓,月色淡无私。
素雅痴情绽,清香缀冷枝。

游绍兴兰亭感赋
清风翠影聚贤人,曲水流觞雅韵珍。
集序神碑留客步,鹅池柳岸洗浮尘。

游嘉兴西塘古镇
乌篷十里荡波光,软语晓听老屋旁。
岸柳丝丝垂旧事,花灯几盏梦西塘。

七律·巢湖美
清波漾影映垂杨,塘藕银虾拾稻粱。
鱼网织成舟满荡,石桥垒就岸花香。
惹人橹女渔歌调,夺目云帆古韵长。
最是水乡形胜处,姥山岛上好风光。

方克逸

网名浮槎逸云,男,安徽巢湖市人。中华诗词学会会员,巢文化研究会名誉会长,长期研习新闻、民俗、文史和诗词联赋写作。作品《长相思·江口乌洲》获"多彩衡南征文"优胜奖,《沁园春·九江》获"纪念改革开放四十周年全国创作大赛"优秀奖。

七律·巢湖
(韵依《平水韵》上平十五删)
百里风情衔玉环,山围游漭漭围山。
铁闻焦姥仁心挚,遥忆有巢构木艰。
春媚桃源馨卉果,秋高鱼米飨人寰。
文明故邑溢生气,愿景升华开眼攀。

备注:巢湖名列我国五大淡水湖,位于皖中,三面青山一面湖,湖面又有姥山、姑山、鞋山三岛诸峰,名胜景点星罗棋布,宛若世外桃源,为国家级风景区;巢湖市是人文圣祖有巢氏构木为巢发祥地,2017年荣膺全国文明城市。

七律·致敬方孝孺[①]
(读《明史·方孝孺传》有怀,
韵依《平水韵》下平二萧)
一代文豪社稷瑶,面君庄士寸心昭[②]。
辨材太祖栋梁嘱[③],靖难燕王诛族器[④]。
咫尺天涯荣辱劫,成仁易水子胥潮[⑤]。
读书种子鬼神泣[⑥],炼狱复萌馨九霄。

备注:①方孝孺(1357～1402年),宁海(今浙江宁海县)人,明朝直吏大儒。字希直,因在汉中府任教授时,蜀献王赐名其读书处为"正学",世称"正学先生"。后因拒绝为发动"靖难之役"的燕王朱棣草拟即位诏书,被朱棣杀害,即史传"诛灭十族"之狱。南明福王时追谥"文正"。

②庄士:端正之士,正人君子。

③太祖栋梁嘱:洪武十五年(1382年),方孝孺被朱元璋召见。朱元璋欣赏他举止端庄严肃,嘱咐皇太子朱标:"这是一个品行端庄的人才,你应当一直用他到老。"

④诛族矣：朱棣杀害方孝孺，并灭其十族。

⑤易水：在河北省西部。源出易县境，荆轲入秦行刺秦王，燕太子丹饯别于此。子胥潮：又称钱塘潮，传说春秋伍员(字子胥)被屈杀而变化之怒涛。

⑥读书种子：相传，朱棣发动"靖难之役"率军从北平出发时，靖难之役的主要策划者姚广孝把方孝孺托付给朱棣说："南京城攻下之日，他一定不投降，希望不要杀他。杀了方孝孺，天下的读书种子就灭绝了。"朱棣点头承诺，却因帝位食言。

长相思·先子洼①

(谱依白居易体，韵依《词林正韵》

八庚九青十蒸通用)

前郢清②，后郢明，垄上浮槎双井悬③。文忠醉乳羹④。

山地耕，水田耘，山水承平生态循。千秋正学馨⑤。

备注：①先子洼：自然村，又名小郢，村庄南北分为前后郢子，隶属安徽巢湖市庙岗乡方集行政村。

②郢：古地名。春秋时期，楚文王建都于郢，故址在今湖北江陵西北纪南城。楚国都城屡有迁徙，凡迁至之地均称郢。先子洼又名小郢来历，尚待进一步考证。

③浮槎：先子洼(小郢)村位于皖中第一峰浮槎山东麓垄头。双井：指浮槎山巅有合肥泉、巢湖泉(简称合巢泉)两眼甘泉。

④文忠：即北宋文豪欧阳修，谥号"文忠"。乳羹：浮槎山巅合巢泉俗称"乳泉"。文忠醉乳羹：史载欧阳修任职滁州时，曾品尝赞赏浮槎山合巢泉，写下《浮槎山水记》一文，收录欧阳修文集和四库全书。

⑤正学：即方孝孺，明initial大臣、学者，其在汉中府任教授时，蜀献王赐名其读书处为"正学"，世称方孝孺为"正学先生"。先子洼(小郢)村，史载系方孝孺诛连十族冤狱时，族下遁此形成。

满庭芳·巢湖

(谱依苏轼体，韵依《词林正韵》

十一真十二文十三元(半)通用)

鸥唱青云，帆翔碧浪，水天同色乾坤。姥姑吴楚，环圣境红尘。应是神功造化，百川纳，景蔚芳邻。东流去，裕溪荡漾，一线跃天门。

湖滨时品味，遐思万缕，物产三珍。有巢氏雄风，佑邑耕耘。盛世初心更韧，谋幸福，普惠乡亲。明珠梦，熠光灿烂，生态正源醇。

备注：巢湖位于皖中，为国家级风景区；巢湖市是人文圣祖有巢氏故里。

沁园春·无为①

(谱依陆游体，韵依《词林正韵》

四支五微通用)

高铁奔驰，锦绣田园，信步景移。忆濡须壁垒②，魏吴亮剑，一声叹息，魏武班师。胜负兵家，寻常态势，谈笑留名传世奇③。黄金塔，若樯霄汉耸，舸泊江矶④。

芳名天下心仪，邑济世古今总相宜⑤。况米公拜石，墨盈神采⑥。安澜御敌，叱咤雄姿⑦。一代青天，为民请命，恺老开仓粮断时⑧。知音梦，拭清明瑞世⑨，物阜人熙⑩。

备注：①无为：无为县，隶属于安徽省芜湖市，地处安徽省中南部，长江北岸，北依巢湖，南与芜湖市、铜陵市隔江相望。无为建制于始隋朝，县名取"思天下安于无事，无为而治"之意。

②濡须：三国时城堡，位于今无为县城北临裕溪河(古称濡须水)。东吴孙权在此建濡须坞，为战时屯兵港口，以抵御南下曹军。东汉末年，曹操与孙权统率的军队之间在此发生"濡须之战"。

③留名：曹操兵败濡须之战，遂叹"此乃无为之地也！"坊传此系无为县名之来历。魏武：即曹操。

④黄金塔：民间传说无为县城地貌是只大船，故造黄金塔为船樯，以扬帆远航。矶：水边突出的石滩。舸泊江矶：指无为滨临长江。

⑤芳名：即"无为"。"无为"乃道家理念。《道德经》称"为无为，则无不治"。

⑥米公：米芾，北宋大书法家，曾知无为军，恃才傲物，拜奇石为"石丈"，"石丈"现存无城米公祠。

⑦安澜：戴安澜，无为籍赴缅抗日名将，革命烈士。

⑧恺老：张恺帆，原安徽省委书记处书记、常务副省长，三年困难时期"开仓放粮"，救济无为百姓于饥荒死亡线，百姓呼之为"张青天"，敬称为"恺老"。

⑨瑞世：含义优盛世。

⑩物阜人熙：物资丰富，民众安乐也。

贺新郎·戏马台①

(谱依张元干体，韵依《词林正韵》

去声十五翰十六谏十七霰通用)

盖世英雄汉！掷豪情，拔山举鼎，史君长叹。西楚霸王欣亮相，潇洒崇台伺饯②。检阅传奇勇冠。抬望眼，烟云消散。瞻仰承平形胜瀚，正当时，淮海新都羡③。萦往昔，恋雏念。

苍桑正道时光伴。倚长空，功亏一篑，历阳侯谏④。往古来今天地炫，邂逅因缘彼岸。孰定数，终归尘土。思古情怀彪出彩，务明时⑤，醉美彭城璨⑥。然戏马，任君侃。

备注：①戏马台：戏马台是徐州现存最早的古迹之一，公元前206年，项羽灭秦后，自立为西楚霸王，定都彭城，于城南里许的南山上，构筑崇台，以观戏马、演武和阅兵，故名戏马台。随着岁月的流逝，时移世变，昔日的建筑物已湮没殆尽。现经整修，戏马台以巍巍壮观面貌，迎接海内外游客。

②崇台：戏马台。

③淮海新都：喻徐州是淮海经济区的中心城市。

④历阳侯：居巢（今安徽巢湖市）人范增，被项羽尊为亚父，封为历阳（今安徽和县）侯。

⑤明时：政治清明时代，喻指新时代。

⑥彭城：国家历史文化名城徐州，帝尧时期彭祖建大彭氏国，故徐州古称彭城。

方明海

中华诗词学会会员，安徽省诗词学会会员，安庆市诗词楹联学会副会长，主编《晚晴诗联》《安庆炳烛》《龙山艺苑》等报刊。诗词散见于广州《诗词》报，《安徽吟坛》《安庆诗词》等报刊。

七律·无锡灵山采风
大佛巍巍耸碧天，招来六出润良田。
琼花漫舞迎新日，游客轻歌辞旧年。
岁盼丰收家盼福，民求富裕国求贤。
采风无锡精神爽，踏雪寻诗诗满篇。

七律·水仙花
屋外寒风冷欲狂，厅中花放正流芳。
冰清玉洁牵魂梦，叶绿冠黄着素装。
不与春芳争秀色，敢同冬令斗繁霜。
临波仙子案头立，伴读诗书送暗香。

七律·己亥年元宵节
新正十五闹元宵，狮舞龙腾热浪高。
锣鼓频敲传喜讯，霓虹闪烁耀城郊。
汤团一碗浑身暖，美酒三杯对月邀。
更有灯谜人气旺，街头射虎乐逍遥。

注：射虎即猜谜。

七律·端午感怀
年年端午赛龙舟，急鼓催征破浪遒。
且把菖蒲门上插，还将角黍水中投。
离骚一曲乾坤动，天问三番魑魅愁。
盛世今朝怀屈子，忠魂千载万民讴。

临江仙·无锡梅园赏梅
游客纷纷何处去，横山正放梅花。满眸香海望无涯。疏枝留倩影，冷艳尽人夸。

不与群钗争国色，孤芳犹爱霜华。玲珑剔透自无瑕。严寒何所惧，岭上绽奇葩。

临江仙·过年
结彩张灯盈紫气，桃符已换新联。阖家欢聚大团圆。佳肴香满屋，美酒醉心田。

老少围炉齐守岁，良宵共话尧天。天篷下界贺华年。银屏频焕彩，百姓夜无眠。

临江仙·春天里
春雨绵绵苏万物，百花渐露娇容。喜看陌上草茸茸。莺歌杨柳岸，燕舞碧空中。

盛世东风频送暖，黎民尽享年丰。欢声笑语乐无穷。三阳开国泰，四海舞霓虹。

临江仙·感恩母亲

十月怀胎多少苦,一生历尽沧桑。养儿育女度时光。操持家务事,未老鬓飞霜。

梦里萱堂常见面,依然粗布衣裳。而今欲孝隔阴阳。春晖无以报,泣血断肝肠。

方萍霞

网名轻若婉兮、月洗丹枫,浙江人氏。热爱古典诗词创作,大中华诗词协会会员。作品发表《中华诗词》《中华诗人》《大中华诗词》《中国诗赋》《当代诗词》《燕赵诗词》《长白山诗词》《扬州诗文》《诗词报》等刊物。著有诗词集《挽一段流光浅唱》。

生查子·恋曲

弱柳意真真,匝地残红皱。记得我来时,小扇轻罗袖。

邂逅那人儿,细雨黄昏后。一顾已倾心,暗种相思豆。

如梦令·听秋

红叶燃情多少?白露滴诗天巧。稻浪唱丰收,大雁归乡晴昊。飞了,飞了,众雀对秋相告。

南乡子·夫约赏荷

恼煞个人呵,有约非来久笃磨。微信频催犹未至,缘何?等到花儿都睡么。

雨乍坠婆娑,欲向亭轩避避哪。回首郎君持锦伞,临哦,已转无嗔笑语多。

鹧鸪天·故乡的小河

最忆家乡是小河,风吹岸柳舞婆娑。晨淘米照菱花镜,暮捣衣观并蒂荷。

潜水底,摸蛳螺,丫头几个比拼多。鱼儿成队围看久,监督阿谁耍懒么。

踏莎行·杭州至北京高铁上漫题

窗外花明,车厢人静。跨桥穿隧车飞骋。熏风着意送温柔,沿途友好摇枝影。

轻啜咖啡,联翩佳境。旅程千里行将罄。此情欲待拥京华,腹中已有诗胎孕。

小重山·桃花

一袭红衣临水滨。花容低映照、淡描唇。燕莺见说赞清纯。风鲁莽、撞俺小腰身。

独与竹兄亲。些些谈笑里、见经纶。何当月下道情真。心已许、暗许梦中人。

醉蓬莱·忆旧

又红消翠减,败柳残荷,晚凉秋气。雁绝鱼沉,对烟波千里。敛尽颦眉,宿愁新恨,问彩笺谁寄?蝶梦虚无,中州底事,去如流水。

省念当年,浅斟低唱,织锦回文,语倾心肺。今日何堪,已怅望人背。钿匣遗诗,子在何处?忍断肠声碎。寂寞吟盟,重逢难可,复寻无计。

方生

方生(实名),正雅(笔名)。广东人。广东省诗社名誉社长。《中国好诗》杂志社签约作者。今日头条认证的优质美文领域创作者,凤凰新闻网诗歌原创作者。

五律·南天春色

雨润江山丽,披披和暖风。
冰开三月里,鸟逐一川中。
春入原田绿,花燃野陌红。

南天丹草盛，新岁正新丛。

五律·春竹
园中春竹美，碧影染长空。
高节留清瘦，疏林伴冷红。
风吹香细细，雨打郁葱葱。
一挺凌云志，飘摇不倒翁。

五律·看《圣经》有感
我有一张琴，闲时弹和音。
三山知子意，四海懂神心。
亘地宣神语，鸿辉照主临。
福音传正道，国度有谁寻？

五律·夏雨
烈日转云阴，长风扫火临。
南乡开爽气，北陌满甘霖。
带露莲花盛，沾衣草木深。
蛙声随意闹，雨色伴虫吟。

七绝·《月季花》（新韵）
四季春情月季风，含苞倩影映青丛。
一番谢了一番至，夜夜飘香日日红。

七绝·雨后
密雨初收草色新，江湖卉木少蒙尘。
蜻蜓逐影低低舞，戏水鱼儿跃跃频。

七绝·观鱼
雨洗江湖爽气和，鱼儿正值戏清波。
不贪微利方为好，水面渔家钩网多。

五绝·送友人
客散渡江头，风推欸乃悠。
江中一帆远，再顾没云悠。

方文德

男，满族，1936年9月出生，隆化县太平庄乡人。中华诗词学会会员，子口诗社社员，河北省作家协会会员，河北省诗词协会会员。先后在国家、省、市级刊物上发表诗词180多首。曾出版《秋情韵语》《八十问诗》两部诗集。

七律·隆化颂歌
安州北魏溯千年，历史文明厚重篇。
伊水鱼翔衔月影，苔山塔峻伴松眠。
天功岫洞藏元锦，碑勒行围话木兰。
物阜民丰福寿地，风光醉客忘思还。

七律·伊兴湖唱晚
绿水盈郭树满情，池塘春草不蛙鸣。
烟萦落幕山千状，浪涌微波碧万层。
最喜晚凉风月好，常观塔影画中行。
彩楼镶嵌星河里，湖抱安州水半城。

七律·庙宫水库
群峰夹镜锁波澜，极目瑶池景壮观。
倒挂悬崖千丈壁，包容浩瀚万倾天。
惊涛坞埭防灾祸，坝堰拘囹旱母顽。
秀口吐得珠玉雨，一川金染好丰年。

七绝·80抒怀
沧桑岁月老年身，回首红尘感受真，
潇洒余生挥翰墨，激情雪发写强音。

五律·学写诗有感
退休心地窄，寂寞似失魂。
巨变中寻宝，复兴里采珍。
精神得奋勉，生命扩年轮。
老至诗为伴，人逢第二春。

五律·蜜蜂
和煦春风唤，嗡嘤使命催。

— 321 —

人间为好友，植物做红媒。
追梦辛勤过，花前不醉回。
丹青飞画里，感动入诗帷。

方晓舜

安徽省枞阳县人。中共党员，大学文化。曾在火箭军服役，转业在安徽省卫生健康职业学院工作，已退休。现为枞阳县诗词学会会员，安徽省诗词协会会员。

七律·庆新中国 70 华诞

七秩生辰喜事连，神州大地乐空前。
倡廉反腐新风举，革故创新捷报传。
白发妪翁歌舜世，青春男女舞尧天。
民安国泰山河美，中华复兴梦正圆。

七律·枞阳县交通赞

县域公交竞自由，越山渡水说风流。
村庄市镇连蛛网，浪渚江乡驶义舟。
货畅八方高速快，商营四海友朋稠。
且看天堑通途日，一架虹桥扫万忧。

注："义舟"指江心凤仪铁铜两乡早已开通免费轮渡。"通途"指池州长江大桥六月将竣工通车。

七律·白玉兰花

花开绿叶先，自顶一方天。
坐树霜云驻，离枝雪絮翩。
清香飘木下，本色展君前。
最是情深处，归根化小船。

注：白玉兰为上海市市花。

七律·咏池州杏花村

秋浦千年骚客地，烟霞十里杏花天。
鹃梭雨线开云锦，蝶板莺簧响管弦。
梦接樊川豪气壮，风承唐韵唱腔圆。
牧童遥指醇香处，美酒新诗斗百篇。

七律·新农村赞

骀荡春风入户轩，驱寒送暖悄无言。
琼楼别墅千家旺，亮室明廊百卉繁。
柳绿桃红芳草地，莺簧蝶板杏花村。
欲归燕子呢喃语，辗转逡巡未识门。

七律·咏白云岩

枞阳大美画图开，数点奇葩有雪梅。
怪岭危峰铺秀色，名山胜水映蓬莱。
洞天景好游人聚，福地神灵弟子堆。
缱绻白云今又现，殷勤青鸟几时回？

注：白云岩在枞阳白梅乡，刘大櫆《浮山记》中有白云青鸟故事。

七律·访贵池区元四章古村

历尽前朝雪与霜，春风得意枕河旁。
小桥流水槐荫树，黛瓦雕窗薜荔墙。
三进层楼连叠院，四坡天雨入归堂。
儿孙绕膝农家乐，人寿年丰日月长。

七律·游石台县醉山野景区

金风送爽沐晨晖，与友黄崖看翠微。
一股清泉垂瀑布，几潭玉镜照花衣。
栈桥鸟雀林中闹，滑索游人岭上飞。
落栗遍坡随手拾，秋山赐我夕阳归。

方钰轩

真名方强，男，95后。陕西省咸阳市人，暂居广州市。《渌水诗刊》名誉主编，《雍州诗刊》编辑部主任，陕西省蓝溪诗社副社长。现为中国楹联学会会员，中国诗赋学会会员，广东中华诗词学会会员，广州市作家协会会员。有作品散见于《中华辞赋》《诗词月刊》《中华诗教》《中国诗赋》《陕西诗词》《星星·诗词》《神州诗词》等社会杂志刊物。

醉花阴

细雨斜风春意旧，春暮凉袂袖。雷雨

正当时,抚卷珠帘,昨夜栽新柳。

旧楼重阙人消瘦,珠泪惊城甍。浊酒怎消愁?夜伴东风,试问曾归否?

江城子

霜天残月最多情,夜无声,月无情。一帐红帘,难掩烛灯明。最是异乡人久别,唯孤月,泪相迎。

忽闻窗外雨珠声,漫燕京,路难行。滴落残花,风啸惹雕屏。纸伞侧行门外去,随夜雨,向街亭。

霓裳中序第一

长安正望去,密雨愁云初作序。辞别雍州久许。夜曾几梦回,相思如注。庭楼信步,鼓语钟声当如故。今何在?寒风冷月,万里雁难遽。

秋暮。中庭风舞。月寒寂影西竹坞。高楼灯寂人瘆,独自凭栏,月下丝语。仰长空暗暮,经久夜思心怎住?人不寐,任凭风意,侧泪未曾诉。

一剪梅

塞外愁云抚榭楼,细雨斜风,迷乱深秋。珠帘秋水落貂裘,浸没琼台,溢满河沟。

久别长安家事忧,梦寄相思,月托康忧。两行珠泪溢清眸,横渡长江,一叶轻舟。

苏幕遮

雨遮城,云蔽户。夜袭频寒,黄叶迎风舞。瀰柳低垂千万缕,风雨难摧,两岸花轻吐。

异乡人,行客旅,前路难寻,只把佳人妒。夜夜凭栏西北顾,遥寄相思,化作西风去。

方跃明

笔名江南春,1969年出生,江西省婺源县人。中华诗词学会会员,中国楹联学会会员,江西省作家协会会员,婺源县诗词楹联学会会长,三江诗社副社长。个人出版诗集《乡村吟草》《云川集》、游记《驴行婺源》随笔《婺源美食》散文《和云一起栖息的地方》和校注本《遗胜诗钞》。

读熊东遨、陈思明二先生唱和诗并次原韵

雪堂文卷待潜修,然后江湖作漫游。
一纸雄辞传赤壁,十分春意在金秋。
汮山已共庐山显,水色还期月色浮,
四顾风轻千竹翠,林禽前面更清幽。

晨读孟夫子佳作,以天降秋雨咏而和之

此去蒸炎料可休,黎民无虑宦无忧。
窗前阵阵梧桐雨,天下萧萧芦荻秋。
自架铜炉歌小调,待呼海气写冰瓯。
跛驴病树岂关我,更有春阳在上头。

名亭园随想

名亭堪忆又堪怜,旧趣新闻各斗妍。
满眼风光应胜昔,一方人物几超前。
忧民谁作招魂赋,励志难寻买骨篇。
教子和丸终枉费,禾丰麦实不如钱。

犹嫌

犹嫌蝉翼碍深情,恨不剖心书赤诚。
北狄无盐聊可味,中原有土那堪耕。
从来祖训存慷慨,到底遗氓忘死生。
昨夜天庭丹诏下,门前梧叶尽秋声。

脚疾二月余,今幸痊愈,赋俚语八句以记

抱恙连旬不识扉,窗前已是雁南飞。
袍宽未恨关粮少,笔涩犹嫌谢屐违。
岂痛残躯无上药,翻愁困骥傍朝衣。
如今许我开云步,自锁茆斋悟化机。

行香子·小暑漫游,相约分嵌(坡公"一张琴、一壶酒、一溪云"人句,予得"一溪云")

车过无尘,雨后良辰。水天外、万木如春。鸟虫唱彻,花叶垂恩。爱岭头松,沙头渡,岸头人。

蛇行愈远,感慨犹真。高湖上、元气氤氲。断情谁续,旧梦难温。看一川风,一窗绿,一溪云。

望海潮·小港抒怀

青峦如幕,惊涛似鼓,蒹葭莽莽无涯。风托鸟巢,云栓树杪,依然秦汉人家。午后踏寒沙。忆说前朝事,悲喜交加。大港洲头,文公当日可停槎?

三河两岸如花。看梅红麦绿,画舍香车。窗映紫宸,庭生白玉,山中竹酒如霞。地僻业多华。爱我南屏子,肺腑清嘉。即便冬雷夏雨,谋划未曾赊。

行香子·重游珍珠山牛角套

树木森罗,日影婆娑。云天下、鸟啭风过。难逃酷暑?此处消磨。爱砂洲冷,烟洲碧,绿洲多。

山光似画,水响如歌。相携手、探穴扣萝。宽衣脱履,踏浪淘螺。看回峰展,玉峰出,众峰和。

唐多令·查记酒坊饮后

浙水绕前楼,徽风醒醉眸。凤凰山、翠色如流。雪压桃花花酿酒,三碗过,扫千愁。

云树霭边浮,斜阳槛外收。好时光、最是难留。客送车前车不走,拟载我,向洪州。

鹧鸪天·游辛弃疾公园得句

已共坡公化紫烟,彤云彩雾映晴川。期思渡上三千水,白鹭洲头不二天。

禅院内,带湖边,英雄归去有遗篇。而今不识其中味,却说青山绿水闲。

方卓

大学毕业,南天诗社会员。曾任中山大学哲学系党总支副书记、系副主任。现是国家一级诗词著作家。在全国大赛中多次荣获各种奖项。

庆中秋迎国庆(回文诗)

一

秋中赏月赏中秋,国庆邀朋聚雅楼。
优政善行新改革,好年果实倍增收。
讴家国大人欢喜,建镇街妍众放眸。
头白雪华才显贵,休闲趣乐意悠悠。

二

幽妍景色月光秋,国庆团圆共聚楼。
优质饼香茶满酌,密甜醇美果盈收。
游欢盛世当歌颂,乐看新潮壮放眸。
筹绘画图宏展大,休闲喜咏唱悠悠。

七律

一

八月开花菊特妍,中秋国庆胜从前。
征诗约友求佳句,发柬邀朋撰雅联。
赤县欣倾开放酒,中华喜颂创新篇。
近平政策神州富,民族高歌唱万年。

二

百花竞放尽开妍，国庆中秋庆在前。
壮志凌云兴改革，雄心向党谱新篇。
锦诗靓句超千首，玉律金声撰百卷。
社友联吟情倍艳，期颐快乐越期年。

三

明月幽悠照大川，中秋国庆贺欢然。
弹琴击鼓歌新曲，作对吟诗谱古篇。
玉水名茶真可口，金黄靓饼够香妍。
和谐社会民分享，特色中华世界圆。

四

华灯盏盏九州明，香饼中秋国庆迎。
手举金杯扬改革，胸怀致富起征程。
喜逢佳节广场舞，欢度良宵皓月晴。
民族奔康齐奋斗，初心一路铸忠诚。

建国 70 周年大庆（藏头诗）

建新中国摘贫穷，国貌复兴世界崇。
七秩奔康家富有，十分改革业丰隆。
周全开放金花艳，年代腾飞特色红。
大统江山期有日，庆迎伟绩快圆梦。

祖国耄年腾飞

耄年祖国凯歌旋，开放奔康揭典篇。
庶富邦强昭日月，港归澳返震坤乾。
鞭挥奋力频催马，帆举乘风快棹船。
经济二强讴改革，中华民族乐尧天。

注：以上诗是用佩文诗韵。

房德夫

山东省临沂市蒙阴县人，网名沂蒙山人，从小热爱古诗词，个体经营者。

七律·咏苦莱花

娇躯凭任疾风吹，曾享寒冬肆虐威。
朝迎车流呼啸过，暮辞人海择途归。
低头热吻蝶双舞，抬眼遥看雀单飞。
忽遇一场春雨后，涤罢蒙垢放银辉。

七绝·五四抒怀兼警示儿女

闲坐逍遥应有涯，胸中感慨远离家。
浩天难见常晴月，匆去夕阳迎落花。

七律·六一小学同学小聚而作

日影西斜难再晨，童年伙伴涉烟津。
少时懵懂三秋月，老朽惊醒五十春。
开口休言离别意，放歌勿唱梦中人。
相逢相见不相识，笑指眉梢染雪尘。

五律·家乡情怀

袅袅炊烟起，晨歌伴煦阳。
林中传鸟语，园内浸花香。
千岭松迎客，一川桃恋桑。
民风淳朴地，游子念家乡。

七绝·老家（新韵）

白云缭绕依巍峤，异草奇花香暗飘。
水秀山青仙境地，隐约翠掩数间茅。

七律·大暑遇雨

酷热无情草木凋，欲求夸父恨难消。
常思烈日匆匆去，忽见浓云滚滚飘。
发号雷公声阵阵，得令龙王水潇潇。
天随人愿及时雨，惬意凉身润绿苗。

卜算子·游云蒙湖

手足血脉连，兄弟情谊厚。笑语欢声游云蒙，今又相牵手。
湖里捉鲜鱼，锅中煎春韭。戏水观花且为乐，畅饮重逢酒。

江城子·赞果农

人勤春早事周详，别寒霜，嗅花香。疏果施肥，戴月急行凉。踌躇满怀多壮志，精管理，细思量。
　　愿望常在梦中藏，步铿锵，意高昂。那管风尘，迷漫染汗装。荆棘路中多坎坷，初心在，志犹刚。

房永敏

　　男，山东省沾化一中教师，滨州市诗词学会会员，百余首诗词散见于《诗词月刊》《凤凰诗苑》《四海诗航》等诗刊，散文论文类发表在《散文百家》《渤海文学》《语文报》等报刊上。

七律·八一节赞解放军
南昌首次亮钢枪，革命英雄上战场。
中外贼倭心胆颤，三军将士气轩昂。
身经百练存真技，发展科研筑铁墙。
海陆空天风不透，河山前景愈辉煌。

七律·从教感怀（新韵）
献身教育卅年无，坎坷悲欢在旅途。
仿宋效唐长补短，推平敲仄陌成熟。
征程起止随云散，社会兴衰伴浪浮。
生正逢时情盖世，鹰心鹤志展鸿图。

七律·七夕有寄（新韵）
年年岁岁鹊桥仙，织女牛郎见面难。
伉俪情深传爱意，神惊鬼泣世人间。
凡尘夫妇寻常过，柴米油盐每一天。
挽手同心齐筑梦，和鸣琴瑟谱新篇。

七绝·咏枣花（新韵）
素雅黄花散郁馨，蝶蜂竞采自缤纷。
秋来有望年成好，化作琼浆醉客人。

七绝·学生暑假生活（新韵）
琴棋舞蹈兼临帖，绘画耕读又作文。
家长老师滋彩梦，传国艺术入人心。

七绝·观广场大合唱
靓女型男化艳妆，摩拳欲试上台忙。
金声玉振流云遏，奖品鲜花喜气扬。

七绝·赞滨州诗社（新韵）
时逢盛世心情爽，李杜欣闻摩指掌。
金句丽词波浪涌，万千气象雄文畅。

七绝·颂沾化词坛（新韵）
诗翁词妪聚一堂，弄墨舞文好去处。
推仄敲平兴趣高，喜逢盛世尽情吐。

放空心灵

　　本名樊旭东，四川省南部县人，中华诗词学会会员，中国楹联协会会员，中诗协会员，竹韵汉诗协会会员，南充市诗词学会会员，四川省诗词协会会员。喜欢格律，希望用平淡的语言书写格律，以表达自己平凡的内心。

五律·渡陵江登火烽山有感
再渡陵江水，身孤复遇冬。
烟舟惊野鹜，梵呗送霜钟。
情托篱边菊，心怀涧底松。
岂因寒气阻，我自向云峰。

七律·日暮遣怀
本欲青恋唱大风，奈何音质不曾同。
丰颜未步云台阁，兀首已徕烟柳丛。
截缕余辉邀太白，取坛清酒醉坡公。
尤怜身似浮萍客，影入长河夕照空。

七律·50生日感怀
蹉跎五秩无余业，空好诗书不好名。
笔下风云多激荡，胸中天地自峥嵘。
一杯痛饮今宵梦，双鬓残垂半世霙。

烛影恰能勾往事，依稀庄蝶舞三更。

七律·端午祭
年年端午必招魂，世上凡夫叹楚门。
把酒雄黄驱鬼魅，凭轩艾草祭乾坤。
离骚幽愤三千载，汨水悲歌八九吞。
休问怀王何所欲，关山不语隐黄昏。

七律·夏至逢雷雨有感
狂飚直扰通宵梦，霹雳横开五月天。
雨急光浮身似客，更深影动烛如烟。
巨雷只为奸心炸，曲笔皆因伪史诠。
向晓乾坤承夏至，不悲俗世且高眠。

七律·听雨
独自临窗听雨声，风中天籁向吾倾。
松涛助力摇龙舸，竹浪传神拨凤筝。
散入大千滋客梦，直敲方寸动诗情。
玉皇劲泼瑶池水，一洗尘寰慰众生。

七律·早春行吟
梅花几树不争春，笑傲晴川细柳新。
云雁独栖芳草地，烟舟只泊绿杨津。
一肩迟日孤高客，十里东风寂寞人。
莫问本心何处在，霞光早染水云身。

七律·春吟
松风淅淅过云亭，历历山原草色青。
夕照无边侵旷野，岚烟几缕上玄冥。
春来不觉身心老，旅次犹希岁月宁。
归鹤纷纷寻竹浦，陶家细柳自娉婷。

冯超
笔名超然，湖北省云梦人，在广东务工，喜爱历史与诗词。2018年8月学诗词，作品发表于《江南诗词苑》《中国优秀诗人诗歌精选》等，不求闻达于诸侯，旨在传承中华诗词文化。

七绝·梦雨荷
夜梦荷沾雨，迎风捉桂浆。
玉亭姿艳丽，粉黛醉花香。

七绝·山中觅道
千寻圣迹别尘缘，梦景由然映眼前。
云谷青山飞玉瀑，仙门借问几重天？

七绝·咏荷(新韵)
菡萏初开细雨飞，临风含露弄娇辉。
亭亭玉立青池上，不染污泥藕自馡。

七绝·归期(新韵)
秋高入夜雁南栖，露叶霜花浸羽衣。
松雾竹风拂倦影，心心念念是归期。

临江仙·蛇山赋(张泌体)
一片云台幽月现，千年还照街前。喧嚣归寂夜阑珊。画船轻影，泊在渡桥边。
黄鹤故人应有梦，三更遥笛无眠。江流不息浪滔天。韶华东去，隔岸望龟山。

鹊桥仙·七夕叹
千年乞巧，万家演绎，又见牛郎织女。
飞桥驾鹊在今宵，喜相会，依偎泪雨。
苍茫星汉，人间碧落，总有深情感语。
韶华随水向东流，七夕叹，清杯尽举。

冯登学
云南昭通镇雄人，男，汉族，67岁，1969年参加工作，2012年退休。仓央嘉措诗社会员，中华诗词学会会员。本人喜欢写作，退休后学习诗词写作，先后在县市省国家级书刊微刊发表诗词诗歌600余首篇，曾荣获省以上一二三优秀奖。

七绝·筷子咏
七寸六分箸子长，五千年史耀明昌。
酸甜苦涩都经过，荣华富贵一起光。

七绝·祭屈原
一身傲骨国家忧，唯借忠魂泪水流。
华夏人民千载祭，佳期端午粽相酬。

鹧鸪天·三角粽（中华新韵）
　一股清香鼻里芳。口中顿起液津仓。
松开腰间黄丝带，退去全身衣绿妆。
　肌白嫩，放银光。急忙含进口中央。
人间美味三角粽，纪念屈原千载扬。

鹧鸪天·登黄鹤楼
　华夏江山第一楼。辉煌金碧话千秋。
名诗千古鹤乘去，栩栩如生人物尤。
　看窗外，水奔流。碧波荡代浪花稠。
孙权城筑周瑜宴，万载风云世的留。

鹧鸪天·赞天眼
　浩瀚星河宇宙霄。神州科技傲天高。
更生自力科研造，天上嫦娥人间骄。
　大射电，耀光豪。深空探索世间韶。
平塘贵筑深山处，一座天眼望宙尧。

鹧鸪天·纪念香港回归廿二周年颂
　利亚维多波浪晶。紫金场个闪光明。
百年耻辱永不反，九七回归大众迎。
　二二载，创新盈。港城繁荣万人登。
一条高铁联多地，两岸香江谐和行。

渔家傲·悼屈原（杜安世体）
　仲夏枇杷树树黄。条条绿柳荡风扬。
中国市乡包粽上。艾蒿棒。九州遗产那能忘。
　舟赛场来沐浴汤。祭贤先辈楚丞相。世世传承千载畅。神州唱。耀辉华夏东方盎。

渔家傲·三江并流颂
　三江并流遗产扬。金沙怒水澜沧江。梅里雪山人仰望。无人上。玉龙峰项人潮往。
　世外桃园格里芳。东巴文化九州彰。松赞寺中钟敲响。民风朗。大山民众精神旺。

冯恩启

网名神龙。中国诗歌学会会员。大型诗集《黄浦江诗潮》副主编。中华诗文群联合会副主席。中国诗词研究会副秘书长。《中国诗词》月刊编辑（纸刊）。全国少陵诗词文学总社副社长。《少陵诗刊》月刊编辑（纸刊）。汾阳市作家协会常务理事，汾阳市三晋文化研究会常务理事。汾阳古建文化保护专委会委员。

七绝·演武子夏庙抒怀
子夏庙前尘土稠，黑黄浓淡卖风流。
手提铁尺量心事，一短一长皆是愁。

七绝·戏台
富贵荣华一梦遥，醒来忘却奈何桥。
戏台灯灭锣声绝，长夜凄凉月影飘。

七绝·谢君茶
汾水冲开普洱茶，满杯春色映庭花。
云天万里谢君意，一片深情寄彩霞。

七绝·吴堡抒怀
九曲黄河十八弯，石城雄气锁云关。

登台远看千秋事，惟见青峰连大山。

七绝·观大明宫遗址公园《宫乐图》
丝竹悠悠千古萦，管弦奏出大唐情。
春风有意和箫唱，犹似当年宫里声。

七绝·汾阳杏花古村抒怀
汾州三月杏花开，不见樊川骑马来。
举目遥望唐古道，芳菲一片翠云徊。

七绝·游北武当山
与友春游到武当，云峰止步细端详。
雄奇俊秀胜南岳，石径横空甲北方。

七绝·老虎拉犁图有感
虎落平阳困垄沟，老农鞭打喊声稠。
天时不遂凌云志，怀抱奇才当作牛。

冯富

男，1959年7月出生，平泉市人，高级工程师。现为中华诗词学会会员，河北省诗词协会会员，承德市诗词楹联学会副会长。长期坚持诗歌创作，著有诗集《五吟集》，被河北省诗词协会授予河北诗词三十年优秀著作奖。

五律·问月
翘首问婵娟，吴刚可喊冤。
风濯三界物，雨洗五行山。
恩怨天公断，姻缘月老牵。
乾坤多少事，何虑有悲欢。

五律·雪后有思
雪花飘落后，伸手便知寒。
风烈击飞鸟，云流送远山。
松涛歌塞北，梅骨傲江南。
感悟人生事，无私胜过贪。

七绝·重阳
登高望远千山秀，松柏丹枫尽染秋。
不见高天征雁过，谁来替我载乡愁。

七绝·无题
几朵丹云挽日离，接天树景坠山西。
半坡红叶追霞落，秋韵依稀入眼迷。

七律·登高感怀
一丘一壑动情思，赏雨听风自许知。
春令桃红迎柳绿，夏防水滥浸屋湿。
觅香未必花千朵，择木何须鸟百只。
秋爽冬寒皆是韵，劲松傲雪笑来迟。

七律·说春
日月相推又复春，须知万物待出新。
湖山增色寒潮退，草木生芳暖味真。
岸柳轻摇弹细雨，东风漫舞送轻云。
空中紫燕成双对，携侣归来访故人。

七律·礁石
身居沧海不争名，立水擎天别有情。
眼望帆船忧过客，手把灯塔指航程。
披星戴月熬寒暑，斩浪迎风度夏冬。
纵使潮袭云盖顶，依然昂首赏霞红。

冯贵华

陕西省汉中市南郑人，中华辞赋家联合会理事，中华散文学会、中华辞赋社、陕西省作家协会、陕西省赋学会会员，南郑区作协副主席。在《人民日报》《中华辞赋》《中国诗赋》《星星诗刊》《延河》等报刊发表作品500多篇，著有散文集《指间风声》、诗歌集《激情阳光》。

题港澳珠跨海大桥

银龙卧浪舞波烟，跨海天桥盛世圆。
咫尺天涯牛女近，珠连港澳手相牵。

红寺湖泛舟

划破仙奁碎碧流，桨惊鲫鲤吐波柔。
一朝醉入瑶池境，梦醒红尘忆此舟。

双虹奇观

双虹傲跨荡尘埃，七彩流霞入眼来。
飞渡鹊桥牛女会，扶摇万里近瑶台。

观肖日升先生书法并喜得墨宝

自有狂鸦腕带风，刚柔秀逸笔锋工。
喜欣半纸先生墨，似见龙蛇舞碧空。

龙池晨曦

雨霁龙池翠树环，晨曦入水染虹颜。
湖光潋滟云添色，凫掌划波醉碧湾。

滨江公园诗经广场

广场镂刻古诗墙，字字芳华吐国香。
砥砺传承风雅颂，且将旧韵赋新章。

题龙头山云海

雾散天边暑影开，云舒壑外画图裁。
岚烟幻入蓬莱景，紫气浮来玉宇台。

江边思君

连波碧水柳垂阴，十里长堤旧事寻。
几绪思怀清梦念，相逢酒与故人斟。

老妻梅园留影

春暖香风陌径薰，披肩饰粉袂拈云。
贤妻欲摘花遮面，更比梅容俏几分。

贺天汉女子诗社成立

汉家妹子古今夸，雅韵梁州绽美葩。
结社传吟清照句，诗坛怒放女人花。

登天台山

巍峨万象殊，秀色入佳图。
鸟啼泉声应，风摇竹影鸣。
仙岩问妙道，药庙觅悬壶。
岱顶苍茫碧，天梯步险途。

春游小南海

嵯峨叠嶂垒天台，万壑春光争眼来。
恰有老心攀鸟道，岂无颤步探绳阶。
洞中忽见滔滔水，眼际何来滚滚埃？
播润瑶池佛缘续，水源哪处几人猜？

寿楼春·大汉山吟

巍然凌青霄。望千般气象，云隐峰高。百里疏枝摇日，径幽烟缭。花缀谷，听松涛。绿稻香，梯田丰饶。但见月敲窗，农家有约，酬酒醉风骚。

鸢飞戾，《诗经》遥。忆周室祭祀，高祖挥旄。最动听樵歌脆，韵流今朝。新景绘，广场娇。汉阙明，福门雄雕。丽音喷飞泉，灯光秀彩良宵撩。

满江红·游龙头山景区

雨霁初晴，群山净，烟波诡幻。惊目处，峭拔千仞，嶂崖斧斩。碧竹摇风鸣翠鸟，缆车掠影惊霄汉。攀栈道，靓女袂翩跹，叫人羡。

泉珠落，花芳满。天坑古，玄机演。忆天师布道，仙姑向善。紫气浮来蓬岛景，流霞袅入瑶池苑。意犹浓，光聚大奇观，全拍遍。

浪淘沙·龙池抒怀

四面树青葱，紫雾濛濛。翠杉围岸耸苍穹。锦鲤白鹅翔浅底，疑似瑶宫。

满目碧澄中,浪影飞鸿。鸳鸯戏水乱云空。但见佳偶婚嫁照,人景相融。

忆秦娥·褒姒怨

花容色,佳人一笑烽烟烈。烽烟烈,幽王欢愉,西周国灭。

千金悬赏奸人设,红颜泪洒残阳血。残阳血,女妆薄命,奈何妖孽?

苏幕遮·端午怀屈原

鸟噪空,烟绕柳。艾蒲熏门,挂囊虫虻溜。总有舟逐旗鼓骤。角粽融情,醉啜诗殇酒。

为民忧,何痛首。魂断汨罗,楚恨千年久。橘颂骚章歌不朽。盛世今逢,禹甸和弦奏。

夜游宫·龙头山汉王台怀古

雾锁云封路迷。庙台破、断墙残阙。遥忆天师酒旗猎。五斗粳,宁做奴,非为客。

间往事寒秋越。鸟声远、梦飞烟灭。今看龙山写新页。画蓝图,构奇观,风景绝。

注:汉王台位于陕西省汉中市南郑区龙头山西麓,相传为东汉末年汉王张鲁南奔巴州时循迹处。

鹧鸪天·秋登塔云寺

一柱青峰耸碧云,山巅古寺势惊魂。茂林时隐泉声响,峭壁常徊鸟韵纷。

烟漫壑,雾绝尘,遍山枫叶雨笼氤。悬空仙影迷凡眼,挥汗及巅豪气奔。

冯国平

湖北省巴东县人,巴东县民族职业高中高级教师,巴东县诗词楹联学会会员。喜欢写作,偶有诗文在地方媒体发表。代表作《山水小巴东》《再见,甲哥》《积淀晚秋》等。诗文崇尚自然晓畅,理趣雅致,直击现实。

七律·扫落尘(新声韵)

滨江小径叶纷纷,工友挥持扫落尘。
老少徐疾皆快意,高低弹唱自称心。
不言叶落多繁事,却道树稀无客人。
自古阴阳生社会,筑得柴灶就禾薪。

五律·醉关山(新声韵)

关山呈暮色,渐次作朦胧。
古寨孤灯亮,新街闹市红。
游人趁月夜,翠鸟恋花丛。
应景三杯醉,长当不倒翁。

五律·江桥晚风(新声韵)

向晚江桥上,三伏斗热中。
跫音难切切,去意不匆匆。
坐看翻山月,闲吹过境风。
渔舟划近水,少女往桥东。

五绝·(新声韵)

月夜华灯倦,虹桥戏水边。
轻歌人与舞,弱柳笑缠绵。

五律·古树(新声韵)

古木逾千年,遒枝向九天。
苔青图上座,洞暗比隔间。
野草根无土,飞禽翅欲仙。
曹公求寿诞,不解此渊源。

五绝·朱顶红(新声韵)

盆栽姐妹花,艳艳惹红霞。
若向山原舞,牡丹不自夸。

冯惠愚

湖南湘阴人。退休数学教师。

七绝·秋分日闻杜宇频啼
过了秋分夜渐寒，杜鹃频闹意何安？
农时已错无归处，不惧迎风血泣干。

卜算子·梅（中华新韵）
水是梅之神,色是花之韵。已是严冬傲雪开,何惧风霜甚。

骨是梅之魂,香是花之沁。借得梅花一片心,子又何须问。

定风波·咏絮
飞向青天转不停,西南东北乘风行。人道漫天飘似雪,影没,撒盐更比负三成。

遇雨成泥浑不见,谁恋？可怜身世比飘萍！阅尽人间凉热事,励志,莫言人贱亦言轻！

行香子·立夏
雀啭嘤嘤,为送春行。春姑来、万物丰盈。而今春去,留得残英。看梅花雪,桃花雨,杏花明。

莺声燕语,立夏时分,羡夏君、帅气年轻。枝肥叶绿,硕果纷呈。有樱桃红,蟠桃脆,蜜桃莹。

冯集蕴

男,1943 年生,山东省滕州市人,大学文化,滕州市中心人民医院退休医生,系枣庄市诗词学会会员,滕州市诗词学会理事。曾荣获第二届"岳阳楼"寻春诗会银奖、第四届"相约北京"全国文学艺术大赛三等奖。

七绝·扶贫赞
举国扶贫气象新,穷家病体似逢春。
治河铺路山村美,圆梦中华富万民。

七律·咏海军
七旬华诞满园春,潜水升空装备新。
舰艇守疆冲恶浪,机群逐敌动嘉辰。
护航防盗誉中外,作战维和惊世人。
守土保疆凭利器,和平大海赖强军。

七律·咏高铁
飞速向前林木迎,怡然自得好心情。
豁眸双侧山河壮,掠影两旁城镇惊。
眨眼不知过曲阜,黄粱一梦到京城,
人生七彩瞬间过,何不驹光奋力行。

七律·滕文公台
危台高殿白云牵,松柏幽槐屹两边。
孟子进言献善策,文公问政改荆田。
碑林记载文明史,善国创兴强盛篇。
试看今朝齐发展,古今圆梦赖英贤。

七律·咏太湖
名渚鼋头气象殊,三山之岛接南崓。
荡舟拍浪流诗韵,惊鸟入云浮画图。
探越天门潮涌动,访寻仙府客相扶。
亭台楼阁放光彩,络绎游人恋太湖。

七律·咏九寨
雾绕幽山似仙境,彩林潭海负佳名。
溅花滩上鸟儿唱,倒竹湖中群鸭鸣。
月堕池塘图画妙,日迎瀑布水帘精。
朝阳初照人心暖,神话之游难忘情。

七律·咏医师节
视患如亲救病人,暖心义举付艰辛。
查房体贴常关照,坐诊温纯多问津。
细致检查施妙手,精心用药聚精神。
华佗济世为榜样,不忘初心暖俗尘。

七律·谒孔府
大成宝殿名天下，钟鼓齐鸣登玉阶。
祭孔虔诚祈幸福，敬君真意创和谐。
游人仰望先师像，墨客歌吟文圣怀。
礼乐广传今古远，儒家化育到天涯。

七律·谒太白楼
城墙之上屹高楼，李白吟诗醉酒侪。
齐鲁遨游享欢乐，济宁立户解忧愁。
访贤曲阜圣人拜，赏景泰山翰墨留。
华夏山河游不尽，豪情佳作普天讴。

七律·咏龙门石窟
欣观石窟叹由衷，佛像万尊容不同。
峭壁岩龛藏绝技，莲台雕塑夺天工。
虔诚舍那真情献，拜谒牟尼盛意崇。
流碧伊河映苍古，匠心独运艺无穷。

冯立新

退休职工，酷爱传统诗词，退休后，先后加入了上海市楹联学会，上海市诗词学会，上海市老干部老年大学枫林诗社和遐龄诗社。有750首诗词上传至《中国网络诗歌》，有七律《喜迎党的十八大》，发表在《光明日报》。另有楹联作品发表在《党建》杂志社，获优秀奖。先后获得市内外各种诗词大赛奖。

贺顾村镇创建诗乡成立十周年感赋
七律·浅吟低唱
十载耕耘一梦真，群芳斗艳满园春。
欣观艺苑常添座，落笔诗乡妙入神。
每借获泾抒雅韵，但凭古镇创奇珍。
梅兰竹菊浅吟唱，都是蟾宫折桂人。

诗呈张家琪先生惠增墨宝
并设宴款待诸诗友

七律·开怀畅饮
泼墨龙蛇不染尘，张君德厚面生春。
草堂贴近巴人韵，艺苑冠名伯牙情。
妙趣横生诗伴酒，匠心独运笔传神。
开怀畅饮谁先醉，李杜佳章易别人。

永遇乐·罗溪草堂
漫步罗溪，九街八弄，牵动吴越。佛塔齐云，梵钟洗耳，借此吟词阕。诗朋墨友，同台雅契，千古惠风骚月。草堂中，丹心梅骨，互赠诗章情切。

生花墨韵，流芳溢彩，字画龙蛇清绝。纸上交融，挥毫一掷，激荡寒江雪。傍书伏案，梦中李杜，遥看中华风物。莺和燕，诗书一体，墨飞笔悦。

暗香·雨中赏荷
雨声淅沥，赏粉荷出浴，云疏花密。月朗风清，碧漾朱华柳横笛。西施红妆玉立，蜂蝶引、游人相继。烟浪里，笑语欢歌，帆影入桥楫。

拾级，久伫立。踏上翠绿盘，卧坐瑶席。诗情画意，心静神安韵飘逸。湖上清风唤我，芳漾壁、无边香色。看物态，都化作，霏霏滴滴。

桂枝香·中秋咏怀
凭栏望月，独饮浊酒杯，醇厚甘冽。谁点谜津彻悟，月有圆缺。乌云怎挡清辉绚，叹英雄、出师成别。素娥知否？东君有约，日高烟灭。

吐块垒，云轻雨歇。不辞唱阳春，曲弥高洁。切莫多情玉老，梦留东碣。银盘如镜良宵夜，净无尘星汉宫阙。桂枝携菊，篱边犹唱，又逢佳节。

齐天乐·重阳节登苏州西山

又逢秋暮重阳到,茱萸插登高眺。丽日晴空,黄花遍地,枫叶霜侵霞照。山欢水笑。浦头起沙禽,雁鸣鸥叫。黛影湖中,览西山最是秋好。

七十二峰胜景,赏东篱竹菊,丘壑烟罩。载酒登高,襟怀浩气,岁月催人未老,清词雅调。故此叹何知,舸津飞棹。遥想当年,运河天子道。

汉宫春·恭贺三姑夫三姑姑钻婚志禧二度春

六秩兰香,举案鸣鸾凤,喜度二春。相嘘儒沫,交枝连理情深。华堂溢彩,贺双星,今又良辰。逢盛世,心存碧海,晚霞夕照钻婚。

耄耋神怡婴铄,仰德高众望,坦荡人生。研医药参政界,两袖清风。虚怀若谷,动沧桑,懿敏子孙。神堪羡,谁家翁媪,绵绵细语经纶。

冯全喜

曾经从事教育工作,后又从事行政部门工作,退休后搞医疗卫生服务工作。本人喜欢诗词文学写作学习。在东方兰亭诗社等多家诗社投稿学习。

七绝·自拟春联放豪情(新韵)

对联自拟意深沉,书写生活暖早春。
桃旧符新相互换,光阴永照古今人。

七绝·小年夜(新韵)

今夜新年又到时,灶君期满返天池。
荣归故里瑶台拜,玉帝席前祝酒诗。

七绝·街前花(新韵)

夜半街头赏彩灯,枯枝瘦树锈花城。
一年一度春光好,日月轮回四季同。

七绝·街头一景(新韵)

花灯又上满街前,枯树着衣贺锦年。
为庆佳节人会聚,挥毫泼墨撰春联。

七绝·三九过后是暖春(新韵)

严寒三九等春来,阵阵微风细剪裁。
转眼屋前泥燕舞,佳节过后百花开。

七绝·盼春(新韵)

节来节去两重天,赶上时光过好年。
镜里常思人几载,三春日暖笑开颜。

七绝·暖冬(平水韵)

三九升温日暖和,直流溪水淌清河。
一冬无雪天藏玉,有望来年唱赞歌。

七绝·小年(新韵)

去年今夜此门开,灶界轮回玉帝裁。
三个粘糖糊纵口,千言不尽至瑶台。

冯塘

中华诗词学会会员,中国楹联学会会员,广东省中华诗词学会会员,广东省楹联学会会员,岭南诗社社员,佛山诗社理事,佛山市张槎街道诗词学会会长,广东楹联书画院高级院士。

虎气

森林夜幕闪寒光,肢踏山头镇四方。
啸气惊魂逃且怯,闻风丧胆逆皆亡。
常游野岭争王霸,又扑疆场门志昂。
大地纵横谁作主,无烟海域腹中藏。

青岛大阅兵

海上潜航道刘开,雄兵百万练英才。
青山岛屿鞍旗卷,缘水飞舟战舰来。

浩气长存惊世界，威严驾驭立高台。
谁人放肆侵疆土，叱咤风云灭此灾。

献给对越自卫反击战！英勇牺牲的战友！（永恒的丰碑）：

喊杀呼声声境壮悲，沙场反声明显雄姿。
硝烟弥漫心犹热，炮火纷飞志不移。
敢兴刁人拼白刃，还将碧血染红旗。
英魂岭立丰碑在，写下高山动地诗。

游西樵山景点趣谈

樵山景色亮光天，翠叠层林耀眼前。
峭壁奇崖方接近，平台独角影相连。
飞泉吐玉浮云现，石燕寻珠卧水眠。
洞里回音声百响，天湖古口越千年。

游罗浮山感赋

南疆文武叙东樵，卧虎藏龙气势骄。
白雾满山缠佛塔，红霞一路过尘桥。
飞云溅雪连绵卷，瀑布流花逐浪飘。
四野雄风迎翠绿，三军号角入云霄。

冯志清

1956年生，中共党员，大学本科，工商管理硕士，高级政工师、经济师，化工企业多年公司党委书记、董事长。曾兼任：中国化工报社记协特约记者兼顾问，中国化学试剂工业协会第5～7届副理事长，中国化工文化艺术联合会常务理事，中国化工作家协会第1～3届副主席和1～4届理事，中国文学艺术联盟签约作家。1983年起，有各种论文、报告文学、散文、诗词在各媒体发表或收录。

七绝·天竹诗书寻觅（藏头诗）

天外藏仙云俊秀，竹青增寿夕阳楼。
诗情画意怡心养，书法传奇笔墨酬。

竹枝·艳阳寻媚樱
——陪95慈母游园赏早樱

猪年正月难寻晴，冷雨风霜物寂零。
今暖朝阳樱觉醒，寿星游乐步方轻。

探春令·送好友赴任辽宁

春风化雨，雪融驱冷，盛朝正气。浦东顺抵桃仙地。展鹏志、含诗意。

关东重振凭虎势。续怀创新字。合地天，碧血丹心，精励报国勤民事。

迷仙引·浦江春雨夜

引子：戊戌岁末、己亥年初，上海少晴，多雨日破：47天历史极值。然绵绵阴雨，更为魔都申城倍添璀灿春浓！兹有"迷仙引"为证：

滋润申城，风递梅香，浦水滂漫。伞下观潮，鳞波霓闪江畔。帝国楼、桥白渡，恋情墙依伴。轻语鬓磨中，钟乐鸣响，抬望东岸。

广厦云中返。塔耸明珠现。世贸银河，千家灯火商人满。叶荡漾，穿梭浪间。梦游仙聚阁，魔都夜灿。

小重山·此岁愈玲珑
——贺孙女冯轩仪出生888天

春返漕溪寻柳踪。掠波燕振翅、隐林中。河边栏外草渐葱。追花蝶、嬉笑靓群童。

汗脸粉颜红。息亭分享食、让梨融。祖孙相乐拥情浓。八八八、此岁愈玲珑。

惊蛰春始

惊天霹雳山河动，蛰地摧醒嗜睡龙。
春雨飘烟滋万物，始迎阳箭照千重。

燕归梁·太极生两仪写在妇女节①

初沌苍茫旋混稀，先太极，后鱼仪。
觅踪循古伏王羲，仰望空，俯窥夷。
娲娴补漏夸雄羿，分男女，塑人泥。
四爻八卦道经遗，世界观，释禅机。

注：①易经云：太极生阴阳两仪，及四象八卦……。吾以为，妇女节源于"女娲炼石补天、造人"之功尔。

探春令·贺外孙吴贞谊两周岁华诞

美兰湖畔迎春风，杜鹃花开盛。大鹏翔珀爵，三贞月谊，吉赐祥歌謦。
山清水秀观名胜，乐园菠萝赠。屋门从此顺，欢颜满溢，好事沿途蹭。

长相思·自豪吧长征系列火箭

引子：2019年3月10日0时28分，我国在西昌卫星发射中心用长征三号乙运载火箭，成功将"中星6C"卫星发射升空，卫星进入预定轨道。自此，中国长征系列运载火箭的发射飞行次数，从1970年首发成功"东方红"卫星，到今年"玉兔2号"成功探月背，迄今正式刷新为"300"。特赋为贺！

箭塔雄，长剑雄，开火烟云霹雳浓。
扶摇刺皓穹。
日方红，琼宫红，三百遥征奇建功。
翰河游畅中！

珠帘卷·九轶慈母雷雨后游园

今晨，己亥年第一场雷阵暴雨，降临申城。撩帘窗外，电闪雷鸣，豪雨倾盆。每天习惯上午公园散步的九十五岁慈母心中打鼓：今天游园尚否？还好，雷阵雨，来时猛，去时快。九时半，雨过天晴春意暖，吾陪九轶慈母，驻杖例行公园散步……所见所闻所乐，谨以《珠帘卷》为记。

珠帘卷，雨渐收。雷霆远去声留。轻拂池边垂柳，葫芦丝伴游。
慈母九旬依旧，园林曲径探幽。唐宋赋词吟读，情楚楚，悦悠悠。

竹枝·戏说春分

寰球居中暮朝还，赤道闲游左右看。
南北风光不一样，此春秋彼分双盘。

忆王孙·大树将军冯异
——写在"大树堂冯"国荣门下重孙朱冯杰出生第888天之际

引子：冯异（？－公元34年），字公孙，汉族，生于颍川父城（今河南省宝丰县东）人，为周文王姬十五子公孙之后，东汉开国名将、军事家，云台二十八将第七位。冯异是在刘秀起兵之初就投奔汉军麾下的，他一生跟随着汉光武帝刘秀南征北战，平定河北，镇守孟津，扫清关中，征讨陇右，击破赤眉军的数十万主力，协助刘秀为东汉王朝的建立打下了不朽的功勋。但是冯异并不因此居功自傲，在由范晔编撰的《后汉书》和司马光编撰的《资治通鉴》中，共同引用了一个词形容冯异，即"谦退不伐"。其中"伐"的意思，就是居功自傲。为此，冯异亦为中华千年宗族"大树堂冯"开山始祖。今读王静著《千年望族慈城冯家》，而赋藏头《忆王孙》：

朱旌驱虏宝驹红。冯异扶刘汉秀同。
杰操谦谦不亮功。忆姬宗，大树千年好族风。

朝中措·意大利成7G加入"一带一路"第一国

近日，作为2019年中国重大外交出访开山之笔，中国国家主席首次出访，选定西欧三国，其中首站为古丝绸路主要目的地意大利罗马。3月23日，意中签署了共同推进"一带一路"建设的谅解备忘录。明确：双方欢迎签署政府间关于共同推进"一带一路"建设的谅解备忘录。由此，意大利成为首个加入"一带一路"的G7国家。这是2019年迄今中国外交的最重大突破。今特赋《朝中措》为记。

飞龙展翼跨云层,中意启鹏程。俯瞰亚欧沿线,皆兴土木修城。

驿留罗马,古今丝路,春色纷呈。再续互谋共事,福荫各国民生。

清平乐·西藏民主改革60周年庆

雪域天路。越崇山无数。铁马雄鹰云飞渡,雅鲁金沙藏布。

梵语虔佛经轮。民主改革主人。哈达红莲酥酒,载歌欢舞诸神。

付顺兰

女,湖北襄阳南漳城关人。中华诗词学会会员。从2012年始相继有诗词和赋文散见于《中华辞赋》《诗词》《东坡赤壁诗刊》《楚天快报》《2018年诗词日历》等各级刊物并时有作品在全国赛事中获奖。

七律·大坪赏牡丹即景

尽情绽放未矜矜,瓣瓣馨香绿带冰。
入目盈怀山也色,染衣盈袖石添膺。
农房新掩竹幽影,垂柳熏飞诗韵兴。
唯鸟随风融洁净,几枝零落更销凝。

七律·闻桔园花香

桔子花开散郁香,沿河两岸又山旁。
迎晨漫步初惊雪,向晚游园复识霜。
掩径清幽痴一树,影溪深浅泛奇光。
丝丝风过犹轻语,与月推杯夜未央。

七律·三股泉即景之寻访荆南寨

潺潺泉水映山幽,鹂鸟声声林上流。
绿色多情招访客,杂荆无意掩春秋。
听车过往奔驰去,望寨高眠寂寞收。
攀蹀惊风寻故事,清凉一滴自心头。

七律·观排子河渡槽即景

凌空飞驾自城东,从此门前看彩虹。
岁岁阴晴泛漪涣,年年浩荡送春风。
常闻陇麦沿途笑,每见山花到处芃。
欣喜斜阳邀皓月,桥间与我话神工。

七律·梦境寄石榴花落

可怜一树石榴红,贯把青春付古风。
瓣落无声犹款款,花开有色似匆匆。
经年心事清晨迤,隔岁功名日暮融。
夜雨忽来惊梦醒,只因雪景我随同。

五律·暮春感怀

匆匆春又去,眼角亦添痕。
白发重新染,劳身依旧奔。
平常无雅事,偶尔看花盆。
月季如知己,妍红正对门。

南乡子·参观东巩寨子米基地即景

信步看葱茏,田野红黄竟相融。泉水无声投倒影,神通。突兀飞鸥自碧丛。

官米出河东,千亩针香正话风。机械耕耘添画意,轻松。古寨青山迎面逢。

七绝·寻穿山洞有感

为寻洞寨斩荆丛,偶学攀岩向险峰。
莫道斯文无用处,惊心动魄也从容。

付祥苓

男,汉族,1948年生,滕州市人。大专文化,退休干部,现为中华诗词学会会员,山东省诗词学会会员,枣庄市诗词学会会员,滕州市诗词协会会员。曾荣获第二届"岳阳楼"寻春诗会金奖、第十三届"天籁杯"中华诗词大赛铜奖等奖项。

七绝·老家闻鸡

雄鸡破晓鸣,闹市不曾听。

更忆童年梦,皆为晨读声。

七绝·祖国赞
五星闪闪耀东方,七十征程谱锦章。
若无英烈初心在,那得今朝国运昌。

七绝·红旗颂
几经喋血除强虏,英烈功行泣鬼神。
七十年来圆国梦,初心激励掌旗人。

七绝·赞毛遂
豪门勤学不求功,报国安民敢亮锋。
谏楚重盟已忘死,幽燕百姓去愁容。

七绝·孟夏品茶即景
浓茶细品郁清香,遥望玫瑰迎艳阳。
燕子如人惜春去,衔来柳絮入雕梁。

七绝·青岛丁香来我家
半岛迁来进我家,三年防病盼开花。
一朝香搅邻人梦,紫白争辉迎锦霞。

七律·纪念周总理诞辰120周年
壮志凌云出少年,舍身救国敢争先。
南昌亮剑武装创,遵义解危真理宣。
国务繁忙彰智慧,外交辛苦赖周旋。
拯民济困百年后,四海含悲忆圣贤。

七律·赞改革开放40周年
城乡改革忆当年,燕舞莺歌颂变迁。
如画山川亮油彩,似诗花木谱佳篇。
厂区电脑可齐活,郊野农机代种田。
黎庶欢歌圆国梦,赶超时代更无前。

七律·官桥采风感赋
文化北辛寰宇扬,世人考察阅沧桑。
薛河水润田文地,古国风传毛遂乡。
奚仲造车兴闹市,莱朱制诰助商汤。
领先齐鲁新城起,惹得诗人赋锦章。
注:莱朱:仲虺的别称。

七律·游庐山
久仰庐山四百旋,驾车今日壑林穿。
不看飞瀑龙兴雨,难信极巅湖接天。
花映红楼又听鸟,雾迷翠竹正参禅。
当年争议谁能断,试看江中万里船。

付筱羚

网名听雪,女,在职医生,出版过一本280千字的散文集《听雨看云》。岁月蹉跎,日日拾卷自吟;持之以恒,天天读古圣先贤。为自己的人生添一份知性,添一份质感。山明水秀,一草一木成世界;书香陌巷,一言一行见人生。座右铭:做人先做事,写诗先做人。

七绝·溪柳
拂柳溪边咏贺诗,行人驻足眼迷离。
年年春色乾坤化,更喜吟家拾趣怡。
注:贺诗,贺知章的《咏柳》。

七绝·雨后山中
几洗楼台烟雨散,红云约翠映波澜。
聆听鸟啭心身悦,一卷经书石上盘。

七绝·悼凉山扑火英雄
哀情沉默寄凉山,三十英雄失壮颜。
烈焰天灾伤痛恨,清明凄雨洗眉弯。

七绝·摘樱桃
春磨玛瑙琢圭璋,风雨成全炫视芒。
岂待秋天流紫翠,问君可取佩珠光?

五律·石莲

石莲千万朵,谁使未尘埃。
品露听风长,迎光鉴月开。
三生参佛法,四季镜妆台。
若有慈悲意,随缘自剪裁。

七律·春韵(坡底韵)

和煦春风拂万家,岗陵山阜漾芳华。
棠燃岭腹箱箱蜜,柳拂溪边串串花。
梨雪纷飞惊暮雨,杏红初绽沐朝霞。
赏心悦目春光里,不负相逢品涧茶。

七律·琴室小聚

<small>三月小聚品茶,听古琴奏鸣"越人歌、关山月、凤求凰"有寄</small>

碧螺春雾沁心脾,雅室悠哉聚友时。
探视天空星对弈,回听户牖曲凝眉。
喃喃越女同舟未?喏喏关山望月移。
司马凤求凰咏誓,文君痛作怨男诗。

鹧鸪天·牡丹

复岭云低雨洗屏,东君俊逸放新晴。
繁枝题叶心波涌,锦朵吟歌角韵听。
才邂逅,又相迎。汤翁中意牡丹亭。
山川接目飘英沸,唯有花神富盛名。

最高楼·梨花放(词林正韵)

溪边柳,宿雨涤丝长。沐日叶流芳。莺啼惊醒梨云梦,燕飞裁出雪衣裳。蝶翩跹,蜂醉饮,不胜凉。
轻风袭、几千株灼焕。碧云映、二三朝绝叹。留皎月、止骄阳。梨花浩浩尘埃洗,冰魂叠叠仲春藏。慕君华,填韵律,舞韶光。

【中吕】十二月带尧民歌·八戒

那好色狂徒一个,似味尘长舌三婆。授元帅天蓬宝座,戏蟠桃盛会娇娥。惹玉皇天威怒火,坠凡间畜道猪窝。娶高庄媳妇红罗,见唐朝和尚蹉跎。看千妖不识装么,遇百邪能不呵呵。猪哥,玩心自在哦,二过依然乐。

傅冬青

网名耐寒轩,中华诗词论坛《九州诗词》常务管理,北京大学考古系古文字书法研修专业,中国书法家协会会员,出版有《耐寒轩书法诗词集》。北京碧天中鼎文化公司策划,参与策划文献电视纪录片《李先念》,获23届电视节金鹰奖。另有《百年先念》《赛福鼎·艾则孜》等纪录片获中央档案馆永久性收藏。

五绝·电视新闻说京城昨夜降雪0.1毫米

传说曾来过,轻轻不见痕。
相思春梦里,花魂共鸟魂。

七绝·遐思

明月孤山处士家,一坡清梦是梅花。
横琴膝上泠泠韵,香雪词中度岁华。

五律·故乡绣湖

一泓烟水阔,梦里碧涟漪。
戴笠翁抛饵,提篮女浣丝。
荷杯朝露聚,塔影晚霞披。
游子归来日,风霜尽洗之。

七律·冬春之交感怀(新韵)

阴寒漫浸鬓霜薄,雪雪风风两扯摩。
常恐诗怀吟力弱,还愁客梦苦思多。
一城霾雾茫茫起,半世艰辛碌碌活。
且盼东君吹暖律,殷勤为我振春铎。

如梦令·老舅家

新屋依山修盖,小院繁花岚霭。夜有

鸟催眠,餐有出塘鱼鲶。
窗外,窗外,梯级水田如带。

浣溪沙·迟雪
青女姗姗赴约迟,曳花拽玉过城池,帝京一夜靓仙姿。

压竹弯弯弯作画,封梅瘦瘦瘦成诗,诗中画里向春飞。

蝶恋花·桃花劫
十里缤纷红带雨,飘落相思,飘落相思苦。心海沉浮恩怨谱,化成粉蝶飞无序。石上姻缘谁作主,劫在情深,劫在情深处。一曲凉凉人已去,空留琴笛沾尘土。

蓦山溪·发小来京相聚数日匆匆又别去
相逢乐事,喜拥金秋里。携手上香山,阔天蓝、登高惬意。望峰巅处,枫火吐流霞,无歇止。风缓起,绮梦休吹碎。

盘桓未够,已作归程计。将逸趣童年,又沉入、时光流水。袖挥潇洒,笑语道平安。姑且把,离别泪,藏在心头醉。

傅筱萍

汉云精舍,女,出生于汉口长青里,祖籍江西省修水县,江西省作家协会会员,修水县作家协会副主席,修水县郑成功研究学会顾问,山谷诗社、查阜西古琴学会副社(会)长,著有《清纯的初春》《傅筱萍诗词选》等诗集。

树
南龙行息处,谁植一苍松?
影正缘身正,山雄赖树雄。
露珠梳叶媚,沃土护根丰。
莫道群峰抱,无埃绿倚穹。

癸巳仲冬随向闲俱乐部诸子游永修燕山龙源峡分韵得飞字
竞生林草地,蝶戏怎忘归。
照水怀穹岭,流霜湿薄衣。
半坡枫火映,遍野日霞飞。
人觅明皇迹,吾收壑底晖。
休言来去促,画景嵌心扉。

临江仙·东岭踏青
渐暖乍寒时节,桃花霞彩相傅。撩人蜂蝶满山丘。一声雷电怒,万瓣影含愁。

赏者眸凝枝上,谁怜蕊落香浮。埋泥没草任风抽。惜红犹有蚁,朵朵细心收

临江仙·重阳攀布甲太阳山
独向峰巅奔去,逸情欲枕虹眠。天神九椅忽开筵。重阳相聚此,来拜众诗仙。

我与玉皇相对,苍穹舞袖翩翩。丝巾一角把云牵。花神应有意,送我半池莲。

沁园春·三十八初度有感
孤鹤牵缠,月去阳回,早晚思傅。奈飞梭今日,不知明昼;迷烟大道,莫晓来由。人对书灯,草依珠露,一见伤心泪自流。感怀久,便这般傻气,苦觅清幽。

薰风洒洒飕飕。让往日飘萍一笔钩。愿粗衣淡饭,随缘度日;精天髓地,驾雾行舟。太白逸怀,易安叠韵。结伴春晖润九州。对君说:把凡尘弃了,携酒来游!

傅延勋

男,中国科学技术大学副教授,从事化学化工领域的教学和科研工作,已退休。退休后参加中国科学技术大学老年大学诗词班学习,在《松云诗词》《科苑诗韵》、科大离退处网站上发表诗词60余

首。安徽省太白楼诗词学会会员。

五绝·科大樱花
樱花正盛开，四处客纷来。
绚丽人陶醉，流连难忘怀。

七绝·悠悠桃花潭
潭水碧清石峙立，云飘雾绕想联翩。
乘舟荡漾桃花水，漫步寻踪古岸边。

七绝·六一随想（二首）

一

回忆孩提过六一，春风沐浴幸福期。
不时总盼速成长，事业人生快破题。

二

一晃忽然到古稀，又瞧童叟共欢嬉。
心中忆起童年乐，还想我今仍少儿。

五律·黄山美
云海温泉丽，苍松怪石奇。
峰峦时隐现，雾雨更迷离。
盛夏观荷悦，严寒踏雪痴。
黄山浓墨画，你我醉吟诗。

忆江南·徽州
忆江南，常忆是徽州。古坝码头繁盛地，青石小巷见深幽。故里梦常游。

忆江南·徽州
江南忆，最忆是徽州。烟雨牌坊寻旧梦，粉墙黛瓦解乡愁。何日再重游？

鹊桥仙·七夕
牛郎织女，七夕相会，留下真情绝唱。
天河壮阔各一方，平素里、相思惆怅。
人间忙碌，光阴如箭，无数单身青壮。
拼搏奋进正当年，鹊桥在、姻缘正酿。

贺新郎·古徽州府
山岳徽州嵌。看明珠，渔梁古坝[1]，府衙[2]惊叹。八脚牌楼[3]多雄武，更有阳和[4]作伴。跨练水[5]、太平桥[6]隽。店铺琳琅迎面见，马头墙、唐宋民居现。西山[7]望，太白[8]绚。驰名歙砚人人赞。有徽墨、存真万载，艺苑璀璨。盆景竹编诗画意，别致砖雕震撼。问政[9]笋，食后总惦。徽菜一鸣惊天下，臭鳜鱼、铁板锅贴膳。吾故里，众人羡。

注：1.即渔梁坝，始建于唐代，距今有近1400年的历史，是全国重点文物保护单位。它是新安江上游最古老、规模最大的古代拦河坝，是徽州古代最知名的水利工程，被称为"江南第一都江堰"。

2.即古徽州府衙。

3.即许国石坊，属全国重点文物保护单位。它是全国罕见的典型明代石坊建筑，中华独一无二的举世瞩目的国宝，被誉为"东方的凯旋门"。

4.即古阳和门楼。

5.即练江水，练江绕城而过，为新安江支流。

6.即古太平桥，也称河西桥。

7.即西干山。

8.即古太白楼。

9.即问政山。

傅一清

男，1954年生，山西孝义市人，大学本科，中共党员，曾在孝义市人民政府、沁县人民政府、汾酒厂、汾青酒厂、孝义酒厂等单位工作，现任山西羊羔酒业总裁。中华诗词学会会员，中国楹联学会会员，山西省硬笔书协会员，吕梁市书协会员，吕梁市硬协理事，孝义市书协理事，孝义市酒文化协会主席，孝义市读书会名誉会长，孝义市硬协荣誉主席，孝义市三晋文化研究会常务理事，孝义古城诗社副社长。

七绝·次韵和梁镇川先生（人面桃花）

清香天下苦追寻，梦想三生到当今。
莫道桃花人面美，致知格物乐吾心。

七绝·和武正国先生诗

文坛筑梦笔耕寻，耄耋生辰又虎吟。
不畏辛艰官品正，山川赞美赤诚心。

七绝·羊羔情

十年守护发成霜，美酒羊羔入梦香。
挚友亲朋如相问，一腔清气满壶觞。

七律·2019酒协年会上党行

五月莺啼草长繁，芬芳上党聚仙安。
浓醇酿酒飘香异，纯朴新区古韵观。
太行陶瓷精彩艺，壶关珏朝转窑磐。
八泉峡谷神州秀，浩荡衡漳悠远宽。

七律·读书会周年感怀

汾河两岸鉴方塘，滋润心田劳作忙。
日日骚风传雅韵，周周液露品馨香。
驱然拾贝千倾浪，破睡寻珠万里光。
梨枣虽言金玉粟，一腔清气满壶觞。

锦缠道·颂酒香翁杨得龄

酒阁巍巍，玉液远香悠久。看杨翁，宗师汾酒。巴拿马赛金樽有。海外闻名，省督军亲授。

更平生善行，不资倭寇。创黉门，得龄坚守。范晋商，品格清香，德义仁心在，忠孝传家厚。

傅瑜

浙江杭州千岛湖人。先后在国家级和省(市)相关刊物发表诗歌、曲艺、剧本、小说等各类体裁文学作品。系浙江省戏剧家协会、省民间文艺家协会员。现为中华诗词学会会员，丽水市诗词楹联学会、欧洲中华诗词研究会顾问。著有《傅瑜作品选》《心路展痕》《诗路心语》《韵海浪花》《撷芳轩吟稿》正在筹备出版中。

七律·杭黄高铁通车

杭徽苦恋越千年，路险山高望眼穿。
鸟道惊瞻巨龙舞，城乡喜听浩歌传。
黄金线上人声沸，碧水江边凤梦圆。
一串明珠光炫目，九州宾客颂尧天。

七律·泛舟南明湖

一城花木半城湖，绚丽风光犹串珠。
水上云舟腾雪浪，堤边柳影戏松凫。
金桥牵手添神韵，宝塔擎天入画图。
伫立船头舒望眼，山川濯秀尽清姝。

七律·题"清墅"
——瓯韵七弦创作基地

清幽山墅近仙宫，翠炫红燃映绮栊。
门外烟峦云戏水，楼前花树竹摇风。
寒泉入室潜流细，怪石登堂派势雄。
有待七弦重聚日，留题唱和乐融融。

注："清墅"室内完整保存着天然的山泉与山石。

七律·季庄畲民婚嫁

锁呐声声震季庄，新娘一袭凤凰妆。
四抬花轿容光灿，八面春风喜气扬。
挡路对歌畲妹乐，念谜借镀赤郎忙。
举盘敬酒莺声脆，缘订三生幸福长。

七律·踏青

燕剪春风柳絮飞，江南三月尽韶晖。
夭桃灼灼飞红晕，山路弯弯入翠微。
村野斟词崇淡雅，云笺撰韵写芳菲。
童心永驻题新咏，醉酌流霞乐忘归。

临江仙·济公故里咏济公

褴褛衣衫如乞丐,手持破扇疯颠。炎凉世态已看穿。扶危多积善,匡困又除奸。

信马由缰豪气在,一生诗酒为缘。云山万里作游仙。慈悲施九域,美誉胜三贤。

注:"三贤",指寒山、丰干和拾得。

临江仙·游白云山森林公园

正值金秋游兴好,轻车直上鹏霄。满湾秀色醉陶陶。林间黄鸟唱,足下白云飘。

蔽日摇风浓荫罩,流泉哼起歌谣。一周劳顿霎时消。休闲来此地,胜似饮甘醪。

鹧鸪天·楠溪江丽水街

古朴清幽一画廊,金山丽水誉声扬。塔湖印月荷堤秀,琴屿流莺韵味长。

游阆苑,启心房,乘风亭畔诵骚章。追随谢客诗踪去,拾取吟情入梦香。

注:塔湖印月、琴屿流莺分别为金山十景之一。

傅祖民

浙江省丽水市烟草公司退休干部。中华诗词学会、浙江省诗词与楹联学会会员,丽水市诗词楹联学会副会长。

五律·游缙云栖真禅寺

驱车寻古刹,直上白云巅。
门列千秋树,烟笼一涧泉。
谈经闻鸟趣,叩月赏鱼虔。
寄慨登高处,何须要问禅。

注:寺内一泓清泉,上有二块苔痕斑驳的残碑,分镌"鸟谈天"、"鱼读月"。

七律·重访汤显祖纪念馆

陋巷庭除四月天,萋萋芳草柳如绵。厅堂大德人遗爱,台榭余音思涌泉。济困恤贫勤职守,班春廉政著吟鞭。无情宦海多情梦,一曲清声今古传。

七律·游万象山栈道

瓯江浩荡向东流,波影岚光境自幽。
万象断崖开栈道,琵琶孤岛忆芳洲。
临风漫步花前醉,遐景怡情画里游。
自古家山多少事,长与逝水共沉浮。

七律·水上人家

一江澄碧向东流,浩淼波摇蚱蜢舟。
网撒圆纹圈日月,篙撑点线画春秋。
渔歌破雾云天外,风雨扳罾鸥鹭洲。
归棹蓼湾且沽酒,开怀醉卧水边楼。

临江仙·正月初二重游古堰画乡

小镇长街青石埠,人来车往如流。千年古树掩江楼。凭栏烟渚处,白鹭逐渔舟。

新正恰逢春日暖,画乡古堰重游。家山胜地独清幽。抬望天浩渺,指点水春秋。

虞美人·追梦

浮云逝水沧波渺,何处鹃啼晓。凭栏怅望失归鸿,别恨离愁缕缕梦魂中。

痴心不改长相忆,痛折双飞翼。朦胧昨夜见卿卿,苍昊亦怜生死故人情。

水调歌头·九龙湿地早春行

禹甸历新岁,曙色透层林。踏青偕侣来游,湿地散闲心。虹架长桥九曲,草拂春风萌绿,寥廓水云深。漫步听芦笛,泽畔觅珍禽。

俯沧浪,过浅渚,绕花阴。湖边鹊影,逐波振羽啭佳音。昔日荒滩野地,今日风生水起,瘠土变黄金。日暖驱寒意,聊自发清吟。

念奴娇·雁荡情思

雁喧芦荡,正天高气爽,仲秋时节。叠嶂重峦风一剪,此处宜消炎热。怪石千姿,奇峰百态,溪涧寒潭澈。鸟鸣深树,坐听蝉唱泉咽。

一路松径苔阶,危崖飞瀑,探秘潜龙穴。问道瑶台攀北斗,疑见九霄宫阙。倩丽山光,清空眼界,顿解千千结。白云苍狗,孰知犹梦庄蝶。

富次海

浙江省文成县人,退休教师。爱好诗书。

五绝·奇特地貌

吴垟奇地理,人住险山头。
峭壁和高瀑,反常处下游。

五绝·高楼滩脚水闸

一闸断长流,浊清分段游。
今天滩脚变,浅水改深湫。

七绝·玉壶中美合作所遗址观感

遗址翻新旧貌回,置身庭院费疑猜。
是非功过难评论,且待高人慢慢裁。

七绝·四方桌宴

九道菜蔬加米饭,四方八正品端庄。
内涵丰富意深远,家宴传承后辈强。

七绝·海岛变化

跨海大桥连洞头,渔民融入靓温州。
如今生活更加好,水上人家改住楼。

七绝·天然文成

(一)
山城景致天生美,文化内涵皆可佩。
富弼刘基是楷模,后人悟道亦追悔。

(二)
八山一水一分田,屡有名人载史篇。
地处边缘多美景,旅游兴县务当先。

(三)
奇山怪水出文成,泰斗帝师留美名。
宝贵资源来巧用,发家致富利民生。

七绝·百丈漈

百丈飞流何处有,刘基故里耀神州。
古今雅士多歌咏,美景招来大众游。

五绝·梧溪颂

碧水村中过,良田两岸多。
名贤频出地,靓丽笔难歌。

G

旮旯山人

广东省清远市连山壮族瑶族自治县人,原名莫祖颖,网名莫墨、旮旯山人、默凝。从事教育事业半百,今为县级人民政府教育督导室工作人员。

新春醉

大年初五好,欢聚觅罇开。
沉醉不知醒,春风得意来。

嫩芽

春暖满盈枝,东风秀色时。
逍遥添碧翠,惬意赋歌词。

新春沉醉赋

鸡鸣祥瑞续，犬吠福星来。
新岁戚朋聚，故人心语开。
已知浓酒醉，无奈赋诗催。
愿醑早春乐，谁还多饮杯。

春夜寒雨

入夜飘寒雨，春斋酒曲终。
诗人书意气，墨客唱英雄。
远岫幽情逸，清溪野景朦。
谁知花径语，醉问早东风。

早春行山吟

嫩芽吐艳秀春色，田野花香满目侵。
迈步山中迷鸟语，徒行涧底浴泉淋。
峰峦识礼晓人意，草木还情知客心。
立足高巅书旭日，沉思静品宇涯音。

甘志友

男，字三益，1926年8月生，滕州市人。曾任滕州市墨子故里书法研究会副秘书长，滕州市书法协会副会长，现任滕州市诗词联赋协会名誉会长，系中华诗词学会会员。曾荣获第二届"岳阳楼"寻春诗会金奖，第四届"相约北京"全国文学艺术大赛一等奖。

五绝·庆祝八一建军节(二首)

一

镰斧齐高举，工农建武装。
金瓯能永固，将士国威扬。

二

人民子弟兵，钢铁铸长城。
热血染风采，军魂天下名。

七绝·纪念全民族抗战

胜利80周年(二首)

其一

卢沟挑衅起烽烟，血雨腥风历八年。
敌忾同仇抗日寇，中华崛起谱新篇。

其二

白骨堆山血满村，家仇国恨一心存。
黎民亿万遭蹂躏，莫让硝烟再次掀。

七绝·游洞庭湖咏莲

红荷映日白云生，翠盖擎天鸥鹭鸣。
出自污泥骨贞洁，风姿清雅引诗情。

七绝·崂山观海

海天一色望无边，拍岸浪花相媲妍。
思绪如潮越千载，洪波涌起壮诗篇。

七绝·观黄河壶口瀑布

万里黄河壶口收，飞湍直下禹门流。
雷鸣浪击震秦晋，百转千回育九州。

高宝

男，1957年生，河北省怀安县人，大专文化。文学和诗歌创作。

七绝·挽金庸先生(新韵)

萧瑟秋风叶落飞，神侠巨匠永别悲。
鸿篇著作留人世，罕见江湖后有谁。

五绝·风中柳(新韵)

伊人亭玉立，秀发顺风吹。
舞伴歌清脆，音声满岸飞。

七律·劝君早戒烟(新韵)

喷云吐雾自逍遥，疑是神仙下九霄。
肺腑已然毒素染，体肢依旧力持削。
强装镇定离烦躁，怎奈精神受苦熬。

彻底脱离烟气瘾，轻装上阵信心高。

七律·花甲感怀（新韵）

花甲之年回首望，沧桑经历鬓成霜。
未酬壮志身先老，敢叫余生再放光。
梦绕魂牵词赋韵，苦学格律厌平忙。
夕阳酷爱通文墨，留下诗坛缕缕香。

高丙彦

男，茂名南天诗社会员，安阳市文联诗词学会会员，滑县文联诗词学会兼多家诗社理事，滑县政协《一村一故事》编辑部编辑，中国创新有为诗文学协会会员，《当代校园文艺》签约作家，中国诗歌网认证诗人。

五绝·再赏习主席墨宝感怀（新韵）

国盛山河壮，春深草木荣。
中华儿女志，豪气破长空。

五律·夜独行（新韵）

清风过晚亭，淡月伴蝉鸣。
河内蛙鼓噪，村边犬吠声。
林藏飞鸟静，箫溢落叶轻。
独问无人语，星愁满夜空。

七绝·下棋（新韵）

黑红一动风云涌，楚河相争烈在胸。
斯人不见隔屏战，总是难分雌与雄。

七律·忆年少年（新韵）

青枝绿叶比人高，一拃生于细柳腰。
身裹征衣迎日月，头披缨穗扮军曹。
生擒锅内清汤煮，硬捆炉中烈火烧。
待得露出真面目，清香四逸惹馋猫。

长相思·盼君归（新韵）

你相思，我相思，一片真情两地痴。
唯怨鸿雁迟。
你珍惜，我珍惜，怎奈春光似小溪。
盼君归早宜。

巫山一段云·打坐（新韵）

寂夜黄昏始，洪荒巨景开。千丝万缕勿须猜，微笑掸尘埃。
昔已禅心定，今尤意马埋。繁星点点聚灵台，可晓此悠哉。

高彩虹

女，甘肃省嘉峪关四零四医院职工，同时也是作家协会会员，喜爱诗词歌赋，在多家报刊，网站均有作品发表。现为《作家在线》签约作者。

八六子·忆惜

对西楼，纵情深夜，抚琴试写闲愁。正素雪明月凝辉，垂柳雕栏销黯，一庭暮秋。金樽星浪沉浮。疏影横斜微妙，柔情辗转绸缪。
忆笑语，清新恰如知己，寄梅诗意，赠春消息；更寻历历罗浮梦迹，茫茫江汉神游。忍回眸，空留翠禽唧啾。

高常贵

网名热河山人，男，1971年生，河北省平泉市人，现为承德市诗词楹联学会、承德市作家协会，河北省诗词协会会员。作品散见于《诗词月刊》《诗选刊》《中华诗词》等刊物，且有部分被一些书籍收录、获奖。出版个人诗集《流年寄韵》。

七绝·盼雪问雪（新韵）

热盼三冬却未来，不知何故误瑶台。
莫非心已知尘恶，惧怕洁身染雾霾？

七律·城市农民工（新韵）

抛妻舍子远双亲，岁岁飘摇去打拼。
夜伴床前天上月，心牵故里意中人。
阑珊灯火他乡梦，凛冽霜风雁旅身。
广厦如林平地起，只惜未有自家门。

七律·致敬春节后外出打工者

迎新假日太匆匆，恰似江流水向东。
快意还停归梦里，孑身已在返程中。
行囊满载亲人愿，羁旅流连故土风。
杨柳依依春事近，然而无奈赏花红。

七律·乡村偶感（新韵）

依山傍水画中村，处处行来处处亲。
近舍荣槐擎巨伞，营巢喜鹊作高邻。
畦田半亩轮回种，蔬果一园次第新。
只是居人年壮少，开门妪叟或孺身。

七律·谷雨乡村行

车过桥东十数家，红墙院外矮篱笆。
弯曲野径连田亩，规整园畦拱菜芽。
才落满坡山杏朵，又开遍岭雪梨花。
偶闻枝上啼声起，布谷催耕柳树桠。

踏莎行·避暑山庄怀古

武烈奔流，锤峰耸仨。园林曾是君王驻。京师南拱北绥藩，情牵万里山河路。
风雨经年，烟云易数。楼空梦散人非故。凭阑帝苑感沧桑，游人画舫争相渡。

高德臣

黑龙江省呼兰人，四平市新诗学会常务副会长，吉林省摄影家协会会员。诗歌《哨兵》获全国金奖。42首诗词被中宣部选用，在中央电视台播送。五次参加中宣部等全国诗词大赛评审。出版了《梦依诗河》《梦耀诗河》诗集。照片《心中的祖国》获全国一级收藏奖。获2018吉林好人称号（诗歌创作贡献）。

七绝·长白山天池

地球毒火向天攻，王母甘霖救众生。
圣水一泓流万代，千年伤口未疗平。

七绝·天涯海角

梦追一路到云梢，双翼吹折化海礁。
莫道缘竭难聚首，几多盟誓问波涛。

五律·赞三沙

帆影披霞浴，携云跨海虹。
鸟鸣催岛醒，鱼跃弄潮生。
千载铭青史，三春易旧容。
深蓝挥彩笔，梦起画图腾。

五律·赞东北二人转

村头锣鼓闹，扇舞伴繁星。
宁忍饥肠叫，难移双耳听。
昨朝说史话，今夜放新声。
百态人情故，旋出东北风。

七律·松花湖颂

醉卧长白听晚风，一湖云卷吻酥胸。
根雕水润千姿媚，石砚沙淘百韵萌。
丰满吐珠描月色，琼浆浪涌饮关东。
雾凇花绽松江岸，海蜃霓虹龙吼声。

七律·多彩四平

背靠长白万顷松，辽河水暖育生灵。
火山颜冷心肠热，绿野身强舞步轻。
苞谷黄金镶玉带，寒冬银雪盖苍穹。
春风吹露油黑土，彩绘蓝图逐梦行。

七律·吉林雾凇

蛟龙早起煮寒冬，百里松江紫气腾。
两岸催开花万树，一舟追咏浪千重。
玉枝雪舞翩翩醉，琼岛橇飞点点红。
携手荧光叠彩路，瑶池伊梦化春风。

高歌

男，安徽省无为县人。中华诗词学会会员，安徽省诗词学会理事，铜陵市诗词学会副会长。曾获中华诗词学会成立卅周年暨沈鹏诗书画大赛入围奖。第三届"中国白帝城"国际诗词大赛奖项。

打黑除恶

铁掌千钧力，骨头连着筋。
凶残归腐朽，正义属人民。
树倒猢狲哭，魂歼鬼魅焚。
横刀清恶竹，还我故园春。

游犁桥漫园

亭台连宅起，一景一重天。
老树春描色，小荷自露尖。
石雕千古画，廊饰百灯悬。
陶醉芬芳里，闲话说从前。

赞枞阳油菜花节

春风三百里，垅亩起花潮。
色灿香盈路，城倾车阻桥。
无心争富贵，有意献脂膏。
境超桑麻外，占先商旅褒。

过枞阳七井村

菜花尽尽荚儿长，麦穗摇风日渐长。
户户喜迎丰稔节，割禾鸟唱割禾腔。

烤红薯阿婆

巷角烘炉炙，添薪日作为。
苍桑巾葛裹，风雨布裙围。
秤足眸含笑，薯甘价亦微。
皮丢环保袋，叮嘱莫相违。

无题

小住中庙高岚家，闲游近景并录像。
烟霞绕阁凤凰栖，胜境天成云汉仪。
太姥三峰浮塔影，渔舟万点满湖诗。
虔心我拜昭忠寺，信步潮回玉石堤。
撷取彩屏图画里，深如春梦寄相思。

鹧鸪天·晚风里

此夜无尘月映庭，吴音醉里倚栏听。
二三翁媪天伦乐，撩逗小孩装卖萌。

歌婉转，语流莺，花裙起舞郊明星。
不知谁惹顾羞去，抚掌哄堂拂座倾。

浣溪沙·煎饼妹

老面新香火上锅，频翻勤转手腾挪。
阿娇日日画圆多。

犹喜初心苗得雨，莫愁前路雪侵靴。
打拼岁月不蹉跎。

高红霞

女，中国诗词研究会会员，汾阳市诗词楹联学会副秘书长。诗词作品见于《杏花村》《杏花雨》《汾州嘤鸣集》《中国诗词》等报刊及一些网络平台。

五律·紫金草

早春二月兰，遍野蔚奇观。
灿灿金黄蕊，融融绀紫冠。
花香催日暖，叶翠抗风寒。
谁道山中苦？心平自可安。

五律·游银子岩

容身银子洞，内外两重天。
玉瀑空中挂，瑶池岭上悬。

三山五岳聚，四海九宫连。
俗世贪财意，名违造物仙。

七律·参观汾阳王府感抒
朱甍碧瓦古唐风，华美堂皇见称雄。
大殿尊陈贤圣像，长廊细著祖先功。
金戈铁马卅年勇，赤血丹心一世忠。
皆羡王侯多富贵，劝君更把德高崇。

七律·季夏访老君山
遥看层峦接碧空，烟岚云海现金宫。
缆车索下重重绿，悬瀑崖边点点红。
信步长廊观石秀，纵情大殿赏台雄，
伏牛引路南天去，欲学真传拜李翁。

七律·漓江春行
乘舟极目望江郊，天水相连雾雨氤。
九马扬蹄迎远客，千峰引臂接佳人。
芦笙欢快船歌近，篁竹葱茏岸草新。
金橘花丛坡上走，留香深处已酣春。

七律·游绵山记
翠柏岚风爽若春，前拥后攮避伏人。
龙盘虎距福泽地，佛谛道传教化民。
陡走青峰披纱雾，坦行碧涧踏虬根。
闲亭静坐凡心悟，苦乐从容最是真！

七绝·山上打工有感
寒鸦野径似迷宫，独处其间作哑聋。
但拾柴薪将火旺，何妨沐日洗山风。

七绝·雪魂
玉树琼花一夜开，冰心素蕊筑瑶台。
陈师鞠旅施神器，涤尽尘寰万里埃。

高宏大
网名闲逸达人，辽宁省丹东市人，大专学历。丹东市诗词学会理事，鸭绿江诗社主编，中国诗歌报创作二室栏目主编。热衷于古诗词创作，作品曾刊于中诗报《临屏精华诗词赏析》一书和各类媒介平台。

七律·春韵
疏林影外鸟徘徊，日渐寒枝嫩蕊开。
紫燕有心寻故里，白云无意绕荒台。
一犁春雨谁梳洗，几度和风自剪裁。
闲逸禅真修大道，雅风拂袖羽书来。

七律·枫叶谷
丹枫岭上枕秋光，百瀑飞泉珍鸟藏。
疑似仙峰惊落帽，恍如曲水喜流觞。
云迷轻岫幽崖滑，树隐高嘤古木香。
野径石桥归辟谷，一笺红叶赋诗章。
注：落帽(和尚帽子峰)

七律·冬月诗情
寒天劲草系风铃，飞雪漫坡众鸟惊。
鸦噪空山寻凤阙，云藏远树觅龙城。
田畴几处烟飘袅，邑里谁家犬吠声。
陌上残灯怜暮景，蓬窗孤枕恋诗情。

七律·无题
(同题次和苏轼禅诗和子由渑池怀旧)
莲花寂寞扶筇问，古刹神龛露紫泥。
指点迷津星拱北，修身悟道月流西。
老僧妙笔圈成月，廊庙英才话旧题。
昨日王郎桃叶渡，草荒人去夜蝉嘶。

七律·早脱贫
残房独卧望云空，几盏孤灯人不同。
谁把乡愁虚夜月，犹然客恨负春风。
儿郎在外三更雨，妻子相依半岁童。
何日安舒归故里，篱邻老树脱贫穷。

七律·颂农民工
春夏相逢万马骁，江天浩荡返工潮。
沧桑几度乡心远，风雨孤栖客梦遥。
感悟浮生多怅望，得逢盛世怎清寥。
挥戈振臂九霄外，喜看长虹挂彩桥。

七律·赞环卫工人
昏灯十里梦中香，何处飞歌叶入仓。
逐日风吹衣上雪，披星露湿鬓边霜。
人随晓月街净面，花向清宵影拉长。
吾德惟馨尘垢去，只求城美早梳妆。

七律·丹东鸭绿江
神山瀑布泻千里，旭日天河白鹭飞。
鸭戏沙平终守节，鱼惊潮起落生辉。
游轮五彩银珠绕，望眼孤峰素练围。
江海交冲行有道，乾坤造化德增威。

七律·丹东锦江山
名山独秀满江城，石磴轩窗几客卿。
绿萼添妆新野色，缟仙扶醉故琴声。
松涛荡谷匡时志，碑碣披霞报国情。
素仰高风留气节，隽功锦字冠精英。

七律·农家乐
千倾稻谷泛鹅黄，村落人稀几瓦房。
一树果红墙外挂，两排葱绿院中藏。
鸡鸣日出乡关早，犬吠云归秋月长。
又近天寒雁声远，田间垅上好风光。

鹧鸪天·广场舞
江畔习风送暖凉，楼空人去步匆忙。
乐声点点歌潮涌，曼舞翩翩曲沸扬。
　精打扮，巧梳妆，新潮老曲燕成行。
身姿秀美迷人醉，月色花丛柳岸香。

鹧鸪天·安东老街
江畔休闲追旧踪，红楼小巷老安东。
晚凉庭院虚宵月，晨静轩窗动惠风。
　琴调古，剑歌雄。佳肴杂耍几年功。
八方来客登堂内，提笔吟诗韵味浓。

鹧鸪天·秋游
空岭山幽新雨秋，轻身披露赛仙游。
青郊踏草求潇洒，紫陌看花觅自由。
　时易逝，景难留，秋风上鬓不言愁。
人生易老天难老，远眺城东几小楼。

鹧鸪天·乡愁
一纸乡愁字几行，百年残壁诉衷肠。
小桥碧水流浮影，老树青苔披月光。
　篱院静，菊花黄，仲秋翘首盼儿郎。
举杯浊酒邀谁醉，泪触心酸落梓桑。

鹧鸪天·寒秋之魂
树外晚晴新岭秋，霞光露雨翠云流。
我闻金菊山中笑，谁扫清风画上游。
　惊好梦，感离愁。人生潇洒几回眸。
凌霜傲骨真君子，啜茗杯中潇洒侯。

水调歌头·春有情
悦耳鸟轻语，美景画中生。山间残雪消融，云树沐春风。紫燕衔泥檐绕，古刹疏钟破寂，寸草郁葱葱。谁不恋春色，客去几楼空。
　芳草外，风柳下，望归鸿。人生寄旅，风光依旧探春红。觅迹春莺唤友，今笑顽童鬓发，身在暮云中。几缕轻风过，枕石雁一生。

水调歌头·蹉跎岁月
发小梦中影，天冷望窗凌。当年沟壑拾柴，携手绕山行。银雪漫天飞舞，寒雀枯肠觅食,岩涧水流声。孩小寒中苦,树矮叶漂零。

长大后,各有志,出山行。东奔西走,怀揣憧景梦方醒。多坎坷青丝少,旧面孔难识别,相见两安宁。挚友情难诉,一笑抚心平。

水调歌头·丹东 天华山

苍岭几霜染,枫火淡浮烟。登高遥指尘外,天际尽斑斓。谷壑青松翘首,壁仞雄鹰展翅,古树鹤千年。断涧溪流水,玉岫幕帘宽。

怪石立,峻峰秀,焰流天。残阳如血,叶落归土枕霞眠。谁赐丹青墨卷,如此人间仙境,驻足意缠绵。来客天台坐,椽笔画图妍。

水调歌头·中秋怀远

中秋月光美,倦影半窗纱。人生多有感叹,何处醉生涯。拾起一方思念,过眼霜催白发,岁月漏流沙。长夜对风语,檐下品青茶。

星遥远,黄叶落,几年华。秋风秋雨,露凝寒色不飞花。偶尔亲朋相聚,又念它乡牵挂,怀旧渐萌芽。心思朝谁诉,情笃客归家。

沁园春·丹东凤凰山

遥指家山,古树苍烟,危耸擎天。望云根盘岫,青牛遗梦;古崖藤瘦,鸟语紫仙。泻影青苔,犹如翠毯,飞瀑垂帘石上泉。霞光照,问凤凰幽谷,谁锁雄关。

峰高磴接梯悬,叹山客比肩杳难攀。忆马惊蹄踏,印痕依旧;箭穿石透,无路归旋。感慨沉浮,历经沧海,鹰隼飞沙气凛然。开觉路,见独夫涉险,绝塞名传。

沁园春·话重阳

岁月沧桑,两鬓斑霜,几度重阳。忆半江残月,游云度影;一壶浊酒,逝水忧伤。宦海沉浮,红尘滚滚,半掩琵琶半掩妆。谁无梦,问几人知晓,莫笑荒唐。

人生起落无常,看罗幌飞荧秋夜长。昨涧流红叶,溪分燕尾;身悬鸟道,径转羊肠。歌舞方酣,繁华已尽,逸兴遄归须自强。遥相唤,劝德修廉洁,小阁梅香。

满江红·聚焦上海

华夏明珠,光璀璨,东方夺冠。陆家嘴,金蟾吐瑞,引朋高殿。百舸弦歌回首看,一江灯火惊天半。进博会,商贾共图谋,盈门宴。

寻旧迹,难思恋。今社稷,恢弘卷。过眼二十年,魔都神叹!十里洋场成梦幻,春申大地宾朋赞。门户开,国强巨龙飞,冲霄汉。

念奴娇·孤山行

孤山禅意,道情怀,心笃静守沧海。圣水恩慈千尺练,殿百楹龛奇彩。神树千年,杏梅花舞,未把痴心改。仙翁佳话,岛双星鹿獐怪。

寿字寓意呈祥,群仙募化来,虔诚膜拜。瑞兽飞檐何处去?魑魅潜踪神态。旧巷炊烟,美人卓约,看满山红黛。吟诗歌赋,山依然气豪迈。

(丹东孤山庙群 鸟瞰呈繁体寿字)

念奴娇·环宝岛

台湾宝岛,收眼帘,秀美风光无限。镜映轻舟星点点,日月潭珠光灿。菇伞银滩,珊瑚碧血,一指江山恋。瑶池如画,富春山半图卷。

景色虽似桃源,缘由独裁,怎能平民怨。妄想孤营分两岸,梦境笑谈魔幻。隔海思乡,倚窗遥看,故土常思倦。何时归一,顺民心早如愿。

蝶恋花·鸭绿江断桥
东北小城边境线,两岸枯荣,即刻桥头见。小弟当年招战事,帮凶助纣钢桥断。

都说己方长不败,有始无终,停战和平现。开发旅游思国耻,残桥再祭英雄汉。

五律·丹东元宝山
塔顶白云天,宝山江月圆。
疏钟惊古树,啼鸟惜邻泉。
客梦烟霞侣,禅心香火缘。
遥瞻城廓小,咫尺异邦边。

高洪巧

五言绝句·幽美
树影绕溪河,鸿云聚彩歌。
今朝逢盛世,寰宇更高科。

五言绝句·瀑布
瀑布水流清,阳光旭日迎。
天公亲美景,世间有温情。

高建锋
网名高歌,男,河南省邓州市人。本人是茂名南天诗社会员,学历研究生,著有《赴美札记》等书籍。创作的古诗词发表于《中国诗歌报》等全国性的诗词媒体。

五绝·退休生活
翠竹一诗篇,红囊两串钱。
知音三酌酒,古韵四根弦。

五绝·草榻林荫帐
青青上栅墙,郁郁碧天荒。
草榻林荫帐,风来入梦乡。

五律·樱花行雨
红白云霞醉,林花料峭飞。
飘零犹烂漫,起舞再荣归。
黄蕊留幺妹,青苗拥细微。
羽衣铺满地,冬去复春晖。

七绝·陪妻赏桃花
陌上桃红十里鲜,园中草绿百睛妍。
问君朵朵为谁绚?今有花仙莅圃田。

七绝·海南岛冬月感言
五指层林本叶奇,暖风润雨鹧鸪宜。
屿波九段龙舟域,天海三千我国旗。

七律·海南岛感赋
美兰飞抵未央宫,水陆神情各不同。
朝饮甘椰昏蟹贝,午悬吊带夜腥风。
东坡祠泮凰巢筑,长白山巅宿雪融。
昔者南荒流落地,天蓝海绿日暄红。

渔歌子·武当山天柱峰
九连蹬下太和宫,天柱峰顶鹤云中。栏傍谷,雾穿松。清都金光五行通。

鹧鸪天·小提琴情缘
意冷青年相爱怜,洛阳树下并肩欢。云烟起舞丝弦断,霜雪萧疏马尾悬。

琴未怨,语重喧,年逾华甲小提牵。乐诗醉美幽情叙,古曲悠悠韵淡然。

高建民
男,1938年生,山东省滕州市人。山东工业大学毕业,高级工程师,鲁南化肥厂退休,枣庄市诗词学会会员,滕州市诗词联赋协会会员。退休后热心于滕王阁文化研究,有多篇"滕王阁"文化资料文章在报刊杂志上发表。曾荣获第二届"岳阳楼"寻春诗会银奖、第四届"相约北京"全国文学艺术大赛三等奖。

七绝·纪念抗日战争胜利73周年(五首)

其一 川军守滕县
将士川军守县城,英雄御敌请长缨。
抛头洒血悲歌壮,卫我中华万古名。

其二 捐弃前嫌
大战当前共携手,张庞歼敌誓同仇。
临沂之战忘生死,义薄云天青史留。

注:张自忠与庞炳勋二将同为冯玉祥部下,庞炳勋受敌人重金收买,率部调转枪口打张自忠,故张发誓要报一箭之仇。

其三 拜谒王铭章陵墓
烈士捐躯易水风,虔诚下跪拜英雄。
焚香三炷鲜花献,殉国英名百世崇。

其四 台儿庄大捷
民族存亡旦夕间,拼将血肉挽狂澜。
日军气焰遭歼灭,大捷威名敌胆寒。

其五 勿忘日寇罪滔天
荆水沂河万古流,青山叠翠望中收。
诗篇血就铭青史,勿忘国殇和国仇。

古体诗·观荆河
远眺源头凤凰山,岩峣屹立耸云天。
山上多处清泉水,流到滕州生紫烟。
两岸叠翠如画卷,满城人家尽英贤。
文公台前千帆过,汇入微湖浮碧莲。

古体诗·滕州荆河与滕王阁
九曲荆河过滕州,数桥飞架望中收。
琼楼簇拥两岸立,花木摇曳波光浮。
荆水万年育善国,枊比商家第一流。
元婴当初喜宴乐,依河建阁任人游。

虞美人·咏大运河
运河雨霁莺啼柳,赏景邀诗友。舳舻顺水似穿梭,唤醒江花鸥鹭听渔歌。

人工开凿逾千载,兴利更除害。城乡沿岸换新颜,喜看京杭风采震瀛寰。

高敬畏

七绝·白云轩
高高天上遇仙山,簇簇祥云尽虞闲。
提笔挥毫涂旧墨,可涂人间雅新帘。

七绝·登蒙山
蒙山奇险坝堤宽,石造天梯上月轩。
举手想勾红旭日,奈何无力会神仙。

高林森

网名闲云野鹤。中学语文一级教师。山西省灵石县人。现已退休。喜好舞文弄墨,写诗填赋。时有作品在网络平台发表。

喝火令·登太行山
太行多灵秀,殊惊鬼斧工。拨奇云骨傲苍穹。遥瞰九层山刹,僧唱伴晨钟。

曲径飘莺语,危岩立皓翁。翠湖烟锁荡乌篷。化境寻幽,极目满春风。竹下七贤咸聚。玉液醉霞红。

青玉案·人生
萧萧瑟瑟前生住,赏细雨,清风煦。破雾拨云严傅路。晋秦南北,陋居修补。

— 353 —

偶尔临堂处。
闲情畅卧丁香怒,亦步亭台里乡固。试问闲愁生少许？陌头阳柳,建安风顾,跃上森林布。

七律·怀母
每念娘亲泪顿流,哀声冥路唤魂休。
持家勤俭高堂敬,教子恭谦晚辈优。
赢弱肩能撑宇宙,刚坚志可笑春秋。
上无老母心零落,梦里随缘隔世求。

七律·雨
凄凄细雨滋心坎,恰似明珠落九天。
荷叶临风掀翠影,兰花遇水绽新绵。
田头农物还情起,村舍邻家笑语嫣。
流幕丛青频唱诵,清寒冷意远云烟。

临江仙·赋闲
退岗多年居俭,徘徊凝视窗栏。周天怀古赋诗坛。得闲游网络,酬唱对枝残。
移步漫游古刹,河边欣赏波澜。息心凝气整容端。平生人尚在,志得岂孤攀。

七律·麻衣寺
今晨走步,途经麻衣寺,寺门洞开,经声朗朗。灵感涌动,涂鸦几句
山野春风伴稼耕,白云绕寺庙连生。
圆音袅袅清尘俗,褐袖频频劝素羹。
倩影依稀花蕊动,湖光澈透佛心明。
大师相约呈香茗,去意焉留踏返程。

七律·阴雨
柔丝织雾雨霏霏,万物新苏映翠薇。
想助轻风扶柳舞,颇惊云外托莺飞。
拈花有意吟词赋,品茗无心画夕辉。
点点清香躯旧貌,太行深处老翁归。

高满应
男,退休中学高级教师。有200多首(篇)诗词、散文、论文及通讯报道发表、收集在《吕梁日报》《中华楹联报》《中国诗歌报》网络平台以及几部教育教学论文集。

天香·新年随想
曦月经空,江河行地,如流岁月红遍。万里旗辉,九州雷动,十四亿人欣愿。"嫦娥"探月,"龙"闹海,"长征"咏赞。穷壤飞车广厦,蓝天清水宁晏。

箫笙踏歌禹甸。但尤须、力辞骄倦。峡谷索行犹继,豆灯昏案。土屋绳枢瓦釜。切莫恋,丰甘庆功宴。再鼓雄风,新翻巨卷。

蝶恋花·致高考中榜学子
一剑十年今出鞘,泰顶长风,万里朝霞耀。初试锋芒年正少,吴钩在握凭吟啸。

夏雨秋霜冬月照。梅下邀芳,不屑门前轿。玉尺三番归鹗表,金花亮彻神州俏。

注:门前轿:汉末华歆读书时,有士大夫的华车从门前经过就放下书去看。

浣溪沙·纪念七七事变82周年
晓月卢沟起燹烟,血红永定日凄寒。横尸蔽野绝人寰。
铁骨倚天挥利剑,神州彻地卷戎旃。采薇赋得尽豪篇。

谢池春·人民军队礼赞
霹雳春雷,石破天惊昌义。井冈旗、农工奋起。长征逐寇,壮吴钩豪矢。覆三山、舜天尧地。

东西亮剑,炎海寒山执锐。隐潜龙、歼航蓄势。长城雄伟。更初心霞志,乘东

风、玉津横济。
注：昌义：首先起义。

七律·游悬空寺感怀
云外无声结梵宫，清尘石道客拎空。
参差玉殿蟾轮影，飘渺瑶音晓宇梦。
翠点烟峦悲古月，波流龙峡洗兵戎。
三迁未许金瓯固，一寺悬崖傲紫穹。

注：悬空寺：位于山西省浑源县金龙峡翠屏峰距地面50多米的悬崖间。建于北魏时期。
梦，平声，细细的雨。
三迁：北魏曾先后三迁都城。

七律·咏龙泉湖水库
波摇秀岭叠芳泓，慢棹悠歌钓碧晶。
每忆凌霜催晓月，常钦击鼓请朱缨。
双渠喜奏琼田曲，万户频传浊酒觥。
极目云霞开锦绣，骚人搁笔醉清明。

五律·长城
蜿蜒雄北塞，万里骋金排(1)。
翠拂青云乱，龙腾玉宇倚。
狼烟飞校尉，胡骑泣尸骸。
国魄辉曦月，鸿风(2)寄旷怀。

注：(1)排：盾牌。
(2)鸿风：雄健的风格。

七绝·游颐和园有感
碧玉一泓万舫怡，雕廊翘阁炫翠微。
可怜甲午千秋辱，换得园花带血菲！

高擎擎
河南省商丘市人，湖南大学岳麓书院博士生。2018-2019年度在德国汉堡大学交流访问一年。提倡优秀传统文化，着力探讨传统文化在新时代的衍变理路与继承方式。在科研之余，雅好旧体诗词创作。

七律·遣怀（五首）

（一）
使君与操属英雄，余子谁堪共酒盅？
惟望乡关黄鹤去，且听故垒大江东。
无鱼壮士含歌老，有志将军遗矢终。
最是张狂卿看我，单衣沈醉笑西风。

（二）
雁过多曾拔一毛，痴顽不作假清高。
资深赌酒难佯醉，齿冷经心易记牢。
十里何须千里马，四方谁是九方皋？
此时顿解严陵意，懒向旁人觅紫袍。

（三）
心有灵犀不见通，一身怪癖锦囊空。
看花爱选花稀处，避酒偏移酒肆中。
每叹功名归燕雀，曾闻高志立飞鸿。
算余知己无非月，对影三人唱北风。

（四）
略有牢骚便赋诗，于中吟得几回痴。
梦由蚁穴惊来早，心自牛郎觅去迟。
腹内频忧无大气，此生难了是相思。
万般谁奈凄凉耳，直效刘伶懒问之。

（五）
经年迷惘堕风尘，一笑同谁说假真。
但使名声能入眼，莫教怪癖太惊人。
三千戈甲空思越，万里长城不姓秦。
那得清愁花渐老，古时明月似今辰。

高升雷
男，生于1967年8月，大学文化，公司职员。山东省青岛市人，笔名万方，古诗词爱好者。作品谷雨七绝《谷雨》在全国首届华文杯诗词决赛中，从5000余首作品中脱颖而出，荣获三等奖。

五绝·蝉
野田新雨后，破土出泥猴。
蜕变攀高处，歌倾满腹愁。

七律·知天命
少小徒存燕雀志，半程烟雨万般空。
浮萍起落三杯酒，往古悲欢一缕风。
白发斑斑知宠辱，红尘滚滚任西东。
纵然去日皆能返，不改初心效放翁。

七律·望黄果树瀑布
一帘碧水挂高空，疑是银河落九重。
瀑水催生太阳雨，飞流频敲积潭钟。
携游共赏去无定，纵棹同行意正浓。
七秩中华逢盛世，黔驴何日变天龙？

七绝·富春山居图
一江山水画中收，隔岸尘封两段愁。
何日残垣成合璧，九州圆梦补金瓯。

七绝·谷雨
春深山递千层绿，风冷花藏万点红。
田陌牛耕正谷雨，垄头对饮话西东。

五绝·乡愁
独酌醉高楼，离家数度秋。
无心杯影月，透出几多愁。

七律·相思
一湾碧水映斜晖，两岸亭台倚翠微。
向晚渔舟双棹动，寻幽鸥鸟共霞飞。
湖光倒影云戏水，烟袅徐升夜起帏。
七夕柴门谁伫立？含情翘首盼郎归。

高翔
网名界夫，祖籍甘肃定西西孔，现居甘肃陇南成县，自由职业者，诗坛拾荒士，崇尚诗词，私称大唐后人，从2011年开始创作，作品散见于各大报刊杂志。性情格言：青山藏大雅，草舍隐高能。

七律·西峡颂（三首）
（一）
一条溪水山间淌，万点戎花脚下狂。
十里长廊飘汉韵，千年古道溢华章。
寒潭荡漾黄龙隐，幽谷逶迤白鹿藏。
追本溯源观胜迹，休闲避暑赏风光。

（二）
峻岭崇山花木茂，悬崖峭壁水帘哓。
梯河野渡清波涌，峡谷深潭瑞气潮。
栈道回廊宗祖造，隶书余韵圣贤雕。
观碑品味遗风耀，俯首怀英烈士桥。

（三）
一道穿行天井涧，满沟流荡玉池泉。
丰碑载誉承先祖，古隶题名启后贤。
隔岸霜枫升烈火，垂帘瀑水泻寒烟。
良辰美景迎佳士，信步青山住百年。

注释：《西峡颂》摩崖石刻位于素有陇上小江南之称的甘肃省成县县城西13公里处的天井山鱼窍峡中，碑文全称《汉武都太守汉阳阿阳李翕西峡颂》，本名《惠安西表》，简称《西峡颂》，它与陕西汉中市的《石门颂》，略阳县的《郙阁颂》同列为汉代'三颂'，全为汉隶真迹，堪称汉隶书法之正宗，文化之珍品。

高扬
曾用名高阳，1976年8月生，字飞腾，别署石人，斋号石人居，安徽省宿州市高滩村人。自幼酷爱诗文书画及篆刻。先后进修于淮北煤炭师范学院、西南大学美术系。有作品集《高扬诗文集》，另有作品及专题散见于《宿州广播电视报》《皖北晨刊》《读友报》《中国文艺家》《中国书画报》《中国改革报》《今日头条》《凤凰新闻》等数十种媒体。现为：中国篆刻百杰，河南大华书画院顾问,宿州市书协会员,宿州市美协会员、宿州市作协会员、红杏诗社社员等。

四言古诗·咏兰
花无骄色,叶有傲骨。
山中自在,落落开开。

五绝·咏兰
闲赏一株兰,横斜长势新。
不知身是客,偏笑花为宾。

五绝·咏兰
君生山谷间,游客嗅香桓。
百卉园中宠,姚黄却不看。

五绝·咏兰
闲养几灵石,欣植数素兰。
爽风吹到处,奇味漫庭轩。

五绝·咏兰
愚被唤作兰,山崖乐享年。
秋风一阵至,却惹异香传。

七绝·咏兰
不用金盆细细忙,山崖谷底自含芳。
蕙兰疏影终流逝,淡淡浓浓是雅香。

高占臣
1952年2月生,中共党员,黑龙江省依安县人,大学文化,公务员退休。现为县诗词和市、县作家协会,省诗词协会会员,有300余首诗词见于报刊。

看孙子有感
帮子育孙乐趣多,余辉耗尽又如何。
看家护院情千里,煮饭沏茶爱满桌。
潇洒并非游雪海,陶然岂止醉诗河。
亲和谱写家兴曲,膝下承欢最美歌。

夕阳微信情
追风赶梦特逍遥,泡在群怀把乐淘。
一醒枕边微信写,无眠月下手机瞧。
情临醉处红包甩,喜至杯中挚友邀。
总怕出门无WiFi,家国大事漏瞅着。

老伴
饱尽沧桑人已老,鬓霜依旧蕴丰妍。
勤劳铸就一身美,忠孝生成两袖贤。
爱洒家园耘绿地,情投子女护心肝。
同堂四世春光满,撑起幸福那片天。

日子
鸡鸣晨起沐霞光,也乐青葱也乐黄。
醉煮流年春溢碗,靓穿岁月韵满裳。
乡愁恋恋情怀荡,国梦期期信步昂。
赊顿诗肴心亦醉,闲来柳下钓清香。

感怀秋叶
生来有梦爱飞扬,欣度春秋不怕黄。
雪落未和梅斗艳,河开愿为燕衔芳。
一丝新雨心先绿,几缕温风气自昂。
最恋成荫织碧网,携风送客满身凉。

湿地
画卷一幅锦色多,凝神入境醉烟萝。
鞭梳烂漫连天绿,笛震芳香满谷荷。
万里长空排雁阵,一弯碧水舞金梭。
惠风又起乌双岸,落地银锄最美歌。

重阳赏菊
又度重阳草木黄,月菊独自占秋光。
冰心羞煞千枝秀,玉质裸杀万朵芳。
叶卷风刀抒冷艳,蕊迎霜剑绽清香。

登高望断南飞雁，一路乡愁寄远方。

暮秋雪
梅花昨夜舞苍穹，万岭千川亮素容。
碧海落银含瑞气，青松托玉吐芙蓉。
金秋几度香风尽，菊月一朝冷韵生。
谁赋冰心如此美，阳春有你便多情。

高占君
河北省平泉市人，技师，承德市诗词楹联学会会员，作品散见于各种报刊。

七绝·踏青
朱开粉绽草刚萌，村廓山间抹艳红。
皆怨西郊贪杏色，未观东坝柳芽青。

七绝·晚春花序
一树胭脂扮海棠，榆钱叠翠裹新装。
杏桃芳尽残红褪，似雪梨花沐暖阳。

五律·夏日抒怀
暑气云天漫，微风酷日熏。蝉声喧翠柳，蝶影入黄昏。
陋室常酌酒，清泉偶映身。年华交付早，往事已成尘。

七律·秋夜思
溶溶月色泻尘寰，织女牵牛眼望穿。
点点琼芳撩旧梦，幽幽碧水映新兰。
遥怀西陌花如雨，近恋东郊柳似烟。
一缕秋风悄入夜，轩窗轻启暗香沾。

西江月·暮春夜思
桃杏繁华落幕，滨河依旧东城。萧萧冷雨落残红。万念千思夜定。
梦醒西窗物旧，柳条深院梳风。孤灯一盏伴天明。愁绪刚消又更。

高志发
笔名晴空一鹤，1976年9月生，黑龙江省依安县人。中华诗词学会会员，依安县诗词协会会员，现任关东诗阵版主。2010年11月参加在北京举办的青春诗会，在各大诗词网站及各种刊物上发表作品数百首。

望江南·双调
年过半，何事最伤情？巷柳已无春日绿，琴窗犹有旧时声。花下忆曾经。
思心动，心动片言轻。落笔每怜风月在，回头翻恨海田更。一诺鬓星星。

鹧鸪天·寿友人
楼外和风细细吹，莺喉婉转送斜晖。青山不老花千树，明月多情酒一杯。
须酩酊，莫攒眉，烟云往事可堪追？万般只愿身长健，白首他年忆采薇。

忆江南·雨夜
思量久，犹觉海田般。断了又闻窗外雨，燃来空烬指间烟。争奈夜阑珊。

醉花阴·无题
忙里光阴难再索，去也无曾觉。斜日又黄昏，心向云崖，心向云崖泊。
小院杨花容易落，幻作风之魄。谁道是闲愁，欲数还休，燕子声中略。

长相思·夏夜
云苍苍，柳苍苍，几度飞花扑碧窗？思来添鬓霜。
白丁香，紫丁香，开落真如梦一场。而今月也凉。

高仲岗

笔名司马石言,男,汉族,1960年8月出生。现为中华诗词学会、陕西省作协会员,榆林市诗词学会理事,榆阳区诗词学会副会长《榆阳诗文》执行主编等。

七律·大漠流韵
艳阳璀璨染长河,浩瀚无垠万顷波。
古道驼铃吟雅韵,溪边祥鹤咏轻歌。
苍鹰振翅翔天阔,骏马奔驰震地娑。
放眼高原抒惬意,纵喉狂啸大风歌。

七律·长城逶迤
疆城万里舞苍龙,墩垛星罗镇塞雄。
烈马赳赳惊鹤唳,旌旗猎猎卷烟烽。
戈销戟锈沉沙腐,烽火征尘化骨融。
堪叹英魂滋草绿,谁论碧血染花红。

七律·北台横亘
魏哉烽垛镇北台,横亘高原寇胆衰。
南蔽绥延遮雨雾,北临雁塞震胡哀。
狼烟烽火浮云去,碧水清流大漠来。
蒙汉一家同盛世,惠风和畅共情怀。

七律·红石峡览胜
雄峡天造谷石红,鬼斧神工塞上名。
扬颈云浮飞万絮,依栏花锦影千重。
亭台傍柳承甘露,楼榭翘檐浴塞风。
刀笔摩崖抒壮志,遗镌后世寄豪情。

七律·无定载韵
溪流大漠汇涓涓,玉碎银飞瀑挂帘。
垂柳白杨苍翠映,鸣莺戏雀绕枝喧。
清波载韵披霞灿,花絮逐粼竞艳妍。
乐润歌喉滋碧浪,金涛浩荡泛壶关。

七律·神湖荡舟
无垠大漠彩云飘,沙水清流汇碧涛。
携侣冲舟犁喜浪,邀朋篝火舞晨霄。
老驼迎客旋湖绕,嫩鹤播鹚荷叶漂。
驰马纵情抒惬意,放歌塞上任逍遥。

七律·白云仙境
白云缭绕罩山高,神路扶摇上九霄。
仰眺百花夹道锦,回眸漩浪泛金涛。
殿阁宏丽吟新韵,松柏参天诵古朝。
祈祷太平安定卦,天人共唱和谐谣。

七律·统万雄风
荒城草翠彩云飘,万载风雄怨鬼嚎。
堪叹残垣湮锈戟,笑闻断壁砺明刀。
铁蹄远去沉沙腐,烽焰扶摇荡玉霄。
枯柳难言千古事,黄尘故道泛惊涛。

葛彩玉

教师,心理咨询师,爱好书法。

惜春
春去红颜留不住,芳菲已尽梨满树。
昨日茶香独自凉,独饮两杯无从处。

夜雨晚思
窗外灯影揽西风,潇潇夜雨诉平生。
浮云岂能长蔽日,倚天一出定乾坤。

小径秋行
林疏草际生秋鸣,狭径初凉少人行。
栏外停香折桂影,醉倚清风抱月眠。

葛丽红

女,河北省承德市宽城满族自治县人,承德市诗词协会会员。在《承德诗词》《燕赵诗词》《热河》《国风》等刊物发表诗词多首。

五绝·夜宿山里小院
山高月如镜，草密乱秋虫。
碧牖睡花影，院深闻吠凶。

五绝·雨中游避暑山庄
烟岚遮翠岸，湖柳隐楼亭。
急雨不知事，频惊梦里萍。

五律·雨中游雍利山庄
疏疏帘外雨，蓊蓊满园风。
喜看花盈露，笑言草木丰。
开轩迎客至，把酒话西东。
欢聚嫌时短，相期来日同。

五绝·雨中游雍利山庄
细雨浥轻尘，田居草木新。
远山云锁雾，风过绿涛频。

七绝·咏梨花两首

一
翩跹天女下瑶台，轻扯白云细剪裁。
借得和风舒广袖，琼花飞落树间开。

二
夭桃红杏占春光，独有梨花玉蕊藏。
不与群芳争秀色，冰肌玉魄抱枝香。

七绝·咏菊花
朝食泠风夜饮霜，蕊寒花冷蝶难藏。
他年本是陶公爱，更有今人论短长。

七绝·相思
一轮斜月挂寒梢，无尽相思涌似潮。
梦里几多伤恨事，泪抛欹枕湿红绡。

葛霞

河南省商丘市人。中国诗词研究会会员、商丘市诗词学会副秘书长，其作品发表在《中国诗词》杂志等，并荣获首届世界文坛·杰出诗人奖。

七绝·国际茶艺比赛现场赋诗自题
经年泼墨末称功，茶艺沙场竞展风。
捉笔成诗谗客步，添香一曲响云中。

七律·木兰颂
燕舞鹂歌鹰啸天，似闻烈马战场宣。
英男置酒崇英烈，秀女焚香祭杰贤。
替父从军吟千古，忠心报国颂经年。
英魂见证沧桑事，沧海扬帆志凛然。

七绝·木兰颂三颂

一
木兰遗址祭英魂，忠烈诗篇泣鬼神。
莫道红裙肩细弱，冰心纤指挽乾坤。

二
报效情怀血气刚，裹尸马革又何妨。
黄河旧址犹能见，魂梦依稀佑故乡。

三
风拂章台冉瑞烟，凝眸塑像忆英贤。
黄河风貌今虽在，总盼忠良再举鞭。

七绝·喜迎建国70周暨"让世界倾听河南·魅力站集"诗歌朗诵音乐会观后

一
木兰故里醉轻吟，子美诗仙闻信临。
拨动琴弦谁可赞，善良站集尽功臣。

二
携朋站集觅风流，绿水红花豁醉眸。
漫步平畴心境阔，漫听朗诵赋诗稠。

七绝·茶溢诗香
霓虹焕彩照佳人,溢韵茶香不染尘。
红袖纤纤姿若舞,挥毫尽是五湖春。

七绝·观北京一带一路高峰论坛偶成
尧乡舜地是吾家,盟友朋邻遍海涯。
一带百年酬夙愿,神州璀璨展芳华。

葛宗社
网名山川悠远,四川省青神县人,大学毕业,高中教师。长期从事周易象数研究,著有易学文集《六爻通惠》一部。2015年开始从事诗词创作,已发表网络诗词200余首。

七绝·归乡(新韵)
舟离古渡雁离群,岭断乡音已几春。
潦倒归来逢故旧,一番晤对泪沾襟。

七律·母亲
昼出耕耘夜绩麻,平生勤俭善持家。
酸甜苦辣餐中味,喜乐悲愁碗里茶。
两鬓风霜无所怨,一腔慈爱尽堪夸。
萋萋萱草连天碧,满目青山夕照斜。

鹧鸪天·一网情深
月上西楼夜未迟,帅哥靓妹正逢时。甜言蜜意频相送,一网情深难舍离。
心底事,梦难知,微博飞信寄相思。千言万语随风去,一指轻弹尽可期。

蝶恋花·游桃花沟即事
习习春风匀不住。吹过窗前,桃李花无数。蝴蝶飞来香满路,小桥流水轻烟树。
一径幽香穿入户。豆蔻年华,媚眼盈盈处。仿佛胸中藏小兔,嫣然一笑追寻去。

好事近·暮春之恋(新韵)
闻杜宇声啼,梦里落红铺地。几朵柳绵飞起,往事空记取。
举杯对影竟凝噎,欲语无凭据。槛外浪花翻卷,带走相思意。

耕夫
原名吕文祥。甘肃人,农民。甘肃省诗词学会会员。

螃蟹
铁钳漫舞久横行,惯与乡民怒目睁。
一旦身肥秋信至,麻绳缚体苦求生。

送老乡回家
君归故土我闲吟,落魄之人幸匹禽。
此去如能逢二老,为言大好放宽心。

打工过秦岭
道由秦岭下陈仓,韩信临终悔作王。
此去中原非逐鹿,身谋五斗梦还乡。

元旦老乡聚会(新韵)
由甘入沪似浮萍,岁末相逢好弟兄。
邂逅浅尝茶六味,笑谈不醉酒千盅。
一条世路皆难走,数句乡音最受听。
宴罢出门留祝愿,人从今夜更年轻。

也题平安夜
薄艺偷来又忘光,偻身依旧受寒凉。
何期海上能吟月,久慕江南好采桑。
辅相仓奴三准远,乡情世路一般长。
恩师传我鲁班尺,未晓人心争丈量。

注:三准,指调高下,分并财,散积聚。

鹧鸪天·白露前连绵雨感怀

未有闲情悲落红，了知白露步匆匆。黍禾徒伴潇潇叶，雨雾相随飒飒风。

心切切，眼朦朦。许多盘算总成空。谁言人定将天胜，几位王侯悯下农。

江城子·回首

经年一梦似轻风，入长空，伴云鸿。几许筹谋，依旧是孤蓬。愿往终南山里去，无所谓，路千重。

而今初醒一村翁，作民工，步匆匆。日赚钱粮，夜把蠹书攻。待得娇儿成正业，方御马，会徐冯。

卜算子·独坐江石

礁石似停船，红叶如云灿。情在烟霞碧水间，渔唱悠悠远。

无意钓寒江，只喜波涛卷。浪迹生平岁月流，哪得回头看。

耿凤琴

网名田园。田园漫步文学研究会会长，灵石县作家协会会员，晋中市诗歌协会会员，山西省楹联协会会员，中国楹联艺术家协会会员，白塔文学社社长，《少陵诗刊》山西分社副社长，晋中分社社长，CCTV《闻道》采编。

七绝·灵石古八景藏头一组
一 冷泉烟雨

冷风怒吼在身前，泉涌诗潮慕圣贤。烟雾无多关落寞，雨侵古驿似鲸船。

二 汾水鸣湍

汾河粼碧映朝晖，水潋清波翠雨微。鸣瑞诗情潮思涌，湍流飞浪古津归。

三 翠峰耸秀

翠湖浮影跃仙金，峰插云天暖素心。耸立雍容临顶阁，秀奇绝色隐涛深。

四 介庙松涛

介公割股奉明君，庙立山前柏郁熏。松列殿台屏岳麓，涛声依旧伴贤群。

五 夏门春晓

夏禹清洪置古村，门开壁立百楼尊。春秋汾水淙淙去，晓日初升懿德存。

六 苏溪夜月

苏轼游经赠宝珠，溪流清冽味甘殊。夜来风送钟声远，月朗僧敲庙宇孤。

七 霍山雪霁

霍地绯红旭日升，山前檐下百层冰。雪停银海松涛炫，霁韵风光凛陡增。

八 两渡秋晴

两水波涛浊浪惊，渡民舟楫日梭行。秋来洪患排山至，晴正桥成表德明。

耿丽萍

笔名于怀，山西省灵石县人，生于1961年，大专学历，从事财务工作30余年。2018年开始学习写诗，有六首诗编入《中华情·诗歌选萃》，五首诗入选《芙蓉国文汇》第九卷一书，另有七首诗选入《中国当代诗词》第五卷。中国互联网文学联盟特约作者，山西省楹联艺术家协会会员。

七律·走进中国第一古刹——白马寺（新韵）

祖塔释源一古刹，驮经西域汉皇朝。

禅学般若诗勋崭，佛法隋唐理道饶。
壁画敦煌延艺肇，译师台尚友僧交。
千年马寺于之世，精舍答施印度迢。

七律·叹龙门石窟
北魏开镌唐且宋，石尊造像磨崖碑。
鱼虫花鸟珍禽跃，书画音箫舞妓颐。
刹寺奉先嗟绝景，岩龛万佛诧灵奇。
窟窿雕刻承瑰宝，魅力龙门屹水湄。

七律·夏日官道巷
王湖什贴驿田边，绿意浓浓五里延。
秦蜀幽燕连三省，贾商赶考聚千贤。
辘轳水辗江南梦，石阪橡楼故宅缠。
百店旧坊官道巷，身临古境似飞仙。

七律·晋祠赋
西出太原悬瓮挂，神泉宝殿箴林奇。
云生怒目盘龙啸，廊绕清流草木颐。
周柏唐槐青史演，飞梁鱼沼宋人锤。
骚坛代代题词咏，璀璨明珠看晋祠。

七绝·门龙石窟之书法
书法研澄汲古驰，寻源文帖百摹孜。
天然淳朴镌雕字，石窟摩崖拓魏碑。

七绝·悼钢琴大师巫漪丽
指间流水松云走，透骨冰清洒玉珠。
天籁琴仙悠暇去，余音化蝶入心途。

七绝·咏春（步韵梁部长）
春分和煦柳题芽，步韵诗仙尽显华。
涂泥催青尘芥笑，掘词唱合是棱霞。

七绝·赏春
鱼浅清漪瓴燕闹，极拳亮翅柳青坻。
九飞香梦桃园处，春意山城蔓囿时。

公茂友

1963年5月生，山东省滕州市人，大专文化，滕州市服装公司退休干部，系滕州市诗词学会会员。曾在报刊杂志发表诗词作品100多篇(首)。

七绝·扶贫颂
孩子家穷多俊秀，深山也出凤凰才。
扶贫精准皆称颂，富裕全民指日来。

七绝·痛悼凉山救火三十英魂
卅尊雕像凉山矗，万里神州尽咽鸣。
赤子为民趟烈火，峰峦云水壮威躯。

七绝·谒毛遂墓
官桥凭吊毛公墓，舌剑唇枪胜众儒。
合纵重盟敌兵退，幽燕黎庶鼓琴呼。

七绝·游五四广场有感
火炬熊熊海边耸，一思国恨顿心惊。
舍生不舍分毫地，痛惜仁人咒晚清。

七绝·咏青岛八大关
草青树绿瓦房红，燕舞莺歌乐曲雄。
碧海蓝天堆雪浪，常年人在画屏中。

七律·纪念"五四"运动一百周年 步韵李文朝将军
春雷好雨起东方，皋月风吹旗帜扬。
学子京城齐呐喊，北洋政府现颓光。
归还青岛争权利，严惩国贼学运忙。
五四百年今纪念，勿忘国耻更威强。

七律·薛国故城怀古
垄畔残垣言故国，城墙夯土叠层坚。
恍闻远古金鸡叫，喜看奚山绿野连。

毛遂担当救百姓，田公养士礼千贤。
当年多有群雄会，今日安康更领先。

七律·谒北辛文化遗址感赋
七千三百春秋过，先祖遗尘惹眷留。
垦地烧荒妇主宰，捕鱼狩猎汉谋求。
薛滕九省通衢道，汉楚双雄此地游。
薛水滔滔流万代，莺歌今日更风流。

鹧鸪天·立夏
春尽夏归光彩霞，蝈鸣蚓出麦扬花。
黄梅青李千丛秀，紫葚红樱万朵斜。
品鲜果，吃椿芽。朱明初始访繁华。
云高日丽闲庭步，作赋吟诗共品茶。

汉宫春·公园即景
日暖云轻，望柳丝丝绿，缓缓游船。注神垂钓，凝视飘逸荷钱。声优委婉，豫韵腔、众赏凭栏。近谷雨、飞絮漫天，痴梦到楼兰。
莺懒再不鸣唤，鱼翔水浅，剑舞人欢，清明了然，还是春又年年。晨烟似幔，影婆娑、曲绕荆湾。愁伫立，桃红都误，孩童去往秋千。

宫岳霖

笔名五溪风云。辰溪诗词楹联家协会会员。迄今在简书、搜狐、百度、腾讯等网站平台和各类微刊杂志上发表诗词、散文和评论500余首（篇）。荣获2018当代原创文学大赛一等奖，2018"经典杯"华人文学创作大赛古体诗词一等奖，2019北国新文学第二届征文大奖赛二等奖和第二届《才子》杯全国文学作品大赛一等奖。

春桃
桃花生就美人身，却被东风散作尘。
雨夜泥香催客醉，笑侬梦里不知春。

夏荷
莲池波泛玉妃回，十里清荷雨霁开。
凝雪晕红香欲溢，冰心一片盼君来。

秋思
风起窗前溢晚凉，一屏秋色叹芬芳。
由来不写相思句，点点相思寄夕阳。

冬梅
梅放寒冬万缕香，冰天茕立俏红装。
折来一束春光媚，尽揽清欢枕梦乡。

抒怀
一
问君何事醉天涯？独倚苍茫历岁华。
琴韵歌声牵旧梦，两行清泪寄烟霞。

二
独步江头别梦怜，月光如水水如天。
一壶浊酒开怀饮，了却红尘半世缘。

三
又见长阶花絮坠，犹怜落日泛秋声。
此生岂是蓬蒿客，文海诗坛任纵横。

四
惊涛卷雪大江流，淘去沧桑洗尽愁。
仰啸云天凌逸志，一腔热望谱春秋。

家乡稻花鱼
放浪西风醉晚霞，无边秋色溢田家。
鱼嬉稻曳炊烟渺，尤恋江南美味遐。

闻笛
谁家横笛倚楼吹，撩乱乡心不自持。

绿鬓红绡情缱绻,白头故国梦依迟。
春来犹觉余寒重,老去难将傲气移。
曲罢流莺天际转,片云飞绕万花枝。

临江仙·东风过野春光媚
东风过野春光媚,引新绿染枝头。樱开绚烂惹回眸。娇红欲滴,人在画中游。
夕傍洞庭闻鸟语,醉空灵恣风流。云舒云卷去还留。心澜万里,弦动荡乡愁。

龚建文
广东省韶关市曲江区马坝镇乐村坪人。偶有作品在纸媒及网刊网站上发表。

五律·游梅关古道
驿道悠悠远,雄关日月长。
台阶通净土,亭角蘸佛光。
古树青葱翠,新梅馥郁芳。
先贤题字在,往事已沧桑。

五绝·寒夜吟
热茶温往事,握笔写心情。
冷雨淅淅沥,天明未见停。

五绝·河畔
碧水烟波起,修竹抚小舟。
悠然心境远,摇橹划清幽。

五绝·霜降
寒风狂肆虐,芦苇吓白头。
岭上红枫叶,浓情暖晚秋。

七绝·夜宿
轻舞修竹沾月色,临窗狂草不停书。
木门虚掩听流水,檐下茅柴晃挂蛛。

七绝·三月
春风拂面暖情怀,三月风光巧剪裁。
桃李不嫌屋老旧,芬芳朵朵倚墙开。

七绝·夜色瓜藤
朦胧影子依稀梦,藤蔓悠悠向晚空。
不管明天花艳否,了然因果自从容。

七绝·品茶
日月精华藏叶片,山川灵气聚芽尖。
半杯春色调心态,一卷诗书过暑天。

龚守东
湖南省常德市人,网名海珠月贝(曾用名海珠儿),中学语文高级教师,曾任中学校长,在省级刊物上发表过多篇论文。爱好古诗词,写有诗词近200首,现在大中华诗词论坛"古韵新声"任版主。诗词吾爱网《上海诗社》管理员。

情深雨濛
那日开帘鹊绮桄,喳传桃杏嫁东风。
临潭倒映衣宽影,更恼千丝乱杳濛。

借桡南去
春湖那日黄昏后,恋水鸳鸯未上笼。
欲借小桡南国去,不知何处是郎踪。

七绝·柳浪闻莺未见莺(平水韵)
柳浪闻莺未见莺,惊鸿树下忆卿卿。
莺儿不晓何方去,玳瑁寻来捣玉筝。

七绝·咏白玉兰
帝子乘风三月行,轻装缟素至羊城。
远离奢纵未曾悔,洁白无瑕锁一生。

七绝·寒梅特曲(平水韵)
红星几点着银装,独处偏隅赏自狂。

无意联欢春庆日，大潮岂纳一成香？

七律·珠港澳大桥赞（新韵）

浪里鲛龙入海横，腾空一跃绕三城。
摇头摆尾能吞鬼，放肚松肠可匿鲸。
锁口滩头却惶恐，湾区洋里闹伶仃。
邀来双冠察人界，国梦宏图亮汗青。

诗之翅膀一：想象

想象直穿尧舜禹，韵丝编织亿千年。
蟾宫可以翰林酒，五柳诗中可种田。

诗之翅膀二：夸张

青莲生发三千丈，钟隐来愁春水长。
意象诗音无大小，全凭骚客捏高强。

龚义成

湖北省汉川市人。湖北省作协会员，湖北省诗词学会会员，教授，作家。曾任汉川市作协主席。武汉某大学文学教授。著有长篇小说《大野》《红蓝辇》《金马荡》等三部，诗集《随风歌唱》。发表中短篇小说、电影剧本多部（篇）。与人共同主编大学教材《国粹九讲》。有诗赋镌刻大学校园、大型企业园、旅游景点。

七律·太白楼怀李白

富水荆原十度秋，谪仙逸兴驾扁舟。
桑丘且借豪情阔，苇荡端凭大士游。
四野烟村无旧迹，一钩弯月有新愁。
风流万古骑鲸客，梦影沧桑太白楼。

七律·东湖行吟

一湾绿道掩城门，借翠山光月桂昏。
珍重芳姿双岸柳，顾怜梅影九仙墩。
波开雪浪连天宇，霞唤云莺慰屈魂。
信步高栏吟碧水，春阳酿酒入闲樽。

七律·追怀法显大法师

万里求经第一人，慈光普照塑金身。
北翻葱岭狐无迹，南渡流沙骨有鳞。
天竺五方存敬仰，巴连四载忘昏晨。
红尘滚滚多纷扰，勘破春秋少怨嗔。

七绝·题保康凤凰山

满山嘉树碧芊芊，溪水流莺暗转泉。
晓雾晴岚交映美，剪来春色作花笺。

七绝·题黄龙观

苏溪摇翠入江流，景观黄龙绿浪浮。
四百仙阶鸾鹤过，也无风雨也无忧。

七绝·题凤凰塔

浮图焕彩集氤氲，景映千方拜客殷。
玉塔高擎巴楚月，凤凰遥望鄂襄云。

满江红·石牌随想

百转巫山，巍峨处，罡风凛冽。寻故垒，柱峰横槊，冷岩侵钺。奔水凿礁汹浪涌，悬河卷雪晴空裂。虎涧幽，羯鼓响云台，吴钩月。

山斧斧，碉群设，涛阵阵，旌旗猎。挽关河怒洒满腔忠血。十万凶倭横地府，三千壮士朝天阙。慰英灵，碧血染鹃花，情悲切。

浣溪沙·红尘曲

满地落英簌簌飞，虹霓映阁挂天帏。无痕岁月锁清辉。
云作雪骢星作雨，风腾离骥剑腾雷，红尘一曲唱芳菲。

贡春岩

网名寒江雪，从事数据中心方面的工

作,高级电气工程师,做过数据中心设计部经理、数据中心高级顾问、数据中心总工等职务。业余时间有看书、听音乐、运动、旅游、无线电、写诗等爱好。

沁园春·泰山

泰山巍峨,登顶封禅,五岳独尊。挂三层跌水,流鸣飞瀑,凌寒汉柏、挂印封勋。千岁檀青,百年藤紫,抱子唐槐生慧根。经风雨,看峥嵘岁月,往事如真。

当年雅士文人,祈昌盛,民安国泰辰。昔秦皇汉武,唐宗宋祖,登山膜拜,顶礼求神。云海银盘、晚霞金碧,玉带黄河西面邻。凌绝顶,赞天宽地阔,五岳称臣。

沁园春·南海

南海无疆,千里长沙,万里石塘。看风生云涌,浪高水急,雷鸣电闪、雨猛涛狂。时有温柔,瞬间狂野。海岛星罗贼盗猖。众群岛,竟几多被占,如此猖狂。

汇齐百万戎装,护领海,民安国泰康。造航空母舰,水中潜艇,隐身火鸟,锐利钢枪。放眼边疆、收回失地,南海疆宽任我行。从此后,有谁还狂妄,唯我称王。

破阵子·河山壮观

祖国河山壮丽,神州碧海疆宽。天下景观游浙桂,画里风光走蜀川。流连竟忘还。

城市日新月异,卫星天外飞仙。赤县一鸣重崛起,故地腾飞换丽颜。今朝更壮观。

破阵子·田园风光

采藕荷塘寻觅。丽人身着家装。煎炒烹炸皆上品,小院飘来五谷香。佳肴美酒尝。

世外桃源写意,人间天上诗章。闲看风光听鸟语,身在田园嗅暗芳。酒酣梦一场。

喝火令·彩纸印华章(新韵)

酷暑书房热,居家卧室凉。苦思冥想坐书房,提笔劲书狂草,端砚墨余香。

老大辛勤练,名声渐渐扬。默书几载有专长,看我抒情,看我发轻扬,看我内心豪放,彩纸印华章。

清平乐·扬州三月

雨急风骤。远看西湖瘦。三月烟花陪佳偶。唯盼天长地久。

历尽人世沧桑。求学曾是同窗。岁月静安如意。雨中漫步成双。

画堂春·难忘旧情

雨淋篱院夏花馨,白墙黛瓦蛙鸣。阵风摇柳水波泓,云散天晴。

人静情思跌宕,凭栏默立无声。心难忘却旧时情,自误华龄。

一斛珠·与友赏荷(新韵)

暑行风热,骄阳似火西山落。芙蓉出水群芳弱。不染污泥,何惧浊流恶。

傲骨风姿孤静默,亭亭玉立添姿色。淡香人醉塘边坐。唤友呼朋,莫令花期错。

贡庆

男,1977年2月出生,江苏省常熟市人。笔名庸子庆,网名公子庆。2018年10月开始创作,涉及绝句、律诗和词,其中尤偏好词的创作;依韵一般为新韵,也有平水韵或词林正韵。目前已发表作品100多首。

江城子·写在七夕前夜

徘徊花上月牙斜。念伊家。乱云遮。折纸沉鱼,无觅镜中花。几度梦回书院路,心盟在,已离槎。

春花秋月酒难赊。夜寒些。唤丫丫。一别匆匆,银汉又凫车。昨日妆容依次画,梨花雨,在天涯。

念奴娇·题王女亭

我来寻旧,又雨纷纷,时在梅子佳节。浅笑髻云侵客梦,缘起倾心如铁。众里回眸,千丝怨恋,挥手曾长别。宿楼无觅,昨宵溪柳谁说。

等待孤独年年,陌红尘幻,心底吴钩月。梦断雪飘衣袂处,余恨新愁重叠。何以凄凄,独吟临坐,镜里心花折。恰如须白,几声蝉语催发。

注:体依张辑。

摸鱼儿·春雷(新韵)

望空山、觅无翔鹭,忽传雷电频鼓。继而风变狂飚起,势噬山河如虎。朝与暮。心不碍、何忧人世尘嚣怒。雨中信步。看四野罡风,漫浇淫雨,欲踏雷闲舞。

天无语,我有文儒谈吐。负青剑弄平戎。江湖又起儿时梦,行遍神州来赴。风雨处。好儿女、阅知万态终千古。青春不误。寄心梦芳华,独撷神采,一笑任烟雾。

满庭芳·当年情(新韵)

其一

归去来兮,吾归何处?身心千里曹营。世间难料,世事有前呈。身在不谋身后,浮沉事、过眼烟轻。浑教是,今夕今醉,饮个百杯空。

思量愁几许?缘来缘去,过客匆匆。待闲日,弄来闲鹤闲清。从此天涯孤路,各属各、不复卿卿。当年义,肩叠肩去,一道醉天明。

其二

缘去楼空,缘来是聚,无缘愁有十分。欢愉过后,寂默复听沉。今日卿卿明日,再见是、又近黄昏。究寻里,谁能欠尔,问纸短情深?

悠悠尘客事,看穿俗世!看破红尘?尽放我,稍些疏傲娇嗔。酒醉酒兵痴笑,学才子、摘叶沽樽。由谁去?重新约就,许在叶家春。

其三

言笑言哭,有得有舍,甚多尘世能抛。或强或弱,又可媚能娇。向慧海一声笑,犹拼尽、一路明朝。销沉过,风云继续,心向九重霄。

当年情聚散,共鸣若你,同步吾曹。向前望,更着细雨听蕉。真我应得风采,前路障、重系航标。同携否?风中雨里,归去与笙箫。

哨遍·次韵苏轼《为米折腰》平凡人生

弹指隙过,浮世苦名,久在樊笼累。凡骨身,倦鸟夕阳归。楚山烟翠依旧是。德未晞。平常乐知天命,历经霜雪生童稚。还倚雨楼津,风尘渐失,一时风月如此。寻觅处鸥鸟置心扉。九万里风云正荡飞。悲也无余,喜也无由,寄东山意。

噫。点划孑兮。淡淡净净向今世。尝尽知冷暖,仿佛人间千味。转去弄箫声,和云种树,惊鸿际剪枝寻水。卧榻把诗书,酒意正困,莫愁凄凉休矣。谩忆春风化雨有时。众里寸眸松鹤犹之。问东皇、春色谁计。俄然春去来夏,抬头星空静,碧遥银汉惟缘鹊渡,往事飘零易醉。闲情不必费猜疑。念到深、心水如止

古汉新

广东省五华县人。系中国小说学会会员,广东省青工作家协会会员,东莞中华诗词学会理事,《东莞华商》文学顾问,《中华文学》签约作家等。已在《南方工报》《文化参考报》《文化艺术报》《山东散文》《中国散文》《中国诗歌》《齐鲁文学》《中国现代诗歌》以及中国作家网、中国诗歌网、中国梦文学网等发表作品。《中国诗人大辞典》《2018中国诗歌选》《中国当代诗歌大辞典》等报刊报道其创作事迹。

春草
梦中青草满池塘,不独谢公佳句香。
无限春风有余力,故教引上新楼墙。

闲吟
不善逢门作乞怜,书斋展卷度良辰。
客来莫笑人缘少,觅句犹欣自在身。

友人从商寄赠
且从商海展才能,守法经营路莫偏。
名利最为浮世重,古今能有几人全?
良心不可欺童叟,道义还当效昔贤。
保得自身清净地,总迟致富也安然。

闻侄剑峰从军偶成
效国欣为子弟兵,家门有幸得殊荣。
辛勤莫负亲人望,一片忠贞对党倾。

答友人
依旧生涯执教人,愧无建树意难伸。
园丁事业痴桃李,荣辱杏坛系自身。

言怀
育李培桃愿未违,修枝剪叶费心思。
但将希翼亲雏凤,来日成才展翅飞。

夜读
陋室清风拂面来,灯前书卷启予怀。
真情诗似浓香酒,洗涤灵魂醒眼开。

客居
月照芸窗夜兴长,醇醪曼酌送韶光。
亲朋可解来人意,客在他乡是故乡。

古月

女,高中文化,生于1975年10月,古诗词爱好者。

七绝·贺十九大召开
接力锤镰近百年,神州大地换新颜。
今朝盛会宏图画,总把人民视作天。

五绝·游白山村
踏碎艰辛路,脱贫坎坷多。
丹心追梦远,党帜映山河。

七绝·防洪
乌云密布暴雨连,闪电惊雷震长天。
大地洪峰叠浪起,城中街面渡人船。

七绝·咏黄龙湖大堤
一湖碧水荡悠悠,大堤横栏阻急流。
岸上黄龙喷玉柱,涛声阵阵唱千秋。

七绝·所见
夕阳默默隐山间,倒影平湖霞满天。
堤岸情人话似蜜,鸳鸯戏水月儿圆。

五绝·魁星楼
楼内焕文光,名声遐迩扬。
烟霞朝暮伴,到此觅春阳。

七绝·咏近月湖

四面青山气势雄，平湖亭阁雾朦朦。
问谁借得挈云手，明月揽来镶坝中。

七绝·悼屈原

端阳万户蒲剑长，锣鼓龙舟为国殇。
一跃天惊江里去，中华悲泪祭忠良。

故乡的云

原名袁超。蒙阴县作家协会会员，临沂市作家协会会员。曾在《中国纺织报》《朔州日报》《临沂日报》《蒙阴县报》发表过多篇文章，在多家微信平台发表过多篇中篇小说。酷爱古典诗词，喜欢古诗词的韵律美，韵味美，意境美。

浪淘沙·梦中听雨

夜半熄残灯，风起空庭，萧疏满院怎堪听。欲待披衣问长风，风叩门声。

梦醒已三更，夜雨初晴，微凉半月照窗棂。隔屏独赏读《诗经》，暗自伤情。

一剪梅·化蝶

一曲化蝶热泪飞。云海心随，魂遂情追。山盟海誓俩相偎，山伯魂归，九妹伤悲。

此去天涯爱重归。风雨稠霏，梦绕边陲。秋江秋月描秋眉，月有盈亏，真爱无悔。

七律·晨练

时代公园晨雾浓，踏歌起舞晓烟笼。
夹山西望凉亭秀，石岗东邻竹送风。
剑啸长空惊鹊鸣，拳震大地蛙声悑。
云舒云卷平常事，再赏新荷娇艳容。

立秋

昨日夏花今朝收，落红惜别去难留。
绵绵细雨送凉意，潇潇清风迎立秋。
写赋填词诉离愁，添茶煮酒话情柔。
人生易老天不老，碧水摇情月上勾。

钗头凤·初秋

初秋夜，云牵袖，远山描黛残更漏，五更后，柴门叩，影茕难寐，雨来风骤，瘦，瘦，瘦。

轻扶手，凭栏久，任其揉断相思柳，荷花绣，金樽酒，痴情无计，风霜依旧，守，守，守。

鹧鸪天·七夕（一和龙榆生先生）

踏浪银河星宇间，牛郎织女两情牵。阴晴圆缺从来有，梦里花飞已数年。

悲七夕，鹊桥仙。山盟海誓寄云端。喜遇老鹤听鸣凤，立作新词敬上联。

钗头凤·问月

黄金路，柳飞渡，与君散步频回顾。蒙山远，情幽怨，此番一别，路遥梦牵。叹，叹，叹。

相思语。问明月。此情此景情难诉。光阴转。容颜变。一怀心事，不说离散。盼，盼，盼。

顾凤章

男，现年56岁，本科文化。河南省郸城县司法局干警，中华诗词学会会员，郸城县诗词楹联学会副会长。先后在国家，省，市，县各类报刊杂志上发表诗词500多首。

寄语儿子坤华军校毕业

黉门毕业换戎装，铁舰巍巍护海疆。

不忘初心勤奋进，辉煌铸就振家邦。

赠夫人王玉芝
勤俭持家贤内助，温柔良善向佛心。
全国先进功勋著，品望德高育子孙。

忆先祖顾恺之
顾氏恺之东晋臣，风流倜傥耿忠心。
诗词绘画登峰顶，名冠三绝轶万春。

向日葵咏
向日葵花向日开，金黄万朵碧空排。
杆杆绿叶沐风雨，粒粒籽实香送来。

赠生态环境部刘黎明
黎明好学才思广，妙手丹青著锦章。
励志报国勤奋进，鹏程万里铸辉煌。

春晨
朝暾万道霞光艳，柳翠花红鸟语喧。
燕子飞来春景媚，农人沐露喜耕田。

采桑子·黄山游
黄山雾绕多虚幻，碧草凝烟。松翠石环。凤鸟空啼人欲仙。

天都峰耸白云艳，峭壁流泉。树绿花鲜。汗洒游人醉忘还。

顾建武

毕业于浙江大学夜大学中文系。1985年6月加入杭州市作家协会。主创散文、随笔和杂文，作品发表于《散文》杂志和各地省市报刊。2018年至今撰写古体诗词逾百首。

玉人歌·孤山愁春
莺声早。霁雨透烟岚，朦胧春晓。倚窗慵懒，举首北墙鸟。庭中月季含羞笑，絮舞摩兰草。忽相思、钩月疏帘，枕溪梦漂。

无奈暮春了。总留几分愁，惹人苦恼。绚丽繁花，莫有百天俏。今思和靖西湖酒，鹤子梅妻绕。醉孤山、泪洒长亭古道。

注：词林正韵

青玉案·在敬老院病榻前陪老母吃年夜饭
怎知琴断朱弦苦。九十二，慈祥母。孤苦伶仃谁与诉。风鬓雨鬓，荆钗裙布，唯有情如注。

如今卧榻难行路，鲐背风残已年暮。难报春晖言肺腑。大年三十，感恩回哺，抱着曾孙女。

注：词林正韵

喝火令·秋夜思亲娘
户外风呼啸，窗前桂漏香。叶枯花瘦伴寒霜。凄楚落泥无语，飞雁也哀伤。

夜尽灯憔悴，秋深月沁凉。冽风声里想亲娘。梦里慈祥，梦里母温良。梦里笑声重现，梦醒泪成行。

注：词林正韵

鹧鸪天·杖乡还恋家乡美
暮染山湖山水幽。莺啼柳浪柳丝柔。平湖秋月月光瘦，曲院风荷荷叶愁。

同赏桂，共操舟。欢声笑语梦中留。杖乡还恋家乡美，不尽青山楼外楼。

注：词林正韵

行香子·问天下谁是英雄
东跨长江，西越珠峰。问天下谁是英雄。千骑万乘，潮涌潮汹。恐理不清，数不尽，道不明。

人生即戏,角儿各异。未必人人照汗青。琴棋书画,素果农耕。愿存真心,说真话,道真情。

注:中华新韵

霜天晓角·沈园伤情

云轻柳弱。春波无寂寞?那晚南燕北鹊,心孤苦、泪枯涸。

花落。缘分薄。沈园又独酌。犹见冰魂素魄,人依旧、情难却。

注:词林正韵

霜天晓角·雨巷邂逅

沧桑木屋。岚烟缠紫竹。皓腕撑持愁怨,人影过、淡如菊。

伫足。怎避俗?丁香留清馥。从此先生谨记,江南雨、小碧玉。

注:词林正韵

巫山一段云·执君之手度春秋

鸿案相庄友,相携登重楼。莫如燕雀小风流,鲲鹏越神州。

雨落芭蕉残藕,风打凌霄豆蔻。执君之手度春秋,夫复又何求?

注:押中华新韵。鸿案相庄句:据《后汉书·逸民传·梁鸿》载,鸿家贫而有节操。妻孟光,有贤德。每食,光必对鸿举案齐眉,以示敬重。后以"鸿案相庄"表示夫妻和好相敬。

注:词林正韵

顾克武

男,1938年生于皖当涂,大专文化,1961年入党,1963年参军,战士到团职,6次立功,二等功臣,南京军区标兵模范。1984年转业到合肥市园林局,任局办主任等,多次荣获省市先进。中华诗词学会会员,作品获《中华诗词》8次嘉奖、全国诗词大赛金银奖。

五律·参观昆明园林绿化(藏头)

昆城遍绿阴,明媚四时春。
园内花香郁,林中鸟语频。
确行添善政,实干惠蒸民。
惊现中华绝,人和面貌新。

五律·咏太湖龟头渚景区

太湖如宝镜,日照泼金银。
无锡今超昔,影城假代真。
二桥车似水,三岛客成云。
亮丽风光处,游人欲断魂。

五律·神游母亲河

默念黄河颂,神驰鹳鹊楼。
胸怀宏画展,心往远行游。
品饮河中水,搭乘浪里舟。
探寻先祖籍,跪对母河讴。

七律·耕牛赞

生来尽力助农耕,日晒雨淋地里拼。
蹬腿躬身口兜罩,低头曲颈鼻拉绳。
暑寒自有皮毛护,饥渴何须草料精。
劳苦常挨鞭子打,心甘情愿默无声。

七律·吟荷

夏日荷塘多雅韵,势犹万伞组阴棚。
雨淋奕叶珍珠滚,风撩琼花香气腾。
高梗莲蓬包种子,嫩苞尖角落蜻蜓。
洁身自好如银藕,长在污中代代清。

七律·登黄鹤楼

兴游三楚驰名地,黄鹤楼高赏景宜。
桥上飞车往南北,水中船疾向东西。
长江滚滚连天涌,古邑欣欣遍地熹。
眼底千言须罢笔,前人唱绝我何题?

顾鸣九

笔名晨鸣、夜鸣等,上海市崇明区人,毕业于上海教育学院,现已退休。曾任上海市崇明县四滧小学校长、上海市崇明县教师进修学院语文教研室教研员、上海市农场局教卫处课题组组长等。作品小说、散文、诗歌等散见于国内报刊。

结婚纪念日抒怀

33年前的今天，是我和爱人施忠培结婚的日子。时光荏苒，33年弹指一挥间！今天是中国农历狗年的最后一天，我们相聚在江苏宿迁尚阳湖酒店除旧迎新，真是赋予了我们一家三口（恰逢女儿回国）特别的意义，特作藏头诗一首以抒怀，同时也感谢各位亲友在异乡欢度新春的时候见证了这个难忘的日子！

三十年夜驱宿迁，十亲兼友聚一堂。
三星高照春来早，周而复始日难忘。
年复一年染白发，结伴同行心畅酣。
婚嫁随缘天保佑，纪纲人伦习为常。
念兹在兹白头老，日月可鉴诉衷肠。

2019年2月4日晚于江苏宿迁。

寄语豕年新春

祝酒新春语千万，您唱我和迎盛事。
豕宠肥硕独自大，年复一年拱元吉。

2019年2月7日晚于江苏宿迁尚阳湖酒店

赠友人

恭而有礼赠诗篇，祝愿窈窕永葆持。
董项陶腰世人赞，玲珑剔透心旷驰。
瑛瑶其质贵如金，同心戮力山可移。
志气凌云冲霄汉，五彩人生何足奇。
十步香草芳华再，四季琼花万般姿。
周规折矩循事理，岁添无情容颜欺。
生生相惜传佳话，日月相伴常相依。
快惬成行(hang)谁与比？乐施好客切莫迟！

2019年8月12日于上海长宁区。

黄昏恋曲

月明星稀思绪涌，垂幕黄昏不夜天。
望断苍穹无声处，风吻花叶追晚霞。

2019年3月20日晚散步于浦东家园

初夏

蝼蝈奏曲立夏临，蚯蚓掘土农夫兴。
龙润丰沛万物喜，气温陡升汗淋淋。

2019年5月6日于浦东。蝼蝈在夏天的夜间穿梭在它头、田野中兴奋地鸣唱，蚯蚓立夏后就会在土壤里繁忙地耕耘，这些都是我童年时的记忆。

情满鼋头渚

鼋头渚里寻源头，游人眸中满游人。
夏风撩拂太湖水，涟漪涌起绵绵情。

2019年6月8日于无锡鼋头渚

花忧

草鱼啄花不知羞，出入荷池兴悠悠。
娇花踩躏声无语，乐此不疲花暗忧。

2019年7月20日于上海长兴岛。今天有幸看到草青猛吃荷花情景甚有感触，遂作之。

重逢

蓝天消遁丹娜丝，霸道黄梅亦归去。
亲友重逢长兴岛，乐在其中人更秀。

2019年7月20日于上海长兴岛。今年第5号台风丹娜丝已离沪北上，而今年加长版的梅雨季今天也宣告结束。

顾晓平

1949年生，插过队，务过工，教过书。工学学士，硕士，经济学博士。先后在多家金融投资机构任职。诗作见于当代网络诗人作品选编《一路诗怀》（第三期）（第四期），诗词吾爱网等处。

七绝·咏雪

翩翩天女舞烟霞，渺渺流年蒙面纱。
应是瑶池春正艳，千枝万树落绒花。

七绝·早春

柳蘸风暖徐徐绿，草蓄天香暖暖薰。
溪畔梦花犹滴水，岭头雏燕已干云。

五律·咏福田河
山前珠雨落，裙袖缀星光。
溪草经流绿，岸花簪鬓香。
波甜漩笑靥，浪软舞霓裳。
一路朝春去，飘飘入浩茫。

五律·望月
世间多缺憾，幸有玉盘垂。
淡影姮娥泪，清光赤壁词。
银河千载阔，青史一轮知。
今古迷茫处，天人遥望时。

注："清光赤壁词"句：苏东坡的创作高峰在湖北黄冈。在赤壁清澈的月光下，脍炙人口的诗词喷涌而出。前后《赤壁赋》的背景是"月出于东山之上"，"山高月小"；在"一樽还酹江月"的慨叹中《大江东去》；而中秋词的开篇就是"明月几时有，把酒问青天"。

五律·望海
千古苍茫水，奔流到海隅。
洪波吞日月，潮汐改江湖。
绮梦逢礁碎，光阴入浪无。
栖栖夫子道，天地一桴孤。

注：子曰："道不行，乘桴浮于海。"

七律·七宝镇怀古
亭台隐约旧时梦，水网迷蒙方外舟。
巷入暮云通远古，舫摇夜雨载新愁。
千家庭院灯明灭，百代足音人去留。
更鼓敲回南宋月，谁披蟾影钓深秋。

注：七宝镇位于上海闵行区，建于宋代。镇上有钟鼓楼一座。

七律·咏长江
佩兰骚客沉沙后，惊浪悲猿月夜鸣。
神女巫山来玉梦，空云黄鹤入涛声。
天围水拥滕王阁，日落波摇白帝城。
四面楚歌三国恨，千年风雨一江情。

注：1.佩兰骚客句：指屈原。《离骚》："纫秋兰以为佩"。屈原家乡在三峡沿岸的湖北秭归，其自沉的汨罗江是长江支流。

2.神女巫山句：玉梦指宋玉之梦。宋玉有《高唐赋》和《神女赋》，叙楚王梦中与巫山神女欢会。王之梦，其实是玉之梦。

3.空云黄鹤句：崔颢《黄鹤楼》诗"昔人已乘黄鹤去"，"白云千载空悠悠"。

4.滕王阁：江西南昌赣江边。赣江是长江支流。

5.白帝城：位于瞿塘峡口的长江北岸。刘备兵败后在此托孤。

6.四面楚歌句：楚国拥有长江中下游，楚歌也就是长江之歌吧。项羽自刎的乌江也是长江支流。而三国中有两国（蜀，吴）分别位于长江中游和下游。赤壁之战和蜀吴间的多次交战也在长江两岸展开。

七律·潜泳
翩翩翻入逝川中，隔断东西南北风。
沧海浑忘家国事，珊瑚偏幻鬼神工。
鱼龙暗渡清流远，云浪叠交仙乐融。
何必飞天奔月去？我今直下水晶宫！

顾岩

男，网名，石上清泉，1950年生，当年插队知青，大专文化，高级统计师，爱好古典诗词。中华诗词学会会员，南通市诗词协会会员，作品散见于各报刊。

七绝·夜钓
闲趣一竿茶一壶，轻风碧影夜灯孤。
悠然独钓初秋月，清韵清光水墨图。

七绝·夏夜
怡人月色透枝梢，疏影如图落小桥。
隔岸流萤追叶柳，鸣蛙声远说歌谣。

七绝·岁末车站遇农民工
前担铺盖后担包，车旅奔波人海潮。
满脸风霜微喜色，久思团聚在今朝。

七绝·吟插秧机
玲珑小巧沐晨光,一路轻歌刷绿行。
日牧烟波三万顷,青禾遍野醉斜阳。

七律·泛舟洱海
画里云舟碧水移,兴游胜地阅清姿。
千重轻浪千重曲,一串渔歌一串诗。
古刹钟鸣声渐远,风情岛醉客如痴。
归途回首烟波里,余韵犹存大理池。

采桑子·腊梅迎春
凌寒独放娇姿处,冷蕊含芳,淡雅无双,疏影斜枝清韵藏。
玉肌冰骨鏖霜雪,一曲诗章,几许昂扬,迎笑春风分外香。

长相思·清明
风轻轻,履轻轻。雨霁提篮阡陌行,枝头鸦雀鸣。
花满茔,泪满茔。思念无涯何处倾,飞烟纸火明。

顾云杰

男,生于1969年9月。1991年毕业于大庆农业学校,留校工作,后读成人本科。在校任教并工作14年,因学校改制,先后从事企业组织人事、生产管理等工作,现为大庆油田职工。

饮酒古城依兰江畔
三江际会风云涌,五国头城竹简青。
孤井观天寻冷月,千山云路没天星。
君沉丧武偷闲日,国耻难酬任雨萍。
三史并修成一统,哪堪杯酒醉江亭。

注:三江指松花江、牡丹江、倭青河。

耻临胜山要塞
雄鸡宝顶记痍疮,国恨家仇怒虎狼。
剖腹青山遗罪孽,精心圣战付苍茫。
丛林深处幽冥谷,暗道盘根鬼魅床。
白骨铮铮花遍野,劳工尤叹梦归乡。

注:当年二伯被抓劳工修筑要塞,惨死于卧牛河畔,余文《追忆先公》及民谣《劳工叹》录于家谱之中。

过瑷珲古城
本座江东史有名,屈迁右岸愈伶仃。
登高对望山河碎,偷得垂帘腹股腥。
十里冰封吟铁马,千阶雪暗颂魁星。
兴安日暮残如血,山路弦长断后庭。

题黑河堤岸马占山塑像
两度驱倭十四秋,双桥跌宕气中流。
将军堪乱身前阵,草莽闻声士故丘。
凝目晨烟听细雨,戎姿日暮话江舟。
青山更待才人出,黑水何曾洗国仇。

乌兰浩特成吉思汗庙游感
罕山高卧两河开,清宇香飘漠北来。
八骏飙风掀漠北,长矛飒爽屹金台。
箴言字简疏文治,丹壁恢宏少逸才。
百代虔人无觅处,丛碑斜影入神台。

参加企业培训班观瞻焦桐
花繁叶落几春秋,根植黄沙壮志酬。
三害如期销浪涌,初心一诺立潮头。
眼前故道千重翠,身后长河百舸流。
不见丰碑唯福祉,千年治邺语还羞。

雇页

本名顾忠德,公务员,国家二级作家,"两栖"诗人。19岁起在报刊发表作品,其艺术创作涉及诗词、小说、影视和音乐文学诸领域,作品逾100万字。1982年1月与顾城、舒婷等同获"星星诗歌创作奖"。2017年12月获国际城市文学学会"中国新诗百年·优秀诗人奖"。著有雇页诗集《天眼》《地光》《人迹》系列作品三部。曾任无锡市委宣传部文艺处处长，市文联党组成员、秘书长，市作家协会副主席。

清平乐·太湖抒怀

中专毕业，分配既定。与湖光工业学校同学九人相聚太湖之滨。回首往昔，岁月峥嵘；展望未来，激情满怀。即兴填词一首，以飨同窗。

朝曦染碧，浪涌龟山巅。驱棹长风催帆翼，任尔水深流急！

风雨四年挥去，雄心如旭在耶。今日胸怀宏略，岂止包孕吴越？

注："包孕吴越"：系太湖鼋头渚一处著名摩崖石刻。1970年3月28日于无锡东风公园（即太湖鼋头渚）。

清平乐·太湖苍鹰渚感怀

为扩充抒情歌曲《太湖抒怀》词曲之容量，应著名男中音歌唱家杨洪基先生要求而填写斯词。

天光雨歇，银浪飞千叠。愁绪满湖今洗拂，碣石又镌新阕。

冲旷鹰掣狂澜，风采独揽湖山。我欲乘风而去，千帆舍却犹难！

1997年深秋于南京江苏广电宾馆

臧克家先生题赠感赋

余属牛。拙著《雇页诗集》编著之际，年逾九旬的臧克家先生，抱病为之题签：《耕》。言简旨远，一字千金。谨此小诗述怀，以谢老人。

砚海千秋一字耕，先鞭意着肖牛人。
躬耕勤勉深居作，青果年年奉道神。

1995年于无锡饭牛居

五古·自号"饭牛居"歌

余属牛。著名雕塑大师、书法家钱绍武先生特意为陋居书斋"饭牛居"题写匾额。摩匾思今，感慨万分。赋此篇，谢钱老，并藉以述怀矣。

牛人叩牛角，饭牛而商歌。
为吟桓公者，举贤作上客。
自是廉明君，视才必若渴。
为吟宁戚者，智荐且辅佐。
修德耻商贾，入仕岂不惑？
为吟逆天者，面土勉其耕。
牛者性本驯，应怜其苦勤。
自古士认马，何有识牛人？
牛人应不馁，奋蹄踏斯尘！
抚古更扣今，遂为草居铭。

注释："饭牛"：喂牛。相传春秋时，宁戚"修德不用，退而商贾"，饲牛宿于东门外，待桓公夜出，方"饭牛叩角而商歌"。桓公闻之，知其贤，遂举用为客卿。《离骚》："宁戚之讴歌兮，齐桓闻以该辅"，即指此事。古之有《饭牛歌》，又名《扣角歌》《牛角歌》《商歌》。1994年4月12日中午于无锡寓所饭牛居

父母10周年祭

怀玉子兮思，念牛难写诗。
父无车为驱，母缺衣尚时。
悔斗不能转，恨花开又迟。
当呈扒鸡重，初志乐且滋。

注：玉子：母名钮玉子；
念牛：父亲顾世兴，属牛。
当呈扒鸡重：文革串联时，我曾用省下的钱，在铁道线上买了只符离集烧鸡带回家给父母。这是少年的我首次在外地买东西。

2016年4月2日至3日凌晨

回波乐·为林顾一诺作·写在"祥和之光"塔前

"祥和之光"塔，系上海市"大世界基尼斯之最"建筑。外孙女林顾一诺，肖马，2014年7月3日诞于上海和平医院。至今二十月，身高逾90公分，且秀外慧中，聪颖异常。小宝贝不啻是上苍赐俺一家之"祥和之光"矣！傍晚，信步至塔前，不禁感慨系之，遂填藏头小词一首，以示喜庆祈福之心情耳。

祥兮霓旌凤翩，和哉快马扬鞭，
之于千金一诺，光前裕后超先。

咏南宋官窑青釉琮式瓶

琮式瓶，宫廷祭祀用器，本人藏瓷珍品。器身通体施青绿釉，胜似盈盈碧玉，满布深色开片

纹,形同灵蛇游弋山涧。形韵大气,接地通天,因以颂之。

千巅横绝一青峰,碧翠通天耀皓穹。
万壑灵蛇显神迹,郊坛下祭乃吾翁。

注:郊坛下:位于临安(今杭州)的南宋内窑(亦即官窑)遗址之一。

2019年4月17日

满江红

余珍藏宋徽宗乙未御题奉华诸款汝瓷,戊戌冬日喜鉴珍宝,欣然命笔。

大喜弹冠,云破处、青峰翠抹。闭泪眼、朝天惊呼,这般颜发。秘色奉华君亲鉴,建中靖国烟云绝。恍若梦、日月裂冰心,穿飞雪。

怜赵佶,风花孽。才情长,钩金杰。沐史风,重雨千寒句结。玩古坚诚囊易涩,悯余垂爱天更切。从未闲,白了愣青头,心旌别。

注:建中靖国:为宋徽宗之年号;
钩金杰:系指"瘦金体"书法创造者赵佶皇帝;
重雨千寒句结:在汝窑"建中靖国元年宋徽宗辛巳"刻款天青釉泥金钤印葫芦瓶上,御书有"宋时秘色紫土也,吟诗约句,千寒重雨"句。

2019年7月31日

关胜伶

女,满族,70后。河北省唐山人。河北省诗词学会会员,承德市诗词楹联学会会员。作品见《承德诗词》《赤峰诗词》《中国草根作家》《天女木兰》以及各大微刊。

七绝·金山亭掠影

碧树连空画翠屏,迷蒙山色有无中。
天光云影涵明鉴,一缕诗情伴我行。

七绝·热河泉

浅碧弯弯向幽丛,流云入水曳飞鸿。
热河缱绻留烟雨,无限风光晚照中。

七绝·曲径通幽

参差翠嶂邀新绿,万缕霞光入水中。
曲径清波摇晓日,流水下酒亦从容。

七绝·戏题避暑山庄

避暑山庄处处新,赏心美景更无伦。
每天邂逅寻芳客,不记曾经迷几人。

七绝·锻木峪一日游

一

清风吹水日衔山,百啭啼莺荡柳帘。
一叶扁舟夕照远,千叠云浪送君还。

二

湖波潋潋柳堆烟,叠翠青峰入水天。
但愿长居仙境里,无须冠带系华年。

三

一镜平波映晚天,群峰泼黛秀堪餐。
从今惟向云山去,只买烟霞不买官。

七绝·浮台钓韵

青峰染绿水云天,漫赏浮台枕浪眠。
几杆长杆初晓钓,勾出红日挂山巅。

关盛南

农民,广西省玉林市诗词学会会员。近年学写诗词,常在市、县级书刊上发表作品,有部分作品在县、市、省、全国比赛中获奖。

五绝·缅怀毛主席

华夏出真龙,腾飞浩气雄。
挥师驱虎豹,立国树忠公。
改旧山河美,标新事业红。
划分三世界,反霸五洲崇。

七绝·纪念周总理
崛起中华志事成，官居总理尚廉清。
为民谋福忠公尽，牢记初心铸太平。

七绝·中国春
日丽风和澍雨绵，助兴龙族奋争先。
国彰特色山河美，民达小康生活甜。

七绝·七夕有感
诧异今年七夕宵，鹊桥不见织牛聊。
人间科技传天上，微信双星咫尺遥。

七绝·中秋感叹
中秋皓月照神州，两岸同胞乐也愁。
大陆腾飞追国梦，台湾何日共筹谋?!

十六字令、旗（三首）
其一
旗，
七秩鲜红举世知。
五星耀，
路带共赢时。

其二
旗，
唤起城乡百万师。
同心干，
华夏显雄姿。

其三
旗，
扦遍中华谁敢欺。
台湾岛，
和统不拖迟。

管友民
河北省兴隆县人，现任高中教师。喜爱诗词，有作品发表于《诗选刊（下半月刊）》《国风》《承德诗词》等刊物。

五绝·盼春
细扫庭院净，精修门柳枝。
寒风捎我信，新绿勿归迟。

五绝·上元晨雪
欲赏元宵闹，轻声趁夜来。
看春红未至，先遣玉花开。

五律·端阳
不日即重五，亲朋各自忙。
山中寻艾草，腰下佩香囊。
角黍藏红枣，秋千荡女郎。
谁知屈子赋，犹唱汨罗江？

七绝·也说状元笔
状元妙笔自生花，应叹无缘到我家。
安得一支擎在手，萧疏定教吐春芽！

七绝·岩松
何悲境遇最贫穷？誓把根扎峭壁中。
雨雪雾霾等闲事，笑他雷电与狂风。

七律·红药
一丛红艳倚风新，绿袂秾华不染尘。
浅笑盈盈待宾客，含情默默殿芳春。
靓妆窈窕如精绘，国色馨香似幻身。
原是仙丹天上有，花神盗撒救凡人。

七律·五月校园（新韵）
福地春来五月风，隔天新景满西东。
国槐门后黄接绿，锦带楼前紫间红。
可赏晴云游荡影，亦闻学子诵书声。
谁言公务缠身住，兴致习诗效放翁。

管自桃

又号斋墨子、湖北孝感人,一道诗艺社编委。爱好诗词书画,尤其是独创的笺画,堪称一绝。平时喜欢治印,有多种印集及诗词作品集,是一个有个性、有主张、有艺术操守的艺术家,作品多次入选《中国艺术大家》《中国新时代文艺名家大辞典》,并多次获奖。

斋墨子曲十首

一【仙吕】赏花时·消魂

六月伏天抹煞了这富和贫,因此上那有将君子和小人分。今日咱俩皆落凡尘,文雅粗鲁说不准,只要凉爽才叫消魂。

二【仙吕】点绛唇·诸侯

莫犯闲愁,年年身受,可知否?若是每天一杯酒,乐得就象诸侯!

三【仙吕】一半儿·愁

大暑来了是中伏满脸汗流,手摇芭扇傻望晴空找乌云头。东瞅西瞅瞅来不是时侯,那里能找出原由。看天上一半儿清明一半儿愁。

四【仙吕】天下乐·君子德

莫不是二伏要谁熬不到头,道也不必多担忧。劝君子早把德性修。切莫狂燥充大,勿要硬要学究,心平气和禁口。

五【正宫】端正好·风刮

热得冇有章法,就象写字涂鸦,叫声老天将雨下。荷花池里好戏对对双鸭,最好起点凉风慢慢刮。

六【双调】沉醉东风·妙哉

入伏夏荷似娇女孩,都是满脸桃红粉腮。莫要用竿胡打乱来,留得小舟摇摇摆,又一景色去不再。莲蓬双双对对如此逗人爱,怎么说也是妙哉。

七【双调】鸳鸯煞尾·来来

天热也要把这笔墨从头摆,写画能把那暑气解,何必做心愁,来来来来。

八【双调】雁儿落·映月

枉为你入伏在六月,恼犯天意无情的铁。娇荷仍是昂着头,傍晚再映月。

九【南吕】采茶歌·弹古筝

把粉脸儿挨,并蒂儿开,等子君端着香茗来。伴得月色弹古筝,高山流水好凉快。

十【仙吕】点绛唇·酒知

热也读诗,冷也临池。闲散事,谈然处之,一杯浊酒知。

桂亚洲

湖北黄梅,大专,中共党员,从事法律服务工作。诗词爱好者,现为省县市诗词学会会员,文昌阁诗联社常务会长,作品散见国内部分诗刊杂志上。

漂流

疑是银河决口流,客潮涌动笑声稠。
良朋对坐穿崖过,情侣同舟劈浪游。
两岸青山随起伏,一川白水任沉浮。
玉龙破雾腾空跃,惊险奇观不胜收。

玫瑰花园

花开朵朵映长廊,甘露晶晶耀艳阳。
弄色红黄迎客笑,多情白紫惹蜂忙。
密枝绿叶清新秀,嫩蕊娇容灿烂香。
翠柏苍松添画意,游人心醉眷山庄。

麻城杜鹃

人道龟峰景壮观，偕朋乘兴踏嵩峦。
清香引蝶翩翩舞，秀色招蜂美美餐。
喜鹊林中朝彩凤，杜鹃岭上逐红澜。
溪流奏曲书诗赋，翠柏摇枝迎客欢。

郭成才

湖北省汉川市人。从事玻璃、石材、铝板等幕墙工程的设计与施工。平时爱好诗词文学，现居武汉市。2018年开始学习格律诗、词，现为汉川诗联学会会员，已存稿近60首诗、词，还有近20首新诗，部分作品已载入汉川诗联纸质期刊。

五律·观马术

远处马嘶鸣，天边涌战情。
挥旗风猎艳，放箭雨沉城。
天暗观枪舞，地昏听杀声。
鸣金休战鼓，千里幕云清。

五绝·学骑马

上马建功名，将军即远程。
收心胸脯里，放胆尽驰情。

五绝·蒙古包

（一）
阵阵奶茶香，招君入梦乡。
毡房"旗格"舞，"巴特"唱天堂。

（二）
奉上烤全羊，厅堂顿沁香。
馋涎关不住，口水也疯狂。

（三）
酒酣情荡漾，蒙汉语铿锵。
千里双携手，安邦乐永昌。

五绝·草原篝火

（一）
月悬包顶上，星斗闪荧光。
歌舞狂欢夜，燎原篝火煌。

（二）
草原天地广，音韵荡无疆。
愿插雄鹰翅，高飞黄鹤乡。

鹧鸪天·游响沙湾仙沙岛

沙海涛涛涌浪潮，心随沙舞抵云梢。
丝绸之路今安在？驼队巡航古道遥。
湾恋岛，岛金豪，青春绽放好妖娆。
飞车穿越千年谷，索道衔成万代桥。

满江红·游圣主广场谒成吉思汗感赋

劲臂宽舒，射雕处，挽弓满月。神武者，草原游牧，骠狂蛮烈。战马纵横欧亚旅，弯刀起落城池缺。莫蹉跎，误了憾山河，豪情灭。

微服者，捐心血。绵诸部，谋韬谲。历艰难险阻，远程爬涉。一统江山圆夙愿，万邦使节书词阙。铁木真，狼性舞图腾，苍穹裂。

郭成勇

微信网名秋风劲，男，1962年出生，湖北省襄阳市谷城县人，大专学历，汉语言文学专业。已陆续创作格律诗词千余首，先后被《黄埔江诗潮》《诗选刊》《一路诗怀》《诗意人间》等纸媒和数十家网络公众平台刊发。2016年9月所写《国庆节感赋》被全球凤凰网站评为三等奖。曾任龙凤文学院红二系总院长，现为上海格律诗词社专家委员会成员、诗者联盟网刊编审。诗观：体物描风景，凭心抒性情。

鹧鸪天·诗心
妙韵清词慰雅怀,诗香一卷蝶飞来。红莲影底寻佳句,翠鸟声中剪素材。

潜谧境,拭涓埃,吟成兴起酒坛开。人生似雁皆迁客,渡影余声荡九垓。

七律·樱桃赋
霞蔚云蒸嫩靥红,枝头浅笑浴春风。
玲珑粉润佳人面,剔透浑圆玉兔瞳。
长在深山妆翠岭,生于近陌扮苍穹。
雀儿欣享无由报,携子天涯漫野葱。

30年后五山同学会
鹭舞溪边韵雨迎,林苍竹翠水清清。
三秋艺馆同心聚,半世风霜异彩呈。
执手坦怀言别绪,邀杯致意述衷情。
熊熊篝火宵空灿,一曲高歌幕岭横。

注:艺馆指五山堰河茶艺馆

七律·谷城汉江湿地公园赞
几时荒草泥滩地,转瞬江南锦绣迁。
曲水云浮幽径绕,亭台雾隐拱桥连。
葱茏荷堰迎飞鸟,茂密虬枝聚响蝉。
日夕蛰蛙邀皓月,游人信步乐陶然。

沁园春·莲塘逸趣
绿叶承辉,粉蕊含羞,碧水荡波。看蜻蜓振翅,荷尖掠影;灰凫拨蹼,伞底穿梭。岸曲林幽,香风拂面,丝柳撩蛙戏白鹅。蛩声起,听琴音籁语,曼妙婆娑。

钟情此境如何,共几许年光任滞磨?待莺飞燕去,空余喟叹;花凋叶伏,仅剩嗟哦。遂趣乘时,倾情度势,莫使灵笺遗雅荷。词填就,任骚人墨老,慢咏轻歌。

七律·暮春携妻再游谷城樱花谷
净土城南隐洞天,神驰意迫梦萦牵。
青山翠谷氤诗绪,碧水苍穹溢韵弦。
雨瘦娇花蜂影静,风肥嫩果鸟姿翩。
携妻曲径林峦度,再浴松涛沐夕烟。

卜算子·桃花
性喜浴东风,含笑红英绽。野陌高冈处处宜,妆点阳春灿。

色诱蝶蜂忙,姿惹莺声乱。待到梢头硕果丰,始解卿心愿。

蝴蝶儿·咏蝶
山谷中。蕊枝丛。体轻双翅舞香风。影追对对融。

临水妍姿秀,栖霞彩翼彤。生来瑰丽恋茏葱。锦屏留迹踪。

郭东方
男,汉族,1971年5月生,字震之,号云谷、云庐主人等。山东省滕州市人,书画家。现枣庄市佛教协会常务理事,滕州市政协委员。曾在报刊杂志发表诗词作品100多篇(首)。

七绝·春观洛阳牡丹有感
通宵细雨泛春潮,鹊噪古松风弄涛。
喜见牡丹倾国色,挥毫齐大斗风骚。

五绝·雪中寻梅迎春
雪飞山色古,野白醒梅颜。
亭寂无人语,寻春不晓还。

五绝·春夜沙龙鼓琴感赋
春寒夜听琴,香茗沁君心。
送友江南去,梅花月下吟。

五律·雁荡山
东南逢海际,雁荡涌芙蓉。

佛国寻芳迹，书坛觅草宗。
云藏数峰秀，月映几江踪。
一泻千层碧，鸣湫惊伏龙。

七绝·春雪寻梅
玉絮不嫌春色晚，飘零庭上作飞花。
空山寂寂闻鸠去，绿萼几枝清瘦斜。

七绝·夜宿天目山闻钟
天目峰头月似钩，云奇玉顶胜仙洲。
禅源寺寂晚钟去，惊破长空万籁收。

七绝·初秋雨霁
秋雨泠泠暑气残，竹青蕉碧野鸠喧。
归云初霁群蛙噪，菡萏溢香花正繁。

七绝·初秋偶感
画牖风清已入秋，花含露色晚香柔。
蛙鸣声里暑无燥，月上疏桐映小楼。

郭海霞
笔名纡楠，70后，现任鹤岗市萝北县第二中学语文教师，《心悦文摘》责任编辑，萝北诗协会员，中华诗词协会会员，擅长散文、诗歌创作，曾在《湿地风》《远东文学》《挠力河》《中国风》《鹤鸣诗刊》《界江诗苑》《诗词月刊》《诗词世界》等刊物发表作品。

七绝·龙江吟
踏岭葱茏松影密，江流静待月光明。
扶风观景山川秀，美酒千杯醉里萦。

卜算子·咏冰凌花
寂寞冰凌花,独傲严寒处。瑟瑟风中显本真,何待春风沐？
冰魄展姿容,不与谁争慕。勿惧冰寒勿念华,只等随君舞。

江城子·赏开江
筹谋四月赏开江。意缠扬,梦飞翔。梳洗披裳,火火往龙江。为赋雅词添雅兴,亲赴岸,负行囊。
江呈千骑水飞扬。念君狂,戴戎装。兵马嘶鸣,震撼众心房。待到明朝江怒放,挥绮袖,舞霓裳。

郭金明
男,1952年生,山东省滕州市人,大学文化,系枣庄市诗词学会会员,滕州市诗词学会会员。曾在报刊杂志发表诗词作品100多篇(首)。

五律·游三峡
瞿塘如发怒，挟浪赴江东。
画舸疾穿壁，苍鹰欣驭风。
临窗听猿乐，登岭赏田丰。
大坝揽天际，林花似火红。

七律·岳阳楼
琼楼矗立白云间，雄视君山如画船。
五水已吞波浪阔，三光频耀栋梁妍。
杜翁诗赋传千国，范相忧心警万年。
忽听渔歌情不尽，笑谈仿佛会神仙。

郭军
网名清泉石上流。出生于1956年7月民族汉。辽宁省盖州市人。原为事业单位管理干部,现已退休。热衷律绝、诗词、写作。

七绝·避暑猫岭农家院
猫岭秀峰林下宅，清幽小院水边挨。
流泉撞石声生韵，妙曲天成畅我怀。

注："猫岭"在辽宁省、盖州市、太平庄乡。

七绝·遥观雨后步云山圣水寺
烟雨蒙蒙晓渐消，遥观云岭白云飘。
半山圣水参禅寺，疑似飞升上九霄。

注：云岭：指辽南步云山区。

七绝·步云山杜鹃花
北方四月以春空，但有人间景不同。
云岭东君来得晚，山坡正演映山红。

七绝·雨夜听蛙鸣
甘雨柔风过小塘，荷花摇拽散清香。
青蛙夜办情诗会，击鼓传音次韵忙。

七绝·蒲公英
嫩绿丛中点点黄，栉风沐雨不忧伤。
身心纵有千般苦，献给人间总是香。

七绝·好个秋
寒蛩昨夜道天凉，阡陌依然百草香。
该是多情秋耐老，满山红叶笑风霜。

七绝·风雨人生
风雕岁月是途程，雨润时光世事明。
人恋红尘迷取舍，生离死别最伤情。

七绝·清晨漫步
清爽晨光漫步行，凉　拂面满身轻。
一堤翠柳飞蝉曲，夏日荷香畅我情。

郭克会
又名郭社会，山东省汶上县人，上过小学，自学高考获山大毕业证。干过律师。诗词发表在《中华当代诗歌大辞典》等六部书籍。现任世界汉语作家协会广州分会副主席。

七绝·本质（新韵）
蒿蓬隐匿树苗小，日照光稀虫害多。
草本终枯成沃土，树高丰茂育梁柁。

七绝·春节
爆竹烟花响不停，万家团聚笑颜中。
稚童期盼钱压岁，老迈欢迎拜寿星。

七绝·劝君饮酒莫过量（新韵）
喜庆畅饮非正常，珍惜生命理应当。
妻儿父母负担重，多少家庭怨杜康。

七绝·冬至（新韵）
冬至微风天气寒，农家无事过冬闲。
象棋对弈众围看，扑克输赢吵闹翻。

七绝·大寒
大寒南国艳如春，满树桂花万木欣。
越秀公园环境美，众多游客少知音。

七绝·小满（新韵）
梧桐花艳正芬芳，小满时节麦欲黄。
每亩良田能过石，农家盛世庆安康。

七绝·商鞅变法（新韵）
商鞅变法弱秦强，明主恰逢嬴渠梁。
一统江山基业奠，千秋功绩美名扬。

七律·庆祝建国70周年（新韵）
先辈功高世代铭，一星两弹美敌惊。
改革开放百年计，民富国强千业兴。
打虎拍蝇抓吏治，倡廉反腐正官清。
共圆美满中国梦，一带双欣一路赢。

郭黎明
茂名南天诗社会员。昵称黎明、村姑。生于济南，长在上海，兼具南北性情，刚柔并济。曾就读于上海外国语学院法语系,后留校工作。长居法国,近两年退休后热衷于练笔格律诗词,清欢怡情度晚年。

五律·西班牙南部游记(五首)

出游西班牙,安达路西亚。
一路风光胜,游人感叹发。
山青天际蓝,地中海浪打。
游水言情欢,碧波撩细沙。

远望白色房,日照美如画。
棕榈树成行,绿荫避盛夏。
教堂清真寺,中纪古风雅。
皇宫展豪华,银通黄金塔。

竖琴桥光闪,橡胶树挺拔。
斗牛场浩大,勇士任拼杀。
古都街巷小,走道挂满花。
阿尔罕布拉,红墙宫殿佳。

弗拉门戈舞,民族风采花。
欧洲阳台长,海景收眼下。
街市人熙攘,驴马车喧哗。
景致四处有,观赏无空暇。

游玩伴美食,兴致更添发。
红酒配腌肠,吃口味犹佳。
游记不胜述,此行成佳话。
呼唤众亲友,身临现场察!

七律·清吟度暮年

咏赋东篱度晚年,畅游书海任情牵。
花晨逸兴窗吟醉,月夜安神枕梦绵。
世乱难求幽静处,心清易获润涵田。
勤勉运笔诗葩烁,宋韵凝香沁雅篇。

七律·羁旅怀乡

异国风情小镇旁,闲身且度好时光。
人流车马门前闹,社树桑榆院里凉。
徐步阡塍望鸿雁,凝眸湖泊念潇湘。
魂牵彼岸家园美,一片归心入梦长。

七律·庆婚日

柳间鹊鸟唱悠扬,湖上鸳鸯戏水忙。
箫鼓画船人尽笑,楼台花烛日生光。
今朝燕尔肝肠映,来岁齐眉炕枕香。
把酒东风频致祝,春山不老两情长。

郭茂林

网名红山青松。大中华诗词协会会员,中华诗词学会会员。作品多发于《诗词吾爱》《江山文学》《大中华诗词论坛》,多被推荐、评优或加精。部分发表于《一路诗怀》《沧浪一路诗怀》,偶见于《澳门市民报》。现任"大中华诗词论坛·江南水乡"副总版主、"诗词吾爱·梦里水乡"等多家论坛版主。

七绝·榴花吟

张骞移自海西来,槛外绯花露艳腮。
蝴蝶错当枝上火,匆忙飞过短墙台。

五律·山居(坡底韵)

翠谷去安家,横琴度岁华。
林深听鸟语,径曲赏山花。
养性诗中句,浮名天外霞。
人如闲野鹤,松下品清茶。

七律·咏狗尾巴草

不慕浮华不恋京,山林小径自枯荣。
眼无世故尘情淡,心有童真露水清。
野火焚身根弗死,东风入梦叶还生。
愿甘装点神州绿,任尔狂呼狗尾名。

七律·听雨

是谁夜半叩南窗,似诉如吟作意长。
搅碎花间蝴蝶梦,难寻世上孟婆汤。
他方雨里思新句,别馆灯前念故乡。
多少深情多少忆,丝丝甜蜜慢悠尝。

七律·遣怀

生来愚钝少明聪,偏爱推敲佛寺东。
俗事飘零归梦外,寒梅散落入诗中。
挥毫咏坠三更月,把酒行吟万里风。
墨染流年心不老,怡情纵笔是非空。

鹧鸪天·咏荷

翡翠连天旖旎光,胭脂带露梦潇湘。
佛前悟道心存慧,泥里生胎骨蕴芳。
擎碧盖,浣红裳,凌波曼妙俭梳妆。
任凭墨客挥吟笔,独守初心隐水乡。

一斛珠·梦里江南

小桥流水。桃红竹绿莺声脆。白墙黛瓦轻烟里。小巷弯弯,花伞排成队。
十里荷塘无尽翠,吴音软语菱歌美。棹舟晚唱清波碎。似画江南,令我心陶醉。

满江红·咏竹

小院窗前,青枝展、几杆幽竹。微雨后、婆娑兴舞,森寒澄绿。长夜摇风敲锦瑟,孤亭傲雪吟清曲。月轮明、欢待凤来栖,筛寒玉。
修劲节,虚怀谷。高孤性,非常木。结梅松知友,风霜同沐。陶令评章含雅意,板桥题画无凡俗。化笛箫、乐奏满江红,鸣山腹。

郭平德

笔名郭晟,中国散文学会会员,江西省作家协会会员,获奖作品入选《人民文学》获奖作品集,文学作品曾在《人民日报》《文学报》《散文》等报刊发表。出版《散文三人行》(与人合集),个人散文专著《美的遐想》,中短篇小说集《爱的谎言》。

船

此生注定在水坊,摇晃颠簸加风狂。
动荡不安多危险,沉浮不定成家常。
风平浪静忙作业,云涌雷鸣备躲藏。
待到云开见日出,风帆扬起去远航。

海

天高地阔大无边,望不到头一根线。
红日当空波耀眼,彩霞落岸鸟飞沿。
雷鸣电闪震天响,风起云涌捣地悬。
海燕欢歌大风暴,英雄壮举挽狂澜。

大理姑娘

大理姑娘美如玉,天生丽质笑开颜。
蝴蝶泉边洗凝脂,引来蝴蝶舞翩跹。
情郎吹笛在山岭,悠扬笛声甜心田。
山花红透知心事,姑娘一喜羞红脸。

大理姑娘美如仙,温柔文雅个个艳。
心灵手巧善工艺,编织人生比蜜甜。
帅哥美女成双对,天作之合人钦羡。
大理山水美如画,宝塔耸云艳阳天。

贺老友重逢

老友重逢泪沾巾,阔别四十友谊深。
教坛辛苦不计累,挥洒青春育新人。
桃李育成甘甜果,桃花依旧笑征程。
苍苍白发不觉老,微信入群都精神。

郭廷瑜

男,汉族,祖籍山西省临汾市,1970

年生于甘肃省古浪县，中共党员，大学双本科学历，中学高级教师。系中国教育学会、中华诗词学会、中国楹联学会、解放军红叶诗社会员，甘肃省诗歌创作研究会理事，甘肃省楹联学会理事，武威市诗词楹联学会副会长。千余首(副)诗联作品散见于《诗刊》《词刊》《中华诗词》《中国楹联报》《对联》等百余种报刊，并多次在全国性诗联赛事中获奖，著(编)有《杏坛情韵》《金色摇篮》《风景这边独好》等。

七绝·驻凤凰山营地

去路三千马不停，京西转步夜温馨。
凤凰山下安营寨，好取脱贫扶智经。

七绝·登黄崖关长城

八卦关城奥妙深，明砖洵水证奇勋。
崖山刺破青天立，铭勒当年戚将军。

七绝·瞻仰周邓纪念馆

磊落平生何处寻，悠悠沽水鉴初心。
为民为国惟无我，情满江山举世钦。

七绝·游独乐寺

山门庑殿夺天工，阁上慈云普照中。
寺史其缘无可考，忧先后乐脉相同。

七绝·瞻仰盘山烈士陵园

红色丰碑耀九垠，重温入党誓词新。
冀东英烈当安息，铁打江山代有人。

七绝·大暑访盘山

入胜群峰尽翠薇，多情风起雨霏霏。
登阶且说乾隆事，引得游人醉不归。

七绝·登梨木台

津门北极觅英雄，故事观听泪眼朦。
万树梨花犹带血，年年岁岁映山红。

七绝·观大型实景歌舞剧《天下·盘山》作

莫道芳心许帝京，青丝剪断念苍生。
惟余那颗无忧树，待到花开负了卿。

郭新华

笔名展翅，男，汉族1952年出生，中共党员，现已退休。参与诗社工作，现为国际中华诗词协会会员，广州省诗词学会会员，益阳碧云诗社、桃花仑诗社理事，会龙诗社常务副社长。

春日感咏八首

一

瑞雪纷飞好运回，金猪气象喜相催。
风吹白浪浮天去，雨洗青山送翠来。
一树红梅开艺苑，千枝细柳舞章台。
春眠枕上无闲梦，乐隐林泉有壮怀。

二

几分寒意袭梅枝，恰遇猪来送旧时。
丽日有情天自暖，淡芳难掩蝶先知。
花香缕缕萦亭阁，杨柳依依伴水池。
目览鲜颜春梦美，好凭雅性写新诗。

三

青山满目净无尘，春到人间已十分。
梅卸残妆千树洁，柳舒倦眼万条新。
为寻蝶梦眠花底，欲写风光待晓晨。
携得美人和好酒，登临绝顶唤诗神。

四

浴沐春风门自开，何须近水伴楼台。
艰难岁月匆匆去，欢乐情怀款款来。
人富人贫随运气，花开花谢落尘埃。

兴来恣意诗三首，邀友聊天酒一杯。

五
眺望江天不自哀，青龙白鹿莫疑猜。
等闲忽见春光逝，幻觉方知鹤发来。
笔底文章删锐气，胸中块垒寄瀛台。
今朝雅聚心情爽，把酒言欢乐壮怀。

六
不忘初心奋斗时，正当盛世好吟诗。
黄花淡写随心意，密叶轻描泼墨池。
信口成章歌盛世，拈阄分韵促新词。
能从海内交文友，更向他乡认故知。

七
相邀好友碧云行，爱听禅音与鸟声。
远望千峰人待目，近观万壑水弹筝。
遥思旧雨三更梦，想结新俦几夜情。
闻到黄花佳酿熟，诗朋曲侣共飞觥。

八
花谢花开又一年，春风欲醉破寒天。
抒情画卷江山美，得意人生道路妍。
剑匣尘封心尚喜，诗怀泉涌梦初圆。
繁华赏后精神爽，笑问何时钓海边？

寻梅
荒郊踏雪马蹄扬，隔岸遥闻一段香。
寻到小村幽雅处，斜横疏影月昏黄。

问梅
友交松竹世间多，历代骚人尽兴哦。
意气相投情义重，缘何私自嫁林哥？

咏竹
虚心劲节不低头，直向青空享自由。
却笑东摇西摆柳，弯腰垂直任风揉。

咏菊
量大心甘屈竹篱，谦虚不怕夜霜欺。
回观百卉凋零日，正是此花怒放期。

郭亚军

湖北省黄冈市，中华诗词爱好者。中华诗词学会会员，黄冈市诗词学会会员，东坡赤壁诗社副会(社)长。《东坡赤壁诗词》编委。著有个人诗词集《花月吟》《山水吟》《闲趣吟》等。

游隐水洞
洞藏千万景，鬼斧复神工。
隐水回舟棹，轻车载壑风。
疑行清梵境，似入太虚宫。
七彩缤纷处，游人笑语融。

咏英山云雾茶
乡园时序近清明，满眼芳菲簇茗情。
雨洗山间云雾叶，风摇壑外薜萝茎。
嫩芽飞露沾纤手，新笋流霞出素英。
炒制揉收香扑鼻，一壶绿羽为君倾。

题首届遗爱湖梅花节
暗香浮动正初春，紫白红黄气象新。
柳外游翁争觅趣，花间拍客竞传神。
快哉亭侧癯仙寂，梅鹤廊边修竹邻。
碧水烟波环九曲，一湖遗爱黛眉颦。

满江红·对越自卫还击战 40周年感赋

遥记当年，风云涌、硝烟悄叠。军号紧、整装待命，直驱南越。狂妄嚣张惟足戒，穷兵黩武终将灭。正义师、铁手向顽头，挥黄钺。

穿天险，飞炮屑；谋还击，追忠烈。对朔江排阵，长天拦截。战士枕戈争要塞，豪雄英勇拼流血。疆土事、日月耀勋昭，频传说。

沁园春·新中国 70 华诞

华表龙盘，运启承天，帜铸瑞星。记高楼振臂，开元固本；雄鸡唱晓，正始殊荣。今古风流，万千气象，傲立昆仑大字惊。经纶手，绘宏图丽景，结友交朋。

鲲鹏又起新征。筑绮梦、全民奋力行。幸久安长治，初心远志；经邦济国，盛世精兵。虎跃龙腾，莺歌燕舞，务实求真谋共赢。回眸处，见和谐满眼，喜上云程。

郭永清

山东省青州市人，茂名南天诗社会员。笔名咏清，喜欢阅读古典诗词。作品曾先后被《青州通讯》《青州文学》《青州文苑》等刊物收录。七律《耕耘》曾经被《青州文学》编辑组评为一等奖。

玲珑山记

玲珑山，位于青州西南 16 公里处的群山之中，主峰海拔 567 米，面积约 2.7 平方公里。在历史上数次更名，山中嶙峋怪石、大小洞窟、葱翠林木、鸟语花香。北魏时期，时任青州刺史郑道昭留下的魏碑石刻，吸引着众多中外文人雅客到此谒拜。

玲珑山上，四季沧桑。
阳春三月，鸟语花香。
周末闲暇，近景分享。
今日重游，自驾前往。
山如盆景，美色尽藏。
北魏初称：北峰名亮。
二改笔架，也曾称逢。
再次更名，石膏山岗。
延续至今，玲珑叫响。
临近群山，游人攘攘。
步起谷底，慢行细赏。
岭下魏碑，仍留壁上。
道昭留字，北魏延昌。
古今名人，刻字镌章。
峰谷小路，蜿蜒幽长。
山花点点，到处春光。
草芽初绿，山野新妆。
奇石凸立，日映光芒。
时走时爬，小路羊肠。
前拉后推，相助相帮。
且勿心急，慢慢欣赏。
三面悬壁，一面道长。
临顶数洞，奇形怪状。
进洞观察，四处窥望。
岩洞幽深，窄处暗藏。
偶尔宽阔，豁然开朗。
洞内之景，出乎想象。
出洞再攀，顶略有场。
有一小屋，明代石房。
坚固挺立，稳固端庄。
历经数纪，依然原状。
内供三神，王母慈祥。
右边观音，坐于一旁。
吕氏洞宾，左边塑像。
山顶走动，逐望四方。
风行荡荡，大地苍茫。
满眼林木，松涛起浪。
树木各异，相得益彰。
自然造化，千物万样。
飞来之石，临风而响。
心旷神怡，尽忘惆怅。
山川秀丽，扮我家乡！

五绝·杏花

二月杏花开，芳菲染树白。
谢前颜似雪，风过瓣飞来。

满江红·范公亭抒怀

春暖花开,青州美,微风送爽。今去哪？范公亭处、踏青思往。北宋贤能仁政改,希文朝野名声响。范仲淹、有文治武功,曾称相。

思民众,图国壮;搞防御,敌威丧。先忧而后乐,让人恭仰。骚客亭内留妙句,今人院中瞻碑岗。到永久、正气浩然者,民不忘！

临江仙·十里青山春景翠

十里青山春景翠,闲游城外亭旁。樱花烂漫路悠长。塘边观倒影,赏景坐长廊。

远望神思怀绪处,东风犹带花香。路途心事问春芳。红尘任我走,人生几重苍。

七律·河边春情

早春杨柳枝才绿,大地迎风百草生。
天上暖阳光普照,河中流水浪随行。
岸边游客开怀乐,树上雀群争唱鸣。
倚杖凭栏观远处,无情岁月有温情。

鹧鸪天·傍晚赏桃

郭玉春

女,中华诗词学会会员。重庆市诗词学会理事、联络站长。万州三峡诗社副社长。参与编辑《历代诗词咏万州》《三峡诗词》。有作品收入全国诗词大奖赛《红豆诗三百首》一书,另有作品收入《当代词坛百星佳作选》《当代山水诗词精品集》《中华诗词选粹》等诗刊。

长沙游

三湘四水岳阳楼,三月春光兴致游。
十里长波含玉渚,一堤疏柳望江舟。
古城新貌长沙路,都市繁华水陆洲。
目睹长沙如此美,情逐湘江滚滚流。

丑奴儿·茉莉花

蜜蜂一见嗡嗡赞,狠狠亲她。吻了还夸。真是德容兼备花。

青春时节芳香溢,生命无瑕。临萎情嘉。不化春泥献美茶。

鹧鸪天·利川云海

脚踩祥云头枕山,苍松绿浪展芳颜。惊奇恍入神仙境,林海山巅滚滚翻。

听碧涧,响潺潺,峦腰锦带几云闲。犹遮美丑一天幕,皑皑无尘净大千。

一剪梅·儿歌

月亮弯弯月亮弯。象个帆船,坐上帆船。飘飘荡荡到台湾。姥姥心欢,宝宝心欢。

阿里山啊日月潭。山也翩翩,水也翩翩。回归一统大团圆。月亮圆圆,好梦甜甜。

一剪梅·亲情

雏鸟一巢深树藏。小首昂昂,嫩颈长长。叽叽呖呖唤爹娘。丫嘴黄黄,饿口张张。

唤得爹娘欲断肠。爹也心慌,娘也心慌。不辞辛苦觅虫忙。只为儿郎,长大飞翔。

蝶恋花·云阳月光草坪

哪位画家开画展？神笔一挥,泼墨流成卷。视野顿增开阔感。茸茸仙草茵茵漫。

软软松松绒地毯。舒适温馨,绿色迷双眼。多少疲劳一瞬远,周身能量都充满。

水调歌头·游鼓浪屿

高大将军像,岛屿耸巍然。远眸弘阔琼液,描扫万山环。斩浪劈波飞艇,电掣风驰勇往,水笑涛声欢。悦耳鸟鸣曲,浓浓雅兴添。

不歇气,往回走,汗擦干。琳琅珠宝,买了之后又参观。美景实难言表,小小村庄人满,五洲客频瞻。有幸观奇景,乏累亦甘甜。

水调歌头·游大足龙水湖

万倾粼粼滟,群岛卧波澜。堤边鸥鹭兴奋,迎客舞翩翩。波面彩船荡漾,船上歌声嘹亮,诗句串成帘。忽见渔翁笑,钓起一钩欢。

云入画,船留影,镜明宽。柔柔淼淼,疑是银汉落人寰。璀璨妆成岛屿,碧玉颗颗镶嵌,精美似瓷盘。哪位能工巧,随笔绘桃源。

郭昀霖

嘉信馆女史,本名郭红英,重庆人,热爱传统文化,诗书画三者兼修。重庆市铜梁区书协成员,中国人保财险书协、美协成员,上海市格律诗词社成员,中央电视台教育台水墨丹青书画院成员。

风入松·祝寿歌第一首

起云秋涧菊金妍,挥笔谱延年。锦鸡笑傲天涯路,笔墨禅,谁步悠然?黄菊透香刚舞,碧蕉荫里轻旋。

涂鸦都妙二兵玄,谁个得真传?惟君参透高深处,念江天,仁者千年。丁氏丹青雄浑,画心看老人间。

风入松·兰州之行

十分平淡冷衷肠,曾格外痴狂。水云雁去丹青寄,渡万山,终抱心阳。思念万重缠绕,别时双泪机场。

兰州初见路漫长,仰泣古桐望。敦煌书院清心赏,梦君来,书体温香。清茗双杯犹在,饮干今后坚强。

风入松·戊戌元旦

注眸天际月清融,今古彩云同。七情缠绕今宵去,黯淡言,人树怔忡。无限惜情谁懂。两年谁改初衷。

晨迎元旦万般红,忠犬靠青松。梅兰君子依心画,任三声,鸡唱年丰。情寄华章书谱。犬年偕我东风。

风入松·留墨中原

豫州书协墨歌香,缘到作同窗。墨开众笔天花舞,被张师,书慢思量。围绕智师闻道,老中青有红妆。

西风单掌自西凉,秋月几番黄。三天研透三千纸,汗微微,双眼星芒。谁道天涯遥远,踏歌香墨飞扬。

2018 年 5 月 13 日

风入松·祝寿歌第二首

半生书画半生情,风雨会群英。纸宣数笔红鹰起,六十年,当傲平生。西圃寿桃今月,碧波朱阁仙声。

临池知己玉壶冰,山岳夕阳 。风流如债消弥恨,扫云烟,禅意倾城。人字天梯传墨,福梅双写双成。

七律·戊戌大雪节

雪拥远山天已凉,蜡梅微露几星黄。
久思得句推书案,何必呼朋待酒觞。
灿若彩云心伴月,轻如游蝶梦寻芳。
大千世界频勾画,纸上开花别样香。

郭长东

男,生于1967年,山东省沾化区冯家镇人,本科学历。沾化区冯家镇第一实验学校语文教师,滨州市诗词学会会员,沾化诗社成员,作品散见于《诗词月刊》《黄河三角洲诗词》《滨州日报》《齐鲁文学》《今日沾化》等报刊。

拟春词(新韵)
鹅黄笑抹柳随风,任意浮云雨复晴。
小巷莲开油纸伞,闲门半掩杏花明。

芒种日过村外(新韵)
玉米苗新小麦黄,杜鹃声里枣花香。
薰风到处催农事,野老田归五柳庄。

从教三十年戏题(新韵)
半百先生鬓已霜,孩童队里笑称王。
心犹赤子怜春早,静待花开满树香。

同学小聚有感(新韵)
如奔逝水卅多年,往事回眸正不堪。
一笑江湖风雨静,清谈会上半华颠。

与友人夜谈(新韵)
清茶胜酒促膝谈,秋雨隔窗夜向阑。
但话南山瓜豆事,江湖万里自悠然。

观友人水墨小品(新韵)
也喜丝瓜有味清,黄花浥露笑娉婷。
春来好雨芽初见,便梦秋香满翠藤。

抒怀(新韵)
也拟闲来去看云,喧嚣渐远暂息心。
登楼望尽秋风里,不见桥头饰梦人。

郭真明

1963年1月出生,大专学历,中华诗词学会会员,湖北省中华诗词学会理事,荆州市诗联学会常务理事,石首市诗词学会会长,常有诗词作品在省级以上诗词刊物上发表。

绝句·春分
云遮日月或阴晴,春绿江河拍浪声。
一只无形掌天手,终将黑白划分明。

绝句·游寒山寺
枫桥流水忆张生,自古诗人忧怨情。
一别姑苏云鹤远,春风吹散寺钟声。

绝句·喇叭花
缠月凌空舒蔓行,蜂腰欲断画眉惊。
喇叭着色需通电,何日为民呼出声?

绝句·咏蛙
跃向春天日月新,山河与共两栖身。
一声震破蚊虫胆,唤起清风扫旧尘。

七律·咏荷
蜻蜓立角怯来迟,玉植方塘无蔓姿。
仗义堪当遮雨伞,重情犹有断肠丝。
屈周通节香浮水,杨柳折腰魂入诗。
翠鸟偷看沉落雁,青莲天子难呼移。

七律·纪念屈原
战国七雄秦占鳌,郢都残壁卧蓬蒿。
君王不纳兴邦策,臣子空磨除腐刀。
警世英灵昭日月,清心汨水荡离骚。
每逢端午龙舟竞,涌起诗潮逐浪高。

七律·春江即景

晨光透过楚云低，山雨趋晴鸠乱啼。
红日一轮升宇外，疏星几点坠河西。
花开有意人迷眼，鲸欲无情虾食泥。
杨柳浣纱春水涨，荆江波涌绿浮堤。

七律·咏长江

雪孕天生龙出头，蜿蜒起伏势难收。
一湖坝枕怀王梦，两岸猿啼神女秋。
月色随风摇翠影，鸟声入练荡轻舟。
灵犀点得春潮涌，美化乾坤绿水流。

郭振国

五绝·登固阳秦长城

片石通今古，风烟几度尘。
高墙徒壮丽，原是一家人。

七绝·品秋

金秋最适感炎凉，老虎生威躲夕阳。
天地行私人莫管，且将菊酒伴诗尝。

排律·鲁迅

全身硬骨头，真理斗中求。
剑向千夫指，心随孺子牛。
倡导新文化，批评旧潮流。
轻辞洋诺奖，重为国风忧。
润土虔诚拜，老爷深感愁。
同胞遭杀戮，国士未知羞。
弃医从笔墨，呐喊破咽喉。
盟主凌云志，毛公霸气酬。
经年多病发，何日一方收。
每怕奴颜重，读君尽可休。

国士元

网名墨砚，黑龙江省依安县人，1946年生，依安县电业局退休干部。多年爱好书法和诗词，论文《临帖漫议》在《中国文房四宝杂志》和《中国硬笔书法报》发表。自1991年起，书法作品先后在北京、香港和日本东京展出。曾荣获"建党七十周年全国书法比赛"二等奖；"中日书画精英展"二等奖；"世界华人硬笔书展"佳作奖；"醴泉杯全国书法比赛"三等奖；2015年"国网黑河供电系统廉政书法展"硬、毛笔双获一等奖等奖项。荣获中国国际艺术节联合会"中国文艺终身成就艺术家"荣誉称号。现为黑龙江省书法家协会会员，中国硬笔书法家协会会员，全国书画艺术人才信息库网络会员，齐齐哈尔书法家协会会员，依安县书法家协会会员，黑龙江省诗词协会会员，依安县诗词、作家、书法协会会员。

七律·步韵辛元珠先生

返璞归真美景多，祥光惠雨洗烟萝。
轻轻牧笛芦飞雪，缓缓泉音藕绕荷。
叠翠湖光凭燕剪，成荫弱柳任风梭。
蓝天绿水青山好，一幅丹青诗入歌。

七绝·贺县书协第八次代表大会

琼英飞舞聚群贤，一卷徽宣壮大千。
饱蘸豪情歌盛世，乌双九曲写斑斓。

清明节追思

清明时节泛春潮，杨柳萋萋纸在烧。
花挽襟前随雨落，泪飞茔上任风号。
半樽浊酒情思远，一缕香烟心祭遥。
信是天堂无苦难，凭空对话正悄悄。

满庭芳·书协换届有感

丁酉隆冬，心潮澎湃，乌双一缕东风。铺宣蓄势，踏雪启春程。腕底生风多爱，浓淡墨，泼尽真诚。毫飞舞，行云流水，笔笔气恢弘。

深情,逢盛会,交流技艺,互补双赢。荐书坛新秀,阔步前行。携手栉风沐雨,中国梦,举世繁荣。书新卷,乾坤锦绣,大路向光明。

国印周

天然气进农家

谁知梦想竟成真,取暖烧炊不染尘。
拆去千年旧炉灶,农家日子已翻新。

韩信背水列阵处

兵法尤须活用精,遣云布雨各施能。
井陉列阵真精萃,成就将军一世名。

初春访田白芷村

云蒸雾绕小山村,水碧山环锐气存。
石碾驳斑藏巷底,轿车锃亮驻家门。
杏花十里一张画,古柏千年百姓魂。
风水还夸鱼脊岭,梯田高路沐朝暾。

河间一日游有句(中华通韵)

来访京畿地,眸中景物殊。
府衙读宦史,毛冢拜寒儒。
得味光明院,萦思总统庐。
诗经村里过,小雨正如酥。

注:光明院,即光明戏院,始建于上世纪30年代,保存完好;总统庐,民国大总统冯国璋故居;诗经村,在河间市。

初冬清晨漫步磁县溢泉湖畔

水波浅淡柳绦黄,舟楫扶栏尽着霜。
一夜酣眠因中酒,三曹旧事总牵肠。
吟肩已向湖光耸,思绪还随盛会扬。
追梦邯郸情得得,喜看旭日满诗乡。

注:盛会,笔者此次是同诸诗友参加邯郸市诗词楹联协会成立三十周年庆典。

山中奇石

造化人间怎炼成?神奇形色说前生。
九重霄上仙卿塑,八卦炉中烈火烹。
日落餐风陪玉树,晓来饮露伴莺声。
谁言山上少情趣,无挂无牵无辱荣。

戊戌深秋陪诗友登仙界山

携来襄国众诗星,雨霁秋高天地青。
红叶做东迎远客,黄花铺路抵天庭。
泉流汇作几泓碧,斧下劈开千丈屏。
我欲引吭歌一曲,仙山十里细倾听。

注:襄国,邢台市古时曾为襄国。

盛夏游嶂石岩

山回峰转彩云蒸,坐看丹崖似血凝。
亿万年前天铸就,五千载后我攀登。
漫观怪石奇还险,小饮寒泉甜且澄。
耳畔已然无鸟语,只缘身在最高层。

哭著名画家范继翔兄

域内忽闻陨画翁,萧萧泜水有哀声。
怀君但见春花白,忆旧不禁老泪横。
八十余年终泼墨,九千多幅可倾城。
箧中馈赠含悲看,相送唯擎酒一觥。

临江仙·清明为父母上坟

稻麦青青春草碧,年年祭此孤丘。青烟袅袅达天陬,天堂安好否,衣食可无忧?

三十余年生死隔,几番梦里寻求。野田荒冢倍生愁。儿今垂泪去,一步几回头。

青玉案·七夕

髫年不解人生路,怎知晓、相思苦。那夜星空牛女渡,听人唆教,葡萄架下,偷听离人语。

一场雷雨摧庭户,驱散鸳鸯觅何处?银汉迢迢谁眷顾?一行烟柳,满塘枯叶,泪作心头雨。

注：葡萄架下句，幼时听老年人说，七夕时到葡萄架下，能听到牛郎织女说话。

【中吕】山坡羊·崆山白云洞

苍天造化，人间佳话。辟开这崆山洞府真无价。玉无暇，自生华，石龙石幔浑如画。仙府梵宫全不假。观，真个雅；游，人看傻。

国志兴

黑龙江省依安县人，生于1952年。自幼喜爱诗词，大专学历，退休于依安县新屯乡中学，为人师表，淡泊明志。诗词作品发表于《乌裕尔河随想》《黑龙江诗词大观》《黄浦江诗潮》《大森林文学》《龙沙诗词》《依安文苑》等诗集和文艺期刊。现为齐齐哈尔诗词楹联家协会会员、依安县诗词协会会员。

七律·无题

蜡泪蚕丝一寸心，春风密意醉红裙。
天涯咫尺胸中月，瀚海烟波头上云。
经雨春棠花炫烂，傲霜秋菊蕊芳芬。
御沟题叶千年唱，泣竹感怀唯有芹。

七律·题沈园

春光灿灿映宫墙，深院花开正吐香。
几朵浮云停渐渐，一群白鹭鸯刚刚。
千年愁绪万丝缕，十载情思数泪行。
肠断沈园留旧恨，枫丹如血正斜阳。

七律·依安湿地

野阔波清碧水长，微风漾绿藕花香。
剪云紫燕晨曦里，衔浪白鸥晚岸旁。
嫩蕊涂红撩劲草，香蒲吐翠拂衣裳。
和谐生态霞铺锦，似画如诗醉梦乡。

国庆70周年感怀

紫气东来万象新，青山绿水更怡人。
尧天舜日民康泰，伟业腾飞处处春。

国庆70周年赞

欢飞燕雀稻香飘，送暖东风绿更骄。
盛景江南添异彩，华章塞北胜春潮。
九州共筑小康梦，四海同歌大雅谣。
美丽山河花似锦，金瓯喜看庶民饶。

过眼云烟

原名吴孝引，52岁，安徽省砀山县人，农民草根诗人，砖瓦窑炉焙烧技师。发表作品100余篇(首)。

自画像

一袭青衫赛树皮，半圈乱发似围堤。
刚阿生就眸中露，喜恶从来面上题。
假语村言评世态，倾心浊酒对山蹊。
邻家孙子看吾笑：那个爷爷鞋有泥。

临江仙

暑月晴风无雨讯，天边几片浮云。清阶小径草枯陈。土山仍叠翠，燕子总无痕。

浊酒一杯家万里，依稀今又回村。数牌吆令聚时邻。醒来欹冷榻，怅里对空门。

注：我工作的地方陇东属黄土高原，个个高山皆为土山

鹧鸪天·游芡河

秀樾横波十里喧，渔歌短棹破津烟。蒹葭片片澄清绿，白鹭声声唱适闲。

青草旺，野花鲜，垂丝柳钓水中天。一生难逐登云梦，乐伴翔鱼卧浅滩。

过微山湖

天连碧水水连天，翔鸟蒹葭各自闲。

一棹渔歌声远去，却将渔妹送心间。

过秦岭山区
万里萧条色，千山淅瑟风。
欺天陡涯恶，愁煞涧中鹰！

梨乡花海
似雪如云白满天，雀旋莺舞燕呢喃。
痴看树上粘花女，一笑一嗔一举杆。

骰子
腥红点点最撩心，不比相思差半分。
多少家藏万贯者，君身一傍便清贫。

水灾
雨接云雷地接空，平川滚滚水如疯。
年年灾到年年抗，领导年年建大功。

H

哈锦祥

回族，1951年8月31日出生，安徽省定远县人，系中华诗词学会、中国诗词协会、安徽省诗词学会、中国诗赋学会、香港诗词学会、敬亭山诗词学会、定远县诗词楹联学会会员，安徽省诗词学会散曲分会常务理事。

七律·春
晓雨微寒侵野树，卧鸦初醒唤东风。
舒枝红杏高墙探，抖翅银鸥雪浪冲。
曲径茵茵新水处，深山寂寂好春融。
农家早备耕耘器，暮岭疏烟向北鸿。

七绝·春尽随感
春去无踪今乏味，凭栏远眺叹愁云。
谁知岁月何时老，且享朝昏得所欣。

七绝·夏荷
柳风吹送一池香，碧绿圆衣镀月光。
眠伴蝉声波浪枕，晨鸡惊醒梦中芳。

五律·立秋日依华立韵
立秋闻落叶，流火入荒陔。
慵困罗衣解，无情昼暑开。
梧桐收夏色，白露润楼台。
蝉噪幽窗外，凉风几日回。

五绝·咏杯
腹内空无物，烹茶顾弄姿。
人生才德厚，冷暖应须知。

七绝·霜降
已是深秋夜不寒，雁声惊断白云端。
残荷滴泪知年岁，野菊凝霜共笑欢。

七绝·踏青
晓山灵竹沐春风，啼鸟深藏碧绿丛。
崖壁新枝争丽俏，人行翠谷百花中。

七律·冬雪
琼花乱舞附柴篱，无事华堂将进卮。
数九西风弹雅韵，小寒初雪挂珍琪。
莽林弯陌卧银虎，曲巷横街醒玉狮。
冻柳系舟眠古渡，引来骚客唱新词。

海天风

原名高友群，中华诗词学会会员。诗词作品发表于《中华诗词》《诗刊·子曰》《中华辞赋》《诗潮》《诗词之友》《诗词百家》、《诗国》等平媒，并有作品获得多种奖项和收入各类合集。著有《海雨天风总入怀·海天风诗词选》。

山行

山是旧峰峦，潭深古木蟠。
有心身老去，无奈径幽观。
遥影成空相，新花入梦残。
迎风梳客雨，斜日坠蹒跚。

琥珀中的煎饼鸟
上溯飞光一亿年，柏杉纵横谷相连。
龙行大野天稀雨，鸟入高云地有烟。
琼液轻流时定格，生灵永固史知前。
君王最笑求承露，琥珀晶莹孰者仙。

注：2018年2月2日，中国、加拿大、美国等国家的古生物学家在北京宣布，在缅甸北部胡冈谷地发现一枚距今约一亿年的白垩纪琥珀，其中有一只蜂鸟大小、几乎为完整的小鸟。这只鸟是目前在琥珀中发现的发育程度最高的古鸟类，因发掘时损失部分皮肉，鸟型很薄，专家称为"煎饼鸟"。

悼饶宗颐大师
绝代通儒汉学魂，艺文精绝自宗门。
樱花寺里研龟卜，香榭经中校道存。
证取五重新辟路，志修十卷老归根。
夕阳无语斯人去，源远中华载印痕。

三亚海上观音
愿居南海济苍生，无际风涛北斗横。
般若青莲观世界，波罗金卷导迷城。
高天法相三尊妙，足下旃檀一偈铿。
多少红尘朝拜客，俗缘难断未空明。

登北固楼
千古江山多易主，枭雄未必为民谋。
联姻皆是因强敌，试剑无非恋蝼蚁。
有子不贤功业败，失臣砥柱祖祠流。
奔腾入海苍茫里，浩叹兴亡北固楼。

枫落吴江金圣叹
指点经文顾盼雄，书评才子烛犀功。
金针随度知天秘，钢刃游间委地通。
弃仕闭门梵心冷，得财沽酒古今空。
学高无命难逃狱，君重民轻一例同。

涠洲岛之鳄鱼山
水火争锋撼太空，鳄鱼入海甲犹红。
危岩叠壁神灵斧，巨浪雕滩日月功。
山径林幽多鸟语，岛湾艇速拥天风。
花开仙掌环坡密，岁去诗存显祖翁。

注：鳄鱼山临海的火山口边，立有汤显祖坐像。汤因批评朝政被贬徐闻，曾来此游历并留诗作。

伤旧僚
长安曾共事，风华正当年。腊梅放幽院，
雁塔仰首观。春风初解冻，百业待扬鞭。
我辈亦努力，驰驱未解鞍。幸得贤者识，
外放挑一肩。畎亩问丰歉，足迹沣河边。
偶然回故衙，相见晤谈欢。曾送杏一封，
酬谢老长官。琼崖新特区，引我东南迁。
风物绝相迥，旧梦多成烟。俯仰三十载，
绿鬓已初斑。念及昔日交，唯祝健与安。
忽传古都变，秦岭别业案。孔方能通神，
违规私宅建。倚山竟连排，王维亦艳羡。
藏娇复纳宝，闭门熙载宴。旧僚正腾达，
纡金紫绶鲜。迷纳商家金，护宅又护院。
京城来御史，拔根兼除蔓。退赃免牢狱，
级降羞扼腕。遥忆老首长，正气慨而慷。
在天若有灵，深愧面难向。闻讯夜不寐，
心绪似逐浪。人生漫漫何曲折，几多欢欣
几悲怆。

汉宫春
<small>合浦东坡亭，亭在学院附中校园内。</small>

　　古汉名城，看新楼旧巷，何处寻踪。藏幽庠院，绿地初剪如绒。漪沦一水，照东坡、九死从容。垂老柳、榕荫重蔽，苍苔石径清风。

　　倏九百年桑海，大王旗变换，几局枰空。谁人似君进退，吟啸长虹。留篇赤壁，大江东、千古黄钟。凝座像、离魂再拜，搴芳濯雪襟胸。

韩保汇

字守真，号怀玉，济南市作协成员，《清照文化》签约作家，获《诗刊》2016年度爱蓝岛最美原创诗词奖。

梅山时景
何处觅芳踪，危崖一抹红。
冰心甘寂寞，从不倚东风。

采莲蓬
新荔凝腮妹自羞，回眸暗底起新愁。
阿哥不识莲心苦，大把相思吞下喉。

春来
风邀春画展，一夜便涂新。
玉骨因冰冻，芳心更本真。
幽情难自禁，绮梦待重温。
故事何尝短，缃缣已驻魂。

微山湖写意
斗色花笺迷醉眼，拈来几句趁清闲。
天鹅会意双鸣舞，并蒂风荷频笑谈。
画舫沉酣诗梦里，冰心只向水云间。
莫愁知己难寻觅，逝去雁声终可还。

走进修复后的泉城孔子学府感怀
德厚载万物，濡染府凝香。
焕绮灼今古，锦翰何煌煌。
华曜映松柏，高风驻芳塘。
峥嵘灵秀地，气象待张扬。
万世师表匾，代代仰止章。
气韵涵天地，义理脉绵长。
心心相感应，字字声琅琅。
修为无止境，授之以大方。

浣溪沙·暮冬
自古情深多自伤，青丝百结待梳妆。
湘帘懒卷怨冬长。
风起惊挠孤枕梦，月斜通透一天霜。
隔江遥望两茫茫。

定风波·春来
牵蔓迎春巧做篱，芊绵堤下碧涟漪。
随处可拈吟咏句，相赋，兴来放胆掬花时。
万朵簇新争打扮，回盼，盈眸绝艳好联诗。嫩蕊商量添彩色，舒翼，长天肯信雁来迟。

韩本源

安徽省东至县人。现就职于安庆建设银行。自幼喜爱诗词和书法。常有自撰诗词、对联，登载在安庆市诗词楹联学会的会刊上。

七绝·吟竹两首
（一）
世人何知画竹难，一枝一叶尽高寒。
和处不同应就简，违而不乱当删繁。

（二）
夜雨淅沥孕华滋，清晨嫩绿染春池。
数枝横斜映清水，两竿凌云展新姿。

七绝·吟菊两首
（一）
孤高风骨独凌秋，寂寞东篱不解愁。
空向人前抛气节，岂知世道尚圆柔。

（二）
野草东篱一径黄，百花煞后我方长。
立根瘦土显铮骨，独引名士赏孤芳。

五律·夏夜

夏夜独自饮，花香沁我心。
萤飞引童扑，泉响邀客吟。
风凉暑气退，热消倦意生。
酒酣西楼月，诗留南山云。

韩德发

男，汉族，中文本科学历，内蒙古自治区兴安盟扎赉特旗人，曾任教师，进修学校中文高级讲师等职。诗词作品曾在国内外等20多种书报刊及多种网刊中发表，并发表诗赏析。学术论文曾获省级优秀论文奖。

七律·卓资纪行之列车上

一列诗情去远方，青山闪过影偏长。
升云朵朵人家住，飞树排排夏鸟翔。
频在峰巅寻古道，乐于园内种新桑。
高低正是连绵景，都入春心伴我狂。

七律·贺内蒙卓资山挂中华诗词之乡匾暨第五届诗词理论研讨会召开

卓资山下气清新，踏入诗乡醉绿茵。
挂匾飞升前景阔，登坛论述笔文真。
铺开锦绣云增彩，超越巅峰雨送春。
百侣同声明远志，一芳唤起众芳晨。

七律·参加内蒙古第五届诗词理论研讨会并领论文奖抒怀

一

六月芳原景象新，卓资山下聚诗人。
开坛畅叙园中事，握笔勤书塞外春。
踏入高峰虹喝彩，探求香径草飘茵。
携来百侣同吟唱，敕勒川风旭日晨。

二

一簇鲜花一簇心，香风伴我去听琴。
高山漫步须专力，老树攀枝入壮林。
甸秀方知丰雨落，蜂勤咸聚艳丛吟。
问仙访圣东坡路，都道青霞自古今。

七律·卓资纪行之观大庆街小学操扬表演（新韵）

摇风巧扇校园中，起舞开合一片红。
朗朗诗声抒广志，齐齐队列悦蓝空。
号音嘹亮纤纤手，稚目温馨美美童。
酥雨春花皆入律，清歌已落客心丛。

七律·卓资纪行之参观逸夫诗社（新韵）

逸夫诗社育神童，曼舞轻吟稚子功。
志伟明德承古韵，楼高嘉世树新风。
七绝朗朗千山鸟，五律欣欣万壑松。
各室音娇传塞北，犹疑来到宋唐中。

七律·卓资纪行之康熙园

康熙巡视在何年？此处余音绕碧天。
墙似调琴乡乐起，桥如拱月水光旋。
株株神树披红绿，队队亲兵护前后。
迈步阁楼诗景赏，吟哦心动意相连。

七律·卓资纪行之参观乡愁记忆馆（新韵）

踏入乡愁满目情，几多旧事耳边萦。
扬鞭未见拉车马，吹谷犹闻碾米声。
一指算珠拨日月，两犁点种化云风。
炕头盘腿磁壶饮，浓淡遐思百念耕。

韩峰

河北峰峰人，供职于河南淇县文联，系鹤壁市作协顾问，淇县作协名誉主席，已在《人民日报·海外版》《北京文学》《关雎爱情诗》等百余家报刊发表作品200余万字，出版散文集、小小说集等专著，诗歌曾获河南省委宣传部一等奖。

列车停靠信阳站
夜色沉沉车进站,"信阳"霓虹映眼帘。
怦然心动情难按,倏地穿越四十年。
站台走下新兵蛋,踌躇满志天地宽。
军训擒敌浉河岸,红色向往大别山。
南湾水库拍留念,战友携逛鸡公山。
青春岁月红胜火,军旅一页豪气添。

咏樱花（二首）
一
簇簇樱花绽笑颜,恰如美女花枝颤。
花开虽无几日红,春来又是香满园。

二
人生短暂不如花,青春一去不复还。
莫负大好春光时,但留精彩在人间。

山海关
雄关牵海枕青山,老龙长吻渤海湾。
驱倭抗番如虎踞,冲冠一怒起狼烟。
联军火烧铭国耻,长城抗战斗敌顽。
前事不忘后事师,岂容历史再重演。
角山眺浪席卷雪,红日冉冉霞满天。

鹳雀楼
之涣一吟扬九州,引得后人接踵游。
喧嚣愁绪随风去,穷目千里乐悠悠。

普救寺
一曲西厢撼心灵,梨花深院寻真情。
粉墙犹在杏花放,疑是莺张笑春风。

母亲10周年祭
母亲仙逝十年整,音容笑貌映心灵。
十四嫁做童养媳,家里地里穿梭行。
夜晚织布又纺棉,挨打受骂气吞声。
携儿背女开荒地,细粮均把家人疼。
独吃糠菜身浮肿,相夫教子情意浓。
公婆卧病勺喂饭,擦屎刮尿无怨声。
不义之财心不动,拾金不昧德高崇。
邻里和睦笑声爽,一生处处留美名。
慈母风范传家宝,子子孙孙须传承。

登深圳凤凰山
凤凰栖息西海滨,弯弯新月照福村。
清代耸起文昌塔,溪流浅唱鸣风琴。
青牛跃涧留仙迹,圣水灵泉映闲云。
风岩古庙香火盛,六百余年供观音。
文人墨客接踵至,吟山咏景诗章存。
更有伶仃奇石在,恰似汗青照丹心。
福山福水福盈地,一草一木醉游人。

愁雨
麦收时节雨连绵,遥想农夫坐针毡。
期盼晴空机声唱,颗粒归仓笑开颜。

韩福坤
男,1950年3月生,山东滕州人,中专文化,系滕州市诗词学会会员。曾在报刊发表诗词作品100多篇(首)。

七律·咏新农村——改革开放40周年
山货丰收工厂兴,天蓝水碧旅游荣。
线连电脑影相伴,夜舞乡村灯更明。
购物传餐"快递"送,出门访友骄车行。
桃源生活人人乐,民富国强奔锦程。

五绝·咏海棠
花落如红雨,风摇似蝶飞。
愿君颜不老,明岁自芳菲。

五绝·咏冬日月季

立冬看月季,花开别样红。
梅言临岁暮,卿也盼春风?

五律·游滕国故址
驱车寻旧址,风雨五千春。
台近上宫馆,池临荆水津。
滕王筑高阁,姬寿惠黎民。
踱步唐槐下,更知故国亲。

注:姬寿:滕文公。

七绝·微山湖一瞥
湖边袅袅柳丝长,水映亭轩鸥鹭翔。
李杜乘舟来此处,举杯舞剑放歌狂。

七绝·晨练
良宵梦醒日初升,闻得广场歌舞声。
莺燕和鸣山水笑,富民盛世享安宁。

七律·赞全国"两会"
习总关怀未脱贫,春风甘露涤埃尘。
"三农"政策多牵挂,"两会"精神喜探询。
代表敢言微企苦,共党能解众家謦。
万民共筑中华梦,引领全球处处春。

七律·咏项羽
高擎义帜除秦暴,称霸九州胜尔曹。
欲解民贫复征战,但凭铁骑更操劳。
八方叱咤烽烟至,四面楚歌心气豪。
不愿东归宁自刎,山花江水哭嚎啕。

七律·石榴
春来挥洒翠枝葱,鸟立梢头歌昊穹。
绿叶成阴迎孟夏,红花满树送香风。
匡衡携种民间植,枝干如虬雨里雄。
盏盏灯笼身上挂,金秋奉献万民崇。

韩桂云

字香安,号彩云轩主,斋号丹枫斋。笔名韦圭、贺兰雪,网名彩云逢月、美丽诗人,原籍山东省青州市,现供职河南省濮阳市中原油田。系中华诗词学会会员,中国石化作协会员,河南省诗词楹联协会会员,河南省濮阳市诗词学会理事,河南省中原油田作家学会会员,河南省长垣县诗词楹联学会常务理事,河南省濮阳市作家协会副主席,山东省青州市作家办会会员,香港诗词学会理事,河北涿州太行诗词学会会员,深圳诗词学会会员,大中华诗词协会理事。东莞鹿鸣诗社理事。1000余首诗词发表于全国100多个诗刊上。

七律·青山脚下我故乡(上平:十五首)
(上平:二东)
青山脚下有行踪,归隐其间野趣浓。
春晓听音啼杜宇,桃源寻路访高松。
花随月去情无限,云带风来意独钟。
今古奇观依旧在,座茅能赏万重峰。

(上平:一冬)
青山脚下郁葱葱,一道小河始向东。
燕逐莺声归暖树,蜂随蝶影入芳丛。
兴浓雅赏桃花阵,心静闲听梵宇风。
慢将时光追笔意,知音可与共诗中?

(上平:三江)
青山脚下景无双,夕照斜辉入小窗。
两树桃花开户外,几家燕子调声腔。
晚风扑面香千缕,清露沾衣事一桩。
莫道三春情不尽,犹留倩影在乡邦。

(上平:四支)
青山脚下正芳时,岚雾轻笼雨润枝。
院内梨花飘白雪,溪边柳线钓寒池。
紫沙壶里千般梦,碧玉杯中万卷诗。

此意尤浓风雅颂，几番欲和答相知。

（上平：五微）
青山脚下隐柴扉，野径幽长入翠微。
松影婆娑迎晚照，桃花摇曳带斜晖。
无痕岁月追风转，多事春秋放梦飞。
荣退心随如我愿，邀朋携友把家归。

（上平：六鱼）
青山脚下乐安居，石径香园紫气徐。
茅舍招来南国燕，花魂捧出北贤书。
流霞漫舞心无际，明月轻移兴有余。
好景依然存好酒，邀君把盏忆当初。

（上平：七虞）
青山脚下小房租，一径通幽景特殊。
草木芬芳飞野雀，林泉恬静唱村姑。
开门易得悠扬曲，闭户难描壮丽图。
砚里风光随笔意，兴浓何足半生儒。

（上平：八齐）
青山脚下草萋萋，河岸寻香听雀啼。
一片桃花添雅趣，几声莺语尽沉迷。
眼前风景松摇韵，笔上春光水滚溪。
爱意缠绵无限好，芳心缱绻恋云低。

（上平：九佳）
青山脚下满庭槐，时有飞花落入阶。
深吸眼前天地气，拨开心外霭岚霾。
成诗一首吟佳韵，结友几多抒郁怀。
岁月笔耕言肺腑，浓情融墨画中排。

（上平：十灰）
青山脚下杏花开，倩影含情入目来。
岚漫南坡高士种，色迷北岭小风栽。
千枝粉黛犹争艳，万点娇柔不染埃。
借问春光何处好，云河西岸老亭台。

（上平：十一真）
青山脚下草茵茵，小雨朦胧故土亲。
松柏叶稠翻绿浪，桃花蕊绽织红巾。
闲情检点何知处，往事留连莫问津。
家字品来千百味，乡思幕幕远方人。

（上平：十二文）
青山脚下暖阳熏，日落余辉叠彩云。
风入松中花不语，莺啼序里调长闻。
红笺寄意添新韵，玉笔描情溢雅文。
最是一年村野好，芳园静待早逢君。

（上平：十三元）
青山脚下隐新村，溪水潺潺一路奔。
旭日骋怀天有意，晚霞逸兴影无痕。
百花红处藏幽梦，十里芳时耀贵门。
留得横心依旧在，勤能补拙著诗魂。

（上平：十四寒）
云门脚下自家安，老舍清幽百卉丹。
绿竹猗猗争日暖，苍松郁郁斗风寒。
诗吟蝴蝶分离久，墨泼黄莺相见欢。
莫把春光藏画卷，桑榆寄笔动骚坛。

（上平：十五删）
云门脚下路弯弯，万树披红意自闲。
日月两轮寻野境，烟霞几抹绕家山。
遥知好景游人赏，漫步高峰雅客攀。
无限风光今又是，邀君同饮醉其间。

韩井凤

汉族，网名无名，黑龙江省望奎县人，1966年12月生。爱好古典诗词创作，中华诗词学会会员，陕西省散曲学会会员，香港诗词学会会员，黑龙江望奎作家协会会员。

赞最可爱的人

信仰如磐自有因,凌云浩气荡凡尘。
雄师威武旌旗猎,烈士岿然主义真。
迎战敌顽甘喋血,换来黎庶闹翻身。
铁军捍卫江山固,翘指皆称可爱人。

写在党的生辰(通韵)

南湖星火渐燎原,斗雨迎风逐恶寒。
越岭攀山逾险境,翻江倒海挽狂澜。
改天换地九州旺,乐业舒心百姓安。
倚树乘凉多寄往,桃红柳绿满人间。

父亲节咏父

如山大爱染沧桑,立地摩天任雪霜。
挡雨遮风擎宇柱,劳心筑梦碎肝肠。
传承古训凭良策,栽育新禾赖有方。
愿得夕阳无限好,神清气朗体安康。

捣练子·夏夜

悬皓月,落庭花,馀馥清光凉影斜。
好梦相惊年又半,逝波行速任人嗟。

渔歌子·油菜花

漫野熏风舞绝伦,花开光艳遁桃魂。
黄马褂,绿萝裙,吉祥快乐送游人。

长相思·雨

蝉儿鸣,蛙儿鸣。坡上新禾含笑迎,农人悦耳听。

风送情,雨送情。万物恢恢转瞬荣,小溪酬不停。

【中吕】山坡羊·咏长江(新韵)

白波吟诵,青山回应。春花秋月从中证,数秋冬,度云鸿,由来嗤笑英雄梦,成败古今谁弄影?赢,转瞬空;输,转瞬空。

【小石调】青杏儿·夏日农民工

头上挂骄阳,湿淋淋、汗洗衣裳。灼身烈日徒幽怨,工程抢建,合同照办,生计担当。(幺)明夜苦奔忙,起三更、送走夕阳。繁华闹市无心逛,步伐踉跄,南柯梦里,获取清凉。

韩军

原内蒙古乌兰察布市集宁区教育局监察室主任,现已退休。中华诗词学会会员,内蒙古诗词学会会员,乌兰察布市诗词学会会员、常务理事、办公室主任,集宁区诗词协会副主席。

五律·人生感怀

简墨觅知音,禅心看古今。
举杯邀大海,敲韵送青春。
笑忆烟云事,欣歌浪漫人。
只需半壶酒,足可慰风尘。

五律·咏茶

晨曦抚碧纱,日落送流霞。
雨后香千树,明前醉百家。
春芽邀远客,瀹茗煮红砂。
万事谁斟酌?人生一盏茶。

注:明前:清明前。雨后:谷雨后。红砂:紫砂壶(茶具)。

五律·草原秋韵(新韵)

碧草染秋风,菊花朵朵荣。
乳香邀客远,醇酎落霞红。
鸿雁青云上,牛羊绿野中。
炊烟柳阴直,额吉奶茶浓。

注:醇酎:指美酒。额吉:蒙古语妈妈。

七律·长城

看似长龙岭上磐,腾云驾雾锁雄关。
沧桑岁月随风去,故事千秋逐代传。
大美燕山诗画里,蜿蜒古道险峰边。

人间胜迹人间叹，世界奇观世界观。

七绝·西风夕钓
落日潮头晚枕沙，闲翁野渡乐无家。
金钩一甩粼波里，只钓春秋不钓霞。

古绝·大雪（折腰体）
阴山大雪节，河水冰如铁。
白云行雁孤，薄雾时人绝。

【越调】天净沙·集宁之春
亭前柳下花稀，溪边小路灵啼。雪地冰天退去。风和日丽，娥娜少女多姿。

注：灵指百灵鸟。

【正宫·叨叨令】和贾会长《河套杀猪菜》
寒风杨柳横枝瘦，加柴点火拴绳扣，家猪体胖膘油厚，山村小院奇香透。你到了也么哥，我到了也么哥，快来一碗槽头肉。

韩明华

1944年生于山东荣成，曾任《中国航空工业史丛书》《医药养生保健报》和《保健时报》编辑、记者。《西窗夜话》《景山放歌》《韩明华诗词》和《掩卷心语》是其先后问世的四部著作。《韩明华诗词》是60年的诗词创作，共遴选了251首。题材广泛，情感真挚。有跋涉奋斗的足迹和漂泊流浪的惆怅；有中华人民共和国历经的凄风苦雨和振兴腾飞的豪迈。《韩明华诗词》采用现代汉语音韵，格律严谨。《七律·长城感怀》《水调歌头·游西堤》等8首诗词，在"中国梦之歌——全国诗词大赛"中荣获优秀奖；在"华鼎奖全国诗词大赛"中荣获诗词精英奖。诗词创作，1980年开创了"藏头步韵"之先例。《景山放歌》计210首歌曲。将《岳阳楼记》谱曲，演唱，前所未有。

念奴娇·登香炉峰（新韵）
山再高，往上攀，总能登顶；路再长，走下去，定能到达。我七十有四，登上了香炉峰。

山坡陡峭！再三思量也：高迈疴沉……往日身轻双腿劲，上摩穹落层阴。攀话前程，总言奋斗，能者履艰深。登时觅韵，顶真诗就长吟。

路遥珍爱余生。再搏十几载，长项中寻。走索一心除宿弊，下笔八俊光临。去岁书成，定评四页。能动铁石心！到头功过，达聪华夏儒林。

2012年3月

临江仙·景山放歌（新韵）
牡丹盛开的时节，我景山执鞭教唱《岳阳楼记》。几多欣慰，几多感慨。

明志奇文新曲就，天知莽汉文雄。子声优雅漫长空。在山松柏翠，上苑牡丹红。

可译先贤工尺谱，以正华夏新风。出尘故友喜重逢。而今频赛事，仕女夺金中。

2018年4月

临江仙·知友话三更（新韵）
4月11日，与友人陈建功、韩敬体先生在柳芳同心楼宴饮。填词以记之。

心悦柳芳楼上饮。中华两位精英，不辞援笔滚雷声。平分秋色美，事惑必剖明。

说破浩劫十载梦，与君亲历犹惊。故多欣慰赏新晴。人间真爱少，知友话三更。

2018年4月

临江仙·岳阳楼上（新韵）

岳阳楼上远眺,诵范仲淹雄文:先天下之忧而忧,后天下之乐而乐……

一望洞庭千顷碧,心仪宋代文雄。中情鸥鹭舞长空。国人期变法,梦寐普天红。

万仰湘山添秀色,古今盼有清风。下才方寸与君逢。泉凝无所谓,诗溢九江中。

2018 年 6 月

虞美人·治装游衍齐眉笑(新韵)

携老妇游稻香湖,在附近的一座大墙外,伫立,凝思……

治装游衍齐眉笑,国泰高墙小。安闲览胜避红尘,邦典千条尽可秀纶巾。

宽和四海循天道,猛浪干戚到。相伴幽美又逢春,济世雄才今古有高人。

2019 年 5 月

蝶恋花·登佛香阁(新韵)

登佛香阁,气喘汗流。远眺,湖光天色,忧戚皆忘。

欲卜高阁将老小,穷措尤坚,千刃强盘绕。里衬汗湿精力少。目击绝妙吟诗草。

更向天国寻厚道。上苑人和,一缕春风笑。层翠涛头白鹭杳,楼观望远无烦恼。

2019 年 5 月

韩庆龄

男,汉族,1935 年 1 月 27 日生,河南邓州人,退休干部,副主任科员,系中华诗词学会等会员。发表作品千余首,曾获"首届人类贡献奖文化类文学金奖"等多次大奖。中华人民共和国文学研究院授予"建国 60 年中国作家终身成就奖"证书。

七绝·梅花

西风萧瑟百花蓑,万木飘零降至垓。
满地冰封囚不住,一枝红蕾报春来。

七绝·黄花

藏在东篱甘寂寞,不同桃李抢春光。
秋来霜打浑不怕,晚节黄花分外香。

七绝·向日葵

小园春日带泥栽,茎叶青青长起来。
暴雨狂风何所惧,初心不改向阳开。

七绝·藕

半亩方塘深处埋,历经春夏长成材。
横裹淤泥毋宵顾,一身清白出污来。

七绝·无名小草

无椽跻进群芳谱,路畔宅边安了家。
装点河山美如画,不求拍照不求夸。

七绝·种子

埋在泥沙深处里,千钧压顶任由之。
要知种子生命力,待到春来天暖时。

七绝·牛

轭在肩头春与秋,奋蹄不待炸鞭抽。
老牛不畏金迷眼,只问耕耘不问收。

七绝·骆驼

踏破平沙千里秋,向前昂首不回头。
千饥万渴还坚劲,只因梦中有绿洲。

七绝·蝶

破茧飘然梦已真,花间飞舞自由神。
不尝羽化抗争苦,仍被躯壳锁玉魂。

七绝·蟹

两把大刀霸通道，横行八脚地球村。
待到秋来张网日，问君欲往哪藏身？

七绝·煤
千钻万镐出深渊，炉火熊熊奋力燃。
纵使焚身终不悔，拼将温暖惠人间。

韩世霞

女，汉族，新疆喀什人，1970年生，公务员，新疆大学自考汉语言文学专业毕业，现供职于乌鲁木齐市米东区米东南路片区管理委员会，系中国西部散文学会会员，"中国作家在线"签约作家，龙凤曲度格律诗词中级班学员。于2010年开始文学创作，先后在报纸、杂志发表散文、小说、随笔、格律诗等。

五绝·秋山
秋山天外雪，一夜洗铅尘。
伫立冰雕玉，千阳沐女神。

五绝·说
说水云禅事，听风雨无常。
哀红琴已断，泣乱箭离伤。

七绝·雪惊魂
纷纷片雪落千家，万里银装日影斜。
素女柴门闻犬吠，惊魂一颤望天涯。

七绝·青城有感
一代枭雄铁木真，扬鞭策马统君臣。
青城塞外谈不尽，傲世皇陵百姓神。

七绝·初夏游希拉穆仁草原有感
阴山洒落白毡房，朵朵云儿乱影傍。
片片丘陵争先绿，牛羊信步自徜徉。

七绝·初心
一阵寒风惊雪夜，君归塞外笼青沙。
初心未改离人泪，月晕清流念酒家。

七绝·笔会有感
峰峦叠嶂青松绣，荟萃精英聚寿山。
作画诗词豪泼墨，花朝月夜掌灯闲。

七绝·晋城笔会
独自怡心游晋地，云眉远岱吐青松。
闲风岁月身纤巧，步履轻盈笔墨浓。

七律·竹
挺进青山不放松，根深大地向天冲。
光阴独坐幽簧里，岁暮孤芳碧叶丰。
院落禅房花竹静，悬崖峭壁笔尖浓。
清高一世斑痕泪，俊秀方知泥淖凶。

七律·重阳登高
独自登高天下揽，夕阳向晚染苍穹。
重阳不见上玄月，雾袖拨云开墨瞳。
万里遗鸥天际远，千年古堡落尘终。
历史功名烟雨湿，车轮覆辙数无穷。

七律·无题
秋风扫地君离去，一夜相思枕水边。
信马归来穷巷耀，穿堂咫尺近身前。
金风雨露欢歌笑，地老天荒到万年。
梦里心惊红烛灭，呜咽不堪泪涟涟。

韩守江

笔名韩奋，男，1962年5月28生，大专，山西省太谷县人，就职太谷县总工会。晋中作协、诗歌，中华当代文学诗词学会、中华诗词学会、中华辞赋学会会员。作品

— 405 —

发表于《中华诗词》《中华辞赋》《诗词世界》《乡土文学》《山西工运学苑》《山西工运》《山西工人报》《太谷报》等刊物。代表作《家乡的红薯》《我愿是一棵枣树》《奥运精神赞》《邓小平与山西》《太谷小白乡东崖村精准扶贫赞》。近来在微信《诗艺花范》《诗画天地》《汗滴化雨伴笔耕》等平台传播中华诗词曲赋作品百十首。

山西诗会

红日熔金镶玉田，扁舟泊云竹湖边。
清风佛面客纷至，小月掌灯人不眠。
皇城相府洇故事，乔家大院续新篇。
风华正茂西山会，雅集今开天下先。

题中华傅山园青主塑像

棱棱玉面仰如山，危坐祠庙尚未闲。
昭日孤尊四百年，横秋正气两朝间。
霜威透玉惊鸟影，清望遗容见指斑。
情系民心须砥砺，恐他康熙又重还。

中华傅山园兴会

西园昨天独徘徊，酒后荷莲照影开。
最喜傅山进京剧，被抬京去又回来。
翩翩道士青主影，缕缕山气倦客回。
遥思傅园风雅会，一人打车太原归。

水调歌头·逐梦太原大都市

兴唐形胜地，一脉古山河。汾池初霁，一人原春妈燕儿多。看罢汾堤曲柳，沽了几坛汾酒，何处耐消磨？误入西村去，邂逅傅山窝。

喝头脑，八珍汤，元宵粥。整衣惜别，倏忽四百年撑过。记得明清词句，融作汾河烟雨，巴车伴秧歌，回望凌云祠，双塔更嵯峨。

定风波·太原广场赴傅山园

风自疏狂雨自柔，驱车百里到并州，遥见傅公挥巨手，轻吼，黄土不敢笼平畴。

回看葱茏汾河岸，青眸。莫问祠前谁肃立，长忆，但从心底涌清流。

定风波·回忆傅山园行

气朗云清处处花，暖风吹客自家乡。西村祠图应更好，青主，先贤雅集此时佳。

提笔推杯谈笑里，醉意，诗人兴会呈年华。酒尽歌阑天欲晚，回看，一河汾水漾明霞。

沁园春·中华傅山园

古意悠悠，晋韵悠悠，烟雨曾经。阅沧桑一味，明清四百；清幽几处，笙箫傅庭。汾水浮云，楼台锁梦，谁在千年故里行。回头处，有商家历历，叫卖声声。

当初岁月峥嵘，想也是，江天万里清。望小桥石径，霞街烟柳；牌坊云阁，月按琴等。夜色连波。风摇灯影，我一只流光细细听，复兴梦，酿中国故事，万种风情。

韩淑静

天香·登云天阁

炫彩秋峰，漫天碧透，迤逦青阶争上。桦白枫红，林深鸟盛，惹得游人追仰。欲穷千嶂，提步履、尽层楼望。惊叹天高水冽，催人忘机神恍。

平生几多狂放，寄浮游，与君同唱。携友边庭煮酒，北吟南吭，皆把诗情酝酿。待秋晚、花燃遍林莽，梦阁云天，临屏共赏。

蓦山溪·秋游龙江三峡（程垓体）

夸萝北景，当数龙江盛。叠翠碧空

看,乱纷纷,浮波倒影。驾舟江上,浊浪掠飞烟,侧耳听。风渐劲,裙发随风骋。

诗人逸兴,雀跃欢呼并。秋韵醉秋山,做一回、渔郎樵圣。晚归津渡,鸦鸟共霞飞,旋两岸,怎嗔它,误入俄边境?

青玉案·黄金古镇怀古

激流翻卷金沙渡,此地是、淘金处?古道斜阳均不语。望川眸冷,鹤翔秋妒,旧梦难留住。

金枪烟馆酬辛苦,夜永栖身妓家妇。白骨随江江水堵。可堪回首,前朝迷雾,幸得东风助。

注:清同治三年(公元1864年),清政府把关内俘虏捻军和太平军流放至此淘金,为太平沟得名由来。淘金人孤独一生,出力出汗,收工后只能在烟馆妓院中迷醉,以解除孤独。

少年游·寄抗联老战士

威名愈远愈清芬,眉目有乾坤。烽烟半世,苦庐独守,呵护抗联魂。

英雄不惮秋光老,亦是阅兵臣。踏遍乡关,击流黑水,惯看骤风云。

望海潮·萝北纪胜(新韵)

边陲名塞,端然雄踞,神州至此安闲。龙走凤翔,山灵木秀,黄金亦蕴其间。侪侣尽欢颜。水云起峰际,林壑飞烟。古韵龙江,枕流三域两国看。

风情历史皆观。任耕读企划,逐鹿争先。烽火抗联,文章墨客,均书大吕鸿篇。豪气动遥天。它日寻游去,踏赏姝颜。渔猎轻歌骑射,也待作神仙。

芰荷香·咏荷

卧波长,正清香十里,雨霁晨阳。碧瑶宫里,菡萏妙手匀妆。玉人佛盏,岂容你、俗子轻狂。不捐野渡村塘,开舒合卷,涵养韬光。

画卷徐开栈道倚,看翩翩俦侣,歌引高吭。弄姿巧笑,争留倩影收藏。喧嚣过处,任静客、独立苍茫。约来皓月成双,凉澜细语,互诉柔肠。

韩贤锐

男,1971年生人,山西省汾阳市人。系中华诗词学会、山西诗词学会、武汉诗词楹联学会、天津诗词学会、黄冈市诗词学会、东坡赤壁诗社、山西唐明诗社、汾阳诗词楹联学会会员。

金菊对芙蓉·散愁眉(辛体步韵)

一夜凝霜,满园覆玉,雾来遮遍梧桐。正纷纷银屑,摇曳寒风。遥观去岁花妍处,唯雪驻、隐迹芙蓉。长吁瞑目,依稀春影,绿瘦红浓。

复望玉宇何穷?叹无情骄子,未必英雄。又情长思重,古往今同。痴心易碎何堪负?散愁眉、勿作从容。揽来无限情怀,倾作劲醑千钟。

莺啼序·往事

匆匆送迎两季,望云山浮雪。北风起、穿户摇窗,漠然未觉寒烈。只惊了、霜丝数缕,纷纷拟把沧桑叠。叹秋归冬至,何须又称佳节。

此日喧嚣,当初欢喜,问谁能甄别。移纤履、踏破梅丛,脸儿曾惹香屑。曳琼枝、略分玉润,映碧水、更匀冰洁。袅婷婷,还似轻拈,霓裳仙诀。

慌犹脱兔,羞若夭桃,不允提相契。空落得、攀花有憾,折柳无凭,漫遣韶华,绾弄愁结。笺中锦字,亭前题叶,柔柔携到东桥去,指船头、飞戏鸳鸯蝶。雕栏掩遍,今番重触凄凄,襟怀一放难遏。

天边白浅,陇上红深,任泪流双颊。

这世事、总教情绝。纵使妆新，妍自非是，话与谁说。余生短也，来生遥也。噙悲大笑来生约，欲从容、应学心如铁。且由岁月翻书，按住青春，驻留几页。

七律·也说白马寺
山作藩篱水作邻，雕梁画栋景弥新。
焚香直到明还灭，说法终归贪与嗔。
或可途穷劳白马，无须梦短问金人。
悠悠撞得惊钟起，何处繁华不转身？

韩晓红
从事编辑工作，喜爱唯美文字，喜欢独处一隅烹茶，煮字……在文字中觅一方净土，守住内心风景，聆听岁月的脚步，把日子过成诗，精致而简单。

临江仙·莲
翠影低徊摇玉腕，绮罗小扇流香。清心独步小池塘。一隅尘不染，月下自思量。

约晚微风常对语，安闲岂有彷徨。多情只在水深藏。无奢凭细雨，借得这身凉。

临江仙·雨莲
六月宜时催细雨，银珠遍打渠塘。风前浮动几帘香。素娥施粉黛，翠袖绾梳妆。

翩若娇鸿微步起，婆娑曼舞霓裳。俗尘拂尽一身凉。清幽知几许，独醉水中央。

临江仙·莲心
不妒枝头春一梦，冰心世外沉眠。池塘碧水慢流年。清风摇倩影，细雨弄清弦。

无意红尘今几度，情中自有微涟。宜时笑靥尽婵媛。

画堂春·莲心
朦胧月下浅成妆，清风织就罗裳。冰莲淡雅意深藏，几许思量。

著翠幽容倩影，凌波微雨潇湘。绢绡绣幔掩心香，怕惹柔肠。

浪淘沙·青莲赞
酷暑炼真身，百艳成尘。千秋纸底墨留痕。风雅嫣然孤自赏，由任清贫。

不媚故曾闻，寸地冰心。几多铭刻座为君。不蔓不枝凌傲骨，六月之春。

一斛珠·莲
孤高善哿，一隅的砾尘中个。香消春尽何关我，不蔓无枝，妙趣休言破。

送子观音心一颗，十方正觉莲台坐。从容弃俗之花朵，打点清风，些许微香过。

南歌子·莲心
浥翠红尘雨，丹阳九月情。无华一一晓莲青，轮转俗缘你我寄三生。

古有人间意，今留石上名。千年善道岂无凭，前世相知不在月亏盈。

韩新
江苏省盱眙县人，1974年生。从小爱好诗词，现在盱眙县工业园区工作。

七律·访淮南新四军后勤基地旧址
举目高崖老树苍，蜿蜒幽径远青芳。
风吹旧址寻基地，日照深山讲课堂。
井浅徒存人戏水，屋空不误燕栖梁。
斑斑血汗尘封去，一片丹心岁月长。

七律·回到新疆

卅载离情入梦频,归来不见少年人。
风中红柳窗前影,月下黄沙枕上尘。
一种心酸曾刻骨,百般滋味最伤神。
重逢已是朱颜老,对语低声忆至亲。

七律·记五四青年节

日暮春深柳似烟,荒山草绿故人眠。
几重殿宇轻尘去,十里长街静月圆。
未许心伤悲弱国,不曾家破畏强权。
风雷过后书生少,鼙鼓声声大梦牵。

七律·访博里画廊

归去只知询远客,当时不敢问驼翁。
久闻博里才名盛,欲赞难寻一字工。
墙横叠翠诗书画,笔点流丹雨雪风。
细柳如烟麦垅东,小楼门对野花红。

七律·晚遇交警查车

学生接罢月如银,一脚油门只道辛。
街上车灯方乱眼,路边交警却愁人。
开单罚款才知错,说我违章始信真。
教训好多钱买得,此时心堵意难陈。

浣溪沙

最美都梁四月天,桃红杏白柳如烟。萋萋芳草绿群山。一缕花香偷入梦,半河水浅待行船。清波不语复年年。

一剪梅·清明

春意阑珊过草亭,野陌花开,又到清明。百年纵痛有终时,来是何因,去却牵情。
若有轮回渡往生,寄语桥前,忘了曾经。免存痴念对三更,醉里无言,入梦无凭。

相见欢·无题

冬来雨雪添寒,少清欢。檐下蒙尘蛛网,又年关。三分倦,一声叹,不曾闲。愁起又归何处,正眉端。

韩亚宁

笔名宁静,陕西省华阴市孟塬镇营里村人,华阴市作协会员,爱文学更爱诗词,爱旅游爱太极拳,爱下象棋。渭南文坛特约作者,作品多次在华山微风、渭南文坛、中华诗艺社、作家前线等媒体发表。

梨花落

冷艳乃本性,余香沾露滢。
东风确无情,送妾入冷宫。

采药

独自上南山,采药悬崖巅。
山高鸟不语,举手可摸天。

夜村

落日映晚霞,炊烟起万家。
谁家窗无光,故人去远方。

松下闲

身卧松林间,高枕石头眠。
耳听百鸟鸣,梦里遇神仙。

踏雪寻梅

林间雪漫枝,飘来阵阵香。
踏雪寻觅踪,蜡梅花芬芳。

白梅弄雪

花开似雪白,花落白似雪。
六瓣琼花飞,五朵笑念春。
天公造此物,人间留香魂。

桂花香
花开无娇色，勾得蜂蝶魂。
香飘十万里，神仙不凡尘。

红梅落
远看千山冰雪封，近瞧万枝点点红。
东风吹来草木青，脱下红妆留唇红。

寒梅
傲骨红梅雪剪裁，随风起舞映红腮。
千枝绽放香满园，冰雪溶化万里春。

红梅
夜放琼花天地间，银装素裹万里山。
一树红梅含霜笑，白里透红醉了人。

风吹荷塘
谁动绿裙起风波，掀起盖头映艳妆。
荷塘深处喃诗语，莫非芙蓉唱情歌。

白荷花
天生丽质不染尘，青池立身映花魂。
翡翠玉盘装玉露，芙蓉无媚巴醉人。

晚霞荷塘
十里清池万亩莲，晚霞入坐碧玉盘。
半轮明月照荷塘，瑶池仙境在人间。

梦荷香
时有花香在梦中，神悟心醉诗意重。
心恋池塘一片绿，笔下芙蓉万般情。

赞荷花
本是天庭粉红仙，已肯昏睡在人间。
三千佳丽涂香粉，不及芙蓉香无尘。

秦岭青松
秦岭山上一青松，根系深扎悬崖中。
狂风暴雪压不倒，一枝独秀做苍穹。

韩永秀

昵称蓝天，河南省淮滨县张庄乡退休教师。热爱生活，敬畏生命，喜欢文学，偶尔写点生活感悟，聊以自娱！

七绝·咏柳
春风得意池边柳，姿态婀娜翠欲流。
二月轻寒吹面冷，潇潇洒洒韵悠悠。

七绝·月季花
花开四季吐芬芳，万紫千红溢彩光。
浪蝶翻飞方寸乱，狂蜂乱舞意迷茫。

七绝·弋尾花
弋尾花开别样美，宛若紫蝶舞翩跹。
风吹彩翼轻轻颤，赋得灵魂可上天。

七绝·紫薇花
莫道花无百日红，紫薇与众不相同。
潇潇洒洒开一夏，带到秋来醉意浓。

七律·立夏感怀
夏至蔷薇映日开，蛙声阵阵唱难歇。
流年似水匆匆去，往事如云滚滚来。
墨海徜徉添雅趣，书香熏染逸情怀。
安居乐业和谐美，感谢人生大舞台。

七律·端午节感怀
门楣插艾过端阳，招福驱邪保健康。
彩线搓绳拴手腕，玉杯盛酒饮雄黄。
浪花涌动龙舟舞，心海翻腾蜜粽尝。
屈子高风谁与共？汨罗呜咽诉离殇。

七律·久旱喜雨
老天久旱降甘霖,点点滴滴贵似金。
雨打窗棂如奏乐,风吹竹韵似弹琴。
电光闪烁狂龙舞,雷鼓轰隆怪兽吟。
万亩良田皆灌溉,农家欢乐自开心。

采桑子·重阳(词林正韵)
时逢九九重阳过,远眺登高。云路迢迢。大雁凌寒上碧霄。

踏秋览胜红尘道,菊色妖娆。瓜果香飘。枫叶灼灼似火烧。

一剪梅·感怀(新韵)
细雨斜风酒半酣。雨透裙衫,泪透裙衫。相思相忆又无眠。思也心酸,忆也心酸。

往事匆匆别逝川,苦亦云烟,甘亦云烟。人生不过百十年,淡然安恬,康乐安恬!

鹧鸪天·咏松(新韵)
四季葱茏不改颜,扎根石缝向青天。枝虬骨劲昂扬立,世态炎凉只等闲。

迎日月,送流年,凌云之势傲霜寒。风吹碧玉千重浪,雨润苍山万顷烟。

一剪梅·栀子花开(词林正韵)
盛夏炎炎五月中,栀子花开,香透帘栊。赏心悦目景怡人,玉魄冰魂,与众非同。

月下流连情境融,掬捧芬芳,以慰诗衷。世间美景不常春,一瞬繁华,转眼成空。

寒江钓雪
一直从事数据中心方面的工作,高级电气工程师,做过数据中心设计部经理、公司经理、数据中心高级顾问、数据中心总工等职务。业余时间有看书、听音乐、运动、旅游、研究无线电、写诗等爱好。

沁园春·庆华夏70华诞
华夏泱泱,欢度国庆,七十年华。赞日新月异,领先科技,莺歌燕舞,四海同夸。世界相联,丝绸纽带,战略前瞻策略佳。抬头望,有复兴之路,举世惊咤。

曾经磨难声哑。多战乱、人民心上疤。有英明领袖,高瞻远瞩,勤劳民众,奋斗天涯。大国担当,前途无量,引领全球财富拿。立宏愿,看蓝图远景,绚烂烟霞。

点绛唇·乐见同胞返
隔海相闻,峡深阻断亲情唤。盼多常见。人过双方岸。

斗转星移,夜梦常留恋。阴霾散。离情难断。乐见同胞返。

点绛唇·盼台归汉
日暮清秋,望穿秋水声声唤。盼台归汉。旗插基隆岸。

大势所趋,忘祖天人看。新景现。离情难断。统一轻言战。

唐多令·林黛玉
听雨梦红楼。读书意漫游。黛玉情、绕指绵柔。闲静似花频照水,胜西子、泪长流。

欲语自先羞。葬花心里忧。念东郎、宝玉离愁。金玉之言怀满恨,空悲切、葬青秋。

破阵子·河山壮观
祖国河山壮丽,神州碧海疆宽。天下

景观游浙桂,画里风光走蜀川。流连竟忘还。

城市日新月异,卫星天外飞仙。赤县一鸣重崛起,故地腾飞换丽颜。今朝更壮观。

暗香·赞牡丹

春风三月。渐复苏万物,百花迎蝶。更有花魁,国色天香艳名拔。婷立盛开显贵,更引那、倾城齐阅。只看得、骚客倾心,香漫赏花节。

神侠。性刚烈。赞骨硬志坚,则天驱灭。贬身罢拙。驱出长安艳名夺。盛世名花齐绽,遍华夏、吉祥心悦。喜春风、香四漫,万人称绝。

鹊桥仙·七夕爱情吟唱

每年一度,守时七夕,两岸情人心爽。佳期已到鹊桥通,晴空景、星稀月朗。

一心相守,两情相悦,织女牛郎神往。天长日久苦相思,传后世、爱情吟唱。

鹊桥仙·七夕重温旧梦

梦牵魂绕,愁思苦盼,七夕相思情重。盼君一见又相逢,意所属、令人心动。

深情厚意,重逢几度,海角天涯与共。海枯石烂梦成真,今生愿、重温旧梦。

一斛珠·中华崛起

中华崛起。神州大地擎旗帜。赶超欧美车飞驶。道路崎岖,更让人惊喜。

改革英明成效瑞。人民领袖方针对。日新月异高科技。屹立东方,世界齐钦佩。

五绝·江南雨夜(新韵)

江南梅雨夜,素女饰红装。古旧粗石路,人行不见双。

寒雪

网名寒雪无痕,微信名寒雪,女,银行职员,爱古诗词、旅游、音乐。

七绝·端午感怀

汨罗江上赛舟喧,角黍端阳祭屈原。《天问》吟哦家国梦,《离骚》演绎楚辞魂。

注:角黍即粽子。有学者认为《天问》意在向楚王进谏,《天问》后半部分,着重写各个诸侯国的兴衰,讲述君主及臣子的作为,关于正义与罪恶斗争的普世思想,以天道和治世相对照,探讨治理国家的法则,以及一腔热忱和忠心报国的人,却都郁不得志等。

七绝·秋意

蒹葭霜染白头叹,一岸悠悠柳未残。逝水韵光临暮景,诗情望里寄云端。

七绝·春(中华新韵)

飞鸟晨啼催梦醒,煦风牵我入花屏。清香盈袖和春住,疑闯仙乡醉客行。

七律·梦归

夜听雨滴入眠姿,梦里归乡惹楚思。袅袅烟霞墟落院,盈盈笑语水荷池。头间羊角轻风舞,手把莲蓬翠柳枝。莫道童真无趣意,长成尤念少儿时。

注:这里的羊角是指羊角辫。

寒庄闲叟

原名李茂强,系北京铁路央企一领导干部,现已退休。喜欢写作,尤其喜爱古诗词,近几年来词作渐多,在诗词吾爱网发表了130多首。词风喜欢豪放、清雅,也不乏婉约之作。

七律·自勉
以诗会友亦修身，词赋当向会人吟。
心有灵犀词易老，胸无意会语难深。
百年挚友能交几？一世知己不多人。
相待真诚天地远，欢愉乐在互知心。

江城子·静夜随笔
岁月催人霜鬓秋。韶难留,愁更尤。冬寒年杪,花月去难收。天道无情衰木草,心恨阻,奈何谋？

愿留春日可回眸。慰心畴,喜眉头。韶华时日,风流未愧羞。且将鬓霜对诗酒,闲逸逸,乐悠悠。

踏莎行·鸳鸯梦
月影婆娑,槐香暗送,风吹门响心砰动。神魂难守不由身,恓惶心境谁人懂？

望眼频抬,鬓丝勤拢。轩扉半掩牵眸孔。抚思理绪挑灯绒,憨描痴绣鸳鸯梦。

五绝·落日吟
落日水熔金,烟树鸟归林。
浮光闲棹影,暮色染笛音。

七律·读书好
读书便有华入气,开卷自然美陶心。
书内名师不须拜,卷里学府免收银。
樽酒纵览千秋史,柱香静赏万诗吟。
此生若与书结伴,良师益友唯此亲。

七律·夏日莲荷
夏日荷塘绿意深,鱼戏莲动起波痕。
莲花胭红散香艳,荷叶碧绿展罗裙。
蜓落玉瓣弄花蕊,水滴翠盘滚水银。
古来清莲喻君子,出自污泥不染身。

念奴娇·敦煌守望者赞
炫珠沙海,莫高窟、华夏千秋瑰宝。瑞彩霓虹,观不尽、巨塑丹青天造。叹古辉煌,沧桑岁月,灾害强徒盗。画凋佛悴,敝窟荒漠残照。

天佑文脉难绝,笃挚守望者,梦牵魂绕。横溢才华,抛富贵、甘守清贫弘道。吊影清灯,描摹千画卷,发华无懊。功德昭日,敦煌惊世重耀。

沁园春·国庆抒怀
庄严城楼,花簇广场,笑靥似霞。看彩旗飘展,举国欢庆,红灯高挂,全民喜嘉。国泰民安,兴隆盛世,大道康庄再进发。情怀缅,感英雄先辈,创建国家。

精英一代骄骅,奠忠烈碑前热泪擦。叹卓绝艰苦,命抛热土,壮怀激烈,血灌红花。重铸辉煌,神州巨变,大地无处不奇葩。云帆挂,驾长风破浪,圆梦中华。

郝定荣

交口县温泉乡范石滩村人,64岁,1974年元月份应征入伍,服役八年后于1982年底退役,曾在康城、桃红坡、温泉政府任武装部长等职,于2000年退二线离岗,2015年退休,现在家养病。

七律·春雨
纷飞细雨清谷天,晓雾蒙蒙嫩润山。
柳树枯枝长绿叶,桃花满坡染红斑。
春雨清风洒满地,如甘似露润田园。
更喜庭院珠溅遍,飞来点点沐人寰。

七律·游皇城相府
驱车急速赶泽州,古貌昂藏客影稠。
阶阶旧梯分子午,满庭乔木映风流。
一部典书留后世,康熙字典不二秋。
意欲寻觅名相迹,独携遗韵醉客留。

2017年9月13日

七律·桃花
满山桃花染枝红,献给春天一片情。
彩蝶恋花频起舞,玉蜂采蕊任光临。
不与群芳比妖艳,悠雅难描自在心。
芬芳不掩天然色,香飘四野慰群英。

2017年4月11日

沁园春·元宵
大地回春,山乡红火,月亮彩虹。望温阳街上,灯光闪闪,范石滩村,骄碧重重。大铁钟旁,载歌载舞飞马龙。人潮动,秧歌队队闹,鼓乐凌空。

灯光如此妖娆,令乡里乡亲敬列宗。自宋元明清,修缮美容。玉石无根,保留至今。八角琉璃,现已无踪。四姐大闹温阳城。长传颂,越人间美德,天下皆闻。

2017年2月11日

郝红梅

笔名笑看红尘,自由文学爱好者。现在内蒙古通辽铁路房产段任助理工程师。曾经在大学期间发表现代自由体诗于《萌芽》。近几年学习古诗词,经常在朋友圈发表,致力于国学文化。

春光好·春韵
风狂猎,水潺潺,月姗姗。暮雪已融梅笑靥,冷微寒。翠鸟鸣春穿柳,红鱼晓暖游闲。芳草迷离皆醉眼,唤春还。

七绝·初夏
潺潺溪水柳林穹,漠漠农田旭日红。
青杏繁桃书锦绣,勤耕佩犊稻椒葱。

七绝·再赋十里荷花
田田滴翠鹭鸶娱,娇俏亭婷彩凤襦。
菡萏虚心随玉骨,古今墨客赋矶珠。

忆江南·深秋
疏窗冷,雨打绿梧残。风扫落英频聚散,秋来悲雁倚栏杆。寒水载愁烟。

江城子·北方深冬
银河飘落筑穹庐,雪声无,玉枝舒。烟锁迷茫,雏鸟唤亲濡。江北新城迁旧貌,赢日月,踏征途。

郝丽

女,网名爱美丽,天津市滨海新区人,大学本科学历,国家高级能源管理师、机械设备助理工程师、清洁生产审核员。爱好文学、音乐、摄影,作品散见于中、外各期刊杂志、媒体平台。

聚能共奋进赋
壮山河兮长春色,雄鼓角也盛诗篇。同心共筑中国梦,培育弘扬价值观。廿四字皆希世,几多秋略比肩。今之日出,问东方;往矣潮生,听夜半。铸峥嵘,朝暮高飞;题磊落,沧桑巨变。直片云已归迟,趋一雁而去远。

丽景敷之锦绣,轻霞见此玲珑。双眸静,唯绿竹;两袖凉,本清风。引行阵而如翠,列旌旗则染红。人间以外,天下无穷。

七月而承文江客,九流而待韵海乡。不偏不倚之老笔,不屈不挠之刚肠。随轩影,满路香。游鱼跃,咏柳芳。赫赫孔孟而德范效验,巍巍尧舜而永垂昭彰。仰毓秀,贵呈祥。万家兴,百业昌。

十三亿,磅礴须慕造化之邦;五千载,浩瀚愿离林泉之地。虎豹韬,球琳器。饱参是非,识破真伪。别后立从容,相逢吟取次。

年少犹担当,时代新奋进。讴歌华夏主,气节圣贤邻。耕种杜甫堂,聚能黄金印。常说盈盈光辉,牢记习习浸润。

嗟乎！输送幸福动力,赋诗为礼赞：富强已觉千年色,劳苦仍将四海尘。民主终期聊刻烛,丈夫每见共倾银。文明学习山川美,豪杰时逢酒醴醇。勤读无形长寿药,和谐有象后生身。自由潇洒声声唱,难得雍容句句新。平等羁游行知止,浮沈左右屈能伸。是非谁独恩虽厚,公正争先梦想频。法治归来三士子,兵戈逐去一诗人。扶危佳气回天地,爱国功臣动鬼神。敬业拂衣荣草木,丹心携手道阳春。圣贤济济方呈瑞,诚信洋洋本配仁。友善欢愉应互谅,协同开拓欲征询。

南开大学百年校庆赋

马蹄湖边携宝剑,伯苓楼里著锦衣。三更耳静浮尘散,一舍窗摇细雨飞。芝兰入室世纪年,骁骥知音桃李树。汲汲骎骎渤海才,月异日新卫津路。历平野而点兵,畅远襟而争渡。

近看冷之金屋,遥见闲之桂宫。登临多而浩气,笑语高而雄风。将斑白而惭弱,未汗青而竞红。奔驰此处,参透其中。

苔痕上而啭鹂,草色增而鸣雉。乍暖乍寒之天,相呼相应之水。铸允公而超群,陶允能而皆美。几嗅蓓蕾,难禁酸醉。身先较技,自喜持杯。云过燕赵,梦寻柳梅。巍巍则功在,赫赫有恩来。

素琴初调,虚籁已抚。学府北辰之曲,儒宗正朔之舞。欢叙题诗,咏催促柱。袅袅菱歌,喧喧急鼓。智勇姊妹,真纯儿郎。东西大道,左右垂杨。服务并举,卓越齐张。常说总理像,不忘思源堂。文以治国之山岳,商以富国之栋梁。忠信成龙虎,孝廉引凤凰。

同行莽苍深体物,作伴沧浪久精神。庄严奋斗者,感召南开人。终须范孙屐,始是诸葛巾。敢言教育向谁传,尤觉顺承连我家。佳句悟禅足似铁,匠心妙笔都如花。

七律·记南开大学学术研讨活动

朱砂坦荡烟涛外,砚墨周旋锦绣中。
下笔时闻云出岫,临池乍有竹生风。
不留细语千林碧,赢得初尝一片红。
声气相投今在此,可猜谁是咏诗翁。

郝勤

男,1952年6月生于湖北。本科学历,中华诗词、九州诗词、湖北省诗词、武汉市诗词会员。工作单位：武汉大学中南医院,系财务处高级会计师,已退休。

游青海湖

白絮黄原衬雪山,蓝光浪涌合云寰。
飞鱼跃上蟾宫喜,静卧湖滨不慕仙。

永遇乐·游九寨沟

云絮翻涛,杂花照眼,飞瀑如练。箭刺蓝空,层林尽染,曳彩摇风转。悬溪拍石,虬枝御水,引落鸟鸣风叹。憨熊猫,花浪起舞,印照雪峰连片。

远眺黛岭,松涛呼啸,闪烁彤云灿烂。俊海澄空,瑶池绮丽,季海藏仙苑。至诚绕塔,庙僧冷目,虔求灵山真愿。临幽谷,愁思荡涤,恍如梦幻。

注：熊猫指熊猫海,季海指上下季节海,皆为景区名。

【双调】殿前欢·参观吐鲁番农民葡萄园

好闲暇,分桌对座语声喧,主人微笑先唠话。小片西瓜,再上煎粑,长兄侃寻她,小妹媚清雅。欲买葡干听说价,快手秤准,乐煞东家。

郝秀普

河北省滦平县人。中华诗词学会会员,河北省作家协会会员,河北省诗词协会会员,《诗刊》子曰诗社社员,承德市诗词楹联协会副会长。在各级各类报刊及网络上发表诗词千余篇,著有诗集《四时佳兴——适意斋诗词选》。作品多次在全国及省市级的诗词大赛中获奖。

七律·赏秋
谁抛彩墨满山川,绘就今秋景色妍。
冗务难消丘壑意,轻车直上霭云巅。
嫣红诧紫天公笔,簇锦团绫仙女笺。
尘世何人称国手,心花莳弄四时鲜。

七律·雅丹地貌赏游
神奇胜景本天工,气势浑然迥不同。
舰队帆群出翰海,狮身人面卧秋风。
黄沙百里残丘峻,青史千年大漠雄。
历尽沧桑谁独健?浮生一瞬过苍穹!

七律·春雾纪景
苍茫一片眼眸花,春雾弥空锁万家。
短浅目光真有限,悠长心思竟无涯。
山川秀美潜清影,楼阁巍峨披白纱。
丽景晴和成大势,混濛偶尔也心嘉。

水调歌头·寻梅
晓梦寻梅去,跋涉到孤山。林公悲怆言道:"妻逝已升仙。"转问毛诗境里,百丈冰崖犹是,俏影也涠然。伫立仰天久,长叹不甘还。
访邮驿,登庚岭,度龙蟠。定庵相接,邀入病馆诉渊源。千古金迷纸醉,万物灵摧神坠,君子势难安。毕若暗香永,根植在心田。

鹧鸪天·垂钓
坐倚青山拥翠湖,长竿在握瞰沉浮。寒江淼淼愁多少,渭水悠悠钩有无?
皆去也,汝来乎。闻君素喜钓鱼徒。纶丝今古垂依旧,未遇知音总是孤!

临江仙·春夜飞雪
思绪萦怀频入梦,醒来又是三更。霓虹炫彩隔街明,高楼人独立,惆怅几多情。
岁月蹉跎时不待,律回转瞬阳生。春风欲解小河冰,长天飞白雪,大道蔼云青!

西江月·孙女满两月题
饱后展颦微笑,饿时蹙目清啼。婴儿心性喜无机,啼笑全凭自己。
尘世几多痴恋,灵魂何处皈依。褓中孙女偶噫嘻,说尽人生妙谛。

鹧鸪天·金山岭长城赞
万里长城展画图,金山独秀话非虚。龙姿起舞祥云上,麟壁生辉旭日初。
关隘险,女墙纡。敌楼密集扼通衢。会当倚剑居高瞰,气势恢宏举世殊!

郝玉栋

男,广东省茂名市南天诗社会员,网名义薄云天。1965年出生,学历大专,中共党员。黑龙江省尚志市亚布力林业局人,黑龙江省诗词协会会员,黑龙江省楹联家协会会员,哈尔滨市作协会员。

五绝·锅盔山之秋(新韵)
畦畦豆荚黄,远近稻花香。
大地蒸霞蔚,青山沐紫光。

七绝·观洛阳牡丹园(新韵)

洛阳最美早春天,人醉花香绣野绵。
柳绿吐烟田间翠,鸟鸣枝上竞相喧。

七绝·游虎峰岭之清凉谷(新韵)

岭峻雄峰喜徜徉,青山碧水惹痴狂。
伏炎烈味融天籁,寡欲清心寄酷凉。

七绝·游虎峰岭之高山草原(新韵)

野朵山花次第开,风骚各领蕴春怀。
芳菲间谢依依走,唯有娇羞缓缓来。

五律·游少林寺

纵望嵩山嶂,巍峨众仰芳。
晨钟鸣戒律,暮鼓绕禅梁。
满目青松翠,回眸古柏苍。
红墙幽处静,苦楚送清香。

七律·上梁山

日久思来常夜盼,追寻籍贯梦多年。
先贤筑垒于斯地,后辈行车慕景天。
岸柳轻拂游水泊,石阶劲踏上梁山。
珍存遗训蒙教诲,有志今生肯再攀。

亚布力锅盔山景区即景

最美人间六月天,暑节大小艳阳连。
熏风扶柳和歌夏,适雨垂帘曼妙烟。
蜂聚探花花蕊鲜,蜻蜓戏水水波翻。
锅盔山正流苍翠,十点八程绘绿川。

七律·观尚志碑林有感(新韵)

纵观历史几千年,雄厚碑林见一斑。
犹见龙飞蛇舞法,还看凤翥鹤翔欢。
书帖汇有先贤迹,英烈安无车马喧。
如此磅礴呈气势,耀辉华夏圣名传。

郝运舟

男,广东省茂名市南天诗社会员。浙江金华人。教授级高工,国家一级注册建筑师,国际注册项目管理师。中华诗词、楹联学会会员。部分作品已录入《中华诗词人物大典》。曾获"蝶恋花杯"国际华人文学大赛诗词曲赋类三等奖。

西江月·感谢咱们好党

故国百年风雨,人间几度沧桑。神州大地飑飞扬,且看高楼直上!
河岳山川锦绣,城乡大道康庄。脱贫致富有良方,感谢咱们好党!

水调歌头·华夏梦圆

江山繁似锦,华夏固如磐。神州佳节,普天同庆动千弦。百业腾飞兴起,万众一心携手,四海共荣繁。长袖翩翩舞,浓墨写新篇!
重民生,兴科技,震宇寰。包容接纳,一带一路抱成团。经典传承继往,开拓创新引领,国力赶超前。民族同心结,有梦就能圆!

水调歌头·重登黄鹤楼感怀

应邀赴旧约,结伴上名楼。漫天云彩缤纷,豪迈涌心头。江渚烟波横绕,市井繁华百里,鸥鹭遍芳洲。荆楚风情美,吹笛起渔讴!
千帆舞,晴川阁,白云悠。龟蛇辉映,浓墨着意写春秋!放眼神州大地,多少英雄能手,撸袖竞风流。浩瀚长江水,洗尽古今愁!

采桑子·人生难有回头宴

人生难有回头宴,过眼云烟。日落西山,饮罢屠苏杯碰干。
劝君斩断千丝缕,莫入深渊。珍惜华年,生死无常弹指间!

郝子靖

1997年出生于北京,祖籍陕西榆林,现居天津。天津大学学生,豆瓣阅读作者。曾获天津大学"春华杯"征文比赛一等奖,香港大学散文创作奖优异奖,香港大学《友文》征文优异奖。

五律·夜临江(新韵)

对酒询明月,云间古寺寒。
青山空隐寞,靛水久居闲。
渚际思鹇鹭,江心念昊天。
琴横独奏罢,发落共潸然。

五律·老爸(新韵)

老爸是男神,昔为社会人。
文风掀陆海,武艺镇乾坤。
大雨难摧志,枭雄恐近身。
疼妻连数载,爱我尽十分。

七绝·白衣

冷月半栖博雅塔,未名湖底锁冤魂。
许仙夜遇科研者,误把白衣当素贞。

钗头凤·单身狗(新韵)

单身狗,鳏居叟,寂寥长伴人消瘦。逢雨巷,入情网。苦酒三杯,乱愁盈眶。怅、怅、怅!
琴空奏,情难久,倚窗独坐无人候。歌轻唱,泪微淌。闲逛桑林,狗粮撑胖。旺、旺、旺!

昊龙

原名李超。经济师,高级工程师。中国书法协会会员,中华诗词学会会员,安徽省诗词协会会员,成功举办公益诗展。作品发表于《黄河文学》《南吟北唱》《诗选刊》等刊物;系《诗词文艺》副总编辑,《中外文化传媒》主编。

高山岩松

莫怨清寒刺骨侵,向崖生处谢洪恩。
若非荒僻高难至,早被樵夫砍作薪。

藤蔓

勤奋攀登本应夸,何人挖苦笑侬家?
一朝借助东君力,直上高峰万丈崖。

佛门闻蝉

施主参禅深几许?如何妄语世间情。
佛门本是清心地,不许知知向客鸣。

忆庐山瀑布

银河捅破势难收,裹电挟雷赴海流。
入世雄心三万丈,临崖誓死不回头。

春天送我满城歌

搜肠刮肚句无多,片语粗糙待打磨。
彤日白云铺画卷,清塘碧水孕新荷。
戴红一树添娇媚,披绿千山增嵃峨。
我赠春天诗几首,春天送我满城歌。

卜算子·再回首

仰望那峰高,此处嫌山小。百斗芳华余几耶?大半折腾了。
回首向来兮,莫道机缘少。一路人生红绿灯,哪步刚刚巧?

卜算子·记取初逢好

怪我太粗心,惹你生烦恼。笃实丹诚怎企及,蜜语花言巧?
孤夜看星移,蓦觉青丝少。累月经年麻木矣,记取初逢好。

浣溪沙·那桥东

桂子飘香秋意浓,闻来确是旧时风。村头迎我老梧桐。
过往纷呈酣梦里,畴昔闪现恍惚中。伊人不在那桥东。

何春水

男,1950年3月1日生,汉族,南昌人。现居广州。1985年于江西电大汉语言文学专业毕业;1989年于江西高教自考法律专业毕业。主要从事注册咨询师,注册审核员工作。自幼酷爱诗歌,现有诗词几千首。偏爱近体诗,更喜七绝。

七绝·阿城之棋王
楚河汉界炮棋王,将帅无能卧底藏。
相士龟居方寸后,卒兵策马比车强。

七绝·吴承恩之西游记
莫道西游记者争,神途鬼路问修行。
民间故事先仁悟,智慧如来自在明。

七绝·陈村花卉世界
异彩千年斗艳迟,乾坤万里百柔枝。
游人一览花容日,举世精英怒放时。

七绝·百合想不开
花香墙外似余栽,欲放多时想不开。
借问冰心惊日烈,谁知未见俊郎来?

七绝·一帆风顺
过江春水岭南行,霞满天边映凤城。
更喜扬帆朝大海,流萤自在夜空明。

七绝·陶瓷
石头粉碎未知闲,和水搓揉几改颜。
烘烤定型烧不怕,只求成器在人间。

七律·做人铭
做戏常思在做人,成名厚望又图新。
才知善恶聪明士,再辨穷通醒悟神。
献赋山河千万赋,安身庙宇寸金身。
无能问鼎无冤客,有意随缘有道臣。

七律·翠竹
罩雪遒枝笑点头,曲弓似剑数春秋。
虚心饮露常留碧,励志餐风尽显柔。
不放红花欺艳丽,单生绿叶护清幽。
龙须摆动千家乐,凤尾揉青万座楼。

何代昌

笔名渝州听雨,中华诗词学会、重庆市诗词学会会员,工学学士、管理学硕士。居嘉陵江畔,听潇潇雨歌。喜句读,好酒觞。习古典诗词廿余载,聊以自娱。不求闻达于喧嚣,惟愿诗寄于浩淼。

七律·己亥清明有寄
东君何故散梨花,带雨纷纷泪满涯。
热血神州彰道义,英魂蜃海泛天槎。
情酹皓月随青鸟,怀寄清风问紫霞。
但许来生还聚首,银徽灼灼照千家。

七律·登庐山汉阳峰
赣水滔滔蕴雅风,匡庐自此与天通。
东含彭泽思黄鹤,北枕浔阳叹白翁。
百里仙乡吟谢客,千秋盛世颂毛公。
青莲行处浮云散,五老峰飞万丈红。

七绝·癸巳中秋逢雨遥寄峨嵋山月
家山欲望雨盈眸,羁旅长安瑟瑟秋。
此夜峨嵋金顶月,清辉或照卧云楼。

七绝·自勉
廿载银徽气胆忠,豪情未减亦英雄。

丹心共却春江水，日夜奔腾到海东。

七绝·虚云寺古梅
寒香万里紫云栽，雅韵千秋白雪开。
阅尽凡间多少事，独尊迦叶远尘埃。

七绝·南湖赏樱花
碧浪摇红风物外，长亭弄影水云间。
多情最是樱花渡，粉蕊娇羞为那般？

七绝·寄沪上
楼前一夜杏花风，梦里三春雅事空。
欲问溪头舟棹起，乘流可是去江东？

七绝·长寿花开
寂寂庭前簌簌妆，红颜几簇对斜阳。
东君送我三春暖，我报东君一缕香。

何光腾

江西寻乌人，大学文化，中学高级教师，江西省中学语文骨干教师。中国楹联学会会员，江西省诗词学会会员，赣州市诗词楹联学会会员，寻乌县诗词楹联学会副秘书长。

七律·枯藤吟
虬曲延伸向上空，尚无绿艳也无红。
霜风不撼依苍树，雪雨难淋躲荫丛。
挤挤歪歪非正直，枝枝节节却精通。
痴魂总做梁材梦，树倒腐心生蛀虫。

卜算子·小河忆怀
又到小河边，注目游鱼静。卅载悠悠逝若烟，玩伴泥身影。

尘事杂纷繁，犹念山村景。岁月溪声依旧弹，瑟瑟秋风冷。

浣溪沙·思春
细柳池边风起微，高阳日暖燕轻飞。万千气象动心扉。

看淡红尘浮倦事，思怀更慕暗香梅。冰心一片唤春归。

浣溪沙·丹竹楼忆
花样年华丹竹楼，东风不畅万般休。三餐度日也忧愁。

改革新潮欣逐浪，离乡卅载梦归游，几番不识望村头。

西江月·老同学聚会
卅载别离难忘，今朝各叙殊途。鬓霜脸皱认当初，梦断几多寒暑。

莫叹光阴逝水，应欢华夏新图，欣逢盛世满心舒，晚景安然欢度。

七律·归家
归心似箭别羊城，漫卷行装丽日行。
一路欢歌车里笑，满川秀色画中情。
丹溪碧水流清韵，闺室竹楼扬笑声。
异域归来夸紫燕，呢喃绕屋竟相迎。

七律·感怀
茫茫尘世崎岖道，岁月风霜已半生。
回首当年戎马志，许身今日杏坛情。
身躬翰墨芒鞋路，心系花苗淡泊名。
追昔抚今情也醉，芙蓉国里绽精英。

五律·游三河坝感怀
遍野群峰翠，三河急水驰。
枝山鏖战激，碧血浪翻尸。
风雨含悲壮，江河作证词。
英雄铭史册，华夏展新姿。

何慧琴

女，1947年3月生，山东滕州人，大专文化，滕州市第五中学退休教师。系滕州市诗词学会会员。曾在报刊发表诗词作品近100篇(首)。

五绝·学诗有感
人生如画卷，耆岁志犹坚。
莫道诗无用，齐心雅韵传。

七绝·荆河即景
闲暇漫步荆河畔，岸柳依依紫燕翩。
碧水西流锦鳞闹，沙滩童叟放飞鸢。

何锦胜

网名夏竹。热爱文学，尤是古典文学。在中国工商银行江门分行工作，1962年出生于广东江门白沙。工商银行广东分行作家协会会员，广东省金融作家协会会员，作品散见于《五邑乡情》《江门日报》《炎黄天地》《金融文坛》等报刊。有作品曾获奖，其中作品《沁园春·攻关》获2017年江门市"平安金融杯"特等奖。有作品在市地书画展中，被指定为书法范文。

蝶恋花·祝你平安
等你回来开饭了。浊酒清汤，洒脱红尘恼。但得长年相应照。粗茶泡起香奇妙。
出入平安方叫好。日夕耕耘，细看行云兆。天道遵循歧道少。风流顺逆江帆晓。

定风波·岭南旭日
移得昆仑半壁山，瑶池神韵进人间。旭日彤云雕碧树，留住，几行雁鹜戏江滩。
犹醉岭南掀稻浪，荡漾，小桥流水过风湾。自在炊烟柴米足，舒服，凡尘于此怎思仙。

行香子·顺德仁园
顺势洄流，曲径清幽。鱼翔浅底，问悠游。五行相辅，四象尊优。醉情之雅，艺之韵，意之谋。
岭南园圃，流连唯此，俊奇山水绘千秋。荷盘栽巧，乡梦乘舟。得劳生逸，善生德，莫生愁。

阳关引·贺兰山
跃马排云起。积壑峦迤逦。峰奇岭峻，滩羊草，池盐地。望银川河套，听骆驼尘事。尚得知、黄河白水长肥鲤。
塞外江南也，多秀丽。访灵蛇洞，琴溪柳，不周址。问李元昊去，懂贺兰山史。战火飞，殊因稷谷满仓里。

注：滩羊，贺兰山东麓宁夏平原上，那些在青草间成长的羊。宁夏五宝中的"白宝"就是指滩羊皮；池盐：贺兰山西坡上的盐矿；不周：传说中的不周山。不周山山址未有定论，史学界有一说，贺兰山就是不周山。

何静

笔名蘅芷清风，江苏南通人，中华诗词学会会员，江南诗词学会会员，女子十二词坊成员。一生意气惟诗词结伴，耽湎于斯，执于己心，娱于己意即可。合著有《清芷集》。

沈园用放翁韵
旧日痕消未有年，残存物事散如绵。
观陈不息川流客，追得何人与泫然。

暑热反复终究秋矣
物事轮回有执迷，金风错顾小楼西。
前番秋试无圈点，怎敢枝头叶上题。

鹧鸪天·一阕孤心诵到娇

总觉时移自况凋，经年故事待翻抄。
去来物语迢如卦，前后途迷贯似绡。

烟栩落，镜花天，诗行未忍作风飘。
望中折却相逢字，一阕孤心诵到娇。

何其三

女，安徽宿松人，70后，安徽省诗词学会副会长，安徽省女子诗词学会副会长，著有个人词集《何其三词三百首》。

七夕乞巧

情为红线念为针，织得离愁深复深。
今夜不祈他样巧，惟求串起那人心。

秋

风掌才挥花事休，连宵苦雨怯登楼。
自君去后删三季，与我惟余一个秋。

鹧鸪天·潭边小坐

才到潭边透骨寒，乱花幽草几山峦。
未因人到还生浪，纵使风来不起澜。

连碧海，接青天。白云照影自流连。
此间妙处难言说，最是心偏爱地偏。

鹧鸪天·白月光

别绪抽丝比路长，体衰人老急还乡。
青藤偏绕穿风屋，苔迹多生过雨墙。

书共读，饼同尝。桃红看罢看梅黄。
那时花下纤纤影，成我心头白月光。

浣溪沙·人间四月天

四月春光似海深，世间万物共浮沉，
谁宾谁主莫探寻。

杨柳色为眉黛色，桃花心是美人心。
天然一段妙光阴。

何巧平

和平，又名可庐。山西人，两渡何氏十七氏孙。灵石二中教师，行余书社社员。座右铭：以独立之人格，做合群之事业。从教以来，立志诗书画印研究。潜心致力一线教育教学与实践。优秀班主任，教学能手，负责学校《雏鹰报》的采编出版和发行工作。2016年《花开树壮铸大梦》荣获山西省第四届校园文化艺术节一等奖。2018年散文《花开石榴红》、绘画《寿楼春》、书法《赤壁怀古》分别获山西第六届校园文化艺术节一等奖。

蕊珠闲

莽昆仑，鸿蒙颂，望月浮香添景。有鹅黄嫩芽丁，向松柏涌。紫烟缠鼎，绿绦粘镜。指间殷勤盘弄。

洛神醒，建安风一路送。飞鹤莲壶龙凤。锦书难寄，栈道险巉岩耸。雁行南渡，子孙圆梦。易安秫林幽静。

雨中花令

殿雨云霓斗舍，皓气灰墙紫络。碧叶灵犀青赫赫，玉版麒麟卧。茉莉净葫芦待客。

稻谷穗、绣球蓝萼。玉米壮、牡丹佛手沃，免难消灾祸。

江城梅花引

细条柔嫩蕊凝脂。有风飔。吐新枝。剪翠修红，疏影映良池。菡苔举鸾旗展翼，鹤开翅，弦音绕树嘶。

郁郁青山云水饰。俏鸿鹄，天上狮。飞檐月转影千尺，汉韵秦思。雪逊三分，梅让五分姿。香气润鼻寒入齿，借天力，清霜酿古诗。

千年调

虞舜感天恩，汤药刘恒饮。孝义曾参吴猛。季路蔡顺。郯公闵损，戏彩丁兰稳。怀陆绩，念江革，郭巨品。

卖身葬父，董永被槐韵。刻木泉涌扇枕，扼虎生笋。乳姑泣墓，溺器求鱼信，黔娄庾，寿昌朱，高万仞。

扑蝴蝶

融晴熏暖，烟和丘壑染。琅玕翠飐。流莺穿柳苑。朱廊曲岸藤垂，幺女团团玉扇。丛间蹑足试探。

屏息敛。乌睛忽闪，见花头风展。细足薄翼，斑纹参差点。赫然扑袖轻弹，霹雳惊银粉溅。蜂媒使蝶遁远。

绕池游

再读兰亭序，往来成古今。一阙《绕池游》，双目亦沾巾。提笔问前圣，字字送晴空——

永和嘉会，癸丑群贤得瑞。修禊事，骚人骋怀醉。簧竹扇贝，重峻流觞为佩。紫襟丹桂，水生百味。

阴阳向背。幕地席天一酹。鹅成队，鸿儒墨延穗。形骸精锐，笔阵锥沙联袂。丈量经纬，翠亭定辔。

石湖仙

榴实如火，行余弄婆娑，青日豪阔。迎洞府龟鼍，烈芳筵、珊瑚本色。

湖山为最，笔共墨、印花高鹤。肥沃。聚仲伯、共筑精舍。

儿郎弄棋解惑，那竹波、连成绿壑。楚楚袭人，种玉白翁调瑟。篆隶雕纹，铁毫清册。断桥精魄。南北社，金石瘦画书硕。

于飞乐

伫立西京，酿泉突浪行踪。星霜绿鬓读耕。念前朝，生死重，料峭烟烽。

王侯将相，剑阁争、武略文钟。辨佞识贤，安民勤政，卿心社稷雍容。太平年，成一统，荷柏兰松。朝剔夕进，扬彪炳、正大光明。

何清洋

大学本科学士学位，高级职称退休，中国楹联学会、中华诗词学会、中华诗词家联谊会、中国毛泽东诗词研究会、省市诗词会员，钦州市老年大学诗词学会副秘书长，曾任灵山县诗词学会、楹联学会副会长，中华对联文化研究院研究员。

心诚韵自华

秉性真诚行善举，凝眸静处不荒神。
源纯可净龙山剑，韵厚方张玉宇琴。
德政风清花簇锦，仙池墨劲鹤披银。
雄魂载谱承贤榜，睿智涵春耀彩云。

寰宇逐梦行

逐梦驰程会艳阳，喜逢丝路鼓声强。
登天号角催鸿鹄，越海潮流扩远洋。
锐志开荒同布道，诚心致富共通墙。
驼铃不再风帆捷，高铁穿行寰宇祥。

景览钦州美

碧塔重登欣景秀，安州一览醉群芳。
钦江荡浪虹桥架，柳岸融春锦帜扬。
绿漫新城花艳媚，华盈古邑果鲜香。
风光雅韵留佳影，岁月豪情载美妆。

梦恋紫薇

浦北岚紫迷梦蝶，越西绿漫醉杨妃。
三千鹤舞穿流水，六万龙腾浴照辉。
碧野晨风扬艳媚，馨园夏景载芳菲。

诚如豆蔻张红蕾，幸有尘缘恋紫薇。

轩昂逐梦
满域春光兆瑞年，峥嵘岁月著宏篇。
龙腾带路纷追梦，舰驾洲洋任叙缘。
敢拓鸿途环宇接，雄驰圣箭向天燃。
新风蔚野情融景，艳彩生辉韵醉仙。

善始明鉴
安邦胜败甄强弱，大汉兴衰究是非。
谨记魂丢华夏辱，端思德失汉民诽。
苍天耿助神明者，御谱诚涵意善妃。
亘古途通褒贬鉴，迄今势壮喜忧依。

德尚韵美
神州彩炫天涯晓，望族歌欢梦镜圆。
润物风清千里翠，宽怀德善百城绵。
兰香淡雅馨弥苑，菊郁荣华美逸仙。
任炳文明春艳野，皆欣策惠福祥篇。

端午粽香悉吟
诸多戏谱和风雅，几许情缘聚粽香。
醉抱琵琶歌不断，横吹竹笛韵尤长。
闻君碧水红杉梦，晓笔丹枫大宇阳。
感慨忠贤诚奉爱，忻崇正客善彰扬。

何素云

女，1949年5月生，山东滕州人，大专文化，滕州市第七中学退休教师。系滕州市诗词学会会员。曾在报刊发表诗词作品近100篇(首)。

五绝·问月
银辉洒世间，梅绽万家欢。
试向嫦娥语，桂花能耐寒？

五律·春景
杨柳映晴空，桃花半树红。
黄鹂穿细雨，紫燕舞东风。
飞雪梨花落，扬波荆水平。
流连此春景，来岁再相逢。

七绝·咏白玉兰
摇曳琼花胜似仙，无需妆扮素天然。
芳香熏醉五洲客，玉洁原能度俗年。

七绝·紫丁香
紫色云霞满树开，芳香盈袖独徘徊。
柔枝摇曳春风里，恍若此花天上来。

七绝·雨中春景
门前碧水映桃花，翠柳扶风不胜夸。
野鸭浮波翻浪底，如帘细雨挂天涯。

七绝·谷雨
春意融融柳絮飞，牡丹吐艳正芳菲。
又逢谷雨好时节，万顷禾苗浴素晖。

七律·洛阳行
古都帝阙洛阳城，诗会交流结伴行。
石窟魏碑文化灿，伊河春水碧波清。
游赏芳苑牡丹美，拜谒关林义气倾。
今日滕州吟友庆，采风不枉遇今生。

七律·微山湖湿地赏春
会聚同窗共赏春，骋晖美景望无垠。
红花灿灿开湖畔，绿柳依依映道津。
画棹荡歌红鲤闹，游车移景翠鸟逡。
欢声笑语心舒畅，韵入诗篇情意真。

七律·春景
三月阳春游客醉，山川壮丽眼观明。
依依翠柳燕穿影，簇簇桃花蜂合声。
鸟立枝头歌韵美，苗铺阔野碧霞晴。

吟寻信步田中走,丽句清词抒豪情。

何新人

高中语文教师。新余市作家协会、诗词楹联学会、音乐家协会会员。自1980年6月在《江西日报》发表文章始,迄今已在省市报刊发表报告文学、散文、小说、诗歌、评论等作品逾60万字,获省内外报告文学、散文、古诗词等征文竞赛一二三等奖共11次。有七律和楹联入选《第二届中国百诗百联大赛参赛作品精选》。

七律·布谷鸟春节欢唱感怀
布谷欢歌旭日前,千花百树竞娇妍。
城乡处处园林笑,百姓天天话语鲜。
节去渝郎飞沪粤,春来学子返书田。
和谐社会先贤创,继往开来好梦圆。

七律·分宜夏布赞
旧时苎麻乐万家,蚊帐衣巾代代夸。
妇女家中忙纺织,男人地里沐朝霞。
如今夏布成珍宝,昔日女工为贵葩。
奋发创新铺锦绣,神奇天使靓天涯。

注:女工,即江西省分宜县分宜夏布领军人物张小红,原为下岗女工。

七律·戊戌除夕感怀
立春除夕喜相逢,辞旧迎新已不同。
爆竹烟花皆禁放,春联家宴共相融。
盛大晚会神州乐,美妙歌舞宇宙红。
微信繁忙相贺岁,灯光璀璨醉苍穹。

七绝·己亥元宵节吟
一年一度闹元宵,国泰民安我辈骄。
璀璨灯光羞月亮,千山万水特妖娆。

七绝·春分赏玉兰花(新声韵)
玉兰绽放笑哈哈,朵朵深情吻彩霞。
处处园林诗奔跑,天天城市鸟喳喳。

七绝·赏桂花
桂花再次放金光,岁岁重阳处处香。
可是吴刚痴故地,喜邀仙女敬琼浆?

沁园春·追思黄大年教授
噩耗传来,脑顿时蒙,泪立刻疯。望泰山垂首,默哀榜样;长江哽咽,悼念英雄。教授良师弟兄好友,国探痴攻陆海空。真才子,甩卅年落后,七载成功。

至诚报国盈胸,最忘我、梦圆奋发中。为挽留昼夜,放飞智勇,伴随日月,光耀苍穹。利禄名声,亲情孝爱,尽当鲜花全奉公。宝中宝,亮五洲大厦,四海神宫。

八声甘州·清明感怀
看百花竞放漫天香,蜂蝶赛嬉忙。到乡村赏景,田间拍照,拥吻春光。山水开怀欢唱,处处喜洋洋。鸟雀喳喳叫,乐坏新娘。

卢肇状元欣慰。好学精神在,代出贤良。以大家为范,圆梦敢担当。宋应星,天工开物,耀五洲、惠百代民强。新星市,卅余载盛,振奋吴刚。

何修文

男,1950年12月生,初中文化,务农,现为石首市诗词学会会员。

七绝·跑暴雨
陡起乌云卷暴风,撕开金钹震苍穹。
忽如万马疾蹄过,雨霁天晴现彩虹。

七绝·题夕阳照
隔岸遥看夕照归,秋江浪涌醉霞飞。
倚天托住彤彤日,迸发光芒如旭辉。

七绝·梦到桃花源
幽幽一梦出村东,灼灼迷离炫浅红。
疑是花仙群驾到,急忙林下问陶翁。

七律·游绣林玉田寺有吟
水滤山烟宝刹东,荷撑绿伞杂新红。
钟摇鼓荡清音远,鼎立香燃典籍通。
黄卷开怀生恻隐,青灯点亮释朦胧。
曲江普渡苍生苦,月映禅光对碧空。

七律·答谢众位吟长光临陋舍咏和
惠风和畅艳阳天,蓬荜生辉聚众贤。
小曲散烧充四特,藜蒿嫩韭代三鲜。
春云化雨催花早,良友赠言持志坚。
橄榄枝枝伸向我,何愁无韵种诗田。

七律·诗咏长江
洪荒混沌圣人开,不尽江流天上来。
气纳昆仑融瑞雪,情关瀚海恋瑶台。
激扬春汛千重浪,泽润芳洲万里埃。
生态文明呈大美,丹青一卷展埏垓。

七绝·立夏
橙黄渐染垄上图,雨打新荷溅玉珠。
幽谷深深啼翠鸟,柳丝水畔照流苏。

七绝·吟牵牛花
朝沾露滴晚披霞,藤绕篱边伴月牙。
笑口常开抒意气,经风历雨展芳华。

七律·吟栀子花
亭亭玉立影形单,冷艳冰清却不寒。
抿笑无言情缕缕,静娴素雅面团团。
晨风轻抚身舒爽,夜雨潜滋叶厚宽。
洁白芳香生妩媚,丹青骚客竞相看。

七律·拜读李明德老师73岁夏日到长江游泳诗步韵奉和
稀龄消暑绿洲头,纵跃长江作畅游。
浮水仰天犹曼舞,追波逐浪似轻舟。
洪涛滚滚思沧海,岁月匆匆恋暮秋。
晚景依然神韵在,宝刀出鞘竟风流。

何展鹏

男,1962年生,广东肇庆市人。白衣使者,悬壶济世,别无建树。业余爱好中华诗词,作品散见于各大诗词网络。

七绝·七夕有寄
数载分居两寂寥,无嘘寒暖梦撒娇。
高楼今夜星河近,望断天涯盼鹊桥。

七绝·无缘(平水韵)
又负花期近晚秋,清风红叶约西楼。
未邀先到月陪坐,久候不来醉解愁。
注:仄起平收,平水韵,十一尤,仄收句,第三字平声,可救第五字失替,而不必对句救。

七绝·回乡小住(平水韵)
浮云已远念乡桐,心曲今来问始终。
半醉方牵旧时月,松间对影夜听风。
注:平起平收,平水韵,一东,以"方"平声救"旧时"之失替。

七绝·赖床
芳华如玉正温馨,春雨梨花夜半停。
晓梦多情不欲起,任凭飞鸟闹门庭。

七绝·牵牛花
不用施肥籽自栽,芳华冬去又春回。
娇邻藤蔓常欺我,几度翻墙喇叭开。

七绝·街景
料峭初消草木新,千花群鸟闹馨晨。

满城佳丽旗袍秀,屈使夭桃让半春。

七绝·怜英(新韵)

千山云影翠微重,百艳香醺景色匆。
切莫寻春新雨后,惜花何忍踏残红。

七绝·涧趣(新韵)

七彩群英麓野开,溯溪拨雾问泉来。
忽闻娇笑偷回首,却与春风撞满怀。

七律·乡居梦

舒心劳作沐霞行,鸟煽炊烟入树萦。
环户山峦新彩画,穿庭溪水旧弦声。
斟茶代酒欣翻卷,挂月为灯怅弄笙。
虽是僻庐耕瘦地,且凭风雨自经营。

五律·醉狂

半坛泉水酿,何以慰艰辛。
酣语惊天地,醺情泣鬼神。
若无下酒菜,一口吞乾坤。
晨醒昙花谢,昨宵又负春。

注:平起仄收,新韵,九文,颈联拗救。

何治杰

笔名巴戈,网名山路十八湾。重庆市作家协会、诗词学会会员,潼南区作家协会副秘书长,《潼南文化》小说栏目责编。《中华何氏传统文化丛书》编委会成员,《中华何氏诗文集》副主编。曾获第十九届柔刚诗歌主奖提名奖等,著有长篇小说《青瓶儿》。发表中、短篇小说及诗歌若干。作品入选多种文集。

五绝·无题

天空云雾尽,地上彩虹新。
城邑月痕瘦,独怜游子身。

七绝·客舍听雨(通韵)

夜半虫吟无处听,窗棂雨点寄心情,
豪床辗转终惊睡,耳畔乡音唱晓明。

五律·题木格措

天蓝存意远,云洁绕胸前。
水澈碧如洗,客来流似川。
圣湖山里落,真爱美名传。
李杜诗无数,难胜此一篇。

七律·忆红军飞夺泸定桥

大渡烽烟战鼓嚣,索链泸定鬼魔叫。
磨西指点似灯明,桥上挥戈如虎啸。
天堑横前皆淡然,恶潮退后尽欢笑。
长征万里佳音传,功业千秋星火照。

七律·过二郎山隧道偶书

凿壁筑墙通坦途,出行旅客尽欢呼。
东辞天府千重画,西迎雪原万里图。
昔有险峰危石阻,今成高速大山殊。
旧横蜀道入云岭,现变平川连广衢。

卜算子·夏夜

月照山影前,蛙噪田畴后。香汗盈腮梦中寻,相别伊人瘦。

不写夜色新,只道情无旧,重忆灯红把酒欢,独自甜香透。

卜算子·秋霜

风剪黄叶飞,霜打青苗腐。万木萧萧无声处,欲语沉低诉。

独倚楼栏边,静看残枝舞。昔日芬芳阵阵来,似谜羁心苦。

江城子·双江杨氏颂

双江英迹播东方。少公殇。世无双。
献赋信仰,气节似坚钢。不屈精神驰马

掌,消不灭,永光芒。

　　星星火炬指迷航。闪金光。照苍茫。杨氏满门,举烈士旗章,革命征程曾不忘。追理想,气轩昂。

和志红

　　山东枣庄市人,济南商校财会专业毕业,企业退休职员,会计师。中华诗词学会会员,山东省老干部诗词学会会员,枣庄市诗词联赋家协会会员。业余诗词爱好者。作品多见于各级诗词微刊和纸刊,并由三家诗社推出个人诗词专辑。

眼儿媚·咏茉莉花
依左誉《楼上黄昏杏花寒》

　　仙卉能生满庭香,消夏爽心凉。露华洗骨,琼葩裹雪,素靥时妆。情浓最是于人处,花扮美娇娘。温柔一脉,风姿几许,别鬓流芳。

眼儿媚·夏雨
依左誉《楼上黄昏杏花寒》

　　风掣雷车广天驰,四野暗云围。惨蝉树隐,短檐鸟寂,瓢泼成溪。瀑飞帘卷山流翠,雨过爽凉滋。井泉水溢,槁苗复浮,丰景欣期。

鹊桥仙·七夕有思
依欧阳修《月波清霁》

　　清风雨细,寒烟穹皱。爱侣鹊桥凄叙。神仙遗恨有谁怜,聚又散,心酸泪苦。真情持守,相思望断,岂止牛郎织女?古今多少鹊桥仙,能填去,银河险阻。

临江仙·春水

　　玉带一条天际展,涓涓清韵流弦。钩春垂柳翠含烟。白鸥穿碧浪,锦鲤戏游船。吹皱一湖光潋滟,东风多少柔绵。频扬琵乐水云间。瑶波心脉共,神魅野川延。

临江仙·春晨听雨
依贺铸《巧剪合欢罗胜子》

　　晨起欣听丁当曲,轻敲碧瓦银针。宛如千指弄瑶琴。滴珠枝叶唱,投石水波吟。一曲和弦旋律妙,绵绵情引诗心。酥膏入韵赛黄金。人间潇洒客,脉脉送春音。

临江仙·夏夜乡思
依贺铸《巧剪合欢罗胜子》

　　夏夜追凉湖岸影,初升新月泠泠。疏星似玉印天庭,水中垂柳袅,堤岸野蛙鸣。谁弄弦音幽咽韵,情牵愁闷闲生。旅人旧忆怎无凭,家山千嶂隔,离绪一怀萦。

行香子·新年抒怀
依苏轼《携手江邨》

　　鹊闹梅园。霞映青峦。瞳瞳、鸿运齐天。豕迎新喜,燕撷春还。喜腊花馨,窗花绚,礼花妍。
　　团圆欢宴,佳肴琼液。共千杯,情意浓绵。抚琴飞曲,寻锦凝笺,愿高堂寿,儿孙福,阖家安。

行香子·新年抒怀
依苏轼《携手江邨》

　　鹊闹梅园。霞映青峦。瞳瞳日、鸿运齐天。豕迎新喜,燕撷春还。喜腊花馨,窗花绚,礼花妍。
　　团圆欢宴,佳肴琼液。共千杯,情意浓绵。抚琴飞曲,寻锦凝笺,愿高堂寿,儿孙福,阖家安。

荷叶

原名徐维桂,江西省武宁县委统战部退休干部。系武宁县老年大学学员,著名诗、词、曲作家云外客(刘堂春)先生的弟子。

诉衷情·夜逛朝阳湖

夕阳西下夜朦胧,梦幻进迷宫。繁星点点陪月,倒影映湖红。

霓闪烁,照长空,夺天工。小桥流水,彩舸穿波,景美情浓。

渔家傲·情系武宁县

湖映青山天水接。银鹰展翅空中摄。秀美武宁任采撷。花展节。千红万紫心情悦。

碧水环湖虹链接。舟行西海游三叠。水上舞花头顶月。高空屹。连台好戏情真切。

殢人娇·夏夜思

一座神山,座落修河中部。神雾绕,石狮驻护。云消雾散,顶峰峥嵘露。幽静处,炊烟几丝轻舞。

一栋土楼,神奇乐府。稚童趣,梦中常叙。寻寻觅觅,踏平崎岖路。徒空壁,谁知梦存几许?

注:我的故居,一栋土楼建在神楼山的半山上。神楼山有个神话传说。是山神从修河的源头赶来的。山是狮子头,鹿尾巴的形状。

眼儿媚·夏荷

当午观荷郁葱葱,烈焰照花丛。清风吹拂,花枝招展,绿叶谦躬。

金莲出水亭亭立,伞叶独情钟。相依相伴,衬荷俏丽,洋溢晶宫。

眼儿媚·观港珠澳大桥有感

南海金桥景悠长,彩练耀东方。当今之最,国之奇迹,盛世荣光。

神洲大地添新梦,海上造天堂。紫荆绽放,金莲闪耀,珠海荣昌。

长相思·付氏太婆会

付家庄,礼仪帮。辈辈贤才敬高堂。太婆送吉祥。

付家庄,礼仪帮。八百年来运势昌。美德四海扬。

长相思·浓情

情浓浓,意浓浓。嫩绿青莲郁郁葱。娇姿立玉宫。

情浓浓,意浓浓。并蒂莲花别样红。彩妆衬雅丛。

鹧鸪天·仲夏洞庭湖

雪浪翻腾拍岸惊,洞庭潮涌扰心平。鹭鸶展翅云中戏,官鸭相逢芦苇亭。

风打住,转天晴。渔歌对唱煽真情。雕龙画栋游船逸,万顷波光映洞庭。

贺德起

北京市延庆区人。大专文化,中学高级教师,现已退休。多年坚持业余文学创作,曾在《人民日报》《中华诗词》等报刊发表诗、散文、小说等300余篇,部分获奖。1965年被评为"全国青年业余文学创作积极分子",受到中央领导接见和奖励。2006年荣获"全国首批文化和谐使者"荣誉称号。著作有诗集《山乡情》、散文集《绿色的宝库海陀山》、民间文学集《妫川民间故事传说》,作为编委出版了《张山营镇乡村文化志》等。现为北京民间文艺家协会、写作学会、诗词学会会员。辞条编入《中国当代文艺家新传》等多种版本。

七律·欢庆建国70年（六首）

（一）
风雨行舟七十年，中华崛起换新天。
四化小康成美景，八方创业谱新篇。
繁荣昌盛民安乐，国强民富史无前。
扬帆奋进新时代，全面小康美梦圆。

（二）
瑞气祥云华夏生，高举锤镰赴新程。
斩棘披荆七十载，神州旧貌换新容。
民富国强金瓯固，小康岁月幸福景。
业绩辉煌惊天地，中华崛起世界惊。

（三）
金秋十月山河翠，神州万里呈吉祥。
践行宗旨开新局，牢记初心谱锦章。
民步小康生活美，国家强盛实力强。
凝心聚力强国梦，复兴伟业耀辉煌。

（四）
神州遍地好风光，绿水青山放眼量。
七十历程党掌舵，国强民富业辉煌。
巡天护海金瓯固，打虎拍蝇正气扬。
中华强盛世人惊，睡狮雄起东方亮。

（五）
中华诞生七十年，祖国面貌换新颜。
民富国强金瓯固，物阜民康政绩安。
经济繁荣成特色，科技进步功尖站。
党指富民小康路，复兴国梦谱新篇。

（六）
青山秀水开国画，河清湖碧舞彩虹。
民富国强环境美，万里神州尽笑容。
九州四海浩歌荡，五岳三山瑞气融。
百年国梦扬帆勇，初心不改奔新程。

红竹

原名孙晓会，四川省广元市苍溪县五龙镇人，70后，四川省诗词文联会会员，文章被多家网络平台推荐，深受广大读者赞同，一生喜欢诗词文学，现经营美发，业于时间写诗涂画。

心静自然甜（六字言）

看不透的谎言，听不完的欺骗，不用努力揭穿，真假把事看淡，不争人前长短，不谈他人私事，自身清心重善，做人赤诚忠肝，少参江湖恩怨，为国争荣添彩，不贪污染钱财，不进窑子妓院，收取君子有道，承诺字比馔玉，孝行良知自安，逆道人神嗔恚，诸事难入心愿，仁义价值连城，淡定他人多变。情感强留不甜，爱恨百年梦断，金银眼下云烟，名利一世风景，高品自逢甘泉，更能易寿抗衰，静似莲花清池，洁如佛堂灯芯，学会自身养性，由它谤言不怨，任它恶言伤残，红尘视如风烛，何必劳心苦肝，真假岁月见证，在意更挠愁烦，事像天气变幻，时常应对苦难，真情百倍奉还，假意万莫伤感，谁怜万语千言，谁知黑夜孤单，所向孤赏明月，静品身处佛前，心宽年缓养颜，烦愁统统抛开，福禄自然而然。

钗头凤诗（三首）
春雨绵
春雨绵。夏风烦。尽带霜雪刺骨寒。人心恶。世俗薄。愁绪伤感，踱步亭台。烦、烦、烦。

落花残。情无还。泪水湿透香巾颜。西阳落。亭中阔。大雁往南，望眼心酸。寒、寒、寒。

世情薄
世情薄，冬风恶，日照雪花枝头落。

草枯干,叶花残。倍感惆怅,独倚亭栏。难,难,难!

书香阁,同窗桌,往事锁眉心难阔。琴声旋。柔律绵,泣泪胸前,扣人心弦。弹,弹,弹!

杯中酒

杯中酒。醉心口。只见春色仍然有。世道乱。人易变。满腹慌恐,怎解愁锁!过、过、过。

春仍有,琴声奏,病魔缠身心磨够。梨花落。红楼阁。凄风苦雨。末路相隔,莫、莫、莫。

七律·祭中元节有感

日落秋风处处烟,耳听嘈嘈满山间。
思乡桥下江波碧,痛感街旁纸币旋。
三柱清香邀祖父,两根蜡焰送归还。
浓茶素果供亡者,月照杯凉触景酸。

洪业掌

男,1957出生,安徽省无为县人,大专学历。爱好古体诗词,曾参加无为县老年大学诗词班学习,学习诗词写作和鉴赏,现为无为县诗词学会会员。

七绝·初夏

小坐凉亭赏绿荫,竹丛鸟戏和声频。
榴花五月红如火,笑语双双有意人。

七绝·临池有感

石池捻管墨飘香,古帖勤研觅法章。
北苑微风拂嫩绿,西楼雨后浴斜阳。

七绝·白玉兰

树立婷婷绿叶藏,高枝傲立吐芬芳。
无心百卉争华丽,玉盏乘甘侍尔偿。

忆江南·怀念

香柿挂,梦里返乡关。土垒草房鸡犬叫,池塘垂柳水微甜。奶奶眺门前。

七绝·观垂钓有感

圆荷承露映池清,钓客投食观急情。
诱饵香迷鱼众抢,贪吃上线怎还生。

如梦令·学填词

蝶舞芭蕉红绚,鸣鸟筱竹影伴。目展古词翻,豪放婉约思辩。稍缓、稍缓,意美画风彰显。

醉太平·老同学聚铜陵

儿时雀弹,玩泥斗丸。课堂神注师言,踏新程路艰。

常时不眠,今朝放闲。铜都相聚极欢,寄情山水间。

七绝·观千层石

石书巧布傍溪边,绿树成荫覆永泉。
在此静心待半日,胜于冥想坐十年。

侯建新

苗族,喜欢文学。知天命时喜欢上格律诗词,并成为了湖南省诗词协会会员。

七律·戊戌大年三十夜有感

厉犬豕灵除夕值,床①中旺火共添薪。
昼长雾壑寒山隐,日浅天高冷月匀。
堂上奉茶尊二老,案前玄酒敬三神。
阖家围坐团年乐,融懿人文释五伦。

注:①湘西日常生活的火床屋。

七律·瞻仰岳麓书院有感(三首)

(一)

— 431 —

结伴长沙两管尘，偷闲书院会先秦；
麓鸣春夏千余载，子曰秋冬一早晨。
唯楚有才文靖国，于斯为盛武忠臣；
布衣树帜平天下，浏渭河边弄墨人。

（二）
岳麓山藏一世荣，泉边研墨怅心平；
虹灯霓岛怀新镇，爱晚红林映古城。
几许书生凭意气？千年学府育光明；
吾今羞弄梅花曲，游子云归不了情。

（三）
橘子洲头探麓鸣，步屣爱晚忆峥嵘；
仰荷脉脉经年睦，学府声声至古盈。
伟略三湘筹广厦，天骄四水孕儒英；
栉风沐雨援桑梓，研墨耕耘百味羹。

七律·湖南颂
满仓鱼米孕春秋，高冠云峰数俊流。
一省四江编玉带，半弯初月铸吴钩。
储书湖楚三千顷，入画潇湘九百州。
浩渺洞庭赢若海，芙蓉斑竹两温柔。

七律·秋咏
青萍之末爽归来，金桂霜枫锦簇开。
起伏峰峦披黛色，鳞波水榭映摇槐。
一弯素月千般秀，几点繁星万里徊。
极目天清风扫夜，闻香眯眼嗅茶杯。

七律·春咏
柳垂溪笑芽开禄，日映青秧捧唱蛙。
茶翠尖尖才露角，桃红艳艳早披霞。
雨斜激活三江水，风和摇醒二月花。
蝶舞荒圆添野趣，蜂忙朝夕为王家。

七律·新年自勉
和风昨夜淡铺霜，晨起楼台沐暖阳。

几色云霞行万片，多情雾蕴染千岗。
华年飞逝谁屯住，寒暑穿梭岁冢藏。
绿水青山依旧在，何怜老骥孕新章。

七律·咏莲荷
深居淤下修成藕，孕育荷尖淡露头；
犹似美人初出水，恰如落暮夕含羞。
雨敲饼蕊吟新韵，风摆盘边荡晚秋；
心苦水芝良俊药，残塘天问画苍遒。

七律·题梵净山红云金顶
天生玉笋祭仙銮，凌绝深秋凝雾漫。
铁链围崖添臂力，浓烟衍目护心丹。
观音紫洞施恩德，弥勒红云布道殚。
千里黔中开净土，两峰金顶佛联欢。

七律·五一赠怡溪梯级电站劳动者
春色宜人赏杜鹃，怡溪脱颖柳如烟。
五梯电站生明月，一坝平湖荡彩船。
铁塔山添崖涧美，闸门水泄浪花鲜。
豪情粹溅香槟酒，环保能源乐予天。

满庭芳·冬至
　　霜覆荷塘，银光耀眼，怡溪寒笼乡愁。初升红日，温暖满山丘。松傲竹坚依旧，望霞出、鸟展歌喉！数时令，何叹冷热，一样是方道。
　　雪梅酬景胜，秋冬春夏，同和天俦。种祈盼，人天地共温柔。寒暑君邀共度，艳阳暖、四季风流。平安赋，抒仁德爱，行乐少孤忧！

琵琶仙·中秋感怀
　　春夏秋冬，定经纬、自古炎凉天象。秋爽还待朝夕，风清在心上。枯水绿、苍茫大地，几分色、角枫红放。万里江山，频添浦媚，明月流畅。

— 432 —

举杯盏、随月团圆,桂花夜、婵娟映荷亮。怀玉兔相思寂,欲来琼浆酿。斟满酒、轻舒广袖,酌解愁、斧舞千丈。弄起云卷银盘,好听伊唱。

瑞鹧鸪·戊戌元宵感怀

才煮元宵又上灯?憾无锦句赋瑶琼。焰花骤散硝尘落,年作春风催物生。

雨水逍遥沧海梦,行云苍狗万般情。丽空放眼长天眺,百姓楼台新月盈。

侯铭

男,山东枣庄市市中区人,现任枣庄市市中区齐村镇党政办公室主任。系中华诗词学会会员,中华辞赋社会员,山东省作协会员,山东省诗词学会会员,枣庄市诗词学会副会长。第三批齐鲁文化之星、第三届齐鲁书香人家获得者,《诗赋天下》主编,曾荣获第十三届"天籁杯"中华诗词大赛银奖,并在全球恭祭轩辕黄帝文等数十次赛事中获奖,任多家网站主编或副主编;屡有诗赋、文章发表于《人民文学》等报刊,已出版个人专集《江山谁览》。诗词联赋碑记作品镌刻于天下第一庄、夹谷山景区等多地。

五律·题霏雨微湖图

日暮浮云晚,阴晴景色柔。
兼葭摇碧水,霏雨洒清秋。
望眼心无岸,开怀意肆流。
烟波缥缈里,我欲纵行舟。

五律·与张翼游尤蔡洞

浮云夹谷径,胜迹碧空秋。
壁立碑铭古,山灵大洞幽。
南天一望尽,青史百年留。
人事沧桑去,长思话蔡尤。

五律·微醺翼云行(新韵)

夕阳秋色晚,曲径入云峰。
仰首千阶古,凌巅万嶂雄。
山高滕峄近,志远起伏中。
缥缈风烟尽,红尘了半生。

五律·冬临望雪窦(新韵)

天畴浮岭际,残雪耀长空。
树杪千风响,山间一水鸣。
烟林接远道,古寺隐孤僧。
洞暖慈云绕,何为利与名?

五律·冬日寻桃源洞(新韵)

古洞苍山隐,云浮梦武陵。
冬来春已逝,日暖树犹青。
落水千滴响,残碑万仞铭。
桃源何处觅?一缕碧烟升。

五律·侍母洞远眺(新韵)

青霭严冬日,风林霁雪寒。
雄城山外簇,紫陌日中环。
黛岭一何皱,平湖几许纤。
地深千仞上,云洞纳苍天。

五律·寻白水泉(新韵)

榴风烟雨里,飞瀑落青山。
万丈随风曳,千叠送夏寒。
浮云封远壑,碧水入平川。
缥缈涤人念,红尘几释然。

五律·夜观白水泉(新韵)

夜色凫山隐,村墟一两灯。
闻声泉入涧,栖树鸟衔星。
湍濑激石罅,蛙鸣悦夏风。
何人知我意,物外遁尘踪。

七律·寻朝阳洞(新韵)

野径松风天外啸，深山洞古几人寻？
幽窟暗暗鹁鸽聚，叠壁重重响籁闻。
纵目碧空云化幻，静心尘世念归真。
多情最是一溪水，长绕烟林洗客心。

沁园春·齐村展望（新韵）

泉润田塍，水沃辽原，碧影万重。望卓山云谷，群峰迤逦；平川大野，万顷葱茏。云影浮天，通途驰彩，农舍田园情更浓。流年去，看今朝风貌，再具佳容。

春来姹紫嫣红。继往迎来烈烈功。观八方商贾，喜迎集市；六合朋友，乐览风情。古镇生新，村居鼓翼，大业腾飞比彩虹。怀宏志，问峥嵘岁月，谁作英雄？

侯尚培

字水西居士，号赋乾。贵州黔西人，农历1962年6月18日生，系中华侯氏世界联谊总会会长，一道诗艺社贵州省总社副社长，中国侯姓工商联合会名誉主席，中华辞赋家联合会理事长，中华赋学院研究员，中华姓氏文化促进会副会长，中华易学文化促进会副会长，易学导师，中国国际易学联盟副主席，国际怪易风水研究院副院长，黔西北分社社长。华人文艺联盟特约文学顾问，天机智慧教育集团总顾问等。

题松林铁厂进士宅

观山授课古庄游，磅礴风光放眼收。
背靠六归襟凹水，前朝猫岭案松邱。
清朝科举多名士，出仕居官数有鸥。
苗秀田幽宜玩地，斯山斯土史书酬。

登松林猫猫山览胜

观察名坟上此山，风光磅礴现奇观。
虎头巨石葬名士，猫尾连天刻字端。
远望六归山重叠，近窥侯氏古庄宽。
百年旺族存方史，志籍丹书入史翰。

题尚书李世杰陵园

三奇人士李恭勤，陵墓雄浑第一流。
翠柏苍松溪水绕，朝山园岸护身裘。
治川政绩彰青史，德遗黔山万古留。
斯世功成财广进，修兹古迹复文楼。

题刘西峰总兵墓园

忆昔乾隆刘总镇，板桥葬魄百年春。
山青水秀佳城伟，白虎青龙形逼真。
荣禄大夫官封诰，总兵永顺职高身。
溪流环绕田园美，前右城楼大局新。

题金碧万家寨风景

磅礴沙岗发脉络，束腰过峡出佳作。
屏开三帐结平台，太极水湾护城阁。
堂里植被绿色妆，案前楼海亮银箔。
外垣叠叠又层层，斯地斯山待福着。

题一碗井风水宝地

金钱宝地早知名，自觅佳城故事清。
遍览佳山鞍不见，细寻窝里草丰盈。
顿然真气聚斯地，兴乐梅花不枉行。
属子老年归此葬，承前百纪旺年程。

侯世明

又名侯适明，笔名石鸣、石火、适旻，1956年生，中共党员。系中国散文家协会会员，中国硬笔书法协会会员。创作的诗歌、散文等发表于报刊和网络，并在全国各类大赛和评选活动中屡获殊荣。

七绝·又经天安门（新韵）

仰望城楼气势宏，开国领袖像居中。
每临此处豪情荡，因与神州命脉同。

七绝·咏玫瑰（新韵）

似火浓情成靓艳，针芒锐利自坚贞。
天生丽质凭君赏，岂可私藏觊觎心。

七绝·七夕吟（新韵）

银汉迢迢碧宇横，牛郎织女耀眸明。
流传千古鹊桥会，缱绻人间无限情。

七绝·游北京大观园（新韵）

名著园林风景美，神工鬼斧艺尤精。
寻幽探胜频观览，恍若红楼梦里行。

七绝·游北京奥林匹克公园（新韵）

当初开赛无缘到，今见容颜照样鲜。
文体群商花竞放，转型利用创新篇。

五律·赠闫军大夫（新韵）

请君疗病患，顿若沐春风。
今古千方备，中西万技精。
时珍般巨擘，仲景样高能。
痊愈无由见，相思日日增。

五律·感谢邓泽芳赠我新书（新韵）

盛会还相遇，方知是女神。
志摩高致在，诗近妙醇醇。
豪爽轻财物，殷勤重义仁。
珍稀为馈赠，何以感君恩。

七律·外出考察感赋（新韵）

考察学习盛夏行，大巴双乘赴遥程。
导游团队勤互动，笑语欢歌乐无穷。
处处先贤为拜谒，人人红色作传承。
新天地里识奇趣，更促身心境界升。

侯锡文

男，汉族。1979年参加文化工作至今。曾任旗文化馆馆长，旗文化局办公室秘书、股长、非遗办主任。现为中国民俗学会会员，内蒙古书法家协会会员，克什克腾旗民间文艺家协会主席。爱好广泛，有书法、文艺作品、诗作散见于《内蒙古日报》《草原新剧本》《赤峰日报》《红山晚报》等。

达里诺尔园区（新韵）

小序：克什克腾旗位于内蒙古赤峰市境内，面积1343平方千米。2005年2月11日经联合国教科文组织批准为世界地质公园。由达里诺尔园区、青山园区等九大园区组成，其民风醇朴，风光奇丽，特色美食等享誉天下。

娲姑炼彩补苍天，坠落明珠遗草原。
璀璨波连无复尽，飘摇风送远余烟。
天鹅伴舞求佳偶，野马随歌赞美缘。
篝火烧鱼归客晚，灯窗初亮酒音旋。

青山园区（新韵）

青山壑谷彩缤纷，屼起峰高耸入云。
铁索雄拔临澹荡，松风道险漫氤氲。
熊岩俊脸情迷色，蟒石愁眉扮恼君。
探秘寻幽凿臼客，樽坛宝罐映斜曛。

阿斯哈图园区（新韵）

神工鬼斧刻石林，塞上知名翠景新。
险壁层层缄砌紧，花岩密密隐茅榛。
接天揽月成千仞，腹地烹飧酒四巡。
玉柱擎空拴战马，遗孤大鸟九州闻。

热水塘园区（新韵）

清池沸水世人知，地涌灵汤敬爱痴。
去癣除疴奇润爽，招鸾引凤妙英姿。
街宽几净栽松柳，楼阁堂深得月诗。
猎者相传医病鹿，玄机道破永眠辞。

乌兰布统园区（新韵）

马踏青茵草发狂，归途小憩赏风光。
山遥翠叶梳翎羽，水近金波绣锦阳。
坦露红山烽火起，雄心赤骨将先殇。
南来北往蜂拥至，摄取佳妍待故乡。

七律·贡格尔草原游（通韵）

碧海烟波万顷铺，雄鹰絮语百灵呼。
飞云毳幕绮罗美，耀日毡房锦绣图。
上马随风如虎将，归营向晚见羊夫。
人情堪比盛炎热，玉宴香茶果品酥。

七律·白音敖包沙地云杉

根深杆挺锁沙龙，冒雨经风与月同。
针叶密稠堪翡翠，籽鳞层染比芙蓉。
林前野鹿频将返，草里山鸡喜共逢。
世上绝伦仙隐处，溪边小聚酒犹浓。

七律·手把肉（平水韵）

铁釜添薪沸点汤，青盐一把草生香。
山椒紫叶美厨料，桂玉清羹佳食方。
明滑肌腴津液至，色鲜质腻酒波光。
手撕刀割饕贪客，盛馔频频蘸蒜浆。

七律·风干肉（通韵）

臀肌精选论刀工，日晒风催爽干松。
色丽红肥非浸染，根条紫润进炉烘。
南游有客觅香往，北使逢人闻味踪。
质品优良不须问，古来争战布囊中。

注：相传风干牛肉是成吉思汗的行军粮。

侯向生

主任医师，郑州市食管癌研究所所长，郑州大学第二附属医院胸外科副主任，《中华实验外科杂志》特约审稿专家，河南省抗癌协会食管癌专业委员会常委。胸外科工作30余年，发表专著二部，SCI等论文48篇。

点绛唇·初春寄语

和煦东风，小桃欲绽花枝俏。几声啼鸟。塍陌生青草。

黄嫩遍匀，碧柳千丝吊。酥雨潲，禾苗势茂。春色无边好。

永遇乐·赞归国两弹一星功勋科学家

天水相连，怒波奔涌，狂风雷电。燕影如箭，鲸鲨潜底，船远渐渐丏。茫茫烟水，潮升潮落，是处惊涛拍岸。孤行人，离乡背井，踏进异国宫殿。

少年壮志，国事唯大，视海万里如涧。倦客天涯，梦萦魂摄，华夏腾飞愿。极目环宇，顶尖科技，二弹一星拟锻。遽归国，海水怎能，阻隔信念？

念奴娇·大寒吟

登高眺远，见长空万里，冻云不现。凛凛剑风吹到处、冷透江河湖岸。玉宇琼楼，晶莹透亮，冰雪盈杆槛。江山如画，望中飘渺人间。

无酒怎过寒关？邀朋觞咏，狂歌随调伴。碎步霓灯谈笑中，中外英雄吟遍。若在天堂，良宵恨短，淡抹晕额汗。节令循序，大寒一过春暖。

采桑子·咏雪

冻云黯淡黄昏后，凛凛寒风，飞絮濛濛。夜深庭园玉屑盈。

清晨霁色明如镜，玉树临风，素裹苍穹。洒向人间都是清。

采桑子·月上西楼

冻云黯淡夕阳后，月上西楼。骤雨频稠，鸿雁南飞风满楼。

乱红飞过栏栅去,始觉深秋。不懈追求,何惧霜丝布满头。

满江红·咏桂

秋雨初歇,长空净,行人如蚁。山迤逦,木犀绽毕,落英叠地。冠硕枝繁何必赞,香熏飘逸传千里。诱游人、忘却有归程,香无比。

金粟旺,银谷密。衣青绿,花绝丽。惹蜂蝶忙碌,匆匆衔蜜。九里香妖天地醉,百花失色同回避。莫非是,偕大广寒宫,一场戏?

水调歌头·游太行山

太行望不断,巍立耸云天。北南千里,阻隔平地与高原。沟壑叹弗见底,峭壁心悬胆颤。羊道苦登攀。翠绿闻莺啭,公路入云端。

凭高瞰,青年洞,振人寰。红旗渠水,淙淙不断流穿天。爆破架桥钻洞,世界天河奇迹。总理有明言。铁路穿山过,弹指到天边。

祝英台近·咏牡丹

绿衣清,红花润,花木近春晚。长路怏怏,无语入山漫。感叹三月春光,残红谢尽,又都被、云盘独占。

画图艳。牡丹花灿几时? 愿把花期绊。蝶舞蜂忙,柳外黄莺啭。是他春带欢来,将牵欢去。更教人,惜花神乱。

胡爱萍

网名雨林湖泊,四川长宁人,大学专科学历,汉语言文学专业毕业,中学语文高级教师。本人在乡镇执教 30 年,喜欢简单自在的生活,喜欢真诚的交往。崇尚知识。写诗始于 2018 年 10 月 16 日,这是我用诗和热忱敲开无弦诗会大门的日子。

农家三角梅

一壁梅花艳,层层兀自开。
村居无过客,落寞满香腮。

荷花玉兰

欣逢一朵荷,丽影俏枝柯。
洁白无瑕色,清香一曲歌。

一七令·无弦诗会缘

缘。有幸,无弦。开门迎,拍砖欢。扶正心态,欣赏桃源。品高才俊逸,词美曲潺湲。风雅任凭我爱,情痴难怪君虔。自从十月蒙知遇,便许余生事诗田。

鹧鸪天·越冬

水竭山枯鸟语眠,虬枝骨瘦立霜天。莫讥翠木调云墨,应叹冬根蓄力坚。

琼花舞,羽绒穿,登高远目暂寻欢。严寒三九成冰窖,遥想春光爱自燃。

胡斌

中华诗词学会会员,浙江省诗词楹联学会会员,温州市诗词楹联学会理事,文成县诗词楹联学会会员,医务工作者。

五律·题周山畲族

畲族有佳节,年春三月三。
天高云漠漠,风动草毵毵。
起舞情犹带,飞歌意尽含。
周山好淑景,来日复相谈。

五律·文昌阁

今识文昌阁,如闻四海情。
登楼追古意,近槛得天成。

竹外流泉响，林间时鸟鸣。
推窗音更雅，犹带读书声。

七绝·题芙蓉公园
洪湖岸畔气清嘉，四季行来尽物华。
夏景秋光拼一醉，荷花并蒂着蓉花。

七绝·咏虚云寺古梅
穿云拨雾渐闻钟，步入寺门情自浓。
时节无声达檐角，虚看梅朵扮春容。

七律·过新亭村
冬雨摇枝亦有神，山前山后气清新。
心连平野追时事，袖结高风濯世尘。
街道能通乘兴处，茶园倚待探幽人。
行观得慰间阊足，如是千家正接春。

七律·饮酒有寄
路接繁华尤未易，情交富贵莫相忘。
持杯有节方君子，行箸无声是玉郎。
世事几曾能制定，人生何处不寻常。
众夫皆醉尔为醒，他日当宜作栋梁。

五律·过下石庄
节序逢冬日，行看在与晨。
古杉溪畔阔，薄雾岭头新。
宅第生多感，田园自可亲。
欲言难意表，留待探幽人。

五律·冬日游高民村
烟雨接为引，步趋犹觉轻。
农田深蕴蓄，春日好躬耕。
入户钦淳德，传杯领热情。
交言多乐事，物意得初成。

胡炳生

男，籍贯安徽含山县，1937年1月出生于浙江湖州。1959年毕业于安徽师范学院(今安徽师范大学)数学系(今数学计算机科学学院)，留校任教。1991年晋升教授，1992年获国务院(高等数学教育)专家特殊津贴。从事高等数学教育41年，2000年退休。退休后，退而未休，继续返聘从事本科教学和教育硕士教学工作，直至2007年6月。从2002年11月起，担任安徽师范大学关工委报告团和学院关工委常务副主任至2012年。2011-2013年，受聘担任深圳市教育科学研究院特聘教授、顾问。1984年5月10日，参加九三学社，九三学社安徽师大支社社委会委员。担任数学计算机科学学院关工委常务副主任10年(2003-2013)获评先进关工委和先进个人。

五绝·维扬步月
花露滴维扬，幽人步夜霜。
丹心共明月，遥寄到槐窗。

五绝·冬至前一日夜雨闻雷
冻雨催冬至，春姑慧眼开。
为怜花寂寞，先寄一声来。

1979年12月

五绝·赭麓晚步
红泥野径香，舒臂小疏狂。
不是趋炎客，悠然步晚凉。

1980年仲夏

五绝·首届教师节咏红烛
直道衷肠热，微光不计功。
愿将心头血，化作万山红。

1984年教师节

五绝·大丰新港观黄海
一粟临沧海，心潮接海潮。

人生风浪里，放眼看惊涛。

2000 年 11 月 10 日

七绝·屯溪横江桥远眺
横江如练水如绸，点点青山逐浪浮。
画在眼中人在画，歌声飞出木兰舟。

七绝·杭州凤凰山怀古
大宋江山半壁空，硝烟未散筑离宫。
临安非是长安计，辜负荷花十里红。

1983 年 10 月 12 日

七绝·中华世纪坛
世纪坛前感万千，百年奋斗仰前贤。
山河不染英雄血，那得今朝百卉妍。

七绝·卢沟桥
心香一瓣吊卢沟，桥上曾经热血流。
历史岂能轻忘却，耳边狮吼警神州。

2000 年 8 月 9 日

五律·重访醉翁亭
每念琅琊秀，槐香我又来。
泉花和酒冽，亭翼入云裁。
烟绕新卤出，车喧驰道开。
千年酣醉地，今日响春雷。

1975 年 5 月

五律·登泰山
冲烟上泰山，山在白云间。
石老苍松劲，崖危玉雪塞。
碑斜道今古，岭走舞波澜。
欲识乾坤大，须从绝顶看。

1976 年 4 月 7 日

五律·谒岳墓
西泠新雨后，来拜鄂王坟。
天地英雄气，中华民族魂。
草沾千滴泪，花放一湖春。
今古遥相接，常磨报国心。

1981 年 10 月

七律·登黄山
天公著意巧安排，知我登山丽日开。
一径空悬缘绝壁，数峰高插接瑶台。
耕云石上双犁动，梦笔花前万笋栽。
迎客松亲泉水暖，抒怀励志更重来。

1975 年 5 月

七律·黄鹤楼春望
登楼纵目感春光，九派茫茫会武昌。
龟负电针穿楚汉，蛇衔铁臂接荆湘。
晴川历历新图画，汽笛声声大乐章。
黄鹤归来应有慰，今朝人物更轩昂。

1990 年 3 月 12 日

浣溪沙·登东崖望九华诸峰
万顷松涛万壑雷，寻溪问石访东崖，长风为客洗襟怀。

云破一轮红日丽，峰连九朵碧莲开，倩谁伴我上天台？

1974 年 8 月

浣溪沙·琅琊寺藏经楼夜雨
夜雨潇潇湿梦乡，一番秋气一番凉，藏经楼上费评章。

水洗琅琊青欲滴，酒浇离绪醉难忘，心歌一曲寄鸠江。

1982 年 9 月

浣溪沙·吊昭君墓
大黑河边吊楚魂，明妃墓上草茵茵，琵琶声里舞红裙。

玉骨不销家国恋，芳名常系汉蒙心，一身得换万民亲。难耐晚霜催，江南秋会与谁杯！

1993 年 7 月 10 日

浣溪沙·无锡太湖旅游

万顷琉璃万顷涛,江山人物信多娇,风帆快艇任逍遥。

影视城中怀古往,鼋头渚上话今朝,心头涌动太湖潮。

1997 年 11 月

浣溪沙·1999 年镜湖春望

细柳环湖倩影摇,东风吹绿上眉梢,莺歌声里听春潮。

世纪回眸如昨日,千年复旦在明朝,五洲争渡看龙骄。

1999 年 3 月 15 日

采桑子·初游杭州西湖

杭州六月莺声碎,绿满西湖,客满西湖,醉拍船头入画图。

十方高会瑶池上,歌满西湖,笑满西湖,任是天堂应不如。

1973 年 6 月

忆秦娥·野三坡秋夜晚月

清秋冽,野三坡上山衔月。山衔月,嫦娥欲堕,群峰争接。

金风吹落瑶池雪,寒光陶冶心头铁。心头铁,一朝销尽,人间清绝。

2000 年 10 月 12 日

西江月·徐州怀古

戏马台旁客倦,云龙山上僧招。青徐指点话前朝,刘项韩张俱渺。

饮鹤泉边涤虑,东坡石下观涛,人流滚滚竞妖娆,问有英雄多少?

1986 年 7 月 21 日

南歌子·枞阳莲湖宾馆玩月

白鹤峰前雪,莲湖楼上霜。睡荷浮动夜来香,万里新秋如酒醉枞阳。

忍负云鹏志,难停征雁忙。鸠兹散客莫怀乡,先寄一轮明月照槐窗。

1986 年 8 月 22 日

南歌子·初访敬亭山

久慕青莲句,来上敬亭山。宣州佳处画中看,况是杜鹃红紫醉江南。

双塔凌云笔,双桥卧玉簪。欲将名利换清欢,敢问风流太守肯相攀?

1987 年清明

浪淘沙·滕王阁畅想曲

杰阁快登临,啸傲行云。凭栏遥想古人心。才子不知何处醉,谁共高吟?

江上数桥新,彩帜缤纷。层楼广厦起重岑。今欲邀君春夜宴,再序雄文。

1998 年 3 月 12 日

鹧鸪天·五十初度

半纪风云转眼过,渐疏华发感蹉跎。书生愧向闲中老,壮志羞从错里磨。

休浩叹,且高歌,人生何处不扬波?倩看滴翠晴轩上,正是秋山晚艳多。

1987 年仲秋

南乡子·孤山早行

何处最关情?笛哢孤山夜半闻。破晓踏歌寻梦去,盈盈,玉管横斜放鹤亭。

拂面柳条轻,西子梳妆发未匀。舒展情怀迎旭日,蒸蒸,普照湖山一片金。

1973 年 6 月

一剪梅·秋游新安江千岛湖题照

深渡登舟画里看,山也斑斓,水也斑斓。湖光摇曳碧螺簪,瑞气千般,风韵千般。

神思回归大自然,天也增宽,地也增

宽。翁婆倩影照新安，秋也红酣，人也红酣。

2004 年 11 月 3 日

江城子·镜湖春兴

两樽美酒一炉烟，蝶翩翩，柳芊芊，十里江城春半镜湖边。最是观澜亭上媚，兰桨动，赭山悬。

归来堂上有遗篇，竹枝妍，扣心弦，千古骚坛词客总堪怜。若问壮怀成底事，留绝唱，在人间。

1987 年 3 月 19 日

胡昌礼

原居住安徽枞阳，现住安徽芜湖。安徽省炳烛诗词学会芜湖市分会会员，芜湖市诗词学会会员，枞阳县诗词学会会员，山东省江北市诗词学会会员，安徽省美术家协会会员，芜湖市美术家协会会员，并在芜湖市举办六次个人画展，出版《耦芜夕吟》和《四大名著人物画集》。

排律·参观芜湖市十老书画展有感

飞霜杰作实奇珍，四海驰名肺腑倾。
柳骨颜筋惊艺苑，行书狂草舞长鲸。
危岩险壑势雄伟，翠柏苍生醉翰朋。
异草奇葩争吐艳，飞禽走兽共嘶鸣。
吟诗作赋尧天颂，老骥文坛任纵横。

七律·习画"济公"有感

恩师传艺总温馨，习画"济公"感慨深。
褴褛衣衫藏侠胆，疯癫身影镇妖神。
破鞋尽踏不平事，烂扇常摇拯庶民。
嫉恶如仇生怒火，扶危济弱善仁心。

七律·感赋某习武大师

痴迷太极令人惊，习武练功绝技精。
剑指三江掀巨浪，拳挥五岳起狂风。
眼花缭乱雄姿美，龙腾虎跃豪气盈。
汗湿衣衫不叫苦，钢筋铁骨一身轻。

七律·感赋长女从事报道财经记者工作

辞戎离教步刊坛，情系神州信息传。
入部出厅频采访，南疆北域广周旋。
扬清激浊瑶章好，论政议经报道妍。
妙语联珠谈吐畅，说今道古几千年。

七律·感赋周赣衡先生《潭溪吟草》

恭读《潭溪》感慨深，文情并茂撼心灵。
卅联尾字同形意，十首《杂吟》共韵声。
妙笔生花词赋美，串珠缀玉艺坛惊。
祝君诗海遨游乐，盛世夕阳飞彩绫。

七律·雄鸡

自恃报晓立丰功，盛气凌人傲步行。
头戴凰冠常得意，臀披凤尾总高鸣。
钢钩铁嘴虚鹰隼，雄翅锐眸称大鹏。
既以啼更图奉献，为何霸道斗平生？

七律·有感某些养犬者

怀抱宠儿宝贝称，抚毛蜜语吐心声。
戴冠套履若人笑，着服系铃戏主行。
沐浴洗梳常涤垢，求医问药更温馨。
牛排主食奶频饮，不孝双亲爱畜生。

七律·忆昔

今朝岁月小康甜，昔日城乡堪苦艰。
户户油灯千屋暗，人人粗布九年穿。
板车蠕动羊肠道，陋室烟迷低屋檐。
拆购零支烟度瘾，两餐稀粥浪摇船。

注：九年穿：指新三年，旧三年缝缝补补又三年。拆购零支：指人们都买不起整包香烟，只能拆包几支几支地卖。

胡端雄

湖北省荆门市诗词学会会长，湖北省中华诗词学会副会长，中华诗词学会会员。散文、诗评、诗词作品散见于报刊，多次在全国诗词竞赛中获奖，著有诗集《青果集》。

题上海顾村公园樱花
一树熏风飞白雪，半园野径落花魂。
只因不舍人间趣，岁岁春来访顾村。

驻沪四载
一觉醒来身入画，兼程星夜进申城。
桥如飞练楼间舞，车似游龙轨上行。
四载漂泊酸苦辣，两头奔命业家情。
凭栏常忆漳河水，梦里双江几度清。

陪孙逛上海泰和坊
画坊邮局旧祠堂，点靓元春长泰妆。
巷里新城寻古趣，爷孙一路捉迷藏。

咏两江运河
两江如练楚天殊，守望千年线串珠。
谁使双龙携巨手？一河清水跨长湖。

注：两江指长江、汉江。

地铁站送别（新韵）
爷孙相抱两无言，小手拍肩老泪涟。
最是别时情不舍，笛声偏向耳中传。

陪孙子搭积木
独享天伦其乐融，爷孙最喜夜时空。
村庄城堡随心造，福在吟吟笑语中。

九龙谷秋吟
荆山一谷九龙铭，临水而居秋染庭。
问道仙踪无得见，微风惊起满湖星。

西河古渡
闲处清辉人易醉，香亭棹影伴田庐。
西河古渡穿梭月，八百年编一卷书。

胡刚

男，笔名无欲，1942年10年生于江西吉安，退休教师，系庐陵诗词学会、江西省诗词学会、中华文学艺术家协会、中国作家创作协会会员。传略及诗词联作品被《世界和平诗词集》《中华诗词年鉴》《中国年度诗词选》等几十部辞书典集收编。

醉蓬莱·践行初心与使命
帅千军万马，步稳蹄疾，改革开放。伟绩丰功，树东方独创。现代国防，铁墙铜壁，炮负隅顽抗。武器精良，粮棉储满，路织如网。
叱咤风云，志存高远，特色中国，践行航向。捉虎拍蝇，药隐疾凶恶。共建同赢，一带一路，享惠泽无量。岁月峥嵘，七十华诞，祝福强壮。

行香子·春光如海
历尽寒冬，更爱春风。百花香、万紫千红。扬鞭催马，众志成城。惯雨中行，刀山上，火墙冲。
亲民廉政，其乐无穷。中国梦、石破天惊。从严治党，万事则成。药血吸虫，祸人虎，放毒蝇。

七律·践行
不辞劳苦身先士，忘寝失餐日夜忙。
初露锋芒胸似海，心驰神往志如刚。
牢骚叙旧惊风雨，记忆犹新剿虎狼。
使唤人间真善美，命途百姓享安康。

醉太平·暴雨成灾
风狂雨横，茅庐荡平。雷鸣电闪心惊，汛乡村顿封。

滔天浪汹,官兵抗洪。转移百姓匆匆,进安全帐篷。

苏幕遮·听党指挥

改革潮,开放浪。不忘初心,使命天天讲。统领国家成榜样。特色中国,破立明方向。

锐出击,乘势上。高效为民,百姓称真棒。航向无礁多顺畅。党政军群,时刻听从党。

行香子·人生感悟

立党为公,榜样雷锋。刀山上、火海横冲。造福百姓,屡创新功。要修其德,强其体,正其名。

心存敬畏,万事则成。穿风雨、去向如龙。不勤于始,将悔于终。莫谋其私,惰其志,妄其行。

胡革林

湖南宁乡人,喜爱文学,现爱上诗词,怡情悦性长学识。

中元

花开花落又中元,祖祖宗宗再一年。
手掌扪胸销已纸,心情变泪涌如泉。
爹娘故在千辛后,世界跟牢万孝先。
且看山间鲜艳处,树根枝叶紧依连。

长城

长城未数几多阶,步步移爬实踏鞋。
站在高峰朝下望,人人似我蚁排排。

热气

酷暑难当亦有风,吹来热浪汗初融。
何时可得天公美,不把轻云用火攻。

风气

一国精神领奖中,千娇百态媚春风。
追回几亿循声问,是否江河入脸红。

蝉歌

绿树邀人聚甚多,一时无话赏蝉歌。
高音几十连成块,震动河池水起波。

初月

一把银弓出当初,何来勇士探玄虚。
天兵神将刀光闪,只许嫦娥此处居。

胡焕亮

退休教师,笔名淮上老骥、州来一夫。中国诗词研究中心暨中国诗词研究会常务理事、中华诗词学会、中国诗文学会、《诗刊》子曰诗社、安徽省作家协会、安徽省诗词学会、安徽省散文家协会会员。安徽文学院第三届高研班学员;中国《诗文杂志》《大唐民间艺术》编辑。有二百余万字诗歌、散文、小说、故事、人物传记等作品散见于国内外八十多家刊物,近百篇文章收录多种经典文本。出版过合集两部、个人散文集《流动的心痕》一部;多次获得国内征文奖项,其中小说《风雨南乡路》荣获"2012全国最佳短篇小说二等奖";小说《命门》荣获2012年"安徽金穗文学奖"二等奖;散文《"丢失"的村庄》荣获《佛山日报》"凝聚正能量、共筑中国梦"征文一等奖;散文《桃花雪染春枝灿》荣获中国散文学会征文一等奖,小说《苦酒》荣获2019安徽省首届法治微小说征文大赛三等奖。荣录《中国教育界名人大辞典》。

七律·南京西安门遗址怀古

藤蔓茵砖岁月苍,国门雄阔壁沧桑。
梯苔浸漫登云处,顽石镌雕筑础央。

犹震城头闻铁鼓，似临营阵舞金枪。
烟云散尽化青史，更迭旌旗易大王。

七律·七月七日怒斥日寇
风雨沧桑八二年，飞鸿悲泣雁门关。
中原腹地搞军演，华夏庭前挑事端。
巧立名堂欺我族，欲遮耳目占河山。
神州共愤驱倭寇，浴血长城杀敌顽。

七律·南京大屠杀死难者国家公祭日
如磐风雨八零载，国恨家仇怎释怀？
倭寇凶残令发指，金陵罹难共天哀。
冤魂怒向东瀛土，魅影频趋靖国台。
华夏子孙宏志远，邦兴疆固怕谁来？

七律·别了，柳絮！
盖地铺天滥作威，爬头扑脸入怀飞。
轻浮流荡随风去，率性无为逐水洄。
喜雨连场环宇净，艳阳普照谧宁归。
苍穹如镜碧澄澈，清酒盈杯邀太微。

七律·夏至游园
百草葱茏烟裹柳，斜飞紫燕育婴忙。
黄瓜上架着芒刺，豆角垂丝披绿装。
榴火绕篱如叠举，番茄坠权似灯张。
园边修竹风携韵，难抑诗情速作章。

卜算子·夏意渐浓
梧叶蔽闲庭，紫燕穿丝柳。昨夜惊雷震梦沉，雨滴沿窗走。

暑气渐增温，知了梢头吼。烦绪如烟问计谁？凝望池莲藕。

八声甘州·谒上窑新四军纪念林
望连绵山岭雾茫茫，盈目柏松苍。郁森尤端重，肃然起敬，勒石成行。念铁军威名远，令日寇魂丧。扬我中华志，大国泱泱。

一叶江南突变，叹万千将士，冤魄危亡。问民夫独贼，何故毒如狼？共悲咽，憾天恸地，痛友亲，仇者乐洋洋。今欣愿，缅怀烈士，永世昭彰。

一剪梅·上窑新四军纪念林抒怀
烟雨迷蒙松柏苍，花卉盈岗，勒石成行。铁军英烈气轩昂。长忆先贤，铭记弘彰。

尤叹江南一叶殇，浴血重围，誓死不降。奇冤千古恨难消，共愤神州，家国罹殃。

胡会东

晨练
淑气醒塘北，朝霞明郭东。
半溪花照水，一路柳扶风。

九华山拜谒地藏菩萨
九华祈祷至亲康，大孝有灵三炷香。
身立云间山寂寂，神行世外雾茫茫。
金刚般若修千劫，菩萨真如化一方。
心佛相通本无迹，此时稽首礼空王。

闲游
词客寻幽赏古林，瘦筇滑径昼阴阴。
紫萝带露侵华发，绿树含烟拂俗襟。
海隔蓬莱谁可至？星垂华岳自能寻。
任由前路多奇险，不惧寒霜励寸心。

戊戌秋游翁源书堂石兼瞻邵谒像
江岸新惊一叶秋，烟礁独秀立江头。
临风疏影人岑寂，凭槛颓墙石僻幽。
儒士真怜家国碎，文章未必爵名酬。
不堪往事西风里，去者如斯逝水悠。

无题

好景何须惜晚霞，参差郭外几人家。
卧听松筱飞残雨，坐看烟云穿落花。
诗和良朋争残酒，笔耕陋室乐清茶。
天蓝草碧分明意，思种东陵五色瓜。

秉读雍平先生作品有感

鸿篇徐展多金句，人海茫茫此夜逢。
良莠满园谁辨类，文章千古自成宗。
书山寂寞诗途远，春树融和花气浓。
一任苍天作风雨，不惊棉市卧真龙。

七夕寄内人

星躔银汉逢佳节，云鹊欢因今日忙。
婚事谁知定何姓，尺书自约嫁胡郎。
忍贫尊老经风雨，教子使君丰稻粱。
岁岁如流看物换，从知真爱最绵长。

谢廖细梅诗姐邀赏紫薇庄园

幽园芳陌每相催，如镜澄空朝日晖。
一路溪田出林外，千山云树隔江隈。
新词不觉吟红药，美酒多情对紫薇。
花事纷纭余旧梦，殢香惆怅别依依。

永遇乐·三十年同学会共聚丹霞山

急景如风，流年似水、曾不稍驻。远志何申，初心何在？思得知音顾。川中烟雨，壶中天地，岂料丹霞重遇。忆年少，书生慷慨，当时意气如许。

今朝把臂，当歌持酒，聊忘人间风露。世事沧桑，不堪犹记，倦客天涯路。凤笙欣奏，佳朋仙侣，但管欢歌轻舞。恐明年，霜丝催镜，频添几缕。

胡建中

冷水江市人，煤矿职工，建筑施工员，税收助征员。

浣溪沙

生来偏爱浣溪沙，伏虎降妖过海涯。
闲坐谷场观皓月，豪车列队到吾家。
手抄词谱浣溪沙，昨夜星晨过水涯。
兄弟同心圆国梦，炎黄万代本一家。
溪流碧水洗尘沙，手抱钱钞选酒家。
反腐倡廉华夏士，国安身健乐无涯。

贺中华人民共和国成立70周年

赤县七旬满，红旗万代扬。
飞船巡宇宙，航母守清江。
拓展丝绸路，敞开世贸场。
人生虽有限，国寿应无疆。

胡凯

少年游·花间一壶酒

忍将名利换金樽。无友伴孤斟。陶公种豆，太白邀月，桃坞醉唐寅。

安能顺媚娱权贵，归园去，抱膝吟。姹紫嫣红，把春香透，风过满衣襟。

江城子·无题

皇图霸业笑谈中。醉春风。水流东。李广英雄、白首却难封。可叹冯唐人易老，为郎久，事皆空。

今朝碌碌为功名。苦钻营。乱相争。将相何方？只见未央宫。轻扣东篱闲负手，陶公处，品香茗。

八声甘州·红梅

对新梅吐蕊谱新词，凛冬自芬芳。看千花飞尽，桃凋李谢，天地齐戕。此处唯存孤树，傲雪斗寒霜。萧瑟西风里，谁点红妆？

切盼图将佳景，只恨才恁浅，无计安藏。每山花争漫，独寞小窗旁。待银装，罗衾难耐，万物眠，天下莫能当。应如是，苦悲无惧，无欲则刚！

胡梅芳

女，1980 出生，网名东之梅，内蒙古乌兰察布商都县世纪小学教师，商都水漩诗社副社长，商都县诗词学会副会长，商都县水漩之声合唱团团员，中华诗词学会会员，内蒙古诗词学会会员，乌兰察布诗词学会会员。作品散见于《内蒙古日报》、内蒙古诗词网和乌兰察布诗词期刊。

五律·夏日
纤词无觅处，停扇近窗台。
烈日云遮去，清凉雨送来。
阶尘轻涤去，花瓣慢张开。
叶动摇珠洒，香从笔下回。

七绝·旅行偶得
云绾峰山织翠烟，丹青流白画图间。
行车已至康庄道，满载歌声唱大川。

七绝·游山海关（一）
龙头入海北连山，锁道双京第一关。
刀光剑影三千史，洗尽风云天地间。

七绝·游山海关（二）
长城锁梦几千年，血泪真情仍动天。
今日游关轻抚道，怕惊姜女水中眠。

七绝·游山海关（三）
三伏游关把伞行，沙滩赤脚望长城。
龙头入海谁先老，岁月如流浪似兵。

七绝·游山海关（四）
一路徒行汗水流，榆关道上脚难休。
今人不见边关月，此月依然锁旧愁。

七绝·海边闲游
海上悠悠逐浪声，一潮涨水一潮平。
红尘已在云天外，漫踩沙滩脚步轻。

胡奇强

男，笔名介一，江西抚州人。作品散见于《香港诗刊》《作家导刊》《江淮文学》《中国诗人名录》等。曾任《石竹风诗刊》编辑，任职联合国南南办 UNMCSR，国际 SOS 儿童中心志愿教师。主编书籍刊物若干。

游金陵怀古

其一
石头城里浪涂涂，余时乡麴水苻从。
九朝萧条灵谷寺，一代鸣鼓白门钟。
凌鹤台去仙门远，游雁仍徊古林峰。
未可冯燕佳人笑，何人为记孝陵松。

其二
和风有旅不相逢，记取凉意到五中。
凤凰台出池边树，南柳门前挂图同。
道衍通明黑山驻，文周商高入飞熊。
料得年年飞枣木，覆得白云几时重。

其三
二十四桥月明空，倚楼何处露音容。
毗卢殿下青山断，白口河中抱龙从。
嘉定埋骨今安在，后庭笙明醉梦中。
曾有哀人亭上望，后沧浪水几分红。

其四
门镇云紧后浪翻，江远帆降出金陵。
飞军曾度河淮险，六月丈冰岂弃行。

宝志杖头轻不语，山河图照没云倾。
今安国万拜冕旒，不忘前英付受名。

小寺听雨

夜起萧籁声，木鱼点香尘。
听檐丝不断，潋滟绕鱼尊。
禅和行课早，经诵入林深。
杳杳钟声起，千山行路人。

游碧峰寺行

白云写飞去，城运水趋平。
游子寒山远，碧峰钟未兴。
夜迟起榆木，和子落身零。
音余且相忘，千峦起经行。

胡荣珍

笔名云雀，安徽省太白楼诗词学会会员，庐州诗词学会会员，偶有小诗见报，有作品《云雀文集》。

七绝·雨霁江南油菜花

高低远近赏新黄，断续风飘断续香。
独享春光谁伴舞？蜂群簇拥绕花翔。

五律·上图书馆

天空飘瑞雪，孙祖欲知新。
为览一书静，犹偿四季珍。
他迷科幻事，吾赏圣贤文。
闭馆声催急，余香入梦频。

七律·淝上抒怀

老辞故土伴儿漂，淝水安家傍市郊。
晨起忙炊唤孙起，霞邀新日和诗邀。
忘忧常进图书室，遣兴轻描彩凤巢。
笑看夕阳无限美，且将心曲化心桥。

排律·带孙媪

公交每早必相逢，手举童车奋力冲。
落落门牙龁出去，飘飘白发积劳蓬。
孙拿小饼欢颜乐，祖递温杯真意浓。
只说六龄身缺力，怎堪一世累无穷。
山穷水复疑无路。康复遥遥祈祷中。

钗头凤·朱日和大阅兵

天擂鼓，人如虎，男儿七尺谁言苦。报恩雀，情如昨。龙游苍海，雄鹰飞搏。乐、乐、乐！

止戈雨，九功舞，为犁销剑千钧弩，宇天廓，不容索。千年美梦，今朝如约，烁、烁、烁！

水调歌头·抒怀

藏匿几时有？夜半问心间。不知温暖之乡，谁在蹚游船？我欲分离羞见，有辱斯文上演，举止好缠绵。起立泪如雨，孙子正堪眠。

望家国，独思忖，唱年年。不应有恨，何事身旺尔攀缘？人有悲欢离合，更有老生病脔，佛祖洞空穿。厚德继家久，勤俭蕙风先。

满庭芳·向张富清老英雄致敬

天降祥云，人怀高德，举国敬老英雄。早停征棹，时刻记初衷。多少功勋旧事，藏心底，站立如松。建家国，履痕万里，踏遍鄂山峰。

人生。当此际，修行自我，景仰元勋，更赢得梦圆，华夏繁荣。此志何时见？征程上 永远冲锋。凝思处，高楼眺望，灯火夜明通。

【中吕】迎仙客·采莲

水草长，碧荷香，小船劈开通道忙。遇情郎，羞情妆，欲语思藏，杨柳搔头漾。

【南吕】金字经·青蛙

迷彩为谁媚？唱歌谁助威？草动风吹别乱推。嘻！虫来瞪眼窥。天天醉，丰年情更催！

胡少杰

笔名孤·梦，生于1998年。因自幼患有严重的脑瘫，无法上学，但酷爱文学，2018年12月进入龙凤文学院学习格律诗词。曾在腾飞文苑多次发表文章和诗词专辑。

七律·盼春风

已过年关春未至，荒山满眼尽凄凉。
时逢暖雨新芽绿，日待东风嫩叶黄。
病魔缠人身禁锢，诗仙助志梦飞扬。
心中不信终生苦，趁此年华必要狂！

五律·残人

神明妒我贤，身残意更坚。
挥除愁九百，奋发志三千。
体被寒冰冻，心生烈火燃。
无须孤独怨，诗酒趁华年。

七绝·笼中鹰

天鹰束翼困笼中，羡看蓝天常望空。
且待他时囚锁破，鲲鹏展翅傲苍穹。

江城子·夜思

光阴一过水流东。太匆匆。梦还空。未见花开，不必怨凉风。夜里无眠常独坐。轻问月，望星穹。

虽残傲骨在心中。酒三盅。志无穷。愤吾今生，余身与众未相同。只得闲吟孤自乐。无所恨，待春红。

蝶恋花·春阴醉

欲问桃花多少媚。又见枝头，燕子双双对。难得离床今不睡，薄衣闲坐阴凉内。

一阵风来新草味，抚我心神，趁此芳时醉。莫等春凋才觉愧，黄鸡唱罢空留岁。

卜算子·夏景

鸟语伴清风，天上流云少。火热阳光洒山间，碧树和青草。

世事若烟尘，聚散谁知晓。趁着今时尽欢享，莫待人空老。

西江月·悟空

亦是顽猴本性，颠倒醉梦闲仙。逍遥自在九重天，任我追风逐电。

扰困凡尘俗垢，浮生百味人间。石心无改意仍坚，再闹凌霄宝殿。

写于2019年6月27日

胡时芳

1945年出生于无锡市，对外经济贸易大学毕业。华润（集团）有限公司退休干部。高级国际商务师。中华诗词学会会员，中国摄影家协会会员。多首诗词被权威书籍收录并在百度等十大网站推广永久保留查询。获2019年十大官网实力诗人奖和世界华语杰出诗人奖。

念奴娇·太湖潮急（苏轼中秋体）

奔腾眼底，六千三万顷，太湖潮急。染墨烟云低乱窜，鸥鸟翼翻波水。几点渔帆，汛期试网，鱼耀银光碎。洞庭螺髻，不无山黛水翠。

包孕吴越横云，二霸昔时，不共春光美。敢踏浪英雄辈出，越剑吴车何在？往事烟消，新篇开拓，代有英豪萃。飞歌吴越，一湖浪滚来会。

满江红（柳永《暮雨初收》体）

戊戌新桃,神州喜,迭新换貌;回首望,旧符丁酉,彩重光耀。万里长风吹黑雾,惊天雷电驱豺豹。十八大,道复更康盛,传红报。

新一届,春潮早。奔腾急,层浪啸。揣初心,扬鞭骏骑飞飘。苏武牧羊不再曲,霓裳羽衣盛唐妙。桃花讯,滚滚走江河,空前了。

满江红·南京国殇日 80 周年祭（姜夔《仙老来时》体）

情激山河,讨贼怒,声震裂云。东洋鬼,恶魔人食,妇婴生吞。杨子江尸填塞断,石头城血染漫浸。国无门,任豕突狼奔,权道浑。

顾四海,游鬼魂。膏药贴,仍损阴。浩荡东风劲,龙啸长吟。不忘钟山风雨急,长记秦淮血记印。越六朝,寺塔击铃声,正韵音。

醉花阴·崛起看中华（李清照《薄雾浓云愁永昼》体）

昔神洲千疮百孔,大厦倾蚁冢。魔鬼舞蹁跹,荒野风吹,天际乌云涌。

日升冉冉红横纵,魑魅消除空。崛起看中华,永葆初心,奋发拼神勇。

贺新郎·参观滇西抗战纪念馆（叶梦得《睡起流莺语》体）

浪捲滇池急,怒涛声,当年可见,云回风起。十万兵将曾入缅,誓灭倭寇鬼子。丛林密,重宵豪气。碧血灌浇异国草,马革无,古国何须是。黄土复,忠骨在。

大盈江水奔流回。国殇园,来凤山下,魂归故里。哀乐声声呼松啸,往日烽烟长忆。墓碑石,无不晶熠。河岳渐呈辉煌处,有豺狼,阴毒心不死。干将砺,把妖劈。

念奴娇·鸿山怀古（苏轼《赤壁怀古》体）

锡东形胜,古吴国,尽淘春秋人物。矮小鸿山,风水地、皇塚吴王墓壁。铁火不生、江南僻野,荒水捲风雪。泰伯开渎,走船始载豪杰。

三墓更见东山,摆开成品字,盈英棘发。举案齐眉,梁孟间,德行生生不灭。专诸要细,剑光起闪电,胆魂豪发。柔情英侠,隐潜深夜明月。

鹧鸪天·七夕（晏几道《彩袖殷勤捧玉钟》体）

叫卖花声正暮绯,经年七夕悦何依?玫瑰手执清辉下,红烛摇心情意迷。

桥鹊散,俩分开。画眉张敞有人仪?但求玉露相逢急,不思山盟常守斯。

水调歌头·中秋抒怀（毛滂《元会曲》体）

明月登高处,万里尽清晖。空山银雾泻涌,江浪银金瑰。点点万家灯火,迢迢银汉灿烂,天地共明围。心绪已飞月,佳丽几时回?

月月月,中秋月,月满桂。损亏溢满,明出玉兔幸花开。如彼盈虚定数,遮月翳云阴伏,造化有时规。功德在高圣,月殿美方窥。

胡士庆

网名岁寒三友,男,1953 年 8 月生,退休干部。中国诗赋协会会员、湖北省中华诗词学会员、襄阳市中华诗词学会常务理事,诗词作品散见于国内报刊,并多次得奖,著有《岁寒流韵》诗集等作品。

七律·梨花
缥缈轻盈体态尊,素颜带露最消魂。
一身尽染苍山雪,两鬓不沾脂粉痕。
唯恐清风花萼瘦,却因皓魄岫云吞。
佳期岂羡红尘梦,冷艳娉婷入远村。

七律·己亥春夏之交至田家
芃芃麦气似青纱,入户穿村燕子斜。
峻岭云高观瘦鹤,陂塘水满听鸣蛙。
频频顾影三千竹,袅袅炊烟四五家。
馥郁茶山空翠处,纤纤手採日边霞。

七律·芒种日襄阳郊外独步
芒种初来雨霁时,插秧雁阵斗芳姿。
一泓碧水成花海,十里青山入画池。
野树晨凉莺闹早,烟村晚寂牧归迟。
老夫且喜田园乐,郊外新楼处处诗。

七律·咏竹
个字梢云自结丛,春阳嫩笋舞苍穹。
恐生鳞甲龙腾去,但得虚心凤骞空。
独坐幽篁长啸处,当于横笛落梅中。
芸窗慕尔听时雨,摇影含烟魏晋风。

五律·己亥暮春游隆中
隆中晴霁后,古道露沾衣。
溪涧清流涌,山前布谷飞。
樵夫云竹瘦,游客海棠肥。
远眺龙岗上,先生去未归。

五律·咏荷
丰姿正举觞,绰约立斜阳。
雨至千盘玉,风过十里香。
回眸鸳梦醒,驻足乳鱼翔。
白鹭惊飞处,莲歌洒满塘。

西江月·己亥孟夏与诸友游黄冈遗爱湖
隔岸烟霞亭远,摇波风细楼虚。石桥西畔看芙蕖。拍岸惊涛哪去?
水细一湖烟景,风清三五樵渔。新荷滴翠如霞裾。最是坡仙居处。

临江仙·菊花
雁语霜天篱落静,繁星靓影玲珑。孤丛冷艳舞秋风。梦牵金甲里,魂断暮云空。
夜雨潇潇蛩泣细。冰肌凄静朦胧。溪边月下喜相逢。抱霜枝上老,玉露蕊香浓。

胡世鹏

江西省九江市永修县人。师范毕业,任教初中、小学。高级教师。退休后以诗词消闲,小诗发表在《建昌诗词》《匡庐诗词》《江南诗范》《江西诗词》《中华颂》等刊物。

五律·故庄避暑
远山衔落日,暑气淡河床。
岸柳生凉意,青波逐热芒。
蝉鸣深树里,童泳浅滩旁。
击水扬霜雪,银花湿老乡。

五律·秋桂
仙科蟾殿种,冠冕翠松樟。
八月开闱阁,三秋靓粉装。
吴刚浇灌苦,寒士附攀忙。
高雅冰肌骨,乾坤第一香。

七绝·立秋

金鸡刚唱三更月,几叶随风蛱蝶旋。
暑气腾腾银露湿,秋君悄悄到窗前。

七绝·翠鸟

小小精灵立树头,高瞻鹰视水中谋。
蓝光如电清波掠,一朵银花绽碧流。

七律·村老学诗

鸟伴凤鸾勤练翅,醍醐赐饮度迷津。
傍花穿柳芳坛入,磨砚挥毫模样真。
枯燥厌平排雁序,和谐韵律逗农人。
修江碧水墨池浪,钓叟痴痴敲月轮。

七律·看无人机播种

千顷稻田雪浪扬,人孵小鸟播春光。
珍珠粒粒均匀落,希冀筐筐重叠装。
往昔挑风肩雨苦,今朝运指拨云忙。
农夫借得东君便,遍地黄金荡夕阳。

七律·荷莲(嵌句同题)

几缕芳魂又惹痴,尘埃不染有仙姿。
婷婷俏影蜓争抱,叠叠玉盘蛙斗嬉。
嫣脸香腮含笑靥,绿房绸帐裹冰肌。
熏风乱把娇妃吻,羞得红英落满池。

南柯子·夏思

床在浓荫下,听蝉瘦柳中。阵阵清香来袭,藕荷风。
赤日蒸黎庶,禾苗热浪濛。汗流和水沃年丰,恒念颗颗不易,惜田农。

胡水莲

笔名淡淡云彩,70后,江西九江瑞昌市人。中华诗词、瑞昌市诗词学会、玉环市诗词学会会员。爱诗词,乐山水。作品散见于《中华诗词》《诗潮》《中华辞赋》《诗词月刊》《香港诗词》《诗词报》等纸媒,另有大量作品见网媒。

诗友小聚

吟罢梅花漫品茶,书斋围坐兴豪奢。
相逢一笑春光好,有种诗情正发芽。

回家

年年履迹应时新,梅雪知春迓故人。
旅燕回巢家总在,亲情足以慰风尘。

题丫头画的兰

不必朝阳暖处栽,清姿一样向人开。
几回青眼闲闲看,总有幽香盈面来。

清明(新韵)

料是山乡唱杜鹃,离人哪获祭坟前。
春晨一阵清明雨,湿到心头久不干。

胡苏平

中华诗词学会会员,中国网络诗歌学会会员,《中国诗》杂志签约作家,桃花诗会理事,凤凰诗社入驻诗人,花地中学英语教师。近年来,在全国各地报刊与网络微刊上发表诗词与诗歌,2018年9月被评为第十届"华鼎奖"全国诗词精英人物,11月获得广西濛江诗社笔友阁诗词大赛状元。2019年3月荣获桃花诗会"春节序曲"征文大赛一等奖,4月评为当代中坚诗人,诗词编入《2018中国诗词年选》和《中国当代诗坛选藏》。

炎陵黄桃

黄桃天下甲,已负美名扬,
色泽颜如玉,清甜肉脆香。

洣水双江口

河水无穷碧,山鹃别样妍。

花开鲜艳美，鸟语自怡然。
富足千年梦，清和百里天。
一桥江上架，两岸任挥鞭。

云雾山庄
绿水青山景色优，晴空万里白云柔。
宜人气候春常在，避暑天堂梨树洲。

湖南炎帝陵
寻根问祖到炎陵，水抱山环别有情。
古木参天迎远客，鹿原圣地创文明。
神奇面貌堪称绝，旖旎风光实可倾。
华夏子孙来祭祀，虔诚祈祷好前程。

井冈山之旅
井岗山上紫云吹，疑是英雄血泪垂。
遍野青松花烂漫，满山翠竹尽芳枝。
登临故地难忘史，缅想先贤心肃仪。
勇往直前行砥砺，长征接力举红旗。

胡天将

网名笑傲江湖。孝义市马烽文学院副主任，三晋文化研究会常务理事，古城诗社副社长。

满庭芳·步韵梁部长《咏孝义风采》
风采卓然，情牵故土，威名遍布山川。贤台高筑，墨客舞连翩。佳作流金叠翠，迷望眼，绚若丝缣。华章美，情真意切，心底起波澜。

回思十五载，夙兴夜寐，万绪千端。不负人，期期色彩斑斓。铸就千秋伟业，留重彩，史册碑镌。新时代，老骥犹酣，跃马再扬鞭。

沁园春·中阳楼咏怀
独矗街心，虎踞龙盘，俯瞰八方。纵潇潇风雨，星移斗转。岿然不动，稳若昆冈。可叹平生，微如蝼蚁，壮志难酬鬓已霜。心如水，守穷庐敞户，翰墨书香。

斯楼气宇轩昂，凭冷眼，旁观兴与亡。更中和位育，光被四表，遗风犹在，古韵恒长。千载薰陶，潜移默化，魂魄无形化膏粱。诚伟矣，有尘埃往事，皆付樽觞。

满庭芳·咏李元晋
三晋名流，胜溪贤士，曾经叱咤风云。当年犹记，华夏日沉沦。忍看生灵涂炭，图国报，兴业求存。汾河畔，置田千顷，泽惠遍乡村。

又工农并举，西山开矿，远见超群。既富贵，书生意气贞纯。散去家财万贯，唯天下，稳若昆仑。人虽去，祠堂上下，尽是好儿孙。

凤凰台上忆吹箫·客游橘子洲
细雨寒秋，湘江锁雾，客游橘子洲边。眺望苍山远，虎踞龙盘。此地伟人故里，诚如是，气势非凡。江心渚，激流耸翠，碧浪衔簪。

流连，循堤漫步，任意绪飞湍，陶醉其间。景色虽依旧，不似从前。试看当今世事，新时代，地覆天翻。斯人慰，沉浮已定，天下归安。

胡铁辉

男，1960年生，辽宁省葫芦岛人，诗词爱好者，作品曾获2017年首届中华诗词大赛入围奖，《曼丽双辉》全球填词大赛优秀奖，江南红豆杯爱情诗词大赛入围。

七绝·题秋江野鹜图
横山云卷大江流，日暮丹枫落岸秋。
一棹行吟烟嶂里，翻飞野鹜竞潮头。

七绝·无题
峰回阡陌卷云盘,风树高天翠掠寒。
小巷由来檐滴处,一帘烟雨过江澜。

七绝·烟村
一帆浅水钓蒹葭,柳荫深深野鹤家。
遣释江峰芦笛脆,白云渡里卧烟霞。

七律·雨巷
廉纤抒意伞朦胧,半合沙声打叶桐。
春夜丁香描梦境,黄梅时节画玲珑。
屡番足韵沉诗底,一任情怀隽曲中。
古巷犹存人易几,那些旧俗可相同?

卖花声·咏荷
拟韵婉仙容,醉透胭红。时宜盛夏与卿逢。桨渡荷塘翩鹭影,真个轻松。
碧叶细匀风,水浣芙蓉。潺香不媚袭禅钟。竹菊梅兰君子也,谁一般同?

鹧鸪天·荷之物语
稍觉轻松片刻安,隔堤对影不言单。悄抛物语藏花底,且绽氤氲落案前。
红丽日,碧晴湾。纯风拂袖恨情关。阿谁若得莲心驻,一念清凉卧此端。

定风波·小梅迟开问君来
何故迟迟久未开,痴痴不肯问君来。底事曾经香案下,真怕,一时勘破已伤怀。
幽月梅帘偏笑我,羞么,参差曳影倩谁排?弄乱疏枝非别意,犹记,笛横梦里共心涯。

八声甘州·游北大未名湖
故湖从钱穆始扬名,檐塔照钟亭。石鱼翻浪尾,楼轩泊镜,万点辰星。柳舫桥廊岸岛,潋水透清明。龙御诗碑谒,胜有吟声。
挪步山前环眺,看子衿淑女,万种风情。熟圣贤雅士,思罢念卿卿。许多时、凝神舒目,又几回、浑梦小蓬瀛。悠悠也,而今谈及,心却难宁。

胡万喜

男,1968年1月出生于湖北巴东,1990年毕业于武汉大学经济管理学院,自由职业者,中共党员。爱好古诗词,曾参加国粹网古诗词班学习,以及"中华诗词学会"主办的函授班学习,现为湖北省恩施州、恩施市诗词楹联学会会员。

重游恩施大峡谷有吟
峡谷峥嵘气象雄,群峰壁立耸晴空。
穿云石径千重翠,漫岭松声八面风。
醉里共游元有约,吟边得味兴无穷。
登临好写逍遥句,更看今朝景不同。

湖边纳凉
碧水摇风暑气清,新荷绰约翠盈盈。
追凉独坐湖边柳,偶听闲蛙唱几声。

思乡
家山经一别,又是几多时。
独饮他乡酒,空伤昨梦痴。
孤灯寒永夜,醉墨写相思。
鼻子坡头事,纷纷寄与谁。

注:鼻子坡,老家的小地名。

雨后山村
雨霁溪云嫩,悠悠弄夕阳。
蛙鸣流水趣,柳舞暮烟苍。
稻地翻新绿,荷风送晚香。
村醪犹得味,醉里话农桑。

春来时节雨纷纷

一夜雷鸣梦不安，披衣晓起倚危栏。
苍烟漠漠空山静，冷雨纷纷野水寒。
竹外疏花香寂历，门前落影意阑珊。
更愁乡信凭谁寄，旅雁归时墨未乾。

江边散步

烟收雨霁日初曛，柳拂春江动碧云。
两岸风轻尘气净，愁怀顿减两三分。

卜算子·周末雨后江边散步

假日着清闲，土碗开村酒。肥肉红烧马尔科，一碟高山豆。
饭饱自逍遥，半醉江边走。雨洗骄阳暑气收，拂面青青柳。

行香子·无题

谁动琵琶，风透窗纱。思悠悠、望断天涯。可曾记否，多彩年华。有卷中赋，杯中酒，梦中花。
春深几度，飞红月下。再难寻、往日清嘉。客情千种，尽付伤嗟。叹冷如灰，淡如水，乱如麻。

胡新科

1944年生，彭泽县人，经济师，先后任中石化瑞昌石油站党委书记、九江市石油公司总经理、江西省石油总公司九江办事处主任。中华诗词学会、江西省诗词学会、九江市诗词联学会会员。著有《蓦然回首》。

五律·题星子金星砚

磨亮横塘月，除清栗里尘。
精雕连结绶，细砾湿陶巾。
云影随风老，潭光逐日新。
墨花时烂熳，椽笔化龙麟。

咏蚕

昼夜餐桑叶，呕心岂不知。
情痴怀蝶梦，羽化蜕虫皮。
织就三千锦，缫成万缕丝。
驼铃赢一路，又赋出关诗。

天下第一泉

康王谷里泉，百尺泻龙渊。
细雨凉风夜，纤云朗月天。
饮如甘露爽，泡似玉浆甜。
清渴浔阳客，寻贤过垄川。

七律·鸣沙山月牙泉

登顶敦煌百丈沙，开张胸胆咏蒹葭。
千年泉水风梳柳，万古雄关雪煮茶。
胡马轻蹄征朔漠，铜驼重驮沐烟霞。
诗情陡涨西风烈，呜咽谁吹塞上笳。

题颐和园

万寿山前挤破门，昆明湖浅水初温。
导游解说前朝事，老客探寻往日痕。
绝代哀歌睚眦怨，千秋罪孽那拉魂。
多条军舰沉黄海，折过园林惠子孙。

二十四道拐

鸦关古道亘晴隆，苗岭西南气势雄。
六十度坡弯拐拐，四千米路陡冲冲。
咽喉岂让倭封杀，动脉终为我畅通。
风雨劫波经万险，青山不老立奇功。

痛悼黄有良婆婆

自1995年，中国大陆24位"慰安妇"幸存者作为原告，4个起诉案中控告日本政府，全部败诉。2017年8月12日第五个全球"慰安妇"纪念日前两天，大陆最后一个起诉日本政府的"慰安妇"——90岁黄有良在海南去世。

苦难人生水咽滩,鲜花十四遭摧残。
欺凌饱受倭奴兽,嘲讽长挨世俗寒。
蒙垢失贞非尔错,讨回公道上天难。
一声"道歉"谁能等?命断黄泉泪未干!

临江仙·浪井

碧瓦挑檐亭寂寞,仰怀刘汉先贤。将军下马手投鞭。一锹开古井,民渴饮甘泉。

改造旧城兴闹市,文明翻过新篇。人民幸福大于天。立碑铭后世,青史写西园。

胡新玲

女,1976年生,山东滕州人,大学文化,滕州市龙泉街道办事处干部。滕州市诗词学会会员。

七绝·早春

腊尾风轻雪渐融,千林初醒水淙淙。
红梅一树迎风立,浅笑犹如故友逢。

七绝·春思

柳绿桃红与君别,桂香之约莫相违。
留春却见风飘絮,独倚栏杆双燕飞。

七绝·暮春

征雁归飞杜宇来,残红如雨坠苍苔。
欲留春住浑无计,一径荼蘼怎可猜。

七绝·野菜

秀麦青青野菜鲜,竹篮小巧手中掂。
拾来野趣盈盈绿,试把春光烹一盘。

七绝·春夜

淡荡春光小院幽,忽听古调起西楼。
高山流水知琴意,只伴清风不伴愁。

七绝·端午节

榴花似火醉端阳,百姓安居米粽香。
仙府若能得望眼,丹心莫再为民伤。

七绝·杨梅

颗颗红丹缀翠枝,熏风沐雨待归时。
玲珑入口相思味,寄与夫君试品之。

七绝·雨中

黛瓦飞檐长巷春,伶仃执伞蹙眉频。
雨花串串浑如梦,滴滴凝成远别人。

七绝·山中梨花

白玉妆成树树春,轻盈淡雅远凡尘。
深山争看容颜好,识得冰心有几人。

七绝·红绿灯

不论寒暑街头站,交替绿红明示人。
莫道位高情冷漠,时时护得万家春。

胡兴贵

男,生于1953年3月,国保支队退休,古诗词爱好者,著有《岁月如歌》诗集,系四川省诗词协会,广元市诗词协会会员。

忆秦娥·端午感怀

恨切切,楚人国破硝烟烈。硝烟烈。年年端午,悲痛伤别。

神洲大地屈原节。举杯祭酒情难灭。情难灭。人心铭记,千秋豪杰。

忆秦娥·致友人

渭水阔,宝鸡塔上望明月。望明月。那年春色,匆匆离别。

平原三月桃花节。人生路上同凉热。同凉热。蜀秦两隔,真情不折。

渔歌子·致友人

五月山花燕莺飞，轻风红落恋春归。西凤酒，笑微微。华山赏景喜相随。

七绝·留守妇

独伴朝阳上大山，锄禾带月把家还。
洗衣塘内波纹起，揉碎星辰从未闲。

七绝·马家梨园

万亩梨园原野生，游人无处不怡情。
今朝似见阳春雪，风起纷飞朵朵惊。

七绝·滩电站

谁在青山弄紫烟，开闸泻浪溅云天。
飞流直下金沙去，化作光明照世间。

七绝·月埧人

白云深处度年华，晨沐朝阳晚送霞。
鸟语花香常作友，松涛明月伴吾家。

五绝·抚琴

玉手抚琴弦，清音绕指尖。
梅花三弄尽，汗水湿芳颜。

胡永平

男，1954年11月生，皖歙县人，2014年11月从国网霍山县供电公司退休。随之开始诗词写作，参加了各级诗词学会。有作品在《黄埔江诗潮》等多种大型诗集和诗刊上发表。

七绝·月季

林荫从中赤点浓，翠青绦动挑情容。
梢头刺痛慌逃避，柳下花前勿乱踪。

七绝·青年节所思

儿童历历目当前，似未青春已老年。
少小不知珍惜取，夕阳更懂亮明天。

五律·早春

几日阳光丽，而今冷意推。
身加衣保护，花变蕾收傀？
自有才情对，焉能败势回。
虽经多反复，正道岂容摧。

五律·春雨闲吟

豚来晴日贵，烟雨厌烦神。
遍布佳风景，疏离美客人。
东君威力展，霾雾狠招沦。
还我明光丽，山歌烂漫春。

七律·元夕

己亥首轮将跃出，人间万事已筹齐。
狮龙歌舞丰年祷，炮竹烟花祭祀迷。
春节高潮终极点，篇章起色始新题。
谜灯破底胸中数，良好开头越半梯。

七律·埋名到几时

四面高峰水路通，人灵地杰异军雄。
资金回返家园美，新派生成五味隆。
特色文明形境界，多元英俊出山中。
千年曲径徽州响，但愿埋名是阵风。

风入松·曾经的碎月滩

白沙鹅卵水清凌，桥跨上游横。西头太白名楼立，练江侧、寺庙天清。周际参天林木，塔铃响鸟儿鸣。

百年洪水变桥形，滩毁碎心灵。山坡寺庙平无影，办工厂、污染河明。白鹭鸶精灵失，诗仙悲命幽名。

沁园春·徽之黄山

五岳山魁，盖岳惟黄，世界首山。有

奇松宝树，多姿怪石；仙涛云海，舒适温泉。步道天梯，览车天索，几十山峰迎客虔。今朝愿，苍光临大驾，尽可多番。

黄山景色斑斓，合文化徽州韵味绵。看徽商儒范，独成语系；新安流派，特色家园。理学名扬，贤能泉涌，千载徽州世代沿。何逻辑，岂山牌叫响，必泯徽缘？

胡永清

70后，IT工程师。曾在《黄河文学》《当代人》《诗词月刊》《中华诗教》等多家省地市级报刊发表诗词作品。中华诗词学会会员、东阳市诗词楹联学会会长。出版有诗集《清明时节》。

公祭日

雨花台上烟云卷，万物含悲俯首低。
历历国殇犹在耳，斑斑血迹已成泥。
时闻厄难揪心痛，每忆英魂借泪题。
恨已病残身鲁弱，戎装梦里过营西。

清明祭父

林深栖百鸟，溪水渐潺湲。
小径多花草，孤茔静晓昏。
烟笼窈冥色，酒慰故亲魂。
常梦粘泥手，仍推旧宅门。

晨雪

才藏青霓袖，即换白瑶衣。
风止乾坤静，雪封车马稀。
枝琼横石径，梅秀漫林扉。
美景携妻赏，怡然共去归。

夜宿社姆山

云涧清幽堪避暑，重林着意听松涛。
山楼有榻禅居静，朗夜无喧北斗高。

醉花阴·南马肉饼

街巷闻芳舒鼻翼，循味迷村集。遇客问馐珍，舌动垂涎，四顾三寻觅。

道边小贩吆声急，佳食香横溢。肉饼佐馄饨，乡眷经年，此味斯成忆。

苦吟

伏案长吟几度秋，诗成落笔尽风流。
曾于枕上逢佳句，时向书间觅绿洲。
字若无情休作伴，兴非有感缓登楼。
为迎大藏真经卷，愿赴灵山苦苦求。

重阳陪母记事

故作儿时闹，慈惊责我疯。
杯停翻旧事，语毕泪青瞳。
执手疏帘右，留魂小宅东。
膝前方半日，满院见秋红。

胡友红

武宁县诗社社员，江西省诗词学会会员，中华诗词学会会员，就职于江西省武宁县中医院，执业药师。爱好文学，有散文和诗歌在省内报刊发表，《一腔热血写春秋》获省中医局"中国梦·中华情征文比赛"三等奖。作品见于《诗词月刊》《东坡诗词》《江西诗词》《洪都诗词》等。

七律(二首)

(一)重阳

雅士相逢兴欲狂，轻吟漫唱度重阳。
宁湖水暖人人爱，晚照晴柔细细长。
莫说登高心事盛，原来入世命无常。
月桂飘香情自溢，漫掩牖户品流光。

(二)竹

绰约英姿矍铄神，天涯随处可安身。
青山立定擎明月，庭院扶风执玉人。

转世能编千万器，离枝尽揭乱烟尘。
任凭七彩纷纷绕，独守清贫日日春。

五律·慎独与寂寞

风雨人生路，前程踽踽行。
浮萍江海寄，鸿雁故乡鸣。
世事纷纭态，心生烂漫情。
是非言不得，忐忑总难平。

鹧鸪天·游花千谷

四月寻芳众所知，花千谷艳恰逢时。南山翠柳随风舞，西海轻鸥掠浪飞。

争去早，恐来迟。百花调笑会君词。芳菲不待多情笔，胜境催成浪漫诗。

行香子·八月桂花香

余暑炎炎，丹桂馨香，望远方，莽莽苍苍。无穷宇宙，四季炎凉，怕日西落，风西闯，水西泱。

人声攘攘，知音渺渺，路难行，如履冰霜。红尘滚滚，上进争强，必远人恶，与人善，礼人长。

行香子·喜新中医院搬迁

西海氤氲，幕阜峥嵘，更风和，日照春生。殷红十字，亭院通行。看水环山，房环树，鸟环鸣。

杏林春暖，人才荟萃，看而今，医保中兴，养生有道，治病求精。愿国长安，人长寿，梦长宁。

南乡一剪·春游西海

西海绿漫帷，叠翠含烟暮色微，滟潋天光连幕阜，留也依依，走也依依。

随意看花飞，莫让春光付水溪，风雨人生路几程，少志天涯，老乐天涯。

采桑子·中秋

秋风阵阵苍凉景，树叶同飘，绿草同萧，鸟鹊同程拜月昭。

人间共度团圆日，贵者弥骄，弱者俞消，红叶伤情舞细腰。

重阳节登山

望断山峦百草衰，重阳始觉日西来。
怡情景色忙中过，大好光阴醉里徊。
菊满东篱天地渺，诗留唐宋梦难回。
寻章觅句千言尽，难借易安三寸才。

五律·父亲吟

巍巍北山松，年年劲雪中。
春来不避雨，秋去亦耕躬。
大爱藏心底，烦恼放碧穹。
一生长默默，伟岸又青葱。

七绝·兰

人亲君子我亲臣，香气扑鼻满室盈。
野草修成雅士意，谁知历尽几重辛。

西江月·咏石渡新春

石渡春光滟潋。桃花灼灼妖妍。一轮红日照山川。燕子绕梁频羡。

好梦随风直上，洋房胜景相连。一台茶戏唱三天，日子神仙亦缱。

行香子·喜新中医院搬迁

西海氤氲，幕阜峥嵘，更风和，日照春生。殷红十字，亭院通行。看水环山，房环树，鸟环鸣。

杏林春暖，人才荟萃，看而今，医保中兴，养生有道，治病求精。愿国长安，人长寿，梦长宁。

唐多令·雪

玉袖舞玲珑,潇潇漫卷风。尽是银,一片空朦! 多少繁华和故事,都隐蔽,恨匆匆。

宇宙瀚无穷,小人图近功,绪纷纷,如雪融融。枝上红梅心已冷,终未了,少年梦。

鹧鸪天·踢毽子

且说儿时乐事多,回家踢毽阵挥戈。
鸡毛一踢云中去,伙伴三巡地上搓。
时荏苒,岁飞梭。花开花落日头过。
任凭岁月多幻境,童趣童心永作歌。

胡友良

女,原籍重庆,定居上海虹口。中华传统诗词爱好者。重庆诗词学会、上海诗社、重庆古典诗词沙龙、重庆缙松诗社、缙麓文苑等会员。

五绝·惜作曲家高如星

《九九艳阳天》,余音袅袅旋。
老歌依旧唱,作曲几人怜。

五绝·归

倦体杂尘埃,飧餐独倚槐。
不知汤底月,可自故乡来?

七绝·知青往事扯夜秧

声声布谷绕山乡,天月作灯扯夜秧。
摆洗苗根冰镜碎,满田瑟瑟烁银光。

七绝·再读苏子《江城子·十年生死两茫茫》

十年生死叹茫茫,永隔天人痛断肠。
明月孤坟幽梦寄,真情不世万春扬。

五律·茶肆拾韵

茶肆水云间,凭窗俯浦湾。
木桥连岸柳,石道隐丘山。
晨数村翁钓,昏随学稚还。
茗香犹在口,方步踱优闲。

七律·玉宇飞思(坡底韵)

银河耿耿住仙家,玉宇琼楼镀月华。
王母拔钗心似铁,嫦娥悔药泪如花。
雄鸡破晓披晨雾,金虎巡天染晚霞。
雨伯多情春夜幸,酥酥润绿满坡茶。

七律·觅房(坡底韵)

几号蜗居属我家?云端楼宇竞奢华。
倾囊不值三平米,视物惟余两眼花。
房价屏前坍梦舍,明珠塔下乞灵霞。
腹空身倦无归处,且买馒头就冷茶。

画堂春·水乡农家拾趣(秦观体)

农家小院倚池塘,柴扉亦染芬芳。粉荷摇曳媚骄阳,胜景临窗。

一棹剪开花径,穿行碧叶长廊。乍惊啄食鹭鸶惶,犬吠汪汪。

胡育强

男,浙江瑞安江溪人,1965年出生。常住河北唐山迁西县,喜好诗作。现为迁西县诗词协会会员、中华竹韵汉诗会员。

新浪博客笔名飞云流霞;新浪微博笔名二胡诗逸;百度帖吧笔名二胡强。

一袖云

晨钟开昼白,暮笛几回声。
岁月牛相协,红尘马独惊。
心灯常倦守,梦境惜玄卿。
醒世三杯酒,春风伴我生。

春琴桃李香

文苑栽桃李，寒窗守月光。
红颜诗醉酒，青史叙情长。
梦蝶成君意，飞鹏玉骨香。
古今书可鉴，春燕送兰章。

高考
望子登科去，宠儿看进程。
入场心志远，离座梦魂惊。
试报无常态，传闻有变更。
毕生交好运，考验自功成。

端午忆屈原
凝望汨罗江。屈光思玉章。
审遗看箸作，入俗话端阳。
月老存风骨，春秋忌雨凉！
离骚谆万古，铭记永留芳。

大暑
大暑方知夏，难熬六月天！
高阳烧似火，轻袖汗如泉。
伏递三秋盼，飘流一槔仙。
清风无觅处，逸日遂云烟。

霜降
秋深愁夜雨，冷叶忌更长。
留意东山月，无关瓦上霜。
草坪花露水，木椅落泥浆。
闲赋夕阳客，随缘揽世光。

诗客醉兰英
蓬莱许怀远，梦想几成真，
谱善开明镜，中规洁自身。
儒家留范本，诗客喜沾春。
佛象超三界，观音了世尘。

君子兰
霜天落叶黄，兰雅自留芳。

心素联山杏，意坚赛海棠。
画郎扬紫气，骚客赞秋香。
俗世看君子，清风作表彰。

流年赋
闲书杯仲酒，声乐解千愁！
闭目春秋过，初心示意柔。
几多花笑影，明月瘦如勾。
揣膜身前事，知恩岁不留。

胡占平

河北高阳人，河北省散文学会会员。诗词协会会员。保定市作家协会会员，有诗词、散文、小说、电视剧本、书法作品见诸报端。

七绝·童戏（新韵）
联做胭脂灰抵墨，旦生丑净扮鲜活。
高声低调咿呀唱，喜乐悲欢炕上说。

七绝·弹玻璃球
不顾疲劳与冷凉，弹球课后也匆忙。
小球期末真欺我，化做零铛卷中央。

七绝·跳绳（新韵）
红男绿女跳花绳，个个龙飞虎跃腾。
三五成群来校后，笑声仍旧荡晴空。

七绝·溜冰（新韵）
朔风吹雪冻南河，周末冰床有重活。
热火朝天惊困柳，一窝欢笑满天歌。

七绝·焐地瓜（新韵）
周七心野不着家，地垄沟头找坷垃。
垒好一方园土灶，就着得意焐新瓜。

七绝·打雪仗（新韵）

军情紧迫解棉衣,弹雨枪林汗淋漓。
开炸雪球腾玉沫,凯歌唱罢一身泥。

七绝·扒瓜（新韵）

童年岁数过十一,无事招猫又惹鸡。
父母买来难可口,瓜田月下任顽皮。

胡长江

男,湖北黄石人,微信名慕江吟,生于1968年,资深农民,喜欢古典文字,自2014年以来,有近三百首诗词作品被《中华文艺》《曲阳吟坛》《黄埔诗潮》《一路诗怀》等收录。

临江仙·夜读禅意

幽竹松风深院舞,檀香烛火迷离。流萤扑面露沾衣,禅音声犹在,客到小楼西。
一卷金刚山寺外,红尘自有嗔痴。修行渡劫正当时,莲心本素洁,苦意共谁知?

临江仙·七夕感吟

玉露金风银汉舞,鹊桥两岸云烟。相逢留醉是清欢,执手私话语,别后怨流年。
且忆柔情奢旧梦,回眸沧海桑田。千丝白发对愁眠,多情天亦老,何苦做神仙?

临江仙·母亲节寄语

流水飞花人易老,东风瘦了容颜。征衣铁马忆当年,儿行千里外,念念在心田。
寸草有心恩未报,春秋冷暖尘烟,此生无憾孝堂前,殷殷家话语,岁岁报平安。

临江仙·元夕

紫燕初回疏柳乱,残梅渐落寒春。东风拂面暗消魂,远郊芳草浅,帘外雨纷纷。
漫舞长街灯火处,烟花轻扣帘门。红笺无字寄佳人,千杯空对影,谁与共黄昏?

临江仙·春思

柳燕归来春已近,桃红带雨沾衣。东风恼怒几人知,卷帘花对对,聚散两依依。
一去经年庾信绝,薄凉几度成痴,春来又似去年时,风光无限好,只是惹相思。

探春令

寒香浮动,落梅疏柳,雪残消去。东风巷外山溪舞。这次第,黄昏雨。
粉妆笑面人空伫,那年桃花误。暗断魂,燕入帘门,撩乱别绪双双语。

蝶恋花·晚春

絮雪飞花花落去,帘外堆烟,寂寞空庭舞。柳巷啼莺声绕户,东风无奈黄昏雨。
独恋残春春又暮,问信刘郎,曾记花千树。夜半闲吟寻旧句,红笺烛泪相思语。

七绝·立秋

蝉断空庭水未凉,夜风撩乱小轩窗。
荷塘月影依波绿,柳岸纤丝一叶黄。

五言古风·吟夏

蝉鸣音不绝,暑气暮难收。
烛影星光乱,洞箫曲韵幽。
风吟赊月色,剑舞动帘钩。
且去英雄念,还来一夜秋。

胡昭泉

男,汉族,1930年生,滕州市人,退休教师,为枣庄市诗词学会会员、滕州市诗词联赋协会会员。曾荣获第七届"羲之杯"全国诗书画联大赛二等奖,第二届"岳阳楼"寻春诗会银奖、第四届"相约北京"

全国文学艺术大赛三等奖。

五绝·闹春光
三月泛桃花，梨园展素华。
菜花开满地，蜂采忘归家。

五绝·榴花
千枝红喇叭，傍晚映云霞。
蜂蝶火中闹，初观结果花。

五绝·秋日龙山
玉露润秋林，龙山堪爽心。
泉流映碧宇，菊畔鸟歌吟。

五律·端午
又到端阳节，雄黄酒毒蛇。
艾旗招百福，蒲剑斩千邪。
萱草增辉缓，榴花映彩霞。
汨罗思屈子，爱国世人夸。

七绝·春雨后花
雨润枝条叶绿葱，风吹蓓蕾绽嫣红。
香招彩蝶游蜂闹，争艳百花开几丛。

七绝·风筝
苍鹰出世太空游，振翅重霄志未休。
破雾穿云牵一线，东君助我竞风流。

七绝·静夜思
夜阑人静月明西，研读缥缃力未疲。
竹影敲窗风作响，跃然佳句入吾诗。

七绝·微湖泛舟
碧波无际水连天，映日荷尖红透鲜。
苇荡芦芽掩鸥鹭，熏风唤醒打渔船。

长相思·昭阳早春
水无垠，天无垠，万里湖光气象新。
荡舟波似鳞。
鱼诱人，色诱人，鱼戏浅波啼鸟频。
春来倍有神。

七律·赞改革开放40周年
重忆当初开放篇，天翻地覆梦终圆。
"三农"政策小康路，"一带"方针多国连。
量子卫星巡昊宇，辽宁航母掣长鞭。
英明舵手指航向，民富军强世领先。

胡子龙
网名苕哥，湖北省英山县建没银行退休职工。喜爱古诗词阅读与欣赏，常学习写作。

七律·贺饶老师《同异诗钞》付梓
一卷编成耀楚天，匠心独具沁丹田。
诗吟好景秋山远，词赋欢声落日圆。
唐宋看多欣啸傲，江湖阅尽喜流连。
钟情最是家乡梦，红枣香居处处妍。
注：饶老师网名枣香居士。

五律·休闲鹞落坪系列
（一）
坪上桑榆劲，山高日已斜。
清风不悭吝，刻意到农家。

（二）
草青添水色，花艳未知名。
时有松风度，间闻鹤鹭声。

（三）
风偃松林静，云开见月明。
夜莺声韵起，乡绪默然生。

（四）

谷静烟生壑，山深鹧落坪。
拾阶观瑞霭，心向白云横。

七律·颂国庆70周年
中华自古屹东方，百载辛酸未敢忘。
辟地开天民作主，追星揽月梦兴昌。
共心同德江山固，闹独谋分社稷亡。
改革宏图人景仰，神州福运万年长。

七绝·初秋
匆匆一别已经年，又见秋风乱碧天。
都说荷花香扑鼻，红　心苦有谁怜？

西江月·忆朋友聚饮
　遥忆当年欢聚，惚如昨日称豪。小盅收起大杯浇。除我别人算鸟。
　席上几圈拼罢，昏然忽觉无聊。神魂犹似太空飘。飘得时光皆老。

七绝·奉和匆匆过客先生《咏昙花》
性情温顺淡炎凉，不与他花竞玉光。
月下美人欣夜放，屡教诗客咏幽香。

鹧鸪天·贺友老鞠创作的歌曲《中国声音》荣获国庆70周年词曲金奖
候鸟南飞琼岛停，安居陵水谱新声。
椰风吹走凄凉事，海浪飘回欢乐情。
词优美，曲轻盈。喜收金奖畅心庭。
世人莫叹斜阳晚，霞映长天浩气萦。

湖西闲云
　姓名刘兵。自接触到中华诗词以来，一直喜爱有加，尤其喜爱唐宋古诗词。徒步山水，感怀风情。自然而为，品茗学诗。先学后仿，渐有所获。慎思笃行，学无止境。

七绝·茶语（平水韵，六麻）
山泉好水煮清茶，小院西阶落满花。
昨日风云何处有？无痕岁月莫轻夸。

七绝·借酒赋诗
（平水韵仄起、首句入韵、四支）
自古才人爱咏诗，飞花下酒更无羁。
河山本就多风月，各有千秋赋好辞。

七绝·新春怀古
（正月初五。平水韵，七虞）
最怕痴情反被辜，轻身仗剑走江湖。
从今岁月朝天笑，太白风流自此无。

五绝·孤山春梅
（平水韵、仄起，首句入韵，六麻）
初春，西湖赏梅。暖日恋飞花，春风水也夸。疏香熏冷月，醉落在天涯。

五绝·欢聚（平水韵，十灰）
佳人莫劝杯，老友远方来。
笑问天边月，青春可有回？

五律·大漠情怀
（平水韵、仄起、一先、首句不入韵）
大漠苍穹下，黄沙可有边？
残阳浮绿水，皓月近青烟。
策马才离后，飞鹰总在前。
风清人自醉，把酒问诗仙。

长相思·白月光
（词林正韵，第二部，第一组韵）
白月光，冷月光。疏影飞花斗雪霜。寒风乱倦妆。
爱无常，恨无常。恨亦无人怜自伤。旧情何断肠？

青玉案·还我儿时月（范词作者：贺铸。双调67字。第十八部）

浮生最是伤离别，恨梦短、连冬节。此处青山烟未灭，水寒风烈，枝残花绝，多少无根叶。

苍天不肯怜秋蝶，老父持家尽心血。野径愁肠千万结。泉台洒酒，松林飞雪，还我儿时月。

花爱艳

女，字海燕，笔名飞扬的种子。汉族，江苏盐城人，出生于1976年2月。喜欢文字，崇仰古典文学，耽情于诗词，尤醉心于赋。诗词赋文获全国有奖征文奖项多次。其中《2019(己亥)年祭中华人文始祖伏羲文》获二等奖。《醴陵瓷赋》获最佳作品奖，拟勒石。《凝翠阁赋》获二等奖。《天泉赋》获二等奖。《瓦子寒野樱赋》获三等奖。《松口赋》入围奖（系三等奖）。《山西赋》优秀奖。《释心堂赋》入围奖。《望海潮·秀山县咏》获铜奖等。《谭嗣同赋》编入《谭嗣同研究》合集。部分作品散见于各大报刊。

五绝·怀周总理诗（二首）

一

十里长街恸，三山五岳哀。
昨招吾杰去，何日遣君来。

二

一生忠革命，誓死为人民。
骨洒江河海，更生九万春。

五绝·题氢弹之父于敏诗（三首）

一

天恸于公去，茫茫小雪霏。
共君江海舞，一样耀清晖。

二

三十年身隐，科研四海哗。
勋功谁可比，国产土专家。

三

卅年如一日，家国总难兼。
问子唯氢弹，功成苦亦甜。

留春令·咏桂花

汉浔珍植，俗尘仙客，正秋深味。误被偷移广寒宫。又还惹，姮娥悔。

昨日金银开欲醉。与西风相对。消尽幽芳有谁知。薄霜掩，千枝翠。

注：金银：金桂银桂。

卜算子·相思化血凝红豆

往事若云烟，念绝痴还有。莫是三生碣石旁，寂寞多情柳。

寥落在红尘。爱恨由来久。梦断曾经割指伤，血化相思豆。

霜天晓角·寒骨冰魂

枝头霰雪，点点清傲骨。微漠一丝芳魄。寒肌曳、空庭月。

冰澈。长夜彻。晓来情更切。且趣暗香萦袖。信留此、与君悦。

花间醉月

庄大为，男，汉族，居住广州。尊崇传统文化，喜爱格律诗，业余写作。

五绝·海燕

迎风思逐浪，振翅乐逍遥。
弄影惊鱼跃，翻飞戏大雕。

五绝·题耕虎图

耕田开脑洞，驭虎套铧犁。

虎乞三餐食，人行几日痴？

七绝·怜莺
苍山欲雨乱云低，空谷流莺断续啼。
不识鸣禽声切切，只怜雏鸟草间栖。

七绝·小满阵雨
分明倒豆落筝篁，却见南塘水漫坡。
倏忽云开天焕彩，一竿红日映新荷。

五律·端午感怀
五五闹龙舟，家家裹粽球。
今人承古俗，古俗续千秋。
玉笥瞻清烈，罗渊献庶馐。
离骚吟未远，鼓棹击中流。

注：端午时节，总会记起屈原和他的诗歌，总会有"离骚吟未远"之感。诗人的家国情怀，已经成为激励后人"鼓棹击中流"的不朽精神。

五律·伫望
天河云澹澹，鹊渡路迢迢。
夜艾苍穹寂，星阑优月憔。
情丝缠万缕，望眼印清寥。
踽踽西蟾兔，依依共永宵。

花中君子

实名王国民。男，62岁，汉族，大专毕业，家住河南省洛阳市嵩县，县工商局退休干部。于2015年注册诗词吾爱网，现有诗作300多首，是上海诗社成员。

五律·雨后赏荷
雨过夏晴光，赏荷情满塘①。
珍珠明翠盖，菡萏溢清香。
鱼戏添幽趣，蛙鸣震远方。
陶然吾欲醉，湖岸自徜徉。

注：①该句一拗三救，仄平平仄平。

七绝·银杏
挺枝碎叶正直身，满腹慈悲济世人。
最美初冬霜染后，黄蝶盈树闹纷纷！

七绝·咏中国诗词大会
盛世东风浪漫天，诗词大会火空前。
飞花行令人陶醉，才子接龙雅韵传！

七绝·天涯海角
壮美天涯赏景光，遥思海角古蛮荒。
可怜万里谪臣泪，千载几人能返乡？①

注：①该句三拗五救。平仄仄平平仄平。

七绝·落花
小院梨花玉树开，无情风雨乱飞白。
主人不会悲花落，万物兴极必自衰。

七言·收看俄罗斯足球世界杯感怀

2004年初，国际足联确认：足球起源于中国的蹴鞠。

夏木葱茏热浪袭，足球大赛火邻居。
回回不见中国影，梦入春秋看蹴鞠①！

注：①蹴鞠，中国古代的足球运动。兴起于2300多年前的春秋时期。

五言·孤愤
长风万里吼，摇落天下秋。
老骥伏枥望，壮志何年酬？

七言·城中桃源
繁华县城小公园①，日日歌舞弄管弦。
柳摇金丝风筝起，隔街听唱包青天。

注：①县城小公园，指我的故乡洛阳市嵩县城街心公园。

华慧娟

立春
紫鹊鸣枝冻霭收，梨花一鉴照清流。

霞封岭表江初碧,鏊隐岚峰谷正幽。
登阁谁邀九天月,驾云我荡五湖舟。
开襟尽揽崟崟气,听任心涛涌案头。

痛悼饶宗颐先生

岁杪寒空薤露紫,痛哀羽翥雪霜迎。
还浮泰斗宏麟笔,更仰诗家壮宇声。
三万书藏惊博学,九能才备誉春城。
文犀腹笥中西贯,一代鸿儒与日横。

注:薤露,挽歌名。

新春寄语

沉霾散尽远峰横,梅雪邀晴似画迎。
石下听泉知律动,曲中阅世感风生。
梦开梦合随心境,春去春回拨泪筝。
聊把清茶当一醉,芸窗砚里逐英声。

梅庐有寄

暮色含芬晚夕斜,秦风一咏念蒹葭。
流光难掩三生梦,雨幕终归九陌霞。
阅尽世尘梅作笔,骞腾思翼砚当茶。
翰林书院寻千醉,自有高怀映玉华。

早春晨眺

红山登极眺云边,流泻光波托日圆。
鸟醒春城喧岭表,雪融大野净凝烟。
芳菲待发妆河岳,襟抱排虚拓宇天。
莫道穷途无骥马,吟鞭还策向晴川。

题菊

阅尽霜风独自开,东篱侧畔待君来。
尚留清气潜秋色,未蓄愁心上露台。
香抱枝头知雪近,影移书案任诗裁。
芳华何叹须臾过,已醉湖山不计哀。

锦绣谷

谁酿天宫酒一壶?甘醇清冽醉群儒。

色生碧鉴留云雁,势起 岩构画图。
十顷松涛鸣腹底,千寻瑶水接心衢。
欲邀鹤子腾空跃,振翮峰巅入梦乎。

庐山揽胜

蹬道盘岩郁谷开,岚烟涵翠净尘埃。
五峰拔地穹空矮,九派争流气象回。
登极须凭鸿鹄志,放怀还慕李陶才。
匡庐妙境堪谁绘,只待莘莘墨客来。

注:李陶,指李白和陶渊明。

美庐别墅

郁谷松间隐一庐,烟尘落尽叹吁嘘。
曾经龙卧风声起,毕竟时迁帝境虚。
云雨难违因守序,江山每易自成书。
而今人去门罗雀,唯有斜晖照寂居。

华明芹

女,1962年生,山东省枣庄市薛城区人,大学文化,薛城区残疾人联合会副理事长,系山东省诗词学会会员、枣庄市诗词学会副会长。作品散见于《枣庄日报》、《抱犊》杂志、《华夏诗文》等媒体,曾荣获第二届"岳阳楼"寻春诗会银奖。

七绝·织女星

织女明眸澈夜空,千年传说意朦胧。
天河浩渺无桥渡,古有星槎一点通。

七绝·无题(新韵)

昨夜浓云昨夜风,帘帷摇曳案前灯。
闲来寂寞无聊赖,独坐窗前听雨声。

华强北

真名周军民,男,1981年生,祖籍湖南衡阳,现定居江苏南京。现为自由职业者。从事数码维修、电脑维修、网络维护等工作。爱好国学、尤喜诗词创作。作品散见于"中华诗词论坛"（现为论坛九龙诗苑版主），"华夏诗词论坛"（现为论坛山东诗词常务版主），"港诗词论坛"（现为论坛词楼版主），"大中华诗词论坛"（现为论坛核心交流副版主），"中国诗歌网。"诗中国"，"华夏诗歌新天地"，"诗词吾爱"等网络论坛以及《长安》《泉州诗词》《三原诗词》《诗苑》等一些纸刊。

遣怀（平水韵）

功名富贵两悠悠，我自逍遥浪九州。
报国无门多忿恨，养身有道少风流。
糊涂半世轻狂客，劳苦终生孺子牛。
也学季凌凭鹳雀，吟诗悼古忆登楼。

感怀（平水韵）

赫赫中华国祚长，江山社稷数辉煌。
阿房宫伟城终毁，铜雀台高地已荒。
汉武秦皇虽不在，残垣断壁总堪伤。
几经分裂还归一，今复繁荣赶盛唐。

登高遣怀（平水韵）

白云袅袅映霞光，独上高楼俯大荒。
半面镜湖沉翠黛，一轮红日照宫墙。
人生代代无穷世，江水滔滔万里长。
华夏兴亡多少事，千秋社稷尽沧桑。

抒怀（平水韵）

近来琐事犯愁中，少有新诗问雅风。
半世漂流为寄客，平生夙愿做英雄。
填词醉酒思三变，报国从军学放翁。
莫笑鄙人狂妄士，虬龙岂肯与虾同。

抒怀（中华新韵）

出师试写二三行，卅载寒窗两鬓霜。
初始吟诗如草芥，由来作赋似糟糠。

水滴石破凭时日，致富发财靠智商。
隐匿红尘俗世里，不辞辛苦做文章。

抒怀（平水韵）

写赋填词且莫催，研今习古自高才。
啼天仙鹤无人养，娇美寒梅有意开。
深海鱼由深水打，雪莲花到雪山栽。
经书典籍连年颂，脱口成诗好句来。

华先龙

网名水墨情缘，中学教师，大专学历；中华诗词学会、中国楹联学会、中诗协研究会、湖北省中华诗词学会、黄石西塞山诗词学会、大冶市诗词楹联学会等学会会员。中华诗词论坛版主。作品曾在各级杂志及网络平台发表。有获奖作品。

村居早夏

雨浣春芳隐，林深夏木繁。
新蝉争献艺，小鸟喜传言。
香漫荷塘满，鸡飞草院喧。
老夫闲逗乐，作马弄娇孙。

五四青年节感怀

青春五四血熊燃，似醒雄狮已百年。
电闪雷鸣驱黑世，云开雾破有新天。
金星飞绕疆城靖，母舰航行华夏坚。
绮梦同追潮正涌，乘风振翅向前沿。

梦回童年

清晨早起菜瓜汤，卷袖光丫上学堂。
半路铁环如烈马，几支水铳赛钢枪。
摸鱼草饪解馋眼，偷薯野烧填肚肠。
微信铃声惊梦起，醒来对镜发添霜。

立夏

万木争荣夏日临，暄阳普浴鸟传音。

逐红榴蕊灯高挂,才露荷尖香远侵。
莫厌田蛙频弄鼓,堪怜水稻早铺金。
纵然从此炎炎启,欣有熏风献锦心。

行香子·桃花村长岭庄嫁女集体回门有感

莺唱桃林,燕舞晨昏,看石榴微露芳唇。旗袍竞秀,嫁女回门。正霞含彩,山含笑,水含云。

谁曾预料,礼法推陈,醉今朝格调高新。老姑雍雅,少妇清纯。渐年华炫,月华靓,梦华芬。

黄晨

曾用名黄庆学,笔名浑月,广西玉林博白人。1964年6月出生,大学本科毕业,从大学开始喜欢诗歌,是中华诗词学会会员、广西楹联学会副会长、广西诗词学会理事、广西散曲学会会员。

七绝·萍之梦

不记东风几度来,半池春水任徘徊。
偶听清夜两声韵,一脉青踪潋滟开。

七绝·碧湖独饮

今宵月色欲销魂,旧柳无声对冷樽。
我向凉风招醉手,凉风簌簌却无言。

七绝·都峤山大佛字

南山佛字傲天霄,闪烁金辉灵气飘。
多少贪官和浊富,一来脚下便弯腰。

七绝·闻梧州雾锁鸳鸯江

雾锁鸳鸯失碧波,虹桥空架对嵯峨。
谁言此境如仙境,惹我诗心苦忆多。

七绝·再寄北流

只恨时光未可赊,风云梦醒已天涯。
未偿旧债添新债,着我临窗看月斜。

七律·登岳阳楼

八百洞庭云梦浮,气吞江岳势难休。
胸怀万象宜登览,心有一私应愧游。
怀甫亭前花带笑,湘妃竹里泪还流。
纷纷大笔争题字,未似希文识两忧。

七律·和王力先生《咏绿珠》

笛声隐隐月沉沉,洛水春秋传好音。
应爱白州称玉女,何随金谷作珍禽?
崇楼一坠珠成血,故里长知魂有心。
她本洁来还洁去,清风过处起歌吟。

七律·无题

萋萋古道伤离别,渺渺尘寰音信绝。
雨冷凉亭衰草长,月明远浦流光歇。
吟魂耿耿自空知,弱柳飘飘谁可折?
愧叹平生悲憾多,千杯难化心头雪。

黄承旭

字墨侃,满族,农民,小学文化,1951年出生于河北省围场县城子镇桃山村。河北省楹联会,河北省诗词协会员。书法作品曾获"河北省第二十三届联墨大赛优秀奖"并连续三届入围央视迎春书画展。

五绝·塞罕坝(八首)
溪流

所欲随心淌,环山顺势流。
群蜓频点赞,岸柳撒金钩。

溪韵

下里巴人乐,阳春白雪歌。
叮咚鸣亘古,百转入长河。

溪戏

湍流尺半宽，水下乐陶然。
蝌蚪随波泳，鱼浆逐浪翻。

月亮湖

蟾宫折桂处，月动大荒流。
苇影千杆钓，钩来一叶舟！

七星湖

坎方星北斗，陨落在湖中。
些许离奇事，谁人能理清？

桃山湖

绿退苍山瘦，秋深塞上寒。
湛蓝泡子水，一色共长天！

双泡子

酷似一双眼，朦胧看大千。
垃圾随客至，丢尽市人颜！

将军泡子

紫塞一潭水，沉沙断戟弓。
烽烟昨日事，尽在笑谈中！

黄冬松

现居安徽巢湖市。媒体工作者。全球汉诗总会会员，中国音乐文学学会会员，安徽省作家协会会员。著有现代诗集《喝一杯春天的阳光》《60首诗·黄冬松卷》，有旧体诗词入选《当代中华诗词库》《中国近代百年诗歌精品》等选本。

七绝·敬亭山卧游

李白挥毫四海知，敬亭自此若神衹。
愚生纫佩秋兰草，面对诗山不作诗。

七绝·题《鱼荷相吻图》（新韵）

万物原来同碧落，鱼荷一吻荡心魂。
池塘也有卿卿爱，可笑人间少本真。

七绝·瞻仰革命烈士纪念碑有感

血雨腥风卷地来，英雄志士竞登台。
头颅抛却朝天笑，铁骨铮铮震九垓。

鹧鸪天·同桌的你

十载同窗闪斑斓，纯真清丽总欢颜。橡皮半块谁羞臊，书简一封我失眠。手挥动，泪潸然，翻开相片忆芳年。大红嫁衣谁穿上，日记如今在闭关？

寻梅·雪韵

纷飞一夜万物杳，看郊原，寒梅俊俏。粉妆玉琢女神巧。有蓝蓝飞鸟，眼含微笑。

孩童小手真真妙，造雪人，凌虚高蹈。童心烂漫齐说好。谛听春开拔，谁在读秒？

行香子·杏花

庭院新新，春意醺醺。推窗望，红杏如焚。疾抛臃肿，一片欢欣。有云儿翥，风儿吹，蝶儿巡。

天真秀秀，烂漫阿芹。手牵手，花下皮筋。欢声笑语，醉了乡邻。正韶光长，阳光灿，霞光馨。

定风波·咏絮

巧借东风舞得欢，一飞飞到满天边。瘙痒鼻炎谁之过？蹉跎。教你日夜不安眠。

咏絮之才成典故，徒慕。柳芽凉拌味新鲜。自古生灵难把脉，无奈。来年春日又缠绵。

八声甘州·端午杂咏

看千家万户粽飘香,孩童佩香囊。挂艾蒿菖蒲,雄黄在手,聊发轻狂。醉眼湖滨赏景,羽衣伴云裳。桡手轻如燕,竞渡翱翔。

何忍回眸历史?想汨罗奔涌,浩浩汤汤。叹诗人抱石,孤愤满心房。读离骚,千年天问,夜无眠,星月共铿锵。新时代,诗魂犹在,万里腾骧。

黄伏炎

男,1960年出生。湖南省湘潭市人,中共党员,中小高级教师,担任校长38年,支部书记3年。热爱诗词歌赋,多篇作品在市级刊物发表。现系湘潭市楹联家协会会员,雨湖区作家协会会员,大西北诗社会员等。为多所学校创作校歌(作词作曲)。

七绝·登平安大厦

鸟瞰鹏城入蜃楼,山川市邑眼中收。
浮云过顶星辰朗,玉帝迎前把我留。

七绝·天鹅湖

天鹅振翅泛青波,湖畔和鸣听鸟歌。
潋滟轻浮千丈影,林荫雅径步斜河。

七绝·仰教堂

青山滴翠教堂春,鸟语欢歌万象新。
殿宇超凡呈异彩,骚人墨客叹奇瑧。

七绝·美丽洲教堂

自古西湖传圣典,而今美丽数教堂。
材珍所雅昭风范,万客回眸仰浙杭。

纪念七七事变

卢沟骤雨起狂澜,宛县惊涛落魄寒。
日狗侵华掀巨浪,豺狼入府吠无安。
威师浴血驱倭寇,百姓横刀御大关。
共振神州皆雪耻,同兴震旦尽欢颜。

黄高天

男,1970年9月出生。中国书法家协会会员,上海中外文化交流协会民间艺术研究院副院长,中日友好协会会员。

五绝·问月(平水韵)

游子似孤舟,江湖踏浪头。
今儿双七夜,向月诉心愁。

七绝·一笑千年(中华新韵)

一山一水一尘间,一旦一夕一重天。
一夏一春一往复,一嘅一笑一千年。

惜春共勉

丁年漂在外,从未去伤春。
欲咏兴怀际,焉成鹤首人?

思母轻叹

母爱涓涓春雨露,慈心眷眷育儿情。
每思犹愧为人子,无以功名尽孝行。

问道于心

熙熙名利千丝共,攘攘苍生万缕中。
问道兴衰天意定,春风秋月醉樵翁。

黄光前

男,号悠然阁主,石虎山人,浴石。1957年8月生,大专文化。湖北省建始县人。现为中华诗词学会会员,中国楹联协会会员,中国老年书画研究会会员,中国国际书画研究会会员,湖北省书法家协会会员,恩施州书法家协会会员,建始县书法家协会副主席。湖北省诗词协会会员,恩施州诗词协会会员。建始县诗词楹联学会副秘书长。松风印社理事。2017年出版个人专辑《心轨》。

五绝·雪地漫步偶得
北风撕暖幕,山岭换银装。
原野孤行者,品梅无尽香。

五绝·偶感
心烦休练字,惬意好吟诗。
浓淡一杯酒,香甜我自知。

七绝·温州之行游南雁荡文书院
徘徊书院证前因,不见当年仲晦身。
先辈能知春草梦,识春我是后来人。

注:朱熹号仲晦,当年朱熹曾在文书院讲学。

五绝·船儿岛晚照
倦鸟归林久,晴空碧月悬。
岛中漫舞者,情动乐如仙。

五绝·山行
风动松声远,春深花气浓。
山中追梦者,恰与我相逢。

黄加毅

笔名务实,祖籍浙江平阳。晚年倾心于古典诗词艺术的研究、探索与创作,主张并坚持使用新声韵,同时以白话文为主导进行创作实践。作品多次获奖,被编入各类选本。传略载入《世界名人录》等多种名人传记与辞书。

七律·建国颂
东方破晓耀旗红,腾起炎黄现代龙。
党政核心导志向,民族气势贯长虹。
翻身横扫百年辱,自主欣迎七秩荣。
更喜改革深化笔,春光满蘸绘图宏。

七律·感怀50年前知青支边
国策支边我辈先,离愁岁月倍艰辛。
风沙磨去书生气,荒漠培红战士心。
莫道青春无艳丽,也曾生命显纯真。
当年那份思乡泪,洒遍天涯化绿茵。

五律·纪念改革开放40周年感赋
一粒神奇种,深播梦想中。
开花花色艳,结果果香浓。
风雨曾经过,春光毕竟拥。
何须来日问,不忘是初衷。

五律·某囚官抱屈
曾赋《咏荷》诗,高洁自勉时。
出泥初不染,入仕渐难持。
美女情焉拒,亲朋礼怎辞。
如非权害我,何至悔今迟。

七绝·少年琴友出国50余年突来电话
初闻来电问尊名,夹半乡音似陌生。
一把二胡曾凑买,琴声忆海泛深情。

五绝·田地承包
地是原先地,人还往日人。
农家何变化,富裕竞登门。

五绝·兄弟姐妹
一条滕上瓜,蒂落各天涯。
相互何牵挂,根同心底扎。

三台令·开国政府
世界国家未见,中华史册独书。
一代人民领袖,满朝文武公仆。

黄建新

笔名汗竹楼。自小受教于母亲。中华诗词学会会员。江西省书法家协会会员。治诗学、史学、书法。

西海岛群
绿岛如棋布,青螺入眼来。
天光开泰景,何处是瑶台。

问道太平山
章祖肉身佑圣藏,太平问道正忙忙。
驱车急上五龙顶,白云深处九回肠。

剪水图
一舟飞驾剪绫罗,水色霞光镜未磨?
绿岛葱笼图画里,有谁不唱武宁歌。

伊山野鸡
说罢龙鳅说野鸡,红冠花羽惹人迷。
春来一曲风流笛,遍地雏儿遍地飞。

猎渔图
一叶轻舟出彩汀,斑斓水色觅鱼情。
江南未觉芳菲尽,玉掌推波浪漫行。

高速武宁段
依山傍水舞长龙,千里征途一瞬通。
西海风光宜驻足,君行不悔此行丰。

桃花岛
艳艳桃花细细风,去年光景与今同。
黄蓉日日颜如昨,岛主殷勤捧玉盅。

神雾山
翠绿拥苍台,神光拨雾开。
寻梅闲倚杖,淑气入怀来。

荷池秋韵
秋风秋叶正秋凉,水色林光漫画廊。
欲赏仙姑何美女,来年春后满池塘。

野渡
野渡无人舟自横,朝阳未醒水边天。
山人许是贪颜色,一枕黄粱醉里眠。

如莲岛
万顷清波一鉴开,谁持玉剪绕莲台。
风光到此犹难尽,化雨春风着意裁。

黄剑峰

广东新会人。痴诗。江门交通局工作至退休。2002年加入江门竹园诗社,2010年至2019年任理事、副社长。曾有作品刊《江门报》《炎黄文化》《五邑乡情》《岭南诗刊》等,奖项偶有所得。

建国七旬傲
百劫历烽烟,求真勇向前。
宏图欣独秀,伟略颂群贤。
扶弱民生乐,倡廉法制全。
商赢诚信义,遏帝霸坤乾。

庆祝祖国70华诞
崛起中华傲七旬,自强不息妙图新。
远谋法治民情乐,特色旗扬主义真。
党政常廉双轨洁,江山永固四时春。
飞船航母高科技,改革纵深贫富均。

大潮起珠江
广东改革4旬纪念馆初访有寄(六首)
一
拾石观澜信物挑,珠江澎湃势冲霄。
四旬改革神奇策,万象欣荣壮阔潮。
告别贫穷寻俊逸,晋升富足享逍遥。
边陲飞跃先行傲,更上层楼颂舜尧。

二

中英街站忆从前，贫富悬殊道两边。
遥览怨亏谁怅惘，亲临为傲我欣然。
楼台近水能邻月，都市分区每隔天。
改革春风驱霾雾，鸿沟难觅凯歌传。

注：八十年代我开大客车之便常客载深圳，亦有幸到中英街。曾带妻儿想同游，由于儿子年幼没有办证，夫妻轮流过关，儿子在关前爬牛角。从异地穿梭汹涌购物潮及人们的狂热见证了沧桑。

三、石韵潮寄

浪礁鹅卵阵千行，饰物奇思绕馆旁。
古石水盈流彩韵，恒河沙积闪祥光。
翻腾粤海关开放，改革春秋业富强。
敢闯先行齐奋进，鸿图再展志昂扬。

四、小平92南巡伟绩

社资避议觅生机，开拓求真举粤旗。
开放先行凭勇毅，反躬再进创神奇。
老人睿智千军佩，新策英明万马驰。
摸石过河通四海，鹏程志展续丰碑。

五、高第街

云集商家款色齐，趋之若鹜认招牌。
平民购货频过市，高第摩肩喜逛街。
客杂路遥车暂驻，人多巷窄队长排。
初期开放成衣誉，异彩奢华配宝钗。

六、蛇口港

乘风振翅瞬扶摇，港建争分勇弄潮。
四海财通生紫气，三江客涌架蓝桥。
商楼栉比催消费，家电琳琅免税谣。
络绎班车归满载，旅游寻宝两逍遥。

黄丽

1980年生，山西省永济作协会员，中国诗词研究中心暨中国诗词研究会会员，河南少陵诗刊运城卷副主编，作品曾发表《香港凤凰网》《今日头条》《人民网》《北京前沿》《中国法制周刊》《九州诗文纸刊》《蒲州文学》《山西晚报》《河东文学纸刊》《少陵诗刊纸刊》《永济诗联》《中国诗歌网》等，2018年10月荣获全球华语诗歌比赛优秀奖，各大知名媒体刊登，喜欢唐风宋词，现代诗歌，喜欢爬山摄影，唱歌，余生愿意用诗情画意抒写人生。

七绝·久别重逢

久别重逢相见日，一人独自泪浇花。
曾经只当寻常事，再忆青春惜年华。

七绝·缘来缘去且匆匆

缘来缘去且匆匆，何必强词说不同。
人世只能三万日，逍遥自在享春风。

七绝·自古红尘多寂寞

自古红尘多寂寞，三杯两盏解烦忧。
谁知身后百年事，何不从容度春秋。

七绝·天若有情天亦老

天若有情天亦老，流光无意去匆匆。
回头往事惊人梦，怎奈青春易逐风。

七绝·只此天涯一段伤

风花雪月成悠事，只此天涯一段伤。
往后余生终不忘，烟云几许泪辞章。

黄利梅

江西石城人，女，1974年出生，教师，爱好诗词与旅游。赣南诗联学会会员，江西诗联学会会员，从事古诗词创作年多。部分诗收录在《首届(湘潭)全国红色诗文论坛诗文集》和《南来北往》中，曾发表微信专辑多个。

七绝·风中芦苇
借得白花飞作簪，如烟轻处水之南。
乘风欲上三山去，直问句芒要信函。

五律·冬游八卦脑
铁塔蓬莱立，风车云海浮。
远蓝经水洗，近绿有霜修。
身处空灵境，心怡缥缈楼。
今兹披发去，且作谪仙游。

五律·咏三门滩
群山生峡谷，百树聚阳隈。
野鸟于今宿，琴江至此开。
一场春雨过，几处浊黄裁。
篙点斑斓里，谁人戴月回。

五律·白莲吟
皎皎月牙貌，盈盈碧水湾。
经风香更远，过雨气愈闲。
独对时光舞，无拘世味攀。
本非池上物，何事驻凡间。

七律·无题
惊雷滚滚献神威，骤雨匆匆袭紫薇。
离散雏鸡檐角立，参差桐树屋前围。
放怀不得愁迁曲，对镜堪怜发短稀。
汲汲人生今过半，花开何日蝶飞飞。

七律·赞新时代女性
出外描眉淑女妆，在家挽袖是厨娘。
柔情可比三秋水，烈性能摧万仞钢。
心细穿针编锦绣，胆雄揽月驾飞航。
风姿飒飒凭高阁，敢立潮头竞自强。

七律·小城春色
又见东风醒柳芽，琴江两岸燕横斜。
淡红深紫高低落，浅绿新黄远近爬。

水漾涟漪初挽月，桥穿古韵欲拘霞。
谁邀春色弦弦舞，何处圆融何处家。

七律·金华山云雾
千峰际会迥然姿，万里蜿蜒作巨篱。
阵雨浮踪生缥缈，龙王逸兴试参差。
腾腾白雾南山入，隐隐蓬莱绿带移。
何必逐云登险处，壮哉此景寄遐思。

黄谱智

号亚丹达夫，湖北荆州石首人，中学退休教师。一生豁达乐观，宽厚仁慈。喜欢读书，爱好文学，尤钟情于古典诗词和杯中之物，向住闲云野鹤般的生活。有作品在省市级诗刊、微刊平台上发表，并曾获奖。

七绝·路侧荷塘
路侧荷塘十里香，游人心底透清凉。
芙蓉含笑随风舞，点水蜻蜓戏画廊。

七绝·访钟祥莫愁村
钟祥探访莫愁村，一睹芳容百感生。
陶令花源何处有，眼前皆是采桑人。

七律·怀念
——纪念父母诞生百周年
慈严驾鹤廿余春，夜静伤怀晓月明。
父爱如山铭五内，娘恩似海溢三生。
雷音寺内难谋面，奈何桥边哪见形。
翘首苍穹千滴泪，愁云万里祭双亲。

七律·迁居20周年有感
弹指迁居二十春，楼前幼树已成林。
小儿凛凛疾流走，老媪姗姗缓步行。
戚友往来添乐趣，宾朋远近得开心。
古稀尚酒量非浅，敢约嵇刘举大樽。

七律·石华联谊黄瓜岭

石华联谊大江边,书摄达人聚小园。
麋鹿蹄扬蓝草浅,河鲀尾翘碧波漩。
席间轻语磋工艺,醉里敲杯话古贤。
南北交融情义重,惺惺化雨润苍天。

七律·高山流水立丰碑

朋来陋室壁生辉,执手凝眸喜泪垂。
宦海沉浮无浊影,红尘苦乐有清晖。
壶中玉液时时浅,笔下新诗处处飞。
富贵荣华身外事,高山流水立丰碑。

七律·八一建军节感怀

夜半鸣枪惊古城,红绫绕臂见天尊。
铁流滚滚震寰宇,呐喊声声慑鬼神。
席卷千军驱虎豹,历经万劫化金身。
飞将戎马雄风在,傲视群凶保国门。

五律·秋思

秋夜梧桐雨,月宫桂子香。
满山枫叶老,遍野菊花黄。
赤子思乡远,慈母念儿长。
雁传天地苦,年到满庭芳。

黄荣兰

汉族,江苏丹阳人氏。中华风雅颂诗词网校校助,世界汉语文学会员。酷爱古文学,作品多发表于《天涯诗刊》《中国乡村》《中国当代诗歌大词典》以及今日头条等处。

五律·中秋之两岸月圆人未圆

乡树隔云端,空望旧井阑。
月轮凝不去,村酒更相残。
欲托秋边雁,难承故里欢。
烟尘和泪语,两岸每同看。

五律·善恶说

天道咨诹久,何当众色调。
失名千古浊,为恶一时遥。
善举虽无转,人心自有昭。
入流非易事,品望未曾消。

七律·七夕之望月

秋边云路几重重,孤月星河恨不逢。
碧落易沉情未断,素丝难缩梦无终。
每嗟一水东西隔,但得两心朝夕同。
只道人间新与巧,复闻天语鹊桥东。

七律·观《红楼梦》刘姥姥有感

促促生涯暮与晨,敝衣薄地未知贫。
心宽自在儿孙趣,居简何妨岁月尘。
皆道红楼难得势,惟怜紫陌有离人。
笑看事事胜无事,半是刍言半是真。

七绝·中元节祭祖

纸钱啸火祭幽坟,惊起啼鸦不忍闻。
欲问秋风吟所寄,余思遥袋上高云。

浣溪沙·闺情

春尽桃源花未开。门前有女泪盈腮。个中消息苦相猜。

莫是东君忘我意,还如红萼入人怀。无端别后不曾来。

桃源忆故人·人到情多情转薄

秋风秋雨伤离索,吹断万丝帘箔。点点櫓声零落,犹怯罗衫薄。

冰心长待同君约,不觉朱颜消却。一叹是今非昨,再道从来错。

贺新郎·七夕之相思(词林正韵)

别后欢娱少。每寻来、银河碧落,月

明相照。看取繁华频回顾,知与谁同昏晓。一春去,飞花解笑。试把流年轻拾起,绪无论,却说相思好。偏惹得,三分恼。

清尘难托风前草。抱深心,半入秋怀,离情杳杳。无语销魂凭栏处,当是家家乞巧。怎料是,重门径悄。数尽五更红烛泪,莫如斯,光景虚过了。天未老,人先老。

黄荣良

笔名晨曦,男,大学文化(机械设计专业),现任香港公司董事长,主业国际进口贸易。业余爱好:阅读书,听音乐,练书法,习写诗。座右铭:自强不息,自知珍爱,自我超越。

七律·暇思江南春梦

春风拂面气爽清,绿芽萌露万物生。
轻舟摇撸伴诗韵,深巷抚琴传吟声。
曲径通幽碑坊乱,白墙青瓦竹帘轻。
烟雨江南似水墨,浓彩淡抹也抒情。

2017年2月3日

鹧鸪天·辞旧迎新

斟酒一杯慎回眸,红尘繁纷百事休,岁末难忘迎新聚,借问余生欲何求。

倾曲折,感稠怅,挚友畅聊寸肝肠。薄酒流处义连绵,良缘点滴硕果收。

2016年12月31日

清平乐·中秋

金钩依稀,凭栏无觅处。碧池吹皱荷叶残,洞箫哽咽无奈。

影斜寒风习习,岁月飘落无情。鸿雁凄鸣南飞,红衣微香雨稀。

丙申中秋

临江仙·无题

思念春梦值千金,一枕岁月看江湖,伤感无限逝年华。相对无言说,品茗持壶把。

世态巨变仅瞬息,天涯处处为家。微风吹拂应无恙,漫步街巷里,细数枝头花。

2017年3月27日

清平乐·无题

春风温馨,依稀烟雨景,湖清柳绿水泊舟,一片雅致宁静。

丹青隐现琼楼,诗浪涌上书桌。明前踏青祭祖,把盏品茗消愁。

2017年4月3日

五律·春梦

柳萌雪未尽,破土露笋尖。
三月少微暖,赶衣仍织锦。
春雷惊蛰梦,情断寸心寒。
晨曦呈旭日,群芳齐争妍。

南歌子·无题

烟雨催人醉,湖光抹彩妆。穿瓦落檐啣泥忙,小镇深巷粽叶香。

摇撸掀浪动,岸柳青丝长。江南织锦闪金光,窈窕淑女怎感绸轻凉。

黄绍武

笔名江南雨,网名黄属郎。留燕往返。1962年出生。江西南昌市人。新西兰诗画摄影社骨干成员,作品海外散见于澳大利亚新西兰综合之《澳纽网》专栏,《华人头条》,新西兰《先驱报》。诗心斋文学会成员,中国唯美火狐诗社成员,诗意文韵作者会成员。君莲诗社办公室主任。南昌诗词学会会员。

七绝·八一缅怀

各位文豪大署来，军旗挥舞扫尘埃。
丰功伟绩诗词载，八一精神曲赋台。

七绝·许你一世繁华
一生许你永繁华，万世传情总盛家。
安得后庭都是福，人间更载子莲花。

七绝·水月亮
夜光湖色华胥梦，我向荷花潋滟开。
不用蹙眉盈好色，自然梁祝蝶化来。

七绝·纸上生活
拙笔薄笺桑梓甸，属郎重书李桃门。
悠闲花甲风云雨，知是夕阳何体存。

七绝·大暑
知了鸣空昼夜哗，噪蛙盘坐夏荷花。
何时比翼风云雨，炎热烟枝连理斜。

七绝·发小重逢
—— 观海石花照题
童情旧爱别时怜，鬓发新颜聚眼前。
莫向天涯寻找忆，安排今后手相牵。

【中吕】山坡羊
原平群聚，健夫凤著，填词雅笔山西赋。忆洪都，满踌躇。
曾经沧海他乡住，一片情趣为故土。兴，国梦铺；臻，万姓富。

七绝·战洪图
泛水冲堤举世惊，军民抢险瑞金情。
狂风侵屋倾盆雨，不比妖魔更难听。

蝉蟋蜓虾蝶莲花
—— 观齐白石画作
独坐黄昏白石遐，蟋蝉图画墨天涯。
无端意境眶心事，虾蝶蜓来莲看花。

黄升霞
女，1970年9月出生。曾经在文成县多个乡镇党委副科工作25年，工作之余，对诗词景物描述，人生哲理感悟有细微洞察体会。

工会疗休养东北长白山（六首）
五绝·登天池
天池明镜台，人大惠风来。
晴照华星点，千年凝一猜。

五绝·金姿
盛夏浣天池，金尊作鹤姿。
登高云雾少，汤主最佳时。

七言·海眼
海睛潭玉吐珠龙，七日一潮相达恭。
五步外深良可测，水清浅处可行踪。

如梦令·长白旷颜
长白神山圣水，关东第一山最。神秘观天池，孤旷天颜空兑。富贵！富贵！无入水口流坠！

浣溪沙·他们泊
波影岚烟群佩环，澈清碧透色斑斓。云收雾敛好晴川。
天朗气勤红潋滟，山屏空静雨华悬。一拿汪漾粗开盘！

踏莎行·苔原高纯
高山苔原，悄然绿绽。牛皮杜鹃迎阳雁，一山四季不同天，原始高纯雪相伴。
神秘壮观，争奇斗建。聚龙泉水雾弥漫，热气蒸腾八十三，喷发拓成巨伞面。

黄守东

笔名黄非红,河北隆化人,满族,河北作家协会会员,河北民间文艺家协会会员,中国少数民族作学会会员,中国电影家学会会员。1965年6月生。2000年辞职自由写作至今。自1988年以来先后在各级报刊发表各类文学作品八百万字,作品入选近二百种选本,有多篇作品获奖。

七绝·梅
孤枝独绽远群芳,淡月疏云傲冷霜。
那日逢君风雪话,至今言语有清香。

七绝·竹
岭前村后自成林,寒至方识风骨魂。
身在红尘为我友,节居云外我为邻。

七绝·荷
曾因花美多嘉句,素面逢君尽忘言。
从此身心脱亵垢,人如清水品如莲。

苏幕遮·草原之夜
枕夕阳,披锦绣。芳草连天,碧水红霞透。琴系马头歌舞就,篝火熊熊,千里一杯酒。
踏青波,携子手。放牧豪情,跃马天涯走。一路同行风雨后,飞舞翩翩,乘月摘星斗。

浣溪沙·秋游承德魁星楼
风扫闲蝉雨洗愁,菊香新酿热河秋,相携重上最高楼。
武烈墨浓枫色重,锤峰笔淡雁声悠,云烟千载眼前收。

黄四红

湖北汉川人,汉川市诗词学会理事,作品散见《汉川诗联》、《银河诗联》及一些网络平台等。词《沁园春·看我市第二届龙舟大赛感怀》获当届赛龙舟诗词大赛一等奖。力求用最简洁语言表达最完美诗词艺术。

五绝·访竹松兄不遇(口占)
君别太匆匆,回乡恨未逢。
登高凝望眼,再约小桥东。

临江仙·与竹松兄干驿雅聚
仲夏柳烟凝梦影,今朝古驿重逢。匆匆岁月去无踪,豪情依旧在,把盏笑从容。
漫忆当年因特网,识君竹韵松风。遨游诗海叙初衷。且抛身外事,一醉竟陵东。

注:竹松:即陈竹松,号一点酒香,敦煌市诗词学会会长。
竟陵:茶圣陆羽故乡天门市别称,古镇干驿在天门市东十余公里。

五绝·看老人垂钓
塘边一钓翁,脸映夕阳红。
钩得鱼三尾,春风满篓中。

七绝·感神话剧中猪八戒
已作天蓬犹妄思,广寒仙子笑无知。
高庄常望云中月,难了心头一点痴。

七绝·悼念(钟祥客店)二叔(四首)

一

戊戌冬阳暖似春,忽闻客店起悲声。
尊亲二叔慢些走,等等侄儿来送行。

二

车至钟祥进北门,迎仙亭里卧尊亲。
白云飞舞归何处?一揖声嘶泪湿襟。

三

悲歌哀乐声凄切,姐妹弟兄心已裂!
西下残阳山坳红,一如子辈眼中血。

四

今朝天地永离分,未报慈恩堪痛心。
谁令红尘多憾事?来年唯剩祭清明。

黄维

汉,原籍安徽省,1963年出生。军校毕业。早年曾在解放军文学期刊上发表过文章有:《绿色之梦》《在电波的那头》《军鞋》等作品。近年来的作品散见于《延边日报》《延边晨报》《满天星文学》《辽宁文学》《大连文学》《作家》《当代》《金麻雀》等。部分作品已被收入各种选集。现在是延边作家协会,延边诗词学会,延边新诗学会会员。安图作家协会,汪清作家协会会员,安图诗词学会副会长,中华诗词第八创作室编辑。齐鲁网刊编委。

七律·新农村

村落新容沐晚霞,田园尽处是吾家。
牵牛爬上篱笆院,喜鹊潜于古树桠。
月色清夷门外静,灯光淡净屋前斜。
阖堂共饮平安酒,饭后闲舒品绿茶。

2019年8月3日于安图

七律·思母

月高风疏夜清凉,独自三更入梦乡。
思母潸然情溅泪,牵怀老矣鬓粘霜。
一生劳苦不言累,半世奔波总说忙。
子女成人心殆尽,殚精竭虑我亲娘。

2019年7月27日于安图

七律·夕阳沐秋

夕暮正怡唱孟秋,金光送爽倚风柔。
霞披杨柳如青玉,日濯枫林似彩绸。
云沐山岚添雅韵,雾舒田野赋闲悠。
随心吟诵成佳句,岁月无忧乐不休。

己亥年孟秋于延边

七律·山村秀色

烟云深处山湖间,村落朦胧旷野边。
夏季荷盘生绿朵,秋年花蕊孕红莲。
晨光照进千家院,暮色收採万亩田。
瓜果飘香随可散,饭余茶后笑安眠。

己亥年,孟秋,于延边

七律·美人松

英姿潇洒向穹空,沐雨披霜迎日红。
冬可根深三尺雪,夏能体受四方风。
岁寒落叶开春后,俊影居天晓月中。
无论身经多磨难,依然对客笑相逢。

己亥年,孟秋,于延边安图

七律·立秋

一场细雨润新秋,窗外微凉暑渐柔。
山鹊伉声怡悦耳,树蝉低叫惹凝眸。
人间四季鲜花放,天上无期岁月钩。
晨气悬垂杨泫露,清宁依旧似川流。

2019年8月8日于延边

七律·大山深处的空凉

天畣户地成梯,路险沟深水顺溪。
喜鹊枝头空婉啭,黄鹂叶下唳声啼。
空巢老爷无人守,留守儿童弱毛倪。
壮力打工离别去,分多聚少啥休兮?

2019年7月28日于延边

七律·想娘亲

月高风疏夜清凉,独自三更入梦乡。
思母潸然情溅泪,牵怀老矣鬓粘霜。
一生劳苦不言累,半世奔波总说忙。
子女成人心殆尽,殚精竭虑我亲娘。

己亥年立秋于延边

— 479 —

黄伟夫

网名香山旧友,大中华诗词学会会员,湖南宁乡市香山诗社成员,微霞诗社顾问。曾任《枫网》诗词楹联栏目版主,现任大中华诗词学会月影诗社首席版主。

七绝·立夏
石榴花开满院香,双飞紫燕掠池塘。
日长人倦身无力,躲入荼蘼歇午凉。

五律·舞姬
翩翩似鹤旋,场上舞婵娟。
玉笋柔依袖,乌云软复肩。
随歌腰摆柳,踏韵步生烟。
细看姣娥貌,居然耄耋年。

七律·金沙江虎跳峡
一夜倾盆江似洋,危崖滴翠湿衣裳。
接天栈道云涛涌,越岸洪波雾气扬。
虎跳愁渊犹胆怯,龙腾恶浪任心狂。
排山倒海千层雪,仿佛黄河壶口场。

卜算子·莲藕
水上结莲蓬,水下依莲藕。蓬似光鲜立绿丛,心苦谁知否?
白藕处污泥,供养情深厚。折断身躯不断情,且看丝丝绺。

茶瓶儿·归家
夜星寥寥归旧所。小亭内、清凉如许。新酿铜壶煮。举家团聚,对饮消残暑。
居外何如家住处,何况是、天涯孤旅。回顾艰辛路,一番愁绪,难与家人语。

新荷叶·昆明大观楼公园赏荷
夜幕将临,孤身依岸游园。堤畔荷池,丽株犹是芳妍。婷婷玉盖,簇拥起、婀娜红颜。清香幽远,引人遐想翩翩。
茂叔谋篇,亭亭净植名传。元肃挥毫,娟娟倩影千年。羞惭西子,比高洁、略胜婵媛。恼秋匆促,花容长驻难圆。

水调歌头·清明慰双亲
驾鹤乘鸾去,一别渺人烟。可知冥界时日,今夕是何年。痛忆当年离去,无力回天救急,衣食怨贫寒。忍看别亲友,挥泪弃人寰。
点香烛,呈果食,散冥钱。抚碑忍泣,叩首三拜发悲言。死去阴曹难返,活在人间易散,迟早共团圆。但愿相扶助,艰苦度当前。

满庭芳·国庆抒怀
万里空云,秋高气爽,一派繁盛光明。黛山堆翠,歌鸟竞相鸣。柳掩清江低岸,波纹下、锦鲤轻盈。寻常巷,家家把酒,笑语话升平。
心宁,消畏惧,无忧暴恐,永不担惊。玉宇成仙境,胜似蓬瀛。自有雄兵百万,固金阙,卫护生灵。凭强国,趁晴朗日,异域畅游行。

黄小波

江西鄱阳人。中华诗词学会会员,江西省诗词学会会员,上饶市三江诗词楹联社社员,鄱阳县诗词学会常务理事,田畈街镇诗词分会副会长兼执行主编。2018年江西省首届"十大青年诗人"荣誉获得者。

破阵子·品国画大师江治安《山神水韵》有题
水是王维妙句,山如灵运佳诗。松柏

迎风幽翠染,烟雾翩绵漱玉词。挥毫泼墨时。

无有胸中丘壑,何来笔下生机。走出书斋天地阔,画得神州日月齐。任它白发催。

鹧鸪天·雪晴游

映雪朝阳染墨松,竹朦影胂曲寒风。舟浮湖泛桃花浪,霞弄梅涂脂色红。

游古寺,击晨钟,山巅直上学英雄。纵歌狂啸群峰响,放我豪情到碧空。

鹧鸪天·忆娘春耕

古树田边扯夕阳,老牛衰媪影长长。远山随月吞霞色,小径闻栀带露香。

腰不直,发如霜,鹑衣裹累洗荷塘。儿今欲写家慈苦,停笔悲怜怕字伤。

南乡子·月满千山一笛秋

恋尔怎堪休?人在江湾旧处游。无语夕阳身影瘦,风飕。谁管青丝雪染头。

痴爱总难酬,苇败荷凋更惹愁。缕缕别情多少恨,何收,月满千山一笛秋。

满庭芳·江边独赏中秋月

画舫凌波,华灯映水,碧霄无限晴幽。笙歌随月,缥缈满西楼。小径霜枫飘蝶,辉光下、白菊香流!无人处、凝珠寒露,缓步嚼清秋。

谁吹幽怨笛,一声孤雁,撕我乡愁。怕吾苦,竹松故遣风柔。冰镜江天相照,团圆寄、灼痛明眸。空怜望,归舟影尽,雪月更悠悠。

咏山泉

志在汪洋下绝巅,流芳诗佛石松篇。潜滋竹柏玄穹色,直续钟徽好友弦。
万里关山随势度,千帆江海伴涛眠。谁言此后无消息,满眼云霞上昊天。

夏夜过石钟山

星流月涌夜深时,一叶轻舟载酒卮。
两色江湖山下界,三人影迹浪中随。
东坡气象心难舍,靖节情怀志不移。
笑看红尘名与利,从容乐钓水云诗。

注:两色江湖:在石钟山百尺危崖之上,有一清浊亭,在此赏长江西来,鄱湖南至,江湖交汇,江水浑,湖水清,长长一条水文线,划界明显,蔚为奇观。坐船而过,又别有一番景致。清浊亭柱上对联"江湖两色,石钟千年"乃钱伟长撰写。

打工仔

生辰赶货汗沾衣,信息频来惹泪飞。
急告娘亲千样好,美颜一拍瘦儿肥。

黄小刚

诗词爱好者。诗词作品散见于《中华辞赋》《星星诗词》《诗词报》《词月刊》《东坡赤壁诗词》《长白山诗词》《四川人文》等诗刊杂志,迄今发表诗词500余首(次)。中华诗词会员。大中华诗词论坛和华夏诗词论坛网站版主。江南诗社副社长。

五律·防洪

草蔓缠双履,风吹水涨初。
木舟摇曲岸,野鸟数游鱼。
雨密人难睡,眉愁意不舒。
沙堤岿然立,老少可安居。

五律·想做放牛郎

绿草水波扬,当年好牧场。
挥鞭追日落,伏地数花黄。
少小愁云淡,年高皎月凉。
惯经风雨后,想做放牛郎。

五律·娘

春燕念家乡，归来绕画堂。
屋前鸡鸭闹，灶上饭蔬香。
瘦影扶枯树，霜丝映夕阳。
露怜萱草老，莫老我慈娘。

七律·端阳遣怀

楚江恨水向西流，寂寞湘河浸冷洲。
长叹乌云遮朗月，又嗟佞党戮忠侯。
皇权任性芸生苦，民意卑微舛命攸。
今日万家风带笑，几人深悉左徒愁。

七律·己亥生日自叙

风送飞花春欲瘦，一年又复感苍茫。
从今疾雨催红去，自古时光使物伤。
眼望尘嚣人杳渺，步行世道路艰长。
幼儿啼哭不能老，泪落心头湿鬓霜。

七律·题白居易草堂

恨遭构陷贬江州，北麓香峰化旅愁。
竹瘦吟诗文采溢，松青待客柳塘幽。
斜窥明月沉心髓，浅种花田悟夏秋。
醉饮清泉三载了，山空君去草堂留。

南歌子·一村烟缕舞长空

田漠青山重，天高落日红。鱼惊凫鸭晚霞中。村口耘耕肥土欲种东风。
小手翻书页，黄鸡逗学童。一村烟缕舞长空。饭淡菜香茶满妻喊收工。

如梦令·汛期巡堤

绿水肥河依旧，风簇浊波蹙皱。眉眼未消愁，暴雨藏忧急骤。巡漏，巡漏，人与岸堤俱瘦。

黄心培

字清源，生于1953年10月，上海崇明人。毕业于全国成人高教自学考试汉语言文学专业本科（浙江大学）。现为中国楹联学会会员，中华诗词学会会员，中国文化信息协会会员，沈祖棻诗词研究会副会长，上海枫林诗社社员。现任上海市松江、南汇、杨浦区四平老年大学诗词楹联班教师。自1973年起至今，已创作诗词联赋约3800余首（副、篇），撰写学术论文50余篇，已在海内80余家专业报刊杂志上发表作品约1800余首，发表论文30余篇。

作品曾多次在全国获过奖，个人作品专集有《清源集》。作品和传略被收入《中国当代艺术界名人录》等六十余部当代艺术典籍和辞书中。

咏梅（五首）

一

岁寒悄展雪霜姿，清气干霄志不移。
因在昊天修正道，反成群玉谪仙姬。
羁縻野岭仍彰信，泄露春情未掐时。
堪解上皇丢脸面，欲加之罪岂无辞？

二

冰魂素有报春心，冷艳曾赢万类钦。
无惧雪霜摧傲骨，只缘松竹是知音。
高怀未憾群芳远，静影尤宜月色深。
任你寒流猖獗甚，敢凭清韵坦胸襟！

三

每临年暮叹苍生，抗节之身气自清。
寒野草莱颜尽改，漫天风雪路难行。
既然无意朝群玉，轮不到侬吭一声。
红泪酿成香万树，岂因仙子太多情？

四

未入桃源了遂初，故凭天性远丹除。
思圆旧梦先敦本，敢对寒朝下战书。
傍涧从容瑶蕊绽，连山抖擞锦云舒。

虽违帝命心无悔，笑迓春归意自如。

五
冲寒抗志赖心坚，论节花魁理占先。
任有千秋传美誉，从无一语感神仙。
春光岂怕冰封堵？铁骨全凭雪洗湔！
绿萼含怡辞旧岁，清芳引世入新天！

与诗友同去浦东高行游牡丹园，惜乎太迟，园中牡丹已凋零过半矣，感而作。

一
自尔身沾富贵名，世人皆羡色倾城。
檀心纵引群芳妒，锦萼仍将倩影呈。
相看玉颜犹有泪，始知天意本无情。
思来历历荒唐事，岂怨东君未摆平？

二
但记家乡是洛阳，美人捻后喜登堂。
姚黄溢富包金缕，魏紫含娇结绣囊。
万寿图中称贵客，群芳谱里列真王。
只缘天下无双艳，赢得人间第一香！

三
有缘吴苑又相逢，半带娇羞可是侬？
曾借谪仙惊帝戚，也因倾国畅心胸。
贵妃一捻真情笃，学士三章醉意浓。
若是东风留得住，花王岂会现愁容？

四
曾因美艳誉天香，引蝶招蜂意气扬。
慧质谁疑彰国色？芳容自合着仙妆。
虽教玉版迁瑶圃，毕竟高行非故乡。
怎奈春归葩渐萎，东君无力护花王！

五
迟来事与愿相违，忍见丛台半式微。
嘉卉顺天循节令，小园无计续芳菲。
云何瑷瑍风何软，花渐凋零叶渐肥。
行过石桥回望罢，慨然挥手送春归！

黄馨

湖南邵阳人，武冈市、邵阳市、湖南省诗联协、摄影协会员，作品见《诗词百家》《中国对联作品集》《新时代中国诗歌大辞典》《百诗百联》等书刊。曾在"兰亭杯"全国老年文艺大赛中，摄影、诗文，分别荣获金奖、银奖，在第三、第四届"寻春"全国诗词大赛中分别荣获金奖。

七绝·立春巧逢大年三十
春姑如约大年来，新岁中华泰运开。
锦绣乾坤花世界，东君胜券稳操裁。

七绝·党的九十八岁生日感怀与祝福（新韵）
丹心筑就山河秀，扫尽狼烟壮志酬。
酷雨凄风皆走过，迎来近百寿千秋。

七绝·月月红
月季红红向我开，惠风软软淡香来。
娇花朵朵天然美，吾眷依依把韵裁。

七绝·向境
朝看浮云晚赏霞，翠林弯处好宜家。
常听鸟唱清清脆，春夏秋冬季季花。

七绝·赛龙舟
五月龙船竞上游，端阳每近雨将稠。
天公有意成人美，河水充盈好赛舟。

七绝·惠政宏愿遂心
改革从来多喜庆，如今楼宇也修成。
新茶名酒期年客，不负乡情不负卿。

七律·故园情
欲走娘家天色晚，彩云映日捧斜阳。
银机呼啸飞高远，紫燕穿梭绕旧墙。
岁月匆匆千树茂，季风缕缕百花香。
人生易老情难老，眷恋深深是故乡。

七律·改革颂（新韵）
改革卅载普新篇，林立楼房栋宇轩。
民众安居家富美，人们乐业梦得圆。
银鹰腾起家山上，高铁穿梭市井边。
展翅鲲鹏翔万里，长龙驰骋五洲连。

黄兴龙

温州人。作家、摄影家。中华诗词学会会员、中国楹联学会会员、原鹿城诗社书记。已有数百首（副）诗词楹联分别在国内外报刊、诗集上发表。其中许多作品被镌刻各地的亭台、寺院、牌坊上。本人传略已入编《当代温州人物》《中国诗词楹联艺术家大辞典》《中华姓氏楹联家大词典》《中国当代经典诗选》、《中国楹联家大辞典》等辞书。

七律·尊道贵德陈崇杰
紫霄玉宇显奇珍，八卦丹台绝俗尘。
贵相明心皆悟本，德音示物竟修真。
东蒙资福万年妙，净水景山千古新。
识命知玄生四象，宽宏杰思倍精神。
注：四象。《易经》有太极生两仪，两仪生四象，四象生八卦句。

七律·古稀戏作自娱
风云岁月驭春雷，人事骎骎入梦来。
尺璧堪珍浮紫气，寸阴无价脱黄埃。
三思举步诗情出，百折毋回世眼开。
乐水乐山骚客意，一身文胆莫疑猜。

七律·依仞袍兄《再游百丈漈》韵
漈连天顶回崖险，气壮河山难放晴。
银瀑飞流崇百丈，翠峰环立誉文成。
尚疑彩练当空舞，还叹长鲸喷水声。
澎湃咆哮云际过，蛟龙带雨迅雷鸣。

七绝·温州道教冠巾法会
玄门贵德九州同，受戒紫霄声势隆。
八卦神坛多瑞气，步罡踏斗起雄风。
注：温州市道教协会首届全真派道士冠巾法会，在市道教协会会长陈崇杰主持下于西山紫霄观隆重召开。

七绝·谒蔡心谷先生故居
儒林门第慕功曹，理学族群品自高。
同祖同宗欣鹊起，书香永继乐风骚。

七绝·重振雄风
大江东去益豪情，磊落胸怀百万兵。
风范萧然迎旭日，审时度世又长征。

七绝·鹩哥学唐诗
昂头炯目婉鸣亲，恭喜发财堪足珍。
难得春眠才觉晓，佳音妙句最惊人。
注：鹩哥，别名秦吉了。不但会讲您好、恭喜发财、欢迎光临等简单人类语言。有的还学会背诵"白日依山尽""春眠不觉晓"等唐诗。

七绝·矮凳桥传说
元兵突袭正秋高，赏景城东无处逃。
矮凳当桥纵马过，仙翁救驾有功劳。
注：温州矮凳桥。据《中国民间故事》载，相传明太祖朱元璋攻下温州后，独自策马出城赏景。也遭元兵突袭，前有大河后有追兵，一位仙翁天降板凳让其跃马而过。后人在此造桥，也就名其为矮凳桥。

黄艳玲

女，茂名南天诗社会员，1960年7月8日生人，诗词学会会员，作品发表于多家书报刊。

五律·石门泛秋

西风吹合浦,红蓼满汀洲。
鱼跃千层浪,荷香万顷秋。
平湖飞野鸭,芦荡憩沙鸥。
荣辱皆相忘,载酒弄扁舟。

七律·咏菊

雾锁清秋冷气侵,自题夙愿寄知音。
疏疏篱下向风诉,寂寂庭中和曲吟。
一阕云笺流竹影,三生石砚念禅心。
胸罗万种芳菲韵,千古雅歌唱到今。

唐寅花月吟(步韵)

疏篱朗月照花枝,花美醉人惹月思。
月满乾坤花盛处,花开富贵月圆时。
醉斟月下赏花酒,雅和花前咏月诗。
常恐春花秋月老,祭花拜月笑人痴。

喝火令·立秋

夜露沾衣湿,梧桐一叶秋。日边蝉叫小园幽。忆昔藕花丝雨,树下泊莲舟。

镜里菱花影,今朝雪染头。画桥烟柳少年游。翠幕风帘,独自上西楼。听曲凭栏临眺,歌赋唱同酬。

鹧鸪天·寒露

石绿酡红彩映池,半塘瑟瑟柳参差。冷风吹乱残荷影,清露凝珠野菊枝。

星斗移,月盈亏,人生弹指似青葵。霜催燕雁南归去,桐叶焦枯秋暮时。

忆江南

家乡忆,梁下燕呢喃。桑葚染唇呈绛紫,毛桃涩齿启朱丹。嬉闹捉猫玩。

忆江南·雨

江南雨,淅沥冷敲窗。三世缔盟传杏蕊,一帘幽梦结丁香。捻断几愁肠?

忆江南·云

漫舒卷,聚散两依依。烟袅桃村临黛瓦,霞流蒲岸映清池。转瞬雨飞丝。

黄耀明

茂名南天诗社会员,男,1958年6月出生。本科毕业,诗词爱好者。

五绝·赞荷

碧玉银珠池,蜓立荷尖舞。
鱼虾伞底游,蝉鸣垂叶柳。

五律·晚夜游鹭江

晚夜游鹭江,凉风吹热浪。
金台数对岸,只隔一峡湾。
景美银灿灿,国强谋发展。
心神多爽朗,共度好时光。

七绝·醉听人

青青杨柳孟夏情,质丽天生好嗓音。
滴水穿石始如今,方园萍聚醉听人。

七律·千人太极聚闽莲

千人太极聚闽莲,百里丹霞喜笑颜。
拳友八方来见面,欢歌一片盛空前。
交流技艺人人羡,增进情谊共结缘。
国粹传承身体健,中华强盛万千年。

清平乐·太平僚

青山绿水,太平僚崎道。万亩翠竹风中耀。农家欢乐姑笑。

龙泉清浊岛礁,七层瀑布景好。革命老区奥妙,旅游致富奇召。

长相思·脱贫

想悠悠。念悠悠。缺技愁钱把路修。月明人倚楼。

小路弯。小路长。老区脱贫党指向。践行奔小康。

长相思·但愿相逢花又红

月朦胧。鸟朦胧。此刻为何去匆匆，思恋日渐浓。

语呢哝。话呢哝。但愿相逢花又红，影留长廊中。

醉花阴·思恋

离去匆匆愁永昼，思绪绵绵透。几度销魂魄，月挂梢钩，倩影在心头。

红尘苦旅暮回首，多少痴情凑。无眠盼回眸，悲感欢薄，思恋伊知否？

黄永强

字岚逸，号岚逸居士，男，汉族，甘肃省定西市安定区人，自小喜欢诗词曲赋及现代诗歌，在文学创作中诗词曲赋及现代诗歌、散文、随笔、杂文皆有所涉及。

喝火令·恋词千首为谁呈

好梦年年减，霜丝夜夜增。苦听残雨待天明。吟得行云流水，吟不得愁生。

欲酿相思酒，终成带发僧。恋词千首为谁呈？一世浮名，一世泪盈盈，一世玉堂高马，不及有贤卿！

注：依黄庭坚词格，入词林正韵第十一部。

贤卿：恋人间的爱称。

明，汤显祖，《牡丹亭·幽媾》："贤卿有心恋於小生，小生岂敢忘于贤卿乎！"

七律·武夷岩茶吟

紫砂壶里一方春，涤闷消烦去俗尘。
原是武夷山上客，今为文火水中身。
纤纤黛叶留香色，滟滟红波有唾津。
自古贤才多笔墨，东坡妙句赋其珍。

五绝·咏牛

何餐半粒粮，却苦米千仓。
有乳苍生济，无奢卧草房。

卜算子·七夕

天上有别愁，尘世多离苦。棒打鸳鸯拆两头，可恨西王母。

众鸟尽高飞，七夕仙桥语。一夜相逢泪双流，梦断银河渡。

七绝·有逢总比无逢好

莫言情苦一年逢，逢晤君前赠女红。
尤叹嫦娥无此夜，绣成鸾凤寄西风。

黄友富

黄友富，江西庐山人，资深诗词家，诗词活动家，兼擅书法。

晚钓

池边轻拂菜花风，便觉群山万籁空。
满篓闲情装不下，一竿钓起夕阳红。

南园即景

燕穿紫陌泛新晴，少女寻春结伴行。
欲觅南园人不见，菜花深处起欢声。

山乡即景

山乡夏日曙清薰，三两啼鸡隔岸闻。
雨过池田风送韵，新荷香透一溪云。

田间

风和日丽沐村庄，碧野铺金耀眼黄。
漫步田头蜂引路，一身花瓣一身香。

东田即景

溪边杨柳染新黄，正是田家农事忙。
小妹扬鞭追晓月，一犁烟雨带泥香。

黄友龙

男，1966年生，枣庄市薛城区人，大学文化，薛城区奚仲中学常务副校长。系中华诗词学会会员、山东诗词学会常务理事、枣庄市诗词学会会长，《华夏诗文》杂志主编。曾荣获第十三届、十四届"天籁杯"中华诗词大赛金奖等奖项。

七绝·望日远游
怅望空中孤月轮，小车欲上几逡巡。
暂时忍却思乡泪，滇路归来可洗尘。

七绝·中秋夜吟
织女牛郎夏复春，天河一抹色如银。
无情最是中秋月，一夜团圆照别人。

注：别人，分别的人。

七绝·仲秋怀远（新韵）
霜风孤雁过群山，桂魄凄清照满天。
寂寞嫦娥应不寐，青灯摇曳月宫寒。

七绝·忆旧人（新韵）
故水重游物境同，画船歌管怎能听。
漫凭万点相思泪，洒向秋荷作雨声。

七律·游微山湖（新韵）
三五良朋载酒行，渔歌鸟唱满途听。
鳞鳞波细微湖静，脉脉香熏菡萏明。
啄水嘬鱼双翠鹭，依荷恋苇几蜻蜓。
回眸湖面菱茨叶，船过涛兴恰似萍。

排律·庆祝建国70周年（中华新韵）
天安门上巨人吼，震撼寰球多少秋。
百业皆从墟处建，众端都在事前谋。
援朝东部阴魂散，拒印西边魔爪收。
两弹长将苏美惧，一星久让日韩忧。
联合国内复常任，世贸洋中入瀚流。
港澳回归奇耻雪，钓台巡绕玉钤筹。
悟空墨子何能偶，高铁宏桥谁可述。
碧海蛟龙惊鳡隐，苍穹火眼现辰幽。
春风万里丝绸路，夏雨千帆粮米舟。
北斗导出强境界，辽宁航引近先头。
昂然跨进新时代，不忘初心践大猷。

注：钓，钓鱼岛。台：台湾。玉钤：相传为姜尚所遗的兵书，泛指兵略，武事。悟空：悟空号卫星。墨子：墨子号卫星。蛟龙：蛟龙号载人潜水器。火眼：中国天眼。北斗：北斗导航系统。辽宁：辽宁舰。

永遇乐·雾夜感怀
现隐亭台，有无花木，乌泣何处？曲径迷离，似融满月，缕缕云来去。假山漠漠，寒塘冰锁，寂寞小鱼凉否？夜风微，萤灯亮灭，一坪草凝晶露。

月风惹思，胸中烟涌，一片茫茫无绪。美事难成，良辰易逝，偏又逢岁暮。有情何奈，无情造化，潜幻人间未睹。暂相寄，形骸宇内，啸山咏树。

鹊踏枝
梦里寒蛩鸣未断，唤醒秋心，心事难排遣。帘外积花吹又散，月闲露冷凄凉院。

寂寞柳条摇不倦，想挽今宵，脚步轻轻慢。欲理清愁愁愈乱，漫凭漠漠星河转。

黄有明

男，汉族，1947年7月生，滕州市人。高中文化，滕州市农业发展银行退休干部。系中华诗词学会会员、山东省诗词学会会员、枣庄市诗词学会理事、滕州市诗词联赋协会名誉会长。曾荣获第二届跟着古诗词去旅行岳阳楼诗词大赛金奖,第十二届、十三届天籁杯中华诗词大赛银奖等奖项。

七律·改革开放 40 周年感赋
鼎新革旧力无穷,四十年来硕果丰。
经济腾飞民富裕,军威壮大国兴隆。
和谐社会和声亮,一带康庄一路通。
若问当今谁主导,中华敢做世间雄。

江城子·悼凉山扑火英雄
天灾自古最伤情,灭牲灵,噬农耕。火怪风魔,面目露狰狞。百姓无端遭祸患,心内苦,向谁倾。

消防战士是豪英,保安宁,献忠诚。勇往直前,不顾死和生。敢付青春降烈火,民众泣,鬼神惊。

西江月·秋兴
棉蕾绽铃雪白,菊花吐蕊金黄。秋枫滴露换红装。恰似晚霞飘荡。

观景惹人陶醉,归家伏案匆忙。吟诗作画著文章。图得心情舒畅。

一剪梅·打工族
冷雨西风扣小窗。村外萧瑟,室内凄凉。又逢佳节倍思乡。形影孤单,心意彷徨。

人在天涯莫感伤。不负青春,珍爱时光。丈夫有志贵坚强。别亦平常,聚亦平常。

卜算子·咏竹
巨笔绘云图,青伞遮幽路。秉性坚强傲暑寒,总惹骚人伫。

有节更虚心,无意青云步。唯与松梅结友情,一任群英妒。

破阵子·春情
昨夜窗前雨细,今晨篱下花明。十里柳堤穿紫燕,几处桃林唱早莺,万方乐太平。

近水人家富庶,向阳苗木葱灵。惯看山川添异彩,更喜中华步锦程,顿然豪气生。

小重山·客至
院外梧桐墙内花。丁香香馥郁、入邻家。清晨喜鹊唱枝桠。稀客到、沽酒泡新茶。

齐赞好年华。东风催白发、事桑麻。和谐社会令人夸。言未尽、不觉日西斜。

风入松·团圆
前年岸柳叶初黄,离别家乡。孤身一去关山远,不由人、挂肚牵肠。无事出门眺望,空帏暗自神伤。

今年游子忽还乡,笑满兰堂。小村已换新模样,趁东风、莫误时光。贡献聪明才智,齐心共步康庄。

蝶恋花·思念
萧瑟西风凋碧树。四野苍凉,百草披衣素。万类霜天垂日暮。谁知落叶归何处。

梦里相逢曾几度。笑貌音容,依旧亲如故。拭泪欲言心腹语。斯人又过千山去。

满庭芳·忆军营
大漠孤烟,长河落日,也曾沧海横流。平沙万里,猎猎晚风遒。挖洞积粮拉练,军营处、频亮吴钩。那时节,金戈铁马,豪气贯春秋。

韶华如过隙,雄心犹在,岁月难留。

怎能忘,当年敌忾同仇。且喜龙吟虎啸,中国梦、更上层楼。谁怜我、空怀壮志,白发却盈头。

黄友明

黄友明,字金桥,网名林泉茶翁。籍贯江苏兴化,职业经纪人,碧山吟社暨无锡诗词协会会员。闲暇之际,犹喜徜徉诗词古韵,偶有即兴之作。

五律·贺诗词吾爱网 APP 新版上线

道贺触屏热,迎眸舒笑颜。
暖心吾爱网,新版自通关。
分享华章罢,行吟法宝闲。
时风流雅韵,脉脉绕河山。

七绝·梦莲

昨夜清风一觉长,神随幽梦返莲乡。
圆盘把盏金尊换,明月红云入酒香。

七绝·端午祭

汨罗遗恨祭先贤,一曲离骚谁比肩。
最是忠魂怀社稷,粽香飘过万千年。

七律·榴花

天公不忍芳菲歇,五月仙榴炫玉葩。
昂首炎风炼元气,拏云绛雪竞明霞。
赤心但觉花期晚,兰梦何曾果味夸。
百子甘甜开笑口,金秋到处说丰华。

七律·仲夏游白旄茶果园

白旄近向碧波迎,墟落林园风物清。
醉李尝鲜千万客,斑鸠唤雨两三声。
吴山入画迷云水,西子归闲乐钓耕。
回首依依何忍别,茶余犹自话蓬瀛。

七律·十里荷花锦绣开

凉风送爽别书台,一夏清芬不用猜。
傍水蜻蜓争上下,凌波鸂鶒爱依偎。
半湾桂棹芳香浴,十里荷花锦绣开。
更有柳堤留倩影,罗衣纨扇久徘徊。

临江仙·冬晴刘泽行(徐昌图体)

白苇波翻云逸,红杉影照鱼翔。烟霞深浅染流光。古湖遗韵在,候鸟入天堂。

一幅丹青画卷,连年锦绣文章。清风骀荡米鱼乡。田园新特色,刘泽正飞航。

满庭芳·清明祭(晏几道体)

荒垛孤横,墓碑林立,低空归燕巡梭。柏枝溥露,正泪眼婆娑。感念春晖送暖,禾苗壮、四野青波。

溪桥畔,早莺喧柳,临水唱欢歌。韶光能几许?椿萱虚位,孝奉违和。值清明,亲恩历历何多?果味鲜花祭祀,追思语、风里吟哦。音容在,无端往事,明月梦乡过。

黄有水

字恒源,男,汉族,山东滕州人。1957年11月生,大专学历,原滕州市民政局副局长,现为中华诗词学会会员、山东省诗词学会会员、枣庄市诗词学会理事、滕州市诗词联赋协会副会长。曾荣获第二届跟着古诗词去旅行岳阳楼诗词大赛金奖、第十三届天籁杯中华诗词大赛金奖等奖项。

五律·咏新"四大发明"
高铁

铁龙腾九域,掠影八方狂。
清啸惊云骥,奔驰挟电光。
朝辞南国雨,暮染北疆霜。
游子叹神速,天涯咫尺长。

支付宝

网络连银卡,青蚨随处生。
空囊欢酒肆,扫码走商城。
器妙邻邦叹,客悠通旅轻。
一机持在手,潇洒九州行。

共享单车

亮丽街头秀,腰身暗码藏,
双轮穿碧野,五彩映朝阳。
影乱流莺醉,风驰单骑狂。
晨昏乐低碳,骄子傲康庄。

网购

一网联天下,商情四海通。
标移南国月,键点北疆风。
夜半闻枝翠,午时见荔红。
城乡醉淘宝,女士首当冲。

五律·正月初六早见打工者冒雨赶路有感

喜雨逢初六,通衢车马狂。
流云风里疾,行者路边慌。
春日怀鸿志,铁肩扛栋梁。
前程多坎坷,五味隐沧桑。

五律·题南海阅兵

铁阵横南海,官兵气势昂。
银鹰云里秀,战舰浪中狂。
狮吼惊天地,弓张震虎狼。
磨拳常励志,甲午孰能忘。

七律·李文朝将军纪念"五四运动"100周年(步韵)

旷世惊雷震八方,尘埃荡尽气踊扬。
铁拳击贼求仁道,赤胆维权期曙光。
工友推波乘势助,俊英履险弄潮忙。
百年风雨犹如昨,喜看雄狮睥列强。

七律·结对帮扶赞

披霜踏露慰乡邻,鱼水相融结对亲。
促膝灯前谋美景,同心月下绘阳春。
沙荒养殖畜禽壮,野岭造林花果新。
济困千家开富路,唯期盛世早驱贫。

七律·咏一带一路

梦筑中华睦友邻,千秋丝路又逢春。
带连欧亚笙歌远,潮涌江河景色新。
瓷影绸花走西域,驼铃瘦马溯先秦。
渊源不竭东风畅,合作双赢惠庶民。

沁园春·庆祝建国70周年

赤县朝晖,千里花香,万里风清。看江河潮涌,万帆竞发;乾坤春满,百业齐兴。航母巡洋,飞船揽月,虎跃龙腾举世惊。旌旗奋,赞初心不改,接力长征。

劈波斩浪前行。驱迷雾,扬帆曙色迎。喜北辰引路,鼎新革故;红船励志,打虎驱蝇。再绘宏图,共谋福祉,丝路相连求共荣。凯歌奏,正扶贫圆梦,翼展鹏程。

黄玉才

安徽省宣城市泾县人,中国楹联协会会员。供职文旅部门,选派到村扶贫。业余影视动画,诗词微信抖音。网名"腾蛟起凤",创办有"一语江南影视"、"泉水淙淙"两个微信公众号,注册有"泉水淙淙"抖音号。喜欢以诗词配抖音画面,使抖音抖出文化内涵。"古乐府,今抖音,下里巴人,歌声振林樾。早唐诗,晚宋词,阳春白雪,经典传世间。"

七绝·咏泾川(平水韵)

汉家旧县山川秀,江左名区底蕴深。
文化旅游频捷报,泾溪道路屡佳音。

咏泾县城中荷花塘(三首)
七绝·其一(平水韵)
一池碧水如明镜,四面楼台影纵横。
映日芙蓉餐秀色,花开时节动泾城。

七绝·其二(平水韵)
青弋江边一荷塘,楼台宛在水中央。
霓虹闪烁流光彩,莲叶葳蕤浮暗香。

五绝·其三(平水韵)
一身娇俏样,菡萏满荷塘,
倒影齐山色,长天共水光。

七绝·观鹭鸶有感(之一)
自从解甲归田野,白鹭翩翩蛙鼓眠。
旧业重操勤写作,抖音微信谱新篇。

七绝·观鹭鸶有感(之二)
一行白鹭跃农田,四面蛙鸣伴入眠。
机具声中夸变化,稻花香里说丰年。

七绝·扶贫有感(平水韵)
天命之年逢选派,自兹吃住在农村。
妻儿老小难相顾,精准扶贫把党跟。

七绝·晚间漫步在田园(新韵)
紫薇一路花正艳,树上金蝉叫夏天。
田里蛙声当伴奏,晚间漫步在田园。

黄玉兰

网名深谷幽兰,女,高级政工师,曾任教师、经理、工会主席等职。2017年进入龙凤文学院学习古典诗词,任全球龙凤文化总社副总教督。自幼爱好文学,喜欢用文字抒发情怀,用诗歌歌颂生活的美好。在诸多刊物上发表过不少文章和诗篇。愿意践行弘扬和传承中国古典诗词,在浩如烟海的诗歌中寻找那一份乐趣和慰藉。

七绝·山茶花
叠叠层层点点红,凌霜傲雪伴春风。
芬芳四溢昂然放,玉立亭亭烟雨中。

七绝·庆元宵(孤雁格)
长龙腾跃炮声喧,火树银花不夜天。
结彩张灯祥瑞现,元宵节日万家连。

七绝·迎腊八节
数九寒冬腊八迎,万民欢庆笑盈盈。
杂粮熬粥安康保,祥瑞和谐享太平。

七绝·瓜菜飘香
绿水青山映暖阳,田园一派好风光。
茄瓜豆角枝头挂,采摘归来筐满装。

七绝·赞君子兰
君子兰花展雅姿,今朝绽放赋诗词。
容颜美貌群芳羡,幽远清香沁入脾。

七绝·赞李白
诗仙李白唐朝圣,独特诗词留后人。
饮酒笔挥情洒脱,文坛千载永逢春。

七绝·立秋
天蓝云逸初秋到,峻岭崇山百果香。
稻谷金黄田野灿,清风送爽气温凉。

七律·农村景象
骄阳似火云飘荡,垅上梅园果子香。
田里禾苗来势旺,山坡树叶绿油装。
门前月季盛开艳,滕上瓜儿列队昂。
夏日农村如画卷,无穷魅力舞悠扬。

七律·赞樱花

樱花开放映红天，美艳登场争斗妍。
北往南来游客赞，流连忘返意缠绵。
谁言别国东瀛有，吾说神州遍地沿。
散发清香传十里，人间四月舞翩跹。

七律·山村景象

夏日炎炎似火烧，瓜蔬辣子半枯焦。
青山苍翠围村转，泉水潺潺格外娇。
鸡鸭成群荫处戏，虫蛙夜出唱歌谣。
禾苗渐灿低头笑，云彩悠悠天上飘。

七排律·老屋

追思历史百年前，岁月沧桑话变迁。
老屋恢宏精结构，围墙坚固四周连。
中间正屋高高耸，两侧仓楼左右沿。
底层猪牛生养息，小溪流水不停穿。
炊烟袅袅山头绕，狗吠鸡鸣快乐天。
时过境迁残壁断，人非物是梦难圆。
飘摇欲坠凄凉景，破碎支离杂草鲜。
往事悠悠心上涌，深情款款意缠绵。

七排律·赞荷花

机关市府风光好，宽大池塘院内藏。
碧水悠悠波荡漾，蓬莲簇拥在中央。
亭亭玉立含苞放，婀娜多姿妩媚装。
岁岁年年周复始，朝朝暮暮吻骄阳。
淤泥身陷无瑕洁，荷箭头昂不畏凉。
品德崇高吾敬佩，仪容艳丽世人扬。
车来客往穿梭过，蝶舞蜂飞采蜜忙。
缕缕清香飘甚远，流连观赏总登场。

黄云海

1939年生，江西萍乡人。中华诗词学会会员。著有《依虹阁诗词》5辑，收诗词6400首，已由国家图书馆全部收藏。

五律·思张良（新韵）

秦岭峰峦峭，高柏姿态雄。
功成名利淡，业竟岱宗崇。
机敏何人比？节操声望隆。
今朝忆良吏，谁可与君同？

踏莎行·踏青

翠叶藏莺，青峦飞燕，农家小院林间见。满塘春色绿新荷，村姑照水桃花面。
老汉扶犁，娇娃越涧，同龄结伴寻芳远。梯田高挂大山腰，蜂嗡蝶闹烟波软。

渔家傲·油菜花开

一望无垠遮大道，田园到处花含笑。三月清明春意闹，青鸟叫，快来观赏繁枝俏。
远客光临留快照，惊呼此地真奇妙。蝶舞蜂飞何火爆。堪骄傲，年年丰收传捷报。

沁园春·珠峰深处陈塘镇

路远山高，雾绕云遮，景色朦胧。怯魂飞天外，深渊万丈。魄飘峰顶，绝壁千重。瀑响如雷，泉吟似诉，大小声音互比工。凌云树，系天然原始，直抵星空。

民居坐落林中，引无数游人意趣宏。见片石墙体，朱红屋顶，木头地板，雕镂窗棂。独特民俗，盛装男女，夜幕来临舞兴浓。深宵至，便依依不舍，各自西东。

八声甘州·北戴河村

对依依翠柳绕庭前，河水亦潺湲。叹沧桑岁月，古槐亲见，情意绵绵。错落村居有致，嘉树立街边。鸟语清音远，犬吠花妍。

启动，便迎来巨变，美丽田园。喜陈宅旧院，游客乐流连。有文人、蜂拥而至，艺术家、更快马争先。逢机遇、看群芳艳，地覆天翻。

水调歌头·次崔杏花咏月韵

暑退清凉至，荷枯万木秋。眼底山川形胜，月皓喜登楼。遥望嫦娥起舞，眼见吴刚伐桂，白兔晓忧愁。上界百般事，几许记心头？

天冷暖，命长短，莫强求。花开花谢，苍天造化有因由。抓住人间机遇，把握今生命运，潇洒自风流。历尽艰辛者，美景四时收。

扫花游·咏荷

阳春三月，便杏眼圆睁，抬头环顾。弱躯雅素，忆冰欺雪虐，向谁哭诉？幸遇和风，赶走严寒几度。细呵护，喜莺歌燕舞，瑶草嘉树。

安居芳塘处。有作伴鱼虾，柳丝关注。村姑乐助，任廉纤小雨，打湿衣裤。笑迓骄阳，绽放娇容无数。游人慕。又谁知，引蛾眉妒。

金缕曲·咏秋

暑去凉来早。任风刮、山间碧树，路边芳草。一马平川掀金浪，无数银桃娇小。欣果树、喳喳啼鸟。丰稔年成今又是，见荷锄田父开颜笑。机器吼，往来跑。

扶贫干部心肠好。进千家、商量方案，爱民敬老。发展工商增效益，筑就康庄大道。改旧制、招招皆妙。讲究文明惊突变，更百花争艳迎春晓。坚信念，小康到。

黄运洋

笔名韵扬，中华诗词学会会员，曾任江西诗词学会理事、赣南诗词楹联学会常务理事、石城县琴江诗社社长（今为顾问），应邀出席过第24届全国诗研会（乐清会议）。著有《达观楼诗文稿》。

五绝·石板桥

苍苔青石板，横卧野溪间。
岁月经多少，炎凉意自闲。

七绝·山乡见闻

鱼嬉陂库泛涟漪，竹茂花繁映碧溪。
牛犊鸭鹅眠岸草，男歌女唱太平时。

七绝·爬山

择路盘旋踩野蒿，耳听山谷涌松涛。
岩峣石径云中走，只计登攀不计高。

七绝·接送学生

忽来骤雨涨山洪，跳石藏身愁学童。
肩背为桥帮涉渡，翠峦含笑挂长虹。

七律·参加全国诗研会感赋

金秋应束乐清行，雁荡山庄韵事征。
论夏研吴传木铎，循规容变播金声。
欣看诗海千帆竞，喜听青林百鸟鸣。
令我拙翁开眼界，敲金疏凿赴新程。

渔歌子·春日访友

庐外溪山绿映红，呢喃新燕乐巢中。
清景日，逸儒翁。朋侪喜聚话无穷。

满庭芳·石城通天寨

卅里奇峦，丹霞地貌，缀呈如许妖娆：赭崖千佛，看石笋冲霄；到处林泉鸟语。通天洞、风月云巢。登山顶，画图千幅，椽笔亦难描。

思遥，时此寨，兵家踞占，阵列旗矛，据天险争强，自作雄豪；奈与人天悖逆，县花现,鼓止烟消。留残迹,平添几景,游客好评聊。

青玉案·赣江源

赣源翠嶂云常驻,古藤网,凌霄树。原始珠林奇景聚。兽禽欢舞,仿佛神仙府。

石嶙缝穴清泉涌,百汇成龙玉涎吐。天造雨旸时若处,物生千种,自然园圃,庶众精心护。

黄兆轩

男,汉族,1938年3月生,山东省滕州市人。1961年从事教育工作,1998年于滕州市教育局退休。现为中华诗词学会会员、滕州市诗词联赋协会会员。曾获得第十二届"天籁杯"中华诗词大赛银奖、第七届"羲之杯"全国诗书画联大赛二等奖等奖项。

七绝·咏石榴

香甜美味世间遗,共长同生原一肌。
籽粒虽多相抱紧,互依互靠不分离。

七绝·钟表

银盘刻度指针弦,各尽才能忙不闲。
一往无前从不辍,教人珍爱是时间。

七律·纪念马克思诞辰200周年

一自鸿篇蔚大观,工人运动起波澜。
光明道路"宣言"指,狡诈商家"资本"摊。
信仰从来传捷报,红旗总是促征鞍。
光辉理论垂千古,共产昌兴万户欢。

七律·怀念周总理

革命终生功德雄,满腔浩气振天风。
骨灰遍撒炎黄地,风范长存尧舜空。
举义南昌悬日月,尽忠政务胜西东。
人间冷暖心头系,到死殚精绣彩虹。

七律·三亚玉带滩

天赐南疆一壮观,波涛万丈等闲看。
千年冲刷纯沙固,三水交流出口宽。
摩艇游人飞激浪,博鳌绿树涌眉端。
狭长碧玉伸南海,只款良朋不款奸。

七律·庆祝改革开放40周年

改革同时开放生,卌年奋斗创繁荣。
从贫到富全都富,由没无声到有声。
航母战机华夏妙,桥梁高铁九州精。
上天入海任查探,觉醒神龙举世惊。

七律·赞塞罕坝林场人

回眸五十五年前,瀚海安家北国边。
风狎黄沙封道路,尘飞郊野少人烟。
葱茏树令沙洲固,广袤林牵鸟兽缘。
三代工人奇迹创,地球卫士盛名传。

七律·颂脱贫攻坚战

脱贫伟业史空前,重担千钧党在肩。
领袖亲民恩遇厚,党员为国赤心坚。
扶贫到户皆精准,解困无村不健全。
举措条条人赞颂,小康美梦百年圆。

七律·观黄河冰凌

不见黄金见白银,凌如利剑自天巡。
内蒙冲浪争分秒,壶口飞崖泣鬼神。
玉碎犹存豪杰气,瓦全却似烂柯人。
激流难洗倭奴罪,犹忆兵刀御日军。

七律·南海阅兵

航母辽宁战斗群,扬威南海运神斤。
雄鹰展翅蓝天翥,战舰开机碧浪耘。
击水何曾歼野兽,阅兵岂不慑妖氛。

恢宏演练神州首，降龙伏虎气凌云。

黄中飞

男，中学高级教师，业余创作爱好者，省、市、县诗词协会会员，多次在省内外刊物发表诗词、散文、小说50多篇。

独居偶得
独居门槛望前方，雾绕山头藏故乡。
欲赴农家尝美酒，直从田陇咏华章。
朝霞撩乱轻烟尽，晚照高低斜日苍。
新弄宏图出远景，脱贫致富靠旗帮。

从教有感
喜爱诗书无畏苦，年轻郎主展高台。
点村校舍留身影，内外学堂闲雅怀。
弟子超千如孔圣，贤人过百尽良才。
梨乡育女宏图美，山弄杏红期未来。

沙梨小学赞
先圣儒达通地道，梨山半岭建桃园。
面从奇水龙神旺，背靠青峰牛气岚。
左紫右白出贵子，坐实朝秀产贤言。
均衡发展泽村寨，资政寻欢心景圆。

病中吟
尘世茫茫套路深，九州寻遍不逢真。
扬名可引天涯客，落魄难留枕畔人。
朋友如同灯走马，亲情恰似火烧云。
如今命蹇谁怜我？幸有妻儿慰病身。

七律·梨乡美
沙梨岭上百花艳，朗月江南树影斜。
栗树花开香满地，松山月落酒一歌。
梨河两岸掀秋浪，杏雨一山舞晚蝶，
壮美名乡林茂美，佳人赏景不思哥。

夜捡田螺
水暖鱼虾螺味美，春溶日月水清苍。
田间月色竹光火，岸上清风倩影窗。
壮妹腰间竹篓满，情郎眼里向花妆。
鸡啼欲晓天光现，月落西村客影芳。

临江仙·故乡（依钦谱）
月夜深心回故里，秋河清浅潺潺。牛儿路上雀声欢。艳阳初照处，户户起炊烟。

饭菜初熟温有味，笑言阿母堂前。家常叨念影灯闲。竹窗天已亮，枕上泪湿衫。

蝶恋花·水中石牛
缕缕轻风伸细手，水里石牛，畅饮千秋久。游客挥鞭何不走？牵情无限生人寿。

晚照岚烟谁作友？岸上独吟，慢品农家酒。月幕朦胧心自有，游人诗客雕青袖。

黄铸

福建省福州市人。喜爱阅读，诗词爱好者。诗词吾爱网注册会员，已发表作品300余篇。现为大中华诗词论坛沧浪诗人区诗苑版主。

五律·咏荷
清姿婉如仙，秀色翠生烟。
玉立轻盈艳，天然窈窕妍。
花开香阵阵，月落影芊芊。
绿意红情美，佳词赋锦笺。

七绝·荷
玉魄冰魂独养真，幽香洁静远寰尘。
娉婷俏立仙姿影，妙韵惊鸿似洛神。

七律·夏夜杂吟
夜半银河满目星，田间野径闪丹萤。
湖光山色暖云白，远翠泉流绿水青。
古道西风无瘦柳，荒郊晓月有凉亭。
凌波菡萏娉婷态，粉靥幽香醉画屏。

七律·夏日荷塘
欲醉岚光雾帘散，接天莲叶伴云霞。
连枝菡萏罗裙舞，比翼鸳鸯翠黛遮。
摇影参差香满溢，来风次第气清华。
骚人妙韵诗情涨，怒放心花赋客夸。

七律·亮剑
赤县男儿气血刚，东瀛倭寇不思量。
孤忠破敌惊天地，众志成城系国防。
携手艰难屠魍魉，同心戮力杀豺狼。
凛然正义英魂在，亮剑精神自古昂。

临江仙·咏荷（步韵张泌体）
罗裙轻摆荷塘静，娉婷月下腮红。清瘦婀娜影随踪。柔姿亭立，秀色映长空。
芙蓉出水心自洁，濯泥不染身中。粉莲绿萼碧丹重。枯荣一世，笑傲雨和风。

虞美人·七夕
迢迢银汉天涯路。咫尺归途阻。离愁别恨盼团圆。遥对佳期如梦、续悲欢。
今宵织女牛郎会。似水柔情慰。鹊桥相聚诉衷肠。胜却朝欢暮乐、赋心伤。

八声甘州·羁思
望芙蓉婀娜映江天，妩媚立纤柔。看鸳鸯嬉戏，鹭鸶飞舞，蜻点凫泅。十里馨风清爽，浆荡采莲舟。柳岸荷塘夜，月下凝眸。

缕缕思乡望远，与天涯作伴，羁旅频留。历长河岁月，寂寞养家谋。记忆中、年轮洗礼，细品尝，酸涩苦甜愁。依稀梦、时光缱绻，逸笔春秋。

黄荣培

祖籍福建，现居澳门。2016年-2018年参加全国诗书画家邀请赛多次获一等奖与金奖。全国新时代十强诗人。新绪文学顾问及十大人气奖，为诗友编辑诗集在澳门出版，为古寺、家居题作对联、排律、回文诗。作品散见于全国几十家媒体。

七律·祝贺南京国宝展
南京翰墨谱新章，布幕红帘挂满堂。
字画千张光艳展，书笺万幅喜收藏。
弦承传统歌文化，誉载丹青诱帝皇。
耀我中华存历史，阐宣国宝院家昌。

七律·忆领奖
迈步人民大会堂，今生享愿进骄乡。
国歌奏曲同恭礼，颁奖呼声共谱章。
净土天才心胆赤，中华历史子孙黄。
吟坛尔我承传统，唱著诗词盛世昌。

七律·夏涟藕
池塘六月水波涟，大雨迎秋浪溢田。
翠叶含苞双倒影，红花结粒对朝天。
霜黄蕾老掏心孔，雪白仁新素果圆。
力奋拔深根破裂，刀凶断痛藕丝连。

蝶恋花·本意
北岭枫松无限量。族寨生香，瀑布三帘仗。泡舞瑶池红水涨，峰冲峻峭青山旺。

竹笋插天云荡漾。锦绣村庄，稻谷双

层浪。蝶吻千花姿戏样,蜂追百卉娇吹唱。

排律·兰展夜醉香
濠江春季展兰妆,云贵秋收逸品芳。
朵丽乘风株对绿,文心劲舞瓣单黄。
蜂追记者图三照,蝶戏园丁写五章。
喜鹊分飞朝地唱,鸳鸯结伴绕天翔。
如余样板钩青竹,似剩盆栽挂老杨。
意爱群贤呈贺礼,心躬主管送街坊。
娇姿万盏迎民众,艳貌千杯诱帝皇。
我有清思花醉夜,谁无幻想卉成香?
注:朵丽、文心为花名。

七律·夜暮赏景（回文诗）
青山万貌艳花香,赤庙三崖峻岭黄。
亭旧吹风清地在,路新驰驶慢车行。
萤光走树虫奔步,鹊鸟追峰峭跃翔。
伶哭忆君寻葬墓,鸰啼戏闹叫娇莺。

七律·景赏暮景（回文诗）
莺娇叫闹戏啼鸰,墓葬寻君忆哭伶。
翔跃峭峰追鸟鹊,步奔虫树走光萤。
行车慢驶驰新路,在地清风吹旧亭。
黄岭峻崖三庙赤,香花艳貌万山青。

回宗义
（1939—）陕西略阳人,回族。中师学历,从教四十二年。曾为陕西诗词学会理事、《天汉诗词》执行编辑。曾执编《汉中近现代诗词选》。有诗集《风云鉴》待梓。

五律·戊子汉上元宵夜
银汉霓虹合,烟花爆竹开。
金蛇戏玉兔,星雨挂瑶台。
滚滚车龙去,喧喧潮浪来。
彻宵人未静,达旦月徘徊。

七律·留守
萧条苍岭老农家,空有小楼空有花。
日落寒林栖倦鸟,烟腾歧路盼归槎。
蛩鸣幽谷凄凉籁,犬吠遥村哀怨笳。
长夜灯昏翁媪泪,闻鸡尚得理桑麻。

七律·洋县梨园赏花
骄阳灿灿雪纷纷,原是梨花夺我魂。
拾级摩云香雾绊,踏歌凌顶彩虹曛。
苍山纨锦如屏画,原野琼楼笼紫云。
遍地晴光沐花雨,落英吻地染芳尘。

七律·两极
常见珍禽入膳庖,更将猴脑作佳肴。
富豪大吏茅台酒,妓院红楼硕鼠巢。
目乱霓虹花世界,耳闻笙笛色琼瑶。
偶临寂寞荒山岭,欲颂清平百感交。

南歌子·从教生活片段
夜雨茅庐漏,无眠伞底藏,蛙声入耳倍凄凉。长夜无灯、何以阅文章。

雨住天光亮,铃声督我忙,课童游戏忘时光。朗月清风、伴我夜眠香。

小重山·思大明师友
一梦惊魂秋已深。雁鸿传噩耗,裂吾心。怆思往事泪淋涔。衣襟湿,衾枕染悲痕。

从此锁重门。青龙高阁寂,客无尘。胸中块垒问谁人?知音绝,独自对黄昏。

混世摩王
原名王国强,河北唐山市人。

雨中游青松岭
霖沥随心花下影,风清有意伞罗声。
空濛山色红尘远,何以留得润雨情。

游丰宁坝上情人谷

天高云远时人舞,草海茫茫策马欢。
试问情人何处在?繁花怒放待良缘。

五花草甸观日出

芳草和风逐尽碧,百花含露待朝霞。
何人播撒缤纷色,欲把晨曦带进家。

观滦河神韵

野草连天一径去,清溪随势九迂回。
风中琴乐谁弹唱?神韵悠扬已忘归。

东极仙谷有感

履道乾坤为我梦,笑看美景有不同。
闲来好友如相问,一片痴情在路中。

游京东第一瀑

一瀑通天银朵溅,六潭连缀碧波流。
只今唯有鱼儿悦,不日相思客一游。

丰宁千松坝

白云远去青波起,花海飘香丽影来。
试问前方骑马汉,千红万紫为谁开?

北京云蒙山

昨日畅游云蒙景,疾风席卷断山崖。
今朝窗外全庭艳,独念幽潭一树花。

霍庆来

中华诗词学会会员,中国楹联学会野草诗社常务理事兼副秘书长,沧州市诗联学会副秘书长,沧州和文达诗社常务理事,《诗词家》杂志编辑。入选2017年中国诗坛实力诗人,获得由中国萧军研究会等单位联合评选的第四届国风文学奖,被野草诗社评为"野草十秀"。

七律·游大斤陶令园感吟

一瓣心香拜大贤,寻踪似返义熙年。
重游采菊南山路,又读消愁醉石篇。
且敬无求标傲骨,犹钦退隐拒豪权。
当今吟苑如潮涌,试问谁人可比肩?

注:陶令于义熙元年(405年)辞官归田。

七律·参观吴桥县臻艺酒具藏品馆感吟

佳酿醇醪瓶里装,万千酒具耀华堂。
东坡对月歌豪迈,太白临川写浩唐。
曲水还思七贤雅,邀杯每忆八仙狂。
从来饮者名天下,一醉刘伶美誉扬。

七律·游温州江心屿感吟

江心屿上尽情游,南国风光豁醉眸。
海眼泉旁寻故事,赛诗墙里觅诗俦。
徘徊古道纤怀暖,漫步新坪爱意柔。
他日如还来此地,相携再看浩然楼。

七律·游黄鹤楼感吟

黄鹤杳飞余此楼,雕檐画角韵悠悠。
龟蛇对峙长江岸,隧道横连夏口洲。
崔颢畅怀吟浩宕,谪仙纵笔写风流。
登临极目心陶醉,浊酒一壶浇宿愁。

七律·老屋

经风沐雨历沧桑,昔日繁华已撂荒。
杂草萋萋催梦断,蛛丝密密惹心凉。
徘徊不见黄髫伴,伫立何寻青涩郎。
最忆村头垂柳下,还余笑话一箩筐。

七律·游磁州窑历史博物馆感吟

磁州窑里阅琳琅,器物盈眸妙韵彰。
甫赏泥陶披素锦,又观彩釉着霓裳。
心迷绝技心怀暖,意醉精工意气昂。

炉火熊熊犹似昨,我来敬拜感沧桑。

七律·游娲皇宫感吟(新韵)
满怀诚敬拜娲皇,每念神功意未央。
抟土造人开盛景,补天救世化愚氓。
摩崖石刻千年颂,峭壁经文万众扬。
且看非遗多绝技,活楼吊庙泛崇光。

七律·秋来北戴河感吟
秋日重来北戴河,冷清满目意婆娑。
礁岩伫望无红袖,海岸逡巡少帅哥。
每唷流光随水逝,长嗟丽景逐风过。
沙滩拾贝俏阿妹,不见经年还好么?

霍云海

晋中市灵石县人,中共党员,大专学历,中学一级教师,地(市)级优秀党员和先进教育工作者。曾任中学校长。现已退休。三余读书,爱好文学,2018年开始写作散文、楹联、诗词。现为山西省楹联艺术家协会会员。

灵石古八景
夏门春晓
禹王治水灵石口,汾水鸣涛夏门流。
百尺高楼春晓映,梁族佳话誉千秋。

两渡秋晴
何溥慈善施义举,汾河飞架秋晴桥。
浪漩水阔山青秀,两度功德震九霄。

翠峰耸秀
翠峰巍峻凌云耸,景致妖娆各不同。
宝地风光天造就,幸福美丽灵石城。

苏溪夜月
文化苏溪资寿寺,玲珑秀美客人行。
清泉小栈松杨绿,夜月当空格外明。

冷泉烟雨
一纵八横蝎子村,繁华气派古朴存。
冷泉烟雨氤氲罩,骚客诗人叹古今。

汾水鸣湍
汾河千里彩虹飘,水涌波高起浪涛。
流向人间真善美,乾坤朗朗竟妖娆。

介庙松涛
宝盒孕育万千松,阵阵涛声向宇空。
介子神爷功不禄,精忠慈孝古今弘。

霍山雪霁
红日喷薄气势宏,霞光万道映晴空,
奇峰雪霁金蛇舞,仙境霍山美宇穹。

J

嵇奔奔

江西省抚州市作协会员。热爱诗歌创作,从初中时期就开始写作,有不少诗歌以及散文发表。

七律·游西华寺
北国飘雪天地冻,南国艳阳花正浓。
古刹恰逢度斋日,寒塘云烟批丝红。
佛存千世难再古,今已而立非少年。
坎坷无常终有数,何愁壮志在我胸。

嵇江良

广东新丰县人,中国诗歌网认证诗人,中国作家网会员,岭南诗社新丰分社成员。作品散见《嘉应文学》《南叶》《云山诗苑》《诗歌周刊》《诗选刊》《红高粱文学》《中国先锋作家诗人》,部分作品入编《"中华情"全国诗歌散文作品选集》《当代诗歌选》《2018中国诗歌选》等。

七绝·歌颂新时代(新韵)
不忘初心担使命,近平思想指方向。
长风破浪复兴路,直挂云帆领舵航。

七绝·中秋寄情(新韵)
今夕明月照汉关,飞雁一去不复返。
又到满山红枫叶,何日与君共把盏?

七绝·重阳思乡(新韵)
又到重阳九月九,思乡情怀如烈酒。
别时年少不知愁,聚首白发已满头。

七绝·忆屈原(新韵)
离骚一曲书心志,唱响九歌照汨江。
万物存亡把天问,爱国忧民奏九章。

七绝·嵇康赞(新韵)
三国竹林风成韵,魏晋嵇山月照人。
傲骨浩然扬正气,广陵散曲万古琴。

七绝·寄情云髻(新韵)
初春晴日游云髻,壮志胜览丰江源,
豪情飞渡流云瀑,思乡情愫绕山间。

七绝·父亲(新韵)
养儿育女仁慈爱,一根扁担挑艰难。
任我千呼又万唤,父亲背影已成山。

七绝·雄心不变(新韵)
不到长城非好汉,壮志未酬夜难眠。
征程雄心永不变,一片丹心照江山。

吉洪花
笔名红玫瑰,滨州市中医医院医师。中华诗词学院学生,中华诗词学会会员,山东省诗词学会会员,滨州市诗词学会理事,沾化诗社副社长。诗词作品散见于《诗词家》《诗词月刊》等杂志及《流年诗韵荟萃》等书中。

五律·山花
繁朵开层岭,馨香染翠微。
蕊间蝴蝶舞,枝上白云飞。
羡野承甘露,同溪映落晖。
悠然居此地,风雨不思归。

五律·春山
千山风已暖,草木白云清。
鸟啭繁花艳,烟飞翠壁明。
香炉多雾气,古寺有钟声。
此处逢春事,新桃正复荣。

五律·山风
翠岭东风起,徐徐向树林。
松摇黄鹤卧,柳荡早莺吟。
飞瀑生高浪,清泉颂远音。
不如雷电响,来处鸟先寻。

五律·号钟
一代琴王出,音声发欲流。
弦鸣军已合,角和帝无忧。
孤幼成初曲,桓公赐造谋。
意新因伯乐,名义在千秋。

七律·夏雨
薰风飘洒飞珠下,碧水圆纹重叠生。
岸柳滴波深草绿,池荷带露小蛙鸣。
莺愁羽湿迷烟径,鱼喜河高乱叶声。
田野为霖农事利,禾苗沐泽好年成。

七律·泉

石脉寒光新涌出，潺湲冷气洒高空。
千珠激起似和露，万线飘来若带风。
野鹤松旁双翼湿，山僧树下一心红。
安禅此地煮茶饮，甘冽清纯乐不穷。

七绝·初春盼燕归

溪间残雪随风解，芳草鹅黄新自来。
夹岸融泥浮紫气，双双燕子几时回。

七绝·滨州市中医医院夏日花园即景

杏林千树已成荫，出水芙蓉次第开。
鱼戏莲间频摆尾，薰风摇柳正吹来。

季晗翾

本名王伟，现就读于长春师范大学。中华诗词学会会员，长春作家协会会员，《青年文学家》大学生编辑，伯庸诗社编辑。2019年4月被聘为"吉林省中华传统文化优秀传承大使"。作品散见于《中华诗词》《参花》《陕西诗词》《山东诗歌》等报刊及其他网络媒体。

五绝·公园迎雨偶感

絮雨飘枝外，丁香扫客尘。
悄无寻景处，时有看花人。

五绝·夏日绝句

轻风飘落絮，暮雨点残红。
一夜霜秋色，悄声探绿丛。

七绝·初夏

日落昏黄月浸溪，初荷饮雨吐涟漪。
渔夫倦坐江亭晚，万道霞光暮色低。

季瑞兰

中学教师。喜欢诗词，作品散见于纸刊和诗集。

南歌子·离愁

寒夜萦轻梦，冬阳旷日舒。残荷疏剪映平湖。皓首凝眸翘望、影全无。

思绪千回转，离愁苦木孤。魄魂随驾叹空嘘。游子远行泣泪、伴征途。

虞美人·盼孙归

月明星暗苍颜泪，独倚心憔悴。日长似岁盼孙归，多少梦惊　望、雁儿飞。

寄情梦想酬心志，期愿芳菲美。驭舟沧海雪帆催，放眼清幽环宇、耀春辉。

临江仙·无题

细算知音无几，天涯客枕惊魂。寒风吹奏渐来频。且将双鬓雪，催发几分春。

世事但随心性，人生可对清贫。红尘醒醉远流云。经行多逆旅，何况已黄昏。

解佩令·休闲（晏几道体）

夏初芳菲，繁花粉卉。碧池间、蛙鸣响碎。不见归航，思亲切、何时能会？择佳日、向南移位。

南方多雨，时和丰岁。沏壶茶、浅斟独醉。旖旎烟云，墨韵香，诗词吟对。润心田、品尝百味。

祝英台近·晚秋

又寒烟，秋已尽，白露凝霜晚。吹絮兼葭，偏落旧家院。唤来粉蝶冰肌，晶莹剔透，吻香雪、流光一段。

雁声远，怀念横笛梅边，梅边笛声断。斜倚窗前，犹把秋光恋。借问寒月星辰，故人何在？梦依旧、几番情绻。

莺啼序·无题

经年梦幽入画，叹光阴谁主？又冬

月、风里兼葭,雪融犹见新土。凝望处、横陈万里,茫茫碧水无从路。便羁情纷扰,盈盈一抹愁绪。

往事如烟,远山岫影,更浮云若雾。总还是、婉约情浓,不由擎盏相晤。任波心、放飞梦想,任往事、裁风如缕。任幽情、各自天崖,漫花飞舞。

几枚落叶,几帧心情,几次梦里伫。回忆里、容颜依旧,不善言辞,且奈归心、往来眷顾。看花凌落,看溪水澈,应邀故旧千盅醉,醉中情、一任云飞渡。回眸一霎,便如沧海桑田,静了心畴些许。

苍天别恨,暗月凄风,念此心如故。捉思绪、词绵清语,细籁流年,细品尘思、细吟旧句。时光荏苒,霜华如雪,何堪累月悲心苦,叹清欢、叠入花间谱。翻开一页流年,寄意尘间,暮年莫负。

季学兰

女,中国摄影家协会会员,安徽省诗词学会会员,安徽省女子诗词协会会员。

点绛唇·旗袍

锦缎蛮腰,轻移莲步芬芳苑。轻摇团扇,惹得东风恋。

筝曲悠扬,逐蝶翩跹远。春无限。心香一瓣,更与诗情眷。

菩萨蛮·草原晨曲

风撕云怯朝霞露,天山遍野披金楼。绿草拥花欢,牛羊各适闲。

奶茶飘美味,童戏贪狼狈。吟摄乐无涯,流连亲似家。

鹧鸪天·徽州油菜花

黛瓦飞檐驾粉墙,东风助力菜花黄。层层金浪追红日,缕缕馨香袭锦裳。

欢声竞,纸鸢扬,儿童嬉逐蝶儿慌。唯祈雨顺农家乐,坐爱丰年笑满仓。

虞美人·栀子花

闲愁来袭将琴抚,竟有香频顾。繁英似雪又如霜,浓绿丛中撩得、蝶蜂狂。

须臾忘了声声叹,弦似泉飞溅。盎然栀子意谦谦,冷暖从容面对、乐平凡。

临江仙·一路拍摄一路吟

黛瓦青砖水榭,和风疏柳藏香。兼葭摇曳棹轻扬。鸟儿惊振翅,思绪也高翔。

今此煮茶问月,寻梅踏雪何妨?镜头随我访他乡。芳华依旧在,不负好时光。

临江仙·初赏乌本桥

千木相携横渡,何妨塔曼汪洋?雄惊鸿雁映斜阳。更多兰棹伴,绝美世无双。

忙把镜头高举,身披潋滟波光。人生难得一张狂。诗心随意马,岂可不由疆!

梅花引·行摄雪后黄山

冰雪聚,崎岖路,钉鞋竹杖助攀步。叹危峰,纵奇松,似笔生花,潇洒赋苍穹。

流云霞彩晶莹染,绚丽争相镜头嵌。风如弦,瀑如弦,陶醉其中,忘却了严寒。

行香子·暮秋行摄坝上感作

碧宇云翔,原野安祥。任西风、驰骋何妨。桦林凌水,秋草铺冈。看纷飞雀,奔腾马,戏嬉羊。

纵多辗转,依旧昂扬。踏崎岖、为梦痴狂。静听萧瑟,笑对苍茫。把山川韵,风雨谊,入诗香。

冀军校

网名人到中年,内蒙古凉城人。系中

华诗词学会会员,内蒙古诗词学会会员。素喜诗词,闲有涂鸦。曾有作品陆续在《中华诗词》《红叶》《星星诗词》《长白山诗词》《陕西诗词》等纸质诗刊和多个微信公众平台发表。

七绝·立秋

谷穗半黄频点头,蛩声绕耳唱新秋。
凉风吹淡满天暑,红果盈枝只待收。

七绝·蟋蟀

振翅高歌立穴旁,金戈铁甲亮戎装。
两雄相遇必相斗,试看今秋谁是王。

七绝·晚春遣怀

杜鹃何苦怨声悲?啼落残花遍地飞。
春暮莫嗟春色老,来年盛景又重归。

七绝·见果花飞谢有感

转瞬飘零一地香,天风何故乱施狂?
纷纷洒落是离泪,频惹尘心生感伤。

七绝·七夕感怀

片刻缠绵离别匆,经年一见各西东。
早知相聚这般短,何必今宵桥上逢。

七律·偶遇幼年玩伴感怀

音书两断久相违,相遇迟疑容貌非。
岁月暗侵惊发皓,儿时踪迹叩心扉。
互嬉互戏已成忆,无虑无忧难再归。
往事萦怀眠不着,痴心欲向少年飞。

七律·秋夜逢雨

飒飒西风百草衰,愁思不寐独徘徊。
飘零一叶惊秋肃,过往千宗忽忆来。
爱已成遥唯剩念,时随逝水去无回。
卧听屋外凄清雨,被冷灯残谁眷哀?

七律·晚秋

霜染层林一抹红,秋来夏往总匆匆。
飘零地上看枯叶,寂寞庭前听断鸿。
万念仅存残梦在,千谋难遂信心空。
登高怅望云天远,乱绪萦怀对冷风。

冀玉泰

男,1953年生于山西省盂县秀水镇东园村。曾在《中华诗词》发表作品,并在新作点评栏目点评。在2017年教育部和中华诗词学会举办的诗词创作征集活动中获三等奖。在2016年东方美全国诗联书画大赛中获金奖,并应邀赴北京钓鱼台国宾馆,参加颁奖仪式。

鹧鸪天·水神山

(一)

又到芳菲二月天,桃林似火醉春妍。
村姑背篓装新梦,扁担担回月一弯。
烟袅袅,雨绵绵,牧童牛背舞长鞭。
神山无处风光好。这岭尤其哪岭鲜。

(二)

暑往寒来第几回,痴心夜半向芳菲。
春光不待成诗句,且画青山深浅眉。
情切切,日晖晖,芳香好似美人追。
鸟声恰恰儿时路,多少相思诉与谁。

(三)

雨后林荫韵味长,碧坡滴翠倍清凉。
新枝新叶泉鸣涧,逸兴山花处处香。
山蔚蔚,岭茫茫,溪流依旧浣春光。
枝头啼破千层绿,索梦潆洄荡太阳。

(四)

极顶云天峰又峰,苍然怪石嵌青松。

小亭望月浮春意,绿掩台阶觅旧踪。

花隐隐,草荣荣,水神夜半起钟声,今宵又见勾魂月,煮酒吟风与夜空。

(五)

小径云深枯柳新,花低草浅物归真,荷锄人早山更早,含笑桃林一夜春。

风带露,草知恩,小亭脚步乱山魂,荆棘也醉多情汉,扯破花间少女裙。

(六)

一路蝉鸣醉柳台,东风拂面送清来。花红蝶舞高山曲,早有蜻蜓自剪裁。

情欲懒,意抒怀,兰心未许染尘埃。拾级香榭闲翁赋,只把春光向尔开。

(七)

玉洁冰清挂满沟,疏枝黄叶透寒幽。丹枫映日风吹雨。叠翠青山一夜收。

霜似雪,雁声流,无情惆怅尽烦忧。苍松笑傲吟诗酒。小憩韶光万物休。

(八)

遥问高天何处蓝,玉龙腾雾胜桃源。腊梅不解春风意,优笑严冬不胜寒。

风入骨,雪无边,雄鹰展翅峭崖前,青松高举神来笔,大写人生蕴翠颜。

贾柏林

网名风雨,山西临县人,1962年生,中专学历,热爱诗词。现在孝义市古城诗社学员。

蝶恋花·观席间双人舞

酒兴方浓情未已,闪亮登场,漫舞翩翩起。双鹤轻翔云万里。天鹅弄影秋波水。

悦目赏心谁可比。流水行云,草圣狂书艺。精彩绝伦声赞美。游龙若现惊魂味。

菩萨蛮·家乡情

人人都爱家乡好,心牵故土情难了。乳汁育儿郎,梦回犹忆娘。

出门邀发小,汗洒河边草。落叶觅寻根。情浓鱼水深。

五绝·青莲

碧水映青莲,田田相拥肩。
芬芳开并蒂,玉管藕丝牵。

更漏子·暑(新韵)

七月天,迎酷暑。地似烤炉蒸煮。轻摇扇,热无休。满头大汗流。

微风恋。树荫念。日暮才觉消减。胖大海,配菊花。两杯减暑茶。

浪淘沙令·乡间美

偶尔返乡间,美醉心田。感怀一幕古稀年。大妈摇扇初学步,姿弄翩翩。

房舍紧相连,袅袅吹烟。林荫大道远通天,绿水青山娇媚态,翠叠新颜。

贾虹月

河北诗人,作品散见于各种报刊。

七律·春访樊下曹村

古巷龙槐千岁春,清风解语伴芳尘。
玉窗锁尽明时月,朱户尤闻守院人。
日涌祥云情脉脉,烟霞染柳意深深。
仙乡秀色盛名远,不舍回眸梦又温。

七律·春至广神岩

寻芳问梦向青山,石径逶迤草色间。
雾锁琼林闻翠鸟,松横峭壁入云端。

声声梵呗修释道，烁烁佛光佑善缘。
感念唐皇福地赐，烟霞圣迹涌灵泉。

七律·秋游神农架板壁岩
雨色空蒙罩雾纱，拾级揽胜访仙家。
青山泻韵千峰翠，云海流芳万物华。
枫叶灼灼红似火，格桑艳艳灿如霞。
圣泉汲水尘心阔，灵草结因巧入茶。

七律·雨赏武安京娘湖
雨落群山雾霭沉，风穿大野送秋深。
翠湖尤浸京娘泪，绿谷仍怜烈女魂。
千里护卿留有信，三春过雁了无痕。
最惜宋祖言辞重，旧地相思问丽人。

七律·秋游七步沟
肃然崇礼二郎门，仙境天成邀远人。
百瀑珠帘鸣锦曲，千山赤叶醉哦吟。
梦溪湾碧留清影，天镜湖柔养净身。
佛地白云镶壑壁，莲花七步近禅心。

贾同新

1952年生，临渭区人，大专学历。曾任渭南地区财政学会秘书长、市地税局办公室主任、直属分局副局长等职。有诗歌、散文、杂文见诸报刊，诗作入选《渭南当代诗歌选》《渭南诗词大全》。

七绝·桃花源
陶公笔下桃花源，天外飞来落渭南。
笑看神州清如许，乾坤朗朗艳阳天。

七绝·学诗
烟酒舞牌吾不喜，平平仄仄好学诗。
老妻嗔我多痴想，错把馒头蘸墨吃。

七绝·聪明词
人人都愿己聪明，聪颖过头污一生。
君向秦城监狱看，昔时那个不聪明。

七绝·咏菊
天生傲骨貌风霜，凛立寒秋笑众芳。
洛邑牡丹今不见，谁留秋日一片香。

七绝·染发
欲掩苍苍染鬓霜，重拾黔首好时光。
挥旗呐喊除国害，老叟犹能上战场。

七绝·五丈原
巨星坠落诸葛营，壮志都抛渭水中。
天不灭曹助司马，英雄洒泪叹东风。

注：《三国志·诸葛亮传》注引《晋阳秋》载：诸葛亮死时，"有星赤而芒角，自东北西南流，投于亮营，三投再还，往大还小，俄而亮卒。"

七律·过潼关
天封要隘壮潼关，自古征程未等闲。
诸强合纵愁路险，秦王连横创皇元。
陈吴挥手千夫应，刘项扬鞭万众欢。
谁赖金汤传百世，秉承德政子孙繁。

贾泽均

笔名神农山夫，1971年出生，现居湖北恩施自治州巴东县沿渡河镇。从事美发工作。业余爱好文学，酷爱诗词。曾在多个微刊平台刊载拙作。

秋夜抒怀
又是中秋月不明，新楼听雨近三更。
清风示我添衣去，灯火映夫醉酒行。
犹料阶前黄叶落，莫烦头上白丝生。
金秋景色超春貌，一世风光别样评。

清平乐·蓓蕾风情
杏枝斜院，暗恨东风晚。彩蝶尤期春

— 505 —

色满,遗憾那枝开半。

依窗夕照无聊,君前更怕香消。忍住心花怒放,稍含几许风骚。

巴峡风光

碧江如镜映晴空,云淡天蓝韵不同。
落日金晖铺嶂上,浮霞紫气透林中。
春涂两岸峰峦绿,秋染群山树叶红。
不见移舟横泊渡,寻思是否水朝东?

七绝·重阳有感

面对金秋意万千,苍苍白发梦难圆。
如今重九何相忆,少不登高枉百年。

一剪梅·中秋感怀

月破轻云悄入轩,斜照墙边,又照床边。三更楼下闹声癫,他便无眠,我怎无眠?

独立凭窗怅望天,月美刚圆,人也思圆。苍山万里荡寒烟,春别心间,秋到心间。

满庭芳·红尘一笑

未约相逢,今宵一聚,酒逢知己千盅。说长言短,谈笑忆书童。总叹人生坎坷,更无奈、岁月匆匆。拈银鬓,浑然未觉,苦笑故人翁。

心中多少问?红尘万丈,脸面千重。对笑容伴伪,厌满心胸。看尽城乡过客,其面目、市侩真容。人何必、争强好胜,万事最终空。

眼儿媚·溪畔小步

满堤芳草不知愁,平淡度春秋。风前不怨,雨中无恨,岁月悠悠。

芳随水去眸空对,谁叹水东流?杜鹃急语,报春阳雀,噪晓斑鸠。

浪淘沙·秋夜感怀

漫步小桥东,一路清风。波光闪闪月朦胧。忽见徐徐黄叶落,击痛心胸。

泪眼望山中,又是秋容。依栏不语意重重。只叹声声流水去,岁月匆匆。

2018年孟秋

踏莎行·扶贫安置房

百丈平冈,一层建筑。村头望断盘山路。白墙灰瓦透疏林,犹疑别墅山深处。

笑入新居,愁离故土。寻思未老耕耘误。开荒附近建农园,用心栽上摇钱树。

忆江南

乡村美,秀水绕青山。引伴东溪消酷暑,围炉陋室解严寒。何处比家安?

剑峰

本名胡建中,系中国作协会员,中国散文诗作家协会常务理事,中华诗词学会会员,中国乡土诗人协会会员。20世纪80年代初开始文学创作,至今已在《诗刊》《星星诗刊》《中国作家》《人民日报》《散文》等发表作品。任新化文联秘书长、《文化旅游》编辑部主任、新化县作家协会副主席、新化县芸江诗社副社长。

七律·长沙

神州美景越高丘,俯瞰潇湘一眼收。
漫步麓山闻鸟语,神游湘水举飞舟。
开怀把酒天心阁,昂首吟诗橘子洲。
夕照芙蓉城璀璨,千帆展翅上层楼。

七律·橘子洲头

橘子洲头景色幽,湘江北去任遨游。
千帆竞发云烟绕,百舸争流岁月稠。

极目霜天生意气,回眸楚地斥方遒。
青山不老水常碧,踏浪而歌壮志酬。

七律·岳麓山

尽染层林岳麓山,晚钟叩击报平安。
松涛破浪千峰举,书院高扬万里帆。
绿影轻摇舒雅韵,红蕖微醉舞晴岚。
天堂纵有蓬莱境,难比人间一寸丹。

七律·天心阁

登高望远瞰星城,万栋千楼紫气腾。
岳麓开屏呈意象,天心举阁见恢宏。
凭栏始觉松涛涌,放眼方知挚爱横。
文运昌荣歌胜地,芙蓉国里耸奇峰。

七律·参加在湘中国作协会员培训班感赋

初夏潇湘盛会开,通程酒店聚英才。
骚人雅韵抒胸臆,习总雄心铸未来。
一路高歌一路带,八方胜景八方栽。
生花笔绘中华梦,再打神州崛起牌。

七律·精准扶贫感赋

精准扶贫屡建功,描红重彩染霜林。
解疑释惑千家暖,克难攻坚万众欣。
送宝传经谋富路,聊天论地探穷根。
诗情总为民情赋,国梦同圆妙境臻。

七律·端午怀古

苇叶青青粽裹芳,端阳感悟赋华章。
朝天鼓角凌霄汉,竞渡龙舟挽国殇。
几度离骚忧百姓,一番求索撼千江。
秭归志士今何在?史册铭存叹楚郎。

涧石

山东泰安人,现居江苏徐州市。退休人员,喜爱文字。

蒜

非草非花,孪生兄弟。
辣舌毒心,悬壶同济。

五绝·黑猫(新韵)

紫缎飘灵逸,金铃欲吐徊。
中堂威漫步,犹虎画中来。

立秋

朗月荷香影,秋寒日渐经。
熏风潜入梦,置我域仙庭。

江道英

女,现年64岁。湖北襄阳人,大学本科毕业(学中文)。退休前一直耕耘于三尺讲台。近几年喜爱近体诗写作。作品见于《湖北诗词》《襄水曲》。

七律·羡慕诗友采风

引客清江入画屏,秀峰旖旎纳诗情。
金风巧展青罗带,玉露新翻绿绮声。
雨过湍飞片云退,光来影动满山明。
心随笔友采风去,月下秋虫听古筝。

七律·陪家人游太极峡

千岩竞秀氤氲爽,万壑争红景色彰。
涧上浮桥云里险,松边拾级画中忙。
天从小孔来溶洞,人自危峰送夕阳。
莫道年衰多胆怯,双双儿女护亲娘。

七律·捉蜗牛

蝶舞莲花泉水流,农家小院笑声柔。
云霞片片门前亮,绿菜畦畦屋后幽。
喜务田园古稀婶,怡情稼穑艳阳秋。
生蔬尽早去虫害,月下提灯捉里牛。

注:里牛是蜗牛的别称。

七律·为南水北调歌
飞湍瀑下去无悔，逐浪滔天来有踪。
地动五丁三十万，山开九脉百千重。
盘陀岭上挂云锦，王母宫中飞玉龙。
豫冀村庄接祥瑞，京津蹈麦惠商农。

七律·增竹松斋主人
竹松斋对一江水，岘首山香万朵花。
近水亲山维好静，吟诗学赋格勤爬。
新歌几曲寻天籁，老酒三杯慰彩霞。
争食阶前家雀闹，云开片片佐清茶。

七绝·老妪夜读诗话
跫音窗下千声唱，老妪床前几本书。
诗话频翻眼干涩，披衣远望月如初。

五绝·赏秋
看水秋风满，闻花桂子鲜。
芙蓉溢香处，金谷映蓝天。

五绝·秋游拾趣
云霞逐秋景，凤蝶恋花丛，
野径觅诗趣，紫薇天外红。

江光志

男，安徽无为汤沟三汊河人（现划归芜湖市），退休教师，无为市诗词学会理事，芜湖市诗词学会会员，环球汉诗学会安徽省芜湖市分会会员，爱好诗词，曾在省内外刊物上发表过300多首诗词。

七律·纪念渡江战役胜利70周年
古稀常梦当年事，打过长江令下时。
万炮划空摧敌垒，千帆鼓棹渡雄师。
我军江上显身手，国贼城防烟火弥。
一举中华成一统，名扬世界战功奇。

七律·拜谒张治中将军故居
山青水秀洪家疃，文伯故居仰靖风。
严赐治中怀社稷，劬劳姜醋记民穷。
国家危难砥流柱，民族存亡旗帜红。
黄埔黄师铸莘子，文韬武略一英雄。

七律·留守妇
庭院梅香临岁暮，年关事事上心头。
公婆年迈须陪侍，子女髫龄应运筹。
炎夏寒冬夫受苦，凄风苦雨妻忧愁。
脱贫休怨冤家去，大好时机岂可留。

七绝·蛙（二首）
（一）
长夜搅残千里梦，成天扰乱一春晴。
彼呼此应田畦绿，同唱山河万目荣。

（二）
名不虚传蛤蟆功，绿衣锦袄稼禾中。
捕虫除害歌丰稔，义作田家守护工。

寻梅·雪韵
纷纷大雪原野覆。听风声，仍嫌不厚。万壑还待玲珑透。与梅林相守，苦寒同昼。

昔年景气情依旧。雪地上，踏冰牵手。扶疏月影相邂逅。叹今宵孤叟，身老骨瘦。

定风波·咏絮
梨初桃晚没奈何，绒花柳絮染愁河。紫燕翩翩追梦舞，闺房眉锁望春波。

绿腴红残惊落胆，深憾！冤家难舍别时多。帘帐悬钩空对月，纠结，青灯岂解怨磋砣。

点降唇·咏榴

细雨湿榴花,云过骄阳犹灼华。绚丽红裙浮绿翠,如火浓情笑玉桠。

哈嗔晓迎霞,蜂闹芳心蝶影斜。秾苑盈怀多贵子,人家,妒惹新妇夜梦娃。

江和平

男,安徽省安庆市怀宁县人。小学教师。喜欢诗词,偶有小作散见报纸、网络平台。

七律·贺校报出刊

四面新荷端意露,中心校报画书优。
杏坛文化呈师貌,春草才名落眼球。
妙理从君分卷取,奇思自此学题酬。
民生教育皆良愿,特色黄墩竞上游。

七绝·初夏夜吟

飞萤点点惊清影,三两行人踏月声。
叶动枝头无睡意,流连夜景到天明。

七绝·"六一"入队有感

节日校园旗赶潮,艳阳羞涩躲重霄。
八方响起娃娃语,雄胆安弓对准雕。

七绝·春日池塘

碧水悠悠绿满堤,白鹅群聚早惊啼。
鱼追柳影情何寄,剪缕春光赠蜜闺。

七绝·回家偶书

油菜进笋催麦黄,树林深处是吾庄。
门前艾草斜悬挂,犹忆当年喊你娘。

七绝·写在毕业季

数载春光扶弱幼,蓬头梳理花容透。
但期同学好才华,回首此时皆出釉。

七绝·荷一

迷人碧叶惹风忙,万朵莲花等棹郎。
点水蜻蜓枝伴舞,停留那片最芬芳。

七绝·荷二

红花绿叶掩青茎,低领高眉喜太平。
点水蜻蜓翩欲舞,枝头痴等惹蛙声。

七绝·诗思

初入骚坛云雾疑,翻书寻韵乐筹思。
孤灯常伴时光短,吟醒东君恨梦迟。

七绝·盼

远眺凭栏正思君,日光斜照石榴裙。
含情欲问窗前柳,妹在心中占几分。

江菊萍

笔名冰儿,上海市浦东作家协会会员,中华诗词学会会员,作品诗发表于上海《浦东诗廊》《大河诗刊》《东方诗韵》《中华福苑诗典》第二卷、第三卷书,《新时代诗典》《新诗百年诗典》《中国当代诗人佳作选》《诗歌年鉴》等各大书刊。2018年鉴诗人,中华福苑诗词学会签约诗人,荣获全国首届亲情诗歌中外华语十大先锋诗人奖,东岳文学奖,中国(曲阜)孔子文学奖,上海周浦杯全国诗歌大赛二等奖,荣获2019首届香港新国风华语诗歌节卓越成就奖。

夏咏

绵绵细雨落河池,缕缕轻风入梦诗。
映日芙蓉携好景,凌波杨柳赋新词。
蜻蜓展翅低空舞,碧绿依楼满树姿。
饱览湖光山色美,清凉明月醉心痴。

2019年7月

栀子花

清新馥郁透窗台,俊逸温情次第开。

冷蕊凌寒方骨醉，香风秀质有诗来。
怀幽孤影留金画，恋故禅心对玉裁。
借得娇娆芳沁溢，还将效治显医才。

采风情
夏初柳绿舞清风，如约徽州聚会融。
古镇庭前闲漫步，农家院里影摇红。
开怀叙旧心相醉，抒发题诗意趣同。
历尽沧桑情未改，并肩携手过江东。

扶贫有感
扶贫方晓党心连，精准孤残殷切前。
民策倾斜趋致富，添医助学永情牵。
三年战役无终始，九大工程有百全。
但使僻区皆饱暖，安然福祉艳阳天。

2019年7月9日

鹧鸪天·祭屈原
　　磊落光明苦索求，君庸臣谤自悲愁。
忠贤往事烟灰灭，壮士离骚后世留。
　　旗招展，鼓声悠，汨罗江上竞龙舟。
端阳千载遗风续，楚水清名万古流。

鹧鸪天·致青春
　　五四精神遍地红，追求真理独情浓。
青春壮志乾坤震，紫气萦怀日月雄。
　　歌古调，感知同，扬帆学海照苍穹。
传承星火燎原路，博浪征程唱大风。

浣溪沙·采莲
　　缕缕薰风漫万丛，凝香菡萏紫云中。
扁舟轻荡采莲蓬。
　　蛙鼓虫喧村舍外，蝉吟鸟啭碧溪东。
一株倩影出新红。

浣溪沙·栀子花吟
　　借到梨花品雅资，青衫瘦影落瑶池。
幽香轻拂感芳姿。
　　清白淡妆疏草木。铅华冷艳著冰肌。
流霞甘露入新诗。

江俊华

　　男，1953年8月生，重庆市丰都人。南京大学毕业，高级工程师。工作时曾在一些省部级和国家级科技刊物上发表了数篇论文。业余爱好写诗填词，诗词作品也曾发表在一些诗词杂志，例如《中华诗词》等。

七绝·七夕风语
静静银河天水碧，娥眉新月照良宵。
人神爱恨犹凄美，相许千年一鹊桥。

七绝·风烟五津新唱
悠悠岁月风烟散，依旧关山古道寒。
亮嗓秦腔西北吼，清音新唱五津欢。

七绝·60岁自嘲
对酒人生歌几何，年轮一甲叹蹉跎。
额头褶皱收藏里，最是平凡快乐多。

七绝·自驾游
城外山川堪入画，撩人春色喜盈眸。
驱车揽胜三千里，直向落霞天尽头。

七律·回南大同学聚会
过眼匆匆几十春，满头华发挂风尘。
时乖命蹇常萦梦，水远山高难见人。
学子频添名校彩，心声每诉古都新。
悲欢离合皆成忆，重义同窗你我珍。

七律·无题
兀自多情心气涨，神思笔底著华章。
黄钟大吕清音远，古调新声雅韵长。

醉挽斜阳发感叹，闲吟皓月笑疏狂。
吾生最是痴平仄，一颗诗心两鬓霜。

南吕·翠盘秋

金风正，卷苍黄，疏影蝉声怅。远山苍。拥斜阳。但怜玉露晚凝霜。几点寒性亮。

江荣清

2008年退休于上海市公交公司。20世纪80年代起参加北京诗刊社函授学院，曾跟随杨金亭、吴家瑾两位老师学习了六年。湖南郴州市诗词楹联学会成员，崇明诗词书画学会会员，北京市诗词学会通讯会员，上海市诗词学会会员，中华诗词学会会员。2002年至今，担任《崇明诗书画》编辑，编辑了60余期。著有诗词专辑《路草集》。

七律·建军90周年抒感

坚毅娘亲铁打郎，经年逐鹿敌皆丧。
突围抗日桥头堡，问鼎安邦屋脊梁。
弹雨倾浇山顶削，蘑菇腾起国威扬。
今虽战斧常挥舞，毕竟中华已淬钢！

七律·和袁人瑞、龚家政《戊戌》诗

戊戌维新未解忡，为何变革总难终。
坚冰数尺阳堪弱，壮士三千志不忠。
举国挥鞭催快马，顶层设计望飞鸿。
睡狮已醒谁能挡，江海行船恃顺风。

七律·步韵龚家政《春》

风吹大地绿毯延，万物清新色彩全。
虽晓天涯云浪幻，也知赤县锦旗翩。
今生不爱骑墙草，来世仍然志暮年。
夜静更深春入梦，朝阳一出满园妍。

七律·步龚家政《夏》韵

晴天霹雳一声孤，震撼乾坤史册无。
虽惹猴山王发怒，何忧池水藕生枯。
人间曲折沧桑路，世上崎岖胜利途。
今夏黄梅多恶雨，明朝旭日必驱诬。

七律·步龚家政《秋》韵

重阳戊戌又新秋，赤碧青蓝眼尽收。
充耳衰蛩悲曲起，归田烈士凯歌讴。
风云有碍登高去，耄耋难为涉远投。
偕友谈诗多饮酒，逍遥赏月桂花稠。

七律·步韵龚家政《冬》

皑皑白雪惹人夸，恰恰潮流向力巴。
联网肥根摇朽秆，依墙疏影绽奇葩。
芦梅枯盛应天景，燕雀归来颂柳芽。
虽道冰封万里冻，大寒一过即春华。

七律·建国70周年颂

一从挂上五星旗，便树冲天蠹地碑。
鸭绿江郊迎虎豹，莫斯科市怼熊罴。
蘑菇伞罩洪荒域，航母群呈现代姿。
不忘初心鸣号角，双赢共富志无疑。

蝶恋花·师生再聚南华

六七届高中同班师生第四次聚会在四平路南华大酒店举行，其时同学都已七十二三岁、班主任已八十岁矣。

虽是古稀思学伴。相聚南华，岁月催人返。思绪涟漪流水侃，老来快乐无私怨。

往矣曾经千百转。一路同风，时代谁能遣？毕竟朝晖驱闪电，仍然晓梦天涯远。

七律·痛悼家政兄

6月8日惊闻上海崇明诗词书画学会会长

龚家政患病逝世的噩耗，含泪作诗深表哀悼：
二十年前结识君，良师益友往来勤。
同研美学谈天地，共组兰园聚菊芹。
一甲期诗刊作证，七旬寿岁月耕耘。
惊闻噩耗倾盆泪，从此阴阳隔界分。

江盛棉

广东省佛山市禅城区张槎街道下塱村人，佛山市张槎街道诗词学会会员。

马年咏马

闯荡江湖瘦骨形，相逢伯乐始扬名。
槽无夜草常生怒，路有鲜花不动情。
踏月追风双眼亮，跨山涉水四蹄轻。
沙场一战功成日，放养南山见太平。

龙舟竞渡

似箭离弦竞叩关，赛龙锣鼓响尘寰。
高低誓决江河里，胜负难分伯仲间。
历届搴旗皆命大，今场夺锦恐缘悭。
一波三折鳌头占，奏凯班师展笑颜。

盘龙蚊香

蚊群入夜渐猖狂，念动叮人有理章。
破相疮痕伊惹祸，缠身魅影仆遭殃。
挨更为博铜钱臭，避害还凭榄菊香。
点起盘龙蚊绝迹，伴君一枕梦黄粱。

刘生夫妻欧洲游见闻

鸳鸯比翼异乡游，无限风光着意求。
朝逛冰封丹桂岭，夕巡草织绿茵洲。
鲜花绕屋随缘见，浩月窥窗入梦留。
嗟我未临童话境，心驰万里白云浮。

下塱乡农民公寓开光感吟

村民公寓喜开光，美梦成真步小康。
栉比红楼人未驻，婆娑绿树鸟先藏。
清官善谱民心曲，勤政齐书博爱章。
水动莲池观锦鲤，怡神花卉散芬芳。

江先金

男，江西省瑞金市人，1952年生。童年遭遇不幸，父母去世过早，只读两年书就失学，但自强不息，勤学奋进！在全国多家报刊发表诗歌、歌词、联语、新闻等各类作品300多首（篇）。诗作多次获等级奖；联语作品获过二等奖，剧本作品获过优秀奖。系赣州市作协会员，瑞金市文联、作协、诗协会员。曾经创建过百花园诗社，创刊过《诗百花》报，并担任《诗百花》报主编，其事迹在《江西日报》《赣南日报》《瑞金报》报道过。

七律·夏日

夏日炎炎葵向阳，荷花艳丽稻田黄。
清风一阵翻金浪，佳句三声咏玉章。
柳下挥杆能钓月，山中出手敢驱狼。
光阴不觉匆匆去，笑看鬓边染白霜。

七律·夏季之风

凉快舒心夏季风，吹开万里碧荷红。
日穿翠柳冷溪水，夜过朱门暖草丛。
传递泉声流妙韵，驱清云影丽奇穹。
无须与世争名利，留得初心绘彩虹。

七绝·夏雨排空

银蛇起舞雨排空，树摇斜阳日色朦。
绿叶尖尖皆坠玉，风吹雾散碧荷红。

七绝·夏日深山

炎炎夏日进深山，一品清泉二赏兰。
快活山歌和鸟唱，鸣蝉涧水把琴弹。

七绝·夏日田园
夏日田园暑气浓,青青菜地有仙踪。
金黄稻穗迎风摆,吐笑荷花赞劳农。

七绝·夏夜乘凉
夏夜风清好爽凉,庭前静坐看村庄。
霓虹闪烁歌声远,阵阵荷香染月光。

七绝·夏日荷塘
夏季荷塘景最红,田田莲叶舞轻风。
双双彩蝶花间戏,锦鲤游天逛月宫。

七绝·夏日稻田
风吹稻垄荡金波,蝴蝶翩翩燕弄梭。
喜见农村粮满地,丰收夏谷种秋歌。

七绝·夏夜蛙声
夫妻牵手彩霓前,蝙蝠翩翩戏屋椽。
阵阵蛙声呼伴侣,天伦月下一轮圆。

江信高

1940年9月出生于浙江省莲都区大港头镇西黄村,中共党员,小学高级教师,在中小学执教40多年。现为中华诗词学会、浙江省诗词与楹联学会、丽水市诗词与楹联学会会员。作品散见于全国各大诗词报刊,著有诗集《绿谷吟草》。

处州颂歌
林海葱茏百鸟翔,层峦叠翠竞娇装。
蛙鸣春雨禾苗壮,蝶舞秋风橘子黄。
塔映平湖探月色,车盘峻岭慕茶香。
瓯江不肯东流去,汇聚山弯恋故乡。

杨山茶场
歌飞翠岭绿茶香,山里仙姑采摘忙。
蓬勃碧芽逢巧手,晶莹玉露湿娇装。
迎来游客迎商贾,送走晨星送夕阳。
满载而归心带笑,车流一路沐春光。

登楼远眺
眺望旭日镀山川,万座高楼立眼前。
北郭青峰擎玉宇,南明碧水隐龙渊。
荒郊涌现新街貌,幽谷升腾古寺烟。
回首风摇林海笑,枝头喜鹊报丰年。

乡愁
八十公公情绪差,乡愁泛起乱如麻。
思恩已失温馨母,报德难寻甜蜜家。
芳草萋萋无牧友,华堂寂寂积尘沙。
浮沉祖训重耕读,孝悌传承幸福花。

紧水滩电站大坝
往年洪水袭泥楼,冲毁良田百姓愁。
今在龙门加铁锁,人们驯服老魔头。

夜临南明湖
风送归舟弯月升,湖边玉树宿山鹰。
何人开闸机轮转,点亮千家万户灯。

打造"美丽浙江大花园"
——丽水生态旅游区
拦住瓯江筑五湖,粉装生态旅游区。
人人妙手挥神笔,描绘人间富丽图。

竹颂
曾为百姓造楼居,亮节高风名不虚。
奉献民间多竹器,点灯照我读诗书。

美丽乡村——利山村
远近驰名景色佳,八方游客赏荷花。
姿迷仙子香迷月,犹胜瑶池王母家。

二

月醉馨香客醉莲，青蛙打鼓闹喧天。
丝丝绿柳迎风舞，铁马环湖续旧缘。

江玉娥

河南焦作武陟人，县作协理事会理事，痴迷文学，作品散见《焦作文学》《黄河文苑》等纸刊及各网络平台。

五排·秋夜

月洗尘凡白，星涂岁节胭。
狂歌瓜果地，醉酒藕荷边。
细影听蛙鼓，柔风抚树眠。
飘香金桂浸，踏绿小池观。
大雁翩飞阵，高粱直矗田。
回头柴路睬，闭眼泪腮沿。
夜籁呼春梦，曦微载洞天。
人生寻驿道，落叶笑名川。

点绛唇·夏夜

月漫乡田，蛙声阵阵荷塘鼓。流星远渡，独倚亭台悟。

弹指中年，重担肩头伫。难言苦，诗心醉赋，韵海愁丝数。

五绝·静夜

夜静听蛙鼓，星移月入塘。
闲游心已醉，浅嗅碧莲香。

七律·谷雨

微风拂绿柳含烟，细雨轻敲草木肩。
点豆农夫翻旧土，安瓜老少立新田。
槐花片片香流地，布谷声声瑞漫天。
静等春愁随日走，听凭岁月叙迁延。

七绝·梨花

一树琼枝巧盛妆，梨花舞梦袖吟香。
谁家小女摇春瘦，欲借云笺点玉霜。

江源

安徽安庆人，笔名沅湘君。退休后上老年大学诗词班十余年。安庆市诗词学会、安庆市大龙山诗书画学会、安庆市江淮诗书画学会、安徽省太白楼诗词学会会员。曾在全国性诗词大赛中获二等奖、优秀奖等。

七绝·卖瓜翁

树上蝉鸣地上焦，身无片刻汗流消。
千难只怕倾盆雨，还盼天公似火烧。

七绝·游龙虎山上清宫

飞湍悬瀑隐群峰，野径繁花觅道宫。
静谧清幽尘世外，闲敲暮鼓与晨钟。

七律·咏白居易

初吟小草未冠时，顾况门前谁及斯。
贫女炭翁皆撷句，贵妃商妇化歌词。
引泉凿井忧民苦，插柳栽荷为政慈。
莺燕旁依笙乐夜，江南永忆竟如痴。

七律·咏左宗棠

文韬武略左公才，治国安邦洋务开。
平定陕甘谁靖乱，挥戈疆域我重来。
出征已置身家外，直谏惟将社稷栽。
东渡台湾时未竟，遗言含恨百年哀。

七律·开封菊花

菊邑香融宋韵流，清芬蕴籍御街头。
陶公把酒东篱醉，禹锡时吟梁苑讴。
万种风情诗赋品，千般娇媚画堂收。
霜寒月冷谁争艳，一任繁星落晚秋。

七律·春

雪遁冰融细雨霏，冬眠小草已先归。
林中初见新桃俏，岭上犹逢嫩笋肥。
水暖春江鸭足戏，风和柳岸燕翎飞。
恨无椽笔凭描画，满目青山尽翠薇。

望海潮·岳阳楼怀古

气吞云梦，波连湘水，一楼危立巴陵。南岳潜形，长江北倚，洞庭万顷涛声。曲岸芷香萦。锦鳞翔碧浪，鸥鹭沙汀。烟霭君山，茂林修竹数峰青。

登楼感慨频生。看名人墨迹，灿若群星。君子乐忧，贤才贬谪，奈何奸佞横行。朋党有滕兄。相约江湖远，豪放谁凭。楼记千年景仰，今日庆升平。

感皇恩·春雨

风送细濛濛，还寒湿冷。洒落甘霖孕桃杏。千峰凝碧，草木欣拥芳径。看柳枝泛绿，正苏醒。

轻拂禾苗，漫裁画境。缕缕丝丝醉如酩。一池吹皱，汇成春波形胜。潇潇泗水墨，天宇净。

江治安

字江山，号临凤阁主，江西余干人，1947年生。中国国画家协会理事，中国国画院副院长，国家一级美术师，国家一级书法师，中国国礼艺术大师，国学功勋艺术家；作品追求诗书画合一，获北京奥运会特殊贡献奖，一带一路文化使者，首届名人论坛金奖，第二届走进生活徐悲鸿奖，文化部艺术创作院一带一路百米长卷主创艺术家并获金奖等；中央电视台，中央新闻纪录片厂，江西电视台分别为其拍摄电视纪录片；出版了大红袍《中国近现代名家画集—江治安》《江治安国画》等多部专集和几十部合集；《中华儿女》《鉴宝》

《人民日报》《人民代表报》《人民政协报》等媒体均有报道。

龙虎山仙境

君不见，中华道教第一山，福地洞天岂等闲。

君不见，地煞天罡惊四海，天师马祖颂千年。

奇峰竟秀开眼界，碧水争流引众仙。
峭壁悬棺千古谜，排衙云锦万古传。
文豪绝景神奕奕，僧尼峻峰活鲜鲜。
仙女金枪自然景，莲花石鼓稀世观。
丹霞地貌双遗产，地质奇葩大观园。

君不见，文人骚客恋仙境，诗词雄文构宏篇。

君不见，考察科研纷沓至，旅游文化共争先。

丹青笔墨叹观止，觅句欲歌已无言。

长城颂

万里长城，千载沧桑。
龙盘虎踞，恢弘气象。
山海雄关，吞吐海洋。
雄视宇内，威慑东方。
居庸壁立，万仞屏障。
盘峰绕岭，塞北之光。
雁门关寨，云绕雾翔。
猿鹰莫渡，铁固金汤。
嘉峪横空，河西关防。
大漠英魂，地老天荒。
伟哉长城，千秋辉煌。
民族骄傲，华夏吉祥。

又歌曰：
巍巍长城气万象，风霜冰雪历沧桑。
龙盘日月吞深海，虎踞乾坤镇大荒。
山海居庸设天险，雁门嘉峪固金汤。
刀光剑影血腥史，华夏文明铸辉煌。

楼阁亭榭赞

古建园林华夏光，堂皇富丽美名扬。
颐和博大精工红，避暑布局苦心良。
三楼名声冠天下，四园精巧世无双。
美轮美奂千秋景，点缀江山万年长。

姜常青

湖南宁乡市人，大学文化。早年参军，后转在原湖南医科大学（该校已并入中南大学），1992年随全家移居美国至今。先后加入湖南省沩河古城诗词书画社和中国诗群主联合会(2)，在这些群体中发表过一些诗词。

五律·春雨

一夜潇潇雨，春潮漫小溪。
燕归寻旧主，鸥去印新泥。
木道闻啼鸟，庭中听唱鸡。
风来人惬意，雾散见虹霓。

七律·沩滨三中我的母校

远眺青山碧水巅，石阶直上白云边。
师们相教终生益，学友同携一世缘。
朗朗书声犹耳鼓，涓涓甘露润心田。
万千桃李芳天下，寸草分林梦自连。

七律·中药趣

百合淮山刺五加，当归佛手白梅花。
冬虫地榆车前子，夏草天龙罗布麻。
杜仲丹参川贝母，黄精绿豆海金沙。
丁香大枣枇杷叶，蛤蚧干姜炒麦芽。

临江仙·过年

江水玉潭流不尽，沿途满目华装。红灯艳结挂厅堂。乡肴开盛宴，酒馥绕高梁。
恭奉天蓬行好运，楹联密印新张。古城瑞象兆安祥。山河响韶乐，紫气贯潇湘。

注：1. 玉潭江即沩水。
　　2. 密印即沩山密印寺，这里借喻。
　　3. 天蓬即猪八戒，这里借喻猪。
　　4. 韶乐即舜乐，这里意指已故毛泽东主席的伟大恩德。

青玉案·忆少年

绵茫久有思乡故，梦萦绕、情难诉。老屋庭前香蕊树。粗茗清饭，意悠身素，溪径循湾路。
休闲甩钓龙王渡，远驾单轮踏晨露。盛夏阡头辞日暮。青山犹在，印寻脚步，戏水飘飘处。

诉衷情·江南春

溪桥栏畔赏新荷，百鸟唱春歌。竹青瓦黛墙白。阡陌野花多。
风拂柳，水银波，蝶妖娥。远山葱绿，剪燕流云，碧浪翻禾。

沁园春·张家界

胜界张家，驴友纷纭，心旷兴怡。看雄巍峻岭、惊魂玻栈，千峰御笔、万步云梯。花馥菲青，莺鸣鸟啭，美不全收实最奇。黄龙洞，恰金　玉璟，鬼斧辰碑。
乾坤斗转星移，有武雪台山构地期。致壑深坡徒、河清湖碧、涧溪密布、府穴幽迷。梗梓参天，柱岩林立，忘返流连喜在眉。高举盏，品土家盛宴，醉未闻鸡。

菩萨蛮·重阳

吴刚置酒天河岸，群星折桂冲霄汉；重九好云游，登高豁远眸。

才斟长寿酒,但愿人长久。不老不还乡,还乡欲断肠。

姜超英

茂名南天诗社会员。女,1958年生,大专学历,中国当代文学学会北京市诗词协会会员。2009年拜于全国著名诗人丁芒门下,先后在《百川》《诗词世界》《中华诗词》等刊物及诗词学会女工委群发表作品。

五绝·春
雨水贵如油,鹅黄入眼眸。
冰融山朗润,归燕掠轻舟。

五律·初夏
菡萏初尖角,蜻蜓点绿波。
木香开次第,杨柳舞婆娑。
蝶恋花间蕊,蛙鸣竹里歌。
听风观日落,对月酒微酡。

七绝·春雨
剔透晶莹裙袂飘,滋芽润物静悄悄。
抚弦引得风回暖,雀闹枝头花满苞。

七绝·闲趣
狂风卷起漫天沙,落叶纷飞不识家。
莫道丹枫红退去,秋深冬浅看流霞。

七律·60感怀
经霜沐雨几回程,往事随风过半生。
岁月留香凭雅韵,流光飞舞任蝉声。
诗山曲径通幽处,词海琼花不了情。
耳顺之年神气迈,功名利禄杳无争。

七律·夏夜听雨
叮咚淅沥韵悠扬,滋润千家送晚凉。
玉动繁英斟露酒,珠摇细叶舞轻狂。
敲窗唤醒清吟客,过隙催来逸兴郎。
一夜欢歌迎晓旭,新晴入梦蕴诗章。

浣溪沙·冶春
万木葱茏氲黛眉。葳蕤百卉斗芳菲。怡情养眼正相宜。
风扫落红飘逸兴,雨添新绿氿清晖。流连美景不思归。

诉衷情·题国画(中华新韵)
诗情画意跃华笺,心语寄山岚。田园水秀写意,陶醉自欣然。
着素墨,润毫尖,浣罗娟。书摹锦绣,尺绘丹青,国粹篇篇。

苏幕遮·饯春(中华新韵)
绿还肥,红已瘦。和煦清风,摇曳翩翩柳。雨霁晚霞濯韵秀。谁葬花魂,瓣落幽香抖。
兴难酬,歌正奏。白絮纷飞,纵意抒怀袖。且送春光踱步走。再会来年,重饮狂欢酒。

姜凤霞

黑龙江省依安县人,昵称仙子。国家公务员,黑龙江省诗词协会会员,依安县朗诵家协会主席、音乐家协会副秘书长、作家协会理事、诗词协会会员,有文学作品在书、报、刊发表。

雪之韵
之一
簌簌盈盈到此间,村庄一夜换新颜。
平生最解千家意,一片吉祥一片天。

之二

仰望长空处处来，轻盈翻转向尘埃。
西风也有温情日，且任花期撞满怀。

之三
淘气顽皮就数她，侵怀扑面挂枝丫。
纵情点亮乾坤色，片片纯真处处家。

之四
西风愈烈舞犹酣，野际无人看笑颜。
莫使冰心轻错付，一生一瞬也春天。

之五
素面冰衣未染尘，清清爽爽梦还真。
初心总有十分热，好共青泥待早春。

姜广辉

1948年生，黑龙江省安达人。在中国社会科学院历史研究所工作30年，曾任中国思想史研究室主任、研究员。出版过《中国经学思想史》《中国文化的根与魂》等多部专著，发表学术论文200余篇。2007年之后为湖南大学岳麓书院特聘研究员，期间创立了麓山诗派，并出版《麓山雅集》。

亲情
—— 丙申除夕咏怀，书赠至爱亲朋

佳节今年迥不同，家邦康乐意融融。
亲情万里三更语，灯火千街一片红。
雪恋梅花风恋树，林思喜鹊水思鸿。
青山且待东君约，酬和阳春胜处逢。

四月潇湘
四月潇湘似画帷，斜风细雨更须归。
一枝红豆撩人醉，万树桃花任鸟飞。
贤圣羡他甘寂寞，天公为我送芳菲。
偷闲要共渔樵乐，古寺钟声远翠微。

长相思
山峥峥，水泠泠，流水高山无限情，情休负旧盟。
鸟和鸣，谷和声，天籁无应我独听，相思魂梦萦。

清平乐·丁酉国庆中秋感怀
金风皓月，又是中秋节。伏枥壮怀犹骋说，阅遍万山红叶。
婵娟倾国倾城，惹来天下纷争。莫管花羞柳妒，檀郎自是多情。

蝶恋花·纪念王国维诞生140周年
既降尘寰休道苦，珍重人生，三万朝和暮。美景良辰天与汝，奈何一念成囹圄。
莫把相思灯下诉，遮月愁云，且挂山巅树。知是凡间留不住，随他异日仙山去。

姜建青

早年毕业于河北师范大学生物系，毕业后到中科院动物研究所从事生物学研究。之后移居加拿大多伦多。一直热爱中国古典诗词，近几年尝试诗词创作。

题故园海棠花（拙次曹公韵）
移从仙圃种荆门，栽玉院中何必盆。
香惹蝶蜂纷恋蕊，绮令桃李几消魂。
娥眉漫舞樽前雪，月姊空啼桂上痕。
因念行人归未得，枝头怅望度朝昏。

客途有怀（次韵马JINGBIAO兄）
羁途千里雨丝飞，林畔子规催客归。
傍路别家泥絮瘦，上滩抢水野鲈肥。
安贫自笑非原宪，返故每羞如令威。
桑梓海棠依旧否？朝朝应沐满春晖。

注：原宪，春秋末年宋国商丘人，孔子弟子。个性狷介，安贫乐道。令威，即丁令威。据《道遥墟经》载，西汉辽东郡人。学道千年后成仙，化鹤返回故里，却见城是人非。

暗香·客途雪霁思赴故山吾妻兼和沈若蝶诗友

驱车南北，见夕阳斜坠，绮霞裁帛。雪缀青松，一似梅花压寒碧。欲寄相思万缕，叹玉影，何堪攀摘。念此际，雪舞家山，片片大如席。

倦客，叹影只。慕雀鸟相鸣，举翼归急。黑裘暗涩，红粉飘零两空忆。遥想西窗漫倚，玉臂寒，云鬟应湿。正沉吟，看皓月、一轮捧出。

暗香·客途思故园兄弟

晚来暮色，正西风狂啸，哪闻村笛。赠远无它，漫把芦花为君摘。佳节而今忽至，自难忘、梁园骚笔。举杯处，可念行人，未得共瑶席。

倦客，自寂寂。对雨打黄昏，往事堆积。太行拾级，乡野清游最堪忆。万朵桃花妆靓，竞相觑，一湖清碧。叹此身、非我有，几时归得？

沁园春·新居初雪有怀

三径初成，多谢雪花，舞尽蹁跹。叹数年漂泊，风尘碌碌，今朝欢畅，祥瑞团团。梦绕乡关，魂牵鲈脍，栖息一枝倦后安。日将暮，看惊鸿归急，掠影芦滩。

楼头喜眺岑峦，更一镜平湖接碧天。要采山钓水，篱栽秋菊，观梅听竹，窗佩春兰。绿鬓虽残，青山不老，漫把崎岖醉里看。赏瑞雪，揽瑶池仙姊，且舞樽前。

水调歌头·父亲节随怀

天末忽佳节，羁客正凭楼。家翁应是、万里望月两悠悠。一世劬劳操尽，犹念天涯骨肉，儿女挂心头。常记归乡日，一病卧床愁。

亲煎药，递茶饭，解病由。七旬白发，踽踽儿榻不能休。神泣天惊兴况，重比南山父爱，归思远难收。宁起风尘叹，人子愧方稠。

金缕曲·清明忆母

吾母平安否？想天堂，花开锦簇，莺穿金柳。驾鹤腾云随人意，无有昔时病负。此岂是，人间能够。却恨上苍违我愿，再不能、尽孝堂前守。泪血透，春衫袖。

凭栏漫叹飘零久。忆天涯，清明时节，雪残风骤。劳燕分飞神难救。幸得蓝桥邂逅，玉浆乞，芳丛携手。青鸟何时衔尺素，慰萱堂，异国春来又。言不尽，儿叩首。

姜丽毅

网名一朵白云，中华诗词协会会员，现居湖北襄阳市。热爱诗词，相信有阳光般的生活就有阳光般的心态，有多情的人生就有多情的诗句。作品发表在吾爱诗词论坛、中华诗词论坛及《贵阳诗词》《曲阳吟坛》《漱玉》等刊物上。

七律·春情

翩翩社燕绕窗扉，穿过琼阶入翠微。
一片风情无不在，三春花事复来归。
赏心乐处蔷薇笑，垂柳阴中杏子肥。
群鸟相呼容我醉，蕙兰丛里步轻飞。

七律·别离

音容别后篆香残，笔砚生涯只影单。
耳静已无人寄语，体凉知不夜来寒。
我心痛处三江倒，风月悲时一字难。

曲尽关河情莫遣，愁添鬓角镜中看。

七律·情诗
短信传书动我怀，相思两字锦笺裁。
已温无数西窗语，乐得三千笑眼开。
情在心中春自到，花飞案上蝶将来。
新诗一首烦君看，小妹娇痴不许猜。

七律·相思
云里疏星杳杳苍，夜深独坐几迷茫。
问花归信何时到，传语清风只此彷。
心事些儿多失意，离愁千叠苦无方。
楼头一眼君家月，耿耿相思入梦乡。

七律·流年（新韵）
经年相守此心初，有鹊捎来千里书。
几首春诗添笑语，一双燕子入林庐。
不愁弱水无舟渡，更喜幽怀好梦呼。
待到廊桥圆月夜，花前携手意何如？

五律·雪与梅
化作千山蝶，噙来一缕香。
冰心如玉骨，明月钓华章。
轻曳霓裳舞，遥思锦瑟芳。
唯君枝上俏，唤我梦悠长。

鹧鸪天·流年梦
君在他乡快乐乎？拈杯可忆远人无？细思去岁诗同赋，相伴清辉梦不孤。
情眷眷，意如如。千篇皆是为卿书。流年扰扰红尘里，得子云心今已足。

鹧鸪天·云情雪意
香雪齐开满树花，斜阳归处小山丫。霜风错落尘中梦，寒色迷濛眼里沙。
将世路，许烟霞。一春思绪落谁家。云情雪意君知否？伴尔今生是我呀。

姜琳琳
网名凉笙墨染，烟台市诗词学会理事，黄冈市诗词学会、东坡赤壁诗社会员。

秋登朱雀山（新韵）
群峰错列向深蓝，险路迂回下碧天。
遥看清流垂玉带，声声鸟语翠微巅。

咏粉笔（平水韵）
白衣素影瘦腰梁，三尺方台写锦章。
一任芬芳桃李绽，化为玉屑又何妨？

卜算子·此意谁知我（新韵）
雪染一窗寒，夜露三更色。抛却无端恨转长，又把眉儿锁。
书案字难成，烛影风摇破。数尽繁星也难眠，此意谁知我？

醉太平·相思（新韵）
回廊月弯。清流弄弦。庭前漫漫茶烟。惹群星忘眠。
离人未还。新词满笺。相思一跃千山。看梧桐索然。

减字木兰花·春日陌上（新韵）
几经冷暖。陌上微风吹缓缓。柳吐春声。倩影婀娜入画屏。
幽香淡远。点点疏红娇嫩展。燕子双飞。不到黄昏不肯归。

杏花天·带女儿故乡过冬遇雪（新韵）
树影参差云去缓。漫天絮，层林尽染。梨花落地铺长卷。红翠星星点点。
天尚早，月痕清浅。万木冻，说寒还暖。堆个雪人门前站，好与妞儿为伴。

姜荣华

男，浙江温州市人，大专学历，经济师、政工师。全国政工科学专业委员会特约研究员，中华诗词学会会员，浙江省诗联学会会员，温州市诗联学会理事，温州市姜立纲文化研究会顾问。业余爱好古典诗词文化、姓氏文化、瓯越中医药历史文化等。作品多次发表各级报刊。

七律·题菊

忍使清秋冷雨侵，依然玉立待知音。
东篱疏影芳菲秀，南圃幽香婉约吟。
望月花含千滴露，迎霜叶拥几多芯。
欣无媚色堪争艳，自有高风可共歆。

七律·己亥新春永嘉楠溪诗会有感

春秋几度忘流年，欣约楠溪总是缘。
一径梅香熏玉笔，半窗雪韵染银笺。
浓情写意吟声远，淡墨舒怀雅律妍。
更有横琴扬妙曲，名家共谱永嘉篇。

七律·谒圣井山景福寺并贺重兴10周年

兰若祥光满紫烟，南峰法雨接云天。
梵音唤醒三宵梦，佛号吹开四季莲。
悟透玄机方养性，参开境界静修禅。
历经波折丹心续，矢志重兴慰古贤。

七律·文成梧溪畲乡寄意

梧溪旭日柳摇时，访胜寻幽未敢迟。
两岸青山山似画，一泓碧水水如诗。
农家品酒三分醉，禅院尝茶几点痴。
更有畲情多曼曲，却教墨客惹相思。

临江仙·咏文成飞云湖

觅胜寻幽频入梦，春风桃李相迎。翠微一路柳纱轻。绿堤莺语软，湖碧玉生成。

品茗泛舟痴墨雨，几多回首曾经。十分山水总关情。初心尘不染，一笑远浮名。

行香子·访浙南谢灵运后裔古村蓬溪有怀

日暖风和，与友同行。醉蓬溪，影碧波平。龙潭霞蔚，虎峡云蒸。赏菊之媚，枫之艳，水之清。

谢公后裔，枝繁叶茂。叹流年，难忘曾经。状元宅第，翰墨留馨。忆一笺联，一笺韵，一笺情。

行香子·葳芸旗袍西湖走秀

一袭青衣，飘逸笼纱。有佳丽，绝色无瑕。凌波莲步，温婉芳华。起半帘风，一帘雾，满帘花。

罗裙素雅，如烟翠黛，赞葳芸，独树奇葩。西湖撷韵，更显清嘉。总让神迷，让神醉，让神遐。

凤凰台上忆吹箫·己亥春温州百名诗人雁荡采风活动有怀

幽谷流烟，灵峰含黛，翠微一路清风。古道处，松林鸟啭，柳绿桃红。瀑泄碧潭漱玉，声洪亮、飘逸空濛。临佳境，爽心润肺，陶醉其中。

尘嚣远离恬淡，观美景，曾经记忆犹浓。意难尽，挥毫泼墨，诗意葱茏。闲赏云舒云卷，品仙泉、静听晨钟。今朝聚，雁山绽放春容。

姜树立

网名月涌大江流，原籍河北省泊头市。1974年出生在内蒙古北部阿龙山。1982年回原籍。泊头市物资局职工。1998年下岗后经营旅馆。爱好诗词音乐。

酣怀
蘸墨风摇醉里天，摘星揽月饰流年。
半生杯渡一壶梦，万里书掬九点烟。
沾韵从思心隐逸，啸诗佐酒笔狂颠。
酣声呼影闲门闭，世态炎凉笑了然。

夜坐春堤
拾来闲趣一堤烟，夜惜花深响杜鹃。
月倚春霄云作被，风拨晚籁柳为弦。
融合逸兴旷途外，分与疏狂碎影间。
贪取槐香堪静坐，漪露惊破水中天。

河堤月夜
抛梦纤云外，晴光涌滟波。
拥风柳起舞，抱月水吟歌。
衣振微尘少，步移细草多。
流年独倚处，莫教夜蹉跎。

初春感怀
举头又见月如钩，墨笔拈来逸韵幽。
窗外初春寒尚在，胸中旧事意当休。
无诗难解千年梦，有酒能消万古愁。
只恨光阴不待我，朝朝暮暮去悠悠。

秋夜
把酒吟诗我若仙，酣将此夜送流年。
杯中往事倾成韵，笔下幽思绘作烟。
剪朵浮云藏绮梦，挥行醉墨渍空笺。
星窗也懂阑珊意，邀月和吾共卧眠。

重阳
一袭尘衣换梦裳，携壶啸醉渡重阳。
高秋寒意乱眸影，深夜孤心怜鬓霜。
晚籁无从清境抑，浩歌更把浊醪扬。
莫言几许花还在，万里西风菊正香。

早春
早莺唤杏绽芳华，燕子衔春入旧家。
不待携云淑气静，更添拂柳晓风斜。
红尘客练歌和舞，紫陌人忙桑与麻。
农事书生皆不擅，采霞归去种诗花。

姜维

江苏省丹阳市人，1984年初中毕业，目前在大力神铝业工作，爱好诗词。

五绝·顿雨
聚集一时情，沦波水急行。
雷风疑解气，顺势酒壶倾。

五绝·别思
双飞燕子风，柳下七弦融。
一曲桃花水，寄心梦信鸿。

七绝·坐看清风眉月初
坐看清风眉月初，独听醉柳笑池鱼。
远山流水小桥畔，松坞柴扉有旧居。

七绝·忽来花雨落梅香
数枝冷艳着新妆，寒晓清风千树霜。
日暖云舒林下倚，忽来花雨落梅香。

五律·醉荷
蝶恋荷心醉，蝉鸣柳树阳。
波清花有影，云碧水无妆。
菡萏开池苑，芙蓉满夏塘。
风来黄鸭戏，当解惜春光。

七律·情问
问今月下几人同，昔日花前向晚风。
柳带芳春生彩舞，波摇娇影得香融。
隔帘怅望意无应，照水沈浮情有逢。
世事万千缘一会，病源不识梦成空。

七律·素颜
梧桐月下两眉弯,酒湿胭脂解素颜。
傲骨迎风山水淡,香心问绝世人娴。
借来竹韵芳流馥,觅得花容笔采斓。
已出尘埃烟雨外,梦牵沧海碧云间。

七律·雨与时间
凝云烟柳小桥东,戏水千丝醉舞中。
一曲涓流追短棹,四时和雨笑长风。
不堪西望乡关道,依旧清思江上盅。
多谢途人明净洗,邀杯月下乐无穷。

姜晓峰

河北围场人,转业军人,退休干部,河北省诗词协会会员,承德市诗词学会会员,作品散见于各种报刊。

七绝·壶口瀑布
荣辱沧桑几不惊,宽严急缓自分明。
纵横意气滔天势,都做金戈铁马声。

七律·黄河
胡风汉月笛悠悠,任尔纵横三百州。
铁板潼关听古调,虹霓宫苑醉名流。
一川脉脉炎黄血,九曲殷殷慈母眸。
成败兴衰千古事,江山到此几回头。

七律·西安古今的穿越
曼舞轻扬酒一觞,钟声夜半出咸阳。
岐山九脉讨殷纣,渭水三源告禹王。
浩浩中华龙尚在,班班青史墨尤香。
匹夫爱作兴亡梦,盼化清风到盛唐。

七律·对话兵马俑
旌旗猎猎马萧萧,风雨征程入梦遥。
一夕功名输粪土,千秋甲胄逊渔樵。
凝眸常念严慈苦!寄语多思妻女娇。
你我王孙皆过客,年年陌上景妖娆。

七律·霓裳飘落华清池
天地茫茫瑞雪纷,华清往事已成尘。
一声万岁同林鸟,三尺纤帛两界人。
笔墨常添新粉黛,刀兵不见旧君臣。
诗魔悲曲千秋恨,泉水年年待太真。

七律·法门寺
袅袅香烟云过明,梵音迢递史留青。
千年舍利说无话,一纸慈悲念有经。
玉葬帝王贪土厚,涅槃佛骨佑天灵。
轮回造化本无物,夜雨秋虫过耳听。

七律·避暑山庄史话
鼙鼓西风动地歌,连天烽火又如何。
巍巍王气吞华夏,瑟瑟江山到热河。
并蓄百家布新政,恩威万里化干戈。
氤氲宫阙斜晖里,回望青萍已烂柯。

七律·乙未岁末感怀
户牖开合又一年,东风犹恋老河山。
晚来倦后应温酒,冬睡醒时不用钱。
聚散文章常坎坷,春秋故事总团圆。
河西杨柳河东月,莫问心香第几篇。

姜兴

男,46岁,辽宁省兴城人氏。现居住辽宁省盘锦市,在盘锦星星眼镜公司担任经理职务。幼年喜欢唐诗宋词,至今不辍。

七律·咏折扇
悠悠夏日舞霓裳,缕缕清欢几许长。
墨客挥毫风亦雅,湘妃滴泪骨犹香。
芳华不向春光老,绮梦总因秋色妨。
敛却红妆身寂寞,人间长恨有炎凉。

桂殿秋·咏扇
湘竹骨,泪依稀,丹青绘就锦绣衣。
今生不识春风面,又向秋风作别离。

七律·题中国天眼
谨以此诗致敬南仁东前辈。
天眼形如白玉盘,瑶台宝镜下云端。
青鸾莫向盘中觅,紫阙长劳眼底观。
银汉何时无岁月,红尘几处有悲欢?
不辞长作摘星客,独览乾坤天地宽。

七律·咏妆镜
此物平生善效颦,随形似影最传神。
分身有术红颜悦,照面无私白发嗔。
阅尽人间眉与目,窥穿脸上伪和真。
凡人几个能如此,慧眼长明不染尘?

七绝·宋城怀古
宋城日夜起笙歌,千古一情笑语和。
莫忘靖康臣子恨,休教武穆再挥戈!

七绝·清明
世间最苦是清明,难寄阴阳两地情。
漫道人生如逆旅,奈何归路不同行。

五律·喜迎杨师夫妇故园行
伉俪衣车轻,文坛负盛名。
华章由法眼,翰墨寄平生。
宴授愚儿道,仪观小女行。
故园逢喜事,佳偶本天成。

菩萨蛮·烛
问卿可怨红尘苦,照人别梦谁怜汝?
未语泪先流,心柔情满楼。相思身已老,
只恨君行早。天晓泪痕干,空余袅袅烟。

姜秀奎
网名竹园听韵,笔名秋笠翁。1963年生于黑龙江兴凯湖畔,现居山东威海,货运司机。爱好古体诗词,中华诗词学会会员,肥城诗词学会会员。

盛夏
伏暑蒸炎闷若风,鸣蝉群噪占梧桐。
奈何荫庇无寻处,祈望秋凉早过逢。

白丁香花
一树花风满院香,轻阴浅动近身旁。
然虽微骨无姣色,数尽芳菲我独彰。

清明
梨花初放正清明,倚坐春风数燕声。
昔日人亲情入景,如今独觉景无情。

白玉兰
只怕春风向李桃,篱前独秀玉翎刀。
不邀蜂蝶来歌舞,偏与青云试仰高。

惊蛰
春风乍起百虫惊,渐变枝头雀踏声。
才觉寒山添暖色,料知细水送温情。
花开一处先提目,柳发千条再竞名。
有意阶庭来信步,如何心事困繁城。

步韵宁调元·早梅
傲纵冰霜岂弄鏨,暗香迭雪入诗神。
红情不肯贪尘念,退让千花始作春。

暮途
长行故道顺西东,囊载朝曦对晚风。
浅记千重山与水,竞追流景莫淘空。

寒露绒题
秋声频遣动,寒露落黄帘。
雁渡霜歌岸,鸦栖玉魄檐。
荷盘飘白影,菊盏剩红签。
人在岚山外,枫花梦里添。

姜云姣

笔名汪莹，大学学历，中学语文高级教师，中学语文教学研究员。武汉市作协会员，武汉市鹰台诗社和湖北省诗词学会会员，中华诗词学会会员。

曾发表文论、散文多篇并多次获奖，发表诗词200余首。曾获第十三届天籁杯中华诗词大赛金奖。现任武汉市迪光诗社秘书长，《迪光诗刊》副主编。

五四运动百年吟怀

滚滚硝烟里，青春铸国魂。
天惊循正道，励志荐轩辕。
夙愿风云路，金瓯雨露温。
山河今胜昔，砥砺记前恩。

携孙登黄鹤楼

祖孙联袂上名楼，极目烟波指点舟。
黄鹤白云悠玉韵，雕檐画栋美芳洲。
壁题崔颢吟诗畅，人道青莲搁笔愁。
千古奇文传圣地，童音诵唱激江流。

改革春潮生万象

和风澍雨喜来临，醉饮琼浆把盏斟。
改革春潮生万象，复兴绮梦逐千寻。
宏图大展鲲鹏翅，经济腾飞壮士心。
世界人民倾耳听，中华崛起奏强音！

题武汉东湖绿道

潋滟湖波荡画船，绿丝挂柳柳含烟。
长堤十里杉林秀，小岛三边景色妍。
九女墩高藏浩气，游人浪漫赋诗篇。
仰观云鹤掠风过，带我幽思入远天。

题大冶市青龙山公园

青龙沐日荡清风，数孔连桥画意融。
鱼影悬浮跃城上，莺声婉转闹湖中。
佳人对酒红颜醉，逸士吟诗湛月空。
陶令相邀云汉客，身闲恰似在天宫！

菩萨蛮·观风尚旗袍秀

春风拂柳旗袍宴，镶边立领销魂钿。
如意扣柔腰，赏心流线髫。青瓷图案艳，雅曲深情染。动静韵姿娴，飘悠天地间。

临江仙·武汉长江灯光秀

四岸双江灯溢彩，虹桥玉阁流光。梅花落处尽芬芳。龟蛇闪亮，舞动演篇章。

万树炫花琴瑟唱，腾龙鬲凤呈祥。楚王击鼓李诗扬。寰球惊艳，荆楚鹤飞翔。

满江红·观亚洲文化嘉年华感赋

璀璨光华，鸟巢闪、京都舞悦。美轮奂、声光电炫，激情飞越。锦绣山河飞彩凤，文明古国盈仙蝶。美与共、亚细亚和谐，嘉年节。

邻友好，情深切；包容善，兴邦杰。共赢丝绸路，聚凝坚铁。恩润心田如雨露，谊存互鉴同云月。时俱进、走世界峰巅，翻今页。

姜云艳

女，1972年2月21日生。黑龙江省望奎县人，农民，酷爱诗词。

五绝·暮春

风轻垂柳细，碧水映烟堤。
旭日浮云出，春花落镜溪。

五绝·春雪

满树琼花结，阳暖泪落河。
风缘情寄悗，润蕾待春歌。

五绝·初雪

小雪若眉绯，秋离妩媚归。
风摇枝柳动，似絮满天飞。

七绝·秋醉
霞红曲径叶飘溪，一路空山万木齐。
浅醉诗情仙境处，行人恍若画中迷。

七绝·连翘花开
暖日柔风细柳扬，园中信步偶寻芳。
连翘寂静花偷放，淡雅清幽暗自香。

七绝·雪韵梅香
剔透玲珑漫舞来，琼枝玉树似梨开。
轻纱素笼红梅影，入梦闻香酒润腮。

七绝·并蒂莲花
婷婷静渡佛前香。三世三生沐禅光。
落入凡尘情相挽，花开并蒂水中芳。

七绝·春钓
开江解冻碧波幽，淡雨舒云细柳柔。
一丈垂杆三尺线，静待肥鱼跃上钩。

五律·夏雨
六月雨霏霏，天空细雾帷。
街前飘彩伞，地面映灯辉。
渐渐红花瘦，滋滋绿叶肥。
秧苗今苗壮，等待盛秋归。

七律·晨
群星逐退月残凉，鸟雀欢鸣迎曙光。
碧空浮云如海湛，红霞似火铺天装。
一轮旭日明珠隐，万道锋芒剑劈霜。
却喜清馨晨景色，人生最是少年狂。

七律·汴京怀古
碧柳远烟连北府，黄花新月照南楼。
英雄长剑潇潇舞，美女琵琶淡淡愁。
昔日帝王豪气盛，今朝骚客韵诗留。
千年古址开封地，一画清明河上游。

蒋宝山

网名随歌而飞，自幼酷爱琴棋书画，喜欢在文字中畅游，中华诗词协会会员，香港诗词协会、世界红楼梦研究会、上海市格律诗社、上海市新诗苑、中国文学等多家会员，作品发表《中华诗赋》《中华词赋》《独秀峰》《马邑诗词》《诗词之友》《中华诗教》《黄浦江诗潮》等纸质媒体及网络平台。

七绝·题图
一派烟濛寒不收，青禾得雨满田畴。
耕夫欲作留春计，农事忙忙已瘦牛。

五律·题图
飞流应在望，入眼一山青。
栖鸟鸣峰险，泛花漱石灵。
堆岚疑梦境，积翠叠云屏。
钟子瑶琴趣，何人隔水听。

七律·题图夏
风摇细柳漫桥头，绿意痴狂染画楼。
燕子翻飞追梦远，蜻蜓点水戏荷柔。
田间小麦盈盈笑，坝上奇花淡淡悠。
老叟江边闲独钓，黄昏堤下唤耕牛。

临江仙·金罗店晨练随感（龙谱）
翠鸟登枝黎旭照，丛枝滴露将垂。繁花蜂蝶只相迷。朱桥流水处，老叟撒钩时。

亭内谁扶箫笛奏，唱来沪剧青衣。待归去绘染丰姿。长空云系恋，层阁影征思。

画堂春·樱花

凌枝雕锦一时新,烨花酥蕊纷纷。嫩红娇粉正羞匀,犹有天真。

景色年年依旧,盈盈脉脉留人。忽惊莺梦往来频,百啭分春。

行香子·观罗店龙舟节有感

水绕楼台,风拂公牌。晨阳早、欲照河街。声声曲引,处处歌来。看龙舟渡、凤舟舞、虎舟开。

美兰湖秀,幽香锦绽。合欢莲,恰似桃腮。纤腰系鼓,玉手招孩。任评委笑、嘉宾乐、妙书排。

行香子·初夏（苏轼体）

墨染奇峰。笔点青松。涧溪流、百里叮咚。川川叠翠,处处争雄。看枇杷黄、兰花白、石榴红。

天长放眼,兴好来风。问吾人、七发诗翁。冰心玉洁,志远才聪。唤云间鹤,林前鹿,海中龙。

唐多令·七夕

停步小桥东。凝眸野水中。月微明、隐隐寒宫。鹊绕双星初起舞,银河聚,玉卿融。

千语诉情衷。醉怀沐晚风。泪花垂、离别匆匆。唯愿来年双扣手,须伴酌、笑相逢。

蒋代云

网名彩云之南,男,湖南省怀化市沅陵县人。中华诗词学会会员,怀化市作家协会会员,中原诗词研究会会员,中国互联网文学联盟特约作家。

七绝·评读罗贯中《三国演义》（新韵）

三国鼎立乱纷纷,草莽英雄各事君。
赤壁烧船谋霸主,忠奸割据道无存。

七绝·评读曹雪芹《红楼梦》（新韵）

荒唐满纸写风流,衣破食粥夜醉休。
天下何人识谶语,红楼以后少红楼。

七绝·评读吴承恩《西游记》（新韵）

东土王朝气盛强,西天开放取经章。
风沙险阻何为惧,鬼怪妖魔尽扫光。

七绝·评读施耐庵《水浒传》（新韵）

英雄被迫上梁山,仗义行侠胆震天。
草莽终归难大器,百单八将化云烟。

蒋赣生

江西顺合律师事务所专职律师。网名春秋观景,曾用网名江流石,江西省九江市人,爱好诗词及创作,自2014年,开始在国学网、诗词吾爱网发表诗词作品并在炎黄杯、羲之杯等国际大赛上获奖,在中华诗词学会主办的纪念黄庭坚诞辰970周年全国诗词大赛中有作品被收录。

鹧鸪天·星子游

华屋竹摇夏日风,青山照水映荷红。雨停寅夜云行月,霞出晨曦雾散东。蝉众闹,鸟声重。风穿林樾乐其中。秀峰星子登山路,瀑布如帘溪似龙。

浣溪沙·夏荷

入夏风摇绿出茁,云凝水际枕红霞。猗猗香远自天涯。又见青台蝌蚪跳,蜻蜓频立小荷芽,清流叶下戏鱼虾。

西江月·庐山西海

时雨山濛水黛,时晴日暖风乖。腾空水上坐云台,一艇飞天宇外。湖景依然未改,湖光更是萦怀。凌波淼淼汉河开,胜过蓬莱仙海。

忆江南·雪舞(一)

天河舞,踏絮如云中。星玉连连环左右,身悠银汉正霄空,天路已相通。

忆江南·雪停(二)

天河静,冰鉴照楼东。素雾氤氲笼玉野,青霜白练冷银空,人在广寒宫。

忆江南·雪化(三)

梅枝动,招手向河堤。天角云开光照宇,洁消玉散化为溪,花笑落凝玑。

五绝·题竹

虚心世所称,作简寄亲朋。
华夏千年史,汗青英烈登。

蒋海东

重庆渝北人,长期海外工作,网名易言,爱好读诗,偶有所感也闲作打油诗。

七绝·傍晚山行(新韵)

煮茶一饮登高远,草盛途遥意未迁;
纵使夜临遮望眼,千山依旧在人间。

与长天饮(乐府诗)

我与长天饮一回,万家灯火煮佳美;
月盛菜肴星点烛,两江四岸相作陪;
我邀长天同歌唱,逝者如斯何哀言(愁);
樽中有酒杯莫停,勿待明朝无酒钱;
长天问我今几何,年过而立(不惑、半百)不思还;
千秋代代无尽事,何顾一人且偷闲;
我道长天无数载,天高如许尤清明;
但得苟活一分豪,毅将身肩担古今。
朝天门,千厮门,东水门;
三桥三门,共举杯,饮一曲;
千里江陵入海流,晚轮依旧伴青山;
暖风和煦送单燕,明月悄然落窗边;
犹忆李白将进酒,人生得意须尽欢;
自古英雄多少人,问谁不是酒中仙;
纵酒仍是陈酿好,无情岁月换不来(回);
直教琼浆作银汉,既当斟取对天酌;
轻扶栏,解衣裘,对酒眠,不销醉意到天明。

注:1.重庆朝天门,两江交汇。
2.朝天门,千厮门,东水门既是三座贯穿四岸的桥,也是重庆最古老的几座城门。
3.江陵,指代嘉陵江和长江。
4.晚轮:游轮,朝天门码头是旅游名胜,游轮络绎不绝。
5.人生得意须尽欢,出自李白乐府诗《将进酒》,本打油小诗得于好友吟唱李白《将进酒》诗篇而来。

七绝·初春(新韵)

青芽才露七八点,便晓山光已近春;
寒水思绝拦不住,暖风飞渡满乾坤。

七绝·夏雨(平水韵)

朝来雾色黑朦胧,万里山河御砚中;
不叫神州濡墨黩,洪霖磅礴洗长空。

七绝·秋词(平水韵)

百花开尽草更幽,千舫争流无止休;
归燕衔来希孟笔,挥毫人间几重秋。

七绝·做客船家(中华新韵)

须发问寒言尽暖,嫛婗蹈足笑余欢;
渔舟歌罢归槽晚,鞍做佳肴待客船。

七绝·劝慰(新韵)

莫道年光生计苦,莫言逝水幻无形;
负担可化风帆物,咸楚才知前路明。

山有花木(古诗)

屾有花木，六月开之，金乌鸣艳，铅红彩之；

屾有花木，十月开之，玉蟾吐金，裙钗友之；

屾有花木，只影采之，吾念尤惜，只影且还；

　　还无所得，茕茕独立，径遇佳人，执手为伴。

注：1.屾(shēn)：二山并立之意。
2. 花木：指双生花，一朵六月白天开，一朵十月晚上开，隐喻爱情，若是一个人遇到，便会得一生最美好的爱情。
3. 金乌：太阳。
4. 玉蟾：月亮。
5. 铅红(qiānhóng)：指妇女化妆用的铅粉和胭脂，此处隐喻艳阳为粉。
6. 裙钗：指裙子与头钗，此处隐喻月光为裙；
7. 只影：一个人。
8. 茕茕独立：形容一个人无依无靠、孤苦伶仃。
9. 径：小路。

五律·秋夜寄远（新韵）

星月同船渡，云霞共枕眠。
山河泊日暮，秋水逝长天。
落是无情物，缘何燕已还。
此归应有卜，怎道不知年？

注：1.逝：流逝，消失。
2.落：落花，落叶等。
3.卜：预测。

蒋来春

　　男，茂名市南天诗社会员。1949 年 7 月出生，河北省唐山市人。

五绝·步行

园区绿值荣，华盖聚歌声。
藤下双人羿，寻幽独步行。

七绝·思父

署寒劳苦似耕牛，汗透粗衫日月流。
生计奔波心力悴，沉疴年迈始方休。

五律·纪念唐山大地震 43 周年

危墙载故兄，哀极放悲声。
泪下如泉涌，乾坤日月惊。
游魂何处去？碑刻震亡名。
祭拜皆呼唤，心伤未了情。

七律·端午

端午经年值此时，举家食粽度佳期。
香囊一束门前挂，黄酒三杯月下思。
长恨含冤身殉难，忠魂不散国人悲。
汨罗江上龙舟赛，悼念先生颂楚辞。

如梦令·情切

陌上伊人相送，牵手百年寻梦。惜别恋红颜，欢乐悲伤与共。忍痛，忍痛，细语缠绵情动。

蒋礼吾

　　江西省永修县人。中共党员，系永修县建昌诗词学会、九江市诗词联学会、江西省诗词学会、子日诗社、中华诗词学会、会员。作品散见国内多种诗刊，著有《老农诗词》六集。

七绝·龙虎山即兴（一）

龙腾虎卧几千秋，莽莽苍苍气象遒。
旋转乾坤凭众力，天师怎可解人愁。

七绝·龙虎山即兴（二）

沪溪沐浴泄春光，雪月风花事渺茫。
玉殒香魂何处去，满山血色树苍苍。

五律·龙虎山即兴

重阳胜地游，一路似轻鸥。
喜赏奇花艳，惊呼怪石稠。
浩歌飘碧水，小憩品茶瓯。

庙宇诚心进，风尘杂念收。
悬棺猜古意，几片白云悠。

五律·庆祝中华人民共和国成立70周年

匆匆数十秋，国运富强酬。
乱忆成青史，民欣唱九州。
城乡皆美化，贪腐总严纠。
感念英雄血，终归没白流。

七律·游浙江省绍兴市柯岩镜湖

扑面桃红柳叶青，春光似画抖诗翎。
人来人往湖心路，鸟落鸟飞山上亭。
半壁悬崖留古字，一泓碧水荡游舲。
笙歌隐隐催新梦，美女楼台舞袖轻。

七律·浔阳又会诗词导师熊东遨先生

大雅曾和龙虎山，浔阳喜又见尊颜。
诗词妙谛师怡指，课业精高我力攀。
莫叹愚顽无杰作，宜将夕照乐悠闲。
苍松独立危岩上，全在甘霖滋润间。

七律·游庐山西海景点吴王将军峡

游山正值暑炎天，小鸟声声唱耳边。
探景不求乔女迹，清心只盼葛翁缘。
深林古木呈幽境，峭壁飞流撒雾烟。
七十余年何是梦，老来到此乐悠然。

七律·咏大将粟裕

勒马纵横意气豪，指挥若定赛萧曹。
孟良崮役神威显，淮海阵容顽敌逃。
志在江山颜色永，情浓史册姓名褒。
桩桩业绩皆堪赞，热血经常染战袍。

蒋卫东

湖南省娄底市人。中华诗词学会会员。踏着美妙的韵律，歌颂美好的生活。

七绝·观镜随感

宝鉴风花墨客情，额头眼尾画琴筝。
闲谈附带诗词赋，冬去春来万物生。

七绝·观镜随感

空谷虚灵形态幻，难摹下步欲何方。
你移我动成千景，一切来源靠着光。

七绝·观镜随感

少时照镜天真现，半百拈须岁月流。
拼搏人生多美妙，畅怀一曲老无忧。

七绝·咏镜

想录嫦妍没内存，徒增急煞觅诗痕。
拿来格律描摹绘，景色时光在别门。

七绝·咏镜

无声的我木头呆，等距迁移好准哉。
得到精纯全表面，不能看透费神猜。

七绝·咏镜

照样还原光本象，丝毫入画绘春秋。
描摹美景多精准，常在闺房独处幽。

七绝·咏镜

山林没虎豹声狂，海纳千河太渺茫。
一照乾坤清晰现，闲来无事待闺房。

蒋小华

笔名晓声，女，1959年生。目前系中华诗词学会、海南省诗词学会、湖北省中华诗词学会、九州市诗词社、武汉茶港诗社会员。曾在《中华诗词》《诗词世界》《琼苑》《海南诗书画》《湖北诗词》《九州诗词》《当代诗人词家作品汇编》等发表作品。

咏琴（藏头并首）

高山流水遇知音，山外樵夫船尾临。
流韵沙沙风助兴，水声汩汩指连心。
遇时未晓天涯远，知处惟怜地府深。
音律怎堪孤独抚，伯牙悲愤断瑶琴。

围棋赋

四角九星三六一，纵横交错点分明。
黑先入子寻金角，白后搜根度势行。
莫使假空迷大局，但留真气固方营。
平衡呼应高低巧，攻守自如风水生。

书画情

书为心画意无穷，亦画亦书形不同。
画在书中落飞雁，书藏画里戏鸣虫。
香书点画山川秀，锦画溶书禾卉葱。
书画相亲千载好，画书一体映长虹。

诗酒缘

诗趣人生酒意绵，酒随诗绪写流年。
诗心借酒滋灵谷，酒语融诗悦洞仙。
诗酒相通交月晕，酒诗连体落云笺。
今朝把酒邀诗伴，一醉方休诗酒缘。

花茶意

自古花心懂茶语，从来茶府与花亲。
幽幽茶道花相伴，款款花言茶慕循。
茶艺书斋弄花絮，花丛雅室慰茶神。
诗情茶溢花香淡，风韵花池茶味珍。

梅雪愿

瑞雪寒梅伴草堂，雪花尽意弄梅妆。
千丝雪絮梅前舞，万段梅枝雪下香。
雪点梅尖浇韵笔，梅亲雪朵候亭廊。
雪君可晓娇梅意，梅雪诗心共羽裳。

咏残荷

一池萧瑟一池寒，几片枯黄掩瘦盘。
偶有残花亲浅水，全无彩蝶恋淤滩。
可怜尘客追风易，谁叹莲心守洁难。
过眼繁华浮世景，但存傲骨伴金冠。

九九消寒韵限"风"
——九九归一

消寒九九终归一，一季秋冬一季风。
一履凡尘一方土，一方天地一方虹。
一番滋味一番悟，一份敬虔一份聪。
一叶一花观世界，一山一水见鸿蒙。

蒋效炳

男，1938年12月8日生。江苏常州武进人，中师毕业。诗词爱好者，退休后，拜丁芒、尹贤为师。心潮诗词学会会员，北京长城书画院会员。多次获全国诗词大赛奖，其中部分诗词入编"诗词荷韵"、"民族魂之歌"、"我的中国梦""中华当代好诗词"、"走进新时代""诗词荣耀"、"曼丽双辉·家国情"及《伟大历程·从一大到十九大》诗词精品集《中国名家真迹北美艺术大展》《纪念改革开放40周年》诗词大典。

七绝·上海自贸区感言

黄金滚滚申城汇，浦水滔滔万国来。
增智纳贤芳斗艳，辉兴烨贸广招财。

沁园感·大上海

浦水春潮，弄潮儿俏，雄斗波狂。仰魔都魅力，东方开埠，巴黎形象。千古流芳。马列锤镰，旗开沪上，杨浦宏桥媲宝钢。丰碑矗，看洋山海港，自贸昂扬。

排头兵创辉耀。天地转、先行者领航。引百川海纳，生机勃勃；群贤广集，伟略洋洋。世贸金融,世经航远,四大中心举世望。人文卓,更谦和温度,魔性刚强。

蒋应超

云南蒙自市人。1959年参加全国首届运动会,受毛主席和周总理检阅和接见。在全国诗词大赛中,多次获奖并获爱国主义精英作品称号及优秀诗词家荣誉证书。国家一级诗人,中国石化集团公司评为中共优秀党员。

七律·金沙江奇观

长江三峡名天下,虎跳崎光谁赞夸?
玉雪哈巴峰险峻,奔腾汹涌壮中华。
涛鸣虎吼惊天地,巨浪龙掀荡金沙。
华夏山川无限美,香格里拉景尤嘉。

排律·茉莉花舞传天下
—— 赞美国华裔艺术歌舞团来华演出

叶繁蕾玉院庭佳,十里春风漫雾纱。
馨香环绕地球转,溢飘美国异声夸。
炎黄儿女少年娃,舞扇芭蕾开异花。
中美结合众称赞,百花齐放撒天涯。
游子留洋思国华,演艺北京献奇葩。
水有源溯树元根,千姿茉莉返娘家。

注:该团以茉莉花歌舞做桥梁,传承中华文化,已在100多个国家演出。

排律·中越边界繁荣景——河口行

高山叠叠双边望,河水滔滔疆界长。
边众贾商常汇往,江中小艇急驰忙。
汽笛一鸣快列骧,货车出国排成行。
楚河汉界繁荣境,咫尺边城好景光。
老街南岸忙追赶,对面裕如奔小康。
访北一公难置信,竟然此地似天堂。

五律·瑞丽江情歌

滔滔瑞丽江,两岸缅中方。
我在江之头,君居水那厢。
边民联姻久,船只往来忙。
共饮一江水,胞波情意长。

七律·改革开放传佳音
——赞中缅油气管道投产周年

越岭翻山进国境,莽苍辟径入昆明。
月输油气万吨畅,一带一路双利赢。
共同携手小康路,中缅胞波信意诚。
千里边疆举目望,一江两岸满诗情。

七律·西双版纳见王莲

久闻玉洁千尘鲜,一世难逢几面缘。
金童玉女巨叶坐,观音降临莲台尊。
微风波倾游人织,倒影湖光景入仙。
梵乐悠处云水映,碧湖相连九重天。

排律·习主席牵挂南洋华侨抗战机工

卢沟倭寇貌狰狞,史载华侨献孝诚。
中国子孙忠域土,爬山跨海越征程。
奔忙滇缅运输线,军备物资昼夜行。
爱国三千赤子意,嘉庚当首表亲情。
丰功战绩传家园,为国捐躯诗史明。
共聚北京捷战果,勋章佩戴泪双盈。

排律·周总理种下长青树
——记中缅大联欢

根深枝叶茂,胞波情意长。
边境大联欢,永留世代芳。
前沿开放骧,商贾往来忙。
双利又双赢,楚河汉界昌。
外长视国境①,夸赞好边防。
典范大千颂,恩公缔吉祥。

注:①王毅外长2019春,视察中缅边防线。

蒋有亮

冬至念父
夕阳平赤石，冬至愈思亲。
信鸽传吾念，遥遥达永春。

长江
大江奔越七星光，天汉比之谁短长。
冰瀑涓流兑纯净，太洋澜岛艮真阳。
白仙仗剑诗词绚，旭圣挥毫墨酒煌。
千载英雄尽川逝，何年天下廓溟茫。

黄河
万仞黄河洁净源，九弯汇瀚表昆仑。
潼关一镇乾坤锁，壶口三绸日月掀。
孔子奔波编古典，子长患难写高论。
母亲甘乳育华族，奋发健强行八垠。

东岳之尊
青龙腾越春木震，封泰禅梁寰内尊。
阳鲁阴齐分二国，朝暾暮月映三垣。
云梯直上迢迢陟，天市微开漠漠骞。
绝顶燔柴十方摄，黄河如带造神恩。

黄岳登临
三十神环天地灵，一山鹤立下群星。
莲花初放绛霞旭，圭石欲飞青气暝。
容甫邱公炼丹岭，有熊姬水晋仙廷。
光明顶上抚云海，天子都城松瀑屏。

喜马拉雅山
板块抗衡高土举，八千米太岳唏嘘。
亡枪电火江谷切，杀手裸裎岩壁狙。
磅礴珠峰歌圣母，巍峨乔崓颂神书。
一连壮极升环宇，直使地球回太初。

昆仑旷漭
昆仑玄圃谈山海，天柱增城玉井虚。
连万里峰茫白雪，接千年史寂青书。
芝田珠树西王母，神笔阆风东子予。
琼殿瑶池今在否？一斋心血向禾鱼。

尼罗河
一逝长河直北征，非洲烈日毓文明。
大湖穷本百年索，高地灌流千里耕。
石塔悠悠似星客，草书历历若江晶。
泛舟月下绰棕榈，款款佳人今夜瑛。

长城
一曲大城天地间，铿锵乐谱彻千关。
汉阳广广照边塞，唐月恢恢明远山。
渤海龙头潮汐望，肃沙雪首堞楼攀。
居庸岭上叹兴替，时岁峥嵘何日还。

蒋月华

女，1955年8月出生于湖北。北京社会管理职业学院退休教师；诗词作品散见于国内多种诗词刊物并有获奖；有合集《当代诗人词家作品汇编》《东湖放歌》《茶港吟圃》等。

岁杪感怀
匆匆岁月易新轮，两手空空步六旬。
盘点私房无别物，诗书敝帚作家珍。

寻春
应约寻春御苑东，白云入镜柳摇风。
疏枝倩影相辉映，归雁排行上碧空。

咏桂花
花映眉间一点黄，骚人频借做文章。
蟾宫摘得金秋桂，好酿甜醪梦溢香。

学书感怀
五体延绵串古今，临碑摹帖鼠毫吟。
思贤谒圣研朱墨，拙笔溪藤醉素心。

重阳咏桂

木樨吐蕊翠屏张,妆点蟾宫满苑香。
日染西风金粟灿,夜披寒露玉肌凉。
形微不减精神气,品重何须时世妆。
唯喜清秋花竞发,熏茶入酒醉重阳。

少年游·生日感怀

夜阑邀月作新词。无语意迟迟。忧思千缕,秋风几许,含泪悼萱慈。

那年听说襄河泛,涉水诞娇儿。飞逝流光,去槎难返,相见梦中期。

少年游·樱花

寻芳湖畔见樱花,娇嫩似仙葩。春风微染,幽香轻漾,琼玉醉烟霞。

惜花常怕风兼雨,零落任天涯。欲挽韶光,莫教流逝,携手好年华。

临江仙·东湖方梅(次韵敬和侯孝琼教授)

岭上梅英独秀,池边嫩柳裁风。寒烟收敛露春容。日光和煦煦,鸣鹤入长空。

师道疏枝最美,凝眸玉蕊情浓。暗香浮动意朦胧。人花相映俏,倩影立芳丛。

蒋峥嵘

男,无为县诗词学会会员。从事教育工作多年,爱好古体诗词。

七绝·江堤夜色

江面波涛光涌动,月明堤岸美姑拥。
忽闻阵阵歌声亮,澎湃心潮脚步匆。

七绝·买菜有感

几次风熏初夏爽,唯逢午后热增强。
人多买菜来回挤,走到旁边一阵凉。

忆江南·怀旧

多少夜,梦到校园中。课间群猴嬉蹦跳,师生共乐正轻松。四季沐春风。

如梦令·返母校

操场学区灵秀,教室园丁换够。看校内学生,几位并成拼凑。心透、心透,唯有校牌依旧。

醉太平·思念

山高路长,天空月凉。凝神远瞩前方,盼君来近旁。

佳肴溢香,琼浆等尝。何时如愿成双?手携欣彩妆。

焦佃苹

江苏东海人,中华诗词学会会员,东海县诗词楹联协会副会长,《东海诗词》副主编。

向日葵

经风历雨自娉婷,他物难能乱视听。
抱定初心浑不改,只追红日不追星。

夏日久旱逢雨

烈日炎炎几欲狂,田禾久旱半枯黄。
倏然一阵弥天雨,溅起飞花比酒香。

山居

结庐林野处,神爽意清嘉。
偶诵唐时韵,闲裁雨后霞。
空山听鸟语,土灶煮新茶。
茅舍虽荒陋,怡心即是家。

村夏

骄阳朗照雨初霁,水满池塘草色青。
田里青蛙频弄响,柳边白鹭漫梳翎。

小苗拔节迎风长,秋日收成凭耳听。
光腚孩童三五个,手持兜网捉蜻蜓。

焦红霞

山西洪洞人,临汾霍州电厂职工。

五律·又到清明
每到清明日,思亲弹泪书。
诗笺千页少,悲念万丝余。
鬓发难如旧,桃花却似初。
别情无所寄,任雨湿裙裾。

五律·燕
社日双飞燕,今朝归旧庐。
春来花正艳,雨后柳轻舒。
低影穿堂过,欢情和爱储。
故巢新暖洁,相好永如初。

五律·风雨来
乳燕巢中泣,双亲久未归。
乌云相积叠,闪电自扬威。
欲向廊檐去,思将羽翅挥。
奈何无所恃,徒恨雨来摧。

五律·天欲雪
今宵人不寐,耳听北风狂。
月色帘轻透,愁丝自暗藏。
低吟诗绪乱,久坐背身凉。
播报天将雪,思亲夜更长。

五律·过日子
经年傍灶台,自觉是应该。
惯爱油盐味,精挑饮食材。
时光生静好,眉目少悲哀。
心定无他念,人生懒费猜。

七律·总结下妈妈的话
莫要诸多意不平,淡看因果莫心惊。
花无永好终须谢,天有暗时还复明。
私下但能尝世苦,人前何必较谁赢。
任它窗外风云变,尔若守真神自清。

七律·梦醒时分
一梦醒时晓色微,推窗念起再难挥。
路旁但见灯孤寂,灯下犹怜叶隔违。
迎面风吹寒气逼,抱肩自觉薄帘飞。
些些惆怅严冬至,转数春将几日归。

七律·人到中年
不欲人前再逞强,且将心事笔尖藏。
流言过耳回轻笑,乱世触怀吟雅章。
醒梦多时虽慨叹,留春无计未痴狂。
若谁问好何颜色,偏爱梨花胜海棠。

七律·谆谆话语赠夫君
莫恋温香莫赖床,莫图安逸致迷方。
为人从善多修德,处世怀真细揣量。
起落心帆须趁浪,纵横意马得由缰。
归来若染沧桑色,我亦爱君头上霜。

你不回来我不老

(一)
你不回来我不老,桃花灼灼炫春好。
游蜂戏蝶侣相携,微雨轻烟愁自扫。
一日几番带醉看,千言无序含羞恼。
光阴似水急奔流,若定归期须趁早。

(二)
不教眉目飞霜早,你不回来我不老。
庭树别时初发枝,绿荫今日已遮道。
盈窗月色撩人醉,入室花香添梦好。
梦里君从陌上归,青衫如故仍年少。

(三)

倚门未见远归人，入目烟轻柳色新。
你不回来我不老，言尤坚定誓尤真。
夜深灯下描君影，日暖花间醉我身。
别后情怀无肯瘦，眉间思念迭加频。

（四）
素手轻描妆已好，行看河畔青青草。
花无开尽梦无悲，你不回来我不老。
耳听春歌婉转声，魂追云海自由鸟。
若生双翼越千山，能否相思从此了。

（五）
又忆别时逢日斜，与君同饮是清茶。
牵衣执手心难舍，含泪凝眸悲暗加。
你不回来我不老，纸堪铺就墨堪奢。
相思化作诗中句，字字吟来向远涯。

（六）
枝头麻雀声声扰，昨夜迟眠今起早。
推牖风侵乍觉寒，揽衣身倦空生恼。
情难寄出事难全，你不回来我不老。
待得繁华落定时，迎君归处城南道。

（七）
天涯望断每登楼，花事几经春与秋。
柳絮绵绵迷客眼，鸳鸯两两卧沙洲。
描眉对镜容颜好，借月传情心思幽。
你不回来我不老，爱无移转梦无休。

（八）
枝上莺啼春日早，柳风又绿门前草。
只从往事觅欣欢，不忆离愁添苦恼。
别后光阴怎个长，镜中眉目一般好。
相思难寄盼君知，你不回来我不老。

焦黎明

北京人，59岁。高中文化，北京珐琅厂有限责任公司工艺美术师。

多丽·林岸秋思(依钦定词谱词林正韵)

伫亭轩，挑开晨雾凭栏。夜风凄、青霜素手，摘折草木萧然。眺舒眸、衰黄翩去，掩紫陌、旷野阑珊。蝉噤魂僵，虫吟魄涩，游丝殆尽道秋寒。蓦回首、霞微彤晕，气海扯红幡。滨堤岸、枫林浸染，啼血如丹。

雁行迁、徘空恋土，絮飞扬起声残。促思君、黯然飘渺，悬琴瑟、羞抚瑶弦。犹记风华，极情傲物，投书拂袖问青天。嘻今矣、慵诗懒赋，凝笔挂蛛纳。嘻偷得、几分自在，几日清闲。

于通州运河岸。

天净沙·咏睡莲(依钦定词谱词林正韵)

和衣野陌闲塘，醒来无意添香。玉骨冰肌四两，清波之上，笑观三世无常。

于龙潭湖观睡莲。

金盏倒垂莲·龙潭湖写春（依钦定词谱词林正韵）

鹅柳金钩，揽桃腴杏瘦，满袖堆香。霞映龙湖，新燕剪晨阳。更有那、高樱翘楚，鬓插楼榭雕梁。夜雨茗润，春姑醉了红妆。

遥看漪折云影，有归鸿落雁，共舞霓裳。化境人怡，谁不动情商？悦耳也、龙吟飞阁，丑须青净同框，四海冷暖，皆如一场皮黄。

注：丑须青净既京剧中丑角、须生、青衣、净角。皮黄戏既京剧。

焦龙洪

1951年生，男，在部队工作26年，转业到湖北省省直机关工作。业余爱好诗词书法。中国诗词学会会员，湖北省诗词学会会员，湖北省鹰台诗社社员。诗词作品在省内外各种书刊发表100余篇,出过个人诗词集一本。

游遵义感怀(新韵)

遵义航船启桂黔,功垂万世绘新篇。
鲲鹏前路千山越,险蜀征云万水澜。
鬼斧劈开能净土,雾霾驱散好扬帆。
一从大地风雷起,海阔天高任我闲。

上海浦江两岸赞

欢畅浦江月日喧,楼群两岸柳如烟。
狂涛声震如狮吼,小舸旗扬似燕翩。
十里繁荣形胜地,百年好梦已初圆。
日今重到明珠灿,喜看人间不夜天。

时代楷模张富清(新韵)

杀敌英雄谁不钦,偏城沉默亦为金。
肢残无损当年志,屋陋仍持报国心。
载厚功勋生瑞气,藏深大德奏强音。
青松高耸菊花艳,傲雪凌霜壮古今。

南水北调赞

南北水匀分,伏波奏玉音。
翻山滋大野,绕壑沁芳村。
捧出一腔爱,迎来万里春。
工程垂千古,赢得世人钦。

鹧鸪天·悼凉山灭火烈士(词林正韵)

烈焰熊熊余恨多,忠魂赴死壮山河。
新碑放眼垂飞泪,寒笛扬声奏挽歌。
松欲静,水停波。杜鹃泣血唤兵哥。
青山一夜硝烟散,铁马金戈列队过。

金秋喜迎军运会(新韵)

十月桂花金灿灿,敞开如画若诗门。
两江快艇弹新曲,三镇高楼迎贵宾。
竞技场中皆是武,交谈凳上总为文。
拼能拼智更拼力,领奖台欢各显神。

游黄果树瀑布(新韵)

遥峰一练万山中,玉女翩然下九重。
声幻雷鸣横短咏,势呈龙跃舞长空。
古藤月下珠帘卷,黄果树间夏雪融。
洞里水帘藏鹤健,云遮霞蔚沐天风。

游小七孔古桥(新韵)

落晖桥七孔,深谷悄然开。
碧水击崖溅,青山引鸟来。
峦光辉喜眼,清气荡幽怀。
泽浅丛林密,溪流笑看呆。

焦培忠

河南潢川人,1951年6月生。退休于中国平煤神马集团。河南省诗词学会、中华诗词学会会员。2017年获纪念中华诗词学会成立30周年,首届沈鹏杯诗书画大赛诗书类优秀奖。

七绝·唐宋八大词人咏叹一组(新韵)

温庭筠

文词始祖弄风云,傲物恃才噬佞臣。
成韵八叉惜子健,自吟命舛叹陈琳。

李煜

上上词华唐后主,兴国无计问神佛。
愁吟流水落花去,肠断芒山亡骨枯。

柳永

露花倒影柳屯田,却把浮名触圣颜。
奉旨填词聊自兴,浅斟低唱醉寒蝉。

苏轼

自是一家苏子瞻,中庸与世步维艰。

骋怀把酒酹江月，铁板铜琶千载传。

辛弃疾
看剑挑灯醉幼安，手中吴钩没尘烟。
隆兴和议蒙国耻，无奈英雄老泪潸。

秦观
山抹微云秦少游，婉约清丽咏风流。
黄楼一赋惊苏子，屈宋复怀终未酬。

周邦彦
词中老杜号清真，富艳精工历炼深。
献赋万言迎圣喜，一鸣得意步青云。

李清照
词丽品端李易安，夫亡国破影孤寒。
冷清凄惨声声慢，愁雨悲风到暮年。

五律·梦之吟（新韵）
东风送我行，花载燕莺迎。
心醉家乡月，情牵梦里人。
别来霜鬓重，相见泪痕新。
又向天涯路，声声布谷吟。

七律·故园情（新韵）
故园萦绕日时惆，旧景依稀梦里留。
一练横城皴月胁，两坯倒影戏鳞游。
望河楼上晚来燕，南海寺前夜泛舟。
龙凤旗杆迎远客，三湖莲碧水潋潋。

卜算子·咏莲（新韵）
碧水影婷婷，映日花增艳。生在淤泥品自洁，风送清香远。
非仰庙堂高，不弃寒池浅。历尽秋冬雨雪摧，冰骨禅心现。

忆秦娥·乡思
长亭别，长空雁叫声声咽。声声咽，思归心切，不堪人说。
浮萍流水身难抉，天涯常望家乡月。家乡月，清晖留梦，鬓丝成雪。

焦聘之

网名暖树。杨陵市诗词学会会员，绿风文学社副总编，魁星文学社会员，西安市书法家协会会员，陕西省周至集贤书画院秘书长，杨陵艺术中心副主任，财神文化研究会副会长，周至书法家协会九峰分会副主席，终南山文学书画联谊会理事，振兴书画院副院长。爱好文学，尤长诗词。作品散见于30多家，媒体平台。

母爱
护呵周到不辞劳，慈语润心蕴节操。
一夜凉扇慢驱蚊，三更机杼织青绡。
事无巨细闻叮咛，恐有岐途立正道。
眷眷母情春意深，悠悠儿愧何时报。

秋夜思
华灯初上雨潇潇，夜半秋声落寂寥。
欲动书笺无北雁，遥望牛女会仙桥。
星罗隐隐遮天幕，醉卧寒门梦未消。
一阵清风追冷月，两行浊泪念菱绡。

秋草
秋草经霜又遇寒，春心欲碧待来年。
冷炎更替时时换，悲喜难求日日圆。
应早绸缪随老愿，莫侯窘迫再祈天。
笑看秋草晤人事，重拾逍遥尽坦然。

赏荷
翠盖邀云碧接天，红花迎夏暗香绵。
一群紫燕戏花影，千缕青藤逗水莲。
雨落波心玉盘润，雾飘池苑自成仙。

举头眉目醉荷梦，转瞬愁心尽怅然。

黄江卧佛
九重寰宇沐千塔，七级浮屠善为加。
一瀑清泉六根净，八荒众信拜释迦。
独尊石佛察天下，满目星辉照万家。
自古慈心惠黎庶，且看金体座莲花。

焦玉惠
女，1955年生，高级职称，现在中国知青网站担任原创文学和诗词歌赋栏目版主。作品散见于各报刊及诗词网站。

念奴娇·粽香情（中华新韵）
笑声朗朗，历历紫梦里，阖家欢聚。又是一年端午近，艾草轻牵思绪。叶片青青，米白红枣，粽味飘香缕。百般疼爱，舐犊围绕儿女。

多少往事翩跹，人非物是，久绝哀伤曲。子欲孝则亲不待，抛泪洒朝夕雨。养育恩深，镂心刻骨，怙恃仙居侣。粽情遥拜，双亲天际心语。

2017年5月27日20:30填于家宅

贺新郎·端午感慨（中华新韵）
仲夏阳光灿，粽香甜、端阳初五，艾香飘散。华夏悠悠千年史，怎忘怀屈原念。励图志、离骚哀怨。路漫漫求寻上下，赤胆心、蕙芷清芬赞。独自醒，苍天鉴。

流年几许光如箭。望天际、碧洗云淡，释怀感叹。花甲虽无青春貌，趣雅痴心牵绊。笑常在，轻拂忧断。夫唱妇随桑榆乐，诉衷肠、笔墨诗书伴。心曲奏，声声唤。

2017年5月30日18时填于家宅

眉妩·夫妻相伴（中华新韵）
月盈清光洒，午夜阑珊，思绪幕帘卷。邂逅遂人意，心言诉，姻牵寻觅鹏远。有缘共挽，慰语宽、携手勤勉。念无数，浅笑安然悦，乐颜享温暖。

相伴。流云清婉，目览流年景，荫绿花艳。信步红尘路，呢喃语，沧桑低诉悠淡。畅言感叹，莫等闲，弹指轻唤。沐霞晚桑榆，沾雅韵，恋长眷。

2017年6月2日20时填于家宅

摸鱼儿·心语声声（中华新韵）
送冬归、又迎春暖，嫣红姹紫争艳。晴空万里白云淡，缕缕午阳盈灿。光似箭，星斗转、如梭日月流年漫。依窗帘卷，望庭院葱笼，青青芳草，朵朵丁香绽。

红尘绪，萦绕几多情染。虽说往事泊淡，云烟过眼随风散，但梦牵缘难断。朝暮晚，春秋夏、韶华莫负浓深眷。是谁轻唤？问心语声声，衷肠倾诉，夫唱妇随伴。

2018年3月25日21:30（星期日）填于西安家宅

水龙吟·曾记流年志高远（中华新韵）
人生步履姗姗，无言岁月沧桑漫。晨夕不待，匆匆即逝，流年光闪。年少无忧，青葱憧憬，梦迁紫幻。志宏心高远，遐思尔想，未如愿，名泊淡。

春夏星移斗转，历秋冬、红尘漫漫。耕耘砥砺，畅游学海，暮帘书伴。乐喜诗文，赏观花卉，静妍悠婉。抖忧烦、意诉词填趣染，雅轩文苑。

2018年3月26日21时（星期一）填于西安家宅

双双燕·燕恋旧宅女儿念父（中华新韵）
徙迁燕返，伴结自南还，旧宅依恋。阳春渐暖，垂柳绿丝盈漫。新翠丫枝笑绽，曳风摆、蹁跹舞曼。双双对对斜飞，更喜和风阳灿。

牵眷。陈情绪苒，隐现父慈容，梦中萦唤。红尘缘散，泣泪洒肝肠断。桑梓流年掠闪,放目展、天涯遥远。多少绕绪怅怀,怎奈念隔彼岸。

2018年6月16日21时(星期六)填于西安家宅

曲玉管·岁序更新(中华新韵)

岁序更新,初元复始,惜别不舍陈昔念。怅感光阴时苒,如箭飞穿,跨流年。袅绕云烟,葳蕤花草,那番景韵春秋眷。掠闪青葱,耳顺苍老容颜,与谁言?

落笔情澜,有多少、红尘缘遇,令人梦唤思牵。今朝语释词填,字行间。伴悲伤忧喜,一路兼程风雨。淡泊明志,寡欲清欢,气静神闲。

2019年1月23日20时(星期三)填于西安家宅

情久长·魂牵梦绕(中华新韵)

绪思念锁,萦回过往风华茂。怎忘却、一十八岁,插队年少。下乡别怙恃,赴大荔、阡陌田连广袤。地头畔、人生历练,日落而息,朝暮晚、晨曦早。

春夏秋冬,几度梅花俏。况更有,许庄村落,情久长绕。炊烟袅袅,日三晌,餐聚知青大灶。四十五、年光岁远,党客冯三,常入梦,谁知晓?

注:四十五年前的1974年4月16日,18岁赴陕西大荔县许庄公社党客大队冯三生产队插队,两年十个月。

2019年4月16日21时(星期二)填于家宅

金本娟

网名微笑。孝义市古城诗社特聘老师,散曲辅导老师,爱好文学创作,诗词歌赋。

五绝·河边独步

日薄西山暮,辉垂野木滨。
水中双宿鸟,笑我影随身。

五律·春晨

鸟惊春困梦,柳戏水云闲。
漠漠新光景,迢迢秀丽山。
欲摇波数里,恐见月眉弯。
几句含情语,随风枝上攀。

中吕·快活三带过朝天子四边静

快活三

风吹细柳飘,宛虹似河桥。疏狂软舞乐逍遥,引惹轻红闹。

朝天子

粉娇,露消,尽在枝头笑。恋花蜂蝶两争骄,同舞蹁跹俏。酣醉红颜,争时宠乐,恐忧容易老。复查,怎好,临水含羞照。

四边静

归来难觉,狂忆多情李杏桃。裁留慰廖,空闲灵到,诗词再敲,意表春恩浩。

南吕·干荷叶(重头元曲)

河堤柳,惧风凉,揽月临波怅。断柔肠,恨仁良。都因那个不回乡,别后韶华葬。

河堤柳,厌冬长,索瑟风声荡。咽寒光,负冰霜。柯枝戴月又迷茫,鸣恻期春降。

河堤柳,着鹅黄,促韵高歌唱。激情扬,乐他方。东风已渗百花香。返故乘桃浪。

【仙吕】哪吒令带鹊踏枝带寄生草·月夜

哪吒令

月光,轻推画窗;静凉,犹如粉墙;客乡,垒思念想。忆故里,门前巷,树下影,八秩阿娘。

鹊踏枝

旧时妆，发如霜，老泪盈眶，声唤儿郎，怎不返，槐花已香，再几日，恐怕难尝。

寄生草

声传愿，意奋张。风怜慈母低吟唱，云依明月顿时荡，思连寂夜生痴妄。两人入幻话离伤，数言辞旧相依傍。

金繁荣

江西余江人，70后。字简瀛，号余一、拾乐园主人、寿研斋、呩溪逸客、索盦、兰一妮、八全君、铎堂主人等；现为一道诗艺社总策划、总社长、总主编，深圳市青年书法家会员，上海市诗词学会会员，岭南诗社会员，炎黄文市化研究会会员，深圳市雅一襲文化传媒文化策划顾问一道光明书院院长；原江西省鹰潭市书协会员，愿鹰潭市诗社会员、余江诗社理事，近年来为海内外华人文艺界艺术家做评论200余次。

现定居深圳，书法、诗词散文作品散见各大报刊、网络微刊，出版诗集《鹤斋钝吟》《大型健康养生避灾经典》。原创诗词1200首由中医古籍出版社出版，有《知向何方》散文集、长篇小说《虹蚀》古体诗赋多种入选合集《世纪颂》《华夏诗词》等。诗作在2007深圳首届公园文化节荔枝公园诗墙展示，并入选《深圳教师诗书画作品集》；诗词、书画、篆刻等多次获全国、省市区大赛金奖等。

作品被国内外博物馆及专业机构馆藏、个人收藏，一些作品被韩、日、美国、匈牙利、英国、荷兰、德国、瑞典等国际友人、海外华侨收购、典藏！

神女峰

为守坚贞站成峰，念君有泪涨湫泷。
千山云雨氤氲在，万古相思寄长空。

七绝·看海

为爱斜阳逐海澜，持螯下酒梦江南。
花间买醉千般恨，秋雨凄凄夜正涵。

再读枫桥选三

其一

涛声依旧读枫桥，千载风霜话寂寥。
渔火半汀皆苦泪，一船明月续萧萧。

其二

爱梦姑苏涨夜潮，春愁黯黯隐离骚。
霜河枫冷寒山寺，暮鼓晨钟化劲涛。

其三

千年遗梦落枫桥，无数花边雪后消。
明月偷心何忍去，昨宵私语困无聊。

初秋夜思三首

其一

风霜不染岭南云，暑意依然燥帐昏。
读取离骚疏断句，准心残月待余忳。

其二

云脚苍茫过半塘，蓬空荷断梦新殇。
黑风瑟瑟灯驰急，怅意西窗夜烛慌。

其三

一叶知黄夜语休，无明海里度春愁。
空阶扫得清风偈，更写禅心半段秋。

读书

十年读罢头飞雪，得失同心各自知。
悟月如参神圣史，写来梅树两三枝。

七律·戊子年读老舍先生古体诗词感怀
一代文豪百代尊，乱离岁月见忠昏。
著文常为民请命，诗作凭添己恨纯。
民众语言民众泪，大家风范大家痕。
鹃声啼血沉湖怨，化作丹心醒庶昆。

卜算子·赞顿刀玉斌兄讲国学
夜静卧听风，松劲追春暮。笃定身沉雪渡梅，冷月霜颜驻。

何物最催容？心画描之楚。恒念怜慈快意仇，此屋今声诉。

西江月·鹰潭北极阁
信水流淌千里，悠悠岁月同风。金秋夜色倍欣秾，一阁如灯印崇。

潭碧樟青鹰舞，更有铁水惊龙。今逢盛世祝瑶彤，他日登临兴浓。

临江仙·感时
人世一场多碎梦，醒时依见浮云。辛勤每伴夜来亲。孟秋连苦夏，岁晚怕新春。

逝水无声何欲往，雪消匆遽纷纭。但平生快慰红尘。吹灯或问鬼，谁是自由身？

陌上花·端午听风录
榴花吐火馨纷，河涨雨来身逸。翠柳浮烟，云向彩山飘溢。望归鸟恋林岚夕，霭霭晚阳何惜。此沉沉、寂静得无宁日，读来绵密。

看清闲、蝶舞樱飞处，竹曳蒲藤斜出。剑气含风，橘颂九歌鞭劈。似骚述说平生事，残梦牵肠频毕。叹前尘、念玉沉沉如注，爱之成碧。

莺啼序·春梦依依话大年
年年此情再现，火红联盈户。忆往昔，雀跃童如，更盼图画回顾。品果饼，佳肴齿祭，新装彩彩街前渡。念邻村演戏，看龙灯伴狮舞。锣鼓笙箫，香烟绕社，望鹧鸪点布。时光逝、风雨招摇，抚颔霜染初附。贴花黄、襟宽梦窄，晓红湿、心缨蒿素。岁未迁，分秒依依，面妍欣具。旧风新易，乡俗节亲，异乡游子步。

千里外、迢递奔赴。高铁疾驰，短信频传，雾霾吞吐，桌旁休笑，红包又抢。围炉欢聚春消息，晚会浏、跨旅桃源渡。银屏转辗，手机昨是今非，抹痕终归尘土。岭丛遮眼，浊酒临风，叹夏来秋暮。暗相许、冬明身遇。失阙城迷，霓曜飞瀑，道道交错。殷勤可写，书开君说，一封短札情可诉，乱相思、星斗天涯注。羽飞青蟹连朝，嘤祝眉边，爱魂谁护？

金冠军

笔名抱墨，旅意著名侨领，为中华诗词学会会员，浙江省诗词学会会员，温州市诗词学会会员。意大利中华诗书书艺术协会荣誉会长，欧洲中国书法家协会副主席，青田系诗词学会名誉会长。爱好中华传统文化，擅长诗书画艺术。

七律·贺新中国70周年
辉煌七秩写春秋，探索无穷玉宇游。
入海腾龙冲巨浪，登天步月坐神舟。
清官义正多良策，领袖高瞻有远筹。
一带邻居帮一路，中华圆梦竞风流。

七律·欧洲寻梦感言
飘泊欧洲苦累中。应须忍气耐寒风。
洗盘挑菜心清楚，垢面拖泥眼眯朦。
烟酒忧危今已戒，腿腰离乱本能匆。
满头汗水沾衣湿，仍怕东家说懒虫。

七律·丹麦美人鱼
相思鱼女多情梦，童话撩人石上好。
眼对兰天飞鹭舞，心随大海卷云舒。
由来灵圣芳名远，最是神奇晚景馀。
异国风光看不尽，此身虽老兴非疏。

七律·西天村胜境
峻岭山峰何处幽？九盘曲道白云浮。
崎岖峡谷银龙舞，偏僻西天众目投。
竹影清清飞鸟笑，水光闪闪小鱼游。
和风细雨生新色，诗友情深乐唱酬。

七律·北极雨城（卑尔根市）之旅
叠翠名城神秘中，整年下雨少晴空。
谁知暑月满山白，不觉戌时悬日红。
北极文明经史别，五洲礼乐古今同。
地分二半生奇景，惹得诗人忙采风。

七律·暑题西瓜感吟
鲜果欢心碧翠瓜，劈开八瓣似红花。
清凉爽口垂涎落，燥热烦身解渴拿。
舔舌浑如唇润雪，怡情何必夜酣茶。
甘甜欲问那儿出，汗滴农田数百家。

七律·夕阳红偶感
人言我老角锋磨，步入浮生另一波。
虽下奔驰非失落，且将椽笔任婆娑。
远行无惧愁归路，高枕尤能乐放歌。
饭可□□二分药，白头识趣少啰嗦。

七绝·吃饭偶感
朋友盛情好几家，晚间正宴午前茶。
鲍鱼整个连番上，可惜愚翁少板牙。

七绝·回乡
梓里邻居貌率真，土生乡下老农民。
浑身一股泥滋味，却是家音格外亲。

金和平

男，茂名市南天诗社会员。1970年出生，中共党员，现供职于龙山村卫生室。

五绝·凌晨急诊（新韵）
室外狂呼叫，惊眠梦中人。
问君何所事？童子病沉沉！

七绝·思友人（新韵）
遥思院校同窗戏，孰料一别成永辞。
任弟音容何处觅？万般惦念梦乡思！

七绝·致网友（新韵）
日夜祈求友阜康，奈何生计辛劳忙！
待须悠逸逍遥日，定当登门叙谊长。

七绝·观光葡萄园（新韵）
群山依傍葡萄地，诗友观光美果尝。
滚滚热流灵感涌，归来满载赋佳章！

七绝·叹羊乌山塔（新韵）
羊乌山岭灵通地，仙雾缭环一圣坛。
宝塔如今何处在？芸芸众说只添烦！

七绝·夏日出诊（新韵）
夏日行医暑热狂，全身汗透绕村庄。
心牵病痛随民愿，情系基层保健康！

七绝·话端阳（新韵）
人生百味话端阳，又赏榴花黍粽香。
泪水诗魂悲故国，离骚绝唱万年长。

七绝·坐诊（新韵）
持续多炎正暑天，客来门诊莫得闲。
但求甘露随时降，酬我初心少挣钱！

金家法

太白楼诗词、庐阳诗词、安徽省散曲、庐阳散曲等学会会员,个人部分诗词曲曾发表于《诗词月刊》等刊物。

五绝·冬雪
一夜寒风起,玉花满宇扬。
万物披素被,四野裹银妆。

五律·春晴逛巢湖
云开喜日头,信步赴湖遛。
湿地林枝茂,波光天地优。
危楼图上画,仙岛水中舟。
春景任吾赏,名城傍岸修。

七绝·深秋游池州杏花村

一

风轻艳日浴乾坤,似箭飞车载客奔。
欲问游园何处有,导航始指杏花村。

二

杏花早谢叶将贫,仍有图文忆故人。
皖韵古风犹沿在,酒香境美胜原屯。

七律·春日再登冶父山望江楼
春来又上望江楼,万类风情纵目收。
山色葱笼连沃野,佛钟时响报春秋。
巢湖碧水晴天朗,伏虎青山古曲悠。
何必寻芳千里外,江山若画在庐州。

菊花
寒风阵阵百花残,彩蕊待开岂等闲。
十月银霜依傲立,三更玉露润娇颜。
骚人敏感吟诗赞,唯我迟钝觅句艰。
饮酒东篱凝目赏,品茗惬意似瑶间。

唐多令·退休后
花艳满庐州,时光似水流。退无愁、始躲新楼。逛景点风光饱览,宛若那,少年游。

书室影屏收,簧堂诗韵悠。曲赋词、喜涌心头。纵是那高官厚禄,又岂会,枕无忧。

忆秦娥·闺怨
琼楼霓,闺房又待黄昏月。黄昏月,满天寒冷,漫天飞雪。

西风凛冽声如咽,世人难解心头结。心头结,打工分离,路遥天阔。

金林松

又称沙门书使,喜爱文学,散文和现代诗及旧体诗词创作已停笔十多年,今年在参加第六届"相约北京"全国文学创作大赛,作品《黄梅序》荣获一等奖,第二届"新时代"全国诗书画印联赛作品"晨作"获得金奖等,现为华厦博学国际文化交流中心会员,在中国诗歌网等媒体平台上发表过多篇诗作文章。

五绝·晨作
晓作沾晨露,朝阳起岗初。
竹摇天风早,陋舍弄烟蔬。

七绝·耕耘
田头劲草夏葱青,老牛淌水正耕勋。
彩虹遥隔西山雨,万里江山一片晴。

七绝·今日暴雨
千川暴雨入溪头,水势磅礴竞哮流。
骇浪滔腾溃古埠,浊波涌湃闹洪丘。

七绝·黄梅序
戏台一曲满座惊,黄梅婉转尽生情。

释曲终成口头语，修炼已是十年经。

七律·喜见漫天红霞
风清气爽彩云宵，落照缤纷续出瑶。
夕艳交辉呈彼此，倾时幻映晚红骄。
天宫有景凡尘少，起手成奇镜距焦。
玉宇高空浮奥妙，七仙涤锦满穹飘。

七律·高温那些天
天青暑酷似蒸糕，烈日熏风热九霄。
路面高温焚走掌，池渠断水长苔硝。
茅丛蚂蚱无生气，树上雄蝉竞力嚣。
小贩移阴摊侧叫，茭农袖下汗如浇。

七律·夜宿孤村
落彩缤纷夜色昏，余辉晚醉意犹深。
霞飞锦缕生秋灿，暑退穹苍冷气吞。
练动夕光霏玉露，云推雾帐绮蓝昆。
浮烟可枕高天月，射影轻敲简墅门。

七律·观园明园遗址有感
——勿忘国耻
断壁残垣诉怆殇，夷墟满目触肝肠。
奸禽带路撒魔爪，野兽荼毒剩祸殃。
弱贱奴颜天良丧，风咽树泣遍疮伤。
而今华厦山河壮，鬼魅妖狐再妄张。

七律·闻同道论王羲之
《兰亭序》有感
浩瀚文坛沸浪汹，诗词赋律本相通。
羲之尺纸兰亭序，晋圣书章越彻空。
赋祖屈原卓曲栋，诗词好句数唐宋。
承朝代巨篙恢烱，我辈须发奋用功。

如梦令·漫步溪滨
夜步溪畔，樟槐摩迈，翠松株株苍悍；
灯色阑珊，抬眼向天；静穹不见星空月。

往事如风，拂去从容，尽将心思入朦胧；且寄于笔端消融，让感觉无痛，再不做惊梦；如梦，如梦，思绪万千珍重。

如梦令·山花枝头俏
山花枝头俏；一路乘风窗敞，山弯道道；薄雾袅娜，黄莺枝头叫，只言春光俏；青草，青草，流水潺潺涧花照。
但听山野雄鸡叫，遥看炊烟寥寥；风也飘飘，景也妖妖；美妙，美妙，好去处今日绝妙，山花处处迎风笑。

金齐鸣
安徽省芜湖市无为县诗词学会会员。现任无为县诗词学会副会长，惠川文学社特邀文学评论家，华东诗社副社长兼评论部部长。

七律·赞赵老师三伏越野骑行
三伏正午烈阳烧，越野单车勇气高。
热浪腾腾从地起，熏风阵阵自天霄。
两排绿柳迎新客，一路车辙去远郊。
洒汗如淋磨意志，涅槃浴火更英豪。

七律·赞五老
炎炎酷暑翳云开，五老欣然与会来。
雅评诗文乘意兴，轻挥翰墨展胸怀。
精神韵味绵绵远，润泽风情烨烨才。
砥砺身行为榜样，德馨品尚素心裁。

七律·子夜
子夜星云月照稀，挥毫泼墨正当宜。
临帖顿注横勾劲，运笔徐行撇捺奇。
智巧章则云迸裂，扶摇起抑月轻移。
推窗一阵新风透，气脉精神畅若溪。

七律·新桃艳

春分季节新桃艳,半带腮红半带羞。
万种妖娆含蕊暖,千般娇颜映心头。
天生媚骨难为色,我有衷情暗自愁。
纵是红颜容易逝,也为世俗一风流。

虞美人·晚塘信步

熏风柳意池塘透,绿影波痕秀。鸭凫趣水戏鱼欢,戴笠船翁竿动网难闲。

翳云淡处红霞映,辉照高楼净。晚行憧憬入其中,欲采一帘红滟舞天虹。

钗头凤·与妻语
——写于半汤干疗院

桃花艳,樱花乱,李白琼紫春花灿。曾经记,姝颜丽,扑蝶摘杏,路寻蜂蜜,戏、戏、戏!

时光短,年轮转,两鬓白发精神焕。青山碧,心安寂。又经春日,挽手故地,吃、吃、吃!

一剪梅·春梅

无限阳光照宇穹,霞映云彤,一碧长空。春梅朵朵正花浓,风暖舒松,桃色晕溶。

寄语深深肺腑衷,两点星瞳,万种朦胧,尽留心意此林中。愿化梅丛,数瓣羞红。

浪淘沙·赞峭壁松

骄傲信从容,虬劲苍龙。松青干壮硬如铜,崖峭峰高凌壁立,无限葱茏。

根透缝隙丛,延续无穷,雷奔电射逾强宏,咬定岩石食野露,坚韧成雄。

金瑞冬

网名倾听慕雪,齐齐哈尔市依安县人,县作协会员,喜爱绘画、古诗、诗歌。早期有诗歌作品发表在报刊,2018年在依安文艺微信公众号发表原创歌曲,诗词作品发表在《白天鹅诗刊》和《龙沙诗词》。每个人都有一个乡愁,她是远方的清泉,流淌在血液,又如清晨的甘露,等待冲破黎明的春天。

望乡

柳絮纷飞碧草长,梨花飘雪满庭香。
清风饮尽相思泪,日盼东山夜望乡。

小荷塘

草色青青六月阳,荷香百里柳梳妆。
云游四海遥相望,碧叶轻依静水塘。

秋雁

陈年浓酒酿香坛,雁过鸣啼两仞山。
秋叶年年相似近,君惜岁月不归还。

秋海棠

何不入世洒香浓?碧水轻舟已万重。
北雁南飞归故里,海棠映月与君同。

赠白杨

雪落白杨染暮辉,霞光渐近北风吹。
少年莫待无穷日,一季春花逝不归。

沐恩

琼花一夜梦中来,万里银山翘望怀。
待到春风吹草绿,恩心化雨沐尘埃。

金孝奎

71岁,军人(已退休),沈阳市军休干部书画协会常务副会长,沈阳市老年书画研究会常务理事,柳塘诗社理事,军休南塔书画协会会长,沈河区作家协会理事等。在诗、书、画、文学方面均有造诣,著有《大漠红尘》等专著。作品散见于《中华诗词》、解放军诗刊《红叶》等报刊专辑。投身于沈阳市文化艺术惠民和公益活动工作十余年。

迎春曲

春雨潇潇柳絮发，白云片片草萌芽。
野鸭向暖凫清水，归燕思情恋旧家。
满目纸鸢遮丽日，一群翁妪秀芳华。
花枝次第迎春艳，我借诗章诵晚霞。

梅雪赞

晶莹飘落荡尘埃，梅雪邀春万树开。
雪赞红梅身傲骨，梅夸冬雪志清白。
有梅少雪不成景，有雪无梅要悻衰。
多少骚人挥妙笔，怡情赋律畅心怀。

回母校——沈阳七中

别梦成真往事牵，重回母校忆当年。
五十七载情难忘，一校四区①气不凡。
桃李芬芳师义重，英哲继业志弥坚。
谋臻治校谁能比？屡创辉煌普壮篇。

注：①现有一主校和四分校。

战友聚会

遥记当年志气宏，共同理想到军营。
身齐医院救生死，心为国防献赤诚。
裁军分手隔悠远，凝思聚首盼重逢。
而今战友重欢聚，依旧军歌响太空。

赠少敏

别后几十年，如今两鬓斑。
思随风雪起，意伴春秋翻。
岁月情未减，晚年兴愈坚。
沧桑多少事，挥笔自清然。

青妹赴疆

青赴昆仑寄意长，心随千里到新疆。
痴情无减　一载，愿把心花送妹藏。

贺威威 70 诞辰

时逢诞日雪迎春，常忆尊容倍觉亲。
诗笔真情寻妙句，祝福千里寄贤君。

鹧鸪天·寄友人

一缕情丝牵挂多，昔时幽梦姿婆婆。
晚霞挥洒金风爽，东去涛涛横大河。
忆往事，已蹉跎，茫茫尘世怎相隔。
花开花落思无尽，圆梦今朝愿如何？

金永银

浙江文成县人，生于 1941 年，1962年毕业于杭州商校(现杭州商学院)，曾任文成国营工业供销公司经理。直至退休，喜爱诗书，现为文成县诗词学会会员，中国硬笔书法协会会员，有诗词作品发表于中华《诗词月刊》。

七律·访梧溪创建美丽乡村

梧溪崛起正逢时，岁月留痕别有姿。
始信旌旗存旧德，还知殿阁续新诗。
千秋豪杰万人概，一地风云百事奇。
更喜乡贤襄大举，未来愿景远能追。

七律·百丈漈观瀑

奇峰绝壁鬼神工，白练奔腾下碧空。
谷底惊雷送声远，半悬水雾起寒风。
飞流百丈展雄势，珠挂千帘映彩虹。
高瀑风光称魁首，天然美景胜天宫。

七律·缅怀刘基

少年壮志上云天，敢与卧龙堪比肩。
西定鄱阳旗帜举，东征吴会凯歌旋。
功成扶政立朝策，名就回乡哺砚田。

一代元勋精气在，万民敬仰颂先贤。

七律·春游飞云湖有感
百里溪江碧水流，数群白鹭舞姿悠。
四围松竹照清影，几座亭台恋暮秋。
春暖柳条斜照远，岁寒梅蕊暗香浮。
万山深处桃源景，舟泛云湖画里游。

七绝·百丈漈天顶湖垂钓
湖水涟漪风扬起，夕阳相映晚霞红。
游船载客返回埠，钓叟垂轮月色中。

七绝·游新联梅花岛
红梅花蕾正盛开，铁骨冰心报喜来。
暗香浮动游人醉，腊月霜天共赏梅。

咏公阳村红柿
傲霜柿子挂枝中，小巧玲珑满树红。
仙果招来四方客，创优致富乐无穷。

七绝·贺叶岸村文化礼堂落成
群力建成文化宫，雕梁画栋见神工。
歌声阵阵绕楼阁，好戏连台活动丰。

金援朝

男，大专学历，曾就读于南京文学院函授部，公务员。香港诗社成员，大中华诗词协会会员。曾在《人民公安报》《文汇报》《新民晚报》等报刊发表过诗词、散文。

雁过声·凭吊广西文化局伯父金诚
悄然，伯父去远。天门锁，云路万千，教俺思愁浓似烟。音容笑貌，犹在眼前，诲侄有恩典。伯年少聪颖，求学勤勉，俭德修身，宁静致远。为人民，打江山，红旗风劲卷，民舌是总编，文采妍，诗词华章永传人间。

注：此诗可以用昆剧直接演唱。获中华网诗词雅韵的推荐，发表于2013年11月8日。

七律·闺中咏叹（平水韵）
——调赠某单身女处长
北湖潭水影云稠，斗转星移几度秋。
豆蔻青春情漫漫，暮年残岁思悠悠。
相逢且作心中喜，别离权为命里忧。
风住尘香花已尽，自怜欲语泪先流。

一剪梅·黄埔军校（词林正韵）
民族危艰实在忧，多事之秋。国父绸缪，筹谋军校立黄埔，辈出名将，誉满神州。

抗战救亡竞上流。同学分道，竟变仇雠。和平统一献新猷，手足埋戈，华夏春秋！

解语花·赏四明山绿樱花（新韵）
斜舞软腰，屧含嫷娇，玉露轻缀好。容颜清俏，香泛软、迎花百卉含笑。群芳独妙，忽并蒂、又添妖娆。

悖花仙、叶绿花黛，同色机缘巧。四明俨如篷岛，似仙娥登陆，弄晴晨晓。花容窈窕，素帘下、弄影参差回抱香魂飘渺。又浑似、情侣鹦鹉，趁东风，齐上琼枝带碧烟轻袅。

蝶恋花·端午抒怀（词林正韵）
碧玉珠城妆绿树，佳节欣逢，艾草插门户，水暖淮河景无数，轻舟竞赛龙湖度。

飞花缱绻归何处，追忆先贤，眼泪难留住，诗卷不明向谁诉，楼高不见滁州路。

注：没法到滁县去问欧阳修。

壮族春节美女售货员
壮族女子生艳丽，有如花开春风里。
愿像鸳鸯水中戏，今生今世难分离。

壮族女子真活泼，有如鹧鸪轻飞过。
面如玫瑰含羞涩，脸如仙境美娇娥。
壮族女子心里甜，新春售货过大年。
民族服饰多姿彩，形成靓丽风景线！

金长渊

安徽合肥人，中华诗词学会会员，安徽省诗词学会常务理事，合肥市诗词学会副会长，《庐州诗苑》执行主编，执编和责编过《诗词创作与研究》《炳烛诗书画》。自著有《杞忧斋随笔》《涓埃集·韵语卷》《涓埃集·文薮卷》《涓埃集·诗谭卷》《涓埃集·乡音卷》。有数百首诗词在全国性或省内外诗词刊物发表。

七律·夏日包河抒怀
芙蓉翠盖玉珠流，漫步香墩邻水洲。
亭护廉泉存古井，风吹碧浪映琼楼。
清心治本有遗爱，铁面惩邪不犯愁。
莲藕无丝颂佳话，当官岂为自身谋？

七律·马鞍山太白楼采石矶纪游
时逢初夏作优游，文友同登太白楼。
山影全遮幽壑树，华为争拍碧波流。
诗城胜迹引千众，采石名区誉九州。
更上三台高阁眺，江天一览兴悠悠。

七律·舜耕山
舜帝曾来亲劝耕，淮河流域启文明。
驾牛翻地山坡绿，播种荷锄麦黍青。
汗洒田畴开化境，心忧黎庶改愚蒙。
从来固本农为首，五谷丰登国泰宁。

注：舜耕山原是合肥市属长丰县与淮南市的界山。《太平寰宇记》云："寿州东有舜耕山，相传帝舜耕此，石上有大人迹。"《江南通志》称其为"舜哥山"，明朝《一统志》称其为"舜耕山"。

七律·三河纪游
登临高阁放明眸，鹊渚风光一望收。
店铺客争尝米饺，码头人抢荡兰舟。
闲听庐剧风情美，漫逛廊桥史话稠。
彩带三条巢畔舞，淝南古镇誉神州。

七律·咏六安州
鄂豫皖间三省通，六安不与别州同。
山环舒霍千重秀，地控江淮四面雄。
两道清河滋沃土，一双高塔刺苍穹。
皋陶封地多名胜，喜看今朝春意浓！

沁园春·赞001A型航母出海试航
船坞腾欢，彩帜飘飘，巨舰试航。庆十年一剑，扬眉出鞘；九州瞩目，克险兴邦。科技强军，攻关夺隘，终使蛟龙出海疆。深蓝里，看中华儿女，斗志昂扬！
诚哉养晦韬光。信自力更生御列强。忆郑和船发，曾临红海；北洋舰覆，惜败扶桑。当代精英，师夷长技，盛世中兴超汉唐。毋骄躁，向高科领地，再创辉煌！

注：指晚清重臣李鸿章创建北洋海师之悲遇。

金子正

近年来，在《中华诗词》《中华辞赋》《诗词家》《长白山诗词》《东坡赤壁诗词》等60多家诗词杂志上，发表诗词260余首。

七绝·春游登山
步入灵山拂白云，飞珠溅玉洗红尘。
眼前风景花千树，先赋苍松挺拔身。

七绝·余年乐
慢骑单车看沃田，老村林下听新弦。
如烟往事随风去，欲借诗情度晚年。

七律·秋游

老友互携乡野游,天高气爽赏金秋。
徐行惊起林间鹭,寻景喜看云上鸥。
桂子三秋香馥馥,荷花十里意悠悠。
兰亭小憩诗兴起,远望青山一并收。

七律·游山海关

胜景风流千古悠,人临心醉语难收。
孟姜长哭称贞烈,吴氏一狂为贼酋。
草径修成通海道,雄关化作颂诗楼。
经风经雨新遮旧,今月仍留秦月幽。

七律·夜雨思

春雨潇潇谁拨弦,如烟往事几难眠。
童心已泯诗何赋,壮志无存语觅禅。
访水飞流听浪静,迷山有道悟风诠。
窗明紫燕呢喃语,尘世阴晴梦里迁。

浣溪沙·桃花

又赏桃花来又迟,残英落地各东西,满园绿叶已遮枝。
正艳常嫌蜂搅扰,初衰还恨鸟啼稀。今宵有雨化尘泥。

鹧鸪天·遇故人

笔会相逢赖有缘,梦回离别卅年前。人生往事从容忆,天地豪情带笑谈。
秋水岸,古亭边,君吾惜别又霜天。归途黄菊堪吟赋,微信频传新写篇。

虞美人·同学聚会

今看毕业当年照,君影从容笑。校花一朵韵风留,又忆相逢校外几回头。
欢歌曲尽人离去,望月人无语。悠悠岁月鬓飞霜,更慕君常妙笔著华章。

靖银环

女,网名小草。生于辽宁煤都,长在辽宁油城,喜欢诗词。学习刚起步难免瑕疵,不断学习不断进取,陶冶情操,完善自己。

最美人间四月天

最美人间四月天,梨花带雨柳垂烟。
摇枝荡起盈波水,逐浪飘来载客船。
欣步林茵闻笛曲,开喉翠鸟伴丝弦。
微风送我深情意,揣入胸襟篆锦篇。

阳春三月满园诗

阳春三月满园诗,细雨柔情爱意迟。
一抹烟霞熏醉柳,二声晨燕绕新枝。
风来撩动冰溪涌,暖也融和陌野怡。
绿草惺忪尖露角,牛铃谱曲唱耘词。

桃花雪

春风携雨润声柔,四野含烟绿意流。
恋上池边针叶草,情敷堤岸柳梢头。
无心来把桃裙染,但见新英萼片羞。
银粟痴迷花瓣色,拥香一梦别无求。

早春

柳岸河堤一抹烟,轻舟远去挂风帆。
春莺唱起新晨曲,早燕衔来报喜娟。
水映花城南岭美,冰融雪域北疆寒。
神州万里多姿色,墨染心笺润笔田。

晚韵

日落溪边韵满塘,携来醉意漫诗觞。
一池圆润珍珠落,半泽光辉碧叶扬。
飞舞蜻蜓寻小角,纵横蒲苇曳河床。
鳞波叠涌腥荷岸,细柳抛钩钓夜长。

八月花香香几许

八月花香香几许,篱前赏桂醉光熙。
亭衔夜色谁人览,酒入乡心梦境思。

一曲低吟沾凤泪,三杯溢满对初时。
今朝欲借微风去,那缕清芬未见迟。

盛夏之歌
艳阳似火蝉开嗓,风柳如琴鸟也歌。
十里池塘擎碧伞,千株粉蕊惹云罗。
心花欲舞柔情处,锦鲤无声入眼波。
最是欣然观细雨,凭添妩媚展婆娑。

竹中曲
紫耳娑娑翠掩林,风弹叶奏觅知音。
撩来远客亭中赋,泼出丹青景入心。
一束骄阳斜向影,多条彩带拂横琴。
坚贞品格千秋颂,效仿文人唱古今。

居才友

男,63岁。从政40年,酷爱诗词。为多个诗词学会会员,现任句容诗词楹联学会副会长。诗词作品散见于报刊。曾有多篇作品在全国赛事中获奖。

七律·大卓梨花
朱阳畅意北山冲,共赏枝头月色溶。
玉面含羞寻旧梦,闲云吻树着霜淞。
忙蜂舞蝶香波荡,细雾和风雅兴浓。
若不春红探四野,疑为六出聚寒峰。

七律·母亲节感怀
持家节俭是农人,勤劳和言积善身。
五更炊烟催落月,一冬针线迎新春。
旧裳素食常知足,漏屋斜窗不说贫。
有跪羔羊鸦反哺,感恩尽孝侍娘亲。

五律·残荷
秋塘潦水沉,万物受霜侵。
枯叶承风雨,斜枝奏管琴。
黄花歌壮美,岸柳献情深。
傲骨凝新藕,香魂迎雪吟。

五律·坡山雾晨
晨登赏雾台,翘首待天开。
瞬间千峰隐,犹如万马来。
生疑临异界,恍惚到蓬莱。
试问今奇景,谁人妙手裁?

七绝·夜游湄公河
彩舸清流映乱霞,湄河两岸渐蒙纱。
灯红傣舞欢浪遏,竹酒三巡月已斜。

七绝·天王芝樱赞
樱田蝶舞乱花期,十里飞红尽可诗。
赏艳寻芳其间醉,东风载我变花痴。

临江仙·七夕携妻游赤山湖
伏日蝉歌陈调,绛湖浪里船摇。波微烟柳翠生潮。碧中荷蕊放,花衬玉人娇。
举首幽空寻去,几多鹊不归巢?渡云残月桂枝摇。朦胧追旧梦,为爱此生劳。

水调歌头·茅山春
道家多圣地,榜上有茅山。千年风雨,洗净三岭九峰川。壁下碧枝茂竹,涧里飞红湍急,声和燕莺喧。松涛吼声起,谷豁应歌欢。
华阳洞,泉迎客,顶宫仙。飘来道乐,修德悟梦殿堂前。远眺晴川瑞气,千户万家笼尽,霞锁翠凝烟。恋柳清风里,看十里桃颜。

琚兴建

网名帝乡有缘、成福兔,生于1951年6月,湖北省襄阳市人,经济师。退休后嗜好诗词,发表作品120余首,散见于百度诗词吧、吾爱吾诗、中华好诗词、襄阳草根论坛等。

咏汉江

汉江滚滚宁强流，劈断秦巴入兴州。
淙潚蜿蜒巡绮树，雾云白鹭绕芳洲。
舟迎朝旭辞襄郡，帆送夕烟近鹤楼。
碧绿祥河天赐予，北调南水润京都。

注：1.宁强：汉江源头。发源于陕西省汉中宁强县嶓冢山。
2.芳洲：南水北调中线取水地丹江口水库所在的丹江口市。古称芳洲。
3.襄郡：襄阳。
4.鹤楼：黄鹤楼。

七律·战友入伍50周年联谊记(新韵)

回首从军半百年，袍泽情谊重如山。
芳华已逝皆中寿，老骥欣逢喜泪潸。
一暮腑言谈不尽，三尊浊酒已倾干。
问询今有何瞻念？祈望来春再重圆。

七律·咏襄阳(新韵)

青山碧水古城头，七省通衢立中轴。
西进东征兵驻地，南船北马代朝悠。
孔明忠智垂寰宙，孟杜诗词米画留。
千载文明今续写，名城中兴竟风流。

注：1.古城头，即襄阳古城墙和城门楼。已申报世界文化遗产。
2.南船北马，指古代交通，以襄阳的汉江为界，向南乘船南下，往北骑马北上。
3.孟杜诗词米画留：孟杜，指孟浩然和杜甫(本襄阳人，后徙河南巩县)。米画，指宋代著名书法家米芾的诗画。

七律·游古隆中(新韵)

襄阳西去二十余，山半茅庐诸葛栖。
竹绿墙篱昂挺立，青松漫岭郁葱薿。
一扇千载奇才计，三顾谋筹分鼎局。
尽瘁鞠躬匡汉室，死而后已懿遗欤！

七绝·雪后苏州(新韵)

日暮人稀雪映天，银装玉裹万家恬。
姑苏城里园林景，一揽江南美画卷。

注：卷，同卷。

七绝·汉江夏晚(平水韵)

云舒雨散晚开晴，小舢随流一任行。
白鹭呱鸣烟色里，水中浮月半天明。

七绝·盖被(平水韵)

洪魔肆虐横南州，将士抢灾乏累休。
稚子垂髫轻盖被，莫惊好梦盼驹留。

七绝·乐山大佛(平水韵)

汇合三江峭壁开，佛天端座水云徊。
长河不息东流去，俯瞰神州盛与颓。

五绝·孤帆远影(新韵)

明月山峦浅，夕暾林更深。
孤帆江中漾，隐绰眺舟人。

琚跃武

男，供职于桐城市某事业单位。爱好诗词，近年来，有小作在《当代中国诗词精选》《中国文艺家》《大别山反贫困诗词荟萃》《八皖拾萃》《竹韵诗词选》《桐城文学》等刊物及网络平台刊出，尤崇乐天，力求在平平仄仄的韵律中抒意、娱己、乐人。

五律·雪后探梅

应是夜前放，幽幽素艳斜。
暗香穿户牖，疏影拂帘纱。
雪后风姿劲，林中品誉嘉。
高标君有信，先作报春花。

五律·咏兰

幽幽性不争，馥馥隐其嵘。
雅室高人伴，疏梅菊竹盟。
从来避污浊，时至自芳清。

赋得兰章咏,谦谦君子名。

五律·重阳赏菊
九九又重阳,篱栏簇簇黄。
迎风摇日月,带露吐清香。
一怒黄巢赋,悠然五柳章,
无花自开后,任尔说疏狂。

五律·咏蝉
泥阴数载藏,破土樾梢吭。
饮露身先洁,餐风语更锵。
一生清韵瘦,三季雅怀长。
谁解声声急,催人辨暖凉。

七律·瞻武侯祠
语自隆中醒世吟,三分天下一言箴。
东吴舌战狂澜挽,白帝扶孤重担任。
六出祁山谋蜀业,七擒孟获拢夷心。
尤从八阵名图里,千古传奇说到今。

七律·读荆轲刺秦论燕丹
蚍蜉下策又如何?易水悠悠逐逝波。
难寝经年生妄念,不安终日是心魔。
亲民但得勤加礼,强国非凭兵与戈。
角马白乌浑未解,大风起处枉吟哦。

五绝·春雨
诸事莫轻愁,从来半喜忧。
阻行春雨急,润物贵如油。

五绝·农家园梅
门苑向南开,横斜次第栽。
霜风吹夜过,数里暗香来。

巨志更

宁晋县诗词楹联学会副会长兼秘书长,邢台市诗词协会常务理事,河北省诗词协会会员,中华诗词学会会员。作品曾获中华诗词学组织的第七届华夏诗词奖和河北省燕赵好诗词等奖项,作品被《中华当代诗词百家经典》《河北省诗人作品精选》《中华当代好诗词》《中国当代诗歌大词典》《邢台市新时期文学作品精选》等书籍收录。

信念高擎
红旗指路德声遒,信念高擎耀九州。
惠义倡廉行善举,仁心勤政聚春流。
清风两袖存民爱,正气一身暖故畴。
打虎维纲新雨盛,复兴大业上层楼。

岁月如歌
清风拂面涤凡尘,傲骨铮铮逐盛春。
自有琴心修德厚,何妨诗道写情真。
人生似梦征鸿远,岁月如歌步伐新。
漫度时光须砥砺,勤身笃志不沉沦。

扶贫赞
东风昨夜暖烟村,精准扶持入众门。
找到瘦田倾喜雨,查清弱户剪穷根。
终圆旧日脱贫梦,尽铸新秋聚宝盆。
上下同心谋致富,安康共享壮乾坤。

李保国赞
精准扶贫肝胆倾,风霜历尽自峥嵘。
离城哪怕苦和累,献策谁图利与名。
僻壤躬耕迷赤县,荒山淘宝惠苍生。
太行焕发千年茂,新世愚公续远程。

献给摄影爱好者
长枪短炮尽陶然,按下快门开洞天。
草木风流桑里觅,山河壮丽手中悬。
神驰雁影集方寸,光曝霜痕网大千。
醉眼寻真扬雅趣,铁鞋踏破耀华年。

宁晋牌坊

石骨乡魂似铸成，跨街排立久驰名。
先贤种德圆前梦，后世追思寄远情。
坊径宽宏青玉满，文澜壮阔彩霞生。
携云带雨说兴替，风月无边醉小城。

大陆泽遐思

造物千年印迹深，波澜汇聚大银盆。
汪洋退去神鞭举，广陌生来骏马奔。
泊水秋光成画卷，尧乡故事化诗魂。
清风缕缕穿今古，华夏文明一脉根。

咏梨花

春潮烂漫寄情痴，老树含娇绽玉姿。
素蕊团团淹嫩叶，清香缕缕伴青枝。
芳心接地莺声入，秀色连天燕子栖。
逸韵乡关圆夙梦，弘开归路馈黄梨。

咏紫藤

簇簇藤萝映洞门，繁英串串淡无尘。
柔情缠树连烟径，豪气攀墙入里邻。
小叶紫薇莺向久，长枝玉穗燕来频。
花开四月见幽翠，郁郁清香透古春。

踏莎行·冬

古陌苍茫，琼枝雪影，西风猎猎堆残梗。谁教寒气夺花颜，野塘鱼卧波如镜。
人困灯枯，闲情孤另，浮生漫度苍凉境。围炉朋聚酒常温，心香一缕诗高咏。

贺新郎·新时代赞

时代声声彻，遍神州，青山绿水，欢欣流悦。追梦千年登高赋，遍地旌旗猎猎。春光暖芳菲遍阅，更日晴霞光一抹。觅新枝，改革东风接，景灿烂，人心切。
昆仑春晓豪情勃，踏征程，携手奋进，彩云追月。群马奔腾兴鸿业，前进号音不歇。共乘坐，巨轮快辙。不尽长河清流涌，立潮头，势盛飞雄捷。花怒放，歌飞越。

Julia

水瓶双鱼座。教书为生。以古筝、古琴、诗词、心理、星座、旅行等为乐。

蝶恋花(卷珠帘)·读书习惯

忍被清风翻个遍。苏子陶公，形影重重见。信笔题它扉页满。旧痕稍比新痕浅。
诗影词心常入卷。兴与秦周，同醉倾杯盏。幽梦几多难寄远。觉来总恨生年晚。

鹊桥仙·七夕论情(新韵)

眼中花事，眉间心事，堪比昔年情事：枝头豆蔻待清风，盼它至，它偏不至。
月盈如纸，月缺如纸，谁道情薄如纸。心中人胜眼中人，使君是，诸君疑是。

定风波·致女儿(一)

借月疏槐访静纱，侵阶野草闹闲蛙。夜彻灯昏针细认，但问，需缝衣上几枝花？
窗外薰风烟样软，轻唤，他乡闺女早还家。犹记阿侬常赤脚，恍若，一汀新雨洗初芽。

定风波·致女儿(二)

隔壁新槐访旧纱，侵阶野草闹闲蛙。夜彻骅轻风有信，借问：半窗清影几人家？
户外絮飞衣上软，轻叹，离人惊梦泛浮槎。弦月几回圆月样？惆怅，年年空负一庭花。

定风波(新韵)

无尽杨花三月中。满园花雨泣东风。顾影是它还是我,零落,君行之处我归程。

我恨浮生均若此。心事,不同别物与春争。只愿风轻花痛少,夹道,杨花落处李花生。

K

康凤雏

湖南省涟源市古塘乡人,简居农村,是一名普通的山姑,但从小爱好文字,愿向各位文友求学。

七绝·当忆

在时不觉别时愁,云断香山忆影楼。
试问今人何处去?容颜未改泪先流。

听旧曲有感

断续深沉唱夜孤,曲风依旧意全无。
蓦然回首今非昨,莫问冰心在玉壶?

伤春

纷纷花雨随风舞,乍暖乍寒谁作主?
纵使明朝花仍发,倩谁唤取同春住!

七绝·闺思

流年搁浅两迷离,古道西风何作为?
夕下无人魂梦里,穿窗月影影偏移。

七绝·同心

雁自南飞择日还,轻眉浅淡晓风鬟。
青梅煮酒将心系,两个犹同一个般。

七绝·情人节,彼岸花

年年节里牵牛手,今却无人架鹊桥。
月半风声魂两岸,何花夕下叶逍遥。

七绝·忆蝶

临风一曲蝶飞舞,把酒留春春不住。
回首依依倍寂寥,惜花人在哪头附。

如梦令·乱绪

旧恨新愁交错,解语未曾融合。凡事懒回头,哪怕千年离索。如果,如果,宁愿将其深锁。

亢连生

沈农园标系毕业,退休教师。任教师、农艺师,中共党员,曾多次被评为县区级先进教师,两次获省科技进步三等奖。业余诗歌爱好者,诗作多次获奖。

破阵子·紫荆花伤(词林正韵)

紫荆花伤突报,红旗蒙扯刚扬。十四亿尊严受辱,七百万生计遭殃。断指何猖狂。

缘自英美诡计,暴乱一时嚣张。立地顶天新中国,一国两制字铿锵。恶魔镣铐将。

亢铸

笔名雾灵飞鸿,兴隆县委党校退休教师。河北省诗词协会会员,承德市诗词学会会员,承德市作家协会会员,承德市摄影学会会员,乐途旅游网、一点资讯网专栏作家。喜欢诗词、散文写作。

望海潮·深秋重游雾灵山

天高云淡,深秋时候,再游燕岭之巅。山道百旋,峰回路转,穿梭荫密森间。看五色云烟,是层林尽染,漫透无边。近见红黄,陈缀桧柏与云杉。

阶梯分布依然,有三重列状,十里莲沿。寒站顶峰,抬头放眼,雾汹涛涌连绵。

望树挂丛悬,观银装素裹,心静神安。莫过仙游如此,童话忆当年。

塞翁吟·夜宿莲花池

夜静听风吼,窗外恰似隆冬。呜呜响,耸林声。瑟瑟被遮容。聆听又现松涛浪,帘帐抖动凭空。夏季过,入秋中。怎疑季节重?

忡忡,记昨晚,餐厅把盏,人团聚,杯飞酒盈。友情在,相识恨晚,共心曲,影摄兴隆,无论年龄。朦胧睡意,入耳呼噜,新梦成形。

燕春台·雾灵顶峰拍日出

睡眼惺忪,凌晨四点,为拍峰顶晨芒。严冽寒风,呼呼扑面浸裳。云腾雾荡东方。架难衡、头镜湿凉。栏杆滴露,摄人忙乱,唯恐机伤。

东曦透亮,雾锁殷红,劲摧涤荡,云海无疆。初升旭日,喷薄耀眼光芒。下隐双龙,透吉祥、国泰安康。五龙长。谁凭空想,看灵现佛光?

玉簟凉·十八潭瀑水

溪水流欢。塔下淌猛泉,似布如帘。云青青欲雨,水潺潺生烟。飞流直漱壁垒,共日月、几夜香眠。清瀑冽,震耳轰然响,犹奏歌弦。

不言。潭摇树影,拍客兴怡,吟景美不得闲。十八潭醉水,欲走再流连。闲情逸致美景,问此去,哪日回还?人恋水,更恋山,伊美人间。

望海潮·雾灵顶峰寻诗

深秋霜冷,燕峰高耸,觅诗魂雾灵峰。云笼塔台,风袭陡路,热寒变幻多重。静耳灌涛声。怒潮波浪涌,天堑无踪。鬓发蓬松,笑看东海日头红。

北峰山野黄浓,有俊峰傲挺,不忿苍穹。南眺寝陵,西观水库,五龙千载痴情。谁见与君盟?回首寻诗友,未见龙钟。年老春心好景,把酒醉仙翁。

最高楼·赞雾灵金山

霞光笼罩,俯眼看群峦。生亿载,忆流年。千树摆头播雨露,万花垂首送清源。看天低,回首望,雾灵川。

莫论傲群山。笑谈天下争峰事,谁预料,稳如磐。好晴阴雨皆须过,晴日照,闪光暄。佑黎民,安康在,富财源。

满庭芳·瞻仰大字石

长隐深山,伯温题字,清凉界世人知。几多年载,遗面迹难识。两百余年续刻,历三次、功绩名驰。千年久,幽情未了,锦字记当时。

今朝观巨墨,史篇残页,宦宰存诗。雾灵景,浅秋黄叶名石。问友谁堪共懂,征夫泪、洒洒杯池。雄心在,夕阳不老,莫笑古人痴。

永遇乐·风雪仙人塔【苏轼体】

山坳幽深,巍然屹立,云插霄汉。体似仙人,形如宝塔,石磊天然站。上飞瀑布,溪如白链,动静相依画卷。密林深、云遮雾掩,水喧鸟啭相伴。

寻诗倦客,虔诚仰慕,望顶金光紫闪。风冷忽吹,气息突变,空卷鹅毛乱。淋湿衣裤,反而赞叹,是有缘神如愿。人欢笑、灵现美景,频拍纪念。

柯传章

男,45年生,中专文化,中共党员。村会计40余年,会计师职称,2002年退休。2010年从师学习诗词，著书《风雷集》上下集600余首。此后又作诗词千余首。

水调歌头·日出

红日起川岳，霞色袅岚烟。小村孤岛浅浪，一抹荡无边。野店雄鸡起舞，沙岸征鸿歌唱，紫气隐云天。鱼戏长河畔，飞鸟树休闲。

人走散，夕阳近，故乡甜。芳华尽染，桃李花放弄娇妍。风动长枝旧叶，伴舞欢歌新韵，琼宇靓澄鲜。开放兴国路，春色满人间。

南乡子·黄鹤楼游记

游览望车窗，高铁长桥去路长。天堑龟蛇中系缆，辉煌，黄鹤楼前是武昌。

离去欲徬徨，芳草兰花处处香。回到故乡仍旧景，凄凉，却恐他乡胜故乡。

踏莎行·袅袅柔情

袅袅柔情，盈盈粉黛，山河壮丽原生态。晓风残月野茫茫，追鱼跳雨黄金带。

冉冉滨湖，深深关爱，长桥远树烟波外。复兴民族老天帮，改革开放新时代。

桂枝香·咏荷

清圆自碧，向远水平铺，亭亭而立。犹有遗簪舒展，嫩芽多迹。鸳鸯素被成幽梦，背西风，长河孤寂。几多炎热，几多霜露，几多雷劈。

仅回首，风凄雪系，叹蜂戏花期，飘摇如许。恋恋青山何处，漫留芳溢。盘心清露如铅水，但寒烟衰草凝噎，半湖明月，飞光皮练，素肌如蜜。

何满子·梅

潇洒东墙深处，纵横直两三枝。燕怕春寒飞霜雪，花期失去芳时。北雁无情却是，归来只见开迟。

清浅小溪澄练，竹篱茅舍鱼池。淡月微云晴日好，抒情即景填词，飘逸清香未减，风流不在人知。

沁园春·天河诗词书画戏曲联欢晚会作

领导佳宾，艺苑同仁，相聚欢歌。献诗词书画，戏曲音乐。奇文怪艺，日月婆婆。神致灵出，创新沂合，精彩时空故事多。迎盛会，祝新朋旧友，老少登科。

峥嵘岁月蹉跎，境无止，诗词争改革。有名师指点，流香瀚墨，弘扬国粹，世纪传播。时代新潮，胸怀远志，艺苑腾飞追楷模。其妙处，看宏图画展，壮丽天河。

多丽·滨湖

远山冥，一川淡月朦胧。乱云追，鱼收网冷，烟霞略过湖汀。燕归来，雕梁夜语，雁飞去，留影多情。聚少离多，山河冷落，苦相索绕恁飘零。自回首，南柯一梦，何处觅芳丛。

空相向，朱颜白鬓，孤守寒庭。似春蚕，银丝吐尽，偕老伴病终生。藕花香，夜凉雨暴，腊梅软，暮色风猩。澄碧芳容，消红去景，诗词新韵最堪听。见一片，沧茫无际，余火夜三更。无情月，空留残照，老少无平。

喜迁莺·中秋

银蟾光彩，又八月中秋，佳节还再。儿女情长，英雄气短，万物静观淘汰。芳草暗滴清泪，杨柳不知人改。尽潇洒，遍香车宝马，千姿百态。

崇拜，天地和，花好月圆，不欠人情债。竹翠烟浓，莲池紫绕，风物景观堪爱。壮志未酬人老，低唱浅斟无奈。待明日，愿国昌家盛,民生安泰。

柯友宝

网名心随流水、菱湖居士,医务工作者、诗词爱好者。武汉市竹枝词学会秘书长,《湖北诗词》《武汉诗词》责任编辑。

小满
晨雨圆荷出,晚风垂柳长。
樱红桑透紫,槐白杏微黄。
才笑眠蚕饱,又闻浆麦香。
人生小成足,万物用归藏。

岳父周年祭
燕子山前白鹭飞,墓园碧草自相围。
跪看泪字苔痕浅,犹见丈人衰发稀。

立夏游园
雨后菱湖柳叶肥,圆荷浅浅滚珠玑。
问谁赊得青梅酒,醉入蔷薇作蝶飞。

惊闻宜宾长宁地震
地裂山崩屋宇倾,长宁百姓忽魂惊。
狂风浩浩空思痛,夜雨淫淫忍泣声。
莫恨苍天常作孽,当知苦难更峥嵘。
家园重建追新梦,有我人民子弟兵。

《幽草精选》出刊有寄
芳草幽幽菡苕香,琴台处处翠流光。
吟诗明月盈怀满,醒酒微风入袂凉。
汉水多生楚狂客,江城自爱杜襄阳。
问谁下笔何能尔,惹我五更徒感伤。

柯于财

曾用名柯于才,网名山涛。退伍军人,当过民办老师,现为农民。江西省楹联协会会员,瑞昌市赤乌诗社会员,江西诗词学会会员。作品散见《赤乌诗词》《江西诗词》《冰雪诗苑》《城市头条》《香港诗词》《东方之珠诗刊》《龙山墨韵》《吴楚风》及武汉长江诗社等诗刊媒体。

七绝·赏荷
玉立婷婷千顷娇,香风阵阵载云飘。
扁舟一叶碧波荡,我伴荷眠魂自销。

七绝·"八一"感吟
小时梦寐着戎装,憾未挥戈驰战场。
水电工程基础建,自豪一世把兵当。

七绝·诗人节感吟(孤雁格)
一腔孤愤汨罗沉,忧国忧民直到今。
激动五州龙怒水,粽香缕缕挽诗魂。

七绝·游紫禁城有感
紫禁金城高在上,国民自古怕张望。
地中帝子可曾思?世界闲人随意逛!

七律·游天坛公园有感
天坛松柏郁葱葱,历尽沧桑遒似龙。
祭祖传宗香火旺,为民祈谷帝恩隆。
明清脂建金辉碧,民国倭焚血雾浓。
假若自身长颓废,神灵能保福无穷?

七律·村居
回归故里释心胸,景物依然梦境同。
山岭枫松栖鹤鹭。河塘鹅鸭逐鱼虫。
迎霞弹曲歌阡陌,邀月听泉醉爽风。
觅得儿时光腔友,闲谈野侃没时钟。

七律·戊戌清明
时间不觉又清明,滚滚雷声炮不停。
灼灼山花含孝意,哗哗春雨恸哀情。
爹娘荒岭暑寒卧,子女异乡生计营。

网上坟台虔祭奠，但求你我得安宁。

七律·次韵尹合燕君《七十回眸》
堪破红尘不俗牵，寄情山水我怡然。
探幽览胜乾坤觅，犁雨锄云日月肩。
微信视频寻故友，砚田韵海学先贤。
管他彭祖多高寿，无愧良心每一天。

归田乐·"五一"劳动节为耕者而歌
皓月天边挂，数点星眨巴玩耍。脚步铿锵跨。牛绳手一抖，肩扛犁耙。坎坷弯弯路谁怕？

吆喝旷野吒。蛙鼓住。林中栖鸟讶。浪花逐处，耕出黄金夏。旭日冉冉起，汗种齐洒，播得江山美如画！

孔繁宇
女，居黑龙江大庆，知名诗人，兼擅美文。

南乡子·吸尘
周末有闲暇，也系围裙打理家。棚顶墙围床底下，嗟呀，久惹尘埃竟未察。

落处即生涯，低莫菲薄高莫夸。待到风来收了去，无他，不过囊中一粒沙。

南乡子·煮粥
经历几番淘，一碗杂粮水一瓢。暂把红红炉上火，微调。静候光阴慢慢熬。

沸起小波涛，思绪随他涨又消。掀盖欲尝熟也未，香飘。味至真时最耐嚼。

鹧鸪天·春事
乡野经冬梦正酣，小河附耳语潺潺。心思一点桃花破，缘分千条柳线牵。

莺报信，草铺毡，东风抬轿跑得欢。迎来窈窕春娘子，嫁与人间四月天。

喝火令·盐
君把千瓢水，结成一粒晶。我拈些许入汤羹。犹念那方蓝色，犹解海之情。

几点咸咸雨，几丝涩涩风。几多滋味化其中。所以平凡，所以更从容，所以寻常日子，越品越香浓。

宴别
话到别时开口难，倾杯一饮泪潸然。
天涯不在云遮处，只在转身挥手间。

孔庆更
济宁市诗词楹联学会会员，曲阜市诗词楹联学会会员，曲阜市诗社社员。作品发表于《曲阜文艺》《鲁颂》《中原诗韵》《鲁都吟坛》等刊物。

七绝·咏梅
田田绿翠满池塘，菡萏花娇蕊绽芳。
自濯污泥而不染，清香淡淡入禅房。

七绝·咏月季
东风荡漾洗纤尘，百卉葱茏景色新。
勃勃群芳香减却，一花占尽四时春。

七律·忆母亲
椿茂无忧似旧年，我思慈母泪涟涟。
音容笑貌留心底，背影银丝晃眼前。
勤俭持家期业旺，谦恭待友教儿贤。
深恩来报萱堂去，酹酒托情向九天。

五律·乞巧
鹊桥星汉渡，织女会牛郎。
闺怨时光速，相逢转载长。
乞仙输巧技，教妹绣华装。
博取天皇笑，情痴返故乡。

鹧鸪天·耕种趁春时

细雨清风旭日光,时和景明壮山乡。田原沃野春来早,稼墙农夫播种忙。

平整地育禾秧苦争实干汗飞扬。辛勤换得丰收果。劳动生成社稷昌。

西江月·夏雨

日照青山滴翠,鸟鸣绿树浓荫。碧塘菡萏吐芳芬。莲动花骄蝶吻。

风骤天昏地暗。瞬间大雨倾盆。断云光灿水波粼。景丽气清温润。

清平乐·忆童年(新声韵)

儿时发小,玩耍村街闹。爬树上房抓雀鸟,嬉打追逐欢笑。

光阴似水如烟,青丝已染霜斑。回想往夕趣事,乐哉金色童年。

阮郎归·初夏

绿槐花盛雪容颜,香飘村寨间。熏风轻荡似琴弦,农时唱杜鹃。

微雨润,杏桃圆,榴红麦浪翻。丰收再望乐田园。喜迎大有年。

孔祥金

江西人,孔子后裔,庐山市诗词学会会长。

冬雷迎雪

隆冬罕见响干雷,六出飞花下九垓。
本为江山装景象,敢从天宇扫尘埃。
胸怀绿野忧难了,身别高层誓不回。
宁可冰心成玉碎,人间但愿少虫灾。

立冬时节见庐山秀峰峡谷中杜鹃花开有感

何事红鹃秋日开,百花凋谢我重来。
难抛梦幻多描绘,抓住时光自剪裁。
半世鸿图曾着墨,三春愿景渐成灰。
老来拼却心头血,面向寒冬笑一回。

孔祥志

笔名任之。湖北通山人。中华诗词学会、中国楹联学会、中国报告文学学会、湖北省中华诗词学会、湖北省楹联学会会员。咸宁市诗词楹联学会会长。常在韵中混迹,偶有小品补白。

水调歌头·闯王陵

落印界牌岭,寄首枕高湖。苍松翠柏如幡,石砌垒王骷。坡上雕弓掠影,馆内干戈明灭,窗月守荣枯。成败任评鉴,功过渐荒芜。

青山在,烟尘没,恨无休。壮怀半国,兴勃亡忽考京都。忍看江山易手,怎奈民心破碎,覆水竟难收。但幸千帆过,侧畔有沉舟。

水调歌头·赞南鄂楷模沈雄飞

读罢淦河岸,乘兴品潜山。碑林石刻长廊,骚动十三潭。水榭亭台墨气,竹桂泉桥流韵,沉醉不知还。南鄂古今事,青汗照鏊年。

头飞雪,心未改,志犹酣。情追国粹,一辆单车满城颠。六进扬帆逐浪,两创加鞭奋蹶,肝胆挂前川。圆了诗乡梦,联写党旗端。

浪淘沙·赠华美

寂寞守文坛,意气依然。频敲傲骨赋书闲。且借闯王锋试刃,起舞毫尖。

年少喜狂澜,笔走关山。错将肝胆挂云帆。无价良知捐盛世,不负残年。

唐多令·送祖荣

心事拢清秋,忆从鄂渚流。转眼间、十几年头。曾与诗人同载酒,共明月,饮乡愁。

折柳望朋俦,登高独上楼。燕归来、可否重游?我问潜山君去处,经汉口,入新洲。

江城子·重聚通山

戌年聚首又春回。额沟肥,鬓霜飞。羊河照影,日暮总迟归。笑语欢声围一桌,心已醉,怕贪杯。

常叨旧事淡如炊。故人非,莫须追。青山满目,落日弄慈眉。绕膝含怡家国幸,多保重,待重违。

孔祥忠

网名天荒一隅、天荒。萝北县作协副主席。哈尔滨市北国诗社社员。部分作品被《东三省诗歌年鉴》《现代诗人诗选》等年鉴收录。作品散见《中国诗歌》《诗词月刊》《中华诗人》《北国诗词》《诗林》《绿风》《华语诗人》等报刊。

南歌子·夜泊古镇

雨霁晴荒甸,斜阳挂远山。晚霞曛暖透清寒。穿越平林,枫桦紫含烟。

苍谷藏隅镇,微澜动渡船。望江楼上划三拳,话罢桑榆,同赏月儿圆。

唐多令·醉花间

柳影落河湾,风轻碧水涟。瞧青荷、露弄瑶盘。锦鲤一游珠蕾醒,篙点舸,过花间。

登岛入亭轩,故人相见欢。叙旧情,感慨千言。把盏三杯同恸醉,已耄耋、若金兰。

孔渊

笔名韩塘鹤影,语文教师,中共党员,热爱诗词,喜欢朗诵。

七绝·猫儿瞪眼图(新韵)

横眉竖发眼圆睁,椅上喵爷怒气生。
遥见目光凝聚处,屏前又报税新增。

五律·母亲节感怀

母爱大于天,情深似海川。
养儿心似血,育女背成船。
教子明真理,持家入润年。
一生勤劳作,夜半总难眠。

五绝·题民工休息图(新韵)

坎地为席砖作枕,泥墙半倚梦香甜。
空调室内丝绸被,总有忙人怨不眠。

七绝·清明节祭父

别梦依依回昨日,水流花落总无情。
淡烟疏柳添新景,致孝衔哀酹旧茔。

七绝·久雨初晴(十二侵)

尽日连绵万物森,晴光倏现转空林。
芳晨丽景催春步,月夜疏风动柳心。

孔子温度

即田建国老师,男,湖北蕲春人。传统文化传承使者。诗人,爱写散文与诗词。书法爱好者,中国书法家研究会终身会员。生于1963年,世属易家。1980年高中毕业,1987年参加了华中师范大学历史地理专业本科函授学习,大学文凭。作品散见于各大诗刊和网站,《孔子温度诗词选集》正在酝酿出版中。

七律·陪彭总在仙津集团

岳阳新厂车间视察

火红场面美翻天，万亿瓷瓶带舞翩。
旧换机床迟来转，新装轴齿快飞旋。
与时俱进长江起，顺势而为中部先。
伟业仙津行大道，隆隆生意庆丰年。

七律·办公室咏

你是江湖我是龙，腾挪捭阖马行空。
新年自有垂杨绿，往岁非无落叶红。
梦绕崖梅冰雪里，心交娥桂月宫中。
古今数尽多情娱，不如此时煮石盅。

七律·接来恩师过小年

小年今日满堂春，接待恩师倍觉亲。
暖席桌圆慈爱讲，寒窗夜半执鞭谆。
莘莘学子为雄志，窄窄龙门盼转身。
三渡高中读书史，长思往事泪沾巾。

七律·己亥正月又出发

独山脚下淌河流，春入倒寒阴雨稠。
水浅龙眠鱼落泪，林深虎睡鸟忧愁。
层层冻雾残阳锁，叠叠凉云闭月羞。
汽笛一鸣声震响，离家快点向莞州。

七绝·东莞水濂山水库

南天日暖露真容，东莞景丽现彩虹。
不似家乡春行缓，缠绵雨送断云隆。

五律·兰花

绰态幽姿藏，素雅清远香。
惹来风月客，疑是昭君妆。

七律·从南方归来

江山如此耸高楼，大象无形岁月悠。
离别十天忘梦里，归程一刻记心头。
不堪抒意去东莞，更触煽情来惠州。
今夜身家定何处，车厢软卧在吟讴。

七律·与高燕院长为唐老上坟

仙容宛在世闻名，不觉今年景更明。
南苑瞻仰曾可记，石门送葬梦回程。
九峰缥缈云霞散，一穴清幽佛道成。
燕楚弟徒来祭拜，百灵朝凤杜鹃迎。

七律·57岁生日感怀

古人诗赋总忧愁，我却绝无叹白头。
正值中年很骄傲，恰逢壮岁当风流。
浓餐淡饮几杯酒，浅唱低斟半月楼。
五十七轮弹屈指，参禅悟道写春秋。

七律·在唐明邦学术思想探索首发式上

时代呼声有起因，传承文化贵修身。
开天一画伏羲圣，劈地三星盘古神。
莫学虚名丑之伪，要图实际美乎真。
今天唐老周年忌，不忘教言报此亲。

七律·与韩毅蔡炜探易

欲画波纹一点通，依稀又作酒前疯。
颇惊捭阖无愚者，又诧归来有智公。
不说艮坤奇妙易，专论乾坎幻玄宫。
三人在坐谈天象，楚界星河乐趣丰。

遇著名诗人卢素兰老师

疑为清照下凡尘，锦绣词章许可真。
诗韵歌风俏模样，文馨隽逸最传神。
荷锄陌上香君影，叠梦花间黛玉颦。
结友惟心情未绝，相逢只在偶然亲。

匡立志

微名翩翩君子，湖南省邵阳市城步县人，自由职业。现是中华诗词学会会员，湖南省诗词协会会员，邵阳市诗词协会会员，城步县诗词协会会员。曾作品见《湖南诗词》《边城日报》《中华文艺》双月刊《时政中国》电子刊《广西诗词》微刊及江山文学网等。

七律·《西游记》取经五圣之唐僧(新韵)

金禅转世降凡尘,为渡芸芸大众人。
奉旨迢迢西路去,开怀满满信心存。
荣华从未迷鸿志,美色何曾乱慧根。
磨难重重经卷取,且将真谛四方吟。

七律·《西游记》取经五圣之孙悟空(新韵)

乾坤降下小猴孙,遁地通天本领真。
花果山中称大圣,凌霄殿里慑诸神。
丹炉久炼金睛亮,铁棒轻挥巨怪晕。
紧护唐僧经卷取,西行路上建奇勋。

七律·《西游记》取经五圣之猪八戒(新韵)

天蓬元帅贬凡尘,投错猪胎怨气存。
两耳还原人破胆,一耙在手怪丢魂。
女儿国里贪姿色,高老庄中做贵宾。
十秩随师修正果,净坛使者锦加身。

七律·《西游记》取经五圣之沙僧(新韵)

原是天庭一武将,琉璃盏碎贬凡尘。
流沙河里为魔兽,观世音前剃发根。
宽厚双肩挑重担,锋尖长铲斩妖身。
历经千险功德满,佛祖加封位列神。

七律·《西游记》取经五圣之白龙马(新韵)

殿下新婚触律条,藐轻帝赐宝珠烧。
观音点化佛门入,玄奘欣逢弟子招。
驾雾腾云穿玉宇,扬蹄驮物跃沟壕。
西天万里行程苦,为载经书不远遥。

邝培旭

笔名瘦雁。武汉人。中华诗词学会会员,作品被收录于20多本诗集以及诸多网络平台。

七绝·写诗

铜碾红茶手上香,清风约句坐空堂。
新诗惊客搔蓬发,几两残星伴露霜。

勤笔(新韵)

虽近荒丘可数年,还须勤快不应闲。
都言浮梦离天远,但恨流光返日难。
朋友五湖多聚散,沧桑百载更悲欢。
小轩投月闻楸号,何欠秋风赋万篇。

送友人

江岸高楼带玉钩,清风乐曲泊归舟。
仙人宫阙知何处,菜市园畦各自休。
苍树阴中栖晚雀,彩灯浪影荡初秋。
去年一面今还别,不舍相携诉难留。

登虞山剑门

玉笛清风扫雾昏,露滋藤蔓上城垣。
吴王劈石山崩裂,箫客悬头国破痕。
携酒铁琴追古史,断岩杰阁抚苍魂。
一筇小径颠狂路,叠嶂云生入剑门。

注:虞山剑门,吴王夫差试剑处。

L

赖科生

江西省诗词学会会员,赣南诗联学会理事,石城县琴江诗社社长。作品发表于《诗词百家》《全球当代客家著名诗人诗词精粹》《江西诗词》等刊物。著有《浪花集》

《正气集》。

七绝·悼念四川凉山救火英雄
赴汤蹈火死生忘,美好年华倾刻殇。
碧血丹心担使命,青春无悔铸辉煌。

七绝·雪
飘飘洒洒半空中,落地无声遍野琼。
荒草青松成一统,难分枯萎与葱茏。

七绝·雪
雪中搏弈苦寒同,拼出梅花冻死虫。
硬骨柔身天鉴定,谁能胜出是谁荣。

七律·登金华山
巍峨峻峭撼心田,半是人间半似仙。
远眺能穷千里目,仰观可透九重天。
琼岚漫舞人心醉,瀑布飞花暑日寒。
寺内常年香火旺,佛光普照佑平安。

七律·全省谷雨诗会在石城召开感赋
名人经典聚琴江,盛会携来石邑芳。
学富五车滋艺苑,才华八斗著云章。
交流探索思维广,采撷融通意味长。
谷雨骚坛春正好,诗花绽放遍莲乡。

西江月·琴江河畔
百里荷塘春色,一江碧水蓝天。清波荡漾百花妍,垂柳随风拂面。
世事纷纭复杂,人生短暂难全。时光一晃已从前,常引人们感叹。

西江月·登武夷山
山势巍峨险峻,路途陡峭蜿蜒。精疲力竭达山颠,赣闽风光览遍。
少壮胸怀梦想,老来身有余闲。新时专列疾驰前,我愿同乘到站。

采桑子·月下行舟
行舟月下精神爽,空气清凉。足下鱼翔,岸上笙歌江面扬。
月光映在波涛里,波泛鳞光。水着银装,疑是银河月下藏。

赖品汉
男,茂名市南天诗社会员。1976年出生,就学于高州师范,诗词爱好者。

七绝·广州湾秋潮
半城潮水广州湾,落叶缤纷信未还。
故里年年催草木,川河入梦渡关山。

七绝·高凉秋城(新韵)
古郡秋霜染暮云,渔歌一橹过洲林。
鉴江万载清如许,水映观山月照人。

鉴水晨曦
鉴水淼淼迎朝霞,晨鸟双双过澄沙。
客途家山天涯里,望极天涯未见家。

诗酒李白(古风)
李白诗篇酒中来,邀星揽月凤凰台。
大唐盛世传名字,谪客人间为举杯。

七律·浮山晚望
天高路远几飞鸿,满地金波耀晚风。
层叶如城山磊磊,绮云若梦水匆匆。
南帆碧海晴空阔,北猎中原岱岳雄。
缕缕夕阳来不绝,皇皇白日去无穷。

兰云
笔名绿叶,茂名市南天诗社会员,黄河诗社会员。男,1953年3月19日出生，福建省福安市人。擅长写格律诗与散文作品。曾在《美篇》《今日福安》等刊物上发表文章。

五绝·莲藕（下平七阳）
粉灯连碧海，浓韵散浮香。
叶谢根塘地，掀泥见玉凉。

五律·巧遇（七遇仄去声）
皓月移山树，孤帆江急波。
他乡步旅遥，此地人潮遇。
有意惜知音，含情倾得趣。
愁堪聚又离，待见添频赋。

七绝·荷塘鱼（一东平）
柳枝拂揽一湖面，荷蕊亭亭出水中。
鱼跃花头叨食味，戏嘻莲叶各西东。

七律·忆江南（十一哿上声）
晨来小阁绕扶杠，日出秦溪红似火。
绿柳千丝拂细肠，烟波百怅游江可。
青莲雨露冒尖杆，碧树尘埃头上躲。
若问池塘在哪方？仙人手指翁洋妥。

水调歌头·中秋
明月空中走，秋景遍生彤。感知苍海，赐予雅月共赏从。思绪翩翩一段，兴操甜琼浆液，醉处不知钟，起舞幻娆影，几度梦搂中。

崇山野，皆境净，入峦峰。骤然浪起，掀起秋月洒情浓。常道悲欢离合，无奈柔肠难纵，今夕怨遥踪。但愿人长久，千里送慈风。

忆秦娥·道山
聚仙山，道仙圣地入云端，入云端。诵声入耳，养目舒颜，传吟华夏山川殿。

盈盈漫步轻云湾，轻云湾。苍山如海，夕雁飞关。

虞美人·问情
寅时碧柳晴千里，爱曲倾弦耳。金蝉喧恨谛离愁，轻缕寂宫飘绕，锁眉头。

春秋眼润言朝夕，相望人叹惜。阁楼堪见雁笺盘，只顾激情容易，问情难。

江城子·江家渡
天驹山下雨时晴。水风清。落霞明。山间荷塘，苞蕊露盈盈。何处飞来翠鸟？添欲立，慕淋婷。

揽望蓑艄弄筝声。乐含情。遇谁听。雾散烟绕，隐约缀相迎，步近音终寻品约。舟不见，阔青青。

蓝成东

网名梦湖苑、枫景苑，大学本科，20世纪80年代任上海市社会学学会学术秘书，助理研究员。曾辅佐著名学者邓伟志先生创办《社会报》。现居加拿大。自2015年夏开始自学古典诗词，曾任大中华诗词论坛上海诗苑和古韵新声版块创版首席版主。现任诗词吾爱网上海诗社社长暨上海诗社微信群群主，《大上海诗词》微刊社社长兼总编。中国诗群主联合会主席。迄今已在上述诗网及中国诗歌网、中国网络诗歌网等各大诗网发表格律诗词1000余首。

沁园春·咏国庆70华诞
赤县神州，七十华诞，百业欣荣。忆激情岁月，壮怀浩荡，风云天地，豪气峥嵘。发展开新，改弦除弊，崛起东方举世惊。全球化，倡自由贸易，造福民生。

丝绸之路多赢。新时代，互通相向

迎。赞一星两弹,嫦娥登月,蛟龙入海,北斗扬名。大业雄图,共同命运,亲惠诚容获美评。中流柱,任世情变幻,砥砺前行。

七律·复兴神州在眼前
——国庆 70 华诞颂

银花火树颂韶年,复兴神州在眼前。
七十征程惊日月,三千绮梦醉云天。
联通丝路长添益,开创高科永占先。
亲惠诚容誉世界,东西列国共婵娟。

浣溪沙·谁念西风独自凉
(借句纳兰性德)

谁念西风独自凉。天涯羁旅倍凄伤。凭栏对月诉衷肠。
醉里不知身是客,壶中能得梦回乡。书生意气任疏狂。

七律·谁念西风独自凉(卷帘体合集)
制帘

谁念西风独自凉,他邦羁旅卅年长。
断鸿声起催人老,游子思深入梦香。
世路寥寥三弄笛,归途渺渺九回肠。
师从李杜苏辛乐,作赋吟诗喜若狂。

卷帘一

谁念西风独自凉?残荷败柳遍枯黄。
虽言漂泊天涯苦,犹恨淹留客路伤。
把酒暮情知世味,题诗红叶诉衷肠。
浮生渐老当珍惜,参破凡尘喜醉乡。

卷帘二

他邦羁旅卅年长,世路艰辛昔备尝。
白发萧萧知宠辱,红尘滚滚任炎凉。
挥毫落纸风骚赋,闭户飞书锦绣章。
吾爱诗坛邀友聚,吟哦酬唱解愁肠。

卷帘三

断鸿声起催人老,万里家山郁寸肠。
蓬转半生归梦切,鬓残晚岁客愁伤。
风尘慰藉初成赋,块垒消除独举觞。
每忆江南心闷苦,西窗对月倍彷徨。

卷帘四

游子思深入梦香,故园岁景岂相忘。
初春翠竹摇山径,盛夏青莲泛野塘。
秋兴黄花承泡露,冬寒清客傲凌霜。
为谋五斗难回返,别绪离愁债怎偿。

卷帘五

世路寥寥三弄笛,浮生冷暖叹炎凉。
赋成楚地歌梅骨,诗作吴吟醉竹墙。
寻梦卅年蓬岛景,寄怀万里水云乡。
孤愁百感催人老,高枕难眠夜漏长。

卷帘六

归途渺渺九回肠,梦里何时不故乡。
漂泊卅年怜已老,寂寥今日赋犹狂。
秋怀北客冰轮静,夜读西窗玉露凉。
最是心仪还沪上,知交三五话家常。

卷帘七

师从李杜苏辛乐,丽句清音逸韵香。
四海五湖开雅宴,千秋万代颂骚章。
传承国学苍生福,授受书台赤县昌。
崛起神州新语好,文功教化美名扬。

卷帘八

作赋吟诗喜若狂,清词雅句韵含香。
卅年去国今还健,万里归家意未央。
至爱亲朋欢阆苑,知交道友醉瑶塘。
优游胜境偏惊醒,讵料原来是梦乡。

蓝桥落雪

宁夏固原人。爱古典,更爱诗词。词抒心语,诗写红尘。青门长对千竿竹,陋室浅读万卷书。山水自由林泉隐,名高权重总不如。

五绝·赏图有感
海棠经雨艳,莲藕度风嫣。
岁月流碧水,镜心照红颜。

七绝·秋词
秋风秋雨秋意凉,北雁南飞断人肠。
欲问落红归何处?飘零先已向残阳。

五律·题《项脊轩志》尾段
故乡草木深,门上十年尘。
枇杷亭亭盖,南阁寂寂音。
再无红袖语,空有荣华身。
沉浮依宦海,何处觅朝云?

七律·咏容若
怅倚风凉立黄昏,低头空羡水中云。
鼎钟不消山水志,富贵长锁自由魂。
红颜薄命成幽梦,公子情深化墨痕。
侧帽饮水倾后世,三百年来只一人。

一剪梅
青鸟昨宵梦里来,晨视朝云,恍惚清颜。别离细算怨流年,期若百秋,杨柳依然。

香远娉婷碧湖莲,相望相隔,恨风月闲。深情一片那可传?味浅杜康,无悔衣宽。

蝶恋花
金风轻唤微雨落,中秋时节,清闲本非错。盏中香茗书里墨,当时曾约情一诺。

流光瘦减繁华过,往事前尘,总是忆中客。浮云作雪覆阡陌,不愿明朝人成各。

浣溪沙·梨花
红杏粉桃竞娉婷,梨花性本淡输赢。缓趁东风舞轻盈。

莫道冷香绝暖意,须知浅色蕴深情。一任开落总安宁。

长相思·七夕有怀
忆佳期,梦佳期。旧岁金风拂新衣,七月恨七夕。

看花飞,叹花飞。韶华别后再难追,相思归不归。

郎晓梅
丹东市诗词学会副会长,丹东市楹联家协会主席,知名学者诗人,诗词教育家。

等校车遭友人嘲
鸡窗膏晷半生奴,躞步原阶恨有乎。
司马才情摩诘笔,于无用处用功夫。

午后独于801短信寄方才课去之红琴
云室一人长袍裹,背窗把卷跏趺坐。
今君妒语即为诗,烟雨满山皆属我。

戊戌夏过梨树谷
柳绵含处板桥斜,偏觉唯心近释迦。
手把菖蒲人去后,一池空谷白莲花。

戊戌秋分酬人
凉飙从此洒嶙峋,漫道秋均思不均。
一岭碧云谁约得,山楼幽坐写经人。

秋日

风将歇处稻香微，犬动村街噪鹊肥。
月起炊烟茅屋小，山翁沽酒踏桥归。

鹧鸪天（晏几道体）
剌剌西风漠漠山。红轮瑟瑟下寒烟。
几回游日驱平野，百二歌诗向塞关。
诗未老，日犹团。寻常不复等闲观。
当时已恨流光疾，忽忽流光又十年。

老师傅

陈文林，温州人，诗词爱好者，诗词作品发于全球各刊物。

七律·漫抒
花容木态向人开，阔步野蹊怜碧苔。
林下不嘲薪水少，眼中常注远山恢。
老归无事便称福，笔落有诗皆是财。
久与田园成莫逆，相逢醉意胜家醅。

七律·上吹台山有作
信否传闻千几秋，寻踪觅故助遨游。
白云殿上禅风健，无量寺中玄道遒。
山谷崇高难测探，天机奥妙足清幽。
连峰皆秀饱诗眼，一笑笙台顶上头。

七律·漫笔
山水赓歌曲曲迴，时逢仲夏梦频催。
飞花惹眼林蹊积，挂果在棚田垅来。
诗未采完窥野远，墨皆枯涩哂言诙。
阴晴未定徒何奈，解惑何须浸酒杯。

浣溪沙·吹台山
山雾缠绵隐未明，峰头寺院露峥嵘，息心顿感倍安宁。
观景台旁知胜概，闻笙亭里悟高情。提纯羽化沐冰清。

浣溪沙·无量寺
无量寺中无量缘，而今拓展史无前，民风崇拜佛和仙。
几证兴衰趋鼎盛，频经沧海化桑田。太平时世续香烟。

七绝·赏瓜三首
（一）
刹那齐开一片花，青藤绕自布叉叉。
晨风徐拂晨阳照，叶下偷偷孕小瓜。

（二）
已然本性也无华，一线遥遥安作家。
不靠不依无等待，狂风吹倒自来爬。

（三）
风骚也要懂桑麻，一把肥泥养百家。
摘得瓜儿胜诗趣，天天更送一庭花。

雷国辉

1964年生。在哈尔滨市退休。

五绝·阴
阴云思恋雨，几日雾遮颜。
习韵凉风冠，加棉俏扮斓。

五绝·雨
雨吻漫风扬，花儿珠露唱。
棉衣体上披，怎奈春凉壮。

五绝·楼
高楼大厦群，浩瀚烟波雨。
绿树美如茵，游民欢戏舞。

五绝·花海
万朵花荣耀，惊园世醉倾。
游人共赞颂，步履漫移程。

七绝·醉酒
霓彩曳摇端杯饯,醉酒微步蹒跚眩。
脱衣遇冷不觉寒,抬眼观星空月倦。

七绝·诗谱
去冬迎春早来到,花鲜女娇人自傲。
诗韵难攀凤首骄,老师同学勤智蹈。

七律·文友相聚
舞文弄墨绘新颜,多彩篇章飞故山。
万花吐蕊芳未尽,满怀豪情瑞园攀。
美词靓句梁间绕,龙凤齐观涵语顽。
林泉好友温城聚,羽丰翼壮任翔关。

七律·早市
街摊满目热非前,货物琳琅惹眷栓。
早市便民廉价减,欢欣鼓舞喜相牵。
长茄土豆黄瓜绿,靓丽花裙挂最前。
拄拐爷爷篮在手,移轻慢步笑声贤。

七律·无缘
山涯万岭紧相连,终靠青川欣恋牵。
吐绿荒坡醉瑞田,迎霞接月痴迷善。
微风赐给幼童年,喜雨吟花今夜缘。
怎奈天宫夺日明,丹心素面芳华倦。

七律·领奖有感
舞文浓墨绘心颜,多彩篇章飞故山。
花吐桥丽芳未尽,满怀深意瑞园攀。
美词佳句梁间绕,龙凤齐观涵语顽。
林甸众人温学聚,羽丰膀壮认翔关。

雷海峰

网名雨润田,男,1953年出生,原籍山西平遥人,现居山西汾阳市内,中共党员,中专学历,汾阳市科委研究所,工程师、退休干部。业余爱好格律诗词、书法等。现任汾阳市诗词楹联学会会员、理事。

五绝·无题
榴花发几枝,岂是季来迟。
荏苒光阴老,枯条弄玉姿。

五绝·独酌
雨霁千峰秀,风和百鸟吟。
写生归已晚,邀月伴孤斟。

七绝·花生
未将果实挂高枝,抱土怀沙且自持。
一缕清香关不住,正然碎骨粉身时。

七绝·别绪
平生聚散几多回?每遇离时独自哀。
料得重逢终有日,何须眷念恋依偎。

七绝·粽香赋
米软枣红芦叶长,炉开小火煮甜香。
几人犹记屈原泪?却是贪馋填俗肠。

五律·己亥元夕故宫游
年韵尚无淡,元宵接踵来。
天宫悬玉镜,紫禁作瑶台。
醉月难成寐,观灯不忍回。
荧屏闻故里,红火上传媒。

七律·感怀(新韵)
人生似水逝流年,转瞬朝阳入暮烟。
青镜难藏新鹤发,锦衣不掩老苍颜。
得闲且喜身无恙,乘兴敢言诗有缘。
再借上穹花甲岁,繁文睿武苦心研。

七律·清明独祭
清明祭祀归心急,只影遥途又奈何。

二老坟前行迹少,经年梦里泪痕多。
常思已过愧羞绕,每忆慈恩涕泗沱。
我跪冢边频叩首,侥求恕子懒奔波。

雷和平

男,65岁,原服务单位:中铁五局海外工程分公司。1971年参加新线铁路建设工作,从事过湘黔线、枝柳线铁路铺架任务,参加过南美圭亚那国际会议中心经援项目建设和罗马尼亚大使馆改建项目建设。1982年起从事国际劳务项目组队工作、国际工程承包项目等业务。

莲藕

菡萏粉红芳,圆裙翠绿裳。
妖娆亭玉立,靓雅秀清香。
玉藕淤泥洁,莲蓬贵子良。
全身均为宝,美味上肴祥。

新疆

澄湛白云青草地,馨香瓜果醉人迷。
雪峰玉立亭亭俊,湖泊晶莹静静闺。
漫步牛羊呈一景,奔驰骏马踏千蹄。
南疆美石羊脂玉,北域明珠口岸犁。

如梦令·诗词

诗词来自一灵。乾坤万物腾精。流畅自然韵,玉珠滚动鸣筝。盘萦,盘萦。迸发激荡聆听。

真珠帘·西域

新疆盛夏繁华景。北南行、大漠戈滩分岭。壮丽天山,沙海草原深靓。骏马牛羊童牧赶,看白云、祥芝敦敬。敦敬。馥芬鲜瓜果,佳肴馈赠。

斗骋。疆场枯犷。颉羌联、出塞边关平定。传教梵僧途,古道丝绸迄。今日非常丝带路,贸易畅、交流欢庆。欢庆。友朋双赢利,共同相映。

水调歌头·中秋

圆月像贞玉,铄亮闪银光。九州欢庆秋节,游子望家乡。月饼醇醪珍贶。水果佳肴设享。欣赏桂花香。万里共明月,千爵祝安康。

海天色,湖倒映,吉呈祥。小康实现,奔向昌盛绽辉煌。平等交流来往。互利双赢开放。带路广通商。祖国繁荣伟,天下结盟强。

美奂

星晨鸟啭轻音乐,霞曙缤纷美奂天。
倒影平湖融一体,水天景色妙三千。
一波涌动千波起,万木涛声独木穿。
天籁之音琴悦耳,神怡心醉曲悠然。

思念

相思弟妹深,眷恋故乡寻。
一脉同胞重,三生手足心。
高堂奔桂宇,儿女湿衣襟。
祭拜床前聚,团圆老宅斟。

观景

闷热黄梅湿气天,芙蕖绯绿碧潭鲜。
悠闲锦鲤成群逐,急躁蜻蜓独自翩。
野鸭伸伸扇展翅,鸳鸯对对紧相连。
风形摇动涟漪起,凉爽清香扑鼻前。

创作

早睡高眠早起星,五更夜色五方屏。
阅诗会友交流学,创作填词酌定宁。
哪有灵真来赐示,均由感受汇原型。
自然万物缤纷彩,妩媚千情绝世经。

动静

蜻蜓菡萏尖，锦鲤叶枝瞻。
静候青蛙望，盘旋白鹭怴。
蝉鸣声急急，鸟雀近渐渐。
猎隼横冲过，惊魂影子潜。

华诞

九八诞生丰伟绩，万千探索创新天。
推翻黑暗掀农运，抗敌光明建政权。
白手起家中国杰，红旗招展世人前。
和平共处双赢局，经济繁荣百事阗。

心醉

山寨农家野味浓，耳房酒酿玉流淙。
热情好客双盅敬，诚意真心一口恭。
细菜蘑菇香喷喷，田鱼稻鸭馔丰丰。
山歌一曲欢声起，把酒三巡醉意从。

临江仙·生态

山腰白带飘飘绕，湛蓝泊栢层层。青山绿水映瑶琼。夕阳霞彩，山水更葱灵。
芬芳馥郁缤纷缀，花园湿地城隍。潺潺碧水市区妆。燕飞莺啭，生态共佳良。

归田乐·端午

粽子雄黄酒。汨罗江、屈原起叩。离骚问天宙。浪漫爱国志，词赋唱首。赤胆忠心直言奏。
龙舟竞抖擞，夏节祭、神州传统久。佩香苍术，艾叶菖蒲嗅。一年一度酎，举国为寿。墨客骚人赋诗呕。

归田乐·祖国

祖国繁荣美。七十年、可歌可泣，伟绩丰功喜。国际享地位。屹立震位。合作双赢信真挚。
和平共处贵。互通交流丰碑智。物流高铁，奇迹神州递。一带一路慧。世界才慧。共建家园地球丽。

醉花阴·黔南

碧水青山黔凉爽，自然环境享。避暑美林城，玉液琼浆，民族风情酿。
激流瀑布相张望，心旷神怡畅。层叠绿梯田，美味佳肴，起舞山歌放。

长相思·醒醒

溪水清。瀑水清。无限风光峻岭琼。花香鸟语声。
酒醒醒。梦醒醒。世外桃源陶令瓶。菊花陈酒馨。

相见欢·观山湖

观山湖，荡清波。秀乎多。青翠丛林茂盛、影婆娑。
碧绿美，湛蓝歌。玉潭哦。生态自然奇丽、并谐和。

江城子·自然

湖边投喂小鱼疯。泳陪同。撞身胸。规律准时、等候美餐冲。白鹭盘旋斜眼，干着急，翅扇匆。
荷花娇艳叶青葱。鸭鸣逢。鸟歌浓。跳跃银鳞、溅起水珠咚。快乐开心真逸爽，多收获，一身松。

雷吉远

茂名市南天诗社会员，福建厦门人，退休干部，诗词爱好者。

七律·新春闲趣

倏忽钟鸣年岁换，走亲访友笑声扬。
试衣对镜描妆饰，挈妇将雏拜岳娘。
瓜菓茗釂迎迓切，镟蔬醇醴应酬忙。

品茶斟酌来春计，家国营生共思量。

七律·问雨(新韵)
——闻家乡暴雨而作
侬本女神居雪域，温柔娴雅赴东瀛。
甘为万物呈津汁，肯将娇躯献电能。
霞蔚云蒸飘浩宇，风和露伴润琼英。
不知今日谁人惹，骤降倾盆扰众生？

七律·立冬
浪静风平海猎天，红虾黄蟹欲垂涎。
冬晖竟比秋光暖，菽水不争野味鲜。
世事无常流岁月，人生有幸迈遐年。
安居乐道粗茶饭，交气阴阳寿又延。

七绝·谷雨
翠绿嫣红春带彩，嫩芽初蕊满庭新。
桃花水暖除瑕秽，槚叶茶香沁玉津。
节令澍淋天着意，耘耕汗淌地丰囷。
岁盈年稔勤为宝，物阜民安盛世珍。

七律·冬至
晶莹珠玑似玉璇，新磨糯粉秀汤圆。
日修一线金光暖，春始千乡淑气鲜。
汗洒秋分浇稻菽，令当冬至贺丰年。
改开致富康庄道，地美人勤又竞鞭。

七律·草亭
赭柱朱栏茆草棚，花间楼阁水紫盈。
品茶庚友观鱼戏，论道棋童遏雀鸣。
忙碌唱吟心涤浊，暇闲静思臆纾清。
小亭长此怡然憩，畅沐春风不老情。

五律·曲径
绿蕴蜿蜒径，幽深鸟语频。
四时花似锦，两畔草如茵。
孩稚蹒跚步，婆慈款款谆。

莫伤枝上叶，不负种耕人。

七律·夏日叟趣
酷暑邻翁多纳闷，莫如宅叟渡诗津。
酌斟句读邯郸步，琢磨吟哦丑女颦。
秃笔深耕词意悟，青笺细作律规循。
自寻其乐终不倦，夜静更阑眶眼嗔。

雷林波
笔名静走，原籍河南三门峡，现居福建泉州，70后，某汉诗协会会员，诗歌爱好者。秉持"生活的诗，诗的生活"的理念，淡看人生，笑看红尘。

七律·雪梅图
一张宣纸泻天空，傲骨群雄誓不同。
朵朵梅花娇艳绽，枝枝雪絮奋然冲。
门当严谨冰魂健，户对平和水墨丰。
翘首推窗香陋室，蕊丝喜降画廊中。

七律·春归
春风作雨润千家，万户欢歌颂中华。
柳绿河边微笑露，桃红谷底暗香拿。
江山似画曾相美，流水如烟岂可差。
幸福开花才起步，征途左右吐新芽。

七律·惊蛰
春雷萌动泛泥香，惊蛰时分盛玉浆。
嫩草回天来悍马，青芽铺地往肥羊。
良田播种阳光照，沃土耕耘汗水装。
最爱风筝翔自在，豪情壮志谱华章。

七律·贺港珠澳大桥
一波两制结同心，千载难逢到古今。
帆劲远望威虎展，豚肥乐享瑞光临。
飞龙出水腾空起，隧道抓鱼探底寻。
依旧涛声掀日月，中华觉醒最强音。

七律·弘农情

红梅孤树绽丹香,皑雪飘零闪白光。
冬月弘农文海艳,书生意气凯歌扬。
清茶一道同私语,淡饭三餐屡典章。
函谷关前随老子,英豪载誉是经常。

黎柏强

茂名市南天诗社会员。1980年生,广东东莞人。现就职于东莞市标准与编码所,从事企业标准化工作。

夜游华阳湖

秉烛华阳作夜游,花灯盏盏满湖洲。
疑为织女相思泪,落入凡间点点愁。

七绝·风筝

裁绸织就一风鸢,引线乘风上九天。
欲展平生鸿鹄志,奈何童子手中牵。

七绝·雨天登大王山

濛濛雨细远山青,柳绿花红映晚亭。
不惧苍苔侵小径,唯其远客爱葱灵。

赏荷遣怀

芙蕖玉立田田碧,恰似霓裳舞玉池。
袅袅馨香王母喜,翩翩倩影众仙痴。
诸君皆叹荷花艳,独我偏思绿叶奇。
绿叶青枝无衬映,荷花怎得显英姿?

己亥年四月携妻儿游江南

携儿四月赴萧山,五日行游六市间。
夏首西湖除旧貌,春余古镇换新颜。
留连拙政观园景,驻足枫桥望古关。
暂忘人间烦恼事,人生难得几回闲。

长相思·盼儿归

燕南飞,雁南飞。飞越青山几日回?山鹃问子规。

盼儿归,望儿归。望到山林无夕晖。母亲常倚扉。

五律·别恩师

西山迎落日,芳草沐余晖。
蟋蟀犹潜匿,雏鹰已奋飞。
恩师伤早别,稚子盼迟归。
勿忘园丁苦,常回访户扉。

五律·夏夜喜雨

好雨晓时长,云收夜未央。
无心惊梦客,有意送清凉。
夜里花沾露,晨明鸟语香。
忽如春意返,处处见华章。

黎友明

男,广东省茂名市南天诗社会员。土家族,60年代出生,大学文化,湖南桑植县人。湖南省诗歌学会会员、省诗词协会会员、省网络作家协会会员。张家界市楹联诗词协会会员、市天门诗社社员。桑植县楹联诗词协会名誉主席。

七绝·春寒

冬去春来寒气在,冷风拂面系袍带。
桃根悄悄生萌芽,梅骨袅枝独自外。

七绝·春雨

山高云低雾色茫,孤灯静坐易愁肠。
绵绵春雨何时止,愿我庭前绿草狂。

七绝·春色

小城西去景如画,杏李芬芳着绿纱。
桃树海棠多怒放,满坡春色百姓娃。

七绝·春光
山清水秀风光好,蝶飞蜂舞花自笑。
春播春耕春意浓,三湘处处尽妖妙。

七绝·春韵
花红叶绿染村庄,竹菊梅兰竟吐芳。
女子采茶多韵味,蓑衣男士最阳刚。

七绝·天子山
武陵风景竟妖娆,天子山中分外娇。
举目翘望峰叠翠,秋冬春夏各逍遥。

七律·吟桑植澧源诗社成立(二首)

一

楚水悠悠涌绿澜,花香笔苑莅鸿鸾。
伟人故里阳光灿,金谷华筵雅聚欢。
传火递薪兴诗教,捻须苦想尽儒冠。
豪情满腹耕朝夕,醉酒狂吟亦锦翰。

二

澧水源头景似纱,墨卿骚客韵笺葩。
民歌小曲傩神戏,经典新词蝶恋花。
竹叶坪中金弹子,芙蓉桥里恐龙牙。
且吟且舞怡情至,把酒临风夕照斜。

李爱文

夜题
斯夜扶灯感不禁,诗文在手意何沉。
生涯复诵三千卷,未解书之一味深。

梦醒口占
梦里悲欢几度喑,凡间物事自孤吟。
落花风雨今犹在,倚枕谁人识寸心。

荷
淤泥深处坐忘津,守得香幽六月春。
若问如来花世界,水中清影是吾身。

自题
暂远尘嚣百病痊,谜题十万问河川。
偶然会得水云意,自比蓬莱阁外仙。

题图
楼前双燕剪微澜,过户清风料未安。
并入春心无定处,小窗临水泪相看。

自题
车马音尘久不闻,灵台一静若香薰。
书山拾得些些趣,自笑痴心作采芹。

中秋祭母
时至中秋月正圆,倚楼独向楚江天。
双眉未展离愁苦,一梦难酬别恨煎。
殇哽于喉方落泪,痛研入墨又成篇。
梅花小字湿痕满,但借清风寄母前。

分韵拈得"东"韵
久困高楼堪羡农,春来拾趣小桥东。
荷锄堆砌千层绿,背篓采回一丈茸。
月转回廊闲把酒,鸡啼左院好栽葱。
但求沃土安贫日,得亩归耕胜放翁。

无题
菊花浥露淡如初,摇曳西风围旧庐。
一脉幽香常入盏,几回红湿不成书。
醉时相惜唯奢酒,醒后痴迷但寄鱼。
世事千般皆定数,尘缘未了奈何如?

河满子·问佛
白露初凝衹树,清霜已覆廊檐。满目枯黄横野陌,苍梧不掩神龛。梵唱声声欢喜,馨香一瓣难拈。

合掌求寻谶语,垂眉记取书占。我是

谁之谁一半？佛言痴子何贪。滚滚红尘如幻，为何不种优昙？

鹧鸪天·闲来无事，题个自我

放浪江湖几度飘，人情转看实无聊。诗中日月须贪梦，世上悲欢不折腰。

观雪月，品花雕，风窗听竹自陶陶。兴来哼个逍遥曲，未到钱塘也弄潮。

鹧鸪天·与枫叶

一岭枫红欲绝尘，近前独对眼微温。张开五指承霜露，固守芳心染月痕。

摩叶脉，抚秋魂，飘零恍若晚云奔。陶然何以浑不觉，人在江南二月春。

解连环·笑看离索

笑看离索。正风流逝水，绿苹波托。说什么、烟雨含情。奈风拂柳弦，遍弹凉薄。诉尽衷肠，诉不尽，玉珠零落。道情关过了，新诗写罢，心为谁掠？

幽怀自斟小酌。看流云吹散，底事斑驳。最可怜、记忆欺人，又箫笛和鸣，怎个言却？槛曲悟悟、恰如那，雨沿檐角。任春情，自由滴答，践红尘约。

解连环·代拟离殇

夜风如瑟。奈秋心冷寂，懒为寻觅。怅然也、眉结难开，叹斗转星移，人非初识。云子如新，十九道、与谁相弈？记角边中腹，打劫成欢，婉柔相籍。

徒留一枰旧忆。对昏灯孑影，怎能将息？这次第、欲恨无由。倩明月西风，轻铺玉帛。托腕凝神，把清泪、漫融词笔。值残宵，梦魂迢递，契机共策。

金缕曲·十年踪迹十年心

谁道人心易。十年来、索词联句，隔屏相惜。岁月如歌情如水，书乱几多平仄。更莫问、缠绵悱恻。今又无聊翻故事，竟生生赚得长相忆。思百味，楔心脉。

梦回还是旧相识。最难忘、吹牛嬉戏，看朱成碧。网事纷纭凭来去，多少幽怀历历。这次第、如何将息？任那烦忧纷淡去，把个中情趣皆收拾。寻一纸，写心迹。

金缕曲·有寄

月色清嘉处。更添来、几分缱绻，一分凄楚。静水亭台清照影，不是旧时情绪。望也望、星辰无语。也拟凭栏轻一笑，奈清风抚面勾情愫。心底梦，索无据。

红尘万里空相诉。那些些、深深浅浅，怎能相与？赚得宵来肠九转，又病相思几许。浑不记、思量太苦。便借深杯藏寂寞，忍不禁清泪翻缘簿。谁为我，唱金缕？

卜算子·看到本土风景宜人的休闲广场有好几处算命、测字、看相、卜卦的仙人、道长有记

一手卜乾坤，两眼猜人意。信口胡吹谄媚时，倒转阴阳理。

四柱困英雄，八卦参生死。解尽经筒百种签，暗把千人戏。

卜算子·听雨

秋雨袭凉来，飞叶随风返。密点芭蕉牖下吟，听得心何乱。

也拟不关情，偏是柔肠转。争奈风声夹雨声，一夜声难断。

虞美人·秋日黄昏近湖

青峰叠影斜阳瘦，秋水为风皱。荻花缥缈未回头，却惹孤鸿衔起一湖愁。

眉痕默对冰轮皎,笔写霜花稿。寒蝉不怯晚灯红,又唱一帘幽梦一帘风。

虞美人·浅秋近郊有记

木香隐隐山村路,蝶逐蜂飞赴。金风到处静无尘,不觉诗心轻纵约芳茵。

嫩黄深粉藏青碧,谁道春唯一。浅秋十里绿连绵,仿佛行吟三月杏花天。

临江仙·与秋秋

皋月良辰偿夙愿,比肩共聚云楼。天工鬼斧等闲收。清弦随石转,倩影逐林悠。

恼是轻风吹乱絮,生生卷起离愁。关阳桥影欲分流。无情山隔水,一念日成秋。

临江仙·寄海狼

天柱峰高如是,新安流远莫殇。谁言别久易相忘?黄山今古月,夜夜探潇湘。

巡酒依然浅笑,未吟已陷痴狂。个中况味懒思量。相知无远近,激越若沧浪。

西江月·莲的心事

露冷香残月瘦,更深梦破心寒。棹歌远去意阑珊,那夜莲开谁见?

舞罢红裳归去,歌酣绿水轻眠。江南羁客不思还,寻梦偏生悄叹。

惜分飞·梨花

才约春天枝已雪,笼住香风泪热。飘落纷飞蝶,世间何处堪停歇。

许是凡尘难逾越,此憾千年可绝?空忆销魂阙,梦回却与东风别。

鹧鸪天·杨花

寄我前身乃绿杨,酬春不带一分香。清如白雪游魂远,闲似絮云垂影长。

休踯躅,莫彷徨。天涯海角品炎凉。卿如懂我何须问,零落成泥不计殇。

鹧鸪天·观梨花落有感

素蕊盈盈若雪飞,青山处处鹧鸪啼。芳魂含恨辞春宴,疾雨无情碎路泥。

花梦渺,我心凄。几回之问已离离。今朝宽带为卿病,来岁怜卿知有谁。

鹧鸪天·代沈珍珠寄李俶

底事翻来不似初,几看明月照沟渠。泪倾心底终难止,愁上眉间岂自无。

缘已尽,影长孤。挑灯怎忍睹盟书。今宵寂寂清风舍,若有华胥可见奴?

鹧鸪天·秋约

越邑西风催桂华,怡人秋气又添些。庭梧栖凤吟清越,鸥鹭分波划白沙。

书锦字,借仙槎。拟将一诺寄天涯。盈盈一夕如环玦,人在东篱待探花。

蝶恋花·黛玉葬花

眼底春光何忍送,且看飞花,零落成新梦。一季芳华馀一恸,眉间心上无人共。

世事何曾真懵懂,木石奇缘,缘也由人控。已死情根休再种,荷锄树下埋心痛。

蝶恋花·拟宝玉

梦里红楼香阵阵,梦到醒时,泪又如何忍?李代桃僵人怕问,颦儿可解痴儿恨?

微命难堪心已疢,散发离尘,封个相思印。欲说奇缘谁可信?再修浮梗今身认。

金缕曲·有寄

看又嫦娥舞。若翩鸿、逐风移影,影悬高树。盗一怀清香作简,赊缕清风传去。说不尽、幽思无数。故事了然了难矣,只人前不吐伤心句。留一纸,慰湘楚。

蓬封驿道邮无路。自寥寥、悠悠云水,望中难赴。籍此深宵频举首,守得婵娟若素。这次第、还求何趣?孑影徘徊花影叠,恰秋风秋桂交相赋。盈一盏,唱金缕。

李宝翠

中国楹联协会会员,山东省老干部学会会员,潍坊市诗词学会会员。在国内几十家刊物发表诗词无数。

观桃花园

粉颜淡抹绘春容,万树飘香透碧空。
斜插一枝云鬓里,桃花与我两朦胧。

菊展抒怀

寻芳不觉日西斜,深醉菊香无意家。
持酒欲求青帝爱,来生许我作篱花。

闲步

两岸青青屡跳蛙,落红遍地水流霞。
浑然不觉春将老,也学儿童捉柳花。

六月

六月熏风初入弦,河提绿柳咽新蝉。
小荷浥雨琼珠荡,似火榴花开欲燃。

石拱桥(新韵)

似月似虹还似镰,如胸如背又如肩。
清溪一曲怀中抱,雷雨风侵倚暮烟。

咏牛(新韵)

耸肩抵尾唱犁风,耕破云山几万重。
默数春秋嚼乱草,终生劳瘁不居功。

山村

茅屋竹篱阳满堂,柳溪环抱稻花香。
嫦娥应恨广寒殿,不及凡尘一小庄。

留守妇

夜雪无声乱絮纷,照愁寒烛又思君。
揭帘久望长声叹,恨隔巫山一段云。

李宝忠

1962年出生于山西省山阴县,就职于山西省大同市第十地质勘察院,现已退休。于2015年开始习写古诗词,部分作品散见于山西省《朔州日报金龙副刊》和《中国诗词》杂志及部分新媒体平台等。现为中国诗词研究中心暨中国诗词研究会会员。

五绝·正月初八送爱女返京上班有寄

初八赴京都,琼花洒玉湖。
人生千百路,何患不通途。

七绝·闲题巴黎圣母院火灾(新韵)

圣院惊闻已化灰,也无喜悦也无悲。
沉思昔日圆明事,天道原来不可违。

七绝·题耕牛图(新韵)

光身赤脚攥牛鞭,土对微躯背对天。
春夏秋冬苦劳作,汗珠浇灌自家园。

七绝·周末游潘家园旧书市场闲题(新韵)

潘家园内好风光,今古奇书散异香。
淘得苏辛绝妙句,回家也作大文章。

七律·忠州春色（新韵）

雨润忠州肥小溪，丝丝飘落古城西。
风拂白垛黄鹂舞，波动黄巍紫燕啼。
烟笼榆林鸣翠鸟，云浮草地隐山鸡。
画中安昌寻古迹，船里河阳映绿堤。

注：①忠州山阴县旧县名；
②古城指古城镇；
③白垛指白垛村；
④黄巍指黄巍子村；
⑤榆林指榆林村；
⑥草地指草地村；
⑦安昌指安昌寺村(今安祥寺村)；
⑧河阳指河阳堡村。(以上村名依据旧县志摘录)

七律·和李荫升《初春》（新韵）

南江江北别样春。
远山似黛江南景，野陌如灰塞北天。
走马水乡身觉暖，踏春朔漠体犹寒。
清香萦绕吴苏草，冷气袭人晋蒙泉。
怅恨东君心眼异，一堂同处两重怜。

七律·祭在四川凉山木里火灾中牺牲的消防勇士（新韵）

节至清明未雨纷，凉山木里火灾闻。
浓烟滚滚遮天地，烈焰熊熊蔽宇辰。
八百男儿行使命，三千勇士践初心。
英雄羽化西归去，肉体虽无魂永存。

点绛唇·师生 40 年聚会有怀

分别经年，同窗相见情如故。家山重聚，尽把相思诉。

为吏为民，皆感师尊渡。人生路，休言贵富，友谊常心驻。

李本深

1951 年生，山西文水武良村人。国家一级作家，前兰州军区政治部创作室创作员，先后毕业于解放军艺术学院文学系第一期，北京师范大学研究生院暨鲁迅文学院研究生班。现为德商汇山西省联盟书画院院长，八福康集团书画院名誉院长，数十年舞文与弄墨并重，著作有长篇小说《桃花尖》《疯狂的月亮》《敦煌之棺》《灵魂的重量》等多部，小说集《昨夜琴声昨夜人》《西部寓言》《我的汗血马》等，编剧的 22 集电视连续剧《铁色高原》曾在央视一套黄金时间热播。电影《甘南情歌》《香香闹油坊》《我是花下肥泥巴》《月圆凉州》等均公映并在央视 6 台播放，小说《丰碑》被选入人教版小学五年级课本。李本深酷爱书法，至无书名而不慕虚华，沉溺翰墨而绝少交游，嗜墨如命且敬惜字纸。自号十八翁，云外庐主人。

自作诗

蓬莱何处觅仙踪，指看溪南海上城。
鱼排纵横布阡陌，渔家飞棹浪里耕。
新燕穿堂网鱼跳，鸥声过耳珊瑚红。
云移雾开三岛现，潮头闲坐一钓翁。

天马谣

（一）

太乙之初降天马，云隙乍开泄流霞。
长鬃扫云浑乌色，赤汗淋漓落朱砂。
渥池水浅饮不够，三危山高信可达。
明眸一瞬射金顶，便择汉武涉天涯。

（二）

朔风吹变旌旗色，营火梦惊悲胡笳。
接地寒云湿边草，连天霹雳震蹄花。
不待辕门角声起，嘶吼已越青山峡。
只约苍茫共辽阔，大风作伴云为家。

（三）

天子出迎紫金阁，将军铁甲带黄沙。
马尾绾作风云壮，马头更佩冰雪花。
志在十万八千里，惟愿驰骋度岁华。

玉砌雕栏留不住，梦里犹然渡金沙。

仙堂山
十里蝉声静山林，宝刹隐在仙堂中。
法显不知何处去，锡杖曾经石上行。
一声一声问河汉，知了知了诉衷情。
但得清风满宇宙，拈花一笑对众生。

李兵

河南光山人。中华诗词学会会员，河南省诗歌创作研究会会员，西江月文化发展(上海)有限公司诗歌部专员，诗词吾爱网专职编辑。作品主要发表于诗词吾爱网以及其它网络论坛。

雨中花·风
谁遣柔枝盈小绿？暖意送、人间清淑。初过池塘，忽来院落，飞絮由它逐。
一霎如狂声扑簌。更摇落、残红千束。划地无情，撩人多恨，罢唱杨枝曲。

天香
浮世俄而，流光刹那，衔欢认得闻早。寂读春秋，逸循山水，莫负此生曾到。轮回是妄，何忆着、前尘未了？心比乾坤更阔，身如砂砾还小。
无需俟机借巧。饱禁秋、淡看霜草。见惯万般皆作，一声轻笑。独爱樽前潦倒。也不说、闲愁复闲恼。有限余年，长安静好。

粉蝶儿·冬望
日淡风微，出门安踏轻雪。向山南、独寻清绝。望苍峦，昨日路，忆中临碣。者番来，惟见许多更迭。
岁隔时疏，漫回梦开襟豁。怕相凝、手垂足捻。怎堪收，前度里，一花一叶？缀成诗，待得有闲偷阅。

绛都春·早春
东风冷峭。送些许薄寒，撩衣吹帽。嫩蕊未开，那得凌晨闻啼鸟？吟身凝伫空庭悄。所见春华疏少。者番天气，当宜美睡，莫愁闲扰。
谁笑。城南十里，有湖色澹澹，诗中舟小。可约出游，佳日应看花争妙。归来须与人人道。幸会陶公坡老。共衔杯酒清欢，几曾醉倒。

于飞乐·踏春有思
暖风徐，芳草出，飞鸟鸣林。正良辰、花艳春阴。背奚囊，寻鹤径，意往清深。几回放眼，寻常客、无与同临。
想老夫，逾不惑，始觉孤心。费诗才、空负佳音。把经年，重检点，惟梦飞沉。者番自问，那堪得、一阕高吟？

李博洋

男，笔名清园老槐，原零零诗社副社长，南边文艺2018届会员。2001年3月生于云南昆明，现就读于瑞士莱蒙尼亚学院。有作品发表于《诗选刊》《欧洲时报》等中外报刊。

故国思
引：丁酉腊日，忽梦少年事，辗转中得此篇，兼寄故国思。

风卷乱云悄入梦，雨携余韵猛敲窗。
少年梦里家山近，仍记家山绕九江。
家住南山林子边，春开笑靥放风鸢。
人生好梦童年景，最忆星河月亮船。
一去西洋乡梦远，春花冬雪异风光。
弱冠游子他乡泪，风俗人情且自量。
中华嘉友如相问，但有坚心共雪扬。

雁字寄情叹道阻,素笺叠叠意犹长。
夜寒不觉乡思迫,窗外茫茫撒月光。

李成东

1972年12月出生,字正彪,号金陵一枝。网名有孚维心,英文名Lmmanuel,江苏南京人,研究生学历,教授,著名书画家,注册作家。曾留学美国。世界诗词联合总会终身会员,国际诗书画研究会注册会员,中华诗词学会注册会员,中国楹联学会注册会员,山东省孔子诗书画研究会成员,笔锋书院副院长,全球吴敬梓文学艺术研究院院长。已创作近3000首格律诗。作品曾多次在各级网络媒体发表并获奖。

五律·诗(下平六麻)

诗经风雅颂,三百辑毛家。
立古风南北,承唐律一涯。
相粘音有序,对仗律无瑕。
李杜传千载,陶公诵九葩。

注:一涯:一方。出自《文选·古诗〈行行重行行〉》:"相去万余里,各在天一涯。"

五律·酒(下平六麻)

借问何方有?诗仙笔是家。
武松堪虎斗,李杜可吟花。
对酌添情谊,单斟驱病邪。
三杯欣品味,此处胜天涯。

五律·花(下平六麻)

清雅自芳华,神仙一木桠。
深山兰馥子,浅水碧莲车。
菊赋黄剿梦,梅吟陆放家。
招蜂非我愿,只待到天涯。

五律·茶(下平六麻)

西江爱陆家,玉露晚披霞。
翠袖清明展,青衣谷雨拿。
琼楼听瀚海,紫罐赏奇葩。
益志经清醒,修心力驱邪。

注:陆:陆羽。唐代著名茶学专家,最爱西江水。
经:《茶经》。系"茶仙""茶神""茶圣"陆羽所著。

2019年6月9日 15:59

七律·梅(上平十一真)

玉骨冰肌雪染新,百花摇落正修身。
红妆素裹浮香溢,疏影仙情脱世尘。
三日绕梁成绝响,一枝环宇亦惊春。
丹青点彩丹心寄,雅客题诗醉雅人。

2019年1月5日 23:15

七律·兰(上平十四寒)

沐风经雨傲霜寒,凝露传馨滋肺肝。
娇叶玉姿崖上舞,丽枝根错树中盘。
燕支无染承天色,书画有藏通地坛。
端笔大师轻易得,探奇怀古复兴阑。

2019年7月9日 22:39

七律·竹(孤雁出群格,上平一东)

披霜沐雨品相同,挺拔竿竿步入峰。
有节根临三尺雪,无忧叶舞一林风。
岁寒非落苍松后,俊影长居晓月中。
更待来年春再至,金梢潇洒向凌空。

2019年7月11日 13:01

七律·菊(下平六麻)

谢尽群芳龄草见,西风总伴季秋花。
装成傲骨山河丽,造就丰姿市景嘉。
叶上枝枝垂玉露,篱边片片闪金霞。
临寒不惧真君子,修饰无需万古夸。

2019年7月4日 05:30

七排律·"七七事变"伤怀(去声十五翰)

卢沟事变民涂炭,日寇疯狂华夏弹。
怎让宛平独泪流,那堪桥上邻灾难。

冲冠誓死寄情怀，怒发投身听召唤。
血染长河后世留，名扬九宇人间叹。
千军敌忾踏泥沙，万众共仇除祸乱。
遍处哀鸿肺腑悲，硝烟罩地肝肠断。
甘抛肉骨献青春，愿洒头颅亡贼汉。
几代拼争获泰祥，八年顽抗驱倭寇。
雄心已把野狼揉，壮志尤将家土捍。
前辈同胞惨渡刀，如今狮子依溪岸。
江山若画景观承，花柳成霞风格赞。
可记神州受辱曾，须知国盛欢歌漫。
冤魂欲问慰安何？远梦无侵兵劲悍。

注：渡：东渡。日本的别称。
远梦：出自唐代诗人杜牧的《旅宿》："远梦归侵晓，家书到隔年。"

2019年7月7日 17:25

七律·步韵曲度仙师《鲲鹏击浪》（上平十五删）

团团霓彩照年关，人寿添辰外地还。
我唱千祥千尺水，君呼万福万寻山。
都言热血红旗色，谁道韶华海港湾。
梅绽三冬迎旭日，层林尽染庆尘寰。

2019年7月9日 21:39

七律·鲲鹏击浪（上平十五删）

青春气盛越边关，荡尽天涯始愿还。
猛虎怎惊荒沼地，蛟龙无惧野深山。
五洲原岭生芳草，四海周边有港湾。
人欲横流显本色，鲲鹏击浪笑瀛寰。

2014年12月26日

七绝·荷花（上平十灰）

窈窕花仙并蒂开，瑶池六月伴风来。
淤泥不染红尘客，浊浪难侵赤玉胎。

2019年6月14日 05:59

七绝·无题（下平八庚）

业罢幽居画室耕，文思墨润自修行。
禅音一曲心中抚，份去缘来已不惊。

2019年6月11日 20:40

七绝·致高考（下平七阳）

通红喜帖耀南乡，不负寒窗苦读忙。
展翅腾飞今日始，他年报国好儿郎。

2019年6月23日 13:51

十六字令·曲度式

曲。巴黎梦幻龙凤烛。已天明，神州仓满粟。

度。多姿景色无相顾。月匆匆，孤星词草赋。

式。缤纷两岸诗千色。寄红尘，银河同领域。

2019年5月24日 18:35

鹧鸪天·致高考（上平二冬）

砺剑十年今试锋，雪山飞过自先容。
思研数学争全胜，笑释英文取完松。

酬凤愿，展祥龙。几多苦乐几秋冬。
笔端堪折蟾宫桂，兵败乌江势不从。

注：先容：语出《文选·邹阳〈于狱中上书自明〉》："蟠木根柢，轮囷离奇，而为万乘器者，何则？以左右先为之容也。"

2019年6月6日 07:59

李成强

1988年11月生。系中华诗词学会会员，中国诗赋学会会员，河北省诗词协会会员。中国诗赋网古风雅韵版编辑，《张北文艺》编委。作品散见于国家、省市等纸刊，偶有参赛，小有斩获。

七绝·留守

杨柳依依云脚低，凝眸久坐望村西。
迟归儿女频相问，只待爹爹一日齐。

七绝·夏日记事

小院清幽沐晚霞，清风送爽入农家。

忽来一夜濯枝雨，半读诗书半听蛙。

七绝·爆竹
曾经炼药为飞仙，也羡群星挂满天。
纵是粉身浑不怕，只缘绚烂万人传。

李成孝
  黑龙江省依安县人，1947年5月生。曾任电影院副经理，县委宣传部宣传组组长，县文明办主任，县文体局副书记、副局长，县评剧团团长。中华诗词学会会员，黑龙江省诗协理事，齐齐哈尔市作协、诗协会员，现任依安县诗词协会副主席。

贺黑龙江省诗词协会成立30周年
传承接力倍艰辛，锦绣诗坛韵雨频。
灿烂山花亲撒种，枝头硕果赖耕耘。

看芭梅图有感
轻摇扇叶惹梅缘，俯首含情两手牵。
叹是孤鹅无戏水，单思墙外有婵娟。

无题
除夕焰火彩虹云，正月晴和气象新。
万户推门迎晓日，霞光普照满城春。

春风
新阳吐艳渐东升，岸柳痴情爱欲浓。
紫燕溪边啄碧水，纸鸢作伴舞当空。

访农家
秋霜一脸刻情深，借缕乡风待客人。
政策惠民心感动，丰收把盏笑声频。

游凤凰山
晴光魅影惹相思，吻面天风我醉痴。
点赞人间仙境里，朦胧若梦寄瑶池。

正月十五有感
怡心祛病步黄昏，皓月当空烟淡云。
火树银花星落雨，愿许明灯自称心。

相聚
且吟一首问同谋，未忘当年几聚头。
东北西南心远系，盼归舣举再宏筹。

李承方
  男，汉族，1940年2月生，滕州市人，退休干部。系中华诗词学会会员，中华当代文学学会会员，枣庄市诗词学会会员，滕州市诗词联赋协会常务理事。2013年荣获第十届天籁杯中华诗词大赛金奖，并被授予"德艺双馨著作家"荣誉称号。

七律·扶贫谣
自古穷人世不怜，幽荒致富已新鲜。
江河回暖惠风起，黎庶展颜陋宅迁。
宏愿帮扶更理念，雄心呼唤震坤乾。
民强国富中华梦，笃定初心绘宇寰。

七律·洛阳游
神都背负北邙头，伊洛中分鉴史流。
历代帝王埋古冢，九朝宫阙换新楼。
清游宝库龙门窟，拜谒香山居士丘。
白马少林经佛寺，香烟袅袅二千秋。

七律·初春遣怀
雪泥一梦尽融尘，忽见灵犀浮景真。
轻狂老柳描酣眼，羞赧瘦梅凝笑颦。
春风得意堪深晓，花树荣枯谁究因？
情满诗囊歌入调，黄莺吊嗓试啼新。

七律·深圳赋
襟怀沧海世翘望，破浪拓荒豪气扬。

八景联珠幽梦现，双峰叠翠大鹏翔。
流连极目观云锦，苦难回眸倾巨洋。
胜境欲瞻三百次，腾飞待写赋千章。

七律·咏丝绸之路

驼铃美韵古春秋，荒漠硝烟尽望收。
大块云移天启幕，紫微斗转世更旒。
东风再渡丝绸路，欧亚双赢福祉谋。
华夏龙飞寰泰定，红波脉脉绕全球。

七律·暮春有怀

荆水夹堤铺绿茵，波浮花絮远游春。
空怀折柳他乡客，曾有踏青可心人。
惆怅枉劳含泪眼，忧伤难洗觅音尘。
回回梦里同觞饮，底事随流无语陈。

七律·荆堤之夏

拳歌如酒醉龙泉，弯月抛钩柔柳烟。
隐隐蝉清嘶碧树，田田风爽动青莲。
荆溪浅唱塔妍影，骚客低吟诗雅篇。
漫步东园听笑语，闲依新绿静闻弦。

鹧鸪天·浮云

堆似琼雕展若绸，卷舒随意任情。风涛山绕怜幽谷，雪浪空翻惊信鸥。
来荡荡，去悠悠，亦南亦北有风俦。飘然无意沉浮事，寥廓蓝天绮梦酬。

蝶恋花·春分寄语

窗外又听禽细语。时已春分，郊外鸢飞举。渐觉春声讴半谱，悄然草木青芽吐。
远岫轻岚风煦煦。紫燕斜飞，蜂蝶寻香路。劝住东风先莫去，待吹簪满花千树。

天仙子·重阳游南海有感

怅望墨云南海覆，万里国门烟浪骤。几重心事寄征鸿，携菊酎，官兵侑，重九几多新成就。
碧海沃天礁岛秀，犳狈水妖穷技吼。三沙千古汉圻疆，磐石寿，天兵佑，岂惧野狼勾盗寇。

李传生

网名煤山乐天。山东淄博市周村人。用诗歌记录生活，用脚步丈量世界，用心去感受美景。三十年笔耕不辍，三十年坚持长跑，三十年足迹遍布大江南北。心和脚步永远在路上。

七律·晨跑感怀（组诗）

（一）

郊外云游话稻麻，青山远处罩青纱。
小桥流水朦胧月，古树高天寂寞茶。
鸡唱农庄报乡里，狗追星野献东家。
炎炎夏日禾苗死，祈盼沟渠听雨蛙。

（二）

叱咤风云豪气轩，人生匆促始归眠。
英雄望去擎天柱，草莽携来隔海烟。
高树成林松籁起，小溪入户竹窗边。
玉书堆案因皆果，多少庸才多少贤。

（三）

白石真情揽弟徒，万篁园拜励公图。
晓芙半掩传千里，晴雪谁寻第一株。
神韵梅兰随地气，春光花鸟得天扶。
贫寒乡客登东岳，名震八方驰九衢。

（四）

少字缺文真食囊，不知典故谬成章。
三千养士诸才子，二度勤王由孟尝。
华发须眉惭国学，青年岁月辍书堂。
冯谖狡兔终期用，狗盗鸡鸣返旧乡。

（五）
青莲狂醉化成仙，万岁旨来俱惘然。
豪饮潭深去何处，高吟峰曲上云天。
酒中世界一声笑，诗里乾坤几笔悬。
别却汪伦黄鹤至，遥看三月广陵烟。

（六）
难得依然有素心，山高水远遇知音。
为师大笔承开卷，事佛清斋学抚琴。
每忆恩光祈五福，常怀善念抵千金。
人生易老当催发，莫让韶华费寸阴。

七绝·晨跑
常伴星辰月正胧，四时寒酷冷炎风。
夏来汗水洗尘骨，笑傲朝阳一路东。

七绝·晨跑感怀步师台韵
晓看旭光映万林，夕归诗客学中吟。
千山历尽心如水，推字敲词幽处寻。

李存

小名李成，笔名山越夫，初中文化，1982年9月生。系杭州富阳人。天津市诗词学会新学员，天津市准风诗社社员。

读《三国演义》进京讨董卓
宫廷内变动刀兵，救驾来京叛乱平。
仲颖朝中封国相，挟来天子号三旌。
孙坚逼近皇城下，被迫西迁弃洛城。
驻此郿坞陪都盖，挥将画戟命崩薨。

读《三国志》鲁肃传
昔年鲁肃吊丧名，引渡来江促结盟。
共拒曹操来犯险，长江对峙火烧营。
刘璋欲灭西川占，讨要荆州多薄情。
献策吴侯从九郡，单刀赴会必相争。

刘备称雄
义结桃园兄弟盟，共匡大业聚群雄。
联吴伐魏孔明智，欲取荆襄好自封。
国家纷乱诸侯起，屡屡刀兵血染红。
不料夷陵经此败，匡扶正事转头空。

孙策起兵
孙郎举义讨江东，旧部来投报帐中。
扩土开疆承霸业，孙吴崛起泰山东。
中途宏业初安定，不料身亡与父同。
病榻托孤交子布，扶持新主领群雄。

孙破虏讨董伐逆
曾披铠甲主先锋，伐罪董卓取汉中。
重蹈阿宫一把火，随将玉玺带江东。
行军半道遭伏击，老主殡天寿正终。
一代枭雄虽陨落，承吴大业有传宗。

周公瑾助吴破曹
倾尽家财大展宏，追随孙策返江东。
曲阿路上同相遇，患难相交情更浓。
赤壁烽烟吞战舰，周郎妙计显神通。
行军到得巴丘地，不假天年一场空。

孔明出山
汉室嫡亲天子宗，三番五次向隆中。
元直举荐孔明智，请出南阳真卧龙。
助蜀兴邦匡正义，联吴破贼作同盟。
忠心辅佐鞠躬瘁，五丈原中寿乃终。

忠义侯关羽
云长忠义倍推崇，厚禄高官也不从。
手舞长刀削首级，身肩武艺傲群雄。
投奔只走荆襄路，记得桃园起誓盟。
助汉扶刘承大志，人人说道美髯公。

李德田

男，汉族，1936年8月生，滕州市姜屯镇柳主庄村人，退休教师。中华诗词学会会员，枣庄市诗词学会会员，滕州市诗词学会理事。其作品曾发表于《中华诗词》等报刊，许多诗词为地方专刊、诗集选录。曾荣获第二届"岳阳楼"寻春诗会银奖、第四届"相约北京"全国文学艺术大赛二等奖。

五律·戏题青岛水族馆
馆中藏大洋，喜看海鱼翔。
来去随心愿，舒狂自主张。
门开为水路，豚走闪荧光。
注目近身赏，小心透明墙。

五律·贺神舟发射成功
火箭指天穹，豪情上太空。
青冥大有意，科技智无穷。
忆昔谈神话，观今探月宫。
新星游广宇，点火映天红。

七绝·香山看红叶
满山秋色动京城，尽赏丹枫百种情。
爱慕初心终不变，落红一片慰生平。

七绝·赞港珠澳大桥通车
南海长龙举世惊，多年美梦喜成功。
长征路上尽新梦，奇迹生于奇迹中。

七绝·青岛栈桥留影
青岛名牌爱栈桥，楼依大海客如潮。
流连难久欣留影，且待回家忆昔瞧。

七绝·临淄访晏子陵园
丰碑树立映陵园，晏子风神无愧天。
为政勤廉国强盛，黎民传颂数千年。

七律·仰香山双清别墅
毛公决策在双清，帷幄挥师百万兵。
剩勇钟山败穷寇，诗篇慷慨占南京。
寻踪原本皇家物，光耀因沾革命名。
瞻仰虽当红叶落，层林霜色意中明。

七律·台儿庄古城
运河流贯古城旁，孕育明珠生异香。
碧水纵横称北国，小舟摇唱美娇娘。
千年灰瓦雅含韵，万里商船乐满舱。
更有英雄史册亮，痛歼侵略野心狼。

七律·菏泽赏牡丹
为赏牡丹菏泽去，入园疑是到天堂。
雍容华贵惊花海，曼舞轻歌叹美娘。
才见丛中呈白紫，又听林下赞红黄。
天香国色人人爱，举世皆夸富贵乡。

七律·登崂山
崂山苍翠透清凉，佳节观光兴味长。
身处广场歌祖国，眸穿大海忆东洋。
民间物欲财源厚，国际强权自做王。
老子高居试张口，千言供奉没商量。

李登峰
网名小李广，中华诗词学会、中国诗赋学会、大同市诗词学会、大同市作家协会、大同市书法家协会会员，中国诗歌网注册诗人。秋霜诗社、云中吟苑编委。其诗词作品散见于《中华诗词》《星星》《诗选刊》《中国诗赋》《诗词月刊》等书刊。

七绝·咏荷
清波月下也温柔，又合鱼儿梦里游。
翠盖团团红粉面，三分楚楚七分羞。

五律·游六棱山

耸入白云层，黄羊未敢登。
山巅多美玉，幽谷系青藤。
闻得清泉响，从无暑气蒸。
林深堪隐处，念念访高僧。

注：黄羊，指六棱山最高峰黄羊峰。

五律·大暑

酷热诚难耐，长空挂火炉。
诗吟心欲静，日晒柳将枯。
纸扇摇千遍，花茶泡一壶。
清凉无处得，但不把炎趋。

五绝·访灵丘桃花山

十里碧桃开，谁人此地栽？
深山无雅士，今日李郎来。

七律·白羊峪

闻道南壶亿万年，白羊峪内响清泉。
林荫花发多临水，山谷溪流不系船。
仙女峰头仙女立，老君洞里老君眠。
将军弈后知何去？剩有旁人一牧鞭。

行香子·游御河生态公园

御水之浔，生态之林。路弯弯、遍是
浓阴。万花奇色，百鸟佳音。正柳摇风，
风吹水，水浮金。
　　清新物景，恬淡诗心。向园行、香满
衣襟。亭中小憩，栏外低吟。看老人歌，
大妈舞，小孩琴。

李迪生

江苏盐城人，1946年出生。中师文化，原小学高级教师，现为中华诗词学会会员。出版的《逸趣诗集》为中华诗词研究院、国家图书馆、北大、清华等十多家高校图书馆永久收藏。曾三次获全国诗词大赛三等奖。

七律·学诗有感

撒帐余生玩字艺，索书求简学贤人。
乐游枕梦红梅艳，笑叩蟾宫白桂纯。
行到山头云更远，拨开水面月犹深。
重峦叠嶂深潭处，欲探骊龙颔下珍。

七律·农家

门前树下好餐厅，畅饮高天万里晴。
霜媪佳肴托盘列，枯翁纯酿捉壶倾。
囤流篓满锄禾意，日丽风清飞燕情。
眼疾童孙遮耳语，"杯中舞动柳梢莺。"

七律·僻乡春色

飞檐翘角小琼楼，雨后榆芽烟柳悠。
焕彩霞光铺绿野，回环黛路越平畴。
一痕紫燕裁新叶，几尾银鳞争疾流。
最是芳园花怒放，金歌玉曲自莺喉。

七律·鸭倌

高歌引颈闹河塘，水暖鸭知编队长。
蒲苇浮萍春岸处，鱼虾扇贝碧滩旁。
孤舟常备篓蓑笠，野地饱经风雨霜。
向晚小哥穿港疾，竹篙一点挑斜阳。

七律·蝉

自古鸣蝉盛夏痴，总将哀曲怨横枝。
牢骚商隐心中语，患难囚徒笔底诗。
重露严霜断肠日，清风明月续弦时。
从来典雅翰林里，高洁英贤绝妙辞。

七律·晨赏露滴

剔透玲珑叶上痴，蕴含盛境达人思。
鲜花嫩草裁新态，画阁琼楼展异姿。
靓女深情场上舞，白云无意碧空驰。
露珠一滴藏天地，我在桃源觅雅诗。

七律·戊戌中秋赋

中秋时节写中秋，意切情真笔底流。
作客申城樽酒待，赋诗盐邑藕菱收。
举头犹见家乡月，纵目唯凝水岸楼。
独倚栏杆引思绪，一江灯火一江愁。

七律·海归

身著昆仑瀚海求，造波几载迭回流。
东来紫气半空荡，西返青云内陆悠。
拉朽真情滋万木，催春甘露润千畴。
融融暖意换新色，叶绿花红遍九州。

李恩德

网名渤海闲人，男，转业军人，河北省黄骅人。中华诗词学会会员，河北诗词协会会员，黄骅市诗词学会会员。作品曾散见于军地报刊及多种网络刊物。

沁园春·黄河壶口瀑布

千古黄河，万里奔腾，浊浪滔天。渐河床收束，浑洪最怒；龙槽悬泄，浚浪狂欢。素气云浮，彩虹雾露，跌宕轰鸣天水连。临其境，便陡增浩气，浮想联翩。

中华民族之源。已哺育、生灵数万年。衍神州古国，五千余载；炎黄后裔，永世流传。旧日辉煌，今时崛起，母爱长留天地间。东流去，润中原大地，锦绣江山。

贺新郎·黄骅怀古

城外徘徊久，问高楼、黄骅故事，汝今知否？俘获城头悬明月，秦汉风云几绺？渤澥畔、残台依旧。断壁颓垣存故国，角飞城曾是通商纽。白浪涌，柳河口。

光阴荏苒千年后，看江山、桑田沧海，已然重构。奴隶英雄书通史，不用青梅煮酒。最祈愿、年丰人寿。有幸当今逢盛世，便放歌故地精神擞。鸣大吕，再敲缶。

沁园春·山西游

戊戌深秋，揽胜山西，三晋故园。望五台高耸，林间庙宇；雁门雄峙，九塞名关。木塔奇葩，云岗罕有，禅寺悬空绝壁间。讲文脉，似大河奔涌，历数千年。

叔虞晋国开篇。继后世、文明薪火传。纪关公忠勇，褒扬千载；介休名士，史册长宣。汾水长流，吕梁永矗，洪洞亲情一脉连。更仰望，这抗倭碑碣，太行山巅。

注：有太行山是中华民族的抗日丰碑之称。

卜算子·叶落

一夜朔风吹，落叶铺庭院。唯有青青翠竹摇，家雀枝头恋。

一盏菊花茶，一部东坡卷。已是人生耳顺时，且与书为伴。

卜算子·望月怀远

冷月挂天庭，瘦竹横窗牖。遍地银霜遍地寒，月与人相守。

吟罢断肠词，倾尽销魂酒。化作相思泪两行，但愿人长久。

蝶恋花·醉吟

午后秋风吹冷雨。落叶萧萧，瑟瑟随风舞。谁计韶光留几许？浑然且进杯中酤。

独酌酒阑昏睡去。梦觉当年，塞北风云处。铁马金戈襄卫戍，宫门穿越无重数。

满江红·感怀

暮雨潇潇，东篱下、凌花纷落。庭院里，茉花香褪，玉莺啼弱。一枕诗情思好梦，半墙画意情难托。叹花开花落各纷然，东风掠。

春已去，今非昨；多少事，终成各。早斑纹白发，漠然无觉。漫漫人生多少憾，茫茫浮世何其寞。最销魂、老白干三杯，词成乐。

卜算子·暮雨狂风

暮雨御狂风，嫩叶飘零乱，几许残花亦不留，自此春心断。

长夜可销魂？剩酒无心恋，且把诗心并酒心，化作《伤春怨》。

李发春

就职安徽合肥宣城交通局，现已退休。历年来，喜爱中国古典诗词。作品散见于各大诗词网站。

笔架山

海曙云霞日出红，遥看蛇口八方通。
天桥瑞霭闻声舞，上水花香隔岭同。
人入仙峰时见鹭，客寻湿地倍躬崇。
三清阁里三家庙，飘逸烟如隆盛风。

游笔架山

云抱三峰吻日辉，风吹椰树竹鸡飞。
终行难记返回路，仅靠亲朋送我归。

七绝·赤山湖

退休数罟下岗船，万里还湖面接天。
鸥鹭摇波歌一曲，新城湿地两陶然。

雨巷

阵雨须臾动地平，何妨陋巷讨幽行。
夹墙弊孔流新泪，过路条痕系旧情。
咫尺难窥春色美，天涯易见霁光明。
期颐续做繁华梦，效职三河伴得名。

咏扇

摇君夏夜安，浃汗认亏干。
蚊怨随风去，人凉美梦番。

李芳

女，汉族，1953年9月生，枣庄山亭区人，大学文化，曾任滕州市招商局工会主席等职。系中华诗词学会会员，山东省诗词学会会员，枣庄市诗词学会副会长，滕州市诗词协会会长，其作品多次在报刊上发表并获奖，2015年荣获"中华情"全国诗歌散文联赛特等奖，2015、2016年荣获第十二届、十三届天籁杯中华诗词大赛金奖，并被授予"德艺双馨著作家"荣誉称号。

五绝·港珠澳大桥通车有感

跨海似游龙，看吾华夏雄。
匠工惊世界，文相泪朦胧。

注：文相：文天祥。

五律·咏深圳

鹏城万里风，搏击遨长空。
引领潮流志，拨开云雾濛。
纵横联世界，浩荡撼苍穹。
赐与凌云笔，摩崖著斧工。

五律·游大运河湿地

一览运河景，渔歌久绕舟。
傍花观蝶舞，临水看鱼游。
拿棹歌敲耳，采莲香满兜。
粼粼清澈甚，涤尽我尘愁。

五律·庆祝祖国70华诞

万众歌华诞，鲜花动九天。
脱贫黎庶富，开放海川连。
浩宇搅星月，沧溟巡舰船。
丝绸荣路带，国力史无前。

七律·纪念五四运动100周年

（步韵李文朝将军）
学子呼声震四方，游行反帝赤旗扬。
满清旧制亡家国，马列新章孕曙光。
怒火烧奸扬正气，忠拳击贼罢工忙。
锤镰燃起燎原火，救国安民奔富强。

点绛唇·扶贫赞
　　精准扶贫，山区喜遇甘霖洒。预防虚假，各级齐牵挂。
　　捐款施医，辛苦冬和夏。小家舍，驻村谋划，致富金桥架。

鹧鸪天·改革颂
　　殷殷春雷响八方，东风造化暖华堂。千山滴翠民情旺，四海升平国运昌。
　　擎大纛，赋新章。借来星斗事春忙。江山酝酿晴明美，更有群贤催启航。

鹧鸪天·乡趣
　　走进乡村趣味添，全新景象映眸帘。红楼绿树人欢笑，宝马香车网互联。
　　莺起舞，蝶翩跹，天蓝水碧万花妍。留连似入桃园处，气爽神怡不羡仙。

李峰梅

五律·云
江海腾升处，飘游几座峰。
三光投影色，苍狗化形踪。
摩诘遥望眼，浩然常悦容。
不因一隅束，舒展若青龙。

五律·秋游西山森林公园
连雨初晴后，登山逸兴隆。
露承萱草翠，径隐劲松红。
泉眼未寻得，花香已久逢。
白头长啸者，清越自吟风。

五律·入伏即事
入伏天流火，腾腾扑面来。
清晨云雾薄，午夜户窗开。
树静花边倚，书闲枕上堆。
无风邀远足，有茗续三杯。

七律·早秋探亲
一路朝东百里曦，笼中困鸟返乡迟。
天高路远驱车快，地厚稻黄游目怡。
老屋门枢吱嘎转，青松巢雀喊喧嬉。
久知父母怜儿意，且换儿来持灶炊。

李凤
　　笔名枫，喜欢游走在文字间的感觉。有诗歌散文发表在腾飞文苑、文斋堂、陕西诗歌、岭南作家、小高有话说等网络平台。有百余首格律诗发表在各大微刊。

七绝·夏
溪边阵阵蛙声叫，夜静蝉鸣语不休。
切盼凉风和雨至，酣眠畅晓日高楼。

七绝·冬
瑞雪纷纷又一冬，年关欲到千山素。
归期已至影无踪，许是寒酥留客足。

七绝·梅
一树红梅次第开，花香妖娆靓亭台。
平生不惧严寒日，傲骨迎新踏岁来。

七绝·兰
绿叶红芽旷野芳，清风一缕送花香。
文人墨客争相颂，蕙质兰心品自扬。

七绝·菊
秋携蕊菊分秋色，欲醉魂移香自北。

最是伤心百卉凋，挥毫尽诉胸中墨。

李福宪

男，1957年生，山东滕州人，大学文化，曾任滕州市司法局副局长。系枣庄市诗词学会会员，滕州市诗词学会会员。曾在报刊发表诗词作品100多篇(首)。

五律·赏桃花
驰荡春风里，桃枝正放华。
嘤嘤蜂戏蕊，艳艳日涂霞。
搔首留姿影，闻香沾粉花。
韶光容易逝，落照莫回家。

五律·暮春游龙山
午照龙山好，清新溢绿光。
林阴盘道静，风送刺槐香。
倚石听鹂叫，攀枝看蚁忙。
难寻闲暇日，来此涤心肠。

七绝·驻村扶贫感赋
帮扶结队脱贫忙，访哲求贤开药方。
精准施针加补养，丰收祛病享安康。

七绝·洛阳牡丹
武门有女嫁皇家，数九寒冬催放华。
今世东风荡寰宇，娇容巧笑到天涯。

七绝·咏马克思
雄伟西方一大贤，世间规律炮声传。
最高境界为无产，指导穷人千百年。

七绝·白玉兰
素面冰心立枝头，东风暗送满香楼。
天宫仙子若相见，应怅不如君自由。

七绝·暮春晚景
绿肥红瘦鹧鸪啼，迎面斜阳照柳堤。
忽有艳装花犬过，眼花疑是哪家妻。

七律·轩辕黄帝
浩浩文明溯本源，煌煌始祖字轩辕。
阪泉振臂乡间泰，涿鹿习戈宗族繁。
荆鼎圣光辉鄙野，陶甄细雨润中原。
全球胄裔同心力，国运昌隆祭故园。

七律·火炬的力量——纪念"五四"运动100周年
百年火炬激情燃，镐铸镰锤道路艰。
砸烂千年拦脚练，推翻三座压头山。
青春托起复兴梦，热血冲开险阻关。
待到昌隆昂首日，先贤快慰定开颜。

七律·海军建军70周年阅兵感赋
舰艇涌涛鹰击空，七旬华诞世称雄。
铮铮铁甲尖刀阵，款款母航名帅风。
忆昨蒙羞战东海，累年洋务毁军功。
硝烟虽散当铭记，威武和平助梦中。

李刚

男，茂名市诗社会员。湖南省岳阳县月田镇人，初中文化，湖南省诗词协会会员，岳阳市诗联协会会员，岳阳楼区洛王诗联协会会员，从小热爱文学，利用工作之余创作诗歌、散文，作品散见于国内报刊。

七律·70年中国发展史记
廿八年间成大业，一穷二白建中华。
清除匪特安天下，抗击蛮夷保国家。
回顾彼时贫困苦，但看现在小康奢。
伟人改革宏图绘，开放赢来盛世夸。

七律·70年中华强势起

盛世中华强势起,尖端科技勇超前。
高车铁路九州闯,管道桥梁四海连。
潜艇探洋游水底,神舟揽月上蓝天。
试看外寇谁能敌,母舰东风卫我边。

注:东风指远程导弹。

七律·华夏颂

美丽富饶华夏地,巨龙盘踞守边疆。
雄鸡领土多才俊,黑眼黄皮尽智囊。
一带友邦同一路,千携豪客启千航。
维和世界平安稳,四海来朝中国强。

注:巨龙指长城,雄鸡领土指中国地图。

七律·最喜我是中国人

外域奇人多杂毛,蓝眸黑白体身高。
取名几代经词念,混血交融鸟语嚎。
东土明珠流异彩,黄皮黑眼显英豪。
丝绸古道重开启,四海参商财宝淘。

七律·观习总检阅人民海军建军70周年

人民领袖着戎装,检阅雄师威武扬。
母舰巡逻排海浪,战机振翅向天翔。
水兵摇动连珠炮,电子扫描消灭光。
已是尖端军器利,如今华夏勇图强。

七律·贺第二届"一带一路高峰论坛"胜利开幕

一带友邦同一路,高峰国际论坛筹。
和平发展九州富,无限商机四海游。

五律·贺一带一路国际高峰论坛

丝绸越古年,驼队路挥鞭。
互惠通边贸,双赢有旧篇。
时空追远梦,科技勇超前。
祖国施良策,繁荣壮昊天。

七律·七一颂

神州乱世斧镰红,挽救危亡多俊雄。
北阙升旗除贼寇,南湖搏浪建奇功。
曾经百姓受艰苦,现在人民幸福融。
我辈筹谋新发展,振兴华夏九州通。

李观进

化州长岐山宜人,热爱自然,在自然中悟道,为自然放歌;热爱诗文,在诗文中拾趣,与诗文共舞;热爱生活,立德向善,踏踏实实地做人,认认真真地做事。

七绝·八月赞歌

初闻征雁匿声蝉,丹桂送香邀月仙。
蟾阙素娥翩踏舞,人间瑞彩贺团圆。

七绝·自我修炼

太极练成舒骨络,琴弦弹拨最逍遥。
五车学富理通晓,修炼自强诗似潮。

七绝·闲思偶得

运不通时困绞龙,春花霜草命难同。
人生恰似一年景,唯赏庭前佳果红。

七绝·愁客雨

夜雨潇潇惹客愁,桩桩锁事缠心头。
人生漫路难平坦,但愿甘来苦自休。

七绝·登峰揽景

鸟扰梦醒勤起早,巅峰妙韵翩翩舞。
山中习静顺其然,浴氧听风阅云雨。

李广才

黑龙江省依安县人,黑龙江省诗词协会会员,视诗如命可以达到痴狂的程度,多次在全国诗词大赛中获奖,被誉为黑龙江省齐齐哈尔市小有名气的"诗词获奖专业户"。

七律·鹤城采风有感

真情墨客鹤城邀,一路诗心一路瞧。
晚去观光明月岛,朝来驻景嫩江桥。
携风奏曲高声唱,沐雨盈怀雅韵飘。
看我家乡多锦绣,山青水碧更妖娆。

七律·依安诗协成立 20 周年有作

诗潮滚滚大风吟,廿载群英事写真。
雨里裁虹多灿烂,云中种玉几温馨。
胸容日月观新世,眼纳乾坤颂古今。
不愧红尘存浩气,豪情笔点泰安春。

鹧鸪天·建国 70 周年感怀

七秩携风史空前,中华气魄壮轩辕。
燃情岁月开新页,献力农工谱锦篇。
扛日月,播云天,飞船探险震尘寰。
巡疆航母乾坤护。铸造精神万古传。

水调歌头·祖国颂

七秩启新页,打造美家乡。历经风雨圆梦,日月两肩扛。高铁横穿天堑,航母巡逻海域,国泰富民强。技术引先进,山水做文章。

越坎坷,竞繁荣,步铿锵,与时俱进,商客昂首看东方。练就精神气魄,树立人文典范,合力好兴帮。赤帜擎华夏,一路敢担当。

李广东

男,茂名市南天诗社会员,网名莲城醉客。中原人士,中华诗词会员,项城市作协副主席、文社执行主编。

莲城醉客九九消寒诗十八韵
残(水湄吟)

冰冻龙湖柳叶残,风刀入袖步消寒。鹧鸪匿迹依巢穴,松竹多情伴石兰。
朗日开怀天地阔,喜梅含笑鹊声繁。
时来水岸寻佳境,偶有清吟对键弹。

鸦(金乌赞)

霜欺草木敬神鸦,瑟瑟寒风羽翼斜。
万树翻寻求一物,三川越过饱全家。
岂如鼠辈多偷窃,应叹马曹少赞夸。
世事由来分善恶,金乌清白似梅花。

恸(念总理)

万国折腰思者恸,一人至伟总萦梦。
海棠依旧泪潮来,诗句未成心雪冻。
历历丰功笔恨疏,凄凄寒夜风悲痛。
千秋贤相舍其谁?诸葛微微堪伯仲。

客(忆荆轲)

雪竹凛然犹剑客,一腔热血藏冰魄。
当年瘦骨报秦嬴,千载悲歌萦水陌。
但见英魂共鹤生,永留气节任风迫。
谁言壮士不回还?历尽苍凉尤健硕。

恨(远小人)

败祖辱门实可恨,岂为渣滓乱方寸。
青松自有月光怜,邪祟权交神鬼困。
雪映梅魂酒且歌,君临竹苑茶相论。
襟怀且放水云间,朗朗乾坤何郁闷。

荐(贺升迁)

君有初心非引荐,包公曾试苟蝇卷。
忠能持节斩鱼鲸,义戒挥毫摇羽扇。
剑胆琴心雪里温,铜墙铁壁风中颤。
何求个个困孤舟,坦白无私开一面。

荒(吟雪霁)

旭日升腾照八荒,冰湖初破鸭禽忙。
楼临碧水添新景,雪鉴朝阳泛紫光。

禅乐声声萦太极,晨莺念念恋扶桑。欲寻花阵芳园困,忽见迎春一树香。

城(思故人)

人在天涯思故城,每逢六出问乡情。家山可见琼花未?官道无忧玉树明。

待过新年何酒醉?还擎老窖向天倾。平生但结江湖客,不屑寒潭钓鳖名。

李桂霞

网名空谷幽兰,中华诗词学会、内蒙古诗词学会会员,松山诗词学会副会长兼秘书长,《松山诗词》执行主编。诗词曲散见于《中华诗词》等百余家诗刊。出版个人诗词集《逸情集》。

水调歌头·登司马台长城

拖跩迹躯体,穿莽莽群山。蹒跚梯级而上,隐隐诉硝烟。神韵随风溢彩,紫气盈帘叠幻,遗恨匿残垣。跌宕时空里,绝似缆车穿。

英雄血,洪武泪,旧时关。岚封雾锁,转瞬沉寂已千年。借势依山而险,传世流芳之最,今又续新篇。喜看巨龙起,一跃破云天。

水调歌头·穿越茅荆坝 "关外第一隧"抒怀

半璧断山孕,十里越岐嶒。横穿蒙冀缘界,一扫旧心情。浓缩光阴分秒,生命延伸些许,灯影似流萤。巨蟒撼灵魄,往事若尘轻。

嗟多少,噬苦难,履艰程。晨昏不辨,一隧心血一腔情。手失青春碎片,心驻年华绮梦,默默释昌荣。时代往来者,优雅话文明。

浣溪沙·问

夏日谁边去赏荷,红山脚下最花多。弥香簇锦自清和。

高矮心开一蒂卷,翠红风动两相磨。小船穿过荡情歌。

浣溪沙·菜市大妈

笑脸堆成老菊花,风来雨去驾单车。一筐蔬菜一筐瓜。

晌午充饥须换饼,焦唇解渴且沽茶。路灯不亮不回家。

【仙吕】太常引·煮腊八粥

桂圆糯米百合鳞,添点凑一盆。放上恁些仁,加点豆搭了点辛。

(幺篇换头)温情浸泡,耐心熬煮,浓淡也含真。软润溢芳津,喝一碗驱寒养身。

【仙吕】太常引·小寒

步平履仄进隆冬,冷却袖中风。滴水化瑶琼,行走在冰中雪中。

(幺篇换头)旧年近暮,新春临曙,蓄势韵无穷。水墨淡还浓,朦胧里新枝吐红。

【仙吕】太常引·再游神仙沟之神仙洞(新韵)

清晨晓雾抱青山,时而鸟关关。仙洞觅神仙,汗珠滚湿了小衫。

(幺篇换头)奇花竞秀,杂林摇翠,曲径入云天。跬步费心攀,登顶处仙吾并肩。

【仙吕】太常引·值班路上

结霜哈气挂眉梢,颈上冷红绡。路畔柳萧萧,大街上车多人寥。

(么篇换头)凝云蔽日，严风弄雪，万里漫琼瑶。伞下履低高，无梅处酌然我娇。

李过景

茂名南天诗社会员，长治市潞城区人。中华诗词学会、山西省诗词学会、潞城市作协会员，爱好读书、写作、下象棋，特别爱好古诗词，有多篇文学作品发表于省市报刊。

七律·游晋祠(新韵)

唐槐周柏绿荫浓，圣母祠堂气势宏。
鱼沼飞梁如鸟起，龙盘雕柱若云行。
邑姜彩绘神姿现，难老清泉细浪腾。
环目满园心荡漾，沧桑古物寄扶风。

七绝·大同九龙壁(新韵)

九龙飞舞流云里，盘绕弯曲宛若生。
发愣代王蛮耍赖，哪知身后有青名。

七绝·大同古城墙(新韵)

几经战乱减容光，重镇巍然屹北方。
盛世恰逢更旧貌，耳边似有角声长。

七绝·游北岳恒山(新韵)

海底化石留印记，古松千载叹蹉跎。
他来你去风光在，尽唱流年不老歌。

七绝·云冈石窟(新韵)

千年佛教因缘果，劲健堂皇瘦骨长。
战乱多经遭破坏，奇珍瑰宝美声扬。

注："劲健堂皇瘦骨"是指云冈石窟佛像初期、中期和晚期的特点。分别是：劲健雄浑、富丽堂皇和瘦骨清纯。

撼庭秋·聚会寄语

艳阳高照当烈。看李桃红叶。彩虹风雨，新情旧意，畅胸开阔。
随缘利禄，多珍当下，更需风发。愿蔷薇常绿，争辉待放，且能超脱。

更漏子·采风张家河

云甚浓，情更切，历雨漫行心悦。葵荚饱，果瓜圆，壮田民自安。
上山冈，攀险路，寻觅董公它处。炉正烈，梦飞扬，阜康时日长。

注：董公即董天知将军，牺牲在张家河村附近。

七绝·咏松斗

酷似巢窝隐北冈，空灵宝气腹中藏。
高枝稳坐身披绿，松斗频频兆吉祥。

李海杰

梁山人，女，山东诗省词学会会员，济宁市作家协会会员，梁山县诗联学会会员，梁山县乡村文化志愿者协会会长。

梁山县乡村文化志愿者协会筹备会有感

大义顶天威，梁山正着翠。
千年身不倦，字字动心扉。
东帝知怜拙，禾畴汗汗挥。
骄阳入袖间，细雨染坊薇。

津儿军训有感

风华少年着绿装，千山万水百花香。
蓝图大业谁之责，三寸穹枝五尺枪。

梁山秋晚

秋风又染宋江道，流水紫霞爱晚照。
谁解梁山千古愁，一声兄弟惊云啸。
但爱梁山飞晚霞，虫声又惹一杯茶。
繁星点点南湖水，三碗之间此最嘉。

春过梁山南湖
长堤软柳着乔装,燕子是谁新嫁娘。
枝上春风知气节,绿云一缕共愁肠。
小芽荇荇眉儿落,半是青灰半是黄。
更爱黄昏迷眼处,梅心片片喂西阳。

连城·送玉儿入学有感
梅青桃李瘦,天赐霂霖来。
石映拳拳意,清微知渚徕。
连城何所慕,齐鲁苦莘鲐。
九曲波鳞起,沙飞碧宇徊。

太白湖行
春风诗写议花事,规鸟泪弹皱漾里。
酒薄难胜三月枝,书微堪做竹干志。
绿母佛步辇龙书,小碧玉徒杠蝶字。
望且匆匆人远行,心痴荇荇舟归至。
舟划碧镜知音远,风惜波微不湿船。
双燕高低山色浅,一湖清水为乡怜。

李汉明

笔名李文,网名仙人掌李文,号九头山老九。中共党员,中学教师。京山市和荆门市诗词学会会员。乐山好水,足迹遍布祖国的大江南北;痴迷文学,从80年代迄今,在全国公开发行的报刊上发表通讯、散文、小说、故事、诗词、学术论文等作品计200多篇(首)。其中散文《我爱星月》;新诗:《也许》《博客铭》《在春天里》;小说《甄爱民的扶贫日记》等作品均被省级以上刊物或作品集收录。多次获各级各类文学征文奖。

七律·自画像(平水四支)
平生自诩一书痴,半世清贫授业师。
手捧鸿篇知学浅,身临泰岳晓峰危。
且将名利归尘土,只向江山赋壮词。
待到天年含笑去,人留万贯我留诗。

七绝·参观崔家台民居(平水六麻)
通幽曲径满园花,碧瓦红墙似府衙。
寄语寻常檐下燕,归来可识旧时家?

七绝·咏桂花(平水七阳)
桃梨李杏斗菲芳,蝶舞蜂喧助阵忙。
若许木樨三月绽,春花哪个敢言香。

五律·谒千佛山(新韵)
才别柳下泉,又谒舜耕山。
曲径通幽殿,岚烟起净坛。
神灵知客意,国泰保民安。
稽首焚香去,佛光照我还。

沁园春·七一畅想(词林正韵)
源起南湖,四海风疾,五湖浪掀。昔赤旗星火,临风猎猎,金戈铁马,喋血斑斑。转战延河,横刀太岳,血雨腥风经万难。倭驱矣,然烽烟又起,手足相残。

雄鸡唱罢民安。率大众,同心协力攀。可上天揽月,五洋捉鳖,披荆斩棘,共克时艰。九八春秋,沧桑巨变,舵主描摹新美篇。国昌盛,愿初心不改,使命担肩。

李红

笔名安时,陕西石泉,教师(已退休)。中华诗词学会会员,陕西省诗词学会、散曲学会会员,陕西诗词学会理事。崇尚中国古典文字之儒雅,喜欢自然风貌之恬静,愿撷一缕墨香,以拙笔写我心,安享余生时光。

五绝·筷子
兄弟相携手,炎凉况味同。
佳肴他口送,不计辣咸中。

七绝·夏收

遥看田间色正黄,迎前嗅得信风香。
而今割麦凭机械,半日收来百万仓。

五律·赞女教师

一袭红妆美,围来学子亲。
课间同玩笑,堂上共甘辛。
欲把文章说,先将礼貌陈。
随它霜染鬓,乐做育花人。

七律·游瀛湖偶得

一江水阔起烟岚,谁驾轻舟景色贪。
绝壁燃花珠玉落,青峰照影紫琼簪。
封姨吹送歌吟百,游女归来浪叠三。
遥望天空云默默,清流北上信无惭。

生查子·夏日风情之旗袍

春归迎夏来,靓女旗袍秀。妩媚眼横波,摇曳风扶柳。
牡丹开在身,朵朵馨香透。婉约一词章,惟愿时光久。

唐多令·紫薇花

临夏绽枝头,一开开到秋。点胭脂、斜袅娇柔。百日芳菲添色彩,懒争斗,自风流。

池水映高楼,花枝垂细钩。钓烟霞、谁纵吟眸?缀雾琼葩连翠叶,美如画,疗闲愁。

【仙吕】锦橙梅·庆海军建军70周年(新韵)

七十载、奋斗篇,百万师、镇边关。守疆驱寇九州安,拥航母、执长剑。犁波踏浪向前,斩蛟斗鲨平滩,调停护航、斡旋。保和平,圆国梦、军威捍。

【双调】折桂令·霾

恨他呀竟把天偷,隐匿山川,淹没高楼。绿树蒙尘,街灯失色,车似蜗牛。闭轩窗、烟遮户牖,断莺歌、雾锁娇喉。不见清流,紧皱眉头,一片茫然,环境堪忧。

李红梅

网名妊紫嫣红、亚涓,湖南长沙人,自幼酷爱诗词,学习不止,常把生活所得倾注笔端,践行我笔写我心,作品发往多家网络平台。

七律·登鼎山

横卧城郊一巨龙,绵延翠色矗苍穹。
花枝绽彩香云外,碧水流金秀画中。
绿女红男前后乐,欢歌笑语往来融。
陶然漫步攀阶上,古木参差播爽风。

七律·咏长江

波涛滚滚出天关,望海东流不复还。
两岸峰随迷万里,一声猿叫震千山。
泛金波影浮江面,溢彩祥云聚港湾。
妙笔神工描锦绣,风情款款动尘寰。

七律·无题(下平五歌)

经营暗淡岁蹉跎,捻字寻朋顾虑多。
历世多番霜雪困,浮生尽是米柴拖。
孤灯静坐离怀乱,陋室闲吟竹影婆。
落叶纷纷窗外舞,秋风悄悄又侵河。

五律·七一颂

七月稻香天,鸟鸣蛙鼓传。
青荷环沃野,绿树映泠泉。
政惠千村秀,时明万户贤。
党逢华诞日,处处颂歌宣。

五律·松

屹立高山顶，云霞树底藏。
丰姿针叶绘，傲骨节鳞妆。
雪海招寒友，琼林沐暖阳。
冲天情不改，四季自流芳。

五律·梅

屋外数枝梅，芬芳满树开。
盈盈招蝶至，淡淡送香来。
几历霜风浸，多番雪雨催。
林花凋谢后，独自报春回。

踏莎行·春暮

绿掩红墙，旖旎朱户。梨花香满丝杨路。儿童嬉闹学垂钩，荷池妖娆鱼无数。
绮燕双飞，娇莺歌渡。春山溢彩斜阳处。双双男女种耕忙，盈盈笑语和烟住。

卜算子·湖上泛舟

携友棹舟游，一路歌莺伴。两岸青山掠影来，林鸟频偷看。
久别意彷徨，再聚情无限。笑语深溶水底天，激滟波光远。

李宏允

网名五味轩主，1942年生，山东省金乡县人。凤爱文学。先期写小说、散文。自2008年起，致力于诗词的创作与研究，著作颇丰。作品散见于国家、省、市级书刊，并多次获奖。有诗词集《五味轩吟稿》问世。并辑有《缙南文集》《诗词写作指南》。现为成武县伯乐诗社成员，中华诗词学会会员。

七律·春思

晨兴闲步傍南河，岁月如流逐逝波。
几树夭桃开烂漫，一行垂柳尽婆娑。
小桥徒羡红妆影，曲岸萦回碧水涡。
可叹春深人已老，倚栏与友话渔蓑。

七律·雨后赏曹州牡丹

节到春深景靓时，驱车观赏趁花期。
姚黄魏紫游人悦，玉版葛巾红袖痴。
暗逐芳踪循野陌，喜追蝶影过疏篱。
彩环编扎争相戴，也与天香竞美姿。

五律·春到农家

（一）

桃蕊篱边绽，东风绿柳斜。
蓬门啼野鸟，老树绕飞鸦。
扛耒迎朝旭，牵牛伴彩霞。
南坡肥沃地，今岁种西瓜。

（二）

竹掩闲庭绿，荆篱满落梅。
风吹斜院柳，雨至响惊雷。
秀女鸳鸯绣，儿童土埂堆。
铁牛驰旷野，鸣唱自来回。

七绝·清明

（一）

杏花村上酒飘香，远客频斟带醉尝。
莫问今宵眠卧处，悠悠一梦到南唐。

（二）

柴门小院绽桃花，高树葱茏绕幼鸦。
人面如今还在否？也随崔护访农家。

意难忘·清明感怀

时又清明，自驱车远路，化纸荒茔。杏花村上酒，五柳舍中情。长执手，叹飘零。觑鬓白衿青。望苍天、霏霏细雨，厚厚云层。

堪嗟幼慕云鹏,却影孤荒野,身困愁城。暮归常戴月,晓起每随星。棉枕湿,梦魂惊。奈夜只三更。起披衣、寂怀唯对,如豆昏灯。

夜半乐·晨步湖滨

惬行碧水湖畔,迎风伴柳,枝上闻啼鸟。遇绿女红男,比肩晨跑。薄裳汗透,纱衫尽湿,尚然神爽眉舒,素颜娇好。渐远去、香尘影踪杳。笛鸣苇浦水榭,正借清风,玉音缭绕。杨柳岸、渔翁持竿垂钓,嫩荷花绽,游鳞戏水,小舟缆系亭边,几多昏晓。欲询问、何时去蓬岛?

久慕仙境,欲赴瀛洲,惜乎年老。倚岸柳、长嗟看红蓼。返归途、逢友却说餐时早。芦草畔、布网三姑嫂,踩平滩上青青草。

李洪起

原藉山东诸城,现居沈阳。50年代生人。大专文化,退休后潜心于古诗词,为北梦南缘文学社社员。凤凰古韵一社入驻诗。偶有诗联书法作品发表于市地报刊,近年来多见于网络微刊。

七绝·枥马吟

昂头傲啸足驰风,声造于天俯仰中。
深幸子良能识我,岂堪卧对夕阳红。

七绝·进城遇雨

请君莫笑落汤身,偏是城中雨浸霖。
万亩良畴生旱象,田家谁不喜甘霖。

七绝·致敬交警

逐梦岗亭大道行,匡危疏堵护民生。
日蒸雪虐谁为念?路畅衢通苦亦荣。

七绝·学书二则

北碑南贴皆吾友,古圣今贤俱我宗。
融汇池头求己法,空灵境界写心胸。
未拜师尊秃管痴,老来洒墨又吟诗。
艺林是处通幽境,何曾曲径枉费时。

五律·暑之声

雄唱翻翎羽,炎蒸梦不成。
相期邻赶趁,侵晓燕嘤鸣。
农户吆牛饮,薰风逐日晴。
神怡晨练处,侧耳有诗声。

李鸿国

微信名网名鸿雁、鸿雁飞飞、鸿雁荡山、鸿雁鸿雁。中华诗词学会会员,天津市诗词学会理事,天津市音乐文学学会会员。在报刊和网络平台发表古体诗词曲和现代诗歌与散文3000余篇。

五律·知秋

晨曦绵雨霁,时值立新秋。
珠润清荷绽,池弯细水流。
玉桥行绮步,金桨荡兰舟。
更喜天如练,霓虹七彩留。

五律·品秋

才将银瀚度,今夕又知秋。
佳节时嫌短,柔情水若流。
浅尝兰滢露,深寄月弯舟。
放眼清波里,香风一爽留。

鹊桥仙·葡萄架下

珍珠翠点,紫晶初结,藤蔓缠绵忖度。一年又是夏秋时,但看那、花间些数。

窃听银瀚,牛牵星约,可有鹊儿开路。奈何纵是遇佳期,又怎忍、玉簪更露。

鹊桥仙·七夕星语

星酸泪闪,月弯频惜,夜望银河意旧。鹊桥一搭促鸳鸯,便结个、暗香盈袖。

牵牛痴忍,织仙情笃,却总相思如扣。欲求天路有良方,且朝暮、卿卿左右。

浪淘沙令·别月余寄津

湖上水潺潺,旅意阑珊。星移未觉已天寒。醒处方知枫叶客,荷月余欢。

犹忆昔凭栏,巧拍河山,友斟香茗此时难。彩凤翼生飞去也,沽上花间。

浪淘沙令·惜年华

霏雨落潺潺,秋叶阑珊。蝉鸣不殆柳枝寒。缺月谢花知是客,草木清欢。

意气但凭栏,碧水青山,昔时风彩再时难。云鬟绾丝如梦也,颦蹙眉间。

调笑令·龙

辰诞,辰诞,挟雨持雷云炫。甘霖遍洒沃田,农夫感遇上天。天上,天上,但爱人间吉降。

调笑令·双鱼座

星婉,星婉,月误小鱼游反。一条浪漫悠闲,另一却问水寒。寒水,寒水,幽梦一帘无悔。

李华丽

笔名李隐,网名雪花漫舞,女,湖北石首人,系中华诗词学会会员。著有《石首竹枝词》《石首赋》《诗旅五年》《文心初旅》《李氏儒林堂族谱》等。诗、词、联、赋、文成稿8000余件,作品散见于国内外,其中获部级以上奖项30余次。

天鹅洲麋鹿

白鹤衔来七彩云,鹿公角上挂殷勤。
一丛野性回归后,驰骋中原逐日曛。

故道江豚

豚跃江摇浪里旋,流经九曲忆从前。
今生未负苍天托,长展风姿楚水边。

山底湖

一山倒影任春弹,鱼逐红霞月撞弯。
画里诗情扬楚韵,风吹逸响叩龙关。

陈家湖公园

垂柳丝丝曼扭腰,轻风过处起春潮。
谁吹老少秧歌曲,直破云烟上九宵。

故乡一长河

离别多年感若何,故乡曲转一长河。
家园桃李承风雨,叠起情深到许多。

风筝

春风一借上青天,千鹤云摩宇宙妍。
超越松梢频振翅,俯巡铁塔欲参贤。
高低升降调情趣,漫舞轻飘控索弦。
若让世人能放手,瑶宫直入绝尘缘。

天鹅州拾韵

湿地常年景致奇,天鹅劲舞展妖姿。
轻舟犁浪豚欢跃,牧笛弦音鹿急驰。
众兽临江招客至,群鹰仁岭观君痴。
云帆扯起波光滟,明月清风也赋诗。

李焕银

男,笔名务农。江苏海安仁桥人,1938年2月生,中共党员,会计师,退休干部。现为南通市、海安市诗协会会员,海安市'毛诗'研究会会员,海安市老干部诗书画研究会理事,"海风"编委。诗词作品先后在省、市、县级报刊多次发表，入选入编 120 多部诗词典籍，自出《务农》书籍。

扫黑除恶专项斗争赋

前沿战恶风，勇士露芒锋。
扫黑重拳击，除凶正气弘。
"惩贪"悬利剑，"毁伞"拍蝇虫。
稳定金瓯固，长鸣警示钟。

惊闻四川长宁地震感赋

地晃天摇一瞬间，长宁即刻改容颜。
路坍房塌墙垣断，家破人亡骨肉残。
党政指挥施举措，军民携手度难关。
惟求大爱平灾厄，遥寄深情祝众安。

讴歌北京世界园艺博览会

北京世博喜成功，多国风情特色浓。
科枝创新传捷报，尖端开拓陟高峰。
百年圆梦宏章谱，千载流芳中外崇。
存异求同谋互利，神州强盛更繁荣。

建党节感怀

星星之火起红船，革命丰功奏凯旋。
下海潜洋冰气探，上天吻月笑声喧。
惩贪反腐功无量，改革创新梦定圆。
砥砺前行扬特色，神州巨变现奇观。

国庆 70 周年颂

七秩诞辰弹指过，迎来国庆舞婆娑。
乾坤缮治频传捷，科技创新奏凯歌。
国力提升惊广宇，民生改善暖心窝。
稳中求变功勋著，崛起中华百族和。

纪念建国 70 周年

砥砺前行奋进中，诸华崛起宇环雄。
山河再造新图美，带路繁荣举世功。
国富九州扬特色，军强四海展威容。
凌云志壮初心在，追梦复兴奔大同。

沁园春·建国七秩周年礼赞

盛世和谐，华夏欢腾，万籁和鸣。忆九州板荡，多年纷乱，先锋革命，壮志凌云。帝制灰飞。金陵梦了，崛起中华万象新。华诞庆，赞辉煌成就，旭日东升。

坚持执政为民。喜改革，创新举世惊。为兴邦强国，人民致富，初心不忘，砥砺前行。经济翻番，高科发展，舒目神州锦绣春。中兴梦，任龙飞鹏举，奋力征程。

水调歌头·颂第二届"一带一路"
国际合作高峰论坛

二届论坛会，相聚意无穷。近平主席致辞，命运共谋同。纵观环球时势，关注民生国计。开放当先锋。分享好机遇，前景更繁荣。

应潮流，立互信，速联通。多条举措，合作共识世躬崇。拥有天时地利，开启富强盛世。志壮梦圆中。互利同发展，世界振雄风。

李继尤

男，汉族，1935 年生，滕州市人，退休教师。为山东省诗词学会会员，枣庄市诗词学会会员，滕州市诗词联赋协会常务理事。曾荣获第二届"岳阳楼"寻春诗会银奖、第四届"相约北京"全国文学艺术大赛三等奖。

七绝·纪念马克思诞胡 200 周年

长夜春雷醒蛰龙，《宣言》一出显威风。
降魔斩妖"三山"倒，十亿人民歌大同。

七绝·风

排山倒海遏飞舟，化雨滋禾解庶愁。
滚滚松涛如奔马，依依柳浪弄情柔。

七绝·雪

剔透晶莹飞满天，苍松翠竹白毛缠。
千山万壑银装裹，郊野田禾拥被眠。

七绝·大葱

玉柱隐身黄土埋，露锋如剑刈尘埃。
厨王调味它为首，清热驱寒好药材。

七绝·大蒜

扎根沃土苗儿壮，立夏采薹鲜嫩尝。
凉拌圈汤增美味，杀菌解毒是良方。

七律·春雨颂

浓云幔帐挂天篷，细雨如丝大地濛。
风伯挥毫描柳绿，东君泼墨染桃红。
沉眠麦海微波起，解冻冰河软浪冲。
难得甘露融万物，蓝天碧野荡春风。

七律·纪念五四运动100周年

国破山河遭践踏，豺狼当道乱如麻。
列强掠夺风挑土，军伐分争浪卷沙。
学子严惩亲日狗，市民怒斥盗华鲨。
反封反帝俄为鉴，马列真经建国家。

七律·大运河放歌

掘土挖山通水运，花堤柳岸御龙翔。
银帆划浪桑麻地，游客观光荷月塘。
北国人参吴女煮，西湖龙井塞翁尝。
毛公调水千秋计，华夏人民笑语琅。

七律·颂建国70周年

毛公领导建中华，雨露阳光绽百花。
探月蟾宫陪玉兔，巡洋水府逐鲛鲨。

港珠澳贯金桥畅，青藏陇穿天路斜。
改革创新开盛世，辉煌丝路灿天涯。

七律·吊项羽

秦皇暴虐风云涌，兵伐咸阳气势虹。
破釜沉舟功盖世，拔山举鼎力无穷。
鸿门剑影龙生翼，峡谷刀光虎折兵。
四面楚歌乡勇散，乌江自刎愧称雄。

李建初

自号陶然山人，男，1952年出生，永嘉县人。大专学历，历任永嘉政法办主任，县公安局副局长，县铁路指挥部副总指挥至退休。现为县老干部书画协会副会长，县诗联协会理事。

和高一人先生《云岭古居》

步绕松间遍野花，岭烟深处有人家。
叩门篱外山前应，原在云中摘晚茶。

重游西湖

一带烟波漫柳堤，荷茎摇曳绿初齐。
经年作别依然秀，只惜黄莺别处啼。

七月七日颂抗战勇士

卢沟七七响枪声，唤起军民奋抗争。
热血满腔匡社稷，神州遍地动旗旌。
心怀家国耻无绩，志挽河山荣有名。
驱寇救亡豪气壮，大刀一曲伴前行。

七一有吟

画舫登程直向东，旌旗竞奋唤农工。
敢教日月新天换，勇动风云霄汉冲。
万里长征尘世耀，百年拼搏九州雄。
初心不忘辉煌续，马列领航千载红。

玉兰花

弄影娇姿梦里猜,掀帘方晓玉兰开。
流芳扑鼻香怀袖,自是春风作伴来。

乡村静夜

夕起东风月更清,乡村入梦寂无声。
谁家婴小忽啼夜,唤醒田翁赶早耕。

李建芳

河北省安国市人,网名风雨彩虹。河北诗词协会会员,安国诗词协会会员,四味古城微刊主编、编辑,祁州文苑微刊秘书长、编辑。

七绝·渔者图

一泓碧水映天长,渔笛悠悠白鹭翔。
锦彩铺成云外路,兰舟摇曳醉春光。

少年游·心志(新韵)

梦回唐宋苑歌遥,风雨路迢迢。诗山径陡,词林风啸,拙字怎挥毫?
挥泪苦读晨与暮,雄志更心高。奋笔勤绘,纸笺丽句,舞墨看今朝。

画堂春·醉春光

一帘花雨自疏狂,轻吟浅唱词香。乘风向晚舞斜阳,燕影翱翔。
柳曲声声弹唱,兰舟微荡池塘。相思杆钓是春光,清韵悠扬。

相思引·鸟语花香(新韵)

蝶舞蜂飞吻蕊香,枫桥舟荡柳丝长。鱼鸭欢跃,岸上絮飞扬。
游牧短笛牛背上,山青岭翠好风光。乡村景秀,桃李过东墙。

卜算子·春回农家(新韵)

春暖燕归来,漫步青山外。游牧童儿吹短笛,新柳柔姿摆。
秀水戏寒鸭,村女香芽采。老叟扶犁垅上行,举目秋丰待。

行香子·相思泪(新韵)

一缕情丝,负了芳华。人何处,海角天涯。别弦指上,细数流沙。叹一声愁,两声怨,几声她。
风笺有恨,相思无尽。几多伤,泪染春纱。红尘过往,皆是烟霞。尽心中痴,梦中影,雾中花。

一七令·村(新韵)

村,
烟舍,竹林。
山岭秀,水青纯。
朝霞灿烂,月夜温馨。
酒香飘万里,紫气绕千门。
老叟对局棋乐,顽童嬉闹逐奔。
多少风情难描绘,几处妙韵道丰勤。

李建国

网名宁静致远。生于1965年,河南省平顶山市宝丰县人。现就职于平煤集团。学诗数年,作品散见于腾讯微博,诗词吾爱网等网络平台。著有《竹斋集》,是轩辕诗社社员。

七律·别后四首之一

一别山门各绝尘,往来谁是自由身?
渐无烈焰虚燃宇,尚有微捐可助人。
莲子分香愧今夏,梅花封稿拜明春。
临秋却怕雨窗坐,五内空空总费神。

七律·别后四首之二

别来消息得迟迟,过雁无端不带诗。
梦驾飞舟移北岸,风开层嶂拂南枝。

新秋虚望明霞处，旧稿重翻枯眼时。
海变桑田虫变蝶，莫非迁住种灵芝？

七律·别后四首之三
收簧散席各归田，苦力经营一片天。
遭雨新情终逝水，化虹旧忆始浮渊。
丈量山道我凭足，叩问秋心谁笑蝉？
闻道青鸾才过岭，心情入句未封笺。

七律·别后四首之四
曾经点拨未成才，消息关门不复来。
风扫残躯满身痛，药疗痼疾一时哀。
心窗寥落诗窗闭，旧叶离披新叶开。
鹤赴猴山鹰逗角，与谁共上望星台？

七律·院松
小松昔种渐成年，庇鹤收云欲插天。
院内覆阴呈稳重，窗边枕籁得安眠。
银针递露戏棋友，琥珀穿杯识酒仙。
一种精神谁会得，重翻课本读前篇。

七律·秋望
秋树层崖立望遥，怜无塞雁出云霄。
时清节物将开菊，运落风波何折腰。
琴瑟难调酒消日，神魂妄动梦乘潮。
生涯纵被流年误，仍抱冰心待友招。

七律·秋思
身如草芥念如藤，悬在尘埃最上层。
秋稼丰盈终赖雨，夜章执著始歆灯。
胸前坡度三餐减，额上山川五秩增。
紫燕黄莺流水去，夕阳残照一回凝。

七律·秋事
鞭驹不及又成秋，物价从涛众白头。
挑战暗流童殒命，试身明典吏遭囚。
雀填脚底心归汉，客滞天涯月上楼。
骤雨排空门院寂，柿红苞熟待谁收？

李建辉
男，大学学历，山西介休人。生于1979年，自由职业，现居运城市。爱好古韵诗词曲，晋中作协会员，介休作协会员，黄河散曲社社员、秘书长，汾河知彼散曲社社长。有散曲作品发表于《当代散曲》。

五律·春夜暴雨
夜半人皆睡，惊雷响不停。
狂风吹嫩叶，暴雨打窗棂。
见景无心看，闻声岂忍听？
明朝深巷外，花事几凋零。

七绝·石榴花
绿叶阴浓翠色多，榴花初绽蹙红罗。
群芳不谢春常在，也拜枝前唱赞歌。

七绝·汾河
汾河秀丽贯山西，两岸风光碧草萋。
更有青青杨柳树，叶儿深处啭黄鹂。

如梦令·骑行
晨起骑行山路，旭日鲜花云雾。汗水湿衣襟，不觉已登高处。环顾，环顾，一片苍苍香树。

浣溪沙·闲情
杨柳青青赏果花，驱车上岭访农家，清风拂面见云霞。
愁绪难容三盏酒，闲情可饮一杯茶，田园人静日西斜。

点绛唇·伤春
落尽残红，斜阳芳草青青柳。水清波皱，春色年年秀。

惆怅盈怀，不觉容颜瘦。情如旧，不堪浓酒，独立风吹袖。

【正宫】塞鸿秋·张壁古堡

袖珍城堡人夸赞，蜿蜒地道人惊叹。琉璃技艺何其炫，可汗神庙何时建？遥看张壁灯，点亮汾河岸，千年古寨星光灿。

【双调】沉醉东风·咏黄河

携巨浪汹汹怒吼，裹黄沙滚滚东流。出雪原，穿壶口，不停息从未回头。泽润中原万代久，五千年文明富。

李金峰

男，1964年4月生，山东滕州人，大学文化，现任滕州市第一中学教师。系滕州市诗词学会会员。

七律·游千佛山红叶谷

烟霞飘渺谷风凉，群友攀崖雀跃岗。
青露悬枝纷落地，丽人抢镜暗寻香。
纵情丘壑吟归路，望眼亭台醉故乡。
许是天孙丝锦缎，黄栌丹艳赛琳琅。

五律·元宵节（新韵）

街巷挂红灯，豪华不夜城。
龙船行旱路，狮子舞银屏。
万代民风古，千秋景象兴。
世间皆唱戏，角色各殊同。

七绝·风（新韵）

身无彩翼傲八荒，穷尽重霄下五洋。
布雨行云安世界，翻江倒海岂凶狂。

七绝·雪（新韵）

洋洋洒洒下瑶台，大地苍茫情满怀。
千古何人知我意，甘为衬映腊梅开。

七绝·月

无故寒蛩惊我梦，三更纷絮搅心驰。
黯然怜影抬青眼，皓月柔光可咏诗。

七律·老屋

朝珠打湿小农家，老屋牵魂披锦霞。
门照灵池千箭竹，窗含波水万汀葭。
棘荆伤痛红枫路，林薮心惊绿菊花。
清冽风中思过往，忘尘还要几多痂？

阮郎归·长江（李煜体）

银河堤溢彩弥天，倒倾人世间。携冰踏雪破千山，一江纳百川。

情东渡，意西牵，九洲柔指环。奔腾万里叙青鸾，沧桑岁月寒。

阮郎归·朝岱（新韵、李煜体）

仰头举手可摩天，巍巍立世间。众生朝岱日无闲，目极人是山。

携子美，挽诗仙。凌绝著巨篇。秦皇汉武祭文传，洪荒龙脉源。

临江仙·观洛阳牡丹感怀（贺铸体）

又是古都天香色，凝珠玉面含痕。雍容绝代百花尊。蕊香透沁骨，苞蕾吐氤氲。

秦时明月今尤在，汉园依旧缤纷。羞花闭月有几春？佳人才子去，将相帝王坟。

踏莎行·长白山天池（新韵、晏殊体）

朝雨零星，晨风云涌，盘旋跌宕心神悚。白山八月有寒冰，温泉岚汽幽如梦。

驰目寻游，临池吟咏，白云摘朵心田种。波光尽处隐神仙，玉盘出浴濯天镜。

水调歌头·黄山（新韵、毛滂体）

到了天都处，晨露浸衣衫。秋风吹过，酝酿熏染百花鲜。缭绕祥云彩雾，沐浴和风丽日，潇洒步峰巅。渺渺苍波外，踱步燕鸥闲。

循前迹，读青史，效先贤。盛衰史鉴，滔浪河海聚波澜。何叹荣枯草木，无惧浮沉生死，大道自天然。煮酒论天下，谈笑指江山。

李金龙

山西稷山县人，1943年生，1963年3月应征入伍，16年后转业到山西铝厂材料处供应科任科长、经济师。现为中华诗词学会会员，山西省诗词学会会员，运城市诗词学会会员，河津市诗词学会副会长。

七律·古稀感怀

七秩悠然一瞬间，白驹仍卧五峰颠。
寒霜解叶根犹在，古树萌芽梦可圆。
笑语不随斜日落，情思总逐夕霞旋。
诗心常伴松山绿，试舀春光烩雅篇。

七律·释怀

退休独爱苦吟哦，挠首搔腮百绪多。
笔下风云颃颉舞，墨中音韵仄平过。
余生心血随诗涌，满鬓银丝任岁磨。
回目春山情未了，芸窗灯下赋新歌。

七律·戊戌咏春

叱咤风云不顾身，初心化雨泽黎民。
乾坤党作擎天柱，船舰贤为掌舵人。
十亿神州同筑梦，一寰丝路正迎春。
北流霞绉南蒸彩，万里山河气象新。

七律·两会抒怀

犬旺神州引曙光，群贤两会聚京堂。
冰壶化瑞凝饴露，玉尺遴才集栋梁。
兴国蓝图铺锦绣，富民宏略写辉煌。
柳风染得三春艳，万紫千红秀小康。

七律·湖畔垂钓

霞染云窗日影长，莺声滴翠满川芳。
苍鸢崖顶眈眈视，惊兔丛中颤颤藏。
锦鲤犁波腾细浪，牛儿放牧啃残阳。
老翁垂钓心为饵，钓起槐花一袖香。

七律·盘点2018

琼花曼舞透心凉，纵使神思腹底藏。
老眼浑珠鱼尾皱，虮髯稀顶玉霜扬。
凭栏望月千山远，观景挥毫一纸香。
雅兴悠然情未了，且将诗梦寄沧桑。

七律·母爱

娘亲送别九肠焦，痛盼儿归儿去遥。
点点窗光凝烛泪，弓弓身影倚津桥。
千声雁叫千回梦，一信情潮一整宵。
望子成龙春不老，冰心不化任煎熬。

五律·龙门扬帆

扬帆画里行，无处不春风。
龙岭青松翠，蛇湾野杏红。
岸槐栖翠鸟，古渡映飞虹。
横棹波摇月，船头送雁鸿。

李锦秀

男，茂名市南天诗社会员。山西原平人，笔名飞刀，中共党员，高中教师，中华诗词学会会员，中国诗歌学会会员，中国楹联学会会员，中国网络作家协会会员，多家网络媒体签约诗人。

五律·登老君山（新韵）

魂牵思远祖，几上老君峰。
静赏群芳秀，聆听百鸟鸣。
层云凭跨越，极顶任攀登。
一片冰心在，常存访道情。

五律·云山游（中华新韵）
云山畅意游，暑气黯然收。
漫步林荫内，轻歇草甸头。
泉流弹古韵，鸟语解人愁。
此日诗情动，临风赋仲秋。

五律·访古寺（中华新韵）
驱车拜宝台，古寺远尘埃。
幽径随时扫，繁花任意开。
修心成正果，悟道获奇才。
一日慈航度，清风四面来。

注：宝台，对佛寺、佛塔的美称。

七律·通天峡（中华新韵）
（一）
鸟道谁开一线天，悬崖峭壁信难攀。
岩万仞云来聚，挂瀑千寻水去寒。
沧海桑田惊巨作，神工鬼斧叹奇观。
豪情最是临绝顶，阵阵松风荡耳边。

（二）
重墨谁施绘鬼工，尽出造化妙无穷。
连峰对峙山岚内，飞瀑流湍水韵中。
静默神龟千载寿，嚣张虎士百夫雄。
奇峡美景名天下，几度回眸意纵横。

七律·壶口瀑布（新韵）
万马奔腾竞渡头，黄河千里一壶收。
惊心浪涌接天远，震耳雷鸣动地稠。
浑忘沾颊飞羽箭，犹思离岸作鹏游。
中流砥柱昂然在，大禹归来好系舟。

七律·游花溪谷漫笔（中华新韵）
晴川历历景分明，又到花溪翠谷行。
几处疏林闻燕语，谁家酒晃掠山风。
幽香一带人方醉，挂瀑千寻鬼亦惊。
欲上极峰舒远目，还须挥汗倍兼程。

西江月·题小兰花烟（新韵）
一嗅存些土味，团团扇叶稍肥。不涂脂粉不描眉，几朵黄花点缀。

自谓难登大雅，寥寥穷汉追随。他年骨碎化烟灰，定把卿卿熏醉。

李进军
山东汶上人，人民教师，文学爱好者。大多合仄，押的新韵。《青莲》中颈联"开净土"的"净"字和"远凡尘"的"远"字属平仄互换。

七绝·重生
今夜别枝锁泪痕，蜕皮抽髓化蝉身。
明朝叶顶逐风浪，志在新歌响碧云。

五律·惊雀
兴至步东隅，曾经辟菜畦。
田荒杂草盛，天旱豆苗稀。
藤蔓侵黄土，精灵隐刺棘。
微风惊雀起，绿海泛涟漪。

七律·青莲
百花谱上圣洁君，万丈泥塘蕴素魂。
渺渺烟波独寂寞，亭亭玉影自清芬。
接天碧叶开净土，出水芙蓉远凡尘。
月皓山乡新雨后，莲台禅韵响余音。

鹊桥仙
沉沉星斗，迢迢银汉，枉寄情思无数。依稀梦里语殷殷，欣然赴、鹊桥云路。

繁花劲草，飞虹悬瀑，风雨满川同渡。流光深处舞婆娑，再执手，相携朝暮。

李静

笔名心素,南岳衡山人,知名女诗人。

飞京途中
一啸高天外,　然俯九垓。
无心逐云去,云是自追来。

寄远
且将天上月,来补心头缺。
两地共凭栏,相思歌一阕。

秋葵
花开炎暑斗鲜妍,枝上娉婷凝碧烟。
谁识霜风寒雨处,尖尖一指敢朝天。

天目湖湿地之二
青龙贴水弄身姿,楼阁参差柳吐丝。
几粒蛙鸣风拾起,声声敲碎碧琉璃。

题平桥石坝
俯看镜湖千顷明,訇然奔泻万山惊。
世间几个如君似,低处飞扬高处平。

秋雨
秋从何处起,沥沥到栏杆。
烟霭笼庭树,珠帘隔夕峦。
影飘灯下瘦,声近枕边寒。
夜夜天涯客,听来鼻一酸。

李聚生

河北省衡水市饶阳县东里满乡北韩村人。网名淇澳竹。1954年生人,企业单位退休。自少年酷爱诗词曲赋,作品散见地方刊物和多家诗社网络平台。诗林雅苑编委,饶阳县诗词学会会员,1997年加入河北省楹联学会,石家庄市灯谜协会谜友。

西江月·北归雁
思念松苍柏翠,不贪竹秀梅香。东君北渡便飞翔,铸就初心不忘。
　飞越山高路远,穿插雨骤风狂。欢天喜地见家乡,美梦联翩浮想。

浣溪沙·盼夫归
霜锁楼台信未收,秋江渔火返归舟,逾期不见皱眉头。
　浮想联翩温旧梦,雁声断续惹新愁,更深子影泪双流。

相见欢·忆父亲逝世45周年
膏肓成病何求?替儿忧。驾鹤西行万里、屡回头。
　音容别,悲如绝,泪难收!幼子哀思谁解、永无休!

高阳台·吊屈原
国运飘摇,郢都暮雨,屈公江畔行吟。悲著离骚,明心字字千金。力主德政行天下,效舜尧,禹意汤心。怅朝中,奸佞当权,何是知音?
　秦邦吞并家园破,叹残生无计,投水尸沉。雨泣天愁,忠魂万众齐寻。忧国忧民千年颂,满人间蒂固根深。粽抛江,人祭舟飞,怀念如今。

鹧鸪天·草原牧场
蒙古包镶绿海间,苍茫四野远连天。萋萋原草铺绒毯,湛湛湖波嵌翠盘。
　牧羊犬,短皮鞭,轻骑俊马坐青年。夕阳半落催羊返,愉快歌声飞满天。

七绝·梨花
春深烟雨洗浮尘,野霁梨花色更新。

不与群芳争艳丽，清香馥郁醉游人。

七律·纪念《五四》运动100周年
反帝抨封为运筹，风雷激荡起洪流。
横眉冷对贼心鬼，振臂驱除祸国尤。
不忍故园归孽种，甘将热血写春秋。
英雄泉下应欣慰，今日中华傲五洲。

七律·竹（中华新韵）
淇澳竹青水畔逢，亭亭玉立有声名。
曾交林下七贤侣，再纳溪边六逸朋。
霜打由来颜不改，雪凌依旧命难从。
独钟郑燮心中意，美誉飘洋世界红。

注：郑燮字板桥，扬州八怪之一。2011年一幅《竹石兰蕙图》以4600万拍卖成交，美国洛克菲勒国际拍卖有限公司拍卖。

李军

笔名（网名）双荆李子，男，63岁，湖北省荆州市人。中共党员，特级中华诗词著作家。中华诗词学会会员，中国楹联学会会员，荆门市诗词学会副会长。做过报社编辑、记者。从1986年开始，在《金融时报》《中华诗词》《诗刊》《诗词百家》等报刊发表诗、文1800余首（篇），全国获奖40余次。

中秋逢国庆有吟
中秋相聚玉盘新，千里婵娟遍洒银。
街市虹霓皆哄闹，天宫桂魄独清纯。
劲歌频颂南湖景，碧血常惊赤县人。
花甲月圆逢大庆，共和神韵正青春。

颂歌献给党并贺98华诞
搏浪南湖近百年，镰刀锤子换新天。
燎原星火东方灿，觉醒雄狮筑梦圆。
世界和平重鼓劲，中华崛起再催鞭。
核心价值康庄道，五代传人引路前。

纪念五四运动100周年
呐喊声威震四方，推崇德赛大弘扬。
共和星火迎清气，民主风雷透曙光。
马列灯明农会起，神州焰烈学潮忙。
百年圆梦青春展，看我中华万代强。

贺中国荆州·屈原诗词大会
筑梦骚坛举九州，灵均有幸伴君游。
楚人清韵千寻载，三国雄风万古流。
金凤打鸣歌盛世，玉龙腾跃上层楼。
双荆喜入新时代，六月平台续早秋。

《告台湾同胞书》发表40周年
企望炎黄福祉谋，江山一统顺潮流。
五条千意铭寰宇，两岸三通富九洲。
天地驻心镶合璧，生民立命固金瓯。
月明台海重开创，永续和平国梦酬。

改革开放40年赞深圳
边陲潮涌百花妍，革旧图新卌年。
开放国门唯恐后，增强口岸敢为先。
争夸赤县桑田起，齐颂鹏城碧海连。
莫忘渔村吹号角，神奇故事寄春天。

丰衣足食忆当年
南望乡关忆卌年，辛酸往事恍如烟。
蜗居茅舍愁人请，浪迹荆江盼表填。
幸得渔村春汛激，终酬处士慧心虔。
衣丰食足吾欣喜，时代维新一脉牵。

赞改革开放40年
炎黄社稷五千年，卌载春风靓昊天。
气贯西东辉赤县，水通南北润心泉。
诱人神韵今朝阐，宏伟蓝图我辈编。
时代弄潮民众幸，复兴昌盛梦儿圆。

2019年8月20日于掇刀石畔作

李俊凤

笔名星怡,生于70年代山西高平,自由职业者。

临江仙·更植丹青手
眼底榴花含笑,云中楚曲翻飞。人间物事不相违。泛舟吊屈子,艾香漫晨晞。

摘取清荷片叶,藕丝亦湿罗衣。分明期许愿方知。更植丹青手,何以待天时?

(写于己亥端午节)

临江仙·多情横玉笛
梦觉花飞人去,余波一眼千年。风吹烟柳付江天。孤篷别宿雨,枝蔓也相牵。

时见衔泥双燕,尘心几度茫然。而今世事两难全。多情横玉笛,耳畔音声旋。

卜算子·欲向苍天唤旧盟
无意别东风,惜我来时影。欲向苍天唤旧盟,厌厌催人省。

堤外柳条青,眼过千重境。立尽寒烟一地愁,惟道春还冷。

满庭芳·烟浪鼓戌钟
拂雪留痕,群岚卜镜,将云岁末匆匆。梅枝争发,烟浪鼓戌钟。照影尘茶一味,尤在眼、袅袅升空。追奇绝,无非拚醉,甚得久征鸿。

著芳思两袖,承春嘉气,暖玉啼红。附千声,离情淡淡随风。伫立明心佐砚,行到处、朝暮从容。更别有,长亭半阕、鸣凤引新桐。

(写于戊戌春节)

解佩令·晓梦浮名
一春懿旨,红尘万里,赴东风、薄凉不已。晓梦浮名,断望时、酒酣花靡。拟山河、拙词逶迤。

暗香伏砥,平生怀揣,志千顷、攀摹久矣。缺月天涯,道吾心、无从说起拨琴筝、聊了难已。

鹧鸪天·游园
独步园林心亦飞,直呼云鹊送芳菲。枝高更得斜阳顾,别具繁华叶叶肥。

花似蝶,梦犹归。人生数度已相违。风前一曲愁半落,掷字三千世事非。

五律·腾冲遇老乡
十年南国春,无以慰风尘。
惯得楼心月,难安羁旅身。
功名求未足,曲路有乡亲。
切问两离惜,天涯各自珍。

晚秋
枫叶凝霞浦,霜寒枝上栖。
闲云八九朵,思绪两三堤。
自问空山老,犹听车马嘶。
南来又北往,醉在画楼西。

无题
妙韵升虚极,人间笑白头。
了然失亦得,何故盼封候。
走笔空山静,吹箫百事休。
素心如对月,坐看道移舟。

李开元

男,66岁。彭州市诗词会会员、彭州市民进会员。

五绝·喜传平乐
神农畅旺东,妙舞万长空。
世上传平乐,荒烟已断终。

七绝·幽景

新生高铁迅无声,科技当前众奋争。
好似仙山游美景,蓝天带领树陪京。

七绝·惊变
霜天水露出三更,步入红区见世英。
四十前程花似锦,来阳指路闹天横。

七绝·聚会
朝阳跃出染红天,上味情深膳海鲜。
美酒香中惊万物,心田饮下出诗篇。

七绝·夜传惊音
飞天梦幻响苹机,弄醒床人面不知。
四点空中飘黑雾,微风报送雨还追。

七绝·绣彭州
芬芳月朵饰彭州,国事腾飞献计谋。
湔水留香飘万里,秧禾两岸喜迎秋。

七绝·农情
东边日出耀光浓,转变粮田甩脱农。
代代迎来前景好,年年足食国民丰。

七绝·小庄
庄春帅气叹花梅,越跃山峰苦奉陪。
好汉堂堂阳普照,民渠过后湔滋培。

李克义

笔名同关乐,安徽铜陵人,大学文化。作品散见于中国诗歌网、中国作家网、中华诗词论坛网以及微刊、杂志等。部分作品收录在《中国当代诗词》《中国当代·诗词名家》《新时代诗词百家》上。系九州诗词社、浔阳江诗社会员,现兼任铜雀台诗社版主,作品多次获赛事奖项。

茶之旅(二首)

七绝·探茶
春光撞雨北门楼,竹海山晴听瀑流。
幽探猴坑三径客,驾车不若古行舟。

七绝·品茶
晓起烹壶坐忘邻,云庄小住爱茶人。
清流石上烟生壑,绕树黄莺月半轮。

七绝·山村木屋
林光入屋绿芳茵,夜宿听涛鸟近邻。
不是瑶台长枕梦,一声犬吠一来宾。

五律·寄知音书(三首)

(一)
梅枝漾蕊红,细听碎琼中。
但寄瑶台月,唯斟玉盏风。
鹊桥仙女泪,巷陌醉痴翁。
时别桃花节,何如一骑东。

(二)
人非物境迁,长忆旧时天。
淝水桃花畔,蜀山石径边。
风雨知故友,岁月笑桑田。
昔日红尘里,青云一缕烟。

(三)
穿过九重山,寻思万里还。
观鱼杨柳傍,捕鸟弹弓弯。
修业时磨砺,归田日赋闲。
吟风铺纸墨,添趣案头间。

倾杯序·灵动的新业态(新韵)

欲往随心,刷屏从愿,天涯网络存梦。指尖滑动,差遣派物,敬客三分重。每开叶眼花缭乱,喊一堆吹捧。发烧探宝,堪手软、满目琳琅怦动。

榜出满空秋色,马云阿里,宾至于风

景。顾易购京东,畅游国美,享微商门众。卸去迂俗,换装图智,捷便潮流猛。逛零店,新业态,你情我纵。

天净沙·原野(新韵)
月山白鹤归巢。牧田牛草虫挠,起伏金黄新稻。炊烟缭绕,醉园湖畔风摇。

李孔涛
《中华诗词学会》《中国散文网》《茂名南天诗社》会员,在《诗词吾爱》《齐鲁晚报》《山东工人报》等发表作品过千。2015年12月6日,长诗《伟哉孔子》入选《中华优秀传统文化故事会集》。

七律·敦煌鸣沙山月牙泉
一弯明皓滩丘落,大漠之舟行岸边。
芦苇轻摇声瑟瑟,柳丝曼舞影翩翩。
沙鸣听唱风吹鬓,湖静吟歌水奏弦。
不惧狂飚来肆虐,天生千载月牙泉。

七律·乙亥端午吟
神妙离骚耀汉疆,一人为节世间扬。
七雄争霸天无吉,楚国昏君地缺祥。
自古忠奸难分辨,于今曲直费思量。
诗书竹简留馨德,仁义丹心永丽芳。

七律·贺《落花时节又逢君》诗集付梓
九州黑土蕴安康,文社红妆俏四方。
晓月随君清照梦,繁星伴汝李仙乡。
诗词碧海吟佳句,歌曲丹心奏雅章。
才女俊能茅窖酒,年轮历久愈加香。

七律·游文昌湖感咏
波光潋滟映朝晖,郁郁萌山入视围。
万朵荷花争国色,一群白鹭抢云飞。
细风阵阵柔君子,嫩草青青润小薇。

翠柳婆娑情未尽,嫦娥仙女劝人归。

七律·忆那年演《于无声处》(新韵)
犹记当年话剧红,春潮唤起俊豪英。
低眉垂泪人千泣,扬臂高天雷万惊。
独步风云而立过,满凝霜雪古稀行。
初心光照常思顾,梦里欧阳又再逢。

七律·天下第一村闹元宵
千门万户庆元宵,芯子飞腾玉足翘。
龙舞吉祥歌盛世,船行如意唱乡谣。
桃花人面周村秀,锣鼓春风靓女娇。
最是旗袍佳丽美,古城平步弄新潮。

注:周村被乾隆御批为"天下第一村","周村芯子"是国家非物质文化遗产。

七律·咏黄河
一路奔腾壮浪声,摧枯拉朽鬼神惊。
迄今跌落冲危隘,亘古昂扬博远程。
沉淀九弯壶口傲,回旋千里三军英。
细查多少君之事,都付泥沙水逝行。

浣溪沙·雨
打破梨花沉梦欢,滋红润翠染名园。
满城飞絮起尘烟。
小榭风吹珠欲坠,佳人影动水思穿。
长虹一道拱云天。

李奎
黑龙江人,中学高级教师,酷爱文学特别是诗词,写诗力求意象,思想意境深远。获第四届精英杯全国诗词创作大赛一等奖,并获中华当代诗词人才库"优秀高层次人才"称号;第一届中国老年艺术大赛一等奖;鸳鸯峰主题大赛二等奖。作品入选《中国当代诗歌大辞典》《中国近代百年诗坛名家代表作》等。

祖国颂之十大名花篇(古风)

(一)
梅开一朵亮天涯,傲骨透香映彩霞。
百花酝酿此先行,敢与冰雪竞芳华。

(二)
牡丹花开显华容,浓妆艳抹红妆浓。
雍容华贵满浓情,富贵高雅不屈同。

(三)
菊花盛开展秋华,清净高洁情高雅。
一展花容毙千芳,微微轻寒独芳华。

(四)
荷花一曲水亮光,汤汤荷田透清香。
一展娇羞盈翠滴,沐浴仙女着玉装。

(五)
月季花开凝妆红,粉红羞脸微笑容。
美艳长新待望眼,绿叶花蕾生机蓬。

(六)
杜鹃花开映山红,西施美颜粉黛浓。
风姿艳艳光灼灼,美好生活好感情。

(七)
茶花一开更娇容,花中娇客不众同。
希希生机无限好,理想信念亮前程。

(八)
兰花一香沁心芳,高洁淡雅吐幽香。
绰约多姿深馥郁,一展馨馨飘四方。

李奎

茂名南天诗社会员。男,安徽省六安市叶集区人,中共党员,商人。"六安诗词楹联学会"会员,安徽省诗词学会会员,叶集诗词楹联学会副会长兼秘书长。曾在多家新闻媒体、古体诗词社发表作品百余篇。

七绝·钓秋
丹霞做饵钓蓑翁,暮染金钩与景融。
牧笛盈舟邀月影,一江碧水笑秋风。

喝火令·惜秋
水远云垂地,山清月坠江。草枯梧赭菊花黄。枫径叶红迷乱,栖鹭悄凌霜。
梦浸诗书味,情生纸墨香。五更挥笔写秋妆,惜这风柔,惜这雨初凉,惜这雁啼空叹,玉蝶寄辞章。

鹊桥仙·鹊啼银汉
鹊啼银汉,稀星残月,忍瞰倦风初驻。牛郎织女盼流年,未执手芳心无主。
金鸡报晓,良宵如幻,只恨断桥无补。两心一世永相依,愿天上人间共渡。

七绝·晏小山
索春绣被玉楼家,骢马金鞍断御纱。
问柳低魂风月夜,盖才无德匿言夸。

七绝·晏小山
功名粪土说轻狂,风月情痴利禄场。
世俗博欢千古事,锦楼饮恨著文章。

七律·七月家事
七月辛勤汗水怜,吉星普照喜频传。
包装陈物添诗韵,贱卖家珍换酒钱。
心事托谁知寂寞,友邻把我笑疯癫。
余生若许闲乘月,醉咏唐风宋韵篇。

七律·八一
南昌起义火燎原,洪水滔滔震宇轩。
英烈魄飞归故里,马革尸裹守边关。

丹心壮举开金阙，血肉长堤筑铁垣。
明月秋风歌盛世，柔情铁汉保民安。

五律·叶集火车站见闻
铁路入荒村，星疏夜色昏。
山高风雨落，车疾火光喷。
冷月留闲客，孤灯候野魂。
何时能上马，雁过陌农门。

李立伟

过灵丘觉山寺
一寺飞山麓，元宏报母封。
唐河流孝泪，白塔动尊容。
壁画神交阵，心经字撞钟。
人能常守道，哪用拜仙宗？

金正恩访华有寄
邻邦衣带水，共叙国家兴。
低调和琴鼓，红旗与日升。
前行循社制，出访拜贤朋。
几代连心线，拧成一股绳。

贺两会召开
春和贤俊集，议政为民生。
大计听群论，贫田待我耕。
天空飞致远，板短补能平。
特色旗高举，云开六合晴。

过右玉
虎口谋生道，驼铃一路听。
丛林含富氧，史册载真经。
莫计眸前利，方能枕席宁。
皖人油画笔，饱蘸堡山青。

咏开封府
一府因公蜚，凛然正气衙。

堂鸣方醒木，囚戴板刑枷。
弦月钩冤案，镜湖窥恶鲨。
朝廷严吏事，百姓说桑麻。

咏邯郸
恒名奇地一，孕育出娲皇。
骑射中原室，穿行廉蔺乡。
浮雕铭黑石，美梦枕黄粱。
蕴积贤才久，千年福泽长。

咏长江
银河天上挂，泻地曲流长。
白帝留诗美，肥鱼伴酒香。
人随舟远渡，月落水清凉。
育出华龙后，尊名万古扬。

过永定河有思
一泻时光纱，桑干永定融。
泥沙携大美，旷野醉春风。
水脉生人脉，神功补禹功。
诗心连路带，曲径向幽通。

腊月商业街购物
咫尺车难近，商家叫卖喧。
擦肩身转向，选货眼花昏。
文化千年耀，传承一脉根。
的哥知我意，鸣笛又开门。

观画室画画
架上陈坛罐，前堂聚画生。
花枝春树绽，笔线纸田耕。
错落寻精致，描摹取重轻。
求题留白处，冀淡利和名。

李连云

笔名云裳羽衣。70年代初出生于承德县蹬上镇。承德市作家协会会员，中华精短文学学会会员、签约作家。作品发表于《诗选刊》《燕山》《热河》《国风》《河北农民报》《承德日报》等报刊。

七律·见南山杏花
放眼南山处处白，时逢今日杏花开。
零星几片翠云叶，散落数枝苍雪苔。
微雨如酥凝玉露，暖烟似雾锁云台。
风流春絮争侵户，指引新莺沽酒来。

七律·题春柳
东风一剪柳芽新，绿上枝头报早春。
摇曳轻姿频照水，参差倩影不沾尘。
迎来紫燕穿帘过，伴取黄鹂抱叶亲。
碧玉盈盈千万缕，长丝脉脉系游人。

七律·题仲春
一任东风裁仲春，拂开青眼柳丝匀。
枝头恰恰莺啼曲，湖面悠悠水载云。
芳草年年由此绿，梅花岁岁为留魂。
游人三两踏青去，倦客归来懒扣门。

七律·无题
我敬余生一盏酒，堪将往事化烟云。
任凭沧海波涛涌，不与江湖名利分。
闲坐草庐观日落，独行苔径数星沉。
清风念我常相伴，每至三更月照人。

李龙江

1954年4月出生，曾在浙江生产建设兵团下乡，后返城在浙江省属建设集团工作至退休，自考杭州大学汉语言文学专业毕业。现系中国诗歌学会会员，中华诗词学会会员，浙江省诗词楹联学会会员，浙江知青诗友会会长。

七律·退休自乐
浮沉漂泊几多年，业界打拼皆浩然。
身退归依陶令愿，心宽栖息菊篱边。
一隅小镇安居乐，半壁书房雅艺传。
将欲凡尘还岁月，把持晚节学先贤。

武陵春·生日偶成
回望征程风雨猛，往事已归尘。一片流霞一片云，缱绻在心身。
多少惊心多少痛，岁月了无痕。愿伴诗书半掩门，把酒处、举金樽。

七绝·龙场悟道即句
悟道龙场心即理，知行合一致良知。
人生从此不迷惘，圣学之途志未移。

李嵋屏

山西省朔州人，中国诗词研究会会员，山西省诗词学会会员，中华文化促进会剪纸艺委会会员，山西省民间文艺家协会会员，山西省民间剪纸艺术家协会会员，朔州市工艺美术能手。

五绝·回娘家（新韵）
阶前梨树茂，庭院菜花新。
小狗犹识我，团团绕故人。

五绝·溪边人家（新韵）
溪渠过农舍，青菜两三畦。
老妇荷锄望，田间布谷啼。

五绝·农家清晨（新韵）
农家新雨后，庭院绿葱笼。
鸟雀逐枝跃，桃梨挂果青。

七绝·农家小院（新韵）
红瓦青砖未有尘，黄瓜绿豆蔓藤伸。
一畦葱韭连波翠，两位农人日夜辛。

七绝·题豆花图（新韵）
豆蔻梢头二月初，红颊粉面翠波浮。
春深几许游丝尽，两点相思织画图。

七绝·山杏（新韵）
寂寞疏枝崖畔栽，浅红瑞果落尘埃。
只身装点山川景，任尔虫来与土埋。

七绝·新磨垂钓中心（新韵）
半亩方池钓者排，凝神屏气坐禅台。
闲观云影逐微浪，骤起风波鱼上来。

七绝·河边嬉戏（新韵）
蓼花蒲草似桃源，野鹭鱼虾戏浅泉。
赤脚汲波真畅快，人生处处水云间。

七绝·莲花池秋色（新韵）
九月秋遗满地金，红尘冷暖诉晨昏。
霜风渐起凉长夜，昨日繁花无处寻。

七绝·观雪地麻雀觅食（新韵）
人生恍似门前雀，雪地群争一口食。
亮羽翻飞你称好，笸箩陷阱或为迟。

李梦痴
旧体诗人、作家、编剧。

苏州访梅花兄有寄
正是春寒二月初，访梅邀酒向姑苏。
袖中遗稿浑相与，林下新风幸未孤。
信许汉唐兴鼎祚，宁从王谢醉江湖。
不妨先理书文讫，再入东山色益殊。

再读陶诗有作
慢将天地不仁名，错解人间进退情。
高士歇心耽咏志，英雄临路惜干城。
大风歌作春秋笔，饮酒诗消月旦评。
出处说来都是泪，无非一念济苍生。

塞上春雪中闻笛有作
雪因风紧暗晨光，覆了桃红压粉黄。
逾岁积寒才淡去，倾城浅韵又深藏。
依稀耳畔闻清笛，不觉梅边惜暖阳。
化入江南三月里，鹧鸪啼处百花香。

晨练忆占昨夜少年同窗雅聚入群格
岁月犹怜此味真，还余笑脸映青春。
几杯风趣温心酒，一座逍遥华发人。
戏谑更赊情志在，玄微每触感怀亲。
匆匆最惜神游促，再入藩篱已半醺。

时维立夏沈城寒中晨练忆江南有作
春尽关东五月寒，风凝晓雾悯衣单。
树梢才见三分白，楼角新张一脉丹。
待捉器材先拢手，欲开襟抱勉扶栏。
晴岚盼合江南梦，笑把桃花带露看。

水调歌头·慕田峪长城
京北慕田峪，烽火旧边城。至今犹见殊胜，卓出碧山青。险恃雄关控扼，气凛鹰飞倒仰，振武不须兵。山势压鼙鼓，日影画危旌。

未登临，东西望，早心惊。伏波起浪，云吸龙脊领长缨。莽莽春秋素染，脉脉江山锦绣，天地鉴峥嵘。故垒惜人事，高古寂无声。

贺新郎·知命年为赋青春曲兼寄先贤
为改江山旧。也曾经，点燃星火，把天红透。赎取东风荣万类，绽放青春灵秀。断不让，神州倾覆，肉骨凡胎熬碧血，兑虹霞为祝苍生寿。肝胆具，不须酒。

百年物换星移后，幸沧桑，鳌头敢笑，

白云苍狗。渡尽劫波风骨续,焕发峥嵘锦绣。今恰是,风云合奏。顾我大同情未泯,致太平再把天心叩。寰宇内,雅风奏。

李明德

男,汉族,现年76岁,本人退休前系人民教师,中学高级教师职称。退休后,学写格律诗词。16年来已有300多首诗词分发海内外有关刊物录用。系中华诗词学会、湖北省诗词学会、荆州诗词学会、东坡赤壁诗词学会、石首诗词学会会员。石首市《楚望诗刊》副主编。

七绝·参观新河洲村养牛场
濛濛细雨润如酥,小路弯弯向草庐。
最是牧童魔法妙,一鞭甩活百牛图。

七绝·蛟子河夜渔
人静夜阑蛟子河,渔娘荡桨扣舷歌。
阿哥生就包天胆,张网敢将星月罗。

七律·夏夜小唱
昼间嘈杂渐安宁,新月如弓挂小亭。
暑气蒸香千顷稻,蛙声唱笑一湖星。
加油充电来书屋,邀友谈心偎芷汀。
谁弄丝弦杨柳岸,音符跳跃逐流萤。

七律·初夏乡村拾韵
林花已谢剩蛮荆,夹道浓阴听鸟鸣。
疏懒阳婆常缺岗,辛勤布谷正催耕。
铁牛沿垄裁金箔,巨泵翻堤引白鲸。
莫道乡村无韵律,犁耙响处动诗情。

李明军

恩师包德珍先生得琴字有寄(步韵)
自喻清琴客,无弦吊夜磨。
鸣林浮日暮,唱月抚山窠。
绿绮疏音少,红尘杂味多。
时时空浩叹,潮涌大江过。

恩师包德珍先生得棋字(步韵)
楚汉戈城驻,敲棋细复磨。
盘中高布策,营角妙排窠。
一局销烟少,交兵战事多。
输赢无计论,总在笑言过。

恩师包德珍先生冬夜学书(步韵)
枯毫抛掷久,传笔梦中磨。
薄夜耕书案,平笺布擘窠。
横姿余韵少,醉墨费心多。
未觉冬时晚,灯窗落月过。

恩师包德珍先生自画感吟(步韵)
平生空自画,闲度半销磨。
孤影眠花月,常家卧草窠。
行吟忧世浅,离落感时多。
知是红尘客,匆匆不得过。

恩师包德珍先生学诗戊戌年有寄(步韵)
念念师传业,常年瘦月磨。
晨来敲律韵,暮向问心窠。
窗课何其细,诗衣却不多。
弟恒承钵愿,莫负白驹过。

恩师包德珍先生饮酒
浊闲清逸致,凡境是非磨。
释酌怀壶物,牵吟钓月窠。
故交千盏少,离散一杯多。
能饮真狂药,浮生也醉过。

恩师包德珍先生咏梅(步韵)
清寒吟雪骨,亘古费评磨。

调笛成新曲，浮香出旧窠。
心存丹志远，身寄紫岩多。
惹得来骚客，时时记问过。

恩师包德珍先生饮茶（步韵）

细叶新微翠，空灵日夜磨。
香魂淋沸火，风俗出村窠。
材性三春半，禅茶一味多。
焚烟尘忘却，能解悦神过。

李明乐

江苏省丰县人，吉林建筑大学，经济与管理学院，工程管理专业，本科毕业，酷爱诗词。

七绝·寒夜

寒风拂过夜已深，月色模糊人亦睡。
明日朝阳依旧否，满眼净色在霜枝。

七律·送友人

小雪初时日已过，山茶微开迎风雪。
昨日之事追客去，一弯斜月也朦胧。
繁华灯火遥相望，木屐短衣看江雪。
待的花开满大地，众归一同在明日。

五绝·归途

草木本无心，夏末无秋意。
落日余晖晚，路漫人影长。

李培玉

男，郸城县军队退休干部。中华诗词学会会员，郸城县诗联常务副会长，副主编，郸城县作协理事。近几年在全国各地诗词报刊发表作品数百篇。斋号听竹轩。

沁园春·祖国70华诞

七秩风尘，万里征程，无比自豪。看巨舰航海，嫦娥奔月；卫星联网，墨子凌霄。高铁飞驰，虹桥矗立，大美江山分外娇。黎民乐，喜神州地位，步步升高。

沧桑风雨飘摇。勇拼搏，英雄放大招。让恶魔伏首，豺狼让路；旌旗猎猎，战马萧萧。国盛军强，复兴圆梦，舞舵扬帆逐浪潮。前程锦，铸千秋伟业，再领风骚。

沁园春·人民海军70寿诞

浩荡惊涛，迅疾奔雷，战舰起航。看万里海域，千重巨浪；艨艟疾骋，鹰隼翱翔。威武雄师，忠诚使命，八面威风斗志昂。蛟龙现，让鲸鲨胆战，虎蟹神惶。

征程一路风霜。七十载，峥嵘脚下量。更身经百战，帆扬万国；张弓东海，亮剑南疆。扎紧篱笆，巡防西域，保护侨民赴异邦。风云激，奋长缨在手，睥睨东方。

沁园春·长城

万里长龙，百丈雄关，千古莽苍。望汉堞秦塞，屡经雪雨；唐砖宋土，久沐风霜。烽火连天，狼烟遍野，断矢残戈插满墙。城头上，见征夫血泪，百姓哀伤。

攸关华夏兴亡。好一座，丰碑未可量。念豹军虎将，皆成尘土，金戈铁马，渐入苍茫。奇迹留存，任人观赏，游客纷来自八方。神州地，有巨龙崛起，无限风光。

水调歌头·歌颂祖国

七十华诞到，祖国正青春。神龙出世，优秀儿女立昆仑。冲破樊笼桎梏，除去积尘污垢，一展地天新。江山细描绘，万里起风云。

风雨顺，花烂漫，惠黎民。和谐社会，公平正义满乾坤。创造千秋奇迹，贡献万民福祉，伟业灿星辰。华夏宏图锦，大道正辚辚。

沁园春·咏 92 岁老兵侯一凤

不老人生，不负韶华，不改寸丹。记从戎投笔，踏平战火；带勋卸甲，奉献家园。硬骨铮铮，忠魂耿耿，纵马征途不歇鞍。培桃李，化春风雨露，大爱绵绵。

淡看受辱蒙冤。又岂惧，阴霾风雨旋。更疏财高义，恤孤救苦；披肝向善，沥胆思贤。身若苍松，心如美玉，鲞髦成为新党员。夕阳灿，看桑榆未晚，光照人间。

水调歌头·一带一路再出发

五洲祥云起，万国聚东方。丝绸古道，再续薪火绽辉煌。相约雁西湖畔，合力抗衡风雨，有事好商量。结伴报团暖，责任共担当。

联欧亚，通非美，结邻邦。纵横捭阖，"五路"畅达友谊长。相互包容忍让，开创未来美梦，四海共炎凉。又听驼铃美，再绘大篇章。

水调歌头·张伯驹

英才看陈楚，国士出名门。生逢乱世，不料白璧竟蒙尘。绝代芳华难掩，倜傥风流飘逸，高格展清淳。潇洒京畿地，四海尽知君。

多才气，精翰墨，率情真。抽身戎马，淡泊宦海若浮云。一掷千金护宝，满腹丹心可鉴，亮节灿星辰。风范垂千古，能不念斯人！

沁园春·改革开放 40 周年

四十春秋，砥砺前行，走向富强。看万里山水，春风鼓荡；九州沃土，澍雨芬芳。改革雄心，经纶舵手，绘就宏图赴远航。旌旗展，正移山跨海，步履铿锵。

东方奏响华章。再崛起，河山换靓装。让巨龙昂首，鲲鹏展翅；神舟起舞，丝路辉煌。游子回归，万邦朝贺，民族中兴超盛唐。红星耀，有初心未改，圆梦康庄。

李平

笔名独舞，山西运城人。凤凰诗社常务副社长，中国诗歌学会会员，中国散文学会会员。有诗词、散文、小说等发表在《绿风》《都市》《山东文学》《人民日报》《山西日报》等报刊。

紫玉箫·深秋雨

来自何方，将之何去，悄然弥漫山川。轻盈所至，但捻云闻雁，攀树无蝉。小径芳草，余一二、似觉阑珊。堪寻也，桃溪菊园，却说明年。

寻常一滴清水，凭甚置私心，赋予悲欢？青红易变，岂朝朝、相倚岁岁初颜？久熏烟火，依旧是、一席蓝天。清风里，霜露洗尘，独舞成妍。

风入松

晚秋霜重雨津津，寒意渐醺醺。北风浩浩青红扫，恍恍间，消歇晨昏。枯叶宁归黄土，月儿聊度闲人。

高空飞鸟远山云，来去自由身。音尘凭寄无消息，岂堪寻、丰瘦之因？初雪行将圆梦，小梅何日迎春？

满庭芳

平地生风，薄烟生雨，秋意来自天涯。露痕霜迹，零乱挂枝桠。寒气黄昏更甚，有知了、潦倒篱笆。惊回处，青苔郁郁，如叶亦如花。

些些，憔悴在，莺窗柳榭，梅酒兰茶。但说收心也，何故咿呀？红紫曾经会得，又紫系、雁路云车。谁能料，无聊岁月，温暖竟堪赊！

谢池春·慢

一年之计，余多少、眉间合？欲忘更忡忡，若问如何答？黄叶书秋字，雏菊铺春榻。燕声饶，蝉梦乏。远烟疏淡，该与谁来纳？

怜花惜草，偏惹得、红尘劫。岁月云衣裹，风雨青鞋踏。抱拙能明目，布施堪消业。摇经桶，循佛塔。今宵之月，教我双全法。

卜算子·慢

檐头日转，帘底月斜，不觉岁终年罢。一幅天笺，几度碧云挥洒。去来兮、直把阴晴画。暗折取、西风一缕，轻轻系与长夜。

睡起厌厌也！为大雪无踪，小梅无籍。旷阔深庭，不胜半弦冬夏。落余闲、偏把谁招惹？但愿是、冰花一朵，被春光融化。

高阳台

小院秋深，三更夜静，月儿高挂枝丫。蟋蟀啾啾，间闻落叶沙沙。霜苔露草安然睡，任清寒、如梦横斜。待谁夸、一缕金风，一地黄花。

撷香拾翠天然足，更蝉音兑酒，燕翅分茶。遍染霞烟，光阴不外桑麻。随风步影归来处，是寻常、饮食人家。这生涯、得也无机，失也无邪。

李强

字开民，号滕阳公子、滕阳公，山东省滕州市人，中华诗词学会会员，山东省诗词学会会员，滕州市诗词学会副会长。

已秋

知秋叶无语，簌簌落心田。
未向愁提醒，悲凉太突然。

窒语

荷月暑风重，炉中如炙人。
敞衣羞骨瘦，弃卷任心贫。
一夜唏嘘扇，三更辗转身。
安求雨多骤，但止垄飞尘。

雨后

雨后香浮叶，心清似作禅。
三花初抖擞，一念弃缠绵。
久溺西厢累，空图东汜年。
世人终不悟，苦苦却求全。

三八感赋

真情留些不须多，一世陪她又怕么？
莫让红颜似红烛，伤心泪比雨滂沱。

目夷沟

翠岭风怡耳侧清，闲吹布谷两三声。
黄昏驱散朝香客，却送归人蝶一程。

破碍斋杂诗

百岁仙翁无近亲，年年怕看树雕春。
羞为世俗轻浮客，宁做情憯不寿人。
太白文章多酒气，重光家国是伤尘。
生时未降青牛紫，承得骚酸落迫身。

卜算子·冬至

酒是忘情方，雪是情花碎。不见当年尝饺人，独让胶杯醉。

爱也又如何，恨也终须累。打点春光能早来，去踏香荄翠。

南歌子

灯浊销残夜，心沉挂满霜。牵情文字

落书房。几让袭衣披起踱寒廊。
　　块垒何时积,相思此刻长。宵宵更比一宵狂。始信人间没有孟婆汤。

李青葆

　　浙江青田县人。国家一级作家。中国作家协会、中华诗词学会会员,中国楹联学会理事。出版有《行走的风景》《心灵的风景》《山水烟云》等诗词集和长篇小说、散文集等18部文学专著。作品多次获全国大赛一等奖。

七律·南明湖之春

长堤绿绕古城墙,生态南明碧水乡。
两岸山青映湖翠,几多花艳逗风香。
门开隋代文星闪,鹭展江天画意翔。
昔日云帆去何处?星楼万象赋新章。

注:古城墙,即处州府城墙,位于浙江省丽水市,城墙始建于隋开皇九年(公元589年),至今已有1400多年历史。南明门(即丽水大水门),位于城南面南明湖畔。星楼,即应星楼,丽水市标志性建筑,因对应天上"少微处士星宿"得名。位于丽水市区瓯江北岸南明湖畔,始建于南宋开禧三年(1207),2009年重建。

七律·咏花溪谷

花溪十里百潭清,曲径通幽至宋明。
仰首鹰飞向天啸,低头水静照云横。
千年鸟道掩人迹,一度东风引客行。
举镜摄来仙界景,为看瀑布又登程。

注:花溪谷,在青田县小舟山乡黄圆平村。

七律·咏大尖山

独立人间几亿秋,一身铁骨韵长留。
爱花敢斗风和雪,怀旧尤思郑与邹。
脚下清溪成瀑布,眼前贡宅换新楼。
雷鸣电闪寻常见,最喜彩虹连亚欧。

注:大尖山,位于青田县小舟山乡。是该乡最高峰。贡宅,贡生的故居。说明小舟山是个有文化底蕴的古村。郑与邹,小舟山村的两个大姓。连亚欧,指环绕大尖山周围村落的出国华侨,约5万多人,青田全县华侨33万多人。

游千峡小镇

梦里飞来林妹妹,同游千峡笑颜开。
眼前碧水醉云白,艇畔银鸥追浪回。
妙笔成峰思太守,红楼仿古赞瑶台。
金陵玉女若齐聚,亦画亦诗何乐哉!

注:太守,指永嘉太守谢灵运。公元423年,谢灵运沿小溪来北山、景宁探访民情,路中碰到其兄大郎,同他一起回府。当地人将他们兄弟相逢之地叫郎回。现已被水库淹没。郎回对面有山形似笔架,名笔架峰,也叫妙笔峰。

七律·法国埃菲尔铁塔

赛纳河边一塔雄,金身铁骨壮长空。
登高伸手摘云朵,遣兴行舟见玉龙。
胜战百年经典立,游人千万涌潮同。
望中心有圣神在,三色旗飘展国风。

注:为迎接世博会召开,法国特在巴黎战神广场建埃菲尔铁塔,1889年建成,主题思想为庆祝法国革命胜利100周年,把三色旗插在300米高的铁塔顶上。现为法国的标志,世界的风景。

鹧鸪天·多瑙河

千里滔滔闯险关,气吞十国贯群峦。
当年舞曲蔚蓝梦,眼下江流浊浪翻。
　　看夜美,绽心欢,滋润非因图一湾。
长驱兼爱万千里,灯火辉煌是笑颜。

鹧鸪天·舟山赋

连岛长桥百里虹,波涛滚滚卷雄风。
大洋气魄舟为韵,赤子情怀海舞龙。
　　群岛翠,万灯红,高楼别墅展清容。
银鸥啄起霞千朵,融入主人诗酒中。

巫山一段云·故乡

　　难忘秋收日,霞飞九月天。谷黄米白品鱼鲜,灯下话丰年。
　　腊月思亲友,村前看夕烟。那山那水那梯田,处处动心弦。

李庆林

网名虎皮兰居士,男,1962年7月生,山东省昌乐县人,本科学历,农业局高级师。中华诗词学会、中国楹联学会会员,中原诗词研究会会员,潍坊市诗词学会理事,昌乐营陵诗词学会副会长。由线装书局出版自著《世态诗语》诗词集《虎兰居余墨》集。作品收录于《黄浦江诗潮》《中国当代诗词精选》等十余部书以及全国诗词刊物中。

虞美人·春惬

东风染绿河边柳。翠鸟啾鸣守。闲怡老叟钓竿抛。专等鲤鱼吞饵、好逍遥。

辛勤燕子衔泥速。巢穴修来育。一年希望在春时。万物争荣奔放、美新奇。

明月逐人来·荷塘月色

飘然临夏。闲游塘坝。冰轮澈、玉光如画。靓姿娇影,上天仙女驾。夺目消魂怎罢。

蛙鼓声声,摇动碧荷惊诧。微风透、清新淡雅。不觉醉兮,疑惑瑶池假。恍惚庄周蝶化。

婆罗门引·孟夏感怀

石榴火焰,绿丛碧海耀睛眸。清新美景魂钩。菡萏池中擎伞,尖角露还羞。看蜻蜓起舞,蝌蚪浮游。

稍时片休。感丽日、叹风流。忆起孩童过去,嬉闹无愁。光阴何速,未曾料、双鬓雪侵头。怀梦想、壮志何酬。

醉乡春·俏佳人

夏日暖阳随护,瞧那美人风度。小褂瘦,薄裙肥,胸挺摆臀挪步。

赚够众眸回顾。满面神怡色舞。俏佳丽,醉红颜,太平岁月欢情露。

南州春色·柳钓

沧桑柳,细条枝。湖边常住,韧劲傲天时。不管寒凉和酷暑,袅娜舞娇姿。茂密浓荫伞盖,遮阳怡悦,垂钓把杆持。

任尔吞钩与否,东风送暖,心境无私。莺鸟啾鸣,余音盈耳,天籁曲、心醉如痴。若似和谐光景,唯美自然诗。

七律·清明节

三月风光馥郁温,百花齐放美山村。
回归祭祖天经理,尽孝怀宗地义恩。
浊酒佳肴表心意,青烟香火敬先尊。
优良传统弘扬颂,社会和谐广扎根。

七绝·植槐

老宅门旁种植槐,深根扎下满枝开。
葱茏茂密浓阴蔽,胤脉延绵福寿来。

七绝·念灵均

忠君爱国孰曾怜,汨水冰清可卧眠。
艾粽幽香飘万里,每年端午祭高贤。

李庆泉

网名清泉流水,中共党员,大专学历,山西孝义市人。现任孝义古城诗社社长。孝义市作家协会艺术指导。三晋文化研究会常务理事。热爱诗词创作,作品常见于各大媒体及诗词网络平台。

七律·纪念八一建军节

军魂八一号声吹,起义南昌跨马骑。
跋涉征途无敌寇,金沙赤水有雄师。
盘山越岭儿郎勇,驾海翻江战士随。
侠胆忠肝君莫忘,周年九二赋新诗。

五律·祖国七旬贺华诞

祖国山河颂，琴笙奏响天。
神州齐筑梦，华夏共担肩。
科技苍穹领，筹谋宇宙前。
挥毫歌盛世，七旬又扬鞭。

沁园春·贺晋中楹联协会

古邑飘香，柳绿花红，雾紫云祥。贺楹联协会，怀珠蕴玉，文坛组合，银嵌金镶。太岳西山，吕梁东麓，票号钱庄夸晋商。今朝咏，颂青峦碧岭，最美家乡。

丝绸之路长廊。叹王勃飞笺作赋章。伴傅山作画，锋如流水，宗元舞笔，砚若池塘。居易诗廮，书狂隽藻，历尽沧桑皆栋梁。英才出，赞鸿儒辈涌，寰宇翱翔。

沁园春·美丽山西我的家

美丽山西，富饶祁县，摩诘家乡。瞰羲之挥笔，庭筠作赋，宗元舞墨，王勃吟章。汉简秦书，唐诗宋韵，无不繁生俊杰郎。飞笺谱，赏通途大运，文化长廊。

汾河流域呈祥。唯华夏金融数晋商。咏乔家大院，砖亭木榭，渠门贵府，锦阁红墙。西拂蒙疆，东襟江浙，古道财团竞栋樑。新世纪，颂民安国泰，再铸辉煌。

八声甘州·诗咏三晋谱宏章

赞山西大地谱宏章，神彩绚光环。赏交文汾孝，介平祁太，载誉瀛寰。市井繁荣物阜，百姓笑开颜。跨越新时代，跃马挥鞭。

渠府乔家大院，拥骚人似海，墨客如泉。有王维故里，吟曲赋诗坛。左太行、林稠果硕，右吕梁、胜水荡舟船。旌旗旆，借东风舞，率众登攀。

李琼秀

女，68岁，网名子玉，武汉市江汉区税务局退休。师范毕业，曾做过武汉市中学数学教员。退休后常在上海带外孙做家务，也回武汉过一段休闲日，爱好诗词，在新浪52诗词网发表作品。

行香子·鱼吻香荷

玉宇浮云，波上呈祥。荷出水、欲滴琼浆。一帘清露，婀娜昭彰。显几多情、几多韵，几多香。

风清烟敛，蟾光倾泻。看鱼儿、飞跃池塘。胭脂试吻，粉瓣亲尝。惹人心醉，乐心上，醉心房。

江城子·乡野自然亲

长堤远远绕藤茎，两河清，碧空明。一列火车，开过响叮咛。野外茫茫荒草地，人走近，鸟飞惊。

回归乡野水瀺瀺，野花灵，小舟横。拜过新年，美酒谢乡情。鞭炮声声添喜庆，回程返，夜三更。

踏莎行·云水谣（晏殊体）

古道悠悠，秋烟袅露，行人如梦游回度。灵山杨柳水云天，有仙着意青山住。

翠幕成阴，百年榕树，溪前描画人如许。桥墩漫步往来人，一溪碧水飞流去。

御街行·日月同辉（柳永体）

记上海曲阳公园的早晨

艳阳空挂弯弯月，日月同辉阙。花红一剪树梢头，七彩曙光千结。廊桥堤柳，睡莲红乱，池水波清澈。

人间莫道嫦娥涉，歌韵重重叠。醉歌金缕入香茵，谁把景情营设？乡愁纵有，醉游如梦，心绪如何说。

苏幕遮·漫步汉口江滩

水滔滔,杨柳被,芦荡清波,纱帐微风系。歌起笛声音韵味。花鸟翩翩,蝶舞呈双对。

湿泥香,芳草蕙。漫步江滩,尽兴风情醉。人在沿江青帐里,一阵清凉,聆听莺啼脆。

越溪春·太湖临水人家

山映彩霞天接水,烟水遍天涯。太湖水榭婆娑影,满目呈、山野枇杷。青瓦砖墙,吴侬软语,临水人家。

闲聊细品浓茶。三白美鱼虾。馆台楼宇点缀淡雅,诗情画意窗纱。看那小桥山野外,红遍杜鹃花。

蝶恋花·与同事喜度重阳

万里霜天游野渡,菊绽东篱,片片黄金缕。粉嫩娇羞藏不住,清泉百尺飞珠去。

生日重阳兼赋与,喜气风生,自有开心处。久别重逢都几许?余生长在天涯路。

虞美人·红豆相思扣(红楼梦填词)

空余一缕相思扣,风雨黄昏后。问君能有几多愁,恰似春花春柳满红楼。

星愁暗自眉头上,木石前盟漾。葬花吟起舞尘浮,流水悠悠红泪泪难收。

李全振

男,河北省承德县两家乡两家村人。河北省诗词协会会员,承德市诗词楹联学会会员。承德县作家协会会员。热爱诗词。作品曾发表于《承德诗词》《天女木兰》《丝韵》等刊物。

七律·慈云庵

灰瓦青砖藏古色,铜油红木蕴新禅。
晨钟暮鼓敲祥韵,长管短箫扬美旋。
演尽春秋时态事,纵观华夏世情篇。
盛衰荣辱沧桑过,岁月如歌三百年。

七绝·庙山

雨后西山雾色朦,青石小路踏歌行。
百年松树撑天伞,静坐凉亭沐古风。

七绝·访农家四合院

应怜泥土印厅台,小扣朱门久不开。
众友心焦庭外驻,千呼万呼始出来。

七绝·丽水行舟

瑶池宝镜映青山,碧水行舟惬意添。
才子佳人咏丽水,欢歌一曲向蓝天。

七绝·丽水泉花海

茫茫花海望无边,姹紫嫣红染九天。
美女醉痴香野里,蜂飞蝶舞久流连。

七绝·霞染丽水

雾绕云飘拢翠山,晚霞飞彩水连天。
人间美景万千处,怎比家乡丽水泉。

七绝·大松树

清霜苦雨洗尘沙,傲立峰头静不哗。
抛却世间名与利,迎风斗雪笑天涯。

李荣辉

1952年5月参加工作,在县供销社机关任团支部书记。1958年被吉林省团委授予:青年社会主义建设积极分子。1995年参加中国文学函授大学学习,本科毕业。爱好文学写作,特别是吟咏感赋中华诗词。1997年退休,退休至现在笔耕不辍,作品多次获奖。现为梨树县诗词楹联协会会员,曾在长白山诗词2015年第6期发表作品。

采桑子·登长城好汉坡

好汉坡长城立陡,蛙步艰登。树上云腾,山头绿海似浮鲸。

游人感慨新时代,改革风行。开门喜迎,崛起神州世界惊。

浣溪沙·50年代梦想成真

粒长香米白馒头,旧房改造住新楼,颐养天年无有忧。

梦想成真楼上下,电灯电话电车牛,今非昔日那山沟。

唐多令·春游散记

河边细柳青,小女扑蜻蜓。追去追来追不停,水里鱼游玩累否?平安日,眠不醒。

高兴忘记程,一路伴歌声。树上鸟儿听的清。回家欢乐娃前跑,郊外绿,草吐馨。

菩萨蛮

癞蛤蟆把天鹅妒,高飞也要河边住。水足鱼也多,唱晚有渔歌。

抬头看见么,两眼能言些。幸福是鸳鸯,双双戏水塘。

李锐

久盼来雪

新年恰遇雪扬扬,十里琼英不闻香。
我羡诗人唐太白,摇天醉落一行行。

悼念诗人余光中

海峡湾湾难启航,当年船票已珍藏。
归心不必千千结,一首乡愁抵万张。

海眼白天鹅

玉羽翎毛孑影孤,朝天引颈问江湖。
宾王雅句人皆唱,红掌青波踩墨图。

故乡春雪

昨夜红崖飘瑞雪,今晨绿树换银装。
乡愁愧我无佳句,只把无香说有香。

协会办公乔迁新居

拂袖春风染碧苔,高楼雅集育英才。
金盅频酹桂花酒,窃句吴刚夜夜来。

鹿沟叠翠

草渐葱笼景渐浓,清泉石上水淙淙。
松崖泼墨堪如画,酒肆亭台老友逢。
蝶舞花梢风细细,车鸣谷底影重重。
邀君乐作蓬山士,访学仙家入万笻。

重九闲吟

重阳又到路迢遥,雨湿茱萸岭上凋。
久约亲朋尝绿蚁,升迁挚友耍官僚。
深谙世道尘埃远。浅弃闲情俗虑消。
物外超然通禅意,心经已悟看风潮。

贺省诗词学会第五届会员代表大会在临洮召开

群英汇聚彩陶乡,八桂笙歌报吉祥。
丝路花开呈好运,骚坛重启射文光。
山河锦绣吟诗赋,社稷安康富梓桑。
岳麓钟灵升化地,玄元道德辅慈航。

原韵和白云无声《长风秀墨》付梓出版

揽胜花开骏马乡,新声雅韵远名扬。

三春付梓千秋乐，一卷诗成万古香。
墨泼珍珠圆旧梦，承传国粹表甘肠。
洮州沃野多才俊，再谱长风独秀章。

白露

玉兔侵寒日见凉，双休缓步李家庄。
西风渐紧云含露，北雁频摧叶带霜。
浅水池塘摇碧柳，依墙老叟沐斜阳。
青山未染千重景，绿树庭前已枯黄。

李少斌

男，现年70岁，湖北广播电视大学，大学文化，教授职称，爱好唐诗宋词，有诗词作品发表。

浣溪沙·赞南水北调中线水源丹江口水库

大坝泻江架拱桥。波浪万倾激狂潮。库翻百里赫龙蛟。

苍海桑田山涧谷，汪洋一片卧银雕。南水北调泽涛涛。

画堂春·高考

千军万马独木桥。人挤桥晃心跳。旗袍桥下硕肥腰。灰裤①黄绦②。

金榜题名一举，牵肠挂肚难熬。功成名就柳飘飘。水深浪高。

注：①寓意旗开得胜。
②寓意成绩辉煌。

七律·白帝城（新韵）

白帝黄鹤朝暮眺，长江一线向东流。
三峡沧桑峻峻秀，大坝横天巍赫掣。
新镇星罗旗布建，山川覆地顺天娴。
高铁飞过万重岭，彩云映红神九洲。

七律·孟夏雨中的卖菜女（新韵）

晓风吹进绿窗纱，凉气微微雨中刮。
细丝菲菲烟雾重，雀燕不断树林嘎。
树苗青润晶莹亮，遛顶银珠亭玉娇。
只见街边几丛菜，雨中忙卖有琼花。

七律·命运共同人类瑰
——赞一带一路（新韵）

丝路商途光耀启，举寰同宇共谋为。
协商平等和衷济，互相携提绕宙回。
一带一路齐聚力，五洲四海共荣辉。
瀛涯发展千年梦，命运相同人类瑰。

李胜年

网名相见晚。湖南安化县梅城镇人。农民工。爱好诗词，诗词吾爱诗友。十年打工生涯，一个人走南趟北，孤单寂寞之时，从诗词吾爱学着写诗，这里选其中四首。水平有限，希望大家喜欢。

七律·立秋吟打工三首

闻道当今夏日休，老蝉弹唱不曾收。
中天暑炽天流火，半夜微凉夜伴愁。
打铁如何能缩手，搬砖不得已低头。
清晨路上飘黄叶，新月宜人是立秋。

不忘初心

因为生活要出城，当初无雨也无晴。
十年万里扬花路，承诺何曾作远行。
砂细入鼻还入眼，酒香伤肾又伤精。
床前蜡烛无心灭，热泪汪汪滴到明。

望月绮怀

风携细雨打芭蕉，叶落空阶助寂寥。
云海折腾无作伴，四方浪荡有相邀。
心关璞玉长难绮，怅望相思久未消。
如此中秋如此夜，月儿无奈桂花憔。

50自题

人生五十自沉矜,碌碌忙忙白发增。
空有豪情逢盛世,却无才智展鲲鹏。
种瓜种豆求温饱,栽树栽花盼家兴。
尝遍百般酸苦味,唯余忠厚可传承。

李识经

  网名枫火梦舞,斋号枫梅,1985年12月生藤州、学泉州、客居邕州。现为浔江诗社社员,中华诗词学会、中国楹联学会会员,柳州市诗词学会常务理事,广西诗词学会理事。南宁市诗词学会《葵花》会刊编委、月刊《老年知音》诗词栏目编辑,曾主编《雏凤清声——广西当代青少年诗词选》。

枫梅斋主五律一组(八首)
红水河

河汉清如许,春游恋物华。
恰沿山转向,偏拍浪淘沙。
移舸凭风正,惊鸥戏日斜。
九千峰气象,聊赠几渔家。

过友谊关

城楼扼关塞,百丈立宵晨。
昔日风烟古,今朝商旅新。
睦南声激壮,跨境月均匀。
但愿相安永,山河草木春。

清明杂兴

野草荒山径,苔痕新赤泥。
路从无处有,风竞落花低。
又是一年约,相思亘古题。
踏青人去后,恰恰鹧鸪啼。

邕州尘净禅寺

欲作林泉客,麦秋来拂尘。
江湖难立足,垢净莫言因。
若不云根古,何曾觉路新。
击石声钟杵,遥遥避世人。

游藤县袁崇焕故里杂感

榕古莲塘翠,黄昏石巷深。
三千刀忍事,四百载回音。
天有怜君意,谁无报国心。
英雄多血性,未放一声吟。

卢沟桥兴

不晓卢沟月,枪声忘未曾。
弹飞狮石醒,血战水云凝。
若有民磨难,焉无士饮冰。
往来千百众,守望海天澄。

武威怀古

凉州无限意,顾盼老城门。
金甲六朝脉,将军百战魂。
遥闻羌笛怨,独向酒杯温。
笑我多情甚,欲寻华夏根。

天隆村居

窗外凉秋雨,山前雁字横。
且凭溪静动,来认草枯荣。
玉米田初熟,壮家人欲耕。
年年重九日,勿忘那乡行。

注:那,在壮语里的是指种稻的田。

李世林

  1952年9月生。汾阳师范退休教师,中共党员,副教授,山西省特级教师。汾阳市三晋文化研究会常务副秘书长,汾阳市诗词楹联学会副会长兼秘书长。爱好文史、文学,有作品在刊物上发表。

七绝·谒尧庙有感

同窗结伴朝堂庙，问祖寻根访圣贤。
借得淳风吹画角，惩贪遏腐靓尧天。

七绝·题壶口瀑布
黄河一泄自天来，迫入槽生万壑雷。
锁雾吞烟呈瑞彩，虹桥架处雀屏开。

七绝·阅临汾华门有感
平阳拔地起华门，百丈雄身柱宇坤。
举步登楼循列祖，骄为五帝后来孙。

五绝·吟久违之雪
昨夜飞琼至，晨来近远茫。
烦请终一扫，快意满胸扬。

五绝·赞君子兰
稳重称君子，妖娆展丽容。
群芳难出右，品博万家崇。

五律·吟汾州核桃
宝树生汾邑，千山被绿荫。
三春开嫩蕊，一夏孕琼心。
秋到敲青果，冬来换帑金。
瑶池征献品，玉帝敕来寻。

五律·赞汾阳美食暨被授厨师之乡美誉
汾阳多美食，屈指数家珍。
炸炒烹华馔，煎蒸煮玉尘。
肴酬生意客，宴款外乡宾。
此地闻华夏，疱丁艺若神。

五律·题汾阳王府
西河唐故府，再建落汾东。
邸院陈嘉景，华庭奉郭公。
穿廊看族显，品酒说香浓。
远客飞鸿引，循声入画中。

李叔和

1947年10月出生，退休前系海燕出版社副编审，担任编辑工作30年。500余首七律入选《国家诗人档案》世界大百科全书（文艺卷）《中华好诗词》《百年诗词精选》（第三卷）（第四卷）《当代诗词典藏》《中国当代诗词》等30余部诗集（有公开书刊号），另有近2000首七律刊于《诗词世界》《诗词百家》《诗词家》《中国风》等报刊和几十家诗词微信网站。

秋日悠然
秋风静气柳溪边，晓露凝神韵意牵。
暗转明眸陪翠竹，轻移脚步伴清泉。
幽情绿酒星光灿，野趣黄花月作船。
日映青山游美景，霞辉碧水自悠然。

笔写文留
苍茫似锦绿荫浓，浩渺如茵景色丰。
异彩庭前花旖旎，芳姿野外树葱茏。
情怀笔写千秋月，远眺文留万仞峰。
画卷同观欣翘首，诗田共赏爽心胸。

秀水荡舟
随心曲径可医愁，遂意幽林倩影柔。
悦我山光添丽景，宜人秀水荡轻舟。
同观岁月迎朝日，共享年华映暮秋。
淡韵诗痕谈顺逆，余香墨迹对沉浮。

笔忆人生
长传眼底起涛声，永驻心头气纵横。
远去行舟追旧梦，归来作画启新程。
悄随绿叶添春彩，又伴繁枝入夏情。
盛誉花中香日月，讴歌笔下忆人生。

莲花悟禅

柳绿松青万象妍，凭栏赏景乐悠然。
挥毫意挚诗情觅，泼墨心虔画境牵。
有序乾坤同悟道，无声岁月喜随缘。
千秋福地灵光照，一朵莲花即是禅。

岁月飘零

鸟语原来自放歌，闲翁且看背微驼。
初衷掩卷桌头写，夙愿诗成笔下过。
体瘦心宽成旧影，峰回路转逐流波。
经风历雨知音少，岁月飘零酒友多。

高铁遐思

疾越安全共品茶，高飞快速览芳华。
传情塞北辞晨景，获誉江南送晚霞。
视野遐思驰海角，时空变换到天涯。
中华逐电行千里，世界追风映万家。

骋目豪情

骋目豪情步不停，开怀壮志润心灵。
山头做伴三千树，柳畔相陪十里亭。
放彩荷池书锦绣，开花菊苑画丹青。
翩翩紫燕诗心起，恰恰黄莺韵可听。

李树峰

上海市江南诗社副社长，《江南诗苑》编委，曾在《江南诗苑》《稻香诗苑》等刊物发表诗词作品若干。

五律·秋思

夜雨涨秋池，归期未可期。
丹枫凝白露，月桂展芳枝。
师道恩尤布，同窗忆岂知。
寄情南去雁，江浦送相思。

七绝·己亥春游佘山

两山耸峙扼申城，古木阴中听鸟鸣。
塔影犹存人不见，绿杨烟里数峰晴。

七律·中秋遣怀

诗到中秋赋广寒，好风伴我倚雕栏？
西楼斜月关山梦，北岭残阳驿路阑。
自古蟾宫无散聚，从来人世有悲欢。
劝君莫负婵娟意，为慰乡愁不解鞍。

虞美人·诉衷肠

浮华往事终成梦。留却千般痛。登楼一醉怅斜阳。曾与佳人执手、诉衷肠。

青山依旧楼依旧。徒有人空瘦。月残风静更无眠。惟愿来生相聚、续前缘。

蝶恋花·寻春

四月芳菲何处觅。青浦西园，欲拾还无迹。借问东君春讯息。闻知芳歇春踪匿。

放眼江天成一碧。春去春回，你我皆为客。长叹人生如旅驿。此心未老头先白。

暗香·岁月如歌

青春记忆。算几番风雨，难消痕迹。些许感伤，留待今宵残梦积。纵使芳年已逝，休忘却、丹青一笔。趁月华、溪畔影疏，故侣曾闻笛。

归客。头已白。想往事经年，人生旅驿。素心澄碧。玉手芊芊何处觅。望断群山万壑，留恋处、亦多孤寂。看夕阳、君莫叹，朝霞暮色。

江城子·逢端午悼屈原

楚天五月恃风云。忆平君。悼忠魂。泪水低徊、似诉世间人。屈子英名传万古，观史册，有奇文。

龙舟如箭浪中分。粽香闻。艾香薰。千载遗风、说与小儿孙。赋得《离骚》身后事,华夏盛,朗乾坤。

李树珠

退休工人。喜欢用朴素明快的文字,记录怦然心动的瞬间。擅长诗词创作。作品见于《长白山诗词》,东南大学出版的《诗词人间》《磐石视野》等刊,以及多家微刊。现为磐石三余诗社社员,中华诗词学会会员。

五律·南锣鼓巷
竹引青帘动,槐牵小月生。
古街藏旧韵,陈俗噪新城。
牌记商家老,文传史实清。
春秋千载过,风物一天明。

五律·漂族端午
小艾摇空梦,香包寄远村。
独听繁市雨,常忆老庭痕。
幼子生闲趣,娇妻拭冷樽。
许心还故里,温酒饮家门。

七律·老翁吟
暮野青枝新杏小,方亭碧月白云悠。
半壶温茗听归鹭,一扇熏波掩歌舟。
问过心头多少怨,看开人世几何愁。
如潮热血倾家国,不枉人生转几秋。

七律·紫禁城
六百春秋弹指过,三千传说满乾坤。
帝王纵马边关月,妃后争权政殿暾。
水绕红墙流故事,花开锦院锁芳魂。
江山几段兴衰史,大国泱泱一脉存。

七律·大戈壁
梦里驼铃征大漠,云边洞窟演飞天。
微醺古堡黄沙静,半醒胡阳白日偏。
西域春雷惊古道,月牙泉水煮孤烟。
阳关红粉三千舞,陶醉楼兰八百年。

七律·致病婆
红帷明烛雨低声,浅镜青春又梦萦。
愿比霜肩归陋榻,甘将锈釜煮粗羹。
寒秋瑟瑟苍枝老,乱绪纷纷瘦骨莹。
午夜如看呻妇影,焦夫半醒唤卿卿。

贺圣朝·小村秧歌
红唇老妇粉腮皱,碧纱长裙透。喧天鼓乐引童魂,舞步频频扭。
扬姿扶袖,折莲问柳,古津艄翁丑。一天喜气荡春潮,共祝丰年久。

清平乐·遥思
烟波缥缈,柳下离舟早。出水青荷团叶小,一点露珠刚好。
雷鸣惊鸟啾啾,云飞乱雨成愁。谁可轻撩华发,笑谈岁月悠悠。

李松柏

男,现年80岁,共产党员,大专文化,县、市二级诗词学会会员。

七律·渔舟唱晚
家住洞庭湖水边,四时自有鲫鲢鳊。
晨张丝网将鱼捕,晚伴扁舟对月弦。
七尺篙开千顷浪,八方鼓风丈寻帆。
青鳞水草为邻客,一曲渔歌鸥鹭翩。

七绝·思亲二首
(一)
魂断香消已四年,思意好梦夜难眠。
醒来无有贤妻在,月冷空房只见天。

(二)

古烛单影度长庚,独自一人守大厅。
作赋吟诗相伴,遣消日子了余生。

李松哲

笔名茅载,北京市写作学会会员,河南省青少年作家协会会员,兰溪诗社会员,伯庸诗社会员,长河文化网第六届签约作家,青年作家网第三届签约作家,九天文学杂志社签约作家,江山文学网社团评论部部长。

两岸蒹葭次第愁(平水韵)

夕照青冈事事休,独留岚气上重楼。
浮生缥缈难逃世,浊酒虚无浅入喉。
雨打人间惆怅客,风吹白水断肠舟。
一江明月跟船走,两岸蒹葭次第愁。

初夏急雨(平水韵)

雨促繁花急卸妆,各呈羞涩敛曾芳。
玉壶作伴敲云子,亭榭淋身落海棠。
遥掷石岩雕绿镜,近观蚌蠃入西廊。
炊烟欲往擒飞燕,待我扶风一一尝。

听梦驼铃有感(平水韵)

攀登山岳望黄沙,未有毫厘是故家。
坡外驼铃穿野岭,天边归雁驭残霞。
海棠花朵多生思,噩梦秦关尽累疤。
不忍寒冬添哽恨,风吹北雪入中华。

李遂生

贵州都匀人,大学文化,中学语文高级教师,中华诗词学会、中华当代文学学会会员,《诗词世界》《诗画天地》签约诗人。从事诗词写作20余年,在几十家报刊和微刊发表作品2000多首,有些还获征文各等级奖。已出版《师韵撩风》《草间虫吟》等5部诗文集。

七律·三都尧人山国家森林公园

峰岭连绵披翠帏,瀑流飞泻唱雄威。
白鹇白鹤锦鸡舞,石蛙石蚧小鲵唏。
青檀香榧恋银杏,红豆杪椤护紫薇。
动物乐园游客乐,基因宝库宝齐归。

七律·游长顺白云山,读明朝建文帝

白云山上白云飘,可有明皇云里瞧。
四十春秋藏寺庙,万千怨恨胀心包。
晨钟敲碎回京梦,暮鼓槌生写意谣。
华夏今朝无动乱,袈裟岂换衮龙袍?

七律·漫游福泉山,品读张三丰

灵岩仙影印葱茏,神韵道风妆箬篷。
龙嘴铜铃犹悦耳,观堂陈物似留踪。
浴仙池里烟尘净,礼斗亭中天理崇。
炼骨修真高品性,西南劲舞一虬龙。

踏莎行·长顺杜鹃湖

姹紫嫣红,缤纷璀璨,群芳怒放迷人眼。碧波萦绕杜鹃花,花容水貌痴情恋。
游艇趋香,黄鹂吟艳,鸳鸯踏浪环湖看。云中白鹤更倾心,景区留宿观花展。

踏莎行·龙里猴子沟双龙洞瀑布

烟霭腾腾,清风阵阵,双龙天外朝沟奔。如虹气势震群山,悠悠白练舒丰韵。
向往繁荣,歌吟奋进,雷霆奏乐瞄精准。猕猴驻足看雄奇,黄莺伴唱飞流引。

踏莎行·朱家山里情人湖

湖水蓝蓝,游鱼历历,四周绿树铺湖底。奇观迷醉恋中人,秀山上演天仙配。
彩鸟迎新,流泉贺喜,松歌竹舞欢腾起。当年朱帝建行宫,可曾选此风情地?

李天恩

男，土家族，湖北利川人，本科学历。利川市诗词楹联学会副会长，恩施州诗词楹联学会会员，湖北省诗词学会和楹联学会会员，中国楹联学会会员。现任利川诗联会刊《清源诗联》编辑。作品发表于《湖北诗词》《陕西诗词》《清江璞韵》等。

五绝·野草
田园山野边，默默对青天。
但得三分雨，还君绿一川。

五律·题村居并嵌"烟锁池塘柳"
村居多意趣，路净鸟音空。
烟锁池塘柳，秋镏江坳枫。
景随时序换，山守古今同。
安得心长驻，茅庐隐俗踪。

七绝·伤关羽
麦城一走蜀川忧，惊破隆中兴汉谋。
大意酿成千古恨，关公岂止失荆州！

七绝·题庐山
踏遍高低千万重，孰峰孰岭愈迷蒙。
心胸若比庐山大，自有真容了了中。

七律·咏月
茕影无依天际巡，玉为筋骨水为神。
云深难掩青暝志，霜重方知丹桂心。
冰魄毋施午睡汉，寒光偏济夜行人。
缺多圆少无暇论，躲却红尘我自珍。

踏莎行·燕子
一领玄衣，两肩风雨，晨昏不辍翩翩舞。皆怜剪剪好身姿，炎凉谁解风中苦。
弱骨生疲，新巢未固，流光梳老双翎羽。哪堪往复度春秋，来年更筑谁家宇！

清平乐·记梦
竹篱檐小，惊梦谁家鸟？溪绕池塘塘外筱，绿柳青峰影倒。
西厢长笛琴箫，东厢墨砚狼毫。最是梅枝勤奋，纤纤欲掩平桥。

卜算子·红梅
雪里一枝红，颤颤风中秀。都爱英姿映雪浓，谁解芳魂瘦。
红是血浆凝，香是来生透。脸阵衣围去复来，寂寞凋零后。

李同心

步入幽闲（新声韵）
七律·乐滔滔
纵览天下骤风云，欣品宏韬创世勋。
游市买来潇洒感，逛山寻到目光神。
有时无欲平安度，提气充情矫健春。
浓味厚愁推窗外，绚词伴老入幽门。

七律·网络情
网上馨妍味道浓，手机热闹笑声哄。
谊通万里天天畅，欸晒痴情处处淙。
瑞惠散滢积正义，惊姿逞诞搅心憧。
千般利器承人气，万股清风净碧穹。

七律·今夏热
热浪汹汹烧地球，灼人烫物使心揪。
双边贸战焦和睦，虐火香江烤柱楼。
核调胡弹点烈焰，途争乱惩爆狂殴。
天干气燥山河闹，霸道嚣张造祸流。

七绝·信念
常听硕鼠窜人间，总看妖风祸世颜。
乱象无需增意惑，祥云有兆信途宽。

七律·修鞋悟
新鞋不适乱投修,数处难园费用流。
自己解决花钱少,双丫妥当获神赳。
争福创业应时进,破困脱难靠干求。
自力更生知内含,符合韵律调才优。

李同振

1945年生,清华大学毕业,高级工程师,清华大学荷塘诗社顾问,河北省作家协会会员。任省医药局副处长,创办《实用药学与信息》杂志。荣获河北省建国三十年文艺三等奖,省第八届散文名作一等奖,全国第五届华夏诗词一等奖。作品在《人民日报》《中华诗词》《诗刊》《词刊》及33省市报刊发表,著《未末集》《同振诗词曲》《杂花生树集》。

江满红·圆梦中华
——谨此庆祝新中国70华诞
漫漫风云,迢迢路,江河冽冽。惊回首,几多凉泪,几多残血。战国纷争曾曲折,汉胡厮杀堪悲切。问苍天,何日玉门关,春风越?

南湖奋,长征捷;锤镰舞,旌旗哗。看今朝灿烂,辈生豪杰。习习清风开盛世,茫茫大地兴宏业。望前程,圆梦大中华,齐腾跃。

翻阅同桌旧照
莫道分离再见难,桃花人面总缠绵。
眼前休怪无红豆,手捧相思轮月圆。

定风波·秋日行
倚仗蹒跚踱步行,任凭萧瑟暮秋风。枯叶临头依恋久,弹落,几根华发逝无踪。
仰望树梢多染红,凝目,犹观数片绿葱葱。合是苍枝当似我,陶醉,饱经霜雪劲从容。

高血压者慰藉
缘何压力竟升高?壮志无端冲九霄。
左侧胸腔悄隐痛,上方脑袋费艰劳。
逢山开路先支架,遇水修堤再搭桥。
但愿安然相共处,赤心热血乐滔滔!

龙钟有悟
虽然形态显龙钟,但是心仪华夏龙。
苍发勾留霜与雪,皱纹记录雨兼风。
脚跟犹正偏生刺,腰板已弯正拽弓。
老眼昏花方向亮,足痕撇捺撰人生。

时尚衣
忆苦思甜话补丁,如今时尚破窟窿。
小儿吟罢询慈母:何必临行密密缝?

校友歌
四面分离后,八方勤奋中。
寒窗相隔已,暖意互联曾。
弯路应多异,赤肠当共同。
无须纱帽阔,但系一身清。

李伟

昵称伟祺,男,1963年7月生于四川省隆昌市。四川省诗词协会格律体新诗创作研究会会员。内江市作家协会会员。内江市诗词楹联学会会员。《大河》诗刊签约诗人(作家)。作品被《中国新农村月刊》《中国香港流派诗歌》《呦呦诗刊》《大河诗歌》《中国民间短诗精选》《龙泉山杂志》《新歌诗》《作家与文学》《中国诗影响》《世界诗歌文学》《长江诗歌》《东方作家》《作家村》《莲峰》《内江日报》《中国短诗精选》《西南作家》《中国诗人生日大典》《广东文学》《中国诗人》《银河系》诗刊等多类选本、报刊及各大网络媒体选录。

七绝·6月22日访李市镇
雨湿千门秀水城,玲珑朱户论功名。
白云深处斜阳影,正念禅修拜月明。

七绝·怨春
桃李争春一线光,江州水瘦盼回乡。
荒郊野径风摇渡,落寞艄公去远方。

七绝·小僧
争春草木怕顽童,致使晨阳倚庙东。
自入佛山随竹杖,人今看我似梧桐。

七绝·初春
和风正月到池塘,出水枯枝盼夕阳。
柳絮纷纷青草伴,花红艳艳照新墙。

章台柳·入座风寒伴君守
杯中酒,杯中酒,坐看花红风逐柳。
寂寞伤人雨劝愁,入座风寒伴君守。

调笑令·风助残梅得势
花树,花树,枝上玲珑渐露。伊人堪笑风流。倦鸟恰好自由。由自,由自,风助残梅得势。

捣练子·喝彩
思进取,数年行。天半楼高比强胜。
擒得东风年少志,效忠家国满城评。

醉太平·柳问春风为谁守
风花雪后,城池相诱,空庭新月竹依旧。一壶香酒候。闲情新曲去年奏。
残花谢,人更瘦。柳问春风为谁守。

寂寥寒雨昼。

李文华
浙江文成人,1944年生,中医主治医师退休,业余爱好诗词,现为浙江省诗联学会会员,文成县诗联学会会员。

夜过杭州湾跨海大桥
疑是天街灯市开,星星迎我赴瑶台。
流光溢彩横江耀,化作金龙载福来。

乘坐南田新车路有感
（一）
形同玉带绕山腰,恰似盘龙上九霄。
穿隧飞桥云雾驾,神奇天路走逍遥。

（二）
九岭迢迢上九都,步行远涉苦行途。
半时通县今圆梦,山水南田胜画图。

城中河畔之千秋塔
（一）
寨山坪上景清幽,白塔银光射斗牛。
翘角飞檐搂日月,侨心梓里缔千秋。

（二）
粼粼塔影水悠悠,长伴弦歌舞不休。
两岸霓虹开梦境,星河相约喜重游。

游天顶湖畔嘉南美——地中心
天湖浩渺泛轻舟,再向嘉园遣兴游。
高阁亭台依碧水,苍松柳竹掩琼楼。
恋花赏艳春风闹,品茗休闲心境幽。
纵有桃源难媲美,任谁到此不长留?

岩口梅花文化节感赋
百里云江此处幽,乘舟赏景独风流。

寒山影入烟波里，琼树花开洲渚头。
雪压冬云香自放，情迷春色意难休。
歌台相约知音会，亭外邀君倩影留。

观望湖州月亮酒店有感
耸立太湖谁比雄，莫非天上落蟾宫。
客居楼阁凌霄处，云绕晶轮耀碧空。
水面波光含落照，岸边鸥鹭戏长虹。
嫦娥倘若思凡下，能不惊呼巧匠工？

李文杰

  辽宁人。退休职工。1968年下乡辽宁省昌图县满井公社插队，1971年回城到国营玉三工厂上班，一直到2019年退休。业作爱好诗歌，易经风水，道教文化。

心雨
易有阴阳论五行，友朋开悟道德经。
深知前世同窗至，情晓今生伴侣行。
明见雪原抖树挂，月听林海滚涛声。
清纯无欲云中子，风起水生妙易灵。

春雨
红杏出墙窥远天，颜羞掩面望炊烟。
知明前世痴情遇，己晓今生挚爱缘。
诗圣李白情浪漫，词仙杜甫盛名传。
情似云卷神来笔，侣伴娇柔美女仙。

夏雨
日炎灼热想寒冰，夜雨清风盼月明。
恋曲柔情传挚爱，情歌刚毅荡激情。
夏临天地寻三界，雨润乾坤觅五行。
神圣瑶池观扇舞，通灵广场练青锋。

秋雨
秋暮夕阳分外红，雨歇虹映晚林枫。
吉云斗转千年遇，祥瑞星移万载逢。
幸运伴随云里走，福神护佑雾中行。
安然品味秋菊筵，康寿沂蒙不老松。

冬雪
灵应蛇仙白素贞，魂牵梦绕雪纷纷。
情人身化花仙子，伴侣心诚守护人。
四季相思沂水畔，千年互恋蒙山云。
心融冰雪春回暖，愿做红梅不做神。

李文喆

  男，本科文化，中学教师。1968年出生于贵州省黔西县"黔中布依诗乡"，热爱诗词及文学，现为黔西县诗词楹联学会会员，经常有诗词、散文及教学论文等作品在各种不同刊物发表。

七律·正月十六初晴
（平水韵：下平八庚）
过了元宵始见晴，蜜蜂振翅觅芳菁。
山花揉眼含羞意，崇岭躬身做梦醒。
风伴春雷紫耳响，草生芽蘖举头迎。
葳蕤就在琼枝后，雨露阳光好备耕。

七律·红军四渡赤水
（平水韵：上平一东）
（一）
赤水霜寒洌碧空，红军四渡帝王风。
初心热切民相助，众志成城士尽忠。
染血激流争主动，捐躯险隘建奇功。
转移战略寻机遇，神笔天来赠泽东。

注：英国陆军元帅蒙哥马利曾盛赞毛泽东指挥的辽沈、淮海、平津三大战役，可以与世界历史上任何伟大的战役相媲美。毛泽东却说："四渡赤水才是我的得意之笔。"

七律·红军四渡赤水
（平水韵：下平七阳）
（二）
横渡艰辛赤水凉，湘江教训绞忠肠。

抢占遵义歼奇伟,突破乌江震贵阳。
介石魂飞呼救驾,泽东笑淡整行囊。
金沙江上轻舟过,范例光辉士气昂。
<small>注:奇伟:吴奇伟,国民党军陆军中将。</small>

五律·乡村教师赞
(平水韵:下平七阳)
(一)
今时白发狂,昔日放牛郎。
石板龙驹路,青砖黛瓦房。
犁耙离熟地,教室似沙场。
借月浇顽劣,经年笔墨香。

七律·滇池映像
(一)
仰慕滇池岸帻望,烟波远逝鹤声臧。
东骧神骏腾云步,西翥灵仪睡佛冈。
蟹屿螺州依旧在,浮绵海藻却欣狂。
怅然若失追回忆,只有长联久不忘。
<small>注:长联:昆明大观楼长联,作者为清代孙髯翁先生。</small>

七律·滇池映像
(二)
滇池浩瀚彩云间,碧透扬名数万年。
美女青丝随水动,海鸥红嘴把虾牵。
若非缺食差粮米,哪有填湖改土田。
昔日明珠如梦境,鲃鱼不再入汤鲜。
<small>注:间:孤雁入群格。
美女:远眺滇池西山群峰,眺像一尊庞大的睡佛,又似一位仰卧滇池湖畔、青丝散垂的妙龄少女,故称为"睡美人山"。
填湖改土田:上世纪六七十年代的时候滇池被"围湖造田"。
鲃鱼:云南特有濒危鱼类滇池金线鲃。</small>

七律·咏治中六月六
(平水韵:上平一东)
布依长号响晴空,铁树开花映水红,
八景清灵如画美,群山俊丽与人同。
宋朝神鼓传佳话,当代情歌胜古风。
党践初心全国效,发扬文化建奇功。

五律:祖居老屋
(坡底韵,平水韵:六麻)
翠竹布依家,书声闹岁华。
水清飞鸟语,田野笑山花。
养性寻佳句,浮名摺紫霞。
横琴惊桂树,松下话新茶!

李锡泉

男,汉族,1938年1月生,滕州市人。大专文化,退休干部,系中华诗词学会会员,枣庄市诗词学会会员,滕州市诗词联赋协会理事。诗作曾入编《华夏吟友》《当代国学家大辞典》《中外杰出华文诗词艺术家大辞典》等刊物。曾荣获第二届"岳阳楼"寻春诗会金奖,第四届"相约北京"全国文学艺术大赛二等奖。

七绝·荆河春雨
昨夜东风犹觉暖,黎明时雨满城烟。
荆河碧水淙淙唱,两岸春花多粲然。

七绝·乐吟
自写自吟网海游,清贫节俭亦无愁。
常向人间夸富有,以诗会友傲神州。

七绝·小清河闲坐
静坐河滨意兴长,岸花香草掠春光。
绿杨玉树来垂爱,恋罢清波恋夕阳。

七绝·退休言志
只信儒家难信禅,乌纱不爱不贪钱。
粗茶淡饭终生喜,浩气一身心坦然。

七律·贺港珠澳大桥主体工程竣工
横穿沧海架长虹,陆海相连一线通。

世界奇观推壮举，中华智慧赞豪雄。
腾飞经济炎黄盛，创建通衢港澳隆。
试看神州今胜昔，繁荣昌盛世人崇。

七律·贺海军建军 70 周年
从无到有到雄强，华诞七旬歌锦章。
保家卫国扬正义，拿云追月看优良。
军旗猎猎迎风展，航母昂昂破浪狂。
大国深蓝张利剑，和平之树万花香。

七律·贺第二届"一带一路"北京峰会胜利召开
海角天涯似邻里，驼铃阵阵梦中飘。
亚非专列丝绸灿，欧美商船景色娇。
同德同心同梦想，共赢共利共金桥。
北京峰会高朋聚，举世繁荣涨大潮。

七律·初夏
天香浮动伴熏风，田野青青生意浓。
荆水波翻碧涛涌，微湖风动稚荷彤。
鲁南雨细千山秀，龙岭霞辉万座峰。
初夏迎来游客醉，楼台亭树百花丰。

七律·致台湾小丑
台湾岛内起苍黄，小丑登台表演忙。
仰仗东洋谋独立，依凭美帝欲称王。
万民受骗灾殃至，两岸抛和福祉戕。
不认一家天地怒，民心丧尽自消亡。

七律·庆祝建国 70 周年
雄伟征程七十年，中华大地换新天。
疮痍沟壑成新景，浊水污泥变碧川。
正气清清扫霾雾，赤旗猎猎耀坤乾。
万民智慧圆佳梦，倡导和平举世欢。

李贤君

网名乐钓，男，1958 年 12 月出生，江苏省徐州市人。曾在气象、农业、政策研究、组织及民政部门工作。现从事慈善与年鉴编写。酷爱古诗词、垂钓、太极拳、棋牌。

七绝·七夕寄怀
祈愿银桥久贯连，免劳喜鹊再飞天。
牛郎织女无忧虑，常布祥云润翠田。

七绝·落花吟（新韵）
林花未想谢春红，遵序唯思孕后生。
朝雨晚风情酝酿，英残叶落复营荣。

五律·湖中乘凉
夏夜兰舟棹，澄湖月伴行。
星繁天宇旷，霓闪四边明。
波荡消烦扰，蛙鸣送悦声。
荷风传快惬，白叟享康平。

五律·山情
山翠晨光照，兰花挂露琼。
树高传鸟啭，溪浅伴泉清。
径绕枫林秀，峰回紫气盈。
恰逢翁地坐，畅叙送吟声。

七律·夏景胜春潮
人道英残消艳魄，吾言夏景胜春潮。
光强雨沛佳时供，体健株繁绿叶摇。
菡萏争妍妆碧水，蝉蛙竞唱彻云霄。
一年四季循环路，秋去冬来各自骄。

七律·咏荷
阔叶圆圆翠伞撑，芙蕖竞艳馥馨盈。
日升蜓立清新送，雨霁蛙鸣雅韵呈。
人道红消妍萎败，吾言绿退墨留情。
泥中洁白空心藕，酝酿长丝待创生。

一斛珠·夏景畅怀

序时夏到。榴红枣艳莲花俏。蝉鸣鹊啭黄莺叫。蛙唱禾田,雏燕房梁绕。

莫言英落增烦恼。应知雨沛光盈照。琼浆汲满禾苗饱。果硕株繁,待伴金秋笑。

鹊桥仙·七夕心愿

时逢七巧,又听仙语,织女牛郎缱绻。鹊儿不忍日东升,吾祈愿、暮帘不散。

畅通银汉,细斟北斗,桂酒嫦娥互劝。锦云巧织布苍穹,鸿恩赐、情人永恋。

李相斌

江苏涟水人,转业军人,退休干部。爱好诗词,作品偶见媒体刊物。现为江苏省淮安市清江浦区诗词楹联协会秘书长,清江浦区老年大学诗词研究会会长。

五绝·元日致远方朋友

吾采月华诗,君填烛下词。
天光成一色,不觉两相知。

五绝·行车吟

前方飞宝马,我自跨奔腾。
回首莲花远,心中豪气升。

注:宝马、奔腾、莲花均为轿车名。

七绝·寻诗

梦里寻诗雾万重,搜肠不解韵何踪?
春犁绿水秋吟露,自有身边一点红。

七绝·丁酉小年赏雪

梨花一夜满城开,谁与春风细剪裁?
忽有轻寒拂面过,方知天使下凡来。

五律·读《天问》之点滴

远古地天无,何时宇宙苏。
阴阳调万物,水陆淀千湖。
日月遥连属,冬春近相呼。
几人思此态?听雨问新途。

七律·庆祝中华人民共和国成立 70 周年

崛起中华七十年,民生国计续佳篇。
卫星弹剑长空啸,航母佩刀叠浪宣。
友架金桥过碧海,商谋丝路到青田。
更新时代花千树,不忘初心筑梦圆。

如梦令·赏二胡曲《葬花吟》

暗淡冷清哀语,激越厚沉悲诉。爱恨两迷茫,直到葬花埋绪。凄楚,凄楚,香断落魂何处。

清平乐·访乔家大院

高大又威严,院落知多少。洞式城门垛口墙,还有更楼哨。

上翘下垂弧,形似双元宝。纳福招财益寿篇,富丽含精巧。

李祥高

男,汉族,生于1951年。中共党员,汉川市诗词学会理事,湖北省诗词学会会员。

游火猴山公园

绮园着意扮城容,花草交辉绿映红。
画阁凉亭昭秀色,茂林修竹炫葱茏。
骚人墨客诗联雅,皓首黄童兴趣浓。
山鸟也知欣盛世,歌声遥送大江东。

咏汉川公园

绮丽园林扮市郊,莺歌燕舞倍妖娆。
奇花异草千重树,秀阁凉亭九曲桥。
游客凭栏嬉赤鲤,舞迷楼伴扭纤腰。

诗情画意骚人醉，引得神仙下碧霄。

游汊汉湖

甘霖过后暑微消，极目湖光分外娇。
濯雨荷花张笑脸，摇珠莲叶扭纤腰。
鸥飞鱼跃清漪滟，蝶舞蜓旋嫩蕊妖。
美女采莲臻妙景，欣临此地胜凌霄。

游孝感天紫湖（2018年）

天紫湖中一日游，抒情赏景乐三秋。
青山碧水添诗韵，翠竹红枫壮画图。
游艇劈波翻雪浪，槐荫牵线证良俦。
天仙董永传佳话，孝道精神万古留。

注：湖边公园有数百年树龄的槐荫树及七仙女、董永的塑像，浮雕，二十四孝雕刻。

游仙女山

一山飞峙大湖东，倚水临江耸半空。
寺庙钟声传市井，英雄墓碑绕劲松。
骚人墨客诗联雅，才子佳人爱恋浓。
难怪天宫神女下，人间谁不念仙峰。

游三峡大坝

巍巍大坝锁蛟龙，云绕雾蒸蠹半空。
高峡平湖添胜景，巫山神女隐娇容。
轮机旋转能源广，船闸开关航道通。
水旱无忧黎庶福，烁今震古建丰功。

2019年观随州祭炎帝陵大典视频（新韵）

五月随州换盛妆，中华儿女祭炎皇。
肇兴耒耜耕农饱，始创医疗采药尝。
教化文明趋进步，脱离蒙昧启隆昌。
祖先功绩千秋颂，锦绣江山万代长。

缅怀屈原

优柔寡断耻怀王，宠佞排贤辅弱伤。
合纵抗秦成幻影，信谗误楚毁金梁。
遭疏诤谏昏君昧，遇黜忧思社稷匡。
郁愤《怀沙》殉汨水，忠魂万代绽华光。

李肖华

笔名潺月。女，退休教师。喜爱研习古典诗词。诗作散见于《中国诗赋》等十几种刊物。参加了《中华诗词二十家》等典籍的合著。曾获得"第二届中外诗歌散文邀请赛一等奖"等荣誉。多次在省、市的征文比赛中荣获一、二等奖。

沁园春·咏春

华夏之春，翠叠山林，绿润水滨。看苍苍南粤，百花吐艳；泱泱北国，万类标新。燕舞晴空，鱼翔碧水，大地融和紫气氲。东风劲，扫阴霾毒雾，玉宇无垠。

红旗荡涤征尘，特色路，歌欢捷报频。庆政权鼎固，边防强盛；小康在望，福祉常臻。"揽月"功成，"捉鳖"圆梦，今日英雄振国魂。弘大业，我铮铮华胄，震撼乾坤！

一丛花·蟾光竹影

一轮素魄映青苍，霄宇漫流霜。嫦娥起舞寒宫阙，倩谁知，夜夜思乡。追梦经年，寻春千载，心泪一行行。

拂云弄月沐骄阳，濡淡淡清香。七贤六逸风流韵，写一路，青简兰章。高节凌空，虚心怀玉，篁影伴蟾光。

蝶恋花

五月凤凰花似酒，红漾枝头，红遍春深后。绮梦当年携素手，花开花谢凭栏候。

只叹刘郎相别久，一片痴怀，一似如烟柳。莫问伊人归与否，芳心只与君相守。

蝶恋花·清明思亲

每到清明悲哽语，泪涌双眸，恩蕴心

扉处。敬上虔诚香一炷,三杯奠酒深情注。

母赴瑶池仙墅住,儿在乡间寂寂思亲苦。有日重逢归玉宇,与娘共赏恒娥舞。

踏莎行·恋春

垂柳依依,琼英处处。田畴润润如烟雨。莺啼燕舞唤春晴,翩翩彩蝶寻花树。

迎曦凭栏,撼思觅句,春娇无限萦心绪。痴痴一句问东君,焉能挽得春同住?

七律·喜贺港珠澳大桥通车

零丁洋上舞长龙,举世无双气势雄。
三地通途腾紫气,四方创业趁东风。
披星戴月艰辛路,励志韬奇硕茂功。
北国南疆歌伟迹,宇寰称贺颂声隆。

七绝·携小孙行绿道

晨曦万缕染贞山,风曳松涛绿道间。
两颗童心融稚趣,拈花戏蝶尽欢颜。

七绝·诗心

未因迟暮息鸣琴,青帝来时好唱吟。
日暖风和花绚丽,诗心如水漾怀衿。

李晓艳

中华诗词学会会员,武汉市诗词楹联学会常务理事,武汉心潮诗社、武汉东湖诗社副社长,武汉市老干部活动中心未名诗社名誉社长。参加全国诗词大赛曾多次获得各项大奖。出版《李晓艳诗词选》个人专集,被武汉市图书馆、湖北省图书馆永久收藏。

庆祝建国 70 周年

夜盼星辰现曙光,钟敲旭日照华堂。
翻身不忘长征苦,救世欣铭德运彰。
圆梦春风旗指引,清廉正气腐难藏。
明珠打造东方景,陆海飞鹰护国疆。

建国 70 周年农村变化

荒凉瘦地变粮畴,野岭山坡果绿洲。
往昔油灯光暗捻,如今别墅彩悬楼。
手机频换衣鲜靓,意满心欢宝驾游。
赚得银丰仓禀足,前程大道景更优。

水龙吟·庆祝建国 70 春秋

烽烟滚滚霜华冷,风雪重重鸦唳。银河星暗,尘行魍魉。生灵如蚁。感念沧桑,韶山霞灿,工农举帜。破浪驾舟行,辛劳日月,民生幸、琴风惠。

战地勤酬粟米,果瓜丰、城乡墅砌。核惊欧美,扬鞭蹄奋,飞船炫技。母舰海航,山连丝路,更铭钢志。拥清廉拒腐,英明旗指,颂辉煌史。

赞长江

尔跨雪山奔涌来,情倾大地雾霾开。
波连四海青峰载,魂系千江皓月裁。
纵横中原金稻灌,骋驰北国银棉皑。
神施上善人间水,龙脉功勋幸九陔。

金缕曲·黄鹤楼

蛇卧芦滩岸。玉楼煌、龟匍仰望,璨然花暖。名冠江南君为首,崔颢诗吟谁撼?放眼望、江天浩瀚。三镇风光如屏画,品风流、清影知音唤。仙魄觅、古琴探。

波涛涤净千年怨。凤天翔、笛吹故里,苦禅遗展。鹤驾风轻冲霄汉,不尽东流长伴。晴日赏、双峰翠掩。耸望宝塔神灵处,响钟鸣、号角频催战。坚国柱、鹤飞绚。

李筱蓉

笔名安之,香港青少年诗歌联盟副会长,香港诗人联盟理事,《香港诗人》编委,香港考评局主考官,资深教师及朗诵评判。

七律·平生志赋(十四寒)

性喜云山梦自安,寻唐步宋志何难。
愿将华发同秋老,肯付青春共月闲。
几度流光生锦梦,一杆溪水钓金銮。
随吟诗赋无才韵,青眼堪为李杜坛。

李新民

男,江西鄱阳人,大专文化,中共党员。江西省诗词学会和鄱阳诗词学会会员。作品散见于《江西诗词》《江西青年报》《上饶旅游》《鄱阳报》《鄱阳湖文学》纸刊以及网络公众号。

夏之韵

梅雨初晴夏日炎,嘤嘤交颈绿阴淹。
荷衣清露蝉吟杪,柳带云风燕剪帘。
三径幽香情处处,一亭红袖影纤纤。
心怡天地多清气,身在俗尘自静恬。

赏春

霁野云舒万物新,湖城尽是踏青人。
莺歌啭啭寒时去,柳摆毵毵碧水巡。
紫陌回眸芳影绰,桃溪软语翠薇亲。
和风浅醉情潮涌,莫负韶光一片春。

己亥春暮

鹧鸪声里草萋萋,红落花残细雨犁。
风剪香魂青影乱,柳思烟絮叶眉低。
幽怀总爱流觞对,伤景犹怜芍药题。
春意阑珊心梦远,韶华不复日偏西。

己亥元夕夜

开春酥雨冷萧萧,元夕笙歌慰寂寥。
梅俏枝虬香隐约,风吟灯彩影飘摇。
思寻年味佳时短,客路闲愁酌酒消。
玉漏阑珊情未老,东君着意起心潮。

咏珠田慈蕙桥

珠田一景惹人骄,丹桂坊边赏拱桥。
柳抱青溪融古韵,水摇绮阁奏琴箫。
汀花鹤影祥云走,漂筏歌吟靓女邀。
飞卧烟霞通宝地,先贤慈蕙唱今朝。

中秋夜

幽寂阶庭月照时,清宵瘦影意痴痴。
香盈冷露凝丹桂,梦噪寒鸦乱柳枝。
秋鬓心孤愁岁短,知音念远恨春迟。
银辉泻地空如水,虚境逍遥漫相思。

重阳感怀(孤雁格)

重九登高秀岭峰,流云淡远水天融。
亭前舞唱清平乐,竹下迎吹泫露风。
漫步闻香吟菊桂,秋思望雁寄枫桐。
劝君莫道桑榆老,惜岁勤修太极功。

闲吟

处世茫然对错乎,人生难得是糊涂。
浮尘梦里真和假,俗事情中慧与愚。
市井喧嚣心勿扰,物华名利恼于沽。
清空忧怨春常在,欣我逍遥酒一壶。

梅花咏

蓴托新妍独秀珍,情融万木有精神。
素心逐梦摇清影,傲骨流芳染俗尘。
一袭暗香飞缱绻,三冬朔雪炼修身。
古今喜咏梅花曲,皆与东君报早春。

李鑫

常用笔名纳川、西门。男，1971年生于山西，现居广州，曾求学于岳麓山下。职业为国际贸易、英文翻译，通晓西班牙语。爱好古诗词，从1998年开始创作古诗词。

鹧鸪天·7月7日下午与肖兄广州聚会

改变思维作救赎，感恩总遇贵人扶。拨云见日心开窍，去塞清茅眼复初。

真给力，不含糊，勇将胆气覆宏图。今朝奋起重追梦，誓把人生好好书。

七绝·窗帘吟

素雅端庄不足夸，风情万种起帘花。曾经贵富堂中物，可许阳光住咱家。

虞美人·河边草

无忧无虑无烦恼，自在河边草。无聊偏爱惹江风，无奈一团羞涩过江东。

无情无义由她去，何必多言语。满怀清气赋河滩，一任心潮澎湃涌波澜。

李兴刚

汉族。山东省临朐县人，1962年出生。竹韵汉诗协会会员。作品散见《圣城流韵》《诗丛》《诗词月刊》《当代诗人词家作品汇编》《歌风诗刊》《作家导刊》《九州诗词》《诗词》报等。

七律·暑假日督促孙子学习

雄鸡高唱满山庄，宝贝孙儿快起床。先背唐诗头两首，再抄英语第三章。今朝勤苦经磨难，明日轻松赴考场。时下万民皆重教，并非爷老独疯狂。

七律·重游老龙湾景区

油门一踩到城南，莫扰清幽濯马潭。竹外泊车听水曲，桥头仰面看天蓝。欣挥彩笔横钩捺，乱数飞鸥五四三。凝望夕阳知日短，半文未就倍心惭。

注：濯马潭是景区内一景点，桥指景区内雪化桥。

七律·迟开之荷

粉面羞眉淡淡妆，扶裙孤立水中央。久怜蝶妹双飞舞，愁听蛙兄自话长。俯首深怀春日梦，侧身遥看柳阴庄。往来宝马多才俊，谁是昔年求藕郎？

注：柳阴庄指绿柳成荫的村庄。

七律·晚年生活

四十年来未栋梁，退休终做一回钢。日陪小子充家教，夜捧新茶侍病娘。问药求医神佛拜，聚餐请客富豪装。酸甜苦辣平凡事，涌入毫端汇秀章。

七律·夏日过环山湖公园忆故友

雨过雷消淡淡风，柔情恰与去年同。随心热舞双飞蝶，抚柳轻叹一病翁。几度挨肩听水鸟，也曾携手望星空。何时故友重相聚，含露石榴花又红！

七律·梦回故乡见大片土地被占用

本是天然聚宝盆，花香水碧客盈门。绕园蜂蝶新诗酿，致富山林古朴存。谁毁大棚开厂矿？民因霾雾失晨昏。梦中追问当家者，耕地几毫留子孙？

七律·搬家日

鞭炮声声震耳旁，快辞老屋上楼房。玉珠奇石名人画，锦被绣衣红木床。邻对高层双手赞，妻叹积蓄一朝光。亲朋好友休喧闹，明日娇儿发喜糖。

七律·侍奉病母

新年老母犯沉疴，久卧床头话渐多。
总盼亲朋来叙旧，频催儿女看煎锅。
香茶鲜果无滋味，苦药良方几管笋。
高价大夫城里满，不知哪个是全科。

注：煎锅指煎药的砂锅。

李秀文

辽宁省盖州市人，中国作家协会会员，中华诗词学会会员，《辽宁诗界》主编，营口市诗词协会党组书记。出版诗集、告文学、文集共十余部。诗歌作品先后在《诗刊》《文艺报》《辽宁日报》《中国诗人报》《鸭绿江》《诗潮》《中国诗人》《宁夏文学》等报刊上发表，并被译为韩文出版。

七律·咏盖庄高速公路

大军一万挽春光，填壑开山战苍莽。
鼎沸声中浮晓日，淋漓汗里泡夕阳。
口干常捧小溪饮，菜短时撷野果尝。
百里大荒酿玉带，一片云锦绣辉煌。

七律·咏雪

久盼瑞雪珊来迟，悄然昨夜现奇姿。
宛如梅瓣空中舞，恰似银絮天庭识。
树粘琼衣串串秀，风吹玉蝶翩翩之。
待到旭日朝霞起，银装素裳多遐思。

七律·游武当山

欣游圣地武当山，满目风光集大川。
万木争荣林海绿，百花吐艳气香甜。
太子坡前九溪水，南岩悬崖一线天。
五洲好友齐欢聚，金殿主峰图画连。

诗兴

琢磨璞玉未辞难，梦句追寻上笔尖。
雨过才知晴日暖，夜来不觉晓星寒。
三千华发何愁老，数百诗出我尽欢。

灵鹊酣歌秋色美，吟心欲共晚霞丹。

七律·黄鹤楼

子安乘鹤白云游，多少骚人咏未休。
古榭寻芋情馥馥，楚天舒眼意悠悠。
虹横碧落联三镇，浪击银河壮九州。
万马千军奔小康，炎黄后裔尽风流。

七律·雷雨

持箸堪当一樑横，檐间未歇感噌玲。
忽催阵马真如鼓，长助风涛岂类鸣。
东海楼船驱自却，南沙鲸窟扫应平。
谁怜竖子无聊奈，闲倚蓬窗赋洗兵。

七律·诗缘颂

诗缘美梦入朝阳，获准金声令我狂。
似雨滋莲催夏艳，如风浴菊促秋香。
高场主调长歌泰，实践强音大颂康。
讯捧霞飞光照胆，情投彩绘献京腔。

七律·登山海关

沧桑千载古榆关，记否当年战火燃。
渤海茫茫曾喋血，燕原漠漠尚埋冤。
倘无旭日驱遥液，焉有黎民见晓天。
且看今朝龙起舞，长风万里鼓征帆。

李迅

旅居斯洛伐克，1968年生于上海，长于北京。上世纪90年代初客居欧洲。知名侨领，欧非侨友联谊会总召集人，斯洛伐克中国经济文化友好交流协会常务副会长，现从事旅游行业，海外地接联盟常务理事，华文作家。全国侨联文促会理事，斯洛伐克华文作家协会会长，中华诗词协会会员，凤凰诗社欧洲总社社长。文章散见于《新华社》《人民日报海外版》《北京青年报》《欧洲时报》《新京报》《大巴山诗刊》等报刊媒体。诗词见诗集《流云又送南飞雁》《天那边的笛声》《且待君归于侧》《且待蔷薇红遍》及《与你一起慢慢变老》，其他格律诗词及楹联作品多见于网络平台。

旧作三首
其一
一杯香叶沁残冬，更进微酌润华浓。
昨夜雨催千岭雪，云开瑶韵入烟中。

其二
寻仙不遇意徘徊，不觉迟还入镜台。
浅啜一盅茶与酒，方知身已在蓬莱。

其三
如梦令，谁忆残冬寒苦，忘却徘徊艰路，把酒再登楼，总爱凭栏四顾。争睹，争睹，贪恋风云留驻。

李亚非

女，武汉市第二十三初级中学退休教师，民盟盟员。退休后开始学习格律诗词。现任武汉市老干部活动中心未名诗社的常务副社长兼秘书长。

国庆70周年
星火耀中华，工农联手佳。
旌旗天地舞，播种遍红花。

颂国庆
同升一面旗，国歌响东西。
华夏龙威武，民心凝聚之。

浪淘沙·咏长江
龙啸涌波澜，点点樯帆。红旗漫卷月星圆。重拾山河修美景，七十风云霜雨雪，共建桃源。

寒暑几回环，苦辣酸甜。芳洲旧貌换新颜。且看今时江两岸，四季清妍！

西江月·70周年庆
狮醒吼声寻道，红星闪耀峰峦。扫除妖孽建家园，不惧征途漫漫！

七十千秋伟业，经风沐雨云烟。强军强国敢攻坚，丝路前行更远！

李彦栋

男，河北唐山市人，在各种杂志及网络文学论坛发表原创古风、近体律诗、词（小令）共计约800多首，其中被各文学论坛管理员推荐精品作品多首。

七律·贺岳母80寿辰
一世辛劳典范垂，年庚八秩寿迎魁。
峥嵘岁月何其苦，坎坷春秋不厌悲。
大爱传承慈懿至，高德惠普善良为。
萱堂福在儿当孝，泰水潺湲婿女陪。

注：①八秩就是年近八十亦称"八秩"。
②萱堂指母亲，泰水指岳母。

七律·屈原
三闾公族左徒权，大志胸怀楚后贤。
常与君王商国事，难为臣子表心田。
惨遭流放离骚赋，哀怨行游惜诵传。
沧浪濯身清白鉴，汨罗悲愤别坤乾。

沁园春·9.3大阅兵感怀
气爽秋高，金銮流光，映日旗扬。看长街列阵，庄严肃穆；精兵受阅，意气激昂。礼炮轰鸣，歌声嘹亮，鹰引雄师阔步锵。全球赞，览群英将士，威震八方。

高端武器精良，亮利剑综合国力强。莫忘闻历史，缅怀英烈；记牢国耻，垂范忠良。维护和平,伸张正义,保卫家国护海疆。中华梦,待醒狮崛起,实现何妨!

西江月·雪舞梅

晓月朦胧云隐,凌花漫洒空飘。临墙一偶腊梅娇,雪吻红腮俊俏。

素染廊庭苑洁,香馨娥女身娆。倚栏伫望醉心调,维雅闺中窈窕。

李艳高

自幼酷爱文学。曾在《洛神》发表诗歌处女作,后陆续在《郑州晚报》《河南农民报》《海燕》《向阳花》等报刊发表作品多篇。虽过知命之年,依然不改对文学的痴爱。

七律·咏雪(新韵)

小雪纷飞天宇降,素冠头戴裹银妆。
冰凝玉瀑悬长剑,弦绕山腰覆岭岗。
被盖麦苗眠好梦,童堆木偶在前房。
冰清世界河川秀,瑞兆丰年富我庄。

七律·遥闻家乡初雪

立冬节气即将过,遥远家乡雪掩河。
树坠琼枝红柿艳,塬驰蜡象势磅礴。
冰清堆玉银仙界,剔透晶莹童话国。
雪兆丰年迎盛世,故园梦里喜音多。

五律·元旦感怀

不觉元节至,倏忽又一年。
蹉跎无建树,提笔难成篇。
苦干常埋累,诚实心里安。
风霜浑不避,峰顶奋登攀。

五律·冬至

又逢冬至年,扫路顶风寒。
难与亲人聚,未尝饺子鲜。
他乡拼打苦,梦里泪潸然。
残月披衣望,几时归故园?

五律·春归

桃树含苞放,鸢飞劲舞空。
柳丝拂水漾,紫燕啄泥匆。
游子归乡里,亲恩倍洽融。
春光观不尽,惹我动诗情。

李艳丽

安徽阜阳市人,中华诗词学会会员,安徽省诗词学会、散曲学会会员,阜阳市诗词学会常务理事。

清平乐·游感

倾其所有,买碗逍遥酒。海角天涯由我走,忘却红尘可否。

磋砣岁月如歌,韶华已去成婆。知命童心依旧,放飞万里山河。

渔家傲·雨中游园抒怀

向晚小园初过雨,翠林竹径清新路。榴火如霞红树树,桥头步,荷塘绿盖凝珠露。

湖畔游思千万缕,唏嘘霜鬓衰颜驻。莫叹年华流水去,凭栏处,人生绚丽诗情赋。

浪淘沙·游呼伦贝尔草原

无际古原青,骏马飞腾。蓝天碧野展雄鹰,潋滟湖光烟浩淼,长调琴声。

信马任缰绳,蒙女前迎,酒香玉带表真诚。篝火歌嘹人惬意,醉了诗情。

渔家傲·退休感怀

忆昔光阴三十载,芳华曾展风姿采。心远志高军队爱。雄心在,昆仑山上戎边界。

梦醒朱颜成老态,韶华已逝时光快。窝宅含饴孙子带。闲暇外,吟诗敲韵抒情慨。

喝火令·游园

凛冽风吹面,氤氲碧水寒。月辉凝照颍河湾。群鸭戏游归处,唱晚橹声欢。

漫步幽篁处,谁吹乐管弦。数株梅萼绽娇颜,诱我消魂,诱我意缠绵。诱我草诗吟赋,入睡梦酣然。

鹧鸪天·游神农架

百转千回险路重,群山叠嶂蠹长空。九天飞瀑银河落,万树参天云雾蒙。

山郁郁,雪绒绒,神农顶上我为峰。野人传说知何处？遥指虚无飘渺中。

八声甘州·游园

沐斜阳晚照漫园游,绿茵遍芳洲。望层林掩映,榴丹似火,菡萏娇羞。潋滟清波闪烁,水静橹声柔。风拂含烟柳,远映琼楼。

缓步纳凉幽径,看鸳鸯戏水,情意相投。去长廊娱乐,男女竞歌喉。喜喷泉,霓虹珠翠,醉楼台、兴趣唱凉州。河边坐,草诗几首,意欲何求！

蝶恋花·赏荷

湖畔赏荷曾记否？杨柳堆烟,映日芙蓉浦。仙子凌波撑伞举,靓裳馥馥翩翩舞。

一曲采莲弹奏女,悦耳悠悠,醉我轻轻语。移步香风思缕缕,流连缱绻难归去。

【双调】对玉环带过清江引·风雪逛林园

凝目云天,朔风吹雪飘。悠步林园,冰凌扮玉娇。琼楼似璧雕,瑶池明月皎。塔耸云霄,竹林荡怒涛。梅蕊香飘,枝头飞翠鸟。[过]倚栏眺银装静好,阆苑人间俏。廊台听奏箫,浅唱诸宫调,看俺颍州如画描。

李阳民

中华诗词学会会员,福建省诗词学会第五届理事。

七律·春意盎然

风清气暖爱村庄,如鲫人流赏冽香。
柳绿樱红争溢彩,芸黄梨白竞芬芳。
绕梁紫燕翩翩舞,采蜜工蜂款款忙。
万物复苏春景美,桃源稍逊我家乡。

七律·谷雨

人间四月沐春光,彩蝶双飞逐野芳。
布谷声声农事紧,青蛙阵阵曲音长。
村村覆土栽庄稼,户户移苗植稻秧。
民众一年何所盼,夏收祈愿廪盈仓。

七律·清明节

霏霏细雨润山川,拜祭亲人热泪绵。
挂纸虔诚行奠礼,盘花怀念送诗篇。
幽香凝柱哀思寄,浊酒倾杯感慨连。
父母恩情心永记,传承忠孝慰先贤。

七律·赏油菜花

金波绚彩涌清香,垄亩芸薹弄日黄。
云气团团鸡犬跳,浪花阵阵蝶蜂翔。
佳人携手田间闹,骚客题诗陌上忙。
一派生机韶景美,山村处处秀春光。

七律·醉荷

芙蕖带露亮妍妆,宛似佳人立柳塘。
得意衣裙千叶碧,含情粉脸众花香。
莲盘微动蛙腾跃,杨树渐浓燕绕翔。
疑是蓬莱仙屦景,且将画卷入诗章。

行香子·吟春(晁补之体)

老树抽枝,新燕翩跹。河堤上、百卉争妍。蜂飞蝶恋,嬉戏熙天。正草儿萌,虫儿醒,鸟儿喧。
　　踏青郊外,游人陶醉。沐春风、播种农欢。银犁沃土,美丽家园。望云儿祥,花儿笑,稚儿顽。

鹧鸪天·赋端阳
　　重五榴花红果园,飘香艾叶挂门悬。携情糯粽千年寄,击水龙舟万代延。
　　思圣哲,念良贤。丹心耿耿震瀛寰。英雄皓皓人崇仰,屈子精神世世传。

定风波·探春(欧阳炯体)
　　青帝来临大地华,风和日暖绽千花。蝴蝶翩翩亲嫩蕊,嬉戏,蜜蜂吟唱吻新芽。
　　三月田庄皆秀美,陶醉,川原如画乐诗家。漫步乡村寻景去,郊墅,呼朋邀友品香茶。

李毅梅
　　广西南宁市人。南宁市作家协会会员,《西南作家》杂志签约作家、编委、微刊编辑,《曲水流觞》栏目副主编,《新蕾》杂志编委,《中国当代作家》杂志副秘书长、编委。作品见于《中国石化报》、《南宁晚报》等报刊杂志。

七绝·吟秋
冷雨梧桐雁影稠,霜摧斑竹韵轻柔。
谁敲妙曲声盈耳,月照清池一叶秋。

七律·教师节抒怀
杏坛才气绕云端,学子莘莘受业欢。
甘作青蚕丝吐尽,愿如红炬蜡流干。
春催桃李千姿秀,夏润芝兰百态珊。
喜看黉宫芳斗艳,丹心织锦色斑斓。

七律·访吾师感赋
半百人生沐晚霞,无官归隐任闲遐。
一杆竹笔绘香径,满架书笺描碧涯。

闲看鸡飞随意草,笑观鸭叫悦心花。
邀朋携友围台坐,搬个春天到我家。

七律·游凤凰古城
凤凰古镇景清幽,苗寨传奇故事悠。
吊脚楼前哥跳月,虹桥底下妹行舟。
南华叠翠风姿绰,东岭迎晖烟影稠。
我与沱江相对笑,忘情山水放歌喉。

行香子·中秋赋
　　月下风喧,枝上花嫣。望仙境,云岫岚烟。草留缱绻,桂透流连。赋庭间溪,林间鸟,岭间泉。
　　菊怀韵律,枫呈画卷。兔之声,别样清欢。娥吟织锦,刚听莺眠。愿情常浓,花常美,月常圆。

李应雄
　　中华诗词学会、湖北省诗词学会及市区镇诗词学会会员。

初夏晨音(新韵)
(一)
初夏又清晨,斜阳窗入深。
几笺挥不去,缠问梦中人。

(二)
油菜黄黄绿绿秧,鹅冠红戴庆收裳。
春风收拾悄然去:羞媲东村儿女郎!
注:人们换上轻薄夏妆,春装收也。

(三)
几个闲莺杪上痴,声声小满唱知时。
乖花弄醒没规矩,随向游人伸懒枝。

黄瓜藤舞(新韵)
东风赐翠妆,未晓客心肠。
一舞摇天下,生机催我慌!

鹧鸪天(新韵)

五月农家好种田,弯 浅水绿秧连。轻瞄阡陌一溜景,忙瞅机屏万万千。
　　催布谷,闹红鹃,竖横田里也纠缠。已然时令节节至,莫要声声再再添。

注:竖横,指诗词平仄。

踏莎行·题芍药(新韵)

四月开花,晚春孕果。一枝红朵开如火,半窗明月掩还羞,惹人最爱分无措。
　　休要评说,莫安错过。牡丹相似凭君贺。春风雨露好多多,自拈春色舒功课。

谷雨水竹笋(新韵)

谷雨欣邀抽笋去,分分寸寸向天痴。十年未见伊人至,遍问春山哪个知?

落红露(新韵)

落红休要泪轻弹,四点三滴楚楚潸。自顾潇湘情了了,可知东海已偏咸?

李永红

男,字恒顺,号雅风、龙湖闲客,安徽省宿州市萧县人。现就职于萧县发改委,中华诗词学会会员,安徽省太白楼诗词学会会员,香港诗词学会会员,《大中华诗词论坛》诗词交流版版主。作品散见于《中华诗词》《诗苑词林》《萧国诗词》等刊物,著有《雅风诗集》。

题记:值此母亲节到来之际,谨以此作敬献给仙逝的母亲和年近百岁的父亲

五律·老宅石榴树(新韵)

双树老宅生,依偎共悴荣。
花妍初夏茂,果硕仲秋丰。
籽粒结亲密,风姿亮骨铮。
每逢相见日,便起故园情。

注:老宅石榴树是父母手植树。

七绝·己亥二月二观杏花初绽

今年不与去年同,二月二来天放晴。
南苑杏枝初醒梦,红唇微绽醉东风。

七绝·咏牡丹

姚黄魏紫御衣红,花好绝非只洛城。
嫁至农家庭院里,无需妆扮亦雍容。

七绝·油菜花(新韵)

清明田野数风流,满目金黄荡海绸。
谷雨忽来花入土,青荚熟透献新油。

七律·咏石榴

叶如翠柳干如梅,五月评花汝占魁。
熠熠红裙迷碧树,铮铮铁骨守长隈。
酸甜可口招鹂啭,香艳多情惹蝶回。
待到中秋佳节度,灯笼高挂笑颜开。

七律·芒砀山遣怀

芒砀逶迤矗豫东,含金藏玉史文丰。
揭竿领袖摧秦殿,斩蟒英雄建汉宫。
夫子山崖儒教在,梁王陵墓宝财空。
毁家纾难驱倭寇,战将雨亭惊世鸿。

七律·夏日即景

果木阴阴半夏生,莲花荷叶共奇擎。
低云致雨雷开道,高树响蝉风助声。
几阵盆倾珠玉落,一方镜鉴彩桥横。
山村湖畔斟佳酿,大美天光亦动情。

五律·咏荷

叶碧胸怀阔,花开映日妍。
虚心无气傲,玉骨有丝连。
盛夏蛙鸣鼓,深秋鹭弄弦。
周公传爱说,举世更崇莲。

李勇刚

笔名玉菡子,曾用笔名玄空。爱好户外运动,游山玩水,游玩之余喜以诗歌记录游兴和感受。曾在《中山日报》《中山文艺》上发表过几首小作。

七律·游江门天成禅院有感

日照高林藏古寺,禅音缭绕上苍穹。
轻云倒映青山外,尘念消融圣境中。
曲径阴凉驱暑气,清泉流响伴松风。
追求色相篮提水,唯有明心苦恼空。

2019年5月29日作于纪中书香门第

七绝·小女垂钓

蹲坐平台水映身,青竿紧握看垂纶。
微风走线频钩起,追饵银条戏钓人。

2019年2月4日作于湖北省孝感市孝昌县荣华村

七绝·秋荷

花殒清池化作泥,西风残叶不悲凄。
春晖解冻重生日,再吐芳香绽彩霓。

2018年8月25日作于纪中书香园

七绝·荷叶颂

昨日黄昏过小池,泥污一叶有多时。
今朝雨洗银珠舞,碧伞迎风现净姿。

2019年5月3日定稿于纪中书香园

七律·清明节感怀

清明祭奠有承传,祈福消灾拜祖仙。
礼炮声声惊地府,冥钱焰焰烤青天。
乌鸦反哺源心性,元觉留筐效父权。
欲待子孙行孝道,真诚身教种因缘。

2019年4月6日作于孝感东站

李育林

退休化工工程师。爱好诗词数十年,无门无派,不求达闻天下,不求养家糊口,悦己而已。

七律·己亥夏日即兴(八首)

一

清风小院夜为俦,拨动屏前半室幽。
刻烛网将尘展示,倚栏心与月交流。
橘安舍下耽苏井,埠困天涯访戴舟。
华彩乐章输八九,偏余一二唱雎鸠。

二

灰白丝撩碧绿丝,原非飘逸出尘姿。
质为蒲柳盘根后,性是冰蚕破茧时。
上苑律严须奉旨,南山枰窄不围棋。
拟吹絮奈春风老,庇一阴凉且奄迟。

三

黄昏院落客闲聊,世俗心疑远鹿蕉。
居远笔安人小写,偷凉扇降网高烧。
酒追潇洒陶元亮,画想糊涂郑板桥。
槐荫下知春去了,南柯余梦未全销。

四

流年文字未删存,自我熏陶冷落门。
洗笔芙蕖池写照,听风枸杞酒销魂。
难持家是人真笨,怯赶潮因水太浑。
过了端阳诗思减,墙隈无复置兰荪。

五

不在乎添鬓角霜,随心砚是小陂塘。
迅飙半折风干骨,废籍长堆蠹朽箱。
只盼云阶恩赐雨,难猜诗界僭称王。
如浇川酿灵犀在,且幸家邻水井坊。

六

袖抟虚籁气清新,呆坐林阴半出神。
墙仞榆钱难买酒,花丛蝶羽尚怀春。

炎肩听惯三观易，戾气看轻一笑泯。
搅扰吟边浑不怕，驱蚊蒲扇掌中陈。

七

久疏啸聚酹沧江，击楫风流气已降。
行泛津干鱼助兴，吟耽林薮鸟帮腔。
幽弦不懂尘歌谱，清夜宜追月脸庞。
撑笔居然檐太矮，天倾信有栋梁扛。

八

瞳蒙看碧尽成朱，能稳新篇一字无。
塞路尘高车刺耳，窥窗枝近鸟馋壶。
绸缪秋雨堪相契，跋涉诗山且自娱。
即兴倚歌循古调，老顽童谱小音符。

李裕华

网名楚江闲鹤、闲鹤。武汉人，退休教师，古典诗词爱好者。在网刊和纸质书刊上发表诗词习作1500余首。中华诗词学会会员。闲来舞文弄墨，自娱而已。

行吟阁怀古

东湖百里碧连天，临阁听涛缅古贤。
算有龙舟每争渡，几人端午读骚篇。

绿林古兵寨怀古

汉门兵寨隐青丛，峡口微寒正剪风。
杳渺会盟烽火烈，分明守垒绿林雄。
察今每与温三史，怀古应知惕五戎。
叠嶂眼前横郁郁，秋来可是漫山红？

京山美人谷

漱玉醉心临碧渊，鄂中九寨信真然。
只知涧谷宜条谷，却恨天泉是泪泉。
万壑巫云终有尽，一潭蝶梦竟无边。
何当竹屋肯赊我，愿作渔樵不作仙。

注：条谷：古传说中的琴名。

威海荣成奇石馆

填海补天意已休，坚贞空识岁悠悠。
未知何故偏忘我，岂有无端便纳头。
颠米平生痴石丈，大千一死寄梅丘。
世间多少通灵玉，不肯轻输五凤楼。

注：宋书画家米芾酷爱奇石，人称"石痴""米颠"。每与石神交，浑然忘我。常呼"石丈"，取笏袍而拜。张大千客居洛杉矶时发现一巨石，形似台湾地图，遂名之曰"梅丘"，后运至台湾。遗嘱死葬于其下，并题诗云："独自成千古，悠然寄一丘。"

"襟江带湖"书画联展观后

风卷汉洪潮入江，写心书画共明堂。
比邻市镇情怀近，走笔丹青韵味长。
墨泼云烟聚龙虎，文牵襟带促工商。
楚天星斗相辉映，荷月欣然识五章。

注：五章，泛指五采。李白《古风》诗之四："凤飞九千仞，臣心慎五章。"

李源和

1945年生于上海浦东，大学本科。退休公务员。中华诗词学会会员。

七夕吟两首

（一）七律

玉簪一划两边分，天地悲情日月昏。
滚滚波涛虚有道，茫茫云海密无痕。
老牛怒叹炎凉气，幼子娇啼金玉音。
为问传奇生命力，民间演绎展缤纷。

（二）水调歌头

万里碧空寂，织女独思凡。明知人世风雨，刻意向斑斓。邂逅牛郎牧曲，私订婚姻心语，农舍起餐烟。携手共甘苦，欢乐胜神仙。

下界睦，王母怒，法绳严。遣兵捕捉，簪划顷刻隔天边。滚滚波涛如堵，密密浮桥奋翼，七夕得团圆。放眼传奇史，千古颂良缘。

七律·星河湾半岛沿江铁艺(二首)

(一)
立业安家费运筹,有缘千里择芳洲。
三江环水洪波阔,半岛迎风清景幽。
国宅标高诚可遇,匠心怀远自难求。
围栏铁艺浓浓意,鉴古知今一望收。

(二)
春风送爽自天涯,铁艺凭栏赏晚霞。
立业从来关立世,安居自古系安家。
鸿裁半纪连环梦,体验全程品赏茶。
缘定相携相思远,烟波壮阔浪淘沙。

星河湾半岛沿江铁艺词(二首)

(一)摊破浣溪沙
乐业安居第一筹,缘逢星岛计长谋。放眼珠江美如画,思悠悠。
铁艺传神谁耐读?长河如许聚芳洲。一水同船凭体验,共争流。

(二)南乡子
何处望珠江,曲影飞虹思绪长。立命安身多少事,纷扬,情系心中地一方。
铁艺费思量,展缩春秋透哲光。放眼激流千里志,汪洋,大浪淘沙奏乐章。

星河湾半岛沿江铁艺散曲(二支)

(一)【中吕】山坡羊·流连
珠江浓魅,芳洲堪醉,星河半岛风光萃。眺晨曦,送霞飞,流连忘返观铁艺。缘定择居多赞美:园,如画里;楼,如景里。

(二)【中吕】山坡羊·遐想
光阴如箭,安居优选,春风半岛长相恋。倚围栏,醉心田,浓情铁艺连宏愿。拭问怎能长作典?心,怀旷远;胸,展旷远。

注:诗韵依《平水韵》;词韵依《词林正韵》;散曲韵依《中原音韵》。

李跃贤

中华诗词学会会员,香港诗词学会理事,双鸭山市诗词学会理事,努敏河诗社社长,美塑杂志古风专栏主编,在全国诗词曲联及现代诗大赛中获奖300多次。荣获"香河荷花节"全国诗词美文大赛一等奖,荣获"美丽中国·诗韵镇江"当代山水诗词大赛一等奖!荣获傲骨杯中华诗词大赛一等奖等,有作品在省、市文化馆、展览馆、纪念馆收藏,有作品被雕刻在物品及景点。

五律·谷雨(平水韵)
溅玉潮千丈,飞珠绿满川。
声声催蓓蕾,线线动云弦。
浩气乾坤荡,冰心绮梦燃。
深情滋美塑,谷雨润桑田。

五律·小满(平水韵)
绿浪无边际,蛙鸣柳带茵。
山川凝浩气,田野蕴奇珍。
雨润千峰翠,莺啼万亩新。
和风抽麦穗,桑叶韵流津。

五律·大暑(平水韵)
和风掀热浪,烈日白云烧。
扇底驱烦暑,河边瘦柳腰。
裁诗仙境觅,播种汗花浇。
喜雨如油贵,蓝田妙手雕。

七律·夏至(平水韵)
梅雨殷勤绿意浓,翠裙曼舞卷荷红。
一池花语庄生梦,两岸莺啼垂钓翁。
水漾温馨歌盛世,霞开锦绣映蟾宫。
骄阳似火枝头绽,树下轻摇扇底风。

七律·立冬（平水韵）
昨夜闲冬下碧霄，轻飘衣袂卷寒潮。
丹霜惊叹秋情老，青女深知柳梦凋。
瑟瑟冰弦弹冷意，潇潇暮雨漱琼瑶。
风吹落叶凌空舞，唯有黄花不胜娇。

七律·霜降（平水韵）
金风摇曳霜弦动，弹出晶莹遍地花。
掌上乾坤三碗酒，壶中日月一杯茶。
秋凉菊艳芳千里，雁去鸿来福万家。
夜浸桂香青女梦，诗题竹影半窗纱。

七律·七一感怀（平水韵）
红旗猎猎任飘扬，海阔天蓝梦远航。
反腐利民惩污吏，倡廉勤政话沧桑。
江山锦绣宏图展，华夏文明睿智藏。
万里鹏程倾热血，党徽闪烁亮东方。

七律·颂改革开放40周年
洪流滚滚壮山河，砥砺前行喜讯多。
北转凝心经雨洗，南巡启智任风搓。
沧桑巨变三千梦，港澳回归万首歌。
航母神游常载誉，卫星环宇会嫦娥。

李云峰
长春市作家协会会员，中华诗词学会会员，中华文艺学会理事，吉林省新诗学会会员。曾在国内报刊发表多篇诗作。

律诗·岁末抒怀
跋山涉水未安闲，四海文明驶韵船。
脚踏峰峦观日月，手持湘帙醉诗篇。
气正凛凛吟新曲，顶礼殷殷拜圣贤。
鬓染霜花豪迈永，冰心夕照靓天边。

戊戌辞岁
雄鸡一唱山川白，吠犬几声佳节来，
塞北松冠三尺雪，岭南花艳百窗开。
夏回黑水享清荫，冬至琼州赏绿苔。
怀远登高抒心志，情归竹菊醉梅裁。

回故乡
今晨塞北赏桃李，昨夜岭南卧绿丛。
万里江山追梦过，一轮明月照春葱。
谁言花甲秋霜冷？我笑桑榆叶醉红。
眺远登高凭栏处，夕阳歌美亦英雄。

七律·纪念五四运动100年
一战潇潇血未干，巴黎和会丧民权。
风雷浩荡神州怒，德赛纵横旗帜鲜。
工友铁肩担日月，学生赤胆保山川。
回看百载硝烟处，薪火传承霞满天！

注：德赛先生是指民主与科学，五四运动的口号之一。

李运泉
广东梅州客家人，现在深圳市工作。先后出版有歌词集《山歌传唱客家人》、诗词集《涧水峦烟》《春送一帆斜》《前海听涛》等，是中华诗词学会会员，中华当代文学学会会员。

前海滔滔逐梦来
千帆竞发起潮声，迤逦珠江万叠清。
蛇口桥横排浪涌，伶仃水暖白鸥鸣。
鹏城有梦迎红日，丝路连程续远征。
一派滔滔谁引导，妈湾樯橹喜摇旌。

浪自纷纷水自吟，几回传递最强音。
熏风海韵催人奋，领袖言辞寄意深。
联合共赢谋发展，创新开拓保初心。
虔诚谨记殷殷嘱，大考功成再一斟。

水接天涯韵万千，果然前海浪花妍。
观虹卧碧琉璃韵，腾宇涵虚锦绣川。

广厦巍巍怜紫气，熏风漠漠宠晴烟。
临澜把盏心澎湃，一卷湾区日正悬。

江海翻腾意绪多，风云往事逝如波。
牵情一约鸟啼序，寓目三春人放歌。
几处烟花尘路远，谁家景物惠风和。
岑楼我自东西望，醉问南山乐若何？

登高揽胜不辞难，玉宇琼楼境界宽。
缥缈蓬莱寻绮梦，逍遥白鹭跃微澜。
渔舟远影晴空尽，海岸惊涛浊雪寒。
放眼全非昔时景，大旗招展一湾安。

珠江激荡大潮来，自贸祥风无量裁。
冰解春泥阳气聚，笔书心境海天开。
闲吟仄径花偏早，独步虹桥兴转恢。
锦瑟谁弹金石韵，玉箫协奏凤凰台。

万顷烟波似梦稠，轻舟剪浪浪悠悠。
芦葭落寞闲愁系，渔网轻灵喜悦收。
树绿滩头潮上下，天蓝水面影沉浮。
丹青一幅情无价，赚得风流意未休。

琼瑶入画作传奇，快意来回地铁驰。
万众欢欣强国梦，一心拼搏筑丰碑。
勤裁好景声声赞，巧剪祯祥处处宜。
沧海扬帆齐奋发，长风破浪莫迟疑。

李运通

网名闪亮的星，男，黑龙江七台河市公安局工作，热爱诗词写作，孝义古城诗社会员，作品常见于当地书刊报纸。

七律·忆创业
当年汗洒铁山沟，怀抱雄图壮志酬。
热血丹心思奉献，侠肝义胆逐风流。
言谈吐气闻声雅，笔动回风腕力柔。
快意人生情自爽，亲凭阅历写春秋。

七律·改革创新40年赞（藏头诗）
改旧谋新夜难眠，革风引雨自当先。
开天造福黎民愿，放胆兴邦意志坚。
四起南巡兴盛世，十闻北讯谱宏篇。
年华正茂辉煌铸，赞我雄威代代传。

七律·冬雪
琼花漫撒兆丰年，入水融银起瑞烟。
玉染群山描粉黛，风摇碧树展娇妍。
红梅丽蕊凌风俏，翠柏繁枝醉客贤。
即景心开成画面，闲情作赋诵诗篇。

七律·四月情怀
时逢二季抢耕忙，辞旧迎春羡众芳。
万顷肥田增绿色，千川秀野载韶光。
文人墨客诗声雅，翰苑书斋韵味长。
漫写多情来作赋，中华复梦映朝阳。

鹧鸪天·咏春
旷野还青柳色新。阳光明媚地升温。杜鹃含笑冰花谢，喜鹊枝头互问津。

冬渐远，气回温，畅谈生活数年论。人生易老天难老，勿忘初心誓为民。

玉堂春·晨雾过后
漫天晨雾，日出便成甘露。碧草传香，遍野清新。露似珍珠，滴水滋苗壮，正适郊游赏暮春。

雾散光风惊眼，花香熏醉魂。水映祥辉，此景千般美，即兴填词巧弄春。

临江仙·清晨望外
雪润疏枝花抱露，冬风百里传香。迎卿怎忍睡寒床？屋间藏小朵，袖底贮春光。

粉靥初匀菱镜照，银屏游迹争忙。红

尘几可动柔肠？左君吹笛曲,右客诵诗章。

李再旺

心田绿无涯
楚歌四面灵台斜,柳暗花明又一家。
五亩地中踏长草,三眼桥上赏琼花。
中山道口惭形秽,大智路边羞质华。
痛惜搂头新失地,欢欣棚下再生麻。
慈愁作雨病容近,儿爱化风笑貌遐。
苦辣酸辛轮转过,心田种树绿无涯。

<small>这首短排律写于1993年。其时,在武汉逗留了几个月。</small>

无题·自荐诗
黄泥岗上一枝梅,寒彻几番始吐蕊;
色枯骨瘦香杳远,霜枝笑问入时未?

过台州缙云
白水青崖泛异光,轻车曲径逗迷藏。
欣然访过仙居处,醉把他乡作故乡。

<small>2001年6月,四处奔波八年,山穷水尽之时,接到浙江台州仙居外语学校周日升校长的电话,在电话里说课交谈近一个小时后,前去学校面试。"君臣相得",签约一年。从此相信我还可以在讲台上挣钱。回家途中看到缙云县境内的国家森林公园风光绮魇,叫我这来自大山的农民儿子,怦然心动。</small>

感恩王共国先生
忆昔一百八十元,助我全家度难关。
欲报君恩于万一,尚思热望在加鞭。

棒棒堂赞
城北有家棒棒堂,十年酿得酒花香。
一庭花树争奇艳,满室清音赛琳琅。
慈爱心芳润百年,点金术技镇八方。
初心不改术常新,开化元功山水长。

李增春

男,公司职员,北京市西山诗社会员。
诗,可以让灵魂不寂寞。

雨(新韵)
小窗细雨咏诗声,点点相思觅月明。
一曲池莲花泪尽,方知昨夜已重逢。

西江月·秋游莱州云峰山(新韵)
静赏漫山黄绿,云峰几处秋凉。林中辗转觅芬芳,辞去道仙邀访。

轻叶偶然失落,清风数次彷徨。伊云渐远去何方,我自繁华飘荡。

<small>注:道仙:云峰山景区有一神仙洞,全真七子刘长生修炼之地。</small>

西江月·那叶飘黄似我(新韵)
无奈春秋难遇,疏枝又显婆娑。天涯何处可停泊,那叶飘黄似我。

一树光阴虚度,千丝冬雨凉多。繁华落尽剩蹉跎,怎解潇风寂寞。

蝶恋花·欲诉相思词不够(词林正韵)
向晚春光应似酒。醉了悠闲,恍惚愁依旧。隐约小桥看作扣,举头弦月如她又。

欲诉相思词不够。念字难平,借得清风凑。那日清风依翠柳,与她也是黄昏后。

蝶恋花·我叹相思佛叹我(新韵)
我对龙门佛对我。俗事难逃,欲伴清风躲。伊水幽幽流寂寞,我痴岸右她痴左。

我叹相思佛叹我。魔障难消,谁解多情锁。我怪红尘多诱惑,佛说万物皆因果。

<small>注:龙门:龙门石窟;伊水:伊河水。</small>

临江仙·昨夜雪（词林正韵依龙谱）

想必夜游瑶阙醉，梦中挑逗仙芳。醒来做了薄情郎。佳人心已碎，化作雪飞扬。

应怪天君催易老，偏偏秋往冬凉。怎堪苍白好时光。潇风何处去，带走一幽香。

喝火令·夜游秦淮（词林正韵）

蝶梦春尤醉，秦淮夜尽欢。六朝光景未阑珊。千丈镜花销月，夫子也无眠。

倩影遮归路，莺歌舞九天。碧波轻舫荡流年。暗自云疏，暗自水声残，暗自榭桥相对，看我渡人间。

江城子·风与海一人听（词林正韵）

从来迷惘度人生，愈清明，愈伶仃。往事如烟，寄去鸟鸥鸣。万里长空从未老，她与我，也曾经。

婆婆世界似浮萍，亦飘零，亦多情。几次轮回，何处不君卿。这片红尘多寂寞，风与海，一人听。

李哲峰

笔名渔方，曾用笔名立秋，之江诗社会员，烟台人士寄居杭州，职业是营销总监。曾填写格律诗和各类词牌300余篇，绝句100余篇，自由体诗、微诗亦近百篇。尤其擅长填写格律诗和词，以七言律诗居多，多因事或应题而作，适情而发，想象空间宏大、立意独到，激情洋溢，洞察深刻。

五律·之江诗社千岛湖聚会

胸有千千树，清心名四方。
溯源经亘古，涵养似无疆。
灵秀彰风韵，秋波抚羽裳。
天工人巧做，流脉富之江。

七律·夏至雁荡

梅雨涔涔翠色浓，岚峰叠嶂隐仙踪。
趋阶尔刻呼东海，遂意怀襟并宇穹。
荡起云烟迷北雁，恍离市井入蓬瀛。
龙湫吐信蒸寒玉，谁信人间五月中。

蝶恋花·迷失的村庄

漫漫乡心归路远，雾霭沉沉，倏去光阴转。庭院花间游戏晚，青梅暗许朝朝见。

别梦依稀杨柳岸，理想清平，反负清平愿。素壁阑干相照鉴，何堪再向伊人面。

如梦令·梦境

碧水柔烟恬谧，老树仙踪超逸。小女又髫龄，或问水中鱼趣。无语，无语，蒙昧逐波而去！

李振东

笔名艾驰，诗歌业余爱好者，最近几年学习诗词格律并写作，部分作品发表在网络，如微博、微信、QQ空间、诗词诗歌群。不为名，不图利，旨在弘扬民族文化，传承和发展中华诗歌艺术，老有所爱，老有所乐。

五绝·樱花

西山藏北种，古夏汉庭花。
二月樱如火，朝霞共晚霞。

2019年3月28日

七绝·端午祭屈原

隐郁沉江陨巨星，遗诗千载后人铭。
春秋壮志随流去，泪水悠悠向洞庭。

2019年端午

七绝·蓟州早春

料峭西风昨业去，渔阳乍暖几楼台。
海棠十里清明后，也似江南二月开。

注：渔阳，蓟州古称渔阳。现别称古渔阳。海棠十里，指蓟州城内海棠大街；清明后，京津地区海棠花在清明节后即三月末四月初盛开。

2017年3月10日

白玉兰

素花耿耿旧精神，不惹蜂栖不染尘。
苑上风姿谁愧色，隔墙草卉怯同春。

2019年3月28日

七绝·中秋月下吟

灿灿清光夜盛开，晴霄万缕桂香来。
人间三五尊前暖，谁念嫦娥冷对杯。

2017年中秋夜

七律·东篱对酒

提壶敬酒到东篱，欲向陶翁询妙机。
霜下持杯心上暖，篱边对语腹中滋。
风吹瘦骨摇成句，香浸清笺染成诗。
劲笔凌云谁是主，渊明德佩古今知。

2017年9月30日

破阵子·天津月季

亭外黄苞斗紫，坛前粉蕊催红。映水摇姿邀炽日，彻地流香借晚风。谁言百卉同？

嫁与津城无悔，迁来沽上犹融。环境脱凡堪造化，市景添幽奉始衷。妍妍苦夏逢。

2019年6月5日

李振江

作品见《诗潮》《唐山文学》《百泉诗词》《天津日报》《河北日报》《唐山劳动日报》等杂志报刊。获河北省省委宣传部创作二等奖和全国诗词大赛一等奖等。现为唐山市诗词学会还乡河诗社社长，云诗文刊(凤凰诗词、春蕾诗词)主编，中华诗词论坛燕赵风骨版主，大中华诗词论坛诗苑常务管理，河北省作家协会会员，中华诗词学会会员，唐山市诗词学会会员，大中华诗词学会会员。

七绝·晨望港珠澳跨海大桥(新韵)

红日抬头起铁龙，黄金水道欲飞腾。
一桥架在民心上，穿越寒波跨暖程。

七绝·山居(新韵)

瀑畔棋凝柳下翁，柴门蝶绕戏追童。
山含瓦舍白云吐，小鸟衔来绿野风。

七绝·建筑农民电焊工(新韵)

遍种高楼惊玉帝，怀疑大圣耍花招。
一瞥泥腿接天焊，竟洒繁星闹九霄。

七绝·望星空(平水韵)

鸳鸯比翼落瑶池，溅起漫天红豆诗。
唯有一颗星特亮，吾思初恋夜谁知？

七绝·渔场冬韵(新韵)

夕落山沉雪满天，渔栏立鸟冷愁眠。
凝思水墨寒流色，一棹新歌起快船。

七绝·年味(新韵)

午宴开前童有愿，拉爹去请打工鳏。
一杯老酒团圆举，万里不孤共笑颜。

七律·秋望农家(新韵)

瓜挂篱笆门院外，秋临庭内带香来。
红仓草帽装苞米，绿袋花巾捆蒜苔。
剥豆妞歌鸡幻想，濯鱼奶唱狗偷猜。
唯儿蹲地挥枝画，谋划明年改种栽？

祖国70华诞吟(新韵)

昔嫌野菜现欢新，灰暗衣空换彩频。
万架车虹连万户，千茅屋影起千宸。
乡间涌动出游热，网上流行购物真。
一唱神州圆梦曲，洪音奋斗是青春。

李震清

上海人。曾在国有企业、合资企业、独资公司工作，退休后继续在一民营企业发挥余热，担任市场部总监。热爱文学艺术，近几年被中国的古典诗词深深感染，为弘扬和传承这一经典的文化瑰宝，开始研究格律诗。现在上海诗词学会、静安诗社、罗溪诗社、顾村诗社创作学习。

七绝·柳

春风最早尔先知，一夜梢头绿几枝。
待到百花争艳日，柔情已满万条丝。

七绝·春聚

明炉暖酒驱寒意，饮尽杯中聚和离。
总想友来春寂伴，无言醉后几真知。

七绝·秋夜雨后

雨霁朦胧云未散，月羞半脸影阑珊。
湿径香落犹怜碎，一夜秋凉入梦寒。

七绝·凉在书中（步杨万里诗韵）

毕竟夏和春不同，此间总在火塘中。
消愁或懂诚斋意，一片诗心半夜风。

七律·梅雨憩友家庭院

满院葳蕤入静幽，坐听点点雨声稠。
最迷红鲤池边戏，相望青莲水里羞。
桌畔兴浓提旧事，壶中茗淡解新愁。
忽闻林鸟穿亭过，有说黄鹂有说鸥。

七律·暮登余杭临平山

一脉山峰分二城，南望楼廊北望灯。
夕晖霞竞红枫树，残桂香留黄野藤。
游客拾秋步轻盈，移云向晚唤亲朋。
问询皎洁西湖月，今夜何来此处升？

七律·赞跑步英雄曹老师

身越林峦如飞燕，脚生风劲跨云烟。
本是懦弱忧思病，全凭自强乐度年。
苦练汗流千道坎，勇攀步战九重巅。
人生哪有坦平路，志决情豪能胜天。

七律·感乘大连有轨电车

绝迹街头无处寻，海滨城里独驰驰。
车厢恸说山河破，铁轨镌磨岁月深。
望景终思旧日梦，拂风即慰旅人心。
车流莫笑我颜老，自有辉煌留昔今。

李政奇

黑龙江省依安县人，2008年8月28日出生，现就读于依安县实验小学五年级，喜欢读书，平时喜欢写些小诗，爱好围棋和书法，是一个活泼好动爱思考的小男孩。

示秋

飒飒林间落，盈瞳色若金。
微风携落叶，片片报春恩。

习书

平心静气自桌前，湖笔横飞扫纸宣。
何日临成真颜体，传承文化正春天。

下棋

黑白对弈渐黄昏，表面无惊心在焚。
胜负难分情未尽，改天开战定乾坤。

望云

神往心驰入九天，絮飞朵朵是棉田。
千姿百态无穷尽，不是游人那是仙。

夏夜垂钓
依河柳影绕山村，一尾鲈鱼钩上亲。
明月有情还顾我，清风打扰钓鱼人。

李志

河北承德人，农村长大，热爱乡土。河北建工毕业后从事机械设计工作，现从事矿山建设及安全管理工作。游历于祖国大好河山，醉心古体诗词创作，承德市诗词楹联学会常务理事，河北省诗词学会会员。

七绝·湖洲夜色
虹桥戏水衔今古，楼上云天挂月明。
挑夜飞檐栖斗梦，清茶一盏太湖平。

七绝·雨后山行
雾湿眉脸天苍鬓，云卧横川不老仙。
朝醒晨光回入梦，清心沁露醉幽兰。

七绝·醒身
青枝沐雨惊恬梦，坐呷晨茶品爽清。
晓日濯升晴雾半，半仙半我半人生。

七绝·乡村夜雨
梦里云心藏月色，归身草露拭凡尘，
夜阑醉卧鸣虫鸟，雨打清平万叶新。

五绝·悠闲
停杯依暮色，临水赏闲云。
风懒沉枝静，鱼游倒柳荫。

七律·尚合
——青岛上合灯光焰火秀

琴岛盛开上合花，灯辉并霁聚天涯。
纵横悠远苏张去，阡陌相存橄榄斜。
携手共云临日月，同舟破浪策骝骅。
挺胸阔步新风范，万里潮头是一家！

李致忠

中华诗词学会会员。

七律·农家(中华通韵)
把把新秧入水栽，青葱满地手中来。
朝霞惹醉憨郎面，暮霭窥红秀女腮。
眼望春风吹碧野，人随画景上瑶台。
平铺绿梦三千里，尽是农家巧剪裁。

七律·忆江南(中华通韵)
烟波百里荡轻舟，梦踏江南古渡头。
碧树瑶台连玉宇，山光水色解心愁。
春藏绿锦游情醉，雨润红香画景优。
更见钟声凝紫雾，禅缘已在客中留。

七律·颂改革开放40年
（步叶宝林先生诗韵）
改革曾经骇浪淘，初心报国盛今朝。
肩承重任征帆远，力展宏图画景娇。
创业功成圆绮梦，擎天柱耸起新乔。
神州万里春风劲，掀动兴华撼世潮。

渔家傲·奔马(中华通韵)
昂首扬蹄飞入画，龙腾虎跃真潇洒。抗日风云曾叱咤，行天下，援朝打美横江跨。

弹雨枪林才了罢，戎装未解归耕稼。海岛忽闻魔鬼霸，鬃怒炸，冲锋再把征程踏。

蝶恋花·春望(中华通韵)
燕子撩波春水皱，杏蕊飘香，惹醉婀

娜柳。垄上耕播新雨后，乡间整日机声吼。

莳稻薅秧忙两手，少妇匆匆，也挽婚装袖。锦绣江山年豆蔻，荣光已把青春露。

鹧鸪天·红豆情（词韵）

褪尽当年满脸霞，辛勤伴我理穷家。田边地垄栽红豆，院角墙根结苦瓜。

先做妇，后生娃。缝连补缀手堪夸。黄昏见那相思树，也绽红香朵朵花。

湘春夜月·忆春游（中华通韵）

忆春游，小桥流水鸣蛙。岸上细柳迎风，摇嫩缕新芽。燕子不离前后，与我们嬉戏，绿草平沙。

借落辉再看，羞容媚眼，妍丽如花。曾经暗许，白头共老，结伴成家。好梦难留，皆已是，午时朝露，一晌烟霞。魂飞宇外，只可能，仙境寻他。这世界，纵苍茫没有尽头，也要追遍天涯。

沁园春·黄河（新韵）

浪涌洪峰，一往无前，九折九冲。顺天河直下，流经北壤；波涛远去，泻入东瀛。过岭横川，鸣雷震耳，踏响炎黄脚步声。登高望，见金龙起舞，万里奔腾。

长河逝水匆匆，已阅遍人间疾苦请。忆家国忧患，内贼外鬼；生灵涂单，怨雨凄风。岁月沧桑，悲伤屈辱，尽在浑沙浊浪中。如何叫，数千年积秽，一澄能清。

李智慧

网名金菊凝香。辽宁辽阳人。酷爱文学，擅长古诗词，徜徉于文字的海洋，寻找快乐。

鹧鸪天·回眸一笑

宝髻玲珑着粉裙，回眸一笑抵千春。颊红堪比桃花嫩，眉翠犹如柳叶新。

无限意，万分真，心怀蕴梦落凡尘。三生约得双栖燕，静看潮来舒卷云。

鹧鸪天·赠诗友

信手拈来字字工，连珠妙语见真功。毫端常见惊人句，眼底绝无媚世风。

朝旭下，夕阳中，高吟浅唱尽从容。唐诗读破三千首，一遇风云便化龙。

鹧鸪天·中秋家宴

小辈临门摆锦筵，萱堂掌勺味周全。牛筋麻辣如川菜，豆豉鱼香胜海鲜。

男劝盏，女聊天。千金难买合家欢。朵颐之后蟾光静，祈祷双亲寿百年。

鹧鸪天·忆梅

云去南山北岭孤，窗前月钓冷枝疏。心闲可得诗千句，手懒难提酒半壶。

香不见，意难舒。情思缕缕忆当初。丹心寄与梅三束，一扫轻尘点点无。

鹧鸪天·念到中秋得月圆（顶针体）

欲把春心托杜鹃，鹃声空锁画楼烟。烟迷遮断花前影，影缈浮虚卷上篇。

篇里梦，梦书丹，丹心忆旧五更寒。寒风若解千年念，念到中秋得月圆。

鹧鸪天

一片冰心托杜鹃，杜鹃声里雨如烟。如烟岁月三千梦，若梦人生半阙篇。

篇半阙，笔耕田，耕田疑似不悠闲。悠闲此刻柔肠断，肠断西楼望眼穿。

李忠兰

黑龙江省萝北人。萝北县诗联学会会员。诗词爱好者。

五绝·冰排随想
江开万马奔,铁血大荒魂。
百丈冰消日,吟坛盛世春。

七绝·杏花缘
常忆先生把手牵,杏花村里遇奇缘。
而今又到花开日,一样燃情五月天。

七绝·感恩遇见
无边思绪任飞驰,总忆相逢若水时。
不是恩师扶上马,余生何幸报春枝。

郦帼瑛

复旦大学新闻系毕业。国家公务员退休。自由撰稿人。上海市作家协会会员,上海市音乐家协会会员,上海市诗词学会会员。出版《烛影摇红》诗画集,《明月逐人来》诗集。在省市级报刊杂志上发表300多篇新闻及文学类作品,散见《解放日报》《上海科技报》《词刊》近几年写了100多首歌词,有80多首被全国各地曲家谱曲。

一剪梅·探梅
柔嫩红梅露浅痕,枝也清纯,叶也清纯。雨珠滴翠挂香唇,花有芳芬,蕊有芳芬。
君若折攀几瓣春,笔染余温,纸染余温。一程探望醉心魂,思在氤氲,梦在氤氲。

浣溪沙·忆梅
春雨恼人梅湿透。炊烟袅袅花枝瘦。唯见落红香径皱。清风懒倚黄金柳。紫燕衔泥巢补漏。牧笛横吹耕曲奏。

恋绣衾·供梅
花落凡尘只留香,供一支、瓶内浅妆。晚读时、常相顾,泪盈眶、怜惜久长。
来年再把裙钗恋,绕曲廊、探访媚娘。晓露圆、青衫湿,佩琴剑、独自约芳。

满庭芳·紫玉兰
紫雾缭墙,玉兰初绽,吐烟含韵青天。出尘超世,馨翠染裙斓。晨露随风跃上,一缕缕、清气芊芊。江南苑,独擎一帜,香绕满庭轩。
花妍。披羽翼,珠苞美隽,恍若蓬仙。美隽,恍若蓬仙。引蜂蝶,缠绵停驻垂涎。春雨颤枝摇曳,神绰约、幽婉温颜。行人至,繁芜满树,锦绣独痴怜。

杏花天·暮春
青柳绿波纹相接,暮春至、云停雨歇。风筝枝乱留残屑,蝴蝶无心蹀躞。
镜前坐、妆奁忽瞥,碧玉镯、已成断缺。满纸难尽词半阕,遥想杏花时节。

七律·谷雨
春度溪边柳系舟,清新谷雨早茶柔。
黄莺有语山岚舞,青竹无言水涧抽。
紫玉兰花盈玛瑙,绿萝藤叶沁璃琉。
阑珊灯火诗书困,梦醒祥云罩阁楼。

珠帘卷·并蒂莲
青莲卷,藕花羞。登高俯瞰沉浮。梅雨潇潇流翠,晨风吹拂柔。
并蒂锦心双蕊,蜻蜓竖立停泗。闲看别番情趣,池水皱,隐扁舟。

五律·秋悟

秋雨淋衣湿,凉风灌颈中。
梧桐黄叶落,乌桕紫冠红。
晚境情难止,初心意未穷。
禅修觉慧醒,苦度五蕴空。

栗成湘

男,汉族,中共党员,河北省诗词协会会员,热爱诗词,有多篇诗词在省市刊物发表。

七绝·今昔

三十年前告别时,声音洪亮鬓青丝。
如今见面乡音在,牙落齿稀话语迟。

七绝·霾问

连日雾霾天不开,云低阴晦锁邢台。
如何藏月瞒天术,地暗天昏法不裁。

注:邢台空气质量曾在全国倒数第一。

五律·清明(新韵)

序:吾周岁亡父,生无计,母子五人常在泪中度。母缠足携女学稼穑,育吾成人。吾谢绝留校、留京,远赴云贵三线。对母生未养,死未葬。此情终生愧疚。

周岁亡家父,卅年茹苦母。
萦怀愧疚情,挂纸悲伤墓。
碑冷伴荒丘,草枯杂乱树。
嚎啕泣与风,野径寒云渡。

卜算子·步陆游韵咏荷花

风暴虐荷塘,生命由谁主。扑伏无依尽折磨,更有无情雨。
来日算无多,哪有闲情妒。惟是花开一息存,难改香如故。

江城子·夜钓

雨停夜钓觉衣单。夜微寒。少蛙喧。空气清新,尽兴野塘边。水面灯漂频曳动,鱼儿聚,逗钩欢。
远山近水月高悬。静幽然。夜斑斓。眨眼星儿,映在水中天。岸柳丝绦风弱弱,山川美,醉无眠。

踏莎行·寒衣节伤怀

冷雨凄清,晓风摧叶。五更寂静寒衣节。他乡焚祭送寒衣,胸中哽塞声凝咽。
偶影徘徊,街灯明灭。萦怀愧疚跟谁说。人间难抑是真情,由来祭悼伤心彻。

鹧鸪天·早春放筝

偶读辛弃疾《鹧鸪天》词,步韵和之。

风荡丝绦柳绽芽,平芜春草染黄些。
彩筝耀眼旋鹰隼,高树尖稍惊乱鸦。
筝放远,线拉斜。老来闲退做玩家。
心随筝影追天外,雪化溪头逐浪花。

青玉案·清明哭母(新韵)

丝丝细雨坟前伫。尽惆怅、山间雾。
死别生离惟我负。天低人远,葬期已误,
山水天涯路。
幼年丧父哀家母。携女荷锄务农苦。
愧疚萦怀谁与诉?草枯石冷,荒烟乱树,
野径寒云渡。

梁常云

女,退休。曾在《中国当代散曲》等媒体发表作品。安徽省太白楼诗词学会会员。

七绝·荷(四首)

一

绿叶田田摇曳中,随风弄影忽西东。
参差各自风流转,万朵芙蓉太液宫。

二

出水小荷情未展，尖尖首尾月玲珑。
蜻蜓款款悄然立，一阵清香韵味浓。
注：荷叶刚出水象弯弯月。

三

一盏莲灯碧玉丛，柳丝飘荡入帘栊。
粉红上白香罗举，万种风情谁与同？
注：柳丝垂下似帘栊。

四

波光潋滟蔚蓝空，映日荷花别样红。
湖面采莲儿女过，笑声传到小桥东。

梁春芝

女，汉族，茂名南天诗社会员。笔名霄鸿杨柳。祖籍河北省定兴县。自幼酷爱古典文学、弹琴。中国当代作家论坛会员，诗词吾爱网会员。

七绝·题冰凌花

素爱冰清生傲骨，难为花乱看情真。
风霜过后无知己，好把痴心赖寸身。

七绝·秋日即景（新韵）

金秋翠减草凋零，五彩斑斓观落英。
隐逸秋菊拔蕊放，丹枫耀眼客人停。

醉妆词·初夏

柳依旧，卉依旧，掠过香盈袖。卉依旧，柳依旧，俯视山河秀。

如梦令·江畔春色（新韵）

漫步佟佳江畔，满目繁花争艳。看绿柳春花，总赖东君怜眷。留恋！留恋！姹紫嫣红开遍。

鹧鸪天·夏日即景（新韵）

峻岭崇山耸秀峰，骄阳如火碧空蒸。

翠浓烟柳游人醉，红艳莲花引客行。
花怒放，鸟争鸣，花明柳媚缀山城。
浮云飘逸终不定，沉稳无争学劲松。

鹧鸪天·同学聚会

无限深情注笔端，为君初试鹧鸪天。
多年思念情不断，一曲骊歌泪已干。
歌婉转，舞翩跹，豪情数语动云天。
举杯共祝身康健，快意人生再续缘。

梁桂森

中华诗词学会会员。第二届当代文学精品选全国诗文大赛旧体诗特等奖，第三届当代文学精品选全国诗文大赛旧体诗一等奖，第九届"羲之杯"当代诗书画家邀请赛金奖，第十五届天籁杯中华诗词大赛金奖，第十届"羲之杯"当代诗书画家邀请赛二等奖。

五绝·水

源自千山外，疑承万壑来。
一心朝大海，浪遏百花开。

五绝·中秋月

玉镜辨沉浮，银河御小舟。
团圆随志意，岂用互赓酬。

五绝·二月二龙抬头

黄河生瑞兽，蓬阁日东升。
矫首威天下，轩辕大业承。

七绝·喜迎十九大

丁酉京畿伯乐谋，图腾期盼梦趋求。
和谐社会随民愿，定国安邦九六秋。

五律·墨子

耕农开学业，立说启新篇。

兼爱公心树，尚同支点传。
先秦车并驾，大雅日齐肩。
即墨非儒合，争鸣百卉天。

临江仙·一带一路中国梦

玉器青瓷唐曲赋，茶旗丝绢珍珠。瑶琴英韵宋词书。古驼传友谊，骏马润陬隅。

一带一路初起步，互帮同享高誉。联延经济众人扶。中华魂守护，夙愿世间敷。

醉花阴·春日偶成

惹眼云山初雨洗，绿浪东风启。晚照映晴川，玉岸花开，谁赐人间礼。

永宵欲与芳春醉，绿蚁金樽里。品茗话流年，笔下新词，赋满桃花蕊。

满庭芳·北京新景中国尊

揽月攀星，遥瞻宇宙，虚怀屹立高寒。根深扎地，五二八腾迁。夺景泰蓝精致，层叠一零八参天。中庭竖，群楼泰斗，霞火对雕阑。

京畿尊独树，外夷惊震，黎庶开颜。远谋得，持危善政居安，疆靖强民国富。风云起，弘度关山。魂常在，心源久远，昂首世雄前。

注：中国尊高为528米；地上108层，地下7层。中国尊的外形就象元朝的一尊景泰蓝。

梁国当

广东佛山人。中华诗词学会会员，岭南诗社会员，南海诗社会员，西樵诗社社员。喜欢古典诗词，作品散见于《佛山诗坛报》《樵山社区报》《樵歌》等。

风入松·游白云洞

己亥六月廿九偕诗友游西樵山白云洞有咏

三湖烟雨白云游，曲径通幽，林深仙馆闻钟磬，峰迴处、雪瀑仙舟。俯仰逍遥心眼，笑谈联句楼头。

凭阑佳景思悠悠，静看沉浮。陶然山水欢情共，继先贤、理学千秋。抒发胸中意气，兴来笔下风流。

注：三湖：三湖书院。
白云：西樵山白云洞。
仙馆：云泉仙馆。
雪瀑：飞流千尺。
水盈，飞溅浪花似雪。
仙舟：西樵山白云洞内之子洞艇，后经修葺改为华舫。
逍遥：逍遥台。可理解为优游自得、安闲自在的意思；联句：逍遥台上的石刻对联。

赞西樵打造文旅小镇

（一）
巍巍樵岭风雷起，万叠云泉生紫烟。
廖廓观心增气象，朝阳磅礴向中天。

（二）
樵山溢彩谱华章，胜利歌声万里扬。
七秩征程昭日月，春风一点满城香。

（三）
新容妆点新时代，硕果飘香浩气生。
绘写神州春画卷，扬帆圆梦大前程。

诗咏新时代

清和云日美，村落好风光。
兴学人文盛，康衢草木芳。
和谐居福址，发展业荣昌。
时代潮头立，海舟步更强。

画兰

泼墨纵横生妙笔，云笺铺就淋漓溢。
描成铁骨着芳魂，点染冰肌呈玉质。
题字画中景益清，挂图堂上心尤逸，
幽兰有种自新芽，和气先春香满室。

梁怀勇

笔名花云,中国民俗学会会员,山西省作家协会会员,山西省民间文艺家协会会员,山西省民俗学会会员,山西省郭氏文化研究会特约研究员,著有长篇纪实文学《抗日英雄蒋三传》等。

七绝·清明壮志
介贤犹在栖贤谷,涛声依旧水涛沟,
金秋红叶题壮志,飞瀑彩练自风流。
割股奉君忠心酬,功成不思名就后,
负母绵上决意隐,清明寒食万古留。

七绝·绵山乌鸦
万顷山林一点漆,百丈空谷半声啼,
绅士风度喑哑语,我行我素任人疑。
有谁还记绵山昔,介行感天又动地,
陈年烟熏白变黧,名士风流上古遗!

七绝·冀村花儿会
有花无果净瓶柳,无花而果菩提树,
亦花亦果皆俱缘,献花灌顶话醍醐。
五月端阳花儿会,佛七精进满月殊,
定光授记传释意,燃灯沐浴承始初。

梁剑章

男,汉族,大学毕业,诗人、散文家,早年从政从文,现任河北省诗词协会常务副会长兼秘书长,河北省散文学会常务副会长兼秘书长,中华诗词学会常务理事,中国散文学会理事。全国第四届冰心散文奖获得者,出版个人专著20部,计490万字。

七律·小寺庄桃花节
相约桃花醉里摇,铿锵锣鼓举华韶。
青衣舞动春阳艳,小曲牵来笑脸娇。
喜趁东风迎巨变,长吹号角赶新潮。
波涛浪卷流云下,巷野蓝图正细描。

七律·贵阳行
几番移步到黔游,未忘鳌矶甲秀楼。
长联耸挂云天外,碧水柔情芳草洲。
过往登门兴闹市,如今举案拜宗侯。
由来故国根基茂,大树巍巍岭上稠。

七律·缘分
从来情分靠随缘,不必追求每聚全。
只要心中还有你,何愁柳上久无蝉。
天涯芳草年年绿,海角清辉月月圆。
坐望琴台流水处,春风细雨弄新弦。

七律·题张家大院
朱门阔院大厅堂,画栋雕梁漆色香。
暖室曾留官宦帽,高楼久染紫红妆。
当年鼎盛能存世,几度烽烟可入章。
携友呼朋方小坐,青枝老树已斜阳。

七律·游贝壳湖
沧海横流逐日妍,一湖碧水涌清泉。
樱花灿灿依枝放,鹭鸟悠悠破雾穿。
水不深来船竞逐,人逢爽兮手相牵。
呼朋唤得鹊桥上,沉醉斜阳那片天。

七律·题东光铁佛寺
不恋他乡恋故乡,金身远渡到东光。
小街巷里钟音脆,大殿楼头禅韵香。
总唤人间行善举,无求禄位架慈航。
纵然佛骨曾遭毁,依旧吟声慰梓桑。

七律·登响堂山
慢步登来曲径匀,天光未老照残身。
慈眉善目多除去,暮鼓晨钟难觅新。
留下苍山孤冷月,回旋巧匠万方巾。

当年教训何须问，数尽青丝总不真。

七律·时光街小酌
何必浮名总挂牵，劳神费力找心烦。
为官再大能撑久，敛利超仓可用完？
多把春光吟小曲，得寻枫叶丈青山。
管它雾海升沉事，两袖清风处处眠。

梁锦伟

祖属广东新会，为马来西亚第三代华侨。彼邦中文水准偏低，但不减我对祖国文化及语言的热忱。迁居澳大利亚后也没放弃中文，常信笔涂鸦写诗。对我来说，作诗的过程有如与心灵对话，斟言酌语，反覆思量。诗是我的第六感官。诗是我归根的途径。

七律·同片魄
东君岂尽抚人人，南北两端风景新。
相思处听知积雪，暖春风未到屠身。
鳞鸿寄去惊迟误，花语解来恐褪芬。
千里愿望同片魄，圆时合是愈精神。

七绝·青山
何为青山添俗碧，晦明未蘸如完璧。
晴来景色自然清，不假诗词书滴滴。

七律·咫尺有天堂
薄烟偏爱漫西湖，孤柳垂青院外浦。
庸绿淡云怜细看，清心静水映成图。
且数东山飞影落，那知富士有雪无？
凌霄铁塔驰罗马，咫尺天堂何远趋。

五律·中山下南洋
唐山有客临，侨裡念乡音。
跃跃倾聆耳，滔滔爱国心。
日新升故土，辉远照椰林。
仙去槟榔屿，名留铸石金。

注：孙中山数往马来西亚的槟城向华侨募捐。如今有一所孙中山纪念馆。

素冬
山色朔风收，南飞鸟逐流。
晚冬留白处，萧素更宜眸。

七律·网上购月
敢问婵娟何是价？亏盈应不缺商家，
网罗月色容瓶罐，空运清辉到角涯。
掌裡招来飞玉兔，指间弹出桂香华，
嫦娥只悔奔天去，线上可能售炼砂。

五律·咏扇忆母
习习散檀香，翎翎饰坠扬。
近南消暑溽，临晚念慈祥。
原本风流物，也宜花彩妆。
拨来思忆味，鼓吹我凄凉。

五律·兰亭序
有序说来凭，挥成未酒醒。
慕临千古客，只见一般亭。
曲水如觞咏，行书若列星。
集诗衬绿叶，遗墨胜兰馨。

梁景钢

笔名吻月，吉林长春市黄龙府人。吉林省诗词学会会员，黄龙诗社社员，黄龙小镇成员，神州诗词文化传媒执行总裁，诗情雨墨网络文化传媒总编，《相约诗情雨墨》诗集主编，《再约诗情雨墨》音频诗集主编，《影约诗情雨墨》影音诗文集总编。作品见于《诗情雨墨》诗集，《百城诗韵》诗集及各网络文化平台。爱好现代诗歌写作和古诗词欣赏。

西江月·春

水荡秋江鱼戏,柳丝轻摆莺飞,青山万树沐春晖,牧笛清扬风吹。

春色园中笑颤,花容湖影几回,蝶欢戏蕊欲芳菲,我看此间最美。

西江月·夏

蝶舞莺歌迎夏,蛙游碧水盈池,雷鸣惊雀藏花枝,紫燕穿云展翅。

小院清幽雅趣,岸边杨柳青槐,蜻蜓点水美如诗,湖畔听风叙事。

西江月·秋

天上残云暗淡,林中落叶风狂,月光时刻着新妆,正是人间秋长。

不觉流年似水,相思早已成霜,梦中故事总沧桑,满眼星河细浪。

西江月·冬

暮雪微微初降,乡间小路皆光,梅花冬日溢芳香,何不画眉江上。

远看玉龙腾跃,近观似玉如霜,山河壮丽赋篇章,再把欢歌高唱。

西江月·都已利名消尽

暮雪山川皆老,晓春花木清新,雪融春到笑声频,爱恋画中诗韵。

闹市花红柳绿,冷清世道艰辛,奈何前后往痴人,都已利名消尽。

西江月·几度红尘幽梦

几度红尘幽梦,人生多半秋凉,夜来风雨已牵肠,霜染眉间鬓上。

浊酒一杯友少,月清星淡愁长,中元谁与共天光,把盏对空思量。

西江月·竹

碧绿森森如玉,虚心向上衣飘,随风枝蔓向云霄,春水一池风好。

提笔糊涂一世,画中淡墨千娇,平生爱竹乐逍遥,身隐万杆欢笑。

梁青华

笔名静初,河北省肃宁县人。70后,中华诗词学会会员,中国楹联学会会员,沧州市作协会员,肃宁县作协副主席,肃宁县诗词协会会长。自幼酷爱文学,300余篇散文、诗歌发表于国内各大报刊。

七绝·春雪(新韵)

辞去层云一夜发,盘山默默舞银纱。
由来应是冬疏懒,才报春光万朵花。

七绝·水乡月夜

柳月弯弯过小桥,重楼黛水意妖娆。
轻风倚罢栏杆后,十里琴台醉眼瞄。

七绝·咏荷(新韵)

素主出尘六月中,风牵碧袖媚频生。
由来本是清心客,莫看浓妆一抹红。

七绝·雨夜有思(新韵)

一宵密雨一宵风,曲罢琴台客梦中。
若是明朝颜色好,山花满路我独行。

七绝·清明祭父(新韵)

白妆一树复新容,老干奇姿有长风。
知我常思人去远,三更摇落满街亭。

七绝·春日烟雨宏村(新韵)

紫陌芳堤二月间,东风一度醉调弦。
盈波几里垂丝碧,细雨霏霏燕子喧。

五律·初秋随吟

一夜连双季,新凉暑半休。

云高深草黛，地旷碧涛流。
弄影舒微醉，调弦遣夙愁。
金风不解意，空叹又逢秋。

七律·六一感吟（新韵）
节逢六一忆童年，往事依稀映眼帘。
踢毽刻模挖陷阱，揪花打草放飞鸢。
编成玉柳头间戴，采下银铃耳畔悬。
最是课余抻线彩，弹歌高处尚翩翩。

梁圣
河北廊坊人，吉林建筑大学经济与管理学院，建筑与土木工程（工程管理）硕士，酷爱诗词。

七绝·望春
雪痕苍山夕阳远，薄雾青烟村社稀。
一朝一夕暖风来，花开满地又一春。

五律·游园小记
小水滩前熏，落霞褛晚云。
白鹭颈变短，孔雀收长裙。

七绝·情难念
断肠崖下过儿姑，绝情池里花千骨。
断肠毒草不断肠，绝情池水从未枯。

梁淑艳
女，河北遵化市人，河北省诗词协会会员，唐山市作家协会会员，遵化市作家协会副秘书长。作品散见于各级各类报刊。发表作品200多篇。获得首届河北省群众艺术馆《大众文艺》征文诗词类三等奖，唐山市振兴杯古诗词大赛三等奖，以及其它各类文学奖项。

七绝·晨光
拨动晨光怕不匀，拈来短句数流云。
人生哪得清凉水，且唤风雨入慧心。

七绝·麦黄
三夏流风热浪翻，麦黄燕赵梦难甜。
田家此刻闲人少，只盼清凉度此年。

七绝·为米写诗
盘中饭粒苦当先，穗穗金黄日月甜。
散淡衣钵无我度，红尘一米半生缘。

五绝·晚归
亭外水云间，湖中细浪弯。
层层心念起，迟暮不思还。

七绝·长寿花
粉桃朱蒂向天开，雪月风华馥郁来。
增慧此花朝彼岸，千恩万寿福田栽。

五绝·芍药
分我一枝香？闻花向远方。
窗前留岁月，沐手敬晨光。

五绝·蔷薇
误入花街尾，蔷薇虚掩怀。
深行迟暮里，满院相思来。

五绝·八宝
八宝静书房，庄严因果香。
华光来去短，妙法度无常。

五绝·无题
人间烟火事，点点数街灯。
煮字唯清酒，归期又起程。

梁树春
男，1983年生，广东省吴川市兰石镇

人,现为中华诗词学会会员,香港诗词文艺协会会员,兰石诗社社员。

梅
庭园花放疏枝瘦,天生不惧雪霜侵。
一世坚贞身傲骨,赢得千年骚客吟。

兰
独著清幽野谷中,枝疏叶小月玲珑。
白花朵朵冰心结,风送芬芳引蝶蜂。

菊
黄花劲节西风妒,傲放东篱沾玉露。
喜与松梅竹作邻,陶公诗里倾情诉。

竹
落箨成林着绿衣,寄生岭际紫云雾。
谦谦君子本高清,气节铭心无所顾。

月夜独思
皎皎银盘照小楼,蛩声断续雁声啾。
忍看红叶随风舞,谁把题诗放御沟?

牧女写生
群鱼逐浪戏江滨,牧女轻描彩画新。
日丽风和山野绿,羊儿吃草乐津津。

野花
雨打霜侵志不灰,何需移种入楼台。
春风一夜悠然至,银白金黄照样开。

春词
满目春光人倚楼,因风皱面水无愁。
垂青岸柳莺声脆,怒放娇花频点头。

步韵蔡瑞羲会长《己亥元宵有寄》
灯火元宵夜,乡情万里牵。
飘流浮海外,伫立望窗前。
追忆慈亲爱,遥思严父怜。
曾经遭劫难,昭雪问苍天。

步韵林峰老会长《枯木逢春·感恩雨露》
频滋湛露疾除清,幸得良医有救兵。
泪洒丝丝难自控,花开默默不知名。
新交病友倾心意,旧识知朋诉感情。
遥祝安康身更健,拙诗几句表心声。

梁同余

网名峥嵘岁月,江苏连云港人,退休前系东辛农场一名会计,曾在《河北诗刊》《中国新梦文学》《东台诗刊》《心灵文苑》《江山文学》《心之旅诗刊》《馨亭诗刊》《灌云诗刊》《灌南诗刊》等诗刊发表诗词百余首,中国诗人协会会员,中国新梦文学诗人协会会员,江苏连云港诗社社长。

七律·七夕节前话七夕
谁望银河碧水边,期求七夕复年年。
董郎伤感挑担走,织女融情珠泪连。
翠柳偷香寻浪漫,玉楼窃语话缠绵。
那知幻想空留梦,一道彩虹难手牵。

七律·醉荷
乘舟十里逛西湖,独醉青莲酒一壶。
蝶绕花丛紫梦醒,蜂含玉露润心舒。
临风紫燕难吟句,戏水鸳鸯自画图。
仙子随云轻影动,新荷吐蕊暗香姝。

七律·贺灌云诗刊
各路才贤聚灌云,翻开史卷见功勋。
半山明月流香韵,一缕清风染乐园。
打造骚坛毫笔落,耕耘墨海阙诗存。
鳌头独占千枝绿,艺苑花开四季春。

— 667 —

七律·咏月季花

总是多姿众不同,五颜六色展娇容。
天天生长叶犹绿,月月常开花正红。
四季芬芳惊落雨,满园艳丽醉临风。
但观皇后登高处,独钓闲亭欣赏中。

七律·深切悼念时代楷模李吉林

全国劳模李吉林,忽闻仙逝泪流侵。
聚焦教育气清骨,关注儿童操透心。
谁读难题听解语,自编讲义遇知音。
芬芳桃李满天下,一首颂歌吟到今。

东风第一枝·贺海右创刊一周年

海右群贤,蕴情不变,创刊一年非浅。接迎八处来宾,诗友搭桥引线。相同信念,抒豪情、题词输键,点妙笔、墨洒红笺,首首阕诗狂献。

看今朝、锦绣一片。除旧貌,莺歌舞燕。观山东艳阳天,百花盛开赤县。诗刊庆典,纪念周年同如面。硕果累,载誉归来,众豪杰家乡见。

水调歌头·赞时楷模黄文秀

早立雄心志,重返五台山。扶贫精准国是,除旧变新颜。深入乡村故地,和百姓融与水,寄语解心酸。天天琐烦事,难处不须看。

领头雁,同心干,震宇寰。扶贫一载过去,举手不清闲。共奔小康致富,偶见石流止步,遇难未生还。时代楷模赞,业绩溢坤乾。

蝶恋花·购菜随想

日日逛街朝里走,品种繁多,边走边挑购,猪肉虾鱼鲜菜豆,五香八角麻油凑。

挑去拣来还不够,自语烦愁,再买壶醇酒,满载而归同喜逗,素荤调配康长寿。

梁文敏

山西介休人。中学语文高级教师,介休市作协会员,黄河散曲社社员,汾河(知彼)散曲社总编助理。

【越调】小桃红·夏日感怀

海棠谢却柳身盈,池鲤双双竞。鸢尾花开紫遥映,俏争屏,问君哪个芳颜靓?紫鸢易凋,青春易逝,转眼暮年登。

七绝·夏草

河堤陌上寻常见,碧翠纤身细叶柔。
一夜雨狂风骤扫,朝来玉立百花羞。

【中吕】喜春来带普天乐

东风谁遣邻家院,春色安排堤柳烟,拱桥照水水衔圆。花木睍,淡淡乳芽鲜。

沁馨香,扑人面。桃身敷粉,蝶影翩跹。紫燕归,梨花绚。堤岸旁缤纷如绢,草坪间童幼奔牵。绿色欲燃,天空似洗,好景连年。

【双调】雁儿落过得胜令

湖滨花影浓,叶底虫声诵。荷出碧玉中,麦秀黄金垄。

乡野绿藤葱,田埂穗儿丰。四季无闲纵,三农有事躬。

匆匆,时顺圆民梦;荣荣,嘉禾旺廪棚。

【越调】天净沙·夏夜农家

浮云明月榴花,河堤碧水池蛙,小院清风绿茶。纳凉庭下,流萤还伴人家。

七律·游坂地村

寻凉消暑踏清幽，陌上江南坂地游。
黛瓦粉墙迎远客，宏图前景挂心头。
巧将污水分开去，能把烟煤改电流。
向晚欢歌犹不舍，桃源来日再回眸。

七律·游后土庙有感

榴花如火绽枝头，白塔文人介庙游。
古寺新颜迎远客，琉璃碧瓦照亭楼。
千年古刹千年立，数代王朝数代侯。
慨叹世人终效古，万般名利怎相留？

七律·夏日吟

佳时小满穗流香，五月榴开夏日长。
碧柳拂堤堤满翠，玉荷举盏盏清扬。
池中红鲤嬉横藻，岸上黄鹂闹短墙。
物态更新生意满，浅吟驻足且痴乡。

梁祝秦

网名春天，生于1961年。广东怀集人，高中学历，农民。广东楹联学会会员，燕岩诗社社员，怀集沃土情诗社社员。一个平凡的农村汉子，平生钟爱古典文学，不断在柴米油盐与诗词对联之间变换自己的角色。作品曾在广东《南方农村报》《楹联家》《新怀集》《燕岩诗刊》上发表，有作品在肇庆首届楹联大赛获奖。

七绝·咏百里画廊

百花争艳芳菲溢，里陌奇峰秀色新。
画幅丹青迷逸士，廊中文采醉游人。

七绝·谷雨

乡村雨洒气清和，柳绿山青燕弄梭。
布谷频鸣催种早，人间处处唱欢歌。

七绝·咏榕岭

青山披绿彩云飞，峭壁灵芝肾蕨[①]稀。
瘦石虬松铮傲骨，悬崖白玉[②]尽芳菲。
注：①肾蕨：石黄皮（中药名）
②白玉：白玉兰。

七绝·七夕——相忆

凭栏望月恨分离，逐梦天涯寂寞时。
有幸他乡逢挚友，当年七夕忆成诗。

七绝·七夕

银河牛女会佳期，玉露金风醉相思。
若是两情长久日，岂其朝乐暮欢时。

七绝·题桂、粤、湘三地书画诗联笔会（新韵）

以文会友状元峰[①]，书画诗联彩墨浓。
湖里金鱼迎客跃，奇山形胜百花红。
注：①状元峰：广西贺州市状元峰诗社在钟山县《百里水墨画廊》景区举办桂粤湘三地文人墨客笔会。

七律·咏仙人秋[①]

仙人秋耸上云天，毓秀钟灵聚众仙。
石穴金鱼同戏水，丹崖玉燕舞跹翩。
唯观五岳并肩立，欣望七单[②]紫气连。
共赏宁乡堪入画，回眸骚客赋诗篇。
注：①仙人秋：山名七单；
②在仙人秋附近有七间庙宇，当地人叫七单。

七律·咏芹竹旺[①]

石径蜿蜒景色幽，峰峦迤逦竞风流。
观音静坐莲花上，童子凡间芹竹留。
镇福堂前金燕舞，铜锣井里锦鱼游。
天工巧夺成仙境，毓秀钟灵醉客眸。
注：①芹竹旺：风景区名

廖建忠

古诗词爱好者，网名山竹聆月。10年前在QQ上跟着一群喜欢古诗词的好友们学习，这些年也在一些诗词论坛网站发有习作。

七绝·元旦有寄
习韵光阴又一轮，文心不巧笔仍陈。
新年但望生花梦，好待毫笺更入神。

七绝·山居
舍外莺歌出柳烟，东君几度艳阳天。
云山顾我花含笑，明月清风时作眠。

七绝·古渡春柳
翠与新枝巧画眉，惯看流水碧丝垂。
柔心欲系春风驻，却见离情别岸时。

七绝·赏荷
娉婷仙子粉初匀，碧伞幽芬景气新。
一抹倾怀心自静，澄虚眸底远嚣尘。

七绝·落叶
香红看尽度春秋，瑟瑟西风一并收。
应节从容归大道，霜欺雪盖亦悠悠。

七绝·远念
寻过春秋近暮冬，云天望断雁无踪。
清宵独对阑珊处，一曲箫音月动容。

七绝·无题
云霄又是雁南飞，望眼三秋君未归。
瘦影窗前叹明月，瑶琴一曲送蟾辉。

七绝·秋思
已是三秋远梦频，霜浓塞外泪沾巾。
断鸿声里斜阳暮，瘦影窗前望月人。

廖友农

号巫峰山人。籍贯北京，1952年生辰，出生地上海。60年代随父母支援大三线建设到贵州贵阳。大学中文专业毕业。擅长写作，1986年加入贵州省作家协会。出版过诗歌、散文、报告文学集多部，在省内外报刊发表作品上百篇。曾任《贵州人事》杂志社副主编。在国企和政府机关从事宣传工作多年，有书画、摄影专长。书、画作品多次参展并获奖，为上海张大千大风堂艺术中心特聘画师。被贵州师范大学、贵阳学院等高校聘为客座教授。退休前任贵州省公务员局副局长、贵州省人力资源社会保障厅副巡视员。

七律·上海外滩迎新年钟
独在故乡为异客，夜行闹市感悟真。
外滩新岁钟声起，璀璨明珠照江春。
离沪依稀八九岁，探乡不觉六余旬。
浦江记忆成旧梦，谁系阿拉上海人？

七绝·黔灵山踏雪探松
踏雪探松兴未减，空山凝冻履频偏。
苍松不负痴情客，横弄虬枝傲险巅。

七律·姑苏夜游七里山塘
白墙黛瓦江南景，七里山塘一水流。
夹岸灯红市井喧，隔桥列肆吴语柔。
弹词百啭余音袅，画舫轻摇近虎丘。
莫道水乡不销魂，枕河烟雨老苏州。

七律·冬日谒寒山寺
西望枫桥烟雨中，黄墙照壁觅遗踪。
寒拾无意碑帖隐，古寺有缘唱晚钟。
心净方得真境界，普明妙利始朝宗。
乌啼晓岸行客远，依旧涛声伴暖冬。

五律·乡愁
思乡愁更续，望断白云边。
寒腩梅花落，茶清几案前。
腊风笺墨染，行草就春联。

忽讶时将暮,围炉话大年。

七律·无锡梅园探梅
山横草堂清玉泠,探春始向此园移。
不泯花径寻芳处,梅透幽香太湖吹。
有为轩前积雪颂,米芾拜石墨留丝。
初芯万点冲寒怒,艳魄江南第一枝。

注:梅园早春,无锡十景之一。

五律·西江千户苗寨
苗寨遗千户,角楼展盛群。
饰银叮当响,歌动舞长裙。
凯里三棵树,西江一片云。
清溪流日夜,灯火遍山殷。

七绝·童孙春日水岸荡秋千
廊桥水岸桃花浅,二月春风绿柳绦。
轻拂童孙浑不觉,秋千已荡半墙高。

廖原

上海人,中华诗词学会会员。中国楹联学会会员。出版个人诗集《圆缘园》,作品曾获第二届中华情全国诗歌散文联赛金奖等多项奖。在《诗刊》《中华诗词》《中华辞赋》《诗词月刊》《中国当代诗词大典》《当代诗词精英》等期刊、书籍中发表、入编作品数百首。

浣溪沙·梦如烟
次第惊云乱九天,漏残风紧夜无眠。依前明月几时还。

两鬓青霜愁似雪,一帘幽梦邈如烟。山长水阔忆流年。

减字木兰花·夏日黄昏
雨晴烟晚,一抹斜阳云水远。鸟宿人还,二岸蝉鸣迎客船。

画帘高卷,三寸余晖浮酒盏。夕照池园,四面蛙声诗赋闲。

南乡子·暮云闲
夕照暮云闲,帆卷人归鸟雀还。烟晚雨晴空逝水,天边,山映斜阳树欲燃。

灯火倚阑干,独醉黄昏忆故园。浊酒一杯惊梦断,缠绵,万里清风舞纸鸢。

清平乐·早春物语
半窗霞蔚,旭日莺啼切。雨霁风和梅似雪,满苑嫩芽新叶。

砌下凉影浮光,篱前玉蕊芬芳。燕剪一枝春色,树摇两袖花香。

眼儿媚·春江花月夜
闲倚危栏月明中,碧水映苍穹。花香一片,星光万点,树影千重。

寒烟轻涌春江岸,夜色渐迷濛。柳垂风定,漏残人静,三二惊鸿。

忆少年·秋山游
山林叠翠,山溪凝碧,山光依旧。苍烟涌幽壑,绮云缠穷岫。

菊韵枫情留恋久,芳丛里、暗香盈袖。人还夕阳里,鸟归黄昏后。

鹧鸪天·荷田
家在四灵山水间,红花绿叶舞翩跹。随风菡萏浮香远,逐浪蜻蜓流影闲。

芳草外,暮云残,蛙声一片枕荷田。欲吟渔火南窗晚,半掩诗书听雨眠。

扬州慢·暮归
红日西沉,晚风轻拂,独迎宿鸟归鸦。正循溪出谷,渐云暮烟斜。过石涧、林幽道静,阶前树下,旧叶新芽。绿荫间、欲隐

— 671 —

犹现,流水人家。

半生魂梦,细思量、情在天涯。爱竹杖芒鞋,筱篱茅舍,淡饭粗茶。更喜东西南北,常相伴、夕霭晨霞。待皓眉霜鬓,笑谈冷月寒沙。

廖振东

男,1953年10月出生。现为赣南诗词楹联学会会员和龙南县诗词楹联学会会员。

七绝·过天门山玻璃桥之感叹
谁将银链锁云中,脚踏玻璃挂半空。
俯视惊魂渊万丈,仰天嗟叹世难逢!

七律·夏游庐山三叠泉
匡庐碧翠无垠尽,十里石阶藏树阴。
峰顶骄阳灼万物,山间泉水润身心。
金蝉奏曲迎游客,鹂鸟欢歌送远亲。
仰望银河天上落,悟思仙辈古诗吟。

七律·三清山之美
闻名遐迩景非凡,碧翠巍峨雾气岚。
峭壁危崖飞栈道,深峡幽谷运钢篮。
高昂石笋群容肃,窈窕女神孤貌妍。
巨蟒腾飞迎贵客,风光旖旎飨人寰。

七绝·悼凉山救火英雄
清明临近响沉雷,噩耗传来泪雨飞。
救火英雄乘鹤去,为国捐躯耀光辉。

七绝·悲迎烈士骨灰回乡
滔滔赣水流长泪,滚滚乌云阵阵雷。
救火英魂归故里,山河肃穆日灰灰。

七律·夏日景象
翠柳浓阴夏日长,楼台倒影入池塘。
园中桃李垂丰果,水上芙蓉穿锦裳。
草甸青蛙呱乐曲,禾田紫燕掠飞翔。
乡村城市多新貌,大地神州喜气扬。

七绝·贺建党98周年
南湖会议史无前,立党为公写巨篇。
九八寿辰华夏庆,辉煌岁月万千年。

七绝·贺国庆70周年
天安门上映朝阳,国庆七十喜气扬。
建设中华强盛路,辉煌事业万年长。

廖振南

字白生。浙江文成县人。2009年获盛世中华情全国书画名家邀请展金奖。2013年获传统文化最高荣誉传承奖金奖。2018年获东方红杯纪念毛泽东同志诞辰125周年诗书画创作大赛特别金奖。2019年获百年中国文艺成就奖,授予百年文艺大家,并聘任为中国人民文艺家协会副会长等。

七律·祖国颂(题画诗)
长山碧水写春秋,海角天涯任唱酬。
西北关山威且壮,东南风物美而柔。
马年盛势夸千古,羊岁春风遍神州。
席捲烟云显新辈,醒狮一吼震寰球。

七律·文成山水
山水文成古画廊,寻幽古道上茶堂。
红枫惮寺听僧解,绿色民居吃烹羊。
百丈飞流连二际,顶湖烟霭锁三江。
刘基故里通幽处,霸业功成千古扬。

七律·古村(题画诗)
轻岚压岫见初晴,古树枝头翠鸟鸣。
飞瀑扬长分境界,群峰穿插透空明。

新村整洁祥和聚,史跡缤纷逸趣生。
老叟盘山涂造化,飞鹰数只入云屏。

七绝·题画诗
梦入家山不忘情,幽亭古木发葱青。
飞流直下平川去,野老无心说利名。

七绝·古樟
晨耕暮读老农夫,自力有余钱不多。
不砍门前老樟树,路人歇足鸟搭窝。

廖正福

号古柏,网名菊韵飘香。1948年出生,建筑工程师,退休多年,业余爱好传统诗词。2009年出版了个人诗集《筑梦吟》,2016年《筑梦吟》续集再次出版,现为中华诗词、湖北省中华诗词、荆州市诗词学会会员,石首市诗词学会顾问。

七律·发酵人生淘醉春
只有今朝活力真,科研探觅广无垠。
笔耕风雨砚田满,纸载时光日月新。
花醉新红花艳艳,水流嫩碧水粼粼。
心中有梦生遐想,发酵人生淘醉春。

七律·坡底韵(四首)

松
引得游人成拍家,风光入卷贮铅华。
黄山阅世惊鸿影,泪水修身铸剑花。
雪压虬枝化冻雨,烟笼翠盖换流霞。
根生遍地优环境,老树街边品早茶。

竹
东山游览到傅家。千杆梳风展翠华。
欣赏庭园开李树,辽望遍野放桃花。
客行路上听莺语,酒在腹中吟醉霞。
摘句羞言高节处,分身入席侍闲茶。

注:现在作的竹筒子酒,方法是将酒注入生长的竹子中,过一段时间再把竹子分节锯断。

梅
危谷冰崖犒咏家,寒风峭壁顾芳华。
喜将银雪作头盖,爱听残阳凿玉花。
一幅天然含墨韵,永年装点恋彤霞。
春迎百卉开怀笑,嘱露勤浇荒岭茶。

雪
素裹银装饰万家,风光绚烂显昭华。
世间耀眼欣纯色,梅顶朝阳绽血花。
寒入心中生热韵,诗开笔上趟流霞。
收来储罐用时爽,约友长谈慢煮茶。

读《减字木兰花·春怨》吊朱淑真
词引书勾遇怨魂,嘤声千载荡红尘。
妆残泪洗容颜悴,眉敛心惊恨爱辛。
寂寞深深连五独,冷清郁郁漫无垠。
断肠才女断肠集,芳冢未留凭吊真。

采桑子·白桑枣
晶莹似玉莹光透,色润如酥。含入甘悠。香爽心脾蜜沁喉。
瑶池未种人间果,王母寻究。天上仙酋。不到凡尘味蕾羞。

一剪梅·胡杨枯木
荒漠千年寂寞讹。面对星星,眼望银河。风霜凌辱历沧桑。绮雪依寒,忍向蹉跎。
生命坚强日月歌。夏绚春颜,冬抖红罗。南飞鸿雁唱天边,秋色金黄,野树婆娑。

注:胡杨是生长在沙漠的唯一乔木树种,且十分珍贵,可以与有"植物活化石"之称的银杏树相媲美。

廖志东

广东湛江人,曾在中华诗词学会教育培训中心研修班学习。作品散见于《中华诗词》《诗词世界》《诗词月刊》等多家报刊杂志,并入选《中华好诗词》和"十五届天籁杯中华诗词大赛优秀作品集"。

七律·贺安铺知青金秋聚会纪念上山下乡50周年

沧海桑田五十年,风风雨雨共迎前。
戍边劈地青春献,戴月披星胶岭旋。
旗飘鼓响人潮涌,古镇欢歌夜不眠。
天地悠悠今聚首,吾侪奕奕气如仙。

七律·戊戌年重阳节感赋

九月黄花遍地芳,乍寒枫叶换红妆。
登高观赏秋光美,举目吟哦华夏昌。
墨客骚朋承国粹,唐音宋韵创辉煌。
今逢佳节邀乡里,煮酒开怀著雅章。

七律·秋游

正值秋凉南部游,山川似画镜中收。
岳阳楼内文辞雅,橘子洲头岁月稠。
执手羊城巡八景,邀朋珠水览千舟。
气清天朗精神爽,一路寻章一路讴。

七律·秋情

银杏开花入凤城,秋凉果熟望收成。
随同日月心如蜜,离别时分泪诉情。
大雁南飞思故里,小家北聚盼新程。
吾侪候鸟寻栖息,两地逍遥两地征。

七律·秋韵

已落芙蓉并叶凋,青山碧水景娇娆。
南疆气爽阳光灿,北土天寒雪絮飘。
稻熟瓜香迷墨客,鱼膘蟹硕涌诗潮。
今时列韵寻佳句,一曲秋思响柳桥。

七律·登黄鹤楼

黄鹤楼名海内闻,骚人墨客说纷纭。
今时阆苑悠悠景,昔日先贤渺渺文。
楹联散曲诗词赋,崔李华章旅者醺。
俯瞰长江穿百舸,仰望碧落挂孤云。

七律·滨湖晚秋

风舞沧浪拍岸墙,白云袅袅映朝阳。
一湖碧水飞鸥鸟,十里长堤泛景光。
草地绿黄颜色染,栈桥伉俪纸鸢飏。
今时岁物姜姜放,秋满园林秋满乡。

七律·滨湖公园采风随吟

阳煦云祥沐妙英。邀朋结伍踏歌行。
林园如画浮欣愿,岸畔飞鸥闲纵情。
蒹葭廊里诗音朗,犹听秦风古韵声。
管乐悠悠来客醉,长裙袅袅舞姿轻。

廖智慧

1981年生,中学教师,双峰县荷叶镇人氏。

自嘲

尔来四十岁如刀,未敢从今强作豪。
不与纷纭说人事,但将寂寞付风骚。
居然寡到世情淡,偶尔狂来心气高。
躲进小楼成一个,任他天地起尘嚣。

子美

一声子美情何以,沥血诗篇代代推。
天地苍茫一根骨,西南漂泊数重埃。
孤舟何处觅桑梓,野月无人对酒杯。
潦倒书生刀笔事,此生襟抱向谁开?

林春娟

笔名林小语。浙江青田人,1989年出国,现居奥地利。中华诗词学会会员,欧洲中华诗词研究会会员,青田县作家协会会员,丽水市华侨华人摄影家协会会员,海外凤凰诗社会员,凤凰诗社欧洲总社会员。

小和尚
静幽寺院可修性,雾绕山前炉上烟。
独坐台阶求得道,闲行云路悟成仙。
红尘一去禅心动,城市归来宿命联。
欲断情缘勤诵念,却迷美貌夜无眠。

游子吟
碧水青山隐我家,旅居海外度年华。
新诗难赋少时貌,佳节常叨故院花。
独酌乡愁望明月,长怀别梦赏红霞。
相思几许多惆怅,斟满离情细品茶。

赞芍药
不与牡丹争娇艳,只随季节吐芬芳。
风摇疏影花枝漾,帘卷清辉月色茫。
闲处无聊观芍药,兴来有意赏丁香。
竹丝轻摆春波送,一抹嫣红入画廊。

游西湖
四月西湖雾中绕,柳丝青翠晓风新。
重游故地多生客,时见乡音少熟人。
步入苏堤山色秀,行过花港水波粼。
与君携手迎晨夕,不负光阴托此身。

唐婉
此生情爱种心田,步入沈园独自怜。
一曲钗头墙角处,两行清泪镜台前。
曾经并坐诵诗卷,今日相逢闻杜鹃。
薄酒几杯人恍惚,悲愁入笔忆绵绵。

登高
冬季山峦草木哀,腊梅迎雪似春回。
相思次第随风逝,别绪从容入梦来。
薄酒一壶斟月影,新诗千卷落楼台。
人生易老染霜鬓,尘世留情爱满杯。

忆
闲坐亭廊忆旧情,淡茶细品恋初盟。
浮沉往事流年静,聚散清欢倦梦生。
昔日同心多笑语,今宵异志少真诚。
时光易逝人难辩,别去前缘心境明。

叹月
碧空如洗月盈窗,竹影风摇晚渐凉。
一曲望乡添别意,千篇落照入诗章。
许谁花事云间媚,从此流年鸟语香。
浅叹时光太仓促,推杯同醉笑清狂。

林福才

笔名云鹤,大学本科学历,中学高级教师。《世界诗词》杂志签约诗人。中华诗词学会、中国当代文学学会、湖北省诗词学会会员,湖北省楹联学会、孝感市诗词学会理事,汉川市诗词学会常务副会长。在全国各级报刊上发表诗联100多首(副)。中国当代文学学会、《世界诗词》杂志社授予"德艺双馨诗联家",孝感市诗词学会授予"诗苑中坚",汉川市诗联学会授予"诗联精英"称号。作品在国家和地方大赛中多次获奖,著有《云鹤集》。

沁园春·乌江咏怀
神密黔中,水秀山明,源远流长。看武陵山脉,群峰耸翠;乌江狭谷,溪涧盘桓。水映青山,山影碧水,万马奔腾向长江。游船上,迎清风扑面,阵阵清香。

诸多胜景难忘,乃人杰地灵好地方。忆红色风暴,万众激昂;仁人志士,千古留芳。手舞山歌,莲花阳戏,土寨文明谱华章。高速路,引沿河经济,奔上康庄。

七律·题利川腾龙洞
一路高歌白浪翻,飞流直泻下深渊。
龙门吞下三江水,神斧凿穿万仞山。
窟贯巴峰观异景,宫穿穹顶见星天。
山川田地洞中现,水气阴风透骨寒。

西江月·故乡小饮
廊下双双归燕,河边点点鸣蛙。晚风阵阵逐流霞,艳艳夕阳西下。
鸟雀竹林歌舞,蔷薇绽放奇葩,邀朋把酒政策夸,痛饮一园诗画。

七绝·清明见涵闸河垂钓
风和日丽柳丝间,白首仙翁钓晏闲。
紫燕飞穿河岸画,鱼钩摔破水中天!

七绝·桂花吟
小小身躯叶里藏,星星点点闪莹光。
不和同伴争鲜艳,甘与行人送暗香。

五绝·槐花
一树雪皑皑,时逢盛夏开。
骄阳融不化,香伴绿阴来。

林海利

笔名林海,粤籍,中国联墨缘香学会会员,中国联墨双修总校学员,遵义诗苑会员,汕头楹联学会会员。喜欢诗词曲赋、书法和棋艺。

咏竹
枝青叶翠势凌空,望岳临溪气不同。
亮节虚怀藏鹤韵,修身神态似仙翁。
经风傲骨犹刚直,沐雨成林正郁葱。
霜雪难欺明月志,玉梢潇洒向苍穹。

咏松
一生默默伫峰峦,坚守青山历岁寒。
劲骨苍苍扬翠绿,秀枝郁郁近云端。
盘根巨石擎天志,昂首悬崖望凤鸾。
不惧风摧霜雪冽,英姿千古众欣观。

咏菊
破土观天醉夕阳,脱尘入世近高堂。
满身披带黄金甲,一笑迎来雅客光。
砺骨三秋争日月,修心几度历风霜。
平生壮志留幽梦,世世豪情绽丽芳。

林海山庄

朱铁生,中共党员,1951年出生,湖南省双峰县荷叶镇人,国企退休,本人酷爱写作,常有散文、诗歌、诗词类文章发表于省、市报刊及各网络平台。

恭贺袁隆平院士九秩
禾黍春秋故事奇,致身田地志难移。
毕生奉献酬黎庶,竭力栽培防馁饥。
九域时歌丰收曲,四夷频许赞扬词。
年虽耄耋未休歇,稻浪翻飞现鹤姿。

立秋
暑热盘桓久不离,东篱野菊绽芳姿。
无垠碧浪连天涌,不尽苍松入眼奇。
蛙鼓频催莲子熟,蝉鸣细唤稚儿嬉。
金波惹得双眸醉,玉露轻吟一苑诗。

林洪海

教师,浙江苍南人。作品散见于《台湾好报·西子湾副刊》《长江诗歌》《四川人文》《山东诗歌》《河南诗人》《农业科技报》《浙江诗人》《温州文学》《温州教育》《咸阳日报》《温州日报》《韶关日报》《诗词月刊》

《东崂诗词》等各大报刊。

临江仙·乡村美景

叶绿风光犹在,微风吹拂花香。天开云散鸟声长。路旁彩泉炫,亭畔假山凉。

蝉噪树林阴翳,莺飞湖面苍茫。一群蜂蝶过他乡。轻舟从此逝,何日续辉煌。

清平乐·月夜垂钓

白云缭绕,帽上灯光照。寂静河边虫儿叫。丝线飘飘谁晓。

淡月远在云霄,夜风摇晃浮标。一阵波澜掠过,鱼儿凭此轻逃。

菩萨蛮·曹村

钟灵毓秀瓯南地。文风鼎盛多官吏。史册放光辉。至今难解迷。

后人难媲美。仰慕群英萃。拼搏向前追。功名能养颐。

蝶恋花·梁祝

吉日良辰思伴侣。风过楼台,泪洒相思路。锣鼓震天谁可许。人间只把真情慕。

彩蝶双飞如讲诉,难绝恩情,化作轻烟去。群鸟默然枝在舞。人生搁置荒郊处。

鹊桥仙·七夕

晚风嬉戏,星光羞涩,云在月边闲荡。一年难得此良辰,便顿觉、天蓝心旷。

如梭岁月,如烟凡事,难忘鹊桥微浪。溪流无恙女儿来,愿此夜、波澜轻漾。

菩萨蛮·仙叠岩

栏杆绿叶相连接。游人在此听传说。故事有些悬。只因前处山。

海风枝上拂。翠鸟身边越。陶醉此岩间。何愁流水湍。

踏莎行·飞云湖

小岛含烟,湖湾隐半。群山带翠轻风喘。古村羞涩柳千丝,船帆竞渡双飞燕。

绿意连绵,烟波浩瀚。潭奇水秀千年赞。林中鸟雀欲销魂,长空朗润云飘散。

林建兰

网名幽谷兰馨,女,浙江建德人,1975年3月出生,格律诗词爱好者。学诗八年,作品多次发表诗词网站和公众号。2017年曾参加"屈吴禅"杯全国诗词大赛,获三等奖。

五言排律·参观敦煌莫高窟有感

敦煌故事看,一梦梦千年。
丝路繁华地,流沙落窦边。
高深藏壁画,精美数飞天。
罗带云中舞,彩裙花底穿。
图纹何彧彧,景物甚阗阗。
风化尤堪惜,人为实可怜。
每哀失瑰宝,长恨减珍篇。
佛像岂无损,经书奈不全。
欣能今爱护,幸得后承传。
荣辱知多少,当时已慨然!

七言排律·观看《又见敦煌》大型实景演出

尘沙掩没两千年,又见敦煌一瞬间。
多少传奇今演绎,曾经故事此行穿。
步随灯影微移动,情借台词忽点燃。
西域寻求忆玄奘,开通丝路念张骞。
僧人缘壁窟凿始,道士藏经洞探先。
光禄大夫吐蕃地,汉家公主玉门关。
鲜活画卷铺心上,厚重史诗呈眼前。

隐隐神思对佛祖，幽幽梦幻向飞天。
可怜雨落疑哀泪，只恨风蚀成褐颜。
漫漫云烟终远去，空留一曲久回旋……

沁园春·张掖七彩丹霞

塞外甘州，七彩丹霞，锦绣画廊。有线条轮替，花纹错落，黛青灰白，红褐橙黄。怪石如锥，奇岩似扇，城堡林中宫殿墙。斜阳里，看群丘起伏，一片苍茫。

三千奕奕风光，引游客情思无限长。叹危崖绝壁，刀山火海，万年变幻，亿载沧桑。丝路明珠，河西文化，共此交融梦汉唐。沉吟久，算古今人事，不朽流芳！

五律·鸣沙山骑骆驼怀想

黄沙苍莽莽，峰与碧云齐。
古道驼铃远，秋风落日低。
长安通漠北，商旅过河西。
丝路千年梦，汉唐文化遗。

七律·月牙泉（新韵）

千年爱慕一奇泉，梦里天边月半弯。
灵气氤氲藏大漠，神光赫赫卧雄关。
洗心犹可尘沙去，养眼自须澄绿还。
纵使画中寻几度，何如有幸睹真颜！

七绝·鸣沙山

千古敦煌大漠城，一山长啸作和声。
我今独向风沙问，可为世间鸣不平？

七律·嘉峪关怀古（新韵）

西陲险隘屹八荒，千百年来第一防。
塞外长城寻浩瀚，楼头大漠问苍茫。
梦回铁马萧萧影，思越金戈叟叟光。
多少英雄成故事，而今唯有落遗伤。

七绝·题兰州中山桥（黄河铁桥）

天下黄河第一桥，百年风雨见飘摇。
而今依旧铮铮铁，不减雄姿作地标。

林健

上海市松江区人，现定居海外。毕业于南京大学化学系，从事化学科研工作。从小喜爱唐诗宋词。曾在报刊杂志等媒体上发表过散文、诗词及短篇小说。

七律·雨巷

江南四月晚来风，古巷深深细雨濛。
黛瓦生烟浮往事，青砖跳玉忆童懵。
客来吴语声声熟，酒过三巡句句空。
伞下巷前亲送别，凉风冷雨入梧桐。

七绝·春暮

花雨漫天坠入尘，惜红无奈黯伤神。
柳条飞絮知人意，作雪轻扬似祭春。

醉花间·春暮

樱花雨，杏花雨。流水飞花去。才道柳丝黄，转眼风飘絮。

花雨谁相与？何是春归处？芳事已阑珊，渐觉韶华暮。

雪梅香·咏梅

北风卷，梅枝石上俏玲珑。任梨花飞舞，瑞香胜却芙蓉。孤月一弯弄清影，众花千里隐芳踪。竹篱外，片片琼瑶，点点嫣红。

情浓。雪梅恋，几历春秋，相约长冬。剔透晶莹，素心只许梅丛。无意争春历寒苦，有心邀雪报年丰。长相倚，雪里梅花，谁个能同？

一剪梅·元夕

街市花灯彻夜流，月影幽幽，人影悠

悠。元宵香满桂花楼，楼上帘钩，湖上兰舟。

去岁雁回风细柔，浓了春畴，淡了乡愁。今宵浊酒映双眸，欲语还休，欲语还休。

临江仙·闻诗友故里聚会
（分韵拈得"华"字）

绛河清浅映月华。秋来满院残花。霜深衣单犹思家。断鸿声里，徒独自嗟呀。

闻道沪城诗友聚，分筹拈韵词佳。奈何孤客泊天涯。斜凭阑干，静听雨沙沙。

七律·我欠秋天一首诗

菊黄倏尔下东篱，我欠秋天一首诗。屋后红枫无蝶影，庭前白雪现梅枝。百回千转寻心梦，物是人非惹相思。夜饮风凉醒复醉，水乡梦里月明时。

忆秦娥·中秋抒怀

西阳歇。平湖初照双生月。双生月。玉轮凝皓，清辉如雪。

千寻云伴雁声绝，半径古道霜风冽。霜风冽。异乡为客，月圆人缺。

林杰

女，汉族。来自农村，高中学历。2015年学写古诗词。巴彦卓尔诗词学会会员，中原诗词研究会会员，内蒙古诗词学会会员，中华诗词学会会员。作品发表在《天马诗刊》《苏武山诗词》《武威诗刊》《鄂尔多斯诗词》《包头诗词》《土默川刊》《基建管理优化》《巴彦卓尔诗词》《内蒙古诗词》《东峰诗词》《原州诗词》《诗刊》《商韵儒风》《河套源》《五原诗词》《三原诗词》《府谷诗刊》《马邑诗词曲》《中国诗歌报》《秋霜诗词精选》《中国当代诗词第三卷》《黄浦江诗潮》等，以及多个网络平台。有作品《长相思》曾荣获2016年度问津杯中华诗影书画艺术作品大赛铜奖。作品《七绝两首》2017年6月获中原诗词研究会组织承办的第一届"中原杯全国诗词创作大奖赛"特别优秀奖。

临江仙·写在9·18

皎皎空中飞玉镜，清辉洒遍乾坤，江天一色涤纤尘。战烟成往事，古月照今人。

多少情怀歌盛世，山河重振迎春，巨龙腾起岁常新。警钟鸣耳畔，立志保家门。

临江仙·忆友

常忆儿时青马骑，两无猜梦相连，花间扑蝶影双翩。赤诚一片，携手度流年。

长亭古道伤离别，相思写满红笺，满天飞舞瘦花颜。痴心依旧，何日续前缘。

临江仙·竹

翠叶纤纤雨洗，青枝楚楚风裁。凌霜吟露绝尘埃。淡妆藏傲骨，疏影醉云斋。

默叹物华过眼，漫听潇笛盈怀。虚心高节向瑶台。欣留清气在，不慕锦花开。

临江仙·中元思父

秋雨清寒花失韵，凄凄乱草微霜，长亭古道断人肠。噪鸦惊绮梦，垂泪立残阳。

倦影分明容骨瘦，声声忠语回廊，怎堪此境却难长。醒来无处寄，依像话沧桑。

临江仙·秋思

秋色满湖风景好,重峦飞瀑含烟,白鹅嬉戏荡青涟。柳风催梦醒,几度夕阳姗。

一片诗心随季老,殷殷痴意谁怜？千金难买半生闲。镜中容渐瘦,怎觅旧时欢。

临江仙·中秋

月满人间风景好,清晖照影花香。小桥流水绕天长,举杯心欲醉,入梦梦芬芳。

年年此夜庭前聚,良宵休道沧桑,酣歌素鼓尽情觞。浮生实苦短,对月自思量。

临江仙·寄女儿

苦口婆心难入耳,含怜戒尺抽肩。此中深意可曾怜？几痕儿背印,血泪母心翻。

学海行舟勤作桨,少时无志贪欢,千般好梦怎么圆。莫留今日悔,只等白头叹。

临江仙·草原赞

牧草青青迎远客,珍珠漫洒花冈。鞭声响处笛悠扬,北鹰逐梦起,哈达顺风扬。

无限夕阳千里画,一团篝火天长。毡包点点奶茶香,欢歌挥不去,更举酒千觞。

临江仙·草原秋吟

八月秋风鸿雁送。阴山悄卸浓妆,无边草色绿间黄。岭头云自在,马背笛悠扬。

一缕斜阳天路染,炊烟轻袅飘香。敖包卧唱醉壶觞。拾霞裁绮梦,追月赋新章。

林满红

女,网名探春,安徽省池州市人。自小爱古典诗词,写过很多,但很少投稿。近两年尝试古典诗词创作,创作诗词几百首,一些作品发表在《龙风文学》等微刊。

五律·灯塔

悬灯远远迎,暖意瞬间生。
透雾航标现,驱涛引路行。
天明然少迹,夜黑如多情。
日落深幽海,为君起伏明。

七绝·初秋

万里无云江上色,山峦绿减鸟鸣幽。
鲜阳正午单衣薄,入夜微凉不觉秋。

七绝·初春

二月池城雨醉透,垂杨善未丝飘遥。
余寒有意压春动,陌上无心绒草娇。

相见欢·暮春

浮花吹落新晴,漫天萦。一岸柳腰临水,夕阳橙。

莫辜负,春光浅,梦垂成。最怕芳菲终去,剩愁生。

摊破浣溪沙·看流花

江水悠悠梦里奢,无边细雨织丝斜。一任长空连草碧,远天涯。

南夜晚风茵柳拂,北天新月淡云遮。只影成双波面浅,看流花。

林明金

男,1955年出生,高中文化,中共党员。黄陂区文联委员,作协委员。区诗词楹联学会常务理事,湖北省中华诗词学会会员武汉市作家协会会员,少陵诗词文学社广东总社副社长。2011年3月出版个人文集《鸪鹨集》。诗词作品散见于相关诗词杂志。获得个相关奖项。2016年有7首诗词收录影响当代中国的《新千家诗》，2017年有8首诗词收录《黄浦江诗潮》《武汉当代》中华诗词集成，2019年1月有19首诗词收录《九洲雅集》。有700余首诗词刊载《少陵诗刊》《湖北诗人》《黄鹤诗苑》。

七律·游花乡茶谷景区
诗友花乡笑语迎，湖区尽览喜天晴。
野鸭戏水鱼吸水，白鹭翱翔雁送声。
翠岭红梅枝蔓壮，园幽畦树垄沟明。
人间雅景游人乐，墨客流连难舍情。

七律·花乡茶谷赏梅
花乡茶谷闪银妆，万壮梅枝顶雪昂。
乐看寒英摇瘦影，忍听冰挂诉衷肠。
铮铮铁骨迎风俏，袅袅琼苞蕴韵芳。
清逸美容君子爱，纵情妖艳赋新章。

七律·滠水河吟唱
滠水蜿蜒画境开，微微波浪敞胸怀。
沿途美景生边岸，峡谷清泉绕径来。
万亩田畴歌雅韵，千年故事话尘埃。
粉花碧野悠陂邑，共享资源秀色栽。

七律·滠水河风情录
滠水蜿蜒渊源长，古城遗址名远扬。
夹道奇峰存雅韵，沿途峡谷绕山房。
互吟两岸丰源地，对唱钟灵圣殿藏。
辟地民众安乐业，木兰群景甲芬芳。

七律·三清书画院赞
三清书院古今藏，几净窗明映靓房。
剪月裁云门贴对，吟诗品画构华章。
有缘美酒杯中醉，无语佳肴案上香。
满座高朋言阔论，更添小镇雅名扬。

七律·黄花涝好风光
河畔年年四季香，青蓝无际草茫茫。
春光富丽风浏绿，秋日萧森雨点黄。
铁佛寺兴忘却远，通天河涝引吭长。
黄花古镇繁华地，幽梦常回二故乡。

七律·辞职归隐有感
空有襟怀愿未成，难酬壮志隐无声。
心移诗赋寻情韵，笔试文章铸致诚。
平仄梦痴添幸爱，假真惭愧友朋倾。
养生习性余年惜，寄放山川醉古筝。

七律·花甲学诗有感
花甲之年欲放歌，捧书阅读学吟哦。
枕边梦里常思考，灯下窗前久琢磨。
人笨坚持勤探究，岁高失记莫蹉跎。
良师诸友多方引，去伪求真把韵摩。

林少龙

笔名老渔翁，贵州省毕节市金沙二中教师，从事语文教学30多年。中华诗词学会会员。

浪淘沙令·寻莲（李煜体）
明月水生烟，碧叶田田。问君追月几时还。醉里问花花不语，雾失青莲。

本是御园仙，恍谪人间。伴风伴露伴林泉。玉洁冰清沦浊秽，误入脂胭。

临江仙·娄山关怀古（徐昌图体）
连岭形依造化，奇峰势夺长天。层林深处锁云烟。碉楼还耸峙，黔北一雄关。

记得当年倜傥，红旗漫卷三边。纵然戈折志如磐，提兵凌绝顶，立马点江山。

一剪梅·农家乐(周邦彦体)

杜宇声敲南面窗,远山如黛,平坝荷塘。回蹊长竹枣花飞,红伞佳人,进退无常。

泥酒新开色正黄,频频相邀,腊肉高汤。今天不为后天忙,秧已蔫完,大醉何妨?

忆秦娥·军号已吹响(贺铸体)

浪滔滔,排山倒海逐层高。逐层高,西来龙卷,又起魔妖。

百年耻辱长煎熬,我擎重器何须逃。何须逃,敢来就打,华夏天骄。

七律·春游(新韵)

宝马香车逐胜境,呼朋引伴上高崖。
无边翠锁千层岭,有韵烟翻一线峡。
几树槐白芳草地,三元色刻古亭跋。
开怀掬取长江水,来煮清池处子茶。

注:清池,贵州金沙清池乡,以产贡茶而名于世。
处子茶,传说,清晨带露的茶尖以处女之唇撷之为仙品。

七律·登将军岩俯瞰西洛田坝感怀

芒履轻巾上九巅,居高临下点云烟。
大棚风暖催生意,曲水波平种白莲。
回燕每遭新舍误,飞花犹访美人肩。
敞怀把酒阳春里,泼墨金沙第一川。

五律·题"樱花美人图"

阳催花满径,款款一姝巡。
雪落红颜素,风温玉伞新。
轻歌寻蝶迹,薄雾宠樱神。
欲奏钗头凤,收香点绛唇。

喝火令

小院潇妃竹,凭何总缩愁。草青花落晚蛩啾。箫管漫生悲意,蛙鼓荻花洲。

也怨春红老,还添夏雨惆。玉杯犹照故人眸。酒醉灯残,酒醉月西流。酒醉晓归何处,秃木系孤舟。

林世保

网名鹿园中人,福建福州人,男,1950年6月出生,福州第24中学高级教师退休。中华诗钟社常务理事、副秘书长,大中华诗词协会理事,福建省星光文学社社长,《福建星光》杂志主编,福州市三山诗社副社长,2015年获"诗词中国,最具人气诗人"称号。1000多首诗词散见于各类诗刊。

七绝·赤水四洞沟四瀑(四首)

水帘洞瀑布

云杪竹径通幽处,忽见波横锦石丛。
疑是猴孙穿白瀑,拜王就在此山中。

月亮湾瀑布

清山滴翠隐涛丛,月抱溪湾景不同,
云潆波光仙气漫,春鞭远梦遂苍穹。

飞蛙崖瀑布

蛙卧云岩闲剪瀑,飞泉双挂碧潭中。
悬崖弄鼓青山震,岁月方惊一草虫。

白龙潭瀑布

白龙步鼓俊如男,洗罢烟波锁碧潭。
独润江田豪气在,粉身碎骨也心甘。

七绝·赤水大瀑布(二首)

美人梳瀑布

何女梳风云谷上?青丝垂下染烟波。
一飞碧落三千里,还向瑶池浴凤窝。

赤水大瀑布

珠帘万仞破云开,涛落翻江踏韵来。

诗意满怀谁与会,路遥水阔几时回?

林淑君

网名林诗诗,女,汉族,江西樟树人,1976年生,中小学一级教师,文学爱好者。毕业于华东交大土木工程系,后在江西教育学院汉语言文学本科函授毕业。偶然机会进入龙凤文学院学习诗词创作,现龙凤文学青少院兼教学工作。

五绝·感怀
轻风依碧树,倦鸟唱高林。
意恐添愁绪,何枝憩怅心?

五绝·初上庐山
牯岭街头转,松涛入梦眠。
寻诗花径畔,觅友爱琴边。
注:爱琴湖即如琴湖。

五绝·相思
皓月挂苍穹,痴蛙唱晚风。
窗前长倚盼,眷爱意由衷。

五绝·谢知音
尘缘幸会卿,自此诉愁情。
碧水游鱼绕,丹心照赤诚。

曲式五绝·夜游药都公园
绒花香满树,夜曲人随舞。
老少尽欢欣,幽幽芳暗吐。

曲式五绝·玉华山探路
草径蔷薇馥,山间访翠竹。
林深慰躁心,路坎惊幽谷!

曲式七绝·观经楼龙舟赛
烈烈骄阳舞碧空,龙舟竞渡争先吼。
英姿未减勇当年,响彻云霄桡击骤!

七绝·清江晚照
落日金晖铺赣水,清江荡漾映行船。
闲来独钓斜阳里,碧野初惊一鹭翩。

七绝·阵雨
风云际会苍穹暗,骤雨斜倾乱路人。
电闪雷鸣惊恐后,晴空又现躁蛙频。

七绝·清晨随想
蛙歌夜话惊愁梦,鸟语晨鸣绪怅情。
自古人生多感叹,低吟浅唱且随行。

七绝·感怀
翠水微微蹙眼眸,千山脉脉慰心愁。
多情自古烦长绕,放下方能遣万忧。

七律·咏荷
炎炎赤日熏风过,一碧莲裙袅袅随。
菡萏含羞低首弄,蜻蜓慕爱翅翩移。
莹莹玉露垂怜态,粉粉纤腰带笑姿。
待到英华零落后,残荷尚在赋新诗!

忆江南·贺龙凤第七期开班
朱明美,碧伞满池香。阵阵闷雷惊后院,声声蛙鼓闹前塘。何处不诗乡?

2019年5月19日

林松云

笔名大林,山野一闲人,爱好诗词与书法,寄情于山水之间,闲暇时与朋友品茶聊天,梦想诗与远方。

沁园春·桥亭
(一)
拟句难成,字乱鸿惊,君唤谁来。叹

闲愁几许，消磨傲气，茫然一笑，零落浮埃。故地归还，时间晚早，总使眸倾千百哉。峦峰上，有风藏雨避，雾散云回。

亭边拟个寒斋，也自把，篱门都打开。任读耕樵钓，吟空絮柳，诗词歌赋，写尽寒梅。露滴饥餐，霜花戴佩，看那山田几度栽。思良久，笑由来自许，梦里徘徊。

（二）

年与时驰，云共风旋，水尽流东。有夕阳西下，溶金无溅，冷月谁截，裂玉如弓。永夜消闲，暖阁无事，欲把余生倚柏松。铜壶小，共魂飞天外，空梦其中。

浮生陌路千重，且笑看，关山数百峰。念家乡门第，星辰寥落，蓬窗矛户，雨雪从容。耒耜田间，茶泉身健，学做溪源陶令公。凭朝暮，咏春花映日，冬雪迷蒙。

（三）

一曲歌吟，一弦琴声，几度寻之。问魂归所向，谁曾经意，山中何是，梦里求思。六角亭边，千秋驿道，岭上云同鸿雁飞。可曾问，那燕翻弄雨，为看虹霓。

青枫桥岸葳蕤。浮叶落，翩然向小溪。又流年怕数，莫掐指手，贪杯难受，应卷村旗。白发无如，红尘但许，步履蹒跚独自归。乱思路，恨难支笔柱，有句无题。

（四）

独饮离杯，独咏离诗，人生几何。那峰回路转，烟霞雨露，帆来棹去，舟楫江河。破雾乘风，生情触景，惹乱思潮一枕波。君知否，有孤津古渡，野岭荒坡。

家山不老嵯峨。溪头水，田间绿稼禾。笑门前燕鸟，翻飞逐乐，楼头星月，未少还多。壶漏棋深，琴弦笛管，一曲清风自在歌。深宵久，看吴刚捧酒，桂树婆娑。

（五）

故里归来，桥拱如虹，林密似屏。任桃符更岁，青山不老，梅红写景，白雪清明。朝笛声飞，暮琴魂宿，几度春秋寄梦行。情未了，觅谪仙醉处，龙士棋亭。

前人忘赋峥嵘。难为我，裁诗也陌生。拟鸿鹄雀鸟，长空曼舞，溪流泉水，一路恭迎。野老吟豪，樵歌气势，尽显风流只为卿。田垄上，有小花含笑，布谷催耕。

（六）

辗转人生，弹指之间，滴露之恩。算浮年有几，寒来暑往，长天无意，忆里空存。看破纱冠，堪得酒盏，风月窥窗雨打门。难与梦，续曾经几许，案上灯昏。

鹧鸪啼苦何冤。也还是，飞花落满园。又阶前薄影，一怀心事，龛中神佛，三世果因。落寞苍山，寂寥陌路。且自红尘寄此身。孤舍处，叹衾暖无些，何以安魂。

（七）

驻足桥亭，顾盼神飞，谁唤而来。望白云谪堕，天低寄语，绿蚁新酒，洗净浮埃。弱冠童姿，苍髯叟者，满口乡音未改哉。也难得，咏唐诗宋句，倒背来回。

闲来久坐矛斋，枫溪浪，风吟唱和开。忆村头沙浦，经年破笛，山中雁使，啸月寒梅。续约桥前，乖离亭下，杨柳何堪几折栽。可曾问，人归何处，怎个迟徊。

沁园春

村野闲花，溪间寒水，小径深幽。忆暗香长嗅，吟诗白首，离杯还醉，鸣棹兰舟。一袭青衣，双肩蓝袖，舞遍人间近水楼。还是我，共月牙同瘦，庭首悬眸。

浮生若梦仙州。乘风上，悲欢总不休。觅烟霞泉石，临风酹酒，棋琴书画，从善如流。万古雄关，三秋冷雨，惹出红尘无限愁。空长叹,听抚钟击节,声去难留。

林淞月

  笔名清竹雅韵,幼儿教师,喜欢文字与旅行。闲暇时在平平仄仄中堆码心情。

临江仙

  帘幕浮香寂寂,春花吹影重重。窗扶小月亦惝惝。寻檐风过处,卷起是愁浓。
  心字凭添无赖,沧桑未改初衷。几番去住惚匆匆。归期争可数,一梦醒来空。

鹧鸪天

  篱外空空无一花,夕阳隐却黛帘遮。客中滋味书中老,愁里光阴鬓里赊。
  伤落落,叹些些。晚来夜色薄如纱。此时若问心何处,人在天涯梦在家。

喝火令

  病起愁难遣,书迟雁未真。一帘疏雨眼中分。梧叶落池荷尽,流水不堪闻。
  走马秋心老,更衣白发新。数残红豆问无因。一笔相思,一笔托殷勤,一笔梦成寥落,落尽去年痕。

踏莎行

  夜月桥边,秋千架下。风儿过处春如画。飞花簌簌落无声,欲留还怯羞还怕。
  取酒诗倾,铺笺谁写?珊珊环佩卿来也。归来不负种花人,安知他是怜花者。

浣溪沙

  半树轻云半树花。耕樵归径见人家。长堤谁唱浣溪沙?
  春梦犹存缘过雨,黄昏已近散馀霞。闲情消得剩些些。

南乡一剪梅

  云梦驻花台,陌上悠悠几去来?懒向东风分醒醉,红落香埋,雨落尘埋。
  念动一何乖,半纸迷离不忍猜。腕底流香轻入盏,春字风裁,心字谁裁?

浣溪沙

  莫笑多情莫笑痴,霜华两鬓几人知。待春花事总迟迟。
  片语殷勤愁独抱,半生寥落不堪思。一帘微雨织成诗。

浣溪沙

  春满楼台花满帘,一痕淡月半垂檐。偶然记梦是江南。
  缱绻芳尘迷旧迹,玲珑小字为谁拈。花飞两两复三三。

林小专

  男,金融从业者,2年前初涉格律诗词,作品散见于《诗词月刊》等刊物。

七绝·村居三韵

  幽居村郭远尘嚣,耳畔时闻雀对聊。
  闲品功夫茶数盏,看山看水看云遥。
  寒舍清幽傍水居,夏凉冬暖赛仙间。
  席间不乏鱼鲜味,最喜三餐有野蔬。
  曲径深深翠碧幽,花如锦缎草如绸。
  两三斗雀庭前闹,人近居然竟不休。

七律·重阳感怀

  一岁枯荣一岁伤,中秋才过又重阳。
  霜痕落岸池荷老,露点浮阶院菊黄。
  半阙清词愁未减,三杯浊酒怨偏长。
  穿枝月影展前动,心际思情夜色凉。

七律·过赤水河

当年逐鹿动戎兵,是处依稀战鼓鸣。
妙策镌来今古叹,良谋铸就鬼神惊。
功高不论河长短,道胜何分水浊清。
本在深闺人识少,只缘四渡得扬名。

七律·自遣

独坐书斋乱绪飞,追思往事总相违。
早年每怨身偏短,临老犹烦体过肥。
寄恨伤情无秀色,宽怀过眼尽清晖。
闲心已赋溪山意,一笑平生是与非。

行香子·珍珠婚纪念日赠妻

竹马依稀,往事悠悠。结丝萝共渡兰舟。两情相悦,夫复何求。幸执卿手,得卿爱,享卿柔。

光阴卅载,铅华渐退。转眼间霜鬓如秋。和鸣琴瑟,爱未曾休。愿身无恙,心无闷,梦无忧。

江城子·珍珠婚赠妻

依稀竹马梦中藏,既同窗,又同行。燕语呢喃,携手共倘徉。岁月匆匆浑似昨,风和雨,不迷惶。

并行双影卅春光,久凝望,共情长。琴瑟和鸣,曲曲诉衷肠。相悦两情终不厌,凋双鬓,又何妨。

林作标

男,浙江温岭人。中华诗词学会会员,中国楹联学会会员,温岭市文联诗协理事、秘书长,温岭市历史文化研究会副秘书长等。编著有《黄昭隆诗集》《积心集诗草》。

登披云山烽火台感怀

举步向云中,追寻万里风。
英魂何处问,化作映山红。

新河古镇

春风吹绿万山坡,垄上花开堪放歌。
文笔一挥新画卷,江南最忆是新河。

吉祥石塘

一山一海是乡关,十里银滩百里湾。
千丈岩头新气象,金轮最爱此登攀。

柴家坞

五月薰风带雨来,创新文旅跳前台。
乔装弥勒舞芭蕾,白马湖中一鉴开。

走斑马线感想

地如琴面路如弦,红绿灯霓快马鞭。
似曲游踪不停歇,人生步旅乐中穿。

乐清湾湿地

一方山水一方天,伏屿洲前斜搁船。
迎客芦花齐列队,万千鸥鹭舞翩翩。

浙东唐诗之路

为寻李杜到天台,漫道雄关铺锦开。
前有宏图高大远,诗行叠叠带峰回。

海岛寻踪

不见康王只见宫,塘礁墨迹海当中。
晴空飘落霏霏雨,映照摩崖几度红。

灵依清果

张小艳,籍贯贵州,现居湖南,自由职业。爱诗的女人,爱生活,爱摄影,曾有作品发表于《安化作家报》(诗选刊)及部分微刊。

七绝·赏扶王寨杜鹃花

踏入青山风作伴,扶王赠我一园春。
常忧春去花颜老,难觅芳菲半树新。

七绝·观荷有感

鸣蝉不住鸟声频，照水芙蓉最可人。
若得相思抛暑夏，由它雪雨浸红尘。

七绝·农家院

黄花绿叶绕墙开，不计春深吐玉腮。
柿子尖椒舒竞秀，农家小院蝶飞来。

七绝·蜻蜓

新荷出水夏风柔，醉了蜻蜓吻上头。
喜在花中吹口哨，幽怀吐尽再无愁。

七绝·偶遇路边花

野径林森春意浓，娇莺婉转伴鸣虫。
山花遍地无心赏，乱舞蜻蜓戏落红。

七绝·夏夜

日暮三春碧柳柔，翻书眼底又生愁。
孤灯夜下听风雨，最恨人心不自由。

七绝·夏至

碧草青青添暮色，田蛙欲醒鸟归林。
花开不舍辞春去，怕有凄凉梦里寻。

七绝·小满

雨润新荷小满天，三分果熟十分妍。
农家正值播秧种，作伴莺歌悦耳边。

刘安澜

男，1939年6月生，安徽省怀宁县人。大专学历，中教一级职称。从教40年，退休后钟爱古典诗词，笔耕不辍，作品多次发表在县市刊物。现为怀宁县、安庆市、安徽省三级诗词学会会员。

七律·端午咏屈原

吾辈端阳咏若潮，缅怀屈子品名高。
离骚吟曲忠臣志，天问倾情美德标。
忧国忧民招宠佞，颂神颂古泛心涛。
汨罗沉溺天公泪，气贯山河震九霄。

七律·文天祥

南宋文公名作赏，人生警句震云霄。
山河破碎图匡复，宿敌猖狂落虎刁。
惶恐滩头思社稷，零丁洋里拒花招。
人生自古谁无死，浩气长存万代昭。

七律·故乡颂

笑指黄墩我故乡，丘陵献宝换新装。
蓝莓遍布山冈秀，土地承包稻菽香。
树掩琼楼呈画卷，车涌村道赏群芳。
脱贫致富家家乐，追梦豪情代代强。

七律·咏建国70周年

神州大地俱欢腾，七秩韶光伟略承。
治国烹鲜山水乐，安邦煮酒紫烟升。
战机航母惊寰宇，高铁珠桥悦友朋。
更喜中枢强舵手，乘风破浪扫残冰。

七律·岳西一日游

驱车百里访衙前，秀丽风光入眼帘。
叠嶂层峦掀绿浪，梯田瀑布起云烟。
县城闹市车潮涌，游客夸街景点添。
大别山区如仙境，归来笔下献诗篇。

注：衙前，安徽省岳西县首镇，县城所在地。

七律·咏安徽怀宁县小市镇影视城

珠流河畔镇名扬，孔雀长诗唱此乡。
影视城楼迎贵客，焦刘墓地道情殇。
同抨仲吏娘凶悍，共叹兰芝女善良。
跨越时定追汉史，高歌禹甸起苍黄。

七律·诗痴

宋雨唐风沐浴迎，独居斗室笔勤耕。
十年李杜篇篇悟，一卷苏辛首首评。
习作临屏寻益友，埋头伏案伴钟声。
欲知铁杵磨针日，敢越诗山万里程。

七排·三河古镇游

久慕三河古镇游，千年历史众人讴。
牌坊夺目巴车涌，水道穿城彩艇投。
商店繁华招顾客，民居古朴话春秋。
炮台驻足清朝忆，宝塔登临市貌收。
徽派街街铺石路，平房处处觅高楼。
欲知典故寻铜塑，选购桃梳送友俦。
速访英王存府邸，勿丢会馆探缘由。
江淮大地明珠灿，命笔陈词揽胜酬。

注：三河古镇位于安徽省肥西县境内，国家级5A风景区。

西江月·八旬寿诞书怀

庭院红灯齐亮，客厅寿礼花鲜。家人亲友颂辞欢，八秩老翁腼腆。
细数杏坛卅载，赋诗拨响心弦。同堂三代子孙贤，更有齐眉老伴。

江城子·丁酉冬腊月堂弟家做客

驱车故里雪初晴，朔风轻，路宽平。入夜高楼，无处不灯明。新屋铺排如旅馆，厅硕大，卧房精。
多情堂弟席间称，酒先呈，火锅烹。忆昔扬今，对饮比乡城。向晚天寒身独寝，思浪涌，笔忙耕。

刘安如

辽宁盖州人，中华诗词学会会员，中华《诗词月刊》盖州站站长，长期在农村乡镇工作，后到市政府部门工作，现已退休。爱好诗词、书法、摄影。

绝句·游泰顺泗溪廊桥（四首）

其一
雄鸡啼处早烟缭，唤醒山村不寂寥。
淅淅雨丝舟欸乃，笠蓑人过泗溪桥。

其二
野村到处可寻幽，路转千年古渡头。
土屋老街深隐处，茂林修竹小溪流。

其三
遮村云雾绕山轻，峡谷频传翠羽声。
青岫影涵溪水碧，悠然红鲤戏浮萍。

其四
粉墙黛瓦竹林依，五月榴花红映篱。
无赖芭蕉新叶大，隔窗探出索题诗。

七绝·参观黑龙江农垦展览馆

热血青春献北疆，荒原铸就大粮仓。
千秋功绩千秋记，面向浮雕泪眼望。

七绝·游黑龙江金满峡

蒙蒙晨雾漫天遮，百里江平百里纱。
汽笛一声撕裂帛，游船击浪雪飞花。

七绝·游黑龙江明山岛

霜满秋江白桦遮，红枫如火胜朝霞。
黄花正盛婷婷立，鸿雁南飞客忘家。

七绝·赞小兴安岭600岁红松

立地擎天六百年，犹如铁汉护疆藩。
风吹雪压挺且直，启客高攀傲骨坚。

刘柏林

网名博易山人，磐石市委党校退休讲师。现为三余诗社、心湖诗社社员，吉林省周易学会会员，中华诗词学会会员，喜爱文学、哲学、易学、佛学、儒学，闲暇赋诗填词，陶冶情操，拙作散见网络微刊和相关诗词类典。

五律·慨叹人生
雨洗关山翠，霞张落日红。
江河流大海，星斗运苍穹。
辗转浮生路，扶摇浪底风。
回眸心跌宕，一瞬老糟翁。

五律·西出阳关
孤烟腾大漠，落日浴长河。
对月三杯酒，倾情一路歌。
阳关无故旧，客旅结新娥。
不惧征程远，千年谢骆驼。

七律·随吟
古稀过界欲三辰，不见阎王体自珍。
少小均非常浴夏，年高未早辞春。
红尘世事如棋假，夜梦虚空似幻真。
莫道心诗需孕白，轻敲字句慰文人。

七律·祖国70华诞感怀
人生七十体微颓，国运当之乃壮魁。
合作高歌腾一路，同赢硕果乐三杯。
云帆劲鼓齐沧海，陆铁龙旋过远隈。
喜庆中华迎诞日，轰鸣礼炮撼天雷。

浪淘沙令·荷塘
山野小荷塘，蝶乱蜂狂。轻舟摇过俏姑娘。柳叶眉弯如担月，满眼春光。
菡萏夜芬芳，蛙鼓莲香。去年月下有阿强。今夏檀郎忙出国，难免凄惶！

一剪梅·赏花
一片诗情醉晚霞，亭上观花，心里翻花。陈年往事过生涯，人已荒沙，心已凉茶。来世今生怎聚家？天也无涯，人也天涯。时光易逝不经夸，今事如麻，往事烟霞。

贺新郎·忆野趣园小聚
又到秋风抖。更回眸、金黄玉米，香甜弥口。亭阁楼台塘波绿，莲叶花红垂柳。莫在意、梦留人瘦。合影园中存待忆，且同窗，才艺谁人有。耐品味，趣园酒。

挥毫泼墨惊星斗。将浮名、弃于沟壑，淡观荣朽。言志言情书平我，活得人生通透。看谁是、长天龙吼。扫却诗坛无为气，拔长刀、斩掉平庸首。举韵律，共携手。

永遇乐·国庆70周年抒怀
千古烽烟，群雄逐鹿，热血流处。舞榭笙歌，江山一统，嬴政随风去。汉隋唐宋，元明清帝，虽有辉煌曾住。但无奈、慈禧妖佛，软绵万国如鼠。

南湖立党，红旗救世，赢得辉煌堂固。七十周年，风鹏正举，华夏腾飞路。而今回首，征帆破浪，一片复兴鼙鼓。凭谁问、唱衰特色，尚行可否？

刘碧华
吾爱诗词笔名笔华，中国电信公司都江堰分公司退休人员，80岁。

五绝·咏四君子（平水韵十四寒）
菊艳承霜冻，梅坚抗雪寒。
兰香呈秀雅，竹挺尚风竿。

2019年3月23日

七绝·咏蒲公英（平水韵六麻）
一生淡泊赛名花，田野山坡露翠瑕。

药食通身都是宝,蒲公奉献万人家。
2019年3月18日

七绝·咏鸭儿花(平水韵六麻)

吾本书名扁竹叶,顽童戏我鸭儿花。
文人墨客不挥笔,自已逍遥奋吐华。
2019年4月12日

七绝·咏牡丹花(平水韵七阳)

花开妩媚人心醉,叶展娇妍梦寐香。
百艳华光名具首,千姿秀美尽芬芳。
2019年5月11日

耄耋心声
(《鹧鸪天》词林正韵第一部)

我和爱人都是八旬以上的老人,此诗是我们的心声!

日月如梭八秩冬,终生相伴苦难同。持勤握俭呕心血,艰苦任劳敬奉公。
心切切,意融融,引儿孙志业家风。盛平欣遇家和顺,同度诗词韵律中。

刘斌

男,湖北天门人,中共党员。曾从教10余年。后从政为公务员至退休。现为天门市诗词楹联学会、湖北省中华诗词学会、楹联学会、东方诗词协会和中国诗词研究中心暨中国诗词研究会会员及中华诗词学会会员。

立秋

又是新秋至,风轻暑未消。
蝉鸣蛙鼓里,雅韵枕边遥。

葱兰

兰心莲品自芬芳,似草如葱貌不扬。
六瓣冰姿开笑靥,临风摇玉衬秋光。

凤凰花

不媚春风岂俗花?炎炎夏日竞芳华。
热情似火燃千树,渲染云天万道霞。

雨荷

摇红荡绿舞风姿,却是群芳谢幕时。
蛙鼓雨飞珠玉滚,一湖清韵一湖诗。

玩魔方

三阶六面乱如麻,巧手腾挪一色花。
玩转人生千百度,玄机参透道无涯。

下象棋

拱卒行车步步营,犹闻炮响马嘶声。
眼前将相皆棋子,岁月闲敲乐晚晴。

夏日闲吟

骄阳如火烤,倦鸟懒吱声。
绿舞荷添韵,风摇柳弄情。
宜时三夏爽,脱俗一身轻。
莫问炎凉事,金蝉几度鸣。

立秋

秦风消暑气,时雨送初凉。
梦暖犹留枕,山青未卸妆。
一弯弦月静,十里稻花香。
湖畔听蛙鼓,敲诗入韵长。

谒金门·七夕

秋声谧,唤起几多回忆。怅望星空空叹息,云桥相对泣。
清露烟芜溻湿,银汉双星合璧。哪得佳期如往昔,无须争七夕。

清平乐·登泰山

山高路远,攀岳忘疲倦。一揽风光今如愿,更上峰巅环看。

封禅往事如烟,眼前夕照碑残。欲问秦皇汉武,谁能寿可齐天?

刘成宏

字逸默,号苍郁,别署逸默堂主人,汉族。男,河南商丘市人。系南极光文学平台总顾问,系商丘市作家协会理事,商丘市诗词学会副会长,中华诗诗词学会会员,中国诗词研究会副会长,河南省诗词学会会员,中国诗词书画研究会理事,国家级优秀诗人,中华诗词特级著作家,国内20余家诗词网站签约诗人和顾问。自1980年以来,在《人民日报》《中华诗词》《中华词赋》《中国诗词》及中央电视台,中央网络电视台等国内数百家报刊媒体发表诗词及其它文艺作品8000多首(阕、篇),出版有《刘成宏诗词选集》,并多次获奖。其事迹录入《世界名人录》和《中华诗词著作家典藏》。

沁园春·雄鸡赋

举止彬彬,勃发英风,化育生机。看场中竞技,凛然瞋怒;家园督业,大义声啼。气纳乾坤,志吞日月,世代人禽未弃离。倡仁德,思红尘同类,何计尊卑。

古时作息全依。为上路劳工报准期。有高贤磨砺,闻声舞剑;良才奋发,听语研题。守朴安贫,忠贞淡泊,犬扰鹰欺不足奇。耕耘客,赖刚柔相济,彰显威仪。

2019年8月16日

沁园春·文以载道赋

史记诗经,育德宣风,仰地敬天。忆民安国泰,皆因主圣;太平盛世,悉是臣贤。辅弼除私,佐谋戒利,字字青松句句莲。圭璋蕴,凭情倾大野,指点江山。

雕龙通鉴鸿篇。有激韵、兰亭秉翰源。看卧龙磊落,辞华理正;屈原旷达,语丽章鲜。泄彩玲珑,挥毫炳蔚,忧乐襟怀寄大千。心如月,赖忠肝义胆,河岳开颜。

2019年8月17日

沁园春·致香港青年学子

家国雄才,时代精灵,报表寝蝇。忆道光无德,香江割让;咸丰腐败,破赁边城。赤县飘摇,神州破碎,豺嚼狼吞月失明。长弓射,凭云帆竞举,九七归营。

尧孙正踏征程。亡我贼、惑言乱众生。有资金相助,黉堂缺仰;谬论引导,学子思蝇。见利追腥,观轩弃祖,个别韶华忘效英。强邦事,赋朝阳使命,展翼鲲鹏。

2019年8月15日

沁园春·护港警察赋

一片琴心,十分柔肠,浩荡铁军。为乾坤安稳,克坚攻险;大千福祉,破雾穿云。意系苍生,情牵热土,旷世雄风泣鬼神。除妖孽,凭铮铮铁骨,奉献纯真。

刀光剑影虽频。任暗器、明枪勇献身。有忽来灾难,义无反顾;突逢邪恶,不让当仁。倒海排山,气吞河岳,负辱含辛写大人。忍痛楚,效乌鸦反哺,守护黎民。

2019年8月14日

沁园春·人生金秋赋

曾醉芬芳,还喜娇颜,更笑雷鸣。叹沧桑岁月,凛然不惧;峥嵘年代,大义相迎。壮烈荆轲,豪情管仲,无数仁人勒汗青。轩辕后,虽泉台聚首,无悔终生。

持家立业蒸蒸。似草木、逢秋果实盈。有诗经作友,波开浪裂;论衡为伍,虎踞龙腾。名利皆抛,德才尽树,耳顺心清老眼明。担山客,效苍鹰举鸷,金凤开屏。

2019年8月12日

沁园春·金秋赋

九域丰收，千户仓盈，暑热消威。看江山锦绣，神州瑰丽；平畴旖旎，赤县华晖。佳果呈鲜，灵禽起舞，遍野琼瑶雅韵飞。川流彩，望三江泄玉，五岳生辉。

湖平风静鱼肥。醉竹翠、居幽旭日绯。有蛙横池畔，意牵画首；蝉喧树杪，情拽诗魁。丹凤开屏，苍鹰举翥，袅袅炊烟盼子归。乾坤泰，引繁荣荟萃，景醉千回。

2019年8月12日

沁园春·文化自信赋

启迪心灵，引领精神，泣鬼惊仙。看恢宏赤县，逢强克险；壮观禹甸，遇困攻坚。八索铿锵，九丘豪迈，磊落华章懿德延。贤才秉，凭同心戮力，策马扬鞭。

寄情绿水青山。有礼乐、离骚荡宇寰。听唐风汉韵，昆仑挺拔；宋词元曲，泰岳凌然。信助新朋，仁倾旧友，四海并肩享月圆。人纲树，赖红妆耀甲，乾转坤旋。

2019年8月18日

沁园春·吟诗赋

赫赫巍巍，演演绵绵，贯日播香。看黄河流韵，苍翁泼墨；昆仑溢彩，稚子吟章。赤县恢弘，神州绚烂，禹甸威名震八方。灵魂立，当勋推五帝，业显三皇。

弥雄姿态堪彰。聚磅礴、民心树道纲。有舍生取义，丹心耿耿；精忠报国，碧血泱泱。懿德诗崇，高风赋奉，勒册铭碑圣杰镶。鸿猷绘，喜雄才旷达，修己安邦。

2019年8月17日

沁园春·文以载道赋

史记诗经，育德宣风，仰地敬天。忆民安国泰，皆因主圣；太平盛世，悉是臣贤。辅弼除私，佐谋戒利，字字青松句句莲。圭璋蕴，凭情倾大野，指点江山。

雕龙通鉴鸿篇。有激韵兰亭秉翰源。看卧龙磊落，辞华理正；屈原旷达，语丽章鲜。泄彩玲珑，挥毫炳蔚，忧乐襟怀寄大千。心如月，赖忠肝义胆，河岳开颜。

2019年8月17日

刘成林

男，汉族，1955年3月生，中共党员，大专。内蒙古克什克腾旗人。克旗审计局退休公务员。克旗作家学会、赤峰学会、内蒙古学会、中华诗词学会、中华当代文学学会会员。时有作品发表在克旗《松漠》《赤峰诗词》《内蒙古诗词》等刊物。曾多次获全国诗词大赛特等奖、金奖和一等奖。

七律·八一赞歌（新韵）

南昌起义大江边，立马横刀号令歼。
星火燎原除旧制，长征涉水换新天。
灭倭反蒋旌旗展，抗美援朝利剑穿。
解放中华多壮志，抛头洒血救人间。

七律·咏中国北疆草原音乐节（新韵）

乌兰布统绽花香，歌手三杰靓北疆。
摇滚登台惊四海，通俗亮相聚八方。
追星捧月山河炒，纵马煽情草地蹚。
天籁之音玩走秀，动人乐感永流芳。

注：歌手三杰——齐秦、韩磊、崔健。

七律·克什克腾旗世界地质公园景观剪影（新韵）

石林玉柱耸蓝天，冰臼藏身壁画前。
热水琼浆增气血，达湖芦苇荡帆船。
红山饮马蹄声脆，黄岗雄峰鸟语喧。
沙地云杉花蕊茂，沐沦河畔浪涛欢。

五绝·重阳抒怀（新韵）

蹊径寻菊晚，山环晓雾飘。
登高无雁塔，望远见崖梢。
露扰蝉音弱，风吹鸟羽消。
重阳怀古韵，水颤落花桥。

五律·游达里草原（新韵）

白云驮马背，霞起曼陀山。
篝火燃七月，歌声荡九天。
心牵肥草地，头枕牧羊鞭。
拳打湖心岛，花前咏月澜。

七绝·牧归图（新韵）

霞抹夕阳紫燕飞，青山秀水牧羊肥。
懒牛背上书童坐，一曲横笛野径归。

七绝·端午怀古（新韵）

踏青怀旧过端阳，偶见桥头送粽香。
祭祀屈原千古恨，诗情投向汨罗江。

醉花阴·踏青（新韵）

漫步河堤垂柳俏，雨过夕阳照。绿水细风揉，径草茸茸，喜鹊叽喳叫。
绮云远眺烟波渺，舞绕佳人跳。诗作月光前，情荡歌迷，又有桃花笑。

刘传柱

男，1952年生，山东省滕州市人。为中华诗词学会会员、山东省诗词学会会员、枣庄市诗词学会会员、滕州市诗词联赋协会常务理事，诗词作品在枣庄、济宁、菏泽、泰安等六市诗词作品集中发表。曾荣获第二届"岳阳楼"寻春诗会金奖、第四届"相约北京"全国文学艺术大赛二等奖。

七绝·游佛山祖庙

静观祖庙此经年，香客连声拜古贤。
楚霸称雄戈剑戟，今朝玉宇驶飞船。

七绝·纪念"五四"运动100周年

曙光闪耀一东方，五四精神万代扬。
爱国丹心留史册，匡扶社稷永繁昌。

五绝·凤凰山春景

春风凤凰顶，听鸟入林迷。
酒醉琴为枕，醒时月映溪。

七绝·纪念周总理诞辰120周年

今忆英灵天地在，光辉永耀共年轮。
丰功伟绩垂青史，亮节犹存励后人。

七绝·观古薛国遗址感赋

中华古镇数官桥，圣迹遗留日月昭。
垄上逢春传四海，风流人物看今朝。

七律·早春游杭州植物园

二月江南悄然绿，桃园岭上映山红。
闲观碧水盈盈动，坐对疏梅淡淡风。
爱竹不除当路笋，惜花留得碍枝枫。
流莺并语何时见，依旧春来此地中。

七律·清明

流水无言岸柳知，清明时节踏青时。
蓬门泪洒千秋去，蒿里愁云几代悲。
美德常传感天地，英灵不朽寄哀思。
春来处处绿成海，花放夭夭红满枝。

鹧鸪天·海南

千里波涛浪涌沙，椰林天际舞风芭。
祥云缭绕观音髻，重壑纷呈杜宇花。
登海塔，望天涯，渔歌荡桨映朝霞。
擎天神柱当风立，春驻琼州迎万家。

满江红·盛世今朝

万里长城，龙蟠现，辉煌灿烂。今盛

世,载歌华夏,国人点赞。七十年前雷雨过,万千里路风云漫。树赤旗,旧貌换新颜,惊还叹。

泛污吏,藏国患,人痛恨,谁来断?亮天平宝剑,反贪平乱,敢上崇山抓猛虎,又消硕鼠苍蝇串。看今朝,重整好河山,乾坤焕。

刘春惠

1936年生,辽宁沈阳辽中人。从事高中、中专语文教学40年,高级讲师。诗词作品多在国家及省市级诗刊上发表。并在"诗词世界杯""诗词百家""诗渊堂杯"中华诗词大赛中均荣获一等奖。作品入编大赛作品集。

忆江南·猫尾钓(二首)

这不是童话,童年常观家猫宅后池塘用尾钓泥鳅,曾陪钓,童趣不忘。

一

花猫钓,宅后有池塘。柳岸水中猫尾动,顽童麻杆伴河浜。静等尾钓扬。

二

花猫钓,总是为鱼忙。咬尾泥鳅钓上岸,擒拿叨跑跳泥墙。嬉戏炕席脏。

调笑令·钓趣(二首)

一

垂钓,垂钓,辽水岸边五老。退休渔钓贤豪,心静凝眸走漂。漂走,漂走,出水白鱼狂扭。

二

垂柳,垂柳,蒲河岸旁绿香。柳条花絮双柔,诗娟操竿钓钩。钩钓,钩钓。金鲤柳绿缠绕。

【越调】天净沙·姊妹(二首)

一、送别

轻飘柳絮飞烟,夕阳泥燕归眠,今古别离更难。何时相见,省城三妹情牵。

二、离愁

窗帘不卷钩闲,书屋人去门关,望眠楼空泪潸。玉洁思念,梦归乡里同餐。

春钓

烟柳飞轻絮,风榆落小钱。今来伴河叟,绿湾扬钓竿。日暮人归尽,挂饵不思还。连竿鱼不断,收钓两犯难。

刘丹

男,四川德阳人,网络诗人、影评学者。博览群书,酷爱文学,尤爱诗赋,擅长填词,独钟清季词学大成者——朱疆村。近年在网站、报刊数次发表诗词、影评100余首(篇)。诗词具有意象绵密、沉郁深厚、浑成高伟的风格,深受圈内外诗词影评爱好者青睐,口碑极佳。

七绝·春寒

藏海探梅事两难,好春如梦梦阑珊。
东风宁有回天意,沉陆平多一寸寒。

五律·登魁山

寂寂精禽梦,嚣嚣大有年。
浅莎明小雨,远市带轻烟。
径曲身犹陟,蒿深芳未搴。
从来多意绪,不在此山川。

五律·读书偶感

意非关用舍,必与道为邻。
饮啜云霞露,蜕遗泥垢身。
小楼临夜静,万象得兹亲。

如可渊深待，或看华发匀。

浣溪沙·春兴

欲赋清寒春气催，抬头已是燕争飞，如潮心事半霏微。

蝶舞莺喉新作祟，鹅黄嫩绿旧相知，尽于杯酒入唇时。

鹧鸪天·拟游仙

九转丹成叩玉虚，金阶紫阙竟何如。列仙箕踞斟龙血，异兽群嚎受帝符。

朝北海，暮苍梧。人间万事未全疏。携箫鹤背霜寒夜，闻道天河水渐枯。

刘道海

小学高级教师，湖北省中华诗词学会会员、湖北省楹联学会会员、西塞山诗社社员、富川诗社社员、阳新县楹联学会副秘书长。其对联作品近100副入编《党建》《对联·民间对联故事》《春联吐故纳新》《中国对联作品集》《铿锵10载》等国家杂志。

题汪家垅水上乐园

玩转汪家逸趣园，炎炎夏日乐翻天。
乡间追逐青春梦，水上徜徉幸福缘。
酣畅淋漓冲巨浪，清凉放纵赛神仙。
资源开发臻时尚，服务民生年复年。

七夕吟

牛郎织女实堪怜，挚爱无期越万年。
隔岸相思谁解痛，搭桥幸会鹊生缘。
且将缱绻痴情拥，但愿苍茫恨海填。
王母应知离散苦，重修戒律促团圆。

庆祝人民海军70华诞暨青岛海上大阅兵活动

雄师黄海舞红缨，逐梦深蓝大阅兵。
击水巡洋坚壁垒，挥戈维稳固长城。
鹰群啸啸腾云起，舰阵威威破浪行。
屈辱百年铭甲午，警钟醒世永锵鸣。

咏雪

北风一夜卷鹅毛，恰似仙姑下九霄。
原野山头铺素被，乡村檐角挂银条。
寻欢小犬梅花印，觅食群鸡竹叶描。
喜庆丰年呈吉兆，农家希望展明朝。

深切缅怀周恩来总理

大鹏翔宇似神龙，建国兴邦盖世功。
黄埔抡才凭慧眼，南昌举帜聚群雄。
匡扶社稷无私爱，尽瘁人民正气风。
最是外交常胜手，英名不朽五洲崇。

舟游燕厦湖

名闻荆楚美江南，燕厦舟游把景探。
两岸群山高似障，一湖春水绿如蓝。
岩穿象鼻生殊趣，反戴乌纱溢美谈。
结伴寻幽忘远近，行程惬意兴犹酣。

注：象鼻岩、反戴乌纱均为燕厦湖畔胜景。

纪念学习雷锋56周年感怀

又是一年春意浓，宏扬正气赞雷锋。
情牵孤寡精神美，心系灾区德誉隆。
些小螺钉彰素养，平凡日记见初衷。
题词七字谆谆语，激励新人奋进中。

清平乐·赏樱花

樱花含笑，蕾放枝头俏。群鸟喳喳声曼妙，乐醉林间炫耀。

披霞着素梳妆，娇羞妩媚清香。蜂蝶痴情忘返，春来聊发疏狂。

刘飞霞

网名幸福额度，女，浙江省丽水市莲都区人，业余诗词爱好者，大中华诗词协会会员，创有诗词作品2000余首，发布于大中华诗词论坛、江山文学网、执手天涯网、经典文学网、湘韵文学网、诗词吾爱网等。

回文七律·梅兰竹菊
回文七律·梅之吟
（一正文顺读）
妆裹红梅娇醉翁，素枝横雪望苍穹。
旁崖伫意迷银蝶，谷底飞仙怨雨风。
长赋孤芳诗韵咏，久陪初野款心融。
章华叠影骚冰骨，香沁花魂舞玉宫。

（二回文倒读）
宫玉舞魂花沁香，骨冰骚影叠华章。
融心款野初陪久，咏韵诗芳孤赋长。
风雨怨仙飞谷底，蝶银迷意伫崖旁。
穹苍望雪横枝素，翁醉娇梅红裹妆。

回文七律·兰之吟
（一正文顺读）
兰君尔雅自当家，涧谷崇山枕碧华。
寒逸芳姿舒广袖，暖和绿叶斗奇花。
翩翩鹤雾承甘露，颊沐秋阳醉彩霞。
间径曲台依丽影，掀香炼骨韵烹茶。

（二回文倒读）（新韵）
茶烹韵骨炼香掀，影丽依台曲径间。
霞彩醉阳秋沐颊，露甘承雾鹤翩翩。
花奇斗叶绿和暖，袖广舒姿芳逸寒。
华碧枕山崇谷涧，家当自雅尔君兰。

回文七律·竹之吟
（一正文顺读）
丛林隐逸俊归真，翠黛清芬避俗尘。

穹昊舞魂诗枕梦，画图留影墨迷宾。
风摇竹叶山徘鹤，雨探仙姿野缀茵。
逢景丽春游谷涧，葱葱郁韵醉贤人。

（二回文倒读）
人贤醉韵郁葱葱，涧谷游春丽景逢。
茵缀野姿仙探雨，鹤徘山叶竹摇风。
宾迷墨影留图画，梦枕诗魂舞昊穹。
尘俗避芬清黛翠，真归俊逸隐林丛。

回文七律·菊之吟
（一正文顺读）
篱东绽蕊著寒霜，瘦影摇风冷艳妆。
披甲金娥盘凤髻，卧枝玉露染黄裳。
诗花煮韵情融水，意雨烹词曲绕堂。
持骨傲心陶客醉，痴迷尽兴赋成章。

（二回文倒读）
章成赋兴尽迷痴，醉客陶心傲骨持。
堂绕曲词烹雨意，水融情韵煮花诗。
裳黄染露玉枝卧，髻凤盘娥金甲披。
妆艳冷风摇影瘦，霜寒著蕊绽东篱。

刘峰

河北省吴桥人，中华诗词学会会员。近期在《青年文学》《诗词报》《中华诗词》《中华辞赋》《中华诗教》《诗刊》《遂宁诗词》《玉林日报》《长白山诗词》等诗词刊物发表作品600多篇；并数次在全国性诗词大赛中获奖。2017年七律《乡愁》获得第三届"诗词中国"传统诗词创作大赛一等奖。

七绝·春思
烟花次第绽缤纷，锣鼓相谐如耳闻。
遥想村中上元夜，翩翩起舞碧罗裙。

七绝·春宵
野草初萌先壮根,炉烟让了柳烟痕。
夜深小巷犬时吠,应是东风来叩门。

七绝·春思
百草千花各有痴,东风偏与柳先知。
光阴一日不虚度,纵是无钱也要诗。

七律·端午情思
明眸皓齿露芳华,纤手匀开气质嘉。
绿鬓环围竹舒叶,红唇点缀枣生花。
相思一缕锅中沸,嗔怨无形眼底加。
闻道邻人皆有信,不知今日可归家?

七律·老角门
伫立乡间冬复春,暂凭题字认前尘。
几多往事如过眼,些许来愁似有因。
陌上耕劳风雨老,院中谈笑月光新。
当年小子今朝客,对看谁先泪沾巾。

武陵春·离思
　　绿暗红消元夕过,分袂踏征途。回首频看听一呼,泪水已模糊。
　　明月阴晴虽见惯,心事怎能除。但得人间离别无,永不负当初。

刘福宝
　　男,汉族,四川德阳人。大专学历。现系《当代文摘》《中外文艺》特邀专栏作家,嫘祖文化网、天府诗词网古韵版版主,四川省诗词协会会员,德阳市诗词楹联学会理事;德阳市民间文艺家协会常务理事、副秘书长;中江民间文艺家协会秘书长。诗词、楹联、论语作品300余首(幅、条)先后在《巴蜀诗词》《青海诗词》《中华诗词》《四川广播电视报》《东方作家》《中国作家》等海内外数十家报刊、网站发表并数次获奖。《当代诗词格言》荣获中国作家协会2010年全国金秋笔会一等奖;《感恩论语》荣获2012年中国传统文化感恩中国金奖。尚有个人作品入编2012年中国作家出版社《世界华人艺术家辞海》。

七律·国色天乡
国色天乡非牡丹,身临均属少童园。
摩轮座柜高观景,转滚机车低觑藩。
探险漂流平息静,神心湖泊笑声喧。
淋漓痛快心惊跳,浪漫抒怀诚可圈。

七律·生活如诗
何须舍近远追寻,环顾周围草木森。
山水人文随意写,风花雪月尽情吟。
冬晨密雾哥擎剑,秋夜清辉妹抚琴。
美丽天然无不在,如诗若画贵留心。

七律·禅心若湖
温柔碧绿透明清,坦荡胸怀恬静平。
投石涟漪能化解,起风雨雪不生惊。
飞舟击水由童去,垂钓游山任叟行。
气象万千皆接纳,悄然面对守安宁。

七律·风雅美庐
喜植梧桐成茂林,招来雏凤颂当今。
孤居斗室研新曲,聚会沙龙习雅音。
靓女横吹多孔笛,骚人竖拉一弦琴。
风花绎出和谐美,雪月犹生怜悯心。

点绛唇·凯江湖
　　碧水苍茫,桃红柳绿盈江岸。鹭鸥盘旋,天水争蓝倩。湖映琼楼,窗漏笙歌婉。童心焕,荡舟忘返,一派风光绚。

刘福成
　　男,河南新密市人,在农村生活了近

60年,深知农民的辛苦与坚毅。现跟随儿子进城闲居。边回忆、边记录时代的变迁和发展。借诗词抒发爱家爱国之情怀。郑州市诗词学会会员、茂名南山诗社会员。

七律·党在我心中(中华通韵)

仰慕党旗情意深,万千英烈血织巾。
执着求索探真理,砥砺前行寻富根。
反腐倡廉自揭短,修身洗面抖灰尘。
百年风雨帜鲜艳,地北天南日月新。

朝中措·赞我党98华诞(中华新韵)

怀揣信仰聚红船。推倒旧三山。不怕粉身碎骨,为民解难争权。
改革开放,两条丝路,成绩非凡。经历百年风雨,红旗越发光鲜。

七绝·七七过卢沟桥(新韵)

卢沟烽火荡无存,沿岸风光日益新。
倭寇贼人心未死,御碑残体数枪痕。

七律·小暑(新韵)

气温逐日向高攀,地烤天蒸热浪翻。
昨夜雷鸣泼阵雨,今晨云散转晴天。
一张锄把粗磨细,两件布衣湿变干。
戴月披星追酷暑,金秋丰谷笑开颜。

七律·大暑(中华新韵)

中伏酷热似蒸房,高挂锄钩避烈阳。
夜雨三场滋沃土,田禾两日顶檐梁。
鸟儿林下话温饱,知了枝头歌小康。
但愿苍天风雨顺,农村百姓有存粮。

七律·中伏热如炉(新韵)

高温将近四十度,手握莆扇身淌珠。
时饮凉茶消暑气,每翻热浪念寒酥。
三盘冷菜有人借,半袖微风无处租。
恳请龙王查旱象,来场透雨灭溶炉。

七绝·暑热吟(新韵)

天天炙热似笼蒸,玉帝莫非新换灯?
可悯空调偷落泪,低声哭泣至黎明。

七律·八一建军节感怀(新韵)

南昌子夜起枪声,有我工农子弟兵。
万里长征书壮举,百团大战展雄风。
人民军队非昔比,航母战机天海行。
练就一身真本事,时听党令保和平。

刘富国

黑龙江省依安县人。依安县先锋中学毕业后参军服役,复员到依安机械化林场工作,现已退休。多年来一直爱好读书、喜欢诗词,已有部分习作在《龙沙诗词》《依安文范》《大森林文学》发表。

依安烈士陵园

翠柏思忠烈,丰碑柱九重。
萧萧鸣战马,猎猎舞旗旌。
热血开天地,精神映日红。
后昆承伟业,万世颂英名。

五色土之乡

梧桐引凤落金滩,精品陶瓷一代传。
千载逢春高岭土,追风赶日正当先。

三八节有作

常思追梦话当年,解放区中朗朗天。
自此神州新姊妹,群英竞秀谱新篇。

初春

二月初惊见草芽,小桥流水绕谁家。
诗人吟醉春天里,满目青山满目霞。

国产首艘航母下水
列装试水大连湾，猎猎旗红壮九天。
尝胆志催兴虎旅，扪心梦唤铸龙泉。
海疆反霸显身手，宇外擒敌出重拳。
十亿家国因你在，风调雨顺月初圆！

刘庚洲
　　笔名草舍寒星，江西省乐平市人，1955年出生，中共党员。中华诗词学会、江西省诗词学会、景德镇诗词楹联学会、乐平市作家协会会员。已有200余首作品在有关微刊、报刊发表。

改革开放40周年感怀
一抹骄阳照海边，南巡讲话感苍天。
三中全会定方略，十亿人民共并肩。
打破尘封思想换，创兴科技凯歌旋。
崭新时代光阴迫，欲借东风把梦圆。

三友吟
松
苍颜不朽立高峰，巨蟒符身原是龙。
笑对残阳看世界，铮铮铁骨破冰封。

竹
虚怀霜节志凌云，根扎深山百万军。
鞭策儿孙春奋进，攀岩直立沐天昕。

梅
北风呼啸冻天垓，飞雪相邀玉蕾开。
苦尽寒香情未了，捧花一束报春来。

题图渔家人
烟雨群山天渐蒙，青波潋滟起江风。
篙挑偷懒鸬鹚仔，排立辛勤簑笠翁。
白鹭惊飞松岭外，青鱼喜捕竹笼中。
倾听寺响诵经鼓，靠岸陪妻饮几盅。

十月小洋春
洋春十月雁回旋，气节移交也犯癫。
忽暖忽寒如变脸，时晴时雨似梅天。
本来浓雾意飘雪，却是流云在涌泉。
只见芙蓉还斗艳，可怜晚稻水中眠。

戊戌立冬
夜雨凄凄始未休，北风泄愤袭寒流。
降温迅速床添被，保暖莫迟身着裘。
枯叶飘零欣雪伴，芙蓉烂漫怕霜蹂。
立冬万物闲无事，蓄势生机春出头。

咏菊
生在东篱走九州，陶公伴我酒相酬。
花枝漫舞迎霜降，玉竹吹箫送晚秋。
自有冰心甘寂寞，天成傲骨数风流。
孤芳独艳胜春色，景赐人间香满楼。
注：霜降气节之一，晚秋三秋之末。

贺港珠澳跨海大桥通车
华夏今非是昔年，宏图尽展荟群仙。
伶仃洋里通途现，珠海滩边隧道穿。
挥笔神工描彩画。劈波鬼斧起青烟。
日观锦带连三地，夜赏霞光映半天。

谨以此文献给林鸣团队
港澳珠连若比邻，架桥铭记大功臣。
中华崛起并非易，海上通途已是真。
奇迹诞生拼智慧，施工艰苦靠精神。
不眠之夜终圆梦，一座丰碑昭宇辰。

刘功才
　　浙江开化人，生于1933年。外贸退休干部，经济师。中华诗词学会、浙江省诗词与楹联学会会员。诗、词、曲、赋、联作品在京、沪、浙等15省市多家媒体发表。著有《讴岭晚霞》诗集,主编《开化县对外经济贸易志》。

七绝·近平书记到咱村
赤日炎炎天正晴,近平书记到金星。
飘来一阵及时雨,暑去凉来喜气盈。
注:2006年8月习近平书记到浙江省开化县金星村调研。

七绝·十八大代表郑初一(新韵)
十八党代郑初一,建设山区扛大旗。
领导村民奔富路,金星照亮浙江西。
注:郑为金星村党支部书记。

民谣:金星巨变
解放前:
深渡,深渡:十个男子,九个大肚;十个妇女,九个寡妇。
改革后:
金星,金星:生产发展,生活丰盈;村容整洁,村风文明。
当今:
深渡,深渡:文明盛世,寿高民富,小康实现,钱多民富。
注:深渡,金星村本名,昔为血吸虫病流行区。今首批入选全国旅游重点村。

西江月·金星风貌
村口芹江水碧,周围树茂林青。环庄国道万里行,经济繁荣昌盛。
昔日瘟神作孽,今朝幸福康宁。翻天覆地党恩情,里睦邻和风正。

探春令·金星绿韵
鳞杉针叶,竹林稠密,茶园宽阔。满山宝树层层叠,助农富,谋民富。
房前屋后花锦簇,异香熏高阁。好地方,岚气浮窗。村境美寿齐松柏。

【双调】楚天遥·住在金星
钱水最源头,人在金星住。花开四季香,树长常年绿。晨听百鸟喧,午沐森林浴。漫步健身心,采野添财富。

【中吕】山坡羊·客游深渡
居农民户,餐农家铺。天南海北嘉宾聚。展鸿图,亮明珠。欢迎贵客来深渡,水碧山青宜避暑。游!佳去处;停!佳去处。

【正宫】塞鸿秋·金星采风
炎炎烈日当头照,采风学习金星到,楼新街洁村容貌,山青水秀风光好。一心跟党跑,发展优成效。小康实现同欢笑。

刘光白

笔名小狂子,福建省福安市溪尾镇绣溪5号人,自幼爱好诗词。现为中华诗词学会会员、福建省诗词学会会员、大中华诗词协会员、广东52诗词文社会员、望月文学特约作家,赛江诗社会员。

七绝·庆七一
建党南湖近百年,诗香一卷散无边。
豪情激荡红旗展,华夏千秋美梦圆。

七绝·三八妇女节
时逢三八贺婵娟,万紫千红起舞翩。
一曲高歌巾帼梦,神州开放舜尧天。

七律·端午节感怀
又纠端阳粽子香,榴花怒放艳如狂。
门前辟秽雄黄洒,壁上驱邪艾叶防。
几对龙舟开竞赛,一壶浊酒已穿肠。
汨罗忠义千秋祀,爱国传承万代扬。

七律·夕阳霞蔚

置身晚景爱诗田，写罢人生得意篇。
一纸风骚千载韵，三更磨琢五更天。
心怀淡泊增明智，胸臆清闲学圣贤。
怡悦夕阳霞蔚日，高歌福寿享天年。

七律·吟春

翠幕深深暖又凉，百花怒放满山香。
雏飞紫燕梁间舞，影动金鳞水上狂。
满院春风添锦彩，半窗烟雨露霞光。
河山万象诗书润，且把讴歌尽处扬。

五律·晚秋叙怀

深秋云日远，夜暮正凝霜。
独坐孤灯下，轻描满院芳。
诗书传世久，忠孝继家长。
喜赞河山美，丹心报国乡。

五律·青年节

时代起新潮，青春气慨尧。
丈夫高赵胜，勇士赛班超。
爱国丹心照，从军碧血浇。
热衷安立命，善德搭成桥。

五律·初秋

夏末热仍留，青山草木幽。
蜂弹丝竹韵，鸟踏管弦悠。
冷月心牵恨，孤星意更惆。
昨宵吹落叶，今旦正初秋。

刘广茂

男，汉族，1939年8月生，山东省滕州市人。笔名文轩居士，号冠宇、茂盛草堂，大学文化。现为中国书法艺术院会员，神州诗书画研究院院长，枣庄市诗词学会会员。其作品曾在省市、国家级报刊上发表，并有专题报道，曾荣获第二届跟着古诗词去旅行岳阳楼诗词大赛金奖，第十三届天籁杯中华诗词大赛银奖等奖项。

七绝·纪念周恩来总理诞辰120周年

百战殚精为报国，和平建设福黎民。
腥风血雨本无惧，德誉全球警佞臣。

七绝·喜看深圳元宵节

元宵节届到鹏城，大地风光分外明。
锣鼓喧天正狮舞，特区发展似龙腾。

七律·颂改革开放40周年

改革先驱谁领路，中华崛起赖斯人。
多行实践唯求是，设计蓝图敢创新。
两制宏猷迎港澳，几番话语吐经纶。
小康路上常相忆，笑貌音容犹觉亲。

刘广恕

男，汉族，1932年8月生。山东滕州市人，退休干部。中华诗词学会会员，滕州市诗词联赋协会会员，作品曾在《华夏吟友》等刊物发表。

七绝·红荷节湿地观花

滨湖湿地尽良畇，巧引红荷为富民。
滚滚车轮携客至，所来都是看花人。

七绝·重游微山湖

曩日留居望冢楼，微湖破浪泛扁舟。
今朝幸遇荷花会，前度刘郎旧地游。

七绝·赞莲藕

叶如翠盖蔽阴凉，花似胭脂美更香。
藕籽滋养人壮健，周身入药品优良。

七绝·歌颂习近平主席

九州同庆艳阳天，当代英豪谱巨篇。

实干兴邦兴伟业,宏猷大展再加鞭。

七绝·重阳赏菊二首

其一

金声雁阵近重阳,晴照秋林色未黄。
丽影舒心今一醉,东篱把酒赏秋香。

其二

绰约清姿谁艳夸,满园秋色宜看花。
赏菊若知何处好,陶令东篱第一家。

七律·庆祝建国 70 周年

欢腾歌舞在金秋,禹甸重光誉五洲。
革故鼎新谋福祉,励精图治献宏猷。
百年民族复兴梦,一代精英壮志酬。
点染江山挥彩笔,风流翰墨颂神州。

刘国栋

字烟云,男,1950 年生,大学毕业,曾在中国人民解放军 201 师服役,后于江苏省计经委退休。喜爱诗词创作。

南歌子·铁血男儿

岁月经年去,烟云思绪浮。登高凝望大江流。十八韶华军旅,往事心头。

铁马三千里,关山几度秋。风霜冰雪不言愁。铁血男儿边戍,守卫神州。

浪淘沙·秋思

萧瑟冷秋风,落叶梧桐,庭前偶见又花红。纵是山茶惊艳媚,开谢匆匆。

馥醉渐朦胧,筵散人空,只留窗外月娇融。往事如烟千万绪,回味无穷。

七绝·晨练

晓停寒雨冷晴空,飘去秋云无影踪。
湖畔闲情人几许,南拳北腿在风中。

七绝·品梅

拂面春风略带凉,芳郊二月炫新妆。
忙中偷得半闲日,去品梅花一段香。

七律·晚情

云锁翠山接太清,香流紫陌手牵行。
风摇烟柳千条绿,日照湖光万点晶。
妩媚红颜观逝水,鬓霜白发忆曾经。
同心挚爱三十载,岁月人间重晚情。

七律·一枝春

胜景江南陌上尘,孤芳桀骜一枝春。
渐开粉蕊馨香浅,半露娇容雅韵深。
日暖风和莺百啭,山明水秀燕双临。
千诗谁写梅花引,无尽相思入古琴。

五律·山村行

十里丘陵路,山村依翠微。
清风穿径竹,碧水绕柴扉。
花木三春秀,渔翁独钓归。
牧童牛背上,一曲入云飞。

五律·最喜桂花香

秋色东郊美,车停十里长。
游人纷涌至,飞雁翌扶苍。
凝露三分白,蕊开万点黄。
任秋风拂面,最喜桂花香。

刘国红

男,初中语文高级教师,茂名南天诗社会员。热爱文学,业余时间写点诗词、对联、童谣等。作品曾获县市级奖。

苏幕遮

稻花香,瓜果壮。玉米澄澄,今岁丰收望。篱畔流连陶醉赏。忽起秋风,身冷心惆怅。
　　草铺园,蛛结网。门内凄清,哪似从前亮?昔日恩情难再享。惟愿先严,天上恒无恙。

阮郎归·品茶
　　杯中闲趣伴繁星,知音笑语增。浑然不觉近天明,心犹似镜清。
　　茶叶小,比人生,功名莫苦争。酸甜苦涩笑相迎,悠悠味自馨。

与诗友游西洛湖
　　诗词作纽情为介,细雨秋风相伴行。波上寒烟清趣至,湖边小阁笑颜生。远闻水鸟犹成韵,近探江鱼已有嘤。西洛湖光观未够,他时期待再回程。

刘国权
　　笔名江南子,诗词爱好者。

临江仙
　　换得芳华霜染鬓,几多岁月堪惊。峰回路转夕阳明。江南寻旧梦,从此唱新声。
　　最是老身归复我,何须早晚营营?粗茶淡饭自心宁。不求天外事,诗酒伴余生。

西江月
　　山上层林叠翠,山前雪浪堆烟。鼋头渚外水连天,时有渔舟唱晚。
　　昂首长歌云外,临风把酒亭前。浮生难得是清闲,且与沙鸥为伴。

行香子
　　千步长廊,十里馨香。寻佳境、五里湖旁。放飞心旷,尽赏春光。正柳依依,花簇簇,水苍苍。
　　亭间小憩,排笔铺张。偷闲处、情满诗囊。说来好笑,景色寻常。有莺儿唱,蝶儿舞,鹭儿翔。

浣溪沙(一)
　　盘点浮生又一年,镜中衰影细端研。方知旧貌换新颜。
　　满口豁牙犹未补,一双老眼已昏然。看君安敢再偷闲。

浣溪沙(二)
　　碧水蓝天映栈桥,渤公岛上白云飘。几只鸥鹭竞相邀。
　　高阁空悬宜放眼,远山横卧好听潮。艄公送客橹轻摇。

浣溪沙(三)
　　久困城中身欠佳,自开良药治偏邪。出游偶遇野人家。
　　半亩方塘鱼戏水,几间茅舍客烹茶。林荫尽处夕阳斜。

菩萨蛮
　　梦中偶得惊人句,醒来难觅知何去。晨起理棕床,捡回诗半行。
　　老来无所好,侍弄花和草。种下半行诗,明年花上枝。

采桑子
　　今宵共饮杯中月,聚也匆匆,散也匆匆,休问何时再举盅。
　　明朝俱是天涯客,企盼相逢,企盼相逢,闲看斜阳落寞红。

刘寒霖
　　湖南人,水电工。喜古诗词,近年多

有习作见各电子平台。

饮者
西风古道斜亭晚，浅雨清霜寂寞秋。
瘦柳黄花萦野径，寒星冷月伴孤舟。
苍颜白发年年老，富贵荣华事事休。
研墨临笺谁与顾，三杯二盏复何求。

家
风吹草树低，日暮云霞灿。
翠柳系归舟。兰亭栖紫燕。
花枝簇老村，玉宇连新岸。
处处好风光，同心协力隽。

秋客
寂柳连孤舍，飞花迎远客。
清香漫野村，落絮萦霜陌。
冷月入空杯，疏星潾古籍。
何须苦别离，上下尽求索。

禅
暮岭三分黛，长川百里烟。
黄花摇野径，冷月映霜天。
古寺清风曳，秋江碧浪璇。
凭轩何寂寞，莫若对枯禅。

山居
青山横老树，古寺远尘烟。
日暮归何处，燃灯对素弦。

听雨
空阶野舍闲听雨，断岭横峰碧草萋。
古寺疏村皆染翠，繁花锦树不沾泥。
清波细浪鳞鳞去，廊宇穹天渐渐低。
欲问羁程谁伴饮，蝉鸣鸦噪各东西。

旅
轻舟横寂水，古木曳疏声。
浅月寒孤影，归思去又生。

秋月
秋来何去处，菊酒伴清霜。
把盏三更里，停舟古渡旁。
红尘多负累，世事尽炎凉。
且看长亭月，昭昭又八荒。

刘和喜

生于20世纪50年代，湖北省黄梅县人。中共党员，中华诗词学会会员，湖北省诗词学会会员，黄梅县诗词学会理事，小池清江诗联社副社长，兼《清江诗词》主编。曾多次获各级诗词，楹联大赛名次奖。

春日登雪窦山
众言溪口有蓬莱，律近阳春秀色裁。
岚隐数峰浮浪谷，瀑飞千丈滚天雷。
危梯壁峭犹能可，绝顶山低亦快哉。
欲歇松亭前面喊，风光更在妙高台。

空巢老人
常开靖步踏湖田，耳熟鸡啼袅袅烟。
稗扯虫除晨露后，车随影伴稻花前。
盼孙愿里他乡好，沽酒梦中秋月圆。
不可荒芜藏鼠兔，仍将活计置双肩。

父亲节的思念
柳风携雨拂芳林，涡湿榴花涩鸟音。
春去苍黄书札在，夜归惆恍曲醪斟。
明贤卓卓思清影，慈诲谆谆润素心。
曾洒酸辛阡陌里，窗前忆起泪难禁。

过横沟镇袁铺村
绿茵陌上鸟飞翔，十里烟村入画廊。
酿酒清甜溪缓缓，绕楼槐桂树苍苍。

曲声琴伴亭中乐,花气风传梦底香。
银线牵来山外客,聚焦靓点镜头忙。

黄梅戏进校园
皱绿春风拂,雪窗闻凤琶。
童音谐曲调,翠袖灿红霞。
习艺无何苦,争妍不用夸。
名伶传国粹,此处有娇娃。

注:黄梅戏,五大剧种之一。黄梅县小池镇一小在每天活动课中,开办了黄梅戏班。

刘红霞

女,中学高级教师。盐城市作家协会会员,盐城市诗词协会会员,中华诗词学会会员,曾在《诗刊》《诗词报》《红叶》《中国诗赋》《诗词月刊》《姑苏晚报》《中国诗词》《贵州诗联》《榆林诗刊》《华夏诗文》《三峡诗词》等多家报刊上发表诗词,也有一些散文散见《现代苏州》《华夏孝文化》《盐阜大众报》《盐城晚报》等报刊。用一颗善良的心温润生活,用一支清秀的笔渲染情怀。

七绝·立春
春光拂槛水扬波,舒展山河对日歌。
绿意扑来翩蝶影,花香今起万重多。

七绝·题水中枯木新枝图
根系清波韵味长,天高独坐水中央。
虽非倚靠山崖石,尽夺松枝一段香。

七绝·秋桂
粒粒含香细细妍,随风月下荡心弦。
千年斫树情彻骨,爱意消融花影前。

七绝·重阳(新韵)
雨打重阳洗菊尘,换来清骨贵三分。
雁声渐远心千里,已盼回时万木春。

七律·游月亮湾
故道黄河看海天,倾情良港饰云烟。
巍峨塔吊描风景,勤快渔民扯远帆。
碧水沙滩人喜笑,清风堤岸鸟啼欢。
灵龙度假逍遥去,乐享人生好自然。

西江月·秋意
寒意偎依秋月,孤鸿掠过云烟。芦花笑傲漫无边,画笔怎描深浅?
风起花香零落,叶飞满地缠绵。闲情山水醉无眠,怎奈甘心作茧。

鹊桥仙·大洋湾风情
胭脂浅抹,娥眉淡画,西子人间再遇。瑶池巧取水三千,真个是、伊人楚楚。
芳华闪烁,波光潋滟,满眼诗情倾注。春风拂面好逍遥,谁更问、桃源何处?

鹧鸪天·述秋
秋色方稠望远烟,多情犹自诉缠绵。莫言落叶弃尘世,却把相思种满园。
寻妙药,慕神仙。云山之上饮清泉。夜来最恼微风起,一捧星光潜入眠。

刘红艳

网名叶儿。乐于畅游文字,尤爱诗歌散文。作品多见于报纸、杂志、网络平台。

迎春花
野陌山间不染尘,永随梅蕊现君身。
金枝弄影千株秀,玉阙摇香万缕春。
肯寄冰心舒雅意,漫将傲骨写纯真。
何求富贵华堂进,乐报东风一岁新。

春雨
知时润物慢轻吟,风卷微寒湿满襟。

但使新芽舒望眼，犹思大地缀瑶林。
雨帷柔柳腰姿醉，珠溅琉璃梦幻心。
裁片春光潜入画，几分诗意几音寻。

咏黄山松

峭立悬崖居险峰，饱经凌辱乃从容。
虬根似钻寻泥土，墨干比龙竟世浓。
傲骨诚邀天下客，刚强不惧四时恭。
古来盛景仙风绕，最是骚人雅意悰。

夏日感吟

柔柳邀风映碧塘，摇莲绽蕊送幽香。
欣观锦鲤湖边醉，笑逐金蝉树上忙。
何处笙歌歌落窦，岂知蝶舞舞飞扬。
诗书一卷茗茶品，饮誉千杯窖酒尝。

夏日闲吟

满目葱茏夏日长，湖边喜聚好乘凉。
芙渠掩映金鱼梦，竹叶穿梭粉蝶妆。
踏舞千池迎秀色，邀歌一阕醉清香。
欢欣几许诗心动，乐伴春秋赋锦章。

夏日荷塘

绿柳飘摇榴蕊芳，沿循故道入银塘。
楼台水榭图形绘，雨恋池荷彩蝶忙。
几只雏鹅几多戏，一船稚子一歌扬。
鱼儿泡泡偷偷吐，鸟瞰流云默默翔。

忆故乡

昔日山村幸福多，童年如画一船歌。
春花绚烂云鱼戏，秋实飘香树鸟唆。
漫任青虾溪畔舞，堪怜嫩蕊手中挼。
而今纵有思乡意，无奈相期又复跎。

母亲节感怀

吮乳思源怎忘娘，韶华已逝爱滋长。
冬随冷月聊慈善，夏伴晨曦颂锦章。
咫尺犹言儿女苦，天涯只报福安康。
冰心一片谁人念，今欲酬恩孝悌扬。

风景这边独好

暑日炎炎沁水游，蝉歌一路鸟欢啾。
舜王坪上青山韵，柏树园中绿海舟。
犹有犁窝遮眼落，更怜玉案滴心流。
世间多少兴衰事，唯见翔飞不肯休。

破阵子·清明

野陌残英舞絮，苏堤绿柳摇枝。谪去新丝瑶草蔓，洗泪烟蒙踏雨谁。鹧鸪强忍悲。

二十虽生梦幻，三千欲死心离。掩泪荒原嘘冷暖，泣血坟茔声已凄。风来乱蝶迷。

踏莎行·春满珏山

翠竹青青，粉桃姣姣。凭栏太极丹河俏。一桥飞渡向中原，山城敢决天阍笑。

佛影依依，梵音袅袅。悠悠古寺云烟绕。珏山吐月几人观，双峰幸睹奇瑰妙。

注：珏山吐月是当地四大奇景之一。每到中秋，一轮明月从珏山双峰升起，只有天气晴朗，才能看到。

清平乐·雪

漫天玉蝶。恰似星鸾月。夜伴萧萧心采撷。傲骨梅枝竹叶。

情海绽蕊齐欢。春机欲放娇妍。醉似童来玩耍，闲如客至田园。

贺圣朝·清凉圣境五台山

五台圣境清凉地。松林叠翠。奇峰环拥，白云临塔，佛光霞醉。

文殊名甚，朝恭万里，赐恩求慧。暑来纷至，梵音普渡，听泉观媚。

朝中措·咏芦芽山

— 706 —

芦芽耸峙入云空。山壑有无中。瀑布溪流竞奏,仙台寺殿凌风。

珍禽异兽,药材宝库,佛现轮虹。欢眺万年冰洞,乐游荷叶坪茏。

注:佛现轮虹:雨后五彩斑斓的"芦芽佛光",状如"法轮";荷叶坪:指马仑草原,状似荷叶。

江城子·落花

也曾娇艳决高低,雨淋漓,任风欺。满地残红、零落尽东西。小径幽幽香冢乱,思黛玉,葬花时。

惜花长恨子规啼,梦相依,燕衔泥。惬意几何、晓梦恁凄凄。莫道光阴无觅处,勤自勉,踏春迷。

眼儿媚·惜春

寒雨无声溅娇柔。曲径暗香忧。衔泥垦草,云吞紫阁,雾锁朱楼。

惜春长怨春来早,何处唤春留。锦霞易老,满天离恨,一地哀愁。

虞美人(依韵李煜)

寒风冻雨何时了。惆怅知多少。无端落木掩苍穹。不觉云烟暮雪舞空中。

依稀演变情风在。瘦影航标改。问君能解几多愁?恰似长堤决口向东流。

卜算子·相思

风起暮云寒,叶卷秋山老。雁字回时更倚楼,霜鬓添多少。

菊盏已擎香,何处琴声缈。一种相思两处愁,此味谁知晓。

苏幕遮·记梦

水悠悠,云渺渺。一梦曾回,一梦曾回棹。何处雁声添懊恼。怕卷疏帘,怕卷疏帘晓。

叶潇潇,风袅袅。底事秋来,底事秋来早。一曲离殇音讯杳。酒入愁肠,酒入肠愁了。

刘洪成

江苏沭阳人,1949年11月出生,大专学历,中共党员,退休干部,中国老年书画研究会会员。2009年底从县供销合作总社退休,个人爱好学诗习字。近10年来,已出版《乡人杂咏》《乡人又吟》《乡人唱晚》诗集三册,现合订为《乡人晚晴集》,存诗800余首,又辑成《春事百咏》103首面世。每天坚持临写毛笔字2000个,十年如一日,从不辍笔,蜗行龟步,渐觉有进。

赴吴集贺友人许振涛兄新居

联袂相访步小楼,华居轮奂惹人讴。
草庐瓦舍几迁变,华盖穷途数排忧。
岁月坎坷犹砥砺,撑家垂暮效老牛。
白房还拆栖仙地,再起秋风不言愁。

赠友人述军打工10年归来

改革经济卷波涛,外出打工喜弄潮。
有志闯关操胜券,阖家合力赚钱钞。
沧桑十载他乡味,温饱三餐陌地漂。
晚景思归终是愿,故园难忘恋旧巢。

谢友人旭方兄改诗

点石感君助嫩芳,剪芜除稗耗时忙。
览文常摘近视镜,嵌玉多倾锦绣肠。
八斗高才留翰墨,三春盛意暖心房。
小诗不入时流眼,妙笔翻成着霓裳。

七秩周岁生日自度

七秩欣逢国庆华,同庚共岁乐无涯。
敬业册载勋劳少,练字十年笔法差。
俚韵三卷多俗语,平凡一生少疵瑕。
桑榆晚景结嘉友,满目辉光夕阳斜。

自诩学书法

十年犁砚寄情钟，迎霞伴月苦用功。
常临法书循古道，每从师友悟禅宗。
虚名浪得如泡影，桂冠难求是显荣。
腕底风云须砥砺，蜗行龟长越秋冬。

受聘记趣

职场归来倍觉荣，今朝复聘畅由衷。
白发重染充年少，穿戴常修妆嫩容。
动脑思题知愚笨，挥毫记数疏用功。
上班白领比儿辈，眼里耆翁不老松。

刘华

女，1968年生，山东滕州人，大专文化，中国烟草公司滕州卷烟厂退休。系滕州市诗词学会会员。曾在报刊发表诗词作品近100篇(首)。

七绝·春景有感

醉心花海扮花仙，芍药山樱绕翠烟。
无限春光请君赏，不负人间四月天。

七绝·清明思亲

清明时节忆双亲，悲痛难言泪湿巾。
梦里报恩常聚首，醒来似听语谆谆。

刘慧娟

女，网名傲雪花，大学学历，辽宁省彰武县人，就职于彰武县就业局。中国诗词研究会会员，古诗词爱好者。

五绝·思远

春去夏花开，枝头青杏小。
两三婉啭声，一对相思鸟。

七绝·雁归

今晨忽见雁归来，一片晴空万里开。
欲问何时化甘雨，春风替我把云裁。

七绝·春和

波平水绿柳如烟，一树红桃向晚天。
淡雅香风春气好，婆娑月下枕花眠。

七绝·春光

紫燕翻飞剪影忙，芸苔十里炫春光。
盈盈嫩蕊蜂频顾，一阵和风陌野香。

七绝·春

燕子呢喃去复回，鹅黄眉柳拂春台。
昨宵新雨悄然至，人面桃花各自猜。

七绝·说春

新燕呢喃语不休，翩翩剪影画江楼。
谁言春浅归时早？恰好东风染陌头。

七绝·春约

烟笼寒林盼燕回，去秋遗梦系云台，
别时折柳痕犹在，不见东风赴约来。

七绝·忆旧夏

雨打芭蕉惹旧思，苏桥水畔赋新词。
花间曾赏杯中月，不觉黎明滴露时。

刘际光

浙江文成人，1979年毕业于南田高中，爱好古诗词，文成县电视台工作。

改革开放40周年

一

改革开良策，市场经济隆。
繁荣新世界，国使上天宫。

二

政策似明灯，党群拧一绳。

初心建家国，共富上高层。

穿越地平线
凤鬶云霄外，龙翔踏月球。
眼帘繁景色，处处显风流。

家乡
一
翠袖抱河塘，鱼虾戏水忙。
天公开画境，游客复吾乡。

二
桃源佳境碧悠悠，鸟啭清音水镜流。
门巷革新辞旧貌，家乡蜕变耀神州。

三
车风拂煦皆生色，街巷宽平不染尘。
政惠民亲皆脸笑，楼台漆亮万家新。

新中国成立70周年
一
初心牢记脱贫穷，祖国萌生百事隆。
七秩年华新世态，良辰佳色正当空。

二
条纲理政世风新，围猎除魔靠众人。
撸袖拼搏功业举，万民讴咏励精神。

刘加美
女，山东潍坊诸城市人。中国楹联学会会员，山东省老干部诗词学会会员，山东省散文学会会员，潍坊市诗词学会会员，诸城市诗词楹联学会会员，诸城市作家协会会员。作品多在《潍坊日报》《诗词月刊》《东鲁诗词》《东鲁》等报刊及论坛等平台发表。

七绝·忆屈原（新韵）
端阳蜜粽手中包，寓意深长百味飘。
裹进层层屈子怨，一江苦水泛春潮。

七绝·晨醒后闻鸟鸣（新韵）
金雀临窗苦练功，清音入枕唤黎明。
声声促我今朝事，惜日如金不可轻。

七律·春意浓（新韵）
今借东风赴九天，满园春色焕新颜。
翩跹蝶舞枝头上，陶醉莺歌柳岸前。
诗意丛生描彩梦，情怀独放绽青笺。
常来墨客花中舞，泉涌文思弥大川。

七律·山城访友（新韵）
日月如梭步影匆，驱车问道会仁兄。
随师共赴九仙路，遇友同行五指峰。
令至寒冬天地远，时逢春意海河青。
今得贵友书相赠，诗意深深入暖冬。

渔歌子·春钓
草绿波清若镜明，小舟微荡橹轻轻。
垂玉线，扯银绳。风柔柳暖钓诗情。

浣溪沙·小院
小院幽幽香自来，凝窗巧遇蝶徘徊。
庄生晓梦惹谁猜。
几盏玲珑敷玉粉，一轮皎月挂琼台。
落花无语更思怀。

刘建锋
别名刘剑锋，笔名锋林斋，本科学历。就职于揭阳市政府机关；市政协委员，九三学社成员，广东省岭南诗社揭阳分社社员，揭阳市作协会员。左岸·诗词歌赋范诗员。热爱古典诗词创作，诗歌和散文阅读、朗诵爱好者。

过雁门关有寄
风挈遐情乐辙环,慕登玄岳吕梁山。
身临城阙听钲鼓,龙伏高原见觑颜。
镇戍兵戈巍险塞,御防突厥古雄关。
雁门扼隘驰诗卷,历尽沧桑赫九寰。

观看电视连续剧《于成龙》有感
临屏悟略北溟翁,显赫朝廷庶吏崇。
善政多行游宦海,洁身自守馔田菘。
暮年出仕平衙蠹,半世持公镇鬼雄。
太保兴廉名后记,清风是式雪泥鸿。

南京大屠杀国家公祭日有记
雪雨潇潇洒泪光,同胞卅万化灵墙。
铁蹄践躏山河破,魔魅侵虞骨肉亡。
牛首山头铭国耻,挹江门外忆家殇。
今朝警笛鸣雠忿,正义之师制霸强。

母亲节吟怀
追忆萱堂寸草鲜,羔羊跪乳宛当前。
丝丝眷爱几歆羡,每每愁情独挂牵。
昨夜劳叨成幻梦,今生报答已无缘。
遐遥星汉心潮起,借笔吟怀绪渺绵。

无题
依旧江流西复东,波澜起伏绪无穷。
抚心常问来时路,持笔孤怀往世风。
脑畔犹加萦脉缕,才情不足慕文雄。
祖先积玉君当惜,立德修身系素衷。

己亥端午遥奠诗祖
九歌千载唱,诗祖伴君山。
力挽危邦立,愁看众曲环。
楚辞存傲骨,湘水掩忠颜。
午节英魂祭,殷殷转脑间。

咏姜花
碧绿堆成玉蕊藏,几株攒簇暗流香。
花前叶下曾相识,採得辛根万户尝。

浪淘沙·纪念虎门销烟
昏腐起邪端。英寇横蛮。家园痛辱毒侵残。大难逼临嗟国耻,抗敌焚烟。
眺望粤江湾。山麓嵬然。烽台炮影锈斑斑。忠烈怨情魂宛在,功泽人寰。

刘建始
网名芦苇片语,中华诗词学会会员,天津市高中语文教师退休。大学学历,硕士学位。从上中学时就喜爱文学创作,曾经出版随笔集、语文与写作教学专著,并参编写作教材。自幼受家庭教育的影响,钟情于古典文学,好静善读,诵读古诗文,吸取其精华为我所用;注意观察生活,透视生活现象,把所得所思创作成现代诗、古体诗词,作品散见于一些报纸和网络平台。

五律·秋苇
我亦秋天苇,根生百谷旁。
曾经盈满绿,不觉尽枯黄。
老骨形神美,儒肌气脉芳。
啸歌诗酒伴,鹤立俏斜阳。

五律·光阴
灯晕初斜影,光阴一掷梭。
芳华惊逝水,往事迥烟波。
年少豪情放,苍颜婉约歌。
人生经砺炼,帆影远长河。

五律·田园劳作
夏日寻闲处,余兄耒菜畦。
锄苗无杂草,引水有洄溪。
筋骨疲离窍,香汗醉入泥。

田园留燕影，劳作亦痴迷。

五律·踏春

笛韵吹霞色，方舆遂绿茵。
谁边求鹊喜，何处看花新。
沽酒沿途酌，邀翁野景巡。
明天仍暖否？旷迥眷轻春。

七律·并蒂枯荷

芙蓉老去唱清歌，一曲花腔落藕河。
仲夏从容思咏少，深秋缱绻暖言多。
莲蓬风掠惊残雪，雀翅霜沾染俏荷。
我伴君陪相并蒂，扶携共侣漾春波。

七律·诗学寻梦

诗词里外自浮沉，炼字推敲复辨音。
几度梅花丹换骨，何时杨柳绿成林。
才微梦伴肌肤瘦，笔起声随律体斟。
两鬓秋霜途半路，不求功利乐凡心。

点绛唇

窗外春来，溪桥草色微微雨。小花萌吐。一笛吟风絮。稍伴轻寒，不碍晶无数。休辜负。明前慢煮。茗绿闻香趣。

虞美人

清风晨雨轻摇绿，窗外凉衔玉。凭栏远眺彩虹桥，人在斜曦晖里、衣妖娆。

浅春柳浪河深处，船舫归帆驻。巷门萧寂杏花开，思盼伊人回望、见瑶钗。

刘建雄

中华诗词学会会员，江西省诗词学会会员，赣南诗词楹联学会常务副会长兼秘书长。作品发表于《中华诗词》《诗刊》《江西诗词》《诗词月刊》等刊物。

暮秋马口生态公园

日照梅林暖，风和贡水清。
桨声遥古濑，芦影近红城。
芳草山幽邃，时花峡谷峥。
吾思桑海渡，尔棹泛舟程。

茶韵梅州雨

暮色一帘收，云浮半缕留。
风吹迎客树，日照接邻丘。
茶韵梅州雨，花香赣水流。
燕鸣归去处，还见月依楼。

春游三仙崇

三仙寻胜境，偕友乐登攀。
紫气萦深院，青云绕崇山。
远眸舒锦绣，近看亦斑斓。
独秀名遐迩，重光再复还。

西湖诗画

苏堤春晓瀛吴越，柳浪闻莺俏丽姿。
曲院通幽风荷举，断桥残雪赋新诗。
三潭印月云霓翠，花港观鱼碧浪痴。
宝石流霞遥锦塔，平湖秋月靓西施。

梅林樱正红

雨润梅林樱正红，风吹堤柳草茵蒙。
新晴喜见寻花影，佳日愁看去客匆。
天上雁飞心向北，江中鱼跃急归东。
撷来春色沾翰墨，芳艳柔枝画一丛。

题上堡客家梯田

一望上堡惜来迟，绿浪翻腾彩袖持。
层叠梯田流翠影，斜横山水秀疏枝。
清风缕缕稻香早，暑雨涓涓鱼美时。
又见乡园蜂蝶舞，且将画卷入新诗。

过埠游

过埠行舟响橹声,山乡美景满眸呈。
风吹鱼舞书新韵,雨润鸥飞叙旧情。
喜见荷香含笑靥,遥看鸟影合欢鸣。
波光潋滟迷人醉,高峡平湖万水泓。

石城印象

云缠石绕入城中,雅韵新词赋得工。
闽粤通衢琴水淼,东南崛起武夷雄。
一泓玉露通天寨,五色丹霞遍地红。
兰棹蓬船莲子采,客家灯彩映神宫。

刘建章

男,茂名南天诗社会员,笔名半瓶清水,山西潞城人。中华诗词学会、山西省诗词学会、长治市书法家协会会员,太行诗社副社长。喜爱格律诗词和书画,作品入编《中国当代诗词艺术家大辞典》等。

五律·和郭老《壶口瀑布》

峡谷吐狂云,浪腾若万钧。
黑涯悬瀑练,白雾映虹雯。
贯耳吞天宇,激情动地尘。
风光无限好,气壮后来人。

五律·七夕感怀

举首凉秋夜,长河绕灿星。
遥无执手景,似有泣嘤声。
天上痴情醉,人间惬意浓。
溟濛缘若在,岂忍剪红绳。

七绝·题《竹韵图》

拔地临风气浩然,裁云剪雨斗霜寒。
直节瘦骨凌霄外,碧玉一身尚自谦。

七绝·老同学聚会

己亥相逢酷暑时,容颜不再少华姿。
天南地北舒心话,笑怨春风浪漫迟。

七律·休闲拾趣

半看朝霞半看星,楚河汉界渐求精。
窗前伏案书中乐,笔下生花画里行。
三寸银屏观世道,一笺铁律畅人情。
勤耕不惰清闲累,忙碌之间已净灵。

七律·雨中山行

微风细雨润山间,问路石阶奋力攀。
雾漫苍丘萦爽气,花含玉露绽娇颜。
一声布谷惊田野,几缕清流落壑渊。
莫道前途无灿景,阴云散尽艳阳天。

鹧鸪天·观第四季诗词大赛

盛世春浓赤县新,银屏开岁送佳音。
欣逢四季群英会,又炫吟坛论剑人。
追远古,话当今。诗情染醉万家心。
长江后浪推前浪,尽展风华毓后昆。

清平乐·晨韵

披星漫步,踏破晨曦路。凛冽寒潮频拂树,残叶随风起舞。
南华舞曼歌欢,西郊剑醉拳酣。早市吆声问价,新城热火朝天。

刘结根

七律·农民工五首

(一)

夏种秋收忘苦辛,牵衣绕膝慰斯民。
已然一亩三分地,难养全家几口人。
山外繁华栖客梦,门前冷落系情亲。
还将汗水浇蛮力,岁末归来笑在春。

(二)

一张车票一行囊,别了山关别了娘。
老屋经年灯影短,劳薪始见笑声长。

掰掰手指争朝夕，拍拍衣襟抖雪霜。
盼得儿孙工作后，拼将首付买高房。

（三）
田地承包闲着慌，剩余劳力走他乡。
留将草帽随千里，卖去耕牛泪几行。
半夜不流三伏汗，一秋能挣万斤粮。
家中老少有鱼肉，祈愿年年更寿康。

（四）
过罢新年又出门，鸡鸣犬吠守晨昏。
工程尽力低头做，钞票开怀入手存。
累了呼天横一觉，闲来倒酒炒三盆。
平常日子平常想，自古勤劳是饱温。

（五）
背起行囊遍九州，脏衣黑汗帽遮头。
心随日月照儿女，脚踏风云笑马牛。
万丈高楼凭我建，千年宝殿问谁修。
长城不倒古今屹，几识秦皇一土丘？

刘金根

笔名林贤，上海人，1945年生。曾任宾馆质监经理，新普陀报通讯员，《北海》月刊主编，上海沪西工人文化宫艺术团团员、区小分队队长。毕业于上海金融专科学校。现为上海诗词学会会员，枫林诗社社委，春申诗词书画协会编辑，静安书法协会会员。

七律·广富林文化遗址
青峰白泖栖鸿雁，沧海桑田有巨篇。
考古彩陶三百片，断今沪渎四千年。
诗承唐代云间社，画继吴门海派源。
湮没辉煌根露土，宝莲出水动江天。

七律·沙溪人家
古镇街头遇此家，开轩面水见篷槎。
蜀桐翰墨为陈设，龙井青瓷可品茶。
笑问东人爱琴瑟，陪同在下弄胡笳。
寒喧如故心相印，偕奏江南茉莉花。

五律·锡惠公园阿炳墓
游苑起哀愁，悠悠一土丘。
可怜穷傲骨，曾有富吴讴。
九曲松涛愤，二泉天籁忧。
声声惊泽尔，荷叶泪难收。

五律·雨中游东湖
绵绵苦雨连，沥沥滴心田。
泼墨山如画，游湖水合天。
楚城拾余韵，溪涧听新泉。
不惜裘衣湿，眸中万物鲜。

七绝·竹节海棠
背绯面绿萤星叶，垂挂灯儿系竹枝。
红艳最宜朝露后，妖娆总在夕阳时。

候鸟族
旅雁凛秋南岛飞，来年春暖故乡回。
海鸥白浪西阳下，椰树金沙点素辉。

忆江南·徽城
徽城秀，黛瓦点金畴。翰墨霞坑书尚韵，石谭风物画其俦。兴会赋诗酬。

捣练子·乡演
春水绿，正农忙。歌舞一船送下乡。
宅地田头勤献艺，欢声笑语绕村庄。
湖色美，坝桥长。归去三车泥土香。
乡演情浓倾四野，星星纷至沓沙窗。

刘金林

笔名持戒留白，好在酒后，八部天龙

— 713 —

之持戒，老尹，老伊。山东菏泽人，一道诗艺社江西分社编委。中华、省、市诗词学会会员，中国钱币学会会员，江西省新余市作家协会会员。《江西诗声》《江西一道诗艺社》《星辰有声》《诗词选刊》编辑。现在供职于江西省新余市金融机构。

莺啼序
——记牺牲在川藏线、青藏线、新藏线的武警交通部队的勇士们！

新余夏蝉燥曲，见江舟飞渡。鹭鸶晚、锁阵中天，似诉阳雨相顾。古城外、山青锁黛，长江必定东流去。叹光辉岁月，换吾鬓霜如絮。

卅载戎装，天山纵马，卧雪何言苦。迎胡月、亘古苍凉，冰封儿女情愫。雀儿山、沟艰壑险，羌塘地、开天无户。战高原，甲胄最凉，不为金缕。

乱红落尽，半夏还生，荷碧塘边树。解甲后、牢记使命，不忘初心，不悔人生，不负军旅。江山多娇，英雄依旧，黄沙应记淹忠骨，忆当年、携笔乃从戎。豪情万丈，血浸战马谁知，多了几身尘土。

今生今世，不拾虚名，叹几曾野渡。未曾忘、牺牲无数。律己严人，人己依样，忠贞如故。殷勤正道，清明折柳，吾将哀思托飞雁，漫相思、难忘天涯路。我躬千里江南，相问今时，可曾酒否。

芰荷香
——己亥孟夏新余渝水罗坊雨淹
九门后天放大晴，借时记之！

水漫山。似天庭漏彻，恣雨狂溅。夜兼连日，满城街巷连澜。虐风飚悍，荡万顷、目极如烟。人在水中谋篇。苍茫一片，淹了州县。

且看横舟锁四野，有平民自发，军警救援。人间至味，军民团结如磐。雨风之后，任在肩、重建家园。总能一切如前。江南异客，试墨参禅。

雨中花慢·己亥端阳有记

今又经时端午，宿醉缠人，昨夜扶墙。但有这壶浑酒，敬了戎装。渝水新余，嘟嘟酒馆，玉液琼浆。恣当衣买醉，桃花染袂，为我天香。

三春不在，青丝倾鬓，好在酒后彷徨。且试墨、有心吟唱，却忘轻狂。谁记陈年旧事，天山月下羌塘。墓碑应在，慰安忠骨，不让天荒。

长亭怨慢

写不尽、万山如黛。亘古江南，异彩豪迈。蘸水文章，千秋江右似宗岱。赤心应在，持节操、休成害。江影一斜红，应是我、习书颜楷。

感慨。忆天涯勒马，只见时间飞快。催生白发，怎忘得、军歌天籁。绝不买、污欲焚身，决不卖、秽途惊骇。算空剩初心，难改洒家持戒。

水调歌头
——己亥初夏江右渝水咏羊有感！

问甚最难忘？酒助忆家乡。儿时多少童趣，归梦醉愁肠。昔日南园乐趣。苦了今朝铸句，哺笑少年狂。何言河豚鲜，负了豫东腔。

鲁西南，赶大集，去卖羊。爷爷肩上，心向羊肉泡馍香。不是见羊善感，却实相思难拒，今日赋心荒。踏月任吾去，焚剑祭高堂。

刘锦权

原籍广东省汕头市。从事教育，曾在香港经商。1983年移居法国巴黎。曾任龙吟诗社社长八年,华夏吟友欧洲联络部主任,中华诗词文化研究所研究员巴黎联络部主任。著有《刘锦权诗词选集》,主编《全球诗词选集》《全球名家诗词选集》。龙吟诗社名誉社长。

五绝·荷塘夜月

小立伫荷香,薰风笑语凉。
花缘怜月色,双照惜流光。

五绝·咏竹

迎风播玉音,霜雪未能侵。
俏立标高节,清幽见素心。

刘井海

种过地,打过工,教过书。现赋闲在家,爱好古诗词,自2015年起学习格律诗词,几年来,有多首诗词在《诗词月刊》《陕西诗词》《甘肃诗词》《贵州诗联》等省内外20多家纸刊刊出。

五律·母亲

恩情深似海,大爱重如山。
十月怀胎苦,一朝分娩艰。
针针鞋底纳,线线母心关。
乳汁沽无价,春晖可报还!

七律·松花江

源起天池育物华,奔腾不息浪淘沙。
春生桃讯千层玉,夏涌烟波万顷花。
八月蒲芦飘白絮,三冬冰镜映红霞。
松江水润平畴锦,梦入城乡百姓家。

七律·冼夫人诞辰有作

与汉联姻俚女贤,名垂青史颂千年。
三朝佐政抛肝胆,一世亲民定岭川。
大义舍儿疆域固,丹心为国口碑传。
今余荒冢英魂祭。禹甸长存巾帼篇。

七律·梁红玉

武略雄才集一身,忠心报国扫烟尘。
旗摇令动八千士,鼓响魂飞十万人。
老鹳河泥困金虏,黄天荡水记红巾。
中兴盛事书青史,禹甸流芳泣鬼神。

七律·黄鹤楼(新韵)

搁笔亭中思李白,难超崔颢叹其才。
蛇山有迹笺骚赋,楼壁留痕客雅怀。
历历晴川黄鹤影,悠悠楚水凤凰台。
传承国粹吟唐宋,半亩诗田种玉来。

七律·咏包拯

倒坐南衙断案神,流芳青史一铮臣。
忠心报国承先圣,孝义传家启后人。
有意秉公参腐吏,无情执法斩皇亲。
龙图永驻开封府,不朽丰碑万载春。

七律·读书不觉五更深

泛舟书海玉珠寻,唐宋诗篇醉到今。
黄鹤楼中黄鹤咏,凤凰台上凤凰吟。
苏怀赤壁词三国,杜颂祠堂律一心。
好句迷人浑忘我,痴情不觉五更深。

刘军

男,汉族,中华诗词学会会员。曾担任《诗刊》子曰诗社理事,新疆诗词学会常务理事,伊犁诗词学会会长兼秘书长,首部作品《沧浪集》。

水调歌头·夏庆

春酿杏花酒,夏饮旧农家。院中杨柳,依旧披满夕阳霞。又见瓜田桃李,还是当垆涤器,翠蔓绕篱笆。今夜结庐境,需煮一壶茶。

星天外,雨山前,月云涯。有朋来此,何必沉醉说琵琶。击节犹教歌劲,题跋能将室雅,年少数芳华。且做轻狂客,为使笔生花。

念奴娇·过乔尔玛

万山横渡,出云关,豁然锦绣空阔。草低牛羊随犬马,点点毡房近悦。红绿相间,青黄互染,远黛苍茫雪。蓝河百里,任由霞彩调色。

又在崖岸临风,曾经光影,尽被斑斓截。野径农门茶和酒,还记那年来歇。笛响人归,炊烟四起,一路飘摇叶。树犹如此,别时天上弦月。

高阳台·伊犁大西沟秋

霜裹妆红,霞披靥彩,云裁晖剪神工。白点毡庐,野村烟袅苍穹。万山已是橙黄染,黛绿间、栈道蟠龙。倚亭看,高峡斑斓,低谷朦胧。

牧归唱晚河流碧,欲随波逐目,寻岸萍踪。最想游仙,不知深处云穷。临风感旧秋声赋,近乡愁、闻笛秋浓。但回来、只见黄昏,不见飞鸿。

汉宫春·伊犁天山红花

春访乡间,看云舒陌上,绿野红花。凌波织锦,翩若仙子天涯。裁剪疏影,画中游、落雁平沙。曾有约、彩虹横断,登高尽染栖霞。

碧响风筝西角,已炊烟袅起,欲煮清茶。山前牧童寻问,遥指村斜。乌啼远出,犬声来,绕过青纱。房隐处、风吹杨柳,不知是那人家。

沁园春·伊犁油菜花

何处神游,天马人间,婉转画中。正仙来过海,云接浪起;霞披摇萼,妆扮烟笼。风韵清扬,霓裳轻摆,更与红装不愿同。凌波处,尽黄花飞雨,沾满萍踪。

落英层出惊鸿,引流彩芬芳想旧容。是细君有怨,鹄歌旷野;解忧无悔,白发苍穹。水绕乡关,山衔乔木,浩淼金粼潋滟浓。兴犹在,听鸥声鹤唳,夕下长空。

沁园春·桃园行

山在云边,村在烟中,水在戏蛙。入棘篱园圃,枝摇细叶,绿廊草径;蕾谢桠杈。锁住芳菲,等来春染,直到鸿惊雨后霞。寻常处、正丛中走过,笑靥生佳。

桃源漫野青纱。惜万木轻扬送夕斜。趁蓬门空角,拍栏问故;玉人犹旁,饮水思茶。无论奇才,何妨侠侣,把酒还品百姓家。应来此、有三生三世,十里桃花。

水龙吟·伊犁杏花谷

画开锦绣天颜,苍山潋滟飞花雨。洗妆笑靥,下凡盛宴,临风微步。雪色霜容,霞魂云魄,红娇绿妒。把霓裳裁了,神工鬼斧,淡妆抹、浓妆补。

好梦闻香先觉,做游仙、寻幽约侣。远来近悦,当垆才气,有溪萍聚。最想兰亭,流觞曲水,醉中吟序。且琴心隐野,子衿犹在,但为君故。

贺新郎·伊犁东湖桥

不见春风绿,见乡关、乌啼寒树,荒原游牧,忽听鸡声茅屋出,将过冰河玉路。回望眼、村烟野渚。我与青山相揖别,但青山却赠苍茫雨。送我者,万云翥。

纵然怀旧乡愁顾。约何人、东湖再吟,和诗答赋?桥上两相看不厌,惟有三湾九曲。曾领略、落霞孤鹜。只带一壶尘埃酒,唤琴书道友来年叙。雁未到,我先去。

刘乐青

江苏省丰县人,吉林建筑大学经济与管理学院建筑与土木工程(工程管理)硕士,酷爱诗词。

菩萨蛮·携二老游春

伊通河畔春光好,花红柳绿接芳草。二老兴致高,蹬阶步履矫。远观两岸碧,附身采苦荆,鹤发宛童真,儿女需尽心。

江城子·落花与杏

残红如雪漫天扬,尽消香,弃芬芳,花落成冢,魂断系愁肠。春去春来情已倦,留恋处,易成伤。

枝头青杏沐朝阳,顶蕾长,俏琳琅,三弄韵淡,脂粉为谁妆。待到当年七月末,一树醉,果满筐。

临江仙·春风

春风一夜过横塘,寒冬远地韵墒,冰消雪化汇成江。浮云荡漾,微雨抚棂窗。

柳甸朦胧薄烟罩,层林渐绿枝杨,千垅万陌待耕秧,韶华易逝,切莫辜负好时光。

刘立喜

男,南京人,QQ曾用名群主天涯人、天涯人,一生喜爱文学诗词。正是:独爱诗词十几年,如今作品有三千。天涯海角留随笔,好友佳人颂雅篇。

一剪梅·端午思郎

端午来临粽子香,屈原祭拜,百姓情藏。汨罗江畔楚歌扬,锣鼓喧天,翰墨思郎。

一代文豪赋九章,留下豪言,留下悲伤。一壶美酒愿君尝,看看龙舟,品品雄黄。

一剪梅·思春

欲为春天写首词,赞美雪花,赞美寒梅。满园春色晚霞知,醉了桃李,醉了山溪。三月江南景色怡,燕舞莺歌,蝶恋花姿?情郎此刻可相思?晓也春风?晓也苏堤?

念奴娇·念奴赞

念奴娇美,问世间谁比?唐朝人赞,歌似夜莺圆润醉。闭月羞花惊叹,落雁沉鱼,身如细柳。喜得君心乱?抚琴音雅。举杯邀月来伴,共享天上人间。流星直下,照亮长安段。玉兔翩翩来起舞,此刻云舒云卷。灯火辉煌,良辰美景。别怨声声慢,让人回味,梦醒时候天晚。

念奴娇·爱梅烦恼

寒梅傲雪,爱玲珑剔透,暗香多少?玉骨冰清谁不赞?等待雪融欢笑。君子无言?花姿百态。就怕春来早,落花如雨,眼前风景多好。踏雪时候寻梅,寒风刺骨,人把千枝讨。山路艰难无所谓,绿萼采来烦恼?鹊上枝头,来回乱叫。羞愧心情表,伤心回首,步移花下梅晓?

念奴娇·莫愁端午祭

夏来春去,叹桃花落尽,荷花含笑。浮叶满塘来点缀,杨柳如烟莲恼?蝴蝶翩翩,蜻蜓寂寞?都说江南好,莫愁风景,胜棋楼上喧闹。端午佳节来临,屈原思念,竞赛龙舟早?粽子几千湖面洒?水下鱼儿知晓?就怕伤君,敲锣打鼓。百姓心情表,千年今日,楚人谁会忘了?

念奴娇·端午祭拜

老天落泪,是为英雄否?屈原无语。天问九歌谁会唱?一曲离骚流露。爱国之人,可歌可泣。转眼千年去,汨罗江歇?看龙舟已争渡。百姓喊彩旗扬,年年祭拜,敲响震天鼓。大雨倾盆无所谓,衣湿心诚风住,谢了龙王,与君相伴。九章留下谁赋?

鼓笛令·莫愁湖记

一壶美酒谁同醉?把月邀,夜深人睡。阵阵清风浮叶戏,问蝴蝶,莫愁多媚?不晓马娘心累,气难消,莫愁湖坠。徐达伤心偷流泪。好无奈,佳人有备。

鼓笛令·花前月下

烛光透影佳人伴,美酒尝,抚琴君赞。月下花前多浪漫,没烦恼,芰荷香唤。携手莫愁湖畔,赏金莲,燕归梁晚。一对鸳鸯芙蓉叹,解花语,开心不断。

刘连茂

男,汉族,中共党员,大学文化。中华诗词学会会员,营口市诗词学会顾问,营口市诗词研究会常务副会长。盖州市诗词楹联学会顾问、原会长。主编《盖州诗词选》等多部诗集诗刊。

沁园春·天安门

经典朝门,国祚天安,华夏象征。立京城华表,龙翔犰望,皇家门阙,玉润金明。广场庄严,国旗壮美,纪念丰碑英烈铭。瞻画像,怀人民领袖,如仰徽星。

炎黄大业中兴,正继往开来万里程,忆开元大典,挺身新宇,强邦伟略,寄志长征。革故图新,同心鼎力,义勇雄歌鼓角鸣。九州奋,伴春雷蛰动,禹甸龙腾。

沁园春·长城

万里长城,百世丰碑,磅礴巨龙。忆春秋战国,中原逐鹿;秦朝帝业,华夏称雄。农牧分疆,弟兄对峙,民族共和天律钟。留胜迹,彰超玄智力,飘起大风。

秦砖汉瓦遗工。历风雨炎黄期大同。论秦皇汉帝,辛勤政事;金王元帅,激烈军功。漠北江南,金戈铁马,顺治入关弯月弓。天地转,喜共和国立,红日方东。

沁园春·天坛

浩荡皇权,安祚祈荣,尊地敬天。律天文道法,黄经子午;王朝祭祀,圣地神坛。星占量参,时维节令,构建巍然藏妙玄。皇家事,盼舟行水稳,丰稔延年。

文明遗产膺冠。瞻坛殿犹知天地原。保自然生态,风调雨顺;人文民主,潮阔帆悬。故国千秋,江山万里,贡献人寰使命肩。休逸豫,肇清平世界,你我相关。

沁园春·故宫

大国泱泱,帝阙皇皇,紫禁阃墙。看龙盘虎踞,森严殿宇;金雕玉砌,华丽厅堂。势著尊卑,权衡枢要,封建王朝法度量。风云涌,历旌旗变幻,不改苍黄。

雄鸡一唱晨旸,沐红日光辉照四方。赞故宫博馆,人民观赏;龙墩凤辇,黎庶风光。考证文明,研求奥物,素有夷人爱未央。开望眼,发登攀意志,揽月巡洋。

沁园春·纪念碑

矗立朝门,广场中央,庄重肃然。仰元尊擘笔,丰碑国纪,中华英烈,浩气神传。铭德追功,怀贤继志,大义长存天地间。筑悲壮,表承前启后,饮水思源。

如潮革命波澜。溯近代风云史卷连。忆虎门禁毒,武昌起义;五四呐喊,八一硝

718

烟。半壁救亡，全国解放，碧血丹心慷慨捐。励来者，奋中兴大业，昌盛轩辕。

沁园春·丰泽园

不住皇宫，不事奢华，圣地卧龙。仰颐年堂殿，开明古朴；菊香书屋，智慧和融。简约居宸，丰隆气象，笃信君王无此同。心神旷，若风云四海，朗日瞳瞳。

依然翠柏苍松，念浩荡胸怀盖世功。敬百科富学，书为世用；一生勤奋，身作邦躬。承天奉国，亲民鼎业，血荐轩辕天下公。似曾见，窗前灯亮，曙旭新东。

沁园春·人民大会堂

国厦鸿基，玉柱擎天，耀炳徽光。看巍然浩宇，神工别具；荣华装饰，异彩琳琅。拱斗明星，向阳丽霍，列宿厅堂特色彰。丹青绘，贵龙蛇题字，更著风光。

共和政体流芳，图大业中兴华夏昌。得乾坤气象，风云俱纳；人民意志，忧乐同当。民主潮流，文明时代，继往开来国是量。红旗舞，喜群英集会，举要维纲。

沁园春·香山

胜地名山，帝辟行宫，毓秀钟灵。阅香风红叶，绿筠紫气；碧云玉筝，晴雪银屏。廿四残观，双清别墅，知乐来青不老情。真兴甚，临洞天福地，浪漫峥嵘。

风流自有论评，数历代君王雅士名，看金元驻跸，风花雪月，明清游历，翰墨丹青。国榛衣冠，遗言奋斗，胜算雄中百万兵。慨吟颂，得人间正道，占领南京。

刘林森

网名水上飞，重庆人，汉语言文学专业，喜音乐、书法与辞赋，曾从事金融行政工作，时有诗词作品发表。

七律·新春奏鸣曲

飞鹰翱试报春来，北斗苍穹笑网开。
丝路欧非奔货列，游桥港澳绕蓬莱。
华为科技乾坤定，量子神通宇宙猜。
高铁欢歌迎盛世，梅花瑞雪颂英才。

七律·雪咏（新韵）

瑞雪丰年兆麦春，常将银絮化淞霖。
居高长守清白志，负重深知厚壮根。
润物悄悄输雨露，积冰艳艳载金樽。
万涓蓄势流开日，激荡江河卷雾云。

七律·自驾游苍穹

祝贺嫦娥四号登陆月背成功。

嫦娥潇洒入寒宫，盛宴吴刚酒桂同。
玉兔阴阳传美景，金蟾天地送银瞳。
琼光背影氤星海，朗月清辉映碧空。
待到雄狮圆梦日，游车自驾去苍穹。

七律·逛乡场

相邀同往逛乡场，一路轻车喜若狂。
座座农居连墅苑，条条村道植槐桑。
田头耕地开机器，径下斜坡放马羊。
集市成堆鲜活品，摊前摊后笑声昂。

七律·乡居春景

踏青顺道访农居，耀眼新颜赞有余。
村路直通琉瓦屋，轿车停放坝廊墟。
曾经废品抛沟底，现在微尘入桶舆。
瓜菜耕浇清绿色，柑梨桃李遍坡渠。

七律·慈母天恩

节庆年年忆至亲，此生总念母慈仁。
三餐美食精心煮，一罐煲汤注目频。
教读严威情似海，衲缝细致技超邻。
儿行塞外时牵挂，大爱天恩世代循。

七律·深空黑洞感吟
爱霍曾将黑洞猜,晕光环绕曜空来。
五洲巨匠苍穹手,一览微屏浩瀚台。
电气云风归玉宇,星辰日月化尘埃。
山川回望年华短,自当犁锄奋勇开。
注:爱霍特指爱因斯坦和霍金。

刘玲翠

女,1968年生,山西省介休市义安镇洪相村人。一名忠实的文学爱好者,喜欢诗词曲赋,孝义古城诗社会员。

【中吕】朝天子·也说苏轼和林逋
老苏,老逋,散曲人称诉。筑堤疏浚在西湖,鹤子梅妻墓。传世功名,诗书殷富,一朝皆入曲。史书,众书,骚客文人慕。

菩萨蛮·咏胜溪湖公园
胜溪湖景星罗布,山亭水榭相成趣。鱼跃与荷欢,鸭浮同苇闲。

绿深花径远,游客迟迟返。湖阔旷心神,林幽净世尘。

【双调】沉醉东风·汾河
放眼望波涛渺渺,临岸寻船影遥遥。漩涡翻,肥鱼跳,通南北一架虹桥。灌溉农田助富饶,雁鸣处人民笑了。

七律·石榴
农家小院石榴开,一树朝霞诱客来。
五月抬头花雅赏,中秋伸手果轻陪。
衣裙艳丽招蜂舞,香气芬芳引蝶徊。
多子多孙春满面,常存富贵笑紫腮。

五律·圆梦荷塘
年来心去处,结伴近荷塘。
思绪随花舞,秋波共水光。
娇姿茎叶嫩,并蒂玉苞芳。
外直中通立,偷偷送暗香。

【中吕】山坡羊·感怀张养浩
潼关如故,君身何处?当年怀古今禅悟。赈灾途,一声呼。艰难之地全心赴,参破功名民作主。恩,如父母;情,如父母。

刘茏嶓

曾用名刘渊博,笔名风吟无忌、泪瞳。1993年出生于陕西省咸阳市乾县。16岁因患尿毒症在家透析。2016年6月开始学习写作并成为中国诗歌网认证诗人,诗刊子曰诗社社员。佳作收录于巨型诗集《黄浦江诗潮》《古风新韵》《中国先锋作家诗人》《中国当代诗歌大辞典》。

四言·夜冬行(古体)
苦怜红梅,白雪疯追。
霜行十里,举念成堆。
一眼乾坤,卧景问樽。
离歌泣泪,九曲浮沉。
只影客骚,鸥梦狂豪。
苍穹一笔,四海成牢。
朵朵梨花,落地如沙。
参禅问道,处处为家?
瑟瑟寒风,晶晶玉冰。
影欲独醉,乱舞笑灯。
深更不寐,却弄残杯?
我心无愧,淡看轮回。
千里幽幽,草赋神州。
万身鹤羽,狂戏乡楼。
世不厌清,语不厌惊。
三生佛渡,五蕴皆空。

四言·雪中行(古体)
冬来飞雪，尽显骄形。
乾坤无色，四野成冰。
玉龙浅醉，枯叶笑归。
趣禅幽梦，骚影卧梅。
滚滚浮尘，杯杯惊魂。
琼花有泪，独孤赋音。
瑟瑟寒风，九州欲更。
六出舞弄，举步奔腾。
千花一酒，挥笔诉忧。
万佛一道，独坠烟楼。
意挽此冬，绝唱鹤踪。
倾闻妙语，几渡长空。
闭眸身追，孽世怎围？
山河不寐，梨花欲堆。
意不厌深，情不厌真。
请天共品，饮风夜寻。

四言·失题(古体)
月饮九愁，卧风解忧。
引君共曲，乱赋千秋。
无寐醉歌，独孤入河。
心吻诸叶，欲赛佛陀。
乾坤泱泱，吾身凉凉。
问空狂舞，四海离殇。
残花苦苦，寒霜步步。
寡酒妄行，与星同宿。
语恋深杯，再唱轮回。
今时楚泪，何以疯挥？
弱水不言，红尘之巅。
惊眸醒目，其影逐欢！
弦音弄柳，天籁绕楼。
情画玉钩，何以成囚？
魂不厌骚，形不厌妖。
苍穹未老，影笑天骄。

四言·惊觉(古体)
夜隐天道，月戏逍遥。
白水书罪，流风雅骚。
孽尘苦渡，银霜步步。
赤叶惊禅，佛倚枯木。
浮花有音，九曲绕林。
石亭醉卧，笑惹千坤。
普世成牢，谁敢为豪。
邀君几唱，四海狂涛。
一影般若，山河娑婆。
苍穹乱笔，万品皆佛。
举樽生怜，樽樽了缘！
与空痛饮，客寐人间。
寒月有忧，独孤在眸。
琵琶欲舞，身起烟楼。
情染八荒，五湖尽殇。
问卿何赋？九重可狂！

四言·歌行(古体)
倚树言殇，冷杯自凉。
残风苦步，月影惊慌。
百里寒霜，枯骨吟香。
莲前赋语，独孤弓藏。
青石雅卧，堕花向佛。
遥空一曲，楚泪蹉跎。
苍穹无涯，九重为家。
弱水求渡，欲惹流华。
云山之巅，四海成渊。
狂仙半饮，大道合欢。
轮回有痕，动我乾坤。
破世绝舞，浮屠万身。
古木怀音，悠舟禅林。
菩提自在，淡笑古今。
以骚鸣豪，人间逍遥。
以慰浑酒，醉挂鹏霄。

七绝·无题(新韵)
流风一曲曲风流，冷月玉杯花问愁。
浊酒偏怜亭下影，惊眸乱扰夜中忧。

七绝·无题(新韵)

痛饮寒樽半月空,吟风醉目楚歌浓。
流霜欲掩孽尘步,雁夜惊觉上九重。

七律·重九夜雨(新韵)

长夜倚窗观雨醉,黄花戏水几时归。
重阳泛酒无人对,寒露松庭有泪挥。
一曲哀歌苍昊坠,千联妙语九天飞。
不识梦里谪仙魅,怎晓红尘豪客悲。

五律·无题(新韵)

一语禅机洞,孽尘心自空。
万花观月舞,千叶倚霜鸣。
白水隐天道,绿山迎鹤形。
冷杯闻塞曲,寒椅醉秋风。

刘鲁宁

游乔家大院绣楼

一入斯楼倍怆神,朱门两道绝红尘。
年年院外桃花艳,多少深闺未识人!

忆旧

一帘细雨串成珠,几缕寒烟淡若无。
听尽秋声不思酒,轻轻哼起抚仙湖。

岁末夜乘公交有感而作

路灯清冷喇叭鸣,小站抛留人一行。
车上偶逢终过客,几多背影不分明。

灞桥

澹淡清波独倚楼,凉风十里灞陵秋。
时人莫折桥边柳,中有唐诗万缕愁。

与诗友游广富林公园

莺歌婉转柳风长,秋李夭桃竞斗芳。
细辨江南春味道,至纯莫过土泥香。

小院

山前多细雨,云外有人家。
小圃竹篱短,能围四季花。

夜宿仙客来坊度假园

清风立小亭,湖畔雨溟溟。
春夜本无色,蛙声一片青。

花园口决堤处

渡口伤难愈,林涛恨有声。
可怜大河水,本为济苍生。

推窗

推窗本无意,嘉木自多情。
满树梧桐叶,替人收雨声。

戊戌年雪日祭拜王右丞衣冠冢

野外空林静,诗人踏雪来。
寒枝千朵白,冢畔为谁开。

刘璐昌

退休中学高级教师。中华诗词学会、中国楹联学会会员,临淄诗词楹联学会副会长、《临淄诗词》主编,山东省老干部诗词学会《诗坛》编委。诗词曲联数百余散见《中华诗词》《中华辞赋》《中华散曲》《长白山诗词》等50多家诗刊。已出版《霜枫吟稿》诗词曲联集。

立夏

莺啼河岸柳,恋恋送春归。
荷蕾蜻蜓立,榴花火焰绯。
风熏摇蝶梦,雨落湿蔷薇。
绿水青山秀,心田诗韵飞。

游公泉峪
漱玉清泉石罅流,历经寒暑几春秋。
公泉书院晨钟邈,亚圣祠堂暮鼓休。
镌虎矩岩期佑福,进香龙庙乞无忧。
登临胜境心胸阔,山水灵魂一望收。

减字木兰花·太公湖赏春
　　惠风和畅,万紫千红春荡漾。草色初匀,浥露清芬不染尘。
　　蝶翾蜂闹,熙攘游人欣拍照。情侣相牵,漫步流连掬笑颜。

蝶恋花·诗友偕游潭溪山
　　莫遣山风来卷袖,叶绿花红,彩蝶游人逗。一碧澄潭云影瘦,莺声婉转鸣烟柳。
　　旧雨新知相聚首,敲韵雕虫,背个诗囊走。尽兴吟哦神抖擞,诗笺题上闲云岫。

五绝·题照
一泓留倩影,渌水映佳人。
岸柳摇金缕,莺啼千里春。

五律·春风
摇醒柳枝梦,吻开林苑花。
穿云衔雨露,巡野润桑麻。
拂晓敲窗语,黄昏逐日遐。
壮心图好景,浪迹走天涯。

五律·立夏
莺啼河岸柳,恋恋送春归。
荷蕾蜻蜓立,榴花火焰绯。
风熏摇蝶梦,雨落湿蔷薇。
绿水青山秀,心田诗韵飞。

七律·芒种
热风吹得麦秸黄,仲夏农家收获忙。
滚滚汗珠流浃背,隆隆机组唱归仓。
田园蠲赋丰收喜,乡寨脱贫酣梦香。
堆起金山囤尖鼓,千村万户笑声扬。

武陵春·赏春
　　三月家园花事好,枝上玉兰新。李白桃红不染尘,醉了看花人。
　　凝目纸鸢天上舞,童叟笑声频。更喜春风剪彩云,情切谢东君。

鹧鸪天·秋染太公湖
　　云水苍茫秋色妍,太公湖上阅斑斓。黄栌金菊赏心悦,白鹭银鸥逐浪翩。
　　风物美,意情绵,谁家翁媪喜游园。沙汀野鹜浮轻浪,落照桑榆霞满天。

浣溪沙·观太极拳晨练
　　太极拳功兴正赊,残星隐退旭初斜。广场翁媪展风华。
　　气畅人和心境好,身轻体健阵容佳。推云揽月襯朝霞。

刘茂林
　　1951年生,大专学历。诗词写作师从原天津大学教授高准(孤云)先生。作品曾多次在《中华诗词》《诗刊》《诗词百家》《诗词月刊》《诗词世界》《当代文人》《长白山诗词》等刊物发表。现为中华诗词学会会员、唐山市诗词学会会员。

五绝·夜读书怀
不叹朱颜改,苍苍两鬓霜。
雄心犹自砺,未肯负流光。

五绝·回雁阁远眺南岳诸峰
空留高阁在,不见雁飞来。

— 723 —

慰我登临意，云中岳色开。

七绝·迁安白羊峪古长城晚眺
莽莽群山带落晖，长龙遥共晚云飞。
感今思古襟怀壮，浩浩天风吹客衣。

七绝·晨抵岳阳
久为名楼牵梦长，山川飞度夜苍苍。
车行万里人来早，晓色朦胧到岳阳。

七绝·下榻庐山牯岭，推窗览胜喜赋一绝
伫望窗前何快哉！匡庐秀色眼中开。
白云不用人邀请，径自飘飞入室来。

七绝·合阳早行
夜宿合阳晨早行，出门犹见满天星。
食摊小店人勤苦，几处街头灯火明。

五律·山中听琴
琴声何处至？飘落碧山秋。
谡谡松风起，泠泠涧水流。
群芳争吐艳，百鸟竞啁啾。
不觉神飞越，云间十二楼。

五律·题古《江城送别图》
相送别南浦，层城俯大江。
秋风吹古渡，落日照离舲。
孤棹天涯远，两情流水长。
男儿家四海，不洒泪千行。

刘清天

男，网名梧树小刀，江西庐山市人，现居苏州，任职政府机关，夜雪归灯诗社社长，中华诗词学会会员。

咏庐山（四首）

一
匡庐远近带轻烟，山石清溪何旷然。
雨纵危亭仙瀑水，风疏白鹿旧园田。
当时圣手能谁记，是处冰心自史悬。
径卧残碑埋傲骨，已无椽笔话千年。

二
壮岁登庐志愈清，云崖倚碧啸奇声。
行逢大事身孤往，梦有微澜剑自鸣。
廿载无非趋或走，一肩依旧重和轻。
日怀旷达当舒意，不作搔头落寞情。

三
山到江南秀色重，树遮云岭翠华浓。
身居吴地归何日，心寄匡庐第几峰？
石上苔侵唐绝句，涧旁鹭过古青松。
最怜小女天真态，追我登阶总笑容。

四
双剑倚天出百里，千寻飞瀑落仙关。
烟霞初染浔阳水，野鹿时迷庐阜山。
太白遗诗游履过，陶潜漉酒挂冠还。
休疑帝子读书处，曾假清风亭半间。

咏浮萍
盈盈浅漾沐鲛珠，一世浮根滋水途。
因桨白翻鱼跃浪，随风青破月明湖。
春池翠拥渔娘鬓，夜雨魂销客子襦。
若是飘零江海去，前缘莫问有和无。

咏螃蟹
铁甲披身若武夫，遮拦不退振钳趋。
生居陂泽水湄处，死荐膏腴味上殊。
濡沫应惭燃豆者，羁穷谁共泣烘炉。
清风白浪曾行地，春色徐徐认碧湖。

岁末有感
弹指惊嗟岁又迁，几回思感说华年。

苦无先手千城涨,乐有同侪满座贤。
颁鬓未疏浮海梦,星眸欲赠索诗钱。
轻车向晚归何处,遥望香炉故里烟。

行香子两首

一

浩渺星空,幽寂岚峰。水天清、万叶初红。青山长好,绿酒谁同?有一江碧,一声啸,一乌篷。

古今过眼,天地来风。长江浪,滚滚流东。夕阳千丈,秋水双瞳。是人间客,花前露,雨中虹。

二

斗射虚空,光泻云中。剩风烟、江水流东。当年秦汉,怒马雕弓。已刀锋冷,歌尘散,草埋宫。

无穷天地,清酒衔钟。且吟归、枕卧清风。今宵何夕,月影闲笼。看清歌起,澄湖静,鹤从容。

水调歌头

天地无穷劫,我在劫生前。修经万万千千,又过亿年年。看罢秦天汉月,惯识虚光幻影,来去只随缘。心底有修竹,何处不南山?

歌钟会,兴灭易,有无间。迷徒遍地,谁得一枕独高眠。认得长江深意,归去姓名不记,唯酒且留连。今世为何世,人道似开元。

贺新郎

天地谁为友?看李杜、风流相竞,东坡诗酒。千载悠悠波涛去,谁执骚坛班首?遍多是、井中蛙守。独立高楼堪望远,问楚人、心似少年否?有何物,不枯朽?

繁华不敌流年瘦。欲归去、又归何处?飘零故旧。多少人间倚天剑,奔走堪为鹰狗。最应羡、青山垂袖。相看尽为尘世客,共谁人、六慧埋阡宙。对明月,酒何有?

念奴娇·步松雪楼主人韵

时空渺逸。欲纵身搏逐、云扶双翼。独上千峰回首处,大地苍茫疑惑。万古谁来,一窗月落,把多情描勒。空空如是,教人负手寂默。

浩荡鲸浪凭栏,秋风一夜,红尽江南色。白鹿匡庐谁笑骑,柯斧烂时顷刻。遍看黄花,醉听五鼓,休误青山敕。红炉温酒,听松涛,去天尺。

八声甘州

是无端一夜紧西风,扫却万枝青。奈关河寂寂,千门悄悄,去鸟孤零。别是伤怀顾我,犹作客衣程。窗有千年月,窥户无声。

说与兰衣知否,剩一腔心事,半世输赢。看人生如此,风雨不堪听。念何时,匡庐归去,见白云、依旧卧山陉。忘言也,牧耕南亩,一院繁苹。

水调歌头·咏怀兼寄同济敏江、苏大何峰、市院小贵三友

韶光掷几许,青鬓半消磨。金刚难破罗网,慷慨欲高歌。君自凌云意气,我有五湖襟抱,天地入杯螺。何不花前饮,醉去又如何?

浮沤客,世间事,曼陀罗。前身烽火一笑,醉在美人涡。万里星河闪烁,宇宙苍茫黑洞,谁可葬飞蛾?投置齐山酒,相对舞婆娑。

金缕曲·题图

— 725 —

我也飘零久。抚哀弦、街灯明暗，不堪回首。家计唯艰清贫尔，老去伤心时候。沦落处，凄凄独奏。冷冷萧萧无长物，只空盆、无语寒相守。此况味，与谁剖？

一二硬币谢君授。是灯火，是衣冠影，是人斗酒。何问儿孙居何处，自是营营糊口。感君顾、感君未走。冷暖人间多见惯，何蹙眉、何必频回首。黔首事，还知否？

注：应友人邀题冬夜街头老翁拉二胡卖艺图。

刘庆才

黑龙江省依安县人，生于1953年。1972年任依安县新屯乡直中学语文教师，曾多次获得县市级优秀教师，教学能手，优秀班主任，骨干教师，国家级学术论文等证书。于2013年退休。

七绝·七夕

王母娘娘毒逾蛇，银簪泛滥爱情隔。
网开一面鹊桥会，难掩封资鬼念佛！

七绝·忠骨英魂
悼邓世平老师

公平正义世难求，恪守何须怕断头？
忠骨英魂垂宇宙，挥毫蘸血写春秋！

七律·国父颂

英雄盖世数毛公，手揽乾坤日月星。
蒲扇轻摇房贼寇，旌旗漫卷拯苍生。
熊熊圣火千秋旺，熠熠宝书万代红。
纬地经天垂宇宙，华夏无处不春风！

七律·利剑

千层碧水掀浊浪，万里江陲窥寇洋。
十亿豪情炸雷吼！九州英气怒涛狂。
三江核导射嚣虎，四海激光照恶狼。
慈母挥戈发令箭，扬刀越马戍边疆。

七律·鸿雁

动物界中谁最强？能飞善泳智无疆。
畅游白浪水千丈，齐舞青天字一行。
巧展臂肩凭翼阔。工书肢体任人翔。
和谐平等福同享，急险危情难共当。

七律·伟人颂

远瞩高瞻为国筹，广施雨露润千秋。
四分五裂灵魂聚，二白一穷崇信修。
百病三山遁华夏，一星两弹震寰球。
豪情怒吼乾坤抖，血染江天竟自由！

刘球生

网名五月天，真名刘球生，1963年8月14日出生，安徽省铜陵市人，市五松诗词学会会员，曾经在中华诗词论坛九龙诗苑任常务管理，诗词曾在多家书刊发表。

倒句回文诗·春

娟红翠绿翠红娟，烟柳悠肩悠柳烟。
粉蝶蜂飞蜂蝶粉，连天景色景天连。

倒句回文诗·夏

荫林茂盛茂林荫，淋雨蛙鸣蛙雨淋，
绿树蝉音蝉树绿，吟风奏曲奏风吟。

倒句回文诗·秋

秋中赏月赏中秋，羞叶斑斓斑叶羞。
菊蕊金黄金蕊菊，稠霜雪白雪霜稠。

倒句回文诗·冬

风寒地冻地寒风，穹宇朦胧朦宇穹。
玉调冰枝冰调玉，红梅雪蕊雪梅红。

鹧鸪天·春夏秋冬
一展春容一柳烟,一番细雨一峰娟。一丘翠绿一林茂,一季莲花一夏妍。
一明月,一团圆,一秋稻谷一乡贤。一场瑞雪一霜冻,一树冰姿一景连。

玉楼春·咏春
一路和风花卉灿,一阵炸雷惊客窜,一湖泉水映天蓝,一树桃红琼蕊万。
一地油黄香两岸,一片娇容柔艳绽,一尘秀色织芳州,一季春情诗意满。

采桑子·咏秋
秋高秋爽秋明朗,秋谷金黄,秋果芬芳,秋月秋光秋桂香。
秋风秋雨秋霜白,秋菊飞扬,秋叶如阳,秋实秋盈秋满仓。

忆秦娥·深秋
寒风切。南翔雁叫霜如雪。霜如雪。层林尽染,丹枫飞蝶。
红榴甘果残阳血。篱边娇菊黄花烈。黄花烈。暗香盈袖,古今情结。

刘全忠
男,汉族,泽州县人,中共党员。中华词诗学会会员,中华当代文学学会会员,晋城市作家协会会员,晋城市诗词学会理事,泽州县诗词学会副会长秘书长,田风诗社社长。

高平陵川采风诗八首
一、七律·南崖宫
危崖壁上梵宫悬,问古何雕七彩缘。
原道仙家雯里聚,今兴骚客峭边蹭。
无心追逐逍遥梦,有爱痴情笃汗倦。
一片乡情身罂铄,云游洎此为真诠。

二、七律·红叶山庄
飘香园子岂何香,不是餐香不是芳。
一品茗茶甘露水,三樽佳酿玉荬汤。
馨蔬倩影娆长岸,①硕果娇姿膈小康。②
唯有乡愁饶庶惑,③冰心一片玉壶藏。

注:①指扶贫蔬菜大棚。
②指扶贫果园。
③指红叶山庄是扶贫企业。

三、五律·丈河改造工程
河绘蓝图展,苍茫云水间。
灾横成古事,虹坠变瑶颜。
绕寨西湖景,添园月亮湾。
游人游画里,诗韵化诗山。

四、五律·祖师顶道观
遥崖仰祖师,一步一阶诗。
句句登高句,痴痴入韵痴。
依依瞻绝顶,晔晔览仙姿。
倏忽心如悟,真神替庶思。

五、七律·南城区科技艺术园
霓霞一片落南城,惊诧农民艺世惊。
抓把春风排瀑布,舀瓢清水化龙行。
三根枯木千鱼跃,一块泥巴百凤鸣。
惹得吴刚眉紧锁,婵娟数万月宫倾。

六、五律·高平开化寺
踏暑云阶上,葱茏映碧身。
瞻庭腾紫气,仰殿塑琛神。
翰笔流雯墨,韶光绕壁皱。
蝉鸣迎客曲,鸟啭送骚宾。

七、七律·访羊头山炎帝文化圈
风尘一路谒先贤,举步沉沉仰祖天。
遥想开垦何足定,绮思辟地怎安然。

洪荒遍野田苗诊，病棘缠身草药研。
迥目文明承古辈，回车敲句涌诗泉。

八、七律·瞻炎帝陵

宏宇森森仰肃然，群骚列阵队旗旋。
香烟袅袅延华夏，壁画攸攸叙祖烟。
赤子寻根根执子，溪泉纳海海携泉。
炎黄一脉赢天下，叹赋中华九五巅。

刘仁山

湖南人，新邵白云诗社常务理事兼城中诗联协会会长、邵阳市诗联协会、湖南省诗词协会、中华诗词协会会员。作品散见于《白云诗词》《三梅诗选》《百家诗词》等书刊。

扶贫歌

扶贫解困凯歌扬，技术传承备特长。
固本强根抓重点，提神醒脑送良方。
临家入户培宏志，对症候群育锦章。
天道酬勤圆夙愿，迎来秀色叠芬芳。

退休闲悟

姊妹排行第一名，勤劳朴实受欢迎。
为民理事弘扬净，从政求方向往清。
四两香茶融日月，三盅浊酒度人生。
诗情画意常厮守，留得丹心照汗青。

茶饮夕阳斜

日送深秋烫脚丫，古城灼热聚人家。
高楼顶上清风缺，大树旁边暑气加。
犬摆舌头趴地躺，鸡摇翅膀靠篱笆。
空调白昼陪诗笔，一盏浓茶饮夕斜。

杨玮案代诉感怀

致大祥区张红兵法官

深秋烈日泛云烟，执法如山亮镜悬。
正义张墙分泾渭，公平了案察方圆。
仁心有爱开迷雾，铁面无私破惑缘。
一纸文书刚落地，四家息讼乐翻天。

七夕祭先人

中元祭祖接魂回，泪入砚池画愿陪。
爆竹烟花全可免，清茶淡酒不须推。
崇恩报德生前树，挚爱怀情逝后来。
旧节遗留兴大雅，新风续效誉瑶台。

诗情

红霞夕照古城天，夜幕初临凫倦连。
纵望邻郊生紫绿，横观远野冉白烟，
阳光渐暗山峰隐，宿燕刚栖屋角尖。
吟诗锦句用心嚼，乐把砚台摆枕边。

勤劳颂

秋阳似火气温高，半夜离家带把刀。
黑汗抽心浇绿被，红霞卷袖绕兰皋。
收回一担星和月，养大三栏马与羔。
子女开心缘父母，家庭致富靠勤劳。

农家乐

气爽秋高稻菽黄，丰收水果绽清香。
凉亭静坐名茶品，石桌闲聊美酒尝。
北调南腔哼一曲，伦巴探戈舞三厢。
荷塘戏钓沉浮月，艺笔柔描世俗霜。

鹧鸪天·七夕余话

天上人间七夕时，年年岁岁会无疑。
相思几度穿心痛，暗恋何曾拉手随。
情漫漫，意期期，归身恨返怨雷池。
鹊桥一见双唇许，欲等团圆不愿离。

咏石

临屏国画古时留，纵是玩家自可酬。

玉透红霞传吉庆，形储紫气带金流。
深黄彩化如元宝，浅表柔光似漆油。
赏析心花插宇宙，文吟意境播环球。

刘日泽

浙江文成人，刘伯温22世裔孙。国际民俗学会中国分会会员，浙江省儒学学会会员，温州市文艺家学会会员，温州市刘基文化研究会副会长，文成县作家协会、诗词协会会员，2013年，由中国文艺出版社出版了《散写刘伯温》一书。

七绝·耕雨图
谷雨朦胧融冻土，桃花源处鸟相呼。
村夫蓑笠忙农事，手握犁铧牛作图。

七绝·旧居
杉材柱子竹黎房，满院青藤绕古墙。
眉刻山河芳草地，梁雕日月凤鸾翔。

七绝·山居
独居山野满庭珊，野兔山鸡自放欢。
桃李不沾骚臭气，春风吻出满坡兰。

七律·园丁赞
厮守教坛耕不休，终身苗圃写春秋。
黑头育蕾许心愿，白发耕耘志未酬。
丹桂飘香开泰韵，梅花傲雪庆丰收。
国家设立教师节，重教尊师有奔头。

七律·雷雨夜
战鼓隆隆号角促，苍穹滚滚战旗虓。
遥望黑夜任雷劈，独坐楼台凭雨敲。
高处风犹嘶骏马，低洼水似跃龙蛟。
鸣金息鼓收兵戟，皓月疏星挂树梢。

七律·谒刘伯温墓
千秋人杰魂归去，大地悲哀五岳惊。
秀水名山风水地，文臣策士永眠茔。
青山有幸埋忠骨，黄土无情葬落英。
访旧踪荒芜草舍，读诗文满腹怡情。

七律·钱江观潮
倒海翻江孤胆寒，腾云驾雾气吞丹。
波涛汹涌寰球震，宾客云挤大地欢。
吐雾吞云龙出海，喷珠溅玉澜投滩。
横江素练潮成线，海宁盐官怒倒湍。

刘瑞麟

江西省赣州市赣县区人，退休教师，中华诗词学会会员，香港诗词学会会员，中国诗歌报创作二室副主编。至今已在全国报刊和文学网刊上发表格律诗词二千余首，且经常荣获各种赛事奖项。所写诗词被收入《诗意人间》《诗雅香江》《中国当代诗歌大辞典》等大型丛书。

鹧鸪天·春韵
十里桃花又绽红，蜂飞蝶舞喜相逢。
溪塘清澈鸭鹅闹，杨柳轻盈鹂燕疯。
风暖暖，雨蒙蒙，农家垄野大忙中。
穿簑戴笠翻耕紧，因那秧苗长得凶。

长相思·清明
父刚强，母善良。生不逢时先后亡，艰辛一世忙。
有了裳，有了粮。常忆双亲欲断肠。清明犹泪狂。

点绛唇·故乡
贡水江边，故乡居有家千户。良田万亩，岸绿葱茏树。
瓜果之乡，四季芬芳吐。家家富。小

康同步。共把前程赴。

浣溪沙·暮春赏樱

又到今年樱艳时,花红十里秀风姿。清香弥漫令人痴。

周末晴天江畔去,万千游客美滋滋。春光如画共吟诗。

占春芳·樱艳贡江岸

蜂蝶舞,莺鹂唱,贡水岸春浓。十里樱花初绽,似铺满地霞红。

赏景客相逢。八方来、难得其中。每年三月欣相会,留下芳踪。

酒泉子·回味西欧行

万里归来。回味旅程高兴。览平原,观雪景。吃洋排。

北京冬赴西欧境。瑞士山崖登顶。坐飞机,乘快艇。畅心怀。

踏莎行·踏青贡江岸樱花公园

绿树葱茏,红花争艳,江廊十里春光泛。莺歌燕舞蝶蜂忙,樱园美景天工染。

践约怡情,踏青了憾。八方游客同浏览。双双情侣笑声甜,妪翁稚小相携瞰。

醉花阴·闲话人生

人生谁能无痛苦。挫折常为伍。刀锉露锋芒,人挫刚强,何惧经风雨。

百折不挠堪良素。强者成威虎。锦绣蓄心中,勇向前行,不把韶华负。

喝火令·春韵无穷

野草江边绿,桃花岸畔红。柳枝芳翠恋东风。春水一江流淌,年岁逝匆匆。

紫燕长空舞,歌莺树上疯。蝶蜂勤奋觅香踪。雨也时来,雨也助年丰。雨也顺添人意,世景美无穷。

眼儿媚·春色赋

三月阳春醉迷人。杨柳色清新。桃花吐艳,李花泛白,草叶无尘。

小桥流水欢声起,鹅鸭闹溪滨。秧田呈绿,林莺鸣啭,江燕逡巡。

刘瑞琴

网名芮雪。河北省宽城满族自治县人,中共党员,教师,高职。现已退休。承德市诗词楹联学会会员,宽城县作家协会会员,作品分别在县机关报《今日宽城》、内部刊物《天女木兰》纸刊上有发表。部分诗词散见于微刊。

七绝·咏菊

凌霜傲雪仲冬飘,隽美多姿分外娆。
益寿延年皆耐用,古今尤爱似天娇。

七绝·高考

学生考试笔耕忙,仔细答题莫乱慌。
家长心情急切切,但求学子中荣光。

七绝·环城景观

环城绿带绕街边,湖里荷花映绿川。
鸭子河中嬉戏水,儿童长者坝前观。

七律·诗友见阿翁

红尘墨客会阿公,相聚皆因志趣同。
老友谈诗说宋韵,新人论曲道唐风。
开怀对酒群芳醉,见面评茶百味浓。
日落情舒还未尽,惜别难舍恋贤兄。

七律·咏樱桃

漫步家乡荡暖风,新枝绿叶果实成。
垂髫树下先尝味,老妪窗前入眼盈。
串串压枝披锦绣,颗颗穿叶透玲玲。
品尝一口醉儿齿,暂短长留一段情。

七律·祝贺承德楹联协会成立30周年兼赠姚会长

卅载耕耘不记年,迎来紫塞艳阳天。
诗歌热土悠长韵,词诵山庄永久篇。
阆苑花妍争异彩,楹联曲妙更和弦。
波涛浪涌苍穹阔,赋予豪情万里川。

七律·父亲节忆父亲

儿时父亲告良言,处事为人礼貌端。
简朴操家心常念,嗜毒害己色不沾。
今朝勿恋功名利,他日更需手脚安。
肺腑之声铭记耳,悲伤万痛悼前贤。

七律·登文笔峰观景

山高林密彩云飘,兴致淋漓把友邀。
街道纵横楼耸立,草花层叠景招摇。
举头坐看西园塔,极目远瞻东瀑桥。
碧水蓝天文笔赞,祈求魅力助人骁。

刘声尧

贺新郎·蒲公英

绿意芊芊卷。负春华,野坡萧瑟,此情难遣。流翠绣茵牵梦远,晓露着眉犹泫。过秋雁,素衣分茧。伞翻飘零人不识,化琼英、消尽泥深浅。方寸事,几曾展。

花开寂寞非凡显。数花期,春秋又夏,时芳都扁。魏紫姚红称富贵,幻梦逝如云犬。逢岁暮,冰霜难免。洗净浮名轻似羽,播清尘、何处不成典?重振翼,任风剪。

金缕曲·野菊

野菊当秋季。叹孤零,墟边泽畔,浅黄初试。节物已迟同寒雁,静委芳心似水。清瘦影,层层扶起。冷露馨香沉入土,与枯枝、白草差相似。焉许及,魏家紫。

天香国色谈何易。任霜欺,蛾眉淡扫,莲兄梅弟。纵是山穷云起处,依约武陵源里。笑寂寞,名园不记。一径藩篱收逸兴,数花朝、懒与争春意。谁会得,晏如字?

贺新郎·重读《沁园春·雪》

我把丹青启。读江山,银蛇腊象,红峥素迤。万里乾坤清世界,多少寒艰堆积。怎禁得、炎凉泰否。雪炼成冰冰化水,又凝酥,絮落春天里。勃也忽,周而始。

当年窑对云开霁。许民主,壶浆尽望,旌旗雄起。长夜鸡鸣天下白,九牧风行一纸。丽日下、几多悲喜。摸石过河须浩气,撇正途、北辙南辕耳。镌二字,初心只。

刘胜洪

女,笔名鑫雨、摇花,浙江嵊州人。早先从事美声专业,退休于青海省检察院。2016年起自学古诗词,现为中华诗词学会会员、浙江省诗联学会会员、浙江省三江口诗社社员、浙西词社社员、上海市诗社社员。作品散见有关报刊。

七绝·油菜花

无名花卉沐春风,修得金身何与同。
不羡芳菲原自傲,香囊一鼓胜千红。

七绝·夕照
几叶扁舟两岸山，斜阳西下恋乡关。
一声欸乃渔歌荡，摇碎波光金水湾。

七绝·新春吟梅
千里闻香岁旦时，东风欲意逗妍枝。
元章借得芳魂墨，休问林逋醉若痴。

七律·冬日双溪江
冉冉初阳远岫融，琼枝玉树对苍穹。
潺湲溪水三清色，潋滟波光万道红。
画里诗情娱晚照，诗间画趣慰方瞳。
莫非误入蓬莱境，忘却寒冬冽冽风。
注：为一组获奖摄影作品题诗。

七律·观徐渭题墨葡萄图感怀
泪烛沉吟旷世藤，墨香萦绕韵相承。
百般滋味千人品，万缕神思独自兴。
纠结莫非风曳去，从容可引愿升腾。
颠狂造就凌云志，冷漠犹如碧水冰。

七律·岁杪感怀
独倚栏杆眼一双，韶光留影入芸窗。
回眸旧曲时三秒，润笔新词墨半缸。
不计凄凉催白鬓，却抛愁怅付长江。
渔樵对答何人解，尽诉初心各自腔。

鹧鸪天·登天姥
雨霁晴和柳月天，峻峰迷眼尽萦牵。
青梯盘绕云如海，绝壁通幽步逐烟。
寻北斗，听清泉。临风更觉动心弦。
敲山木屐思灵运，留别行吟念谪仙。

雨霖铃·冬日诉怀
琼妃笼月。正江南冷，一水寒彻。烟波十里迢递，方愁绪起，伶仃凄绝。望断云天泪眼，又梅笛凝咽。且莫问、千缕柔情，满腹心香与谁说？无言岁月伤离别。更频添白发犹如雪。回眸梦里娇影，曾记否、百般情切。已是经年，唯念梨花细雨时节。却纵有、斜日匆匆，怎解相思结？

刘诗玉

武宁县诗词联学会会员，作品获过各类奖。

题西海楼
西海崖头开景点，倚山傍水镇峰峦。
蜃楼巍巍威八面，湖面涟漪荡九滩。
步步登高心旷远，层层眺远眼儿宽。
匠心巧挹风光聚，唯我独享览大观。

求学的心境
本是田园一草根，休云错诞在农村。
胸中无墨心坚定，不怕失颜怕失魂。

夜景点缀城廊美
一湾秀水绕城廊，两岸娇容巧弄妆。
夜景妖娆如海市，人间哪有此天堂？

登西海楼
步步攀爬西海楼，登高望远景全收。
斜阳勾勒图无比，好个武宁生态牛！

千年道场太平山
先师开拓钟灵地，圣境由来香火昌。
灵应自然恩四海，神光普照佑十方。
明时仁政温馨好，盛世黎民奉道狂。
信仰虔诚当爱国，悟通慧典做忠良。

神州似画卷
览罢春光赏夏光，苍穹缀就画长廊。
田园处处青波荡，峻岭层层翠绿彰。
一片葱笼呈锦绣，数篇赞语著华章。

地灵人杰天开运，六合祥和好景扬。

雾罩云外天

雾幕徐徐难见天，闲遛狭道不知前。
小心举足高低探，咫尺之遥步似莲。

雨后黄昏

雨后斜阳铺半天，晚霞深处绕青烟。
群峰隐若荷莲现，如画如图好彩笺。

刘士光

　　河北秦皇岛人，经历知青、开滦矿工，河北科技师范学院退休，退休前任机电系系主任，计算机专业教授，爱好写作，作品发表于《诗词选刊》《秦皇岛晚报》《视听之友》等。获第六届中外诗歌散文邀请赛一等奖。

七绝·怀念母亲

每忆娘亲夜不眠，回眸往事泪潸然。
家贫未忘儿孙教，体弱还撑半个天。

七律·难忘的知青岁月（新韵）

学业中途赴远乡，酸甜苦辣复经霜。
男疲女瘦身乏力，菜素粥稀腹忍荒。
物质奇缺空叹水，精神饱满尚流光。
谁言岁月蹉跎度？意志坚贞可比钢。

七律·难忘的矿工岁月

回城无奈赴开滦，职业生涯苦万般。
潮矮煤层身委顿，深幽巷道体疲酸。
乌金滚滚承希冀，捷报频频载悦欢。
练就矿工情与志，九天揽月有何难？

七律·难忘的高考

中华丁巳响惊雷，高考无踪重复回。
金榜提名工友赞，爱妻选布母亲裁。
分分知识书相伴，寸寸光阴本作陪。
毕业经年膺教授，感恩先圣定音催。

七律·秋风到山乡

秋风瑟瑟吻山岗，暑气稍消早晚凉。
凄切寒蝉鸣暮日，欢腾鹂鸟唱朝阳。
远观苹果层层绿，近看京梨个个黄。
满目斑斓皆壮景，精神抖擞涌文章。

七律·国庆 70 周年感怀

风雨兼程七十秋，中华巨变震全球。
高能天眼追星望，精密飞船探月游。
通讯领先仇恐惧，军工超越敌烦忧。
民殷国盛长城固，难怪强权已恼羞。

鹧鸪天·建党 98 周年感怀

　　党领航程近百年，救民水火挽狂澜。驱倭捣蒋书奇迹，辟地开天谱伟篇。
　　过万水，越千山，辉煌成就五洲欢。初心使命牢牢记，气正风清梦定圆。

满江红·庆祝新中国成立 70 周年

　　成就恢弘，环球瞩，五洲同庆。跨险阻，斩妖除恶，战之皆胜。经济腾飞魑魅惧，科研猛进宾朋咏。记初心，国富惠民生，持廉政。
　　灯塔照，旗手领。繁船渡，千帆竞。再启征程远，追逐前景。过往辉煌生底气，未来灿烂成号令。披荆棘、又砥砺前行，攀峰顶。

刘树靖

　　男，汉族，1948 年生，江苏邳州人。原新疆呼图壁县委史志办公室主任，副编审职称。大专文化，中共党员。系中华诗词学会、中外散文诗研究会、中国楹联学会会员，中华诗词文化研究所研究员，中国作家协会新疆分会会员，新疆诗词学会、新疆楹联学会常务理事，昌吉回族自治州诗词学会副会长，呼图壁诗词学会名誉会长，原《景化诗词》主编。出版散文诗集《剽悍的西部》及《蓝色潮汐》《教坛偶得》《史志研究文选》等专著4部70万字。主编出版《呼图壁人物春秋》《呼图壁县志评论集》《香港百年祭》《呼图壁文艺1999特刊》等书多部。在《诗刊》《中华诗词》等百余家报刊发表诗词赋联千余首（篇），其中获全国诗赋联大奖80余次。2008~2017年曾8次获中国楹联学会中国对联创作奖。2011年11月，《太白山赋》获陕西"宝鸡赋"全国诗赋大赛一等奖及中华诗词学会第五届华夏诗词奖。

七律·戊戌年四月廿九日凌晨初醒，听鸟语于榻

欲晓东方天未明，忽闻窗口鸟声声。
几回梦里只留影，屡次眸前不见星。
尚记当年春正好，偶逢今日语曾经。
长音卷舌撩人耳，恰似萱我唤小名。

七律·戊戌年四月三十日昌吉州老年书画协会

第二期诗联培训班结业后8学员宴请老师有感。

师徒都是白头翁，上座居尊受宠荣。
大鲤鱼香平仄韵，鲜羊肉炖梦魂通。
诗联屡有新奇句，酒菜咸无假大空。
椿芥风流谁解得？唯余漠北老梧桐。

七律·戊戌年父亲节

女儿、儿媳赍衣物贺之，其中长女一枚重千克银质纪念币尤为钟爱，爰诗以记之。

女儿挽我上层楼，银币流光松鹤收。
我做人严人奉月，人为我父我无钩。
终生愧对椿萱老，始至方知天姥羞。
每到灵前含泪诉，子规不解尔心愁。

七律·拜读天山

山老平和总向阳，未因天险远离香。
雪莲蕊恋桃花雨，林海涛掀汗马缰。
共绘宏图犹有味，偶成妙句即无霜。
龙腾何似今朝盛，同驭东风又引吭。

七律·再读天山

剑影参差气自豪，雪峰峻伟入云霄。
肥肌妩媚凭谁取，瘦骨嶙峋任我描。
玉宇临渊怜曲径，银辉吻鼎惧宏槽。
犹思八骏旌挥烈，何碍冰川左右挠。

金缕曲·丁酉端阳于汨罗有作

乍见灵均杰，更那堪、面容憔悴，仰天悲彻。沧淼江波帆渐远，怨怼难平烟灭。经把晤、初心剀切。爱国何须沉水去，况云雷、正卷奸臣绝。言未尽，子鸣咽。

先贤赤胆身名裂。向河梁、纵身一跃，词仙长诀。江水萧萧西风冷，昊宇云翻如雪。回首叫、千呼未歇。一片孤舟知何往，恨古今、但少冲天血。忧与愤，酹江月。

八声甘州·故里怀旧

故里江苏邳州，河流纵横似网，田园秀美如绮，民风淳厚若酒，一别30余载，令人难以忘怀矣！

恰耕牛号子贯东湖①，风筝驭天罡。看云杉拂柳，涓涓流水，环绕桃梁。银杏②无垠浓绿，情语话仙乡。犹醉拉魂调③，神采飞扬。

腊月忙乎玩会④，更争敲锣鼓，排练

南场。有高跷狮子,竹马舞街坊。独钟情、指星过月⑤,捉小鸡、鹞子逞凶狂⑥。甜甜事、似斟佳酿,余味幽长。

注:①东湖,邳州人俗称称广袤的田野为湖;东湖,即东面的广阔田野。

②邳州为全国银杏之乡,全国十大银杏基地之一。

③拉魂调,即邳州地方剧种柳琴戏。

④玩会,邳州人称跑春会为玩会,每年正月初二至初八为约定俗成的跑春会日子,最长可延续到正月十五,各自然村组织的社火如舞狮子、撑旱船、跳秧歌、挑花篮子、舞长龙、走高跷、唱快板、打连花鼓子、跳花鼓等文艺节目,以锣鼓、彩旗为媒介,互和连通演出,场面隆重,热闹非凡。

⑤、⑥均为一种儿童游戏。

凤凰台上忆吹箫·元宵夜赏灯

风醉何天,壮魂斯日,艳流犹送情思。忆画屏卓尔,共赋琼枝。还逗金猴雅趣,迎月看、凤鬻龙驰。如今是、华灯对照,暖意谁知?

当时,丽人继踵,潮水任东西,乐岁从兹。叹武林台上,高手雄辞。唯有花开灵秀,迷恋处、琴瑟迟迟。同歌罢,从头又来,彩出情痴。

刘双燕

女,满族,生于1968年,农民,河北省承德市宽城满族自治县人。燕京诗苑学会会员,承德市诗词楹联学会会员,今日宽城、天女木兰学会会员。诗词发表在《承德诗词》《今日宽城》《天女木兰》报纸等报刊。

七律·庆祝建国70周年

曦晖旭日明华夏,璀璨群星照丽城。
水秀山青春景美,风调雨顺岁年丰。
豪情壮志同圆梦,国泰民安百业兴。
社稷升平康盛世,人民奋进好前程。

七律·春耕

丽日温和煦暖天,东风解冻淡云鲜。
层林染翠添淑色,大地增辉绕碧岚。
沃野农人忙种地,高枝喜鹊催耕田。
山河溢彩春芳好,百卉馨香旷宇间。

七律·暖春

春和景丽沐东风,众卉娇妍嫩草明。
簇簇青山呈溢彩,涓涓细水更澄清。
繁花似锦皆春色,大麦芃芃覆陇塍。
墨客挥毫描美景,田翁举耜向田中。

七律·春天

东风浩荡满乾坤,暖日融和岁月新。
万壑千山青色秀,川泽浩瀚碧粼粼。
园中绚丽花齐放,岸畔葱青柳成荫。
俊采琴音飞绿野,舟人缕曲溢乡村。

七律·咏荷花

和风夏日热炎炎,沃野清香蓊稻田。
草木葳蕤峰壑秀,池塘雨细馥芳莲。
芳姿妩媚如珠玉,碧叶蓁蓁似月圆。
菡萏娇容迷客醉,温馨邈远令人酣。

刘顺才

年轻时参军到新疆喀什卫星测控站,如今花甲之年,仍笔耕不辍,在《秦风》上多次发表过作品。其作品贴近生活、贴近现实,以绝句见长。

七绝·入喀什站战友群有感(新韵)

相逢疏勒亦前缘,共勉踪星岂偶然。
解甲一别音信杳,依稀旧侣梦魂牵。

战友古城聚会,七绝两首(新韵)

(一)

年少豪情赴碱滩,几经风雨骨更坚。
峥嵘岁月同逐梦,矢志丹心献九天。

(二)

一曲骊歌路几千，天涯海角更情牵。
开樽祝酒频宽慰，追忆同盘话月圆。

题李萍摄喀什站新址照
(一)
戎马征程亦壮哉，柳营美景小蓬莱。
千红万紫丹青树，尽是刘郎去后栽。

(二)
千载流芳郭隗台，蒺藜沙上野花开。
冰心一片荣青史，雨打风吹卷土来。

戍士·七绝
西出阳关到汉城，苍山清瘦险峰横。
惊风击面黄沙起，战士巡边金石声。

和盛英七律《冒雨会诗友》
萍水相逢瀚墨缘，长安索句韵翩翩。
昭文笔落惊风雨，润墨书成动水天。
寒舍品茶谈古朴，小楼赏曲话新鲜。
诗怀如海忠肝照，百尺竿头更向前。

七律·喀什航天卫星测控站建站50周年
丽史光阴五十年，航天涉道步回阡。
横刀大漠寒风处，勒马边关卧雪巅。
星汉驱霾明月夜，九霄扫径白云天。
宏图追梦丰碑竖，伟业风尘再箸鞭。

刘顺平

  湖北汉川人，汉川市诗词学会会员，有作品发表于《中华吟薮》《孝感诗词》《高原文艺》等刊物，诗作曾获项。

五绝·悼屈原
冰清浮黑夜，玉洁耀苍天。
八尺男儿血，丹心映九泉。

七律·第三届汉川龙舟大赛感怀
群山涌动鼓铿锵，天屿倾心放眼量。
铁臂才将舟楫舞，平湖已把凯歌扬。
夺魁号令征帆劲，破浪豪情击水长。
几度追思怀屈子，川城墨客韵含香。

赞时代楷模张富清
枪林弹雨往前冲，视死如归不改容。
勇猛挥刀惊敌胆，刚强立马建奇功。
丹心已共朝霞醉，铁血常同落日红。
隐姓埋名将作古，勋章显现耀英雄。

汉川收藏家协会成立20周年
汉水盘龙玉闪光，川城吐瑞古今扬。
收罗万象风云醉，藏品千秋字画香。
协展陶瓷入法眼，会悬票证透围廊。
廿烟雨雾苍山远，年代余音韵味长。

观昆山石浦公园图片有感
昆山叠翠草含幽，紫气东来绕绿洲。
九曲回廊层阁耸，小桥流水蔓藤浮。
清风泛起云天影，细雨飞扬海市楼。
落日霞光宾客醉，长居此地胜王侯。

致王博涵女士
分水从师胆气扬，汉江着墨吐芬芳。
虽无伟业垂青史，尚有丹心在故乡。
博览群书歌盛世，涵藏秉性写华章。
情钟国粹风云醉，席卷峡江静与狂。

注：峡江指三峡和汉江。

咏2019年第一场雪
寒流肆意傲苍穹，夜半三更雪雾浓。
起舞迎风摇玉影，踏歌漫步弄花丛。
静观祥瑞连天际，喜润梅香吐蕊红。

一梦山河贪秀色,偏逢旭日醉成空。

十张机

一张机,接龙入韵顺阶梯。听凭细雨连窗滴,依依芳草,幽香缕缕,吾辈俊才奇。

二张机,子时明月未更衣。却言人否从心意,锦添夜色,与将谁悦,只恐更添凄。

三张机,草堂檐下燕叽叽。红楼倚梦愁无比,桃枝李上,衔枝出进,生计筑巢泥。

四张机,挑梁燕去了无期。西风怒卷桃花地,天涯相隔,不知离恨,犹记旧时衣。

五张机,青山绿水笔红提。环评整改风雷急,监督在线,维权民意,举措露晨曦。

六张机,环球动荡泪依依。家园破碎孤身立,中华崛起,龙腾九域,美帝望尘及。

七张机,真金不怕火来欺。五洲贸易凭先计,韬光养晦,绸缪未雨,笑对月偏西。

八张机,英文阿扁要心机。黄粱一梦难成器,奴颜媚骨,低声下气,终被浪涛踢。

九张机,强军备战泰山移,神鹰航母凌空起,千锤百炼,担当使命,砥砺举红旗。

十张机,中华统一不分离。砺兵秣马长缨系,人心所向,披荆斩棘,圆梦与天齐。

刘斯威

90后,陕西宝鸡人。作品散见《中国诗词》《诗词之友》《心潮诗词》《诗词报》《陕西诗词》《贵州诗联》等报刊。

七绝·登楼阁观湖

悠闲鸟语花香淡,荡漾波光草色浓。
湖水轻摇荷叶绿,亭台楼阁映芙蓉。

七绝·江南

清波荡漾柳含烟,鸟语花香醉客船。
湖水轻摇荷叶绿,亭台楼阁入云天。

七绝·伊人

夏风吹雨落红尘,黑夜难眠梦里人。
斗转星移天地变,伊心不改旧情真。

七绝·七夕情缘

雾浓雨色泪痕思,别断银河话未知。
月夜啼鸣声气叹,仰天挥舞画情丝。

七绝·有朋自远方来

往时有待何时见,即日相逢感万千。
有迎远交情意在,只为友谊复经年。

七绝·赠伊人

听鹊吟风心未定,遥看星斗幻红颜。
相逢知己思千绪,泪眼杯觥梦醉般。

七绝·登泰山

万里春光一日行,东风脚下踏歌声。
泰山顶上霞云绕,群岭坡头绿草生。

刘铁兵

1959年7月出生,民盟盟员,大学学历,河北民族师范学院工作。诗词作品在多种报刊上发表并有获奖。现为中华词赋社会员、河北省诗词楹联学会会员,承德市诗词楹联学会副秘书长。

虞美人·中秋月夜

九重璀璨欢无梦,往事浮眸涌。桂花有色对杯吟,一任知己尽兴醉晨新。

风清月朗游云淡,今又灵华满。霓虹阑现杯亦空,又弄几多怀念作思浓。

南乡子·承德武烈河

河岸望波流,丽秀风光尽眼收。罗汉坐观多少载[①],悠悠,汇入滦河几许愁?

逐浪荡心洲,澎湃蹉跎转缓柔。奇景

畔边依如旧,真侔,柳下琴声荡水游。
注释：①罗汉：武烈河畔的罗汉山。

自度曲·避暑山庄感怀

三百年,年三百,山庄依旧在,看虎皮石墙内外①,野屋楠木殿②,红墙黄瓦盖③。湖光轻波荡漾,亭榭楼阁展画彩。山色碧翠尽染,鸟语花香绕翠柏。日月映盛世,尽显当年气派。

光阴随浪东流逝,残基旧址,写尽苍颜仇爱。是非成败任凭说,热河流水无奈。风云变,时境迁,问苍茫大地谁主宰？这边风光无限好,山欢水笑,新华夏彰显豪迈。人民当家做主,避暑山庄,悠哉!

注：①虎皮石墙：即避暑山庄围墙。
②野屋楠木殿：避暑山庄俗称"离宫",建筑以追求野趣为主。野屋,泛指离宫各处的房屋。楠木殿,即离宫的"澹泊敬诚殿"。
③红墙黄瓦：指避暑山庄周围的寺庙。

七言排律·塞罕坝精神礼赞

大清猎苑起苍黄,坝上高原鸟绝唱。
往日黔①沙遮侧影②,今朝碧浪向天疆。
暴风难阻愚公志,狂雪奈何精卫刚。
三代汗光映秀色,一腔热血锁漠荒。
高瞻林海籁声荡,仰望云空鹰鹭翔。
踏破艰难甘奉献,辉煌铸就永流芳。
注：①黔(jin)：黄色。
②侧影：太阳的别称。

五律·早春

白云舞碧天,大雁北回还。
寒峭融归暖,残冰化水源。
耕牛田上卧,鸣鸟树中欢。
遍野装青色,翘期大有年。

七绝·君子兰

绚丽烟花小地开,娇娆应节赞声来。
翠苍侧畔一壶茶,叶肥箭壮馥侵怀。

刘为泰

江苏省宿迁市人,已退休。

五律·瞻仰黄兴墓

英雄眠此峰,一剑指苍穹。
叱咤风云里,纵横天地中。
石阶苔藓绿,山谷杜鹃红。
沧海桑田变,殊功世代崇。
注：黄兴墓在岳麓山水泥坟头上塑一剑形墓碑。

五律·参观宿迁奇石馆

奇石钟灵秀,登山不用筇。
嶙峋看万壑,陡峭数千峰。
一涧深何许,层峦薄几重。
此间云水涧,藉以荡心胸。

五律·葡山醉月

串串似珠莹,参差挂蔓茎。
临风舒雅兴,攀架捉飞萤。
山景这边好,月光今夜明。
旗亭相约去,灯火满山城。

七律·虞姬故里怀古

变起非常志即明,楚歌四面月三更。
亡秦征战含辛苦,舞剑挑灯伤别情。
甘守忠贞全大节,耻降汉主乞残生。
千年桑梓换新帽,遗恨都随逝水倾。

七律·纪念七七事变80周年

日月如梭八十秋,卢沟事变震神州。
守军奋起歼倭寇,盟国支援降敌酋。
往昔硝烟留弹孔,今朝乡镇矗高楼。
家仇民耻铭心底,尤把吴钩当枕头。

七律·纪念苏中七战七捷缅怀粟裕将军

巍巍碑耸刺刀寒,越我雷池一步难。

— 738 —

七战苏中驰捷报,两辞司令让贤冠。
国防建设呕心血,教育辛勤废寝餐。
愿撒骨灰征伐地,浩然正气壮山河。

注:纪念碑形似刺刀塔区若雷池。

七绝·题松石图

汉柏秦松风骨奇,饱经霜雪有雄姿。
盘根错节山岩上,不畏狂飙四季吹。

七绝·赞悉尼奥运会跳台跳水冠军熊倪

三周旋转半空中,入水无声浪不冲。
宛若神龙云里出,跳台一跃冠群雄。

刘文革

湖北省武穴市人,网名银河系,黄冈东坡赤壁诗词学会会员。在"中华情"全国诗词散文等大赛中获一等奖和金奖,在2019年中央电视台文艺春晚诗词大赛中获三等奖。作品入选《中国当代诗歌大辞典》《沧浪一路诗怀》等大型诗集。

七绝·合欢树

随风振翅彩纷纷,恍惚滇池蝶弄群。
原是合欢缤蕊乱,痴心向日献殷勤。

七绝·栀子花开

忽然一日花盈枝,朵朵氤氲馨郁郁。
妇孺嘻存胸发间,满城栀子香侵屋。

五绝·再吟栀子花

满目梨花白,清香透幔来。
但求钗珥戴,偏插髻云台。

七绝·悼念屈原

汨罗逝水遁贤臣,一世英魂百世亲。
遍插艾香端午日,龙舟竞逐碧波皱。

七律·端午龙舟祭

龙舟竞逐五更天,今度争锋谁领先?
锣鼓喧喧音跌宕,红旗猎猎影翩跹。
铜肤铁臂纷纷划,碧港清涛阵阵旋。
遥祭沉江千古恨,英魂汨水总相怜。

七律·莲浦虹桥(新韵)

道是虹桥江月好,暮烟莲浦戏裙钗。
馨香细语轻轻诉,红袖青罗密密裁。
荷盖擎天珠玉翠,仙妃带雨彩装来。
池中锦鲤翩翩展,嘻闹人间夜梦怀。

如梦令·莲浦虹桥

有感于广济时光莲浦虹桥藕荷全无,走到水边,闻到一股腥味。不知将来还有去年的荷满池、香四溢的盛景否?

昨夜雨堤弥久。但见虹桥剩柳。莲浦可堪寻?苦觅有三二瘦。争走。争走。闻得腥风低啾。

刘文婷

中国诗词研究会会员,一名喜欢将丝丝心绪写满素笺的淡雅女子。

蝶恋花·叹流年

落叶飘飞寒气散,残月如钩,悄挂西楼苑。几度稀疏丛菊乱,庭前溪水清音断。

又作流年笺中叹,涩涩心酸,诉与谁人看。空对鱼书轻倚案,一窗凉意教人懒。

浣溪沙

丛菊初开绕瓦房,一钩残月挂南窗。怎堪孑影对花梁。

也盼团圆消永夜,奈何离恨诉微茫。

西风吹过泪沾裳。

蝶恋花·思

白日喧嚣声渐断。冷月如钩，懒照寒窗晚。一袭青衫妆淡扮。蹙眉消得神情倦。

素字难描香案卷。夜色微阑，堪忍离人怨。轻捻鱼书思缱绻，一笺心事愁云远。

小重山·念

回首难逢两个秋。曾经言不尽，竟含愁。闲时远望叹悠悠。多遗憾，清泪润双眸。

愁绪绕心头。红笺描字旧，怎堪愁。一声轻叹惹心忧。时光啊，可否再回头？

一剪梅·相思

又盼远方鸿雁书，满目红枫，思念如同。长情两地跨时空，情亦浓浓，爱亦浓浓。

离多聚少岁月匆，心也空空，梦也空空。相思缕缕萦苍穹，难掩倦容泪浸双瞳。

一剪梅·长夜

半盏香醇掩怆凉，醒又何妨，醉又何妨。更深烛尽影瘦哀，醉眼茫茫，泪眼茫茫。

潇娘再难描红妆，身也彷徨，心也彷徨。醒时钩月醉时圆，哭也依窗，笑也依窗。

喝火令·思

晓破星光白，依窗瘦影痴。一弯钩月锁青衣。扉雨为谁丝沥，轻润心之篱。

昨夜梦中见，依稀旧时眉。夜寒更漏语喃呢。涕叹庭凉，涕叹别离凄，涕叹菊香漫漫，缥缈绕崖堤。

喝火令·清明

冷雨凄寒梦，烛香漫篱墙。纸烟轻袅祭离怆。春染陌间千冢，白菊又飘香。

一阙清明愫，难言心底伤。慈颜笑语碑埋藏。几度泪决，几度鸣声荡。几度凄风寒夜，墨字诉离伤。

刘希灵

男，1963年生，江苏人，居沪上。20世纪80年代南京大学本科中榜，90年代巴黎大学研究生及第。电子行业谋生。闲来乐山喜水，习宫商，弄笔墨，跟风随雨吟天地，咬文嚼字悟人生。

声声慢·江南初冬

五湖浩渺，三山叠翠，一行鸿雁依云。细雨轻湔梅菊，百草清新。柳街芸窗枕水，弄箜篌、旗巷飞樽。望拱北，雪飞黄沙岭，素裹千村。

遥想越王吴主，争锦绣、操戈挥剑红尘。十万儿郎赔命，恸了乾坤。潮涌钱塘怨恨，更频听、丘谷哀魂。帝王梦、怎如携西子，慢享天伦。

满江红·侠客行

惊起狂飙，黄尘卷、莽原滚滚。猛回首、山昏峰乱，江濛天沌。浪打孤城萧瑟里，云摧千户流离紧。跨红鬃、踏燕啸西风，天涯尽。

西凉远，肠道峻。天狼没，冰轮陨。过阳关剑门，虎威熊愤。露宿风餐芳液伴，抚琴吟唱残阳衬。江湖险、归隐自逍遥，无忧恨。

永遇乐·深秋语丝

近水波翻,远山烟乱,几声啼鸠。雨漫楼台,风穿帏阁,满地残花叶。悲秋景象,怜香时候,碎步迴廊千结。凝眸处、灯昏江暗,茫茫夜色空阔。

容颜老去,痴心常在,情定春花时节。陌上追风,碣滩观海,酬唱蔷薇月。河梁执手,分飞劳燕,无奈今生缘绝。寄相思、罗字裁句,断肠一阙。

水龙吟·深秋过栖霞山

西风渐起东池瘦。驿外枝枯藤老。霜寒露冷,星稀月淡,关河呼啸。烟枕穹庐,浪翻崖壁,征鸿惊叫。算云开雨霁,栖霞当染,叶铺径、香留草。

携手曾经临峭。叹苍茫、千山含笑。重攀苔级,旧踪烂漫,遗音犹绕。坡谷禽欢,飞红撩我,唤情年少。借矶头夜曲,捎声秋子,如今还好?

念奴娇·赤壁之战

火攻江沸,炭涂了、多少生灵风物。二虎相争,掀底浪、威震悬崖赤壁。峭岸排兵,楼船布阵,战令如飞雪。周郎挥洒,领骚群起豪杰。

从此天下三分,纵横谋霸业,连绵兵发。滚滚神州,兴败处、望断人烟荒灭。往事千年,随波尽逝去,细如丝发。人间争斗,笑翻天上星月。

雨霖铃·夏日

横风斜雨。弄江潮涌,万仞无阻。鹰枭逐浪翻滚,凭雷电闪,依然狂舞。阵阵呼声席卷,领千舟飞渡。过重峡、云散烟开,碧水连天彩虹路。

多姿夏日如情侣。更曾经、少小心归处。如今梦里难见,寻旧影、老藤枯树。岁月匆匆,华发催生,往事东去。夕照里、漫忆沧桑,对月思无绪。

沁园春·春来春去

一夜东风,万物新颜,原野换妆。看冰淋渐化,江河浩荡;露霜轻泻,山岫疏狂。湖翠汀葱,月华星灿,鹭踏洲蓬鸿雁翔。连天碧,任云烟环抱,丝雨寻芳。

春来无限风光。怕春去、飞花又乱肠。忆桨边相送,无言有泪;桥头痴守,愁绪情殇。天际离人,门前落叶,梦里难逢生死茫。斜阳处,凝快鞭拍马,却道尘扬。

满庭芳·江南烟雨

霞落芳原,鸳飞碧水,江南春色鲜浓。凭高望远,烟雨锁苍穹。垄上蓑衣犁慢,桑槐下,纤指飞缝。晴川缓,槎蓬来去,汀晚钓霜翁。

古来佳丽地,山湖谱曲,吴越遗风。漫留得,寒江渔火屏钟。一步三千锦绣,歌声里,纱浣溪濛。依栏赏,这烟这雨,春绿到秋红。

刘喜荣

女,太阳诗词学院常委,古城诗社诗词老师,热爱古典文学,擅长格律诗词,作品常见于各大网络媒体。

七律·颂抗战英雄

血染芦沟侵国土,军民讨伐杀豺狼。
横尸卧谷腥薰野,昼夜兼程备战荒。
暂转游歼多斗志,平浮祸患日投枪。
惊天喜讯莺歌舞,史载功勋万古芳。

七绝律·港珠澳大桥

彼岸相思惬意浓,珠江笼罩一条龙。
途程往返家乡客,百载煎熬刹喜逢。

港澳亲情谈不尽，迷人夜景捕仙踪。
谁抛彩带清波复，巧匠勤耕日月容。

端阳（悼屈原）

天倾细泪清尘脏，不是昏君那有殇。
勇士凌云多壮志，奸臣当道霸朝纲。
贤良湮没思无策，劣辈栽赃却得偿。
自有公平评道义，屈原史载美名扬。

七律·小蛮腰广州塔

流光四射明灯闪，宝塔凌云紫气飘。
静水微波霓彩映，珠江万里绚妖娆。
英姿飒爽迎君客，日月同辉国色骄。
一揽新城心地阔，吟诗作赋赞蛮腰。

七律·平水阳韵

风尘仆仆一身装，汗湿衣襟守路旁。
百里长街回串扫，辛勤苦作洁新场。
徜徉客吮清香气，环卫工人日日忙。
换得城乡容貌美，芬芳四季表励彰。

刘献琛

山东曹县人，男，1951年生，大学文化，枣庄市委党校退休教师。系中华诗词学会、山东省诗词学会、枣庄市诗词学会会员。曾在《中华诗词》《诗刊》《子曰增刊》《中华辞赋》《中国韵文学刊》《光明日报》及省级诗词学会刊物发表作品四百多首。《诗刊》2004年第13期"本期聚焦"做过推介。出版有《泮水吟稿》。

五绝·端午感怀二首

其一

角黍菖蒲酒，红鲜百叶桃。
楼台藏绿柳，楚些诵离骚。

其二

深院榴花吐，雕盘碧李新。
争传九子粽，作赋吊灵均。

水调歌头·代旧体诗致缪斯

回雪芙蓉国，联袂舞娉婷。恍如牛女相会，缱绻醉双星。俯仰苍茫烟水，吟赏迷离风月，快意唱清明。当赴瑶台约，执手说山盟。

金瓯举，歌险韵，赋深情。月圆花好心曲，琴瑟和弦鸣。我有幽思千缕，卿有绮怀万种，秋水总盈盈。珍重春常在，芳树啭黄莺。

金缕曲·孔繁森殉职10周年祭

哈达飘千里。荡青冥，云霓织练，冰霜凝绮。簇拥英灵归故土，喀喇昆仑迸泪。围光岳、黑纱缟袂。泣血东昌湖呜咽，影依稀、老母呼儿至。银发颤，感天地。

辞亲两度奔天际。拓荒陬，岗巴遗爱，狮泉留义。问暖嘘寒心血洒，雪域鸿图壮美。"活菩萨"，高原花缀。笑貌音容春常在，引神州浩荡雄风起。红日照，江山丽！

金缕曲·梨花

万树堆香雪。燕归来、春霞照水，清明时节。柳岸桃溪风光媚，换绿移红肯歇？拥佳丽、淡妆皎洁。玉臂烟鬟风袂举，更轻盈、粉翅千千蝶。飘薄雾，撒冰屑。

瑶华琼蕊真清绝。逸瑰姿、柔情绰态，依依难别。疑似嫦娥翩翩舞，遥望轻云遮月。桂旗影、流光电抹。碧叶玲珑浓阴密，待枝头、累累青苞结。犹记取，惊鸿瞥。

沁园春·风雅长沙

岳麓山前，楚雨湘云，剑胆诗心。望星沙似雪，南箕可簸；洞庭如酒，北斗堪斟。韶乐悠悠，九歌裹裹，斑竹芙蓉映桔林。天心阁，怅贾生才调，遗恨幽深。

崩霆碧落鸣琴，舞凤矩残雷荡绝音。唱临刑快事，英雄咏啸；挥刀杀贼，志士歌吟。白鹤红霞，凤凰天马，万里朝晖胜迹寻。芙蓉国，听黄钟大吕，韵绕钦岑！

水龙吟·昌谷怀李贺

少年心事挈云，不须浪饮丁都护。胸罗星宿，元精耿耿，玉轮轧露。银浦飞涛，羲和敲日，秦王骑虎。怅天荒地老，鬼灯如漆，秋坟啸，风吹雨。

巨鼻庞眉长爪，带吴钩、殿前作赋。烹龙炮凤，女巫浇酒，仙人烛树。石破天惊，锦囊血碧，花台欲暮。笑雄鸡一唱，北园新笋，作回风舞！

水调歌头·若耶溪

山水一何碧，灵境更清幽。相逢旖旎花树，软语送明眸。杨柳风飘碧带，菡萏波翻翠盖，鸥鹭舞芳洲。古越浑如梦，胜似太虚游。

人如玉，香成阵，浣溪头。婵娟无赖，此情尘世几时休？回首娃宫离黍，转瞬扁舟烟渚，蔼蔼化新愁。秋日黄花瘦，天际白云浮。

绮罗香·题成都望江楼薛涛塑像

濯锦楼前，枇杷树荫，竹海苔痕遮路。雪态冰姿，元是校书洪度。映裹裹、仙雾朦胧，试新服、漫哦诗句。浣笺亭、不尽芳菲，花开花落染辞赋。

吟桐才思谶语，无那惊飚万里，蓬飞天府。管领春风，纵目最高层处。送离人、雨暗眉山，谒巫庙，空怜神女。望江楼、倩影芳魂，绮罗香万古。

注：薛涛《筹边楼》："诸将莫贪羌族马，最高层处见边头。"明代诗人钟惺评曰："洪度岂直女子哉，固一代之雄也！"（《名媛诗归》）

沁园春·咏盐

百味元尊，玉质霜姿，圣洁晶莹。望湘川闽粤，滩涂拥雪；芦淮青雅，池泽堆冰。卤井钻探，咸湖船采，煮海煎河烈日蒸。岩盐矿，蕴天公厚意，地母深情。

蕃滋人类文明，觅行迹依稀载汗青。记蚩尤黄帝，因醝争战；唐尧虞舜，就盐都城。孕育灵光，德侔于水，国计民生赖废兴。分身去，看功参大化，无色无形。

庆春泽·为纪念红军长征胜利80周年作（次李文朝将军韵）

万里长征，轰雷掣电，真堪石破天惊。逝水回澜，不知一段天成。运筹硕画资帷幄，看挥毫、蛟斗龙争。振长缨、为鲁阳戈，气结神凝。

已擎天柱旋坤轴，便江山如画，著意看承。云锦飘香，任他坎止流行。钧天万舞知新奏，趁扶摇、鹏徙南溟。泛星槎、银汉波澄，箕尾辉腾。

刘潇潇

1996年生，安徽省诗词学会及散文家协会会员，陕西省太白诗社下属蓝溪诗社常务副社长。现为《黄河文艺》《雍州诗刊》编辑。多发表作品于《心潮诗词》《雍州诗刊》《宣城文学》等刊物并完成独立学术项目《西安回民区家史调查项目》。在校曾获教育部全国青少年历史记录大赛三等奖，中国文化基金会清明散文比赛二等奖，诗刊社第二届"泊爱蓝岛·相约七夕——最美原创诗词"大赛三等奖等诸多奖

— 743 —

项，并参加基层民主普查获优秀调查员二等奖。

七律·行返客舍
游罢自归林岫去，渐闻钟鼓暮云边。
风翻松竹千峰浪，日下泉潭万壑烟。
小寺无人香径隐，流舫有客野溪涓。
尘寰亦有蓝桥穴，何必崎岖上九天。

五律·题岳飞墓
武穆坟何在，栖霞岭独寻。
墓道袭花气，祠梁绕鸟音。
狱中无会意，湖畔有知心。
君国诚难择，感之仍湿襟。

七律·西湖遇雨
去岁尝摄影西湖，会细雨，烟水朦胧，宛然若蓝桥太清境，然时值五一沐休，游人接踵，终失其意。今忽见此图，感而作诗。
行观好景西湖上，不辨水天鱼鹭飞。
柳叶抚波同缱绻，遥山接翠共依微。
千家风雨含烟气，五月光阴落客衣。
可惜人间滋味重，明朝待访子陵矶。

五律·寻龙井
桃源早行客，随路逐清泉。
水转深林下，霞明曲径边。
心空无外物，山静有炊烟。
借问村遥否，途樵指岫巅。

七律·过富春江
伯符故国春江在，山色空蒙载酒来。
簌簌花迷严子迹，潇潇雨打谢公台。
早知迁客飘蓬过，肯望天公倦眼开。
所幸西湖为近友，渔樵浦里酌新醅。

五律·过富春江
幼诵与朱书，今游严子台。
鸟惊高瀑去，山逐小舟来。
此钓谁相得，我求君莫猜。
欲归江渚上，或恐是非才。

五律·题苏小墓
埋玉终何处？青山独向人。
湖桥通黛岫，岸柳抚朱鳞。
才子诗同酒，渔夫笑与春。
唯余无一用，负手对红尘。

刘欣

1961年7月出生，北京房山人。北京市诗词学会会员、房山区诗词楹联学会会员、北京市房山区云水诗社、解放军红叶诗社社员。

七绝·雨后散步
冷雨寒风送晚秋，潇潇落木惹千愁。
红枫黄菊成追忆，枕梦又描春柳头。

七律·永定河
源起管涔穿晋冀，千回百转水朝东。
拦河筑坝山洪锁，固堰修渠果菜丰。
翠柳清波明月映，拱桥高铁九州通。
金门闸外梨花雪，更有新荷两岸红。

七律·咏松
绝壁危峦任从容，巍然挺立向苍穹。
冰侵雨洗颜无改，电卷雷轰背未躬。
每挽寒梅迎暴雪，常偕劲竹御狂风。
江山万里凭栏望，傲骨英姿谁与同！

春光好·农民丰收节
熬岁月，做耕牛，盼丰收。朝夕皆为仓廪愁，几时休？

做主翻身圆梦,乡村尽显风流。换地改天同逐梦,放歌喉。

鹧鸪天·首届中国农民丰收节
劝课农桑好种田,精耕细作代相传。脱贫致富千村愿,足食丰衣万户牵。

强基础,重科研,乡村振兴谱新篇。政通人和蓝图绘,百尺竿头更向前。

刘星星
株洲市诗词协会会员及天桥分社会员,2015年出版个人诗词集《星光》。

七绝·望梅
满树红花独自开,凌寒不畏暗香来。
望梅思母恩如海,鬓已添霜旧事怀。

七绝·初夏
千丝雨落满池塘,一阵花飞小草芳。
田野虫鸣蛙鼓噪,风吹人困日初长。

七绝·暮年
花落亦香飘天边,任凭雨打暴风旋。
光流似箭青春逝,梦里归来还少年。

七律·赠人别离
发小相逢话万千,轻声私语诉湖边。
小船满载真情去,此地伤离远影迁。
秋雨绵绵寒色沁,晚钟阵阵痛心穿。
犹如空梦无寻处,多少离愁岁月添。

江城子·赏荷花
同窗约往大观园。赏红莲,乐心间。夏日风喧,灿烂艳阳天。别样莲出泥不染,情未变,古今传。

湖光明镜玉琼田。叶芊芊,色争妍。妩媚酣然,亭亭立云边。穿垅徜徉花径里,心荡漾,久留连。

刘兴利
男,汉族,中共党员。1968年生于黑龙江省海林市海林镇新民村,祖籍山东夏津。1991年毕业于牡丹江大学中文系,同年9月参加工作,现就职于海林市教育体育局。自幼喜爱文学,热心诗歌和楹联创作,现任海林市诗词协会副主席,黑龙江省作家协会、楹联家协会会员,中国楹联学会会员。

乡村幽居
其一
一夜春风绿满川,野蔬破土奉时鲜。
乡邻授我桑麻艺,不废晨昏学种田。

其二
小事农耕闲种园,东篱把酒北窗眠。
若逢旧友来相问,便是人间四月天。

注:故居旧宅破败,已不堪居住。2010年秋,将旧宅拆除,在原基上重建新宅,宅成之后常回家闲住。春日来临,兴起农事,亦在自家菜园学种,耕余把酒,其乐何如。

江边垂钓
神闲气定坐高台,斗智人鱼两费猜。
未解缘何银线动,一竿钓起大江来。

咏达子香
兴安岭上杜鹃名,峦岫长留物外踪。
造化千山泼墨紫,云霞万朵映山红。
惠风轻栉三春暖,好雨频催五月荣。
莫道东君着意晚,绽出春色第一重。

注:达子香,又称兴安杜鹃、达紫香、金达莱、满山红、映山红等,是家乡报春之花,歌诗以赞,尤觉言不及意。

与诸诗友赋重阳席上见赠
飞雪盈天菊正黄,诗朋雅聚赋重阳。

分题角韵酒应浅,酌句斟词茶亦香。
恰似兰亭书烂漫,何如七子饮疏狂。
诸君共我期许久,吟就华章意兴长。

注：此诗作于镜泊诗社成立后,乃诗社第一次命题之作。

和张呈文老师《冬初书感》

轻寒一抹上西窗,岁至冬初暮色长。
雪映红灯堪入画,松衔明月可流觞。
民生是大期尧舜,国事惟艰冀栋梁。
久盼京华传喜讯,韶音夔乐奏丹江。

注：此诗作于党的十八大召开之际,新一届中央领导集体即将产生。

村居

家居小筑室三间,红瓦黄墙木栅栏。
壁上寄怀书字雅,席中得意赋诗闲。
一床经史随心阅,半亩瓜蔬佐季餐。
旧友村邻常过往,山林高卧不知年。

咏吴兆骞

祸起南闱动地哀,松陵非复旧楼台。
穷边羁旅多磨难,绝域阴云久不开。
几度乡愁归故里,一番壮志隐尘埃。
命途无济诗家幸,伴我秋笳吹梦来。

注：吴兆骞,清初著名诗人,字汉槎。江苏吴江人,因卷入"南闱科场案",于顺治十六年流戍宁古塔(今海林长汀镇古城村),著有《归来草堂尺牍》《秋笳集》。

端午怀古

端午时节风雨狂,赠君艾草并雄黄。
龙舟争看帆樯竞,粽子同尝米叶香。
万古忠直怀赤子,几曾昏昧讨襄王。
今人不解亡国恨,新月无声照楚江。

重阳节题镜泊诗社成立一周年

佳节又至赏菊黄,雅聚丹江再举觞。
才露诸君红萼角,聊发三老少年狂。
敲诗唱酒舒怀抱,柱杖攀岩上险岗。
莫道重阳秋色老,云山万里看苍茫。

注：2013年重阳佳节,值镜泊诗社成立一周年,诸诗友聚饮丹江,三老即席点评后学社员诗作,我辈受益匪浅,作此诗以纪。

刘兴田

浙江开化人。中学教师,大专文化。衢州市、开化县诗词楹联学会会员。作品曾在《诗词中国》《赣鄱文学》等刊物发表。

七律·清居吟

松青竹翠山空静,云淡风清谷瑞祥。
飞瀑垂帘随碧落,曲溪绕宅戴银铛。
霞峰览景晨曦艳,雅室抚琴明月光。
对酒欢言桑海事,野花绽放佐幽香。

七律·月夜泛西湖

月照西湖上下空,乘船载客镜波中。
蓬瀛亭阁灯明灭,岸树云烟色晕朦。
风送荷香心爽爽,友听晚唱意融融。
美辰良夜笛声起,把酒对天雅兴鸿。

七律·醉湖边

翠柳凝烟绕碧塘,翻飞鸥鹭耀银光。
游船激浪仙女乐,宾客欢歌丝竹扬。
亭榭临湖绿篁伴,清荷摇水彩虹翔。
青天浩月波邻里,笛奏随风带晚香。

苏幕遮·堆絮体港珠澳大桥

架长虹,三地庆。班列龙驰,班列龙驰骋。千里滔滔穿浪猛,万古奇观,万古奇观境。

夜来临,灯火竞。闪耀星空,闪耀星空静。港澳腾飞添翼劲,遍地花开,遍地花开兴。

浣溪沙·荷

十里荷塘绽艳芳,亭亭娇立映波光,蝶蜂飞舞醉清香。

不与牡丹争秀色，自持高雅水中央，古来德慧布遐方。

浣溪沙·荷

本性清高居碧塘，玉花开放秀骄阳。蕙风拂面醉幽香。

小舨浮波莲女乐，游鱼戏叶蝶蜂忙。景光奇丽妙歌扬。

一剪梅·荷塘即景

十里清塘著艳装。柳沐朝阳，荷笑朝阳。亭台掩映耀霞光。鸥鹭飞翔，彩蝶飞翔。

月起东山夜爽凉。星座光芒，银浪光芒。渔歌晚唱带幽香。曲笛悠扬，钟磬悠扬。

苏幕遮·堆絮体山甸长廊

厦冲天，廊道敞，游客盈盈，游客盈嚷。映翠江流凝碧亮。柳舞清风，柳舞清风畅。

饮琼浆，听乐扬，惬意舒心，惬意舒心望。月挂中天莲女唱。酒醉归来，酒醉归来惚。

刘学伟

字行远，号万里思乡客。男，1951年生。祖籍重庆。1977年文革后第一届考入四川大学历史系，1981年考取文革后第一批公费留学生。1983年赴法。1989年于斯特拉斯堡大学获历史学博士学位。因故未能归国效力。在法国经商多年，现已退休。因网上讨论时事和政治制度而薄有影响，获聘为中国社会科学院世界政治研究中心特约研究员。

本人加入法国龙吟诗社多年，任副社长兼《龙吟诗页》副主编。

七律·留法同学30周纪念册群星谱题诗（平水韵一东）

人生几度望星空，我辈欣然列宇中。
莫谓熹微光不盛，亦裹伟业献心衷。

2014年

七绝·重庆一中初67级3班50年聚会感怀（平水韵七阳）

风云半百写沧桑，六十年华染鬓霜。
况我飞蓬飚万里，相逢恨不醉千觞。

2017年

七绝·云端华夏（平水韵一先）

古来华夏即天仙，误坠尘寰若许年。
所幸凡缘今已满，奋身重跃碧云边。

2015年

注：这首诗摘自我的学术著作《东方世界当代崛起的大数据探秘》，是其一部分结论的诗化。

七绝·春雪伤怀（平水韵十灰）

临春忽见雪铺排，百蕤蒙头不敢哀。
我信青阳终不远，千红万紫总归来。

2017年

七律·77级82年留法30周年留法同学大聚会感怀（新韵八寒）

卅年一瞬梦魂牵，此日相看两鬓斑。
世海夫妻犹奋勇，书山儿女正登攀。
相询已叹伊人逝，再聚难期几众安。
唯望家乡花似锦，归根落叶勿需烦。

2012年7月14日

七律·1977年恢复高考40周年留法同学大聚会感怀（新韵十一庚）

十年永忆历寒冬，鼓起春风谢邓公。
黄发垂髫同作业，农夫铁匠共争锋。
八秋昔日磨霜剑，百业今朝据顶峰。
欣望家山花似锦，群蜂欲竞一分功。

2017年

排律·2017春回国感怀（新韵八寒）

故土睽别十二载，归迟刮目诧新颜：
高楼矗立遮云际，复道缠叠乱眼帘。
机场宽达腿觉软，动车快至盹难全。
摩肩接踵商街满，换盏推杯酒肆喧。
庭院无间车嵌地，居屋有裕价攀天。
通衢尽日尘无染，小巷深宵走也安。
广场夕夕歌且舞，亲朋个个庶而欢。
双轮共享多如蚁，微信埋单哪用钱。
购物尤欣"阿里"便，远游不厌海洋宽。
人称"盛世"差稍远，我限余生望眼穿。

沁园春·中美贸易战感怀

世局如棋，哪禁年来，鼓角器喧。有利坚美国，特家朗普，操刀引盾，凌犯中原。构陷难穷，霸凌屡现，关税频挥似鬼幡。群嘲尔，奈斯文岂在，欲壑需填。昂然面对狂澜，吾华夏，巍峨稳若山。赞刘君迎战，鞭柔剑挺；华为抗压，棉韧钢坚。史迹回眸，五千年矣，何惧征程数载艰。期来日，可仰攀绝顶，纵览群峦。

刘雅萍

女，汉族，网名一朵水莲，师范院校毕业，大学本科学历，教育系统干部，陕西咸阳人。中华诗词学会会员，陕西省散曲学会会员，咸阳市散曲研究会会员，咸阳市作家学会会员，西咸新区作协会员等。诗文集《生如夏荷》《心如雪莲》待出版。

五律·咸阳青年湖畔

碧玉水波光，柳丝云影长。
静观吟友趣，垂钓粉荷香。
舞女歌声送，琴音埙乐忙。
心湖流雅韵，人醉我家乡。

七绝·永寿槐山采风行

谷雨迎来百卉芳，槐山玉蕊吐清香。
素心一朵洁如月，摇曳生姿美梦藏。

七律·依韵敬和崔宝源老师七律诗兼赠中华诗词学会诸诗友

培桃栽李园丁忙，摘果疏花汗水香。
三尺讲台传道业，方田杏苑育苗秧。
朝耘暮播禾凝露，春种秋收蚕吐桑。
绿色田园心血洒，枝枝丰硕满粮仓。

七律·岁末感怀

眨眼桃花碧水流，红颜岁月几春秋？
镜中鬓畔青丝老，梦里芳华霜雪收。
丹桂金菊香雅径，小荷玉藕醉琼楼。
清风两袖平生意，莲步青云诗海游。

七律·朱日和大阅兵

曙光高照党旗红，飒爽英姿步碧空。
战鼓军锣鸣响乐，挥戈舞剑亮长虹。
雄鹰展翅高天去，大漠飞鸿壮志腾。
蒙古草原多丽景，风光旖旎秀征程。

春光好·桃花红

樱花粉，菜花黄，杏花香。又见柳湖波荡漾，蕊芬芳。
玉朵灿然枝上，霓裳漫舞红妆。笑靥如春心爽朗，好风光！

踏莎行·采春

香气飘飘，迎春含笑，樱桃红杏梢头叫。清风吹醒柳枝梢，嫩芽初吐尖尖貌。
翠叶青苗，燕声欢闹，雍州美景东湖妙。恰同学假日相邀，凤翔古镇听春晓。

鹧鸪天·辽河公园

浴水沙滩亮眼眸，蓝天如洗翠云楼。

蝶飞杏叶清山秀，梦入平湖景色幽。
杨婆娑，柳温柔。西辽河畔莫忧愁。高原辽阔心欢畅，大美神州任我游。

【正宫·塞鸿秋】晨曲

平湖旭日明如镜，小河清亮冰消冻。清晨少女颜容静，鱼儿柳影穿桥洞。春娘莲步轻，歌舞诗声送，婉如走入桃源境。

【仙吕·四季花】灞桥柳

秋来凉意柳风高，翠叶舞纤腰。荷塘莲美身姿俏，我秀发飘飘。看枝梢，依依带水碧云霄。

【仙吕·四季花】写在第34个教师节

一年三百六十天，粉笔伴红颜。如今双鬓银丝满，依然难舍那田园。映晨曦，圣坛依旧美华笺。

刘亚倩

天使倩儿，出身陕北绥德。大专毕业，当过老师，在宁夏一国企单位工作，参加多处函授进修学习，热爱中华诗词，爱好书法等，在多家报刊发表过文章。是银川玉皇阁诗词书画学会创办人。现为《天下第一台文艺》微刊文学社副社长、市场执行总监、玉皇阁诗词书画责任主编兼本刊订阅号副总编。少陵诗词文学社宁夏总社主编。

七绝·山丹丹花

画图今夜灯前绘，他日言诗月下裁。
满地丹花人未扫，明朝谁与共徘徊。

七绝·太阳花

太阳一跃上天涯，五彩滨纷似落花。
万语千言诗里景，神州大地写桑麻。

七绝·格桑花

陌上桑花几度秋，言诗未改尽风流。
闲来欲写相思句，一笑嫣然到白头。

七绝·金银花

清纯淡雅冠群芳，陌上深山百里香。
可为众生消疾病，茗茶入药美名扬。

五绝·赏荷

荷塘绽放花，碧水叶新芽。
最是蜻蜓立，黄鹂唱晚霞。

七绝·莲子

莲子轻摇花欲放，蜻蜓漫舞叶初黄。
谁知藕断丝连意，枝上蝉儿奏乐章。

七绝·立秋

金风送爽暑初收，雨过天凉好入楼。
一抹斜阳多景色，两行雁字写立秋。

五绝·秋思

花香飘雅韵，草绿见秋思。
一叶随风落，雁南归路迟。

七律·贺银川玉皇阁诗词书画学会成立4周年

秋光溢彩菊花黄，万缕金风送果香。
群里和谐勤奋练，情中笔漫赋诗长。
玉皇学会耕耘乐，唐律精华宋韵扬。
四载吟旗宁夏插，文坛骚客尽鸿章。

刘瑶瑶

吉林省长春人，吉林建筑大学土木工程学院结构工程硕士，酷爱诗词。

又一体

昨夜春风雨细，欢喜，催绿柳烟深。
薄纱缠叶饰山林，诗亦吟、词亦吟。

七绝·春景醉

凭栏不觉已成痴，两岸桃红柳绿时。
又是一年春景醉，低吟浅唱寄情思。

金缕曲·步韵情缘半世

贵有真情永，共红尘，情缘半世，浅尝温冷。论今谈古品天下，志趣相投韵整。琴瑟伴，并蒂曾景。谁料人生凄风至，影孤单，隔断来时径。空对月，苦愁并。

缘来缘去随天定，觅知音，声声呼唤，有神引领。落日云霞桑榆晚，又见红烛剪影。多少忆，追思噫哽。携手相依平安渡，意绵绵，好梦不愿醒，畅爱旅，怎能病。

刘银良

黑龙江省依安县人，70后，人民教师，县诗词协会会员。讲台上教书育人，生活中对诗词的痴求成为挥之不去的情愫，愿心中涌动的诗潮能够滋润生于斯长于斯的黑土地，打扮家乡美丽的春天。

秋游千山

千山秋向晚，万木叶趋衰。
寂寞烟林里，伊人倚仗来。

梅

映月千堆雪，迎风万簇烟。
红妆非我志，傲骨斗严寒。

兰

纤纤幽谷立，脉脉暗香清。
不用人欣赏，孑然淡雅生。

深秋登泰山

久慕雄山胜，今身纱纱间。
路头还复路，山外更重山。
傲徕披青柏，清宫落九天。
欲求晨日暖，需耐五更寒。

海边有感

数只飞鸟青山外，几点白帆碧海边。
愿倚扁舟逐浪去，余生醉卧水云间。

乌裕尔河畔偶感

蜿蜒千里入荒原，绵亘天边伴草萱。
唱晚渔歌惊鹤起，斜阳一抹落残垣。

茶

山中归隐青衫客，水里扶摇碧玉罗。
不叹此身何味苦，捻成清香了婆婆。

竹

世人笑我腹中空，我自从容向冷风。
不在风尘争艳色，只将铁骨赋诗中。

菊

芳香数缕熏秋月，倩影多姿冠众英。
我笑百花愁冷雨，一枝独秀向天横。

刘英杰

河北省保定市满城区诗词楹联学会会员，满城区石井中学教师。

七绝·白洋淀夕照（新韵）

白洋夕照沐归人，一叶轻舟荡雁痕。
千顷红波霞艳影，万般瑰丽日为魂。

七律·蚕姑陀游记（新韵）

纱纱青山岭外横，天门雁过觅仙踪。
奇峰兀立狼牙险，幽涧深悬浚谷空。
林密崖高猿怯步，云彤雾重鸟惊风。

人间仙境参玄理,一点灵犀悟此生。

七律·村居(新韵)
雨后乡村雾霭中,群山林海尽矇眬。
一轮红日纱遮面,半树垂珠绿映虹。
闭目痴闻泥草馥,凝神醉赏燕莺鸣。
酒邀明月逢知己。一曲横笛付晚风。

五律·游大茂山(新韵)
巍巍大茂山,峰壑笼幽岚。
松密叠青盖,花红染杜鹃。
欢声飞野径,衣袂隐林间。
一日同窗谊,相约到百年。

五律·秋月(新韵)
皎皎中天月,寥寥几点星。
菊香熏古寺,林海鼓涛声。
波晃清辉冷,莺飞草苇轻。
一声幽怨曲,几欲错时空。

踏莎行·粽情(新韵)
一束青衫,四方小角,须将糯米偎红枣。初更月淡笼炊烟,五更庭上香风裊。
玉笋轻剥,银勺慢舀,舌尖余韵乾坤倒。三杯烈酒颂《离骚》,汨罗江畔春秋老。

江城子·老教师(新韵)
讲台三尺鬓微霜。语铿锵,志激昂。满腹经纶,只恨未倾囊。两袖清风施教化,途漫漫,水长长。

鞠躬尽瘁育贤良。夜苍茫,小轩窗。瘦影孤灯,奋笔铸辉煌。桃李满园香四溢。心不老,醉夕阳。

鹊桥仙·七夕(新韵)
一弯新月,几声更鼓,竟惹相思缱绻。云山万里锁娥眉,可怜那,悠悠泪眼。

天河蒙恨,鹊桥凝爱,一曲海枯石烂。香心入梦化长霞,也随这,鸿飞宵汉。

刘应平

女,笔名藕花深处。生于20世纪60年代,安徽芜湖人,国税公务员。芜湖市诗词协会会员,安徽省诗词协会会员。

自幼酷爱文学,渴求诗与远方,痴情诗歌和散文创作,作品散见于地方性诗刊。

菩萨蛮·只疑下九天
悬崖百丈惊龙啸,腾冲翻越空中跳。峰绿起云霞,雾轻笼黛纱。落泉千仞直,湍浪穿嶙石。飞纵俯山巅,只疑下九天。

如梦令·炫峰看遍
天堑一桥如练,劲舞飞龙似现。谁伴彩云归,极目翠深红浅。又见,又见,如梦炫峰看遍。

如梦令·一曲丽歌新酒
碧水斜阳长柳,轻舞红裙彩袖。相聚笑声多,莫问世间春瘦。回首,回首,一曲丽歌新酒。

忆江南·春夜雨
春夜雨,点滴到天明。庭院榴花铺满地,枝头烟绿已多情。何处抚琴声。

忆秦娥·青荷秀
青荷秀,翩翩起舞人逢旧。人逢旧,卿卿柔语,画眉稍候,手持美酒荷花嗅。
纵情歌海思长昼,思长昼,扁舟忘路,鹜归云岫。

醉太平·莫虚过此生

云低草青,燕飞柳紫。野塘远近蛙声,看新荷绿萍。长亭短亭,山程水程。经年驰骋勤耕,莫虚过此生。

七律·世代隆兴华夏雄

五月榴花娇艳动,薰黄美酒劝樽空。
菖蒲苇叶缠团粽,竞渡龙舟搏浪中。
屈子离骚香草梦,后人辞赋浩歌冲。
千年求索安邦国,世代隆兴华夏雄。

七绝·夜深常听捣衣声

一湖波绿婆娑影,两岸霓虹伴月行。
忽忆少年江畔住,夜深常听捣衣声。

刘永汉

男,汉族,新疆博湖县人,祖籍江苏丰县。大专学历,中共党员。

本人生在旧社会,长在新中国,当过农民、中小学老师、农村中学校长、乡镇正科。退休之后开始在巴州老年大学学习中华诗词,现为巴州和新疆诗词学会会员。作品曾在《巴州日报》《新疆昆仑诗词》等刊物上发表,获得过"诗词世界杯第三届诗词大赛一等奖"、"雅集京华·诗会百家"全国第二届百家诗会一等奖、"中国作家薪火相传"精英奖。

观麦西来甫

唢呐音高手鼓狂,村庄男女换新装。
尖尖口哨集亲友,切切都它唤舞王。
花帽村姑群辫秀,短衫小伙彩袍长。
双双对对郎拉配,对对双双配意郎。
美女娇躯风摆柳,少年壮体雁翱翔。
酥胸半掩脖筋扭,拇指齐伸臂膀张。
两足连挪绕裙转,朱唇轻启送嘉祥。
含羞掩面三回首,魂魄全消进梦乡。

博湖上元夜

边疆小镇上元日,火树银花不夜天。
旗帜红灯布街巷,冰雕雪塑坐公园。
唱歌小品刀郎舞,长调秧歌跑旱船。
别样西陲太平景,尽收老汉电车前。

元旦情

友人邀我拜新年,我却偷身独自闲。
昨日弹琴赏丝竹,今朝润笔写诗篇。
寻机后院翩跹舞,觅空前厅踉跄拳。
老汉时时闲不住,天天都胜过新年。

刘宇辉

会计师、经济师,湖南长沙花明楼人,从事财务管理及咨询、社会审计工作。2011年底开始业余创作,关注社会民主,曾兼任中华网文学论坛、香港诗词论坛版主,并荣获中华网"优秀版主"。网名"刘宇辉 lyufe",座右铭为:"弘扬真善美,鞭挞假恶丑,让世界充满爱!"目前兼任珠海市诗词楹联学会副秘书长,现代诗、古诗词、诗评诗论等曾荣获国内不同赛事奖项。

七律·步杜甫韵秋兴八首
其一:虞山怀古

孤影霜寒贯故林,南飞北雁气萧森。
追花问浪三江涌,扫雨吟雷四处阴。
石马嘶风云破胆,白鸥掠水乱谁心?
布衣几丈愁生计,漫入秋声奔捣碪。

其二:小石洞

横卧鸽峰绿荫斜,洞门藤紫覆槿华。
几人箭起追空翼,哪路仙成贯月槎。
野老吹牛生鬼脸,和风卷叶奏胡笳。
枫红已醉无根水,片片秋情满眼花。

其三：尚湖
太公垂钓紫金晖，壮策云钩朔易微。
六岛倚香流镜美，千禽奏乐冻霜飞。
荒淫暴政休言在，向背人心岂敢违。
懒与闲流同泛溢，湖人牧马笑轻肥。

其四：虞山感时
石磊无常世事棋，一朝落子尽欢悲。
风突难事逍遥雨，赋起乔装快活时。
曾道心绸随影动，何防汗马带衣驰。
前人寂寞虞山憾，拂水流云若所思。

其五：兴福寺
紫殿凌云镇北山，时闻馨鼓汉宵间。
迎风几注逢时泪，叩圣多尊闯四关。
龙马精神休怨事，丹青粹美莫悲颜。
通幽古涧兴福地，肃穆金檐为哪班。

其六：拂水岩
倒卷珠帘冽氿头，危岩叠翠系金秋。
霸王舞剑芳花醒，险道欺生峭壁愁。
谁问南风追梦日，哪知残墨染沙鸥。
盘剥有理难为道，簇簇今人耻旧州。

其七：辛峰夕照
粼波璀璨两湖功，瓦黛墙黄夕照中。
大雁斜飞迷瞑眼，老牛醉卧挽秋风。
层层向上山衔紫，缕缕相思叶现红。
欲辨攀高人世事，休欺白首钓渔翁。

其八：虞山墓群
秋深径冷自逶迤，但见游魂入复陂。
齐女含香思故国，斜阳眷鸟宿南枝。
河东君吼虞山问，舜过泉流望海移。
何事时风常起伏，是非恩怨总交垂？

刘玉龙

男，1952年12月生，上海市人，先后任中学教师，安徽省滁州学院图书馆馆员。2014年7月返回上海居住。近年来，先后在《诗词报》《心潮诗词》《东坡赤壁诗词》《江西散文诗》《作家文苑》等报刊发表诗歌三十多首，部分作品入选《第五届全国廉政诗词楹联大奖赛作品集》《2016年吟昭君诗歌大奖赛应征作品汇编》等。

作品获得第七届"祖国好"华语文学艺术大赛金奖，《春望山化镇》获得山花烂漫原创诗歌创作大赛优秀奖、《长征颂》获得"弘扬革命精神、传承红色文化"诗词大赛优秀奖等。现为中国诗词楹联网协会会员。

五绝·黄鹤楼远眺
春风摇翠柳，烟雨绿烟姿。
望尽天涯路，相逢应有时。

五绝·草原牧归
抬眼阴山路，肩披塞外星。
牛羊云彩里，篝火踏归程。

五绝·春望三峡
长江流不断，春色自天裁。
流韵烟波袅，飞舟万里归。

七绝·江南水乡
烟波渺渺百花开，双燕飞飞绕道回。
十里烟花春正闹，小河两岸柳新裁。

七律·武汉大学赏樱花
春风日暖柳烟深，鸟语花香各自闻。
粉面芳容应耐看，迷离妩媚赏花人。
飞天花雨东风醉，尽染朝霞万里神。
武大校园春唤醒，琼英怒放赏缤纷。

清平乐·天山

远山绿淡,天际秋云卷。指向天山千里远,万水千山走遍。

长烟落日高山,谷种几点白帆。收尽青山眼底,多情人欲别难。

菩萨蛮·喀纳斯湖

幽深峡谷平湖漾,泛舟水绿观相望。湖水醉心田,高山秋意寒。

秋波情豪放,西域放歌唱,歌舞短拍间,吟杯四座欢。

贺新郎·游长江三峡

百里穿山渡,阅江山、巴山渝水,画中得句。晚岁游长江三峡之地,山水迷人之处。春风绿、天然自有。流水高山听韵律,雨朦胧、云雾凝幽谷。春色美,手高舞。

烟江云雾芭蕉语。绿波中、听雨入梦,杏花春雨。雨后烟云千山翠,一片风光浓郁。看春色,春风化育。吹动千树山秀丽,色如烟、天籁之美路。花正艳,景夺目。

刘育祥

因为喜欢,所以努力,至今笔耕不弃,有部分作品发表、获奖和被收录诗词选集。

午休

最是无聊梦不成,细听帘外噪蝉声。凭空一念思风雨,几缕寒凉满屋生。

茶

细数坡前长绿茏,小炉慢煮也从容。清香几缕拂云低,上下沉浮润味浓。

咏蜗牛

一任蜗牛漫步挪,悠闲岁月不蹉跎。有人志大承房贷,它守居壳乐自多。

槐花

香飘十里坠玲珑,一树庭前似雪中。日月枝头清煮水,荒灾度命济时功。

立春

灯笼高挂映天红,万户千家各不同。柳蕊枝头迎二月,春来一夜满苍穹。

入夏

我为春书写续篇,翻开一页笔描妍。前行十里香飘远,入夏方知露肚圆。

立秋

一窗明月映清秋,满院果香即醉休。黄叶梧桐飘落处,初心不改任风流。

冬至

霜染柴门似雪飘,物华增色月添娇。寒梅香蕊摧春早,老树枝头待吐梢。

刘月盛

安徽安庆人,笔名月圣。退休后,学习格律诗,现为安庆市诗词学会、安庆市石化诗词学会、安庆市老年诗词楹联研究会、安徽省江淮诗书画研究院安庆分院会员。曾有多篇小说、散文、诗词在全国、省、市多家报刊发表。

七绝·读李卉《此地宜城》有感

此地宜城郭璞言,宋朝知府梦初圆。千年怀旧情多少?满页烟霞可抚弦。

七绝·登笔架山有吟

青山笔架白云悠，世外桃源毕府楼。
难得千年今日见，诗人幸会应齐讴。

七绝·山茶花

东君迷恋曼陀罗，蝶往蜂来舞又歌。
野径一枝红艳俏，春寒不畏独婆娑。

七绝·游无锡运河吴桥有吟

廖廓空蒙水接天，谁家玉笛伴丝弦？
吴山脚下吴桥上，一鉴冰轮照二泉。

七绝·浮山怀古

浮山景翠亿年前，野阔岩空看洞天。
说法因棋佛缘见，赢来太守醉禅仙。

七律·安庆建城八百年颂

筑城黄干千秋鉴，过眼烟云八百年。
昔日一江乘舟渡，而今两岸喜桥牵。
龙山凤水黄梅唱，桐邑长风文脉延。
郭璞预言见圆梦，笑迎华夏艳阳天。

离亭燕·振风塔怀古

秋夜银盘高挂，塔上风铃低亚。眺望碧空天尽处，岸影灯光斜射，美景令人夸，江畔园林围厦。
水上舟船如画，海口古今诗话，多少盛唐兴废事，昔日城楼华夏，梦里觅城楼，黄干无言潸下。

【越调·天净沙】春日浮山

青峰白荡红花，丹崖石刻流霞。林秀洞幽寺雅。望江亭下，楚天空阔天涯。

刘云飞

天涯一孤鸟，摇翅也飞翔。冷暖我自知，出没零丁洋。网名北京乌云，现居北京宣武，软件技术工程师，爱好哲科、历史、军事、旅行。

五古·无题

素鬓自秋色，有思梦难凭。
未肯向春尽，心期游太清。
徐登郊原古，遥对满天星。
浮沉虚静渚，间关三两声。

五律·梦笔峰

白云随杖起，风袂入黄山。
梦笔临天末，生花砚月环。
松贞人寂碧，峰险水淙潺。
野旷云天性，穷奇宇宙间。

七绝·泰山

雄峙天东出海岱，仲尼带剑杏开坛。
秦皇汉武碑无字，自古天梯十八盘。

五律·兰亭序

古墨天留与，流觞曲水中。
群贤登会稽，峻岭漫竹风。
天道留鸿爪，行书走意龙。
兰亭不二序，生死契唐宗。

五律·观山月

山溪绕谷鸣，云破月无声。
皎皎兰花落，潺潺浴月行。
古今山与月，宇宙姓何名。
吾死君常在，心中自不平。

七律·牡丹亭

雨巷乌檐面壁人，百年昆曲玉梨魂。
青衣水袖白团扇，瘦骨梅心绿绮琴。
鼓半绝尘风雪路，天一生水月波门。
牡丹亭上齐生死，流水高山响遏云。

五绝·高昌故城

野旷天低树，铃驼漠境悠。
胡琴悲古道，带月过西州。

七绝·少年游
地迥天高一叶舟，采诗就酒少年游。
韶光无限飞青鸟，跌宕江山掠水流。

刘再林

笔名流声，男，56岁，大学文化，经济师，湖南省湘潭市湘潭县河口镇人民政府干部，自2018年10月起开始诗词创作，记录生活，感悟人生，宏扬正能量，倡导真善美。

七绝·君子莲
湘潭路口谒莲君，业旺楼高店铺云。
求学已然三十载，寒窗尤恋笑缤纷。

七律·建军92周年赞
炮响南昌八一魂，举旗聚义井岗春。
长征陕北延安塔，大统江山解放军。
抗美援朝拥虎胆，救灾守土建功勋。
忠诚奉献新时代，铸我中华凯旋门。

七绝·避暑
蝉鸣白日树荫乘，空调追凉聚友朋。
记得前人摇草扇，君临茶肆业中兴。

七律·广场舞
农家院中舞歌声，掌控音儿脚步灵。
九妹裙开心怒放，一心想跳到北京。
撸起袖子加油干，再唱山歌给党听。
歌杳杳来风喝彩，姐翩翩起笑随形。

七律·娭毑养鸭
刘府娭毑八十华，鸭儿忘返恋鱼虾。
野营下蛋迹无查，连夜电筒田埂坎，
砍柴塘坝路边茬，元宵嘎五自回家。

五律·农舍
数鸟高枝下，纷纷落草荆。
滑翔斜日静，觅食小虫惊。
布谷山前和，斑鸠屋后鸣。
炊烟农舍袅，竹畔呛锅声。

七律·午后
午后悠闲庭散漫，环巡天井逐鱼行。
小蜂采蜜随花朵，太空浮云伴艳阳。
敞椅但闻禾雀语，过墙不播劲歌王。
西山喜鸟喳喳叫，院角青株一菜黄。

一剪梅·雪满三湘
夜起呜呜檐号殇，愁煞三湘，愁满三湘。山林飞舞白鹅毛，村野苍茫，城市苍茫。玩偶冰雕她巧妆，玉洁寒香，玉洁含香。外边雪仗斗寒光，一处抓狂，四处疯狂。

刘战生

安徽安庆人，80岁。现为中华诗词学会、安徽省及安庆市诗词学会会员，安徽省书法家协会会员，安徽省及安庆市"炳烛"诗书画联谊会会员。几年来创作诗词近千首，部分作品曾刊登于全国及省、市级诗词报刊。参与市内有关诗词报刊的编辑工作。出版个人诗词专著《勤拙轩诗草》。

五绝·题山乡图
群山笼碧纱，流水傍人家。
桃源羁旅客，轻舟追落霞。

七绝·古四美吟
沉鱼落雁月花羞，美女芳称百世流。

自古倾城万千计，留名犹赖伴王侯。

七律·观上海国际第十届木兰拳邀请赛
正逢节令是重阳，南雁北鸿飞浦江。
静美春江花月夜，清和拳扇剑波光。
阴阳互纳精神健，武舞相融体气昂。
沪上今朝聚英杰，五洲四海木兰香。

七律·游江郎山
屹立英姿浙闽边，雄奇秀丽甲东南。
丹霞绘就三生石，造化撕开一线天。
弘祖屡游称险绝，凡夫猛见竟痴颠。
刘郎幸会江郎面，始觉今生不愧然。

七律·读袁枚《随园诗话》
五十万言书梓行，一时纸贵石头城。
显官隐士心扉语，慧女娴媛闺阁情。
博采千山品兰玉，广闻百曲识芳声。
子才不愧真才子，灵性文章话性灵。

【双调】南歌子·游浙西廿八都
浙闽千峰谷，文名廿八都。仙霞关去古征途。似是深闺未出隐娇姝。

遗落深山梦，浑成古镇图。钱塘潮涌入潜居。惊看千年野驿变新衢。

相见欢·游天目湖
一
水光映接天光，白茫茫。倏见飞来轻艇剪沧浪。游天目，云烟竹，若仙乡。自是湖滨山影画雕墙。

二
微风细雨潇潇，棹轻摇。不远山间湖上挂悬桥。桥上景，忙留影，指轻敲。一袭绿裙红伞走春娇。

刘振芳
网名书香茶韵。1967年生于山东省潍坊诸城市，诸城市作家协会会员，诸城市东鲁诗词协会会员，潍坊市诗词协会会员，山东省老干部诗词协会会员。喜欢文学，作品散见《诗词月刊》和各报刊。

七绝·落寞叹
人到中年落寞留，油盐酱醋度春秋。
心操八瓣无归处，乱绪纷纷怎个收。

七绝·我和缝纫机
奏曲何须用锦弦，丝飞针落自安然。
闲来拾露花前醒，忙里星垂机上眠。

七绝·退群
怕扰诗园小径深，悄然莲步退芳林。
冰心只合梅心共，我自瑶苔把酒斟。

五律·随心吟
横琴铸水云，毫墨染罗裙。
棋伴庭前月，曲酬心上君。
持杯同饮酒，握笔共书文。
花艳迎风纵，才情慢慢熏。

七律·随心许
三三两两谁家女，俏取蜂蝉枝上语。
乐事寻来柳戏风，清欢忘却回归去。
馨声过隙绕青苔，玉影藏身凭暗处。
笑指云堆碧水潮，光阴漫洒随心许。

南乡子·夏吟大明湖
（依龙谱·冯延巳体）
风起漾花潮，碧叶圆圆水上摇。满目粉红成梦幻，妖娆，醉看蜻蜓上绿腰。

谁在弄笙箫，韵在云间水上飘。许是雨荷痴旧地，迢迢，再渡明湖撑竹蒿。

刘振山

男，1971年2月19日生，现年48岁。自幼喜爱诗词。愿结交有共同爱好的师友。

鹊桥仙·风停雪住（中华新韵九文：仄）

双调五十六字，前后段各五句、两仄韵——欧阳修

风停雪住，银装素裹，曲径寒梅香沁。芳汀望远四方白，烟波缈、归帆难认。

枝头燕雀，寻欢争暖，不解离人忧闷。旧时双燕捡春来，旖旎语、泪光隐隐。

朝中措·西窗明月过三更
（中华新韵十一庚：平）

双调四十八字，前段四句三平韵，后段五句两平韵——欧阳修

西窗明月过三更。空寂小桃红。零落幽园曲径，相思一点魂萦。

柔情蜜意，呢哝软语，岁月流空。唯有清光寒影，花间伴我朦胧。

浣溪沙·明月枝头摇晚风
（中华新韵十一庚：平）

双调四十二字，前段三句三平韵，后段三句两平韵——韩偓

明月枝头摇晚风，桃花戏水撒嫣红。两情相悦小楼东。

袖舞绵绵心欲醉，琴音漫漫曲难终。双眸遥对夜朦胧。

忆秦娥·狼烟乍
（中华新韵一麻：仄）

双调四十六字，前后段各五句，三仄韵、一叠韵——李白

狼烟乍。虎贲突骑青鬃马。青鬃马。披星戴月，如风飞跨。

黄沙百战穿金甲，将军热血胡尘踏。胡尘踏。云霞万里，艳阳高挂。

小重山·一黛青山涧水逶
（中华新韵五微：平）

双调五十八字，前后段各四句、四平韵——薛昭蕴

一黛青山涧水逶。闲云浮翠顶、沐春晖。轻舟摇荡柳丝垂。鳞光耀、香透小窗帷。

新试柳烟眉。粉衫遮素手、巧依偎。兰琴低语燕双回。浓情处、梁祝化蝶飞。

刘志澄

男，1946年7月出生，江苏省仪征市人。毕业于南京大学。曾先后任安徽省和湖北省气象局党组书记、局长、正研级高级工程师。现为中华诗词学会、湖北省中华诗词学会会员，鹰台诗社、赤壁诗社、北京市西山诗社社员。

【正宫】黑漆弩·武汉喜迎军运会

流莺百啭清平调，黄鹤复返欢笑。碧云天、秀美江城，更有那东湖好。

（幺）待金秋、圣火燃情，（看军运）各国健儿争傲。（赞武汉）上台阶、机遇能抓，大手笔、提升品貌。

【双调】水仙子·保护长江

中枢严令护长江，民众齐心奏乐章。治污保绿攻坚仗，频频捷报扬。喜如今、铁腕良方，（定教）山林秀，（更期）水质良，万里（总）飘香。

【双调】得胜令·赏花

春暖看桃红,夏暑赏莲蓬,秋爽金花绽,冬寒冷蕊萌。融融,人醉芳菲梦。匆匆,花明淑景中。

【仙吕】四季花·白兰花

黄梅时节雨如麻,暑气湿千家。水丝化着相思洒,又见梦中她。哎呀呀,清香一朵白兰花。

【仙吕】四季花·荷语

一池粉翠舞烟霞。(飞来)彩蝶问莲花:何来艳丽如诗画?答话令人夸:叶尤佳,扶持陪衬共芳华。

【双调】碧玉箫·七夕遐思

织女牛郎,今夕聚成双。热泪汪汪,相拥诉衷肠。叹凡间飞船游四方,星桥横大江。速求凡人帮个忙,高铁连天上。洸!从此相思不必长相望。

【正宫】小梁州·登黄鹤楼

鹤腾江汉舞名楼,(凭栏叹)千古悠悠。当年崔颢好诗留。诗仙秀、搁笔也风流。

(幺)曾夸唐盛常怀旧。看今朝,(繁华)景象真牛!国复兴,人增寿,梦圆华夏,放眼尽芳洲。

七夕

七夕夜空河汉高,双星苦恋盼今朝。
相思纵有诗千首,不及佳期过鹊桥。

情网

见卿那日一低头,笑靥娇浮红面羞。
顿觉抛来笼情网,今生爱恋网中流。

雨中黄鹤楼

携雨披风入画楼,飘红凝绿换汀洲。
尘清三镇街边树,波拍长堤浪里鸥。
水滴飞檐旒缀玉,风吹铁马韵添幽。
依稀黄鹤云垓现,高拥双江万古流。

武汉江滩

江城江畔江滩靓,如苑如街如画廊。
楼宇恢弘浮日影,霓虹璀璨接星光。
桥连三镇车流急,浪涌千舟汽笛扬。
百姓长堤亲水乐,归来黄鹤也徜徉。

行香子·雨中行

好雨扬清,拢伞徐行。润苍颜,甚是温馨。青衫渐湿,两袖香凝。觉心之舒,气之爽,体之轻。

周天雨落,大地澄明。这春水,涤我心灵。浮生若梦,万利休萦。应读山川,吟诗赋,享康宁。

苏幕遮·醉春曲

燕穿林,云出岫。化雨东风,梳剪垂丝柳。人面桃花思邂逅。水暖山温,触目春波秀。

妙宫商,今谱就。伴唱黄莺,树上痴痴候。一曲高歌春似酒。醉落花枝,拈起轻轻嗅。

水调歌头·望乡

白日忆乡切,入夜梦扬州。凭栏黄鹤楼上,心逐大江流。又见烟花三月,逸驾春风十里,淮左遍酣游。惆怅运河水,未及弄轻舟。

遮不住,剪不断,是乡愁。门前翠柳,丝丝缠绕那般柔。慈母摇篮小曲,旧巷青梅竹马,莲动采菱讴。翘首乡关远,窥户月如钩。

江城子·赞楼道爱心座椅

老人常说上楼难。紧扶栏，咬牙关。台阶级级，挪步似爬山。喜见墙边装折椅，先小坐，再登攀。

鲜花一朵映春暄。解民烦，忌空谈。社区主管，爱老有新篇。楼道东风化细雨，虽点滴，润心田。

注：社区给无电梯的各楼道安装爱心折叠椅，供老人歇脚，深受居民好评。

【仙吕】油葫芦·王婆卖瓜

村里王婆去卖瓜，口哼曲，头戴花。瓜甜量足众人夸。摊前醒目双维码，包中充足银行卡。支付宝，微信刷。改革施惠花争姹，互联网络利千家。

刘志宏

网名乐山乐水。陕西汉中市汉台区人，退休工程师。退休后开始学习诗词创作，作品发表于中华诗词论坛及多家网络媒体，也散见于多家纸媒。

步韵陆游《书喜》五首

一、无题

只道消愁借醁醅，三尊饮尽结难开。
知无扁鹊医心病，信有嫦娥施药材。
夜雨潇潇惊鹤梦，世途杳杳漫尘埃。
和风送暖天晴霁，枯木逢春绿复来。

二、祖孙对弈

对阵纹枰两稚顽，青丝皓发问江山。
慎行车马三思后，疏失城池一念间。
学艺垂髫欣益智，伴孙羁叟乐消闲。
大言二子当慈让，却是无方得胜还。

三、诗趣

炼字推敲探韵深，虽无瑶玉亦陶心。
隔屏远握听天籁，撷句频酬唱瑟琴。
千首诗章权作骑，十年树木自成阴。
文坛策马寻佳境，问访蓬山觅雅音。

四、春雨

甘霖应节兆丰穰，麦稼蔌蔬长势狂。
拈字吟怀研韵律，开坛煮酒话麻桑。
常修心佛尊千界，不负尘寰梦一场。
数日连阴非我愿，还思天霁浴春阳。

五、无题

大河无水小河干，张叟糊涂戴李冠。
逐利庸人登玉殿，腾云骏马弃豚阑。
无期寰宇同凉热，有愿官民共暖寒。
喜得春来天向好，相邀品茗话团栾。

刘志孝

茂名南天诗社会员。微信名半江瑟瑟半江红、一品黄花。中华诗词学会会员、中国楹联学会会员、太行诗社社长。作品发表于《燕赵诗词》《中国乡土作家诗刊》《潞城新闻》等纸刊，主编《三垂冈》诗刊等。

读朱彝尊《高阳台·桥影流虹》

一叹相思一叹痴，断肠人赋断肠词。
终归不是双飞客，桥畔空垂遗恨枝。

七夕聆听《江村》与《海棠》讲座

江村此夜月初临，但有清音耳畔吟。
梦里海棠花影下，与君卧把鹊桥寻。

天净沙·登石坪岭
（董天知将军殉难地）

青春碧血丹霞，古亭新路泥巴，一阵歌声泣哑。云低雾下，穆松垂露黄花。

五律·和张华兴老师
硕果金秋色，丹书赤帝光。
宦云巡潞水，诗国醉天堂。
德重同邻并，心宽放眼量。
为官虽久副，羡煞孟襄阳。

画堂春·苏小小
幽兰啼露袖轻柔，西陵寂寞春秋。慕才亭下话风流，欲说还休。
莫叹香车空待，却将遗恨长留。试看千古韵悠悠，夫复何求？

南乡子·为卓越水泥厂壮歌
巨浪卷神州，改革春风拂塔楼。楚水卢山图伟业，沉浮。一纪攻坚跃上游。
满厂翠横流，比武兴文有远谋。壮志在胸锋在手，吴钩。不破楼兰誓不休。

麻田八路军纪念馆彭德怀塑像
立马高岗望远方，山河收尽入行囊。
八年血战惊倭胆，铁壁铜墙铸太行。

西江月·将军岭
赤岸绵延烽火，清漳鼓荡涛声。雄师天降鬼神惊，百战神州始定。
追忆峥嵘岁月，缅怀先烈功名。金戈铁马慰平生，留与后人崇敬。

刘治平

五绝·看经贸战
昔弱狼心辱，今强贼眼红。
自操起步健，蚊豸赴灯终。

五绝·伞黑倒后
腐伞恶黑崩，民安国泰兴。
常防阴轨复，砥砺剑刀莹。

五绝·新疆白皮书
掷地唤金声，筑牢西北宁。
泥蛙重鼓舌，皮剐肉烹蒸。

五绝·成仙
运到登高铁，千峰越眼侦。
杯茶余热惠，黄鹤竟光临。

五绝·硕果
《参考消息》2019年7月28日载美GDP二季度由前3月的3.1%降到2.1%。
经战何其利，谁知季减一。
民生尤怨恨，豹胆暗悲奇。

五绝·再战吧
对3000万亿加征10%美税。
上海平邪浪，进洋捉怪龟，
戎机张万里，威武夺千魁。

五绝·奉陪到底
重掀经贸战，蛮意尽先明。
五岳峰谁驻，长江壮海征。

刘治洲
男，茂名南天诗社会员。大学本科学历，中学教师，甘肃省平凉市诗词学会会员。自幼爱好古诗词，从事古诗词创作多年。

五律·游华亭车厂沟有感
避暑休闲玩，华亭好地方。
鸟鸣幽谷静，蜂舞野花香。
溪水环山石，流云伴牧羊。
伏天多酷热，此处享清凉。

五律·冬日徒步
冬日常徒步，悠然四野行。
冷风如剑戟，呵气变霜晶。
山静无人语，林深有雉鸣。
所逢皆侧目，谁会此中情。

七绝·夏日偶得
莫恨春归无觅处，人间四季有花开。
夏天青荷秋天菊，雪里山中看腊梅。

七绝·开心每一天
清茶一品解千愁，诗卷常翻抵百忧。
如果还存烦扰事，请随云鹤信天游！

七绝·碾场
满场摊麦映天黄，碌碡车牵滚转忙。
三碾三翻籽粒脱，东风扑面好扬场。

七律·崆峒雪韵
大雪纷飞乡野静，广寒香桂落无声。
楼台庙宇如银玉，山石林泉似水晶。
青冠小尼堆雪塑，白眉老道扫门坪。
明朝日出霞光照，云漫神山气势宏。

七律·幽谷行（新韵）
雨后谷幽空气好，呼朋唤友去踏青。
桃花似火春正盛，柳色如烟绿意浓。
林间漫游逐水走，草丛横卧赏虫鸣。
何时不为生活累，野鹤闲云一浪翁。

七律·建荣兄迁居兰州赐别
相识相知乒乓台，谦和大度又多才。
夏天湖畔常闲步，冬日园中共赏梅。
别路漫长山几重，友情深厚酒三杯。
若蒙垂念家乡返，故地花儿为您开。

刘忠钢

自号竹根居士，1963年4月生，桂林人。自幼喜爱诗书。作品刊登在《桂林诗词》《穿山神韵》《中华诗词》《南英诗刊》《鸣弦诗词》《广西工人报》等报刊。

七律·做饭
老夫颇爱进厨房，君子远庖吾不妨。
剑戟刀枪时上下，盆瓢锅碗每叮当。
洋葱魏紫堪催泪，土豆姚黄足饱肠。
只羡郇公五云体，如今时尚厌膏粱。

七律·闲游
飞鸾桥下阳江水，洁澈悠然绕绿汀。
烂漫闲花谁刺绣，啁啾小鸟不知名。
风吹乱发随风舞，雨洗长空似雨清。
欲问芦笛听妙曲，光明山麓望嶒棱。

七律·早起微哦
白玉兰旁已暮春，和风花瓣雪纷纷。
枝头暗绿生鲜绿，世上新人换旧人。
浅陋虽无诗浪漫，清闲尚有景温馨。
且抛无用尘俗事，潇洒西郊去看云。

如梦令
瓜果篓中堆满，刚到路边微喘。生意未开张，忽地那边嘶喊。挨卵，挨卵，好像又来城管。

忆秦娥
匆匆过，白驹日月谁能遏？谁能遏？春风和煦，秋风萧瑟。
炎凉四季花开落，悲欢百岁心辽阔。心辽阔，青山矗立，碧江横卧。

鹧鸪天
小小寰球寄此身，孤高未肯任漂沦。
闲挥宿墨标风骨，清咏新词借月魂。

掬绿水，荡红尘，风流淘尽剩何人？徘徊古岸牵垂柳，欲挽匆匆已逝春。

水调歌头·庆贺中国共产党诞辰

多难乾坤裂，将覆雾霾浓。镰刀锤子构架，鼎力柱苍穹。割取朝霞一片，冶炼阳光万缕，锻造五星红。猎猎迎风雪，朗朗耀天空。

惊雷震，尤英挺，聚豪雄。九十八载砥砺，谈笑更从容。丝路贯穿今古，经济筹谋欧亚，天海好腾龙。任重千秋业，虬劲万年松。

水调歌头·己亥上元阴雨有作

凭槛问云霭，何故此时浓？吾今欲揽明镜，醉后映雕虫。云霭答曰小子，知否层云深处，有物隐其中。偶尔露鳞角，雷闪震英雄。

历遐岳，邀钜海，御长虹。已然奋起，心志豪健纵西东。任是华山说剑，抑或纹枰论道，游刃自从容。激荡春风起，迷晦扫而空。

水调歌头·夜过解放桥见吉他弹唱

脚踏一江水，怀抱六弦琴。是谁惊醒寒夜，高亢动风尘。天际半轮明月，桥畔千年绿浪，声震起粼粼。更醉堤边柳，欲绾水中云。

漫挥手，轻顿嗓，为知音。飘扬长发五线，节奏越八分。惆怅子期方去，空有伯牙寂寞，四顾更何人。遥望还珠洞，凝伫马将军。

水调歌头·我有一闺蜜

我有一闺蜜，名叫孔芳芳。天生丽质，难自弃啊泛春光。上自堂堂天子，下至芸芸大众，都在为她忙。圈粉七十亿，她令粉丝狂。

欲携手，颇费脑，痛肝肠。痴情因此迷路，懵懂进班房。多少达官显贵，拜倒石榴裙下，膝盖很受伤。且看她模样，跋扈胜强梁。

刘祖荣

男，汉族，祖籍福建南安市罗东镇。香港文学促进会、香港诗人联盟、香港文联、中国新归来诗人联盟会员。作品入选《香港新诗名篇》《香港当代作家作品合集选诗歌卷》《香港文学促进会选集》及《中国新归来诗人选集》《城市文艺》《深圳特区报》《台港文学》《航空画报》《工人文艺》《香港诗赏》等。

香港电车

风狂雨骤平常事，百载沧桑历苦悲。
且看琉璃昭焕采，叮叮悦耳市中驰。

沁园春·香港

岬谷渔村，百载耕耘，举世盛名。看来往巨舸，征洋逐海；傍依大陆，贸易昌荣。幢幢高楼，峥嵘两岸，幻彩华灯不夜城。荆花志，无畏风雨疾，叶茂枝擎。

狮山雄视津途，跃龙门须法度分明。建公平制度，才贤荟萃；争鸣斗艳，共享清平。放眼苍庐，星河竞渡，砥砺中西文化行。港珠澳，大桥横天堑，绚烂新程。

刘作根

1935年生。安徽省诗词学会会员，安徽《展望诗苑》主编。在省内外报刊多有诗词发展并获奖，部分作品入选诗词集。著有《过客吟稿》。

古风·巢湖春望

登卧牛山望巢湖之春

大哉巢湖水，浩浩白无垠。
青山环岸立，云帆天际行。
沙鸥翔浮渚，竹树掩渔村。
燕剪柳丝绿，莺啭桃花明。
日照春光暖，风过菜麦馨。
闲步卧牛上，醉览一湖春。

七律·重访半湖

五年旧地又重游，满眼风光一望收。
遍地黄花嵌碧毯，漫山桃李夹茶丘。
春塘水暖戏群鸭，绿树荫浓掩画楼。
宴罢主人殷送客，叮咛犹约醉三秋。

七律·望九华

奇峰突兀入云霄，雄峙东南四海朝。
历代香炉烟袅袅，千秋古刹气萧萧。
钟鸣山寺僧房近，客走云崖天路遥。
谁为莲华开圣境，闵园九子镇魔妖。

注：闵园九子，是有关九华山形成的神话故事。

七绝·咏海棠

一枝红粉倚南窗，天赐胭脂出众芳。
景色醉人惊艳绝，风流不用巧梳妆。

七绝·城中居夏

绿荫摇曳映幽窗，习习南风透叶凉。
远近蝉声啼不住，送来夏韵满诗囊。

七律·雨晴访友

微雨初晴访友家，主人策杖乐开花。
精神矍铄容光满，思路清新脑不差。
共庆余年逢盛世，尤欣丰稔话桑麻。
忧时莫道权钱色，笑对人生漫品茶。

七绝·休闲杂咏

花落花开时令当，从容淡定自芬芳。
书海微群觅雅趣，偶来豪兴吼皮黄。

注：皮黄，指京剧西皮、二黄。

天净沙·老马

静观日月云霞，闲看碧水莲花。征战一生算啥？夕阳西下，犹思边草黄沙。

注：本人曾在宁夏工作十年，历尽坎坷。

柳金虎

山东高密人，1986年11月参军到新疆，2017年3月自军中退休。从军第二年开始发表文学作品，迄今发表作品200余万字，现为新疆作家协会会员。近年始习格律诗歌，业余得诗近千首，偶有小诗见诸报刊。

送同乡战友振富返兰州

两鬓飞霜人未闲，此身依旧战前关。
鹏程万里云烟过，不建新功誓不还。

医疗队出征兼赠战友苏赛

驭驾中秋万里风，漠天长路古今同。
男儿更爱催征鼓，只向军前觅战功。

目送退伍老兵出营门

战友呼来不转头，眼前叠映旧时秋。
世间多少男儿泪，一到情深独自流。

从军三十载

淡泊人生志在天，戎衣伴我到中年。
铁身壮影倚枪立，走马追风傍月眠。
兵度卅秋犹未老，花开半世正当妍。
他时若有回思录，最美无疑是戍边。

戍边

离家万里到云边，回望已然数十年。
淡看青春滋白发，轻描晚景秀寒烟。

欢肠最忆民间味,动魄长听塞外弦。
半世人生寻泊处,新疆早已梦魂牵。

新年有寄

雪野寻梅无觅处,西陲万里罩寒烟。
刀风独上枯枝舞,冻地长催细蕊眠。
马踏冰山迎晓月,身从战阵往中年。
今时尚有青春气,烈酒三巡不醉天!

柳茂恒

笔名柽柳,男,土家族,湖北建始人,生于1953年8月,中华诗词学会、湖北省诗词学会会员,恩施州诗联学会理事,中国狼社社员,出版有格律诗词集《柽柳风》《柽柳诗抄》,被当今诗坛誉为"从泥土中挖出妙句"的田园诗人。

七绝·说妻二首

一

垄上躬耕四十年,锄头浸汗化云烟。
我夸她是春风手,写的文章铺满田。

二

劳形早已体难支,好景姗姗来得迟。
儿买薄衣穿上后,逢人便说是真丝。

七绝·景阳江钓大赛

稳坐江边一字排,自然美景为君开。
金钩甩入粼粼水,钓出天光云影来。

五律·秋雨

乌云漫天卷,飒飒起风声。
已改暑天热,渐生秋日情。
慢吟诗几首,不觉夜三更。
窗外潇潇雨,扶帘独自听。

七律·林博园留句

对峙青山夹一坪,坪中嘉木掩繁英。
霜风未使红凋谢,廊柱争将金叠呈。
竹下听流流淡远,杯中映影影清明。
停杯欲诵刘伶赋,无奈踉跄语不成。

七律·四月山村行

寒潮过后暖阳升,沿着盘旋砼道行。
槐树花香香气淡,村居犬吠吠声轻。
在清幽处看风物,于冷静中思历程。
指点江山非我辈,文章一卷伴农耕。

西江月·秋情

偶尔正襟危坐,忽而晃脑低吟。绿茶几盏可清心,和着秋光慢品。

红叶多亏霜袭,黄花不怕风侵。疲劳便去赏泉林,石上悠闲一枕。

水调歌头·海军70华诞纪

一百载风雨,一百载沧桑。东方圣土,曾几惨被虎狼伤。甲午腥风犹记,更有西洋炮利,欺我病殃殃。血雨溅飞处,举国尽惶惶。

民族耻,华人恨,得声张。乾坤翻转,惊涛怒卷大风扬。万里深蓝筑梦,万里雷霆滚动,万里若金汤。万舰踏波起,万剑吐青光。

柳仕义

男,湖北武汉市人。生于1954年,大学文化。退休后酷爱格律诗词,其诗词作品多次在《湖北诗词》《襄水曲》等刊物上发表。现任襄阳市诗词学会副秘书长。现在湖北省襄阳市老年大学诗词班学习格律诗词。

沁园春·南漳颂

金色南漳,熠熠生辉,八百里长。看

春秋古寨，巍峨雄壮；华中绿谷，花草芬芳。走漫云村，漂龙王峡，探访先贤水镜庄。香河美，赏缤纷瀑布，荆楚无双。

卞和献玉之乡。有白起长渠灌稻粱。靠旅游活县，一兴百旺；蓝天碧水，绿色银行。百姓欢欣，山川扮靓，荒岭翱翔金凤凰。凭奋斗，干三年五载，领秀襄阳。

七律·题习总访朝
中朝友谊血凝成，唇齿相依兄弟情。
商路互通谋发展，祈求世界大和平。

七律·观南漳报信坡杜鹃生态园暨劳模创业基地感怀
劳模创业谱新篇，能叫杜鹃栽岭巅。
红蕊盛开红胜火，紫苞绽放紫如烟。
游人峰后留佳照，老板堂前数餐钱。
绿水青山金饭碗，花间林下赛神仙。

七律·思母
独倚幽窗夜色浓，每从旧照忆亲容。
惯听慈语轻轻唤，寒絮棉衣密密缝。
燃灶添薪温好饭，翻书阅卷盼成龙。
此般大爱终难忘，思上心头泪几重。

七绝·如此控烟
手分资料嘴叼烟，红色袖章箍臂间。
走近前来详细看，赫然"劝导控烟员"。

七律·赞排子河渡槽
渡槽飞架越高台，疑似银河天上来。
连接丹渠浇稻菽，引回碧水种桃莓。
旱包从此粮盈库，岗地如今果变财。
兴利避灾民福祉，初心永记不徘徊。

七律·读《遗爱亭记》感怀
遗爱湖边遗爱亭，东坡亭记警今人。

无为而治遂天意，顺应自然恩庶民。
墨吏贪官千户弃，廉明公仆万家亲。
君猷理政风犹在，盛赞苏仙笔有神。

龙能斌

重庆人。现从事银行保险业监管工作，自幼热爱文学，近两年热衷于格律诗学习和创作，初有收获。愿意永远保持一颗心，善待和热爱生活。

铜钱草
密密纤茎叶细圆，似荷迎笑舞翩跹。
青青翠色能消俗，缕缕香芬可入禅。
本是野生贫贱物，幸凭名赚富康钱。
莫由铜臭毁清誉，便处高轩也学莲。

奉节旱夔门
堪称鬼斧工，水旱斗奇雄。
崖峙一门锁，渊幽独径通。
无忧腾巨浪，惯看落残红。
身远繁华界，鸥声入梦中。

注：距重庆奉节夔门不远，有旱夔门，雄奇深曲如世外桃源。

七律·登娄山关感怀
昨日雄关变坦途，扼喉仍敌万千夫。
霜晨望雁排排过，深谷听鼙阵阵呼。
莫忘硝烟眼前逝，何容烈骨忆中枯。
回望漫道真如铁，濡血江山一画图。

山中消夏
仲夏山中自泰然，逍遥晨暮似神仙。
窗前风软竹摇翠，林下蜩吟溪拨弦。
清茗一壶心入静，烧春几盏意生癫。
闭帷不问尘嚣事，气定身轻欲上天。

花坝露营随感
群丘座座似花开，朵朵帐篷幽谷排。

— 766 —

风爽时来消暑气,声欢频送荡层崖。
闲行芳甸浥清露,高枕星河听鼓蛙。
乐水乐山多自在,忘忧忘俗洗心怀。

注:花坝因四周群丘环绕,中间盆地如坝,放眼望去仿若花朵而得名。

临江仙·伟人毛泽东

一介书生戎马度,秋收唤醒工农。井冈鼓角炮声隆。帅征二万五,星火燎原红。

鸿篇奇谋窑洞出,驱倭禽缚苍龙。义援半岛显尊容。开元傲世界,居伟数毛公。

七律·自画像

祖荫无承一庶人,天恩铁碗少酸辛。
淡求名利名私我,懒羡荣华荣达身。
苦历沉浮磨傲骨,痛经冷暖秉诚真。
今痴竹韵酣挥墨,犹喜初心尚未泯。

忆星空

常忆家乡夏夜空,满天星汉醉朦胧。
今居城邑几回见,笑扑流萤只梦中。

云龟山赏野樱

跃上云龟曲曲攀,数峰飞雪好嫣然。
才惊玉树林中秀,忽见琼枝崖畔悬。
日照玲珑姿妩媚,风摇袅娜影翩跹。
安居故土舒荒野,烂漫争春又一年。

荷塘秋韵

波清映古楼,荷老一池秋。
不见红蕖艳,未闻蛙鼓稠。
风侵残叶瘦,霜冷碧茎遒。
何恋妖娆短,淤中玉节留。

七律·自画像

祖荫无承一庶人,天恩铁碗少酸辛。
淡求名利名私我,懒羡荣华荣达身。
苦历沉浮磨傲骨,痛经冷暖秉诚真。
今痴竹韵酣挥墨,犹喜初心尚未泯。

龙佩

网名若兰芷晴,广东英德市人,任教于深圳市海湾中学。中华诗词学会会员,深圳市诗词学会理事,《深圳诗词》编委,中国北社理事,女子十二词坊成员之一。作品散见于各级刊物。

鹧鸪天·春游增江画廊单车健身绿道

小道弯弯远俗尘,增江两岸换新茵。
一排铁骑迎风疾,几树山花戏蝶频。

迷画境,赶行云,情怀冷暖总关春。
诗心未负当年约,嫁与东风正可人。

浣溪沙·诗意人生

朝赏行云晚品茶,淡梅虚竹饰侬家。
笔间娱乐亦生涯。

爱把文辞留墨迹,漫将心语入琵琶。
轻弹一曲浣溪沙。

卜算子·咏榕树

片叶向青天,根扎深深土。谁遣妆成绿四时,织就林阴路。

风过一回头,雨打轻轻舞。捧出清凉赠路人,与尔同消暑。

临江仙·咏栀子花

绽放无关春日,清芬不与秋云。夏时轻展素罗裙。肌肤犹胜雪,静待梦重温。

记得年年此际,一襟香气氤氲。两情相悦度晨昏。痴心君可解,卿是玉人魂。

减字木兰花·窗外木棉花

春回花坞,一树嫣红开处处。灿若流

霞,数朵欣然访我家。

推窗轻握,似是前生情定诺。那得相依,愿在心田种几枝。

巫山一段云·渔舟唱晚

向晚红沉水,移舟石染霞。苍茫遥接远山斜,彼岸是渔家。

梦挂蓬莱阁,歌传仙苑笳。何时借我一浮槎,载月访梅花。

高阳台·重阳日与北社诸友游梅林公园

莺啭高枝,风摇翠蔓,梅林不改葱茏。除却霜痕,风光更胜春容。红羞粉涩游人醉,探芳菲,惬意无穷。漫登临,磴道清幽,叠影丛丛。

惜缘未负诗朋约,正重阳好景,韵记游踪。倦客尘心,此时知与谁同。登高也作登高赋,怕秋霜,不染枫红。且归来,梦枕桃源,月照帘栊。

渡江云·寄远

江南人渐远,几番忆旧,着意种诗花。斜行匀淡墨,浸透相思,一纸寄天涯。描枝画影,最怯那、笔底寒鸦。临晚照、小桥垂柳,寂寞倚残霞。

些些,疏星暝月,断梗浮萍,数梧桐叶下。怎忍得、双鸳池宿,半树云遮。月痕空作秋痕怨,篱落间、斑驳横斜。人缱绻,听风漫过窗纱。

绮罗香·记鹏城莲花山簕杜鹃展

一座莲山,三千粉萼,开向流霞深处。未怯初寒,依约破冬来聚。看不够、媚态千般,辨不清、斑斓无数。到黄昏、日落西峰,痴痴一醉忘归路。

休言冬日情薄,冷压新词未稳,心声难赋。南国鹏城,直是云鬟花雾。任流连,信步低吟,且寻向、临风轻诉。当此际,漫卷芬芳,杜鹃开几许。

陇耕

本名曾江保。生于潇湘,客住岭南;沉浮闹市,躬耕国文。现系渌水诗社社员,《湖南诗人》编辑,西安市雁塔诗词学会会员,洛阳市诗词学会会员,中国青年作协会员。文章散见于《诗词月刊》《湖北文学》《贵州诗联》《山东诗歌》《山东散文》《中国建设报》等刊物。

临风抒怀

飘飘桐叶自登堂,常被澄觞惹醉伤。
倦鸟归飞辞客巷,任它烟雨水茫茫。

莫道春光无觅处(新韵)

青藤长短草悠悠,小筑风光作画楼。
胜却阿房无限事,群芳自立倚墙头。

诗心不悔度华年(新韵)

诗心漫道号风流,四载漂泊仍未休。
满院萧条不忍顾,秋风秋雨倩谁收。

岭南吟(新韵)

频添碎雨夜苍凉,谁引春风荡入窗。
梦里常居闲垄上,东篱携杖采菊郎。

与欣怡书(新韵)

南岭学生赠我书,春风频送暖修竹。
当年别作三秋冷,今日重逢万物苏。
瘦影不堪明月照,玉壶曾把宿心伏。
此中情谊何能忘,回寄欣怡柳一株。

萍聚(新韵)

燕子双双去似龙,蹉跎羁旅水淙淙。

天南地北寄檐下，冬去春来卧柳风。
潭水桃花归野鹤，推心置腹告飞鸿。
山遥路远勤挥手，只见云山不见容。

如梦令·轻舟行走

去日白云苍狗，转瞬轻舟行走。屈指近秋悲，一路向前依旧。一昼，一昼，等顾月明时候。

娄光辉

晓松，毕业于上海铁道大学，自幼喜欢诗歌，青少年时期，诗歌曾在校刊上发表。移民加拿大后，专攻古诗词，2007年获《加拿大＜游子吟＞网络古典诗歌大赛》三等奖。诗词作品散见于加拿大报刊及媒体，现居住加拿大。

沁园春·秋日即兴

十月金秋，天高云淡，月朗风清。感天公造物，鬼工神笔；漫天匝地，似画如屏。枫树嫣红，琼林姹紫，川涧溪泉不住鸣。值良日、汇八方挚友，共聚枫城。

席间尽是豪英。抒胸臆、慨然作玉声。倡中西合璧，人文法理；古今传载，唐宋元明。岁月无情，廉颇渐老，前路苍苍任纵横。不必叹、趁良辰佳景，且啸前行。

行香子·感赋

晦暗遮天，风啸云翻。霎时间，席卷狂澜。危栏休倚，入目阑珊。正秋风起、秋叶落、秋花残。

一壶浊酒，两道拼盘。气神闲，随遇随缘。曾经沧海，看惯桑田。道鸟归林、龙归海、虎归山。

江梅引·为朋友家后花园而作

争奇斗艳满园载。竞相开，怒相开。百态千姿，蜂去蝶纷来。八月秋高风送爽，月花下，对清辉，酒一杯。

一杯一杯真快哉！夜将阑，兴未衰。唱也唱也，唱不尽、山水情怀。西舍东邻，笑我半痴呆。得意来时须尽兴，休辜负，满庭芳，绣成堆。

七律·加拿大国庆长周末游汉密尔顿公园

山光野色未曾谙，哪管途遥步履艰。
飞瀑流泉人涌动，琼林滴翠鸟流连。
寻幽径入羊肠路，揽胜还登险壁端。
澄澈明湖生茂苇，浮波弄影一舟旋。

注：汉密尔顿市的史宾沙峡谷和瀑布群公园，距多伦多百余公里，驱车需一个多小时。

楼立剑

1968年生，浙江义乌人。从事企业管理。中国楹联学会理事，浙江省诗词与楹联学会理事，金华市诗词楹联学会副会长。诗联作品在全国各类赛事获奖百余次。无师无承，无门无派，自谓"野诗人"。

次韵黄山谷《弈棋》

拙直由来未合时，闲观人事类观棋。
光阴奔马空留迹，风雨劳禽晚择枝。
守此小家真快活，有何大梦可坚持。
往来风月知多少，白发能知我不知。

北郊

黄昏天气半晴时，陌上东风缓缓吹。
几处蛙喧青草岸，一溪烟缥绿杨丝。
不拘多少花都好，便觉寻常山亦奇。
五十番春看已过，每从大地借生机。

鹧鸪天·春日喜晴

宿露零星滴桂根，东方鱼肚泛晴痕。

鸟旋广宇煽开雨,山出深闺惊动云。

花气暖,水声匀。阳光轻扣万家门。东君别有无穷意,好教珍重眼前春。

水调歌头·感事

狡兔辟三窟,我亦一门楣。青山迤逦,烟树聊作锦屏围。深念阳春有脚,泽及白衣寒士,稽首一开眉。须早辟园径,待我老来归。

生涯事,思伏枥,却闻鸡。若教彭泽,仓米千石竟何为。世路磨边旋蚁,欲壑巴蛇吞象,既悟尚迟疑。沧海一鸥落,饱食更须飞。

满庭芳·解冻

陇上梅残,楼头梦短,村外吹断笙箫。数峰烟色,侵绿到江郊。遥想崖冰千尺,应化作、九派春潮。寒如许,听风听雨,元日到元宵。

寥寥,谁叱起,林间蛰兽,云上飞鹍。甚两鬓逢春,霜雪难消。分付东君著手,旋料理、月夕花朝。今吾有、些些块磊,何用酒来浇。

楼晓峰

男,1958年生,浙江遂昌人。汉语言文学专科毕业,系中华诗词学会、中国楹联学会、中华对联文化研究院、中华辞赋社、香港诗词学会成员。诗词、楹联、辞赋作品常见于全国和多省权威媒体。

七绝·星条旗下观日食

行无忌惮狂淫肆,景耀初亏今日始。
况有晴空霹雳兴,光芒隐退剩羞耻。

金丝兰赋(中华通韵)

金丝兰又名金线兰、金线莲,野生珍稀植物,名贵药材,目前人工栽培甚多,但野生状态极其罕见。2018年与朋友傅长胜驴行至深谷林间偶然得之,移植成功并开花,欣赏再三,意犹未尽,乃以十韵为赋。

山中有草,隐逸其居;素朴其荣,金丝其脉。

无执无妄,不束不拘;馥比蓝蕙,闲同暮霭。

河洲质朴,适彼关雎;林莽玄空,纵情我爱。

躬逢幽谷,相与偷娱;娱且未足,欣然掘采。

移将造化,寒舍一隅;朝服暮侍,忘乎倦怠。

七绝·夔门问答(中华通韵)

何人弄斧砍夔门,两岸凌霄一壑深。
且看江涛崖下过,风吹浪打有遗痕。

五绝·荷塘拂晓

波光翻鸟影,旭日醒荷枝。
觅食虫来早,怜珠水滴迟。

满江红·顶天立地毛泽东

痛中华,多罹难、乾坤抑郁。哀社稷、万般凋敝,抚膺当哭。负草泥途偏遇雨,冰霜万里伤飞鹄。金瓯裂、命运系飘蓬,其难卜。

千钟粟,华盖屋。金络马,颜如玉。伟男儿所向,岂甘庸碌。破浪乘风何倥偬,出生入死天翻覆。报炎黄、构玉宇东方,真神速!

渔家傲·人民公仆焦裕禄

善政为民能领导,魂牵梦系钟兰考。水患风沙盐碱沼。凭改造,泡桐屹立平风暴。

雪片纷飞当喜报,踏平三害乾坤好。天若有情天亦老。魂不倒,楷模树立神州表。

清平乐·荷塘拂晓

蝉喑树静,隐约池塘影。万籁无声都不应,一刻千金光景。

冰轮掩匿沧溟,悄然出水琼英。一望波平如鉴,韶华红绿鲜明。

渔家傲·港珠澳大桥竣工(中华通韵)

百海桥连海隧,驱车事半功翻倍。电掣风驰如梦寐。惊雄伟,寰球注目膺冠桂。

陆地汪洋今并轨,赋形化象臻完美。两制依凭惟智慧。三途会,高瞻远瞩今联袂。

卢德利

男,网名笑看人生。1952年生,北京市人,大学本科,毕业于北京第二外国语学院英语系英文专业。多年来,一直在中国石化集团公司外事、科技等部门从事英文口笔译翻译、技术贸易进出口等工作。曾荣获国家外文翻译局颁发的高级翻译技术职称证书。爱好诗词,写过一些诗词及翻译过有关中外文诗词,愿与诗词界的朋友相互学习、探讨。

七律·返城(平水韵)

十年风雨两茫茫,西北关东垦戍忙。
梦绕魂牵思故土,终成夙愿返家乡。
前途事业重安置,困苦艰难有担当。
壮志忠贞为国想,知青吾辈气高昂。

七律·清明祭奠双亲(新韵)

去日依稀在梦中,追思往事万千重。
春风细柳轻飘逸,翠柏青松侧相迎。
纸币金箔燃祭火,鲜花果品寄真情。
冢前叩首来遥拜,几缕云烟漫长空。

七律·雨后情(新韵)

空山夏雨漫青峰,碧水蓝天两地萦。
园内湖光新气韵,林中雀鸟尽欢鸣。
风吹翠柳垂低首,月照明窗映夜星。
覆望苍穹思往事,丹心一片慰衷情。

七律·惊蛰(新韵)

惊蛰之日醒眠蛙,细雨和风沁面颊。
山上梅花齐绽放,河边芳草待发芽。
几声雷响催春到,一片云开见彩霞。
好友邀来同饮酒,举杯走笔话桑麻。

采桑子·海棠花溪观花

海棠溪畔花千树,一片芬芳。到处馨香,嫩瓣缤纷落地翔。

林间雀鸟频飞舞,各自成双。无限春光,绿柳轻垂影照塘。

满庭芳·聚会(词林正韵,龙榆生谱)

十时光,峥嵘岁月,历经人世沧桑。凛然回首,酌酒道其详。数载边疆奋战,强身骨、斗志轩昂。云空处,苍穹碧月,尽诉我心藏。

时逢当此际,同窗共聚,喜气飞扬。愿执手邀君,一饮空觞。鬓发苍霜你我,今日里、相叙衷肠。情真处,眉飞色舞,谈笑少年狂。

南歌子·腊八感怀(毛熙震体,新韵)

雾气迷天暗,窗棂挂满霜。梅花开放冷风凉,腊月初八粥味万家香。

每到寒冬日,心中倍想娘。云天高处

设灵堂,细语悄声母子话家常。

注：先母逝于2015年腊月。

【双调】浪淘沙·玉渊潭赏樱花
（龙榆生谱）

绿柳伴东风,春意融融。玉渊潭苑赏樱红。各种荆挑多绽放,一片芳丛。

嫩蕊盛开中,香气飞鸿。游人到此顿从容。但愿来年花更好,旧地重逢。

卢东明

男,1948年6月出生,广州市人。广东省中华诗词学会,岭南诗社会员,粤穗科技诗社副社长。作品在《当代诗词》《粤穗科技诗声》等刊登,有《七叶草》专集和《中华诗词十二家》合集。另外,个人创作的《粤曲赞羊城新八景》共8首获2012年度广州市群众文艺作品一等奖。粤曲《圆梦》获首届深圳市新世纪粤剧粤曲新作新人邀请赛（2014年）金奖。

七绝·广州萝岗访梅

踏雪寻梅我自痴,只争朝夕怕来迟。
岭南无雪却言雪,留住香名赖此枝。

五绝·山行

日过花追逐,人行鸟送迎。
松涛连十里,远壑起秋声。

七绝·不夜羊城

薄云疏雨湿濛濛,眼底花期觉似空。
远近庭前盈瑞蔼,玉颜千色映桥红。

七绝·秋游

暖日寒香动翠微,绕篱蜂蝶羡轻肥。
游魂几许行如梦,秋在诗囊喜复归。

七绝·街区闹元宵

锣喧鼓震去寒冬,狮舞龙腾动玉容。
里巷迎神同织梦,融和街景瑞华浓。

渔歌子·闲居

柳岸莲塘日自波,庐居偏近海云多。
供一醉,卧烟蓑。诗肠鼓荡便高歌。

临江仙·陈家祠

古院重修穷胜事,长廊新展神怡。红墙绿瓦映相辉。墨花呈丽景,铸铁显玄闱。

南国华章添异彩,楚庭高阁芳菲。满园桃李斗英奇。旧游成梦寐,我思欲纷飞。

浣溪沙·兰亭御园兴吟

杏榭兰芳曲径幽,粤江南岸漱珠楼。骚人墨客喜相酬。

草赖徐吟舒漫舞,花偷旧韵剩优游。一时雅兴动吟讴。

卢福武

男,72岁。武汉大学经济学硕士,高级经济师,武汉国企退休。湖北省鹰台诗社社员,洪山老年大学迪光诗社社员,洪山书画研究会浪淘沙诗社名誉社长及省中华诗词学会会员。多次在诗刊上发表诗词作品,参加省、市有关部门举办的诗词活动,荣获一些奖项。

五绝·游襄阳娘娘洞

五色云中走,兰舟水上流。
山间提袋女,窟静诵经柔。

七绝·22位高中学友金秋同过70岁生日

应邀相会醉心楼,拂去尘嚣兴自悠。
一半寿星一半友,杯杯欢笑杯杯秋。

七绝·东湖访梅
磨山夜雨洗轻尘,丽水清清碧翠新。
梅洒飞花姿烂漫,一湾春信乐游人。

七律·植物园赏荷
艳阳风爽芰荷香,未见伊身已喜狂。
不尽碧裙罗曼舞,万千红玉傲穹苍。
首怀志向心间苦,腰斩情丝一缕长。
翠干铃儿朝上举,汗衣拍客去来忙。

蝶恋花·为小孙制花灯
  瑞雪飘萧寒气袭,灼灼春联,新福盈年吉。眸闪唇红肤白皙,啁啾稚语甜如蜜。
  临近上元灯制毕,玉罩晶莹,红烛笼中立。鱼跃龙门鞭霹雳,吉星高照优成绩。

七律·与小孙过元夕
元宵霏雨水淫侵,九凤琼台雾霭沉。
狮舞银屏峰壑翠,孙欢屋宇日星金。
两腮红晕呢喃语,一杆花灯蜡炬心。
不想彩虹阡陌照,韶光流淌醉人音。

浣溪沙·清明扫墓
  苦雨风凄柳叶垂。萱椿墓上纸钱飞。连连旧梦忆依偎。
  一束素花馨两界,两行老泪洒青薇。荒凉碑冷久徘徊。

望江南·旧工作日记本
  生平事,留在页篇中。前日青衿薪卧胆,横刀沟壑万千重,花月不平庸。归国后,省悟暑秋冬。双袖清风随竹柳,一腔情意任从容,疏影伴春浓。

卢家忠
  中共党员,退役军人,企业退休干部。

夏日珠江
珠江河畔百花开,漫步休闲情满怀。
阵阵晚风吹绿岸,波滔荡漾浪飘来。

广西河池夏日游
石阶徒峭雾盘峰,绿树挺拔入碧空。
傍水倚山飞大雁,青崖跨越在江中。

七绝·观海
茫茫大海任风吹,旭日霞光水映辉。
百舵扬帆逐浪卷,燕旋低舞往来回。

纪念七七事变
七七事变已多年,峰火硝烟似眼前。
怒炮轰击雪国耻,中华傲立领当先。

荷花
瑶池碧绿鱼欢游,荡漾微波任自由。
绽放荷花留客眼,千姿艳丽展风流。

卢建国
  内蒙古乌兰察布市察右中旗人。现担任旗诗词学会会长、市诗词学会常务理事。为旗、市、省、中华诗词学会会员。有诗词发表在全国媒体、网络平台上,部分诗词由团结出版社、北京燕山出版社、四川民族出版社(诗人合集)出版。入选《新时代中国各省市知名诗人全记录》《内蒙古诗人大典》书籍,被誉为"乡土诗人"。

七绝·怀志(新韵)
手挽夕阳歌一曲,久怀鸿志碧空天。

凝眸霜鬓思年少，学海筏舟律韵前。

七绝·人生（新韵）
开天辟地塑泥童，对配鸳鸯度一生。
雪雨红尘牵手渡，征途穷富寄篱情。
注：泥童：指女娲造人。
鸳鸯：指男人女人。

七绝·人生（新韵）
风尘烟雨人生度，回味长河几瞬间。
气盛芳华鸿志立，鬓衰已暮谱新篇。

七绝·闲吟（新韵）
白云远去见蓝天，独闻雄鹰展翅闲。
最是夏初风景好，老翁赏卉谱诗篇。

七绝·自吟（新韵）
墨砚生花不染尘，笔尖留秀满芳心。
少灵无韵涂鸦乱，添彩修拙有后人。

七绝·花甲吟（新韵）
涉世红尘妙岁佳，壮心未老好年花。
闲来解甲拉弓箭，舞墨归田绘晚霞。

七绝·吟诗人（新韵）
寸断愁肠杯饮酒，适逢壮士一壶茶。
千篇诗赋出佳丽，万丈红尘落晚霞。

创业者（新韵）
礼赞安美玲女士

千山足下平常路，天道酬勤苦里来。
不负风华凭睿智，牵头致富薯花开。
注：薯，指"后旗红"马铃薯（土豆），代指薯业。

卢建华

生于1973年，喜爱诗歌和朗诵。河北省兴隆县作家协会会员、承德市诗词学会会员。作品散见于《兴隆周迅》《雾灵山文学》《诗选刊》等报刊，以及《承德文学》等微刊。

七绝·春风
先将柳叶细心裁，又滤枝头次第开。
绿草如茵丰暖色，耕农忙碌种深埋。

章台柳·春早
春来早，春来早。雀跃枝头春意闹。
未见东风唤嫩芽，但闻香韵田园绕。

清平乐·梨花颂
雪飞山素，淡淡芳姿楚。伞盖枝丫香铺路，云淡风轻随处。

烂漫欲语横流，爱痴真醉心浮。眷守朝朝暮暮，春光无限娇羞。

七绝·暮春垂钓
背山面水放长纶，静气平心钓晚春。
红谢玉消不入眼，涟漪轻起却销魂。

诉衷情令·杏花
白腮粉面笑春风，纤萼碧含情。北坡花绽如海，蝶凤巧相逢。

群看客，触机屏，美图生。杏花飘雨，心滤忧思，酸楚盈盈。

点绛唇·春雪
早浴山城，寒英拂柳丝丝绿。顿生奇趣，撑伞轻遮雨。

润物无声，青草知君意，茵遍地。速然归去，留罢千山玉。

点绛唇·清明
遍地灰烟，哀思无限阴阳断。几多悲叹，难解心头怨。

岁岁清明，荒冢跟前乱，新土铲。却

难谋面,行孝当年慢。

采桑子·山桃花开
深山林里芳颜绽,香郁峰巅。香郁峰巅。绿叶不陪,欢笑染青天。

一朝玉陨随风逝,几度悲怜。几度悲怜。单等秋光,乐享果微甜。

卢竞芳

鹧鸪天·重游北海公园并序
戊戌春3月23日,陪夫进京看病,重游北海公园,时距我们旅行结婚游此已36年矣。

又见当年入此门,嫁衣初试小腰身。柳堤影动疏荫乱,羞色洇红水底纹。

嗟往事,恰流云。倚栏难觅旧时痕。东风催绽花千树,可有一枝识故人?

淡黄柳·秋柳
风撩散页。惊起谁家蝶。水岸柔丝忧百结。载着梢头冷玦。还道今宵夜如雪。怨明月。

无言作临别。年来事、待重说。奈何期、赋到人愁绝。片纸应承,那番烟雨,填上心头半阕。

南乡一剪梅·戊戌秋日遣怀二首
无处写秋光,叶冷花残尽断肠。欲遣悲歌强入韵,诗未成行,泪已成行。

相顾两茫茫,破土新坟草欲黄,瑟瑟枝头风又紧,离也凄凉,留也凄凉。

临江仙·旗袍女人
玉立亭亭风弄影,飘然一袭华裳。谁家笛管正悠扬。丰腴花满地,素雅月临江。

翠袖红丝生古韵,腰身恰好裁量。玲珑曲美味回长。端庄真国色,婉约入词行。

临江仙·茶艺
恰似仙山来客,悠悠烟柳朦胧。纤纤玉手出芙蓉。寸眸含远黛,秀口吐霓虹。

把盏醍醐灌顶,神牵楚月秦风。香魂一缕满苍穹。朱泥千叠浪,人醉碧波中。

卢璐

男,生于1973年,河北省保定市人,从事教育工作。系中华诗词学会会员,河北省诗词学会会员,保定市作家协会会员,满城区诗词楹联学会副会长。作品散见报刊。

七绝·夏日暮时读书有句
开轩无处晚时风,初绽榴花照眼红。
偶有新识雏燕语,闲吟共我两三声。

五律·阜平行随吟
山水本无意,奈何同我心!
思飞连九堰,静若少三魂。
玉瀑丹墨冷,青藤润雨亲。
个中寻真趣,惯向自然吟。

七绝·登仙人峰
一山一水一福地,一草一石一画屏。
一念凌云一念老,一时风雨一时晴。

七绝·阜平沙窝行留句
夏日风光绝胜春,花枝含笑水含云。
繁茵野径行无处,恰恰山莺送好音。

七绝·春日秀兰庄园留句
迢递春风十万里,缠绵柳絮数重烟。

重檐小雀湖心影，何异江南四月天。

七绝·戊戌杏月老家见感
长林陌野启芬芳，十里桃花百里香。
欲卧青蒿听鸟语，两三杏雨过渠塘。

七绝·老家印象·春日
青山为伴水为邻，夹岸桃花又一村。
烟雨江南终有梦，不及明月洗纤尘。

卢清庆

笔名逆旅行人。一个辗转奔波于车轮之上的客货车司机。自幼喜好古诗词，时常沉醉于唐风宋雨之间。以车马为生，以诗词为伴。观风云于车窗外，抒心情于笔墨中。

五绝·南郊暮景
叠云收暮色，霞焰敛残红。
眼阔心遐旷，驰途一路风。

五律·过南华山
寺僻唯高远，山灵恐藏仙。
香烟熏供案，净水滴金莲。
佛影生慈相，岩心韵冷泉。
隐听松壑里，禅鼓梵钟传。

五绝·飞天
展翅翔穹宇，登霄接旭晨。
高飞天际外，铁翼入云津。

五律·包车返途所得
郊路驱驰急，青蒿夕雨寒。
翩云依远树，薄雾绕层峦。
眼阔通途畅，心平暮景宽。
营营何所事，车马自成欢。

七绝·七夕
天人两隔鹊桥长，霄汉瑶台恨断肠。
相思若能凭空诉，何难织女与牛郎。

七律·题之无题
岐路于前逆旅孤，东西南北亦穷途。
匆匆曾与真情负，碌碌更将岁华辜。
衰鬓染霜休怪老，颓颜失色不能输。
寒灯斜照无人处，冷月西峰润似珠。

七绝·一处相思两地遥
巫雨峡云风起潮，生情止礼错良宵。
长言短语无从寄，一处相思两地遥。

七律·梁野山瀑布
云磔南岩瀑布悬，沿山千尺栈桥连。
人来迤入荫凉处，鸟去惊鸣野莽边。
碧草丛生藏石涧，青苔湿滑润飞泉。
久时未上嵩梯半，倚坐长亭叹远天。

卢盛宽

安徽合肥人，教授级高级工程师，我国第一台同步辐射加速器建造者之一，曾获国家科技进步一等奖，享受国务院特殊津贴。现在中国科技大学老年大学学习诗词。

五律·赶诗潮
昔闻杏坛火，今赶海诗潮。
对仗如巡地，厌平犹驭涛。
品格学李杜，意境仰苏陶。
文趣醇胜酒，逸情逐浪高。

七律·世界诗歌节有感（新韵）
四海同歌雅韵兴，自由纯粹正能生。
古今中外多诗宿，李泰荷桑享圣名。
嚼字咬文别致味，吟风咏月旷达情。

今朝喜看英才聚，对垒京华论剑锋。

七律·同学聚会

众鹤归来觅故巢，物非人是鬓霜薄。
开贞像畔观桃李，校史厅中仰俊豪。
并进红专实理汇，齐驱鹏隼宇寰翱。
相逢畅叙兼诗酒，后会从容耄耋高。

七律·谷超豪赞

跨界飞天数战鏖，空间技术获勋劳。
微分合璧开山炮，杨米方程游刃刀。
粒子建模多创举，行星绕日永翔翱。
精栽桃李声名广，数力天才奖最高。

一剪梅·中国科大颂

"所系结合"乃沃田，早慧华年，栋梁弥坚。"威武亮""光源"，基础如磐，跨越惟先。"量子"遐通地觅天。"暗物"寻勘，"超导"夺冠。一流争创又新篇。底气非凡，朝气空前。

注：包括两弹一星，国家同步辐射实验室，量子通信，暗物质探测，铁基高温超导材料，五大著名科研成果。

青玉案·感怀（为6551班再聚首而作）

玉泉立志攀峰路，骤风雨，蹉跎苦，卌载飘蓬犹竞渡。峥嵘岁月，勒功国薄，研管齐加速。

晚晴仍葆蚕牛趣。翰墨歌诗逸情寓。试问心期偿几许？半生云涌，满腔虹驻，平静人如故。

临江仙·屈子情

《天问》《离骚》齐璀璨，高洁雅韵豪英。《楚辞》先祖创新声。渊博颖睿里，香草美人情。

世罕名人浪漫梦，神州米棕醇菁，龙舟竞渡念贤诚。古今多逸趣，民粹水流行。

满庭芳·一鉴亭莲趣

暑热蒸腾，夜凉难驻。曲径烟罩幽幽。鉴亭恬静，空寂少人游。放眼青荷翠盖，盈盈处，闲适心头。馨香漫，蝶蜂相逐，浓绿映红楼。

明眸，凌绝顶。群山纵览，谁与同俦。卓荦不群先，砥柱中流。玉立坚强向上，尘不染，洁本长谋。真君子，隐能不露，清雅满寰球。

卢世明

河北诗人，作品散见于各级各类报刊。

鹧鸪天·龙砚阁上远眺

砚阁凭高问远烟，驰眸一阕鹧鸪天。长湖倒映长廊路，大鹳翻飞大禹山。

林密密，水涓涓，瑶台宝镜落人间。同心桥下波浮月，画舫无声渡有缘。

满庭芳·山村即景

涵月初圆，影浮绿水，镜波凝注横塘。棹桡来去，逢驾铁牛郎。惬意肥田瓦舍，闻道是、牛女家乡。箫声起，莲溪竹径，雨霁唱斜阳。

徜徉，花影醉，盈蹊落蕊，屐迹留香。敞扉待盟鸥，招鹤烟江。忘却神仙旧梦，书半榻、卧览陶章。千年后，山中真意，今又细思量。

定风波·耕牛吟

四季农田负我身，弓腰俯首向昏晨。但拓荒原成沃土，青宙，丰收锣鼓慰艰辛。

力尽不辞添把草，盈饱，明朝又长力

千钧。小憩偏逢吴月下,谁怕,声雷目电踏荆榛。

卢素兰

湖北黄梅人,任《中华诗人》杂志社名誉总编,湖北省散曲分社副秘书长。黄冈市诗词学会女子分会、东坡赤壁诗社女子分社副会(社)长。任《中华女子诗词》第一卷编委、第二卷副主编。《中华女子楹联》第一卷、第二卷,《中华女子散曲》第一卷、第二卷副主编,《漱玉》女子诗刊副主编。

咏莲

盛夏芙蓉映日芳,平湖叠翠溢清光。
承珠绿盖招蛙戏,弄影红英惹蝶忙。
身洁性纯星露沐,姿娇品淑德风扬。
不枝不蔓流仙韵,玉立亭亭水一方。

咏杏花

杏子逢春吐艳葩,慕情性善品尤嘉。
芬芳院内增光色,灿烂墙头乐小丫。
香沁长街过客恋,枝繁素蕊丽姿夸。
丰肌玉质娇羞态,淡白平生气自华。

咏枇杷果

五月庭园草色深,枇杷几树透清阴。
叶柔明晰七分翠,果熟垂沉万点金。
贪吃飞虫常允吸,尝鲜过客屡窥寻。
子多怜母孕期苦,甘沐风霜献赤心。

雨后彩虹

一道虹桥挂碧霄,天铺丽锦倍妖娆。
青山披彩神姿焕,绿水涵光柔态娇。
霭泛晴岚烟渐散,霞浮瑞气俗潜消。
人生若似云霓灿,风雨须经赶大潮。

咏长江

浩瀚长江东逝流,穿云破雾不回头。
气吞三峡撼嵩岳,襟带五湖惊鄂州。
涵养生灵人畜旺,运输航海客商稠。
水源丰富乾坤朗,万象和谐壮国猷。

游四川甘孜州贡嘎大雪山

索道凌风上碧霄,盈眸素裹尽妖娆。
悬冰百丈玉容丽,喷雪千峰白雾飘。
足履寒光攀险峻,眼观仙貌赋逍遥。
堪惊夏赏隆冬景,雄美甘孜举世骄。

画梅

挥毫着意绘清姿,宣纸铺开磨砚池。
先向芳心描丽质,再从铁骨画冰肌。
勾涂玉絮琼英吻,点抹丹青瘦影仪。
一幅锦图终落就,暗香盈室倍舒眉。

咏冬

莫道三冬万物凋,登楼放眼尽妖娆。
冰封湖水镶银镜,雪裹山峦映碧霄。
翠竹凌寒身影正,苍松傲立节风标。
梅英灼灼幽香馥,别有洞天无寂寥。

卢象贤

笔(网)名向闲,别署黄龙山人。1963年生于江西修水,1982年毕业于江西大学。诗人,高级工程师,首届国诗大赛探花。有《黄龙山人七律》等著作七种。

闻某蓝衣记者因翻同行白眼被解职

紫袍团坐处,未可炫蓝衣。
阮藉虽翻眼,无人说是非。

和东春兄题马安风景照诗

莫问天蓝抑水蓝,云中五老水中参。
马安桥是通灵物,敢把仙凡一担担。

题高山寺

垅深一线号摇旗，在昔朱陈较虎罴。
平尽高山无仰止，招来释子有能为。
此时桑海方悲客，他日声名又是谁。
吟到落花何忍继，人间炮火正纷披。

题父母将雏赴雨图

雷雨来势急，倾盆不稍停。
古堡虽可避，遭际正须经。
父母携二子，阔步入晦暝。
幼者方褴褓，长者止龆龄。
愿借天河水，浴此一双星。
他年世尘里，不做叶底萤。

西江月·西江千户苗寨

路上还须上路，江西行到西江。由他世外尽洋房。此地木楼无恙。

桥柱饱经风雨，蚩尤对傲炎黄。莫朝夜月问沧桑。户户芦笙能唱。

卢筱琴

女，本科学历。酷爱古诗词创作，喜欢现代诗和散文诗，热衷于古筝、古琴、箫，闲时以诗、琴为乐；《诗刊》子曰诗社社员。曾在《中华诗词》《诗词报》《诗词月刊》《上海金融报》《中国金融》等刊物发表诗词等作品。

基层小柜员

从来不厌坐基层，黛月彼星日落升。
历尽坚辛窗口献，人间荣辱视烟轻。

档案管理员

紧松装订旧时光，往事翩翩已泛黄。
旧去新来一剪影，陀螺旋律转姑娘。

行香子·营业间

君着清妆，气质馨香。大厅外、顾客盈堂。传呼叫号，丹心迎窗。听键声捷，迎声脆，送轻扬。

支农支商，建设城乡。农合人，梦远情长。光荣任重，默泻柔肠。愿志同道，歌同唱，苦同当。

柳梢青·三八妇女节旗袍秀

典雅国妆，旗袍妩媚，贞静菲芳。国色仙姿，惊鸿一瞥。在水中央。柳腰莲步端庄。将词曲，塞进诗囊，文人哼调，雅士帮腔。共谱篇章。

西江月·编辑部

网上鼠标轻点，临屏审稿千家。百花筛选缀婚纱，妆扮美人灯下。

成就三千才子，深藏一代芳华。且将厚土培新芽，多少文坛佳话。

浪淘沙·白露

白露又凝霜。君在何方？兼葭佳句好牵肠。疏影依人歌袅袅，一曲情殇！

风送晚冬凉。诗意茫茫。翻开老杜苦篇章。月洒案卷长夜白，明月家乡！

浪淘沙·夜读

清月顾书房，陪我身旁。婉约唐韵若琼浆。一卷醇香千古诵，多少痴狂。

满案卷银霜，灯火微茫。衣单已觉夜清凉。灵感忽来忙捉住，一首诗行。

画堂春·小空乘

梨花一朵立舱舷。柔声细语涓涓。嫣然笑上两眉间。如柳含烟。

娉婷恰似紫燕，翩然又入云间。问卿此去几时还。莫负流年。

卢拥军

男，1956年12月生，四川省江安县政协退休。现聘为江安县政协文学艺术院副院长兼秘书长。曾担任过四川省宜宾地区作家协会理事。诗作、散文在《宜宾日报》《四川文学》《四川文艺报》《西南旅游》《诗词月刊》等发表。

咏梅
几经冰雪几经寒，铁干铜枝独自繁；
傲骨本来生铸就，不求青帝与春天。

观江安李花有感
千枝万朵雪花开，玉洁冰清捧入怀。
但得人间长此景，和风丽日蝶蜂来。

夕佳山庄园
缕壁雕窗岁月遐，勤耕苦读举人家；
林前听说古今事，白鹭归来落晚霞。

青峰烈士纪念地
连年在此想音容，十二英灵安息中。
翠岭葱茏红日里，桂花万粒沐金风。

嘉峪关前
遥看黑山夜色沉，当年万里木兰征？
边关冷月依然照，塞下今人换古人。

赠朝忠兄
秋月春花四十年，想时常捧别离篇。
频繁微信读佳作，万树梅开唱宇寰。

注：其诗《万树梅花破雪开》，由名家谱曲演唱，在中央电视台播放。

卢振君

男，茂名南天诗社会员。1961年生于广东省梅县。本科学历，现任梅州市梅县区教师进修学校教师。

五律·纪念长征老红军卢伟良（新韵）
尖笔耸云天，天湖激情涟。
松涛鸣战鼓，群壑万马腾。
旗展雪山顶，忠魂泽草边。
洒血立家国，包公谱新篇。

七律·纪念父亲参加抗美援朝68周年
鸭绿江涛不逝波，父欣卫国跨朝河。
仁川雪凛冬衣少，松岭峰燃战骨多。
动地英魂躯为盖，冲天烈焰血当歌。
沙场一去轻生死，岂问头颅值几何？

卜算子·万箭龙舟追忠魂
家家粽飘香，户户悬蒲草。屈子当年投汨罗，冤愤随沧渺。
　　浩气存人间，代代同思悼。万箭龙舟追忠魂，誓把英名找。

卢宗先

诗作入选《2018中国诗词年选》等选本，并多次获奖。

七律·湖州抒情
襟江带海宝湖州，吴越争雄著万秋。
天目凤翔山夭矫，苕溪龙舞水欢流。
物华似月东南美，人杰如星今古彪。
世世风情继耕读，江南胜景献娇尤。

沁园春·国庆礼赞
天淡烟飞，水秀山青，万里宝疆。有长江献媚，黄河逐浪；昆仑目挑，岱岳眉扬。塞北民谣，岭南古舞，笑语欢歌动赞章。临佳节、更龙腾金宇，虎跃东方。
　　悠悠七十年光。到此际、中华崛起昌。喜繁荣经济，三军威武；文明社会，五

— 780 —

族和祥。携手征程,凌云壮志,不负初心齐发扬。红旗卷、战鼓催奋进,效绩新场。

满江红·郑和下西洋

明祖开边,铁骑卷、幼童玉帛。趁时起、龙争虎斗,建功鸣镝。郑坝村中清敌垒,东昌城下勤王绩。得主知、渐任腹心能,书皇策。

受朝命,浮巨舶。扬旌节,乘潮汐。越千屿万国,浩天澄碧。战士请缨南海月,将军麾渡西洋域。共张侯、建不世功勋,悬双璧。

七绝·毕业别同学阴秀才

自今挥手辞石城,从此同窗盼友声。
志士不施儿女态,仁人总是在征程。

七律·咏赵匡胤

皇袍已披天命归,从此英雄入我围。
卧榻清闲那容鼾,朝堂尊贵不应唏。
重文可保江山久,轻武难开祸乱扉。
百计千方保皇位,不虞光义黯龙飞。

清平乐·次韵黄庭坚《春归何处》

梅香迟处,已破春风路。桃李璀璨争妒处,千朵粉葩共住。

桃磎谁可询知,池塘青草黄鹂。漫啭绿枝欲解,蓦然飞转红薇。

七律·宁夏旖旎

黄河咆哮自天来,冲决黑山峡谷开。
万顷波涛舒沃野,千家福祉赖唐徕。
贺兰山畔葡萄熟,边塞江南禾黍栽。
宁夏旖旎由祖绩,于今继志应廓恢。

五律·海边日出

横空秋日出,沧海淡濛濛。
翠屿腾飞浪,白鸥逐姹红。
曹公曾沐雨,画匠偶临风。
千古江山美,丹青润色功。

庐安居士

戴建君,犇立,字子笔,号庐安居士。1960年12月生于四川眉山。高级工程师。

七律·思乡(中华新韵)

祖孙十代住彭山,乐享天伦比尽欢。
古堰银流浇沃土,岷江碧水济西川。
家乡老少皆忠孝,故里宾亲互待宽。
守道和谐严律己,幸福长寿久平安。

七律·长江黄河两卧龙(中华新韵)

长江万里汇申东,万担黄河几字通。
亿万中华慈母泪,京千大地孝儿生。
炎黄辟治先行水,两道归流古卧龙。
生物源泉天造化,九洲大禹世神功。

七律·岷江(中华新韵)

千里岷江九寨源,雪溶天府第一泉。
出沟醴液冰分水,入堰河流溉沃田。
千丈清波穿蜀地,万畴翠稻遍西川。
驰情涌浪长江首,生命航程奋起帆。

七绝·古堰(中华新韵)

蓉眉父老慧觉前,截引岷江灌沃田。
溉水千年通济堰,鞠汁万代幸福泉。

七绝·悼敬正书(中华新韵)

悼惜志士先西去,敬仰英才早厚亡。
正气一生常济世,书格独具永流芳。

劝金船·家乡人长寿(中华新韵)

家乡风水真精秀。世代人长寿。依食稻米杂粮豆。嗜椒烈烟酒。笾祖铿翁，俶献养生佳构。诸术健身强体，惠益遥胄。

忠纲孝密功难朽。睦谊彭山友。烹茶待客鸡鱼肉。赏今古渊囿。靓媚前光，妙引上宾回首。若你住居仁里，康乐延久。

望远行·西湖一日游（中华新韵）

夏令苏堤客海茫，三潭石塔镇湖塘。晨亭柳藻雾中香，青天霹雳雨狂降。

白娘泪泡衣裳，暑伏一日胜秋凉。晴空山水岛舟航，绝伦佳景夜风光。

鬲溪梅令·驴友（中华新韵）

不识五女组成家，打喳喳，大理蝴蝶泉镜，比金花，已斑苍老妈。

未曾独旅走天涯，放行她，巧遇真情驴友，笑哈哈，够青春焕发。

鲁鸿舜

男，2006年3月出生于上海。现就读于上海凯慧中学，初一年级。从小学三年级起学习写诗，喜欢动手做事，喜欢摄影，喜欢机器人设计。2014年、2015年两次获乐博杯国际机器人竞赛少儿组、中级组金杯奖；2016年3月作品"无敌霸王"获全国"普乐情别克杯·少年创意汽车设计赛"入围奖、同年获希望杯全国数学邀请赛（四年级）铜奖和上海市青少年健康教育知识网上竞赛（小学组）三等奖；2016年获杨浦区青少年机器人挑战赛两次二等奖（小学组点球、四人接力）；第十六届中国青少年机器人竞赛上海赛区小学组二等奖。（挑选的诗以年代排列）

遥望

孤站窗口边，遥望操场上。
见有童跳绳，又闻周围闹。
花树已枯黄，独有小草绿。
心灵闪湖波，波平似镜面。

2016年3月25日

补课

同学十人留教室，寒风呼啸敲窗响。
太阳渐渐落地下，大地慢慢暗无光。
天空月亮已升起，校区静静无几人。
此时脑中灵感悟，笔下沙沙诗写成。

2016年12月10日

望天

天边云之红，红光映玻璃。
树木剩枯枝，风吹枝儿抖。
楼下车驶过，知是晚高峰。
教室尚有人，家长门口等。

2016年12月23日

读书有感

日复一日伤不断，苦衷无诉心底藏。
正如杜牧诗中写，包羞忍耻是男儿。
行船途中想顺风，总有礁石来阻拦。
苍天为何要苦吾，不知大人能解意。
灯下朗朗读书声，花上重重蝶飞舞。
时间滴答不肯停，总有一天露金光。

2017年3月4日

下雨天

聆听窗外落雨声，学校栏杆水滴声。
雨声沙沙烦人心，读书声声胜雨声。

2017年4月3日

自勉

不求跟人比，只求对己严。
任凭风浪起，船行破海涛。

落后被人欺，自强须努力。
闷声学知识，博学人尊严。
2017 年 4 月 17 日

钓叟

树上落叶风吹散，枯叶划过水道边。
叶落水中照老翁，披着青蓑守空船。
2018 年 11 月 26 日

元旦

寒冰腊月风渐消，喜庆欢舞驻颜笑。
灯笼小球水中点，红纸花联窗上现。
红红拉花空中蹁，声声贺语耳中嵌。
红衣绰绰映入帘，焰烛点点迎新年。
2019 年 1 月 1 日

蚕豆花

今年又见蚕豆花，花瓣红中呈紫黑。
白肤红脸黑心肝，世间便有花不同。
2019 年 4 月 11 日

访友

石径小桥花飘芳，踏石寻友来拜访。
烟香缭绕熏庭园，瑶琴舞曲觅知音。
2019 年 4 月 25 日

夜观小园

香院小径独幽幽，风过小院铃不止。
银镜落池照明月，满月水池泛银镜。

注：小孩诗，未作修改，保持小孩童贞。作者沈岳。
2019 年 5 月 27 日

鲁景华

河北省平泉市人，退休教师，业余喜欢阅读、书画和写作，已经有多篇、首散文、诗词在报刊发表。

七绝·咏花（三首）

牡丹

雍容大度品端庄，富贵吉祥百卉王。
姹紫嫣红奇艳美，一开国色满天香。

兰花

空谷飘香清且幽，高洁淡雅笑寒流。
东风一朵凭君品，神韵堪吟千万秋。

水仙

清雅脱俗水里栽，凌波仙子踏歌来。
亭亭玉立馨香绕，素体金心带露开。

七律·送春

斗指东南立夏临，应知塞北正暮春。
落英梨杏结幼果，飘絮槐杨育子亲。
畦菜早出畦畦嫩，垅苗方露垅垅新。
一春已定全年望，万物生机喜自吟。

七律·戊戌三月初六雨

天降甘霖解旱灾，春播近末计时来。
一园杏蕊迎珠笑，两峪梨花带露开。
细雨娇杨轻染翠，微风弱柳慢着钗。
清新最是农家院，把酒老翁喜满怀。

七律·咏雪

天花乱坠遍人寰，撒撒飘飘舞媚翩。
近树远山银染发，高楼矮舍玉描檐。
能煮春茗雅士乐，时温冬麦老农欢。
尽封邪恶同梅笑，总把吉祥兆稔年。

七律·怀念杜甫

将吏家门子美称，七龄咏凤号神童。
常忧百姓遭疾苦，时虑江山盛太平。
三吏三别怜庶意，两春两望爱国情。
史诗千五传珠玉，万代文星仰圣名。

鲁文佑

男，52 岁，笔名胡子老头，号文左，湖

南省岳阳人氏，普通百姓，虽未入学读书，却热爱诗赋词曲，闲暇之余自娱自乐。作品在多家诗刊发表，也有被收入《中国文化人才库》的新旧诗作。许多歌词在歌中传唱，并自撰了《对联启蒙》。

五绝·到水乡
落日生山岫，摇船荡水霞。
爱鱼还下网，听鸟不回家。

七绝·入夏
风雷雨电比春狂，万木千花失主张。
蜂蝶不知何处去，鱼虾乱阵出池塘。

七绝·雪里行
飘飘洒洒自旋旋，白白花花朵朵棉。
树树枝枝皆满满，来来去去两肩肩。

七绝·端阳偶感
媒体平台日日忙，纷纷祭吊晒文章。
新诗每每无新意，律句多多是组装。

七律·初夏荷塘
绿叶无花空举伞，红鱼有浪未穿衣。
如梭燕子频频弄，自在蜻蜓款款飞。
浅水疏萍蛙尚瘦，缓滩曲岸草正肥。
暗香留客浮心定，萤火开灯小步归。

西江月·负秋
薄雾微霜暖日，黄花赤叶青松。鸟儿细语影玲珑，只是离人恨重。
对月相思太远，抱屏网络先通。望梅止渴不相同，偏惹鸳鸯好梦。

江城子·扫墓(东坡体)
披风破雨到坟前，自生寒，泪潸潸。供果献花，放炮化冥钱。任是虔诚求不见，重重恼，对谁言？
桩桩往事在心间。热光完，便长眠。教我相思，梦里到身边。翠柏苍松皆有恨，清明节，断魂天！

行香子·农家心事
天气开晴，日暖寒消，好平田播种催苗。且行且看，边做边聊，怕虫来吃，病来害，水来涝。
可怜去岁，辛辛苦苦，却有粮无价难销。天恩未准，国策难调！望肥增力，谷增产，价增高！

陆盾
网名红豆，江苏省盱眙县人，现居上海。昔日知青，现已退休。现为中华诗词学会会员，中国诗歌学会会员。燕京文化艺术交流协会会员。合集出版有《那一夏》《知行文集》《新诗百年》《中国当代诗歌大辞曲》等。

鹧鸪天·故乡(词林正韵)
闲暇回乡已晚秋，草凄叶落雨中休。道宽足下悠悠步，目览兴然上耸楼。故土语，话锵柔。新桥飞架壮观游。凝瞻十里堤渠水，驶向淮河无尽头。

鹧鸪天·秋天(中华新韵)
暮色苍茫掩树林，秋霜裁绿鸟伤魂。渠塘水瘦荷花落，莲叶凋颜垂首身。夜颤冷，老鸦呻。星胧暗淡月偏沉。悠悠倒影婆娑旋，岁月更迭容刻纹。

鹧鸪天·觅佳人(中华新韵)
故地湖边柳下寻，芳凋容逝眷初春。清泉不改绕山恋，水瘦依然自弹琴。草纤秀，觅佳人。蹉跎岁月断红尘。不堪往事匆匆过,日暮斜阳慢慢沉。

鹧鸪天·深秋(中华新韵)

瞬间山边草又黄,群湖水瘦一渠凉。秋风凛凛荷花谢,阴雨连连阳躲藏。岸畔柳,裸枝伤。绿无寂寞遇银霜。年年皆有今朝日,寒雪冰冬季正常。

陆广毅

1973年生于广东新会。自幼在祖父影响下,爱好诗词对联。高二时结合粤语拼音和国际音标,悟出以粤语判断古汉语平仄的高效方法。曾在全国、珠海诗词楹联创作比赛中获奖。

七律·瑞士琉森花桥

琉森湖畔度平桥,踱步迎风赏迥超。
油画连绵言往事,万花招展引轻桡。
思随尖顶青云近,意效天鹅俗虑消。
莫怪凭栏长俯瞰,澄波恰好润心苗。

七律·日内瓦花钟

湖滨已是聚菁英,更有奇钟久负名。
瑶草剪修成数字,繁花焕烂耀心旌。
显昭分秒殷勤转,际遇风霜洒脱行。
我岂临斯空顾望,长针指引向遐征。

七律·日内瓦湖滨即事

摩天轮畔作遨游,万象清新眼底收。
铜像青随松树永,喷泉高与雪峰俦。
心追野鸟期千里,意效花钟惜每秋。
碧水无涯方荡漾,是吾诗兴涌前头。

七律·旅途中下榻日内瓦酒店后

趁取余晖访沃田,异乡风物倍新鲜。
累累莓果竞光润,漠漠麦丛争展延。
对柳尤知陶氏志,闻花不羡道家仙。
奶牛摇尾轻轻笑,笑我明朝便往前。

注:陶渊明曾作《五柳先生传》。

七绝·旅欧归国,自广州坐车回珠海

玉河伴送不休眠,红日追随越树巅。
知有游人归故里,半天霞绮迓窗前。

七绝·旅欧归国,飞机上鸟瞰岭南

西江流淌泽斯方,道路蜿蜒通万房。
每有浮云堪障目,焉能阻我望家乡。

七绝·香港动荡之际,于达沃斯偶闻爱港名曲《铁塔凌云》

名镇遨游本悦欣,一听此曲顿伤神。
何时尽遣腥风去?再令渔灯宁海滨。

七绝·日内瓦偶遇

西医已是遍全球,孰信中华亦创优?
且向名城街上望,汉方灵药醒双眸。

陆景龙

黑龙江省依安县人,字清风,号下沃田人(昵称)、鹤鸣斋主人,祖籍吉林省九台,生于依安县双阳镇腰拉屯。50后,中专学历,职称经济师、政工师,依安县粮食系统退休干部,现为依安县作家协会会员。20世纪90年代在《黑龙江省粮食经济月刊》和《黑龙江省跨世纪理论视野》发表过作品。现为《九州诗刊》特约诗人。

重阳节有感

辞别玉露近重阳,花渐飘零草渐黄。
飒飒金风亲落日,娇娇冷月伴清江。
湖边老柳伤怀梦,院里鲜菊惬意芳。
家有春光说不尽,惟听细雨点秋香。

秋韵

一

金风共我放歌喉，唱醉农家唱醉秋。
汗在双颊心窃喜，民生又上一层楼。

二

八月仲秋恰收忙，机声聩耳绕山梁。
篱边桂子风中笑，屈指连年五谷香。

三

西风五彩换时装，百果盈枝格外香。
莫道寒晨侵皓月，荣枯一岁惜离伤。

四

细雨金风送夏凉，秋来暑往换霓裳。
岁月轮回多变换，五谷年丰醉菊黄。

陆龙海

笔名入海蛟龙。生长在江南水乡苏州市。无意间接触到诗词就被诗词的魅力所吸引，爱不释手。虽然才疏学浅却痴迷文字的组合精彩，享受诗词创作后的欣喜。活跃在诗词网络平台，自我陶醉。

七律·苏州园林（八首）
1、沧浪亭

一泓波澈映沧浪，四季园馨立泽乡。
古树遮天高耸翠，浓阴照水乱争香。
亭前竹秀妆花径，阶下苔青过草堂。
几度兴衰悠久处，千年幽景不曾荒。

2、狮子林

径曲峰葱各具研，石奇形妙更知鲜。
黝深洞壑难分客，灵活狻猊静坐禅。
飞瀑假山言指柏，问梅真趣听流泉。
楼台致美无穷意，另侧通幽别有天。

3、拙政园

拙政园幽景众迷，扶疏花木压枝低。
藤萝叠翠亭前绕，雀鸟嬉欢院外啼。
夹岸夭桃留幻影，分荷锦鲤跃清溪。
缀云乘舫飞虹小，水阁朱栏巧饰霓。

4、留园

园景传神震宇寰，实虚名胜落人间。
不同湖石奇形貌，有别云峰玉女颜。
小巧廊桥流碧水，幽深竹径接青山。
漏窗妍透层层入，隐翠绵延格外闲。

5、网师园

退居渔隐一身安，莫问尘非万卷宽。
移步春秋频览色，回眸朝夕不同冠。
常留倒影河边秀，每数游鱼水面欢。
花草巧融香古雅，由衷佩服静相看。

6、怡园

园吸苏城经典妆，独成幽雅有殊光。
风摇竹影清音脆，露润凡花玉涧香。
精设阁楼闻鸟语，巧环山水隐书房。
置身宛入神仙境，奇异景观辉映长。

7、虎丘

拾阶依秀自当馨，海涌流辉各有形。
鸟啭栖林迎远客，丘浮蹲虎显神灵。
高僧说法千人坐，宝剑沉池数帝经。
遥望苍松齐挺拔，耸云斜塔倍安宁。

8、灵岩山

远峰缥缈半空腾，重荫延浓朔气升。
石径通巅连宝刹，松涛起浪搏苍鹰。
有缘越女琴台立，无见吴王霸业承。
雄处独临频伫望，古今谁总在高层。

陆玉梅

网名岁寒公子毓，四川人，居深圳，知

名女诗人。

夔门远眺
九曲青龙回首看，舟行江上暮生寒。
古来尘事阅多少，明月秋霜十二滩。

秋分夜
流光倾泻下高槐，夜色殷勤玉魄开。
恰是霜中秋一半，山房卧听好风来。

闲步甘坑水库
遥天青一抹，云下翠沾衣。
山色呼人出，湖风著鸟飞。
幽行无远近，僻地得清微。
看过芦花白，夕阳归不归。

白露夜作
秋风吹夜雨，阶草绿毵毵。
凉褪三分浅，幽从一夕参。
牵衣生白藕，照影向青龛。
谁识黄花意，孤怀久不堪。

立秋夜感怀
坐地流云不是霜，遥天夜色送新凉。
槐阴消暑知秋近，蝉语催人竟日长。
扇底南风清一片，阶前客梦叠双行。
如何遣得书生气，松径陶庐与草堂。

陆振刚

男，1939年生，崇明中兴镇人，南京地质学校大地测量专业，1958年中专毕业，长期从事野外测绘工作。曾任广西测绘局第一测绘队副中队长、广西测绘职业学校控制测量专业教师、校办主任，高级工程师职称。退休后回原籍，自学诗词。2017年参与创建崇明乡愁诗苑，任《乡愁诗苑编委》，并加入墨韵书画社、崇明书法家协会东滩分会、崇明鳌山文学社。至今创作了三百多首诗词，多数发表在新疆昌吉《景化诗词》《南京诗词》《文学月报》《崇明诗书画》《鳌山文学》《稻香诗豌》等刊物上，曾有诗词获奖。

水调歌头·中兴镇
扬子浪千重，孕育我中兴。勤劳三万人杰，勠力事农耕。广福传灯讲寺，听取晨钟暮鼓，一片诵经声。为有心灵美，风气自清明。

农村富，生态好，大河清。隧桥穿引，南北天堑接崇瀛。蔬菜畅销冀鲁，花木驰名吴越，巧手竹编精。福地人长寿，饮水忆深情。

2019年6月6日

散天花·夏种逢端午
扬水田畴漾碧波。机耕声浪远，伴蛙歌。黄莺频唱送情多。秧苗齐刷刷，映天河。

时值端阳忆汨罗，离骚吟似泣，莫蹉跎。徜徉国粹入诗魔。任思情纵骋，势巍峨。

2019年6月10日

参观第十二届中国艺术节全国优秀书法篆刻作品展览
泼墨狂书运笔神，挥毫走纸尽能人。
诗歌奉献新时代，国盛昌明贺七旬。

2019年6月14日

采桑子·首届"糕乐高"杯书画展
瀛东书友欢欣聚，济济人才。创意抒怀，缓步华堂点展台。

黄梅细雨丝丝下，洗涤尘埃。独出心裁，海岛书坛异卉开。

2019年6月27日

纪念中共98华诞

民族复兴担使命，已将热血染红旗。
初心不忘风骚继，遍地芳华总有时。

2019年7月1日

咏荷

炎炎夏日尽峥嵘，风骨铮铮谁与同？
不染一尘身自洁，婷婷玉立出泥中。

2019年7月9日

忆露宿山头

测点在高山顶，离村二十里，爬上山顶已是中午，当天测不完，干粮已尽。为抢时间，露宿山头。

收工天墨黑，坐等夜阑残。
火烤胸前暖，风吹背后寒。
饥肠空辘辘，野果涩酸酸。
唯待东方亮，完成早下峦。

2019年7月18日

南乡子·参观侵华日军竖河镇大烧杀遗址

瀛岛血腥风，满镇浓烟烈火熊。千古奇冤多少案？无穷！百姓哀号怒气冲。
雪耻必惩凶，方为长期两国融。放弃赔偿应有报？空空！莫把宽宏作软虫。

2019年7月28日

为徐玉香所摄台风肆虐视频题

风吹雨打似溜冰，伞折人翻遭水凌。
天意无情人渺小，皮伤肉绽出红菱。

2019年8月9日

台风利奇马

利奇过境耍威风，卷叶摧枝泼雨疯。
水涨桥封粮备足，奈何群众早防洪。

2019年8月16日发

七律·晚晴

学成技术党安排，戈壁沙滩总记怀。
云贵高原曾测绘，雪山草地可重来？
倾情八桂山河美，跋涉边关野卉开。
夙志劳翁身渐老，壮心不已把花栽。

阮郎归·春事阑珊

群蛙声密闹春耕，机声伴日升。田间紫燕戏蜻蜓，轻歌竹笛横。
东风爽，柳条青，黄莺唱不停。秧苗出水玉龙腾。心潮涌笔盈。

临江仙·劳燕

岁月催人苍老，青春付予崇山。兰图绘就我心安。退休回故里，尽力理家园。
觅友缠绵辞赋，情来兴比波澜。知音携手路增宽。衔泥梁上燕，甘愿不清闲。

碧桃春·一带一路北京峰会

神州春日百花香，宾朋步会场。丝连带路涉重洋，雁湖柳絮扬。
谋发展，众商量。心诚信誉芳。共赢合作路悠长，繁荣经济昌。

苏幕遮·瀛洲春盈

草葳蕤，花怒放，景色迷人，撩动莺歌唱。已是春盈雷又响，雨润桑田，绿水人家畅。
见车流，游客往。多少农家，好酒留君赏。明月高楼休独享，约好亲朋，一起瀛洲访。

碧桃春·一带一路北京峰会

神州春日百花香，宾朋步会场。丝连带路涉重洋，雁湖柳絮扬。
谋发展，众商量。心诚信誉芳。共赢合作路悠长，繁荣经济昌。

水调歌头·中兴镇歌

扬子浪千重,孕育我中兴。勤劳三万人杰,勠力事农耕。七滧河边寺,文化传承深运,听取诵经声。众把乡贤敬,风气自清明。

今农业,生态美,万禾营。花菜畅销齐鲁,扁担走村串户,手艺竹编精。医保人长寿,不忘党恩情。

注:万禾是上海现代化农业园区,位于崇明中兴镇。
扁担戏是中兴镇独有的非遗文化,由一人挑扁担走村串户演出木偶戏。

一剪梅·特朗普的贸易战

山姆疯狂使损招,打遍寰球,舞棒挥刀。加征关税失人心,自陷孤单,众怼魔妖。

不怕熊熊烈火烧,应对从容,稳搭舟桥。参天大树扎根深,岂怕蚍蜉,难撼枝梢。

鹿志强

茂名南天诗社会员,网名西坡、胡杨乱羽,男,80后。山西长治人,诗词爱好者。曾在中国对联网担任版主多年。诗观:诗贵天然,随心偶得。

七绝·午思

午日恹恹空自晴,不堪蝉噪与蝇声。
好风须作及时雨,涤得人间彻底清。

七绝·五治后的俱乐部

昨日楼台百草荒,青苔乱覆半边墙。
小园来去无人管,四载桃花结果香。

七绝·农家花

芍药蔷薇不足夸,牡丹国色看无暇。
村翁不解骚人意,唯爱田禾抽穗花。

七绝·醉后棋

醉里相邀一夜棋,小楼上月梦眠迟。
醒来翻笑烂柯者,几局输赢竟不知。

七绝·暴雨之后

彩虹波里带斜阳,碧柳新施堕泪妆。
不是满街狼藉在,方才谁信雨风狂。

七绝·老歌

一镜秋霜奈若何,深谙尘世易蹉跎。
近来但觉人怀旧,单曲循环是老歌。

七绝·看花

昨日城南十里花,同卿并看笑无邪。
落花今日欺昏眼,看作长安一片霞。

七绝·雨后晚步

全消暑气收残雨,初上华灯衬晚霞。
忙身暂得闲中意,老街幽静步槐花。

路望姣

中国楹联学会会员,湖北省楹联协会会员,湖北诗词学会会员,中学教师。1991年开始在纸刊发表作品。历年获国家级、湖北省中学教师教育教学论文比赛一等奖、二等奖及对联征文奖若干。

题白露

晓雨催凉露,清风拂稻香。
蛩鸣筛桂影,薄雾锁寒塘。

题秋分

清波霞影竞风流,垂柳陶然漾小舟。
向晚钟声催水晕,溪亭云海遇闲鸥。

题寒露

薄雾轻摇桂影香,清风笑语越南墙。

慈亲村口呼声切，趁月依稀返故乡。

题重阳
鄂楚登高秋几重，芦花蓼草雁匆匆。
归人垄上轻声唱，彩练当空醉长风。

题中秋
月夕茶香醉意融，缤纷路客赛流虹。
金秋赠我玲珑笔，画好嫦娥画晚风。

题春
枕上依稀有鸟鸣，篱边院外伴歌声。
清风踏露门前过，撞落花香撞醉卿。

路遥
　　原名马骁，新民师范就读期间，参加兰惠文学社，曾担任校刊编辑。1996年毕业参加工作。后考取东北师范大学中文系深造。现为辽宁省诗词学会终身会员。

七绝·沈城初雪
久盼琼花今日开，寒梅擎瑞送福来。
知何止步踟蹰意，惜赏庭前朵朵白。

七绝·草
莫妒花香带雨开，离离原上总无猜。
冰山静寂无寻处，敢教微躯石缝来。

潞冰
　　原名杨陆兵，又名鲁冰。1973年12月生，山西壶关人，中国诗歌网认证诗人，中国网络诗歌学会会员，《中国诗》签约诗人，诗词吾爱网会员。多次参加诗歌大赛并获奖，作品在省市以上报刊、网站发表转载。

七绝·立秋
立秋晨幕启凉风，晴日斯文细雨冲。
一夏忧伤何处解，凭栏远眺见红枫。

七绝·七夕随想
七夕情牵意醉身，银河两岸候佳人。
世间恩缘年年有，一别相伤泪满巾。

七绝·望眼郎君
道道山峦几叠峰，风平浪静水淙淙。
不时阿妹春心起，望眼郎君情万重。

七绝·错等
炎炎夏日逝匆匆，徒留相思遗憾中。
不想愁云遮记忆，唯祈秋月再圆逢。

渔家傲·咏上党
　　上党从来天下脊，迷人风景多舒逸，春夏秋冬生华笔，招羡嫉，又逢秋日丰收茁。
　　古往今来多少日，英雄辈出风云叱，写尽风流千古实，人间律，一声乡恋真甜蜜。

七绝·蝴蝶兰
脱俗清新蝴蝶兰，花之国度媲心肝。
倾城巨献君生媚，羞得佳人一夜欢。

七绝·诗痴路远
诗痴譬做苦行僧，水远山高风雨凝。
若是香家修不得，佳人空守一昏灯。

七绝·一别两宽
既生情缘即安心，谁让忧伤伴夜深。
一别两宽从此去，江湖无病不呻吟。

伦炳宣

号山阳诗翁，1948年5月生，河南焦作人，大专文化，焦作市解放区退休公务员。现为中华诗词学会、中国毛泽东诗词研究会、中华辞赋社、河南省诗词学会会员，《诗词百家》原执行主编，焦作市诗词学会副会长，焦作市诗词家俱乐部理事长，《焦作诗词家》主编、《焦作文学》编委。诗词作品、诗论文章散见于《中华诗词》《诗词百家》《诗词世界》《诗国》《中国诗词月刊》等，并多次荣获全国性奖励。著有《诗词格律简明手册》，诗文集《秋光春韵》和长篇三言诗《陈氏太极拳之歌》，主编《焦作当代诗词家优秀作品选》等。

春之六节气六首（叠韵）

立春
时后时前二月初，两头不见瞎年呼。
皇天厚土思回暖，干叶枯枝盼复苏。
碎嘴青鸟迎面唱，倒春寒气向身铺。
有心再把蓝空赞，雾绕管毫难吐珠。

雨水
寒流滚滚冷如初，款款东君枉自呼。
新雨欲来天未醒，金乌不笑柳难苏。
忽听玉帝一声唤，骤见银妆满地铺。
撷得冰魂仙界去，化成断线小珍珠。

惊蛰
四季轮回看起初，贪眠自有醒神呼。
幼苗破土百花笑，枯草伸腰万木苏。
蛇蝎离窝蛊毒备，蜍蛙鸣鼓噪声铺。
惊雷响处清魂散，只把遗灰作舍珠。

春分
昼夜等长春日初，阴阳相隔两情呼。
堪怜晓月匆匆去，惯看晨曦渐渐苏。
时运虽由天意定，通途更赖自家铺。
置身化外凡心远，可与如来共捻珠。

清明
路人魂断又当初，裂肺撕心顿首呼。
不问酒家何处有，唯求冥客此时苏。
牧童正把羊鞭甩，小杜再将宣纸铺。
写下感天千古句，胜如满脸泪飞珠。

谷雨
别过轻寒望夏初，萍生霜断暖风呼。
云行碧汉催雷动，雨洒干田润谷苏。
留守妇孺阡陌走，耕耘水土种秧铺。
春光只在世间展，敢笑人生似露珠。

注：种秧，种在此处读上声，如稻秧或其他用来插栽的秧苗。

渔家傲·麦收
田海翻波金穗舞，机车欢唱争吞吐，顷刻地空麻袋鼓。粗略数，增收至少三成五。
树下就坡铺塑布，主家枕掌游槐府。忽觉肢窝人指杵，休动怒，粮商要把粮钱付。

榴园行
时值五月晨风凉，漫步山下砼路长。
欲向榴林寻吟处，未曾入园已闻香。
有道榴花红似火，我看更如天落朝霞彩云朵。
君不见，万绿丛中玉婷婷，俏在枝头姿娜娜。
朱唇圆张喇叭鸣，金钟倒挂秋成果。
乘兴渐行灌木深，神怡步轻耳目新。
隐隐约约有对语，莫非情人在谈婚？
遥想明皇玉环事，最爱此景树下亲。
枝叶掩映不露面，只见长臂挽纤身。
采得花瓣熬成色，染丝织帛裁霓裙。
文臣武将皆倾倒，俘获多少男儿心？

噫吁唏！传说多多难辨真和假，其艳无比名扬全天下！
中东安石有故乡，愿随汉使龙乡嫁。
若无张骞西域行，何以世代传佳话？
我今流连不愿归，拾得落红一大把。
合掌揉碎搓为泥，甩臂直向天边撒。
染得云海一片红，化作奔腾赤兔马。
老不伏枥仍奋蹄，笑对逆风、再向巅峰大步跨！

罗春风

男，网名开心一笑，湖北省潜江市人，现在江苏省常州市工作。自小爱好文学，写过不少诗文，但很少投稿。近两年尝试古典诗词创作，创作诗词几百首，一些作品发表在《龙凤诗刊》《龙凤文学》《龙凤期刊》。

七律·江宁盼楚归

旷野秋来霜宿晚，长空列雁望南飞。
凝眸客树风吹少，回首乡音雨打稀。
雾锁愁云悬月掩，烟连苦水落尘挥。
飘零十载江宁夜，车马怜无楚子归。

七律·端阳怀古

五月晴风荡碧悠，端阳正值艳花榴。
家家粽米香飘溢，处处龙船目尽收。
楚水汨罗流橹岸，南江吴地使人愁。
三杯清酒千年忆，一卷离骚万古留。

七排律·学诗

云鹏展翅跃苍穹，百汇川河着皓东。
学律习诗何惧晚，斟词酌句必亲躬。
书山有路勤为径，辞海寻边乐不穷。
春去余香芳梦在，夏来满树郁青葱。
苦辛插柳千丛绿，汗水浇花枝万红。
蕴笔怡情吟壮志，挥毫遣墨写今功。

霜丝染鬓光阴老，裸足无前岁月翁。
腊九严寒飞筑梦，伏三酷暑与君同。

五律·晚归

西山日落峰，啼鸟林归阙。
不忍晚霞离，犹听歌笛歇。
村烟绕屋梁，壶酒斟庭月。
入夜渐沉深，欢音存远没。

七绝·渔翁（上平十五删）

一抹烟云笼远山，数只翎燕剪湖湾。
渔篙破水千帆尽，复日朝阳落夜闲。

罗道旺

网名竹溪钓叟，江西宁都人。江西省诗词学会会员，中国辞赋网、大中华诗词论坛常务管理。诗词作品散见于各大网络媒体以及《中华诗词》《中华辞赋》《诗刊·子曰》《中华古韵》《诗词月刊》《东坡赤壁诗词》《心潮诗词》等。

游宝华山

仰慕名山久，今朝顶礼行。
巍巍鸟难度，兀兀胆犹惊。
大佛崖间立，青云脚底生。
梵音时入耳，隔世暂忘情。

贺澎湃诗社组建一周年

骄阳临万户，诗社值周年。
借得山村酒，添来笔墨缘。
新荷青到眼，迭嶂紫摩天。
念此欣欣意，征尘更著鞭。

7月2日暑期将启

且喜今无累，幽窗我独居。
垂帘隔炎日，移枕看闲书。
风动荷香沁，天高鸟语徐。

午间酣睡后,案牍不催予。

暑假携妻至东北探望儿子
作别家山远,轻装万里行。
烟消红日近,川迥大江横。
关塞思无极,萱堂念有声。
相逢叹儿瘦,高柳正闻莺。

长春仁凤阁朝鲜餐馆
木匾古风存,琴音绕画轩。
帕来先净手,裙舞且开樽。
烤肉香而滑,蒸糕腻尚温。
不宜谈国事,暮鼓欲关门。

参观伪满皇宫
宫墙类城堡,拘禁是谁人?
红柱金銮暗,苍天白日新。
休言倭作祟,肯使国蒙尘。
庭树何凄恻,龙袍祸及身。

净月潭国家5A级景区
繁花迷野径,远水接天光。
船过千层苇,荷开百里香。
丛林窥锦羽,高塔醉斜阳。
石桌棋枰绿,深怜入世忙。

偕王明芹女士及家人游翠微峰
东南有宾客,风雅上层台。
日浴诸峰秀,泉幽巨石开。
丹崖漫观帖,古洞笑传杯。
初见情如旧,几时君再来?

罗刚丕
男,本科,中高五级教师,现退休。现任大中华诗词协会苍浪翰墨清吟版版主,大中华诗词地域风采中华古韵版版主,中国诗歌网、吾爱诗词网、上海诗社、梦里水乡、墨韵千秋、四川诗人等社社员。作品三百余篇公开发表。

钗头凤·几时春归(撷芳词。程垓体。双调六十字,前后段各十句,七仄韵、两叠韵。押第七部、第十八韵部)
潸然乱,孤盈伴。夜长秋雨陪风散。回头月,空悲切,异地它乡,冷流冰雪。缺、缺、缺。
蚕成茧,乡音婉。独思陪雨难回返。春宵迭,问天猎,何时春归,几时炎灭。绝、绝、绝。

蝶恋花·雨巷
暗恋藏花尤觉浅。花榭情哀。愁怨芳心乱。欲吐旷言时已晚,清风冷雨将帘卷。
满眼凄迷悲雨伞。古巷千年,漫步相思缓。惟念泪盈风相畔,花容俏楚乌巷看。

苏幕遮·好梦为君送
昼风凉,窗颤动。烟雾缭纱,冰月婵娟共。晓阁凄凄心放纵。彻夜无眠,夜鸟寻痴梦。
忆香魂,梳影痛。长夜愁思,好梦为君送。清月淡辉花影弄。啼血杜鹃,化帝相思种。

七绝·才女
才女歆安词婉言,香茶赌醉籍千年。
漏声哀怨琴弦起,敢以诗词论变跹。

五律·春游
青山云绕后,晴日落潭休。
柳拂欢欣面,花开墨客留。
笙声歌婉啭,盏饮逐轻舟。

翠鸟依屏锈，燃情入水流。

七绝·醉梦
两足薄行风险路，双肩担起陌途娑。
酒醒唐突狂言少，美梦清贫半句多。

浣溪沙·小天使信鸽
倦鸟苍披淡淡霜，月悬星伴惹轻凉。空襄大漠畅穹荒。
饥饿险山回首望，冷风雪雨志更刚。冲天浩瀚劲飞狂。

七绝·遥寄
欲醉跪羔无酒家，清寒不见月笼纱。
冰心托付消青鸟，独看阳台四月花。

七律·相思鸟
穷尽天边暗相思，雨哀惆怅你先知。
声声唤得泉如泪，句句遥明美媚痴。
欲借冰心依月暖，尤怜玉蝶玩风姿。
三生有爱情无助，四季轮迴尽斌辞。

罗建武

1949年8月生，湖南邵阳人，大学文化，退休后寓居辽宁省沈阳市，先后出版诗集《白鹿诗稿》《纯青诗草》和短篇小说散文集《心海晨风》。三部作品皆被辽宁省图书馆收藏。现为中华诗词学会会员，辽宁省诗词学会会员。

五绝·月亮抒怀
阴晴圆缺事，从不记心头。
淡定洵如此，而无乐与忧。

七绝·君山小憩
东山滴翠绾春晖，疏雨轻轻点客衣。
未酌春江新煮酒，诗肠先醉韵声飞。

七律·登泰山观日出
跃上东南第一峰，独尊五岳柱苍穹。
寒烟袅袅封禅地，古木森森礼乐宫。
放眼蓬山衔紫雾，入怀晓月抱清风。
跳丸一点腾腾起，喷薄朝阳出水红。

西江月·宅翁
檐下侵阶碧草，枝头啼曲黄鹂。一窗烟景句难题，胜却跋山涉水。
枵腹枯肠觅韵，摇头晃脑吟诗。三杯两盏醉心脾，旷达神怡不已。

浪淘沙·岳阳楼
天下岳阳楼，誉美神州。烟波浩渺洞庭舟。蓝天碧水君山翠，几点沙鸥。
放眼韵含秋，云瑞轻浮。无风镜面雨初收。俯仰不知天在水，乐不忘忧。

暗香·咏梅
刀风剑雨，肆几番狂虐，澹然无语。哪怕霜欺，硬骨横斜傲如故。更奈无辜寂寞，惟有月，独知心绪。情耿耿，蕙质兰心，波眼惹人妒。
堪顾。向幽处，赏碧树虬枝，倩影垂素，暗香篆缕。洗尽铅华见风度，脉脉花疏盈雪，和靖醉，欲随鸥鹭。空怅望，琼阙渺，茜裙飘去。

疏影·咏竹
东风弄巧。望绿荫滴翠，霞浴烟袅。爪影森森，曲径幽幽，新篁解箨尖小。钻天欲刺苍穹破，根柢立，节凌云表。任飘摇，性本虚心，端直犹怀孤傲。
何惧寒侵雨雪，近琅玕玉色，明月相照。半缕清风，几点云烟，总是欣然掬笑。枝掀叶举参天际，听凤管，寄怀长啸。赋逸兴,韵入毫端,恣肆畅吟襟抱。

沁园春·建国70周年大庆

日出云涛,万里霞光,国瑞经天。忆峥嵘岁月,普罗偷火,头颅何惜,热血甘捐。驱逐倭奴,犁庭扫穴,砥砺前行党率先。陶甄手,若甘霖沃野,沐浴人间。

东风骀荡无边,喜放眼神州万象妍。是精英睿智,初心不渝,披荆斩棘,圆梦攻坚。航母乘风,天宫访月,国力书成壮丽篇。神针定,任风云变幻,潮领前沿。

罗江冰

黑龙江省萝北县人,黑龙江省诗词协会会员,九州诗社会员,萝北县诗词协会理事。作品曾发表在《九州诗词》《鹤鸣诗刊》《湿地风》杂志以及《诗摘词选》《界江艺苑》公众微刊。

七律·不忘初心

红船破浪旌旗猎,抱定初衷向远方。
明月随心廉气正,丰碑载史惠风长。
邦安民富凭实力,国泰军威硬脊梁。
喜践百年华夏梦,环球引领筑辉煌。

七律·端午永红兄凤凰山下露天餐

新雨清风柳戏桥,蜂蝶依恋瘦花娇。
贤才雅聚公园里,好酒香飘凤岭腰。
诗咏华年提壮志,笔书往事胜春潮。
当官不为三升米,坦荡人生放楚骚。

七律·品火锅
己亥年初三家人在晓荷塘酒店

邀亲唤友莅荷塘,吾与东君煮酒香。
云卷吉祥捞日月,火燎旺运涮冰霜。
河虾叩首舒心菜,海蟹开怀悦口汤。
钵小能融天下事,家和霸气立穹苍。

罗金华

中华诗词学会会员,湖北省诗词学会理事,荆门市诗词学会副会长。已在各级刊物发表作品近800首(篇),诗词联赋曾在各级大赛中获奖100余次。

五律·访梅

去冬横瘦影,今觅耐寒枝。
一地凉风劲,双行履印痴。
冰心留磊落,玉骨恨来迟。
幸得孤标韵,香吟淡雅诗。

五律·禅茶寄京城诗友

灵芽精制后,寄与有缘人。
分享清泉意,同吟玉露身。
轻烟香在悟,翠叶净无尘。
点点兰心里,都留一段春。

七律·重九感怀

岁至重阳梦半残,此身何处觅长安?
陶情不出诗书外,逸趣常为山水观。
菊解高风犹寄意,溪流淡泊亦余欢。
休悲照子容颜瘦,且喜心头境界宽。

七律·游滕王阁

欣临杰阁探风流,雨送花飞几度秋。
槛外澄江天共色,窗前解赋客生愁。
千金字在先谁醉,八斗才空自我羞。
耸翠层峦无觅处,翻将触目怨高楼。

七律·游武当山

名山久慕作春游,万岭来朝入眼柔。
花落灵崖猿悟道,松阴古殿景生幽。
望中金顶光犹灿,观内真人气已修。
拉索登梯天柱上,回眸讶在白云舟。

天净沙·凤凰岭

风梳古木沙沙,石间泉眼哗哗。绿水青山别画。金刀裁罢,一川红叶如花。

清平乐·桔园

秋阳入座。恰射黄金果。谁抹丹霞谁喷火。还有白鹅唱和。

霜柚蜜橘欣尝。怡情偏向农场。一首田园小令,信能画卷添香。

罗满昌

网名大自然。系中华医学会会员,中国诗词研究会会员。上海市格律诗社会员,凌南文学特邀嘉宾。作品有古体诗与现代诗,散见于《中国中药杂志》《中国诗词》《诗刊》《中华诗文大典》《木兰》《中国诗歌》等各类诗刊报社和网络平台上。

沁园春·醉美信阳赋
(词林正韵第二部)

瀑布流泉,豫楚清分,醉美信阳。看申城南北,莺歌燕舞;光州内外,凤翥龙翔。茶引骚人,鱼牵墨客,八极神图佑庶昌。凭栏处,有佛光普照,淮水泱泱。

鸡公山诉沧桑。历无数、枭雄志未央。忆名相司马,文韬激越;忠良世友,武略铿锵。息媪箴言,宋翁请愿,主席挥旌安国邦。南湾畔,续千秋佳话,荡气回肠。

注:主席:指前中华人民共和国副主席李德生,系河南信阳人。

息媪指息夫人。

宋世杰为民请愿,故曰:宋翁请愿!

七律·春节有感

时届年关春满园,金炉香雾绕庭温。
银台燃烛红羞面,鞭炮盈空响震门。
焖肉烧鹅争美食,拜神祭祖喜黄昏。
摩拳擦掌桌边聚,乡味浓浓醉万村。

鹧鸪天·四君子咏
(词林正韵第八部)

竹菊梅兰共领骚,清幽淡泊品尤高。凌冬绽放陪朋立,傲夏芬芳伴友骄。

风飒飒,雨萧萧。东篱灿烂影摇摇。几多雅士闲挥管,高卧林间醉奏箫。

沁园春·老同学相聚记

携手凭栏,俯首外滩,仰视夜空。望长江水阔,波光潋潋,冰轮闪耀,星色溶溶。大厦高楼,霓虹闪烁,座座斜楼气势雄。轻声诉,忆扬帆击楫,捉鳖擒龙。

烹茶煮酒情浓。无奈是、横流沧海中,喜天涯海角,频吹大吕,穷乡偏壤,奏响黄钟。旧日常思,新秋顾盼,无语沧桑两鬓中。担山客,任波涛汹涌,笑傲苍穹。

注:黄钟大吕是一个成语,典出《周礼注疏》卷二十二《春官宗伯·大司乐》。黄钟,我国古代音韵十二律中六种阳律的第一律。大吕,六种阴律的第一律。形容音乐或言辞庄严,正大,高妙,和谐。借指同学分别后,虽见面稀少,但经常以电话等方式进行联系。延伸意指笑对艰辛,乐观向上,艰苦拼搏!

沁园春·水袖中国

滚滚西来,滔滔东流,万壑舞龙。看江河逝处,朦胧仙境;川湖侧伴,闪烁霓虹。搅雾腾霞,养莲哺鹭,润得神州多杰雄。凤凰舞,有青松吐翠,白鹤舒胸。

冷箱冷露匆匆。滋沃野、千秋无暑冬。喜轻舟赶浪,迎朋送友;高桅竞渡,载木浮铜。雅士挥毫,儒家煮酒,燕语莺歌韵意浓。清风里,向蟾宫泼墨,题壁苍穹。

【南吕】四块玉·打高尔夫球

左开弓,来回磨。一杆打飞鸡蛋壳。玉皇王母也惊愕。冲南斗,逐云河。笑咯咯。

沁园春·儿子罗珺操定婚感怀

草翠榴红,黄鹂弄影,一派芬芳。忆躬耕原野,尊贤敬孝;离家创业,忍踏沧桑。剑胆琴心,高风亮节,壮志豪情赋华章。漫赢得、儿女知奋进,笑语盈堂。

笙箫乐奏铿锵,喜小院、亲朋共举觞。有鸳鸯魂魄,沉浮笑对;婵娟肝胆,何惧冰霜?携手并肩,齐眉举案,心许红衫绿鬓郎。尧天里,看枝头连理,育化纲常!

鹧鸪天·老同学聚会感怀

卅载同窗情谊浓,难寻年少旧颜容。依稀折柳清河畔,仿佛寻梅远梦中。

吹大吕,奏黄钟,深情献唱逗诸翁,从来过眼云烟散,莫负春晖百日红。

罗启明

笔名罗明。男,60后,武汉人,大学教师。有诗歌发表在《山东文学》《浩然诗刊》《竹韵中华》《今日头条》等纸刊和微刊。荣获过中华诗词奖铜奖。诗观:我写我诗!

春望

难将红伞掩光华,一片青山共落霞。
痴望遥遥人欲醉,风吹索索影孤斜。
三春过后情如水,半日当时雾笼纱。
但得仙桥曾与会,不言离别送天涯。

桃林

桃林十里尽飞花,只见红波绕树桠。
远处蝶追千万遍,近前光仇九重霞。
青山一片藏春意,秀水无边映酒家。
风雨忽来纷乱落,佳人伞下雾笼纱。

2019年3月20日星期三

怀念槚森

斯人虽去曲流传,新月常将旧梦牵。
欲学先生挥水袖,也随白鹤舞青天。
心中每有巉岩事,雾里偏无块垒篇。
再拍康桥寻绝响,闲诗写就瘴江边。

长江月

天上失眠江底卧,秋波洗了更清明。
玉盘痴客沉迷看,香梦游鱼任意惊。
腾在高空多寂寞,飞临孤处少豪情。
总同黄鹤楼相对,更喜风过万里平。

秋声

一夜风凉黄鹤楼,天蓝云白尽悠悠。
叶凋渐落汉阳树,日出空悬鹦鹉洲。
窗外船横窗外去,柳梢雁叫柳梢收。
兴来迈步江边看,静水无声东自流。

救灾(孤雁格)

风王一路北呼号,几处成灾几处河。
猛士头前涛突兀,英雄背后雨滂沱。
悠悠气壮儿童护,默默身躬老病呵。
百姓安康天大事,及时解救谱新歌。

注:风王指"利其马"台风。

2019年8月13日星期二

泉水

诗家爱写庐山瀑,我忆斋门那口泉。
喝了心明如智者,带回茶泡似神仙。
当年太子能赊账,今日游人要付钱。
虎啸龙吟流水响,唇边一捧亦陶然。

注:那年游庐山,半山有一庙,庙前有一口泉,名曰"聪明泉"。据说太子登基之前都会去那里读书。

2019年8月11日星期日

中秋望月

遥望当时情浪漫,如春少女似花开。
古琴台上知音结,黄鹤楼边入画来。
牵手城头随月转,环腰桥上与君呆。
闲愁无寄难堪日,不问将来把梦裁。

— 797 —

罗伟平

湖南湘潭人,职业中专文化。网名巴山夜雨,喜爱唐诗宋词。2018年4月,踏入学写格律诗词之门,更深入地体会到了格律之美。经过学习,渐入佳境,有百余首诗作发表在《龙凤诗刊》《龙凤文学》。

七绝·饮酒
心安地远结茅庐,秋月春风看卷舒。
旧酿三杯才作罢,再烹新酒又何如?

七排律·山居
开轩面圃望山南,低小茅檐碧草庵。
屋后葱青生密竹,庭前水潋涌泉潭。
除尘院里娇娘美,劳作田间壮士憨。
才把杂英根底拔,又将肥粪地头担。
粗麻绣带腰中束,细缕花摇发上簪。
一日三餐求果腹,何须利禄把名贪。

七排律·好男儿
年少曾经胆气豪,扬帆斩浪斗惊涛。
愁烦可饮千杯酒,快意能擒四海鳌。
比翼齐眉金诺许,知音促膝赤心掏。
齐家每欲当牛马,爱国常思着战袍。
雪月风花相共舞,艰难坎坷不言逃。
红尘繁扰随他去,我自高歌走一遭。

七律·送别
绿柳依依绕燕莺,春风缕缕最多情。
闺中女子愁新涨,马上男儿心自横。
誓把青春留故里,却将热血洒瑶城。
连声号角催离酒,万里孤篷又远征。

七绝·醉花亭
凭栏倚望醉花亭,夜静灯昏丽影伶。
正忆青梅魂梦笑,惊飞旧事怨流萤。

七绝·雨后
昨夜风狂雷雨急,残红满地疏枝泣。
何须悲苦叹无情,来日花开香更袭。

五排律·老友至
喜鹊鸣高柳,蓬门迎老友。
黄鸡舞翅啼,黑犬摇头吼。
唤子煮新茶,呼妻斟杜酒。
相亲理鬓丝,叙旧携双手。
数载讯音无,经年情意厚。
虽无誓约牵,亦得人长久。

罗伟雄

1970年生,网名南瓜饼子,一道诗艺社江西分社社友。湘人客深圳,供职央企下属单位。爱好近体诗词,多戏谑。

戒烟
一寸相思不可看,偶从二指笑空弹。
如斯肺腑感人易,似此神仙脱籍难。
瘴雾既曾生眼底,火云真欲损毫端。
瘾君已弑将三七,吊客茫然我自安。

谭嗣同
才报浏阳入帝京,便闻慷慨赴牺牲。
去留肝胆人谁在,贯绝古今刀自横。
此后圣朝多野史,当时上国少干城。
悲哉挟妓游湖者,亦叹复生无复生。

双峰甘棠花会
胜日田园饶鼓吹,好看红紫叠青翠。
为歌狂态忆文宗,忍发残姿憎武媚。
娄底生香渐觉浓,岭南掷盏不成醉。
欲随明月到仙乡,复恐夜深花已睡。

罗社起社
吾族名流远莫窥,试从穷达辨精微。

云英一叹真乖舛,百咏红儿假是非。
瓦岗攻难成尚少,凝园读易典无违。
最怜太祖还京久,犹记当年草上飞。

咏手

云雨纷纷翻覆长,偶从推握识炎凉。
一拈顿悟花前笑,再拍空明马后方。
烽燧大燃求寸铁,玫瑰小赠有余香。
那时呵试梅妆好,执去相看总断肠。

罗武第

天水人,笔名妙玄子。中国作家网作家,中国诗歌网诗人,中国教育学会、诗词协会、世界汉语新诗研究会等64家文学会会员,数家杂志签约作家。作品多次获奖,在上百种报刊媒体发表作品约两千篇。作品录入多部国家级文集。

情人画卷诗八首
(一) 秦州白榆树
望眼秦州看古烟,忽来暴雨断头肩。
但留片甲能延寿,再笑苍天七百年。

(二) 花开花落
花开绿野对云妍,彩蝶飞来抱蕊眠。
不是长空留鸟翅,应知岁月默然迁。

(三) 水乡行
蛙声渐远稻香缠,两队青山立水边。
一片芦花才笑醒,荷塘百叶捕鱼船。

(四) 椒农
田家六月收红果,满树丹珠蝎刺多。
喜看椒云铺凤锦,应怜汗水唱丰歌。

(五) 飞瀑
一帘飞瀑唱云歌,曲径通幽到梦河。
当顺清溪随水去,荷香万顷赏悠鹅。

(六) 石栈清潭
清潭石栈入林深,欲饮幽泉树影森。
不恨青山遮望眼,耳随碧水已听琴。

(七) 七夕之萌
激迎七夕醉颜妆,唯品情来幻影长。
久盼相思无约会,玫瑰血染可留香。

(八) 唯美
蝶入青山跨梦鞍,情迷虹锦万花坛。
陶然幽谷知奇昧,自此心中独玉兰。

罗显容

网名独语斜阑,女,四川宜宾人。爱文字,喜唐诗宋词。岁月的沧桑已生了华发,掩没了矫情,但那份与生俱来就喜爱用文字去诠释去倾诉的率真情怀仍旧难改……愿时光静好!愿您我共鸣!

相见欢·相见
无言怅望苍穹,月当空。远处高楼深夜、更朦胧。

若相遇,还相聚,诉情衷。胜似昙花蝶梦、伴惊鸿。

西江月·春愁
夜半无眠嗟叹,斜风扑打帘栊。魂牵梦绕念音容,恍若今生隽永。

枝上百花凋落,悄然坠入春丛。痴心一片看残红,犹记深情与共。

诉衷情·乡愁
冰心一片在乡惆,谁晓此生愁! 当年一走成恨,华发已悲秋。

别后苦,几家忧,念如钩。浮生颠沛,

更眷慈亲,还待何求!

清平乐·泸定桥
索桥摇晃,脚下涛声上。勇士当年多烈壮,肃目潸然凝望。
往昔岁月峥嵘,浩歌回荡苍穹。牢记人生信念,任它成败英雄。

浪淘沙·银杏
银杏锦城黄,十里长廊。可怜风叶蝶飞扬,褪去华光寒侵透。翘望冬阳。
离散只当场,落叶街旁。枯荣一载两相亡,来岁新芽穿绿锦,知与谁忙?

罗小荣

女,网名安然,职业医生。爱生活,爱美。崇尚传统文化。喜欢用诗词表达生活中的感触,自娱自乐。

五绝·早安筠州
鸟语侵檐晓,城中烟雾迷。
揭帘逢雨顾,煮酒论深闺。

五律·与儿子同酌
同酌一杯酒,共斟母子情。
出言吖四座,闻语喜新声。
远渡重洋去,殷勤复技征。
韶华当正是,学富五车成。

五律·晴了
雨洗筠州白,风吹云浪开。
寒烟和雾去,碧宇破空来。
远近高低屋,参差上下台。
流光斜溢彩,玉树正涂腮。
久困阴霾里,晴怡尚小孩。

七绝·医生节致自己
医路耕耘廿拾余,扶伤救死未亲疏。
望闻问触穷通理,妙手丹心道义初。

七绝·致第二届医师节
掌声响起忆昔年,苦累从来不负天。
医路辛酸磨圣手,杏林峰巨树青然。

七绝·花骨朵
日出娇颜晓色朦,烟寒紫陌雾城中。
丹心点点华阳蕊,枝上青春月下逢。

七绝·丰城隍城田南社火映像
爆竹声中祭社神,喧天锣鼓绕村巡。
红旗列队迎风展,软轿轻抬过五津。

七绝·寒露
秋深露重晓窗寒,雁羽高天久未看。
萍聚浮生人半老,西风休倚北栏杆。

七绝·咏教师
师道殷勤蓓蕊藏,花开朵朵育人忙。
讲台三尺躬耕尽,桃李春风十里香。

菩萨蛮·望穿秋水
云层叆叇筠州暗,危楼百尺关津探。双眼望秋穿,西风莫倚栏。
重重帷幕断,霏雨暮秋转。鸿雁彩云追,何时满月回。

罗益香

法国巴黎,女,生于柬埔寨金边市。平生喜爱书诗、书、画、音乐、古筝、舞蹈。1971年到香港居住。1983年移居法国巴黎。在1992年参加欧洲龙吟诗社,曾任欧洲龙吟诗社长四年。2000年被聘为《全球名家诗词精选集》顾问,创作诗词被选入《全球诗词选集》《龙吟诗词选集》《华夏吟友》,诗词选入海内外多种诗刊。现任龙吟诗社名誉社长。

五律·四季吟
春花百映园,艳丽最娇然。
夏日荷红雅,莲池叶绿鲜。
秋光黄菊月,苑色衬云天。
冬雪梅开盛,霜临寒竞妍。

五律·夏日园林
漫园绿草芳,柳鸟总鸣长。
池闪游鱼里,松摇荡水塘。
竹妍标素节,亭美映幽光。
景物心怡赏,迟归带夕阳。

如梦令·夜雨
雷雨深更狂骤,惊醒睡浓梦幼。烽火忆怆然,桑梓心思依旧。风透,风透,楼北落花俱瘦。

卜算子·荷
翠伞碧湖池,朝露珠盈菡。炎夏莲花映日嫣,摇曳飘香绽。
花上舞蜻蜓,色淡娇娆艳。高洁淤泥不染污,墨客游人恋。

卜算子·秋夜
夜静立秋寒,独上楼台处。桂魄圆光照松间,残叶随飘去。
念旧自潸然,邻屋人细语。荏苒光阴水永流,对月相思叙。

鹧鸪天·春景
昨日薰风漫苑行,春回处处映花萌。园前桃笑含红蕊,雁阵归来喜乐声。
梅艳俏,草嫩青。群蜂飞采戏芳馨。枝巢小鸟密林唱,景物风光畅我情。

鹧鸪天·腊梅
岁切春阴遍雪空,楼南近苑密林同。梅妍蓓蕾朝枝露,玉骨冰肌袅袅中。
游客赏,趣心浓。鲜颜朵朵素摇红。群芳竞丽姿争秀,三弄梅花惹笑容。

鹧鸪天·咏竹
花万物逢春正盛时,标杆直立出花奇。团团锦簇芳枝上,叶绿满垂秀色期。
欣玉翠,惬吾怡,沁心永觉雅谁知。世间少有生花竹,春意依然开白姿。

罗勇
中国工商银行书画艺术研究院书法家。中国金融作家协会、中华诗词学会、中国楹联学会、湖北省作家协会、省诗词学会和省书法家协会会员,省向阳湖文化研究会副会长、咸宁市潜山书画院院长。

水调歌头·雨游三峡人家
今到西陵峡,遇雨赏春图。雾弥崎峭山路,苍色有时无。俊秀空灵恬静,还有清泉细浪,悠远到平湖。倒影云波动,妙景似珍珠。
心欢悦,歌声起,踏新途。石桥飞架悬壁,溪水荡舟孤。曲径幽情欢畅,撑伞苔痕攀上,叠翠见林疏。到处奇峰立,诗意得心舒。

游三峡(三首)
(一)
漫游峡谷客心悠,影落云波天际流。
空叹春光留不住,清风驱雾见芳洲。

(二)
峡江两岸山万重,远近高低各不同。
暮雨巫山今又是,猿声何日到江峰?

(三)
峡江倒映见奇峰，叠翠嶂峦烟雨中。
待到清风吹大地，云开雾散露峥嵘。

骆琳玲

笔名晓风明月，女。中华诗词学会会员，江西省诗词学会理事，江西省女子散曲社副社长，乐平市老年大学诗词班班主任。

农村新貌赞——贺国庆 70 年
华夏今逢七十秋，江山鼎盛展宏畴。
村村坦道通门槛，户户庭园仵翠楼。
文化长廊孝义倡，晒场灯下舞姿优。
和谐社会小康梦，百岁斟杯再贺酬。

鄱湖湿地公园赞
鄱湖湿地沐祥光，黑鹳盘旋白鹤翔。
浩渺烟波棹万里，百年龙庙佑千乡。
丛丛苇草雁身匿，片片红蓼游客忙。
绿色乐园生态美，明珠宝地赛天堂。

【正宫】塞鸿秋·悼黄文秀
山洪疾至危情逅，惊涛骇浪乌云骤。
自身遇难不思佑，此时只记村民救。扶贫百姓夸，赤子黄文秀，满腔热血丰碑构。

【仙吕】寄生草·仲夏过洪皓园
穿幽径，过曲桥。岸边垂柳和风袅，树梢紫燕将人叫，塘中菡萏朝天笑。二三锦鲤戏浮萍，一帮墨客开新调。

吕杰

黑龙江省依安县人，1941 年出生，1984 年 12 月入党，依安县师范学校退休，省诗词协会会员、齐齐哈尔市音乐家协会会员。

五律·游植物园
晨入林荫道，鸟从曲径鸣。
盈胸腾日暖，吟律踏歌行。
莫道光阴短，笑谈日子红。
春归圆梦路，伴我好还童。

七律·游植物园
风清雨后沁心田，聚友烹诗笑满园。
百尺喷泉惊浩宇，千章乐奏舞婵娟。
攘蜂寻蜜花扑面，捻蕊纳香蝶恋丹。
酩酊归来难成梦，徘徊疑问是人间？

丁香
宅前几簇闹芬芳，墙透清新韵绕梁，
最感沧桑天下事，常怀苦乐暮年享。
不争贤士三分宠，只送春风一里香，
欲醉兰陵须九盏，花间有梦待晨光。

吕宝勤

现年 80 周岁。辽宁抚顺矿业集团退休工人。正宗一线采煤工人出身。自学成为矿井通风技术管理人员。在文艺和矿井通风技术上都有著述。

鹊桥仙·赞中华书法
形神兼美，横勾撇捺，顷刻龙飞凤舞。寰球文字百千型，唯汉字，雄浑独步。
中华瑰宝，今来古往，造就诸多人物。凝神屏气挥毫时，有谁知，身心获福。

七律·咏宋史
谁为赵家论兴亡，改朝换代本平常。
先天不足缺良辅，后继乏人尽昏王。
遗恨靖康千古耻，幸存武穆万年香。
蒙金辽宋终一统，百族共融当自强。

七绝·咏汉阳古琴台
须知交友勿离群,何必摔琴谢知音。
皎皎易污千古训,留台应警后来人。

吕炳贵

1945年生,安徽安庆市人,大专文化。原安庆市造纸厂设备科科员。安徽省诗书画联谊会会员,安庆市诗词学会会员,安庆市老年诗词楹联研究会理事。在全国诗词比赛中曾获金奖、佳作奖、金质奖题名、优秀奖。

水调歌头·新中国70周年感怀(词林正韵)
近代耻难忘,昔日国人忧。疮痍满目,吾党诞红舟。多少回肠往事,浴血军民驱寇,去岛蒋家羞。领袖语洪亮,宣告震环球。

军赴朝,勇抗美,威名留。朝阳普照,春风吹拂遍金瓯。靖雾雄才复出,改革潮来奔涌,习总继筹谋。戮力中华梦,号角响云头。

七律·丙申重阳拜谒黄帝陵
(诗韵新编)
八方远客雁留踪,名庙轩辕气势雄。
沮水绿波流圣地,桥山翠柏染长空。
祈仙台上云无意,黄帝陵前客有情。
初祖德高功盖世,龙人圆梦气恢弘。

注:据书载黄帝的出生地和陵墓都在沮水河畔。

临江仙·游览黄河壶口瀑布
(中华新韵)
秦晋隔河山岭峻,口迎阔水千漩。狂澜翻滚瀑飞悬。雷声传远地,金浪落长川。

气势天惊云也叹,雾珠散漫空间。自然巨笔写鸿篇。斜阳迷美景,游客震心田。

水调歌头·壮哉泰山(诗韵新编)
众岭拱天柱,岱顶现云中。千山万壑林翠,夭矫望人松。壁峭岩奇峰耸,铁骨铮铮堪叹,雄峻乃天工。气势何其壮!贤圣帝王倾。

孔子游,帝封禅,众贤登。繁多古迹,摩崖刻世推崇。吾立玉皇绝顶,远眺黄河金带,思绪似潮生。盛世登名岳,游客笑声腾。

注:据山东美术出版社出版的《泰山游览》一书称:泰山最高峰名为天柱峰等。

七律·谒孔庙(诗韵新编)
暮春时节访名城,孔庙恢宏气势雄。
座座门坊彰至圣,棵棵桧柏绿园庭。
大成宝殿回廊绕,小宅故居门匾横。
摄影购书人攘攘,儒家思想世尊崇。

七律·早春游石头城遗址
(诗韵新编)
赭石如镶峭壁崇,依山傍水筑坚城。
石山鬼脸烽台立,碧水秦淮画舫行。
斑驳城墙呈古意,鹅黄岸柳展娇容。
金陵雄踞六朝去,遐想当年诸葛公。

注:据书载:诸葛亮曾向孙权建议将都城从镇江移到金陵。

七绝·核潜艇官兵(中华通韵)
机舱封闭海潜巡,心里阳光满室臻。
操作精心瞻远处,英雄肝胆铸军魂。

鹧鸪天·春游宏村(词林正韵)
桥隔南湖波碧柔,民居栉比伴妻游。
古堂雕木人称绝,老树伸枝鸟唱稠。
门额雅,漏窗优,多群画者景勤搜。

迷宫径畔皆流水，黛瓦牛村风韵留。

吕桂荣

河南人，中华诗词学会会员，凤凰海外诗社入驻诗人。热衷于古典诗词，喜爱现代诗，诗作发表于《山东文学》《河南文学》等报刊。

鹧鸪天·桃花源

谁荐轻香下广庭。颜开粉面向营营。西窗淡淡东风软，北阙悠悠燕语馨。

花绝品，柳轻盈。恣游唤取伴先生。由他白马长安市，不抵乾坤一草亭。

浪淘沙令·秋思

雁影照澄江。踏尽秋香。菊花压径素颜黄。花气薰城南树老，人在他乡。

尚有醉如狂。梦到君旁。幺弦一曲入凄凉。却道今时新酒熟，莫要相忘。

虞美人·秋

红疏柳院花铺地。夜月浮觞里。传杯几度对西风。怕是无端误了烛花红。

初飞旧雁相迎送。听彻梅花弄。等闲人寂旧疏狂。客梦旧游沉醉又何妨。

蝶恋花·七月遣怀

镇日无聊书束架。误我清闲，细雨纷纷下。楼上新秋谁细话，几回瘴雾溪桥夜。

长恨悠悠余苟且。压酒狂歌，更作更深也。卖卜今年名未写。何如常伴东篱那。

西河游记·调寄望海潮

水声娴雅，风前软媚，西河著有仙姿。空翠湿烟，山光远影，径斜曲折迴之。林密隐蝉儿。莫言时仲夏，声绕轻枝。林越清幽，漫惹游客意迟迟。

山间瀑布低追。借一分秀水，濯足忘机。如蝶玉人，如丝索道，惊心一任蜗移。倦处共栏依，同行唯家妹，摄影寻奇。纵是千般美景，笑我力难支。

菩萨蛮·夏

池塘萍小薰风细。无端谁扰鸳鸯起。一片落人间。樵林斜照残。

绿浓遮绣户。云屋伴孤旅。明月满帘霜。灯台淡薄妆。

苏幕遮·夏雨

日长时，临正午。欲唤风来，共我消炎暑。雷远声高天笼雾。拟作多情，送子清凉许。

过花溪，鞭荤路。脚步匆匆，倾泻流如注。水里伊人犹淡伫。粉萼生津，香满清江浦。

满庭芳·自题

静坐屏前，闲思平仄，朝朝暮暮如斯。新诗消暑，婉约亦相随。小阁春秋未管，任由那、粉字频飞。归来燕，向人低语，绣帕寄于谁。

莫言尘味重，人间烟火，应染罗衣。奈迟钝、半生却是无为。总怕人前提起，无以赠、愧对双儿。何须问，唐风宋韵，轻重几钱兮。

吕建兵

笔名凡尘俗翁，男，江苏常州人，中华诗词学会会员，江苏省常州市舣舟诗社社员。

偶感

欲将春色纳壶中,巧借霞光绣赤枫。
虽觉豪情羞对月,依然泼墨寄苍穹。

即景

紫霞远处陌桑寻,一路欢歌彻茂林。
褪去流云曾照影,芬芳四溢胜弹琴。

登六角亭偶拾

流云携雨咏成诗,轻叩亭檐问黛眉。
点滴叮咚醉心境,犹疑玉液润春时。

吟神州

青山绿水接云烟,燕舞莺歌逐梦圆。
打破藩篱贯丝路,腾飞华夏咏婵娟。

舞絮

长堤柳絮蔽天飞,直上云端笑翠微。
风起三更东逝水,来年化作雨烟归。

思念

梦中又遇旧王师,战友抒怀犹觉迟。
一颗丹心惊日月,为民报国志难移。

故乡桃花节拾怀

邀朋信步入桃源,翠叶羞花醉客魂。
蝶舞莺歌起芳馥,抒怀诗咏已黄昏。

贺中国成立70周年

七旬岁月谱新章,逐梦趁风穹宇翔。
绿水青山慰尧舜,还看华夏筑康庄。

吕剑锋

笔名静土,山西省朔州人,中国诗词研究中心暨中国诗词研究会会员。作品源于生活、关爱生活、反思生活、憧憬未来,具有较强的现实主义、理想主义和历史担当。散见于《人民公安报》《山西日报》《朔州日报》以及《今日头条》等网络微刊。

七绝·生日自题

水碧天蓝云雅淡,荷风竹露气清新。
降生百姓呱呱子,遍看世间红绿尘。

五绝·自遣

日月怜形瘦,风尘笑我痴。
悟来花草外,老去水山思。

七绝·母亲节寄母

浮云片片柳枝柔,远眺御河天外求。
年过八旬身可好,慈祥容貌涌心头。

七律·"二青"火炬传递安保感怀

圣火熊熊传紫塞,公安烈烈保升平。
四方逸步须眉上,八面英姿巾帼争。
未雨绸缪排险象,中流浩荡尽忠诚。
殷殷汗水追寻梦,楚楚风颜笑语声。

七律·贺秋枫老姐小说付梓

初夏雁门无限好,长篇《英子》此时成。
浓浓乡土馨香味,浩浩心田草木情。
大雅堂音传万里,小人物事历平生。
年开八秩阳光气,激励后来规砺行。

七律·端午思

岁岁年年端午日,龙舟竞渡万帆扬。
五颜彩线雕图画,一艾清芬溢锦囊。
我问屈原何许士,童言米粽最为香。
将来想作飞天梦?就要明星名利长!

五律·咏竹

虚心成大智,壮气透康强。
雨打更清净,风吹醉妙香。
枝枝如月挂,叶叶似舟航。

不惹蝶蜂至，双眸两太阳。

七律·无题

凡尘俗子跑颠颠，莫若放松攻玉篇。
老去退休天一样，兴来逸迹印千川。
为名图利终成梦，把酒吟诗胜似仙。
上帝造人多少亿，有谁作古竞相传？

吕立农

河北省临漳县狄邱乡西狄邱人。爱诗词、爱读书。

老年回忆感恩神佛众生

莫嫌须发白霜侵，谁料残年活到今。
避难险成长往客，逃荒幸免不归人。
急流泅渡拜河伯，峻岭穴居托山神。
筑坝昏沉入水府，锄田晕厥散幽魂。
命悬跃进绝粮厄，心恐文革政治瘟。
百难徐生未陨灭，如何感谢四方恩。

天公考验耐寒人

劲阴风凛冽，荒庭人孤孑。
家随天地闭，蛰居度冬月。
铺头散衣巾，桌下遗纸屑。
看书对窗台，避寒挤墙角。
进餐碗暖手，箕坐被蒙脚。
天公考验我，窗外正飞雪。

云南阿瓦山漫游

质朴天真塑性情，爱寻同类度人生。
眼观日色斜时宿，脚向人烟稀处行。
不见林生修剪态，喜闻鸟叫自由声。
天然岩洞支锅灶，免向店家示证明。

吊废墟

旅途漫步踏花茵，时跨石梁时入林。
隐约模糊像有路，荒凉冷落似无人。
碎砖断础残于古，野竹黄蒿旺在今。
久坐废墟不忍去，凝眸凭吊动酸心。

危岩仙居小院

松枝深处岩扉开，微径模糊草掩埋。
不见人踪无屋舍，只编篱落用荆柴。
前人何故抛家去？今我有缘作客来。
石洞平台当卧铺，空心悬览通锅台。
正愁无处托形质，天赐仙居称雅怀。
风雨闲眠作卧室，晴明展卷当书斋。
鸟声流韵荡幽谷，花瓣留香陨翠苔。
馋眼流连不忍去，开心独步久徘徊。

溪边坐禅

烟霭接云霞，风光日夕佳。
芳林树作伴，翠嶂洞为家。
闲坐听流水，遛弯踏落花。
悠游炼体魄，日久会升华。

算命先生自在行

满天轻雾满地霜，农事稍闲净圃场。
旧铁驴车骑胯下，新收音机带身旁。
奇闻爱听大世界。风景喜看小村庄。
竹板一打谁算卦，命理先生来贵乡。

达县石桥

城市富庶好谋生，人穷偏爱穷山行。
闲人聚处即算卦，农活忙时亦帮工。
肠胃饥饿行乞讨，体力充沛便登程。
入户求餐见犬避，攀枝摘果与猴争。
夜宿废村或寺庙，荒无人烟宿野营。
一生不会创家业，都为观光富眼睛。

卦摊生意不好做

序：人逢低运喝水也塞牙，称盐也生蛆。古人云：运去金失色，时来铁生辉。话说在某名山半山亭中摆卦摊良久无人问津,近午时,一个上山的,一个下山的两个年轻人,一起走进凉亭,一左一右坐下来,是我开口的时候了:二位可相信命运吗?左云不信命只信自己,命运是自己创造的。右云五行八字是人编造的,没有科学依据,不相信。况且老祖宗马爷爷早教导我们,命运神鬼都是瞎编的……我听了这些逆耳的话受了一肚子委屈,想免费送他一卦,来证明命理的真实性。抢插话头说道:小马小伙子别发脾气,我送你一卦听听,是不是瞎编的,他瞪着眼怒视我吼道:"谁是小马?谁姓马?我敬佩马克思是大思想家、哲学家。称呼他马爷爷。""那你的孝敬心还薄弱,不如干脆改姓马得了。"他瞪了我两眼悻悻地走了,另一个也不欢而去。自己不会做生意,一句话说走两个人,日过午了,肚子饿得咕咕叫,身上无分文。

年轻人帅气势豪,语言锐利仗时髦。
古贤探得阴阳理,今圣嗤之不屑瞧。
五行本是天然物,不因众非损毫毛。
人秉干支显身世,燕逢戊己不营巢。
新圣只信亲眼见,仪表难测一概抛。
自觉聪明超天地,其实不比燕子高。

服装名牌迷

一家名牌服装店,时髦顾客目垂青。
产品出自洋人手,一比十倍价飙升。
唯恐抢购不到手,误我率先赶时兴。
大把钞票买几件,穿上甚觉添威风。
一天公安来办案,此家店门被查封。
云是贩卖洋垃圾。立即脱下往外扔。
不思对镜看模样,穿得久了坏名声。
品质看好立地坏,价值飙高降为零。
听说名牌头上举,闻知垃圾脚下蹬。
自己全无主心骨,一切好坏听人称。
今人视觉不自信,有目等于无眼睛。
于物不看不思考,一味倾耳听虚名。

莫怪商家巧蒙骗,原来自愿受欺蒙。

忆当年

青壮年时远飘零,羡煞人家灯窗明。
叹我食宿无着落,想彼人家享安宁。
翻囊抖搂钱粮断,几处碰壁人地生。
一阵酸辛怕人见,两腮清泪结成冰。

一半岁月在旅途

从幼到老爱漫游,由近及远遍九州。
幼童常被人护送,少年还招人收留。
壮岁糊口串百越,老年打板从九流。
八十年来长岁月,一半旅途度春秋。

注:打板即是算命,是九流行业。

老年第三次游义乌

半生旅社度春秋,风景东南胜一筹。
慕义寻乌三下榻,乘春玩水五登舟。
山河今见添风韵,老客多情忆旧游。
借问山川还认我?当年白面今白头。

感叹人生

百岁愚顽身,未谙机巧心。
爱观江海水,喜步山头云。
麋鹿交朋友,峰峦作睦邻。
寄情於质朴,至老保天真。

晏居贫家小乾坤

累月不闻人扣门,身如尘世多馀人。
闲依花木吟佳句,或坐佛堂唱梵音。
贪恋诗词不顾老,喜乐清净莫嫌贫。
人生道路无高下,各取所需都称心。

赏秋色田间散步

老健有心情,田间纵视听。
菽谷同畛域,稻粱碍阡塍。
景应蓐收月,凉生巽氏风。

野桥自在坐，闲看暮云行。

雨日沏合欢花作茶
暮雨潇潇风飒飒，凉生秋意过窗纱。
推帘摘取垂枝果，冒雨捡来落地花。
懒怠动锅果代饭，催眠引睡药当茶。
每逢阴雨晚停食，守制因循遵佛家。

读书言志
一介老村翁，终生志趣同。
藻词迷李笠，韵语耽白公。
把卷贵时紧，求财放任松。
身因寡欲健，家受读书穷。
稽古侬于志，虚荣淡在胸。
可期寿百岁，未想禄千钟。
文字赔钱货，纸钞占上风。
富人不屑顾，自赏娱愚衷。

秋风秋雨谁悲秋
秋风秋雨物凋零，善感愁因气象生。
怨女厌闻风飒飒，文士惆怅雨蒙蒙。
老夫耳顺心宽广，万籁随宜入视听。
窗罩雨敲当鼓瑟，檐铃风摆类弹筝。
冬观冰雪赐寒玉，夏用骄阳烧饭铛。
万象来临有妙用，何愁天气变阴晴。

中秋赏月
忘怀风烛年，喜度中秋天。
步履淡容与，草堂夕悄然。
斗星指兑位，风籁奏商弦。
寄托心中事，焚香奉玉蟾。

吕连法

男，1970 年 10 月出生，河南省罗山县人。1993 年 7 月毕业于第二炮兵工程学院，1999 年转业到洛阳一家研究所工作，高级工程师。喜欢诗词、书法和笛箫。

五绝·廉江公园
雨洗南国净，风摇向日花。
紫燕双戏水，林密传琵琶。

七绝·酒泉卫星城
五月孤村柳絮飞，黄沙漫漫客人稀。
洛城东望千山外，燃尽榴花藕叶肥。

七绝·玉门出差
落尽群芳春已去，玉门柳絮始粘衣。
帝乡遥指黄沙外，独立残阳背落晖。

七绝·忆洛浦、海南出差
香茗一杯酒一瓶，牡丹凋尽柳娉婷。
天涯寂寞洛阳客，欲唱《落梅》月满庭。

五律·忆故园牡丹
筑舍洛河北，平生四海游。
曾寻桃叶渡，还乘蚱蜢舟。
常慕陶公菊，徒添宋玉愁。
皆言花正美，满月照琼州。

诉衷情·洛浦行
梨花谢后过清明，洛浦雨初晴。细波弱柳风暖，林外燕声声。
春已暮，勿须惊，笑颜迎。白衣卿相，载酒踏歌，快意平生。

如梦令·自嘲
梁燕穿林弄巧。微雨淡烟杳杳。酣酒欲高歌，半月破云低照。莫笑，莫笑。廉颇而今已老。

鹧鸪天·雪
漫舞琼花应岁寒。西风误作柳棉弹。夜敲庭竹惊春梦，偷将荷池换玉盘。
失阡陌，锁峰峦。红梅枝上两相欢。

玉肌冰骨尘不染,无意群芳冷眼看。

蝶恋花·过惠州西湖
湖色山光依旧好。波敛斜晖,岸柳遮行道。苏轼祠堂人扰扰,朝云墓上深深吊。
万里流离谁不恼。知己红颜,不合时宜笑。对酒东坡吾已老。六如亭月重头照。

注:惠州西湖,东坡爱妾王朝云墓所在。

吕嵩光

男,1937年4月生,滕州市人,滕州卷烟厂退休。系山东省诗词学会会员,枣庄市诗词学会会员,滕州市诗词联赋协会常务理事。荣获第二届"岳阳楼"寻春诗会银奖,第十三届"天籁杯"中华诗词大赛铜奖。

七绝·春节感怀
张灯结彩喜气盈,老少全家欢乐情。
共饮举杯齐祝福,感恩华夏筑繁荣。

七绝·圆国梦
东风浩荡壮征程,春雨潇潇花木荣。
聚力凝神圆国梦,江山万里凯歌声。

七绝·老来乐
挥毫染瀚乐陶然,拈韵敲词悦暮年。
益智健身勤锻炼,台球竞技网聊天。

七绝·赞月季花
惊闻香溢惹人宠,五彩缤纷透艳浓。
点缀城乡展风韵,一年四季露娇容。

七绝·元宵节
灯火家家不夜天,良宵佳节庆丰年。
国强民富龙狮舞,歌颂中华谱锦篇。

七律·观灯展
广场牵手去观灯,恰似长天万颗星。
五彩缤纷招喜爱,欢歌笑语话康宁。
霓光璀璨庆佳节,大厦巍峨展画屏。
狮舞龙腾逢盛世,黎民齐祝九州荣。

七律·辉煌中国颂
放眼神州喜气扬,国之重器护边疆。
飞船探月宇寰壮,潜艇巡洋海底藏。
万里视频对面讲,一朝难晓网聊忙。
科研引领全球赞,再上台阶更富强。

七律·庆祝改革开放40周年
敢度艰难求创意,英雄众手铸辉煌。
放飞梦想展鹏翼,开拓征程奔小康。
航母巡洋海疆靖,神舟探月国魂扬。
脱贫致富民心顺,锦绣江山鱼米香。

七律·建国70周年颂
忆昔阴霾布满天,黎民苦难陷深渊。
先贤睿智长城固,英杰雄威意志坚。
南北从征驱虎豹,纵横施策捍山川。
清除污浊残云尽,共绘神州大地妍。

吕晓亮

山西省交城县人,毕业于太原师范学院,现执教于交城县交城中学校,中教一级教师。

七绝·夜无眠
夜半无眠倚客窗,斯人隔月望还乡。
秋风乍起秋波长,岁岁年年心愈伤。

七律·秋书
秋末楼阴柳陌斜,停凝卷起云堆雪。

羡余意境犹常期；一岁秋蝉一岁悦。

吕玉光

男，1946年12月生。地方志编撰人。重庆市诗词学会、诗刊子曰诗社会员。

七律·题蝉
树丛闃静意何闲，唤起同门揿管弦。
微羽低音难入调，宫商高韵易催眠。
浓荫曲绝陆蒙老，淡墨图喧李苦禅。
自作多情空诉怨，暮秋离别盼来年。

七律·瞻鲁迅雕像有感
先生一世欲何求，俯首甘为孺子牛。
医病焉能医溃腐，树人亦可树春秋。
几声呐喊惊民众，一卷彷徨透骨头。
旗手擎苍晖日月，文豪荐血染神州。

如梦令·自勉
历尽几多冬夏，感受数番真假。远去了红尘，莫作断肠牵挂。抛下，抛下，顿觉海天如画。

鹧鸪天·游西江苗寨
苗岭新村傍石陂，雕栏次第上云梯。芦笙雅韵缭庭院，银珮辉光映黛眉。
千户寨，一条溪，春风化雨涨秋池。箕门嵌字称希望，民沐天恩举锦旗。

鹧鸪天·留守儿童
三岁双胞各捧盆，香随鼻涕伴涎吞。充饥那问苔和豆，防冷且酬爷管孙。
妈少见，爸难亲，心中玩具不成真。小康尚未同圆梦，等待帮扶到此门。

鹧鸪天·村趣
避暑王村情趣长，草笺竹笔写文章。柳枝点水涟漪远，藜杖敲山松鼠慌。
朝弄拳，夕吟窗，华灯花影舞锅庄。平生欲效徐霞客，离了家乡赞异乡。

吕云飞

男，茂名南天诗社会员。笔名云飞，生于1971年，诗词爱好者。内蒙古省、市、县三级诗词学会会员，中原诗词研究会会员，竹韵汉诗协会会员会刊编委。

【双调】蟾宫曲·中元思亲
秋风萧瑟又中元，寒月星稀，遥祭家山。摇曳河灯，亲思燃尽，难入诗笺。
慈父唤儿声去远，往事如尘化云烟。泪眼涟涟，怎问苍天。一掬黄花，难诉流年。

【双调】蟾宫曲·七夕有感
风霁云低雨无多，满目离愁，往忆如梭。相隔咫尺，东风甚恶，难叙情歌。
勤奋华夏驱百舸，相思儿女跨银波。母奈如何？公奈如何？再上苍穹，共灭妖魔。

如梦令·喜梅（新韵）
一夜鹅毛飞舞，梅朵含羞初露。喜鹊戏枝头，踏碎红白几树。细数，细数，误入芳园深处。

律柄权

1954年生，大专学历，中学高级教师，已退休。中国楹联学会会员、研究员，中国国学研究会准会员，兴安盟诗词学会会员。乌兰浩特市作家协会会员。在《兴安日报》《对联·民间对联故事》发表联作百多件。诗词作品散见于《兴安日报》《兴安电视报》《诗词月刊》《对联》等杂志。创作以古典诗词为主。

鹧鸪天·祖国70寿庆(中华通韵)

椽笔新描盛世篇,为国高唱鹧鸪天。韶山睿智腾空起,大地恩泽与日悬。

平虎踞,越龙盘,春风载地美家园。风清气正新元始,领跑周边带路宽。

七律·举杯迎国庆(中华通韵)

皓首回眸忆往昔,童年趣事晚频提。四十年里翻金浪,每日门前唱锦鸡。寿庆七旬国运盛,诗题一首梦圆余。花鲜树茂丝绸炫,碧野流霞灿党旗。

鹧鸪天·红城环卫工(新韵)
(一)舒畅

叶落街横数里长,西风正紧送清凉。肩头树影兼灯影,寻底星光又月光。

楼尚睡,梦尤香。街前挥汗我无妨。扫来一片新天地,仰脸笑迎红太阳。

(二)骄傲

白色乱飘挂树梢,寒风一摇梨花娇。上钩下拽须除尽,树底路边不隐毫。

星灿烂,日逍遥。晓风催我快直腰。迎来旭曲悠扬唱,赢得行人拱手招。

临江仙·秋思(新韵)

耿耿星河增怨恨,相思千载柔肠。长沟流月竞芬芳。秋菊虽未绽,浅黛已藏香。

蝶倦蜂稀蝉浅噪,香菏正孕莲房。是谁已把麦收藏。清波浮锦鲤,远岫悦牛羊。

七绝·早春(新韵)

访梅问柳看鹅黄,踏岸寻幽觅远香。曲径斜阳行古道,忽闻远陌牧笛扬。

七绝·惜春(新韵)

龙钟翁妪锦着妆,依侣提携郊外忙。问柳询花阡陌赏,肩头指缝俏夕阳。

M

麻盘云

字慕德,号楠溪不羁马,籍贯浙江永嘉,旅居法国巴黎。著有诗集《花都拾穗》。现为中华诗词学会会员,浙江省中华文化海外传播促进会会员,浙江省侨界青年联合会会员,欧洲龙吟诗社副社长兼秘书长,法国欧华历史学会常务理事,永嘉县诗词与楹联学会会员。

次韵朱凌云老师《东瓯诗谭四周年》

天涯倦客度年年,梦里乡音唤眼前。几许豪情身愈瘦,一轮明月影高悬。衷肠伴酒归宁静,笃志融诗意挂牵。山水东瓯承脉远,文风代代永流传。

遇见盘云谷

玄都紫府大罗山,顶接天齐奋力攀。隐墅宜居兴度假,清泉爽口喜开颜。盘云遇见盘云谷,自我逃离自我关。悟得凡身终是客,探幽揽胜绿林间。

好友送杯与酒有寄

送酒和杯一起收,知音难得趣相投。人生路上同回醉,风雨怀中几串愁。尽管只身千里外,关情妙语寸心头。笔端连晓孤灯瘦,岁月如歌挚谊稠。

观世界杯足球赛决赛暨

法国队荣获第 21 届世界杯冠军
问鼎今朝举国欢,绿茵场上挽狂澜。
姆巴飞步犹惊座,格列破门欣教官。
洛里乌龙惭悔误,中锋博格克危难。
廿年尝胆卧薪路,大力神杯泪未干。

巴黎初雪记
花都刚步入冬时,飞雪飘扬展舞姿。
放眼观风一幅画,欢心荡漾两行诗。
行人脸上堪称悦,朋友圈中相告奇。
此刻情惊融此景,案前秃笔岂能追。

步韵陈文林老师之《海港席上逢巴黎叶星球先生》原玉
律序轮回自向前,客身常忘度经年。
漂洋还守初心梦,羁旅终怀明月圆。
美酒一盅愁肠断,诗词几句故人牵。
何能悟得清虚境,亦学风徽效俊贤。

金秋漫吟
才见萌芽初探姿,已逢红叶逐风驰。
寰中气候无常律,岁里更新顺序时。
羁泊孤心修戒道,沉浮人海赋清诗。
晨听飞鸟唱鸣曲,且赏余霞莫要追。

永嘉诗词楹联学会戊戌年会
东君拂绿伴清泉,骚客时逢赋壮篇,
万物复苏呈景瑞,群峰新沐绕霞妍。
从来韵海连文脉,自古摇篮毓俊贤。
邹鲁溪山才智茂,相传薪火灿前川。

马海泉
王维杯诗词大赛、首届中国华夏杯诗词联大赛参赛作品。

引潮人
披荆斩棘引潮人,革故鼎新使命真。
国富民强圆大梦,丹心热血换乾坤。

神州
七彩霓虹装满怀,初心使命震九垓。
毛毛细雨润之洒,习习春风近平裁。
深海挥锋掀鬼殿,高天探月展雄才。
乾坤正气和文化,世界大同尧舜台。

凤凰台上忆吹箫·中国梦
民族复兴,浩然正气,小康欢乐天真。教初心长在,抓铁留痕。今又岐山凤鸣,圣贤出,富国强军。新时代,上天入地,万物迎春。

欣欣。海纳百川,看大国承当,合作同茵。高铁丝绸路,福满乾坤。五星红旗指处酬壮志,作领航人。大同日,升平歌舞,中国精神。

马荷月
现任中国诗词月刊杂志社副社长兼办公室主任,中国诗词研究会副会长,中国诗词微刊编辑部副主任。

七绝·送菊
雁断云中又是秋,新词一曲暗香浮。
东篱有约年年会,纵使别离何必愁!

七绝·寄菊
此去经年霜露寒,知卿孤寂影成单。
梅开小院飞香雪,月下思卿独倚栏。

七绝·忆菊
一声孤雁百花残,晚照斜阳人影单。
最是愁弦调不得,相思透骨怎能弹!

七绝·怨菊
临别与卿曾有期,我归之后许卿归。

卿今未守从前诺，抛我孑然泪染衣。

七绝·盼菊
最喜金风天外来，群芳寂寞独卿开。
素娥青女成三影，占断风情一任猜！

七绝·梦菊
绿鬓云鬟眉黛长，叮咚环佩彩霓裳。
相逢未待嘘冷暖，一梦归来夜正凉。

七绝·伴菊
种得相思待好收，几翻风雨又清秋。
孤鸿啼落榆关月，独对篱前伴尔愁。

七绝·饮菊
陶公一去已千年，抛尔篱旁谁肯怜？
西风残照寒光里，我携诗酒伴君欢。

马红杰
曾用名马宏杰，河南省清丰县实验初级中学语文高级教师，濮阳市作协会员，河南省诗词学会会员。

七绝·河畔健步——清丰县实验初级中学"健步走"活动记
飒爽英姿健步行，挺胸抬臂喜盈盈。
笑声震落黄金叶，马颊清流亦动情。

七绝·升旗——参加清丰县实验初级中学升旗仪式有怀
旭日东升空气爽，行知大厦国旗扬。
春风化雨阳光沐，姹紫嫣红满校香。

七绝·晚钓
斜晖脉脉晚风柔，马颊河边钓碧流。
圆月高升浑不觉，来兮归去自悠悠。

七律·丁酉清明节清丰县烈士陵园缅怀英烈
华夏五千年要灭，长城一万里将倾。
可怜国弱民生苦，每喜邦强寇胆惊。
不尽鲜花香竞溢，无边碧树鸟争鸣。
山河锦绣忠魂铸，艳丽红旗血染成。

相见欢·七夕
牛郎织女千千年，爱依然。浅浅天河宽广水无澜。

相隔望，意何怅，鹊翩翩。七夕重逢执手泪涟涟。

卜算子·落叶
秋至渐枯黄，霜冻身凋落。漫漫寒冬雪土融，不怨秋冬恶。

腐烂不离根，仍有三魂魄。待到春风荡漾时，仰望枝头乐。

马洪波
笔名云水禅心，河北省承德市平泉市人，一千余首诗词作品散见于多家网络微刊、微平台及纸刊，其中一百多首诗词被搜狐网站收录并转载。

七绝·惜春
一架青萝绕小楼，落花千片绪难收。
翻飞彩蝶无端去，可有春光醉眼眸？

七绝·端午感怀
倏闻糯米散清香，可晓渊源粽子藏？
正气未将天地改，却留千古好华章。

七绝·衡山云海
奔腾白浪逐山巅，起伏无声四海连。
借我风帆乘万里，飞云极目到天边。

七绝·夏昼感怀
袅袅炊烟伴夕阳，田川紫燕自飞翔。
光阴四季循回转，莫与天公论短长。

七绝·王熙凤
似海心机贾府游，浑身辣手利名求。
巧言难挡风云布，独上金陵枉自愁。

七绝·垂钓
钓饵馨香散水池，锦鳞逐食笑痴痴。
浮生若梦银钩断，悔悟人间陷阱奇。

七绝·锄禾
繁英落尽叶葱茏，遍野禾苗抖绿踪。
老叟挥锄清杂草，闲居田埂话年丰。

七绝·仙人掌
不屑风摧与日缠，沙滩大漠自安然。
一身利剑横天地，笑傲群芳几十年。

马洪川

男，1953年2月生，山东滕州人，大专文化，滕州市郭庄煤矿干部。系枣庄市诗词学会会员，滕州市诗词学会会员。曾在报刊发表诗词作品近100篇(首)。

七律·庆祝建国70周年
春回大地好风光，盛世神州处处强。
举国欢腾歌善政，全民笑语颂辉煌。
千秋伟业宏图美，万里征程赤帜扬。
双赢搭建共同体，看我船头喜领航。

马洪奎

1945年生于山东省昌乐县，退休干部。中华诗词学会会员，山东省诗词学会会员，昌乐营陵诗词学会顾问。作品散见于《中华诗词》等报刊。

七律·金婚抒怀
上苍作美赐良缘，交颈鸳鸯并蒂莲。
唯信唯德传世永，克勤克俭治家严。
父慈子孝满堂乐，夫唱妇随一世安。
天地未合情未了，相依再度五十年。

七律·己亥新年舒怀
七十又五叹流年，与世无争自泰然。
耳背不闻喧闹事，眼花懒数杖头钱。
晨观薄雾托阳起，夜读清风送月还。
唯恋诗词常凑句，手机轻点又一篇。

七律·侍母(新韵)
热土乡村旧草房，躬身尽孝敬萱堂。
勤拨炉火周身暖，细炖羹肴满口香。
悦色绕膝思往事，细声附耳叙家常。
人生幸事谁如我？耋寿侍陪十秩娘！

七律·庐山仙人洞
夕照玄深佛手岩，悬崖峭壁挂岚烟。
千秋不断山间水，万古长流石上泉。
古树奇葩相竞秀，浅溪幽洞各争妍。
俯瞰幻境云缭绕，心旷神怡已是仙。

七律·湖南酉水画廊游记
岚烟飘渺水清清，峡谷幽寂画舫轻。
绝壁棺悬隐约见，密林猿啸恍惚听。
慢移山影层层碧，疾去枫香点点红。
如梦如歌游客醉，亦真亦幻画中行。

七律·港珠澳大桥赞
横跨零丁展骏图，大湾港澳璧连珠。
九年鏖战三区近，一脉疏通两岸舒。
彩凤潜升玄也者，蛟龙明灭妙之乎。
复兴华夏通天路，踏碎狂澜筑坦途。

马剑英

河北滦平县人,县城第二小学前音乐教师。退休后学写诗词,作品见于《国风诗刊》《河北诗人作品精选》《百年诗词精选》《燕赵诗词》《承德诗词》《诗选刊》等刊物。

七律·立夏
檐雀叽啾报晓晴,一怀心事怨余醒。
海棠开遍窗犹阒,燕子归来岁又重。
隐隐春愁随落日,纤纤柳絮化池萍。
熏风爱抚枝头玉,偏有遥笛入晚庭。

七律·咏柳
岂随万物易时妆,独抱青裾不肯黄,
蔼蔼尘寰梳窈窕,毵毵旧袂拭炎凉。
总云秋菊枝头老,谁解楚腰绵里钢,
任尔霜飚摧柔骨,严冬尽处待春光。

七律·返程
一路欢声一路笑,依稀关外小城郭。
洛阳国色堪雍艳,塞北杏花更无格。
怒放丛丛松底乱,芳菲浩浩岭前泼。
漫撒狂野拦不住,跃上天边倚日歌。

七律·腊八
已是三冬日渐长,冰花镂满小轩窗。
春从腊鼓声中近,雪在梅花蕊上香。
谷粟翻粥千户暖,桑田沃壤稼人忙。
贪眠不泄东风信,难掩村头柳泛黄。

定风波·访山里人家
小杏初青叶未荫,深黄浅碧几重新。院后房前桃李乱,归燕,春泥衔入旧家门。
老碾石槽说岁月,听雀,林中远近啭回音。半掩柴扉人何去,忽遇,满筐山菜待来宾。

喝火令·返璞归真
把酒东篱下,烹茶野菊香。门前五柳种成行,春燕啄泥来去,剪破杏花窗。
枕畔堆书乱,案头舞墨狂。且抛凡累入唐乡,忘却是非,忘却世炎凉,忘却红尘纷扰,漫钓草庐旁。

破阵子·金山岭长城
猎猎旌旗阵蠹,遥遥烽燧狼烟。耳畔松声催角鼓,戈甲铿锵战马喧。听风诉旧年。
霜染千山枫柞,雨摇万壑溪湍。且唤蛟龙沉梦觉,笑戏堞头杏花鲜。东风弄柳弦。

玉楼春·桃花酒
云霞遍染山如绣,漫舞柔荑香汗透。密林深处燕莺轻,人面桃花相映秀。
驰名最是桃花酒,但爱陈年红玉酎。觥筹散尽未开怀,且把老坛千遍嗅。

马金辉

河北省诗词协会副会长,衡水市诗词学会会长,作品见于各种报刊,出版诗集多种。

七律·忆延安
谁将清史惯飞年,宝塔长怀大圣旃。
俱往风流雄絮土,今朝潇洒众思廛。
前程已走逶迤路,后业还躬敦厚肩。
优秀山川需树饰,光明日月要星宣。

七律·写延安
撑云宝塔镇山川,串海延河漫革源。
窑洞描涂太平世,荒坡耕种顺丰园。
围追不可孤军灭,堵劫怎能贫旅掀。

众愿当家归地本，民求作主复天元。

七律·看延安
延河青史水中幡，宝塔名流岭上烟。
莫信精神能作古，须知理想可开前。
至今众务持根础，俱往民服炳本元。
猎舞飙旗新政立，狂挥雄旅旧权腌。

七律·忧国像
国忧贫富试峰沟，医病钱多世业收。
学费了需三百亩，住房一寸半年酬。

七律·又看延安
黄土高坡炼幻星，褐山福岭锻玄英。
延河清澈绵天野，宝塔精灵壮地庭。
窑洞强宫呈虎气，草棚胜殿漾龙风。
灭私共产宣言务，扶众平权革命兴。

七律·朝延安
擎天宝塔众山朝，达海延河群岭邀。
雾罩渊深危径涌，云埋瀑急险流骁。
莺啼欣舞升明日，燕语欢歌扩赤潮。
饮水思源元质性，知恩图报本根标。

七律·又到延安
警钟时响质长华，饮水思源本涨霞。
宝塔穿天开盛世，延河串岭淋流沙。
政风复畅增朝岁，党旨真拾旺草花。
浴火重生沼泽丈，涅槃回向雪山匝。

马骏英

1942年生，陕西长武县人。曾任中共礼泉县委副书记、咸阳市档案局局长。著有《闲情集》《闲情续集》《散曲新作选》《散曲新作选（续）》《家在黄土高坡》《长武方言歌》等10本。中华诗词学会会员。曾任陕西省老年诗词学会副会长、咸阳市老年书画诗词研究会常务副会长兼秘书长、《咸阳诗词》主编。

【中吕】山坡羊·做客满洲里蒙古包（新声韵）
氛围祥泰，杯盘蒙莱，奶茶奶酪一齐带。外观白，内装乖，哈达献上真不赖，蒙汉一家情似海。邀，好运来；别，走不开。

【正宫】塞鸿秋·睡美人—红碱淖（新声韵）
天边一抹夕阳照，睡美人羞涩轻纱罩。遗鸥作伴啾啾叫，快艇乘风破浪来回调。饭店鲤头麟酒香，岸上篝火熊熊冒，熙来攘往游人爆。

【双调】水仙子·疏花姑娘（新声韵）
阳春三月蕾逐开，姐妹扎堆巧剪裁。汗融科技图香卖，秋天抱个金蛋来。眼凝神，双手轻摘，妍雨落，映红腮，天女散花好痴呆。

【双调】水仙子·苹果丰收（新声韵）
嫂姑攀采手轻盈，少壮推拉足带风。儿童叟妪齐出动，忙煞咱果农。客商涌、挤破门庭。彩霞天边挂，笑脸云里红，钵满盆盈。

【双调】步蟾宫·夏游呼伦贝尔大草原（新声韵）
好大哟、十万平方。天际茫茫，大海汪洋。宁静清新，气温凉爽，鸟语花香。弯弯小河、流淌远方；北国碧玉、人世天堂。一派吉祥，无限风光，撒落珍珠，尽是牛羊。

呼伦湖、明镜端庄，美丽传说，激荡情殇。远望登高，神怡心旷，忘却家乡。下凡仙女、全身盛妆,琴声悠扬、放牧姑娘。焕彩夕阳,辉映霞光,袅袅炊烟,点点毡房。

【中吕】十二月带尧民歌·为亡妻扫墓(新声韵)

城郊外孤坟隐隐,转眼间碧草茵茵。暮春至清风凛凛,清明节细雨纷纷。时嗅到花香阵阵,不由我泪眼涔涔。

(带)去年焚纸地旋晕,今岁烧香目失真。梦中魂想世间人,世上人思梦中魂。夫妻恩深,如今两界分,人去情难尽。

【仙吕】四季花·忆启蒙老师马润身(新声韵)

朗读背诵不容拖,写字重临摹。因材施教常扶弱,成绩现蓬勃。自琢磨,婆心苦口是真着。

三年我上了四年学,全赖老师卓。声情并茂语文课,融会贯通字识多。要求苛,致知敬业仰高德。

动员鸣放广搜罗,反右戴帽背黑锅。村中看见悄悄躲,怕你染牛鬼神蛇。善如佛,笑中含泪苦蹉跎。

马昆仑

安徽合肥人,中华诗词学会会员,安徽省诗协理事,安徽省散曲学会理事,安徽省诗人之家副秘书长。

七律·诵读诗赋

抑扬顿挫赋中呈,百语千言耳畔经。
探字习文寻意境,行腔走调索佳声。
林呼泉韵无雕饰,水绕山环有性情。
细赏勤读多努力,追求不懈共心灵。

七律·探春

梅笑蜀山紫气来,早春期盼百花开。
吟诗论赋身心美,辩字谈文棚壁咍。
酒遇仙音诗入梦,人逢趣语火添柴。
举杯碰盏年年好,揽月摘星日日才。

七律·祝贺《八皖拾萃》出版

墨香染纸著书章,妙曲佳词似水长。
唐宋诗歌吟不尽,三苏词赋韵长扬。
四方诗友珠玑落,八皖江淮锦绣装。
风雅浓情细帙见,红霞熠熠放光芒。

苏幕遮·观荷

暑云蒸,晴日照。碧水池塘,塘里芙蓉俏。蛙趣罗裙鸥鸟绕。一份安然,念此初心调。

读荷莲,驱苦恼。天映红霞,心静人无燥。淡雅芬芳皆自好。不染污泥,灵气幽香报。

【南吕】一枝花·石斛兰

星星一片花,袅袅三分璨。脱俗纯净瑷,高雅淡香兰。晓旭亲颜,潇洒兼浪漫,超凡又自然。正盛开拂动身姿,多美丽绽开笑脸。

(梁州第七)节节长雨淋露沾,串串开叶翠枝繁。称还魂草,誉救人丹,理疑难症,赞转神丸。入茶水调理循环,熬汤汁舒气平安。赏花神、美若婵娟,享花味福承上天,敬花灵功满人间。心牵,意含,生津明目精疏散,除燥减疾患,功效卓卓品质端,赞许连连。

(尾声)贤德高雅兰心善,内敛安娴花语宽。清而不浊惠心见。豁然,淡然,与世无争运长远。

沉醉东风·天堂寨(新韵)

岩间走溪流奏音,林中瞧百鸟成群。

瀑布飞,松竹吻,观日台泼彩烟云。峰峦重重墨染魂,气势足腾仙卧神。

【正宫】塞鸿秋·读三国演义

三国烈火烧不断,曹操赤壁忙逃窜。孔明妙计连轴转,孙刘盟契终成幻。英雄乱世添,谋士风云现,史书一段凭人鉴。

【大石调】念奴娇·合唱洪湖水

紫薇花绽,绣青山绿野,娇柔明媚。一串合音飞绕入,直叫心灵沉醉。轻启朱唇,漫含神韵,婉转声声味。潺潺如水,过溪穿涧流翠。

(幺)琴瑟共奏洪湖,滚翻波浪,还品余音美,陶冶情操歌不止,袅袅百灵欣慰。歌舞轻盈,身心活力,伴度年年岁。音符跳跃,捕捉天籁之魅。

马丽萍

女,医务工作者。喜欢诗词,爱好写作,时有作品在各种报刊发表。

清平乐·滦平夜色

幕帘初掩,万盏霓虹现。晓月含羞辰星晚,素手徒颜清扮。

彩桥神架横穿,城河库水微澜。万户千门平乐,小城不夜岿安。

长相思·赏春大冰沟

梨枝头,柳枝头,幽径春山响水流,邀侬进冰沟。

怕登楼,又登楼,水远天长无尽头,九洲麾下收。

西江月·大冰沟

京北尖山脚下,桃源世外冰沟。金龟放哨守砬头,结义三神拜叩。

宝剑横悬石海,动车雄越峰丘。农家柴院谱风流,万里河山锦绣。

眼儿媚·大冰沟

花掩娇容晓风残,春驻倦云闲。山峦叠翠,小桥流水,归鸟回旋。

望夫石上千钟醉,欲语泪阑干。映山红遍,层林尽染,天上人间。

卜算子·鹤鹿春生态谷

桑园紫蓝行,鹤鹿春边走。晓踏晨风梦早醒,蝶舞翩翩袖。

侬填一阕词,汝饮三樽酒。怡养生情得永年,誓与龟同寿。

清平乐·刑世海先生蝴蝶展馆

晓蝶翅展,了却庄生念。起舞翩翩世海院,小阁琳琅画卷。

世间万种珍稀,毛虫书写传奇。扑火飞蛾执爱,化蝶梁祝情依。

卜算子·梦里苇塘

不曾至苇塘,难晓苇塘样。梦里相逢云水间,撩我芳心荡。

书画秉承传,诗句时吟唱。文墨乡庄底蕴藏,鹤领群雄榜。

马敏

男,1958年10月生,大学本科,中共党员。安徽省淮南市寿县农机局退休干部。籍贯:山东省济南市章丘区。2015年在寿县老年诗词学习至今,系寿州诗词学会会员,淮南硖石诗词学会会员,安徽省柄烛诗书画联谊会会员,中国诗词研究中心暨中国诗词研究会会员。作品曾多次在《枫林》《寿州炳烛》《中国诗词》月刊等杂志上发表。

七绝·晨练

风清月朗闻鸡舞,酷暑严寒筋骨舒。
花甲老翁身似燕,舞刀弄棒见功夫。

闲赋

霜侵两鬓亦精神,名利荣华槛外身。
花草诗书养情趣,余生有幸做闲人。

踏雪

漫天飞雪化神奇,素裹银妆总适宜。
踏雪寻春蹬四顶,寒梅怒放世称稀。

雪夜行

月照淮山石影斜,空林寂静少人家。
溪流穿涧潺潺去,夜半行人扰宿鸦。

七律·银杏

银杏怎甘辞孟冬,无边黄叶沐寒风。
苍天冷酷摧柔弱,大地温馨铺霓虹。
粉黛持机留倩影,儿童牵手耍长龙。
悲秋楚女伤离别,骚客多情似梦中。

七律·梨花

梨开枝上白云裁,淡淡香风暗自来。
采下花儿四五朵,吟诗对酒畅胸怀。
冰清玉洁满山开,蝶舞蜂鸣白雪皑。
昨夜风轻春雨润,美人珠泪挂香腮。

五律·古塘春色

鸟鸣岸柳春,花惹踏青人。
浩渺芍陂古,辉煌楚郢新。
晨曦撒网韵,暮霭载舟沉。
杯举邀明月,嫦娥共俎樽。

五绝·柳絮

漫天飞絮翻,落地雪霜繁。
淑女纱遮面,孩童躲室间。

马明太

男,1940年生,安徽凤阳人,大专文化,退休前为中学一级教师。现为安徽省美协会员。安徽省江淮诗书画研究院会员,安徽省散曲学会会员,合肥市三国历史文化研究会常务理事,《三国历史文化丛书》副主编。

七律·中秋夜思

银盘皎皎透清波,我驾飞船探月娥。
龙井香茶陪仙女,茅台美酒敬神哥。
滔滔夸赞瑶池好,曲曲欢歌世界和。
尽兴嫦娥舒广袖,人间天上乐呵呵。

七律·故乡行

洋楼隐隐树飞鸦,犬吠几声才识家。
稻谷飘香人看醉,梨桃吐馥眼瞧花。
幼童嬉戏篱笆内,老汉垂纶溪水涯。
最喜孙孙欢乐劲,又敬香烟又敬茶。

七律·把握时光

大好时光握手中,风吹雨打仍从容。
古稀倍觉生灵美,白发痴迷枫叶红。
捧卷平明寻技艺,挥毫夜半写心胸。
余生无悔清风袖,愿挂云边一彩虹。

七绝·清水河垂钓

垂纶投食钓清河,瑟瑟烟霞荡碧波。
渔利何如鱼跃美,清闲心底去残疴。

【双调】碧玉萧·赞广场舞

会所广场,大妈跳疯狂。超市长廊,老汉唱铿锵。全无行动纲,更无模范奖。为健康,一派顽童像。狂,活就活个青年样。

【南吕】四块玉·晒太阳

罢杜康，身心爽，赤脚光头敞胸膛，朦胧醉意魂游荡，飞身过鹊桥，狂喜见玉皇，醒来还躺那破旧的折叠床。

沁园春·合肥市下塘集(古青州)新貌

漫步青州，一马平川，一色小楼。望池塘上下，青苗绿树，村庄前后，黄杏红榴。四季花香，八方蛙鼓，宝马红旗唱铁牛。金秋日，看丰收硕果，喜上心头。

如今衣食无忧，有兴趣邀朋一日游。看大棚蔬菜，新鲜欲滴；反锅烧饼，入口流油。水库垂纶，鸟鸣心醉，倒影蓝天看啄钩。月明夜，赏鸳鸯戏水，惊起飞鸥。

沁园春·安徽六安九十里山水画廊

一泻春光，七彩群芳，百里画廊。看峰峦起伏，蛟龙秀舞；古松挺立，丽鸟翱翔。得意烟霞，动情绿浪，高低楼台俱盛装。深山里，见彩旗招展，胜似天堂。

老区历史辉煌，为解放悲歌响战场。昔嚣张日寇，投降落败；蒋帮好斗，自取灭亡。满目疮痍，污泥浊水，抛入洪流向大江。强国梦，要潮头屹立，靠我儿郎！

马佩全

男，吕梁市孝义市阳泉曲镇。孝义市古城诗社、孝义市酒文化协会办公室主任，孝义市作协、汾河(知彼)散曲社、黄河散曲社、汾水文化社成员。热爱文学，喜欢逻辑思维。

满庭芳·贺孝义羊羔酒又获布鲁塞尔金奖

气壮唐雄，魂回汉主，孔明临阵神祥。琼浆银液，炫史册文章。多少英豪雅士，频举盏、兴尽千觞。怡情际，挥毫乱点，经典永留芳。

承传杨辈巧，精研古秘，酿更芬香。又赢得，布鲁塞尔名扬。更有后人甚也，二连冠，再放光芒。羊羔酒，前程似锦，孝义共辉煌。

沁园春·咏中阳楼(新韵)

中阳楼重，巍峨云天，俯瞰宇寰。借墩台玉柱，叠阁脊兽；金书彩绘，悬匾飞檐。拱北揖南，带汾襟霍，倚岳衔衡控朔黔。据枢纽，任沧桑风雨，雄立如磐。

伏羲一画开天。创八卦，文明化昧蛮。又儒佛法道，承传万代；捭阖纵横，撰谱华篇。忆古思今，评功说过，各有千秋留世间。平心论，数中和位育，教化非凡。

画堂春·柏山烟雨

西山金斗黛青环，冬风寒翠峦。昔时香火福周边。槐柏盘旋。

五圣断垣犹在，雨烟迷漫从前。世间无战庶民安。千古初元。

七绝·江南小调

帘雨荷风夏日阳，桃花方谢木瓜香。
闲时品读名家句，不与今人论短长。

七律·贺留义社区读书分会成立(中华新韵)

拾粮不昧传名邑，村镇明星亮金锋。
去垢纳新除旧弊，高瞻远瞩步新程。
干群亲密如鱼水，党政廉洁似荷松。
诗醉崇文延孝义，书香留义续良风。

马倩

女，1988年出生，本科学历，黑龙江省五大连池市人，在尾山农场幼儿园工作。喜欢文学，尾山农场诗文楹联社成员。作品散见于《绥化晚报》等。

七绝·梦逢恩师
难忘蒙师会梦中，那时那景那音容。
多年境过仍牢记，祈愿人生再返童。

七绝·春雪
瑟瑟北国四月天，交杂雨雪暖还寒。
棚中几抹初萌绿，敢斗风寒洒满园。

七绝·骑行者（新韵）
都言骑者必心坚，我笑兼程并不难。
待到归途衫汗透，方知岐路更需攀。

五绝·偶感
鱼卧涸辙死，鸟飞绿柳欢。
无缘都市梦，山水好家园。

七绝·心音
雨过斜阳见彩虹，桃花引我向桥东。
心愁岐岔如何走，却看芬芳路路通。

七绝·登山
众鸟相陪上翠微，葱茏满目野花飞。
云翔空谷悠悠去，斜躺青石不肯归。

七绝·望春
手握枝条未见芽，东君几度在催发。
何需如此殷殷盼，日暖风和自绽花。

七绝·小满时节冷雨思饮
斜风吹面雨纷纷，小满还如春季温。
试问君朋方便否？畅饮时光叙古今。

马士光
男，1964年10月出生，山东滕州人，大专文化，系滕州市诗词学会会员。曾在报刊发表诗词作品近100篇(首)。

五绝·书法有感
临摹知圣贤，胸臆渐融宣。
更借杯中势，行云下九天。

七绝·薛国故城感怀
薛国兴衰遗址旁，当初宫殿剩残墙。
可怜万户曾挥雨，化作今朝十万庄。

七绝·学诗有感
汉文笔画组成型，韵律读音分仄平。
难得诗人巧排布，便教奇绝最传情。

七绝·祖国新事
—— 庆祝建国70周年
神舟揽月逛长天，高铁穿城一瞬间。
入海蛟龙常探宝，家家圆梦绽欢颜。

七绝·水泉夜钓
山作钓台云作舟，水中弯月似银钩，
垂纶空惹龙王恨，且把怡情装满篓。

马世杰
男，汉族，字愚之，山东滕州人。1953年1月生。中共党员，大学文化，中学高级教师。现为中华诗词学会会员，山东省诗词学会会员，枣庄市诗词学会理事，滕州市诗词联赋协会副会长。诗词作品在各类杂志上发表近百篇，曾荣获第十二届、十三届、十六届天籁杯中华诗词大赛金奖等奖项，并被授予"中华诗词传承人物""德艺双馨著作家"荣誉称号。

七绝·赞扶贫
复兴华夏著新篇，精准扶贫任铁肩。
良策换来民致富，感恩奋斗史无前。

七律·步韵李文朝将军纪念"五四运动"100周年

五四惊雷震八方，顺迎德赛大旗扬。
内惩国贼驱迷雾，外保主权迎曙光。
工学奋戈挥日劲，锤镰聚力建功忙。
精神永照千秋业，喜看中华向富强。

七律·海军70年阅兵感怀

春潮滚滚舰机鸣，海上雄师大阅兵。
旗映铁流惊骇浪，声威沧瀚震浮清。
犹思甲午逼民苦，更惜今朝富国情。
七秩强军勤淬砺，深蓝亮剑保和平。

七律·上巳节感怀

春浓上巳铺霞绵，问祖寻根意绪翻。
翘首凝眸望新郑，歌诗酹酒祭轩辕。
文明化育物华盛，道德滋培人杰繁。
告慰炎黄追大美，神州溢彩焕元元。

七律·洛阳老君山咏怀

翠拥群峰伏卧牛，气吞五岳誉神州。
崖观四景成诗画，岭眺三秦醉眼眸。
瀑布鸣潭霞岫妙，茂林听竹惠风遒。
人间仙境寻何处，生态君山第一流。
注：崖：指舍身崖。岭：指马鬃岭。

七律·滕州访古

古城胜迹史留名，人类长河烁众星。
墨子科研惊地户，文公善政动天庭。
像雕汉石千秋气，塔映龙泉万古青。
若是滕王阁今在，眼前风貌更娉婷。

七律·赞春

大地春回醒目瞳，甘霖喜降碧长空。
风梳细柳莺鸣翠，霞染桃花蝶吻红。
绿水征帆波滟滟，苍山舞鹤木葱葱。
田园锦绣皆诗画，犹叹东君奇妙功。

七律·欢庆港珠澳大桥开通

喜闻天堑变通途，更讶能工技艺殊。
九载攻坚神喟叹，一朝连陆世惊呼。
游人济济虹中赏，车水悠悠龙背趋。
昔日零丁今焕彩，桥梁史上冠明珠。

七律·登峄山

赫然怪石岱南奇，灵秀嶙峋天下知。
卵垒险关通世外，洞连幽径映星池。
丛林叠翠新莺啭，石刻流丹古韵弥。
玄妙无穷壮东鲁，岨峣依旧展雄姿。

七律·庆祝建国70周年

国诞七旬功绝殊，励精图治展宏图。
鼎新致富江河奋，驱雾扬清山岳呼。
北斗高天辉桂殿，舰机沧海灿骊珠。
丝绸连路谐人类，锦绣中华歌满途。

马文斐

女，河北定州人，职业医生。现为中华诗词学会理事，河北省作家协会会员，河北省书画诗词艺术研究院院士，河北省诗词协会副会长，《燕赵诗词》常务副主编，燕赵巾帼诗社社长。

七绝·好风

鼓浪扬帆舞碧空，遣云化雨涤苍穹。
人间荡尽不平事，常隐清官两袖中。

七绝·溢泉湖落日

碧水秋波景色殊，远山染黛暮云铺。
手擎落日共留影，我与红霞醉一湖。

五律·落叶

秋尽恋寒枝，飘零犹寄思。
金身成正果，绿叶忆当时。
默默凭霜酷，拳拳报母慈。

形骸归净土，魂魄赴瑶池。

五律·汹汹群瀑
百鸟争鸣叫，雷声响震天。
腰缠银绶带，头顶翠岚烟。
日照虹霓起，风吹碎玉旋。
贴身留个影，胸纳万千川。

七律·夜闲咏
黑夜沉沉不记年，放飞思绪漫无边。
茗茶半盏润诗骨，短笛几声压噪蝉。
休管阴晴由造化，抛开名利即神仙。
推窗揽入中天月，对影相怜照不眠。

七律·再谒西柏坡
不见时光织玉梭，攸然白发映梨涡。
常怀敬仰浓浓意，久沐恩垂浩浩波。
每对桑田生感慨，休临沧海叹蹉跎。
滹沱河畔春潮涌，好梦神来西柏坡！

七律·家乡林间小憩
花围锦账草当床，头垫春风一枕香。
悦目天光穿叶碎，贴身地气入肤凉。
青梅竹马心依旧，白发鱼纹珠渐黄。
不觉人生如梦短，晚霞已自恋斜阳。

七律·丁酉末画梅喜雪
飞絮铺成落地花，喜他喜我喜邻家。
窗前望去盖尘土，掌上擎来化水洼。
一树琼枝心内种，廿年诗稿手中赊。
画梅引得雪相顾，梅雪依依入梦华。

马文荣
汉族，1955年1月生，河北省宽城满族自治县教育工作者。系承德市诗词协会会员，河北省诗词协会会员，河北省音乐文学学会会员，中国音乐文学学会会员，中国音乐家俱乐部理事会员，中国音乐著作权协会会员，中国大众音乐协会会员。

七绝·母亲节怀念母亲（三首）
一
辛苦耕耘脊累弯，省吃俭用暖家寒。
病魔缠体少医治，年未四十赴九泉。

二
瞬间母爱化烟云，泪雨纷纷心俱焚。
度日如年多困苦，相依老少岁留痕。

三
母亲辞世五十春，今又逢节怀念深。
慈爱如霖虽短暂，恩长情久永铭心。

七绝·芍药花又开
浅夏故园芍药开，桃红一簇醉心怀。
每回欣赏泪盈眶，祖母曾经教我栽。

七绝·相聚阿翁居士家
胜日相约居士家，主人笑脸象开花。
午餐丰盛酒酣畅，情意浓浓诗迸发。

七绝·观光椴木峪垂钓园
观光垂钓乐悠悠，三两鱼杆等上钩。
诗友园中留美影，泛舟仙境忘凡愁。

七律·浅夏游蟠龙湖
浅夏熏风缕缕吹，乘舟似箭浪花追。
青山含黛长城舞，绿水映霞仙鹤飞。
游客雅怀览胜景，农家美味赞佳炊。
渔歌一曲纵情唱，心醉神怡忘返回。

马锡荣
男，1934年生，滕州市人。退休干部，系中华诗词学会会员，枣庄市诗词学会会员,滕州市诗词协会名誉会长。曾荣获第二届"岳阳楼"寻春诗会金奖,第四届"相约北京"全国文学艺术大赛二等奖。

五绝·咏滕州——纪念改革开放 40 周年
琼楼高塔美,碧水景宜人。
建为园林市,莺歌处处春。

五绝·感悟
人生天地中,年老不回童。
新旧有更替,何须利名崇。

五绝·夜思
夜深难入梦,苦读不成诗。
听叶随风落,孤灯伤别离。

七绝·新春自勉
几多往事付云烟,泼墨敲诗又一年。
学无止境勤磨砺,老树逢春花更妍。

七绝·吟诗
整日骚坛敲韵中,唱吟妙趣乐无穷。
辛劳岁月入词赋,硕果飘香夕照红,

七绝·书法
醉心书法赋新声,柳骨颜风练自成。
但得临池写情致,何须非要颂扬惊!

七绝·庆祝建国 70 周年
建国辉煌七十秋,峥嵘岁月竞风流。
宏图大展终圆梦,改革丰功耀五洲。

七绝·马克思诞辰 200 周年有感
大国欣然崛起中,赶超时代忆元戎。
宣言问世揭真理,民族复兴求大同。

七绝·纪念汶川大地震 10 周年
汶川抗震尽英雄,巴蜀今朝郊野丰。
重建楼台民富足,中枢决策铸奇功。

七绝·校园乐
八旬更觉年华少,翰墨缥缃细探研。
国泰民安歌盛世,骚人文苑学先贤。

马新明

笔名晓雨。茂名南天诗社会员,甘肃省敦煌市诗词楹联学会理事,中华诗词学会会员。在各级各类报刊及媒体平台发表诗词、散文作品数百首(篇),有多首(篇)诗词、散文作品入选各种文集。

五绝·肃北印象
云低地吻天,沙燕越崖沿。
牛犊知回路,长河落日圆。

五律·岁末有感
岁尽寒梅艳,灯张别旧年。
沙山无瘦影,水岸有孤船。
远望祥云厚,近寻翠柳鲜。
春花香满地,我自唱婵娟。

七绝·春日有感
荡漾诗心暖漠冬,闲愁抛却上云峰。
登高才见乾坤大,痛饮春风醉意浓。

七律·端午悼屈原
党河影动竞舟翔,粽入清波悼屈殇。
艾草倚门驱险恶,香包挂腕祝安康。
忠良铸韵诗魂誉,美政推贤国运昌。
一曲离骚惊四海,五洲景仰万年芳。

七律·秋思
瑟瑟西风月色幽,响蝉喑哑满丛愁。

千丝万缕情萦绕，四海五湖意韵留。
浊酒一杯樽已醉，清词半阕语难休。
星辰遥问亲人暖，落叶蹁跹伴暮秋。

鹧鸪天·拜谒锁阳城

遥望孤城暮色苍，汉唐遗韵古风飏。
眼前一幅江山卷，曾是千年乐土乡。

红柳旺，锁阳刚，祁连气脉古今芳。
雄奇城廓风萧瑟，凭吊擎樽词赋彰。

踏莎行·反弹琵琶

树动风摇，莺歌燕语。霓裳羽衣云中舞。回眸含笑戏苍生，琵琶一曲别清苦。

奏乐仙山，赋诗何处。蜿蜒丝路英娘楚。春秋几世傲红尘，灵岩逸动添金缕。

沁园春·锁阳城怀古

秋送长风，漠野迷蒙，拜谒郡容。望远山逶迤，城池壮阔；燧烽高耸，寺塔玲珑。疏勒滋颜，祁连庇护，镇守边关西域融。稍屏息，看碧空云蔽，天际飞鸿。

忽闻鼓震苍穹，见无数、金戈铁马匆。有箭弓飞舞，旌旗招展；士兵陷阵，热血涂蓬。大浪淘沙，王朝更迭，唯剩残垣伴柳丛。申遗过，入全球史册，再露雄风。

马英利

昵称海韵蓝翁，退休闲人，定居石家庄，爱好文墨消遣，虚心习作诗词。愿结天下文友且互帮互学，共促国学诗词文化展。

七律·又新年（平水韵）

题记：戊戌年腊月于浦江西岸遐想……

西岸江风浪里船，高桥飞鸟水含烟。
倚栏极目空寥廓，望断残云腊月天。
冬尽潇潇辞旧岁，春来默默到新年。
杯觥交错霓虹照，灯火人家夜不眠。

七律·咏苍岩山（平水韵）

太行东麓井陉关，奇秀苍岩古圣山。
桥殿飞虹云霭霭，灵檀碧涧水潺潺。
群峰夕照彤霞蔚，翠谷幽深晓月闲。
楼宇临崖悬空寺，天堂香火落尘烟。

2018 年 11 月 2 日

鹧鸪天·清秋（词林正韵）

听厌蝉嘶断续长，醒来窗外正斜阳。风欢叶舞桐疏绿，雨过丝愁柳近黄。

星寂寂，夜苍苍，云高千尺月勾凉。谁人可解江山梦？又是清秋百色狂。

小重山·离梦（词林正韵）

残叶寒枝瑟瑟鸦。荷池寻月影，已冰花。长街灯火暮烟纱。门前路，孤叟倦归家。

一醉卧衾沙。离人飞入梦，在天涯。何时对饮共清茶？云千里，独自沐冬霞。

浪淘沙·金山嘴（词林正韵）

题记：游上海最后的渔村。

观海到金山，极目云端。康城隐没水龙湾。逐浪亭边怀旧处，夕照栏杆。

渔火近阑珊，岸上炊烟。定波桥影月钩残。半朵悠莲香茗顾，遥想从前。

浪淘沙·烟雨梦（词林正韵）

题记：江南水乡，古镇西塘。当烟雨邂逅了长廊，任小桥流水，轻舟泛波，余晖斜阳……

还有五姑娘的故事，恰在田歌里随风传唱……

烟雨在长廊，人到西塘。聚贤庄里饮雕王。迎客乌篷重靠岸，续品茶香。

— 825 —

寻觅五姑娘,碧水残阳。钟情如故叹凄凉。独瓦亭边谁相守,地久天长?

烛影摇红·八一礼赞(词林正韵)

题记:作于八一建军节纪念日。

幽燕关山,大风起落黄沙卷。几回博弈几生缘,铁马金戈乱。更积千年瞿患。筑长城、兵锋一线。得来失去,去了争还,狼烟不断。

都定天安,神州万里乾坤转。荡平外辱百年间,一扫天涯远。重整旧时离怨。望东方、江山红遍。革新在路,军力扬威,风光无限。

沁园春·重生(词林正韵)

题记:作于香港回归祖国纪念日。

大帽山巅,望断蓝湾,扫尽旧颜。昔英伦戕虐,清宫凄惨;专条割地,被辱成奸。失祖无根,浮生有险,长夜茫茫越百年。东方亮,看红星照耀,米字阑珊。

礼花又庆团圆,共聚友客重把酒欢。赞香江水碧,紫荆花艳;一国两制,大统双全。港岛平安,特区发展,华夏中兴尊梦前。强国策,有明君引路,盛世何难?

马迎春

女,陕西省作协会员,汉中诗词学会顾问。作品入选《中华诗选》《中华诗人大词典——当代卷》《中华诗词通鉴》《当代巾帼诗词大观》等。出版《玉痕词》新诗《行走的诗行》。

凤凰台上忆吹箫

烟冷波寒,朔风吹浪,一宵飞雪难收。望晓山清廓,玉渚银洲。东院孤梅又绽,偏弄影、沁染香袭。怜花瘦,蛾眉渐蹙,怨上心头。

悠悠,百年梦醒,伤尽万般怀,总为情羞。念赏花人散,山阻云辀。早是琴箫声绝,萦旧绪、欲断无谋。相思泪,悄悄坠襟,溅恨漂愁。

鹧鸪天

陌上蜂儿舞醉姿,正宜春嫩赏花时。与君逢处狂飞絮,不解东风弄柳丝。

人别后,惹愁思,几分憔悴与谁知。惊闻杜宇声声切,恨觉流光暗转移。

朝中措

老槐枝吐白馨花,溪水映霓霞。翠竹门庭红杏,池塘绿藕青葭。

临波钓叟,垂杨烟柳,闲逸悠遐。有扑蝶学童稚子,惊飞一路栖鸦。

行香子

篱舍香薰,红杏缤纷。听双燕、密语频频。蒲塘烟柳,半掩菰莼。爱白云散,紫云聚,绛云奔。

绿隐江村,鸡犬相闻。羡田家、妇种夫耘。一声牧笛,吹彻黄昏。喜影同归,炊同暖,酒同醺。

马迎利

河北省雄安新区雄县朱各庄村人。笔名九石。中华诗词学会、河北省诗词学会会员。保定市诗词学会(微刊编委)、雄县诗词会员,四味古城诗社微刊评阅。

五绝·家书

问夜何时了,拥闲倍寂寥。
珠帘声暗响,快马送英豪?

七律·致少年

江山壮美如诗画,不负青春玉宇歌。

今夕剑扬图奋起，他年试翼用轻鹅。
文章俊秀相夸竞，中国壮哉役美珂。
纵有胸怀常进步，凭高曲唱对巍峨。

七律·茶
酬诗待客煮新茶，春月疏光入我家。
用笔勾勾杨柳色，推壶烹得岭头花。
虫鸣远和瑶琴曲，燕语低缠旧柳笆。
忆有当年相见早，今宵聚首数青芽。

虞美人·清明柳
清明看柳柔丝碧，渺渺烟云易。长堤春色入诗中。用酒消愁举盏，醉东风。
山弯绿野心中句，总把相思喻。遣谁攀柳问新愁。写满爱情投笔，笑恩仇。

南歌子·春花
早见新花怒，将寻北岸游。亭前驻步看枝头。绿叶红花绝配，把春留。
桃隐廊桥处，梅芳竹径丘。此时心底字间谋。好句诗中成否？做春酬。

临江仙·春雨
燕子轻翻柳翠，垂丝乱了烟霞。村边湖底看春花。忽闻弦弄曲，素手抚青麻。
细雨醉香美酒，红英染色新芽。清波扬起和琵琶。云空衔短梦，岸草淡芳华。

鹧鸪天·品春
薄雾晨消望远涯，一城新绿染窗纱。谁家小女哼秦调，倾我金杯赏碧茶。
犹入梦，似拈花。不知过午去芳华。唏嘘入眼春颜色，又见红衣采嫩芽。

马庸

网名行吟者、瑙玛、白头翁，自号华城居士，湖北宜昌市人。中华诗词学会会员，中国金融作家协会会员，中国思想政治工作研究会会员，中国企业文化研究会会员，中国管理科学研究院特约研究员，湖北省社会科学联合会会员，中国作家协会诗词网蓝v会员、认证诗人。出版有《蓝色记忆》《行吟集》《闲言碎语集》等书计150万字，近两年已有500多篇诗歌、散文、随笔、游记及精选留言等见之于报端和微刊及网络。原创诗词先后获第二届"神州杯"中华诗词大赛二等奖，第六届"当代杯"中华诗词大赛三等奖。2009年荣获"新中国60年金融先进文化优秀建设者"称号，2019年荣获"中国当代知名诗人"荣誉称号。

三峡展宏图
浩瀚长江波浪涌，高山峡谷变平湖。
坝堤矗立连云际，航道疏通成坦途。
船闸升沉舟楫渡，电站白昼送明珠。
神州儿女擎天下，险堑河妖起壮图。

三峡大瀑布
白果山水天上来，百丈瀑布神工开。
喷云吐雾似蛟龙，宛如白练飞天外。

三峡奇潭
三峡奇潭涌喷泉，泉飞似箭刺云天。
清音袅袅潭潭绕，人境仙宫在此年。

三峡竹海
幽篁修竹浪连海，苍翠延绵美画图。
听觉眼前丝竹韵，竹林声里抒天姝。

长江咏怀
一片白鸥浮水洲，两行斑雁浩天游。
诗词歌赋难书尽，江渚地庐驰急流。

— 827 —

清江山水

诗画哀彰入眼前，好山好水好奇篇。
一年四季春常在，除却纷纭静纱然。

四季风韵

春阳百卉遍人间，夏展芳茵守美园。
秋摘果蔬粮满载，冬耕瑞雪兆丰恩。

追梦人生

人生难得四时春，明月偏欹追梦人。
守得平安甘抱朴，抛开负惑自修身。
疏狂岁月皆无悔，胸有情怀依旧真。
弄酒侃书清俗气，吟诗担墨步清尘。

马仲国

网名人中玉，1953年生于长沙，从来喜爱祖国的传统文化，退休后习拳，练琴，热爱大自然，经常拍拍写写，修身养性。

七律·冥想今生来世

春赏百花满园馨，夏鉴莲荷玉婷婷。
秋收硕果开怀乐，冬向炉火品香茗。
人生知足悭四季，赋诗抒情最开心。
来世重为撤捺者，定当奋力勤笔耕。

七律·老同事首次聚会

风轻云淡天湛蓝。同事约会王家湾。
阔别多年鲜相见，今日如愿话家常。
缘起遥控试制组，瞭望塔下情更长
往事悠悠如过隙，祈愿余生皆安康。

七绝·夏至咏荷

夏至到来荷盛开，翠托红花满池香。
出于泥淖绝不染，婷婷玉立竞群芳。

七绝·君山毛尖赞

洞庭湖水漾清波，滋润君山绿碧螺。
巧手采制成上品，玲珑杯中旋香涡。

七绝·端午感怀

一年一度又端午，汨罗江畔怀千古。
锣鼓喧天龙舟竞，屈子先贤垂青史。

七绝·烈士公园吾之爱

如画美景四季循，踏歌赏舞园中行。
罗汉林中群英会，依山畔水健身心。

七绝·星城历史步道记实

《湘江评论》诞生地，程潜故居此巷中。
《老泉遗风》今犹在，白果园里史幽深。

七律·古阁情缘

千年古阁今雄在，吾与天心渊源深。
年少健身清晨练，青春浪漫暮色溶。
风云变幻几十载，邻居佳境址未更。
虽近古稀心不老，日日步行乐其中。

七律·怀念母校

主席母校省立一中，浩瀚知识培育精英。
清水塘畔百年学府，授业树人久扬盛名。
回首以往五十多春，同窗齐集求学求真。
而今校园皓首重聚，忆述当年不枉此生。

马宗生

河北省承德县六沟镇北水泉村人。热爱中华古典诗词。作品曾发表于《诗选刊》《燕山》《国风》《黑嘴鸥》《燕赵诗词》《保定诗词》《承德诗词》，其中《题避暑山庄水心榭》荣获2017年御宴坊杯诗咏承德全国诗词楹联大赛优秀奖。

七绝·题避暑山庄

三步湖光五步楼，宫花未谢野花稠。
不闻往日嫔妃笑，唯见皇门迎五洲。

七绝·题避暑山庄之水心榭

风雨湖山三百年，亭台水榭尚依然。
园中帝影今何在，明月无言照柳前。

七绝·房奴
房贷压身日日愁，半为灵长半为牛。
来生愿作枝头鸟，树上居家不买楼。

七绝·啄木鸟
职守芳林度此生，访榆问柳尽余忠。
天生一副金刚嘴，病树皮中觅蛀虫。

七绝·早春喜雨
苦待三冬恨久违，东风传语入芳菲。
天娥暗洒多情泪，染绿青山一道眉。

七绝·老柳
半为绿意半衰枯，雨打残枝健叶疏。
干上蛀虫多似蚁，风摧欲倒几人扶。

七绝·夏日山行
苍山叠翠岭横生，石径弯弯涧水鸣。
牧者高歌峰上立，青石闲坐钓鱼翁。

七绝·夏游板城南山亭有作
人世黑白假亦真，登高释负鸟鸣琴。
峰头近似接天宇，你拜官袍我拜神。

麦明金

广西贺州人，1936年10月生。中国民主同盟盟员。中学高级教师，副编审。贺州诗联、八桂诗词、中华当代文学、中华诗词学会会员。著有《铺门话研究》一书（广西师大出版社出版）。

悼爱妻（六首）
悲痛
七月廿九那一天，留医老伴已长眠。
楼宇花木皆含泪，儿女媳孙都惨颜。
噩耗传来悲欲绝，不时回想哭缠绵。
当今国运超常好，你是不甘离世间。

形影难离
睡觉空闲独坐时，爱妻形影耀心思。
吾曾出外谋生活，你却在家操耕犁。
血汗育成四子女，砖泥盖好五房基。
功高劳苦难忘掉，享福当儿你别离！

忠贞不二
布粮票用那时分，你却嫁来我宅门。
独自育儿兼护老，每餐进食总无荤。
富豪子弟曾恩诱，车氏人家表品纯①。
贞秀黎民群众爱，如今失去悼纷纷。

注：①车氏，指我爱人姓车。

奋斗
改革并连开放推，高知配偶可转非。
苦心学习新工种，卖力扩张睿智围。
服务话亭几岁赚，购回铺面一间微。
虽无伟绩令人赞，利国利民可举杯。

老来伴贵
睹物伤心眼泪流，回眸老伴是同舟。
我挥船桨呼前进，你掌航程配合谋。
半夜谁人言有痛，即时内室就摩揉。
相濡以沫共生活，一旦孤单怎不愁！

应当振作
连日悲伤步蹒跚，似乎夕照下西山。
劝吾保重亲朋话，嘱我坚强贵口谈。
亡友遗孀还挺立，失亲毛公更狂颂。
应当振作颂时代，追壮人生献胆肝。

满心广

男，汉族，字靖宇，号怀芝，又自号南

村逸人,笔名心石。1946年4月生,滕州市人,大专学历,中学退休教师,中华诗词学会会员,枣庄市诗词学会会员,滕州市诗词联赋协会顾问。曾荣获第十三届"天籁杯"中华诗词大赛银奖,第二届"岳阳楼"寻春诗会银奖。

五绝·官爷回乡
罢职回家去,谁还送礼来?
亲邻何怠慢,醒悟自心哀。

五律·咏白牡丹
悦目偏怜爱,娇妍人见羞。
放声歌白雪,引蝶梦庄周。
艳态云中现,姮娥月下游。
洛阳多隽雅,才子最风流。

七绝·抒怀
挽住光阴续梦华,几多往事问流霞。
早知禹甸春风暖,便写诗文绘乱花。

七绝·黑龙江执教30年感怀
执教他乡作故乡,培桃育李感炎凉。
梦中常饮龙江水,时忆兴安黑土香。

七绝·题梅花图
梅园日暮独徘徊,老干新条绘寄怀。
斜出一枝鲜更妙,月明欣待雅人来。

七绝·腊梅
喜看郊原飞雪频,梅花绽放报新春。
逢君共语升平事,四十年前知旧人。

七律·故园有忆
傍水依山茅土屋,南村三秩度春秋。
熏风夏日凉庭院,飞雪冬宵热炕头。
辛苦执鞭桃李艳,勤劳耕种黍禾收。
当年新垦稻田地,草甸凄迷牧老牛。

浣溪沙
自别他乡不见君,落花流水送晨昏。
玉笺渐少几多春。
久许苦思随梦远,千般韵事共谁温。
举杯自饮望流云。

浣溪沙
壮美山河日月长,年年此夜惜蟾光。
真情有梦泪汪汪。
漫付知音归怨笛,略分愁绪独倾觞。
感怀都在黑龙江。

玉楼春
明媚春光天宇靖,无事望云当逸兴。
苦思锦又上心头,化作妙辞填小令。
福寿自来天命定,忽念深情谁可赠。
今宵庭院吹长箫,一曲幽音君静听。

曼珠沙华
上海人,90后,心理学学士,诗词爱好者。

满江红·五四赞(词林正韵)
百载铿歌,紫国运、丹心碧血。惜寸土,生民无惧,青年无亵。大浪零丁吟傲骨,壮心贺岭书豪阙。五四行,携手抗夷风,群情烈!
围谀府,烧租契。撕合约,悲分裂。学潮燃烽火,焚旧如屑。回首烟云翻旧册,挥毫华夏开新页。立潮头,踏浪健儿飞,风华屪!

五绝·元夜赏梅
上元新月许,约影石阶香。
杜宇惊情话,疏梅落羽妆。

喝火令·桃花劫(词林正韵)

旖旎相思珞,妖娆并蒂钗。艳喷霞落卧枝怀。波镜影摇疏韵,云过暗香腮。

细雨凝春怨,清风念岁哀。腻脂残屑入眸来。叹汝花娇,叹汝命多灾,叹汝气浮骄意,靥毁没尘埃。

七律·观乾陵叹爱情(新韵)

病骨桃颜一世牵,良弓璞玉几生缘?
词间曲里阑干泪,碧落黄泉彼岸烟。
梦醉红楼风月老,心欢玉殿瑟箫寒。
巫山锁雨情空负,锦帕盟约付笑谈!

毛谷风

长怀绝句(选20首)

疆村凋谢蕙风遥,寂寞词坛起洞箫。
雁荡鹃声千岛月,六和塔影浙江潮。

注:夏承焘先生(1900—1986),浙江温州人。当代词学大师。有《夏承焘集》《天风阁论词日记》等。身后骨灰分葬于浙南雁荡山与浙西千岛湖。

临摹碑帖笔生花,博采前贤出大家。
更有胸襟宽似海,云烟开阖走龙蛇。

注:沙孟海先生(1900—1992),浙江鄞县人。曾任浙江美术学院教授、西泠印社社长。工书法,有"当代书法泰斗"之称。有《沙孟海论书丛稿》《沙孟海书法集》等。

纱窗斜日诵遗文,词笔高华迥不群。
嗟我来迟謦欬杳,青城山麓酹斯坟。

注:缪钺先生(1904—1995),江苏溧水人。曾任浙江大学、四川大学教授。有《读史存稿》《冰茧庵丛稿》《杜牧年谱》《诗词散论》等。1996年秋赴成都,由缪老孙缪元朗陪同,与诸文友往谒青城山墓。

愚园曾谒北山楼,乙亥音容影尚留。
人格从来尊独立,一生耿介艺兼修。

注:施蛰存先生(1905—2003),上海松江人。华东师范大学教授、著名诗词家、作家、翻译家。著作甚丰,有《北山集古录》《水经注碑录》《花间新集》《唐诗百话》《北山楼诗》等。1995年5月由马祖熙先生陪同,与文友往谒施老于上海愚园路寓楼,并合影留念。

眉间佳气溢清神,万卷书城着此身。
名满寰区钦二仲,姑苏问字室生春。

注:钱仲联先生(1908—2003)号梦苕庵主,江苏常熟人。曾任无锡国学专修馆、江苏师院、苏州大学教授。有《梦苕庵论集》《梦苕庵清代文学论集》《清诗精华录》《近代诗钞》《梦苕庵诗存》《梦苕庵词》《梦苕庵诗话》等数十种。诗与复旦大学王蘧常教授(1900—1989)齐名,并称"江南二仲"。

高楼旭日透帘栊,坐拥诗书兴未穷。
仁者方能登寿域,后生何幸沐春风。

注:吴祖刚先生(1908—2013)字旦冈,江苏武进人。定居上海,从教数十年。有《旦冈诗存》《贻笑词草》《旦冈诗词》及译著《屠格涅夫传》等。2013年6月予曾拜访吴老于上海杨浦区嫩江路国和一村寓楼。

髫年苦读不忧贫,晚岁文章擅令名。
百咏流传金缕曲,萧斋风力鬼神惊。

注:周采泉先生(1911—1998),浙江鄞县人。浙江文史馆馆员,工诗古文辞。有《杜集书录》《文史博议》《柳如是杂论》《老学庵诗存》《金缕百咏》等。

十年留德影伶俜,遍访名师域外能。
万里间关归祖国,未名湖畔住牛棚。

注:季羡林先生(1911—2009),山东临清人。早年毕业于清华大学,留学德国哥廷根大学,恰值二战,滞留十年,获哲学博士。1946年归国,受聘为北京大学一级教授。通晓德文、英文、俄文、阿拉伯文、梵文、巴利文、吐火罗文等十种文字。有《季羡林全集》。季老于1998年7月签名见赠《牛棚杂忆》一书。

几度红楼谒启翁,题签健笔势如龙。
论诗绝句惊人语,咏史诙谐哲理浓。

注:启功先生(1912—2005)字元白,北京人,满族。北京师范大学教授,曾任中国书法家协会主席。有《启功丛稿》《启功韵语》《诗文声律论稿》等。予尝多次往谒,承启老多次为拙集题签。

耕夫才女岁时艰,误堕阳谋痛巨奸。
蔽日阴霾驱散后,千帆身影驻人间。

注:程千帆先生(1913—2000)号闲堂,湖南宁乡人。曾任

— 831 —

武汉大学、南京大学教授,江苏省文史馆馆长,中国唐代文学学会会长。著作甚多。《千帆身影》为其独生女程丽则所著,南京大学出版社2013年9月出版。

昔年首唱迎春曲,五集回舟味愈浓。
一夕京华飞讣告,词林怅折后凋松。
注:孔凡章先生(1914—1999)号礼南,成都人。早年就读震旦大学。晚居北京,工诗词,善围棋,为中央文史馆馆员。有《回舟集》及续集、三集、四集、后集。

丹桂逢秋满弄开,诗翁健朗坐高斋。
百年口述云烟逝,每忆音容一怆怀。
注:王斯琴先生(1914—2014),杭州萧山人。1940年毕业于中央新闻研究院。抗战中任军委政治部第三厅《扫荡报》特派战地记者。1987年从杭州师院退休。曾任《浙江诗词》主编、钱塘诗社名誉社长。有《王斯琴诗钞》《那些人那些事》等。王老家住杭州外东山弄,予曾多次往访。

一枝健笔似投枪,斗志谁如此老昂?
何事闭门聊卒岁?诗人晚境亦悲凉。
注:荒芜先生(1916—1996),安徽凤台人。北京大学英语系毕业。反右中落难,远谪乌苏里江、大兴安岭,艰苦备尝。后供职于中国社会科学院。先后卜居于北京天坛东里、车公庄。予曾两度趋访。工诗,为《倾盖集》九诗人之一。有《纸壁斋集》《麻花堂集》多种。

锦里梅花韵事多,每逢人日动吟哦。
巴金顾准深情赞,更为庐山实录歌。
注:钟树梁先生(1916—2009),成都人。四川大学毕业,成都大学教授。曾任中国杜甫学会顾问、四川杜甫学会名誉会长、杜甫草堂诗书画院顾问。有《杜诗研究丛稿》《钟树梁诗词集》及续集、《草堂之春散文集》等。

忆曾执手锦官城,历历音容笑貌生。
赤子丹心诗卷在,宏篇铿鞳见豪情。
注:但仲廉先生(1917—2016),四川合江人。西南师范学院毕业,长期执教重庆中学师训班、成都老年大学诗词班。有《但仲廉诗钞》《但仲廉诗文集》《赤子丹心录》等。

椽笔纵横诗赋工,风仪久慕美髯公。
百年鼎鼎驹过隙,唯有文章递不穷。
注:赵玉林先生(1917—2017)号佛于明壁,福州人。曾任福建省文史馆馆员、福建省诗词学会顾问、国家一级美术师,主编《百年闽诗》《全闽诗录》。工诗词书法。有《灵响居诗文存》《灵响居诗文自选集》《灵响居诗话》《赵玉林书法选集》等。

大江大海大潮来,裹挟书生亦可哀。
百劫何曾废吟咏,唐音阁上自悠哉。
注:霍松林先生(1921—2017),甘肃天水人。中央大学毕业。陕西师范大学教授。曾任中国唐代文学学会副会长兼秘书长、中国杜甫研究会会长。有《唐音阁诗词》《文艺学概论》等十八种。

名师声望满杭垣,璀璨珠玑笔底翻。
甲午秋光无限好,抠衣曾谒启微轩。
注:汤柏林先生(1922—2017),安徽无为人。1946年毕业于安徽大学外文系,1948年冬应聘至杭州任中教。工吟咏,善撰楹联,主编《英语画刊》近二十年。有《启微轩吟草》《启微轩谈诗》《启微轩诗联丛话》等。

诛秦伐纣路边吟,歌哭长怀济世心。
北聂南熊诗史在,黄钟大吕最强音。
注:熊鉴先生(1923—2018)号楚狂,湖南沅江人。1951年南下广州任职,1983年退休。曾任广州《诗词》报总编、《当代诗词》编辑部主任,广东中华诗词学会常务理事、顾问。有《路边吟草》及二辑、三辑、《四味斋随想录》。

陶公歌哭见真情,时代风雷笔下生。
诗品果从人品出,骚坛剑客久知名。
注:陶光先生(1926—2011),安徽巢湖人。工诗词、书法、金石、考据及岐黄之术。诗风凌厉,有"诗坛剑客"之称。有《无邪集》及续集、《陶光诗文选集》《陶光书印选集》《陶光诗词楹联选》等。

毛丽玲

安徽枞阳县人,爱好古诗词,现代诗和散文。喜欢用笔记录生活的点点滴滴,用心感悟生活。现是枞阳县诗词学会会员。

七律·散步抒怀

疏香星月风吹柳,茵翠满坡涓细流。
邂逅七弦声漫漫,低徊燕子语咻咻。
灞桥怎解相思泪,杜曲偏栖不系舟。
红蕊笑吾犹酩酊,翱翱天地一沙鸥。

鹊桥仙·腊八
千枝银粉，一隅瘦影，渐拢春光又忘。红梅疏浅叹飘零，怎敌那、寒风朔荡。
　　昭昭暮雪，酥酥清韵，片片蝶衣模样。琼林献舞粥香浓，百川醉、银蛇蜡象。

误佳期·终是落相思
日丽风和云恋。紫燕斜飞柳苑。分明春色到人间，又染桃花扇。
　　终是落相思，痴念何曾免。年年岁岁赴红尘，一曲箫声散。

毛前进
农民，1964年生。文学爱好者。有二百多篇作品发表于各地网络微刊。

七律·七夕
指点繁辰话碧空，今宵云汉鹊桥通。
牛郎织女柔情汇，杏目星眸泪水蒙。
虽有千言凝爱意，奈何万苦塞喉咙。
悲欢七夕匆匆过，多少凡夫眼圈红。

七律·暴风雨（新韵）
骄阳放纵施炎热，知了思凉诉苦衷。
隐隐雷鸣忽震耳，微微风起骤摇松。
老天变脸乌云涌，闪电挥鞭暴雨冲。
树倒竹伏流倒灌，嚣张片刻现霓虹。

七律·荷香八风光
逍遥八里过莲塘，无数鱼虾伞底藏。
小艇痴迷穿翠影，青蛙陶醉诵清香。
凌波仙子婷婷舞，点水蜻蜓款款扬。
雨后彩虹添秀色，满湖荷叶滚珠光。

番枪子·三峡
秀丽三峡多奇迹。坝似巨龙横，高湖碧。库面浪静风恬，水浸蓝天翠峰立。艇快客逍遥、歌甜蜜。
　　灌溉发电丰功，情送四海，促经济腾飞、辉煌绩。旅游环保兼容，防洪运输巧助力。创举冠全球、民受益。

庆祝祖国70华诞
中华崛起屹东方，务实求真国富强。
丝路加油奔幸福，太空添彩铸辉煌。
扶贫反腐公心论，扫黑除凶道义扬。
科技兴军安四海，黎民康泰万年长。

忆秦娥·难忘的童年
蝉声咽，炎炎长夏骄阳烈。骄阳烈，海边摸蟹，柳林追蝶。
　　早将童趣装书页，夜深梦里常翻阅。常翻阅，几回笑醒，月光明澈。

一七令·荷
　　　　　　花。
　　　　　纯洁，无瑕。
　　　　擎绿伞，戴云霞。
　　　鲜嫩高雅，庄重清华。
　　蕊边蜂戏蝶，影下鲤追蛙。
　菡萏馥飘十里，圆荷绿遍天涯。
出自淤泥身不染，立于清涟气质佳。

五绝·好球（新韵）
脚踏绿波涛，奔如水上漂。
踢穿飞破网，人海涨春潮。

毛新仁
网名江城子。男，1949年12月出生于江苏扬州市，现居住上海。自幼随祖父习诗词格律，1968年开始诗词创作，其作品曾发表于全国各报刊，多次参加全诗词比赛并获奖。曾在《中华诗赋》发表《论诗词创作》。

五律·秋暮登敬亭山忆旧
昔日昭亭别,风流话少年。
听松岩上坐,醉酒石间眠。
渴饮清泉水,饥餐野果鲜。
今看旧时路,荒付夕阳前。

七律·秋末过洪泽湖
入眼芦花铺满堤,一川斜日降湖西。
霞笼泽国翔鸥影,烟锁沙洲落雁栖。
寥阔青霄黄菊老,澹然碧水白云低。
归舟隐约天边景,渔笛声中唱晚霓。

疏影·春回扬州故里
松声撼石,览广陵胜境,西崦残夕。廿四桥头,歌舞霓裳,谁教玉人吹笛?维扬自古春风路,见说道、暗香衣袭。泛片舟,九曲湖深,不负手中词笔。临水桃花瘦影,李花皎似雪,淮左春色。一棹天涯,两岸垂杨,城外野田浮碧。萦怀故国空灵月,又照我、少年踪迹。算几番,杨柳堆烟,此景问谁能得?

梅如柏

1947年出生于广东省台山市广海镇。中华诗词学会会员,广东省岭南诗社及台山诗词学会会员,现任《广海文苑》杂志主编。历年参加省市及全国各类诗词赛事多次获奖,作品散见《中华诗词》《中华军旅诗词》《当代诗词》《诗词月刊》《东坡赤壁诗词》《岭南诗歌》及纽约《环球吟坛》等国内外各书报刊及网络各诗词微刊,部分作品被收入《粤海风华》《中华六十年诗人大典》《中国当代诗词精品库》等十余部大型诗词典籍中。

荷花与污泥(二首)
一
轻荷世称颂,玉立独清高。
脚下无泥淖,何来恁自豪?

二
泥似娘怀抱,殷殷育汝曹。
古今崇"不染",谁肯问劬劳?

夜读唐诗
各领风骚字字金,数行岂作等闲吟。
方家妙笔非天与,谁不灯前矻矻斟。

题齐白石水墨《秋蝉》图
盎然成趣漫空灵,薄翼分明可逗情。
浓淡相宜颜色少,神来几笔有鸣声。

题刘文顺国画《钟馗》图
落墨离奇脉络清,天师持剑貌狰狞。
素闻尊驾善除鬼,何日临凡察世情?

春日吟意
三月莺花路,连阡绿韵弥。
好风临故壤,盛季发新枝。
闻笛牛蹄早,系舟沙岸迟。
等闲寻可意,饮月夜离离。

整理拙作之际率成一律
韵律沿千载,诗承一脉香。
下愚虽废寝,迟拙没商量。
夙愿今犹在,轻帆久未张。
夜来嫌酒少,安得润枯肠?

登古兜山二章
一
素仰古兜峻,初攀果荡胸。
瀑流飞激越,林海涌葱茏。
雾气千岩绕,溪光一径通。
独游缺朋侣,幸与鸟相逢。

二

路沿云际入，拂面是罡风。
侧耳聆清籁，迎眸伫古松。
鼓钟三界外，杖履九霄中。
极目层峦远，逶迤连几峰？

三月芜野行

荒陬一入远尘泥，满目葳蕤水陌西。
仄径攀时怜腿短，浮云飘处觉天低。
花曾相识随春绽，鸟正蹿腾隔树啼。
山醉晴曦人醉景，且行且乐过陵溪。

逸兴

难求三昧杵磨针，竹影梅姿妙境寻。
悦耳莺声何处啭？撩怀月色几番临？
写诗不必揣人意，交友还当奉己心。
已醉墨香空万虑，生涯回首付狂吟。

人在旅途

崎岖世路颇颠连，蝼蚁生涯难息肩。
屡已张帆搏风浪，几曾作客逛山川。
做牛骑马岂听命，他富我贫惟问天。
悟彻人生人亦老，流年如水更如鞭。

览史

代有枭雄频逐鹿，苍生屡苦祸人寰。
几回狮泣山河乱，遍野鸿哀星月残。
帝座从来垫兵骨，沙场自古叠尸山。
可知载覆全由水，谁把民心视巨澜？

入暮随笔

时时企盼积霾开，争奈晴晖久未来。
问讯闲园花已谢，寄书远塞雁难回。
牵情勿望云边月，逆境当看雪里梅。
再写亦嫌茄子语，省心犹待酒三杯。

失题

了悟风华已杳沉，回眸历历履痕深。
鲜花铺路当年梦，残月临窗此日心。
找个医生治忧患，搭间茅屋伴桑林。
光阴卸尽天真意，画饼之言酒后吟。

夜阑自寄

粗食布衣何怨嫌？卑微常省自谦谦。
雷池半步初偷越，佛塔千寻久未瞻。
酒恶谁人怜醉语，诗刍无味欲加盐。
乍然窗外飞新雨，滴碎残宵老屋檐。

阔怀

林陬何日杏花红，已负春襟十载空。
半辈侧身尘网里，几回翘首月华中。
熙熙清世雨犹腻，寂寂残宵梦又同。
欲向云鸿问消息，故人可在水之东？

心猿意马

临风不赋落花词，一片秋云系我思。
半世无成何怨酒？近年有获仅存诗。
阅人已觉双眸小，涉足方惭每步迟。
自顾苍颜如倦鸟，挣离尘网亦难飞。

临窗

堪怜花事阑珊后，又见云边月似眉。
偶对风铃消寂寞，常裁纸鹤寄遐思。
身仍有忌宁逃酒，笔已无锋少作诗。
昔日豪情成底事？人心天意两难知。

遥夜

难候江湖报玉音，残宵已惯寂中吟。
劳劳雁路随天远，寞寞萍踪共水深。
岁老应无情可寄，更阑犹怕月先沉。
此心纵似黄连苦，当算神伤未抵今。

折柳词（二首）

一

圆月惹来千里思，云空雁影总迟迟。
桥亭烟柳明还暗，客路伊人聚又离。
解闷宜听秋夜赋①，遣愁不读纳兰词。
一枝折尽暌违意，再见何年可有期？

二

空留月色顾寒枝，缕缕闲愁又上眉。
枉有性情千日累，错逢萍水一生痴。
花开未做怜香客，花落空馀惜玉诗。
安若蚕蛾身作茧？长吟应是惋伤时。

注：①《秋夜赋》是广东粤曲星腔传人梁玉嵘所演唱的名曲。

岁寒三友

松

屡经雷斧与风刀，暑往寒来劫几遭？
翠盖殷殷擎瑞雪，繁枝密密叠针毛。
祥云绕作神龙气，坼甲披成壮士袍。
敢向霄崖横傲骨，一鸣万壑起惊涛。

竹

栖身瘠地渐成林，造福人间庇绿阴。
劲节不随流俗乱，虚怀恰似静渊深。
松梅莫逆成三友，风雨笑迎倾一襟。
借取空枝作长笛，从兹浊世有清音。

梅

点点新红破腊开，嫣然浅笑缀荒陔。
尘寰顿减苍凉色，冰魄先登锦绣台。
疏影瘦枝涵画意，暗香冷韵媲霞腮。
芳心料是情难耐，不待春风踏雪来。

浣溪沙（二阕）

送春

满目飞红绿转稠，游丝欲挽去难留。
怅然情绪恁悠悠。

燕远何须轻托梦，叶黄始觉已成秋。
意随落瓣水中流。

新醉

每怨时光不倒流，经年景况黯凝眸。
残宵坐对月如钩。

是否旧欢如旧酒，可怜新醉乃新愁。
茱萸红处又清秋。

行香子·午夜

四野清宁，风语轻轻。蛩鸣夜、默对疏星。雪泥鸿爪，忧乐堪凭。为此生愿，此生债，此生情。

浮生光景，忽似驼铃。怀希望、响与谁听？童心重拾，走出曾经。任世炎凉，花开落，岁峥嵘。

南乡子

谁又说篱笆？惹我翻思旧日家。多少流年随索落，空嗟。长念天边那抹霞。

往事指间沙，纸上烟云眼底花。自笑多情天未老，无邪。愧向人言酒换茶。

金缕曲·心随天远

笃好诗兼酒。笑人生、尺山寸水，似无还有。胜事已成残夜梦，休问春风杨柳。穷洒脱、不曾负疚。天本无愁云有泪，叹而今、前路惊坡陡。何去处，左还右？

故枝结满双红豆。纵描成、丹青几幅，向谁兜售？枯夜沉沉栖翼远，邈若辽空星斗。未嫌怨、好音难候。脉脉此情难言说，每忧心、去燕今安否？悬望处，半轮瘦。

梅守福

男，生于1963年8月，大学毕业，文学学士，公务员，文化学者。湖北省作家协会会员，湖北省散文学会副会长。笔名一枝梅,汉诗楚词公众号发起人、主编。

七律·梅雪情

雪舞梅开绽笑容,梅姿雪韵意相融。
梅花欢喜漫天雪,瑞雪紫怀一色红。
踏雪寻梅添景致,品梅赏雪醉寒风。
雪堆梅蕊梅含雪,梅雪迎春耿寸衷。

七律·雪梅恋

雪舞梅开秀碧空,皑皑白雪映梅红。
梅凌冰雪心恬淡,雪衬寒梅意暖融。
踏雪寻梅诗韵美,观梅赏雪悟禅同。
梅腮染雪新春好,雪野吟梅诵寸衷。

七律·夏夜遗爱湖行走

古城夏夜晚风柔,梅雨暂停云脚收。
劲舞轻歌仙曲起,疾行慢步笑声稠。
湖波微漾翻金浪,林路蜿蜒隐市楼。
心旷神怡随意走,感恩生活画中游。

一剪梅·咏梅(依龙谱)

傲雪凌寒斗肃霜,疏影横斜,淡抹浓妆。芳华绝代远凡尘,枝秀春光,花艳春光。

铁骨丹心展沁凉,三友齐名,五福贞祥。文人墨客赋情章,诗也留香,词也留香。

一萼红·咏梅(依龙谱)

一生情。爱梅无止境,诗骨自冰清。疏影横斜,暗香浮动,凌雪傲视群英。一枝俏、满园春色,百丈冰、芬馥溢无形。蝶舞蜂飞,冷芳入梦,怎赏婷婷?

长恨年年春过,被熏风吹落,红萼凋零。多事东君,忍将芳树,化作酸涩梅青。谨记取、梅开五福,历严寒、痴念为春荣。姓氏天随心愿,梅幸平生。

一丛花·咏梅(依龙谱)

梅花傲雪笑清宵,疏影自轻摇。嫣红姹紫芳华艳,暗香浮,独领风骚。梅妻鹤子,岁寒三友,高洁自天骄。

梅园望月叹清寥。料峭透寒消。众芳摇落风篁舞,影迷离,分外妖娆。诗词歌赋,低吟浅唱。最美伴琼瑶。

江城梅花引·遗爱湖梅花(依龙谱)

红梅傲雪爱湖边,赏花仙,咏花仙。满目春华,香艳透清妍。一任芳枝都阅遍,慢留影。品幽香、结宿缘。

宿缘、宿缘,姓氏前。忆先贤,敬慕贤。放傲品格,历苦冷、何惧清寒?疏影横斜,高洁赋诗篇。率性喜欢风舞雪,潇逸气。压群芳、敢领先。

踏莎行·梅花雪
(依龙谱,步吕本中《梅花似雪》原韵)

雪映梅花,梅花傲雪。寻梅踏雪殊奇绝。琼枝玉树绽芳华,暗香浮动黄昏月。

遗爱年年,品梅时节。赏心乐事频传说。一枝梅放满园春,何须愁闷伤离别?

梅耀东

生于20世纪50年代,网名东方傲雪,湖北蕲春人。中华诗词学会、野草诗社、湖北省诗词学会、东坡赤壁诗社会员,蕲阳诗社常务理事,古角诗社、蕲北诗社编委。其作品见《诗词月刊》《湖北诗词》《东坡赤壁诗词》《香港诗词》《浔阳江诗词》近四十多种书刊。2017年荣获"第七届胡风文学奖"优秀奖。著有个人诗集《东轩试笔》《梅园吟韵》。

西江月·瑞雪迎新年

白絮漫天飞舞,山河素裹银装。密林

深处玉龙狂,原野驰奔蜡象。

洁净迎来新岁,红梅暗送清香。冰消雪化看城乡,万里晴空日朗。

西江月·中欧班列车

横跨东欧大陆,纵观西亚长天。风驰班列霎时间,异域风光入眼。

友谊加深增进,物流快速循环。蛋糕共享互周全,经济腾飞貌变。

浣溪沙·腊八节

岁月如梭又一年,家家户户乐安然。祥和笑语话团圆。

腊粥飘香盈瑞气,红梅吐艳写新篇。抚琴高奏颂尧天。

长相思·情人节感怀

山重重,水重重,千里遥途百念浓。遐思幻彩虹。

影匆匆,时匆匆,一现昙花飞梦中。暖香飘入胸。

七律·咏柳

缕缕垂丝吐碧芳,遥看绿毯挂西墙。
纤腰媚态随风舞,疏影飞花扑鼻香。
燕语呢喃寻俊侣,莺声睍睆亮新妆。
山川沐浴春光里,大地生辉紫气扬。

七律·登黄山光明顶

顶上风光入眼中,峥嵘巨石傲苍穹。
烟坡逝水流春色,云海飞歌荡碧空。
短尾猴吟花漫漫,相思鸟唱雨朦朦。
登高远眺看吴越,万道红霞幻彩虹。

沁园春·再游烟坡寨

凤闻烟坡,向桥名胜,誉贯蕲阳。应友人相约,重游故地,云山牵手,饱览仙乡。异草奇花,芳香飘溢,出岫祥云映碧光。回头望,见密林野径,黛色苍茫。

峥嵘岁月流芳,建山寨,先贤志气昂。恃危崖兀立,石城壁垒,江天月落,岩洞兵藏。待嫁丫头,时装巧扮,住在深闺盼俊郎。承传说,赏山川锦绣,谱续新章。

鹧鸪天·忆父亲

父别凡间十一年,每思往事泪如泉。堂前嘱咐当知孝,夜里叮咛要效贤。

云入梦,汗淋肩。轻摇蒲扇助儿眠。难忘碧树常遮荫,大爱传留永续延。

梅宇峰

实名孙卫峰。现在河北省任丘市供销大楼工作。文学爱好者,尤喜诗词,新旧体皆有涉猎。

七绝·夏夜

日将天地入洪炉,蒸炒烹煎一任吾。
万古今宵成醉话,南风犹炽掌中壶。

七律·半生

凤命多言八字中,江湖久历果虚空。
睡前一阵淋漓雨,雨后千山自在风。
浩荡春心犹未泯,繁华夏事渐亨通。
无由提笔难为赋,不若长歌做钓翁。

2019年5月26日

五律·题古淀荷香园

我为荷香故,凌波踏燕来。
清晖斜入鬓,流火乱凝腮。
独步连天碧,轻歌映日开。
夜深人不去,醉卧粉莲台。

2019年5月7日

七律·观海军70周年阅兵有感

碧海潮掀七十春,今朝亮剑显精神。

苍鹰蔽日长空舞,战舰如林铁血陈。
肝胆一身酬正义,和平万里报乡亲。
五千华夏雄而起,振臂当歌中国人。

七绝·竹
向无挂碍塞心胸,却有襟怀节节封。
曲直折弯由我兴,江湖映翠几山峰。

2019年1月6日

五绝·兰
香添君子袖,幽谷隐华年。
云惹相思去,花开两淡然。

2018年12月31日

七律·雪
零星入夜清晨覆,半掩轩窗半掩门。
风掠长庭花有影,掌承鹅羽岁无痕。
来时几瓣晶莹意,去也千山剔透魂。
虽是躯微怀远志,初心一片浩然存。

2018年12月16日

扬州慢·饮酒
年少贪杯,唤朋呼友,竹林深处新醅。咏清风皎月,品黄菊红梅。论千古,繁华旧梦,胜王败寇,妄揣天机。议今朝,异事奇闻,莺短流绯。

怕春夜短,未阑珊,各自分飞。把盏漏声微,胸怀郁郁,孤影徘徊。最恨天明人老,身添病,岁月频催。剩两三残梦,犹行花令争魁。

梅长荣

1937年出生,退休中学教师。目前系中华诗词学会、中国楹联学会、湖北省、市相应学会会员,广水市作家协会会员,广水市诗联学会名誉理事。有《自闲集》《岁月留痕》等诗文单行本出版,报刊亦有诗文习作发表。

七律·有感于八秩晋二
矩步规行八二春,别离芳华也精神。
三杯淡酒忧愁遁,两袖清风幸福臻。
入世谋身追务实,为人处事只求真。
平生坦荡欣欣乐,岁月如驰更自珍。

七律·题应池巷寓所
远隔尘嚣宅院幽,窗迎绿意似朋俦。
家贫简陋贫非病,舍小玲珑小亦悠。
茗饮偕妻聊轶事,敲诗与友咏风流。
何须俯首攀荣贵,淡泊心宽自少忧。

七律·垂钓乐
轻风送爽小河幽,结友抛丝下钓钩。
早出常迎朝日笑,暮归总被晚霞留。
喜从碧水寻欢乐,巧对银鳞耍计谋。
尚距家门三五步,急呼老伴验丰收。

七绝·听歌
韶华逝水几蹉跎,常伴忧欢听唱歌。
细品人间真善美,陶然曲韵落心河。

七绝·香炉山怀古
灵峰万古刺苍穹,冷浸香炉月色融。
径晚山僧何处去?空留小寺伴秋风。

五律·偕妻重阳节郊游
痴迷秋景艳,郊野步重阳,
翠叶凌寒秀,青松带露苍。
闲评天下事,回味发边霜。
牵手长相伴,心花自品香。

巫山一段云·野塘夏荷盛开喜赋
杨柳随风碧,芙蓉斗日鲜。绿裳如盖舞翩翩,满目画图欢。

蝉噪声声添乱,翠鸟频频呼唤。陶情

冶性咏诗篇,觅句说丰年

踏莎行·滨河临水轩小憩试笔

碧水悠悠,渡云尽赏,春幽夏逸秋冬亮。轩裁别韵景连珠,欣观流水微波漾。

借问斜阳,时人喜访,横生奇趣挥毫畅。恍然梦作到江南,倚栏小立心潮荡。

门锁柱

大冶市作家协会会员,大冶市老年诗联书画协会会员,北梦南缘文学社会员。作品《题天涯海角》获第八届"祖国好"华语文学艺术大赛金奖,《无尽的思念》获"东方美"全国诗联大赛金奖,《知青情怀》获"四海杯"海内外诗联书画邀请赛金奖。

知青情怀

忆昔乡村小路行,长溪流月去无声。
当年伙伴头飞雪,境过时迁仍有情。

冬愁

夜露催花花自残,晨风扫叶叶飞丹。
初冬麻雨渐凉意,三九冰晶刺骨寒。

腊月十五观月食

天上嫦娥呈异彩,人间仙女显柔姿。
红蓝光普映河山,瑞意团圆满九地。

七绝·蝴蝶吟(平)

五彩薄纱红粉媚,秋波频送努香唇。
醉颜繁露滋心蕊,蝶吻枝头合奏春。

七绝·清明(平)

青烟细雨彩花开,孝子贤孙祭祖来。
纸蝶翻飞化悲念,草丛一跪泪盈腮。

蒙山沂水,云中有鹤影

本名姜开滨,1967年生,中共党员,1991年毕业于海军广州舰艇学院,服役在北海舰队,2008年转业到青岛公安局。热爱中国文化,利用业余时间学习写诗技巧,喜欢从身边事物和个人经历中获取灵感用于创造。

钗头凤·梨花露

梨花露,桃溪渡,瘦翁蓑笠摇船橹,鸳鸯艳,缠绵恋;俊人标注,锦书三卷,念,念,念。

山河阻,星辰诉,晚亭难奏离别赋,收绳缆,忍回眼;姻缘前定,再逢天远;怨,怨,怨。

七绝·采莲人(三首)

一

氤氲香溢醉人天,轻挽罗裙下画船。
莲子润舌忙剪采,附身扬腕颤金簪。

二

倩姿映照清流浅,欲断肝肠点水燕。
锦鲤贪看游不动,痴迷黄雀忘其还。

三

娉婷回顾自嫣然,岸上垂杆半发癫。
小憩赋成新谱子,折枝一曲唱阳关!

七绝·俏佳人(三首)

万种风情集一身,千娇百媚俏佳人。
冰清玉洁多才思,歌赋诗词满腹纶。

二

发扬裙舞溢芳馨,但使群英散蕊魂。
哈气如兰人自醉,耳聪目慧扣天音。

三

隔空倩影苦追寻,怨不相识嫁凤孙。
暮霭沉沉怀长恨,易安有感叹几分!

古风·仲秋抒怀

　　明月时常有,最爱仲秋天,流光溢彩玉,银辉芬芳满人间;又见嫦娥舞,心中多思念。
　　闲云无踪迹,锦瑟越千年,已是更深华露重,灯火阑珊不成眠,良辰切莫负,沽誉学圣贤。
　　同举杯,共把盏,邀月凭楼栏,千里送祝愿,君行好,人未老,万事皆安然!

古风·苍穹阔

　　苍穹阔,秋意爽,人潮涌动,锦旗飞扬,方阵班列,威武雄壮,器宇轩昂冲霄瀚,风雷动,过广场!
　　往昔耻,永难忘,列强侵略,流离失所,破碎山河,念之肝裂,多少好儿郎,捐躯赴国殇,洒热血,保家乡!
　　年五十,常忧思,钓鱼浪,高波未息,期盼它日潮头立,驱逐倭寇三万里,华夏千载应无恙,听铿锵!

七绝·玉兰花(二首)

一

玉树琼枝满惠芬,花瓣雪色点朱唇。
风霏难阻君盛放,不染一尘报早春!

二

素面冰魂摇璀璨,娉婷羞涩惹留连。
鸟惜不忍枝头踏;月下嫦娥悄探看!

七绝·雨巷(二首)

最美人间五月天,如约梅雨洒江南。
金珠丝线湿青瓦,玉露颗圆润黛砖。

二

归巢燕子育雏黄,深巷犹飘米酒芳。
街石生苔邀远客,丁香油伞惹愁肠。

七绝·渔舟唱晚

万里苍穹云涌动,长风挥洒浪千层。
渔舟满载归来晚,华彩流光暖意浓!

孟凡领

　　河北魏县人,转业军人。爱好诗歌、散文、杂文。

神秘莫测胡杨林

额济纳旗名声震,肃州酒泉更不逊。
都说西北红柳美,怎比两地胡杨林!
千年不死泣鬼神,飞沙走石任蹂躏。
狂风洗礼傲风骨,大漠戈壁我独尊!
千秋不倒汇成林,迎风挺立壁万仞。
秋冬方显我本色,茫茫戈壁现真身!
千载不枯撼人心,形态各异如雕根。
岁月锤炼钛金骨,天荒地老身不分!
千年风骨不死魂。千秋傲骨不倒根。
千载铁骨我不朽,神秘莫测警世人!
尽情观赏胡杨林,红叶漫天醉人心。
静卧林中君莫笑,卫我边陲铸军魂!

七绝·春游西安灞桥

紫苑楹台战友来,灞桥细雨百花开!
春游醉倒长安道,一路青丝似剪裁!

酒泉子·旧地重游

　　长忆金泉,碧水涌泉青色透。夜光杯满谢中秋,月蒙羞。
　　澄潭池半荡扁舟,旅家稍事顿。别来又复启程游,醉沙洲。

孟凡武

男，63岁，退休工人。由于对古典诗词的爱好，2014年开始学习写作，多家诗词学会会员。2016年至今已获全国诗词大赛各种奖项70余次，纸刊发表200余首。出版个人诗集《小乙哥诗词选集》。

江城子·相会上海（新韵）

四十余载再重逢。认其名，辩其容。无语相拥，不觉泪先横。岁月蹉跎多少梦，遗落在，校园中。

师生把酒话别衷。畅心声，问康宁。纵有千言，难尽一腔情。恨不时光能逆转，男帅气，女娉婷。

临江仙·再见上海（新韵）

握手依依别过，转身步履蹒跚。一丝酸楚涌心间。今朝说再见，再见又何年。

高铁风驰电掣，眼前往事如烟。师生友谊重如山。纵隔千万里，万里亦情牵。

浪淘沙·师生相聚上海（新韵）

上海喜相逢，泪眼绯红。依稀犹似少年容。四秩别来情未了，梦里牵萦。

把酒一杯倾，互道离衷。明朝又自各西东。慨叹山重天路远，岁月匆匆。

临江仙·情债（新韵）

天外星辰疏漏，梦中倩影依稀。经年未赋欠伊诗。身缘俗事累，相诺恨无期。

饮醉柴门敲错，失眠夜半谁知。孤鸿嘹唳断云西。桃开人面老，霜叶落寒枝。

五律·游歌剑

情若湛卢义，韵犹承影神。
吹毛迎刃过，照雪颤龙鳞。
欧冶惊心叹，风胡刮目瞋。
云游携宝剑，诗酒共风尘。

七律·绮怀

桑榆兀自向心修，老去时光作梦游。
伏枥不嫌凝露冷，奋蹄犹愿踏清秋。
秉烛释卷吟风雅，洗砚泼珠月影浮。
华发并逐天日短，应无憾事入冥幽。

孟广才

男，58岁，满族，1962年10月13日生，辽宁省本溪县人，丹东牧医学院牧医专业毕业，中级兽医师。

南乡子·蜀葵情

著意暖风吹，翻作罗裙绽蜀葵。七色俏姿香阵阵，成堆，一丈红绡赛过谁？

遥谢众蜂媒，点罢多情点翠微。彩锦绿篱园艺美，相随，伴我浮生梦里飞。

我从四季走来（与梦明合创）

我从春天走来，聆听鸟鸣花开。
寒冰化冰润土，播种生命精彩。
我从夏日走来，清泉洗净尘埃。
山风驱散暑热，涌起壮志豪迈。
我从金秋走来，五谷香飘四海。
敲响丰收锣鼓，红叶寄托情怀。
我从严冬走来，宇宙一片洁白。
接受冷雪考验，方知世有真爱。
我从四季走来，领略人生百态。
只要信心不灭，就有光明未来。

运钞车

武装押运显威风，手握真枪立门中。
强盗小偷不敢劫，守护钱币得安宁。

葫芦赐福

石桥绿柳绽红花，小河流水哗啦啦。
欲到远方送心愿，宝葫赐福暖万家。

君子兰

碧叶大又宽，花开红艳艳。
谁愿当小人？都爱君子兰。

望月

夜深卧床前，眺望月儿圆。
莫做单身客，有爱谁思念？

孟广平

笔名静默淡然。

七律·初秋高温闲吟

莫是秋娘恋夏娃？炎炎热浪又频加。
沙发小坐衣帖背，卧室稍留汗渗纱。
倦鸟无神枝下躲，娇娥抱怨伞斜拿。
蝉声断续嘶长夜，犬吠无常对月哗。

鹧鸪天·中元节寄怀

今日无端泪洗纱，天堂谁晓严慈家？
香笼化影阎王问，祭酒随流土地查。
休眷念，莫喧哗，双亲府上众神巴。
今生悔恨难行孝，下世投胎任汝差。

孟久卿

女，茂名市南天诗社会员。大学本科，退休园林工程师、诗词爱好者。

五绝·蛙歌（新韵）

清溪绿水漪，蛙鸣万韵奇。
夜曲惊飞鸟，三更噪鼓啼。

七绝·耆老钓太阳（新韵）

清风摆柳草丛青，耆老抛情听碧声。
垂钓不为锅中有，钩藏翌日太阳升。

七绝·秋菊（新韵）

菊雅重阳芳蕙色，淡看霜冷沁心冰。
娇颜萎透寒风里，独赏秋花称霸雄。

七绝·红衣女

瑶池落定红丝舞，舟载相思泪染腮，
岸不见君魂魄乱，清风凉却半心裁。

七绝·焚香

竹摇风影叶磨声，檐下滴答侵户棂。
闭月疏星无侈望，雨撩心曲点青灯。

七律·琴女（新韵）

误入花间错到今，万千思绪怯羞吟。
不羁热泪痴屏曲，难见欢颜拜禅音。
冷枕凝霜卿在梦，碎荷抱月水中寻。
对笺忘却从何语，恐负天涯缱绻人。

凤衔杯·昨夜无眠

血压高飚含药厌，三滴酒，醉霞盈面。
梦萦四旬秋，颊边泪落将重现。语再见、肝肠断。
草半根、救上岸，一场风、雨淋浪卷。
只留下《情怨》，水天间魄携魂挽。永爱你、心不变。

孟立群

中华诗词学会会员，吉林省诗词学会会员，延边州诗词学会理事。几年来曾经在全国性诗词杂志《长白山诗词》上发表20多余首诗词，在中华诗词论坛网络上发表2000多首诗词。曾获第七届华夏诗词奖优秀奖。

五律·咏关中平原

秦川八百里，千古帝王州。
扼守出关路，襟连蜀汉喉。
岭分南与北，山划夏和秋。
渭水源青藏，朝东奔海流。

七律·贺吉林省珲春大东诗社成立10周年

结社边陲唱大风，毗邻三国位江东。
雄鸡唤醒千秋梦，龙虎腾飞百代功。
海角一隅吟雅韵，白山余脉谱霞虹。
诗人舞墨书心曲，瑰丽珲春写不穷。

七律·咏安徽

江淮两脉贯西东，各地城乡景不同。
沃野平湖连皖北，名山秀谷卧徽中。
九华寺观迷晨雾，白岳齐云起夜风。
肃穆祠堂何处在？焚香沐浴拜包公。

七律·游周庄

柳岸轻舟逛水乡，清波染绿树成行。
石桥弯曲迎朝日，窄巷幽深送暮阳。
古镇沧桑留岁月，小城千载驻时光。
倚栏眺望兴难尽，如梦神游过此庄。

五律·咏长白山

长白舞关东，奇峰入半空。
冰封三脉水，雾锁满天风。
夜寂繁星灿，晨寒旭日红。
琼枝连玉树，疑是进仙宫。

孟庆斌

河北邯郸人，1945年生，喜爱诗书画，特别是古诗词，以诗配画。

五绝·赞一带一路（平水韵）

紫气东方来，丝路万花开。
金凤鸣天下，幸福一梦怀。

七绝·莲荷（平水韵）

洁身自好不争春，抚水迎风夏韵氲。
济世为民筋骨碎，留得清气满乾坤。

七律·梨花祭（中华通韵）

清明未见雨纷霏，却有琼花作雪飞。
让白三分颜淡淡，输梅一段香微微。
青烟袅袅难接语①，落瓣翩翩逐梦归。
不负韶华志向远，长存浩气耀春晖。

注：①民间传说，点燃香火后，亲人就能与亡灵对话，这里说"难接语"，意在说这办不到，还容易引起火灾，污染空气，不利于环保。

生查子·端午节

艾蒿挂门上，香粽香飘荡。
南域赛龙舟，北国秧歌浪。
老少踏哥行，男女情操长。
华夏祭平灵，五洲和平唱。

藏头诗

吴淞多翘楚，伯仲赋词间。
贤厚文清逸，人称赛半仙。
好学求上进，出口语句鲜。
众友齐称赞，啊侬再向前。

七律·雾淞

漓江景美佳天下，雾挂松花赛桂林。
王母银河添碧水，观音净瓶绘妍屏。
地空一色集清气，世界琉璃惊梦魂。
悦形匠心承后代，东风劲吹玉宇新。

五绝·凌霄花

不计迎春早，犹怜菌苔迟。
昂扬翘首立，更有慎独姿。

2019年8月

孟庆和

1947年生于北京昌平。毕业于首都师范大学美术系。退休前从事美术教育工作。学写旧体诗10年左右。在网络上得到众师友的指教有所提高。

七律·德天瀑布

边界群山列夕阳,纷披白练尽迷茫。
银涛百丈天崩雪,玉蟒千条日映光。
溅雾飞烟腾翠黛,平流缓涌入青苍。
归春河上舟槎动,难把长波垒隔墙。

注:"德天瀑布"在归春河上,中越两国以归春河为界。

七律·游杭州西湖

何处湖光何处城?峰烟树影鸟空鸣。
枝摇浓翠含淑气,棹起清波和雅声。
千载亭台聚诗酒,八方林麓访精英。
断桥有路临风雨,休向孤山鹤迹行。

注:"孤山鹤迹"宋代林通,字和靖隐居孤山,终身不娶,植梅养鹤,以梅为妻以鹤为子。

七律·白石山

白石山高领太行,云都峰顶问天罡。
钟声清远五台近,树色迷蒙万籁藏。
轻霭浮屏争入眼,断云栽笋竞趋阳。
雁门关外息兵久,指点奔涛说汉唐。

七律·白帝城(孤雁出群格)

烟波孤岛入微茫,曲径飞檐史迹藏。
白帝城中无白帝,明良殿里叹明良。
千年滟濒千声炮,百代枭雄百业荒。
顺逆去留风景动,瞿塘不老看长江。

七律·滟濒堆(孤雁出群格)

平湖忆旧话艰难,风雨瞿塘过险滩。
人在鬼门逃薄命,舟从石隙掠飞湍。
回澜漱涧涛声栗,怒兽吞云曙色寒。
祸患中流千载固,一朝崩倒亦轰然。

注:"滟濒堆"是长江瞿塘峡夔门河道中的险阻。自古常有舟楫在此遇险。1958年根据毛泽东建议被炸除。

七律·张飞庙

殿绕烟香晓色清,虎威余韵伴涛声。
横矛跃马三山动,浴血封侯众口评。
日起高轩照肝胆,云腾古木隐旄旌。
帐中殒命谁之过,飞凤山前恨此生。

注:张飞在熟睡之中被部下所杀。张飞庙位于飞凤山麓。

七律·猇亭

虎牙山下草菁菁,古木烟霞入晚晴。
十里商城沽老酒,千年战事说长缨。
涛惊子夜疑兵动,险扼三巴听剑鸣。
马上独尊崇帝业,猇亭处处可重生。

注:"猇亭"现名古老背。位于湖北宜昌。千年古战场,大小战事连年不断。火烧连营,刘备兵败于此。

七律·曲江寒窑

娇女沦为受苦人,寒窑寂寂曲江滨。
孤衾入梦闻征鼓,四野提篮望远尘。
花落花开思一诺,月亏月满恨无垠。
半边明镜藏心底,犹记当年那眼神。

孟庆泉

男,1954年生。山东省沂南县人。退休教师。中华诗词学会会员,山东省美术家协会会员。

七绝·夏日喜雨

画院槐荫课正忙,夹风骤雨乍惊惶。
河山一洗暑炎退,久旱甘霖喜欲狂。

2019年夏

念奴娇·旧宅吟

寂寥庭院,望一片谁问,荒宅颓壁。傍陌独槐犹叶茂,宅外遮天绿翳。絮语依依,闲人三两,道尽平生事。残红独在,倚墙斜立月季。

老去身客沂边,光阴荏苒,岁月留无计。多少流年宅院里,往事不堪拾忆。幸有槐荫,旧屋画院,毫墨挥天地。聚来周末,笑谈聊写胸臆。

— 845 —

2018 夏

水龙吟·夏日

静园一望萧条，年来久旱无生意。木兰几树，如秋败叶，狼藉满地。蝉唱无声，蛙鸣声断，雀飞无力。问何时风雨，山河尽洗，阵云怒，雷声厉。

重楼千家安阕，望高天，一轮炎日。浊醪暂引，万千心绪，无由凭寄。水墨丹青，寻诗觅句，雕虫一技。看衰颜镜里，流年陈事，欲寻无迹。

2019 夏

水龙吟·贺龙风七期开学

放歌李杜千年，啸风吟雨声犹在。风云变幻，沧桑人世，传承百代。盛世今朝，龙风乍起，域中邦外。看莘莘学子，生花妙笔，抒心志，彰文采。

中华民安国泰，梦追圆，炳辉瀛海。传统永继，后昆侪辈，当仁不怠。曲度遗风，先贤训诲，良师模楷。喜长江后浪，掀天涌起，伟功无盖。

2019 年 6 月

菩萨蛮·己亥四月周末午后

麦熟天气浮云暗，片时午梦神思乱。画友会槐荫，良朋三两人。

毫飞风雨骤，笑语贫屋陋。笔墨见精神，不觉天晚昏。

永遇乐·五四百年感怀

风雨华年，回眸人世，如梦如幻。世事沧桑，寰球小小，几度风云叹。神州危亡，金瓯破碎，争霸列强纷乱。救中华，青年奋起，国权岂容轻践。

莘莘学子，长街呼号，惊破国贼胆战。继起工商，洪流激浪，欲把乾坤转。古国华夏，睡狮渐醒，万众同赴国难！看今日，东方好景，旭光灿烂。

2019 年 5 月

卜算子·惜春

新绿遍天涯，一度伤春暮。沂畔寻春景物移，柳絮缤纷舞。

无计可留春，风雨摧花妒。流水飞花去莫寻，且进杯中物。

2019 年春

浣溪沙·春望

望处风光烂漫春，物候转换半寒温。清明节近柳桃新。

午梦翻身天向晚，楼园移步意沉昏。玉兰花落日光曛。

蝶恋花·早春

梦起临窗凝望眼，楼影高低，晓雾隐隐远。料峭春寒风剪剪，腊梅枝上黄金点。

莫怨小城芳景晚，把酒独酌，无使杯中浅。霜发暗添谁又管，身闲日日唯慵懒。

望海潮·初夏夜雨

清和初夏，连宵霖雨，园林绿树葱葱。红紫尽消，年华暗换，风光去我无情。中夜梦难成。晓听雨犹碎，窗景朦胧。微冷丝丝，卷帘凭望雨云浓。

人生几度春风？怅白驹过隙，一梦堪惊。虚度韶华，流年逝水，番番雨骤云重。杯酒又从容。把醉听风雨，一洗愁衷。莫怨人间冷暖，无事弄丹青。

2018 年 5 月

孟宪桥

1943 年生，中共党员，退休干部。中华诗词学会会员，景县诗词楹联学会会长,中华诗词论坛燕赵风骨版主:板桥浅唱。出版《板桥浅唱集——律绝词联选》,作品散见于中央、省、市级诗词刊物,并有获奖。

七律·老来享受新生活(新韵)
喜迎华诞换家装,入室顿觉神气扬。
新式厨房烹酒肉,时髦浴室浸馨香。
长流温水何分季,回望瓷砖早上墙。
莫道古稀人已老,仍期茶寿更风光。

七律·镇村园林建设赞(新韵)
古来皆慕画中人,七秩年来梦变真。
雨润绿茵接地气,风吹花朵送清馨。
不独翠鸟林阴内,更有靓妞湾水滨。
莫道天堂遥远事,苏杭就在俺乡村。

七律·小城假日游(新韵)
避开胜地井喷流,城内单车更自由。
塔下迎来南北客,桥旁送过凤凰舟。
花园妩媚拍新照,马路畅通拆旧楼。
老友重逢家里坐,今年仍饮二锅头。

七律·农民建筑工(新韵)
放下锄头拿瓦刀,层楼直上入云霄。
探身一吼周天震:今日全城我最高!

孟献斌

笔名孟献彬,中共党员,退休干部。2010年参加中华诗词刊授学院研修学习班学习结业,师从高昌导师。作品散见《中华诗词》《香港诗词》等报刊。著有诗集《诗影相随》。系中华诗词学会、香港诗词学会会员。

杭州西湖
两岸柳丝钓鸿雁,一湖春水抱云眠。
莲花香里相思伞,听雨听风亦听禅。

凉州新词
诗流七秩华诞庆,画史丝绸之路征。
黏住和平缠住梦,天堂回眸笑双赢。

西施池
爱国涌泉流不尽,滋天滋地滋古今。
兴亡吴越人难解,闲对仙池忆美人。

书怀
绿云施图风配诗,乱石流泉月一池。
最是人生情海处,红楼梦里长相思。

望远
无忧无虑天上云,走遍山河看遍神。
我与仙人怎相比,如今没有自由身。

孟祥荣

笔名半隐庐,广东五邑大学教授。楚人居粤。弄孙之余,偶涉吟事,自娱而已。

公坑寺访禾雀花不遇寺后有700年老藤传岭南各地禾雀花俱出于此
十里公坑寺,山深藏异花。
不知谁者种,但发宋时芽。
散叶应无数,寻根此一家。
我来春尚早,唯见暮云遮。

读《东山集》奉寄吴师
身老犹怀笔,兴高何废吟。
久违夫子座,再得度人针。
乐此亲风雅,因之豁素襟。
持来灯下读,不觉到更深。

初夏日宜昌艾家依山傍水度假村同学聚会留别

为践春之约，轻车直往还。
放歌三峡水，抵足五龙山。
好会凭君记，别愁从我删。
相思未云远，只隔数重关。

夏日喜同窗老友至自武汉

粤汉十年隔，舟车一宿通。
相看新白发，却忆旧青葱。
时命何堪把，人情大可逢。
浮生几多事，说至夕阳红。

寿内子

执子纤纤手，回头四十春。
三生诚所愿，五味竟何陈。
且缓公私债，来修尔汝身。
鹿车怜共挽，相许踏红尘。

孟雪梅

河北省诗词协会会员，农机公司销售部经理。终日不得要领，三餐总愁吃啥。本就胸无大志，又馋懒交加。偶尔大发诗兴，通常以酒代茶。微醺时刻正好，看景伴装眼花。

五绝·田园杂兴

（一）
蹊外有人家，篱边野草花。
炊烟温白舍，燕尾剪晨霞。

（二）
晨雨微微落，禾苗奕奕新。
云低压野径，风起挽衣襟。

（三）
一缕晨风醉，谁将翠叶裁。
清波凌小角，静待水华开。

（四）
何时入白洋，窃取几支香。
供以清涟意，聊安一寸肠。

五律·界外诗心

寻词填旧曲，捉笔画春秋。
无碍杯中逸，有云界外流。
光阴逐悍马，人海觅方舟。
前路烟霞处，诗心或可留。

五律·七夕心愿（新韵）

梦里离人远，风消夜已残。
银河隔怨女，鹊羽渡痴男。
叠影纤云绕，双星瑞彩缠。
若天酬苦恋，应使月常圆。

五律·韭菜莲

细叶凭心剪，红香扫粉腮。
天成七种好，自酿五分才。
不染繁华燥，何言寂寞哀。
阳光临照处，也有小风来。

五律·清欢（新韵）

春来播下籽，雨后喜出全。
青韭篱边郁，黄花垄外鲜。
杯中盈老酒，案上列霞笺。
所谓人生趣，心耕半亩田。

孟照富

笔名悦山草堂。亚圣71代裔孙。1973年10月生。原籍辽宁省本溪县，在清河城大队管辖的一个小村，小甸子度过16年快乐时光，后因观音阁水库动迁居住明山，现居本溪市明山区卧龙街道办事处。情系山水，喜爱文墨，闲填平仄，消磨时光。以文会友。

清平乐·农家小院

农家小院,常落莺莺燕。柳绿花红山色浅。却是儿时总见。

泉眼渐长微流,经冬过夏几秋。易改容颜书断,梦中几次回眸。

七绝·钓翁

喜作清江一钓翁,撑篙逐浪近天宫。
子牙功迹垂千古,得失全凭掌握中。

七绝·调侃

坐看书山几万峰,秋凉过后是严冬。
梅花似雪香飘落,俊鸟何时破竹笼?

七绝·看山

坐拥青山几万峰,人生自是不甘庸。
波涛起伏藏心底,莫使闲言老面容。

七律·林间小坐

坐看芳林草木葱,花开小径醉山翁。
常听天籁闲心静,久点浓霜白发空。
岁月抽丝云聚散,时光照影燕西东。
浮萍不问青莲志,也逐渔舟唱晚风。

卜算子·母校

也许镜中花,或是西楼月。花落花开春去来,岁岁花香烈。

昔日我曾留,雏燕思飞切。夏热秋凉知冷暖,别把书翻页。

菩萨蛮·蝉

东风未遇青钱荡。西风叶落黄花唱。兰蕙适时香,隔山有月光。

清风消酷暑,叶茂根基固。破土一鸣惊,三冬未发声。

梦欣

本名郭业大,自号品艺茶庐、品艺斋主。籍贯广东潮阳,现居旧金山。1982年毕业于华南师大历史系。曾执教于潮阳一中。20世纪70年代初师从邓其熙先生学习文艺创作,之后涉猎古典诗词,遂成所好。现为香港诗词学会顾问。

七律·山岭南天地送走2016年最后一夜感吟

生涯奔七又迎新,祖庙右邻权寄身。
小巷风清忧事寡,老城日暖着衣贫。
不堪撒诉成纷扰,那管喧嚣啼旦晨。
闭目尚知春未到,残宵耽酒作狂人。

七律·70初度有吟

平庸也届古来稀,独有闲情不肯低。
陋见成章随吠日,逍遥率性伴鸣鸡。
曾将胆汁补春色,尚待诗心融雪泥。
能借手中三尺剑,挑回岁月织戎衣?

七律·丁酉岁初过康有为故居感吟

涎香五代起农耕,草野少年眉敢横。
七斗才华狂学士,一腔意气藐公卿。
大同梦碎维新路,老宅风留不忍声。
待与先贤论得失,翻疑旗石泪盈盈。

七律·丁酉新春游顺德碧江金楼

车搭顺风春日游,碧江揽胜摺闲眸。
兵威凛凛职方第,美色痴痴赋鹤楼。
天遣烟云无定数,地乎华表有诸侯。
藏娇旧迹豪家梦,徒让庶民论不休。

七律·丁酉人日立春效明诗殿军陈子龙韵抒怀

一花凋射一花新,霾雾漫天鸡唱晨。
喜有歪诗酬盛世,羞将烈酒赠情人。
坑灰难捡未燃纸,梦境残留可渡津。

舟楫醒来无觅影,几多感慨向谁陈?

七律·再叠子龙韵抒怀寄悬壶吟长邓世广夫子

闻道天山景气新,书窗雪舞动芳晨。
也曾驿站悄留影,争奈风光不近人。
朱阁青云飞犬路,武陵美梦落花津。
借君一剂止忧散,疗我春心杂乱陈。

七律·丁酉清明前感事而作

何处蛙鸣噪远方,淡烟疏雨啃春光。
飘摇苜草流芳少,隐没青山惹恨长。
王谢门庭归醉客,忧愁岁月挺儿郎。
东风如肯解相顾,莫扫雏英入赭墙。

七律·丁酉清明祭诗圣杜甫

何处春深花溅泪?何时枝冷鸟惊心?
但从风雨起纷扰,代有圣贤相降临。
冠盖光鲜非偶像,黎元憔悴是知音。
九州尚遗饥寒骨,茅屋放歌宜再吟。

梦中来

鲁宁,大学学历,大西北一道诗艺社社长。原名刘卫国,使用名莫阿、剑桥等,网名梦中来、鲁宁,山东人,居银川,曾为省级文联会员,散见的有小说、散文,近几年爱上网络诗歌。

中华颂·黄河歌谣

历史有遗篇,上下五千年。
鬼哭仙愁煞,仓颉造字难。
三过门不入,大禹铁石般。
谁敢治恶水,谁有此侠胆。
孔子续诗书,司马承史篇。
屈原愤抱石,端午诞龙船。
三皇筑社稷,五帝相传贤。
夏启令诸侯,私便天下传。
秦有始皇帝,汉武拓疆土。
巍巍一盛唐,引领世纪先。
四大发明出,算有九章术。
胜算有诸葛,兵法夺孙武。
先秦思倾国,诸子百家兴。
女有四美女,男子重社稷。
苏子独牧羊,岳飞抗金苦。
李杜斗诗篇,居易懂老妪。
清照辛苏传,唐诗并宋词。
世界文化园,中华独一枝。
合分汉三国,民冤上梁山。
情深系红楼,西游记人间。
屈辱自鸦片,祸国不堪言。
百年成过去,改革谱新篇。
三十功尘土,八千云和月。
畅往新时代,开放待今天。

米金波

吉林农安人,1960年1月17日出生在一个偏避的小乡村,一生为农。酷爱文学,总想用文字记录自己的真实生活。作品刊登在《中华诗词》《长白山诗词月刊》《长白山日报》《黄龙文联双月刊》上。也散落在许多微信平台微刊。讴歌乡村,回报家乡!

秋雨

秋深雾重雨沙沙,瑟瑟金风谢百花。
败叶辞枝惊宿露,茂菊存节伴朝霞。
应怜南去迁途燕,遥想冬眠贪睡蛙。
稻谷凝浆籽粒满,丰收在望乐农家。

新农村

欣观农家好心舒,机播机收不动锄。
惬意幽居凭美酒,温馨小院品鲜蔬。
屏中福地乡愁少,云网江天客梦余。
科学富民留胜景,青山入画赋诗书。

俏夕阳
旭日东升万象新，一群妪叟抖精神。
七敲穴位摇双臂，三按灵霄动一身。
鹤梦犹存凭傲骨，童心未泯返青春。
桑榆每道斜阳美，愉悦萦怀幸福人。

写在八一建军
——忆汶川地震救灾的将士
记忆翻开岁月更，汶川遇难惹心惊。
山摇石落能忘死，地裂楼倾敢舍生。
挖断残垣呼父老，剪切遗腹救儿婴。
餐风饮露胸怀爱，谱写军民鱼水情。

雨夜思乡
云舒云卷送温凉，一抹霞辉待夕阳。
雨落田畴留好梦，风嘶巷陌惹心伤。
情牵故土亲人远，思逐荒茔别梦长。
两地分居空对望，唯存想念是家乡。

大暑感怀
雾重殷浓暑气升，绿荷吐蕊溽云蒸。
嘉禾秀穗幽香送，碧树伸枝硕果呈。
更喜烟波游户牖，幸闻夜雨扣窗棂。
蜻蜓点水莲花俏，蛙鼓和鸣胜乐声。

寄怀
不尽闲情岁月沉，如痴如醉起诗林。
平分沧海桃源笔，独占青山寄语心。
今日时光多怅望，当年春梦苦追寻。
萦怀韵律篇章美，鸾凤和鸣竞好音。

鹧鸪天·栽花女
早伴朝霞晚沐辉，纤纤巧手补芳菲。拼图剪影青衫瘦，植圃春光沃土肥。
风熏面，汗侵衣。餐霞饮露不思归。含情脉脉裁云锦，心底生花已久违。

秘广霞
滨州市诗词学会成员，阳信县作协副秘书长。散文诗词多发于网络媒体及少量刊物。相信：有爱，生命就会开花；文字，让生活更美好。

五律·雁南飞
今又到重阳，遥思鸿雁翔。
逐云飞一字，临水浮满塘。
远望桥头影，寒吟月里霜。
晓来枫叶醉，恐是过潇湘。

五律·一帘幽梦
依依飘渺影，惊梦夜初凉。
枕上蛩声近，窗前明月光。
茫然无意识，莞尔有秋香。
花好人情美，思来热我肠。

五律·梦里梦外
春睡频生梦，阑珊卧小楼。
眼前飞柳絮，枝上结烟愁。
新燕双双至，清河寂寂流。
谁携花瓣雨，执手感温柔。

五律·闲吟
闲作诗词曲，心倾李白狂。
举杯吟水碧，呼友过山梁。
风雨三千里，梅兰一脉香。
何言留后世，但慰月如霜。

七绝·梅
斑驳盘旋遍体伤，丹心寸寸启朝阳。
凭谁问取当年事，且笑春风春韵长。

七绝·龙湖帚桃
香风十里过微醺，影入龙湖花入云。
同去武陵休笑我，貌妍貌丑不须分。

七绝·初夏风情
昨夜一膏新雨泽，今晨花好重阳城。
小楼久卧心难禁，偷下园中逐柳莺。

七绝·乡居
乡下闲居镇日长，莺啼轻染麦花香。
门前五月纷纷雪，时看青荫数太阳。

闵华山
江西九江市人，文学爱好者，业余写点随笔、诗词以记录心路历程，多自娱自乐，偶尔在网络微刊和纸质刊物上发表。

五绝·枫叶
吾本浑身绿，悠悠树海中。
面临风扫落，含笑为秋红。

五绝·赏雪（新韵）
山城一片素，污秽尽消失。
且醉眸前景，何忧雪化时。

五绝·咏港珠澳大桥
静看风云变，悠然伴浪颠。
玉龙腾跃起，三地谱新篇。

七绝·拔河
一条绳索分营拉，只为红心向我斜。
自古仁人求上进，此时后退是赢家。

七绝·草花（新韵）
何曾想过媚时节，乐在田头伴彩蝶。
我本无心人有意，嫁来城里艳香街。
注：香街，指繁荣街道，出处：岑参："香街紫陌凤城内，满城见者谁不爱？"

七绝·闲思
何必悲春又悯秋，四时更替本无愁。
莫嗟花落空辞树，硕果盈枝在后头。

五律·人民海军70华诞阅兵颂（新韵）
一雪当年耻，今朝大阅军。
舰机拨郁雾，航母定乾坤。
谱写中国梦，紫牵万众魂。
七十从所欲，寰宇递乡音。

水调歌头·风
来去无踪影，相见总寻常。逐云驱雾，有时温婉有时刚。可让春花心动，可叫河涛翻涌，过树把声张。世上万般物，爱你没商量。

化新能，送冬暖，遣夏凉。琴心剑胆，造福黎庶筑辉煌。古有"火烧赤壁"，近有"渡江战役"，因我出华章。看似一无有，天下括于囊。

闵祥炬
男，1963年生，山东滕州人，大学文化，薛城区第二十九中学办公室主任。系山东省诗词学会会员，枣庄市诗词学会副会长。作品散见于《枣庄日报》《抱犊》《华夏诗文》等媒体，曾荣获第四届"相约北京"全国文学艺术大赛二等奖，第二届"岳阳楼"寻春诗会银奖。

古体·庆祝建国70周年
奔跨万亿财富级，东输西气雾霾离。
北调南水无前事，三峡奔流世称奇。
天路盘旋云雾里，复兴钢量速高驰。
港珠跨海擎虹彩，外汇储累厚础基。

明德志
笔名明月。山东人，喜欢平淡的生

活,闲暇以诗词、书法为乐。

七绝·春
昨夜轻风拂碧月,白云万里醉春山。
今朝红杏凝华露,一缕清香透满园。

五绝·无题
长风吹万里,明月照孤舟。
漫钓清江浦,闲看碧水秋。

七绝·夜雨初晴
夜雨初晴月色新,凉风习习不沾尘。
荷香阵阵人微醉,掬起波光万点银。

渔歌子
人生苦短不须忙,信马由缰走四方。
沽美酒,赏花香。阅尽世间好风光。

忆江南
凡尘事,何必太烦忧。流水落花春已尽,清风明月倚高楼。摇棹泛轻舟。

江城子·江南
凄迷细雨笼江南,水潺潺,绿娴娴。柳叶小舟,悠荡碧波连。何处芦笛轻入耳,人已醉,语如烟。

一声欸乃过青山,海云间,笑尘凡。天霁风清,白鹭掠孤帆。远寺幽幽传暮鼓,催棹返,落阳边。

黄河魂
黄河之水,势如奔雷。
烟涛微茫,其声震天。
洪波浩浩,向东流转。
奔流到海,永不复还。
神州肇造,始于此地。
前赴后继,延绵千年。

吾辈青年,自当竭虑。
弘扬盛德,秉承夙愿。
愿化长剑,披荆斩棘。
东灭扶桑,西绝美患。
亿兆一心,同舟共济。
振兴中华,傲立世间。
炎黄子孙,在此发愿。
皇天后土,此心可鉴!

缪学文

湖北仙桃人,初中数学教师。曾在国家级省级刊物上发表教学论文几十篇。各种刊物发表几百首诗词,出版诗集《旷野闲云》一部。本人事迹收入《中华优秀人物大典》,现湖北省诗词协会会员。

七律·台独忧思(新韵)
堪痛家庭出败类,分割血脉逞能为。
岛独如剁连心指,国裂犹拆慈母椎。
火起院中凶虎笑,泪呼海岸野孩归。
假如不器心成铁,家法无情动重锤。

七律·庙堂之悲(新韵)
狐鼠钻营进庙堂,泥胎护体乱朝纲。
青天仙界减甘露,佛案牺牲填腐肠。
装相白天蹲宝座,纵邪黑夜戏娇娘。
苍生久盼佛光现,化作雷霆将孽降。

七律·赠范公(新韵)
荷藕诗心绝世埃,莲池野老卧蓬莱。
眼前云雾随心荡,天下风光任意裁。
玉宇霓虹吟壮句,红尘霜雪入悲怀。
更怡百卉争相艳,神韵清描脱俗胎。

七律·傍晚镇郊公园湖滨即景(新韵)
翡翠一湖摇绿华,枝迎游客顶栖鸦。

楼台笑语待新月,水岸接踵踏晚霞。
舞场曲旋裙底韵,晶宫霓绽浪尖花。
放飞村梦添闲兴,都市风情移老家。

七律·有感于时下耻于读书、耻于思考,把无知当时尚的社会怪相(新韵)

聪头慧脑慕葫芦,谁料儒生时运输。
世径通幽傻费脑,俗星窥户耻读书。
痴呆闹剧受追捧,飘渺浮烟竟效逐。
物欲横流浊浪涌,随波满眼性灵粗。

七律·观秦俑(新韵)

秦俑森森排巨阵,始皇巍坐俯新疆。
力摧峦嶂星辰动,势震宇空神鬼惶。
甲马铁军平海宇,伦巾羽扇护朝纲。
归来休论流连乐,如炬目光心愧慌。

七律·黄山主峰云外览景(新韵)

万里烟涛凭怒卷,千峰岩体任峥嵘。
奇石宇际露真态,绝壁云怀生荡风。
泉奏崖琴霞雾障,松迎尘客性灵空。
玉肩拥抱终圆萝,惊险秀奇天下雄。

七律·南京大屠杀公祭日感怀(新韵)

积弱引狼施兽行,铁蹄汹涌破王城。
腥波赤海水云暗,焦土燃尸神鬼惊。
卷刃屠刀铭孽债,沉冤大地起悲风。
若酬戊戌追明治,何有金陵恶梦生。

七律·有感于城市建筑工地上的不眠灯火(新韵)

不眠灯火塔尖挑,一夜身疲霜雨飘。
密网锁愁织嶂宇,僵泥困阵铸蜂巢。
人攀云架影如蚁,魂恋妻儿梦作桥。
血汗浇楼千万座,却无方寸度清宵。

莫昌安

上海市人,生于20世纪60年代。长期担任小学语文教师。近年来热心投入古诗词创作,并致力于古诗词知识在中学生中的普及。偶有涉足新诗,是多家诗词组织的会员。常用安唱、孤村细草等名在互联网、微刊及纸质媒体发表作品。

七绝·题习主席出席20国峰会

得水蛟龙有胆当,求同弃异续开航。
史书注记今朝事,万里神州胜宋唐。

七绝·读要事有感

七国集团来聚会,鸡毛一地众皆知。
六方合弃光明顶,川普贪争太赖皮。

七绝·咏丝绸新路

河西新路润寒山,宏才伟业始此间。
鼓震鸡鸣催奋起,春风已度玉门关。

七绝·题海军节阅兵

百年耻辱印心肝,战舰杨威克万难。
海上阅兵逢盛世,未尝胜局账没完。

七绝·在喀纳斯小木屋前

喀纳斯村夕照沉,人间胜境晾闲心。
西边马静东鸡戏,我待店家香酒斟。

七绝·禾木观日出

为观日出少安眠,踏月披星去山巅。
云绕四方还翘待,雾尽飞轮在半天。

七律·行游石门河

偶得清闲西鄂走,人间好景隐山沟。
青峰无语生空净,远客流连忘九愁。
绝壁蜿蜒行十里,鸣蝉婉转过千周。
相随幺妹芳龄少,更忆娇娃闪凤眸。

七律·月牙泉

清泉绝境寺依沙，探访神奇问月牙。
一路驼铃风合伴，几时铁背体回斜。
苇苕点水生闲绰，旱柳迎春望秀华。
多少缘情其中在，待须客雁报天涯。

莫洪飞

男，广东茂名人。本科文化，《诗词快速入门》一书作者。高级经济师；退休前历任广省茂名市茂胜石化进出口公司（副处级）总经理，中海石油国际资源（香港）有限公司执行总裁，原茂名市政协委员、茂名市政府特邀监督员（参事）。是中华诗词学会会员，广东省作家协会会员，广东省楹联学会会员，茂名市书法协会会员，茂名市南天诗社社长。

七律·母亲忌日祭

哀啼万遍化烟扬，六载离思净带伤。
不尽叮咛多在梦，无微哈护几回肠。
青山裹素泉声断，病子含悲泪水茫。
土地生风知我意，尘灰蝶影是亲娘？

七律·长孙结婚有贺（新韵）

万里鹏程驭彩虹，千山瑞锦化春风。
莫家有幸迎金凤，张媛贤淑护玉龙。
琴瑟和谐庭院美，夫妻合力路桥通。
宽容比翼凌云志，相敬齐眉不老松。

七律·南天煮酒待真贤

桃红柳绿是春天，万里无尘始为鲜。
李白开怀诗八斗，张陵得道学多年。
欲游洛水佳人去，更拜函关老子前。
炼字修身功在路，南山列酒待真贤。

忆江南·茂名赛神洲

油城美，欲去燕还留。茂岭郁葱鲜荔醉，东江怀玉贵妃游。清逸一仙洲。

临江仙·修成在道

大浪淘沙沙淘尽，梅花艳自寒来。诗书词海任君驰。谪仙非笑我，笨鸟怕飞迟。

李四贪恋张三帽，效颦羞对佳眉。登高一览万山奇。修成当在道，炼字我先知。

临江仙·天道酬勤

留给子孙的歌。

仕途坎坷难预料，风光源自艰辛。明朝洒脱是狂人。古今多少事，成败总由因。

落座金鞍须策马，时间流逝无痕。实干少说步青云。天堂或有路，碧玉嫁殷勤！

满江红·岛礁之歌

献给为建设南海诸岛而付出血汗的人们。

排浪穿空，磐岛立、钢铸海疆。金鸥舞、五星亮耀，神舰驱狼。烈日狂风皆畏我，擒鲨御寇不彷惶。饿虎窥、蝨贼欲牵牛，磨快枪。

凄往事，望海伤。雄狮醒，恶魔慌。八国哀日落，小丑心凉。可笑红毛思旧梦，须知白马正飞翔。华之山、一寸不能离，歌盛昌。

注：满江红，长调。此调有仄韵、平韵两体，仄韵词，一般例入声韵。声情激越，宜抒豪壮情感和恢张襟抱。宋人填者最多，其体不一，以柳永词为正体，其余各以类列。《乐章集》注"仙吕调"，高栻词注"南吕调"。平韵词只有姜词一体；但也有不少爱好者学填之……

我这首满江红押平韵,范词(词谱)是姜夔之"千顷翠澜"。

满江红·勿忘国耻

勿忘当年,九一八,月蒙日缺。魔鬼至,市空街毁,村荒人绝。狼子无端生事变,歌声迅即遭尘没。记当年、举国抗倭奴,大刀杀!

长城泪,金陵血。山河泣,烽烟烈。喜台庄得胜,百团飞捷。华夏同心驱日寇,雄狮复醒从头越。贼敢来、利刃碎青丸,将它灭!

暗香·对酒贺兰客

凤鸣西北。向岭南献美,山人吹笛。幻影秋波,磨铁成针醉当席。不变愚公未老,诚可料、春晖梅赤。休负了、明月繁星,对酒贺兰客。

凄戚。怕回忆,叹万马一桥,九殁三溺。鹬残蚌泣。天道孤烟血腥极。曾见悬崖如削,芳千里、谁供舟楫?长河现、鞭策劲,浪潮不息。

注:暗香,词牌名,又名红情。双调九十七字,前段九句五仄韵,后段十句七仄韵。例用入声韵字。前片第五字,后片第六字,皆领格字,宜用去声。

该词本是大宋姜夔自度仙吕宫曲,咏梅之作也。张炎以此调咏荷花,更名《红情》。

满庭芳·云乱沙飞(押仄韵)

云乱沙飞,山崩岩碎,海翻湖覆堤缺。雨无息止,万物尽呜咽。半世沧桑历遍,未见过、这般撕裂。天连地,葫芦斑竹,嗟叹泣伤别。

滔滔黄泛断,新大禹、号角冲九凌月。看一方罹难,千界除雪。幸我鲲鹏华夏,如朝日、紫光晶。休烦恼,风平浪静,虹舞又新页。

沁园春·大浪淘沙

水漫金山,雪掩雷峰,鹤逐霜天。看九流归海,悟空借宝,贪妖难刹;李后沉冤。佛子图香,商翁断信,不禁疏狂玷大贤。朔风静,见牛魔魂丧,雀怪情绵。

黄龙怒发冲冠,拔配剑、摔杯迷隐田。任坐高销异,怀虚罗账;假仁正妄,纳利成仙。涩果谁沽,尘英自赏,树立杆旗尤自闲。亡羊去,可修心易辙,再著新篇。

沁园春·茂名之春

滴翠浮山,梦华南海,摘锦茂名。看霞光吐瑞,八仙陶醉;江天结彩,千里争荣。秦汉蛮疆,隋唐州府,紫气幽幽隐洗英。渔归晚,见荷塘鹤立,花木蝉鸣。

莺歌竞唱油城,极目看、长滩生意兴。有荔枝挂绿,漫山遍野;玉湖叠翠,宴月邀星。万国咸通,四方路直,伏虎擒龙绘画屏。晨晖灿,任匠工泼墨,鉴水鹏程。

八声甘州·珞珈山问故

正霞横珞岭鸟归林,湖岸柳飘残。渐长堤灯醒,游人疏淡,碎步凭栏。远眺鹤楼依旧,独缺少卿颜。更问东流水,是否当年?

不敢临亭寻故,恐卧蚕魂楚,斑竹申冤。叹芳菲难觅,恩爱付零烟。念香君、凭高眺望,见流星、垂泪辣藏酸。谁怜我,心飞北国,思绪依然。

望云间·故乡行

岚拥虹桥,莲舞蜃楼,霞晖泉唱崖寒。正炊烟缭绕,鱼跃羊圈。芦笛随风祭酒,儿歌引鹿归栏。鹭飞轻舟掠,月泻东山,清谧桃源。

时迁雁去,日暖春回,竹门草瓦沉渊。难忘穷亲饥故,尘雾惟前。残烛宋麻飘远,香车画阁无边。路桥障目,蝶星愉梦,谢客迎仙。

莫贤鹏

1972年生。毕业于武汉理工大学机械设计与制造专业,业余古诗词国学爱好者。上杭县琴岗诗社会员,香港诗词文艺协会会员。常在全国各诗词网络平台发表作品。

五绝·秋
果熟叶山红,溪清水映枫。
斑斑漂上纸,笔底胜春工。

五绝·冬
皑皑松下雪,透骨寒香茁。
竹韵舞飞花,三交歌一阕。
注:三交,指松梅竹寒三友。

七绝·高原登峰
草绿岚峰天菀近,山高只踏出群蹄。
东风无力吹沙顶,始觉青云落脚低。

七绝·父亲
魁影雷言伞下威,遮风挡雨助鹏飞。
一双老茧层层落,汗水兼程任劳归。

七绝·初夏
雨涨荷池一宿(xiǔ)蛙,呱呱(gū)声里送春花。
丰年入夏秋苗笑,美梦良宵近万家。

七绝·回游九仙湖
久时回逛九仙湖,鬓角成霜若朽株。
榭岸柳枝如认得,依依微点诉曾孤。

七绝·汀江春息(新韵)
似镜汀江通嫩水,云山潜映岸中分。
游凫喁唱欢求偶,划醒杭城一片春。

七律·暮春感吟
庭前翠柳翩飞絮,染上妆台镜下愁。
一绺鬓霜千绺淡,三分春色二分休。
芳华若梦惊青雀,浮世如烟入白鸥。
笑慰凡身惟属己,夕阳歌里荡归舟。

莫缵强

男,1942年出生,大专,广东省罗定市人。1961年参加工作,深圳市退休干部。在职期间曾任机关科长、主任,镇党委副书记,企业副经理职务。现为深圳市作家协会会员,深圳市诗词学会会员,香港诗词学会会员。其作品多发表于国内《世界诗人大辞典》《中国作家大辞典》等100多种大型典藏。出版有个人诗词《缵强诗词》《清闲拾韵》,收录其近千首诗词作品。

阳台花园
城市小阳台,苏州美景哉。
风吹香气溢,蝶舞艳花开。
石凳会朋友,周边异果栽。
径幽盘影致,晨早雀飞来。

教师颂
耕耘不息育高才,雨露风霜栋树栽。
待到门生功喜报,惊天伟绩誉荣来。

义工颂
社会文明赞义工,助人为乐活雷锋。
共同秩序维护好,集体安全检查通。
孕妇幼儿扶路走,疾残孤寡助忙忽。
报酬不计精神美,品德崇高建伟功。

黄果树大瀑布
壮观瀑布亚洲雄,水势浩荡霓雾浓。

怪石奇锋岩峭峭，惊天动地响隆隆。
横穿濂洞闯宫殿，峡谷溪流走白龙。
世外桃园仙景美，游人如织乐融融。

鹧鸪天·毛泽东颂

横扫倭军与蒋光，中华屹立在东方。
人民摆脱三山苦，解放翻身幸福创。

传马列，党辉煌。五卷雄文放光芒。
社会主义康庄路，指引人民走小康。

醉花阴·立春

寒气初消风雨后，农事开耕究。计划订周详，勤奋营生，五谷丰登奏。

声声炮竹迎春逗，仃洒田间候。四季汗常流，辛苦换来，日子天天绣。

减字木兰花·桂林游

桂林山水，世界闻名天下美。顺漓江游，两岸奇峰眼底收。

岩洞无比，阳朔三姐对歌喜。入俎荡舟，湖畔江边灯饰优。

墨言之

实名杨兵，湖北武汉人，受家学影响，自幼酷爱古典文学和诗歌，习诗40余载，作品散见一些刊物和网络。武汉市诗词学会会员，无偿兼职一些诗词组织的事务，并致力于古代诗词的教学及推广。

赠无弦诗会诸友

其一

月在潮头坐，清风入竹林。
人来棋布好，俱是弄弦心。

其二

夜坐琴台梦发生，高山流水膝间横。
指斜缓按湖心月，欲定宫弦第一声。

黄鹤楼下即景

芳草烟波迹已飘，楼台高耸隐长桥。
身边唯有铜黄鹤，肯替梅花等玉箫。

春夏之交经东湖绿道往武东

行色匆匆绿意飞，风荷深向水中肥。
杨花已为春留白，随我须眉上翠微。

银行年终决算暨岁末抒怀

又到年终睡不能，夜深犹忆减加乘。
算盘敲似进军鼓，小我恭如合掌僧。
大抵人情归下界，从来梦想起高层。
卷帘欲捉天边月，却是邻楼一户灯。

【双调】沉醉东风·自行车上笑（新韵）

你随后轻挥臂膀，我在前猛按铃铛。颠土坡，溜山岗。吓得妹抱哥腰上。一阵嘤鸣细柳慌，吹口哨春莺却藏。

个侬·读《红楼梦》一百一十回宝玉大哭有感

叹个侬何苦，竟随着、春浓而死。疏影冰姿，幽香清骨，雪化处、哭成天气。孤馆仙姝，潇湘媛女，恰寂寞西施，痛由心起。凤怨盈怀，浅鬘抬袖，说尽了、红颜残泪。又把瑶笙，挑灯芯、焚诗自祭。从此那缕芳魂，终归洁矣。

寒盟旧契。一贯是、人亡频寄。情往缘来，叶飞雨落，只算作、寻常秋事。冷月窥谁，繁星援笔，对满纸空言，添些小字。恨也难生，爱皆如洗。剩不得、寥寥遗记。大厦将倾，便无妨、坐禅逃世。休管后院花锄，风中独倚。

牟益文

笔名快乐东儿。重庆市长寿区人。

有作品收录《诗遇三沙》优秀作品集，另有作品获得"拥抱新时代书写新愿景"2018年优秀春联三等奖及"第五届中外诗歌散文邀请赛"一等奖。

七绝·海军赞（新韵）

鲸击长浪沙千里，战舰航行白鹭飞。
乐守天涯疆野阔，长存浩气日生辉。

七绝·三峡影响

夕阳跳荡影漂游，瑟瑟波光飙满楼。
划面惊涛一声笛，客舟飞渡大江流。

七绝·广场上的交谊舞

乐声点点指尖挥，手握拳拳踏步飞。
头顶星辉摇月色，逍遥浪漫始还归。

相约夕阳

春挽斜阳路赶人，霞挥羞月半山轮。
映溪缱绻浪双影，光窜芳林约晚辰。

七律·忆童年夏夜

风推波漾童登岸，鸟撼星辰赶月空。
犬嗅篱墙偎幼主，蛙栖田垄唱芳丛。
牛郎忆女天边望，蚊子追萤耳畔嗡。
似水流年光不返，时间且怪太匆匆。

七律·观渡舟小学放学

铃声一片响簧园，攒动人头望眼穿。
蹦跳群童门外走，蹒跚众老手中牵。
幼龄唤母娇音起，慈语呼儿暖意连。
举目常看归去路，未来从此远无边。

七律·黄草峡的楠木院

流云赶日日追云，竹海清风风漾纹。
银杏傲骄黄草顶，红杉作伴绿山群。
农家味袭东乡野，蔬果花招西苑欣。

幸有氧吧天赠与，飞空鸟语恰殷勤。

七律·秋池水影

霞光穿透万丛霄，何处风来搅水漂？
鱼窜层云身慢慢，鸟漩细浪影摇摇。
鹤冲池镜试深浅，人驻岸头虑远遥。
他日幸临沧海上，长驱直入赴狂潮。

牟永喜

男，茂名市南天诗社会员。浙江乐清市人，寄籍鄂宜昌市。1953年11月生，中专学历。教过书，当过兵，转业金融单位工作至退休。1977始，先后在解放军出版社、省、市、区报刊发表作品。现为中华、湖北省、宜昌市等诗词学会会员。

七律·七夕怀感

今宵牛织又良辰，紫鹊桥头再结亲。
一夜相随开梦境，永生执守享天伦。
别离泪化银河水，团聚心滋玉露津。
我敬星仙非乱色，浅尝辄止胜凡人。

七律·颂山

扎根大地顶苍天，百态千姿世客前。
雨润浑身流玉露，雾侵满面罩岚烟。
经年不改弥坚骨，四季纷呈锦绣笺。
最是胸怀淳厚德，心甘破体化良田。

七律·咏水

冰清玉洁出山溪，志向如虹落调低。
不慕虚名凌绝顶，但求厚德济苍藜。
路平可载千舟物，心怒能摧两岸堤。
虽是寻常柔弱客，无私品质世人迷。

七律·咏柳

无意成林满岸萋，半遮榭阁半遮溪。
根通水性群鱼隐，叶解风情百鸟啼。

秀发飘飞春景色，柔姿舞动夏江堤。
浑身妩媚蛮腰摆，便是凡心也入迷。

满江红·忠烈千秋
——谒杭州岳王庙

忠烈千秋，昭天地，流芳不息。瞻武穆，抚今追昔，伤神惊魄。百战军功延宋祚，两言警语遵臣则。展雄风，正欲捣黄龙，擒顽敌。

奸吏现，阴谋出。通外寇，摧基石。叹王刀可借，栋梁遭劈。自毁长城朝换主，君抛古训旗更色。筑梦人，万众聚同心，金瓯拾！

注：两言，指岳飞为臣守则："文官不贪钱，武将不畏死。"

小重山·万里征途险又艰
——纪念中国工农红军长征82周年

万里征途险又艰。神兵无畏胆、震尘寰。播州城外破雄关。迎旭日、赤水戏凶顽。

攀铁索尤寒。雪峰连草地、苦为餐。旌旗飘舞六盘山。三军聚、救国梦终圆。

玉楼春·咏桂花

何君幸把嫦娥结？飞上蟾宫移此物。
世人勤植院庭边，时至深秋芳馥烈。

果然极品天生洁，未惑狂蜂迷醉蝶。
携风随雨散金银，雅气与人词唱绝。

长律·八一贺诗

热临大众话南昌，烈火青春永颂扬。
庆日崇情浮脑海，祝时敬意泛心房。
中华筑梦雄师护，国际争锋正气张。
人尽同仇驱外寇，民皆协力灭豺狼。
解开镣铐翻身喜，放直腰杆作主忙。
军守灵魂无败绩，诞遵纪律有荣光。
生龙活虎精兵练，九域辽疆勇士防。
十面硝烟如复起，二肩使命再担当。

周全计策收台岛，年立丰功感上苍。

N

纳兰明媚

叶赫那拉明媚（YEHENARA Mingmei），女，满族，澳籍华人，玄学家、诗人、词人、作家、音乐人、词曲家、编剧、导演、主持人等。生于中国广东，兽医专业毕业，兼修中山大学中文系本科及澳洲维多利亚大学微机软件设计专业。擅小提琴、声乐，好书画。任世界华文组织（World Chinese Organization）主席，翰海蝉园文学网站董事长，世界作协、世界文学艺术家联合总会皇冠分会主席，中华国魂编委会编委，香港商业网络电视台纪录片《四海寻根》之墨尔本篇总导演，北京市鲁煤诗文研究会常务理事，北京市蔡诗华兄妹四诗人创研会常务理事等职务，曾在数十家文学、艺术网站和杂志任顾问、主编、编辑、版主、驻站作家等，入选《世界易经名人录》《世界诗歌文学》《当代中华诗词库》《中国当代诗人代表作名录》《中国诗词年鉴2015》《文艺百家》及自媒体影响力名人榜等，荣获中国第三届红色诗歌杰出奖、中国城市文学优秀诗人、中华文艺百强才女、中国微诗联盟散文大赛优秀奖、中国诗人诗词大赛、中国网络文学诗歌大赛、葵花节诗歌奖、梨花酒诗歌奖、2015华语红色诗坛十大新闻等众多全球性及全国性大赛奖项和荣誉。其文学作品涉足现代诗、古诗词、散文、小说、剧本、论文、评论和人物传记，并被广泛转载和刊登于数百家中外文学网站、电子平台、论坛、诗刊、杂志及其他类型刊物，其中包括：Moment Of Life 生命时刻世界文化园地网（香港）、中国作家网、中国网络诗歌、中国诗歌网、中国文学网、北方文学、江山文学网、巴渝文学网、四川文学网、艺术中国等,任澳洲墨尔本 3CW 中文广播电台风水玄学嘉宾主持多年,并受邀于国内 CCTV 等多家电台作嘉宾访谈,被一些深具影响力的文学杂志评为封面人物。因其文学方面的影响力,广受社会肯定,在文坛上被誉为"当代李清照",并将之与纳兰揆叙和纳兰容若齐名,并称三兰。2016年8月《红楼夏梦》落笔,即将出版的有《明媚精萃全集》(30集)和小说《路》。诗观:竹心,梅格,兰品,菊态,莲性,松风,水意,山势,海涵,风襟,古明,今智。

忘情璧

香消极。日堕息。紫薇不忍春棠戚。瓣飘蕾微,无吟对寂,爱淡萍迹。一篇感天文,半块忘情璧。

纳兰明媚丙申自度于深圳

梦魂拜月

拜新月,弄烛排。月洒情丝绕烟霾。霾中花叠影,似曾相识燕旋阶。

举杯邀月问李白,李白无从说酒怀。摇晃中,半朵云遮半红鞋。

纳兰明媚自度于戊戌三月

古人累

萝绮三分影魅。坟场庄严,字照沈对。作古之人现憔悴。可遇不遇,可惜不惜,自留佳人罪。

一鞠千言,一鞠血脉,一鞠安慰。亦亲虽离仍亲最。篇章重拾往情泪。告誉蓝天,今人不惹乡音寐。

纳兰明媚丁酉自度于香港天主教坟场拜祭先人

秋晚景殇

十里秋堤各自妆,云海红帐。一曲鸥鹰一断肠,浅滩辽唱。

华灯初上,少年嬉畅,远琴调怆。好景不敌秋殇,独宽海量。谁将予我前航,扶栏咏亢。

纳兰明媚自度于丁酉

梦桃舞

别里桃嫣倍觉繁。都说在、梦境云间。与君偎,镜湖山。青萝晚黛雾踪闲。一词深邃,一曲柔缓,一抹江南。桃酒桃花桃语漫,桃枝桃蕾颖桃湾。

对影泪今弹。唱和成空,相聚为难。独移莲步舞孤单。鬓煜桃花发赤环。步步惟,越千山。声声韵,待君还。

纳兰明媚自度于丁酉墨尔本

花愉吟

携得花愉同首,并蒂吟。新词旧曲总伤魂。心依旧,韵长陈。不舍今秋不舍真。黄花瘦杯,思念盈神。磐石千载初年新。情缠结,愁了多少清晨。盼郎归,锦帛绵耘。

纳兰明媚自度于丁酉墨尔本

金叶坛芬

隔日浮云。氤氲寒近。古城箫昏。取道京楼故国门。萧瑟莫问。

一片苍茫一片银。何时鸾凤和鸣,重弄筝弦振。金叶坛芬。

纳兰明媚自度于丙申

京城失悟

说不眸,又回首。此情难却三生诱。红蕾瑾初蔻。半是奇缘半是忧,君心明妾心中受?

且听更鼓说来由,夜静人纤瘦。京城欲挽檀郎袖。才惊悟,青花原假杯中酒。还盼得、来年开遍情荒阜。

纳兰明媚自度于丙申

黄花飘

黄花飘落尽,红帕盖何期。春来无痕,冬去有疑。只并黄昏数残枝,心也戚戚,泪也凄凄。翠烟哪日覆寒衣。

几度星影,百世情痴,一缕赤罗系锦诗。朱门绣履应犹在,香榭歌弦别处栖。半掩铅华孤对烛,万花时节可相依?

纳兰明媚丙申自度于澳洲

卸辇缰

清池微涨,夜雨流荒。未懂心思长。春卸辇缰。慵懒晨氲待月洋。月上凄凉,月下凄凉。

柳风丝遍,燕舞斜阳。梅酒嫣红久酿,着了神镶。琵琶一曲犹殇。马上凄凉,马下凄凉。

纳兰明媚自度于丙申澳洲春

桂馨坛茂

月满西楼,真情如旧。心绪唤着东海流。携着一腔思念,吻一腔牵愁。临窗问月,可有垂首?影移窗驻,寒蝉嘶瘦。枝叶萧然,人情惜透。盼只盼,画月人秀。

月里风流,玉露盘稠。可叹是,月里人孤袖。採一襄馨香桂鍪。揉一缕爱恨情仇。点醉涵秋。敞门纳君心,闭目赏温柔。静等哪,丹桂池盈,牡丹坛茂。

纳兰明媚丙申自度于墨尔本

同裘

长相依,不相疑,古琴不懂奏新词。天合地拼总有时,新侣不输旧侣痴。怜有意,爱有知。岁月同裘两不欺。

纳兰明媚丙申自度于澳洲墨尔本

中华女排

骄女阵,扣乾坤。横扫千军。一掌定输赢,中华魔女逼真。郎平忠魂。昌国运,万众感恩。

纳兰明媚丙申自度于澳洲墨尔本

伊人归

同酒归尘。青葱岁月无情分。稚远奔。还时霜银。梦里伊人。故衣寒雪津。桃红柳绿又一季,巢鸟荆门。

纳兰明媚自度于丙申

南策英

男,74岁。小学毕业,从事过乡村兽医,任过村干部,后一直在家。63岁开始学习诗词,现为省市县学会诗词学会会员,浠水县清泉诗社顾问,汪岗镇诗词分会副会长兼秘书长,《梅梓》副主编。

定风玻·茶农

好趁晴天早采茶,清香染指妇人夸。日照露珠光耀眼、倾泻,霞飞满篓带回家。

暂把闲情心里挂、休说,慢生小火细搓茶。色味齐全臻上品、功到,玉壶波涌出精华。

鹧鸪天·赞孝心的榜样枣阳市太平镇清凉村90后青年吴越

稚嫩童心火样情,铮铮铁骨履寒冰。爷爷脑梗犹山倒,爸爸身残大树倾。

家欲坠、梦难成,毅然挥臂振门庭。事无巨细凭双手,远近闻名一孝星。

临江仙·老银杏树

不畏寒风梳落叶,乐将大地铺金。金光灿灿映丹云。无言硕果,尤是报佳音。

历尽沧桑千百载,雪侵雨洗无痕。禅心不动傲丛林。笑迎霜露,越老越精神。

踏莎行·江边垂钓

丽日无云,高天旅雁,清风细细平芜远。炊烟袅袅著江村,芦苇浩浩劳春燕。
柳岸钩垂,滩头雾散,纷纷鲤鲫人休羡。新诗满篓莫轻提,黄昏未近消悬念。

江城子·73岁生辰之夜
月昏星暗小楼空,听吟虫,望墙东。朵朵梅花,树上吐胭红。正是家家灯火旺,何怅惘?似朦胧。
人生到老若秋桐,傲苍穹,笑西风。无奈情丝,屡屡绕初衷。虽说韶华光已逝,身影在,步留踪。

七律·登滕王阁感怀(新韵)
滕王高阁赖文存,才子英名与日新。
不废江河流万古,惟余辞藻撼时人。
积年绮翠增光彩,逝水推波赞华林。
岁月浮尘难掩胜,长风似慰子安魂。

七绝·老梅
老梅何惧雨霜侵,独倚墙边为报春。
无视雪狂风欲紧,容颜不改笑迎人。

七绝·咏霜
如同玉女下凡尘,万壑千峰洒碎银。
一夜人间装素景,谁挥巨手绘嘉祯。

倪道勤

男,汉族,1948年12月生,山东滕州人,毕业于中等师范学校。中华诗词学会会员,山东省诗词学会会员,枣庄市诗词学会会员,滕州市诗词联赋协会名誉会长,2015年荣获第十二届天籁杯中华诗词大赛金奖,并被授予"德艺双馨著作家"荣誉称号。

五律·祝福祖国
山河九万里,上下五千年。
高铁山间骋,红旗星际悬。
"华龙"闯世界,"量子"写奇篇。
幸福民欢乐,同歌国梦圆。

五律·惊蛰遣怀
上元前日去,今晚蛰龙惊。
百草争先发,春雷第一声。
雨帘窗外挂,笑语巷中盈。
阡陌农耕早,河边舞柳旌。

五律·谷雨之日喜降甘霖
临湖云脚重,昨夜雨霖霖。
布谷随风唱,麦苗拔节音。
春潮冲涧急,野渡落红深。
清茗三巡后,推窗自在吟。

七绝·写在马克思诞辰200周年
资本精论处世贫,宣言高亢震乾坤。
思维辩证开新宇,举世千年第一人。

七绝·海军建军70周年阅兵有感
破浪乘风汽笛鸣,声声问候有真情。
为民服务人民爱,马列红旗巨手擎。

七律·君子兰感赋
翡翠妆台玉臂横,金簪粉黛发幽情。
长门寂寞梅妃妒,桃月芬芳闺里行。
最是碧波排剑叶,应怜琼蕊复峥嵘。
君子轩中君子气,清风淡雅悦终生。

七律·石榴花赞
晚霞朵朵映窗前,小院香薰炎夏天。
翠叶流金莺正闹,红绡剪碎火初燃。
扎根山野园林美,磐石虬龙盆景仙。
西域移来多子木,年年硕果祭张骞。

鹧鸪天·记中国共产党与世界各国政党首次对话

缕缕霞光笼北京，客来四海举旗旌。交流对话创新举，命运前瞻相向行。

情笃笃，志铭铭，共襄经济更繁荣。和谐美丽同期待，丝路天涯奏瑟笙。

蝶恋花·莫干山赏白杜鹃

竹海云峰花愈俏。梦里寻她，莫怪人行早。绝胜梨花千树皎，流鹃声发阳春调。

一路争妍蜂蝶闹。碧玉娴容，不教青山老。洗尽胭脂情未了，踯躅犹唱江南好。

沁园春·祖国七秩颂

壮丽中华，崛起东方，灿若明星。览青山绿水，粮蔬万顷，南疆北国，村镇繁荣。量子传输，列装航母，火箭冲天世界惊！丝绸路，携全球朋友，发展同赢。

神州七秩升平，新思想导航壮我行。赖高贤理政，民安国富，重拳治吏，气正风清。科技精英，攻关探秘，不畏艰辛攀险峰。迎华诞，愿泱泱祖国，似锦前程。

倪进明

芜湖市鸠江区二坝镇倪圩大房人。1957年10月16日出生。中共安徽省委党校大专学历。原汤沟区公办中学语文教师，现为中华、芜湖市、无为市诗会会员。后来任区直单位行管工作，现携妻赵大莲回籍，伺孙女子琪、子墨为职。

五绝·黄山云海

霞溢云镶彩，瀑飞飘渺外。
洪流覆万峰，策杖听松籁。

五绝·吟春

三月复春光，柔风拂水乡。
载来千顷绿，送至百花芳。

七绝·咏荷

出浴清涟自不妖，香随玉盏粉罗绡。
婷婷独立纯如雪，也染胭霞别样娇。

七绝·咏竹

雨打风摇韧里强，虚怀有节不张杨。
根牢志可参天地，博得清名誉画廊。

七绝·鱼鹰（新韵）

一叶轻舟似月弯，蓑翁击浪水频翻。
家鹰络绎争杆上，笑满沧桑乐满滩。

七绝·江南水乡

黛瓦灰墙映水流，虹桥古道唱渔舟。
秋枫染醉江南岸，鸭阵归来笑鹭鸥。

七律·赭山公园

赭塔涵虚八面通，江城尽在画图中。
廊桥曲水园流翠，径苑深林剑淬风。
袅袅丝弦怡短笛，翩翩燕雀乐长空。
霞披九派浮吴楚，夕照英雄卧北冲。

七律·蛟矶古庙
——悼刘备夫人（新韵）

万里寻夫自驾帆，尚香此去不东还。
思亲落泪吴江冷，望帝魂归蜀道难。
浩水折流哭璧玉，孤舟殒浪泣三山。
蛟矶雾锁宁渊观，天子诸仙共下凡。

倪少芬

中华诗词学会会员。喜欢跳舞，酷爱读书，钟情于古诗词！

七律·夏之韵
蛙鸣蝉唱韵无休,千朵祥云眼底收。
锦鲤湖中追日月,扁舟浪里竞风流。
朝霞飞度星光隐,晚露登临夜色稠。
依水吟诗谁府女?含情脉脉尽温柔。

七律·宇宙情(新韵)
雨洗天蓝气爽清,彩虹七色伴夕空。
山青草碧晨风顾,柳翠花红晚露紫。
娥妹嫣然舒广袖,吴哥豪放舞霄重。
神州妍景怡人醉,涂绘讴歌宇宙情。

七律·诗音(新韵)
十里长堤花连云,三江阔岸柳成荫。
飘然而至姝玄女,优雅妆描拽彩裙。
聪慧冰清诗相伴,靓丽洁玉画妍新。
刀锋文案一支笔,砥砺前行奏强音。

七律·梅雨
梅雨濛濛盈野陌,石崖幽隙涌清泉。
田园峰谷披新绿,家后河渠渡小船。
水漫池塘蛙劲舞,风吹菡萏玉镶边。
江南美景佳天下,泼墨敲词韵入笺。

七律·秋韵
泛黄飘叶又迎秋,候鸟南飞诉别愁。
新月如钩痕不觅,繁星似织迹无绸。
茫茫浩宇风操乐,漫漫田园谷弄篌。
怅念回眸云墨染,汗流赚就富盈州。

七律·岁月成诗
荏苒时光非昨夜,今朝明月照曾经。
跻身诗海寒秋雨,跌宕江湖冷暖屏。
日日笔耕人未老,年年风掠柳还青。
抚琴狂抒心头事,书伴低吟向晚亭。

七绝·诗缘
银屏相识是天缘,诗友江南塞北边。
携手同行斟韵律,华章共绘宋唐篇。

七绝·美女图
清音流水天仙俏,日月如诗意更柔。
玄女花丛时隐现,桃腮扇挡眼含羞。

你,我

原名徐选魁,后因当兵退伍后自改为徐奎。湖北省黄冈市罗田县骆驼坳镇人,出生于1982年5月。从事装修、木工家具。现任掌上罗田网版主,诗词吾爱会员。

五绝·夜盼
一轮月似钩,海岸彩灯悠。
情自心深处,相思念中秋。

五绝·一夜雨
乌云又起风,雨下各相同。
枯叶随溪去,三河聚一洪。

五绝·酷暑
风吹树叶遥,绿草烈日浇。
花瓣盖蚁穴,无情火炕焦。

五绝·纳凉
古树心倾尽,蝉鸣夜色迎。
乘凉皆此处,风起鸟不惊。

五绝·夜暮
夜色月撩然,孤灯绿草边。
界河相对奕,车与马相连。

五绝·清晨
竹叶风微动,离群小鸟来。
清香闻此处,红艳刺花开。

年丰

网名凤栖梧桐。本科学历,公务员。喜欢古典诗词的凝炼、含蓄和高雅,并愿意沉醉其中。

五绝·游园
尽兴园中走,蜂儿嗅蕊忙。
谁曾撷一叶,却有袖藏香。

五绝·夏日采荷
浅池花已满,采叶权当伞。
翠绿纵生津,犹嫌荷柄短。

五绝·桃花
桃花吾所念,卓越风姿占。
放眼俗千红,何如一朵艳。

五绝·梨花(一)
凝露最堪夸,清新令叹嗟。
微风恐不胜,摄魄是梨花。

五绝·梨花(二)
不染纤毫俗尘,枝头巧丽清新。
谁能雨后娇媚,最是梨花动人。

五律·春趣
雨润柳滋芽,洋槐绽白花。
顽童忙抓雀,静女赏奇葩。
赏越墙蝴蝶,观翻院树蛙。
纷争夺路去,春意爱邻家。

五律·又逢高考日
长年蕴虎威,只盼着征衣。
水浅浮萍重,功深殿试微。
胸中藏锦绣,笔下显珠玑。
一试冲天剑,蹄香骏马归。

七律·宿农家
挚友相邀赏菜畦,琼浆尽饮宿村西。
蛙眠静好天边月,犬吠喧惊架下鸡。
疏影暗香梅已去,斜风细雨鸟来栖。
春桃笑问何时熟,梦返乡村已着迷。

曲式七律·李清照
流芳千古女儿花,绽放词坛争绚丽。
一剪梅中蕴恋情,声声慢里含悲涕。
微吟字句齿留香,重墨纸张笔蓄势。
可惜当年明月悬,却嗟珠翠随波逝。

聂朋群

男,汉族,原籍安徽淮南市人,系中国楹联学会会员,中国诗歌学会会员,宁夏作家协会会员。现任宁夏楹联学会副会长,石嘴山市楹联学会会长。从事诗词楹联创作多年,曾多次获奖。

七律·贺兰远望(下平五歌)
贺兰远望叹嵯峨,胆识黄河唱壮歌。
金岸晴光沙渚济,玉函紫气水车和。
古渠百里风姿宛,旧闸千秋伟臂魔。
稻谷飘香资盛世,地灵人杰韵婆娑。

七律·轻风细雨(下平五歌)
轻风细雨柳婆娑,陋室听琴揣度多。
调寄溪沙同点缀,心仪碧玉共蹉跎,
火炉酷暑浓如许,岸畔黄花灿若何。
赋对终须神笔旨,深沉评品自吟哦。

七律·题青铜峡黄河坛(下平一先)
河坛阅水赏云烟,挟梦关山唱大千。
芳草朝霞迷野渡,闲花晚雾眷层巅。
安然柳色清风里,依旧涛声细雨绵。
解释精神情几许,瑶琴切近子期迁。

七绝·仪辞带旨(下平六麻)

仪辞带旨比朝霞,偕趣诗情奏韵琶。
袅袅伊人春拂面,风姿解释洛阳花。

七绝·星湖眺望(上平十五删)

星湖眺望贺兰山,细雨轻烟扮驻颜。
趣借白云犁几尺,西楼品味画中潺。

七绝·黄河万里(下平六麻)

黄河万里水流沙,曲韵悠悠到处家。
几度关山吹玉笛,谁人痴忆马兰花。

七绝·胸中多少(上平十三元)

胸中多少春秋事,写尽新笺蘸旧痕。
长看潇潇朝暮雨,烟云半岭韵乾坤。

聂向晖

男,汉族,安徽桐城人。中华诗词学会、安徽省诗词学会、桐城市诗词学会会员,安徽省诗人之家会员。

七绝·初夏

山野吹来夏日风,小桃嫩杏隐青丛。
莫言春去林花谢,灼灼榴燃耀眼红。

七绝·又见鸬鹚

绿肥红瘦锦鳞丰,闪电鸬鹚闹水中。
波上扁舟忙不迭,长篙逐取累渔翁。

五律·庐阳秋咏

淝水浮云淡,波清淑气融。
伟材生铁面,琼阁飒金风。
池净无丝藕,心丹拱日虹。
庐阳何所遇?欣慰谒包公。

七律·上元雨水相遇

上元烟雨启江潮,珠润红梅分外娇。
带雾龙灯腾巷陌,冲天焰火闹云霄。
泥融嵩草新芽出,雷发山溪细柳邀。
何处玉人鸣荻管,耳边响彻播春谣。

七律·三八妇女节歌吟

万枝红紫照溪泉,春日芳华最可怜。
跃马木兰关隘固,驱倭一曼骨头坚。
穹窿授课留风韵,嵩素拯民著誉篇。
户户和谐慈孝在,持家兴国半边天。

七律·谷雨

点点新荷浮碧水,蛙声如鼓石塘边。
半杯谷雨飘香远,几垄瓜秧滴翠鲜。
雾柳莺啼青嶂下,蜜花蜂采紫桥前。
回眸一笑光阴迫,秒读迷人四月天。

七律·天之籁

不见阶前茎草绿,秋虫明月伴长歌。
高低宏细徐相奏,缓疾疏稠妙合哦。
词客感怀宣纸湿,闺姝遣愫锦弦挪。
个中滋味谁人省,天籁身临悟自多。

算子·咏竹

石隙走长鞭,瘦瘠何言苦。雪后春来破土伸,转瞬新枝舞。
淡雅抱虚心,有叶皆低俯。取节雕成彩凤箫,碎骨诗笺谱。

注:苏轼体,双调44字。

聂泽光

男,笔名三耳,猴年出生,武汉市人。洪山老年大学迪光诗社社员。2015年始,学写近体诗。

五绝·春分

昼夜两分明,花繁燕子轻。

春风吹到处，巧笑伴瑶笙。

七绝·黄陂大余湾
石板蜿蜒老巷幽，雕梁黛瓦马墙头。
落晖斑驳馀亭上，一树莺声说古秋。

注：大余湾村头有"有馀亭"古亭一座。

七绝·铜鉴缶
夏日冰凉冬日温，曾侯歌舞醉晨昏。
非因倾慕升平宴，独敬天工出匠门。

注：铜鉴缶：出土于湖随州曾侯乙墓。为国宝级文物，此器结构复杂，造型奇特，工艺精湛，是一件具有特殊用途的大型酒具。被誉为我国最早的"冰箱"，也是最早的"烤箱"。两件文物现分别藏于湖北省博物馆和中国国家博物馆。

浣溪沙·雨霁荷塘
欲泻流银翠盖擎，羞红朵朵绽晶莹。
风扬香袂采莲轻。
日烈平添槐序色，莺甜更觉柳塘宁。
小舟划破绿浮萍。

五律·白鹭
瑶塘环翠抱，玉女戏亭皋。
闲踱春明水，低飞夹岸桃。
蓑衣含素韵，渔父显恒操。
顾影随风舞，扶摇入九霄。

五律·过黄河壶口
黄土高原阔，天倾四海穷。
有龙掀骇浪，无雨架飞虹。
气运重云远，马鸣幽谷空。
向来秦汉地，貂锦赴长风。

七律·湖村秋韵
墟里斜阳翠竹楼，舒云静水一声鸠。
前庭晶透葡萄老，后岗香漫胡柚稠。
蟹展青袍招远客，莲分赤子盼归舟。
夜来最喜蛩窗下，看取清辉晚渡头。

七律·茶味
凉亭古树晚风斜，霜鬓和烟吸碧霞。
乳沫丛丛香雪海，清欢净净绿窗沙。
一瓢弱水平生足，五色年华彩笔赊。
矮纸铺来心荡漾，壶天明月上枝丫。

宁建辉

笔名梦想与天命，生于1968年10月。大学本科，法学专业，一级法官。现任湖南省衡南县人民法院科级审判员。爱好诗词。

虞美人·梁上燕
绕梁双燕飞华屋，剪影阶前逐。泥巢又在换新颜，忍看十年长是少清欢。
难眠夜夜思无计，庸倦情何系。驻留花下望江楼，心似浮萍随水向东流。

卜算子·荷塘月色
朗夜宿星稀，柳影波心叠。一片蛙声唱夜长，萤闪时明灭。
意起扑流萤，似有童心结。试问销魂有几分，饮尽杯中月。

蝶恋花·春叹
接叶巢莺风滚絮。杨柳纤纤，燕子双飞去。已到蔷薇春不住，凄然相向斜阳暮。
昔日桃花无觅处。苔绿阴深，不见蜂儿舞。春梦一场难久驻，卷帘怕见杨花雨。

清平乐·春落涧溪
涧溪桃浪，燕舞春潮涨。白发已垂三千丈，犹似儿郎欢畅。
百岁寒暑无多，人生得意几何？一醉春花秋月，流云卷我高歌。

清平乐·望春迷茫

几声啼鸟,绿水人家绕。残梦依稀花犹笑,自是迷茫眇眇。

莫问世事悠长,花落又起薄凉。应谢林间鸟语,送来欢喜千场。

探春令·春夜

春风渐暖,唤醒杨柳,缀红峰顶。蕊花引蝶柔情顷。一缕缕,芳香横。

折花对酒低声咏,似乎花能听。醉梦醒,玉漏声声,明月寂寂高楼影。

喝火令·雪

白羽飘南国,飞琼到我家。冻云低度绕山涯。轻舞大江南北,山路接天斜。

浸浸凝霜面,丝丝淡雾纱。化身成水映红霞。醉了溪流,醉了柳边娃。醉了鸟鸣春涧,百姓话桑麻。

沁园春·彼岸花

本是同根,花醒人间,叶睡何方?看高山峡谷,凄清灿烂,平原阡陌,孤傲芬芳。万世回眸,千年有泪,犹怨天涯人断肠。叹如是,问情痴何处,魂落蛮荒?

俗尘俱事皆忘,只留得,心中旧梦藏。系厚情牵挂,三涂河畔。浓香怀念,一任君旁。魂魄相交,心灵相印,似此无声欢一场。何年愿,待叶花相聚,互拥斜阳?

宁巧凤

女,茂名市南天诗社会员。网名巧巧不了了,山西原平人,原平市崞阳镇人民政府任职。山西省诗词学会会员,山西省原平市诗词学会副会长。

五律·元宵饮酒

春风今夜好,残雪作云收。
月上五峰岭,灯飞万户楼。
有朋来促膝,将酒到扶头。
还约清明日,梨花原上游。

五律·清明踏青

偷闲迟日里,出郭大桥东。
溥水新铺绿,桃枝初缀红。
穿花啄泥燕,傍柳荷锄翁。
原野春无限,清明细雨风。

五律·秋日鹰愁梁

秋色上鹰梁,鹰梁开剑铓。
四山千叠远,一水万年长。
石怪分天势,棘深知草香。
即兹心落落,接舆放歌狂。

五律·老宅

一别十年归,故园今昔非。
凄凉破衾簟,暗淡旧帘帏。
幔上鼠何在,灶间灰不飞。
人淹荒草院,窗棂半夕晖。

七律·登高释怀

眉梢何意压闲愁?锦样华年又一秋。
悄悄那堪杯里问,茫茫聊向岭头游。
天涯山接五台寺,石鼓声传双塔楼。
回看夕阳无限好,人登大野足风流。

注:天涯、五台、石鼓、双塔皆山西名胜。

七律·病中作

未知窗外可妖娆,榻畔黄梅暗自凋。
胃海洄船掀恶浪,枕山啼鸟乱清霄。
一衣身似千斤重,三步愁如万里遥。
曾许春风同起舞,奈何何奈只无聊。

宁晓艳

女,网名今夕如火,80后,中华诗词学会会员,大连市普兰店区诗词学会会员,瓦房店市诗词协会会员,庄河市诗词学会会员。作品散见《大连诗词报》《莲城文化》《辽南诗词》《中国诗歌报》《美塑》《中国诗词月刊》《漱玉》《桃花源诗刊》等报刊。

七绝·咏花诗八首
杏花
嫁与东风开次第,半红半白叠新晴。
拟来春色宜人好,引蝶追花处处行。

桃花
惯占枝头向碧空,瑶光一泻醉春风。
痴情可有崔郎护,十里夭桃十里红。

山茶花
不畏严寒傲骨身,荒山瘦土自成春。
玉杯擎处酬佳梦,更有清香赠世人。

瑞香
占尽春晴透骨香,为君深院巧梳妆。
团团紫气呈嘉瑞,更拟真情入墨乡。

兰花
小园深处抱香孤,未有尘埃染绿株。
品格高标迷望眼,长留幽韵寄鸿儒。

樱桃花
春蕾初开娇影姿,风轻香雪客尤痴。
撷来一朵于心上,脉脉关情总是诗。

玉兰
移栽阆苑耐春寒,一树临风雪色漫。
若向枝头幽意取,便教香袭玉罗冠。

菜花
春流金海韵无边,看蝶追花意兴翩。
小筑田畴香不尽,平生未负好华年。

牛冰华
笔名豪情万丈,原陕西泾渭曲艺团演员,爱好文学,热爱生活。《诗天子》特刊特约诗人,代表作有《做人》《我的父亲》等。在花瓣雨文化工作室发表现代诗《惜缘》,其作品在《赤峰诗词家》《红山诗词》等多家纸刊发表。现任《国际华人文学专刊》创作集团宣传部长。

七绝·梅
东风送暖一园香,玉骨含羞舞锦妆。
新萼繁枝轻吐蕾,春回大地盛颜光。

七绝·春雪
瘦笔难描百卉香,东风渐渐步春忙。
忽而白雪纷飞至,胜似芦花满院扬。

七绝·乡土笔墨缘
心随今日驭春风,翰墨行云入眼中。
胸蕴故乡山水画,闲来赋笔尽情融。

七绝·厚德载物
与人为善义当先,华夏文明共济传。
厚德方舟堪载物,仁心不泯乐悠然。

七绝·夏至感吟
入至炉蒸万象新,飞花弄影斗精神。
榴英浴火朝天放,知了趋炎不闭唇。

七绝·山溪小憩
溪琴碎玉水悠闲,留恋风光人未还。
卧石迷离听雅韵,一帘幽梦过关山。

七绝·公祭赋
奋起狼毫击倭狂,为民为国岂忧伤。
铁蹄践踏铭心记,青史诏章举世昌。

七绝·苇丛荡舟
万道金光现彩霞,轻舟一叶向天涯。
苇花似火清波荡,千里长河着白纱。

牛伯忱

山东章丘人,1951年5月生于河北承德。退休前为河北省承德市文物局副研究员。中华诗词学会会员,河北省诗词协会理事,承德市诗词楹联学会副会长,河北省作家协会会员,河北省美术家协会会员,承德市美术家协会理事。有诗词集《竹木屋吟稿》问世。

五律·春日偶成
不知自己身,只觉日争新。
梦境催长夜,诗情散作春。
瞒天栖月宇,信手摘星辰。
静静银河里,飘然渐化神。

五律·偶成
往事散如烟,方方面面观。
局中喝水酒,网上晒诗篇。
不论风华日,只求永久年。
行程挥巨笔,一笑画成圆。

七律·自嘲
老来闲逛大街时,突发豪情去碰瓷。
我把人家当鼠辈,人家笑我是呆痴。
有心玩命爬楼顶,无奈悬空挂树枝。
难顾天旋头触地,眼前飘忽柳丝丝。

鹧鸪天·兴
往事依稀跌宕天,时空穿越到从前。
千般烦恼由他去,一世伶俜不自安。

留记忆,话当年,当年旧梦忆无边。
纷纷景象纷纷动,历史天空如此圆。

鹧鸪天·倚窗眺远
独倚阳台斜碧栏,当窗临眺意休闲。
窗棂方格微微窄,门框弧形面面宽。

繁简简,简繁繁,繁繁简简这边天。
天空净洁悠悠远,透透明明一望穿。

沁园春·遣兴
日月如梭,花月斑斓,岁月薄情。在茫茫天地,频烦冷暖;漫漫宇宙,变幻阴晴。红绿黄蓝,金银黑白,点面空间看不明。来穿越,仅疏光数缕,寂寞无名。

环球碎影孤形,怎鬼域人寰共辱荣。想时时应景,追随造化;天天出入,撞击回声。留去存亡,是非同异,顺逆洪荒梦几曾。毋忘我,恨因缘失落,渐化为零。

高阳台·久别山庄
梦约来年,山庄状态,早春无异残冬。季节无名,依稀花信留踪。亭台殿阁仍然在,立寒天、摇曳临风。只含情,纠结微身,腼腆羞容。

从前旧事当回首,念川岩明秀,北枕双峰。更有湖洲,满园绿柳青松。随心再品今时景,白茫茫、梦影重重。等闲看,总是凄清,总是朦胧。

风流子·春梦
清晨滴小雨,微凉耳,湿气渐相催。似天无常态,织云凝聚;地无常貌,碎影支离。雾濛濛,纤尘浮漫漶,余霭乱游移。时已仲春,虽然沉睡,惠风初见,拂槛轻吹。

昨宵留残梦,昏昏矣,来来去去依稀。

出入徘徊犹豫,不免迟疑。对满园新景,怎生欣赏;一身故事,回味参差。祈望群芳争艳,总是无期。

牛广德

男,1951年生,滕州市人,大专文化,经济师,原滕州市乡镇企业局调研室主任,已内退。先后在省市及专业报刊发表诗歌80余篇,其中获奖诗歌5篇,现为枣庄市诗词学会会员。

五绝·秋日
金秋如彩画,原野看农耕。
欢庆收成好,天高万里晴。

七绝·登月
登月神舟驭气冲,太空行走傲苍穹。
高端科技国威振,华夏梦圆堪自雄。

七绝·感怀二首
其一
一生风雨不言愁,勤勉为公孺子牛。
离职不休余热献,身心康健乐悠悠。

其二
文牍劳形四十秋,铅华洗尽自风流。
而今协会偕诗友,琢句遣词吟兴遒。

七绝·寄怀二首
其一
一介书生无所求,笔耕不辍卅馀秋。
为人厚德恪勤勉,困苦清贫何必忧。

其二
风光故里迷人美,蔬菜大棚连片明。
最是惠农新政好,家乡处处春意生。

七律·重阳节
节届重阳应敬老,赋诗骚客咏华章。
登高才觉云飞远,赏菊方知霜染香。
莫酒一杯吟盛世,清歌千首祝安康。
人间莫道桑榆晚,心态祥和百岁长。

七绝·展望(新韵)
发展科研万里程,为民执政惠民生。
和谐奔向小康路,祖国江山万代红。

牛继和

男,1965年生,笔名逸思飞,山西省晋中市灵石县人。汾河(知彼)散曲社顾问、中华诗词学会、山西省诗词学会、山西省楹联艺术家协会、晋中市诗歌协会会员;灵石县作家协会、竹林诗社、汾水楹联协会成员;北京市西山诗社、燕京文化交流协会会员。诗词作品收录在《新时代诗典》(九州出版社)、《中国当代百家经典》(吉林文史出版社)、《世纪风范·作家文选》(北京燕山出版社)、《诗中国杂志》(上海雅国文化出版社)、《黄浦江诗潮》(文汇出版社)、《月满乔家》(山西人民出版社)等书籍中。部分诗词曲作品入录《诗选刊》《汾河》《当代散曲》《中华诗词杂志》《西山诗刊》《云河诗刊》《灵石教科》《九州散曲》《潼关文艺》《知彼》《江苏散曲》等刊物及公众平台。

七律·迎春感怀(新韵)
青梅雪染寄祥福,己亥春风绕院屋。
楹帖相齐门送犬,窗花互衬牖迎猪。
儿孙礼义行尊孝,父母德仁表续书。
岁月蹉跎留记忆,家和聚拢畅怀抒。

七绝·童趣之跳绳
结伴同邻四五韶,红绳舞动炫风摇,

轻悬跳跃如龙凤,记忆童年笔墨浇。

五律·正月初十春雪随感
瑞雪润枯枝,春来旧岁辞。
乾坤高浪卷,日月疾风驰。
碧野流莺咏,青山谷鸟痴。
登峰穷目远,锦绣艳多姿。

醉花阴·人中华诗词学会有感
唐韵宋风寻远眺。平仄书中讨。年已五旬时,梦幻成真,加入诗坛笑。

九州广阔河山浩。清墨描鸿貌。冬月雪梅青,竹盼春归,再续篇章曜。

沁园春·咏叹农民工
（钦定词谱,苏轼体）
忍别家亲,千里穿行,苦煎暑寒。带夜星光照,晨曦洒耀,风云身戴,霜雾萦牵。西气输东,锁龙三峡,青藏高原战陡峦。雕群宇,看苍穹无际,都市斑斓。

南源北调京銮,广厦敞、花妍开满园。望银车飞跃,金桥曼舞,鲲鹏华夏,笔墨书镌。沥血争荣,春秋奋战,美化神州应立传。农民谱,载功勋名册,惊世鸿篇。

【双调】得胜令·夫妻感吟
背负踏红尘,心畅享天伦。卅载夫妻伴,余年儿女孙。

弥珍,慰藉常来问。情殷,感恩相敬臻。

【双调】折桂令·春节忆娘
廿多载身处山庄,从未离家,围绕亲娘。每日回来,饭香茶热,一碗清汤。

而立年妈离世殇,心痛楚眼泪迷眶。过去时光,往事桩桩,纯朴妈妈,永留清芳。

【正宫】塞鸿秋·孟夏登临绵山
蜿蜒数里盘旋上,框镶万寿能工匠。云峰铁索攀高丈,水涛瀑布奇观亮。木梯依壁悬,石阶凭栏傍,拜朝圣寺神心旷。

牛建国
公务员,网名青岫牛歌。长期从事文字工作,工作之余向报刊投稿,有散文、杂文、评论被各级报刊发表。2018年开始学习格律诗词写作,作品散见于各级各地网络媒体及当地纸媒。

七绝·游内蒙古草原达里诺尔湖
（新韵,辘轳体）
（一）
一双媚眼落天边,四野萋萋独自怜。
澹澹秋波空对月,满眸泪水在荒原。

（二）
蓝色珍珠嵌草原,一双媚眼落天边。
秋波闪闪无人顾,几许多情当赐怜。

（三）
温柔秋水甚堪怜,婉秀身居在旷原。
纵有明眸人罕至,一双媚眼落天边。

七律·长城庄户人家（新韵）
晓望春山嵌入窗,横峰起落举城墙。
溪流跳浪离山去,野鸟穿云绕树翔。
藤动农夫方采药,枝摇村女正摘桑。
炊烟飘处曾烽火,庄户闲嗑唠帝王。

七律·美山城（新韵）
贺青龙县荣获"全国百佳深呼吸小城"。
燕山深处嵌明珠,叠嶂千姿秀色出。
涧水潺潺朝海去,巅林漠漠向天突。
怡人春景香花染,亮眼秋光醉叶涂。

富氧携风飘四季,日吸清气胜倾壶。

七律·聊诗词群(新韵)

只掌轻托一个村,汇集四海五湖人。
不曾谋面成贤弟,犹未迁居变睦邻。
长线多情传友谊,方屏无语递诗文。
谦谦博采得佳句,朝品夕吟醉韵深。

阮郎归·秋(新韵)

轻风西起送清凉。田畴渐变黄。秋实不屑借秋霜。时来自换装。

谷摇浪,果飘香。农庄处处忙。银镰割倒万株粮。笑收金满仓。

行香子·游祖山遇雾天联想高云(新韵)

仰看高游,恣意行空。任去来,变脸阴晴。掌执旱涝,添冷雷惊。使有时忧,无时盼,宿时忡。

下凡山祖,真容会晤,惑有无,临感非同。裹身不束,飘散无踪。悦纱儿柔,烟儿纱,絮儿轻。

注:达里诺尔湖非为单体湖,在其东西两畔还各有一个湖泊,相依相伴;本诗为双辘轳。首句及韵字皆为辘轳。

牛其涛

笔名梁风,1968年生,1991年毕业于泰安师专英语系,1995年函授毕业于曲师大英语系,大学学历。现为新泰市青云中学高级教师。自幼喜欢文学,已在中华诗词论坛、吾爱诗词网、华夏诗词论坛、微刊及各地报刊发表诗词600余首,并多次获得全国诗歌奖,2019年1月被评为"中华诗词论坛2018年度优秀管理员"。

五绝·中国发展三部曲
中国站起来

中华站起来,洗刷百年哀。
一唱雄鸡舞,当家做主才。

中国富起来

改革富民来,家家自养财。
忠心牢护党,盛世百花开。

中国强起来

中华强起来,开放展雄才。
带路新思想,太平万世开。

五绝·雪后登莲花山

风动石前望,晴空万里晖。
松林飘柳絮,朵朵欲高飞。

七绝·岁月不欺奋进人(辘轳体)

岁月不欺奋进人,胸怀锦绣语纯真。
屏前迷倒千家粉,幕后迎来万户春。

千红万紫喜逢春,岁月不欺奋进人。
倚马之才寻巷见,中华气象日弥新。

妙语连珠折众宾,万千宠爱集卿身。
学而优雅低姿态,岁月不欺奋进人。

醉花阴·七夕立秋雨相逢

风雨瞬间吹乱梦,秋意凉凉送。烟雾笼银河,织女牛郎,难忘分离痛。

一生早已情深种,执手相牵懂。天道纵无情,缱绻缠绵,亦得词人颂。

牛文泉

号皋上一介。1982年毕业于安徽师范大学历史系历史专业。原任职于皖维高新股份有限公司,副高职称。

五律·巢湖晨眺

朝暾照远岑,淼水接空青。
皓镜皆丹渥,青山亦翠凝。

渔舟倏竞度，水鸟狎飞鸣。
极目湖天阔，长歌逸紫冥。

七律·望巢湖
环峰逸翠一关城，广路崇楼万树青。
万顷湖光迷老眼，一空日曜照苍冥。
巢国上古多吉士，古邑今朝擅美名。
一曲清歌湖晟里，欣逢盛世感华生。

七绝·秋山行
清霄杳杳色苍苍，合沓群山展画廊。
目尽千山斑斓色，方知秋色胜春光。

古风·读杜甫《三吏三别》
沉郁唱绝调，顿挫铸悲文。
胸怀苍生志，发为衰世吟。
三吏与三别，泣血和泪吞。
吏怒如狼虎，翁妪出随军。
千家没蒿莱，万野共萧森。
海国为鬼域，江山尽血痕。
人生逢乱世，无民不悲辛。
千载复读此，掩卷泪涔涔。

七绝·巢湖卧牛山神牛想
烟波浩荡与天齐，万里清霄望旷怡。
若不恋斯城甸美，跃将湖上岛中栖。

牛运祖

　　网名云之且，男，1952年9月生。湖北当阳市人，高中学历。中华诗词湖北省学会会员，长坂坡诗联编辑。在省内外有影响的刊物上发表200余首作品。是一位古诗词爱好者。

七律·初春
残寒难锁河堤柳，日暖风恬荡旭光。
雪霁冰融敷老树，芽黄叶出换新妆。
村边陇麦田头绿，岸上杨花水畔香。
归燕疾忙寻旧垒，万生欣喜沐春阳。

七律·秋误
伏案寻章觅妙词，搜肠苦想脑残痴。
独斟浊酒三分醉，我欠秋天一首诗。
幽怨频来多自笑，闲愁不断有谁知。
更烦冷雨无由泻，怎奈书成又误时。

七律·新安江游记
斜日浮云水际收，新安江上尽情游。
满山叠翠枇杷树，两岸澄波舴艋舟。
古朴民谣歌俚曲，名僧笔健竞风流。
登高客舫吟诗醉，雅趣陶然意未休。

七律·妈妈的饺子
瓷盆白面揉成团，玉指推收旋转欢。
剁肉搅葱调美味，拿皮包馅做肴餐。
一封如意祈鸿运，再裹银钱寄万安。
掌上乾坤仁爱大，妈妈味道永流丹。

七律·路灯
躬身伫立为亲民，奉献光明耀世尘。
雨雪风霜悬似月，春秋冬夏泻如银。
长街十里流丽彩，寒夜三更送路人。
点亮城乡连一体，琼枝火树满眸新。

蝶恋花·梨花落祭
飞落梨花知几许。孤寂窗台，砌恨无重数。远别风流何处去，空留眷恋同谁叙？

春去春回春几度。一季凄伤，一载相思语。惟愿今宵萦梦驻，追牵明月心声诉。

鹧鸪天·秋咏
绿减红添欲换妆，微风频扫送清凉。

— 875 —

菊花盛绽秀颜色,丹桂飘飞溢暗香。
悬明月,泻清霜。浸熏瓜果泛金黄。荷塘向晚浮烟影,柳岸临秋伴夕阳。

风入松·跌落商海

失魂商海跌深渊,悲愤幽怨。烦心杂绪如麻乱。几分痛,些许心酸。借酒举杯强醉,不知苦涩何言。

官司虽胜却无钱。泪水涟涟。断云残雨当年事,有谁怜?几载无眠。含笑重开鸣镝,抖尘再度挥鞭。

牛占坤

河北廊坊人,吉林建筑科技学院,管理工程学院,工程造价专业本科毕业,酷爱诗词。

七绝·倒春寒

梨花落尽香尚在,烟雨四月醉听山。
一抹绿衣浓又淡,乱事不闻望鸟焉。

七绝·思我友

悠悠琴音入夏夜,高低韵律声声弹。
惟有月光不辜负,投影拨云来相闻。

五律·无事春风话寂寥

夜深闻蛙鸣,犬吠声入耳。
抬头寻明星,不见月与君。
天冷欲转热,借风放纸鸢。
泡桐着紫衣,孔雀东南飞。

O

欧鸿

笔名藏龙、海雁,号藏龙居士,当代浪漫主义与现实情怀双杰诗人。广东省作协会员,广东省楹联学会会员,中国诗协会员,汉诗协会员,曾获"诗圣杯"诗词大赛优秀奖,"炎黄杯"诗词金奖。著有诗集《藏龙诗韵》《海雁潮声》《盛世龙吟》《禅心天籁》《闾苑琴声》《圣典儒风》等。

五律·题国恩寺

福地千秋荫,禅宗六祖乡。
牌楼存古韵,联匾泛灵光。
宝塔玄机蕴,菩提法海航。
报恩弘圣道,霞蔚九州祥。

五律·怀念毛主席

华夏沧桑史,英雄论古今。
文韬天地鉴,武略鬼神钦。
谁解毛公意?吾知尧舜心。
无私为社稷,大德证胸襟。

五律·己亥两会咏怀

二月京华暖,千年古国春。
兴邦凭圣主,弘道赖贤人。
惠政苍生福,初心绮梦真。
新篇留史册,正气满乾坤。

五律·寄新青年

百年新运动,四海起风雷。
呐喊图强奋,悲忧积弱哀。
兴家凭孝子,治国倚良才。
愿学怀天下,慈心向未来。

七律·猪年抒怀

十二春秋运转回,天蓬元帅下凡来。
牛王虎兔龙蛇舞,马队羊群大圣追。
鸡信犬灵方让位,猪仁鼠智列登台。
恒心岂惧风云变,度济苍生富润开。

七律·五四遣怀

国弱无能百姓哀,列强欺霸命悬台。

尧天戚戚遭兵燹,汉土危危历劫灰。
敌忾同仇施勇略,文池共振炸惊雷。
红尘苦海燃灯塔,黑夜华邦盼栋材。

七律·战争感思

天理恒常道不穷,何分贵贱及英雄。
荣枯草木年年发,风雨春秋处处同。
逐鹿争权悲欲壑,恃强凌弱耻蛮虫。
狼烟滚滚虽难熄,罪恶累累岂善终。

七律·文贱慨怀

人事沧桑叹可哀,文章锦绣当尘灰。
难堪博古通今士,鄙薄惊天旷世才。
遍地风吹铜臭味,满城车转玉楼台。
时怀社稷苍穹问,何日乾坤大道回。

欧居山

字正天,号宝州居士。四川广安人,自幼喜爱诗词,中国诗协会员。曾任烟雨红尘网古诗词主编,《真爱文学》古诗词总编。作品散见于《四川日报》《农村报》《当代诗词》及各网站。

五绝·雪夜有聚

暮雪下蓬门,灯寒冷酒浑。
诗词声播远,开出一番春。

七绝·祭母

未到坟前泪已倾,十年生死两零丁。
欲将冥币千千万,买得娘亲骂一声。

七绝·落叶

妆罢千红点翠微,攀枝抱树亦堪悲。
面黄莫笑容颜老,嫁与西风自在飞。

七绝·游秦皇兵马俑(折腰体)

商街百里绕三坑,吵醒秦朝十万兵。

鬼雄千载沾人气,也为钱财奋一争。

七绝·凉山小城

一上宁南香满山,两三街巷白云端。
有人牵手城中过,故事开成黄桷兰。

注:宁南县:大凉山上的一座小县城,当年只有三条街巷,全城植满黄桷兰,称为黄桷兰城。

七绝·东北街头一幕

过街双拐不禁风,急刹奔驰吓老翁。
臭骂随歌跳窗出,依稀听见《活雷锋》。

五律·宿华山

云山险接天,莽莽绝尘烟。
岭劈千张刃,峰开一朵莲。
松涛萦掌故,月色涤流年。
欲做陈抟睡,诗心不肯眠。

七律·巴山夜雨

巴山夜雨逐穷秋,泪烛凄然照白头。
约客行棋人不至,吟诗对镜兴难酬。
长安有路三千里,云海无梯十二楼。
古寺钟声悲寂寞,老僧应又慰闲愁。

欧阳

江苏省丰县人,吉林建筑大学,经济与管理学院,建筑与土木工程(工程管理)硕士,酷爱诗词。

七绝·情痴

脸似鹅黄添媚笑,似枝如柳小蛮腰。
回眸一笑百媚生,如似雨后洒清风。

七律·登高望远

登高远望天地宽,满眼风光水墨悬。
莽莽峰峦含碧玉,层层林海吐华丹。
抒怀暂忘红尘苦,赋曲总吟岁月甜。

云卷云舒心静处，花开花落自悠闲。

乌夜啼·魂梦两相知
窗外烟轻雾漫，屏前瘦笔描痴。吟诗作赋心无助，何故乱如丝。

叶落悲秋寄语，花开更待佳期。流水高山弹一曲，魂梦两相知。

欧阳刚
笔名湘水念诗欧阳，湖南省湘潭市人，男，1975年5月25日出生。合同工司机。

柳岸江景
一岸细柳玉丝绿，恰似春帘你我知。
清风拂过微波漾，百帆渔舟远青山。

湘水渔家
秋风萧瑟叶渐黄，湘水碧绿飘小船。
一日辛劳渔满仓，炊烟又起催斜阳。

秋月凉
一场秋雨晚风凉，银波湘水冷月光。
情侣两双私密语，不知孤影嫦娥寒。

夕归
斜阳照桐树，冬风吹孤巢。
母唤玩童归，倦鸟知雏催。

古城岁月
雏鹰一怒冲云宵，迎风苍松不漾高。
蓝天飞檐阁楼旧，古墙城砖岁月悠。

湘雨迷春
细雨谜朦三月天，万物苏醒绿衣裳。
路人遥望湘水岸，花伞少女疑雾仙。

欧阳建
安徽省阜阳市颍州区人，欧阳修35代孙。阜阳市书法家协会会员，安徽省青年美术家协会会员，阜阳市诗词协会会员，阜阳市青年书法家协会副秘书长。自幼喜欢诗书字画。

五律·消暑
绿柳枝垂落，青荷叶卷撑。
暑炎风不致，提笔难心清。
摇扇寻凉去，河堤漫步行。
白龙沟上坐，荫下听蝉鸣。

七绝·咏蝉
蛰卧山林不与争，春雷震动土中生。
从来不懂轻声语，俯在枝头总长鸣。

五言·夜宿白龙沟民居有感
夜静蛙声远，虫鸣似弹弦。
煮茶轻倚案，细品白龙泉。

七绝·端午有感
青叶藏珍暗传香，高悬艾草舍边墙。
今人追忆屈平志，国破身投汨罗江。

欧阳龙贵
笔名欧阳讴、欧阳子，字云飞，号湟川龙。系中国民间文艺家协会会员，广东省作家协会会员，曾任连州市作家协会副主席，连州市民间文艺家协会副主席，现任连州市宾于诗社社长，《连州诗坛》主编。

七绝·做面包
搓粉擀皮似练功，面包松软惹馋虫。
真材实料全优货，馅有良心韵有风。

写诗

翻箱倒柜去搜诗，却未偷来一句词。
直到黄昏霞入屋，斜辉脉脉送相思。

黄昏的湟川
（一）
渔舟江上荡悠悠，摇到霞光画里头。
撒网风中捞雅韵，归来满载一舱秋。

（二）
晚霞染得半江红，晃荡渔舟捕嫩风。
双桨划得秋波醉，悠悠自得赴瑶宫。

欧阳婷

女，湖南长沙人，网名与世无争。自幼酷爱文学，早年主要从事散文创作，时有作品在《湖南日报》《南方农村报》《清远作家》《清远日报》等报刊发表。近年主要从事格律诗词研究与创作，有千余首格律诗词发表在《龙风诗刊》《龙风文学》《龙风东南文学》《岭南作家》等诗词平台。曾获纪念毛泽东诞辰125周年全国诗词大赛二等奖。

七绝·夜思
清风夜竹影摇窗，明月无眠听水淙。
一去十年三万里，乡愁缕缕几声梆。

七绝·站台
凉风瑟瑟柳枝新，汽笛声声催客频。
父母妻儿相送远，站台皆是断肠人。
2019年2月28日

七绝·闻褚时健逝世而作
珠穆山高人为巅，登临绝顶晓风寒。
商场宦海沉浮事，留与人间作笑弹。

七绝·雨夜忆旧
灯残夜雨倍添愁，独倚窗台忆旧游。
地北天南年半百，几人霜鬓几荒丘。
2019年3月17日

七律·风流写尽冠骚坛
潇湘风雨起微澜，半日晴明半日寒。
曲度门徒邀聚会，吴家宴席近江滩。
一壶万卷文忠乐，斗酒三千太白欢。
尔等持杯同我醉，风流写尽冠骚坛。
2019年4月17日

七绝·乡间漫步
霏霏细雨润枝丫，淡淡云烟层岭袈。
随手撷来香一瓣，沁心入肺蕴诗芽。

七绝·绝壁松
孤悬崖外立如钟，任尔霜刀来势凶。
惯看云涛翻巨浪，迎风一笑自从容。

七绝·乘缆车上岳麓山
身在云端足踏峰，箱车载客看葱茏。
黄莺知我非同类，隐入层林无影踪。

七绝·游湖有感
前途风雨孰能料，莫若携孙湖柳钓。
揽胜寻幽作浪踪，心留净土红尘啸。

五律·作别
相知二十秋，今作异乡游。
水远无舟楫，山高少驿骝。
联通差信号，四野有荒丘。
此地长为别，深情复此不？

五绝·无题
日常三二事，揽胜带看孙。
省却红尘扰，不忧日月昏。
闲邀亲友聚，翻作句行存。

但效陶公雅,杖行故里村。

2019年5月29日

七排律·琴心莫道桑榆晚

五十龙风沐彩霞,心留净土蕴诗芽。
敲词琢句邀明月,布局谋篇品酒茶。
入梦尚吟平仄韵,约朋为咏应时花。
莺啼高树乡愁结,燕舞滩涂赋日斜。
静坐阶前飞絮数,闲来池畔听鸣蛙。
误将蚕豆当诗炒,总让旁人疑中邪。
常羡东篱陶令菊,更钦南圃曲旗华。
琴心莫道桑榆晚,匠意评弹岁月赊。

2019年5月16日

欧阳芝兰

湖南益阳人,护士,有文章入选各书籍。

咏菊

傲立东篱不畏霜,风骚独领晚秋黄。
春花也逊三分色,别具清高一段香。

为人处世

品味人生意味长,修身养性不轻狂。
奉公守法无忧虑,豁达胸怀对夕阳。

修身

修身养性不羡仙,人生处处莫趋权。
言而无信非君子,正直无私是哲贤。

感叹人生

人生能否到颐期,重义轻财应自知。
看破红尘知进退,聪明用尽不如痴。

咏人生

人生何处不风光,莫叹山高水流长。
若活百年都是醉,算来三万六千场。

知足常乐

平生养性乃随缘,淡饭粗茶亦觉甜。
万贯家财非所恋,逍遥快乐度余年。

宽厚待人

宽宏大度少纷争,凡事三思斟酌行。
刻薄害人终有报,得饶人处且饶人。

堪回首

堪叹人生春复秋,夕阳西下水东流。
四十不惑无荣禄,唯有诗兴雅如绸。

随缘

虚名易取何须取,实利难求莫强求。
世事随缘心作主,时来工到自然收。

题自己(一)

虚度年华四十秋,春花秋月自清幽。
闲云野鹤无拘束,远胜职场繁事忧。

题自己(二)

虚度年华四十秋,诗词吟诵乐悠悠。
虽然不是作家料,也傍文坛不害羞。

欧阳东明

江西省赣州市安远县人,格律诗爱好者。

盟誓亭(平水韵,九青)

天下伤心处,当年盟誓亭。
秋风知爱苦,不抹刻岩铭。

母亲(平水韵,十灰)

笑貌何曾忘,殊途实可哀。
尤怜画荻事,常入梦中来。

露珠(平水韵,十一真)

剔透晶莹玉润身，清风摇梦映冰轮。
初阳邀我寻仙去，不带人间半粒尘。

返乡有感（中华新韵）
凭窗凝望九龙山，古邑逢春焕笑颜。
百尺高楼平地起，八车大道绕峰峦。
黉门学子声声朗，闹市行人阵阵欢。
羁旅经年形陌客，乡音入耳甚觉鲜。

注：九龙山，位于安远县城东南方，海拔1100米，乃赣南采茶戏的发源地，九龙山茶，明、清时期为皇家贡茶，九龙山因此而得名。

云（平水韵，十一真）
骄阳炙烤难藏身，仰望苍穹已若尘。
雷劈风吹浑不怕。一朝化雨满江春。

路过经国书院咏怀（中华新韵）
也曾立志肃贪官，怎奈狂徒壁垒坚。
沪市查勘空有恨，虔州赴任路途艰。
时穷背井离家国，兵败随爹走海湾。
最羡偏安一隅后，民权刻刻记心间。

丛林里（中华新韵）
丛林鸟唱欢，暂忘觅食难。
一纸公文至，不得把虎谈。

说阳帅（中华新韵）
稚气隐眉间，风云已数年。
古来成事者，笑对苦难连。

乡村游记（中华新韵）
都市繁华尽，乡间灶火稀。
惠农新政补，难阻壮青离。

百骏工程公司开业之寄语
百骏起征程，沿途气势宏。
鲁公千载誉，矢志践其行。

注：鲁公，指鲁班。

P

潘诚慧

广西忻城县人，广西师范大学毕业。一生从教，一生痴爱古诗词。

鹧鸪天·杏坛风雨楼心月
性本山村孺子王，天纯言爱与疏狂。杏坛风雨楼心月，俗韵桃花赋断章。
诗两首，醉残觞。几经尘眼意彷徨。浮生蝶梦慵归去，犹恋梅花倚暖阳。

踏莎行·残笺落尽秋红豆
恨月西楼，香幽暗透。残花溢满轻寒袖。寄诗言语醉无欢，一杯浊酒心情漏。
往事浮云，桃红雨瘦。窗含雀鸟鸣枝柳。笛声独恨夜无眠，残笺落尽秋红豆。

临江仙·滚滚世尘杯浊酒
滚滚世尘杯浊酒，无言蝶梦浮生。是非一笑倚琴声。寄诗秋绪意，盈袖夜寒轻。
白发秋客楼月上，凭阑枝鸟窗鸣。奈何往事醉功名。古今多少恨，未了梦心惊。

平湖乐·春山寒暮伞红娇
春山寒暮伞红娇，袅娜枝头闹，柳叶炊烟了空妙。共良宵。
去年旧月西桥照。恨愁催老，笛声杯酒，蝶梦醉残凋。

小重山·懒将心事赋秋声
昨夜西楼枝月明。落花浮满院，暗愁生。斜窗残暮鸟枝鸣。云漠漠，只影醉心惊。

— 881 —

浊酒梦无情。凭栏双泪眼,袖寒轻。懒将心事赋秋声。相思老,诗恨寄谁听?

定风波·独上桥楼月又西

独上桥楼月又西,晚舟渔火鸟悲啼。处处落花春欲尽,无忍。蘸枝斜水柳荫齐。

浊酒恋杯心已乱,肠断。掩庭竹径草萋萋。寒袖冷窗声恨漏,风瘦。乡愁诗寄醉情迷。

江城子·父爱如山

月斜桥上水茫茫,倚魂乡,醉心慌。秋暮孤坟,处处是凄凉。何奈别离生与死,尘泪眼,夜如霜。

坐楼读览父书香,意彷徨,自忧伤。诗寄无言,惟有断愁肠。最苦世尘生死恨,寒蝶梦,水中央。

五绝·乡愁倚水流

鸟叫柳桥幽,乡愁倚水流。
深街声狗吠,独钓晚渔舟。

五律·雁去又经年

石巷鸟枝巅,溪桥野径泉。
春寒山夜雨,月冷柳炊烟。
绪恨红尘意,乡愁浊酒眠。
渔舟斜卧晚,雁去又经年。

五律·满眼浮云去

烟波桥纱纱,水鸟夜声声。
柳巷渔灯暗,河湾半月明。
乡关秋冷意,日暮雁寒惊。
满眼浮云去,群山眺览轻。

五律·桥溪潺月静

桥溪潺月静,鸟叫柳逾幽。

向晚吟无绪,临秋倚醉休。
竹林山雀闹,泉眼水涓流。
浊酒斜窗暮,乡愁泪恨悠。

七绝·渔舟坐钓春江暮

远去溪桥雁影寒,斜窗雀鸟闹无欢。
渔舟坐钓春江暮,萧瑟危楼月半残。

七绝·青河水月近渔舟

青河水月近渔舟,独钓蓑翁坐晚幽。
一曲山歌寒巷暖,田螺竹笋醉无休。

七绝·红茶慢煮乡愁夜

落尽桃花复又开,似曾雁去月徘徊。
红茶慢煮乡愁夜,旧梦心情恨水来。

潘春葆

男,1947年1月生。复旦大学哲学硕士,海军指挥学院教授。中华诗词学会会员,江苏省诗词协会会员,解放军红叶诗社社员。

七律·金陵扬子江(回文体)

飚狂浪涌湍流水,雪霁渔舟钓线擎。
遥望豚鱼群戏谑,近观鸥鹭各飞惊。
条条碧柳江堤绕,滚滚波涛海日迎。
潮遏数桥银索立,白帆千点几洲横。

注:顺读押八庚韵,倒读押二萧韵:"横洲几点千帆白,立索银桥数遏潮。迎日海涛波滚滚,绕堤江柳碧条条。惊飞各鹭鸥观近,谑戏群鱼豚望遥。擎线钓舟渔霁雪,水流湍涌浪狂飚。"

最高楼·枫松杏解语

栖霞谷,江水泻逶迤,秋景秀芳菲。漫山遍野红枫染,寻幽揽胜正当时。赛云霞,如火炽,好吟诗。

黄银杏,不明枫赤脸?翠松柏,问枫何似焰?枫窍语,略狐疑:飞天偷喝瑶池

— 882 —

酒,贪杯不觉夜归迟;倩青松,遮醉态,映参差。

七律·赏壶口瀑布
咆哮峡浪云天响,大禹开漕鬼斧工。
九曲一壶收赤水,千军万马震苍穹。
秦川历历连原野,晋谷幽幽映彩虹。
黄土高坡盈瑞气,游人如织乐无穷。

七绝·重回知青故里
丽乡蹊径独徘徊,洒尽芳华难觅回。
一碗人间烟火味,酸甜苦辣梦飞灰。

七绝·军容最美西沙黑
万里烟波拥哨楼,青春抛洒不言愁。
军容最美西沙黑,笑把钢枪刺月钩。

七绝·游淮安蒋坝古镇
千年古镇觅闲愁,尝罢鱼圆上快舟。
满目鲜花藏单反,美篇编入把春留。

潘逢燕

笔名潘玉,女,汉族,湖南怀化人,20世纪70年代生。省诗歌学会会员,市作协会员,市诗词楹联家协会会员,《雪峰》诗刊编委。作品散见《特区旅游报》《湖南诗词》《怀化日报》《边城晚报》《雪峰》诗刊等,多次获全国诗歌竞赛大奖,首届集蜂堂杯小蜜蜂文学作品全国大奖赛一等奖。

七绝·碣滩茶韵
魅力官庄锁钥乡,碣滩茶韵醉风光。
秦筝国宝承仙乐,使命初心谱锦章。

七律·贺 2019 沅陵龙舟赛圆满成功
桨催百舸箭离弦,破浪蛟龙奋夺先。
密鼓声惊沅水魄,帅旗摇动武陵巅。

七律·党史生辉九八春
锤镰辉映五星明,风雨兼程万里行。
开国兴邦千世业,倡廉反腐满腔情。
九州已统九霄庆,一路高歌一带赢。
家国愫怀追美梦,初心使命再长征。

七律·读金老师《笑对人生》
五溪好水荡文波,逸兴长吟妙句多。
昔日同窗争楚汉,今朝置业伴耘磨。
青丝已减身还健,白发先增气正歌。
常念先贤兰芷意,春花秋月乐吟哦。

七律·醉荷
夏荷灿烂慕君崇,窈窈芳菲沁碧空。
西子奇葩难媲美,仙姑秀色竞于丰。
畅吟滴翠无穷趣,续唱羞颜别样红。
风起蜻蜓还把稳,池边自醉似花童。

七律·清明缅怀湘西剿匪英烈
解放湘西斩乱麻,扫除匪患绩堪夸。
枪林弹雨时时险,虎穴龙潭处处家。
林海雪原延使命,忠魂碧血染芳华。
清明又届怀英烈,天佑中华万里霞。

七律·贺省诗协成立 30 周年（步韵赵会长）
诗坛墨客蕴芳华,锦绣河山映紫涯。
浪涌湘江吟妙句,云盘岳麓焕琼花。
关山望月歌心曲,酉水摇风赏曙霞。
卅载擎旗迎盛世,无边秋色惠方家。

七律·贺喜王汉生老师耄耋初度
童颜鹤发八千秋,家国情怀壮志酬。
育李栽桃倾大爱,品山读水纪风流。
渔歌绝唱飘东海,汉柏精神荡竹舟。
霞锦桑榆相映美,浩然正气烙心头。

潘桂香

网名细语飘飘。本人于1968年出生于广西柳州来宾市,爱好文学诗词歌赋、音乐娱乐,更爱德慧智文化教育传统。曾做过太阳诗词学院网校副院长,一班群主兼任讲师,华夏论坛大版主,大时代论坛版主,东方兰亭诗社厅长。

祝福五一劳动节日快乐(藏头诗)

祝词贺语话呈祥,福禄双全喜气洋。
五谷临门财运转,一帆风顺道身康。
劳累耕织不言苦,动笔研书写华章。
节赋诗文才艺展,日欢夜唱韵悠扬。
快斟美酒齐心庆,乐和师生舞墨香。

七绝·致广州塔

珠江虹水泛波光,映入蛮腰瘦影长。
雁阵浮云身下过!花城宝塔美名扬。

七律·望月思君

光亮无声照满坡,星辰有意伴银河。
凭栏静思谁家女,绮梦欣逢好帅哥,
一夜和风吹细语,半笺明月醉情歌。
吟诗作赋文章妙,谈笑今生乐趣多。

网络情缘

网海群英聚似家,隔屏一线度芳华。
唐风宋语词林赞,妙韵佳联美画夸。
师表当歌教有味,高徒作赋乐无涯。
每天和睦长相守,互动空间共品茶。

七律·忆童年

六旬亦忆那童年,一步蹒跚学眼前。
节奏凯歌同院庆,日欢夜舞共坛研。
幸培桃李春正好,福溢花香月更圆。
快意人生身体健,乐千世界百般鲜。

七律·庆六一

返老还童过华年,欢声笑语意情连。
青春永驻颜容貌,快乐无言胜似仙。
六一节来同聚庆,家庭温和喜团圆。
雪中送炭朋相伴,锦上添花友结缘。

七律·咏柳

湖边摇摆树条扬,蝉噪凄声入院墙。
醉眼朦胧花落泪,高山流水断情肠。
嫣然一笑轻歌唱,寂寞无心独自妆。
莫道江南春色美,愁疑翠黛度时光。

七律·赞港珠澳大桥

举国欢欣盛景隆,香江珠澳大湾同。
零仃浩瀚烟波渺,隧道深长海底通。
鬼斧神工惊帝子,人间俊杰架奇虹。
飞车三刻跨天堑,骚客桥头笔绘功。

潘建清

字怀明,号梁溪散人,笔名笑聊。大学文化,《水墨江南》主编,加拿大北美枫古韵新音版主,中华诗词学会会员。无锡市碧山吟社(诗词协会)会员,无锡市作家协会会员,无锡市美术家协会会员,无锡市文艺理论家协会会员。发表诗词及赏析文章被国内外报刊登载。出版《水墨江南》书籍被国家图书馆及各大学图书馆收藏。

重阳登高

九九重阳岁赋时,登高典故几人知?
满城尽带黄金甲,从此百花难觅诗。

绝句·蠡园桃花兼咏史

山河一派景春前,灼灼桃夭柳似烟。
问得相思谁可愿,泛舟携手史名传。

2019年3月21日

咏荷

一塘清水碧,裙绿展非凡。
婷立噙情泪,不群着翠衫。
香风传十里,姿韵颂千函。
尘世飘然过,逍遥岂可谗?

2019年6月20日

咏荷

五月临端午,风荷未冒尖。
时明裙翠滴,世暗俗尘添。
绿幕连天幕,清帘接地帘。
待君芽露水,想是笑颜甜。

2019年6月3日

浣溪沙·咏荷

清澈河池碧翠明,可怜娇小惹人评。
游鱼戏弄恋卿卿。
月下倩姿风韵雅,眼前粉色雨心情。
瑶台仙子任娉婷。

2019年7月22日

浣溪沙·写荷

十里田田画意明,挥毫泼墨写诗情。
可人一朵笑相迎。
仙子凌波徐步至,游鱼戏水鸟飞停。
改来一幅细心评。

2019年7月23日

鹧鸪天·烟雨江南遐思

烟雨江南湿阁楼,扁舟一叶任遨游。
数株紫竹窗前影,乱石横空曲径幽。
图好布,线难勾。天涯浪子怎回头?
人生苦短须珍惜,描绘山河经纬留。

贺新郎·读稼轩词有感答旧主兄(刘克庄韵)

烟雨茫茫黑。恰悲秋、丝丝缕缕,柳烟如织。目尽山河多萧杀,纵有千般度尺。算期待、斜阳温色。把酒狂呼天地醉,怎啸吟、冷落清秋迹。更洒泪、新亭滴。

谁言老朽青云客?义同心、稼轩闲赋,激情豪笔。可惜风流尘淹没,壮志填词瑟瑟。任雨打、风吹孤寂。倦鸟声声归去恨,料平生、大吕黄钟匿。伴古佛、梦魂出。

潘立升

1965年生于黑龙江省齐齐哈尔依安县依龙镇新立村。习惯了唠左邻右舍的嗑,说前街后院的事儿,写父老乡亲的生活。依安县作家协会会员,曾在《词刊》《白天鹅诗刊》《湖北诗刊》《黑龙江农村报》《鹤城晚报》等纸媒发表文学作品。

浣溪沙·风

淘气顽童未长成,捉襟脱帽不消停,挥刀舞剑耍蛮横。招惹春花情蓊蓊,讨嫌秋叶怨声声,抛银扬玉当风筝。

西江月·老农

万里江山作画,千秋社稷桑麻。春风夏雨伴霜花,惯看风吹雨打。
垄上一声老调,庭前半盏清茶。由来汗水铸秋华。筋骨之劳谁怕!

减字木兰花·双鹤

人生苦短,雪月风花非所愿。走过蹉跎,直挂云帆雅鲁河。寒塘鹤影,交颈梳翎成小令。一缕斜阳,老调新词句句双。

忆江南·骨气
——周总理忌日感怀

听金瓯,星寂月牙弯。苦雨凄风寻路远,贫家寒舍笑峰巅,名嘴慑人寰。

沁园春·春回双阳河

莽莽北疆,沃野无垠,浩荡人烟。看双阳河畔,新风试剪;九狼洞口,老腋成毡。极目相观,莺飞草浅,几尾新驹并狗欢。望苍宇,听风喧云卷,仪态千般。

酸甜苦辣经年,千般恨、都遗落忘川。叹人生百转,花明柳暗;乡音万唤,意重情酣。再到家园,高楼栉比,故友新颜把酒欢。评新旧,捻数根须断,嘴翘眉弯。

潘培坤

毕业于华东师范大学中文系语言文字专业,曾从事语文教学,历任校长、处长、党委副书记、党委书记等职(正厅)。先后在《青年报》《解放日报》《文汇报》以及《人民日报》等省部级以上报刊发表诗歌、新闻百余(首、篇)。专著或合著(编)十余册,约400余万字;主要有《城镇化探索》《中国城镇化之路上海实践丛书》(五册),诗文集《躬耕集》《县乡领导岗位规范》《中国县情大全·华东卷·上海篇》以及《绿野霞飞》诗集等。

祖国十颂(组诗)

一、序曲
春秋七十喜空前,绿水青山焕容颜。
万众齐歌祖国好,亿民砥砺追梦圆。

二、南湖
石桥拾阶登高远,碧水绿丝满岸沿。
古镇频添喜庆色,运河倍有感恩颜。
千年苦斗黑天日,一阵响雷光满船。
万马奔腾除恶魔,百花齐放讴新天!

三、枪声
八一枪声震地天,秋收海陆火燎原。
自此军队党领导,过江雄师赖百万。

四、阅兵
铁甲战鹰串火箭,二万精兵冲霄汉。
强军铸魂英姿爽,看我沙场铁军颜!

五、小岗村
弹指一挥四十年,春风吹绿神州天。
凤阳小岗领头雁,沿海粤深跃马先。
异军突起乡村处,号角吹响城市篇。
红旗漫卷富民路,复兴中华开纪元。

六、飞船
一串火柱托飞船,入空神龙史无前。
奏响乐章第一曲,华夏千年精神传。

七、高铁
自古皆言蜀道难,而今动高两相全。
劈路开山穿隧洞,架桥飞龙越高原。
群岭闪电疾如燕,诸河横跨快似箭。
朝发夕至寻常事,美景一路收满眼。

注:赞云贵川动车高铁贯通,颂中国民生工程刷新世界纪录。喜读《文汇报》载《大国工程的"民生温度"》一文有感。

八、脱贫
脱贫路途莫道难,精准规划细周全。
扶贫当须先励志,致富唯有寻活源。
产业兴旺舞龙头,上岗民工知香甜。
举国上下齐努力,小康征程旗鲜艳!

九、治污
打好治污攻坚战,守护江河好家园。
清流秀水碧空尽,翠竹修林绿青山。

十、希望路

中国声音震宇寰，金砖首脑誓宣言。
"一路一带"希望路，厦门起点谱新篇。
合作互补应挑战，务实共赢重安全。
文明古国灿烂花，友谊飘香富万年。

注：恭读习总书记在金砖国家领导人第九次会晤和新兴市场国家与发展中国家对话会上的讲话有感。

2019年7月29日

潘书文

陕西旬邑人，曾为省人民政府农业办公室、省农村发展研究中心经济信息员，省市多家新闻单位通讯员。现为中华诗词学会会员，大中华诗词协会会员，中国诗词协会会员，中国诗酒文化协会会员，陕西省农民诗歌学会会员。迄今在全国100余家刊物发表过约400首(篇)诗词和言论等文学作品，获各级诗赛等级奖30多次。

七律·拙和畅风扬老师《寄友》贺诗坛佳事

诗墨佳篇辛苦成，赤怀意重岂看轻。
辽城广阔抒心迹，宣纸块方融结莹。
文宝韵香装陋室，骚词侠骨酿深情。
感恩同道珍存谊，辉扬唐风赖固盟。

七律·拙和通慧三八妇女节快乐

三月春风意自融，八方会聚热诚丰。
妇联助困家和睦，女士参商国更兴。
节临献书微命尽，日趋图强喜心中。
快迎华诞珠玑赞，乐享佳肴舞彩虹。

七律·九台诗社30年庆贺

九派千枝国粹研，台基韵苑谓中坚。
诗承李杜新诗著，社稷大旗衣钵延。
三思而书明主旨，十分心血酿佳笺。
年长功最堪金史，庆诞共鸣玉并连。

七律·贺二龙山诗社成立五周年

脚步铿锵韵飞扬，畅游诗海任倘徉。
喜迎五岁庆华诞，再筑辉煌雄一方。
荟萃群贤弘国粹，珠玑丰获采盈筐。
待看来日勋编著，共饮嘉珍咏史章。

五绝·贺旬邑书协成立

旬今喜讯传，群彦弄云笺。
三水风光秀，书香润笔端。

七律·古豳重教学风浓
（步赵晖锋会长）

尊师重教学风浓，奉献爱心几许情。
支助生童诚好事，造修后代九秋功。
人才培养知途远，素质提升乡梓荣。
皆道古豳誉中外，欣欢户户子成龙。

七绝·为诗海探骊开版题
（次韵唐会长）

诗坛突感靓丽殊，海阔同流不觉孤。
探得深宫觅珍玉，骊驹弛聘一明珠。

七律·和杜门弟子《杂吟》

诗意崇高国是关，语常文浅脑愚顽。
每逢不吝兴吟事，岂惜墨浓反复删。
莫让一时空闲过，只争朝夕未稍迟。
笔头书烂佳篇有，功没希求广玉患。

七律·成吉思汗(和美德动天)

晓勇通谋识大弓，奇才宏略载文踪。
长驱欧亚征营扎，华夏辽遥古昔雄。
治国安邦书史雅，浩茫伟业共云同。
莫收物事几经改，壮举依然荡漾胸。

潘孝杰

山东昌邑人，38岁。业余诗词爱好者，作品散见于网络和纸刊！

再登烟台山
秦皇嬴后两千年，登临莫名斗志坚。
炮阵余威今犹在，狼烟台火不复燃。
芝罘弄舟涛击橹，崆峒结网浪摆帆。
一览胜景了无憾，我伴夕阳快归还！

登烟台山
赊得浮生半日闲，拾级而上烟台山。
翠松白塔托沧浪，灰砖红瓦枕安澜。
映眼芝罘胜始帝，极目崆峒赛神仙。
三遍回眸潮海里，醉在美景不思还！

注：芝罘岛是陆连岛，崆峒岛是海岛！
2019年5月1号，携女儿游览烟台山、登烽火台、灯塔、拜访冰心故居、各领事馆。

七古·咏迎春花
乍暖还寒自称王，独秀北国报春光。
虽无牡丹真国色，唯有金甲虎蹄黄。
凌峰卧野凭骨傲，日晒雨淋任风狂。
待我不再恋此处，百花才敢竞芬芳！

七律·秋（步韵曹艳玲）
雾散云腾烈日隆，新妆碧色漫苍穹。
欣闻桂树金镶玉，喜见枫林绿嵌红。
雁去枝斜疏月影，蝉归叶肃瘦清风。
秋高宜赏青橙果，目阔心宽意气融。

牡丹
西出洛阳群芳妒，乃为娇子爱之深。
纵有国色甲天下，犹存香韵惊世人。
不畏武墅折富贵，自信邙山藏本真。
媚娘占得风骚后，焦骨依旧吐艳芬。

潘新荣
湖南省武冈市诗词协会会员，供水公司职员，作品在多家报刊发表。

七绝·七夕缘
鹊桥又起银河岸，七夕云霞彩满天。
神话仙缘虽戏剧，痴情未了已千年。

七绝·清明
极目苍穹看白云，展舒聚散起纷纭。
清明供品皆荤素，纸烛檀香一并焚。

七律·礼赞时代楷模余元君
已许今生报国家，专心水利展才华。
洞庭波涌千重浪，湘楚情浓万里涯。
君赴泉台天亦憾，魂归仙岛路无遐。
忠诚事业当公仆，时代楷模四海夸。

卜算子·水利腾飞庆祝建国70周年
千里浪滔天，拍击沿河岸。固筑长堤控险情，心系防洪线。

北漠现江南，三峡神奇变。水利腾飞树丰碑，富国强民愿。

长相思·武冈资源村脱贫致富项目原生态泳池
资水流，洇水流。流注清池浪里头，风清水亦柔。

激情游，尽情游。尽享清凉方罢休，晚霞已满楼。

潘运鸿
生于1938年，是四川省成都市郫都区古城镇古城村人。1962年毕业于凉山大学中国语文专业。1986年川师语文、历史本科函授毕业。先后任教于郫都区先锋一中、新都万安中学。为省老年诗词创研会员，郫都区诗词分会会员，杨雄研究会会员，成都市孔子学院孔学研究员。

荣军医院寻芳二首

一

伤残院中迎彩霞，胜日寻芳好年华。
随缘度世可疗养，应感党恩惠我家。

二

院中初夏郁葱葱，伤残夫妇喜眉峰。
轮椅觅来芬芳艳，万绿丛中一点红。

住院夜思

人生甜苦有谁知，难念之经我自思。
长夜吴刚来陪伴，嫦娥仙子帮写诗。

祝彭中百年校庆

秋阳高照桂花开，桃李园丁返校来。
恭祝诞辰百岁寿，豪情洋溢满胸怀。

咏三道堰闹年锣鼓

牌子纯金乃正宗，当当丑丑伴咚咚。
双梅猛泻入霉雨，二项狂敲叁阵风。
闹市应声摧物价，动咚随拍长捶风。
百家皆用源头谱，对擂三堰第一功。

注：双梅，指双梅花。二项，指二项子。闹市，指闹八仙。动咚，指动咚板。长捶等都是锣鼓牌子。

水调歌头·游三峡

才饮夔门水，又食二峡鱼，巫峰十二游遍，心旷更神怡。喜看迎宾神女，欣览朝云暮雨。传说更神奇。两岸领航火，夜晚指航迷。

驯洪水，大坝建，开新渠。长虹横跨，车水马龙激。南北新城壮丽，瞻仰张飞庙宇，快乐又登堤，歌唱长江美，赞颂紧跟随。

破阵子·赴彭中百年校庆感怀

百岁周年校庆，一千多位同窗。地北天南归路远，浆激轮飞旅途忙，满身皆是霜。

叙说彭州中学，中央重点教堂。沐浴春风桃李茂，应记年年秋菊黄。

注：学校当时有半亩菊花基地，每年出售各种名贵菊花。

满江红·祝鼓中百年校庆

锣鼓喧天，校园里、空前热闹。随处是一堆欢笑，十分亲切。主席台前人欢醉，来宾座上人潮拂。话当年，共砚奏弦歌，争相悦。

光阴快，宾染雪。分道远，音尘隔。喜齐来献寿，激情洋溢。百岁春秋勤化雨，三千弟子多豪杰。愿母校，甘露播千秋，人才出。

裴希林

1948年3月出生。山西省沁县人，曾先后就读于北京育英中学、北京石油地质学校地球物理勘探专业、四川大学中文系。曾从事多年石油地质工作并先后担任过四川省委老书记杨超同志秘书、四川省投资集团企业高管。现为中华诗词学会会员。

七律·咏黄河——激荡奔腾华夏史（新韵）

黄河本是九霄龙，跃入神州沃土中。
穿越千山浊浪涌，润泽两岸稻菽丰。
乳汁化作民族血，魂魄镕为警世钟。
激荡奔腾华夏史，惊涛万里响云空。

沁园春·望昆仑

赫矣高兮，莽莽昆仑，气象万千。望云涛漫卷，神人乘御，瑶池盛宴，王母欢颜。凤鸟高翔，羲和驾日，八骏周王腾紫烟。悠悠事，见昆仑笑道，弹指挥间。

九天俯视人寰。看几度、沧桑海复田。叹茫茫宇宙，微尘渺渺，冥冥大化，天道循环。何必伤怀，人生苦短，花落花开本自然。仰首笑，为君歌一曲，直上云端。

七律·咏望江楼

锦江春色来天地，毓秀钟灵女校书。
情寄诗笺一纸泪，性眈翠色万竿竹。
即席援笔纤纤手，乘兴题诗字字珠。
愧煞望江楼上月，姿容相似韵难如。

注：成都望江楼系明清两代为纪念唐代著名女诗人薛涛而建。薛涛喜竹，后人因以在望江楼公园内遍植各色翠竹。园内幽篁森森风掀绿浪，令游客睹物思人，千年仰慕。

八声甘州·天上人间——红原大草原

谢东君送暖到天涯，春色遍红原。望关河千里，缤纷世界，绿浪无边。澄澈长河映日，奔涌越重关。落日牛羊走，月上东山。

沉醉山河静美，且唱归去矣，何处家园？我看繁华地，原本类荒蛮。便纵有、满堂金玉。却茫然、何处把心安。争如我，无边风月，山水云间。

嘉兴烟雨楼咏叹

濛濛烟雨春如梦，短棹轻舟碧浪行。
画栋雕梁波影绰，芬芳桃李柳娉婷。
吴侬软语消豪气，秀色柔波化性灵。
后主仓惶辞庙日，填词应悔太多情。

水调歌头·妙谛月高悬——登峨眉

逸兴凌绝顶，俯瞰万山巅。霞光辉耀万物，苍翠笼晴岚。放眼滔滔云海，千仞奇峰壁立，桂殿映流丹。金顶佛光现，妙谛月高悬。

窥人世，红尘扰，付笑谈。名缰利锁，不啻是过眼云烟。眼看他居堂榭，眼看他楼塌了，何事苦熬煎。知否人间事，原本在心安。

七绝·咏荷

夜色朦胧桂魄临，纤腰轻展碧罗裙。
满湖影动花仙子，拭目频疑梦里人。

彭彪

来自甘肃农村的残疾人，中共党员，诗词爱好者，希望能在复兴中华传统文化的道路做一块奠基石。先后成为靖远县鹿鸣诗社会员，白银市诗词楹联家协会会员，定西市文学艺术界联合会会员，甘肃省诗词楹联家学会会员。现任扬波诗社副社长兼编辑，丹江文学社理事兼编辑，中华诗院副主编，汉语言文学交流办公室总监，安定文化特约撰稿人。2017年开始诗词创作，2018年与李文朝将军唱和《戊戌咏春》，作品发表于《白银日报》《白银晚报》《朝花夕拾》《陇中文苑》和中华诗词研究院《诗刊》，部分作品连续三届荣获丹江杯一等奖，被国家级丛书《松花江上的诗声》和《云杉集》收录并收藏，《爱我中华，爱我甘肃》被誉为"传世经典"。

夕照古城（坡底韵）

城楼护万家，千载蕴新花。
赫赫陶瓷品，悠悠丝路茶。
贤文承孔孟，侠武靖中华。
从此无兵事，豪情唱晚霞。

题法泉寺（坡底韵）

清泉绕紫霞，佛祖坐莲花。
雨露滋三界，慈悲济万家。
年年传梵唱，代代悟禅茶。
殿内香烛旺，山门蕴太华。

颂黄河石林

黄河出石林，隐隐有龙吟。
冬夏清风扫，春秋细雨霖。

绿洲滋景泰,风韵正民心。
仙境天然至,神奇立古今。

剪金山
高耸剪金山,神威震宇寰。
凤鸾鸣胜地,仙佛度人间。
甘雨层层润,天梯节节攀。
八方朝拜处,愿力改苍颜。

铁木山游记
曾经游铁木,俯瞰见峥嵘。
春水浇农地,寒林绕古城。
庙中香袅袅,山外气盈盈。
参佛寻真谛,太上不忘情。

注:忘(平)。

雪山寺记
古寺传般若,浑然自在身。
山门前悟道,大雪里修真。
一念生慈善,三经了果因。
问僧缘剃发?名利乱红尘!

题龟城
沙影锁龟城,寒风冷酒觥。
此时思岳帅,昔日罢刀兵。
甘露池心稳,护城河水清。
红旗插遍处,朗朗读书声。

西宁城遗址月下寄语
战鼓几时休,城楼月似钩。
寒沙笼阵地,热血洗矛头。
马过三千里,兵行十五州。
如今凭眼望,隐约是田畴。

钟鼓楼
靖远好声音,天天定本心。
晨钟鸣大道,暮鼓转光阴。

福地生文武,高楼寄古今。
人人来仰望,四象亦登临。

瞭高山
瞭高三百仞,手可摘寒星。
月淡看山秀,峰奇显地灵。
潺潺流水濯,点点瑞云青。
登顶双眸眺,仙毫乱画屏。

注:濯取明净秀丽之意。

响泉村
盛誉响泉村,人文礼义敦。
平川连翠霭,烽燧送黄昏。
陶韵浓浓溢,风情耿耿存。
全民同建设,幸福至儿孙。

祭英雄
曾经景泰行,碑刻向天擎。
追忆军麾事,长躬烈士亭。
黄沙埋万骨,渡口失千兵。
解放全中国,红旌即血旌。

崖窑灵湫
屈吴灵湫隘,盛誉道光钟。
朝暮听禅唱,春秋悟石淙。
旱塬龙凤虎,胜地水云松。
放眼平川处,红旗舞几重。

注:石淙即石上流水声。

沁湖忏怀
天然一幅图,十里小西湖。
沁水盈盈荡,长桥静静孤。
清风如玉扇,垂柳仿流苏。
引得游人至,吟诗以自娱。

咏景电工程
母亲河域上,景电四方明。
灌水千千亩,挑灯十十城。

国家新政好，百姓小楼荣。
节约须牢记，开关从我行。

南华山

峰剑入云端，山巅不胜寒。
三清游宝刹，十佛筑灵坛。
树下呦呦鹿，霞中笛笛鸾。
清眸抬起处，仿佛接乌兰。

咏母校

秋清正落英，今又校园行。
不见当年柳，遥思昔日情。
同窗私语远，师长笑颜迎。
最美红旗下，还能学一程。

三赋寿鹿山

鹿

茫茫寿鹿山，因鹿誉人间。
跃跃群峰小，呦呦两角蛮。
逢人惊急走，藏石悄偷闲。
天路云端下，也敢试登攀。

松

寿鹿万年松，清风纳入胸。
烟笼方缥缈，雪裹更从容。
郁郁葱葱立，重重叠叠封。
天然君子气，睥睨笑寒冬。

山

苍茫之寿鹿，三足鼎天然。
北向双蒙靠，西来大漠连。
梯通云上路，影映石中泉。
今仰群峰秀，峥嵘十万年。

彭德超

字孟起，祖籍江苏邳州，现就职于新沂中专，爱好徒步、旅行、摄影及诗词创作。

沁园春·人生

胸涌波澜，思绪如潮，遥念从前。忆青春年少，风流倜傥，纯真率性，豪气云天。青涩迷茫，彷徨愤懑，立马横刀敢为先。与时进，看韶华律动，往事如烟。

堪临暮岁蹒跚，每自艾，昔莺花月边。弃红尘羁绊，天涯相寄，吟诗作赋，山水情缘。盛世欣逢，民丰物阜，美好升平谢圣贤。待归隐，信马游天下，胜却修仙。

清平乐·陌上花开

花开陌上，柳舞湖波漾。紫燕归来欢歌响，重现满怀希望。

到处红绿芬芳，朝霞映醉春江。当必宽心吟唱，让爱常驻心房。

念奴娇·半世情怀

往夕如梦，一声叹、推尽平生流岁。美好留存，堪可怨、华月徒沉朴悴。武略虚传，文韬更逊，倍感身心累。春花秋果，岂能名位不配。

遥想孟起当年，愤青而叛道，无为途末。话烈言微，无意间、开罪神明多位。往事难回，情怀不相忆，早离愚昧。同朋兄弟，勿将韶运荒废。

满江红·珍珠婚

卅载韶光，勤心力、累累硕果。思往日，百辛茹苦，总然收获。侍奉高堂兼育幼，无由倾诉功和过。莫等闲，白了少年头，空应诺。

光阴转，时世错；承祖训，精开拓。愿朱陈谐和、运鸿修阔。屡历沧桑成正统，光前裕后么能惰。看今朝，琴瑟笑开怀。人辉烁。

彭光军

男，1961年12月出生，大专文化，滕州市联通公司干部。系滕州市诗词学会会员。曾在报刊发表诗词作品近100篇（首）。

七绝·无题
火树银花伴紫烟，玉轮悄上柳梢边，
牡丹朵朵催人醉，秀水粼粼映客船。

七绝·悼凉山英烈
梨花风起正清明，噩耗传来动地惊。
蹈火赴汤英烈去，青山祭奠刻英名。

七律·滕州美（中华新韵）
千年滕县换新颜，水秀山青入眼帘。
上善公园听百鸟，红荷湿地赏双莲。
市民广场风光美，盈泰温泉老幼欢。
圆月初升歌舞起，荆河两岸柳蹁跹。

沁园春·怀念伟人
四海翻腾，五洲震荡，星火燎原。忆秋收暴动，一呼百应。长征路上，万水千山。危难当头，运筹帷幄，首胜平型捷报传。逐倭寇，葬蒋家统治，换了人间。

千疮百孔家园，立壮志旧妆换秀颜。定援朝抗美，国威永立。打修击印，边境长安。两弹横空，惠波千载，乐业安居民为先。革命者，要改天换地，砥砺登攀！

注：打修击印是指珍宝岛战斗与对印自卫反击战。

彭光禄

网名江南雪，江西省赣州市龙南县人。系中华诗词学会会员，江西省诗词学会会员，江西省楹联学会会员，赣州市诗联学会会员，龙南县诗联学会理事，龙南县作家协会会员，争鸣诗社个人专辑主编，江南诗社社长、主编。作品散发于《中华诗词》《诗刊·子曰》《江西诗词》《赣南诗联》等纸刊及各大网站和微刊上。有近百首作品入选《中国当代诗词》《冰心颂》《芙蓉国文汇》等诗集。

七律·闹市赏梅有怀
腊月廿七日下午，龙南县诗联学会部分成员来到龙翔大道大转盘花园，观赏了和风中的红梅。

东风送暖日临春，闹市寻梅话语新。
花绽园亭陪客艳，众依虬树看谁神。
都言孤叶难追浪，不必双舟成对邻。
竞赛何须分一二，诗魂总在雪中纯。

临江仙·冬日虔城有怀
瑞雪飘扬人兴奋，欣闻赣邑年丰。松窗又见小梅红。有鹅黄染柳，大地刮东风。

最爱虔城多宋景，贡江多鲫虾雄。笑观八境胜诗工，几多新建筑，可与少时同。

数九有怀
诗煮红梅冬冷至，三阳缓缓近初春。
江南瘦叶寻新友，北国琼妃恋绿茵。
咏首清词迎浩月，干杯浊酒伴良辰。
君知数九严寒久，我盼东风扫俗尘。

金风漫卷千峰翠（步韵熊东遨先生）
拾好书笺潜府修，吟诗泼墨古今游。
放舟南浦君来束，回首征途夏变秋。
波浪飞奔灰鹭疾，船舷摇起海豚浮。
金风漫卷千坡翠，峻岭山光更碧幽。

悼凉山英烈
凉山烈火留余恨，钢铁男儿血祭河。
放眼新碑添热泪，低头旧笛唱哀歌。

清明时节飞花冷,四月人间叹曲多。
一夜寒风吹雾散,英魂几缕又雄么。

清明

彩云飞舞卷晴天,日丽风柔柳吐烟。
竹尾莺鸣和韵脆,江中雁击影姿妍。
一山红艳随春逝,三亩青苗盼水连。
几缕愁思坟墓起,游人岭上又烧钱。

醉春风·新春

对子门沿吊,灯笼檐下笑。金猪携瑞送春风。闹、闹、闹。鸣鼓迎新,踏堤郊外,展眉凝眺。

柳染鹅黄早,斜夕霞彩好。畅游河岸喜洋洋。俏、俏、俏。江上飞鸥,水中浮鸭,丽人多少?

春回

溪畔菜黄谁不识,鲫肥翔水慢悠悠。
春风缕缕心怀暖,白鸭群群羽尾柔。
笛弄亭中难见客,牛犁土上又瞻丘。
何言二月无佳景,一路嫣图美到头。

彭海祥

笔名长歌。已出版《逸闲随笔》《奔腾豪情》《玉韵丹心》《翰海诗涛》诗词集,诗词作品入编《当代艺坛百家》艺术珍藏册和《中国最美爱情诗选》。现为中华诗词学会会员,中华楹联学会会员,中国诗歌学会会员,并被世界汉诗大会授予诗博士荣誉称号和2017年十佳诗人荣誉称号,是2018年入编《中国文化人才库》的诗人、作家。

七律·黄鹤楼感怀

傲立江南第一楼,轩昂气宇眼前收。
虹桥水岸凌空架,鹦鹉洲滩泛绿绸。
黄鹤含情迎贵客,白云载悦会朋俦。
千年不忘名贤句,荆楚雄风天际流。

七律·武当觅仙踪

久仰仙山似梦浮,远寻圣地把真求。
烽烟岁月随天去,烈火经年万载留。
敬仰江湖豪气盛,尊崇侠义爱心悠。
为民武剑行天下,壮志凌云荡九州。

七律·西安古城吟

西安古邑看城墙,岁月峥嵘历古殇。
雁塔藏经传典著,华池忆恨梦霓裳。
秦皇功过千秋鉴,马佣奇观万载扬。
历史名城多灿烂,欣逢盛世更辉煌。

七律·河源采风行吟(五首)

(一)万绿湖感叹

天然万绿翠湖丰,三度重游笑里逢。
春历丹霞寻旧梦,秋临景色醉迷朦。
镜花岭上观音俏,水月湾前爱意浓。
李讷栽植榕木树,慈缘乐善志高崇。

(二)温泉景区赏莲荷

龙源美景胜瑶台,满目荷花艳媚开。
一遍嫣红迎客到,八方雅士慕名来。
千丝缘柳轻飘逸,万朵红莲玉叶裁。
含笑芳菲尤烂漫,天姿国色醉人怀。

(三)华清宫感怀

华清宫上浴温床,醉若明皇享媚芳。
男女池中欢雅趣,鸳鸯浪里乐徜徉。
香薰沁润游人醉,水暖舒筋护肺肠。
浸泡名泉通脉络,天缘此处聚贤良。

(四)野趣沟印象

潺潺流水响叮当,似向游人诉悦肠。
野趣沟中张魅力,天书石上解迷茫。

清泉瀑布悬崖落,石径湖湾胜境藏。
一路林荫深谷去,初秋到此醉悠扬。

(五) 采风行随笔
俊秀河源耀美名,风光艳丽气芳清。
千般景色原生态,万绿湖中水月情。
四会文人欣造访,八方雅士梦缘呈。
初秋觅趣采风乐,满载而归露笑盈。

彭克和

1942年出生于无为县无城镇,男,无为县供电局工作,历任局电力技术安全员、秘书、人秘股长、办公室主任等职。1902年在无为供电局退休。安徽省诗词协会会员,无为县诗词学会会员,爱好古体诗词。

七律·题红楼梦《焚稿》
红颜薄命多才女,一见衷情伤自心。
院内欢声迎喜曲,闺房落泪断肠人。
诗魂魄在抛亲事,丝帕留今化梦尘。
质本洁来还净去,孤飞彩礤漫游巡。

七律·荷塘赏景
园盘绿叶自撑开,绚丽芙蓉绽放来。
一阵香风撩妙处,孤蛙戏水跳青苔。
休闲赏景生诗振,激发真情思路埋。
忘返荷塘君快乐,流觞雅韵漫心怀。

菩萨蛮·万家乐
中华处处人欢喜,小康道路民生惠。
城里住高楼,农村人不愁。
城乡风景美,树绿青山翡,看跃进丰碑,强军国力威。

七律·赞诗词班旗袍秀
轻歌慢步舞翩翩,好似神仙入眼帘。

展示罗扇扬味道,并排彩伞乐心田。
风情万种诗词妙,态势千娇玉手娟。
满腹经纶藏雅韵,楹联对句震文坛。

五律·盛夏游江浦
骄阳似火烧,热浪太难熬。
父子游江浦,浑身汗水浇。
明珠光闪烁,旧貌特娇妖。
乘兴登绝顶,凌空眺远谯。

彭年祥

网名鄱滨歌者、程咬金,笔名彭蠡舟、严库,1946年生,湖南湘乡人。江西省共青城市中学语文高级教师,中华诗词学会、江西省诗词学会、九江市作家协会及诗词联学会会员,共青城市诗书画协会秘书长兼《富华山》会刊主编,浔阳江诗社及赣鄱文学社顾问。已出版诗文集《彭蠡舷歌》《蠡舟吟稿》。

七律·村翁告白(平水韵)
赣湘亢旱夏经秋,缺水高田尽绝收。
禾稻枯焦铺白发,垄畦龟裂迸拳头。
望穿老眼云霓少,求哑嘶声烈日稠。
但愿灾情山外少,一年辛苦食无忧。

七律·己亥新正记憾(平水韵)
春回日日少朝暾,满眼寒梅望断魂。
风伯殷勤赍雨雪,羲和怠惰欠晴温。
吴城观鸟人离远,西海划船水见浑。
冷湿回程车遇阻,媪翁怜子又怜孙。

七律·迎春寄语(平水韵)
梦里思乡到白田,弟兄姐妹共团年。
傍山泉酿新醅美,对宅园栽小菜鲜。
恨昔囊空无力返,喜今网快有群连。
人才辈出凭耕读,勤勉家风代代传。

七律·古龙湖军民融合项目签约(平水韵)

儿时桥畔忆求神,青壮挑堤坝堵津。
放眼轻风来细浪,寻踪旧路失香尘。
脉渠广润千畴稔,镜水深滋万岭新。
圆得航天文化梦,欢呼桑梓又逢春。

注:古龙湖为白田镇长江水库别名,原址有长拱桥及观音庙。

七律·百年"五四"感怀(平水韵)

当年平地一声雷,德赛光临耳目开。
学子填膺羞国弱,工人振臂恼民颓。
列强暂缓瓜分计,华族终纾玉碎灾。
火种星星从此聚,燎原大势起蒿莱。

注:德赛即德先生与赛先生,民主与科学的形象称呼。

七律·大庆别咏(平水韵)

盛世谁无几百年,七旬难副日中天。
赞歌少唱知薪卧,警策多闻忆胆悬。
似铁民心时淬炼,如炉国法早成全。
举觞听奏长城曲,莫把庭花付管弦。

彭运国

老树着花,湖北宜昌人士。得名于"野凫眠岸有闲意,老树着花无丑枝"。曾经商海沉浮,现偏居一隅,赋闲在山野之间,得趣于玩文弄字。悠哉,不亦乐乎。

看花间·题嫣然摄桃花(词林正韵)

夜半帘掀梦落华,摇影惊鸦。柳枝乱卷千尺浪,瘵已穷、剩几声嗟。东南观婺女,三弄琵琶。

桃李轻薄染碎霞,粉黛裙佳。愿邀青帝司红雨,种玄都、看尽玉砂。怨春为我老,谁傍天涯。

怨三三·寒食

吹烟榆火向旧坟,暗雨消魂。泪眼无光但有声,想他个、待重生。

长眠窅冥犹神,站着的、心衰智浑。飨酒拜天门,烧钱拾万,奠祭乾坤。

踏青游·樱花

万里流霜,淑气更催花放。携几友、珞珈山上。玉玲珑,芳侵径,春心潢漾。积素荡,楔瓣碾尘飞扬,尽扫暮佟惆怅。

攘攘熙熙,叠踵比肩相望。哂风软、此消彼涨。摆丽姿,摄艳影,嗲声高吭。休嗔我,提锄拾英入壤,赚得香魂胸藏。

小重山·赠友人

春递消息南步匆,鞲云追塞鼓、号角重。浪淘风簸跨儿虹,腾骞马、酣渡借飞鸿。

日走万山峰,夜驼星雨坠、卧花丛。千秋苦旅恋青葱,一壶酒、说笑醉夕红。

看花回·赏牡丹

浪蕊初开放侈华,风伴清筇。晓香连萼和晨露,暮艳浓、帝妒流霞。夺目霞乱舞,醉咏千嘉。

天感媚娘斩万丫,剩赐国花。剪裁洽奉东风意,羡檀郎、占断魁佳。但得魂永驻,还奏琵琶。

江城梅花·野营

梨花飘洒过清明,两三盟,凑一群。择景安营,九陌漫烟轻。荒野寻春绿水近,蝶蹮舞,噪流莺,扰太平。

叫山、稞云、好峥嵘。呼乳名,笑喷青。老少辈混,闹了个、天地不宁。敲碗击盆,曳杖撞风铃。啸傲古今天下事,一斗醉,俚人歌,字字铮。

连理枝·桃花

千里桃花艳,万缕丝丝冉。燕舞翩

翩,莺啼梦醒,绿塘摇滟。袅袅轻烟慢,数峰青黛染。

拂袖遮羞脸,眼火一波焰。连理枝情,君王隽永,惊鸿澹潋。比翼双飞渡,滞不归,共人皆可念。

风流子·五一

朝暾夜暮尽。笙歌起、万鸟唱崆峒。叹花谢杏靡,澍濡林茂,黛青山远,春意无穷。大千界、岫霁云凤翥,七彩蔚韶红。龙脉永延,梦情伊甸,走笔词颂,王土惟恭。

九州若钟鼎,全凭那些个、死士劳工。百二隘关今在,血溅存踪。庙堂德厚载,兼蕲浩荡,圣施雨露,泽被耕农。怀悃号元宗礼,留醉毛公。

粉蝶儿·题友人读书照

㸦旅偷光,独倚廊角勿扰。错东风、瘦红春老。素娥眉,花映水,朱粉还俏。僻村再逢新好。

娴静捧卷,持才韫楱苏小。蕙心高、罕俦些少。诉衷情,愁自赏,语棋论道。暗香浮,梦里问词清照。

陌上花·感乐春兄赠书

阔别数易春秋,忽奉贶施书予。感承遥章,披吟望穿烟雨。聚首折柳四十载,邂逅正缘俦侣。睹风标、梦里乱丝牵绪。映窗烛炬。

友如松,耸伟云霄刺,远被仁矜文武。济世珪璋,雅度懂人和处。嗜闲缱绻挥弱翰,悲老贫无赠与。问明月、旎俊精神安在,清风荷举。

少年游·春逝

飞花无主恨西风,春去逝匆匆。杜鹃泣碎,幽怨嘱许,拾落地残红。

心长皱纹浮生短,孤枕数日穷。负了晨昏,瘦词堪诉。留醉待相逢。

燕归梁·别春

三两莺声送暮春,繁华了无痕。东风一夜渡中宸,蔷薇谢、楝花纷。

愁长梦短,身衰影瘦,酒醒伴灯昏。案台苦吟扫诗尘,未得句、叹噸呻。

花前饮·依韵古无名士

那年相遇杏林荫,半羞面、情思遗沁。唱鼓笙与琴,且许会、花前饮。

荏苒蹉跎溺空谶,夜残漏、长吁欹枕。雨乱不杜鹃,去雁杳、寄贝锦。

附无名士原玉:

雨余天色渐寒渗,海棠绽、胭脂如锦。告你休看书,且共我、花前饮。

皓月穿帘未成寝,篆香透、鸳鸯双枕。似恁天色时,你道是、好做甚?

水调歌头·初夏

夜半疏雨朔,陌上洒珠瑳。山青妆淡,风动杨柳舞婆娑。放却流光花谢,软紫烂红忽去,邑菀尚云萝。莫言郁菲尽,更待看绷荷。

东皇去,韶华老,醉乡蹉。千峰万濑,闻道九野旧人多。携友残春探夏,忘了夕阳岁暮。还唱(大风)歌。可叹谁知己,逝水有情么。

附原玉:
水调歌头·夏

清风掀柳浪,粉霞照清荷。蝶蜂飞翅,蜻蜓成阵燕穿梭。雨洗千山更翠,人钓河边潋滟,蒿草隐青蓑。山水绘新画,百鸟唱欢歌。

最开心,数鸥鹭,舞婆娑。大千变幻,心境坦荡事皆和。石击水中起浪,风过鸟惊飞落,爱恨起澜波。纵有百般困,还要乐观过。

渔家傲·钓

野水悬丝千嶂静,抛钩诱饵烧炊甑。悠晃唱支《渔父咏》。无飑影。收缉暮背三湖景。

叩枻轻舟穿浪横,天师败走江天靖。耳顺乐些凭雅兴。奔市井。赊条胖鳜蒙媳令。

彭志纯

男,56岁,湖南安化人,中共党员,教师。本人爱好广泛,曾有书画、篆刻作品在全国获奖,篆刻作品曾在国内多个城市参展被在国外展出,书画、篆刻作品曾在《湖南日报》等处发表,或结集出版。现代诗曾获全国一等奖,现代诗、古诗词、对联等在国家、省、市、县多次获奖,也有作品发表或结集出版。有四首对联被景点凉亭镌刻,有对联获由遵义日报报业集团和遵义浙江商会组织的"遵义唯一国际楹联大奖赛"有奖征下联活动三等奖。现为湖南省诗词协会会员,益阳市中国画学会会员,安化县梅山诗社理事,宣南诗社理事等。

鹧鸪天·春意二题文
一(词林正韵第七部一先)

冷雨还凉雾似烟,顽童追放纸风鸢。满怀翠意如心灿,一望清新若笑妍。

柳鹅嫩,草芳芊,纷飞燕羽剪云天。蹒跚疏影闲情处,半笼垂帘任梦牵。

二(词林正韵第一部一东)

碧水轻帆且向东,柳黄欲滴染苍穹。摧春布谷鸣惊岸,田野牛犁啸破风。

凭亭阁,畅明瞳,远山但看似烟笼。情怀一抹杯中浅,笔下诗词应韵丰。

七律·冬至(平水韵上平十一真)

败叶枯枝坠入尘,黄蝉不语断悲呻。
残荷已却临风咏,野菊犹添对月醇。
冷雨烹云秋碎梦,孤鸦噪柳露凝晨。
红梅欲蕊冬将至,瑞雪冰花胜是春。

七律·秋登安化云台山
(平水韵上平十灰)

袖蓄秋晖肆意徊,欲追云鹤踏鳞苔。
闲闻啼鸟林间落,独听禅音破空来。
但舍浮沉随翠去,岂留名利绝尘埃。
太虚真武清钟远,夜梦依稀访佛台。

七律·资水"百里画廊"秋行
(平水韵下平六麻)

清波潋滟驭帆斜,曲岸金滩映落霞。
漫步香堤舒惬意,坐观游鹭踏洲沙。
渔翁垂钓钩秋月,亭榭情怀醉菊华。
烟雨一江葱郁郁,画廊百里耀清遐。

注:沿资水而上,过了敷溪桥,进入安化县境内,眼前江水平阔,波光潋滟,山姿百态,树木青翠,一路奇石繁花,更有中国黑茶博物馆、黄沙坪古镇、盛世东都、辰溪廊桥、东坪电站、柘溪水库等景点,风光逶迤,有如在资江岸边、S308省道之旁镶嵌一条银亮的缎带。这是一条颇具特色的风光带,东起小淹镇敷溪,西至柘溪镇雪峰湖广场,溯流而上百余里,被称为"百里画廊"。

南乡一剪梅·品茶
(词林正韵第七部一先)

空翠接云天,玉立灵芽绕紫烟。倚阁亭台围彦客,人也芳妍,月也芳妍。

何许醉醪泉,茗品天香话逸宣。且颂诗词题水月,茶亦清鲜,吟亦清鲜。

注：本词范本：宋代柳永《御街行·燔柴烟断星河曙》。

鹊桥仙·莲开时节会诗友
（词林正韵第十七部）

柳深蝉噪，舟轻浪逸，鹭鸶斜阳曳迹。艳妆菡萏叠霞烟，风弄影、虚惊鱼鲫。

清香盈远，弦歌舒意，野旷薰风驰疾。酒邀水月共杯吟，倚楼阁、诗情漫溢。

注：本词范本：宋代欧阳修《鹊桥仙·月波清霁》。

水调歌头·今又重阳
（词林正韵第二部七阳）

昨夜秋汛涌，晨醒室盈香。凭窗枫艳，梧桐怡梦卸残装。归雁南飞鸣疾，稻稷涛翻金浪，狂野逐苍茫。正是丰收季，今日又重阳。

插茱萸，登高处，兴飞昂。临风把盏，且饮桂酒润柔肠。一地铺银碎月，满目清辉来袭，扑面舞霓裳。郁郁诗如菊，淡淡韵舒扬。

注：本词范本：宋代毛滂《水调歌头·九金增宋重》。

戊戌年重阳节有感

平庸

戴秀春辽宁绥中人。现居河北秦皇岛。闲暇偏爱诗词，只是字少词穷才情肤浅，所以作品多无深意，愿与诗友结缘得道升华，提供作品接受评委矫正。

五绝·春锁
谁把春光锁，无声岁月流。
浮云停问客，是否代君愁。

五绝·春花漫
花漫阶台寂，心思苦岁白。
明年春色处，是可旧人来。

七绝·人知梦
人识意境草知春，云雨归尘向海深。
爱恨功名终梦老，得失取舍懂情真。

七绝·老来伤
春夏秋冬各自妆，烟云岁往老来伤。
华年不懂人生苦，误以光阴可久狂。

七绝·岁梦入怀
岁去芳红入夏妆，萧风落叶感秋伤。
往来多少浮沉梦，有道从容有道茫。

七绝·色悟
春夏秋冬色迹匆，功名利禄是非声。
人如草木零怜物，何故红尘自卖疯。

五绝·暑忆
夜雨消尘暑，新堂忆旧屋。
檐前年返燕，小院老身孤。

七绝·夏巡闲
树碧云白宇澈蓝，林阴漏日步巡闲。
天遥地远何方尽，岁里人花散影寒。

蒲惠瑜

生于1950年，陕西宁强人。1995年开始文学创作，曾先后在《诗刊》《词刊》《歌曲》等全国各地文学杂志发表新诗、古典诗词及歌词作品多首，有作品入选多种诗文选集。个人传略收入《中华诗人大辞典》《中国历代诗词家辞典》等多种辞书。曾任《歌词选刊》责任编辑。现为中国诗歌学会会员，中国音乐著作权协会会员，中国书画艺术家协会会员。

浣溪沙·啃老族
整日手机玩不停，好吃懒做度昏晨。事无大小有双亲。

他食父母千千万，父母食他万不能。
双亲年百靠谁人？

浣溪沙·零与一

君问身安值几银，健康似一币如零。
若无一在零何存？

老来莫拿钱买命，年轻何必命换银。
健康一世贵如金。

浣溪沙·赠人玫瑰留余香

安住高楼梦土房，白馍细米想粗粮。
无忧衣食闲得慌。

心中缺少那点爱，赠人玫瑰有余香。
煮蛙温水胜砒霜。

浣溪沙·歌曲《小芳》感怀

夜半蟾蛙戏藕塘，鹧鸪声晓断人肠。
一觉春梦尽小芳。

十载浩劫风露冷，几多温柔恋他乡。
杜鹃啼血两彷徨。

浣溪沙·闹清明

油菜花开麦色青，蛙声阵阵鹧鸪鸣。
鹅黄秧母细如针。

水溅阿哥知冷暖，春泥抹妹问浅深。
身旁小妹笑出声。

浣溪沙·小院纳凉

淡淡葡萄晚飘香，幽幽杜仲夜纳凉。
清冷小院月如霜。

蟋蟀低吟风乱曲，竹影摇翠影更长。
蟾蛙唱晚戏藕塘。

临江仙·雪

朵朵琼花千蝶舞，漫山万壑晶莹。姗姗脚步去来轻。痴情天地白，恐醒梦中人。

入屋叩窗悄无语，人间走走停停。风寒月冷几多馨。情知春已近，润物细无声。

清平乐

匆匆离散，相隔阴阳见。四十六年总相伴。不少齿唇磕绊。

昔时音韵难寻，重逢只在梦魂。憔悴一身容颜，只需几日黄昏。

Q

戚信跃

网名闲步，男，汉族，浙江省金华市人，1958年出生于金华市尖峰山下，农业局退休人员，晚年开始习诗，作品散见于网络诗刊。

樨下吟（一）

卜宅芙峰麓，松门小径斜。
杨雄亭下草，庾信笔中花。
乔木数银杏，地阴生禹霞。
梅根能醉己，丹灶远诗家。

樨下吟（二）

枫叶石阶没，芙峰愁客新，
青苔磨谢屐，笃志对松筠，
不惧穷途泪，但为存舌人，
勿言今绝足，问案比躬亲。

樨下吟（三）

秋分知露重，霜鬓染衰颜，
树老风欺瘦，花黄人等闲，
拾阶逢远客，入市遇孤鳏，
店肆满村郭，芙峰不夜山。

花甲

花甲当知年事高,一江春水已冰消。
浮生未别江东土,晚岁还途河上桥。
日解纷争承讼累,梦依薄酎指焦峣。
余炎折处凉初簟,怀器无忧自挂瓢。

独饮

月色满轩心半开,花间对影照苍苔。
青门底事种瓜去,金碗何由赊酒来。
欲籍木樨能解语,未思画阁会登台。
玲玲盈耳桃源路,忘却于阗福与灾。

十年

十年流转水滔滔,留剩春风拂柳条。
巧剪形容增色晚,徒依品质与天遥。
漫天微信书邮绝,僻地佳音属望劳。
干托不知凡几处,木樨谐贾未能高。

樨下杂吟

月隐中秋樨下冷,拾阶度曲过篱垣。
梦兰早与烟云散,折桂曾随蟾兔昏。
人老不言看世界,眼花只配坐山村。
邻家有酒常相唤,添箸之间已进门。

晨起

年来叠累绮筵卮,对酒高谈独语迟。
岂羡轻衣能拱袂,可怜肥马自招旗。
一箪食饱何须饮,万窍风兼不必吹。
晨羽袭窗声翙翙,醒翁放眼绿蓁蓁。

漆龙

笔名漆隆,1964年4月8日出生,江西省靖安县人,1997年3月入高湖诗社,同年8月入靖安诗词学会。

靖安春游

九岭世间雄,双溪景不同。
山明繁树绿,水暗漾花红。
紫燕舒春日,黄莺唱晓风。
问人深柳处,手指白云中。

游泰宁大金湖

玉鉴无磨物影妍,丹霞有意眼光牵。
高崖叠石千层地,大壁分岩一线天。
象到深湖长鼻饮,猫瞄远顶亮睛畋。
船来甘露寺边竭,晋洞风光还在前。

春归故乡——高湖

莺声八面亲,景色四边新。
秀岭柔云抚,晴川瑞日匀。
桃开盈紫气,柳摆舞青春。
最喜家中燕,飞来接主人。

游鼓浪屿

渡海心胸阔,下船眉眼惊。
梅开花拥道,蝶舞翼飞坪。
细柳山岩拂,沙鸥水渚行。
要观全美景,登上日光甍。

齐光

安徽铜陵人,笔名白露,网名海滨日出。曾在各大网络平台及纸刊书刊发表原创诗词作品数百首,多次荣获优秀作品奖项。部分作品收录于《福苑杯·中华当代名家诗典》。

鹧鸪天·荷塘月色

月照荷塘花影深,天香国里醉香沉。
鱼吹细浪摇歌扇,荷出青池连藕心。
乘小舸,抚瑶琴,凌波仙子自天临。
飘飘仙袂临风举,曲曲新词对月吟。

鹧鸪天·芦青鹤影

滟滟芦林叶茂青,春波荡漾势如势。
澄江碧水穿丛过,野鹤闲云踏浪行。

烟渺渺,水盈盈,影随云转梦堪惊。林深水阔天高远,谁作长风驾鹤乘。

七律·霞映孤舟(孤雁格)

青山影倒水云垂,碧浪金流七彩飞。
水鹭翩翩回宿处,汀沙潋潋泛春辉。
斜阳脉脉依山坳,岸柳殷殷试锦衣。
忽有渔歌清唱晚,孤舟载满落霞归。

七律·登南京牛首山

祥光普照双峰妙,紫气逍遥古庙坛。
堕地仙宫惊世绝,攀天佛塔探云端。
近观山色空灵寂,远望江城景壮观。
举步维艰凌极顶,抬头匆觉眼前宽。

临江仙·香君故居说香君

月映桃花花欲颤,依稀香影盈襟。倦身低首倚花林。倾情凭一扇,已结百年心。

夜静风闲灯烛暗,空庭只待瑶琴。秦淮风月漫弦音。更撩箫瑟怨,长恨画楼深。

蝶恋花·题李香君故居

箫瑟弦音思满袖。雨蚀红楼,已是斑痕旧。帘外繁华知可否？苑中空独芭蕉瘦。

眼底秦淮河水皱。细浪清波,画舫轻游走。自别桃花人去后,岸边垂立青青柳。

沁园春·枞阳赋

楚水吴山,要塞雄关,色秀景迷。览枞川夜雨,悠悠万古；浮山夕照,艳艳千姿。荻埠归帆,竹湖落雁,景态怡人堪称奇。东流去,是江涛滚滚,湖水依依。

山灵水秀风宜,更兼得,人和地利时。仰诗人之窟,溶川拓土；文章之府,凤九开基。气节之乡,直臣之里,光斗胸怀日月齐。思今古,念英雄聚散,豪杰来回。

注:枞川夜雨,浮山夕照,荻埠归帆,竹湖落雁终为枞阳景区；

溶川,齐之窝,有"桐城派诗祖"之称；

凤九,方苞,有"桐城派鼻祖"之称；

光斗,左光斗,有"铁骨御史"之称。

满江红·南京雨花台凭吊英烈

铁血军魂,长眠在,雨花台阙。凭塑像,气存寰宇,等何壮烈。志士捐身心系国,英雄赴难情犹切。救中华,碧血映丹心,高风节。

风变幻,云诡谲。狼睨视,鹰窥窃。飓风掀海浪,雨狂风猎。手执长戈朝海啸,应将宝剑除妖孽。祭杰英,举帜壮歌行,云天阔。

齐玉锁

女,笔名文城看海,安徽省桐城市人。中华诗词学会会员,安徽省诗词学会理事,中华诗词发展基金会诗人之家安徽工作委员会副会长,安庆市作协会员,桐城诗词学会副秘书长,作品多次获奖。著有合集《优秀作家作品精选》。

七绝·西风禅寺

临波听雨立云台,时饮西风万象开。
石洞弥长通远古,泉声相伴五禅来。

七绝·辛亥年乡聚

墨香并作酒香来,诗味远方乡里煨。
虽是人间多困惑,一方天地待心裁。

五律·谒吴氏宗祠

宝地吴家嘴,引来绍四公。
子才高把总,孙旺尽豪雄。

缓缓汪河水，谆谆贵族风。
今朝碑告慰，尊祖与丹同。

注：吴氏乃名望家族，时下仍兴盛。今吴氏后人齐心协力，聚黄甲汪河村原祠址后重建吴氏宗祠。感其尊祖之虔诚。应吴氏后人之邀约，咏几字以祝福吴家代代隆昌！

七律·听《雪莲花》报告会有感并寄江觉迟女士

穷游孤步守天涯，只自心灯灿若霞。
翻出兜囊倾所有，募来棉被再添些。
雪莲纯洁呼真善，仁爱深情系藏家。
励子裁襟佳话美，传奇江女一枝花。

七律·六尺巷

代有良相张巷主，才高八斗声如鼓。
故园三尺惠乡邻，天邑一书明德宇。
桐派儒家义举扬，文华宝殿江山辅。
清廉为本写人生，礼让和谐欢乐谱。

七律·贺诗人之家《八皖拾萃》出版

欢聚庐州咏梓桑，徽风微雨也疏狂。
鲜花绽放千年韵，墨客行吟八皖章。
诗教声中情共国，心随笔下爱无疆。
和谐社会丹青语，拾得家书喷喷香。

蝶恋花·题画家孙书正先生的四条屏《荷》

日上荷塘花更俏，碧水流香，香引知来鸟。翠盖珍珠摇五调，知音有意芙蓉好。

柳岸谁人提四宝，笔下生风，泼墨生宣褾。留梦湖边心底笑，身临此地无烦恼。

蝶恋花·春绪

约上长江春日走，何处飞英，尽把香尘守。隐隐萧声堤岸久，无端情绪相思扣。

四月东风妆绿柳。树下徘徊，细数时光苟。前世锦书今在否？可知魂断青山口。

祁国凯

公务员，省诗词学会及市区镇诗词学会会员。

读《董必武诗选》感赋

华章读罢绪难平，沥胆怀冰格调清。
遣兴每逢兰竹意，感时自有石泉声。
经纶楚楚酬家国，恺悌雍雍厌利名。
大别山巅松不老，人间一部史诗呈。

贺父亲八秩大寿

日月悠悠耄耋翁，平生荣辱付秋风。
晬年失怙浮萍雨，弱岁遭冤落叶桐。
一路冰霜归鹤影，满园桃李步蟾宫。
椿萱并茂华堂秀，似马重峦夕照红。

注：似马重峦系家乡红安风景。

咏诸葛亮

三分天下出隆中，周召堪能万代崇。
扇指千旌孙子法，灯摇孤影管萧同。
头颅岂止酬明主，肝胆还当复汉宫。
五丈秋霜先帝泪，后来西蜀少豪雄。

咏紫薇

百日鲜明绽绣葩，旧时只囿帝王家。
香迎粉蝶婷婷舞，艳簇笼裙灿灿霞。
敢斗骄阳扬笑靥，堪羞皓月擅风华。
人间盛夏芳菲少，一袭妖娆入梦涯。

咏枫

山间蓊郁递参差，独有芳林别样姿。
风过婆娑红韵动，鸟栖婉转雅音随。
香沟赤叶飘何处，黛岭彤云拥此时。

岂惧寒秋霜露冷，丹心正艳映朝曦。

祁美英

1958年生，一二四军工厂子弟，曾经随父母落户于灵宝市川口南朝磨里村，现居开封。退休后，研习书法和写意牡丹花鸟，习学诗词，书画作品曾获2016年开封青旅杯三等奖。喜爱钢琴，热爱生活。提笔抒写家乡美，诗韵夕阳霞满天。

七律·莲荷情
晶珠伏叶凝莲上，层叠葱葱展岸边，
杆箭擎花青绿缀，污泥出土浊清然。
柔枝水拂秋千荡，鸳侣身游恋意牵。
如醉芬芳香溢远，夏凉迎客舞翩迁。

七律·怀屈原
沙豆泥红裹枣甜，卷缠成角粽儿粘。
艾枝绿叶门庭挂，黄酒朱砂神鬼安。
驰水龙舟桨手渡，翻江滔浪鼓声喧。
浓情端午怀屈子，凭吊泪罗悲问天。

七律·中秋思亲
隔川阻岭难同往，遥远家居惦亲娘。
藤绕青枝缠共拄，书托鸿雁寄情长。
昼思先妣云连苦，夜念中秋冷月光。
仰望星空颊泪面，灵前跪像泣悲伤。

七律·重阳登龙亭
登台放眼望八方，感叹年年又重阳。
铺路炫灯宣宇殿，碧湖岸柳秀潘杨。
云霞异彩涂京宋，菊紫柔丝绕汴梁。
醉染枫红浓郁色，素笺润笔韵诗长。

五律·观菊展
七彩繁枝靓，龙亭显露花。
金簪招墨客，玉翠映娇娃。
紫气萦京汴，碧丝拂秀发。
引来城外客，菊展放千家。

祁汝平

中华诗词学会会员，山东省潍坊市诗词学会常务理事、指导老师。作品见《中华诗词》《诗词月刊》等刊，并入编中华书局《唤醒生命中的诗意》等多部诗集。曾获首届"诗词中国"传统诗词创作大赛三等奖等奖项。

五绝·池边卧柳（新韵）
柔枝拂跃鲤，细叶掩鸣蝉。
傲骨酬暴虐，葱茏天地间。

七绝·立冬赋雨（新韵）
恰如春日润无声，细雨霏霏不似冬。
敢请天公赐长暖，贫家得佑御寒风。

七律·白浪河即景（新韵）
心牵桃柳沐春风，寻胜更缘白水行。
鸥鹭戏波云海里，舟船犁浪碧空中。
岸边燕伴棰衣女，堤上莺随逐笑童。
最是声传觅无迹，佳人笑语隐花丛。

鹧鸪天·仙月湖即兴
骚客偕行仙月游，长堤即兴竞吟讴。平湖浩渺轻舟荡，翠岭逶迤黄鸟啾。

波潋滟，柳娇羞，蜂翩槐谷唱声柔。撩人最是林深处，爱侣双双笑语调。

钱从顺

男，1948年9月生，江苏淮安人，淮安区机关退休干部，经济师，政工师。全国知名的酒器收藏家。现为中华诗词学会会员，江苏省楹联研究会会员，淮安区作家协会会员，淮安区诗词协会副会长，河下诗词协会会长。

七律·尘世感悟

光阴似箭复秋春,世相纷纭说卯寅。
几见利名归逝水,屡观荣辱化浮尘。
人生似酒心常醉,世事如云话亦真。
举善施仁添福果,惜缘守道乐天伦。

七律·淮乡秋韵

霞云滴露染金黄,碧水清风夜爽凉。
楼耸街欢堂店亮,机鸣穗累浪波长。
湖舟满载鱼虾蟹,庭院丰存果菜粮。
菊艳枫红诗画景,酒茶歌舞漾淮乡。

七律·最喜小荷角角尖

莲湖万顷景天连,最喜小荷角角尖。
新嫩鲜灵神采恋,幼真劲健稚姿甜。
霞迎客赏恭身敬,鲤吻蜓亲叩礼谦。
倩影和波红粉爱,污浊不染露尊严。

沁园春·秋醉白马湖

飞燕凌空,渔舟搏浪,白马沁波。叹秋云畅望,秋霞红透;秋荷戏鲤,秋菊吟歌。秋景流芳,秋蝉浸魄,秋韵秋魂醉眼罗。花草劲,拂千情万语,撩动嫦娥。

煦阳泼洒棚坡,景人恋、汗流满酒窝。任赞声切切,相机咔咔;童朋涌涌,情侣多多。雅士颜欢,村姑趣兴,蓝眼黄肤共入魔。凝眺处,似琼园花海,妙境无讹。

沁园春·中秋月圆情

银洗中秋,光浮大地,九天一轮。尽仰空长叹,虚明已透;倾怀妙赏,皎洁如珍。江海轻涛,山川微笑,天地人寰倍觉亲。欢华夏,醉清新圆月,朗朗乾坤。

月圆尤醉龙人,播德情、红尘想念纷。看感恩报效,深情挚爱;思亲盼友,急速驰奔。孝意绵绵,温心暖暖,爱国荣家梦精纯。唯台海,有螳螂鼠辈,龌龊灵魂。

沁园春·热水瓶精神赞
（人民公仆颂）

沉稳端庄,无浊无浪,满腹和祥。赞内明如镜,浑身是胆;利名无盼,冷热能藏。百度容怀,全心服务,不以财情论短长。平日里,总清新待客,倾注衷肠。

不争富丽华堂,德仁善、清流伴异香。数人间尽用,毕生奉献;既无炫耀,也不张狂。宠辱不惊,灵魂坦荡,不惧邪魔不畏强。终无憾,任粉身碎体,绝不彷徨。

沁园春·感恩惜缘

大道人间,地转机旋,风物和鸣。看缘情历历,红尘滚滚;山河奇丽,日月清明。人想天高,心非海阔,宠辱财名百态呈。莫忘记,有贤能圣道,万象恩情。

人生哪有输赢,命富贵、难能百岁迎。应义为门户,正为床榻;诚为路径,敬对亲朋。珍惜恩缘,谦恭待物,礼德仁荣善孝生。浓趣味,让谐心笑面,伴尔而行。

沁园春·趣味灵魂颂

百味春秋,千异情志,万象红尘。赞光明笃实,真诚有信;宽宏大度,磊落如痕。撩捺用心,方圆适度,博爱包容气精纯。身心悦,滔浪花朵朵,趣味灵魂。

名名利利昏昏,自称贵,何谈有趣人?仰祛邪扶正,荣家报国;识时悟理,举义施仁。弘德怀恩,惜缘和世,路正心清誉满门。岁月里,必善人善报,福泽儿孙。

钱红旗

访陆峰兄不遇

紫薇花开艳，疏落蝉鸣初。向晚清风起，忽思故人居。驱车造僻巷，无奈闭门间。

门上龙蛇动，故人挥毫书。容我径摄取，珠玉充储须。我胜王子猷，此行总不虚。

送儿子之深圳

培风鹏翼起，所适乃南溟。
蝉噪秋苗绿，云浮天色青。
征程冒炎暑，爆竹响门庭。
再不送上学，龙泉新发硎。

注：儿子被深圳某公司聘用，研究生毕业后，赴深圳就职，作诗送之。

即景

蝉噪初秋平野葱，稏剡剡①拂凉风。
忽然过路一黄鼬，蹿入花生密叶中。

注：①稻叶尖尖，稻尚未秀穗。

秋日寄怀晚成兄

游宦川途远，经年音信疏。
季鹰当圣代，岂念故乡鱼？
拄笏看朝爽，吟诗弃簿书。
旧交尚贫贱，块独弊庐居。

戊戌初冬，陪张泽民、幸平等先生谒姜堰高二适纪念馆

轻寒细雨润冬初，松竹猗猗绕屋庐。
才气直令乡里爱，遗珍多在馆中储。
一身狷介有卓见，三百年来无此书①。
与客巾车同拜谒，瓣香敢不整衣裾！

注：①沈尹默先生见高先生书法，称三百年来无此笔法。

在泰兴寓所，微雨阴冷，牵念故园庭中香橼树，因作

浙浙冷侵衣，蜗庐听雨微。
庭柯每牵念，牢落客思归。
雨里果更落，枝头日见稀。
双亲年耄耋，应屡拾珠玑。

屡有人问我家香橼好不好吃，口占答之

奇树生奇果，色佳芳气滋。
本非口腹物，清供宜用之。

雾霾

谁怨雾霾笼上国？谁期朗朗见乾坤？
谁知玄豹南山隐？一任寒冬久暗昏！

戊戌大雪节在泰兴寓所作

乌鹊栖枝又岁寒，蜗庐容膝未容安。
经年王粲登楼赋，独自冯谖长铗弹。
空见轩车走凫舄，何曾安邑送猪肝！
阴阴陋巷晚飘雪，数卷诗书翻到残。

在泰兴食猪肝面作

萧斋尘积旧杯盘，充腹街头可就餐。
令尹终然不会送，青蚨尚足买猪肝①。

注：①买猪肝：指生活贫困，亦指地方官吏爱才。宋陆游《蔬食》：“何由取熊掌，幸免买猪肝”。《高士传》卷中的闵贡，闵贡字仲叔，太原人也，世称节士，虽周党之洁清自以弗及也。党见仲叔食无菜，遗以生蒜，仲叔曰：“我欲省烦耳，今更作烦邪！”受而不食。建式中，应司徒侯霸之辟，既至，霸不及政事，徒劳苦而已。仲叔恨曰：“以仲叔为不足问邪？不当辟也。”辟而不问，是失人也。遂辞出，投檄而去。复以博士微，不至。客居安邑，老病家贫，不能得肉，日买猪肝一片，屠者或不肯与。其令闻，敕吏常给焉。仲叔怪，问知之。乃叹曰："闵仲叔岂以口腹累安邑邪？"遂去。

钱俊义

茂名市南天诗社会员，大学文化，网名金一戈，重庆市实验中学高级教师。重庆市诗词学会、山西省诗词学会、中华诗词学会会员。作品散见各网络平台、杂志等媒体。

七绝·秋江
夕阳斜挂远山中,影入秋江着意红。
只见落霞难见鹜,几声汽笛破长空。

七绝·春情
金壶倾乳洗云鬟,更把春衣裹黛山。
莫问护花谁最切,竟将玉泪赠红颜。

七绝·照镜
顾盼依稀美玉郎,潘安笑我太轻狂。
几多心事凭谁语,一段风流付夕阳。

七律·书香
鹑衣百结又何妨,纸上方田有稻粱。
莫道贫寒无雅趣,须知锦秀在华章。
浮生守得三分苦,翰采赢来一世芳。
笔底风光犹自醉,白头也作少年狂。

七律·自嘲
茫茫诗海路迢迢,写尽诚心慰寂寥。
自笑肠枯常纵笔,明知气短却吹箫。
拽文岂惮无人赞,问字哪愁有客刁。
纸里犹闻酸腐味,何堪老汉唱童谣。

鹧鸪天·情缘
爱到荼蘼最是痴,何须对影作殇辞。
缘来缘去缘如水,情浅情深情满诗。
心寂寞,眼迷离。十分情意寄阿谁?
七分写在霞笺上,剩下三分与四时。

南乡一剪梅·忆从教年华
潇洒杏花坛,梓育蒙童日复年。雨种晴耕多少事,心也盘盘。路也盘盘。
寻梦几云烟,瀑雪凝霜那管寒。杏苑春回香淡淡,时倚书前,时返花前。

凤凰台上忆吹箫·思归
淡墨留痕,晚风作籁,百般教我春还。只未怕、窗灯已剪,嫩萼红乾。莫道云烟深处,朱阁里、玉陨香残。凭谁寄,长天碧水,明月春山。

常忆柳亭疏影,来为我,举杯辞别花间。怎回首、几多醉语,一梦惊残。罢却烟愁雨恨,人间事,哪得悠闲。轻狂在,挥毫快意春寒。

钱守桐

男,汉族,1954年生,大专文化,原籍辽宁,原是宁夏石嘴山市公安局警察,二级警督警衔。中华诗词学会会员,宁夏诗词学会会员,宁夏作家协会会员,上海市浦东新区作家协会会员。曾在全国20余家报刊发表诗歌、诗词作品,曾在全国诗歌、诗词大赛中多次获奖。2015年荣获"中国城市诗人称号",曾在宁夏人民出版社出版诗集《警察之歌》《时光的侧面》,诗集《红寺堡》入选2016中国作家协会重点作品扶持项目。

七绝·一粒种子
一粒乾坤含血色,仁心梦里盼青枝。
唇眉醒在红尘里,待等铧犁握春时。

七绝·土地
阅世沧桑迎紫气,一茬格律写春长,
秋眉望远千重浪,冬绣胸襟稻谷香。

七绝·四月
四月芳香枝挂句,花说烟柳染春光。
惊蛰唇启农心事,燕语牛声唤春忙。

七绝·油菜花
油菜花开香五月,蜂提一笔写芳魂。
风说福地如一梦,旷课题诗谢一春。

七绝·梯田
层层紫气入云端，万亩梯田正写酣。
浪漫桃花香梦里，金秋曲线画江山。

钱小林
男，出生于1957年7月，浙江云和人，大学文化，中华诗词学会会员，浙江省诗词与楹联学会会员，丽水市诗词楹联学会会员。出版有诗集《驿路吟风》。

五律·仙都题咏
黄帝隐仙都，人间现鼎湖。
摩崖千幅画，练水万寻图。
处处奇峰异，时时彩霭殊。
长怀珍秀气，天赐一明珠。

七律·登黄鹤楼
昔人乘鹤作仙游，留下奇楼誉九州。
可赏楚天开画卷，能聆汉水入江流。
雾迷堤柳晴川秀，风猎琴台古韵幽。
不叹当年兵御痕，欣沉文史几千秋。

七律·青海湖
万丈高原水漫川，无边蓝海接长天。
菜花迷眼金镶岸，牧帐依湖乳沏泉。
忙唉牛羊藏草莽，安翔岛鸟出云烟。
二郎神剑青波指，一睹尊颜心遂缘。

七律·咏梨花
琼枝凝雪逸清香，风动霓裳春舞忙。
形比桃红魂更洁，神超李白韵尤长。
朝霞色衬胭脂脸，明月光撩翡翠妆。
一曲梨园千古唱，金秋圣果普天尝。

七律·咏景南云海杜鹃
景南幽境赏猴头，春后喷香艳一流。
百垄云腾杜鹃岭，千枝花拥凤凰楼。
和风催蕾弥红羽，丽日熏冠遍白绸。
可誉仙姝新出阁，九州闻讯必争游。

七律·咏茶
蜀起中华传万邦，千秋史上早流芳。
神农尝草开初引，陆羽著经成始章。
巴国选优当贡品，明朝制雅赖朱王。
山深遍种源僧道，万户齐栽起宋唐。

鹧鸪天·端午节
今日神州贺节忙，门悬艾草品雄黄。
龙舟竞渡遗风盛，箬粽飘香流韵长。

曹娥孝，伍员良，民间共缅屈原殇。
苍龙七宿中天祭，频让史河增丽章。

水调歌头·咏瓯江五连湖
昨约三秋景，今逛五湖江。明珠镶串高峡，波远接天长。四野青山绵亘，一派祥云缭绕，无数雁鹭翔。又见渔舟动，水岸映村庄。

望枫艳，观泉碧，似梦乡。问谁独出心匠，人世造天堂。攫尽仙宫灵气，布满瑶池神韵，万里遍沧桑。自古多奇境，难敌此风光。

钱叶芳
安徽枞阳人，中共党员，退休干部。现系中华诗词学会、安徽省诗词协会、太白楼诗词学会、炳烛诗书画联谊会、铜陵市诗词学会、炳烛诗书画联谊会及枞阳诗词学会会员。喜爱诗词，作品常见于《诗词月刊》《红叶》等杂志及网络媒体。

七律·国庆抒怀
磨难初心未杳茫，千锤百炼始成钢。
百年耻辱成过去，三座大山葬海洋。
巨手一挥天下统，红旗漫卷九州扬。

而今步入新时代，圆梦中华盛世强。

七律·登深圳平安大厦有感
鹏城一柱入云端，粤海风情朝夕观。
昔日渔村成闹市，今朝南国似花坛。
卅年变化山河改，万里扶摇天地宽。
有暇倚楼寻美景，祥和处处庆安澜。

七律·中秋感赋
金风伴露物容华，缕缕清香飘万家。
银汉横空蟾影动，纤云弄巧雁行斜。
涧边棉白笑开嘴，岭上枫红灿若霞。
天地团圆喜庆日，舒心惬意话桑麻。

七律·秋芦
枯萎未曾生落寞，仰天傲骨暑寒经。
时春显露细尖角，近夏延伸遍绿汀。
芦絮白云同漫舞，雁声短笛共聆听。
金秋依旧别般景，宛若长廊一画屏。

七律·大暑
流金炎暑地生烟，旷野茫茫热浪旋。
黄雀林间声婉转，蜻蜓荷上舞翩跹。
汗淋阡陌忙收谷，水漫池塘好采莲。
七色彩桥悬碧宇，夕阳一抹火烧天。

七律·小草礼赞
又见帘前报早春，天南地北可栖身。
与风缱绻多精彩，随雨缠绵自绝伦。
野火曾焚千片绿，荒原肯放一层茵。
寸心虽许何求少，装点疏篱亦动人。

临江仙·游枞阳义津方园有感
枞阳文化源流广，华章博大精深。清真雅正尽佳音。自成树一帜，四海效同吟。

竹掩幽径连亭阁，小园花拥芳林。游人驻足细探寻。辉煌励后世，光彩照如今！

西江月·G347通车有感
大道延伸天外，金禾搭起花台。无边秋色画中来，一路风光尽晒。

处处金黄灿烂，人人欢乐开怀。小康生活上台阶，祝福年年精彩。

强建
陕西省咸阳彬州市人，彬州市作协会员，少陵诗词文学社咸阳分社副社长，现供职于煤炭系统，已创作发表诗词千余首。

五律·赞明君
江山气象新，纵笔赞明君。
久蓄凌云志，长存报国心。
柔肠安社稷，铁腕定乾坤。
胆略惊天地，雄才冠古今。

鹧鸪天·悟人间
绿水迢迢六月天，青山隐隐散岚烟。声声鸟语出幽谷，阵阵花香入眼帘。

临古寺，近佛前，心灯一盏悟人间。从来名利皆空幻，自古回头是向前。

鹧鸪天·打工有感
几度漂泊鬓已斑，一生奔走总堪怜。墙头作业腰身痛，架上施工手臂酸。

尘满面，汗湿衫，佳节对酒不成欢。高楼建起知多少？广厦惜无我半间！

鹧鸪天·赞公路人
华夏由来凤梦同，兴邦自古路先通。穿山越岭平天堑，倒海翻江架彩虹。

迎酷暑，送寒冬，一身豪气傲长空。

初心不忘宏图远，砥砺前行再远征。

鹧鸪天·六一有感

古塔生辉日影悬，新区溢彩水生烟。
看台长者欢声动，赛场儿童气宇轩。
歌嘹亮，舞翩跹，几番感慨上心间。
复兴华夏宏图远，厚望仍须寄少年。

鹧鸪天·青岛阅兵

青岛今朝大阅兵，山东此日聚精英。
机群振翅凭飞跃，舰队扬威任纵横。
航母动，炮船行，艇潜深海卫和平。
辟波斩浪雄风在，华夏腾飞世界惊！

七绝·春归

丝丝细柳又发芽，款款春风到我家。
阵阵呢喃飞紫燕，声声唤醒海棠花。

乔建荣

山西灵石人。高级会计师、税务师。古诗词爱好者，现为中华诗词学会、山西省诗词学会、山西省楹联学会、陕西省诗词学会、晋中市诗歌协会、灵石县作家协会会员。

黄河壶口

百万雄兵会碧壶，飞沙卷石震天都。
誓师战鼓才槌响，前报雷河已出图。

致母亲节

欲说今生母女情，安排字句总难成。
原来世上开心事，莫过娘亲应一声。

致抗洪抢险中牺牲的将士（新韵）

暑酷龙王怒，城遭骤雨袭。
洪峰吞夏夜，梦魇溃江堤。
水染红旗色，风撕迷彩衣。
当时浑不顾，劫后误归期。

书

已许痴心酷爱亲，暮朝相伴未离身。
应羞买菜常嫌贵，宁为藏经不厌贫。
病后三行调气脉，愁时两页长精神。
今生长物无多少，此予儿孙最可珍。

盼雨（新韵）

干渴一冬盼到今，遥遥天路了无音。
且收瘪麦机声咽，忍看枯禾我泪奔。
野陌出头皆旱草，故园诉苦尽乡亲。
与其高处奇峰秀，何不低为带雨云。

秦存怀

男，汉族，1945年2月生，滕州市滨湖镇人，中学退休高级教师。中华诗词学会会员，枣庄市诗词学会会员，滕州市诗词联赋协会名誉会长，枣庄市书法家协会会员。曾荣获第二届跟着古诗词去旅行岳阳楼诗词大赛金奖，第十二届"天籁杯"中华诗词大赛银奖、第二届"岳阳楼"寻春诗会金奖。

七绝·重庆车祸感言

与人为善是良训，意气争锋最不该。
撕扯斗殴生灾祸，江中车坠万民哀。

七绝·祝贺89岁钢琴大师巫漪丽登顶央视《经典咏流传》年度盛典钢琴、小提琴协奏《梁祝》精彩演出成功

耄耋老人登盛典，痴迷艺术度华年。
操琴演奏求精准，《梁祝》怡神泪涌泉。

注：巫老师演奏结束后，曾宝仪泪流满面献花时，老人动情地说自己在演奏时也是满含泪水，并以自己的心与古代的《梁祝》及当前的观众交流。

七律·纪念"五四"运动100周年

(步韵李文朝会长)
暴风骤雨起东方,反帝反封旗帜扬。
讨贼争权彰正义,维权爱国见晨光。
学潮引发群情愤,工运催生百业忙。
碧血丹心惊世界,复兴华夏更雄强!

七律·纪念周总理诞辰 120 周年
中华崛起正成真,遥忆周公倍可亲。
少小离家闯世界,青年求学赴天津。
鞠躬尽瘁建家国,竭虑殚精救庶民。
亮节高风心敬仰,苍生世代忆忠臣。

七律·观海军南海演习有感
亮剑南疆碧海空,红旗猎猎舞东风。
飞机舰上冲天起,潜艇水中破浪攻。
统帅发声惊宇内,官兵气势贯长虹。
雄姿勃发强军梦,实战协同收获丰。

七律·纪念马克思诞辰 200 周年
欧陆英名世代扬,清除旧制建新章。
宣言唤醒共和梦,巨著揭穿资本脏。
未忘拯民担重任,何妨驱虏走他乡。
风云变幻开生面,牢记初心斗志昂。

七律·纪念改革开放 40 周年
日月轮回四十年,沧桑巨变换新天。
鼎新革故攻坚壁,正本清源用重拳。
治国安邦谋远虑,开来继往赖英贤。
富强民主和谐梦,聚力凝心永向前。

七律·贺港珠澳大桥胜利通车
巨龙飞舞震长空,三地通连伟业丰。
南海涛中梁柱稳,伶仃洋里炮声隆。
精英汇聚攻焦点,工匠联合练内功。
历史宏图今绘就,建桥史上竞豪雄。

沁园春·建国 70 周年感兴
七十年华,阅尽沧桑,感慨万千。庆成功业绩,震惊寰宇,扶贫助困,履险攻坚。航母巡逻,河清海晏,碧水蛟龙探九渊。神舟健,绕月宫揭秘,捷报频传。

开门揖客空前,又丝路通关欧亚联。任风云际遇,和平发展,同船共渡,心手相牵。霸道横行,应遭唾弃,常筑干城捍主权。征途上,看旌旗猎猎,奋勇争先!

秦凤

字桐卿,号清风。20 世纪 70 年代生于武昌,现就职湖北省咸宁市发改委。中华诗词学会会员,湖北省中华诗词学会楚凤诗社副秘书长,咸宁市诗词楹联学会副会长,《九州诗词》副主编。秉承文字之高贵,用情行走在文字间。

卜算子·葫芦
大肚佛能容,逸势龙堪啸。底事行藏皆不言,解了空心道。

君子不为争,无器方为妙。识得红尘否泰间,宁抱枯藤老。

卜算子·梅说
与月喻禅心,与雪明清雅。我本冬家小女儿,生在罗浮下。

凝也冷香盈,绽也倾城惹。约个东风许个盟,结个春之社。

卜算子·野草吟
何处郁葱葱,石罅根相系。也似苔花无以名,但把青芜继。

著我绿春衣,凭我纤纤细,许我东风吹又生,纵是尘埃里。

鹧鸪天·归去来兮
我所思兮在远遐,云程相济接星槎。

襟怀意气波澜阔，笔底春风故事奢。
辜负这，故园嘉。墨痕深浅醒烟花。流光未掩咸安府，延写灵心向物华。

鹧鸪天·惊梦

是日踏歌山野行，相携向暖别嚣声。未闻倾处几煽语，但有呵时满目情。

交契阔，醉春醒。云衣就手护卿卿。冷丁窗外莺啼起，笑那罗浮梦未醒。

临江仙·临水一枝梅

梅子不知香雪冷，枝头浅笑柔嘉。相邻修竹挑青纱。一帘潇湘梦，一曲惜琼花。

身是清清临水客，天然沉璧无瑕。凭他素影亦韶华。无关风月事，恋恋故人家。

沁园春·隆中见梅

问讯虬枝，暗香袭也，花已渐开。见朱颜绿萼，姗姗影顾；低眉鞠首，袅袅人来。瘦骨清姿，凌寒问雪，不事阿谀不自哀。虹桥畔，凭玲珑疏淡，次第安排。

阿谁凭吊高陔。斯岗卧，掀天揭地才。记躬耕垄亩，田园淡泊；捧书抱膝，帷幄经裁。身在茅庐，心忧天下，一相千秋后世怀。笑也看，但武侯无欲，松竹无猜。

秦海英

茂名市南天诗社会员。1979 年出生，山西长治人，长治市潞城区实验小学教师，太行诗社理事会理事，古典诗词爱好者。利用业余时间创作诗词数百首，发表于当地报刊及网络诗词平台。

七绝·偶感

早出迟归未有终，世尘路上急匆匆。
谁能赐我千双手，万事安然一揽空。

七律·张家河采风有感（新韵）

一路欢歌为采风，潇潇细雨洒长空。
谷香百亩随身舞，柏翠千株伴露迎。
墙扇诗词抒雅韵，村夫言语表乡情。
素笺泼墨难穷意，美丽河山似画中。

七律·加班归来

无助娇儿已梦乡，斜依沙发病身凉。
尽将公事心中挂，却把私情腹内藏。
戴月躬腰耕学苑，栉风守意育春芳。
可怜天下为师者，总惹家人恨意长。

七律·实小五年级统考夺冠（新韵）

一片祥云耀校空，学门同贺乐融融。
但凭领导勤谋策，也赖师生苦练功。
春种秋收结硕果，朝思暮写历寒冬。
千麻凝聚齐心力，共著华章唱大风。

七律·实小赞歌

荏苒光阴又岁终，欣然回首意无穷。
喜迁新校依时策，诲育芳花借惠风。
领导躬身存志异，师生聚力用情同。
调平心态迎期考，不负辛勤往日功。

七律·拔河比赛（新韵）

对峙双方气赛虹，楚河汉界欲争雄。
粗绳紧握思夺冠，健脚强蹬力显功。
拍手加油催地动，摇旗鼓劲震人声。
运筹帷幄知分晓，输者悲伤胜者荣。

七律·"庆元旦"联欢会

朔风凛冽刺身寒，岂阻学童喜庆年。
彩带气球随壁挂，花生瓜子伴桌添。
歌声阵阵心潮涌，舞影翩翩笑意欢。
实小碧空祥瑞降，人人脸上绽娇颜。

七律·实验小学为患病学生募捐(新韵)

缕缕晨晖沐校园,师生踊跃聚楼前。
解囊爱洒三千丈,助困情温数九天。
几许清流滋嫩蕊,一腔热血续慈缘。
齐心奏响春风曲,重使青苗壮沃田。

秦立新

广东深圳人,出生于1981年9月5日,2001年12月入伍于江苏边防总队服役,于2018年5月转业到深圳公安系统,做了一名民警。

汉宫春·素食

书海徜徉,忘岁同尘老,也有菩提。红尘慧根悟道,万物滋兮。慈悲天下,不杀生、佛语由西。东灿烂、西边消失,禹州光大犹耆。

芳草笑颜华夏,素食生养厚,人寿天齐。知恩知报忠孝,家国轻啼。陈平盛世,文育人、仪礼之溪。流万里、东文西渐,尘寰风月来栖。

定风波·半卷香烟

半卷香烟半吐圈,烟尘之上映天山。童姥为吾来相伴,心乱,情怀缥缈岭前边。

半卷香烟还吐愿,千万,烟尘之上映天汗。成吉思汗来递饭,相劝,丹心碧血润天颜。

满江红·考核

步武猖狂,轻觑觑、望长天降。小雨清扬日,校园心宄。沧海无垠龙虎越,雄音震撼淋漓宕。往返程,前进三分钟,娇娥强。

陪伴好,豪情酿。天地鉴,乾坤让。一千程途下,友情真旺。尧舜翱翔昆仑壮,驾云求娶琼瑶敞。锦绣肠,滋万物胸怀,长空上。

定风波·复韵胡哥

山水如斯山道凶,长空云雾恋人浓。翠色丹霞联心送,言颂,江山踏进壮怀匆。

小径羊肠盘曲耸,情共,一峰孤立怒天公。岁月千秋山晓梦,来讽,陈平赤县永长雄。

念奴娇·望月

沧波望月,点星皇天眨,万里光沐。鸣语浪涛惊拍岸,闪烁霓虹差目。海那边忧,转身雄视,黑夜阑珊穆。离邻家近,港深通火明伏。

可恨暴恐青年,外人唆使,教育无由夙。刑法神州同一注,赤县汉文贞福。控制舆情,吾侪豪却,幼小心灵牧。大同尧土,儒家天下寰睦。

秦南阶

男,作者系中国人民银行退休员工。曾任报社主任编辑。闲居后仍喜笔墨,即兴赋诗。作品散见于《中华诗词》《武汉诗词》《楚天散曲》《武汉散曲》和多家诗词网络平台。现为中华诗词学会、解放军红叶诗社、武汉市诗词学会、武汉市散曲社会员。

【中吕】满庭芳·贺祖国70华诞(依中原音韵,张可久格)

雄峰献霞,洪河跃浪,胜景飞花。七十华诞诗情话,礼赞特色中华。

让贪溺难登府衙,悦小康突进贫家。宏图挂,奔驰骏马,众口竞相夸。

【正宫】黑漆弩·贪官(依中原音韵,白贲格)

前台面对苍天噪,可以为民弃官帽。善沽名,过市招摇。暗地里求佛爷保。

(幺篇)费心机,聚敛钱财,没法睡安宁觉。毁全家,没了荣华,废小己,加添脚镣。

【正宫】小梁州·思母
（依中原音韵,王德信格）

追思慈母任清流,难解离愁,魂牵梦醒痛心纠。清遗物,似母范迎眸。

(幺篇)育儿茹痛含辛瘦,尽操劳,平素无求。少怨忧,多忠厚,耳提面授,谨记我心头。

【中吕】朝天子·品茶
（依中原音韵,曾瑞格）

口香,气爽,满座心情畅。谈天说地饮头汤,令曲杯中酿。意惹情牵,言传茶漾。慨心若向阳,品芳,志昂,显达卑微全忘。

【黄钟】红纳袄·不老人生
（依中原音韵,徐德可格）

历经人生跋涉,走碧流、岭上雪,跨荒原、宵半夜。天南地北歇,朋友九州结。想着云岫烟岚,奔着春花秋月,盛年之心再也。

秦升平

笔名青白眼。湖北鄂州人氏。喜词赋。

咏藕

未明深处衣纯衫,忍垢含辛亦默缄。
洗尽淤泥方识我,从来正理不容谗。

无题

君在高台我在津,一泓绿水两相邻。
我贪口食君贪我,君后何人置钓纶?

咏芝麻

花无异色蕊无芳,旷野栖身日月长。
受得千般锤炼后,勃然怒放九重香。

芨芨草

身寄荒凉野砾堆,蜡蜂无意蝶难来。
性甘淡泊无人管,心向光明烂漫开。

新中国赞

圆明一炬向天烧,四亿生灵尽敝凋。
紫禁城头歌魍魉,神州大地唱鸱鸮。
民逢乱世如鸡犬,国值倾危似漏瓢。
志士悲亡呼呐喊,英雄痛灭叹鹡鸰。
四方俊杰愁无绪,一党中流作向标。
唤醒工农来做主,指挥虎豹走顽嚣。
前程远景人人绘,道义公平个个挑。
天佑中华生圣主,帝怜赤县降唐尧。
深山逸士胸怀阔,湘楚书生意气条。
族树同心天让步,众成一意泰山摇。
慈眉大士嗔迎恶,热血阎罗怒斩妖。
四座高山齐倒伏,百年血泪化冰消。
苍头自此无鱼肉,黑手如今有挺腰。
继绝深恩当报党,方能盛世舞虞韶。

邛海映象

绿水千山碧,西霞万树瑰。
飞云凫鹜杳,点水豆娘徊。
翠鸟平湖掠,红莲向晚开。
海山真福地,何用访蓬莱。

有所思

一别经年两不知,夜阑剪烛各相思。
无边蚀骨悲风细,漫地销魂苦雨迟。
旧恨春潮平又起,新愁夏蔓刈还孳。

锦书愿托南鸿寄,归计无时或有时。

沁园春·吴王城怀古

暑意方浓,细雨清扬,有淡淡风。正青蓑绿笠,欣来此地,轻靴竹杖,仰谒神峰。火染千红,碧流百木,古寺灵泉远送钟。凝眸处,是吴王试剑,断石遗踪。

当时讨虏青葱,者老子,相期会猎中。叹刘家豚犬,仓皇束手,荆襄虎豹,萎顿藏锋。不意江南,却遭赤壁,煮酒新添碧眼龙。弹铗问,舍将军与操,可有英雄?

秦炜章

广西灵山人,1944年9月出生。曾任一六三师司令部炮兵科副科长,参加了对越自卫还击作战,后任炮兵科科长、广西水产局渔政处处长。现为武汉市老年大学诗词研究会会员,未名诗社社员。

庆国庆

十月开天站起来,英姿勃发上高台。
初心不忘强国梦,开放新时更壮怀。

奉和伯泉《高阳台》
庆祝新中国成立70周年

霞蔚旗升,莺歌燕舞,七十华诞欣欣。玉柱擎天,扬眉吐气奔。安邦作主换新貌,送瘟神,御狼来侵。气昂昂,星弹惊旻,玉兔陶珍。

岗村小试农家乐,特鹏城展翅,开放春芳。筑梦担当,脱贫不少一人。良筹经贸聚财富,惠国民,自信华赫。动地吟,冷眼单边,稳航前行。

好事近·祝贺天宫二号遨游
太空凯旋归(新声韵)

逐梦绕长空,三载问天朝夕。破雾行宫探秘,展精英豪杰。

壮怀约定凯旋归,鸿印锦程激。待等扬帆锚启,更龙腾飞越。

如梦令·庆八一(新声韵)

风展井冈雷动,星照义征神勇。筑梦壮军威,科创厉兵豪纵。双拥,双拥!守望国安吉颂。

秦晓宁

笔名孟宇,男,茂名市诗社会员,山西省诗词学会会员,长治市作家协会会员,文史工作者。

西江月·夜雨杏花

夜雨乱红滴蕊,东风巢燕还家。去年青杏未簪花,苦涩依然垂挂。

小院竹林成陌,春来人在天涯。流光似梦月如沙,才写芬芳成画。

西江月·老屋

烟雨雕梁画栋,风霜鱼脊龙檐。虬枝横扫入云端,日暮寒鸦忽现。

犹记华灯珠影,也曾玉缕金簪。人非物是叹流年,岁月沧桑平淡。

七律·紫团传说

一山玉殿衔微翠,半卷丹青入莽河。
粥鼎酬军旁宋史,冰鱼侍母佐唐歌。
幽幽峡谷飘仙蕙,荡荡胸襟藐尘疴。
万世沧桑观紫气,千秋孝悌拜真泽。

注:紫团山真泽宫是家乡名胜,国家文物保护单位,位于太行大峡谷紫团山景区。

秦新解

网名新界。湖南人。中华诗协会员,湖南省诗协会员,南湖洲诗词学会副会长。曾荣获全国夕阳红大赛金奖,中华诗协华鼎杯金奖,第三届农民文学近体诗词奖。作品散见于全国各种诗刊。

国庆70周年颂

日出东方万点红,七旬砥砺气恢宏。
建军建党丰碑树,反腐反贪号令明。
巨舰大洋巡领海,雄师南海濯长缨。
中华崛起雄风起,禹甸腾飞大业成。
塞北尘沙腾剑气,江南烟雨洗诗情。
少儿义读书声朗,社保医疗喜事呈。
万事求真扬正气,三农免税系民生。
文明建设前程远,路带通衢万国盈。
心系台澎归一统,桥通港澳接三城。
中华奥运频添冠,上海博园多结盟。
北斗升天寰宇绕,天舟对接太空行。
初心永记乾坤定,华夏龙吟引凤鸣。

七律·纪念建军92周年

枪响南昌非等闲,义军突破数重关。
黄洋界险炮声急,泸淀桥横壮士攀。
剑指黄河经万水,旌扬陕北越千山。
沙场百战乾坤定,立马长城抗日顽。

七律·垂纶

柳下垂纶学太公,层层碧浪接苍穹。
不愁云梦千年雨,闲钓江南四月中。
八百烟波浮黛影,一泓春水送桃红。
乱花烂漫迷人眼,鲤跃鹰飞景色融。

七律·己亥元宵感怀

春寒料峭雨绵绵,柳眼方开又欲眠。
白李无苞花不放,红桃有孕叶难妍。
长空雾绕霜枝冷,野渡波横鸟影翩。
朵朵银花腾子夜,龙灯花鼓兆丰年。

七律·己亥清明扫墓

桃红柳绿又清明,父母碑前大礼行。
榻上遗言音未远,堂中细语爱犹生。
春晖难报三更醒,大德不忘两泪横。
缕缕相思何处系?年年今日倍伤情。

七律·己亥早春游远浦楼

携侣春登远浦楼,难称雅客也风流。
镜中华发梳还顺,梦里豪情去欲留。
柳绿桥横江九转,灯红人俏影双收。
碧波荡漾迷人眼,日夜涛声唱不休。

七律·乡村初夏

绿树琼楼接碧穹,夭桃果熟杜鹃红。
园中粉蝶迷花圃,陌上农夫灭稻虫。
一夜芰荷香淡水,几行雁阵变长空。
银屏邀得骚坛客,诗满吟笺酒满盅。

七律·暮春登岳阳楼

名楼梦绕暮春游,千里风光一望收。
目极洞庭天下水,云蒸荆岳古今楼。
徐来紫气朝西去,不尽长江向北流。
胜过匡庐真面目,诗情画意两悠悠。

七律·赤壁怀古(诸葛亮)

舌战群儒胆识高,魏军百万溃江涛。
祭风赤壁留遗迹,智算华容不灭曹。
功著千秋三国立,名成八阵鬼神号。
祁山六出为扶主,万里长空一羽毛。

青杨

男,黑龙江省伊春市人。作品散见于书、报刊,并入选多种选本。黑龙江省诗词协会会员,中国现代作家协会会员。

沁园春·万树繁花

娟暖山崖,柳逸春堤,松拔翠芽。看白杨蕊绽,黄榆钱串,毛榛结蕾,岳桦舒叉。香透琼台,芳芬巷陌,一醉兴安不梦槎。春寒峭、悉凇催玉栋,璀璨争夸。

韵梅野菊流霞。惑飞逝条然娆日斜。说群山化育,铅华不染,飘花淡荡,美誉无遐。朝露温心,暮风筑骨,倜傥天涯亡许些。丹青志、叹人非物是,万树繁花。

歌头·昆仑山

谒神虚、宇寰凭眺。高原骨架,罡风谁可导。仰群峰,看飘渺。风情壮、万载寒蛮,千年初肇。醉三分、仙音神调。斫刺破青天,接穹昊。撑巨锷,望云啸。齐四野、激荡风雷去,听司号。

雪华光,冻泉扬,渊壑老。气象浩弥,音容其藐藐。月下更瑶台,横空势,谁言好春光,世间杳。西王母,白娘子,脉之源,多少神仙奥妙。阅于阗,山海风云堪断,茫茫苍苍,蓦然间,天地转,几回笑。

七律·忆飞将军广之嫡孙陵感怀

军门未信尽封侯,幽院兴衰几度秋。
唯恋高山多秀媚,何思花阵少娇柔。
松苍莫倚桃花水,云灿何钦杜若洲。
小别长亭风细细,红尘一夜酒花稠。

长相思慢·杭州

建制秦嬴,承源西汉,炀帝漕运喧嚣。佳山秀水上列,钱塘潮涌,汴府风骚。西子妖娆,念危巅北宋,载誉南朝。紫气丝绦,性灵齐、恣意天娇。

向天粹三元,醉得春江美景,千岛清宵。雷峰塔矗,三潭月悬,武穆坟高。禅踪觅迹,恰神游、描绘虹桥。忆杭州、难忆沧海,相思又到谁朝。

长相思慢·北京

帝阙之风,幽燕之野,难肇千载黎明。金戈铁马次第,争雄逐鹿,猎艳枯萍。泣别嘤嘤,看匆匆过客,坎坎怀情。蹭蹬峥嵘,瞬然间、慨叹苍生。

望青史茫茫,问得凄凄惨惨,我我卿卿。威风凛凛,意气铮铮,犬马纵横。争先恐后,枉云烟、风景磐成。润之前、焉晓人世,倏然过眼红英。

长相思慢·曲阜

曲阜名城,孔丘故里,庙府林阙风流。神农聚众,少昊称公,茹毛饮血从头。建制秦谋,历隋皇诏县,宋帝观钩。水抱又山俦,好风光、黎庶仇雠。

赏岱岳青松,峄山云海,兖州泗水清流。春秋情何在,念烟云、未了绸缪。鸾凤骅骝,勤检点、谁瞻戚休。越千年、红尘未老,英雄遍地呦呦。

长相思慢·洛阳

太极于河,洛书出洛,九畴洪范斯成。九州定鼎,华夏传名,牡丹风韵同庚。汉魏王城,伴隋唐风雨,商夏峥嵘。香国众卿卿,看江山、社稷烹冰。

忆太白吟哦,义山穿腹,功名蹭蹬元英。思闲居骚客,望红尘、几许逢迎。尚武英灵,堪狙击、殷殷性灵。五千年、风风雨雨,共和又见中兴。

长相思慢·扬州

饮誉江都,广陵绝世,云云慢说沧桑。开都建府,鼎盛衰微,谁言三界荒凉。袅袅龛堂,伴烟花三月,十日三常。菩萨顶高香,看轮回、急急忙忙。

念富甲隋唐,盛时西汉,相继赵宋名邦。云乡观亭阙,世中心、瞩目膏良。遗迹交相,言厚重、华文断章。瘦西湖、千年百纪,风流不过无双。

青衣

本名张茂建，曾用笔名张悠然。诗词爱好者。

虞美人·雨夜情思

莫怨山隔千里梦，青山几万重？不畏夜寒独登台，人道高处可望锦书来。

一床破衾掩酒醉，堪笑鸳鸯被。梦君为我踏歌送，回首只见星昏月朦胧。

秋夜述怀

莫与西风共残宵，惆怅未尽花先老。
此夜应许无情志，谁教相思逐波涛？

蝶葬

不恋俗尘恋翠苑，生死此身遗花间。
念依归去无人知，一点泪痕着谁看？
情天自古空余恨，梁祝故事风波远。
且寄梦随花凋零，同流水去殇红颜！

郊游偶感

朝醉红霞晚愁云，一腔情痴任天真。
请君试看池中莲，盛衰开合岂由人？

青竹山人

笔名鲁山，原名游新建，湖南双峰洪山殿镇一山野村夫，耕读为本。

绝句六首

一

园树鸣禽绿抱庭，端阳时节薜萝青。
枇杷渐落深山雨，远古天音仔细听。

二

野水溪边长艾蒿，青崖垂下绿葡萄。
红榴堂上官家子，还有几人读离骚。

三

春花落去夏花新，把卷听香思故人。
看遍浮华千万种，斜阳穿叶觅全真。

四

野李微红脆又酸，青梅未熟黛如峦。
生来果子多圆状，日月星辰天地丸。

五

有鸟窗前啼破梦，每随清气到山家。
远峰零落几星斗，好趁晨曦去种瓜。

六

天与浯溪一片石，文光宝篆化碑生。
洼尊夜满山神酒，坐听江涛战鼓声。

清泉

本名林逸亮，从事供水事业，当过兵，大专文化，喜欢诗词，曾任乔林诗社副社长，榕城作协诗词协会副秘书长，一道诗艺社江西省分社会员。

开心乒乓球

银球起舞自飞旋，速度犹如一缕烟。
移步攻防凭借力，临场成败却随缘。
弧圈倒吊推拉挡，锐眼寻机挑打牵。
兄弟开心来竞技，终身无疾过禧年。

荷塘月色

清风惬意寸心宽，掩映荷田绿叶欢。
月魄凌波虚上歇，莲花开处静中看。
幽香散漫空萦梦，僻径流连独倚栏。
直洒银辉身影缩，迟疑片刻阵蛙残。

榕晚

夕照榕风落日侵，蒙童戏耍鸟归林。
凝眸绿带流年遣，漫步闲人逸兴寻。

滩点棋牌无早晚，空间乒羽醉光阴。
双溪赏月莲花地，水岸清茶论古今。

榕滨晨风

晨曦鸟语声声切，堤柳江风阵阵清。
舟影飞鸿相衬托，桥涵残月两分明。
斜阳曲水危峰倒，过客如烟酷暑迎。
湿地悠然林茂盛，凭栏自得岁峥嵘。

绍兴行·夜游环城河

风梳雨栉含烟柳，把伞寻幽石径行。
墨韵萦怀千古梦，江舟揽胜一方情。
舫中听曲霓虹闪，岸上游人画卷呈。
绿荫横廊沿水榭，良宵尽兴直天晴。

游兰亭

客慕兰亭生逸致，春辞峻岭罩光环。
丛林修竹通幽处，曲水流觞荡谷间。
旧址萦思呈醉意，新碑耸立露欢颜。
端庄书剑三池墨，毓秀精英万古山。

注：三池为鹅池、墨池、莲池。为王羲之教子须用十缸墨。

游安昌古镇

雨浥红尘绿柳依，桥头把伞路人稀。
安昌古镇民风朴，石径长廊腊肉肥。
梦里穿梭追月影，溪中作乐敞心扉。
琳琅物价迷君眼，印象之都按刻归。

钗头凤·游沈氏园观戏有感

双人史，千秋戏，望沈园景沧桑地，楼亭美，庭花紫。盼团圆凤，苦痴情士。寄，寄，寄！

无权势，何门第。物非唯恨相思泪。花魂逝，体形悴，茶薄人各，绝情心碎。气！气！气！

丘廷荣

男，1956年6月生，赣州市亲情礼仪文化研究中心项目法人首席研究员，简历诗篇"上山下乡当农民，顶职招工弄餐饮，保家卫国入军营，函授律师上法庭。北漂二年进过京，国情教育搞培训，落户赣县奇石寻，宝塔诗篇研亲情"。作者因爱好诗歌，2016年创建大中华宝塔诗出版社微信群。

大中华宝塔诗盛世研究

大
中华
宝塔诗
万载千秋
史书爱研究
百姓梦想寻求
幸福生活欢乐瞅
亲情礼仪文化长久
御览崇赏敬仰道德厚
盛世笔墨撰写天下朋友

大中华毛泽东宝塔诗篇

大
中华
毛泽东
诗赋歌颂
湖南乡音浓
持久战全球通
联合工农兵群众
瑞金红井长征播种
爬雪山过草地居窑洞
崭新人民共和国建成功

大中华廉洁家人民赞夸

大
中华
廉洁家
自律赞夸

公仆勤政佳
贿赂贪腐违法
赃款拒绝收笑纳
防微杜渐污秽抛撒
古往今来犯罪严惩罚
国安史书教规训风留下

大中华周恩来宝塔诗篇
大
中华
周恩来
人民缅怀
总理史书载
一生清廉可爱
外交乒乓国门开
鞠躬尽瘁未留后代
骨灰抛撒到江河湖海
联合国下半旗悼念默哀

大中华习近平人民赞夸
大
中华
习近平
人民欢迎
反贪惩腐行
清规戒律锁定
纯洁队伍有党性
治理歪风邪气严明
果断除恶疾举世闻名
改革路上创新富国强军

邱才扬

1953年10月生，江西省上犹人。江西省诗词学会理事，中华诗词学会会员，曾任上犹县犹江诗社常务副社长，现任方山诗社主编。有作品千余首被《当代诗词精选》《当代诗词三百首》《吟苑英华》等百余家图书典籍收录。并在《中华诗词》《诗词月刊》《诗词世界》《诗词国际》《中国诗赋》《中国诗词》《诗词百家》《中国辞赋》《北京诗苑》《江西诗词》《上海诗词》《昆仑诗词》《当代诗词》《陕西诗词》《福建诗词》《内蒙古诗词》《长白山诗词》《湖北诗词》《香港诗词》《燕赵诗词》《江海诗词》《中国楹联报》等百余家期报刊上刊载。所创作的诗、词、联、文在许多网站上发表和传播。多次在全国及省、市、县各级诗词联大赛中获得各项等级奖、佳作奖和优秀奖。著有《文云集》。

七绝·情人节
阳台扶醉晚风吹，一串街灯欲照谁？
偏是清漪溶缺月，半溪光影上愁眉。

七绝·湖边小憩
明湖佳气郁林岚，一棹清幽是旧谙。
绿树遥岑围四合，晴光泄处水天蓝。

五律·外伶仃岛
仙槎雾海驰，揽胜正堪宜。
骨立峰含黛，神凝石蕴奇。
流泉因久雨，望远几相思。
千载空遗恨，伶仃幸有诗。

五律·金海湾
斜日镕金焰，浅湾连海陬。
滩沙淘碧浪，蜃气结虹楼。
青泛长堤树，波摇远客舟。
岭南风景异，一醉足情酬。

七律·暮春有感
无言独看乱峰堆，夜幕如屏打不开。
月下残花香寂寞，窗前修竹影徘徊。
翻书未觉虫声咽，拨闷尤嫌老气哀。

莫把虚名空误己，韶华一梦倩谁裁？

七律·阳明公园
危峰耸峙白云巅，四野涵芳草带烟。
城色三春花气郁，溪声一道瀑帘悬。
会征江广旌旗舞，提督官军凯捷旋。
绝学惊闻神鬼颤，知行千古迈群贤。

鹧鸪天·山村
那片青天那抹云，流溪照影四时春。娇莺婉啭啼新柳，小道逶迤绕古村。

花灼灼，草茵茵。炊烟几缕度晨昏。至今游子当年梦，惟有乡愁未失真。

风入松
当年故梓小山楼，荻絮乱汀洲。客家俚语杯中酒，酣成梦、岂论沉浮？几度青山夕照，依然红染清流。

个中何事欲淹留，还醉那泓秋。弹泉拨浪荒村外，空遗恨、独对离愁。数点眸中浊泪，半轮晓月如钩。

邱德

茂名市南天诗社会员。男，1982年生，本科文化，从事中学语文教育工作10余年，热爱传统文化，现为广东省楹联学会、茂名市诗词楹联学会会员。工作之余，喜欢游山玩水，以诗言情。

五绝·咏松
无惮巉空险，安根入峭崖。
炎蒸经鹤雪，自喜远尘霾。

七绝·贺祖国 70 华诞
四海欢欣国帜扬，神州遍地降珍祥。
千秋盛世歌仁政，物阜民安永乐康。

七绝·首届农民丰收节
绿水青山目尽收，耕耘硕果满田畴。
农民喜舞迎新节，盛世欢歌乐九州。

五律·踏青感赋
二月东风起，南乡丽景归。
江河浮碧水，草树斗芳菲。
春种青苗盛，秋收硕果肥。
衷心歌善政，华夏满生机。

七律·乡居生活咏
向往乡关远市尘，深山村落四时春。
良田沃沃呈鲜彩，绿水悠悠现小鳞。
遥望千峰含郁翠，闲听百鸟闹修筠。
桃源美景蓝图绘，福地宜居庇佑民。

清平乐·游子吟
母亲慈爱。化育儿能耐。苦累半生身受害。从此芳容不再。

最记少小家贫。暗灯缝补衣巾。瘦影倚门极望，游子愧对深恩。

邱法宝

男。网名一轩。山东省胶州市人，诗词爱好者，愿为魅力古典诗词的传承尽自己一份微薄之力。

无题(平水韵)
风雨兼程四载多，茶余饭后究诗歌。
先寻李杜三千首，再揽苏辛万卷罗。
夙夜在词难厌倦，晨昏磨墨染清河。
工夫未负吾心悦，虽是白头又奈何？

小雪节气未见雪游少海感怀(新韵)
小雪节侯难见雪，心中未免怅情生。
泛舟少海芦花荡，归棹长堤竹坞萍。

但见银鸥霞里舞,恐惊翠鸟立荷篷。
提壶欲尽渤黄水,浇灌农田稻谷丰。

初雪即事(新韵)

飞花夜里飘,晨起坐公交。
应是几程到,焉知半日抛。
久乘无此偶,实属第一遭。
三寸金莲步,皑皑竟自娆。

鹧鸪天·祭重庆公交
坠江事故(新韵)

重庆公交坠江悲,震惊寰宇痛心扉。
纠缠桥面无人管,坠落江心众客陪。
虽冒站,但停违,路人相劝不能回?
滔滔江水幽魂泪,祭此难平雨雪霏。

注:2018年10月28日10时08分,重庆万州公交车因女乘客与司机纠缠无人出面制止而坠入长江。

立冬(平水韵)

朔风连日吹,落叶叠成堆。
闻报明天雨,得寻冬日煤。
劈柴锅灶筑,磨面窖瓜培。
家酿高粱酒,红泥火正催。

鹧鸪天·赞外卖小哥第三季
诗词大会夺冠(新韵)

外卖雷哥登赛台,语惊千座董卿呆。
历经十载奔波路,可喜今朝问鼎才。
谁料想,更难猜,得闲书店韵书裁。
陪星伴月清辉咏,接单传餐到客斋。

观猫望月感怀(新韵)

月到谁家院?猫迎耸线端。
欢迎来作客,面带笑容颜。
玉兔携灵药,吴刚捧酒坛。
世间添乐趣,愉悦度天年。

登高感怀(平水韵)

雪满襟怀月满楼,长江滚滚向东流。
曾经苍海龙游野,不负青天禹捕囚。
草地冰山三万里,仁人志士几回头。
脱贫路上焉能少,寒士开颜慰圣忧。

邱启永

号山川永恒,男,山东滕州人,1965年生,大学文化。系中华诗词学会会员,山东省诗词学会理事,中华当代文学学会常务理事、副秘书长,枣庄市诗词联赋家协会副主席,枣庄市诗词学会常务副会长,中华诗词文化传承人,《华夏诗文》常务副主编。作品散见于《中华诗词》《当代中华诗词库》《诗词世界》《枣庄日报》《滕州日报》等媒体,曾在中国百诗百联大赛、诗词中国、中华情、天籁杯等诗词大赛中荣获特等奖、金奖等奖项,并荣获"天籁之音·德艺双馨中华诗词家"称号,成为《中华诗词》《诗词世界》等杂志社签约诗人。

五律·观钱塘潮

波涛涌雪岭,鼓角动杭城。
风自仙山起,潮如大海倾。
雷公增怒势,旌旆扩威名。
可是吴胥魄,年年练甲兵。

五律·正月初六雨夹雪闻
打工者登程

马日逢时雨,琼花降吉祥。
风来寒气重,柳舞鸟声藏。
彻夜疾挥镐,黎明便负囊。
相思数千里,岁岁送穷忙。

七绝·闻房价大涨有感

打工数载未加薪,楼市如潮涨却频。
谁正欢欣谁苦恨,房奴岂止种田人!

七绝·问庐山瀑布

峰巅存得几多水？飞瀑千年未改颜。
应是天心顺民意，银河输泻惠庐山。

七绝·趵突泉

何以泉名为趵突？皇封天赐客吟哦。
万民千里如趋鹜，新霁争看涌碧波。

七律·山村扶贫感赋

善国久传多俊英，小康路上付真情。
登山探访贫民苦，冒雪驰援病体轻。
白屋风来眼含泪，苍颜日暖咽无声。
油盐柴米叮咛遍，同谢党恩歌太平。

七律·马克思诞辰200周年感赋

特里尔城摩泽水，滋培万物育英贤。
宁抛富贵改寰宇，甘为平民受祸愆。
资本精通却无产，宣言冒险揭强权。
人闻华诞皆崇敬，夙敌胆寒千百年。

注：摩泽：摩泽尔河。

七律·游济南九如山

锦绣山川花木荣，八潭九瀑靓泉城。
西施持练空崖舞，俞瑞抚琴林壑鸣。
映日丹霞迎白鹭，染溪翠竹诱黄莺。
品茶正喜民风厚，中外游人更热情。

注：俞瑞：即伯牙。

七律·闻美国挑起世界贸易战感赋

世上谁如"川普"狂，随心下旨降灾殃。
合同撕毁亚欧怒，关税强加华夏伤。
资本早为吸血鬼，自由已作骗人方。
今朝挑战惹民愤，打败美元迎太康！

注：川普：美国总统特朗普的别名。

七律·参观古田会议旧址感赋

旭日初升耀古田，瓦房榕树忆先贤。
指挥枪炮全凭党，服务工农不讲钱。
血染红旗除旧制，汗浇绿野谱新篇。
追怀英烈幽思起，梦里相逢皆粲然。

七律·纪念"五四运动"100年
（步韵李文朝将军）

"和会"丧权惊万方，醒狮反帝大旗扬。
舍生学子彰公义，爱国工农庆曙光。
德赛频传封建恐，马恩暗入俊英忙。
促成共党兴鸿业，奋斗百年胜列强。

注：和会：即巴黎和会。

鹧鸪天·听雨

气朗风清正喜秋，乍闻淅沥冷心头。
雁离边塞言民苦，叶落林梢叹水流。

思白屋，看红楼。山南海北有离愁。
梦祈黎庶开怀笑，不达安康誓不休。

南乡子·秋思

雁唳暗心惊，叶满阶前暮色暝。山海茫茫云闭月，轻轻，帘外风声伴雨声。

夜半忽闻筝，辗转寒衾梦不成。向晓窗前临照处，娉婷，秋雨已晴心未晴。

邱善文

男，1951年生，滕州市人，山东大学毕业，工程师。为中国民主建国会会员，中华诗词学会会员，山东省诗词学会、山东省作家协会、书画家协会、枣庄市曲艺家协会、诗词学会等会员，滕州市诗词联赋协会副会长。曾发表诗歌260余首并获奖；本人被收入《中国当代艺术界名人录》《山东省文艺家名人录》等辞书中。荣获第二届"岳阳楼"寻春诗会金奖、第十三届"天籁杯"中华诗词大赛金奖等奖项。

七绝·咏洛阳牡丹

蝶舞蜂飞带妙香，天姿国色冠群芳。

一从武曌谪迁后，滚滚人潮赴洛阳。

七绝·怀念周总理
举世难寻此巨人，赤心报国富黎民。
五洲四海恩难忘，每到清明泪满巾。

七绝·红梅映雪
雪映寒窗暗香萦，闲翻诗话感怀生。
笃情不啻为林逋，唤醒百花春日晴。

七绝·清明
坟前祭祀忆椿萱，笑貌音容梦几番。
道是泪中虚幻影，又疑思我返家园。

七绝·惜春
人间四月雨来频，咽泪妆欢挽帝君。
怎奈熏风勤梳弄，回眸百蕊落缤纷。

七绝·春游微山湖
十里微湖光景优，融融春日泛轻舟，
波翻鸥起知鱼汛，喜看罟师牵网收。

七绝·孟夏
澄碧高天燕雀吟，画山绣水树云深。
浆麦妆齐列畴际，预祝丰收酒共斟。

七绝·七夕登楼有感
携星并月厦摩天，银汉临窗可放船。
七夕鹊桥牛女会，偷听私语夜难眠。

七绝·纪念改革开放40周年二首
其一
革故鼎新开放年，如椽巨笔著宏篇。
三中全会彪青史，华夏辉煌筑梦圆。

其二
禹甸逢春复兴梦，煦风吹绽百花开。
千红万紫迷人眼，引吭高歌向未来。

七律·庆祝建国70周年
建国征程七十年，神州大地凯歌传。
飞船登月惊寰宇，深水采冰歌锦篇。
航母巡游护南海，战鹰矫健卫蓝天。
喜看高铁复兴号，犹似银梭闪电穿。

邱世堂

湖北省巴东人。高中语文高级教师。中华诗词学会会员，中国楹联学会会员，湖北省楹联学会理事，恩施州诗词楹联学会理事，巴东县诗词楹联学会副会长，国际华文作家诗人。被中国文化遗产保护研究院录入《中国人才库》。

七绝·北京前海后海
鸟衔亭影波不尽，柳荡云烟翠欲流。
潋滟湖光山着色，春风斜雨涤新愁。

七绝·初冬过野恩高速，参加清江诗词论坛即景
烟雨朦胧拂峻岭，层林尽换锦衣裳。
我心将欲长留驻，怎奈山高水又长。

五绝·我为叶公正名
叶公本好龙，不是慕虚荣，
一意为民众，终生向社宗。

五绝·醉美秀峰
白云绕秀峰，碧水映长空。
翠柏迎宾客，高粱醉智翁。

七律·巫峡绝唱
莽莽巴山腾紫气，波波江水映长天。
云蒸霞蔚藏仙境，日落川倾展绛绢。
缕缕纤绳吟绝唱，声声号子伴炊烟。

襄王遗梦缘千里，神女悠思载万船。

七律·纪玖天云彩
惊闻向玖云诗友仙逝，赋诗悼之。
惊闻云朵已西去，满眼迷离心顿凉。
昨日清晨仍有论，今天中午陡添伤。
天空原恨乌鸦闹，文赋顷倾碎霓裳。
五彩流岚遭雪雨，胭脂玉粉瞬流殇。

七绝·积水翠微
积水成潭落日晖，鸳鸯相戏紧相依。
杨桃妖烨柳摇翠，尤醉霓裳片片飞。

七律·漫步什刹海（新声韵）
雪花四月满天舞，柳坠鹅绒杨散花。
飞燕迎风追落絮，游鱼吹浪碎红霞。
蜂莺逐艳绕芳树，朋侣凭栏笑野鸭。
借问丹青何处有，缘来只在帝王家。

邱锡武

1937年12月生，汉族。籍贯山东文登。大学学历，副主任医师。在黑龙江省穆棱市乡卫生院工作40余年。当过多年院长、党支部书记。曾任数届市人大代表。晚年专心古典诗词。多次获"天籁杯""华鼎奖"等全国诗词大赛奖。格律诗在多种刊物上发表，并入编《中国历代诗词家词典》《黄浦江诗潮》等200余部国内或海外发行的书籍中。

七绝·神州颂
金融拍岸危机猛，人体袭人炸弹凶。
浪骇黄河知砥柱，涛惊四海展蟠龙。

七绝·英雄回家
红旗裹体八英贤，世界公民美誉传。
海地何能埋烈骨？神州日月伴长眠。

七绝·晚年得赵氏《诗词韵律合编》有感
步到秋夕拾亮珠，千鞋踏破路艰殊。
借光虽晚身幽径，再不灰坑黑老夫。
提倡青年宜此书，一言遗恨失当初。
桥通地堑接天路，红日绿灯焉慢车！

七律·老农学雷锋
背井离乡来打工，汗流春夏再秋冬。
瘠沙西北风弯柳，沃土东南雨劲松。
昔日欢呼追大圣，今朝苦干学雷锋。
高楼大厦官商乐，旧道新城忙老农。

七律·80岁感怀
久经运动问收耕，非黑非红一白丁。
治病救人无手妙，讴诗吐垒怎英精！
死珍老舍投湖死，生惜丁玲坐狱生。
树欲直兮风不止，翻云覆雨电雷轰。

七律·岁末自嘲
春风夏雨又秋霜，谷穗低头冬雪藏。
杯水诗词斟几首，车薪经史载千行。
寒身匪入灯红馆，噤口焉沾酒绿觞。
澹泊西瓜丢旭日，芝麻宁静拣夕阳。

总统建墙（柏梁体）
筑成血肉御外强，万里长城长又长。
攀登古今好儿郎，到此一游秦汉唐。
而今孺子效建墙，竟指难民为豺狼。
乳臭大嘴喷雌黄，世界警察丧天良。
公婆有理吵闹忙，儿妇失薪断口粮。
政府停摆鹰爪僵，窝斗不怕家丑扬。
唯利是图特奸商，优先自己充霸王。
隔壁无银婊子狂，此地边境立牌坊。

邱秀荣

女，中华诗词学会会员，子曰诗社社员，中国乡土诗人协会会员，香港诗词文艺协会会员，岭南诗社社员，清远市诗书画研究院诗词研究员。诗词作品多在《中华诗词》《诗刊》《诗词报》等专业报刊发表，多次在国内和香港的诗词大赛中获奖。

七绝·月夜独思

倚栏独叹一江秋，千古清辉映水流。
半盏香茶酬岁月，何来闲事挂心头？

七律·夏日访尧山

早念尧山境万千，今朝策杖任流连。
群峰耸翠悬珠瀑，百鸟回声醉碧天。
问道寻幽崖树下，挥毫泼墨玉溪边。
云舒云卷随风去，半盏清茶待月圆。

鹊桥仙·杭州西湖金秋夜

举杯邀月，倚栏听笛，浅醉西湖信步。心闲玉影对星河，便胜却、乱红无数。

断桥谁过？东坡我约，静好今宵共度。犹怜西子镜如磨，更醉恋、金风玉露。

鹊桥仙·萝岗访香雪

远山凝黛，清溪溅玉，朗日穿红抱素。几回梦里醉花魂，赴芳约、寻梅胜处。

岚浮紫气，诗萦卉树，幽谷濡香信步。芳菲似雪淡还浓，却正是、真情无数。

鹧鸪天·问道天门沟

驿道层峦芳草萋，登高顿觉野云低。尧山昨夜风吹雨，飞落珠玑涨碧溪。

空谷静，翠岚迷，骚人墨客醉黄鹂。寻幽访古尘嚣外，梦里多回响马蹄。

鹧鸪天·春归故里

临近家山脚步轻，心牵陌上草青青。当年挥手逐新梦，今日归乡续旧情。

波澹澹，柳婷婷，烟花三月景空灵。三三两两谁家燕，依旧村头舞不停。

水调歌头·游南非好望角

何惧路途远，跋涉访非洲。草原莽莽飞过，好望角勾留。天际长云逐浪，海岸清风盈袖，佳境醉心畴。携梦到山顶，浩瀚两洋流。

赏鸥舞，听浪啸，任风讴。海天同抱，美好希望寄心头。坐看云舒云卷，慨叹潮来潮走，物我两悠悠。把盏酬天地，斯世复何求？

水调歌头·故乡的小河

梦里小河美，常惹我情牵。儿时记忆深处，碧水映蓝天。两岸风光无限，四季波光潋滟，故事总连绵。欢乐碧中漾，岁月静中妍。

踏秋韵，回故里，续前缘。岚萦堤树，芳草凝碧野花鲜。可有儿时惊艳？可有乡情缱绻？拾梦小河边。多少萦怀事，最忆是童年。

秋江

笔名江子，茂名市南天诗社会员。山西太原人。山西省诗词学会会员，山西省杏花女子诗社会员，太行诗社会员。作品散见于一些网络平台。

七绝·立秋随写

细雨濛濛送薄凉，烟岚千叠草幽香。
双飞紫燕西窗绕，留待秋宵共梦乡。

五律·童年

童趣贯经年，犹如小辫牵。

院中爬木马，湖上荡花船。
捉蟹溪塘入，放羊村路穿。
晚霞唯有忆，但赋幼时篇。

五律·听雨
急雨临窗注，惊雷彻九天。
清凉收暑气，萧爽拂云烟。
过隙流风舞，拈杯逸兴牵。
徐徐思远道，寂寂写红笺。

七律·春游遇雨
已是春分连雨聚，莺声渐少燕难双。
青山野径稀来客，古岸渔舟怯渡江。
小市观花歌一曲，幽坊斗酒醉三缸。
夜阑漫许今生约，祈盼新晴拂晓窗。

酷相思·忆
柳带斜依摇暮色。约谁作、江边客。看风动云翻烟浪急。夜不静、人难寂。夜欲静、思难寂。

记取当年桥上立，望皎月、芳心索。愿同与卿卿携永夕。今个是，情何觅。真个是，缘何觅。

满庭芳·暮春写怀
疏雨初停，晓霞渐启，高台独自凭栏。红英绽树，莺鹊共争欢。尽醉缤纷岁月，盈香处，缕缕娇妍。春情浅，芬芳过后，最怕惹缠绵。

斯时，常忆念，天涯故友，沧海经年。可寻得，红尘紫陌前缘。借问落花多少，能堪写、锦字芸笺。痴心在，愿听新曲，聊拨指中弦。

疏影·说荷
娇姿欲舞。望纤纤碧叶，临风私语。粉蕊含羞，翠袖翩然，浑似琼池仙女。芳心并蒂柔情漾，蝶恋香，将花倾慕。水中央，雾带烟绫，余韵沁馨频吐。

微抹清薰浅醉，惹绮思半掩，酣意轻抒。素笔描痕，对景传神，都向绿萍翻处。莫怜冷雨香消瘦，惜岁短，幽怀千缕。借月台，吟兴诗笺，尽把玉容裁着。

祝英台近·春日寄远
燕飞檐，莺穿柳，睛日照千树。灼灼芳华，争把清香吐。又是一岁春来，家山迢递，思漫漫、飘飞无数。

已年暮。常在梦里牵萦，江南古宅处。吴软乡音，时在耳边顾。是今人各天涯，几多情意，寄明月、轻吟心语。

瞿翔翅

男，1957年1月出生，安徽省铜陵市周潭中学退休，中学高级教师，中华诗词学会会员。现任铜陵市老年大学诗词班教学工作，著有诗词集《竹韵听风》。

七绝·闲钓
横钩冷对荡波粼，投饵香魂祈水神。
取悦抛竿逐潮动，一湖映月钓星辰。

七绝·时不我待
过逢花甲度凉宵，月上西窗蒲扇摇。
同是一轮炎日照，东风不借旧时潮。

七律·夏雨飘绫
洪泻山阴白练腾，浮云自在展高层。
迅雷贯耳狼烟滚，闪电惊眸天柱崩。
不以疏狂嫌雨骤，却因豁达笑风凭。
独怜夏日温情火，相协蛙潮万丈绫。

七律·邻里和风
世云远眷不如邻，脑热斟茶隔问津。

朝夕温寒分五味,阴晴圆缺报三春。
缘来左右相形近,时伴晨昏比夜贪。
偶或东家门里客,呼餐声急怕惊人。

七律·幽幽春草情
春绿冬衰未了愁,跟风不悔立墙头。
乐滋肥壮驰原马,甘付清贫化乳牛。
拳拳枯心燃野火,逗逗宏愿秀荒洲。
无华那入君明眼,痴作花边一睡囚。

苏幕遮·水乡放歌
日蒸炎,风拂煦。伏夏禾光,黄穗青田哺。遥对河滩惊白鹭。忽现船浮,荷拨人摇橹。

采莲蓬,穿碧处。踏浪流歌,最美乡音谱。天地悠悠开福路。愉悦春秋,惠济农商雨。

江城子·荷塘听韵
凭轩深吮阵莲香。暮苍茫。月疏光。孤影阑珊、今夜纳荒凉。散落农家灯火许,倾语愫,自思量。

醉闻蛙鼓曲飞扬。绕山梁。沁心房。梦里惊魂、天籁出池塘。遥野蒙纱花色隐,清紫共,夏荷妆。

千秋岁引·月明人遥望
瑶水一方,渔歌唱晚。锦绣江南列长卷。春亭十里舒画意,平湖翠览浮光练。赤霞枫,烟波柳,丽人幻。

遥夜不眠歌渐远。明月倚楼声声慢。心影涟漪乍惊岸。思伊相对零花语,情非得已肝肠断。梦无言,鹊桥上,翩飞燕。

瞿永尚

男,1955年8月20日出生于上海市黄浦区。祖籍上海市崇明区。1974年高中毕业,1976年参军,1979年参加对越自卫反击战。1980年退伍后进入上海第二建筑公司安装分公司工作,1988年复旦大学新闻系自学考试大专毕业,2004年任现代申都公司的经营部经理。在《上海电视大学》期刊、《华夏诗歌新天地》月刊、《顾村诗社》期刊、《稻香诗社》期刊经常发表诗作。

七律·八一颂(新韵)
惊雷骤聚耀南昌,风雨涅磐上井冈。
九二军魂镶铁壁,廿八浴血铸辉煌。
江山百世丹心护,社稷千秋华夏彰。
纵使捐躯酬壮志,神州天佑万年长。

五律·扫墓偶得(新韵)
偶得一瞬间,悟透历经年。
久病难成孝,襟怀仗磨难。
善良人品爆,做事志心坚。
俯仰皆学问,残身笑云巅。

七绝·三沙洪上(新韵)
三沙洪上柳絮飞,菜花鳗鲡正美肥。
日暮时分垂钓去,忽闻天际响天雷。

七绝·归春河畔(新韵)
归春野渡旅人稀,遥看德天水雾弥。
四秩炮声犹在耳,太平盛世更应惜。

注:德天瀑布横跨中越两国,瀑布的水就流成了中越两国的界河归春河。归春河上,有几个无人看守的渡口,也不见边防人员,边民可以自由的往来。一片祥和安宁。不由得让我想起了四十年前,我亲身参与的那场边境自卫反击战。感慨良多!

清平乐·忆童年外婆家夏趣(新韵)
苇墙陋巷。庭院幽深畅。玉米芦稷青纱帐,蝉雀歌声嘹亮。

水黾惊悚飞逃。蚁群麇聚雨滔。倒

立竹林喧闹惜遗往日童谣。

朝中措·春游沙溪（新韵）

阳春四月上太仓，郑和下西洋。古镇悠悠千岁，沙溪缓缓徜徉。

懒慵情致，闲暇意韵，细柳轻扬。桥卧六朝风雨，桃开世外幽香。

点绛唇·迎春曲（新韵）

不忍卒闻，蛰春欲醒遭寒挡。云遮雾障。缀柳萌芽藏。

霁月光风，荡漾春鹄望。心情畅。渔舟晚唱。碧玉东山上。

临江仙·我与春天有个约会（新韵）

归燕呢喃冬去，柳烟迷漫春来。昨宵圆月被云埋。焰花唯梦见，欲睡露鱼白。

一晃一年过去，缘何百事挖塞。镜中皓首意徘徊，行囊再整理。重上点将台。

曲富安

黑龙江省依安县人，汉族，1970年生，曾任依安县国税局信息中心主任，现任依安县税务总局主任科员。中华诗词学会会员，黑龙江省诗词协会会员，齐齐哈尔诗词协会会员，依安县诗词协会副主席。大量优秀诗词和文学作品发表于省内外报刊并被《黑龙江诗词大观》《乌裕尔河随想》《文友唱和集》《抗联颂歌》《华夏赞歌》等书籍收录，文集《乌裕尔河随想》编委。诗词作品《沁园春·国庆抒情》获齐齐哈尔文学艺术联合会2014－2015年度"神鹤杯"文艺创作佳作奖，2016年4月在大美黑龙江网和黑龙江省诗词协会举办的"百家诗画大美龙江"活动中荣获"黑龙江省百名优秀诗人"称号，2016年荣获第六届"华夏诗词奖"优秀奖。

春风

轻轻拂面倍觉亲，似吻如初媚时人。
稍触即离羞涩样，回眸一笑动芳心。

冰凌花

铁骨迎风任雪侵，新妆小试展芳心。
不期绿叶争先笑，报与春光一寸金。

月季花落

风过只余带刺身，低头遍地是红唇。
繁英落尽魂尤在，莫道残香不解春。

鹧鸪天·牵牛花

秀萼修藤着碧妆，连衣牵手绕篱墙。迎风斗雨根尤韧，御暑知秋蕊更香。

收早露，做勤娘，黎明一绽领群芳。笑擎唢呐调皮样，爱也无声爱也长。

生查子·春雨

沥沥暖春泥，洗出鹅黄玉。揉墨画春山，融入春江曲。

好友是东君，携手描春绿。帘外起飞烟。又惹诗情续。

行香子·忆游泰山观日

夜宿听松，早起临风。盼朝阳，翘首凝瞳。晨曦灿灿，暖意融融。是曙方媚，景方胜，味方浓。

远眺山雄，俯瞰峦重。回眸处，霞飞紫气，雾绕青峰。正有祥云，托祥日，起祥龙。

行香子·再咏桃花

三月晴空，万朵桃红。看妖娆，粉面娇容。天生烂漫，地造玲珑。总扮春山，舞春水，笑春风。

莺啼蝶恋，衣染香浓。清波里，落影

重重。桃源有记，千古推崇。也羡陶然，想陶隐，醉陶翁。

7 度方舟

中国诗歌协会会员，中国诗歌网认证诗人。在中国五千年诗词文化的熏陶下，致力于绝句律诗，有100余作品散见于《星星诗刊》《诗选刊》《中国诗人》等。五绝《天涯感怀》获第六届中外诗歌散文邀请赛一等奖。七绝《采风少女》获第二届"新时代"全国诗书画联赛银奖。

五绝·为君写诗
为君常采撷，君踏笛声来。
写尽三更烛，诗吟紫竹开。

七绝·心动佳人
美人初至彩云南，丽质天生笑润甜。
心动悄悄一瞬间，彤云淡淡绕心弦。

五绝·天涯感怀
飘摇四海寒，逐鹿五湖缘。
遥指天山月，终将大漠圆。

七绝·四季情歌
春携微雨侧逢晖，夏日听风遇紫绯。
芳木临秋花影醉，闻香沐雪雪晗梅。

七绝·塞外惊雨
策马鸣晨天际远，临山云卷电雷欢。
漫坡飞雨千花醉，低燕衔来九色萱。

五绝·燕舞春娇
燕喃双涧去，舞秀桂丛间。
春已临溪畔，娇眸水映天。

五绝·暮浴山中
咏柳爱山溪，夕蜂鸣细枝。
调嘻泉涧碧，浴女矫滴滴。

七绝·采风少女
喜逢红袖萱花蕊，欢语莺歌笑靥随。
春沐画中蝶忘返，娇颦漫步弄芳菲。

七绝·印象开封
大美东京①鸿业兴，西园②铁笔续前缘。
八朝文武③今如在，必向君王奏喜篇。

注：①东京即开封古称。
②西园即宋代西园雅集。
③八朝文武即八代帝王古都。

五绝·静待花开
静听花轻语，欣知客迎门。
俏含晶滢露，香溢后庭园。

R

饶丽萍

网名不应有问、千千结，女。中国诗词曲赋爱好者。现在在中华慈善诗会担任辞赋评阅老师。有作品在《中华辞赋》《常德诗词》等刊物上发表。

七绝·秋色（平水韵）
纷纭五彩胜烟霞，一路清溪敲韵哗。
秋色裁来莺欲放，翩翩枫叶寄诗家。

七绝·峰顶
滔天白浪接霞光，绝巘青青浮渺茫。
莫道迹峰多险处，红花几树正凝香。

七绝·碧潭鱼趣
细流飞溅碧潭盈，鱼戏水花相逐争。
游得一方天地趣，那思世上乱云横。

七绝·农家乐
欲流苍翠古森森,清气浓萦含露阴。
消得如何三伏暑,幽然此处有仙音。

七绝·蓝天碧水
碧天蓝水怎能明,碧水蓝天一色惊。
浮岛缀成千样路,人间天上凭君行。

踏莎行·湖(词林正韵)
盈水柔蓝,汎洲兀赤。苍龙湖底何甘寂。人间腾上作浮桥,暗思天地重新识。万里晴空,远山纱笛。鱼矶鸟影波光律。几时邀约至亲朋,低吟浅酌凉风习。

饶兆璇
江西省宁都县人,1952年生,初中文化。1968年下放本县东韶乡插队务农,1981年在东韶乡琳池街经商,1993年在南康市潭口镇经商、居住。现是南康区南野诗社社员,赣州市章贡诗词学会会员,赣南诗联学会会员。

五绝·感悟
人生多起落,世事更无常。
得失何须计,功名梦一场。

七绝·城市美容师
三更作业三更暗,一路经风一路新。
默默无闻弓背者,沉沉不语扫街人。

七律·异乡重游
知青岁月梦中游,往事回追五十秋。
早趁残星荷斧出,暮披冷月背犁收。
挥镰闪闪天昏暗,打谷轰轰鬼见愁。
弹指之间时已过,依稀旧屋换新楼。

七律·游鼓浪屿
游轮出海达孤村,小岛葱茏景色纯。
脚踩细沙环鼓浪,面临大海望金门。
西方古屋依山筑,现代新楼遍地存。
远眺茫茫迷雾处,何时哪月叶归根?

七律·夏夜
一轮皓月照荷塘,满塅青蛙鼓噪忙。
翠浪层层连天远,清风阵阵接水长。
流萤几点花间舞,硕果千盘叶底藏。
夏夜频弹交响曲,温馨梦里也闻香。

七律·赏菊
摆台移凳篱边坐,把盏赏花近野棚。
竹菊争奇寻月色,尹刑斗艳助秋声。
虽无茂草深情伴,唯有桂香厚意迎。
傲世孤标随雁断,风高自古说贞名。

临江仙·题翠微峰
日照丹露高岭,云遮绝壁孤峰。擎天一柱傲苍穹。遥观造物人间奇景,天然鬼斧神工。稀岩怪石尽仙踪。常年涂碧血,四季盖葱茏。

排律·咏荷
出污身不染,品正似云仙。
一片无边碧,多株别样妍。
亭亭真菡萏,落落比婵娟。
才露尖尖角,长蒙淡淡烟。
粉颜朝丽日,朱笔点青天。
偶现鸳鸯鸟,深藏并蒂莲。
田蛙荷里唱,野蝶蕊间缘。
潜底鱼虾闹,腾空燕雀旋。
珠蓬羞俯首,醉叶舞翩跹。
摄影频繁照,吟诗接踵前。
花开花又谢,月缺月还圆。
自古人人爱,扬名几万年。

人杰地灵

七夕
牛女隔河望眼穿，相思彼岸对愁眠。
鹊桥一夜情欢泪，地上三天苦雨连。

秋情
夜来秋雨温清酒，晨起风凉煮碧茶。
闲望庭前飘落叶，不妨看作在飞花。

中秋净月潭中月
初照松林生冷烟，冰轮双影水无澜。
三分无赖扬州月，尚留一分在碧潭。

中秋辨月（新韵）
冰轮初照醉芳魂，假作真时假亦真。
水底月原天上月，眼前人是意中人？

雁南归
北雁南飞要起航，城乡日日换新装。
细心记得经何处，勿使春归路渺茫。

题晚秋枝头几片红叶（新韵）
不愿随风赴远津，甘留树杪展秋痕。
青松隔岸遥招手，同守空山恋故林。

秋山
放眼层林百色鲜，丹青欲绘彩难全。
秋山馈我图千幅，我欠秋山律一篇。

废品收购者
身披夜色踏轮归，满载欢心忘腹饥。
弹去双肩尘与月，不期惊起宿莺飞。

初雪
玉蝶飘飞宇外来，平畴素色覆尘埃。
雄鸡起舞门庭处，串串梅花雪上开。

任爱琴

山西文水人。毕业于山西师范大学中文系汉语言文学专业。20多年来一直从事中学语文教学，爱岗敬业，文学爱好者。山西省诗词学会会员。在《星星文学》《百城诗韵》《吕梁日报》等刊物发表作品多篇。

七绝·咏秋菊
笑傲西风不畏寒，争奇斗艳惹君怜。
蜜蜂纷至翩翩舞，引得骚人作美篇。

七绝·咏枫
青春勃发郁葱葱，霜打呈来片片红。
不与百花争美色，丹心愈老愈高风。

七绝·咏波浪谷
层层波浪石间生，不费神工怎自成！
陕北美图谁画出？风雕水琢亿年程。

七绝·晨沐西山
秋叶经霜景色新，沁人肺腑也无尘。
蓝天之下日光浴，洗涤我心归本真。

七绝·秋染西山
喜看西山如画影，层林尽染醉吾心。
不知哪位丹青手？惹得游人驻足吟。

七绝·骆驼颂
迎波踏浪漠中舟，认准目标朝绿洲。
耐渴忍饥堪重负，驼铃款款唱风流。

七绝·咏大丽花
五彩斑斓大丽生，层层叠叠凤姿成。
金心更胜美人面，品自端庄超菊卿。

七绝·初春柳
最爱初春柳色新，柔条舞动洗心尘。
风流倜傥与谁共？陶醉他人怡我神。

任伯坤
网名菊有芳华。1969年生，初中文化，自幼喜爱古诗词。

鹧鸪天·探春
四野荒芜少绿枝，春风缓缓步移迟。
千丝翠柳芽初嫩，万朵桃花蕊绽姿。
寻旧迹，访新知，青葱末见鹧鸪痴。
丹心等待芳菲至，姹紫嫣红总是诗。

春梦
春风静静待芳华，梦里悠悠入万家。
鹊语酬情声作序，莺歌唱意柳生芽。
赎来雅韵新篇赋，借去清词伴酒茶。
陌外花开香满袖，窗前燕尾剪红霞。

民俗祭忠魂
端午将临忆屈原，平江浪卷洗沉冤。
菖蒲艾草门前挂，角黍雄黄五彩轩。
木桨击花威鼓助，龙舟竞力汨罗翻。
千年此刻忠魂祭，万载离骚愤世言。

蔷薇开了
独坐门前手托腮，清风扑面上阶台。
栏杆已被蔷薇倚，朵朵嫣红应约来。

江城子·忆流芳
菖蒲艾草粽飘香，彩轩堂，饮雄黄。户户家家，共缅过端阳。击鼓乘龙挥大桨，同呐喊，唤忠良。
楚辞千古美名扬，赋情狂，九歌长。传世离骚，慷慨又轩昂。叠字归途携浪去，夸傲骨，忆流芳。

秋景
耳畔蝉音尚未休，时光倏地又惊秋。
环堤绿柳飘丝带，漫岭红枫舞彩绸。
玉露攀花撩客目，金风遣叶别枝头。
东篱再现黄英美，雁阵云天比好逑。

风
来时不见影，过处却闻声。
水漾烟波乱，花飞草木惊。
扬尘能蔽日，送雨可倾城。
四季轮回路，留伤也向荣。

楚天遥·望故园
岁月又惊秋，叶叶牵离绪。伫立高台望故园，怎奈无由去。做了异乡人，半世怀归虑。梦里常生翅羽飞，向北清风驭。

任大力
男，1949年生，退休副译审，有科技、科普、文学译、论文在国内各类刊物发表。诗刊子曰增刊社员，中华诗词研究会会员，有诗词作品在国内各刊物及电子微刊上发表。

五绝·秋云（平水韵）
九月天湖碧，白莲飘逸开。
仰望徒有羡，无翼上瑶台。

五律·秋夜（平水韵）
日暮西风起，晚来秋木苍。
霞飞长岭暖，月上柳梢凉。
星坠斜流线，灯移过夜航。
银河横隐约，北斗见微茫。

五律·秋声（平水韵）
霜气横秋色，寂寥飞鸟栖。

长空归雁远，旷野雾云低。
万籁清风送，千家灯火迷。
更深听侧耳，细辨赖灵犀。

五律·酝诗（平水韵）

酿诗如孕子，甘苦寸心知。
搔首凝空久，冥思闭目痴。
情催融墨急，律遏落毫迟。
美丑任评点，端详自悯之。

七律·雨中游开明寺（平水韵）

几道山湾绿渐深，一方寺院出林岑。
拾阶瞻佛空尘念，登塔听禅远杂音。
细雨濛濛天色暗，云烟袅袅暮春沉。
心如止水惟求静，自有清风散雾阴。

七律·秋望（平水韵）

秋雨秋风秋色苍，枫红芦白菊花黄。
流萤隐闪河边草，落叶飘飞阶下霜。
逝水无声点垂柳，浮云徐动淡斜阳。
园林蝶影依稀见，不比三春醉欲狂。

七律·遥思（平水韵）

忍别桃红未放时，冬寒犹在怨春迟。
花开北国聊为补，人处他乡常有思。
江雾岚烟回首远，轻风斜雨凭栏痴。
莫言上苑风光好，观景仍推汉水湄。

七律·岁暮感怀（平水韵）

时光如水洗铅华，往事依稀不必嗟。
隔代厌听伤感曲，翻弦犹俏后庭花。
清风皓月宜观景，迷雾浑江少弄槎。
健体日行八千步，不贪老酒喜清茶。

任凤英

女，山西灵石人。晋中农校毕业，从教两年多，后在段纯、坛镇、英武乡政府机关工作，已退休。灵石县作协、竹林诗社、晋中市诗歌协会、山西省楹联艺术家协会会员。在《汾河》《灵石政协》《灵石文史》《重阳杂志》《汾西文艺》等刊物发表过作品。

七绝·汾河春韵

寒冬冰雪伴阳消，春致汾河杏鹊娇。
两岸人家耘日月，情闲再续雁飞谣。

七绝·五九吟

岁末寻梅况味浓，鹅黄岸柳舞从容。
寒宫六瓣苞无放，冬麦何时吻雪淞？

七绝·民工的腊八日（新韵）

腊八工地枣粥稠，啜罢余香慰绪忧。
他处晨辉同照我，妻儿心系梦情柔。

七绝·张壁古堡述怀（新韵）

古堡何须细探年，朝霞起落暮雅旋。
铁锄变钺禾田废，今日吴钩化锐镰。

七绝·介林行（新韵）

从来百姓悯忠贤，介庙烟香更胜前。
神有庇居合众意，功德存世越千年。

七绝·终见春雨（新韵）

旱怪凶顽少雪霖，黄尘千里麦苗焚。
清明节后灵泽至，试雨开窗喜泪纷。

七绝·清明赴尧都路上（新韵）

烟霞几抹映溪流，半缕清风两袖收。
霍岭长川春鸟唱，花香柳细笔耕畴。

七律·灵石原头村土地庙怀古

老庙修时别费猜，名称转换更悲催。
烟云尽写沧桑变，雪雨难描世事回。

玉帝诏书天下晓，退之执印社神魁。
农家祈盼吟耕继，金梦连年勿忘哀。

任光一

介休市连福镇樊王村人。1969年生，初中学历，农民工。介休市作协会员，汾河(知彼)散曲社社员。

七绝·怀春
篱笆小院入春风，红杏墙西柳在东。
酥手推窗娇女笑，蜂飞蝶舞落花丛。

七绝·轻言寡语
东篱采菊煮清茶，西屋开窗拥晚霞。
心有三畦桑梓地，勤栽梅竹与兰花。

七绝·桃花
人面桃花十里寻，谁弹相思到如今。
临风玉树潘安貌，西月推窗房乃心。

七绝·黄河
惊涛拍岸震山巅，胸纳千川九曲连。
壶口飞鸿雄翼展，黄龙仰首啸云天。

七绝·孤桃独居
寂寞山桃小巷栽，蜂迟蝶远少风催。
繁花落尽莺啼柳，俏不争春独自开。

七绝·谷雨
柳吐银花布谷真，耕牛俯首叟躬身。
邻家童子攀椿树，偷摘香芽一抹春。

五绝·春去花开
蜂飞为杏媒，枝嫩孕青胎。
蝉送痴春远，桃花悄悄开。

七律·拙笔写村空(平水韵)
小院柴扉杏满沟，离人眉凝锁乡愁。
儿时常戏青梅树，老大还思竹马羞。
柳瘦难拴摇尾狗，草肥不养抵头牛。
尔身本是泥蚯客，别土迁居摘月楼。

任广生

网名雪岭樵夫。1952年8月出生于山西省交口县温泉乡庞子窊村。大专学历，中学高级教师(已退休)。爱好文学创作，曾百余次在国内多家报刊发表诗歌散文作品。著有60万字长篇小说《张四姐大闹温阳县》(网上可免费阅读)是山西省吕梁市非物质文化遗产《张四姐大闹温阳县》(省级非遗保护项目)代表性传承人。

渔家傲·田园生活
夏日骄阳如火燎，三天无雨禾苗恼。洒水浇园蝴蝶闹，光绕绕，仿佛一曲神仙好。

绿叶葱葱花俏俏，田园快乐回年少。饮酒三杯眉带笑，人未老，心中常是青春调。

念奴娇·记交口县温泉乡锦泉山石佛寺修复开发
登山眺远，看云天渺渺，太行东出。古寺翻新高碧处，万道佛光如日。宝殿山门，钢绳脚手，人累无私国。菩提神话，耳闻钟鼓越激。

卧佛酣睡千年，殿栏再替，左右金身客。盛世中华多志士，故里有龙腾魄。文化传承，旅游胜地，僻野生鹏翼。锦泉山上，初心牢记民益。

五律·橡皮树
家有神奇树，骄形恰似龙。
向天犹得志，拔地势鸣钟。

碧叶飞鳞怒，金枝傲骨丰。
不甘潜屋角，壮魄欲升冲。

生查子·晨读

夜半醒来时，眼镜挨书睡，气息馥郁香，暂止辛勤泪。

既学古先贤，怎恋鸳鸯被，心里激情高，清晨拾金穗。

卜算子·冬日过卢沟

冬日过卢沟，再赏狮桥景，遐想还如幻境中，风硬人声冷。

斜日石生光，河睡狮群醒，蹲守多年瞪眼看，不见刀枪影！

七绝·夏日回忆

青枝绿叶石榴昂，日丽花红夏草香。
雨少京郊真闷热，蒸蒸暑气裹身旁。

玉楼春·云梦山怀古

云梦仙山飞紫燕，危栈悬崖岩上院，云来疏雨落林间，异草奇葩迷眼乱。

鬼谷当年非好战，孙膑庞涓无善面，惊天张计众连横，剑戟刀枪频梦见。

七律·夏日喜雨

悉悉沙沙窗外响，方知今晚雨茫茫。
星辰明月披云雾，灯路车流溅水光。
举伞归人鞋早湿，开门老妇汗才凉。
北京夏日高温夜，初觉清风爽榻旁。

任胜利

女，茂名市南天诗社会员，笔名胜利。中华诗词学会会员，河北省诗词协会会员，黄骅市诗词学会会员，中国楹联学会会员。作品散见于《诗词百家》《诗选刊》等多家诗籍刊物和10余种网络微刊。

春草（新韵）

和风一夜融冰雪，小草初萌碧毯织。
莫道早春颜色浅，东君无我怎题诗？

乡村

庭前翠柳映农家，恰恰黄莺咏物华。
喜看田园欢笑处，村姑点豆种桑麻。

春思

十里花香伴柳茵，兰舟轻荡碧波新。
流莺宛转欢啼处，可有当年共读人？

暮春

莫叹春残花事了，柳莺落地草成荫。
轻啼如送缠绵意，问候辛勤稼穑人。

牡丹

谁言四月芳菲尽，且看田头花满园。
皆赞娇柔真国色，又吟妩媚实芳魂。
纵然火炙存风骨，怎惧谪迁留艳痕。
武后当初若知性，焉能美誉遍乾坤。

蝶恋花·暮春

荏苒时光春又去。阵阵风吹，花落如飞雨。弱羽飘飘轻几许，何方漫落无凭据。

夜静更深听杜宇。独自凭栏，堕泪添愁绪。过隙白驹焉可聚？平生莫把三春负。

临江仙·咏荷

雨后荷塘红日映，青盘点点盈珠。娇花碧叶喜相扶。阵风轻掠过，香气漫平湖。

身自淤泥心无染，世间高洁谁如？水

中菡苕似仙姝。蝶儿翩起舞,留恋忘归途。

卜算子·秋露

借取月中魂,来把精华注。洗掉凡间浊与尘,寒夜珍珠聚。

心中有率真,叶上难留住。莫道清凉一夜消,唯忆芳踪处。

任顺富

男,茂名市诗社会员。北京市西山诗社会员,中华福苑诗词学会古韵诗刊编委。平生爱好古典文学,特别是古典诗词曲。退休后,经常闲吟几句。聊以记录岁月与生活,歌咏人生与自然。

黑龙江之旅吟怀(六首)
七绝·出发路上

一路火车驰北国,风光叠秀映山河。
心情大好应留韵,梦里千思唱旧歌。

七绝·哈尔滨与战友相见

战友知青俩谓称,十年重见叙亲朋。
额头已现乌丝白,再向沧桑借远征。

七律·与绥滨县粮食局诸友会面

绥滨粮食一家人,老友盈堂话语亲。
分别卅年翻旧貌,重逢十五讲新辛。
以前同事难相认,现在知音更见淳。
改革之余成企业,早先风景忆乡屯。

七律·游绥滨县月牙湖随吟

黑龙江畔月牙湖,边境俄风景色姝。
民族长廊还历史,桥亭短径展青芜。
水光潋滟连斜日,鱼影清粼汇野凫。
湿地千年倾旖旎,尽头止处是欣芦。

七律·再访绥滨县胜利屯

胜利新屯为我畲,乡亲见面话棉麻。
原先土屋连成院,现在砖房不少家。
队部前边居地近,村庄往外稻花遐。
沧桑同伴霜盈鬓,岁月流情再续茶。

七律·游牡丹江镜泊湖随吟

北国高山堰塞湖,照人如镜得今呼。
观光船快濒津靠,吊水楼横溅瀑濡。
发库澄清双眼碧,森林苍郁四周敷。
熔岩隧道添颜色,避暑闲游两相愉。

注:发库,满语"海眼"之意。

任卫民

陕西长安人。生于1944年,有幸入黉门。师范毕业后,执鞭从教,笔耕舌耘。教学专注,常发论文。退休之后,笔耕不辍,报刊常发诗赋拙文。

悟"悔"(古风)

一寸光阴一寸金,光阴不惜过时悔。
积学储宝财富蕴,黑发不学白发悔。
安分守己添福寿,争权夺利致祸悔。
养性修身德望重,嗜酒贪色病时悔。
廉洁奉公群众敬,贪污受贿入牢悔。
勤劳节俭日月长,富不俭用穷时悔。
敬老爱幼合家欢,不孝父母老时悔。
我为人人人为我,患难不帮有事悔。
君若不解悔之意,一意孤行终究悔。

百字铭(古风)

寡欲精神爽,私多招病灾。
无求品自高,贪财生祸胎。
学业无止境,荒废埋英才。
发家靠自立,致富须多彩。
忠厚处世远,勤俭福星来。
交友要交心,虚伪花不开。

上善心神怡，作恶体态衰。
干事要光明，处世须和谐。
古今皆可论，是非口莫开。
正气匡道义，晚霞亦多彩。

悟道（古风）

人生于世，都求福寿。
何以求之，自作自受。
种瓜得瓜，种豆得豆。
种德收福，作孽祸附。
爱人人爱，害人损幼。
待人以诚，处世仁厚。
傲慢无礼，群众诅咒。
扶危济难，多福多寿。
身心清静，寡欲无求。
德高望重，神灵护佑。
谦恭礼让，福寿双收。

任希衍

男，山西省汾阳市人，共产党员，已退休。系中华诗词学会会员，山西省诗词学会会员，汾阳市诗词楹联学会副会长。有诗词作品屡次在《中华诗词》等杂志发表，其中《社区》一诗被《中华诗词》杂志社选评为1994年至2018年25年佳作回眸一百首之一。

七律·日子

虽无锐意赶新潮，日子按排未寂寥。
家国情怀难割舍，青春旧梦每相招。
桃园两亩跟时种，景石一盆随意雕。
最爱当然诗酒事，忘乎岁月舜还尧。

七律·谷雨时节

嫣红谢了暖还凉，短褂肥裘频换裳。
摇曳风柔青杏小，飘飞絮软柳丝长。
匆匆步履春归去，鼓鼓行囊夏试妆。
四月乡村农事紧，疏枝灌水播耕忙。

七律·扫帚吟

有限生涯虽普通，大街抖擞也威风。
躬身何计短长路，挥臂抡开左右弓。
不让社区脏一角，乐教市井美双瞳。
残躯渐瘦由他去，守得初衷践始终。

七律·饮者

拒酒何曾太认真，有朋邀请便精神。
樽前暂作斯文士，宴罢或为狂放人。
敢借豪情拼半醉，唯凭苦胃抵连旬。
医家且莫长相劝，万古愁消饮后身。

七律·王莽岭

时当六月夏风流，王莽岭巅惊望眸。
绝巘摩天云石冷，危岩贯日老鹰愁。
飞泉悬似银河落，薄雾轻如丝带柔。
险是车行经挂壁，此身飘在太行头。

七律·过港珠澳大桥

壮举南天中外无，伶仃洋上起宏图。
一桥架得乾坤小，三地连成世界殊。
半小时间行港澳，百千亿众跨深珠。
波光万顷车飞渡，浪卷滔惊谁在乎。

七律·世象叹吟

小城无计亦风流，恬把厚颜充大头。
下岗多年悲买断，停工数载待迁楼。
名家争演出书热，吾辈烦堆废纸愁。
见面闲聊忙作甚，笑言没事学吹牛。

七律·闲吟

多年懒计几薪酬，收拾童心享退休。
岁月由他忙脚步，人生容我远闲愁。
三餐薯豆宜清淡，一枕藤床选软柔。
兴起悠然吟几句，诗书作伴很风流。

任学书

男，中共党员，曾任乡镇长，市农经局长，现任孝义市古城诗社顾问。

沁园春·春阳

欢渡康年，又逢重阳，酷爱重阳。看江南塞北，日新月异；人欢地喜，胜似春光。绿水青山，蓝天碧海，愿作葵花永向阳。心愉悦，托天公赐福，满面红光。

天高云淡非凉，喜春夏秋冬反季忙。昔寒来暑往，总留冬憾；与时俱进，四季花香。一体城乡，豪情尽发，旗帜飘扬锣鼓锵。奔富强，祝复兴大业，再创辉煌。

七绝·赞古城诗社

春风拂绿法桐芽，情润才心气自华。
诗社群英挥墨处，古城歌赋映朝霞。

浪淘沙·2019庆"七一"夜抒怀

月照吕梁山，夜色连天，胜溪水远绕城边。辉洒碧空黄土地，叶绿花鲜。往事话当年，公务艰难，几多欢乐几辛酸。牢记初心谋发展，永远朝前。

任雨玲

Angela Ren；雅号月光女孩。格律体新诗代表人物，格律体新诗首位双语诗人成就奖获得者，荣获中国新诗百年百名网络诗人。

中国现代格律诗学会常务理事兼副秘书长，国际诗歌音乐协会特邀理事兼执行秘书，一代天骄书画院副院长，重庆市诗词学会格律体新诗研究院特邀研究员；《华文诗社》社长、主编，《现代诗人诗选》执行主编，多家诗社顾问，名誉主编；作品被译为英语和世界语，在国内外数十家诗歌文学刊物发表。本人及其作品被现代格律诗史专家赵青山先生写进《现代格律诗家评传》。曾任《中诗月报》总编，《格律体新诗》执行主编，多次受聘国内外大型诗会活动并担任全国多种大型诗赛活动评委。著有多部双语诗集（中英对照，赵彦春译），《雨中百灵》为格律新诗领域第一部双语诗集。

七绝·译林颂

华文盛世彩云飞，新韵寻幽入翠微；
学贯中西多俊杰，流金吐玉尽朝晖。

七律·立冬偶感

细雨霏霏未夹霜，小楼昨夜盖青黄；
西风又扫添寒意，落叶纷纷满目凉；
晨起倚窗思父爱，日时祈祷早安康；
为消愁绪携词梦，独品诗书赏雅章。

七绝·父亲颂

一身正气铸忠魂，两袖清风报党恩；
宽广胸襟辉日月，浩然长德万年存。

七绝·舞风

一身诗意落凡间，满目疮痍苦悟禅。
谁惜临风弄清影，翩翩起舞上高天。

七绝·月下吟诗曼妙盈

月下吟诗曼妙盈，亭台弄酒与君倾；
何时再把新词唱，醉墨丹心笔有情。

五绝·盼归

月下笙箫远，林中横笛婉；
亭台舞袖盈，翘盼伊人返。

七绝·望月轻骑不忍归

望月轻骑不忍归，恋君诗语醉心扉；
芳情有意于青鸟，把盏临风欲与飞。

七绝·我爱中国(藏头诗)
我身挥手向天歌，爱恨情仇意欲何；
中外古今多俊杰，国昌民富颂巍峨。

七绝·月光女孩(藏头诗)
月夜鸣啼未了愁，光阴似箭别时秋；
女红绣进心里事，孩赋诗书搏激流。

五绝·雪梅赞
奇花香四海，异雪舞天涯；
华夏多瑰宝，神州绽锦霞。

任玉峰

网名玉树临峰，本科，内科医师。孝义市古城诗社副社长。

受恩深·咏茶
日月精华气。山川灵聚瑞。雾含珠玉育魂魅。雨露蕴仙葩，沃土厚质安家最。奇出阳坡旎。绿色黛层堤，姿韵独绮。

俯首山泉情妩媚。剔透盈杯，舒卷飘游陶醉。降压驻容颜，养神健胃增心智。骚客朋亲抵。浅斟品清茶，紫壶更美。

受恩深·抗战
挑衅卢沟起，枪声凄啸唳。漫天烟雾火云炽。杀戮血成河，炮响骨肉横飞碎。家舍三光毁，四野鸟悲啼，天也落泪。

抗日英豪齐雪耻。血雨腥风，书写山河宏志。覆灭坂垣师，百团大战囚笼毙。投降波茨记。抚今忆东夷，贼心何死？

踏莎行·胜溪夏日夜
两岸清风，一轮皓月。诗情画意谁评说？碧波明镜逐舟犁，玉鳞搅的千堆雪。

宋雨琴鸣，唐风笛悦。角商断续悠扬阕。轻歌漫舞伴佳人，红尘美景溪湖绝。

五律·咏绵山
太岳家乡美，绵山草木葱。
奇峰吟鬼斧，绿水荡神工。
飞缆云层掠，琼楼峭壁胧。
游人归去晚，明月踏清风。

五律·游绵山介公岭
拔地千峰耸，蓝天一线晴。
奇乔花蝶舞，异灌草虫鸣。
曲径攀岩绕，祠堂附壁生。
朝来星未落，顶上月辉明。

任昭君

男，1963年2月生，山东滕州人，大专文化，滕州市税务局干部。系滕州市诗词学会会员。曾在报刊发表诗词作品近100篇(首)。

七律·春之恋
满树仙霞玉倚风，柔枝摇曳惹桃红。
黄莺柳浪临清极，短笛扬琴上宇穹。
你愿呕呀连锦簇，我偏吟唱悼疏桐。
半杯浊酒伴装醉，心挂幽人难再逢。

茹枫铃翔

原名吴顺祥，现名吴顺珍，80后作家，出生于四川省宜宾市。善于写古体诗、现代诗、散文诗、微型小说之类。《当代文摘百强作家精品文集》《汉风流韵——中国当代作家精品文集》书刊主编，《中国当代文摘》《中外文艺》《最美作家》《四季文学》《美文周刊》等多个平台主编。山松如风国际文化传媒创始人。已入选《21世纪名人网》中国诗人，同时被选入《当代国际名师名家名人选集》,中小企业策划人,中国诗歌网诗人,在海外被称为当代浪漫主义诗人,四川省德阳市作家协会执行理事,部分作品已翻译成英、德、法在海外发表,作品发表于海内外各种书刊及网站,淡泊名利,只想藏在平凡的人群中,把中华文化发扬光大。最喜欢的格言:美在冲刺,亮在历程。

醉桃花

桃花浓,情深处,桃红最是送亲物。
此去经年过往路,莫把花期误。
桃花渡,情入骨,十里桃源相托付。
天府桃花可稳固,痴心永不负。
桃花香,爱如酥,情定终生姻缘蛊。
莫让妖花惹怨怨,知音俩相顾。
桃花源,忘情谷,月老乱点鸳鸯谱。
红袖添香人如故,蓝颜暗呵护。
桃花佳,含羞楚,断肠落魂万般苦。
昔年凋瓣化泥土,随风洒一路。
桃花落,人迟暮,棠梨煎雪客无数。
烟花易冷渺云雾,广安农家处。
桃花美,天涯路,春风细雨迎客处。
笑对明月抚琴舞,醉情影叠疏。
桃花萌,招客诉,清香四溢心归处。
是非沉浮空成古,秉读缥缃书。
桃花乐,向天诉,天赐英才无人妒。
诗人对决笔墨诛,如风醉江湖。

请你许我貌美如花

请你许我貌美如花,让我伴你书剑天涯。
茹枫铃翔倾情执笔,愿卿不必如此惊讶。

今生为你貌美如花,皓婉凝眉公子优雅。
官人若是文坛争霸,妾身必将锦绣抛撒。

书香世第貌美如花,经史子集伴我出嫁。
千年文脉流淌于心,诗林独步远避喧哗。

此生我若貌美如花,请君相赠龙袍马褂。
朝天门前星闪月明,并肩相倚传颂佳话。

旷世奇才貌美如花,坎坷无助独赴天煞。
万般阻挠恩断义绝,宫廷沦陷天崩地塌。

荣登鸾殿貌美如花,千古一帝改变王法。
真龙天女开创盛世,豪情万丈醉卧黄沙。

纵横阡陌貌美如花,忍辱负重绝地厮杀。
天子且能被讹践踏,媚娘索性称帝孤家。

我已为卿貌美如花,独揽政权坐拥繁华。
文韬武略年少轻狂,流芳百世有你无他。

绝世无双貌美如花,悱恻传尔风流潇洒。
鸿鹄之志比翼双飞,江山美人笑看晚霞。

岁月静好貌美如花,开科取士筑梦云筏。
阅卷无数星魁超酷,一道圣旨 告天下。

倾城之恋貌美如花,相伴永恒遥望月牙。
心灵相拥地老天荒,泯灭孤寂共话桑麻。

情深意切貌美如花,返璞归真情蒂萌芽。
同衾共裘永不分离,无字碑歌风传华夏。

阮莉萍

作诗填词,教书育人。出版有专著《乌衣巷口夕阳斜——〈世说新语〉人物漫笔》《一钩新月天如水——现代作家萧红的三维品鉴》。获首届中国教师诗词对联大赛词部金奖,润物杯诗词大赛第四名,首届中国对联甘棠奖入围奖。

春风

春风侵晓至,邀竹语尘心。

万古如初会，四时恋子衿。
山晴霾雾散，水暖笑漪深。
天地盈生意，幽幽般若音。

春雷
隐隐九泉下，春雷寂寞心。
风云流万域，冰雪蕴佳音。
寒透知松默，山深须鹤寻。
苍穹惊破处，谁奏太初琴？

林逋
人境悲欢成昨日，此身只合水云闲。
绿浮轻棹钓烟雨，墨写寒梅梳晓鬟。
竹径幽寻无俗客，蓬门常掩闭禅关。
鹤翎渐隐西湖雪，一笔清孤是远山。

冬怀
漠漠寒云湮太虚，遥思皓月雪霜馀。
野歌不记来时路，话别还归陌上庐。
蝶梦庄生人事淡，菊萦陶令世情疏。
诗心但共闲鸥舞，天地悠悠一卷书。

清平乐·鹏
北溟一去，万里风休住。荡荡澄波融碧宇，惊落几多烟雨。
广寒陌坠花香，启明星唤朝阳。展翅九天俯瞰，尘埃野马何量。

临江仙·水仙
翠袂凌烟冰雪魄，临窗风冽更残。幽姿楚楚忘天寒。洞庭波淼淼，荒古涉情关。
白玉盏轻宜浅醉，今宵休蹙眉山。一生芳意会应难。暗香熏到骨，河汉月初弯。

金缕曲·归燕
别梦云天杳，又清明，一江水碧，眼波初裛。梁上旧巢蛛丝绕，记否殷勤重扫？只恐是，前盟草草。来路冰霜谁相问，倩冷风苦雨休相恼。檐下夜，几时晓？

梨花烂漫桃花笑，映秋千，谢家庭院，晚霞夕照。为怕闲愁凝思久，软语叮咛细道：莫负了，春光正好。我亦千山都飞遍，看荣枯几度天难老。纵浪去，任轻棹。

江城梅花引·蜻蜓
初晴梅雨落花飞，柳眉低，黛眉低。浩浩南风，吹梦到洲西。半夏圆荷舒暖绿，涟漪荡，有蜻蜓，小立痴。

立痴、立痴，水之湄。三生思，一意归。两处望月，且莫忆，四季魂迟。惟恋横塘，照影动莲姿。待得夜深人静后，千百度，谱回肠，说与伊。

莺啼序·冬雨
关河冷霜浸骨，更雨帘潋滟。望沧海，波涌滔滔，鸥鹭数点堤岸。黯天际，穹庐似盖，四野寂寞无人见。念世间，草木清幽，芳菲犹远。

缕缕丝丝，空惹牵挂，为谁情眷眷？想黛玉，暗洒闲抛，三生盟在石畔。绛珠魂，缠绵如旧，可仍绕，潇湘竹馆？倩谁知，痴爱顽石，声咽泪泫？

长亭欢聚，客路愁别，阳关千万遍。灞桥柳，南浦舟楫，吹彻寒风，浥罢轻尘，曼舞袭脸。知汝情重，为我留客，江湖潮涨蛟龙恶，莫等闲，名利何须恋！低斟浅唱，未输俯首事人，柳郎遭际堪叹。

重楼雾锁，红烛灯昏，梦里少年宴。忆往日，流光似水，落寞繁华，得意悲凄，点滴飞溅。僧庐听雨，阶前默坐，多少心意谱入曲，但悠悠，一任冬天晚。神游青史云烟，词里乾坤，怡然忘倦。

七绝·江上行
惊涛拍岸水吞沙,一叶孤舟泛浪花。
涟碧云天融夏色,寻舟远眺紫朝霞。

七绝·小儿嘻垂钓
苇蒿吐羽暖风憔,隙隐顽童侧展腰。
忽闻岸边几讪语,蹙眉摇示鱼吞漂。

渔歌子·村景吟(诗林正韵)
氤氲萦绕掩村阡,牛铃声处有良田。
细雨落,化飞烟,更喜粟农稻花鲜。

七绝·红妆
风雨飘凌一只花,灯红酒绿荡幽涯。
出身沦落何须问,媚笑陪君反弹琶。

注:从古至今对歌女酒女评论褒贬不一,又有几人知其生活不易,饱含辛酸呢!

七绝·落花缘
落花有意心思冷,半世浮华半醉中,
红袖添香曾几度,情缘一遇以为空。

七绝·奠祭
中元月满人难全,以祭故亲倍哽咽。
遥奠灰焚逾百万。莫如白首孝为先。

记朱日和阅兵(古风)
沙场点兵虎狼烟,旌旗蔽日戎装穿。
百万将士以戍备,谁敢争峰犯我边。
东风巨浪红旗歼,大国杀器啸长天。
泱泱中华东方立,英雄之师护家园。

注:东风、巨浪、红旗、歼,分别为我国武器的名称。

单良

笔名小乙,80后。诗词爱好者,业余隐云帆习诗。云帆新媒体平台编委,云帆青春诗会负责人。

雪夜有感
玉絮纷纷循旧期,无梅无酒怎相宜。
别来消息风中问,难尽清愁雪后滋。
故影音疏人渐老,重山行远路偏离。
自嗟久是飘零客,但有乡心不可移。

桃花
已是红云漫野垂,访花入陌笛声随。
沾衣粉萼风吹雨,沁髓幽芳蝶舞枝。
万朵夭夭生快意,一壶淡淡起春思。
桃林安得三余亩,不问凡尘只问诗。

题元宵佳节
又是元宵酒满觥,东风催趁闹春行。
一空焰火星光转,万树银花紫气生。
声沸人潮金马道,诗工谜海玉珠城。
觉知此夜心飞处,望里红灯共月明。

咏莲
碧叶依依风满池,氤氲袅袅掩芳姿。
三更明月冰为魄,一点清心玉作肌。
不染纤尘昏雨后,无争颜色乱红时。
怜卿质洁随流水,每到寒秋夜尽思。

山村

原名赵焕明,男,湖北阳新人,中共党员。曾在《人民日报(海外版)》等省内外多家报刊发表诗作(散文)500余首(篇)。散文《红薯淀粉乡土情》被初中语文测试卷选用,诗歌《用手机,摇一摇乡愁》入选《中国当代诗人代表作名录》,著有诗集《抹不去的心河》等。

七绝·游七峰山
七峰景色胜宫殿,光照湖烟半重天。
山绕水环惊不绝,斜风香露醉心田。

七绝·在七峰禅寺上香
青香禅意缭檐长,心默斋经拜佛堂。
编竹为篱求悟度,红尘漫漫福无疆。

七绝·叹光阴
春日寻芳富水边,波光潋滟丽如烟。
光阴荏苒浪千里,人世难留是少年。

七绝·南山别友
南山一望富河秋,昔日情忧水上浮。
身后孤峰撒落叶,心随波浪湿悠悠。

七绝·秋日思归
西山圆月落吾乡,梧叶飘零入梦长。
春去秋来三几载,耳边青发白如霜。

七绝·家乡新赋
老家拆掉旧砖墙,别墅新楼盖四方。
春种荷锄耕三亩,冬闲阳暖煮茶香。

山谷童子
原名童恢平,江西修水县人。自小爱好诗词,有《山谷童子诗词集》。

七律·中秋月
无云世界月中秋,万里银光雪映稠。
天尾山头无尽处,那曾照见我心忧。

七律·题湘竹梧桐花雨
青山隐隐睐双眸,夏日梧桐卉叶稠。
遍野瓣白开似雪,半山云碧绕如绸。
轻风涤荡残花落,潭水参差倒影流。
今得闲暇幽静处,风光旖旎更何求?

七律·绣女情郎
陌路苍苍渺渺茫,天涯漫漫互牵肠。
情郎楼上遥思女,绣女窗前盼望郎。
对镜梳妆求哪念?凭栏惦系为谁伤?
两情若是长相伴,苦累贫寒又岂妨。

七律·七夕感怀
人间天上两情牵,浩渺银河碧水连。
鸦鹊搭桥怜晤见,离人挥泪盼团圆。
时空岁月长流转,世事人情几境迁。
莫道红尘缘份浅,情缘不易恤当前。

七律·读蓝桥佚史所感
人生若梦梦难圆,月有阴晴自古然。
丘雁佳言传万古,蓝桥佚史颂千年。
诚心自有诚心报,白首难能白首牵。
莫道贫寒徒四壁,得成比目不羡仙。

七律·夏日
夏日炎炎酷暑天,花繁叶茂映眸帘。
火风扑面骄阳艳,阵雨时临热浪迁。
郁树成阴鸣噪宿,燕儿穿柳落巢檐。
夕阳西下霞光冉,日暮青山袅袅烟。

七律·夏日乡村
陌上堤头夏色浓,半山村落五云中。
涧溪飞瀑悬崖壁,旷野青蒿盖地坪。
菌莒劲拔添翠绿,群峰雾绕起朦胧。
乡村处处皆绝景,旖旎风光入画屏。

七律·静夜随感
冷影孤灯夜静幽,倚栏百感上心头。
时光岁月飞流逝,困苦艰辛不罢收。
愉悦难留匆促促,烦愁易至总悠悠。
青春焕发宜争斗,白首髯须万事休。

七律·人生感怀
家徒四壁两衫清,万丈豪情转瞬空。
非是不曾勤努力,只缘善始守初衷。
苦中寻乐读书卷,忙里偷闲品淡茗。

回首一生跌宕路，也无风雨也无晴。

忆秦娥

星空彻，窗纱疏透长天月。长天月，清辉若昼，垂光如雪。三更寂静人踪灭，夜阑杜鸟悲啼咽。悲啼咽，愁肠欲断，几番凄切。

巫山一段云·廊桥古村

酷暑天风烫，微闲到古庄。龙泉波漾水清凉。潭照影踪长。

楮柏遥空望，闺楼闭绣窗。廊桥古道几苍桑？萋草伴斜阳。

采桑子

红尘爱恨情缘路，爱亦悠悠。恨亦悠悠，爱恨情缘莫强求。

人生苦乐何须诉，苦也沉浮，乐也沉浮，苦乐年华几度秋。

青玉案·端午吊屈原

门庭束挂菖蒲叶。五月五，端阳节。水上彩舟争激烈。鼓擂声彻，群龙竞发。江岸人潮热。

汨罗浩渺烟波没。赤胆忠诚撼日月。天问离骚遗数阕。三闾诀别，忠魂不灭。世代相传说。

蝶恋花·暮雨过故人庄

云涌风斜纤暮雨。物润繁息，萋草连山碧。千壑层峦烟嶂里，朦胧更阻遥天际。

纵目潇潇空寂寂。庭院深深，闩锁长门闭。疏野残荒篱落弃，倚栏低首人无语。

更漏子·晓渡

暮云飞，雨初退。草木山河清脆。拂晓雾，叫鸡啼。天明潮满堤。青苔洗，桥横弃。江面波浪涟猗，孤帆济，雾濛迷。小舟浪里驰。

鹧鸪天·劳禄奔波小放闲

劳禄奔波小放闲，烦心独自倚凭栏。阑珊灯火暮昏晚，料峭西风伴雨寒。

空嗟叹，忆梦残，浮萍雨打改朱颜。青春已似花凋散，尘世匆匆行路难。

八声甘州

忆八方列强踏中州，人民受欺压。奋长缨抵御，落后挨打，力量悬差。割地赔银无数，权丧辱国家。强立殖租界，蹂躏随他。火热水深疾苦，尽怨声载道，黑暗无涯。念中共政党，引领特奇葩。

灭寇虏、血躯抛洒，领导咱、建强大国家。思先烈、幸福得永，爱我中华。

朝中措·雨夜

风雷三更舞长空，余悸久难平。暮雨潇潇疏落，阴风透过衾绫。思潮难抹，惊魂难定，困眼难瞑。正是愁肠欲断，那堪悲鸟哀鸣。

鹧鸪天

尘世匆匆几度秋。轮回岁月不停留。人生数载沉浮梦，风雨飘摇一叶舟。须珍重，莫优柔。韶华若逝万般休。多舛命运需奋斗，莫让青春付水流。

御街行

孤灯冷影潇潇雨。夜寂静，凭栏倚。西风吹皱卷帘帏，黑夜茫茫无际。乌啼悲泣，更添愁绪，肠断犹心悸。偏将往事心头忆。旖旎梦，豪情沮。时光飞渡太匆疾,流逝光阴难觅。人生几许,只争朝夕,珍视青春季。

破阵子·天路梦

天路崎岖遥远,风光旖旎绵绵。冰雪高原甚伟岸,激滟湖光映眼帘。圣山圣水天。一路朝民伏面,烦心立马肃然。尘世喧嚣多厌倦,此处祥和心诚虔。几曾梦往前。

高阳台·七夕

银汉迢迢,天涯渺渺,瑶池凄冷森森。隐隐楼台,烟云缥缈宫藩。纤纤莲步云中出,玉女行,管是天仙。好眉颜,起舞蹁跹,百态芳妍。忽窥美景人间现,却怜牛郎貌,甚是贫寒。孤苦零丁,劳耕受累田园。博得娇媚芳心乱,下凡尘,自定姻缘。两情牵,天上人间,七夕团圆。

浣溪沙·莲

水佩风裳四野田,茵茵擎盖片片圆,红花朵朵绿波间。

扑鼻馨香泥里散,分枝节茎水中妍,历朝歌赋喻清廉。

暗香疏影

晴空暮晚,万里长天灿,月明星淡。阡陌池塘,静寂寂,茫茫茵茵。月色波光潋滟,轻浪泛,擎荷铺展。更荡漾,阵阵凉风,香袅袅飘散。

极目际涯寥远,烟云绕壑涧,若离若现。暗影娉婷,灯火阑珊,间有萤光倏闪。欲将此际清幽眷,却怎奈,惊乌啼咽。夜深沉,华月高悬,只影寄身寒院。

倚楼人·中秋

中秋十五,长空若昼,良宵美景传万古。碧月清辉,玉琼银粟,照耀万家千户。渺渺阡陌路,山壑浚川隔阻。思绪绵绵,恨别愁楚,两情千里难倾诉。

画栋楼台倚伫,只看着,大雁往来飞渡。酷暑残寒,朝朝暮暮,梦里泪湿衾褥。花开花又落,惟把青春枉误。真情难觅,愿情长久,莫让相思负。

高山流水

日出冉冉露白东。碧空明,连雨初晴。花草吐芳馨,连绵起伏云峰,重重雾,树影朦胧。溪飞瀑,遥看长长素练,涧水溶溶。旷林空寂寂,百鸟竞争鸣。

嗡嗡。群蜂落花蕊,檐角处,倒挂巢笼。环水绕村行,院落古木参空。赋诗吟,把盏听筝。不知觉,天色匆匆日暮,朗月东升。兴犹难罄,尽酩酊,返归程。

陌上花(步韵元代张翥《陌上花·有怀》)

乡关日暮沉沉,独处倚栏昏晚。灯火阑珊,三更静幽孤馆。几多隐痛愁心乱,莫道销魂肠断。恨悠悠,眷恋更成伤叹,聚合离散。

鬓斑斑,日日楼中盼,岁月蹉跎逾半。寂寞黄昏,怎个问寒嘘暖?断魂落魄谁牵伴,犹似飘零孤雁。已无心,万种风情于我,倦身心懒。

浣溪沙·晨练

拂晓天刚露旦云,匆匆早起健身勤,嘘嘘气喘汗淋淋。

水透肌肤排热燥,气通脉络送清馨,常恒晨练利身心。

破阵子·七夕

天上瑶池寂寞,人间妩媚婀娜。欲下凡尘阡陌路,渺渺天庭重重隔,痴情又奈何。
　　历尽艰难苦楚,漂泊浩渺银河。织女牵牛鹊桥会,万语千言难诉说,相拥泪滂沱

山乡

　　原名赵志文,湖北罗田人,家住白庙河镇付家庙村,退休前为白庙河镇数学教师,爱好书画、钓鱼。闲暇之时学习写作诗词,愿用自己的诗词点缀生活,现为罗田县文学爱好者联盟编委会成员。罗田县论坛高级会员,掌上罗田、掌上罗田网超级版主。清风诗社诗人,冰心文学网作者。全球辽社创作集团作者。

中元节忆双亲
苦雨连绵久未休,每逢暗色总惊秋。
蝉鸣瑟瑟空悲切,荷谢阴凉自发愁。
漏室三更怀祖辈,情丝几缕伴西楼。
年年燕去回头见,无尽相思泪咋收?

秋日即兴
天凉未觉三更露,岭碧方知一色秋。
香醅月圆言语变,水寒波绿岁增收。

今日七夕
银汉迢迢望眼穿,今宵织女会牛仙。
金风送爽心怀朗,玉露浇花恩爱专。
百态云飞传吉语,千姿星烁兆佳缘。
鹊桥七夕两情悦,胜却人间蜜月天。

忆读书
同窗共桌比称牛,划线分长不越沟。
课外嬉娱欢蹦蹦,课堂误答傻悠悠。
学生笑貌常萦绕,去日时光不倒流。
碌碌一生嫌促短,问天再借五旬秋。

台风
挟风带雨浪滔天,洗劫一空洪水旋。
未了余威今北上,灾民千万受熬煎。

商忠敏

　　女,汉族,1950年5月出生,中师毕业,会计师,已退休。系中华诗词学会会员、山东省老干部之家诗词协会会员、枣庄市诗词学会会员,滕州市诗词联赋协会常务理事。作品曾于省内外报刊发表,并多次获奖。曾获得中央组织部老干部局诗词大赛一等奖,山东省组织部老干部局诗词大赛一等奖,"中华情"全国诗歌散文联赛一等奖等奖项。

五绝·公园漫步
今朝独步游,百鸟放歌喉。
湖畔桃花艳,迎宾笑点头。

五绝·咏梅
神韵雪中妍,铮铮铁骨坚。
为迎春日至,开在百花前。

五绝·咏卫生纸
生来裹素纱,玉体洁无瑕。
默默不言语,温柔献万家。

五律·咏雪
六出随风舞,温馨吻沃田。
深情滋麦旺,挚意唤梅妍。
祛病黎民健,除尘空气鲜。
丰收今有望,喜讯电波传。

七律·咏精准扶贫
改革欣迎四十年,扶贫解困史无前。
城乡新建楼台起,医保施行病体痊。
拔掉穷根铺富路,引来活水润良田。

万民同步小康境，时代花开遍地妍！

七律·纪念马克思诞辰 200 周年
少年立志壮怀游，羁旅英伦意不休。
资本成文批旧制，宣言问世献新猷。
高深理论千秋颂，革命精神万众讴。
引领中华奔共产，一生伟大誉全球。

七律·步韵李文朝将军纪念"五四"运动 100 周年
春雷巨响震东方，反帝反封旗帜扬。
确保主权呈正气，严惩国贼现祥光。
学潮唤醒全民悟，工运时催百业忙。
更使锤镰昭日月，中华崛起定超强！

七律·纪念改革开放 40 周年
党政同心意志坚，创新改革史无前。
扶贫渐入小康境，致富齐开幸福泉。
航母扬眉能卫海，神舟吐气屡登天。
丝绸之路金桥架，寰宇双赢梦共圆。

七律·纪念建国 70 周年
破浪乘风党领先，乾坤扭转换新天。
抓纲善政黎民富，固本强军国力坚。
航母巡洋真气派，神舟探月喜空前。
红旗指引复兴路，阔步康庄美梦圆。

沁园春·祖国颂
祖国巍巍，七秩年华，体健气昂。视红旗指引，创新改革，倡廉反腐，意志如钢。严明法纪，拍蝇打虎，稳固江山党领航。丰碑树，走复兴路畅，前景辉煌。

太平盛世繁昌，看母舰巡洋舟月翔。赞铜墙铁壁，兵强马壮，边疆守卫，防御豺狼。病体施医，推行普九，济困扶贫免纳粮。民心悦，踏阳关大道，阔步康庄。

上善弱水
茂名市南天诗社会员。本名王宏伟，男，吉林九台人，吉林省诗词学会会员，九台诗社会员。中学高级教师，酷爱古诗词，诗词见于各网络平台。诗观：诗发于心，笔端着情，追求本真。

五绝·南宋御街
曾是临安邸，今为百姓家。
古街皇帝路，谁想此繁华。

五绝·桃花
抬爱枝头笑，遗香路上沙。
相知无远近，逐梦趁开花。

五律·沈园（新韵）
疏密腊梅林，石坚淡墨痕。
全园情历久，半壁恨遗深。
两阙钗头凤，一生泪眼姻。
红颜含怨去，白发苦独吟。

七律·雨西湖（新韵）
雨中西子几多情，吟唱白堤左右明。
媚眼除非湖媚柳，悲怀竟是塔悲灵。
绿茶痛饮花雕酒，红舫悠听古韵声。
景色十分君有意，所得一二不虚行。

七绝·望乡
君于东北我余杭，嬿婉西湖比月光。
两盏花雕酬友众，一杯千岛入诗囊。

五律·春分大雪（新韵）
昼夜平分日，窗前未减寒。
千山披素锦，万野罩绒棉。
亟待春雷响，尤期紫燕还。
堪怜咱百姓，困恼厚和单。

七律·早春（新韵）

江南欲尽北方春，风撼曲尘色未真。
店购牡丹花正艳，盆栽君子叶尤新。
心中往事轻轻淌，眼底流光细细珍。
恨是难寻吴道笔，不能纸上写晴阴。

五律·老农吟

皤头五载忧，黑指十年秋。
抱负随流水，才情向垄沟。
风霜堪奋力，雨雪岂甘休。
若个儿孙辈，平封马上侯？

尚珍法

男，64岁，网名太行吟者。退休教师，中华诗词学会会员，林州市诗词学会副秘书长。

七律·华夏新咏

卅载改开功益彰，欣逢舜世祚无疆。
光鲜不论童和叟，亮丽难分城与乡。
人奔小康千社富，国谋大略九州昌。
渊深自有腾龙日，圆梦终非太渺茫！

七律·中华诗词集成河南卷问世

春阳送暖惠风驰，正是家邦全盛时。
闾里纷纷行舞社，城乡处处走吟旗。
千章大国复兴赋，万部中原雄起诗。
欣有诸师赐鸿作，村夫无日不歌之。

七律·也咏村口牌坊

亮丽庄严傲碧空，村头高踞势何雄。
云边凤舞春山绿，天际龙骧晓日红。
荷送千门和永驻，鹿添百户禄无穷。
民间多少祯祥语，尽在牌坊一扇中。

邵春秋

男，扬州人。大专，党员，工程师。做过电工、文书、测震、培训、站志。《电力》刊《谈谈安徽水电大坝》，《华东电力》载《九九登高》《佛子岭赋》。建库40年，设制《光辉成就大型图片展》被命名"教育基地"。曾是地县文艺创作成员。喜阅读、书画、音乐、园艺，尤诗词为最。现随女儿沪居。

"山是脊梁兮水是情，光明使者兮水火星，归去大海兮渺无影！"

七绝·观音"莲花"

一衣带水两相亲，日出日落往来勤。
"不肯离去"发弘愿，桑梓之地家国情。

七律·普陀行

普陀翁媪普陀行，观音道场拜观音。
九龙法雨空留壁，二龟听禅一石心。
古刹梵音清净地，大觉圆通华自馨。
"求人不如求自己"，人人成佛天下平。

七律·访天一阁

未入福地已消魂，书香花香满园春。
琅嬛凝晖强国策，百花峥嵘感天恩。
风雨涤尽尘与垢，开放固培源和根。
老骥奋蹄长征路，自知崦嵫日已昏。

七律·高瞻远瞩

醍醐灌顶茅塞开，北斗导航晶莹台。
石榴结团红玛瑙，鸿毛叠垒雪山骇。
家计国计天下计，民爱党爱环球爱。
"四海之内皆兄弟"，同舟共济创未来。

长相思

风相摧，雨相摧，雷电交加泪天垂。
好心驴肝肺。

翁气吹，婿气吹，骨头断了筋相随。

见证真善美。

忆秦娥·观《海棠依旧》

天塌陷,巨星陨落心悲切。心悲切,前世无双,后世难列。

神圣联袂归天阙,革命自有轰轰烈。轰轰烈,龙泽天下,虾坏蓬雀。

虞美人

一根竹竿骑大马,挎枪走天涯。爱花就爱向阳花,耿耿情愫一生高尚佳。

秋来常慕小青莲,彩霞红满天。问君老来欲何求?"趁夕阳,犁耕忙,勿须留。"

清平乐·围棋

魅影黑白,一片玄黄色。圆子从容落方格,变化神鬼莫测。

华胥精妙弈秋,天人学业枰楸。沙场点兵兜鍪,降龙伏虎风流。

邵德库

山东宁阳人,生于1942年10月。先后在清华、山大两高校工作多年。现居泰安,中华诗词学会高级研修班结业。现为中华诗词学会会员,山东省老干部之家诗词协会会员,中国长城学会会员,诗词作品多次在正规报刊发表,多次获得国家级、省级诗词大赛大奖。

沁园春·滇池

献媚云峰,供态晴波,快意醉眸。有飞云琼阁,衔山半壁,餐霞翠羽,近日层楼。鸳举螺洲,鸢翔蟹屿,滇海茫茫横宇流。谁歌舞?在烟鬟堤尾,雾鬓滩头。

孙郎绝唱千秋,算联苑风骚第一筹。想庄蹻肇始,变服易制,孔明垂治,德迈伊周。往事湮沉,几多残迹,贻笑忘机红嘴鸥。凭栏处,正苍烟落照,雁试清喉。

念奴娇·大散关（入声通押）

抚今吊古,但登高纵览,咏思千斛。战垒坚城无觅处,依旧乱峰迎目。岭外斜阳,谷中归鸟,陇上喧乔木。巨龙穿隧,一声惊破长笛。

映塞汧渭萦流,山川交会,秦蜀咽喉扼。草没战痕消铁甲,石掩征魂残骨。暗度陈仓,明修栈道,汉祚偏安结。风传清唤,碧空涵影云鹤。

贺新郎·宁夏水洞沟明长城遗址（入声通押）

游敖何须约。踏西风、金沙紫塞,断垣残阙。百丈黄龙销鳞甲,长啸荒原凉月。余两两、三三段落。腾迈铁骊经战后,更苍苍郁郁增佳色。东逝水,浪崩雪。

明皇庙算防胡略。筑边墙、深沟高垒,壁坚如铁。劲旅雄师藏兵洞,恰似蜂巢蚁穴。笑虏骑、懵懂遭灭。万里晴霄云一片,若悠然随意巡秋鹗。正落日,矢烟直。

贺新郎·玉龙雪山（入声通押）

北岳横天阙。看晶莹、琉璃光耀,玉堆琼叠。双脚生风全无碍,一似腾霄孤鹤。扬袂舞、瑶台琼阁。绿雪银峰盘空幻,更浮云常伴鸿蒙雪。云与雪,判难别。

于今都趁钱家乐。问华佗、能医俗否?叹无良药。似我轶伦终却病,探胜寻幽未歇。情不泯、何怜华发。俏向沧波投倩影,唤昆仑王母听韶乐。余照艳,更增色。

沁园春·游卢沟桥

北水南流,虹跨东西,此地豁然。叹

群峰攒簇,华北屏障,坚城拱极,京左雄藩。依旧山河,人非物是,又别狻猊二十年。卢沟月,问尔还识得,衰鬓苍颜。

平沙几个鸥闲,但相傍相依守大川。忆强燕弱蓟,辟端肇始。汉羌蒙满,一脉承传。怒浪吞倭,平波述史,如读文章太史篇。通衢畅,看物流人涌,车马喧阗。

七律·黄陵庙

洞庭湖畔小姑洲,二女啼妆万古愁。
目注九嶷空寂寂,泪斑千竹恨悠悠。
回风掀浪渚云暗,落日衔山江树秋。
百代南巡多善举,山河变易俱风流。

七绝·严子陵钓台戏题

独上钓台思百端,富春江映富春山。
谁知鱼亦贪肥饵,几度严陵折钓竿。

注:严子陵钓台:位于桐庐县富春江北岸富春山上,台高约70米,分东西两处。相传东汉严陵(字子陵)与光武帝刘秀为同学,刘秀称帝后选其入朝为官,子陵坚辞不就,偕妻子梅氏回富春山隐居,耕田钓鱼,终老林泉。

七绝·扬州瘦西湖(新韵)

十里烟波似黛眉,五亭桥上雨霏霏。
劝君莫把西湖比,更比西湖瘦一围。

注:词律依龙榆生《唐宋诗词格律》,韵依《词林正韵》。

邵佳萍

网名萍水相逢。

蝶恋花·己亥立秋泰山天街夜宴分韵得"绝"字

屹立奇峰花影绝。云海纵横,风里人情热。烟雾蒸腾可无月。天街古酒仙居悦。独尊五岳昂头设。大气磅礴,石刻摩崖诀。雨蓄神泉韵高洁。紫家墨客闻嘉阅。

相见欢·泰山行酬西窗兄

心飞万里云中。喜相逢。紫气欣欣谁赏、乐融融。泰山美,萍戏水。沐金风。夜雨西窗情暖、恋无穷。

五律·登岱

东岱新秋立,相携柏洞行。
丹崖观壁峭,铁索探赜惊。
眸底红霞聚,峰间白雾萦。
峨峨仙道近,步步踏云程。

清平乐·雪

琼花惊座,冷上梅之朵。玉骨冰肌风袅娜,辗转红尘顾我。不堪落拓留痕,一川信使知春。且醉珠帘幽梦,了却情愫无魂。

天仙子·迎春

梦里飞红诗已瘦,院外春光谁在绣?雾云难阻雪来时,鬓与叟,归心守,香蕾东风今又叩。
新月偷窥枝上柳,穿入闺闱寻挚友。孤灯清夜韵凝痴,思未朽,情依旧,一曲高山流水奏。

江城子·清明缅怀

夕阳西下照轩窗。走游廊。影彷徨。怎奈清明、异地动柔肠。野陌孤烟残雨落,悲声起,苦情长。
风涂柳色燕归忙。梦回乡。敬高堂。一碗羹汤、执盏泪千行。最忆膝前飞笑语,人未见,夜苍茫。

一剪梅·金陵春杯闭幕大会感赋

应运新芽格外娇,土育新苗,雨润新苗。金陵诗会诵声高,衣袂飘飘,玉指轻调。

— 953 —

四海弘扬国粹骄,八方来客,翰墨追潮。春杯联谊韵情浓,心梦无垠,一世妖娆。

天香·冬吟

冷雨欺花,疏烟困柳,纵目山林轻雾。满地残英,悲鸾渐远,又见流云风舞。铁枝雪妒,披素色、梅香若许。黄菊凄情入景,萧瑟满庭芳去。

荏苒时光虚度记那时,痴心无惧。任凭幽思沦陷,梦牵离苦。回首红尘陌路,叹谁懂、琴音绕飞绪。惟借清辉,吟诗作赋。

邵琼琼

网名灯下凝眉,女,灵宝川口人,80后业余爱好者。沏一杯清茶,追一段古韵!体味古韵的温婉,行走唐诗宋词间,感受别样的凄美!一梦越千年!只为追寻遥远时空中那抹绚丽,如痴如醉,似梦似幻,犹如夜的宁静……

七律·无题

虚度人生三六春,又逢一季落英频。
红尘惯赏情暖冷,俗世难销诸子恩。
借酒高歌书小字,扬鞭策马效垂纶。
梦回锦瑟琵琶语,怎觅初心那抹真。

七律·清明

杜宇啼时嫩柳新,一犁春雨落纷纷。
红尘俗世皆如梦,风虐梨花始念恩。
谁种一株松柏绿,常年旷野伴孤坟。
清香素酒碑亭绕,难慰亲人泉下魂。

七律·女人花

小朵新妆春满园,拂风嫩柳醉娇颜。
轻移莲步平添韵,初绽酒腮孤自闲。

贤淑品如天际月,温良性似慧心兰。
芳菲盛世翩跹舞,诗意人生彩墨渲。

无题

身若浮萍命似沙,红尘谁懂寂寥琶。
相思一缕何人诉,别恨千杯对落花。
滚滚红尘埋倩影,潇潇细雨葬韶华。
残笺瘦笔难成句,韵染风流落寞家。

七律·一半秋

紫菊飘香醉眼眸,红枫漫染桂生幽。
风侵竹苑惊君梦,雨落梧桐柱自愁。
酒入新词难酌句,诗连小韵尽忘忧。
相思何解鱼书寄,乱叶萧萧一半秋。

邵文兰

天津市诗词学会会员,斜阳浅草诗社社员。作品曾在《天津诗词》《香港诗刊》《甜园》《幽兰诗韵》《天津楹联报》《今晚报》等刊物发表。曾获得"登发杯"诗词大赛最佳诗歌奖。

七绝·元旦抒怀

旭日铺开万道霞,醒来帘外挂琼花。
寒梅傲雪西风烈,香气随春入我家。

五律·望月(新韵)

独坐小轩窗,抬头望玉羊。
目频观美景,意动蕴华章。
送走松中月,追思影下光。
挥毫书锦句,瀚海是心房。

巫山一段云·游盘山

翠色盘山秀,青岚壑谷深。飞音悬瀑奏如琴。梵语不时闻。

入胜风光远,三盘暮雨临。乾隆泼墨九州钦,赏景不南寻。

鹧鸪天·游杨柳青

雨霁霞飞桃蕊娇,御河风景荡春潮。醉看映水白云秀,闲赏撩风翠柳遥。

街古老,画妖娆。非遗文化领风骚。丹青墨染回眸处,灰瓦青砖任意描。

最高楼·游世园会

游园博,延庆翠葱青。妫水碧澄明。九州花境游人赏,万芳华阁踏歌行。百园春,千景秀,万花城。

望远处、芦汀林樾盛。长城险,森罗摇倩影。赏花雨,瞰云屏。千重画卷春临墨,一流诗韵绿倾情。景怡人,霞铺路,醉燕京。

江城子·游水上公园

公园水上美争春,树氤氲,蕊缤纷。犹似蓬壶,五岛亦撩人。古色长廊声鼎沸,歌伴舞,共强身。

三湖水碧映霓云,荡涟纹,闪金鳞。朵朵红荷,楚楚醉心魂。漫步行来疑阆苑,人纵去,忆中存。

行香子·中秋赏月

明月光寒,碧水波澜。灯月夜,天上人间。虹桥倒影,大厦摩肩。更海河船,海河月,海河天。

家庭聚会,朱陈手挽。赏金轮,笑语声喧。天涯此刻,今共婵娟。愿情常在,花常好,月常圆。

鹧鸪天·检讨

接二连三起祸端,轻敲游戏忘时间。饭锅燃烬呈青色,壶水烧干冒白烟。

擦灶面,洗炉斑。去污除垢难还原。安全勿忘鸣钟响,知过家和幸福绵。

佘汉武

画家,人称马神,尤其喜好古诗词。

七律·团头湖

团头湖美岂无由,闲启柴门一望收。石器贻情辉上古,鸥波绽彩泛中流。蟾光影馥渔人梦,太液荷香玉女舟。回首芳樽行乐处,频题字画记同游。

七律·为陕西终南山灵泉寺释宏深禅师画画后有感

万紫千红莫漫夸,箕裘祖泽历虫沙。曾经迷惑尊天宝,复溯禅源远物华。易老苍生无贵贱,难为浊水有鱼虾。兴亡一页刀兵史,石笈藏珍笼碧纱。

七律·画后随笔

浮沤人世水沧沧,野逸身如鸥鹭忙。电扇频调迎酷暑,墨花竟放播浓香。曾翻浊眼看尘俗,复借浮名抱酒狂。父老诚知吾道好,云中孤雁隐苍茫。

七律·八一颂

祥和岁月亦优哉,赤县如何不用猜。公仆誓言兴社稷,将军荷戟戍轮台。千山万水从容绿,万紫千红烂漫开。全赖长城邦国固,神舟天外赋归来。

七律·答友人问候

贫下中农论故交,锄耙店里任吾挑。曾逢善政开青眼,复见良方属白条。残道休言卑且鄙,歪风不过富而骄。谀词偶尔称清唱,辜负书斋酒数瓢。

深堂曲仔

四川营山人,系南充市嘉陵江新诗研究协会会员,四川诗社、朦胧诗社成员,

《川北音乐文学》副主编,《红袖天香文学》主编,《天下诗词文学》副社长兼总编。歌曲作品《群歌》《天府恋歌》《爱上成都》《太蓬山》被广泛传唱,现供职于上企某公司。

一剪梅·红袖天香(词林正韵)

红袖天香喜弄文,一倾天下,漫步红尘。隔屏诗友网间吟,酌句斟联,品位知人。

时过境迁又一春,妙文齐转,佳作同存。花随流水蝶高飞,盼也伤心,思亦牵魂。

七律·初夏游朱家角古镇
（押下平七阳韵）

朱家角镇千家铺,淀水环城万户旁。
舟往船来河上绕,摩肩接踵巷内香。
放生桥下知良善,课植园区种读忙。
清华阁中除杂念,稼轩别墅阅诗章。

沈德绪

男,高级评估师、经济师、知青。爱好现代诗、古诗词,同时喜摄影、旅游,广结善友。用微笑面对生活;用诗歌言志明情;一颗初心传播正能量。

七律·济生春有机茶

山东莒南人,十年土壤改良,引南茶北种,终于生产出合格的有机茶,奇人种茶,凡人不解!

莒州环抱有机茶,南望雾青日影斜。
绿叶撩人飞碧浪,白苹满碗载繁华。
佛来饮兴随明月,星拱诗情为晚霞。
道济交游成引领,已将神女寄天涯。
注:神女,品牌。

七律·夏秋杂咏(一)

磐龙柳绿蜂飞底,卧佛鹃声夜不休。
五彩夕阳催铁骑,一经清梵入河流。
神仙心地何须叹,教化斯人未忘忧。
今拉农家吕剧调,坠琴曲起乐悠悠。
注:磐龙,一条河。卧佛,一座山,旅游景点。

七律·夏秋杂咏(二)

时节夏炎丘岭繁,蝉螂堵道有泉源。
今秋遇雨君王面,昨夜无风塞上魂。
流水小桥诗百韵,深山幽经尽三门。
除非不走逍遥路,化景芳华落入村。

七律·创城

秋立尽颜枫树林,莲山卧佛紫森森。
金龙波浪兼天涌,石马池台接地阴。
野菊朝开怜扇影,岩松夜坐傍衣衿。
城中四处皆潇洒,创建文明话古今。

七律·七夕

七夕依依知多难,乌桥载力羽衣残。
人间首蓿相寻远,世外葡萄几尽欢。
窗影不愁云鬓改,烛花惟恨月光寒。
牛郎织女田园路,今日年年当问安。

五律·七夕

天阴连日雨,烛泪未尝休。
七夕团圆乐,三更离别愁。
鹊桥门径小,牛女暮云稠。
闻此不能寐,青荷蠹驿楼。

阮郎归·秋思

北风雨水半遮天。秋来人不闲。荷花紫嫣柳垂悬。放歌卧佛山。

枫红早,晚妆残。谁人饰竹轩。一湖明月洗朱颜,相思不复连。

沈桂明

网名百顺,女,蒙古族,承德军分区驻唐山办事处会计退休,现居河北省承德市,承德市老年作家协会会员,诗词之友会员,爱好古典文学,喜欢创作,作品散见于各种杂志。其中《登临双塔山有感》获得2017年御宴坊杯诗咏承德全国楹联大赛优秀奖。

七绝·祭30名救火英烈
忠魂热血千秋志,赤胆雄心万古铭。
烈火焚身搏大爱,人间处处泣英雄。

七绝·烟花情
含烟越起耀凌空,点亮人间岁岁情。
染尽新春花似锦,嫣红遍地兆年丰。

七律·赞汇水湾新居
汇水新居景色宏,小楼座座赛皇宫。
堂前喜鹊喳喳叫,屋后雄鸡曲曲鸣。
草色花香盈暖室,梅魂玉蕊貌寒冬。
买房首选温馨地,顺意安康万事兴!

七律·元宵夜有感
三朋五友聚佳期,光耀祥门映彩旗。
城阙烟花天际舞,乡关灯火月中移。
秧歌宛转高跷醉,锣鼓铿锵皮影迷。
春满人间歌盛世,神州处处闪虹霓。

七律·马市街社区采风感怀
燕舞莺歌春意浓,社区建设展新容。
花红草绿家园美,桃李杨枝道路融。
志愿帮扶添喜悦,和谐互助见真情。
琼楼远近听金曲,共创同心圆梦城。

沈俊

曾用名沈新芳,男,出生于1951年11月8日,汉族,大专文化,在浙江省长兴县人民政府办公室退休。

蝶恋花·湖州月亮弯
笠泽镜盘帆映嶂。芦菲轻摇,峰托湖涟浪。浩渺漪舟波画舫,景移霓月临湖上。夜幕繁星圆月亮。车步人流,各咨倾情爽。螃蟹蛏鱼餐桌飨,陪杯赏月相思长。

七律·大唐贡茶院怀古(平水韵)
岁过唐盛几世淫,僧尝瑞草慰当今。
金沙紫笋壶三绝,盖世茶经羽荐箴。
督贡驿程宫御宴,立旗张幕刺临钦。
街头尧市飘香茗,境会摩硙刻史吟。

七律·南太湖(平水韵)
菰城渐觉天晴好,原野成畦市貌新。
万顷波涛关不住,船帆远影镜中尘。
环湖岸景观光道,溇港兜浜湿地身。
烟雨春容诗意恋,客临其境点清贫。

七律·咏鹊巢(平水韵)
远眺高登景入瞳,街坊村野竹青葱。
车来人往忙程骋,月落东升蹈宇虹。
夜雨林深惊鸟息,屋檐滴水暗流通。
鹰翔碧空春风煦,鹊垒新巢候爱中。

七律·游碧岩寺(平水韵)
弁山面镜湖中李,自古凡仙两重仑。
道教纯阳甩药笪,东坡龙口借诗言。
峰回岚嶂藏精舍,飞瀑泉溅石浪浸。
烟雨空濛清世界,厥家名刹佛惟尊。

七律·石头河水库(中华新韵)
——献给20世纪50年代支援内地的技术人员褚彩富同志
亲人相望隔途远,九秩他乡饯岁华。

千里西安鱼技传，几回浙沪寝无榻。
行藏水业虹鳟养，意气躬耕皱满颊。
血地久离不厌悔，心无旁骛负当家。

七律·品古稀（平水韵）

蝶恋穿花亲蕊刺，蝉猴出土夏喧归。
博闻经世谋生计，缅念耆翁百岁稀。
聊发少年莺草翠，厘清处事重章依。
匎门无限期烟火，六道轮回个中机。

老人节九日抒怀（步李白《九日》韵）

今且又重九，风爽金天明。
鱼米香江南，野菊遍地荣。
浮云越北斗，山高流水清。
满塘鲜芰荷，天河移西倾。
物尽自替期，黄昏晓人生。

沈莉

女，1970年1月出生，上海青浦人。中学高级教师，在黑龙江省尾山农场学校工作。喜欢文学，作品散见于《黑龙江当代楹联作品集》《诗刊》《中华诗词优秀作品选》《绥化晚报》。

听老师讲诗词有感

诗词进校涌新潮，平仄起承意境高。
解惑从来不厌倦，吟得好律喜眉梢。

七绝·忆拖拉机

心花怒放暖风熏，往事悠悠忆可寻。
沃野耕耘曾记否？今朝翘首为迎春。

七绝·徜徉清晨校园

走过丁香处处花，果园草碧鸟声杂。
楼前欲把新诗赋，紫燕衔虫刚返家。

七绝·雨后栽白玉簪

雨过清新三叶鲜，又添景色嵌白簪。
榆杨身后亭亭立，护我纤苗腰杆坚。

七绝·咏丁香

淡紫浓香跃上头，一身优雅自风流。
春风今日多和煦，何必眉梢点点愁。

七绝·草语

根植野甸叶常青，长在园中籽不成。
怎赖基因能转变，凭栏细雨寄虫声。

七绝·清洁工园丁

扫落星辰披暖阳，常年马路自风光。
躬身只为通衢净，汗水浇开花更香。

七绝·角瓜花开见蝴蝶

花开喜见彩蝶飞，传粉才得瓜果垂。
辛苦再将杂草去，树边小憩不思归。

沈林峰

笔名林岭，甘肃临洮人，中国青年作家学会会员，中国诗歌网蓝V诗人。作品短篇小说《梦》荣获2014年全国短篇小说大赛"文华杯"优秀奖，散文《老杨》荣获2015年"中华情"全国诗歌散文联赛金奖，有作品入选各种选本并出版，并在《文化艺术报》《河南经济报》《西安商报》《中文系报》特刊号等报刊和各类网站微信公众平台发表作品多篇。

马衔山·秋雪

一夜秋风雪满山，枯枝老树叶无颜。
飞禽啼怨冬来早，收获桑麻莫等闲。

陇西药博会随感

药乡兴盛事，渭水向东流。
产业中医旺，民康健不愁。

麻子川偶题（新韵）

麻子平川小旱塬，练车排队几番难。
谁知秋雨不思量，只觉平波一阵寒。

卧龙湾·洮砚水镇（新韵）

小镇东临洮水间，游人划桨荡轻船。
忽闻岸上弹新曲，心沁茶香不忍还。

登南屏山

初上翠屏惊觉险，轻云雾散未谋仙。
远闻羁鸟驱童语，不敢登临眺际天。

欢乐谷醉酒

欢乐谷底任逍遥，格格不入洞天聊。
情到深处意更尽，只恨洮水别离桥。

醉酒迎春

醉卧金钻贺新春，美女吟诗俱慧聪。
伤到心处无人问，待晓诗花又几丛。
江水滔滔不复返，余心悠悠过岷州。
骏业鸿程试不第，蹉跎岁月身不由。

沈林生

　　1948年3月生，男，江苏淮安人，大专，历任宿州市埇桥区政府督学、政协常委、机关工委书记等。现为中华诗词学会会员，宿州市诗词楹联学会理事。诗词作品刊于《当代诗词大典》《安徽吟坛》《诗苑词林》等。

七律·观壶口瀑布有感
（平水韵，十一尤）

天水滔滔不尽流，高河叠嶂势难收。
雷霆落瀑惊乾宇，澎湃飞涛撼壑丘。
千载沧桑存伟力，万重坎坷醒神州。
国魂士气当如此，自立瀛寰展远猷。

注：瀛寰：指世界。远猷：长远的打算，远大的谋略。

七律·瞻华祖祠（平水韵，七阳）

秀雅庵堂虬古木，华佗塑像倍慈祥。
精通方剂扶黎庶，不屑殊荣拒魏王。
麻沸散开医术域，五禽戏创养生坊。
岐黄虽憾无缘见，毫芍葱茏药沁香。

台湾慈湖（平水韵，七虞）

传世遗言毋入土，呜呼蒋某葬慈湖。
山青仍作中原梦，水碧难归故里垆。
残像卧坡成笑柄，独夫盘岛有余辜。
几多功罪堪评史，留待东风细细诛。

七律·扶疏亭诗会（平水韵，四豪）

遗址扶疏松竹茂，重阳兴起雅诗淘。
亭前菊桂添香韵，郭外楼台闹彩鳌。
歌咏坡翁书篆草，赏怀碑刻酝词骚。
文逢盛世多欣叹，众桨划船破浩涛。

登滕王阁感怀（平水韵，十一尤）

少年一序铭千古，探胜临江上画楼。
豪乘星驰迷眼底，云移雾列漫芳洲。
昔时绮梦随涛去，当代蓝图绘未休。
秋水长天今又是，弄潮破浪勇行舟。

新汴河景观带（平水韵，六麻）

汴河堤畔遍春花，陌路长桥落彩霞。
芳草林荫迷古岸，群雕展馆矗新家。
宾乘快艇连波远，客赏冰轮映水涯。
亲历沧桑民喜悦，乐天在世亦惊呀。

注：惊呀：惊叹的意思。

结伴摄梅（平水韵，七阳）

冰凌初挂梦凝香，四野寻梅冒苦霜。
想是寒花怜倩影，独留数朵暗芬芳。

满江红·纪念中国共产党98周年

华诞(词林正韵第二部)

暮色苍茫,红船荡,启明星亮。求解放,豫章枪响,长征鏖仗。平野兴师驱鬼魅,钟山灭寇降魑魉。主沉浮,弓满射天狼,功无量。

沉狮醒,威渐壮。中枢健,民心向。率高天揽月,际洲擒蟒。特色征途驰骏马,和谐环境呈珍象。砥柱在,看稔泰民康,辉煌创。

沈明

网名草可。男,70后,来自四川罗江乡村。喜看图题诗,鄢家云峰诗社会员。北川禹风诗社会员。笔随心走,心从本真。不为玉堂高高挂,但愿诗文遇知音。

自题(古风)

丘山深深一鸡场,诗歌油油飞上墙。
村夫本来无墨韵,山野自有泥土香。
农田当纸爬格子,养殖出题做文章。
醉卧水云悠悠过,肩挑日月照沧桑!
2019年2月26日

七绝·小桥流水人家

风疏翠竹山荫下,桥望溪流入海家。
绿树自知衣单调,邀来枫叶配红花。

七绝·云峰诗社

书香门第笔勤耕,雨打池塘扰读声。
央视客来风送到,农民诗草换汤羹!
2019年7月12日

七绝·题荷塘画

蛙跳池塘浪渐宽,俯身戏水捉鱼欢。
触墙指痛才知画,回望炊烟思晚餐。

牧

穷乡僻壤苦为根,荒凉山坡芦苇生。
唯有牧童骑牛乐,不与凡尘世事争。

油菜花

不与群芳斗艳影,只把金黄傲春城。
花引蜂蝶翩起舞,籽修正果明佛灯。
2019年3月21日

山(三首)

一

全身是宝浑不知,矗立人间任尔痴。
多少风雨撼不动,为雪白头化情诗。

二

憨厚沉默不言语,谁知今岁有几许。
攀爬留宿任君游,灵犀默契成知己!

三

丛林鸟语野兽栖,更有宝藏藏心里。
小溪潺潺清泉流,高峰飞瀑冲谷底。

注:我来自北川大山沟,对山有深厚的感情,今虽落户坝里浅丘,但常常梦里回乡群山妖娆,笔未落纸已成诗!

沈汝葆

男,1945年元月生,安徽无为人。现已退休。中华诗词学会会员。曾任无为县诗词学会副会长,《友声吟集》主编。著诗词集《听松斋吟草》一卷。

养蜂人

垂柳风摇绿,青山雨过新。
紧追春脚步,勤奋赶花人。

端阳竞渡

榴花吐焰碧芜新,击节扬桴古渡滨。
夹岸山呼旗映日,只为追念大夫魂。

题扇

轻盈小扇爱玲珑,上下翻飞握手中。
安肯趋迎随浊气,人间毕竟有清风。

野菜
曾历辛酸未敢忘,几回凭汝敌饥荒。
而今陆海虽无数,何物能如此物香?

三月
三月阳春当下犁,无何畎亩草萋萋。
痴情只有催耕鸟,不管阴晴到处啼。

五四运动100周年
欲雨乌云压九州,一声霹雳怒焚楼。
势如潮水争平等,血荐轩辕为自由。
世事常怀尧舜力,人生岂止稻粱谋。
精神照亮漫漫路,求索前行未肯休!

沈三柏

古诗词爱好与研究者,曾在韬略论坛、记得歌时、华北诗苑、广州头条、德州头条等网站及《作家天地》等发表诗词200多篇。现任东莞某公司主管。

七绝·荷花颂

一
溅玉飞珠乱点筝,荷花欠雨一泓情。
为谁缱绻芳心苦,莲花宝座悯苍生。

二
万蕊千蕾参破天,如来一叶悟花仙。
时间煮雨皆般若,红尘渡口证金莲。

三
执念心头那朵莲,谁裁玉蕊向晚天。
如来借我千层瓣,拈花一笑法轮前。

四
藕断丝连挚爱深,泥沙底下结连襟。
流年诉尽相思苦,荷花绿叶有凡心。

五
菡萏花开结善缘,蓬莱阁里渡神仙。
千秋爱恨随流水,江湖独处见禅心。

六
粉面含羞自从容,凝珠蕊嫩露华浓。
芳心不染红尘事,莲花座上有禅宗。

七
翻卷青莲晚雨潮,荷花俏立更妖娆。
莲台极乐观音坐,丹心护法指天昭。

八
自古伤花动客愁,荷花六月最风流。
多情恼恨摧花手,清晨又卧采莲舟。

九
本乃灵山富贵花,因缘际会落天涯。
相思万里蓬莱远,朱红一笔写朝霞。

十
穿越洪荒几万年,曾经佛祖说因缘。
冰肌玉骨皆虚幻,三千弱水证青莲。

沈皖

安徽人,教育工作者。洛阳市老子诗词协会秘书长。南湖诗会主编。

楼兰情歌
不相见,不相恋。
便是梦里也枉然;
最多苛求夜长夜,
与谁梦里偶缠绵。
正是恩爱甜蜜时,
春晓云雨惊杜鹃。

不相知，不相思。
最多路遇动心时；
回眸嫣然掩面笑，
归去无奈写新词。
若非美酒添皓月，
便是横笛虚度日。

不相伴，不相欠。
不曾酒后说缠绵，
不过夜夜人寂寞，
总记悦目那一天。
恨无留影随心想，
寻觅百度已惘然。

不相惜，不相忆。
淡定邂逅又想起，
知君春风等闲度，
闲窗无约负桃李。
奈何红尘时空短，
怕多情时又迷离。

不相爱，不相弃。
唯有多情不容易。
明明陌路偶然间，
幽幽雪夜诉短笛。
弹指十年午睡过，
长恨有缘聚无期。

不相对，不相会。
不求粉蝶做良媒。
芙蓉十里春羞涩，
燕子声中花下睡。
君来我有东风酒，
饮罢不知君是谁。

不相误，不相负。
不去盟誓许霸图。

能来不过花前笑，
便坐也是一本书。
行云来去无牵挂，
皓月随心耀江湖。

不相许，不相续。
今宵有情今宵聚。
莫被今宵误明宵，
明宵不被今宵记。
执手相望红烛里，
我亦观众我亦戏。

不相遇，不相聚。
刻骨铭心无人提。
梦里恩情梦里问，
帘卷东风花满蹊。
教我偶然成必然，
恨那缘来缘凄迷。

沈晓斌

戊戌初冬与好友登云居山并谒真如禅寺

久慕真如佛界名，亲亲相伴始成行。
莲峰簇簇云烟绕，湖水柔柔玉镜呈。
一钵农禅闻宇内，三波慧觉主宗盟。
我来山寺焚香揖，迷雾重开眼正明。

咏怀赤壁

陈兵百万踏江东，丞相贪图霸业功。
未料周郎施苦计，又遭诸葛借东风。
千军铁甲飞灰灭，一世英名转眼空。
焰火烧成三足鼎，微微汉室野丛中。

戊戌季秋观鄱阳湖花海

青山簇拥镜湖幽，白鹭旋飞水自流。
陶令官衙终秒径，朱皇马迹已荒丘。

长江一去天涯尽,四季轮回岁月悠。
两岸蓼花红艳艳,乔妆春色使人愁。

2018元旦感赋

时序迎新又一年,孤灯对酌夜难眠。
风声入耳犹侵骨,雨点伤心欲断弦。
静坐沉思茶饭饱,低吟漫步老身怜。
晨钟渐响黎明至,拥抱朝霞直向前。

过春节

春来江水暖,冰雪渐消融。
垂柳河边绿,斜阳岫上红。
归家情切切,入眼醉蒙蒙。
最美团圆饭,香飘四海同。

沈欣平

女,大连人,商业系统退休,热爱文学,挚爱古诗词,愿用手中拙笔,写下对生活的热爱,记录日常点滴,愿与天下诗友,书山同攀,学海共济,继承并弘扬祖国的传统文化!

游湖

秋湖镶翡翠,粉蝶舞朱红。
小憩长廊下,欣然听藕风。

题图

皎皎月光盈,闻蝉树上鸣。
更深人不寐,何处读书声?

夏湖

芙蓉映碧波,倩影舞婆娑。
翠柳鸣蝉叫,相思一首歌。

秋荷

秋风阵阵送清凉,碧水青荷一点黄。
草色虽枯根尚在,明春又绿小池塘。

长江颂

一出高原直向前,冰峰融水胜甘泉。
田畴浇灌万千顷,蕴育文明多少年?

听雨

肆虐台风卷巨澜,狂飙北上掠辽南。
夜来听雨小楼里,祈盼丰收物阜年。

遥祭

秋风瑟瑟又中元,话语良多无处言。
遥祭家翁和外祖,哀思似水欲潺湲。

赞李清照

天边皎月悬,鸾镜理金钿。
云鬟若青瀑,蚕眉似黛烟。
玲珑如玉洁,娇俏赛花妍。
兴至抚琴瑟,闲来著锦篇。

沈学斌

网名老沈,种过地、当过兵、公务员,文史和格律诗爱好者。

七律·我的文史梦

学问源于实践中,世间万事道途同。
人前不叹千金失,灯下惟求一字通。
名利可抛身外物,讥嘲则付耳边风。
倾心文史酬吾志,追着时光多赶工。

七律·夜读

惜得光阴苦读书,浊清自判不糊涂。
孤灯常伴窗前月,骊句新添海底珠。
唯恐吟声惊宿鸟,休愁寒气损残驱。
有心阅遍千秋史,无意题名入帝都。

七律·立春感怀

斗转星移日日新,荣枯自古未欺人。

焉知富贵岂无分？但愿行藏却有真。
事往兼听非与是，业成不负夕和晨。
生来既订去时约，活出由头岁岁春。

七律·元宵打油赠上班族
吃了汤圆年味消，手机连线又群聊。
公家俗事何关己？吾辈闲人别有招。
落后只须多献媚，评先不惜再弯腰。
玩完权术玩情感，宦海当今新热潮。

七律·清明扫墓
城外荒郊多墓田，清明祭祖各趋前。
纸钱化作灰蝴蝶，泪水染成红杜鹃。
魂泊名山求转世，牛眠穴地梦修仙。
人生有福须知享，谁带家私伴九泉。

七律·端阳节前三日
临街叫卖粽包香，又动怀沙吟九章。
词赋空馀千岁体，风尘无复几秋光。
堪怜靖节栽垂柳，谁识灵均哀断肠？
犹羡忠臣轻惜命，只争青史可留芳。

七律·西湖怀古
吴宝双山岬角开，明珠璀璨海东来。
万年沙渚乾坤会，三岛池莲风雨裁。
闸启流泉滋碧野，堤连修竹忆乌台。
一湖醉倒古今客，唯欠苏翁千百杯。

七律·农家乐小二心中的小九九
肯舍铜钱流水花，方兄才是旅行家。
畅游休问累还爽，考察何须步代车。
城市人心慕村叟，山头菜味胜龙虾。
倾情眷顾住三月，顺道常来喝喝茶。

沈雁鸿
笔（网）名雁过留声，别号澄心斋主。大学文化，中共党员。祖籍嘉兴，1970年11月出生安徽马鞍山横塘村。现于鞍钢从事营销管理工作。业余时间喜欢书法和诗文。现为辽宁省书法家协会会员，辽宁省诗词学会会员，鞍钢作协会员。

七绝·秋夜自吟
塞外秋来菊正黄，几回梦里到横塘。
江东柳笛唤归雁，玉露生寒夜未央。
注：横塘，老家的村名。江东，今安徽马鞍山一带。

七绝·立冬有寄
朔风凛凛啸天台，落木萧萧白帝哀。
冬苕何愁春步远，花开陌上盼君回。

七绝·大雪有题
琼妃夜半舞天门，万壑千山裹素身。
质本洁来非洁去，红尘谁是葬侬人？

七绝·雪后东山寻梅
独步东山踏雪幽，相期花影每迟留。
怜君清绝浑如玉，不忍折枝伴冷瓯。

七绝·春节去韩家峪访友
聊向山村寄我身，奈何夜色不撩人。
年年炕上同尔醉，笑问生涯第几春？

七绝·钱塘江观潮
杭州六月惊涛起，骑马弯弓敢射潮。
不惧钱塘风暴怒，穿天一箭断云霄。

七绝·清明祭奠亲人
又见纸钱随蝶舞，故园东望野槐枯。
阴阳难割哭昏晓，把酒冰心碎玉壶。

五律·观杜甫草堂有感
天府春光晚，草堂云色闲。
屋茅风未破，庭柳露方干。

赤胆忧宗稷，真心付笔端。
广居今遍在，寒士尽颜欢。

丁酉暮春去成都出差，翌日傍晚时分游杜甫草堂而作。

沈阳凯旋诗社

彭扬

西江月·槐花礼赞

不逊早春桃艳，不输四月繁花。绿肥红瘦独芳华，一树清新淡雅。素锦梳妆季节，味甘惠济千家。蝶蜂嬉戏绕枝丫，为你情迷初夏。

诉衷情·赏荷

兰舟深处觅芳踪。情寄醉芙蓉。嫣然万点凝素，秀色绝尘空。鹰戏水，蝶萦丛。沐荷风。画中禅定，曲水流觞，俗事尘封。

注：鹰指水中鱼鹰。

五律·春回

惊蛰始鸣雷，风摇万物催。
姗姗冰雪化，九九艳阳回。
陌上耕牛走，枝头鹂鸟偎。
清音吟雅韵，起舞弄觥杯。

朗丰尚

破阵子·庆祝祖国华诞70周年(新韵)

欢乐普天同庆，雄鸡昂首东方。黔首扬眉情脉脉，盛日欢欣喜洋洋。九州披彩妆。

深化改革持久，讴吟花蕾凝芳。金水盈盈泽禹域，碧宇溶溶腾紫光，乾坤伟业长。

临江仙·贺外孙入学

曙色霞光初映，风轻云淡弥楼，斑斓街路挽清秋。校园流稚影，书卷此寻求。

展望行将学路，夯实基础熟筹。人生才俊至身修。南窗伏案影，学海苦行舟。

七绝·观油菜花海(新韵)

缤纷竞艳叠芳菲，新碧金黄漫袖围。
仪态万方盈满目，归来香气积罗衣。

关玉久

七律·苍松礼赞
——献给建国70周年

参天蔽地立苍穹，七十年轮正妙荣。
久历风霜磐石稳，常凭光合与时行。
根藏沃土繁枝劲，气播神州万象清。
毒液祛除须猛药，身康寿永荫民生。

七绝·答友人

问君何处觅青春，岁月无由再履新。
漫步山川多乐趣，随风来去自由人。

沈一森

字昱谱，号林泉逸士，1951年生，江西省靖安县人，农民。系靖安县诗词学会、江西省诗词学会、中华诗词学会等会员，中华诗词文化研究所、华夏诗联书画艺术研究院、中共上海市建设党校中国传统文化研究中心研究员等，著有《昱谱诗稿》。

七绝·匡庐赏瀑

谁罗仙境播春雷？振奋人间艳卉开。
九派繁花堆一秀，壮歌不懈颂英才。

七律·元旦感怀

八九相交瑞雪天，海棠依旧梦香甜。
银装艳裹初衷愿，素质坚描砥砺篇。
神爽心清寻富路，山重水覆执大千。

民安国泰盈门喜，猪拱犬迎幸福年。

过港珠澳大桥喜赋（二首）

一

弹指一挥间，明珠耀俊贤。
零丁欣筑梦，九域共婵娟。
精卫又填海，娇娲屡问天。
慧心铺画卷，谁个不神仙。

二

大湾百里起虹桥，从此零丁主富饶。
除险通关开盛纪，伏洋驯浪竟狂飙。
神灵摆脱苍生痛，妙手经纶斧凿豪。
春色劲撩珠港澳，初心一梦绮多娇。

苍梧谣·点赞浙江省农村信用社联合社（两首）

一

情，携手乡村业振兴。从来事，时刻办都行。

二

情，十五年悠百业兴。谋宗旨，服务往前行。

眼儿媚·靖安荣获全国天然氧城

初心养树莽林眸，靖邑创新猷。融资再护，天然翠绿，妩媚葱柔。

氧城竟上京城考，满载誉名优。家圆美梦，游宾激动，"哇塞"风流。

沈长庚

男，大学文化，曾任中学校长、人大法制委主任、质监局长等职。中华诗词学会、中国书法家协会、中国楹联学会会员，荣获首届"沈鹏诗书画大赛"诗书类一等奖，代表作长篇小说《倡正之路》，已被国家图书馆和各著名高校图书馆永久收藏。

七绝·茶趣

三五骚翁共赋闲，吟哦海北到江南。
奇思出在茶壶内，妙句生于天地间。

七绝·爬山

剔透玲珑诱探寻，嫦娥或丢薄衣裙。
登峰喘息回头看，却是山肩绕白云。

五律·晨钓

昨晚潇潇雨，黎明瑟瑟风。
寒流刚却步，钓兴又从容。
头戴皮裘帽，眼盯微浪峰。
浮标潜入水，甩出一轮红。

七律·浅夏低吟

追随春去落红忙，迎夏光临嫩绿狂。
木秀于林风折损，堆高过水浪湍伤。
兼葭湾里玄鱼戏，弱柳丛中丽鸟藏。
不看顽童嬉彩蝶，骚翁闲坐钓斜阳。

七律·夏至清晨拾趣

云舒云卷似飞黄，花落花开菌菩香。
曲径通幽无搅扰，晓风拂柳有清凉。
鱼游澈浪随心戏，鹰击长空任意翔。
璀璨露珠留不住，诗情激越惜韶光。

七律·晨赏露滴

漫步园林情若痴，凝神露滴涌遐思。
旁收草木葱茏景，上摄云霞绚丽姿。
宝石斑斓撩目眩，珍珠剔透令心驰。
恤民青帝施恩泽，撒向人间全是诗。

七律·蝉
——写在美国挑起贸易冲突之时

偏择高温竭力嘶，何来怨愤吵横枝。

既污商隐忧愁句，又亵宾王冤狱诗。
唯恐霸权崩溃日，却逢上国复兴时。
吹风鼓膜朝天吼，作势装腔演碰瓷。

沈正稳

　　男，1945年生，高中毕业，曾当选凤庆县总工会主席。主编《可爱的茶乡》诗文集，著《山水花草·人生》诗文集、作曲《名诗名词百首曲》、著编《茶乡歌曲》。现为云南省诗词学会、楹联学会及凤庆县诗词、书画学会会员。

五绝·中华
神州尊赐号，万国贺天朝。
赤县祥龙凤，中华道义高。

五绝·初心、使命
初心万丈光，使命担河山。
阔步中华梦，春风一路芳。

五绝·贸易战
贸易全球战，扇风美特郎。
人间天道正，玩火自焚亡。

五绝·春兰
朵朵大春兰，幽幽淡淡开。
清香明月夜，灵韵我心怀。

七绝·观天下
人生到老五洲游，沧海云天一眼收。
起舞嫦娥歌国梦，自由孤岛女神愁。

七绝·李白
吞云吐雾醉千杯，踢起山河脚下腾。
斗气飘昂天地义，人间万古溢香馨。

七律·泰岳观天下
泰岳观天万象骧，奔腾血液义昂扬。
时今易说恢宏事，历史难书战斗篇。
日月长辉非假象，山河不锈是真言。
春来秋去花容变，宇宙苍茫地向天。

长相思·红绿梅
红梅花，笑天高，万朵喷红焕彩霞。中华奉国花。赞绿梅，秉性真，冰洁清高翠玉身，淡香不染尘。

沈志成

五律·微信小吟
夕阳关不住，微信闯骚坛。
忆昔飞灵感，抚今荐妙言。
闲吟无巨细，勤习有斑斓。
入韵心先醉，风流方寸间。

七绝·舍寒花不嫌
闲花野草半人高，伴驾迎宾媚眼抛。
时至黄昏还有梦，争鲜求艳赛新苗。

五律·有感中美贸易战
耍横原形露，玩阴伪善扔。
顿时风雨起，顷刻雾霾生。
信步涛中走，从容浪里行。
修身赢话语，强国促龙腾。

七律·梦
几度扬帆去看她，可怜夜半月无涯。
沉浮常念红酥手，升落时思紫面纱。
春水一江柔似缎，夏风万缕乱如麻。
奈何酒冲船先醉，笑挽青山啃苦瓜。

七律·路过金康茶叶商城
莫名香气扑鼻来，沁肺愉心七窍开。
何处银壶扬雅韵，谁家玉盏秀新材。

嫩芽结社遂清浪，细叶分头呈粉腮。
陶醉其中殊不觉，只疑风送到瑶台。

盛书珍

省技师学院教师，太白楼诗词学会会员，省诗词学会散曲学会会员。科大诗词班学员。庐州散曲创作室编委。

五绝·说影视界

一

前朝名艺妓，献技讨营生。
现代优伶狠，八千台上登。

二

追星族热捧，影视界温升。
导演豪宅住，伶人叫价惊。

五律·赞恩师南竹

行文笔力遒，精彩讲诗牛。
古典文言解，新知博学求。
编书度日月，用笔写春秋。
爱上恩师课，研诗趣未休。

五律·戊戌年中秋赏月

夜幕已来临，顶楼聚友邻。
分盆尝贡品，举酒对云门。
圆月云中露，嫦娥地上巡。
月人同合影，今晚系天情。

五律·重阳登天柱山

枫叶红如火，黄花蜂蝶迷。
看山接宇殿，迈步上云梯。
红日抬头见，白云回首低。
举杯庆重九，欢畅不知疲。

七律·采风塘西河公园

蕉花艳丽展容芳，月桂金黄分外香。
河水清清花树静，沙滩软软叟童忙。
鸟巢字画名墨宝，展室泥陶才艺郎。
锦绣庐州镶翠玉，滨湖前景有文章。

西江月·大年春雪

昨夜春雪卷卷，今朝白屑皑皑。一群银发坐廊台，吟诵诗词痛快。
业主清除道路，顽童堆起猪孩。手机拍照乐开怀，提礼登门年拜。

师道强

山西省介休市人，桥南文化艺术社社长、孝义市古城诗社顾问、汾河曲社顾问。著有长篇小说两部，散文评论集和诗词集各一部。内中作品散见于省、地、市三级报刊。创作作品总字数约一百余万字。

【中吕】喜春来带普天乐·祖国70华诞吟

蓝天舞动红霞媚，碧海翻腾巨浪飞，泰山挥手映朝晖。问为谁？为祖国七十华诞共干杯！

【普天乐】

斩顽敌，驱妖魅；雄鸡一唱，华夏神威。复兴图，小康绘。大梦前程初心在，巨龙飞、战鼓频擂。载歌载舞，齐呼万岁，史铸丰碑。

【双调】雁儿落带得胜令·羊羔酒

你来一碗酒，我上一盘肉。酒干香气游，人醉真情露。

【过】

孝义市名牛，羊羔品牌优。饮后乡愁忘，归来故土留。喝喝喝，日日三杯仙寿；嗨嗨嗨，天天一嗓戏吼。

【正宫】端正好·与弟过冬至

梦里寻,魂牵系,过冬至情乱心迷。家乡还有亲兄弟,今日相逢急。

【滚绣球】

双手牵,两眼湿,我看他鬓白发稀,他看我体瘦身疲。都老矣,都老矣,仰天长叹时光戏,低头无语奈何提。同胞兄弟一人去,姊妹七人留五依,让人咋不叹嘘唏!

【醉太平】

不提过史,只为今昔。摆开丰盛宴席,吃他一个肚儿起。猪牛羊鹅鸡鸭翅,苔蘑豆蛋鱼虾栗,韭菠花笋豆芽滋,盘盘那价个香味奔鼻袭。

【尾声】

一次次相逢心喜欢,一番番分开肠断离。道一声他年他月谁长忆,问一句来世来生岂分彼?!

【越调】小桃红·跌面

一天到晚雾遮天,心乱如麻辫。下到厨房弄他个细细的长长的软软的又麻又辣又酸又香的滑溜溜的一碗圪堆堆大拉面,剥根葱就头蒜吃他个满头大汗肚儿圆,这才过瘾舒心愿。心情大变,曲源滚滚潮如飞箭,晃悠悠飘到元朝去拜访曲祖遗山老先贤。

施昌林

1947年8月生,上海市人,大学本科学历,中学高级教师,一级1等校长(高级1等),著有《追求卓越》《情义无价诗词》,诗词爱好者。

鹧鸪天·三月在浙江芹川古村

山里芹川古树庄,小河鸭子水中忙。翠禽轻掠贴流过,蜂蝶翩飞花草香。

山脚下,古墙旁,正当油菜满田黄。乡村振兴山区美,翠竹轻摇临古窗。

望江南·从嫦娥四号登月背所想

天空月,常缺少圆球。风雨任欺嫦姐哭,冰霜常妒妩容愁。孤寂几时休。

时境换,空技展神州。嫦玉呼应飞太空,带来人间暖和柔。宫中不孤幽。

注:嫦玉指嫦娥四号,玉兔二号。

燕归梁·三月携孙儿踏青

三月芳香半空浮,携孙踏青游。春光明媚柳轻柔,孙儿逗,鸟儿啾。

春光总把,寒冬烦雨,抛却水中休。人生回首已霜秋,牵孙手,乐哉悠。

一剪梅·绣花功夫脱贫攻坚,悬崖村告别出行难

叠叠层层峰险环。绝壁悬崖,上下藤攀。典型贫困日过难。精准扶贫,攻下贫顽。

出行悬崖不再烦。错落新居,索玛花闲,笑声歌舞大凉山。新寨彝家,山灿花漫。

醉红妆·二月四日除夕

欢声笑语菜香飘。旧年辞,迎守宵。火红生活更春骄。穿高档,驾名豪。

陈年愁事送江潮。合家聚,美佳肴。一次团圆欢满娆。同饮醉,晚连朝。

南歌子·端午节纪念伟大爱国者大诗人屈原

角粽尖尖飨,菖蒲绿绿长。龙舟竞赛

一争强。正是浴兰时节、屈原殇。

抱石投江死,几遭贬谪凉。为民爱国楚辞扬。留得离骚世间、万年长。

菩萨蛮·忆童年与小伙伴们玩捉迷藏

月光淡淡溪桥畔。泥场躲藏童儿唤。场地草堆长,秋风稻谷香。

柴堆挖洞待。同伴寻找在。轮换几呼之,夜深也不知。

江城子·十月一日游乌蒙大草原

行车高速起声风。岫葱葱,路盘岖。隧道纵横,满目绿阴浓。草地乌蒙天样远,秋风冷,草连空。

延绵起伏万千丛,草场融,四环峰。牛马成群,湖泊藏山中。峡谷奇峰迷雾景,坡上草,数乌蒙。

施将维

笔名狂沙,字伯佶,号林农。苗族,湖南省花垣县人。先后在《诗刊》《中华诗词》《中华辞赋》《诗词报》等200多家国内报刊发表诗、词、曲、赋联、诗论、散文作品2000多首。公开出版《苗岭新韵》《施将维诗词选》《诗海寻梦》《狂沙集》等5部个人诗词专集。待出版诗文集《芸窗听雨》《施将维文选》等2部。现为中华诗词学会会员,湖南省作家协会会员,湖南省诗词协会理事,湖南省楹联家协会理事,湘西州诗词楹联学会副会长,花垣县诗词楹联学会会长,《湘西诗词》编委,《崇山诗词》主编。

七律·次韵杜甫秋兴八首

一

未忍风摧旧苑林,苍穹雾罩冷森森。凝眸暗恨天无道,静苑沉悲世所阴。清淑残霄闻夜笛,寂寥漏梦抚伤心。绝情冷月凭空妒,倦卧孤庐听晓砧。

二

北望崇山日影斜,凄烟暮霭隐年华。凭空致染凡尘垢,几度横随浊浪槎。去昔不堪闻雁语,今朝未忍听琴笳。盈腔悲苦与谁诉?唯有疏篱几菊花。

三

屐痕山寂又晨晖,静卧清溪枕翠微。抡斧砍柴惊宿鸟,放歌释怨动云飞。武侯百世出师表,孔圣千秋论语违。秋赋哪堪赊作酒,轻狂庶子怎能肥?

四

世事无常似险棋,执迷不悟自寻悲。醉生梦死阴阳界,酒地花天旦夕时。久盼秋风尘垢扫,长观日月碧穹驰。天公何故忒阴毒,遣教骚人痛所思。

五

祥云缭绕隐秋山,帘动风吹眉宇间。荷扇轻摇痴赏月,蝉衣劲舞醉游关。别来两地滋花泪,聚散三生润玉颜。最怕莺声惊漏梦,无缘阆苑久跟班。

六

荷塘碧水映云头,玉露天光裹半秋。风扫鹅黄枝褪色,舟横烟渚月添愁。幽林暮树栖黄雀,静埠晨砧醒白鸥。自古断肠湘楚地,每思屈子泪盈州。

七

崇山卫府镇苗功,义举乾嘉乱世中。壮士断头悲史册,瑶华映阙悯清风。城墙紧闭锁云墨,旭日初升染血红。

败寇成王无正道，莫如烟渚做蓑翁。

八
武陵峻岭倍逶迤，八月秋高抱野陂。
缕缕金风翻稻稷，盈盈硕果压虬枝。
汲泉煮茗观诗品，斟月筛星漫步移。
精准脱贫开万象，老夫感慨泪抛垂。

施开红

笔名施词，安徽合肥人，退休后学习诗词，现任安徽省太白楼诗词学会副秘书长、庐州市诗词学会常务理事，散曲创作室秘书长，月旦诗词沙龙秘书长，诗词曲常发表于报刊。

七律·广场纳凉
暴风雨后地无尘，大厦门前聚众人。
折扇轻摇方解暑，香茶慢品可清心。
聊完你事聊他事，侃罢新闻侃旧闻。
海北天南浑不觉，满天星斗夜深沉。

虞美人·夜宿岳西
凭栏眺望银河远，万里星光灿。风摇花影袖盈香。水秀山青处处吐芬芳。

远离闹市开心境。梦里曾憧憬。寻幽探胜赋新章，一曲清吟歌罢醉飞觞。

蝶恋花·包河漫步
妩媚多姿堤岸柳。缕缕柔丝，惹我频回首。湖上淡烟湖下藕。红荷翠拥蜻蜓嗅。

戴月采莲人守候。妹唱哥和，响彻黄昏后，双桨轻摇碧波透。阑珊灯火情依旧。

临江仙·岳西写生
小道弯弯芳草绿，晴冈高处飞鸦。老藤古树发新芽。青筠掀碧浪，好雨润新茶。

袖舞手翻多又快，采云拨雾披纱。茶姑笑靥伴朝霞。山歌情四溢，不觉夕阳斜。

一剪梅·咏竹
岭下桥边处处生。性本刚柔，四季长青。迎霜斗雪骨铮铮。爱伴松梅，相与深情。

劲节虚怀不染尘。挺拔捎云，葱翠如屏。萧萧秋韵醉流莺。星月留形，风雨留声。

临江仙·秋游
旭日东升幽径探，鸟儿啼啭声柔。荒丘野谷菊花稠。松风间竹浪，飞瀑九天流。

岭外何人吹锁呐？山村喜庆丰收。皇粮免税不需愁，猪肥牛马壮，相酌醉三秋！

临江仙·秋日抒怀
黄菊丹枫松竹翠，怡情最是诗书。低吟高唱壮怀抒。腹中无俗念，心静自然舒。

明月清风常独赏，琼浆玉液盈壶。挥毫泼墨乱鸦涂。闲来寻妙趣，不亦乐之乎！

浪淘沙·迎春
满树玉玲珑，雪洒芳丛。含烟翠竹伴梅红，柳眼初开新蕊嫩，鹊语哝哝。

万物复苏中，野草绒绒。闲云一片任从容。伏案驰张挥彩笔，诗兴重重。

施彤

男，1977年6月出生。福建仙游人。1996年福建省光泽一中高中毕业，同年参加工作。2006年调往福建省莆田市涵江区自来水公司工作至今。2014年获中国人民大学网络学院文学学士学位。现为莆田市作家协会会员。爱好诗词，有作品发表。

汉宫春·武汉古琴台

汹涌奔流，诉知音佳话，脍炙梅都。舟泊野渡雨沥，慕访琴儒。雕甍玉栋，弄丝竹、痴醉甋瓮。绝奏处、千年荏苒，寒鸦孤冢苔敷。

岁岁枯荣花复，引九州墨客，争咏玑珠。诚讴笃谊唱臆、笔宕葭芦。韶华易逝，叹人生、挚友难辜。弦再抚、渔樵相挽，惬歌甘醴盈壶。

浣溪沙·福州

东海明珠烁碧霄，榕州雅韵诉娇娆，闽都璀璨秀颜招。

左海芙蕖披潋滟，三山茉莉映惊潮。引荣桑梓赞歌嘹。

满江红·已亥海军阅舰式有感

齐鲁南滨，艨艟列，恢宏惊澜。鹰隼唳、掣云搏电，啸空魂断。碧海长城欣举擘，汪洋劲旅衷夸赞。从心寿、社稷恃强戎，逾唐汉。

斩骇浪，穿险滩。殷血淬，征途漫。慨乾坤翻覆，慰书词案。七秩神州腾宇翥，杖国钢舰灈涛焕。鸣笛起、犁水驭鲸鲛，红旗看。

满庭芳·洛阳牡丹

醉曙侵襟，斓曦舞袖，帝京名冠芳华。裁虹织锦，国色艳天涯。一梦青莲妙笔，胭脂墨、佳话诗茶。雍容掩，谪姝阆苑，怒放黯红霞。

抚琶，歌洛邑，娥眉寻圃，云髻簪花。遍灵秀神都，馥郁诚夸。粉蕊蜂蝶竞慕，富贵秉、吉瑞穿纱。明眸盼，娇颜颤萼，社稷竞彰嘉。

满庭芳·梅

寒沁香肌，魂萦梦浦，雾锁烟外新庐。黯神清泪，点点苦心孤。云里仙娥醉色，染娇萼、皆化幽独。胭脂雨，滴滴落尽，料峭透花都。

雪肤，心已慕，春痕欲镂，俏影融图。画中静凝眸，无语仪姝。回首含羞浅蹙，锦袖舞、潋滟明珠。铅华卸，深情目断，鲜蕊露华敷。

满庭芳·西湖赏荷

娇映涟漪，红颜颔颔，浪涤莹蓓婆娑。胭脂新扮，腮雪艳妆著。诗许芳心沁苦，西湖畔、潋滟泓波。濯国色，盈盈碧水，兰舫竞相和。

放歌，擎菡萏，幽香拂洗，惬夏凉赊。瞥金鲤欢游，翠竦莲柯。名震神州自古，万方慕、瑶殿仙酡。随舟曳，婷姿窈窕，梦笔醉银泽。

踏莎行·天水玉兰花

阆苑姝好，广寒妩女，化身香萼秦州侣。袅娜塞上舞婆娑，逸姿佳丽洁如许。

怒放幽隅，笑憧瀛屿，霓裳一剪骅骝旅。芳泽蘸露染新曦，古城相焕兰花咀。

渔家傲·游文昌航天城

阆苑仙姝舒袖舞，箭飞琼海寻苍宇。一渡瀛洲登瀚府。谒星橹，中华圆梦清澜浦。

梦笔斐辞抒绣腑,汉唐雄韵椰国睹。勇探旷穹歌万古。壮音谱,惊潮澎湃听疾雨。

石安邦

资深文化策划师,现为中国书画艺术研究会会员,湖北省楹联学会会员,黄石市诗词楹联学副会长,《磁湖文艺》主编,著有《我写我风流——石安邦楹联·书法作品集》《昨非集》等。

浣溪沙·樱谷

人物喧嚣隔岸闻。榴裙樱朵灿如云。绯红惊落亦纷纷。流水有情空泛影,春风无力最销魂。阑干拍遍近黄昏。

鹧鸪天·七夕

天上人间七夕秋,金风玉露鹊桥头。欲将心事相倾诉,待到相倾语却休。

水脉脉,云羞羞。欢娱片刻梦难留。何时共系一帆月?泛起银河夜夜舟。

水调歌头·丽人行

了却心间事,放眼望团城。湖光山色成趣,含笑两盈盈。岁在春分雨霁,正是赏春时节,万物感欣荣。隔岸柳烟绿,移步探花明。

淑景开,碧波漾,丽人行。纤足丝履,踏遍旧阁与新亭。玉树青纱滴翠,人面桃花争宠,心醉意娉婷。好趁风驰骤,红袖舞新晴。

观海潮·浙大圆梦

钱塘形胜,西溪学府,古来博雅融通。千里负笈,执经问义,追思百载丰功。有幸仰诸公。传道唯求是,大爱情浓。可叹韶华,如沾时雨,如坐春风。

墨香烟翠榴红。正孤山雾散,葛岭飞虹。?绮梦未翔,少年先老,心扉毕竟难同。倦客总匆匆。然成章乃达,若金在熔。负此良辰美景,何日挽雕弓?

满江红·望长江

浩瀚滔天,昆仑启、融冰喷雪。冲关隘、鱼龙澎湃,云崖崩裂。势掩荆湘云梦泽,浪淘赤壁英雄血。举征帆、渡百万雄师,吞吴越。

旌旗卷,干戈歇;鹏鸥展,鼋鼍灭。正鼎新革故,东风时节。高坝擎鲸功万古,清流落雁歌千阕。立潮头、蹈海逐波平,神兵阅。

石宝杰

网名松树塘。河北顺平人。铁路退休工人。中国当代诗词书画联合会名誉会员,中国诗歌在线新疆频道注册会员,阜新市金秋诗社社员。有作品在多种媒体网络平台发表或被大典、纸刊收录,并有获奖。喜欢文学,钟情诗词。

七绝·咏荷(新韵)

滨河湿地赏荷田,翠袖托珠蕊似仙。潋滟波光青伞盖,横塘映日满池莲。

七绝·葵花颂

笑靥含羞向日花,痴心昂首布天涯。骄阳照耀金光闪,育籽飘香进万家。

七绝·油菜花

芸薹雅丽炫新装,雨润含羞漫野黄。溢彩流金春画卷,花残收籽万家香。

七绝·游黄河三峡炳灵寺(新韵)

劈波斩浪炳灵峡,姐妹双峰耸峭崖。

栈道凌空佛圣地，奇山竞秀客人夸。

七绝·战友情（同学谊）
夕阳炫彩聚青禾，挚友相逢笑语多。
老酒一杯芳肺腑，寄怀畅咏古稀歌。

七绝·祝福
琴瑟和鸣共百年，红尘有爱结良缘。
高山流水知音曲，载舞欢歌并蒂莲。

七律·天山颂
白山峻峭岭摩天，万里长空靓紫烟。
碧嶂重峦云雾绕，松涛险壑猎鹰旋。
瑶池清澈欢游客，冰碛危崖育雪莲。
墨士骚人留雅韵，风光旖旎醉林泉。

南乡子·诗苑芳（词林正韵）
六月百花芳，骚客东疆建雅堂。溪水有情云作画，呈祥。青酒流觞诵故乡。
欢语诉衷肠，满座高朋笑靥扬。艺苑墨香书锦绣，鸾章。又见新词四海彰。

石国庆
河北省丰宁县人，女，网名静雅兰馨。喜欢古典文学，犹爱古诗词，余生只想和笔墨缠绵，在文字里贪欢。

临江仙·书海乐余生
上下眉头心底事，浮云散尽曾经。江湖已惯少真情。知行人品显，懒去说分明。
也被繁华遮望眼，而今休与人争。渐行渐悟渐心轻，闲看千古月，书海乐余生。

蝶恋花·又被窗前筝管扰
又被窗前筝管扰，朝暮高楼，难兑相思调。空倚阑干天际眺，繁星点点檐头曜。
花掩朱颜人易老，更见清轮，应把君身照。何日鸿归风也笑，便将深倚君怀抱。

卜算子·真个何由己
昨夜雨声寒，今日西风起，人在当年老树前，只影深相倚。
几度敛愁眉，雁信终难寄。梦里无端又见君，真个何由己。

虞美人·惜缘
回眸相顾痴心梦，却把相思种，题诗一首惹情长，便使几回静赏醉痴狂！
高山流水有深意，曲曲生欢喜，思来悟得一红尘，应惜而今阡陌有缘人！

七绝·寻春
故地寻春独自来，东君有意巧安排。
相思何必托红豆，一树桃花也慰怀。

石国祥
湖北黄梅人，男，大学学历，中共党员。历任县委办公室副主任，乡镇党委书记，县委统战部长，县政协副主席等职。曾任黄梅县诗词学会会长，黄冈市诗词学会副会长，中华诗词学会理事等。

游浙江绍兴沈园感赋
沈园几度历沧桑，游客依稀搜旧肠。
冷翠亭前荷叶绿，葫芦池畔柳丝长。
难闻孤鹤声声怨，仍见残碑字字伤。
独上芳楼闲极目，梦幽云断两茫茫。

游《西游记》作者吴承恩故居
自幼文章秀，老来砚墨馨。
笔端生鬼怪，纸上跳神灵。

前院风轩古，后园杨柳青。
出门观紫竹，回首日西沉。

参观湖北利川市大水井李家庄园
庄园雾罩望濛濛，日出云开始露容。
书阁犹存清史训，花楼似见晚唐风。
雕梁彩柱千秋立，庑殿高墙四面封。
试问李家何处去？洪流涌至各西东。

游烟台蓬莱阁
漫步蓬莱阁，心潮比浪高。
宫危临绝顶，岛阔枕惊涛。
抬眼蜃楼丽，荡胸碧水遥。
游人行至此，恍觉与仙飘。

登岳阳楼
洞庭千里拥楼台，倚阁凭栏倦眼开。
碧水滔滔朝北涌，清歌阵阵自东来。
范公丽句心中驻，鲁肃精兵浪里埋。
遥望湖天同一色，天边浩荡畅胸怀。

石教耕
男，1945年5月生，江苏如东人。函大结业，中学任教42年退休，酷爱文学，创作诗词1000余首，先后发表于《金融文化》等报刊。2008年获世界汉诗大赛优秀奖，2019年6月获"诗渊堂"全国大赛一等奖。世界汉诗协会会员。

七律·写在周总理43周年祭日
展开历史五千年，难找恩来一圣贤。
无子无房无积蓄，有才有志有清廉。
长安十里三尺泪，大海九天半宿帆。
痛泣忠臣周总理，一尊伟像伫心间。

七律·雅康通车吟
李白诗言蜀道难，雅康高速竟攀缘。
凌空桥架群峰侧，林海螺旋水谷间。
雪域山峦龙蜷渡，丘陵石壁马飞穿。
自从盘古开天地，唯有人民撰纪元。

七律·点赞教师节
呕心沥血欲诚忠，风雨人生考验重。
马骑遥程知马力，花雕剔透见花容。
春蚕到老丝方尽，蜡炬成灰泪始终。
寡母长辞无怨悔，三飞劳燕有深衷。

七律·诗赠清洁工
渐渐星稀立起程，徐徐夜幕悄收兵。
风霜雨雪无休假，春夏秋冬有励精。
汗洒街衢飘顺畅，心倾道路爽通行。
几多高寿皆劳苦，坐吃山空减岁庚。

七律·聊天吟
话疗有效见神奇，微笑无争解渴饥。
没肺没心言共识，有谈有笑语相怡。
宽容大度调和码，淡泊逍遥免疫齐。
朋友天长人不傻，夫妻地久一团谜。

七律·戏说高考
雄心壮志欲超前，逆水行舟十五年。
饿虎寻机腾扑食，饥狼嗜肉计谋餐。
才华检阅无虚假，人品评分有册函。
金子发光总有日，酸甜苦辣享尧天。

七绝·蚊自嘲
趁机饱去樱桃重，失利饥来柳絮轻，
混世但求如旦暮，请君莫问所前程。

七绝·打蚊子
幽光瑞气躲阴墙，美梦西山落太阳。
一掌飞来如正法，浮雕剔透血图章。

石钧

网名龙角生,湖北大冶人,本科毕业,湖北大冶实验中学高级教师,中华对联文化研究院研究员,各级诗联学会会员,华夏重儒诗学社常务副社长。著有《诗联话名著》,多次获奖并有作品入集。

五言排律·荷塘
活水源头动,犹吟六月天。
鱼蛙撑绿伞,蜂蝶点红拳。
雨洒珍珠跳,风吹裙衩翩。
茫茫香淡淡,隐隐浪涟涟。
柳钓虹霓表,日皴沧海边。
黄昏谁独立?莫问此方圆。

七绝·碗
共尝酸涩苦甘辛,属土属金贫富分。
端水不平常惹祸,敢将公道示诸君。

七绝·筷
同胞同命亦同形,恰似一双和合星。
与碗共尝人世味,随行侍主总机灵。

七绝·赞武汉第七届世界军运会
白云缈缈总传情,黄鹤悠悠喜发声。
二水浪飞千只鸽,一城秋点五洲兵。

七律·荷花
淤泥未染溢清香,玉立亭亭托艳阳。
不蔓无枝身自稳,中通外直性犹刚。
藕根子叶鱼蛙戏,紫白粉红蜂蝶狂。
泼墨安能污倩影,谁言君似六郎张?

七言排律·青龙山公园
迈过铜魂文化墙,婆娑桂影隐沧浪。
琼枝广展摩天翼,玉蕊平添遍地芳。
水漾庵前呈浩渺,曦辉轩外涌苍茫。
五桥踊跃翠梢柳,九曲蜿蜒碧叶樟。
听韵痴迷催快艇,栖霞馥郁聚幽廊。
竹坡竹雨谈诗妙,龙井龙潭洗墨香。
纪念碑同松柏秀,英雄像比日星光。
收台守域敖公帅,入泮游池孔圣王。
湖畔怀仁怀故里,山巅望远望新坊。
鱼追画舫银鳞闪,鸟羡红旗锦羽张。
粗嗓笛清清夕照,蛮腰裙炫炫朝阳。
金兰铁谊亭融趣,宝寺华严塔肃庄。
楼映练波秦镜朗,场旋轮滑楚风狂。
青云梯笔书难尽,湛月岛琴歌未央。
园寄情思中国梦,心仪何必独苏杭?

注:内嵌青铜文化广场、青龙广场、平湖园和青龙山公园及园内三十多个景点名称。

渔家傲·村溪
柳荫莺蝉怜碧浪,曾经见证我成长。去校蛇行奔大港,沿途唱,鸭知其乐滋苗壮。
拉直拓宽今变样,养鱼种藕菱花放。逐日浣纱情激荡,双划桨,欣穿虹影蓝天上。

沁园春·荷花
六月灵湖,清风习习,碧浪滔滔。看衣裙一色,翩翩漫舞,娉婷百态,楚楚轻摇。挣脱淤泥,冲开浊水,谁与同俦试比娇?正晴日,映云霞万里,更显天遥。
总将纯质遗交,诵一曲谏词应自豪。比黄金白玉,贵而无价;冰晶雪片,洁以弥高。星耀其精,月明其貌,千古柔情千古骄。最如意,可医人医国,逐梦今朝!

石礼国

男,1970年出生,大学文化,山东省枣庄市薛城区人,现在枣庄市薛城区教育局教研室工作,系山东省诗词学会会员,枣庄市诗词学会副会长。先后在《中学生报》《语文教学通讯》《语文报》等报刊上发表文章100多篇。曾荣获第十三届"天籁杯"中华诗词大赛银奖等奖项。

七律·咏燕山新区
——庆祝建国70周年
依稀曲折燕山路，蓬荜茅茨棚户区。
喜看神工挥大擘，乐从鲁匠绘蓝图。
已叹万达原卑巷，又望龙潭转雅垆。
奚仲孟尝知巨变，当惊薛域庶民殊。

注：神工：薛城有神工集团。
万达：在燕山路原先旧址上建设了万达广场。

七律·抱犊秋行
远陟君山石径荒，信拈红叶指尖霜。
闲观王老桃源地，近悦苍松崮顶潢。
雉雀啼归岩马棹，林萤曜隐灵峰堂。
巢云泻月名胜老，银杏厚壳情意长。

七律·微湖泛舟（新韵）
红迎绿侧菱茨翻，岛水郗山桂月闲。
蜒立鱼翔洵养眼，蟹肥荷菂可颐年。
堤垂一钓风波小，鹭展双翎茎叶宽。
众里捉襟失戏水，耄耋稳棹报平安。

七律·过甘泉寺
岭壑榴丹岐径隐，卓山古刹柏松榛。
莲舒竹翠钟声密，水沸杯空访客新。
万历残碑生化境，千年银杏笑红尘。
澄心梵语功名远，养眼风光自在身。

七律·步日月山
小桥曲径细流淙，叠嶂层云见劲松。
花色迷人洵暑晚，雀声悦耳醉情浓。
磨槽相望乡音熟，楮杞交连野草茏。
君子濯缨何必远？此间自有好山峰。

石晓芳

甘肃靖远人，70后，网名春晓，小学教师，诗词楹联爱好者。中华诗词学会会员，甘肃省诗词学会会员，白银市诗词学会会员，鹿鸣诗社会员、副秘书长兼编辑。人生格言：用心甘情愿的态度，过随遇而安的生活！

梨花赋
古堡殷殷醉若狂，梨园十里沐晨阳。
枝头玉蕊含情逸，岸上春风带露香。
半点凡尘终不染，千溪雅韵自流觞。
邀来骚客争相咏，望处金秋一梦长。

秋游双龙城沟
层峦叠嶂掩天关，小路蜿蜒九道弯。
雨沐松林云漠漠，风临涧壑水潺潺。
新枝嫩绿初稠貌，老叶苍黄正好颜。
览物神怡人自醉，幽奇胜景在家山。

法泉寺
千年古寺远红尘，翠柏苍松四季春。
天籁梵音携入梦，人间福愿送由神。
早听钟磬安三昧，暮颂经文得至真。
绿水青山多眷恋，生涯苦短惜良辰。

五月槐花香
约有馨香飘半夏，粉琼素雅映青苔。
蜂环蝶绕情何限，几度飞飞不忍回。

岁末感怀
盘点斯年交岁末，恼人黑鬓费沉吟。
繁华易向眉头过，索句诗篇慰此心。

贺甘肃省诗词学会女工委成立
红妆才气步先贤，彩笔描来半面天。
翰墨香飞巾帼韵，凌寒傲雪早梅前。

初冬逢雪
六出飞花漫九天，银杯玉笋梦中编。
晓来扶步青眸豁，一任诗情寄素笺。

吟春
阳春三月煦风来，吹绿田园鼓杏腮。
紫燕斜飞穿柳岸，新泥涂向旧亭台。

石晓伟

五律·登白狼山(平水韵)
坎坷登攀远，崎岖惮路行。
横天遮日月，立地断阴晴。
有雨心神爽，无风眼界明。
极峰投望目，一色海天清。

五绝·老农自述(新韵)
一牛两亩田，早起晚归闲。
适饮花间酒，微醺伴月眠。

雨霖铃·空是梦(词林正韵柳永格)
风轻云淡，对河堤柳，叶叶离憾。无边相思怎了？依然咫尺，犹如天堑。顾盼空生泪眼，又徒添眉黯。看水鸳，游戏欢缠，正把双双恋情探。梨花带雨伤娇脸。恨西风，兀自携凌犯。斜晖满铺小径，余旧恋，柳丝钩揽。好梦难成，遗憾连连，月为谁欠。最是痛，欲语无言，堵得心慌惨。

五绝·兰(平水韵)
凌空一簇兰，如玉似冰纨。
著白天蓝妒，曾居在广寒。

唐多令·无题(词林正韵)
月练照窗阴，露浓映玉沉。鸟初鸣、更乱凡心。怎忍室空空寂寞，衣紧缩、冷森森。无故莫烦寻，何来添苦吟。过往情，最易伤今。孤雁惊飞归旧穴，又听见，泣声喑。

画堂春·雨后释怀秦观格(新韵)
小园依旧逗春浓，花红草绿葱茏。雨停青朗愈晶莹，湿露幽茗。独上高楼无趣，风吹微醉微明。天高云淡树低凝。暮染归鸿。

七绝·晨雨听趣(新韵)
细雨绵绵气象新，晨宁燕语梦搔人。
迷离睡眼生情趣，意满听音最入神。

五古·情思
午醒懒梳妆，补个相思挂。
看燕双双飞，惆怅柳荫下。

石兴林
网名夼，生于1970年7月，黑龙江省大兴安岭人。古典诗词爱好者。

五绝·盼归
江流万古山，西出入云间。
朝夕数帆影，问君何日还。

七绝·春暖
冰消雪尽草初馨，风转莺啼花树暝。
鸿雁捎来南国雨，新添柳线几痕青？

七绝·春约
一枕江流浮翠山，柳堤莺燕语关关。
东君不误故人约，昨夜桃红已遣还。

桂殿秋·秋夜永
秋夜永，梦魂思。一弯冷月上窗迟。
吟风涤荡秋千索，泫露啼痕木叶知。

捣练子·伤别泪

伤别泪,滴难收。无语风中独倚楼。蓼岸荻花辞客雁,望中帆影一江愁。霜天晓角,莫干山下妇奇峰陡峭。翠竹连天表。攀陟俊游难再,天将暮、怜孤鸟。人老山未老。只缘春正好。花艳草荣怡目,怎比我、芳年貌。

蝶恋花·伤怀

溪水涓涓轻抚岸。缺月西沉,曲陌莺花晚。依旧幽蛮吟又断。重门深锁梧桐院。

道阻千山芳信远。好梦难成,只怪良宵短。自重自珍还自劝。风流莫被相思绊。

虞美人·春宵梦醒寻芳影

春宵梦醒寻芳影,小院花丛静。云间皎月照珠帘,往昔朱颜对镜理瑶簪。

别离数载人清瘦,宛若池边柳。断无消息夜三更,浊酒一壶独饮醉曾经。

石义祥

1956年9月生。阳新县大王镇大港村石麟书村人。系大王镇诗词学会、阳新县富川诗词学会、大冶市诗词楹联学会、湖北省诗词楹联学会会员。2012年先后加入中华诗词学会、中国楹联学会。2013年获"二安杯"全国诗词大赛三等奖。现为大王镇诗联学会常务副会长,大冶市诗词学会理事。

清明节抒怀

千山荒径草萋萋,每到清明怅望西。
万古幽灵空带恨,一壶浊酒泪沾泥。
青烟袅袅随云散,黄纸纷纷化蝶栖。
最痛人间生死别,声声杜宇不堪啼。

缅怀李云先师

文星遽殒南天黯,噩耗传来涕泪流。
富水有情悲戚戚,青山无语恨悠悠。
诗书百卷藏瑰宝,桃李三园吊冢丘。
骚客如今何处去?幽魂墨海仍飘游。

疫苗事件有感

造假商家毒汁藏,狰狞面目势如狼。
为牟暴利招民怨,哪管儿童遭祸殃。
害己坑人还误国,提心吊胆又添伤。
咬牙切齿声声怒,此愤难平恨满囊。

见《日寇受降图》有感

当年国破草含伤,日寇横行胜虎狼。
劫我金银侵我土,烧人瓦屋剖人肠。
南京卅万冤魂鬼,平顶三千断首郎。
血泪斑斑弹未尽,醒狮不再是羔羊。

祭扫南山头革命烈士墓有感

硝烟散去几经年,烈士陵前百感牵。
洒血南疆平敌寇,捐躯北海为民权。
推翻黑暗旌旗举,拥抱光明重任肩。
欲保江山红万代,惩贪除恶猛加鞭。

夜宿古镇大王

诗书作枕听泉声,犹诉千秋古镇情。
铁马金戈曾入梦,秦砖汉瓦尚留菁。
欣逢盛世群龙舞,且喜黎民百业成。
再抚琵琶歌一曲,吴王殿外赏啼莺。

登灵峰山有感

寻幽览胜上灵峰,四面青山黛色浓。
万仞魔崖连古刹,千秋潭水照心胸。
梨园有意招明月,曼倩无声觅旧踪。
宝地天生多幻境,时人往返听禅钟。

中秋赏月

一轮皓月挂中天，皎皎清辉岸柳烟。
旖旎湖波光熠褶，纤柔桂魄影娟娟。
双双伴侣花前过，对对鸳鸯芰上穿。
几曲笙歌惊破梦，轻舟摇曳睡无眠。

喝火令·哭双亲

雨打窗前树，风摧子夜秋。水花频落总添愁。多少岁华牵梦，何处可追留。

痛到肝肠裂，伤来血泪流。独闻飞雁过西楼。哭听蝉鸣，哭听岭咕鸠。哭听野猿啼叫，厚德恨难酬！

石跃强

网名黄河艄公，中华诗词学会会员，中国诗歌学会会员，河南省楹联学会会员，弘农诗韵一道诗艺社社长。醉心唐风宋韵，纵情绿水青山，守心灵一方净土，歌岁月诗意人生。近年来创作格律诗词2000余首，作品发表于《中华诗词》《凤凰诗刊》《大河诗刊》《诗海选粹》《竹韵汉诗》《精英格律诗词》及江山文学社、中国诗歌网、秋霜诗社等媒体平台。

七律·童年麦夏

童年最忆麦仁香，梦里重回打谷场。
金穗摊平圆碌碡，银秸垛起伞菇张。
举家席地乘凉夜，玩伴藏猫隐矮墙。
耆老谈经迷稚子，传奇故事伴星光。

七律·夏日荷花

六月滩涂百亩塘，碧荷扑面散清香。
枝擎绿伞摇风雨，花展仙姿舞素裳。
池畔伏蛙鸣瑟鼓，叶间游鲤戏虾芒。
河堤赏景佳人醉，款摆莲裙喜纳凉。

七律·访杨公寨

雄奇古寨耸山头，绝涧高崖四面沟。
错落民居人罕至，荒芜断壁兔栖游。
杨公筑建屯兵演，李匪盘据横祸流。
萧寂空城追往事，斜阳一抹照残丘。

七律·游洞庭湖（新韵）

关山万里赴巴陵，浩淼烟波撼洞庭。
荡漾游船犁镜碎，苍茫葭草覆堤荣。
岳阳揽胜吟名句，岁月回眸叹此生。
挚友拥肩别洒泪，碧螺一盏慰浓情。

七绝·拜年（新韵）

初二携家拜岳门，适逢细雨洗风尘。
庭前黄犬欢摇尾，姥姥豁牙叫外孙。

七绝·凤凰古城

青山秀水醉边城，吊脚楼前桨有声。
凤落湘西谁谨记，文坛还忆沈先生。

鹧鸪天·风

常伴流云肆意行，去无音信至无声。水波吹皱涟漪起，柳岸飘丝袅娜轻。

掀麦浪，荡钟铃，浪涛三尺卷雷霆。成排扇叶山坡转，发电千家送照明。

江城子·清明祭亲

清明节至倍凄凉，惦爹娘，泪沾裳。膝跪坟前，泣语断柔肠。蒿草拔除培掬土，烧衣送，纸灰扬。

推开小院进萱房，抚朱箱，坐空床，睹物思亲，难抑痛悲伤。慈貌唠言时永记，祈福愿，到天堂。

鹊桥仙·七夕

银河星灿，青眸泪楚，咫尺遥天相顾。篝划河汉浪滔滔，怎换得、经年一晤。拈香乞巧，穿针织锦，盟誓同心情路。葡萄架下意缠绵,唯祈愿,今生共度。

水调歌头·端午

五月端阳至,水阔赛龙舟。河堤鸣鼓声震,挥桨竞争游。青艾门楣悬挂,蜜粽彩丝缠绕,黄酒口香留。佳节万民祭,屈子赞歌讴。

七雄乱,强秦觊,楚民忧。联齐美政,胸满韬略忾同仇。奸佞谗言误国,贤士投江遗恨,长叹志难酬。怀念忠良事,浩气荡神州。

石兆坤

男,74周岁,大专文化,汉族,1964年任教至2005年退休,崇尚文化艺术。小学四年级时就有《深耕》在《中国少儿报》上发表。曾兼任如东县广播站通讯员,也担任《科技周报》,贵州省《少年与法》特约通讯员。现为南通市诗协成员,曾有诗发表在《中国诗人风采》和《中国老年诗词艺术全集(1—4)》上。

七律·高铁颂

乌龙飞驾天边白,呼啸东瀛几复还。
隧道贯通八万里,云桥腾跨一千川。
成年累月无休憩,酷暑严寒更率先。
来往穿梭何日起?长征四秩越丛山。

七律·痛悼凉山救火英烈

恰逢寒食卅鲲鹏,扑向燃烧火浪坑。
火借狂风添势力,风吹烈火滚烟烽。
横心抢救擎天木,拼命追回绿锦橙。
除却民生无大事,人间最贵是牺牲。

七律·农夫

大厦高楼一字排,车行阔路对相开。
机耕电灌人无用,播种收割器有才。
若要运输真爽快,就能转换速连排。
离乡背井天天贱,进账财源滚滚来。

七律·劝说

邂逅今生走一遭,免言转世再同胞。
香烟嗜口如风箭,烈酒贪杯似软刀。
良苦坦诚全忌讳,忠言逆耳半分毫。
金钱不换身康健,莫忘前程雨雪遥。

七律·咏蜂

蜂飞五岳醉芬芳,蜜酿八湖采蕊忙。
耆老调脾眉俊秀,幼儿润肺肤酥香。
面容贴膜滋红晕,血管防栓祛脂肪。
默默无闻闻浅见,嗡嗡有意意深长。

七律·晨练

曙光初照各抡拳,那顾微风料峭寒。
队伍归齐齐迈步,身形别致致沉肩。
耳闻剑舞呼呼响,心赏刀削闪闪旋。
练就真功非一日,乾隆铁扇古今传。

七律·戏说莲花

信男靓女爱芙蓉,良药申言志不同。
祛湿消风调降火,归经入络配川芎。
妇人白带藏阴血,伢子惊痫露笑容。
雨润葵花心感应,身轻如燕老还童。

排律·心路历程

祖孙数代是文盲,更勿闲谈进学堂。
地主老财书扯片,穷家小子纸私囊。
识图手写三千字,观画沙描四十行。
楚女作文疑炒袭,登刊韵律笑疯狂。
初中肄业逢春雨,耕小机缘适夏忙。
四秩清烛燃苦泪,愤撰诗词闯梦乡。

石智仁

黑龙江伊春人。中华诗词学会、黑龙

江省楹联家协会、伊春市作家协会、伊春市诗词学会会员。作品入编《滕王阁寻春诗会获奖作品集》《中国当代诗歌大辞典》《中国百年诗歌精选》《韵墨情雨》等诗集，入选《中华辞赋》《诗词月刊》《中华散曲》《中华楹联》等纸刊。

五律·兴安初夏
和风入夜凉，细雨润珠浆。
百卉忧春浅，千山任绿常。
同天同令别，异地异时香。
爽气弥灵露，金秋炫麦黄。

五律·紫藤花
追春串串羞，曳艳簇枝稠。
蕊瀑垂华媚，香旋荡韵悠。
剪霞倾密语，堆锦逐芳流。
姹紫盈东瑞，销魂笃爱收。

五律·夕阳
雨霁架飞虹，斜辉炫暮空。
天深垂火艳，昼尽映云朦。
今日遗星夜，明朝复海东。
余霞无限好，绝色靓苍穹。

五律·咏春
东君又北巡，一夜物华新。
绿动飞阡陌，红悬落浊尘。
泽芳深岭翠，泮冻远边津。
首染江山丽，流光入梦真。

采桑子·荷塘月色（和凝体）
薄云伴月微风送，黛色朦胧。莲影朦胧。浅雾弥弥漫嫩红。
柔光凝蕊香紫梦，意寄葱葱。籁过匆匆。银泻波流弄韵浓。

【双调】沉醉东风·汤旺河
源苍岭、腾腾浪涌，贯兴安、掣掣涛倾。四野滋，三江弄，兴衰历、浩气峥嵘。归海龙川尽向东，趁云风、流烟吐虹。

【黄钟】刮地风·悼金庸先生
秋暮霜临惜绪风，悼念金庸。痴癫一世秉侠雄，九秩长终。鹤鸣幡送，情哀心痛。书断耆儒，剑悲离梦。恩仇烟雨连，江湖岁月匆，谁与争锋？

【正宫】黑漆弩·金秋
三江水阔秋光媚，枫红柳绿蝶戏。望晴空万里云清，隐见数帆桅迹。
（么篇）穗垂弯、满粒凭收，硕果漫飘香味。喜滋滋把酒拚杯，畅饮后、村翁已醉。

时玉维
女，70后。中华诗词会员，《南北诗潮》主编。作品散见于《中华诗词》《中华辞赋》《诗刊》《中国楹联报》《北方文学》等纸质诗刊及微信平台。作品曾多次获奖。

秋兴恭步老杜韵五首
其一
荒芦瑟瑟鸟归林，幽影寒眉百丈森。
残露凋花嗔夜永，薄樽邀月怅天阴。
虚怀岁月三千劫，逐浪江河一贯心。
砚滞长声鼠须重，飘然红叶记孤砧。

其二
西风衰色涌横斜，对镜描眉叹物华。
座冷斟残松月影，情浓不到海天楂。
潮头生厌霜和雨，隘口常凄鼓与笳。
最是诗家偏爱菊，拈香润笔自生花。

其三
未谙世事覆残棋，孤寂思娘月夜悲。
酒醒三更吟有泪，愁题千首悼亡时。
枯荷照水空心痛，哀鸟浮云各背驰。
无奈阴阳异昏晓，根根白发系离思。

其四
梦里重游大别山，铜锣寨耸入云间。
龟驮玉玺宜高卧，猴过天门不掩关。
破石古松听佛旨，垂天飞瀑识龙颜。
醒来步月闲庭外，丹桂相迎列两班。

其五
诗路徐行任逦迤，遍观峻岭复奇陂。
书中别浦还珠日，梦里谁人折桂枝。
岁至三秋山易改，雁飞万里志难移。
风摇芦苇排云散，遥望清江明月垂。

史洪久

1942年生，大专文科毕业。系中华诗词学会会员，中国楹联学会会员，诗刊子曰诗社社员，山西省作家协会会员，侯马市作家协会原副主席，国家二级作家。诗、联多次在大赛获奖。著有诗集《绿色的征忆》《金色的憧憬》。

七律·诗路义乌六首
其一
自古吟坛雅作留，寻章觅句我难休。
经商大市商家聚，购物天堂物海流。
满目琳琅千店美，遍城锦绣万厅稠。
闻名遐迩繁荣景，享誉寰球客竞游。

其二
金华沃土出诗人，声韵铿锵颂众民。
诚信包容如海阔，辛劳致富似蜂勤。
经商有道供销圣，点石成金创造神。
百业繁荣文化盛，园林城市溢芳芬。

其三
一条诗路千秋韵，四季华乡万木春。
神土商城群杰聚，园林城市百花欣。
若星水库波涛涌，如海良田稻菽芬。
蓬勃生机新气象，桃源社会楷模臻。

其四
勤劳栽种摇钱树，智慧凝成聚宝盆。
改革富民兴伟业，创新追梦建殊勋。
文明承德增才干，诚信包容绣锦坤。
商品大全广厦满，购销两旺共欢欣。

其五
初唐骆子恋乡情，诗路悠悠千载程。
企业俱馨铭信誉，公司荟萃展琼瑛。
人文古迹皆名胜，商贸新区尽福星。
环境清幽山水美，留连忘返楷模城。

其六
三面环山气候温，明珠城市绿如茵。
花园百里扬中外，诗路一条唱古今。
松竹森林生态美，江溪水库润田芬。
桃源社会华商贸，购物天堂恋世人。

2018年7月6日

史晓丽

笔名清浅，一个生活在豫北大地的80后女子，喜欢在淡淡的文字中行走，不为名利，我书写我心，碎碎散散镌刻心迹。偶有诗作入纸刊、网刊，曾在全国宜真通杯诗词大赛中获个人优秀奖。

七绝·榴花
繁花满树向晴空，不媚春光别样红。
小院孤芳无悔意，酸甜苦涩润怀中。

七绝·写在儿童节

六月欢声惊远梦,童真稚趣最堪怜。凝眸感慨韶华去,一片诗心忆少年。

七绝·晨起田间漫步

田间漫步懒妆梳,草木葱葱绚烂涂。几处蝉鸣歌野趣,偷闲躲静向原初。

七绝·初雪

六角晶莹剔透身,洋洋洒洒舞冬晨。仙姿不畏寒风紧,乐与松梅作友邻。

五律·踏春

迎面和风暖,盈盈碧水粼。
篱边枯木醒,陌上素花新。
几度寻幽趣,孤心醉绿茵。
一年希望季,切莫负阳春。

画堂春·夏荷

仙姿丽影出荷塘,娇容粉靥新妆。露珠莹璨绿裙扬,无限风光。高洁何须浓墨,娉婷自入华章。烟波十里漫清香,盛夏情长。

如梦令·桃园闲渡

晨起朝阳清露,再入桃园深处。喜看果红妆,留恋不思归路。停驻,停驻,惊觉已然迟暮。

踏莎行·独步黄昏

夏日闲心,田间赏叶。微风款款飘香屑。花生玉米尽新颜,蝉鸣鸟语争清悦。
堪破三春,抛开千结。夜空又挂弯弯月。静依草木翠华乡,宋唐韵里吟诗阕。

采桑子·重阳

西风频剪千枝叶,不觉时光。又至重阳,菊绽东篱淡淡香。霜枫遍野知秋晚,雁阵南翔。容若诗藏,醉插茱萸向远方。

减字木兰花·枫情

漫山遍野,锦绣华章谁赋写。无惧飘零,四季轮回享静宁。丹霞娇媚,浸染层林情共醉。饮尽西风,一阕新词秋意浓。

浣溪沙·秋人农家园

金桂飘香又是秋,农家园内竟风流,累累硕果醉凝眸。
紫薯花生泥土刨,异瓜红枣篓中收,林间田野乐悠悠。

一半儿·醉清风

远离闹市醉花阴,淡饭粗茶酒自斟,清浅时光诗意寻。慢听琴,一半儿悠闲一半儿隐。

行香子·感恩母亲

遍野芬芳,濡染心房。感恩季、怎忘亲娘?爱如灯塔,闪耀光芒。恋那深情,那温暖,那慈祥。
田间劳作,不畏辛忙。为儿孙、挂肚牵肠。经年累月,两鬓添霜。愿人安好,事安顺,体安康。

行香子·写在父亲节

深爱无央,默默芬芳。为儿女、日夜奔忙。悲情岁月,历尽沧桑。却从无怨,更无畏,亦无伤。
克勤克俭,耿直谦良。风霜里,乐品茶香。奈何年暮,两鬓苍苍。愿天增福,地增寿,岁增祥。

鹧鸪天·写在儿子生日

六载匆匆亦漫长,几经风雨几经霜。含辛茹苦求温饱,相伴相依祈健康。

追往日，叹流光，无端落泪惹思量。此生惟愿平安度，淡看繁华向暖阳。

史秀辉

男，茂名市南天诗社会员。1972年7月出生。现任职于通化县财政局。

五律·春华

财苑吐芳华，葳蕤绽丽葩。
开渠梳秀水，送暖育新芽。
俯首勤耕作，丹襟绘绮霞。
同心兴骏业，国富乐千家。

七绝·倡文明祭祀

落木萧萧雨打频，寒衣时节忆先人。
何须漫卷烟尘起，一束鲜花寄寸心。

七律·"五四"精神赞

百年回望忆沧桑，国破家亡泪两行。
反帝反封迎马列，科学民主屹东方。
前仆后继凌云志，激荡青春谱华章。
民族复兴追梦勇，今朝五四好儿郎。

史雪莹

笔名绾翠，河北省石家庄市人，1998年生。现为在校本科大学生。曾在红袖添香文学网站发布自己的个人文集，投稿数十篇。亦多次于一些知名文学公众号平台投稿发表。2018年8月，在《青年文学家》学术性书刊发表个人论文《国粹戏曲中的色彩布景》。

飞鸿影下·白草黄花
——我的古风词曲集

采姝待槐风

借良辰清影，散竹篱依稀，采姝苹心南乡里。芭蕉扇槐风，又几度梅柳雅趣？感佳期方觅寻，逐等歌念辰意。

谁教黛岸陈碧，钿坊馨怡？竿头红蜓光华似，溪角粉荷蕴潺音，载心头，枕眠耳语后。数更漏，近青丘，一簌山雪更隐忧。

暗花芳情悟

海上月悯羁旅念，心上事问何人牵。游坊浆歌久追应，哪是霭暮光景？客舟遗秋恨，晚照遮银露。光启帘动，皮影霜泪散窗棂。风解云眉低，暗花芳情悟。忒朦胧，不解案前醒目几时响。又哪堪，垂髫黄鬓踏陌上。

芦花飒飒·坞庵飞红

原来浓淡逍悄扶风，都解释坞庵飞红。赏心番谈尘秋，美伶又卧青冢。

泗涕哪得幽梦？便结芦花飒飒东风，月上柳梢还空。春岁渐晚，恰是黄粱悠悠碧湾愁愁。

牡丹亭外步步娇

耳听得牡丹亭外步步娇，春阑嫣垛袅婀娜。歌不尽桃花扇底明堂风；画不完烟波浩渺花满楼；剪不断辰波熠熠载轻舟；诉不尽东篱诗情黄昏后；新啼痕压旧啼痕，桃花路又桃花沐。曲带几分宽，思量到眉湾。

折桂令·梦度槐安

烛下番谈尘岁，欲叩花信，即闻花讯。梦度槐安，身溯远帆，意抒心禅。感佳期载舞翩然，嗅一味幽菊清淡。采撷来时，声盼归时，朗月明时，山似故时。

水仙子·一枕诗册几痕秋

唱不尽墨音满楼，扫不完梅园雪后，数不清江岸钓叟，枕诗册雅韵悠，忘机友

— 985 —

数岁岁秋,疑是霜花落,羁旅几经过,眉见展落。

天净沙·戏台欢寂万千载

彩袖涟漪翩踏,弦头往梭一霎,陌上芳情韶华,绿襟题帕,霏霏雨雪天涯。

凭阑人·扁舟访溪

欲访溪央溪未潺,不访溪央溪又寒。访与不访间。扁舟万千难。

人月圆·菩心成愿

布裳缤巾叙简繁,襄舟一梦传。孟庄一念,儒辉漫解,道心其贤。篱间几许,余庆延连,投桃万千。详究清卷,哪堪回肠,菩心成愿。

手心手背

本名石春艳,中华诗词学会会员,庄河市诗词学会理事,诗者联盟辽宁省总社社长,黑山县诗词学会副会长。辽宁省黑山县人,生长在农村,自幼喜爱文学。

七律·国庆节抒怀

一声雷唤苍龙起,万里江山赤帜翻。
巨手长挥惊世宇,东方傲立换新元。
油轮下海龟投宝,火箭飞天月送樽。
再赏枫红家国旺,而今迈步更生根。

心思

家门不出已多年,写作难求真境篇。
尽在田园谋活计,常于苦岁赚清钱。
梦中山水当然好,笔下诗音却未绵。
何日飞翔村郭外,风光世界我描全。

小律·南瓜

春风细雨催新籽,暑日温晨开好花。
展叶皆随肥土长,伸茎亦自竹竿爬。
秋天未到尝鲜菜,养胃生津一品瓜。

十六字令三首

一

家。柴米油盐酱醋茶。
夫妻睦,日子美如霞。

二

夫。肩挑大梁稳立躯。
迎风雨,舍命闯江湖。

三

妻。一件围裙两件衣。
为家小,累瘦好身姿。

念奴娇·元宵节

亥年伊始,看世间万象,物华人奕。十五情归圆月下,染透一天芳碧。火树银花,夜光灯影,照美东方国。千门如昼,望中琼盏交射。

鼓乐高奏频频,秧歌龙舞,幻彩冰轮色。同与我长吟浅唱,裁得动听弦律。醉了东风,翩然破晓,云上争鹏翼。祝春时节,令中盛满祥吉。

水调歌头·新春随想

春到醉人眼,题下韵流长。春风杨柳微荡,撩吻指尖香。泛起晴浮云浪,惊掠池塘晓雨,约梦舞霓裳,角羽奏清乐,诗迹一行行。

音流转,多眷意,几疏狂。最应有酒,零乱愁事远抛扬。但愿天涯芳草,可得佳朋真意,不忘旧时光。千里同樽饮,深语对亭窗。

满江红·迎春

冬雪初收,春韵起、桃符红绰。杨柳眼、百萌柔盼,炽情盈索。村上人家灯火艳,新年时候杯光错。爆竹声、冲破夜星天,欢腾跃。

山水好,歌数数。情已染,心犹乐。令轻吟醉赋,溢流商角。燕子棠梨如意赏,东风细雨频频约。更进得、瑞气荡华天,乾坤觉。

永遇乐·端午抒怀

柳荫遮云,黄莺啼浅,盈盈新雨。风巧扶荷,笛长吹岸,远岫依山处。正当时节,依然记得,屈子汨罗身去。念英魂、丝缠香粽,暗裹悼情千数。离骚歌恨,旧人辞梦,点点泪痕堪与。眼里榴花,心中题韵,顿借端阳缕。流华时代,国风高乐,皆在诗中填举。满吟来,天纲正道,无奸逆路。

感端午

每逢端午忆忠良,一曲离骚泣国殇。
蒲酒难平臣子恨,艾枝何试汨罗凉?
驭空鸿雁惊天阙,披彩龙舟鼓碧塘。
大士高贤灵智里,榴花每每吐芬芳。

姝汀

江苏省丰县人,江苏师范大学文学院汉语言文学专业本科毕业,酷爱诗词。

七绝·客来

门前月季初放蕊,花苞朵朵迎客来。
最喜家中犬吠声,传到村头树林中。

七绝·观潮

日潮轮作零点锣,半年清澈半年浊。
一朝回首云遮月,不见身后尽山河。

七绝·雨后

深夜闻雨叶稀疏,晓来望窗日高头。
扫尽园中尘和土,再添一番新颜色。

荷叶杯·初春(单片)

极目香雪如海,多彩,竟霞云。
此花犹是梦中见,轻唤,醉春魂。

舒晴

网名安之若素,职业女性,江苏盐城人。喜欢诗书画,对格律诗词情有独钟。作品散见于各级诗刊、微刊论坛等,系中华诗词学会会员,中国楹联学会会员。

七绝·夏荷

优雅清馨蕴水乡,含情不语独芬芳。
冰心系在尘埃外,只许云天论短长。

五律·荷绪

无心垂柳岸,天意水中央。
白鹭汀间伫,青蛙叶底藏。
风前摇翠影,雨后溢清香。
莫道炎蒸苦,情随夏日凉。

浣溪沙·夏荷

一夜熏风带雨来,满池丽影半红腮。珠荷滚绿接苍苔。

清水无香滋翠色,素心持节脱凡胎。此生偏爱自然开。

醉红妆·醉红妆

琼枝玉叶粉红腮。白云间,碧水台。素身高洁淡然开。持清韵,醉蓬莱。

东风无意自安排。向天地,任缘栽。莫道芳华皆空度,尘未染,不须哀。

洞仙歌·莲语

2019 年 7 月 21 日

冰清玉洁，透盈盈珠汗，雨霁香来翠池满。月华开，隔岸杨柳如裁，倚阑处，风助凌波影乱。展笺描素景，落笔难堪，千里迢迢隔银汉。野渡枉横舟，多少无凭，流年淡。春秋迭转，怎奈得、东君欠安排。抵不过、光阴水般更换。

注：次韵苏东坡《洞仙歌》词（冰肌玉骨）。

沁园春·夏荷

一日人间，贪恋繁华，绝世出尘。入淤泥不染，玲珑绰约，碧波自逐，窈窕清新。劲节高枝，亭亭玉立，圣洁天然亦率真。娇姿媚，更端庄娴静，雅致贞纯。

回眸弄影频频，任岁月、匆匆季转轮。爱满池濯锦，光华与昔，千株拂翠，气象如春。绿意盈盈，芳魂袅袅，依旧情怀倚水滨。红霞挽，醉香风烟柳，素韵宜人。

舒水修

江西余干人，1965 年生，中学教师，中华诗词学会会员，江西省诗词学会会员。

听冰瑶女士朗诵

谁从云外踏歌来，缕缕清风绕我台。
婉啭莺声疑翡翠，叮咚流水似香醅。
未分真幻钟期醉，从教伯牙去又回。
识得崔君高蹈处，洗心何必白杨栽。

2018 年 4 月 29 日

裔孙舒嘉申考取大连舰艇指挥学院有贺

（一）

秋闱试帖选群英，折桂蟾宫尾巷惊。
风物长宜看雏凤，高情且适效公卿。
一毫所属风吹雨，万国争端将点兵。
备战从来家国事，男儿苦里学干城。

（二）

关山捷报疾如飞，天子门生登第归。
得露青衫何款款，适时细雨任霏霏。
已从经论通门户，更教红霞染紫衣。
举杯日来诗兴发，高歌声里上烟薇。

2019 年 7 月 23 日

舒展

笔名舒心。湖北黄冈人。多年来爱好中华诗词，作品散见于各大网络。

游燕儿谷

山青水秀远尘埃，浩渺蓝天白絮催。
十里幽芳随物换，三村清韵逐春回。
苍松古柏葱芊翠，野草琼花次第开。
羁旅农商兴产业，丹心报国展雄才。

我欠春天一首诗（辘轳体）

一

我欠春天一首诗，阳光灿烂适逢时。
东风送暖花香艳，蝶舞蜂飞蕊感知。

二

遥望皓月相思忆，我欠春天一首诗。
期盼重逢心挂念，情倾梦呓意深痴。

三

别梦经年终不悔，花妍月皎会君时，
春光送喜千家乐，我欠春天一首诗。

玫瑰花

风吹碧帐逐时开，玉瓣含香绽粉腮。
艳映天蓝云欲醉，芳惊仙子踏歌来。

垂钓

野水苍茫空谷悠，闲情雅钓泛轻舟。

青山丽景云霞伴，醉笑沉浮乐解愁。

樱花吟
入目荆挑满树柯，仙云雪舞赛琼娥。
花开绿叶轻归隐，默护繁芳对客歌。

鹧鸪天·访荷
有清音诉鹧鸪，寻芳幽梦探芙蕖。香盈碧水凝甘露，叶翠蒲盘托玉珠。
晨蜓舞、夜莺呼，风摇朱笔对天书。芳庭秀色忘痴醉，写尽遐思问杳无。

一剪梅·诗友同访枣乡居
相聚重逢乡枣园，才饮清茗，又品山鲜。杜鹃花艳紫云烟，霞映千繁，蝶舞蜂翩。
老酒香浓春梦绵，诗意青山，寄语新篇。古风今曲悦心田，情也依然，韵也依然。

帅小平
网名平凡人，江西省永丰县人，林业工作者，喜爱古典文学和文史及诗词。有散文、诗歌作品发表于《井冈文学》《中华文学》《世界语文学》等报刊，有诗歌合集出版，有作品获奖。江西省诗词学会会员，中华诗词学会员。

绝句·闲吟（新韵）
今年盛夏忒悠长，炽热横行何处藏。
倘若空调无冷气，哪来澄静觅诗行。

绝句·访村旧（新韵）
村巷迂狭老瓦房，窗门斜立映残阳。
昔时无数畅心事，漫忆犹新泪两行。

绝句·雷雨（新韵）
深夜轰鸣乱打窗，时芳尽落害灾伤。
摧残换取雾埃净，悲喜交加诉韵章。

绝句·蝉噪（新韵）
蓝天清朗嵌白云，窗外林梢缭乱吟。
耕父不言双抢苦，无休无止怨何人。
注：双抢，指南方夏天农村抢收和抢种庄稼。

绝句·笔（新韵）
文房四宝各其长，骚客儒人时备藏。
历代雄才争斗巧，匠工传术篆兰章。

司徒伟文
笔名自由奔放的马。广东人。自由职业，喜欢中国文学，诗词。

蜓莲恋
盛夏莲花朵朵开，荷塘美景天天在。
争奇斗艳千千色，蜻蜓闻香翩翩来。

父爱如山
父恩浩荡苦功高，爱意深沉真英豪。
如月光辉照大地，山之伟岸领风骚。

一叶知秋
一片金甲遍地黄，叶落归根蓄灵光。
知了吟唱催眠曲，秋月皓皓芳心荡。

教师节感怀
一声祝福教师节，二月桃李花如雪。
三尺讲台育英才，四季轮回情切切。

水中碉楼
水到渠成映蓝天，中华海外心相连。
碉立河中望北斗，楼外青山伴家园。

浓情中秋

中华中外中兴隆，秋来秋去秋色浓。
快人快语快努力，乐曲乐舞乐相逢。

川岛沙滩
一叶轻舟游川山，海永无波乐忘还。
十里银滩白如雪，真情依依梦江南。

永远的记忆
正当风华四海间，月明星耀盼归还。
初中情谊今追忆，六律齐鸣集台山。

松间明月
重庆奉节人，高级教师，中国心理学会学校专委员会委员，中国管理科学研究院特聘研究员。

五绝·三角梅（上平十灰）
四季学梅开，攀援可上台。
娇妍难比杏，也敢出墙来。

五律·腊梅情（下平七阳）
不怕西风冽，迎寒斗雪霜。
乐于开靓丽，懒得占春光。
叶下藏清趣，枝头绽嫩黄。
倾情妆腊岁，默默散幽香。

七绝·收快递（下平六麻）
可怜岁暮客京华，料是心思乱若麻。
快递三番还五次，难将游子递回家。

七律·乡景（下平一先）
满川草绿柳如烟，峦岭披霞景万千。
碧树红花书锦绣，松涛竹韵奏琴弦。
春听鸟语风中啭，夏揽清风月下眠。
无虑无忧无挂碍，青山相伴做神仙。

江城梅花引·改革颂歌（词林正韵第六部）
神州处处尽逢春，福无垠，乐无垠。硕果盈枝，喜悦醉心魂。四十年来谋发展，厉害了，一批批、中国人。

国人，国人，尽辛勤。强了军，富了民。赞叹赞叹，赞叹那、工匠精神。入海飞天，技术棒真真。携手同圆中国梦，芳史册，合当凭、我与君。

酷相思·春花美（词林正韵第三部）
入耳声声莺语脆，野田外、人潮汇。暖风过、梨桃皆绽蕊。看不够，春花美，写不尽、春花美。

踏遍千山和万水，这里有、真滋味。看蝴蝶、翩翩来聚会。花蕊上、蜂儿醉，花蕊下、人儿醉。

临江仙·新年词（中华新韵八寒）
不信人生皆有命，一年好过一年。豪情寄予彩云端。放怀逐梦去，衣锦把家还。

团聚之期需随意，合当酒到杯干。相逢一笑醉心田。吟诗辞旧岁，携手向明天。

破阵子·一字谣（词林正韵第二部）
一缕清风拂面，一弯斜月穿窗。一路风尘多不顺，偶觅轻松一发狂。此情一世长。

乘作一分酒兴，偷来一缕诗香。学个谪仙歌一曲，效那刘伶醉一场。

宋沐
实名宋小苹，黑龙江省绥滨县人，中华诗词学会会员，绥滨县诗词协会秘书长，作品散见中华《诗词月刊》《大美龙江》《黑龙江吟坛30年》《鹤岗晚报》《鹤岗演唱》《北大荒日报》等，荣获萝北诗词大赛特等奖，楹联二等奖。

五律·"4·23"海上大阅兵
劈浪吻长空，乘风气势雄。
茫茫海天阔，滚滚铁流宏。
亮剑彰国力，强军慑寇戎。
五洲七秩贺，华夏爱和平。

五律·感怀祖国 70 华诞
东方红日出，迷雾久难浮。
辉帜五星烁，摧山三座无。
国安新世纪，民乐大家族。
多少天孙客，频织锦绣图。

七律·我爱党旗红
旌旗漫卷覆乾坤，浴火锤镰镀作金。
血染南湖承画舫，雨晴东亚现彤云。
小康路上先锋带，大义声中圆梦频。
一盏明灯破尘雾，初心不改党的人。

宋宝玉

黑龙江人。黑龙江省诗词协会会员，北大荒作家协会会员，萝北县诗词协会理事，拜泉县诗词协会理事，九州诗社会员。部分作品发表于《诗刊子曰》《诗词月刊》《九州诗词》《北大荒文学》等报纸上。曾荣获诗词及楹联大赛大奖。

七绝·夜思
夜到静时蛙鼓停，于无思处更思卿。
浑浑噩噩人将睡，隔壁芦花报晓鸣。

七律·芦花
泠泠逝水涨秋光，渺渺寒烟煮夕阳。
飞絮堪如花满眼，落英疑是雪封疆。
无关柳渚鸦巢冷，欲傍云霞雁阵长。
化作浮萍归去也，不知归去又何方。

玉楼春·晨牧
林中放牧闻莺巧，隔枝似问牛儿早。
潺潺溪水泛清波，阵阵柳风梳碧草。
收鞭赏尽风光好，横笛吹破阳春晓。
自知岁月此中真，休管人生何处老。

宋国华

黑龙江省依安县人，大学文化，退休公务员。曾任依安县中心镇党委副书记，选择雅趣写诗，一年来写诗近百首，现定居沈阳市铁西区。荣获黑龙江省纪念改革开放 40 周年征文二等奖。

立秋感怀
流火西沉气转凉，天蓝云淡露茫茫。
亭亭菡萏结莲子，款款蜻蜓恋濯塘。
乳燕试飞丰羽翼，良田作秀盼金黄。
年年岁岁又今日，谁肯风华染鬓霜。

七夕梦笔
星河遥望两分离，凄美鸳鸯溢美词。
玉露金风常恨短，鹊桥流水总迟疑。
一梭织就红尘结，几缕编成泪雨思。
岂盼朝朝携手度，只求今夜有佳期。

秋季五花山
艳阳涂抹醉家山，锦绣铺开五彩鲜。
白桦枫丹松翠绿，高天云淡水清蓝。
流香韵律书风骨，泼墨嶙峋溢美篇。
奇景梁园妆塞北，置身梦幻忘江南。

依安植物园
一卷芳华展阆园，林烟碧草小丘峦。
长廊亭榭飞鹏翅，瀑布珍珠溅玉盘。
隔叶黄莺私蜜语，穿云紫燕掠花坛。

是谁描绘天然美,游客惊奇赞泰安。

南乡子·七夕

巧鹊架桥梁,相会匆匆景不长,儿女一双相守望,茫茫,暮暮朝朝两断肠。

岁月任洪荒,浩瀚银河溢彩光。天上人间心共属,凄凉,细雨丝丝泪几行。

南乡子·游农家乐

绿水绕人家,青翠叠峦碧染霞。犬吠雉鸣迎客至,闲暇。篱院飘香径野花。

瓜果自摘拿,宾主贪杯话黍麻。日上三杆催酒醒,叽喳,燕子呢喃细语拉。

宋红军

黑龙江省依安县人,1972年生。依安县农业局科员,工作之余,爱好书法、文学北社区党总支特约撰稿人。

无题(一)

自有兰心谱蕙联,匆匆行色度流年。
诗能下酒情如注,泼墨挥毫绮梦圆。

无题(二)

遥思昨日少年郎。君子兰花自绽芳,
独恋丹青天欲曙,吟风饮月夜犹凉。
慎思恐是凡尘累,乐书总因逸趣狂。
莫道夕阳沉暮色,余晖犹可醉韶光。

咏鹤城

百载沧桑铭史册,悠悠岁月汇成河。
追寻几代耕耘苦,盘点小城收获多。
改善生活圆绮梦,繁荣文化谱新歌。
行舟放浪嫩江水,故事燃情正在说。

宋会良

网名水自成溪,河南商丘市虞城县人,男,汉族,喜欢用文字表达内心的情感,喜欢用文字弘扬正能量鞭策假丑恶,先后在《秘书工作》《党的生活》《谷雨文学家园》《岭南文学》《诗者联盟》《梅花亭》《艳阳天》《河南日报》《商丘日报》等媒体发表诗歌、散文、杂文、新闻通讯等,希望通过写作找到人生最大的意义和快乐。

卜算子·夜游日月湖好人公园

月悬高空照,炽灯若昼明。方圆立柱巍巍矗,瞬间古今呈。

放远湖波粼,高楼灿五星。岸边光色鱼群趋,一步跃仙宫。

清平乐·己亥年七一庆

初心共产,镰斧收灾难。竹刺凌迟千百遍,拯世拿生笑玩。

繁华历劫超前,小康枕被飘然。忧患习常落至,满天永荡红船。

江城子·交通执勤

端阳节后首工岗,急梳妆,疾奔场。红帽马甲,倏间换端庄。为示文明滋细处,军态立,气轩昂。

每天穿步绿红挡,赶心强,犯区黄。规则必遵,侥幸苟胸膛。教训有时幡刻悟,常换位,自谦祥。

卜算子·望蓝天重现

翠海泛珊瑚,似凤呈龙舞。云白天蓝万象生,一睹欢心鼓。

愿景为民舒,立命铭宗主。满腹黎民幸福观,逐样当公仆。

清平乐·获五一劳动奖章有感

尽心做事,专注倾岗职。无意功名耕小地,只为躬芸开辟。

做工本为生息，哪来题外之词。纵观五千长历，唯推奉献为师。

女贞花
馨香缕缕何颜发，翠楼胭脂宛一家。四望无音盯玉树，鹅黄素白溢清茶。

观曝晒玫瑰
五月阳光照脸羞，百花畏烈失娇柔。惜无妍蕊招痴眼，维护初心当世筹。

观神火大道月季屏
一屏七彩蠹风中，染亮长空半幅荣。谁教凡间添喜气，一枝一叶感花工。

宋继平
笔名御风，国家级诗词会员。少时常怀文学之梦，及到年长时，囿于案牍之间。感山水风物，以诗词记之。作品散见报刊。

西江月·夜宿故乡（新韵）
窗下邀来月色，案前燃起檀香。晚风一缕过庭堂，今夜清凉一场。

不是依身故地，已然忘了家乡。日谋香稻夜谋粱，态度如何倜傥？

江城子·有人和（新韵）
已将岁月铸成歌，不须说，自清活。风雨来时，披上绿衣蓑。待到风停晴放日，将茶酒，对青螺。

诗书一卷寄情托，可消磨，或滂沱。独坐幽篁，长啸俗尘脱。玉筑一击清越远，欣然事，有人和。

破阵子·小径听雨（新韵）
原上无人细径，身旁风雨斜时。绿叶沙沙心惹动，诗意悠悠水涨池。劝君莫笑痴。

情愿风吹身冷，不觉雨打衣湿。多少浮名都弃尽，几许清闲唯自知。今朝犹未迟。

临江仙·首垂低（新韵）
忽现风凉雨细，当行心旷神怡。如何独自伫花蹊。夜灯初耀眼，司客却沉迷。

此处熟悉滋味，谁人惹我诗题？此时休弄玉箫笛。温情肠易断，高傲首垂低。

虞美人·我心前
今宵月色柔如水，教我无穷醉。翻来旧句再推敲，忽做潇湘万丈比天高。

何须入梦花香嗅，一忆堪足够。那山那水那云天，总是盈盈出现我心前。

虞美人·观雪后日出
冬阳犹带三分色，寒雪洇红墨。谁持竹叶印丹青，雪野空留几道鸟鸣声。

游人至此争安扰，怕惹浓眠好。用心凝立玉妆前，操得高山一曲十三弦。

玉楼春·嵩县观银杏不值
听闻银杏增秋意，金色弥空香细腻。大山深处急驱车，谁晓多情黄已闭。

人间长作风云戏，纵便方才还迤逦。无边佳绝又如何？瑟瑟一场还剩几？

贺新郎·游园明园
谁料名园窄，满疮痍，残垣断壁，草中湮厄。收拾心情重看取，依旧天工难刻。未曾料，西人无德。抢掠一空难粉饰，把雕梁、烧做重黎宅。余上国，腕空扼。

新来此处惊魂魄。忍凝眸、似闻抽噎，让人急迫。无数狼烟虽消散，难抹此园辱色。更何况,贼犹在侧。上国五千文明史,莫被它,胡虏羔羊获。从此处,更求索。

宋佳东

男,1991年9月生,山东滕州人,大专文化,诗词爱好者。曾在报刊发表诗词作品近100篇(首)。

七绝·春雪
六花飘落覆梅柳,一夜山川白了头。
天上嫦娥何处去,相思难诉惹人愁。
注:六花:雪的别称。

七绝·月食
本是星稀银汉明,风云腾涌鸟心惊。
惊看天上狗吞月,玉兔嫦娥可静宁?

七绝·缘份
鱼对渔夫发戏言:今朝入网似笼藩。
来生但愿再相见,化作美人归故园。

宋建国

网名细水长流,中共党员,高级政工师,现为中国诗词研究会暨中国诗词研究中心会员,朔州市三晋文化研究会理事,朔州市诗词学会首届常务理事,自幼喜爱与文字打交道,自编自选自费出版《塞上行吟》《洪涛放歌》《童心雅思》《桑源飞虹》《古邑追梦》等著作。

七律·己亥闲吟
一年淡去又迎新,握紧时光缓转身。
抱本闲书翻五遍,烫壶老酒品三巡。
调些徽墨兰亭翘,摘朵寒梅雅室珍。
且等心河澄透彻,挥毫续写沁园春。

七律·秀容之夜
莫非踢倒老君炉?丹火化星飞古都。
十里新街飘翡翠,百余老巷缀明珠。
雅居濡墨瑶池靓,别墅挥毫玉宇殊。
最是民工灵巧手,轻描一卷大千图。

七律·接喜神
己亥轮回万象新,新年恰遇谢交春。
沁心瑞气田园绕,悦目祥云碧宇巡。
锣鼓轻敲红岁月,秧歌曼舞粉伊人。
家家忙碌好茶饭,户户开门接喜神。

七律·回妈家
车驰高速暖阳迎,一路笛欢奔古城。
春草东风开笑靥,疏梅淡雾露温情。
高堂喜气唇边翘,孙辈孝心眸里晶。
新岁拓新盈兆瑞,龙飞凤舞享康宁。

七律·杏花吟
四月东风细雨催,清枝玉蕊抱春归。
时髦紫燕追云际,俏色胡蜂拥翠薇。
古堡杏花骚客慕,寺庄阆苑墨毫飞。
农家乐种亲情树,引得高朋陇上围。

七律·陪友登绵山
足踏绵山峰顶云,云端相会紫仙真。
下盘棋子逍遥客,听段评书自在神。
抓把鸟声陪酒友,撕团花瓣待佳人。
介公乘鹤忠魂逝,空有清明寒食陈。

七律·新农家
改革春风惠万家,激情喷涌亮才华。
门前同种摇钱树,院后齐栽幸福花。
玲慧小梅心织锦,勤劳大李脸飞霞。
键盘戏弄时髦物,闲坐凉台漫品茶。

七律·初春瑞雪

玉女翩翩降古州,仙姿缥缈舞轻柔。
城头淡抹江南锦,池畔浓铺塞北绸。
足底时添情与意,手心常握爱和忧。
三冬祈盼早春至,是否天公涕泪流?

宋今平

1955年生。中华诗词学会会员,黑龙江省诗词协会副秘书长兼常务理事,依安县诗词协会主席。曾获中华诗词学会与丽水市举办的"中国梦想·美丽丽水"全国诗词大赛一等奖、第二届"鹳雀楼"杯全国诗词大赛三等奖、黑龙江省"歌颂祖国、赞美龙江"诗词大赛一等奖,著有《诗词格律简编》《浣春集》。

咏丽水

天上人间孰可寻,山堆秀丽水生金。
瓯江石出诗风暖,霞岭云浮剑气森。
百里龙窑愁割玉,十分文胆敢雕心。
昭然一管春秋笔,千古英雄写到今!

党旗颂

大地飞歌总未停,挟雷掣电卷涛惊。
铁肩为有锤镰铸,赤胆皆因血火生。
每遇危时擎浩荡,但逢暗处领光明。
今朝带路新常态,万里长风任纵横!

观《黄河纤夫图》有作

曲背缘非苦累多,一声号子壮山河。
牵云汗溻秦川日,挽月心濡黄土窝。
接踵岩滩播梦寐,齐肩风雨洗蹉跎。
真情汇入春潮涌,留与时人作浩歌!

知青聚会有感

恨在相逢未嫁时,可怜年少总无知。
阿哥浓冽千杯酒,小妹清纯一首诗。
几恋芳心求共结,唯期连理爱盈枝。
半层窗纸难通透,四十年来静夜思。

咏昙花

既生浮世几回开,未到更深不肯来。
莲梦悠悠欲何解,蝶衣窄窄任谁裁。
香魂犹处情非种,素影方妍玉是胎。
待字闺中求一现,女孩心思好难猜!

宋金来

黑龙江省萝北县人。生在农村,1992年鹤岗师范学校毕业后到团结镇中心校从教至今。爱好写作,有作品刊发于《中华诗词》《北大荒文化》《北大荒日报》等,五律《天路》获2016年"诗词飞扬党旗飘"三类优秀作品。

西江月·家父牧羊

雾起冷风侵入,雉惊急步逃离。有谁白发脚粘泥?汗透虬髯几缕。

绿草眼前娇艳,群羊坝上顽皮。响鞭来去牧人疲,穿过无边风雨。

醉垂鞭·聚散

天籁好声音。人陶醉。心儿碎。舞动霸王吟。别姬有泪痕。

回眸存梦好。不曾杳。小河春。月下柳微熏。枝撩牵手人。

临江仙·又是冰排随水久

又是冰排随水久,江中怎见孤蓬?东风寻梦入诗丛。花开草绿,雁过不觉中。

平仄重敲平淡过,大书风月难同。桃红李艳现初衷。春风醉我,白发一诗翁。

宋举元

男,70岁,山东临邑县人,德州市农业银行退休。德州市诗词协会会员,山东省诗词学会会员,中国作家协会《诗刊》子曰诗社社员。

农乡情(新韵)
丰收吉庆暖心扉,锣鼓开敲唢呐吹。
朗月秋风相作伴,村姑笑抚醉人归。

法治社会(新韵)
篱笆编起作围墙,和悦家山企久长。
非是分明观世界,人间方寸用心量。

苗晓红驾机重返蓝天(新韵)
八十二岁放天威,笑傲环球信手挥。
牢记初心诚似火,祖国需要我还飞。

二胡(新韵)
胡琴奏响动情真,晃膀摇头脚伴音。
千古流传光闪耀,二泉映月唱人新。

新乐(新韵)
营销市场尽翻新,长岁翁婆费辨真。
赠品连连添慰藉,钱包捂住赚开心。

小偷失业(新韵)
住行当下手机忙,买卖钱包莫费藏。
欲外弦音添慰籍,小偷不再丧心狂。

养生(新韵)
家粥一碗利安康,外馔沽餐易被伤。
烧烤膨食埋隐患,香烟饮料握黑枪。
懒成小肚难躯健,动惯宽心更寿长。
纵酒无节终受累,防微莫等病膏肓。

感怀农业机械化(新韵)
忙锄汗管累腰弯,解困陈年眼望穿。
牛曳犁耕披日月,手推肩荷宿风餐。
农机畎域齐声响,田户畦头小憩间。

拯救劳俘辞旧岁,强国圆梦意中天。

宋玲

女,1972年12月生,安徽全椒人。现为中华诗词学会会员,中国楹联学会会员,中国武术协会会员,安徽省书法家协会会员。诗词作品在多类报刊刊登。

五绝·所见二首(其一)
独步池塘畔,春波照影柔。
斜阳双燕逐,忽上柳梢头。

七绝·所见二首(其二)
池傍青山映夕阳,垂杨齐着淡红妆。
白鹅忽下两三只,惊起一奁万点光。

七绝·山行
南山秋日翠依然,曲径周边景万千。
最是一尊迎面塔,披霞矗立笔峰尖。

七绝·秋至琅琊山见银杏树
株株银杏倚云栽,金浪排空盖地来。
若是黄巢今得见,当呼绝胜菊花开。

五绝·杂咏
在在人情债,大如网一张。
世人勤织就,却把世人伤。

七绝·春游
呼朋作伴踏青山,春色无边放眼看。
直欲乘风凌绝顶,奇观应在白云间。

七绝·偶成
寒夜霜天一色裁,无言独自上楼台。
拈毫写就梅将雪,恍若幽香扑面来。

七律·韵香小筑

新月临窗尽室澄，一杯清茗涤烦襟。
案头不用陈兰草，槛外何需植桂林？
既有缥缈朝夕共，断无尘俗往来侵。
书城顿觉宽如海，星夜乘槎好探琛。

七律·乡愁
凉风习习拂山林，应是枫红秋已深。
村落平畦寒露降，农家小院绿苔侵。
凄凄芳草几时有，缕缕炊烟何处寻。
独自倚窗难入梦，天涯望断忆乡音。

忆秦娥·雪
天方晓，飞花若絮抛云表。抛云表，茫茫尘海，几多纷扰。

昨宵好梦醒来早，偷闲独自凭栏眺。凭栏眺，寒林忽见，一枝梅俏。

宋乃良

河南省西平县出山人，1949年12月出生，共产党员，退休前在河南省棠河酒厂工作，现为中华诗词协会会员，河南省诗词协会会员，香港文艺诗词协会会员，驻马店诗词协会会员，作协会员，漯河诗词学会会员。

七律·端午节悼屈原（平水韵）
二九天音叹苦凉，离骚更是诉衷肠。
青莲浪漫歌同路，子美纯真诵共章。
继展诗词堪用好，勤躬民事亦称刚。
魂流泪水千秋祭，佑国之心动楚湘。

注：二九天音是指《九章》《九歌》《天问》。

2019年6月5日

七律·麦收（平水韵）
经日熏风麦尽黄，开收一夜半归仓。
莫言夏产千斤过，只道秋耘几顷荒。
天宇怜无喷黑雨，田苗恨缺保青浆。
蒸烟赤地何堪等，圆梦农家自掘塘。

2019年5月29日

七律·当今诗坛之乱象（新韵）
理韵敲词贵颂今，时翻怪物泛浊尘。
争开笔会实收费，遍印诗集硬讨文。
官帽随封唯少禄，奖杯任取却为金。
言难合事惜行力，确辱唐风愧宋音。

2019年5月11日

七律·归家（平水韵）
一院馨香满树霞，墟烟翠影盼归家。
无颜偷看阶边草，有意难揪屋上芽。
抚首何堪寻旧梦，问心岂敢叙新华。
千层往事遥相寄，老路今田种谷麻。

2019年4月17日

宋品娥

上海市华苑诗词社副社长、理事、编委，上海市崇明区乡愁诗苑副秘书长、理事、编委，上海市铁沙诗词社社员，洋泾诗词社社员，上海市枫林诗词社社员，上海市崇明区鳌山文学社社员，上海市浦东新区作家协会会员。

七绝·怀念父亲
（一）
人生自靠父为天，岂料辛劳疾病缠。
忍见沉疴无计挽，声声呼痛彻心田。

（二）
放悲声处心似焦，仰对苍穹涕泪涟。
月影西移无可返，何如碎梦永难圆。

七律·参观侵华日军竖河镇大烧杀遗址
惨祸遗痕触目惊，悲怀七十九年萦！
竖河尽毁"三光"令，屠戮几无百姓生。
倭寇凶残铭罪史，中华劫难记东瀛。

今观展览心当识：强国方能发正声！
三光：指日寇当年奉行的"烧光、杀光、抢光"对华政策。
2019 年 8 月 1 日

七律·纪念建军 92 周年
一从首义起南昌，终使工农有武装。
转战征途多险恶，牺牲烈士勇担当。
舍身昔日明心志，亮剑今朝向海疆。
更以高科研重器，铁军无愧继荣光！
2019 年 8 月 1 日

西江月·中华人民共和国建国 70 周年感作
高铁广连欧亚，卫星遥控云霄。图强几代奋英豪，始破贫穷困扰。
经济提升实力，科研驾驭惊涛。中华崛起看今朝，屹立东方不倒！
2019 年 8 月 10 日

七律·登浙江新昌穿岩十九峰
攀援石级竟千重，始识穿岩十九峰。
一架天桥连对岸，数条涧壑阻游踪。
悬崖处处惊灵鸟，裂壁层层长怪松。
最数玻璃铺栈道，几人临此步从容？
2019 年 6 月 17 日

七绝·天烛湖
危崖夹岸气峥嵘，卓立湖边巨烛呈。
须解冠名天意定，人间哪得见光明？
2019 年 6 月 17 日

七绝·大雨中乘船夜游新安江
江天一片雨声扬，夜闯昏濛谁引航？
任水冲窗如瓢泼，行船指路有灯光！
2019 年 6 月 10 日

七绝·参观千岛湖好运岛有感
环岛连天碧水幽，白云倒影镜中浮。
翠岑林里珍禽啭，似祝游人好运留！

2019 年 7 月 3 日

浣溪沙·颐和园
斗艳花芳翠柳连，翻墙彩蝶舞翩翩。
碧波光闪画廊前。
如带古桥舒倒影，镇山金殿映蓝天。
胜游疑似步仙寰。

浣溪沙·长城
社稷千秋不太平，为防边患筑长城。
每因烽火震朝廷。
世盛缘何多战乱？墙高未必保安宁。
民心向背最关情。

浣溪沙·慈禧太后
一世阴谋只爱权，及尊太后更贪顽。
凤飞龙上翼遮天。
唯想驭民能霸国，故求干政每垂帘。
宁教无耻丑闻传！

宋慎香

男，字春如，滕州市滨湖镇望塚村人，中学退休教师。现为枣庄市诗词学会会员。曾荣获第二届"岳阳楼"寻春诗会银奖、第四届"相约北京"全国文学艺术大赛三等奖。

七绝·春光
律转春回暖意深，伫看荆岸柳抽簪。
自怜未老犹苍翠，月洒清溪年少心。

七绝·童年趣事二首
其一
柴门犬吠闹声哗，几个偷瓜游戏娃。
惊起老翁张眼望，茫茫月色入邻家。

其二

偷瓜戏罢捉迷藏，惹得蜂群阵阵慌。
最笑凶蜂螫头耳，连声蹦跳叫爹娘。

七律·烛光下
烛光跳动忆娇妻，霜鬓童颜倩影迷。
树下谈情庄子北，晚间赏月拱桥西。
陪吾夜读做针线，伺老少眠闻晓鸡。
执手相看已无语，却言明早理园畦。

七律·春问
春风暗渡人情暖，窈柳何为抚我肩。
梦里桃花还记否，眸中思绪始于焉。
芸苔卷地三千顷，雏翅寻云四五鸢。
景色堪怜问啼鸟，此心依旧约明年？

七律·从前
丰年瑞气贯墟中，谁带鸡豚沽市东？
布店徘徊娘伴女，鞭摊留恋叟牵童。
花缠扁担融融日，冰戏孩提淡淡风。
最爱渔家菱米酒，至今犹忆此香浓。

七律·端午
门悬艾草家家粽，岁岁伤怀此日生。
法效彭咸惊众醉，身湮汨水恨长萦。
骚魂已作千秋韵，格调当为第一旌。
旷世文章今届古，谁人又得骨铮铮。

七律·家乡赞
蛙鸣稻菽噬云天，柳影溪桥钓雨烟。
鸭恋滩头潜绿浪，荷摇湿地攥红拳。
高楼夕照群人舞，北水南流一线牵。
笑语相呼鱼煮酒，东槐可记此中鲜？

宋天祥

男，中共党员，1937年生，原籍安徽省庐江，户籍霍邱县。大学文化，中学语文高级教师。退休前为庐江中学、霍邱第一中学教师；退休后先后任合肥市兴华学校、合肥市庐州中华职业学校副校长。现为安徽省诗词学会会员。中华诗词特级著作家，中国楹联学会对联文化研究院研究员，国家一级诗人，2018年5月荣获中华文化艺术节最高奖"金犬奖"。北京华夏诗联书画院院士，2019年度中国艺术博士。已出《三秀斋诗稿》(600首)、《三秀斋楹联》(近3000副，中华诗词出版社)。计划出版：《三秀格律诗500首》《三秀楹联2000副》。近年来获全国诗联大赛二特五金大奖和"国家文化建设贡献人物荣誉称号。"

秋日偶成
弱草柔芳最怕霜，诗人觅句唱秋凉。
丹犀酷爱西风烈，晚节黄花老更香。

海棠
残花退尽减春光，深绿从中睡海棠。
不见杨妃骄体态，风摇烛烛照红妆。

幽兰
深谷幽兰自在芳，无心闻达隐山乡。
清泉磐石忠贞友，留与人间王者香。

出场费
(一)戏场
红花小姐正年轻，一扭腰肢百媚生。
更有玩家能出手，红绡无数掷冰冰。

(二)战场
黄家小伙正年轻，着上戎装倍有神。
敢用胸膛挡枪口，不知出场几多金？

七绝·看花王
仲春时节一城香，处处深红杂浅黄。

倾国倾城相互看，不知哪位是花王。

宋婉莹

黑龙江省哈尔滨市五常市人，网名绝怨幽莲，1995年出生，职业歌手，慈幽斋诗社副社长，作品散见于各大网络诗词平台，师承哈尔滨慈幽斋主人慧空，习诗年于，尤善词道。偏爱煮茶游戏。

婆罗门引·乙亥年除夕小作

绔矜未醒，祝声复制响朦胧。新春淡扫晴空。对景嘶诗添话，戊戌立春同。竟承思论蟹，水煮炉烘。

亲人已逢。赞此夕、锦衣红。望远窗棂暖日，霜去阳穹。厨楼欢笑，夫娘在、长鞭一声中。迎乙亥、畅饮今冬。

少年心·梦中野故

梦魇苦浸心愤。亦无思、病成方刃。九月余帛惬意，晃然戏吻。爱与恨、聚渺离嗔。

弃虎枷织缘分。献雯我、制新打滚。冷雪凝心乱，身旁人隐。寒窗里、覆水犯小嗔。

临江仙·寄怀

炮声逻引元宵夜，愁丝散落头前。暖浇茶宠捡盅摊。曲终人散后，煮酒敬夫怜。

拨云才显团圆燕，潇潇啼鸟归还。前程悠感步阑珊。锦依何处，萧瑟映前山。

离别难·题多事之秋

浅井落月齐鸢。执情弃墨求仙。此番忠未欠。泣谁形身险。醉颜哀容堕，显丰辕。闻几火。烟从我。青熏橙脸眸眼诠。凉运锁。红尘错。魂梦牵。铜银半崭如婵。竟侈存多罐。欲否生活烂。衷破晓、妖多娇。腰杆细。倾心宜。云遮阳吾宋啼啼。

满庭芳·题凉山大火诸英雄

一事风吹，三过嗜睡，小郎裹卷千垂。踏凉山险，春色宽枯悲。野草参差错壁，长松偃蹇擎窥。携英勇，爬山涉水，战灭绝情魁。

忧思。销永稚，诗尊另寿，哀涕离随。叹灾情，怎收孩幼相陪。故忍吞山大火，难挥丧子之衰。而军累，安归故里，转世孝轮回。

宋卫国

1950年生于山东潍坊。中国诗歌学会会员，中华诗词学会会员，山东省作家协会会员。已出版个人诗集4册。《记忆永恒——英雄之歌200首》《未了集》和400余首诗词作品在全国大赛中获奖，被授予多种荣誉称号，个人资料入编多部典籍。

七律·白帝城

白帝山高对天嶂，满城故事尽沧桑。
玄德托后两行泪，诸葛尽忠一世光。
当日谪仙至荆楚，何时诗圣归洛阳。
祠亭碑殿今犹在，怅喟出胸问大江。

注：白帝城位于瞿塘峡口长江北岸白帝山上，三峡著名游览胜地。历代著名诗人在此留下大量诗篇，因而有"诗城"之誉。

七律·三峡工程

天降卧龙锁大川，巫山云雨自天边。
机轮旋转万钧力，闸窒往来千叶帆。
屈子新居即可望，峡江旧景更雄观。
百年梦想还今日，神女亦惊人世间。

沁园春·岳阳楼

云梦泽边,旧都城上,千古一楼。望北通天堑,南极湘桂;烟波浩淼,百派归流。风月无涯,水天共色,满目丹青春到秋。遥相对,有仙螺浮见,似隐如留。

几番兴废悠悠。载多少、家国风雨愁。昔将军校阅,武威振起;诗人凭眺,涕泗难收。即范公出,乐忧两字,更教声名遐迩遒。追逝去,益喜迎来者,博岸心头。

七律·黄鹤楼

如烟往事随波去,又现巍巍黄鹤楼。
名显河山千载喜,身罹灾祸数重忧。
曾经辛亥旌旗立,惯见飞虹车马流。
月异日新处处动,前程似锦信无愁!

七律·东坡赤壁

寥廓江天万里长,赤岩壁垒历沧桑。
东风神借唯诸葛,意气雄发是周郎。
两赋铿锵追往事,九亭错落谒仙堂。
何人登上不怀古,遥看千帆竞大江。

注:东坡赤壁位于湖北黄州城西,因苏轼在此作《赤壁怀古》等名篇,后人称其为东坡赤壁。

七律·庐山

谁移奇岳落人间,襟带江湖景万千。
山水秀灵夺眼界,风云集散动心弦。
前人经历事无数,巨擘评说诗两篇。
今日身临仙境里,细观一路自情酣。

沁园春·中山陵

巍巍钟山,松柏苍翠,虎踞龙盘。不忘开国日,运筹大政,雄心沥血,故地长眠。主义高悬,弘纲肃列,宣示昭昭皆伟言。祭堂上,瞻巨人坐卧,浩气卓然。

曾经无数艰难。每愈奋、千回总在前。更江城壮举,布新除旧,共和民主,动地惊天。革命先行,激流勇进,披斩精神永世传。应笑慰,复兴神州梦,风满云帆。

满江红·中共一大会址

长夜昏黑,谁救我、故园华夏。石门里、镰刀锤斧,狂飙方乍。唤四方工农奋起,克千番险难无怕。扫阴霾,喜万里晴空,红旗下。

开来路,须探踏,挟风雨,终不罢。正与时俱进,云帆高挂。敞亮胸襟迎世界,富强国度勤谋划。康庄道、任远向光明,长风驾。

宋延萍

笔名美玉紫翡、紫翡,辽宁大连人。设计学里相遇文字,慢种兰芳,静读安然时光。一窗星月落眉弯;半卷诗书陶淑德。闲暇喜欢古典格律诗词,读书,作品散见于省内外报刊及网络平台。业余担任《左岸诗词歌赋苑》主编、社长近6年。

左岸微刊360期喜赋

幸于左岸筑诗台,名重春江玉叠堆。
绿浪陪他行万里,白云许我梦千回。
敢从古训为今用,勇立新潮任尔摧。
此日微刊三百六,明朝璀璨不须猜。

2019年5月22日

七律·慕雁

相亲相伴踱瑶台,冬去春归啄粉腮。
羽振九天千里越,声连四野八荒回。
冲霄涉水驰南国,引颈追云掣北垓,
但得我生如候鸟,翩翩一字影双开。

七律·日观仕女图

雨晴画苑好风来,妃子新停琥珀杯。
扇扑长亭花解意,诗飞短棹水为媒,

侍儿欲著胭脂雪，纤手羞妆玉女腮。
楼外清箫谁与诉？依稀似梦美人回。

七律·凉夏
月眉霓影别窗前，翠竹生风叶做弦。
槐柳成阴满庭絮，桑桃熟透一池胭。
出巢紫燕争新垒，磨爪花猫盯旧橡。
夜幕低垂梅煮酒，半醒半醉谑诗仙。
2019年6月17日

仲夏生日感赋
夏木浓阴白鹭旋，鸳鸯池畔戏青莲。
热风暗送蛙鸣晓，骤雨初停燕语天。
临镜思亲书一轴，倚楼感旧梦三年。
芳春渐远渐无觅，平仄闲敲对玉婵。

七月大雨
酷热滋滋大暑天，斜垂柳叶影生烟。
蝉惊闪电迁新址，雀噤奔雷隐野田。
雨伯驱云肥马聚，龙王泼酒倒缸悬。
顿消烦闷精神爽，似此风光最值钱。
2019年8月3日

五律·雨后蜗牛
雨过疑沙粒，说牛难究真。
蜗房无定所，触角可防身。
一步年光老，三园日色新。
收腰盘石卧，饕餮害花神。

五律·赏雨
急急银花跳，连天震瓦鸣。
亭台浓雾绕，门巷浊波盈。
雪案诗心动，珠帘画意萌。
一时除旱渴，醉眼听云筝。

七绝·三叶草
一束青烟婀苑来，服盆生翠紫园栽。
绛唇小雀寻芳约，蝶影隔帘谁与猜？

七绝·观棋得句
几番叫杀不留情，似遣沙场百万兵。
进二平三浑有度，古来家国一棋枰。

宋艳红
　　孝义古城诗社社员，爱好文学创作，钟情于古典诗词。

五绝·赞老师
纸上真功见，奇才揽月归。
鸿儒勤历练，笔走墨花飞。

五律·石榴花开
五月晴光滟，榴花带露红。
青枝撑碧伞，赤果挂纱笼。
玉手轻摇雨，纤腰曼舞风。
朱颜皆会老，始易竟难终。

七律·白首不相离
玫瑰带露含羞笑，彩蝶循香顾影追。
旅雁同心飞峻宇，流莲并蒂舞清池。
青丝邂逅三生伴，白首搀扶一世随。
莫悔尘缘长共枕，轮回若遇不相知。

五律·清莲
池碧波悠漫，婷婷抖水粼。
纤纤舒玉指，淡淡点丹唇。
侠骨迎风秀，柔肌沐雨氲。
俏然摇影婧，雅韵笑红尘。

鼓笛令·花落相知梦
梦残昨夜仍依旧。想当初、不堪回首。破镜难圆人影瘦。寄离怨、岸边枯柳。
　　怎奈雾殇云走。若相知、为何分手。泪洒尘缘抛红袖。一声叹、天长地久？

宋洋

黑龙江人,教育工作者。自幼喜爱文学,酷爱写作。作品形式多样,长于诗词歌赋,尤工于填词,题材广泛,包罗万象。

清平乐·一笔惊青史

秀口一吐,余词废古今。霸气方显好从容,恰似万里长虹。

讥笑骂潮拍岸,雕眼斜视看淡。一笔惊落青史,百年来往嗟叹!

定风波·吟啸

三更夜雨十年灯,云遮晨曦小字扔。多少心事赴窗外,坦荡,直来直去毁平生。

庭院深深秋风起,草醒,方知一季枯身鸣。兢山虽小藏渊物,吟啸,必震青史古贤陵。

长相思·三国

关公肝,张飞胆,皇叔智慧悄露脸。桃源结拜演。

三国杀,曹操诈,虎踞江东孙仲谋。诸葛全平敛。

忆秦娥·赠妙然

脚平落,多少烟雨蒙蒙过。穿街巷,打湿衣衫,回阁高坐。

开屏敲键输小字,牵情千里妙然乐。画中游,花开富贵,又是秋色。

如梦令·直上九天云入

白日睡梦贪多,抽笔伏案开作。闲云野鹤身,浪得虚名飞度。阔步,阔步,直上九天云入。

卜算子·俯首来称臣

字里行间露,皆因高德心。本是凡夫一俗子,却要成沙金。

多年积福报,已是逍遥人。管他天地往来神,俯首来称臣。

如梦令·夜猫

夜半三更醒起,披衣巡视厅堂。惊醒家猫梦,跃起直奔长廊。收步,收步,恰似一只脱兔。

定风波·清闲

小雨打湿衣衫冷,酒后温情吐真言。半百之人逍遥过,自在,熊心豹胆如今撑。

夜半钟声心已明,劲笔,直上九天鲲鹏鹰。志存高远谁敌手?放下,多少清闲入心中。

宋有祥

1966出生于湖南省张家界市教字垭镇兴隆乡阳光村。张家界诗词楹联协会会员,张家界天门诗社社员。

五律·咏梅

踏雪访三友,无关河岸柳。
漫天思绪飞,接地诗心厚。
倚杖望山青,凭栏惊日久。
白红浅笑开,神韵当然有!

五律·咏春花

嫩叶向新阳,颜羞散墨香。
三春花紫白,一谷卉红黄。
莫道芳华短,堪怜尺素长。
家山蜂蝶舞,心地应无荒。

五律·思念

曲径穿林密,清霜流彩笔。
山川似画图,草木皆诗律。

城市笑声欢，乡村农事毕。
每思夜寂寥，月亦生萧瑟。

五律·游崇山
啼鸟唱苍梧，崇山似画图。
春痕随露尽，潭碧与青苏。
风卷雷音逝，云惊诗句无。
身轻临绝顶，眼阔远峰孤。

五律·双龙瀑布
双龙冲碧落，一瀑归丘壑。
薄雾起山根，晴波摇日脚。
蹉跎也尽欢，寂寞当真乐。
尘世亦逍遥，人生随岸泊。

七律·诗情（藏头）
诗韵才分兴未收，词吟冰雪愿君留。
书翻一页禅心定，画饰三江蝶梦游。
快载东风吹圣境，乐推彩笔绘丹丘。
人间漫道韶光短，生怕少年闲白头。

七律·春耕
轻霏润土生芳草，阡陌铁牛犁落早。
邻舍炊烟十里村，田畴夕影千畦稻。
闲云驻足翠峰青，野鹤栖身金菊老。
雨露春归三月间，更欣唐景古风好。

七律·夏日
美丽乡村入紫阳，莲台满目夏荷香。
玉菱吐艳林风润，剑叶含芳草露凉。
峰绕青藤书烂漫，径通翠竹戏迷藏。
家山疏影连天白，晚景流霞淡日黄。

七律·张三界
晴空万里盼浮云，闲步登山意自欣。
日转林扉生秀色，朝回烟树散成纹。
蝉鸣鸟迹飞残滴，蝶绕花香吐异芬。

夕照落晖方惜别，一车欢笑路边闻。

七律·九天玄女洞
一洞九天迷径围，群峰窟垒梦魂飞。
青岩绝壁萤光闪，钟乳石林岚雾霏。
鬼谷神功多幻影，仙翁灵境久相依。
时空隧道含情别，玉宇苍穹逸兴归。

宋毓彬

男，1966年生，湖北蕲春人，现居黄石。中学数学高级教师。黄石市诗词学会理事，黄石市散文学会会员。

春节还乡
炮竹声中一岁除，客行迢递等闲居。
燕因怀旧还乡里，春未嫌贫到草庐。
麻将已然成国粹，村农无复尚诗书。
萦心世事嗟兴废，幸有梅香溢自如。

题油菜花
山畦处处晒金黄，惹得喧蜂舞蝶忙。
不与闲花争色艳，但将生计许民康。
也无歌赋铭经卷，偏有慈怀朝九阳。
曳荡春心何所寄，碧桃树下忆刘郎。

己亥暮春过岳阳楼
春阑又过岳阳楼，万顷波涛眼底收。
难见洞庭真面目，空余唐宋旧风流。
年光似水何曾住，梦想如烟未可休。
遍识江湖悲与喜，几人后乐且先忧？

从教30年感怀
潦倒杏坛三十秋，浑将诗笔慰风流。
立言秉烛销清夜，树德飞尘染白头。
惕夕书山勤问径，经年题海苦操舟。
百篇文字铭心迹，无愧平生粱稻谋。

临江仙·游东坡赤壁

赤壁矶头寻胜迹，苍波浩荡东流。扁舟难载古今愁。八诗并二赋，文采耀千秋。

世上风光何有异，无非先哲曾游。孤怀梦影寄南楼。千帆频过眼，才客老黄州。

锦帐春·游黄梅柳林玫瑰谷

翠树春莎，玫瑰艳绝，怎堪见娇花陨折。叶如苔，香似芷，看数枝争发，粉红重叠。

几许风流，几番情切，恍然作浮云水月。燕飞忙，莺语歇，任繁香烈烈，引招蜂蝶。

永遇乐·西塞山怀古

万里江天，一收眼底，豁开心结。莎草平沙，鸥滩鹤渚，浪涌千堆雪。舟横野渡，莺啼岸柳，别样水光山色。红尘外，青蓑绿笠，诗心自此澄澈。

红尘倦客，天涯游子，默默倚栏消歇。三楚英豪，六朝王霸，底事堪重说？古今成败，云烟过尽，纵是百回千折。但无愧，此间风景，眼前岁月。

桂枝香·老司城怀古

凭栏纵目，览一水清幽，万山葱绿。百里灵溪似练，石林如簇。繁华落尽斜阳里，剩荒丘、残垣高矗。土王宫畔，风轻云淡，喧蝉声促。

八百年、蛮疆逐鹿。觑家国天下，岂甘臣仆？改土归流，梦断紫金难赎。前朝旧事如流水，楚山空、长歌当哭。王城已杳，功碑犹在，默然庄肃。

宋蕴玉

女，1963年4月出生在上海崇明岛。退休会计师。爱好文学，曾是大型文学网站的社团编辑，在其网站发表过小说、诗歌、散文等200多篇(首)。风格如本人性格快人快语，乐观幽默，颂扬美好生活。

含羞草

小梳密栉翠，轻触闭目羞；
此生虽草木，脉脉情意柔。
芊芊枝干细，稍后昂起头；
三番五次虐，从来不记仇。

银杏

夜半觉醒倾耳听，婆娑叶舞扣窗棂；
晨起簌簌难起脚，西风摇落满地金。

雷

惊蛰过后来，打鼓把门开；
惊世骇俗阵，婴童入母怀。

露

天无下雨地不潮，露润小草与禾苗；
水塘荷叶珍珠滚，月下扁舟过拱桥。

电

火蛇苍穹舞，雷公战鼓擂。
丛林青烟袅，翠柏劈成灰。

霜

路遗枯枝小柴禾，夜来精灵蘸白糖。
红叶已知芳菲旧，西风扫地遗飞霜。

水

千刀万剐不留缝，微风扫波粼粼传；
情到柔处化万物，意至坚时磐石穿。
载舟覆舟非任性，诸事有度也不难。
敢向苍穹开明镜，映朝日出夕阳残。

馄饨

白面擀薄皮，荤素馅相宜；
元宝水中滚，汤大食不稀。

卜算子·过年逢停电

苍穹星星耀，夜空冰轮小。一阵风摇一树花，过年无人扫。

有灯点不明，恼又何须恼。纵然手机开电筒，照与谁亮好。

苏波

笔名晴韵岚、苏晋龙，河南省驻马店市正阳县人，目前就职于中新社河南分社及法制教育周刊，为大中华诗词协会、燕京文化艺术交流协会、中原诗词研究会、浔阳江诗社会员及新时代中国优秀诗词作家精品集编委、大中华论坛沧浪诗人翰墨清吟特邀嘉宾。作曲添词一夕休，天涯过客梦难收。为谁穷尽今生念，耀世芳名万古流。善创作著有《晴韵岚诗词集》《逆世群侠传》《豹子侠·侠者归来》等作品。诗歌作品见《一路诗怀》《新时代诗词百家》《中华诗词百家 2019》《中国当代诗词》《2019 中国诗歌年度人物·中国诗歌大典》《中国当代诗歌大辞典》及各大诗词网和大中华诗词论坛。

梦扬州·祖国八一建军节感怀

梦谁同，对九州环海，孤念千重。故国逝川，毅烈仍存胸中。日前边外程途恶，待伍人、迎浪临风。韶光换，山河尤在，败成休怨英雄。

长忆云间旅鸿。当一曲高歌，径自飘蓬。险阻若何，气似惊尘苍龙。雨昏路远应无惧，纵壮情、提剑张弓。倾热血，丹心未尽，时命堪庸？

凄凉犯·聆明日之子 By2 新歌都是假象感怀

明眸似月，嚣尘里、晞微凤念难歇。假象若何，经风历雨，岂能迷迭？飞扬热血。任昨日凄凉断灭。纵流光、朝夕不待，也教逸情愜。

回首当时景，万绪千愁，与谁倾说？旧人在否，总飘零、梦安停绝？无计伤怀，但澎湃初心炽烈。又三秋，真实自己、怎忍屑？

临江仙·歌明日之子苏北北

灯火阑珊人群里，牵谁笑语盈盈？如花绽放正娉婷。月光浮魅眼，星宇沁嘉声。

纷扰红尘漂泊客，逢她孤意微情。倚栏对影愿留停。率真不是蠢，秀雅自倾城。

江城梅花引·落花飞雪不逢春

落花飞雪不逢春，忆难温，梦难温。月映西窗，独自待红尘。残影空楼寥寞夜，情切切，眼凄凄、尤噬魂。

敛神，忘神。绪怎陈，爱也真，恨也真。伫留几人？小桥东、唯剩啼痕。欲觅无由，风雨又纷纷。音渺路遥堪辗转，瞻旧景，对新愁、念已焚。

五绝·尘路

对景愁堪有，迎风梦怎无？
不妨长路寂，纵使影身孤。

七绝·孤云

羁影漂萍又一秋，佳期未至韵堪休？
驿城栏外孤云晚，曲巷桥边碧水愁。

五律·征途

嚣尘一梦中,命路不相同。
兴寄云天月,情迷柳岸风。
堪由心切切,莫教岁匆匆。
纵使青春远,征途念未穷。

七律·难窃

长亭风与蓝桥雪,眼底花和天外月。
韶岁蹉跎恨怎倾,流光辗转愁堪写?
回眸只恐泪痕凄,对酒唯余思念切。
此刻重楼伴影孤,当时凤曲随烟灭。

苏翠芬

网名浅秋茗馨,女,1969年出生。河北省定州市人,本科学历,喜爱文学,特别是古诗词。

清平乐·乡村行

风吹柳荡,鸟雀枝头唱,万里晴空云无状,四野弥弥麦浪。
又见肥杏金黄,适逢米粽飘香,庭院榴花欲燃,田园醉美风光。

诉衷情·乡村行

青杨碧柳燕低飞,轻浪麦田堆。微雨轻涤阡陌,心悦淡舒眉。
情满院,意相随,暖心扉。榴花欲燃,米粽飘香,母盼儿归。

蝶恋花·梨园春色

春到梨园铺画卷。草色青青,时见穿林燕。绿水微澜杨柳岸,晴空朗照流云散。
香雪满枝莺语乱,蝶舞蜂飞,叶动梨花颤。莫道琼颜春色淡,仙姿清韵群芳羡。

踏莎行·中秋

朝雾迷蒙,晚霞绚烂。蝶息蝉静秋芳艳。微寒初上月华浓,秋虫吟唱秋风赞。
心曲轻弹,余音不断。心潮涤荡心池畔。天涯共月又中秋,秋思遥寄南飞雁。

蝶恋花

已是中年思豆蔻。如逝光阴,早把芳华漏。春暮与君相遇后,心田种满相思豆。
终日思极人更瘦。何日相邀,共把香梅嗅。心有千结谁看透,等君来解相思扣。

行香子·元宵节

日隐西山,月上云端。望长街、灯火阑珊;南来北往,老少狂欢,正炮声急,人声沸,乐声喧。
如梭岁月,逝水流年。指弹间、旧事如烟;残冬已去,春暖心间。愿事常顺,运常伴,月常圆。

行香子·小园雪景(新韵)

竹影婀娜,寒树婆娑。琼花舞,遍洒祥和。层林如画,胜尽雕琢。顿释心怀,解心郁,荡心波。
风欺残叶,玉掩青禾。冰绦垂,柳下冬鹅。苍松挺秀,银覆藤萝。赏境之幽,冬之韵,雪之歌。

苏翠花

女,网名往事依然,安徽省池州人。喜欢文字,喜欢安静。在家乡的一些文学平台上发表过一些散文、诗歌。从去年开始尝试古典诗词创作。

五绝·听雨

一夜黄梅雨,潺潺落屋檐。

嘈嘈连切切，点滴到心尖。

七绝·晚归
斜阳柳外鸟鸣啾，脚步沉沉强上楼。
早出晚归身已惫，苦辛只为稻粱谋。

六律·山村茶季
小院柴门昼闭，凝眸绿满天际。
娇莺自在轻啼，嫩蝶争先弄丽。
树密惟闻笑歌，山深但隐衣袂。
乡村不见闲人，野径茶香暗递。

七律·夜雨初停
夜雨初停碧野清，桥东信步蕙风迎。
枝头宿鸟啼声脆，叶上朝阳珠露莹。
草泽泥香双鹭戏，池塘水满绿荷擎。
人生何处寻归宿，五月江南最解情。

行香子·雨后山村
雾敛峰峦，隐隐飞泉。方塘满，水面生烟。小村雨后，静美如娟。看草青幽，树青翠，山青妍。
柴扉虚掩，小院芳闲。笑呵呵，翁姥廊前。日升而作，日落而眠。伴鸡儿鸣，燕儿舞，蝶儿蹁。

临江仙·初夏
紫椹累累枝碧缀，桑田雨过生香。黄鹂啄椹趁晴忙。蔷薇满架，风暖日初长。
柳绿桃红前日事，廊前阳艳流光。树摇清影照幽窗。闲听鸟语，春去又何妨。

苏德军
男，茂名南天诗社会员。喜欢诗词、散文，地道的诗词爱好者。

五绝·相送
渡口望君别，无言泪涟涟；
夕阳残落影，暮世绝缠绵。

五律·秋夜遥思
卷荷藏妩媚，丹桂吐清幽；
孤影银辉伴，微风水榭留。
琴声悠远至，雁迹杳无求；
遥思天涯远，相望对晚秋。

七律·劝学
诗文笺浅存高品，词句悠扬赋羽音。
熟读圣贤能悟道，精通律吕善听琴。
古言笔砚藏温玉，今日诗书尽铂金。
年少惜阴能励苦，华章锦绣醉芳心。

苏福贵
笔名平仄人生，茂名南天诗社会员，男，本科学历，高级经济师，甘肃灵台人，生于1963年。喜爱写作，在刊物发表专业论文20余篇，网络发表诗词百余篇。诗观：诗词世界悟真谛，平仄人生效古贤。

五绝·盼女归（新韵）
夜梦豆发芽，晨闻鹊叫喳。
细思何事有，准拟女归家。

五律·春雨
玉蕊离春去，东风送雨来。
远山浮翠墨，空气净尘埃。
润地青苗长，滋田小树栽。
人勤天眷顾，只待百花开。

五言排律·农村新貌（新韵）
南巡掀巨浪，大地获新生。
商火钱囊鼓，农兴五谷丰。
花开屋后苑，鸟唱舍前松。
圈养牛羊壮，园栽果柿红。

村村楼耸立，户户网联通。
民富精神爽，国强瑞气盈。

七绝·照镜
炎凉阅尽心干净，艾发衰容奈我何？
明镜高悬常照已，逍遥自在赋诗歌。

七律·咏柳
天南海北是家乡，无惧贫穷与毁伤。
银粟初融披嫩绿，金乌正烈送荫凉。
纤腰秀发柔情绕，靓影娥眉爱慕藏。
墨客千年诗赋赞，枝枝向下不骄狂。

七律·夜游上海外滩
惚恍跻身阆苑宫，明珠四顾景无穷。
轮船斩浪遨南海，万国遗楼沐惠风。
灯火辉煌星月暗，游人惬意曲歌融。
斑斓夜色勾魂魄，只恨时光步履匆。

七律·建国70周年抒怀（新韵）
七十华诞焕新容，寰宇凝眸向北京。
母舰巡洋惊鬼魅，神舟探月诧仙翁。
天蓝水绿江山美，物阜民安法理明。
丝带开通圆梦路，中华崛起势如虹。

七律·端午忆屈原
艾蒿米粽又飘香，追忆三闾泪眼汪。
天问觅源疑惑解，离骚忧国赤诚彰。
寒心饮恨投江水，思想流传闪彩光。
打虎拍蝇忠佞辨，覆前戒后断灾殃。

苏贵全

黑龙江萝北县人，先后务农、上学，后来在金融系统工作近40年，将要退休。中华诗词学会会员，萝北县诗词协会副主席。先后在《诗词月刊》《文学月报》等刊物上发表多篇作品。多次在不同大赛上获得大奖。

七绝·远眺雷峰塔
小桥残雪半生缘，僧士无情水漫山。
望尽尘窗谁掩泪，清风依旧扫幽园。

七律·国庆70周年感赋
回眸大梦七十载，写尽华章几代人。
汗洒昆仑挑小月，心牵瀚海望浮尘。
青山开路和谐号，碧水扬帆友谊轮。
风雨潇潇旗帜在，芬芳款款满园春。

江城子·晚游名山江畔公园
风清园静岸边行，晚霞迎，柳梢停。默默桥头，江水映风亭。低婉箫声关不住，谁倾诉？爱凋零。

暮临摇曳小纱灯，夜还醒，又飞萤。劳燕归巢，踱步望繁星。月下游人三两个，更深处，叩门声。

苏桂芝

女，汉族，1941年5月生，山东省单县孙老家村人。华电滕州新源有限热电公司退休职工。系中华诗词学会会员，枣庄市诗词学会会员，滕州市诗词联赋协会常务理事。曾荣获第四届"相约北京"全国文学艺术大赛"二等奖"、第二届"岳阳楼"寻春诗会银奖、第十三届"天籁杯"中华诗词大赛铜奖。

五律·欢庆首届国际进博会在沪召开
浦江歌博会，远客海天来。
万国展奇品，五洲登碧台。
交流同乐利，合作共添财。
商贸洪潮起，多边新局开。

七绝·春景

穿柳黄莺求友鸣，寻巢紫燕唱连声。
带露梨花颜更美，蝶舞蜂飞映玉清。

七绝·榆钱

阳春三月百花妍，老幼采分榆树钱。
昔日盘餐思果腹，而今忆旧品新鲜。

七律·庆祝建国 70 周年

建立中华七十年，吾侪相伴意相牵。
沧桑巨变旗开路，风雨兼程党领先。
脱贫致富黎庶笑，架桥筑路五洲连。
中华儿女多奇志，定叫长空换舜天。

七律·咏春

大地回春百鸟喧，天蓝水秀柳含烟。
城区片片草坪碧，郭外层层花蕊鲜。
万种风情留远客，千般胜景入诗篇。
夕阳焕彩增春色，逢时老身驰马前。

七律·读书有感

久恋书斋展卷忙，祥编翰墨溢清香。
新文细品真情切，古韵深研意味长。
常慕先贤锥刺骨，更思寒士首悬梁。
轻吟浅唱豪情涌，博览犹忘两鬓霜。

七律·网聊

老身新学赶时髦，上网聊天趣味高。
节日话新情漫漫，同窗叙旧语滔滔。
新闻焦点常谈论，图片诗文共选挑。
精神滋养身心壮，人生多彩赋诗豪。

七律·端午怀古

岁月匆匆青史长，龙舟竞渡又端阳。
门悬艾草驱邪秽，窗挂蒲枝濡粽香。
愤世忧民千载颂，投江报国万年扬。
滔滔不尽汨罗水，屈子英名垂世光。

七律·贺"西成高铁"通营

蜀道难行时已迁，西成高铁贯山川。
岩崖隧道畅无阻，微信手机随意联。
朝发夕回如激箭，风驰电掣赛神仙。
横穿秦岭福民众，笑看英才著锦篇。

七律·读史有感刘邦

战乱年间动斧枪，沛公起义做君王。
鸿门饮宴张良助，垓下围兵项羽亡。
善用人才匡国事，废除苛政促民强。
得人心者得天下，大汉雄风天下扬。

苏景明

原名苏项劳，壮志凌云。1950 年生，国家干部。近年来，在《三门峡日报》《西部晨风》《河南教育网》》《黄河文化生活》等报刊平台，发表作品百余篇，部分作品获奖。

采莲人（四首）

（一）
冬来闯乡村，沙吹白日隐；
枯荷多交错，芦摇池水浑。

（二）
路遇掘藕汉，弓背泥满身；
一双粗糙手，笑脸透纯真。

（三）
黎民多辛苦，苍生各所奔；
满桌食藕者，谁识采莲人。

苏开元

男，上海人，1947 年 3 月出生，曾在上海仪器仪表行业国营企业任工人、干部。钟爱中国古典诗词，退休后开始学习并尝试写作，兴趣甚浓。是上海市诗词学会、中华诗词学会会员。加入上海枫林诗社、遐龄诗社、田林诗社、尚诗苑等诗社。

登上海中心所见（孤雁入群格）

登斯楼也挽苍穹，高处云抟八面风。
错落通衢织经纬，毗连广厦屹衡嵩。
一江分影东西浦，万象迭辉今古融。
蕞尔渔村殊此变，老钟曰日唱吴淞。

注：老钟，指黄浦江外滩海关大钟。

广富林历史文化遗址公园

湖上清粼柳色森，焉知水下古痕沉？
华亭罾罟残犹在，崧泽农商迹可寻。
遥想茅庐影萧索，惊看群厦矗差参。
江村纵已万千变，沪渎长将广富吟。

黄果树瀑布

白水泻帘天下惊，雄奇险峻不虚名。
喷珠激浪千层雪，挟啸携雷万鼓鸣。
二岸云霞蒸秀色，满江兵马逐征程。
狂飚何以奔腾急？直向大洋捐此情。

回故乡

跃上葱茏紫气萦，家山黛瓦沐新晴。
千年必吉岭含韵，九曲珠溪河作声。
风水弥山毓灵秀，膏粱出泽竞豪英。
耆翁一碗猴魁草，故里相酬游子情。

注：必吉岭，故乡所在乡村坐落于必吉岭（古名）。珠溪河，村口的一条河名。

咏徽州名茶太平猴魁

不须七碗腋生凉，只泡头壶满屋香。
色净滋醇仰天地，叶尖毫白蕴猴岗。①
太平湖畔玉芽草，万国会中金奖章。②
偏爱兹名曾祖荐，一盅淡淡品沧桑。

注：①猴魁茶原产地安徽太平县（现黄山市）猴岗、猴坑。
②第5、6、7句，猴魁茶原名"王老二魁尖"。1915年，余曾祖父苏锡岱在南京经商时，将其更名为"太平猴魁"，并荐送巴拿马万国博览会参展，获一等金质奖章。

己亥元旦自语

老树苍波又一轮，庸慵日暮愧心魂。
无嗔无悔有新悟，有志有情无旧痕。
衰谢风花少留醉，逶迤山水兴犹存。
且忘悲喜与长短，何不深深饮一樽。

己亥正月初九友聚

几个老朽因醉痴，盈盅举箸甚欢时。
儒风四座达书礼，雅兴三巡酬酒诗。
流水高山曾记否？真情率性总相知。
才疏偶作清狂语，此等悠闲未可移。

探望好友倪君归来

惊闻儿时邻居、同学倪聚源君不慎跌一跤竟成高位截瘫，遂去医院探望，叹喟唏嘘，感伤有作。

赧颜英气忆犹存，霜鬓相怜岁月痕。
童稚灿然留旧影，热忱尽付有余温。
老休当养天年福，横祸却伤家小魂。
见得忧愁言不得，怕提往事怅黄昏。

苏昆

1983年从事儿童教育行业。爱好读书、听音乐，偶尔写写小诗。

七绝·乡间闲咏

太行深处桃花源，远离尘嚣耳不染。
一盏清茶夕阳斜，借此偷的半日闲。

七绝·麦田颂

风吹麦浪芒欲黄，羞怯褪去绿霓裳。
珠圆玉润渐丰腴，农家喜笑粮满仓。

七绝·风雨夜

疾风弄帘雨打窗，辗转反侧夜漫长。
日出风住雨已停，夏花香残满地伤。

— 1011 —

七绝·随缘
风遥枝头花纷飞，庸人自扰徒伤悲。
花开花谢应有时，缘来缘去莫相违。

垂钓翁（新韵）
海面似风平浪静，水下则暗流涌动，
莫道时代造英雄，宁为平凡垂钓翁。

苏明义

四川渠县人，退休前先后在县委党校、宣传部从事理论教育宣传工作。喜好诗词，有作品选入一些诗集，曾获达州市诗词创作三等奖。

古风·古井情思
故乡院前一古井，甘冽水味留至今。
井口绳痕历历在，井月常动少年心：
寒冬为何冒暖雾？酷暑为何水如冰？
无人能解懒纠缠，玩伴嘻闹抢冷饮。
村姑掬水洗娇容，小伙提水弄精神。
年少力薄难堪时，叔辈助力桶飞腾。
井水之情比井深，我解饥渴尔献身。
日月交替添新岁，甘露滋润我成人。

涌泉之恩不了情，古稀之年思古井。
秋风伴我归故里，明月当空绕井行。
荒草掩井夜寂寂，月光徘徊心沉沉。
村姑小伙无觅处，抢水发小已凋零。
更念助我提水人，无奈纷纷已西行。
低头探视井中水，井水尽涸月无影。
岁月无情奈若何，手抚井沿悲情生。
再望皓月似笑我，清辉点亮迷糊人：
百年人生终有限，世间万物难永恒！

古体·太平花歌[1]
太平花籍在青城，奇花坎坷不太平。
山摧火燎命不绝，历经劫难花长成。
乳白花瓣娇欲滴，鹅黄花蕊香四溢。
淡笑枝头观蝶舞，静立深山度光阴。
风流孟昶拥花归，瑶池玉女降王庭。
蜀宫百花顿失色，花蕊夫人[2]自惭形。
双花劲舞动锦城，王命难违汗淋淋。
弦歌香风君自醉，花木岂知灭顶临？

宋祖长槊指西南，名花王妃解中原。
殿前夫人吟绝句，墙角名花魂已散。
含泪送妃黄泉去，又伴师师糜音弹。
金虏直捣宋汴京，劫花执帝燕山行。
中都内外且安家，苦伴二帝饮苦寒。
成吉思汗铁骑狂，铁蹄踏城花尽残。
城外苟活三两枝，白雪怜香藏玉颜。

时来运转入龙门，淡雅幽香帝倾情。
道光赐名"太平花"，慈禧宠爱更绝伦。
玉树琼花赏王公，重臣豪门种为荣。
竞放无须女皇旨[3]，陕甘蒙晋留倩影。
八国联军破京门，慈禧弃花向西遁。
花伴庶民挡枪炮，炮轰火烧不死心。
可怜西蜀姊妹花，吊诡灭绝难寻因。
北国遗姊熬寒冬，向阳花木终逢春。
花团锦簇漫京华，相拥狂喜庆新生。
无惧敌酋再纵火，神州自有灭火人。
更庆兄弟泯恩仇，月圆花好一家亲。

盛世荣耀归故里，青城山麓再扎根。
根深叶茂笑颜开，太平之花向太平。

注：①太平花，又名丰瑞花，喜光，为珍品名卉。原产青城山一带。史载：五代时，被移植后蜀王宫。宋灭后蜀、金灭北宋，此花也相应移植到开封及中都。元灭金，城内此花尽毁，西郊少量躲过一劫。明清开始移栽至皇宫御花园、圆明园等地。道光帝赐名"太平花"，慈禧钟爱有加，常作礼品赏王公、重臣，并在民间得到大量种植，以至发展到陕、甘、晋、蒙一带。八国联军火烧圆明园，仍有少量存活，而青城山的太平花却神秘消失。2017年6月，又从北京故宫引种到都江堰景区清溪园中。

②花蕊夫人，五代十国后蜀王孟昶宠妃，女诗人，美且多

才艺。宋灭后蜀被携至汴梁，宋太祖令其庭前赋诗，其中一首曰："君王城上树降旗，妾在深宫哪得知；十四万人齐解甲，更无一个是男儿。"

③女皇旨：传说女皇武则天寒冬下旨，洛阳御花园内百花一夜必须全部开放。其他的花卉均遵旨怒放，唯花王牡丹抗旨不开，被贬出御花园。

七律·国家改造城乡旧危房有感

诗圣千秋广厦梦，京都一令着力园。
抹去世间破茅屋，绘就天堂宏图卷。
青瓦粉墙掩绿荫，琼楼华宇汇星汉。
少陵理应笑瞑目，再无妇孺泣风寒。

苏平录

茂名南天诗社会员。男，生于1956年5月。中师学历，甘肃省平凉市崆峒区柳湖镇赵堡村人。赵堡小学退休教师。

崆峒山观瀑

峡沟峭壁下天台，九曲回廊欲倒栽。
古树轻摇千尺浪，悬崖飞溅万声雷。
饰成胜境琼花舞，借得庐山瀑布来。
试扯银弦听锦瑟，诗情月色共徘徊。

国家公祭

八十年前惨案浮，金陵寇掳铁蹄蹂。
腥风血雨千乡破，虎踞龙盘万古羞。
国弱山河遭恶梦，民强公祭诉冤仇。
警钟常撞防狼犯，利剑新磨待鬼孵。

雪登嘉峪关

冬日西来走黑山，冻云吹雪上雄关。
敌楼烽火高台险，垛垭长炮锈迹斑。
游客塞川乘马跃，驼铃丝路载誉还。
九州兴盛商财旺，故国平安铁鼓闲。

六盘山红军长征纪念馆

仰望名篇久在胸，驱车登上六盘峰。
山风习习金亭爽，幽谷潺潺碧水淙。
影壁花繁千种草，红旗光耀万年松。
白云深处吟佳句，犹见硝烟睹伟容。

鸭绿断桥千古红

碧水湍流立断桩，留存证史鬼魔降。
钢梁累累炮弹孔，爱国拳拳教育窗。
赳赳千军驱寇马，源源万物为邻邦。
桥墩一染英雄血，千古长虹鸭绿江。

村居

盘龙山下是吾家，一片红云灿若霞。
杨柳依墙遮草院，门前遍布醉人花。

田园吟（中华新韵）

山中物景四时新，傍水良田细细耘。
红柿青椒丰一垅，花猫小狗闹三分。
市民难晓园林乐，村媪当知手脚勤。
休要柴门寻富贵，平常心里蕴欢欣。

新疆巩留饭店小憩

巩留稻黍泛金黄，九月天高正艳阳。
山畔白云移积雪，岭头绿海牧村羊。
凉亭碧叶缠龙柱，水榭红花绕屋梁。
饭后田园林下路，江南塞外闻秋香。

苏胜和

男，1972年出生，诗词爱好者，中华诗词学会、吉林省诗词学会会员。

鹧鸪天·神游汴西湖

鬼斧天工引大渊，古都新韵赋华篇。
穿蓝草碧增春色，浪细风清拂梦田。
心爽爽，意绵绵。宏观神笔绘江山。
周公未解苏公吃，疑是江南西子园。

七律·读杨开慧家书
拆观慧语诉行行，慨叹山高水又长。
未解情怀何为解，感伤岁月怎言伤。
陈香落韵生华境，隽字呈堂饰美妆。
过眼烟波诗意起，临风唱和梦轻飏。

清平乐·赞通化县创建中华诗词之乡
诗熏词染，一望云天湛，水碧山青文华范，敢叫参乡争艳。
吟旌一展挥先，共创幽雅新篇，今日清流领引，明朝墨会群贤。

排律·观千亩杜鹃有记（新韵）
欣闻县内有花林，千亩杜鹃韵暮春。
神往邀朋成旅伴，心驰化梦至南屯。
青山一笑盈青翠，老岭三欢炫岭新。
寻路转弯颠颠径，穿溪直向莽莽森。
车排长阵山洼处，影绕绵川脚步芸。
半峭岩中披彩带，千丛粉羽绣香魂。
人间是有真仙境，广厦该无此界芬。
蝶舞霓裳蜂戏蕊，鹃羞桦柞燕衔筋。
花娇人醉花枝颤，人醉花痴画笔薰。
远看苍茫倾墨色，近听豪迈喊山音。
东君送我情千缕，我送东君酒万樽。
诗意飘飞心境美，快门按下味觉馨。
连绵尽数群芳谱，浩荡思泉润古今。
纵笔开怀倾点墨，酣然唱和意淋淋。

苏守煜
男，安徽省六安市人。中学高级教师。1976年毕业于安徽劳动大学物理专业，2009年后在安徽泾县培风中学退休。曾在《物理教学》等杂志上发表10余篇教学论文，并在《新周报》《绿色泾县》上发表诗词近30余篇。

七绝·荷塘夜色
玉盘初白舞轻纱，水榭风凉树影斜。
仙子瑶池新沐浴，波光潋滟翠生华。

七绝·喜报飞来
银盘皎洁舞苍穹，彤桂飘香浸长空。
小子从军千里外，又传捷报慰亲翁。

七绝·秋韵
暑气消融夜渐长，桂香菊艳雁迁忙。
秋高天水无区色，果坠枝头谷满仓。

七律·登岳阳楼
梦往岳阳楼已久，今朝逐愿近冬秋。
延绵群岭云湖绕，不尽长江百舸游。
碧水连天鱼艇唱，晴空接地鹊鸟悠。
世间觅范公几许？忧乐名言千古留。

七绝·茶乡行
大道通衢弯里弯，人家烟树孰忙闲？
但闻阵阵茶香袭，叠叠层层水抱山。

七绝·赞环卫工人
夜深宁静梦馨香，街市黄衫影匆忙。
城市美容勤最早，鸣禽破晓接晨光。

七绝·牵牛花
花枝露染蜻蜓立，绕满篱笆展美辉。
夜苦晨欢香气溢，村姑采戴鬓云归。

七绝·赞东坡
妙语生辉八大家，挥毫泼墨笔生花。
苏堤垂柳东坡肉，千古留芳誉中华。

苏新河
男，山东省滨州市沾化区下洼镇人。冯家镇教师。滨州市诗词学会会员，沾化区诗社副社长。创作格律诗词 400 余首,部分作品收入《当代诗人选集》《滨州百年诗词选》等书。

七绝·夜雨
寒意袭人棉被轻,新诗酝酿未裁成。
屋中套屋离春远,移步窗前听雨声。

七绝·春日绝句
阴晴无定白云忙,冷暖交锋累薄裳。
天意欲成寒食雨,人间四月柳丝黄。

七绝·戊戌春词
农人勤奋俭持家,枣木作柴须赞夸。
寻找诗材随野老,坡前开满地黄花。

七绝·夏日即事
满庭碧绿一帘风,懒把诗书入眼瞳。
不得出门人寂寞,倚窗静立雨声中。

七绝·一线潮
凭栏眺望入苍茫,滚滚洪流一线长。
不是海天潮有信,谁驱万马下钱塘。

七绝·冬日绝句
独自林间小径长,熹微天色半晨阳。
城中懒睡不知道,好鸟啼鸣满树霜。

七绝·秦口棹歌
溶溶漾漾碧鲜开,淡远轻烟一棹来。
无事轻鸥水边落,梳翎还踏绿苍苔。

七绝·春日徒骇河
岸上高林换绿装,河边晓雾带清凉。
借来初日胭脂色,描画乡村淡淡妆。

苏燕

70 后,安徽淮南人。安徽省作家协会会员,淮南市作家协会理事,中华诗词学会会员,安徽省诗词学会会员,淮南市诗词学会副秘书长。曾在《诗刊》《中华诗词》《安徽文学》等报刊发表作品多篇。曾多次在各类文学大赛中获奖。

为 70 岁农民母亲写真
腰身伛偻鬓霜花,遥忆沧桑带笑擦。
几度扶犁犁困苦,数年播种种生涯。
肩挑四季晨昏色,夜补三更星月华。
磨砺劬心如瞰日,掌中铁茧垒成家。

游茅仙古洞
男儿何意觅仙踪,自闭幽虚几万重。
欲拒红尘深洞窄,岂知香鼎桂烟浓。
云流高碧天含雨,水过长淮地动容。
无尽风吹今古换,青山空抱皓经穷。

登黄山天都峰
一峰如柱耸苍穹,云海瑰奇毓翠松。
劲越天梯说陡峻,回观鲫背笑从容。
千峦眼底争神秀,万壑胸间纳霁风。
凌顶情催诗境阔,山光如瀑气如虹。

夜思
夜半更深熄案烛,遥观星海斗沉浮。
蓬山渺渺成痴梦,脚步匆匆踏累俗。
忆里华年空自逝,心中落寞不堪抒。
墨花开处情何寄?一片诗心赠月读。

访媚香楼
水抱朱阁映碧空,秦淮犹有古时风。
阶前试看芭蕉色,醉里可识琴瑟声。
无数烟花如幻梦,几多遗恨似云踪。
君凭一扇桃花血,胜却胭脂百世红。

游大足荷花山庄

芙蓉慕艳阳，碧袂舞流光。
亭上云歇脚，眸间画绕廊。
鸟喧花解语，风过水生凉。
不恋妖娆色，只拈馥郁香。

暮登寿州古城墙

望间烟霭渐朦胧，千古戈堞气势宏。
淝水波寒衔远黛，飞鸿影瘦掠长空。
只逢络绎登临客，难觅铿锵鼙鼓声。
墙上几多征戍血，殷殷犹在史籍中。

浣溪沙·冬临古寿州抒怀

楚地苍黄几望中，蜿蜒紫陌聚八公。五朝鼎盛逝遥空。
淝水牵情浮剑影，蛾眉会意叹遗踪。拟将萧瑟待春风。

鹧鸪天·落叶

梦里风华叠郁阴，疏枝瑟瑟系归根。且将一世青青色，暂付三秋眷眷心。
披月露，舞霜痕，犹甘玉骨化泥尘。而今随雨萧萧落，好绿明年树树春。

鹧鸪天·场外陪儿高考

嘱你答题莫紧张，铃声让我更着慌。心悬试卷难和易，思虑时间短与长。
盯手表，望门窗，分分秒秒俱牵肠。见儿含笑飞出场，眼角偷擦泪几行。

鹧鸪天·送课下乡

远道来栽梦想花，先凭慧眼辨灵芽。朗读文段乡音重，续写新篇文笔佳。
精设问，妙回答，师生互动乐无涯。铃声奏响离别曲，难舍一群留守娃。

临江仙·深夜邀儿视频

帘上星垂疏影，寒风惹我思亲。屏间笑靥看犹真。叮咛一串串，吩咐两欣欣。
最是怕说再见，奈何已到更深，忙说夜冷要加衾。照儿天上月，原本是娘心。

苏以淦

广东佛山西樵人，退休教师，西樵诗社社员，南海诗社成员。喜爱文学特别是古典诗词，作品散见于《樵山社区报》《樵歌》《佛山诗坛报》及《珠江时报》等。

七绝·题竹

一棵竹子两无同，或喻谦虚或腹空。
万物天生关甚事，在于刻意品评中。

七绝·荷花咏

亭亭玉立露华容，出自污泥碧水中。
风过时闻香阵阵，德高亮节世人崇。

七律·国庆游樵山

樵山锦绣一望收，风景晴和乐事悠。
鸟唱鼓鸣歌祖国，龙艇狮跃庆金秋。
天湖迤逦人挤拥，岭路蜿蜒车似流。
夜幕降临何更美，繁星璀璨伴群楼。

除夕有感

时逢除夕怎安宁，贺岁荧屏搞笑声。
微信祝词收不尽，祈祥望利乃常情。

七律·咏醉芙蓉

贵若牡丹菊月雍，争春日内易三容。
缘何唐宋稀留韵，为惜如昙艳太匆。
既赐天芳教我醉，便该佳句誉其雄。
暑寒交迭循环事，待到来秋复再红。

七绝·蝴蝶兰

轻盈雅态绿衣裳，宛似佳人薄薄妆。

一任风吹犹淡定,谦谦君子送清香。

无题
何须理会什么年,少虑开心又一天。
麻将纸牌余不惯,乐跟群友习诗篇。

沁园春·樵山吟
大美樵山,南粤闻名,七十二峰。列景区五A,岭南文翰;飞鸿一绝,狮艺称雄。书院三湖,有为品质,开创缫丝源伟功。最佳处,揽白云洞景,韵味无穷。
一年四季青葱,更二月春风拂正浓。上杜鹃园处,喜欣花海,密林溪涧,细听淙淙。楝树花开,集盈紫气,恰誉升平万物丰。偕挚友,赏渔耕粤韵,乐也融融。

咏葡萄
荷月珍珠满架梁,既教悦目更思尝。
采来入罐成佳酿,滋养容颜味特香。

苏以翔

湖北松滋市人。1936年8月出生。中共党员。松滋市卫健局退休干部。著述颇丰,先后出版文集《暮年回首》、诗文集《眉山斋集》,志书3部,参编文集4部,曾获省级以上征文奖20余次,有1000余篇(首)诗文在各级报刊发表。现为中华诗词学会、中国楹联学会及荆州市作家协会会员。

五律·春宵
春宵贵似金,夜静把诗吟。
偶有馨香逸,时闻琴瑟音。
凭窗赊月色,赏露洗尘心。
细品新芽醉,醒来拂晓临。

五律·阅读有感
曾有先秦记,式微胡不回。
观今当鉴古,时下正呼催。
贤达尤期盼,吟坛展玮瑰。
春风时雨至,且待响惊雷。

七绝·静坐有悟寄友
世间浮躁莫风追,清静无为亦有为。
名利锢身非可取,精神富有一生随。

七律·咏牛
朝出暮归恒守时,劬劳不懈品堪歆。
饲餐枯草棚居乐,护犊情深甘露施。
闲驮牧童扬笛韵,忙犁阡陌展魁姿。
老犹壮志拖车继,能饱众生心始宜。

七律·咏莲
污泥不染现红腮,似见观音登宝台。
冉冉波心濯秋水,亭亭月下坠琼怀。
日晴鱼戏逗蛙乐,雨雾荷香引蝶徘。
待到千苞齐绽际,泛舟靓女采莲来。

七律·故里见闻
阔别卅年回故乡,宗亲迎客话沧桑。
儿时老宅难寻迹,今日新村尽靓房。
瘠地成金仓廪足,荒山披绿橘柚香。
田园荡漾丰收景,集约经营奔小康。

七律·七夕忆旧
每临乞巧忆当年,两小无猜红线牵。
倍受泰山垂爱意,领游学海舞翩跹。
芳心初动银河阻,佳偶天成瓜瓞绵。
相敬如宾今已老,青春犹在润心田。

七律·初秋骋怀
微风轻拂感清凉,一叶知秋满地黄。
褪色犹闻莲逸韵,增辉方见菊浮香。
凭栏遥望天边雁,驻步静思头鬓霜。

夜雨萧萧催睡意，庄生晓梦亦愁肠。

苏永生

笔名江南居士，微博名孤山仙翁。福建省龙岩市新罗区人。吉尼斯世界纪录证书获得者。中国诗词研究会会员，中国青年作家协会会员，燕京文化艺术交流协会会员。少陵诗词文学社副社长，《少陵诗刊》编委。《中国诗》《世纪诗典》签约诗人。获第二届"中华杯"全国文学创作大赛古体诗词一等奖，第三届中国山水诗大赛金奖；并获"当代知名诗人"等多项荣誉称号。作品入选《黄浦江诗潮》等数十种书籍出版。

柳含烟·忘返旅程

云烟袅，水溪寒。鸟语声声隐树。洋场十里更鸣蝉，莫惊欢。

欲得清凉行树道，时有枯枝叶掉。征程坎坷举为艰，却流连。

风流子·苍生路

杨柳迎风飘舞，碧水河鱼群旅。人野径，鸟高枝，各自逍遥欢语。寒暑，晴雨，相伴苍生天路。

七绝·荷池春秋

荷池碧伞羞鱼聚，岸柳纤枝紫燕亲。
蛙唱山歌遥对应，明腾暗跃亮娇身。

七绝·江中幻影

青坡岸上飞花蝶，皓镜江中荡画舟。
云走相随仪仗队，犹如天子率臣游。

踏莎行·孤山足迹

翠竹香樟，镶珠嵌露。远山旁岭重重雾。蔓藤缠足步维艰，壑沟横水行无路。

隐树蝉鸣，飞天鸟语。总归能把心声吐。孤山老叟默无言，踏青寻绿时光度。

一落索·登峰

野径崎岖风树，鸟声随路。壑沟流水更潺潺，鱼引游人眸。

绿草镶珠黏露，蛛丝缠吐。劲松悬日汗淋漓，身在巅峰处。

七绝·雨霁遗恨

微风晓雾雨初晴，野径闲游数鸟鸣。
欲览此山真面目，堪怜沟壑断桥横。

酒泉子·飞天鸟瞰

轻棹水飘，紫燕高飞俯瞰。铁桥横，银浪滟，风萧萧。

北来南往动车闪。客机声震撼，越江山，时荏苒，在云霄。

苏云

词模范代表，荣获"一级诗人""中华领军人物""特级著作家""新时代中华诗圣""创作先锋"等称号，书香门第研究会副会长，中华书香人家当代文人联谊会名誉会长，被评选为"中华诗词100位优秀传承人"，中国诗词家协会会员，中华当代文学学会会员，另有"十佳艺术标兵""改革开放先锋家"等称号。

友情

满目萧萧似暮秋，忆朋念友上层楼。
云遮惆怅三千里，雾阻遥思五十州。

爱情

楼房临晚寂阳台，孤雁明空和泪哀。
今世合离随命判，倚天风雨送缘来。

聊将归向盏,微酣,醉里萍身寄此间。

　　清绝有人怜,一味添眉不少年。妙处向学精而简,趋前,耳语君听已忘言。

隋银旭

　　男,汉族,1949年7月出生,河北省隆化县人。1969年2月参加教育工作,2009年行政正科级退休。中华诗词学会会员,河北省诗词协会会员,承德市诗词楹联学会会员。部分作品曾获市省征文三等奖,全国征文优秀奖。

七绝·赠诗词班82岁尹永荣老师(新韵)

冰心盛世涌文潮,攀览书山不寂寥。
夕照丹霞何道晚,待发诗蕾满枝摇。

七绝·秋咏莲花山二潭(新韵)

瑶池泄玉谷生烟,幽壑苍莲涌碧潭。
纳日吞云波戏月,山苏霞紫伴峰岚。

七绝·梨花季节就餐泊头沟农家院(新韵)

松青柳绿数炊烟,农舍饕餐酒正酣。
雅客酡然窗外指,梨花春色赛江南。

七绝·嫦娥新动向(新韵)

海晏人间喜气盈,延龄方广渗寒宫。
参醅壮胆还偷药,飞跃八重到火星。

七律·咏春雪(新韵)

瑶台有意撒琼花,漫舞玉龙飞万家。
素裹河山添秀色,深滋原野育芳芽。
催苗孕蕾传春讯,除燥驱瘟润物华。
瑞兆丰年迎大有,修犁备种话桑麻。

长相思·台湾老兵

　　居异乡,绊异乡。心系家园望眼茫。花繁不辨香。

　　冬夜长,秋夜长。淫雨孤灯军被凉。离人最断肠。

长相思·赞塞罕坝精神

　　泪水流,汗水流。万亩荒丘变绿洲。梦长三代酬。

　　念悠悠,思悠悠。备苦殊难怎忍眸。后人讴不休。

望海潮·古城(隆化)新貌

　　膏腴名胜,通途八面,安州自古繁华。衢道纵横,层楼片片,疏稠数万人家。招牌赛恒沙,店密人接踵,车海无涯。淑女轻裘,彩包金链,劲豪奢。

　　堤直柳翠湖嘉,有凉亭甬道,五里樱花。南北货通,商城竞购,校园精育娇娃。风摆酒旗牙,扇抖随钹鼓,舞伴夕霞。墨叟骚翁妙笔,唯有画诗夸。

随心

　　本名曹朝芳,河北石家庄市人。喜欢古典文学,勤于练笔,愿在文字中以我手写我心。

七律·失眠夜

露湿疏帘灯影幽,星河转尽不胜愁。
几声犬吠勾残月,一夜霜风绕小楼。
去去何寻家苑梦,营营倦为稻梁谋。
坐听砌下寒蛩语,添做他乡樽里秋。

七律·题青丘狐

肯教踪迹系尘缨,际会青丘林壑情。
灵气凝形依九尾,劫缘经世度三生。
风云幻处传奇现,侠义酬时恩怨明。
古往今来何可遇,野烟暝霭自纵横。

五律·咏竹

琅玕疏密丛，连荫结苍葱。
雨洗千竿挹，寒侵三友同。
虚心叠垂叶，劲节傲长风。
落箨修然处，凤吟清气融。

五律·芒种

五月熏风起，稀疏梅子黄。
垄田初刈麦，陂泽正分秧。
蛙噪荷池满，蝉吟日色长。
小村鸡犬惬，柳荫避晴阳。

五律·长城

莽莽穹崇上，龙行万仞山。
苍烟笼古堞，戍角荡雄关。
千载风云咤，一城岁月还。
秦皇安有思，功过笑谈间。

七绝·长城

寒烟漠漠锁雄关，千古风流或已删。
若个苍茫秋月夜，几声戍角到心间。

七绝·梅

清馨瓣瓣世无双，未许孤心雪里降。
一种情怀明月夜，横斜疏影上轩窗。

七绝·雪中梅竹

百草千花各隐身，雪中梅竹更精神。
知君自有从容骨，占尽风华不藉春。

孙宝林

笔名青麦道然，云南昆明人，自幼喜爱诗词歌赋，琴棋书画。多年从事广告行业，公司高管，现为自由职业者。

凭栏人·思

星把悲伤暗暗偷。
风窃相思烟雨楼。
楼中几度愁。
此情无尽头。

注：单调24字，四句四平韵，邱亨贞体。

长相思·如烟

爱无边，恨无边。边卷珠帘眼望天。纤云缕缕迁。
思天天，念天天。念卷清风于指间。雨来思舞烟。

注：词林正韵，白居易体，双调三十六字，三平韵，一叠韵。

七绝·夏别李君（中华新韵）

水碧山青花映日，天蓝柳翠叶摇空。
江楼只见孤帆远，野渡空留两岸风。

孙兵

草根诗人。中华诗词论坛版主，爱好诗词。著有现代诗歌集《梦里江南》。

七绝·过母校

书声早尽剩空墙，多少欢欣草里藏。
幸有当年那只燕，依然独唱旧时光。

七绝·偶见

小村散落水浮萍，石径幽幽蛙语灵。
少女谁家三五个，河旁一路数星星。

七律·他乡有怀

遥望西山二月初，烟花璀璨远空呼。
十年客栈翻新卷，万里家门换旧符。
常念亲人期母笑，独游商海待谁扶。
何时衣锦归乡去，老酒杯杯喝到无。

七律·那一年

多少春光赋里缠，半轮明月映窗前。
西城湖岸柔柔柳，北郭门旁淡淡烟。

似梦轻呼三执手,如花浅笑一挥弦。
温馨点点随云去,难觅姻缘独问禅。

孙才

致诗联同学
久困尘埃忘姓名,举杯对影不能倾。
他年若识春风面,契阔江湖话此生。

自习晚归(其一)
青春醉读忘年华,一种情怀恐是奢。
我欲归来乘夜色,自锄明月照窗花。

自习晚归(其二)
月色空明似昔殊,情怀如梦半模糊。
悄来诗思谁人和,吟到灯深一句无。

自习晚归(其三)
云外峦光黯画屏,苍茫暝色望疏星。
归来独照弯弯月,梦到深时看未醒。

半夜不寐遥寄
岳城初识便难忘,犹记春风姓字香。
一眼江湖萦客梦,此心安处在她乡。

晚望长江
月色无边引思浓,江天目断寄行踪。
浪花淘尽尘嚣外,拍碎离愁复几重。

游长江三峡
平湖皎皎水徘徊,缥缈巫山画境开。
一派银河如在梦,遥看神女度云来。

过岳阳
一别匆匆客又还,经年心绪已阑珊。
逢人怕说他乡事,不道风光只道安。

除夕夜看烟花
未著芬芳二月花,漫天绮梦不须赊。
空中绽放新希望,朵朵春菲入万家。

夏至(新韵)
暗叶青苔庭院深,蝴蝶直引下香尘。
天长好个新晴日,幽梦西窗卧翠阴。

孙彩娥

网名彩娥奔月,日常爱好写随笔。诗词作品主要发布于网络平台,同时向优质公众号微刊投稿,如《诗词选刊》《沧浪一路诗怀》《龙山屯诗词》。已出版的当代诗词佳作选评《新花集》收入部分作品。

七绝·忆旧岁
未到平明饥不耐,怎知弃璧少粮钱。
负婴亲属无何替,欲饮流霞饱一年。

注:诗的背景:1937年的时候,母亲才几个月大,被外婆抱在怀里饿得大哭,天空有日本的飞机在轰炸。为了躲避战火,旁人让外婆把瘦弱无奶可吃的妈妈丢掉,外婆说这是我的骨肉,只要我有一口气,也要把她养大。

七绝·咏春
山雀啼声急,催兰出蕊芽。
暖风潜月至,一夜满庭花。

七绝·公园晓莲(新韵)
森林浓绿水如丝,走上桥台一望痴。
对影神龟说史祖,睡莲夜闭晓开时。

孙德力

网名子禾,中华诗词学会会员,内蒙古诗词学会会员,兴安盟作家协会会员。现任扎赉特旗诗词学会副会长秘书长。大型诗歌集《毛泽东颂歌》特约编辑。曾在《中华诗词》《中华词赋》《诗词百家》等多家书报刊、电子微刊上发表诗歌、散文作品。

七律·吟窗夜话（组诗）

一

细雨萦回春暮寒，毫端纸墨有坤乾。
山高不与云争月，海阔任凭风助澜。
煮尽相思容易老，吟来寂寞影常单。
弦中淡淡听流水，放下私怀境自宽。

二

递馥长风笼野烟，交芬花雨复更年。
清歌雅韵云山外，彩绘浓装杨柳边。
欲问蕙兰春几岁，可知蝴蝶梦三千。
桑麻故事晨昏有，月鉴相思结墨缘。

三

细雨调琴婉转声，落花遗梦客魂惊。
沉香古典流年记，怀旧酣歌往事呈。
书海淘金凭眼力，酒乡买醉看心情。
人凡一世风霜尽，不染俗尘身自清。

四

风摇岁老指流沙，笛韵悠悠数落花。
一卷青山宣上置，几枝春色案头加。
携琴载酒谁先醉，邀月吟怀尔莫夸。
磨砚江河香字捻，竿横云水钓烟霞。

五

山外浮云又几何，三千倚梦落清波。
寒泉触目轻烟散，小径凝情孤雁哦。
应许明年春更好，无为老岁悔犹多。
一楼风雨纵杯饮，半世沧桑任砥磨。

六

不辞病酒度晨昏，每叹心情暮色吞。
一缕相思尘世在，几分怅望客心存。
春泉略带冰滋味，晓雾真如水梦魂。
风送溪声云半入，等来花落枕留痕。

七

纵是云涯隔海天，桑麻故事许风传。
三杯酒饮乡愁忘，一枕琴酣午倦怜。
竹径归来衣带雨，溪桥别去柳含烟。
半宵新月枝头瘦，逝水无声旧梦牵。

八

每叹天怀随月彰，风情雪意入云囊。
闲时支取三分雅，醉里纵容一点狂。
煎瘦相思谁进酒，看空世事本寻常。
心田植得诗苗绿，书海飘来墨气香。

孙德荣

别署瀛洲书生，逸名轩主。1956年11月生，中学高级教师。2017年秋开始诗文创作，至今已创作诗词联文300多篇，有50多篇诗、联、文先后发表在省市诗联刊物或网络平台，有五首近体诗入选中华诗教学会《春风吹过四十年——1977级大学生诗词选》一书。现为盐都区诗书画社、盐城市诗词协会、中国楹联学会、中华诗词学会会员。

七绝·大丰港抒怀

滩涂东望雾茫茫，潮落潮平韵律藏。
良港巨轮交互动，水乡融入地球乡！

七绝·青城山遐思

赤城如画品清幽，环峙诸峰一眼收。
骑鹿栖居仙洞府，烟霞作枕欲何求。

七绝·雨中奥森公园

濛濛京北莽苍苍，万顷氧吧洗肺腔。
老少林间身影健，秋虫合奏送清凉。

五律·九华山落叶有感

几番风雨后，瑟瑟渐凋零。
影乱秋声紧，枝残秀色迁。
冰心当有梦，明月照无眠。
身沃千峰碧，春来万树妍。

七律·过港珠澳大桥

零丁洋上起蛟龙，一国三城血脉通。
精卫衔来蓝宝石，敖钦跃出水晶宫。
临风把酒吟仙境，泼墨挥毫入画工。
霞蔚云蒸歌盛世，海峡何日驾长虹？

七律·题黄山探海松

危乎倒挂沐云潮，超逸虬枝碧玉雕。
怪石嶙峋仍淡定，狂风肆虐不惊摇。
笑凭霏雪寒冬朔，怒对奔雷酷暑嚣。
俯瞰飞流三万丈，峰鸣谷应任逍遥。

临江仙·湿地行吟

沧海无边潮涨落，凝成泽国苍茫。芦丰水美好风光，悠悠群鸟戏，济济锦鳞忙。
　　千里滩涂如画境，珍禽瑞兽徜徉。申遗喜动地球乡，吹笙迎远客，鼓瑟诵华章。

水调歌头·良宵别梦寒

云萃岭添黛，叶落雁南飞。十年京府伦旅，此处几来回？放眼山河秀色，入梦爷孙谊重，绕膝不思归。日暮乡关远，耄耋看余晖。
　　月圆缺，天寥廓，酒千杯。今宵何夕，提来北海煮青梅。看惯红尘冷暖，道尽人生甘苦，洗去驿途疲。乐享天伦事，微信视频随。

孙德振

　　河南郸城人，当代诗人。笔名林泉斋主。现任中华诗词学会会员，河南省诗词学会理事，《郑州诗词》副主编，周口市作家协会会员。现存诗词作品1700多首，有850多首被《光明日报》《世界汉诗》《中华诗词》《诗刊·子曰》《美佛慧讯》《新世界时报》《丛刊》《越东寮周报》《香港诗词》《乾坤诗刊》《海外诗词》《中华诗人》《河南诗人》《中华诗词会员名鉴》《中华诗词集成·河南卷》等170多家杂志书集发表。作品被百度百科词条收录59首。主要著作有《杏坛文絮》《林泉风雅》等。

65岁初度

胸怀无物学经纶，正是清和岁在辰。
寻我何惭攀桂梦，为师未羡握兰身。
千回向上千回思，一路行来一路尘。
莫恨伏辕谁不解，头条认证独吟人。

七月初八立秋时一边编刊一边艾灸

编刊正在立秋时，暑去人来孰不迟。
腹内祛寒看艾疗，窗前危坐赏新诗。
灸医从古万千载，雅集于今四十期。
莫误当年尘外客，林泉老作苦吟为。

注：作者自2011年8月进入《郑州诗词》编辑部已8年，参加编刊已44期。

七月初二送小外孙马沁聿去"天工开物"创客教育学习遇暴雨

日暮狂霖乱湿衣，雾迷烟接带童归。
望巢夏鸟迎风展，出岫浓云作雨飞。
求学中华传社稷，天工开物富邦畿。
洪荒千古英雄写，志业高贤竟与追。

注：习近平说："我们要大力发展科技事业……使人们在持续的天工开物中更好掌握科技知识和技能，让科技为人民造福。"

己亥4月24日回郸城老家筹备建房一事

年老还家欲建房，故园桑梓好残阳。
社区绿竹迎人翠，溪岸红花隔水香。

— 1025 —

养静有诗心洒落，身闲无事自清凉。
茅斋高卧美无价，百岁青春日月长。

题淮师同学毕业照

凝看影照是青年，陈楚风流在眼前。
回首三秋同旦暮，何堪四十各云烟。
才华天地离情合，指点江山别绪牵。
歧路无穷春伴老，劳君记忆有因缘。

5月20日夏至后风雨

风雨深情道路明，北城雷震过南城。
建房师傅停工走，宝马香车向水行。
阡陌呲呲苞谷长，祥云冉冉院门平。
轩窗对弈中宵夜，解意新莺弄几声。

有感张凯迪外甥女姊妹俩和男朋友王来家看望

长天不老自来人，问暖问寒问懿亲。
孝道功名难入梦，诗词康乐不离身。
平生成败看高节，世事悲欢信本真。
百岁光阴空自远，感时同惜少年春。

己亥大暑第一天到《郑州诗词》编辑部编辑第三期诗刊以记之

金水环城暑气微，雾尘拂面汗沾衣。
九章剪透摘词句，一卷裁成照夕辉。
遣兴群山千叠翠，采风南亩黍禾肥。
八年风雨赓诗社，往往随吟喜上眉。

孙桂云

河北承德人，河北省诗词学会会员，承德市诗词学会会员。喜爱古典诗词，乐于在馨香四溢的古韵中漫步，四时变换，唯初衷难改。悟尘世清欢，修今生因果，如此便好！

七律·白发渔樵

白发扶风竟自由，云山衬水过春秋。
雁天野菊开蹊径，鹤渚丝纶钓远鸥。
且共涛声琴瑟起，何妨方外雨霜浮。
渔樵岂慕功名者，松下闻溪月照州。

七律·观烟雨楼有寄

楼台雨过袅烟轻，宫树衔山入水平。
满目绿云翻日月，一湖锦鲤享阴晴。
春风不染前朝事，露草何违后世程。
檐角驹光难与梦，落曛尚远倚秋声。

七绝·芒种

底事鹍鸣陌上长，又值梅雨断商量。
沧溟若解田家意，岂顾青梅煮酒觞。

七绝·立夏

赋笔怜春却饯春，绿阴有意绣初匀。
七分岁月何须探，自有熏风鬓上询。

七绝·如琴湖

云山隐隐映湖滨，拥翠长亭梦里频。
烟柳依依今又是，循音不见去年人。

七绝·游避暑山庄

晴风吹皱碧云天，红点清波醒玉莲。
曲径柳荫歌隐隐，循声芳草自篷船。

卜算子·咏梅

萼破一枝春，魂对三冬月。东岭西园绽幽姿，独伴寒霜阙。

漫道影惊窗，冷艳眉前雪。欲弄筝弦和孤芳，折朵吟清绝。

苏幕遮·致教师节

送朝霞，携晚月。风雨行程，三尺倾心血。骐骥天涯云外阙。秉烛兰窗，卷累无言歇。

笔耕耘，桃李结。一任喧嚣，岂负流年箧。追梦放歌听楚雪。墨里春秋，化作相思帖。

孙华

自由职业者，汉语言文学大专学历，江西省诗词学会会员，永修县文联会员，作品发表于《中国建材报》《江西广播电视周报》《宁波晚报》《九江日报》等。

七绝·宁波它山堰

胜景从来出四明，春风十里水波平。
英雄总被风吹去，唯有顽石留圣名。

七绝·游秦淮河

桨声灯影梦中来，两岸春花何处开？
河畔空余桃叶渡，乌衣巷内燕徘徊。

七律·石浦渔港

渔歌帆影筑山城，犹忆当年战鼓声。
雨送行舟空念远，诗裁尺素误三更。
彩云偏爱东南聚，芳草从来涧底生。
莫向高楼抬望眼，波涛尽处阻前程。

七律·诸暨米果果小镇

一从诸暨出西施，占尽风情唐宋词。
已是大名传宇内，何如小镇添新知。
花前难觅蝴蝶影，柳下易寻游客姿。
忽忆修河水稻地，来年翻作碧瑶池！

踏莎行·游慈城古县衙

柳绿慈湖，莺啼孔庙，千年古镇情难了。单车踏过县前街，半天看尽花和草。
灯火仍然，青鸾已杳。个中滋味谁知晓！骊歌忽自耳边生，乘风归去无烦恼。

减字木兰花·游宁波李家坑古村

车如飞鸟，刺雾穿云山上绕。水落村开，尽是游人带梦来。
争前恐后，女要花容男想寿。夜静人阑，鸡犬无声风露寒。

蝶恋花·宁波西塘河

久雨难得花满树，未到清明，已是伤春暮。落叶成堆拥小路，水清照影相回顾。
红袖不知离恨苦，隔岸庭前，犹作双人舞。云锁天边魂断处，故国应有思无数。

孙建平

生于1962年，高中学历。蕲春县诗词学会、黄冈市诗词学会、湖北省诗词学会、中华诗词学会会员，蕲阳诗社、东坡赤壁诗社社员。作品散见各种报刊和微信平台。

沁园春·庆祝建国70周年
（依李文朝将军韵）

七秩芳辰，四海欢歌，喜气盈盈。忆三山推倒，群情振奋；九州崛起，众志成城。巨手描图，人民合力，地覆天翻世界惊。复兴梦，为国强民富，奋力攀登。
扬帆万里新征。初心在、乘风稳舵行。看"天宫"巡宇，"蛟龙"探海；"辽宁"破浪，"北斗"飞星。港澳归心，情牵台岛，带路繁荣百国迎。新时代，听雄狮怒吼，万丈豪情。

江城子·清明忆母

丝丝细雨泪千行，念亲娘，痛肝肠。万种相思，缕缕触心伤。每每相逢儿梦里，容依旧，语情长。
清明时节可回乡？瓦砖房，老庭堂。

瘦影难寻,惟睹旧衣裳。长恨母恩儿未报,天地久,不能忘。

鹧鸪天·高溪村精准扶贫

党送春风拂野村,阳光惠照众贫民。穷娃身上添温暖,老妪堂中话爱心。

人依旧,屋翻新。去年燕子绕楼寻。池中锦鲤门前跃,喜庆扶贫准又精。

七律·云丹山旅游开发区

龙溪日夜弄宫商,路畔山花笑脸扬。
响水崖前崖水响,凉亭洞内洞亭凉。
平湖倒影鱼穿阁,峭壁横松鹤作床。
隐隐钟声传古寺,云丹顶上好风光。

七律·依韵奉和李文朝将军《礼赞林俊德》

名利浑忘国是家,满腔热血染红霞。
长河昼夜歌公德,大漠风烟卷地沙。
关外钟情罗布泊,心中偏爱马兰花。
胡杨秉性身坚韧,直插云天日影斜。

七律·沉痛悼念著名诗人李瑛前辈

时近清明哭李公,丝丝泪雨洒长空。
军歌长共诗歌唱,战士犹兼国士风。
十万瑶章腾笔底,三千浩气入云中。
君今跨鹤登仙去,更与梨花簇帝宫。

七律·赞叶嘉莹先生

曾经苦难浪天涯,饱受风霜掩玉华。
身若浮萍飘四海,心同皓月照千家。
情牵国粹三生志,爱洒诗园万树花。
但愿新苗皆茁壮,甘将碧血化红霞。

七律·无题

不求富贵耻谈钱,中正修身可对天。
世上慈悲惟是佛,尘中圣洁独称莲。

钦松有志凌霜雪,爱月无私听管弦。
一点禅心忘自我,惯从平淡看酸甜。

孙建英

男,1947年生,曾以多个笔名或网名在新浪、搜狐、河北论坛、河北日报农民网等处发表作品,并担任全国离退休论坛超级版主,另有多篇作品在《精华文摘》《承德文学》《雾灵山文学》等处发表。《小草当春》第一册正在出版中。初学格律诗。

五律·正月踏青

岸柳初发绿,宅翁乍探春。
陈绦苞蕊嫩,旧木脉筋新。
地沃扎根远,天晴睹物真。
苍生齐竞醒,烂漫悄然临。

七律·观山村古松有感

九曲蜿蜒万壑山,一株独屹地天间。
南看百里烽烟路,北守千家伊甸园。
酷暑餐风熬骨硬,严冬宿雪炼心顽。
土贫更育根基正,日烈方教品性端。

七绝·雾灵说

群岭逶迤万里盘,燕山唯我过双千。
缠腰云海腾白浪,登顶游人访众仙。

孙建忠

女,笔名绽放,云南省玉溪市人,中学高级教师,中国诗歌学会会员,中华诗词学会学员。作品发表于《诗选刊》《人民日报·海外版》《延河》《扬子晚报·诗风》《火花》《中国诗人》《长江诗歌》《中国企业报》《流派》等报刊和网络,其中有诗歌作品入编《中国诗歌年选2018卷》等选本,在全国性文学大赛中多次获奖。

七绝·粽子
粽叶青青粳粒白,汨罗江畔楚魂来。
天南地北迎端午,素雪荤香笑口开。

七绝·回家
月光树影歌声渺,细语清风步履摇。
多少伤情掩灯海,轻寒夏夜衣正飘。

七律·春(新韵)
春风三月到红塔,玉水清河换秀妆。
桦树幽林披翠绿,合欢百蕊吐芬芳。
明溪柔涧飞山底,细浪轻波奔远方。
聂耳家乡光景灿,两湖瀑布鸟音扬。

七律·夏(新韵)
少年率性多奇幻,玩笑纯真弄昼晴。
晨起曦晖金木暖,午来骤雨暴风狞。
骄阳烈日燃浓焰,凉夜花香送月吟。
快意人生天地阔,随心所欲鸟飞行。

七律·竹(新韵)
南疆幽岭婆娑影,少女温灵凤尾仪。
碧绿清枝柔似梦,翠颜嫩叶倩如痴。
轻风细浪送山气,晨露浓茵润水湄。
金马鹿寻金孔雀,笙箫月下诉情思。

七律·菊(新韵)
万木萧疏秋色正,枝头犹放影轻摇。
小甘黄蕊烟中颤,白玉二乔风里飘。
千面百姿空碧秀,金红淡绿太清娆。
重阳一束敬亲长,高寿平安上九霄。

孙金榜

男,山东省滨州市无棣人。中华诗词学会会员,县诗词学会常务副会长兼秘书长。写有古典诗词千余首,暨少量白话诗和散文。部分作品发表在《第六届华夏诗词奖获奖作品集》等近30家诗刊诗集中,曾获各级诗词奖10余次。

七律·戏题某戏子
春彩秋声汇荷塘,高阳无力削三霜。
凋黄久覆落英暖,冻玉难融化水凉。
八卦旧闻才入耳,一元新解又题墙。
浮名珠宝有何用,赢得钱多少嫁妆。

七律·庐山游
驻停秀岭水淙淙,饱览风光五老峰。
霞敛百重生玳瑁,泉飞三叠洗芙蓉。
泻烟拖练降鸣鹭,方辅骑驴探卧龙。
抱日花团呈锦绣,远来为访一株松。

如梦令
冷月清光照水,独酌影儿一对。风起柳婆娑,不见云来月慰。如此,如此。小饮难浇块垒。

苏幕遮·秋分
碧凋疏,秋未老。蹊径飘蓬,蹊径飘蓬早。剩把残花枝上悼。雨洒无晴,雨洒无晴道。

树摇风,云舞蹈。莫任心儿,莫任心儿小。一地落红谁为扫。飞了开心,飞了开心鸟。

念奴娇·醉端午
又临端午,角粽餐如故,瓢鼓皮碧。叹汨罗吞芳恶水,灌树遍横肥虱。浊浪横流,龙舟戏渡,载我何方邸。山风催雨,有凝云似欲泣。

试问香袋丝绳,咋缠九段?蛀虫长绳勒。还借艾香除秽气,却已雷鸣鼻息。我欲乘风,随君归去,留作千年忆。一声门响,方知耽酒心惑。

御街行

凋红削碧西风冽。寂寥夜、窗寒彻。楼台霜重雁南飞，松老仙山蓬阙。当年今日，鲤鱼弦上，初梦风吹绝。

丝弦已断琴音没。诉谁懂、杯中说。鱼笺差寄远鸿些，还记潜潜难别？花开几度，春来秋去，枝发留伊折。

喝火令·忆春游清波烟雨公园

嫩暖新晴艳，熏风绿圃娇。一弯溪水渡偏桥。花径柳丝轻拂，招惹小蛮腰。

翠竹成行密，啼莺等伴邀。露桃云杏竞妖娆。一处初红，一处鹨苏摇。一处抱香承露，欲把黛眉描。

孙晋

笔名秋宝。宁夏中卫市作家协会会员，宁夏诗词学会会员，中华诗词学会会员，中国楹联学会会员，酷爱诗词，作品发表于部分诗词刊物及多个微信公众平台。

无题

一书一几一亭台，静坐详参归去来。未见红尘谁大隐，愈人多处愈多哀。

浣溪沙

真到无为亦可嘉，万般求索指间沙。翻书原已忘《蒹葭》。

人历愁多才淡泊，眼因事乱渐昏花。何时浮世泛浮槎。

鹧鸪天·无题

不住山林也忘机，从浓到淡喜耶悲？深参尘世千年理，难做人生一道题。

行或住，信还疑，天真褪尽我为谁？诗篇写下无心看，他日撕来作雪飞。

临江仙·他乡生活一点感悟

年少虚荣心亦盛，而今鲜有锋芒。教人无力是无常。后来知宿命，不再试圆方。

能简单时休琐碎，徒将忧乐多尝。一朝所愿一朝防。陌生因了解，了解自遗忘。

江城子

半生只觉霎时间，阅诗篇，想尘缘。一日成霾，一日又晴天。自问劳劳何所有？尝五味，得三餐。

江湖欲隐尚流连，纵心寒，退犹难。若是安排，忧喜且经完。万事而今都淡了，唯不忘，写流年。

西江月·买房后略失落偶书

今日存心易见，明朝变数难知。此时深信彼时疑，何事堪称不悔。

啖过悲欢似水，看开生死如仪。得安稳便是高棋，无味翻成至味。

浣溪沙

不信光阴尽可医，有闲常想是耶非。红尘住久便多疑。

难渡心时才学佛，可伤人处必藏机。事关虚实后来知。

南歌子

人懒诗才退，心平睡枕安。一窗钩月似眉弯，我亦如她不语、胜千言。

或有伤难补，应无甚可删。便思安稳到荒天，纵是能为渐也、作旁观。

孙景泉

男，1953年生，山东滕州人，大学文化，系枣庄市诗词学会会员，滕州市诗词学会会员。曾在报刊发表诗词作品 100 多篇(首)。

七律·随华夏文化促进会赴龙阳采风感赋

风轻云淡艳阳天,邀友寻芳龙岭前。
香飘花苑蝶蜂舞,绿映乡村林鸟喧。
治水精神崇红色,开山展览忆英贤。
停车漫步农歌起,无限春光入眼帘。

古体诗·赞历史文化名镇官桥

薛水悠悠润众生,北辛遗址徵文明。
奚仲造车国力壮,孟尝养士尽精英。
九省通衢余官道,千年古镇现新城。
百业俱兴藉沃土,今朝崛起更繁荣。

古体诗·有感于官桥大韩村新发现春秋战国贵族大墓

世人目光聚大韩,古墓被盗案惊天。
公安追宝奇功立,文物发掘重器迁。
常思垄上粟麦旺,焉知土下国君眠。
铭文邿公费猜想,薛郳国界在哪边?

古体诗·迁新居有感

曾望鸢飞心怅然,今闻燕语贺新迁。
五年竟搬四回家,一生无攒十贯钱。
薛国居士思薛国,来泉山庄果来泉。
室有书房博古架,优雅清静度晚年。

孙磊

河南信阳人,网名三月雨,信阳市作协会员。作品散见于各类纸刊和网络平台,有多首新诗和古风入选大型诗集《痛疼》。

五绝·醇酒诗欢

闲邀三五友,醇酒话诗文。
笑语欢声里,皆为练达君。

五绝·夏夜溪畔赏荷

皓月逐溪波,微风拂柳娑。
蛙鸣声若鼓,伴我赏清荷。

五绝·恒志者成

求知无捷径,唯有苦攀登。
自古成功者,皆由立志恒。

七绝·乡村夏夜际景

无边况味寂中生,远望星疏岸火明。
最喜沿溪聆万籁,流萤闪闪助吾行。

七绝·胡杨树

轻寒藐暑笑风沙,老干虬枝岁复芽。
敢问韶华舒几许?千年屹立傲苍霞!

七绝·情系西海

风嬉菡萏舞霓裳,碧水飞舟竞鹭翔。
故地重游思旧友,情歌一曲惹衷肠。

注:博斯腾湖:古称"西海",位于巴州境内,有"西域之眼"之美誉。境内芦苇广茂,内有白鹭洲、莲海世界等景点。

七绝·乐享流年

培花莳草赏名篇,偶有文章获辑编。
乐钓清溪融闲寂,闲云野鹤度流年。

七绝·乘火车自西安至库尔勒沿途之所见

时逢七月入边陲,大漠荒山掠眼驰。
感喟天公多造化,横生孑影伴孤姿。

孙立

爱好文学,于 2014 年 11 月加入执手天涯文学论坛编辑,2016 年 6 月开始兼任瀚海云墨原创文学管理,2017 年 4 月加入执手会影视工作室。亦有作品发表于《绥阳文学》《上海格律诗词社（第一期）》《执手文学》《当代文学》《诗眼》《绥阳文学》等书刊。曾任诗歌版编辑,青春文学版编辑,任执手天涯论坛影视剧本、新闻播报、长篇推荐、读书会、选稿特定五个文学特区总版和古韵版编辑。2018年7月开始兼任中国诗人阵线副站长。2018年8月8日与朋友成立逸飞中文网,现任逸飞中文网影视版主编。

沁园春·中华诗词（词林正韵十一部）

饱蘸狼毫,才粹文阁,典雅书庭。拓江湖美景,东方神韵,微澜织锦,万种风情。淑惠冰心,幽蓝海水,筑简连天史海泓。闲居处,正灯光七彩,芳草飞莺。

此时逐砚添精。恰嬉戏、遨游似梦萦。展中华诗墨,开和画卷,魁星高照,宏伟纷呈。妆点神洲,一词一曲,学艺雕研永记铭。人文化,共身临童话,醉挽花英。

沁园春·长江

拂月巴山,万岭猿声,引径竹轩。正百花香艳,云蒸霞蔚,峰峦滴翠,阡陌含烟。樟柳妖娆,草堂华彩,纵览千秋今日看。裁诗简,恰词长曲短,韵律多端。

长江漫过舟前。似逝水、洗清俱往年。有千涛拍岸,喧哗市镇,珍馐佳酿,美酒当前。跌碎星辰,珍珠散落,龙舞蜿蜒岂等闲。腾飞起,凭史书墨笔,文秀馨兰。

忆旧游·长江

系舟横浅黛,洗净云霞,重岭穿霄。两岸渔樵唱,听涛拂岸啸,叠水声萧。翠幔半掩浮彩,穿影竹轩骄。渐阔峡飞烟,龙腾劲舞,猿泣鸣嚣。

朝朝,水东去,道径引花阴,四季风摇。摆渡千江户,叹观弄潮者,长路迢迢。远赴重关鸿雁,樟柳映金桥。但看漫红尘,激流勇进山海辽。

烛影摇红·白洋淀（词林正韵第七部韵）

蝶舞寻芳,群蜂炫闹花娇颤。玫瑰红艳显精神,几缕馨香漫。碧水粉荷开绽,苇荡间、鱼游鸭伴。柳丝垂岸,钓起烟霞,雾萦堤畔。

月影清明,围炉饮尽春宵短。续杯美酒舞轻绡,独自添幽怨。今夜星河浩瀚。数流萤、被风吹散。铺陈床幔,醉卧难眠,更深牵念。

烛影摇红·白洋淀（词林正韵第三部韵）

粉鬈娇红,翠萍巧衬芳菲蕊。蜂鸣蝶舞弄馨风,摇颤羞颜媚。碧水凌波旖旎,荡小舟、轻拈花蕾。鱼游浅岸,鸭戏荷间,遥追喧沸。

月伴云霞,暗香缭绕春迷醉。雀莺飞唱舞青枝,嬉闹窗前唳。隔断重山丹桂。守望着、一塘莲魅。庭前怒放,几枝玫瑰,妖娆艳丽。

南乡一剪梅·白洋淀

湖岸埠舟横,戏水群鹅唱晚晴。絮语鲢鱼游近处,花也峥嵘,叶也峥嵘。

风过小园庭,几树高枝展鹊翎。贵客盈门观淀景,茶味香馨,餐味香馨。

满庭芳·白洋淀

漫卷丹霞,轻舒荷叶,馨香俏丽湖中。摇船戏水,共诉再相逢。几亩良田栽树,枝丫茂、青翠临风。揽红日,怡情惬意,锦帛绣西东。

闲谈身后事,轻杯漫盏,嘻笑欢容。

朗晴天,樽前敬酒由衷。隔断白云落碧,此间景,绿映青葱。拈莲藕,涟波暗送,浮秀艳花浓。

落梅风·白洋淀
烟波湖水溢荷香。擎云翠叶红妆。璧盘露饮盏群芳。惹尘殇。
粉霞娇面舒莲藕,金堤玉带霓裳。几双鹅掌舞池塘。共徜徉。

孙明海

1965年生,高中毕业后参军,后转入青岛某企业工作,多次在报刊发表过微小说,后来爱上诗词。作品见各大诗词网络。

七绝·初恋(平水韵)
多情明月照浮萍,皱水银光岸柳青。
执手西风桥上过,相依吻落满天星。

七绝·思夫(平水韵)
皓夜星河望鹊桥,农家小妇媚含娇。
无边银海同明月,梦泛轻舟会九霄。

七绝·绣鸳鸯(平水韵)
闺中少女辫粗长,缝线飞针巧手忙。
相送阿哥情定物,羞将鞋垫绣鸳鸯。

七绝·晚春(平水韵)
风香蝶媚戏芳尘,疏影婆娑舞翠茵。
懒顾残花飞柳絮,落红无奈最伤春。

七绝·春寒(平水韵)
潇潇疏雨叩朱栏,皱水奔流向尽端。
莫问天凉秋季到,风摇花柳摆春寒。

七绝·伤别离(平水韵)
每日迷情醉小楼,别离爱恨几时休。
周公难解红尘梦,最是相思染白头。

长相思
蝶成双。鸟成双。飞舞翩翩向远方。情深意又长。
影敲窗。风敲窗。倚坐相思飞梦乡。泪流成两行。

如梦令·偶遇
日暮云萦归雁,久梦回乡悠转。漫步小桥中,偶遇芳年初恋。心乱,心乱;无语凄戚幽怨。

孙琦

网名光芒,女,现大连市诗词学会副秘书长,《大连诗刊》主编主审律绝。大中华诗词协会常委,大中华论坛韵生香首席版主,大中华草堂诗社砸诗台版主,新长城文学网云水谣诗社社长,诗词吾爱网会员,中华楹联会员。有诗词3000首,楹联万句。详见各大论坛、出版诗集数本。

五律·咏白云
风吹舒广袖,柔骨自天行。
舞絮何其渺,徜波放眼轻。
珠纱堪带雨,浪漫不争名。
四季山河绣,千年日月嵘。

五律·游《向应公园》
半日独闲移,微风暖柳枝。
荷开香潋滟,鲤跃水涟漪。
丛径烟华静,湖波画意痴。
情心融一宠,影滞夕阳时。

注:公园题词:王震。关向应:老一辈革命家。

五律·心灯

夜色半更巡，诗情笔意遵。
曲歌紫皓月，风雨话浮尘。
南北云峰秀，东西水浪频。
痴迷唐宋里，墨海性中人。

五律·纵情
云心四月天，鼎信近青莲。
举盏非迷酒，吟诗可畅巅。
朝忙三百六，梦醉五千年。
莫叹轩楼小，纵情好性燃。

七律·爱在山花浪漫
慢步幽林醉眼瞳，山花绽放小桥东。
波中青柳垂烟碧，竹外香槐泛意融。
心倚清泉尘梦少，身穿野境画屏丰。
欣闻燕子频来戏，以沐湖光墨意雄。

七律·红井思源
血雨腥风过岭巅，润之所处筑新天。
落霞沁宇飞云浦，掘井疏波化醴泉。
情谊殷殷思百姓，丰功楚楚诵千年。
圣浆洗就沧桑海，万古长流一策鞭。

七律·建国70周年
七十年迥风雪霜。台前月夜倍思量。
艰难险阻开天地，铁索桥寒走沧桑。
夏有南征真理在，冬迎北伐炽情扬。
何曾荣辱安然过，科技争先试霸王。

七律·上海城隍庙
城隍永乐杏花楼，童酒春堂聚宝酬。
八角闲庭红黛顶，满园裕道绿林幽。
霓虹喧市清朝载，箫曲馨心故地游。
金壁思源多故事，依依史记染冬秋。

孙绍勤

河北省隆化县人,退休中学语文教师,高级职称。酷爱诗词,曾有多首作品发表于《燕赵诗词》《国风》等报刊上。

七绝·诗心
早起晚眠何足奇，心怀学子忘身疲。
吐丝燃烛情何以，沥胆输肝志不移。

七绝·菜园
黄瓜豆角攀藤架，茄子青椒压满枝。
蝴蝶穿花蜂戏蕊，一畦蔬菜一畦诗。

七律·登雕虎山
林密山高气象森，舒心放胆步岩崟。
金雕绝壁藏双翅，猛虎深凹露爪痕。
大野茫茫浮薄雾，灵泉汨汨溢清溢。
老身岂敢攀高峻，心底犹存壮士魂。

七律·故乡情
离别故园三十春，归来事事已更新。
纵然旅地城池美，不及家乡山水亲。
喜乐哀伤常与共，伯兄姑嫂世为邻。
当年与我锄禾伴，检点而今有几人？

七律·春到山村
桃红李艳斗芳辰，露点金枝柳色新。
温室青蔬蓬勃绿，方田沃土秀犁轮。
晚烟渐落歌声起，明月初升舞步频。
好水好山谁与力？赏花莫忘种花人。

七律·晚秋
雨落秋山天转寒，霜风凋碧百花残。
黄蜂敛翅寻芳歇，粉蝶怜香抱蕊眠。
奋进江河无日夜，光华星斗照流年。
人生大业无穷已，万里征途好着鞭。

七律·贺承德诗词楹联协会成立30周年

诗苑耕耘三十年，万花竞放艳尧天。
棰峰巨擘扬新曲，滦水流觞聚圣贤。
最喜文坛鸣角鼓，更欣骚雅有奇篇。
情传国运千秋史，韵藉春风共比肩。

孙世元

男，大学文化，三级作家，中国民主建国会会员，辽宁省作家协会会员，曾在各省级期刊及中国诗歌网等文学网站发表小说、诗歌、古体诗词、散文、影视剧本、理论课题、报告文学等共计百万余字。

七律·锦州城墙怀古

太极驱兵困锦州，崇祯气数令人忧。
强攻嗜血天垂泪，死守分尸鬼见愁。
复宇降清犹可恕，承畴卖国也风流。
朱明盛世千般梦，祸起萧墙万事休。

七律·朝阳地藏寺怀古

北眺云蒙势莫攀，凌河料峭水潺潺。
康熙九子争皇嫡，和硕孤身闯险关。
武略文韬收海内，呕心沥血弃人寰。
馨香一炷求方丈，吕四丹丸两可间。

七律·八一战友沈阳聚会

战友亲情何处寻，杨城寨外百花临。
边关铸就男儿血，岁月消磨霸主心。
征酒频添遵义碗，军歌未断井岗音。
雄图远去容颜改，解甲重逢泪满襟。

七律·营城子怀古

龙骧塞北陡边墙，虎踞辽西窄走廊。
崇焕忠君钢刃剐，承畴变节子孙昌。
千秋垛口含明月，百载营盘托夕阳。
谁论英魂难慰藉，会之跪俑万人戕。

注：会之：秦桧，字会之。

七律·山乡人家

危峰耸峙入云霓，险谷幽深出玉溪。
叶底黄莺空婉啭，枝头喜鹊唤声啼。
新房次第爹娘守，老屋参差母子栖。
床畔夫君疑似梦，团圆短暂柳眉低。

七律·七夕

缥缈银河喜鹊翩，千家乞巧绣针穿。
痴情织女牵牛汉，热血民工种菜娟。
玉露金风求好梦，空床冷屋羡贞坚。
双星隐匿天将晓，苦等郎归又一年。

七律·立秋郊游

陌上婆娑树影奔，驱车顷刻过山村。
秋风旖旎寒蝉切，伏雨缠绵倦鸟喧。
顶伞乡姑忙种菜，披蓑野叟喊鸡豚。
凭窗相见羞相问，祈福心呈湛酒樽。

七律·金砂锅村访老友

野岭疏狂接九霄，荒川寂寞水迢迢。
新庄半落长堤外，旧寨中分乱石腰。
久别煎茶思笔砚，相逢煮酒话渔樵。
豪车美妾终黄土，柳渡凌河万古逍。

孙守华

农民，山东莒县人。2015年参加《中华诗词》青春诗会，在全国诗词大赛中多次获奖。在《中华诗词》《诗刊子曰》《星星诗词》《诗词家》《中华辞赋》等发表习作300余首。部分作品得到刘庆霖、宋彩霞、杨逸明、赵京战等老师的点评指导。

卖天

休轻小小一村官，卖地卖河还卖山。
不是清风来势紧，焉知不敢卖苍天。

月

夜送光明年复年，自升自落自安然。
从来不问红尘事，常被时人论缺圆。

种酸枣

谁家开矿炮连天，鸟迹虫踪不复还。
我种几丛酸枣籽，示儿此处本青山。

农民工

叶落风寒又到秋，打工苦力复何求。
搬砖纵使积终老，难买城中一寸楼。

夏午加班

叶卷花蔫百鸟藏，笼蒸火烤羡阴凉。
谁家对洒载歌舞，挥汗民工赶太阳。

哀怨

临终泪下倍悲酸，脸贴慈容渐觉寒。
说是养儿防备老，一丝气息予娘难。

归乡

闻道乡人尽买车，打工游子思归切。
满目疮痍见落山，黑烟滚滚尘如雪。

麻雀

百鸟当中身最轻，眼观大雁往来行。
终生留守故乡里，只为儿孙不为名。

某村选举

狗吠鸡啼不夜村，近来干部又更新。
争权夺利寻常事，使舵看风伶俐人。
拜相封侯收选票，分疆裂土买人心。
三年一任新村长，又富一家三代孙。

落山村事

花美泉甘物事非，弥天尘雾压春晖。
冷清破壁蛛勤网，落漠荒林鸟乱飞。
异地打工夫妇走，邻村放学祖孙归。
夕阳无限谁人看，灶冷床寒早掩扉。

孙书琴

女，汉族，1934年3月生，山东滕州市人，离休教师。中华诗词学会会员、滕州市诗词学会理事。

七绝·贺港珠澳大桥通车

玉带欣连港澳珠，从兹天堑变通途。
九州欢庆惊寰宇，科技争雄贡献殊。

七绝·庆祝建国70周年

欣逢华诞七十年，和平发展艳阳天。
民安国泰康庄路，大展宏图猷梦圆。

七绝·咏桃花

阳春三月暖融融，绽蕊桃花万点红。
香气醉人盈碧野，叶枝娇嫩舞东风。

七绝·微湖湿地赏荷三首

其一

为赏荷花湿地游，渔歌声里荡轻舟。
芙蓉耀日胭脂色，翠盖蓝天映鹭鸥。

其二

亭亭玉立水中央，恰似西施抹淡妆。
出自污泥尘不染，风吹莲动满湖香。

其三

阵雨骤来鸥鹭惊，红荷无力泪频顷。
渔娃舞棹返航急，误入蓼花深处行。

七律·喜迎建国70周年

风雨兼程七秩年，日新月异换新天。
方针反腐黎民富，科技攻关国力坚。
航母巡洋惊四海，神州探月震坤乾。
习公擎画蓝图美，禹甸江山呈锦篇。

孙文

本溪满族人,一直从事畜牧技术推广工作,现在本溪县农业综合发展服务中心工作。爱好文学,顺手涂鸦,皆凭喜好。

卜算子·孤独

树影黯婆娑,神色孤独驻。到是斜阳映柳梢,血染云河路。

月夜恨如水,总有星光护。掬起离愁入梦时,心葬千重瀑。

晨起晚钟

寒冬晚起天亦懒,乜望娇妻呼吸甜。
彩钟轻旋团又圆,满月微翘梦儿酣。
去岁雪里与君会,今日花飞整一年。
悠悠红尘谁知心,春兰夏娟尽随缘。
不可贪恋锦衾暖,朝曦已映紫窗帘。
蓝天白雪冬胜景,雅室红韵春色阑。
忽惊日迟班车晚,高楼栉比快步连。
道通南北水如烟,心挂东西云开颜。
叶树萧疏河变宽,阳光明媚冰不坚。
青松傲雪陪翠柏,点霜画窗作馨兰。

无律九张机·四季

一张机。日月如梭魂亦飞,花蕾含苞已初绽。戚戚脉脉,吐蕊含香,为何珠泪垂。

二张机。韶光已去如何追,月似光华恨如水。荡气回肠,云锦星稀,相思是为谁?

三张机。妾心思汝小窗推,姹紫嫣红陪的谁。叶绿花艳,不知攀折,何时能依偎!

四张机。连理树儿相抱缠,几世修来真情缘。风花雪月,浪漫心怀,执手夜无眠。

五张机。春是佳期百花开,金色迎春首先来。黄花不瘦,娇艳欲滴,晓日映心怀。

六张机。夏雨过后赏碧荷,莲凝泪珠水婀娜。锦鲤潜游,蜻蜓双飞,点水荡清波。

七张机。秋水长天看红枫,片片火火绣锦程。大雁南归,回文敬边,真心知玲珑。

八张机。冬雪寒梅花儿红,悬崖百丈俏青松。旷野无垠,神清气爽,牵手望晴空。

九张机。紫气东来心花开,韵味无穷不剪裁。我与四季,爱意缠绵,你织鸳鸯盖。

孙希敏

男,汉族,1945年12月生,山东滕州市人。滕州市农业银行退休干部,系枣庄市诗词学会会员,滕州市诗词联赋协会常务理事。曾荣获第十二届"天籁杯"中华诗词大赛铜奖、第二届"岳阳楼"寻春诗会银奖。

七绝·泰山观云海

云海翻腾脚下飘,朝霞迎我跛天桥。
仙风羽化悠然梦,浩瀚江山心境摇。

七绝·赞港珠澳大桥

高端科技步峰巅,百里长虹壮海天。
遥望青龙腾碧水,载人载货入云烟。

七绝·郑州二七纪念塔

并体玲珑入碧霄,钟声文物荡心潮。
先驱洒血图民富,到此世人俱折腰。

七绝·春日游园感赋

风筝摆尾柳丝摇，燕舞莺歌细雨飘。
潋滟波光舟荡漾，锦鳞列队过虹桥。

七绝·观习主席检阅海军有感
战机航母放光辉，喜看海军扬国威。
举世邻邦皆赞颂，红旗舞动彩云飞。

七律·纪念"五四运动"100周年
九州纷乱黑云天，荡扫妖魔有群贤。
马列号声燃烈火，精英呐喊动山川。
开基碧血红旗舞，建国舒眉花木妍。
改革东风兴伟业，国强民富史无前。

七律·大运河
开凿之初民受殃，星移斗转焕荣光。
君王虚有观花梦，商贸兴隆运货忙。
两岸良田翻谷浪，一河碧水映鸥翔。
蛙声送客京杭路，满载鱼虾入画堂。

七律·纪念马克思诞辰200周年
工人革命党谋先，发展武装挥重拳。
书写宣言仁爱广，树标共产赤心坚。
推翻资本旧寰宇，建立人民新政权。
马列红旗中国举，文明强大史无前。

七律·庆祝建国70周年
建国辉煌七十年，科研发展动心弦。
卫星航母巡南海，火箭神舟探碧天。
微信智能兴网购，飞机高铁不需钱。
一桥连接港珠澳，无限情怀写大千。

渔家傲·瓜洲渡口
渡口瓜洲名响远，长虹飞卧迎江燕。轮渡千年今巨变，齐赞叹，风平浪静车如箭。

传说常听生百感，十娘遇上贪心汉。百宝沉江心骤乱，缘分散，红颜命断空遗憾。

孙小枝

女，河南焦作人，自幼酷爱文字，古诗词更是暖心怡口，曾在各编刊和网络平台发表若干阙(首)。

七律·傍晚见红日有感
扶桑暖日挂河边，托举清风入眼缘。
佳气横生冬减锐，兰心暗涌梦求圆。
小舟昨夜随芳远，俊鸟今晨着彩翩。
放胆未来山岭路，云崖绝处饮鸣泉。

七排·与董师龙门有别
五月花深叶翠蕤，高师隐退我心垂。
萍踪只向云霞慕，故垒任凭鸟雀疲。
不老泉边留钓客，常新网翼悟禅池。
一杯脱粟头将白，孤步悬桥柳根羸。
望断蓝山鹰送目，横穿瀑水羽逃羁。
清寒志士厥身慎，浊世俊才安命疑。
从此邀梅亲菊酒，更兼弹铗卧兰篱。
回看乱眼闲愁困，何日方能效尔为。

五律·山村夜色
月藏云幔后，日落虎山头。
物静风声远，心安石佛幽。
酒残周雅席，情满大夫丘。
今晚星空下，清歌对斗牛。

七律·夜宿下伏头
仲夏乘风游太行，环山曲道掩村庄。
丹河层绿沙沟路，鱼蟹双亲水磨坊。
柿树窑楼千醉客，古槐碑石万吟桑。
归来枕箪催无际，举目星空夜未央。

七律·有感下伏头千年槐树
傍立泥坡百尺高，繁条横逸角门豪。

离花苦举开新绿,斫目虚怀泽厚膏。
一扫长天清地户,千遮丹露说风骚。
我扶老杆回环望,下伏村前去又叨。

孙彦华

男,1965年8月15日生,高中学历,绥棱县森林工业局职工,绥棱县文学协会会员,中国生态作家协会会员。龙风文学院五期学员,龙风文学院六期教官。

五绝·仁
宇宙万般融,洪荒千载转。
金心互爱臻,恻隐通天善。

五绝·义
乾坤木本良,质韧源根润。
弃恶逐冰心,施慈堪禹舜。

五绝·礼
万物互相谦,和谐与共甜。
深沉柔似水,礼道捲心帘。

五绝·智
生灵知美丑,万物存良莠。
火炼假真金,人明非是否?

五律·枫叶的情归
初冷寒风至,花鲜凋尽坠。
春郎拨热弦,夏伴飘情示。
秋骏献丰收,千公追逐愧。
何知本女心?早许冬猛意。

西江月·兴安情
万里雪飘冰冻,千山蜡像称雄。寒风凛冽兽禽聋,老黑酣眠入洞。
追忆当年宏梦,扣开神秘林丛。野餐露宿毅无穷,莫忘先驱国栋。

浪淘沙·情醉兴安
别梦万山峦,故地重观,苍松紫椴互斑阑。野鹿飞禽林涧闹,一片祥安。
情醉墨香漫,惊讶文坛,情操道德稳如磐。立足根基多腿走,前景宏宽。

注:此斑阑非彼斑斓,引用阑珊的阑。

卜算子·魂难去
一经入森林,砍砍峥嵘月。放木声声震九天,不幸身先猝。
血染万重山,愿此埋忠骨。涧水峰巅化守魂,树冠尖端歇。

注:结句"涧水峰巅化守魂,树冠尖端歇。"寓意父辈的灵魂落在树顶端依然守候着他们曾经奋斗过的大森林,这是何等的乐观主义精神!

临江仙·兴安魂
寂静空山寒月挂,鹿狍熊兔梦乡。偶闻夜枭叫三凉,苍穹凝目,感慨万千伤。
几度风霜思父辈,创业足迹铿锵。毕生心血洒林冈。传承斗志,担当谱新章。

注:夜枭,指猫头鹰。

蝶恋花·人恋林
厚重之山承万树,磁引千峦,紫椴绵醇乳,松籽香甜留舌肚,余甘进入森林沪。
梦绕多回游故土,沱泪潸然。火炕炊烟吐,酸菜粉条煎肉脯,门前站立思娃母。

注:沪,捕鱼具,自已指自投罗网,甘心情愿。

渔家傲·捕鱼
岁月催人怀故里,时常梦呓家乡美。秋季捕鱼欢乐技。编网已。修河坝石蒿拦水。
各种鱼群皆有轨。阳明细哲成帮徙。泥鳝夜间寻床止。收筛喜。锅烹野味留香齿。

注:细哲,指细鳞鱼和哲罗鱼,都是小兴安岭地区名贵冷

— 1039 —

水鱼。泥鳝,指泥鳅鱼。网、床、苈都指捕鱼工具。

孙彦堂

男,汉族,笔名土楼人,1954年4月生,滕州市人,退休干部。系中华诗词学会会员,山东省诗词学会会员,枣庄市诗词学会会员,滕州市诗词联赋协会顾问。部分作品曾在国家、省市报刊上发表,曾荣获第十二届、十三届天籁杯中华诗词大赛银奖等奖项。

七绝·赞精准扶贫

治病除灾庆脱贫,人民政府爱人民。
旅游兴业解忧患,富裕山区气象新。

七绝·赞"打黑除恶"见成效

扬清激浊人心顺,党政廉明利国民。
邪气乌烟扫除净,神州处处颂长春。

七绝·春色满园

麦田铺翠菜花黄,燕舞莺歌蜂蝶忙。
青杏羞红桃妹面,门旁翁妪沐槐香。

七绝·槐花

谷雨槐枝挂白银,香飘四野醉乡邻。
村娃欲学猴偷枣,上下摘来童趣真。

七绝·闲情雅趣

闲看翁妪打台球,竞技循规斗智谋。
胜利女神餐馆进,先生请客更温柔。

七律·纪念"五四运动"100周年

五四春雷震九天,中华觉醒谱新篇。
惩奸反帝精神壮,爱国兴邦意志坚。
树立新风扬正义,推翻封建倡民权。
百年奋进沧桑变,继往开来永向前。

七律·游延安

黄土高坡着绿装,党旗鲜艳凯歌扬。
崇贤拜访杨家岭,尚俭饫餐瓜菜汤。
窑洞明灯驱黑暗,延安宝塔耀红光。
富民强国宏图展,不忘初心再启航。

七律·庆祝我国改革开放40周年

与时俱进领航程,革故标新阔步行。
四海迎宾寻共识,五洲交友话双赢。
中华崛起龙抬首,民族兴隆凤和声。
开放拓宽强国路,尧天舜日庆升平。

七律·庆祝建国70周年

国旗鲜艳党旗红,百业兴隆庆稔丰。
开放赢来四海客,创新荣获五洲崇。
大桥飞架连港澳,航母巡洋张利弓。
天眼睽睽观世界,神龙昂首傲苍穹!

沁园春·祖国颂

千载文明,万里江山,十亿国民。看中华大地,东风浩荡,红旗映日,万象更新。国运昌隆,民生改善,武备文修消弱贫。前程广,喜鲲鹏展翅,平步青云。

党群骨肉情亲,更难忘长征吃草根。聚擎天之力,倡廉反腐,严明法纪,安定乾坤。博爱包容,扬长避短,眼亮心明掌舵人。宏图展,愿长城永固,国梦成真!

孙业玲

女,1962年生,大学文化,枣庄市峄城区人,山东省枣庄市机械厂工作,系枣庄市诗词学会理事,曾在省市报刊发表100余首作品并获奖。

五绝·游抱犊崮

薄雾罩山中,幽林四处枫。

人随天地老，叶入眼前红。

七律·登泰山
峰高万仞倚云头，胆怯惊魂甚觉愁。
未到黄河观碧浪，先来泰岳竞风流。
冲霄雁断无关壑，红叶秋深出御沟。
登阁聆听封禅事，笑看游客向天求。

七律·次韵马凯先生《写在中华诗词学会第四次代表大会召开之际》
四海春风吹未迟，五洲焕彩发新枝。
图精尽可千篇取，立志方能万里驰。
犹喜知音常赋句，独愁旧友不言诗。
灯台朗照有前后，及待今人逾越时。

鹧鸪天
入眼秋深不老松，登临浑忘转行踪。
山间迷雾何须买，世外高人未可逢。
枫叶美，雁儿空，凭栏枉自向长空。
若非踏上摩天顶，怎觉萧萧万里风！

孙迎浩

笔名布衣人生。山东淄博人，爱好文学，酷爱诗词，作品在多家媒体发表。被《中国文化人才库》入录，CCTV中央电视台礼宾书特聘签约诗人，入选中国红色公益传承工程《我爱中华》大型有声诗集，被中国文化遗产研究院授予荣誉院士。人生格言：诗韵人生，放飞高歌。

七绝·庆祖国70周年
龙腾上海九州惊，万里征程万里情。
三战凶魔定天下，八方来贺瑞苍生。

七绝·春韵
竹映林泉月映亭，清风入画道玄惊。
春来碧野游人醉，处处飞歌传籁声。

七绝·壶
粒粒紫砂堪比金，乾坤虽小涌禅音。
撷来太液三清水，便是神仙也醉心。

七绝·思乡
沂州久客近思归，暂把乡情雁寄回。
半载营生甜与苦，清风一缕莫来催。

七绝·环卫工
头顶星辰暮晚归，风霜雪月作花媒。
满城清洁心中事，扫尽乾坤万里灰。

七绝·游三台山
巍巍雄殿接云霄，千里范阳连海潮。
竹映霞光通曲径，禅心一片自逍遥。

七绝·赞鲁南高
高铁今朝万里飞，瑞云相伴凯歌随。
工人汗洒龙腾战，丰硕功碑千古垂。

七绝·荷趣
风撩微雨逗清波，碧叶田田掩芰荷。
十里长堤烟柳细，谁家小艇动欢歌。

孙跃明

男。笔名青杨。黑龙江省伊春市人。作品散见于书、报刊，并入选多种选本。黑龙江省诗词协会会员，中国现代作家协会会员。

沁园春·万树繁花
娟暖山崖，柳逸春堤，松拔翠芽。看白杨蕊绽，黄榆钱串，毛榛结蕾，岳桦舒叉。香透琼台，芳芬巷陌，一醉兴安不梦槎。春寒峭、悉凇催玉栋，璀璨争夸。
韵梅野菊流霞。惑飞逝倏然娆日斜。

说群山化育,铅华不染,飘花淡荡,美誉无遐。朝露温心,暮风筑骨,倜傥天涯亡许些。丹青志、叹人非物是,万树繁花。

歌头·昆仑山

谒神虚、宇寰凭眺。高原骨架,罡风谁可导。仰群峰,看飘渺。风情壮、万载寒蛮,千年初肇。醉三分、仙音神调。斫刺破青天,接穿昊。撑巨锷,望云啸。齐四野、激荡风雷去,听司号。

雪华光,冻泉扬,渊壑老。气象浩弥,音容其貌貌。月下更瑶台,横空势,谁言好春光,世间杳。西王母、白娘子,脉之源,多少神仙奥妙。阅于寰,山海风云堪断,茫茫苍苍,蓦然间,天地转,几回笑。

七律·忆飞将军广之嫡孙陵感怀

军门未信尽封侯,幽院兴衰几度秋。
唯恋高山多秀媚,何思花阵少娇柔。
松苍莫倚桃花水,云灿何钦杜若洲。
小别长亭风细细,红尘一夜酒花稠。

长相思慢·杭州

建制秦嬴,承源西汉,炀帝漕运喧嚣。佳山秀水上列,钱塘潮涌,汴府风骚。西子妖娆,念危巅北宋,载誉南朝。紫气丝绦,性灵齐、恣意天娇。

向天粹三元,醉得春江美景,千岛清宵。雷峰塔矗,三潭月悬,武穆坟高。禅踪觅迹,恰神游、描绘虹桥。忆杭州、难忆沧海,相思又到谁朝。

长相思慢·北京

帝阙之风,幽燕之野,难肇千载黎明。金戈铁马次第,争雄逐鹿,猎艳枯萍。泣别嘤嘤,看匆匆过客,坎坎怀情。蹭蹬峥嵘,瞬然间、慨叹苍生。

望青史茫茫,问得凄凄惨惨,我我卿卿。威风凛凛,意气铮铮,犬马纵横。争先恐后,枉云烟、风景磐成。润之前、焉晓人世,倏然过眼红英。

长相思慢·曲阜

曲阜名城,孔丘故里,庙府林阙风流。神农聚众,少昊称公,茹毛饮血从头。建制秦谋,历隋皇诏县,宋帝观钩。水抱又山偎,好风光、黎庶仇雠。

赏岱岳青松,峄山云海,兖州泗水清流。春秋情何在,念烟云、未了绸缪。鸾凤骅骝,勤检点、谁瞻戚休。越千年、红尘未老,英雄遍地呦呦。

长相思慢·洛阳

太极于河,洛书出洛,九畴洪范斯成。九州定鼎,华夏传名,牡丹风韵同庚。汉魏王城,伴隋唐风雨,商夏峥嵘。香国众卿卿,看江山、社稷烹冰。

忆太白吟哦,义山穿腹,功名蹭蹬元英。思闲居骚客,望红尘、几许逢迎。尚武英灵,堪狙击、殷殷性灵。五千年、风风雨雨,共和又见中兴。

长相思慢·扬州

饮誉江都,广陵绝世,云云慢说沧桑。开都建府,鼎盛衰微,谁言三界荒凉。袅袅龛堂,伴烟花三月,十日三常。菩萨顶高香,看轮回、急急忙忙。

念富甲隋唐,盛时西汉,相继赵宋名邦。云乡观亭阙,世中心、瞩目膏良。遗迹交相,言厚重、华文断章。瘦西湖、千年百纪,风流不过无双。

孙长印

1963年生,河北省清河县人。1993

年河北省诗词协会会员，2002 年中华诗词学会会员，《清河诗词》副主编，创作事迹曾经被当地电视台、日报社做过专题报道。

咏刘章

才高八斗始名扬，因此家乡是故乡。
举荐好诗皆见报，寻求绝句尽粘墙。
人逢路上烟先散，客访庭中酒不藏。
耿正为文传美誉，老来仍做嗜吟狂。

注：刘章举家迁往省会途中有诗云"从此家乡是故乡"。刘章，当代著名诗人，河北省兴隆县人。任《燕赵诗词》主编时，喜好诗、推好诗，认诗不认人，给读者留下深刻印象。

居高楼

我买高楼住，嫦娥带笑迎。
开怀能抱月，举手可摘星。
枕上听仙语，窗前赏鹤鸣。
扯云当被盖，大梦入天庭。

童趣

邻家枣子半枝红，画面飘香久诱童。
怕叫主人闻有盗，轻抬脚步背深躬。

电灯

默默无闻却自强，低头日日暗思量。
每逢夜暮推佳作，早把光明写满房。

所见

细雨方晴后，村前曲径幽。
新蝉初亮翅，独上小枝头。

尺之憾

自信公平语未藏，言行一致弃夸张。
尺长寸短都依俺，只有人心不可量。

打工者

一纸合同自锁身，从今举止不由人。
眉头紧皱牙关咬，只盼家中莫再贫。

留守媳妇

信有招工赴远程，村头去后盼扫程。
闲来最恼双栖燕，总在人前为爱鸣。

孙长忠

男，1950 年生，山东滕州人，大专文化，系中华诗词学会会员，山东省诗词学会会员，枣庄市诗词学会会员，滕州市诗词协会名誉会长。曾荣获第十三届"天籁杯"中华诗词大赛金奖、第二届"岳阳楼"寻春诗会银奖等奖项。

五律·滕州小吃靓五洲
——纪念改革开放 40 周年

看电视《华人世界》，得知滕州菜煎饼走出国门，且生意兴隆，有感而作。

滕县菜煎饼，尝鲜美味中。
馨传千里远，名播五洲风。
赢得西洋赞，走红身价崇。
华人智聪慧，小吃立新功。

七律·纪念五四运动 100 周年感赋

爱国立新书巨篇，谋求真理勇无前。
清除民贼舒豪气，反帝人潮势震天。
寄孕宣言传九域，顺流红棹聚英贤。
历经苦难辉煌耀，继往开来追梦圆。

七律·葫芦套脱贫感赋

口小胸宽图画藏，径斜坡陡映朝阳。
久怀乡土期民富，幸赖高谋致国强。
街巷通衢闻笑语，人流峰顶嗅花香。
老区今日换新貌，燕舞莺歌诗意扬。

七律·苏州揽胜

姑苏自古比天堂，都道江南鱼米乡。

亭榭名园仙境画，儒风雅士丽人芳。
晴波芦荡翔鸥鹭，霞彩澄湖共夕阳。
生态文明游客醉，钟灵毓秀九州扬。

七律·港珠澳大桥通车有感

桥似巨龙腾碧宇，云悠鸥唳燕翩翩。
海湾天堑通途现，岸畔珍珠金线牵。
文相当年叹亡国，黎民今日喜平权。
妖魔遏制岂如愿？试看中华尽俊贤！

七律·天降瑞雪闻边防军事迹感赋

欢庆漫天飞六葩，素衾暖润越冬芽。
山川银裹鸟声寂，松柏昂扬柳絮夸。
野径通衢少行迹，边关备战有人家。
三军将士情高涨，大漠演兵防虎蛇。

七律·春景

十分春色驻韶光，灼灼桃红映画堂。
碧水天蓝丝柳袅，绿原陌上野花香。
旧巢低语来归燕，修竹摇风舞艳阳。
邀友踏青莺引路，撩人诗兴一时狂。

七律·海南行

琼崖一片锦霞天，海韵椰风鸥燕旋。
五指山巅英气展，万泉河水凤声连。
物华旖旎醉游客，烟景芬菲映画船。
寰宇群贤博鳌聚，中华智慧永流传。

临江仙·乌镇

乌镇风光优雅，凝眸忆起苏杭。钟灵毓秀焕容光。物华人杰出，人羡水云乡。

博物馆藏丰富，民风淳朴含芳。管弦丝竹戏楼皇。悠扬歌古调，文脉远流长。

沁园春·庆祝建国70周年

大志鸿图，万里征程，七十春秋。赞国人励志，英模辈出。睦邻结友，良策相侔。世事无央，中华有梦，一路前行跨五州。初心固，大蠹明方向，挥斥方遒。

中华美景悠悠，忆赶考，京城定国猷。喜鼎新革故，倡廉反腐，农田免税，衣食无忧，探月嫦娥，劈涛航母，丝路辉煌灿地球。歌华诞，逐梦开新局，更展风流。

孙中

男，中华诗词学会会员，中国国学研究会研究员，镇江市诗协特约研究员，镇江市书法家协会会员。江苏省诗教先进个人。镇江市《晚霞》杂志诗词责任编辑，《润州诗词》编辑。诗词在《中华诗词》《诗词世界》《诗词月刊》《中华诗赋》《江海诗词》等刊物多有刊登，在各级各类竞赛中多有获奖。著有个人专集《孙中诗文集》《岁月留痕》《诗路情怀》，合集《诗书画三人行》《近体诗12讲》。

七绝·题金山雪照

银冠傲立七层塔，俯瞰漫天尽散花。
冰灿腊梅如琥珀，游人点赞拍奇葩。

词如梦令·春步十里长堤

十里长堤垂柳，千顷春波眉皱。柳絮欲羿飞？

知否碧江寒透。依旧，依旧，谁道痴情难就？

五律·(镇江)南山

春草连幽径，清溪傍石流。
林间鹦鹉戏，松下杜鹃遒。
招隐钟鸣寺，南山香醉楼。
江东寻最美，京口愿将酬。

七律·60与妻北固山下述怀

红雨弄春江水盈，纱巾少女月中情。

桃风拂面芳心暖,柳影微波渔火明。
池畔曾留蝴蝶梦,树前犹忆啭莺声。
青春常饮文君酒,花甲尤痴红豆羹。

七律·晚秋(步友韵而作)

低首灯光照墨残,窗前明月映山峦。
清莲昨日谦秋色,枫叶今朝艳露寒。
身世情真令人泪,片言意切倚雕栏。
莫言流水无知己,梦里高山抬眼看。

七律·瞿塘峡

三峡夔门天下雄,奇峰笔立入云重。
民传典故层层出,游记鸿文步步从。
绿水蜿蜒明若镜,青山磅礴利如锋。
客留白帝城中语,皇叔当年太奋庸。

七律·庐山远望

叠嶂层峦烟雨丛,鄱阳如镜映奇嵩。
青云俯坠悬飞瀑,白浪翻腾连碧空。
魂处迷宫临幻境,心归广宇探苍穹。
听由玄妙荡舟去,天上人居图画中。

七律·扬州个园

个园如镜聚风物,随意盘桓兴致遒。
阵阵飞香鸣翠竹,层层叠石竞云楼。
湖光笋影雾轻罩,古柏斜桥曲径幽。
一景一诗三反顾,烟花吟罢赞扬州。

七律·世间

寒窗追义本嶙峋,去日蹉跎继日新。
曾叹比邻难作友,今欣天际可亲人。
孩童无忌语非假,媪叟有情言亦真。
谈吐悠闲掏肺腑,世间纯洁自消尘。

七律·耄耋人生

耄耋将临当弄弦,枕曦傍月度天年。
秋风落叶迎鸿雁,春雨知时赏杜鹃。
消雪喜闻香盖地,飞云惊叹石蒙烟。
人生苦短应珍惜,欢乐心身亦浩然。

孙忠华

网名红尘心语。辽宁阜新人,1970年生。热爱文学,是生活中的一份好心情。

读诗词有感

诗海金樽含雨露,词潮玉盏溢风花。
佳人塞北填词赋,才子江南咏兼葭。
苏轼挥杯醉芳草,太白仗剑舞天涯。
古今多少风流事,后世流传品自佳。

蝶恋花·落叶无声曾几度

谁解殷殷相思苦,向远归来,错把花期误。情若琉璃君莫负,最是无聊殇夜幕。

紫雾袅烟轻绕树,夜色阑珊,鸳瓦凉如故。落叶无声曾几度?一抹秋风情怎诉。

如梦令·南山不老桑

细雨霏霏淋沐,耿耿星河难渡。桑老醉春风,脉脉青山薄雾。朝露,朝露,借问楚山何处?

长相思·南飞雁

青丝长,柳丝长。雁语凝噎断人肠,天涯路渺茫。

风敲窗,雨敲窗。烛影昏黄夜未央,与谁诉衷肠。

无题

如梦如幻水中月,无知无觉镜中花。
厌离难证须陀果,倒想数如恒河沙!

望月

凭栏对月痴，月影入莲池。
天遥不知处，相期是何时。

孙忠凯

70后诗人，《中华网络诗刊》社长主编，诗人百科网网站总编，珠海市诗词楹联学会副会长，多家社团顾问，名誉主编，评委。

听《一壶老酒》

回首关东在广东，《一壶老酒》韵无穷。
十年险境朝前看，多少伤心醉后缝。
不靠六爻来指路，须知五蕴已藏龙。
胸中流水千秋绿，梦里莲花万朵红。

车上偶书

倦影随车路过吴，抬头又见楚山孤。
忽然赤胆生三昧，全靠红星酒一壶。
要帐由他寻短见，谋生逼我跑长途。
诗词写出神经病，不认人情只认书。

梦故乡

七魂六魄梦中来，万里浮云久未开。
酒后一轮明月夜，命中几次望乡台。
留连往事飞麻雀，唤醒童心砌雪孩。
多少难言归浅见，曾经不耻被深埋。

天涯咏叹

捻断乡愁路未通，心如流水任西东。
殷勤五柳花间客，饕餮三餐嘴上功。
菜品酸甜思过往，人生悲喜不由衷。
南来雁阵飘翎久，滚滚红尘好大风。

鹧鸪天·童年写实

最忆儿时去你家，摸瓜掖枣逮鱼虾。
看他狗刨浑身水，哄你鞋丢光脚丫。
编草帽，摔泥巴，弹弓惹祸被人抓。
风吹一路开裆裤，恐让爹娘笑掉牙。

孙仲军

男，河北省丰宁满族自治县人，满族，1962年3月6日生。河北省诗词协会会员，承德市诗词学会会员。诗词作品散见于各种报刊。

五律·回乡有怀

五一何方客，相知笑问询。
山花待解语，野树正宜人。
老父扶筇久，新莺啼月频。
故园风物美，赏景又娱亲。

鹧鸪天·美丽乡村诗三首

塔黄旗

路硬街清城见羞，千寻宝塔立山头。
家家墙面描新画，处处神龛挂彩绸。
排戏曲，亮行头，穿村小径最通幽。
休闲老妪玩街舞，漫话孙婚不用愁。

城根营

村标古朴似城墙，主任支书大棚忙。
但使公产千头树，毋须私财百姓慌。
黑门院，碧轩窗，新街雨后无泥浆。
若许退休闲居此，动看机车静看阳。

八间房

牌楼村首气轩昂，僧帽山边美名扬。
一代廉臣①存雕塑，几番风雨洗沧桑。
说吵会，话蝶装②，人工湖面荡双桨。
春风吹笑潮河水，辨我如今是城乡？

注：①廉臣，指清代名臣于成龙(小)，丰宁八间房村是其故乡。

②"吵子会""蝴蝶舞"是八间房村的文化品牌，现已定为国家级非物质文化遗产。

孙作林

男,字雨轩,1951年8月生,山东滕州人。大学文化,经济师,系中华诗词学会会员,中国当代文化促进会诗词委员会会员,枣庄市诗词学会理事,滕州市诗词联赋协会常务理事。诗词曾获第二届跟着古诗词去旅行岳阳楼诗词大赛金奖和全国诗词大赛一等奖,著有《孙雨轩诗文书画选》。

五律·谷雨
青青云蓄水,谷雨降甘霖。
麦饮苗摇节,风和雷亮音。
岚稀龙岭黛,鲤逐鸳湖深。
敲韵声淅沥,时闻布谷吟。

七律·步韵李文朝将军《纪念"五四运动"100周年》
群情激奋撼东方,乍响惊雷大旆扬。
怒斥胡夷提正气,砸开桎梏透曦光。
文明科学文潮涌,民主自由民运忙。
拉朽摧枯天地变,河山重整再图强。

七律·扶贫歌
扶贫论道势纵横,三月京城金鼓鸣。
社稷虹桥连百姓,精英良策汇奇声。
共谋大计寻机遇,发展繁荣求共赢。
开拓创新齐奋进,国强民富掣长旌。

七律·游深圳
溟碧山葱玉镜开,排云广厦接天台。
梅沙激浪催帆过,红树参霞依岸栽。
万叠潮花迎远客,八方俊彦展高才。
弄舟不网旧风月,一海笑容捞上来。

七律·海南游
绿水晴沙几万年,椰风送爽客流连。
银鸥有约滩头会,苍狗传情涛底穿。
浪舞琼崖飞锦练,霞辉天柱竞云帆。
偷闲海角访嘉境,梦驾轻舟自往还。

七律·庆祝港珠澳大桥胜利通车
豪情勃发听长啸,两岸一桥三地骄。
巨蟒腾空穿海域,长虹拖练舞鲛绡。
伶仃洋笑人降虎,大屿山歌箭射潮。
国展雄威震寰宇,老夫乘兴赋妖娆。

七律·游孔庙
氤氲紫气焕奎光,玉振金声续古香。
共仰人天三叩首,和鸣钟鼓九回肠。
杏坛授业播仁爱,列国传经说庙堂。
德泽春秋重师道,诗书教化定兴邦。

七律·游孔府
府院曲廊深几重,衔威仪仗耀朱彤。
门悬御赐文官匾,厅荡包容仁爱钟。
毓秀兰斋养正气,通灵楼阁掣长虹。
圣公箫管余音在,礼乐诗书家国风。

七律·游孔林
大成陵阜历沧桑,圣地流风韵未凉。
绕桧卿云周雨露,勒碑经典汉文章。
神坊访道岱宗望,日月经天白鹤翔。
万古长春伴歌咏,儒家学脉永流芳。

沁园春·庆祝建国70周年
神骏奔驰,鼓角回旋,欲憾九天。正洪潮叠起,乘飙直下,马鞍话别,戴月挥鞭。不忘初衷,担当使命,心系三江百万帆。鸿鹄劝,勿冯唐易老,雷不惊颜。

征途岐路连绵,任漫道雄关隐险滩。看阵前将士,衣盔翘楚,长歌浩气,车骑俨然。一代英豪,楼兰定破,笑对文公司马迁。开新纪,正鹏程万里,锦绣江山。

T

塔国文

鹧鸪天·无题
独走苍茫未断肠,搭棚种柳即家乡。饥餐野菜珍馐贵,渴饮山泉淡酒香。

闹声远,静宵长。青山总爱举斜阳。登峰尽揽三江浪,鹤影穿云壮我狂。

苏幕遮·三岔河怀古
粟涛扬,江浪坠,并列连波、波涌分泾渭。水向汪洋云雾瑞,兴废无情,太祖千年睡。

九龙台,双塔寺,几代清辉、化作鸡心翠。古树参差皆妩媚,叶茂沙岗,蒸却人间泪。

注:此词获黑龙江省诗词协会举办的"东北四省区莲花杯诗词大赛"二等奖。

七律·梦感
塞外无嗔野地寒,临窗或可梦情观。
花间总落双飞蝶,云际常升独往鸾。
最爱长冬飘瑞雪,莫忧酷夏走泥丸。
乘风展袖登高后,浪涌林涛碧海宽。

江城子·贺岁云南白药
乘龙一载到蓬瀛。店多兴,愿皆灵。济世八方,白药品牌精。百业利丰推作首,如有意,续经营。

新年春雨敞怀迎。快加盟,共娉婷。不论城乡,俱送我真情。订货三周财气广,勤做事,共繁荣。

江城子·喜迎蛇年
花开千里又经年。上香山,逛前川。遍地灯明,巡宇是飞船。白练思家归故里,圆岁月,亮云烟。

陪亲访友福来全。趣无边,醉扶栏。曼舞长歌,彻夜喜狂欢。最爱今宵同畅饮,观晚会,笑开颜。

谈金清

广东德庆县人,酷爱诗歌书法,现为中华诗词学会会员,广东省书法家协会会员,肇庆市作家协会会员,肇庆市诗词楹联学会会员。获西江诗社2016年度优秀诗词创作奖;2017年12月,诗作在"中国梦·广州情"全国诗词大赛中获优秀奖。

七绝·西湾码头寄怀
日暮星船泊码头,西湾渔唱恋清秋。
水台守望古榕伴,多少苔痕为客留?

七绝·访龙母书院
青砖石柱旧时情,古木窗台朗朗声。
岁月程溪潮起落,几多风雨几峥嵘?

七绝·民工返乡过年三章

一

情切思归逐梦开,万千铁骑返乡来。
飞驰雪雨寒风烈,多少乡愁满载回?

二

归途情暖满行踪,送粥姜汤心意浓。
莫问回家多远路,关山已过万千重。

三

卸下行装随入厨,一家围坐打边炉。
孩儿思盼过年饭,食过汤圆利事无?

七绝·谢村荔枝
村庄绿树影依依,桂味飘香夏令时。
放学孩童欢跃去,满园红荔满园诗。

七绝·贡柑人家
山地种柑塘养蛙，水田插稻满园瓜。
隔篱婚喜邀梅嫂，好教新娘勤把家。

七绝·金林古村落参观黎雄才书舍
苔痕石迳满前庭，老砚窗台翰墨情。
从此岭南多俊彦，艺坛争艳献丹青。

谭建明

湖南株洲茶陵人，醉心于古诗词创作和研究，作品散见于《中华诗词》《湖南诗词》《长沙晚报》《长沙诗词》《岳麓诗词》《湖南作家》等刊物，并在多种诗词大赛中获得一等奖，系中国翰林院艺术家协会副秘书长，湖南省诗词协会理事，长沙市岳麓区诗词楹联家协会理事，长沙市开福寺碧湖诗社理事。

七律·阅尽千帆
万里湘江夜雨朦，茶香几缕对山空。
凡身净听高朋语，境若仙翁百路通。
不阅烟涛千顷远，何来岁月射雕弓。
曾言大漠天涯客，且悟云边日出东

七律·谁言璧草终凡浅
一抹云霞半且羞，蓑翁午夜弄轻舟。
谁言璧草终凡浅，吾赞风情胜晚秋。
此咏唯梅堪比傲，随然尽引俏回眸。
三杯薄酒师恩谢，倾力千吟又怎不。

七律·山鹧亦有凌空志
映日荷花低首含，乌篷煮酒又长酣。
凭栏独阅纷飞雨，侧耳遥听打水篮。
且述人间情几许，多言正道少奢婪。
山鹧亦有凌空志，一诺千金休再三。

七律·湘丰茶园采风活动有感
细雨凉亭意也殊，茶园万亩嵌银壶。
同吟岁月千年好，碧浪如诗岂大儒。
夜色宁安香入梦，林中翠鸟为谁呼。
青烟几缕飘清影，一曲相思却了无。

七绝·一碗荷香
三樽薄酒醉寒丘，一碗荷香了百忧。
两阙情歌穹笛语，千柔晚境夜行舟。

七绝·丛林明月
云天一抹晚霞生，远影孤帆素不争。
坐看丛林明月起，风吹麦浪大前程。

七绝·临江独舞
凭风极目万层波，一念空虚几蹉跎。
莫道人生千里浪，临江独舞静如歌。

七绝·独仰苍穹
冰封夜色锁千山，独仰苍穹几道关。
梦断天涯迎暮雪，长箫陌路水随弯。

七绝·名城自有书华气
一叶乌篷月下楼，十强古镇耀神州。
名城自有书华气，欲与苍穹竞上游。

五绝·民俗残月
一览江湖梦，几愁对夜空。
灵燕戏春柳，残月画苍穹。

谭荣卿

中共党员，1939年3月生，1961年毕业于湖南水利学校，先后在湖南平江县水利局和益阳市资阳区水利局工作达39年。1999年退休，2008年开始学习传统诗词。

七律·咏长江

浩浩熙熙一线通，奔流不息永朝东。
帆张丝路如风疾，机驶楼船似箭雄。
乳汁源源滋大地，鳞波荡荡润三农。
拦河发电尧天灿，四海英华映彩虹。

七律·游杭州西湖
平镜嵌镶市井西，孤山郁郁两情迷。
断桥相会双萌爱，裂石观天一线机。
旭日荷妍明百艳，玉华舟荡影三奇。
环湖景胜天堂美，游客神怡不忍离。

七律·登泰山
冲霄挺拔势巍巍，摘宿攀星姿态奇。
海内名尊称泰岱，鲁中峦秀固灵机。
帝王坐殿虔诚拜，黔首烧香祷福绥。
万仞攀登观日出，海云翻滚似山移。

七绝·滕王阁
滕王高阁峙洪州，鼎立江南胜迹留。
厉代骚人齐赞颂，水天一色誉千秋。

七绝·参观金银花基地
平生只见蔓藤华，今日俄惊满树花。
若不亲临基地看，哪知珍品放奇葩。

七绝·重九游
秋高天净日光柔，邀伴相陪作壮游。
卅载分离情远系，今宵一醉解千愁。

五绝·听课有感
门闭忘时日，轩开即得春。
长渠多活水，全赖导流人。

五律·雨后荷圹
雨后复斜阳，荷圹格外苍。
红英映日美，绿叶拥霞光。
鸟过琴音静，风来玉蕊香。

莲汤谁不爱，粒粒沁心房。

谭文静

  1948年生于广州。1970年毕业于华南理工大学。从小热爱文学、美术，师从李醒韬、马健忠、黄汝祥老师，现为南海美术家协会副秘书长，南海女美术家协会副秘书长，佛山女文艺家协会会员，岐城诗书画协会会员，广州西关女子书画会会员，广东省传统文化促进会会员，南海诗社会员。2010年参加全球华人爱情诗文大赛，获银奖。2011年参加中国首届百诗百联大赛获最佳人气奖。有作品入选2011年收藏家提名展及2011年艺术年鉴。有作品入编《美术家大典》《当代艺术名家》《新中国美术大家》等。作品多次在各种展览和诗书画大赛中获奖。

七绝·珠江
云间曲靖响泉声，愿领群川入太平。
万里珠光浮玉带，千年福泽出羊城。

七绝·港珠澳大桥
香江珠澳共生潮，千载依依恨水遥。
忽报人间能筑海，烟波百里耀龙桥。

七绝·大湾区
黄河始兴长江随，禹迹茫茫尚可追。
盛世风流今独领，珠江辐辏大湾区。

七绝·孙文故里
菜芳岭海出香山，山接濠江拱北关。
百载华洋灵秀地，钟成伟杰挽鲸澜。

七律·忆孙文
年少峥嵘藐帝王，筹谋革命蹈重洋。
几番蒙难甘身死，屡败垂成愤国殇。

联共新途真胆识,建军黄埔切心肠。
怀疴北上终殉义,长使英雄痛断肠。

七律·写梅有感
攻梅本始追求实,学冕花开淡墨尘。
疏影横斜还易得,暗香浮动却难臻。
师传用笔先临古,画至谋篇贵出新。
今日抒怀重握管,霜枝更写是精神。

念奴娇·一带一路
悠悠诗国,有多少,远足英雄歌赋。大漠西边,曾印下,西汉张骞脚步。此去开篇,驼铃远响,千载丝绸路。大明尤有,郑和鲸海西渡。

盛世圆梦今天,巨轮班列达,亚欧非土。古道深情,存异同,互利双赢相富。一路花开,天涯红一带,共荣无数。中华神笔,凭书新带新路。

沁园春·大湾区
盛世神州,弦歌北塞,乐舞南陲。想茫茫禹迹,黄河始兴,长江继起,文化关雎。屈子行吟,关山难越,何日骚风岭海吹?大秦国,有王师南下,百越归随。

珠江风起潮追。两千载羊城赫赫垂。更港深珠澳,华洋物阜;高新科技,智创先驱。高铁长桥,九城加二,天赐珠江辐辏区。看环宇,大湾区奇迹,舍我其谁?

谭哲胜

男,1957年8月生,山东莱阳人,大专学历。系中华诗词学会会员,山东省诗词学会会员,枣庄市诗词学会会员。曾在6家报纸和十几种刊物发表诗词600多首,作品入选央视礼品书《中国当代诗歌大词典》《中国近代百年诗歌精品》《当代华语诗歌精华》《新时代中国各省市知名诗人全记录》。个人信息被中国文化遗产保护研究院纳入《中国文化人才库》。

七律·庆祝建国70周年
七十年来功伟煌,富民兴国谱华章。
擎天一党纤筹策,遍地群英作栋梁。
猎猎灵风吹赤帜,悠悠春水润中邦。
老夫感遇升平颂,盛世归来大业昌。

汤昌社

男,茂名南天诗社会员。1956年生人,网名五爷,又名五味子。安徽桐城市人,喜爱古诗词。中华诗词学会、安庆诗词学会会员。诗观:把生活写成诗,过诗一般的生活。

五绝·家书
一页毛边纸,三行朴实词。
扛抢能御敌,勿与虎谋皮。

五绝·秋日随吟
晨风知节序,解意弄秋凉。
月照吴江冷,情牵故里长。

五绝·访药师不遇
鹤唳空山应,云深幼鹿鸣。
柴房门半掩,烟雨未归程。

五绝·安庆小孤山
江心一粒螺,翘首望彭哥。
对镜梳高髻,妆成碧玉娥。

七绝·来客
住在深山远酒家,客来无肉有香芽。
笑声和水一锅煮,细说寒梅慢品茶。

七绝·悯人

不事桑麻有许年，空调室里过炎天。
风凉难解心头热，日下谁人忙插田。

五律·闲钓

独坐柳阴里，闲来抛钓钩。
低头天在水，侧目叶遮楼。
荷动非风事，心平乃念收。
无求轻得失，在野好清修。

汤厚宽

笔名槛外客，现年73岁。湖北高校退休教师，硕士学位，化学教授。曾担任副校级管理工作，2008年退休，爱好写诗填词。

山居

朋友盛邀情，乡间小院迎。
青山缠玉带，高树响蝉声。
地僻尘嚣远，天蓝瀑水清。
休闲无所事，山水任纵横。

月季

花雅多低调，香浓刺满身。
曾偕秋菊伍，也伴雪梅邻。
不入名流府，诚同百姓亲。
迎风含露放，四季总为春。

五星农家乐休闲

农家小苑五星名，树隐群楼翠鸟迎。
曲径通幽盆素雅，小池连缀色鲜明。
一壶可煮千秋水，数盏能聊万古情。
莫道休闲无去处，此间正好学长生。

注："盆"指盆景；"色"指小池中的荷叶、荷花和各种彩色的鱼。

更漏子·逍遥胜辋川

池塘边，青荷翠。菡萏飘香沉醉。蝉隐树，蝶翻飞。蜻蜓点水回。

朋友盏，伴弦管。慢饮赏荷柳岸。觅章句，写新篇，逍遥胜辋川。

少年游·山间避暑雨后所见

雨停山上起岚烟，转瞬漫山巅。缓缓微风，轻烟缥缈，仿佛到瑶天。

媪翁蜂拥登山路，接踵又摩肩。衣袂轻飏，欢声笑语，恍似老群仙。

2019年7月13日

八声甘州·游都江堰

望岷江万里卷潮来，浩荡震江楼。看惊天巨浪，奔腾万马，日照当头。登上楼台远眺，大地似摇浮。"鱼嘴"辟江水，内外分流。

遥想当年二圣，建千年古堰，患息民休。叹先人伟绩，经万古仍留。看当今，灌千万亩，使下游、涝旱保丰收。如今我，栏干独倚，正恁神游。

汤敏

笔名秉蕳自语，自语。上海人。中华诗词学会、上海市诗词学会会员。上海市枫林诗社副社长。曾任上海市遐龄诗社副社长；中华诗词论坛海上清音版主。著有《秉蕳集》《节令词》《听花词》《浣纱词》《自语集》。

八声甘州·观越剧《甄嬛传》

怅悠悠越调散云天，回音袅空留。看台前帷幕，依然摇动，隐约牵愁。是处蟒袍青剑，恩怨一时休。已令相思错，蜡泪如流。

嘉叹名伶莺啭，正抑扬缥缈，宕入清幽。诧惊鸿翩起，旋影落桐秋。幻风移，琼楼琦采。转几场，桃李故香丘。唯怜惜，冷宫幽女，魂待谁收。

鹧鸪天·新春寄语

系上梅瓶缎带红，飘香腊粥几稠浓。吹来入户清新气，唤起埋床贪睡童。

翻日历，拨时钟。芳华转瞬去朦胧。两三花瓣留书案，催我新年好用功。

八声甘州·冬阳梦春

看连霄飞雪卷心潮，腊梅泛清晖。伏芸香书案，吟痕似语，入耳萦回。已惯云间漫步，种玉翠烟弥。解得忧心事，唯我诗词。

记取初昕笔调，叹芳华荏苒，青涩无知。怅黉门路远，倦旅错参差。浣银毫、画堂春透，赏红联、濡墨点犹肥。冬阳里、梦中思念，蝴蝶花衣。

折红英·铁线篆——纪念高式熊老

红泥印，青霜刃。巨擘烟去追天问。闻鹤籁，游冥海。线镂金石，铁成风采。在、在、在。

琴书润，冰心蕴。翰林承训弥方寸。西泠界，浦江外。功崇帷志，篆家螭鼎。拜、拜、拜。

注：高老去了。高式熊老先生，篆刻名家。曾为外子治一印章，尤为珍贵。

小重山·己亥初雪

一夜冰花绽屋巅，隔窗天地焕、冻云檠。遥看林苑欲凭栏，思梅树，玉琢粉妆般。

槐柳静无言，只期春信到、展萌颜。心存暖意梦无残，还记取、二月荡风鸢。

天仙子·白牡丹

栖凤角亭风满径，月升今夕花初醒。侵寒抱碧九阶净。鸣玉磬，素标定。拥入白云无敕令。

鹧鸪天·水彩写生三山岛

春月三山绿满瞳，一行柳树点芽茸。梅开几度香依旧，浪拍千回舟懒慵。

花颈鸭，野坡葱。太湖秀色与谁钟？波光醉了丹青客，乱泼流霞在水中。

蝶恋花·记起秋千架

咬颗青梅思竹马，粉垛蔷薇，风过秋千架。那日白云停角榭，昨宵梦里生图画。

荡木板绳天地化，蝶样纱裙，只把流莺惹。娇喘未消涓汗帕，远槐近柳浓阴夏。

汤小忠

男，茂名南天诗社会员。笔名小忠心雨，中华诗词论坛版主，世界汉语文学珠海分会主席。毕业于东北财经大学。至今在各大报刊发表诗词几百首，作品入选《中华诗词百家》《中国当代诗词名家》《中国当代诗歌大辞典》等。2018年第五届中外散文诗歌一等奖获得者，2019年世界华语精英争霸赛冠军获得者。

七绝·友聚兰舟

杨柳汀洲映画桥，波光潋滟任舟摇。十年一面犹清梦，共酌流霞怕日消。

七绝·午休梦蝶

闲依竹榻背新弯，手倦离书二目关。日暮阵风催鸟啭，惊飞蝶梦在南山。

七绝·临秋翻思（新韵）

临秋窗外雨纷纷，慢品丁茶带苦温。踱步翻思弥历事，徒劳半世愧初心。

七绝·夜晚广场赏音乐喷泉

霓虹伴曲绕城东,百米蛟龙紫汉冲。
陡泻彩珠生梦幻,游人醉在广场中。

七绝·海边日出
海阔连天浩渺茫,金波荡漾洗朝阳。
沙鸥舞蹈红霞里,几点银舟伴日航。

七绝·五月
雨霁莺飞柳色葱,蝉鸣蛙鼓物华丰。
偷闲醉得东篱下,一片榴花耀眼红。

七绝·河畔夜色
瘦月如眉映澹波,山光水色自柔和。
醉人要数霓虹乐,撩得流星坠爱河。

五绝·夏夜
蛙鸣月似钩,夜静柳含羞。
莲叶随风动,惊飞两宿鸥。

汤又又

原名汤美桃,现已退休,72岁,大专学历。1947年。是上海曹杨中学66届毕业生。去过黑龙江嫩江农场。回沪后干了不少工作。最后在甘泉街道综合社财务科退休。因为酷爱文学,2016年又喜欢上了古诗词,于是热情不可收。

卜算子
三月鸟鸣啼,只等春来抱。走在田头阡陌间,可晓山泉绕。
只见炊烟升,红绿平分杳。不为春天唤一声,垦地牛哞早。

万里春·花缠绵
花红似醉。别离常年泪。对婵娟,不尽挥挥,闭门花照翠。
旧有烟霞痣,蓦回首、不知那岁。步无能、罢又缠绵,意菲菲无怼。

【黄钟】人月圆·思念
离家一别常思量,望海水茫茫。山中林木,河边杨柳,瞠念爹娘。
(幺篇)几层瓦屋,空留人去,鸡鸭门前。忽听犬吠,似乎有客,又建新房。

添声杨柳枝·农贸市场
小店夏天蔬果多。摆方笃。冬瓜玉米手摩挲。爱青稞。
杏子仙桃火龙果,口噙满。上三楼烤鸡鸭鹅。香甜婆。

唐爱民

男,1954年4月生,酷爱文学和古典诗词,已创作诗词作品千余首,部分作品分别刊载于市县诗刊及多家媒体网络,部分散文作品刊载于市县级报刊和网络平台。

率性
生来耿直尽人知,羞媚权奸率性施。
毛发常随道义竖,泪珠每伴剧情驰。
怜贫恤弱当援手,颂德怀恩必赋诗。
家训秉承传厚道,交朋结友不相欺。

夏日荷韵
十里荷塘接远津,遮天绿叶净无尘。
苞尖耸立蜓情重,伞底潜藏童趣真。
一曲莲歌姑荡桨,千丝柳浪叟垂纶。
芳香扑鼻招人醉,花放娇容任悦宾。

访友
老友热情邀,山乡铁板烧。
门前花竞放,宅后果频招。
主妇捞鱼宰,邻翁伴话聊。

感时心已醉，盛世乐逍遥。

忆游宏村
久羡宏村景，身临叹奥玄。
三雕融古宅，一井溢清泉。
钞票图形印，牛塘福寿连。
若能居此地，便是半神仙。

梅雨
昔逢梅雨季，瓢泼令人嫌。
瓜架频遭毁，圩田屡受淹。
夏时防汛重，岁底兴修添。
旱涝施无度，苍天法不严。

也说七夕
每逢七夕唱情歌，男女相携坠爱河。
如若言行都一致，世间哪得小三多？

天仙子·忆受邀出席某官员晚宴
僻静清幽谋饭局，富丽堂皇香满屋。主宾落座气非凡，群拥簇，身如匐，谈笑风生名曰仆。
酒过三巡幺喝六，美女添杯颜可掬。佳肴满桌不知名，天价目，吾心哭，餐费粮农年产谷。

沁园春·沙尘暴
戈壁荒滩，满目苍凉，浩瀚没边。叹狂风暴粒，翻云腾雾；飞沙走石，蔽日遮天。猎犬迷踪，行人互拥，卵石飞来体受拳。待风定，看灰头土脸，讪笑连连。
凝眸广袤平川，惜沃土深埋盐碱原。盼高科研发，除沙治碱，融资改造，引水平田。瓜果飘香，粮棉丰稔，一派繁荣景万千。新疆兴，为中华贡献，功大于天。

唐佳

安徽天长人，中华诗词学会常务理事，中华诗词研习会理事，中国楹联学会会员，安徽省作家协会会员，省政府文史馆特约研究员，省太白楼诗词学会顾问，省诗词协会学术指导。著有《兰可居吟草》《艺游》《唐佳习韵》等。

七律·元旦书怀
逐日敲诗六百多，欣于岁月未蹉跎。
新年已伴琼英至，古韵还凭玉管歌。
运律潜心追老杜，铺毫着意效东坡。
千秋大雅宜长醉，一叶扁舟踏浩波。

七律·次韵范安萍女史《醉吟诗》
晨昏不辍耽佳句，满腹幽情化小诗。
为效陶公成酒癖，因师杜老染吟痴。
芸窗漫掩离嚣壤，雅韵闲敲得妙思。
俗世诸般抛脑后，名山快意问谁知！

七律·戊戌小寒兴感
围炉对酒足清欢，雅聚何尝畏小寒。
妙偈时拈心即佛，奇思偶得气如兰。
骚人可晓离人苦，惬意应知失意难。
白雪茫茫家万里，娇儿老母正衣单。

七律·忆梅
大院曾居整十年，寻梅旧事总相牵。
夫妻对酒无眠意，韵律盈胸有翰缘。
共约披衣明月下，相偕觅句小亭前。
琼香习习教人醉，雅兴平添思若泉。

七律·与众贤弟华都雅集
岁杪华都春意昂，骚人雅集许颠狂。
无边笑语嘉宾醉，有韵歌吟古道长。
逸兴何须凭酒助，豪情自可借诗张。
堪同金谷兰亭盛，半日陶然意未央。

七律·感念宵小
樯倾宦海忆当年，但恨乌云蔽日天。
逼上梁山亲翰墨，欣从艺友醉林泉。
人生幸得开新境，国粹欣能享盛筵。
不是频遭宵小迫，何来晚景乐无边！

七律·题胡礼惠女士画《徽风遗梦》
烟村雨巷隐人家，古色生香绮梦奢。
鸟翠绡红悬赤柱，姚黄魏紫插青花。
几张旧照堂中供，一卷闲书座上斜。
浅绛新安呈妙笔，徽乡漫品韵如茶。

七律·立春除夕骈臻即兴
今朝喜兴逢双节，恰值年关岁杪时。
除夕应须除旧习，立春正待立新规。
诗书继世家常泰，社稷为怀志不移。
雪霁梅开迎盛世，千秋梦遂自堪期。

唐建昆
男，生于1962年，大学本科，农业技术推广研究员，云南省临沧市耿马县孟定农场管委会农业综合服务中心主任，中国老年书画研究会会员，中国国际书画艺术研究会会员，中华诗词学会会员，临沧市书法家协会会员，临沧市老干部书画协会理事等。

荷花香
远闻莲花香满月，旭光照耀映红船。
斑鱼蝶舞南湖闹，姿雅心清北客燕。

永葆青春
春雷唤醒初心道，万众勤耕大地诚。
旭日东升辉正量，丹青绽放继长征。
纯蓝梦想谦虚学，忘我情操奋斗荣。
励志前行英发气，复兴使命浪潮迎。

卜算子·孟定铁力木
特种用材林，贵重精雕紫。百岁群生保护峰，亚热南汀丽。
花芳蝶蜂勤，古树青山秘。红嫩新芽漫步扬，橡叶琴声细。

家乡漫步
夕阳灿烂家乡漫，橡树霞光透射斑。
小道环弯飞鸟唱，宽心友善健身关。

赞英雄张富清
南征北战冲锋勇，片处伤疤解放荣。
特等英雄埋隐姓，初心不改赤忠情。
深藏事迹标杆范，淡泊名声朴实兵。
奉献精神红榜样，传承华夏起新程。

卜算子·沙漠变绿洲
坚定治荒沙，汗滴青苗起。生态艰辛子孙益，绿进沙川退。
接力破雾霾，秘境森林翠。室雅蓝天泰康城，美好风情丽。

唐开矿
男，汉族，1955年12月生，山东滕州市人，大学文化，中共党员，高级政工师。曾任《中国矿业报》特约记者，《中煤地质报》驻山东记者站记者，山东省煤田地质局一队政研会秘书长、宣传部长，滕州市诗词联赋协会会员。

七绝·人生感悟
苍茫宇宙时空久，历史长河滚滚流。
世界少谁皆运转，放平心态度春秋。

七绝·读书乐
每当学习乐无忧，书海行船意未休。
读诗只感时飞快，再续光阴五十秋。

七绝·勿忘南京大屠杀
侵华倭寇铁蹄蹂，百姓遭屠鲜血流。
历史回眸不能忘，当年抗战保神州。

七绝·缅怀邓小平
开放宏图举世惊，回归港澳促成赢。
小平理论扬中国，破浪乘风奔锦程。

七绝·赞好干部焦裕禄
高风亮节贯长虹，正气无贪百姓崇。
关注人民除疾苦，一心为众树新风。

七律·中国梦
炎黄大地春雷响，改革洪流巨浪扬。
反腐倡廉民众畅，兴邦圆梦国威强。
从严治党开新宇，改善民生奔小康。
凭借东风鼓帆劲，风流人物创辉煌。

唐乃倜

随女儿过戊戌年中秋
露从秋夜白，沪上月分明。
仰首朝天鉴，婵娟伴我行。

游永州柳子庙
暴雨零陵觅柳公，古街陋巷味无穷。
遥看湘水咆哮过，不尽忧思泛腑中。

访贵州大学
泞雨黔簧念渡公，红楼峭立总雷同。
汝舟老叟如相问，世纪沧桑一梦中。

游黄果树瀑布
银河已落蓝天外，玉壁横波峭岭间。
老树垂丝听浪啸，青山绿水且休闲。

游牯牛降
轻车胜日到石台，古岭严村访客来。
杜牧庄前尝老酒。它年再问杏花开。

朝九华
夙愿心朝奔九华，红墙黛瓦总不差。
遮荫树下休闲处，却是青莲旧酒家。

唐实全

茂名南天诗社会员，1982 年生，汉族，籍贯四川成都市新都区。好唐诗，喜游猎，愿执一支秃笔，涂鸦四季河山，冷暖人间。

五绝·古道
大道通天远，罗梭四海臻。
运输南北物，来往古今人。

五绝·欧铁
欧铁东方起，亨途八面伸。
环球朝暮至，日月共昏辰。

七绝·暖壶赞
体短身宽拙陋胎，存心守份待征徘。
朝煨司马谋天下，夜暖书生智夺魁。

七绝·夜来琴音
何处声来不夜琴？轻梳浅奏和虫吟。
更深无意搁香梦，往事如烟共月沉。

五律·咏荷
陂塘烟柳翠，菡萏始红妆。
淖出亭亭立，风来淡淡香。
鱼虾徜叶影，诸乘候斜阳。
待到秋霜至，莲身化藕藏。

七律·单车

— 1057 —

与世争时转四辰，宽街窄巷见卿身。
载人拉货飞如燕，破雪乘霜奋若春。
旧日达官恭显贵，也曾欢庆喜迎亲。
八方美景随心赏，南北西东一道巡。

七律·书

开天辟地因盘古，甲骨镌文与兽殊。
刺股悬梁平浩荡，囊萤凿壁定荣枯。
千秋太白兴诗赋，万世丘尼诲莽夫。
莫叹峰高终不及，只须发奋始童孺。

七律·伞

彩绢迷朦胧劲节，一杆收放两坤乾。
遮阳挡土舒蛾柳，避雨防风护秀妍。
恰似嫦娥擎宝盖，犹如玉女舞裙翩。
千年邂逅如何得？且往西湖问许仙。

唐宋元

笔名远方晴城，辽宁省昌图县人。作品曾发表于《辽宁日报》《铁岭日报》《文学月报》《诗词家》《太阳山》《辽北文集》《绿野轻梦》等报刊。其所填诗词力求画色意境，因法寻律，多依新韵。

鹧鸪天·深山境吟

辗转寻香僻径深，幽山静处杳闲人。
风来略觉衣翩动，雾飘拂听蝉啭吟。
藤挽树，草连茵。蒲花无扰自缤纷。
乘荫待月来相伴，或可缘期逢洞宾。

七律·华山

峰峦转径越凡尘，画阁仙烟隐异人。
论剑峰巅踪杳没，抚琴栈道迹无寻。
深山洞涧龙蛇远，古木苍藤日月昏。
自有清风山壑起，晴空万里逸闲云。

蝶恋花·春花忆

花幻流云成记忆。曾几何时，蕊俏摇香溢。年去岁移娇色泣，西山落月行无迹。
院圃经秋风复起。过眼芳华，逝水三千里。带露初枝何所觅？幽发梦绪清宵呓。

蝶恋花·风雨执缘

淅雨潇潇风满树。顾首芳华，缱绻心深处。郊外花翎湿晓露，柳杨飞絮摇轻雾。
邂逅因由萍聚路。众里缘逢，已是劫千度。执手红尘联袂舞，舒襟花悦青山麓。

唐余智

网名雁北飞，生于四川省南充市，现供职大庆油田公司。喜爱写作，酷爱诗词，300余首作品散见于报刊。

五律·夜宿山中

仲夏新荷醉，轻风起画堂。
闲观花榭树，笑看犬翻墙。
一剪浮云浅，三篇淡墨香。
隔窗听细雨，山里夜微凉。

五律·夏思

雾散青山黛，花间蝶弄姿。
蝉鸣杨柳句，蛙读放翁诗。
月淡晨还早，星稀夜已迟。
夏风吟弱水，清泪湿胭脂。

五律·秋景抒怀

秋日微风冷，柴扉映紫霞。
溪流漂败叶，清露覆兼葭。
岭上追星月，房前问落花。
山泉声更响，把盏话桑麻。

七律·仲夏游清溪
洒锦斜阳入万家,闲观蚁阵与蜂衙。
清溪浅浅鱼嬉水,薄雾轻轻蝶恋花。
夜色苍茫归暮雨,黄昏璀璨觅朝霞。
萧声吹亮江中月,晓岸临风惬意茶。

七律·故地重游
那年挥袖辞青柳,醉里江南又一春。
古寺晨钟声自远,黎明渡口影蒙尘。
嘉陵岸畔陪亲友,白塔山中健骨身。
红瘦绿肥香渐少,怜花未必爱花人。

七律·邀友夜饮(新韵)
经年烦事聚成堆,早已难堪锁碎围。
执笔挥毫歌旧体,修篱种柚酿新醅。
频频起立邀朋饮,缓缓骑行采露归。
从此清风明月处,我思君远你思谁?

七律·绿肥红瘦伤春意
陌上花开紫燕飞,余霞晚照牧童威。
竹间听曲伤红瘦,溪畔摇琴唱绿肥。
仰卧举杯邀月饮,起身投箸踏歌归。
入眸皆是风情物,缓缓徐行下翠微。

卜算子·北方春柳
夜静瓦檐霜,正巧凉初柳。今夜无人独自坐,只有心相守。

任往事随风,愿友情不瘦。醉眼朦胧迷人处,寂寞人依旧。

唐章先

笔名三星望月。1967年生于四川省金堂县。1989年毕业参加工作。喜爱文学,金堂县作家协会会员。在《名家名作》《农家书屋》《白屋诗风》等发表多篇诗词。

鹧鸪天·无题(词林正韵)
白衣羽裳卷发扬,含春明目玉身长。
少年学医恨魔病,老大辞工为你忙。

长娥媚,软心肠,晚眠起早为哪样?
晓风残月今何在,只为并肩看夕阳。

鹧鸪天·无题(词林正韵)
鱼凫古城柳江东,老街西风海棠红。
往时洛带长城长,今日离情诉迹踪。

情未了,意相同,娥眉舒展烛光红。
今年今月今时夜,更盼巫山异日逢。

古风·梦花赋
长江一春水,巴蜀有人家。
小榭听流水,古亭望晚霞。
柳丝遮碧瓦,此处是余家。
家中有三子,聪明数梦花。
温柔体娇俏,皎洁似朝霞。
皓齿长眉深,凌波微步斜。
率真情婉约,耿直待人家。
诚恳真心待,铁杆闺蜜嘉。
和颜细声语,病号如归家。
工作认真狠,无人不相夸。
家中此娇女,媒妁见人夸。
俊杰有张朗,称心中梦花。
良辰如约结,恩爱共天涯。
摆设有条理,温馨甜蜜家。
和谐众邻里,妯娌共纱麻。
其乐共融洽,邻居人赞夸。
夫君忙活计,顾妻难由他。
孤影居家里,育儿无怨嗟。
牙牙初说话,转眼一枝花。
学舞去音院,西窗看月华。
学成孝父母,常把母恩夸。
母女似朋友,平时姊妹花。
周围众州县,羡慕众人夸。

唐昭平

男，四川成都人。当过知青、教师、工人、会计、记者，喜爱文学，在报刊上发表过许多文字，退休后，寄情山水，写诗填词。2017年获中华文艺全国文学大赛古典诗词类金奖。

五律·茉莉花开

小巷红花落，嫣然绽白英。
闻香心已醉，寻蕊意先行。
壁挡娇娇影，空流婉婉声。
高楼雕户启，倩女凤琴鸣。

五律·离愁

去岁莲池畔，风甜月色香。
采花牵玉手，掬水戏鸳鸯。
眼下形茕苦，窗前雨肆凉。
蛙哀飘梗恻，落蕊酹离殇。

七律·抱朴

云高风顺瑞鹓轻，地阔原肥草泛英。
避浊繁都抛利色，趋香荒岭近溪菁。
晨聆鸟啭天音绕，夕眺峰飘玉带萦。
讥讽蝇头枷锁缚，庄周笑话触蛮争。

七律·菊说

冷雾飘飞又雨淫，风萧扫柳媚枝沉。
唯吾独傲千霜放，叫你群妍百草歆。
爪秀丝丝醺逸客，蕊馨缕缕伴焦琴。
骨魂本自寒生就，不似春花得暖深。

七律·猎

大雪缤纷瑟草承，浑然宇宙巨寒凌。
千程绝地风撕鬣，独羽飞霄哨唤鹰。
电闪翼张抓兔起，鞭扬辔挚跃沟腾。
雄心揽尽荒原莽，酒烈倾肠自化冰。

七律·旅中情

一帘风雨叶添忧，杜鸟哀鸣哭月勾。
枝折何须羁旅恨，梗飘不必共河流。
痴心望断天边路，美梦支撑海角舟。
世上温情多苦痛，问君伴我渡春秋？

七律·听春

熏风送啭唤菁河，柳下娉婷执杖娥。
侧耳偏头云鬓秀，舒眉闭目玉容酡。
痴迷鸟曲欢新蕊，醉享春雷喜妙歌。
心有光明天地亮，瞽无黑暗日霞多。

七律·听蝉

伏炎体热浃溪流，躲进阴凉觅静幽。
无奈虫鸣声唤偶，怎知天响瑟呼逑。
心欢酷暑栖云树，翅振绵音亮籁喉。
侧耳凝神虚聒噪，渐趋陶醉爱情收。

唐振才

笔名唐文。网名梦幻人生，梦幻人生唐振才，生于1962年。工作政府党政办，基层工作三十年。1997年毕业川农大，1987年省院学日话。1989后聘为乡干部，农业科技传万家。籍贯中国四川省，住址安居玉丰镇。职业新技术推广，高级农艺师职称。喜欢看书与创作，学习理财关系学。特爱吟诗和书法，抽空诗阅书法学。

七律诗·歌颂祖国
新中国70华诞

新中国七十华诞，上海黄浦都巨变。
城市旧貌换新颜，农村新房山水边。
餐餐顿顿吃海鲜，日日夜夜唱游玩。
子子孙孙赚大钱，家家户户银满罐。

新中国七十华诞，中华诗人谱新篇。
祖国山河多绚烂，华夏儿女笑开颜！

农村环境桃花源,人民居住水云间。
莺歌燕舞长相欢,山清水秀久陪伴!

新中国七十华诞,国人充满幸福感。
幢幢高楼耸山巅,条条平路通房前。
过去糊口如猪犬,现在生活似神仙。
果蔬花种种屋团,歌舞娱乐乐欢天。

新中国七十华诞,扶贫成效看得见。
土房变洋新又宽,困难家庭乐且欢。
贫穷人口逐年减,二零二零全脱完。
CD危房别墅变,农民心里比蜜甜。

幸世界盛开友谊花
世界强国今属中,归功领袖毛泽东。
创建毛泽东思想,成立伟大的中共!
推翻魔鬼帝封官,缔造神军陆海空。
建成现代化强国,屹立天下最巅峰!

国家主席习大大,依法治国虎蝇打。
精忠报国为己任,鞠躬尽瘁为国家!
全心全意谋发展,一带一路富天下。
中国倡导爱和平,世界盛开友谊花!

爱情诗歌·藏头诗
天长地久
我的最爱就是您,爱妹一世长相思。
您是风筝我是线,到天海找妹相依。
天天我俩一起耍,长久爱您美人花。
地老天荒人年轻,久久陪伴心妹家。

爱情诗歌·顶针诗
生死相依
天下哥妹最真情,情有独钟成爱人。
人仙敬仰文静俩,俩厢情愿逍遥神。
神仙中人玉手牵,牵牛织女最喜欢。
欢天喜地度人生,生死相依每一天。

诗妹诗哥
诗妹诗哥若结婚,婚后我俩居北京。
京城蜜度今来生,生活工作都开心。
心想事成我和您,您别把我来忘记。
记住您心有哥我,我俩随时吟情诗。

爱情诗歌·七律诗
诗妹不一般
诗妹身材不一般,天生尤物人人羡。
诗妹若把哥手牵,词哥想妹共枕眠。
诗妹家财不一般,日进斗金年千万。
诗妹还说钱难赚,词哥差妹还很远。

诗妹口才不一般,妙语连珠哥哥欢。
诗妹若能与哥乐,词哥把妹捧上天。
诗妹文才不一般,风华绝代世人前。
诗妹对哥若有爱,词哥愿同妹结缘。

唐子香

男,1936年生。经济师,政工师。曾任县离湖诗社副社长兼秘书长,《离湖诗词》主编,县文联委员,荆州市诗词学会常务理事。现系中华诗词学会、中国楹联学会及湖北等省、市诗联学会会员,心潮诗友、县诗联学会顾问,《离湖诗联》名誉主编。著有《耐寒吟草》《唐毅吟稿》。

人祖女娲
骊山老母破洪荒,炼石补天惊玉皇。
造福于民恩德广,子孙万代永难忘!

游文昌宫有作
梵行文圣地,游览感神怡。
紫气绀园绕,洞天幽景奇。

咏菊
灵菊幽崖植,英姿绽蕊华。

凌寒尤灼灼，晚节玉无瑕。

炎帝颂
石年始祖为苍生，开拓农耕肝胆倾。
尝草研方祛疾病，制麻织布倡文明。
结盟黄帝邪魔殄，定鼎中原海晏清。
泽被元元情无限，千秋万代仰长庚。

马来西亚莫顺生吟长赠《古典诗词吟赏教学教师手册》读后感
惠赠诗词教学书，选编精湛阅欢娱。
弘扬国粹倾心血，列入课堂培汉儒。
引学华文添雅趣，承传经典拓功殊。
创新吟赏抒情意，异域他乡道不孤。

学诗
因学诗词被说痴，个中乐趣自知之。
抒怀言志歌时事，冶性陶情展笑眉。
一字神来狂若醉，几天品味美如饴。
常邀风月入寒舍，伴我挥毫力不疲。

入党60年感怀
平生添彩喜情绵，历雨经风总竞先。
起始营商留爪迹，后来从政染红笺。
退居学识诗联律，攻克难关意志坚。
许党初心更牢记，创新时代颂尧天。

破阵子·开元观
绀宇开元气派，重檐金碧辉煌。四面如春佳丽境，鸟语花香五色光，荣名海内扬。

殿内雕梁画栋，盘龙宝剑威强。伏虎降魔诛魍魉，福地平安正气扬，观光引兴长。

画堂春·监利英才学校观感
恢弘气派耸英才，校园景色和谐。课堂布局自然佳，丽境开怀。

学校坚持教改，老师授课新裁。热情培育百花开，香溢天涯。

唐宗宝
  1963年9月生，贵州省贵阳市人，中华诗词发展委员会终身会员。诗词作品曾在"祖国颂——庆祝中华人民共和国成立60周年诗书画大赛""庆祝中国共产党建党九十周年全国诗书画献礼""中华诗词500家"等全国比赛、征稿中多次获奖、入选。

七绝·延安颂
巍巍宝塔耸蓝天，滚滚延河展笑颜。
窑洞运筹捷百战，十年磨剑梦初圆。

七绝·春游小车河公园
绿满空山气爽鲜，杜鹃声里柳如烟。
闲暇三两约幽径，烦恼抛飞九重天。

七绝·一览高楼有感
广厦神州千万间，布衣拥抱俱欢颜。
回翻杜甫千年梦，点赞今朝处处圆。

注：一千多年前，杜甫曾在《茅屋为秋风所破歌》中筑梦："安得广厦千万间，大庇天下寒士俱欢颜，风雨不动安如山。"放眼今朝，其梦俱圆。

七绝·春山行
艳阳脚下暖风生，放眼春山绿纵横。
处处春耕融入画，满揣春色入归程。

七律·冬天里的春天——小阳春记
万里苍穹丽日开，八方暖气吻面来。
今朝薄雾挥之去，昔日轻寒弹指衰。
室外少儿爽嬉戏，院中叟妪乐徘徊。
红颜放眼奇装展，愉悦满街脸上栽。

鹧鸪天·春

乍起新雷催幼芽,南来紫燕唱新家。漫天细雨青杨柳,一树春风红杏花。

蝶乱舞,鸟喧哗。千山绿映满天霞。芬芳绕院农家喜,谈笑声中话桑麻。

鹧鸪天·颂"十九大"

万里菊香醉彩云,长空燕舞报佳音。京华盛会开新宇,塞北江南响乐琴。

言九鼎,诺千金。时贤接力守初心。高歌挺进新时代,圆梦扬帆指日真。

临江仙·除夕

结彩张灯街巷艳,礼花大闹天空。神州处处贺节隆。春联歌盛世,鞭炮唱年丰。

万户千门皆畅饮,满堂谈笑声中。新年互祝运来红。夜阑人不寐,相伴候春风。

陶柏林

中华诗词学会、安徽省诗词学会、庐州诗词学会、宿松诗词楹联学会会员,省散曲工委理事,省女子工委副秘书长,全国白雀奖散曲评委。作品散见于《中华散曲》《中国当代散曲》《九州诗词》《安徽吟坛》《安徽散曲》等以及各种网络论坛。

【仙吕】四季花·深山幽兰

深居山谷爱幽乡,孤傲伴风霜。清高玉骨仙株降,典雅又端庄。沐春光,花儿朵朵送芬芳。

【仙吕】四季花·蚕豆花儿香

紫颜花朵嵌禾床,阵阵醉春乡。蜂飞蜜采欢歌唱,处处舞春光。大爷娘,东忙西看喜眉扬。

【仙吕】哪吒令带鹊踏枝、寄生草·宿松黄湖秋色

碧湖,船儿织梭;碧空,鸟儿唱歌;碧漪,鱼儿戏荷。天际边,朝阳跃,湖面上闪耀金波。(带)俏姑娥,帅阿哥,手采莲蓬,网撒清波。一路忙金秋醉我,一边唱戏曲民歌。(带)秋风爽,秋色和。船舱载满秋收乐,鲜鱼肥满舱中跃,莲蓬饱满园盘坐。斜阳遥送彩晖长,浪花随伴渔歌闹。

【双调】水仙子·蜡梅吟

银装素景入仙台,满树寒梅抖雪开。千诗万曲呈枝赛,幽香阵阵来,展清姿相映黄白。见风骨,缀百画,雅韵吟怀。

【双调】沽美酒带过太平令·漓江游

漓江秀水灵,沿岸碧峰英,竹排江中逐浪行。风光靓惊,观不尽水山奇胜。(过)九马画山崖神定,象鼻山巧妙神形,望夫石天工神赠,大圩镇古香名胜。赏情,动情,忘情,清波上畅游仙镜。

【越调】天净沙·登游庐山秀峰山瀑布感怀

秀峰山岭苍茫,峭崖瀑布流长,碧水龙潭坠阳。青石径上,印留今古时光。

【商调】凉亭乐·荷塘月晚

玉镜荷田铺银装,碧海沉茫。仙子绵绵睡梦乡,阵阵幽香荡。星遥月洁,蛙鸣蟀唱响,柳下萤光,漫步桥亭赏晚塘,风轻伴,思绪长。

【黄钟】昼夜乐·春融

紫燕呢喃绕屋飞,回归,回归喜巢垒衔泥。布谷鸟声声唤急。黄黄菜花蝶蜂

戏,粉桃红绽放娇迷。小草萋,垂柳依依,垂柳依依,水岸角蛙声脆。(幺)抢期抢期时令催,储水,耕地,耕地忙播种施肥。暮彩霞余晖最美,田间小路嬉笑追,手机响快步家回。农院烟吹,农院烟吹,呷老酒尝春味。

陶林

生于1953年。1968年下放农村。1980年知青返城在县商业系统工作。2013年退休后进庐江县老年大学诗词班学习写作诗词,在县、市级刊物上发表过诗词作品。现为安徽省庐江县诗词协会会员。

七绝·上老年大学有感(诗韵新编)
六十回眸一瞬间,邀游学海不言闲。
莫说柴熄留余热,但得风吹更灼然。

七绝·学作诗词
深宵奋笔亦平常,苦乐皆由自品尝。
逆水行舟须用力,一篙松劲退原方。

七绝·农家乐
真羡农家乐事多,丝瓜架下养鸡鹅。
丰收岂赖天公赐,致富勤劳一路歌。

七绝·除夕
除夕团圆夜半哗,坐围把酒话桑麻。
迎来良豕添新岁,皓首怜看孙换牙。

南乡子·咏梅
冷极不知寒,根扎危岩意志坚。岂怕严冬风凛冽,非凡。枝抱醇香笑语酣。
松竹叹枝繁,远离落英避嚣喧,侵雪染霜才怒放,安然。报到人间春又欢。

七律·退休生涯
人生不易万千烦,从此无需再上班。
暮鼓晨钟非叫我,晓风夕月炼长拳。
妻栽盆景常斯守,儿筑天梯保国安。
篱下采菊尝美酒,众孙绕膝舞蹁跹。
注:儿子从事的是与航天有关的工作。

七律·游万佛湖
四方甘雨汇平澜,一道长龙锁玉渊。
柔草嫩枝莺啭处,丛竹虬树雀鸣闲。
泛舟游客遥观阔,逐水诸君近觉宽。
谁可万佛悉数拜,慈悲菩萨当安然。

七律·清明祭祀感怀
仲春微冷路难行,携子牵孙祭祖茔。
念及先人当忆苦,肯教后辈莫忘情。
立身处事良心在,磊落光明一世诚。
树德只求人品正,年年不枉做清明。

陶青山

网名岳河,河北省承德县人,现任教于承德县职教中心,中学高级教师。现为中华诗词协会会员,河北省诗词协会会员,承德市诗词楹联学会理事,承德县作家协会会员,中华诗词网驻承德市通信员,中华诗词论坛燕赵风骨版版主。

五绝·小雪初晴
昨日霾尘重,今朝雪后晴。
天公如有意,世界自清明。

五绝·双十二感怀
政变联国共,民族解倒悬。
今人争购物,谁个忆西安?

七绝·杂感
年少不知师爱殷,懂时往往误青春。

可惜多少谆谆语,只恨当时不入心。

七绝·春夜喜雨

地干惟恐误春时,好雨今来幸未迟。
感谢天公垂玉露,一方百姓可足食。

七绝·伤春

偷闲访杏上朝梁,叶小花残满地芳。
无奈人生多若此,白头方悔误春光。

七绝·春柳

春风爬上柳梢头,缕缕金丝绕指柔。
那抹鹅黄瞧不够,诗心作画纸中收。

七绝·榆叶梅

意许东风竞吐华,灼灼一树若云霞。
妖娆不似凡间物,贬下瑶台却为啥?

七绝·梨花

一树妖娆白玉妆,千姿百态竞芬芳。
娇躯若想修成果,还要禁得风雨霜。

陶淑霞

河北平泉人,女,承德市护理职业学院教授,中华诗词学会会员,河北省国学学会会员,河北省诗词协会会员,承德市传统文化学会副会长,承德市诗词楹联学会理事,出版主编及参编的学术著作多种,发表学术论文数十篇、诗词数十首。

卜算子·咏菊

含笑向西风,天冷香尤烈。岂怕严霜夜夜侵?素面弥清洁。
不愿媚东君,高下随人说。叶落芳心愈固持,自乐情奇绝。

卜算子·咏梅

空谷寂无人,只有风和月。独立何求赞誉声?韵致真奇绝。
谁可解芳心?但恋晶莹雪。玉骨冰肌无限清,与汝情非别。

七律·思诗不得

晓上高楼诗兴浓,年年春色满寰中。
陌头杨柳含烟绿,池畔桃花带雨红。
水暖游禽飞复下,山明浮霭有还空。
却愁立久无才思,不觉落英吹作丛。

五律·思

读罢不成眠,孤灯思悄然。
卷帘凉月晓,开牖暗风寒。
露重花香湿,云行柳影迁。
忽闻鸡远唱,星斗已阑珊。

七绝·春雨

春雨缠绵柳色青,长亭山静水尤宁。
风来花落栏杆畔,啼鸟声声不忍听。

七绝·彩虹桥

彩虹一道通南北,车似穿梭终日过。
碧水悠悠花两岸,夜来灯火映清波。

七绝·三道牌楼

映日迎风五彩明,飞檐四向碧云萦。
古今皆是繁华地,朝夕喧哗叫卖声。

七绝·武烈河

一条碧水穿城过,两岸花繁四季青。
送爽生凉游客喜,清波倒影画分明。

陶陶

字子丘,湖北黄冈人,湖北省中华诗词学会、武汉市诗词楹联学会、黄冈市作家协会会员,2017 年创立古典诗词创作平台——行吟诗词，2018年发起成立无纺诗会。

东湖山水城

寻到东湖处，托幽山水城。
阴云一抹黛，晴日几分明。
但觉秋风落，时闻野鸟声。
此间深有味，何物不关情。

晚行

初夏山村寂，炊烟向晚生。
草间萤火动，墙角蛤蟆鸣。
新月如无色，微风似有声。
闲居三五日，可以忘虚名。

初秋至姑母家过田畈所见

便是初秋暑热频，风吹稻浪畈波纹。
停车回望来时路，屋在西山就白云。

一剪梅·梦回江南

独自消愁酒半酣。风动青帘，月动青帘。一时沉醉到江南，轻了春衫，湿了春衫。

听得谁家燕呢喃。柳色如蓝，水色如蓝。满斟琥珀瘦还添，醺也难堪，醒也难堪。

【双调】沉醉东风·游东湖

放眼外高楼耸起，回头时绿柳相依。千层碧浪深，几缕荷风细。正云飞满天诗意。一抹残霞不忍归，与我在东湖画里。

陶为祥

汉族，男，1932年生，江苏阜宁益林人，笔名老柏苍松，昵称老寿星。出身教师，中师学历，从事语文教学工作近20年。中华诗词学会会员。自73岁起，悉心习作诗词，历时15年，创作诗词七千余首，刊出《浮生杂咏》《陶为祥诗钞》各两册，《松柏斋诗绪》一部十卷。部分诗词散见于报刊及网络平台。

自2016年始，参加全国各类赛事，获一二金特奖13次之多。诗词入编《中国当代文艺名家名作年鉴》《全国诗人缅怀周恩来》《中国诗词（楹联）名家2018年选》《诗意人间－诗词人物218》《中国作家书画家代表作文库》《中国诗词大辞典》（二部）《当代华语诗词精华》《诗颂新中国70华诞》《夜郎诗刊年鉴－中国当代诗词精萃》《东方学》《阜宁诗苑》《读者》等书刊。

邀请参加北京三亚宜昌西宁武汉洛阳咸宁沂南等地文艺论坛采风授奖等类活动。获"中国诗词（楹联）名家""2018诗词人物""新时代优秀诗人""德艺双馨诗人""新时代爱国诗人"等荣誉称号及证书。比投"最强作家""桂冠诗人""诗形象""诗人名人堂"等均列前十名，入编《中国文化人才库》《中国文艺风采人物词海》。

邀聘中国诗书画家网艺术委员会副会长，受聘滨海县黄海诗社顾问，现任阜宁县诗词协会名誉理事。

五言·绝句
大雨过后

芊芊经雨草，玉碧似妻裙。
易见门前色，难寻昔日芸。

黄褐斑

气恼黑芝麻，年年脸上爬。
完全无斩获，偏以此为家。

七言绝句·写诗贵深思

一

摒凡弃俗浥清芬，剥茧抽丝广见闻。

箭在笛中非尔力,风行水上自成文。

二

暮年尽力掘诗题,覆被沉吟思律齐。
高夏柴田皆学问,非同撮口效啼鸡。

七言律诗·诗词务求新

套语陈词摇笔来,夕阳芳草再青苔。
桃红柳绿春颜面,茅舍疏篱隐士怀。
五G丰姿浑不见,复兴硕果竟抛开。
相因相袭人生厌,劝尔清肠换骨胎。

文化自信

三唐两宋竞奇葩,姹紫嫣红润齿牙。
造意抒情皆化境,生形活象尽成霞。
冬行杏雨红波浪,春去荷风绿天涯。
声律千秋荣国色,诗词万世咏中华。

风流子·新农村留守老人

连墅青砖灰瓦。流水小桥禾稼。池沼鱼,稻田虾,扑克象棋书画。檐下。闲话。盛赞华为反霸。

风流子·阜宁退休人

广场铁军结集。太极舞姿飘逸。音响随,步轻移,水袖飞肩奕奕。灵哗。人佚。奏起笙箫管笛。

陶维民

黑龙江省依安县人,曾投身军旅,从事过电影放映工作,后转到依安县依龙镇文化站,酷爱文学,爱好写作,多次获得国家级不同奖项。

感悟自然

小草青青柳色新,莺歌燕舞鹤鸣吟。
花初叶嫩含苞笑,碧水蓝天万木新。

柳

鹅黄次第润枝头,一泄春光不可收。
葳蕤生辉新叶绿,多情白絮乘风游。

有感新绿

满目昏黄柳径新,枝头递绿未成荫。
生机萌动复苏夜,天地和谐又一春。

元宵夜

火树银花映夜空,月华绮丽彩灯红。
人山歌海元宵夜,万众齐心舞巨龙。

夏趣

悠闲踱步到农家,惊动蹊边小绿蛙。
点水蜻蜓如闪电,塘中浪花溅彩霞。

陶文华

浙江省泰顺县人,中学高级教师。浙江省诗词楹联学会会员,泰顺县诗词楹联学会常务理事,中华诗词论坛绝句版常务管理员。作品散见于《中华诗词》《诗词月刊》《浙江诗词选粹》等刊物。

七绝·无题

连日阴云带雨行,桃花泪向杏花倾。
娇红零落应无恨,本与溪山有旧盟。

七绝·无题

客路浮云薄似纱,中原旧梦隔天涯。
临安即便多春水,不养开封庭后花。

七绝·圣诞夜宵

平安夜景隔窗纱,一片牛排慰老牙。
真味超然于物外,无关筷子或刀叉。

七绝·怀寄飞云湖水底的故乡

一湖烟雨一归舟,舷外西风舱内愁。
今夜不知何处泊,鼋鳞已占旧津头。

七绝·野渡
重云低锁一江秋,野渡无帆芦荻稠。
收拾浮名沉逝水,清风浦上买归舟。

七绝·春回飞云湖
浦溆春荣柳眼青,望湖直上望湖亭。
暖风吹醒兼葭水,时有鱼儿点绿萍。

七绝·赴甬培训偶成
论心知己两三人,相约甬江来问津。
昨夜梦临天一阁,藏书幸好未蒙尘。

七绝·夜游江心屿感怀
曲径迷离缓步行,穷吟未得半章清。
何时唤出云中月,一照江心孤屿明。

陶一

男,南天诗社会员。本科学历。国家级非物质文化遗产项目汝瓷烧制技艺传承人,汝瓷国家标准主要起草人,中华诗词学会会员,中华诗词非遗传习馆馆长,粤港澳大湾区非遗文化创新研究所首席顾问,粤港澳大湾区非遗保护中心主任,南方科技大学、深信学院非遗导师,致力于《诗经》吟诵与中华诗词的传习与推广。

五律·行吟陆河之二（步九公主诗韵）
青山云作雨,橘下操瑶琴。
瑞气吹丝鬓,清香入玉襟。
神驰龙凤径,步踏雪梅林。
谁识声声慢,千秋碧月心?

五律·步孟浩然诗韵记深圳

东湖听阮忆昭君旧事
月出东湖岸,诗吟昨与今。
天青云影去,岭叠阮声临。
行客缘何浅,飞花份不深。
休言风有意,舞雪湿衣襟。

七律·和舒窈七夕诗
舜华与汝同车梦,万里云天碧月明。
醉忆江东霞柳色,欣回岭北世间情。
谁知无奈秋风事,琴懂多吟夜雨声。
一念三千如水静,幽兰空谷荡秦筝。

七律·行吟陆河之三（步师友韵）
频问叩天无有应,悠然带月荷锄耕。
陆河雪海青梅画,玉竹人间故苑情。
写意舜华林鸟舞,听琴溪蝶夜虫鸣。
尖山寺上钟声起,霞色仙岚再启程。

浣溪沙·遥思
静夜澄空月独明。琴心竹影伴何声?岭南云谷荡桓筝。

梦舞羽衣双彩蝶,思吟春柳几黄莺?三龙河畔与谁行?

行香子·芙蓉楼抒怀兼寄《诗经》吟友青青子衿并致生日诗礼
子佩青青,桃李幽蹊。溱洧泱泱唤燕归。溥溥零露,雨雪霏霏。唱往年月,来年雨,鼠年诗。

榴花初蕊,黔山耸翠。少伯城楼在人非。玉壶旧梦,煮茗同谁?忆无衣歌,捣衣曲,羽衣飞。

虞美人·石梅湾听吴琳弹箜篌《思凡》曲
几曾梦里追寻苦,袅袅桃花渡。箜篌一曲梦飞天,石梅惊绽凤凰旋,水云间。

问君何日乘风去,满目潇湘雨。箫声轻越暮林清,思凡弦渺夜空明,月孤行。

水调歌头·筷子赋

三千年路远,八万里流长。琴音相伴,红袖春舞梦天香。举箸与君敬食,擎盏邀朋共饮,和美睦邻邦。莫道刀叉利,筷子意深藏。

本食器,兼艺品,更阴阳。平中奇见,一动一静万云祥。深信有吾挽袖,深爱无言喧语,大美不须彰。今日不宁事,筷看汉和唐。

田成才

生于1962年11月,高中文化,中共党员,重庆市奉节县夔门街道办干部(副处级)。中华诗词学会和诗刊子曰诗社会员,重庆市诗词学会和重庆市三国文化研究会理事,夔州诗词学会副会长。

五绝·玉皇阁

阁外文峰秀,堂中烛火明。
慈航修苦海,禅寂度人生。

五律·滨湖漫步

风轻波带笑,湖静浪含羞。
岸远华灯烁,星环素月幽。
山歌旋夜港,族舞伴高楼。
柑橘芳香沁,诗城底蕴酬。

七绝·竹

修篁挺直不阿姿,刚骨凌云品格奇。
亮节高风千古赞,丹青正气五言诗。

注:白帝城竹叶碑刻丹青正气图,隐有五言诗。

七律·神女峰

云涯婀娜天宫降,巫峡山巅露脸庞。
容妙仙姿生石柱,情深意切守长江。
盛名招引风骚客,美景推开富裕窗。
兀立千年惊世界,流芳万代抚乡邦。

七律·三峡红叶(新韵)

谁染丛林秋景深,夔门两岸见朱唇。
黄栌身许白云意,峡谷林疏红叶魂。
东望旌旗枫岭韵,西来叠影晚霞昏。
心存意境山和水,色在容颜树与根。

浣溪沙·元宵雨水节

雨水奔腾洗玉容,元宵热闹品玲珑。清香横溢味无穷。

十五烟花音袅袅,万千灯火喜融融。汤圆可口醉春风。

鹧鸪天·诗城冬韵

冬到平湖橙桔黄,寒来高峡草坪霜。一江碧水绿洲景,两岸丛山红叶妆。

花逊色,雪留殇。风吹长岭疏林凉。峰遥青黛苍波远,霞照红岩古韵长。

田福卿

中国诗歌学会会员。在《中华诗词》《中国诗词》《中国文学》(香港)等多家报刊发表诗作。已出版《绝句诗文集》《夕晖诗草》等五本诗集。

七律·"粗中有细"——京剧《长坂坡》中之张飞(新韵)

争雄鏖战翼德军,挥舞蛇矛助赵云。
溪卷霹雷吓桥断,枝接马尾扫黄尘。
一朝叱咤风烟将,几度经营粉墨君。
褒奖千年歇后语,可知好汉有青坟?

七律·京剧《秦香莲》之包相爷(新韵)

王权霾势暗皇城,贫妇鸣冤告御封。

驸马杀妻断情义，包公执法坐东京。
凛然有道悬龙剑，阴险无德毁锦程。
一嗓开铡陈世美，三山五岳吼回声！

七律·看京剧《周仁献嫂》后（新韵）

剧名初看令余晕，谢幕含羞愧对频。
叔子不仁难启齿，弟妻狭义作忠魂。
俗流半是凋零远，贤者多为磊落真。
误会徒遭鞭棍挞，顶天立地大男人。

田淑琴

女，网名快乐的牧羊人。河北宽城县人，中学高级教师，承德市诗词楹联学会会员。

七绝·桃花林

一抹彤云降翠峦，殷红占尽醉芳颜。
蜂蝶起舞哑花露，客至留连已忘还。

七绝·乡村月夜

青山隐隐路迢迢，野陌乡村草木娇。
月色阑珊光更美，谁家小院夜吹箫。

七绝·栀子花

一帘幽梦到南天，烟雨蒙蒙扰客眠。
忽现冰清如皓雪，馨香缕缕醉芳颜。

七绝·蝶戏牡丹

清风寄韵轻摇曳，殷蕊穿篱点点斜。
晒粉蝶衣频起舞，牵诗入画不停歇。

七律·竹节海棠

风滋雨润海棠开，串串红英香送来。
阔叶年年青碧色，节茎月月翠薇苔。
放翁盛爱通明殿，苏轼高烛不夜台。
逸兴含情安寂寞，回眸一笑醉诗怀。

七律·咏老松树

屹立门前岭上头，探之长辈不知秋。
严冬笑对风刀猛，酷夏闲听雨剑稠。
游子思家书往事，故人把酒赋新愁。
兴衰荣辱皆瞧过，静气宁心看水流。

七律·惬意人生

蟾宫折桂本无缘，涧壑浮云人半仙。
高唱红歌思美景，低哼金曲慰华髯。
闲情慢饮酒一碗，逸兴轻吟诗两篇。
恬淡生活苦中乐，管弦乐起微步旋。

七律·夏日稻田

山雾氤氲夏日天，无垠绿毯入眸前。
潺潺碧水淌新韵，瑟瑟清风奏古弦。
紫燕闲情畦里戏，青鳅逸兴土中钻。
纵横阡陌棋盘划，胜景醉人不羡仙。

田素东

男，汉族，山东滕州人，1970 年 7 月生，大专文化，自幼学诗，现就职于山东中泰集团。系中华诗词学会会员、山东省诗词学会会员、枣庄市诗词联赋家协会主席团成员、滕州市诗词协会会员。曾荣获"国粹杯"中华诗词大赛一等奖、"洛阳之春"全国诗词大赛一等奖、第十二届"天籁杯"中华诗词大赛银奖等奖项。先后在国家、省市报刊发表诗词作品200多篇。

五律·元夕

今岁逢灯节，滕州上凤楼。
金光千里耀，人影百衢流。
对舞低春月，联章传玉瓯。
良宵眠不得，所憾鬓将秋。

七绝·曾见

曾见少年悲失学，更怜因病自杀人。

愿吾今世如原宪,换得凡间尽脱贫。
注：原宪是古代齐国的著名贫困人士,孔子弟子。

七绝·晚春村居
雨后廊前落燕泥,茶烟风定也斜西。
空庭日午槐花落,深巷传呼卖小鸡。

七律·步韵李文朝将军《纪念"五四运动"100周年》
滚滚春雷震十方,中华年少志昂扬。
远持西哲深深慧,高照人间熠熠光。
从此航船行驶急,为民浴血斗争忙。
赢来盛世休陶醉,门外依然有列强。

七律·游开封大相国寺
谁传秘藏月支东,惊见娑婆忉利宫。
万里黄河来护法,千年王气饮垂虹。
日斜丈室僧敷座,梵唱鱼山花满空。
倒拔垂杨痕尚在,惟余翠柏立春风。

七律·赋得"立春逢除夕"得"逢"字
葭灰玉管暗飞冲,南海先回紫燕踪。
饼饵银盘炉火暖,酒茶除夜世情浓。
流澌初绕依依柳,远野犹无绿绿茸。
共待晓光催漏尽,良辰好景更相逢。

七律·和张明军先生《与诗社诸友共勉》
前生旧友竹梅松,今岁尘缘又启封。
曾到兰陵朝斗酒,每依萧寺夜闻钟。
嵇琴阮啸谁为侣,白雪阳春韩比龙。
古调琴心终不悔,传灯天路做帮佣。

水调歌头·台儿庄古城
恍若使椽笔,大展绝伦才,当空泼墨频染,下界现瑶台。水巷朱楼烟柳,曲岸虹桥香阵,不厌走千回。早已著天下,海客涌潮来。

漫持螯,携春醴,坐苍苔,正堪忆起英雄,洒泪酹金杯。豺虎干戈远去,战地风光尽换,鼍画日边开,谁是丹青手,暇日倩君猜。

水调歌头·送族侄赴澳大利亚留学
千里我家骥,今赴澳洲行。秋光正自挥洒,碧落射银鹰。天海茫茫无限,但有心中旭日,谈笑对人生。欲去击涛雪,只手擎长鲸。

悉尼桥,歌剧院,海滩晴。此间何止如画,人物闪群星,路借泰山南斗,直取骊珠龙窟,当世照昏暝。无忘旧家国,安放汝心灵。

田文海

高级政工师。中国作家协会会员。多篇(首)小说、诗歌、散文、报告文学见诸各级刊物杂志媒体。著有长篇小说2部,小说集3部,散文集1部。长篇小说获吕梁市五个一工程奖。汾阳市委市政府授予"汾阳人民作家"称号。

七绝·三十里桃花洞(新韵)
山西省汾阳市向阳村西有秦晋古驿道,沿途山桃丛生,俗称"三十里桃花洞"。传为仙女爱上樵夫,无奈别离时,撒下山桃种子,因成奇景。

桃花渲艳三十里,古道透迤几许奇?
细雨偷传仙子意,樵夫怯把旧情提。

七绝·过向阳匣(新韵)
"三十里桃花洞"东起向阳匣谷峪口,西至与离石市接壤的黄庐岭,是一条狭长的大峡谷,俗称向阳匣。这里人文荟萃,有凿于北魏的摩崖造像、雕窝、二郎担山赶太阳、龙王洞、跑马坪、孟良寨、北齐古长城、情侣崖、强盗沟、金锁关等。
莫讲山关金锁铸，惊闻强盗跃沟呼。
驼铃作响慌然乱，路畔桃花艳若初。

七绝·黄河韵（新韵）

4月15日参加省作家协会柳林创作基地揭牌仪式期间，从盛产大红枣的山西柳林三交镇乘船游黄河并登对岸仰望黄河母亲峰、观"鸡鸣惊四县"碑有感。

陕北鸡鸣惊四县，山西硕枣赤三交。
黄河浪荡辞娘去，两岸渔歌梦里遥。

七绝·黄河第一湾（新韵）

（一）
翡翠山峦听水浪，黄龙舞袖画奇湾。
秦川示好传佳讯，晋地槐花绽笑颜。

（二）
九曲黄河竟梦圆，千秋爱恋诉缠绵。
君居对岸歌山曲，我在河东望眼穿。

七绝·棋盘山席地谈文学创作（新韵）

棋盘山上放马坪，水墨丹青纵真情。
竞秀文坛吕梁韵，仙家握子细聆听。

七绝·石楼槐花节有感（新韵）

五月槐花香似蜜，三农战略惠儿孙。
脱贫壮曲东征颂，致富华章沁园春。

七绝·吕梁作家夜聚桃花岛（新韵）

桃花岛上清歌起，篝火周边雅舞欢。
靓女含羞笑子狂，文坛墨客夜无眠。

田新民

76岁，党员，土家族，经济师，系湖南省张家界市诗词楹联协会顾问，中华诗词学会会员，湖南省诗词协会会员，市天门诗社副社长，有数百首诗词发表于各级诗词刊物，著有《韵泽梦钓》诗词专集。亦有作品在全国征文中获奖。

五律·冬览天门山

野趣天门景，寒装更醉人。
腊梅燃野火，冻瀑挂冰巾。
竹裂惊禽唳，巢崩迫兔奔。
峰峰银铠亮，树树雾凇璘。

七律·写在第五个烈士纪念日

中华无数好儿郎，家国情怀袭祖长。
革命振邦身可献，驱夷卫土死能忘。
江山赖以铺基石，民族全由铸脊梁。
先烈精神传后辈，凝心筑梦创辉煌。

七律·咏梅

冰天万里展英容，奋搏严寒气贯虹。
雪压虬枝盘傲骨，霜凝玉蕊播香风。
丽妆为践东君约，绿梦招来帝子从。
似火热情紫雅韵，伴人诗意过隆冬。

七律·岳阳楼览胜

万千景象岳阳楼，岛色湖光誉九州。
烟雨苍茫云气涌，波澜壮阔月星浮。
先忧后乐范公记，载苦承愁杜甫舟。
斑竹枝枝妃子泪，君山览后感情稠！

七律·重阳遐思

苍头七六咏重阳，异想天开抚病伤。
陶令每陪观瘦菊，王维总伴上高冈。
常同杜牧寻枫叶，爱与刘郎咏鹤翔。
月里嫦娥应亦老，邀来唱和慨沧桑。

七律·石门县夹山寺咏李自成

一呼百应义旗升，赫赫明廷转瞬崩。

建立政权称大顺，维持统治叹无能。
骄奢失律忽丢位，腐化由滋迅变僧。
向背民心定成败，水舟载覆示红绳。

行香子·宝峰湖

碧水泱泱，绿树苍苍。宝峰湖，玉鉴珠镶。山峰争翠，花卉争芳。有猴儿戏，鲵儿啼，莺儿翔。

气蒸云梦，银瀑飞冈。涟漪漾，溢彩流光。瑶池惊见，人在天堂。使舫中悠，歌中醉，画中游。

水调歌头·张家界风光

胜境览风景，步步悦心田。奇峰状物三千，拔地耸云间。飞瀑流泉八百，垂练悬绸炫目，泻壑起岚烟。雄秀峻幽险，五岳佩斯先。

迷四门，惊御笔，讶金鞭。宝湖、龙洞，纷呈精采展姿颜。更妙天门洞顶，巨大凌霄盆艺，再现伊甸园。毓秀钟灵地，游此变神仙！

田幸云

网名野径寒芳，湖北蕲春人，系中华诗词学会、湖北省作家协会会员，知否才女诗社社长、主编。多次获全国各奖项，作品见全国各报刊媒体 2000 余篇(首)，著有《香芸韵》《野径寒芳三部曲》。

游龙凤山三首
七律·岩前天窦
（一）

为寻史迹到岩前，涯窦涓涓泻玉泉。
心共婵娟观世事，人随嘉木老流年。
纵横有道三千界，绵亘无私百二弦。
来问仙师诠圣谛，陶公留有菊花天。

七律·石上棋痕
（二）

闻言天堑驻天孙，设局防危残局存。
静坐鏖兵营要道，画图飞象跃昆仑。
闲敲古石无声子，聊侃斯时有凤村。
世事如棋谙胜负，相逢一笑不留痕。

七律·经藏削岸
（三）

削岸神工郢匠裁，凝寒锁翠玉门开。
浮云片片参天象，飞瀑重重洗月台。
燕剪春风调韵合，花撩紫蝶逗君猜。
我来乞卷藏经味，可否医愚补拙才。

七律·遣怀

十觅清欢八九空，几多心事诉之风。
游春人立青山外，看画花移月影中。
梦不相逢常左右，情回过往忘西东。
清茶数盏方知味，尚有一行诗未工。

七律·自述

小字涂鸦对影孤，征鸿断续为谁呼。
半轮皎月临窗树，一片冰心煮玉壶。
野径邀风吹得失，书房托笔写痴愚。
畸人大士提携我，不是先生也丈夫。

七律·春游棠树岭竹海

竹海凌霄紫雾驰，千寻翡翠万寻诗。
望仙台上听龙啸，栖凤亭前问鹤知。
心画卷连春画卷，桃花痴又李花痴。
高山棠树清溪静，仰止慈云拜达师。

七律·问莲

雨湖城外寄云台，八里荷塘医圣栽。
绀叶勾留丹顶鹤，莲溪驻有大如来。
水因淡荡红先瘦，月太空明花忘开。
碧伞又撑棋一局，为谁守候待君猜。

七律·寻莲
仙子瑶池即佛身，曾来寻梦续前尘。
静娴云浦蘦馨蕾，动漫遐思入紫宸。
淡淡幽香扶浅醉，悠悠古月渡迷津。
蜻蜓不解濂溪意，欲上枝头问玉轮。

田玉清

女，河北省承德市滦平县人。退休教师。滦平县、承德市、河北省诗词楹联学会会员、中华诗词联谊会会员。在《滦潮》《国风》《承德诗词》《燕山》《河北诗人作品精选》发表许多作品。

七律·金山岭长城
万里长城矮复高，金山独秀领风骚。
北坡春至杏花美，南岭秋来枫叶娇。
水势徘徊随意转，山型曲折任平凹。
流年绕指云经眼，最是雄风不肯抛。

七律·醉美大冰沟
峻岭深山有野茶，梯田秀美是桑麻。
苜蓿妙质三杯酒，陌上清香十里花。
狍子猕猴山有迹，泥鳅锦鲤水无涯。
丹霞地貌天然景，误入仙班忘返家。

七律·奎木沟古榆树
傲做人间老祖先，任查户籍未知年。
古榆已度千秋岁，小草何堪数日妍。
身后榴花红胜火，眼前翠柳绿如烟。
风云变换装心里，一树酋枝直向天。

七律·兴州牡丹
偶遇君王一夜欢，遗留塞外自孤单。
平生受尽相思苦，万古流芳天地间。
曾借春风疏怨气，也凭冬雪汇洁烟。
江山易主繁华逝，唯有花香世代传。

七律·神龙山
幽谷深山瀑布鸣，传说自古卧神龙。
腾云探秘悬梯走，驾雾寻踪窄道行。
唯恐抬头头碰壁，担惊落脚脚蹬空。
请君出穴酬甘露，关照桑田涝与晴。

七律·石景沟国语小镇
种瓜种豆地无荒，红瓦青砖是楼房。
岸柳枝繁喜春雨，山桃叶细透斜阳。
抒怀日暖应知趣，放眼风和共举觞。
千里浮云真俗物，谈诗论画也寻常。

七律·古城川今昔
昔日成川百姓愁，几分山地一头牛。
三间草舍两铺炕，一灶柴禾半碗粥。
国际庄园拆旧址，乡村仿古建新楼。
借鸡生蛋农民富，经济腾飞倚旅游。

七律·金沟屯
燕山小镇金沟屯，水绿天蓝地有神。
建设家乡出俊秀，宣传故里有文人。
老院葡萄攀旧架，新房落燕唱清晨。
字正腔圆标准话，入津滦水过家门。

田育乐

笔名函谷游子，原籍河南省灵宝市，现定居上海市，外企工作。为人豪爽，真诚多感。业余好古诗词，喜乐钓，多放生。

七律·桃源二度春寄(新韵)
故里桃源二度春，游心尽享半年亲。
灞川纵酒胸怀爽，燕岭行歌耳目新。
锦绣文章凝瑞气，婉约诗赋赠伊人。
离乡难舍回家醉，一日归群再莫分。

七律·梦里桃源燕灞川(新韵)
韶光仙境何时有，梦里桃源四月天。

燕岭丰腰白玉暖，灞川秀目宝石蓝。
一朝得道乘风去，半路踏青打马还。
水复山重魂魄醒，夜阑灯暗卧江南。

五律·夏浅梦深

浅夏樱红透，玲珑诱我尝。
大江东去海，游梦北来乡。
不睡名都市，难醒古寨庄。
时光掰指待，跪我老亲娘。

七绝·清明思亲

绵绵夜雨锁江南，冽冽愁思漫水天。
墨尽难描心底涩，酒酣梦里见先严。

七绝·端阳晨梦

粽味穿心艾气扬，龙舟竞渡鼓声昂。
缠绵五色香囊艳，正是端阳醉故乡。

田云川

中共党员，曾在部队服役多年，现为人大退休干部。系中华诗词学会会员，山东省诗词学会会员，中华当代文学学会会员。在《中华诗词》《历山诗刊》《诗词世界》《长白山诗词》等刊物发表诗词。

七绝·电梯

往返奔波无怨言，降升行止素心欢。
铮铮铁面齐同看，不薄黎民不厚官。

卜算子·枣花

仲夏绽妍容，娇小羞怩掩。惠赠甘芳不惜身，总把幽香泛。
性厌炫虚华，不计誉和贬。清梦悠悠腹内藏，待笑秋枝艳。

七绝·咏牛魂（新韵）

吃苦耐劳作化身，精神自古令人钦。
纵然稼穑铁牛代，依是前行磨砺魂。

七律·戊戌年有感（新韵）

不觉重逢本命年，龙钟皤首意犹欢。
性情刻板少机巧，操行真诚多梦圆。
常悔书山寻宝鲜，尤惭诗海泛舟延。
桑榆晚景休嗟叹，耄耋依然有皓天。

减字木兰花·春郊寻诗

满眸葱翠，心荡神怡无酒醉。探雅寻幽，花拥蝶随情趣投。
竞相拍照，怕把春光遗漏掉。宿鸟慢催，装满诗囊俺就回！

茗哥

胡子龙，网名茗哥。湖北省英山县建设银行退休职工。喜爱古诗词阅读与写作，偶有作品散见于部分诗词微刊、公众号以及诗词平台。

七律·奉和吴先生《八一颂》

其一

积贫积弱盼盛昌，龙兴城头起义忙。
除旧当时无善策，布新从此有良方。
驱狼倭国神州挺，逐鹿中原劲旅翔。
九十二年征战史，开疆守土创辉煌。

其二

战旗猎猎九州扬，圆梦强军苦练忙。
维和护航赢赞誉，抗灾抢险铸辉煌。
斩鲸南海波涛偃，射虎西疆雪域翔。
犹记金瓯仍有缺，枕戈待旦赴沙场。

注：龙兴，南昌的别称。

七律·奉和一枝梅先生《八一军旗万代红》

豫章城里战旗红，起义枪声震宇空。

逐寇驱狼成定势，扫南荡北再称雄。
练兵只为和平久，精武方能国运隆。
列强常怀侵我意，三军日日挽长弓。

五律·仲夏送别王老弟青海新疆自驾游

群山曙色朦，送友出城东。
树动飞云至，车行去意匆。
高原湖水澈，大漠夕阳红。
待到君归日，农家乐接风。

七律·依韵敬和饶老师《夏夜偕诗友游遗爱湖》

诗坛大佬爱湖游，作赋吟词唱和稠。
霜叶松风成韵律，幽兰竹径载名流。
醉眠共被亭中月，携手同行水上楼。
自古黄冈芳草盛，文人骚客甲神州。

注："醉……携……"句出自杜甫在《与李十二白同寻范十隐居》中说："余亦东蒙客，怜君如弟兄。醉眠秋共被，携手日同行。"

七律·参观红二十八军纪念馆感赋

旌旗不倒楚山东，主力长征独称雄。
鹞落坪中披雨雪，桃花冲里引刀弓。
春风再度千峰翠，星火燎原万景隆。
若问红军今所在，巍峨大别铸魂忠。

七律·敬和如兰老师《七律·大暑天心想仍旧干活儿的人们》

烈焰高悬三伏中，草枯花萎汗难融。
闲人避暑逃蒸浪，劳者谋生战闷空。
囊有千银休叹热，屋无斗米可嗟风。
天降万物皆平等，何忍黎甿酷日烘。

注：黎甿，庶民也。

七律·奉和八卦掌付先生《微信群偶遇》兼寄汽车连群诸战友

卅载分离信未通，山南海北各飘蓬。
凌云壮志嗟难再，迟暮苍颜叹太匆。
网发只谈情长忆，私聊莫怨世不公。
应庆连队微群建，卸甲还如哨位东。

听风者

徐龙，笔名听风者、听风。客居塞上回乡的山东人；大学毕业；中华诗词学会、中国楹联学会、宁夏诗词学会会员。陋室长情山水，枯锋偏近文章。居市井一隅，长以山林为念，闲来吟咏春秋、醉意古典，以翰墨写心、诗词养性是也。

致学子

十年方托起，一日玉文章。
不待东风第，春庭已散香。

屈子殇

千年一柱楚天歌，不逮西风向汨罗。
至此渔夫轻放线，恐伤龙甲钓沉疴。

向春

纵然词笔万千重，三叠风闻已入松。
香案无描时下句，春心只向百花浓。

壶中天

一捧浮沉不夺香，江河煮日饯温凉。
向闻气色寻千里，陆第邻家是贾商。

岁杪简言

言凿无翻字里尘，风拈花叶几经轮。
镜台今古传时序，明月千秋各照人。

巫山一段云·塞上黄河情（新韵）

一碗青稞酒，作别那片云。征途漫漫望昆仑，九曲化冰魂。

塞上金秋穗，回乡五谷春。慈怀弯臂洒甘霖，富庶一方人。

卜算子·悟

无恼气沉烟,无恼菩提树。无恼珠心种慧根,禅念人来去。

一字短行文,一字长千赋。一字能言百事空,悟道山门处。

柳梢青·华表

翻遍时光。天书无字,道是寻常。不问周天,经传五帝,教说三皇。

史来华夏泱泱。载一脉、男儿自强。丝路传情,虚怀天下,固国兴邦。

桂枝香·籍古咏叹

沧桑陌道,入故国前朝,稚子如老。鱼尾游痕鬐首,雪泥沉淖。三生杜牧桃花阵,六朝风、一去燕赵。守心于我,周公吐哺,彤云轻扫。

又回传、闲庭朴抱。问墙外千枝,青杏曾小。梅鹤吴音,花月咏怀情调。春光压帽扶流水,乍寒衰烟抖料峭。几经修得,天涯明月,种心兰草。

佟淑珍

网名天天乐,笔名佟淑珍,黑龙江省双城市人,暂居鸡西,外贸工作。大中华诗词学会会员,喜欢以文交友,酷爱诗词,音乐,音画,以传承和弘扬中华诗词国粹为宗旨,正能量传播。作品发表在很多媒体和各个网站论坛、诗群等。

七律·颂歌献给党98华诞

东方崛起凤龙翔,喜看今朝华夏强。
抗战八年驱日寇,征程万里展辉煌。
豪情壮士垂清史,换得和平盛世昌。
祖国繁荣花似锦,人民幸福地天长。

七律·墨洒兰亭

墨洒兰亭舞碧纱,舒豪卷砚沐诗家。
同歌雅韵莺啼序,共赋清词蝶恋花。
畅饮三杯添喜气,开怀满盏绽奇葩。
弘扬国粹圆心梦,璀璨文坛放彩霞。

七律·春之韵(四首)

(一)

燕剪春光觅旧家,鹊穿杨柳伴莺华。
层林百鸟吟歌唱,碧水扁舟踏浪花。
墨洒诗篇常舞袖,笺移画笔若飞霞。
高朋煮酒迎来客,挚友提壶敬果茶。

(二)

江南碧海映虹霞,塞北朝阳暖我家。
竹韵摇枝呈秀色,丹青落笔展春华。
一堤嫩绿渔歌子,几簇嫣红蝶恋花。
细雨绵绵滋大地,微风阵阵吻山茶。

(三)

明媚阳光燕语华,高山流水有人家。
春烟袅袅初生韵,碧岭遥遥正放花。
欲落黄鹂鸣翠柳,闲游白鹭舞丹霞。
今邀月下同斟酒,共坐桃溪漫品茶。

(四)

远眺溪流望客家,枝头喜鹊闹春华。
荷撑碧伞游鱼戏,燕舞清河细浪沙。
铺纸桃亭书锦墨,作图柳岸绘明霞。
诗歌叙美情难了,再绿庄园有贡茶。

涂东云

本科汉语言文学系,在全国性报刊发表800篇,中国文坛百强榜作家诗人,多次获奖,散文《鄱阳湖的鸟》发表《人民日报》,楹联作品选入2015央视春晚,《七律咏雪》作了歌词上架全国KTV,诗词入选

— 1077 —

《中华诗词库》《汤一介学记》。系江西省作家协会会员,中华诗词学会会员,中国拥军优属红色文化工委会副秘书长,滕王阁辞赋研究所副秘书长,南昌市文学学会常务理事,中国作家报书画世界集报专刊江西特刊主编,中国作家报记者。出版长篇小说《红尘路》《血染洪城》,文集《情人的眼泪》,诗集《情到深处》。创作40集电视连续剧《黎明前的南昌》,电影剧本《血染洪城》《涂钦公》《华夏圣母》《涂家拳》。

七律·秋韵

山峦迤逦浮云下,影转金波柳径斜。
共赏丹枫吟鸿雁,同观鹂鸟画荆花。
芙蓉纳紫舒香袖,石榴摇红展翼纱。
万物丰禾接地气,同圆一梦小康家。

五律·秋高气和

层林万黛松,尽染百丹枫。
俪菊敲诗淡,茱萸点墨浓。
烟云醺桂子,玉露醉芙蓉。
稻穗丰禾旺,秋高鼎盛中。

涂禹川

网名芦峰山人,号梦竹轩主人。福建三明人。诗词爱好者。作品见《中华诗词》《中华词赋》《中国诗词》及日本日中诗、词协会的《阳光导报》等国内外大型诗刊诗集(如2018《中华好诗词》《诗词百家》等)和多种微刊。现任《三明诗刊》《众创诗社》总编,《诗词选刊》副总编等。

五律·曲桥

清溪曲岸阴,滩浅听低吟。
岁月风尘色,襟怀今古心。
去来通故垒,迎送滞家音。
烟雨离亭外,乡山梦里寻。

五律·夏收

田野麦金黄,莲蓬子满房。
成林新竹壮,结茧老蚕忙。
脱粒天开日,栽苗地换装。
归来邀近舍,煮酒话柴桑。

五律·夜宿"茶美人"景区

暇日慕崇垓,名山暮色催。
檐声千嶂送,岭月半窗来。
皓首风流在,清尊耆旧陪。
何缘人不寐,午夜劝香杯。

七律·月夜江滨游乐处

璧月千枝光散乱,银灯万盏影交加。
颠狂犊子无心语,烂漫童儿满脸花。
小巧衣襟牵白发,天然粉颊媲红霞。
闲随老幼开怀笑,五有三人缺齿牙。

七律·回乡

古木荒亭梦寐萦,半坡挑李见笼葱。
识途紫燕飞微雨,调舌黄鹂啭晓风。
稻垄青青香在室,荷塘郁郁月随蓬。
买山已绝归田望,醉卧长桥目远鸿。

七律·咏荷

许是苍天着意营,不缘俗累误平生。
存心可寄劳人愿,得趣偏能养性情。
底事容消惊夜雨,何曾老至薄诗名。
香魂解使尘襟慕,娇态常教客梦倾。

七律·夏日闲咏

循环四季自难删,惯是奔劳独往还。
梦去情怀何处许,觉来心绪此时闲。
日新卜事瞻星汉,鬓晚驱毫恋水山。
倦后茶烟无限好,门前竹影逗孙顽。

七律·江晚

数点星辰伴月芽，一湾古树滞飞鸦。
青萍竞遂随风远，紫燕相邀过水涯。
寂寞沙洲安钓者，伶仃渔浦失船家。
引杯我送迟归羽，横笛君陪静夜茶。

七律·夜思
无眠久坐起枯焦，楼外鸠呼倍寂寥。
曲几有琴牵旧事，衡门留月遣深宵。
自矜颓笔粗能慰，拣择残篇不复聊。
得伴吟魂窥大雅，相将瘦影傲天娇。

七律·山冲访旧
寻幽访旧到芳冲，夜宿农家绿海中。
千叠云山同落日，四围粱稻动微风。
旋烹野食充盘实，自摘园蔬佐酒功。
缓颊淹留唯许醉，开眉放旷老犹童。

七律·登瑞云山马背岩
峭壁当阶借足难，苍崖跨涧寸绳宽。
已希龟石眉间接，罕见龙藤鬓畔盘。
古径苔欺岩带润，深林影落面生寒。
佝偻非是身形琐，危磴齐肩路不安。

涂祖二

男，1958年出生。省市县楹联诗词协会会员，2018年获湖北省咸宁市乡土作家(诗人)称号。

七绝·咏七夕
浩汉银河喜鹊桥，牛郎织女度良宵。
欢娱总恨时光短，一夜温情梦又遥。

七绝·咏长江
春融雪域漫长江，两岸桃花柳拂窗。
逐梦涛声长激越，千帆竞发正兴邦。

七律·程许村扶贫基地赞
奋力同心治困穷，忘餐废寝建膜棚。
扶贫路上菇撑伞，兴业园中果挂笼。
刻苦潜心谋幸福，攻坚誓志要昌隆。
复兴绮梦晨曦近，四海升平旭日彤。

七律·挖红薯
一下锄头拜下天，勤劳必定有丰年。
根茎壮硕西瓜大，味道酥甜水果鲜。
扁担扬声催快步，箩筐下窖荡秋千。
乡村十月丰收节，撸袖加油逐梦圆。

临江仙·咏长江
滚滚长江东去，流连华夏巍峨，英雄奇迹好多多。四川生舵手，三峡出平湖。
田地稼秧香喷，高楼林立天摩。货轮船舶影婆娑。沪杭浇沃野，京冀润清波。

临江仙·国庆抒怀
祖国七旬华诞，红旗飘舞京都。天安门外众欢呼。阅兵良将广，观阵睡狮苏。
圆梦曙光将近，同心携手征途。紧跟时代竞劳模。和谐谋幸福，诚信绘宏图。

土土

落叶
如今化土入荒丘，甘为来年绿叶稠。
再看凡间乘凉客，来回都作利中囚。

登庐山有感
逢山大都似，今古亦相同。
幸有轻车路，少时峰峦中。
流霞近人树，秋叶胜春红。
转角接天处，云帆扬碧空。

过如琴谷
鸟飞因客至，风起为云舟。

踏叶临崖上，望峰作渡头。
时闻花遣意，偶见树垂钩。
诧异枫帘后，水天同远谋。

留宿松巢有感

以致红尘四十年，青山依旧白云边。
不堪乌鬓霜华覆，无奈蓉颜朱色眠。
温饱消磨少时志，贫寒送别梦中船。
而今松下捋风袂，才觉清欢庐岳前。

鹧鸪天·感怀

拼却韶华醉一场，散发扁舟又何妨。
桃花杏雨急归去，草长莺飞骥马扬。

吟今古，练情商。人生能有几回狂。
嫣红姹紫将开遍，一朵于心对夕阳。

庹德荣

笔名依人，男，苗族，生于1939年10月，重庆市彭水苗族土家族自治县人。退休干部。中华诗词学会、中国楹联学会、子曰诗社、重庆市诗词学会会员，彭水县诗词楹联学会副会长。作品曾多次在全国各诗刊、报发表、参赛获奖。出有个人诗集《草根集》。

七绝·仲冬偶成

大地生寒枯草霜，萧萧木叶乱飞黄。
淙琤碧水流清韵，傲骨寒英送暗香。

七绝·阳春三月

春风携我故乡回，陌上芸苔金卉飞。
蜂蝶颉颃交替舞，禽声对唱贺人归。

七绝·滨江拾趣

澹澹清风吹面颊，妖桃江岸绽奇葩。
占花未艾人先醉，妙笔春风二月佳。

七绝·正月十三日乡间拜年有感

年味还浓就煮春，幺牛陌上正耕耘。
柳条百尺舒眉眼，濡雨轻风润色新。

七绝·与《中国楹联报》社文友雅聚（分得"流"字作韵）

骚人雅聚意相投，斗酒吟诗白雪讴。
句句珠玑随口出，飞花行令尽风流。

七律·建国70年感怀

园春咏雪耀人寰，冲破难眠赤县天。
斗转霄程七十载，花开禹甸万千妍。
举旗特色勿疑念，方略谋新敢创先。
兼济五洲圆大梦，昆仑衔日骉腾骞。

七律·元宵夜吟

射斗珠光划夜空，天灯闪烁兆图鸿。
千杯玉液上元醉，一曲弦歌正旦隆。
江水绿潮砯雅韵，柳条碧浪拂清风。
阖家欢乐庆佳节，昌运中华仰习公。

鹧鸪天·走进黄帝峡

四面青山竞翠微，乐闻蝉唱路旁枝。
昔时破屋洪涝地，今日观光满眼诗。

青瓦屋，赭栏梯，巴渝风韵赋幽奇，纳凉避暑观山月，吟咏田园醉梦痴。

W

万芙香

女，汉族，1956年8月出生，大学，小教高级教师，市诗词学会会员，有作品刊登在《中华诗词》。

咏莲

波摇浪洗笑嫣然，日晒风吹志韧坚。
身陷淤泥标洁净，花开炎夏极庄严。

蕙兰为籽输三盏,丹桂因根失一盘。
中直形端堪范表,不攀不附品清廉。

凭吊女侠秋瑾
冲破樊篱胆气横,古轩亭口骨峥峥。
写诗壮志吟梅颂,骑马豪情击剑声。
向往光明何惧死,追求解放不偷生。
沉舟侧伴千帆过,西泠安魂万古名。

沅水行船（竹枝词）
沅水十里九道弯,前人弓背拖缆纤。
如今郎有好福气,十万吨船用指尖。

暮春别花
依依难舍去,日渐绿丛深。
何处存知己,林鹂传好音。

初夏
夏日苍山壮,江鱼逐水流。
花修成正果,怀远乐登楼。

岁暮有思
寒重冬将尽,梅开春有声。
风移闻燕语,雪逐见松明。
万户迎新岁,千山隐早莺。
门前留影动,远望盼天晴。

2019年1月29日

安乐湖
一湖碧水绕群山,两岸青青百鸟还。
鹤舞鸥飞欢湿地,民安景美胜尧天。

寿阳曲·胭脂湖早晨
晨曦出,鸟乐树。漫天霞,映红渔父。
渔讯早飞鱼市处。何奇功？一屏神速。

万巩华

江西省临川市罗针乡人,1946年出生,大专学历。1968年起,先后在钟陵中学、池溪中学、梅庄中学任教,曾任教导主任。2007年调入进贤一中退休。爱好诗词,是军山湖诗歌学会、南昌市诗词学会会员,出版诗集《跬步无已》。有时在诗词吾爱网上发表诗词。

临江仙·国庆70周年抒怀
七十春秋风雨路,红旗指引征程。睡狮初醒虎山行。三分天下阵,豪杰斗熊鹰。

改革春潮华夏涌,浪花飞溅天惊。复兴圆梦又长征。阳光洒大道,掌舵尽精英。

沁园春·贺钟陵中学50华诞
遥望南天,古邑钟陵,歌舞腾喧。庆五旬华诞,俊才归校,群贤毕至,又话当年。桃李芬芳,春风化雨,梁栋排楱回故园。今相聚,竟长谈不倦,彻夜难眠。

军山波映霞烟。东南岸,天台隐翠峦。昔澹台讲学,叔伦攻读,董源授画,朱子遗篇。贞节牌坊,栖贤书院,草圣茶神轶事传。续文脉,铸宏图伟业,跃马扬鞭！

满江红·丝路咏怀
大漠荒沙,孤烟直,征驼未歇。南海外,白帆颠簸,浪高风烈。丝路千年传德爱,亚欧万里瞻华月。继雄风,搭世界平台,情真切。

行大道,诚如铁。花似海,灯光彻。约群贤毕至,北京谁缺？奥运金桥商大计,雁栖湖水融心血。待从头,携手绘前程,歌新阙！

一剪梅·颐和园春早

浩淼颐和换艳装，不负湖光，不负春光。平湖当镜巧梳妆，波映红云，柳线鹅黄。

烂漫桃花十里香，醉了长堤，醉了长廊。人头攒动特熙攘，喜掇春华，喜沐春阳。

念奴娇·戈壁红云

浩茫荒漠，望无际，难觅人间春色。卷起黄沙高百丈，千里天昏地黑。寸草不生，凄凉死海，自古无人迹。千年沉寂，有谁寻梦戈壁？

今日星弹精英，进军嘉峪外，咽风眠陌。蘑菇红云腾空起，华夏欢呼云集。美霸惊呆，苏熊吓破胆，岂能讹责。元勋无数，一心拼命为国。

注：看电视剧《国家命运》后作。

虞美人·陶然亭

桥连水绕湖心岛，歌舞媪翁好。歌声嘹亮漾湖天，莲翠荷红波映舞翩跹。

名旁竟秀陶然汇，观注心头醉，二泉独醒又醉翁，浸月兰亭全在此园中。

万壑松

福建福州人，博士毕业，在研究所从事科学研究。酷爱诗词，有作品发表于吾爱诗词网。本人在吾爱诗词网上的网名是"中流击水2019"。

七绝·落梅如雪

又是一年韶景至，落梅如雪满衣巾。
曾经风韵独争俏，玉骨冰心更是真。

五绝·七夕

风高秋月白，雨霁晚霞红。
牛女双星会，昭昭共紫琼。

七律·中秋诗酒嘉年华

长空鹤唳知君到，崇府朱门次第传。
乐鼓编钟音袅袅，嫦娥舞伎袖翩翩。
推杯换盏交樽角，作对吟诗汇隽篇。
天上人间同乐乐，今宵古月意绵绵。

七绝·登五老峰忆毛公

独步黄昏先见月，双傍晨晓再听风。
庐山五老峰叠嶂，足下松涛颂润公。

七绝·傲梅战雪

晨起推窗迎大雪，暮吟拾径觅红梅。
百花萧瑟琼英绽，共伴幽兰度岁开。

七绝·题己亥年正月初一海峡两岸焰火晚会

平沙细浪江南岸，火树银花照两津。
待到瀛洲归统日，寰与同饮一壶春。

万水旺

江西省南昌市人，退休工人。大专生（自学考试），毕业于江西大学（汉语言文学专业）。平时爱好近体诗词并创作。作品在《开心老年》杂志上出刊过。

贺新郎·人民军队诞生赞礼

子夜风云合。带吴钩，秋声画角，豫章初捷。要挽天河清汉宇，重整山河旧阙。天际处，金星晨月。战地花香金甲染，又工农奋起挥黄钺。齐暴动，正时节。

武装割据旌旗猎，让神州红旗插遍，兆民欣悦。传马列春风万里，更有湘音清绝。歌不尽，风流人物。热血为民成砥柱，好男儿意志坚如铁。谁敌手？补天缺。

咏荷

太液池边寿塔前，芙蓉仙子独喧妍。
唅珠碧叶迎阳举，饮露花魂伴月眠。
阵阵幽香消溽暑，亭亭翠盖映芳川。
冰清莫与菊梅辩，未共春心岂等闲。

携友游象湖

春归还欲觅芳踪，唯见残枝忆旧容。
苇草风侵惊鹭鸟，苍松涛起走虬龙。
西陂庙塔清香远，东岸洪楼宴食丰。
老友相邀登雅阁，荼蘼五月又重逢。

汪春莲

中华诗词学会会员，江西省诗词学会会员，景德镇诗词学会乐平分会会员，乐江雅韵诗词会员，诗词爱好者。

庐山站成立

盛情相约聚庐山，时值深秋天正蓝。
各显神通挥彩笔，同音妙曲点芳刊。
诗坛美卷意犹近，国粹宏扬人尽欢。
漫诵清吟声悦耳，无穷词赋写心安。

浔阳楼怀古

风雨柴桑上此楼，浪淘千古乐和忧。
周郎擂鼓操舟阵，宋义题诗继罪囚。
泪湿青衫悲白傅，樽盈冷酒忆韦州。
如今感叹时新美，人在桃源画里游。

春日采风

偶得浮生半日闲，盎然春意梦魂牵。
绿肥红瘦随风老，燕舞莺歌照影翩。
滟滟波光湖面漾，丝丝柳线系船边。
虚名抛却无愁绪，几世修来雅韵缘。

大茅山观音瀑游记

久仰大茅山势雄，弯环盘踞曲径通。
峰峦浴日雷鸣烈，瀑布流霞雨过空。
玉溅花开推积雪，云蒸雾卷赏飞虹。
深潭水碧银河溢，倒影溪中杜宇红。

仲春景

绿染崇山碧，霞飞峻岭红。
黄鹂枝上唱，粉蝶绮花丛。
紫竹新和露，青杨妙舞风。
扁舟追细浪，两岸翥峰雄。

夏雨

陌野碧千重，飞流沐热风。
多情梅子熟，有味豆香融。
旧绿翻新绿，深红变浅红。
池塘蛙噪水，翠鸟戏莲蓬。

团扇

一扇在手美人娇，莲步轻移慢慢摇。
水泛桃花羞掩面，招莺扑蝶扭蛮腰。

对联：

笛奏梅花曲，风吟柳絮词。
清溪吟雅韵，幽谷醉春风。

妙笔精心留墨宝，丹青着意伴书香。
风飘柳线莺啼序，雨润桃枝蝶恋花。

墨香抒胸臆，诗味润心田。
月弄梅窗影，风来翰墨香。

汪冬霖

网名南国风笛，中华诗词学会会员，中国楹联学会会员，山东省诗词学会常务理事，烟台市诗词学会会长，芝罘市诗社社长，《烟台诗词》杂志主编。全国企业文化合作组织首批专家委员，山东省企业文化学会副秘书长。资深媒体人，品牌战略专家。

秋日有题
非是秋眸浅，缘因岁月深。
期将三尺骨，磨作一根针。

雁南飞
振翼三千丈，归心恒指向。
依依告别词，题在云之上。

客居感怀
我自湖边到海边，行囊装着那方天。
南云窗下开成朵，只计花期不计年。

香山红叶
十万霜林一色开，红唇点点印秋腮。
压枝满是相思句，岂忍风刀剪下来。

夏夜海边有作
搴落西边日，涔涔汗欲飞。
瑶天初嵌玉，暮色不沾衣。
抚岸清风动，停舟客子归。
胸中无暑气，遣梦入菲微。

汪国伦

1949年生，四川南部（县）人。大学副教授，中华诗词学会、中国诗赋学会会员。有传统诗词3部出版。

红原游记行诗五首
夜宿川主寺
一路飞车天地宽，老妻偕我访红原。
风光禹里诗章著，雕塑文成画幅宣。
茶马传奇存古道，野花助兴秀青峦。
华灯初上终投宿，杂沓苍山绕淡烟。

注：禹里，指汶川大禹故里；文成，指松潘城中文成公主与松赞干布塑像；川主，镇名。

2019年6月29日

游镰刀坝、日干乔大草原
馒头稀饭任君餐，八点珊姗向草原。
藏户经堂先目睹，商家店铺后花观。
雨晴白日空中照，地阔牦牛画里添。
一座红碑霄汉矗，史诗悲壮壮人寰。

注：日干乔大草原，曾是红军过草原出发地，今建有周恩来总理题字的纪念碑。

川主寺藏家作客
哈达根根挂客肩，藏家招待喜空前。
经堂介绍开歌舞，姐弟情倾动地欢。
好酒青稞热杯饮，干馍牛肉冷盘餐。
高潮最是围圈闹，篝火燃堆跳月圆。

2019年6月30日

过岷江源
堪称大美靓天边，叠嶂青山戴雪眠。
峰岭雄浑称磅礴，浪花湍急看欣欢。
江干植被风头秀，藏户经幡桥畔掀。
党的生辰今巧遇，岂能饮水不思源。

注：此日晨过岷江源，巧逢中国共产党的98岁生日。

2019年7月1日

访中国古羌城
震惊还是那高山，仙雾缥缈霄际间。
城构恢弘真虎踞，风情馥郁似龙蟠。
文明古蜀发祥地，游旅羌家示范园。
群族多灾钦有种，精神不屈气吞天。

注：中国古羌城世称羌都，地处茂县境。为2008年5.12大地震后修建，占地3200余亩，海拔1588米。它是中国最大的羌族核心居住地和羌文化核心保护区，更是中国古蜀文明的重要发祥地和羌族历史文化旅游的圣地。

2019年7月2日

江城子·凤垭山天乐谷记游
后山玩了耍前山，兴千千，影甜甜。水阁山房、更爱老龙潭。翁妪一群歌且舞，眉飞动，足翩跹。

飙车绿道任风颠，笑喧喧，耳潺潺，富氧馨人、追着要爷餐。长寿乡来长寿悟：天人合，信延年。

注：天乐谷在世界长寿之乡南充嘉陵区凤垭山麓。其有孝心阁，长寿桥，凤凰湖和龙王潭等景点。此行由市老年大学组织任课教师前往。

2019年6月24日

汪海龙

网名驾鹉游，70后，湖北英山人，作品见于《中华诗词》《诗词报》等多家刊物，在各诗词大赛中偶有斩获，日后写作多时整理成册《驾鹉游诗词集》。

七律·放言
历史长河分善恶，问君文字错评人？
常思易位官权者，律法难加贵族姻。
君子之交谋饬国，小人和合只迷君。
国亡尽显狐狸尾，醒见忠君社稷臣。

七绝·墓碑
巧手切肤割爱开，死人救活石愚才。
千年侍主驮名字，荣辱生平笔挺来。

七绝·网络送花诗
信手拈来点送芳，送声珍重著意长。
情随网络人间去，梦度佳人共烛光。

浣溪沙·馋蚊
帐内悠悠肉嫩香，馋蚊相逐爪飞扬。
婪心腿上喜疯狂。
玉液急输三寸舌，琼浆未入九回肠，
掌声送汝上天堂。

七律·中国梦
人民梦想幻通亨，大道康庄喜正明。
阔斧革除腐败肉，俸新恩许养廉名。
心怀家国平波浪，手把吴钩镇海声。
十亿人民齐聚智，尖端科技领先行。

七绝·2016年假日抒怀
又携锦帐假日闲，绿茵坪上烤生煎。
心放飞随禽鸟乐，放怀领取自由天。

七绝·题山水画
人与自然共相爱，新鲜空气及时呈。
河山本是清澄水，最怕昏官耍聪明。

七绝·勿与泉《官勿与民争利》
山行是处口生烟，觅得涧溪小小泉。
勿与小虾争口水，众生欢乐度余天。

七律·保护环境
青山绿水亦为银，污染重修富也贫。
留与子孙干净土，莫为环境创伤人。
转型升级长安策，生态平衡首务陈。
心似大江甘冽水，后人清饮便称仁。

汪汇泉

河北省卢龙县秋韵诗社社员，卢龙县诗词协会会员，曾在《中华辞赋》2014年第6期发表6首散曲、《诗词月刊》2017年第10期发表2首诗、《诗词月刊》2017年第12期发表1首词。

七绝·中国国际进口博览会(新韵)
贸易相通犹血脉，全球经济恰如身。
虹桥四叶八方绿，商海劈波驾巨轮。

注：四叶：进口博览会展馆为四叶草形。

七绝·中国菌草(新韵)
代木栽培食用菌，牛羊满圈草生金。
百国迎艺脱贫速，两米株高万里忱。

注：素材源：2019年4月20日新华每日电讯第2版《"中国草"从"一带一路"走进联合国》。

七绝·采血车(新韵)
车来人往都行善，他进我出同为生。
鲜血滴滴传大爱，仁心个个畅文明。

注：车来人往：采血车来，献血人向采血车走去。他进我出：指他用血输入血液，我献血输出血液；也指他走进采血车来献血，我献血后走出采血车。

七绝·海林（新韵）

珊瑚杈上珊瑚口，红树枝头红树胎。
水底呼鱼做游戏，滨边生木护堤来。

注：珊瑚是海生无脊椎腔肠动物，红树是木本胎生植物。

七绝·贝壳（新韵）

潮汐涨落间拍岸，随涌留滩铺摆杂。
静待游人来选秀，涛声送我赴新家。

汪继桥

原名汪季樵，湖北汉川人。已移居深圳。本科，中学语文高级教师。诗刊·子曰诗社社员，中华诗词学会、中华当代文学学会、深圳市诗词学会、湖北省诗词学会会员。诗词作品发表于《中华诗词》《中华辞赋》《中国当代散曲》《红叶》。部分诗词收录于《中国诗词年选》(2018、2019)。

菩萨蛮·寄远

南国遥望家山远，嫩杨已绿襄河岸。
风动月染眉，心怀乡恋飞。
清宵寒扣寂，羁影独愁绪。
落笔赋相思，相思无语痴。

注：扣寂：谓构思而发为文辞的思维活动。后因用指作文赋诗。
羁影：客中孤寂的身影。

菩萨蛮·襄河漫步忆旧

河风扑面莺啼柳，渡船荡漾波纹皱。
两岸菜花黄，千亩禾稻香。
竞舟飞碧水，重午人陶醉。
往事不回头，江声从未休。

菩萨蛮·过荷塘

凌波翠碧青莲秀，追芳粉蝶游人逗。
垂柳扭蛮腰，高蝉鸣树梢。
红蕖浮绿水，鱼戏潜芦苇。
摇影映山青，隐听歌棹声。

注：歌棹：即棹歌，行船时所唱之歌。

柳梢青·游汈汊湖

碧水无边，烟波浩渺，百里良田。菱曲红颜，莲花朵朵，绿伞荷尖。
一声欸渔船，棹歌起，霞光映天。大美可观，湖乡瑞气，仙境人间。

柳梢青·再游汈汊湖

愚老追游，婆娑岸柳，浪涌光流。波荡扁舟，多情鸥鹭，相戏汀州。
闲阁雅聚情悠，眼前景，一湖调柔。汈汊悠优，水乡秀丽，诗笔难留。

【南吕宫】翠盘秋·重头三首（散步得韵）

惠风轻，鸟雀鸣，雨洗晴空净。草青青，蜂嘤嘤，万形一片泰和情，逸境颐天命。

乡居夜吟

夜莹莹，露清泠，砚海独临静。壁灯青，酒已醒，心平正好写兰亭，远避红尘净。

小镇夏日

襄河缓，柳拖烟，醉美沿江岸。客倚栏，拱桥宽，荷香凉意满平川，夏日时光慢。

汪杰

山野村夫，原名汪杰，诗词爱好者，生性散淡，闲云一枚。每作文自乐，偶于挚友间交流，不求达于人，唯喜托于心。

七绝·花前偶遇

曾将好色斗天真，冗自凋零未负春。
说着相依枝上老，回眸只隔一红尘。

七绝·春日偶得
草色青青白鸟飞，溪烟柳畔玉兰肥。
闻香未折枝头雪，无赖游蜂傍我归。

七绝·日本樱花
本乃先秦一段香，东瀛千载著华裳。
尔来绚作缤纷雨，只是飘零在异乡。

七绝·又见红梅
昨岁红梅识旧人，今年梅朵更天真。
怕因香雪催双鬓，却道南枝不是春。

西江月·滨江花园即景
（步韵苏轼世事一场大梦）
云压重楼入水，风鸣数笛沾凉。红摇绿舞已淋廊。滴在眉间镜上。
一路几多风雨，听风听雨何妨。平生不负好时光。回首僩然笑望。

八声甘州·夏游江南第一漂
正桴槎袅袅上青峰，飘飘共云游。看白鱼翻底，金沙抱石，鹭舞汀州。自有清风相伴，扶袖一何柔。说着江南好，无限悠悠。
倏忽疾风吹鬓，顿雪翻如练，奔势难收。渐怪崖频起，碎玉溅千秋。望滩头、绿杨斜倚，近山根、远远鸟声幽。今无我，偕忘宠辱，尽漱清流。

八声甘州·初夏寄怀
又杨花飞尽夏徐来，鹃啼醒清幽。渐樱桃点火，蔷薇凝雪，山翠阴稠。一点春痕未了，风过暗香浮。尚有余寒住，微冷汀州。

柳下白云如洗，有二三凫鸭，结伴悠游。想那年春尽，小字为君留。算而今，几番春远，便几番、提笔又休休。春归也，徽河依旧，无语东流。

八声甘州·桂花
问吴刚纵斧越千年，丁丁几曾休？看寒鸦阵阵，珠英点点，摇落清秋。仄径苔墙寂寂，风过冷香流。小月空阶里，谁又凝愁。
不忍芳尘渐远。叹未经霜雪，已是难留。念阶前月下，曾弄翠枝柔。怨西风、吹成今古，怅人间、离恨最难收。谁怜取、空亭闲阁，残梦幽幽。

汪品飞

网名飞哥，1963年生于湖北省黄冈市罗田县大河岸镇杨峡坪村，现住凤山，大学文化，从事建筑行业，助理工程师，热爱文学诗词，散见网络和《黄冈日报》《楚天都市报》，现为赤壁诗社、武汉长江诗社、诗声诗社、莞南雅韵、东莞楹联会员，掌上罗田、掌上罗网超级版主。

七绝·咏牛
一生耕作满身泥，负轭低头奋力驰。
任怨任劳恭克俭，辛辛苦苦草为饥。

七绝·咏枫
遍存红彩映秋空，妙曼柔姿十月枫。
锦浪风掀流泽远，丹霞入画醉林丛。

七律·游冰臼群即感
胜地簇形景色优，更藏冰臼亦堪求。
奇峰似笔书豪兴，碧水如弦奏自由。
怪石嶙峋千百态，深潭静谧万般幽。
登临绝顶舒长啸，锦绣山河一望收。

七律·乡村五月
时临五月气清嘉，绿重红青意亦遐。
屋后青山飞露鹤，门前碧水聚鸣蛙。
几声犬吠何方客，一阵飘香小院家。
农事归来欣对月，目凭浊酒醉年华。

七律·生日浅感（中华通韵）
何妨岁月淡容颜，半百光阴到眼前。
少壮情怀终日逝，老来风韵寄诗篇。
不嫌琐事金钱少，且喜安心快乐添。
万事唯求身健旺，三杯美酒赛神仙。

汪萍

女，网名塞上飞雪，1971年4月生，山东淄博人，大学本科学历，西安科技大学毕业，现就职于山东淄博鲁泰纺织股份有限公司，工程设计师，业余爱好诗词，系枣庄市诗词学会会员。曾荣获第二届"岳阳楼"寻春诗会银奖、第四届"相约北京"全国文学艺术大赛三等奖。

七绝·缅怀周恩来诞辰120周年
一生儒雅本英雄，大爱无声送惠风。
情洒五洲人永记，山川歌咏荡长空。

七绝·敬题刘其真教授探望高中老师照片
把盏春风话旧时，杏坛回望亦神驰。
殷殷教诲终生记，头白欣然拜我师。

苏幕遮·秋思
海连天，观浪久。流恋沙滩，不觉夕阳后。片片白帆归渡口。云鸥滑翔，底事难回首。

岁如梭，情似旧。谁解相思，化作眉间皱。淡淡乡思都入酒，邀月听涛，泪湿青衫透。

小重山·残荷听雨
风雨潇潇秋夜鸣。枯蓬残叶上、玉珠晶。华灯影绰入三更。数清韵，辗转梦难成。

淅沥诉心声。锦书归雁远，总关情。知音零落叹平生。长亭外，弄笛与谁听。

汪全栋

男，1948年出生，湖南岳阳，大学文化。先后参加华容东山分社会员，其作品出版于《黄浦江诗潮》《东山晚晴集》《东山诗文》《华容谷雨杂志社》南方精英一道诗艺社社长。上海格律诗社编委等国内40多家诗社会员。先后发表多篇诗词。

七律·揽胜抚仙湖

（一）
风光魅力首云南，今古之迷现代谈。
沉睡古城人共识，耸峰云雾水相涵。
楼台辉映灵霄彩，花木争妍天下蓝。
举酌飘香邀对月，无穷诗意惹娇婪。

（二）
豪达风云独系情，入峰鸿雁帛书惊。
八方馥郁吟笺过，一镜鄱光分外呈。
杰犬吠尧堪笑止，赵王窃善仿秦声。
从今揽胜蓬莱客，毫墨无尘心自清。

登长城
游龙卧地远无疆，浩瀚工程气势磅。
历史丰碑擎广宇，文明奇迹赖秦皇。
长城北绕山河美，大夏西开龙马镶。
前有天工描画卷，千秋问鼎筑铜墙。

人民英雄纪念碑抒怀
火炼真金气贯虹，横流沧海显英雄。

躯栏雕堡惊魔兽,力挫狂澜傲碧穹。
革命丹心争解放,救民热血洒长空。
蓝天当纸刊功绩,海浪如琴颂卧龙。

七律·瞻仰毛主席遗容
全球问鼎尽精忠,浩气超然贯彩虹。
三座大山成纸虎,六英碧血耀长空。
运筹虎帐乾坤定,治国兴邦百废隆。
胜海深恩情远大,功高珠穆傲苍穹。

民族英雄岳飞
报国赤子落狂飚,失地屡收同进牢。
壮志难酬奸佞害!撼金威望几人超?

天安门观升旗有感
一代元戎拯灭亡。将驰千里战沙场。
英雄义举乾坤定,血染旗刀胜艳阳。

茅台酒与酒文化
八仙醉鬼斗诗篇,七子兰亭同结缘。
唤上茅台三盏倒,透瓶馋欲一情牵。

汪时健

临江仙·知青生活组词
（三十五首选十）

离校
兀自书香蟾梦好,惜逢下放狂潮。半肩行李出城郊。街头鸣鼓乐,街尾彩旗飘。

忍顾爹娘风里影,一怀缱绻难消。此行曲岸曷回篙?一声多保重,热泪和凉飚。

进村
黄发垂髫村口望,争窥都市娇娃。车辕尪颓夕阳斜。大娘频慰我,把手漫摩挲。

土舍田畴皆陌色,疏林几树寒鸦。今生合以此为家?不怜乡梦远,肠断在天涯!

早耕
正恋春眠清梦里,催工忽响晨钟。惺松睡眼垄田东,沾衣朝露重,锄动怯鸣蛩。

整地开墒香汗热,风鬟窃笑花容。嫩肤血茧渗殷红。益知禾粟贵,念念悯桑农。

耪地
暑气蒸腾墒里耪,轻纱没过头肩。汗涔虫噬对芒尖。轻风何负我?脸灼口生烟。

晌憩河塘狼虎饮,斯文弃了婵娟。钗横鬓乱枕田间。梦中光景好:秋稔舞翩跹。

种菜
汗沃荒陇新圃就,移将瓜菜秧栽。希望结伴曙光偕。清晨观长相,未晌又重来。

始解握苗原可恕,侬今一样情怀。追肥耨草费心裁。但祈蔬果硕,锅碗奏和谐。

伙食
百十人丁同一灶,斤斤两两关情。大锅汤里少油腥。三餐咸不饱,永夜梦难成。

长铗空弹无肉食,粃粱莫续藜羹。瞳瞳影影趋晨耕。每逢年节至,雀跃是书生。

凝思

雁阵惊寒人未寐,重帏难掩虚无。十分落寞对谁纾! 扎根三四载,甘苦忆何如?

前路茫茫归乏计,歆看梁燕巢庐。春光潋滟任踟蹰。西风人渐老,羁梦独啼嘘。

心窗

昨夜香闺春梦好,高唐意惑神迷。晓来懒起弄妆迟。羞窥鸾镜里,未脂脸先绯。

谁道痴情浑不解? 丹青写尽相思。只缘秋闱杳无期。忍看圆月又,南圃蝶双飞。

高考

磨剑旬年珍此役,隐闻征战声隆。临闱策论验真功。莘莘千万众,桂榜几称雄?

笔底文章生灿烂,随机应变无穷。胸怀成竹自从容。孙郎曾射虎,今日我屠龙。

入学

向日冬寒犹觉冷,柳梢已绽新芽。郊原次第露芳华。春风寻迹处,娇鸟乐啼花。

岁月蹉跎珍砥砺,临江一曲清嘉。平生遂志到天涯。骊歌挥垄别,学海泛轻槎。

汪贤猛

安徽省枞阳县人,农民,高中毕业,喜欢诗词,中华诗词学会会员,安徽省太白楼诗词学会会员,现在是枞阳县诗词学会会长,诗词在各地诗刊上都有发表。

七律·访章老亚中先生

兴来杨市访章君,见尔病缠怜几分。
昔日才华遐迩识,今朝作品未曾闻。
嗟他格律难传教,恨我骚坛少献芹。
腹内愁思何处表,朋行尽爱写诗文。

注:杨市是章老居住街名。

斗百花·题《秀山生态农庄》

石路边铺丹草。林树中藏翠鸟。瓜果品种繁多,四时能见花俏。鸭戏鱼塘,丝柳倒影飘浮,一幅农庄面貌。独有神功造。

注:秀山是安徽省枞阳县金社镇一村名,生态农庄是本地医师一手打造。

翻香令·中元节遐思

焚香烧纸拜苍天,野田景象日新鲜。禾苗旺,棉花白,桔子香,茂盛在中元。

尽知粮食出农田,荷锄辛苦又谁怜。冒风雨,披霜月,历多时,耕种受熬煎。

【中吕】乔捉蛇·双抢

头上晒骄阳,背心流汗水。农家双抢事成堆,整天不离田野里。收也累,种也累。问君知道否,苦劳成果谁珍惜。

【双调】秋江送·秋日抒怀

秋风至,天气爽,农村特别忙。石榴熟,甘桔香,旷野禾苗渐泛黄。民多物产,自然富强,日日乐安康,心中喜洋洋。产品优良销四方,繁荣经济迎吉祥。

【中吕】普天乐·暑日遐思

水温熏,阳光晒。田间种植,不乏人来。汗水流,衣裳外。始见禾苗人人爱。又谁知、野老情怀。一颗热心,一双黑手,创造和谐。

【商调】凉亭乐·五月乡村

石榴树上似悬钟,一片通红。无限风光五月中,老叟镰刀动,为收午季,纷纷野地涌。喜见田丰,喜见田丰带笑容,尝鲜味,毋忘农。

汪新

男,汉族,中国楹联学会会员,中国毛体书法协会、陕西省毛体书法研究院理事,中华文学杂志社安康站主席,陕西省诗词学会理事,散曲学会会员,陕西省国学研究会会员,陕西省黄炎培职教思想研究会会员,安康市楹联学会秘书长,安康市诗词学会常务理事、副秘书长,《安康诗词》编辑,安康市作家协会会员,安康市美协会员,汉滨区诗词楹联学会副会长、秘书长,汉滨区作协会员,安康市兴安书画院会员,宝鸡市一道诗社副社长。现供职于安康职业技术学院。

七律·登汉江春堤感怀

碧流穷尽天涯远,闲看春江暮雨绵。
御剑欲游山万里,倚栏唯见月无边。
庄周曾羡痴蝴蝶,太白犹师醉酒仙。
斜柳长堤风物似,往来多少是云烟。

念奴娇·冬夜抒怀

江天清远,寂桥寒烟渺,又到初雪。遮断群峰云气隐,寂静一湖风月。当念春时,红癫绿醉,花锦人难歇。惜春还早,忍依梅冷如铁。

曾是年少张狂,懒披貂革,最爱高粱烈。醉去敞怀豪兴起,一嗓凤歌高绝。虽历消磨,凭添华发,早尽收顽劣。唯余欢乐,伴来嘉好时节。

点绛唇·问春归

江上烟波,长滩水浅栖眠鹭。此时老树。数九寒天误。

试问新梅,春到来何处?应记住。金州花语。正月芳盈户。

青玉案·腊月

问梅不遇寻何处。暮山远、江盈雾。唯有寒天重霭伫。西风正紧,纷飞无数。玉屑飞飞顾。

遥知素裹山中路。染白秦巴万千树。新酿高粱贫困户。年猪杀好,腊蒸烧卤。只待春来住。

点绛唇·涂鸦

春困时光,绿浓红润无心看。人慵思懒。好睡身还倦。

新茗一瓢。可解不情愿,趁醉唤。画涂随便。山水收长卷。

踏莎行·春思

日醉春繁,山鲜水净。西窗花事芬芳竞。乏来小睡梦槐安,俗心欲减添新茗。

性自宽谦,心生狂猛。淡然多少人和景。殷勤最爱问阴晴,春秋历过知温冷。

一剪梅·春日

雨软风酥新柳翩。陌上繁红,李紫桃嫣。赏春犹恨老眸花,一卷丹青,胜景无边。

不起闲愁醉自眠。梦里游过,千里江山。惠风醒问可知心,邀尽春光,到我窗前。

念奴娇·春早

洗霾微雨,乍暖还寒也,老梅花树。杨柳不知春已早,睡眼风中犹伫。浅水江滩,孤舟横过,桥在烟波处。流连唯我,碧蓑真是羡慕。
　　胜景望远登高，挽霞朝日，还须天和煦。便着那轻衫布履，踏尽青峰桃坞。如水流云，尽收眼里，做锦裳花布。诗成沈醉，懒寻山外归路。

汪兴吾

　　1961年生，安徽桐城人。中学教师，《中华汪氏通宗世谱》总编。中华诗词学会会员。

五律·春行

二月多新雨，天行回暖风。
仓庚鸣水榭，黄柳舞烟绒。
闻道轻雷析，修心薄雾融。
寻芳山路远，未倦白头翁。

五律·咏山菊花

未遂三春愿，时来独享秋。
鸣禽轮作伴，修竹与分幽。
色漾浮云艳，香融垂露柔。
何须梦蝴蝶，俯仰即庄周。

五律·春日醉吟

飘步探幽径，端身二月天。
春浓百花笑，池静几云悬。
逗我黄鹂乐，撩禽皓首颠。
忘归歧路处，林下卧吟鞭。

五律·咏四叠龙井瀑

四叠垂龙瀑，散花飞石潭。
清流慕高洁，紫气涤虚涵。
开合由缘定，沉浮因势参。
山樽无达意，惟逐个中酣。

七律·夜游珠江

珠水麟光日夜流，游轮宝气载温柔。
华灯早上残云薄，醉影初邀冷月浮。
两岸悬楼接天脚，一江盈梦绘春猷。
岭南本是消魂地，多少英雄忘转头。

七律·59岁生日抒怀

不开筵席酬初度，难忍春寒祝酒声。
推说心闲贪小睡，实为孝俗惜浮名。
梦乡曾效彩衣乐，醒后还须汤药衡。
遣散儿孙祈体健，萱堂需我护蹒行。

西江月·陪母亲上海治病
（《钦定词谱》柳永体）

　　才把清晨捱过，又愁白日绵长。娘亲痛楚未裁量，更怕夜深无状。
　　大市名医难约，馆中光景凄凉。街头处处落芬芳，都是伤心气象。

苏幕遮·都江堰会宗亲
（《钦定词谱》范仲淹体）

　　乘龙车，邀旧侣。蜀道通途，携愿来天府。血脉相连情似暑。一见如初，互诉相思苦。
　　谱难修，人易古。莫负良辰，共话千秋语。古堰无言流自赋。且把余生，付与金风舞。

汪亚平

　　安徽合肥人，女，军休干部。喜爱诗词和文体活动。连续数年参加安徽省合肥师范学院老年大学诗词班学习，2019年8月参加安徽军休代表队器乐情景剧《荣归》获全国移交政府安置军队离退休干部文艺汇演南部片区最佳节目奖。

七绝·题太行山八路军抗日纪念馆广场群雕像

水碧山青花欲燃,战神群像立云巅。
我来拜谒心潮涌,地覆天翻七十年。

七绝·登北岳桓山悬空寺
小心蹑脚上楼梯,如幻如仙入境迷。
庙顶琉璃微小院,珑珑宫阙望中奇。

七律·参观八路军太行纪念馆
国弱敌侵凶且狂,雀巢鸠占野心狼。
血流河岳同胞怒,威震中原赤帜扬。
英雄缅怀心敬仰,太行耸峙气轩昂。
神州圆梦倚重器,百年耻辱莫相忘。

七律·参观雁门关
千古雁门铁锁关,巍峨四耸万重山。
昭君至此和亲去,李广何时讨贼还。
昔日狼烟不复返,而今将士可擎天。
川流不息游人至,民族精神血脉传。

七律·故乡行
东风吹醒万山川,春起微黄柳带烟。
燕舞莺歌村山树,秧青豆绿岭头田。
家家杯酒斟欢乐,处处黉堂颂圣贤。
久别离乡惊世变,重逢亲友笑声连。

临江仙·秋浦河漂流
玉带一条深涧出,乘舟遍览风光。山间浮翠胜汪洋。身随波浪起,无畏湿衣裳。

遥想诗仙常弄笔,几回秋浦倘伴。青山绿水美村庄。河中游彩艇,茶垅戏娇娘。

鹧鸪天·观石台醉山野瀑布
白浪悬空势欲摧,冲崖裂壑响惊雷。飞流灿若珠帘挂,落进深潭入翠微。

山水碧,敞心菲,神奇美景看回回。深山宝地人知少,从此声名共雁飞。

汪艳玲
女,广水市人。生性淡泊,与世无争,唯对诗词情有独钟,每每情之所致,欣之记之!

春之絮语
浣溪沙·盼春
飞雪漫天帘子重,轩窗紧闭火炉红。孤灯微晃影朦胧。

淡酒一杯心已醉,轻寒几缕夜犹浓。春风未到此门中。

临江仙·念春
十里春风花满径,裙裾点点粘香。桃红柳绿好时光。蜂儿亲粉蕊,燕子绕楣梁。

心事流连眉眼处,端端难躲难藏。羞言羞诉患迷茫。彩云依旧在,思念寄何方?

采桑子·问春
久违又是阳春至,碧水连天。袅袅云烟,秀色无边入眼帘。

岂堪相别又相忆,遍数栏杆。只影流连,一念痴情向哪边?

采桑子·恋春
春风又绿滨河岸,燕啄新泥。彩蝶双栖,杨柳依依花满蹊。

红裙一袭虹桥上,不忍相离。莫道痴迷,为候阿哥日落西。

玉楼春·负春
未解东风芳渐歇。惊见镜中双鬓雪。少年无计惜春光,犹负春光犹负月。

深夜街头欢语绝。细雨淅淅思切切。
无非往事绊人心,不忍烛花声咽咽。

玉楼春·怨春

春如归去自归去。何必张罗风与雨。
香轻红瘦不堪欺,负了殷殷离别绪。
徘徊今夜停还续。又恐扰邻穿软履。
寸肠寸忆化迷茫,只盼他年能再遇。

玉楼春·惜春

醒来已是东方晓。一觉华胥酣梦好。
融融红日柳梢升,灿灿金光窗外照。
羞言默默曾祈祷。昨日凄风淫雨闹。
阴霾散尽笑颜开,燕语莺歌春尚早。

玉楼春·祭春

袭袭东风曾几度。满地落红春又暮。
犹叹时令太匆匆,转眼清明三日后。
暗把空枝披缟素。只为香魂消陌路。
此生直似与君同,也恨飘零无着处。

王宝江

男,76岁,籍贯天津,吉林省白山市人。笔名雪子。就读东北师大中文系。曾任中学副校长,杂志社副主编,电视台主任编辑。代表作品:抒情长诗《中国的黄昏》《白山赋》(刊载《光明日报》)。已存格律诗草稿万首。

七律·长白山二首

一

瀑布松涛唱古今,阴晴不定幻还真。
石头记得红楼梦,岳桦迎来白雪春。
云卷云舒云入画,雾收雾放雾藏神。
何期幸睹天池面,一眼销魂识绝伦。

二

心思仿佛老无穷,欲上天池十六峰。
花鸟蝶拥真善美,雨霜冰挽夏秋冬。
三江入海吟龙脉,四翼腾霄想凤踪。
早有灵光耀万类,再求奥秘雾千重。

五绝·青岛海滨吊挚友

归去何曾即断声,风吹白发泪盈睛。
千年魂鼓潮头浪,高唱人间万种情。

七律·赠篆刻家张铁锋

琼田方寸价无穷,电掣龙飞字御风。
气韵恢宏轻泰岱,才思俊逸冷英雄。
云霄利禄胸怀外,经典乾坤掌握中。
晚岁犹开新境界,天惊如此赋闲翁。

七律·酬朋友旅游归来

小看乘风过大江,气连欧美并苏杭。
卢浮宫静许魂浴,尼亚瀑宏容梦翔。
只苇涛撑怜独鹤,六朝风化恨千霜。
五洲四海全观遍,笑比身心孰健康。

七律·述怀并贺双牛堂主作品入选首尔亚洲六国大家展

除非气韵别无求,不问沧桑亦白头。
惯借大江撑一叶,轻从首尔认双牛。
苍凝松魄招仙鹿,彩泼荷花引佛眸。
何日草堂将进酒,当吟拙句会风流。

五绝·题白云居

蝴蝶追无迹,风光坐有天。
魂衰疑雪冷,句好信风传。
谜破谁将酒,琴遥自听泉。
心悬红叶外,诗老白云边。

七律·雨后消暑寄友人诗

江南梦境上心头,衰懒回晴少弄舟。
惬意池荷经雨靓,含情窗竹得风幽。
不攀沧海逍遥鸟,岂望云霄隐约楼。

但有三朋随蝶至，一壶香茗说春秋。

王本伦

潜江市委宣传部，中华诗词学会会员。

初春游东湖
梅花点点落天寒，风雨回回又几番。
黄鹤云霄鸣半岛，凌空楼上且凭栏。

春意
三月桃花浪漫时，半堤青柳水含诗。
何家淑女轻摇羽，坐饮清茶犹弄姿。

桃花缘
桃源山口随潜去，红雨春来染旧池。
石上笛音横水影，林中鸟语吐花诗。
夭夭桃树三生色，艳艳娇波万种痴。
人面桃花多寄恨，桃缘前世有谁知？
注：山口：桃花源山洞入口；潜：陶渊明；红雨：桃花的别称；三生：指前生、今生和来生。

沁园春·黄鹤楼
一座名楼，千古风流，三楚文明。望长江万里，蛇山毓秀，东湖景盛，九派龙腾。华夏辉煌，长空光耀，此乃纵横随意生。网时代，若银河飞渡，幻化无形。
当年携侣同行。登高处、阁中闻笛鸣。有情怀千种，诗魂一体，自吟芳草，聊慰心灵。斗转星移，轨摩电掣，浅唱流云天外声。昔人去，莫念怀过往，追梦新程。

王斌

男，汉族，1948年1月生，滕州市人，中共党员。现为中国通俗文艺研究会会员，中国作家研究会会员，中国乡土文学作家，华东乡土文学作家协会主席，《乡土文学作家文丛》主编。曾主编了《杏花村》《杏花文苑》文学期刊，编著了《杏花春雨》《香甜的春风》《书香》书3部。

七绝·春雨
好雨西来趁煦风，窗前郊野绿葱葱。
不知陌上梅开未？先撷清香入句中。

七绝·咏红荷
其一
绿肥红俏各施妆，风拂荷花争放香。
若在微湖忆西子，东坡佳句入诗廊。

其二
淡抹浓妆何所求？画船载酒乐悠悠。
天光云影樽中趣，醉眼烟波画里游。

其三
薰风轻拂碧生烟，袅袅芳姿弄影妍。
霞映采莲拿棹女，荷香盈袖笑嫣然。

其四
湖光辉映夕阳悬，荡漾清波霞满天。
十里荷香风不断，渔舟唱晚韵悠然。

七绝·杏花寄语二首
其一
又是盎然春意浓，杏花村里杏花红。
占春花影色深浅，早入骚人诗句中。

其二
新枝老干影横斜，独有风情漫自夸。
莫待春风吹作雪，空教蜂蝶恋飞花。

七绝·清明
春风桃李涌花潮，景色妖妍莺啭娇。
郊外踏青诗有兴，十分春意似闻韶。

七律·登莲青山

重阳气爽晚秋天,吟友相邀情趣牵。
奇石峥嵘疑兽斗,小溪倾泻拨琴弦。
动人凄婉桃花谷,弄韵缠绵月老泉。
远眺群峰红欲染,霜枫岚影胜春妍。

浣溪沙·作客湖里人家
浩淼烟波湖水平,渔帆点点画中行。
不时传出野凫鸣。
好客渔家烹美味,满壶清酒话乡情。
夕阳西下染霞明。

浣溪沙·泛舟微湖
十里荷香十里花,水云深处近渔家,
泛舟湖上赏烟霞。
翠盖田田流韵美,轻风袅袅弄姿嘉。
棹歌一曲浣溪沙。

王步琴

网名淡若烟云,江苏淮安人。中华诗词学会、江苏省诗词协会会员,江苏省诗教先进个人。淮安市清江浦区老年大学诗词研究会副会长,淮安市诗词协会副秘书长,中华诗词学会女子工作委员会一群副主编,中国诗歌报翰墨女子诗词院二室副主编,江苏省女子诗社、江苏省诗词学社社长与主编。《掬浪江淮海》《江淮翠黛应时馨》主编。

七绝·瞻仰总理童年读书处
满树梅花傲雪开,英魂屡屡踏香来。
当年一诺惊天地,永震中华三尺台。

七绝·闲吟
明月初升好纳凉,田田翠盖散清香。
蛙声惹得流萤醉,恰似繁星落野塘。

七绝·咏雪
汲寒剪水下凡尘,润物清污未染身。
待到金乌升碧宇,不留痕迹化浮云。

七绝·浴室炉工赞
稍息炉勾稍息锨,汗流浃背把煤添。
换来热水除君垢,何故还讥我附炎?

七绝·杂吟
谁是红尘得道仙,休钦衣锦枉谈筵。
优游最是芳堤畔,一甩长竿钓暮烟。

七绝·七夕感怀
久倚葡藤举步艰,只因咽下酒三坛。
星天又是鹅毛雪,心有千畦绿不还。

七绝·春深
香残蝶远步迟迟,太息风前那一枝。
纵使东君来若故,却难吟出去年诗。

七绝·问秋
雁儿不舍却难留,花絮飘零落远丘。
借问斯君何所意,红它枫叶白吾头?

王彩蜜

女,朔州市朔城区人。中华诗词会员,山西省作家协会会员,朔州市诗词协会会员;作品散见于《中国诗词》《黄河》《朔州日报》等报刊。

鹧鸪天·平鲁凤凰城
北固鸾栖云雾间,轩昂气宇欲飞天。
行商坐贾拥街市,暮鼓晨钟佑泰安。
山浴火,月曾残,盛年风雨梦幽寒。
涅 重振腾双翼,今喜边城焕靓颜。

五绝·耕牛
扬蹄奋力趟,俯首驾耕忙。

不为功名累，犁得五谷香。

七绝·梅
傲雪凌霜花怒放，冰肌玉骨暗传香。
春秋阅尽迎新岁，俏立枝头福瑞藏。

七绝·兰
幽居深谷远俗尘，秀丽纤姿吐异馨。
无意争妍杂草隐，护节守淡显冰心。

七绝·菊
独立寒秋绽艳芳，绕篱迟放斗寒霜。
西风何惧呈清骨，潇洒怡然满园香。

七绝·竹
昂然傲气向苍穹，疏影亭亭秀翠青。
轻看红尘不炫美，虚怀若谷淡虚名。

十三边怀古
十三边邑围，胡汉点兵燧。
紫塞传金钲，长城斗铁骑。
劳劳良匠心，落落圣山意。
欲解事神奇，呼朋访景致。

马营河乐楼
六百余年老戏台，旦生净末几番来？
孝忠节义金声起，离合悲欢珠泪徊。
慰我从征军士梦，添他行旅贾商财。
今朝喜看翻新曲，桃李春风次第开。

王灿景
女，1975年3月出生于河南洛阳，现定居惠州。爱好文学，尤其诗词。曾用名简、洛城墨客。惠州市诗词楹联学会副秘书长。

兰陵王
舞官柳，明月凝华煮酒。回廊处，莺啭意留，笑靥情深醉依旧。伊人不再有。名就，离愁却奏。东园夜，心乱意羞，常捋韶光梦沉久。

繁华落寒透。若转愿依依，痴恋专袖。寒窗孤坐红笺又。人事略谙熟，失之青涩，清纯真挚觅永漏，杜鹃亦清瘦。

遥奏，再携手。待蝶舞花开，须信坚守。吟诗对酒。岁月似歌渡，泼茶时候。空留情窦，恨雨骤，逐梦后。

临江仙
几度春愁梅笛落，岭南处处东坡。蝶飞芳径觅诗歌。轻吟浅唱，对月笑嫦娥。

万事天涯归一说，美人迟暮如何。豪英慢饮赋秋波，悠闲洒脱，不待岁消磨。

少年游·三月三踏青
盎然春意踏郊宜，黄鸟唤心知。暖阳拂柳，百花争俏，飞蝶叶萋萋。

近年浑噩华虚度，蓦悟现银丝。放眼南山，心随词逸，睨戚事休提。

鹧鸪天·春晓
美梦沉沉虚度冬，暖衾香里懒妆容。逢春病树常思昨，遇贵豪情寄雁鸿。

人未老，忌朦胧。天高云淡忆东风。初衷未改需常戒，夙愿皆偿遗憾空。

生查子·惜春
江畔一枝春，秀影三秋绊。千万付红笺，朝暮飞鸿盼。

皓月照西楼，佳偶依香幔。惬意付韶华，何感浮生短。

七绝·穿越上元节
火树银花香满路，珠簪暂做绣球留。

吟诗作别妆容懒,喜见媒人下绣楼。

七绝·佳节思亲
一曲新词几度愁,南飞北燕怎回头?
东园戏笑今犹在,梦去银丝雨笋稠。

七律·秋思
凉风细雨金秋至,叶落猴蝉日寂寥。
忆少时书生意气,寻迟暮老骥零凋。
心偏雅韵容颜秀,酒爱经年辣涩消。
岁月如歌知己唱,星天似梦瑟琴遥。

王查清

男,1952年10日生,初中文化,武汉市东西湖区慈惠农场农业职工退休。现为武汉市东西湖区诗词楹联协会会员,武汉市诗词楹联学会会员,武汉市散曲社会员,有作品被《武汉诗词》《楚天散曲》等刊物采用。

【双调】庆东原·闹元宵
秧歌扭,腰鼓敲,红男绿女花姿俏。飞龙戏宝,舞狮弄骚,看客逍遥。盛世闹元宵,时代新风貌。

【商调】秦楼月·游石榴红村
寻幽处,榴阴翠隐新乡路。新乡路,蛙鸣水岸,鸟啼花树。(幺)田间嫩菜鲜莴苣,村边酒馆喷香雾。喷香雾,游人醉了,不知归去。

【中吕】普天乐·卖菜翁
嘴叼烟,肩挑菜。一筐紫蒜,两篓红苔。仰仰头,摸摸袋,几块零钱依然在,顿时眉展乐悠哉。仔细算来,收成不赖,更喜开怀。

【双调】折桂令·咏汉阳马沧湖
进新居喜听啼鹃,锦绣华庭,银座连绵。绿树山边,马沧湖畔,动物园前。新汉阳湖山婉延,古三国刘备行辕。东是晴川,南对鹤楼,楼下归元。

【双调】凌波曲·贺中国当代散曲大典编写座谈会在汉召开
群儒聚首自风流,一部非凡大典修。琴台响鼓殷殷奏,迎来倡导友,继传承事商筹。编新曲,情谊留,一撰千秋。

【南吕】四块玉·渔友
柳下舟,湖边叟,清酒三杯更何求,拙词一句穷歪究。老钓翁,新曲友,一醉休。

【南吕】四块玉·画友
书画精,人活泼,荷叶蜻蜓墨匀合,彤云白雪鸥盟约。工笔描,浓墨抹,曲韵多。

【越调】小桃红·芷湖春
一川轻雾缟湖汀,波上丹鹤应。振翅寻欢比灵性。戏沙汀,春堤红女频摇镜。小桥绿林,吟朋白鬓,琴绕醉翁亭。

【黄钟】节节高·过滇池
羁山滇海,满目林珮。龙门半倚,游人晚会。过碧鸡,赏金马,踏翠池,万顷波涛汇集。

【双调】沉醉东风·水岸闲情
春去了如何闹耍,夏来时怎的闲踏?拿竿的坐钓台,围观的唠渔话。日西下各自天涯,又放鱼儿入水家,空篓返 闲娱是咱。

王臣殊

男，布依族，1949年生。贵州省黔西县人。大学本科学历，中共党员，中学高级教师，黔西县优秀共产党员、优秀教师，贵州省优秀教师，曾先后任素朴中学教导主任、校长、党支部书记；大关中学校长、机关党总支副书记、大关镇人大代表（共四届，两届主席团成员）；黔西县职业技术高级中学校长。现退休。

七律·治中
金舟奏凯宝丰仓，玄虎神力富远长。
褐咒观姮仙意动，蓝龟恋海凡心狂。
田园沃野居家乐，麓寨欢歌笛韵扬。
自古淑媛巧针线，从来俊彦善诗章。

注：金舟：指平寨；
玄虎：指财山即猫儿山；
咒：指葫芦坡即犀牛望月；
蓝龟：指小坝青龙山前蓝家背后之龟山。

2012年孟秋

江城子·春节之北京
除夕之际宇清新。炮声声，焰纷纷。灿烂天空，护卫有机巡。一树千灯奔庙会，挑物品，寻开心。

名街老号也行行。步园频，逛商城。上下穿梭，迷醉又鲜新。道不尽奢华气派，京邑魄，最撩心。

2012年春于北京。

致富还是读书高
——献给家乡的父老乡亲
历史长河永不衰，人间戏剧皆释怀。
锦衣玉食东家旺，潦倒维艰佃户哀。
物竞天择金律道，南勃北艾自然裁。
家中冇有读书子，富贵人生何处来。

神途——贵广高铁巡风。
千山万壑一梭穿，三省之遥半日还。
一路风光旖旎绝，几多峭壁坦途间。
山珍达海黄金道，穗客黔游络绎县。
绚丽阳光南国洒，风生水起日酣然。

2015年春

七律·大贵州公园
贵州魅韵大公园，烂漫山花格外鲜。
峻岳雄奇堆翠景，湖平水秀荡漪澜。
沟河南北虹桥路，遂道东西快乐轩。
灵秀清幽湾丕是，洞天沁爽谷深然。

小洞天——小车河湿地公园巡游
清莹缓畅无声波，恬静穿林随意梭。
左岸阶梯缘山走，右边路径顺沿河。
深涧好块原生态，幽谷一湾处女坡。
闹市为邻花助伴，痴男怨女信拍拖。

念奴娇·梦圆——亲历北京奥运会
开篇宏伟，大北京、国首百余相侃。鸟巢迎来八万众，悉数开心观看。圣火腾空，歌声明嘹亮，袅娜翩翩曼。精深博大，令眼花还缭乱。

赛国两百之多，万余之将，云集红都演。高手如云皆猛虎，志在拼争金冠。记录常新，国歌频秦，世叹中国绚。睡狮终醒，百年之梦圆满。

王晨
网名玖，陕西人，从事工程专业，诗词爱好者，偶有作品发表。

佩帏
金丝绕锦绣香囊，御马直奔幽远巷。
悠冀伊人午日笑，此行不负郎衷肠。

春红
华年不闻岁月声，白驹过隙桃花凌。

人生能堪几回首,莫待白头忆今红。

兰
幽居深林青丛中,无意争艳不留名。
待到百花喧嚣时,我自芳香笑春风。

长安明月夜
长安繁华几纪重,劝君莫提往日雄。
仰首举杯问明月,何日复我汉唐风。

四季组诗
暮春
水雾弥漫雨飞纷,谁家楼阁新苔痕。
又是一年阴雨时,我心却念旧暮春。

初夏
帝都葱郁百花秀,长安边绕八水流。
莫问何日红烛映,此夜当是情初露。

中秋
月洒花间叶披霜,池边银鲈跃波响。
中秋自古多相思,明夜月圆人才怅。

雪夜
凌风喜迎九天客,聚饮荒岭围暖阁。
夜深犬吠魂定时,窗外河山已一色。

王成

网名王明,吴中人,从教30余年,业余爱好诗词文学。

秋蕊香引·秋日记怀
　　天破晓。湖光山色,鹭飞轻舞,水天接,轻雾绕。岸花隐隐芳香溢,瑞年秋丰早。
　　望不断,冉冉晖阳映照。但霜老。老当有乐,最是安康好。每闲逛,丛山里,听听鹂叫。

秋夜雨·钱江观潮
　　狂潮涌浪千层叠,惊雷撼动吴越。翻江龙喷吐,乱拍岸、冲天飞雪。
　　奔流渐远初宁静,白鹭飞、喧语难歇。形胜千古绝,揽不足、无心离别。

双雁儿·思友
　　同栽紫菊小河沿。令翠绿、在门前。水乡吴地又秋天。望君山、绕夕烟。
　　影笼西月到床边,过枕上、未成眠。总教思念忆君言。岁悠悠、已十年。

双雁儿·织女感怀珠港澳大桥
　　横江欲试触天高。俯粤海、上云霄。似龙犹似彩虹飘。贯三城、别样骄。
　　但惊千载女娥姣。织女愿、涌心潮。几时河汉跨天桥。牵君郎,宠阿娇。

催雪·南海叙怀
　　疆海云低,潮涌浪急,遥接湾湾碧水。叹万里无涯,岛礁明媚。许是晖阳漫染,更显得、琼枝珊瑚美。远舟时现,游鲸出没,自由成对。
　　天际。犹可慰。我铁甲雄师,掠空飞驶。守疆海、层层壁严深垒。时有眈眈虎视,野性足、横行寻生事。总健忘、溃败高丽,抱窜如丧妣。

梅香慢·湖湾闲记
　　寥廓湖湾,正晓照红阳,水蓝秋暖。涌浪过潮口,闪闪横波急,绕山平缓。白鹭翩翩,鸥起舞,时飞俦伴。紫染层林,风摇落叶,果红香软。
　　林鸟也情深,放歌迎疏客,妙曲萦啭。盛景多留恋,採碧川山绿,野蔬青蒜。纵是深秋,踏锦簇、黄花迟缓。赏目帆轻,渔歌听罢,又闻箫管。

玉梅香慢·早梅

冬瑟萧疏,轻雪弄舞。难歇霜凌寒絮。玉骨冰姿,横斜清浅,殊别夭桃春缕。暗幽隐隐,香雪海、笑凝伫。猜是东君,怕我无聊,却来相聚。

萦怀寸心乱绪。复年年、不期归所。爱我纷纷,献媚短歌长赋。总说东君意重,当不应,每来复又去。只是林逋,终身相许。

庆春时·迎春思絮

素霜辉映,疏枝清浅,玉骨非常。黄梅竞发,寒风曳曳,争敢试春光。

银丝霜鬓,吟罢何必傍惶。东风着意,年年嫩绿,都胜早年芳。

王崇杰

诗词吾爱网名槐里人,男,退休军人,中共党员,法学硕士,政治学专业,曾公开发表500万字学术著述。爱好是阅读古典诗词曲赋、人文旅游、与不同行当能级达人聊天。座右铭为"幸福在不断创造的过程中"。

雨霖铃·天街思雨(柳永体)
(词林正韵第十八部)

风蒸日烈,骤期云潺,倚影咽渴。昌黎天街酥雨,南山隐匿,何时来泼?！昔日皇城主轴,盛裳绣衣黻。政雅颂、弯膝恭维,接踵摩肩上颜谒。

时过境换旌旗撅。仅存承、意景诗词阅。幸朱雀路依旧,春好处,未曾消烬。欲简躅烦,心静身怡,大爱涵悦。爽逸乐、绝胜遐情,靠故人无辙。

注:韩愈(昌黎先生)诗《早春呈水部张十八员外》:天街小雨润如酥,草色遥看近却无。最是一年春好处,绝胜烟柳满皇都。

沁园春·自信(苏轼体)
(词林正韵第二部)

职场蝉嘶,心烦意乱,前途跟跄。幸订单不断,业疆拓展,好评众铄,粮足焉慌。树茂招风,枪撞头鸟,博弈棋盘潜律苍。身行直,御鬼狐魍魉,光下霉殃!

天生鸿鹄高翔,锥囊久、早迟见末芒。善读《书》立正,阅《庄》取达,仿《骚》做曲,按《易》柔常。气概秦唐,包容十国,仙界红尘任纵缰。顺大势,笑螳螂臂妄,步伐铿锵!

喝火令·缘散(黄庭坚体)
(词林正韵第七部)

路遇犟(痴)依旧,函邀说等闲。仅余唯诺道寒暄。神影鳜游渊海,忘义负情鸳。

默契当年洽,无猜岁月迁。失遗同砚赞孙樊。散也心酸,散也意缠绵。散也梦嵌幽境。断线缺魂鸢。

注:1.首句念"犟",该词为男声唱法;首句念"痴",该词为女声唱法。
2.孙樊:故人云:"生子当如孙仲谋,娶妻当如樊梨花。"

水调歌头·夜思军旅碎垛(毛滂体)
(词林正韵第十部)

十八跨战马,卸甲六旬花。舞文修武,尝遍军旅苦酸麻。三九雪窝操练,伏仲沙场滚打,意识获升华。五湖结兄弟,四海当亲家。

青藏原,天山下,岛之涯,迹遗疆域,党叫做事杳差邪! 一子精忠有责,二老赡扶无暇,夫妇感情赊。七夕枕戈睡,习惯绿袈裟!

注:词内嵌一到十,因无序,故谓"碎垛"。

画堂春·军中情（秦观体）
（词林正韵第十一部）

憎醒倚炮怨酴清。似乎远处狐鸣。向来戈壁马嘶腾，花草藏情。

牧女鞭遗毡帐，盛装古丽彪形。西厢军旅剧净声，憾缺莺莺！

注：净，庚韵，平声(chēng)，音琤，意冷傲。

王川

湖南怀化芷江人，原名王学明，教育工作者，旅深务工后回归老家从事果园建设。自小喜好文学，2003年旅深后开始学习创作，至今偶有文字于诗词刊物。

卜算子·端午

又到粽香时，默诵灵均句。沧浪之心漫漫修，黄酒三杯误。

楼外雨轻狂，风卷梧桐树，深固难徙命不迁，且把龙魂铸！

注：屈原自云名正则，字灵均。

水龙吟·夜观红尘有感

夜来风乱人愁，巷深楼静兰亭瘦。帘开月缺，雾轻烟白，菊黄墙厚。晓是霜天，云寒雁渺，断桥残柳。悯红颜似水，音容怎覆，青灯在、琵琶旧。

梦里佳卿常守，猎逍遥、酒樽成偶。曲终难舍，枕香羞见，罗巾染透。最怕流年，迂回寂寞，温情难复。去平川策马，闲书爱恨，满怀星斗。

蝴蝶儿·白发谁与同

秋荒时，数残红。闲风缭乱水无穷，雀惊垂钓翁。

斟酒城隍北，长歌岁月匆，千帆难载怀乡梦，白发谁与同。

沁园春·夜所思

独上城楼，仰望星空，月似短钩。看云帆竞渡，山眉渐隐，行人影促，烟笼江流。子夜垂箫，临风韵渺，满腹商音吟晚秋。怜清泪，问尘缘何苦，遍地离愁！

逍遥最是难谋，寻欢日、曾经猎九州。恋李桃争艳，荷塘摇橹，枫林约射，踏雪怀柔。往事如梭，青春渐远，寂寞阳关天尽头。闲斟酒，效东翁唱曲，呓语兰舟。

浪淘沙·弦月挂檐东

枫叶遍山红，衰草绒绒，暮烟轻卷鼓声蒙；扣问相思怀寂寞，雁字匆匆。

弦月挂檐东，小院楼空，琴声不再醉翁童；白发三千谁惦记，流水匆匆。

浪淘沙·春分

小院恰桃红，细雨乌蓬，黄鹂墙外戏鹅绒。紫燕衔泥鸣翠柳，三俩顽童。

两岸现葱茏，暖意渐浓，芳香一缕待相逢。今日春分谁入梦，岁月匆匆。

水调歌头·农春图

归燕剪鹅柳，梨瓣满墙头。夜来雷雨惊梦，蛙鼓唤龙舟。岭上绒青初现，寨里蕨蒿满院，高矮不相谋。晓是好春日，来解世人愁。

小儿戏、姑嫂聚、唱无忧。野花遍地，蛱蝶飞舞逗耕牛。溪水欢歌一路，米酒飘香轻诉，沃土莫闲休。少壮勤耕种，翁姥盼秋收。

【中吕】粉蝶儿·春时

千里春光，过西村绿绒初放，润东坡岸柳梳妆。水流苏，山锁翠，烟云轻荡。伊人儿俏着红裳，傻郎儿渡前痴望。

王春雷

男，山西汾阳人，1972年生；山西省作家协会会员，现供职于山西省汾阳监狱，字翔宇，笔名吴钩、郭靖，号双润堂主、西河墨子、汾都狂客、夜雨斋主人，业余时间倾心写作，诗歌、小说及散文、文学评论作品发表于《诗选刊》《天涯诗刊》《燕京诗刊》《都市文学》《火花》《山西文学》《吕梁文学》《吕梁日报》等刊及北方诗歌、杜桥文学、星期六散文等文学网络平台，2011年出版诗集《边缘者的狂吟》，散文集《孤独者的絮语》。2013年出版诗集《四月的飞扬》，2017年出版诗集《等你，在飞雨的宋词里》。

七律·戊戌孟夏周末文峰塔信步口占

一

文峰塔底偶来游，如画春图未许愁。
地造东南凭一柱，功归兹氏足千秋。
曾因珰案殃官誉，不负峪园兴唱酬。
遥望盘山成笔架，丹青百代润汾州。

二

晴光淑气碧如流，百代沧桑惹绪幽。
避乱秦人惊异客，灌衣漂母惜淮侯。
春华秋月长无忌，盛绿娇红暂养眸。
面壁十年图破壁，汾都何事苦淹留。

七律·乙未端阳节近，悼皓友元爱公（中华新韵）

犹记当年忘夜阑，长车飞马每疏餐。
辞官不是难堪日，举药方追少问牵。
略地攻城高士趣，观山乐水慧人缘。
君归正遇端阳近，进退一局谁与谈？

七绝·乙未端阳节（中华新韵）

汾州五月粽飘香，寥落人情到五阳。
万古忠贞今已化，龙舟竞渡汨罗江。

七绝·休息日再读路遥《平凡的世界》感吟（中华新韵）

竟日深门对路遥，平凡世界感如潮。
艰难守望城乡爱，处处钟情泪暗抛。

七绝·乙未汾州五月（中华新韵）

五月槐香满巷闻，汾都风物喜陶人。
署中事毕归来早，闲看《射雕》昼掩门。

七律·己亥元春追思先君感吟（中华新韵，八寒）

先君骸骨厝村南，灾难当时百不堪。
未展孝思成怨子，无穷流泪致枯泉。
人间从此憎华夜，岁月曾经怕过年。
万顷伦欢亲不待，烟花璨景剩阑珊。

七律·己亥孟春与友畅饮，逸兴遄飞，口占抒怀（中华新韵，十一庚）

处处春华处处风，催红桃杏艳汾城。
街头俚语无今古，墨下诗文似旧逢。
自荐毛遂才未尽，请缨少帅气常横。
与君谈笑浮沉事，不负韶光唤远征。

王存白

男，茂名南天诗社会员。山西原平市人，中共党员，中国楹联学会会员，山西省楹协理事，创作楹联6000副，诗词400首，2次获中楹会年度创作奖，9副联入选《中国对联佳联三百副》，出版作品集2部。

七律组诗八首
崞山叠翠

山自巍峨川自平，中藏神寺宇庭宏。
世钦大义蒸尝祀，功载长城岁月横。

高鉴苏蒙冤旷古，深凝青翠烁余晶。
苍茫阅尽水千滴，一统乾坤照眼明。

仙洞藏春
莫道仙踪未可寻，传成景胜八方钦。
洞幽几许疑云漫，物异三冬春瑞临。
小草怀真擎绿盏，朔风知趣易寒音。
人间化外原无隔，远慕蓬莱近在心。

朝元夜月
闽侯故里漫钩沉，斋醮朝元沾澍霖。
功德生辉碑映月，时光惜短夜无阴。
更留不老遗山笔，直溯涵清白水心。
信得天人臻合一，长存朗照豁胸襟。

土圣晚钟
不击遐传钟自鸣，几分神秘抑无争。
清辉甫送一帘暮，空谷幽回十里声。
泉洗红尘灵气出，塔标紫岫佛光紫。
有缘响共心中发，揽胜朝山未枉行。

天涯石鼓
孰得山灵起弄槌，湘妃乘兴舞相随。
石缘造化形声肖，律动尘寰聋聩知。
风雨当前鸣雅乐，太平永世化长诗。
人心向善莫如是，万物有灵通悟时。

地角枕流
半川横卧莽苍龙，首枕长波足抵峰。
净土一方存灏气，罡风十万洗真容。
飞来何日询龟鹤，抱定此心看柏松。
逸境今非徒显默，天涯地角寄游踪。

石人瀑布
一缕清泉崖上飞，飘摇敢是石人挥？
潺潺作响溅珠玉，熠熠流光映翠微。
身出高门心礼下，路遥沧海日思归。

不争利物道经说，但得浮生可识机。

阳武流金
十八烟村扇面开，名扬塞上有由来。
苍龙破壁吐金出，彩凤仪庭抱碧裁。
富甲一方留绝唱，眼宽千里步高台。
而今得与天时合，地利人和曰善哉！

王大保

男，生于1966年，中共党员，本科，工程师、营养师，曾任大学文学社社长；现供职于苏州采芝斋食品有限公司。

赞
共举伟业华族昂，产经臻荣九州欢。
党谋新篇国政旺，好福民生梦祥甜。

改革誉颂十九大
山欢水笑国辉彩，神州欣迎盛会来。
开放革新四十载，民生国力跻高台。
共襄鸿猷昌矗"带"，"双兼"丕展续衍凯。
昭"德"尊"赛"初心怀，克绍箕裘豪骋迈。

注：带：即习主席倡导的"一带一路"奋荣伟略。
双兼：即兼顾物质文明和精神文明二者协同发展。
德：民主 Democracy；赛：科技 Science。

赞歌——献给创建新中国的伟人
名垂青史周朱毛，攘外安内天春晓。
改革创新华荣道，业兴民富山河娇！

多"味"人生
人生乐旅貌勤苦，厄困偶惑暗忧酸。
荜路蓝缕克艰涩，虔力精进汗泪咸。
冗世踽行众怨辛，慧增志坚性蔼甜。
优术取势功道辣，勇谋敢为梦霞鲜。

苏城吟
园雅妆秀域，曼河濡街居。

景韵生时趣，诗情画意书。

拙政园
拙能生巧贵思勤，政通人和衢壤欣。
园艺廊影涵古今，雅韵美慧蕴诗文。

"高升"嘻乐
年过半百喜登"高"，怅惜韶华懵昧抛。
巧缘确幸坚执劳，不教亲邻笑我孬。

观前
玄妙观前久盛名，宝地生金商旅兴。
星月霓虹景辉映，吃喝玩乐忘归行。

中秋叹
街喧月瞪矏，孤影怀茕哀。
寄思千里外，愿囡 YOLO 嗨。

_{备注：独女赴美数载，甚念。（YOLO 美语新词，You Only Live Once 的首字母缩略词，寓意"人，应该享受人生"）}

苏州园林
精雕涵育匠心功，景妙艺玮欣慕崇。
蓄美藏巧媲天工，雅韵婉慧曲赋咏。

《食品安全法》颁庆
食乃民之本，品真业艺兴。
"安法"飚儆威，全庥世途人。

王丹香

网名千里残雪、千里过客等。1962 年生，湖北天门人，大学文化，中学高级教师，中华诗词学会会员，湖北省石首市诗词学会副会长，《楚望诗苑》主编。业余时间爱好古体诗词，曾在《中华诗赋》《快乐老人报》《当代老年》《散文作家》《枫林》《诗词月刊》及众多网络平台发表散文、诗词 500 多篇(首)。曾有诗词楹联作品数次获全国性大赛奖。

七绝·咏春五首

一

河渐开流草渐青，初匀春色雪归零。
雷公打鼓燕莺舞，一路翩跹赏画屏。

二

春未浓时绿未稠，花含浅笑蕊含羞。
东风漫剪河边柳，活了鱼儿乐了鸥。

三

层层春色碧长天，水涨池塘蛙抚弦。
紫燕不知柔柳弱，身飞枝上荡秋千。

四

大美山乡雾里花，柳梢争暖早莺哗。
耕机唤醒田园梦，推动春天播彩霞。

五

春光着意百媚生，万物葱葱画里萌。
飞絮满天都不管，山河一片绿盈盈。

七律·散步藕池河
履丈三津不畏遥，长堤一路净尘嚣。
轻烟绕水飞仙鹤，疏柳陪人过小桥。
风拂白帆犁浪远，霞迎红日倚天娇。
江流奏响和弦曲，尽享千般楚地谣。

七律·咏曾侯乙编钟
编钟荆楚历沉浮，古朴斑斓又放喉。
曾识宫廷长袖舞，哪知故国早年休。
韶光如此埋千载，往事由他问九州。
花谢重开终有日，大江依旧浪悠悠。

七律·咏莲
玉池万古浴芳踪，对镜梳妆惊上穹。

叶动波摇欣带露，花开靥笑喜迎风。
敲诗敲韵湖光醉，不染不妖君子同。
撷取清廉扬正气，九州日子及其红。

王道祥

安徽全椒人，1953年12月出生，中师学历。原为军人，现任小学校长，高职，已退休。安徽省诗词学会会员，太白楼诗词学会会员。在《中华诗词》《香港诗词》《中华散曲》等60多家诗词报刊发表诗词散曲300多首。部分入典，被全国多家图书馆收藏。

读《醉翁亭记》怀欧阳修

贬谪南来意未沉，琅琊古道负黎吟。
山回路转泉喷玉，壑断人攀鸟戏林。
宦海风波羁旅泪，酒肠气概寓怀音。
千秋亭记翁非醉，社稷安危报国心。

过清流关

一关雄峙锁南唐，皇甫横戈守界疆。
萧瑟秦淮行乐夜，刀枪塞临搏沙场。
白云寒垒茫茫木，淮雁苍山杳杳乡。
后主泪词怀故国，焉知淫逸致沦亡。

谒清代词人薛时雨墓

孤月残碑二百年，我来访冢踏云烟。
楹联清代公称绝，书院江南德誉贤。
勤政爱民停赋税，捐资罢职筑亭泉。
蹉跎末世魂归里，词苑奇葩劫更妍。

游遗园吴敬梓读书处

遗园叠石筑山房，文木当年读考章。
黄卷青灯催白发，翰林科举叹枯肠。
卖鸡范进千秋笔，无术严生百姓殃。
浸透寒儒双袖泪，人间落拓感凄凉。

登笔峰塔参加诗词研讨会

峻峰危塔两倾情，石径登攀柏竹迎。
放眼山川秋色醉，铺笺韵律意图成。
风骚寄傲凌云志，琴剑抒怀有雁声。
满座高贤今雅集，尽将心血助诗兴。

过太平桥

襄河水远独帆轻，千古别离送一程。
政德流泉民共泽，官黎执手泪同倾。
年年乡俗怀知县，处处人潮走太平。
胜境虹桥留仰止，我来瞻拜采廉声。

游吴敬梓故居

九曲襄河杨柳岸，春风紫燕入楼台。
参差竹木遗园胜，落拓衣巾幽抱开。
外史千秋存骨傲，儒林众相使人哀。
当年灯火读书处，谁料山房出异才。

暮登笔峰塔野望

快哉策杖此登楼，四望屏山满目秋。
竹海卷涛层岫黛，枫崖醉叶碧云幽。
襄河画带歌亭榭，广厦瑶林接邑畴。
夕照飞霞心放旷，白头约友竞壮游。

王德文

大专文化。农艺师。为湖南省楹联家协会、张家界市诗词楹联协会会员。作品散见《湖南诗词》《天门诗词》等。有律诗曾获"中孝杯"首届全国"家风·孝道"诗词创作大赛入围奖、首届泸州老窖国际诗酒文化大会优秀奖、第四届中国百诗百联大赛入围奖等。

七绝·见儿戏

邻家小女也真淘，党伍儿男竞尿高。
欲笑顽童非仅我，却哀岁月杀猪刀！

七绝·闻兰诗兄有恙起夜
兰兄推枕起三更，料是耽诗病不轻。
梦里得来骈偶句，未全篇咏意难平！

七律·琵琶洲休闲
洲似琵琶路作弦，庆弹溇澧两相牵。
无终曲调阮咸引，小矫眉情公瑾传。
大树梢头呈佛瑞，繁花影底现鱼妍。
农家一瓮思仙液，洗尽心尘旷碧天。

注：思仙液，为慈利特产杜仲酒名。

七律·市诗协年会并瞻陈能宽故居游九溪卫古城泡江垭温泉
小聚年前大会今，温汤再浸酒重斟。
相思旧友倾杯屡，向仰遗踪注目深。
无请长缨舒剑胆，且凭矮几展琴心。
唱诗浪涌茅花界，激荡锣碑和古音。

注：锣碑，即铜锣碑，在江垭城西30里之茅花界山上。据传，碑石系火山能量石，能应九溪梅花殿之唐钟响而作铜锣声。

七律·母亲节看朋友圈有感
东野遗篇仔细看，今无压线亦牵援。
洗衣做饭何辞累，奉老从孙不暇烦。
洋节偏偏多孝子，空文泛泛祝慈萱。
谁知搭手帮厨作？父母劬劬未肯言！

七律·枇杷黄时
庭前一树正当阳，初夏枇杷着浅黄。
喜色故令儿勿摘，怕酸且让鸟先尝。
无能可得金丸赚，有病还将玉管藏。
辜负此生逢盛世，未留脍炙好文章。

七律·七夕寄星
端坐神舟稳踏波，漫劳乌鹊再填河。
牛郎剩有输勤德，织女空徐乞巧科。
纵是爱情天不老，未堪职事意如何？
微机电器皆须会，为荐度娘知悉多！

七律·咏荷
听雨梧桐滴落愁，看浇荷盖洒风流。
绿肥舞罢蛮腰妒，红嫩妆成玉面羞。
自合清香贻道阁，何妨贞骨陷泥沟。
行高恐掠他人美，辜负春飙晚出头。

王发昌

江西省作家协会会员。出版有专著《写作例话》《属对趣谈》，诗集《华章吟》，发表散文数十篇和格律诗词百余首。《〈临江仙·雁序南回〉外五首》荣获中华杯全国文学大赛古体诗词一等奖；律诗《登梅岭》获"豫章杯"江西省诗词大赛优秀奖；《江南好·题三沙风光图》《三沙吟》等作品入选中国作家协会《诗刊》社等联合举办的"中国诗会·青春三沙"主题诗歌征集活动优秀作品集；《绛都春·丙申春过马岗》荣获第三届"诗词中国"传统诗词创作大赛优秀奖；《端午日自斟劝饮》等作品荣获由中国作协诗刊社等联合举办的首届国际诗酒大会旧体诗优秀奖。

七夕
七夕讨巧月弯弦，玉露金风碰碧天。
王母一簪锁织女，牛郎无计会红颜。
鹊飞河汉多闲事，岁岁搭桥渡可怜。
欲问此情何日了？骋怀吊古又一年。

东瑞园林行
一枝桃艳初经雨，两袖东风早润春。
杨柳莺啼天宇碧，井桐凤舞芷兰银。
青山洗翠滴茵露，溪水澄清凝五云。
悬岸遥遥多钓客，芳菲占断日西奔。

丙申元宵怀远
千门月朗六街沸，万盏灯红四海宁。

朵朵烟花耀天宇，双双俦侣步莲庭。
嫦娥羡慕人间乐，痴汉流连归燕亭。
遥忆桃园耕牧日，朝朝暮暮倚兰馨。

凤凰琴

我有凤凰琴，相拥四十春。
冬寒唱梅艳，夏暑奏荷茵。
登顶慨山小，邀云醉酒醇。
任凭风雨骤，苦乐共昏晨。

醉书香

陋室一间书卷香，谆谆教导效三皇。
喜听丝竹冶情性，懒卧闲云看碧阳。
目骋青山春雨润，诗吟百卉夏风芳。
任凭窗外烟云起，我闭柴门醉绮章。

浪淘沙·问江天

雁字读灯前，一夜无眠。听鹃啼血麓林边。自在三吴思楚越，翻舞尘烟。
人倦懒修颜，伫立阶沿。南云飘渺万重山。小院梅兰仍盛否？忍问江天。

玉蝴蝶·游吴岭元古寨址

踏莅玉关阳落，山屏遥看，雄寨弯壕。碧树滔滔，一似万马奔号。小单于、横吹川壑，刀剑戟、光映云霄。战旗飘，壤穹齐唱，一代天骄。
悄悄，寒来暑去，一挥千古，几送前朝。汉阙秦关，全湮沙土匿光韶。汗青上、满篇文字，只记得、几射隼雕。起琴箫，牧歌豪壮，乘月飞遨。

临江仙·桂魄饮

桂魄皎洁天碧洗，中庭紫气重重。葡萄架下百花红。横塘春剪柳，无处不东风。
出水荷钱擎玉露，清香漫卷园中。嫦娥乘兴舞寒宫。良辰应有酒，天晓醉山公。

王芳

女，生于1974年9月，大专文化，公司职员。广元市诗词学会会员。古诗词爱好者。作品在《广元诗词》散见。

醉妆词·游苍溪药博园二首

华佗笑，董张笑，再世神医妙。
董张笑，华佗笑，药博芳华娆。
叶当药，草当药，叶果皆当药。
草当药，叶当药，药博花间乐。

注：董张系名医董奉和张仲景。

渔歌子（依张志和体）

八月秋棠翠鸟飞，晓风霞影彩云追。
幽径踏，涉清溪，山歌美酒醉君归。

七绝·汤山遇雨

细雨飞烟岚雾起，迷朦山水地天连。
云中落座聊今古，鸟语花香伴我眠。

绝句·赏花

细雨三春涤秽尘，初开芍药最天真。
穿花紫蝶翩翩舞，醉了红颜赏景人。

绝句·玉器自述

玻璃房似龙宫殿，姐妹相逢带笑容。
吉日佳宾钟意我，真心永伴赤情浓。

西江月·中年感怀

巾帼乘风追梦，男儿仗剑横涯。时光流逝浪淘沙，灿烂青青挥洒。
回味今生抒意，萦思昔日摭华。容颜静美艳如花，好个端庄优雅。

七绝·雨后桃花
花开千树彩云低,蜂蝶纷飞鸟语啼。
带雨嫣红如许泪,为谁绽放为谁凄。

五绝·江边漫步
日落翠峰巅,余晖映满天。
晚霞铺碧水,佳丽赛荷莲。

王丰邦

1954年生,山东潍坊人。中学高级职称。中国楹联学会会员,中华诗词学会会员,潍坊市诗词学会理事,潍坊市楹联学会理事,潍城区诗词楹联学会副主席,潍坊北海诗社常务副社长。麓台文化研究会诗联分会副会长。著有诗文集《城西吟草》。其作品曾在《中华诗词》《对联》等多家报刊上发表、获奖。2015年2月被评为潍坊市十大书香家庭。《潍坊晚报》《齐鲁晚报》潍坊电视台均做过专题报道。

鸡年春节闻鸡
日月如梭叹快哉,晓昏在握不须猜。
雄鸡昂首频发力,要把新春速唤来。

观张志文书法
狼毫同是那一枝,高手一捉显妙奇。
浓墨半瓯泼尽后,便闻龙凤作长嘶。

题铁三仙鹤临溪图
玉树临风气自闲,幽溪急瀑眼中湍。
竖虾横蟹浑不屑,金鲤游来权作餐。

观黄果树大瀑布杂感
银河也说落高天,只是山头溪水湍。
声似闷雷传绿野,沫如细雨爽粉脸。
崖前只见拥千客,瀑后焉知藏啥仙。
此景如能只手动,哪儿干旱往哪安。

夜过唐古拉山口
拔地横天耸在前,频频高反夜难眠。
前方圣境谈何退,一任咣当响耳边。

再游范公亭
青州名胜数此亭,诱我频频稽首行。
忧乐民生悬日月,安危时政赖鞠躬。
高峰独秀仰之峻,胜地三贤拜者诚。
历史长河淘不去,万年暗夜照明灯。

苗家长桌宴
星星眨眼月牙乖,桌放街心酒已筛。
一寨妙龄装各俏,百家美味菜齐开。
无心腰背肥臀撞,有意足跟玉脚猜。
泉水竹笙相伴奏,银铃起舞众山呆。

注:苗女劝酒,众美女边跳边唱,有从前夹菜欲喂者,有从后用美臀顶撞者,有捏鼻灌酒者苗族风俗,女客中一男,遇用脚踩其脚后跟,男若回头一笑,即带回家中成亲,不回头即无意。

秋游黄花溪

一

我游此处路无疑,扑面花香悦耳溪。
偶过山脚黄作海,欲回又啭数声啼。

二

清香引路瀑声急,那片柿林景已迷。
山上晚霞尚映日,灯笼万盏早悬枝。

王丰平

女,网名柳青青,50后,辽宁省沈阳市人。自幼酷爱诗词歌赋,人到中年后始终在网络上学习诗词歌赋至今,作品散见于网络平台,心若年轻,则岁月不老,余生精彩皆因有你。

忆王孙·踏青
春来柳外入园深,点点芳菲几沾侵。风带琴声欲远寻。忽惊心,杏雨梨云落满襟。

醉天平·梦醒
风残月明,春深梦醒。无端暗起伤情,又莺啼数声。
推窗任凭,颦眉放晴。山花不解缠藤,趁余光启程。

春光好·约春
花凝露,柳含烟,小阳天。恁约友朋香畔,手相牵。
仰望燕裁云际,惊呼杏灼林端。飞起春声无限意,笑眉弯。

王福珍

网名王焱。QQ 昵称：若水一湾。女,汉族。1970 年出生于黑龙江,高中文化,自小爱好诗词。

五律·夜月抒怀
天地起沙鸥,苍茫入海流。
浮萍随碧浪,明月照孤舟。
十载风和雨,半生春复秋。
乡心何处寄？独上接云楼。

鹧鸪天·咏荷
洗尽铅华不染尘,污泥浊水长精神。横塘十里胭脂雪,秀影三千翡翠裙。
风挽袂,鬓梳云。一弯明月更销魂。冰心幽怨丹青手,意态涂来只效颦。

七律·西山望海
日暮西山望海流,茫茫天地一沙鸥。
轻狂意气冲霄汉,落寞凄声啼月楼。
风雨频来催鬓发,功名未就已霜秋。
天涯尽处知何似？是否还如不系舟。

五律·夏日抒怀
满月恁多情,怜伊独自行。
愁心花欲诉,诗意水难明。
望海天涯远,思君泪眼盈。
何时归故里,大醉小山城。

五律·夏日寄语
仲夏好风光,花间日影长。
一屏山未歇,几处水流芳。
闲坐东坡石,轻撩西子妆。
浮生不过梦,莫负小风凉。

西江月·兴安杜鹃
春雪飞来岭上,映山红遍天涯。东风不负好容华,直教江山如画。
莫道杜鹃啼血,缘来西子披纱。羞红天际那云霞,了却一番佳话。

五律·偷闲
无事松间坐,高山独倚霞。
赊风吟古意,借雨煮春茶。
但使穿肠过,何求醉步斜。
梅林呼鹤子,趁月早归家。

如梦令·暮春
绿树红花多好,无奈荼蘼开了。风雨一声催,零落不知多少。休恼,休恼,一点芙蓉尖角。

王庚

吉林省延吉人,吉林建筑科技学院,管理工程学院,工程造价专业本科毕业,酷爱诗词。

丹桂香飘远，酒酣兴倍增。
殿前风扫地，天上月张灯。
鼓乐喧村镇，磬钟聚寺僧。
如知人世事，必下最低层。

王桂琴

女，汉族，别名王兮颜，笔名记得绿罗裙。内蒙古呼伦贝尔市莫旗人，古诗词爱好者。我以我笔写我心，词为我所用，文笔达我思。

无题（新韵）

小楼渐暖起春风，桃李芳菲别样红，
邀请萧郎花下赴，斟杯蜜酒两心同。

无题（新韵）

夏浅春归草劲生，芙蓉花盛晚来风，
红烛默默深闺雨，不见萧郎笑脸迎。

无题（新韵）

常忆风流在少年，几回抱酒醉花前。
如今已是斜阳暮，花灿依昔我鬓斑。

无题

半生羁旅不由身，梦里常常遇对邻。
雨送黄昏花易落，推门未见旧时人。

无题

盛夏幽幽夜渐长，帷帘剪月入华堂。
半生凄楚谁知我，小酌闲愁纵一殇。

鹧鸪天

几日连连寒透闺，推窗尤见雪纷飞。
梨花漫舞幽魂散，杨柳低垂沐素晖。
凭望里，雁声随，琵琶弦上泪成堆。
年年空等花期过，不见萧郎远处归。

踏莎行

细雨收尘，清风扫露。无端空对相期处。佳人脸似蕊珠仙。西楼懒上频回顾。
旧梦难圆，新愁又起。山高水远迢迢路。别来秋雁又南飞，几时不被无情负。

钗头凤

倚楼阁，观花落。奈是秋风情更薄。月清寒，烛微燃。满腔愁事，泼墨成笺。叹！叹！叹！
天生错，人非昨。路遥千里难联络。抚琴弦。曲声残。问谁能懂，半世尘缘。烦！烦！烦！

王桂香

黑龙江省绥滨县二九零农场人，笔名疏影淡妆。喜欢文学、唱歌、旅游。尤喜古诗词。作品曾在《诗摘词选》《界江艺苑》《浓情黑土地》等微刊上发表过。用平常心，做平常人，记录平常事！

七绝·雨后即景

落花巧借北风旋，秀影烟波踏晓岚。
昨夜小楼风雨骤，碧杨垂柳水云间。

卜算子·立春

南雨润楼台，塞北犹寒峭。欲语春归万物新，却道陈词调。
何日绿偷回，风暖先来告，瑞雪盈门冷未消，又喜佳节到。

云仙引·崂山行

久慕崂山，威名久远，今朝一览真容。车驰远，客纷行，苍松卧，石次立，弱柳拂堤闲水惊，分断绿波，半边锦瑟，潭澈幽清。
荫风连树葱茏，果熟透，闻香十里红，

坳谷风情，雾屏丽影，罕见云空。雕嘴山捶，佩环舞凤，脉脉甘泉匀续声，掠光浮影，淡浓尤适，不枉遨行！

王国辉

男，1964年，出生于黑龙江省望奎县，从1998年开始写作，先后在《星星·诗词》《诗词月刊》《镜泊风》《牡丹江晨报》及网络等发表作品。中华诗词协会会员，黑龙江省诗词协会会员，黑龙江省楹联家协会会员。

七律·春望

多情时节起香尘，柳色争春月满轮。
蜂蝶欲来风怯阵，阴晴难测梦伤神。
心存诗意桃源近，墨点梨花客处新。
借问苍天何不老，人间自有重情人。

七绝·岁月

淡墨书心祛六尘，茶烟袅袅暖凉晨。
芳华追忆如残梦，老树新枝又一春。

念奴娇·中年感怀

海天无界，浪云白，烘衬千般风物。品味人生，名利幻，多少光阴琐屑。去岁亡羊，修牢未晚，笑览重山雪。喧嚣尘世，几人长逞雄杰。

何必追忆当年，尽陈糠旧谷，青春挥别。往事如烟，回首叹，星宿沉浮明灭。夜色阑珊，怡然对镜影，正颜霜发。初心难改，梦吟唐宋诗月。

踏莎行·春日

春日寻芳，佳人入目，榴裙飘曳惊心鹿。莫非真现梦中情，恍临仙境芝兰馥。

欲问何来，又忧不复，怯看缄默遥遥祝。只期身转暨痴郎，好凭红影安昏凤。

卜算子·读史有感

离乱国难成，奢纵亲图圄。汉武秦皇亦有知，恨落千秋雨。

成败岂由天？黎庶真序庠。史海钩沉喜与悲，了了凝诗句。

诉衷情·淞之恋

谁将玉树种人间，枝素映青天，峰巅万里瑶界，一醉忘千寒。

穿梦幻，效童顽，尽狂欢。绿衣红帽，北调南腔，皆化神仙。

虞美人·雪乡

南风北韵初相遇，漫洒弥天絮。琼林玉嶂阻浮尘，但见长空鹰鹞抖精神。

炊烟缕缕亲情满，三尺垂檐暖。客来无不易童心，惹得诸仙含妒拟登临。

破阵子·岁末感怀

势若溜坡巨石，状如温室霜花。冬至方知年近尾，岁逝犹同指漏沙。银丝映晚霞。

玉貌悄然迟暮，初心依旧芳华。闲看夕阳巡夜去，静待微风吟月斜。逍遥无际涯。

王国祥

中华诗词学会会员，黑龙江省诗词协会理事，萝北县诗联协会主席，千余首诗词刊发在《中华诗词》《北大荒日报》《虎啸龙吟》等刊报集。荣获中宣部"诗词飞扬党旗飘"全国大赛二等奖等30多次全国大赛奖项。"诗意界江·大美萝北"全国诗词大赛副主任评委、专辑主编。著《草根畦诗稿》。

七律·走进泰顺晚唐库村

云浮碧水捧晨曦，敢把青山夹作篱。
筑梦庶民凭实力，兴文固本硬根基。
忠铺古道勤为读，孝嵌柴门不肯离。
唐宋遗风依旧在，石头城里叹惊奇。

七律·夜宿雁荡山
云来溪境洗袈裟，暮鼓声中一抹霞。
竹院敞开迎远客，心门紧闭试香茶。
窗悬皓月穷家玉，瀑溅石苔古寺花。
邻水画桥谁与共，又添新梦寄天涯。

七律·贺建党98周年
沧桑一任雨潇潇，紧握镰锤胆气豪。
舵手领航波浪破，朝阳满抱梦云高。
且欣长夜风归静，不怕连阴鬼叫嚣。
带路春花红艳艳，大洋深处放狂潮。

王海红

网名掌间沙，女，1972年生，江西省上饶市信州区人，中华诗词学会、江西省诗词学会会员，上饶县诗词学会秘书长。作品时有刊入《中华辞赋》《中国诗赋》《诗词百家》《心潮诗词》《江西诗词》等诗词刊物。

七绝·雨后信江
雨霁澄江远俗尘，风恬浪静集鸥群。
烟梳柳线垂金水，半钓斜阳半钓云。

七绝·夜观
星堆天际吐清幽，荷扇香风淑气柔。
独倚雕栏观世味，一街辘辘似冰秋。

五律·晨景
隔溪林鸟唤，临岸草虫鸣。
雅兴随霞起，清欢托露生。
鸥飞孤月落，人钓一江横。
扰扰车尘里，新蝉唱野情。

五律·酷夏中的服装厂女工
炎暑丹炉炼，机台如火煎。
纤纤丝织女，滴滴汗飞泉。
线引昭阳日，针缝明月篇。
辛劳为家累，缕缕梦萦牵。

七律·游木城关
一关横锁赣闽喉，峭壁云深雾雨愁。
隔岭几曾弓对垒，连林元自水同舟。
闲行古道寻龙穴，立瞰层霄观虎丘。
兴尽归来犹梦绕，吟成拙句记清游。

七律·生日寄君
璀璨华灯市井撩，思无旁骛自逍遥。
清风伴我迎新岁，明月随君共此宵。
缓步徐吟多有托，放怀适意竟嗔娇。
因情真切方知味，冰鉴初心暮与朝。

卜算子·己亥立秋夜作
暑气逼秋期，觉月微凉透。键字轻敲皆是情，何又娥眉皱。
初心未曾离，孤梦还依旧。检点行程与意违，似被红尘逗。

蝶恋花·午夜蛙声
聒耳蛙声窗外闹。搅破清眠，慵把阑干靠。静数苍穹星渺渺，乱云一朵将心扰。
空对婵娟闲事恼。尘垢污人，为问何风扫。惟任孤怀明月照，流莺语助谈资笑。

王海华

女，网名海容儿。山东省青岛市平度市人。青岛市诗词学会会员，平度市诗词学会副秘书长,青岛市春泥诗社社员。喜欢古典文学,尤喜唐诗宋词。诗词多在各网络平台发表,时发表于《青岛诗刊》《新平度》《今日平度》《城阳诗词》《天柱文学》《新韵》等。作品入选东南大学出版社2018年《诗意人间》一书。曾获"智者杯"征文比赛三等奖。荣获2017年"青岛诗词高手"荣誉证书。

七绝·金荷小聚(新韵)

暮听细雨打荷声,荷叶托香花秀风。
最喜性中三五友,雅厅安座把诗耕。

七绝·新月朦胧最是娇(新韵)

易生怨恨爱难消,新月朦胧最是娇。
岸上那林垂地柳,此时谁个在吹箫?

七绝·向来风雨起新晴

向来风雨起新晴,泥路前头有鹊鸣。
莫叹春花辞老树,三秋金果实修成。

七绝·茶香生景

晚来炉煮茯砖茶,一缕轻烟一朵花。
架上那株金玉叶,闻香识味晃窗纱。

七绝·夜半喜雨(新韵)

芭蕉成扇柳成荫,远上眉峰架碧云。
无意三更雷唤雨,推窗伸手捧甘霖。

七绝·朦胧月色起愁肠

晚风路过老街坊,岸柳伸腰清影长。
非是伊人偏爱酒,朦胧月色起愁肠。

王海仙

男,茂名南天诗社会员。中华诗词学会会员,中国楹联学会会员,现任长治市上党区作协主席。散文、诗歌、小说散见省、市、区报刊及网络媒体,偶尔获奖。

七绝·蜀葵花

不求眷顾无需养,紫粉红白竟比鲜。
尽管没人多理会,悠然自在尽娇妍。

七绝·桃花赋

弄影摇风映日开,芬芳满目入情怀。
娇柔诱惑心难静,越岭翻山奔你来。

七绝·紫花地丁

堇色花冠同蓣果,卵形叶片绿如茵。
谁言你是一棵草,贵在除疾可健身。

七绝·缅怀父母

与世无争持戒律,不卑不亢守清贫。
双亲虽故魂犹在,品正德高启后人。

七律·元宵

又是一年庆上元,山欢水笑舞翩跹。
烟花绚烂天无夜,明月娇柔地不寒,
锣鼓铿锵歌盛世,笙箫委婉咏平安。
今宵醉饮祈福酒,来日欣逢百卉妍。

卜算子·格桑花

俊俏格山花,翘首摇娇影。本是高原美芬葩,藏地良优景。
风带雨播传,散落沟和岭。太行苍田碧野间,也赏桑花炳。

王亨俊

网名西山秋雪,男,江西省上饶市广丰区人。大学文化,中学高级教师。1969年8月毕业于江西师范大学数学系。曾在广丰中学、广丰县教师进修学校和广丰县教育局工作。2008年在广丰县教育局退休。

踏莎行·诗路
春雨初晴,吟朋再聚。古贤绝唱遏苍宇。西山寒舍逆嘉宾,漫游诗卷寻通旅。
学海无边,书林有路。驾舟披棘勤攀渡。相逢但有植桐心,丰溪山色青无数。

踏莎行·梨花
初霁晨曦,新葩朝露。春风伴我乡村旅。山冈百丈探琼芳,雪花一片云深处。
千树梨花,万重商路。冬寒谁识风霜苦。游人观景尽欢愉,何曾祈得珍盈圃。

踏莎行·咏兰
庭锁幽香,辉招暮色。孤苔含露怀清逸。生偕众草共兴芜,东风时拂余香碧。
兰芷争妍,竹贤云集,霞园愿为群芳植。共期琼玉竞嘉时,清香同淡心同迹。

踏莎行·故乡
山色青芜,水云碧露。沧溪渔火莺归聚。游江螃蟹古林幽,兰舟松雪樟云树。
樵枕青山,渔捞水渚。读书听雨龙泉处。焚香奏乐望南窗,伯牙流水随春去。

踏莎行·彩霞
翠滴中洲,绿漫岛渚。春风悠远桃源路。东山凝露彩霞飞,歌声满放花千树。
桥跃飞虹,空飘细雨,吟风咏月诗无数。丰溪北向莫辞劳,风光逐浪天涯去。

王恒深
男,70后,辽宁大连人,沈阳局集团公司沈阳动车段机械师。自幼喜欢文学,酷爱古诗词,工作闲暇之余喜欢写一些诗歌随笔。在《诗高铁》《齐鲁文学》《岭南作家》等微信网络刊物发表过数篇诗歌作品,向往诗意的生活,喜欢用格律诗记载生活的点滴趣事。在学习、生活和工作中,不断培养和提升自我的文学素养,作一个有诗意、有情趣的人。

五绝·征
听雨弹春曲,闻涛拨月弦。
晓荷重吐蕊,梅傲笑晴川。

五律·漫山丘
枯草漫山丘,轻描鸿雁筹。
残黄不染翠,素玉竞风流。
俊俏须眉逊,英姿炫彩柔。
谁能同筑梦,执笔绘春秋。

七绝·醉江南
熏香墨韵醉江南,竹雨松涛晓月岚。
劲笔流云书锦绣,诗词静雅溢秋潭。

七绝·最美人间四月天(轱辘格)
(一)
最美人间四月天,桃红粉蕊吐娇颜。
蜂追蝶舞云霞醉,两小无猜快乐年。

(二)
花开锦绣惹卿怜,最美人间四月天。
误入桃林偷酒吃,迷踪醉舞活神仙。

(三)
雨济风柔情义连,慈恩共举润桑田。
孤芳几朵何时画?最美人间四月天。

七绝·陪伴
清风作伴邀君饮,漱玉相陪约客还。
夜话围炉梅映雪,晨明远伐逐香山。

七绝·待出征

晨昏未定亦不争,且待云开捉笔耕。
筑梦千山勤赋月,参茶悟道伴征程。

七绝·月映烟池
青梅及案收灯后,细月沉沦入夜时。
劲笔流云天地阔,余晖筑梦醉烟池。

七绝·清新
风姿飒爽抖精神,笑问长天谁伴君?
漫漫征途邀共醉,山歌和雨沐清新。

七绝·沧海笑
无情岁月推冬至,友谊风帆逐浪高。
雅客弹筝天地阔,贤卿赋韵会文韬。

七律·奈清欢
清词一阕黄花瘦,赤壁千章红叶寒。
哪得琼楼吹白雪,何求玉宇倚栏杆。
桐竽竹笛笙歌起,琴瑟琵琶曲水还。
海晏康宁修盛世,河清祥泰筑长安。

七律·莫负流觞
天若有情天亦老,地虽无意地难荒。
江南落韵千丝缕,塞北飞花万道芒。
拾趣风歌追彩蝶,闲谈物语伴鸿翔。
魂牵纸伞秋波醉,隐约尘缘多少殇。

七律·那根弦
雀台轻拨那根弦,凤阁瑶琴孤影翩。
欲借星辉雕菊魄,又赊余韵筑梅仙。
风柔移步祥云里,雨霁回眸紫气还。
唯恐流光欺醉客,诚邀岁月续前缘。

七律·修仙
头枕梅花香入梦,身披白羽韵飞天。
缘何寂寞浮云薄,结识清幽气宇宽。
借得春风征北海,赊来秋月赋南山。

闻涛瘦影红尘客,牧笛禅歌谁恋仙?

七律·缘何赋诗
闲来一纸寻常句,兴起三篇乐府诗。
每约丹青春向晚,谁邀粉墨夏临池?
唐风几缕平天下,宋韵千番没石碑。
曲赋和鸣情未尽,兰馨懿德最相宜。

钗头凤·苦雨燃冰
冰冷雨,春芳驻。晓荷初蕊馨香吐。
风击鼓,云思慕。伴随如影,问心谁渡?
舞、舞、舞!
纤丝缕,飞白羽。失魂游梦何人抚?
青梅煮,丹心釜。烈阳燃血,引吭歌赋。
悟、悟、悟!

醉花阴·醉梦桃花酒
品茗吟诗邀五柳,情义绵长久。月下共酬谋,仗剑天涯,阅尽河山秀。
弹筝鼓瑟红酥手,雪鬓空庭守。几度画秋风,爱恨悠悠,醉梦桃花酒。

定风波·试锋芒
笔伐刀耕战烈阳,今朝一举试锋芒。代有天骄承雨露,谁辅?功成折桂谢馨芳。
暑往寒来勤砥砺,修慧,星沉月落染冰霜。夜读深更曾吐哺,如故,气冲霄汉射天狼。

西江月·雨霁风柔拂柳
雨霁风柔拂柳,琼楼玉宇横箫。红颜粉黛竞妖娆。翘首缨飞月皓。
一展鸿图振翅,德馨如璞勤雕。梅兰墨韵赋天骄。但愿芳华永葆。

虞美人·少年追梦

曾经年少常追梦,逐月谁相送?猎鹰驱马放南山,快活牧童遥指欲冲关。

青梅煮酒桃源义,几许英雄泪。怎将秋水复西东?万里壮图云海驾长虹。

浣溪沙·岁月诗

流水芳华岁月诗,竹林梅岭赋青丝。菊黄兰蕙醉琼池。

十八载春秋礼赞,情同两手义如斯。时间煮雨莫相欺!

临江仙·谁解相思

烈日烧云谁煮酒?暗香浮动星驰。奈何劳苦鬓抽丝。邀清风作伴,约朗月司仪。

柳岸千杯熏醉客,竹林深处迷痴。鹊鸣蛙鼓别愁离。卧听琴瑟远,秋后解相思。

浣溪沙·术业勤雕

流火晴天赤焰烧,借风求雨慰心焦。疾驰千里路迢迢。

保驾护航鹏展翅,励精图治踏凌霄。凯歌吟颂赋文昭。

长相思·月圆

月已圆,梦会圆。引颈高歌赋九天,励勤谁渡仙?

成事圆,竟业圆。浪卷云涛拍岸边,洗尘临墨轩。

一剪梅·赋月瑶

菊蕊蕙香赋月瑶。劲竹风歌,松柏文昭。梅兰玉墨泽芳馨,曲谱新词,引领风骚。

意满乾坤拱手雕,鸾凤和鸣,龙院笙箫。雁翔云霁惠苍穹,静水流深,濯浪涛。

卜算子·白玉兰

春意正浓时,蕊绽三春白。不畏春寒独自开,玉掩飞仙客。

莫负好时光,赢得芳中席。笑傲红尘一缕魂,竞秀芝兰魄。

望梅花·椿萱双咏

椿树萱花相辅,雪映梅魂飘舞,落尽繁华仍眷顾。

半阙诗书滋补,从此远航香暗渡,琴瑟和鸣轻抚。

注:椿树,借喻父亲;萱花,借喻母亲。

满庭芳·筑梦辉煌

天外飞仙,超凡脱俗,尚文崇礼寻芳。德昭天下,桃李报华章。不与争锋独善,唯高识、思学雕梁。承恩惠,诗萌启智,吟唱好时光。

骄阳。风烈烈,龙旗劲舞,贤聚华堂。后昆拜黉门,传播春芒。墨海扬帆共进,烟雨渡、沉醉流觞。随缘至,情深义厚,谁筑梦辉煌?

江城子·金石踏浪

夏情风送荡轻舟,远沙鸥,近清流,老幼承欢,避暑解忧愁。逐浪推波天海阔,华润爽,杜康稠。

乐不思返意难收。忘沉浮,执银钩。似水流年,缘起共筹谋。跃马千山南北客,惊阙宇,展鸿猷。

王洪青

男,1963年生,山东滕州人,大学文化,现在滕州市中心人民医院检验科工作。系中华诗词学会会员,枣庄市诗词学会会员,滕州市诗词学会会员。

五律·初夏
春去花丛里,风雨送征程。
伤神飞鸟泣,寂寞落花惊。
老树添青郁,新莲出绿英。
无眠蛙鼓噪,静夜待蝉鸣。

五律·夏日吟
蝉声迎夏噪,度暑似延年。
红日浮沧海,青牛卧碧泉。
荷钱池畔秀,新笋竹林鲜。
正午耕田里,撩襟浸汗扇。

五律·赏菊
东篱颜色好,满目醉金黄。
举起杯中酒,闻来满鼻香。
青枝迎润露,花蕊恋斜阳。
向别余晖后,吟歌至草堂。

七律·咏春
柳花落雪正春晚,远霭芳菲远浊尘。
金野嫩黄连岫碧,游蜂摇蕊接离人。
霞光映翠凝辉眼,落月油籽散蓐茵。
常念流觞荆水地,题红绕舞恋留春。

七律·山亭踏青
山隅春到不相识,但向丘林问菲芳。
日出东风渐渐暖,暮映桃树顿时香。
碧波鄰动微澜长,岸柳轻摇翠绿黄。
寻处消魂如故土,一壶醉酒慰愁殇。

七律·玉兰花
深锁风姿初露辉,峨眉惊艳妒群妃。
温温璧玉真脂面,款款霓裳正瘦肥。
身出瑶池携月影,香传绮户越蔷薇。
去年飞燕如犹在,堪比春娥凝紫菲。

七律·牡丹吟
牡丹红艳妖无限,弄舞箫歌颂妙奇。
燕子斜飞惊夺锦,女夷躬履喜凝脂。
欢娱长念倾心地,惆怅惟怀寓意枝。
谷雨落英花一席,千山月冷寄遥期。

七律·暮春
一见飞红落世尘,几经风雨荡芳茵。
春心留住难为假,花色消离易是真。
闲记粉桃怀念旧,忧思青笋展望新。
寂寥更酌金樽酒,兰蕙荷莲似故人。

七律·雪霁荆河漫兴
迎曙飞霞冰霰浅,漫游河畔享清闲。
轻风拂水波纹乱,旭日流光倩影还。
双倚栏杆沾白雪,并看松竹映青山。
归来酒暖新茶品,疑是香甜梦一般。

鹧鸪天·惜春
十里桐花香好闻,芳菲野草遍成茵。
可怜幽梦落梅雨,且喜清心浮彩云。
　柔指柳,意留君,落花流水不堪分。
相望弥散风烟处,双燕低回正语春。

王洪铁

男,1955年生,山东滕州人,毕业于曲阜师范大学,曾任职于莱阳农学院,后调至山东枣庄。现退休。曾出版《报告文学集》《大哉孔子话春秋》等文集,诗词作品散见于《枣庄日报》《华夏诗文》等媒体。系山东省作协会员。

七律·庆祝建国70周年二首
其一
一从翻卷五星旗,动地惊天醒睡狮。
拒虎驱狼安四境,移山追日竞诸夷。
神舟探月嫦娥笑,航母巡洋霸主悲。

李杜九天归返急，欲携文曲再吟诗。

其二
风雨百年黯汉唐，徒然志士挽危亡。
五星赖以光东土，镰斧终于复梓桑。
铁甲银鹰重抖擞，蛟龙北斗又昂扬。
花明柳暗笙歌日，剑指天狼防跳梁。

王会琴

河北承德人。全国榜样人物大型访谈《身影》节目公益主持人，《作家》栏目组主任，在线访谈主编。河北省小小说作家活动基地古体诗词委员会主任，河北省诗词协会会员，承德市诗词楹联学会、作家协会会员，《燕赵文学》编辑部责任编辑，作品散见于各种刊物。

七绝·问童
明知此路最难寻，却问儿童听好音。
一点天真风雨到，空留泪滚杏花心。

七绝·画眉鸟
白眉褐羽始林栖，小巧玲珑百啭啼。
市井金笼囚不住，清心一片与天齐。

七绝·也拿春雪说事
清明之季雪纷纷，瘦了春红瘦了人。
难道相思无去处？又何飞到杏花村？

七绝·菊
岁岁重阳岁岁黄，霜欺不老抱枝香。
修来百艳如春艳，更比春天艳更长。

七绝·春雨
乍暖还寒柳未萌，淅淅沥沥脚轻轻。
与春多少知心话，静下心来听雨声。

七绝·题春
欣观小杏暖融融，不枉落花流水匆。
登上春风极目望，一山更比一山青。

七绝·冬至
冬至春回阳气升，年初岁尾两相凝。
西风难抵东风正，雪后梅旁柳意增。

七绝·临家牡丹
初缘定是有曾经，柳上黄鹂月下莺。
春去秋来迟暮改，雪后梅旁柳意增。

王基民（老蛇正宗）

茂名南天诗社会员，浙江省义乌市第二石油化泵厂法人代表人，痴迷诗词歌赋。

苏州城北码头游
姑苏城外护城河，恰恰莺啼接燕歌。
一自张生吟夜泊，千年明月醉清波。

七绝·赴沪探病友
蟾光伴我上高楼，探病殷殷正解愁。
莫道风霜欺岁月，愿君康泰复如牛。

七绝·夜逛
晚风拂柳弄波光，故地重临倍感伤。
豆蔻年华何处觅，依稀楼影枕荷塘。

七绝·无题
素来讨厌困围城，琐事攘攘满脑萦。
寄语窗前灰喜雀，闲时替我叫几声。

七绝·商城雄风
驼铃悠远惊罗马，一带重牵一路通。
专列奔驰谋互惠，东方再现汉唐风。

— 1121 —

注：罗马：为古丝路终点罗马。

五律·打工妹
红梅才谢幕，绿柳就登场。
何处箫声乱，惊吾晓梦香。
骊歌哼一曲，眼泪坠双行。
背井离乡处，无时不想郎。

七律·登鸡鸣山感怀
晨起清凉雨后晴，鸡鸣山脚雀鸦声。
真情月季追风笑，挚意蔷薇逐露萌。
老叟山腰拳太极，大妈广场舞春英。
虽无淡淡青阳貌，却有融融夏日情。

定风波·别怕书山棘刺横
别怕书山荆刺横，经纶满腹靠深耕。齿壁偷光才八斗，谁授？克勤克俭读书声。
学海无涯常抖擞，昂首。昆山片玉亦成英。后土皇天总不负，知否？蟾宫折桂马蹄轻。

王吉远

男，山东省诸城市人，1952 年 2 月 2 日生。中国楹联学会会员，潍坊市诗词学会会员，潍坊市楹联学会会员，诸城市诗词楹联学会会员。经常参加诗词楹联征集活动，多次得奖。主要的有河南文姬归汉园全国征联一等奖、广西小寨全国征联一等奖，河南省汝州市征联二等奖，2018 年四海杯海内外诗联书画邀请赛银奖，2019 济南征联二、三等奖，湖北省图书馆、江苏省淮安市征联、靳芜湖新春征联三等奖等。

改革开放颂
鼎新革故起春风，勇抢先机破浪行。
推倒藩篱朝富奔，杀开血路向前冲。
洪荒之力扶贫准，公仆其心斩棘攻。
强国富民追绮梦，联通带路九州兴。

赞以习近平同志为核心的党中央
为民服务记心头，立足中华创一流。
巨器飞天圆绮梦，蛟龙探海展宏猷。
凝神聚力强千业，吐气扬眉壮九州。
大国情怀宽万里，连通带路惠全球。

黄河颂
中华民族母亲河，文化摇篮润泽多。
远古苍茫汹浪劈，洪荒混沌巨流磨。
高原几字英雄曲，壶口涛声壮士歌。
祖国之魂滋万世，奔腾跨越不蹉跎。

秋到苹果园
秋天又到我家乡，田野打开百宝箱。
五谷丰登看不尽，一园苹果小银行。

赞桃林茶
莺歌燕舞杜鹃妍，和善山乡幸福天。
水美养生凭地利，茶香醉客赖天然。
夜笼海雾滋神韵，昼沐阳光润味鲜。
天地精灵凝宝气，桃林茶叶美名传。

字游族颂
日月如梭飞节奏，长篇大论怎宜人。
删繁就简寻佳句，标异领新写短文。
反复推敲多雅意，再三斟酌有诗心。
字游族里交流乐，文化繁荣短品欣。

颂康百万庄园
巩县庄园康百万，面临洛水背依邙。
造型美雅台亭寨，雕刻精优堡馆堂。
孝善传家千福厚，诗书继世万年长。
明时楼院清时栈，焕发青春誉八方。

颂康百万
河洛精英康百万，金龟探水活财神。
豫商典范留余匾，名满中原荫子孙。

王纪君

网名寒雪无痕,微信名寒雪,女,金融业(银行),爱好古诗词、旅游、音乐。

七绝·端午感怀

汨罗江上赛舟喧,角黍端阳祭屈原。
《天问》吟哦家国梦,《离骚》演绎楚辞魂。

注:1.角黍即粽子。2.有学者认为:《天问》意在向楚王进谏,《天问》后半部分,着重写各个诸侯国的兴衰,讲述君主及臣子的作为,关于正义与罪恶斗争的普世思想,以天道和治世相对照,探讨治理国家的法则,以及一腔热忱和忠心报国的人,却郁郁不得志等等。

七律·秋意

蒹葭霜染白头叹,一岸悠悠柳未残。
逝水韶光临暮景,诗情望里寄云端。

七律·春(中华新韵)

飞鸟晨啼催梦醒,煦风牵我入花屏。
清香盈袖和春住,疑闯仙乡醉客行。

七律·梦归

夜听雨滴入眠姿,梦里归乡惹楚思。
袅袅烟霞墟落院,盈盈笑语水荷池。
头间羊角轻风舞,手把莲蓬翠柳枝。
莫道童真无趣意,长成尤念少儿时。

注:这里的羊角是指羊角辫。

如梦令·童趣(词林正韵)
(后唐庄宗体)

犹忆谷场夕染。躲入豆枝遮掩。未觉渐深眠,忽听娘亲呼喊。惊探。惊探。已是繁星亮闪。

王继民

苍韵阁阁主。1960年生,为当代著名北京风情油画家,是集摄影、书法、国画与文学写作为一身的多栖艺术家。先后毕业于中央民族大学中文系和首都师范大学美术系。现为中国致公党党员,中国油画学会会员,北京市美术家协会会员,北京中视频道书画院副院长,中国美育网艺术顾问,中国致公画院院士,北京皇家园林书画院会员。曾赴十余个国家举办展览。被北京电视台、广播电台和众多报刊等媒体采访播报。绘画之余更喜爱文学创作,文学作品也曾发表于《北京文学》和多处地方报刊。无论是油画还是文学作品都弘扬和传播了中国优秀的传统文化,做出了突出贡献。

观金山岭晨曦有感

雄魂兀嶂金山耸,彩练横云雾锁空。
一唤朝阳光色绽,青山尽染紫嫣彤。

2019年8月2日

游王阳明故居有感

旧瓦陈窗泛绿青,尺牍明道鉴知行。
旌幡日暮丹心照,千古中堂一阳明。

2019年6月

野渡夕照

野谷菁菁碧水薇,夕阳罩紫暖山堆。
滩泉尽处纷扬起,白鹭随波共霞飞。

2019年2月8日

醉花阴·落杏花

四月杏花馨润透,冷雨忽急骤。点点洇凄凄,花瓣零纷、萼破寒枝瘦。

英湿浸土田塍皱,化羽牵红豆。何日复芳菲? 再见春回、还步香魂后。

2019年4月3日

卜算子·立秋

暑去晚蝉鸣,叶落孤亭暮。半月垂湖近梦宵,却枕凉秋雾。

又过小桥边,魅影佳人去。几度寒栏几度闻,还嗅香如故。

王加之

网名舍人,河北人。喜欢诗词、绘画、音乐及文学创作。

那年花开月正圆

其一

旧梦难成忆故园,枣花庄外艳阳天。
当年池上春波绿,野老还摇小木船。

其二

晨曦初上碧池间,四处机声破晓岚。
灵雀恐人春睡懒,白杨飞去落桥边。

其三

剪剪东风杨柳斜,春深未见燕还家。
无情定是豪门去,又筑新巢过杏花。

其四

许家池上夜潮生,四顾白杨掩翠屏。
最是日长眠不得,溪边斜坐赏蛙鸣。

其五

蝉蜕时节去树丛,树牛捉得兴冲冲。
滂沱犹记当年雨,一片蛙鸣过五更。

盐角儿·题月季

发时一月,谢时一月,年年如约。容而不艳,香而不醉,小园阡陌。

刺游蜂,摇青蝶,直笑坏、梨花如雪。何须倩、莺莺燕燕,传语崦鹟鹈鴂。

扬州慢·悼娘亲

小院幽墙,椿荫掩映,数声犬吠鸡鸣。过小桥半里,看柳巷朦胧。想慈母那年故去,老屋新舍,顿觉凄清。雨濛濛,泪眼迷离,一任秋风。

四十不惑,算而今,事业无成。唯纸上谈兵,枕边立志,梦里功名。倘使娘亲犹在,勤督促,仔细聆听。恨春花秋月,如何来去匆匆!

汉宫春·致教师节

天命归来,看玉容依旧、靓丽卓然。卅年离索,悠悠梦系魂牵。莺声燕语,倩金风、吹过桥南。想去岁、晨钟暮鼓,青春汗洒校园。

漫道韶华今去,自花黄叶瘦,柳肢蹒跚。樽前更须纵酒,犹胜当年。魂销社日,奉殷勤、几度香岚。应笑我,多情华发,洋洋信笔胡笺!

七律·祖国万岁

百年雪耻乐生平,赖有朱毛盖世功。
两万长驱为荡寇,八一横扫竟伏龙。
延河水映山丹笑,宝塔光辉日月明。
纵使鲸鲨腾恶浪,红船依旧大江东!

王建国

笔名笑难,号百蔬草堂主人,自幼喜爱文学,酷爱书画,曾游走城乡墙壁涂鸦,现临漳县美术家协会副主席。中国老年书画家协会会员,临漳县诗词楹联学会副会长,临漳县民间艺术家协会副主席,宁夏诗词学会会员,黄河诗词学会会员,世界传统文学联合会诗词顾问,联合国非官方事务办公室签约诗人。

登铜雀台

登临遥望忆曹公,台上枯枝啸冷风。
铜雀不知何处去,空馀残梦乱云中。

夜雨

电闪雷鸣贪夜狂,倾盆淫暴物千伤。
骤然风住浮云去,红日依然照小窗。

登铜雀台
丽日登临意快哉,漳河遥望壮豪怀。
东归大海卷涛去,西自太行携雨来。
不尽苍桑紫客梦,无边岁月任君猜。
休愁七子随波逝,还看三台桃李开。

自题
枯灯残墨玉宣裁,紧闭柴门也块哉。
纸上云烟随意剪,心中兰蕙自然开。
诗书自有蝶仙梦,陋室原无垢秽埃。
淡淡清风醉碧月,竹篱梅蕊胜蓬莱。

柴门斗室世无争
一
柴门斗室世无争,明月小窗心自清。
一任浮云帘外过,悠然泼墨乐平生。

二
不计炎凉瓦砚耕,柴门斗室世无争。
呼来明月邀杯醉,写就春风伴此生。

三
花开花谢日阴晴,才闻蝉声又雁声。
淡看沉浮云乱舞,柴门斗室世无争。

江城子·忆母
人生最痛死生间,柩中眠,挽留难。荒野孤坟,思念更凄惨。育子抚孙撑瘦骨,心慧善,意直憨。

挑灯夜半补衣衫。种薄田,纺花棉。娇女梦香,老母未曾闲。撇下儿男何忍去,如影幻,泪潸然。

王建华

男,汉族 山西太原人氏。自小热爱诗词歌赋。作品散见于各个网络空间。

七律·华夏史
盘古开天女娲逾,炎黄业绩汉秦图。
唐明帝制皆存弊,元满皇家统姓愚。
我党扫平民国乱,东方致力尽轩虞。
腾飞科技神洲路,率智能人霸宇途。

七绝·酒与诗
平生极喜酒吟诗,共与同仁浸墨池。
佳酿如江勤学水,奋游珍拾续新词。

七绝·乡恋
故园喜摸石青苔,城市哪寻旧梦台。
最赏天成风物貌,更依水土久徘徊。

七绝·春情
千缕春情脑洞开,万倾仙境自然来。
东君惠雨裁苏绣,天女移花入凤台。

七绝·闹天宫
石猴大怒战神兵,玉帝如来也受惊。
俯首羞查天下苦,岂嫌宝座欠安平。

七律·期盼农民早做仙
东南泛涝北西惆,百行兴盛水土愁。
何日甘霖如灌溉,随时唤雨任民筹。
智能农业依科技,穷苦山乡变绿洲。
欢乐种田胜福地,洞天风貌引王侯。

七绝·岳阳楼记
洞庭湖水原为楚,岸畔名楼有记留。
文正曾论忧乐事,泽东着意绘春秋。

七绝·敬祝马伟明等科学家再创辉煌

豪究科研报国酬，勇攀广宇霸鳌头。
凛承先辈凌云志，复壮神洲万古流。

王建生

山东省日照人，当过兵，在部队报道组，经常下连队体验生活，写过很多正能量的报道，诗歌在部队报纸和地方报纸电台发表过。转业到地方后，坚持写作，被电台、报社聘过特约记者。上过大学，学的是中国语文，文学。

距离
山深地远出门难，高铁今朝到故园。
一缕春风穿碧野，银龙婉转舞云间。

哭娘
万千思念赶流云，驾鹤西行泪满襟。
子欲孝亲娘不待，年年此日望天门。

耕耘
九亩农田汗里趟，母亲双手写沧桑。
养家糊口终无怨，一世辛劳梦未央。

做鞋
夕阳落后也加班，灯下艰辛苦不言。
脚底千层情满爱，千针万线九人穿。

王杰

男，字少卿，汉族，1939年10月生，滕州级索人。中专文化，曾任小学教师。系中华诗词学会会员、枣庄市诗词学会会员、滕州市诗词联赋协会名誉会长。曾荣获第十二届"天籁杯"中华诗词大赛铜奖、第二届"岳阳楼"寻春诗会金奖。

七绝·纪念改革开放40周年
改革创新方向明，初心不忘踏征程。
春雷召唤复兴梦。狮醒东方举世惊。

七绝·马克思诞辰200周年有感
地动天惊烈火烧，宣言指引涌狂涛。
兴民除霸换新制，擎纛工农葬旧朝。

七绝·寻梅逢友
雪后园林草木贫，梅花报得一枝春。
逢君细语当初事，三十年来最可亲。

七律·题包公祠
报国为官作栋梁，南衙明镜照公堂。
律张头断萧山令，铡落魂飞驸马郎。
地府细巡冤鬼案，淮阳遍放救生粮。
惟希万代名臣在，世泰民安国永昌。

七律·庆祝建国70周年
中华定鼎七旬春，科技欣传捷报频。
贸易金桥连澳地，欧洲班列接西邻。
海疆亮剑神针定，禹甸山河日月新。
富国当圆狮醒梦，初心不改复兴人。

王金辉

男，1973年生，中共党员，现任村支部书记。喜欢唐风宋雨，词山诗海。愿交天下文友，携手同游古文化长廊！

鹧鸪天·杨絮
五月杨絮真小人，漫天飞舞搅乾坤。
洋洋洒洒西风劲，混混沉沉乱心魂。
如雪落，似扬尘，登鼻上脸进了门。
急需晴空一霹雳，大雨漂泊送瘟神。

临江仙·七一
南湖航船明灯启，星星之火燎原。黄河岸上抗酋顽。屡经风雨练，红旗色更鲜。

艰苦奋斗几磨难,方成今日颜欢。青春永葆为人先。入党宣誓起,责任担双肩。

浪淘沙·阴

触景忆曾经,泪眼朦胧。连绵阴雨冷如冰。料是红尘人寂寞,往事随风。

见惯了飘零,自若从容。伤痕依旧梦不停。静好时光拾笔写,又乱心情。

虞美人·没有父亲的父亲节

此情天下实难买,恩重深如海。今逢节日再回首,昔日点滴往事涌心头。

满头华发仍然在,是否没更改。应该天堂胜人间,愿父歇息片刻子心安。

诉衷情令·个中滋味

昏灯残酒沐清风。浅夜月色朦。个中甘苦滋味,诉与一人听。

心渴望,为民情。献今生。一身风雨,半阕闲词,几笔残红。

王金涛

男,54岁。网名春华忽现。1982年参加工作,写诗填词力争不雷同古人,不雷同今人。喜欢与人为善,和而不同。

西江月·妻说(新韵)

劳动不输天下,老来也爱人夸。今生若是有闲暇,还我青春靓发。学会琴棋书画,遍读诸子百家。房前屋后种些花,燕语莺声说话。

西江月·咏秋天(新韵)

玉米秀出双棒,稻菽晒到光鲜。金风一缕绕桑田,香气连环扑面。麻雀眼中盛宴,草虫碗里佳餐。心宽体胖是秋天,五谷长成笑脸。

鹧鸪天·拜年(新韵)

瑞雪知时未误期,迎春一拜百福齐。红红火火中华梦,龙的传人乐不疲。

邻里睦,两相宜,大国风范始如一。家和万事都得意,一片新衣作旧揖。

沁园春·秋月(新韵)

玉兔归穴,游子收心,明月有约。看秋波顾盼,草虫轻唱;他乡桑梓,心手相携。微信传书,神行高铁,科技兴邦才叫绝!中秋夜,聚亲朋好友,共赏皎洁。

城乡完美衔接,建设者全都是俊杰。品幸福家宴,酒香盈野;柴门开处,山水长街。缱绻炊烟,缤纷五谷,美色烹出好季节!聆天籁,任亲情倾泻,桂影疑歇。

西江月·咏蝶(新韵)

巧手织出新茧,坐禅只为飞天。改头换面欲修仙,闭月羞花莫管!

绚丽多姿身段,缤纷五彩衣衫。遨游天上与人间,苦辣酸甜尝遍!

踏莎行·羡蝶(新韵)

穿上新衣,告别旧袄。毛虫苦尽心情好。春来靓影总飘飘,恍如原上花开早。

哪有温床?寒窗冷灶。禅房低矮曾修道。别说前世未长开,成仙不笑儿时貌!

踏莎行·赏蝶(新韵)

神态悠闲,容颜俊俏。万人空巷求芳照。游春胜似走梯台,花开一路皆言妙!

羽扇轻摇,疑花调笑。来兮飞去拍不到。长枪短炮太难瞄,奈何更落遮阳帽!

离亭宴·咏燕（新韵）

疑似轻松歌舞，别问有多辛苦。万险千难无所惧，誓为生存忙碌。草木见新芽，春色惹人生妒。

还是那身装束，看上去相当酷。海角天涯全走遍，尽是怡人之处。美丽打工族，笑语叽喳一路。

王景山

河北承德市平泉市人，毕业于河北师大。年少求学，稍长，下田种菜，赶集卖菜。成年后，上大学，执过教，做过机关公务员。现从事社科工作，业余时间喜诗文，散见于各种报刊。

五绝·牛郎仙女

牛郎时运转，凭空遇仙女。
过后方明了，人生为逆旅。

五律·题西红柿

本草连年长，天天喜相逢。
齐民需此物，要术册中空。
原是洋人子，西来建土功。
番茄为雅号，俗称柿西红。

七绝·噤若寒蝉是客乡

一觉醒来节气凉，翻箱倒柜觅衣裳。
屋空人寂无音讯，噤若寒蝉是客乡。

七律·风尘不染银河女

风尘不染银河女，田野牛郎难觅姿。
遥望天穹仙鹊会，近闻月老架棚词。
旷男怨女千年叹，花好月圆百代诗。
积郁一年三百六，倾听今夜语迟迟。

七律·果中最美铁楂红

果中最美铁楂红，仲夏时节喜相逢。
生津止渴能入药，丹书果子建奇功。
人生百转连成串，辛苦酸甜酒一盅。
满目葱茏几许绿，青山无语笑东风。

七律·六月农妇故园忙

滦河深处幽燕地，水秀山明百卉香。
蔬菜棚中无稗草，田间地畔有葵秧。
裸胸汉子追肥紧，乳臭儿郎着泥状。
河为琴弦田作画，六月农妇故园忙。

七律·水饺

相传唐代始降生，也道南阳仲景明。
岁月合成几碗面，人生百味水捞成。
他乡奔走逢亲友，故土耕耘聚俊英。
众口从今不难调，馄饨切莫愤不平。

七律·挥毫不为青云路

挥毫不为青云路，流水高山知己晤。
醉卧书山有梦牵，闲居闹市少人顾。
尽追春风多相从，几人闭门独自悟。
痴心不改九章出，愁肠莫读屈子赋。

王敬明

笔名凌风，男，生于1968年8月。现就职于山东省临沂市农科院。平时爱好中华诗词。徜徉其中，其乐无穷。作品散见于各大诗词网站。

七一姊妹篇（四首）
鹧鸪天·红船精神

嘉兴南湖聚俊贤。骄阳冉冉映红船。烽烟缱绻济沧海，薪火传承可燎原。

风瑟瑟，水潺潺。同昭日月共宣言。星星之火发源地，烁烁光辉永世传。

鹧鸪天·星星之火

难忘初心二一年。南湖深处荡朱舷。

志同道合从戎去,北战南征谈笑还。

腾巨浪,挽狂澜。风云起处月无眠。一朝天堑汹波渡,万里长江万里船。

鹧鸪天·光辉历程

为救黎民出苦渊。一轮红日挂云天。四探赤水趟危路,两渡金沙越险滩。

转遵义,聚延安。长征路上步维艰。陕甘立足东方晓,横渡长江扫曙烟。

鹧鸪天·牢记使命

愿为人民勇当先。甘抛热血志贞坚。英魂誓死无悲怨,剑影戕生须尽欢。

行万水,踏千山。红旗招展遍延安。献身理想中华梦,不忘初心谱史篇。

满江红·烟春

乍暖还寒,沿江处、红娇绿瘦。花逝水、小荷初展,蜻蜓依旧。杨柳风轻云水暖,桃花雨细清波皱。水中月、弄影起涟漪,谁人逗?

春雷动,烟雨骤。油纸伞,遮绡袖。碧野连天草,青芳葱透。千岭紫烟松柏翠,万山红遍云峰秀。镜中花、清露照玲珑,黄昏后。

沁园春·皓雪

千岭孤鸿,万径迷踪,皓野雪原。看朔风萧瑟,云烟渺渺,琼林冰砌,峰壑绵绵。谷麓平川,长空一色,大漠飞霜纵宇寰。凭栏处,任狂飘扬雪,凤舞蹁跹。

骄阳绚丽依然。待雾散、云开展笑颜。望碧空微染,阳曦东照,白云飘逸,月影西悬。毅挺霜枝,遥香暗沁,一剪红梅傲雪寒。三江雪,润阳春秀色,且待来年。

江城梅花引·殇秋

一帘竹影诉清秋。怕心忧。又心忧。露打窗棂,帘外月如钩。霜夜残红风落尽,伤满地,恨难平、怨未休。

未休。未休。不堪留。淡悠悠。莫说愁。也罢也罢,也不过,再上层楼。劲草知风,纤柳为谁柔。花有谢时春有老,风瑟瑟,立风中、泪湿眸。

江城梅花引·七夕情

银河惊起浪千条。路迢迢。水迢迢。天各一方,风雨任飘摇。点点星星痴女泪,爱无悔,恋红尘、下碧霄。

碧霄。碧霄。九重高。画眉梢。扮玉瑶。望也望也,望不尽,秋水滔滔。乌鹊桥头,百媚又千娇。昨夜星辰今夜雨,都只是,有情人、喜泪抛。

王静

江西省赣州市会昌县文武坝镇纪委副书记、监察办副主任,中诗协会员,中国诗歌网会员,江西省赣州市会昌县诗词楹联学会会员,会昌县民间文艺家协会秘书长。热爱生活,积极向上向善,业余时间喜欢写诗词、诗歌,一直奋斗在基础第一线,在赣南这片红土地上,在实践中感悟生活,用诗歌记录生活。作品散见于当地了《岚山文艺》《岚山诗词》,在中国诗歌网、中诗协艺术百科以及在现代诗歌网络传媒沐兰之香等网络媒体平台发表作品。

七律·五指石栈道观景

半空栈道架仙桥,环绕悬崖上九霄。
五指石峰生剑气,千年植被涌春潮。
雄狮起舞回头望,神马飞腾稳步超。
天下粮仓深洞隐,自然景观匠工雕。

注:五指石旅游景点位于广东省梅州市平远县境内。五指石峰、雄狮起舞、神马飞腾、天下粮仓是五指石栈道八大景观之一。

七律·《八子参军》观后感
烽台焰火纷飞起,八子参军上战场。
一片丹心牵挂远,两行酸泪别离长。
哥哥壮烈垂千古,弟弟忠诚扬四方。
革命史诗传万代,男儿报国永留芳。

七律·端午节感怀
菖蒲碧绿文房挂,插满青蒿艾叶香。
箬叶两尖编彩粽,糯心三角绕衷肠。
汨罗江水叹凄婉,湘赣龙舟竞吉祥。
屈子无门难报国,远离污浊殉他乡。

七律·华夏旗袍秀
旗袍秀女小蛮腰,妩媚轻盈体态娇。
笑迎春风施粉黛,喜添秋色扎云鬟。
新荷崭露含苞放,绿柳垂荫卷絮飘。
静墨成诗如国粹,暗香流泻似琼瑶。

七律·苔花情怀
——观会昌职校学生追梦作品展示有感
韶年不负潜能在,沐浴春光笑靥开。
意向坚持求技艺,志存守望步瑶台。
恒心筑梦风华出,巧手织霞锦绣来。
今日苔花初绽蕾,明朝四海展雄才。

七律·清明节
春催旷野芳菲早,又到清明煮酒香。
细雨如丝牵念远,杜鹃似火缅思长。
寻根问祖追先辈,报德感恩返故乡。
奉敬鲜花风尚好,秉承家训孝宗堂。

七绝·蒲公英
四海漂零处处家,荒凉地角吐芳华。
柔和仁爱施良药,奉献全身小伞花。

五绝·观板坑迭水瀑布
高山飞绿水,烟霭入云霄。
溅雪惊幽鸟,瑶池碧玉娇。

注:板坑跌水瀑布位于江西省赣州市会昌县富城乡。

王静忠

笔名为沧桑依旧。现居内蒙古丰镇市,供职于政府部门。大学中文系毕业,多年来一直喜爱并从事散文创作,近年来喜爱格律诗词创作,作品见于《乌兰察布日报》《敕勒川》《丰镇文艺》《丰川诗苑》《乌兰察布诗刊》及中国诗歌网、中国作家网等媒体平台。现为丰镇市作协会员,乌兰察布市诗词学会会员。

蝶恋花·秋思
一席薄衾秋梦短。寒月朦胧,照我情思乱。犹忆湖边莲叶展,泛舟采子欢相伴。

牵手别时云鬓散。缕缕愁丝,此景凄然叹。秋雁南归声渺远,寂寥前路琴凝怨。

定风波·乡间秋韵
小雨凉风过竹笆,径边溪畔散秋花。畴野泛青金浪起。景丽。田间村外笼烟霞。又是果香禾熟季。心喜。农人架下摘长瓜。路遇客人招手讯。步紧。笑牵衣袖入乡家。

七律·秋日抒怀
皆赋秋来日渐凉,迎风独吼畅怀狂。
踏歌归去长襟舞,驾马吹箫白发扬。
欲御鹍鹏冲紫汉,再骑龙鲤泛漓湘。
云飞野阔诗情盛,美酒倾杯未及尝。

七律·祖国70华诞颂

雄狮阔首东方傲。大国担当四海扬。
经济腾飞科技展。三军威武战歌昂。
雷霆霹雳奸邪扫，齐力凝心向小康。
先进文明仪世界。神州一统拓边疆。

王巨山

吉林省长春市人。系中华诗词学会会员，吉林省诗词学会会员，深圳市诗词学会会员，香港文艺学会会员、理事，龙凤五期学员，惠来诗社社员、理事。

七律·佟家江畔

老营流过出枫林，一往柔情表寸忱。
两岸高楼山里梦，千峰秀景涧边琴。
迎来旭日藏穹宇，送走游人待好音。
浪打新城留倩影，壶中载酒敞开襟。

江城子·雨来风助夜无眠

雨来风助夜无眠。写诗笺，记华年。万种风情，妻子笑缠绵。牵手徜徉松水上，飞白鹭，看双鸳。

只缘江上独婵娟，有谁怜，在心田。冰冷松冈，何止漫寒烟？天若有情天有泪，肠断处，雨花间。

沁园春·摩尔湖风光

摩尔长亭，恋鸟家园，在水一方。看湖心点点，游来荡去；岸边片片，派对成双。水草荷花，盈盈成趣，媚丽天然普佛光。流飞瀑，竟如诗如画，源远流长。

相牵伴侣徜徉。马家岭青青草地旁。有玫瑰知己，风情万种；猿人木屋，达韵三江。龙凤传奇，余音袅袅，泽被春城千古芳。草地上，捧一株雨点，滋润心房。

沁园春·咏净月潭荷花

漫步林间，垂柳参差，十里荷花。任池塘滴翠，红颜赋叶；波光绿浸，湾水诗霞。放牧心情，流连古刹，水秀山青气自华。天然美，见亭亭玉立，荷韵添嘉。

观潭莫过乘槎。满眼是波涛托月牙。忆康熙巡视，阿娇擎月；旌旗漫卷，放马还家。流水潺潺，清香弥漫，帝子关东细品茶。香风在，竟古今名胜，御赐仙葩。

沁园春·南湖秋影

漫步南湖，素影缠绵，百鸟静音。看荷翻绿浪，红颜怕雨；萱摇黄蕾，橘色镶金。岸芷汀兰，银波荡漾，写满沧桑白桦林。南湖韵，忍蝉声凄厉，花雨消沉。

收来一片清心。锁定在长亭调古琴。任芦扉映月，云峰引线，花颜残片，细雨穿针。凋敝何时，依留趣味，媚丽湖中芦苇深。徜徉者，竟流连忘返，感受飞禽。

沁园春·家人小聚紫盈花城

淫雨霏霏，小屋围炉，把盏止津。展弹琴高雅，阳春白雪；吟诗入梦，下里巴人。美妙同缘，声声相似，获得新词不染尘。家中乐，与儿孙共享，骨肉情亲。飞觞互动频频。桌前有轻轻送八珍？感菜肴丰盛，超群厨艺；秀颜精湛，美食红巾。巧手留香，传情和玉，闪动和谐美妙唇。花城宴，使家人团聚，美妙传神。

鹧鸪天·七夕

青鸟殷勤播早钟，荷花出水映时红。惊妍演绎天蓬恋，爱慕频传喜鹊逢。

秦汉月，宋唐弓，霞光颜色似丹枫。谁将把酒长亭外，泪洗清颜悲喜中。

夜游宫·咏长春大鹅岛

小聚郊游好景。大鹅岛，长春名胜。园内溪边画舫艋。看多时，有飞禽，排竹艇。

木屋寒星冷。坐逛荡，一壶香酩。往事如烟泪花滢。奈何天：小桥东，留倩影。

王军胜

网名王小球，山东招远人，生于1948年，属老三届。2008年从上海第二工业大学退休，2012年才比较正式学习写作格律诗。先后参加了枫林诗社、遐龄诗社、尚诗苑诗社。

五绝·春节寄姐妹
室内青葱色，漫天窗外银。
思乡年有味，入梦共迎新。

五律·云南抒怀
少年曾有志，遗迹胶林中。
感叹兴衰道，伤心名利匆。
一生如幻梦，万事渐成空。
皓月三千里，晴川八面风。

七绝·咏梅
人生老矣梦中追，向往春光喜骋驰。
今醉太湖香雪海，梅花开处淡更奇。

七律·次韵金嗣水老师吟诗养心
暑日孤身步海滨，风平浪静养精神。
求仙乏术心存念，止渴望梅牙渗津。
感遇有朋常得句，逢场无我少生嗔。
年年月月安浑沌，日日如同又一春。

浣溪沙·老屋
暮岁思乡归意浮，山间老屋久停留。孩时小友忆奔牛。

意欲无为因浊世，志除愚妄陷清流。多年苦恼几时休。

忆江南·朝暮之间
苍穹下，驰骋梦同游，白发三千从有道，童心一片贵无忧，好事几年头？

满江红·侍妻病榻
（追步元代许衡原韵）
不测人生，妻病至，先惊后怯。差一点，大梁崩塌，阴阳永别。白首常怀偕老愿，多年志在同心结。生疑问、欲地久天长，冯谁说。

风和季，多丽日。鸾镜里，曾乌发。共长天秋水，淡云明月。良医神功今急觅，奇方妙手何时得。喂药汤，痊愈默相期，缘分忆。

附[元]许衡原作《满江红·别大名亲旧》

河上徘徊，未分袂，抓怀先怯。中年后，此般愧悴，怎禁离别。泪苦滴成襟畔湿，愁多拥就心头结。倚东风，搔首谩无聊，情难说。

黄卷内，消白日。青镜里，增华发。念岁寒交友，故山烟月。虚负人生归去好，谁知美事难双得。计从今，佳会几时有，长相忆。

【越调】天净沙·湖上望重元寺
芦花落水惊鸥，东风戏浪花洲，湖岸鸣蝉碧柳，重元似豆，阳澄湖上行舟。

追步【宋】秦观《鹊桥仙·七夕》
鹊桥相会，真情曲折，幸有一年一度。人生美梦总思成，辛酸泪、来无数。

良辰又至，美景难定，携手如同天路。神仙不便管当今，惆怅望、茫茫日暮。

追步【宋】秦观《鹊桥仙·七夕》
上门借故，窗前偶过，一日秋波几度。旧邻夏夜喜风凉，三更至、话仍无数。

青春年少，初知羞赧，不意别离歧路。天涯从此各东西。今相忆、暗伤岁暮。

附：秦观《鹊桥仙·七夕》原作

纤云弄巧，飞星传恨，银汉迢迢暗度。金风玉露一相逢，便胜却、人间无数。

柔情似水,佳期如梦,忍顾鹊桥归路？两情若是久长时,又岂在、朝朝暮暮。

王军武

　　山西霍州市人,中国电影家协会会员,中国电视艺术家协会会员,中华诗词学会会员,中国散文诗作家协会会员,《中国当代诗歌大辞典》特聘签约诗人,国家一级导演,诗歌作品散见《临屏精华诗词赏析》《燕京中国精英诗人榜》《中国当代诗坛名家代表作》《中国当代诗歌大辞典》《中国百年诗歌精选》等选本。现为燕京文化艺术交流协会签约诗人,传世图书文化策划出版中心签约诗人,歆叶文艺杂志社签约作家。

七绝·豫中五月麦浪(平水韵)
平原万亩翻波浪,地动山摇直向天。
夏日豪情它抒发,高呼最爱是良田。
2019年6月2日

七绝·霞光中的夏日豫中农田(平水韵)
金黄麦浪霞光里,一马平川卷晚风。
日暮云烟多浩荡,丰收夏日豫田中。
2019年6月1日

七绝·青年时期豪迈的农民生活(平水韵)
田间日月跟随走,汗水天天尽管流。
早晚辛劳无苦恼,浑身力气大如牛。
2019年6月4日

七绝·又想起当年夏季割麦时(平水韵)
挥镰割麦光溜背,烈日当空热汗流。
歇息田头常入梦,才知快乐种田畴。
2019年6月3日

七绝·孩童时割麦(平水韵)
挥镰割麦腰弯曲,汗水晶莹夏日长。
尽管辛劳还是乐,孩提一段好时光。
2019年6月1日

七绝·儿时山村麦收的快乐(平水韵)
黎明一担挑田野,麦捆如山垛地头。
记得儿时收夏日,沟坡往返乐悠悠。
2019年5月31日

七绝·田园汗水(平水韵)
颗颗汗水田园里,落地无声入土深。
不管风云何以变,秋来结果是黄金。
2019年6月1日

七绝·夏日故乡的山泉(平水韵)
悠然石罅无穷出,峡谷幽幽绿一泓。
树密源泉流日月,山中就见水清清。
2019年6月4日

七绝·仲夏山村的早晨(平水韵)
霞光影里金黄麦,布谷声中是早晨。
日出东方天豁朗,光芒万丈夏无尘。
2019年6月2日

七绝·记忆中的山村夏日割麦情景(平水韵)
镰刀割得天欢乐,麦穗阳光一地黄。
出汗虽然从早晚,田园只见喜洋洋。
2019年6月5日

王君

　　女,1950年8月生,山东滕州人,大专文化,退休干部。系滕州市诗词学会会员。曾在报刊发表诗词作品100多篇(首)。

七绝·咏梅
枕边夜听朔风吹,晓见墙隅一树梅。
冒雪报来春日讯,暗香四溢映晨晖。

七绝·申城赏秋
晨露晶莹丹桂香,征鸿唤得菊花黄。
遥观东海辉初旭,又向神州报景祥。

七绝·菊
西风霜籁满窗台,娇艳清醇九月开。
庭院融融香四溢,儿孙含笑报诗来。

七绝·农家小院
满院桂花香扑鼻,临墙柿子挂高枝。
锦鱼欢跃池中戏,鸡犬悠闲鸟雀啼。

七律·祭凉山灭火英雄
劫灰洒处祭英灵,天雨滔滔悲泪倾。
蹈火明知身有难,赴汤偏向险驰行。
深谙尘世命光贵,始觉凉山草木轻。
多少亲人惊梦魇,追思岂止在清明。

七律·咏梨花
未沾脂粉亦丰华,肌骨生来胜素纱。
春冷人常疑是雪,景明时又错当霞。
懒思蜂蝶频来顾,乐念春风早莅家。
纵有雨淋添作泪,不教一瓣玉容瑕。

七律·岁月
过隙白驹霜染鬓,古稀老妪豁胸襟。
少时欲练松梅气,入世终成柔弱心。
斜日西风增寂寞,落花流水起钩沉。
韶华虚度徒空愧,独坐窗前悟也深。

王君丽
河南郑州人,城建工程师。喜欢中国古典文化,继而喜欢古诗词,混迹于各种诗社,幸得一些热心而专业并致力于传播古典诗词的老师指点,如今初识平仄,并偶有作品被杂志或微刊发表。目前从事瓷与茶相关工作。

游淮阳龙湖赏荷(新韵)
一
天然一段响云纱,素面青罗色未华。
织女不堪桃李艳,任由小舸绣荷花。

二
湖光深处水涵天,鱼卧云头对鸟闲。
彩鹬甩开须两缕,夕辉掌上放荷鸢。

登高(新韵)
不看闲花只看峰,人声渐远鸟声浓。
红霞满袖挥难去,已在云巅何必登。

看图拟秋登祁连山
我与青山俱已秋,青山与我各怀愁。
风霜赐我银毡帽,可否今生共白头。

【双调】殿前欢·读书(新韵)(北曲新谱)
品华章,嚼来嚼去齿留香。难藏欢喜心旌荡,日夜徜徉。风流采药郎,忠耿凌烟将,寂寞红罗帐。白天魏晋,晚上隋唐。

王克敏
网名清泉石上流,《大上海诗词》微刊编辑,大中华诗词论坛、诗词吾爱会员。近年来,在国内多家诗词网络平台及刊物,发表诗词上百首。

五律·归故里随吟(新韵)
孤客凡尘路,归来寄旅翁。
乡愁一盏酒,游子四方风。

室陋藏茶趣，园香有蕊红。
休闲无所事，敲字觅唐声。

五律·山村春日（新韵）
蝶恋桃花舞，莺啼绿柳春。
和风梳麦浪，细雨润山村。
岭碧群羊醉，溪欢浣女吟。
一曲笛韵绕，梦里有余音。

五律·一醉享流年（新韵）
风过鸣山雀，林幽响瀑泉。
长空融日静，绿岭染云闲。
孙爱村头戏，翁独柳下眠。
邀朋来故里，一醉享流年。

五律·致诗友
词润三冬暖，情溶日月长。
几经霜雪苦，亦数腊梅香。
云淡宜思雨，风轻且远航。
人生诗路美，任尔九天翔。

王克修

安徽合肥人，号博镜，退休干部，先后任过县属中学校长、县纪委常委兼信访室主任、县交通局党组成员、主任科员等职。爱好诗词，现在合师院诗词班学习。先后在《莺花吟坛》《松云诗词》和《诗词月刊》上发表过200多首诗词作品。

七绝·太极健身
不拜菩神不坐禅，气功不练只玩拳。
世间没有长生药，常打太极寿可延。

除夕禁燃
花炮禁燃无噪声，千家万户亮红灯。
环街安静迎新岁，不见雾霾寰宇清。

五律·贺孙女生日
十七生日记，孙女小福妮。
九岁一米五，婷婷玉楚丽。
舞琴弹唱画，中外语术题。
步入成才道，巾帼树面旗。

七律·深秋揽景
十月秋风送桂香，湖波荡漾泛银光。
岸边垂柳蝉鸣叫，水里游鱼觅食忙。
广场喷泉飘细雨，庭园蝶舞展红妆。
游人径道悠闲步，笛管横吹妙曲扬。

游故乡垓下城感怀
满布土丘围座城，兵家垓下定输赢。
刘邦智胜汉敌首，项羽败逃乌江行。
四面楚歌无处退，霸王自刎别姬情。
无谋乃只匹夫将，智勇双全是枭雄。

鹧鸪天·游园赏花
湖畔公园花放坛，彩丛争艳映林峦。
招来游客争相看，走到近前赏丽妍。
花里照，携童玩，鸟翔蝶舞枝头旋。
蕊香熏得游人醉，前度游郎又进园。

清平乐·天鹅湖
天鹅跳跃，飞落湖滩闹。宿卧巢穴孵卵抱，管理人员照料。
湖水荡漾涟波，翱翔展翅飞歌。水面白光反照，湖名就叫天鹅。

美国斯坦福大学的由来（古风）
斯坦夫妇进哈佛，粗布棉衣便西服。
面对校长表个态，声明要捐大楼屋。
佛座以貌取二老，闻言耻笑欲逐出。
老人受辱主意改，建所大学在加州。
纪子生前读哈大，此校就叫斯坦福。
以貌取人酿大错，轻视别人大局输。

七律·赞华为商战胜美
国内民企赞华为，驰拼商战展雄威。
残遭美帝压杀打，处变不惊战旗挥。
谋远开发创新道，居安思危早防贼。
备胎做好迎交战，商贸战线载誉归。

王坤
男，满族，河北围场人。中华诗词学会、河北省楹联学会、承德市作家协会会员、承德市诗词楹联学会理事。从事过教育、文化、宣传工作。文学创作40余年，相继有诗词、楹联、散文、评论、通讯等1000余篇(首)发表。

七律·颂记者
前沿阵地总匆忙，播报新闻天下扬。
心绘乾坤弘正气，墨惊风雨写华章。
彰良施善文如镜，惩恶抨奸笔作枪。
饮露披星迎岁月，柔肠赤胆敢担当。

七律·笑看人生
人生演义百年晨，如在征途撑巨轮。
客影淹留闲月赏，诗鞭独向野风伸。
云烟散去难存迹，草木凋零总复春。
但愿心随唐宋律，长江洗砚逸情珍。

七律·颂袁隆平
杂交水稻赖恩公，赤子为民最可崇。
两脚泥巴兴骏业，满腔心血写忠诚。
田间探秘中华誉，科技强国世界惊。
璀璨星光千古耀，造福人类著丰功。

七律·清明思念双亲
节至清明梦更频，双亲思念备伤神。
五年自此阴阳隔，一辈依然子女亲。
但愿来生倾数爱，不求后者报三春。
为留往事埋荒径，孤望谁知几断魂。

七律·游五道沟
文友欣游五道沟，山分七彩眼前收。
峰峦妙景融霞蔚，林海仙风醉晚秋。
更喜龙潭神韵响，还仪墨客雅篇流。
乾隆雕像留新影，逸兴湍飞胜境幽。

七律·贺围场硬笔书协四周年
友朋聚庆四周年，细数文坛绩斐然。
浩瀚书山头引路，芳香墨海砚当船。
欣赢盛誉擎旗帜，独领风骚咏雅篇。
伊水鸣琴峰溢彩，贺诗谨祝韵缠绵。

七律·龙头山
昂首龙头神韵扬，潺溪伊水绕长廊。
二泉映月波犹碧，孤岭融霞色更苍。
御路逢春开化境，流年着意写新章。
文明宝地风骚领，秋晚适逢菊溢香。

王坤
安徽枞阳人。笔名兰庭菜籽，枞阳县宏实中学语文教师。中华诗词学会会员，安徽省诗词协会会员，枞阳县诗词学会会员。曾在《诗词月刊》《西部文学》《太白楼诗词》及地方报纸、网络微刊等发表作品。

七律·闻泉石散人人山避暑有感
闻君避暑登遐岳，浮想已随泉石生。
小恙无妨山野步，高怀应喜薛萝迎。
帘前露水凝香径，枕底松涛动玉琼。
只恐月明长夜冷，孤灯莫忘举霞觥。

七律·云南之旅启程畅想
细把行程来捡点，凡心已共彩云飞。
看花常恨无双翼，听鹤曾叹问薛衣。
睇眄山川清爱处，啸吟烟雨野林辉。
遨游洱海醉当饱，更愿奚囊满载归。

七律·斥燥

小城日日艳阳天，何处能寻翠柳烟。
蝉噪声来皆仄韵，鱼忧水热盼冰泉。
微躯忍听惊神事，怒火狂烧乱物前。
半醉半醒杯莫举，迓迎风卷荡山川。

七律·敬赠青莲居士

得知青莲居士腰椎疼痛，心生慨叹，无奈皖山楚水相隔，且寄小诗恭祝早日康复！

此生有幸逢奇女，闲执龙须戏五烟。
不慕东坡歌赤壁，却思太白对青莲。
心随金鼓声声壮，诗得骊珠颗颗圆。
可恨尘劳磨直骨，谁知清趣向花边。

七律·闻圆中老虎放生飞虫有感

一蛾好逐光明处，误入仁师守习门。
长夜欣逢献回舞，清晨惜别忆深恩。
微吟敬谢窗前影，归去惊怜水底魂。
尘世是非莫多问，请君保重向琴樽。

七律·和洗心堂主人

遥夜荧光何熠熠，君持长卷对冰壶。
酒浇胸壑生豪气，笔引江声入四隅。
坐看蝶来风有致，起吟月下竹之孤。
愿逢盛世诗增价，共饮红泥小火炉。

七律·读《文心雕龙》有感

即山好把黄铜铸，煮海为盐意满筐。
品酌雅言无乏趣，禀持妙典易成章。
情深不诡风清健，事近思遥味久长。
追溯河源观吐纳，宗经原道立云堂。

七律·哭卡西莫多

春来本是云光妙，谁把君家烈焰烧。
圣母恣游休怨恨，神王博爱好逍遥。
从今何处能逃难，回首无方可藏娇。
但愿世间多义志，勿教凶恶乱为妖。

王坤堂

男，1943年11月生。广东省中华诗词学会、岭南诗社会员，粤穗科技诗社副社长兼秘书长，《粤穗科技之声》副主编。作品在《岭南诗歌报》《粤海科技之声》《粤海风骚》等刊物发表。合著有《七叶草》专集和《中华诗词十二家》合集。有作品入选《中华赞歌·当代诗词名家选集》和《粤海风华·当代岭南诗词选》。

七律·甘橘

金满枝头隐绿阴，芳踪岁晚动情襟。
雨滋嘉树经霜熟，日照彤衣带露临。
引入厅堂扬瑞气，曾于山野报佳音。
清风一阵香殊贵，春借凝霞拂宝琛。

七绝·额尔齐斯河

情与山川共久磨，怀中自是爱心多。
俯腰畅饮边陲水，犹似羔羊跪母河。

南乡子·战友春茗

笑语约东风。城里桃花二月浓。一缕清香萦满座，重逢。浓淡银针情放纵。
迟暮亦从容，总是平凡耐雨风。幸得老兵仍赤胆，初衷。累曲腰身似引弓。

注：银针，名茶名字

汉寿宫·新疆行

千里天山，看巨盘双挟，浩瀚谁描。金风十月，送爽游客逍遥。长河历史，一时间，梦尽鸿枭。骞出使，文襄平叛，雪峰见证波涛。

独库公路何险，况沙漠绿洲，胜景多娇。诗人万千绝唱，世代缭绕。江山如画,赊醇醪,气荡云霄。生怕我,情长纸短,空藏万象妖娆。

注:文襄,左宗棠的谥号,又叫左文襄。
独库公路,指独山子至库车的560多公里公路,号称中国最美最险的公路。

清平乐·赛龙舟
适逢美国又挑贸易战

何愁风逆,一任波涛击。稳把龙船能量释,夺锦弄潮胆识。

浪来化雨舷边,桨推暗涌云前。楚地铺天鼓点,轩昂气势千年。

浣溪沙·新西兰游

一片斜阳下澳洲,雪峰山脚水烟浮。金黄芦荡已深秋。

皆说人生秋最好,可知地远意相酬。红衫入景自风流。

七律·五友仲夏游

画坛旧苑十香楼,曲径连廊紫阁幽。
对唱荔红居祖远,同芬墨彩岭南留。
华年易逝心焉老,挚友常吟乐未休。
轻扣快门酬倩影,满襟晨色客凝眸。

注:居祖指居巢居廉两隔山祖师

南楼令·聚会

同学问安宁,芳菲含笑声。有当时,嬉戏情形。举盏曲栏翻旧事,甜相忆,苦曾经。

花萼一时名,绿茵更含青。活神仙,个个精灵。不解叨唠缠你我,似春雨,滴不停。

踏莎行·新西兰库克雪山和普卡基湖

白满银峰,红痴金叶。云如腰带湖烟热。身披残露入朝阳,奶湖倒影冰川洁。
秋色迷离,苇涛微迭。逍遥尽享瑶台列,

归来回味雪湖山,试听内子歌声叠。

王礼昌

男,南天诗社会员。1957年4月生,贵州省贵阳市人,经济学学士,高级会计师。曾长期从事财经学科教育和大型企业管理工作。喜欢格律诗词写作,作品主要在诗词吾爱网发表及诗友间交流。

五绝·登高随笔

躬身量曲直,昂首读云天。
目极城山小,心飞路八千。

五律·心语

吾乃一山民,爱歌寻古珍。
诗文思李杜,词赋慕苏辛。
朋聚离骚客,友交风雅人。
关河十万里,照耀九天春。

七绝·过敬亭山未陟

昭亭未陟恨来迟,近圣先贤数不知。
众鸟孤云今在否?青山绿水梦相思。

七律·飞越秦岭

一脉千峰万壑开,西倾东仰北南裁。
空晴尽识关中地,云厚难寻巴蜀台。
温润青山蓝水远,寒侵黄土白流埋。
雄奇险秀长天问,放眼观瞻纵意猜。

木兰花·登相宝山远眺

丽日和风春夏半,幽径疏林莺语乱。
黔阳半壁拨留云,短啸长歌随咏叹。
凭栏放眼空天灿,横岭层楼浓渐淡。
昔年城小恨山多,今日城山堪点赞。

水龙吟·也说杨花

怎言花似非花,又凭般惹人怜意?春

光正好，绵长细软，轻清素丽。顺借微风，飘然荡起，实存华弃。欲目标高远，梦飞去处，羞惭也、群芳泣。

尘世几多情趣，问谁能悦人愉己？风催莺唤，雨融泥碎，影踪难觅。更把柔肠，付诸流水，海江堪寄。淡吟来，正是杨花，苦损了、愚人笔。

沁园春·黔南

莽岭蓬峰，碧水丹江，荟萃俊流。沐日娇雨霁，云缭冠带；霜浓雪渺，霞染盆丘。逐秘寻风，烹茗煮酒，鼓舞笙歌竞技遒。篱檐隐、客竹汀柳岸，燕转莺讴。

悠悠魂梦难收，任幻境仙方诗画酬。淌荔波惠水，飞丝坠玉；福泉罗甸，吐绣喷琉。龙舞平湖，阳雍长寨，聚首珍稀弄晚舟。惊高处、醉天坑放眼，星月遨游。

莺啼序·冬游赤水

传言蜀黔锁钥，竞妖娆俊俏。汇千瀑、冠盖丹霞，碧海竹瀚杪淼。友初至、时逢岁末，葱茏郁翠寒纱罩。浴晨曦、雾过天晴，川江盈笑。

巨瀑幽冥，空谷千载，叹徐公未到。溯声去、沐雨听涛，恢弘惊客频啸。望凝眉、高崖推雪，幻觉是、云空倾潦。漫相思、朝使栖迟，龙姑娇窕。

燕岩百旋，古朴原生，尽珍稀饰褙。绕径处、丽山秀水，八面和韵，瀑幕翩翩，峭崖悬道。仙翁候客，甘泉洗饮，玉洁圣物惟肖妙，慨神奇、地力天工造。穿云栈引，千古绝唱悠悠，流水高山凭眺。

洞沟秀翠，四曲叠弹，碧玉佳影照。怎绘就、丹青展岳(韵)，洒墨挥毫，重彩山川，红霞点妙。云中落锦，流光新月，白龙飞蛙痴醉卧，暗思量、逐涧清溪闹。奈何告晚斜阳，小镇千杯，梦牵魂绕。

王力

笔名墨韵诗音，宁夏西吉县人。中华诗词学会会员，中国楹联学会会员，宁夏诗词学会会员，固原市楹联学会理事。诗词作品曾入选一些选本，有部分诗词作品散见于《朔方》《夏风》《银川日报》等杂志报刊。

七绝·风筝（中华新韵）

力弱身轻志却高，可悲命运任人操。
一朝得势凭空起，尽耍威风到碧霄。

七绝·沙尘暴（新韵）

风起黄沙裹面吹，惊巢鸟雀不思飞。
贪玩稚子朝天骂，手抱皮球噘嘴回。

七绝·小区开发（新韵）

门前工地势如涛，一夜楼添几丈腰。
纵使筑成千万米，新出房价比它高。

七绝·初夏闻雨

总怨平生爱感伤，无端处处弄闲肠。
多情最怕听风雨，一写相思一写凉。

七绝·中秋感怀

自入秋来日渐凉，冷唇无语对枯黄。
月临十五生辉暖，因怕行人怨路长。

七绝·中秋随笔

莫怨清风不解缘，一轮团聚挂当天。
世人薄淡中秋夜，犹在月圆忙挣钱。

七绝·游沙湖

沙连湖水水连沙，霞断青峰峰断霞。
游客惊飞闲落鸟，绿波微荡野芦花。

七绝·说起杏树（中华新韵）

园中杏木本无材，何必妖娆更卖乖。
自古轻君关不住，缘何不到外边开？

王立军

云南楚雄州人，生于农村，初中毕业。由于家庭条件不允，无法完成后续学业。只能边打工边自修学业。由于生活需要，自学酒店厨师，计算机应用，销售管理及售后服务，卡车故障信息鉴定师，机器人编程，现浙江中天建筑集团机器人焊接编程与调试师。

酷爱文学诗词，由于生活忙碌，无法参加各类平台举行的比赛，业余时间只能把自己灵感偶来的作品与无义名的艺名发表于散文网，统计已有500首诗词作品。

沁园春·倾城独孤（词林正韵）

彝城将宵，霓虹未空，流泊灯前。舞岁歌渐老，谢华犹萃；乞词纵意，簟席才闲。嫁柳汤池，危楼欹度，夹幕繁华无计眠。春秋在，时光终无量，微命谁怜？

今时人寄城边，当醉否？酒词应有言。问壶添何意？杯停惆怅；句成何梦？阙落微寒。抑或亲疏，倾城孤独，是故幽幽恨共传。空寂寂，叹客离有语，灯火阑珊。

鹊桥仙·轮回春句难别离

落花流水，水流花落，胜日桃溪春半。浅歌莺唱柳烟浓，浓烟柳，唱莺歌浅。

念谁肠断，断肠谁念，春满相思无岸。返离谁怨曲情痴，痴情曲，怨谁离返？

破阵子·梅花尽处不归人

晚岁寒梅一曲，枝头朵朵凌风。溶尽雪泥冬未去，惨惨江山万里容，唯梅韵几行。

人去萧歌常在，宵还衣袂轻轻。最是难眠更几许，恰似寒鸦破晓鸣，独留细细听。

七绝·春月愁柳情
（通体回文，正念倒念可成七绝）

春知柳映月湖凉，幕降迟来恨暗苍。
心入烦愁烦似箭，因闻未苦最情伤。

长春怀叹（联律）

乍暖寒阳冬未尽，初分落幕晚迟来。
红尘此地春信至，碧野今朝锦书还。
道尽清风回故里，休言紫燕又南差。
声闻于陌双飞客，目色穷极凤凰台。
暂借东君留骊句，将收锦瑟赋诗骸。
始得妙语无情对，却把佳言有意裁。
词有风情诗有韵，人无寂寞意无塞。
春风不解梨花语，绿水难知弱柳俳。
柳动梨花情未变，心藏一影念常埋。
千丝万缕梨花梦，一做十年只影衰。
犹似垂杨丝总挂，当如旧燕翼徘徊。
青春已被婵娟误，岁月悄然白发皑。
掬水相思愁在手，浅酌落寞意留怀。
镜水羞花堪可恨，情之所至把心拆。
相思莫过梨花落，一段离别一路哀。

王丽格

河北诗人，作品散见于各种报刊。

七绝·邢台八景
柳溪春涨
曾记襄城雪未消，青枝俯首探春潮。
潆纡百转千章柳，自向明溪鸳水桥。

玉泉夕照
谁使金乌隐玉泉，波光潋滟柳含烟。

晴空一抹微云底，鸟入梵林僧入禅。

野寺钟声
丛林寂寂庙堂深，十里钟声韵可寻。
野寺风清因客早，梵音一片入禅心。

鼎梅晴雪
势起太行万仞山，孤峰鼎处笑梅颜。
飞白一笔云霄里，散作银装点玉寰。

仙翁古洞
欲访仙翁洞府藏，云天古柏任沧桑。
山中不计凡尘事，岫底烟霞自在长。

鸳水灵井
古井清波隐鲤身，甘饴不吝润乡民。
自从宋祖江山起，一片琉璃化作尘。

郡楼远眺
登临百尺望邢州，千里城郭任逸游。
朝代兴亡谁可证，清风不尽越层楼。

达活名泉
地涌金波源蓼水，千畴赤土化粮仓。
枯竭几度沧桑变，不改名泉泽万方。

王林侠

秋诗六题

一
那年秋暮偶相知，红叶题诗月影迟。
圣诞街头寒岁语，遥思一梦让风痴。

二
隔年秋瑟欲寻诗，千里牵情雪尽知。
几度萦怀倾浊泪，相随一路伴心痴。

三
去年秋酒酿成时，更教枫林染醉枝。
香露寄情随老柳，钩悬小憩令湾痴。

四
今年又是秋唤时，不尽风流绿海痴。
养性衿风含情送，逍遥马背好吟诗。

五
明年秋后唤风姿，同沐香风自有时。
岚韵抚琴听冷暖，情凝心底一怀诗。

六
逢秋便会让风痴，暮里斜阳好觅诗。
借得山翁牵媪意，揉红枫叶送相思。

王灵捷

出生于浙江温州，现定居匈牙利。欧洲华人诗歌会会员，匈牙利华文作协会员，匈牙利欧中汉学会会员暨凤凰诗社会员。与人合著有《且待蔷薇开遍》《天那边的笛声》《流云又送南飞雁》等书籍，并有诗歌、散文获得过各种奖项。

小重山·三九

凛冽长风不绝声，苍烟堆暮雪、更凄清。山居静寂阅禅经，懒理那、梅影瘦窗棂。

呵气白烟凝，温茶才片刻、又成冰。彤云退去月初升，抬头处、隐约两三星。

千秋岁·暗香

桂枝窸窣，摇曳深秋末。纱窗外，花清绝。捻弦勾寂寞，音起愁难歇。灯如豆，卷帘风里怜黄叶。

当日双栖蝶，枉许前生契。发如雪，圆成缺。曲终人去也，水雾盈双睫。三更彻,暗香绕小楼明月。

浣溪沙·天罗早已满篱笆

酥雨清明屋角斜,挽篮田埂摘丝瓜。提裙跳过浅泥洼。

紫蔓揽风轻滴露,碧藤叠影悄飞花。天罗早已满篱笆。

王茂全

江苏如东人,网名童心不老。退休教师,文学爱好者,对诗歌情有独钟。青春年代,有数十首现代诗在省地级报刊发表。退休半年,重拾雅兴,已有300余首诗词在各大微刊发表,亦偶有作品见诸纸质报刊。

七绝·知音

高山自有彩飞云,流水何愁少巨鲲。
纵使钟期乘鹤去,无须刻意摔瑶琴。

七绝·暮江吟

夕照如丹红胜火,江头远去暮空中。
翻腾细浪谁吟唱,远望青峰一老骢。

七绝·落日

日落西天红半海,鸥持彩练浪尖飞。
雪涛拍岸银鳞舞,唱晚渔舟满载归。

七律·小河抒怀

玩客垂纶两岸边,声声笑浪逐漪涟。
鱼多不够经常钓,人众难能旷日弹。
水碧晶莹无锦跃,天蓝高远少云缠。
炎凉世代如烟雾,笑看沉浮稳泰山。

七律·端午节抒怀

汨罗江水泣千年,苦雨凄风毅魄坚。
九问离骚何不朽,精神血脉岂容偏。

炎黄香粽龙舟竞,纸虎阴谋剑指繁。
浩荡东风涤哄气,雄狮怒吼震云天。

七律·竹吟

纤弱之躯名气大,岁寒三友岂浮夸。
一身傲骨铮铮立,百缕疏枝细细斜。
万物萧条犹翠碧,常年馥郁乃清嘉。
幽篁满院人人爱,诗画情怀不朽花。

临江仙·菡萏情思

阵阵风香飘逸,田田月色朦胧,跳蛙击鼓碧荷中。锦鳞浮水面,怨女起涟泓。

玉面凭栏星转,俊郎传信言衷,欲开菡萏惧凋空。月圆花好夜,洁藕念情浓。

清平乐·春寻

东风吹处,满目春光住。柳色青青新燕舞,遍地菜花金铸。

蜂蝶甚是情痴,拈花惹草飞驰。刻刻莺歌婉啭,时时揽景吟诗。

王美珍

女,中共党员,供职于江西省乐平市文联。中华诗词学会会员、江西省诗词学会会员、景德镇作协会员。著有《霞映乐安河》《如诗岁月》。

七律·端午之歌

华夏端阳胜画图,榴花璀璨赛珊瑚。
龙舟竞渡欢声动,艾草高悬黄酒沽。
研墨应题欣喜句,入眸均是汨罗夫。
桑田沧海新时代,屈子当惊世界殊。

七律·水墨禾山村

桃源咫尺水云烟,溪绕村庄玉带延。
绿竹依依秋瑟瑟,青山隐隐鳜鲜鲜。
明清建筑雕龙凤,古老祠堂祭祖先。

石径苔生兼卧犬，桥头桂树馥熏天。

五律·蔷薇
雅苑绽芳华，妖娆织彩霞。
风来香愈远，蝶醉梦尤嘉。
叶叶葳蕤盖，丛丛繁美葩。
轻轻相耳语，五百赞词夸。

七律·庭院石榴
忽瞧槛外石榴红，心起微澜快意风。
一串珊瑚移雅苑，数层绿叶荫天空。
肯于仲夏丹霞艳，哪管深秋果脯丰？
莫笑三尺躯矮小，吟诗只为沁香融。

五律·犁田
盛夏村墟秀，时闻鸲鹆鸣。
农夫青笠戴，沃土老牛耕。
默默何言语？期期待谷成。
丰膏池酒者，记取眼前情。

五律·致高考
杨梅初熟透，六月泪涔涔。
立志蟾宫桂，开窗瑞霭峰。
哪能辜父母？必考夺鳌龙。
高步通衢后，观花几万重。

五律·二月蓝
翩翩飞紫蝶，朵朵玉枝横。
雅丽招人顾，芬芳惹月倾。
荒凉何所惧？晓露总相迎。
醉美初春语，拈花诗句成。

五律·紫玉兰
袅袅玉枝横，雍容艳蕾生。
婷婷凝紫韵，绰约赋深情。
香远涵风渺，烟笼挹露轻。
何人依树立？入醉梦分明。

王明松

武汉市蔡甸区人。大专。曾任一六三师炮兵团团长，参加了对越自卫还击作战。后任五十五军副参谋长。百万裁军时，转业到武汉市人民防空办公室任党委书记。现为武汉未名诗社名誉社长。

高阳台·庆祝新中国成立70周年
旗帜腾升，人民站起，新华溢彩芳馨。燕舞莺歌，泽东主席英明。春天故事千秋颂，富起来、特色旗旌。帜高扬、晖映云天，晖袂歌声。

燃情撸袖同圆梦，看天翻地覆，雨霁云晴。强国强军，新时代 壮豪情。青山绿水金光闪，沐春风、气爽神清。国家强、大道康庄，正道威名。

玉蝴蝶·江城亦桥城
——庆祝新中国成立70周年
暨武汉解放70周年

长虹波卧长江，银练沐桥光。白鸽绕帆樯，江天紫燕翔。

晴川芳草地，桥韵秀云章。歌七秩辉煌，咏神州炽昌。

风入松·庆祝"八一"建军节
纪念参加对越自卫还击作战四十周年英雄城市数南昌，枪响射豺狼。燎原星火云空耀，铸军魂、举世无双。鱼水兵民根本，雄师屹立东方。

时空穿越道豪强，神炮貌煌煌。协同作战威名播，锦旗赞、"八字"寒光。烽火硝烟散尽，南疆正道沧桑。

注：锦旗与"八字"：在对越自卫反击作战中，一六三师党委授予师炮兵团一面锦旗，内容是"步炮协同好，打得快，打得准，打得狠"！这与炮兵运用火力的八字原则高度吻合。炮兵就是要以"迅速，准确，突然，猛烈"的火力，支援与掩护步兵的战斗行动。

王其民

1940年10月生,安徽萧县人。大学毕业,曾任技术人员、厂长、副局长、县工商联会长、县政协副主席、县人大常委会副主任等。2005年底退休。现为老年大学诗词班学员。县、市、省、中华诗词学会会员。写诗千首,在全国诗词大赛中获奖数次。

七绝·春柳
草没发绿众花眠,柔韧枝条冒嫩尖。
莫等鸭说春水暖,争分夺秒造黄衫。

蒲公英
温暖日光黄伞开,夕阳西下聚合薹。
多天反复生白羽,突起阵风唯剩荄。

日本樱花
桃树花蔫遂放开,鲜妍多色晒姿来。
全凭彩饰颜招展,萎谢至冬无果摘。

览龙河
两岸花园道路宽,洁蓝河水舞鱼穿。
游人进入惊奇叹,走遍江南移眼前。

农村小伙结婚
琼楼电器奔驰多,彩礼酒席成百桌。
遥想当年她娶我,肩担行李住羊窝。

衰老亦美
树老衰歇属自然,发白牙落不生还。
身躯枯朽人品在,早晚全身奉地天。

七律·上海首届进口博览会
车船满载运输忙,大厦灯光闪耀煌。
四秩开门宽道路,多国钦佩照图航。
同舟共济无干扰,命运相安建友商。
敞大国门催贸易,各国平等筑福康。

大田栽柳养蝉致富
夏日鸣歌震耳聋,刺汲枝杈卵埋生。
幼虫依壤吃肥壮,食客嗜鲜添笑容。
大胆创新来种养,相宜获取赚钱惊。
农田栽柳修工场,百倍回收永续赢。

王强

北京市海淀人,笔名西山有晴雪。北京市海淀区作家协会会员。2016年开始写作旧体诗,已写作340余篇绝句、律诗、词牌诗词作品。

二月风
初迎雨水未归鸿,才喜南云又恨中。
一夜吹来压枝雪,西风不肯让东风。

暮望黄鹤楼
一诗文藻誉,九派古风流。
鸟唱云飞远,尘昏黄鹤楼。

大唐文采
春江花月夜,一首盖全唐。
代代无穷誉,年年不朽章。
听筝张子寿,咏雪骆宾王。
伯玉文宗杰,安仁处士良。
盈川庭菊赋,李贺苑梅觞。
诗圣少陵直,诗仙太白狂。
卢纶问杨柳,罗隐叹鸳鸯。
高适歌边塞,岑参念鄙疆。
箴言恒布泽,作品永流芳。
送别吟秋夕,相思语日长。

王青

笔名竹青,山西省作家协会会员,山西省朗诵协会理事,山西省青少年朗诵协会副秘书长，中国儿童电影网编剧、导演。介休市作协理事，介休市影视协会主席2018年，成为中国电影家协会会员。有三篇散文作品入选山西语言教课书，编成范本。

七绝·忆忠魂
碧翠群山数载频，落花飞去忆贤臣。
子推割股扶君位，涂抹忠魂介上循。

七绝·古堡巧遇故人
古街龙脊独徘徊，玉树风流踏步来。
手搭凉棚遥挚友，情歌一曲四方催。

七律·煮酒圣贤台
曲径通幽煮酒来，群山环绕圣贤台。
玉龙嘻戏池塘叶，四海轻缠捌角梅。
云雾蔓延霜落地，暖阳叙意等春陪。
星移皓月飘千里，遥对金樽两处开。

七绝·寒冬吟
暮日残阳落入怀，汾河湾处苇秸排。
古来十月寒冬早，枯枝燃烧化雾霾。

七绝·春秋吟
晚来秋色庐居远，群雁南鸣觅子渔。
春发柳依花草软，雨晴伊始复归如。

七绝·重阳节盼归
恰时重九云峰瑞，四野秋忙谷硕肥。
犹盼东篱齐绕膝，撷帘翘首等儿归。

七绝·林黛玉
犹怜绕笛弯眉底，俏媚凡尘逐弃姿。
玉镐卸来情若苦，红颜殆尽枉漪迟。

七绝·女儿吟
生若秋花蕊自冀，回眸媚笑万倾迷。
低吟浅唱芳心暖，百色深香挂桂栖。
又见邻家闺女醉，绿裳瘦袖惹人携。
半遮秀面犹怜语，一道轻嘘梦里题。

王庆新
男，湖北省仙桃市人，网名老兵二十一，大校军衔，中华诗词学会会员，《九州诗词》杂志常务副主编。出版有诗集《兵趣》(1997)、《秋声集》(2014)，另有诗词作品散见于报刊和网络。

恩施大峡谷（二首）
一、绝壁栈道
栈道凌空一线开，奇思妙想付悬崖。
惊心动魄回望处，万壑群峰涌上来。

二、一炷香石柱
风吹雨打自昂扬，立地冲天一炷香。
明日移将书案去，直教傲气入文章。

过延安南泥湾（二首）
一
南泥湾里秋已残，岁月峥嵘忆不堪。
我到此湾凭感慨，非因陕北好江南。

二
国难当头肯卧薪，军民奋起共图存。
湾前刻石昭然见，自力更生教子孙。

台湾日月潭（二首）
一
百度搜寻为一潭，一潭风景不曾谙。
台湾应在江南远，绿水如何也似蓝？

二
小家碧玉半尘无，海外洞天藏丽姝。

谁作红娘牵一线，遥将妩媚嫁东湖。

韩国印象（二首）
首尔老城
八卦阴阳话古今，亭台楼阁殿森森。
点横竖撇残碑上，汉韵唐风似可寻。

美容沙龙
逆天颜值试看么，亦假亦真知几多。
昨夜小鸭初造访，平明飞出是天鹅。

王荣辉

大中华诗词论坛会员、词林版块版主，经典文学格律诗词版块版主。入列经典文学名人榜，当代诗词先锋人物。经典文学网和中华文艺微刊签约诗人、中国当代作家联盟签约作家、百强作家。在各类网络微刊，纸刊发表出版诗词作品400多首，多次在各类诗词大赛中获得奖。出版《当代中国诗词精选》诗集一本。

唐多令·惜春
燕语一声声，衔泥掠柳青。过柴门、飞入前庭。结侣争春寻旧户，溪水暖，晚风轻。

蛰伏一雷惊，芳怀天地生。对千山、细雨聆听。借问农家何所急，握犁杖，赶牛耕。

唐多令·问春
故地作穷游。莺啼鸟啭喉。雨霏霏、烟柳春愁。陌上年年穿紫燕，人渐老、水东流。

别恨意难收，离情诉不休。说曾经、梦荡心舟。花谢花开多少事，空嗟叹、一心头。

唐多令·伤春
人老日生闲。踏青访绮园。惹相思、芳草年年。往事花前吟不得，诗心瘦，韵难全。

杏雨落双肩。风流负谪仙。说而今，不似从前。唯有金樽邀素月，情和恨、去如烟。

清平乐·感怀
浮生过半，只恐光阴转。逐利争名曾经汉，负了一怀谋算。

旧梦飘落如烟，新声又入流年。好对山川明月，赢得诗意悠然。

清平乐·寄怀
黄昏送晚，一抹丹霞散。宿愿新怀丝丝乱，独对长天嗟叹。

余憾洒向苍茫，流云缥缈柔肠。揉碎相思问月。多少爱恨收藏。

水调歌头·咏牛郎织女
秋霜露点点，七夕雨声声。金钗划过，恨洒河汉满天庭。一水银湾永隔，两岸寒烟紧锁，岁岁鹊桥行。抛尽相思泪，无奈负娉婷。

深相识，浅相别，结鸳盟。千年守望，怅憾无语付忠贞。纵有痴心一片，谁解愁丝万缕，夜夜对沧溟。天有不公事，人有别离情。

最高楼·秋日怅怀
听雁唳，篱外菊花黄，秋怨动悲肠。客身愁掩分携路，少时离恨老时伤。好男儿，心有泪，不轻扬。

四十载，他乡遗旧梦；六十岁，幽情谁与共。经寒雨，历疏狂。樽前莫问风流事，遍将山水入行囊。抚遥思，登五岳，跨三江。

贺新郎·清明赋

春雨凄如诉。滴声声、流莺燕剪,薄烟轻雾。堪对年年今时节,惟有哀思眷顾。但凭祭、又伤怀愫。赢取人生忠孝后,恨难留、身老沧州路。情漫漫,意酸楚。

风尘岁月谦谦父。几十年、乡园梦断,高堂茔墓。消尽荣光功名事,空剩一堆黄土。为家国、死生与付。鸭绿江边硝烟散,问关山、先烈知何处。追往昔,清明赋。

王锐

江苏盐城人,中华诗词学会会员,江苏省诗词协会会员,射阳县诗词楹联协会常务理事。现在射阳县市场监督管理局工作。在多家刊物多次发表诗词作品。在全国性诗词征集中多次获奖或入编。著有《王锐诗文选》一部。

五律·逝水

风选垂纶处,青波绿叶柔。
花枝摇一梦,云朵引双鸥。
路远断无惧,光明能不求?
安然河水急,偏爱钓春秋。

七律·步韵林峰会长《祝贺香港诗词学会中华诗词出版社注册成立》

莫说新茶老价钱,此生能不阅韦编。
肩无重任担才卸,心有浓情火复燃。
春困路遥惊美景,秋吹稻熟见丰年。
诗吟南海三千句,月照香江一梦圆。

满江红·黄尖中学七九届高中毕业生聚会感怀

黄海明霞,数飞雁、春归秋去。多少夜,涛声依旧,蝉鸣何故。芦苇摇头枫叶落,牡丹赏后杨林叙。好光景,微信老师题,同舟渡。

金花唱,蝴蝶舞。情未了,今如许。欲收开心果,犹问肠肚。常往田边知草木,几经浪上愁风雨。天地宽、水转又峰回,谁先悟。

王善同

字慎独,号天池居,山东郓城人,1954年11月生,新疆阜康市人大常委会退休,中华诗词学会常务理事,新疆诗词学会副会长,《昆仑诗词》主编,《中国当代散曲》编委。

听一海粟语

悬河在口跌流珠,声脆黄鹂翠柳图。
但作诗风清雅里,秦皇岛在海中凫。

元夕

又是烟花不夜天,孔明灯去梦无眠。
此时下雪尤其好,掩了尘灰一夕缘。

珠海林启鸿先生病逝忆及吾友宋复鲜周建南先生亦半百或不足半百离世痛悼

放心不下又如何,天未赊人寿命多。
妻子茕茕空孑立,红尘从此不厮磨。

赏映山红

遥望天台满杜鹃,鸟儿啼血是因缘。
惜余纵不江南住,户口前生已在编。

龙抬头日

今日去年痴一群,游园如意喜诗闻。
汨罗老杜穷舟子,空望襄阳五彩云。

题雏
朝天黄口正嗷嗷,临世端凭一翅高。
休小看它怯风雨,未来回首笑蓬蒿。

劝诗
吟诗何处觅灵犀,夕照临江晓柳低。
懵懂风情不开窍,一壶龙井和香泥。

百日抄
六运无湖泛碧波,天经日暮不归窝。
专心抄写金刚卷,仨月修成老佛陀。

王尚荣

女,湖北省广水市人。大学文化,中学高级教师。湖北省诗词学会、湖北省楹联学会会员。曾任全国中学文学社理事。所撰写的文章、诗词、对联刊发于全国各大报刊,并在各类竞赛中多次获奖。

五律·咏荷
绰约莲花艳,冰清立水中。
娇迷游客眼,香沁故乡风。
夜雨袭柔面,银珠滚伞丛。
痴情崇品洁,魅感韵无穷。

五律·游广水黑龙潭感赋
探古黑龙潭,潇潇风露寒。
回眸千壑暗,举首万峰悬。
林茂闻飞鸟,瀑高垂玉帘。
如临仙境地,情醉不思还。

七律·欢庆改革开放40周年
滚滚红潮涤九州,条条福道竞风流。
弭穷聚力鸿猷展,拓富开源锦卷收。
水笑山欢歌盛世,国强民乐誉环球。
雄才驭舵涛声壮,"带路"丰碑万古讴。

七律·南海举剑对豺狼
南海霸风掀恶浪,喽啰舞爪欲吞疆。
西沙筑岛先君赐,门口修篱野犬狂。
美帝觊觎施诈术,啸龙举剑对豺狼。
祖宗基业焉容窃,永固金瓯正义扬。

七绝·颂凤凰新城(二首)
一
四时绿带灿平川,十里花廊染赤天。
两岸风光诗意涌,氧吧生态醉游仙。

二
山环水绕笼堤茵,亭榭楼台鸟弄春。
溢彩流香红绿动,棹迎远岛雅歌声。

浣溪沙·秋访凤城新居
挽住春光百鸟鸣,四时绿动万香迎。诗人痴恋咏新城。
生态长廊飘玉带,斗妍花圃寄幽情。乐居百姓享文明。

临江仙·赞美人民教师
（一和韵阙东明先生）
大爱终生筹化雨,遑谈高贵平凡。劬培俊彦累犹甘。满园桃李茂,圆梦导纯泉。四秩耕耘抒壮志,嫩苗浇灌长年。灵魂锻造倚师严。干才兴六合,教育仰春蚕。

王少东

1965年2月24日出生于辽宁省鞍山市,台安县诗词学会会员。经商为生。业余诗词爱好者。

处暑
更深露重凉,叶木镀金镶。

水浅荷凋谢，烟寒稻谷茫。
立秋原草绿，处暑见红黄。
待嫁风霜后，东篱笑月窗。

空巢劳燕
关山万里到家乡，碧海千涛回北疆。
檐下筑巢多往返，窝中育子度炎凉。
穿梭风雨展飞翼，历尽沧桑待哺郎。
儿女羽丰腾翅去，依留老燕绕空梁。

落叶颂
冷塑寒霜斩碧红，秋风扫叶肆凋零。
离枝不悔愁根在，逐水漂流魄纵容。
愿把生机藏沃土，只为绽放早春中。
芳魂朽作凡间骨，燕子回时又复葱。

荷塘秋色
秋风任染显凄凉，雨打残荷满目苍。
败伞头垂浮梗褐，衰蓬籽落叶枯黄。
鲜花虽逝蜻蜓在，菱草封河宿鹭鸯。
莫笑荷塘莲报谢，愁根蕴藕再芳香。

王少华

  微信名王华，本科学历。1955年9月出生。上海第二工业大学副教授，上海蒲塘诗社会员。

五律·夜宿泰山
今宿泰山坳，小楼临市郊。
标房百元钿，桌菜五张钞。
二次曾登顶，三回似入巢。
何时再相见，一览众山包。

七律·碾子山
山名碾子十三连，战友当年情谊牵。
班长号兵司务长，大春小夏卫生员。
天寒地冻打狼崽，春暖花开播种田。
远隔纵然千万里，相逢一盏酒成仙。

如梦令·满洲行
湖泊草原狼马，边境牛羊香麝。今日满洲河，沉淀汉俄文化。初夏初夏，一路北行长驾。

行香子·北极村
源黑龙江，北极风光。夏季兴安岭山冈。羊肠小道，入住农庄。看望江亭，北国镇，哨兵岗。大江东去，盘龙山石，听导游侃侃宣扬。漠河依旧，放眼苍茫。赞乌龙马，白桦树，草原狼。

临江仙·松花江
南下北极车如箭，莲池把酒言欢。今天重上火烧山。黑河路截断，山岭驾车难。

越过伊春平安岭，来看松下江船。鱼行酒店可凭栏。鲟鳇香未已，举酒再连干。

西江月·长白山
山下人头攒动，山头队伍排龙。名山长白圣池中，引起欢声雷动。必要蓝天晴日，更加淡雾轻风。中朝界上显枭雄，历史谁知沉重。

七绝·避暑山庄
山庄避暑人头涌，为看乾隆楠木宫。
弹指一挥三十载，当年划桨碧湖中。

浣溪沙·哈尔滨遇暴雨
夜幕下之哈尔滨，中央大道霓虹新。行人路上笑声频。

暴雨忽然天上落，成河街面少开津。招车路口急惊人

王少君

祖籍湖北黄梅。秉传承之志研文史于草莽;怀济世之心掌疡医于浙江,经十余载终无所得,然不堕其志,仍勉力而行之。不喜聚众寻欢而好独酌,乐于樽前品先贤文章、叹古今轶事、论中外时政以消遣时日。友人戏曰:山野一小妖耳。

失题

半醉到溪东,斜阳苇上风。
渔舟横野渡,寂寂数征鸿。

鹤

红尘留不住,振羽越丘陵。
唳断长天处,云高第几层?

无题

数载凌风雨,天涯到此休?
赊来一帆满,打桨弄轻舟。

暮春雨后寄友

梦断惊风雨,轩窗倚落花。
江南春早暮,向北到谁家?

王绍华

笔名茉莉花,男,1970年1月生,山西省灵石县人,爱好诗词创作。

春

春来岭上柳先知,几朵桃花竞美姿。
赏景悠然心入画,家乡处处是佳诗。

夏

大路朝天去远方,国槐站队送清香。
且看明媚山乡秀,炎夏如诗咏绿妆。

秋

花满枝头翠叶陪,伊人赏景暗香来。
新开八月秋波送,蝶恋今时意蕊徊。

冬

漫天空舞见梨花,一夜山城换白纱。
街面草坪红紫去,浅听银屑折枝丫。

古泊村

桃源秘境梦乡圆,情醉今时见古泉。
村落黛青龙岭起,半窗斜影湛蓝天。

贺外甥女吴烨陕西科技大学录取

十载塞窗校路坚,今朝高考谱新篇。
床前明月枕书伴,一纸通知学梦圆。

七夕缘

喜鹊连桥七夕临,窗前月下话知音。
牵牛织女双星聚,天地姻缘白首吟。

王声杰

雅号三友斋主,昵称丑牛。1949年11月生,福建泉州南安市溪美街道贵峰村人。中共党员。中华诗词学会会员,中国楹联学会会员,福建省诗词学会会员,南安市诗词学会常务理事,贵峰诗联学会副会长兼秘书长。

读诗班口占

夏木浓阴白鹭旋,雅风直上碧云天。
四声谱里敲平仄,三字经中辨佞贤。
老少注心朱子训,夫妻解惑况钟篇。
若无侨叟殷勤授,安得诗村遐迩传。

夏夜村居

节临小暑淡三餐,久雨初晴汗出欢。
龙果熟时忙里过,莲花开处静中看。
偷闲片刻怜光浅,掩卷深更惜月残。

着意挽春春去远，徒留惆怅倚栏干。

仲夏偶书

绿满荷池热汗漆，恼人天气半晴阴。
浓云霭霭迷花眼，细雨霏霏打湿心。
欲撰俚歌无正范，思调锦瑟有旁音。
蛙声闹攘难将息，却问何时玉露临。

初心公园赏白莲

青衣粉面玉娇容，君子无亏茂叔封。
淡雅谁堪争国色，植根泥沼自葱茏。

谒黑峰关帝庙

石像巍峨屹，南天一栋梁。
丹心扶汉室，赤胆驭龙骧。
香火千秋盛，威名百世扬。
财神尊武圣，善信尽壶浆。

半壑楼怀古

楼何名半壑？徒见四时花。
芳草疯狂长，青藤随意爬。
原非人自弃，道是主仍奢。
欲趁春风劲，修成老者家。

痛悼林从龙大师

诗骚藏满腹，搁笔去匆匆。
弹泪朝天问，何时憾可终？

卜算子·谒包公祠

铁面塑龙图，府尹焉闲坐。正直无私上下钦，盅佞何藏躲。

匡国见忠贞，济困仍忘我。断案奇才魑魅惊，宋室尊贤佐。

蝶恋花·救火英雄赞
（谨依水中月词长韵）

谁把红星天上缀，漫漫星河，一曳光千里。目送军魂应肃礼，深情一鞠弹珠泪。

堪恨祝融施暴戾，烈焰熊熊，吞噬无涯际。一曲哀歌何处寄，小词聊向英雄慰。

王世金

网名大连草根吟叟，生于1946年季春，辽宁省大连市瓦房店人。古典诗词曲赋爱好者，骚坛老顽童。诗观：慈眉笑对田园乐，小笛声留岁月音。

七律·喜庆建党98周年

党是亲娘国是家，英雄杖剑闯天涯。
曾经沧海常为客，自点江山漫作霞。
九十八年风雨路，千秋万里月流花。
如今强盛思新梦，未减初心酿翠华。

七律·大连星海广场

一

此处名声岁月扬，游人夏日醉歌长。
自然行乐观沧海，无限迎尊待客昌。
问取风流生浪漫，知随潇洒入天狂。
言欢把酒情难了，弹指之间送夕阳。

二

有幸晨昏见海烟，吾家即住广场边。
得诗云影丹青绕，带梦涛声紫翠连。
帆影歌谣堪傍月，山光水色可通天。
植心一束芳华境，信步投身易得禅。

七律·手机

方寸机芯四海连，环球眼下阅霞烟。
城乡感慨开僵锁，老少从容博醉婵。
卖菜村姑收扫码，成交巷客转清钱。
愚翁未料风流快，自己三秋换五鲜。

注：尾句"换五鲜"指本人三年换了五部手机，逐步换代升级。

七律·夏夜叹

蚊虫叮咬扇为扣，老汉瓜田夜守蹲。
防盗终归犹策杖，恐人仍是半开门。
如今失德须提戒，忆昔明心自育根。
玉笛红箫吟急盼，天边应送菊花魂。

七律·吟风

一

飘香花放靠春风，猎蕙鸣条树色中。
岸柳动心三径接，海棠开靥数家通。
千寻寄傲生尘暖，万里归来积雪融。
高调吟歌非伪语，人间堪喜话相同。

二

体态轻盈胆气豪，不辞辛苦助松涛。
长驱醉去犹怀月，短动寒来也似刀。
入定留欢浮鸟羽，凭空起舞荡鸿毛。
一年四季寻常客，香稻黄花处处操。

七律·玩微信有感

微信江湖水太深，鱼龙虾蟹各长吟。
又如柳絮浮尘梦，或是葭灰厌客心。
布谷仍争清节语，杏花亦有丽枝忱。
真真假假痴情重，难得迟眠辨古今。

王世全

笔名蓝玫，出生于1962年10月，汉族，滁州人，大专文化。安徽省太白楼诗词学会理事，滁州市诗词楹联学会常务理事，安徽省炳烛诗书画联谊会会员。

五绝·乡愁

离乡为异客，履历恒留册。
故土梦中游，人生难尽责。

七绝·牡丹

庭院春催卉朵开，迷眸望远独高台。
清香绝代冠群贵，国色花王天上来。

五律·秋雨

微雨朦朦落，烟云慢慢融。
孤楼红径寂，高阁绿帘穷。
翠叶藏蝉静，丹心飞燕终。
无声思洗礼，有梦问梧桐。

七律·初春

惊疑转暖醉春风，九九消寒润雨融。
沉睡巨龙雷电唤，复苏嫩草野园蒙。
扬眉顺畅挺胸走，耕作繁忙盼谷隆。
静守流年移步景，时光依旧觅初衷。

七律·春雨

草木蘩阴绿水连，桃花诱惑耀眸前。
濛濛细雨河中落，素素轻云岳顶缠。
一缕春情盈画里，几支卉朵绕身边。
笑声覆没城嚣外，洗净红尘静守年。

沁园春·江南雨巷

烟雨朦胧，沥沥无声，瓦青粉墙。看绿茵如盖，青条板路，撑油纸伞，曼妙丁香。身着旗袍，回眸浅笑，深巷幽悠飘远方。斑斓影，忆往年岁月，黯淡神伤。

春光，缠绕心房，望灯火阑珊毓画廊。喜小桥流水，时光片段，楼台庭院，盛世华章。丝竹琴棋，温馨雅韵，榕树西湖花海芳。映帘柳，动摇前世梦，醉倒南乡。

采桑子·荷

江淮雨后河沿赏，叶翠琼盘。蛙闹鸣欢，点立蜻蜓水中天。

谁家玉女裙纱动，不染尘缘。粉醉桥边，一笑回眸只等闲。

如梦令·拜年

初一清晨梳洗，靓服红包行礼。辞旧贺新年，微信手机发起。恭喜，恭喜。屏显妙文情谊。

王守华

女，1973年11月生，山东滕州人，大学文化，中共党员，现为滕州市第四实验小学教师。系枣庄市诗词学会会员、滕州市诗词学会会员。曾荣获"全国百名班主任之星"荣誉称号，在《散文》等媒体发表诗词散文作品近100篇(首)。

五律·冰凌花

山野沉沉睡，凌寒向玉台。
枯枝丛下育，霜冻底层埋。
破土柔茎立，临风玉蕊开。
盼春意切切，花谢报春来。

七绝·夏夜荷塘

夜风缱绻溢清凉，碧水盈盈舞素光。
几处蛙鸣歌晓月，一池荷韵半城香。

七绝·岁末思乡

绵绵往事恍如烟，唯有乡愁逐日添。
斗转星移情未老，况乎故里又逢年。

七绝·夏夜(新韵)

月痕一抹瘦伶仃，夏夜渐长思渐浓。
何处晚笛声暗度，半窗愁绪半窗风。

七绝·杨花
其一

无根无瓣亦无香，借缕熏风自顾扬。
不为浮名不为利，只因天性本疏狂。

其二(新韵)

似花似雪志非凡，心底常揣梦百千。
说与世人浑不解，东风一缕过山川。

七律·七夕感怀(新韵)

锦绣祥云传喜讯，鹊桥缥缈渡良缘。
空中亮起双星宿，池内开出并蒂莲。
脉脉相思万般诉，迢迢河汉一夕牵。
世间难有十全事，今夜人圆月半弯。

七律·秋日抒怀(新韵)

秋雨绵延无尽洒，紫薇留憾自飘零。
惜花怎奈乏良策，展卷忽觉少逸情。
世上真知书道破，眼前羁绊意难平。
早该遍种芭蕉树，密密愁思趁夜倾。

如梦令·雪中别

日暮轩窗对影，细数归期惊梦。柳色未青黄，此意不堪相赠。珍重，珍重。玉絮已知心痛。

玉楼春·旖旎秋光

旖旎秋光如夙愿，暑意阑珊凉意漫。
雨丝如雾伴金风，缕缕蛩鸣飘耳畔。
含笑挥别南去雁，淡赏云舒云又卷。
桂香正郁夜微酣，久坐不眠怜月满。

踏莎行·春恋

燕舞莺啼，花思柳盼。和风细雨春容现。踏青寻梦乐陶然，流光眷顾群芳灿。
悄语相知，尽欢把盏。梢头月上柔情满。暗香盈袖话桃源，痴情一片红尘恋。

王殳爻

男，1945年5月生，汉族，司法文书结业，大专文化。1964年任教，2005年退休，酷爱文学，县市诗协成员。退后又从事理疗事业，利用早晚写点诗词，宣传文明，启迪大众。

鹧鸪天·踏着雷锋的足迹前行
天下谁人不效仁，每逢佳节祭芳魂。英雄善举平凡事，积垒成山永惠存。严律己，欲酬恩，热忱朴素守艰贞。诚心笃实何掺假，星火相传看子孙。

清平乐·打猪草
春寻猪草，莫管人饥饱。河岸荒郊云步跑，野菜青蒿抢刨。肩挑担走浮桥，田家追赶回逃。委屈童年历练，终生不怕煎熬。

清平乐·春寻
朝阳微笑，看牡丹频报。欣喜蜂鸣花醒觉，柳绿桃红俊俏。东风劲道春潮，渔歌进港抛锚。早汛鱼虾满载，家家户户陶陶。

清平乐·下小海
盈天飞雪，屋角锥凌挂。赤脚蓑衣溜跨，出海奔东草厦。港湾踩踏冰碴，文蛤场掘钢叉。汗水磨刀砺志，经年奋走天崖。

鹊桥仙·七夕
彩云恰巧，素星赐福，王母银簪狠毒。清风霞露正交游，莞儿笑，相逢温故。娇柔似水，香甜如蜜，无奈仙桥归路。徇财羡富配姻缘，怎见得，一生丰足。

唐多令·家严
忙月转长工，独轮车急匆。若偷息，老板逞凶。半夜鸡鸣床揭被，至夜幕，候粮舂。
酷暑水蹚田，严寒锄雾凇。住牛棚，四秩孤茕。赡养爹娘难胃口，终不得，诉深衷。

注：蹚田，车水下田。

一剪梅·家慈
小脚伶仃兰布裙。奔走旋轮，双手鳞皱。抛粮撒种粪挑沉，秧点辛劳，割稻刀抢。
苦辣酸甜不怨人。孝顺酬恩，爱子温存。持家节俭志清纯，放下锅门，又执缝针。

蝶恋花·童年
褴褛满期八岁袄。瑞雪皓霜，赤脚溜烟跑。冷痛冻疮脓布壳，挨饥忍饿如秋草。
深夜伴灯鸡报晓。四季褴衫，路捡投商贸。下海搜搜搜杂费，家贫辍学寻门道。

王书通

男，满族，大专学历，1954年2月生，中共党员，中国注册安全工程师，中国电力行业工程师，中国电力"中安质环"评审员。中国东方艺术家协会会员、内蒙古根艺赏石协会会员、包头市根艺美术家协会会员。个人爱好：瓷雕、根雕、书法、烙画、古律诗、现代诗及影视剧本创作。

七律·丁香
白紫粉妆高洁雅，红颜绽放沁园神。
芳容独特香飘溢，天国之花气袭人。
姿态丰盈扬锦色，繁枝满蕊立仙身。
迎阳沐雨龙梢艳，塞北江南美景臣。

七律·蚕颂
米卵白巢神匠诞，笋床绿帐住桑鲸。

双宫茧子居魂体，华夏文明妙手成。
半月绷棉农技湛，银丸展网锦丝生。
绫罗绸缎光天下，蚕宝功勋世著名。

七律·胡杨赞
身居瀚漠奇根扎，体态多姿竞绽妍。
酷暑严寒筋骨硬，野原耸立腹心坚。
老枝龙貌惊人赞，古树神躯大地仙。
沙海千秋春韵溢，金黄百叶浴霞翩。

七律·茶
立根炎夏曾千载，医圣神农品百花。
古树绿枝生雀舌，乾隆公庙赐宫茶。
乌龙跨海居台顶，普饼游江走马爬。
金骏银针春意暖，观音香睡万山家。

七律·祭屈原
沉沙港水魂波涌，端午湖舟敬粽香。
寒夜龙宫哀舞起，离骚楚韵痛心肠。
九歌悲曲催人泣，五月情丝捆叶忙。
爱国精神千古颂，诗辞鼻祖万年扬。

七律·回首
风姿青貌眉前逝，春夏秋冬季换狂。
岁月流金回味苦，征途坎坷鬓生霜。
神州锦绣宏图美，盛世繁荣复梦香。
花甲暮年情未了，壮心白首恋朝阳。

七律·初冬
夜袭寒霜葵首悴，日斜风啸柳枝凉。
雁游湖岸寻虫急，鼠遁田窝入梦香。
河冻鱼潜冰耀眼，草枯鹊叫筑巢忙。
松针隐绿含秋韵，枫叶烧红映月光。

七律·山
躯穷大地头连月，奇岭高峰染美颜。
柏翠松青花吐艳，壑幽林绿雾腾攀。

雄巍五岳生沧海，婀娜云霞绕颈环。
飞瀑甘泉心底涌，村田静卧恋金山。

王树茂
阿茂，原名王树茂，河南卫辉人，80后，诗词爱好者，偶有诗作。

五绝·初夏
春去夏初归，红残绿已肥。
乱莺枝间闹，风静燕双飞。

七绝·雨中蔷薇
谷雨初归雨又临，绿浓花落已春深。
门前唯有蔷薇在，书卷纷纷对雨吟。

七绝·路上观黄河
经年往事转头非，看取浮光伴落晖。
九曲黄河东逝水，夕阳沙晚白鸥飞。

七绝·梧桐
树树鸣蝉叶叶风，一片孤影照梧桐。
怕看镜中容颜旧，回首浮生万事空。

七绝·紫薇花
蝉叫声声噪晚霞，绿阴簌簌落槐花。
紫薇枝上花开盛，莫将霜髦老岁华。

七绝·夏夜听蛙
夏夜云收雨后晴，市人闲步小园行。
寂寥谁是寻诗客，听得池蛙处处鸣。

七绝·杨柳岸
依依杨柳水东流，细细春风荡小舟。
满眼烟波飞絮外，谁家燕子解春愁。

七绝·村居
风疏飞燕落桐花，鸠语声声忘岁华。

榆荚满阶浑未扫，一春好景在农家。

王水宽

原河南省灵宝市文联副主席、作协主席。系河南省作家协会、诗词楹联学会、书法家协会、中国音乐著作权协会会员。出版有小说集《难秋》，散文集《父亲的紫砂壶》。歌曲《永远的中国红》《英雄的冠云山》《家乡的核桃园》，影视剧本《老子金像之谜》，小说《难秋》，散文《长大的住宅》，诗歌《我是中国人》，儿歌《大自然》等30余篇分别获得国家和省市大奖。

七律·雪梅（新韵）

瑞雪初冬降九垓，满天飞舞梦中来。
驱车野外寻诗句，漫步梅林绽蕊开。
浮动暗香紫笔墨，雅集好友畅胸怀。
辞章佳咏连篇誉，纸贵洛阳唐宋才。

七绝·元旦

一元复始天微亮，喜鹊登枝映后窗。
料峭寒风依旧瘦，梅花末岁更幽香。

忆秦娥·元旦

庆元旦，寒风微荡弘农岸。弘农岸，天鹅嬉戏，松梅相伴。
忽闻飞雪凌晨现，金城风景银装换。银装换，四方净野，风光无限。

王思雅

原名思芽，笔名樵叟。浙江瑞安人，1943年生，1961年入伍，1972年军转地工作。2003年退休，浙江省诗联学会、瑞安市诗联学会会员。瑞安市诗联高楼分会副会长。创作网络诗词，著有《竹枝诗草》。

游南湖烟雨楼

九十年前烟雨楼，南湖画舫聚良谋。
山河自此东风荡，一杆红旗耀九洲。

游北京大观园

昨夜刚从乡下回，红楼院外久徘徊。
潇湘馆内琴声绝，不见鹦哥报我来。

游茶马古道谒文成公主松赞干布塑像

汉瓦秦砖修剑道，驼铃茶马息刀枪。
边关千里唐兵壮，怎及红绳一寸长。

钓鱼岛

既修广厦也修墙，万里长城筑海疆。
徐福于今心不死，秦皇一怒断情肠。

海公亭落成怀古

日月当空水似天，筑亭江浒仰先贤。
三槐家训心泉暖，历代儿孙乡梦圆。
植柏栽松文荫茂，盖榕幄伞气根坚。
诗花欲托吟毫笔，拙作忧辞敬一篇。

注：海公讳原清，字海，瑞安王氏始迁祖鼎新公之十三世孙。明洪武八年（1375），选贡累官监察御史。

王天云

陕西武功人，大学文化，长期从事党的意识形态领域工作，现为中华诗词学会会员，中国诗赋学会会员，陕西省诗词学会会员，宝鸡散文家协会会员。

蝶恋花·春赏陵辉村千亩油菜花
（词林正韵·冯延巳体）

映日金黄浓似酒。阡陌春光，浪尽东君手。身向垅头香满袖。相思总在人归后。最是风流原上走。疏影悠游，竟与花争秀。独倚曲阑凝伫久。夕阳一片频回首。

蝶恋花·梨花吟月
（词林正韵·冯延巳体）

满院梨花初见月。春事迷离，正把芳心结。轻曳素枝情切切。春风老尽相思骨。浪蕊香残终一别。心事深藏，竟向何人说？长夜小楼吹白雪。何堪白雪添新发。

青玉案·柳絮（词林正韵·贺铸体）

春抛柳絮随空舞。满目雪、凭谁诉？暗动诗肠能几许。去留无意，此身多误。消尽章台路。倚栏觅得梁园句。终老天涯慰孤旅。世事迷离浓似雾。一时光景，半生尘土。没个风流处。

唐多令·雨夜抒怀
（词林正韵·刘过体）

杳夜袖生风。寒潮雨带蛊。玉漏长、光影谁同。莫道冷阑伤瘦损，寂寞处、似秋冬。帘卷满楼空。苍颜明镜慵。笑平生、天老英雄。世事从来多病酒，盈阶下、伴鸣蛩。

武陵春·月满风楼
（词林正韵·万俟咏体）

月满闲庭风作伴，疏影动、正三更。看夏夜晴河万点星。照似玉、数流萤。檀郎一醉共箫声。香盈袖、舞娉婷。且把个心思书满屏。浅浅唱、有谁听。

临江仙·一灯黄卷惹闲愁
（词林正韵·贺铸体）

夜半冽风吹冷月，浓云堆满心头。一灯黄卷惹闲愁。倚寒多少泪，滴滴落双眸。岁月消得人病久，常常虚度春秋。可怜旧念总西楼。余生却底事，放棹白蘋洲。

高阳台·风楼月吟（词林正韵·刘镇体）

袖舞阑珊，纱萦缥缈，寒缸冷烬韶颜。慢啜清风，缡妆影缱窗前。罗裙垂带玲珑玉，可有谁、伴我无眠。窘回眸，夜咏冰弦，斗曲婵娟。

春华总把归期误，想流年心事，都付栏杆。月锁帘栊，锦幄难见馀欢。老来始解刘伶意，醒书台、梦断情樊。忍淹留，归棹斜阳，相戏云烟。

唐多令·感怀（词林正韵·刘过体）

羁旅枉经年。嬴身怅晓天。算时光、休问梁园。白发织绡冰一色，乡路远、两重天。常忆少时欢。细思今日颜。趁东风、归老家山。且挈酒樽邀皓月，沉醉处、坐同眠。

王铁庄

河北省安平县人。中学教师，大专文化。退休后自学书画诗词。现为市书画协会会员、河北省诗词协会会员，世界汉语文学作家协会会员。作品发表于《中国当代诗词》《中华当代名家诗典》《当代诗词精品集》《世界汉语文学经典诗词曲赋》等多家大型巨著书刊及都市头条网络平台。

七绝·桃园春（新韵）

千枝万朵亮红霞，蝶舞蜂鸣闹果花。
游客涌来观美景，小桃园里品清茶。

七绝·荷塘趣（新韵）

雨打荷塘起泡花，芙蓉叶上载青蛙。
游鱼跳跃波声响，惊醒弯脖老睡鸭。

七绝·秋字歌(新韵)

秋风秋雨透秋凉，秋果秋瓜秋韵香。
秋曲秋歌秋蟀唱，秋收秋储正秋忙。

七绝·除夕飞雪(新韵)

夜幕降临落玉花，红灯肩上裹白纱。
苍天不见嫦娥月，焰火腾空照万家。

七律·故乡油菜花(新韵)

老家城外故乡村，油菜繁花大地新。
春景铺开长画卷，暖阳投射满层金。
彩蝶飞舞增诗意，游客踏青唱美音。
感谢改革政策好，脱贫致富已成真。

七律·父母恩(新韵)

操劳父母似耕牛，酷暑寒冬身不休。
採购赶集经雪雨，下厨做饭冒烟油。
孙儿入校常接送，鸡犬喂食也虑谋。
甘愿奉出无悔意，晚生应晓报恩酬。

七绝·六一思童年(新韵)

当年少小过童节，放假师生全部歇。
溜枣扒瓜攀大树，窜房入洞逛闲街。
邀朋聚友去游泳，合伙结群藏棒秸。
回想当年心自乐，今天老朽已成爷。

七律·端午祭屈原(新韵)

清香棕子楚江抛，慰祭屈原志向高。
滚滚湘波悲壮士，萧萧竹叶颂离骚。
可怜报国落空地，哀叹忧民纵浪涛。
时代变更豪气在，复兴华夏是今朝。

王廷栋

84岁，辽宁抚顺人，退休中学教师。喜爱旧体诗词、楹联，常年笔耕不辍。现为抚顺市诗词学会会员、市美育学会会员，著有《天湖韵语》，编有《诗友诗集录》。有作品被收入《华夏吟友》《金秋之韵》等文集。

七绝·"上海诗叶"赞

雨润新花上海滩，春来诗叶正鲜妍。
文光璀璨清平乐，国粹传承亿万年。

忆江南·夕阳咏怀

人将老，莫道近黄昏。且看桑榆明夕照，只缘余热霞簇云。照亮暮年心。

风光好，皓首点丹青。弟子勾画新日月，笑剪桃李足诗情。翰墨慰生平。

一剪梅·晚年怡乐

乐道安贫度晚年，名也不贪，利也不贪。退休故里仿陶潜，理我桑田，爱我家园。不与富人比老钱，昼也安然，夜也安然。怡情书画喜钻研，绘我江山，颂我今天。

画堂春·赫图阿拉罕王井

萨尔浒畔日朦胧，层峦掩映兴京。罕王古井水犹清。旷世充盈。饮了沁人肺腑，甘醇余味无穷。水源木本乃天成。毓秀钟灵。

鹧鸪天·游本溪水洞

胜地奇观洞里寻，猿梯石窍水幽深。举头不见青天影，倒挂琼峰万年痕。惊回首，入云门，身临幻境荡诗心。泛舟饱觅神仙府，景物依稀似桂林。

王通路

实名王同路，男，汉族，退休公务员，1949年12月生。有18年军旅生涯。转业后就职于河南省平顶山市人力资源和社会保障局，历任副主任、科长、主任、副局长、调研员。北京市楹联学会会员、中国楹联学会会员、北京市诗词学会会员、中华诗词学会会员、红叶诗社社员。

七绝·花木四君子(四首)

梅
竹菊幽兰各秉仁,雪香独领一枝春。
莫言驿外悬崖上,陆赋毛词妙入神。

兰
化吉生香并解愁,清心醒目绽风流。
有缘君子同高雅,写意抒情举案头。

竹
闲散书童列阵兵,窗前院后涌泉声。
板桥笔下萧萧你,枝叶攸关黎庶情。

菊
陶令东篱戴月锄,冲天大将运机枢。
凌霜傲骨蓄生意,今璨开封香故都。

七律·3·12随行
树植山坡草种沟,国储绿荫好绸缪。
育林卅载初收效,振策三关未断流。
环保长鸣交响曲,力行还做老黄牛。
众添新雅增新色,一派生机旺九州。

徜徉平顶山
盘亘阳坡沐瑞烟,初心坦荡渐成禅。
做人无恨自无恙,经世有章终有缘。
歇脚羁留焦赞寨,举杯豪饮孟良泉。
落凫鹰击标南极,汗水新城撰入联。

注:平顶山市名由国家南极考察队首批标入极地。

叹巴黎圣母院
眼看烈火噬文明,圣母安详惟苦撑。
不忍教堂遭毁灭,终期经典得重生。
天灾人祸谨防范,鬼使神差亢奋争。
一座丰碑今倒塌,此前之后话题赓……

调笑川普
厚颜无耻臭皮囊,利己坑人粉艳妆。
今日制裁搜核武,明年设局耍花枪。
单边主义随心欲,贸易条件信口张。
莫忘当年韩战事,板门签约特仓皇。

鹧鸪天·中原织春图
河洛梅村柳眼开,东风化雨紫光来。拖腔蛙鼓抒情调,冲浪鱼群聚宝财。牛度假,鸟驰怀,机耕交响筑平台。小康盘点扶贫队,第一支书民意裁。

王同

笔名金星。中共党员、高级讲师。中华诗词学会、中国对联学会会员;诗国社、中华辞赋社成员。北京市诗联书画院院士,有专著多部交流赠人。

旅欧纪行(四十首选二首)
登欧洲最高峰阿尔卑斯山
扶摇宛转缆车悬,绿色层峦画意翩。
殊景蔚然孰脱羽,西天欲览我升仙。
群峰碧落烟霞外,高阁琼楼翡翠间。
瀛海蓬山何处觅,茫茫玉宇念轩辕。

世界历史文化名城、浪漫之都——巴黎
曾经海宴又河清,胜迹昭昭似镜明。
塞纳有情迎远客,埃菲无意靓花城。
婀娜动感康康舞,浪漫情怀拜拜婷。
世界首都皇后誉,丽姿倩影梦魂紫。

书海遨游(辘轳体诗,选首尾二首)
一

遨游书海悔人生，不忘初心砥砺行。
翰墨生情沾化雨，丹青写意沐春风。
少年未达鸿鹄志，老迈能书爱国情。
历史风云人物鉴，千秋日月曌空明。

二

阳光心态感恩行，长啸轻歌四海风。
无憾一生无媚骨，有恒万事有纯情。
善良乃本成仪范，友爱为心圣洁明。
永葆初心铭使命，遨游书海悔人生。

题冰凌花

傲骨冰心雪伴邻，丽姿倩影下凡尘。
丝丝淡蕊凌风俏，点点幽情旖旎春。
靓颖有形追绰约，诗心无限润芳馨。
虚怀素节花容缀，笑慰霜天启梦魂。

王万欣

男，72岁，祖籍河南洛阳。1969年西南交大毕业。先后在铁三局四处、隧道局一处、洛阳铁路分局工作。2006年从高工岗位退休后，参加郑州局老年诗歌研讨会，并多次获奖。

心中的丰碑

总想以珠峰为碑，却感觉其欠龙威。
虽能刻祖国繁荣，但难表华夏腾飞。
让我们以心为碑，强国美梦拼命追。
炎黄儿女创伟业，九州高举复兴杯。

诗奴感悟

容颜日益在发霉，身体正逐渐衰退。
路人悄然在减少，生活单调又负累。
如何认可缺陷美，岁月盛宴怎品味？
众生感悟千百种，诗情画意最珍贵。

秋水夕照抒情怀

近树斜晖堤岸暖，远峰横岚云天寒。
喜闻短笛颂廉政，怒观长竿钓利贪。
画笔轻描新图景，铁拳重责旧弊端。
诗词美韵易入骨，道德丑陋难出贤。

七律·中华颂（新声韵）

万里神州天地广，千年史册血脉香。
长城雄壮擎寰宇，高铁奇葩耀四方。
道教儒学震世界，武功京剧润西洋。
炎黄儿女创新路，华夏豪杰美梦翔。

七律·赞高铁（新声韵）

时速高达三百五，下山猛虎拜服输。
东西南北成通路，春夏秋冬无险途。
四纵四横如网络，五湖五岳似棋牍。
交通助梦兴邦业，华夏腾飞高铁书。

王为民

男，笔名和微信名为北干山民。中共党员。浙江省诗词与楹联学会会员、杭州市民间文艺家协会会员、杭州市萧山区作家协会会员、杭州市萧山区诗词楹联学会副秘书长兼办公室主任。

七律·景区观抛绣球招亲游戏

锦绣红球伴上台，婚纱飘逸为谁裁？
离乡漂泊零工苦，触景羁望私意哀。
餐饮简单滋味淡，庐居寂静手机陪。
逢场作戏天天有，期盼情郎早日来。

七律·忆儿时家乡露宿晚景

柳枝轻拂小虫缠，百草清香扑鼻鲜。
湖气氤氲过舍顶，晚星闪烁布禅天。
依偎父母听家事，遥望冥空看月圆。
睡意渐浓随便躺，凉床支起伴蛙眠。

七律·检点

匆匆跨上此生途，寡断忧愁不丈夫。
年幼曾经哀命苦，壮青何惧被人愚。
涂鸦杜撰言心趣，迈腿登游称自娱。
冬品梅花秋赏叶，夕霞前景美蓝图。

七律·遇农家女卖莲蓬
肩挑满满莲蓬担，过巷穿街吆喝鲜。
冀盼远门天气好，横流麾汗路人怜。
学年儿子催交款，农药基肥等种田。
烈日熏蒸无意躲，不知可赚几元钱。

七律·蝉
春风细雨融霜雪，苦尽甘来冻土离。
孵蛹成虫生羽翅，脱胎换骨上柯枝。
冲天憨态忘情叫，连日狂喉出口知。
待到螳螂伸利爪，此时沉默已为迟。

七律·春之声
雪压松枝眩目珂，银装素裹靓青螺。
蛰雷送暖苏枯草，桃雨飘零解冻河。
雾日温存身上暖，游人熙攘画中过。
耳聆百鸟丛森叫，唱响迎春一首歌。

七律·情意
纵横沟壑上堤坡，越岭翻山再渡河。
脉脉意深心意表，幽幽情切恋情呵。
春花秋月称人愿，雨雾尘霾好事磨。
贤妹前来难放手，夜长唯恐梦多多。

七律·感鸡
羽毛鲜艳目光犀，利爪金黄会扒泥。
起舞升天人美意，入锅炖肉味添齑。
飞来不测禽流感，惶恐牵连食怕鸡。
闹市久居楼满患，何时又可见君啼？

王维贞
河南兰考人。大学本科。呼伦贝尔市诗词学会会员，诗刊子日诗社社员。《华夏文学》报专栏作家，世界华人诗词艺术家协会名誉主席。诗词入编《中华吟坛诗词家大观》《中国诗人风采》《大中华千家词》等多部大型典籍。

七绝·书香
冬至过后日渐长，小寒大寒又一春。
书须推敲一字香，志在霄汉万里云。

七绝·神典
繁花飘香润神曲，群蜂恋花酿仙蜜。
朝霞相映水更碧，红花相伴叶更绿。

七绝·笔锋
风风雨雨五十年，朝朝暮暮万刃间，
笔锋自有千钧力，莫言书海难度关。

七绝·古松
古松自幼妒凡尘，遥望浑身尽龙鳞。
浩荡东风闻布谷，翱翔雄鹰邀斯人。

踏莎行·元宵
礼花竞放，凌空缤纷，梅花梅香梅报春。锣鼓喧天翩跹舞，万里月圆万里人。
　　紫荆玉莲，年年情纯，相知相爱倍相亲。鸿雁越海缠绵语，一片诤言一片心。

定风波
年年春日郊踏青，岁岁踏青过芳坪。常念靓丽相携影。思忖，新诗新词夜夜灯。
　　天天思君觅芳馨，夜夜思君梦中情。兴安青松南飞鸿。轻唤，潇湘奇云飘碧空。

丑奴儿慢·纪念七七事变78周年

卢沟战鼓,隆隆雷电山川。点熊熊烈火城乡,黎庶蒙难。韵储青纱,万众同心笃志干。几许天籁,几许云雨,八载暑寒。宝剑戮倭,硕鼠龟缩,瀛寰盛传。看今朝,金瓯龙跃,银汉鹰还。悬崖瑞雪,梅绽春回蔚蓝天。和风曼舞,倩女轻歌,永驻人间。

长相思慢·天骄大桥

绿水激流,彩虹醉卧,崔嵬屹立旗旌。楼阁竞矗,没影青烟,嫩黄乍露春醒。万方莅惊。望驰骋骏马,浩荡松风。景仰精英。抚栏杆,兀自倾听。

忆鏖战当年,此呼彼应,好汉戮力豪情。桃李不言,下自成溪,有志功成。高峰浩气,泰山松,魂牵梦萦。羡焦桐相俏韵,四海澎湃,五湖沸腾。

王伟

又名知止。大中华诗歌联盟会员,抚远市作家协会理事,香港诗歌联盟协会终身会员。

长江赋

长江者,始莽莽昆仑之源,直插九霄之万丈,作别唐古拉之不舍,绕青藏亿万之温柔,磅礴如巨龙腾空,倾盆之水九天而至,立苍穹奇胜大观,捭阖九霄,鹏程万里,纵横八千丈日月。白云远上,羌笛悠悠,奏鸣山川欢歌。

余观夫长江画卷,实乃自然之胜况。盘古舞斧,天地永诀,大海苦恋,呜咽大地。寒来暑往,秋收冬藏。滋养万物,润泽大千,华夏文明,亘古弥久,上下万年,人类之母。女娲补天之遗漏,玉帝泽福之纲常。

珠峰泣泪,作别天堂,一路东去入海,越万峰,跨千川,追风逐雨,弹雷弦崩,融气象万千,润华夏沃野山川,长啸龙卷涛如雪,朝发金沙滟群芳,夕拥嘉陵湿秋霜。胸纳岷山浩然气,亲吻玄女之天香。

浪漫锦绣山川,最是长江源泉。秦川八百里相守,三峡天上人间。太白朝辞彩云间,除却巫山不是云。少陵泛舟诗百篇,三千秋水会神女。川江号子,喊出神仙离殇,放浪信马由缰;呜咽盘桓,直击三千丈,吭雷霆以弥光;千古绝句只为你,奈何大江东去……

至若丁酉清秋,余泛舟大江之上,携清风明月,煮诗词杜康,前不见古人,念天地之悠悠,大江东逝水,诵千古之华章。秋月无界,沧茫而涕,以赋拙文,可慰肝肠。

王伟丽

梁山人,现居聊城。古诗文学爱好。中国铁路作协会员,聊城市作协会员。有小说、报告文学在《中国时代报告》《中国铁路文艺》《先行者》等报刊发表。

七绝·闹春图

得意春风传妙香,小园丰秀着霓裳。
燕鸣莺啭蜂飞舞,湖畔残枝又淡妆。

七绝·春雪

一路蹁跹云汉外,洋洋洒洒傲然开。
穿银裹素风流客,落入春泥护秀来。

七绝·借书不遇

借书不遇暂东昌,潋滟波光映暖阳。
浓淡相宜比西子,春风又约巧梳妆。

五律·周末游百草园(新韵)

春至天逾暖，无眠意阑珊。
举家观秀去，逐个具新颜。
花艳人皆爱，风轻蝶也欢。
童随杨柳笑，浅拽逗飞鸢。

七律·杂感

街头买醉是为何？提起前尘怨怅多。
痴爱如风留饮恨，人生似梦悔虚蹉。
功名原本空中物，美色权当眼底魔。
缘去缘来皆定数，富贫在命妄奔波。

　　街头遇旧友，说起前情往事，感慨万千……

七绝·在医院陪母亲有作

形销发白容憔悴，心血全因晚辈熬。
但愿圣医施妙手，快帮慈母去陈疴。

王纬华

　　男，山东滨州人，文学爱好者。作品散见多类诗刊和教育报刊，有作品收入多种诗集选本。

羡慕鱼儿水乘凉

地煮天蒸正当阳，勿违警示下河塘。
衣单不解汗流热，羡慕鱼儿水乘凉。

卜算子·新立河健康主题公园

　　一河穿城过，两岸公园绕。绿树成荫多花草，婉转林间鸟。清新沁心脾，曲径通幽妙。夜幕降临犹妖娆，水面霓虹俏。

切洋葱

一朝相约下厨房，款款深情两对望。
痛彻心扉酣畅处，寥然无语泪千行。

看贪官污吏落马有感

欲望膨胀卷浮尘，哪记曾经三代贫。
道德沦丧违法纪，梦惊一夜变牢人。

挑山工

自古男儿有担当，铁肩无畏挑山梁。
志坚身强皆称赞，却道心知路短长。

想起故乡

遥想当年倍感亲，故乡水土养其身。
银河清澈繁星闪，古井甘泉润物醇。
护院白鹅抢犬责，飞空萤火替灯巡。
如今难觅柴门影，缭绕炊烟问梦人。

禾稼久旱逢甘霖

闪电明空下圣令，风呼云卷传雷鸣。
田畴禾稼何期盼？根系苍天雨送生。

又开木槿花

盛夏风吹热燥民，蕊香寥落若星辰。
路旁忽现缤纷色，木槿花开悦世人。

王炜堃

　　号山溪，广东南海人，闲居佛山禅城。素喜研读古典文学，创作格律诗、对联及灯谜，痴迷艺术品收藏。

五绝·塔峰夕照

霞绮灿如燃，浮屠势指天。
谁持白玉管，欲绘锦云笺。

七绝·柳浪闻莺（孤雁格）

柳丝摇曳舞春风，浪涌湖边泛绿丛。
闻道坡翁曾到此，莺声起处觅诗踪。

七绝·昙花

娇羞未肯露行藏，子夜尤怜冷艳妆。
颤颤微微才一见，胜如国色醉刘郎。

注：刘郎指刘禹锡。

七绝·西江
一水西来汇细流，风随帆影过灵洲。
骚人笔下多情月，朗照澄川百代秋。

五律·游可园有感
莞地名园秀，风光举步移。
有轩皆曰可，无石不称奇。
览远怀方畅，居幽志尚驰。
兴游人境内，身似入东篱。

五律·听音湖闻曲
云飞重岭动，雾压茂林低。
隐听黄莺啭，悠悠绕柳堤。
似传西子怨，犹觉卓姬迷。
览眺幽深处，瑶琴弄碧溪。

注：卓姬指卓文君。

七律·樵山春行
（步白沙舟经西樵韵）
春深烟霭景迷濛，为觅诗情步岭东。
但觉飞泉来界外，时闻栖鸟啭林中。
青山入画天成韵，紫气侵怀自在风。
行近松梅相映处，声声解箨见新丛。

七律·怀屈子
晴余掩卷夜沉沉，时近端阳绕梦深。
雨点敲窗龙竞渡，风声入耳子行吟。
滔滔汨水流高节，淡淡山兰寄素襟。
遁世难伸家国志，唯将天问诉忠忱。

王文凤

吉林梅河口人，中学英语教师，喜欢打乒乓球和读书。曾经出版过两本现代诗歌集《心海流动》和《红尘有梦》。吉林省作家协会会员。梅河口市诗词楹联学会副秘书长。

梅花妆
晨起柔辉洒满窗，无聊台镜过流光。
寿阳花下香痕刻，留在眉间淡淡妆。

梅
疏影清幽嵌玉魂，空灵仙骨不沾尘。
凌霜傲雪留真韵，信是枝头第一春。

雁声里
遥望征鸿逝远滨，恍如泣唤怨红尘。
他乡纵有醇香酒，难抵家山那缕春。

蚂蚁
莫怨塌堤蝼蚁虫，凿墙挖穴患无穷。
平时细小如防范，岂可微灵撼玉宫。

王文全

自由职业，古诗研究者。

七绝·戊戌中秋吟
云起江心草色寒，忽闻箫鼓入酒阑。
几许秋思几人欢，花影长锁月长安。

七绝·江南晚行
秦淮微澜月影瘦，渔父温酒劝归舟。
寒山柳处声声慢，烟花不见少年愁。

七绝·过会稽
吴月如雨星如卿，半分幽若半分明。
曲水有情寄相望，云生无意湿兰亭。

五绝·兰若（之一）
向晚宿古园，抚琴尘松间。
谁道秋意绝，月摇池中仙。

五绝·青龙节偶感

水月镜中妆，独爱一云裳。
君心谁人怜，春归惹暗香。

王五超

网名快乐人生，观赏石藏家，现任河南省观赏石协会常务理事、灵宝市观赏石协会副会长，醉心藏石，乐赋诗章，寓藏石于诗的灵感。收藏美石千余方，数方精品藏石曾斩各项观赏石大展金奖，藏石及作品发表于《自然赏石》《大河诗刊》《明珠》杂志及各种媒体平台。

七律·春寒（新韵）

初春气候幻无常，才褪棉衣遽又凉。
昨日煦阳薰地暖，今晨飞絮耀天光。
外出轻踩白银毯，归返消融水路床。
农院老翁掬雪笑，新犁耕种好开墒。

七律·咏槐花（新韵）

又是槐花烂漫芳，塬坡壑谷遍云裳。
嗅闻香雪弥原野，品赏珍珠溢灿光。
蜂舞林间勤酿蜜，春邀墨客诵诗行。
尝得麦饭追思苦，犹忆童年度难荒。

七律·乡村麦收（新韵）

布谷声催小麦黄，乡村遍野散清香。
风吹金浪连波卷，日照农家鏊具忙。
父母开镰滴汗雨，儿童拾穗赤腮庞。
争分抢秒收三夏，颗粒丰盈入廪仓。

七律·拜谒竹林寺（新韵）

炎炎夏日了无云，曲径蜿行拜竹林。
古寺梵音钟磬响，佛堂香柱紫烟熏。
采撷山果甜胸腹，参悟禅经醒善心。
忘却尘间烦恼事，但求净土洗灵魂。

七律·立秋

暑气难消伏虎狂，日中燥热夜风凉。
齐腰缨穗青纱隐，垂首金葵碧野香。
春去耕耘挥汗雨，秋来收获积粮仓。
人勤方得丰回报，硕果摇枝喜品尝。

王希良

山西汾阳人。历任汾阳县（市）史志办副主任、主任，《汾阳县志》主编、总纂。山西省作家协会会员，郭氏研究会副会长。《汾阳县志》2000年荣获山西省政府颁发的山西省优秀志书一等奖（含主编奖），个人荣获山西省地方志编纂委员会一等功。山西省劳动竞赛委员会二等功。2015年中共汾阳市委市政府授予"汾阳人民作家称号"。

七律·袁德良将军百岁华诞赋

风雨征程不计年，壮怀激烈志弥坚。
军功应慰平生愿，廉政传承父老缘。
冷对谄媚抒正义，热书翰墨写钢肠。
崎岖阅尽乡情在，美酒汾清寄望年。

感师贤
——赠武毓璋老师

四十年来追梦痴，文坛举步赖恩师。
半间陋室曾聆教，一捧真情垫路基。
治史修身真意在，读书冶性两相知。
倾心烟伴床头语，难忘提携困境时。

七律·感事呈李明伦老师

跋涉相携共老年，依然留意觅师缘。
启蒙只感文湖奥，觉悟方知蜀道难。
春雨随心滋梦境，秋风着意种福田。
俨然去岁攀东岳，仰善聆高悟道间。

七律·赠李光正老师

修志如同修炼难，行间字里有新天。
文章满纸书生累，细雨和风师友贤。
欣慰常怀辛苦后，释疑总在点拨前。
情真性善文堪美，享誉尊荣谓不凡。

七律·贺曹其金先生文选付梓

著述行余意愤发，龙飞凤舞写农家。
耕耘典故如农事，寻觅文心胜断崖。
岁月劳人坚硕果，诗章喻世绽奇葩。
赠书可记评讹处，老骥童心暗许嘉。

注：昔将余书赠先生，回馈指书中谬误多处。

七律·为《家事世事》付梓诗赠王乃奇先生

万绪千头写意活，茅屋草舍系家国。
神秩昭示惊天鉴，传记蕴含动地波。
岁月峥嵘遗憾事，年华锦绣壮悲歌。
古稀伏骥勤磨砺，盛世回眸感悟多。

注：神秩上有明王文素字样。

王锡华

男，大专文化，四川剑阁县人，宣传思想文化工作者，省诗词学会、省散文学会、省电视艺术家协会会员。

七绝·央视《中国诗词大会》剑门关取景感赋

何处诗情画意多，剑门蜀道壮山河。
为追上过吟旌梦，敢与雄关共放歌。

七绝·中国四川文旅节晚会现场有感

翠耸云环韵味长，旌旗古道显风光。
山呼海啸歌潮涌，万众扬眉赞故乡。

七绝·月坝遐想

几人识得旧芳华，呼出深闺解面纱。
一坝林泉三万顷，果然仙子貌如花。

七绝·访苍溪临江古渡

寻踪古渡霭云升，似遇当年杜少陵，
折柳亭前频致意，孤舟一叶浪千层。

七绝·与张健先生及众诗友雅聚

窗外溪堤柳色青，涓涓流水妙音聆。
明楼雅座诗书意，似有春风拂画屏。

七绝·登泓养楼

药博园区最上寻，楼高百丈送清阴。
萦胸字有登临意，漫向白云深处吟。

七绝·参观你也现代院

一湾溪水抱长桥，绿色园区产业骄。
山里果香蔬菜嫩，家中网络不愁销。

王献力

真名王宪力，笔名丁之、丁可、艾微、叶秋枫。山东人。黑龙省诗词协会常务理事，大庆市诗词学会副主席，中华诗词学会会员，黑龙江省作家协会会员。诗词作品在国内多家出版社和诗词期刊上发表。作品及传略收入国家级辞书30余部，多篇作品被国内多家大型图书馆、纪念馆收藏。

小序：

应吉林盛世图腾马文化公司李总之邀作《汗血宝马赋》，即土库曼斯坦汗血马表演团来长春演出《丝路神韵——宝马嘉年华》。余情犹未尽，复作绝句数首，聊抒感慨！

一

春风合臂玉栏围，汗马踏青奔欲飞。
谁令白山看护好？天留国宝号神骓。

二

华夏中兴势若潮，重开丝路彩云飘。
英雄气魄纵天下，此马绝称第一豪。

三

天惊石破降华骝，沙场归来气未收。
丝路今闻播海雨，乘风飞起白山头。

四

关山屡战建奇功，千载赢来汗血名。
休道挽弓人老矣，天留龙马壮国风。

五

扬鬃飞起啸腾空，百战关河汗血红。
千古身留英烈气，至今光彩照长城。

六

乌骓赤兔久驰名，龙马精神汗血凝。
吾到君前惟有拜，关山明日盼同行。

七

踏雪无痕落地轻，群中有马号追风。
忽闻惊啸人回首，一羽飞云入碧空。

八

青虚一斧鸿惊开，神骥龙驹天上来。
马背若封猴掌印，将军卸甲有余哀。

九

逐日追星数万程，四蹄怒踏六合空。
将军汗血拼沙场，终老南山未见封？

十

横扫匈奴玉雪龙，将军百战自英雄。
神驹今日槽头老，夕阳啃尽再无功。

十一

绿草春风终日闲，消磨英气恼人观。
今闻丝路重开启，一啸腾空欲跨栏。

十二

宝马腾空客展眉，争闻关塞角频吹。
百年华夏今崛起，踏响征程第一雷。

十三

周王八骏去何还，渺渺秋云眼欲穿。
梦里长鸣汗血马，于今垂泪望南山。

十四

大军西去气如虹，边塞赢得汗马功。
台筑黄金争买骨，秦王何意葬昭陵？

十五

塞上归来伯乐无，盐车负重叹长途。
千秋多少忠良将，马葬昭陵天下哭。

王香元

微信昵称雪里红梅，女，1947年6月出生。退休教师。中华诗词、省诗词、市诗词、县诗词学会会员。参加过大小赛事，获过奖。作品散见全国各地诗刊。

七绝·春野

嵌绿镶黄岸柳扬，新磨玉镜鸭梳妆。
金花地毯铺天际，牛啃熙阳韵味长。

七绝·霏雨红枫

百媚千娇著盛装，玉人惊艳醉心房。
仙姝唯恐真颜露，烟雨迷濛半掩藏。

七律·农家

澄碧方塘岸柳斜，晨烟暮霭鸟声哗。
枝头月季红如火，架上葡萄紫若霞。

鹤发老翁聊德政，青丝少妇品香茶。
麻牌桌上风云激，最是开怀杠上花。

五律·农民工节后返城
晓月西归去，晨鸡唤早霞。
小儿张口笑，老母喂汤茶。
犬吠山村静，肠牵泪眼花。
车行山渐远，回首已天涯。

五律·游张家界
静谧树参天，群猴逗客玩。
举头岩竞拔，漫步水潺湲。
妙幻形姿异，玄奇情性传。
清幽芳草地，游客不思还。

五律·锦里沟
早闻风景美，一见醉双眸。
瀑布从天泻，清泉依石流。
漫山霞彩染，浮水锦舟悠。
拾级扶云上，仙姑画里游。

卜算子·梅
良夜月清柔，楚楚芳容妙。似见香妃缓步来，满屋霞光照。
相挽伫窗前，平曲横帘笑。劲节虬枝嫩蕊妍，一树诗花俏。

柳梢青·思母
竹影东斜，杜鹃啼血，冷月清阶。怅望西天，仙凡隔道，难越难偕。
忆生前手相携，万般爱、丰衣暖靴。慈母春晖，今生难报，泪涌悲嗟。

王小慧
女，网名惠子，中学数学教师；中华诗词学会会员、湖北省诗词学会会员；热爱中国传统文化，诗词作品散见于部分诗词杂志书刊及微信平台，有作品获奖。

七律·忆重启高考
忆看春春作侠游，闲抛书本逐洪流。
侵阶野草黉门碧，授业先生桂帽囚。
核弹功成缘笃学，滋兰任重可停休？
风雷惊醒潜龙梦，重启十年裕国谋。

七律·忆恢复高考
鱼龙掣电响惊雷，天佑斯文甘雨回。
纸贵洛阳书考卷，钗矜木椟待良媒。
相逢只问谁家子，笔试三挥甲第才。
寂寂十年重抖擞，醒狮跃起上云台。

五律·剁椒鱼头（新韵）
砧案裁纹理，精盘摆并头。
轻匀殷玉色，漫洒翠葱油。
蒸屉升苗火，宽心待肉酥。
东坡尝美味，定颂锦鳞馐。

鹧鸪天·同窗情
谁拂花香小径行，青山隐隐水泠泠。谈天说地笑风月，研理磋文忘世情。春易逝，景犹零。同窗交谊别长亭。知卿痴意怜芳草，浪迹天涯忆此生。

七绝·七夕宿大别山鼓角寨
攀援鼓角入天津，银汉迢迢波浪巡。
扯块云襟揩泪雨，只缘今夜近河滨。

七绝·早春（新韵）
江南春雨不花钱，两日三濡润野田。
席地鹅黄娇绰绰，偶来飞羽画新颜。

王小兰
内蒙古乌兰察布市中学高级教师。文学爱好者。内蒙古诗词学会、乌兰察布市诗词学会会员,作品散见于《诗词月刊》《内蒙古诗词》《乌兰察布诗词》《巴彦淖尔诗词》《黄旗海》《春风万里绿田园——当代田园诗词曲900首》及各微信公众号平台。诗词曲曾分别获自治区级三等奖。

七绝·西风夕钓
雪涛拍岸浣金沙,落照铺江棹影斜。
独钓西风惟意趣,扬竿挑破半天霞。

七绝·雪霰晨见
雪霰初开寒雾凝,眉间唇角气成冰。
一轮旭日惺忪眼,谁挂枝头小桔灯。

七绝·山居
山中久住不知春,松石云溪日为邻。
半亩桃园精打理,清风细雨播香尘。

七律·夏日黄昏登山望海
吻面风轻落日斜,林深便道静无鸦。
移将素履登高处,转看流云织锦霞。
疏荻可曾期过雁,浅湖犹自让汀沙。
闲舟久置何时渡,白鸟还来蹈浪花。

登谷力脑包玄武岩石林
壁立荒丘已忘年,青锋直指向蓝天。
风鸣阵阵磨芒刃,雨泣时时涤悴颜。
冷面遥观沧海水,丹心静护梓桑田。
试攀绝顶乘云翼,谢却红尘去作仙。

五律·别(新韵)
他乡牵客踪,浪迹若浮萍。
道远何堪忆,秋深更恨行。
总言天不老,谁解梦难成。
昼夜车声里,关山又几重。

踏莎行·深秋
雁断高天,蛩销深巷,清霜失却花模样。西风是夜入楼台,任由吹冷芙蓉帐。
星自寒微,月犹孤上,中宵怅立凭南望。一怀幽意寄云梢,殊知乱絮难成象。

临江仙·元夜(新韵)
星雨帘垂烟树,华光照彻良宵。笙歌漫道舞翩飘,惠风吹正好,新月更多娇。
灯下谁曾回首?丰姿恰是难描。柔波一道暗相抛。流年诚易老,玉影却难凋。

采桑子·依风读取春消息
依风读取春消息,绿破疏篱。香浸心脾,云影晴光淡淡移。
塞鸿犹在千山外,不问归期。又计归期,望月楼前听柳枝。

王晓慧

女,1964年5月生,枣庄市峄城区人,大专文化,系枣庄市诗词联赋家协会会员。

五律·己亥有感
岁杪恰逢春,虔恭拜上神。
红联传雅韵,绿蚁敬亲人。
不历千番苦,何来万两银。
君看蜡梅绽,风雪不辞辛。

七绝·双龙湖赋(四选二)

其一
双龙荷色少人知,信手拈来也入诗。
一朵芙蓉依碧翠,邀得菡萏共当时。

其三
双龙湖水不着尘,金柳溪桥正暮昏。
一路闲歌随美景,游得浮世任行云。

王晓露

浙江青田人,定居西班牙。西班牙伊比利亚诗社社长。世界诗人大会终身会员,中华诗词学会、中国诗歌学会、中欧跨文化作家协会会员。有数百首诗歌在国内外发表和获奖。

七绝·春归

山中冷雨知时去,窗外蔷薇默默开。
几种忧思随雾散,只因一缕暖阳来。

点绛唇·贺松师933戊戌年同学会

三载同窗,情深最是无言处。独山如故,各自奔前路。荷月平昌,廿五年重聚。杯频举,良辰不误,再把初心付。

菩萨蛮·中秋月

孤舟寂寂行云海,寒烟笼树婵娟在。
圆玉挂高栏,桂花香案前。举杯寻故友,
弹曲觅新偶。人面不相同,同时秋月中。

王晓薇

女,汉族,大学文化,在陕西眉县老龄委工作。有诗词歌赋和论文在市级以上刊物发表或获奖。

七律·庆七一

栉风沐雨筑辉煌,丝路花开分外香。
执政为民谋福祉,扶贫逐梦聚威望。
九霄揽月拨云雾,五水捉龙驱霸王。
初衷不忘承使命,西风漫卷国旗扬。

五律·赞诗友

追逐诗圣梦,抖落一身霜。
龙飞吐清气,凤舞著华章。

雅玉遂心写,神韵尽情扬。
无意人夸好,字字流墨香。

七律·习近平颂

近人平易堪称雄,丝路花香畅惠风。
航母出行惊鬼蜮,嫦娥奔月入蟾宫。
改革承继千秋业,开放迎来万世功。
浴火高原连七载,凤凰复兴驾云梦。

七律·芒种

端午田畴多碌影,麦香十里醉熏风。
龙唇夺食抢晴日,机手脱粒省苦工。
艾草守门怀古礼,汨罗投粽祭英雄。
一春花木经阳夏,才有累累果实丰。

七律·怀念毛泽东

少年立志出山乡,天为帐蓬地当床。
巨臂擘画三世界,龙威捉鳖五湖洋。
一身正气冲霄汉,六位英才仆国殇。
千古江山雄虎踞,西风漫卷红旗扬。

七律·红莲赞

史海勾沉达性天,碧荷荡漾粉红莲。
彩笺银笔春秋记,翠叶丹心日月怜。
常嚼诗经和琴瑟,每吟乐府抱丝弦。
桑榆非晚豪情在,太白高峰觅李仙。

七律·夏至喜雨

雨淋禾谷绿田畴,滴翠绾枝薯叶柔。
翰墨修身常不忘,银锄健体总难休。
平民起步红尘远,岁月蹉跎天命悠。
渭水岸边闲逸钓,樽前论赋胜封侯。

王晓昱

黑龙江省依安县人,黑龙江省诗词协会会员,依安县作家协会副主席,依安县文化馆副馆长。有诗词、诗歌、散文作品在《黄浦江诗潮》《黑龙江诗词大观》《黑龙江女子诗词百家》《黑龙江诗坛30年》和《鹤城晚报》等报刊和图书发表。

给母亲梳头
梳开往事理纷纭，两鬓凝眸泪满襟。
我欠娘亲多少爱，指尖白发数根根。

谈印刷术有作
梓版元知笔是刀，三分入木作心雕。
翻开一页春秋梦，自古皇家打小抄。

火药
炼丹缘是做仙翁，猛药拈来不意中。
从此和平唯一念，宁将焰火绽晴空。

题指南针
情也浓浓爱也真，难移秉性铸灵魂。
平生遍走天涯路，极是家国磁是心。

京剧脸谱
涂开油彩到眉梢，美丑尤须笔下描。
休道人生无假面，也分角色戏推敲。

王晓云

网名王治群，男，党员。西医外科副主任医师，已退休。九洲文学诗词总社社员。东坡赤壁诗社社员。黄冈市诗词学会会员。自幼酷爱文学，尤其是格律诗词。

秋咏七律八首

秋晨
昨夜秋风秋雨急，今晨气爽又晴明。
炊烟袅袅随情舞，流水洋洋拍浪惊。
远望群山枫色秀，近看满院菊花荣。
令人心旷神怡处，万道霞光日正盈。

秋景
碧梧落叶渐秋凉，丹桂芬芳菊正黄。
稻海金光腾细浪，棉田玉影叠繁霜。
池湖水满肥鱼跃，庭院花繁蜜橘香。
最是夕阳栏畔立，蝉鸣送晚笛声长。

秋兴
气爽天高好个秋，邀朋结友快哉游。
碧空阵雁翔人字，巧态云团幻兽头。
霜醉枫林红若染，花馨菊篱韵方遒。
丰收棉稻无边际，不尽诗情豁远眸。

秋雾
茫茫幕帐裹山川，浩荡乾坤断复连。
风弄轻纱飞玉沫，空余素霭积炊烟。
恰如秋梦无长夜，果见红霞出九天。
过眼云踪何处觅，峰巅犹剩一堆棉。

秋趣
神清意惬立西楼，岭黛红霞一望收。
有酒不知霜染鬓，放歌何等月当头。
罗云遥挂空中雁，牧笛横吹垄上牛。
心地浑如秋水净，纵然淡泊也风流。

秋思
树着庭边影暗移，香山芳草寄相思。
三更独对窗前月，一卷长吟别后诗。
槛外韶光催逝水，心中远景向明时。
西园昨夜秋风扫，笑问苍天君可知？

秋喜
西院蝉鸣噪不休，居诸迭运又经秋。
漫言人比黄花瘦，且喜头仍黑发留。
几度梦魂萦往事，半瓯浊酒涤新愁。

年来有幸身犹健，笑把长杆钓碧流。

秋夜
宝镜高悬午夜空，水天相映一湖中。
浮沉翠竹溶溶月，摇曳青松淡淡风。
洒播星辰光点点，漫笼山影色朦朦。
老枫偏不惊秋晚，笑傲寒霜叶正红。

王新华
笔名一片云，男，河北省献县人。中华诗词学会会员、河北省诗词协会会员。500多首诗词被多家出版社收录成书。出版专辑《江花无语》《月影扶桥》《红叶吟秋》。主编并创作了《飞吧梦想》。

七绝·油菜花香(新韵)
谁持彩墨写春情，撩醉堤边一野风。
小路有心折此景，幽香绊倒在花丛。

七绝·江边观景(新韵)
早观湿露晚听涛，云雾扶风过短桥。
倒影独撑江上月，归舟小橹未停摇。

七绝·村翁赏春(新韵)
风撵夕阳暮已沉，桃花吮露柳摇阴。
老翁倾倒壶中景，月影端杯默默吟。

七绝·晚间观景(新韵)
楼头挂月影如吟，不照清风只照云。
一缕幽光偷挤入，抚摸床榻梦中人。

七绝·思绪游春(新韵)
鲜花仰望看飞杨，染色情思梦里藏。
倒影陪君春上坐，清风捻就一园香。

七绝·小路观花(新韵)
半风半水半朝霞，春送幽香入万家。
我欲推窗观秀景，忽闻鸟语挂山崖。

一剪梅·夏日情歌(新韵)
浅雾迷蒙倒影忧，晚风拂柳，河水奔流。烟云携雨落花洲。路上行人，不住回眸。

蛙语蝉歌无尽头，老翁垂钓，小橹推舟。江郎最是弄情痴，一曲箫音，撩醉西楼。

踏莎行·子牙河边(新韵)
小路凝眸，溪流涌动。半堤云雾风相送。葭葭两岸舞婆娑，滩头芦苇摇轻影。

院底摘花，屋前看景。痴情女子桥边等。箫音缭绕晚霞间，佳人心事谁人懂。

王兴凡
笔名凡夫。四川平昌人，大学文化，中共党员。曾任省人大达州地区工委办公室主任，达州市人大常委会副秘书长、研究室主任。现为中华诗词学会等多个学会会员，四川省老诗会理事兼达州联络处秘书长。曾获第五届《诗词世界杯》大赛特等奖等多种奖项。

五绝·游真佛山
佛地天梯陡，深山古寺幽。
三参通大道，一拜解闲愁。

七绝·米田养蛇女
安住帐中龙八千，黄蜂黑眼伴银环。
求财敢向毒中取，竟是娇娇一美颜。

五律·巴山农户咏
风清闻鸟语，壑险淌溪潺。
屋隐云霞内，人行草木间。
时时培沃土，岁岁护金山。

致富雄心在，天高任我攀。

五律·青岛行
五月来青岛，海风揉笑颜。
园幽花簇簇，壑静水潺潺。
雨洗三更梦，诗吟八大关。
文心多润补，韵路再登攀。

七律·巴山村姑梳妆叹
雀闹芳园户半开，窗前又坐小姑来。
娟娟乌发轻梳篦，冉冉红裙慢拭埃。
细细眉笔描凤眼，纤纤玉指抹香腮。
皆因致富郎求美，累我朝朝对镜台。

七律·夏日与友登州河楼船遇雨
邀朋小聚画舫东，变脸天公肆逞雄。
且看江中风卷浪，但闻头顶雨敲篷。
瓜糖两袋茶三碗，鸡腿几根酒一盅。
曲赋诗词皆入话，时虽近晚兴犹浓。

望海潮·白衣古镇
平昌白衣镇乃清朝吴翰林故居。经政府投入维修后面貌一新，已辟为AAAA级景区。近期回到家乡，有幸去古镇一游，偶成一词以记之。
　　魁峰雄峙，巴河环绕，幽幽古镇呈新。虹路卧波，青葱拥翠，常迎四海嘉宾。食府味香醇！看莲塘鱼戏，小院花匀。明月清风，庭槐岸柳隐游人。
　　乐哉羡我乡亲，更仓盈库满，敬武尊文。尤忆旧年，官家鼎盛，恍如过眼烟云。悔不换今身！有富民良策，天道酬勤。上下同心筑梦，又见艳阳春！

王秀山
辽宁黑山人，经济学硕士。著有《金融资源效率研究》《银行会计出纳储蓄案例综合分析》和散文随笔集《村言碎语》《燕石楼词选》等。发表论文50多篇、诗词作品100多首。多次获得诗词大赛特等奖。

南香子·梦中游
雨打秋窗。浅寐依稀梦新凉。陌上人家无归路。停杵。举目雁归落照处。

撼庭秋·秋思
雁归黄叶疏雨。奈此情难叙。月遥天远，云沉水浅，乱萦思绪。
　　光阴似箭，春秋回味，几多衷曲。叹前人行路，荆棘四顾，对尊无语。

蓦山溪·咏春
梨花初落，碧树烟迷绕。梅雨送红愁，岸轻风、新荷满沼。呢喃燕语，崔护怎重来，蝉声闹，蝶翼舞，蛙鼓秋蛩到。
　　别了朱柳，残梦知多少。自古叹伤春，很流水、向东杳渺。郎潜白发，何惧暮相邀，云作伴，月相随，正待金风好。

沁园春·东川红土地
巍巍乌蒙，熠熠蓝天，袅袅暮烟。念红旗猎猎，铁蹄声脆，雄风浩浩，云岭魂欢。挥送金纱，雪山俯首，芳草莲花请驻鞍。千年颂，贺炎黄故土，重整河山。
　　临窗斜影云岚。听天籁、韶音助泰然。看卷云垂落，人欢马跃，松涛隐隐，鱼戏莺喧。涉水攀岩，观光揽胜，万种风情逐笑颜。东方曜，愿鲲鹏展翅，四海同烜。
注：金沙，指金沙江。

七绝·春末感怀
卷帘似入落花声，浊酒钩沉唱大风。
凉夜拾阶抬望眼，云消月朗汉河澄。

七绝·夜宿元阳客栈

万岭连波天入暮,千云远去月增辉。
浅杯方落乡音绕,蜡泪初堆梦已回。

七律·赠友人

和风初上添佳色,春夏秋长驻韵华。
桃蕊莲花同叹月,黄蕾梅朵共添鸭。
千年争艳朱门盛,万古求荣寿者乏。
气壮心平桑植地,柔肠傲骨汉河家。

七律·读《宋徽宗画集》

秋风萧瑟夜增凉,宫殿孤灯雨过窗。
书卷留香千古泪,画图存雅万年伤。
光阴送走皇家梦,流水削平阆苑篁。
遥想硝烟驱旧客,人间几许瑞烟长。

王旭红

甘肃永昌县人。大学经济管理专业毕业。经济师。退休公务员。二十世纪八九十年代,曾任多家报刊通讯员特约记者。新闻报道、诗歌、散文等散见于《甘肃日报》《甘肃工人报》《甘肃经济报》《甘肃人民广播电台》《中国交通报》。多篇专业论文曾刊登《西北汽车》《甘肃交通史研究》。性情散淡,喜好古典诗词。多首格律诗词在《丁芒文学艺术研究》《河西文艺》等刊发。

七绝·意寄双色牡丹

双泽幽奇亦可嘉,含香倾国一枝花。
莫论剑术琴心道,吟咏轩窗赏晚霞。

七绝·端午诗友会

神州馥郁芳香粽,楚调群芳咏颂声。
离恨九章冰玉魄,丹心留史万川清。

五律·凉州乐

燕雀攀林树,溪湖映小楼。
携孙寻绿荫,撩水戏清流。
休憩乐滋润,淳风农舍幽。
绵长亲情乐,平淡惬怀悠。

五律·咏凉州百塔寺

百塔融天地,千秋入史扬。
会盟昭月日,伟世国隆昌。
大同胸怀梦,亘天尚圣乡。
丹心遗史册,豪气漫西凉。

行香子·仲夏端午咏

听水潺潺,鸟啭湖边,阳斜影、溢美荷莲。国风载岁,屈氏成仙,楚骚千章,读千遍,观千贤。

艾烟纱荡,菖蒲依恋,日照中、遥祭天元。奠仪故老,汨渚魂安。紫烟悠荡,风悠静,月悠圆。

山花子·沙枣花吟

委婉依依冷涩间,小妆怜可兀婵娟。蕊丽悄然总塞语,不妖妍。

凄雨伴吟终浅醉,待行深蛰映红颜。半点羞蛾任侠摘,惬终还。

卜算子·仲夏荷花咏

婷婷玉荷花,冉冉飞仙女。清丽惊鸿绝世尘,傲世令君去。

尽显霓裳衣,绿绿莲心驻。醉美湖波潇飒凌,彩练迎风舞。

王旭岚

大学学历。金融经济师,中国老年作家协会会员,《诗刊》子曰诗社社员,承德市作家协会会员。承德市诗词楹联协会会员。偶有散文、诗歌见于各种报刊,入选十余部文集。曾多次在全国诗歌大赛中获奖。

七绝·赏春
春光入野暖阳亲，柳岸梢头翠染新。
借得春风百花艳，邀来云雀九歌吟。

七绝·踏春
信步闲游滦水欢，春风着意慰心宽。
百般红紫妆天地，一泓碧水绣河山。

七绝·桃红
春风梳柳剪丝帘，忽展霓裳花弄旋。
朵朵桃红香暗涌，争芳展艳醉庭园。

七绝·梨花
素洁片片落凡尘，疑是瑶池潜雪神，
带露枝头清似水，悄然化作玉仙人。

七绝·花雨
花雨濛濛巧手裁，月斜阒寂梦依怀。
窗前飘过馨香玉，忙把芬芳采进来。

七律·美丽乡村桲椤树
林荫溪水抱村庄，蛙鼓荷摇曲远方。
十载修得山谷绿，一朝崛起小城乡。
菌菇尽唱农家乐，大棚轻吟巧手妆。
雨润桲椤铺画卷，怡情美景比三江。

七律·承德春色
繁华绚丽秀人间，玉手梳妆塞外川。
叠浪垂杨撩丰韵，吟歌燕雀荡琴弦。
一弯虹彩添新色，两岸滦河咏美篇。
满目春晖收不尽，承德最美是春天。

七律·马盂山感怀
花蹊百里绕山间，淡雾轻云踏翠巅。
波涌辽河翻碧浪，风摇古木抱晴烟。
栏边追忆千秋事，遗迹遐思万古缘。
云海苍松凭眼望，山川锦绣又经年。

王绪贵

男，1942年生。教育工作者，中华诗词协会会员，连云港市红叶诗会副会长。

诗词作品曾多次在当地报刊上发表。2015－2018年参加"中华当代好诗词""第八届祖国好""第三届诗词世界杯""全球华文填词大赛"等征文，分别获得一等奖、金奖等。

七律·观"大国外交"有感
大国邦交气宇宏，广迎宾客结联盟。
谋求经贸腾飞路，引领潮流共远征。
一代金融同尽享，五洲红利互双赢。
得民心者友天下，四海高歌华夏情。

七律·下厨
偶随老伴进厨房，所措不知胡乱忙。
洗蟹扎肤难下手，剖鱼留胆实荒唐。
锅凉虾壮八方跳，火烈油开四处扬。
不可小看家务事，行行皆有大文章。

七律·游渔湾
渔湾秋月景斑斓，风卷层林涌碧环。
万涧同趋入沧海，一潭独秀誉群山。
虬松盘卧神仙界，怪石嶙峋沟壑间。
奇险古幽多特色，离情缱绻几回还。

七律·岁暮随笔
虽至残年神矍铄，回春枯木发新芽。
填词挑战莺啼序，入座品尝云雾茶。
偶尔觉来知落叶，欣然闲后赏奇葩。
秋风尽染枫繁丽，江海无涯夕照霞。

七律·晨练海州区政府大院有感

蝶穿小径花姝艳,徐步悠哉听鸟吟。
本是森严幽院落,但因开放变园林。
廉明公署顺黎愿,改革春潮暖众心。
正气标杆山样立,与民贴近若知音。

鹧鸪天·走进灌南县新民村

树果飘香蟹满塘,风吹稻浪溢芬芳。鲤鱼戏水流泉响,飞鸟鸣林秋韵长。
居别墅,赏风光,小桥流水小苏杭。一村风月田园绕,方客文章江海扬。

风入松·秋收

早晨田野笼烟霞,稻浪向天涯。旷原一派丰收景,大铁牛、扬起尘沙。机手汗流金面,嫂姑请坐端茶。

婆翁童子不看家,临阵众人夸。家家锅灶中餐冷,日黄昏、更夜喧哗。收获金秋甘实,翌年康阜芳华。

高阳台·元宵观海遐思

眺望沧溟,狂涛卷絮,南来北往归船。鸥鸟相随,喳喳起伏飞穿。如同两岸亲兄弟,话枯荣、岁岁年年。恋乡关、锦绣朦胧,梦里相牵。

金瓯璧合何时统?看经纶巨手,力挽狂澜。历史潮流,岂容小丑翻天。终闻爆竹声声闹,庆九州、策马扬鞭。共挥毫、大写中华,大谱新篇。

【越调·小桃红】烈日下的女交警

三伏靓女面笼纱,警花路上汗挥洒,卅度高温不生怕。顶呱呱,搀扶老幼过斑马。查规还是她,甘言知心话,百姓爱慕共雄夸。

王炫章

茂名南天诗社会员。男,笔名无言。山西长治上党区安城村人。爱自由,喜诗词,虽无成,却有情。

五绝·米兰

纤碎圆圆叶,幽幽立几旁。
花开看不见,满室荡芳香。

五律·翰墨三周年诗会上无缘会山民,孤鸿等老师

暑竭清秋近,群贤兴若春。
华堂名士聚,舞榭热歌频。
好酒无须醉,良情自有真。
擎杯连四顾,不见二三人。

七律·农民

今年无雨叶枯田,就算丰年值几钱。
盛世有为齐竞业,村夫无耐各搬砖。
东邻走巷千家口,北舍输煤百里天。
不恨春风未匀到,从来最苦我们先。

采桑子·疏窗正对幽幽树

疏窗正对幽幽树,时响蝉声。时响蝉声,却把凉床午客惊。

拾柴慢煮泉流水,壶重茶清。壶重茶清,袅袅飞烟罩老僧。

卜算子·咏竹

未有百花香,未有春花灿。落落修修几杆斜,自顾青如满。

最是月临初,最是风来晚。恰似嵇公夜弄琴,一曲音无断。

行香子·半世感怀

身是陶篱,心亦天然。忽匆匆半世流年。虽为蒲柳,亦是良辕。尽堂前孝,妻前靠,子前天。

清秋即至,虚怀相待。为枫红江碧云

闲。凭风吹去,任水无还。醉涧中花,柳中月,暮中山。

一剪梅·月下观野池中荷

月泻霜光淡淡流。暗叶沾银,华朵屏羞。风中清气为谁来,天地如休,众念如休。

心动惊回岸客羞,夕不神宁,且把名求。安如此夜水中花,庙也悠悠,野也悠悠。

水调歌头·初秋山行,适逢共和国70华诞,咏之。

如水澈无尽,一洗透青天。待看崖顶雏子,张羽欲云端。

且暂停车休步,勿吓肥羚涧主,枝茂正悠然。醉里直如梦,其实在人间。

扭头望,崎陌尽,已无难。正如我辈,风雨之后百花繁。

唯盼东台游子,不忘高堂慈泪,早日探家还。共赏中秋月,同醉好江山。

王学新

河北磁县人,中华诗词学会理事、河北省诗词协会会长,《燕赵诗词》编委会主任。邯郸市诗词楹联协会顾问、邢台市诗词协会顾问。著有《古赵新吟》《古韵新语》《诗海拾趣》《诗海探珠》《王学新诗词百首名家书法集》。

五律·游三峡大坝

今来游恨晚,细雨趣犹浓。
巫峡悬天镜,江堤锁浪峰。
长空神网架,梯闸巨轮容。
百载终圆梦,腾飞中国龙。

五律·神农架

登坛炎祖拜,一步一深躬。
百草生灵气,九湖连碧空。
东坡松柏翠,西岭杜鹃红。
最是神农顶,悠悠万古风。

七律·凤凰城

凤凰山下凤凰城,别样风光一样情。
沱水鳞波投倩影,脚楼香茗慰劳程。
临江高塔楚天立,依岸雪桥华彩生。
昔日荒凉藏匪地,今朝祥瑞乐升平。

七律·登临天门山

攀越天门感致真,万峦起伏望无垠。
缆车锁雾惊云雀,栈道悬空迷眼神。
鬼谷石盘兵法演,玉壶峰顶祖庭巡。
登高方觉乾坤小,不负东风一叶春。

七律·武当山

香烟袅袅片云敷,金殿威威胜帝都。
紫岳琼台梵界净,仙风道骨俗尘无。
千章锦绣凝诗韵,百幅丹青续画图。
太极阴阳生万物,心诚自有护身符。

七律·游漓江

人道漓江天下秀,风光旖旎妒仙娥。
奇峰彩画阴霾少,碧水岚烟清梦多。
钓叟垂竿披月色,牧童舞步唱山歌。
一船银发一船笑,笑对人间岁月磨。

风入松·长白山瀑布

闼门狂泻浪千层,天上水云横。奔流不息无穷尽,撼山岳,万壑雷鸣。云际垂帘飞泻,洞穿石裂天惊。

霓虹练彩碧潭澄,玉坠翠烟生。多情燕子翩翩舞,语喃喃,绕雾穿行。结伴春山秋水,依傍琼阁长亭。

注:闼门:长白山瀑布出口处。

行香子·额尔古纳湿地

曲水长长，林海茫茫。鳞波荡，玉带浮光。远峦叠翠，稻黍金黄。正鸟儿鸣，草儿绿，花儿香。

游如仙境，品似琼浆。碧空净，清气堂堂。天姿无琢，独赐芬芳。赏东山媚，西山秀，北山苍。

王勋

新中国首批社会学本科生和硕士生，费孝通先生入室弟子。现任美国威斯康辛大学社会学终身正教授和中国研究所所长。发表学术著作四部，论文逾百篇。2015年始学习写作旧体诗歌。

一剪梅·重阳感怀（新韵）

卅载西东影没踪，重九相逢，一见匆匆。旧时模样那般容，转眼白头，壮汉缊翁。

幽暗星稀月色胧，寄语珍重，执手难松。此别累日盼春风，把盏参商，玉露醇浓！

注：重阳节凌晨两点同学群里发来一组照片，让我醒后难以入眠。照片是一位在澳洲定居的老同学旅游时脱团专程拜访另一位在加拿大蒙特利尔定居的老同学所拍聚会留影。毕业三十九年虽然大家各奔西东，但同窗情谊仍记心中，感人至深，以记之。

七律·求学40年同学聚会记（新韵）

青春似梦白门入，往事如烟已卌年。
前日挥别潇洒去，今宵再聚泪腮涟。
闻声四望昔同友，携手欢情叙旧缘。
达旦天光难散尽，指屈何日重团圆。

浣溪沙·后院海棠

不放清明谷雨开，傲霜经雪旧年栽。春风一度又重来。

胭染绯铺垂柳带，翡辉珠缀入花怀。夜阑新绽扫尘埃！

一早起来大学同学挑战，要求以花为题填一首浣溪沙，但全篇不能用任何描述颜色的字，如赤橙黄绿青蓝紫等。恰好昨天拍了一张后院海棠的照片，就以此为题接受挑战。

七绝·孟秋思母

一年又是南飞雁，秋去春来少误时。
游子尚思归去日，已闻慈母叹回迟。

今天上班途中看到一群南飞雁，心中有感而记。每年冬夏回国讲学探亲访友，老母亲总是问什么时候回家。如今老母仙逝，但还是能记得她的叮咛。写到此，已然是泪如雨下。

七绝·咏王之涣

五言两首今仍诵，八半七绝传世间。
王姓子孙齐聚日，登堂入室拜前贤。

老同学蓝成东兄微信告知他写了三首诗，咏诵我的本家王昌龄，王维和王之涣，并要求我每一首都要和他。老同学，老朋友，又长我多岁。无奈之下，只得勉强为之。

王之涣存留作品仅有两首五言，四首七绝，但却都是流传千古的作品。

蓝兄原诗如下：

黄河万仞山如画，更上层楼望断涯。
十大唐诗占其二，千年传唱有琵琶。

七绝·丙申夏重访陕甘青等地

连绵千洞穿山岭，万里蜿蜒看大河。
一去经年常忆旧，白头回首共秋歌。

注：1. 1984年研究生毕业分配工作前曾随南开大学硕士博士考察团到西北数省访问，从西宁到格尔木，经盐湖，锡铁山，翻过祁连山到柳园，敦煌，兰州。后又去了银川，西安，洛阳等地。为时一月有余，印象深刻，时有思念。

2. 2016年夏我率美国华人教授和科学家学社12位教授访问西北大学，兰州大学和西北师范大学。访问结束后和部分团员再访当年到过的地方。从兰州过西宁到张掖再到敦煌，一路上新修的铁道线上隧洞无数。途中经过黄河，黑河（中国第二大内陆河），党河等。现在国内交通之发达，远非三十多年前能比。

3. 卅二年前精精壮汉，如今已近花甲年。睹物思情，小有感慨，口占七绝一首以记之。

七律·观2017年芝加哥春节联欢"天山之舞"

红衣黑履胡服艳，何处佳人舞步奇？

移颈犹如西子动,掌击却可怯熊貔。
立腰身挺婀娜美,腕转眉扬看宇低。
掩面且随烟漠去,羌笛一曲鼓声稀。

> 一年一度新年到,年年岁岁庆新春! 2017年芝加哥春节大联欢又拉开了帷幕。和往年一样,由张南(原上海芭蕾舞团首席演员)老师编舞和指导的新疆舞"天山之舞"又一次登上春晚舞台,前后两场演出。参加演出的11位演员都是芝加哥北郊的华人职业女士,其中当然也有我太太。她们平时上班工作,周末才有时间习舞。为了全面体现新疆舞的特点和多种舞蹈姿势,这个舞蹈全长六分多钟,比一般的舞蹈时间长了不少。移颈、击掌、立腰、挺胸、转腕、扬眉、动目和掩面是新疆舞的主要动作。两次演出我都全程陪同并负责录像和摄影,感受颇深,若有所思,遂成七律一首。

江城子·去国30年同学相聚记(新韵)

三十隔海动参商,少思量,亦心伤。
对坐喧声,把酒话衷肠。再见依然原模样,红颜变,发成霜。
何时圆梦又归乡,拜师堂,见同窗。
泪眼迷蒙,滴洒鬓须旁。还愿年年重相聚,佳肴尽,现天光。

> 今年我到美国读书教书整整三十年了。所谓光阴荏苒,岁月如梭,到了这个时候才有了更深的理解。脑海里浮出了一幅对联,对自己这些年的生活有个写照。"三十枉费日月多,半生蹉跎光阴少"。

王岩

> 笔名青焱,工程师,中共党员,中华诗词学会会员,已在《北方诗刊》《关东诗人》《当代文学精品选》《紫江诗刊》《月影风荷》《淘漉诗韵》等多家报刊发表数百余首(篇)诗词(散文),并多次获奖。兼《关东文苑》执行主编。

五绝·秋

漫步清溪畔,幽幽野菊稠。
枫红飘几点,溅我一声秋。

七绝·小村

又见牵牛蔓上扉,田园小径露珠微。
遥知庭院谁家闹,暮至清溪晚鸭归。

渔歌子·随笔

笔有魂来墨自芳,微风拂过带余香。
细回味,转柔肠,诗词雅韵醉庭堂。

雨中花慢·欢歌十九大

送爽金风,佳音再传,共襄宏策兴邦。
倡民生民主,社会安康。请进来求发展,
走出去利双方。看三军威武,舰艇雄鹰,
保境安疆。
爱护环卫,绿色生态,建成美好城乡。
党领导、当家百姓,政策协商。期盼复兴
伟业,光明大道昭彰。树新理念,圆中国
梦,万载泱泱。

鹧鸪天·建国70周年有感

七秩拼冲勇向前,中华浩气胜先贤。
激情年代踏新旅,奋进工农书锦篇。
扛日月,播云天。翱翔玉宇赞飞船。
战鹰航母江山固,圆梦初心万古传。

采桑子·情暖重阳

枫红菊艳梧桐老,秋意浓浓,风亦浓浓,落叶庭前又几重。
疏篱把酒家中暖。情义融融,爱亦融融,笑语温馨常在胸。

鹧鸪天·净月潭初秋

菊艳枫红万里晴,神怡痴恋岸边行。
长桥堤下老翁钓,峻岭林中晚鹊鸣。
山有色,水含英。家乡盛景使人惊。
凝眸忘已身心醉,浅赋清词不了情。

鹧鸪天·咏菊

雨后山乡晓色朦,虹霓相伴小桥东。
孤亭寂寂寒虫语,曲径幽幽落叶风。

秋圃景,菊花丛。一行征雁正凌空。
疏篱静坐频擎盏,惹得陶翁变醉翁。

王彦杰

女,1967年5月出生,中学高级教师,在尾山农场学校工作,大学本科学历。喜欢文学,作品散见于《黑龙江当代楹联作品集》《诗刊》《中华诗词优秀作品选》《黑河晚报》《绥化晚报》。

七绝·小满栽秧
邀伴栽秧聚楼前,扛锄拎粪水担肩。
刨坑培土浑不累,回望青禾已满园。

七绝·立夏日与婆母种菜
婆母身康眼不花,扛锄犹去种甜瓜。
莫非撒籽心情好,笑坐田头弄柳芽。

七绝·咏丁香
束束丁香放眼前,重重粉蕊自悠然。
田田玉叶随风起,蝶舞枝头戏紫烟。

七绝·谷雨
谷雨时节景色新,畦畦尽是种田人。
归来已是天将晚,落日浑圆点点金。

七绝·丈夫为婆母过母亲节
八旬婆母友邀齐,儿唱歌来伴酒席。
老眼回思艰苦日,都夸遇上好时期。

七绝·观鱼吃荷花图
水清荷碧小池塘,百态姣羞冉冉香。
犹似风光人最爱,鱼儿也是恋花狂。

七绝·山间春来晚
池畔枯蒿绿未萌,松间布谷几声声。
春姑借问何时到,岭外飞鸿已启程。

七绝·春晨散步
风暖春晨雪化残,阑珊晓月挂天边。
手扶细柳悄声问,几日花开绿草繁?

王彦武

河北承德人。公务员。河北省诗词协会会员,承德市诗词楹联学会会员。作品散见于各种报刊。

五绝·冬子夜胃疼有感
胃疼冬子夜,床冷侧身频。
卧看灯明处,知心有几人。

五绝·风雪回乡
昨天乘卧铺,归至已戌时。
风雪不眠夜,冷暖我独知。

五绝·冬日随笔两首

一

不觉年将近,春秋知几何。
冰凌终化尽,岁月已蹉跎。

二

不觉年将至,年龄近四旬。
陋斋冬睡足,窗外雪频频。

王彦芝

笔名思乡。欧洲华文诗歌会加盟会员、华人诗学会会员,麒麟诗刊总社社长。原创作品散见于网络平台和各种国内外报刊,获过奖。喜欢文字,对诗歌情有独钟,淡泊名利,愿与诗歌同行。

五绝·冬梅

山园一树梅，孤傲冽风摧。
不羡群芳媚，痴仪瑞雪陪。

七绝·岁寒三友
依窗远眺矮墙梅，凛冽风寒百媚摧。
但见竹摇惊雅客，青松伴友傲然陪。

七绝·冬景
踏雪寻梅留画影，云天大雁暗迷香。
寒霜诱请南方客，共赏西山秀庙廊。

七律·咏松（下平七阳）
沐雪凌霜举世扬，长青傲骨铸成钢。
苍颜惯眺缘清月，翠貌偏牵雾霭茫。
峭壁悬垂孤影立，浮云秀耸醉魂翔。
天生锐气雄姿展，逸雅持香四季倡。

秋兴
登高喜上古城头，万岭千山接素秋。
北国枫光添异彩，南疆水碧扫闲愁。
捷书岂赖天横雁，胜景何由浪打鸥。
一叶海棠舒画卷，桂枝香绽满神州。

春雨
雨织稠云积幕濡，斜风素影锁村隅。
溪声缓缓流犹止，山色幽幽现若无。
雾湿田畴禾涨绿，烟含柳线泪垂珠。
开轩四眺皆清野，乍暖还寒醉酒沽。

王阳华

茂名南天诗社会员。微信名威震天下。长治市潞州区作家协会会员，文学爱好者，近年来有多首或多篇诗歌及散文发表在报刊、网络平台。曾有作品获奖。

七绝·春吟（新韵）
枯枝朽叶早惊春，风舞河开笑淡云。
丽日飞花追梦始，扬鞭奋起绣乾坤。

七绝·春来有感（新韵）
水暖春江风细细，云开两岸树翩翩。
才觉旧岁红花媚，又到新天绿意年。

七绝·回忆宿舍大通铺（新韵）
床褥条条通大炕，三年叙话建真情。
寒窗苦旅雄心志，笑傲江湖阔步行。

五绝·邻院樱桃挂满枝（新韵）
玛瑙春来早，颗颗挂满枝。
墙头心怒放，窃取美丝丝。

五绝·端午忆屈原（新韵）
五月粽飘香，情思彻骨长。
虔诚包肉枣，投寄汨罗江。

王一平

龙湾人。永强供电公司退休。中华诗词学会会员，中国楹联学会会员，浙江省诗词与楹联学会理事，温州市龙湾区诗词楹联学会会长。永电文联名誉主席，永昌堡文化研究会会长。著有《蛙鸣集》。主编《古堡深处/永昌堡诗文集》《龙湾雅韵》《瓯飞挹韵》《诗韵海滨》《古镇永中》《翰墨琴韵》。合作注译《槐阴集注译》。作品散见于《中华诗词》《诗词月刊》《浙江诗联》等刊物，并被收录《当代律诗钞》《中华诗词大辞典》《中国百诗百联大赛作品集》等书。诗词作品多次在全国诗词大赛中。

贺凌云兄主编
《东瓯诗谭四十家》付梓
夏日荷池闲听蛙，九山逸韵独清华。

枕边一卷凉风过，唯看诗谭四十家。

夜宿乌镇

枕水人家闾巷老，粉墙黛瓦旧风貌。柳岸小桥波淼淼，闻啼鸟，霏霏细雨江南好。

西栅灯霓多美妙，扁舟摇碎河浜道。子夜笙歌忘不了，丝竹调，吴侬软语怡然笑。

苏杭行吟（三首）

山塘晚行

七里山塘松鹤楼，教人那得不淹留。
灯红两岸风情旧，街老千年水韵柔。
古戏台前看越舞，画船唇上听吴讴。
无须更借丹青笔，激荡诗心尽放舟。

虎丘

海涌云栖竹径幽，四围青木掩高楼。
剑池千古成悬念，宝气一川看虎丘。
石上僧人同说法，风中斜塔不关愁。
是谁布得吴门画，江月携君又梦游。

拙政园

名园拙政画中浮，饮露栖霞翠欲流。
目极湖光涵百态，檐飞台榭足千秋。
衡山手植青藤在，静水波平白石悠。
对竹凭栏闲听雨，怡情怎不忆苏州。

三潭印月

湖中有岛小瀛洲，垂柳丝丝楼外楼。
月印三潭投塔影，风摇一棹戏沙鸥。
青山隐隐苏堤绿，碧水粼粼云树浮。
十里晴川人欲醉，情牵西子梦悠悠。

渔家傲·游香港

三月携春看港岛，太平山色多奇妙。万象祥和街市闹。清平乐。香江流韵烟波钓。

浅水悠悠同拥抱，东方一曲明珠耀。际会九龙情未了。风日好，维多利亚荆花俏。

渔家傲·澳门游

三地桥连珠港澳，一通闸卡舒心笑。葡式风情多说妙。天不老，赌城梦幻难言表。

霓彩流金波渺渺，禅檐妈阁知多少，七子之歌忘不了，濠江抱，莲花清韵三巴佼。

王义田

辽宁阜新人，1937年生，大学文化。高级工程师，中华诗词学会、中国楹联学会会员，中国对联文化研究院、中华诗联书画研究院研究员，辽宁省楹联家协会常务理事。阜新市诗词学会、阜新市老年书画研究会理事。著作有《诗情联趣》等。

七绝·旅游（打油诗）

一年五次小长假，亿万人民去旅游。
高铁航空全客满，著名景点看人头。

七律·在沈阳去沪飞机上

穿云破雾见蓝天，离地腾空一瞬间。
仰望苍穹如梦幻，俯观大地卷云澜。
左观浩渺远东海，右瞰苍茫近泰山。
机内坐行高万米，迢迢沈沪当天还。

七绝·机上遐思二首

一

太白惊叹有名篇，自古都知蜀道难。
只为红尘妃子笑，荔枝七日到长安。

二

黄鹤不飞秦岭颠,而今沧海挂云帆。
银鹰何惧路奇险,不用天梯也上天。

七律·参观"中共一大"会址感怀
传播马列举锤镰,从此燎原星火燃。
改地换天安社稷,经风历雨走泥丸。
百年创业宏图展,四代导航好梦圆。
不忘初心学党史,继承红色敬先贤。

七绝·外滩拜谒陈毅塑像
挨斗不服仍挺胸,文革大雪压青松。
功勋卓著垂千古,外滩江畔塑英灵。
注:陈毅元帅为上海解放后首任市长。

为上海进口博览会点赞三首
一
世界从无进口博,中华首创辟先河。
环球贸易自由化,跨境电商无阻隔。
黄浦江边铺展位,陆家嘴畔策宏谟。
目标命运共同体,商战叫停需定夺。

二
大气磅礴进口博,高科奇货展台奢。
非洲大陆新星热,欧美国家精品多。
智库专家齐献策,知名学者共切磋。
虹桥高奏论坛曲,商界群英唱赞歌。

三
领航经贸创新说,特色高端产品多。
开放国门融世界,冲出壁垒治沉疴。
五洲共走丝绸路,四海同搭华夏车。
自信包容求互惠,寰球经济再爬坡。

满庭芳·瞻仰宋庆龄故居
红瓦白墙,绿阴如盖,百年嘉树香樟。燕翩莺啭,花艳竞芬芳,看馆藏文物展,仰国父、总统灵光。钦国母,长流遗爱,美誉遍华疆。

终生跟党走,同谋大业,历尽沧桑。为华夏复兴,从不彷徨。政治协商会议,惟忠义,共制国纲。光辉史,德泽禹甸,名百世流芳。

王益龙

中专文化,现年71岁,中共党员,曾任建筑公司副经理、工程师、技术负责人、预算员。

退休后参加怀宁县诗书画协会会员、安庆市诗书画会员、安徽省诗协会会员。作品多次入展省、市、县级展览并获奖。2018年全国诗书画家创作年会获一等奖;2019年黄鹤楼寻春诗会获金奖。

庆祝新中国成立70周年(平水韵)
七秩年华举世昌,五星旗帜映朝阳。
舰群荡海军威壮,编队航空国力强。
手握长缨惩腐恶,腰悬利剑扫蝇黄。
前程似锦民心顺,极乐安居过小康。

凌湖春晓
绿柳摇开一画屏,霞烟笼罩藕塘羹。
浓荫常有莺啼序,远榭时闻鹤步鸣。
日破高天鸳水浴,谁书小篆客魂惊。
流年往事皆成碧,十里黄梅戏曲声。

雷埠镇采风·白牡丹
一片浮云色似霜,春花独自压群芳。
轻妆向日霏霏暖,淡叶摇风闪闪光。
暗月藏枝空见影,明霞露蕊更多香。
天生洁白宜清净,何必鲜红入洞房。

平山镇采风·美好乡村
山村婉约美如诗,浓缩春光一画奇。
大道林荫通翠谷,小溪水凉过清池。
排排别墅朝阳立,户户门厅挂党旗。

敬老尊师依古训,文明礼义孝风遗。

平山镇采风·钵盂湖
鲜花草木半含频,翠竹苍桑可写真。
绿水波平清见底,红云漏照映湖滨。
渔翁弄桨千人揖,春雨将淋万户新。
两岸青山生熟果,休闲老柳纳凉身。

咏鹤
丰姿俊羽鸟中仙,剑胆琴心懒计年。
夜醉松涛情缱绻,日翔云岫午翩跹。
昂头共唱嘲三界,振翅遨游蔑九天。
比翼双飞何所往,逍遥个性自怡然。

咏马
不倦奔波为使命,披星踏雪走乾川。
硝烟弥漫冲锋上,炮火连绵陷阵前。
蹄下生风云里月,鞍中冒汗水中天。
丰功只有千秋在,八骏名图万代传。

梅雨观荷
熏风梅雨两相连,荷滚银珠落玉田。
彩墨分清留画册,琉光别样醉诗渊。
垂杨屡钓三江水,轻雾微岚数丰年。
白鹭洲头融远景,古琴台上慕儒仙。

王毅

1947年生。湖北襄阳人,军队退伍干部。省作家协会会员,武汉市诗词楹联学会专家委员会委员。出版有诗词集《秋实集》《草本闲吟》。其作品曾在全国众多诗词比赛中获奖并在多家报刊上发表。

戊寅夏四邑公堤夜值
怒江澎湃悉闻声,连月惊涛不见澄。
啤酒瓶灯岸千盏,彩条布幄夜三更。

萧萧车马经宵过,耿耿星河侵晓横。
立望朝阳新一日,万千众志势成城。

访毛泽东东湖处
重来瞻故地,经别竟三秋。
烟雨千丝柳,风云半纪楼。
君曾于此驻,策每在斯筹。
曩日凭栏处,依然石径幽。

湘江泛舟与友
长沙初霁夜,光耀满城葱。
江泛三秋月,舟移两岸风。
顾楼因水隔,眺岳乃烟笼。
爱晚亭何在,万家灯火东。

赴津道上
未始春光媚,寻游到远津。
花无红著树,草有绿添茵。
水掬芦芽短,风裁柳色匀。
久违梁上燕,又筑一年辛。

登龟峰山
天椒风籁寂,峤道入云端。
林涧青萍雨,晴峦碧草烟。
泉飞堪漱谷,莺啭可清山。
别业层霄近,难禁六月寒。

王荫琴

湖北省作家、省诗词学会会员、高级工艺美术师。

文学作品分载省市各级报刊、入选市作协出版书籍。诗歌入选省作协等举办空间地铁诗歌征文。散文、诗词多次获全国大赛等级奖。出版童书四套。

美术设计获国际博览会金奖、部级、省级等奖项三十余次。

江南小景
青瓦泥墙絮柳风，古村深巷酒旗红。
小舟轻拨吱呀去，融入山光水色中。

赤壁
如林桅戟裂苍穹，大火燃云江水红。
常赞奇谋收弩箭，当疑诡局借东风。
三分天下存青史，一代英才竞伟功。
苍狗白云俱往矣，惊涛拍岸雨濛濛。

蝶恋花·迎春
雪瘦冰融春脚步。日嫩风柔，柳眼梅腮妩。湖畔斜飞双燕语。琉璃已渲春情绪。

满目清新堪羡慕。人倚亭栏，霜发如飞絮。撷取三分春色去。初心总在诗心驻。

风入松·中秋
窗前忍看月团团，泪雨成泉。椿萱云外音容杳，纵偶梦、醒后怆然。隐约江涛拍岸，清光流转微寒。

蛩鸣声里返童年，月朗风闲。书生阿爸叹多舛，嘱痴儿、莫习谋篇。孰料此生如父，唯谙月皎诗鲜。

【越调】小桃红·柳絮（新韵）
青条吹雪好风扶，殷切春吩咐，月榭亭台莫停顾。碧天舒，抵沃土长成高树。看河流载凫，看桃花染素，绕岸柳如梳。

【南吕】四块玉·荷（新韵）
净净植，亭亭立。剪月裁霞濯清漪，万千绿伞清凉意。摄客忙，游客喜，墨客吟进词赋里。

【仙侣】忆王孙·窗前枇杷树
上林赋里雅名添，朱鸟窗前拨翠弦。霜花夏实逐梦圆。沁疏帘，一树心香一树甜。

注：朱鸟窗：同朱鸟牖，朝南的窗户。
霜花夏实：枇杷11、12月初冬开花，翌年初夏果熟。

王银厂
中华诗联辞赋文化研究院毛公分院常务副院长。在古诗词中肆意徜徉，竹风沁骨，墨香舒筋，用心音渲染四季，用深情温润岁月，于繁华中守住真纯，于纷芜中静养心性，用温暖和真实，守护着初心，漫听风吟……

七绝·题芙蓉葵
一朵观来恰似侬，桃荷兰玉逊娇容。
欲将藏进心窝里，惟怕相思撑破胸。

七绝·中元梦母
近来总忆旧时光，几次欣陪梦里娘。
灯下银针缝日月，醒来泪水浸慈祥。

七绝·浅秋
凉爽难寻暑未休，荷钱无觅汗还流。
一枚梧叶铿然落，入耳蝉鸣味带秋。

七律·题为两弹一星做出贡献的军人
数载埋名人未知，以身许国已忘时。
笔头划落风中月，脚底踏平沙畔陂。
大器身担知任重，小家肩卸愧亲疲。
蔑它戈壁难欺我，不勒燕山志肯移？

七律·牛
平生性稳肯低头，挥汗耕耘始未愁。
牧笛听来堪自足，荆蒿咀罢本无求。
为民不惧庖丁解，济困何辞梁稻谋。
虽是累身曾喘月，曦升依旧一声哞。

西柏坡感怀

帷幄筹谋不世功,翻澜何必借东风。
寒庐几所堪遮雨,穷岫千重自傲空。
众志合时天亦顺,民心向处气方雄。
欲知多少辉煌事,且看霞飞一抹红。

唐多令·瞬间

相识恁枫秋,风吹尽暖流。话黄花、月上层楼。谁晓情丝缠未了,才几岁,已休休。

竟日念悠悠,银霜染白头。望西窗,慨忆难收。欲问别来人可好,鸦绕木,月如钩。

【中吕·朝天子】牵牛花

粉花,紫花,喜向柴篱挂。青藤枯木管它个啥,只要有高枝杈。竟日攀爬,向来胆大,调高吹喇叭。美呀,醉呀,几日秋霜罢。

王盈

安徽合肥人,男。1967毕业于中南大学。从事核工业研究和生产30余年。高级工程师。从央企厂长岗位退休。现任庐州诗词学会常务副会长,安徽省诗词学会会员,太白楼诗词学会会员,多篇作品发表在诗词和散曲的刊物上。

七绝·参观太行八路军纪念馆(三首)

一

英烈缅怀受教深,太行至今留弹痕。
当年舍身忘死处,一座丰碑耀战魂。

二

文物无尘镜框间,感人心动泪斑斑。
血书绚烂英雄史,抗日儿郎去不还。

三

改地换天日月新,英灵泉下倍欢欣。
华龙奋起雄风展,先烈精神励后人。

五律·繁昌马仁奇峰玻璃桥

塔耸彩云间,玻桥铁索悬。
陡崖飞玉带,脚下踏峰川。
晃晃浑如梦,飘飘行欲仙。
回眸惊悸处,海内一奇观。

七律·春节聚会赠秦山核电站老友

卷地飞沙戈壁滩,精研神剑抗凶顽。
西川奋战十三载,沿海倾情二十年。
蜀道军工强国立,秦山核电富民安。
初心无悔繁霜鬓,杯酒相酬笑语欢。

七律·登雁门关

塞外长城接大荒,雄关无语对斜阳。
寻夫堪悯孟姜女,御敌慎逸秦始皇。
万里河山横锁钥,千年风雨鉴炎凉。
将军卫国战沙场,青史留名在大墙。

满江红·纪念第一颗原子弹爆炸50周年

两霸欺凌,核讹诈,坚决破壁。强国防,制研核武,只争朝夕。四面八方擂战鼓。千军万马精英集。为保密,要隐姓埋名,无踪迹。

风作扇,沙磨笔,喝雪水,挖蓬宅。绘科研图纸,克难攻垒。破解迷宫八载苦,冲天核武三尼泣。鬓须白,忆往昔峥嵘,心潮激。

注:1.挖蓬宅:生产、试验场地杳无人烟,住帐蓬。因为戈壁滩风沙比较大,要往地面下挖2至3米,帐蓬架在上面,作为办公和住宿,以避暑御寒挡风沙。

2.三尼:指肯尼迪、尼赫鲁、尼基塔·谢尔盖耶维奇·赫鲁晓夫,赵朴初先生曾写《某公三哭》,我们原子弹爆炸,赫鲁晓夫也同时下台。

【双调】新时令·回长沙母校
重登岳麓山

五十年,同回母校圜。十二月,重登岳麓山。忆想当年,同学竞赛攀。更上层峰,云麓雪仍顽。赫曦仍丽颜,尊前谈笑载书刊。黄兴蔡锷玉栅栏,麓山湘水祭白帆。爱晚余晖,归林鸟唱闲。锦绣潇湘,英才辈出惊宇寰。

王永连

女,台湾台北市人。现居美国纽约市。为纽约诗词学会、诗画琴棋会、摄影学会会员。

冬至
节序逢冬至,时光若指弹。
乾坤循历法,十日必新年。

自题油画作《石榴》园
榴花艳似火,果实大如盅。
多子喻多福,图它吉利容。

北美艺术家协会10周年庆
坚持不懈十周年,成果非凡誉广传。
伏枥仍怀千里志,光辉北美一方天。

感恩节感怀
感恩庆节喜洋洋,美酒佳肴满桌香。
各大商场欣减价,争相抢购竞疯狂。

盂蘭节感怀
光阴弹指到盂蘭,空自红尘理百端。
最是怀人逢茸序,难眠灯火看阑珊。

贺何敏公百岁寿诞
记曾结队德州游,拜候高贤印像留。
今日寿辰逢百数,诗讴海屋再添筹。

戊戌抒怀
学海无涯勤是舟,终生磨砺死方休。
诗情捡拾知多少,戊戌抒怀兴致浮。

费城花展(三首)
一
匠心装点露华浓,满目琳琅竞紫红。
妇女节逢游览兴,花容人面笑春风。

二
满载闻情满载欢,气氛融洽共流连。
费城观展同乘兴,似锦繁花欢大观。

三
荟萃名花烂漫呈,目难暇给众倾城。
浑忘俗虚心情好,他日仍期再出行。

游纽约史丹顿岛(三首)
游寄兴园
结伴同游意共牵,萧条花木不胜寒。
回廊曲径空庭院,寂静园林兴索然。

博物馆
模型标本各纷呈,博览乾坤物贵精。
原始万端依进化,地球生化得平衡。

赏灯饰
嘉年华会赏花灯,七彩缤纷耀眼明。
各类造型皆巧技,一路观光赞不停。

国庆夜感怀(二首)
一
曲浪音波彻暮朝,霓灯点缀彩虹桥。
烟花绚丽弥空放,辉映长天耀碧霄。

二

星条庇我得安居，佳节家邦庆有馀。
大放烟花辉月夜，窗前赏罢复观书。

杂咏（四首）
观 4D 电影

一张银幕蕴玄机，远近分明雨雪飞。
迎面扑来惊欲避，定神失笑事原非。

酷热

不知此物逞何威，致使皆穿暴露衣。
方悟原逢秋老虎，令人舒适总相违。

随感

不争意气自平和，所好随心乐趣多。
偶尔邀朋三五聚，陶然岁月任消磨。

游罗契斯特海风公园

异草奇花松蔽日，开屏孔雀众欣然。
清凉小憩游人乐，赞叹园林别有天。

浣溪沙·乞巧之夜

乞巧年年愿望呈，天应慷慨赐才能。
人生总是盼功成。

憧憬前程曾幼稚，艰辛饱历理方明，
青春已逝不胜情。

浣溪沙·心迹

尚忆当年坼甲芽，青春作伴锦添花。
纵横都会信心加。

岁月催成银发族，晚晴容自赏烟霞。
回眸未怅逝芳华。

王宇翔

赠长安诸诗友

化我长安雨，朔君灞柳长。
春风如有约，不负此诗狂。

故乡红崖湾村

村客无人问，山居岁月闲。
登高宜放眼，脚下红崖湾。

长安寄女友（用杜甫《月夜》韵）

一别秦时月，双飞我独看。
小窗怜此夜，大计问长安。
客思侵玄鬓，离愁落广寒。
清辉盈手赠，灭烛泪阑干。

登终南山

过眼兴亡事，登高拜小楼。
首阳山里老，丰镐市中浮。
上善浊清水，分明泾渭流。
别来航一苇，欲渡更无舟。

南方大旱有感

莫道峡湖功此邦，何因吴楚旱凭窗。
晋秦淝水战今日，不用投鞭已渡江。

辛亥百年有感

李煜溥仪皆帝王，缘何痛史独南唐。
可怜都是亡国主，若个同情末代皇。

冬回陕北（三首）
一

蓬门今始为谁开，逐梦天涯到此回。
赤子亲提三尺剑，黄河怒挟九天雷。
边城犹有连城垒，济世几无匡世才。
大漠孤烟何处坠，苍茫又见雪皑皑。

二

西风起处目都迷，白雪歌声入耳迟。
泪眼双开谁更问，乡音一遇便难持。
登临紫塞苍茫际，梦到秦山破碎时。

李杜文章千古在，横流物欲堪写诗。

三
几人到此祭豪雄，满目沧桑哭小虫。
亘古七星环北斗，而今万事欠东风。
黄天已恨苍天死，大道独迷吾道隆。
浪迹江湖旧游日，愁看塞上一孤鸿。

南京游（二首）
一
欲到江东觅二乔，清风明月两相遥。
凭栏极目三千里，故国神游廿四桥。
霸业每多屠狗辈，河山只付大雄枭。
至今鸣咽秦淮水，犹自时时说六朝。

二
南来往事与西风，蹈海平生志未穷。
犹记屠城三十万，不知杀寇几人雄。
半楼烟雨难超北，一线长江又赴东。
太息金陵王气尽，已无豪杰试良弓。

秋兴
更上长安百尺楼，凭栏何忍辨神州。
笑看豪杰争逐鹿，恸哭苍生作马牛。
此去元知沧海事，今来只为稻粱谋。
忽如一夜北风起，萧瑟人间到晚秋。

法门寺
世相无非土与尘，浮屠胜迹记游人。
一封奏换昌黎骨，千劫焚余舍利身。
禹甸只今存法寺，如来亘古化祥麟。
西天顿作东天雨，已报拈花谢了春。

定边行
不见狂沙见绿村，盐湖秋色更黄昏。
三边故垒英雄尽，四塞长歌浩气存。
风雪无情淹日月，庙堂有策定乾坤。
征人西望归途远，羌笛声声又断魂。

靖边行
携书杖剑作西游，又御长风到夏州。
统万千年遗址在，丹霞百里自然流。
孤城遥望三边景，大漠来听七笔勾。
故国朔方应有意，登临更上最高楼。

大禹治水歌
君不见沧海横流水凝冰，一决昆仑向东瀛。君不见逶迤九曲若蟠龙，排山击石破鸿蒙。女娲炼石补天处，禹王导水亿年功。定湖千载纷纷矣，劈开孟门向龙门。而今声教讫四海，空余五服九壤同。左准绳，右规矩，三过门，未及入。妻子愁相送，何时功成亲相聚。塞洪曾教父鲧死，疏通又念苍生系。一十三年春复秋，移山填海震四夷。仰俯无愧立做人，亘古天地一男儿。一死名传万古去，竟留千秋葬会稽。英雄仰，小虫戏。人生不过百年尔，圣人平民皆蝼蚁。

毛乌素治沙歌（其一）
伊盟以南黄河水，紫塞壮观风物美。往事千年秦直道，孤烟落日余故垒。极目九边惊烽火，扶苏自到蒙恬死。不用匈奴铁马摧，流沙渐把长城毁。入眼苍苍连朔漠，清风明月填沟壑。绝域荒芜少人烟，方圆百里无城郭。君不闻赫连勃勃美斯洲，临广泽而带清流。广泽如排山击石破鸿蒙。女娲炼石补天处，禹王导水亿年功。定湖千载纷纷矣，劈开孟门向龙门。而今声教讫四海，空余五服九壤同。左准绳，右规矩，三过门，未及入。妻子愁相送，何时功成亲相聚。塞洪曾教父鲧死，疏通又念苍生系。一十三年春复秋，移山填海震四夷。仰俯无愧立做人，亘古天地一男儿。一死名传万古去，竟留千秋葬会稽。英雄仰，小虫戏。人生不过百年尔，圣人平民皆蝼蚁。

毛乌素治沙歌（其二）

伊盟以南黄河水，紫塞壮观风物美。往事千年秦直道，孤烟落日余故垒。极目九边惊烽火，扶苏自刭蒙恬死。不用匈奴铁马摧，流沙渐把长城毁。入眼苍苍连朔漠，清风明月填沟壑。绝域荒芜少人烟，方圆百里无城郭。君不闻赫连勃勃美斯洲，临广泽而带清流。广泽如今已不见，清流掘地更难求。又不闻清人写成七笔勾，山秃水恶无尽头。昔日塞上江南地，今朝只剩大荒丘。西风吹起毛乌素，人畜望断黄沙路。秦时明月独不见，烟尘频惹天人怒。沙进人退市沦陷，可怜自封难固步。多国专家来献策，此地不宜人居住。茫茫戈壁地荒烟，不信人力难胜天。治沙百战穿绿甲，种树英雄谱新篇。丁壮妇孺齐上阵，奋战三代六十年。绿洲如今遍大漠，犹忆榆阳三次迁。牛玉琴、石光银，不屈不挠不顾身。飞播造林千万亩，化雨春风助脱贫。往昔荒沙没远村，而今清溪过前门。万山绿透层林碧，千家百姓得饱温。时代已逾新世纪，河山须整旧乾坤。振兴中华期吾辈，保我民族大河魂。我今毕业欲还乡，当学治沙图自强。譬如深根扎荒漠，经风经雨自堂堂。君不见千里之行始足下，要从实践论真假。文明伟业迈汉唐，科学发展兴华夏。又不见大浪淘沙现真金，俟河之清古到今。振衣欲上楼百尺，苍生忧乐到我心。

鹧鸪天·寄女友

风雨几番经历春，兰开梅谢不辞频。浩芒宇宙出三界，万象人间到一身。
情切切，语真真。归来曾记倚君门。三生自是百年事，一棹轻烟千里尘。

水龙吟·感怀

韶华逝去匆匆，蓦然日里惊回首。单身我去，酒常搁左，诗常伴右。笑看浮云，功名淡了，心中无钮。更飘然出世，还期弃杖，邓林里，从容走。

入眼神州万象，展胸襟，能舒眉皱。兴亡千古，乐忧天下，匹夫如豆。败寇成王，残民血泪，沾吾衣袖。此千秋事业，谁人评论，问苍生后。

念奴娇·神木石峁遗址怀古

登高眺远，见荒芒紫塞，空留遗迹。长啸徘徊残石处，愁数边城如碧。独倚巍峨，奔流秃尾，人在轩辕国。四千年史，望中入目历历。

梦里破碎山河，凄凉文字，暂作无名客。弹剑携书来此地，万感同怀今夕。更欲乘风，天涯自去，借得双飞翼。桑田沧海，一声孤奏横笛。

王玉斌

别署兰舟漫渡，男，汉族，1965年6月出生，山东省滨州市人，中华诗词学会会员。作品散见于《中华诗词》《人民日报》及全国网络诗词平台。

丁酉年末咏怀

梦渚云帆过，长风月弄潮。
澄眸淘靓景，挹韵选高标。
一棹壶天近，千樽曲水漂。
蓬山琼阁里，醉意自逍遥。

丁酉冬月廿一初雪

谁言爽约费人猜？玉蝶翩翩下九垓。
夜探东园隐芳影，衔泥啄韵唤梅开。

贺惠民县医院获齐鲁诗教先进殊荣

杏林多妙手,诗苑集仁心。
扁鹊扬声远,少陵遗韵深。
回春存正气,滋树有甘霖。
栽得一枝绿,唤来千阕吟。

清明祭母

酹酒高擎寄九天,心思迢递化青烟。
泪湿草木着茔冢,风扫松枝啼杜鹃。
愁里难为泉下事,望中怎见旧时颜。
家槐叶茂空无主,紫燕衔泥垒故园。

父亲节探家寄父

舟远倚长楫,山高仰至尊。
阔肩担日月,糙手启庭门。
一院孩提事,千泉水滴恩。
古稀霜鬓染,槐茂赖深根。

赋得秋雁送兄姊返沪

目断南云释,听由旅雁征。
翩沈声渐远,露白月孤明。
陌上衔芦迹,樽前就菊情。
清风如别意,摇曳起三更。

水调歌头·咏人民法官

身沐艳阳暖,头顶碧蓝天。凭槌承得千钧,公正最攸关。足涉百川阡陌,心解八方纷难,谐韵奏和弦。梦边律三尺,九鼎稳江山。辨泾渭,排逆浪,护航船。帆霜桅雪,厘尽酸苦载欢颜。采得清光万缕,换取冰轮一片,共我寸心丹。且待风雷动,携鹰啸云端。

王跃东

男,汉族,1968年12月生,祖籍山西榆社县,现供职于山西晋中榆社融媒体中心,曾任《榆社报》编辑。曾出版诗词散文合集《幽轩聆涛》《晓月凤曙》《独钓江雪》。

卜算子·我是一朵云

我是一流云,携梦飘来去。谁晓何方有梦泽?愿化一春雨。
你对一只花,空把春来许。任那尘风卷落枝,却怨花无语。

唐多令·今日复登楼

今日复登楼,书生意气道。看大江、滚滚东流。多少英杰随浪去,溯千史、葬滩丘。
凭吊古悠悠,新愁又上头。叹沉浮、载满春秋。只问断肠人伫处,为何泪、几时休?

夜梦兰亭宴饮时

夜梦兰亭醉不知,众贤唱咏笑参差。
一时忘尽俗尘事,几度倾听北宋词。
纵有千金求易趣,焉能鬻骨患得失!
还当泼墨书龙凤,雪月风花任我织。

仙堂山

我在尊前问世缘,然佛不语伫峰巅。
风来只当流云过,檀绕何觉凤梦虔。
本是凡间一草木,却因佛面众拥仙。
空知意念由心起,更见千重悟道艰。

小院赏菊

独步丛中欲释怀,空枝凋叶溯兴衰。
尘间十月芳菲尽,小院黄菊始盛开。
花艳蝶寒无处觅,蕊香风冷有谁来?
不禁疑问花期错,可否春归野外栽?

望江南·遣兴

一
皆言道,月是故乡明。

— 1191 —

月上山头白胜雪,娥来星海彩如虹。
能不忆重重?

二
家乡忆,最念是春萌。
红杏枝头听鹊语,青梅竹马笑瓜棚。
回首广寒宫。

三
儿时忆,乍忘稻田中?
蝶恋蜂迷逐浪舞,莺歌燕咏竞蛙鸣。
乐坏小玩童。

四
溪边忆,少小泳河中。
露腹袒胸哄浣女,轻沙细水打玩童。
一笑脸儿红。

五
村边忆,嬉闹小溪中。
身似鱼儿逐浪泳,心如舟叶弄潮澎。
惊叹一层层。

六
回乡去,步履怯重重。
老者寻来无觅处,儿童相见不识翁。
低叹一声声。

七
读书忆,乍可忘园丁?
三尺讲台连万载,一只粉笔育千鹏。
能不记恩情?

八
微醺后,提笔画青松。
独伫岩峰轻揽月,踏着云海欲捉龙。
昂首傲寒风。

九
春雨罢,花好正娇红。
才见蜂来装满篓,又闻蝶去舞芳丛。
能不与同行?

十
秋去也,北雁向南行。
十里长亭别壮酒,一行人字带愁容。
何问有无晴。

十一
一碗酒,为尔壮别行。
击筑于歌酬勇士,触情而泪怆长亭。
易水共悲鸣。

十二
风雨后,满目尽凋零。
花似芙蓉失宠幸,叶如朱雀任折翎。
怎不恨天公?

十三
一枫叶,剪个月牙形。
题上《相思》和《四喜》,还书《春晓》与《听筝》。长是为诗兴。

【黄钟·醉花阴－喜迁莺－刮地风－四门子－古水仙子－尾声】
我欲登峰啸千谷。

【醉花阴】我欲登峰啸千谷,万壑回声宕伏。但望日儿出,雾海飘忽,好个霓霞圃。壮士意踌躇,岂顾叠峦寻路苦?

【喜迁莺】痴于高处,遂盘行、杳杳征途。嗟呼!险阻重重树,峭壁危崖似海珠。一介夫,蹒跚不止,几度踯躅。

【刮地风】怖亦攀缘石缝乎,甚至匍匐。一心向往青云幕,何论赢输?风餐露宿,怎能屈服?纵使艰,即使孤,也弗停步。况平生,巅境抒,最是知足。

【四门子】倚空环视腾龙曙，伫苍茫、孰当主？江山如此传千古，多娇娆、情深笃。应长吟，咏先祖、看无数英雄擂战鼓。抛头颅，抵外侮，洒热血、只为故土。

【水仙子】磬笔书，代代风流天下睹。又见今朝，追涛逐浪，手把红旗潮上舞。筑宏图、笑尽沉浮，又何惧妖魔乱扑！此时临顶来追溯，鉴史佑荫福。

【尾声】努力当如下山虎，莫等闲、莫怯江湖，惟有更勤兴梦谱。

王占民

男，滦平县人，退役军人。中华诗词学会会员，《诗刊·子曰》诗社社员，河北省诗词楹联协会，承德市作家协会会员，承德市诗词楹联学会理事；滦平县作家协会、诗词楹联协会副主席；近年在国家省市级报刊，发表近150余篇诗词作品。

鹧鸪天·张家界四奇

人喊马嘶锣鼓鸣，千军万马汇奇声。
初晴傍晚升红月，赤色光环笼苑中。

秋气爽，览溪淙，一人行走三影从。
茫茫西海千峰立，石射焊光映苍穹。

注：张家界四奇：声、月、影、光。

七绝·天子山四绝

云涛

山间云雾幻无穷，仪态万千似海腾。
涌浪逐涛纱掩体，虚无缥缈漫长空。

月辉

月辉尽洒向王山，峭壁涂新如洗帆。
浪漫陶人清弄影，置身何似在凡间。

霞日

霞光万道射苍穹，天子山峰映日红。
云锁夕阳关不住，彩霓飞舞月陪升。

冬雪

下界银尘漫子山，白羊卧雪不知寒。
千峰万壑梨花放，飞舞银虫枝上攀。

七律·涝洼梁风光

蜿蜒公路似长龙，古树参天抱险峰。
顿觉飞云足下踩，仿佛红日掌中擎。
石奇松绿山披彩，鸟叫禽鸣岭映红。
万木丛生林胜火，神怡心旷乐无穷。

七律·乐游老公山

灵光隐映老公山，怪景奇石秀壮观。
旭日穿荫飞浪谷，祥云泛岫舞烟岚。
悬崖百丈冰成岭，幽洞三维水做帘。
福寿寺中仙客醉，松涛林海不知年。

七律·雪漫金山岭

今朝飞絮漫金山，一夜城楼换玉砖。
万米银蛇盘峻岭，千年白凤舞潮烟。
风驰口外苍松翠，雪打关中小麦鲜。
远眺梨枝花绽放，缤纷瑞霭兆丰年。

王占强

河北人，笔名智深。中华兰亭阁诗社会员，曾发表作品500余首。

七绝·秋光

残荷败柳唤风凉，迈步林间嗅果香。
夏梦已随余热远，秋来无处不金黄。

七绝·秋暮

暑消露冷季风凉，败柳残荷几日长。
一叶轻舟天际远，归来又待菊花黄。

七绝·秋意盎然

炎炎夏日艳阳烧，暑去秋来汗自消。

— 1193 —

一缕清风几度爽,喜迎硕果笑声飘。

七绝·秋望
晨晖一缕透轩窗,秋色怡人雅韵扬。
硕果馨香收在望,风光无限醉夕阳。

七绝·秋伤
一叶知秋入梦凉,闲庭信步望斜阳。
韶华已逝青春远,童趣天真记忆藏。

七绝·论禅
红尘有悟论修禅,苦海无边渡众缘。
皓月当空星宿少,清风一缕向楼兰。

七绝·飞天
青诗惊起五更眠,鱼戏荷塘叶正鲜。
梦境飘飞游大漠,神舟已过九重天。

七绝·叹人生
来时婴幼去白翁,修炼人间好梦成。
贪恋红尘情已逝,一声炮响万般空。

王长里

男,河南省沈丘县人。作品散见于文学刊物。获2016年第二届孔子文学奖、2019年中国当代作家书画家代表作文库特等奖。崇尚自然、同仁。诗观:情感是诗的灵魂,寓言是诗的境界,技巧是诗的外衣。

七律·珠穆朗玛峰(新韵)
世尊铠铠伫插天,东放神龙两巨川。
四海孕生华夏众,九州造就史机先。
搁滩曾受虾兵辱,浴火尤逢鹏翼添。
当代腾升趋大势,孰能阻尔彩云间?

七律·长江(新韵)
源出雪魄玉龙巅,望海狂奔万里川。
兴雨平湖凌岳起,生雷巨坝揽江拴。
航船调水兼发电,野马施嚼再响鞭。
崔颢李白昔日咏,今宵神女立云观。

七律·黄河(新韵)
堪谓悬河自有缘,昆蛟驾雾下云天。
曲肠荡转八千六,壶口扬波九万三。
洪祸灵生昔众惧,水泽庶子近人欢。
禹王治患几无入,真正伏龙现代看。

五律·长城(新韵)
蜿蜒逾万里,苍莽似豪龙。
东顾渤涛际,西撩大漠中。
遨游跨峻岳,驰骋越凌峰。
诞在神州地,腾飞骄宇穹。

七律·山海关(新韵)
雄襟万里第一关,瞰海瞭峦势伟严。
纵贯长城尊首隘,踞临塞外半边天。
豪杰多少曾贞守?热血无量宁洒干!
历史烟云均散去,英名留下后人瞻。

五排·北戴河(新韵)
蓬莱出胜景,灵秀寄兹湾。
岳动扬青袖,波浮飘素衫。
欲仙嬴政至,高举赶山鞭。
魏武临沧海,豪情赋警篇。
寻幽莲岫俊,削嶂芙蓉间。
迎日鹰角处,抒雄老虎滩。
弄潮风浪里,尽展啸龙酣。

七律·登泰山(新韵)
魏巍泰峻雾中升,华夏居一冠岳峰。
淡定向苍环宇览,岿姿排海旭阳擎。
登临神府凌霄走,行苣天门玉帝迎。
我喻丰碑宗岱首,只因疆域浪无平。

七绝·中华盆景（新韵）
——崦岈山
兆三亿四奇石并，十万八千盆景连。
鬼斧神工一夜造，晓成玉帝后花园。

王兆明
字淡然，男，汉族，云南省姚安县人。现任姚安县老年书画诗词协会副会长。网名荷城秋韵。爱好琴棋书画，喜欢旅游、骑行。最大梦想就是用诗词美句描绘自己的人生琐事与人间情感。

七律·田野金秋
蓝天大海雁南飞，满地香菊诱我追。
片片林山红叶俏，凄凄落叶任风吹。
谁言美景贪春夏，但看田园好赋诗。
自古农夫勤累苦，唯收硕果乐心扉。
2018年10月30日晚拙作于荷城。

鹧鸪天·十月招思亲回乡祭祖
十月初冬心犯愁，回乡祭祖解烦忧。香纸焚化传思念，烟雾升腾送祝福。云淡淡，雨绸绸。生前敬孝美德留。家风孝训儿承继，强似留传几栋楼！

江城子·2018年偶降冬雷
夜闻雷电震轰鸣，雨淋淋，至天明。霜雪寒天，罕见偶来临。今岁突然悄降世，光闪闪，雨频频。
田禾雨润气清新，绿茵茵，喜盈盈。甘露天来，惠洒布衣民。预感丰年结硕果，年景好，乐欢欣。

七律·国家公祭日勿忘血泪史
牢记中华国血史，倭贼屠我尸骨堆。
神州大地千城毁，华夏江河万坝摧。
家恨国仇当勇报，国防军队应勤为。
东瀛忘我心常在，唯有强国永御贼。

沁园春·忆伟人毛泽东诞辰125周年
华夏风光，举世无双，赤旗招招。看神州大地，建国扬眉，太空宇宙，奔月直腰。中共先驱，开国领袖，青史名垂功业高。且回忆，救万民苦难，处处辛劳。
中国物阜丰饶，引帝匪烈强侵掠挠。恨国贼寇匪，烧杀掠抢，汉奸走狗，卖主德抛。雄伟毛公，文韬武略，立党兴国鬼子逃。望今日，筑中华国梦，心海滔滔。

七绝·春节感赋（新韵）
春联写就便心忧，叹感人生似水流。
曾忆少年争火炮，忽觉美绣雪花头。

七绝·落雪
天皇下嫁玉姑娘，不伴红装用白裳。
地面住屋皆素裹，哪知何处是新房？

五律·节庆咏春
冬去山林秀，冰消海浪开。
寒风随雪走，暖日伴春来。
年乐诗联对，宵欢戏谜猜。
祝福千里远，节庆喜满怀。

王贞饶
男，1947年生，贵州道真人，苗族，中学语文一级教师退休，教龄42年。任教期间，曾担任过中学校长、党支部书记等职。现系中华诗词学会、贵州省诗词楹联学会资深会员，遵义市诗联学会理事，道真县诗联学会会长兼《道真诗联》主编。作品颇丰，多次荣获国家级表彰奖励。

五绝·峥嵘仡观（新声韵）
苍山如卷浪，延荡至天垠。

— 1195 —

不免扪心问，我身居哪岑？
——感慨

七律·自认"诗痴"与"诗癖"（新声韵）
编吟令我不出游，妻子心头每负忧。
常把他人来作比，总将健体拟要求。
奈何任重心尤重，以至日兜宵更兜。
待到儿孙三次叫，方才下座啃馒头！
——情趣

七绝·契谈（新声韵）
路至东郊时已晚，璞兄留宿赶明天。
围炉侃论骚风事，忘了三更屋外寒！
——友谊

忆秦娥·风采云顶山（新声韵）
姗然立，氤氲缭绕浑无际。浑无际，蔚蓝天在，霞辉何弃？
葱茏四季终无易，峰峦座座相亲昵。相亲昵，春光恒驻，烟岚随意！

七律·再咏赶路人（新声韵）
在途之士拟多艰，总与难行结下缘。
风雨加身强举步，骄阳冒汗任湿衫。
路狭犹著荆棘布，坡陡还添峭壁悬。
何以无心寻小憩，只因霜雪满头巅！
——处事

七律·吟途感悟（新声韵）
作赋吟诗何要强？功夫意气使遒张。
支舟欲向海天阔，举桨莫愁风浪狂。
破釜沉船期楚胜，卧薪尝胆在吴殇。
纵横墨翰存斯志，李杜焉能不捧场！
——意趣

七律·海上捕鱼者之歌（新声韵）
可钦可敬是渔舟，举棹扬帆劈水流。
休论星辰托日月，何分冬夏与春秋。
把条薄命来押上，向那惊涛要罟稠。
横顺行来都是险，不如偏向险中游！
——志趣

七律·题赞一风景图（新声韵）
结队前行云雁飞，蓝天底下树葱薇。
黛岩丹鹤苍松立，瀑布丛林岚气垂。
神往深山寻奥意，聆听涌瀑响春雷。
赚得欣慰一身爽，远胜官场醉酒杯！
——情趣

王贞友

乡梦（新韵）
风吹游子梦，飘入故乡林。
手捧黄泥土，腮边反复亲。

垂钓（新韵）
清风相约会南林，默坐江边借绿荫。
虹作鱼竿星作饵，青山伴我钓闲云。

做棉鞋（新韵）
眼花执意自穿针，颤颤巍巍走线频。
九十老妈闲不住，恐因鞋薄冻儿身。

丹山荷花节
巧融农旅种荷花，一镇诗情万亩霞。
皓月邀来城里客，歌声飞进脱贫家。

山居（新韵）
山深农院绝尘埃，花气林荫爽倦怀。
鸟语烟云封不住，随时飞进小窗来。

青城后山小住（新韵）
泰安小住不沾尘，坐享林幽崖谷深。
摘得山中云一朵，夜来赠与梦中人。

游仙女山森林公园(新韵)

远别喧嚣地,来寻仙女踪。
林深藏丽影,原阔靓芳容。
牛马肥犹健,烟云淡忽浓。
惊成天上客,得句在苍穹。

山中客居(新韵)

嚣尘炉火久生烦,一入青峦心便安。
听鸟纵情歌秀壑,看云恣意抹苍山。
遍坡野卉如霞灿,四处清泉比酒甜。
最喜凉风长作伴,渊明梦里共悠然。

浣溪沙·无题

风雨难消半世痴,伤怀最是月明时。
可嗟无处寄相思。
锦水当年空有韵,沱江今日只余诗。
一生酸苦有谁知?

王振华

男,1950年生,中华诗词学会会员,子曰诗社会员,河北省作家协会会员,承德市诗词楹联学会副会长,滦平县诗词楹联学会主席,15岁开始写诗至今,作品1000余首,先后出版有《王振华诗选》《山水华章》。《山水华章》一书被评为河北诗词30年优秀著作。

七律·水心榭

波映涟漪荡小舟,清风着意彩云悠。
芙蓉玉立三亭古,疏柳横斜几叶秋。
一径馨香凭水媚,两湖绚丽倚山羞。
适逢雨过初晴日,漫赏新荷淌碧流。

七律·烟雨楼

亭台烟雨小江南,杨柳舒枝紫燕衔。
帘卷松风湖上画,窗含荷露水中天。
弦音漫荡楼心月,彩舫轻拂阁外山。

恬静林园常入梦,犹闻细语话康乾。

七律·端午山庄随笔

趁步山庄览碧清,时逢端午念屈平。
龙舟浪遣离骚意,艾叶风飘天问情。
枯柳低眉千缕恨。新荷竖耳九歌声。
人去诗魂何处觅,汨罗泣血满江红。

七绝·山庄柳

半株枯柳露痕残,料峭风吹瑟瑟寒。
仍是抽丝凝吐绿,一分春色赠湖山。

七律·山庄中秋月

秋淡山庄浅碧清,月盈湖静水天明。
文津阁似蟾宫影,烟雨楼疑玉兔声。
苏轼举杯邀桂魄,萧何策马赶元戎。
嫦娥舞尽云中曲,怎谱人间未了情。

七律·磬锤峰

莫是瑶池逝玉簪,又疑药杵下凡间。
长天立柱千峰短,阆苑飞花万树繁。
沐雨栉风昂紫塞,扶云戏水镇金蟾。
伊犁伴月香妃瘦,空对磬锤照影寒。

七律·山庄初雪

闲来趁步访山庄,柳叶揉丝裹素妆。
览物未觉人已老,怡情何待日方长。
堆银漱玉金山侧,泛绿偎红水榭旁。
寻觅康乾旧足迹,扬眉傲雪续华章。

王镇

男,中共党员,本科学历。1964月出生。于1981年入伍,1984年2月进入巢湖市农行,1988年调回祖籍安庆,现在安庆市农行开发区支行工作。曾先后于湖南长沙《九州文苑》,四川乐山《沫若风》刊物,发表诗词、现代诗数十首。

七绝·陕甘之路(押东韵)

陕塞之罘好仙境,福来天上引和风。
敦煌霞气昆仑雨,尽在诗情秀色融。

咏雨荷

观尽百花春日空,池塘莲叶绿拥红。
听凭一夜潇潇雨,雨过风回香更浓。

游三河古镇

小艇之中尝米酒,春风摇曳献温柔。
三河古镇千秋韵,山色神奇一眼球。

落日

清风拂面诗心动,翰墨流香雅韵开。
君看荷花初绽放,云霞斜出吻她来。

七律·清明祭父

未近花山心已怯,春光明净碧波粼。
无言泪涌清明祭,长忆往事感深恩。
莫说去年潸然别,如烟岁月梦难寻。
回眸不见当时影,荒冢青山思父亲。

2019年4月7日

临江仙·宁海战友

宁海重逢初夏日,山川奉出氤氲。往事如烟随风去。一世好胸怀,战友情最真。

浊酒一杯夕阳晚,相聚老友新朋。谈笑挥杯醉难眠。天性生豪气,不忘友情人。

王峥

男,1944年6月出生,浙江杭州人。杭州大学(今浙江大学)中文本科毕业,一生从事中学语文教学。现为浙江省诗词与楹联学会会员,浙江省现代诗词研究院成员,浙江省之江诗社顾问,浙江省余杭诗词楹联协会会员。

七绝·游半山仙人谷

含烟滴翠涨溪桥,绝壑风光雨后骄。
乘兴快登峰顶去,满山云霭一肩挑。

五律·题《秋溪放棹》图

山雨昨宵歇,一溪绿涨秋。
中流看放棹,天地识归舟。
已觉江湖阔,任凭汗漫游。
人生多异趣,俯仰不言愁。

五律·题《江枫舣舟》图

云气压群岫,沧江独舣舟。
风微波影细,岸浅草芽柔。
晓露浴初日,丹枫染晚秋。
逸情人不识,潇洒立汀洲。

五律·题《秋江钓月》图

江上风烟净,天边夕照收。
林昏归倦鸟,水静泊渔舟。
照眼山容好,荡胸绿意稠。
垂纶今日事,满钓一轮秋。

七律·采桑

稚孙游戏养蚕忙,我作罗敷学采桑。
嫩觅青枝频拭眼,高攀大树不乘凉。
摘来葱翠儿时梦,赢取逍遥野老狂。
莫道东隅今已失,且娱好景沐斜阳。

七律·除夕述怀

赖有诗情梦里催,一年心事未全灰。
安排秋兴上吟笔,检点春温入酒杯。
蓬首任随时序瘦,枯肠慵为俗名回。
纵然岁晚近迟暮,也借烟花赏腊梅。

七律·咏雪
卷帘但见白盈扉，风静江城玉屑飞。
草木随机开粉本，湖山到处著银衣。
已成净域无妨冷，遍洒琼英不肯稀。
为唤梁园春气息，冰心一片总依依。

清平乐·朱家尖看海
舷窗斜倚，未觉风云起。雪浪远山帆影里，鸥鹭剪开旖旎。
诗中欲觅豪情，眼前不见棱嶒。心海原非大海，不吟沙落潮平。

王正心
　　男，江西万载人，中小学高级教师，宜春市作家协会会员，一道诗艺社江西分社云裳会员，作品曾在《宜春日报》发表，有作品收录于《宜春诗词》（第十七、十八辑）。

游广西
碧玉漓江粉桂林，逍遥耸立楚天深。
峰奇石怪清清水，十万大山通古今。

夜览古城
五彩霓灯照蜀江，河风入夜送清凉。
红尘旧事终归梦，几道涟漪问故乡！

垂钓
五彩羽篷随岸抛，金丝银线水中漂。
呼朋洒下悠闲意，钓出时光点点娇。

万载古城有感
黄昏遥望古城坊，盏盏霓灯顶上镶。
挽起青丝追梦去，清风彻夜道安详。

夜雨寄北
一声霹雳震天界，数点萤光照远方。
阔步前行风雨路，心中有梦不迷茫。

棋赛有感
祭起狼烟楚汉间，推盘落玉夜无眠。
玲珑妙解今安在？道法高深归淡然！

王志栋
　　铁路职工，高级会计师，法律顾问，爱好文学，尤喜古诗词，在《经营与管理》《铁道财会》等学术刊物上发表专业论文十数篇。在《扬州诗词》《华夏诗文》等各类期刊、网刊上发表古体诗词数百篇并多次获奖。

琴
风林起舞雁和鸣，漫拢心弦抚不平。
十面楚歌凄壮志，二泉映月慰残生。
绕梁三日余音在，弹指一挥诸事轻。
阅遍红尘千万曲，清高只合伴琴筝。

棋
楚河汉界起纷争，方寸之间大道行。
忘死小兵能杀将，休言天意定输赢。
贪心步卒敢吞象，不信因缘决死生。[①]
推倒重来须放胆，事宜两可莫权衡。
注：①扇面对

书
无边月色砚池过，万种风光笔下生。
腾若蛟龙云水怒，翩如鸾凤舞姿盈。
书林漫步勤为径，意海神驰任我行。
千载难胜半张纸，百年旧事一毫轻。

画
用墨三分呈四季，但凭心意写枯荣。
出墙红杏花留色，成荫柳帏蝉有声。
雁去衡阳递秋信，云飘玉蝶恋梅英。

世间何景能常在，唯借丹青可永生。

诗
红尘走遍三千路，诗海扬帆万里程。
相送骊歌舒别怨，重逢对酒叙离情。
春花秋月天然韵，近水远山随意行。
不愿折腰事权贵，但凭高咏慰平生。

酒
嫫母无心酿神水，红尘血热意纵横。
倾杯买醉多豪气，张胆瞠睛怒不平。
浅饮微醺舒慷慨，袒衣击节踏歌声。
懒与睥睨斯文客，直做酒徒真性情。

花
各领风骚分四季，喧妍独占自枯荣。
美人不信三生愿，丽质单为一世情。
叶叶枝枝花复似，年年岁岁茎新生。
只闻堪折直须折，不见谁人葬落英。

茶
天地元华日月精，紫砂泡就玉瓷盛。
闻香拂面心陶醉，入口回甘气自清。
杯满七分知足乐，禅修八定事无争。
人生幸得双知己，一盏清茶一素羹。

王中生

网络笔名 love rainbow。工程师，旅居英国近20年，同济大学工民建专业学士，英国诺丁汉大学结构工程专业博士，现就职 Atkins 英国交通部，principal engineer。中国文学诗词爱好者：喜爱田园派唐诗和豪放派宋词。作品多在海外中文网络发表，也偶见刊于国内《洛阳诗词》和《中国草根》纸质刊物上。是欧洲华文诗歌会及国际田园诗社会员。

一剪梅·暖冬（周邦彦体）
冬暖骄阳胜早春。垂柳渐软，枯木芽新。英伦二月亦飞花。粉杏登枝，草翠花纯。

小院屋檐生暖氲。泥巢仍在，燕子无巡。清茶紫罐问羲和。冬懒先离？春急先濒？

江城子·天凉好个秋（韦庄体）
晚秋仍有艳阳天，水天边，远无烟。绿野铺远，古堡掩林间。凉意画林千百色，惹人醉，胜春还。

眼儿媚·又见旧照（左誉体）
青涩时光指间流，不再少年头。廿年虽漫，确如昨日，感慨难休。

当年旧照重相见，怎又唤闲愁？扪心自问：廉颇老矣？爱上层楼！

七绝·思念（新韵）
思常拜访清幽夜，念却难驱碧野天。
最怕他人提旧里，苦茶化雨泪沾衫。

醉花阴·入夏
莺语鸟鸣畦朝露，初夏追春暮。风暖醉群芳，散落柔枝，飘舞如轻雾。

踏晨影访寻村渡，石径潮仍涸。步满地花残，却恐回眸，黛玉娇嗔怒。

十六字令
（一）惜别
妻，细拭龙泉正战盔。辕门处，有赤兔长嘶。

（二）三九
寒！冽冽西风扫万藩。非三九，谁可陷千川？

五绝·夏日峰区
盛夏绿峰嵘,林间小径清。
草肥湖水瘦,云舞碧空盈。

王中炜
笔名秋丝,茂名南天诗社会员。男,1954年出生,本科文化。诗词爱好者。

五绝·题小东江
破晓映曦微,江烟漠漠飞。
涟漪划晨静,棹起穿雾帏。

七绝·登云台山
晓雾流云绕九巅,仙间俗户一崖悬。
客行且得登高望,莫向瑶台问境迁。

七律·也论忠臣
辅君强楚历熬磨,报恨谗言殉汨河。
纵有冲冠向天问,难消恸恨悲九歌。
佞谈嬖佞朝中聚,惯看英忠家里多。
亘古怨魂断无尽,爱怜苦祭堪奈何?

七律·闲情偶题
苑前秋叶落缤缤,相忆经年伴怨嗔。
人泛阡荫忧躁乱,月残湖影惜清新。
三贤乐隐三碑去,五柳修然五斗沦。
梦迹天涯向谁往?不羞解佩在凡尘。

注:三贤:特指指唐代丰干、拾得、寒山三位隐士;三碑:天台山国清寺。国清寺主建筑群后的小山坡上,有一座碑亭。亭中品字形排列着三座长方形的石碑。

如梦令·漫步
池柳衔波婉娜,闲步院亭小坐。料峭晚风寒,远眺霓虹似火。知我,知我,洒下银辉几朵。

浣溪沙·雨夜
山宿不眠独眺空,倚窗听雨正稠浓。披衣远影二三峰。
一抹银辉斜静夜,千波叶翠弄清风。湘妃思泪意喁喁。

鹊桥仙·长门怨
黄昏虞度,泪垂寒月,常梦寐惊凄惋。抚琴金屋奏愁思,离鸾凤、情丝两断。
长门赋奉,兰台心罄,怎让闺娇遗遗?绮罗帷幔怅深宫,独魂魄、无君相伴。

喝火令·晚行偶得
水吻柔情柳,风邀妩媚花。霓虹凝醉几茶家。樱挽小街灯紊,触绪念残霞。
皓夜撩天静,春茗卧紫砂。散闲飘逸沁香遐。憩赏娇甜,憩赏淑清佳。憩赏舞灵歌悦,玉指掠琵琶。

王忠涛
字仲图,1990年生,四川泸州人,现居宜宾。学诗11年,未得寸进,所幸把爱好熬成了生活方式。

落魄狂生吟
月明如素照槛轩,扶酒狂歌五柳前。
醉卧苏堤摇桂影,何妨化作酒中仙。

昭君怨·忆古榕
柳絮团团思绪,欲去又还不去。无意着新风,落春榕。
念念难为故旧,两片伤心时候。一片尚遗伊,泪如兹。

赞峨眉
烟云石瀑竞飞流,笔墨丝弦鸣不休。
非是古戎山色短,只缘早遇半轮秋。

赞诗会
一联一步一风流，字字珠玑不罢休。
若遇参差实难辨，何妨推倒又从头。

王仲官

  湖北省汉川市人。曾任汉川市垌塚镇文化站长，镇政府办公室主任。为中华诗词学会会员，湖北省诗词学会、湖北省楹联学会会员，曾任省楹联学会理事，汉川市诗联学会秘书长。出版有《桑枣园诗文集》。

七律·同学聚会悼亡友
五志分离无讯音，突闻噩耗少多人。
遥思旧貌笑容在，祭挽亡灵苦泪淙。
三载同窗肝胆照，一生知己友情深。
鲲鹏去杳云千里，浩气英名万古存。

七律·崇高风范赞
聚会群英感慨多，殷殷关切暖心窝。
敬贤尊老弘芳德，正气清风树楷模。
大爱壮怀辉日月，真情励志焕山河。
一堂藻抃歌声满，民族振兴共唱和。

<small>2017年11月17日，习近平总书记接见全国道德模范时，搀扶黄旭华、黄大发两位老人同坐感赋。</small>

七律·贺赠外孙严宇泽从部队考入大连舰艇学院
参军升学喜圆梦，潇洒威风乐融融。
前路艰难须励志，航程激荡待邀功。
蟾宫啸剑报家国，滔海屠龙尽孝忠。
抖擞精神担使命，秉承心计勇前冲。

七律·游武大赏樱花
武大赏樱娱兴浓，千重美景郁葱葱。
嫣红姹紫繁花茂，接踵摩肩游客隆。
香溢校园追美梦，情融学府蔚文风。
春光共享热潮涌，乐在缤纷图画中。

七律·纪念五四运动100周年
掀天五四起高潮，一代青年逐浪潮。
爱国雄怀标史册，强邦热血展英髦。
弦歌不辍弘功业，薪火传承竞舜尧。
百载风云犹在耳，神州壮美看今朝。

七律·喜贺湖北汉川垌塚中学建校60周年
垌中学苑蕴文脉，塚子仙山飞凤凰。
三代良师雕璞玉，万名俊杰铸金梁。
生光拔翠梓楠茂，授业传薪桃李昌。
六秩荣光留美誉，壮怀依旧续华章。

沁园春·赞港珠澳跨海大桥
  盛世中华，捷报频传，百业勃兴。看伶仃洋上，巨龙飞舞；大湾区里，霞彩蒸腾。逐浪平涛，一桥崛起，世纪之光筑梦成。丰碑耸，令全球瞩目，赞誉雷鸣。
  奇功杰作恢宏。粤港澳同心创共赢。喜虹横天际，回肠荡气；隧穿海底，遂志扬名。铁骨钢筋，雄姿英发，赡丽生辉景霸屏。新潮涌，上金光大道，再展鹏程！

沁园春·长江颂
  浩瀚长江，排闼天门，直向大洋。看横流九派，风姿豪爽；延繁万里，气宇轩昂。聚玉贻珍，涵云吐秀，滋养山川衍富康。蛟龙舞，赞年华千古，烜赫流芳。
  兴功激越飞扬。趁盛世争锋起凤凰。喜虹桥碧水，畅通南北；平湖大坝，吞吐阴阳。献彩铺春，放踵摩顶，造福黎民伟业昌。踏歌进，创恢弘胜景，泽惠炎黄。

<small>注：虹桥碧水，畅通南北，指江上数十座大桥及南水北调。平湖大坝，吞吐阴阳，意指三峡大坝蓄水、发电、防灾功能。</small>

七绝·相思

孩时何懂离情苦,不信相思能入骨。
及壮良家有莫愁,心儿总在秋千处!

七绝·咏气体打火机
一腔正气腹中藏,平素清心热直肠。
莫道寻常柔似水,惹翻犹可毁阿房。

七绝·忧伤难解(入平水韵十四盐)
孤燕归巢雨入帘,莫名惆怅似胶黏。
何言诗句能排解,不过眉尖落指尖。

七绝·暖水瓶(入平水韵十一真)
肚大谁知装水货,嘴圆每每吐清纯。
假如打破涂银胆,不过平庸塑料身。

诉衷情令·今日又凉秋
(依晨殊词格,入词林正韵第十二部)
去年鸿信未曾收,今日又凉秋。凄凄又拟关鸠,切切总难休。
长短句,是兰舟,是沙鸥。漫游无觅,穷啸有哀,终落渠沟。

暗香·金城雨毕
(依姜夔词格,入词林正韵第十七部)
金城雨毕。正山明柳绿,鸟虫相唧。蝶舞蜂吟,湍急黄河岸相击。汽笛声声浪卷,忆往昔,欲言无力。载千事、难载浮沉,又眼眶红湿。
寻觅。总恻恻。废数载青春,有身难立。几多过客。吟句三千有谁识?唱遍词愁歌恨。苍白语,凝成诗册! 至此后,情更薄,苦心何必?

画堂春·才吟雨毕又重来
(依秦观词格,入词林正韵第五部)
才吟雨毕又重来。而今天气难猜!

喜悲难定似童孩,再莫成灾。
倏尔云开天破。摇头欲晒还揩。任君捉弄万千哉,我自头抬!

王重明

男,1933年7月出生。陕西商洛市人,大学文化,爱好文学,已有300余首诗词入选国内多种书刊,并多次获奖。

农村见闻(四首)

一

水泥道路通山村,阵阵笛声充耳闻。
摩的汽车来往过,出行货运随民心。

二

而今迈步去农村,多见儿童和老人。
青状离家闯市场,双亲留守看家门。

三

多少农家门上锁,院中野草没脚深。
常年四季不回返,看守全仗铁将军。

四

昔守土地务庄稼,今办门店做商牙。
矿山工厂留身影,那里挣钱那安家。

田园诗稿(四首)

一

种田不纳税,千古头一回。
干部下农村,科技送家门。
真心办实事,热诚帮农民。
当今政策好,务农劲满身。

二

日日进圈舍,肩挎草一筐。
添草又加料,精心喂牛羊。
饲养讲新法,科管记心上。

养殖亦致富，坚信不彷徨。

三

羊群赶上坡，牧者唱新歌。
歌唱好政策，歌唱好生活。
年年收入增，日子真红火。
天天忙致富，虽苦心里乐。

四

春节喜气扬，农家酒溢香。
合家团团坐，乐呵话沧桑。
今岁收入增，生活日见长。
来年加倍干，齐心奔小康。

昔今夏日

当年夏季度时光，日夜煎熬心感伤。
白昼饥肠噜噜叫，晚间蚊虫叮咬狂。
今到夏天火辣辣，人人身上着轻纱。
空调电扇家家有，冷饮西瓜买到家。

徒步深山沟

溪水淙淙流，露珠响嘀嗒。
绿映高低树，红泛远近花。
云雾腾空起，晨光缕缕洒。
深山徒步走，爽意盈心匣。

赞农田基建

披星戴月五更天，搬石移土几十年。
汗水浇出山川秀，人间佳话世代传。
层层梯田绕山转，漾漾水库映蓝天。
当代愚公显能耐，沟沟岔岔造良田。

自度曲·出门看

老翁身子闲，日日出门看。看山绿油油，看水清湛湛，看人展笑颜。看村庄楼房一大片，新颖又美观。看道路尽是水泥铺，路上车马欢。看穿戴，着装尽新款，时尚色彩艳。看城乡，家家忙致富，人人有事干。一派盛世景，喜气盈山川。政策顺民意，百姓乐心田。天天放眼看，天天有新篇。看的激情满胸怀，看得眉飞眼笑心里甜。

山乡过大年

腊月岁尽到年关，家家忙活过大年。淘麦子，磨白面，馒头蒸了一蒲蓝。熬萝卜，做豆腐，上油锅，炸果丸。猪牛羊肉任够买，样样调和都置全。请财神，写对联。挂红灯，把彩添。扫漆灰，整杂乱。再添几件新衣衫。干干净净迎新年。一切物品弄停当，早早操办年夜饭。合家老少团团坐，乐乐呵呵庆团园。欢欢嘻嘻中国年，红红火火到永远。

今日商洛山

巍巍秦岭山连山，悠悠丹水起波澜。改革开放数十载，商洛旧貌展新颜。二龙水库状景观，四龙喜珠世罕见。四十里梁原展新貌，馒头山上建公园。古镇漫川扬古气，天竺峻险绕晴岚。花楼炫丽史久远，凤冠峻峭凌霄汉。金丝峡美景誉三秦，驷马闯王把马栓。木王生态保护区，原始森林壮景观。柞水溶洞景色美，牛背梁耸峙入云端。人文景观遍地是，奇峰异石遍商山。漂流涛涛丹江河，滑雪高寒牧护关。退耕还林见成效，林草覆盖至山巅。沟沟岔岔清波起，山山岭岭碧浪翻。飞禽走兽种类多，山珍野味任尔餐。致富潮涌浪浪赶，胜事勃兴桩桩连。栽下梧桐引凤凰，投资环境大改善。办企业、开矿产，招商引资渠道宽。主导产业发展快，多种经营开财源。核桃板栗满山栽，牛羊猪鸡养满圈。学习科技换理念，求经问计长才干。走出山门闯世界，身影足迹遍宇环。务工贩运练经商，创办实体当老板。

商洛儿女走天下，堪称一代好儿男。条条高速穿商洛，铁龙呼啸过山川。山寨修通水泥路，交通便捷史空前。层层梯田绕山转，科学种田粮增产。百姓收入年年增，日子越来越觉甜。山乡处处盖楼房，农家户户展笑颜。电话手机寻常见，西装革履身上穿。而今迈步四乡走，一派盛景入眼帘。天地亮堂堂，人人喜洋洋，百姓赞盛世，乐呵话沧桑。喜的是深山人民今觉醒，紧跟潮流不怠慢。小康路上迈大步，一步走出一重天。展望新纪商洛山，富花盛开遍地艳。

王重阳

男，中专学历，中共党员，系中华诗词学会会员，东坡诗社会员，流响诗社会员、理事，黄梅县作协会员。2014年，被东坡赤壁诗刊推为当代新田园诗人。现为泼墨诗社常务会长兼主编。两次荣获全国孟浩然田园诗赛优秀奖，作品散见全国部分诗歌杂志。

2018年岁末大雪即兴

晓起开门瑞雪飞，穿云破雾过墙围。
兴来独自寻诗去，始信孤舟钓客归。
几处皱莺争暖位，一株老菊抱寒菲。
清风还我河山白，笑看原驰蜡象肥。

冬日送《泼墨》新书有感

天寒地冻为何求，入室登门几碰头。
怀抱新篇过闹市，口拈绝句卖风流。
如霜白发愁前路，似火丹心乐作舟。
重把贤能收拾起，一肩红日担春秋。

重回顺德

勒北桥头紧落车，带须榕树路旁斜。
情随短巷源源起，浪迹长街处处家。
竹影空翻枝上叶，莺声啼落院中花。
渡头突降潇潇雨，错把行人面目遮。

故地重游

一院繁华化作泥，游人漫步故园西。
只因不忍春离去，欲效子规深树啼。

咏水稻

叶向蓝天根恋泥，平生披挂绿征衣。
不言去日青禾嫩，待到黄时头自低。

乡村秋夜

云淡风清月挂西，虫声唧唧听时微。
为忙蔬果甜甜睡，远去人家鸡又啼。

王周泉

浙江泰顺人，网名乌饭子，性格开朗、浪漫。爱好涂鸦现代诗与格律诗。作品散落百花苑·珺之春文化公益平台、现代诗歌传媒有声平台、竹韵清音精品诗社、温州《东瓯诗谭》、中华《诗词月刊》、中华诗词楹联创作基地等知名文学社。

五绝·休夏

柳岸送蝉音，葱茏夏渐深。
夜来君不见，石阁正鸣琴。

七绝·山行

寒来一夜晶莹透，万里坑溪挂玉箫。
晓色山行身觉冷，鸣声款契送歌谣。

五律·登秀涧赤岩洞

嶕峣松岭隐，雾翠石桥迷。
瀑沫天扉上，飞花洞府西。
闲云惊踏远，古蔓恐摇低。
不见山僧问，唯听野鸟啼。

七律·登狮子岩即兴(二首)

一

玉炉吐雾共流年,金柱攀云直插天。
渺渺荡舟涯外去,悠悠飞鸟壁中还。
山风拂面何须曲,石鼓销魂不用弦。
入境高歌心未老,尘间逸兴自称仙。

注:金柱,即狮子岩山,当地人习惯称金柱山,山上有寺曰金柱寺。涯外,这里指福鼎海。石鼓,指狮子岩上一天然卧石,击敲声响亮如钟鼓。

二

竹雨游廊观绿野,松涛别径遇红颜。
披衣持杖登岑岭,踏叶抛花跨坳关。
恐入云崖琼宇上,疑生石柱玉河间。
懒思尘世名和利,喜见柴门事作闲。

满庭芳·华山奇观

昂首攀摩,云阶岭隘,望台闲歇凭栏。俯身惊恐,碎石似飞丸。薄雾轻笼眇忽,壁千仞,叠翠峰峦。穿林泽,猴猕引吭,野鸟共欣欢。

奇观。东破晓,红霞晤面,宛若朱丹。渐而出曦轮,纵队紫蟠。鬼斧神工之论,数西岳,四海摽冠。争朝夕,游人不绝,华夏永昌繁。

王卓

辽宁省营口市人,从小酷爱文学,16岁起习诗,对古诗和现代诗都非常喜爱。营口市诗词协会会员、营口市作家协会会员,曾在《辽宁职工报》《辽河》《营口日报》《辽西风》《辽宁诗界》等多家报刊上发表过作品。

七律·梦中水乡

江南一去不思家,黛瓦青墙掩岁华。
看尽窗前云外月,赊来梦里雾中花。
舟边题句扶疏影,桥下凌波醉绮霞。
玉面泛红声细软,佳人如水景如茶。

七律·七夕感吟

乘鸾玉女久无踪,空有箫音上碧穹。
手小一花知取舍,心浮半偈问西东。
牛郎迢递天河灿,蝶梦浮沉泪眼濛。
想是年年肠断日,也悲雾雨也悲风。

七律·盛夏

世间七月火旗扬,气卷狂波沸似汤。
池草香中蛙鼓倦,庭槐影里噪蝉藏。
频摇折扇仍挥雨,每遇和风必趁凉。
不解炎威骄肆处,何人夙莫尽奔忙。

七律·家中二老(二首)

其一

身居小室有怡情,总把心声继玉声。
琴瑟相依春自在,山河渐老梦分明。
逢人温润长随意,遇事方圆不与争。
一曲秋阳铺绿水,韶华白首共鸳行。

其二

余年何幸迷丝竹,情自心生曲自幽。
百籁吟风催社燕,七弦醉月踏清秋。
定音配调冥思处,会友邀亲逐梦舟。
伉俪同行歌不老,身中物外乐悠悠。

七律·观荷

一池碧色一池花,风动漪涟绽醉霞。
好是水中能逐梦,不妨物外乐淘沙。
心如泽国难擎雨,身比浮萍必恋家。
痴望踌躇惊见月,弯弯钓得几声蛙。

七绝·初夏赞荷边美女

一池荷叶柳来依,鸟唱风吟梦入诗。
莫怨满湖无秀色,岸边玉骨有仙姿。

眼儿媚·离恨

凝立桥头雨霏霏。江上柳风吹。飘蓬已远,锦花空谢,蚁梦难回。

燕来长羡同林乐,薄雾锁深眉。烟云尽处,青峰缥缈,红树低徊。

调笑令·伤春

啼燕,啼燕,枝上为谁叹惋?流花自去听禅,烟云尽处梦寒。寒梦,寒梦,窗外风斜雨笼。

王子琦

男,1929年生,滕州市人,滕州市政府退休干部,系中华诗词学会会员,枣庄市诗词学会会员,滕州市诗词协会名誉会长。曾荣获第二届"岳阳楼"寻春诗会金奖、第四届"相约北京"全国文学艺术大赛二等奖。

七绝·赞枣庄二首

其一

枣庄昔日是煤城,我住青檀十数庚。
旧貌新颜多少事,时时入梦荡心旌。

其二

煤城改革借东风,科技能源建大功。
遍洒明珠普天照,犹如星斗亮心中!

七绝·怀念刘少奇二首

其一

千古奇冤劫梦真,党章国法都难循。
一世为民人称赞,是谁害死此元勋!

其二

历雨经风度世尘,鞠躬尽瘁爱平民。
当年昭雪众人愿,聆听《修养》更相亲!

七绝·怀念周总理

才高姜尚助毛公,开国元勋盖世忠。
尤慕外交称俊杰,翩翩风度压群雄。

七绝·纪念汶川抗震10周年四首

其一

灾害无情人有情,喜看巴蜀起新城。
多亏党的方针好,又听黎民歌舞声。

其二

汶川地震山河动,天府人民几度惊。
援建十年遵号令,楼台崛起享康宁。

其三

震后十年心内惊,废墟变作崭新城。
高楼林立路通畅,巴蜀欢歌庆太平。

其四

重建家园整十年,汶川面貌赛从前。
君知力量来何处?中央政策是源泉。

七绝·饮茶乐

郭外郊原是我家,兰馨室雅度年华。
鸟归波漾松风起,赏月吟诗漫品茶。

王宗麟

宁夏人。深圳市作家协会会员,华北散文学会理事,中卫市书法家协会理事,应理诗词研究会会长。

东林学禅

匡庐群峰禅气重,东林众僧福慧深。
但将妙法说十方,东西南北有缘人。
末俗亲近大和尚,浊恶知遇善师宗。
此生愿向真善美,谒来庐山不是梦。

注:庐山东林寺,位于江西省九江市庐山西麓,北距九江市16公里,东距庐山牯岭街50公里。因处于西林寺以东,故名东林寺。东林寺乃中国净土宗第一代祖师慧远大师开山肇

建,于东晋太元九年（公元384年）落成,为庐山上历史悠久的寺院之一,迄今有1600年历史。东林寺是佛教净土宗（又称莲宗）的发源地,也被日本佛教净土宗和净土真宗视为祖庭。1983年,被国务院列为汉族地区佛教全国重点寺院、国家著名佛教道场、江西省三大国际交流道场之一。

中华医道

本草失神州①，仙方渡日朝。
东瀛究可为②，节节益利高。
赤县抱西药③，庸医思美钞。
内经黯然泣④，向日开珍宝。

注：①本草：即《本草纲目》，代指中医。
②东瀛：日本
③赤县：中国
④内经：《黄帝内经》，代指中医。

维和女兵赞

往昔花木兰，今日女子兵。
动开坦克车，飞驾摩托艇。
突然得号令，离家往中东。
维和黎巴嫩，尽道尽义情。
倚栏睹清姿，对镜看芳容。
志飞向异邦，一一脱脂粉。
扫雷定地境，除匪安民心。
饮誉在国际，军花势如龙。
经风沐血雨，威名震天公。
本心欲低调，奈何实力如风不庆允。

贺哈特高铁开通

飞铁到天际，迅驰哈特间①。
时速如流星，地遥不为远。
冰城凝清露②，呼市笼寒烟③。
万水千山后，抱笑在君前。

注：①哈特：哈尔滨—呼和浩特。
②冰城：哈尔滨。
③呼市：呼和浩特市。

中日惜才论

中日同宣政，发展以济经。
国大城更深，人需正隆隆。
人才往东京，才人来北京。
我愿效中国，克日改命运。

弘一大师赞

曾经风流才子，一朝觉悟空门。
造作民国佳话，才子成变高僧。
僧名演音比丘，道号弘一上人。
卅年勇猛精进，修行渐渐上升。
悲欣交集之夜，紫气红光来引。
此去佛国作佛，超凡脱俗入圣。

中国书法

读熊秉明先生《书法是中国文化核心中的核心》题记五十六字。

汉家文化核心力，乃因文字而发意。
玄墨如龙达太极，幽韵似凤通天机。
中华文明由此肇，上国精神自兹始。
数典五千年璀璨，多少风流岁月里。

赋得远日秋思尽

秋水粼粼秋水滨，荻花瑟瑟秋风冷。
坐阅芦黄絮纷飞，年年青黄年年同。
飘飘衣袂长丝英，天地为此呈幽情。
谁人能识天地趣，何戚何虑笑人生。
谁知我心向远日，远日又思远日心。
今夜长吟芦荻白，明日行囊过秋林。
从此一去交远风，但知天地空复空。
天遥地远游若梦，山重水复云复云。

沪昆高铁开通

朝发海上夕入滇，飞经万水与千山。
好山好水看不足，游龙在彩云之南。

注：沪,上海市的简称。海上,即上海。昆,云南省昆明市的简称。沪昆,上海—昆明。滇,云南省的简称。

王宗墨

笔名网名老墨,哈尔滨人氏。花甲学诗,古稀不辍。爱好虽多,择古典诗词相伴终老。

梅之恋
梦里依稀二月中，疏枝冷蕊浅胭红。
隔空小叙悄悄话，侧耳犹闻喏喏声。
一介俗人偏爱你，八行陋句总关情。
年年岭上君如故，知否年年我不同。

岁末感吟
收官何必计输赢，且看堂前陋室铭。
未履刘郎颠沛路，常思西蜀紫云亭。
书中问道终觉远，雾里观花尚不清。
擅闯缤纷平仄地，一锄一铲做诗农。

会友
旧历翻新日月催，相逢对笑鬓霜堆。
倾囊只敬茶三盏，尽兴无须酒满杯。
君子之交诗做伴，骚人所好笔为媒。
说天侃地皆成阕，唱和飞花归不归。

逛新城
花街如梦令，曲径踏莎行。
广厦冲天笋，商圈卧地龙。
来寻家味道，不见旧园庭。
索句梧桐下，嘤嘤老凤鸣。

韦成柏

壮族，广西柳城县六塘镇拉燕村大潘屯人。1949 年 6 月生，小学高级教师，2010 年始习作诗词，420 多首作品分别入编《中国名家名诗辞典》等 72 部诗词典籍，或刊登于《诗词之友》等 13 家报刊，著有《秋韵集》。

七律·故乡初夏
三角梅开榴月香，田园一派好风光。
枇杷澄澄枝头挂，桑叶青青垄上芳。
明镜碧池蛙鼓噪，翠屏崇岭鸟歌亢。
悠悠牧笛夕辉灿，仙境瑶台逊壮乡。

七绝·龙江泛舟
清江丽日荡偏舟，旖旎风光满目收。
夹岸琼楼竹柳翠，青山倒映画中游。

七绝·三角梅
不与春花竞争艳，夏临灼灼吐芳妍。
粉红媚靥西施俏，笑傲雨风迎暑炎。

七绝·钓曲曲流
江曲流清风拂柳，幽堤竹翠水微波。
垂纶消遣夕阳伴，不计鱼虾少与多。

七绝·柳江百朋酒壶山
鬼斧神工酒壶俏，壁题隽永古贤稠。
挺拔毓秀林茵茂，四海五湖人恋留。

七绝·花柳吟
花开春暖柳丝青，垂柳婆娑花醉丁。
蝶舞花丛风拂柳，烟堤碧柳百花馨。

醉花阴·父亲
历尽人间千万苦，岁月艰辛度。天塌大肩扛，地陷身填，铁汉强刚父。
披星戴月农耕路，哪刻曾停步？不管雨霜风，斗笠蓑衣，鼎力全家护。

无名调·柳州螺蛳粉
汤鲜美，味辣香，可口价廉名远扬。壶城逛，上品尝，鱼峰山下对歌吭。好吃好玩何处觅？柳州览胜世无双。

隗合明

世界第一高桥:北盘江大桥（新韵）

天上架虹桥，白云冉冉飘。
嫦娥不寂寞，日夜与人聊。

盼春（新韵）

我邀天下客，把酒论红尘。
都怨春风晚，迟迟不入门。

父亲节忆父（新韵）

也有悲催事，还蒙今世冤。
父亲不似母，能顶五重山。

野花（新韵）

丽质清纯更善良，从来素裹自然装。
虽说个个身材小，却让千山万谷香！

夺命扣（新韵）

奸商总是在"发明"，岂顾谋杀罪恶名。
难解有人如此蠢，争先恐后作做亡灵。

春节感赋（新韵）

辞旧迎新千载重，情留岁末上巅峰。
从来饭菜家常味，惟有诗心不与同。

登鹳雀楼望黄河（新韵）

一抹朝阳带笑出，胸怀正拓上戎楼。
人登高处能瞻远，水向低洼必顺流。
淤满河床常改道，怨积心底久成仇。
自然之律焉能抗，既可行舟也覆舟！

咏喜马拉雅山（新韵）

虽然还吐少儿音，却长撑天立地身。
四海风云收眼底，五洲雷雨纳胸襟。
从来后浪推前浪，焉有今人逊古人？
可教丹心容百岳，恨无神力掌乾坤！

注：喜马拉雅山是地球上最高却最年轻的山脉，年龄只有4000万年，而地球已形成46亿年。

咏昆仑山（新韵）

浩浩天风动地吟，一声崛起莽昆仑。
时光驰入清高界，闪电藏于妙玉心。
不冻泉出沧海水，青峰剑破月华魂。
谁人见过西王母，许是山头一缕云。

大巴山感怀（新韵）

臂挎金盆向九天，横空斜卧水云间。
雄拔数岭冲霄汉，傲视双江挽巨澜。
野岭蛮荒花有泪，深林寂寞草含冤。
君王日日悲白发，恶梦哭折一座山！

注：大巴山南北分别为四川盆地和汉中盆地。双江为嘉陵江和汉江；明朝建文帝朱允炆被四叔燕王夺取帝位后，装成僧人逃到大巴山深处。

咏北岳恒山（新韵）

横穿晋北势雄豪，敢与天公论矮高。
总伴燕侠同赏月，常携吕友共逍遥。
雄关虎踞尘烟荡，绝塞龙盘血雨飘。
啼鸟随风寻乐去，断崖依旧守双娇。

注：恒山呈北东走向，东连燕山，西接吕梁。有一断崖相传为姑嫂投崖处，称之"断崖啼鸟"。

卫金报

山西省河津市人，1953年出生，退休干部，大专学历。现为中华诗词学会会员，山西、运城诗词学会会员，河津市诗词学会副会长。

鹧鸪天·大唐骁将薛仁贵

戎马疆场四秩秋，纵横千里未曾休。
战神三箭天山定，浴血几番高丽收。
经恶战，历危忧，胸怀社稷志方遒。
高功钜德铭青史，誉载千秋万古流。

七律·题淘寺遗址发掘

千古疑云厚莫猜，炎黄祖脉隐尘埃。
文明华夏源何处？历久尧都自九垓。
墓葬龙盘王气显，象观圭表节时裁。

诸多器物史前制，未解迷团正欲开。

七律·写给红叶合唱团
岁暮桑榆不赋闲，经霜枫叶焕韶颜。
清晨吊嗓歌嘹亮，昏夕扭肢舞蹁跹。
走秀旗袍风韵雅，健身太极武功玄。
精神富有人生灿，其乐融融度晚年。

江城子·夏日莲池
炎炎夏日至荷塘。碧天光。翠青妆。菡萏娇红。婷立绿盘昂。睃看蜻蜓衔秀萼，吮琼浆，醉幽香。

微风习习送清凉。柳丝扬。锦鳞翔。僻暑休闲，游客此寻芳。屡有情侣留倩影，相牵手，漫倘佯。

七律·游关亭滩文化园感怀
疑是神墟伊甸园，巨尊铜像屹山巅。
千秋武圣生身地，万载常平祭祖畋。
可叹曾经荒落久，惊嗟今日锦华妍。
数年沥血终圆梦，当代愚公钜德贤。
注：常平，武圣关羽之故乡。

七律·初春
万物更苏醒蛰虫，无边光景醉朦胧。
潇潇霏落杏花雨，习习轻梳杨柳风。
烂漫桃红香霁野，秋繁李白靓榛丛。
莺啼燕啭枝头闹，紫气氤氲日色融。

七律·瑞雪
枯燥干冬天许久，浑茫苍宇漫阴埃。
麦青菱凋农人怨，邪疫蔓延病庶唉。
幸有神龙睁炬眼，突如仙藻下埏垓。
无垠圹野银装裹，胜景怡人谁剪裁？

七律·题普救寺
千年古刹空门地，一部言情剧著名。
梵塔结缘蟾月鉴，红娘牵线眷姻成。
从来才子多春梦，屡有佳人醉书生。

莫道风流遗事远，如今寺宇世蛩声。

卫声才
男，安徽无为人，退休教师。无为县诗词学会会员、常务理事，《友声吟集》副主编。

七绝·戊戌七夕
敢问天公何不仁，疾风骤雨未消停。
须知今日鹊桥会，湿透罗衣太绝情。

七绝·己亥七夕
今年七夕不寻常，还似熏蒸汗湿裳。
叩首焚香求织女，请将乞巧待秋凉。

五绝·电梯
默默渡来去，悠悠上下情。
累累不计曰，寂寂绝虚声。

七绝·公交司机
去来往返事寻常，一似天孙织锦忙。
仙女织成满天彩，我雕岁月美琳琅。

七律·野菊花
万里霜天征雁去，断桥石际默然开。
香寒不许游蜂至，蕊冷休教浪蝶来。
不向牧之头上插，懒朝元亮宅边载。
秋光自赏自怜惜，枯朵成尘自掩埋。

七律·观富豪明星视屏感赋
人生活法信多元，各有门前一片天。
李杜诗篇悬日月，苏辛词赋更空前。
颜回瓢饮称颜子，孔子绝粮呼圣贤。
乍紫乍红乍富贵，风吹一霎散云烟。

如梦令
一路燕穿杨柳，正是春耕时候。不听

牧童歌,不见耕牛奔走。机吼,机吼,千亩一挥而就。

西江月·"八一"咏军旗

"八一"南昌一举,赴汤蹈火飘飘。奔腾一路聚英豪,指处三山推倒。今日神州追梦,长征不断高潮。护航保驾最坚牢,风展旌头更俏。

魏福余

男,1965年生,山东省枣庄市峄城区人,大学文化,现任枣庄市第一中学副校长,系中华诗词学会会员,山东省诗词学会会员,枣庄市诗词学会副会长。已出版诗文集《楚客情思》《千岛行吟》《洗心禅歌》等。曾荣获第二届跟着古诗词去旅行岳阳楼诗词大赛金奖,第十四、十五届"天籁杯"中华诗词大赛银奖等奖项,其作品200多首(篇)在省市报刊上发表。

七律·读毛泽东诗词感赋

擎天撼地袖添香,拓土开疆追汉唐。
指点江山平四海,激扬文字定八荒。
沁园春后惊神笔,水调歌头著妙章。
志士情怀家国梦,名垂华夏屹东方。

七律·卅年教龄随想

卅年从教自奔忙,苦辣酸甜已遍尝。
紧致皱纹赢蜡炬,稀疏白发负流光。
耕耘父老三秋梦,播种家园两代香。
羡煞世间清逸客,和风随意巧梳妆。

七律·秋夜有寄(新韵)

寒云冷影舞秋声,无奈乡音锁玉宫。
梦到窗前心破碎,花经雨后叶伶仃。
关山淡远循归路,渭水浊清证忘形。
一念疏狂开又谢,遣怀犹忆月倾城。

七律·教师礼赞(新韵)

殷勤不问改朱颜,甘做人梯未辍弦。
莫道深情曾有梦,只缘大爱是无言。
桃蹊渐远随功过,霜鬓频侵任苦甘。
唤醒春风酬夙愿,黉门一世忆流年。

七律·夜读(新韵)

耕种心田数卷书,灵魂深处筑清庐。
春来豪气亏犹满,秋至闲情有却无。
勘破圆缺杯共饮,笑谈风雨路殊途。
浮生懒问尘缘老,月照关山影不孤。

七律·送别(新韵)

浊酒三杯韵不成,儿时玩伴任飘零。
寒虫传递乡愁苦,皎月怜惜客梦疼。
半百消息听雁阵,四时问讯睹云峰。
尘衣抖落初心在,故土情缘未敢轻。

诉衷情·夜读

西风入夜渐疏狂,丹桂闯轩窗。小区露重知返,竹影绘青霜。
梦醒后,忆他乡,忘炎凉。初心依旧,瘦水寒山,篱远菊黄。

鹧鸪天·乡情

欲借琼枝问朔风,故园一梦忘西东。千山万水人虽远,片语只言意未穷。
身自在,影朦胧,分明莲绽淖泥中。浮云落日应无恙,犹记村头呼唤声。

定风波·叶落花残送晚秋

叶落花残送晚秋,风疏雨骤问西楼。半世情怀难尽诉,停住,几番心事付东流。
犹记当年山路远,归返,繁星朗月莫迟留。相忘江湖尘愿老,真好,凭栏拟笑古今愁。

栏枝香·秋思

光阴且住,问往事前情,多少失误。眼底禅花寂寞,桂香浓郁。菊篱不解红尘苦,羡渔樵、湖边山麓。此生光景,梦牵北斗,魄随南浦。

恨人世、沧桑几度。看雁字横天,凌虚独步。野鹤闲云频寄,锦书无数。冷清总在繁华后,诉知音、任梧桐妒。鬓霜托付,重拾童趣,莫听朝暮。

魏国斌

男,1963年出生,河北省武安市人,1984年8月毕业于河北大学中文系汉语言文学专业。现供职于邯郸市政府一部门。曾出版个人诗文集《翠微屐痕》。参评诗词获得"第四届全国诗词家神州行"征稿评选特等奖;获得2018年诗词荣耀中华诗词大赛一等奖。获得美丽乡村枪蜜小镇"尚禾杯"征文优秀奖。获得诗词世界杯第五届中华诗词大赛一等奖。获得2019年"中国作家薪火相传·精英奖"。获得"第九届中华诗人踏春行"征稿特等奖。获得"雅集京华·诗会百家"全国第二届百家诗会一等奖。获得诗渊堂杯中华大赛一等奖提名奖。获得"中国作家薪火相传·精英奖"。获得第三届"状元杯"中华诗词邀请大赛——金榜题名"诗状元金奖"。第四届跟着古诗词去旅行黄鹤楼寻春诗会金奖。第二届国粹杯·中华诗词楹联大赛入围奖。

五律·渡海

白发犹豪壮,骑鲸大海波。
黄昏吞日月,涛浪卷星河。
饱蘸连云墨,狂书动地歌。
高船压残夜,天际见微酡。

五律·青藏铁路礼赞

高原啸铁骢,鞍辔晚霞红。
去住三城雪,奔驰万里风。
昆仑滞斜日,瀚海乏征鸿。
公主应含笑,家山接佛宫。

五律·家乡

我家洺水滨,丁鹤化尘身。
依槛弥红药,推窗满绿筠。
山前啼鸟熟,陌上牧牛亲。
爽籁生禅意,空心自得真。

七律·三峡断想

东流沧海是于归,分野牵牛又紫微。
风满云帆高壁走,天连雪浪大江飞。
梦青薜荔思山鬼,魂赤枫栌忆汉妃。
水阔潮平三峡尽,烟生九派带斜辉。

七律·音乐喷泉

光幻霓虹韶乐轻,红莲开与白莲平。
盏沉碧海琉璃碎,星起银河玛瑙明。
秦女吹箫声远近,越娃舒袖影纵横。
夜阑月落游人去,清梦悠悠入水晶。

七律·白云川

白云川里白云归,碧水幽岩氧气肥。
花幻佳人香馥郁,山驰骏马影依稀。
高高下下蜻蜓舞,往往来来蛱蝶飞。
芳草萋萋满三径,禅心美景不相违。

七律·西行青海湖

日月钟灵一镜幽,曾迎公主照春秋。
连云雪色寒今古,吼地涛声响斗牛。
万顷大湖星外现,千寻高嶂浪中浮。
诗家天子魂应在,挥写苍茫笔底收。

七律·云飞

诗偏铁板大江腔,每读云飞起慨慷。
息壤高峰柱天地,剑刀巨峡裂阴阳。
浮槎沧海来三岛,击楫银河望八荒。
万里长空书壮志,火山喷墨蘸岩浆。

魏河流

　　男,出生于1968年,山西兴县贺家会乡谷地宇村人。小时愚顽恶读但喜欢诗词与篮球。1986年在粮食学校粮油储藏与检验专业学习,下岗后开始学习公文写作,陆续在当地报刊发表过些现代诗和古体诗,从去年开始近体诗的写作。

七绝·去留

已是迁时燕起愁,前缘难舍欲淹留。
奈何节物差风唤,黄叶作笺又入楼。

七绝·秋

淅雨连绵徙鸟啾,萧萧落叶那堪留。
欲将往事埋心底,花发稀疏难掩愁。

七绝·雪

随风潜入怯禽缄,塞北今来景不凡。
六瓣晶莹心剔透,将情素裹作春函。

五绝·雨霁

岸柳拂清尘,山桃点绛唇。
江南新雨后,何物不怀春?

七绝·大雪

因风柳絮下瑶台,欲替山川扯被来。
莫道冬深春讯杳,禽寻漫野竹花开。

七绝·冬夜忆母

刚罢农田舍事縻,油灯缝补到晨曦。
流年似水应嗟叹,又是乡愁入梦时。

七绝·童年(新韵)

追梦逐蝶搅鸟春,闲来搔首望流云。
小河绕舍悄悄淌,漫过光丫那印痕。

七绝·归梦

沉沉幽梦忽乡中,虚掩柴门乱野蓬。
几唤娘亲知不在,冬阳懒懒照残红。

魏丽红

　　女,浙江省文成县珊溪镇人,中学语文高级教师,年少时曾经出版过四本书:新诗集《曾经迷惘的少女》《生活灵感》,小说集《乡村女教师》,散文集《窗外一片天》。如今钟情于古诗词创作。

探访"问道刘基馆"

文人不倦探刘基,道馆村亭别样姿。
博古全凭勤学早,通今不怕践行迟。
谦卑熟敢施仁术,廉洁多谋作帝师。
劝世箴言当谨记,躬身百事得三思。

探寻刘基当年求学为官之必经驿道

古来驿道好传输,求学为官亦此途。
云表门前观险谷,勺凉亭里仰憨夫。
峰高自有山坡路,情达岂忘茶水姑?
重蹈刘公仙迹处,芳心暗许史相濡。

再访武阳刘基故居

几入武阳诗意悬,今朝再谒韵如仙。
新荷映日娉婷立,遗庙依池肃敬宣。
诱客偷闲前探赏,赌书参境促承传。
清居圣地吟情起,叹与刘公结此缘。

江西龙虎山游记

山纳真元启道行,自然遗产誉流芳。
峰岑古殿神灵聚,云锦峻峰龙虎翔。
竹筏漂凌崖现墓,艄公讲述典成章。

升棺诡秘谜难解，归去回眸音绕梁。
注：龙虎山原来叫云锦山，因为山峰上曾经出现的云锦像龙虎，后人方改称为龙虎山。

于辞岭亭前瞻仰刘璟公
辞岭亭前惜别艰，高风亮节感人寰。
刚阿拒召囫囵去，长史丹心载典间。

旅途邂逅 27 年未见却一直生活在附近的引路人有感
咫尺长悭一面缘，旅途相认语凝咽。
卅年顾复思恩义，往事重提倍敬虔。

龙游石窟探行记
龙游石窟展奇观，石壁雕痕仿殿銮。
各路行家频探异，至今仍未解谜团。

三清山散团五日行圆满结束有寄
旅途相识是何缘？一路欢歌醉景前。
五日同行光速去，湖边留影寄他年。

魏淑娟

女，吉林长春人，退休教师。中华诗词学会会员、中国楹联学会会员、甘肃省诗词学会会员、甘肃省楹联学会会员、甘肃省白银市诗词楹联家协会会员。

雪中梅
溯风寒入骨，横扫院中梅。
冽冽穿枝过，汹汹卷地摧。
悠然听雪吼，潇洒待春回。
浩气赢天下，生来草木魁。

秋末见园中残花凋谢有感（新韵）
又见落花魂，人生几度春。
秋寒风阵阵，霜冷叶纷纷。
鸟去空枝寂，冬来瑞雪深。

怀伤白发早，转眼岁年轮。

黄昏恋
两半描余岁，完成一个圆。
痴心耕日月，执意种神仙。
雪雨同舟渡，风霜共枕眠。
老来朝夕伴，携手笑当年。

人生无悔
窗前燕雀隐踪影，已是冬来草木黄。
两鬓银丝花甲老，一壶烈酒玉楼香。
只教皓月绘心底，何待寒风侵画廊。
笑对人生年岁写，逍遥自在醉斜阳。

今夜又相思
仰望星河乱绪翩，心潮起伏月生烟。
曾经偶遇芳华季，此刻相逢耳顺年。
叶落花凋春已去，朝思暮想夜难眠。
谁将我意雕成桨，送与佳人渡爱船。

踏歌行·秋尽
一缕斜阳碎，三行雁影高。鸣声惊落叶，小径筑花桥。天冷艳香消，雪到菊花娇。

如梦令·垂钓
西岭飞霞斜照。燕雀掠空鸣叫。舟荡水波连，孤坐岸边垂钓。
真好。真好。静气凝神无恼。

浣溪沙·杜宇声声
杜宇凄凄昼夜鸣。古今寻觅最钟情。千年呼唤一人名。
啼血破喉终未果，追春逐夏几时停？依窗遥看可怜听。

魏小乐

男，1946年生，中共党员，现任中国同位素与辐射专委会理事，湖北核技术学院教授，湖北省中华诗词学会会员，汉川市诗联学会顾问，曾出版诗词、书法集《凤鸣集》。

七律·水乡秋韵
夕阳林内数鸦留，吾在江湖看泛舟。
绿叶红莲添古韵，雄篇妙句赋芳洲。
有情暮色方评赞，未老南山且论休。
万里题诗牵绪远，一枝醉折显风流。

七律·立秋
朝江座看似临秋，向晚云游笑雨休。
偶尔凉风来野浦，依然翠竹掩芳洲。
落红最恨三庚暑，吐绿犹生一寸愁。
极目天河星月淡，回头萤火正悠悠。

七律·写诗感怀
倾情伏枥论思辛，作赋登屏步古尘。
感悟来时如灌顶，穷通去后亦翻身。
文冲浩气丹青聚，笔搅雄风翰墨频。
画意难留江月令，诗心莫放沁园春。

五律·颂时代楷模张富清
立志表初衷，从戎浴血红。
军人张后劲，子弟树先雄。
卸甲和乡土，归林度楚风。
朴实呈亮节，纯粹更葱茏。

五律·颂应城珍园
御璟欲同游，珍园执意留。
莺歌鸣野陌，翠鸟挤芳洲。
风暖三更月，烟波五色舟。
琼林随处见，溪水却东流。

五律·秋韵
丹桂正繁枝，无心竞得诗。
回眸秋有韵，挽袖笔无辞。
幸爱篱边菊，如期柳岸姿。
清风随我意，月影守相思。

鹧鸪天·夜梦荷乡
月映芳村绿叶苍，湖湾子夜赏荷廊。沿堤览艳琼枝碧，入泽寻香玉冠妆。
生眷意，了情肠，和风采露醉潇湘。红娇万朵方招眼，翠盖千张静水乡。

【中吕】迎仙客·恋秋
雁队双，鸭群邦，蝉音闹秋传锦窗。月浴缸，水连江，口出京腔，菊桂繁枝放。

魏王旬丽
女，宁夏作家协会会员、宁夏诗词学会会员。现居宁夏银川市。诗词、随笔、散文等作品散见于《朔方》《黄河文学》《诗刊》《夏风》《老龄工作》等刊物。

梅雪归心
一幕轻纱一际云，丹梅映雪醒晨昏。
珠苞蕴蕊凌风笑，傲骨横枝逸本真。

夏收
麦浪声声漾月魂，金芒威耸耀乾坤。
丹霞炫影蒸寰宇，共庆丰年醉碧樽。

赞蜡梅
月夜闲情至，凌风赏玉仙。
虬枝横倩影，金蕊沐浮烟。
傲骨三冬笑，沉香一脉翩。
初心无俗累，秉性断难迁。

柳梢青·雨落亭前

雨落亭前,催枝吐绿,唤醒冬眠。紫燕啾啾,清茶一盏,鸟语怡然。

兰舟泊岸江边,待发处,低吟续篇。玉指纤纤,轻搓细柳,静待春还。

卜算子·青蒿赞

落日吻长河,江水霓霞锁,闪闪星光映渌波,莲下渔舟过。

远眺岸边葭,近赏塘中朵,片片青蒿唱赞歌,抗药新攻破。

注:屠呦呦团队科研新突破:"青蒿素抗药性"等研究获重要进展!

卜算子·月荷

皎月洒清晖,碧叶熏风剪。莫道圆盘掩娇嗔,缱绻幽香绽。

一隅展芳魂,金蕊禅机现。早有红蜓立上头,静诉莲前愿。

长相思·笔墨四君子

长毫飞,短毫飞,翩若惊鸿写翠薇,云笺伴紫锥。

日相随,夜相随。尺素添香君子归,案头齐举眉。

金缕曲·草原情

声浪空中卷。望庭前、莺歌燕舞,流光轮遣。扬腕挥鞭云中雁,振翅银纱珠泫。乐起处、琴声冲茧。碧水青山身矫健,任翱翔、鸣鹤冲天浅。豪放骨,尽舒展。

毡房朵朵眸中显。似白莲、沐风听雨,幅宽天扁。忧忆擒雕呼伦汉,烈马急奔逐犬。问苍莽、忧心可免。引吭高歌穹幕下,舞翩跹、畅饮吟经典。鸿北去,浮光剪。

魏延庆

1971年生,男,笔名瘦石,校园诗人,青年学者,安阳师范学院副教授,已出版诗集《空谷见幽兰》《弄菊香满衣》《流年美如斯》等,作品入选全国第一批"红色记忆芯片"数据库。

西江月·山中遣兴

昨夜山中醉倒,轻云散落星湖。凭阑不问有风无,桃李成蹊是处。

今日濯缨如故,要愁哪得工夫。只遗天下待君沽,手指银河曰注。

鹧鸪天·小满闲情

轻浅新音似旧啼,隔窗思绪漫如丝。殷勤又别春芳信,惆怅还因客梦时。

来有意,念成词,香茶渐淡几回痴。回眸更有清云瘦,落在闲庭久不知。

浪淘沙令·钱塘听潮

裂石动三吴,万阙倾壶。且将风雨作平湖。华盖殷勤身为客,我欲乘桴。

衔璧对君沽,仗剑何如。谁驱后浪震天呼。豪气干云闻战鼓,马踏倭胡。

一剪梅·夜半寄怀

河汉星疏冷月弦。洹上飞花,漏滴更残。一枝旧笔宿云烟,影亦茫然,灯亦阑珊。

戎册凝心墨未干。耳畔犹闻,魏武挥鞭。冰河掷剑几流年,身老西园,梦老东轩。

江城子·殷墟怀古

帝都千载世皆惊。邺城名。浊彰清。玄鸟契亳、麦秀黍禾盈。旬帝迁殷商始盛,将妇好,武丁兴。

断文华夏曲谁聆。易书经。鼎铜形。

牧野淇滨、击鼓鹿台倾。甲骨诗源寻问处,人不见,数峰行。

魏延长

男,1949年生。原空军某飞行学院飞行教员,指挥员。转业后在商业系统工作。中华诗词学会、山东省诗词学会、柳泉市诗词学会会员。

七律·水仙迎春

凌波起舞约春来,湘女翩跹落露台。
款款羞姿抒翠袂,娇娇嫩蕊绽芳腮。
素心潜守修高洁,疏影横斜净玉埃。
且理秦筝和仙客,浅吟凡曲岁新开。

七律·春雪

十万玉龙影迹无,东君送暖盛妆殊。
殷勤摇落琼枝蕊,潇洒描成翡翠图。
不恋冬郎抛旧俗,移情春使吻新芙。
和风玉露呈祥瑞,唤醒精灵润物苏。

七律·仙山湖赏荷

映日流霞泛紫胭,晓风送爽赏荷田。
一湖碧绿藏羞靥,半苑娇红缀翠仙。
嫩蕊摇姿招蝶恋,玉盘滴露惹蜻悬。
短舟忽入塘深处,靓女芙蓉勘比妍。

醉花阴·一树梨花开

情窦初开娇蕾小,未扰含羞笑。昨夜吻东风,闺秀争妍,缀满琼枝俏。

婆娑飞雪声声悄,搅得心儿跳。屏息嗅馨香,醉了仙翁,误了人年少。

渔家傲·清明遥祭凉山灭

肆虐淫龙喷毒舌,护林勇士心如铁,鏖战恶魔豪气彻。风凄切,漫山尽染英雄血。

家国情怀身自洁,妻儿老小匆匆别。笑慰平生真隽杰。万人噎,苍穹飘洒春江雪。

忆秦娥·壮哉华为

哀嚎切,毒枭又噪荒唐牒。荒唐牒。风声鹤唳,恶狼围猎。

十年帷幄求生诀,横刀立马当头喝。当头喝。乱云飞渡,识吾豪杰。

沁园春·走向深蓝

苍宇巡航,波底潜游,战舰劈涛。看汪洋浪涌,旌旗威猎;空天寥廓,阵仗雄哮。对决红蓝,织罗布网。砺剑疆场斗志高。坚锁钥,塑猛师劲旅,何惧狂飙。

东方狮醒多骁。令霸主神伤欲火烧。妄贸经抢棒,恃强耍横;海疆挑衅,抹黑喧嚣。崛起中华,成城淡定,筑起铜墙任尔獠。笑山姆,纵机关算尽,奈我鹏雕?

水调歌头·独龙族全族脱贫

一跃跨千载,沐浴艳阳天。崇山峻接天堑,出世换新元。告别刀耕黍谷,挥手茅寮旧屋,历历忆从前。碧水饶村镇,禽畜饮甘泉。

靓妹跳,妪翁笑,乐团圆。窗明院净,篱满花果蔓如弦。微信扬扬家底,网上谈谈生意,日子好怡然。华夏共和睦,再谱富民篇。

魏应平

网名逸云,祖籍湖北应城,现住武汉。业余爱好吟诗填词,有感而发。沧浪诗人区诗人。

扬州慢·游九路寨

美丽襄阳,保康山寨,轻车再过南漳。

踏苔鲜青石,阅翠竹檀香。九路寨,遮天蔽日,横枝疏影,鸟语莺翔。望山崖,流泉飞瀑,斜挂藤装。潺淙依韵,静幽奇,冰爽清凉。信步树林间,溪桥木栈,峰转回廊。雾漫缱云飘落,人生路,苦乐寻常。忆流年心事,随风洒九霄旁。

水龙吟·云山雾海飞鸿

谷深溪水林泉静,山袭袭烟中现。近闻鸟语,卿卿交颈,娇羞酥半。缈缈琼楼,声声幽怨,催离人箭。望云山雾海,情思滚滚,爱依旧、飞鸿恋。

归雁芦花渐远。听平沙、关山月偃。情何以问,雁丘凭吊,千秋寄愿。云缱云舒,锁峰惊岸,气吞霄汉。看苍松壁立,涛声潮起,浪花飞溅。

七绝·老来抚剑叹

挑灯看剑剑锋寒,把酒临风晓月残。
暗淡刀光霜雪染,吟诗作赋镜花叹。

七绝·女画师画秋

美女情深美景游,阳光明媚画中留。
涂来旖旎金秋韵,抹去悲秋抹去愁。

魏玉兰

雄安新区安新县人,普通家庭主妇,喜欢古诗词,喜欢把生活的点滴溶进文字里。

七律·寒窗夜吟

阴雨绵绵久未晴,心窗已觉夜凉生。
蛩鸣草底禾抽穗,蛙鼓池边果架缨。
每到此时心欲老,常遗过往念初轻。
无端又起千重绪,举案临宣玉笔倾。

七律·晨游

清晨漫步小桥东,霞落江天野陌红。
两岸垂杨飘翠带,满塘莲叶接长空。
蜗巢小雀鸣沟壑,弄影闲云绕栈篷。
苇笛幽幽时起落,心潮已醉淀边风。

七律·赠友

碧瓦垂珠柳线连,禾田村舍笼轻烟。
喜从蝶舞春红艳,忧对风摇细雨悬。
门阔不嫌宾客少,身纤堪喜故人怜。
云移物换谁能恃,幸得君心永驻笺。

七绝·更深月色半人家(辘轳体)

一

更深月色半人家,竹影婆娑墙外斜。
独对寒窗描锦字,幽思远远到天涯。

二

淀水鳞波逐岸沙,更深月色半人家。
风吹苇荡荷裙舞,摇落庭前几树花。

三

送客归来天已暮,青烟笼断来时路。
更深月色半人家,梦里田头花浸雾。

四

枝稠叶密宿寒鸦,露染阶前片片花。
时有声声柴犬吠,更深月色半人家。

定风波·怜春

碧瓦垂珠夜未休,残花败叶乱盈眸。只叹春光今又去,幽忆,万千愁绪绕心头。

流水浮萍分又聚,无语,心头泛起一分柔,风冷侵衫凉几缕,酸楚,情怀化雨不能收。

魏跃鲜

网名文如其人,男,山西汾阳人,中共

— 1219 —

党员，大专学历，1986年参加工作，现任汾阳市工业和信息化局党组成员、总经济师。系中华诗词学会会员，山西省诗词学会会员，山西省黄河散曲社社员，山西省晋社诗词文化研究中心社员，汾阳市诗词楹联学会副会长兼秘书长，汾阳市三晋文化研究会会员。汾阳市第二批优秀文艺人才。诗作散见于《中华诗词》《中华散曲》等国内多种诗刊和诗社微刊。

七律·遣兴
难得公余稍许安，偷闲且把论坛看。
诗词读后心情好，哲理思来境界宽。
参破红尘人洒脱，沉迷瀚海意阑珊。
吟田半亩尤多趣，自信余生更达观。

七律·壶口瀑布
浊浪狂飙汇激流，东行万里一壶收。
瀑帘直泻龙潭底，烟雾高腾天堑头。
光照霓虹披彩练，水成屏障扼咽喉。
惊涛拍岸雷霆势，千载咆哮唱不休。

七律·老豆腐
名老实为娇嫩身，玉脂鲜滑且馋人。
豆磨犹得清泉好，卤点还需火候匀。
一撮葱花勾食欲，两匙辣汁焕精神。
每从入口由心品，唇齿留香况味真。

七律·父爱
宽广胸怀爱永恒，千斤重担一肩承。
擎天似伞遮寒雨，立地如山举大鹏。
默默甘为铺路石，兢兢乐作指明灯。
终将儿女风筝比，不肯松开牵拉绳。

七律·自画像
红尘半世苦煎熬，岁月无情霜二毛。
眼角鱼纹游几尾，额头褶皱刻三刀。

激情渐逝平如水，壮志全消软似羔。
唯有诗心犹后发，时而撩动一丝骚。

七律·母亲节祭母
怆然念母梦冥冥，宛见音容多幻形。
犹似因公欣鼓励，依稀忌酒苦叮咛。
思亲唯祭香三炷，尽孝难添饭一丁。
从此为儿忧乐事，无人附耳用心听。

七律·赠妻赵君
幸结良缘卿作妻，卅年不悔被情迷。
喜听嫁个书生好，乐道居间陋室低。
淡饭犹香为动力，霜颜更爱是前提。
白头偕老求来世，我与娇娘案举齐。

七律·文玩核桃
如月坚桃旋掌中，乾坤盈袖帝乾隆。
搓揉可把阴阳济，把玩能将脉络通。
数载搜寻成绝对，几番雕琢显精工。
但教干货沾文气，身价飙升必蹿红。

注：乾隆帝酷爱手把核桃，曾经亲自赠诗一首《咏核桃》：掌上旋明月，时光欲倒流。周身气血涌，何年是白头。

魏志泉
字浩然，1946年10月生于陕西淳化。曾任乡镇党委书记，县司法局长。陕西省诗词学会会员，咸阳市诗词学会会员。《咸阳诗刊》执行副主编。在《中国诗赋》《诗词之友》《陕西诗词》《咸阳日报》等报刊上发表诗词散作200余首。在纪念毛主席诞辰120周年"全国中华诗人潇湘行"评选活动中作品荣获特等奖，被授予当代爱国诗人荣誉称号。已出版《爷台山抒怀集》《爷台山欣韵集》。

七律·党旗颂
弯镰锤斧系工农，质底洁白血染成。
烽火硝烟无损毁，排礁破浪显峥嵘。

改革花放九州地，神箭飞船主宇穹。
代举人杰扛大帜，扫除魑魅富民生。

七律·玲珑吟

环玉勾珠翡翠天，茗垂今古久扬传。
银毫毕露千山外，滋味香飘万里甜。
结构改革优势树，以茶致富领头衔。
玲珑细品美粱梦，诗韵福康唱率先。

七律·周恩来总理颂（二首）

一

高歌马列取真经，革命投身铁志诚。
血雨腥风征万里，硝烟烽火渡从容。
外强驱除撼国际，内匪全歼华夏腾。
一唱雄鸡拂晓亮，民族解放颂东升。

二

肩担道义主和平，信仰仁慈济庶生。
鹏展五州风雨顺，日迎万架政谐通。
普仓硬座士先率，勤俭廉洁两袖清。
磊落光明雷总理，人民胸内永存星。

七绝·客登黄鹤楼

昔人登顶眼帘开，滚滚长江着意排。
今客上楼心志跃，鹤乘丹桂月宫栽。

七绝·西湖品茗

驾舟揽圣正凝神，热唤先生龙井斟。
风送湖波香万里，乍来游客宠家宾。

七绝·桃花古镇行

三月娇风约我行，访花问柳凤凰城。
流云浩荡飞霞处，仙女舞裙绽笑容。

魏子昌

网名泉阳恩夫，江西九江人，在武汉工作，喜欢旅游、摄影，爱好诗词、书法，中华诗词学会会员、中国楹联学会会员，一道诗诗艺社江西分社社友。

七绝·岳阳楼有吟

滚滚长江奔海流，万千气象岳阳楼。
碧波浩渺洞庭水，一路诗怀乐与忧。

七绝·黄鹤楼有题

大江滚滚向东流，气势恢宏黄鹤楼。
崔颢题诗名已绝，谪仙搁笔鹄山头。

七律·汗洒武昌江滩

盛夏江滩半日游，芦茎浸水镇江牛。
秋英笑望晴川阁，崔颢绝题黄鹤楼。
汗湿周身大堤口，步行终点铁矶头。
两桥绿岸休闲处，远客居民尽转悠。

七律·人生八雅感赋

琴瑟和鸣天下欢，棋高一着定江山。
书中故事多悲剧，画里风光尽美颜。
诗圣神游怜酒韵，酒仙怀梦拾诗还。
花开四季皆春色，茶醉八方心绪闲。

七律·夏至

梅雨江南半夏生，林荫深处始蝉鸣。
方塘荷醉迷人眼，曲岸鱼欢溅水声。
影短日长蝴蝶戏，风轻云淡柳丝倾。
暗香浮动诗心起，酷暑清弦唱晚晴。

七律·大暑

暑气熏蒸焰伏香，炎天酷日苦难当。
池边蛙鼓声犹倦，山外蝉鸣韵尚狂。
一缕清风蜂抢闹，半湾浊水鸭争藏。
谁能解得今宵闷，待到三更梦里凉。

采桑子·夏日走沙湖

沙湖六月香风至，荷叶田田。莲韵鸣

弦,点点花红碧浪间。

琴堤亭樹佳人聚,丽影翩翩。拍客留连,夏日炎炎蛙语喧。

西江月·我的诗词情

疏剪时光入句,消磨岁月诌诗。纵然秃笔写传奇,期待合乎常理。

岂让书山陶醉,且教词海沉迷。痴心不改有谁知?但愿今生无悔。

温诚荣

江西省石城县人民医院副主任医师,石城县作家协会会员,《琴江诗词》主编,作品在《中华辞赋》《中华诗词》《中国诗赋》《江西诗词》等多家刊物和网站发表辞赋诗词400多篇。"中华诗赋"获全国辞赋比赛三等奖。已出版专著《杏林吟声》和《石城名胜览赏》。

七律·石笋干霄

昂然石笋接苍穹,拔地冲霄气势雄。
傲雪经霜成铁骨,穿云破雾显威风。
朝晖瘦菊三秋白,夕照悬崖几度红。
莫道深山无雅品,岩茶色味世人崇。

七律·塔影江心

巍巍宋塔立城东,倒影斜阳碧水中。
乱世硝烟遗劫火,长河潋滟起飞虹。
六朝古寺禅宗远,千载浮屠气象雄。
今有神工重整缀,喜看宝刹又春风。

七律·石马寨

曾负河图九曲中,风雕雨琢炼奇功。
一骁振鬣群峦抖,八骏扬尘旷宇蒙。
赤兔未忘驰冀北,乌骓岂肯困江东。
谁为禹鼎千秋固,带甲南山老骥雄。

七律·九叠泉

奔崖越石下云天,活水层岩奏管弦。
龙跃寒潭掀白浪,瀑悬陡壁喷青烟。
溪流浅唱三都赋,林木深藏九叠泉。
何处清闺人未识,寻幽探秘上高田。

七律·闽粤通衢

战乱风云起劫烟,离乡背祖大流迁。
南唐古邑摇篮地,闽粤交衢鹏翩天。
几度繁华通四海,一碑锋锷启千年。
客家游子寻根底,总是炎黄血脉传。

七律·石城阻击战

连天炮火震关山,进剿石城九月间。
防线三重书壮烈,旌旗二万抗凶顽。
榴花尽带红军血,鹅颈尸横白匪姗。
十送悲歌情切切,忠魂留下望君还。

八声甘州·绿化环保防灾之宝

叹疯狂岁月乱江山,环保属谁家?痛森林尽毁,洪波泛滥,乱石参差。生态无端受劫,飞鸟绝天涯。望断江河水,败柳黄沙。奋发造林绿化,看千山竞秀,百里油茶。接松林拥翠,更果木飞花。赣江源,风光如画。百鸟鸣,碧水戏鱼虾。秋翁乐,喜家乡美,正步繁华。

渔家傲·重游下五龙岩

寺入山岩吞欲吐,依稀龙影高崖舞,绝壁华林藏乐土。丹霞乳,悬空飘洒祥云处。三十年前曾盼顾,风华指点云和雾。胜地谁知门阁腐。闻金鼓,潜龙破壁重霄骛。

温建峰

广东广州人,竹韵会员,诗词爱好者,有多首作品曾发表于《中国诗词》《诗词月刊《诗词报》《寰球诗声》《深圳诗词》等纸媒及竹韵中华等网媒。随情随性，自在安然，在诗词里享一份淡定与从容……

七律·凉秋八咏

其一
羲曜淫威日渐收，微风拂牖夜温柔。
长河灿烂金珠嵌，小月玲珑玉斧修。
错落乱开篱下菊，欣然已忘鬓边秋。
魂灵浸在虚香里，一瓣诗心到处游。

其二
一月孤高霄汉浮，千般感慨起难收。
黄粱梦醒寒侵榻，弊席门开风满楼。
潦倒羞讥嗟食客，辛酸久似负犁牛。
薄衣渐觉粘肤冷，我与空山共立秋。

其三
心墙筑起自成囚，耗废青春熬白头。
追梦人难闲一日，虚荣客爱上层楼。
掀开旧痛疤新裂，负尽亲恩憾不休。
怅望旻天魂出窍，于云生处荡悠悠。

其四
正步舒胸总碰头，始知真理靠钱谋。
逢迎本事重新学，献媚文章仔细修。
小鬼难缠勤礼佛，鸿儒一遇共悲秋。
钻营有术腰悬印，自可皮囊披锦裘。

其五
水已迢迢山更长，山重水远两茫茫。
楼中怅客哀衰鬓，忆里伊人胜海棠。
但让情丝缠作茧，唯余曲蘖可欢肠。
愁云洒下潇潇泪，落在心头点点凉。

其六
客路迢迢何日休，回廊檐角月如勾。
情牵过雁穿云去，身寄飘蓬逐水流。
别梦依稀空忆省，红尘辗转独沉浮。
年年枫色因谁艳？题尽相思不胜愁。

其七
满眼萧条秋已深，窗前久坐独沉吟。
凉风送去排云雁，冷雨敲开念故心。
片片香魂帘外坠，丝丝古味忆中寻。
重温新酿君来否？酒债春初欠到今。

其八
华年耗尽太匆匆，寂寞凉宵寂寞风。
惆怅三千烟一袋，唏嘘一担酒三盅。
心从别后何其远，梦到醒时总是空。
青女哪朝酬玉絮？情多怕对老梧桐。

温小平

笔名风文，四川宜宾人，现定居成都，南充帆摄影总经理，20世纪70年代人，重庆工商大学毕业，喜好诗词，有作品在纸媒、网络上发表，诗观：乘兴而来，率兴而为，自然本真。

浪淘沙·思故

瀛阁梦难圆，缺月珠轩。西风落雁泊金滩。醉里误将花事错，昨岁今年。
休道笛终残，滞客思还。丁丁石上且贪欢。笑把桂溪沙带去，絮舞如烟。

温江蒙氏叫花鸡赏荷

昨宵新雨后，池畔鸟呢喃。
淡粉犹须赏，清香正解馋。
秋千闲院落，水墨渺巉岩。
休道难称意，心怡气自凡。

果城游

一路风尘逐自由，绸都花月几时休？
嘉江水碧随舟远，凤桠山深任尔游。

西凤几杯须胜意，谯公三国莫多愁。
韶华散去如烟没，却看潮归中坝头。

喝火令·秋思

叶落秋花瑟，蝉嘶过客惊。倚阑斜望雁南行。瀛阁石桥犹在，谁可记青萍？

柳碧难长聚，林深淡旧情。借风流故避浮名。醉里花飞，醉里月相迎。醉里梦魂轻锁，哪管仅曾经。

独酌随感

举盏问苍天，云深可有仙？
残霞追逝水，垂柳送孤烟。
月上漫瀛阁，芦飞染薛笺。
潇潇人孑立，一梦几多年。

忆旧友

风扰依稀梦，何由忆旧朋？
落花翻浪逐，偃月滑脂凝。
轻拂曾经泪，难留昨日藤。
余生无有尔，奈作苦行僧。

夜思

故里依稀远，凉亭更觉寒。
西风堪作秀，瀛阁独凭阑。
对月君当醉，临池影不堪。
浮华终是梦，明日解征鞍。

温小燕

女，网名平凡，江西宁都县人。中华诗词学会会员、赣南诗词学会会员，有作品发表在多个微刊。崇尚简单真诚，喜欢在诗词中慢慢品读人生。

七律·遣怀一

月过西窗睡意迟，灯前惆怅苦沉思。
岁增渐觉世情薄，春去方知景物移。
华发无言容暗改，雅怀不老自能持。
任他草木年年绿，莫使闲愁上柳眉。

七律·遣怀二

点检人生四十馀，庸庸碌碌为衣居。
流光慢淡青春色，往事频浮长夜初。
得失谁能知几许，悲欢自解又何如？
闲时静坐思风雨，多少心情不敢书。

七律·盛夏

放眼田间似画图，荷花十里一平铺。
粉红万朵真佳色，碧绿千株丽浅湖。
阵阵微风吹拂柳，茫茫细雨洒成珠。
轻声试问青青草，春去秋来梦有无？

七绝·芦花

日暮乡村河岸旁，芦花瑟瑟倍哀伤。
几多遗梦随秋去，可待春回绿一场。

七绝·叹秋

一叶飘零知复秋，空中雁阵怅南游。
西风吹破青宵梦，万里山川草木愁。

七绝·旅游有感

独自拎包上旅途，满窗风景慰心孤。
舟车辗转千山路，滋味诸般酒一壶。

巫山一段云·咏荷

翠色凝纱帐，红衣秀舞场，雨风烈日暗生香，不负好时光。身寄淤泥宕，心同白月光，骚人费笔续文章，禅意立池塘。

相见欢

人间四月微凉，草苍苍。几树山茶高过、旧围墙。风吹却。花零落。恼人肠。恰似绕梁双燕、单飞伤。

文成俊

笔名红尘芥子，河南尉氏人，中华诗词学会和中国楹联学会会员，开封市作协会员。诗作在多个杂志微刊有发表，曾获得人民网2013年度之星称号。

七绝·咏梅（平水韵七阳）
不随桃李斗春妆，冰雪寒天志更强。
素裹红颜骚客爱，只为一段蕊中香。

七律·乡思情（平水韵下平一先）
梦里清溪梦里田，红梅一棵矮门前。
听连奶奶封神话，甩断哥哥牧马鞭。
侄女肚兜描福物，父亲烟袋冒祥烟。
最怜慈母霜花鬓，冷泪醒来落枕边。

醉花阴·课童吟
（词林正韵第十二部）
朝暮课童慈爱厚，雕塑龙虫秀。生性乐蒙童，喻理研文，杏苑繁花斗。

寸阴尺璧清灰透，红烛消更漏。无忌是童言，暗损韶华，怎愧春光就。

文革

男，茂名南天诗社社员。53岁，现在广东省佛山市从事企业管理工作。1986年毕业于华中科技大学压缩机专业，工学学士、硕士、注册会计师。热爱近体诗，为人豁达，"松月夜窗虚"。

五绝·清明（新韵）
泪洒几行土，酒还斟一杯。
轻烟循道上，细雨又纷菲。

五律·乡思（新韵）
梦里家山美，怡然四季中。
桃花开院落，紫燕入堂风。
蝉叫翠梧叶，雁飞明月空。
犹思枯木啸，大雪立青松。

七律·华夏疆土（新韵）
疆图俯瞰论千秋，失地庄庄怎不羞？
宝岛台湾咸水阻，高原漠北乱中丢。
更思黑土前朝恨，东望他山一海愁。
试问谁能扬号令？收回华夏几十州。

七律·神秘西夏（新韵）
黄土高原党项兴，灵州进取稻花盈。
分疆割地雍凉阔，封禅开国辽宋惊。
赤面黑头历十帝，儒家佛道过八成。
贺兰山下留白冢，苍野无知是圣明。

七律·南京国祭（新韵）
幡然梦醒祭金陵，黯黯国殇万古灯。
河畔秦淮白骨垒，江边吴楚鬼魂惊。
不知前辈遭倭寇，当叫儿孙记此生。
纵有幸人今已逝，谁能污史对天争？

七律·小康人家（新韵）
腰中已贯鼓皮囊，屋下还留镇岁粮。
日暖神州千野醉，风和大地百花香。
良人比划生财茂，巧妇奔劳致物康。
呵护稚童学业满，扶携老叟笑声长。

七律·再读三百首有感
纵览唐诗万韵悠，惟怜骚客几悲愁。
谪仙病醉随江月，杜圣穷归饿椁头。
空隐浩然苍野趣，苦捱牛李义山沟。
今朝幸有商海水，竞渡千帆儒子舟。

七律·竹园
一片密林竿万根，郁葱挺拔立乾坤。
春风韵雨轻破土，絮雪压枝难屈尊。
搭起夜巢栖百鸟，引来晨曲梦千魂。

暮年奋力花开没，米种留香育子孙。

文静

网名深谷幽兰，崇尚古典清雅之情调，喜欢山野田园之景致。自幼酷爱文学、诗词。拙作近千首，在诗词吾爱网发表700多首。时有作品见与公众号。

采莲令·惹人心动倾慕（中华新韵）

柳纤纤，摇曳随风舞。清香漫、雾弥莲浦。月辉似水夜澄明，倩影荷塘顾。凝眸处、亭亭绿叶，莹莹并蒂，惹人心动倾慕。

那日兰舟，此景也共凌波渡。今昔却、念思谁诉。叹君千里，寂伫立、望断穹天暮。此时刻、湖光潋滟烟波深处，袅袅一双白鹭。

2019年6月27日原创

浣溪沙·流年往事费思量（中华新韵）

飘落丹英满画廊，一轮明月挂轩窗。琼池碧水泛清光。

谁弄丝竹萦朗夜，我挥翰墨诉柔肠。流年往事费思量。

2019年6月27日原创

行香子·情最伤人（中华新韵）

堕入红尘，情最伤人。这情思、缠绕晨昏。朝夕相伴，侵夜频临。教思何安，心何静，意何寻。

春花秋月，寒来暑往。总难抛、幽梦纷纭。几时隐去，与鹤为邻。忘世间烦，念间苦，忆间闷。

2019年7月9日原创

朝中措·鸿蒙世事衰兴（中华新韵）

扁舟一叶倚山行，丹墨画图中。但见青峰掠去，又迎数座青峰。

波涛汹涌，飞驰若箭，犹乘长风。亘古江河东逝，鸿蒙世事衰兴。

2019年6月16日原创

清平乐·天堑波涛怒卷（中华新韵）

壶口眺望。澎湃千重浪。骤雨激流汹涌涨。声动犹雷震荡。

瀑布倾泻飞帘。溅起滚滚雾烟。天堑波涛怒卷，东去狂奔嚣喧。

2019年6月16日原创

蝶恋花·花渐飘零情渐远（中华新韵）

一梦华胥深又浅，聚散无常，聚散难随愿。花渐飘零情渐远，三生三世谁人见。

海誓山盟还变幻，万缕忧思，万缕撕心怨。丹魄冰魂空眷恋，而今只剩深深叹。

2019年6月12日原创

小重山·当年相悦在潇湘（中华新韵）

月正西沉风正凉。轩窗依倩影，忆悠长。当年相悦在潇湘。今宵却，只剩自情伤。

往事已沧桑，芳华流水去，枉思量。红尘几度断柔肠。凝眸望，伴我夜茫茫。

2019年6月9日原创

侧犯·俩意相倾慕（中华新韵）

渡头依旧，眷留那日别时路。愁楚。款款落花飘，又春暮。清吟尺素问，何把佳期误？汀渚。舟默横，萦牵自独伫。桃林邂逅，俩意相倾慕。终不负。往昔情，弥久愈如故。万缕幽思，与谁倾诉。山重水复，念君何处。

2019年5月25日原创

文青

原名张兰凤，1965 年生于内蒙古包头市青山区。童年在山西宁武度过，曾毕业于国营五四一职业中专，诗词爱好者，现居住在河北邢台市。

醉太平·红螺山上

云高水清，红螺女英。巉岩林立能登，览春花万倾。

草长鸟鸣，蜻蜓有声。松香杏小藤婷，怎不呈圣灵？

七绝·长城

雄关栈道盘山绕，百万精兵固大墙。
气势磅礴吞碧海，蛟龙一跃几千沧！

调笑令·垂柳

垂柳，垂柳，翠绿青枝隽秀。婆娑起舞翩翩，斑斓树影万千。千万，千万，摇曳江边夜短。

酒泉子·又见梅花

又见梅花，柳嫩草青坡上。亭台阁，琴声响，丽人佳。

去年今日矮桥畔，喜笑颜开短。小无猜，红梅赞，暗香来！

七绝·过卢沟桥

阳春晓月过卢沟，几世硝烟万众仇。
五百神狮同怒吼，贼人犯我必成囚。

小重山·梅花

缓步梅亭池水旁。横斜花未小，点滴霜。冷风吹面暗香藏。罗裙舞，怎奈又寒伤？

玄鸟去湘江。满园春不住，绿茫茫。万般凄楚与谁帮？残叶尽，瑞雪现新装！

浣溪沙·端午节

轻绕红绳角黍香，神州端午艾门旁，笑声不断话英良。

驱鬼去瘟家富美，兴帮安众汉荣康，大舟龙舞汨罗江。

点绛唇·春花

柳绿湖边，红裙漫步枫桥去。楼亭旁路，又起秧歌步。

小径繁花，万紫千红处。轻风许，蜂儿知否？倩影佳人伫。

文质彬彬（梁斌）

投资理财顾问，旅居加拿大 30 多年。非常偶然的机会"进入诗坛"，已创作新诗旧体诗 1000 多首。大中华诗词论坛翰墨轻吟副首版、加拿大中大远方诗社社长。作品散见于海内外诗词网络及杂志。著有《仰一弯秋月》个人诗词专集。

玉京秋·秦淮遗梦（词林正韵）

光冷射。秦淮越千载，向谁潇洒。六代兴亡，酒旗若旧，参差飘挂。天际云帆贵胄，慕芳名、亲睹真假。叹初夏，桨灯幽事，尽侵朝野。

紫燕当年清雅。怨歌长、香君整夜。幻影重重，棋琴诗酒，风流佳话。曲折乌衣，怅玉骨、西子湖边魂写。醒惊讶，遗梦桃花扇下。

最高楼·花心事（词林正韵）

花心事。谁个俏眉迎，谁个负真情。韶华归土凄清切，落红遗憾怨无声。念春时，香沁远，满园争。

怎料到、风来云亦卷。更惨是、含苞随雨散。秋步急、踏残英。冰壶打碎涟漪处，寒光反复却无晴。且开怀，须日子，又娉婷!

秋风第一枝（词林正韵）

巧玲珑、花瓣含羞。串串溥溥,细嫩明眸。闪闪金黄,晶莹透亮,香气神收。

问桂子、魂牵梦守,又何人、可享清幽？月色如流,远逸芬芳,无限温柔。

春自天上来（词林正韵）

上苑飞萤。正漫出红桥,庆贺新晴。可惜梅瘦,春景凋零。何处梦想繁生？有云溪流水,短长韵、鼓瑟争鸣。那知音,对田园袅袅,风月盈盈。

沿途雪霜谁惧。更寂寞枝丫,难见娉婷。弹指商周,回眸唐宋,几度四海龙腾。向乡关遥目,无限意、尽在蓬瀛。日冥冥。莫半碑文字,辜负丹青!

水调歌头·月圆缺风萧瑟（词林正韵）

依依魂梦影,渺渺水云牵。疾风吹散葱绿,随意换容颜。拟有星光无限,寂静朦胧迷幻。飘絮倍添寒。缱绻起新舞,将尽一春繁。

月圆缺,风萧瑟,雨缠绵。淡然回首,心事多少泪樽残。金色年华无奈,誓约梧桐何在。脉脉此情叹。纵有千般愿,还得有情缘!

清平乐·暗许秋风（词林正韵）

漫山红遍,映衬斜阳岸。画舫分流惊鸿雁。拍起相思无限。

谁个暗许秋风。争奈羁旅飘蓬。可记题诗枫叶,桃源深处重逢？

翁德辉

浙江永嘉人,中医师。从小爱好传统诗词,现为中华诗词学会会员,中国楹联学会会员,浙江省诗联学会会员,原温州市诗联学会理事,永嘉县诗联学会理事,永嘉县诗词编委,有作品散见于《中华诗词》《中国楹联》《中华诗词月刊》《浙江诗词》等刊物。

七律·游瓯窑小镇

燕语声声唤绿云,罗东光景豁眸新。
龙溪绕舍流清气,窑址还原复本真。
踱径追踪寻古迹,入园品茗远浮尘。
好奇笑问状元酒,待迓春风旧主人。

七律·次韵陈文林先生《追望春光》

鹧鸪声里楝花飞,漫步江堤望翠微。
因惜桃华惹伤绪,来吟山色浴青晖。
黄昏有梦樽前约,柳影无痕酒后归。
难挽春光将逝去,竹鸡啼雨润梅肥。

七律·杂感二首（次韵海外山人）

一

人生何必叹飘蓬,自适聊为作钓翁。
久羁杏林冬与夏,休嗟岁月雨和风。
盛时思纵苍茫外,阅世身闲领略中。
拂尽灰埃徒百感,嘤鸣其友仰诗雄。

二

休言客旅似秋蓬,同是天涯鹤发翁。
自信人生无绝路,更欣华夏有仁风。
浮沉惯作尘埃外,得失常留烟雨中。
商海无缘涉诗海,砥行附骥步崇雄。

七律·闲居吟

江滨健步返回家,独坐阳台揽彩霞。
遥望翠峦连绿水,近观白鹭逐青虾。
和风染碧长堤柳,晓日涂红小圃花。
且听枝头莺婉转,自陶自醉远浮华。

七律·无题
时轮快速欲何之，花有清香月有诗。
醒世春风消旧怨，经年杏树绽新枝。
放怀吟罢耽书卷，诊病闲来下砚池。
五蕴皆空休挂碍，江山入画启遐思。

七律·竹
清风日夜拨涛弦，耿直超凡谁比肩。
翠叶拂云标亮节，虚怀破雾刺青天。
四时不改葱茏色，三友同谐淡泊篇。
凭击任磨甘玉碎，七贤雅颂越千年。

七律·定山君大楼落成招饮即席
日丽风和二月天，敦盘又集众诗贤。
华堂楼耸春光漾，东主筵开高谊缠。
君有精诚酬雅客，我无好句愧题笺。
登临幸与贵宾会，来结文坛未了缘。

翁仞袍

字吉夫，号银宝，浙江文成人，曾任乡镇小学校长，小学高级教师。现为翁家墨院主人，文成县诗联学会副会长兼秘书长，《中华诗词月刊》文成工作站站长，属中国硬笔书法协会会员，国家一级书法师，中华诗词学会、浙江省诗词与楹联学会、温州市诗联学会会员，作品散见于《中华诗词月刊》《星星诗词季刊》《浙江诗联选粹》《浙江诗联季刊》《诗词百家》《温州诗词》《温州诗潮》《飞云诗苑》《飞云诗絮》等，已经出版《翁仞袍草书作品选》《书谱硬笔化读本》《中华翁氏历史名人选编》《书谱临书本》，主编《翁氏宗谱》等。

七律·访高速公路有感
樟台放眼高桥立，隧洞连连接瑞垟。
路转悬崖难度大，峰回峭壁易成迟。
工程建筑东南树，使命当头日夜追。
要问哪天通速道，喜看年底庆功时。

七律·访环城公路有感
凯悦后巅看隧洞，环城宽道向郊延。
平溪高架桥连路，半壁凿开山带川。
识得为民抓建业，事成图治定安全。
公交车客绕城转，免费古稀瞻在前。

七律·武阳度假有感
此时度假是佳期，情抒高巅物候奇。
一叶荷香吹碧海，几回清夜梦秋池。
闲成寂寞偏惆怅，乍向离愁有所思。
苦短平生无别寄，长歌烧饼后人追。

注：烧饼指刘基《烧饼歌》一书。

七律·龙麒源怀感
山欢水唱配弦鸣，一曲畲歌格外清。
过雨双飞皆喜见，流云百转独犹行。
难忘思绪搜奇古，不负归心览胜情。
美境龙麒谁勿赏，夜提火把找蛙声。

七律·游春
人间三月暖风起，恰合诗人抒物形。
桃李花飞湖色绿，芝兰草没履痕青。
徜徉堤畔身长健，邂逅江边意正灵。
待到天高明镜夜，约君此处看星星。

七律·八达岭怀古
雄关美景总留恋，八达岭中情意牵。
尽染前朝黎汉血，应同故国暴君连。
寒衣送到人无见，腊酒惊回郎可怜。
万里长城传事久，今游古迹记心田。

七律·村行
人浴青山情别致，无边旷野送秋香。
桂花枝满黄金发，梯岭枫红落叶扬。
竹翠吟诗鸣益鸟，路弯留韵咏华章。

新村处处呈生气,错把斯乡当故乡。

七律·访根雕大师包宗良有感
初识先生如亲友,根雕工艺国门通。
半生梦想出新翠,万里徘徊归晚红。
八法艺林随古道,双钩文笥震时风。
几多大展列榜首,磐石如坚立大功。

七律·老干部书画协会赴公阳乡写春联送春联活动现场有题
古稀耋耄挤同舟,岁尾年头风俗流。
白发挥毫情切切,丹诚吐论路悠悠。
鸿飞市井心犹寄,鹤舞乡村意未休。
正气一身余热洒,晚霞照映写春秋。

七律·徐世槐老师80大寿有作
饱读诗书结墨缘,人生大写抒长篇。
从前教化自知苦,此后文风谁比贤。
善著乡村言不尽,经传桃李乐无边。
仁山智水寄真爱,德艺双馨享鹤年。

翁锡鸿

笔名欧非子,毕业于南京大学。中国国家一级武术裁判。2016年主编《当代名家诗词三百首》文集,美国国会图书馆收藏。2018年已有多首词作被选入北京诗词中国第四期。2012年担任捷克华文作家协会轮值会长。现为捷克华文作会秘书长,捷克少林武术协会会长,美国彼岸诗社古诗词主编。

七律·温州江心屿
飘零孤屿影迷茫,恍若仙山隐凤凰。
塔院双相环古寺,江流千转笑斜阳。
浩然楼上春秋短,来雪亭前风月长。
历数匆匆光顾客,清辉摩勒叹龙翔。

七律·雁荡山
飞珠溅玉逗晴空,天降娇龙戏壑中。
柳絮依依亲烈日,人声唧唧仰惊鸿。
夫妻岩静飘山雨,显胜门幽隐谷风。
雁荡峰奇香茗翠,清江水暖月朦胧。

注:惊鸿,雁荡山传统表演,空中走钢索。

七律·蒙古国游
偏有春风吹地寒,驼声串串洒荒峦。
哀鸿回首孤烟短,憨马停蹄落日残。
牧酒奶茶歌舞醉,白云青草鹿羊欢。
帝汗巨厦颓然毁,无尽苍凉古祭坛。

七律·捷京之恋(新韵)
奥匈帝域古风淳,百塔摩天逗众神。
玉女婀娜身健壮,乐音飘逸昼黄昏。
幽幽街市石铺路,郁郁园林犬恋人。
啤酒牛排撑半肚,水晶灯亮醉香魂。

望海潮·上海(柳永体)
九州都会,翻腾江海,高楼栋栋摩天。灯炫管鸣,金迷纸醉,车流巷陌人烟。靓女俊男癫,玉兰清香渐,吴语柔绵。夜幕含羞,繁星闪烁月儿弯。

陆家嘴逗新篇,看宝珠帅气,楼宇高颜。灵动似浮、超凡脱俗,市民仰首心欢。构筑鬼神寒,飞笔龙凤至,赞誉诗笺。江浙才贤名媛,来沪慢惊叹。

天香·南京
风雨钟山,至尊王气,铁马金戈更替。岁月悠悠,叹胭脂井,岂谓风流佳遗。王家燕子,惹眼熟、乌衣巷尾。民国县花一现,金粉六朝淫靡。

十里秦淮歌醉,几曾经、贡院诗对。潇洒书生意气,不甘前辈。朱雀街头打谜,趁酒兴、高楼笛声碎。求学金陵,无端半世。

唐多令·情殇（周密体）

酥骨夜清凉，微风送桂香。影幢幢、枯叶又轻扬。匆忽卅年何所以，心淌泪，惜情殇。

吹笛背西窗，青丝已染霜。忆梨花、飘洒渐消亡。先早倩容羞不见，风月淡，记吴腔。

解蹀躞·大漠驼铃（周邦彦体）

大漠孤烟边塞，日落昭君冢。晚霞飞血、丘沙隐鸣凤。远处清脆驼铃，困途岁月悠悠，吉人天宠。

去如梦。归雁安能飞纵，前程雪风涌。向来孤傲、高昂不欺众。步履坚定谦卑，默经霜月寒山，有求无恐。

邬志强

男，茂名南天诗社社员，诗词爱好者。

五绝·中国印

方圆中国印，篆刻汉秦功。
石小乾坤大，江山锦绣红。

七绝·乡野

一湾江水映亭寮，九曲河塘赋石雕。
倡导文明环境美，青山绿水化金桥。

七律·桥

劈山填海绘琼瑶，五岛通途七霓桥。
秀丽海霞元觉岛，繁华渔港涌浪潮。
半屏山下观崖景，仙叠岩沿赏石雕。
碧海蓝天迷望眼，蜃楼海市彩虹桥。

七律·墨池诗坛

墨池园绿走廊长，瓯越诗坛翰墨香。
新老传承时代韵，群英聚会凯歌扬。
弘扬国粹兴中华，时代创新致富乡。
不忘初心砥砺行，吟词拨墨也图强。

天净沙·园

墨池古树琼花。假山亭榭红霞。雅室琴棋雁茶。一壶趣话。笑声惊散栖鸦。

鹊桥仙·乡情聚义

巧逢七夕，乡情聚义，云集精英梦苑。平台通畅鹊仙桥，新时代、爱心奉献。

银河淼淼，星星璀璨，四海甬商共建。新生代不枉今朝，兴江厦、任重道远。

浪淘沙令·利奇马台风来袭

奇马逞疯狂。直指何方？疾风呼啸袭南江。水漫楠堤愁路断，天降灾殃。

烟雾水茫茫。抢险扶伤。救灾壮士抗台将。家国情怀多感慕，温暖肝肠。

江城子·缘江南

东瓯山水绿江南。雁峰岚。九珠潭。燕舞莺歌、江岸海天蓝。如画风光奇秀揽，楠溪碧，石桅岩。

江心孤屿去扬帆。有酸甜。不平凡。暮暮朝朝、新曲动帷帘。滚滚瓯江溪百里，花烂漫，逸情添。

陈志文

男，汉族，茂名南天诗社社员。1983年11月出生，广东省高州市人，大学本科学历，现在高州市人民法院任研究室科员，爱好诗词、文学写作。

五绝·秋

又见秋风起，无边落木离。
忽然霜鬓满，悔恨两心知。

七绝·归田园居

归田别致日光娇，漫步长廊景色娆。
四面荷风心静处，又催秋雨落芭蕉。

乙亥年祭祖有感

微寒二月风，祭扫与谁同。
僻野无人至，穷乡有客逢。
青山松柏翠，瑞墓子孙聪。
百姓崇其祖，哀思付长空。

五律·秋日感怀

潘洲临鉴水，落木满观山。
渔火秋江上，孤舟碧月间。
离情思渐切，别绪泪仍潸。
雨后凄凄去，风前戚戚还。

七律·离人乡愁

旧院中堂落木飞，新园小径映残晖。
少年不晓严慈意，老大方明父母祈。
聒碎乡心难有梦，寂寥旅客易无依。
孤灯夜半窗前影，欲寄愁肠带泪归。

渔歌子·别灞桥

丰镐城东汉燕离。绵绵烟雨送汝时。
销魂曲，断肠诗。轻折灞柳寄哀思。

诉衷情令·桃花落处雨初停

桃花落处雨初停。又见柳枝青。潘洲南浦堤上，送子别长亭。
烟水阔，远帆行。荡离情。莫言今后，白塔石桥，如影随形。

江城子·游山感怀

平云山下燕知春，李花银，杏枝新。一缕清风，吹过渐茵茵。山里寒鸦悲欲绝，啼切切，更销魂。
忽闻远处起新坟，少人询，与谁邻？梦断情殇，陪伴是朱尘。莫待死生成憾事，亲不见，泪频频。

屋檐雨

本名陈春全，号屋檐居士。自幼喜好文学，尤喜古体诗词，是重庆市诗词协会会员。在诗词吾爱、经典文学网、简书等网络发表诗词200多首。秉承清新典雅，言之有物，不阿不俗，不离生活的风格，创作出更多的诗词。

五律·清晨慢步山中

山高晓色新，雨后雾氤氲。
鸟唱农家早，虫鸣野地春。
松针穿玉露，云影接红尘。
路尽林深处，惊惶一个人。

七律·春分

节令春分二月中，千年景物尽相同。
山青云淡迎归雁，草长莺飞振蛰虫。
谷壑寒阴生夜雨，高台暖日醉东风。
繁华初盛三侯满，一地残花也觉空。

七绝·朝霞

清晨高岭看红霞，浓淡飘浮一抹纱。
晓色惺忪人未醒，云端紫气照荷花。

相思引·夕阳

雨后松山醉夕阳。斜过石径影成双。行人渐老，牵手对霞光。
林下风清明晚照，岭前云淡染金黄。轻谈浅笑，一路到天荒。

点绛唇·立夏日

日近西山，飞云几朵霞光照。竹林雀鸟。何事纷纷闹。
夜雨三更，晨起天晴好。薄雾绕。绿

浓花少。窗外青青草。

行香子·叹冬风
寒色萧疏,叶落缤纷。吹时光旧影罗陈。朔风大漠,纵横昆仑。卷北疆雪,南国雨,故乡云。

一堤残柳,枯蓬白草,看腊梅枝苦含春。冷心薄意,梦断红尘。叹杯中酒,酒中醉,醉中人。

江城子·渝州唱晚
渝州日尽暑难消,晚霞飘,水云摇。楼宇参差,暮色若光雕。轻轨嘉陵楼上过,洪崖洞,正风骚。

火锅翻滚煮佳肴,酒声高,汗如浇。灯影阑珊,美女秀蜂腰。顾盼流连人不见,珊瑚坝,听江涛。

无解
吴杰,祖籍浙江青田,70后,奥地利籍华人,师从当代楹联泰斗余德泉教授。凤凰入驻诗人,中华诗词学会会员,欧华文学会会员等。目前在多个网络诗群任职。作品发表于国内外多种国刊、省刊和微刊。

鹊桥仙·七夕
两厢情愿,三生厮守,万里鹊桥如旧。看红尘聚合悲欢,问生死、几人悟透?

百行鸿信,一千纸鹤,难解那相思扣。莫强求地久天长,最贵乃、曾经拥有。

临江仙·无题之一
莫道红尘看尽,只身飘荡天边。当年伤痛惹谁怜?昔时多少忆,此刻入眉间。

酒苦杯干难罢,思来又走离弦。雷鸣风起乱心田。今宵何度过,抹泪到无眠。

临江仙·无题之二
料是前缘未断,今宵辗转难眠。凄伤犹在恨当年。乞消愁圣药,看泪里尘烟。

一别梦中数载,春来秋至多番。雁归无信望谁怜?花笺长短句,怎奈化熬煎。

七律·冬日醉章其一
纵非斐 扮风流,梦泛红尘不系舟。
耳里皆充欢快乐,眼中尽现诱人馐。
诗心难表无言对,醉意方呈有诉求。
几段相思长短句,托谁替我赠银钩?

七律·冬日醉章其二
由来泾渭得分严,不觊功名不忘谦。
于醉醒间区黑白,就沉浮处品酸甜。
闲翻青史知忠义,偶避红尘梦苇兼。
自在人生常伴我,何愁味淡似无盐。

七律·无题之一
胡医心病种灵芝,不晓徒劳觉醒迟。
笔拙偏逢流水对,人闲总惹落花诗。
三方圣药难消痛,一念冰眸尽送痴。
恨己情多频受罪,怜她脉脉忆当时。

七律·无题之二
长夜无眠到五更,耳中隐隐有鸡鸣。
听花落处红颜老,看墨干时白发生。
笑断沉浮非本意,穷谋得失为何名?
欲抛俗冗追云鹤,一叶扁舟绝迹轻。

七律·深秋雨夜寄怀
霜夜萦愁水榭东,今宵酒涩往宵同。
桂枝有赖江南雨,萱草无缘塞北风。
不慕昭君沉朔雁,愿追西子驾云骢。
难忘昔日她行远,独我凄然淅沥中。

毋言(夏士青)

男，现年56岁，高中文化，中共党员，农民。安徽省庐江县白山镇兴冈村人。喜爱中华诗词，作品散见于各大诗歌网站。

七绝·论写诗（新韵）

文章出语贵奇新，造句拼词不露痕。
若到一朝无写处，才知数载用功深。

七绝·荷花（新韵）

亭亭玉立艳红妆，万绿丛中分外香。
不怕儿郎贪美色，只求暑夏日延长。

七绝·秋菊

终老只怀秋日梦，平生羞与百花同。
香消还抱枝头上，不落污泥浊水中。

七律·野望

初春信步寻芳外，村野遍开油菜花。
斜柳垂丝染新绿，平岗嘉木冒黄芽。
眼前烟影山山翠，岭下白墙处处家。
莫道穷乡欢趣少，养生胜过市繁华。

注：唐·陆羽《茶经》上说"茶者，南方之嘉木也"。

七律·春愁

闻鸡晨叫意朦胧，好梦醒来浮眼空。
叶上还留昨夜雨，阶前不见杏花红。
只因连月云吞日，才使宜时少暖风。
莫道穷生乏悦目，春心一向与人同。

七律·老至

老至无为不自愁，一方院落锁春秋。
闲观池水红鱼小，勤剪园花绿叶稠。
天上行云常坐看，人间妄念莫贪求。
书山喜做雕虫客，仄仄平平到死休。

五律·日暮下

坐对日西沉，身轻若彩云。
心昭一潭月，目空五湖春。
不慕人群富，何愁独我贫。
难寻知己客，只与梦相亲。

鹧鸪天·夏日傍晚

日暑消歇到晚凉，闲情慢步小桥旁。
满池碧叶罗裙短。朵朵红莲身段长。
　人散步，我观光。老来凡事不揣量。
荷塘走过搓衣女。一阵风来四处香。

吾学

本名马学武，1964年出生。吉林怀德人，供职于甘肃省畜牧兽医局。

七绝·清江

清泉涓涌一江悠，月笑阳欢山倒流。
两岸分明四时走，溅于深处久停留。

七绝·玉树

谁送花香榻上来，轻声寻得入阳台。
窗风脉脉春曦紫，夜雨馨馨玉树皑。

七绝·湖柳春

夜雨晨风湖柳春，余香更著洗轻尘。
鸳鸯方醒照初日，半隐绦帘窥鸟人。

吴安强

男，80后，网名笔书。茂名南天诗社副社长，化州市对联书画创作院副院长，广东省楹联学会会员。被《新时代诗典》《世纪诗典》《诗歌年鉴》等聘为文化形象大使；有诗词入选《诗歌年鉴·中国当代诗人》一书。

青玉案·忆故友

城郊芳径书离诀。地平线，残阳血。

去岁荷塘逢友别。空留余念。相忘谁说。寄夕阳几抹。

炊烟数许荷更迭。莲笔擎天赋愁结。孤影湖边词一阙。一帧晚照，无关风月。潭水千千页。

七绝·雨中即景
临轩听雨城郭中，春色不知恨几重。
日暮苍茫蓑笠处，熙来攘往客匆匆。

长相思·乡愁
月如钩。月如钩。钩起离人一缕幽。乡愁把泪偷。

道不休。喝还休。醉眼朦胧情哽喉。未言先泪流。

念奴娇·中华复兴
沧桑百载，望神州大地，国力羸瘠。风雨飘摇潇瑟处，满目残垣颓壁。列强占据，几经蹂躏，满地皆狼籍。疮痍千里，国人难掩悲戚。

含垢忍辱几何，复兴之路，自强不停息。舰舰巡航星绕月，海陆空齐狙击。信步闲庭，初心不忘，砥砺中游弈。卫星升起，护吾华夏宗稷。

五律·华为雄起
复兴中华梦，砥砺为鸿蒙。
斩辣披荆路，韬光养晦功。
廿年磨剑芯，今日亮苍穹。
任尔狂风至，闲庭信步中。

七律·莫道桑榆晚
桑榆未晚映初衷，流景扬辉别样红。
春去秋来多少梦，朝思暮想几番功。
传承国粹驱余热，弘道诗词为大公。
旧韵新风相竞秀，仄平美律尽其中。

注：莫公，亦师亦友。他年过古稀。《诗词快速入门》一书作者。感其无疆大爱，作七律《莫道桑榆晚》而贺之。

临江仙·乡愁
篱落幽深几许，柴门忆记朦胧。回眸来路去何从。月明高挂处，思念与谁同。

举盏望乡独饮，离人千里愁容。乡音不改奈情浓。惊鸿往返至，偷泣醉衾中。

吴北如

中华诗词学会研修班导师，中华诗词学会常务理事，全球汉诗总会常务理事，广东省中华诗词学会会员，惠州市诗词楹联学会顾问，松溪诗社名誉社长，编著《松溪诗词选》，主编《新时期大学生诗词选》《跨世纪中学生诗词选》《当代绝句三百首》。

七绝·又过伶仃洋
昔日偷船鼓浪行，贫穷逃港苦余生。
今朝有幸桥头过，泯却伶仃老泪横。

七绝·国家公祭日感怀
口是心非托有辞，至今还拜害人祠。
招魂美化战争罪，靖国神门认死尸。

七绝·一二·一三公祭寄语
又祭亡灵悲此日，国人莫忘虎狼心。
钓鱼岛上仍强占，犯我中华直到今。

七绝·港珠澳大桥通车大典喜赋
昔时隔海望无穷，骇浪惊涛锁转篷。
今抹伶仃千古泪，启轮百里半朝通。

七绝·伟大之开局
未雨绸缪握霸鞭，睡狮已醒吼苍天。
一从改革掀开放，四十年赢数百年。

七绝·晚舟遇险
一波加税万千金，意在强权霸主侵。
又作晚舟吹恶浪，愤青难了国人心。

七绝·大雪
本应银妆雪景彤，金钩草木满山峰。
南疆却是吟无雪，似暑骄阳照暖冬。

七绝·落梅
蕊随风雨喜春归，一袭摇红带翠微。
谁说寒梅无眼泪，滴香凝艳作花飞。

吴伯贤

上海崇明人，1946年生，转业军人，翻译工作者。上海新诗苑群主。贤体新诗创始人。主张各种诗体裁相互兼容，互为补充。新诗与旧诗相互兼容的关健在于用时语填词，便于反映新时代新面貌。

暮年（二首）

一

写诗叫我忘年岁，起早摸黑求个精。
反复推敲勤练改，秋天一算好收成。

二

有人破费买灵堂，老朽机耕搞垦荒。
清早醒来平又仄，千年之后去诗房。

五绝·意绝非绝句（中华新韵）
诗绝意未绝，神韵誉天籁。
不下苦功夫，岂能出此彩？

七绝·诗心相连（中华新韵）
野鹤作诗求古韵，其文隽永意颇深。
你来我往终结果，同校八年现更亲。

人生力学
典雅人生靠奋斗，梦魂变现有捷径。
千头万绪巧安排，以逸代劳不费劲。

七绝·贺最高时速磁悬浮青岛下线（平水韵）
宝剑锋从磨砺出，梅花香自苦寒来。
时飞六百磁悬列，外国同行眼发呆。

名人的无奈
一则讣告，说此人走得太早了，可是，微信栏目的头像是董卿，弄得我不得不从头听到尾。我很无奈，董卿大概比我更无奈。

博人眼目讨人嫌，表里不同广告篇。
借个头像播讣告，我为董卿击一鞭。
网管整天忙不停，整治乱像该好评。
名人不敢吭一声，贤体新诗有一拼。

宝岛颂
崇明今日换新貌，历代皇粮不再交，
养老薪资加保险，农民心里乐滔滔。
日出东海隧桥照，江水滔滔逐浪高。
绿色崇明生态岛，崭新面貌看今朝。

无题
缺少交流不往来，隔阂只好进棺材。
人生短暂须珍视，莫找阎王作仲裁。
爱走极端易患灾，求医问药破钱财。
心平气泄延年寿，开阔胸怀勿闹掰。

吴成

广东清远人，中国注册会计师退休，爱好古典诗词，现为中华诗词学会会员，广东省诗词学会会员，清远市诗书画研究院研究员及清远诗社社员。诗书作品先后在省市展出获奖，著有《横吟集》。

沁园春·清明仰先贤

碧宇云微,群山雾细,四野春融。望平原远近,田园锦绣;峰峦上下,草木葱茏。无数先贤,几多好汉,感叹长眠野岭中。鹃啼切、恍凄然泣语,凭吊英雄。

举头天有雷公。须醒记、为人尽孝忠。要秉承信义,建功立业;恒持仁爱,耀祖光宗。守道勤劳,尊贤重节,恭俭温良意志雄。诚如是、定吉星高照,福泽无穷。

七律·感事

由来事物有精庸,何计他人说笨聪。
作富无仁终作孽,成龙乏德便成虫。
不须烦恼思荣辱,难得糊涂任紫红。
自许心平而守道,纵然风雨亦从容。

七律·六祖诞有寄

慧能六祖圣通玄,普济苍生法雨天。
明镜有台魔自净,菩提无树佛常存。
花开未必皆成实,性本从无尽可贤。
是扁是圆都是果,且随天意亦随缘。

七律·咏老槐

寒暑无拘羡老槐,羞从红紫逐登台。
几寻警句诗犹瘦,欲脱凡胎鄙越来。
未必情多为好汉,不招人妒是奴才。
沉浮世何堪问,且看梅花傲雪开。

七律·和友共勉

烦人俗务欲吟难,诗债犹存怎可还。
旧习已随新令改,芳思毋被浊淘闲。
休教感慨嗟荣辱,且把心情寄兴闲。
细煮清茶随意酌,任从风雨满关山。

七律·咏盆栽梅

傲骨高芳素誉梅,缘何委屈作盆栽。
最堪和月夸清白,岂肯由人任剪裁。
休附庸脂忘雅乞,宜谐鹤隐远尘埃。
山中别有清凉境,纳雾收云自在开。

七律·答友问讯

万千道路任崎平,我素依然惯独行。
懒向笙歌寻快意,喜从酬唱觅良朋。
几看世态风云幻,怅对人间冷暖情。
一盏清茶消永日,岂堪烦恼作逢迎。

七律·无题

有琴总是对牛弹,笑亦难而怒亦难。
时势何其频现幻,江湖无处不生澜。
红尘滚滚邪由漫,俗气濛濛性自顽。
知否万殊归一理,枕中宜莫梦邯郸。

吴承阳

退休公务员,承德市诗词楹联学会副会长,作品散见于各种报刊。

赞承德

群山怀抱小城幽,一带热河碧水流。
八庙山庄名胜地,天开十景画中游。

山庄吟

澄明如镜塞湖清,叠翠层峦倒影明。
紫燕低飞点水过,彩船移动逐波行。
亭台显现青云里,楼阁隐藏绿谷中。
高塔六合迎旭日,锤峰落照晚霞红。

游神龙山

林茂山深景异然,涧溪喷玉涌流泉。
栈桥巧设连崖上,瀑布高悬挂壁间。
一线青天通妙处,数条岩洞隐奇观。
神龙飞降祥云落,幽谷花香百鸟欢。

"远近泉声"感悟

傍水依山巧布排,匠心独具秀园开。

庭廊还转连亭阁,轩榭迂回绕字台。
群鸟招摇垂柳荡,流泉逗引燕徘徊。
方塘清碧秋荷盛,冷艳素装香溢来。

吴德化

男,1940年生,汉族,大专。在农村教学。退休后医生指点:读书磨脑,防止脑梗。为此捧起诗卷,读读背背、吟吟仿仿,闯进诗乡。

上海滩高楼观后

浦江夜静月清流,洪水系沙粒粒愁;
今喜打拼全获胜,楼楼直破白云头。

闲吟

吟诗闲坐望云移,偶见换心想见医?
百姓苦耕凝沃土,佛来华夏种菩提。

单车游

单车独享柳圩骑,万亩稻花香染衣;
铃响农门红鲤跃,丰收遍地绿蛙啼。

拍照

我站红花下,夫君摄本家;
吾儿言好看,小手指妈妈。

赏园

古木园林日近中,好吟古赋倚青松;
满林鸟语悦愉耳,半亩荷花映日红。

吴德慧

女,企退专业技术人员,酷爱文学,犹喜古韵,晚年以诗词自娱自乐……

五律·山行

曲径竹枝横,浓荫听鸟鸣。
风光依旧美,烂漫又更生。
九菊开篱下,天香溢故城。
霜林枫似火,缓步踏阶轻。

五律·题桂

千枝点点黄,玉树暗飞香。
霜露含馨气,轻烟隐淡妆。
情从天外起,意在蕊中藏。
嫦娥舒广袖,诗人赋锦章。

五律·夷陵水电新城

家乡如画卷,岭上望长空。
四野高楼起,故城山水中。
清霜寒橘柚,白露老林枫。
三峡平湖现,千秋不朽功。

卜算子·蜡梅

梅映小轩窗,陋室清香漾。伏案温书志不专,抛卷长相向。骨瘦耐寒霜,叶净悠然放。清水冰壶予寄生,赢得知音赏。

西江月·春光

湖上鸳鸯成对,云中燕子成双。蓝天碧水荡兰舟,岸柳枝头莺唱。蝶舞双双姿美,花开朵朵芬芳。山乡处处好风光,的的心情舒畅。

采桑子·赏春光

小桥流水农家乐,桃亦芬芳,李亦芬芳。油菜花黄别样香。蜂狂蝶醉芳丛绕,无限春光,赏尽春光,最是山乡春意长。

小重山·重五

重五年年艾草香,家家缠角黍,过端阳。春秋志士似辰光。身殉国,气节酿成殇。往事细思量。今朝怀屈子,颂忠良。离骚天问意犹长。三楚恨,岁岁祭寒江。

武陵春·秋事

九九重阳今又是,彩菊一丛丛。高岭山峦秋意浓,仙桂落西风。年年岁岁登高处,南雁点长空,挚友同窗欢聚中,何日再重逢?

吴德正

1977年2月出生,男,汉族,贵州省黔西县杜鹃诗社(诗词楹联学会)会员。有多篇诗词及律赋、楹联在诗词刊物发表。2017年中央电视台举办的第四届"新时代、新春联"比赛中,有两幅对联入围并在网站公布。曾在省市县比赛中获奖。

七律·我在"追梦·奋斗"
——记黔西县人民医院庆祝建国70周年暨建党98周年"追梦·奋斗"主题演讲比赛。

青春梦想渐飞扬,为众初心一举襄。
浩荡蓝图今古越,全新瑞景凤龙翔。
平凡似我身坚定,踊跃如潮志健康。
历练千番成永久,收平百病铸辉煌。

七绝·己亥夏至

暑甚心清迎仲夏,阳高夜静慕深秋。
光阴迅速星空远,季雨绵延蜜意柔。

注:季雨,春风,夏雨,秋霜,冬雪。

七绝·己亥小暑

莲花已盛秋风近,夏雨虽疏暑意顽。
雁步池塘花鸟醉,蝉鸣杏柳月萤环。

注:萤,萤火虫。

吴恩国

男,1951年出生。黑龙江省哈尔滨市双城区金城乡潘家窝堡人。现为哈尔滨市双城区金城乡寸丹诗社社长。

鹧鸪天·老来乐

分秒频敲鬓发霜,无情岁月赶慌忙。
桌前宴罢谁约会?广场秧歌浪四方!
逢盛世,奔康庄。乡村美丽更风光。
音箱乐曲悠扬醉,健体强身心亮堂。

农家八月

无处阳光不有威,热情依旧梦生辉。
耳旁绿叶歌声起,脚下黄花笑语随。
苞米窜缨催籽粒,稻禾吐蕊竞芳菲。
炊烟起处庭院暖,大美乡村浩气吹。

初夏时节

人勤地早舞红旗,碧染青催近距离。
颔首青鸭归故里,低眉紫燕笑新泥。
金田万顷驰铁马,玉垄千条骋银犁。
播下稻菽希望梦,三农路上步声急。

吴法仁

号野鹤,壬寅年生,海南省海口市秀英区西秀镇人,自由职业。中华诗词学会会员,海南省诗词学会会员。

回乡偶见

昔日红颜女,而今两鬓霜。
村头榕树下,枯坐论家长。

登分界洲岛(孤雁格)

乍看蓬莱在眼前,登临紫气绕身边。
凡尘仙境无分界,全在人心一念间。

百花岭瀑布

半空飞落势滔滔,方识山高水更高。
穿石潜形阡陌灌,何须入海作波涛。

清明节偶见

东墓新香燃几炷，西邻萋草满蒿丘。
为贤不肖知谁是，乡野青山土一抔。

偶感

嗜虚过重天机浅，水静方能见底深。
竹影扬尘空费力，花香风送不劳心。

吴凤琴

笔名椰风,洮南市教育工作者。平日喜读唐诗宋词,从2013年起利用业余时间自学专研古诗词,至今已完成古诗词习作近千首。作品散见于《中国诗词月刊》《秋林诗刊》《府城文艺》等期刊。创作理念:用古诗词来颂扬祖国的大好河山与当代社会的美好生活。

七绝·残荷

凛冽寒风掠小塘，残丫断梗立中央。
韶华逝去清魂在，只待来年再绽芳。

七绝·绿萝

圆尖叶片绿茵茵，悦目犹能净浊尘。
莫道阳光滋润少，寓居雅室享终身。

七绝·游香港浅水湾

浪静波平浅水湾，豪华楼宇代群山。
滩床宽阔沙如雪，入夜霓虹炫彩斓。

七律·乔迁

朵朵祥云绕古城，新居迁住喜安平。
风吹宝地苍鹰慕，雪饰馨园鹊鸟鸣。
架上诗书含韵意，屋中电器属高精。
此身但愿常康健，潇洒人间度晚晴。

七律·乌拉盖芍药谷

粉红嫩白沐朝阳，六月花开醉北疆。
万亩原畴迎美卉，千年翠岭泛晴光。
谷深难掩纤枝俏，路曲方知好色狂。
妩媚娇姿收眼底，忘归游客任徜徉。

七律·重阳随笔

秋浓无意赏风光，且趁天晴返故乡。
一片枫红骄碧树，几丛菊艳傲清霜。
眼前涌现千般景，心底翻腾万种伤。
径向田园人僻处，轻吟旧曲过重阳。

鹧鸪天·咏杜鹃花

一片红霞耀碧天，翩翩欲舞赛婵娟。
含情相对传情好，有意升腾寄意全。

枝纤细，朵娇鲜，西施不语笑嫣然。
骚人莫叹春光逝，别有乾坤印脑间。

意难忘·夏吟

碧水池塘。正红花绽艳,粉蕊幽香。蜻蜓茎上立,蝴蝶叶间藏。莲步弄、舞霓裳。晚舟泊中央。好风光,邀君共赏,醉我心房。

韶华飞逝斜阳。叹白驹过隙,曲液流觞。开篇情亦在,不语话难量。无所惧,乐奔忙。有坎坷何妨。雅意来,吟诗作赋,墨寄潇湘。

吴桂林

笔名朗月沁心。江苏省南通市人。中华诗词学会、江苏省诗词协会、南通市诗词协会会员。任南通市诗词协会副秘书长、南通市楹联学会副秘书长等。中华诗词研究院一级诗人。诗词联作品散见国内外百余种诗词联专集及刊物。世界汉诗会授"诗博士"荣誉称号。

五律·幽兰吟

青碧叶纤长，花开艳丽妆。

露沾姿雅范，风抚意蜚扬。
纵使空山冷，依然正性彰。
幽幽持美好，至老亦追芳。

五律·题石罅花
陡崖开缝隙，落脚险艰生。
风雨当滂润，晨昏自恣横。
逢春香蕊绽，任雁老枝争。
格命非灵命，怜嗟不可萦。

五律·斜照吟
蹉跎青岁去，英绚换苍颜。
冷暖功名后，沉浮得失间。
人情难洽意，世道已澜斑。
枕月诗文读，随心自散闲。

五律·沉湎
浣水沉鱼浅，吴山耸秀疏。
鸟声鸣涧谷，竹影拂田庐。
霞挽婵娟至，风吹雾霭除。
心欢当境静，悠逸乐寒居。

五律·徘徊
迟迟寒湿去，日暖北濠湾。
碧水盈丰阁，红花绽妙颜。
兰烟禅院绕，风影月墙关。
活色生香处，幽幽不一般。

五律·行
天晴阳景暖，花岸渐芬芳。
细柳风中荡，灵禽水上翔。
坐轩观草醒，登极读春妆。
暗叹时情好，无由惜寸光。

五律·游涉
天阳雨后新，物象去氤氲。
沙燕穿林树，烟舟出北津。

心随云缕幻，人与竹亭邻。
漫看馨桥处，依迟是过宾。

五律·信足
春烟垄上生，日暖雀飞鸣。
柳外旒旗曳，山前野水清。
临风闻俏色，抚手赞雕楹。
闲步青葱处，心台满逸情。

吴桂玲

网名如嫣，山西太原人，文学爱好者。曾在《太原晚报》发表小说数篇，小说《网》荣获文学大赛二等奖。从事诗歌创作近三年，作品散见部分网络平台及刊物。

浮生若梦
一入红尘泪有痕，拈花何以解愁根。
曾求子美无双句，谁识维摩不二门。
老去怜他身作土，凋时笑我玉为盆。
浮生若许春光好，但向云间诗酒论。

咏荷
悄然静立水中央，宛若天成粉淡妆。
一片冰心来作韵，十分高雅暗生香。
泥间独自修清白，物外凭谁论短长。
寄语今宵休入梦，好将仙子漫思量。

白洋淀行吟
华北明珠众口传，白洋淀内映霞烟。
光中波影撩词客，水上荷香唤谪仙。
鸥鹭双双斜照里，渔歌袅袅小桥边。
晚来芦笛声声啭，醉向今宵不肯眠。

七夕感怀
此夜分明怕倚楼，夕天河白泪无休。
鹊桥可待佳期梦，云路偏多旧日愁。
谁奈重逢长戚戚，我悲别去恨悠悠。

今朝若得忘情水,纵使相思不复留。

无题(一)
叹我生涯百转途,梦中犹自恋蓬壶。
身居市井心多累,吟向瑶台意不孤。
缥缈云霞凝复散,青葱岁月悔还无。
奈何道浅终成影,泪洒蒙山问佛徒。

无题(二)
奈何诸事与心违,几度思量涕泗飞。
今世犹存文字梦,余生尚有女儿依。
留连汾水春方好,怅望龙山月已微。
漫道无题吟不得,灵犀一点寄芳菲。

无题(三)
心事无由独倚阑,一杯苦酒与谁干。
萧疏木叶风中落,锦瑟华年梦里看。
欲放狂歌声未转,空留醉语墨将残。
新诗半阕今何许,却道春归不得欢。

无题(四)
一团乱绪结千千,忆起当时久不眠。
白首于今多故事,青春何以赌明天。
水分两岸催人老,花落三更对影怜。
细数飘零魂欲断,相思几度湿云笺。

吴国祥
湖北省咸丰县高级教师,咸丰县诗词楹联学会会员,高乐山镇诗词楹联分会副主席,晨光诗书画社副社长。

七律·游周家沟
轻衣微步沐初阳,穿绿踏青寻野芳。
清洌因岩澄滤久,葱茏缘水润滋长。
掬泉可品山川味,摘果能尝日月香。
追逆溯源临瀑布,不妨留影驻春光。

五律·苗林老寨
势高峰壑远,林野景尤殊。
遍岭嫣红撒,漫山碧玉铺。
水雕工艺品,风绘四维图。
古寨竹楼上,相宜茶一壶。

七律·川洞田园
丁寨奇观数川洞,巍峨险峻壮河山。
穹庐高搭云天里,窟穴深开崖壁间。
碧绿草坪中段嵌,嶙峋怪石四周环。
顶端常聚钟灵气,滴落飞泉春一湾。

五律·步游瓦窑沟
初晨微露曦,沟畔步游迟。
晓雾环岚绕,甜风拂面吹。
碧云舒倦眼,泉曲净忧思。
人若近山水,便无烦恼时。

渡口
矮山潜绿水,舟楫睡清波。
欲渡还踌躇,怕惊湖上鹅。

毒之警钟
极微毒品莫轻尝,枷锁套牢遭百殃。
烟舞狂蛇噬胸肺,雾呈猛虎断肝肠。
销形蚀骨渐枯槁,伐命戕身竟早殇。
警骇殊堪当棒喝,清风吹彻万家祥。

夫妻杉
枝叶云中把手牵,盘根地下紧相缠。
只因为汝挡风雨,挺直茂繁多少年。

吴海生
黑龙江省依安县人,中共党员,1973年生。2006年参加工作,从事农村农业工作。《白鹤杯》全国诗词大赛获三等奖,作品入选《中华当代百家经典(三卷)》,工作中常常奔走于乡间,能关注农民兄弟的利益,生活和工作中的感怀常常露于笔端,抒发胸襟。一生愿做有理想、有道德、有能力、有气质的人。

稻农
披星独自稻田行,耳畔蛙声比乐鸣。
蚊蠓叮蜇无所惧,只为引水润禾丰。

稻米谣
巧似珍珠比玉明,冰清无暇汗滴成。
莫当此粒寻常物,一米香飘半里城。

稻草人
(一)
孤身独立到田野,雨淋风吹我自行。
偶有飞贼偷稻谷,奈何根在土泥中。

(二)
稻浪谷沉方乃应,残衣碎草绘织成。
手拈三尺逍遥捧,守在农庄护果丰。

(三)
破帽青衫立院田,风吹扇摆舞翩跹。
无声却是惊飞鸟,不怕东家不付钱。

吴海霞
灵川县扶贫办科员,灵川县摄影学会2009年6月至2019年5月的理事。摄影作品《一叶知秋》《我们笑了》《欢呼雀跃》《畅游夕阳下》《光阴的故事》《童年时光》《荷花开了》《洗莒薯》《看遍瑶寨都是爱》《春耕图》《丰收的喜悦》《秋到》《祭英烈永垂不朽》《稻子熟了》获2010年至2019年灵川县摄影协会优秀奖,2015年桂林市宣传部、2016年灵川县文化局、2015年灵川县宣传部优秀摄影作品奖,2019年灵川县总工会纪念奖。文学作品:《父亲·沙枣树》《无奈只好平常心》《稚语六则》《竹颂》《祭英烈永垂不朽》《一件家具一段情》《荷花赞》《致雕刻世家红木家具店》《一个受伤红军的故事》《傍晚》曾刊登于《南国早报》《民族日报》《桂林日报》《新灵川报》《灵川报》,广西区《大通道》《作家》《桂林诗联》《中国诗歌报》等刊物,《一个受伤红军的故事》获2019年灵川县宣传部二等奖。

雨霖铃·查扶贫款使用
　　春回大地,百花齐放,五岭迤逦,光哥退休家到,当贫困户,三媛流泪。小弟操心十载,伯要查钱计,细算算,官府帮扶,有了资金怎花币。
　　二兄入狱他妻悔,十三天,剩女兰姨背,没听问候一次,只算帐,害伤亲系。忆看多年,辛苦劳累损肌伤髓,即便再厚义情深,破打兄情毁。

傍晚
霞光普照惹人爱,倒影江中放异相。
风雨桥间挑电笼,三观辉映互端祥。
注:电笼,是红灯笼,通了电之后,用于照明。

七律·天晴了
雨下几天终落空,出门散步放心情。
夕阳余火云飘远,河间沙浪近赤城。
漓水涨潮渐减退,桂州人马逐加争。
更看花展风吹后,闪烁银灯照草棚。
注:赤城,雨停后,夕阳下的城市为红色城市。漓水,漓江之水。桂州,是桂林市的古代称谓。

七律·父亲赞
欢聚同堂将福享,五裁风雨四根梁。
孝应长辈时心畅,教养儿姑自费翔。
夫妻相亲如贵客,孙儿慈带爱为庄。

— 1243 —

智能父辈中心轴,再想家尊在梦乡。
注:五载是五十年,四根是四代。五十年四代同堂风雨共扛,有福同享。

五律·桂林山水美
摄友相图展,南方美景呈。
白云游岭间,红舫显波清。
黑铁连漓岸,蓝天逐古城。
拍图成队站,团结受欢迎。

荷花赞
芙蓉飘立池中栽,菡萏迎风次第开。
最爱红衣高气节,污泥不染不沾灰。

沁园春·游阳朔感悟
阳朔风光,月亮景区,游过心藏。览高田凤上,峰端洞透;一弯桂魄,纯洁遥望。境内观奇,尼治松道,钟乳吴刚玉兔伴。在晴日,看素娥高挂,峦顶呈光。山穿透亮稀冈,引天下人参观下乡。叹古人留作,却无图片;清徐廷净,差点私装。科学前行,研成迅速,一位游千人透窗。就如此,节省多时刻,祖国强帮。
注:高田凤上,是高田凤楼。尼治松道,是尼克松道。差点私装,是差点摄影摄相的装备。透窗,是透过微信小窗口,看别人旅游拍的图片和视频。

吴海樱
网名秋霁。东北吉林市人,自由职业者。

七绝·荷塘(平水韵)
捧心西子娉婷立,晨起浣纱卷绿云。
水岸歌声疑是梦,移船行入藕花群。

七律·初秋夜咏(平水七虞韵)
入夜秋风凉意起,恼人暑气渐消无。
楼旁桌椅余三客,山上榆杨植百株。
人啜清茶驱困意,鸟归高宅望行途。
开窗偶有蛩声唱,新月垂帘酌一壶。

长相思两首(词林正韵)
一
杏叶悬,李叶悬。池镜鳞光水澶湲。
琪花朵朵眠。
月如弦,眉如弦。鬟上青丝扶玉璇。
紫毫描素笺。

二
忆当年,念当年,红绿轻盈水岸间,丰姿竟比仙。
影相怜,语相怜,一见倾心频倚阑,夜深难入眠。

吴红
女,中学高级教师,河南省息县作家协会理事,喜欢带着一颗平常心,执清茶,掬月光,赏美乐,悟真情,品人生,握字为暖,光阴清芬。作品以散文、诗歌为主,散见于省、市、县等报刊,如《信阳日报》《息壤》《今日息县》《岁月》,以及息县政府网、红袖添香、行参文学等网站。

五绝·洲中观景
陌路揽沙洲,欢颜泯旅愁。
风掀茶亦静,蔓饮赏清流。

五绝·周师夏日
周师湖吻岛,履者柳聆箫。
酷暑灼非尽,诗经雅韵飘。

五绝·格桑花语
格桑岸自芳,熠熠耀春光。
绚烂缤纷落,来年遍野裳。

五绝·村居乐
群山执笔笺，老翁嗅炊烟。
犬吠鸡鸣映，茅檐妇孺贤。

五绝·冬杏
杏叶衔冬阳，轻盈飘转凋。
来年梦里寻，暮雨慰辛寥。

五绝·致新疆哈密友
牧野新疆古丽和，同根共院修文涵。
如莲喜笑眼生柔，婉转红铃音悦栏。

五绝·汴京怀古
普阅京华花木盛，昔云夜卷散如沙。
兴建史城香玉蓦，汴水悠悠漫际涯。

五绝·观安阳文字博物馆
流连旧址文风展，甲骨惊天纪事源。
鼎印胰帛一脉贯，中华汉字咏承传。

吴虹芸

1954 出生。女，南京，现任梧桐诗刊主编。藉由对文学的爱好，走进诗坛。得益于诸多老师启蒙，授教而行走在诗词路上。诗影罩幽窗，晚晴意更浓。与其让时间从指尖滑过，不如去寻觅古人的心意，用诗的风华底蕴去体现生命的美好四季！

五律·冬深
拂壁封冬色，萧疏山野寒。
朔风临柳浦，枯叶舞眉端。
淮月当窗语，楼阑剪影抟。
寻思梅岭动，宥谧近春欢。

五律·闲话农桑
清香晶玉瓣，红嘴绿鹦哥。
田垅观春色，明台映月波。
松窗斟酒醉，菊圃弄琴和。
畅话农桑事，勤耕赋韵多。

清平乐·阅江楼
得天淳曜，抱翠依山造。琉壁飞檐鸥吻俏，万册鸿文鼎昊。

凛凛气宇威豪，江涵伴影风飚。徙倚阅江楼上，轻疏淡幻吟骄。

如梦令·听雪
不夜乾坤寒重，听雪听风甜梦。旷野伫莹尘，欲逐玉沙情动。花涌，花涌，春漾瑞来田垄。

七律·冬日长椅
一自依依卧野茫，经秋历夏对冬妆。
云疏雨冷亲飞叶，雾幻烟濛昵落霜。
寂寞愁听花圃语，风流空寄月林光。
守柔陌上翩翩景，凝笑春繁乐未央。

七律·吟莲
半水寒寒半水洋，丹颜为妹叶为郎。
穹灵夏媚和风舞，神韵秋容向晚妆。
落照清辉柔寂色，回波疏影淡霓裳。
烟深袅袅阶前映，一剪池图浸骨香。

七绝·荷塘月色
晚风推月润莲池，烟幌香魂淡淡思。
秋浦轻寒怜瘦影，抱怀谧色水芸痴。

注：水芸是荷花的别称。

浣溪沙·莫愁湖
粉黛莫愁佳丽痕，海棠依旧好时闻。晴光雾色布凡尘。

曳曳依依杨柳陌，疏疏密密草坪村。一番风月更消魂。

吴华山

西江月·田园三采

采茶

高接天河热闹,云开星眼银辉。凌晨初月曲如眉,岭岭歌声脆脆。

水水山山绿遍,车装远亚欧非。弹琴手指采如飞,喝出清音滋味。

采莲

雨雨风风锤炼,朝昏苦乐相随。高高举起获金杯,惊羡目光如醉。

多少红男绿女,白云水底来回。小舟并采浪花飞,莲籽一般多味。

采菱

个个亲如姐妹,人人眼舞眉飞。纤纤手指不停挥,声似红菱甜脆。

躲过炎阳炽烤,黄昏水面风微。菱秧领着木盆追,桨把歌声打碎。

老屋

待哺巢边唤,食多今不贫。
炊烟虽已断,灶火尚留温。
田地描新锦,鼓蛙响旧音。
归鸦飞翅急,灯影已黄昏。

夏晚

山溪斜绕屋,堤柳舞娉婷。
蛱蝶穿花过,蜻蜓点水轻。
田边蛙鼓闹,草地夜虫鸣。
与姐持蒲扇,门前追扑萤。

邻居

隔壁多年月,星星亮似初。
老翁相对饮,姐妹互为梳。
麦熟忙帮割,泥坚累助锄。
一家人样好,虽是两家居。

临江仙(一)

竹马同骑村左右,霞将辫扎红绳。两门斜对鸟争鸣。眼波溪水碧,眉聚远山青。

又是一年春气象,冰融雪兆开晴。耕犁田隔响黎明。锄头高举起,土地互拼赢。

临江仙(二)

曾约黄昏塘岸步,手伸即自收藏。月光朗朗似阳光。不知红态度,欲借绿商量。

高铁今如归燕速,打工不误农忙。荷花香并稻花香。纵然开一半,千里指留芳。

西江月

共畈隔田犁晓,对歌闹醒朝霞。肤肌突起像南瓜,锄举千斤落下。

端碗出门相望,互招学捏泥巴。黄毛长大一枝花,记得当年竹马。

吴家春

网名江南才子,笔名司空吟叟,大专学历,香港诗词协会理事,中华诗词学会会员,中华文艺诗词协会会员,安徽省诗词协会会员,大中华诗词潇湘夜雨版版主,华夏诗词论坛绝句版常务版主,安庆市诗词学会会员,岳西县司空山诗社社长兼法人,岳西县作家协会理事,个人原创诗词 900 余首,多篇作品获中华文艺诗词大赛金奖和铜奖。

七绝·题庐山花径
亭台碑碣径通幽，司马寻花雅句留。
莫道诗心无觅处，湖光山色醉眸收。

七绝·情人节
绿杨深处隐多娇，牵手阿哥慰寂寥。
春色满怀人易醉，陶情野外恋逍遥。

七绝·题夜钓寒江图
垂钩独钓觅知音，夜露霜风遍体侵。
泊岸沙鸥悲叫冷，谁人解语笠翁心。

七绝·咏梅
其一
玉骨冰肌傲雪开，迎春贺岁下天台。
百花不与争娇艳，留给诗人慢慢猜。

其二
凌寒粉蕊竞风开，丽质清辉映镜台。
妙笔何人添雅韵，招来墨客费疑猜。

其三
疏枝赖雪蕊先开，款款芳姿出汉台。
身处朱门深宅院，怕招浪蝶用心猜。

七绝·咏鞋
量尽人生万里长，踏平坎坷达康庄。
出双入对朝相伴，岂逊池塘戏水鸯。

七绝·湖草帽
湖草虽然不值钱，幸逢巧手细心编。
伴君风雨当头戴，敢叫炎阳换爽天。

七绝·题海棠
天工难绘俏容光，身倚侯门醉海棠。
瘦影谁怜花易老，盛妆艳抹暗生香。

七律·咏龙潭大峡谷
龙潭峡谷景难描，飞瀑生云万丈飘。
怪石奇型如鬼凿，灵花异草似仙浇。
攀岩栈道惊人胆，凌空钢绳慑魄桥。
游客往来频赞叹，千姿百态俏多娇。

吴津生
原在党政机关从事文字工作，退休居闲，嗜好金石书画，喜欢写写散文诗词。有《秉烛斋印影录》（五卷）成册出版，散文诗词散见文刊网媒。

七绝·退居三咏
（一）
金石琴书诗酒画，当年伴我走天涯。
而今不再器尘惹，柴米油盐酱醋茶。

（二）
春秋弹指须臾过，一曲古稀欸乃歌。
早弃功名烦恼少，自将顽石漫磋磨。

（三）
一梦罗浮几度春，藏鞍解甲远嚣尘。
诗书画印闲研习，功со何层可示人。

七律·豫园偶遇发小
邂逅湖心九曲边，似曾相识意茫然。
乡音未改乳名叫，旧梦复苏双手牵。
年少青春已成雪，龙钟岁暮亦缠绵。
与君今日豫园会，了却关山隔世缘。

七律·聚会清风茶楼
相邀篆友聚清风，皓首苍颜意趣同。
无欲无愁甘寂寞，多痴多梦亦朦胧。
叩刀问石乾坤大，逐利追名造化穷。
泛棹江湖心已倦，衷肠彼此寄茶中。

七律·己亥清明遥祭

清明前后祭文吟，撩乱他乡客子心。
不孝经年远故土，双慈计日盼儿音。
无痕岁月终成别，有梦人生莫复寻。
难寄鱼书常忆旧，思亲泪雨湿衣衾。

七律·己亥端午祭屈原

浴兰重五溢幽芳，屈子祭辰毋敢忘。
艾草菖蒲门巷碧，雄黄醇酒里闾香。
长歌天问七弦雅，清咏离骚千古章。
解粽竞舟诗祖慰，灵均玉骨耀潇湘。

吴瑾

字德瑜，网名仲雍胄胤，书斋号尚德堂。诗书画爱好者。籍贯浙江省文成县，20世纪90年代旅居法国，为法国文成联谊会常务副会长，世界文成人联谊总会理事，中华延陵诗书画学会总编，文成诗词楹联学会副会长，竹韵汉诗协会常务副会长兼秘书长。中华诗词学会会员，浙江省诗词学会会员、楹联学会会员。

戊戌深秋过枫丹白露宫感赋

遥想当年紫气来，法王路易筑瑶台。
苍凉御道车何见，寂寞行宫花自开。
落日已随龙驭远，秋风似送鹤声哀。
西人知惜前朝物，历尽沧桑未劫灰。

戊戌冬远眺阿尔卑斯山勃朗峰

醉意朦胧日夕曛，远山雪白起层云。
如银初觉孤飞迹，似玉仰看五色纹。
天半灵奇还渺漠，峰头险绝乍氤氲。
巍峨千仞神工合，瑞霭疑从勃朗分。

巴黎己亥惊蛰

二月晴和草木香，百虫醒蛰趁曦光。
蝶衣初试神难健，蚁阵新开事渐忙。
朝露珠凝红芍药，轻雷声警睡鸳鸯。
青青最是堤边柳，牵惹情怀思故乡。

刘基故里武阳观荷感作

卓然万柄立参差，绿静红娴望眼时。
两岸芝兰输艳骨，十洲云水护芳姿。
出泥不染色逾好，凝露易消香自奇。
我与濂溪有真赏，为君缱绻赋新诗。

有感于文成高速公路即将通车

才穿窄路又高坡，僻壤行车可奈何。
纵有青山迎目爽，不堪紫陌误人多。
此时铺建抓应紧，指日驱驰快似梭。
醉美文成今愈胜，华灯夹道赛星河。

2019文学创作笔会暨协会交流会作业《辞岭亭怀古》

逶迤华盖簇虬松，谷隐盘回见雉墉。
辞岭亭前苍藓径，南田山外白云封。
文章尚说刘公事，高节犹思竹雪容。
堪叹朱明恩义绝，能烹骨肉即为龙。

读《明史》哀方正学先生

最是强藩事弱君，袈裟潜在始麾军。
孤忠得见罡风烈，大义长垂德业芬。
参透死生真国士，甄明竹帛仗斯文。
当时喋血殊遗恨，十族遭殃不忍闻。

忆初访法国总统府爱丽舍宫

记从己丑新春日，爱丽舍宫初识时。
累世衣冠名爵住，他邦社稷镜中窥。
云台法令或能改，金殿繁华应不疑。
欲问前朝王气事，回眸三色自由旗。

吴敬

汉族，男，1953年5月生，研究生学历，中共党员，政工师、艺术师、一级书画双眸。素娥微笑，莫问原由。且抱明月，枕流水，释心囚。

古今盈缺，于此淹留。有心人、无限清幽。平生浪迹，何必言愁？任七分满，二分瘦，一分休。

渡江云·雪中感赋初心

天公轻覆手，淡然一抹，万片洒如鳞。把晶莹世界，朵朵冰花，写满雪精神。山河换了，美人眸、照彻清纯。天亦晓、霜寒多少，未泯是童真。

无垠，千般幽独，万种相思，已无由问。难得与、红梅浩气，约定前身。平生大梦谁先觉？未觉时、谁主乾坤？天上雪，洋洋洒洒纷纷。

贺新郎·读罢国史大略，再读南华真经

谁识英雄种？立江湖、风云奔走，暗潮汹涌。易水萧萧寒彻骨，一诺千金堪重。从此后、强秦弱宋。中有昭君琵琶怨，叹广陵绝响空相送。千古月，与谁共？

也曾含恨当年勇。对山河、横眉叠嶂，疾风飞鞚。扬手苍天云作马，弹指春秋一统。花睡了、南华入梦。万国幽香纷纷付，诏归来彩蝶归来凤。舞断剑，几人懂！

吴能夫

男，侗族，湖南通道人，生于1962年9月，系侗学研究会会员，中国电影文学学会会员，中国少数民族作家学会会员，湖南省诗词协会会员。1986年开始业余从事侗学研究和文学创作。

五绝·秋访田家

乡野浮秋意，风庭蕴桂香。
闲听山鸟唱，醉看稻禾黄。

七绝·春游

春水涟涟花吐艳，蝶蜂逐戏自多情。
偷闲郊外携天趣，乐与红颜赏籁声。

五律·山居

幽院连郊野，山居接翠屏。
凭窗听竹韵，倚户品花馨。
云雀飞溪绿，流莺入柳青。
悠然乡墅景，疑似步仙庭。

七律·百里侗寨

一方水墨润华章，古貌遗风善俗扬。
翠阁凌波连草岸，琼楼映日耀山乡。
合村祭萨传慈训，众宴飞觞送吉祥。
最爱芦笙融玉韵，且携宾友踩歌堂。

踏莎行·古井流韵

沃野生香，清泉流韵，休闲最爱黄昏近。畅怀瓢饮解乡愁，千年古井尤津润。
曲径幽亭，甘滋玉酝，源源不竭无穷尽。春花秋月去无踪，泽披桑梓人为本。

西江月·凉亭夕照

溪畔凉亭炫巧，老夫观瀑听涛。竹风送爽鸟声娇，倚座流连未了。清冽山泉甘美，舒心堪比芳醪。不闲飞燕与云雕，忽见晚霞夕照。

满江红·红军魂

寒雨潇潇，风云卷，江河鸣咽。长跋涉，敌兵追堵，战尘凄烈。血洒征途荒野卧，胸怀信念军心铁。历艰险，踏破万重山，惊天阙！担大义，倭寇灭。民心向，兵灾绝。华夏江山定，金瓯无缺。几许春秋留赤胆，何缘将士抛青血？几许春秋留赤胆，何缘将士抛青血？看吾辈，当跃马扬鞭，朝前越！

浪淘沙·通道转兵

征旅漫硝烟,历尽辛艰,湘江血战朔风寒。三万红军何处去?生死攸关!前路虎狼盘,迷雾遮天,拓开通道扭坤乾。挥舵转兵施伟略,力挽狂澜!

吴能武

男,中共党员,中华诗词、江西省诗词学会会员,解放军红叶诗社社员,平市诗词学会秘书长。诗词常在纸质诗刊发表,多次获国家以及省市奖项,2015年9月获第二届《相约北京》全国文学艺术大赛一等奖;2016年7月获中宣部《党建》杂志社,中华诗词学会联合举办的"诗词飞扬党旗飘"全国诗词大赛二等奖;2018年12月获第二届"当代杯"中华诗词网络大赛一等奖;2018年10月获第四届"豫章杯"江西诗词大赛优秀奖。作品入选《中国国学文库》《全国诗词家新作》《中华优秀作品选》。2018年5月由中华诗词出版社出版《碧峰红叶》个人诗集。

七律·登天安门城楼

今朝如愿古楼游,华丽京都眼底收。
四海翻腾烟雨过,五湖潮落帝王愁。
万家灯火民同乐,一统江山水共流。
遗韵重开丝路梦,雄风依旧壮千秋。

七律·瞻仰毛主席纪念堂

伟人沉睡卧京城,肃穆庄严步履轻。
隔柩瞻容心血涌,怜君救世泪花盈。
阳光普惠神州暖,雨露施恩古木萌。
华夏龙腾偿夙愿,辉煌功德永留名。

七律·题颐和园

皇家御苑柳婆娑,彩画亭廊幽趣多。
万寿山腰观雅景,昆明湖畔唱禅歌。
影翻石舫风推浪,岸引虹桥月吻波。
五色酒旗迎远客,九龙腾壁向天河。

七律·登八达岭长城

扬花五月客如潮,万里长城寻梦瑶。
沧海不沉秦石女,浮云欲动楚臣腰。
鞍弓汉将射胡马,雉堞烽烟护国辽。
千载情仇难尽道,雄关天堑彩虹桥。

七律·游赵子龙故里

古城正定远名扬,三国赵云生此乡。
拼死两番救幼主,抛颅一战振当阳。
千秋功德凝芳草,万载传奇泛古香。
打造旅游新理念,迎来灿烂好时光。

注:赵云,河北冀州常山真定(今正定)人。生卒:154—230年,享年76岁。爵位:永昌亭侯、顺平侯(追谥)。

参观天津周恩来、邓颖超纪念馆(新韵)

淮水育青松,海河腾巨龙。
寻求圆梦路,探笈闯东瀛。
旗举南昌壮,胸怀伟业雄。
西安平险境,遵义鼎毛公。
时政开新局,帮交遍北中。
相濡白发结,恩爱越时空。
雪雨冰霜伴,惊涛骇浪同。
一生凭信念,两袖守清风。
烈火真金见,海棠依旧红。
疾风知劲草,功德入苍穹。

画堂春·谒人民英雄纪念碑

石碑高耸祭先贤,追怀英烈长眠。舍生忘死搏云天,扫尽狼烟。

血沃江山锦绣,魂迎华夏丰年。千秋功德入心田,世代情牵。

一剪梅·紫禁城

飞阁琼楼精细雕,宏伟天骄,紫气云

霄。文明古国尽妖娆。宫室藏娇，帝主逍遥。

深院微闻歌舞箫，琴韵轻飘，诗诵柔调。传承非遗共情高。喜看今朝，游客如潮。

吴祈生

男，1948年11月生，上海人。现为中华诗词学会会员，上海市诗词学会会员。近年来，在《新民晚报》《上海老年报》《每周广播电视》《上海诗词》《上海退休生活》等刊物上发表诗词，并在上海市区、市级和全国性诗歌大赛中多次获奖。现在上海老年大学诗词创作研修班学习。

七绝·柳
羞颜瘦怯也妖娆，细叶垂枝恣意撩。
滴翠含情醉迷处，风搂水岸玉姿腰。

七绝·荷塘
青峰倒影眩波光，柳岸瑶塘菡萏妆。
极目天边无尽碧，轻舟采秀一船香。

七绝·度夏
高树蝉鸣酷日长，风亭湖畔借清凉。
常怀童稚月光下，蒲扇轻摇入梦乡。

七律·苏堤春晓
破晓初春问古堤，鳞波眩目翠霞低。
枝枝菡萏招飞蝶，叶叶兰舟醉画鹂。
皎洁晴云千柳色，朦胧雨雾六桥迷。
勾留一半多风韵，赠与诗人写妙题。

七律·读桃花源记
奇文旷世日辉存，古蝶今蜂醉故园。
十里粉红诗酒客，三分柔绿水云轩。
扁舟带雨归山影，一梦寻春钓月魂。

若有陶翁引花径，门开处处见桃源。

七律·踏青
桃月游情喜出门，好风结伴入乡村。
久垂田野晴光秀，今得园林积翠喧。
一抹霞飞开柳眼，三声鸟唤问花魂。
东君与我同心赏，几缕红香带笑温。

吴启润

男，大学文化，湖北广水市农委退休公务员，中华湖北省诗词学会会员，湖北省楹联学会会员，因好文学，爱读书，喜写作，所撰的文章和诗词楹联曾在各大报刊发表，并多次获奖。

七律·大西洋观涛
浪打岩崩卷雪墙，寒空鸥鹭点波翔。
时迁潮汐连天涌，澎湃涛雷动地扬。
风飚冰山舟顶没，云横静宇海骉狂。
磅礴浩荡昭机理，不拒涓流汇大洋。

七律·有感于世界粮食日
粮是人民养命天，当明农事苦和艰。
勤劳节俭先贤理，丰产当防大旱关。
常见饭肴随意倒，怎知德性不羞颜？
任由浪费成风习，家国安能富梦圆。

五律·滨河观景
沿河漫步行，兴致骤回萦。
客至鱼腾跃，船来鸟迅迎。
蛙声陪雁唱，鹊叫伴鸥鸣。
万物和谐美，瑶池妙景呈。

七律·踏春观音村生态园
林畔琼楼沐暖阳，群鱼穿阁满池塘。
桃李花艳招蜂舞，松柏青幽逗鸟藏。
山路条条书富字，树苗岭岭托康庄。

神游休问桃源处,此地原来是梦乡。

七律·参观水泥管道电杆厂感怀
脱贫致富在人谋,白手兴家业正道。
工艺质高精品出,电杆涵管富源流。
财丰不忘酬乡梓,志大扶亲拓远猷。
经济腾飞书壮史,当夸刘总占鳌头。

踏莎行·咏桃源(平水韵)
林掩楼台,月迷栈铺。雄关望断茫荆楚。日迟风暖露凝香,莺声燕语桃源驻。
千亩茶山,万棵柿树。八方通达财源注。绿纯食品醉游人,怡然忘却来时路。

注:桃源指湖北省在广水市办的幸福村试点。

人月圆·詹王故里春宵早(平水韵)
詹王故里春宵早,美食引人流。凭栏把酒,清辉照处,人月相酬。
客来南北,情牵楚菜,览胜长留。食餐文化,繁荣百业,九域同讴。

鹧鸪天·忆李白隐居广水寿山(平水韵)
崲寺松风寒气侵,幽凉不冷远容心。泉蒸黄酒杯杯暖,花润香茗叶叶琛。
人厚道,山青岑。引来太白动诗音。寿山隐逸风流士,一绝乡愁烁古今。

吴然昌
网名举杯邀月,教师,作品多发表在网站微信平台,也有少量诗歌登在《关雎》等诗刊上。

七律·夏篇
酷暑炎炎烈日强,芝麻水稻斗馨香。
犬声渐闻田园近,鸡唱方知农户旁。
满面笑容聊国策,轻声细语话家长。
问题查检全安当,挥手声声祝健康。

七律·冬篇
难能周末懒洋洋,却闻村干电话忙。
草轻风寒身倍冷,雾浓霜重路愈长。
嘘寒问暖及微小,精准扶贫落实详。
贯彻惠农千载业,富民方显国更强。

七律·春日独步方塘
晚光浮动菜微黄,脚踏红砖绕画塘。
水面方方依碧柳,海桐羞涩弥馨香。
孤舟好梦迎朝日,南豆初心待果长。
不觉暮云全已染,随心拍照谱新章。

七绝·咏菊
向晚长吟小庭轩,风高衣裂意阑珊。
回眸几片黄花见,摇曳成诗胜牡丹。

七律·冬至
细雨蒙蒙迎冬至,寒梅待放吐馨芳。
金杯茗饮冬心暖,红袖添香诗意长。
漫卷帘笼天已暮,喜闻水饺屋渐香。
围炉夜话明朝事,生活翻开新乐章。

五绝·垂钓
身居尘网里,心恋绿波中。
挥手喧嚣去,学当姜太公。

一剪梅·垂钓
一路清歌鸣喇叭,荷塘静坐,世事浮华,三千年屈指如沙,多少英雄,挥手云霞。
鱼在池边逗小虾,把杆垂钓,思绪天涯,一池幽静饮成茶,三句新诗,几朵荷花。

七绝·归
一寸光阴一寸心,花飞方悟奏瑶琴。
晚风吹遍千山绿,布谷声声有梵音。

吴任用

系湖南新晃人,侗族,1938年6月生。1960年参加工作,中共党员。退休后,潜心创作,有诗、词、楹联、书法、国画入编30多部典籍,被有关文艺团体授予"国家文化传承贡献奖""世界和平文艺奖""金犬终身成就奖""神州杰出人物""十佳艺术标兵""新时代人民艺术家"荣誉称号。

颂新天
中华诗韵数千年,国运民情贯主旋。
诗赋昕兴歌盛世,墨骚秉世颂新天。

中华美
绿水青山多绚灿,莺歌燕舞满坤乾。
神州盛世新兴旺,仙境不及华夏妍。

登黄鹤楼感赋
登楼追忆数千秋,缅赞先贤诗赋优。
继往兴诗歌旷代,秉承仙圣颂风流。

赞中国姑娘水上芭蕾夺冠
巾帼英姿水上蛟,如豚戏水盛娇娆。
似龙欣舞腾翻浪,技压群芳盖世骄。

观赏上海闵行体育公园樱花长廊感赋
樱花绽放绕塘延,绚丽多姿布满园。
倒映池中鱼竞戏,凌空花上鸟飞旋。
翩跹蝶聚寻花蕊,往返蜂群采蜜虔。
盛世春光天造就,观赏欲醉乐陶然。

庆祝海军建军70周年
海军鼎盛固金汤,气势恢弘胜天罡。
战士神威操锐器,将军帷幄镇虎狼。
舰群倒链掀天浪,导弹集群保大苍。
银燕海空威武壮,军魂党铸永辉煌。

国庆纪念伟大领袖毛主席
年耄老归万载铭,三江四海幸福增。
昕升红日出何处?心上丹田永惦君。
重聚相心天铸就,竭诚迈进走新程。
青山万刃夕辉映,永远缅怀世代尊。

欢庆建国70周年
七旬国庆新兴旺,万众欢呼伟业昌。
颂党为民谋福祉,赞扬政务骤兴邦。
励精图治攀峰顶,科技创新再图强。
不忘初心追国梦,记牢使命铸辉煌。

吴诗韵

女,1950年生,湖北大冶人。当过民办教师、工人、记者。曾任湖北电台《广援记者》杂志社采编部主任。现为黄石市诗联学会副会长,西塞山诗社副社长。著有旧体诗集《石兰轩韵语》。

壬辰春节花城街市漫游感吟
十里长街十里霞,嫣红姹紫竞繁华。
碧桃吐蕊争朝夕,丹桂飘香漫迤遐。
白玉兰擎白玉盏,木棉树挂木棉花。
花城花市花如梦,底事春风私海涯?

重读《毛泽东诗词》
革命生涯革命诗,硝烟炮火入新词。
长征横扫岷山雪,飞堑逼降建业旗。
反帝反修嘲纸虎,乐山乐水发幽思。
气豪情婉兼相得,千古骚坛一大师。

岩松
——为中华人民共和国
建国60周年作

根扎石岩向碧空，也招雨露也招风。
繁枝展翅如仙鹤，独干擎天似老龙。
横扫乱云迎旭日，遍披鳞甲抗严冬。
年轮不计冰霜苦，铁骨赢来举世崇。

鄂州西山留韵

信步西山草木香，扶筇拾级阅沧桑。
灵泉古刹残碑隐，松阁遗书笔力苍。
果是吴王试剑石？不知谁个读书堂？
千秋留得东坡饼，武史文踪细品尝。

游大冶董家口，夜宿丰竹园宾馆，忆及44年前曾下放此地林场

迷蒙雨雾锁深山，竹啸风鸣入梦难。
似水韶华春寂寂，如烟往事迹斑斑。
砍柴常遇狂蜂蜇，栽树偏逢乱石顽。
四十四年回首望，人生九曲路弯弯。

为国际"三八"节百年感赋

男女平权倡百年，星光闪耀半边天。
政坛圈点胭脂笔，业界和鸣凤尾弦。
松伴梅花能傲雪，水围石岸可行船。
阴阳自古相成辅，社会康宁赖内贤。

注：此诗为湖北省诗词学会三八专辑特约稿。

磁湖锦绣谷

荒山野水掩渔樵，造化还凭着意雕。
奇石通灵呈五彩，清波漾日托双桥。
四围草木栖青鸟，三馆楼台耸碧霄。
真个磁湖如淑女，罗裙紧系美人腰。

咸宁三江温泉夜浴即景

淡淡华灯次第开，蒸腾云气漫瑶台。
临池桂影随风动，泻玉泉声入梦来。
相对无邪同冷暖，携行有伴共徘徊。
妙龄少女犹羞怯，出水低眉自掩怀。

吴世和

男，茂名南天诗社社员。网名盛世和谐，男，1954年9月生，安徽省太湖县汤泉人。大学文化，中共党员，中学退休教师，爱好古体诗词、文学、摄影。作品散见于省内外各报刊、微刊及书籍，并多次获奖。现为安徽省太湖县苗石诗社社长及《风雅苗石》主编。

七绝·祝贺中国航天成功完成首次海上发射

七星直上九宵重，破雾穿云气势宏。
开拓中华登宇路，兴邦圆梦赞蛟龙。

七律·女儿家购房喜赋

并肩携手在申城，壮丽年华事远征。
喜购新居同展翅，笑迎盛世共飞声。
花红柳绿飘霞彩，车啸人欢伴鸟鸣。
暮霭朝晖腾紫气，兴家创业竞峥嵘。

七律·游南京牛首山感赋

牛首山巅绕霭烟，今游塔葺赏桃仙。
佛楼高耸峰峦上，禅阁低沉翠竹边。
地阙五层宏构妙，天花七彩画图妍。
真身舍利奢华见，往返流连脑际间。

七律·参加"诗意人生"第九场全国网络大赛感赋（新韵）

八方契友喜相逢，诗意人生唱大风。
网络行歌如放浪，文坛拨墨似腾龙。
人间岁月情深重，海角天涯谊厚浓。
挚爱温馨花灿烂，全心助我跨高峰。

七律·赞上海车墩镇广场歌舞

入夜霓虹电火柔，广场鼎沸眼中收。
翁公媪妇携春手，倩女潮男亮玉喉。

跳舞蹁跹身子美,放歌浪漫嗓音优。
车墩镇上民之乐,每晚欢娱竞自由。

南乡子·盛夏闲情

盛夏日悠长,原野琼花分外香。蜂舞蝶翩飞彩圃,匆忙,燕子擒虫哺玉郎。

三夏共辉光,耳顺儿童慕艳阳。外面带孙寻乐趣,图强,挤出空闲写拙章。

鹊桥仙·七夕

繁星点点,碧空灿灿,岁岁分离恨怨。柔情希望总团圆,鹊桥巧、牛郎如愿。

桑岁月,情深织女,爱恨今生难断。海涯天角是忠贞,良宵见,星光烂漫。

行香子·苗石村庄

苗石村庄,锦绣风光。山清水秀百花香。地灵人杰,彩帜飘扬。有杜鹃红,梨花白,菊花黄。

村颜巨变,厚德隆昌。路边杨柳郁苍苍。与时俱进,看我黄冈。正蛙蝉叫,燕莺舞,蝶蜂忙。

吴天义

男,汉族,1963年生。黄梅县诗词学会会员,黄梅县流响诗社社员,蔡山镇泼墨诗社社员。高中文化,由于家庭环境艰苦,很早就从事手工业。酷爱诗词,业余时间深入钻研格律诗词。以诗词音乐度过绚丽人生。部分诗作入诗刊。

咏兰花

平生独爱建兰花,触及槿篱欣赏它。
淡极依然藏冶艳,清纯方可现奢华。
小锄轻挖移新钵,纤手巧搬安逸家。
沐浴人间真洗礼,随风开放见奇葩。

咏四大美人(藏头诗)

沉稳操持勤浣纱,鱼游深底避铅华。
落盘金曲扬边塞,雁海欢歌送喜车。
闭隐中庭明镜拜,月逢美女彩云遮。
羞颜应悔倾人国,花孕龙髡谢帝家。

注:谢:凋谢。

盛夏咏蝉

十载修身置九幽,今朝羽化兴情稠。
无心叶底遮炎日,有意梢头亮玉喉。
脱甲施恩除热疾,消声留誉谢寒秋。
美名赚得文人墨,知了诗中叫不休。

注:九幽:与九天对立指地下。

放飞吧,中国!

根除旧制启封门,出水蛟龙振国魂。
四海五湖掀巨浪,千锹万手斩穷根。
一朝雄起翱寰宇,百业腾飞网厚坤。
引领万邦同富贵,不忘使命太空奔。

哭亡兄

兄长吴天德于2017年8月20日在黄梅县人民医院医治无效与世长辞。时年56岁。三哥临终前一天自知命不久矣,命弟辞医。只想看到孙子降世足矣。就在此时手机传来孙子出生照片,三哥高兴地用尽力气艰难地说道"我孙子真好看,哼……好大的一双手"。这句话成了遗言,三哥再也没醒过来。第二天便离世了。

春温难暖是心寒,薤上露珠何易干。
仙药银针难挽命,孤坟蒿里且偷安。
凝眸含楚辞医治,盼子添孙别泪澜。
句句遗音铭刻骨,跪求天赐返魂丹。

吴文炳

1939年生于上海,毕业于上海交通

大学。在北京航空精密机械研究所任研究员、研究生导师。获科技进步奖和国家发明奖共十一项。享受国务院特殊津贴。中华诗词学会会员，晚晴诗社社员。在"中华诗人踏春行"活动中获特等奖三次。

七律·景山登万春亭

故宫北门是神武门，隔路正对景山南门，近明崇祯帝自挂处。

故宫上苑郁葱茏，紫殿金檐数几重。
长羽翩翩缘瑞木，妙音朗朗和瑶钟。
珠冠画辇难寻迹，玉陛雕栏未动容。
神武门楼怀旧事，时时面北吊遗踪。

七律·春雨颐和园

水光山色半分明，雨过尘消万木青。
多少楼台浮远影，几重舫榭滟空冥。
垂丝婷柳拂天镜，笑靥艳桃妆画屏。
谐趣犹闻宫羽韵，流连翠鸟忘开翎。

七律·十月昆明湖

藤萝满墙环上苑，槐桑枕岸望蓬壶。
翠云叠嶂听骊馆，蕙草连畦耕织图。
烟柳天光分岭黛，芙蓉水色映兰朱。
桂花熏得游人醉，错认瑶台西子湖。

七律·东黄城根遗址公园

东风总是守时光，又到京都催蕊黄。
不见蓬蒿徒默默，后栽桧柏已苍苍。
徜徉锦苑新蹊径，怅惘皇城旧断墙。
纵使微寒还簌簌，最宜发聩道沧桑。

七律·普渡寺

南宫不是帝王宫，车马群僚转眼空。
栉比金楼消影迹，伶仃玉殿忆尊崇。
明时石础清时陛，凤苑冰霜鹤苑风。
孤阙高台徒四望，唯闻深巷卖瓜翁。

注：清初摄政王多尔衮开府于普渡寺，时称南宫。

七律·明城墙遗址公园

六百年来风雨老，未能泯灭巍峨貌。
名扬四海自繁华，雄视九方皆渺小。
雉堞斑斓岁月长，城垣翠垒春光好。
角楼依旧伫东南，不误司晨迎日早。

七律·游恭王府

什刹海边烟柳暗，恭王府里蓼花明。
瑶池歌榭临风阔，凤阁龙楼远雾横。
岩嶂嵯峨幽径暗，廊亭错落玉阶平。
王公权相今何在？深院又闻鹧鸪鸣。

七律·中山公园踏青

宫墙依旧柳舒颜，又是人间三月天。
社稷方坛怀鼎祚，中山生像望坤乾。
波光楼影参差远，凤色花容灿烂妍。
回首徜徉芳馥处，满园锦绣叠岚烟。

吴文兴

笔名海涌遗狸。凤凰诗社校园联盟广东阵线入社诗人。原苏州市第五中学老三届毕业生，后去农场十年。回城后入大学，但空闲时深爱古诗词、盆景、书法。

五律·谈泊人生

三春今夜月，两鬓古稀年。
恬淡人生路，逍遥世味仙。
莫求名利禄，唯恨是非钱。
砚墨挥毫处，吟诗又一篇。

五律·立秋感怀

风吹一叶飘，树感万灵凋。
雨润花频绽，蒸炎日渐消。
虚怀人气爽，仰望月明娇。
世事纷争扰，禅心妙语瞧。

五律·贺"嫦娥四号"

平生常望月，晚岁亦瞻星。
玉兔腾云绝，嫦娥驾雾冥。
频传清晰镜，尚待细研屏。
喜鹊桥头叫，飞龙世上霆。

五律·团圆

桂香飘小院，月朗照家筵。
缓步青松伴，长吟白首怜。
风霜传笑语，秋节聚团圆。
去岁良宵曲，今时稚幼天。

七律·清风莲

池塘皆露嫩芽眠，悦目舒怀碧接天。
菡萏难为山水约，菩提有意古今缘。
尘中不染清香藕，雨后方知正气莲。
月坠蛙鸣心素净，风吹两袖鬓丝仙。

七律·姑苏春

微风细雨染乡情，润物通幽墨客生。
青石山塘河畔柳，红岩海涌树梢莺。
闻名世上园林地，念旧吴中廊苑城。
社老江波扶钓叟，樵郎劈径踏歌行。

吴晓

1941年11月生，贵州省安顺市人，中共贵州省委宣传部退休干部。1968年毕业于贵州师范学院，曾任中共贵州省委宣传部出版处处长等职，中华诗词学会第三届理事，贵州省诗词学会第六届秘书长兼办公室主任，中共贵州省委机关老年诗书画研究会副会长兼秘书长。

黄浦江畔拾韵二首
其一：明珠刺破天

高楼拔地起，聚在浦江边。
谁是攀登手，明珠刺破天。

其二：中华韵味浓

选择街上走，欣赏老城容。
古朴风格美，中华韵味浓。

老伴常提醒

一场秋雨后，酷暑渐天凉。
老伴常提醒，及时换厚装。

出门不自由

人做亏心事，出门不自由。
心虚熟者见，走路总低头。

越冬银杏树

越冬银杏树，金色壮奇观。
叶弃枝头舞，随风落地欢。

花园媲菜园

美华门前景，花园媲菜园。
花开香四季，苗壮满园鲜。

缅怀屈子贤

端午节兴祭，缅怀屈子贤。
离骚抒胸臆，吟咏爱国篇。

2019年6月

蝉鸣声悦耳

喜走林阴道，轻风送爽凉。
蝉鸣声悦耳，助我写诗章。

2019年8月

吴晓华

江西余干人，副处级公务员，中华诗词学会会员。作品发表于《中华诗词》《湖北诗词》《江西诗词》等刊物，入编《江西当代诗词选萃》。

七律·乙未暮春登浔阳楼
一路笙歌上画楼，江山无限涌心头。
只缘曲误周郎顾，了却星迷日夜愁。
我梦浔阳寻故地，谁期司马湿轻裘。
栏杆拍遍难凭诉，立尽斜晖数尽舟。

七律·癸巳冬登德兴聚远楼
敬茶上座红尘过，自古风流才子多。
聚远楼前惊聚远，东坡树下说东坡。
苏家桥咏东山景，丁蜀山传浣女歌。
故地神游江月在，铁琶铜板不消磨。

五律·丁酉夏游阳明山兰溪
崇义万重山，阳明凤迹间。
危崖悬瀑布，晴雨润峰峦。
六月溪飞雪，三春谷吐兰，
风尘行旅客，濯足袖香还。

五律·丁酉夏登赣州八境
台望章、贡合赣
拔地高楼起，风云入夏帷。
饮茶南粤近，挥戟赣天低。
章贡连襟去，鲲鹏展翅飞。
苍茫千里浪，层岭尽朝晖。

吴雪芬

璐雨诗，女，江西瑞昌人，云帆新媒体平台执行主编。

秋夜偶成
夜静南窗纳绛河，层云闲处玉轮过。
流光也似分亲远，一例高楼得月多。

早春感怀
老柳初含绿，轻帆乍入湾。
岚烟舒卷里，草色有无间。
清兴梅边起，羁愁酒后删。
故人如在侧，携月棹歌还。

咏青钱神茶
轻肥嫩绿各清奇，信是仙风圣雨滋。
铺百丈青云泼墨，蘸千滴露月题诗。
壶中冷暖情难了，梦里悲欢觉已迟。
幸有灵山藏玉茗，新芽朵朵解春思。

吴延平

中华诗词学会学员，湖北省诗词学会会员，现任咸宁市通山诗联学会秘书长兼通山诗联《九宫山诗词》《诗联通讯》执行主编。

山行
山风拂面带清香，一路深黄间浅黄。
步履匆匆来复去，平生只为看花忙。

吴楚雄关
吴楚雄关映夕阳，斑斑石磴记沧桑。
历经百战依然在，何处芜丛觅帝王？

喇叭花（新韵）
东邻一架喇叭花，昨夜攀篱入我家。
吩咐小儿悉剪去，平生不屑是浮夸。

行香子·雨夜
夜色如暝，灯火如萤。漫推敲、仄仄平平。一杯香茗，一卷诗经。听风声狂，雨声急，弦声清。
东西辗转，南北飘零。至如今、犹似浮萍。容颜已老，鬓发无青。幸家安康，人安健，绪安宁！

鹧鸪天·梦
昨夜梦中回故家，春阳斜照竹篱笆。
堂前燕子应来早，架上葡萄才吐芽。

烹涧水,试青茶,此中滋味最清嘉。
荷锄辟得三分地,半种时蔬半种花。

吴应福

笔名福满人间。江西省上犹县五指峰学校退休小学高级教师,1957年12月出生,中师学历,1977年3月参加教育工作,2017年12月退休。《江南文学社》主编,《上犹诗联》会员,《云水诗社》编辑。本人自幼爱好广泛,尤其热爱文学,闲暇偶尔写文赋诗,丰富生活。有散文、诗词、小说、报告文学、新闻报道、教学论文等几十万字作品散见于相关报刊和网络平台,多篇作品分别获得省、地、县级征文奖。

七绝·咏梅
花香四溢果园红,雪虐枝头傲昊穹。
玉树银妆添秀色,梅含嫩蕊笑春风。

七绝·冬兰
溪边百草入枯荒,唯有冬兰冒淡香。
绿叶婆娑生峡谷,落根山野自含芳。

七绝·赞竹
翠竹擎天万顷林,寒霜骤雨莫能侵。
虚怀若谷含诗蕴,掠过清风奏乐音。

七绝·秋菊
墨绿青蓝间米黄,金秋菊灿满园香。
蜂飞蝶舞缤纷至,作客重阳品玉霜。

七绝·春山染翠
举目峰林雾蔼氲,春山染翠度闲云。
楼台尽在风烟里,杨柳扬眉淑气熏。

七律·从教卅二年感怀(新韵)
人生坎坷苦中甜,育李培桃卅二年。
曾踏寒霜无所惧,敢博恶浪也欣然。
春风化雨滋万物,授业除疑著新篇。
落日晚霞红似火,闲暇诗句系情缘。

七律·气盛童颜尚有诗
安闲自在抚琴棋,气盛童颜尚有诗。
越岭爬峰追夕照,游山玩水赶朝曦。
一帘幽梦舒惆怅,三首儿歌展笑眉。
更喜微群风景好,新朋旧友是良师。

临江仙·初夏游兰溪谷(贺铸体)
初夏畅游兰溪谷,榴红柳绿风柔。山水如画绘新猷。满山林海翠,兰草绿油油。

山涧瀑布飞溅玉,溪中虾鲤欢游。古桥处处竞风流。沿途皆丽景,旷野鸟啁啾。

吴永祥

黑龙江省依安县人,高中文化,先后在依安县新屯乡任小学、中学教师,中学校长,2007年退休。喜爱读书,并从中领略到诗词创作的乐趣,近年来逐渐尝试诗词创作,有诗词作品在《龙沙诗词》《大森林文学》《黄浦江诗潮》《依安文苑》和《鹤城晚报》等报刊发表。齐齐哈尔诗词楹联协会、依安县诗词协会会员。

二月二有作
又是春龙举首天,蛰伏万象醒冬眠。
惊雷已作催征鼓,赶日追风壮大千。

湿地纪行
绿色乌双故事多,流馨载梦绕藤萝。
黄莺争树蜂寻朵,紫燕衔云雨吻荷。
满目芳菲随鹤舞,一湖清澈任鱼梭。
天成画卷迷人醉,喜煞诗家放笔歌。

访同学有作
跨年相见喜开颜，忆旧询今话万千。
把酒抒怀歌未了，童真载梦醉心田。

嵌句"几点梅花正可人"有作
喜看琼英落俗尘，人间万象焕然新。
青山醉卧披银甲，碧水冬眠塑玉身。
松柏枝头裁素锦，阁楼檐下挂珠珍。
天成一阕诗如梦，几点梅花正可人。

岁末感怀
回顾吟诗一岁长，捧竽作势曲悠扬。
严明古律心难懂，标准新声笔乱忙。
伏案谋篇无妙境，闭门立意少文章。
有缘频结新诗友，梦里推敲得韵香。

吴远帆

笔名江上远帆，女，汉族，中师文化，四川中江人。世代书香，当过知青，从小热爱文学，乐吟诗赋，现有诗词作品近100首先后发表于国家、省、市报刊，深受圈内文友赞誉。

七绝·桂湖
绿草茵茵花吐艳，碧波荡漾映荷湾。
柳枝掩隐亭台憩，疑似天堂在世间。

七绝·青城山
叮咚成韵溯溪泉，林木苍苍绿欲溅。
山路崎岖真百态，青城美景驻心田。

七绝·芍药谷
花开十里胜桃夭，白白朱朱难画描。
奇卉丽人相映衬，窃知今夜梦妖娆。

七绝·龙潭水乡
水上舟行潭卧龙，小桥石径韵无穷。
声声丝竹轻摇梦，疑似游人图画中。

七绝·杜甫草堂
浣花溪畔景怡人，一木一花如有神。
谁会秋兴无限意，后来千载梦犹新。

吴约中

中学高级教师，中国数学奥林匹克教练员，全国教研优秀个人，全国新教材优秀实验教师，全国最佳竞赛优秀教练员，安徽省高考优秀阅卷教师，参编《安庆新高考全程复习641》，市高考模拟命题核心小组成员，多家省教研机构高考模拟命题特约撰稿人，在CN刊物发表论文近百篇，论文与课件多次获中国教育学会、安庆市一等奖，十多名学生获全国数学竞赛奖，指导九名学生上清华北大，二十多名学生上中国科学技术大学。

问野
山居久雨江上晴，名士高谈寒生怜。
得闲田园养地气，好入明堂话民情。

江夜
日暮灯初上，风轻江正帆。
旅人怜光冷，宜城不胜寒。

与友书
玄策少年任纵横，轻剑快马征羁尘。
醉里灯剑恣论道，南窗池荷月半轮。

寄远
鱼戏板石轻，人去浣衣声。
夕照衣少年，雁过远山青。

青骢岁月
独怜六月江池荷，青莲漫园点碧波。

事罢归家君已远，徒留橡笔写秋歌。

赠别
十载寒窗笔芯骄，六月十里池荷妖。
贾生才调时无伦，今朝子矜九天高。

闲寄
莫迷幽涧草，不畏荆棘花。
是非成败却，看取襟烟霞。

笑看高考数学风云
维纳斯美身高妙，蒙娜丽莎拈花笑。
太极周易数典籍，如云数据概率俏。
全脑思维浮世轻，朵云带雨凄美调。
人言语文是我友，我迷数学与天骄。

吴长春
河北省临西县人。邢台市书协、美协会员，省、市诗词协会会员，中国国际作家协会会员。诗词作品在各级报刊登载百余篇。先后辑印出版《吴长春书法集》《吴长春国画集》和诗词《三趣集》等著作。

七律·金秋寄怀
秋风瑟瑟气先凉，凫雁声声过静塘。
芳草虽衰红叶绽，残荷未尽绿枝荒。
风清露冷凝霜色，叶老花黄伫影旁。
满目农耕丰硕果，畦田野陌抢收忙。

七律·婺源江岭赏油菜花
和阳煦照柳丝长，万壑千畴尽染黄。
粉蝶留连蜂起舞，田家喜庆客成行。
莺怜雨后花犹艳，燕爱风前草带香。
日暖寻诗宜四野，悠然自在享春光。

七律·荷塘月色
月舞清辉绕榭亭，莲池雾罩锁浮萍。
湖塘蛙鼓红花艳，柳苑蝉鸣绿草青。
荷扇摇来三世梦，藕风吹落九天星。
书魂画韵诗情续，静气凝神注满屏。

七律·情人节赠妻
同餐共枕几生缘？岁月峥嵘四十年。
苦辣酸甜皆品味，贫穷富贵互扶牵。
夫妻携手情如水，老幼和谐爱若天。
惟念时空凝此刻，人伦乐趣入诗笺。

吴长华
大专文化，退休干部。从小在国营农场长大，并在农场读书、工作直至退休，对农场有着深厚的感情，诗词作品大多数反映农场的工作与生活，其中百多首发表于各类诗刊。现系香港诗词学会、香港大中华诗词协会与深圳市诗词学会会员。

七绝·回农垦母校
红藕清香碧叶新，放歌一曲水亲亲。
躬身轻问莲花朵，曾记茅檐苦读人？

七绝·农垦小河
河泛银波水静流，悠悠向远不回头。
柳丝轻拂从前事，一缕相思一缕愁。

七绝·农垦重阳节
握锄当笔绘湖滨，画里家园四季春。
菊酒千杯今不醉，大通湖上弄潮人。

七绝·长江之子大通湖
江水缓经云梦泽，遗留爱子大通湖。
皇英相慕常为客，愿与游人共乐娱。

七绝·湖边怀友
风行水上浪轻柔，一道波纹一斛愁。
且把相思融碧水，天长地久向东流

七绝·大通湖有寄
芦花如雪白茫茫，瑟瑟秋风雁一行。
热寄清凉寒寄暖，相思总带桂花香。

七律·故乡大通湖
十年九涝唱凉州，天水之间几白鸥。
挺进一支农垦队，犁开万顷稻粮洲。
莫言创业多艰苦，再展宏图借箸谋。
放眼平湖晶剔透，游人如织橹声柔。

浪淘沙·晚秋
菊月醉三湘，四水流芳。洞庭湖畔染初霜。云梦枫林红个透，最美渔乡。

苇荻白茫茫，雁羽匆忙。农田五谷已归仓。港口卡车装闸蟹，累了儿郎。

吴正友
退休教师，曾任教初高中数学40年，爱好诗词，喜欢写作投稿。

七律·中国梦
中华坎坷五千年，破碎河山显旧颜。
猛虎奔腾驱鬼魅，雄狮睡醒吼罡天。
文王入梦飞熊兆，统帅恢弘动地轩。
泼墨挥毫书盛世，弹琴奏乐谱新篇。

七律·中秋赏月
圣母妆铜弃太空，冰轮闪烁映杯中。
秋高气爽红枫槭，金露生寒白雁鸿。
羿射天阳惊玉帝，刚斫月桂撼寒宫。
嫦娥奔月中华梦，盛世蓝图伟业宏。

注：1.圣母：王母娘娘
2.妆铜：化妆用的青铜镜。
3.槭：槭树，和枫树同科，到秋天叶子变红。
4.斫：zhuo，即砍。
5.嫦娥奔月：指我国载人航天飞月工程。

吴致玫
网名菀玫，江西省赣州市人，中小学高级教师。系江西省诗词学会会员，赣州市赣南诗词楹联学会会员，章贡区诗词学会会员，江南诗词苑微刊编辑。作品发表于《中华诗词》《诗刊》《赣南诗联》等杂志和多家微刊诗社及网络平台。有作品参加《大中华诗词论坛》举办的2018年度"送旧迎新"诗词大赛获奖并刊登书籍。30多首作品被录入《沧浪一路诗怀》和《中国当代诗词》诗集。

上海之行组诗
七绝·逛上海城隍庙街
红墙鎏顶引游人，饰品丝绸满目缤。
明代风情今又现，平安守护有隍神。

注：隍神，指保佑城富民安的城隍神。

七绝·上海坐地铁
频下阶梯隧道经，长龙呼啸绕城行。
无需忧虑人车堵，一路飞驰准点停。

七绝·品上海红烧肉
红皮冒气诱餐前，软嫩香甜块块鲜。
此菜方知何技艺，精炖罐内味缠绵。

七绝·外滩万国建筑群
各式洋楼十里奇，流光溢彩展金姿。
昔时贸易繁华带，今日温情万象怡。

七律·上海外滩夜景
华灯初映灿无边，涌动人群两岸延。
大厦纷呈流异彩，明珠俏立舞新篇。
倚栏观景波澜阔，入画游江妙曲绵。
壮丽何言天上有，辉煌数里纳诗笺。

七绝·参观宋庆龄纪念馆

陵园静默挽斜晖，塑像英姿绿木围。
观览生平犹梦忆，丰碑永驻沐芳菲。

五律·儿童博物馆海洋宫

走进儿童馆，鸥飞浪拨弦。
蓝鲸衔海曲，红藻荡秋千。
绕岛青椰缀，观鹰绿野翩。
白云邀我舞，变幻美无边。

五律·宁波飞赣州

旭日出山顶，机身缓上空。
华城消野陌，玉带嵌林宫。
东滚红霞浪，西飘白雪丛。
眼帘收画卷，心返赣乡中。

吴宗绩

男，1979年12月生，海南儋州人。现为儋州市新闻中心编辑，系中华诗词学会会员，海南省诗词学会理事。曾获中华诗词学会主办的"谭克平青年诗人奖"、首届"刘征青年诗人奖"等。

西沙情思

情寄苍茫云水间，飞鸥来去自悠闲。
大潮涌动思千缕，难忘西沙月一环。

三沙哨兵

旭日掀开那港湾，有人站到夜深蓝。
浪花冲淡思乡泪，未褪初心一寸丹。

海滩小憩

椰风轻拂晚霞柔，独卧银滩听海流。
为爱天涯沙似雪，不辞长作一飞鸥。

登九华山

万缕流霞抹翠峰，数声啼鸟落花红。
登高不必沉吟苦，一听禅钟韵自工。

祖父乡邮轶事

邮包十里压双肩，担过冬天担暑天。
青史未曾留足迹，只今印满小村边。

武保军

河北省小小说沙龙常务理事，中国田园诗诗会会员，市作协会员，纸刊发表长篇小说两部，多篇小说刊发《奔流》杂志及省市报刊，小说《离婚》获第二届冯梦龙杯全国短篇小说大赛优秀奖，小小说《人与狗》获同美杯大赛二等奖，有四篇小小说入选各种选本。诗歌《带着心跳的天空》《村庄，就是一枚图钉》获奖并入选获奖集。

七绝·秋景

碧草奈何悲雨怜，菊花有意驭风天。
老蜂知命花前死，小蝶颠顶卉上翩。

望海潮·怀古

岁深千古，许多英烈，风云叱咤疆场。烟雾已消，风流过尽，总留几片顽强。芳草映斜阳，看人流过客，雁叫飞翔。是否详知？马蹄远古舞张扬。

花红几日娇香？数激扬烈士。轻看宸王，钟玉拥华。兴荣百年，草荒掩骨人亡，水浩浩沧浪。我登高极目，云动心滂。万古悠悠，感怀泪咽泣沧桑。

青玉案·惜

枝头横月留风迹，怅花败香飘逸。吹散芬芳谁去拾？绿盈庭径，小门疏密，掩不禁春失。

清辉满杪知寂寞，几许闲愁起悲色。曲径徘徊听落迫，一天星月，几多零泣，问这春何急！

望江南·暮雨

残红落,雨打小窗声。阵阵凉风风阵阵,清清雨丝丝清清,谁处燕飞行?

天迷乱,草木叶晶晶。如泣琴声知暮雨,伤怀鸣鸟过晚亭,独自倚楼听。

武道钰

男,1948年9月出生。现分别是安徽省太白楼诗词学会、庐州诗词学会、安徽省诗词学会、安徽省散曲学会、中华诗词学会会员。

七绝·赠爱女武鸣

女儿若掌灿明珠,爱得深沉情特殊。
装在心中时刻处,经年累月靓如初。

七律·贺光屹孙七周岁

幼园毕业学须延,入校时间快半年。
数学常常重旧算,语文日日诵新篇。
手工美术增娱乐,体育唱歌添味鲜。
牛犊笼头从此套,求知天地漫耕田。

七律·建国70周年礼赞(三首)

一

旧时中国暗无光,火热水深千孔疮。
马列一声传宇宙,炎黄万众举刀枪。
迎来华夏东方晓,欣看晴空赤帜扬。
民族之林我昂首,康庄阔步迈辉煌。

二

中华儿女志昂扬,抗美援朝杀虎狼。
两弹空中惊爆炸,一星天上任翱翔。
月球探险嫦娥赴,蓝海扬威航母彰。
高铁飞奔堪第一,华为科技敢超强。

三

思想光芒耀世空,共同富裕脱贫穷。
为民执政民为本,立法规行法立公。
继续创新谋发展,坚持改革勇冲锋。
江山代有贤才者,指引红船奔大同。

【仙吕】三番玉楼人·妻之情

哼唱将妻扰,吃喝要妻邀。词曲学习时觉少,家务难关照。忍受唠叨,不发牢骚,装像羊羔,妻前学撒娇。逗她气消,哄她一笑,批评听久当歌谣。

【中吕】十二月过尧民歌·咏梅

他那边天琼地瑶,俺这里瑶豆成苞。忽然间苞尖露彩,更惊喜彩绽红娇。暗香涌娇容俊俏,信息传俏待春潮。

忍严寒不惧风刀,任雪飘浑似鹅毛。掩芳菲尔自逍遥,守节操她远尘嚣。今朝,纷纷漫落飘,笑把丰年报。

【黄钟】昼夜乐·游鸠兹古镇

古镇鸠兹尽古楼,人稠,人稠挤慢慢悠悠。古香色堪称一流。繁多会馆精华秀,马头墙、复制徽州。景入幽,兴趣难收,兴趣难收,一股脑时间溜。

【幺篇】别愁别愁临尽头,回眸,加油,加油我脚步难留。扁担河廊桥快走,有机会合家泛舟,享休闲盛世无忧。名利何求,名利何求,(故居)主不在楼依旧。

武广涵

男,1952年4月生,安徽宿州人。中华诗词学会、安徽省诗词学会会员,宿州市诗词楹联学会常务理事,宿州市埇桥区诗词楹联学会常务副会长,宿州市其鸣诗社社长。

五绝·砀山观梨花

百里陈香雪,兴来高处吟。

秋风听令到，树树挂黄金。

五绝·青松颂
落叶秋将尽，层林一望空。
唯君冰雪绿，啸傲立寒风。

七绝·神农架望天生桥瀑布
峭壁石桥云际间，湍流飞泻涧腾烟。
雷霆滚滚群峰抖，定是银河溃九天。

七绝·踏春新汴河景区
晴波潋滟映楼稠，锦树葱茏染径幽。
亭榭桥廊眼迷醉，宿州直认是杭州。

五律·品岩茶
晶莹琥珀光，六腑润清香。
肉桂乌龙酽，红袍佛手芳。
舒怀堪醉酒，畅意若巡洋。
借问招工处，可收霜首郎？

注：肉桂、乌龙、（大）红袍、佛手皆为武夷山岩茶上品。

五律·春望
远眺流沟寺，回眸山口嶙。
桃红红火火，峦碧碧茵茵。
沃野层层绿，清波片片银。
莺歌蝶蝶舞，撩醉探春人。

七律·游神女溪
平湖大坝矮三峡，险绝雄奇此处嘉。
才叹松悬涧幽远，又惊崖峭壁倾斜。
画船舵手纤夫汉，靓女导游山里丫。
盈耳巴歌颂新曲，云间别墅是农家。

七律·上庐山
驱车盘绕上峰巅，翠绿渐浓思绪翩。
县令耕田隐何处，诗仙望瀑知谁边。
万言彭帅可存迹，乌案苏翁应有篇。
不朽风云焉朽景，明晨但愿艳阳天。

武立胜

男，安徽省淮南市人，1966 年出生，1983 年入伍，原北京军区朱日和训练基地副参谋长，上校军衔，研究生学历。中华诗词学会会员，安徽省诗词学会副会长、《中华诗词》杂志责任编辑。

上大梁山
为探巴州险，来登百丈嵩。
青云足下过，高蹈一天风。

戊戌正月十八夜梦与父母过年，醒后至晓不寐
幽灯微照月微寒，难辩红尘与九泉。
但可倾宵换一聚，何妨夜夜不成眠。

秋山捉蝉
树洒云光瀑泻风，山花几朵绿间红。
今来不怨芳菲减，一把秋声在手中。

玉泉寺访梅
山深云寂寞，风定磬微传。
入寺先合掌，无僧不问禅。
枝头着色易，心底化劫难。
春过非极美，端须带雪看。

访天宁寺
寺古宁天下，荫深鸟寂寥。
离春桐落紫，作势塔凌霄。
贝叶传经久，青云入史遥。
檐铃千载后，兀自任风敲。

秋登雁门关
百尺雄关看塞碉，黄花兀自落萧萧。
残墙欲诉狼烟事，锈刃难除壁垒蒿。

叶落秋声接近紫，霜寒朔雁拒绝高。
今临战地听嘶马，犹似当年剑在腰。

正月初三女儿外出
勤工俭学，记之并嘱

眼为凝波戴美瞳，闺房妆罢去匆匆。
花裙未自节前购，学费因从年后增。
莫许偷闲长晒网，焉能抱梦懒出工。
娇娇非是富家女，鼓气须知不可松。

武燕妮

孝义市古城诗社社员，孝义市作协会员，爱好文学写作，作品常见于本地书刊。

满庭芳·妍华才俊结连理

连璧蓝桥，妍华才俊，红幢绿盖良缘。枕鸳衾凤，称意鼓鸣鞭。翠钿红装檀注，合欢悦、执子婵娟。高堂喜，宜其家室，尊酒谢宾筵。

爱情。千万遍、拳拳在念，膺肺云然。互不负相思，尺素鱼传。一往而深诺允，千丝缕、腻语缠绵。玲珑付，心期眼意，携侣度嘉年。

摸鱼儿·孝儿贼窟救亲

苦哀求、声声悲泣，山西孙抑肠断。辞官尽孝双亲伴，马乱兵荒逃难。遭突变。遇土匪、书生难护双亲善。爹亲被遣。置顿好慈娘，急来贼窟，拼命独身捍。

充强盗，无奈人生之选。心情复杂多半。为人子女平安盼，碰此情形心换。虚燥咽。动之理、晓含情跪求开眼。得偿所愿。孝心触柔肠。八乡传遍。洪洞把名显。

沁园春·咏孝义中阳楼

矗立云端，手可摘星，对饮八仙。念神州四海，三川五岳，长城内外，锦绣河山。地理人文，忠良美德，万典千经孝义先。夸言指，看中阳楼阁，画意双全。

千年汉魏渊源。神选址、中和位育禅。敬高牙护古，维修整葺，功勋百代，思想承传。庇佑生灵，显盛大地，沐党春风再改观。凤凰瑞，寄芝兰雏凤，博衍绵绵。

武永焱

笔名武新宜、又名天心阁、益生子，从军16年，现居威海，公务员，爱好诗词书画，山东省威海市诗词楹联协会会员，山东省寿光市诗词楹联协会会员，致力于传统文化的传播和践行，撰写诗、词、曲、联近千首，并发表于各网络媒体和纸质刊物。

四时卷帘体

雪送三春景，风摇一地花。
月明蝉噪夜，霜种万重纱。
2019年4月24日

一

雪送三春景，冰心守不颓。
文章书锦绣，秃笔忆盘梅。

二

风摇一地花，不见伊人过。
谁揽腹中书，自斟空对和。

三

月明蝉噪夜，心廓九天星。
满腹牢骚话，谁人可与听。

四

霜种万重纱，病身待月斜。
明朝生旭日，再就腊梅花。

七绝·钓春秋

许是霜寒染白头，问公钓得几春秋。
星河日月随君转，治世长存福永流。

七绝·题图
半湖覆雪抱亭台，水墨天成一镜开。
不是琼仙难入画，冰心只待有缘来。

学诗
信手拈来写小词，哲思情语出神奇。
不羁俗务人酣畅，诗就每从意淋漓。

七绝·无题
人于寐时方守静，事逢难处乃观禅。
胸无点墨寻常过，心自长春体自然。

七绝·雾
杖前谁隐万重春，枯木迷舟绕野津。
兴替从来常惯事，其中暂寄养心神。

七绝·题落花
夏风摇落一壶春，夏雨清尘万物新。
夏日如何难淡定，夏秋过后雪无垠。

七绝·早渔
远山蒙雾水蒙烟，归棹扁舟影若悬。
岸上提蓝翘首待，甘将清梦换时鲜。

七绝·烟雨江南
细雨迷蒙寒我身，随行俱是断魂人。
茕茕花伞茕茕影，辜负此时一片春。

七律·无题
柔情最守内心圆，传与经遗有圣贤。
囚夜被迷还影丽，去舟随水慕心禅。
悠悠夜雾岚囊地，沁沁风香薰漫天。
流若火枫秋照晚，浮云伴隐伴邀仙。

七律·反读
仙邀伴隐伴云浮，晚照秋枫火若流。
天漫薰香风沁沁，地囊岚雾夜悠悠。
禅心慕水随舟去，丽影还迷被夜囚。
贤圣有遗经与传，圆心内守最情柔。

七排·自守一炉禅
晴空一鹤排云上，双泪无声曲未休。
世事从来难遂愿，伟才总是赖天猷。
花开百日非凡品，人到终年是土丘。
雨嶂烟峦多凤泣，龙沙雁塞少猿讴。
三生石畔虽盟誓，六世轮回鲜尽头。
因果无情人有意，凤缘承续事方酬。
生无永寿魂长在，山自高瞻水逝流。
几度情思千载怨，一樽星月万襟愁。
种篱不必谪仙处，击缶犹凭老子喉。
仰止斯乘黄鹤去，灵台但拭任君修。

五排·澄心写诗
诗心由此始，向圣总如梭。
德识当为要，学才任自磨。
澄怀明世路，起念斩心魔。
道笔抒清志，儒笺染景和。
驭风循太白，逢坎谒维摩。
纵越三千岁，还须八百哥。
寄情书菊剑，恣意竹梅鹅。
惯看死生事，常思瀚海波。
龙吟动轻棹，再唱大风歌。

五排·漫游青州古城
且披衫一素，打马益都前。
千载槐依旧，偶园主已仙。
河绵三十里，桥立万余年。
海岱迎来往，北南携圣贤。
东夷根在此，上古本知源。
寄意云门上，垂名驼岭巅。
红丝成美砚，青石出奇砖。

天韵时时度，民风代代延。
今还耽十日，定谒范公泉。

五排·戏言
我有兰一株，自言德不孤。
鲲鹏戏庄子，梅鹤对林逋。
潜乐南山菊，凤栖月庭梧。
少陵怀百姓，老子尚虚无。
绝顶观天下，配边喜落凫。
醉酣寻李白，功就学陶朱。
炉小醅心酒，人微步凤雏。
气和蒸绿蚁，胆壮引屠苏。
意在禅茶味，心成星月壶。
风光千万里，孰可比山巫。

五排·百年"五四"杂感
斗胆貌云烟，醺醺隐酒仙。
微酣扶古酿，大醉饮长天。
激越少年志，轻狂春水渊。
蝈虫鸣雪至，候鸟叫霜前。
且把凌霄意，送将澄月船。
星河流耳畔，旭日傍吾边。
雷奏惊魂曲，风翻堕泪弦。
凡人知世故，绮梦寄方圆。
利锁迷情雾，名缰囿德川。
忘忧惟尽善，足以慰心田。

西江月·尽写平生真意
难吐平生真意，细梳千古风流。层楼登罢志难酬，只把闲情煮酒。

舀取星河成酿，捉来新月为舟。谁知梦醒再回眸，照得樽中白首。

天净沙·隐
奇功雅望尘沙，名缰利锁牢枷。志痛心伤意疤。
诗词书画，素居青盏袈裟。

浣溪沙·慕道仙
智圆行方慕道仙，收心内守是观禅。一人赏却万重天。
性命难参人有寄，情丝当斩意无缘。一行一驻一陶然。

浣溪沙·问道禅
难把才情问道禅，缘木求鱼水中天。无求无欲做谪仙。
心内有神神不遇，身边有法法多缘。删繁就简伴清莲。

武章章
茂名南天诗社社员，在校高中生，诗词爱好者。

九张机
独怜红泪染青衣，故此别离寄楚凄。命定缘生三尺布，为卿织作九张机。

一张机，莺花雪落两相依。相依情作芊芊意。行春末语，芳华莫醉。幽咽自哀啼。

两张机，红颜雪柳饰新衣。春宵暖色憔无力。沉沦醉面，轻拂饯泪。尘梦不别离。

三张机，闲窗夜影掩妖姬。娉婷花骨绽嘉丽。花前月下，柳夭桃艳。情梦已穷期。

四张机，琼钩半照月霜霏。云愁雨怨逢娥翠。尘心不染，冰魂雪魄。书尽独寒悲。

五张机，雯华冷傲落孤眉。卑声犹记相思泪。单情惋恨，孤心萧远。贪念恐成灰。

六张机，奈何桥上寄清凄。诉衷别去情千里。流苏覆土，愁颜烦目。风语作吟低。

七张机,缘生随落梦中溪。一朝流尽词中意。无眠销枕,帘屏悲雨。独自泛冥迷。

八张机,长安新柳絮飘飞。萧然一片苦滋味。诀别赠语,才得牵挂。无忘马前思。

九张机,君填此诗为卿痴。九张词曲悔无誓。天涯故梦,又临初雪。今去怎相知。

萧萧惊起夜前身,一曲相思诉离人。苦恨此生情拭泪,为伊愁损也风尘。

长相思·长安尘

梦长安,忆长安。霏落矜伤意未还。相思为那般。

欲贪欢,怎贪欢。洛女孤倚寒玉栏。夜来词曲翻。

诉衷情·玦(新韵)

春朝泠雨胜轻寒。微醉酒正酣。前尘路,莫行难。惆怅亦谁堪。

冷月照影单。夜将残。君明玦玉已非环。自阑珊。

一七令·缘生落(新韵)

离。

缘尽,情及。

还旧梦,醉无期。

征程驾马,恐君鹃啼。

唯卿诗作画,旧曲又一局。

北雪已寒冬夜,无眠销枕更衣。

清颜陌莺折柳去,尘心已作葬头七。

南乡子(王之道体)(词林正韵)

衣袂意阑珊,回惋清泠夜雨寒。萧索不遮愁损处,长安。销枕无眠永未还。

霏雪饰花间,好梦虚生愁作闲。秋上心头春去也,翩翩。回首情莺暗忆缘。

望江南·烟归雨(中华新韵)

烟归雨,漓雾漫多情。衵袂以湿独自倾,争教风影护花铃,闺怨枕函冰。

凉初夜,秋人也凌兢,落尽舞姿残花亭。酬唱不解梦中英。儡儩怎分明。

两间思(古风)

残红零落泪成霜,孤留君影思断肠。郁酌春杯昏对月,未解卿思未解伤。

武志斌

中华诗词学会会员。发表作品近三百首(阕),全国各类征诗赛中获等级奖八次。出版《冰糖葫芦集》一部。

看一张满脸皱纹老农照

日月如牛满脸耘,犁成深浅万条纹。
胸中正气透双眼,汗水似金传子孙。

冬日偶见

雪塘霜瓦千林瘦,寒雀恋巢绕树迟。
飞鸟也学人世戏,一枝刚落又高枝。

乾陵无字碑

仰首晴空饮寒露,千年不吐点滴功。
民心似秤量天地,无字铸成一座峰。

七律·岐山情

凤鸣古县焕然新,秦岭乔山寄语亲。
如画周原三径水,绘图乡镇九龙春。
周公解梦倡仁义,诸葛军岐尽瘁心。
斯邑文明逾千载,歌吟便是爱乡人。

屠呦呦

咬定青蒿不放松,咀嚼品味献忠诚。

疟疾惊迁华佗手，环宇又迵药圣生。
自制高标苦追梦，岂甘娇蕊掩芳名。
悠悠岁月荧荧影，领奖灯光聚国荣。

清平乐·秋兴

故乡真好，鱼在湖中跳。游客观光菊引导，百果林中笑。
邀朋觥错诗吟，杯中多少风尘，已化云烟飞去，无边秋色如金。

【正宫】塞鸿秋·搬家

搬家几被遭劫抢，旮旯旧物堆成冈。儿孙作主全埋葬，老妻件件喷声放。当年丝缕艰，今日锦食忘。全家意见麻婆酱。

【正宫】塞鸿秋·壶口瀑布遐思

大河已远烽烟酷，架琴秦晋音弦怒。借来发韧炎黄鼓，震天雷吼驱千蠹。滔滔素练狂，滚滚向东去，谁能阻挡复兴路。

勿忘侬

名周玲芬，字尔，浙江省温州市瓯海区人。从小酷爱文学，古体诗词创作。龙凤文学院学员，旅居巴黎，现系法国妇女会副会长，欧洲龙吟诗社副社长。

七绝·杨柳（下平七阳）

秋轩寄雨湿寒裳，野竹喧诗我怎忘。
碧叶条条何处去，青枝弱柳透忧伤。

五绝·离别（上平十四寒）

秋风落叶残，暮雨孤灯寒。
此别离情去，何时再聚欢。

七律·一把无弦琴（下平六麻）

微风惬意自悠遐，素上茶台已夜霞。
对月香烟词劲节，催云墨水出奇葩。
无弦手把琴诗奏，有屐方圆画里嘉。

石篆江山春遍野，天文学史博源夸。

五律·家中海棠（下平七阳）

飒爽吐芬芳，花芒粉蕊房。
红棠开艳洁，草色播馨香。
夜籁群名展，晨寒露洒妆。
东篱晖小美，灿烂彩金光。

X

奚道清

男，1969年10月出生，山东滕州人，大专文化，系滕州市诗词学会会员。曾在报刊发表诗词作品近100篇（首）。

五绝·有感

关山遮不住，缘到自相逢。
惜惜杯中语，依依陋室浓。

五绝·吟友小聚有感

关山虽万里，缘到自相逢。
传盏槐香至，感时偏挺胸。

七绝·薛国故城感怀

岁月潺潺薛水长，朝阳城上复残阳。
田文故事风犹诉，散尽云烟麦未黄。

七绝·乡村巨变

山上层层桃李花，轻烟袅袅映光霞。
东风吹染万千顷，百鸟飞来争做家。

七绝·国庆70华诞之城市篇

林青花艳满新城，栉比高楼气势宏。
霓光不夜伴歌舞，莺啭熏风颂党情。

七律·南开毕业廿年有感

二十年来夏复春，静园回望启封尘。

窗前似听书声朗，舍内犹闻笑语频。
世事茫茫堪佐酒，灵犀默默但知人。
南开一别天涯路，为梦何曾忘率真。

注：静园：为上课教学楼。

长相思

春夜长，夏夜长。望断烟云更断肠，江南雨正狂。

爱成伤，恨成伤。雪染青丝愁变霜，烛光浮泪光。

奚锦杰

网名罗杰、海上棋翁，当过农场工人、外贸公司职员、高校教师。业余时间爱好围棋、足球和古诗词。现为大中华诗词协会会员，大中华诗词论坛、沧浪诗人、上海诗苑版主。

七绝·上海诗苑诗友首次聚会（分韵拈得狂韵）

醇酒高怀笑楚狂，诗心何处不流觞？
兴来一聚丰收日，醉揽东风入雅章。

七绝·读陆放翁《沈园》（平水韵，八庚）

几度东风问故城，粉墙墨迹诉平生。
碧波鸿影今何在，泣对兰园不尽情。

七绝·春游（新韵）

晨晖冉冉动春园，草媚花娇古榭边。
满地馨香迎远客，醉白池畔访青莲。

七绝·甲子元旦致友人（新韵）

闲傍孤峰暮霭边，瑶琴古曲忆当年。
春来无限心中事，尽在高山流水间。

七绝·师生重逢（平水韵，十一尤）

别时尚作少年愁，再见唏嘘叹白头。
桃李应知浇灌苦，芬芳花果蔚春秋。

七绝·中秋追思表妹（新韵）

娇女何辜父母心，英才天教远俗尘。
遥思仙界今宵月，一样清晖照旧人。

七绝·冬至（平水韵，七阳）

岁末寒阴始转阳，似回冬节旧时光。
一年宵永今为最，谁更相思比夜长？

七绝·妻退休赠语（平水韵，八庚）

杏坛此别莫悲声，锦瑟年华只半程。
旖旎东风春在望，溪桥柳岸并肩行。

七绝·年味（平水韵，八庚）

佳肴美酿团圆日，寒夜春风百感生。
休道如今年味少，浓浓年味在亲情。

七律·上海大学第十六届菊展观感（平水韵，四支）

又到秋园菊盛时，千形百态斗芳姿。
花香日暖游人醉，云淡风轻骚客痴。
疯媪弄姿留倩影，顽童扑蝶恨高枝。
欢情雅兴书楼外，夕照依依映泮池。

注：泮池，学宫前的水池。此处又指上海大学校园内的主景点泮湖。

七律·早班地铁见闻（平水韵，一东）

熙攘人潮涌地宫，负囊提箧色匆匆。
门开甫半争先上，位空偏常引对冲。
小寐或寻前夜梦，闲聊尤尚未来风。
最奇满座皆垂首，世事缤纷看手中。

七律·夜吟（平水韵，八庚）

遍览沧桑不老情，屏前灯下问寰瀛。

寻章摘句三长事，择韵求诗五内声。
自许怀高多坎坷，由来性拗远功名。
夜阑暂别云中月，清梦悠悠近曙更。

七律·病中辞旧(平水韵,五歌)
年末无端惹疾魔，枕边犹忆旧时歌。
寂由庄老寻归处，闲傍苏辛逐逝波。
漫步长廊清梦远，随心太极雅情多。
斜依病榻吟新岁，遑顾苍天奈我何。

七律·我欠秋天一首诗(平水韵,四支)
我欠秋天一首诗，临窗夜省愧当时。
少年心志花前醉，老岁情怀菊畔思。
杨柳随风痴梦远，芰荷弄韵露华奇。
而今虽忆春光好，更喜桑榆茂实饴。

七律·阴雨吟(平水韵,八庚)
沪上连月阴雨，已创史上同期雨日最高记录。网友戏谓已不知"晴"为何物。
绵绵不绝江南雨，遍湿长天困海城。
已忘曙晖何日出，每思蓑笠傍身行。
春来难觅花消息，云散还惊水噪声。
愁怨情知无一用，漫吟闲弈任阴晴。

七律·股翁自嘲(平水韵,八庚)
老岁哪甘疏淡过，屏前偏学险中生。
飘红市值虽心喜，翻绿行年更胆惊。
涨跌还求天助力，盈亏但许己知情。
牛途杳渺痴痴盼，解套何时账面平？

七律·欧行漫忆(平水韵,四支)
顷接友人赐玉十七联章，极尽铺陈，详细记叙去岁共游欧陆见闻，令几欲淡忘之场景恍如目前，感记。
梦回欧陆探春枝，绿野琼峰竞踏驰。
千载旧墟惊尚在，一城碧水惹狂思。
天藏华典卢浮趣，塔映飞霞塞纳姿。

云里冰川心醉处，履痕欲续更何时？

七律·春游虹口滨江(新韵,八寒)
仲春时节游虹口滨江。20世纪90年代曾在此谋职。转眼二十多年过去，此地早已河山巨变面目全非，令人恍如隔世不胜唏嘘。
雾散风清四月天，缤纷花色美江沿。
暖阳出没轻云里，春水奔流广厦间。
鸥自彩虹桥下过，人从健步道头欢。
凭栏欲问当年事，旧梦难寻北外滩。

枰外杂咏(平水韵,一东,八庚)
(一)
来时迂缓去匆匆，枰外无心看落红。
花谢花开多少恨，闲抛淡忘手谈中。

(二)
两分天下再兵戎，拂袖一拼官子功。
必较锱铢筹算尽，险将半目决雌雄。

(三)
轻疏已致路难通，屡出奇招解困穷。
最喜劫争天下乱，败中取胜笑阿翁。

(四)
枰前一坐壮怀生，大纛雄关百万兵。
妙手招招催白发，争棋局局见痴情。
兴高每出轻狂语，势急但闻老辣声。
厄劫贴身缠斗处，寻常风雅也狰狞。

(五)
人棋一理古今同，成败原非算计功。
念念大端如海阔，斤斤微末到头空。
难因取舍须裁定，妙在行藏好变通。
尘世茫茫多少事，玄机笑看手谈中。

点绛唇(新韵)

昨夜清风,姗姗明月依依柳。驿边执袖,未语先垂首。

已过千舆,意趣说难够。忽停口,侧身眉皱:何日今宵又?

渔歌子·遣兴(词林正韵,七部)

檐下清风静小轩,南窗偷得半时闲。倾紫墨,向秋笺,学将暮雨润毫端。

调笑令·春雨(新韵)

春雨,春雨,道尽人间心曲。兰园脉脉低徊,小巷匆匆去归。归去,归去,怕见枝头新绿。

如梦令(词林正韵,三部)

又是香消红退,难忆旧时佳会。无语怨中秋,空教诗心憔悴。无味,无味,思量不如一醉。

如梦令·端午(词林正韵,四部)

微信遥传亲语,耳畔龙舟笙鼓。芦叶系冰心,包裹几多期许?端午,端午,不绝旧思如缕。

江城子·同学聚会
(词林正韵,二部)

中学同学毕业40年后聚会,颇多感慨,遂仿东坡词记之。

青春岁月梦徜徉,不思量,自难忘。劳燕纷飞,转眼即沧桑。昔日同窗惊不识,身曲偻,鬓如霜。

欢声笑语溢包厢,老来狂,又何妨?锦冠鹤衣,此刻共琼浆!料得年年欢聚处,明月夜,牡丹坊。

江月晃重山·博弈(新韵)
(一)

芯片争端骤启,美中交战重开。大国韬略舞前台。相博弈,魔道共徘徊。

旧日殊途异致,今朝王霸同怀。昌平还自斗中来。硝烟过,笑看劲敌衰。

(二)(词林正韵,第五部)

湖畔枝繁叶茂,道旁花落花开。热风催夏上亭台。晨光里,荷绿看新裁。

世外闲愁逸致,云边诗趣清怀。飞鸿遥寄兴情来。低吟罢,抚掌叹诗才。

烛影摇红·次韵友人
(词林正韵,十二部)

恨向苍天,奈何缘善仍难寿。凄风冷雨折秋枝,未到重阳后。心命似从天构。古今问,谁应不朽?逍遥彭祖,八百春秋,尚难恒久。

鹧鸪天·冬思(词林正韵,七部)

初雪携风拭小轩,枯枝落叶满庭园。冰霜尤惹孤身苦,衾被争消心底寒。

恨天易,忘情难。几回魂梦忆从前。伤心最是今生约,倏忽阴阳两杳然。

鹧鸪天·冬日早起奔医院预约专家号有感(词林正韵,一部;次韵晏几道)

冬枕重衾恨闹钟,倦颜堪比落残红。五更即起伺晨月,一路飞奔穿巷风。

号既约,运交逢。专家庸伍自难同。贫寒唯祷无灾病,从此平安胜梦中。

鹧鸪天·冬至雨思(新韵)

雾锁江桥没远楼,天低云黯百重忧。未及冬到岁终处,已盼春回雪尽头。

祭亲祖,忆朋俦,殷殷情挚水中流。人人尽说今宵雨,换得新年晴日酬。

清平乐·无题(词林正韵,五部)

忸怩作怪,豪气今安在?软语媚词娇嗔态,端的教人难耐。

何日大吕黄钟,浩韵一振长空。柔雾阴霾尽去,笑迎朗日清风。

奚之坤

安徽省芜湖人。喜欢诗词楹联书画,陶冶性情,丰富生活,用笔记录生活的点滴感受。中华诗词学会会员,中国楹联学会会员,中华联墨缘香学会会长等多家诗词平台顾问。作品散见于各刊物,微博,公众号,网络等各大文化平台,并多次被转发和刊登。

荷雨妙花

细雨霏霏织梦霞,含烟垂柳锁邻家。
蝉鸣鲤跃寻真境,荷绿香池戏客蛙。

夏思

碧水观荷万念空,莲香藕嫩佛心同。
污泥立足千竿静,悟道修禅坐懒翁。

夏韵

仲夏蝉鸣柳织丝,青荷擎伞舞柔姿。
蜻蜓点水肥环戏,香客流连忘倦时。

夏景

芳心欲动夏吟诗,鲤戏芙蓉岸柳痴。
点水蜻蜓听窃语,含情晓月暗幽思。

夏雨

雨锁烟霏岸柳欹,晓风袅袅稻齐时。
蝶萦鲤跃芙蓉醉,蛙鼓蝉鸣客赋诗。

小暑

风剪闲云醉墨台,蝉枝噪扰欲痴呆。
蛙藏莲下心弦乱,荷韵池塘入梦来。

大暑

蝉噪云端热浪藏,暑天烈日晒荷塘。
青蓬醉弄莲花俏,锦鲤闲幽晓梦长。

立秋

金风送爽又逢秋,稻熟鱼肥客醉楼,
莫道凉云无远意,独吟硕果自寻幽。

夏爱菊

解放军红叶诗社驻鄂东记者站站长,中华军旅诗词研究创作院研究员,香港诗词学会副秘书长兼论坛副站长,湖北省诗词学会常务理事兼省女子诗社副社长,湖北省楹联学会常务理事兼会刊《荆楚对联》编辑,已出版诗词曲联集7部。

五绝·赞夫君

人言大帅哥,律己忒严苛。
廿载芝麻任,一条清水河。

五绝·茉莉花

洁白寄纯真,清香怡世人。
投杯身不惜,化却俗中尘。

五绝·芦花

簇簇雪无涯,摇摇起柳花。
渔铃白烟里,雁影一行斜。

七绝·游大冶沼山村桃花谷

满谷桃林果压枝,小溪弯转路高低。
前行或入武陵里,许有仙家未可知。

七绝·题竹溪泛舟图

尽日寻诗到竹林,通幽一棹碧波深。
七贤或许前溪坐,高咏引来山外禽。

五律·参观大冶沼山乡村公园
错过桃花节，枝头硕果多。
提篮品红杏，拂翠上高坡。
湖水随人走，鸟群穿树歌。
谁持浓彩笔，画此美山河。

夏桂芳

笔名风雅钱塘，湖北武汉人，中华诗词学会会员，湖北省诗词学会会员，武汉市作家协会会员，《中华文学》杂志社签约作家。诗词起步较晚，作品散见于《国家诗歌地理》《诗词世界》《九州诗词》《武汉诗词》等纸刊及诸多网络微刊，信奉"文字是有温度的"，偶有获奖。

儿时的乡村夏夜
月跌水塘边，筠床一线连。
男人言鬼怪，女子唱流年。
星斗波中散，清风柳下穿。
夜深蝉已静，香稻伴酣眠。

题渡口
倒水河边渡，无人舟自横。
清波闻叶笛，忆起故园情。

卜算子·蝉
不是女高音，无有天鹅貌。鼓噪随风总自夸，恨不神州晓。
世事更无知，却喜轻狂闹。力竭声嘶叫断肠，只是招人笑。

夏可池

现年64岁，湖南桃江人，中学高级教师，爱好诗词书画。退休后客居东莞。

鹧鸪天·沉醉故乡
十载离乡今日还，满眸不是旧河山，
芳坡捧爽花枝俏，碧水生辉锦鲤闲。
人富裕，景斑斓，豪车开上白云间。
银楼幢幢摩天立，野老吟诗舞兴酣。

鹧鸪天·老来梦
岁月匆忙不识愁，漫将白雪抖吾头。
昨天还在青春里，今日却于腊月游。
心未老，志还留，豪情激起再追求，整天陶醉诗词里，不近前贤誓不休！

黄河颂
一河浊浪总浑黄，咆哮奔腾去海洋，
万古无衰豪气盛，千秋有德子孙强。
襟怀浩瀚怀天宇，气度恢宏向远方。
本是中华龙血脉，自强不息秀风光。

鹧鸪天·登华山抒怀
万里驱驰上太华，登峰造极访仙家。
回头只见浓云滚，举手能将旭日遮。
人已老，志无涯，欲将西岳作驴跨，从前未偿凌云志，今若巡天不惧遐。

长城吟
秦汉飞来一巨龙，蜿蜒北国抖威风，
上连云海抒豪气，下枕青峰展绝功。
万国游人叹观止，千秋剑客振雕功。
图腾旖旎中华志，沧海横流壮世雄。

卜算子·遥远的小山村
旭日照芳村，画栋开朱户，靓妹阿哥驾小车，载着情歌出。
皓月挂中天，外起丝丝雾，奶奶爷爷去广场，学跳青春舞。

鹧鸪天·党如红日照山河
日出东方万象新，花头吐艳草衔春，

蜂喧蝶舞描图美，水笑山欢乐物馨。
镰斧帜，太阳神，光芒万丈照华民，当家作主天堂驻，万代千秋谢党恩。

题黄河壶口

黄河煮沸一壶汤，腾雾翻羹出海长。
万古千秋熬玉液，滋生世代子孙强。

夏克明

浙江文成人，毕业于浙江瑞安师范学校。小学语文高级教师，从事教育工作四十余年。爱好诗词。《诗词月刊》等杂志均有作品发表。

七绝·清明祭祖

春风化雨倾盆泪，祭祖怀恩情欲醉。
父母生前君孝否？追思善待扪心愧。

七绝·端午抒怀

离骚巨著耀千秋，爱国忠君德自修。
端午悲哀多俊杰，龙舟米粽孝魂酬。

七律·"六一"儿童节有感

天降无邪赖启蒙，拜师学艺苦勤工。
习文练武求真趣，立德育人扬古风。
柳绿桃红歌盛世，民安国泰记初衷。
喜逢六一开心日，皓首常思党恩功。

七律·七夕节感怀

仰望空阔缀星天，故事传闻多少篇。
七妹颖聪能织布，牛郎良善会耕田。
相亲互敬成双对，作伴齐眉称一缘。
王母仙娘该悔恨，人间恋爱自由圆。

五律·祖国日新月异赞

华夏腾飞日，黎民幸福时。
昔贫讥讽笑，今富赞叹诗。

政体勤创业，诚心攒聚资。
上天入海看，寰宇唯吾持。

南乡子·开学抒怀

耐苦是园丁，滋润禾苗责岂轻。传道释疑师德亮，真行。
移步校楼庭，教育忠诚始有情。培养八方才学子，精明。乐憩心安冀凤鸣。

小重山·游文成下石庄村

耸立群峰福地边，细潺潺曲水绕村前。山高途远可车连。舒望眼，雕饰画廊妍。
看大道诗联，妙词镌咏对，觅文言。古村烂漫焕新天。企盼日，富裕赛神仙。

浣溪沙·退休感怀

执教挥鞭岁月艰，青丝浩首指弹间。人生苦短梦天仙。
朝暮唱吟风雅颂，春秋观看草鱼鸳。夕阳映照竹松暄。

夏克琼

浙江文成县人，1940年生，1959年参加海军。军旅16年，先在舟山长涂巡防区服役4年，后在福建、上海、温州三个水警区政治部任干事12年。1975年转业任文成县电业公司调度员、所长、经理、副局长。系文成县诗联学会会员，浙江省诗联学会会员。

七律·晚年自律

年逾七秩入高龄，继续传承屋建瓴。
掷地有声防残月，冲天无力做明星。
难能我辈书中戒，自得人生座右铭。
晚节如同光普照，平凡慰藉享安宁。

七律·风雨同舟
风雨行舟五十春，双双匡护齿依唇。
花前月下和声递，梦里天边好语陈。
互敬鸳鸯齐梦想，相濡燕鹊共精神。
当今享尽人间美，携手争超百岁姻。

七律·刘基故里
丽水迁移落武阳，俊才曾祖赏诗乡。
房依五角仙峰岭，面对双心笔架梁。
右侧青山含宝剑，左边绿野见茅冈。
金龟把守村门口，垟降七星代代煌。

注：五角仙峰、笔架(山)、宝剑(山)、茅冈(弓箭山)、金龟、七星均是伯温故里周围山、地、景的名称；曾祖：指伯温的祖父。

七律·杨梅赞
仲夏骄阳热正时，霉前雾雨尽天司。
花开除夕谁能见，果结新年自可知。
绿叶丛中争秀气，青山幽处现英姿。
与君送别桃樱李，傲日亲迎桔荔枝。

红枫街道
苗壮高升十数年，大关三里两边延。
冬红顺理秋风起，春绿听从夏日牵。
地面车流拖白雪，天空蝶舞撒金钱。
城中少有黄糖槭，享誉街区一片连。

注：糖槭：枫树的别称。

五律·梧溪圣地出贤人
治国显文人，平番出武臣。
悠悠年献瑞，历历岁回春。
福地连神境，天君羡世尘。
将军名细柳，宰相续三轮。

七绝·飞云湖
水蓄峡中深似海，眼观湖底浅如沟。
丛山倒映青红绿，镜照清波丽景收。

减字木兰花·颂英雄周锦勇
英雄厉练，危急关头冲似箭。一向亲民，游客安全献自身。
初心兑现，日照彩虹红一片。时代先锋，搏斗山洪变劲松。

注：周锦勇，温州鹿城区山福镇消防队一班长，于2019年7月3日晚为救被山洪围困的15名游客而牺牲。

夏利民

女，本科学历，兴隆县工商局退休干部。编著出版自传体回忆录《岁月如歌》，散文、诗歌《在那桃花盛开的地方》《卜算子·歌伴舞》《咏梅》《春到山坳》等先后在省市县级刊物上发表。

五绝·诗缘
偶遇幻虚缘，神姿醉玉颜，
随妮潜入梦，遨骋宇琼銮。

七绝·梨花赞
冰清玉润雪梨花，典雅柔姿绽韵霞，
不与百芳争秀艳，暗香滴萃沁千家。

七绝·蓟州观牡丹园
四月春芳赏牡丹，天香国色韵脂含，
雍容华贵风姿美，醉沁心脾恍遇仙。

卜算子·盼春
严冬朔风吹，冰雪寒侵髓，万物生灵待回暖，期盼阳光媚。
大地思雨霏，枝叶依光翠，燕昵莺飞花灿时，满眼伊人醉。

如梦令
异地夜深梦绕，恍入故乡山坳，云舞蕴姿飘，青翠叠峦环抱。曼妙，曼妙，云卷云舒惟俏。

夏敏

笔名北漂,河南省息县人,挥手扫凡尘,执笔写诗文,热爱摄影,热爱文字,热爱一颗积极向上的心。

五绝·大雪
日照卷寒风,人稀马路空。
今朝君未到,夜晚飒天宫。

五绝·冬雨
晨钟风哨起,树叶满天飞。
马路华灯暗,凉湿乱点衣。

五绝·红梅傲雪
腊月寒风冷,琴弦素裹珑。
突来阳照射,飒爽曼天红。

五绝·秋分
白露凝成霜,均衡昼夜长。
风吹琴韵醉,落纸瘦诗行。

五绝·暮秋
寒霜降雨叹沧凉,一夜西风吹枝长。
栌叶离愁林尽染,回眸一笑待春装。

五绝·小寒
雾霾灰白暗无光,依灯昼夜亮厅堂。
白衣使者下凡尘,双节恰逢小雪扬。

七绝·春
路径旁边处点绿,河坡细柳桂芽新。
孩童喜闹欢声脆,欲驾东风唤醒春。

五律·月
举头望明月,凝霜千古悠。
织女双眸盼,牛郎万目投。
夜静辗眠入,晨明缠梦愁。
叶萧寒风冷,秋怅念故州。

五排律·秋
舟寻雅致流,一叶落知秋。
雁点晴空去,蝉迁寒枕忧。
荷塘残月影,柳巷雨烟洲。
痛饮一杯酒,喜赋两诗讴。
疏桐悄潜入,晚枫染金丘。
欲栏山川韵,独攀赏月楼。

渔家傲·绿化队
鹊婉曦鸣机器诡,清风送腹明心智。觅绪闻香源头尾。长龙卉,修枝整妆嫩芽魅。

绿毯席衿尊碧翠,仰天湛湛蝶飞醉。丛蕊花繁侵撕髓。夕阳骥,豪挥余热娴才技。

西江月·醉仙翁
天热门墙角倚,地凉骨瘦蜷思。盘膝抱臂腚履骑,仰首张口睡。

口笑啜音尘吃,颜开磕饮食滋。异孤回收鬓霜凄,梦蓬莱宴会。

蝶恋花·异客
仰慕京城观帝翰。古物雕建,春夏秋冬炫。陌然风霜来去栈,无期聚散梨花宴。

忘蜀留都劳务辗。赏粹俗馋,误入桃花苑。疾苦念乡府远,青岁霜鬓归根眷。

浪淘沙·送曹老
老骥食才生,枯竭油灯。圆暝乘鹤憾雷霆。汹涌银河城溢哽,人间潸嘤。

艺湛尊德倾,怀念汤羹。长街十里蹬音轻。疾去阴朝传膳众,两界辉清。

夏小燕

山东省泰安人氏，1991年幼师毕业，后下海经商至今。自幼酷爱诗词，闲暇之余常耕耘于笔赋，流连文字之塘。

五绝·夜殇
堂前清煮酒，满地落花残。
泪眼空怀月，相思醉里弹。

五绝·鲤鱼
青荷摇碧水，旧燕落低塘。
醉卧池中鲤，秋浓意渐殇。

五绝·石榴
金樱压翠色，姗袅舞秋盈。
皓齿红玛瑙，冰壶露降成。

七绝·秋风
落叶飘飞霜露冷，枫林雾罩紫沙坪。
残荷挺立独摇曳，一缕秋风醉月明。

七绝·秋雨
缠绵细雨清风嬉，漫野残花乱卷飞。
日暮寒凉添更意，回归阡陌影踪稀。

七绝·秋叶
金黄漫路舞婆娑，倩影飘飞秋染画。
叶落归根厚土情，浮沉胜败无牵挂。

七绝·柿子红了
满山红灯醉晚霞，秋风踏歌西边月。
清溪照影柿染霜，树下儿童笙远没。

七绝·秋思
池塘空寂星月宁，碧荷秋残涟漪听。
静夜石桥思过往，风打落叶雨飘零。

七绝·秋水
落日昏鸭戏水柔，琴箫月色醉春秋。
渔歌暮晚滩头过，万里清波逐叶羞。

七绝·秋思
旭日秋风香吻浅，东墙金菊花蕊展。
无心自醉舞骄阳，陌路柴门闻吠犬。

夏新俊

字玉溪，别号月山桂子。1951年生，湖北浠水县人。湖北省诗词学会会员，东坡赤壁诗社社员。清泉诗理事、副主编。著有《玉溪诗稿》。有作品发表于各种诗刊，并多次获奖。

七律·村居
村居日日得清闲，晓听娇莺暮看烟。
春柳桃花穿紫燕，夏池红鲤戏青莲。
秋阳丹桂香幽院，冬雪梅花入小轩。
时弄耕锄舒倦骨，心平气爽乐延年。

咏燕
来清去白觅芳踪，北国南疆展丽容。
紫禁城中夸富贵，琼崖石壁效渔翁。
垒巢育子雕梁下，除害捉虫大畈中。
绿树红花欣共舞，一声欢叫掠长空。

登叠彩山
层层彩缎叠悬崖，拾级寻幽处处嘉。
风洞清凉无夏暑，月峰高峻饰春纱。
青螺玉带连珠串，广厦琼楼望眼赊。
秀水奇山看不尽，来生做个桂林娃。

咏菊
觅得南山五柳家，不求斗米慕虚华。
荷锄耕种迎晨露，把酒呼邻唱晚霞。
浅色几重添逸兴，疏篱数点乐桑麻。

风刀霜剑何曾惧,自有清香万世夸。

无题
匆匆一别又三秋,夜半依稀倩影浮。
执手幽窗情缱绻,飞红小径意绸缪。
相思正似杨花落,离恨偏如春水流。
自叹三生无旧约,馨香月下苦勾留。

钗头凤·游沈园
园依旧,风吹柳,陆游唐婉缘情诱。亭台内,曾相会。佳人才子,柔情凄美。悔!悔!悔!
弦歌奏,花中溜,欲将新阕吟黄酒。秋阳媚,飘香桂。千年佳话,钗头难配。醉!醉!醉!

渔家傲·剑门关怀古
剑阁雄关真叫绝,猿猴飞鸟愁难越。绝壁巍峨插帝阙,霜天月,犹闻鼓角戈矛钺。
蜀相北征心力竭,五丁砍石英雄咽。天险雄关朝国灭。堪悲切,空陪阿斗流冤血。

行香子·游黄果树瀑布
百丈悬泉,万斛珠翻。近犀牛,万马声喧。水帘洞里,游客摩肩。笑吟嘉景,凭烟雨,湿衣衫。
伟哉黄果,令我流连。同游催我快回还。管他什么!细赏漫看。正风儿吹,红霞泛,醉花间。

相启艳
女,汉族,中学教师,爱好广泛,尤喜爱古典文化,在诗词的创作上,不断学习,不断提升,最大的愿望就是将来做一个中华国学文化的传承人!

七绝·兴安杜鹃
五月微风欲拂枝,兴安秀色总归迟。
春姑补救施纤手,遍岭杜鹃吟小诗。

七绝·达子香
五月迎春我盛装,枝枝簇簇吐芬芳。
红霞一道栖松岭,莽莽兴安达子香。

七绝·春日飞雪
春分北国也飞花,大地朦胧尽著纱。
白蝶穿林枝上舞,不输梨雪任人夸。

七律·祭凉山英灵
谁道阳刚已鲜闻,凉山莽莽悄留痕。
冲天烈焰飞禽散,漫岭浓烟走兽奔。
为保山林披义胆,平消火海献忠魂。
青春不朽音容在,碧血丹心浩气存。

浪淘沙·飞雪
寒宇布瑶华,漫卷天涯。琉璃冰面绽琼花。似絮翩翩歌伴舞,大地披纱。
山寂匿昏鸦,晚照微霞。千枝万朵玉奇葩。香冷凝脂君细品,煮酒烹茶。

天净沙·兴安春雪
暮春陡落琼花,一时山野披纱,白蝶翩翩柳下。东风愿嫁,落尘埃润新芽。

蝶恋花·北国春
冰雪迟融萌绿草,紫燕斜穿,岸柳红霞罩。白桦青松将岭绕,杜鹃烂漫群山俏。
五月兴安春正好。细雨和风,溪水开怀笑。弄影逐光情未了。云笺彩墨诗心表。

浪淘沙令·丁香

偷眼过栅墙,缕缕秾芳,枝枝簇簇紫丁香。自古多情应似我,百结柔肠。

风里正凝妆,粉墨登场,深深浅浅赋词章。留得清名与素客,一扫寒凉。

湘涵

号潇湘散人,出生湖南永州。职业为医、玩文为辅。闲时喜交朋邀友、吟诗赋对,深圳市市属某三级甲等医院工作。2008年开始真正诗歌创作,耕耘文字十年,创作不少诗词。作品散见于众多纸刊、互联网、公众号平台。风雨十载、笔耕未息,平常之心,获奖不少。行医之余、养诗于心!繁华都市,不为纸醉金迷所迷!现实世界,不为尘世万事所困!秉承初心,方得文字芬芳;始怀诚心,方可见工闲插字;永抱佛心,方修来涅槃重生。在诗词天地,我愿默默前行,愿踏实做一个文字搬运工!

五绝·咏莲
一柱碧云天,三生不等闲。
修得鸿皓志,无拒老泥煎!

咏荷
洪湖碧荷漾欢幽,李杜诗风照客流。
坐看人间千样美,行观尘世万般愁!

写于2019年7月21日

七绝·咏莲
一朵白莲一朵胎,半脱闹市半浮台。
看穿人世奢淫贵,独自揆风水中开。

夏荷意悠
六月花当头,柔心唱晚舟。
凡尘不俗子,朵朵意悠悠。

鸳鸯双栖荷下感怀
双双栖憩墨荷怀,朵朵红莲向上开。
美满人生如只此,夕来朝对爱屋台。

鸳鸯戏水感怀
锦翅双栖水涌天,玉唇三弄素青莲。
长风揽胜荷作媒,满眼安福不羡仙。

荷塘晨唱
日出晨阳三尺高,渔夫横楫采莲蒿。
不睬豆娘浮清水,醉看红头迎客骚。

夏日听莲物语
枝枝翠叶斗星辰,朵朵红花女子身。
风露竹溪听华语,香销莲畔醉游人。

夏日荷趣
绿衣红头满传芳,金丝翠鸟赴荷塘。
情深一望怀秋水,莲叶含羞醉春光。

夏日荷韵
花莲倚梦并头红,素荷临池步九容。
情到浓时浮丽水,绵绵爱语向天彤。

向明月

男,曾用名金知之。上山下乡近9年。大学毕业后,高中任教任职14年。后在宣传、教育等单位从事管理工作。曾任四川省青川县教育委员会主任、中共青川县委统战部部长、政协青川县委员会副主席。中华诗词学会会员、四川省作家协会会员、四川省诗词协会会员。从1977年至今,已在中央、省市报刊及各种选集发表各类作品两千余件。2018年由四川党建期刊集团、四川民族出版社出版诗词选集《侧耳千年画外音》。

水调歌头

惜无一壶酒,陪我舞花间。诗词歌赋相爱,时刻雁书传。春色重来醉罢,先赠汉唐两宋,活字可排完?韦编牛车去,新纸岂须眠。

前哲远,留李杜,后世叹。古今乱象,气卷万里不胜看。多少专家学者,满架高谈阔论,竟是袭陈言!未去凡尘走,笔墨尽艰难。

醉花阴

美人才子波不起。自有扶摇意。牵得缘分传,弦畔谁人,夜夜书频寄。

一章一页前人累。魂魄精华斐。长路古今通,欲发诗情,又恐文思次。

更漏子

杂志轻,经典重。幽静悠然房空。小路远,一灯传。文思不暂闲。

场景迫,各自释。付与西风无迹。莺飞远,菊花残。独行何谓难。

贺新郎

漫读时人醉。数风流、陶潜隐也。桃花源外,多少先生寻清静,错认佳期已至。但多赋、蜃楼海市。南北东西千万里,意可通、悟得其中味。理不出,枝摇曳。

空中一朵留人醉。有谁知、蓬山何在,小船欲济。能否相逢,云端客,硕果情怀催睡。尽去去、愁来怎避。王母蟠桃应领取,梦醒来、犹自听闲说。可饮否?自来水。

八声甘州(二首)

一

倚高台四季尽消磨,苦读出深山。伴风光犹是,先贤圣哲,作我书笺。时与高人晤面,送笔墨灵泉。三日不知味,血热心宽。

一卷诗词在手,正马蹄声急,岁月能延。有英灵招手,且行走云端。种风华、生长硕果,再挥毫、写入世良言。乾坤朗、只行正道,无暇辛酸。

二

忆昔年稼穑一书生,度风雨年年。只老牛为伴,群山起伏,茅屋炊烟。燕子黄莺麻雀,先后叫声连。不见秋冬去,一笑嫣妍。

幸得馆书读我,也低吟默念,胜似人间。况三餐无虑,有接济衣棉。受教也、此生铭记,有文章、学子几传看。知勤奋、春风化雨,夜读安然。

洞仙歌(二首)

一

油灯趋暗,倚银河光水。文意还飞破窗外。约天公、为我春种秋收,送教室,满了油盐肉米。

书本犹可问,学海无涯,能让诗词满三昧。拔剑舞秀才,动魄惊心,休管此、晚凉风气。奈天险巍巍问星神,更孤烛楼台,景情难止。

二

生辉蓬荜,聚飘萍如水。无视华装丽人袄。读经文、庄孔诸子斯基,史迁在,几净室安已会。

不斗奢贮墅,酒圣诗豪,收入胸中自齐备。喜各竖标杆,高我行情,扶摇上、有谁得似。自一纸文凭所为何,算天上凡间,莫非如此。

注:斯基指当时占主导地位的苏俄文学,车尔尼雪夫斯基、马雅可夫斯基等。(依《钦定词谱》,协《词林正韵》)

向小文

现任《诗词百家》杂志主编,北京久恒林文化传媒总编辑。实力派诗人、诗词评论家。湖南邵阳人,本科学历,汉语言文学专业毕业。本当躬耕于教师生涯,误撞于文学图书出版、期刊杂志行道。长期居京,从事文学编辑策划工作。好文学评论,喜风雅传统诗词。有《清新俊雅好诗风——评向小文的诗词风格》评论文章被《湖南日报》《中国楹联报》《湖南诗词》《邵阳诗词》《双鸭山矿工报》等媒体转载宣传,发表诗词评论研究文章多篇。

坐磁浮列车去长沙黄花机场
朝来邂逅彩云霞,一路悬浮闲看花。
窗外秋风握了手,依依惜别在长沙。

登山海关
鼙鼓旌旗血色飞,一人好战几人回?
世间多少兴亡事,何苦城墙来作为。

出山海关
清风问我几时还,一去别离山海关。
回望城墙沉寂寂,且和心事付燕山。

打工新别
无可奈何追梦人,营生难得自由身。
春风吹过回头看,阿母门前那片林。
正是春光绚烂时,有心归燕却难持。
桃花哪管人间恨,一路盛开三两枝。

拜谒延安宝塔山
丰碑在此欲寻还,惟见飞云宝塔间。
磨难曾经都是爱,春风早已漫青山。
临风宝塔落云巅,疑是重霄玉笋悬。
九曲延河情未了,奔腾到此亦流连。

春日赏桃花
料峭春寒万木春,桃花灼灼比朱唇。
风情摇曳清香落,拚把容光引路人。
寻春一路问桃花,满目芬芳带粉霞。
正趁风光无限好,缤纷摇落自清嘉。

参观费世明诗词园有感而作
历来生计少诗心,君却孤行不屑金。
寻梦云乡终结果,一腔抱负付碑林。
满园春色走停停,流水相闻沐耳听。
信步碑林天渐晚,任由诗绪到昏暝。

坐飞机有感
青云直上一景花,千里乘风追彩霞。
天路今朝由我走,乾坤此刻任心划。
回头脚下川成网,放眼峰巅斗是麻。
万象擒拿于举手,苍茫穿越指间沙。

向新民

男,1952年生。现为武汉市东西湖区诗词楹联协会副秘书长。老三届知青,工人。下岗后自谋职业,现退休。有作品发表在《写作》《鹰台诗社》《武汉诗词》等刊物上。

【越调】天净沙·老知青忆初栽秧(新韵)
追思往日发飙,回乡栽种秧苗。挥汗波中日下,树荫谈笑,知青心比天高。

【中吕】普天乐·忆当年(柏泉)连通湖修水利(新韵)
北风凄,茅棚陋。兴修水利,企盼丰收。人即行,牛出厩。大雪知青衣湿透,战严寒,谁敢忽悠!乌鸦禁嘴,孤灯微影,男女胡诌。

【越调】天净沙·题玉兰姐彩照(新韵)

京腔徽韵昂扬,青衣花旦浓妆,楼内湖边亮相。曲词文社,都迎赵姐登场。

【越调】天净沙·农场夕晖景(新韵)

莺鸲燕鹊云天,葡萄扁豆花帘,乌桕枫杨苦楝。幼童呼犬,合听舞曲缠绵。

向志平

路

欣看沧桑百业隆,蜘蛛结网贯华中。
今由北极抛丝带,一日赴欧无远东。

水饺

未经岁月皱纹丰,腹小堪容天下葱。
只望光鲜焉解味?香甜酸苦在心中。

父亲节有吟

亘古开天父子亲,勿须言教影随身。
一招一式为明镜,常拂菩提不染尘。

长沙飞法兰克福晨光中口占

千里云霞足下翻,俯看尘世几行烟。
有心修炼难成道,无意登高却顶天。

应约为《出彩绥宁人》一书作

穷山儿女志非穷,精彩人生映岭红。
闯荡江湖伤累累,崛兴事业火熊熊。
乡音难改初心在,闹市堪留老宅空。
椽笔细描多好汉,云天义薄鼓东风。

竹林七贤之向秀

酒不留名卓见留,志同避仕竹篁游。
书生助锻山风鼓,庄子痴迷梦蝶浮。
怅望故庐闻笛赋,寄栖常侍让心幽。
承其余绪玄风振,百世难遮郭象羞。

注:据《晋书卷五十·列传第二十》所载之意,郭象《庄子注》成书三十三篇,是其窃取向秀未注完的《庄子注》,自注《秋水》《至乐》二篇,又易《马蹄》一篇,其余众篇仅点定文句而已。

清明感怀

卅年游宦楚江滨,暮景垂垂临老身。
柳翠才逢三月节,英红已过二分春。
惊看岭上多新冢,堪叹门中少故人。
六道轮回不由己,繁华百载亦归尘。

游山

峻岭重重胜探险,老夫膝软慢登攀。
万寻深谷藏谜底,千仞危崖隐雾间。
溅玉飞泉留不住,悬空栈道上真难。
栖迟日暮心无力,堪借青峰作靠山?

人间烟火味

四十年前山水光,穷烧茅草煮黄粱。
饷田寄望望中失,饿饭刮锅锅底创。
苦痛犹新谁解味?温晴如故雪须防。
丝丝烟火穹苍上,直到天庭叩玉皇。

项琳

女,安徽安庆人。中华诗词学会会员,安徽省诗协会员,安徽省女工委会员。枞阳县诗词学会会员。作品散见于网络论坛、微信期刊及有关报刊。

七绝·秋

落尽红衣叶染秋,伤心病骨更添愁。
牛郎远隔三千里,孽海情天乱云囚。

七绝·无题

神州万里好山川,西有昆仑北有渊。
我自烹茶花下坐,闲着流水浣云烟。

七绝·浮萍

安得风流一味酣,轻狂日久悟羞惭。

思来毕竟无根底，漂泊由人总不堪。

七绝·乡思
蓼岸凋疏菊未妍，茱萸隐约隔云烟。
楚山顶上徽州望，雨雾濛濛不见船。

七绝·赠李逸仙
谁说秋来寂寞天，芦花枫叶绘诗篇。
红糖慢渍丝丝藕，欲寄云边李逸仙。

七绝·杨玉环
本是胡奴祸乱添，却将误国嫁婵娟。
三军不伐殃民贼，还道忠君效古贤。

七绝·游览赫图阿拉都城感吟
过往匆匆抚顺行，万千遗恨旧宫萦。
当年大汗今何在，几堵残墙夕照迎。

七绝·悼古战场
旌旗猎猎鼓如雷，万马千军白骨堆。
锦绣江山多血染，青川碧水自萦回。

象皮
又名莫谈诗。本名靳晖。1972年生，河南郑州人。现为猛犸新闻总编辑。

印象回十年（选八首）
1982
一夜风行武术潮，牧羊小曲满山飘。
少林古刹非常道，宝胜奇人更大招。
马岛雄兵惊海色，英伦女相蹶天朝。
成名自是文章最，笔下人生怀路遥。

1984
游子洋装中国心，今宵难忘有徐音。
两山铁甲轮番战，街上红裙随处寻。
港岛收归终立契，洛城震发首争金。
小平您好长街过，历史瞬间思至今。

1985
谁与争锋看射雕，蓉儿情恨早香销。
长城南极欣成站，死士金沙悲触礁。
苏共六朝迎后主，球迷五月卷风潮。
和平发展当今事，百万裁军胆气骄。

1986
一无所有更何求，我亦曾经问不休。
回答朦胧诗北岛，踏平坎坷记西游。
绿茵谁敢称王者，老马神来赢手球。
万里长江愁虎跳，洛阳好汉首漂流。

1988
功过千秋可不谈，蒋家二代逝如昙。
民通台岛犹多泣，兵败汉城当自惭。
电子高能分正负，赤瓜血战是儿男。
一场游戏一场梦，十万人才下海南。

1993
捷克单飞合久分，欧盟一统自成群。
家驹陨坠传奇逝，岁月光辉天下闻。
华夏传扬鳖精力，田坛惊骇马家军。
萨翁吐语悉尼夜，遗恨北京清泪纷。

1994
几多忧郁属巴乔，绝地皮球惊一飘。
同桌分飞爱情鸟，老狼开唱校园谣。
才闻波黑平民死，又见车臣战火烧。
西域油城多少泪，都随稚子化烟焦。

1999
国运谁当论列藩，欧洲欲统用欧元。
南联盟内悲风咽，北约军前声气吞。
无赖夜空飞导弹，忍看使馆化颓垣。
葡人惆怅千禧夜，盛世莲花开澳门。

— 1287 —

肖北平

男，现年60岁，湖北省蕲春县人，野草诗社、东坡赤壁诗社社员，蕲春诗词学会理事。个人诗词作品曾被多家专刊、微刊采用。

步李殿仁社长原玉贺武举办世界军运会

三镇敞襟接大洋，两江舒袖慨而慷。
雄兵列阵声威壮，猛士交锋血气刚。
百国相争襄盛举，千军际会创辉煌。
楚乡赛事焕风彩，世界和平溢桂香。

"八一"感怀

要溯源头党管枪，铸就军魂在井冈。
火种燃薪摧腐朽，红旗浸血染华章。
初心不忘情坚韧，使命担当义慨慷。
利剑须从磨砺出，披肝沥胆锻金钢。

纪念建党98周年

南湖缔党聚英贤，风雨征程近百年。
倒毁三山除旧制，翻腾四海谱新篇。
强军亮剑金瓯固，治国施招绮梦圆。
不忘初心凝合力，红旗映照艳阳天。

人民海军70华诞感怀

强军向海创辉煌，万里深蓝固国防。
北域挥戈冲岛岫，南疆亮剑筑铜墙。
核潜赫赫铸鲸盾，航母巍巍镇虎狼。
劲旅王师华诞日，五洲来贺帜高扬！

纪念五四百年有吟

百年五四仰先贤，不朽精神代代传。
爱国燃情昭日月，唤民觉醒震云天。
书生意气催狮醒，热血青春逐梦圆。
德赛先生尤可敬，中华崛起续新篇。

清明敬挽凉山救火遇难英烈

凉山火起鬼神愁，烈焰腾空扑不休。
三十英雄拼一死，满腔热血炳千秋。
魂飞故里群情沸，命舍黄泉壮志酬。
恰值清明同国祭，倾盆泪雨逐江流。

咏柳

江滩无处不安家，雨润枝头发嫩芽。
水岸垂丝撩乳燕，篱边照影艳群花。
躯枯干老萌春梦，叶绿根深焕物华。
欲共兰舟迎远客，任随村女浣溪沙。

游庐山石门涧

匡庐绝胜不虚传，双阙层峦接九天。
山涧流泉飞野雀，石门溅玉袅云烟。
爱心池畔寻幽洞，潜隐湖边踏铁船。
喷雪奔雷鸣翠谷，涛声琴韵共缠绵。

肖翠凤

女，江西省龙南县人。是中华诗词学会会员，江西省诗词学会会员，赣南诗词楹联学会会员，龙南县诗词楹联学会副会长兼秘书长。

排律·今日正桂乡村

乡村仙境媲苏杭，正桂观光喜若狂。
寨下新居迎远客，湖边亭榭缀长廊。
两祠并著承忠义，百树参天示赞扬。
渠网流通田地处，巨榕倒映水中央。
门前杨柳三分醉，屋后桂花千亩香。
世外桃源何处觅？流连忘返看"鸳鸯"。

七绝·珠海航展

万头攒动仰蓝天，鹰击长空态万千。
珠海踏秋飞梦想，高科航展史无前。

七律·美丽画廊

人间仙境举苏杭,怎及黄沙美画廊。
千圃紫霞流国色,万山橙树掩新房。
创新发展旅游旺,勤恳耕耘稻海香。
僻壤穷乡今不在,脱贫致富胜天堂。

水调歌头·七秩回眸家乡变迁

锣鼓震南垫,旗海映桃川。故乡百里回望,沧海变桑田。山野机声奏乐,僻壤新村入画,鲜果满山峦。京九贯南北,高速绕山间。

治贫穷,谋富裕,著宏篇。三江六岸,龙邑风貌最娇妍。围屋洋房媲美,古典新潮互映,大美我家园。展望明朝景,更上一层天!

踏莎行·客家乡村闹元宵

锣鼓喧天,山村澎湃。观灯走马童心在。秧歌一扭展风情,龙狮双耍观豪迈。
龙体焚香,烟花焕彩。飞珠溅玉仙葩态。猜谜赏月共游园,良宵美景人间爱。

浣溪沙·黄沙马鞭草花海盛况

闻道黄沙花盛开,呼朋唤友觅香来。紫霞千圃胜瑶台。
车水马龙观异卉,人山人海踏蓬莱。畲乡锦缎任君裁。

蝶恋花·赞龙南元素《我在关西围听见斑鸠调》登上 2019 中国旗袍春晚

一曲斑鸠高亢调,传统茶腔,组合旗袍妙。围屋深深春意闹。美人款款T台绕。
惊艳梨园花窈窕,亮相全球,佳丽风光俏。万众观摩齐赞好。龙南元素荧屏耀。

七绝·九连山枫林

一抹斜阳照九连,漫山枫叶岭头鲜。
松杉百里青屏帐,唯有君容赤帜妍。

肖德安

供职于辽宁省庄河市人力资源和社会保障局。

七律·荷花颂

凌波仙子郁葱葱,夏日花繁雅韵浓。
袅袅轻柔茎叶碧,亭亭玉立蕊苞红。
中通外直情真挚,雨打风吹志更雄。
不染淤泥诚可贵,英姿飒爽沐清风。

七绝·荷花赞

映日青荷别样新,花繁叶茂醉游人。
娇容雅态涵仙韵,玉骨冰心不染尘。

卜算子·莲花吟

未慕牡丹娇,苦恋池中藕。出水芙蓉胜似仙,笑靥开颜秀。
泥淖岂能污?玉体何容垢?不惧邪风冷雨侵,甘愿清凉透。

_{注:1.莲花,即荷花,荷花是莲花的别称,亦称芙蓉。2.淖(nào),意为烂泥,泥沼。3.靥(yè)酒窝儿,嘴两旁的小圆窝儿。}

肖德权

欧洲一道诗艺社·意大利华裔作品,热爱诗词创作,发表作品于欧洲华人诗刊。

流莺

枝头作榻数星辰,甘以嘶声来唤人。
百啭非关前路渺,千寻只觉大楼新。
步轻檐上犹惊梦,羽掠花间兼洗尘。
岂是孤眠怨遥夜,为教慵懒识时珍。

意国枇杷

飘零万里暂栖身，车马曾经不染尘。
金果岂缘金眼识，旧枝倍觉旧邻亲。
莫愁世上多歧路，应幸羁中有故人。
老眼思归空望断，留些褐核作传薪。

卧游大若岩石林兼次余、南、谷诸师友

气涵太古迹犹浓，鹤唳声声绕乳钟。
林下身经偶成影，洞中羽化竟无踪。
激流挂壁三重瀑，砥柱擎天十二峰。
吾愿谢公真有力，不教山水改初容。

依韵余师山村访友

不堪华发接晨昏，循迹探贤向旧村。
尺素有缘销梦想，风云得气赖同根。
室无长物清贫乐，胸蕴才情讽咏存。
论及当年金石谊，一杯浊酒足寒暄。

次韵呈意国牧云兄

人前说饼味俱尝，去国羁怀最恋乡。
旧榻软红多酪酊，锦衣行夜不张扬。
半生风雨少陵路，满腹诗文长吉囊。
淡得名心似杯水，高楼独上一儒商。

注：牧云兄系瑞安市高楼人。

端午感怀兼次余师

又闻锣鼓响，竞渡掩行吟。
佳节愁中过，鱼龙波底沉。
问天添鬓白，遗世识机深。
散发三千里，轮囷屈子心。

贺瓯海诗词学会己亥年会兼次韵清音老师

高筑吟台瓯越闻，且持平水席间分。
殷殷怀抱观今古，磊磊豪情遏雨云。
杯转筵前堪说饼，运交月旦未离群。
江山指点惊人句，不是时流借酒醺。

肖广重

小学高级教师，酷爱诗联创作。

新春（一）（平水韵）

声声鞭炮震耳鸣，村村街上彩灯明。
人人换锦新春贺，户户高歌佳节迎。

新春（二）（平水韵）

家家鞭炮响声连，户户烟花火树悬。
金鸡报春催早起，玉犬开口是新年。

新春（三）（中华通韵）

晚生长辈拜新年，童幼兜装压岁钱。
民众习俗古今有，中华传统万祥传。

瑞雪（一）（中华通韵）

琼瑶遍野飘然下，路客坡银速返家。
道侧白杨两旁立，犹如腊月玉梅花。

瑞雪（二）（中华通韵）

天公慈善雪花飘，今载玉蝶初次凋。
惟翰莽茫笼沧海，田园久旱立急消。

瑞雪（三）（中华通韵）

风止雪停天更寒，宇寰莽莽翠衣衫。
山峦叠嶂坡银甲，路柳双行玉锦穿。

连理枝（一）（平水韵）

吉辰良日已临近，相爱安康赤凤鳞。
玉马飞腾接淑娇，金鸡报晓待嘉宾。
宝池伉俪高堂拜，祥宅荥阳纳主人。
夫妇同欢交睫酒，洞房之内永温淳。

连理枝（二）（平水韵）

梁山肖府喜盈门，田野河流迎妇人。
成洋毕生贵德相，需萍地设美容身。
郎才女貌天涯合，黄道良辰配偶新。

民政户房添注册，辛恩丰满永温淳。

肖汉斌

男。湖北省公安县人。一个热爱大自然，喜欢信笔涂鸦的诗词楹联爱好者。石首市诗词学会理事，公安县诗词学会和楹联学会理事，荆州市楹联学会会员，武汉市诗词楹联学会会员，香港诗词学会理事，中华诗词学会会员。

红叶

恍若晴霞落，浑如野火烧。
宁交溪水洁，不借浪花飘。

早春回乡见闻

千顷农田千顷波，轻风习习旭阳和。
何人颠覆耕家事，冬养龙虾夏插禾。

老屋

分明炎夏热，睹壁却生寒。
书案蒙尘垢，灶台堆旧盘。
蛛丝网情久，年画说形单。
但得归来日，篱边花正欢。

腊梅

谁能使得落霞黄，除却寒英莫敢当。
闲立西山凌雪色，偷窥南壁泄春光。
繁花渐淡腋芽嫩，疏影清癯韵味长。
且自林泉丹换骨，千秋大节效松篁。

注：己亥暮春，得實林锋公（香港）荡气回肠的《沁园春·回首当年》，感慨万千，步韵之村野经年，忠事干勤，守道以方。辛身多傲骨，事如人愿，面无媚色，心向朝阳。镜底功名，田中岁月，放纵青春搏一场。堪回首，掩无为篆卷，莫作评量。

而今困入诗乡。围城里、休言两鬓霜。许清风为友，花间品茗，丝弦邀月，月下流觞。松竹冬青，冯唐不老，意气犹雄情未凉。天行健，遣词间平仄，咏我农桑。

肖红

笔名爱米，毕业于南京航空航天大学。在中国、美国和加拿大报刊以及网络发表诗歌、散文和杂谈，并为报刊撰写专栏。散文随笔卷《生儿育女在北美》被收入《世界华人文库》。2015 年出版诗集《永远的伊甸园》。2017 年，荣获国际大雅风海外华语文学奋进创作文学奖。

聆钢琴曲

石破天惊动键弦，流萤玉指拂溪湲。
凌波菡萏唤婵月，逐浪星云瞰海川。
柳岸清风吹绿草，孤舟碧水起漪涟。
桃源一曲琴为径，雁返枫乡春盎然。

满江红

秋去冬来，天高远、霞淡日暮。黄叶地、厉风云荡，夕霏雪雨。多少离人游子泪，相思有望情难诉。对镜梳、鬓染似侵霜，红颜误。

柴桑好，风景驻。山似屏，龙虎踞。诵匡庐词赋，梦萦吴楚。几度夕阳红胜火，平生谁共倾心语。天地知、痴梦为谁圆，随君去。

青玉案·听交响乐

提琴鼓管交鸣奏。耳目悦、身心受。独奏和弦轻转骤。疾风凌雨，马奔鹿走，晚霁云生岫。

曲终人散余音久。细语悠情不相负。寄意殷勤怜夜昼。一回心动，意随扬柳，且尽杯中酒。

青玉案

平安之夜星云秀。月明阁，风箫奏。纵逸文朋欢聚首。疏狂今夜，诗词会友，尽兴倾三斗。

浓醪白酒肠中走。烦恼忧愁不相纠。恳挚真心天自佑。夜寒清寂，初阑更漏，饮罢添杯酒。

桂枝香·重阳节
　　风吹雨袭，正满目红枫，景色飘渺。落叶残花季节，却怜寒草。秋深冬近光阴迫，凭诗词，难除愁恼。又重阳节，思乡情切，言多难表。
　　记少年、青葱最好。见水静流深，海天云岛。任性逍遥如此，远山孤傲。故园往事封存久，怕伤心情意难晓。对天长叹，更添郁闷，不如忘了。

扬州慢·秋
　　秋雁临波，影随秋动，赏红叶饮秋情。借秋风雨落，惜碧水秋泓。只留下、秋山寂寞，恨秋摧叶，弯月秋盈。近中秋、秋夜寒凉，魂梦秋城。
　　纵秋万里，到今秋、秋语心惊。览古曲秋词，得秋意境，难解秋经。十月里秋仍在，重阳节、醉卧秋声。记秋红秋好，年年秋韵思萦。

秋波媚
　　十里枫峦驻秋娇，雁过风萧萧。相逢谁盼？山高路远，梦短情迢。
　　诗词小令推敲遍，愁结待酒浇。推心置腹，冰清玉洁，婉转思潮。

肖红胜
　　江西于都人，小学教师，喜欢读书但不求甚解，喜欢咬文嚼字但不得章法。偶有只言片语与文友见面。

五绝·谷雨田间即景
　　芋种清明谷雨姜，插秧点豆应时忙。
　　阿哥举镐娃追燕，细妹田头曲儿飏。
　　注：农谚：清明种芋，谷雨种姜。

七律·山村清明即景
　　杨柳吐丝细雨飞，春潮逐浪兰桡隈。
　　衔泥紫燕追同伴，戴笠农夫吆犊归。
　　今日不需新乞火，酉时已是满村辉。
　　沧桑洗却清污垢，金罍流霞醉几回。

七律·新春花展有感
　　龙草冈头捷报连，广昌城下红旗掩。
　　于山唢呐迎亲至，贡水浮桥扬策鞭。
　　细妹锥心思北雁，杜鹃滴血映南天。
　　长源古县绽新蕾，盛世华年谱巨篇。

渔歌子
　　日薄崦，霞映幕，江风缓缓驱秋虎。
　　起纶钩，摇轻橹，灯火渔歌归处。
　　马蹄悠，青石路，凤鸾莫让成孤鹭。
　　明月心，照千古，地老天荒不负。
　　注："马蹄悠，青石路"意引郑愁予《错误》。

肖淑珍
　　河北省承德市丰宁县人。省、市诗词楹联协会会员，市、县作家协会会员，县诗词散文学会会员，子曰诗社社员，县书协会员。酷爱古诗词、书法和国画，部分作品散见于省内的一些诗刊和诗词网站。

五绝·莲
　　袅袅湖心立，婷婷带绿风。
　　不着颜色好，独爱一身清。

五绝·雪花
　　原是无心蕊，凌寒更绽花。
　　冷潮虽彻骨，质本玉无瑕。

七绝·柠檬花
　　翠掌轻托白玉杯，含羞金蕊溢芳菲。
　　新春有梦花期早，一展风华不必催。

七绝·咏盆栽令箭荷花
幽然独立在窗台,遥看春山百卉开。
空有一身颜色好,芳根未许倚云栽。

七律·人生自描
乐守清贫自爱家,芝兰隐野远浮华。
青衫素面无雕饰,朗目乌云不戴花。
春垄耕耘盈地锦,秋阡收获满川霞。
怡情最是文中趣,闲伴诗书静品茶。

七律·题珍珠梅上蜘蛛结网
生于尘世貌平平,未解春风魂暗倾。
有梦三更残冷雨,无常半晌断晴明。
也曾叶底同花语,终是枝间伴雀鸣。
何苦终朝忙结网,换来一树碧无情。

沁园春·雪霁春朝
雪霁春朝,朗日高悬,素裹银封。望苍鹰振翅,雄姿环宇,玉龙弛野,瑞霭蒸虹。灯彩相间,物华辉映,吉兆丰年喜气浓。祥和处,待春回大地,万物欣荣。

迎来无限东风,唤紫燕归巢花吐红。看耕牛踏野,播金点翠,莺歌唱晓,戏柳穿桐。美景撩人,新村流丽,富裕康庄大路宏。明光里,正暖阳中照,国运昌隆。

肖竹韵

男,现年67岁。现任樊溪诗社社长助理兼副主编。近年来创作诗词近千首。中短文30多篇。近两年曾获中华诗词第九届、第十届华鼎奖金奖。同年10月有诗词编入《国家诗人档案》。

五绝·樊溪诗社
晨星映古镇,夕照染樊溪;
皓首童心壮,欢歌绕笔飞。

五律·金银花
初生如意状,竞放喇叭长。
玉白馨香溢,金黄媚色扬。
中医频作用,西药也常尝。
亘古多功绩,千秋少赞扬。

七绝·樊溪夕照
落霞归隐晚山苍,湖水扬波恋夕阳。
极目琼楼频挺拔,人间美景似天堂。

七律·周家店桃园行
桃花吐艳色浓鲜,轻启红唇欲吻妍;
仙境千年虽美好,凡间百世有连牵。
悄询访客来园事,细说家乡绣锦篇;
悬臂横伸苍未老,青春永驻睹明天。

临江仙·农家印象
片片农田收喜悦,谁知付出艰难。抛粮下种夜凭栏。虫灾常作祟,苦斗得丰年。

放眼村庄楼舍立,果林挤满庄园。乡亲脸上笑开颜,平生无企望,忙里会偷闲。

西江月·深秋
霜叶红枫有色,茶花雪海飘然。深秋已至大江前,冬意悄悄会见。

遍岭青松裹甲,满山黄菊难眠。飞禽往返备严寒,走兽惊疑乱窜。

望海潮·湘西游
峰高路陡,盘旋曲折,千山万马归朝。遗止司城,残垣有迹,清溪细水妖娆。高木比肩唠,伴翠林娇秀,无限逍遥。昨日边陲,五溪巨镇起狂涛。

里耶秦简惊聊,现先秦古井,往事详

描。流水素载，洞庭束述，皆为国宝藏牢。看日用车轺，羡古钱陶具，战器戈挠。跳越时光隧道，同赏醉秦谣。

水调歌头·太阳山远眺常德城

赏罢螺湾鸟，再往太阳楼。道路盘旋险峻，陡俏上山头。远眺城乡美景，到处花团锦簇，中国梦筹谋。趁东风万里，汇发展洪流。

新规划，揽全局，起鸿猷。江底横通隧道，天堑不须愁。遍地琼楼挺拔，探首兰天玉宇，笑挽众仙游。王母会曾约，蟠桃熟可留？

萧本农

男，1958年生，湖北阳新人，医师。系湖北省诗词、楹联学会会员，黄石市诗词学会理事，阳新县诗词学会副会长，《富川诗词》执行主编。曾在全国诗词楹联大赛中多次获奖。

五绝·枫叶

款款如花落，随风舞不休。
此生也无悔，醉了一回秋。

七绝·扯笋子

为有时鲜共酒盟，南山寻笋雨初晴。
怜它出土苗儿嫩，扯起犹闻拔节声。

七绝·得句

造语精工贵率真，从来高雅在翻新。
诗如酿酒频勾兑，蕴藉于心味自醇。

五律·品茶

清明承露后，每欲品新茗。
早具卢仝碗，轻歌陆羽经。
翩翩诗意翠，激荡浪花青。

鸥侣皆分韵，题襟待月亭。

七律·六十书怀

甲子花开春又临，遣怀一曲寄知音。
乘除世事浮云意，平仄人生止水心。
啖蔗回甘宜细品，悟禅得味且长吟。
由它岁月增中减，保有康宁值万金。

七律·与同学小聚感怀

草木逢春又焕然，人怀豆蔻梦难圆。
风华打皱拧眉上，云鬓添霜绽耳边。
虽近桑榆心未老，仍承职责志犹坚。
欣从小聚频倾酒，醉出豪情似少年。

西江月·雨后访桃花

雨霁晴霞弄彩，风柔柳线垂纶。桃花林里好吟春，扑鼻香潮滚滚。

恰似佳人出浴，那堪粉黛含颦。如闻莺语笑迎人，送我秋波一瞬。

清平乐·照镜子

人生何恼？怡养天年好。菱镜常开轻一笑，休管皮囊渐老。

每天万步行程，更加诗酒调羹。只要童心依旧，心头云淡风轻。

萧凤菊

笔名柔光，中学教师，湖南人。中华诗词学会会员及女工委《女子诗词一》主编，散曲工委版主，湖南省诗词楹联学会、潇湘散曲社会员及雪峰分社副社长，邵阳武冈诗联常务理事，《翰林才女诗社》副社长，省女工委委员兼《湘女诗苑》主编。习作散见《中华诗词》《中华散曲》印尼《亿乐荣》等国内外杂志，偶有诗词获得国家级奖。

行香子·六月六尝新节

田垅金黄,应节新尝,庆丰收相约周塘。人山人海,台裏红妆。见身如燕,腰如线,喜如狂。

农庄几百,安祥洋溢,待嘉宾哪管繁忙。神农祭祀,放牧牛羊。谢果之甜,情之盛,稻之香。

青玉案·长相思(新韵)

儿行千里思慈母,小棉袄,贴心处。雨润心田微信语。寒中知暖,梦中团聚,偶把家常诉。

祈求四季平安度,且喜丰衣食无虑。想象乖孙如小虎。几多期盼,几多回顾,满脑为儿女。

七律·奉和李文朝将军《赞叶嘉莹先生全部财产捐赠诗词教育》

韶光九秩灿如花,诗在心中舞岁华。
且走且观时捻韵,随行随唱自成家。
扬帆商海藏锋利,研墨书香胜众葩。
写意人生春永驻,遍传大爱育新芽。

七绝·步韵萧揄玉莲宗长《兰陵厚泽》

恩泽兰陵火样红,高端品位酒千盅。
引旌入住书香苑,自有清秋笔叙功。

赏莲(新韵)

绿扇犹遮几抹红,颜殊岂在镜花中?
似钗簪首蜓添趣,恰恰歌莺唱画东。

【商调】秦楼月·惜花塔

传佳话,武冈城外斜花塔。斜花塔,无多古迹,名扬天下。

(幺)一声霹雳轰然塌,争相问是何人炸?何人炸,荒唐官宦,万年遗骂。

【中吕】山坡羊·题父母牵手玉照

高堂花俏,青春情调,并肩携手学年少。未唠叨,任逍遥,身临晚景儿孙孝,心守桃源名利抛。爹,欢笑了;娘,欢笑了。

【中吕】山坡羊·瓮溪高脚牌

峰峦关隘,石头奇怪,方圆百里名扬外。步云阶,入瑶台,苍山耸翠招人爱,如画风光随镜采。山,早挂牌;崖,天赐牌。

萧海声

茂名市南天诗社会员,广东湛江市吴川人,系广东省岭南诗社社员,广东省岭南诗社直属花城分社理事,粤穗科技诗社分社顾问。著有人生系列《无愧人生》诗文集三集,《如意人生》《诗朋唱和集》等诗文集八集。

七绝·今日的农村

城市务工钱满盆,夫妻外出别乡村。
如今农事青年少,妪叟耕田犬守门。

七绝·见网上传公鸡下蛋戏作

八卦奇闻不胜收,公鸡下蛋遍传流。
偏偏假话人堪听,指鹿为驴亦点头。

七绝·又到春耕

蝶舞莺歌紫燕飞,乡村早播正当时。
去年山后诗花种,急看春来发几枝。

七绝·劝解好友

见面长呼心已灰,养儿忤逆叹悲哀。
莫嗟胸有千千结,人若欢愉结自开。

七绝·回乡见沃田丢荒有感

国家富裕不征粮,免税农田还补偿。

应感党恩深似海，谁知沃地竟丢荒。

七绝·温馨提示啃老族
儿女成群度日难，千钧压力重如山。
世间多少无良子，啃老坑爹不汗颜。

七绝·夏晓荷塘
昨夜荷仙入梦来，幽香阵阵绕窗台。
清晨远望凉亭处，朵朵莲花带笑开。

七绝·观禾雀花感赋
公园野岭乐安身，自在休闲本性真。
不与诸花争一席，愿栖藤蔓悦游人。

萧明涛

广东潮阳籍深圳人，中山大学汉语语言文学本科毕业，高级职称。中华诗词学会会员，中国诗词家协会会员，广东省青年书法家协会会员，深圳市书法家协会会员。作品多次荣获大赛最高奖。入编《中国历代诗词家辞典》等多部典籍。

七律·滕王阁喜赋
华筵盛境沐清晖，绣闼雕甍玉阙巍。
雅乐酣歌台上响，绮霞孤鹜阁前飞。
凌虚杰构河山扮，旷代宏才骈俪垂。
轮奂重辉增胜概，雄奇绝特世间稀。

最高楼·中国象棋
兵戎见，龙豹略韬施。再越八方驰，晋桢速决多微渺，博通古谱觅玄机。布疑兵，深隐算，巧神思。

逗猛炮，镇中谋士象；策谲马，卧槽擒帅将。车直捣，守攻奇，仙招伏虎求赢诀。失先冒进柳营危。势孤虚，和为贵，笑相随。

七律·缅怀开国总理周恩来
淮安巷陌人龙现，蹈海寻求马列篇。
倒蒋驱夷施颖慧，推轮济国展英贤。
智圆化解红羊劫，球小斡旋美利坚。
相业勋名齐岱岳，长街恸别史无前。

七绝·咏牡丹
人疑洛女化奇葩，淑色香风逐彩霞。
荐瑞春皇金屑撒，姚黄艳绝冠群花。

风入松·医圣张仲景
杏林圣手出南阳，仁术世无双。二经本草窥堂奥，疫魔忧，救死扶伤。无意寻常权宦，悬壶济世名芳。

伤寒金匮创方良，五脏六经详。八纲四诊明医则，愈沉疴，橘井泉香。化育回春妙手，瀛寰景仰岐黄。

临江仙·咏西施
浣女沉鱼殊丽质，红颜屈侍豪雄。清歌曼舞馆娃宫，含颦吴主乱，响屐鸱夷功。

荒政夫差离众庶，裹头刎谢先宗，沼吴复越易衰隆。蛾眉身许国，弱女广襟胸。

七律·菊
九江廉吏疏篱畔，满径黄金极品珍。
婉拒东皇轻艳丽，隐居西院重真淳。
长天玉露催娇蕊，大野银霜润洁身。
独步寒秋神淡定，高贤雅士结芳邻。

潇嘉

男，汉族，湖南省长沙市人。湖南省诗词学会会员。近年来，发表格律诗，现代诗作品近500首。

浣溪沙·独上西楼

莫问孤歌底事忧,乱枝凋槭惹心柔。斜曛画槛倚西楼。

檐角月残花弄影,案前辞短笔思秋。几时邀得和吟讴。

东坡引·人秋句
芸窗听宿雨。鸾笺落残句。寻来韵叶斟冽处。心词思小注。

长怀沈婉,拈得绮语。却惹得、丝丝缕。梧桐窸窣方秋序。清凉漫夜绪。

秋夜雨·中元思亲
潇潇暮雨寻时歇。风吹云断残月。疏林青径处,故叶落、初临秋节。

中元祭祀今人孝,袅袅烟、任寄思阕。鬓染辉若雪。夜梦醒、依依相别。

鹧鸪天·雨莲
曛暮嫣香沁翠园。陂塘幽处映缃莲。雨中青叶随风摆,水里红鱼附梗穿。

寻旧梦,问芳颜。几回此景与君欢。琼珠玉瓣清波上,倚棹骈肩入碧烟。

定风波·江南印象
锦雨添凉小碗茶,古桥流水近人家。碧玉舒徐摇楫棹。报笑。习风垂柳问年华。

越曲乡歌穿画旅。吴语。婉和清听忆童牙。莲足浸河嬉软浪。花舫。篷窗罗袖影乜斜。

钗头凤·约
青眉抚,红唇补。借来清影方巾舞。罗裳薄,香丝落。袅袅亭亭,玉姿纤弱。宽、宽、宽。

今宵虑,天涯处。束书诗倦相思苦。些些陌,怕成昨。期待春归,与君依约。酌、酌、酌。

凤凰台上忆吹箫·缘分难留
睢苑深深,蚱蝉刮躁,垂阴石径寻幽。恰正好、风摇玉竹,空绕莺喉。即景依稀如昨,徒惹得、眉蹙怊惆。那些事,一曲凤歌,又上心头。

釭烛小楼旧约,侬愿等,他年庶或相投。怕乃是、年华未暮,容貌先秋。缘分以为还复,谁知道、真的难留。湖亭晚,余照且把情收。

沁园春·萧晨
枫叶依窗,晨雨垂檐,西风乍寒。看野塘萧瑟,枯莲池里,岸亭寂寞,落菊台前。云乱天空,水浮树影,涌霏雾朦朦笼竹轩。忧襟处,正几多旧曲,几许欢颜。

凭阑。玉袖娇鬟。思别后天涯隔万山。念石桥青岸,莺飞草长,烟楼朱阁,柳叠溪弯。双蝶逐芳,百花争艳,有茂苑随卿任遣闲。今秋在,愿客乡时返,还踏春园。

小飞象
女,46岁,祖籍浙江,出生于上海,工作在北京。建筑时报资深记者。本科毕业。自幼热爱汉语言文学,尤其是古典诗词,曾在《新民晚报》《建筑时报》《劳动报》等多个报刊上发表作品。

五绝·林芝晨
山水如泼墨,天地为因果。
阴晴闲步踱,昼夜清朗豁。

五绝·滕王阁
瑰奇滕王阁,伟耸赣江侧。
绝文天下歌,特立千秋谔。

五绝·鼓浪屿
屿上烟雨风鼓浪，同族同宗隔岸望。
似曾相识锈铜黄，依稀遗痕斑驳墙。

五绝·篁岭黄
暮色篁岭夜苍茫，古镇枫红秋水长。
晒秋人家盼霜降，灰瓦白墙皇菊黄。

五绝·早春兰
春意料峭清风寒，遗世独立柔然绽。
宠辱炎凉均不沾，方得始终是玉兰。

七绝·桃花沟
桃花沟中梨花雨，雨落瓣弹琵琶曲。
风清叶曳无飞絮，山高世远质如玉。

五言·八卦村
南方有妙村，山水之间藏。
卦形绕眼塘，后人乘荫凉。
王侯前尘忘，清水出莲香。

七言·清凉寺
五台山上回尘望，山路崎岖道且长。
遥想君王年正当，万念俱灰诸事放。
清凉寺内觅清凉，纵不思量亦难忘。
自古最痛舍离伤，徒留斑壁钟声响。

小龙斋

原名谭长亭，男，现年 66 岁，辽宁建昌县人。教师出身，大学文化，著有诗词《花边儿》集。其中《水仙子·春之韵》《江城子·梅韵》《高阳台·梨花韵》《鹧鸪天·醉赏秋山满夕阳》分别收录在 2016 年版的《诗词精粹》《中华诗人》上。

鹧鸪天·乡愁之一皮影
随处支撑一扇屏，灯光如昼掩辰星。
垂髫敛性凝神看，翁妪闲情洗耳听。
皮剪影，肖分明，形神具妙透空灵。
民间才艺芳村野，遗憾难寻夺籁声。

鹧鸪天·乡愁之二风筝
最忆村东打谷场，茵茵碧草秀丁香。
鹞鹰恣意飘云际，紫燕翩然伴两旁。
疾放拐，慢收缰，追风汗渍满衣裳。
如今远去风鸢影，唯幸频频绕梦梁。

鹧鸪天·乡愁之三黄牛与犁
两驾黄牛一把犁，鞭声回谷伴鸣鸡。
晨曦泻彩田畴郁，晚照流霞稻谷辉。
秋意厚，马勺肥，锡壶老酒火盆煨。
惺忪难解千盅意，企盼来年天不欺。

鹧鸪天·乡愁之四老槐树
巷外遮天老古槐，石阶皱褶印苍苔。
老翁挥斗吹胡眼，俏女休针捧玉腮。
说地府，道蓬莱，悚然彻骨尽痴呆。
穷通世事成人后，难忘阴凉笑料裁。

鹧鸪天·乡愁之五老园杏树
情切东君惹树头，悄开胸宇把寒收。
泥香弱草殷然绿，涧气春兰抱默幽。
松针翠，柳芽柔，痴痴不舍忘收眸。
老园后面那株杏，应是含羞对月酬。

鹧鸪天·乡愁之六野菜
布谷声声紧叫春，携篮漫野觅山珍。
车前苦荠鱼腥草，紫背香椿水菜芹。
酥汁腻，芥浆辛，生津满口比金纯。
每餐见惯多脂馔，何日鲜尝山野魂。

鹧鸪天·乡愁之七老井与辘轳
老井幽深辘辘圆，参差壁影衬苔鲜。
麻绳紧紧牵星汉，竹桶悠悠缀月盘。

孟夏暖，季秋寒，茧花双手已雕斑。
流星一闪成追忆，梦里春秋不待年。

鹧鸪天·乡愁之八黄昏
日掩西山宇半红，黛烟幽霭漫丘峰。
枝头颤颤昏鸦闹，街巷声声吠犬凶。

山静寞，谷溟濛，炊烟缥缈化虚空。
不时谛耳鞭声远，鹄影云崖几万重。

小青叔

河北廊坊人，吉林建筑科技学院，管理工程学院，工程造价专业本科毕业，酷爱诗词。

七绝·晚游
九片兰蕊蜂迷忙，河边芦苇在飘荡。
无名鸟声入林廊，唯见夕阳在远望。

七绝·望月
海棠串串开满树，春风浮动飘落地。
一朵一朵千雪蕊，夜来月升灯火明。

七绝·游空山
万里星空月独圆，夜夜长风人亦眠。
繁华锦城过云烟，一舟载我望空山。

晓松

本名娄光辉，毕业于上海铁道大学，自幼喜欢诗歌，青少年时期，诗歌曾在校刊上发表。移民加拿大后，专攻古诗词，2007年获《加拿大＜游子吟＞网络古典诗歌大赛》三等奖。诗词作品散见于加拿大报刊及媒体，现居住加拿大。

七律·加拿大国庆长周末游汉密尔顿公园
山光野色未曾谙，哪管途遥步履艰。
飞瀑流泉人涌动，琼林滴翠鸟流连。
寻幽径入羊肠路，揽胜还登险壁端。
澄澈明湖生茂苇，浮波弄影一舟旋。

注：汉密尔顿市的史宾沙峡谷和瀑布群公园，距多伦多百余公里，驱车需一个多小时。

沁园春·秋日即兴
十月金秋，天高云淡，月朗风清。感天公造物，鬼工神笔；漫天匝地，似画如屏。枫树嫣红，琼林姹紫，川涧溪泉不住鸣。值良日、汇八方挚友，共聚枫城。

席间尽是豪英。抒胸臆、慨然作玉声。倡中西合璧，人文法理；古今传载，唐宋元明。岁月无情，廉颇渐老，前路苍苍任纵横。不必叹、趁良辰佳景，且啸前行。

行香子·感赋
晦暗遮天，风啸云翻。霎时间、席卷狂澜。危栏休倚，入目阑珊。正秋风起、秋叶落、秋花残。

一壶浊酒，两道拼盘。气神闲，随遇随缘。曾经沧海，看惯桑田。道鸟归林、龙归海、虎归山。

江梅引·为朋友家后花园而作
争奇斗艳满园载。竞相开，怒相开。百态千姿，蜂去蝶纷来。八月秋高风送爽，月花下，对清辉，酒一杯。

一杯一杯真快哉！夜将阑，兴未衰。唱也唱也，唱不尽、山水情怀。西舍东邻，笑我半痴呆。得意来时须尽兴，休辜负，满庭芳，绣成堆。

晓汶

刘伟，西安骊山汽车厂退休职工。喜爱古诗词阅读与欣赏，并经常学习写作。

忆秦娥·夕阳美(词林正韵)

情珍贵,蹒跚老者容颜悴。容颜悴,银霜两鬓,晚霞真美。

往昔成梦流年醉,青春渐逝心无愧。心无愧,升帆劈浪,倍觉欣慰。

小重山·末伏随感(词林正韵)

夏季伏天炉火青。睡莲新叶绽、绿池萍。轻摇竹扇汗珠晶。身倦怠、蛙唱岸旁鸣。

溪绕道边亭。田间香味凝、果丰盈。夜观长路月光明。悠闲乐、心静享凉风。

破阵子·江山如画(词林正韵)

万里江山挺立,林间桃柳婆娑。流水碧波涛浪涌,湖海峰峦秀色多。巧工双目夺。

大厦纵横栉比,长桥跨越穿梭。地北天南飞速至,北去南来快速挪。人间遍舞歌。

鹧鸪天·暴雨倾盆(词林正韵)

暑往秋临不必猜,西风携雨扰心怀。市乡泽满愁云至,街道涓流遍绕来。

天有泪,地成灾,莫言垂叶雁声哀,淤泥灌顶居家损,寒若冰霜祸水徊。

浪淘沙·初秋抒怀(词林正韵)

风雨漫江川,山笼云烟。初秋已至起波澜。四季有规天掌管,冷暖循环。

露水润枝间,常念家园。远方儿女待团圆。如梦往昔情满腹,期盼平安。

谢成成

男,58岁,祖籍广东潮州,现在珠海工作生活,儿科主任医师,爱好古典诗词。2018年3月来到云南省怒江州贡山县开展医疗帮扶工作至今。

己亥滇西高黎贡山支边扶贫有感

俗骨清心莫不虔,躬行务本意犹坚。
红尘纵有芳菲日,淡泊归真已寂然。

五九初度滇西高黎贡山支边扶贫有吟

浮生是为此番来,一味清心可绝埃。
六秩时光臻至处,山中梦境亦瑶台。

大学毕业卅五年同学聚会前感赋

事去功亏难自己,贤书未必概乾坤。
青葱那段尤堪记,绮梦时常叩错门。

谢洪英

网名飞雁,女,1955年生。汉语专业,退休教师。中华诗词大学毕业。中华诗词学会会员,中国楹联学会会员,山东省诗词学会会员,青岛市诗词学会会员,西海岸诗联副秘书长,东崂诗词微刊执行主编,中国当代谢氏诗词大典编委。曾多次诗词参赛获奖。有出版《墨梦幽歌》等诗集。

七绝·七一念红船

阳光雨露润心田,万物生辉巧斗妍。
斩浪红船披锦绣,东风劲舞梦儿圆。

七律·秋怀

梧桐落叶月生寒,孤影悬空泪雨弹。
七夕银河鹊桥失,重阳白菊绣球团。
凄风思绪长长夜,冷露无声湿湿纨。
谁解秋鸿征路苦,魂飘万里饱辛酸。

七律·咏珠港澳大桥

伶仃昔日叹零丁,华夏今朝咏巨星。
一举三连皆骏惠,三来一补极光灵。
蓝天为卷惊龙绘,碧海联诗俊杰铭。
深水白豚呈智慧,飞桥踏浪捍伶仃。

【中吕】满庭芳·夏荷（歌戈）

骄阳炬火，莲池化境，天地融和。含苞未放星罗幕，亮点婆娑。

瞧玉女金童袅娜，望金鱼菡苕娇波。缠绵那，丝连素裹，并蒂梦仙罗。

【正宫】鹦鹉曲·环卫工人战酷暑（鱼摸）

骄阳炙热熬不住，环卫工人似夸父。汗溶溶、滴滴晶莹，化作彩虹灵雨。

（幺）为花城、打扮梳妆，戴月披星来去。感天庭、祷雨清凉，动土地、繁花遍处。

注：夸父，追赶太阳的人。

【正宫】塞鸿秋·琅琊台怀古

碧波银浪金沙忆，秦皇三至琅琊觅。探幽寻梦观龙势，纳凉避暑求仙秘。徐福择童行，嬴政将心寄，长生不老灵丹慰？

注：观龙：指每到东南风起，琅琊台下龙湾里的波浪，不是滚滚滔滔横着卷来，而是纵着奔腾，呈"龙"状。

求仙：秦始皇当年派徐福率八百童男去海外寻找仙丹的故事。

【双调】折桂令·海上第一名山（寒山韵）

神州有、海岸名山。黄海之滨，山海相间。雾吐青龙，云吞白虎，神韵旋环。

爱海色、波光秀简，喜巨峰、旭照流丹。山露潺颜，水吐霞光，醉忘回还。

注：崂山是山东半岛的主要山脉，崂顶海拔1133米。

行香子·小满感怀

田地光华，乡野清韶。云舒云卷自逍遥。青山钟秀，绿水多娇。望麦花香，槐花白，絮花飘。

蔷薇带露，珠榴吐蕊。万物繁生待妖娆。水盈则溢，月满偏消。愿花微展，酒微醉，首微翘。

谢华珍

女，1947年出生，江苏武进人，汉族，大专文化，中共党员。网名夏晨秋日，退休干部。1967年至2002年先后在中国人民银行常州市信用联社及常州市物资局工作。2012年进常州老年大学学习国画、文学鉴赏、古典诗词。2015年开始学习创作格律诗词。现为常州市老年书画协会会员，常州市老年大学金秋诗社副社长，常州市舣舟诗社会员。

七绝·岁月

陋室清幽是我家，诗书陪伴画梅花。
浮生淡看沧桑事，莫负斜阳对月华。

七绝·东坡公园赏牡丹

春风十里群芳醉，金缕云裳丽锦天。
古运河边倾国色，东坡雅韵万年传。

七绝·夜游凤凰古城，沱江

水影红楼橘绿黄，华灯溢彩醉流光。
苗家阿妹船头唱，锦树云深夜未央。

七绝·访毛主席故居韶山

春光无限仰韶山，天下归心向此关。
领袖故居寻旧迹，红旗卷载换人寰。

七绝·运河春色

小雨如酥润古桥，红花伞下见妖娆。
春风吹绿毗陵岸，百舸争流分外娇。

七绝·寒梅报春

飞琼冒雪下瑶台，玉骨凌寒独自开。
曲巷幽香风送远，年年芳信报春来。

七律·新年寄语
炎黄双璧心相望，兄弟分离岁月长。
南国烟花添喜色，北疆原野换新妆。
紫荆初绽香江美，莲卉高开镜海芳。
寄语岛村羁旅客，束装策马快回乡。

七律·东坡常州
少年登第蜀风流，宦海沉浮旷放游。
玉局乌台肝胆沥，大江明月铁琶道。
漕河夹岸迎新贵，吴邑贤君伴晚秋。
一自坡仙藤馆老，高标千载谒常州。

谢辉

1995年7月生，陕西商洛人，陕西省诗词学会会员，本科毕业于陕西师范大学，现漂泊东北，为前途努力，爱好文学，诗词作品散见于《陕西诗词》《星星诗词》《雍州诗刊》《美塑杂志》等。

早岁
早岁谁知世事难，狂言壮志作奇男。
如今万水都经过，只盼开心与淡然。

与友人谈理想
柴米油盐事事难，他人休假我加班。
远离梦想君休笑，藏起初心好赚钱。

读贾平凹《辞宴书》
应酬酒会令人嗔，玩乐吃喝不顺心。
席上高低分主次，杯中情义见君臣。
闲谈尽是奉承语，论世皆为攀比人。
怎似知音三两个，无拘无束醉乾坤。

冬日望静湖有感
寒流昨夜毁残荷，潭面冰封憔悴多。
湖底雄心犹未死，朝朝暮暮盼春波。

孤松
崖间横卧寄孤身，枝干盘曲满皱纹。
雨雪风霜青未改，此生不变是初心。

夜忆青春
风吻门帘夜幕临，繁星卧对忆前尘。
贪读常漫书山步，寻乐频敲郊野门。
指点江山凭意气，对决逆境靠精神。
梦中犹记相思树，红豆采撷赠美人。

东北观室内绿萝
我本南国子，孤囚作北臣。
怅观窗外雪，空忆故乡春。
长夜心生冷，寒冬体欠温。
不曾凋旧色，青叶表初心。

秋末在东北观室内绿萝有感
风撼窗台欲破扉，绿萝犹翠叶生辉。
常居温室春常伴，岂晓人间寒气催。

谢玲香

网名小桥流水。1973年生，女，市场销售。湖北省诗词学会会员，武汉市诗词学会会员，江夏区诗联常务理事。

如梦令·佳人戏水
碧水长滩落照，丰乳蛮腰绮帽。结伴赴漂流，撑着远帆飞笑。休闹，休闹，小命当心丢掉。

如梦令·小猫
文质彬彬优雅，忙里偷闲休夏。梦里起鼾声,满脸皱纹谁画。真假,真假,全是作聋装哑。

一剪梅·母亲节思母

独对孤灯忆我娘,道路悠长,思念绵长。夜深不忍脱衣裳,针有春光,线有秋霜。

叫我如何不想娘,母在家乡,子在他乡。几回梦里话家常,烛映东墙,月照西窗。

如梦令·因病痛离开诚信同事有寄

曾与诸君携手,奋战黄昏白昼。本拟暂分离。应可重新聚首。等候,等候,无奈风寒人瘦。

临江仙·牵牛花

足下莫悲唯寸土,此生志在攀沿,飞檐走壁更无前。登高休止步,履险再扬鞭。

一路欢歌情未已,抬头放眼峰巅。雄关踏遍意欣然,芳馨如茉莉,俏丽似天仙。

谢敏娟

女,浙江开化人,生于1957年,卫生系统退休,主管护师职称。现为省、市、县诗词学会会员,县诗会副秘书长。诗、词、曲作品散见于报刊。

七绝·车过星口

两侧水杉高绿翠,清凉浓荫悦眸间。
南株北树相牵手,夹道欢迎尽雅娴。

七绝·乡间小道

雨后初晴小道游,新枝山雀唱啁啾。
田间油菜花儿绽,一幅美图春语柔。

七绝·同学毕业照

五十年前合影拿,张张稚脸映红霞。
开心往事桩桩忆,你我相看发已华。

七绝·游金星村

日丽风和赏景天,诗朋趁兴唱诗篇。
行来恍入桃源里,似感微身化鹤仙。

五绝·春日荷塘

雨后碧塘间,蜻蜓吻嫩莲。
清新空气爽,翠叶玉珠圆。

七律·赞白衣天使

衣着洁衫疑是仙,嫣嫣笑语貌芳妍。
匆忙脚步真坚定,柔婉身形好秀娟。
护理疗伤经日做,悲哀痛苦共心煎。
医中天使多诚意,奉献青春写美篇。

浣溪沙·山坳变迁

屋破路遥山岭陬,扶贫政策统筹谋。迁移新建小层楼。

习总关怀情满满,乡民心里乐悠悠。春风万里赞歌讴。

浣溪沙·游花牵谷

六月芳菲竞态妍,嫩红翠黛醉流连,同行诗友正相欢。

花谷清幽闻鸟语,风飘细雨洒青峦。怡情佳境入心田。

谢文习

笔名清风徐来。广东省河源市连平县人。喜欢用文字记录生活之点滴,愿用有限的文化知识去描绘美好的未来。

五律·夕阳无限好

夕阳无限好,只是近黄昏。
湖镜难留住,君心暂寄存。
云随风向走,鸟望路标奔。
夜幕将临至,渔舟返港门。

七律·三伏天
今猜季节似推延，烈日狂欢冒火烟。
金线条条开彩路，银光处处裂桑田。
谁言夏去清凉至，我觉秋来闷热连。
草木枯萎花欲谢，河流见底水难前。

七律·迎双收
遥闻何处溢清香，疑是莲花蕊满塘。
且见禾苗姿艳美，还观稻谷色金黄。
伊人兴起田间走，彩蝶趣来枝里忙。
笑看家园风景丽，双收季节夏时长。

七律·荷塘月色
午夜时分渐渐凉，风吹夏色入荷塘，
我邀明月湖间聚，谁伴浮云浪里藏。
蛙鼓声声传爱意，瑶琴曲曲送情郎。
鱼摇北斗涟漪滟，水晃莲花蕊满香。

鹧鸪天·晨晓柔情
初晓晨曦亮四方，群山翠绿伴荷塘。
一轮红日空中艳，万朵莲花水上芳。
　　鱼嬉戏，鸟乘凉。佳人唱曲寄情郎。
琴声阵阵心痴醉，粉面含羞爱意长。

鹧鸪天·秋月照忧伤
季转秋来入夜凉，一帘明月照荷塘。
莲花吐艳佳人醉，绿叶争妍藕粉香。
　　情意满，爱怀长。相思挂念盼君郎。
楼台眺望无踪影，泪湿衣襟淡淡伤。

鹧鸪天·中元节
秋季时分夜渐长，中元节日鬼魂猖。
诚邀先祖同餐饮，敬请神灵共宴尝。
　　灯火闪，月星藏。焚香祭拜水中央。
民间百姓还心愿，祈福平安纳吉祥。

鹧鸪天·浪漫秋夜
夏去秋来夜渐长，温馨浪漫好时光。
三更不困精神足，半夜尤清梦幻常。
　　萤火艳，藕花香。情人约会聚荷塘。
成双结对羞明月，对酒欢歌爱意昌。

谢晓云

女，1972年11月生，山东滕州人，大学文化，现为枣庄市科技职业学院讲师。系滕州市诗词学会会员。曾在国家、省市级报刊发表诗词、散文作品近100篇（首）。

五律·咏菊
秋来颜色少，篱畔一丛黄。
隐隐传清韵，幽幽散冷香。
芳魂依淡月，瘦蕊伴斜阳。
诗客情何寄？遥思五柳堂。

七绝·尼山游
蔚蔚尼山笼翠烟，苍松额手拜先贤。
儒门垂训宣仁礼，千古遗风入泗川。

七绝·苦菜花
纤纤小蕊生郊陌，隐在芳丛作草芽。
尝罢世间三味苦，留香一缕入瓯茶。

七绝·紫藤
梅妆已褪杏腮青，一树藤萝绕玉庭。
风过娉娉飞紫袖，香随素影入烟屏。

七绝·咏桂花
碧叶轻遮小萼藏，情疏迹远点秋妆。
此芳不与群芳并，含露噙风蕴冷香。

七绝·题凌霄花
苍藤老蔓挂彤钟，巧靥娇颜映日红。
莫道攀枝扶壁立，丹心芳意在长空。

如梦令·惜梅

最是出尘清婉，藏韵断桥西畔。小萼正堪怜，素手几回拈看。天晚，天晚，独对寒风剪剪。

秋波媚·寒菊

篱畔萧疏晓昏侵，噙露对霜吟。寂寥诗客，空庭独坐，谁解秋心？

自从陶令题芳蕊，今古醉花阴。一杯淡酒，几分素怨，我是知音。

满庭芳·秋思

雨扣轩窗，风过帘幕，泪枝难驻清芳。苑西荷老，蒲苇乱秋塘。欲说丹枫正好，最无奈，冷露凝霜。寒亭里，木栏静倚，目尽远山长。

东墙疏影瘦，心思付与，槛左篱旁。觅两厣新愁，羞对衾妆。莫叹红消翠减，辜负了，岁月韶光。萧条处，再闻燕语，依旧满庭芳。

注：秦观《满庭芳·红蓼花繁》体。

浪淘沙·雪

飞絮漫云天，轻舞娟娟，闲庭舒袖共翩跹。一缕冰魂何处觅？竹左梅边。

冷玉著清颜，谁胜天然？君为苍昊素纨仙。曾忆去年扶瘦蕊，尽享清欢。

谢亚东

1956年生，大学文化，省、市诗词学会会员，修水县凤巘诗社社长。

诗酒吟（连珠体）

烹诗煮酒庆春节，品酒飞诗懒做仙。
淡淡诗情融酒趣，浓浓酒兴入诗笺。
诗歌助酒吟佳句，酒令成诗赋锦篇。
续酒敲诗辞旧岁，和诗罢酒贺新年。

七律·悼扶贫殉职夫妻干部

蜜月帐前停喜烛，青春携梦赴山乡。
扶贫道路驱艰阻，助困目标描华章。
几许相思埋笔底，无边爱意付农桑。
凡尘难却平生愿，公仆精神史册彰。

七律·仙女湖

烟波浩淼山含翠，圣女仙湖水蕴香。
树影婆娑邀月舞，花开烂漫逐风飏。
天涯一曲舒愁绪，小雨三更梦故乡。
每遇佳人时恨短，奈何瑶地两相望。

七律·渣津行吟

秋赏莲花破晓行，清香扑鼻笨身轻。
青山碧水镶珠玉，紫阁黄童道盛荣。
红土厚敦标纪史，城乡速度露峥嵘。
甘醇引蝶纷飞至，染我诗心绿意盈。

鹧鸪天·又见廊桥

正是新阳二月天，春风丽日抱群贤。廊桥箫笛声声慢，绣阁青池缕缕烟。

细研墨，写新篇，吟诗听曲意绵绵。老夫也赴韶光约，且听高神论大千。

南乡子·又近清明

南岸柳如烟，斜雨侵衫雾絮旋。青径幽苔蛛暗锁，凄然。又近清明四月天。

孤寂望山巅，且剪流云作素笺。尔去数年无一字，堪咽。浊酒三樽带醉眠？

点绛唇·偕友登华山有感

西岳凝眸，三峰何在云中住？天梯当路，试胆悬崖处。

剑指苍穹，凌顶豪气抒。须勿语，任凭风怒，潇洒任人妒。

— 1305 —

渔家傲·祭彭桥先烈

又是东风催绿叶,杏花抟雨漫坡雪,宿草斜阳天际接。追英烈,杜宇悲啼鹃花血。

一寸哀丝千万结,隔空犹看军旗猎,枪炮声凄难忘歇。情悲切,纸鸢化作纷飞蝶。

谢永旭

高级教师,华中师大特聘研究员,中国教育学会会员,中诗协秘书长,中书协会员,赣州市作协和诗词联会员,于都县诗词联理事兼学术部长,首届"青钱神荼"海内外诗词大赛评委,中国永定河诗词大会评委、多家微刊编审。上过知名准核期刊《中学语文》封二人物,《吉林教育》封面人物。已出版专著4部,参与主编文学类书籍近40部,教辅类书籍3部,获全国诗文、书画、摄影大赛一、二、三等奖近30次,在正规报刊发表诗词文曲和教研论文及新闻摄影作品300余篇(首),荣获第四届叶圣陶教师文学奖。曾任北京知名期刊编辑记者,香港银河出版社特约编审,出席过博鳌亚洲教育论坛。

七绝·晚春

草深花尽春归去,书绝日斜鹈往来。
时有幽云催梦眼,却无明月照窗台。

七绝·秋夜临风有感

新月西山挂玉钩,眉颦两处水悠悠。
乡思一点凄凉味,吹入人间万户愁。

七绝·春吟

江柳纤纤拂画桡,广陵潮接石城潮。
香桃骨瘦梅花岭,惆怅何人吹玉箫?

七绝·惜春

几载相思醉眼波,春光无奈酒消磨。
故园桃李开方落,又见池塘卷绿荷。

五律·江畔琵琶

别乡怀远客,遥夜不成欢。
烟水秋江冷,孤舟落月残。
冻花无蝶戏,衰草有谁观?
曲罢人幽退,座间风雨寒。

五律·春游感怀

危崖藏祖寺,灵岳荡尘心。
故叶桥边寝,潆湍碾上吟。
户庭玄气净,峨壑竹篁深。
随意诗琴侣,禅茶说古今。

七律·无题

一寸柔肠结万千,月光如水水如天。
空余碧海遥思恨,不再深闺共枕眠。
花落无言风自语,宵长有泪烛相怜。
感时别院芳菲尽,复得亲欢待几年?

蝶恋花·清明

碎玉烟重春半去,游目危台,迢递天涯处。试问归思都几许,节来数日倾盆雨。

折下残枝香一缕,近寄无人,谁解眉间绪?客里常疑心远误,踏青百感回乡路。

心一

苏红,"心怀花一朵,临风自在芳。"生于江南水乡。愿做生活的有心人,用诗词来记录生命中的点滴感悟。

七绝·春归

微雨濛浥濛淡尘,暗香悄许一枝春。

更于何处闻莺啭,可见当年折柳人。

七绝·偷闲
何时偷得夕阳斜,坐看行云听落花。
一阕旧词风送远,流萤随我枕琵琶。

七绝·心莲
佛前莫要问来今,一点娉婷对月吟。
漫任流光记深浅,独留清苦在莲心。

七绝·寄梦中的周庄
吴韵声声荡碧波,半帘清月任蹉跎。
梦中怕忆前尘事,谁在双桥独向荷?

渔家傲
往昔沉浮于梦畔。离离原上曾飞瓣。白袂临风随笛远。空酒盏,听谁百转千回叹。

回首沧波斜照晚。遥山一发青难断。别有新词云水浣。余香捻,今生可许来生愿。

更漏子·夜微凉
花入眠,风轻抚。隐有暗香丝缕。月清浅,意朦胧。红尘缱绻中。

芳华醉,一念呢。谁把初心相记?青梅酒,夜凉杯。灯深更敛眉。

南乡子·缘
夜永秋山,叶落虫鸣切切言。又忆当年弦月影,无眠。解语花开奈悴颜。

独饮余欢,醉到迷离任泪潸。唯有苦枫霜染骨,同怜。难写心头一个缘。

菩萨蛮
莺啼婉啭凭谁寄,柳枝欲蘸横塘水。荷叶正青圆,蜻蜓照影偏。

坐来初夏雨,竹径忘归去。簌簌一襟风,悠然拾落红。

辛中

女,曾用名辛瑞花,网名欧阳真心。山西吕梁石楼人。中共党员。石楼三晋文化理事,吕梁作家协会会员,中国诗词研究会会员。被聘为《中国当代千人诗歌》副主编,《中国当代红色诗歌》副主编,《当代方阵经典短诗》副主编,《当代千人诗歌实力卷》副主编,2017年10月由山西人民出版社出版发行辛中诗歌《碎玉集》1100册。2017年首届"中国十佳当代诗人"评审活动中,荣获"中国十佳当代潜力诗人荣誉称号"。

沁园春·永由古槐
大任初行,遁世禅经,举目何当?望永由深谷,龙盘虎踞,柱然耸石,厚土生香。千古承平,万原本色,天籁吟怀泽物祥。无穷尽,浩阔胸情正、冠轶贤良。

河山风雨成章,任宇宙横从更盛阳。看守恒九仗,杪头鹊瑞,回旋燕子,素雉倾肠。满腹清宁,坐观四象,触激孙词韵叹狂。仰韶鉴,肃敬伸眉赞,久固流芳。

沁园春·千古绝唱——毛泽东
旷代高明,力胜东征,绝唱九天。望扩红北上,领军强渡,硕勋开国,抗战当先。屈地留村,洞幽烛远,伏案回波英骨传。威名震,令乾坤高赞,誉冠峰巅。

辞章浩叹经年,引多少诗狂尽慨然。看鬼魔仙圣,词林正韵,骚文盖世,卓著谁篇?执政清廉,神州安泰,敢把情怀日月穿。中华兴,数风流人物,亘古空前。

东坡引·孟春感怀

孟春初露雨,风和柳丝缕,斜阳落色吟窗煦,非凡如栩栩。

含真韵致,修诚志古,妙然补,清照飞户,连牵尽爱三更鼓,回头春正舞。

梦江南·来去总成空

红尘梦,来去总成空。一世繁华唯举善。根原如是大仁风。愁莫苦从中。

诉衷情·人生无梦不风流

人生无梦不风流,有梦也千愁。红尘滚滚长叹,幽绪漫心舟。

天地阔,任遨游,古今求。莫殇神意,贤妙盈怀,词志云楼。

阮郎归·槐序蜂情（二首）

（一）

绿茸琼蕊抖芳菲,蜂迷花簇帏。陌阡灵籁异香围,鸟吟蝶醉飞。

纯妙味,素风徽,益虫酣梦归。永由槐祖惠声威,丰迎华夏辉。

（二）

冻雷丰雨夏初新,清诗旋律真。绿肥红瘦梦槐亲,蜂臣墨守神。

行道里,付艰辛,采花酿蜜纯。历勤不尽苦修身,甘甜施万民。

七律·释怀把笔醉斜阳

深秋萧瑟落苍凉,梦境凝愁入骨肠。
摇曳生姿千百化,吟蛮流远几勋章？
连篇追忆不凡事,忧独倾怀切莫伤。
了尽天良维本性,释怀把笔醉斜阳。

新青山依旧

男,52岁。湖北省某厅局机关管理干部,高级经济师,研究生学历。喜好古典诗词,曾有多部作品获得媒体获奖或推荐。

如梦令·夏蝉（词林正韵）

池近初荷破晓,暮送晚雷归棹。虽褪别时衣,长忆经年旧貌。知了,知了,只爱熏风长调。

踏莎行·清明寄思（词林正韵）

更漏初残,轮回几度。青山总是忠魂处。寂寥长夜过春时,千丝万缕风飞絮。

岁岁思来,年年归去。关河难阻征鸿路。拍阑听雨问东风,几时再把初心铸？

满庭芳·夏日纪行（词林正韵）

踏坎南村,鸣钟东苑,夏蛮无尽欢歌。当年索道,犹记雨侵裳。再探天都胜景,玉屏卧,云海星河。戏花蝶,倚松步履,始信戛云柯。

平生还少愿,画楼欹砚,溪柳婆娑。到如今,肥梁瘦柱消磨。远近驱车随我,杯中物,浅酌无多。韶光短,芳心几许,揽镜哂微酡。

七律·春雨抒怀（平水韵）

一畦春雨润如油,万里江天尽扫愁。
昨夜寒门风索索,今晨暖径草悠悠。
揽衣潘鬓当随笑,展谱瑶琴且放喉。
若有诗书陪老叟,即无幽梦一帘收。

七律·湖光（平水韵）

落雁桥边野草哀,鹈鹕惊苇复飞回。
晓依晨雾凭风去,夜枕星光入梦来。
羁泊船艓蛙作客,扶摇残柳月登台。
银河辉映湖上景,方寸苍穹襟抱开。

七绝·乌镇雨巷（新韵）

冷雨敲窗瓦上声，逢源油伞掌中轻；
双桥深巷孤舟远，停棹犹思沈雁冰。

七绝·湖上人家（平水韵）
半世蓑衣沥雨风，满船新月任西东。
一壶腊酒家山外，宿醉方知醒梦中。

七绝·丽人行（平水韵）
枝扶素手衣沾雨，唇点桃花扇底风。
浆向蓝桥思玉兔，玄霜捣尽几回逢。

星汉

　　姓王，字浩之，1947年5月生，山东省东阿县人。新疆师范大学文学院教授。中华诗词学会发起人之一，第二届、第三届副会长，现为顾问；新疆诗词学会会长。公开出版有《清代西域诗研究》《天山东望集》等20余本。

陪黄河诗会诸名家谒杜甫故里
挥毫异代各传神，少小谁家不苦辛。
雨洒乡愁来万里，云飞诗句漫三春。
杜工部伴乾坤老，笔架山擎日月新。
拜谒堂前留一语，高吟自有后来人。

游李商隐公园
多年无力解无题，亲到荥阳问玉溪。
红药避风开蕊晚，碧桃带雨压枝低。
朝廷多事磨吟骨，幕府长途费马蹄。
未尽幽情回首望，满园春色透灵犀。

雨中祭三苏坟
万里东来胜读书，天山不许怯长途。
乌云酿雨灵思远，翠柏翻风健笔粗。
西蜀多才扶两宋，中原有幸葬三苏。
前贤今日如相见，我愿追随作仆夫。

八台山玻璃栈道
青山绿水碧天长，正待游人大步量。
但得心胸皆剔透，高低都是好风光。

李依若墓
苍天今日始怜君，百丈村前漫夕曛。
康定情歌传四海，何曾一句到荒坟。

拜关羽持刀塑像
依旧当年胆气豪，荆州仰望白云高。
东吴山色开图卷，西蜀江声绕节旄。
口舌交争摧鲁肃，头颅厚葬感曹操。
面陈一语君休怒，多用兵谋少用刀。

宿开江郊外寄内
絮叨多电话，总问几时还。
白发今生老，红尘何日闲。
幽泉流蝶梦，夜雨落巴山。
莫把归期数，明朝出玉关。

邢建建

　　网名沫蝉。潍坊滨海旅游集团员工，中华诗词学会会员，潍坊市诗词学会会员，寿光诗词楹联艺术家协会理事、宣传部副主任，爱好诗词、喜读经典，用心聆听自然的声音，用文字记录简单的篇章。

赠妻
许是三生缘，相知二十年。
晴风托日月，瓷碗绕厨烟。
饭后同携手，攀登还并肩。
夜深望北斗，北斗心相连。
自愧才力薄，早市买鞍鞭。
扬鞭共鸟飞，报主把身迁。
碧水漾清波，澄空曳彩鸢。
唯愿今生守，不羡月婵娟。

念奴娇·荷花开了

荷花开了,正茫茫烟水,一池澄碧。三两蜻蜓来弄影,穿过亭亭帘隙。鸟雀迟归,蝉音缓落,暮色初凝积。落霞之处,共听香冷横笛。

不为十里春风,只因有你,留下漂流迹。遥想仙人乘鹤去,也学双凫飞舄。长忆西湖,还思南浦,今夕为何夕?霓裳披罢,独怜一夜岑寂。

蝶恋花·荷塘雨霁

雨霁风轻天似洗,绿柳丝丝,燕剪双双尾。玉露荷花相与对,一池好梦清如水。

来去薄云犹胜纸,赋上诗篇,不问其中意。忘却高楼和绮丽,唯馀两眼深深翠。

清平乐·水泥搬运工(新韵)

一通电话,整顿凄凉褂。哪管是冬还是夏,唯恐晴空雨下。

冷对满路烟尘,漠然指甲泥深。笑靥残花似雪,只手挥去阴云。

临江仙·读诗

闭目春花秋月,过桥水榭林莺。霞光红透百千层,纵青山不语,已万种风情。

是否乾坤易变,安能辨得分明?且须沉着细聆听。僧家多佛偈,一梦一浮生。

好时光·喜鹊

喜鹊东飞西就,轻似柳、俏如霞。歌啭彩云明月出,幽情不用赊。

若那迷夜色,便取个、近人家。一夕春风后,恋上海棠花。

鹊桥仙·青瓷

千年窑火,一朝泥亘,满目盈盈珠翠。晶莹霜雪出莲花,更沾惹、一江春水。

灵溪风月,冰纹云影,缕缕清凉不退。雨山横黛似当初,细思量、人生如是。

生查子·雨后黄昏

雷怒动山川,骤雨黄昏歇。风来分外清,日落堪奇绝。

黄莺绕树鸣,薄雾林间没。归梦托荷花,念念香犹彻。

邢思斌

安徽省阜阳市人,听障人士。中华诗词学会会员,《中国残疾人诗词专辑》主编,安徽省炳烛诗书画联谊会理事,阜阳市分会副会长,编著有《铿韵·中国残疾人诗词选集》,自著《无声吟》。

念奴娇·读习近平主席词《追思焦裕禄》感赋

词章读罢,逐心潮,犹记庶民哀泣。吊仰良贤流涕泪,抚摸焦桐长忆。企盼归来,忠魂何处?此地寻踪迹。莫伤人去,遗留英杰豪赫。

振我赫赫神州,少年奇志,胸有风雷激。整顿乾坤民众望,医国当论廉直。重绘雄图,兴邦强国,坐得堂前席。殊伦人世,红旗辉映天碧。

2015 年 1 月 26 日

金缕曲·观郑板桥竹竿画

尺幅来龙啸,卧听萧萧声夜响,牵肠诗搅。取数叶寒枝旧纸,放浪沉吟便了。几滴墨,愁多萦绕。削去冗繁留清瘦,逞风姿,妙夺天工巧。坚劲节,对风傲。

荣华看厌撕纱帽,抹虚名,清风两袖,倾情篁筱。墨点无多多涕泪,画笔诗才怀抱。摅血性，哀怜穷灶。难得糊涂糊涂些，唤痴聋，脚踢乾坤倒。钦竹笔，凿心窍。

2011 年 10 月 12 日

七律·游欧阳修会老堂
（纪念欧阳修诞辰一千周年）

一

粼粼湖水漾春光，来拜前贤会老堂。
燕剪碧波迎雅客，莺鸣翠柳咏华章。
当年聚屋三奇士，今日祠堂一柱香。
公去遗文清逸处，月光皓皓映芸窗。

二

载酒行舟潋滟波，春风十里到焦陂。
芦花淡荡欣吟絮，竹叶扶疏喜客过。
贤哲文章魁史册，诗人遗墨惠书多。
我心有笔随公去，颍水抒怀一剑磨。

2007 年秋

五古·读《杜甫诗选》有感

一

天生杜少陵，咏史集诗成。
离乱愁鼙鼓，悲歌哭众生。
文章针世弊，墨泪献真诚。
啸啸今骚客，谁为发正声。

二

老杜半喑聋，吾愁长失聪。
运乘同命舛，处世不平庸。
吟事生民病，舒愤残疾衷。
庸庸世俗子，知我为民躬？

邢桐生

女，安徽桐城人，安庆市活塞环厂退休职工，自幼热爱中国传统文化，67 岁时，加入安庆老年大学，学习中国古典诗词，并出版个人诗集，现为中华诗词学会、安庆市诗词学会及作家协会会员，部分作品曾刊登于全国、省、市报刊。

五绝·海岛观测点

蓬帐搭幽处，镜头瞄野禽。
传情凭手语，怕若鸟惊心。

五绝·谷雨诗会

新诗腾作浪，起落显神驰。
博起千家彩，扬帆会有时。

五律·学诗

开笺下笔愁，平仄伴春秋。
雨洒经霜草，潮奔逐浪鸥。
凝眉思雅句，翘首叹清讴。
年迈勤耕作，诗情意尽收。

五律·学琴

电子琴辉满，弄弦音韵清。
老来寻乐趣，陋室起欢声。
艺浅难为曲，才疏却有情。
但求心惬意，莫问与谁听。

七绝·老乐

昔日家贫学未成，胸无点墨苦无争。
夕阳尚有余辉在，且上书山走一程。

七绝·美国金山大桥

海浪金桥恭送迎，飞车一啸上天庭。
嫦娥已在桥边立，聆听沙滩百鸟鸣。

七律·七六抒怀

乡间小草久经霜，宠辱无惊野趣长。
一径丛林知曲直，孤身野鹭识阴阳。
裁云剪雾连天碧，叠嶂开花遍地芳。
世事寻常遭白眼，乾坤俯仰品沧桑。

七律·评诗
课堂论赋尽芬芳，古调今声吟味长。
师者精心传玉律，学员雅兴颂华章。
抒情款款词优美，寄意涓涓句喷香。
翰墨交流同上进，韵承李杜志飞扬。

卜算子·师生欢
假后又相逢，笑谈师生语。欢乐同窗共读中，求索寒和暑。
夏去又秋来，惟有情如故。待到中秋望月时，但愿人长久。

一剪梅·学诗
终老林泉不自伤。钻进书房，学作诗章。金秋时节好风光。志学辉煌，枫落山冈。
激活青春又起航。虽说文盲，决不彷徨。沧桑虽晚又何妨。梅竹经霜，犹吐芬芳。

邢协宇
男，1940年12月生，湖北省黄梅县孔垄镇人。退休前，系黄梅县第二高级中学语文教师。退休后，系中华诗词学会、省市县诗联学会会员。任孔垄镇诗联社主编14年。

一位扶贫工作者手记
帮扶力点着何处？引邃群科气自华。
片片闲田开宝鉴，潺潺活水戏龙虾。
五洲走俏心灯亮，满座谈经日影斜。
人赞锦囊多妙计，我歌书屋富农家。

为诗者价值观之我见
借问骚人价几何？观今鉴古耐研摩。
贪经贪典贪赃少，长赋长诗长寿多。
一滴盗泉悲誉毁，百篇吟稿醉颜酡。
笔花音泛贫中乐，我亦因之学放歌。

改革开放40年颂歌
天公着意布阳和，地乐融融笑烂柯。
飒爽神舟遨碧宇，矜持航母逐银波。
千行卓越千秋业，一带繁荣一路歌。
人类同营共同体，万邦乐奏舞婆娑。

熊人协
江西丰城人，众多古体诗词网站会员，毕业于南昌大学，现居嘉兴，热心公益，爱好摄影、写诗，长期工作在农村基层，创作根植于土地，近三年来作有未结集古诗千余首，诗作大多歌颂江南水乡，描绘禾城(嘉兴)美景。

七绝·和睦夫妻家兴旺
举案齐眉共渡修，安康喜乐了无忧。
并肩携手夕阳下，以沫相濡踏晚秋。

七绝·摄影爱好者
路远迢迢寻美景，匆匆步履不自禁。
长枪短炮奔千里，四季风光一手擒。

七绝·劳人
劳人蓑笠老渔樵，手大筋粗累断腰。
踏雪披霜驼烈日，常留善美扮尘嚣。

七绝·犁地种花的老园丁
躬耕陇亩脚行泥，逐日开身早似鸡。
犁遍嘉禾千顷土，换来四季醉花蹊。

七绝·暑天耘麻
快走荒阡脚板烧，肩扛烈日路迢迢。
弯腰偻背除顽草，大汗淋漓别孽苗。

七绝仄起·初夏清晨过绿道

(首句入韵：六麻)
枇杷流酸叩齿牙，枫藤批绿盖篱笆。
清晨结伴穿绿道，忽见红裙一树花。

七绝·南湖即景
湖心岛上钓鳌矶，烟雨楼台叠翠微。
碧水清明平似镜，鸳鸯鸥鹭戏双飞。

七绝·山村四月
良辰美景四月天，燕舞莺歌绿满川。
处处纸鸢天上笑，放牛老者似神仙。

熊生贵

号瑶湖布翁，1958年1月生，江西南昌人。1982年5月入党，1978年服役原福州军区守一师一团，1985年1月退出现役回地方从事粮食管理工作30余年，2018年1月退休。

七绝·纪念毛主席诞辰125周年
润泽中华环宇秀，功高盖世数风流。
文韬武略谁俦比？一代明君耀万秋！

七绝·丁酉初雪
云间百炼喜绒花，落地无声润物华。
铺就豫章银世界，折梅郊野灿如霞。

七绝·春雨
浮云布雨似穿梭，长空飞鸿一字歌。
赣水直流掀白浪，瑶湖柳岸舞婆娑。

七绝·题龙榜
十载孤灯耀课窗，勤游学海赋华章。
今朝折桂功名取，志向高峰做栋梁。

七绝·忆母(新韵)
追忆灯前夜补人，万般情爱感乾坤。
含辛如苦无图报，共享天伦那去寻。

七绝·游西湖
秋赏西湖碧水摇，轻舟逐浪涌人潮。
许郎情爱今何在？不尽遐思望断桥。

七绝·游南京路外滩感怀
万国楼宇展昔图，十里洋行载史书。
黄浦江涛刷旧耻，陆家嘴岸矗明珠。

五绝·丁酉小寒(新韵)
疾风涌浪高，冷雨似锤敲。
三九侵人骨，江南见雪飘。

卜算子·赏郁金香
郊野瑶湖旁，极目黄金伞。姐妹同游乐开怀，羞对旁人赞。

无意抢春光，只把东君唤。待到朝阳沐百花，自个娇容灿。

熊淑君

女，生于1963年8月，大学学历，毕业于武汉大学图书情报系科技情报专业，副教授，已退休，从小喜欢体育运动，如乒乓球、羽毛球等，并热爱摄影、旅游、唱歌、绘画等，自幼随父学写书法。

贵州游
银帘一幅地然装，碧水清潭流满扬。
游客抢挤挨近拍，吾心不弱也更狂。

建党98周年南湖红船
南湖红舰史书排，风雨艰程洗礼来。
勇往直前不怕死，锤镰磨砺更坚材。

中元节
每年七半敬宗先，叉路街头送纸钱。

尊爱一离音貌在，悲不自胜泪飞泉。

三清山观云
云雾峰峦奇幻多，君乘缆道过银河。
回眸浩渺三千界，听我深情高发歌。

暴雨记
天公泼水地成塘，车是游船难遇常。
道路拥挤望兴叹，何时通畅盼眉扬。

登黄鹤楼龟山
六月荷香清气吹，身轻心快上楼龟。
凝眸远视长江小，迎面方知夏热随。

咏长江
一线长江万里喧，如龙弯曲共波奔。
五湖众水皆容纳，九派诸流统领根。
两岸农田堪灌溉，千舟货物可航存。
沿途港埠繁经济，预计将来如瀑喷。

颂"一带一路"
一带一路国际化，同绘精细工笔画。
从严治党谋思远，科技强兵豪气挂。

熊熠

笔名云朵，微信名云在飞，重庆人，现居四川达州，一名古典诗词业余爱好者，担任潇雨轩文化传媒主编，兴趣爱好广泛，作品散见于《东方诗词报》《心灵文苑》《新时代网络诗歌精品典藏》《当代千人诗歌》《中国风》《巴蜀诗词》《子云山诗刊》以及其它微信媒体平台。

和夜雨潇潇老师《春、夏、秋、冬、晨、午、晚、夜、时、刻》为君十赋鹧鸪天（新韵）

春
雪化琼诗润靓颜，为君一赋鹧鸪天。
梅香唤醒千峰秀，春雨催开万卉鲜。
飞瀑泻，彩诗翩。春姑携手踏青川。
丹阳亲面思飞远，翠浪盈穹映碧天。

夏
夏梦温馨诗画诠，为君二赋鹧鸪天。
荷塘春色香犹在，翠柳闻莺意未酣。
嫦袖舞，玉人翩。粉腮霞染碧裙旋。
蝉蛙合奏情思袅，缕缕牵丝寄素娟。

秋
秋色连波诗画瑄，为君三赋鹧鸪天。
枫红峻岭虹霞映，稻闪金光旭霁穿。
湖镜旖，影音联。菊傲寒霜俏姿翩。
果香盈满丹桂味，几度乡愁绕月环。

冬
冬岭储芳映瑞年，为君四赋鹧鸪天。
苍松竞秀迎风雨，翠竹凌霄战雪寒。
香韵渗，雪梅函。五岳三山玉龙缠。
麦苗私语藏琼被，万里河山锦绣添。

晨
晨露锄禾韵淡然，为君五赋鹧鸪天。
喷辉旭日滋千堑，泼彩雾霞染百川。
琼雾渺，玉溪缠。向东流水意情绵。
花香鸟语盈心肺，大地飞诗云水间。

午
醉憩花间香满园。为君六赋鹧鸪天。
轻风拂面神魂惬，柔柳钓心灵韵穿。
飞蝶舞，媚阳环。一杯美酒润丹田。
桃霞映射诗菲漫，一阕清词肺腑潜。

晚
日落西山霞漫川，为君七赋鹧鸪天。
长堤漫步云霄汉，垂柳轻扶月娥婵。

思摆渡,念扬帆。心舟荡漾谊空间。
斗明星璨琴心蔚,键舞荧屏锦瑟弹。

夜

醉倚床头夜未眠,为君八赋鹧鸪天。
字香萦绕心河畔,墨韵轻翔灵海边。
思泻瀑,念喷泉。情斟美酒举杯干。
网山携手诗吟和,谊键频敲挚友牵。

时

时闪如梭空海穿,为君九赋鹧鸪天。
屏前静坐佳章品,鼠键轻敲美律填。
金韵萃,玉词粘。平仄跳跃桂香环。
谊芳盈袖眸擎泪,梦载轻舟逐月欢。

刻

刻挂亲朋忆梦甜,为君十赋鹧鸪天。
一声问候鸿书至,几句寒暄锦字刊。
真爱镌,挚情牵。电波速递网空连。
墨香留玉诚心铸,雅韵镀金比钻环。

熊振英

男,湖北省浠水县人,副县级退休干部。省市县中华诗词学会会员,有诗词作品刊载《中华诗词》《诗词月刊》《湖北诗词》和《东坡赤壁诗词》《清泉诗词》,在各种诗词大赛中曾多次获奖。

七绝·二首

一

牛啃洲头燕子旋,新楼栋栋半藏山。
春声又上门前树,机器隆隆下水田。

二

信步山庄似画廊,鸡声啼处笑声扬。
园中踏露男挑菜,陌上提篮女采桑。

七律·二首

一

早有名声贯耳闻,轻车一路到该村。
和风时雨铺康道,野岭荒坡脱旧痕。
千亩银棚迷望眼,满园科技吸游人。
凝眸大畈花如海,喜看河东尽是春。

二

车驰花巷一身香,泥腿田家出进忙。
人水相亲灵秀地,村民互动聚仙乡。
雅风华室迎宾客,幽院琼楼映夕阳。
候鸟携回诗句美,竟然此处是农庄。

鹧鸪天·茶山上

岭碧天蓝处处馨,茶山采嫩闹纷纷。
大姑漫说毛尖好,小伙争夸雀舌醇。
新媳妇,语惊人,谁能胜我让谁亲。
顿时竞赛高潮起,男撑光阴女撑春。

朝中措·新婚夜

新娘独坐夜将阑,生恨自油燃。不见香闺君面,料当另有情牵。
推窗窥测,大棚身影,试验攻关。顿刻疑云消散,深情一吻平冤。

清平乐·大别山叟

捋须山叟,絮语闲言奏。老板进城山里有,李四张三二某。
侃谈时事"专家",闲聊欧亚非拉,爱赋夕阳多彩,喜欢"杠上开花"。

鹧鸪天·大别山蚕姑

大别山沟笑语扬,蚕姑结队采桑忙。
中西丝路同心筑,欧亚前程共步量。
蚕蛹壮,茧丝长,丝绸路上亮衷肠。
千秋好梦千秋业,大国人民勇担当。

徐安华

字志德,又志得,男,65岁,中学高级教师。现为中华诗词学会、中国楹联学会会员,江苏省诗教先进个人,盐城市诗词协会理事、市楹联委副秘书长、市老干部文友会副会长,盐都区诗书画社常务理事,《郭猛诗词》主编。著有《志得诗文选》1部,参与主编诗文集5部。曾被区人民政府、中国语文报刊协会表彰为"优秀语文教师"。

五律·咏西江千户苗寨
西江苗寨美,处处沐朝晖。
白水一河过,青山四面围。
声声闻犬吠,袅袅看烟炊。
古朴原生态,游人不愿回。

五律·咏苗家长桌宴
苗家长桌宴,引得口涎垂。
靓妹情歌唱,山民竹笛吹。
温馨频劝酒,浪漫股相推。
热辣氛围涌,迎来众目睽。

五律·咏青岩古镇
千年古镇行,四面数峰青。
设计真渊湛,手工更巧精。
人文瞻旧址,建筑看明清。
爬越城墙后,浑身倍觉轻。

五律·咏天星桥盆景园
水上石林蜒,游人捷足前。
穿梭帆石板,攀越侧身岩。
漫步长青峡,欣观一线天。
唐僧经过地,拍照乐留连。

五绝·咏小七孔桥
小七孔桥水,澄清澈又蓝。
远观如宝石,近睹似珠帘。

七律·观黄果树大瀑布
瀑布奇观甲九寰,天投圣境到人间。
声声巨响如雷炸,滚滚飞湍似雪湍。
气势恢宏差拟比,芳名贯耳不虚传。
三游此地难言状,一睹仙姿可解馋。

七绝·咏六十八级叠水瀑布
声声瀑布响如雷,滚滚湍流势不颓。
级级奔低随谷转,重重直下去难回。

七绝·咏水上森林
乱石丛间碧水流,森森树木景清幽。
游人疾步穿梭过,恨不须臾览九州。

徐成祖

副教授,男,1936年3月出生,上海市崇明县人。1961年毕业于浙江大学物理系(五年制)本科。先后任职于浙江大学、上海理工大学。两次获得上海理工大学教学质量优秀奖。1996年6月在教研室主任任上退休。从青年时期开始,就一直爱好楹联及诗词,编著有《宋词格律鉴赏》。

水调歌头·祝贺词(贺浙大光仪56届暨物理56班再相聚)
杭城曾欢聚,五载一瞬间。同窗情谊难忘,记忆伴晚年。古稀怀旧思娆,承蒙筹组出招,情谊添新篇。往昔几次会,感事暖心田。

时光闪,又金秋,发白添。有缘总能相会,再聚西湖畔。欢笑互赠快乐,健康传经送宝,收获能齐全。祝愿春常在,童颜再聚见。

2011年10月26日于Canada Vancouver

卜算子·杭州灵峰探梅

雪灾虽肆虐,梅性独自傲。身披冰凌任风暴,难遮红颜俏。

无意争艳丽,只铺春光道。待到百花斗妍时,梅留香魂笑。

2010年2月于杭州

长相思·同窗56级小班聚会（己亥年初春）

时光流,景依旧,帅哥靓女书声楼[1],美忆消闲愁。

健康守,鬓已秋,耄耋翁妪湖畔[2]游,共迈百岁寿。

注：[1]楼：指读书时上课时的教学楼。
[2]湖畔：指杭州西湖边上刘庄、汪庄附近。

采桑子·感谢（戊戌年重阳）

桂子飘香重阳到,退教相逢,满面春风,理院问候暖心中。

感谢安排过佳节,慰品颇丰,夕阳正红,温馨关怀情意浓。

采桑子·会友[1]

数年未遇貌未变,脸色润红,满面春风,浦江两岸喜相逢。

夕阳无限怜芳草,生活颇丰,体多保重,人间晚晴乐其中。

注：[1]指临时在上海浦东有事的浙大老同事。

写于2018戊戌年初冬

蝶恋花·相聚感怀

金秋十月西子走,别后重逢,相聚天堂游。欢声笑语湖中舟,碟片相册纪念留。

似箭光阴叫人愁,转眼瞬间,景色仍依旧。十里桂香又一秋,问君再叙何时有？

蝶恋花·心情养生

寻找乐趣心情好,得益心脏,功能运转妙。沧桑道上病难扰,夕阳梦美添欢笑。

上帝庇护赐生宝,护好心脏,可免疾病恼。岁月流逝心不老,延年益寿定知晓。

江城子·耄耋同窗杭州聚会[1]

小楼[2]相会喜相迎,忆往事,讲不尽。繁花飘香,同窗叙心情。久别重逢情谊在,话难表,感慨深。

年华消逝感飘零,鬓已秋,身心晴。海阔天空,遍处觅笑声。百年享受鸿运路,万事顺,满园春。

注：[1]聚会：2019年4月。
[2]小楼：指杭州西湖边上刘庄、汪庄一带。

清平乐·40年上理工巨变（己亥年初夏）

从未停歇,上理今非昔。改革开放春潮急,府名[1]内涵增色。

科教楼群[2]绵连。系科[3]设置空前,师质[4]更上层楼；硕果[5]不断涌现。

注：[1]府：高等学府。府名指机械学院演变华东工业大学再演变至上海理工大学。
[2]科教楼群：科学研究与教学用楼。
[3]系科：指系科设置的增加和内容的变化。
[4]师质：指师资质量和学术水平。
[5]硕果：比喻学校取得巨大的成绩涌现,人和事物大量出现。

七律·拜年（己亥年除夕）

己亥降临年味浓,群里拜春民俗丰。
祝福新岁体更健,万事诸顺乐无穷。
天蓬下凡仙气风,闲聊养生添轻松。
耄耋翁妪增福寿,百岁征途乐其中。

鹧鸪天·粽香话诗人

每逢端午角黍香,难忘离骚诉忠肠。
雄文留世孤臣愤,炎黄后代诗传扬。

划龙船,抹雄黄,汨罗江水永流芳。
诗人事迹高风在,佳节绵延祭忠良。

七绝·南翔古猗园赏荷

半脱莲房才绽开,绿荷深处露胸怀。
游人细品花中韵,清纯香暗朴鼻来。

作于 2019 年 7 月 10 日

七绝·晨醒

大寒节到沪雪飞,早上懒起护窝被。
窗外银白遍处盖,出口任务赶穿衣。

写于庚寅年大寒节气

七绝·赠友人①

少女自有求知梦,初中三载何惧忙。
寒窗苦读今古有;千锤百炼定成钢。

注:①友人的妙龄少女家长,怕应试忙碌、书山题海、摧残身心,顾虑重重,特赠此诗。

七绝·微信感怀

晚晴霞光无限好,微信群内真热闹。
信息交流知识长,耄耋及年乐陶陶。

七绝·赞老同学家小花园(二首)

其一

盆中装栽芦荟花,修饰打扮更风华,
挺立自信配上诗,意涵丰富成佳话。

其二

各色品种盆中栽,四季皆会有花开。
自设园景心欢畅,梦中犹闻暗香来。

七律·贺华诞(国庆节朱姓老同学生日,特作藏头诗一首)

生趣盎然晚如春,日盼欧游梦成真。
快意领受世界美,乐观情操显年轻。
合并双诞节更亲,家庭谐和万事兴。
幸运之神随身转,福至心灵喜满身。

七律·快乐养生

鬓白何叹岁月快,体健神爽添风采。
钻天入地游秋景,拜访同窗亦记怀。
夕阳正红笑颜开,古稀数据要修改。
人生得意须尽欢,千金散去还复来。

七言格律诗·贺孙儿生日

温哥华离家赴读,多伦多高府①深造。
有志者梦想正浓,展来年定成英豪。
华诞日爷奶②庆贺,祝孙儿万事乐陶。
宝剑锋出自磨砺,梅花香忍苦寒熬。

注:①高府:高等学府。这里指多伦多大学。
②爷奶:指孙子的爷爷、奶奶,即祖父、祖母。

七律·新春感怀

申猴回眸渐远去,金鸡起舞报春来。
爆竹不再辞旧岁,微信贺禧乐开怀。
千门万户除夕聚,欢声笑语共餐台。
展望丁酉多喜事,国强民富美梦栽。

写于丁酉年正月初四

五律·清明文化节

清明赴故里,前去上祖坟。
斋供祭品摆,默默祷告声。
满脑思往事,犹如落掉魂。
焚箔拌珠泪,祭扫心虔诚。

2011 年 4 月 5 日

徐春华

南天诗社成员。网名远方彩色的云,大中华诗词协会成员,诗词吾爱网成员,一路诗怀,翰墨清吟。作品多发表在微刊、诗词吾爱网和《沧浪一路诗怀》诗集上。

七绝·咏牡丹

沉鱼落雁引眸牵,闭月羞花令眼缠。

不媚不阿真本色，惠中秀外位芳仙。

七绝·沙滩雨后
青露淋漓韵自生，浅黄嫩绿各纷争。
高天厚土随伸展，百态千姿任纵横。

七绝·大雨
大珠坠碎小珠残，万缕千丝落玉盘。
鼙鼓声声催战马，池塘螃蟹占栏杆。

七绝·习总书记来赤峰
清晨百鸟唱临潢，习总慈容现北疆。
草茂花香驰骏马，赤峰发展国家昌。

七律·纪念卢沟抗战
贼倭窥视已三围，隔岸垂涎睨厚肥。
借故寻兵怀诡计，图谋不轨纵淫威。
江山沃土归华夏，热血忠魂守祖畿。
岂负爹娘擦泪眼，残肢硬骨镇京圻。

七律·夏日渔港
湾头桅影打鱼家，隐约蒿稀小径斜。
树上蝉鸣千瑟响，池中蛙唱表情夸。
低垂酒幌猜拳少，杂乱篷车饰件花。
烈日纵情呈笑脸，白云闲弋挂枝丫。

七律·同砚重逢
梦绕魂牵校友萦，妪翁集聚话真情。
拼争半世同窗好，豆蔻年华岁月峥。
白首衰颜人未识，童音老眼泪先横。
重逢对视言无尽，浊酒千樽醉至醒。

徐德军
男，1970年5月出生于美丽的塞外边境小城——吉林省集安市，从小就喜欢家乡的山山水水，与山为朋著诗词，与水为友吟曲赋。

立秋晨游通沟河抒怀
水墨集安如梦里，烟波点翠夜无眠。
平湖信步闲心落，碧瀑飞歌铁胆悬。
大禹凌云留远客，将军长啸舞金鞭。
秋来四野凉风起，我欲因之赋美骈。

七夕抒怀
星河觅渡恨无桥，泪瀑飞流断碧宵。
寂落牛郎舒冷袖，孤伶织女拂寒箫。
朝歌醉饮扶冰月，暮赋春愁羡白瑶。
乞巧萦怀如梦里，人生最美是农樵。

集安颂歌
昔日江南旧物稀，今朝塞外扣心扉。
春来柳绿池塘舞，夏至花红野鸭肥。
夜幕垂帘留远客，天街火树落珠玑。
和风拂面无言语，万里河山有德威。

赠八弟
昨日欢欣饮玉浆，今朝忍别落神伤。
江南煮酒松花醉，塞外烹茶斗室香。
泼墨挥豪舒广袖，吟诗作赋拂愁肠。
凌云展翼黄昏后，得意春融再举觞。

通化县大泉源酒海
酒海卧龙潭，天仙醉影酣。
香醺舒广袖，味美绕流岚。
入口神清爽，低眉语健谈。
人生千万里，快意莫心贪。

八一咏怀
风雨沧桑巨变多，披荆斩棘未蹉跎。
洪城起义寻生路，赤水争雄斗鬼魔。
北上中原除敌寇，南征五岭解兵戈。
神州一统江山秀，保卫家园唱凯歌。

预祝中华诗词之乡验收顺利通关

通宣王化史书丰,建县安邦四海同。
汉郡离骚留远客,唐风雅韵送文雄。
平川沃野诗情起,市井廊亭画意融。
待到名扬千万里,幽芳遍地醉仙翁。

虎马岭礼赞

蛟龙卧饮两山旁,虎岭腾云四野香。
绿柳茵茵飞燕子,红花朵朵落鸳鸯。
廊桥九曲轻挥袖,侧畔孤帆淡抹妆。
直向青天千万里,扶摇绝顶赋诗狂。

徐登峰

中华诗词学会、中国当代文学研究会、世界汉诗协会、上海市诗词学会、上海市楹联学会会员。上海市云间韵文社监事,上海市洋泾诗词社成员。诗词赋作品2000余首散见于《中华诗词》等全国60多家诗词刊物。多次获全国和省市诗词大赛奖。合作出版有《中国当代诗人作品精选》《当代诗词十二家》等。

五律·大漠雨

千里黄沙涌,浮云送雨来。
驼铃声又脆,红柳叶徐徊。
觅食忙饥鼠,飞烟息迅雷。
朔风吹晚霁,山月照轮台。

七绝·闲趣

楼角何由照眼红,悬车闲局几明公。
勤耕侍得花如锦,共饮三杯再种蓬。

五律·从南京乘舟游长江到南通

扁舟醉浪颠,千里下崇川。
似听吟词赋,惊闻击鼓弦。
寒山迎远客,吴郡测云天。
暮雨大江左,濠河生紫烟。

注:南京到南通,两岸名胜目不暇接:六朝遗迹、李煜诗词、红玉击鼓、金山水满、寒山禅寺、姑苏古城……

七律·游上海淀山湖

万顷烟波染碧穹,劲流千古秀年丰。
吞吴楚越九天阔,飞棹渔师几代雄。
葭叶轻言风卷浪,鹭鸶娇语客惊鸿。
云幔城廓影摇月,一水风流入浦东。

浪淘沙·狼山游

叩首更焚香,烟绕斜阳。风低云矮颂经堂。击壤唱吟民庶乐,穹吴隆昌。
鸿雁自翱翔,绝巘苍苍。五峰耸立傲东洋。俯瞰旷原千顷绿,气盖长江。

注:五峰指狼山、军山、剑山、马鞍山、黄泥山等五山组成的南通狼山风景区。

七绝·伊犁访家兄

葭思日久鬓毛斑,塞外寒云意自闲。
风动夕阳人不老,伊犁大曲醉衰颜。

七绝·夜宿石人沟

幽湾九曲野人家,松涧耕云种彩霞。
骚客颠狂吟醉晚,风摇弦月噪归鸦。

浪淘沙·七月二十七日应邀出席麻玉才伉俪便宴

携友又飞觞,今夜清凉。莫言人老鬓毛苍。且笑传杯花样古,旧事难忘。
聚散暗神伤,边月凝霜。柯河西去水流长。风雪横吹松叶落,情寄何方?

注:柯河,柯鲁木特河。乃我国唯一向西并流入北冰洋的外流河城额尔齐斯河的支流。

徐定福

江西省赣州市安远县人。1962年毕业于赣南医学院,安远卫生部门工作。2002年退休。中华诗词、江西省诗词、赣南诗联学会等会员。赣州市作家协会,安远县作家协会会员。发表作品6000余首(篇),散见于全国各地的诗刊。

七绝·游虎山寺
鹃花丛里上瑶台,官阙红门映日开。
画栋雕梁依旧美,迎神荐福慕名来。

七绝·虎岩山
形如卧虎睡山巅,岩洞瑶池霭雾寒。
僻路樵夫吹叶笛,密林深处鸟声喧。

七绝·棲云寺
高山涧水映黄花,楼寺岩前香路斜。
欲铲穷根离苦海,终须躬作问桑麻。

七绝·龙山行
烟雨茶亭阵阵香,青山着意送风凉。
悬崖峭壁举眸望,彩蝶纷飞百卉芳。

鹧鸪天·三百山
蔽日枫林雾气寒,风吹茂树绿无边。十八滩下千层浪,三百山头万缕个。
人语静,鸟声喧,观音巧绣九重天。蓬莱终系虚乌境,此地方为伊甸园。

南乡一剪梅·九龙山望濂江
山顶望濂川,绿水悠悠接远天。翠竹橙红香。两岸,淑女蹁跹,弱柳蹁跹。
楼草翠微寒,彩蝶花丛一片喧。古朴田园辉夕照,不是桃源,胜似桃园。

浣溪沙·龙井泉
树翠堆峰百卉芳,龙泉伏洞涌琼浆,入怀一掬可安康。
想是当年张果老,携还海忤吐清香,芙蓉圣水誉东洋。

鹧鸪天·九龙峰
拔地冲霄贯九重,摘星揽月弄清风。折来蟾桂香天外,借得鹊桥架碧空。
云淡淡,日彤彤,凭栏纵目喜心中。群山环抱龙峰秀,怎不依依情意浓。

浪淘沙·桃江
闲步画图中,绿草茸茸。柳丝拂岸衬芳丛。白鹭悠悠浮绿水,燕掠晴空。
波上自从容,皓首渔翁。竹排往返显萍踪。一片浮云随日落,满篓鱼红。

徐东
诗词爱好者,有零星作品发表。情存文字外,趣寓仄平中。

七绝·望高楼遐思
月宿前庭日比肩,推窗又把斗牛牵。
登堂入室云中客,饮露餐风已半仙。

七绝·有感灯红酒绿
(一)
香槟玉馔两相和,换盏推杯醉意多。
曼舞轻音磨壮志,男儿当唱大风歌。

(二)
温柔雌弱好儿郎,未建功名几断肠。
图志焉能歌酒里,励精一意作飞黄。

七绝·有感于城市绿化
一笔江山万里图,琼花锦树密成铺。
是谁舞起丹青手,风度翩翩绘玉壶。

七绝·垂思
金钩银线绿屏风,浮起浮沉篓未空。
今日垂收汤中美,何时钓得子牙功?

七绝·春
燕剪东风柳探身，江山涂碧一时新。
裁诗绣句形容尽，恣肆汪洋不及春。

徐东辉
网名江湖无底船。河北清河县人。幼承家训学习格律诗词。作品散见于各大网络平台。

七律·鲧堤
长堤百里似龙盘，寻古探幽尧舜天。
衰草斜阳秋色冷，昏鸦老树暮云寒。
从来和顺江山固，岂有横行社稷安？
历史洪流挡不住，人心向背五千年。

五律·咏桃花
一夜暖风来，桃花万朵开。
娇羞童子面，淡雅美人腮。
把酒呼陶令，题诗笑李白。
仙乡学隐士，月下久徘徊。

五律·猫头鹰
天下谁独醒，黑白自了然。
城狐谋社稷，社鼠窥桑田。
欲展鸿鹄志，犹闻鬼魅言。
隐身栖远树，终老噤寒蝉。

七绝·种瓜
忘身世外苦行僧，夜伴孤灯卧草棚。
玛瑙寻来镶碧玉，滴滴浊泪在其中。

七绝·葫芦
乾坤倒挂玉绳牵，雨化琼浆露作丹。
藏纳大千奇逸事，半为童话半为仙。

五绝·元宵节
星光垂四野，灯火耀长天。
月照神仙地，炉前正炼丹。

徐飞贤
男，汉族，1961年10月生，江西金溪人，大专文化。原金溪县文联主席兼文学季刊《秀谷春》主编，系金溪县象山诗社社长，江西省作协、中华诗词学会、中国民俗摄影协会会员，中国民协中华灯谜学术委员会委员。著有长篇民间传说故事《徐神仙的传说》和诗词集《心语集》。

七律·书房偶得（进退格）
如棋世事莫嫌猜，六十枯吟补读斋。
岁晚方知春去也，梦醒未觉晓来哉。
鬓添白发悲衰色，室少清风拂暮怀。
信手拈来三两句，任他花落与花开。

七律·晚秋南郊偶感
九月木樨千树黄，天空征雁正群翔。
西风过处秋萧瑟，南亩徘徊意激昂。
郊外不闻莸草臭，城中难得菊花香。
有情百姓无情吏，哪管人间日月长。

七律·寻秋
寻秋一路御风行，烂漫秋光满目横。
栾树葱茏花叶艳，紫薇绽放蕊珠盈。
溪中鹅鸭闲嬉水，篱上蔓藤忙扎棚。
更有桂香云外溢，断鸿声里踏归程。

七律·锦绣广场观樱花偶感
三月红樱着意开，市民络绎看花回。
嫣然绰约助人兴，淡雅柔荑引我哀。
曾拍仙云当远景，拟将晨露滴深怀。
痴情却被无情弃，一寸春心一寸灰。

七律·咏水仙（次韵皇甫冉《春思》）

吐芳展翠接新年，祥瑞漫馨送大千。
金盏银盘花照水，绿裙青带茎朝天。
湘江仙子凌波立，沼泽少年倒影眠。
值此万家团聚日，每思传说泪潸然。

七律·大雪驰思

已凉节气正寒时，落尽秋红有所思。
天面未如人面冷，梅花更比雪花痴。
风吹碧水翻波浪，雨打黄昏把酒卮。
纵老风尘应不悔，休将白发唱荒鸡。

误佳期·观月感怀

良夜海棠轻别，辜负晴空朗月。小园香径独徘徊，有语无从说。

天气正秋凉，孤客心头热。细思前事倍温馨，长系千千结。

东风齐着力·鄱湖颂

浩淼彭蠡，渌漪激滟，壮阔无涯。金风过后，玉露湿蒹葭。碧草茵茵锦绣，芦花荡、雁渡寒沙。蓝天下，鸿鹄唱晚，鹤舞红霞。

灵水毓芳华，佳丽地、逗留俊彦奇葩。钩沉往事，治乱两惊嗟。试问千秋湖泊，谁能识、大泽龙蛇？阳春里，政通人定，乐了渔家。

徐菲

女，山西省原平市人。1960 年 1 月出生于河北沧州。自幼酷爱古典诗文，系山西省诗词学会会员，原平市诗词学会会员，中华诗艺社山西分社社长。在《梨花》《忻州日报》《晨光文艺社》《大地菲芳》《千古诗词聚贤庄》等报刊及网络文学平台长期发表作品。

七绝·农家早(新韵)

最是农家身起早，肩扛犁耙踏朝晖。
耕田耩种衣湿汗，夜幕夕烟戴月归。

注：耙[此读bà]，即碎土、平地的农具。

七绝·军旅情(新韵)

驻守边防日夜巡，钢枪铁甲未离身。
哨旁又见白杨绿，也似家乡屋后林。

七绝·登云中山感赋(新韵)

足踩云中首顶霄，岚纱水带玉仙飘。
纵然胸有千钧墨，难谱山河万里娇。

七绝·地球吟(新韵)

空悬日月地承山，气转云游四水环。
万籁俱谐植被茂，一轮蓝魄好家园。

七绝·中秋夜(新韵)

圆魄登空天地朗，千家团聚万家瞳。
此时缠念荒茔处，父母冢头可共明？

七绝·重阳节登天涯山(新韵)

菊开枫染碧天长，滹水①粼粼五谷黄。
王郎②一绝千古诵，天涯山上唱重阳。

注：①滹水，即滹沱河之水。
②王郎，这里指(唐)王维。

七绝·枫(新韵)

树茂根深自古葱，天南地北任繁生。
春风吹过千枝绿，秋露侵来万叶红。

七绝·雁门关(新韵)

空山寂岭远人烟，雁门关前长草连。
千载时光东逝水，几多风雨几多寒。

徐光泉

来自湖北省石首，农民，爱好古典诗词。湖北省诗词学会会员，荆州市诗联理事，石首市诗社副社长。

福湘弟赐酒，作《酒边吟》记之
古今诗酒不分家，酒入愁肠诗自华。
六月开坛尝嫩藕，三冬把盏醉梅花。
天干饮出及时雨，地涝斟来捧日霞，
笔染酡颜生涩后，墨调五色兑新茶。

漏滴工棚何必停
风弹低调雨浇泥，漏滴眉间水一溪。
月既知心何必隐，云能化泪不该移。
每逢寂寞生新憾，长恨巫山惹旧题。
梧叶临窗长伴我，寒星几点似残棋。

写在诗论稿后
无新无异便无神，莫学浮潮对浪呻。
采得离奇三两片，拧成别致是诗人。

乌鸦赞
测祸测凶还测哀，忧民忧国受疑猜。
世人不厌言污耳，可免前头灭顶灾。

宝象艾尔智能门征诗
铁铸钢凝挡万夫，偷儿狐鬼哭穷途。
寄诗且问购门客，锁得贪官污吏无？

徐桂芬

安徽合肥人，1966年出生。"煮妇"一枚，网名空谷幽兰。兴趣爱好广泛。热爱生活！是打不死的"小强"！余生立志与诗歌、书法、绘画为伴！

七律·进科大诗词班有感
本就精英乃圣雄，一生贡献贯西东。
才华满腹校元老，银发虚心班学童。
端坐认真勤笔记，发言积极论诗通。
传承古韵争朝夕，家国和谐乐共同。

七律·赏兰有感
天气氤氲日未开，风寒怎阻暗香来。
清泉浸润娇姿出，空谷依生秀色裁。
好事之人期共赏，精心雅室细培栽。
根连叶叠山中老，谁让分离乱位排？

七绝·观鸟图有感
何曾为美舞翩翩，林越苍空勇向前。
掠水临风勤捕食，只因巢内小雏牵。

七绝·夏日翡翠湖
暑气蒸腾人未休，红霞一片意悠悠。
乌云压顶丝丝雨，放眼华灯碧水柔。

七绝·长临河古镇
小巷深深古韵通，巢湖碧浪送凉风。
清流抱翠可曾记？对战曹吴谁最雄？

五律·小外孙
喜看小娇孙，玲珑稚气存。
饿饥啼意闹，饱足畅声喧。
亦会观人色，寻机应众尊。
何求多富贵，良善是基根。

五律·陶醉萨克斯
小鸟催晨起，环湖慢步行。
才道幽亭寂，便传美乐声。
汗多衣湿透，器重律匀轻。
有梦何嫌晚，持久总能成。

五绝·深秋
秋深凋碧树，露冷结寒霜。
雁去无踪影，青枫换盛妆。

五绝·野菊
堤旁野外开，不屑诱人来。
簇簇清妍丽，霜寒冷未哀。

徐慧君

网名山茶花,女,籍贯安徽霍山。安徽省佛子岭水电站退休老师,古诗词爱好者。安徽省诗协会员,安徽省女子诗词工委会会员。

七律·致青春

莫恨光阴去太匆,眼前风景自无穷。
心随佳境欢何限,身共闲情愿与同。
不怕霜侵衰鬓白,偏欣梦拥老颜红。
青春永驻幽怀里,神气长存一笑中。

七律·岁杪抒怀

笑我终年空得意,只今新岁又如何。
眉间朽悴方知老,笔下风流不觉多。
消受清闲为自在,须留强健补蹉跎。
随人春色宜珍惜,逝去韶华亦可歌。

七律·论交(有感老同学微信重逢)

闲门莫道客来稀,微信重逢亦自奇。
虽隔烟霞千里外,论交情谊二更时。
言端雅聚皆期待,眼下酬心勿说迟。
但愿从今可乘兴,同窗叙旧正相宜。

七律·咏山茶花

雪里仙姿照眼新,腊前风物更知春。
争先吐艳灵光秀,苦耐凌寒品性真。
香在冬天皆有韵,影于冰地总无尘。
早开引至梅花妒,丽色横招蝴蝶亲。

风入松·咏风(词林正韵)

往还无影不须藏,行处作清狂。向来不问天宽窄,竟驾空、携鸟飞翔。摇拂华林苍翠,扯翻幽苑红黄。

驱云排雾未彷徨,乘兴又穿堂。三更声响鸣竿籁,梦悠飏、高逸无央。深入清江飞浪,远寻英蕊传香。

水调歌头·生日自寿(词林正韵)

雨湿菊凋瘁,风冷雪相乘。凝寒时节。哪个还记我生庚。回望浮生光景,虽是凡庸俗辈,倒也算安平。惟怜霜欺老,惯看月虚盈。

愿无违,心有待,梦何停。闲愁莫问,许我携乐与时行。莫恨年华流逝,当醉馀年康健,欣喜眼分明。把酒清忧念,提笔赋闲情。

巫山一段云·春里故山游(词林正韵)

蝴蝶花间舞,黄莺柳上啼。杜鹃声里唤人归,早约踏春期。

拾翠香林处,寻芳幽径西。故山流水乐相陪,惟怕夕阳催。

御街行·游新中国第一坝——安徽佛子岭水库(词林正韵)

巍峨峻岫峰无数。遮不住、游览路。遥观山佛自悠然,东渭清流如故。凌云修竹,沁心香茗,皆是相思处。

湖光映柳清波舞。探幽谷,听莺语。蛟龙高卧截长风,何惧拦洪山阻。花开秀色,潭生岚气,香绿侵幽步。

2019年7月30日

徐吉鸿

女,浙江人。中华诗词学会会员,浙江省诗词与楹联学会会员,香港诗词学会会员,中国国风网采编,中华女子诗词论坛首席版主,《潞河》诗刊主编,鸿雪诗社社长兼总编,地方文史研究员。著有个人文集《花语呢哝》《江南春·百花词》《飞龙湖赋》,《戊戌》执行主编。

七律·山海亭随吟
叠嶂层岚芳径掩,青苔卵石碧溪流。
亭前慢雅一杯月,江上难寻几叶舟。
细数谢公留屐处,真无生意漾枝头。
忽闻鸥影带潮落,许是贪吾酒满瓯。

七律·春雷
雷声初发报春来,露浥轻尘洗嫩苔。
墙角残琼悲泪去,溪边杨柳喜新裁。
东风吹燕旧梁栋,紫陌融香锦被堆。
从此恩波应逐浪,仁施天下尽瑶台。

七律·送别吟
春风拂面早莺娇,惜未能将鬓雪消。
路口儿孙辞别去,村中父老聚闲聊。
无灾无疾便安福,存少存多不足骄。
唯盼关山频有信,归来笑踏旧溪桥。

七律·立春感吟（步林峰先生韵）
春幡袅袅北风收,鱼陟浮冰悄逐流。
竹飒虫鸣寒气敛,梅疏雪尽野林幽。
樽前约赏红蓝月,醉后争摇李郭舟。
万物初萌承夜雨,一年之际好开头。

七律·敬步林峰老先生春游开元寺
长亭古道几低徊,绪逐浮云涌作堆。
旧日花开新蕊艳,今朝谁见故人来。
春生细雨濡山寺,风卷微尘蔽镜台。
纵是当年多显耀,繁华过后尽烟灰。

七律·邻家新嫁女归宁有感
因儿出阁三天后,似箭归心别婿家。
未及进门娇唤母,先来执手笑呼爷。
盈盈欲坠双眸泪,袅袅真如一朵花。
八碗珍肴亲自做,百般宠爱我乖丫。

七律·暮春感怀
转眼时光三月暮,江南几处好花残。
烟蒸乌饭染粑黑,雨过青蓬结籽完。
耳畔子规耕语急,坊间双燕旧梁安。
留春未住游人恼,刻入诗行永不阑。

蝉鸣随想
浮世诸多绘哪般？栖歌岸柳共潺潺。
千夫所指成名易,五德俱全饱腹艰。
蝉怨齐王因国恨,鸟悲蜀帝托巫山。
心中抹去秋无数,自向林泉展笑颜。

徐继荣

1940年生,江苏泗阳人。退休干部。曾任福建省华安县人事局副局长,县职改办主任,县关工委常务副主任。作品散见于《中华诗词》等刊物。有诗集《养怡斋吟草》《螺斋集帚》行世。福建省诗词学会、漳州市诗词学会会员。漳州市楹联学会理事。

乡间即事二首
一
阿翁灯下喜盈腮,摆弄微机眼界开。
农产旺销千里外,鼠标一点订单来。

二
激情广场乐呵呵,浪漫新潮趣事多。
银发闲暇仿年少,探戈试罢迪斯科。

兰溪
岸边两个老阿翁,半日垂纶半日空。
傍晚收竿相对乐,笑声洒落满江红。

庙宇门前
香客求签趋鹜如,希图弭患祸殃除。
其中一位来头大,随扈公车女秘书。

林则徐虎门销烟
有清一代国无尊,锦绣江山虚设门。
一炬冲天销霸气,英名不朽永长存。

调笑令
仓鼠,仓鼠,脑满肠肥腹鼓。问君所以逍遥？勾肩搭背友猫。猫友,猫友,春夏秋冬醉酒。

鹧鸪天·江村
大地回春暖意浓,明山秀水郁葱葱。犁翻沃野千重浪,橹借晴空万里风。
诗韵外,画屏东。一竿香饵钓从容。小童逗乐阿翁笑,醉了桃花掩面红。

渔家傲·甲午战争120周年
权丧马关悲甲午,山河破败生民苦。一唱雄鸡天下曙。红旗舞,春天故事辉煌谱。
奔向康庄才迈步,宪兵切齿刁邻妒。坚我长城基柱固。强邦铸,惊涛骇浪何需虑。

徐进
网名葫芦瓮瓢,现居广东惠阳。曾从事电子业高工和国家重点工程主持。大中华诗词协会、沧浪诗社等会员。在《一路诗怀》等微刊书刊发表过一些拙作,作为交流交友。出版有《岁月如歌》诗词集等传承古典文化。

七绝·周公庙
翱凤卷阿祥瑞地,甘棠礼乐万年尊。
小襄心籁凝玄奥,轻扣天枢创纪元。

五律·龙泉寺
关绝千岩立,高原万壑生。
龙涎垂石上,晴雨涨泓平。
钟撞龙泉晓,鸦归凤巢惊。
流云无限意,鹭影晚来情。

七律·过秦岭
巉峨鸟道望天哀,渭水嘉陵两分裁。
云锁散关秦岭北,雾开剑外凤凰徊。
三鸣石鼓长河暮,一唱雄鸡日旦开。
丝路驼铃声远去,诗香一卷蝶飞来。

七律·九龙山
陈仓画岫多奇险,关阙云藏十万巅。
索道掠过千谷翠,明桥魂失两崖悬。
栈临云影飞仙梦,山遇崇岩仰大贤。
峰起九龙围佛界,峡流贯水润秦川。

七律·探月
宇穹浩瀚银河渺,两霸争强驾幸凋。
登陆月阴惟讯道,飞天鹊站独称跷。
盼呦娥辇多探看,为向人间几梦迢。
遥望星辰启明客,遣舟载兔解孤寥。

七律·国庆七秩颂
华辰七秩合朝阳,吾是花初国若娘。
摧朽百年谋大业,砥途半世得安康。
神州风棹龙骧奋,带路云樯阵势飑。
浊浪式微天地在,人间俱力变沧桑。

破阵子·朱日和阅兵
铁甲三千潮涌,战鹰百架雷霆。四海风云边塞紧,大漠沙场今点兵。雄风撼寇营。
梦里飞弹斩首,疆场亮剑能胜。将士铁心谋略定,制海空天敌魄惊。中华百战兴。

千秋岁引·小巷

— 1327 —

青石绿苔,乌衣巷口,朗朗书声小桥后。荷塘月照风梳柳,阁楼听雨芭蕉骤。那年秋,初远行,几回首。

梦里母亲门首候,梦中还携邻妹手。转瞬青丝变霜首。岁华如烟情依旧,冰心似月天涯走。天悠悠,路遥遥,乡愁瘦。

徐晋贤

男,1936年生,原籍河南省新密市马寨村,大专学历,现为郑州市退休干部。从学生时就喜爱诗文,退休后常练习写作格律诗词,现为中华诗词学会、河南省诗词学会、郑州市诗词学会会员。著有《豪情诗集》。

七律·贺改革开放40周年(新声韵)

长刀阔斧振山摇,鸿雁雄鹰汗漫翱。
电闪雷鸣天地亮,风驰艇渡浪涛高。
神州跨入新时代,万众奔过幸福桥。
产业联合一路带,强国有道塔基牢。

七律·海上大阅兵(新声韵)
——观习主席出席庆祝海军成立70周年海上阅兵活动有感

沧海茫天笛乐响,长龙战舰舞漂洋。
大国精器显威武,统帅关怀暖腹肠。
籍外军团礼仪到,空中飞艇护航忙。
豪情洒满祖国地,世界和平万载长。

七绝·颂习主席特赦令(新声韵)

国建七十年大庆,天高地阔赦文生。
念功补过恩深海,护女爱童仁道兴。

七律·赞首届中国国际博览会举行(新声韵)

风云浩荡大潮腾,老友新朋禹甸行。
东道主谋昌盛梦,产销商献富强经。
五洲珍品平台展,四海同侪号角鸣。
无尽财源欣共享,幸福日子慰苍生。

七律·延安富民路(新声韵)

奋斗目标时代分,和谐盛世富民欣。
阳光楼矗日增长,快速路平常扩伸。
黄土生出植被绿,红游收入赤金囤。
以人为本千古圣,开放改革万载春。

五律·瀑布群(新声韵)

九龙山上悬,翠玉挂崖岩。
远处听流水,近前观瀑帘。
逢年农二月,情侣舞婵娟。
一目瞻十景,风光夺眼圈。

七律·中秋游郑州(新声韵)

晴空万里淡云星,树叶知秋气爽清。
登上嵩山峻极望,方知天下静安宁。
黄河名胜客人满,古柏渡飞仙境呈。
特色游园歌舞乐,交通立体顺溜风。

七律·暴雪无情人心暖(新声韵)
——读新华社2019年2月24日《情聚江源千里驰援》报道感怀

暴雪持降藏胞间,沟平宅满动身难。
苍生灾困十万上,牲畜饥寒一命悬。
豫省急援粮草送,京都速筹现金捐。
一方有难八方助,华夏民族月恒圆。

徐奎

湖北黄冈罗田人,1982年5月生,农村从师木艺,小时候受父辈影响,会一些顺口溜。从事装修,家具生产。后入掌上罗田网任版主,吾爱诗词会员。

七绝·垂钓

红叶别离秋意起,清溪入骨一丝寒。

草临晨雾鱼寻食,抛洒银丝浅水滩。

五律·夜思
秋风金色去,隐月似含羞。
庭院吟诗赋,花香吻满楼。
相思文案梦,惊醒一丝惆。
挥笔三千墨,随波逐海流。

五律·义水河
起风云变幻,鱼水乐悠悠。
义水南河畔,园墙行隶留。
鲜花皆五色,山妹展歌喉。
暮色纱灯处,不眠不罢休。

五绝·一夜雨
乌云又起风,雨下各相同。
枯叶随溪去,三河聚一洪。

七绝·石榴
头戴花棱似玉涟,一胞兄妹裹纱眠。
烈阳不畏青烟炕,秋雨绵绵换酒钱。

七绝·山村
小桥流水刺花前,翠竹随风似惜怜。
拂晓盼来明月夜,屋檐结彩焕新年。

七绝·贫穷
月前露水饮鸳鸯,寒意呼呼似结霜。
梦醉荷池花瓣雨,醒来紧贴诉衷肠。

五绝·庭院
竹叶随风动,离群小鸟来。
清香寻此处,红艳刺花开。

徐培波

男,山东省龙口市人,汉语言文学专业本科学历。业余时间从事文学创作,作品散见于各类报刊。现为中华诗词协会会员,烟台市诗词学会理事,山东省楹联家协会会员,烟台市楹联家协会会员,龙口市作家协会、楹联家协会理事。

眼儿媚
依旧薰风度千山,一路看花妍。连天芳草,几行归雁,又过乡关。

此生莫令诗心老,吟笔寄华年。何妨一效,垂纶渭水,归老陵滩。

浣溪沙·咏柳
青帝座前一信差,玲珑细叶当春裁。清姿倩影漫芳阶。

碧水垂来丝万缕,东风过处絮千怀。纤纤心事待谁猜。

浣溪沙·乡思
羁旅他乡已数年,春花秋月早无言。夕阳惯看几千番。

独对清宵常落寞,闲听细雨总留连。断鸿声里是家山。

临江仙·中年有感
唤取当年意气,来酬半世豪情。披襟向若看潮生,白云扶浪起,鸥鹭逐帆行。

欲让时光留步,叹无缚日长缨。人生何苦复营营,一声沧海笑,唱与大风听。

壶中天慢·中秋思乡
流天素月,纵清光万里,又逢佳节。一缕乡思愁几许,何处关山堪越?梦里欢颜,醒来清泪,心有千千结。窗前把酒,此情当与谁说。

道是世事无常,中年背井,千里伤分别。尤恨此身非我有,数载秋风寒雪。静里诗词,闲时山水,无计辞华发。但凭归雁,云天捎去安帖。

七律·题曹雪芹
当嗟造化弄余生,锦绣华章落魄行。
半部红楼传后世,一声衰曲唱前清。
是非自有高人论,真假何须吾辈明。
血泪十年成旧梦,今人枉自做新评。

七绝·咏风
翻江倒海起波澜,走石飞沙动地天。
周郎借得三分势,便破曹瞒百里船。

五律·静夜
平生尘事累,入夜始挥觞。
月照诗窗冷,花开墨案香。
听风摇竹韵,近水弄天光。
澄澈身心静,无由禅意长。

徐群

网名老 k,湖北通城人,警察,当过兵。大学文化,2008 年开始执笔,以诗为娱,填词为乐。作品发表于多家媒体和网络平台。

古风·砺志
（一）
英俊素有鸿鹄志,为鸟总想任天翔。
离戎从警天作镜,风唤雨来地生霜。
峥嵘岁月砺寒剑,炎凉春秋不见光。
但使道高长一尺,斩尽妖魔慰忠良。

（二）雨夜访友
昔时少年伴,寻诗结知音。
明堂夜访客,绵雨思旧情。
把酒咏兰桂,才子配佳人。
翰墨点书香,悬壶济世名。
纹枰纵海阔,言犹少经纶。

添茶当品酒,阑栅灯火沉。
当今杜李在,惜春借雨吟。
人生志何处,随心亦可寻。

（三）心事
帘卷月泻银,树静莺夜鸣。
孤烦凉心透,起坐不能平。
内室娇如花,吟笺莫入家。
浮生一觉梦,月随流水斜。

大泉洞
（一）
十里舟迷九曲回,波光潋滟到翠微;
东阳沐舍吠声远,西柳泊舟鸟惊飞;
村姑羞照生家面,樵夫试问客来稀。
山水深处大泉洞,引得时人探幽奇。

（二）
大泉洞里好洞天,千姿百态不容奸。
胸怀山水乾坤大,洞开尘世藏神仙。

黄龙山
石盘黄龙山藏虎,晨窥修江暮听鼓;
只角楼上凤凰过,一鸣三省金如土。

捣练子·春夜
春瘦瘦,夜朦朦。雨骤风狂满地红。
只怨天公春夜扰,酒消梦断更愁浓。

七绝·祭英烈
广西宁明烈士陵园祭墓行。
遥知三月木棉开,千里凌杯不胜哀。
若有军魂缅旧骨,南疆莫问客何来。

徐荣峰

黑龙江省依安县人,网名双阳河畔。现定居上海,大学文化。从事诗歌创作数十年，在网络、微刊、纸媒发表诗作千余首。现为大中华联盟诗社会员，黑龙江省诗词协会会员。

七绝·酒歌

一

可否同舟共舞舷，情歌一曲醉青川；
举杯望月家乡远，欲往蓬莱会八仙。

二

梦里相逢再续缘，诗朋酒友舞翩跹；
如烟往事随风去，他日兰亭效古贤。

三

玉帝轻吟醉酒篇，蟠桃会上众神颠；
瑶池风舞龙游戏，天马行空鹤在前。

四

曲水流觞夜不眠，会稽山下柳如烟；
兰亭修禊文飘逸，祈福消灾美韵填。

五

太白提壶步履翩，丹丘举盏泪花溅；
岑勋老友来相会，学道之人夜说玄。

六

高和来人我有钱，隔空邀请李青莲；
谁知酒鬼胡言语，醉眼朦胧不记年。

七

学我东西左右旋，不分上下北南偏；
籍糟枕曲刘伶醉，犯贱之徒总设筵。

八

尽为明朝好事连，莫嘲今日醉徒全；
琼浆饮尽骚人笑，错认红娘把手牵。

徐荣章

男，字华文。网名张网徐成、塞北江南人、蔚为壮观等。1940年10月出生。江苏省南通市人。退休前任新疆冶金建设公司党委书记(厅级)，高级政工师。中华诗词学会会员。新疆诗词学会筹备组建者之一。

五律·昆仑行

白发登青伍，璇霄骑气舞。
昆仑雪复山，大阪冰凝雨。
日仄鹰归飞，月明珠抖缕。
风光如此娇，莫叹流年苦。

七律·怀昔

当年征战玉门西，水宿山行震鼓鼙。
漠晚长烟红日近，天寒积雪白峰低。
夜眠堠馆披星月，朝发孤城鸣角鸡。
浊酒一杯人不寐，飞弹蒲海舞云霓。

疏帘淡月·铁门关[①]

天山载月。纵登铁门关，过中秋节。万壑千岩接我，目摇心热。
白云银雪齐争色，瀑砰訇，苍松声切。衣衫尘满，夕阳西下，簇峰眉结。
国门里，惆前代说。韵句冷岑参[②]，公主[③]情咽。今我来游，不恨古人都缺。巴郎唱曲骑驴笑，库梨飘香透崖铁。风光旖旎，怀人把酒，地长天阔。

注：①铁门关，在新疆库尔勒市城北的哈满沟中。
②岑参，唐代诗人，有《题铁门关》诗。
③公主，指古代焉耆国公主左赫拉。相传左赫拉与宰相之子塔依尔相爱，但为国王所不允，故双双殉情。遗体葬铁门关公主峰上。

金缕曲·车过马兰[①]

览景伤飘寞。对孤城、怀人忆地，久经耽搁。千帐黄昏灯明处，是我壮时村落。
扎营寨、通罗布泊。白碛茫茫天作

瓦,雪沾裳,犹当梨花乐。功业在,思量着。

今朝重践叮咛约。绿荫下,寻消问息,断鸿难索。烟柳长空漫飞絮,残照马兰陵廓。

趁未发,酒家歇脚。只有红山②还是旧,料红山、看我双眸渥。谁伴我,酹杯握?

注:①马兰,我国首个原子弹试验基地。
②红山,马兰地区的群山。

念奴娇·过高昌古城

高昌十里,望黄尘漫漫,断垣残壁。地貌雅丹风铸刻,夜夜阴燐明熄。

鞠氏王宫,玄奘经寺,静复苔痕迹。斜阳欹碣,几人停马而立?

须晓物换星移,兴亡历代,沧桑翻传急。火焰山头正焰烈,铁扇闲鸥难觅。

浪挟红云,漠蒸暑气,邻野葡萄碧。穹窿斟酒,孤蟾笼罩沙白。

注:鞠氏,指高昌国王鞠文泰,曾和大唐高僧玄奘结为弟兄。

水调歌头·喀拉库勒湖

苍茫荡云海,秋气静鹰崖。回头来路,纷纷喷涌出尘霾。

前有神川牛马,后见圣山雪岱,天地共和谐。一笑昆仑顶,今我二毛来。

盘虚空,突鬼斧,跨穹埃。平生梦想仙界,世脊更留眭。

唤友呼朋举酒,兄弟族民同快,难得醉高台。何必丝和竹,山水有清怀。

凤凰台上忆吹箫·游米泉哈熊沟

边徼风光,万峦层翠,接云烟霭濛濛。听跳珠溪响,鸟和芳丛。

旁道纤葩嫩草,凭谢屐、跃上天穹。登高望,东来爽气,雪戴南峰。

匆匆,只身绝塞,任铁马冰河,意兴犹雄。岁晚闲无事,携酒山中。

难得车轮生角,留引我归路寻踪。寻踪处:前程又添,柳绿桃红。

望海潮·喀什

亚欧枢纽,东西连接,丝绸路上奇葩。城挽两洲,鸡啼四国,汇融百万人家。

妇女面蒙纱,老人身祥袷,绣帽头花。寺塔齐穹,朝圣潮涌盖龙沙。

秋高云淡天涯,有枣榴点艳,杨柳飞霞。龙舞玉床,鹰鸣羯鼓,东门巴扎奢哗。

往事远千赊,张骞开西域,定远边划。今醉驼颜好景,归去海西夸。

徐少安

男,67岁,江西乐平市人民医院退休医务人员。系中华诗词学会、江西省诗词学会、景德镇诗词学会会员;江西省散曲社社员;乐平市诗词分会副秘书长;香港大中华诗词论坛乐江雅韵栏目副首版、中华玉律栏目特邀嘉宾。

五律·四月好

四月好天缘,清明谷雨连。
花开蜂唤蝶,云合雨弹弦。
碧水秋波媚,巫山春梦圆。
此情能永驻,不羡洞中仙。

五律·开春

雪霁光华灿,云开暖气徊。
稚童骑竹马,淑女坐妆台。
春上枝头闹,莺穿叶底来。
红尘生万象,美景四时裁。

七律·戊戌年初雪(孤雁出群格)

千呼万唤始开颜,衣袂飞扬下九天。

玉蝶殷殷栖万树，琼纱袅袅落山川。
才疏羞做程门客，笔拙难描帝阁仙。
把酒临窗辞旧岁，喜听万里响春鞭。

七律·梁祝恋
一曲梁祝泪满眶，心潮逐浪胜钱塘。
情丝缱绻难成眷，意境缠绵却断肠。
十八途程成绝路，三千弱水胜汪洋。
终难比翼双双去，化蝶人间万古芳。

七绝·吟雪（二首）
一
六出琼花分外妍，羞羞答答下云巅。
风华绝代霓裳媚，玉魄冰心骚客怜。

二
一缕相思载满船，卿卿负我几多年。
相逢一笑灵犀涌，今夜良辰难入眠。

蝶恋花·立夏漫步
漫步洪塘愁绪慰，暮色苍茫，日渐西山坠。袤野樵风烟柳媚，小桥流水幽林翠。

倦鸟喳喳呼快睡，人去舟横，蛙鼓声声沸。得月荷台观美景，心香一瓣湖边醉。

浣溪沙·暮春
一地残红怒问天，何辜香断教人寒，愁怀辗转夜难眠。

花落花飞休眷顾，夏来春去枉伤怜，心无得失自悠然。

徐树春

笔名徐林坤、腰带山主人、南湖维摩诘。1978年10月9日出生，河北省唐山市丰润区人。少林派关中摘传唐山太祖门关门弟子。迁安始祖文化研承会副会长，华夏精短文学华北丰润分会会长。

七绝·唐山南湖生态旅游景区
（平水韵，押删韵）
浴火凤凰飞涅槃，南湖璀璨大唐山。
乾坤日月风光美，绿水亭台绝世间。

七绝·腰带山北岭村风光
（平水韵，押先韵）
郁树苍松腰带山，白云袅绕有情天。
田园北岭和谐美，小院农家大自然。

七绝·老耕牛
（平水韵，押尤韵）
轮回六道生平苦，北岭荒山问地头。
忠厚之心常侍垦，深情世界老耕牛。

七绝·登南湖龙山有感抒怀
（平水韵，押阳韵）
龙山阁上问夕阳，绿树晴川蔼瑞光。
大爱南湖生态美，倾城绝恋在家乡。

七绝·丰润八景
（平水韵，押阳韵）
北部燕山地势狂，银城晓市显昭章。
孤峰灵秀飘神韵，宝塔玲珑镇四方。
腰带横云多秀美，平沙落日雁群翔。
还乡朝圣西方去，晚照披霞问夕阳。

七绝·摆渡红尘
（平水韵，押真韵）
秋水芦花倒影真，渔舟江上渡红尘。
朦胧两岸遥相映，彻悟禅心月照人。

七绝·绝恋倾城，细雨红尘
（中华通韵，押恩韵）

绿树高墙小径深,淋漓细雨洗红尘。
柴扉扣掩无情物,绝恋倾城净土心。

七绝·腰带山
(中华通韵,押安韵)

郁树苍松腰带山,藤萝倒挂古崖悬。
禅钟旭日惊飞鸟,云秀林坤剩梵天。

徐思成

安徽省怀远县唐集镇牛圩村小徐庄人,现居唐集镇唐怀路世纪家园,酷爱中华诗词,作品散见于各大诗词网站。

醉卧书山有梦牵(八仙体)

一

醉卧书山有梦牵,中华历史探渊源。
人文始祖歌黄帝,汉夏民族写史篇。
禅让传承尧舜制,大禹治水会盟连。
是谁开创家天下,继领王朝数百年。

二

可怜奴隶卖千年,醉卧书山有梦牵。
柳盗揭竿求解放,烽烟戏候乱连天。
七雄剑影开封建,嬴政扫合称帝传。
两首拙诗悲奴隶,一毫怎颂百家贤。

三

九州大统新文布,集权中央君主路。
醉卧书山有梦牵,厉行币统城功误!
亡秦陈涉诈称苏,争霸项羽优柔顾。
强胜天朝武帝图,天文历史丰碑渡。

四

专权宦官断汉山,三分晋统短安然。
南征淝水前秦败,醉卧书山有梦牵。
对峙相争一统后,和平兴业创科先。
运河开建千秋益,谁解家国未久传?

五

隋末群雄舞剑翩,中原逐鹿唐王捡。
南征北战定九州,兴业安帮舟覆鉴。
醉卧书山有梦牵,用贤纳谏施恩露。
西游东渡四夷研,鼎盛中华天下见。

六

宦官朋党乱朝纲,土地集中吏霸田。
失所饥民难保命,朱门公候务追游。
烽烟四起九州乱,醉卧书山有梦牵。
百战义军忙建政,喘息李俨救兵搬。

七

后唐苟喘败江山,五代十国传政权。
周室该兴天降贤,穷途刘汉君臣误。
陈桥兵变窃周川,柴氏遭殃谁问哭!
醉卧书山有梦牵,堪提血海争名反。

八

上降英雄整碎川,中原建宋刻江南。
沉文丢土圆词梦,思武兴帮社稷安。
御驾亲征辽力敌,楼兰未定境何宁?
发明喜讯冲悲去,醉卧书山有梦牵。

注:沉文丢土,指南唐李煜沉醉于文学与才艺而荒废国事以致于丢了江山。此亦历史主流,非人力所能挽回。

徐逃平

男,茂名市南天诗社会员。1970年12月出生,中共党员,大学本科学历,四川省广元市剑阁县高池小学校教师。教学之余,喜好文学和音乐,笔名徐徐春风,市县作协会员,陆续在市县各类文学刊物发表诗词、散文等百余篇。

莲(新韵)

枯死冬泥恶水间,春潮夏雨绿池边。
玉盘晶露仙人羡,菡萏花神貌且鲜。
淡淡香随熏气起,纤纤月伴叶连翩。

莲心粒粒痴情见，一世清廉鉴昊天。

抗美援朝感赋(新韵)

神州初定硝烟起，半岛雷惊饿虎扑。
鸭绿江掀千线浪，清川怒亘万排卒。
冰河血浸长津咽，冻地尸横雪岭鸣。
九死换得康泰路，悠思英烈祭红烛。

祖国颂(新韵)

有感于中国共产党第十九次全国代表大会胜利召开。

风雷挟雨雾霓蒸，楚水秦山丽日升。
廿又八秋创业史，六十八载小康成。
毛爷开辟新国度，邓老情牵百姓生。
华夏民族成大统，武陵源内谷桃丰。
江承胡继引航翁，深化革新迈长征。
猛虎雄狮添羽翼，工农科技并丰登。
赏花望帝心儿醉，日美惊惶步步争。
兴复蓝图习总绘，荷花桂子已殊声。

长相思·透心凉(新韵)

月心凉，露心凉。凉透芭蕉阆水旁，风催落叶惶。

夜长长，怨长长。怨泪还收忽满床，晓妆更望廊。

注：阆水，嘉陵江别名。

西江月·月夜独酌(新韵)

尘世喧嚣乱语，疾离聒耳人居。偷吟庄老两三曲，邀月酒樽高举。

汩水虫鸣凑趣，影疏零乱清徐。吴刚伐桂尽愚迂，怒指蟾宫说去！

西江月·自题小像(新韵)

望眼夜红酒绿，轻舟独泛荷湖。仰天吟哦子昂书，嘘叹世风不古。

得意痴心不负，整天讲案留足。绘描教育复兴图，豪气不输先祖。

西江月·贪终悔(新韵)

硕鼠贪淫难堵，钱人巧弄寻租。位高权重秤心无，中饱私囊无数。

骄纵奸猾无度，鬼神共怒言诛。恢恢法网竟将俘，牢狱白头尽苦。

沁园春·国庆抒怀(新韵)

盛日神洲，关河披彩，四极腾欢。看伶工蛾女，翩然起舞；词朋诗侣，度曲吟弹。

农士工商，侨台港澳，携手齐呼共党贤。秋高处，任旗翻风动，万籁谐圆。

物华烂漫千般，岂敢忘峥嵘创业难！忆嘉兴湖畔，才男荟萃；罗宵峰险，旗竖云间。

遵义蒙权，赤河四渡，毛邓周朱力挽天。既胜矣，念杰人英魄，万古流丹。

徐天安

游寒山寺观碑廊皆刻张继《枫桥夜泊》有感

一首枫桥夜泊诗，碑廊石刻众书之。
可怜终日临池我，意欲挥毫不合时。

骑共享单车春游

偷闲骑上小黄牛，一路风光任我收。
春色无边终易老，莫教遗恨锁高楼。

夏日闲步菜园即事

瓜藤架上绿成堆，绿里黄花次第开。
稚子难追花上蝶，拾花招蝶手中来。

参加《诗刊》子日培训班学习

家住虹桥枢纽旁，举头每见客机翔。
如今我亦腾云去，为取真经赴远方。

空中怀李白
乘风破雾出红尘,揽月寻诗会众神。
堪叹青莲虽浪漫,纵游天姥梦难真。

龙水湖采风
炎炎夏日采风忙,湖上轻舟笑满舱。
不是骚人偏耐热,诗心妙境自然凉。

过荷花山庄
花伞缤纷至酒家,路旁菡萏接天涯。
佳人才子忙相问,可爱荷花爱伞花?

题落花
一树繁花落半留,颜如白雪映芳洲。
纵然冷艳无多久,笑卧花毡懒得愁。

谒中山陵
千阶中轴上,两侧柏葱葱。
业绩声名远,陵园气势雄。
先生堪告慰,革命已成功。
帝制如烟灭,黎民天下公。

游上海豫园
豫园居闹市,到此却宁心。
石径通幽处,楼台隐密林。
点春宜对韵,得月好弹琴。
世事何须计,闲来听鸟音。

退休客至,酬以多年家酿金樱子酒
采得金樱子,酿成琼玉浆。
开坛齐咂舌,稽首各闻香。
为问声名远,概因滋味长。
浮生如梦短,一饮解忧伤。

夏日游静安公园
公园新雨后,暑气未来时。
流响高梧出,清风满面吹。
绿湖摇水草,红鲤嬉莲池。
铁树花前立,微躯梦可期?

纪念红军长征胜利80周年
每忆红军信念坚,英雄浩气贯长天。
云横铁索谁能挡?雪拥岷山汝敢前。
欲为人民除腐政,甘抛血肉弃华年。
身居全盛太平日,瘰痱当思国梦圆。

余墪采风有感
小乡座落赣湘边,无有尘嚣但有鲜。
慢步田园深吸氧,随行山水漫聊天。
春风同度花同艳,鸡犬相闻路相连。
纵使豆稀禾未盛,何妨月夜梦成仙。

西江月·与友夜酌泸州老窖
天府泸州老窖,人间桂殿玄浆。经年备得两三箱,岂肯随心品赏。
昨夜高朋满座,今晨醉汉一堂。久呼难醒口留香,尽是刘伶元亮。

鹧鸪天·游江南水乡乌镇
常记江南访水乡,炎炎夏日也清凉。路旁芳树绵绵绿,室内精雕默默香。
青黛瓦,紫灰墙。楼台倒影碧波藏。古桥徐步游人醉,摇橹声声笑满舱。

徐晓帆

笔名林丫头,字卿云。居沪、业余习诗。于诗主张人诗合一,情境先得。听花榭管理员,女子十二词坊成员,湘天华诗社秘书长,金陵诗社理事,将范文化工作理事会理事。

诉衷情
初冬天气雨连阴,多少梦无寻。思量

离合皆苦,去就两难任。

伤此景,对长琴,问吾心。凄凄惨惨,断断连连,浅浅深深。

鹧鸪天·岁末

一载光阴对茗温,生涯冷暖已无论。花同旧梦皆销影,愁与清烟剩几痕。

书淡墨,唱西昆。春风应近小南门。何年一曲桃花外,只忆青山不忆人。

行香子·元宵生日

灯火千门,梅落谁衿。向西湖轻掷琅音。花裀芳草,白羽焦琴。问情何起,君何梦,我何寻。

芝田永驻,盈盈万里,愿良辰山水同心。黄昏云散,璧月初临。但弄春晴,醉春浅,忆春深。

过苏州

粉墙黛瓦接回廊,一曲瑶筝兴未央。
纸伞斜开烟雨巷,篷船摇过水云乡。
静听荷榭归期晚,久倚枫桥别路长。
缥缈江南成画卷,凭谁淡墨记横塘。

过长崎

千江回复海风长,几醉楼船白月光。
城阙谁惊原子裂,亭台但信木榉香。
卖花声过山王社,沽酒帘青关帝堂。
莫道游人秋色里,和平树下起彷徨。

徐晓玲

女,河北宽城人,教师,爱好诗歌,喜欢写作,作品散见于各种报刊。

七律·春夜

双松结伴戏方塘,此处何人罗绮香。
钟动客归初命侣,日沈燕舞欲分行。

几回乡忆烟霞丽,一路旅情波浪光。
事到依然知所以,谁家有物已凄凉。

七律·春晨

岸边弱柳隔沙洲,特地阴浓欲少留。
道在叶凋南国远,吟劳云尽北人愁。
风吹清净清天苑,雨涤萧条绕御楼。
伫立林亭春有酒,一弯晓月返泽州。

七律·惜春

璧玉知音满太空,秦楼永度醉春风。
出山历乱裁笺绿,照水苍茫插鬓红。
长忆时时光应绝,正当日日思不同。
家居阁上望天碧,织女天津尽棘丛。

徐晓英

女,1976年6月生,大专文化,盐城市诗词协会会员,中华诗词学会会员,江苏省楹联研究会会员。平时热爱古典诗词,笔耕不辍。先后在《盐都诗词》《湖海诗词》《韶音》《灌南诗刊》发表。

七绝·草

年年败竭不珍身,岁岁青茵倍喜人。
功利淡然忘得失,无声无臭献青春。

七绝·云堤映月

柳舞云堤几缕风,霞光向晚嵌湖中。
一池潋滟浑如画,天上人间两景同。

五律·春临水乡

上元趣未尽,茶树蕊红灵。
俏妇椿芽卖,愚翁鹤阁停。
鸿飞乡土恋,鸭涉苇丛青。
水泽河堤柳,垂枝雀闹醒。

七律·为黄海湿地申遗成功咏赞

滩涂荻岸逶迤浪，碧海绵延千里长。
鹿霸声声羔洞府，鹤魁咦咦鸟天堂。
奇花生态精灵逐，异草自然神脉镶。
历史悠悠仙境地，世遗赫赫宇球香。

五律·春临水乡

上元趣未尽，茶树蕊红灵。
俏妇椿芽卖，愚翁鹤阁停。
鸿飞乡土恋，鸭涉苇丛青。
水泽河堤柳，垂枝雀闹醒。

天净沙·贺香港回归15年

烟花盛放如花，紫荆怒继如霞，两制一国众夸。明珠璀璨，壮哉都市奇葩。

长相思

天亮忙，日落忙。宵想亲人扭曲肠，巾潮思更强。
女儿康，公婆康。稻菽丰收棉进仓，啥时能见郎。

徐秀华

女，大专文化，茂名市南天诗社会员。原浙江省宁波市奉化区林业局干部（已退休）。

忆江南·大堰行

姐妹桥，溪水共青蒿。八百流光颜不老，妙姑多少已香消。游子梦中幺。

调笑令·花语（新韵）

真好，真好，花的痴情难了。追着秋风撒娇。
偎在叶下语悄。悄语，悄语，畏途遥遥何惧。

调笑令·上网

机上，机上，挚友隔河相望。无需撑篙离滩。
兴来即往唱弹。弹唱，弹唱，多少心词互赏。

调笑令·听雨（新韵）

真妙，真妙，窗外雨丝缠绕。此时敲我键音。
宛如天仙恋尘。尘恋，尘恋，心曲该多恬淡。

如梦令·溪口之游

溪岸春光明媚。共友武山览翠。归聚悦来堂，暖语浓浓回味。沉醉，沉醉。景色这边独美。

江城子·练拳一笑（新韵）

拂晓晨练县江旁。沐朝阳。面山岗。碧水涟涟，白鹭浅飞翔。廿载太极一架势，花袭语：比余僵。

采桑子·梦回滩涂（新韵）

三春之夜知何故？长梦滩涂。长梦滩涂，遇几熟人，言哽放喉哭。
残屋破舍凄风中，海浪声呼。海浪声呼，何不归欤，数你傻乎乎。

一剪梅·暑夜吟

流水无声夜色澄。柳叶婷婷，远黛冥冥。咱家向晚爱哪行，衰草池町，静听禅鸣。
归爱伴那堤长灯，点开机屏，也读阳明。神思渺渺亦飘飞：何美人生，心内充盈。

徐选贤

合肥市庐州诗词学会会员，武汉《心

潮》诗友，肇庆市诗词楹联学会会员，庐江县诗词楹联学会会员。

七绝·农民赶上新时代
自古农耕赋税枷，而今德政惠农家。
乡村振兴康庄道，党率农民种富花。

七绝·环巢湖大道游感赋
湖光山色烟波浩，人面桃花相映红。
燕舞蓝天莺唱柳，巢湖生态自然风。

游云南玉龙雪山随笔
玉龙上下两重天，白雪皑皑烈日炎。
索道凌空人似燕，幽潭狭谷吊藤猿。

黄山凤凰源大峡谷拾趣
时潭时瀑一溪流，罗列奇岩野趣幽。
八戒偷窥美女浴，麒麟送子凤凰收。

谒乾陵随笔
乳山对称拱乾陵，无字碑文戏说云。
二帝相随阎殿去，玄机巧设撩活昆。

贺庐江名塘徐氏金牛份宗亲济生老90大寿
寿至九旬康健身，家宽心悦享天伦。
媳贤女孝儿孙敬，信步期颐福满庭。

七绝·咏竹
穿岩破土插云空，携友凌空居正中。
饮露餐风接地气，虚怀节劲自从容。

七绝·高温下做期盼
火焰山名远古闻，而今我辈竟登临。
悟空借扇何时返，只恐迟归热煞人。

徐学武

男，汉族，1947年12月生，滕州市人。华电滕州新源有限热电公司退休职工。系山东省诗词学会会员，枣庄市诗词学会会员，滕州市诗词联赋协会常务理事，滕州市作家协会会员。有个人诗集《徐学武吟萃》。曾荣获第十二届"天籁杯"中华诗词大赛金奖、第二届"岳阳楼"寻春诗会银奖。

五绝·端午节
角黍飘香日，吟哦绝妙辞。
屈原千古颂，龙舞汨罗时。

七绝·纪念周总理诞辰120周年
总理一生持正义，鞠躬尽瘁为黎民。
中华崛起终圆梦，亮节高风启后人。

七绝·忆童年七夕
露白风清庭院凉，初停暮雨吐霞光。
童年欲听鹊桥语，豆架瓜棚身暗藏。

七绝·赞改革开放40周年（二首）
其一
风驰高铁贯神州，经济繁荣兴旅游。
一展宏图齐比翼，为民造福颂千秋。

其二
京沪飞龙一线雄，科研创建显奇功。
黄金动脉连南北，华夏今朝飞彩虹。

七绝·游故宫
太和宝殿历春秋，画栋雕梁奇技留。
观尽风光游客醉，皇家气派誉神州。

七绝·红荷入画图
美景人间胜楚吴，画鹢菱曲泛微湖。
红荷香染四方客，云影波光入画图。

七绝·风筝

散花仙女漫天飞，过海八仙呈浪威。
燕舞莺歌杏花放，明空冲浪趁春晖。

七律·咏华电集团环保技改工程

脱硫处理防污染，环保科研回自然。
浊水减排流碧水，黑烟逝去变青烟。
疏通河道民心畅，净化空间草地鲜。
不忘初心齐奋力，神州万里见蓝天。

七律·贺华电集团成立 15 周年

喜看神州金凤翔，古滕华电映朝阳。
适逢辰诞赋诗意，曲尽赞歌操鼓簧。
璀璨明珠辉玉宇，骄人业绩誉城乡。
初心不忘长征路，勇立潮头谱锦章。

徐义兴

重庆市彭水县人。1976 年在参核部队服役，荣获"社会主义优秀先进青年"称号；2014 年获中国对联优秀奖；2015 年获县级摄影三等奖；2015 年创作重庆彭水九黎城获中国对联三等奖；2018 年获中华诗词"天籁杯"第十五届金奖。现为中华诗词学会、中国楹联学会会员；重庆市诗词学会、重庆市楹联学会会员；彭水县诗词楹联学会理事；彭水县摄影家协会会员；彭水县退役军人参核战友协会会长；第十级伤残军人。

颂"八一"军旗

一

红旗插遍九州扬，血染风姿万里疆。
铸起中华强国梦，来侵之敌尽消光。

二

召之来即战之胜，攻克雄关险处超。
立国为民袍溅血，舍身忘我称天骄。

巴渝张飞岈天书石刻

一

有字天书辨认难，张飞岈处秀灵迁。
逆风星谢思肠断，只待乾坤岁月天。

二

待到江山才俊出，黄河前浪助波澜。
风坡亭里文骚现，时代天骄等大冠。

中国楹联报记者采访徐家山紫藤王

一

藤王阁宿晚林烟，天籁之音伴我眠。
探险天涯幽静处，迎来宝树紫花妍。

二

云过烟村扬马鞭，牧童横笛弄琴弦。
采风摄影描诗画，墨海楹坛墨客贤。

弃城返乡农耕

玉楼城堡彩虹奇，酒绿灯红亮影姿。
飘泊异乡寻宝去，别离故宅打工期。
为园一片有翁起，筑屋千间无我居。
回寨安营开垦地，农耕创业大商宜。

建国 70 年科技兴农

竹院蝉鸣鹭鸟虻，仰天夜视卫星辉。
耕犁播种机深扫，管理薅田航境飞。
绿岸疏林鸿雁瘦，荒滩野草马羊肥。
科研普惠农商间，产品营销海外归。

为国崛起苦读书

楼阁轻风吹梦乡，无涯学海读书狂。
晨曦早起诗心意，月伴夜来灵思床。
万数炉砖创大厦，千般玉石刻雕梁。
科研领域才人出，立国为民国运昌。

小重山·秋景山里行

鹄暑秋风未见吹。晨曦车马赶,叠山巍。路难横道雁南飞。园林处,可赏李桃梅。

古树绕藤挥。莺歌燕舞唱,万崇崖。寻方珍草药增威。天堂路,摘下九星奎。

采桑子·彭水乌江世界摩托艇邀请赛

烟波浩瀚微波涌,舰艇多重。赛事隆隆。岸柳飘飞吹劲风。

黔中古郡迎宾客,几度西东。世界江龙。水上摩登挺战雄。

徐艺宁

本名徐俊丽,生于山东诸城,自由诗人,著有《徐艺宁诗词》。

山海关

嵬峨城头战事催,刀兵铁甲挫成灰。
雄关不独锁山海,也为圆圆开一回。

铜钱草

小叶如钱傍水开,幽凉阵阵向人来。
倘能铜板得清气,君子何尝不爱财?

竹

留得从容删去繁,宜交名士近窗轩。
愿君来日直如笔,言我今生所不言。

枯菊

寂寂枝头又一年,篱边旧梦已阑珊。
世情淡极方知味,绝少与人颜色看。

徐永凯

男,出生于1961年10月,大学文化,中共党员,辽宁省葫芦岛市人,语文高级教师;兴城市作家协会会员;曾于《兴城市报》《古城文艺》《宁远文学》等报刊发表诗歌、散文多篇;报告文学《由"三只脚"到"四条腿"》荣获兴城市级征文一等奖;发表诗歌《"党庆"抒怀》等。在诗词吾爱网晒出古现代诗词约300首;《G20杭州峰会感怀》荣获"江山颂"大赛旧体诗歌类一等奖,并被聘为中国百家文化网专栏作家。

七律·缅怀毛泽东(三首)
其一(中华新韵,二波)
创业艰难故事多,长江斗险越黄河。
雪山四季如砭骨,草地终年似魔窝。
信念独贞驱虎豹,初心只为救中国。
缅怀领袖宏恩重,惟愿忠诚献颂歌。

其二(中华新韵,十唐)
浏阳河水到湘江,旭日红光照四方。
冲破黎明驱黑暗,救出民众打豺狼。
经天纬地雄心在,涉水翻山意志刚。
巨擘开出新世界,千秋万代幸福长。

其三(中华新韵,五微)
大厦将倾断四维,江山半壁有垂危。
坚持正义煎汤镬,拯救苍生烈火堆。
文字激扬出大道,刀枪怒忾战钟馗。
扬眉吐气瞻红日,万马奔腾壮志飞。

五律·赞袁隆平(中华新韵,三皆)
袁隆平泰斗,农业祖师爷。
天下苍生饱,杂交水稻绝。
人间惊贡献,世界赞高节。
敬意心中起,三餐得俭约。

五律·念赞钱学森
(中华新韵,十一庚)
科坛数大名,钱老首荣膺。
火箭冲霄汉,神州放卫星。
研成原子弹,凝聚爱国情。

争口民族气,奇勋震世惊。

五律·怀念南仁东
(中华新韵,十一庚)

"天眼之父"南仁东,值得歌颂!特作五律,以示赞美、怀念之!

南仁东驾鹤,天眼望苍穹。
意志殊坚定,雄心特赤诚。
生前捐小我,身后饮芳名。
命系天文业,同光日月星。

五律·感在"一带一路"高峰论坛之后
(中华新韵,九文)

北京第二届"一带一路"高峰论坛刚刚结束,感慨颇深,特作五律一首,以表情怀。

丝绸路远伸,往来若毗邻。
海角通音讯,天涯看彩云。
聚结同命运,建设地球村。
发展谋福祉,苍生俱暖心。

天仙子·感叹"丝绸之路"

党和政府提出要重振伟大的、历史悠久的"丝绸之路经济带"。浮想联翩,某有所感,遂填"天仙子"一阕。

四海五洲交往广,华夏古来怀大量。汉朝义士有张骞,豪气壮,丝绸亮,结缔邦交一路上。

绢缎绫罗输万方,送去拿来开顺畅。中国彩练舞苍穹,缘风向,人间降,化作彩虹天地靓。

徐永利

山东省招远市人,因老家位于孤山坡下,故自号孤山野叟。不知从何时起,对格律诗词产生了浓厚的兴趣,尤其喜欢唐诗宋词。每有兴起,便学着作诗填词,聊以自娱。近年来,偶有作品在诗词网上发表。

沁园春·游龙王湖

山抱龙湖,湖开玉镜,镜落碧天。正朝霞摘锦,湖光渺渺;林烟笼翠,野露溥溥。阁矗金魂,桥横玉带,鲤子龙门尽撒欢。长廊倚,赏波摇画鹢,桨动云边。

春来岸柳蹁跹,有黄雀、吹簧翠雾间。笑桃花岛上,蝶蜂醉态;彩屏幕里,星斗惭颜。绚美华章,神奇妙笔,灿灿金都梦正圆。回首处,又东风浩荡,浪涌新篇。

沁园春·登黄金阁有感

独踞金都,独冠金名,独傲九州。看飞檐翘角,惊呆龙庙;镶珠砌玉,羡煞龙头。抱势凌空,敛神照水,直教光芒射斗牛。天门处,惹仙翁探首,玉帝瞠眸。

辉煌更鉴春秋,载一缕、金魂引醉讴。叹罗峰山秀,神梁熠熠;乡民质朴,铁臂遒道。碧血淘沙,丹心淬火,足赤时分壮志酬。高台上,听黄金阁赋,细数风流。

行香子·山松

独恋青山,不醉芳庭。傍巉岩、何虑浮名。偶邀雅客,畅叙闲情。共举云天,步云海,秀云屏。

虬枝抱节,纤针织梦,傲冰霜、孤绝峥嵘。贞华笑世,华夏魂凝。况背龙鳞,根龙脉,啸龙声。

浣溪沙·金泉河漫步

寻梦怡情沐晓风,滚泉山下老城东。恍如身在画图中。

一水清波光淡泡,满堤烟柳色空蒙。今年不与去年同。

五绝·敬缅毛泽东主席
风凄云黯黯，华夏日迟迟。
瘠薄苍生瘦，江山待润之。

七绝·孤山赏雪
皓首凭窗醒醉眸，堪叹玉蝶费思谋。
孤山不老人生妒，且教孤山也白头。

徐雨生

江苏如东人。中华诗词学会会员，南通市作家协会会员。作品常见于《中华诗词》《中国诗赋》《红叶》《诗词百家》《诗词家》《诗词》等全国200多家报纸。出版诗集《江流有声》。在全国诗词大赛中多次获奖。

游宜兴灵谷洞
慕名寻胜游奇洞，翠竹掩门迎客人。
曲折迂回攀石级，高低陡峻跨清潾。
天河沿壁水珠滴，钟乳依阶层次真。
应是夏凉冬暖处，混淆日夜不知晨。

游南山竹海
修篁万顷翠茫茫，环抱静湖波不扬。
小路蜿蜒接官道，清溪跌宕下山冈。
仰头惟见筠遮日，举足难前草带香。
暂别红尘消世虑，水亭一憩薄醪尝。

忆插队农村三熟制
大暑云腾赤日悠，犬猫畏热伏门休。
灌浆玉米开镰早，待插晚秧行距稠。
上晒下蒸如烤煮，腰酸背痛不停留。
须臾汗水衣衫湿，无怨心祈丰产秋。

注：上世纪七十年代初，长江下游农村实行三熟制。即一年收三熟，二熟的收与三熟的种正值一年中最热的大暑天。后废。

忆插队农村夏夜纳凉
队工早已过黄昏，吃罢晚餐随意蹲。
月下扇摇谈典故，空场人聚摆龙门。
张长李短新闻说，狗瘦猪肥旧事翻。
记起明晨锄水草，且将今夜话题存。

已亥中元节
蜗居异地返乡行，携带贪多祭祖诚。
一柱高香忙跪拜，千张冥纸寄牵萦。
思源代代传承责，溯本支支繁衍盈。
华夏文明崇孝道，醇醪浇地是亲情。

蝶恋花·夏夜
月色悄然穿柳树，落地如图，墨笔谁人舞。惹草流萤飞远处，儿童犹等归来路。
临水凉亭长笛诉。荷叶轻摇，原是熏风度。不觉更深清爽露。依偎男女相思吐。

【越调】小桃红·七夕
一弯新月送清凉，织女推窗望，料想牛郎赴桥上。巧梳妆，今宵打扮原模样。无端心慌，有如鹿撞，携手共苍桑。

摸鱼儿·暮春
燕归来，旧巢犹识，盘旋裁剪春雨。落红刚谢芭蕉嫩，杨柳絮飞何处？难挽住。立夏近，东风已绿千山树。妖娆花圃，引蝶舞蜂飞，碧波野鹜，夜泣杜鹃苦。
春秋往，四季循环有序，三皇难改寒暑。纵生豪杰风云咤，且看化为尘土。杯满举，性落拓，且将烦恼天边炬。闲心自诩。邀嗜饮苏辛，斟江酌海，感慨诉诗赋。

徐玉荣

江苏盐都人，字草轩，诗迷。男，1949年12月生，盐都区盐龙街道办事处(原马沟徐马庄)人,中共党员,1972年在教育战线摸爬滚打近40年,中师文化,小教高级。现为盐都区诗书画社理事,盐城市诗词协会会员,中华诗词学会会员,江苏省楹联研究会会员。退休后,热爱古典诗词,笔耕不辍。先后在《中华诗词》《诗词》《盐都诗词》《湖海诗词》《心潮诗词》《韶音》《灌南诗刊》发表,将编印成《清风徐来》。

五绝·赞鸽子
独泛凌云志,犹求搏翅魁。
翱翔鸿雁远,万里故乡回。

七绝·盐城水街游
楼榭亭台胜汉唐,长溪水畔柳飞扬。
八方游客新街聚,疑似谣池落串场。

五律·中秋节吟
落日坠西山,冰轮露笑颜。
神州花竞放,盛世老益甜。
美酒佳肴绝,儿孙宴席间。
嫦娥思故土,谁做月中仙。

五律·水乡
荻深任鸟藏,景美客人忙。
今已居宽厦,昨还羡小康。
道平车进市,台稳戏来庄。
确是水村好,鱼肥稻米香。

七律·祭抗日英烈彭雪枫
铁虎骁军进宿淮,村民拥戴逐倭顽。
挑河引水除盐碱,建政招军责职艰。
巧策良谋吞寇肉,良言苦口化妖蛮。
一生智勇身仙去,万众皆碑泪湿衫。

离亭宴·水乡大纵湖赞

乡间风光如画。阡陌翠松称霸。瑚荡游船兼丛断,白鹭碧空飞也。柳岸牵孤洲,花依竹篱凉榭。

街上灯笼高挂。饭庄酒旗低亚。盏去杯来还令债,吟颂骚朋谁怕。畅觥饮佳浆,乌金悠悠西下。

浪淘沙·瑞雪

四九如春,宵洒花纷。女仙苍宇撒绒鳞,禹甸廊城披素氅,桑玉榆银。

闹雀曦晨,万物清新。凤歌燕舞水乡春,鸣鹤鹿争盐渎悦,欢度新辰。

沁园春·大洋湾樱花赞

远眺瀛洲,波光潋潋,彩霞炫寰。看千株樱朵,缤纷巧态,万只新蝶,追逐殊颜。柳细溪桥,华蓬弋荡,诸岛环连碧水牵。觅踪迹,藏桃源胜境,宛若仙田。

曾于昔日游观,到处是、污滩枯荻闲。有鹰踪兔迹,能惊客走。尧风舜雨难唤春还。宜种苍桑,遵循生态,舍得千金结善缘。今再会,水墨丹青画,帅大洋湾。

徐月侠

男,1949年3月出生,大专文化,退休教师。系滕州市诗词学会会员。曾在报刊发表诗词作品100多篇(首)。

七律·庐山感怀(二首)
其一
浊清醉醒话兴亡,更问匡庐谁骏良。
净谏由来温训短,廉贞岂少冷宫长。
横刀立马知英勇,侧目犯颜呈耿强。
待到晴和雾霁日,雄姿秀色映朝阳!

其二
江南景秀暑消处,横岭侧峰谋略藏。

庐祸纷争民罹难，洞妖肆虐国遭殃。
驱倭除蒋战枭匪，取义成仁缚恶帮。
霹雳阴霾随瀑去，试看花木正芬芳。

长相思·叹病妻

寒夜长，痛夜长。病卧三千无诊方，相对泪眼茫。盼有房，终有房，美馔徒烹忆缺粮，思之如断肠。

注：三千：三千天。

寿楼春·悼亡妻

心寒如凋霜。对难言四壁，无语空床。脑海姣容呈现，笑声飞扬。梳屉在，遗馀香。更不堪、新添衣裳。忍紫燕双栖，黄鹂并啭，懒蕙茝芬芳。

陪书蠹，尊穷郎。忆娘门负米，归孝萱堂。水畔编勾冬夏，刈捞泥泱。襄弱厄，惇街坊。苦病多，从无声张。向苍昊祈求，三生石畔寻"孟光"。

徐云军

河北省承德市人，现就职于河北丰宁农村商业银行有限股份公司天桥支行。诗词爱好者。河北省承德市诗词学会成员。诗作见于《河北金融界》《映山红》诗刊等。

五律·春迎宾客

燕山映翠微，粉李斗芳菲。
雾润桃花眼，风裁柳叶眉。
白云升故垒，好雨孕新雷。
紫气迎宾客，青梅酒一杯。

七律·雪

玉屑飘然下九天，千峰素裹俏妆颜。
琼花缀挂高低树，鹤羽纷飞远近山。
脉脉箫声传凤愿，悠悠琴曲弄合弦。
入泥也把春情种，续段前生未了缘。

七绝·梨花斋

嫣然玉蕊下琼台，秀丽偏从枝上开。
娇身沸水修真道，一片冰心化素斋。

七绝·驿路梨花

老干琼枝驿路花，朝思暮盼醉流霞。
丰肌素萼香林苑，片片春心绽玉芽。

七绝·珍珠梅

众彩春花我素装，绿珠簪鬓散清香。
清风有意频招手，唤起翩翩蝶舞忙。

徐再城

笔名一舟公。诗人，朗诵艺术家。北京市人。研究生学历（先后在北京大学中文系新闻专业和首都经济贸易大学研究生部国际贸易经济专业就读），高级经济师。中央电视台《绽放夕阳》栏目艺术顾问，中国建设文协文学创作委员会会员，中国朗诵联盟会员，中华诵读联合会会员，北京诗词学会会员，《北京农村年鉴》执行主编，北京市人大常委会原巡视员。创作了大量诗词、诗歌，多在纸媒和网络媒体上发表。代表作有《品茗悟境》《放歌乾坤》《古韵希音》《大道铿锵》等书。已被国家图书馆、中国现代文学馆、首都图书馆收藏，参加多次大型朗诵专题会。

沁园春·爱我中华

热土东方，孕育山河，厚德载疆。历五千文脉，生生不息，繁衰有替，大国泱泱。曾几何时，积贫积弱，奋起千钧驱列强。朦苦泪，持灵魂不败，多难兴邦。

最亲不过家娘，又岂纵儿嫌母丑郎。

— 1345 —

看卑孙忘祖，认贼作父，白黑颠倒，挡路螳螂。特色征程，前途无量，崛起中华慨亦慷。新时代，乘风破浪，正道沧桑。

浪淘沙·培根固本

佛我卧同轩，互嗅灵魂，人人向善福临门。治国齐家修志趣，美好坤乾。世界满青坛，补钙香山，初心使命驻心田。行远铭知来的路，守道朝天。

注：在卧佛山庄集体学习《习近平关于不忘初心、牢记使命重要论述选编》等。

临江仙·青云阁观感

平步青云曾是梦，绮窗穿越时空。知音一曲撼英雄。凤仙蔡锷，弦上已随风。楼阁门牌依旧，人间换了苍穹。月华同照却无忡。共和正道，遍绽映山红。

注：青云阁，位于北京杨梅竹斜街和大栅栏西街相接处。青云阁是个二层小楼，曾是蔡锷与小凤仙经常约会的地方。

蓦山溪·赏荷

流香漫翠，别样红池魅。外直内中通，盖华天、清君醉水。遥观莫亵，难怪佛钟情，莲上睡，空下跪，正是无边睿。千芳独贵，大气乾坤绘。花少百天开，纵残荷、犹存玉翡。能伸可隐，乐自好身廉，心长丽，何畏退，求得频回味。

金缕曲·屈子吟

百题朝天问，愤沉沉、千年遗恨，抱石江净。尸骨衣冠知何处，唯有怀沙银荇。体未影，精魂独醒。沦陷污浊身自清，不同流、持正除邪病。吞苦闷，举廉政。

楚辞一部离骚省，遍神州、檄文长短，至臻诗圣。历尽千秋犹时尚，依旧华章过硬。邦国重、存亡同命。呐喊终惊新人梦，治朝纲，反腐莲清靓。正貌相，史为镜。

徐增干

笔名云在飞，江西省瑞昌市第四中学高级教师。中华诗词学会会员。作品散见于《诗刊》《诗词月刊》等刊物。不限繁华喧嚣，只想一杯茶、一本书、一支笔，希望在这片净土，勤耕不辍，放飞梦想。

七绝·夜过山海关

纵驰万水与千山，车已经停山海关。
梦里忽惊谁在喊，丈夫许国济时艰。

七律·眼睛

翠黛眉山柳叶轻，两汪秋水艳盈盈。
风吹玉雪天飞镜，夜起玄霜月吐晶。
笑靥常开期一眄，芳心暗渡欲多情。
怀宽德厚人尤健，甬管青垂与白生。

七律·月荷

谁家玉笛暗飞觞，吹皱莲池夜影长。
雾起琼林花失态，风翻碧叶月偏霜。
冰肌偃蹇流瑰景，水骨清癯积素光。
萤火何曾移曲岸，蛙声不肯过横塘。

七律·向日葵

中庭院角地坡头，耻与兰芽玉树谋。
九转香生终向日，千株子实即辞秋。
不通世道非高手，竞逐尖端足一流。
但得诗心归去也，三更灯火证清修。

七律·乡居

薄田半亩屋三间，花木成阴水一湾。
手植庭栽增景秀，晴耕雨读与云闲。
酒逢知己情难却，话到忘形礼尽删。
慵懒何愁窗月小，晚风笑我近痴顽。

七律·夏至喜得雨

应时甘澍喜重回，听取云山一壑雷。

野径沙扬谁护绿,沟渠土裂自成灰。
尤怜淑气随风减,最恼蝉声逐日催。
夏至欣逢连夜雨,筵前可否对三杯。

五律·红海滩印象
再识盘山道,难忘渤海蓝。
落红归野陌,飞黛隐层岚。
路似辽人直,心惭酒力酣。
良朋邀饮久,大美记三三。

徐长清

网名清风徐来,天津人。因结识月满西楼和寒涛,得以加入云龙文苑、长风诗社。师从楚龙吟、筱婵。喜用平实的语言来诠释心中的诗词。

五绝·偶得
别君知几载,今日又逢春。
桃李浑如昨,观花少一人。

五绝·夜泊莲花池（新韵）
舟浮一池月,天晚睡莲花。
水动因风扰,时闻几处蛙。

七绝·春景
杨柳纤纤莎草低,好风吹过画楼西。
桃花枝上黄莺舞,恰是今春第一啼。

七绝·归乡有感
舟发清晨水向西,白鸥苍鹭各争啼。
归乡不恋江南景,惟愿柴门伴老妻。

五律·偶成
门前田半亩,茅屋一张琴。
村郭多儒士,园池双彩禽。
奕棋为旧友,论道有知音。
若学三千韵,寄吾秋月心。

金错刀·思乡
倚高阁,对残灯。寒蛩长夜不堪听。柳帘弄影梳明月,花露分香湿画屏。
身是客,自伤情。孤樽空举泪双倾。乡关万里云深处,鸿雁南飞路几程。

兰花令·向晚上高楼
向晚上高楼,一弯新月照江流,何故今宵秋意重,菊老暗香留。
年轮满,满额头,吟成旧梦未能休。回首谁家年少子,笑里不藏愁。

注:兰花令,幽兰古韵诗社自创词牌。

祝英台近·思乡
落残英,归倦鸟,又识疏星冷。望去乡园,远隔千重岭。十年漂泊无常,天涯万里,都付与、两行泪影。
一灯映。谁怜满鬓霜丝,烟水湖山静。惆怅登楼,寂寞阑干凭。醉眸独对沙洲,唤来明月,遥举樽、今宵莫醒。

徐志海

河南镇平贾宋人,现定居湖北十堰。笔名贾宋。用海纳百川之名写过部分诗及散文、随笔、杂文、小小说等。文在微信平台发表,自幼喜欢写作,如诗歌、古风、现代诗。有部分小说发表在网站上。自幼喜欢写作,现为打工青年。

七绝·临窗诗语
细雨染尘今日寒,忽闻鸟语翠波间。
高阔寻觅远飞去,空有雾霾浮一山。

七绝·咏雪
雪似云泥地美蓉,遁肥空白此山中。
袈裟穿上不相同,谁惹天仙抹橘红。

1347

五绝·繁星
暮色关寒处，繁星又点魇。
纵然千遍看，我有我心目。

七绝·秋雨
九天细雨缀红尘，青草燔燃一片春。
斑白萧萧的卢唤，远方暖阁可怜人。

徐宗文
江苏建湖县人。现为江苏凤凰出版传媒集团资深编审，兼任中国辞赋学会副会长，中华诗词学会常务理事，江苏省诗词协会副会长，江苏省语言学会副会长，江苏省古代文学学会理事，《江海诗词》主编。出版著作有《三餘论草》《曲士语道》《西窗夜话》《三餘笔记》等；主编有《辞赋大辞典》《偶句成语词典》等著作8种。

五律·夜宿包山寺
暮向寺门寻，禅床白净欹。
心痴无妄想，一夜客眠深。

七绝·清明（次杜牧原韵）
清明又见纸灰纷，户户牢羞祭祖魂。
忽忆双亲娇养日，时时笑语满南村。

七绝·车过南京颐和路
黄墙黛瓦挨户排，小门紧锁不常开。
车行一片无声息，唯有桂香透院来。

七绝·秋分
暑天渐去西风起，雁字一行南转移。
莫叹秋光无彩色，漫山红叶好题诗。

七绝·儿时忆旧
日长无客到农庄，懒看蜜蜂巢土墙。
垂晚忽闻摇鼓响，小儿趋购麦芽糖。

七绝·冬至夜作
严冬不约至如期，又到一年最暇时。
赚得夜长无所事，客来敲弈去敲诗。

七绝·登东台西溪宋城
策马飞驰览古台，西溪胜迹交纷来。
盛名三相传千岁，充耳公声若贯雷。

注：宋初吕夷简、晏殊、范仲淹先后在西溪主持盐务，颇有政声，后皆入朝为相。

五律·秋吟
长鸣复短鸣，远近百虫声。
辗转无眠起，徘徊有雅情。
孤荧甘噪扰，特立苦经营。
一首吟将就，东窗曙欲明。

许碧霞
男，50后，江西省宜丰县人，县人民政府退休干部；已在《中华诗词》《词刊》《诗词家》《诗词百家》《诗词月刊》《红叶》《当代诗词》《少陵诗刊》等近百家专业纸媒发表诗、词、曲作品1000余首（阕）；现为江西省中华诗词学会国际中华诗词协会会员，中国诗词家协会理事，国家一级诗人。

七绝·游豫园
翘角飞檐四百年，吟风唱月遣遗篇。
楼台亭榭沧桑事，古杏参天问不全。

七绝·浦东"锦绣一方"晨景
小桥流水唱秋风，柳线摇摇倦意融。
过雨庭园花溅泪，睡莲出浴绽新红。

七绝·过南浦大桥
秦汉鸿筝歇浦①开，竖琴引奏坐高台。

南腔北调涛声和，不尽弦歌日夜来。
注：①歌浦，黄浦江的别名。

七律·浦东作客连襟家留笔
喧哗疏隔扎篱笆，半是园林半是家。
绿蔓啼风腾紫气，青塘吟月绽芳华。
一池锦鲤摇荷动，几树丹枫压柿斜。
淡却江湖霜兔舞，长存知己响琵琶。

许多顶

男，安徽淮南市人，1951 年 10 月生。在上海某高校工作，计算机科学与技术学科教授。业余时间爱写诗。在网络上发表诗词 900 余首（阕）；在《中华诗词》《词刊》《中国诗词》《诗词百家》《诗词家》《诗词月刊》《诗中国》《中华诗教》等发表诗词 20 余篇。

五言排律·迎春花开
冬未交春意，黄花齐展芳。
菲催寒梦散，叶盼早花昌。
绿萼摇风韵，金唇唤鸟翔。
煌煌生暖意，袅袅绕田桑。
粉蝶依丛醉，和风拂面痒。
一英开序曲，千蕊换新妆。
少子栽庭院，群孙插路旁。
能居清水畔，可住野山乡。
大地春将暖，野田农渐忙。
牛耕一犁暖，雨透半天凉。
处处山歌唱，家家禾饭香。
东风烘穗海，机械刈禾粮。
税赋千年免，粮盈万户仓。
谒临先烈墓，花献凝思量。
今庆逢盛世，水甜源不忘。
红旗鲜血染，世代永飘扬。
娇女乌丝靓，花容闭月光。
盈盈风态秀，缕缕玉声琅。
淡淡红腮媚，轻轻步履场。
五州皆翠色，四海隐红装。
寻梦花声寂，游仙道楚狂。
原心皈正道，方寸守金刚。
句摘秋歌短，律裁春韵长。
吹飞花欲满，鼓荡气更强。
满载诗舟去，科创星际航。
月迎英浅淡，烟抹影斜茫。
茎曲流云瀑，鹅黄笑举觞。
时时新舞雅，处处旺歌飏。
心欲逍遥去，红尘梦里煌。

五言排律·琴韵
杳杳扬云汉，何人抚古琴？
律悠渐缓入，顿挫忽随心。
闭目凝思远，交唇泪水侵。
丝涛来复去，声浪激回音。
流水高山绕，飞花细雨沉。
何来伯牙韵？倾听子期临。
借步踏音苑，芳辰解月阴。
萍间潮又起，竹下酒重斟。
欲驾彩云去，投贤寻圣吟。

五律·画荷
泼墨笑疏狂，勾描细思量。
云天涂雨雾，大地抹寒霜。
落纸芙蓉绽，飞毫白藕香。
蓬门生异彩，欣喜挂高堂。

七律·寒流（借字联边诗①）
其势风霜遍地驰，马军降虐洒飞弥。
弓弧得利施狂野，里域凝寒舞白螭。
虫兽瘦减皆退躲，朵苗枯竭尽凋萎。
委存酷冷生灵怨，心待春雷盼至期。
注：①借字联边诗，又称离合藏头诗，创始于中国盛唐诗人白居易。特点是取诗文句尾末字的字体一部分来做为下句的字首，而最后一个字的字体一部分，做为该诗之字首。

四犯剪梅花·访梅

— 1349 —

趣同成旅。访江南、又染一身风露。破晓前行,遇冰霜飞絮。林间冻雨。问寒日、玉妃①何处？雪阻迷途,冰封问讯,幽香无度。

来原野、俏枝俊楚。是罗浮梦②里,女娥成树。几点连丛,正檀心芬吐。嘶嘶密语。赋诗酒、凤词迟暮。返去冲冲,高歌旷荡,但忘归路。

注：①玉妃,指梅花。唐·皮日休《行次野梅》"蒻拂萝梢一树梅,玉妃无侣独装回。"

②罗浮梦,唐·柳宗元《龙城录》记载：隋朝赵师雄,在罗浮山遇一绝色女子,一起饮酒,酒醉酣睡,醒来发现自己睡在一棵梅花树下。"罗浮梦"多用为咏梅之典故。罗浮也指梅花。

沁园春·庆祝改革开放40周年

极目神州,浩浩天风,滚滚政潮。看开基创业,鼎新开放；倡廉反腐,崇德方高。天眼探空,天宫揽月,北斗扶摇上九霄。与时进,正追风逐日,独领风骚。

江山如此多娇。经淬砺、前程更远姚。忆南巡弘论,春回远思；国情特色,历史航标。挚友全球,千邦互惠,丝路迢迢起雪涛。普天庆,卅岁华诞盛,更好明朝。

许华

女,笔名许可。原籍四川省绵阳市梓潼县人,现居广元市利州区。四川省诗词楹联协会会员,广元市诗词楹联协会会员,绵阳市七曲诗社会员。喜欢写诗填词,贴近生活,把自己的情感,融进唯美的诗词。作品散见微信各大平台和纸刊。

南歌子·有感诗词走进校园

国学传薪久,书山论道忙。唐风宋雨韵流香,总叹诗词没落、寸心伤。

且喜今朝愿,休嗟永夜长。校园兴起古文章,留待他年完梦、意飞扬。

渔家傲·病中吟

对镜慵妆云鬓乱,高温炽烤风来晚。汗湿罗裳酸味现,身心倦,夜听蛙唱梧桐院。

月影轻摇荷叶扇,诗魂熠露波光暗。病榻疗疴凭药盏,谁人唤,城郊晓色清凉漫。

江城梅花引·悼凉山救火牺牲的30位英雄

远山落日蕴霞光。怕灾殃,又灾殃。风鼓火明,昼夜焱犹长。各路英雄同挽手,战灾难,意坚强、无数伤。

数伤,数伤,透骨凉。儿怎当,父怎当。去也去也,去彼岸、谁孝爹娘。多少离情,偏陌路相望。妻小高堂双落泪,唯剩下,一腔情、一世殇。

七律·春节游云台山

古驿盘旋接九天,云台剑指盖云巅。
车多慢向山腰过,路窄稍忧石鳞偏。
云雀争趋幽境驻,云亭自在险关悬。
游人最喜云房净,收取禅音换淡然。

七律·七夕有感

七月流星久欲燃,鹊桥牛女泪涟涟。
人间水涨艭披雾,天上云低阁笼烟。
隔岸心悲空怅望,经年影瘦自凄然。
红尘莫道无真爱,但有因缘一梦圆。

许金平

女,山东济南人,研究生学历,中共党员,现供职于银川市文联。系中华诗词学会会员,宁夏诗词学会副秘书长,中国硬笔书法协会会员,宁夏青年书法家协会理事,宁夏书法家、美术家协会会员,银川市美术家协会副秘书长,银川书法家协会常务理事,诗词书画作品多次在区内外发表或获奖。

金城冬日一景

陇地多仙境，梨花石上开。
芳琼凝素玉，雪韵照青苔。
风过吹银粟，泉流浸碧腮。
儿童嬉笑走，摘蕊又徘徊。

咏银川市鸟喜鹊

湖城多吉鸟，每见屋檐飞。
雪腹沾清露，乌睛耀紫晖。
欣欣穿绿树，悦悦唱芳菲。
但展如花翅，应携喜报归。

戊戌冬月赴银川农村集贸市场参加文化下乡活动有作

郊外冰湖隐，槐枝缀玉霜。
舞台翻翠袖，集市挂红妆。
绢剪兰花美，毫挥福字芳。
村姑翘首盼，笑靥醉冬阳。

己亥春月赴银川市海宝公园参加发挥党员先锋模范作用创建全国文明城市诗歌朗诵会有作

孟月桃花灿，书香柳伴飞。
墨翰知士气，笙乐起豪威。
共抒银川美，同添华夏辉。
白云回绕处，高雁正春归。

湖城听雪

昨夜青灯临古韵，忽闻银粟访湖城。
未曾雅赏梨花舞，独坐欣听踏雪声。

女儿五岁生日有作

龙岁三春降福星，白莲小女秀娉婷。
舞来半掩芙蓉面，乐起轻吟道德经。
明月香灯挥彩笔，金风玉案写丹青。
时偎膝下嫣然笑，一句娘亲满室馨。

戊戌春月赴银川市民族儿童福利院参加文艺志愿服务活动有作

阳春三月驱车远，欣眺郊林玉色葱。
娓娓歌声飘素院，纤纤嫩叶沐清风。
丹青细写娇儿面，翰墨方书幼子功。
惜别长挥凝望处，乌瞳依旧在心中。

丁酉冬月赴宁东任家庄煤矿采风所见有感

路途东望数峰青，冬景临窗若画屏。
玉镜冰湖连雾色，白霜灌木衬红亭。
惊窥矿井门如洞，赏看煤工笑似铃。
万户千家谁送暖？晶莹电帽胜天星。

丙申又访苏峪口森林公园有作

白云绕壑雁低翱，冬雪初晴野盖棉。
栈道蛇行盘峭壁，层峦墨染耸蓝天。
苍崖玉石冰花缀，青鹿黄羊陡嶂穿。
移步千梯金顶处，遥观晓月醉心田。

咏银川市花玫瑰

劲枝绿叶托香腮，斜巷长街处处开。
暑雨薰风摇紫蕊，严霜朔雪秀青苔。
品高欲待神工写，性洁方从挚爱来。
梦若仙人留玉袖，芳晖天染照瑶台。

金城学书有作

瑞雪消融园若画，步飞如鸟取经忙。
欣知造化含书韵，始信临摹守晋唐。
素案燃香研简牍，青灯执笔写贤良。
月华轻透幽帘处，遥忆兰亭梦亦芳。

许锦华

网名月朗风清。辽宁省锦州市中教高级退休教师。中华诗词学会、中国楹联学会、晓东诗、中国联墨双修京校、永滏河诗画学会、联墨云阁，遵义诗苑、西山诗社，词摘词选等多个诗词楹联学会会员。2016年入永滏河诗群合开始学写格律诗。几年来入报入刊诗词联500余首。

自勉心言:"诗情扬正气,风骨壮秋心。"

七律·诗润耆心(新韵)
闲居寒舍起诗潮,心淡无求雅韵淘。
松醉彩云心自远,竹经冷秋梦仍高。
人生平仄磨情老,世路凹凸练志骄。
驰笔常嫌时日短,酌出半阕乐清毫。

七律·贺我的学生鞠岩入山西财大任教(新韵)
数载苦读贵冠摘,梦圆博士上瑶台。
今朝财大园丁做,明日神州桃李开。
传道箴言扬正气,解疑经济育良才。
业精勤奋为师表,此去踌躇志满怀。

七律·咏荷四季(新韵)
飘萍伴水乐为家,炎夏葳蕤靥似霞。
蜂舞花前勤酿蜜,蜓飞叶上戏欢蛙。
秋深风瑟迎霜立,冬冷香藏笑雪压。
不乞人间怜瘦骨,春来日暖又芳华。

七律·七一颂(新韵)
日照春秋万里新,九十八载扭乾坤。
旗风花雨庆华诞,诗海联山祝寿辰。
一柱擎天国运盛,九州立世庶民欣。
斧镰永指光辉路,经济腾飞颂党恩。

七律·寄语即将工作的学子们(新韵)
始临毕业话别情,绮梦萦怀展翅冲。
苦读春秋成正果,历经风雨有真功。
千斤重担挑肩上,八斗英才创业中。
初踏凡尘当醒世,丹心报国献忠诚。

许龙楠

网名清心水,安徽宣城人,1948年出生,1967年高中毕业,高中学历。从企业退休后,学点诗词。现是中华诗词学会会员。曾在《皖南晨刊》《鳄城文学》《敬亭山诗词》等多家报刊发表作品。2016年以后,长期在中国大型综合季刊《中国老年作家》发表作品,并被该刊编委评为2017—2018年度优秀诗人。

七律·夏夜杂吟
暑气腾腾覆晚星,孩童草径逐流萤。
翁夫着扇驱炎热,儿媳牵儿执竹青。
宅外无风吹瘦柳,楼东避暑有凉亭。
蝉声脆脆朝天啸,郊野云裳似彩屏。

行香子·夏日荷塘(晁补之体)
瑚水清波,荷叶翩翩,看鸳鸯结伴缠绵。亭亭红朵,菡萏悠闲,听芙蓉笑,蛙儿噪,鸟儿喧。
蓬莲翠碧,相依相敬,客从何方入桃源。莺歌笙曲,莫唱芝鲜,有手相牵,心相印,梦相圆。

注:芝:古代荷花别称之一

七律·吟梅
清枝红蕊似人娇,疏影浓妆雪片描。
峻岭寒霜烟雨袭,琼芳俏朵朔风撩。
冰心院内观红朵,潇洒风中舞素腰。
拨墨深情书韵味,高歌一曲问春潮。

许胜带

汉族,笔名天涯孤客。广东省阳江市阳东区北惯镇人氏,自幼喜爱文学、音律、书画、棋艺,尤对中国古典诗词情有独钟,风格写实不失优雅,质朴中带真性情,对七言绝句更是有独到见解,在诗词界广受好评,在多个诗社期刊、微刊发表作品。

七绝·题图
日落西山躲晚霞,清风拂面夜缠纱。
柔情满腹君知否,我把相思挂月牙。

七绝·无题

月华屋外久徘徊，欲寄相思门未开。
若待轩窗盈素手，深情自照枕边来。

七绝·乡思
深情目送白云间，唯见红霞独自闲。
袅袅炊烟不知处，霜眉两道为谁弯。

七绝·故地重游
几卷柔波覆落英，一舟烟雨伴风轻。
丝丝绿柳牵肠处，可系曾经那段情。

七绝·无题
碧叶千层裙自裁，香腮半掩费疑猜。
蜻蜓一点湖心动，万朵涟漪风里来。

七绝·秋绪
又遇西风风渐凉，萧萧落叶覆尘香。
天清雁远浮云逸，一染秋光恨转长。

七绝·秋菊
风吹满地尽黄金，一瓣清香入客襟。
霜染百花容易老，秋深独我慰君心。

七绝·太湖
风柔雨细亦沾身，来往千年陌上尘。
四季轮回皆故事，湖心总待有情人。

许实明

安徽枞阳人，中共党员，大专学历，安徽省诗词协会会员，枞阳县诗词学会会员；现就职于枞阳县藕山中心学校，从事财会工作，诗词爱好者。

七绝·茉莉花
馥郁香风醉万家，炎天消暑作凉茶。
冰肌嫩蕊青光浴，玉立云鬟半露华。

五律·眺望长江感怀
极目舟梭织，云霞舞彩衫。
征途皆坎坷，岁月不平凡。
落日黄金镀，沙洲绿玉衔。
虹桥天堑越，船匠喜忧搀。

七律·遣怀
岁月消磨又近秋，闲庭诵读古音幽。
日烧烈火威风在，雨洒红尘美酒酬。
对镜何须倾喜怒，衔杯未必诉忧愁。
人生起落同潮汐，利禄功名一撮丘。

七律·游杏花村随记
杏花村里访诗翁，不见当年小牧童。
柳舞幽枝飞浅绿，桃开丽蕊透嫣红。
鸳鸯戏水波光潋，燕子归梁暖意融。
极目高天云彩耀，一帘春梦别苍穹。

七律·池州大桥合拢感怀
昂首苍龙舞彩虹，波涛滚滚曲流东。
南来车辙三江雨，北去轮辕五柳风。
佛手挥云招海日，神舟载月藐天公。
霞牵拉索金光闪，银燕腾飞穿碧空。

七律·夏韵
蝉鸣蛙鼓野田歌，每约晨昏互唱和。
似火骄阳吹热浪，参天碧树送风波。
舟横柳下相思少，月映窗前感念多。
白发韶颜情更烈，黄梅一曲曼银河。

七律·藕山情怀
紫气东来八面经，依江横卧佑生灵。
龙游洞窟风雷动，佛踏仙山岁月宁。
护国庵前观野鹤，飞鹅地上俯长汀。
石人石马神威在，不见将军坐庙廷。

七律·高考寄怀
久炼成钢意志磨，龙门鲤跃逐星河。
春花烂漫阳光足，老竹纯清雨露多。
十载寒窗传大道，千秋古月送新科。
杏园杯酒馨香溢，水绿天蓝鸟唱歌。

许仕刚

茂名市南天诗社会员。男，1975年生，本科文化，柳州市柳宗元文化研究会会员，柳州市书法家协会会员，别署问川先生。

五绝·客至
远客自南来，寒梅趁夜开。
明朝归复去，陇上一枝栽。

五律·吊屈原
我辈复登楼，江山一望悠。
临窗天不语，对槛水空流。
哀郢忧劳起，怀沙抱恨休。
榴花频照眼，岁岁竞龙舟。

七绝·山居
细细春风拂草蔬，白云流水绕贫庐。
掬来月色盈如许，好遣双鱼寄尺书。

七律·丙申立冬夜雨听琴有寄
北风飒飒隐乌轮，冥雨潇潇落肃辰。
举目寒山催木叶，低眉篱菊化泥尘。
深闺玉指危弦挑，逆旅萧郎转枕伸。
怅望楼台不见月，思君痛饮竹陵春。

西江月·问讯开山暮色
问讯开山暮色，白衣辜负韶年。梵音萦耳树含烟，碧瓦红墙千殿。
前世蒙尘深久，莲花开落心田。榕林禅院晚钟传，拾起金光一片。

临江仙·祭柳侯
去国六千抛掷久，曾经春意如秋。渔翁江上钓孤舟。十年迁谪地，独自上层楼。
千载沧桑生巨变，紫荆花海街头。惠风和畅惹人游。罗池边上柳，频赞汝清流。

喝火令·日渐西风细
日渐西风细，花微绽露香，客身洲浦沐秋凉。渔火玉箫悠远，无夜不星光。
户下庭槐老，门前野草长，故园迢递绕羁肠。梦也江深，梦也渡林芳，梦也杏红寥落，晓镜对秋霜。

沁园春·水汇三川
水汇三川，地接湘黔，脉续古邦。羡清流缥碧，鱼虾肥美，丘峦叠翠，稻糯飘香。
八寨行歌，三王庙会，橘柚丹州茶布央。长桌设，飨八方宾客，酒令铿锵。
侗乡好客名扬，更逐梦山中幸福长。赞耆宿睿智，岩前种树，侄侗竞奋，岭上栽秧。
培育茶园，振兴林带，高铁通车奔小康。正盛世，沐春风浩荡，百业隆昌。

许淑云

辽宁大连人，微信名闲云品韵，《流年诗韵》微刊创始人兼主编，中华诗词学会会员，作品曾发表于《大连诗词报》和《重庆大学》校报以及《中华辞赋》等。编著《东坡赤壁诗词微刊精粹》、主编《流年诗韵荟粹》书刊。

自嘲
大风偷蚀骨，业已若痴颠。
终日无他念，惟求灵秀传。

灵秀：赵师秀号"灵秀"。

己亥春暮有吟
春深叶密茂棠棠，小杏初生散涩香。

最是悠闲村野老,清溪桥上钓丝长。

蝉
伏中吟绝响,薄翅惹人怜。
清露晨昏饮,浓情林樾传。
居高期致远,蜕变欲求全。
修得知心在,续书新洞天。

秋思
孤枕未成眠,依楼情寄月。
清辉玉石寒,残夜银轮缺。
且自叹悲凄,问谁怀突兀。
相思竟夕深,直至心凝竭。

步韵陆游《村居初夏》
红颜不耐鬓云催,晓镜初明别恨开。
一水春山天地远,千门玉露雀莺来。
鱼书去处人何在,锦瑟伤时弦自裁。
入夏蝉心啼老树,声声诉尽岂悠哉?

梅子黄时雨·暮春感吟
　　杨絮翻飞,绕梅子泛黄,新麦含翠。又馥郁槐香,引蜂环蕊。芳草萋萋凝玉滴,碧烟剪剪猜云意。难由己,槛外落花,空付溪水。
　　无悔。心中鸿志。纵韶华渐损,祈愿难遂。更放目长天,专情经史。诗读千回才尚解,友交三载方为识。流年对,怅留几多余味。

许祥
　　黑龙江绥化人,毕业于哈师大中文系,曾任教海伦师范学校,后调入绥化市委党研室。曾合纂、主编出版《中共绥化组织史资料》等专著15部。在《绥化日报》《黑龙江日报》《世纪桥》等报刊上发表诗词、散文、论文等数百篇。在百家、天籁杯、神州行等各类诗词大赛中多次获大奖。

五绝·秋韵(辘轳体,镶嵌"临风听暮蝉"入句)
一
临风听暮蝉,秋韵抚琴弦。
紫燕凌空疾,青蛙唱梦缘。

二
踏月赏林园,临风听暮蝉。
飞莹灯下舞,恰似亮星旋。

三
树上鸳鸯息,园中情侣聚。
临风听暮蝉,别说多甜蜜!

四
夕霞染山峦,倦鸟息林间。
望月思亲故,临风听暮蝉。

七律·谷雨漫游(新韵)
难得谷雨艳阳天,漫步闲游赏自然。
仰望苍松伸臂膀,俯瞧碧草冒芽尖。
时闻鹭鸟鸣林涧,偶见农夫理野田。
锦绣山川如画美,激情滚滚化诗篇。

七律·夏至荡舟赏荷
夏至寻芳顶烈阳,轻舟荡桧密莲藏。
风吹茭叶田田碧,水映荷花淡淡香。
彩蝶翻空迷嫩蕊,黄鹂掠浪浴新妆。
微波锦鲤龙门跃,笑语欢歌漾满塘。

七律·题少林寺(新韵)
嵩山毓秀蕴氤氲,天下功夫出少林。
健体强身张正义,卫国护法立卓勋。
品德厚重修仁术,技艺精绝铸武魂。

盛世清风拂面爽，千年古刹焕然新。

七律·宴饮绿之源

一路欢声笑语喧，驱车宴饮绿之源。
朱帘画栋农家院，绿柿青椒生态园。
怒放娇莲亭簇簇，纷飞彩蝶舞翩翩。
擎杯阔饮心舒畅，爽快金风助酒酣。

虞美人·畅游中国国花园
（洛阳牡丹园）

牡丹园里繁花艳，万紫千红绽。微风旖旎数摇头，凤眼柔情欲语却含羞。鹅黄润粉多娇媚，游客痴心醉。莺歌燕舞绕身旁，一路芬芳丽影靓春光。

鹧鸪天·雨中游长江

挥手告别黄鹤楼，乘舟再把大江游。眼观水面波如练，桨动船头月似钩。云荡荡，意悠悠，一帘烟雨洒清秋。骚人墨客心花放，滚滚诗情万古流。

浣溪沙·观棋

汉界楚河阵线清，两军对垒刺刀红。常常胜在一招精。决弈实需棋艺湛，擒王岂在砍杀凶。运筹帷幄定输赢。

许小中

男，浙江温岭人。温岭市方岩诗社理事、秘书长。职业中医师。

夏荷

久居大厦晚风吹，荷月花开亦不知。
但听蛙声连一片，长天已是夏初时。

逛镇广场有感

仲夏和风向晚凉，时闻喧笑早登场。
华灯初上街头舞，兴致盎然飘异香。

大医精诚

初心不忘意飞翔，谁最研求谁最忙。
更上一层穷远目，气邪百病岂能狂？

游太湖尖

直上瑶台坐翠峰，伴随鸟语映山红。
骚人诗兴欢歌乐，情意融融笑钓翁。

独酌

华灯静寂已三更，月下斟杯最有情。
但愿诗书得佳句，花前醉卧亦峥嵘。

七律·人生路

那知岁月隙驹驰，临镜忽然霜鬓欺。
玉宇繁星虽永驻，蓬山宿鸟却常随。
待天春暖心闲日，是我情深梦好时。
处处芳菲多景致，品尝佳酿醉于诗。

临江仙·游四明山

四明山中追胜地，今朝亲觅仙踪。烟波灵秀见真容。趁风凭借力，推我跃高峰。
手攀松桂身渐稳，信疑头顶苍穹。返途向晚逐波红。几人归宿后，对酌意尤浓。

念奴娇·乔迁新院感赋

登楼远眺，见长天万里，云舒无迹。院内树梢颔首笑，宛若庭前来客。追溯流光，如梭岁月，两鬓霜斑白。退休虽近，亦须争竞朝夕。
纵使鸟语花香，仍需我辈，放眼晴空碧。借得高山流水意，探究医坛新策。"两下双升"，进村入户，惊起婵娟嫉。嘘寒无隙，遥看歌舞欢笛。

许心潮

安徽含山人，号褒禅山翁，退休公务员。自2011年起学写诗词，已创作诗词近千首，其中部分作品在全国及本地区诗词大赛中获奖。2014年出版第一部诗文集《韶华履痕》，2019年出版第二部诗文集《雪泥鸿爪》。

七绝·咏荷
婷婷玉立自吟风，不与群芳争艳红。
根植深泥涵梦远，一蓬莲子惠秋农。

七绝·题龙舟赛
千年民俗龙舟赛，水碧波平百舺驰。
鼓擂锣喧平仄起，桨飞影动一河诗。

七律·巢湖
开怀力挽大江流，万顷波光一鉴收。
秀丽姥峰摇翠影，苍茫天际起银鸥。
先贤胜迹八方仰，幽洞奇花万客游。
吴楚河山春永在，渔樵煮酒话巢州。

七律·偶成
难避嚣尘度晚年，心仪陶令乐归田。
凭窗诵读追闲雅，入网聊天结友缘。
晨上东冈挥汗垦，暮携老伴负锄还。
菜香染得诗书味，淡泊情怀胜古贤。

临江仙·赠网上友人
四十余年分别久，今朝聚首微群。青春旧梦回味真。苍颜华发老，叙语倍温亲。
吴楚关山芳草绿，收藏筚路风尘。功名往事化烟云。人生何叹短，诗酒一壶春。

宣世明

江苏东台人，1938年生，中教壹级（主任）。退休后有诗作2000余首，作品在全国20余省市县的70余家报刊上发表过。代表作《春草》已被国家图书馆等大专院校收藏；《秋枫》近日问世。现为中华诗词学会、中华当代文学学会及江苏省等诗词协会会员，市银涛诗词编委等。

五绝·春阳高照
日出山河晓，云开人气燊。
芳菲盈九畹，无处不争春。

七律·春雨
红梅绽放献新年，鹊跃枝上诗意牵。
雨洒雪融阡陌碧，风吹露润李桃妍。
雷鸣电闪驱霾散，猫健身强克鼠贪。
九野盈盈光灿灿，雄鹰展翅搏蓝天。

七律·鸣蝉
高温烈日唱梢枝，单调噪音无法辞。
忽弱又强争傲气，此停彼起没休时。
农夫听惯平常事，墨者闻之褒贬诗。
世上何为真丑美，择其所好醉如痴。

七律·平庐自赏
劲松迎客座厅堂，红木翠屏悬白墙。
东阁新斋抒翰墨，西厢古画展沧桑。
前院荷池蜻点水，后园斑竹凤鸣凰。
窗送幽香沁心肺，不时宾至话尧唐。

七律·游茅山
云开雾散深山静，滴翠峰峦嵌彩亭。
古刹钟声幽谷返，石泉琴韵悦耳鸣。
花香鸟语追宾客，道义传奇播太清。
健步四军陈列馆，烽烟再现祭英灵。

七律·吟友茶楼小聚

（步潘文俊先生韵）
机缘巧合聚宜人，茶室六君情挚真。
侃侃风云群情奋，悠悠平仄众倾神。
明清小说红　火，唐宋诗词灿若春。
自古书林话贤达，今逢知己畅无贫。

七律·致龙娟老同学
靓丽青春教苑华，归田逸兴抚琵琶。
点梅丛凤姿容栩，泼墨挥毫骨力佳。
天赋柔情非弱水，心持重义是明霞。
人生漫道千千结，别样枫林别样花。

七律·环卫工
戴月披星他及她，橙黄马褂面如霞。
推车执帚尘埃扫，疏道捅沟污秽扒。
不畏冰天排冻雪，乐为淫雨铲泥渣。
幽居闹市和谐美，有否思思护境花。

宣以清

　　安徽省合肥市人，女，汉，1949年6月生。《中国当代散曲大典》编委；《中国当代散曲》编委，《中国当代散曲大典·安徽卷》执行主编；安徽省诗词学会·炳烛诗词学会理事；安徽省太白楼诗词学会理事；安徽省诗词学会·散曲分会副秘书长；庐州市诗词学会副秘书长；诗词家、江淮诗书画院会员。酷爱古典文学、诗词、散曲。并有多首散曲作品在《中国当代》《中华散曲》发表；诗词在国内刊物屡屡问世。散曲创作约有300首。

七律·赏新加坡花园城百亩荷塘（二首）

一
盈眸菡萏望无边，烟雨蒙胧遮画檐。
四面绿杨知了唱，一池红鲤钓钩悬。
浅深映月宫妆妒，舒卷扬辉骚客翩。
不嫁春风不争艳，酡颜撩得众人颠。

二
春色满塘莺燕舞，晨曦一抹玉珠凝。
风吹碧蕊清香发，云卷红妆幽艳更。
冰雪月魂绽秋日，梅兰仙骨媚群英。
霞裾缟袂凌波袜，曹植闻之热泪零。

甘青之旅
瞻仰黄河母亲像（二首）

一
玉洁冰清天上来，甘醇乳汁润兰垓。
惊涛造就兴邦骨，热泪凝成济世才。
丝路花开光日月，春雷声吼击狼豺。
长怀国梦雄心展，誓把征途尘雾埋。

二
正襟危坐目光炯，朗畅胸襟抚爱民。
德诲儿孙玉为骨，气容烟雨道生心。
甘霖化作千山绿，热血迎来万国宾。
华夏巨龙腾地起，人间唱遍四时春。

过嘉峪关
严关百尺压云低，危阁遥连堞蝶迤。
缥缈箫声喧碧柳，纵横剑气化虹霓。
雨收远岫岚光起，风度疏林彩雉飞。
昔日狼烟闲望处，驼铃音里醉山隈。

瞻仰莫高窟之感
回旋悠远鉴沧桑，苦涩辛酸遍体伤。
惊喜先贤留玮宝，欲啼文物盗西洋。
嫦娥访月高科探，北斗导航方位强。
休越雷池身粉碎，凯舰疆土试刀枪。

【大石调】念奴娇·咏海棠（新韵）
　　群芳压倒，看绿裁烟翠，红翻霞灿。珠露莹莹扶不起，好是未开光绚。低傍筠帘,密藏香蕊,脉脉芬芳献。春心一片,媚朝霞赛云幔。

(幺)一阵风雨黄昏,满怀愁绪,琼蕊飘春榭。朝醉暮吟看不足,蜀彩吴妆流盼。委地红英,漫天芳萼,携手芳阴院。一枝斜戴,莫教春去肠断。

【大石调】念奴娇·庆祝新中国成立70周年(新韵)

怎忘国耻,看圆明园旧址,敦煌文院。瑰宝佛经烟火烬,遍体鳞伤心颤。涂炭生灵,觊觎疆土,铁骑朝夕践。忍无可忍,举长矛大刀干。

(幺)雨润竹翠梅红,神州雨霁,欣蔚文风焕。社稷中兴歌万首,丝路花开争艳。奔月嫦娥,腾空高铁,胜日祥光绚。同胞欢聚,抚琴合唱阆苑。

【正宫】黑漆弩·老来乐

寻坟问典情迷住,遇难事拜师父。睡三更阅览群书,苦在人前风雨。

(幺)感夫君废寝忘食,数载雨来风去。暖风吹百卉飘香,正好是晚年所处。

注:坟是三坟、伏羲、神农、黄帝之书,言大道也;(天人关系的道理)。

典,是五典:少昊、颛顼、高辛、唐虞之书,言常道也;(治理天下的道理)。

【正宫】黑漆弩·忆双亲

孩时曾在乡村住,知荣辱问严父。进家门悦色和人,总是面临甘雨。

(幺)叹如今遇事徘徊,释惑解难何方去。梦中啼丝语绵绵,仰德教容儿短处。

玄庐君

吉林大安人,1959年生,1984年毕业于对外经贸大学,分配到大连从事外贸。大学时代起,发表过中短篇小说50余篇,古典诗词1部。

七律·心空

五百年间五百年,我魂失去我身还。
雄奇秘事容深隐,些小豪情恕浅谈。
忧愤错杂横世上,怆伤纷沓报君前。
需知苦难无穷尽,炼到心空便不烦。

七律·重还大赉城

九月初八九月八,又离乡土又离家。
车船迫切行重返,步履蹒跚住复发。
寒雁碧空啼野漠,冷霜山路染黄花。
深更幸有星辰在,免被孤城寂寞杀。

七律·情仇

上月相盟这月仇,点滴情爱未曾留。
前思后想千出恨,死去活来百不由。
应许见佛没下跪,或因逢美善回眸。
今冬倘若无君信,老衲生涯便到头。

七律·南行

去也迟迟去也难,见君一步九连环。
突然意念沉天际,刹那思维到月前。
由命打磨耽四季,任人摆布度三年。
终生厄运如魔鬼,总被无头乱线缠。

七律·计划

枉做三年蹈晦人,妙机刮尽便沉沦。
心花绚丽何曾放,处境腌臜故不云。
当日猛龙犹锁井,而今孤雁尚失群。
东南海岛宜山寨,计载卿卿辟绿林。

七律·离别

此度离别是永别,彩云高处顿足跌。
情知我乃腌臜汉,怎叫君成癫痫婆。
因果这生偿剩几,报应前世尚余何。
严冬暴雪封山洞,免去明朝又复辙。

七律·接亲

勘破家门半尺深，炕头挑布试称尊。
光荣用计多奸佞，惭愧斟情太小心。
瘸马两鞭横宇宙，铁壶三口定乾坤。
今冬海水如冰冻，便驾牛车去娶君。

七律·冬麦

抗命禾苗不可轻，剑芒呼啸聚关东。
陈吴造反寒门将，楚汉揭竿子弟兵。
只混绿林为响马，敢夺宫殿是王公。
黄金甲胄银霜冠，岂怕苍天再北风。

薛华忠

行云孤僧。男，安徽全椒人，中国诗歌网署名诗人，诗词吾爱网中华诗魂社团创办者，发表诗作200余篇，酷爱中华传统文化，尤爱唐风宋韵。

五律·云舟

忘远眷乡愁，怜蝉思树秋。
开屏风入景，卷轴画随流。
落泊多由病，凌波少信游。
千帆常伴我，心迹在云舟。

五律·送别

弥棹随帆疾，凌波觉梦惊。
归因风雨节，忘却俗尘名。
鸿信频春遇，兰舟独夜程。
仍怜天外客，送别海云情。

五律·过天竺山有感

江寺临荒堑，林溪入乱踪。
停帆琼蒲岸，宿客玉花峰。
禅信堪零落，诗心共一钟。
莫瞻天竺月，白首似云松。

五律·题白马寺

星光潜昊邈，森宇列荒筵。
地迥南宫绕，山崎北斗悬。
驮经寻白马，洗法问红莲。
川洛东西道，何由断梵烟？

五律·南湖咏荷

东苑草町荒，南湖水气凉。
乘晴归日晚，荡袖入莲香。
缓棹吟青鹭，高歌咏碧裳。
梦怀无菡萏，谁与共清光？

五律·七夕织女

一年嗟别日，七夕愿归违。
杳寂天河水，潺湲月海晖。
寒针穿绣羽，苦烛洞云扉。
掩泣蟾光短，心梭乱织机。

七律·登高

朝林勃发换妍妆，春草初萌向艳阳。
云淡欲临千卉苑，风闲还眷百花堂。
溪回涧转随弦管，帆起鸥飞入画廊。
莫道岚深心景黯，登高更睹万崇光。

薛俊东

山东临沂人，日照市诗词学会会员，日照市世界汉诗协会会员，莒县诗词学会会员，自幼酷爱诗词，是一个来自农村、在城市打工的文学爱好者。作品散见于《中华诗词月刊》《历山诗刊》《甘肃诗刊》《岳阳楼诗刊》《莒县诗刊》《日照诗词》等。

七律·母亲节感怀

离魂痴绕小村庄，卅载春晖孰可偿？
乳燕学飞心未远，慈乌反哺意何长。
欢承菽水膝前乐，泪湿莱衣梦里香。
白发衰亲应念我，家山不见断人肠。

七律·忆初恋
回思往日动心弦，情窦初开两少年。
展笑凝眸嬉草地，含羞倚背对云天。
庭中共奏玲珑曲，案上同吟缱绻篇。
多少时光成故事，徒留遗憾总凄然。

七律·杜甫
西风破屋任飕飗，漂泊仍怀黎庶忧。
忍顾豺狼长吮血，堪怜忠骨独登楼。
孤舟苦雨老三峡，瘦腕焦雷叱九州。
自古雄才多命舛，丰碑诗史誉千秋。

七律·咏农民工
为脱山村代代贫，打工城市倍艰辛。
惊爬铁架汗如雨，急辗土车衣满尘。
心系妻儿千里梦，手添厚茧几文银。
任他寒暑风霜叠，未改初衷一点真。

七律·零工市场之农民工
几亩农田几畜禽，大山难阻脱贫心。
辞乡万里耘锄撂，谋食多城出路寻。
冰库搬箱寒彻骨，塑棚喷药汗流襟。
一双茧手撑天地，沐雨栉风家少临。

如梦令·一夜雨敲风啸
一夜雨敲风啸，叶落花凋多少？望北雁南飞，不觉俏颜衰老，谁晓？谁晓？孤月世间飘渺？

长相思·卢沟桥事变
风潇潇，雨潇潇。祸起卢沟战火燎，孤军浴血熬。

侵我巢，毁我巢。掳掠奸淫屠我胞，英雄岂折腰？

长相思·感秋
风茫茫，雨茫茫。人去楼空竹塌凉，孤灯寸断肠。

天若长，地若长。合合离离惹感伤，梦中几许香？

薛俊英
笔名北方佳人，南天诗社会员。大中华诗词论坛版主，诗词吾爱会员，湖南乡土文学会员，大庆市诗词协会会员，双鸭山市诗词协会会员，作品多发表在湖南《乡土文学》、辽宁《凌南文学》、大庆市《大庆诗刊》以及网络平台。

七律·荷花
芙蓉出水立池中，碧叶轻阴送爽风。
仙子凌波曾紫翠，玉环带露更青葱。
满塘飘逸消烦暑，半亩风光建伟功。
老去从容心谢客，枯荣淡定尽成空。

七律·初夏情怀
垂杨拂柳草茸茸，芳阁窗前花影重。
肥鲤玉盘添美味，清茗金瓮醴醪浓。
温娴美女智聪慧，武举秀才云上龙。
丽日星河同醉处，风和紫岭赏青峰。

注：星河：七星河湿地；
紫岭：双鸭山市紫云岭；
武举：军官。

七律·游览七星河湿地
三江风貌自然浓，碧草瑶花滩水踪。
苇荡鹰翔游皓月，沟渠野鸭戏青松。
星罗植被藏章叶，棋布苔衣露荇蓉。
湿地天堂鸟繁衍，七河浴日彩云重。

七律·初夏草甸
三江野兔雉行踪，湿甸泥痕脚印逢。
荇菜泡边身影亮，睡莲河里面香浓。
温滩候鸟星罗迹，腹地豆株棋布容。
草浪翻飞涌芦苇，薛苔沼泽绿重重。

七律·立夏郊游

立夏郊游赏翠峰，三江秀色沐晨钟。
乘风览景稻田绿，自驾观光碧野重。
不羡鸳鸯梳羽近，但闻鸾凤喜相逢。
诗心常系边关子，挥手家山望远龙。

七律·送别

佳市离筵对酒缸，机坪挥手泪成双。
心悬明月落帷幕，目送野烟横雨窗。
壮志忠臣辞北塞，豪情战士别南江。
征鸿戍守边关地，虎豹豺狼定受降。

七律·凤凰山

古树巍峨林蔽翳，峰峦毓秀雨来江。
天鹅腹地麒麟阔，彩凤人心白鹭双。
胧月松涛风细细，飞泉瀑布水淙淙。
雪乡远岫云千载，峡谷樵歌乐满腔。

七律·单骑去拉萨

骑行川藏本无依，眼见青稞算是归。
久向高原宫堡寺，还思古道喇嘛机。
群楼重叠佛光照，殿宇嵯峨幡影飞。
圣地王朝灵塔去，垂珠璀璨拂人衣。

薛鲁光

笔名啸岩，男，1954年出生，上海曹行中学退休教师。上海市作家协会会员，上海市诗词学会会员，上海市民间艺术家协会会员。长诗《黄浦江，见证沧桑的岁月》载《诗意天空——历届上海市民诗歌大赛汇编》。作品散见于《解放日报》《新民晚报》《上海诗人》《中国老年作家》《金沙江文艺》等报刊。获上海市民第二、三、五届诗歌大赛等第奖。

七律·和友人诗

清霁逸明尚推陈，雪融梅蕊笑迎春。
心牵两岸国安定，笔念华为家鼎新。
胃痛眼花难拟比？粗茶淡饭胜家珍。
花鱼相伴周遭旅，风正帆悬万象真。

七律·西塘

西塘古镇马头墙，晖映秀桥鱼水徜。
淼淼溪流穿巷尾，森森柏树见沧桑。
采风倩女摆姿势，泼墨俊男描启航。
纵使江山景陶醉，老翁窃喜展华芳。

七律·婺源

昌炽婺源骑马墙，杉群红豆古村庄。
风吹篁岭洞箫在，雨泼卧龙灰雁翔。
劲赋宣笺雕百錾，力书歙砚振千强。
桃园仙境吸游客，丝路齐心奔小康。

七律·入门

烟笼寒武结晶轩，毓秀禅林无马喧。
难见奇天华北豹，却闻险洞癞头鼋。
动牵七宿照星野，静虑五行点烛繁。
欲进山丛恍无路，入门缘是普陀园。

满庭芳·上元月圆

正月元宵，金枝翠瓣，清灯凤冠频摇。嘉年似火，捧碗梦长锚。一汽长鸣泪洒，团圆盼、外辱同消。别来久，衷情难诉，久慰大红袍。

怅闲庭望月，金黄奕奕，秀舞风箫。华芳馥，尊前啖糯胡桃。游岛芳情难却，相思泪，摘藕撑篙。佳期在，联欢挚友，千里喜神交。

沁园春·泰山

叠嶂连峰，壑谷耸槐，日出壮观。眺北通黄涧，南临吴越，西沿大漠，东接沧泉，晕似悬棺，峦犹擎伞。突兀巉岩石峙天。观星汉,鸿崖飞湍伴,风月无边。

江山如此奇观,妙秀岳、慨秦瀛笔端,感汉刘植桧,唐宗纪卷,宋高筑殿。衣带渐宽,不悔何难?今来古往,万仞之巅闲处看,登极顶,但愿人康阜,国泰民安。

卜算子·菊花

喧闹陌尘间,当羡花香瓣。已是初霜斗颜来,群萼芬芳颤。

开亦不争秋,独自迎寒绽。待到陶篱暗紫时,一缕随阑漫。

水调歌头·中秋

露凝金秋瓦,穹挂白银盘。举杯邀月,烟锁思绪惘惘间。方念东坡苏轼,碎缕惜杯酒盏,由弟载浪还。情至吟萤火,恨往玉蟾湾。

白发好,喜相伴,乐滔天。中华优士,仪凤矫首闻书斓。我欲乘风登月,又恐浮云遮眼,填字意幽然。但愿无灾病,人瑞望婵娟。

薛淑芬

1971年生,又名薛晓璇,笔名六月荷花,女,汉族,黑龙江省牡丹江市林口县人,1994年毕业于牡丹江卫校林口分校,2008年开始写作并发表作品,作品散见于《中华诗词》《诗刊》《诗选刊》《诗选刊·诗词》《诗词月刊》《星星·诗词》《参花》《北方文学》《牡丹江晨报》《山东诗人》等报刊及网络,有诗词被选入《黄浦江诗潮》等,现为中华诗词协会会员,黑龙江省作家协会会员,黑龙江省诗词协会会员,黑龙江省楹联协会会员,《诗刊》子曰诗社成员,牡丹江诗词协会理事。曾获网络出彩诗人三等奖、《诗刊》2016年全国首届"泊爱蓝岛,七夕诗会"最美原创诗词大赛优秀奖等奖项。

七绝·咏物四首

婆婆丁

漫山遍野早春迎,小月残风雨露承。
一抹蓬开金灿灿,犹真不为百花争。

蒲公英

清颗一束怕风残,知有将行万里山。
此去天涯何置地,江南江北但唯安。

柳

午后徐条小径寻,汉宫墙里可言深。
时藏云梦婀娜舞,听而风雷几又新。

书

一篇小字引嘻泣,云象万千罗集集。
门里知来天下事,傍他几载心沉碧。

七绝·此生

车中放眼看天晴,我自怀柔禅意清。
试细年华心淡淡,任风任雨任平生。

七绝·早春

黄柳斜枝杏露微,清风阵阵拂罗衣。
重听野鸭池边戏,心在田园不肯归。

看花回·犹记当年

四月窗前燕影清,眸远无应。百余春信山川外,想那年、细细烟汀。对谁羞不语,心已分明。

可记桥边携手凝,月正葱青。教今风未花头动,雪茫茫、怅惘旧行。又愁天和得,飘落曾经。

念奴娇·阳关问遍

阳关问遍,几花开花谢,断肠江北。

此有梧桐人已去,往事眉边三一。
　　栈道依稀,银河渐老。鸿雁差无迹。
知情难易,故庭唯怅消息。
　　谁识荷立风中,幽怀孤影,浪客眸何
及。弄里遮帘疏月色,小字初心如织。
　　恨少清欢,却多愁绪,痴为君来寂。
梦魂山外,可听高马声疾?

薛文斌

　　男,1941年生,上海崇明人,中共党员,高级工程师。1964年毕业于上海交通大学船舶动力系,分配到711所工作。后调入上海自动化仪表七厂任副总工程师,1984年当选崇明县第八届人大代表。2015年古体诗《海纳百川》获"海上歌吟"诗歌征集活动"明复奖"。

七言古体诗·和平崛起耀人间

解放三十夯基础,开放四十创奇迹。
大师开辟特色路,持续超车今领先。
自主新型工业化,七十胜过三百年。
天若有情天亦赞,和平崛起耀人间。

七言古体诗·齐心奋力追梦想

百国独立仿西洋,不究国情设官场。
朝野争斗多动乱,山河民生旧模样。
我国独创新体制,一穷二白变富强。
今喜七十青春在,齐心奋力追梦想。

七律·70华诞齐欢庆

不忘初心凝人心,民族团结江山稳。
特色新论统全局,精准良策惠民生。
东西联动奔小康,南北共治山水清。
盛世人民享安康,七十华诞齐欢庆。

七律·盛世风采独一景

国学千年根基深,华夏文化主基因。

古诗冷落五十载,今朝热播四海吟。
百国名校开孔院,五色英才学中文。
博采众长融今古,盛世风采独一景。

七言古体诗·构筑命运共一船

大国风范多友善,主持公道抗霸权。
合作共赢通天下,平等互利多人缘。
百国嘉宾来东方,四季论坛谋发展。
一带一路连五洲,构筑命运共一船。

七律·夕阳温暖享晚年

幼迎解放今耄耋,亲历沧海变桑田。
此生有运在中华,更幸深造到江南。
国强家和人自豪,山青水秀草木欢。
千载难逢今盛世,夕阳温暖享晚年。

七言古体诗·绿水青山保安宁

相控雷达北斗群,航母大驱核潜艇,
高速导弹强激光,卡秋莎炮铁甲军。
警戒向外推千里,海陆空天筑长城。
将士忠勇帅英明,绿水青山保安宁。

薛文甫

　　谱名化皇,1949年2月生,大专文化,讲师级。曾任乐清市淡溪中心学校副校长,2009年退休。系中国诗词协会、浙江省民间文艺家协会、温州市作协会员、乐清市新四军历史研究会淡溪分会会长等。曾编著出版《仙人叠岩望九州》,个人散文集《湖畔楼痴话》《仙磴遗踪》《拾趣斋笔记》,与人合编《龙山之子》,乐清市淡溪水库《碧湖沧桑》及《淡溪镇志》主编等。且平时酷爱书画。

七绝·咏柬埔寨吴哥窟

早闻吴哥古寺群,此回一饱艺堪真。
慢谈何代手工美,现留世间无价珍。

七绝·湖南第一师范
橘子洲头路书院,人才辈出世称玄。
尤其出了润之者,建国大功谱雅篇。

七绝·《温州一家人》电影观后
历经千难折筋骨,再度万艰未见天。
幸遇国家开放日,温州写出大名篇。

五律·看"瓯越清风"有感
讴歌廉洁者,鞭挞不正人。
秋菊春兰绽,音形妙处伸。
岂愁明月尽,自有乐章新。
清白铸英杰,翰池书好臣。

七律·瞻南昌八一纪念馆铜像群
八一枪声唤百工,反蒋激浪震天穹。
镰刀火炬战旗鼓,塑像铜人颂世雄。
百世风烟先辈迹,千秋为国逞强风。
如今华夏太平世,一统河山硕果丰。

七律·江西天师府
若大府门千载留,极尊殿宇一时收。
清烟无欲书香远,华烛丹心映经楼。
道贯古今龙虎伏,法遵自得鬼雄休。
举头三尺神明在,师父八方化缘游。

菩萨蛮·越南下龙湾
海天世界神仙研,水中奇特山川鲜。文友称仙山,一来便结缘。众多游客兴,人面交相映。天下此雄图,谁都不肯无。

浪淘沙·建党98周年有感
红日启南湖,神画丽图。燎原星火地天呼。曲径征程何所惧,万物频苏。民富国强乎,万马奔途。立当改革一狂夫。启后承先人代传,平扫崎岖。

薛有毅

男,1958年11月生,汉,大学,历任乡(镇)团委书记,党办主任,党委副书记,乡(镇)长,镇党委书记,区人防办主任等职。农经师。爱好文学、诗词。曾在国家、省、市、区(县)不同报刊、书籍上发表过文章、诗词。文章受过山西省国防动员委员会表彰奖。现为山西省晋中市榆次区作协会员,山西省晋中市榆次区诗词协会顾问。中国诗词研究会会员。

七绝·家乡美(新韵)
田园风景胜花香,野菜繁多美味藏。
麦穗灌浆禾木壮,农家和睦谱华章。

七绝·农家乐(新韵)
朝闻百鸟吟歌唱,暮望归鸦舞落霞。
闲静邀来朋有聚,阖家煮酒话桑麻。

七绝·悯农(新韵)
早起田园锄草忙,日时为币把工扛。
午间干食就水饮,傍晚归来迟上床。

七绝·灵芝系列(新韵)
灵芝圣药誉中华,仙女为郎盗紫霞。
今岁凡尘繁育物,效功何若问桑麻!

薛作才

男,1945年11月生,退休国家干部,大专学历。现系中华诗词学会会员,荆州市诗联学会常务理事,公安县诗词学会顾问,原《柳浪风》诗刊主编。近几年先后发表诗词作品300多件,散见于《中华诗词》《诗刊·子曰》《诗词报》《诗词之友》及本省诗词专刊。有《酩酊集》诗集付梓。

五绝·折栀

游人多欲折，居室小瓶栽。
已是花盈手，还寻一簇来。

五绝·农家夜宿
寂夜呈青黛，关山泼墨浓。
心情谁与说，篱落数声蛩。

五绝·北湖晨韵
湖烟漫棘篱，翠色笼荆堤。
晓作催春雨，耕夫浅湿衣。

七绝·新旧韵感
旧韵今声双轨行，缤纷多彩曲中倾。
也曾试笔唱新绿，老凤醇于雏凤声。

七绝·茶悟
饮露餐霞天地气，入汤品茗各千秋。
壶中也晓浮生事，细叶沉杯粗叶浮。

七律·桃园行
簇簇红裳笼翠微，织园小径雨霏霏。
时闻灵雀遥相唤，欲和天音枉自违。
隔岸湖光青弄眼，少时心境淡成灰。
花桠攀折丽人手，一束春风赠与谁？

临江仙·郊游
漫絮风抟如雪，鹂莺比目啁啾。童孙绕树戏白头。游人花影叠，俏语荡兰舟。
邀得两三朋党，掬来一捧温柔。彩鸢竞起蠹云头。樽前移日影，咫尺弈春秋。

阮郎归·茶艺行吟
一壶春雪漫云绡，荆江水一瓢。绕梁心曲倚香飘，氤氲醉碧霄。
填小令，话新潮，流光指间抛。茶娘袅娜裹旗袍，斜阳分外娇。

雪轻云

湖滨教会学校（联）
苔生石壁，古木葱茏，百载书声犹在耳；
岁蚀雕栏，寒鸦喋噪，三朝月色漫侵襟。

《七弦清音》有感
泠泠丝弦拨，余音逐晓风。
人花开谢事，归路一般同。

又见君山
舜帝南巡久未还，二妃魂断水云间。
洞庭只纳离人泪，剩把相思垒作山。

题《那山那水那人》
垄上添春色，花开一径黄。
炊烟飘旧院，湖水泛新凉。
情怯家山近，梦真羁客伤。
村头人伫立，白发是亲娘。

依韵题图
竹篱茅屋碧溪边，曲径云深恰洞天。
半幅春山诗佐酒，中宵客梦月催眠。
虚烟时向门庭绕，绿水长和松石联。
野岭高崖怀抱里，桃源不必畏秦鞭。

文成公主
长安景象渐匆匆，颠沛何堪类转蓬。
万里身携云寂寞，千行泪共雨朦胧。
朝堂属意平戎策，公主无心治世功。
边曲一支情切切，吐蕃镇日对天风。

生查子·井中月明
那日与君逢，正是春时节。树上发青枝，树下颜如月。

今日满枝红，人却天涯别。无处寄相思，都向枝头结。

再和生查子·今年今日此园中

苔生石径青，燕啄香泥软。今日此门中，是处莺声唤。

桃花深浅红，谁倚闲庭晚。我忆旧时光，只是伊人远。

临江仙·依韵井中明月

一桢泛黄照片，三千过往横陈。灯前回味旧温存，并肩油纸伞，幽巷过黄昏。

几度山光凝翠，经年雨又纷纷。丁香花事逸轻尘，而今书小字，喧默不相闻。

临江仙

翻出深埋记忆，当年小巷伊人。轻摇花伞碧纱裙。丁香花味道，弥漫了黄昏。

辗转读书路上，嘎然走过青春。天涯消息渐难闻。乡愁余一点，那点最销魂。

西江月·南湖夜归

十里平湖空寂，一弯新月微茫。清灯照我只影长，不似当时模样。

卅载人生逆旅，他乡亦作家乡。初心未改暗收藏，眼角眉梢鬓上。

西江月·秋山行吟

足下苔生石径。林间雀跃枝丫。半坡霜叶半坡霞，为我飘飘洒洒。

拾得青山几处，抛开俗事些些。一溪一石一篱笆，便是辋川图画。

临江仙·依韵井中月明年感

莫道春心囚禁久，不过短暂寒冬。小窗吐萼数枚红，一莺鸣绿柳，双燕剪东风。

慢煮光阴茶一盏，回头戏说作诗工。

情怀虽去远，大抵少年同。

临江仙·岁末有感

只感春心囚禁久，好长一个寒冬。小梅忽印半窗红。人间添一岁，燕赵又东风。

大把光阴消费掉，镜前长恨腰丰。笑吾老大砌诗工。几行潦草句，略与少年同。

临江仙·题图《雨巷》和井中月明

一桢泛黄照片，三千过往横陈。灯前回味旧温存，并肩油纸伞，幽巷过黄昏。

几度山光凝翠，经年雨又纷纷。丁香花事已作尘，而今书小字，喧默不相闻。

临江仙

翻出深埋记忆，当年小巷伊人。轻摇花伞碧纱裙。丁香花味道，弥漫了黄昏。

辗转读书路上，嘎然走过青春。天涯消息渐难闻。乡愁余一点，那点最销魂。

荀德麟

江苏涟水人，中华诗词学会常务理事，已出版各类著作数十种，诗词作品散见于各种报刊。

七律·雨中船游乌镇

乌篷细雨橹声柔，丝柳梳风偶拂舟。
夹岸楼台浸浪迹，排窗盆景亮清流。
画桥联语开诗眼，烟水人家藏码头。
何处群呼香肺腑，树花如雪众机收！

七律·过儒里村

参差楼宇识民丰，村巷幽深半媪翁。
骚雅满墙兼轨约，心声连陌舞鱼龙。
天高云鸟无穷碧，野阔芳馨别样红。

波映紫阳堂弄影，源头活水小桥东。

注：儒里乃诗教典型，居民多紫阳堂朱文公后裔也。

七律·登岳阳楼
跃上巴陵百尺楼，湖山浓淡望中收。
苍茫烟水荆湘接，浩瀚虚怀清浊流。
鹭影鸥风空两间，杜诗范记自千秋。
栏干能载忧多少？依旧乾坤日夜浮。

七律·参观山海关长城老龙头景区
奔驰万里访雄关，直到长城山海间。
魏武波涛飞乱石，唐宗鼙鼓隐晴岚。
龙头澥渤胸襟阔，脚下楼台剑气寒。
今日国屏何处筑？凭栏遥瞩却盘桓。

七绝·游避暑山庄
其一
岂因避暑立山庄，酷肖虚营作夜防。
更练子孙龙马力，木兰特特演围场。

其二
龙蛇笔底出华章，金殿雄奇故事长。
外八庙前空慨叹，合围统战足良方。

七律·登天宝寨
渐行高远渐臻功，绝顶登临八面风。
一佛观天云自在，群山叠翠鸟从容。
谁藏古寺钗鬟里，栈接蟠途襟带中。
俯瞰新村皆入画，晴岚宝寨隐腾龙。

七律·题花驼村
石屋参差云一窝，太行深处有神驼。
曾凝浩气为枪弹，遥驾狼烟蹀寇倭。
三五柿红招眼色，万千岩翠入胸波。
欣看彩绕天梯起，不待八年吾更歌！

闫承玫

女，汉族，1932年5月生，山东鱼台县人，中共党员，退休干部。系枣庄市诗词学会会员，滕州市诗词联赋协会名誉会长。曾出版《闫承玫诗书画选集》。其作品曾收入《二十世纪中华人辞典》《中国诗词大全》等，并荣获第十二届"天籁杯"中华诗词大赛银奖、第二届"岳阳楼"寻春诗会金奖。

五律·咏牡丹
国色满天香，仙葩醉欲狂。
嫣红惊魏紫，叶绿伴姚黄。
迎风梳淡雅，沐雨润浓妆。
娇姿呈锦绣，不愧是花王。

五律·赞无锡太湖
有兴太湖游，风光眼底收。
青天连碧浪，翠岭绣兰舟。
泰柏高风赞，琵琶古曲留。
皆言江浙美，更美在鼋头。

七绝·咏港珠澳大桥
伶仃洋上巨龙腾，百里蜿蜒港澳行。
三颗明珠连一体，中华骄傲世人惊。

七律·扶贫赞
改革风来大地芳，城乡处处换新装。
草房重建楼千座，荒岭整修粮满仓。
修路开渠民乐意，脱贫致富业辉煌。
家家幸福欢欣景，锦绣前程步小康。

七律·纪念五四运动100周年（依韵李文朝将军）
云起东方风雨狂，群情振奋气昂扬。
师生罢课醒华夏，百业停工斗北洋。
外抗强权恨官软，内惩国贼喜民强。

百年历史岂能忘，黑暗清除迎曙光。

七律·纪念建国70周年
喜看东方腾巨龙，江山万里果粮丰。
城乡一体脱贫困，华夏多人成富翁。
航母威严巡碧海，神舟呼啸震苍穹。
黎民同赞新时代，不忘初心齐建功。

七律·纪念马克思诞辰200周年
助推历史赖贤臣，尽颂名家卡尔神。
共产党员先驱者，人民革命导师身。
崇高思想救天下，宽阔心胸怀庶民。
困苦艰难全不顾，只求真理早逢春。

七律·春
东风袅袅柳丝长，遍地芳菲映绿装。
峡涧清流逐日暖，山坡果木随风香。
农夫耕地金沟亮，渔父操桡琥珀光。
燕舞莺歌迎丽日，丰收在望乐无疆。

七律·初夏郊游
风暖山川披锦装，园中蔬果溢幽香。
麦田万亩欲成籽，溪水千条乐润秧。
蛙奏池塘莺曲啭，蝉鸣翠柳燕歌扬。
野花芳草呈佳景，郊外观光醉夕阳。

七律·怀屈原
遥看汨罗江水流，感怀先哲竞龙舟。
潇湘后裔传骚赋，华夏子孙思楚囚。
革故鼎新朝政变，舍身忘死庶民讴。
皇天不佑忠臣去，正气凛然千古留。

闫广武
网名天山一叟，茂名市南天诗社会员。1947年生，退休公务员，现为滨城诗社驻会诗人、值班编辑、古韵诗词副总编。发表诗词数百首。我的格言：平白如话求真境，直抒胸臆便是诗。

七绝·昙花吟（新韵）
昙花一现夜临更，不恋蜂蝶暗自生。
雅素玉洁无媚色，瞬间绽放韵空灵。

七绝·梅趣（新韵）
一园春暖二三梅，四五枝花越院扉。
树下六七八客影，九十人醉染香归。

七绝·小雪感怀（新韵）
冰封千里朔风来，霜斧寒刀筑玉台。
敢借天公三尺雪，明春许你百花开。

七绝·牡丹吟（新韵）
缤纷五彩贵多姿，花蕾方开缀万枝。
春色满园夸未了，洛阳纸贵半城诗。

七绝·秋雨（新韵）
几波秋雨借西风，绿树青山淡雾中。
一页诗笺弯月晓，池蛙唱远两三声。

七绝·夏日涮锅（新韵）
炎炎夏日热如何？偏去川家涮火锅。
麻辣鲜香羔肉嫩，淋漓大汗爽心窝。

七绝·蝶恋花（新韵）
花丛簇簇彩蝶追，寻味逐香紧向随。
入梦诗园痴古韵，初心不改自芳菲。

卜算子·立秋感怀（陆游体，新韵）
　　天道总循环，转瞬秋来了。万物生发蕴籽实，收获期尤好。
　　天爽渐凉天，莫负时光少。文海穷词尽写诗，心入笺成稿。

闫明昌

46岁,山东省阳谷县人,医学硕士。本人自小学四年级开始喜欢并研读古典诗词歌赋,1988年正式创作,作品10000余首,有诗词集《轨迹》,作品见于《历山诗刊》《岳池诗词》等多家刊物,现为《奉天诗刊》编委。

五绝·看《聊斋》
故事如歌唱,妖魔似烟瘴。
鬼仙真性灵,逝去胸怀畅。

五绝·月
风似春泉水,月如娥黛眉。
不寻深陋巷,只见柳丝垂。

七绝·清明节
包包纸币总关情,缕缕青烟绕墓茔。
恩怨情仇随火尽,富腴贫贱入沙平。

闫绍奇

男,山东省枣庄市山亭区人,中专文化,美术师。滕州市工艺美术厂退休,系山东省诗词学会、枣庄市诗词学会、滕州市诗词学会会员。曾在报刊发表诗词作品100多篇(首)。

五绝·乡村偶居
白发稀繁务,桃园度日闲。
品茶篱下坐,始悟看南山。

七绝·赞扶贫
驱寒携暖赖春风,普降甘霖草木葱。
昨日尚忧贫病苦,今朝国富喜民丰。

七绝·春回故里
驾起东风归故园,悠悠岁月已茫然。
忽看桃李含羞蕊,便引情思忆少年。

七绝·春日河畔(二首)
其一
春风拂柳过荆溪,斗艳繁花两岸齐。
蜂蝶闻香同起舞,枝头黄鸟比高低。

其二
翠柳摇丝紫燕飞,清溪涌浪鳜鱼肥。
春花馥郁惹人醉,误作桃源已忘归。

七绝·咏孟尝君
伫立陵园思绪长,招贤纳士义高扬。
古碑若述沧桑事,黎庶至今夸孟尝。

七绝·咏毛遂
三年韬晦未闻声,初露锋芒自请缨。
利舌如枪楚王敬,救民业绩著嘉名。

七绝·登黄山
白发雄心有激情,高坡陡磴任吾行。
爽心叠巇举头望,好客奇松张臂迎。

七绝·重阳观八达岭(二首)
其一
长城万里势连天,塞雁晴空越险川。
谁染枫林千嶂赤,诗情引客醉幽燕。

其二
飒飒秋风过险关,偷来丹色染千山。
黄花意厚含情绽,客恋红枫更忘还。

七律·建国70周年颂
华夏沧桑举世惊,山河处处竞繁荣。
革新成就民强梦,开放迎来国富情。
航母列装军气振,嫦娥飞伴月辉明。
千山聚秀归华宇,万国词章歌凤城。

七律·黄山游

曾经入梦到黄山，今日登临亦是缘。
拔地奇峰接碧落，溅珠瀑布挂岩川。
风扬云雾湿千壑，松展虬枝蠹万巅。
如此风光真绝世，游人恰似画中仙。

严立青

号透风，1949年生，浙江金华人。大学文化，中学高级教师。中华诗词学会会员，浙江省诗词与楹联学会常务理事，浙江省之江诗社理事，《浙江诗联选粹》副主编。作品约千五百首(副)，散见于各地刊物，著有《大众诗律》(与人合作)《古诗与科学》《透风轩诗草》等。

七绝·练小楷信笔

不是书家亦兴狂，挥毫老病悉相忘。
三千兵甲列严阵，似待令行驰战场。

七律·七十生朝自题

景仰从心矩不逾，草民难作圣人徒。
直肠每把南墙撞，柔意聊偕荆妇趋。
最佩苏髯乐随遇，转叹杜叟困羁孤。
朋侪微信诗联接，唱和声中足自娱。

七律·见惯

见惯浮云消与增，迩来诸事渐看轻。
徐磨瓦砚犹耘地，静读词章算养生。
衰脑纵难储驳杂，素心尚可识虚盈。
一瓯香茗掀灵感，得句先烦老伴评。

七律·咏荷

娇红浓翠接遥天，便惹诗家豪兴牵。
漾锦波时霞绮动，出污泥处露华鲜。
叶能洁净彰清节，花富馨香结善缘。
莫谓莲蓬子儿苦，安神补肾足称贤。

七律·谒轩辕手植柏

翠盖轩昂铁干遒，沧桑遍阅孰堪俦。
五千史尽罗胸臆，亿兆民多仗荫庥。
冷对寰瀛来去浪，热歌直道鬲腾骝。
衣冠整肃三恭祝，善葆雄姿襄壮猷。

鹧鸪天·岁暮闲吟

勋业雄心付笑谈，或馀素洁可无惭。
闲从典籍观兴替，不对儿孙诉苦甘。
　心坦荡，性愚憨。驽骀十驾只移三。
诗朋联友劳提挈，再整征鞍向峻巉。

严琴英

笔名烟雨文竹，现定居伊宁市。现为新疆诗词协会会员；兵团诗词协会会员；伊犁州诗词协会理事；第四师诗词楹联协会理事；巴彦淖尔诗词协会会员。2018年跟沈海荣老师在塞上风古典诗词学院学习至今，喜欢古朴典雅的古诗词，还喜欢阅读散文、随笔，有作品在《伊犁日报》《伊犁诗词》《诗词月刊》《伊垦工运》《芳草》等报社刊物，以及在伊犁锐角、黄河诗词等微信网络文学平台上发表作品。

七绝·暮归

山岭青青出翠微，夕阳石径牧人归。
诸峰错落池中影，一袭牛绹系晚辉。

七绝·暮春

莺啭晨风花絮飞，虚云过雨草溪肥。
窗含一片丹青色，引我诗情过竹扉。

七绝·春(押寒韵)

风送春归花绽峦，雨沾枝叶鸟啼欢。
清新丽景忘归路，缓辔梢头独自观。

七绝·黄昏(平水韵)

坪前嫩草正菲微，饮罢春风翠色稀。
紫燕回巢栖未稳，炊烟一缕接余晖。

七绝·盛夏荷塘
玉样芙蓉挺立姿，黄心粉瓣醉眸时。
风吹过处生新韵，潋滟波光尽是诗。

七绝·冬韵
枯木寒鸦冷意浓，西风伴雪舞苍龙。
任由万物千般色，拙笔轻挥赋劲松。

七律·留守儿童
双亲外出路漫漫，留守孩童不忍看。
聚寡离多思念苦，愁频爱浅感怀寒。
屋居简陋少亲属，锅灶冷清无热餐。
僻壤弱孤谁眷顾？空巢幼鸟几时安。

七律·长城（押阳韵）
万里长城万里长，千年岁月历沧桑。
常陪将士屯边塞，久护黎民卫北疆。
冷夜尤思伤石虎，月明可忆战倭狼。
雄关漫道豪情在，崛起神州万代昌。

七律·吟王昭君
昭君远嫁路迢迢，泪眼盈盈望九霄。
鼓乐声中离故国，穹庐帐里涌思潮。
献身只为平仇恨，和睦甘于遣寂寥。
白发他乡终老日，此襟谁可敌妖娆。

七律·与母别离
雪落天寒云惨淡，山川大地野苍茫。
回眸往事情尤忆，有泪哀弦夜更伤。
纵有相思千里念，哪知此别万年殇。
一程风雪一程泪，洒到长亭已断肠。

严振华

男，1967年8月生，中共党员，广元市诗词楹联学会会员。1986年入伍，曾任炮兵第四师教导员，装备部工程师。

七律·登顶牛头山（平水韵，一东）
牛头绝顶饮霜风，远眺西峦剑嶂雄。
万载川江歌未尽，千年蜀道曲难终。
姜维拜水泉如泪，太极吞天气若虹。
独屹高巅云足下，群峰俱小我孤崇。

七律·月坝诗情（新韵，八寒）
黄蛟翠岭拱清潭，玉镜如抛影画檐。
老柳伏波迎远客，新桃卧径荡春岚。
只知碧落无凡笔，未识红尘有洞天。
畅饮农家三夜酒，踟蹰月坝不须还。

七律·春趣（平水韵，九青）
闲来备墨弄丹青，未觉梨花满院庭。
一树幽仙枝上舞，千丝暗馥鼻尖娉。
轻移老步寻春趣，错把羊毫做杵钉。
自讽心猿羞两用，慌钩几朵入瓷瓶。

五律·乡愁（平水韵，十一尤麻）
独步起乡愁，寒江引故忧。
霜浓迷倦履，雪冷困孤舟。
一意怀衷曲，三春憾白头。
痴心凭远问，何日是归秋。

七律·归路（新韵）
当年击越戍边关，每至良宵妒月圆。
战地风凄身历苦，家乡水远梦生寒。
终欣载誉别红土，却恨骑蜗喘锈栏。
最喜如今高铁爽，腾龙穿嶂破云烟。

七绝·边城夜韵（平水韵）
吊脚围栏浸月光，椰风浅叩夜来香。
傣家少女羞含笛，半隐芭蕉半弄霜。

七绝·边陲夜哨（平水韵）
叶笛悠悠哨所萦，谁牵寂寞向风鸣。
南疆夜湿无篝火，月洒寒烟冷戍兵。

七绝·垂钓夜归（平水韵）
谁道西阳怅恨多，人生渐老也如歌。
临波垂钓娱飞鹭，踏月归时玉满河。

严振援
男，1951年出生于陶都无锡市宜兴市。酷爱诗词，热爱农村生活，并一直坚持研习、创作诗词作品。部分作品在比赛活动中获一等奖、金奖，并入选出版。

新天地
琼楼疑世外，玉宇幻天堂。
餐饮登高厦，时装走广场。
瑶池仙岛托，乔木挂屏廊。
飞瀑垂花雨，情歌伴月光。

龙华寺
夕阳留寺影，金印伴山门。
宝殿环罗汉，王宫绕凤轩。
临风龙塔啸，石虎向天喧。
千客闻钟聚，桃花百里繁。

静安寺
山门千里望，万步听钟声。
神圣尘寰意，仙人宇宙情。
高空明月绕，深井涌泉清。
金佛娇姿态，长天玉塔擎。

梦清园
碧水浮鱼岛，飞云翠浪间。
独登观景台，一览玉溪还。
曲折樱花道，蜿蜒地窟湾。
树奇迷白蜡，泉过韵悠闲。

南京路步行街
高低错落厦楼悬，凹凸纵横店铺连。
贵客左惊夺右道，佳宾恐后步争先。
玉屏鸟语情人舞，金带花香伴侣翩。
不夜霓虹灯下乐，广场帘雨胜喷泉。

上海老街
相伴春风得意楼，逍遥秋月贵宾游。
钱庄恍惚沧桑过，金店朦胧世纪留。
听曲一心无要急，品茶万事不需愁。
粉墙黛瓦花灯翠，翘角飞檐聚客流。

桂林公园
返客留迷异桂香，相思移步醉芬芳。
叠山立石环长水，复阁悬亭绕曲廊。
卵径仙台迎夜月，草坪花圃伴朝阳。
虹桥溪过浮龙舫，鸟戏云楼黛落塘。

上海植物园
蓬莱日照浮金石，月映瑶池涌睡莲。
雪松朦胧高白塔，牡丹恍惚赤长天。
竹园风复云姑舞，盆景霞重玉女翩。
芳草绿篱争艳丽，祠中黄母笑迎仙。

阎安生
男，茂名市南天诗社会员。山西省长治市潞州区人，笔名早春二月。年逾耳顺，喜欢格律诗词，出版有《漳水轻吟》《芦花照影》诗集。现为中国诗词研究会会员，山西诗词学会会员，长治市作家协会会员。

七绝·寻梅
晴川已听雪吟呻，疏影横斜且善珍。
纸上梅魂犹可画，寒消谁借一枝春？

七律·耕牛
垄上文章谁做题，躬身俯首一张犁。
疏枝绽后耕春早，短笛吹时恋草萋。
家道遗传勤胜马，人间盼望奶如溪。
沧桑历尽心难老，不待扬鞭自奋蹄。

七律·有感于川普挑事
从来霸道欺王道？且看神州卷怒涛。
独有英雄维正义，岂容魑魅举屠刀。
狼牙棒折谁人哭？橄榄枝伸我辈豪。
强邻试问今何在，不废江河笑尔曹。

七绝·即兴
春雨秋风记不清，铅华洗尽叟心平。
莫问红尘多少事，闲来大笑两三声。

七绝·咏槐
非是平生最爱槐，芳姿未睹胃先开。
当年树下怜枝瘦，唯恐无花果腹来。

花非花·悯农
春非春，夏非夏。种韭芹，锄禾稼。
面朝黄土背朝天,忙到何时方作罢？

蝶恋花·雨巷觅春
陌巷石阶犹羁旅，碧草青苔，连向天涯去。一路轻风空自许，可怜花伞无人举。
醉里问春春不语，墙外丁香，只慕娇娇女。风景宜人知几处，柔情最是江南雨。

五律·采莲曲
凭揸摇生计，收蓬趁日新。
枯盘承汗露，浊浪打衫巾。
客喜堂前子，鱼哀水上邻。
垂涎营养者，不是采莲人。

阎润钰
灵石县英武乡平泉村人。从教30余年，已退休。灵石县作家协会、晋中市诗歌协会会员。

七绝·中秋感怀(新韵)
霞天紫燕起新村，冷艳黄菊四野芬。
最盼中秋听故月，遥思昆仲在他屯。

七绝·春图(新韵)
千山吐翠涧涛淳，沃野青黄万树芬。
燕剪梁间莺互语，长风拂面荡乾坤。

七绝·天宫一号发谢成功(新韵)
长箭冲天惊玉宇，人神共震举国喧。
苍穹多少家乡客，又让嫦娥念故园。

七绝·大运路槐荫(新韵)
满路国槐荫罩地，风光旖旎享清凉。
繁花万簇蜂蝶绕，应忆当年种树忙！

七绝·雪后(新韵)
天宫夜半散琼花，万骏群峰衬紫纱。
阵雁和鸣寒鸟静，晨阳艳艳抚田家。

七绝·清明节观迎春花
青帝乘风款款来，剪裁妙手百芳开。
黄鹂最逗同花比，羞进桃枝未敢回。

七绝·清明踏青(新韵)
久居高厦未觉春，围裹棉巾懒动身。
相伴诗朋寻寺观，芬芳满目远红尘。

七绝·忆父(新韵)
生于乱世几经殇，十数族人歉馑荒。
抢种顶凌豌豆麦，辛劳岁月慰夕阳。

颜炳霞

现为内蒙古赤峰市松山区人，系松山、赤峰、内蒙诗词学会会员。在第四届"伟人领·中国梦"全国诗文书画大赛中获一等奖，在第六届"炎黄杯"国际诗书画印艺术大赛中获金奖；作品散刊于各诗刊。

七绝·书
无限渊知深蕴中，文韬武略载真经。
百科智慧填空脑，更有做人方向灯。

七绝·字典
百问不烦除惑疑，千求有爱解难奇。
读书阅卷常身伴，散雾开云更脑愉。

七律·赏芍药
轻风拂煦笑迎宾，五彩浓妆停履欣。
俏女丛中添靓色，瑶池阆里驾彤云。
难袭暴雨耀眸灿，敢与牡丹夺冠钦。
穿越时光风骨凛，谦恭仰日蠹群林。

七律·逛车泊尔民俗园
事裹迟游心里急，迎眸美景伴扬笛。
杉雕云塔靓颜醉，图刻名人史迹奇。
茂叶繁花悬玉坠，欢歌笑语漫河堤。
女神硕塑藏深影，费尽脑思难解疑。

五律·听雨
窗外细言声，喜爬眉宇中。
小禾张臂笑，甘澍润心盈。
百蕾争开艳，千松竞绽青。
天公播瑞露，秋稔五粮丰。

鹧鸪天·咏红星诗校
宋韵唐风冲碧霄，狂吟万里尽呈娇。
新鹰老凤怡心唱，秀水青山着意描。
大蠹熠，雅声高，传承红色展妖娆。
紫塞奏响圆华曲，竞渡千帆更喜瞧。

【仙吕】忆王孙·战天斗地带领人陈洪恩
黄沙锁日是当年，今日掀波展靓颜，水秀山青痴目观。尽情欢，五谷堆山催远帆。

【中吕】满庭芳·赞当铺地人勇于拼搏
田秃树焦，狂风怒吼，百姓难熬。洪恩吹响冲锋号，长野呈娇。绿波起频频显耀，万民欢乐上眉梢。家家笑，歌声跃霄，处处现妖娆。

【仙吕】锦橙梅·浇畦赏菜蔬
紫茄笑抱胖娃，绿椒美巧织霞。黄瓜串串碧空悬，柿子靓红珠挂。蜜蜂忙吻菜花，粉蝶更恋娇桠，香韵飘飘（似）饮茶。扮吾家，泼彩墨一幅画。

颜见式

男，1984年生。马来西亚国民。祖籍广东普宁树脚。现任马六甲州益智学校副校长，大马天龙吟社理事长，大马南洲诗社社长，全国华人文化节活动策划者，曾担任秘书长一职有：大马诗总、文化街宗乡团及古城诗社等。编辑出版：《古城天声》《诗总天声》《古城新韵》《南洲吟草》等。

五绝·咏茉莉
风扬香味扑，似玉态轻盈。
午雨来浇透，凝珠意更萌。

七绝·509前夕有感
暮年重战竞天骄，烈火征途不寂寥。

阁揆愚蒙金挂帅，沉浮谁主在今朝。

七绝·笑傲南邦
傲立南邦木槿花，骄阳暑气映红霞。
沛然雨降秋风冷，依旧丛生百姓家。

七绝·红尘欲醒
滚滚红尘寻解悟，凡夫转圣修心路。
缘来缘灭无常我，风雨晴雷漫漫步。

浪淘沙·重九宝山岗
重九宝山岗，连雨匆惶，祷祈日丽谢穹苍，售卖菊球分抹草，气势昂昂。
怀祖献花倡，古墓留香，红龙遨遍顶峰翔，祭祖齐心薪火续，浩气绵长。

十六字令·磨墨空耘
文，赖以传情并赏欣。无人阅，磨墨亦空耘。

七律·丙申抒怀
几度寒冬喜见春，俗凡只望少劳辛。
各家制度临崩坏，诸教氛围待革新。
浊酒三杯思乐土，丹心一片渡魔津。
与天合德达真境，道化祥光透九垠。

七律·国庆节抒怀
迎来十一五星彰，国泰民安盛世昌。
四海传芳谋大略，九州筑梦赋宏章。
复兴高地声威壮，创造中心势富强。
剧变纷争严法度，鸿图当可万年长。

颜新泰

1937年生，出生地福建沙县。毕业于厦门大学。从事科研和教学30多年，中共党员，高级讲师。现为中华诗词学会和中国楹联学会会员。福建省三明市诗词学会常务理事，三明市老年诗词协会原常务副会长兼秘书长，诗刊《三明麟山枫韵》副主编（现为顾问）。著有《沙溪吟草》和《金秋清韵》。先后在《福建诗词》《诗词百家》《中华诗词》和《诗词报》《中国楹联报》等专业刊物上发表数百首诗词曲联作品。2014年荣获中华诗词领军人物荣誉奖。2017年荣获福建省"学习贯彻十九大精神，我们迈向新时代"主题征联三等奖。2017年荣获中共三明市委离退休干部工作委员会和市委老干部局授予"最美老干部"称号。

七绝·题龙虎山仙女岩
芳心淑女沐春光，妙景天成惊四方。
难得红颜身作画，但教龙虎也痴狂。

七绝·学诗有感

一

耆老当年敲韵痴，汗珠融墨润花枝。
风霜满面无人识，乐得今朝方有诗。

二

炼句遣词平仄间，采风歌斌偶成篇。
波澜笔底千般景，频诵桑榆霞满天。

五律·脱贫赞
山寨融融意，真情一线牵。
全民齐助阵，九域尽攻坚。
良策人心暖，新花僻壤妍。
扶贫重扶志，绮梦小康圆。

五律·福建土楼
山乡留妙景，只待客来寻。
遗迹凝贤智，先民御匪侵。
春风添画意，甘露润丹心。
夙愿观楼梦，今邀赏古音。

七律·奏响文化繁荣新乐章

满昊祥云花竞妍,艺坛焕彩艳阳天。
传承精粹擎天柱,赞颂黎元动地篇。
秋月春风龙共舞,民生国是众同肩。
宏图描绘峥嵘路,圆梦中华唱大千。

七律·牡丹

百花鲜艳可称王,抗旨无言贬洛阳。
晨露晶莹倾国色,暮烟浅淡染天香。
邀君雅赏娇容貌,容我静观仙女妆。
但愿倚栏添福寿,为伊长赋压群芳。

风入松·御帘村传奇

崇山放眼尽葱茏,溪涧汩淙淙。砺兵秣马御林寨,堪回首、岁月峥嵘。铁血男儿酬志,送郎佩戴花红。

彭杨率部建奇功,亮剑傲苍穹。林深苔滑何所惧?东方军、跃马腾龙。横扫沙阳余孽,迎来旭日融融。

注:御帘村:位于福建省明溪县夏阳乡,曾是东方军司令部所在地。1934年元月东方军司令部向沙县守敌发布总攻命令,并取得大捷。

彭杨:指彭德怀和杨尚昆。

南歌子·灵秀金丝湾(两阙)

一

绿色长廊里,风从北畈来。金丝鸟语入心怀。此际翠林水碧百花开。

路自天涯尽,石移作酒台。多情彩蝶久徘徊。野趣盎然灵秀胜蓬莱。

二

梦境清新地,邀来客八方。金丝文学馆旗张。共赏文人墨客赋华章。

雅士诗歌屋,琴音古韵扬。"梅花三弄"溢芬芳。共探幽林趣事美缱绻。

注:金丝湾位于福建三明市郊的原始森林里,是三明诗群的研创基地,也是福建省委宣传部、省文联共同授牌的省级特色文艺示范基地。

颜云根

男,浙江温岭人。温岭市文联诗协理事,温岭市民间文艺协会会员,锦鸡山诗社会员,红叶诗社会员,新河镇文联会员。

七律·游石塘海港

翱翔鸥鹭舞长天,渔火帆樯夜色妍。
汽笛声声惊骇浪,霓虹盏盏映清泉。
环山石屋连宫殿,向日曙碑飞宇肩。
海港湾湾宾客满,凉风吹拂赋诗篇。

七律·初夏登横山感慨

千弯百转访奇峰,雅境风光雅兴浓。
遥看仙桥通佛国,静听碧水响龙宫。
山门深处观修竹,峭壁崖边会老松。
莫道蓬莱烟雾里,锦绵诗意赏无穷。

七律·游涌泉寺

云绕高峰天外来,奇花叠翠秀成堆。
香堂奏鼓千年续,书院文风万卷开。
古木影移藏古刹,禅房烟袅透瑶台。
名山览尽重重锦,兴致浓浓得意回。

七律·散步健身颂

婆娑丝柳拂衣襟,远外虫蝉送好音。
悦耳高歌惊暮色,醉人长啸胜弦琴。
云边明月为谁笑,夜半新诗容我吟。
花甲依然腰板挺,一身健朗即真金。

七律·重走天台山唐诗之路

石径弯弯弥雾浓,登攀云外觅仙翁。
一帘飞瀑峰巅挂,几道溪流涧底冲。
古寺辉煌隐山里,禅房瑰伟耸天穹。
盛唐留得千秋梦,诗意依然气似虹。

七律·游花芯水库

长天云淡夕阳红,避暑消闲待晚风。
深壑扶摇千丈壁,半山植立万株松。
霞光沉醉秀峰顶,岚影欢歌碧水中。
放眼一壶香桂酒,怀源思永世人崇。

七律·登沂蒙山老区

桃源世外独矜骄,四面危峰入碧霄。
静听堤前莺鸟啭,遥看山半瀑泉飘。
朦胧古寺隐林麓,皎洁荧光映鹊桥。
几度苍痍存往事,待来百色展新潮。

七律·登青城山感赋

林茂峰高袅晓烟,寻幽探景入云边。
瀑泉影动千帘素,残月光移万谷妍。
锦绣青山花满地,芬芳碧野树参天。
桃源走马依依别,仙境怡情望眼穿。

燕安琪

90后青年诗人,从事金融业,喜欢浸泡在文字里的诗意人生。

七绝·蝉鸣

蝉声嘹亮耳边环,歌唱京都气若闲。
思念家乡肠断处,玄音扰我语悲颜。

七绝·狗尾草

续貂狗尾颤悠悠,春后初芽小穗抽。
瘦细一丝才立定,风来无意乱摇头。

七绝·北漂

小小安琪走帝城,卑微细草落根生。
田园秋去飞天雁,春至花开碧水清。

七律·中秋

韶光流水易多情,恰似娘亲絮语轻。
歌舞中秋明月醉,曲吟玉兔暮云惊。
风凉远处依依柳,指数星穹点点晶。
有意凭栏扶夜睡,斟杯浊酒慰平生。

七律·除夕

我借京城万里云,吟诗过岁寄夫君。
才温邂逅甜甜梦,又盼归来赫赫勋。
冷酒无肴怜孑影,座虚人远少香氛。
佳期但愿携郎伴,豪饮天涯遍地耘。

七律·圆明园

景明风劲皱瑶池,莲叶婷婷惠赏怡。
泪洗旧园辉色退,雨浇新荷粉茎琪。
碧波倩影香珠韵,红蕊娇颜绿盖篱。
笑对慕名天下客,风云千载紫光熹。

蝶恋花·答谢春光

袅袅东风扶碧树。芳草萋萋,占尽春光妒。谁把玉箫临壑鼓,翩翩羽翼双双舞。

四月如歌飘柳絮。花落悠悠,恰恰纤纤雨。梦里晨曦莺丽语,灵珑雀跃寻香去。

眼儿媚·海南风情

椰树蓝天百花妍,游客戏沙滩。一群水鸟,两滩白鹭,画面阑珊。

摇船人在波心里,袅娜苤风翩。碧波潺潺,盈盈秋水,淡淡云烟。

燕飞

男,晋中市诗歌协会会员,山西省楹联艺术家协会会员。乐善好施,兴趣爱好广泛,一名老技工,电工,焊工,无线电发烧友,现从事广告游走屏安装业务,室内外形象墙设计,各种喷绘,彩绘,楼体广告业务。喜欢写写画画,喜欢摄影,灵石县书画家协会会员。积极乐观的人生态度,使他的生活充满正能量。

七绝·茶
一杯清露暂留柯,古罄铮铮浸浴河。
才道香汤澄澈好,平平仄仄溢流歌。

七绝·茶艺
嫩叶香芽绮梦纱,白毫淑雅是茶家。
古筝落玉人陶醉,才气留香谢茗花。

七绝·喷泉
灵湖鉴影踏歌来,玉水翻澜慧秀开。
入梦轻纱光溢彩,擎天一柱洗尘埃。

七绝·清明
桃红柳绿在山川,细雨纷纷落眼前。
脚步迟迟魂欲断,杜鹃声动万花妍。

七律·颂伟人
神州润泽东方醒,扭转乾坤力挽中。
戴月披星除孽畜,翻江倒海斩妖虫。
封流美帝扶华夏,弄剑长空舞炫风。
文略武韬皆夺冠,工农同忾得苍穹。

七绝·致高考学子
寒窗十载人作杰,大鹏翱翔同风起。
浩瀚繁星点点亮,扶摇直上九万里。

七绝·冰花男孩
梅开玉洁挂花霜,铺面朝光愈向阳。
酷出贫穷骄子梦,中原崛起好儿郎!

燕河
教育工作者,留社社员,为社社员,绿云阁成员,中华诗词学会会员,有作品集《抛镜集》。

戊戌上元
倚楼今夜望苍茫,浩荡长安如大荒。
明月光流一世界,照人心底起微凉。

戊戌清明
谁怜芳草漫侵寻,墓柳垂丝满目金。
几树夭桃红欲热,有人未带看花心。

戊戌自寿口号
九炼归来成此身,细思处处不如人。
今宵无奈增年齿,幸有深情可自珍。

踏莎行·戊戌上巳
杏老谁家,桃眠何处,绿杨阴里深深路。今朝折柳系春心,春心左右随风絮。
弱水芳枝,残阳玉树,飞红缭乱相思句。欲拈一瓣说轻愁,空庭寂寂惟清露。

踏莎行·端午夜登楼
月羽流光,星芒瞰野,默然示我沉沉夜。自来高处发清狂,此间天地无人也。
木末青丛,檐间铁马,动之俱是听风者。啸歌隔水寄潇湘,今宵泪与君心藉。

燕明
本名张敏,代表作有《"推"字误用》《清官断案》《他与她》《雨夜》《雨后晴天》。先后二次荣获全国优秀奖,市、区多个模范奖,在《山西潞米香文化研究院》《古今诗词天地》《华夏诗歌大典》共发表诗歌80余首。以诗歌讴歌精神灵魂,以文学当精神宝库。

五绝·乡愿
上党一师长,诗书满腹腔。
京都登讲堂,众盼莅家乡。

五绝·蝴蝶,苍蝇,花
蝴蝶刚飞走,急急蝇虫嗡。

悲哀犹讽刺,茉莉被逼疯。

五绝·忆乡
庭穿透柔光,木槿芳菲香。
岭上升皎月,偏偏恋故乡。

五绝·深秋
山枫林染霜,绿袍换赤装。
凝目贪秋景,依稀二月当。

七绝·小米
神农朱襄普华章,孙孙辈辈唱欢腔。
威雕炎帝金方振,小米飘香溢四方。

七绝·湖中游
小船悠悠湖水间,夫妻头尾把歌欢。
周围景树当中笑,衬托双双活神仙。

燕小六

原名燕少秋,男,山西晋中青年诗人,曾任执手天涯诗歌版版主。山西省楹联协会会员,田园漫步文学研究会执行主编。领航文化传媒业务经理,喜欢诗词散文,愿此生与文学结缘。

七绝
京城无处不飞花,浩荡东风绿柳斜。
无奈街头人接踵,迟迟不得到天涯。

七律·生日
生涯岂料承优泊,世事空知醒酒歌。
京地月明鸿雁过,晋灵叶落秃山多。
寄身窃喜归期近,顾影无如自恋何。
今日三旬人共贺,愧思亲宠起澜波。

七绝·海
波涛万里上天来,飞向身前又退回。

北戴河边沙海阔,从容戏水暗香开。

七绝·梦
一生劳碌替谁忙,今晚娇娘娶上床。
欲与美人牵手际,满怀心事可知详。

七绝·酷夏
烈日蒸熏酷暑临,青山绿影未成阴。
人勤苦夏诗心倦,懒向阳光韵假吟。

燕燕燕

女,1979年1月生,江苏徐州人,大学文化,现任滕州市汉画像石馆副馆长。系枣庄市作协会员,枣庄市诗词联赋家协会副主席。曾在报刊发表诗词、散文作品近100篇(首),其散文集《梦里燃灯人》荣获第27届"东丽杯"全国孙犁散文奖"一等奖"和枣庄市"榴花奖"第一名。

七绝·夏日绝句二首
其一
日长人静夏蝉鸣,偶有斑鸠四五声。
睡起消闲寻去处,绿裙欲向粉荷行。

其二
翠林丛里唤黄猫,雀子无言立小桥。
如海心思谁意会?紫薇花与美人蕉。

七绝·与众友游无锡南长街
江南一入忘尘劳,两岸人家枕绿涛。
吴女温柔频劝客,银鱼糖藕桂花糕。

七律·戊戌秋又过金陵
别后才知意未平,十年常向此间行。
莫愁湖畔风携柳,扬子江头我忆卿。
曾醉曾欢淮水岸,亦歌亦泣石头城。
钟山本是伤心地,何以淹留触旧情。

七律·戊戌岁末再过金陵感怀，兼赠刘蕴慧

枉与金陵有夙因，半生不得自如身。
江湖相忘情难却，诗酒光阴意最真。
昔日群朋离别冷，今朝一友往来亲。
西桥寒夜谁低语？十四年中两旧人。

七律·生辰次知堂自寿韵

云水山间是我家，绮罗穿罢换裟袈。
绿窗无意留金凤，红粉多情笑白蛇。
曾有浮名轻似羽，再无幽绪乱如麻。
前生常饮桃花酒，梦醒灯前半盏茶。

七律·春日寄人

春雨春风有所思，春来无绪染胭脂。
庭前燕过三千里，陌上花开第几时。
昨夜心灰因梦冷，平生眉锁为情痴。
听闻杨柳怀留意，我且同君折一枝。

玉楼春·蔷薇

深粉浅红花色俏，叠瓣长枝清丽貌。
一丛千朵吐幽香，墙外涧边迎面照。
轻薄行人休调笑，纤刺骨柔心性傲。
冷它俗蝶与狂蜂，几度春风君子到。

喝火令·别

一曲离歌唱，千般密意凉。愿将无奈永深藏。偏记某天欢喜，湖畔沐晨光。
落寞携灯影，相思浸月窗。冷风吹淡桂枝香。忘了恩深，忘了爱之伤。忘了誓言空许，恰似晚秋霜。

苏幕遮·敦煌行

日迟迟，风漫漫。大漠观星，大漠观星晚。塞外荒芜人迹罕，低唱阳关，低唱阳关怨。路遥遥，身倦倦。欲诉心声，欲诉心声乱。又恐远行情意淡，语至唇边，语至唇边咽。

阳润平

笔名一枝花，男，1963年出生于四川省自贡市，现就职于中铁九局集团有限公司，工程师。作者自2017年6月开始学习古典诗词写作，至今写作诗词百余篇，其作品先后在盛京文学网网媒及《盛京诗词》和《新民诗刊》等多家媒体发表。现为辽宁省沈阳市蕙风诗社、上海市诗社会员。

七律·居延海怀古

吾今探访居延海，问对瑶池几度秋。
老子化仙何所在？穆王驾骏未曾留。
血凝边塞原滴翠，泪洒黄沙草显柔。
野渡群鸥喧旧事，清波再现放扁舟。

七绝·旅欧乡思

江鹜斜行夹岸飞，落霞似火与秋违。
歌舟孤岛齐乡色，问将羁人可思归？

满庭芳·庆贺党的97华诞

时势邀期，红船聚首，百年盛事谁忘。金星正耀，长夜盼重光。撼三山为主义，数十载、征路漫长。红旗卷，锤镰忆往，家国恨离殇。
东风鸣角起，弹星振宇，港澳连疆。道不尽，旧颜貌换新装。把盏写情共贺，小康愿、泽及寒乡。初心在，青春不老，世代看朝阳。

七律·咏长江（新韵）

四纪冰川筑梦遥，巨龙奔泻化烟涛。
望穷新陆崇明远，淘尽陈沙赤壁高。

长愿百花开两岸，何辞一背负千桥。
但邀九宇今时月，伴我初心弄海潮。

七律·九日
郊山枫锦应时来，重九登高上璧台。
红叶又随寒日至，黄花且向晚秋开。
簪萸村媪飞新舞，挲菊乡翁酌绿醅。
自古人生如逝梦，落霞顾眺久徘徊。

七绝·陶春
慵倦元冬不记年，沈城即景又春天。
吟窗柳色堪凭揽，满目缃枝自乐然。

七绝·立夏次日即事
春销细雨连三日，风色初晴草树肥。
盈袖暖香轻远客，透窗新翠怯单衣。

七律·过多瑙河闲游有寄
五月江风入袖凉，波流晓色客如常。
应知紫陌通天陛，莫问青衫羡鹤装。
两载远情闲梦短，一朝安暇别愁长。
倚桥眺览邀渔火，逝水深蓝夜未央。

阳万青

笔名耳日，男，1953年3月出生，四川省乐至县人。1973年1月参加工作，2013年3月退休。业余爱好律诗，曾在《中华诗词》《四川诗词》《长白山诗词》等诗词刊物中发表作品200余篇。现为北京市、四川省、重庆市诗词学会会员，乐至县作家协会会员！

故乡行
怀抱清风灿，每回步履轻。
梧桐枝上雀，总是夺先声。

感秋
草木知秋谷穗黄，羽衣换却送斜阳。
无情岁月催人老，唯有嘤嘤问短长。

听竹
曾画篱墙十万兵，一宵喜雨也心惊。
披衣急向林深处，侧耳倾听拔节声。

乐至县报国寺和平塔抒怀
塔静风云动，玲音九转肠。
禅心生众度，报国古今扬。
宏愿山川寄，和平草木香。
寺前抬首问，可否醒豺狼。

听蛙
雨后银辉格外清，风捎天籁两三声。
耳旁断续心中羡，枕畔游思梦里行。
月下荷池多艳丽，塘边虫甲少迷情。
灵蛙屏息花前卧，未敢浑忘留素名。

七夕有寄
寂寞天宫年复年，深深一梦夜长牵。
忠贞自古得人赞，痛别从来惹世怜。
酒醉不忘恩与义，情欢但信合和缘。
悲愉冷暖寻常过，且任啼莺怨夕烟。

乘索道登峨眉山
足下岚烟一线牵，身随鸟语览穹天。
猕猴翘首无须问，粉蝶摇头岂敢穿。
云海茫茫知我意，佛光许许为吾延。
心香不负当年诺，拱手参禅悟妙篇。

鹧鸪天·历雨荷塘
云淡风轻扑面香，荷塘历雨渐清凉。
青蝉迎送斜阳远，薄雾来回眉月藏。
花动影，鹤飞扬，鱼虾浅底鹭飞翔。
火镰划破瑶池景，雷雨蛙声汇一堂。

阳迅

毕业于湖南省委党校,是小有名气的作家,也是祖国建设和发展热心人士,学生时代有作品屡获大奖,最近获得了"中华龙韵诗·改革开放四十周年征文"一等奖。

七律·八一颂
一片丹心南昌启,九十二载风雨行。
精兵百万神州耀,威武三军鱼水情。
军队护航中国梦,人民歌颂子弟兵。
一心拥党谋复兴,万水欢歌放光明。

七律·新中国70周年颂
红船播种闪金光,巨浪滔天斗志昂。
三座大山斜气逝,五星旗帜北京扬。
开国旭日普天耀,盛世神州遍地香。
携手同圆中国梦,倾心力筑丝路昌。

七律·海军70周年感吟
大海滔滔春潮涌,铁流滚滚青岛香。
人民领袖步铿锵,海上雄师众志昂。
舰艇英姿迎海浪,战机威武皓天翔。
十多国家同观礼,伟大成就共久长。

七律·港珠澳大桥赞
港珠澳现耀世桥,万众惊呼架空高。
思忆百年回归梦,图腾三地成果飘。
凯歌高奏震天响,胜利人民倍自豪。
桥塔扬帆前景广,巨龙圆梦九州骄。

七律·税务机构合并一周年感吟
税务合并周年庆,诗心飞扬意韵飘。
便民改革成果串,减税举措暖流滔。
降费干群如鱼水,增收国力步步高。
双赢成果添瑞气,盛世太平汉唐超。

杨宝荣

湖北省中华诗词学会会员,东坡赤壁诗社社员。诗词作品散见于《诗词家》《当代诗词家》《诗词报》《中华楹联报》《湖北诗词》《八桂诗词》《甘肃诗词》《长白山诗词》《贵州诗联微刊》《长江诗歌》《湖北诗歌》《华夏诗文》《东坡赤壁诗词》《九州诗词》《诗摘词选》《诗骚古典》《神州文学家园》《扬州诗文》《嵩山诗坛》《百色诗联》和《诗词轩》所属微信公众平台及旗下之《今日头条》《天天快报》《一点资讯》《凤凰新闻》《网易新闻》等数十种刊物,并多次获奖。

卜算子·咏牵牛花
藤蔓细而柔,灌木丛中觅。瘠岭荒山是汝家,兀自秋风立。
日夜奏欢歌,不作伤心泣。绕树攀篱永向前,艳艳人间溢。

人月圆·中秋
一轮娥月悬千古,今夜最温柔。天涯共聚,吟诗赏月,志趣相投。
圆圆月饼,浓浓桂酒,清润歌喉。花前漫步,欢声笑语,意满情稠。

采桑子·重阳抒怀
桂香菊艳风光好,时序重阳。景似春光,露洗清秋枫耐霜。
携壶结友频登阁,吟咏花黄。畅饮琼浆,万里江天入画囊。

临江仙·大雪抒怀
朵朵琼花尘宇坠,银装素裹山川。庭前喜鹊闹喧天。红梅怀玉笑,冰笋挂檐边。
晓启帘栊光斗室,楼台独享清妍。幽

香缕缕沁心田。舒眉迎旭日,把盏咏诗篇。

临江仙·妻子生日有赠
月老红绳缠足,中秋时节披纱。端庄聪慧众人夸。闺中娇俏女,税苑一枝花。
深夜掌灯陪读,清晨生火烧茶。贤妻良母善持家。齐眉相举案,共度此生涯。

忆同桌(新韵)
似水韶华去不还,峥嵘岁月卅年前。
寒窗共度景犹在,稚气未脱趣更鲜。
沥血呕心桃李耀,穷经皓首皱纹添。
清宵静坐遥相忆,明月一轮好共看。

爱子冠宇重大求学有寄(新韵)
儿子杨冠宇现就读于重庆大学。大一期间,分别通过英语四级、计算机二级考试,并获三等奖学金,特赋此诗嘉勉。
层林尽染缙云山,绮丽风光蜀地天。
逐梦人生无苦累,求知岁月有甘甜。
星空仰望宏图志,学海徜徉锦绣篇。
天道酬勤遗古训,青春无悔颂华年。

七律·戊戌夏广水师范88级音乐班同学聚会感赋
似火热情赛赤阳,重逢今日话沧桑。
歌声飘走青春梦,时岁凝成鬓角霜。
三载同窗风月杳,一生互勉友情长。
萦怀往事终难遣,犹寄诗笺赋雅章。

杨斌

39岁,男,汉族,西北师范大学汉语言文学专业毕业,现任甘肃省陇南市委党校讲师,闲时酷爱写作,笔耕不辍。

惊蛰
小芽初露柳丝黄,微雨濛濛春雷响,
几枝桃红引蜂戏,隐有东风映鸳鸯。

除夕
豚拱犬吠亥春来,暖阳熠熠冰河开。
爆竹遣岁岁首日,腾挪年兽筑高台。

冬至
长夜漫漫不觉醒,司晨五更厌天明,
常思否极泰来否?问道庄周无关情。

春分
别枝桃花三五开,知是昨夜春风来,
洗尽铅华展颜色,果农犹笑话种栽。

小雪节气有感
纤手驭毫画冷屏,倚腮独坐杳书信,
相思红烛映小雪,角徵微弹无人听。

临立冬夜归有感
昨夜西风酽冷茶,临窗料峭晚归家。
终日事事劳神力,且盼余生伴蒹葭。

立秋
寒蝉凄切日暑长,三更刻漏费思量,
晓云频频才探看,为消相思燃沉香。

大雪节气有感
忽觉床笫冷,醒时已严冬,
云紧天欲雪,醅酒听风声。

夏至
江北炎炎日,江南黄熟时,
雄蜩鼓翼鸣,方知是夏至。

小满有感
新雨琢旧痕,泥泞洁自身,

竹竿短打扮，闲来笑红尘。

谷雨
万稻已初插，青线未萌芽，
常来走谷雨，此家即吾家。

清明有感
黯然已不在，落花无尘埃，
黄菊白栀子，心晴雨又来。

杨殿忠
　　网名柳叶刀，贵州省德江县人，现供职于德江县民族中医院，骨科副主任医师，副院长。是贵州省诗词楹联协会会员，德江县诗联微刊编委，自2012年以来，先后笔耕于中原诗词网和吾爱诗词网，发表作品500余首，部分作品还发表于《贵州诗联》《德江诗联》《铜仁日报》等纸质刊物。

七律·德江武陵陶源（平水韵）
柳锁平湖一线纱，亭台楼廊映烟霞。
天边日出枝头叶，水面鱼游树上花。
云卧丘山听夜曲，雀停涧水颂春华。
归田履尚心灵净，信步游园慢嚼茶。

七律·春游长堡湿地公园偶得（平水韵）
帛锦新芽碧玉前，高原秀水锁元天。
闲云追逐轻舟逸，白鹭翻飞皓日颠。
湿地公园镶美景，乌江秘境注瑶笺。
骚人墨客寻春色，不料东风早领先。

七律·初初夏明月寄乡诗（平水韵）
夜阑人静展毫笺，笔下飞花暮色先。
月照蛙前吟皓月，莲潜水底梦红莲。
夜莺伴唱青山醉，玉剪新归旧屋全。
放荡槐香催宿梦，梧桐连夜散天仙。

七律·茗醉深溪夜无眠（平水韵）
夜静吟哦对月圆，咬文嚼字竟无眠。
心潮澎湃流年逝，思绪连绵岁月迁。
几煮红袍腾细浪，杯酬雪茗寄婵娟。
人闲灵感幽然至，妙语连珠赋夏莲。

七律·夏之韵（平水韵）
蜻蜓点水戏鸳鸯，树下鱼塘水草妆。
烈日凌风蝉野唱，闲云戏水鸟飞翔。
青青垂柳千枝倦，朵朵莲花半亩香。
觅得幽泉身若许，清心雨露赛琼浆。

五律·静夜思（平水韵）
蛙鸣夏夜长，月下晚风凉。
山隔林犹远，花乘夜更香。
追星回故里，捧月思爹娘。
琐任攻坚苦，心甘决志忙。

七绝·小村官大志向（平水韵）
漫漫长征涉要途，攻坚路上气吞吴。
诚心立下愚公志，戒掉村官酒半壶。

七绝·茶趣（平水韵）
日照河堤玉女沙，清溪水浅映云霞。
蝉音不解包村事，竟让斯人独拜茶。

杨冬霞
　　河北承德市人，汉族，女，1979年11月出生。爱好写作、朗诵、旅游等，作品发表于各级各类报刊。

五绝·水中月
水入一轮月，撩拨乱象生。
本应天外物，何必扰心情。

七绝·泉水画

清泉静默润新枝,千仞琼崖万卷诗。
蘸水青峰临妙笔,裁幅佳画补空池。

七绝·四月山庄寻花遇封山

独步山庄积雪游,登峰欲绘百花柔。
石阶三步山门闭,路尽无非再转头。

五律·学诗水缸法

诗文如舀水,无物亦无言。
缸满流轻溢,词丰意拓宽。
墨池勤练笔,映雪诵佳篇。
书本胸中注,章华气自添。

七律·雷雨

黑云翻墨雾拥山,雷动光闪夜半天。
沛雨行疾珠乱跳,甘霖润色碧烟连。
悠悠困意神入梦,浩浩江湖剑生寒。
喊刹入耳魂飞去,忽惊坐见泪穿檐。

杨付桥

茂名市南天诗社会员,退休高师。诗词作品曾获得过"曦之杯"全国诗书画家邀请赛一等奖;"中华情"全国诗歌散文联赛金、银奖。全国首届《福苑杯》诗词大赛铜奖。作品入选《秋之韵》等文集。

沁园春·江南雪

烟雨濛濛,杨柳萧萧,水墨苏杭。赏琼花初降,飘飘洒洒人稀鸟绝,鱼隐舟藏。斜塔凌冰,断桥铺雪,漫舞银蛇裹素妆。景如画,堪瑶池仙境,犹胜天堂。

薄笺重墨文章。叹华夏、有多少国殇。鉴湖奇侠女,惊神泣鬼;横眉鲁迅,社稷忠良。大德贤才,仁人志士,无数英魂吴越扬。抚今昔,盛世思先辈,泪洒寒江。

浪淘沙·上海味道(组词七阙)

漫步外白渡

桥诗圣乘乌蓬,足下生风,推杯换盏说桥虹。百载烟云随水逝,旧貌新容。

漫步觅芳踪,魅影无穷,几多故事已尘封。侧畔沉舟千帆过,寒去春浓。

注:外白渡桥于1908年1月20日落成通车。由于其丰富的历史和独特的设计,外白渡桥成为上海的标志之一。

夜游外滩

上海外滩长,异域风光,百年衰兴几沧桑。万国烟云成往事,一片朝阳。

暮色掩斜廊,情侣双双,人潮如涌溢清江。十里洋场城不夜,情满东方。

注:外滩,位于上海市中心黄浦区的黄浦江畔,即外黄浦滩,1844年(清道光廿四年)起这一带被划为英国租界,成为上海十里洋场的真实写照,也是旧上海租界区以及整个上海近代城市开始的起点。

闲逛南京路

一路越经年,岁月尘烟。繁华依旧续新篇。万贾千商黄浦聚,四海皆缘。

字号手相牵,更胜从前。长街十里舞翩跹。勃勃生机圆国梦,吴越当先。

注:上海南京路是上海开埠后最早建立的一条商业街。它东起外滩、西迄延安西路,横跨静安、黄浦两区,全长5.5公里,以西藏中路为界分为东西两段。

城隍庙咏怀

沪上有城隍,永乐灵光,烟云六百岁华长。九难三灾生又死,重铸繁昌。

神庙寄心乡,一诉衷肠。布衣来叩敬高香。信众恭祈甘露降,诚恐诚惶。

注:史料记载,上海城隍庙始建于明朝永乐年间。

登临东方明珠塔

珠塔入云端,虹上凭栏。浦江两岸涌波澜。吴越风光收眼底,灯火阑珊。

高处不知寒,神旷心欢。一泓秋水绉

然然。万缕烟霞金灿灿。地阔天宽。

畅游世博园

华盖国之红,出世横空。方圆天地聚群雄。四海宾朋皆是客,寰宇心同。

黄浦沐春风,盛典人逢。一江碧水五洲通。十里长廊千叠景,鬼斧神工。

申城印象

客枕浦江边,迁徙年年,洋场十里愈光鲜。酒绿灯红城不夜,更胜从前。

豪宅遍乡间,淑女蹁跹,棕黄白黑五洲连。吴越始为申沪本,旧貌新颜。

注：棕黄白黑五洲连。寓住上海时,小区里外籍居民为数不少,大家和睦相处,十分友善。

杨富林

茂名市南天诗社会员。1954 年 6 月出生,中共党员,山西省诗词学会会员,1982 年毕业于山西财经大学,先后在晋东南行署财政局、晋城市财政局、长治市财政局工作。在《长治日报》《山西财税》杂志上发表作品。

七绝·咏二十四节气之夏篇(组诗)

立春
一元往复月如流,岁岁迎春六九头。
送别残冬迎煦暖,梅花芳蕊酿丰酬。

雨水
冰融雪化雨轻菲,料峭春寒暖意微。
鸿雁归来寻故所,池边柳色泛青晖。

惊蛰
惊雷乍起蛰虫呻,满目春晖万象新。
蔼蔼生机湮四野,霏霏细雨沐清晨。

春分
二月春风尽徜徉,河边柳絮漫空飏。
桃花吐蕊枝头艳,农户耕春备种忙。

清明
无声细雨落清明,桃李花开满地樱。
自古人间多礼祀,家家今日祭陵茔。

谷雨
农家三月种田忙,布谷声声呖陌桑。
杨柳飞丝春色尽,欢歌笑语遍村坊。

杨国良

河北平泉人,男,退休教师,喜欢读书,爱好写作。在各级各类报刊发表诗歌、小说、散文 100 余篇,并曾获奖。

七绝·高层家居
窗前云气连天涌,足下门楣接地重。
桂酒酬邻仙子笑,等闲出入广寒宫。

七绝·赏菊
红绿紫白橙复黄,舍前屋后味弥彰。
赏菊何必重阳日,随意花香伴酒香。

七绝·咏杨花
绿肥红瘦近端阳,万缕千丝任意飏。
不是蜂飞蝶伴舞,定疑瑞雪下穹苍。

七绝·春
煦风拂柳万千条,紫燕徘徊觅旧巢。
布谷声中红染绿,杏花雨润艳芳娇。

七绝·公园见闻
大坝公园聚媪翁,柳荫闲憩享怡情。
白头老太聊高考,色舞眉飞孙子能。

杨海宏

孝义市古城诗社副社长，中阳楼街道办事处主任科员，孝义市书协会员，热爱文学，书法写作。

七绝·初夏（新韵）
绿树葱茏映绿波，胜溪湖畔绿婆娑。
春归莫叹寻无处，万木婀娜绿满坡。

五绝·蜜蜂赞（新韵）
春来花斗艳，采蜜乐无闲。
世上光荣事，勤劳首为先。

五绝·暮春
春深花竞谢，万木绿荫浓。
燕子湖边戏，林中鸟唱鸣。

七绝·春
万里春风万树芽，百花蓄势斗芳华。
莺飞草长不经意，一树桃花怒似霞。

七绝·清明（新韵）
清明时日花如雪，迎面春风冷不觉。
户户家家怀旧故，纵然美景亦咨嗟。

杨洪文

男，1957年生人。中华诗词学会会员，河北省诗词协会会员，河北省作家协会会员，承德市老作家协会副秘书长，承德市诗词楹联学会常务理事。

七律·心愿
凡间回望总艰辛，悟道何妨遁世尘。
词海行舟千道岸，书山探宝万层林。
研匀赤墨泼星汉，握紧朱毫点月轮。
提笔引来天上客，豁然了却那颗心。

七律·偶语
哪里旁开觉悟门？天堂洒露洗嚣尘。
求仙仍裹家中宝，得道尚挟世外珍。
昊帝难留炊玉客，阎君易滞馔金人。
眉间偶有昙花现，过眼烟云别当真。

七律·山中小栖
扫净尘埃小院香，山栖谷饮又何妨？
云浮曲径听春雨，风偃花溪沐夏阳。
袖里乾坤藏四海，壶中日月照三江。
流年难载俗人梦，只愿冰心溅玉光！

七律·赏杏花
晶莹剔透漫山开，嫩蕊摇银皓雪来。
靓女寻香抛媚眼，俊男猎艳涨红腮。
清风梳叶真堪爱，细雨浸花早帅呆。
无限春光亲不够，恍然俗世上仙台！

七律·不老松
耸立云崖只等闲，开枝散叶续尘缘。
俨然绿璨染黄土，犹若彤辉灼绛天。
宁展雄威踏艰险，勿为雌懦祷平安。
霜丝满鬓逐春艳，不尽松涛啸远山！

七律·棒槌山
历尽沧桑屹远山，阳刚挺举刺天渊。
传宗接代羲皇笑，繁衍生息娲后欢。
上报国家兴盛世，下安黎庶享丰年。
扶摇紫塞云霄上，鬼斧神工大自然！

七律·相思
忽见藤茎爬上墙，春风又绿小轩窗。
车如奔马驰三界，人似流云走四方。
一朵家花绽心底，千株野卉弃身旁。
撷轮紫日当红豆，只把相思寄故乡！

七律·钱塘潮

荡漾千山静，磅礴万籁鸣。
横冲涛不尽，直撞浪无穷。
天上浑然处，人间浩渺中。
忽闻巨龙吼，咆哮憾苍穹！

杨华德

四川射洪人，酷好诗词。早些年在报刊发表诗歌散文，2011年后专注古诗词写作。

踏莎行·梅雨

梅雨纷纷，芭蕉叶上。桃花纸伞桃花巷。氤氲碧草暗香浮，江边杨柳长三丈。
好酒贪杯，醉了思量。凉风不解回头望。烟光水色有还无，何须再续枇杷酿。

江城子·怀秋

话长句短冷吴钩。小横舟，一江秋。桐叶萎黄、日夜逐风流。陌上寒山颜色浅，风高处，着轻裘。
故人乍去又添愁。白沙丘，汇星楼。水月无边、往事在心头。待到潇湘烟雨后，人空瘦，菊花休。

一剪梅·杨柳腰

凉帽山前月亮凹。落叶之秋，碧海云霄。山花无语入茶盅，凭那清风，撩乱芭蕉。
竹韵翩翩杨柳腰。往事如昨，路远天遥。一声踯躅一徘徊，雁字当前，无意听涛。

杨济国

自号牧羊山居士，祖籍安徽明光。1965年师范大学毕业后积极响应中央《四个面向》号召从首都北京奔赴黑龙江从事中学、师专及大学的物理教学工作。几十年来除编纂几部专业书籍外并在各种刊物上发表不少古典诗词。退休后应各地民办学校之邀作《十年旅游教学》。足迹大江南北。近十年来在全国性诗词大赛中多次获得一等奖、金奖和特等奖并多次被授予"中华优秀诗人"，"当代中国百强诗人"，"中华创新典范艺术家"等荣誉称号。个人专著《牧羊山诗草》由新华书店全国发行。中华诗词学会会员。

西江月·G20杭州峰会

火树银花遍地，万灯彩绘云端。风荷靓丽夜无眠。西子更加美奂。
峰会杭州寻梦，雄鹰展翅兰天。弄潮引领谱新篇。促就和平意愿。

归国遥(又名归平遥)·香港回归

谈判，日久年深疲且蹇。中方代表华灿。英伦胸性褊。
元首北京相见，邓公拍案断。主权不容争辩。铁娘唯照办。

杨继新

湖北黄梅人，生于20世纪40年代末期，中华诗词学会会员，湖北省诗词学会会员，黄冈市诗词学会会员。黄梅县诗词学会常务副会长兼秘书长，《流响》诗刊副主编。

鹧鸪天·谷雨有怀(三阕)

一

鱼脱溪流上野塘，垄中布谷唤耕桑。桃唇映日留晨照，柳带撩人戏晚芳。
风月窟，水云乡，三春花草复琼冈。长空燕剪裁新绿，谷雨埯瓜种豆粮。

二

— 1389 —

谷雨埯瓜种豆粮,秧针巧绣靓田庄。千畦麦穗层层绿,百顷芸苔淡淡黄。
兰馥馥,露瀼瀼,荷池水暖戏鸳鸯。莺声呖呖村头树,大道通衢系八方。

三

大道通衢系八方,青山迤逦缀新篁。绿云千顷披甘露,红日三竿照女墙。
高院落,敞檐廊,声声布谷闹农穰。机车攘往迎霞彩,渠引清泉好保墒。

再登岳阳楼

复上岳阳楼,斯时已问秋。
洞庭烟水阔,白日霭云浮。
历历君山树,悠悠舴艋舟。
湘衡来塞雁,向向落清浏。

眼儿媚·自题

诗页勤抛总无愁,孤榻度春秋。半支铅笔,一壶烧酒,两只茶瓯。
十年苦索枯肠断,独自上西楼。他山引玉,书房摛藻,薄德重修。

杨杰

茂名市南天诗社会员。网名东山隐士。余酷爱诗词,闲暇之际,吟诵唐诗宋词,与友交流唱和,荧屏相聚,同声相应,岂不快哉?

七律·40年聚会

同学欢聚四十年,梦里相逢泪满颜。
紫气东来迎倦客,白云西去送清闲。
推杯换盏频频饮,海角天涯侃侃谈。
醉笑吟诗归古韵,高歌伴我下夕烟。

苏幕遮·青山寺里品斋饭

碧云天,清净地。好友相约,庙会青山寺。春踏和风香雾戏,融入禅林,谓我佛心似。
举檀香,合掌立。落坐厅堂,畅享空门忌。看惯人生何自泣?斋饭清汤,真个超然至。

鹊桥仙·又逢七夕

千年古韵,一台神话,织女牛郎相会。风吹叶舞鹊搭桥,但看那、凡人同醉。
丝丝缕缕,朝朝暮暮,望尽苍茫云碎。罗裳难耐透秋凉,又要恐、光阴易坠。

千秋岁·丁酉年端阳寄怀

杨花飘舞,柳絮霏微处。抬眼望,云尘聚。汨罗江畔隐,梦追潇湘路。人难静,鹧鸪唤醒春潮误。
难有诗情助,翘首来时步。曾记否?屈原赋。离骚歌一曲,天问飞觞句。三分醉,九章细品心如故。

念奴娇·花甲之年

书生意气,望天高云淡,重宵临赋。指点江山言未老,惟有童心如故。万步行间,三杯饮后,雨夜随心诉。佟佳曲岸,携来多少情趣。
任尔南北东西,残枝落叶,芳草年年顾。鬓发尘埃惊笔墨,欲揽苍穹何惧。醉隐东山,吟诗搣耳,千载夕阳舞。轻舟秋晚,今生憨笑遂酷。

三赋鹧鸪天(连珠体)

一

夜半相思难入眠,为君首赋鹧鸪天。遥知别后今时梦,转忆离前昨日缘。
千里路,万重山,何人知我此时寒。倚楼眺望窗前月,寂寞孤灯落笔端。

二

寂寞孤灯落笔端，鹧鸪再赋泪涟涟。
聆听秋后三更雨，却忆台前两相连。
回母校，坐游船，东江一日影缠绵。
潇湘别后唱心曲，不忘同学这段缘。

三

不忘同学这段缘，铺笺三赋鹧鸪天。
案前独坐曲难唱，屋外孤游月已圆。
南北岸，水云间，填词揽句几回牵。
如今已到秋风劲，大雁高飞伴我还。

杨金权

男，汉族，笔名奈何。1948 年 7 月生，贵州省仁怀市鲁班镇隆堡村人。中师文化，一生从教，系仁怀市第四中学教师。2004 年于该校退休，后暂居遵义。现回乡定居。早期从事戏剧写作。2012 年学写诗词，习书法。现为中华诗词协会、贵州省诗联学会、遵义市诗联协会、红花岗诗联学会会员。遵义市政协书画院院士。

七绝·应邀参加五马诗人节

端阳时节聚诗翁，灼灼榴花蝶戏蓬。
坐看吴江烟柳色，轻抒玉腕播春风。

四川省长宁地震

地动山摇魂梦惊，天灾子夜袭长宁。
不堪卧听潇潇雨，起看千家万户灯。

游双门峡地下裂缝

绝壁悬崖一线分，高低狭窄数重门。
堂堂正正真君子，此处低头也侧身。

七律·滴水观音

风停雨歇拜观音，滴水飞花妙入神。
玉树三重遮佛面，清溪一线逐云根。
小桥锁绿涓涓出，幽谷飘红淡淡分。
天降满池甘露饮，由来冷暖自扪心。

天香湖赏雪

银装素裹转初晴，漫步琼花雅兴生。
雀闹高枝千重雪，风梳细浪一湾情。
湖光洌滟红鳞没，山色空濛白鹤鸣。
戏水鸳鸯添物趣，凉亭独坐晚烟升。

夜间抢水打田

房檐滴答雨初停，寂寞乡村满坝灯。
下地牛追千里月，催耕鞭动一湾星。
晚犁春水三山绿，晓视田庄百镜平。
脚淌溪云留梦迹，霞铺野径有蛙声。

遵义娄山关赏雪

漫步娄山雪压枝，银蛇蜡象舞瑶池。
冰融幽谷清新韵，凝冻危峰剔透姿。
卧地苍龙天碎玉，飞关铁马壁留诗。
峥嵘岁月传薪火，重走长征忆旧时。

鹧鸪天·滕王阁抒怀

画栋雕梁雾几重，如椽笔下鬼神功。
星移物换滕王阁，落霞孤鹜弄晚风。
人不见，大江东，兴衰成败转头空。
珠帘暮卷西山雨，肠断天涯夕照中。

调笑令·乌江江界桥红军渡口

江界，江界，水卧长桥岭外。残阳眷恋孤蓬，苍鹰搏击险峰。峰险，峰险，犹听旌旗漫卷。

般涉调·哨遍
邀月亭宴客

落日沉，霞辉映。昏鸦闹柳惊鸿影。白玉盘，渐东升。水岸新村数千灯。邀月亭，清风拂面，兰桂飘香，歌舞娇相并。美

— 1391 —

酒良宵助兴，骚人雅韵，墨客新声。丹唇月下品玉液，红袖台前抚银筝。一曲《梁州》，万古风情。道不尽天香盛景。

越调·古竹马
摩天岭感赋

雨停风歇，林涛抒卷。清风拂面。车到了，峻岭摩天。望远山，崖悬落霞，谷荡幽岚。壮观，壮观，点点青螺，缕缕残阳。柳岸红楼浮晚烟。静听一声鹃。

幺篇：现如今，不比从前。经行处，云车香辇。赋闲，赋闲。政务休评。是非少点。酒过三巡沉醉眼，大肚能容，悠然自得。当回笑罗汉，作个活神仙。

杨锦荣

笔名醉江南。祖居湖北，新杭州人。长期从事旅游行业，近体诗爱好者，尤好格律，善写生活。

七绝·淡泊人生

不学他人苦为金，诗书半卷渡光阴。
流传千古平常句，更识贤儒淡泊心。

七绝·中年之思

人到中年不自由，恰如狗尾又临秋。
随风摇摆腰身折，转眼黄毛尽白头。

七绝·难得糊涂

老来壮志渐将无，唯好闲时酒一壶。
醉笑板桥真智慧，人生难得有糊涂。

五律·酒后作

小径梅花笑，桥头起钓台。
家兄今别去，酒友夜陪来。
不问烦心事，何言济世才。
东风无所畏，柳岸又徘徊。

五律·雨夜酒后闲作

人生多少事，自古未分明。
酒后偏沉醉，心中早淡平。
入宵欢独处，逢雨懒前行。
今夜虽无趣，来朝气更清。

七律·陪儿度闲

歇竿罢酒伴儿郎，看景游园摘野桑。
岁月从来多恨短，人生自古几嫌长。
但能闲问田蛙笑，更可欢听鸟语扬。
添得惠风乘懒意，何愁春卉渐无香。

七律·周末钓鱼逢急雨

闲来少事懒贪功，最好无聊做钓翁。
初觉炎河蒸暑气，忽迎急雨赠凉风。
喜听水面千声脆，笑看身边一篓空。
转眼云开蝉又闹，仍将心静乐其中。

七律·知足常乐

可笑总将高处看，却愁人世太艰难。
万金未必留千载，一日无非饱三餐。
岂对风尘寻意善，何求佛主问心安。
应知蜗角无长利，莫为虚名不得欢。

杨精

笔名八月飞雪，辽宁省人，计算机专业，IT高级系统工程师。现居悉尼。全球汉诗协会澳洲分会会员。从少年时就喜欢古诗词，诗学杜甫，词学李煜。崇尚诗意生活，追求梦和真情，希望把毕生的情怀化作诗句。作品散见于各大纸刊、电子媒体。

七律·秋末登高
移居海外15年随感

独上高崖望九州，故城不见远山幽。

子规啼血怜声咽，精卫衔枝怨海稠。
心向秦宫听暮鼓，身从宋韵觉寒秋。
奈何家国多情种，面壁空吟隐壑舟。
2019年8月6日

临江仙·同窗聚

风剪飘零斑鬓雪，初心前度刘郎。旧时飞燕绕新堂。去时桃尚绿，归处已花香。

嬉笑杯中藏浅叹，人生离聚无常。清词蘸笔少轻狂。多情千里外，孤影立云窗。

七律·飘蓬

飘蓬半世与谁行？故地烟霞似梦轻。
风起云遥家万里，雨敲滴碎夜三更。
无端雁字书心意，有愿璇玑指远旌。
对影镜中忧雪鬓，孤身月下自斟觥。

七律·忆别

寒阶落影客归舟，萧木栖鸦隐倦眸。
酒尽灯昏风似语，花香人醉月如钩。
去年今日关山路，旧事前尘逝水头。
心往云端不知处，蒲英吹伞洒乡愁。

七律·游新西兰峡湾

瀚海临湾浊浪稀，慢开叠嶂万重扉。
峰间乱絮藏萧瑟，林外轻纱透翠微。
身著巫山潇暮雨，心驰神女梦宫闱。
三千徐福瀛洲误，此地余生岂思归。

七律·早春

无际苍穹蓝胜紫，林深尘寂露寒轻。
梨花一夜成飞雪，归燕几番作语声。
何故春愁乱思绪，从来心事动悬旌。
临窗静待三月雨，柳色新妆烟满城。

七律·徒步海边八字湖

秋末，徒步15公里的小径翻越海边的一座山，前往自然形成的奇景，八字形岸边礁石，称八字湖。可惜抵达时已涨潮，湖面尽没于涨潮之海浪之中。

海连天色水含烟，壑谷藏幽径九千。
叶影陆离摇蔽日，枝痕零落静听蝉。
轻扬玉杖扶云意，遥指群峰锁雾巅。
何叹神工已无迹，坐观潮起亦超然。

渔家傲·夜雨

疏雨夜来风又起，小楼纱动吹凉意。残影依稀犹梦呓：身何地？潺潺无语千家闭。

未锦布衣羞故里，奈何花落空流季。尘染岁痕颜色易，心可系？相逢云默巫山霁。

杨静

女，1962年10月生，江苏淮安人。原在水产局工作，现已退休。诗词、绘画爱好者。淮安市诗词协会会员，其作品散见于《诗词世界》《江淮诗词》《江苏楹联》《淮海诗苑》《洪泽诗苑》等各省市县部分刊物，并被有关单位入编典籍与收藏，多处获全国、省、市、县等单位奖。

水釜城公园

公园初夏晚风悠，曲径拱桥碧浪柔。
明阁影残花竞去，芳园水破月淹留。
漫舒菡萏千层绿，暗结丁香一缕幽。
阻断两情几重梦，相思两眼泪未收。

湖堤散步

柳莺啼叫空中舞，沙鹭双栖戏水藏。
静赏诗书辉笔墨，烟岚袅袅四叶芳。

端午

芒种
梅雨炊烟湿落英,碧荷戏水拂蛙鸣。
麦黄镰舞风云染,端午粽香累毕生。

赏花
名花佳丽映青山,赏目悦心不一般。
古代洛阳开百卉,如今碧艳在民间。

端午
时逢端碗粽飘香,陌上榴花艾草康。
一曲离骚千古恨,今怀屈子复倾觞。

乡村
乡露晨曦泛紫烟,田禾葱郁兆丰年。
隐凉歌舞笑声趣,踏遍青山沃野天。

赞中医
华夏中医世典精,望闻问切病根明。
阴阳邪正巧施治,更有亲民父母情。

车桥古镇
小巷幽幽石板平,青砖碧瓦斗平生。
霓虹闪耀新街景,如织人流楚地荣。

悬湖远眺
夕阳摇影悬湖碧,晚归渔船破玉池。
鸥鹭浮光扶苇过,青蛙跳跃画中姿。

絮飞
朦胧晨雾自飞花,淡淡朝霞树已斜。
莫把飘零向云雨,秋收果实富人家。

杨静波
已入编 5000 余首,诗、书、论、格言、歌词数获金奖、一等奖、特等奖,已三赴大会堂一赴政协礼堂获改先、理创、杰出证书并曾于《人民日报》刊发,业绩入编典集 400 余部。

蝶恋花·世园博揽(新声韵)
春雪春雷歌细雨,蝶恋千花,绿色添飞翼。异草奇花悄蜜语,相亲相爱心相许。

喜沁芳香欢共举,点赞神工,欢舞亲仙女。亮丽鲜蝶彤广宇,环球齐唱腾红旭。

望海潮·弄潮颂歌(新声韵)
江分吴越,观潮千古,潮头数数风流。心点救星:思思旭日,春风忆忆今秋,唱梦颂真牛。望潮望天浪,惊世惊球。雪耻前朝,百年圆梦铸金楼。

潮头领舞丝绸,看黑肤碧眼,点赞不休。悲讽霸王,还牙对垒,双赢火上浇油,亲我唱同舟。闪电惊雷吼,潮涌飞流。百舸齐冲巨浪,同舞大潮头。

沁园春·放歌新时代(新声韵)
旭日朝朝,岁岁春风,步步登高。望大江南北,漫山红叶,金秋岁岁,能不心豪?"天眼、飞天、蛟龙、隐翼、量子、神威、跨海桥……"惊神速,喜望洋鸽西凤,热恋亲巢。

风流喜唱今朝,颂盖古丝绸环宇飘。赞同一命运,净天净水,心灵净化,热浪滔滔。开放腾飞,争相学我,仰目头牛灿九霄;中国梦,喜纷纷筑梦,滚滚天朝。

杨玲
贵州省六盘水市盘县人,中学时代就怀有文学梦想,自 2002 年开始练笔写作,共计有近300多篇(首)作品,主要在贵州作家网及各网媒发表。一直为诗词吾爱网会员,创建个人文集《幽兰集》,曾为引领者文艺网主创写手之一。

鹊桥仙·七夕织女怨(词林正韵)

涛涛银汉,悠悠岁月,多少相思泪雨。孤窗只影寂无涯,织纤不停消烦绪。

鹊桥已就,红妆再理,心事堆堆难诉!良辰美景最浓时,红日半升天欲曙。

七律·尘世无缘我便休(轱辘体)

尘世无缘我便休,行装收拾返村头。
筑庐后靠仓山翠,伫瞩前瞻幻海浮。
种地耕田随日月,抚琴吟唱忘春秋。
轮回四季循环老,花谢花开不去愁。

人生将半有何求,尘世无缘我便休。
不悔镜中双鬓异,欣然宅里万年幽。
拈花裁句陪天老,采雪烹茶任自由。
坐看白云闲聚散,卧听风雨过春秋。

风雨催花顺水流,黑白聚散两悠悠。
桃源有梦卿不在,尘世无缘我便休。
长夜西沉多少月,天涯望断几箩秋。
清词强赋痴沉醉,往事消磨困旧洲。

熙来利攘似云浮,回首光阴已暮秋。
欲海难填空劳命,禅心易获避烦忧。
书山有路贤莫弃,尘世无缘我便休。
悟得余生山水道,修篱月下钓闲愁。

历尽风霜去上楼,繁华旧梦远心舟。
此生不负苍山证,美景空消玉镜愁。
琴韵绵绵穹渺渺,长宵漫漫静悠悠。
新诗难借壶觞醉,尘世无缘我便休。

七绝·题图诗(新韵)

鸡犬相接两岸声,桃花满树暖风轻。
悠哉钓客陪白鹭,此处原来是武陵?

七绝·中元见满城烟火祭祀有怀(新韵)

秋风萧瑟月森森,烟火全城祭祖魂。
今夜磕头烧纸者,他年若换又何人!

杨玲

女,瑶族,现年69岁。退休教师。系娄底市作家协会、湖南省诗词协会、潇湘散曲协会会员。出版过散文集《我爱女孩》,诗集《瑶家妹子的歌》。作品在国家级、省级获过一、二等奖。

【双调】清江引·游园

潇洒绮园风送爽,小道依河傍。微波身影长,栖鸟歌喉亮,我莫不自由情志慷。

【中吕】乔提蛇·叹世

荣辱似云烟,金钱如粪土。名缰利锁尽虚无,客来又归留残骨。思万代,看今朝,万般成笑语。好强争胜人何苦。

【越调】天净沙·小户人家

乡村小户人家,辣椒茄子南瓜,日子清闲静雅。亭台消夏,爱它一抹明霞。

杨柳

男,茂名市南天诗社会员,1961年生,江西赣州人,大专学历,平生寄情于书海山水之间,闲以诗词书画,篆刻来自娱自乐,丰富生活。

五绝·秋日

闲时静在家,醉笔伴红茶。
洒扫庭阶叶,飘香看桂花。

七绝·冬日闲吟
村外斜晖映水塘，寒风萧瑟叶枯黄。
而今未老成潘鬓，犹抱诗书隐故乡。

七绝·画梅
忙身半世始归闲，常借丹青解醉颜。
梦里忽醒狂泼墨，梅花开满雨中山。

七绝·寻梅
着意寻芳三十里，凌寒湿履也无妨。
风来摇下枝头雪，沾得梅花透骨香。

七绝·中秋夜取夜话亭旁廉泉水
月光注井平如镜，冥想先贤夜话旁。
汲水煮茶飘玉桂，生添杯底一丝香。

七绝·金鲤
清浅池塘几片莲，赤鳞金鲤困如渊。
直叹水底不能叙，何日成龙跃上天。

七律·春忙时节
每年谷雨就春忙，冷雨凄风四壁凉。
乡壮人人皆外出，亲娘个个骨筋僵。
白头孤苦憔容悴，黑发难归望断肠。
老眼不干轻拭泪，良田无奈草苴殃。

七律·望西龙潭瀑布
久闻瀑布挂崖间，溅玉飞珠不一般。
携手艰行樵径入，足痕踏破落花斑。
雾掀竹浪南岩壁，云掩松涛北面山。
四处寻春犹未尽，惊飞谷底两悠鹇。

杨露霞
女，1956 年生。本人系茂名市南天诗社会员。1982 年毕业于云南师范大学化学系。退休于曲靖市民族中学。诗词爱好者。

天净沙·童戏
弹弓麻雀枝桠，铁环空竹绳花。宿昔蒙童稚娃，耆年幻画。白驹弹指天涯。

行香子·返插队山乡（新韵）
再返邨乡。陌路云窗。麦天黄，禾黍风扬。小堤柳下，溪水桥凉。又榴花明，蜜蜂舞，菜花香。

淡淡泥墙。隐隐茅房。掩柴门，知是谁堂？玉蟾初泻，鼠卧松冈。待伯翁归，愿无恙，诉离肠。

满江红·祖国颂（新韵）
华夏泱泱，千年越、黄河交响。征万里，中流砥柱，红樯激浪。推倒三山求解放，驰毫五卷辉航向。五星扬，湘语润之声，东方亮。

华七秩，黎元享。邦本固，军威壮。飞桥跨伶仃，天眼天望。北斗巡云河汉广，辽航逐水丝途畅。筑梦路，上下矢初衷，神州朗。

杨梅
网名倾暖。河南省新乡人。自由工作者。爱好古诗词和现代诗歌，以诗情画意编写自己的梦想。

鹧鸪天·乐隐山中
小筑三间近水滨，幽幽筠竹自为邻。风吹一径闲听鸟，日上三竿慢看春。

花正好，酒初温，山衔晚照已微曛。临窗散发人酣睡，乐隐山中无事身。

浣溪沙
燕剪春风二月天，纤纤嫩玉柳堆烟，

曲桥花压小栏杆。
十里芦芽初碧色,一江烟水半连山,依稀雨外泊蓬船。

破阵子·贺改革开放 40 年
华夏央央大国,神州浩浩长河。四十年来春沐浴,万物峥嵘气象多,奇功归共和。

不尽飞桥棋布,无边广厦星罗。百姓安康欢盛世,经济腾飞除旧疴,八方奏凯歌。

浣溪沙
渐退春寒薄暮时,风吹断续晚云低,蓑衣藤杖古城西。

烟雨飞花迷小巷,白墙黛瓦　青旗,约人沽酒意归迟。

乐做一鸿儒
幽阶负手对茅庐,点检生涯酒与书。
潘鬓沈腰千叠重,金章紫绶半分无。
亲朋久别自生远,风月时来末觉孤。
笑看世人青白眼,乐耕诗笔一鸿儒。

访林泉遇雨
百啭声中行翠微,山云忽至雨霏霏。
等闲犹向更深处,为访林泉不肯归。

杨民生
合肥南园中学退休高级教师。1961年毕业于合肥师范学院(今安师大)中文系。全国中语会课堂教研中心 4 至 8 届理事、研究员,安徽省语言学会会员、安徽省太白楼诗词学会会员。著有《别字大诠》(中青社出版),写有《楼苑诗百首》(未公开发表)等。

《楼苑诗百首》
之一
七绝·通萱楼
萱茎艳艳竹前栽,遍种辛夷楼复台。
桂子摇黄箫鼓动,太真转过玉屏来。

之二
七绝·槐荫台兼怀严凤英
槐荫开口巧安排,楼树亭台齐在天。
拂柳方知腰骨细,原来戏圣舞翩跹。

之三
七绝·听雨轩
枯荷曾为义山听,流水桃花箬笠青,
一曲劳歌眠飒飒,斜侵薜荔拍窗棂。

之四
七绝·绿石丘兼颂嘉定秋浦园卧石
异哉灵石卧春阴,风暖廊亭识玉玢。
道是女娲曾拣选,谁知遗落在绿茵。

之五
七律·蘅芜原
青青原上草潇潇,秋杀金声色未凋。
燕客南来惊旖旎,粤人北上乐逍遥。
甜甜鸟语啭明水,飒飒凉风掠小桥。
捣药凄清悔灵兔,年年月桂听鸣条。

之六
七绝·芰荷坞
溪上朝阳足奂轮,粉荷滚露欲断魂。
曾供飞燕太真采,和入脂膏点绛唇。

七律·咏北京紫薇天悦小区月季园球状月季
泣露含烟出阙门,攒攒国色足销魂。
胭脂浅敷开新靥,霜雪深埋洗旧尘。

— 1397 —

碧水轻　听傲骨，云天漫吐赋清芬。
为酬赤县复兴梦，争渡仙槎趁月神。

七律·颂红军战士刘志海

2015年看电视《长征纪实》，见红军战士刘志海在冰雪覆压中仅露右臂，高擎党证，内夹银元，交最后一次党费，僵立不倒。感而赋之。

高天滚滚裂肤寒，玉塑银雕耸雪巅。
一片丹心辉万里，三军铁甲过五千。
光前敢立高标秀，裕后能全赤帜妍。
最是唏嘘泪人处，忠贞大义薄云天。

杨敏

80后女诗人画家。网名苍雪清竹，辽宁大连人。

咏梨花

梨花浣雪出苏词，脱尽凡尘濯露姿。
吹下天风仙袂裂，飞来素鹤月华垂。
梦残半枕云阶渺，香湿当年晓泪迟。
玉骨横斜怔见此，如逢冰界白琉璃。

咏梅花

梅花初放小寒时，烟水长天雪一枝。
冷丽风流云暗锁，萧然意态月栖迟。
清香不散同荀令，真情难遇待子期。
传语孤山襟抱迥，露庭已种减相思。

咏杏花

玲珑枝雪漫珠光，一树煌煌散远芳。
春意欲藏墙外闹，酒香不掩店村旁。
轻红惆怅汀烟冷，浅素清愁砌草荒。
山野水滨生绝色，惜之盈手寄潇湘。

寄听雨轩故人

碧海苍天隔几重，森森莲叶雨轩中。
清茗香冷人独去，绿窗晓寒梦无踪。
渐愁荒烟成秋早，但看苔深滴露草。
莫卷帘幕入秋风，秋风镜里红颜老。
当时笑语尚余香，疑是骚人兰袖芳。
梨云袅袅轻入梦，柳烟蒙蒙低拂江。
一帘风起折素袖，跌散螺髻随风愁。
屋茅渡江梨枝断，合江碧柳苦岸留。
佳人魂断残阳路，衰兰含泪空对伫。
笛思故国青芜晚，月枕长河苍槐肃。
新绿池塘溅鸳珠，圆荷跳鱼清夜徂。
桐露无声湿鸦梦，缺月何时下帘枢。

绛都春·咏桂花

金飞玉坠，一夜绿砌飘，珠霏烟滞。晓卷翠帘，呼起伊人莺声旋。幽庭闲步深枝翳，半襟惹，清芬无比。湿苔香屑，珠尘忍踏，燕飞迢递。

如此，浓云湿雾，广寒路，一梦依稀长记。白玉杯深，玛瑙斟残湘波泪，平沙雁影微茫里。紫箫咽，西风秋水。一叶归去江湖，楚天万里。

杨荣

男，四川人，笔名杨师傅。本系列《家有贤妻》作品共计五篇，均为七言律诗，以妻子的亲身经历作为创作素材，分别描写怀孕、分娩、哺乳、抚育、俭省等五个方面，刻画当代女性的风貌，以歌颂天下伟大的母亲。

家有贤妻(怀孕篇)

家有贤妻两孕难，一朝为母受辛酸。
神思困倦身添病，步履维艰腹染斑。
庙宇请神消噩梦，贵医产检保平安。
历经十月怀胎苦，血脉亲情世代传。

注：1、诗歌体裁：七律,中华新韵(寒韵),仄起首句入韵式；

2、两孕：两次怀孕；

3、腹染斑：怀孕造成的妊娠纹；
4、贵医：贵州医科大学附属医院的简称。

家有贤妻（分娩篇）
家有贤妻顺娩难，产房犹似鬼门关。
宫缩阵阵锥心肺，血汗涔涔透被单。
自古多询儿或女，从来少问险和安。
今生饱受十级苦，隔世投胎转做男。

注：1、诗歌体裁：七律，中华新韵（寒韵），仄起首句入韵式；

2、鬼门关：用词并不夸张，生大宝的时候同在产房的一位产妇就一尸两命；

3、十级苦：指分娩的疼痛是各种痛感中最难以忍受的（至少并列第一）。

家有贤妻（哺乳篇）
家有贤妻哺乳难，一双兄妹抱胸前。
三餐几次哭和笑，五鼓多番醒复眠。
彩甲红唇成旧爱，布衣短发扮新颜。
养儿育女千斤担，恰恰均衡在两边。

注：1、诗歌体裁：七律，中华新韵（寒韵），仄起首句入韵式；

2、五鼓：意为五更，古代民间把夜晚分成五个时段，用鼓打更报时，所以叫作五更、五鼓或五夜。

3、均衡：表达的是男女平等的思想，养儿育女没有孰轻孰重之分。

家有贤妻（抚育篇）
家有贤妻抚育难，浑身技艺万千般。
暖衣饱饭心操碎，早起迟眠背痛弯。
既做医生兼护士，又当保姆与丫鬟。
儿高一寸娘辛苦，他日闻达要孝廉。

注：1、诗歌体裁：七律，中华新韵（寒韵），仄起首句入韵式；

2、孝廉：孝顺和廉洁。

家有贤妻（俭省篇）
家有贤妻俭省难，无形变幻是金钱。
去如流水哗哗逝，来似芝麻粒粒添。
儿女开销常富裕，夫妻消费每寒酸。
不因贫贱移心志，自力更生莫等闲。

注：1、诗歌体裁：七律，中华新韵（寒韵），仄起首句入韵式；

杨森翔

宁夏灵武人，长期在吴忠工作。现已退休。有作品行世。

别君
别君曾渡锦江横，混漾烟波寄意诚。
一曲阳关人隔世，衔杯无语看山明。

清明雨雪
迷离心事梦依稀，节到清明睡意微。
一枕两行三更泪，漫天又作雪花飞。

题画（沙枣树）
一树花开若桂香，临风似柳着银妆。
浮生自是情偏苦，直把寒乡做故乡。

题画（雪中红梅）
急雪乱云漫野驰，连天景色共悲思。
仳离红蕊头皆白，不为江山又为谁？

题照
万国风光费评章，心灵景色最难量。
眼前一柱高千尺，不及深情分寸长。

流景
流景如烟亦似花，平生知己是横斜。
三分春色二分雪，一缕天香梦不嗟。

乡学即景
杨柳青葱麦豆齐，溪流清浅水花低。
空阶寂历庭轩静，一半书声杂鸟啼。

春君
春君才到驿桥东，便觉风光殊不同。

1399

北苑残冰融宿雪,南村庭树绽新红。
云和鼓舞歌声渺,月淡消魂梦未空。
柳陌长堤谁相伴?心花开在礼花丛。

黄昏野景

黄昏野景叹神工,远近高低各不同。
几朵彤云天镜北,一行紫雁杏园东。
归来牛马无清白,入目层林尽醉枫。
幽抱人居山坂上,斜阳一抹亦心红。

昔年

昔年曾向锦江游,与子同携古渡头。
岸柳轻安三径菊,松风远送五湖舟。
林阴夹道寻幽静,石级穿云涉乱流。
往事已成华表梦,碧空无际影悠悠。

杨士众

山东临沂人,军人,转业后在蒙阴县统计局工作。唯有与文学有不解之缘,在书中寻求乐趣。在文章里追求知音,在意境里品味精华,爱好诗歌,传播正能量,曾出版《书香伴我行》诗歌集。

牛郎

牛郎从小丧爹娘,跟着哥嫂檐下长,
冷言碎语少温暖,蔽衣饥腹多凄凉。
早起晚睡牧黄牛,耳磨体恤偎梦乡,
长到成人嫂分家,净身出户得牛缰。
从此牛郎与牛侬,心里有话对牛讲。

织女

天宫深锁织布房,仙女伴机穿梭忙,
织得彩缎堆云山,纺得蝉绸遮夕阳。
七月酷暑热难当,出宫下界寻清凉,
月照人间清秀丽,碧泓池水波荡漾,
姐妹宽衣解衣带,仙女戏水润脂芳。

寻缘

牛郎沉睡在山岗,老牛唆使开口讲:
今夜池中仙女浴,乘机偷窃盗霓裳,
有衣返宫无衣慌,挚诚求婚得新娘。
从此两厢情意投,郎耕女织度时光。
生下一对好儿女,美满幸福家安康。

离别

众女返回织机房,姐妹遮掩心忧慌,
时间久了露马脚,王母娘娘怒冲撞,
急忙派下天兵将,捉拿织女返囚房。
牛郎闻听心欲碎,织女生别肺裂伤,
肩挑儿女追赶去,牛衣助力逾山岗,
乘风踏云竭余力,追星赶月触妻裳。
王母拔下发中簪,划出银河分两旁,
自此夫妻相分离,对岸生别年年望。

夕会

一年三百六十五,儿呼娘亲女泪长,
牛郎昼夜念念盼,月升日落时时想。
今夕凌晨鹊桥会,夫妻双双话衷肠,
倾诉点点离别苦,烛泪滴滴情愫淌。
有心少女葡下听,窃窃幽怨腮两行。

杨书娟

微信名花影琴韵。河南省邓州市作家协会、邓州市诗词学会、中华精短文学学会、湖南省攸县诗词楹联协会、西部文学作家协会会员。诗词多次发表在《精短小说》《四川人文》《大渡河》《西部文学》《南阳诗词》《春风堂诗词》《株洲诗词》《梅城诗联》《梅林雅韵》《攸州印象》《攸县诗词楹联协会通讯》《言志诗词》《中国好诗词》等纸刊、微刊和网站上。

春

一帘烟雨润芳菲,燕剪春风入翠微。

谁泊轻舟江渚上，柳环碧水两依依。

落花赋
枝头昨日鸟为邻，一夕风过入冷尘。
玉瓣飞零香魄在，明年还待有情人。

斥黄莺
帘外春风笑我痴，为书落寞故吟诗。
枝头最恼娇莺唱，心事许些谁个知？

情为囚
痴心为狱情为囚，困在红尘第几楼。
荡尽浮云踏歌去，也无风雨也无愁。

咏竹
筛风弄月庭前舞，凌雪欺寒不弱松。
品茗听琴存雅意，盘根拔节在群峰。
岁寒三友建安骨，林下七贤君子胸。
墨染春秋传千古，板桥画里见真容。

逍遥梦
风起江湖雨未收，功名如锁伴情愁，
常思岭上逍遥客，遍种桃花燕子楼。
一只弯钩沧海钓，半船美酒筏中流。
浮生唯有庄公梦，诗墨飘香度夏秋。

鹧鸪天·我在人间君未来
几许闲愁难舒怀，诗花一朵墨中开。
清风吹散流年梦，缘字交由天意裁。
情切切，意哀哀。琴弦拨乱在楼台。
寸心中有千千结，我在人间君未来。

诉衷情·雪
青灯孤影夜难眠，玉簪锦裘寒。推窗满院风雪，钩月隐西天。
天地改，古今沿，旧容颜。马蹄声乱，谁的江山，弹指千年。

杨维护
中华诗词学会等会员，退休教师。中文研究生。

谒深圳莲花山邓小平铜像
华夏仙凡世认同，醒狮震远汉唐风。
三山五岳高天立，独望莲山第一峰。

谒成都草堂寺
汪洋莫阻文华趣，巨笔清芬天路幽。
竹下三间低草屋，锦城定是最高楼。

浪淘沙·十九大颂
饱蘸写春秋。梦境清幽。龙旌浩气韵鸿猷。大幸骄阳光世界，鉴盛天谋。
驾日步寰球。笑看神州。画屏绝代汉王州。简册煌煌迎世纪，惠世千秋。

浪淘沙·忆邓稼先
醒世掷金鞭。志士攀天。弄潮垂范百千年。血泪堪同消积重，鹤影云帆。
血性叩灵山。纪世新元。擎天魄毅路洪宽。鸿影巡天雷与剑，淬火神传。

江城子·美国霸权
霸凌秘境暗星洲。地天忧。啸声稠。鬼画桃符，盗贼脸尽丢。川普嚣张横世道，梁梦，愿难酬。
腥膻洗净化春秋。缀千畴。梦劲道。痞赖乖张，大气镇神州。龙脉尧风传广宇，天幻彩，有吴钩。

江城子·支付宝
华天付宝杳无踪。妪朦胧，叟悬空。幻妙空灵，秘境有无中。料是高科圆锦梦，仙猎趣，术灵通。

转型世道揖精工。改时容,妙无穷。北斗丰神,环宇抱尊崇。汉史千年无二景,邦竞彦,妙无穷。

杨伟声

笔名水润木秀,浙江义乌人,居杭州,喜词。

淡黄柳

依依玉立。吹散阳关笛。绿雨初消双燕急。脉脉桃红欲滴。一样春心两相惜。

织成碧。莺声觅无迹。恨飘絮、挂舟壁。羡陶株、漉酒归山泽。蝉送高风,菊黄篱落,烟霭沉沉泪湿。

蝶恋花·苏堤春晓

云蔚桃花烟蔚柳,浅草斑斑,堤上春光透。蝶恋香枝偏不走,鸟贪嫩蕊羞张口。

年少谁家牵玉手,粉面纤腰,笑骂挥长袖。白鹭蓝波惊抖擞,双双飞过吴山后。

菩萨蛮

凄凄梅雨茫茫夜,鹊桥相望难飞架。料想满屏春,刷新复刷新。

侵晨翻网信,却道水成汛。帘外万千丝,丝丝入怨词。

谒金门

空凝碧。偷换青青一色。难忘梨花千树白。柳燕穿雨出。

犹认芳林踪迹?雾锁荫深水隔。栏外榴红终不识。笑我痴心客。

醉花阴

西泠桥畔新雨歇。天净香尤烈。菡萏半湖喧,绿霭红云,中有一枝雪。

石榴褪落游人绝。空照荷塘月。怯怯问莲花,怜你怜她?点点胭脂血。

青玉案

萧萧落叶心无绪。更两地、黄昏雨。气爽云高曾暗许。一杯新茗,半篇旧句,琴瑟千金赋。

秋花总被秋风误,秋雨连天雁书阻。我欲天公倾海注。唤云为鹊,点峰为柱。夜夜星桥渡。

青玉案(依韵梦湖苑先生)

幽篁半掩溪边屋。把琴趣、吟新菊。染尽秋霞千嶂木。且将闹市,换来小筑?待到黄粱熟。

十分好梦三分足。人善闲愁我孤独。纵卜山居谁秉烛?征鸿凄厉,寒蛩急促。冷月霜天谷。

附梦湖苑先生原作:

临风把酒陶篱菊。远山黛,霞光沐。绮燕归飞闲绕屋。小溪芳草,茂林修竹。美景良田沃。

桂花秋气清香馥。枫叶丹红露花簇。雁影穿云声怨郁。月华淡淡,霜风簌簌。谁奏思乡曲。

杨位俭

男,字子廉,汉族,滕州市人。1939年2月生。大专文化。现为中华诗词学会会员,山东省书法家协会会员,枣庄市诗词学会常务理事,滕州市诗词联赋协会副会长兼秘书长。曾荣获第十三届、十四届"天籁杯"中华诗词大赛银奖、第二届跟着古诗词去旅行"岳阳楼"寻春诗会金奖等奖项。其诗集《湖阳吟草》，书法作品《草书千字文》曾在国内展出并获奖。

五律·改革开放40周年感赋

故国逢春日，长歌四十年。
青山生玉树，渌水荡红船。
旗展千年梦，诗吟三代缘。
回眸砺风雨，昂首度尧天！

五律·深圳行

春风会良友，邀我去鹏城。
水阔云帆远，空晴海燕鸣。
梅沙观碧浪，乐谷听琴声。
醉卧湖园月，尘心未了情。

五律·春日有怀

寥廓风烟净，山川春意新。
桃花开峡涧，柳浪抚渔津。
乡野情心重，京都彩笔神。
童颜若能驻，无愧后来人。

七绝·湖乡风情

其一

长堤疏柳欲生烟，水影白帆相对怜。
得意渔家轻弄棹，小舟欸乃入湖湾。

其二

胡巷弯弯不尽长，微风习习抖篱墙。
残荷依旧落劳燕，犹见横舟锁夕阳。

其三

撒网操舟狎浪中，蓑衣浸透四湖风。
归来荻火酌兼味，醉倒渔家一老翁。

七绝·纪念"五四"运动100周年

一拓风云济国强，岂能呐喊与彷徨。
头颅撞断旧枷锁，妙手绘成新太阳！

七律·洛阳龙门石窟遣怀

香山伊水傍龙门，久寐登临拜佛尊。
弥勒笑颜看俗世，观音莲座度晨昏。
荣华多在烟云过，祸福何曾旦夕存。
莫误良时从善教，岂须顶礼悟禅恩！

七律·致2018博鳌亚洲论坛年会

南海天蓝水亦蓝，博鳌再度会英贤。
春风邀客海盟誓，丝路同车地结缘。
砥砺双赢为世界，运筹合作铸金砖。
作舟狎浪齐携力，拉纤艄公一并肩！

七律·海南行

收尽海天千种缘，椰风拂面拨情弦。
听涛依旧琼州渡，观霭初开沙岛烟。
万里浮光升海日，千帆竞发捕渔船。
无边浩渺龙王地，岂许鲸鲵入榻眠。

七律·遣怀

蝶梦未成蕉鹿残，无为无怍寐常安。
暌违窈窕红尘怨，但有沧浪孺子弹。
乐水犹知仁者寿，爱山独怆小人难。
静观万物风云外，一揽乡愁看柳烟。

杨文建

福建南安人，酷爱格律诗词，常用诗词抒发思乡之情。

五律·盼春回

愁雨芬菲泣，薰风翠染谁？
心中常挂念，梦里暗相思。
昨夜群芳落，今朝暖日随。
原来醉花客，不愿止春诗。

五律·暮春思

依山听物语，无策止春思。
夜寂情怀叙，江空月影移。

落花愁万缕，对酒涌千诗。
留与清风赋，幽悠入梦池。

七律·夜语寄怀
一泓秋水写青天，离合悲欢月缺圆。
万里河山频入梦，千家灯火照无眠。
齐歌盛世繁荣景，共筑和谐富裕年。
我辈当知强国路，诗情涌动续宏篇。

七律·秋日私语
阵阵寒风叶上留，南塘老柳几回秋。
东篱采菊香盈袖，左岸听枫艳满楼。
昨日多情添万绪，今朝醉意解千愁。
红尘也慰逍遥客，乐以驰缰韵里游。

七律·初冬夜语
远望枯枝叶影稀，轩窗皓月解心扉。
翩翩白雪更山色，闪闪华灯照彩衣。
素笔寻诗诗若醉，热茶待客客如归。
今宵莫让乡思占，老酒三杯梦里飞。

七律·学诗有感
暗忖流年酒客聊，吟诗惯向字中飘。
勤思雅句寻天路，懒琢佳词探海桥。
望月咏怀更昨日，追星舒语就今宵。
几多醉意歌尘散，唤醒春芳仔细描。

七律·晚春
斜日低峦江上影，残花点点映山红。
碧溪滟滟莺声起，野径幽幽燕语融。
觅胜寻芳临水畔，郊游采景入林中。
今宵对酒瑶台醉，两地相邀月色同。

七律·初冬细语
飞雪飘飘冬日影，悠悠岁月记韶华。
过河细谱长台曲，越岭精研佛手茶。
几缕清风吹左岸，一杯醇酒敬西霞。

诗词吾爱怡然处，好寄情思送万家。

杨文学

云南泸西人。77级学子，文学学士。省级群团机关干部。长期学诗习词，在省级以上报刊发表过作品。所著诗词集《竹声菊韵》《渔樵风雅》《春花秋月》分别由中国文联出版社、中国书籍出版社、团结出版社出版。

七绝·观荷
素面芙蓉两色裁，闲人墨客觅踪来。
红姑留影非知趣，粉黛浓装媚眼开。

七绝·风筝
向风借力半空翱，犹怒身躯受制牵。
若是无拘归自在，何能举尔上青天。

七绝·石语
山间谷底不低眉，几个逢缘树作碑？
野地荒坡多自在，何须背愿去圆规。
注：圆规：满足规范，中奉规矩。

七律·独酌（新韵）
独自闲愁也把杯，三分是更两分非。
轻微醉里浇心垒，浓烈迷中养腹梅。
众客相逢崇戒律，单人独处淡清规。
同声哪有惊心语，异句常成警世锥。

七律·题岳阳楼
子京奉守巴陵郡，文正挥毫撰序楼。
百业重生当庆贺，千官赴命待寻求。
单思禄位终多恨，普惠黎民总不愁。
月映湖光邀远客，情关社稷引凝眸。

七律·借酒（新韵）
诗家借酒古来多，未必骚人尽嗜酌。

苦楚无踪难作叹，欢欣有影好吟哦。
黄封引起开心调，绿蚁滋生撒泪歌。
白发三盅为杜甫，青丝两盏是东坡。

临江仙·岳麓书院

似梦依稀闻古课，庄周孔子韩非。人情民意探幽微。真知心似箭，卓见眼如锥。
千岁光阴经过往，贤良四面来随。劳心苦志铸丰碑。湖湘生智士，楚地养文魁。

临江仙·说梦

梦里化为鹏鸟，何能醒后云中。艰难困苦屡相逢。频频思取，屡屡未成龙。
干瘦丰肥无异，桃花野草枯荣。年终寿尽也归空。但能心自在，满眼尽春风。

杨习和

网名洋江，湖北浠水县人，1956 年出生，中学高级物理教师退休。吃了无事，闲锄诗草。拙作部分发表于纸媒刊物，大多散见于网络诗群。

五绝·夏日幽溪

菡萏随缘出，桃花化作泥。
红尘多少事，浸在小幽溪。

七绝·垂钓

幽溪气爽柳如茵，曲径霏微好洗尘。
鸟语啾啾听不懂，抛竿兀自钓银鳞。

五律·乡居杂兴

避暑回乡里，陶然享乐中。
暮烟连画阁，萤火绕莲蓬。
岭静曾经雨，村幽正待风。
闲来沽一醉，月下戏孩童。

五律·郊游得句

白羽翩然过，筠溪绿向东。
韶光流水里，好梦落花中。
气直偏多畏，心清只固穷。
回眸寻鹤迹，道上失春风。

七律·游太湖有寄

昔日谁来揽太湖？烟波浩渺济三吴。
凝眸罕见孙郎迹，扼腕何寻范蠡儒。
寰宇淘穷尘智傻，汉星数尽局贤愚。
机玄白练难窥解，多少焚灰只问桴！

绮罗香·故园春暮

蕙圃疏烟，筠溪细雨，飞燕频传消息。雾里江南，红瘦绿肥兼得。分岭秀、十里荷塘，破林静、几声牛笛。最悠然、云淡风清，怡情胜赏暮春色。
今来何逊心境，前度刘郎意气，逢时骚客。往事乘风，吹皱一池波碧。嗟世路、尘外天青，叹故人、道边梨白。景依旧、水远山长，鸟啼朝与夕。

花犯·故园风

故园风，荷池柳岸，幽兰馥乡里。水清山翠。有沃野牛哞，芳树莺媚。娇娃逐鹿川前戏。鸡鸣同犬吠。更又是、路宽村富，琼楼平地起。
围塘画栏泛烟波，郊游客醉了，思归无计。君击赏，蓝天下、田园情味。丰收后、稻粱酿酒，亲友聚、疏篱明底。酌几句、国家农政，春来新燕子。

满江红·老迈何求

老迈何求，思空静、安身闲族。归草野，但抛桃李，奉陪松竹。品笛何须吹紫陌，描诗却可吟黄菊。算重来、愿作庶农耕,田园沃。
　　情和义,人非木。贫与富,心知足。若皆为刀俎,可有鱼肉？一目浮烟杯底事,三江逝水风中烛。应从头、长向大川吟,逍遥曲！

杨小萌

　　河南省周口市商水县人,老公杨照宇,河南盆景艺术家,制作、经营各类盆景,并多次参赛获奖。养花种草,看看诗词,是我们平淡生活中的小乐趣。

七绝·早春
朝云未尽冷先收,残月依稀似钓钩。
底事黄莺鸣树早？东风未上柳梢头。

七绝·晚归
着露红梅映晚霞,清风竹影绿窗纱。
归来月夜和衣睡,辜负门前那朵花。

七绝·黄昏有感
夕照归山玉魄迎,素笺淡墨写闲情。
从前记得司空句,莫向诗中著不平。

七绝·深夜有思
蛙噪蝉鸣趁夜凉,幽窗独坐品茶香。
一怀心事天边月,寂寞深宵抱影长。

七绝·写给老公杨照宇
半世艰难历苦辛,幸如枯木又逢春。
一行风雨崎岖路,不改痴情伴我身。

七绝·夜思
红尘有梦种情深,抱影无眠苦作吟。
矮纸长情思漫漫,清风院落夜沉沉。

杨晓君

　　毕业于石家庄铁道大学国际经济与管理专业,承德市作协会员,喜欢跳跃的文字、喜欢倾听大自然每一束花开的声音,喜欢摄影、旅游,喜欢雅尼音乐,热爱生活,珍惜生命里的每一天,阳光,自信。

无题
今生只为纳兰逢,一阕清词小字倾。
半亩方田千古韵,清泉汩汩水长清。

金秋银杏
树树金蝶缀满山,深秋时节舞跹翩。
霞光印在风情上,满目铺开锦绣天。

落花时·诗心
　　书声朗朗又学堂,翰墨清香。不求名利习经典,枫桥上,字流芳。
　　启蒙声律常翻看,水墨云乡。江心美酒红霞煮,与谁共？醉钱塘！

巫山一段云·咏荷
　　玉蕾凌波绽,蜻蜓蝶舞翩。娇颜灿灿映河山,荷箭向云天。
　　共饮一杯酒,知心把酒酣。清风陌上语声甜,携手鹊桥仙。

清平乐·咏莲花山
　　秋光无限,轮伞花开艳。峡谷三潭飞白练,碧树蓝天溪畔。
　　漫山遍野花丛,诗人笑傲长空。拟把时光留恋,只惜岁月匆匆。

杨杨

　　男,河北平泉人。河北省诗词协会会员,作品散见于各级各类报刊。

七律·落花

满目堆花泪不禁，伤怀几许对谁吟？
已无香蕊开新夜，徒有残枝抱旧痕。
渐远韶华随梦远，更深野色入云深。
此时不敢登临望，唯恐春心伤客心。

七律·咏竹

千竿凝翠画屏围，深坐幽篁欲忘机。
遂慕高风怀晋士，还窥斑泪恸湘妃。
无常恨托空心表，纤瘦身同劲节违。
料是经霜经雪后，耐寒秉性不输梅。

七律·过法源寺

人间几欲脱樊笼，且避喧嚣在此中。
执念何凭终了了，机心虚妄具空空。
原无剃度求明戒，乃得皈依寄悃忠。
万法寻源归一寺，悟参春夏与秋冬。

七律·步韵宋高翥清明一首

几经沧海化桑田，律至清明犹怆然。
如幻浮生迷梦蝶，若丝细雨冷啼鹃。
飞灰漫舞荒丘处，股肉倾呈故主前。
纵有人间寒未食，君恩何以到黄泉？

七律·咏荷

一池清寂雨如烟，翠盖浮波年复年。
雨泪凝珠思越女，藕丝牵梦系吴船。
荷香入盏随时醉，墨客倾心恣意怜。
非是笔轻言不得，与莲高格总微偏。

七律·无题

尝闻大道总无形，忘我难凭一卷经。
悟化还应心寡欲，凄然最怕雨霖铃。
人间已惯多悲喜，世路何曾绝奉迎。
欲避喧嚣寻净处，依山傍水听泉声。

七律·题王质遇仙事

观棋不语净尘心，扑簌飞花落满襟。
三径风霜侵鬓老，四围山色入云深。
归时空见烂柯斧，静处忽闻盈耳砧。
料是人间非昨日，百年光景自何寻？

七律·秋思

万里关河暮色微，西风漫卷荻花飞。
平湖倒写寒山影，晚树轻披落日晖。
世事长摧青鬓老，神驹空载白云归。
遥看浩淼苍穹寂，玉镜孤悬谁可依？

杨英

女，1962年生，山东滕州人，大专文化，供职于中国烟草公司滕州卷烟厂。系滕州市诗词学会会员。曾荣获第二届"岳阳楼"寻春诗会铜奖、第四届"相约北京"全国文学艺术大赛三等奖。

五绝·悠闲

风疏听鸟啭，月落对溪声。
爱品杯中沏，花香心不惊。

五绝·雅聚有感

清风入我怀，挚友笑颜开。
忆昔少年事，诗情追梦来。

五律·春夜感怀

月明听杜鹃，依牖且凭栏。
脚恙门难迈，心烦夜觉寒。
荧屏问消息，微信祝平安。
忽感春风暖，相知心更欢。

七绝·烟

金叶拈来作笔耕，吞云吐雾意纵横。
今生莫笑世间醉，此物害人安可轻？

七绝·母亲节感怀

人世真情数母爱，无私奉献不凝氇。

— 1407 —

一生劳苦为儿女，恩重如山骨肉亲。

七绝·兰
寂寞荒山寂寞生，清妍淡雅自天成。
一生不染胭脂气，笑那花王富贵名。

七绝·春望
偶上山村信步行，柳花飞雪正清明。
牵情最是离离草，海角天涯枯复荣。

七绝·春雪
春来忽又北风紧，一夜山川着素纱。
惊得丈夫呼稚子，阶前笑说看梨花。

七律·上元节
东风催绽千林蕊，街市暄和气象雄。
展眼遥看灯海灿，登楼又赏月华融。
熙熙笑语伴歌舞，处处管弦萦夜空。
今夕辉煌堪入画，浮翠流丹焕霓虹。

七律·上善公园
树色葱茏沐惠风，水清草绿绕芳丛。
罟师荡桨欢歌里，钓叟垂纶轻霭中。
仰望飞鸢牵彩线，喜看翠柳伴桃红。
三分春色属于我，此处风光何处同？

杨瀛

字寰春，网名土圪塔。男，汉族，甘肃省定西市安定区内官营镇人。1946年农历3月18日生。自幼受过家庭文化熏陶，因家境窘困，只断断续续上了四年半学，1960年辍学做了农民。勤于自学，数十年如一日。1980年，走出家门，带领部分农民打工挣钱，在建筑工程中逼上技术行道，还做了几年工程师。因自幼酷爱中华诗词，挤时间博览群书，精心创作。近年在甘肃人民出版社出版了《杨瀛文集》（上、下卷），同时在各微刊发表一些作品。

七律·新柳
款款春风豁袅娜，千丝万缕舞婆娑。
柔生粹美情思重，翠绽清芬意趣多。
霭霭堤边青气绕，浅浅水畔碧绦搓。
如酥绿野娇匝地，唪唪莺声满树歌。

七律·祭棣（新韵）
三年手足梦篿塄，醒豁时辰未见君。
雁序分飞难认命，鸰原抱痛怆消魂。
田荆猝萎无重绿，姜被生寒不再温。
本是同根光与气，余还立土尔成云。

七律·裁诗之乐（新韵）
信手拈来一片云，痴心剪缀绘花纹。
涂鸦倏尔霞朝凤，镂豸蓬然浪卷鲲。
袜线萦怀牵曙雀，爝光引梦照冰轮。
虽生呿唾难成玉，自赏尘粪自养魂。

七律·裁诗之历（新韵）
无诗臆内如枯井，韵就心源见底清。
彩裔朝阳频入目，鳞波夕照更填膺。
沉酣激涌倾崖瀑，憬悟凝思破晓星。
芳草一棵花几瓣，搜来尽作点龙睛。

七律·慈帏弃养（新韵）
霹雷震魄来天宇，抢救难求万应丹。
泣血萱堂星婺晦，痛心子女泪流寒。
深更苦雨催人老，漏夜凄风入梦残。
悔恨由衷行孝晚，无缘寸草报春暄。

七律·龟化石
披甲书丹八卦图，爬行寸进不甘输。
背碑历载心无畏，辟谷经年体未枯。
悟道怀仁常静气，韬光养晦贯藏颅。
洪荒演变悠悠岁，化作珉砆寓意殊。

七律·咏野菊花

餐风饮露傲严霜，冷落荒坡不减香。
慢道山窝无雅韵，何知草野少华章。
芳菲莫管人欣赏，庶卉希图地显扬。
物候根深麻壤土，来年必定再辉煌。

七律·咏芨芨（新韵两首）
秕籽①（孤雁带群格）

瘪相孬名信望轻，粗观外貌不识真。
平凡赋有浑身劲，貌小勃发遍体神。
富丽街坊踪杳杳，硗薄婆地续尘尘。
谁说秕籽非芳草？且为盐滩撰绿茵。

注：①秕籽：芨芨草籽的俗名。

劲草

碱地滋生也是苗，含咸饮苦劲蛮高。
飞尘蓄意污原净，起暴存心挫不挠。
久旱仍然茎叶翠，频霖未损穗花娇。
奇葩点缀山河美，野草无名配绿涛。

杨永起

斋号青泥轩，别署槕堂。现为中国齐鲁文化促进会副秘书长，北京市齐鲁文化促进会副会长。为中华诗词学会会员，中国诗歌学会会员，中国书法家协会会员，中国收藏家协会会员，中国新闻出版书法家协会外联部副主任，人民艺术诗社副社长。

空山

青莲出水面，蛙叫伴清泉。
山色空蒙去，相隔一寸间。

春夜客居中普陀寺

雾锁春苗绿，风吹柳叶低。
客居无所伴，只闻夜莺啼。

日出风来一片清

小雾朦胧如梦境，岸边初闻划船声。
相望呼唤人不见，日出风来一片清。

山村雨后

杏林雨后踏黄花，溪水潺潺日暮斜。
牧笛声催鞭影歇，裁来七彩半天霞。

杨玉英

原是小学校长，退休后参加了肇庆市和四会市的作家协会，又参加了四会诗词学会和肇庆西江诗社。有作品在《家庭医生》《老人报》和《西江日报》等报刊发表。有《林间杨语》《玉树繁英》《大觉风韵》作品集。

排律·数风流人物看我中华

建国时年七十秋，中央领导各风流。
泽东立党得天下，朱德挥军运略谋。
主事少奇功绩大，恩来辅政业勋猷。
邓公设计奔康路，江老操摇致富舟。
胡总关怀群疾苦，近平注重众需求。
加强科技精培育，发展乡村力策筹。
反腐倡廉无止息，拍蝇打虎不停休。
开通贸易丝绸带，巩固邦交钢铁瓯。
社会和谐同创造，家园兴旺共长悠。
接班换届传承顺，华夏腾飞诗颂讴。

七律·向环卫工人致敬

洗街扫巷确艰辛，冒雨顶风除垢尘。
早起晚休时拾掇，寒来暑往日逡巡。
清污制度严依守，保洁章程实执遵。
感谢工人环卫士，城乡干净貌容新。

七律复字·丝绸之路带

异国经商开路带，丝绸之路续千秋。
纤夫舵路观陈迹，科路航轮看壮猷。

交往物流通一路,催生财路利三洲。
繁荣各路同昌盛,华路兴邦夙愿酬。

七律藏头·铸黄河魂圆中国梦

铸就神州屹史前,黄龙裔业古优先。
河掀解放翻身浪,魂系复兴腾跃篇。
圆满小康奔富路,中华大气换新天。
国人共享民生福,梦想成真乐晚年。

五律·冬至节咏

冬至迓朝阳,寒风伴冷霜。
青松挥翠袖,白雪闪银光。
天朗归人喜,路通车队长。
鸡鹅同敬拜,茶酒溢芬芳。

七绝·观奇石河瀑布(步李白《望庐山瀑布》诗韵)

一卷飞帘冒白烟,凌空直射似银川。
绕流奇石潺潺响,景色娱人别有天。

浣溪沙·咏竹

阅尽沧桑历苦辛,霜风冷雨未伤神。从来潇洒藐嚣尘。

映月骄姿临水影,凌霄劲节傲星辰。冲天拔地任情伸。

减字木兰花·学诗真快乐

良师授课,故事启蒙欢乐过。诗海携航,发智谋篇练句忙。

谈词论赋,酬唱悦愉增雅趣。防范痴呆,体健机灵幸福来。

杨泽花

黑龙江穆棱县人,小学学历,现黑龙江省宝泉岭农场职工。酷爱文学,作品散见《诗刊》《丁玲文学》《诗词月刊》《北大荒文化》《北大荒日报》等多种报刊。

浪淘沙·纪念九一八

帘外雨涟涟,泣隐苍山,秋风飒飒小窗前。童子不知今日祭,一味贪欢。

盛世改苍颜,勿忘当年,尸横遍野苦连绵。狼子野心今未改,时警心间。

浣溪沙·聚友归来

山路迷茫树两排,边城灯雪照长街。一行孤影隐尘埃。

聚友青城沽酒去,喧歌寒塞借春来。今宵心事莫相猜。

行香子·千里求学

雪霁晨芳,冬日寒阳。鹏程万里共风霜。不悲世态,为解愁肠。探心中愿,途中赋,蕾中芳。

春生妆就,尘盈质厚。纵才情桃李成行。奋飞四海,驰骋三江。愿志同道,曲同韵,梦同翔。

杨长华

网名江淮一布衣、临窗听雨、杨柳青青,江苏盐城人。中华诗词学会会员,江苏省诗词协会会员,盐城市诗词协会会员,盐城市作家协会会员等协会和诗社会员。

浣溪沙·斜风细雨不须归
(钦定词谱,韩偓:宿醉离愁慢髻鬟,词林正韵第一部平)

三月洋湾樱蕊红,杏花微雨细蒙蒙。扁舟短棹碧波中。

绿水悠悠流雅韵,清风习习拂烟篷。蓑衣垂钓是诗翁。

浣溪沙·梨花带雨入清明

(钦定词谱,韩偓:宿醉离愁慢髻鬟,词林正韵第六部平)

又是清明细雨纷,满园梨蕊沐春晨,素花带雨若啼痕。

天上有情同落泪,人间无计泣填坟。青烟灰蝶祭先人。

浣溪沙·枯枝牡丹香漫园

谷雨牡丹花满园,姚黄魏紫竞喧妍,游人骚客兴无前。

海水远移三万丈,仙姝降谪一千年。回望古道绿如烟。

杨照宇

河南省商水县人,爱盆景,好诗文,偶记闲情,煮字疗饥。

青玉案

壮怀莫与愁人看,怎又见、琴声断。横睨云渊窥星瀚。文心千古,休听天衍。笑把风流叹。

衷心不改朱颜换。欲待何时结花缙。怎奈缘因生聚散。愿同比翼,于飞相伴,痴作殷勤盼。

七律·咏竹兼自嘲

婆娑弄影月溶溶,蹲踞听蝉水淙淙。
自古笙箫皆寂寞,从来轻笛笑人庸。
无心汗简作贞节,有意朱梅恨未逢。
愿为双清同映雪,奈何个叶是殊容。

七绝·寄远二首

其一

同是流年失路人,一般彳亍一般身。
莫求芳节酬君意,我亦清心作竹筠。

其二

莫求芳节寄轻尘,我欲清心作竹筠。
同是流年同失路,一般彳亍一般身。

七绝·无题

又是人间四月天,云山如黛水如烟。
多情笑我恼春酒,醉卧芳菲不思眠。

杨正

网名易名。四川省巴中市恩阳区人。汉族,今年42岁。文化低(初中未毕业)是一名肢残农民工(三级;左臂因意外缺失,网上可查)。目前在浙江省嘉兴市平湖市乍浦镇保税区内扳鞍羊毛工业有限公司上班。喜欢中华诗词,自娱自乐。

五律·独居(新韵)

山巅独一户,四下少邻家。
早看朝阳起,夕观落日霞。
文人吟美景,老叟叹发花。
不复青年壮,龄高体愈差。

七绝·黄昏吟(水平韵,平起首句押韵)

夕阳暮霭惹人痴,河岸漫行抚柳枝。
谁说晚霞无限好,黄昏已近竟不知。

七绝·昙花(新韵,仄起首句押韵)

晶透如珠美韵添,沁香四溢缓轻传。
惊时一现便凋落,宛若不曾降世间。

姚崇实

辽宁省营口人,河北民族师范学院教授,河北省国学学会副会长,河北省诗词协会副会长,承德市传统文化学会会长,承德市诗词楹联学会会长,《承德诗词》主编。已出版学术著作10余种,旧体诗集1部,发表学术论文100余篇,旧体诗词1000余首。

七律·冬夜读廿五史
幽窗把盏独轻讴,亘古烟云尽入眸。
攘攘熙熙争一饭,生生灭灭急三秋。
人民几日食能饱,君主连春战不休。
风啸长天如鬼哭,月圆装满万年愁。

七律·咏雪
别有根芽落九天,百花难比雪花娟。
化身无数清寰宇,守志如初归垄田。
漫送吉祥均贵贱,同收皎洁乐愚贤。
风神美妙贯今古,感得新诗千万篇。

七律·立夏
三春忙碌小窗中,转瞬花飞满地红。
柳絮飘天难自主,云山照水易相融。
虽怀家国千千意,未有光辉点点功。
把酒独吟情绪乱,丁香一树笑清风。

七律·戊戌仲春晨醒抒怀
春来把酒望长天,欲放清江万里船。
覆岭桃花红滚火,随堤杨柳绿浮烟。
一生不愿由人管,四季皆欣任意眠。
潇洒无拘非自弃,新书几卷胜金砖。

七律·古铜斋来访
一酒一茶一炷烟,畅谈同饮尽陶然。
三坟五典寻陈迹,八代六朝论古贤。
月上窗前看梦影,霞喷户外诵瑶篇。
共怜懵懂无知者,却笑圣人言语颠。

七律·秋望
山清水净碧天明,独上高楼感慨萦。
万古文章宣大道,九州风雨扰苍生。
英雄无数埋荒草,孺妇有愁望帝京。
却喜如今红日起,轻吟暗祝国长宁。

七律·送春
匆匆桃李纷纷落,自古惜春情尽哀。
昨日花繁红映阁,今朝草盛绿侵台。
天行不可微停止,季改焉能倒剪裁?
醉赏东风虽不足,由她归去再归来!

七律·夏日休闲
人间俗务实难抛,尽孝尽慈情味高。
忙里偷闲观逸史,忧中寻乐品佳醪。
心游古代常他愧,眼望今时总自豪。
不逐浊涛充鼠辈,萧然独立诵风骚。

姚大全

安徽合肥人,安徽省庐州诗词学会,太白楼诗词学会,省诗词学会散曲分会会员。在省老年大学(包河)诗词班、省老年大学(滨湖)古典诗词班和市老年大学散曲班学习。诗词曲作在省内外书报刊和电子微刊上多次发表。

卜算子·入门地学 40 年有感
光影逝如飞,白发催人老。风景依稀似梦中,岁月峥嵘耀。
地质献青春,震苑勤研讨。衣带渐宽始不怨,明月长相照。

七律·喜上老年大学
烟花漫卷柳绦悬,姹紫嫣红白鹭旋。
致仕兴来温旧梦,学宫喜入续新篇。
诗词滋味醇如酒,歌咏玄机密似禅。
太极招招强体魄,心身康健寿延年。

七律·太极悟
太极刚柔韵味奇,个中妙义自明知。
腿胯呼应随腰转,肘膝相齐顺势为。
聚气凝神无杂念,吸呼配合有收推。
阴阳相合乾坤理,内外谐和万物规。

五绝·睡莲
花红凭绿叶，碧水显莲心。
静伫如仙子，飘飘引丽禽。

五绝·重庆洪崖洞夜景
琼楼鳞次现，绚烂熠生辉。
宫阙玲珑秀，金黄皓月微。

五绝·观鹭
莫莫池塘上，凝神视鹭翔。
天然虽可贵，处处少闲田。

七绝·武隆喀斯特地貌
武隆无处不妖娆，似画江山数你娇。
鲤跃涧溪猿吼啸，龙盘天堑鹜扶摇。

忆秦娥·重庆名片
山城俏，火锅夜景姑娘妙，姑娘妙，可人火辣，味醇麻爆。
建台搭阁依山吊，穿楼入地云车啸，云车啸，两江福地，恁多奇窍。

姚繁
湖北咸宁赤壁人。退休前任海南省商务厅副厅长。

七律·无题四首
一
祝融恣肆寝难安，上帝无言对晚餐。
种柳情怀江树老，换鹅生意墨池干。
迟迟钟鼓蜩螗夜，耿耿星河鹬蚌滩。
最是痴儿犹待榜，几番寻梦到邯郸。

二
扬汤止沸遍神州，日日奇闻爆眼球。
皇帝新衣金缕曲，囚徒困境信天游。
千寻组练横沧海，一片菌蝇逐溷流。
总有炎凉归节令，郊寒岛瘦听清秋。

三
后羿无弓射九阳，诸侯烽火戏幽王。
关卿不写三年旱，邹衍难飞六月霜。
喘月吴牛时忐忑，卧薪越甲正彷徨。
多情夜夜西湖舞，一阵风争一阵凉。

四
休从汞柱认高烧，天病难将扁鹊招。
客向港湾渲怨怼，鸟从池树听推敲。
金炉不断涔涔雨，玉殿长旋细细腰。
牛女相思终有了，零零晓露待今朝。

姚锋
女，网名人间四月天，山西吕梁交口县人，公务员，县级杂志《云梦风》执行主编。中国诗词研究中心暨中国诗词研究会会员，吕梁市作家协会会员。自幼喜欢文学，尤喜格律诗词、楹联，作品散见于一些报刊及网络平台。

七绝·新春
槛外春光去又回，无端底事独徘徊。
经年入世少知己，只与东君互往来。

七绝·春日
挹翠流丹三月间，黄鹂娇啭碧潺湲。
清风缕缕入轩户，卧看楼头那座山。

七绝·咏桃花
人间绝美武陵色，灼灼夭夭醉客魂。
最忆当年彭泽令，梦中仙境是桃源。
注：1、武陵色借指桃花。
2、彭泽令指陶渊明。

七绝·悠闲

闲听窗下燕莺啾，卧看白云天上游。
一盏新茶词半阙，浮名挂在柳梢头。

七绝·夏日
熏风艳日鸟蝉啾，榴火荷香槐荫柔。
近水遥山争竞秀，丹青用尽意难酬。

七绝·自嘲
一阵清风柳过墙，老身聊发少时狂。
折枝做笛任腮鼓，嘲哳呕哑笑一场。

七绝·"六一"感怀
翠碧榴红孟夏天，花儿朵朵舞翩跹。
犹思昔日童时趣，忽恨光阴一缕烟。

七绝·思母
天上人间二十年，思亲几度泪珠涟。
云中鸿雁几回顾，不见萱堂捎片笺。

姚磊
男，1970年生，枣庄市薛城区人，研究生学历，民革党员。系中国大众文学学会常务理事，中国楹联学会书画艺委会委员，中华诗词学会会员，中国工艺美协会会员，枣庄市诗词学会原顾问，枣庄市工艺美术家协会原主席。曾荣获第十三届、十四届"天籁杯"中华诗词大赛金奖等奖项。

七绝·秋思二首
其一 秋光
时光未老碧清秋，大漠胡杨唤绿洲。
水净山明平野阔，层林尽染醉寻幽。

其二 秋晨（新韵）
白云翠浪映苍林，草木摇霜露晓晨。
古寺秋华红似火，金风万籁色宜人。

七绝·流年三首
其一 相思
孤星断泪淡云霞，瘦月窗前看落花。
醉意千般心似海，忧愁万卷梦如纱。

其二 牵挂（新韵）
春风守候盛花开，眷恋阳光念满怀。
恍若云烟留记忆，天涯漫步盼归来。

其三 流年（新韵）
修篱种菊梦潺潺，岁月沧桑浅墨欢。
落叶丰盈流静水，心音袅袅阅千山。

姚敏
笔名尧黾，网名九丝原，浙江大学退休教师，浙江省老年大学文学研究会会员，常青文苑编辑。喜欢诗词，爱好创作，简单生活，诗意人生。

七律·中伏吟
彩云狂舞接朝阳，碧水轻波映翠墙。
白鹭腾空来力量，芙蕖怒放溢清香。
鱼吹细浪摇歌扇，蝉奏心音绕古梁。
幸有湖风新报到，浮生又得一丝凉。

七律·追凉
饭后追寻野外凉，官塘河岸逮风场。
路灯列队迎宾客，明月单身上屋梁。
红袖铿锵飞舞乐，蜩蝉啼啭劲歌狂。
夜神欲问炎天事，老朽安然入梦乡。

七律·感怀
从理抛文卌载离，旧年舞笔不言迟。
度娘助力分平仄，搜韵添花选措辞。
境界偶成佳句秀，至灵驾到雅言奇。
简单日子悠然过，诗意人生乐活驰。

七律·六五吟

六五春秋甩指间，举杯酌酒染苍颜。
花开花落三分意，潮起潮休几重艰。
破旧创新担小任，著书立说克新关。
如今诗赋为遨戏，一笑余生也等闲。

七律·秦山核电站观感

杭州湾畔起苍黄，九座机群运作忙。
核电精神惊宇宙，秦山诗意动天堂。
中华儿女多奇志，敬业勤劳谱丽章。
吾等今朝观世界，国之光彩五洲扬。

姚泉名

号涤庵，别署三些楼居士，湖北武汉人。中华诗词学会常务理事，海峡两岸中华诗词论坛组委会办公室常务副主任。著有《奢湖轩吟草》《竹笑集》《王羲之行书集字春联》《曹全碑隶书集字春联》《颜真卿楷书集字春联》《全文注释版传世碑帖（十册）》等。

昭关怀古

奔吴折楚已千秋，快意平生恩与仇。
故垒腾龙似鞭起，松风填壑若潮收。
国抛利器犹能悔，士得奴颜实可羞。
天下重逢费无忌，昭关锁处白谁头。

遂昌游汤显祖纪念馆

紫梁明瓦似当时，君子堂中一晤之。
妙笔勾魂称绝代，平昌遗爱足传奇。
梦留故馆花飞巷，琴置小楼风过池。
涉世情深偏作戏，不知醒得几人痴。

偕川中诗友游富顺西湖

幸焉鸿迹得同游，古泽城西为小留。
五里荷风入山市，一桥波影过茶楼。
士坟静拜花沾雨，蘴榭闲观鱼逐流。
曲岸深深秋树密，不知何寺午钟悠。

瞻红二十八军军政旧址

大军别后万山寒，反剿翻身战未残。
肆上游龙便衣队，峡中飞豹手枪团。
青碑字句须宣读，老屋门床且静观。
鹞落坪中多少事，一言结局恸心肝。

次韵雪湘明先生摘除白内障感怀

白纱障目恰藏光，百态昏昏喜近盲。
闲事可推因少累，贵人不识且伴狂。
蚕蛾但许充高凤，灯盏无妨当太阳。
秋水澄明何苦也，生涯又得费评章。

姚人杰

安徽省歙县人，高级讲师。安徽省诗词学会员、安徽省诗人之家成员、黄山市诗词学会会员。多年来坚持古典诗词创作、交流，有数十篇诗作发表。

五律·夏日山行

幽径蜩蝉噪，空山野客行。
溪湾听脆响，林表赞疏明。
云共炊烟淡，风随宿鸟轻。
无缘辞世虑，有幸遇兰英。

五律·立秋日观荷

立水千层绿，凌波百样娇。
浮香迎卧柳，碧叶绕虹桥。
云伴莲蓬翠，风随菡萏妖。
盈盈辞夏日，款款度秋宵。

七律·初秋偶感

电扇空调冰镇酒，难消酷热伏天长。
台风昨日行飞雨，碧宇今朝启烁光。
蓬雀昏昏枝叶静，池鱼隐隐苇蒲扬。

蝉声满树多喧噪，偶有轻风未见凉。

念奴娇·春风又绿江南岸

江南绿意，是东风渐暖，水阔云碧。杏李艳华芦笋嫩，霁野翠芽初茸。巷陌氤氲，园池明彻，烟谷兰香溢。新茶凝露，菜花黄遍丽迹。

丝雨暖日交加，草长林茂，柳荡繁英密。杜宇声声催稼事，莺燕翩翩灵翼。时过清明，山原鲜灿，多少轻凉夕。更须江笔，缀连章绣文织。

如梦令·惜花

鲜灿流香灵透。却是妙颜难久。枝上果新成，轻叹落英余秀。春后，春后，林下惜花人瘦。

眼儿媚·映山红

花露凝明映山红。流彩焕青空。几多淡冶，几多朱紫，娇韵丰容。

恋花长恐春归去，痴意守芳丛。层层锦簇，翩翩香雾，暖暖东风。

行香子·秋日有感

佳果盈枝，红叶连香。正秋浓、胜景韶光。温茶邀友，蟹酒临窗。看茶花姣，菊花艳，桂花黄。

多情易醉，怜风惜月，近林丛、终日芬芳。紫心秋水，忆念悠扬。似雨中楼，云中雁，画中裳。

清平乐·初冬偶感

草黄秋远。怕见西风卷。碧水泠泠犹余恋。忍送寒林南雁。

篱菊静谧闲清。暖阳霞照长亭。一缕含香暮色，欣然温慰霜英。

姚万春

男，农民，安徽大湖人。一直在家务农，从事种植业，养殖业。喜欢文学。从今年起，空闲时间喜欢古诗词创作。

五绝·闲思

凭栏思故客，伫听二泉吟。
浮月亲池柳，寒蝉歇绿荫。

五绝·时雨润田畴

青篱瓜果挂，楼宇九农家。
甘雨从时润，田畴着锦纱。

五律·闲思

闲时思旧事，望月眼迷离。
临岸依寒水，凭栏弄柳枝。
乡音寻不断，两鬓白如丝。
欲问双飞鹊，孤心却可知。

五律·云栖漫步

漫步栖桥畔，彤云欲暮时。
轻风熏野草，梦雨润凡枝。
知了鸣心乱，余霞树影移。
怡情思雅韵，触景赋新诗。

七律·乡村火热演非遗

蝉鸣高树小桥边，画卷乡村入眼前。
曼舞笙歌楼顶月，莺啼燕啭水中天。
鱼藏叶底风荷笑，蝶舞花心赤蕊绵。
民粹传承欢梓里，凝情砌玉寄松烟。

七律·赠老师

连屏诗国沁书香，吕府槐门锦雅堂。
日沐唐风寻锦句，夜熏宋韵续华章。
谆谆教诲堪明月，句句金言胜暖阳。
满目青荷相竞美，师生情谊共绵长。

姚宪民

陕西三原人，1948年11月生，曾任三原县教研室书记、咸阳市高级职称评委会专家组组长，咸阳市诗社副社长，三原诗词学会名誉会长。诗文散见于《人民日报》《中国青年报》《诗词月刊》《三秦楹联》《陕西诗词界》等报刊及各网络平台，并多次获全国文学大赛金奖。

游昆明池遗址公园步韵和杜工部

重光史迹建丰功，池凿昆明八水中。
秦地再扬鸿鹄志，长安又起汉唐风。
飞星传恨纤云黑，骚客兴怀荷蕾红。
饱览名胜叹过往，无才鹦鹉学诗翁。

池阳诗苑写真

春风习习沐桑麻，岁稔时和绽物华。
禹甸有天皆焕彩，池阳无地不飞花。
歌吟美善三原郡，诗教寻常百姓家。
才俊倾情夸盛世，唐音宋韵蔚云霞。

金婚纪庆

结缡五秩庆金婚，四世同堂丹桂根。
翁媪古稀开喜宴，女儿不惑奉犀樽。
频繁大奖降鸿运，次第春风入福门。
盛世夕阳无限好，相濡以沫秀黄昏。

消夏歌

溽暑炎炎热难当，平安消夏觅良方。
醋泡酸粉椒盐面，蒜拌黄瓜绿豆汤。
早起踏歌听鸟啭，晚归散步赏霞光。
悠闲怡旷吟风雅，心静神清自爽凉。

谒张良庙

先生处世性超然，本色英雄是圣贤。
博浪投椎谋绝后，鸿门逃宴智空前。
楚歌大唱思乡曲，项羽高悬自责鞭。
抛却利名烦恼事，功成身退做神仙。

自嘲自谑之一

夙兴夜寐总不休，辜负春风觅称侯。
目骋九州心漫漫，思牵千载意悠悠。
熙熙攘攘添烦恼，是是非非叹怨愁。
莫让年华如水逝，老夫骑鹤下扬州！

自嘲自谑之二

酒烟不嗜不偏茶，寡趣无才近傻瓜。
诗苑撷英重律绝，网坛争霸爱川麻。
输赢不缘孙儿赞，褒贬常因老友夸。
秘笈独门过日月，诗麻娱我不须花。

自嘲自谑之三

少年轻躁耍蛮横，信口雌黄说众英。
论智性疏讥介甫，领军勇乏贬孔明。
陈王浅恨怨秋水，唐帝深愁惜长庚。
回首生平难自慰，可叹一事竟无成。

姚秀华

笔名潇湘墨客。华夏精短文学会员，签约作家。迁安市作协会员。兴趣爱好广泛，写作不是职业，是心头之爱。

五律·友登泰山赠图之韵

峻岭嵯峨甚，松峰隔碧天。
玉京朝有路，风月向无边。
逆旅登临处，还游问洞贤。
至今齐鲁境，仰止此层巅。

五律·长城

作势潜云海，飞腾越塞山。
疆城曾遏控，荒漠自连环。
界岭侵霜色，危峰峙隘关。
戍边征战事，随梦入尘寰。

五律·七夕

丹桂逢甘露，灵风乞巧时。
鹊桥空化梦，云汉枉相思。
经纬分星斗，枢衡度凤池。
痴心谁了断，再会已遥期。

七律·回乡

客子近乡行未远，鹧鸪声里是新愁。
林芳疏雨分莎径，柳带和风向菊楼。
最忆去年垂钓处，闲情今日柘溪头。
偏怜岫霭山村杳，一水清波渡苇舟。

苏幕遮·中秋

看云风，谁望断。飞镜清明，凉透深深院。蟾桂香随佳节晚。咫尺天涯，遐迩秋时半。

菊添黄，红叶灿。松径霜痕，秋色今先满。曾拟音书分塞雁。寄向姮娥，聊解千般怨。

如梦令·美人桃花

人与桃花媚妩。满地香痕无数。笑浅问嫣红，幸自把春留住。归路，归路。忽忆那年崔护。

如梦令·昨雨清凉初透

昨雨清凉初透。晓霁不辞晴昼。蝶梦度蔷薇，花落不堪行酒。消瘦，消瘦。春意阑珊时候。

点绛唇·夏时所忆

尝忆园中，杏黄老树随时采。晚炊暮霭。灯火明村寨。菡萏半塘，君子多偏爱。愁何在？乡音不改。听雨来云外。

姚燕飞

湖南安化人。中华诗词学会会员，广东省作家协会会员，出版有长篇小说《不易之剑》《子夜无言》《风雨南山》，散文集《一曲和风遍大千》，近体诗集《燕巢燕语》，报告文学《刘国松和他的战友们》（合著），作品入选多种文本。

赴阳山神峰关神笔洞采风

适临休假得余闲，又赴神峰叩险关。
石浪松涛呼海啸，诗情画意听泉潺。
玻璃栈道通天走，塑料蓑衣援树攀。
藏洞借来千彩笔，与君舒卷画阳山。

青蛙自述

我之天地一池塘，喧闹休奔生计忙。
夜幕来时同促膝，晨曦照处各收场。
莫看井口观云小，却比楼头避暑强。
春夏今年晴更少，自当不负好风光。

福

养生黑豆屡增馋，大米糖高岂敢掺？
海味常思无口福，菜汤少饮怕盐咸。
烹诗佐酒来新意，容我居贫着旧衫。
万事中年皆看淡，平安活出已非凡。

竹林访友既返

欲赋新诗笔又收，叹春归去百花休。
听空鸣燕乌云散，趁假驱车故地游。
临到门前原路返，看来心里早随兽。
既然访友怀终遣，不遇回家致最优。

思游

晨光引雀趁鸡鸣，帘外安知已弄晴？
楼角春归风溜壁，街头车过水余声。
年来雨困将人困，此去天明带地明。
枕上思谋餐饭后，郊游正好见机行。

姚振龙

号字道厚德，1994年开始研究字道文化，历经二十多年，解析了二十多万人的手写信息字样，在原有的中华符号信息解析的基础上，形成了一套对手写文字信息解析和快速文字解析的方法；在二十余年的研究总结出，一系列汉字应用功能，研发出一个以汉字书写功能为主的应用产业。开发出近二百余项，可以申请世界性专利的文字应用项目，二百余万字的字道文化资料，《一字看透你》的知识产权拥有者，拥有文字信息的解析密码。观字识人、观字知病、观字明变、观字解惑。观字知人之本性；视字明病之未发；审字判庸之可否；断字料事之成败；解字懂意之潜在；析字记其之哲理。

八声甘州·符字

万年圣贤横竖惊天，符字缘来求。无知文字源，影行知落，一丝残留。东添几笔西减，乱涂事何休。唯有生灵水，潜悟静流。

河图洛书何处，借故多言说，思维难收。叹符号踪迹，知道何苦忧想阴阳磁场对旺，无极回、天际任游走。谁知我，预知此处，知足乐收！

鹧鸪天·随笔

我是闲云字道郎。求知问学独疏狂。曾借符字解幽怨，书写神信盖月章。

诗万首，醉梦香。双眼迷离看侯王。宁静清幽茗香俗，字形书写读阴阳。

千秋岁·万物知

几度春秋，万物多转折。阴阳相生有互舍。风雨疾时暴，草青叶黄节。看春柳，时光尽日花飞雪。

莫把星辰拨。混沌之间说。心易老，悟性学。循环何须往，生死终有结。明暗过，惊醒醉梦看残月。

一剪梅·父母

春花争艳果实秋。望子成龙，一生忙愁。期待云奇皇榜来，耀祖添时，泪满心头。

养儿不知水自流。人生一世，都是闲愁。此情无处可消除，财有几斗，花去几斗。

卜算子·夏雨

一伏雨浇头，末伏水收尾。日日湿气添潮湿，烦躁难入睡。

此汗流不休，此热何时移。但愿天庭知民心，五谷丰登众意。

长静思·心愿

长静思，在心间。无争无欲事相谦，贫富相遇心不寒。孤灯不明多相助，老少无忧免长叹。不让欢乐隔云端！

上有清正之长天，下有民乐之波澜。远离疾病忧愁苦，不说无钱生活难。长静思，神流汗！

野马

真名苏俊健，男，汉族，1966年生，初中文化。进城农民工。爱好摄影和古诗词。广西省纪实摄影协会会员，广西省诗词学会会员。作品主要发表在诗词吾爱网。

七绝·"八一"抒怀

旌旗猎猎舞神州，号角声声热血稠。
继后承前酬壮志，金戈铁马竞风流。

七绝·白衣天使颂

世俗尘嚣放一边，扶伤救死爱担肩。

抛家舍孝留遗憾，圣洁仁心义恸天。

七绝·世界读书日有感（十四寒）
玉指痴心恋键盘，诗书落寞倦高阁。
谁拿汉字羞仓颉，网语生编史册寒。

七绝·笼中鸟
本是林中快乐仙，无端被困竹笼牵。
虽然偶也开腔唱，怨语悲声那个怜。

七绝·黄昏
正是流霞泻碧池，徘徊柳岸却无诗。
夕阳又乘炊烟去，远望西街有酒旗。

七绝·钓翁
独对清溪赏俗流，春心早已渡千洲。
鱼儿莫笑痴翁傲，日落风生酒一瓯。

七绝·山村夏夜
夏夜微风雨后凉，池塘蛙鼓透篱墙。
村童戏闹追萤火，屋里鼾声在数羊。

七绝·叹七夕
故事年年此夜圆，银河渺渺鹊桥连。
人间悲剧谁编造，现代牛郎莫羡仙。

叶爱莲

浙江省丽水市药品检验所退休干部，副主任中药师。中华诗词学会会员，浙江省诗词与楹联学会会员，丽水市诗词学会会员。

五律·雁荡山夜景
月色屏山满，秋临觉景舒。
峻峰一枕梦，情侣万年初。
鹰猛威堪赞，鼠贪灾必除。
红尘多幻相，来客世情疏。

注：夜游雁荡山灵峰景区，拔地而起的合掌峰在蒙蒙夜色中极似一对拥抱的情侣。移步换景，又似一只展翅的猛鹰在雄视嚣尘……

七律·参观倪东方石雕艺术博物馆
清流润岫澹风烟，紫气封门引俊贤。
腕底无邪施绝技，人间有爱著新篇。
琼枝招展山花好，玉宇澄明朗月圆。
梦石通灵伴三友，情痴刀笔播春天。

七律·走访南城前垟移民新村
大梁山脚绿依依，华屋参差境久违。
风叩东篱数花笑，霞栖紫陌一鹂飞。
小姑窗下甘泉冽，老叟田塍豆角肥。
莫道路斜地偏僻，日高何处不增辉。

巫山一段云·锦绣江南音乐会有咏
酥雨潇潇洒，梅园春韵添。琼楼月色画桥涵。雅乐竞登坛。
玉笛催花艳，瑶琴兴正酣。天风骀荡好扬帆。谐律赋江南。

鹧鸪天·冬游天师楼
远眺琼楼仙境连，双峰狮象耸云天。霜凋冷坞枫濡血，日照层峦岚渺烟。
横涧水，入空山。寻幽揽胜越重关。清风拂面心神惬，真性真如悟大千。

阮郎归·丽水人游永嘉丽水街
新秋水阁壁生晖，长廊半月帷。古居倚槛对窗扉，门前绿柳垂。
情所寄，欲何为，老街往事追。灯笼清影暮云飞，令余买醉归。

行香子·梨花
烟雨霏霏，草木离离。淡梳妆，玉颊生晖。晨沾珠露，暮漾芳漪。集月之魄，梅之品，兰之颐。

晴风轻拂,烂漫荣熙。共青山,不负仙姿。长留愫节,雪压南枝。任享春光,怀春韵,入春词。

水调歌头·瓯江春

八百里江水,日夜蕴诗情。撩开生态真相,春意恣纵横。一脉清流千古,澹澹乳滋垄亩,初绿涨无声。鹭亦恋其秀,风软万山明。

六江源,通济堰,月同行。波连云汉,翻银涌碧向蓬瀛。山水苍茫有愿,五大连湖缱绻,荫佑四时青。虔写玉壶韵,草木焕欣荣。

叶华

居住江西省乐平市,是中华诗词学会、江西省诗词学会、江西省散曲社、江西省女子散曲社、景德镇市诗词学会会员,乐平老年大学诗词班班委。作品散见于《诗词月刊》等报刊。

赞科学工作者

国庆欣逢唱首诗,万千感慨梦犹痴。
孜孜探索夜难寐,默默攻研苦自知。
一路潜心寻奥妙,十年磨剑亮雄姿。
献身科技创精彩,引领前沿立俏枝。

抗洪救灾

天公肆虐干群急,携手巡查夜宿堤。
道水齐腰危不惧,浪滔扑面转迁移。
肩扛沙袋汗飞雨,手握铁锹身溅泥。
洪涝无情人有爱,军民合力创神奇。

徐霞客

穿林越嶂舍骑行,山色揽怀胸臆盈。
渡口苍崖观变化,源头活水探分明。
寻幽峰秀不知险,眺远壑深方始惊。
美妙风光飞笔底,宏篇游记博高名。

采茶姑娘

翠幽极目遍新芽,踏着露珠掀雾纱。
笑语盈盈腰系篓,歌声袅袅手拈花。
双眉舒展鼓催箭,十指穿梭刀剪麻。
汗水湿衫心喜悦,春风载梦抵天涯。

学陀螺

夏日广场趣事多,老翁兴起学陀螺。
眼盯溜溜心神注,鞭响声声悦耳波。
左手拉绳旋转快,右边抽打步移挪。
几番回合熟生巧,体健身轻背不驼。

农村新貌感怀

采风诵韵艳阳天,一路葱茏映眼帘。
旧庙茅棚杳踪影,新村靓舍起炊烟。
躬耕瓜果扶藜杖,摘采蘑菇入翠间。
莫羡瑶台云外景,置身此处赛神仙。

火柴

纤纤细骨脑瓜圆,静卧盒中无敢言。
划的一声惊夜梦,点燃星火欲燎原。

叶集成

浙江温州永嘉人,在职公务员。

五绝·暮春

葱蔚珠含叶,莺歌破晓吟。
残红凋寄意,化物护芳林。

五绝·小暑

炎热无常雨,温风入伏迁。
出梅惊促织,稻督润宜年。

五绝·杨梅

骊珠含露味,风候厚浓妆。

思忆馋涎滴，酸甜有你尝。

五绝·石斛花
玉剪温风贵，吸霞影附生。
清香沾露溢，本草罕稀名。

五绝·满觉陇咏
春芽龙井绝，夏气虎跑泉。
秋色飘金桂，冬寒满陇先。

五绝·电话情思
鸣铃千里寄，清脆问安亲。
侧耳遥知我，浮生近幸人。

五绝·南雁玉屏峰
径涉东南嶂，梯登华表峰。
象形融绝景，一处又游踪。

五绝·温州景山公园晨步
葱茏叶日新，莺语问来宾。
云气穿归袖，春风唤戒晨。

叶灵

女，现居浙江绍兴，2016—2018年就读中国美术学院花鸟研修班。师从刘建国、章利国、杜漫华、杨峰等名家。作品多次在市区书画比赛中获一等奖。现从事工笔花鸟培训工作。

七绝·玉兰
霓裳片片晚妆新，束素亭亭玉殿春。
已向丹霞生浅晕，故将清露作芳尘。

七绝·题荷塘清趣图（新韵）
翠盖田田出碧塘，氤氲犹带水波凉。
归禽欲下行还止，怕惹涟漪湿月光。

五律·琴
峄阳出古木，环佩七弦横。
挑指一为动，清音八面生。
广陵终绝响，白雪和谁成。
流水迢迢去，何人赴旧盟。

五律·书
简册留香案，规箴近墨池。
引经传法典，展卷纳忧辞。
字里集良训，行间遇故知。
千年风雅意，尽在不言师。

七律·题画
锦幄笋床小睡浓，逍遥宛在紫云宫。
隔窗哪管春迎夏，欹枕何关燕又鸿。
萌态时留帘外蝶，酣然但沐柳梢风。
薄嗔最是君呼早，我在廊西梦在东。

七律·玉楼春
素心剪剪翻轻雪，遥抱云衣成一列。
美人幽谷捧琼卮，卮上馨痕犹未绝。
拂襟应是香如屑，偶有疏红凌切切。
胡蜂疑蝶竟相窥，自向小园成独瞥。

七律·棋
闲抛棋子忘喧尘，遣兴抒怀度寸阴。
沈醉不知身所在，从容那管世浮沉。
痴儿总作兵家地，稚子全无角斗心。
漫将黑白收眼底，悠然月影落青筠。

七律·题牡丹图
倩谁若许画中娇，蘸取娥眉面上潮。
素纸移来红一簇，纤毫更点绿千条。
丹心浴火根难断，碧骨经霜叶不凋。
定有灵犀随皓月，为君烁烁绽蓝桥。

叶明增

笔名五峰山人、茶老皮匠,男,浙江温岭人。浙江省诗词研究院成员,宁波市作家协会会员。作品散见于《参花》《东坡赤壁诗词》《竹韵诗刊》《南国诗刊》《水韵诗文》等报刊。

爬山虎

新芽出北墙,倚石织青裳。
惯听涓涓雨,难逢点点光。
生微多曲附,地僻少芬芳。
何弃区身渺,向高寻艳阳。

藕

总把孤芳妒,谁知水底寒。
千丝连骨肉,百孔道辛酸。
傲世为名累,埋身秉节安。
人间多秀色,正味是清欢。

柳絮叹

絮满春江飞似雪,迷姿乱舞竞相喧。
无名古树千秋客,惯看风霜未一言。

村山晚色

江南四月碧连天,镜水汪汪隔陌阡。
日映耕夫归色晚,斜风不舍绕炊烟。

蝉

春花谢尽奈谁何?赤日当空我自歌。
朝与清风相寄远,夜和明月共消磨。
汁浆虽粝权填腹,薄翼无华且作蓑。
莫惧声高人不见,一凭流世说蹉跎。

浪淘沙令·齐天大圣

孰敢与天齐,舍我谁其?灵霄怒把众仙嘻。烈火刀山何足惧,从未头低。
矢志怎能移,一路朝西。奈何神鬼两相欺。待识凡间千种苦,自已菩提。

茶瓶儿·夏日感怀

落红归尘春已去,柳风乱、时晴时雨。莲满当年浦,故桥依旧,两两看花侣。
东水流长思几许。何似那、烟波丝缕。回望曾经路,一江愁绪,知向谁来语?

江城子·秋夜思怀

秋风昨夜染新霜,水初凉,柳青黄。叶自飘零,摇落一湖伤。伫立桥亭西望远,天寂静,月幽长。
老来怕是话沧桑,有疏狂,也彷徨。过往烟尘,爱恨且收藏。半世玲珑难作己,心纵苦,又何妨。

叶青才

笔名叶静,中国作家协会会员,中华诗词学会会员,中国散文学会会员,中国文艺家爱研究会会员,中国语文学会会员,高中一级教师,《岳西诗词》主编。曾出版散文集《源头》《秋天里的单音节》等7部,诗词集《逗雨庐诗钞》等。安徽省第三届政府文学奖获得者。

鹧鸪天·中秋

把盏邀君品素芳,浅斟诗韵到西塘,松阴桂影凝新露,锦鲤金蟾是华章。
千里月,一园香。裁寒剪暖好时光。嫦娥应伴人间老,膝下儿孙奉吉祥。

满庭芳·司空山下

放眼司空,矫鹰腾势,梦萦还在店前。长河蜿带,新市画图间。春自眉头先绿,柳桥下,莺韵初圆。茗香阁,黄梅小调,缔结往生缘。
田田,荷影动,娇花照水,知有金鳑。与山翁絮谈,亲挚流连。文化墙边一觑,只当是、锦地花天。新村外,蓝图又起,人物尽嫣然。

城头月·诗友
端阳日色濡山秀,更近河边柳。麦熟秧青,风轻意倦,懒把轻阴走。

忽闻远道来诗友,一似灵犀透。研墨铺笺,拈花卜吉,共试生生手。

长生乐·樱桃
恍若春莺吐玉珂。琢韵入纤萝。馔盘盛上,嫩指怕摩挲。倩屦西施微敛,波色晴和。蟠桃瑞气,只恐从来就无多。

青眸灼灼,压坠枝柯。人间得此娇娥。苏子在,馥荔又如何?敢教妃子重笑,霞灿马嵬坡。

浣溪沙·犬首吟
一吠何堪终岁功,却欣万木起葱茏。金鸡恍在杂花丛。

人立家山春不远,日融冰雪颊先红。寻梅对酒意无穷。

思佳客·在俄罗斯风情小镇
处处藤萝间杂花,盈圆歌舞自俄家。红看裙履频招客,绿对瓜蔬漫品茶。

循异俗,赏奇葩,蓝皮护照实坑爹妙龄少女甜甜笑,只合街边彩套娃。

浣溪沙·秋夜
手把一瓯紫玉壶,斟风酌雨不为孤。梧桐簌簌落清虚。

菊罢灯枯贪夜后,诗醒笔健晓星初。扬鞭意绪正当途。

南乡子·太白书堂
岩壁落残阳,太白仙踪筑雅堂。濡墨泉边遗古韵,芬芳,秀竹佳林含晚苍。

醪瓮胜千觞,卧涧青骢忆大唐。漫钓炼丹湖里月,何忙,且咏司空句万行。

叶远财

医科大学生,业余好写诗,对汉字情有独钟,故常有得,多感时作,厌今酬唱诗风,诗所出自是私揣,平日好古籍校排,现近成十多万字《镈津文集》的校排,虽枯燥,但愿借此良机抛砖引玉,让诗词在当代放新辉。

七绝·己亥偶寄
闲来日著诗千字,自似箜篌恨月藦。
胸宇百驰输白示,何期夜雨剪红时。

七绝·偶寄
梦里常凭诗换酒,醒来一落困交娱。
可怜白鹭裁霞幕,独爱青天泛野凫。

七绝·夏雨
满地菊花不适秋,一池珍箪夏声休。
平明何处寻苏子,北界南疆酹共酬。

五绝·无题
脐峰明月秘,风沁夜星孤。
方晓群山寂,朝歌酒一壶。

五绝·和《题水墨山水》
音色原无异,山川亦可同。
点开平素纸,人鸟宴清风。

五律·无题其一
置室新杯换,瓯白皮自平。
一酌邀五柳,二饮坐鸣筝。
仄仄绝平意,嘈嘈勿忍听。
年来霜落鬓,逸放绿沉汀。

七绝·无题其二
浮屠玉笔青天瀚,南岭松头寄我癫。
诗浩不关茶与酒,四周朱户解狂笺。

五绝·泉
挟壶探涧来,浩浩九寻白。
岚起酥人软,茗熟醉意抬。

叶振学
　　河北省承德市人,满族,网名深山闲人。部队服役15年,转业到地方从事党政机关工作(中间停薪经商10年),现已退休。从2018年底开始学习写诗。

七律·风筝
蝶翼龙头一线牵,乘风直入九重天。
扶摇云际空中舞,飘渺尘缘世外旋。
俯视高原观瑞景,遥瞻大漠覆祥烟。
脱缰任我三千载,小渡银河帆巨澜。

七律·怀念母亲
默默寒居萱草生,幽幽昔日母常行。
半盘野菜充饥腹,几碗稀汤映月清。
烧饭凌晨三径暗,缝衣深夜一灯明。
戍边报国难成孝,念起空悲泪水盈。

七律·雷雨
狂风突至墨云冲,天鼓齐敲震耳鸣。
引线万条牵大地,光鞭一道裂苍穹。
青山渺渺烟波里,碧水茫茫草木中。
涤荡人间污与垢,斜阳雨后架长虹。

七律·暮春
浮云满眼漫青烟,渐褪芳菲翠意延。
细雨绵绵淹岁月,彩蝶款款舞田园。
千丝岸柳牵终住,百啭林莺唤未还。
寂寞空庭春已晚,群花竞艳待来年。

七律·学诗有感
唐风宋雨畅千年,我欲登门数道玄。
昔日谋生失雅韵,而今养性补华笺。
喜逢盛世扬国粹,幸遇良师学圣贤。
烂漫夕阳无限好,落霞孤鹜共云天。

七律·漫步泽园
热浪蒸熏石起烟,闲来避暑向泽园。
依山峭壁浮云雾,傍水明池映绿蓝。
遮眼繁枝坪翠隐,秀林幽径雀寒喧。
游人络绎观光至,难觅清凉敬自然。

七律·初夏岸柳
风轻堤畔柳生烟,荡漾环湖碧水妍。
满目波光柔细浪,一湾紫气染晴川。
清莹倩影携香韵,娇嫩青枝入翠园。
奏乐莺声迷景色,引来骚客种诗田。

七律·笼中鸟
身居闹市小笼中,违愿殷勤百啭鸣。
纵有金屋千宠爱,奈何枷锁数重封。
尝观紫燕檐前舞,更慕蝴蝶草上行。
企盼门开天地阔,长空展翅共雄鹰。

夜轻寒
　　男,诗词圈资深小透明。师从染清尘先生。

咏上元纱灯
暂许人间一色均,千门万户竞璘璘。
且随终古纷华事,重煦经年冷落身。
衣薄不辞残雪夜,心灰仍贮酝花春。
倾城相照宁无报,共尽微芒敌月轮。

杭州岳庙联人诗
浴血撄鳞不恤身,西湖碑冢尚嶙峋。

青山有幸埋忠骨，白铁无辜铸佞臣。
咫尺灵胥齐化碧，千秋帝业一流春。
乾川莫问还谁手，依例笙歌起凤钧。

无题

过菊斋微群见孟教主重振葬花一派雄风，尚风云气郁儿女态，感而因作俳谐体长句壮之

莫叹时贤陨坠多，东山振玉复长哦。
葬花锄祭蛰龙血，刻烛毫翻隼尾波。
大纛当风由簸荡，群豪驰骛免置罗。
凭谁敢作娥眉觑，整饬江湖仰孟哥。

未雪

酿得梨云又散阴，剡溪将往兴消沉。
归来纵有梅花傍，惟欠玲珑一片心。

归乡

归卧青毡意若何，悲风老树夜摩挲。
平明料得残枝雪，不及家翁鬓上多。

一阿猫

一阿猫（平水韵）

责任知担当，为人更在行。
不才多意气，直性有肝肠！

五律·清华（最美中国系列，平水韵）

雪耻兴邦训，自强不息花。
群迁为抗日，两弹卫南沙。
经世当天下，英才共国家。
风云和北大，水木有清华！

七律·中南大学（最美中国系列，平水韵）

知行经世一流校，本博连读八载情。
向善求真当进步，有容唯美自光明。
齐家治国书生梦，望子成龙父母声。
古木参天何岳麓？潇湘使命是精英！

七律·南开（最美中国系列，平水韵）

在水一方津博士，读书四海我英才。
论文经史精神气，学子芳华菊竹梅。
万代传奇周总理，百年崛起夏南开！
有生热血天骄傲，无数专家国未来。

七绝·身体是革命的本钱（全民健身日感怀，平水韵）

一树何成长？长春亦健康。
栋梁知素养，风雨伴阳光。

七律·见贤思齐我爱诗（平水韵）

开心百乐打油痴，为赋千吟太白词。
两盏三杯清照酒，十年一梦遗怀诗。
东坡明月几时有，子建仙才七步思。
流水飞花春去也，无知回首泪如斯。

注："仙才"者，曹植、李白、苏轼三人耳；女仙者，李清照也；重光者，后主李煜也；青楼遣怀者，扬州杜牧也；打油者，中唐张打油，现代一阿猫也。

五律·鹰扬旭日中（平水韵）

野外凌云上，鹰扬旭日中。
江湖当自在，岁月任长空。
嘹亮歌孤曲，回声唱大风。
纵横常塞北，浪迹老山东！

五律·也说千里马（平水韵）

千山当踏遍，匹马自豪情。
明月无痕过，残阳有我鸣！
长风何满道？远景又一程。
原野三生梦，江天万里行！

破阵子·开天辟地70周年（词林正韵）

七十年来解放，五千余载文明。富国强兵多少代，大道一程又一程。中华有俊

英!

昔日郑和南海,今天峰会东瀛。母舰银鹰华领地,北斗东风天上星。红旗伴远征!

伊如 谢静

2018年7月开始文学艺术创作,获得第四届"中华情"全国诗歌散文联赛银奖,2018年"四海杯"海内外诗联书画邀请赛银奖。2019年成为中国诗歌学会会员,中国散文网会员,华夏博学文化交流中心会员,中国百家文化网专栏作家,高级书画师。

太湖岸

石霞铺就太湖远,有太极,座锡山。无极中诉方物存,湖情依意好人家。

梦里伯瑜乔樽仪,青瓦街,水墨溪。游靠垆月钟语慢,烟出香柴雾晓醉。

水麟坡下春桃笑,古州夜,留寒影。吴殷范林遥客问,曲岸幻典景洛洲。

江湖

江南之,情载太湖,太湖湖伴长江水,天堑沟壑,亿万连年,也是芳华也是松,酒肆琴溯荔,答曰秋景还。

有心有意有画,缀索桥头,檀声涓涓,沽锡江愿越勾缱,箫语魅,其多智茂赴,崤丘典故旧,如新瀛岳煮梅地。

褚茂

仙句从中可,茂以还心系。云鸾片斯远,景空沉舞舫。

华芳

天上樱花地上芝,随云飘来你芳沐。彩虹越,坎土奇。

魂若翩翩霞子衣,岁岁度,年年筱。情人人情黎既艺。

七律·古容

马声移路可晓昨,街茨林言忙晚清。低户高楼人也禄,盐藤鹤语家乡过。梦里寻容梦醉划,墨色江南古意中。

秋戚

思节忆种春,雨中夏忽至。
短长在离秋,过于冬藏之。
冬里画芳请,春梢别刻鎏。
犒夏有猎送,寄秋苦心储。
秋送秋可心,夏予夏言快。
冬知冬晓厝,春辞春声惑。
可见夏梦冬,冬不以秋度。
秋玉暖春给,春顾秋典枯。

端阳寄塾·语屈原

久濛知九歌兮地录,琪郭刺天问,生天地启当阁兮凭莫,层层渊应谁。到真才之金兮乱谩从,命炉见重,离礼离世离骚,无奈之客兮去依。

龙辩知首要,新湖浅不旗,度身货忘毒月日,晓风节听,万步千年,岁岁苦请忆,铎信吾辈念不轻。

伊生晖

笔名树韵,女,系中华诗词、内蒙古诗词、巴彦淖尔市诗词会员,巴彦淖尔作家协会会员,磴口诗词学会副会长,作品散见于《诗选刊》《诗词月刊》《内蒙古诗词》《巴彦淖尔诗词》等诗刊,并有数十首诗歌被多家出版社收入相关文学作品集。

南歌子·听雨

一夜清凉雨,悬丝织翠烟。夏来杨柳

舞蹁跹,涤去尘埃疲倦。风里偷欢。

屋角摇钱树,窗台四季兰。听风听雨不相关。悲喜自难言表,索性悄然。

南歌子·佳人有约

玉指春葱白,纤腰骨肉匀。一潭秋水撼人魂,扇底香风微动、思绪纷纷。

浅笑悄然失,朱唇略带嗔。素纱飘起掩羞痕,心事乱添烦恼、缓望浮云。

卜算子·咏柳

滴翠入红尘,摇曳天涯处。缕缕青丝绕晚风,落尽章台絮。

无意惹岚烟,愿为山河舞。月挂枝头寂寞时,自有风流句。

卜算子·咏梅

谷底傲严寒,岭上迎飞雪。一寸冰心一寸香,任尔西风烈。

冷月渡花魂,竹笛空凝噎。千种情愁暗自消,只有天真色。

卜算子·题街头树墙

也盼早开春,也自三更醒。未等扬头剪刀来,哪有成才命。

晓月挂邻枝,风过摇残影。洒下沉思与天知,长做街边景。

排律·佳人

歌管楼台舒广袖,秋千院落嗅青梅。
时听丽影斗强盗,常见娇身托粉腮。
如梦令中留寄语,满江红里起惊雷。
罗衣飘过幽香在,秀发滑行清气来。
弱柳拂风情未了,冰魂傲雪梦依偎。
迎曦莲步敲希望,破雾莺声绿九垓。
杏眼流波流蕙质,修眉敛黛敛徘徊。
怎无烦恼双垂泪,纵有伤心不自哀。

一寸相思明古月,百行寂寞厚尘埃。
鸣环曳履押陈酒,佩玉仙姿辨远楷。

以琳

原名王湛,字文渊,1970 年 4 月生人。居湖南岳阳洞庭湖畔,捉花间几个音符,翻湖上半页闲书。笔涉小说、散文、随笔、诗词、书评、影评等各种体裁。

七律·兰花

柳外斜阳下绿汀,巫云泊处草萌青。
不吟骨感随波曲,只慕眉弯洗剑亭。
花淡唯从深谷嗅,叶疏才合浅风听。
静看山水迷蒙里,一缕寒烟一缕馨。

七律·夜合花

娇藏月下岂因羞,心事何须对夜求。
几许风情难尽说,无多烟雨可零收。
枝垂玉色玲珑梦,叶拂天香寂寞洲。
抱影空遗杯底醉,一花开处一层秋。

七律·病中偶得

久病何期挽素颜,寻常总觉未相关。
从风来处知平淡,自雨停时捡空闲。
一世飘零凭此歇,三生烂漫与谁还。
天堂若许留痴念,可有余灰不必删?

七绝·秋风赴约

色未调匀马上催,鞭花落处洒千枚。
唯留霜白与君约,君许轻红兑一杯。

七绝·航标船的守望

八斗湖风永未嫌,凌波灯影一标签。
往来多少离人泪,都和孤心海底盐。

七绝·记岳阳洞庭湖畔历代
名诗碑刻长廊

多少孤帆泊古堤，羁愁留在岳阳西。
一千三百年前句，历历分明石上题。

鹧鸪天·炒茶师
　　掌底风流香动时，性融心合少人知。
深推毓秀嗅卿味，浅捺钟灵拎我思。
　　听茶语，赏花姿。半生寂寞不曾移。
于云起处拈纯粹，抖落芬芳自有痴。

浣溪沙·秋月
　　秋夜凉风起月华，一丝一缕照千家，
可怜游子在天涯。
　　无故闲情依桂树，有心愁絮托芦花，
但听逝水搅流沙。

易呈学
　　中华诗词学会会员，江西省作家协会会员，江西省诗词学会会员，九江市诗词学会会员，九江市作家协会会员。

烛心
书案烛心双泪垂，云栖窗畔两萧吹。
芭蕉檐下吟一曲，茗冉青烟乱绪随。

秋冬
秋冬一逝梦难追，莫使金樽待月催。
佳酿良时当尽饮，人生快意醉中归。

宏图大展
谷雨过后秋欲归，冰天雪地把冬催。
如日中天人生路，宏图大展奋力飞。

吟秋
一庭桐叶落纷纷，更有啼鸪向晚闻。
意欲高吟秋不许，茱萸插鬓带余曛。

梅花

飒飒风声杂雨声，漫天落叶暮江城。
疏枝不耐秋空寂，强扯衣襟动客情。

怀旧
寒烟漠漠雨霏微，野陌悠游久未归。
何故秋山能系我，只因别梦怅难挥。

四季
春色恼人朵半开，夏莲水底正怀胎。
秋花又着黄金甲，冬雪瞬间入户来。

恋情
恰好人情难再得，优游岁月久牵连。
有瑕美玉人多指，白首青灯倚枕眠。

易凡
　　女，湖北省广水市人，广水市人大常委会第五、六、七、八届人大常委会委员，现为市人大常委会教工委主任。系中华诗词学会、中国楹联学会会员，湖北省作家协会会员，湖北省楹联学会、诗词学会理事，随州市炎黄文化研究会理事，广水市文联副主席、作协副主席，广水市诗联学会会长。

七律·广水花田端午吟
时逢端午糯幽香，又嗅花田阵阵芳。
蝶舞朱藤飘锦圃，风吹碧桂绕河梁。
离骚一曲天涯诵，风雅千年广水飏。
忽见嵩山折艾叶，祛邪我续楚辞章。

西江月·漫步滨河
　　鸟语花香蝶影，小桥流水歌声。公园舞剑总牵情，景泰民安世盛。
　　水岸垂杨万缕，滨河激浪千层。车流滚滚喜迎宾，明月清风笃信。

李启凡赴美两周年归国有感
启凡赴美两冬春，学者访询倍苦辛。
挥笔科研连昼夜，论文淬炼费精神。
爱妻围产愁难顾，襁女柔疼梦欲频。
家国入怀情不舍，且看华夏海归人。

清平乐·马坪风物
人文炳焕，风物千秋灿。落印潭头凭染翰，惊起群鸥点点。
遥天淡月疏星，玉溪翠柳娉婷。共仰詹王美誉，四时食客盈庭。

春游黑龙潭（和左林森、邱名二先生）
公务兼差难有闲，受邀四月赏清潭。
长廊十里常飞瀑，翠叶繁枝偶蔽天。
凤舞烟云临妙景，龙腾涧石共流泉。
瑶池半日神仙聚，尤喜岩崖绽杜鹃。

晨练太极有感
早春天尚寒，嫩绿始嫣然。
雏鸟鸣声促，印台太极圆。
凌波云手舞，微步玉丝缠。
日日不曾歇，身强志更坚。

诗咏长江
破壁穿崖出川藏，激流滚滚向东方。
波摇万顷鱼龙跃，泽被千畴草木芳。
神女惯看秋月白，瞿塘偏爱暮烟苍。
青山排闼送舟楫，呼啸高歌入海疆。

霜天晓角·菊
千霜百折，更有秋风切。万花飘零凋敝，碧草萎，黄叶别。
韧绝，金菊烈，郊外惟有月。雅韵浸阡陌，暗香处，君子悦。

易建国

浦江夜游
夏夜星繁月似钩，游轮劈浪笛声悠。
浦东奇景沧波映，世博琼楼脑海浮。
绚丽明珠投彩练，恢弘隧道越鸿沟。
风光猗旎尤磅礴，合璧名川万古流。

上海沧桑
璀灿明珠耀夜空，幕墙庄重海关雄。
曾忧外贸遭夷控，更恼华人与狗同。
领馆门庭趋冷落，洋侨举止变谦恭。
一从淞沪腾飞后，欧美巨资投浦东。

易金星

男，汉，1947年农历2月19日生，中共党员，高小文化，湖南省攸县网岭西塘冲易家场人，已退休，现为攸县老年大学诗词文学班学员，湖南省诗词学会会员，攸县作家协会会员，攸县诗词楹联协会会员。

七律·开国大典喜开颜
京都大典划时代，民众跃身站起来。
旭日紫光喷吐灿，升旗首领笑欢台。
国歌震撼呐天籁，革旧鼎新盛展开。
跨步踏前豪壮举，鸽翔空阔碧蓝怀。

七绝·响水流声——毛主席重上井冈山车过攸水码头人力船渡
主席车座过船渡，天日瑞光月转瞳。
江水流云西向淌，叮言重语架桥横。

七绝·贺新春
闻鸡起舞晨光照，红日东升紫气高。
国泰民安开口笑，山河锦绣放歌豪。

七律·爱戴领袖习近平

诲人牢记始初心,马列光辉传继承。
审领时局开拓路,中华龙马启新征。
策国安泰惠民生,废寝忘食披月星。
赤胆真情博众爱,复兴巨厦乐哈盈。

七律·鲜红党旗在飘扬
——"七一"今更添辉煌
苏俄十月炮声响,马列传播四海扬。
华沪诞生中共党,南湖灯亮启船航。
大山三座推垮倒,黑暗势除尽扫光。
劈地开天描绘画,征程万里日辉煌。

七律·首届中国国际
进口博览会(上海)
单边主议霸欺侵,无理强加关税金。
缚茧自寻成魑魅,生性独裁目无人。
中国着力放开门,进口提升商贸振。
互惠多边皆受益,客朋满座笑欢心。

调笑令·上合组织青岛峰会
青岛,青岛,海阔深蓝浩渺。相聚朋友如潮,
史载风帆妙高。高妙,高妙,上海精神光耀。

易梦然

七绝·故乡情
乐愿随风去回乡,桃源美景吾瑞昌。
松林竹海笋满地,四季如春花果香。

七绝·清洁女工
一步一摇寸步行,鞠躬尽瘁丈夫身。
不分轻重脏而累,万苦千辛自更生。

七律·摘茶子感赋
国庆佳期故里还,无边无际茶籽山。
每当寒露银花海,一到深秋金果斑。
树树颗颗油似溢,坡坡岭岭画连环。
欢声笑语丰收季,醉意诗情笔底间。

七律·秋望
新凉风送已仲秋,大地更妆一望收。
满畈稻田金灿灿,丛林虫鸟乐悠悠。
南迁鸿雁寻春至,北眺芦花逐水流。
菊瑞枫丹撩醉眼,美图撷取作歌头。

七律·赞故乡
四面环山我的家,朝红夕彩满天华。
临门竹翠深林鹊,远岭松葱浅岗杉。
春季禾秧翻绿浪,秋时稻谷荡黄霞。
年年都是丰收景,代代安闲喜乐奢。

清丽双臻·新农村
昔日幽篁里,移山添壑建新村。龙凤呈祥屋光闪,瓷砖明亮瓦青银。高速路口旁,精心策划形。
别墅立,蠢娉婷。树起宜丰奇迹景,开发僻壤惠民贫。竹翠深林千草绿,华堂毓秀万家春。

易绪进

男,1947年生。中华诗词学会会员,湖北省诗词学会会员,石首市诗词学会顾问。

游灵隐寺
灵隐堂中访济公,佛心应与旧时同。
昔年破扇今何在,可扫人间不正风。

农药工人吟
吸尘尝毒只为农,微薄工资不计穷。
一片苦心谁识得,要除天下害人虫。

登西安古城楼

古城雄伟接云天，旧巷新楼记变迁。
水富秦川三百里，粮丰华夏五千年。
周王唐帝功何在，光武始皇名不全。
喜看神州今胜昔，辉煌改革换人间。

过三峡大坝

平湖高峡势如何，一坝横天截浩波。
闸泄九霄飞玉瀑，舟腾五级上银河。
阳侯泪洒巫山雨，神女欣弹盛世歌。
千古奇观怀李白，敢吟白帝彩云多。

遣怀

柳暗花明六十春，沧桑物事悟迷津。
命中风雨休回首，眼里云烟堪笑人。
昂首无冠终是福，举杯有酒岂为贫。
此生肝胆鉴天地，山水长怡自在身。

自广州飞武汉即兴

粤海展鲲鹏，扶摇上九重。
云涛足下过，宇宙目中空。
俯首山河壮，巡天气势雄。
神仙何及我，万里驾长风。

意共云飘

本名刘仕周，重庆江北区人。诗词、楹联业余爱好者，犹其酷爱古典诗词。现为某企业中层管理人员，工余喜欢阅读、写作、登山及棋类等业余活动。但求以诗会友，以心换友。

临江仙·雪

褪尽残秋凋百木，南楼向晚西风。琼花飞过柳墙东。一枝梅独放，香沁玉魂中。
满眼山川银素裹，冰肌莹骨苍穹。淡妆日暖尽娇容。乾坤清万象，但寄此心同。

七律·七尺男儿（坡底韵）

七尺男儿四野家，纵横环宇趁韶华。
倚天揽月酬鸿志，劈海扬帆拥浪花。
马踏疆场能匹敌，身登重岭亦吟霞。
归来应是高歌凯，把盏临风细品茶。

五律·登八达岭长城

策马跃前川，平生意快然。
云横燕赵外，岭接漠荒边。
阻势强胡断，回峰玉带牵。
兴亡千古事，抚慰旧秦砖。

七绝·暮春四月

人间四月水风清，绿长红消草木荣。
莫道春光容易去，枝枝脉脉满含情。

七律·徒步黑山谷

登登山路绕溪行，心有余闲步若轻。
泉响凌虚湍石出，疏风曳袖送蝉鸣。
忘忧谷浅寻鱼影，踏径幽深问鸟情。
谁识谷中真景色，白云飞处听樵声。

殷广兴

1965年生于河北丰宁，工商管理硕士学位，高级经济师，河北省专家库评标专家，中华诗词学会会员，河北省诗词协会会员，承德市诗词楹联学会副会长。已在各级报刊发表诗词100余首，并在各类大赛中获奖多次。

七绝·克什克腾石林村

星洒珠排蒙古包，擎天双柱入云宵。
大鹏展翅从天落，风起草原如绿涛。

七绝·游南京莫愁湖

脚踏斜阳绕水游,烟波一望白悠悠。
残荷自叹花容谢,冬来春去君莫愁。

七绝·游西湖
西湖灵隐尽情游,鲜品醋鱼楼外楼。
纵使西湖助诗兴,只言片语不曾留。

七绝·壶口瀑布
千里黄河一束收,冲出壶口尽情流。
洪涛怒吼烟波起,万马奔腾争上游。

七律·攀峰
独上高峰叹路难,攀岩拔草越溪泉。
奇花满谷无暇顾,怪柏凌空有意观。
风雨忽来人欲倒,霓虹乍现鸟皆欢。
不觉已到苍山顶,回首长歌天地宽。

七绝·函谷关
险道天开函谷关,青牛老子隐其间。
如今此处已无险,道教悠悠万古传。

七绝·静思
秋月春花夏雨风,梅花伴雪丽严冬。
若无俗念心头挂,四季皆居安乐中。

七绝·国道干线路
穿山越岭气恢宏,千里奔驰半日程。
翠嶂苍崖分两侧,丽阳迎面照霞红。

殷恒孚

　　江苏盐城人,1937年生,自幼爱好文艺,工人出生,退休前已有文艺作品发表在报刊上,有作品发在《人民日报》文学作品版上,退休后开始学诗词。现为盐城市民间文学工作者协会会员,江苏省扬子诗歌分会会员,盐城市诗词协会会员,莱芜诗词学会江北诗词学会会员。已与卞毓方先生等人出版《芳土花雨》。

七绝·又背书包上学堂
春到人间喜若狂,心如灵鹫纵翱翔。
耆年矍铄还当幼,又背书包上学堂。

七绝·过荷塘
清波三尺拥莲开,擢取幽香揣满怀。
月下无人为耻笑,铺于枕下作题材。

载月驰归舟(五古)
云洁芦花扫,波泠鲫鲤游。
晚风和苇语,宿鸟送声柔。
缓缓渔舲划,悠悠雅境幽。
一心专玩赏,二羡生态优。
无视官场事,潜离市嚣忧。
迈年驱苦恼,天地一沙鸥。
渐解胸中悒,淡忘世俗愁。
诗词新获句,载月驰归舟。

钗头凤·宵潇雨
宵潇雨,晨晴煦,满城秋色清寰宇。
衰赢柳,身消瘦。一腔愁储,百年疏漏。
咎!咎!咎!
天无语,地容许,世人共信谁能拒。
年耆者,心雄有。冬春循序,龙争虎斗。
守!守!守!

桃源忆故人——贺改革开放40周年及南海阅兵
春来粉碎寒冬锁,冲出蚍蜉缠裹。天宝物华升坐,带路神州舵。
无端画角催烽火,长铗试锋惊座。海底天庭场所,待灭狂魔祸。

忆王孙·归燕问路
归燕问鸭旧房东。遥指黄花篱落丛。

— 1433 —

碧瓦高楼别墅红。没烟囱,长有梧桐深院中。

七绝·畅想曲
长城俯视十三关,秦岭蜿蜒曲曲弯。
带路含春茶马道,金沙绿柳舞群仙。

浪淘沙·颂回归
百载屈低眉,九七回归,紫荆绽放更光辉。合浦还珠高举处,不再卑微。
豪迈享春晖,掸尽残灰,面临南海洗翎飞。猛虎翼添奔世界,步步旌麾。

殷丽君
女,1980年12月出生,齐齐哈尔人。一级教师,在黑龙江省尾山农场学校工作。喜欢文学,作品散见于《黑河晚报》《绥化晚报》《黑龙江国学教育》。

七绝·假日与婆母村郊栽苗
风和日暖去村郊,婆母携孙育幼苗。
浇水施肥禾更壮,只缘顺意雨潇潇。

七绝·小满
绿柳轻拂蝶恋花,燕飞过水戏池蛙。
庭前信步无风雨,小满时光乃最佳。

七绝·咏丁香
通身粉蕊立衢旁,招惹蜂蝶炫舞忙。
嗅到今春香气重,南巡紫燕早回航。

七绝·远望
云过山梁绿满川,青松翠柳自安然。
当年栽下排排树,已是巍巍映眼帘。

七绝·夜读
唐朝李杜宋安石,明月一轮总入诗。
夜半轻翻黄卷册,思今忆古措新辞。

七绝·观喜鹊觅食
花间踱步觅虫食,左右逡巡避险机。
落地谁识模样异,腾飞却是憩高枝。

七绝·迎春花
尖芽连翘漫街旁,月色苍茫更风光。
我自踟蹰花不语,轻香弥散醉徜徉。

七绝·戏水
戏水沙滩若许年,白云片片向山前。
轻风絮语船边过,明月悠悠几度天。

殷维明
汾阳芦家垣村人,1976年入伍,从军20年,1996年团职干部转业。在南方电网广州供电局工作。历任书记,纪委书记、副总经理、工会主席。研究生学历,获工程师、高级经济师职称、南方电网专家。退休后爱好国学、诗词、书法。兼任澳门孔子研究会副会长,广州市日报文友会会员,广东省诗词学会会员,山西省汾阳市商会名誉会长(秘书长),广东汾中校友会会长。

七绝·观云山
五月清和雨乍晴,云山当户转分明。
林深树密虫鸣处,时有清凉不是风。
注:在家楼上观白云山有感而作。

七律·毕业感言
——百大诗词鉴赏班结业
鉴赏诗词耳目新,书山学海觅知音。
采来雅韵梳银发,餐尽唐风讨暖馨。
攀上高峰窥皓月,偶开天眼觑红尘。
风花雪月翻新调,绽放心花最可人。

七律·八一有感

南昌八一炮声狂，工农起义建武装。
猛虎勇士破敌阵，抗倭驱蒋战旗扬。
枪林盛结胜利果，弹雨普写盛世章。
正步铿锵沙场秀，捍卫和平中华强！

七律·九峰山
——游九峰有感

一轮红月挂山边，聚集凉亭异花赏。
踏进九峰云山尽，起伏不断更绵延。
高峰矗立巍峨在，美景休闲笑问天。
山峦起伏呈绿色，休闲娱乐享天年。

七绝·七夕寄思情

七夕星空彩云飘，织女牵牛会鹊桥。
背井离乡寄深情，仰望银河托思潮。

殷毅中

1944年生于江苏省无锡市。1963年高中毕业后，赴射阳县淮海农场。1979年返锡任高中英语教师。历任教务主任、副校长。2014年退休。中华诗词学会会员，无锡市诗词协会会员，碧山吟社社员。

太湖春涨

浩渺具区江浙通，湖天一色入空濛。
春深屡见商羊舞，水涨方知桃汛泽。
点点艨帆随浪泛，群群鸥鸟绕船冲。
众峰培塿逶迤卧，海立云垂瞑望中。

龙山九峰

锡邑城西蟠卧龙，群峰秀出九芙蓉。
层峦叠嶂白云伫，曲径疏林翠鸟雍。
俯瞰犹如螺髻绾，仰观有似画图供。
丘陵起伏千年在，毓秀钟灵世代逢。

南禅寺宝塔

矗立浮屠映碧空，枕河古运胜丛东。
五颜六色妙光异，八角七层高筑雄。
栵比瓦甍呈炯耀，和鸣金铎入天风。
劫波历尽终无废，俯仰皆成过与功。

注：南禅寺建于南朝，号称"江南最胜丛林"。相传塔内发生过五颜六色直冲云霄的妙光。故名为"妙光塔"。

泰伯遗祠

泰伯遗祠梅里留，漫寻古迹溯千秋。
文明独创开蒙昧，国位三推称至优。
槛外青松披翠碧，堂中塑像冠龙旒。
圣谟万代令人仰，淳化吴风扬九州。

窦乳泉

甏甏潜虬神濩钻，澄明可鉴昊天宽。
银华总总滴千乳，雪窦盈盈穿一端。
有泽予民难竭井，无闻于世远幽兰。
何须非经陆公目，泉自品高名自冠。

注：宋翁挺《窦乳泉记》："水之品题盛于唐，而惠泉居天下第二，人居于今莫敢易其说，非以经陆子所目。"

重回淮海农场

淑气花香旧燕来，农场新路共徘徊。
绿田黑土青春冢，白日黄鸡榆景鲐。
纪念馆中瞻故辈，住房墙角认前苔。
半天短逗泪垂别，再作刘郎能几回？

注：①鲐，老年人的代称。
②刘郎，唐刘禹锡《再游玄都观》诗："种桃道士归何处，前度刘郎今又来。"此处借指重来之人。

七律·次韵韩修乾老师赴加拿大
定居赠诗兼寄别意

秋意阑珊落叶黄，锡山林树入微茫。
柳枝湖岸依依摆，雁翼天陲缓缓翔。
桑井别离非我愿，枫林居住是他乡。
赖亏信息今畅通，海角萍踪亦晓详。

蝶恋花·重阳

飒飒秋风凋碧柳，紫菊黄花，金粟香

依旧。山麓登高凝伫久，喜观清绝秋光秀。

嗖喑归来意气厚。华发萧萧，同祝重阳寿。笑代空叹搔白首，腹中诗赋尊前酒。

注：嗖喑，音"苍锴"，《史记》："晋鄙嗖喑宿将。"《正义》引《声类》云："嗖，大笑，喑，大呼。"按谓意气盛也。

银开源

网名我舞江河，微信名淡漠轻音。1964年7月出生，甘肃省高台县人。张掖市作家协会会员，张掖市诗词协会会员，天津市诗词学会会员，中华辞赋协会会员，大中华诗词论坛春秋台·百花缘版主等。1988年开始发表作品，至今已在《中华辞赋》《中国诗赋》《中华古韵》《诗词百家》《诗词月刊》《诗词报》《甘肃诗词》《福建诗词》《贵州诗词》《张掖市诗词》《烟台诗词》等国家、省、市等数十家报刊上发表诗词数百首，另有千余首诗词发表在诗词吾爱网，有部分作品入选书籍。

七绝·谁写江南一段秋

谁写江南一段秋，青烟雾雨拢新愁。
孤灯把盏风雷紧，怕忆天涯梦里头。

七律·卷帘遥看月如钩

卷帘遥看月如钩，酥体慵慵意更忧。
鱼雁无踪藏倩影，星河暗淡隐津头。
音频寂寂无消息，微信空空不见留。
遥想郎君应劳碌，身疲体困正憨休。

沁园春·湿地美景

杨柳摇风，碧草萋迷，弱水映霞。看滨河湿地，莺飞燕舞，依林蕊圃，蜂蝶嬉花。浪里飞舟，波心摆渡，戏水鸳鸯沐晚霞。炊烟袅，听鸡鸣犬吠，倦鸟归家。

田畴处处青纱，氤氲漫，稻花藏鼓蛙。

有诗情迸发，词章喷溢；且歌且舞，醉了年华。月探轩窗，繁星弄眼，研磨挥毫忘品茶。抒情意，赞身逢盛世，福泰无涯。

八声甘州·哈纳斯

对阿山岭岭绿葱葱，一望醉心怀。更河流东北，清凌剔透，云横悬崖。碧野茸茸寸草，坎坎有青苔。灵感摧诗句，能不歌哉。

阵雨无常频顾，木屋香酒肉，哈语香腮。叹风情边塞，游历太迟来。看全貌，攀岩挥汗，上巅峰，美景眼前开。残阳矮，众山如卵，我在天台。

尹春田

河北承德市人，男，满族，网名大河东流，爱好书法和诗词写作。在《承德诗词》《赤峰诗词》《四川古诗词》等纸刊和微刊发表诗词作品多篇，在河北省文学老年文学大赛中荣获三等奖。河北省诗词协会会员，河北省文学艺术研究会会员，承德市诗词楹联协会会员。

七绝·初夏岸柳

岸柳枝梢渐渐长，风摇叶翠絮飞扬。
平湖倒映千姿秀，喜得鱼欢追影忙。

七绝·暴雨

电闪划开万里空，雷声贯耳雨携风。
顿时天地连一体，空寂山川水乱鸣。

七绝·赏春

垂柳风柔丝卷帘，远山翠柏驾云旋。
一弯秀水浮鸭绿，几树桃红挤满园。

七绝·烧水壶

坎坷相随常乐观，自寻烦恼少人怜。

人生应象壶烧水，屁股燃红吹哨欢。

七绝·观阿翁椴木峪水上人家（垂钓浮台）
船橹轻摇浪卷花，深湖水上见人家。
浮台翘首迎千客，长线一根钓晚霞。

七律·春韵
乡间三月沐朝阳，十里花开染画廊。
鹤舞蓝天莺唱曲，蜂寻艳蕊草飘香。
桃红日暖鸭腾水，柳绿风柔燕绕梁。
但愿春辉常灿烂，红尘处处总芬芳。

七律·立夏
星垂北斗向东南，绿挤山川柳蕴烟。
展叶禾苗青色透，腾天鸿雁碧空旋。
繁英飘落春潮去，翠树出新夏热还。
短暂人生如四季，伴随冷暖老容颜。

七律·城里笼中鸟
身在高楼闹市中，房屋虽敞住囚笼。
隔窗远看群星灿，侧耳遥听百鸟鸣。
总想云天舒壮志，难脱枷锁困豪情。
藩篱拆除唱寥廓，也伴雄鹰舞碧空。

尹金辉

男，1956年出生于湖北省大冶市茗山乡，1978年入读黄石财贸学校，毕业供职于黄石市房地产管理局，曾担任过局副科长、市房屋普查办、市房改办副主任，2017年退休。现为黄石市西塞山诗社会员。

七律·咏雪
霏霰竞舞漫天斜，银海齐光傲露华。
阿娜仙姿雕画境，苍昂树杪灿梨花。
生来浩气清霾雾，逝去迂流洗秽瑕。
皑白初衷终不改，身行洁世教年赊。

七律·感怀
荏苒光阴事乃迁，垂髫转瞬变华颠。
天涯几度曾舒啸，海角三番竞奋鞭。
抱愧英年稀建树，聊期晚景乐颐年。
清时托起学人梦，择处登高望九天。

七律·杂感
山陲暮霭昧横坡，天际残云映紫荷。
才被柔风拂醉脸，又逢细雨润心窝。
诗因识累吟谣少，书以龄增体悟多。
学海勤而玑贝聚，何愁炼句不成歌。

七律·初春游（团城山公园）
东君送暖绿茹薇，嫩蕊枝头彩凤飞。
草吐幽香多野趣，梅开艳丽出青帏。
白云岸柳湖中影，红日亭台榭上晖。
胜境徜徉迷醉眼，撩来兴致不思归。

咏春
春工晓露吐芳菲，院宇红稀绿渐肥。
莺舞吟窗神韵到，燕衔冷蕊挟香飞。
风清鹊语传朝瑞，雨雾烟波钓夕晖。
感咏清时扬国粹，欢歌蔗境唤春归。

七律·赞媪妪旗袍秀
旗袍溢彩韵婷娉，体态轻盈展九形。
摇曳丰姿流婉秀，芳华丽色峻清灵。
凸凹有致端庄美，内外兼修淑女型。
娇媚横生情万种，雍容尔雅傲群星。

七律·故乡茗山赞
山清水秀自峥嵘，地映韶光紫气生。
满眼桃园宜午梦，一犁田地好春耕。
玫瑰烂漫新花色，柑橘葱茏老树声。
旖旎茗乡名望远，风流历代出精英。

尹诗妍

本名刘建平。本是乡野村妇一枚。热爱生活,喜欢利用一切空闲时间出去走走。工作之余,酷爱格律诗词写作。现系河北省诗词协会会员。

诉衷情令·七夕遣怀

晨妆对镜自无言,白发岂堪怜。又逢七夕何往?咽涕泪、再装欢。

思旧事,叹流年,倚栏杆。纸笺难载,欲语还休,望断千山。

莺啼序·记唐山大地震43周年

龙腾凤鸣福地,载文明盛誉。临渤海、锁钥津京,朴茂民俗佳处。唐胥路、华人首建,开滦矿业功勋著。又水泥生产,启新恰为标树。

振国擎旗,大钊醒世,避中华风雨。扬正气、力拔三山,人民翻身作主。奈天灾、倏然地裂,抬望眼、残垣尘土。屡呼号,父母不闻,小儿无助。

惊魂未定,看尽伤残,更陈尸随处。雨沥沥、遍地颓坏,落魄孤伶,入耳哀声,不忍相语。何招天妒,离殇骨肉,夷平楼宇坍梁栋,怨难平、此恨怎堪诉。山悲水泣,二十四万生灵,转瞬不得归路。

凤凰折羽,浩劫当前,抢险军民怒。自奋发、涅槃傲倨。展翅乘风,直上霄汉,声振寰宇。幽州万众,连枝同气,前行砥砺酬壮志,看今朝、广厦丰碑铸。复兴百业升平,琴韵乡音,瑞祥在驭。

念奴娇·悼凉山英烈

阳春三月,正晴空万里,行云相越。无序凉山传急讯,多少军民心切。赴命匆匆,逆行无惧,未与亲人别。火光凶炙,瞬间吞噬英杰。

松柏狂发悲鸣,红尘有痛,苦雨清明咽。大好青春从此逝,白发双亲心裂。无觅音容,妻儿溅泪,哀诉声啼血。忠魂风骨,丰碑恒久镌锲。

柳梢青·早春

归燕还巢。柳杨初绿,谁剪丝绦?风曳鸢飞,莺啼曲啭,悦染云霄。

鸭顽戏水淘淘。搅乱了、灵池翠绡。极目山河,遍收景致,恁自多娇。

长相思·母亲

眉如丝,发如丝,星月匆匆遥逝斯,腰身难自持。

爱有时,盼有时,离燕拳拳复返迟。堂前霜树知。

一斛珠·雾凇

晨妆出户。忽临玉砌精雕处。怀揣疑惑轻挪步。踟蹰凝心,恐扰神仙渡。

霓裳冰羽行人路。天华一任梨花妒。暗剪晴雪丝丝著。欲探琼楼,只恐高寒苦。

一剪梅·冬思

数九枝寒着素纱。风打重门,梅绽邻家。馨香一缕绊行人,欲把芳寻,惊掠寒鸦。

旧赋新词赞绮霞。遥想婵娟,舞醉汀葭。浅吟岁月傲平生,漏断更长,细数冰花。

木兰花慢·贺司马光群年会

纵寒风未歇,春将至、正徜徉。紫水塔巍然,菽梁福祉,盛会洋洋。丰堂。盏倾绿蚁,畅谈佳事汲汲宁昌。恁把江淮历遍,怡情墨客文彰。

轩昂。歌舞笙簧。辞婉转、赋铿锵。颂不完、胜地钟灵毓秀,史事悠长。祯祥。尽欢执手,盼中原雅士竞荣光。痴念任由评说,渴求诗海沧浪。

尹小军

男,1971年生,微信、QQ、新浪博客名雨露半微凉,湖北省武汉市蔡甸区人。《香江论坛》《潮河采韵》诗刊公众号编委。作品入选东南大学出版社《诗意人间》《中国诗影响》等诗词集,多次在全国诗词大赛中获奖。现作品多发表于各大网络平台,其风格受婉约花间馨芳熏陶,艳丽清婉。

鹧鸪天·凉入书楼度曲愁（词林正韵）

凉入书楼度曲愁,愁笺思句满书楼。惭随世俗犹颜改,淡逐功名也白头。

心休此,此心休。休将富贵羡王侯。如风细草春来绿,舒卷如风更自由。

醉花阴·咏荷（词林正韵）

积翠添红浓似画。弄色开娇姹。碧伞楚腰斜,饮露餐霞,滴玉珠帘挂。

月盈顾影流光下。谁共芬芬话?自洁匿春心,殢雨催妆,恨怅随风嫁。

生查子·荷（词林正韵）

江南梅子菁,雨色熏如酒。
十里醉香风,盈满红衫袖。
烟深隐棹歌,花落人行后。
掬赏两三枝,一夜成消瘦。

醉花阴·梅雨（词林正韵）

梅子酸酸催宿雨。觅句思何许。薄雾锁颓阳,冷簟寒窗,引笔牵离绪。

摇风坠粉飞红处。毕竟难留住。惊走几鸡鹤,唧唧啾啾,展翅同呼侣。

生查子·蝉声引夏长（词林正韵）

蝉声引夏长,蝶梦惊秋近。
横塘叶半摧,碎碧残芳信。
风过疏影摇,玉陨伤离恨。
临畔总徘徊,思意难销尽。

五绝·蝉声引夏长（小辘轳体）

其一
蝉声引夏长,馥气倚风香。
柳暗池初满,荷开面若妆。

其二
柳色经年碧,蝉声引夏长。
舟移飞渡远,日落客衣凉。

其三
朱颜翡翠裳,碧水紫鸳鸯。
客思催人老,蝉声引夏长。

尹新春

女,满族。河北省承德县两家乡小庙子村人。普通农民。热爱诗词。河北省诗词协会会员。

七律·伟大的党

风雨兼程多少年,神州崛起谱新篇。
农村富裕人人乐,城市繁荣户户欢。
科技腾飞游宇宙,国家强大壮河山。
运筹帷幄中南海,任汝狂风卷巨澜。

七律·坝上游

欲驾祥云坝上游,三春阅罢享清秋。
吟诗骚客潇湘馆,对酒宾朋避暑楼。
赏水抒情情脉脉,观山写意意悠悠。

板城文苑多知已，痛饮千杯兴不休。

七律·秋游丽水泉

初秋丽水见真容，雾绕云飘笼翠峰。
柳绿莺飞情缕缕，花红蝶舞意重重。
山青树美骚人醉，水碧荷香墨客兴。
更喜南园瓜果俏，桃源仙境伴君行。

尹永平

河北省承德市丰宁满族自治县人，酷爱文学，喜欢在文字中品读生活，用浅浅的文字记录自己的心路历程。

鹧鸪天·梅魄吟

疏影横斜铁骨真，凝脂丽蕊释花魂。飘飘玉雪随风舞，淡淡幽香惹客尘。

三弄曲，一枝春，抚琴何处有佳人。调中似有相思意，剪雪裁冰梅魄吟。

眼儿媚·往事如烟掠心头

往事如烟掠心头，点点暗香流。微波浅漾，不思回首，偏上眉头。

人生一梦千帆过，却最是难休。微风轻动，猛然忆起，鬓似霜秋。

谒金门·枯叶

枯枝叶，直上蓝天邀月。一缕西风狂又劣，舞翩翩似蝶。

魂梦飘飞歌绝，尘土归依明灭。唯盼东君春问雪，枝头清泪咽。

应天长

芬芳三月花解语，陋室传香香几许。牡丹艳，报春栩，更有杜鹃嫣似雨。

俏佳人，歌一曲，袅袅婷婷如许。一缕魂何处去？平仄诗行里。

卜算子·蟹爪兰花开

展翅欲双飞，剔透言禅悟。最是风情解语时，五月春常驻。

出水伴芙蓉，粉面施清素。浅寄幽思水月间，望断天涯路。

临江仙·踏雪寻梅

踏雪寻梅香两袖，悠悠往事依稀，梅红共度暗馨奇，朗风明月里，笑语醉晨曦。

又是一年寒冷季，烟霞几簇漫枝。裁冰剪雪傲灵犀。捎春一片语，疏影绽芳祺。

七律·仙鹤来

仙鹤玲珑嵌碧丛，仿佛少女玉婷婷。
多姿花瓣朝天卷，青翠罗裙向下倾。
盛夏缠绵泥土梦，寒冬悱恻雪风行。
殷红一抹传羞涩，装点红尘不老情。

尹永荣

河北隆化人，历任教师、小学校长、县剧团团长、隆化师范学校校长、书记。著有诗集《劲草菁菁》《清代承德满族鹰手》及合著的《皇姑屯老胡同》《隆化县博物馆馆藏谙敕文书译注》等。在《中华诗词》《中国乡土诗人》《国风》《承德诗词》发表诗词130余首。

五绝·赞全国劳模郑淑芳(以下新韵)

铁镐银锄谱绿歌，披肝沥胆卧薪磨。
卅年云岭丹心炼，织出层林锦绣坡。

五绝·题丹东鸭绿江断桥

横江六秩伴涛声，战火兵车不了情。
镇守国门从未懈，威风凛凛卫和平。

五绝·鹦鹉河源遥望

碧野春光浮紫烟，松涛林海九连环。
溪流响谷云崖暖，遥望层峦天外天。

五绝·山草
狂风骤雨未折身，霜雪骄阳炼韧心。
躲避尘俗修自在，三分薄土也成春。

七律·童年家乡景色
明代神榆万户求，乘凉挡雨百人头。
三泉碧水鹅鸭戏，五院桃花粉靥羞。
南亩牛耕田似画，北街皮影月如钩。
学堂趣事今犹笑，总使乡音心底流。

七律·青山不老
雾锁层峦树拢烟，游人怅惘奈何天？
喷薄旭日东风起，扫尽阴霾紫气还。
云岭金星情未了，冰轮碧野意缠绵。
青山不老春常在，万木葱茏百鸟喧。

七律·冬夜思
月夜闲思流逝光，空濛凝碧北风凉。
嘉年夙志难酬报，壮岁深情补未央。
但愿襟期留久远，只将素稿赋绵长。
秋霜已把青丝染，尚有春山百草香。

七律·警示掺假加毒者
日月昭昭玉宇明，一枝一叶总关情。
肝肠受刺伤心胆，诚信缺失损众生。
水碧风清泽万物，食安药净亿民宁。
良知泯灭天难赦，人性扭曲神不容！

尹志杰
　　1956年生，围场满族蒙古族自治县退休公务员。爱好文学创作，系中国少数民族作家学会会员，中国摄影家协会会员。出版发行有散文集《短笛无腔》《爱我所爱》，诗集《心有灵犀》《画瓢集》《木兰围场诗词选粹》等。

七绝·听唱《小苹果》
一曲轻歌动地天，流行只在雅俗端。
文人镇日思高雅，雅到十分唱也难。

七绝·观郑燮墨竹
板桥画竹本天成，吾辈临摹枉费工。
莫若宅边先种笋，春秋嬗递得清风。

七绝·夜来小雪，晨练途中口占
素绢一匹待涂鸦，晨练行经脚步斜。
若是仙人从此过，定然步步生莲花。

七绝·咏雪
飞花扯絮满乾坤，踏雪寻诗淡淡吟。
总是尘寰多龌龊，一番打理一番新。

七绝·大光顶山题照
苍山雾海阻重深，琼岛瑶池居上人。
欲就鸿钧问大道，罡风吹散满天尘。

七绝·观壶口瀑布
地设雄关锁巨龙，飞身一跃鬼神惊。
每于起落瞻风采，奇景多从险处生。

七绝·晨练见河边草青莺啼有作
乍暖还寒淡淡风，河边堤畔草初萌。
醉人一阕迎春曲，先奏轻音三两声。

七绝·塞上雾凇
乾坤清气孕精华，一夜缤纷万树花。
天赐冰魂壮北国，春光先到野人家。

尤中波
　　笔名诵雨，江苏盐城人，中共党员，中学教师，凤凰诗社入驻诗人，凤凰古韵编辑,"荆楚之声"文学社社员、编辑。热爱文学,尤喜古典诗词和楹联。

七律·咏支教老师
又是一年菡萏红,心随雁返寄孤童。
情牵乳燕嗷嗷哺,笔走青笺切切融。
八百滩涂濡细雨,三千子弟沐春风。
韶华不负长流水,鼓棹扬帆荡碧空。

七律·贺峡山重修家乘
峡山祖泽子孙昌,谱牒重修美誉扬。
万代传承宗伟业,千秋拓展德宏章。
男耕女织延根脉,暑往寒来孕桂香。
喜看今人描巨制,励精图治慨而慷。

七绝·紫薇
嫩蕊清香玉靥红,青枝缀满压弯弓。
花开热烈情如火,醉引痴君想念中。

七绝·蜘蛛
朝编梦想罗天下,暮落残丝舞劲风。
最是辛劳精力损,功名利禄一场空。

七绝·暴雨即景(新韵)
黛瓦青墙起霭烟,红花绿树缀珠帘。
龙王误闯逍遥地,沃野当成碧海天。

七绝·七夕遣怀
百鹊银河架彩桥,牛郎织女唱离谣。
长星早隐琼林后,恐扰伊人远景描。

七绝·塔吊司机
早送繁星晚送霞,玲珑铁臂垒新家。
青春不负凌云志,妙手丹青铸笔花。

游明信

笔名巴山渝人。曾在首都警卫一师服役21年,在中国国际贸促进委员会工作20年。高级经济师。有较强的分析能力和写作能力。爱好古诗词,曾在中央国家机关工委《紫光阁》杂志发表现代诗和古诗词。退休后,成为诗词吾爱网的会员,严格按古诗词格律要求进行创作,在该网发表各类诗词近300首。

广西漓江·山水画廊吟(词林正韵)
素描淡雅不装萌,意朦胧、诗画柔情。舟顺势穿行,云飞雾罩飘升。时而现,浪起鱼腾。山窝处,烟绕农家小院,水秀山清。树垂波影旎,影荡水晶莹。

痴情。爬山沐晨露,江碧润,厚泽民兴。林翠享清幽,乐与宝地相生。敢漂流,探解迷紫,进村寨,寻访渔翁趣事,话意情诚。对歌三姐,怎追梦,更峥嵘?

望海潮·湖南武陵源之奇观吟
(词林正韵)
百川澄碧,三千峰秀,垂临楚地天酬。溪绕四门,南天一柱,神针定海刚遒。幽谷涌潜流,石缝溢飞瀑,妙趣兼悠。剑指长空,兔儿望月月含羞。

问天台问不休,释疑千古事,惊世烦恼。崇拜祖先,图腾白虎,逢凶化吉求庥。天子影姿留。神堂湾莫测,灾祸心纠。游玩天门洞爽,赏画壁除忧。

七律·贵州兴义峰林让人心跳吟
(平水韵)
栉比鳞差露笋尖,笑神罗汉肚儿圆。
群龙逐斗囤南域,宝剑锋威锁桂黔。
八卦线圈藏奥秘,一弯新月祜安闲。
田园如画诗翁醉,纳水柔情紫气悬。

满江红·三清山花岗岩迷人吟

(词林正韵)

三位天尊,云中坐,煎熬无悔。娇玉女,解开怀秘,至纯至美。巨蟒出山宏愿遂,观音恋曲慈心醉。石鼓岭,瀑似玉临屏,珠光璀。

山石怪,云海汇;松添趣,峰沉睡。女神司春翠,众生增岁。龙子鸣天祥瑞昇,环廊悬空精工配。西华台,老子读经书,谁知味?

七律·云南罗平金色花园吟(平水韵)
雄鸡独舞状如锥,列阵峥嵘气势齨。
金色海洋春逐浪,螺纹圈彩画藏诗。
平湖摇影千峰汇,巨瀑腾空十级垂。
双象依山监圣水,雄狮镇峡恃威随!

游远华
男,重庆市北碚区人,生于1946年1月。国企退休职工。传统诗词业余爱好者,曾任重庆市北碚区老年诗书画研究会副会长,北碚区缙松诗社副社长。

七绝·含羞草
天生素雅善知羞,最厌狂蜂戏弄头。
芳径繁花争艳丽,惟君从不卖风流。

七律·仲夏清凉有寄(坡底韵)
今年避暑不离家,入伏清凉度枣华。
云淡天高翔大雁,风和日丽赏荷花。
贵州楚米两晴雨,缙麓嘉陵七彩霞。
闲聚林荫观胜负,友朋来访品香茶。

七律·山居
溪畔篱笆竹舍人,清茶淡饭度冬春。
浇花种菜怡心境,炼句锤词觅韵珍。
邀友楸枰争楚汉,拂筝绿绮聚嘉宾。
潭边独钓林荫下,世外桃源脱俗尘。

七律·秋咏
朝暮风凉爽气稠,一泓湖水泛清悠。
日薰归鸟林中戏,月映山泉石上流。
大雁南征寻故地,寒蝉凄切泣悲忧。
鱼翔浅底漪澜现,满目枫红胜景收。

七律·游栖霞寺(新韵)
曾上金陵古摄山,千秋名刹见苍颜。
庄严宝殿香烟袅,郁秀雄峰紫气缠。
清静佛门游客拜,鉴真雕像众僧参。
六朝衰败风云过,麟笔如实记史篇。

游泽道
江西省彭泽县博吾中学语文高级教师。系江西省诗词学会会员,九江市青年作协会员,彭泽县诗词联学会理事。自幼酷爱诗词,有作品发表于《中华诗词》《中华楹联报》《江西诗词》等报刊及公众号平台。

七律·登黄鹤楼
第一名楼添逸兴,盘旋直上最高层。
天开荆楚川原秀,波映苍穹日月升。
汉水苍茫黄鹤去,蛇山迤逦白云腾。
巨轮驰骋眸前过,丝路遥连四海朋。

七律·谷雨吟
子规欢唱晚晴天,棋局田畴稻嫩鲜。
白染遥山云把露,青分近岸柳含烟。
帘开藤绿垂双耳,风过桃红落满肩。
夜半如酥时适雨,正描夏景舞台前。

七律·乡村五月
杲杲熙阳照万家,南风吹绿柳丝斜。
多情布谷催农事,淘气顽童钓井蛙。
梅果盈枝香竹叶,榴花吐焰映蕉麻。

粗衣弄影田间作，阵阵欢歌透碧霞。

七律·夏夜
雨后云开野气清，炎蒸稍减故园行。
萤飞草际疏林静，月隐天涯北斗明。
碧水羞催菡萏发，新蝉悄听小蛙鸣。
归来独倚玄窗立，远景如烟渊默生。

七律·小暑
小暑江南雨带烟，迷绵山亘绿连天。
梨桃高挂香钻鼻，蝴蝶低翩粉乱弦。
踏浪涟漪鱼蟹壮，沁人馥郁荠荷鲜。
清音萦耳寻幽客，倦旅诗台不夜眠。

七律·忆童年暑假趣事
那年草绿染沙洲，荷伞斜撑听鸟啁。
尿土搓条拼堡垒，溜枝攀树扮孙猴。
浅湾痒眼嬉云浪，丝柳缠头躺水牛。
人与自然谐处美，童真烂漫乐悠悠。

七律·留守儿童
西斜日影冷高丘，鱼隐南川水自流。
痴看归巢雏紫燕，常摩卧圈小黄牛。
惯逢缺月添离恨，总为思亲锁倦眸。
几度疑妈怀里睡，醒来泪已湿床头。

七律·宜春访古兼怀韩愈
宜春万里喜重寻，如见韩公卧上林。
胜地已为红旭染，云阶久被绿苔侵。
碑铭犹蕴骚人志，明月长悬赤子心。
青史千秋留怅惘，文章一代总钦崟。

友缘
本名汪友无。湖北黄冈市人，毕业于黄冈师范学院中文系。中学语文高级教师，喜爱格律诗词，多有诗作在网络平台、报刊、诗集发表。

咏秋诗(十二首)(平水韵)
秋韵
晨风飒飒爽身凉，拂去烟尘醉夕阳。
倘若追欢山野景，得期枫叶染秋霜。

秋雨
一帘秋雨洗窗尘，不意惊闱睡梦人。
酷夏时炎无约会，今宵可否到清晨？

秋风
拂动窗纱缓缓开，惊羞对镜美红腮。
佳人悄语娇嗔怨，夏夜招贤你不来。

秋湖
芦苇梳稀见鸭游，追欢捉对戏无羞。
秋湖影瘦含霜色，风皱云霞解酒愁。

秋溪
瀑泻溪潺韵律悠，倾心慕拜逐东流。
采编红叶成诗句，汇集江河唱晚秋。

秋钓
独沐秋风竿一支，悠闲静坐牣鱼池。
不奢篓内储三尾，只借垂情赋拙诗。

秋叶
叶舞窗前似断魂，枯荣自古尽承恩。
秋风最是知心意，助力归依沃壤根。

秋桂
茂绽红黄小瓣花，霜寒露湿缀枝枒。
频遭野客无情手，幸有清香沁济茶。

秋菊
露寒秋雾菊蒙纱，静候晨曦沐彩霞。
暗幸有谁于我早，孰知圃主啜香茶。

秋雁

痴情恋雁夜寒迁，一路欢歌舞袖翩。
酷夏已圆北国梦，霜秋再续岭南缘。

秋枫

秋风摇动满坡枫，荡起痴情诉雁鸿。
北送新芽枝嫩绿，南归老叶染霜红。

七律·重阳（平水韵）

一抹晨曦送旭光，秋风暗度桂花香。
藤缠雅座双双美，竹扫梧桐叶叶黄。
未觉重阳斟浊酒，只知夕照赋新单。
三巡饮醉吟诗句，北雁南飞恋故乡。

于发

黑龙江省依安县人，初中文化，退休教师。网名北国，从事诗词创作5年。报刊、网络上发表诗词作品百余首，作品《鹧鸪天·紫砂壶》荣获依安"五色土之韵"诗词大赛三等奖，并被收录《五色土之韵》一书。古稀学诗，笔耕不辍，见贤思齐。现为齐齐哈尔市诗词楹联协会、依安县诗词协会会员。

七律·初游太湖

随波举棹画中游，绽放新荷展望收。
遥看扶摇飞大鹭，闲听欸乃弄扁舟。
荧荧佛祖灵山像，杳杳蓬莱瞰海楼。
莫问风光何处去？不甘眼底驻心头。

鹧鸪天·走进新农村

娇翠云松绿意浓，春花正艳点妆红。
户通网络连天地，村筑高楼沐惠风。
　湖浪静，鸟歌轻，霞光染稻鼓蛙鸣。
民生总是甘泉水，美在田园画卷中。

沁园春·祖国七秩华诞有感

推倒三山，扭转乾坤，屹立东方。看九州大地，沧流勇进，山河瑞彩。庶业其昌，大展宏图，更生自立，协力同心奔小康。潮头望，正龙腾虎跃，奋斗顽强。
改革硕果芳香，贺万里高铁路漫长。贸易通四海，嫦娥揽月，巡洋舰母，科技兴邦。亿万军民，安良除霸，社会和谐势气扬。千秋梦，党英明引领，再启新航。

于茂燕

笔名于杨，网名秋痕兰影，天津津南人。从小喜爱文学。喜欢诗词书画，爱好摄影、旅游。作品散见于各大网站、微刊及纸质书刊，《兰影文苑》主编。若有诗书藏在心，岁月从不败美人。

七律·环游易水湖

浩渺烟波易水求，青山两岸隐沙鸥。
一湖景色诗心寄，半缕浮云翰墨酬。
老子峰前书锦绣，仙人桥上觅新猷。
凭栏远望无虚幻，热汗淋漓最解愁。

七律·潭瀑峡

飞瀑流星放眼量，蜻蜓共舞任痴狂。
足撩溪水欢声远，身倚亭台睡梦长。
白玉涯头敲锦瑟，兰花谷底沁馨香。
岚烟生起微寒意，挥笔倾情咏丽章。

七律·夜游太行水镇

晚餐享后驾车行，拂面花香寄此情。
古镇歌声心内悦，艺人火焰口中生。
且观桥洞繁星隐，也借流光半月明。
商铺横斜茶品味，浅尝特色笑相迎。

七律·大雪节寒潮有感

听闻南雨雪交融，华北寒流叶落空。

河里结冰金鲤匿，路边败草白霜笼。
只因晌午描摹苦，正是黄昏步履匆。
温酒火锅心渐暖，疾书畅笔盼征鸿。

七律·五朵金花
初冬细雨喜盈津，姊妹相携分外亲。
共享琼浆皆有味，同歌曲目尚求新。
芳华虽逝烦忧少，迟暮常牵幸运频。
千里之遥难阻挡，寒暄惬意道三春。

七律·生辰感怀
虚度流年几十庚，唏嘘一事竟无成。
青山踏遍千桥色，绿水沉吟九曲声。
忍过艰难求淡雅，飞来神笔韵诗情。
云天浩瀚寒冬夜，书写红尘意未平。

于秋香

辽宁省营口市开发区人，营口市作家协会会员，诗词学会副秘书长，作品在《辽宁诗界》《辽河诗词》《营口日报》上刊发多篇，全国各大微刊网络平台发表诗词500余篇。获凤凰诗社2017年墨德轩杯全球华语诗歌大赛人气大奖总冠军，红山女神杯微诗作品大赛优秀奖。诗作被编辑到新版《红山女神》。

七律·祖国颂
七十艰辛百业收，山河处处是金秋。
蛟龙锁定深蓝水，航母搜寻大浪头。
量子巡天游宇外，嫦娥奔月傲苍遒。
宏韬国力超英日，筑梦高台贯五洲。

七律·八一颂歌
石破天惊第一枪，旌旗鼓荡起南昌。
残云散落宏图锦，血色浇来伟业桑。
舰母威驰吞瀚海，嫦娥雀跃闪银光。
诗情饱满高吟颂，八月飞歌浩宇翔。

七律·楚水殇
屈子冤魂古国殇，焚辞汨水忆端阳。
忠言唤聩昏君罪，醉梦生萧虐政亡。
天问离骚呈玉骨，郢都孤愤掩班香。
遗风载道千年雪，劲炫宏程万世昌。

七律·初夏晚游月亮湖
碧水粼波托玉盘，微风拂柳韵沧澜。
墩台倒影屏飘翠，公主舒颜景逸鸾。
帆舞千条惊亚太，珠晖五岳傲龙欢。
亭湖瞰榄心怡梦，醉美花红炫紫檀。

七律·青龙山晨曲
桃花醉蝶舞姿容，悦动笙箫贯锦峰。
细雨丝柔萌绿意，通幽曲婉跃青龙。
山岚皋路清风爽，瀚海滨城秀色浓。
脚步飘仙心荡漾，抒怀遣句赋诗彤。

七律·滨海夕景赋
夕照烟霞炫暮春，白帆浩荡汇辽滨。
韬光养晦波澜阔，河海交融景象新。
鹤立孤峰吟复醉，舟环万仞梦依频。
华章展目宏桑绣，冠宇升平十亿人。

七律·鲅鱼公主
姿容俏媚出龙宫，驾驭云涛沐夏风。
手举明珠辉碧海，裙飘玉带缀苍穹。
粼波瀚陌尊仙舞，浪鼓标新水路通。
战略方舟航舵稳，神州共筑赞歌同。

七律·女人节礼赞
花容俏美蝶翱翔，玉骨清风秀隽芳。
柳态千垂春梦炫，莺歌百舞絮飞扬。
柔姿漫步舒兰雪，粉黛轻盈入韵章。
月影凭栏吟大雅，诗心卷喜欲疯狂。

于群

女，浙江文成人，酷爱文学。浙江省优秀妇联干部，1996年至今从事教育事业，有作品发表于《文成吟苑》《中华诗词》等刊物。

七律·咏新中国成立70周年
故园风雨几经岁，大厦将倾靠柱天。
四秩沧桑三出计，十年浩劫一朝平。
复兴务实承先哲，开拓转型看后贤。
梦铸小康春丽日，功勋盖世耀山川。
注：三出指邓公三出。

七律·9月14日夜送儿当兵作
金桂迎风香满城，弦弓如挽月途明。
送兵良夜军歌发，报国前锋戎马行。
骨壮铮铮生勇气，心丹耿耿立功名。
钢枪为倚和平在，大地花繁起笛笙。

七律·暮秋雨日过公阳柿乡
弥空丝雨高畴瘦，溪径迥临渐觉凉。
万树描红似油盏，古村色异缀秋妆。
将闻果熟丰歌悦，轻呡汁绵余味长。
犹忆千年耕读事，西流几曲水云光。

七律·石庄石门台雨中游
雨径风斜沾客衣，今逢暇日探幽稀。
季花影艳垣犹古，牛舍名新迹已非。
久伫门台留笑靥，常萦岚气餍方围。
幸来潇洒清游梦，得趣诗成情自归。

七律·小栖石庄草庐
南麓荷塘清韵远，草庐古朴此间悠。
前临溪浒翠微映，中过坦途古树稠。
骤雨突来趋避急，人生安得暂消愁。
偷闲何日携茶酒，明月清风可久留。

七律·咏石庄水口双楠树
相偎影映殿前立，恋结青萌纪百年。
名好胜同樟桂远，叶香淡似竹梅玄。
漫猜执子心依久，虔许神灵意永绵。
霜砌寒摧山木色，初情未改向苍天。

七律·咏半天香茶
云雾洗眉逢谷雨，游人十里满坡冈。
高风冷翠涛翻浪，虚壑泉音幻霓裳。
冬蓄春生凝精粹，晨滋暮润抚沧桑。
人生苦乐自斟啜，月岁流金天半香。

七绝·赴一场烟花三月
野寒多雨乍晴天，岸草浮新绿水烟。
兰棹遥归心海处，阳和杏月奏鸾弦。

于卫东

男，1960年生。宁夏矿产地质调查院职工，中华诗词学会、宁夏诗词学会会员，宁夏毛泽东诗词研究会副会长。诗词作品发表在《中华诗词》《中华散曲》《朔方》《共产党人》等杂志。

六一忆童年
节日忆童年，桩桩浮眼前。
偷桃垂口水，动手折帆船。
麻雀檐中摸，毛牛鞭上缠。
涝池游狗刨，水仗打翻天。

雨霁
雨霁放天晴，柳梢知了鸣。
荷红青伞举，水碧白云膨。
紫燕翔西夏，蜻蜓掠凤城。
清风凉二伏，月季酿诗情。

惊蛰
四季轮回潜梦萦，开河碧水白鸥鸣。
俯观抖抖虫蝇动，仰望欣欣草木萌。

机械隆隆耕沃野，东风浩浩润湖城。
气温转暖高阳照，就等春雷那一声。

清明祭扫吴忠涝河桥革命烈士墓
进军宁夏裹硝烟，勇士如归七十年。
苍柏森森怀壮烈，墓碑凛凛伴长眠。
九州雨露滋芳草，五彩文章作纸钱。
后继绵绵承遗志，复兴大业铸新篇。

浣溪沙·中国航天日有感
宇宙空间大国谋，航天重器太空游，居高临下拔头筹。
通讯测光精定位，神舟北斗一何求？五洲风雨眼中收。

于希淼
笔名清月。中华诗词学会会员，辽宁省当代文学研究会会员，营口楹联协会会员，蟠龙诗社成员，北京卢沟诗社成员。喜欢诗词歌赋，也略懂琴棋书画。感觉自己就是一片在文学海洋中漂泊的叶子，沉浮岁月，随波逐流。

早春
晨行山外小桥边，乍暖还寒二月天。
嫩柳千枝融弱水，微风一缕送炊烟。
青春有梦常思雨，甘露无声可润田。
莫问桃源何处是，心头逐日待花鲜。

鹧鸪天·登山
云淡天高远近来，相逢山水便登台。
拾阶慢步风牵手，进谷轻身叶入怀。
红袖舞，落金钗。人间秋色染尘埃。
忽闻一缕芬芳起，原是心头野菊开。

柳思
谁家碧玉舞青衣，苏小门前待客归。
夜夜荷塘寻月影，年年春水扣心扉。
无为莫叹三生短，有梦才知两鬓微。
我愿擎天方寸地，千丝风雨万丝辉。

七律·读桃夭有感
闲庭信步过中堂，偶遇园中淡淡香。
细雨千丝描粉黛，春风十里送红妆。
深深眷恋心还许，浅浅相思梦未央。
四月人间青帝到，桃花朵朵又归乡。

春雾
闻君未见雾中来，天地鸿蒙万界开。
欲问仙乡何处是，东风送我入瑶台。

齐天乐·圆明园
微风细雨尘轻拂，西郊夏宫残路。御苑初成，皇恩浩荡，一世君臣共举。奇花玉树，伴百羽千湖。晚清天怒，夺宝搜珍，民心祸乱国无柱。

可怜盛景难续，蚁群终木，人间更苦。雨打浮萍，风摇乱叶，虎豹豺狼无数。长空火舞，去旧世新生，几人回顾。还看今朝，盛兵强国富。

浣溪沙·枫
细雨抽丝密密缝，清风引线几回重。织来锦缎满山红。
叶伴诗题心自在，秋随梦去步从容。身留凤尾待梧桐。

母亲
回眸岁月忆慈祥，谁伴昏灯补小裳。
短短春秋相聚短，长长丝线别离长。
蹒跚步履三生苦，颤手年纹两鬓霜。
独坐门前常问客，吾儿路上可回乡。

于晓霞

甘肃平凉人,自幼喜欢古韵散文,行走在文字的边缘,总想在红尘喧闹中寻一处诗意的世界,总想在唐诗宋词中安放自己的灵魂,不做红尘逐浪客,愿为幽水一清莲。

五绝·惊蛰(新韵)
忽有雷声滚,蛰虫地下惊。
唤春春不语,但看柳枝青。

五律·拾春
谁送东风旨,花香草木新。
繁华飞紫燕,寂寞织芳茵。
暂放心头事,长存世上春。
若无名利绕,处处等闲身。

五律·杂吟
风借莺私语,催春发绿枝。
花前心不守,月下影难离。
醉取千山色,欣收万树词。
人随香气动,一步一新诗。

七绝·中秋望月
夜空齐望中秋月,四海阴晴各不同。
万事怎知千里外,岂能信取耳旁风。

七绝·柳之韵
沿河拾翠遇花开,满面清香入鼻来。
最是风骚堤上柳,留人驻足钓鱼台。

七绝·清明祭祖
人到清明心已碎,坟头未跪泪先垂。
皆言杨柳长情物,怎不前来管别离。

七绝·致敬凉山遇难英雄
树葬花红泪满城,无常烟火鸟心惊。
谁言热血凭空洒,看我河山遍地晴。

七绝·借诗
东寻西借欲成诗,无景无情又少词。
忽闻窗前桃树笑,原来玉蝶颤花枝。

七绝·逢梅
寻诗深谷正思回,半道相逢一树梅。
傲骨冰心香占尽,怎争春色抱枝开。

七绝·寄春
窗前撷取一枝红,百媚柔情醉眼瞳。
意欲寄君千里外,不知可否托东风。

七律·过老屋
小院深深门上锁,东风依旧带春回。
虽无烟火悠悠起,尚有桃花寂寂开。
枝上燕莺迎客足,屋前杨柳守家财。
乡音怎把乡音弃,谁不深情故土栽。

七律·向晚山村寻景
向晚驱车寻秀色,幽香引我到村东。
数枝桃李蜂追蝶,半亩黄花墨染瞳。
老酒醉山人缱绻,新犁翻土月朦胧。
农家最是春光美,一剪闲云两袖风。

于秀英

河北省宽城县小学教师,河北诗词协会会员,宽城县作协会员,创作诗词1000多首,并先后在《天女木兰》《燕赵诗词》《赤峰诗词》《承德诗词》《热河诗刊》《漱玉》等刊物上发表作品。在唐诗宋词元曲公众号上坚持创作3年多。

七绝·小葱
满畦新绿舞英姿,占尽春风放翠时。
调媚乡间杨柳色,油然生处一丛诗!

七绝·暮秋菊落
一轮古月洒清魂,菊暗芳容卷起身。
满径黄花相对瘦,一丝一缕落红尘。

七绝·师范儿
执念童心护小丫,春风细雨润无暇。
一朝锦鲤龙门跃,打扫亭台再种花。

行香子·塞罕坝一游
御道风轻,满目兰汀。借东风,画意随行,流光尽染,碧草微兴,有花儿多,草儿茂,鸟儿鸣。

悠悠远远,盈盈满满,任心湖、似月如星,乾坤朗朗,一脉泠泠。这一方天,一方土,一方情!

一剪梅·为人师者
一日花开万样娇,冬也妖娆,夏也妖娆。知文达理解风骚,水墨常调,细雨常浇。

马到功成人自豪,雁向长空,鱼过龙桥。此生无憾夕和朝,不负韶华,醉赏樱桃!

鹧鸪天·龙潭游记
峡谷龙潭异景生,同时四季转枯荣。流金坑口半春月,酿玉源头仲夏冰。

千丈绿,万年晴。荒郊紫塞隐神灵,芊芊笔墨难挥就,多少人文说不清!

鬓云松令·那年今日
美兼葭,新雪岭,红豆枝头,红豆枝头挺,鸟落花飞枝未静,昨日终归,昨日终归景。

竹吟青,梅写净,不见飞花,不见飞花令。独自凭栏情患病。愁醉何时,愁醉何时醒?

浣溪沙·槐乡
幽径绿荫串串香,一怀诗意翠琳琅,蜂来蝶引客心藏。

有韵江山花烂漫,无忧岁月梦芬芳。山村五月正梳妆!

于艳侠

河北省唐山市人,笔名花开花落花满天、静若繁花,华夏精短文学学会会员,河北省诗词协会会员。兴趣爱好广泛,酷爱古诗词,愿执七彩之笔,将生活的点点滴滴写成诗,涂成画,愉悦身心,涤荡灵魂。

七律·雨夜感怀
卧听疏雨几徘徊,缕缕清凉入梦来。
淡泊一身思旧事,飘然千籁落尘埃。
三丘仙侣凡缘浅,两朵心花寂寞开。
了却长怀须纵酒,问君何必上莲台。

五律·游野三坡有感
碧翠盈天际,峰峦秀色藏。
拾阶行百里,极目眺八荒。
鸟语幽深处,泉流曲径旁。
华容今尚在,追梦忆云长。

七绝·清荷夏日最多情(新韵)
(一)
清荷夏日最多情,点水蜻蜓爱粉红。
俯首轻轻低耳语,痴心一片与君同。

(二)
三两渔翁几箬篷,清荷夏日最多情。
新蝉不解风和月,忽作啁嘈尺鲤惊。

(三)
乌篷杯酒一纱灯,醉卧闲闻落玉声。
风影含香拂翠袖,清荷夏日最多情。

七绝·凄凄秋雨几时休（平水韵）

（一）

卧听淫雨乱闲庭，不忍来朝数落红。
溅起二三繁琐事，林梢独挂付飘蓬。

（二）

苦雨啁嘈耳畔盈，草虫辗转噪不成。
何时云幕飞天际，莫要三更复五更。

行香子·登泰山游记

五岳为东，一指苍穹。绵延百里岭千重。碧霞护佑，古帝登封。故尔山幽，彼山险，我山雄。

驱车以往，征尘飞逝。远山如黛隐方蓬。嫣红几点，飞瀑凌空。令粗人痴，仙人醉，雅人穷。

钗头凤·唱《一袖云》有感

香茶暖。笙歌短。漫调弦管梨花乱。山风起。云波碎。可怜伊人。慧眸如水。醉。醉。醉。

山阶远。凭栏晚。雨生眉畔烟云满。重逢地，暗殇起。何日归期。寸心难寄。思。思。思。

女冠子·万缕情丝意难猜

（一）

春风几度。总把韶光辜负。怨何如。留却思千缕，羞于锦上书。

春朝花烂漫，秋尽几荣枯。瓢空何所惧，且来酤。

（二）

伊人难寐。暮雨轻敲声碎。乱红飞。短韵消残酒，愁云染鬓眉。

小荷清夏浅，春老柳成堆。几多心怀事，问阿谁？

于洋

男，现居中国深圳。中国作家协会会员。中国寓言文学研究会会员。中国诗歌网认证诗人。《中国诗》杂志签约诗人。作品1000多首(篇)，散见于《中国诗》《诗刊》《中华诗词》《中国诗人》等，在中国文联出版社出版寓言集《美女与蛇》，并有多篇作品获奖。

五绝·大漠孤狼（平水韵）

大漠烽烟起，孤狼铁骨寒。
苍尘追路去，唯我傲风銮。

2019年7月9日写于中国西双版纳

五绝·横空出世（平水韵）

千畦荒草戚，万丈剑山横。
古道惊雷策，烟郊驭空生。
王门宗血正，客路为天征。
此际多磨砺，终将逆志行。

2019年7月8日写于中国西双版纳

五律·家破人亡（平水韵）

月高风黑夜，江海乱波狂。
孤影降风洞，奸酋犯海疆，
父王平寇殉。母后被禽伤，
雪豹心生悯，携婴向远方。

2019年7月9日写于中国西双版纳

五律·借乳偷生（平水韵）

幼饮天山乳，师承虎豹门。
苦研封敌术，焊铸铁乾坤。
依昔辞恩母，挥锋下客仑。
此终千仞险，转首筮归魂。

注：冰山乳，即天山雪豹的乳汁。客仑，即客居昆仑山。筮归魂，占卜回来的魂魄。

2019年7月10日写于中国西双版纳

五律·卧薪尝胆（平水韵）

— 1451 —

大漠风萧啸，边关雪怅茫。
寂寥沙乱舞，悲戚祭家嫦。
一槛陈浆滚，双腔冷血狂。
父仇亡土恨，洒泪誓还疆。
2019年7月12日写中国西双版纳

五律·众叛亲离(平水韵)
一骍凌空短，两岸夕风长。
昔日怀情谷，今朝被寇强。
狼王遗腹子，回顾欲还乡。
众卒獠牙吼，亲戈恨远殇。
2019年7月13日写于中国西双版纳

五律·御驾亲征(中华新韵)
督阵到前城，狼王御亲征。
劫营夺母恨，刻骨怒烟腾。
身似疾雷闪，钢牙厉鬼憎。
平贼杀掠冷，惊寇战天横。
2019年7月14日写于中国西双版纳

五律·初战告捷(平水韵)
兵刃将骁勇，孤踪傲世勋。
一鞭千百痛，两壁胜无分。
歃血争强旅，残肢夺臂焚。
伤弓惊胆战，鸣鼓急收军。
2019年7月15日于中国西双版纳

五律·义薄云天(平水韵)
旷漠风云涌，江山四海雄。
一戎威震武，三尺贯长虹。
败将倒平野，英枭立故丛。
雷霆摧朽木，浩气荡天穹。
2019年7月16日写于中国西双版纳

五律·舔骨疗伤(中华新韵)
旷漠三千岭，烽烟五里休。
疲狼幽暗洞，伤溃血腥流。
舔骨敷疾痛，伏息渲草柔。
凄凄心若铁，切切悯恩仇。
2019年7月17日年于中国西双版纳

五律·命悬一线(平水韵)
骊阳临空炙，冷洞透肌传。
冰火双重驻，高烫几度怜。
食肴均不进，嗜睡已三眠。
傲岸天之子，魂悬一榻边。
2019年7月18日写于中国西双版纳

余翠兰

安徽安庆人。从小酷爱诗词，现任安庆市大龙山诗书画学会副会长，安庆市诗词学会常务理事、组联部副部长。常有诗词在全国各地报刊发表。2018年荣获香港文联颁发的《曼丽双辉：家国情》全球华文填词大赛佳作奖。

七律·观四清扇面
奇妍色彩凡间罕，松树形姿各不同。
怪物墨雕都满意，石形笔造总迷瞳。
云霞绚丽连天际，海雾腾张漫宇中。
温暖春风舒大地，泉流路路赏华容。

七律·庆祝建国70周年
桂子香融国庆酒，寰区歌舞颂升平。
红旗影耀三千界，璧月辉扬万里明。
海宇澄清风皥皥，江山锦绣乐生生。
倾心领导勤宵旰，福我邦家惠爱深。

七律·思念逸如先生
回忆当年兰识君，相交翰墨往来频。
诗坛学步凭扶掖，艺海登航赖导津。
锦绣文章殊有价，铿锵韵律更无伦。
黯然痛失良师后，百看遗篇倍觉珍。

七绝·参观赵朴初故居
太史第中留墨宝，赵公遗爱惠乡人。

佛门领袖推贤哲，慈善为怀报国恩。

七绝·古稀有感
风雨如盘七十年，风姿已失旧容颜。
老耽诗句多情趣，潇洒清樽对月圆。

七绝·月夜游菱湖
扁舟荡漾入荷丛，云影天光一望中。
万顷微波风习习，月轮浮水水浮空。

七绝·思母
月照寒窗夜已深，风来疑是母呼声。
追思犹忆儿时梦，负疚难忘养育恩。

七绝·赠胡振明老师
春去冬来琴事忙，台阶教学弄笙簧。
几多汗水浇园地，艺苑桃花早出墙。

余根全

笔名余水，中共党员，高级工程师。成都电子机械高专毕业。在广元市科技局退休。从小喜读古书，爱作诗。六年前开始写作格律诗，曾获诗词世界杯一等奖，第十三届天籁杯特等奖，任诗词世界杂志社理事会理事，中华诗词学会会员，中华当代文学学会会员及常务理事，中国诗词家协会理事。参加国家诗人档案投稿12首作品。同时在册的有哈佛大学教授叶嘉莹、上将方祖岐、马凯的作品。我有幸被评为一级诗人。

强国之年悼总理（佩文诗韵，八庚）
伟大天骄归众忆，乾坤拧转暗方明。
南昌起义虽功败，勇向延安革命成。
八路红军征日寇，中华国庆北京城。
丰碑永铸神州地，魂在天堂马列迎。

国绩丰登迎十九大（佩文诗韵，七阳）
亿户欢歌庆晏香，千般伟业进诗章。
歼机导弹撑天柱，航母强军保海疆。
世界高朋登满坐，倭夷侵岛莫猖狂。
振兴华夏园金梦，堪赞当今永世芳。

悼余光中先生（佩文诗韵，十二文）
呜呼杳杳乡愁梦，悲切绵绵写祭文。
俯首沉吟楼满月，仰观天色衬淳云。
天街扩道随君走，驾雾乘风鲁迅殷。
一遍潮声台海念，陆湾两岸忆余君。

注：天街即郭老的天上的街市。

教师节万岁（佩文诗韵，十一真）
弟子三千游列土，贤人七十二为珍。
如今圣者多添数，现代勤师育众人。
桃李满天供世用，雄才不负老奇唇。
丹心万颗挥千路，愿献春秋化锦伦。

羊木观春景（佩文诗韵，六麻）
结伴游春去处嘉，青山绿水有名茶。
枝头喜鹊招呼我，河畔青蛙喊大家。
彩蝶纷飞迎秀色，勤蜂采蜜站芳花。
新楼扩路车驰过，开放康庄万众夸。

端午悼屈原（佩文诗韵，七阳）
上官奸党害忠良，屈子无端受祸殃。
浩骨安能同蠛处，贤臣且肯共奸场。
宁投汨水沉江腹，不愿孤身受贼伤。
端午龙船投鸭粽，九洲同祭屈魂忙。

七夕叹（佩文诗韵，二箫）
歌管楼台桂影飘，凉风拂面听吹箫。
选成多曲红楼寄，幸看银河显鹊桥。
牛子苦耕思七夕，天庭织女受煎燎。
银簪恶母该当剐，害的夫妻泪似潮。

—— 1453 ——

中秋颂（佩文诗韵，一东）

玉镜高悬玩盛景，神州大地月饼丰。
嫦娥广宇霓裳舞，后羿遥盱泪似洪。
大帝今同仙众饮，吴刚捧出酒千盅。
阴晴圆缺平常事，好戏连台乐满穹。

余君君

网名指尖花花，中国楹联学会会员，中华诗词学会会员。爱好摄影，尤爱拍花。有文散发《中华词赋》《黄浦江诗潮》《中国楹联》及其他网络平台，曾获网络比赛一等奖，《中国联墨大学指挥部》对联导师，多家诗刊主编。中国传统文化博大精深，正在努力学习中。

七律·咏竹

竿竿挺翠傍青峰，沐雨披霜品亦同。
有节傲临千涧雪，无忧乐舞一林风。
岁寒不落苍松后，俊影长居明月中。
更待东君送春至，玉梢潇洒向凌空。

七律·咏松

生来昂首立悬崖，疑把苍穹当作家。
彼草凄凄虽可赋，此君默默更堪夸。
扎根方固凌云志，展叶浑如探海槎。
岁岁冰欺霜肆虐，英姿依旧沐朝霞。

七律·菊花

寒到枝头敢竞芳，不随俗世倚高墙。
身披金甲孤含翠，手握银拳笑带香。
傲骨曾迷骚客影，冰心更胜美人妆。
平生独爱东篱晚，任使痴情赋几章。

七律·桂花

八月熏风动桂香，骚人纷至画长廊。
碎花绿叶轩前笑，白露寒霜阶下藏。
欲借一株诗里种，能教百卷史流芳。
谁牵游子相思梦，任是天涯总望乡。

七律·向日葵

不同桃李院中芳，山野求生性自强。
绿叶飘摇随雨打，黄花俯仰任风扬。
日出露下齐回首，月落霜清亦吐香。
碎骨流脂由客品，谁知断梗弃荒冈。

余琳

女，1962年出生，湖北省十堰市退休职工。于2018年10月进入当地老年大学诗词班学习。出生书香之家，自幼受父亲熏陶喜爱诗词。诗观：我手写我心，用最美好的诗句记录晚年生活。

七律·美丽山村老母荒

岭高深涧静幽香，雾绕乡村老母荒。
叠翠群峦笼万顷，流丹云彩映千冈。
多情山雀蜜甜语，羞涩野花红粉妆。
得此纳凉消暑地，何须舍近远游长？

七绝·山高云低

峻岭看云云更低，飘飘荡荡总朝西。
风牵走过吾身处，扯下一团绣嫁衣。

七绝·巅上遇山雾

巅上千重泻绿烟，蒙蒙云雾欲沾衫。
薄纱蝉羽添双翅，飞向云端去拜仙。

七绝·留守女童

一朵天真稚嫩花，天天盼母早回家。
双亲无奈远方走，苦了乡村留守娃。

七绝·一湾黄花

一湾黄蕊金花灿，惹得蜜蜂贪食恋。
醉了心菲迷了眸，误将夏苑当春甸。

七绝·杉树林
排排似竹耸云霄,野岭生存逆境飚。
屹立深山傲苍莽,宁为头断不弯腰。

卜算子·山花(新韵)
野坡任蔓生,小径随风绕。道是天公不惜花,开在山中俏。
节如碧云竹,质似兰花草。道是天公果惜花,莫教朱颜老。

卜算子·荷塘暇思(新韵)
芙蕖出绿波,山鸟鸣高柳。淡淡清香溢夜空,明月调壶酒。
与君饮几盅,容我思一宿。来世修成一朵莲,伴在君之右。

注:依苏轼词例双调四十四字。

余烁

原名余根亮。系中华诗词学会会员,欧洲诗歌会会员,匈牙利华文作家协会秘书长,欧洲中华诗词学会副会长,欧洲一道诗艺社社长。曾在国内外报刊杂志及诗集刊发作品百余首(篇)。其中大戏《白衣卿相》荣获浙江省文化厅戏剧文学创作大赛三等奖,小品《吻》荣获浙江省文艺调演比赛二等奖,诗歌《创造之歌》荣获浙江省大学生文艺竞赛优秀创作奖。当过教师,做过编辑,练过地摊,开过饭店。现在美丽的布达佩斯插队入户。

风人松·游巴拉顿
巴湖潋滟荡兰舟,逐浪如流。缤纷北廊樱花雨,南山黛、都是春眸。剪剪风迎老燕,盈盈水送新鸥。
葡萄三碗兴难收,醉入心头。葱笼岁月红尘寄,梦仍在、别有它求。水阔还缘帆竞,路遥但凭心修。

少年游·情作少年游
风花雪月似尘浮,好梦去难留。一曲离歌,莺啼雁荡,杯酒醉双眸。
竖笛横吹呢哝调,吹散满腔愁。江湖未老,剑锋偏走,情作少年游。

七律·携少友远足
春衫漫卷正当年,借雨追风饮碧泉。
山影迷人船荡漾,烟波醉客水缠绵。
浮生寂寞难圆梦,竟曰欢欣易扣弦。
不顾掉头寻去路,情归深处说前缘。

如梦令·同心锁(中华新韵)
萨水流深江阔,桥上秋波脉脉。执手印同心,顾盼爱情路过。上锁,上锁,莫使良缘交错。

眼儿媚·依韵唱黄昏
丝雨绵绵吻春晨,桃李竞缤纷。馨香盈袖,袖盈痴梦,梦醒时分。
和鸣酬答偕鸾凤,依韵唱黄昏。笑迎归雁,笑思故愿,笑数红尘。

蝶恋花·最使人心动
十里烟云三月涌,雪月风花,最使人心动。梨艳桃鲜春意纵,温柔乡是英雄梦。
流水高山谁听懂?唯有相思,才在红尘种。蝶恋花间风雅颂,留连忘返随君共。

余斯文

伴笛共秋声
伴笛共秋声,郊原草泛红。

幽居书老迈，瀚墨舞苍穹。
神海常飞越，唐风久赋行。
人生难过百，垂死亦追恒。

余廷林

70后，贵州大方人。现任《虎踞山》主编。出版有《新醉翁诗词集》《滴泉居词稿》等。

七绝·无题
常把文章细剪裁，未逢知己只生哀。
今朝拟把虚无意，化作酒花百盏开。

七绝·忆豆干
少小离家十数秋，舌尖记忆豆干留。
时光未老乡音改，不改故乡麻辣愁。

七绝·无题

一

酒后寻诗无好诗，一城风月总难依。
不因文士多愁绪，生计总随梦想违。

二

不因虚度叹年华，酒后还怜双眼花。
红绿灯停三四次，那边已是老夫家。

三

可怜诗酒度华年，杯里光阴梦里残。
文化传承虽呐喊，汹汹巨浪为金钱。

七绝·乡居偶题

一

乡居多日心趋静，绿水青山眼际迎。
万物有灵皆自在，伴吾灯下诵佛经。

二

随缘随性自开怀，万籁同呼归去来。
悟后方知世间事，都如一梦到蓬莱。

三

执念消时善念生，世间万事在心生。
空中无色君知否？入静观心心自清。

余秀玲

网名青衿，中华诗词学会会员，宁夏诗词学会理事，爱好古诗词，致力于传承古典诗词文化。诗词作品散见于《诗刊》《秦风》《朔方》《夏风》《六盘山》《黄河文学》《塞上诗乡西夏雅韵》《夏风诗词选》《西夏文史诗词专辑》等文学刊物。

贵州青岩古镇(新韵)
客近苗家胧雾烟，青苔绿瓦柳林间。
蜿蜒路入青峰去，疑是云开一线天。

落叶(新韵)
一度托花不负春，金秋落地作柔衾。
虽然曾作飘零客，叶叶相牵故土心。

阳台观杭州夜景
钱塘灯火满窗前，天上人间未肯眠。
敢借瑶池一轮镜，满城争看夜花燃。

雨中观西夏陵
王陵一望云烟里，雨过兰山问古今。
旧怨陈恩何处是，三千足迹卷中寻。

老屋(新韵)
客近老屋思旧痕，归来涕泪满衣襟。
炊烟袅袅愁肠断，野草萋萋游子吟。
叶落苍台风不扫，秋摇红雨梦常温。
堂前槐树依然在，不见家中守望人。

浣溪沙

梦里依稀到故乡，炊烟飘处话家常，双亲树下老屋旁。

人在高楼多琐事，身居闹市少梳妆，几时再唤一声娘。

俞伯根

江苏无锡梅村人。1970年北师大数学系毕业。上大学时喜爱诗词，写至今，已有3000余首。有百首诗词被《中国当代诗歌大辞曲》《中国当代各省市知名诗人全纪录》《当代华语诗歌经典》《世界汉语文学经典诗词典》《诗中国杂志》等收录。

七律·无题

闯荡江湖五十年，重阳佳节睡无眠。
经风历雨磨心志，种草弄花养老颜。
每日酒茶迷短信，隔天书画作诗篇。
举头明月思亲友，又欲登高望远山。

重阳有感

又是重阳近晚秋，桂香菊艳景幽幽。
江河湖海换新色，书画琴棋消旧愁。
嘴上精神弄花草，囊中羞涩住街楼。
登高常爱黔山秀，指点东方一望收。

2018年农历九月九晨作

惊赞菊花

斗艳争奇触眼惊，万千姿态万千情。
美诗神笔书难尽，傲立寒霜香气清。

长相思（一）

早亦忧，晚亦忧，四十余年梦里游。伤心泪暗流。

情悠悠，词悠悠，无限相思微信留。缘来续不休。

长相思（二）

侬吟诗，我吟诗，楚水吴山两地思，同心天地知。

爱入词，愁入词，重续前缘心更痴，深情难自持。

2018年12月19日

长相思（三）

黔山幽，吴山幽，两地风光画里游。相思上旧楼。

貌亦优，才亦优，玉洁冰清心地柔。深情诗里留。

长相思·自嘲

朝亦愁，晚亦愁，瑟瑟西风吹贵州。天时已过秋。

上高楼，下高楼，手抱孙儿累似牛，古稀难自由。

长相思（四）

朝亦愁，晚亦愁，细雨濛濛忍别秋，思家上旧楼。

恨难休，爱难收，漂泊江湖追自由，抬头月如钩。

长相思（五）

路无涯，竹栽崖，岗顶风寒望老家，腊梅初发芽。

惆怅花，醉后茶，愁绪思来乱如麻，诗词日渐佳。

俞炯玲

1955年1月出生，杭州师范大学中文系毕业，曾任交通银行浙江省分行党委书记、行长，浙江省第十届、第十一届政协委员。

七律·耶路撒冷
圣城一座千年泪,旧恨新仇难尽书。
三教同根开杀戮,两邦争斗夺遗墟。
初闻经颂惭知少,静读史钞空怅如。
救赎因何招世乱,先知应是悔当初。

五律·小院菜圃即兴(中华新韵)
近日添新趣,浇锄侍菜畦。
蔓藤沿舍绿,茄豆引蜂栖。
盘盏有蔬蕨,开樽忘月西。
人生入花甲,草木写成诗。

五绝·九溪红叶
石断湍流急,雪深寒雁穷。
溪边多少树,独有桦枫红。

五律·岁暮感怀
岁暮来朋客,红炉绿蚁浮。
话绵嫌漏促,酒醉起闲愁。
寰宇多嘶噪,行舟入险区。
请缨叹鬓白,枉作杞人忧。

五绝·题白堤雨景图
山色空濛飞雨细,柳烟轻袅早莺啼。
西湖最是赏春处,千伞勾留在白堤。

河传·后亩山寻秋
天路,清雾。梅生僻坞,杏黄庭宇。欲追秋色入山村。寡闻,宛如仙境存。
老翁幼孺相欢语。赠蔬薯,视作乡邻遇。暮云湮,酒半酾,嘱频,得空常叩门。

注:后亩山又名杏梅坞,位于浙江富阳。

南歌子·佩特拉古城
古堡侵斜月,寒蝉隐断垣。奢豪王国旧痕残。似见铁戈甲胄血腥干。
旅枕人难寐,瞻星自慨叹。悬知兴废有循环。应悔称雄争霸扰民安。

注:佩特拉古城是今约旦南部的一座历史名城,2007年被评选为世界新七大奇迹。

鹧鸪天·摄影沙龙年会
弹指花封一岁终,井栏团坐话年丰。
画书影册展佳作,笑语欢声入皓穹。
追雪月,逐云龙,颠痴行摄乐无穷。
谁言鬓白情怀老,冷暖悲欢诉镜中。

俞益民

1958年3月生,福建龙岩人。福建省诗词学会会员,龙岩市诗词学会理事,福建省楹联学会理事,龙岩市楹联学会副秘书长。公开发表在地厅级以上20多家报、刊、台的文学和新闻作品2000余篇(次)。诗词、楹联、散文创作作品剪报《蹒跚集》《试翼集》《无为集》等11本。

鹧鸪天·东宝春云
东宝熹微气象新,风光旖旎色缤纷。
含霞碧落天开日,韫玉龙岩岫出云。
尘滚滚,霰纷纷。水泥矿石盖南闽。
青山绿水遭污染,退采还林再焕春。

鹧鸪天·重阳登高
九九登高旭日红,人来客往履匆匆。
龙峰阁上歌流水,独秀楼边唱国风。
歌阵阵,乐融融。龙川天籁似听松。
步移景换心陶醉,细品黄花韵味浓。

鹧鸪天·九侯叠嶂
叠嶂曾经受涅槃,九侯沐浴正衣冠。
云生峡谷峰峦缈,雾驾巉岩瑞锦蟠。
瞻叠巘,戏猴猿。尘嚣顿失意悠闲。
晨岚暮霭风光好,野鹤闲云绕紫檀。

七律·游武陵黄龙洞

洞内蜿蜒旅客多,曾闻此处住阎罗。
黄龙鬼蜮轻狂舞,菩萨观音怎奈何。
玉笋擎天除孽障,神针定海镇妖魔。
灵猴点化将军府,方始人间玩乐窝。

七律·夜游湘西凤凰古城

宾朋各色觅琼浆,吊脚楼台不夜场。
巷挤人稠游客满,鱼鲜味美喝声扬。
坨江伴奏波涛壮,锅碗和鸣酒肆忙。
永玉难描城靓景,崇文怎叫著华章?

注:永玉,指湘西著名画家黄永玉。崇文,指湘西著名作家沈从文。

踏莎行·白帝城怀古

正义祠严,瞿塘峡险。三分国祚黎民惨。名成八阵欲称王,挥戈士卒披肝胆。
白帝城淹,夔门水渐。刀光剑影频频犯。古今将相在何方?烽烟岁月星辰淡。

破阵子·建军 90 周年抒怀

炮响南昌魄散,旗扬敌胆心惊。铁马金戈除孽障,弹雨枪林铸铁城。和平禹甸生。
揽月神舟霹雳,劈波航母雷霆。北域精兵防小隙,南海雄师扛大旌。换来举世宁。

定风波·浙江乌镇水乡游

黛瓦青砖玉壁楼,波光泛影荡扁舟。接踵比肩倾肺腑,知否?人生意气竟相投。
乌镇茅公留美誉,无豫,为偿夙愿著春秋。使命从心天不负,专注,文章大块亮明眸。

注:茅公,指茅盾,原名沈雁冰,浙江乌镇人,现代著名作家。

渔歌听海

本名赵俊理,1958 年生。农民。现居北京昌平,二级残疾人。喜欢有生命力的文字,倾听它的呼吸声。在新浪等多家博客平台和诗词吾爱平台写字抒情。已写现代诗和格律诗 300 余首。

七绝·白洋淀里闹芦花

白洋淀里闹芦花,雪浪银涛意醉佳。
船上欢歌时语画,邀杯对句敬山茶。

2018 年 9 月 4 日

七绝·小雪杂感

今年小雪少寒冬,明岁阴晴问碧空。
桂月邀朋抒爱景,斜阳挂在半窗中。

2018 年 12 月 4 日

七绝·重阳即事

半窗清影又贪玩,一块阳糕古老谈。
文采书忙多感念,珠帘微透晓凉天。

2018 年 10 月 19 日

七绝·燕子杂咏

羽书酬字谢堂恩,南北别巢暖瑞云。
燕子归来邻舍问,衔春唤雨进家门。

2018 年 11 月 23 日

七绝·抱膝敬老好儿郎

小村林海叶丹黄,菊蕊秋风各自狂。
桂月移居诗画养,抱膝敬老好儿郎。

2018 年 10 月 22 日

七绝·昨天拾穗走西东

木叶催风九月穷,昨天拾穗走西东。
集禾春种秋收景,季语农歌近似同。

2018 年 9 月 21 日

七律·秋政杂咏

繁星收夜意钦迟,烛笑千金买九枝。

芍药头牌谁斗色，众芳恩遇牡丹知。
人文草木皆尘境，云碧江流寄玉姿。
秋政缘何斯鼎味，日高冬暖饮冰池。
2018 年 11 月 10 日

行香子·领导红尘

门舍东邻。君子仁人。贤家训、孝感天伦。代英众俊，领导红尘。彻鉴前秦，年轮岁，碧诗云。

门情伤殒，英雄谁问，敬碑坟、静默功勋。德贫无信，楼内红裙。有圆方寸，红心印，岁千椿。
2018 年 10 月 19 日

七律·辘轳停转谢谁恩

辘轳停转谢谁恩，雨闹闲云口渴人。
水井泪无尊客问，他年泉眼饮红尘。
2018 年 11 月 19 日

五绝·八月初七杂咏

白露麦耕优，梧桐早报秋。
琼枝遮碧雾，罗幕泄菊羞。
2018 年 9 月 16 日

愚乐

黄思敬，男，1953 年出生，厦大统计专业，中共党员。时任福建省产权交易中心交易部经理。负责组织的雪津啤酒股权转让项目创造了全国产权市场的雪津神话。参与省财政厅、省政府发展研究中心《加大培育力度，促进我省产权交易市场跨越式发展》课题组，得到时任省委书记习近平的重要批示。退休后，现随女儿定居新西兰。

七律·几阙诗情弄晚秋

雨过尘埃净水流，沉浮世事梦清休。
常依陋室沽名钓，屡伴孤灯励志求。
褒誉年光愚聪累，闲安岁月笑悠游。
此生无悔临风骨，几阙诗情弄晚秋。

七律·端午吟

一年一度又端阳，传韵龙舟竞桨狂。
棕黍包罗千载愿，艾蒿点翠百年香。
离骚异土存思远，天问他乡亦故乡。
怀祭屈原情系国，今将华梦照繁昌。

注：《离骚》和《天问》都是屈原的代表作。

七律·三百文章一地痴

借网赊闲暮韵词，临窗偷笑晚归时。
宋风弄月悠欢得，汉赋吟诗乐有知。
妙句清书追野趣，佳音极律梦花驰。
桃源醉墨芬芳沁，三百文章一地痴。

注：2018 年 7 月 15 日–2019 年 5 月 17 日在诗词吾爱网涂鸦满 300 篇。特赋诗一首感谢各位老师的鼓励！

七律·赛马

雄健威尊赛马情，笑看群骑砺戈兵。
乌骓追日昂天吼，赤兔凌霄叩地鸣。
蹄踏三寻飞誉梦，逸尘八骏逐殊荣。
纵横驰骋临风啸，注押任听疾掌惊。

注：①英国每年都会举行盛大的阿斯科特皇家赛马活动，是一次贵族奢华的聚会。
②新西兰80%的人是英国后裔，所以传承和继承英国的习俗。
③所有观看者都可以根据自己的喜好和判断，挑选马号进行注押。

七绝·岁月流歌

借墨赊闲弄韵章，一方陋室伴晨阳。
书香胜酒情天醉，岁月流歌鬓雪狂。

七绝·非洲之风

不同肤色乐相通，笑语非洲热带风。
彪悍高歌狂舞去，染翻异国众英雄。

五律·美女拉风

庆生逾百载,数女展奇才。
跨水蹒跚摆,临风晃荡来。
心空愁落败,神定笑音开。
掌起声精彩,喧哗闹舞台。

注:4月21日为惠灵顿市生日,一群年轻人用消防软管在两铁架边拉紧,几位帅哥美女从软管上平衡走过,高度距离海面约五米。表演者多为落水,时有成功,围观人众多。

五律·闲心一泡茶
春来见嫩芽,薄雾漫吾家。
日气含残雨,云阴蕴晚霞。
深溪横古味,空涧卧幽遐。
市井尘嚣外,闲心一泡茶。

踏莎行·护旗人
赤帜高扬,国歌惊耀。废青余毒澳洲扰。轩辕热血壮声威,岂容港独妖魔捣。
伞护红旗,雨浇骨傲。丹心宗祖知恩报。此生无悔铸神州,梦圆一曲东风浩。

注:8月16日晚,澳大利亚墨尔本市中心的维多利亚州立图书馆发生一起港独集会。不须组织,不须引导,有不少中国留学生自发前往现场,高举五星红旗合唱国歌以示抗议。随后天下起雨,有人旗打伞高唱国歌,还高喊"One China"(一个中国)的口号,场面感人!特为此赋词一首。

雨虹
宁夏银川市人。宁夏诗词学会理事,中华诗词学会会员,西夏诗社、西夏散曲社、献县文学社成员。喜好诗词,作品散见于《中华诗词》《夏风》《兰山抒怀》《宁夏新十景》《六盘山》《塞上诗乡·西夏雅韵》《衡岳风骚》等书籍和诗刊。

戊戌初冬吟雪
白雾灌寒枝,临荥生远思。
本来深爱雪,只是叹梅迟。

远行
怨有晴光磨玉轮,忍将衫泪解新痕。
劝君莫饮风前酒,留与帘中寂寞人。

鹧鸪天·把酒纵逍遥
恰是春城三月天,拈花携景下云端。从来我为蓬莱客,易驾长风下北川。
朝沁露,暮依莲,江南江北看飞烟。玉楼金烬何当醉?抵是青莲诗百篇。

浣溪沙
乍雨还晴晚亦凉,檐风起处薄衣裳。几声寒雁断人肠。
自是秋辰生倦怠,缘来长夜苦心房。怨他双侣意偏长。

浣溪沙·秋日感怀步韵故园风雨
一叶清寒一叶秋,凉波掠过乍惊鸥。闲风恐惹复登楼。
苦恨七弦长损指,原知三叠早生愁。何今心事总难休。

郁美芳
网名郁金香,湖北英山人,现在上海丽颖服装设计公司担任设计职务,喜爱文学诗作,曾有数首诗篇在诗社和报刊发表。

夏日荷塘
夏季湖清鹭戏鱼,万千青伞护红蕖。
鸳鸯爱水寻香处,蝴蝶怜花访锦居。
日照新荷珠箔裹,月临老树碧纱储。
暑熏翠绿天涯远,玉女含情艳景余。

祝福梅兄生日快乐(藏头诗)
祝词笨拙贺言真,福驻高门满院春。
梅府华堂来远客,兄台画阁聚骚人。
生辰欣遇鹊桥会,日吉乍违牛女亲。
快意相逢汉诗苑,乐同俊杰学经纶。

西江月·咏荷

碧伞喜迎雨露,朱霞应见风尘。淤泥非染雅芳身,玉洁冰清香隐。

添色无含粉黛,卸妆不褪红唇。芙蓉出水艳颜真,惹得骚人飞吻。

沁园春·故乡风光

故里山乡,春赏红浪,夏观碧涛。看桃源溪下,飞流叠叠。毕昇峡谷,共渡漂漂。锦鲤腾峰,行空天马,青嶂朱颜齐竞娇。柔风雨,有彩虹弧架,五色相邀。

携来玉带三条,纳远涧.万畴肥稻浇。十八湾新貌,俊贤打造。九龙花海,游客千潮。览胜天堂,仙踪古迹。人造莲河舟慢摇。忽回首,数风光无限,唯有皋陶。

五律·咏蝉(三首)

听蝉

意切高枝语,情随密叶飞。
一声催物发,几处唤朋归?
如听长弦急,尚浮仙曲围。
夜间音欲断,朝迎炙阳晖。

见蝉(思乡)

柳树蝉声唱,申城妇望乡。
似闻亲友语,不见主宾堂。
一梦家千里,孤身泪两行。
心头存万绪,知了寄忧伤。

画蝉

褐臂披盔甲,尖跂掘土成。
一双膜翅薄,两只突珠明。
初夏归林树,深秋入地营。
流年复时日,甘露润灵生。

五绝·临风听暮蝉(辘轳体)

一

临风听暮蝉,漫步小河边。
落照光回印,青山雾袅烟。

二

雅兴戏林前,临风听暮蝉。
长松留胜地,飞瀑慰奇渊。

三

秋后会乡友,闲庭饮美酒。
临风听暮蝉,坐石观高柳。

四

稀星缀碧天,落月映清泉。
隔岸观秋鹭;临风听暮蝉。

东河五景

桃花冲

色染高峰手摸天,晨霞旖旎慰奇渊。
鄂皖交界长城远,十里桃花引玉泉。

鲤鱼尖

鲤鱼飞跃接天吻,叠嶂层峦云雾隐。
万岭来朝一峻高,会凌绝顶览群殷。

娄子石

仙人挑娄上南山,远眺东西两路弯。
原始群芳相簇拥,诗情画意客忘还。

天马寨

神奇骏马啸天遥,古寨仙山异彩娇。
茂树繁枝风景地,春弹弦乐夏吹箫。

峡谷漂流

毕昇故里翠山关,暗涧明溪碧水潺。
灵圣观音三怪险,漂流峡谷护红颜。

樱花（四首）

一

樱花素影逸丹天，绚丽姿容怡俊贤。
随处飘悠香满地，思平想仄赋新篇。

二

簇锦园繁嫩萼鲜，嫣然浅笑弄姿肩。
蜂鸣蝶舞秀春色，惹得痴人难入眠。

三

白袍仙子续凡缘，褐骨柔情振百川。
过客寻芳千百度，幽香淡雅永绵延。

四

千红万紫赛花仙，怎比樱娥瓣舞翩。
拥吻云霞羞日月，银河遥汝共婵娟。

喻智勇

男，53岁，笔名愚智，江西省南城县人，53岁，本科学历，1984年参加工作，先后在南城县邮电局、南城县移动公司任副经理和资深经理等职。

无题

万山有月万山明，百雨无心百雨晴。
千物荣枯皆有意，一身疾苦总无情。

中华自信

华夏千年气似虹，江湖流水总朝东。
须将大道为根本，莫陷人间龌龊中。

真儒朱自清

荷塘月色自朱清，背影匆匆热泪盈。
困死不嗟天地鉴，真儒骨气九州行。

镖（新韵）

文人傲骨世人身，两袖清风志士心。
眼不含沙天地想，扬清激浊手中镖。

幸福（新韵）

雨停万物新，空气淡香侵。
群鸟盘旋下，一河奔涌深。
柳残发嫩叶，儿童戏鲜林。
网络何由扰，幸福在内心。

袁爱瑜

又名袁泉，自号楚庭散人。广州人，祖籍湖北沔阳。外贸行业，关注教育。

七绝·牡丹

山顶寻姚魏，幽姿入眼帘。
众生皆不语，静立纳清涵。

五律·夜思

斜月抚千门，行行淡墨痕。
泉流经筱屋，犬吠漫孤村。
山顶璇宫废，林中古驿存。
浮华均散尽，不见旧王孙。

七律·探春

深壑难寻共路人，清溪可见白川鳞。
晨风更惹烟春醉，残月犹呈露晓新。
忽听远方鸣曙角，似呼兵士理床巾。
繁花朵朵漫山野，同庆凡间福瑞臻。

七律·自勉

诗韵茫茫逐懿行，书林繁茂必勤耕。
立言休道乖张语，业德当求澹雅名。
孝父恩娘吾辈义，悌兄友弟世间情。
作文兴武身心健，人尽如斯四海平。

七律·俗生寄语

心灵性巧意天真，若蕙流芳气韵醇。
清影逸姿居陋世，雅言淑德立凡尘。

便寻一众知音客,不作孤单咏雪人。
落羽坠枝无惧色,俗生寄与醉乡春。

减字木兰花·山行

残阳霁岫,更有嫩风吹细柳。遍地生花,一路绵延至梵家。

心如桃绽,无奈群芳情尚浅。独思荆南,恰似离鸿念旧檐。

雁儿落过得胜令

郊林现落红,陋舍藏归梦。
沙洲雪鹭飞,远岸烟云纵。
稚子逐香风,没入野芳中。
一曲声情重,孤邨墨韵浓。
梧桐,此日栖鸾凤。
芙蓉,他朝乘逸龙。

朝中措·春

桃红梨白柳枝青,一路把君迎。花下莺歌凤舞,羡煞多少娉婷。和风煦日,芳晨丽景,甘露香琼。欲得两三知己,相邀笔海齐行。

【正宫】醉太平·书山文海任君游

人间丽语,世上珍珠,尽皆源自圣贤书,任君汲取。

承迎这暖暖暄煦,探寻那涓涓情素,悠游在漫漫江湖,何其乐乎。

相见欢·客乡

新曦燕语群芳,好春光。翠袖轻移莲步,笑声扬。

心共舞,人难聚。暗含伤。陡觉此情此景,似原乡。

西江月·春行

道树轻飘瓣雨,香芬漫覆沟渠。林荫岸上步徐徐,心逐花儿东去。

伫忆浮沉几许,坐言名利虚无。此生苦短又何如,幸得娇妻相与。

江城子·女人花

岭南四季见华荣。叶青青,水凌凌。柳媚桃羞,福瑞相逢迎。放眼长天空似洗,林荫下,丽人行。

忽闻轩榭奏瑶筝。若鸾鸣,赛新莺。燕妒花惭,一切尽休停。素手纤纤肌似玉,芙蓉貌,盖芳卿。

醉花阴·思

一抹清茗香几许,共烟霞缕缕。叹明月西楼,点点孤愁,待与君私语。

隔空又把离歌赋,期素情如故。望逝水悠悠,无计相留,愿逐君而去。

鹊桥仙·七夕

星波璀璨,鹊连两岸,牵手话长道短。纵然有那道天河,怎可断、情深款款?

荷香淡淡,夜莺轻啭。似唤旧人复返。此心境诉与谁听?倚窗下、神思凌乱。

南乡子·探荷

夏日晚来风,汀渚周边觅醉红。极目翠荷随浪舞,葱茏。辉映残霞韵几重。

乘兴探芙蓉,力泛烟舟碧浪中。未料友人来唤我,匆匆。只待他朝访旧踪。

袁保涎

赣商大厦

地迥车流耳欲聋,楼危叶落自生风。
云间谈笑安昌客,天上行歌白发公。
何事禅城赣商聚,多情尘网喜悲同。
酒酣衣薄高寒处,日暮山沉浩渺中。

友自江西回佛山有赠
有朋千里入禅城,朝着棉衣晚渐轻。
不是岭南冬日暖,故人重聚最多情。

沙塘村
今日池中水,曾经巷里云。
往来罗绮众,麟趾亦纷纷。

重阳
岭外三千里,云中十万家。
经年为异客,是日苦黄花。

秋雨时晴有寄
禅城解雨定红尘,一夜秋风景色匀。
不改深情谁展问,同乡学做画眉人。

八月十七日上西樵山
登山不以高低看,百尺西樵亦有仙。
况乃中秋佳节后,他乡月似故乡圆。

台风过后
海风西去滞残云,秋日炎凉正两分。
待到中秋不看月,只缘看月顾思君。

楠舍
宾客西迟汾水东,佳人一曲落秋风。
往来谁问家乡事,但解情浓知酒浓。

七夕
暴雨欲来先入夜,斯须天上泻银河。
不知织女今宵恨,为在人间情更多。

上塱村
秋意禅城何处寻?沙塘巷口暮云深。
也曾开卷酬明月,莫使霜花鬓上侵。

立秋
云厦不知天气凉,梧桐见老未凋黄。
往来车水寒城橘,谁见飞鸿去几行?

行路难
玲珑春月挂高楼,人人得赏我未收。
尽日青芳唯寂寞,丰珍咫尺却难求。三千艳烂为谁留?十万周行不自由。
也似平原囊中颖,莫来颖水弄扁舟。
行路难,行路难,远杖黎,复蹒跚。雪足绝顶诚可待,更有胸怀天地宽。

大红袍
仙游玉女起鹏云,日照高林将客薰。
道是寻常一壶水,武夷山里享清闻。

正山小种
一盒红茶出武夷,三包干草叶成丝。
月光煮水黄金液,还待佳人细品之。

蝉
身微食天露,解释苦劳声。
虽是居高处,不知黄雀行。

端午
解粽禅城里,油然思汨罗。
今人观竞渡,不晓是缘何?

初夏
四月青芳歇,孤枝难久开。
云残时化雨,林密晚惊雷。
尚忆夭桃好,谁怜细草衰。
千金能往复,少壮不重来。

南昌谷雨诗会归来即兴
洪都慕故城,谷雨落新声。
朝会文章友,夕归看月明。

敬和煊公作信江北岸步春即兴

月霜长照大江流，客坐飘蓬竞上游。
北岸桃红寒树下，东边梨雪代枝头。
吟来两句三年事，不解相思万古愁。
今夜何人身在外？春风有信落炎州。

寄故人

寒冬落庭月，僵卧不曾哀。
好友楼头去，春光心上来。

袁传宝

南京市作协会员，南京市浦口区作协副主席，浦口区诗词学会会员。男，1972年生，汉族，本科，中学语文高级教师。数十篇诗歌、散文发表于《青春》《躬耕》《金陵晚报》《江南时报》《现代快报》《汉之南》《西安日报》《甘肃诗词》《中国诗赋》《江海诗词》等报刊。笔名天晴地朗、春暖兰花开。

七律·盛世赞歌（新韵）

欣逢盛世七十载，国富民殷禹舜风。
探月嫦娥彰鼎力，蛟龙入海显神形。
一丝一路连天际，万里万邦传美名。
五纬既出东土利，炎黄赤子尽开承。

七律·咏丝绸之路（新韵）

交汇东西远路谋，长安中亚抵欧洲。
迢迢万里关山越，灿灿文明显密稠。
秦汉肇端唐鼎盛，元清闭锁月空流。
而今再启丝绸道，华夏荣兴无可忧。

七律·海上丝绸之路（新韵）

丝路航程起夏周，东非南亚万国游。
陶瓷肇始星槎道，茶叶通达四海流。
船桨划开鲸浪水，健儿笑看蜃结楼。
郑和七下西洋事，三宝山旁忆九州。

七律·喜看天宫二号发射成功（新韵）

拜月佳节人汇聚，酒泉火箭正飞天。
嫦娥仙子消寥寞，衣袂轻挥舞动蹁。
四海咸宁同举箸，九州重庆话嘉年。
凌云期许折蟾桂，盛世欢歌醉笑颜。

七律·郑和墓（新韵）

牛首巍巍南麓处，青松苍翠郑和坟。
古槐难掩英雄冢，七下西洋举世闻。
海上丝绸开路线，星槎贸易树国魂。
惊涛骇浪无曾悔，慨烈遗风后辈存。

袁登举

黑龙江人，现工作于黑龙江省萝北县邮政公司。黑龙江省诗词协会会员。酷爱诗词，散有作品发表于《小说月报》《诗词月刊》《鹤鸣诗刊》《湿地风》《界江诗苑》《礼赞环卫工》《界江艺苑》等书刊上。

七绝·怀念老师

讲台三尺岁悠悠，卅载年华未所求。
桃李芬芳结硕果，板书无语写春秋。

七绝·红松林忆事

参天古树刺云端，阵阵松涛绕耳前。
林海悠悠沉旧事，兴安深处忆流年。

五律·思君

放眼雪苍茫，思君欲断肠。
语隔千里路，泪洒两条江。
哪个承艰任，何人挑大梁？
相约曾共誓，事业续辉煌。

袁国屏

字散人，号"江湖散人"，湖南隆回县人。曾逃亡北大荒，在原始森林中，过着野人式的避世生活，直到1984年才返回故里。系多家诗词学会会员，2013年受聘为中国诗词家协会名誉会长，2016年受聘为中原诗词研究会名誉会长。

七绝·煤山怀古
浩荡乾坤倚鹿台，闯王踏禁帝家哀。
此间更是千年镜，唤醒新君照影来。

七绝·悬崖草
峭壁凌空只自珍，苗微根浅石嶙身。
经霜斗雪西风劲，吹尽严寒总是春。

七绝·咏笋
根在深层别土沙，力排顽石硬生芽。
冲天一啸凌空立，劲节虚心笑晚霞。

七绝·寄语春风
怅望神州几处花，青青草色绿无涯。
春风若许频相顾，多入寻常百姓家。

七绝·黄果树瀑布吟
百转千旋腾巨浪，一帘清白化惊雷。
心中块垒凭谁诉，怒向苍天吼一回。

七律·望鄱亭
望鄱亭上望鄱空，云隔鄱湖远见峰。
万里江山添秀色，几村烟火乐新融。
身临绝顶思强国，情系江湖盼好风。
鉴得庐山真面目，诤言千载此山中。

七律·杜甫阁
有楼名杜立江头，傲骨临风已是秋。
雨点残飘忧国泪，江声犹诉旧时愁。
曾吟国破山河句，独自悲秋每上楼。
留得少陵风骨在，湘江作伴水长流。

七律·甲秀楼抒怀
踏破黔山上秀楼，风云独揽壮神州。
波澜滚滚添新影，遗墨煌煌述旧游。
堂庙隐生仓鼠弊，痌瘝拥抱杞人忧。
狂来欲借天河水，尽洗民间万古愁。

袁家顺

男，上海市人。任国家人力资源部和社会保障部"机械职业技能鉴定指导中心"行业标准、教程、试题技术委员会委员，中国焊接协会行业（切割）技术委员会委员。高级工程师，主任工程师，国家重点建设项目论证和评审专家之一。曾获中国船舶工业总公司的三支点肋骨冷弯机数控系统技术进步二等奖，抽风导流技术项目获上海市优秀技术创新成果三等奖。撰写技术论文八篇，其中一篇用英文发表在《中国造船工程学会论文选选集（英文）》上。另获国家发明专利二项，运用专利一项。爱好诗、书、画，为上海市崇明诗词书画学会会员，黑龙江省安达诗词协会会员。

七绝·春浓
正是春浓游赏院，桃花顺意舞枝头。
悠香阵阵闻啼鸟，小酒陪吾坐小楼。

七绝·春归
花开一树映天红，翠绿田坪亦逞雄。
燕舞莺啼春正好，此时雅兴耍儿童。

七绝·游倪翁洞
一座飞桥百年赉，右高左矮水东来。
岸南欲访倪翁洞，淑女携吾上石台。

五绝·周总理43周年祭日祭
（仄韵）

丰功史册存，万代千秋颂。
生没半毫私，后人来敬重。

七绝·纪念毛主席诞辰125周年（押仄韵）

文韬武略赢天下，推倒三山建新谱。
二袖清风民敬尊，一身浩气照千古。

注：三山一指帝国主义，封建主义，官僚资本主义。

七绝·祭母（新韵）

丁酉阴阳两浩茫，时常思母泪千行。
育儿扶女寒衣管，如海恩情念我娘。

叹黄昏

步入残阳万事休，回头方晓已深秋。
红尘世上全看透，利禄功名粪土丢。

五绝·老同事相聚

夕阳寻淡雅，相聚已清幽。
昔日多浪漫，今朝乃一流。

长相思·度中秋（新韵）

天已秋，过中秋。舒袖嫦娥正在休，独身邀酒愁。

天悠悠，水流流。暮雨凉身君已丢，空房在守侯。

长相思·思中秋（新韵）

想中秋，怕中秋。往事如烟将已休，一切皆水流。

想回眸，怕回眸。世事心头人未留，多思增许愁。

长相思·七夕

思悠悠，想悠悠。凡事呈前曾等侯，欢忧几个秋？

泪亦流，雨亦愁。风打鹊桥想已稠，何时将尔留。

袁建勋

1958年生，中共党员，笔名谟谦，网名紫檀，湖北英山人，大学文化，黄冈市政协退休干部。曾与父亲、夫人结集出版《无边花映万山红》诗文集。并先后发表诗词、散文及通讯300余篇。个人自画像"学浅才疏字建勋，为人直爽性忠诚。从师结友皆欢喜，更爱诗坛唱和声。"

莲颂

着绿描红水一方，无边秀色赠清香。
莲蓬荷叶花商语，欲与游人比靓妆。

玉兰报春天生丽质吐芳芬（辘轳体）

（一）

天生丽质吐芳芬，后叶先花映碧云。
莫道痴情冰雪色，心持玉洁寄香熏。

（二）

二月春风紫气熏，天生丽质吐芳芬。
峰头一色花千树，顿觉苍穹朵朵云。

（三）

玉堂春色伴流云，嗅得兰香乐醉熏，
美献人间花药膳。天生丽质吐芳芬。

贺舒先震戴 浤才联袂创作《英山好地方》词曲，荣膺2018年度全国词曲创作金奖（依烟霞韵）

才情尽显曲词中，桑梓情怀追梦同。
古有姜夔双料彩，今成舒戴一尊红。
不须饮酒文风醉，再享欢歌妙韵丰。
秀美青山共晓月，青云寄意送飞鸿。

纪念抗战·雪耻东赢足下灰
月破芦沟战火飞,扶桑贼寇铁蹄摧。
神州惨烈无宁日,华夏含悲有响雷。
国难忠魂肝胆壮,时危将帅泰山巍。
乾坤收拾龙狮醒,雪耻东瀛足下灰。

嫦娥四号探测器首次月背软着陆(感吟)
独领风骚华夏风,飞船探密后寒宫。
通联中继星连月,着陆遥挥地接空。
筑梦高端寻妙幻,巡游宇宙现惊鸿。
今朝喜看龙狮醒,铁壁铜墙盛世功。

春到人间
家居遗爱与湖邻,四季园中日月新。
紫燕衔泥平地暖,青蛙开口满池春。
红梅旷岭幽香远,绿柳圩堤妙韵津。
一梦时轮山色翠,清风着意扫浮尘。

母亲节忆尊慈
宗门范典授娘亲,待客乡邻满面春。
孝敬公婆遵妇道,宽慈姑叔布仁伦。
养儿育女含茹苦,举案持家费劳辛。
思念无期天国远,英容常忆泪淋身。

一剪梅·思梅
玉屑纷飞落九天。美了城乡,醉了湖山。回眸雪地伫红颜。香韵姿端,冷艳花仙。

梦里寻她思意绵。古律宏词,苏子梅篇。名家彩墨画诗传。君子依然,风骨依然。

雪梅香·咏梅(柳永词格另韵)
咏今古,生来傲骨御寒风。引冰封霜冻,描添玉女唇红。烟雨终残荷池叶,暗香初上俏枝容。淡妆抹,静待围中,期许欣逢。

寻踪。忆苏子,刻石南枝,逝水流东。不尽诗酬,喜看瀚海惊鸿。愿把娇姿伴冬艳,好将新景赐春葱。卿君恋,岁岁相思,情寄苍穹。

鹧鸪天·梦入荷园
怀夜香词托鹧鸪,一帘幽梦会芙蕖。绿衣静泊柔柔水,翠叶留连滴滴珠。

蝴蝶舞,苇莺呼。婷婷玉立隐沉鱼。湖池缺汝无颜色,且把衷情寄素书!

袁灵君

女,笔名婉馨、杨柳依依、佛心玲玲,安徽省阜阳市界首市作协会员,本科。自幼爱好文学,在当地报刊上发表过多篇诗歌。

五绝·雪
苍茫云雾罩,大片舞冰衾。
怒撒冰洁意,每颗为赤心。

五绝·晨
旭日迎朝彩,渔夫荡在河。
微风吹面过,凑兴唱渔歌。

五绝·雨
沥落雨清明,嘀嗒降落行。
犹如思故泪,刺痛女儿情。

五绝·梨花
如雪裹素帏,俊俏绽枝飞。
拒恋蜂蝶戏,芳香沁入菲。

七绝·麦收
五月中旬收小麦,农民不用手镰刀。

田间数次机车响,几亩黄粮入库高。

七绝·丰收
含香麦穗弯腰笑,汗水农民脸上飘。
黝亮皮肤双手皱,丰收喜庆乐消遥。

七绝·将军梦
时空隧道梦中藏,跨越千年卸女装。
铁甲将军心意怅,河边眺望美娇娘。

七绝·梦虎
猛虎寅时入梦来,惊魂夜半汗湿哀。
平常友善与人待,弃恶德馨免祸栽。

七律·高考
试内拧眉汗水透,多年磨剑碎心揉。
儿郎有志才刚识,自古科功栋力求。
奋发读书如状秀,利名淡泊似比丘。
殷殷学子疾书笔,朗朗乾坤道不忧。

楚辞体·九歌·悼恩师
孔子在兮曲度君,桃李遍兮慕凡尘。
赤子心兮研格律,爱心播兮袖清风。
国粹扬兮宏图展,威名树兮儒风范。
仄韵创兮新见解,学子追兮建学院。
医学博兮高成就,古文渊兮造诣深。
谆谆教兮不图报,孜孜学兮我生辈。
五期学兮刚落成,驾鹤西兮生悲愤。
恩师仙兮众生哀,晴天雷兮吾心碎。
众生悲兮赋诗词,曲度安兮天国愿。

袁满华

　　国家公务员,爱好古典诗词,生活工作中偶有所感,常以诗词记之。在贫困村驻村帮扶后,见识了人生百态,对人生多了一份理解,更能体会古典诗词的魅力,愿在传承古典诗词文化的道路上越走越远。

七绝·扶贫村山阿晓遇
绵蛮黄鸟闹丘阿,诉怨如歌又若叱。
屏气凝神为解意,苇花轻晃啄虫蛾。

五律·扶贫村夜从山归
月隐东山后,人归莘确循。
过房惊犬吠,跨垄引蛙嗔。
竹影扶风摆,萤光诱草逡。
门前三跺脚,抖落一身尘。

七绝·日暮山归·夏
一翅疾飞追落日,满林蝉啸送清渠。
萱黄蕉艳凭谁醉?竹韵松风秉性舒。

七律·晓访竹山深处老木屋人家
晓上青山径仄斜,竹林深处访人家。
栀香浮动惊奇卉,松影斑横辨异鸦。
摇尾黄牛坡下啮,挥锄老汉垄间嗟。
荆扉懒扣薪榾满,易地搬迁沐早霞。

七绝·山野春晓
新竹苍松霭翠微,山泉溅玉踹崖飞。
黄莺叶底春声老,种豆南垄沐晓晖。

七绝·晨雨春耕
滚雷惊梦绕山鸣,几处鸡啼送晓声。
双燕斜飞穿雨幕,耦耕深作画春荣。

七绝·远眺
青云层岭邈迤逦,玉嵌林分鉴影移。
世事风抛临旷野,子乔驻鹤引笙吹。

春日连雨·蝶恋花
冬去春来欣跃跃。霏雨连霪,却把花期搁。露泫重重愁漠漠,但怜明镜颜非昨。

幸有诗书消寂寞。卷里游原,年少春衫薄。日与先贤相约乐,韶光留待东风绰。

袁明忠

喝太湖水长大。1988年进入吉林省作家进修学院,文学创作结业。现任中诗报二室执行主编。是上海格律诗社、中国诗群主联合会、新上海文友群等39大群联合诗群主席,百家骚客论坛总监兼讲座主持人。中国作家在线会员,中国诗歌学会会员。

诗钟七唱:春·夏

一唱:(春)风拂柳横如醉,(夏)梦穿云隐若花。

二唱:迎(春)踏雪红梅笑,盼(夏)看云紫燕飞。

三唱:阆苑(春)风杨柳笑,瑶池(夏)梦水莲歌。

四唱:筑梦青(春)花语醉,邀歌烈(夏)晓云天。

五唱:坐石看山(春)草绿,临溪踏露(夏)风轻。

六唱:青山照影寻(春)韵,翠竹题诗驻(夏)情。

七唱:蒸云爱火全天(夏),隐叶看林笑晚(春)。

诗钟七唱:浦·江

一唱:(浦)水悠悠邀月醉,(江)潮滚滚踏云游。

二唱:玉(浦)情怀尘世隐,春(江)韵事达人多。

三唱:风行(浦)外新天醉,日出(江)边锦云迷。

四唱:千帆极(浦)滔滔过,万里长(江)滚滚来。

五唱:乘风踏浪(浦)帆影,驾鹤衔云(江)海潮。

六唱:两岸通航银(浦)笑,千帆待发碧(江)流。

七唱:犹记当年情洛(浦),空怀往事梦长(江)。

诗钟七唱:诗·叶

一唱:(诗)群独步添王气,(叶)片纷飞唱大风。

二唱:吟(诗)踏露清风醉,问(叶)看山皓月情。

三唱:古韵(诗)风增国色,今歌(叶)榭醉天香。

四唱:一阙吟(诗)空照月,千山逐(叶)好迎风。

五唱:申花大爱(诗)心动,震泽新天(叶)脉开。

六唱:心天织锦花(诗)韵,脉路通神竹(叶)声。

七唱:山花烂漫燃红(叶),野水风流入锦(诗)。

踏春游(回文诗)

流溪涧水涧溪流,舟楫帆歌帆楫舟。
在意诚心诚意在,游春踏浪踏春游。
笑声欢乐欢声笑,收集新奇新集收。
得趣闲章闲趣得,投缘结伴结缘投。

古韵新声(回文诗)

吟诗唱响一声雷,醉月新风拓展开。
今古话题标点看,寻天顺达智谋才。

反读

才谋智达顺天寻,看点标题话古今。

— 1471 —

开展拓风新月醉，雷声一响唱诗吟。

诗叶红（回文诗）

红叶诗情爱唱歌，翠湖灵露玉盘荷。
冲前向往心欢喜，蒙雨烟舟小样多。

反读

多样小舟烟雨蒙，喜欢心往向前冲。
荷盘玉露灵湖翠，歌唱爱情诗叶红。

袁庭轩

男，1948年生，安徽合肥人，教师。安徽诗词、安徽散曲、太白楼诗词、江淮诗书画、庐卅诗苑会员。曲常发表于《中国当代散曲》《中华散曲》《中国当代散曲大典》《中国当代散曲精粹》《人世情散曲系列丛书》等。

七绝·登滕王阁

高阁凌空浩宇开，日星无尽吻栏台。
天公有意王郎送，千古人间观序来。

七绝·滕王阁观潮

狂风呼雨卷西山，惊鹜钻芦隐北湾。
吞浪小舟飞赣水，比奔大海向天攀。

五律·游台湾日月潭

迷临日月潭，神刻巧天然。
竹鸟花亭散，船山岛水环。
桃蕉丰更美，潭水渴便贪。
日月依缠紧，手携何太难。

五律·游包河

风掀荷叶翠，雨过柳条新。
红鲤浮清水，拱桥引便人。
阁亭林丛立，孝肃室内囷。
今古多贪臣，铡刀警世存。

七律·登长城

盘山扼顶万余千，墙固楼危耸世前。
山海雄雄封塞雁，老龙紧紧系弓弦。
匈奴难撼国门险，倭寇惨遭关口坚。
歼十辽宁奔涌路，卫吾华夏艳阳天。

七律·游三国遗址公园

奇花异草斗芳菲，古甸新林吐翠微。
三国征云随逝水，一池彩砚隐惊雷。
伏波桥畔松梅笑，金虎台前螭凤飞。
笔下良园添秀色，夕阳无限洒朝晖。

七律·登滕王阁

一

花红林翠暖风轻，车涌人群笑语频。
远近高楼融盛景，外中游客览雄文。
巨轮逐浪赣江引，高铁飞天京圳奔。
莫道六零伤逝事，幸听滕王舞歌琴。

二

巍峨滕阁屹江悠，阅尽六朝春与秋。
南浦水长天地白，西山霞落鹤鸥忧。
游人墨客来千里，赣水航船去九卅。
喜看今朝新日月，洪都万里起高楼。

袁锡琢

男，85岁，江苏省淮安市洪泽区人。

浪淘沙·古堰赏梅

一路沐新风，春意方融。长堤又放旧时红。一派渔湾仙境景，十里芳丛。
琼阁画图同，道接西东。马龙车水五洲逢。欲品湖鲜金釜煮，步履皆匆。

巫山一段云·登青城山

曲径临宫阙，瑶池荡玉舟。欲仙行客

踏云头,乘鹤静悠悠。①
问道寻芳境,听经遣圣猴。青城山上信天游,不必向西求。

注:①是指乘坐索道。

回村琐记
村前草泽看流清,不识层林路纵横。
桃纳春风盈笑靥,小楼大爷说心声。

雨水访梅
疏影婆娑裹老堆,湖溶馨郁岸边洄。
天虽料峭云千客,雨约良辰却不来。

重阳登梅堤
登上梅堤望老山,炼丹圣祖不曾还。
平湖秋日明千里,却步梅堤云水间。

阳光生活
腹有诗文豪气昭,风光处处任逍遥。
金歌银曲钟情舞,绿水青山着意调。
创业持家崇美德,修身养性度良宵。
舍宽莫饮十分酒,漫步芳丛志不凋。

又读中央一号文件
柳绿桃红噙雨露,惠风催迈振兴步。
梁头紫燕唱新歌,春到农家雕玉树。

改革开放看洪泽
特帜高擎步创新,拓荒奋进振精神。
霞披古堰翠妆灿,风惠良田金穗珍。
经济连番开盛世,城乡兼顾酿甘醇。
万家灯火琼楼上,一派和谐锦绣春。

袁修桂

字小草,女,1940年出生,中学文化,市服装厂退休工人。中华诗词学会、湖北省中华诗词学会、荆州市诗词学会会员,石首市诗词学会顾问。中国楹联,湖北省楹联、荆州市楹联学会会员,创作诗词楹联1000余首(副),大多数作品在全国诗联杂志发表,其中获奖作品百余件。著有《小草》诗集。

绝句·中秋夜
皓月照书房,金风吹进窗。
萦怀抒胜景,更觉墨生香。

绝句·夜读抒怀
求索抒怀胜往常,夜深人静读篇章。
诗魂作伴书当枕,万缕情思入梦乡。

绝句·春游桃花山
山环卅里叠连峰,万树桃花映日红。
偏爱吟风吹竹老,好将韵节入诗丛。

七律·重阳节登龙盖山诗会即兴
金风万里艳阳秋,重九登高结伴游。
笔架塔端腾紫气,龙山峰顶耸琼楼。
张张笑脸迎霞彩,滚滚诗潮汇巨流。
一闪金光同合影,醉眉潇洒喜心头。

七律·游洛阳咏牡丹
鼠姑乍放赖天功,青帝妆成气质雄。
魏紫姚黄藏雅韵,天香国色仰高风。
叶随雨露三春绿,花遂阳光四月红。
婿驾女陪观胜景,欲将名谱入诗中。

如梦令·月夜
月夜阳台独坐,照影依依两个,有话对他说,却把奴家抛躲。无伴,无伴,孤寂伤心唯我。

蝶恋花·情思
水秀山青春到早,漫步丛林,百鸟枝

头闹。池水波平临镜照,偎依倒影同君笑。

七夕良宵今又到,惹起紫怀,叙别情难表。红豆相思心未老,抚今追忆当年俏。

【中吕】山坡羊·尚香望夫

绣山远眺,长江波浩,江南江北山川俏。

浪滔滔,水迢迢,刘郎一去信音杳。

伫立峰腰傍古庙。水,还在哮,人,还在瞭。

袁旭升

咏常州名人(均通韵)
春秋季札(常州人文始祖)
宝剑赠人心已许,人卒挂剑至坟边。
莫言此乃区区事,千古厚诚值万钱。

南朝宋萧文寿(刘裕继母)
织履拾柴更种田,孤儿寡母苦熬煎。
老来堪慰数何事?皇帝迎晨必请安。

南朝梁萧统(《昭明文选》主编)
三万图书集凤台,拾珠沧海慰长怀。
我今掩卷惟钦叹,不亚诗宗子建才。

明学者谢应芳(《常州府志》作者)
远离宦海设学堂,芳茂山中隐俊良。
我甚爱其清丽句,十年书剑客他乡。

明陈济(《永乐大典》副总裁)
随机可背万言书,朱棣嗟称两脚橱。
特命终身为太傅,岂非极品老鸿儒?

明唐顺之(抗倭英雄)
猎逐倭寇若雄鹰,江海飞舟长槊横。
莫道此君惟悍勇,当年会试第一名。

明薛应(吏部郎中、经史学家)
敢舍乌纱气若虹,径直叫板老严嵩。
平生更有自豪处,发现提携邹应龙。

明薛敷教(东林八君子之一)
刚烈一如乃祖风,上疏申救赵南星。
谪归且向东林去,千古正直留健名。

明孙慎行(吏部尚书)
因何药案受煎熬?敢对魏阉发骇飙。
更有文章可传世,名篇即是困思抄。

明末清初陈圆圆(吴三桂妾)
冲冠一怒为红颜,知否红颜颇悍坚?
鹤性昭知贰臣耻,茅庵独守彩云边。

清吕宫(清第一届科举状元)
官达一品六连跳,何故苦辞夺路跑?
太后果然出玉纤?嘘嘘只有天知道。

清恽寿平(著名书画家)
常州画派开山祖,没骨艺风属翘楚。
更有一颗冰雪心,只求格调不求富。

清赵申乔(户部尚书)
教子惟缺莫爱钱,害得自己早归天。
同朝父子有天险,岂可弗学并蒂莲?

清庄存与(常州学派创始人)
重振公羊一面旗,乾隆授课敢析疑。
穷经白首竟何苦?应在为国为庶黎。

清赵翼(贵西兵备道)
诗胆如非大破天,敢言李杜不新鲜?

观其传世五千首,足领风骚三百年。

月下孤魂

原名帅世洪,中学高级教师,重庆市诗词学会会员,子曰诗社成员,2017年作品《蝶恋花·望故乡》等入选《中国当代文艺名家名作年鉴》,2019年获第二届世界汉语文学(青春版)全国三行诗大赛二等奖。

七绝·端午之留守儿童
重五风清角粽新,艾香村野浸乡邻。
居家皆乐菖蒲酒,我与爹娘话视频。

绝句
桥卧清江遗古韵,云移柳岸点花香。
春来莺燕迎宾客,冬去轻波送暖阳。

七绝·梅雨
又逢梅雨江南至,淋湿乾坤数月天。
可叹门前三亩地,一池衰草盼来年。

七绝·无题
一篷烟雨一篷舟,半夜残云恨满楼。
青帝难牵星月手,春来春去几时休?

绝句·初夏走农家(四首)

(一)
葱岭天高映草深,悠悠燕雀淡梳琴。
闲来坐看风云起,雨滴芭蕉湿鸟音。

(二)
岭拂清风晓月开,露梳浅草燕归来。
葡萄架下粗茶淡,院里新桃尽粉腮。

(三)
半垄篱笆半垄花,青桃树下话新茶。
田间不说收成满,却道来年卖蟹虾。

(四)
日近山边挂彩霞,清幽曲径有人家。
门庭何处来青草,在外儿孙难种瓜。

2019年6月13日

乐谨言

女,本科学历。本人热爱文字,特别喜欢诗词,在诗词吾爱网上有部分作品。

渔家傲·失眠之夜
(中华新韵,晏殊体)
寂夜难眠孤对垒,黑白难觅心头累。欲弃残局强假寐。何苦睡?拾得几句残词缀。

暮夜零零风坠坠。沉思苦练穷词碎。恰巧晚风催人醉。怕心愧?三言两语拙诗恧。

五律·龙困浅滩(中华新韵)
燕雀高枝诮,豺狼刺虎悲。
争锋于鼠辈,好胜在猫堆。
傲立群山主,不屈万鳖龟。
卧龙伏浅水,翌日踏云飞。

五律·军旅梦
(平水韵,仄起首句押韵)
梦想了何时,除非硕果知。
宁驰千里路,不折万丛枝。
战乱需兵马,和平有驻师。
红妆当舍弃,飒爽展英姿。

七绝·暴雨突降
(平水韵,仄起首句押韵)
密布乌云燕子忧,雷鸣电闪吓黄牛。
珍珠骤降倾盆泻,刹那之间荡小舟。

乐满江湖

原名叶汉成。湖北省黄冈市罗田县人,家住大河岸镇汪家咀村。退休前为大河岸镇畜牧兽医站兽医。爱好书法、古诗词、中医药学、文体活动,闲暇之余学习写诗词和阅读诗词,常以写作诗词的兴趣来充实自己的生活时光。

七律·清明节祭奠天国亲人

迷人芳草绿萋萋,鹊鸟枝头自在啼。
石上奔泉流款款,花丛浪蝶恋依依。
心香缕缕追思忆,叩首频频泣墓基。
天国亲人安好否,虔心祭奠趁时宜。

七律·立秋感怀

晚霞夕照又将收,且看窗前月已秋。
灯艳辉煌喧笑语,歌声悦耳舞姿柔。
邀朋会友时相约,作赋吟诗把笔投。
世味生涯潇洒过,梦寻墨客逞风流。

新春有感

山河仍是昔河山,陌上春回万物鲜。
翠竹迎风舒点首,梅花因雪笑开颜。
郊原芳草连天碧,畈上新苗带露妍。
风雨有情还有意,迎来秀色满人间。

途经深水河即景

深水河边景色优,清流飘带绿千畴。
穿林鹊鸟金梭织,逐浪鱼儿玉尺游。
新路长驱天际外,高桥耸立白云头。
钟声断续催诗韵,一副天然美画图。

美丽罗田

自古罗田享盛名,而今身价更惊人。
花团锦簇朝朝艳,水秀山清处处新。
晓露涓涓增润色,晨风袅袅长精神。
骚人墨客如潮至,誉满千乡万国城。

入夏抒怀

人间四月尽芬芳,气爽风和夏日长。
桃李花飞随水逐,幽兰时过卸清香。
痴心绿柳垂空钓,得意黄莺和伴忙。
万物繁荣新气象,尧天舜日好时光。

春节致微信朋友

二零一八好新春,佳节文明气象新。
已逝年华翻作梦,未来岁月可如心。
兰天万里风光美,微信频传友谊深。
感谢大家常互动,高山流水遇知音。

人生家计感悟四首

一

人生二字不平凡,相处平生是福缘。
同渡时光同志向,互相照顾互支援。
多谋足智为官品,大力勤劳好种田。
聋哑痴呆人更好,无忧无虑好清闲。

二

日子本来是简单,安分随缘没激偏。
别人豪富休红眼,自己清贫莫怨天。
只要勤劳知自足,莫因妄想苦痴贪。
清贫自有清贫福,夜半敲门心自安。

三

幸福居家不在钱,心灵美好自然安。
齐家和好千般好,众意融园万事圆。
遇事大公方正道,居心正直总为贤。
为人难免差和错,理解包容策万全。

四

理解包容策万全,互相信任并包涵。
于心安乐方为乐,遇事随缘便是缘。
妒忌猜疑终非是,专横偏激是蛮缠。
言和意顺心常态,不是神仙胜似仙。

乐宇麟

网名天高云淡，大学学历，原籍安徽，1987年来上海。爱好文学和市场营销。中华诗词学会会员，中国楹联学会会员。

七绝·咏茶
绿丛漱玉醉流云，入水嫩芽杯底春。
色淡香清诗韵透，如凝花气送甘醇。

七绝·云马
矫健奔腾向碧空，嘶鸣阵阵啸长风。
摘星邀月飞船竞，万里乾坤画卷雄。

七绝·茶
脱略凡尘洗碧英，云烟深处悄逢卿。
诗书半卷盈壶梦，玉液生香透骨清。

七律·咏荷
万柄翠屏温婉诗，婷婷花影袅清池。
霞光流彩千川醉，仙女浴波几梦痴。
一堤帘幕湖中卷，四面云山画里知。
时有蛙鸣闲弄曲，荷香藕韵理纤丝。

鹧鸪天·荷
荷伞露凝珠玉妍，花开映日碧云翩。
微风叠翠清幽远，秀水扬波粉艳鲜。
思缕缕。意绵绵，禅心佛韵笼轻烟。
芳魂冰魄凌溪浴，不染纤尘朵朵仙。

采桑子·荷塘月
荷塘影动芳菲灈，秀色绵延，鱼跃清泉。缕缕馨香幽梦妍。
柔光染翠银珠泻，闪烁流连，蛙鼓花前。水佩云裳意韵仙。

乐正和

网名楚山红叶，自幼酷爱古体诗词，幼承家学，经史子集，博览强志。青少年时期即喜作诗，以仿唐人近体格律诗为多，亦间调寄旧词，填写新声。作品散见于各种报刊。著有《哲安诗词》《林泉吟草》等。

元夕寄桃花源间及瀑泉流韵
微祥三白立春寻，料峭今宵入味深。
一径花灯迷醉眼，四围雪月契冲衿。
忘年山水观鱼跃，把盏烟霞击缽吟。
晏卧桃溪舒化境，东风不负灌园心。

有寄（步草堂秋兴韵）
风尘怀忆共弹棋，往事敲残喜与悲。
梳柳月愁离别夜，倚楼人怨断肠时。
常嗟题叶未曾寄，唯恐流光空自驰。
此去樵山不多路，烂柯一局续相思。

步夷水白鸥诗友《唐崖土司城》原玉
阶墀往复几痕苔，一岸钩沉想像来。
细柳曾经沙际没，浮云依旧岭头堆。
碑残带厉无形耳，树老屏藩有象哉。
物景推迁元自化，雀罗今古莫相哀。

步清江诗友《初访咸丰诗友》原玉以赠
珠玉兰襟逸秀存，诗痕咳唾隽寒村。
饯筵已愧负金谷，扫雪还期顾筚门。
律应清风林下敲，心传白水镜中论。
瀑泉歌向琴台月，谁解弦音入夜喧？

重九自适
濯足山泉望八都，人间滋味在江湖。
退居漫说红尘道，坐啸欣瞻白雪图。
笔拙负囊勤问字，身轻披草醉携壶。

寂寥九日篱花客，揽尽秋风共一隅。

岳骊

五岳凌云，出生于秦皇故里甘肃省礼县红河岳家庄，行走商途，创业于酒泉。自幼喜欢诗词，闲暇之余，偶成文字，以抒衷肠。现就学于龙凤文学院。

五绝·望月
看是家乡月，乔居荒漠天。
吾来寻斗米，尔逐累何缘？
2019年7月9日于酒泉

五绝·乡愁
夕阳生客愁，思绪驾云舟。
阔别金山脚，风沙催泪流。
2019年3月18日于312线

五绝·春风赞歌
东风尽费心，妙手丹青意。
点染绣江山，芳菲香万里。
2019年3月17日

五绝·境遇
梅绽三冬暖，桃开一树红。
均为苗圃友，境遇不相同。
2019年1月24日

五绝·重上乌鞘岭
雪路入苍山，楼兰破五关。
金戈墙角歇，将帅尽欢颜。
2019年1月18日

五绝·雪止行途
天涯云外路，任雪来闲步。
待枕暖春怀，芳菲喷语诉。
2019年2月14日

五律·戈壁遇张勤
空山送夕阳，落日舞霓裳。
共住秦湖岸，同眠冷苦床。
前程分大道，坎坷别家乡。
不易逢戈壁，千杯抒寸肠。
2018年5月25日于肃州

五言长排律·公祭日
金陵强盗入，大国受凌羞。
华夏八年痛，山河万里愁。
长江云下泣，五岳雾中囚。
白骨横荒野，尸魂溢壑沟。
凶残千载恨，兽性亿年仇。
龙裔悲安止，英雄憎岂休。
赴汤飞疾去，蹈火莫停留。
怒喝东瀛血，平除贼寇头。
天皇爬地跪，战犯叩刑求。
日出霾尘散，云开战火收。
鲜花围烈士，盛世思千秋。
谨记屠城辱，中华震五洲。
2018年12月13日

曲式五言排律·叹缘
汉水初情陌，云途孤步索。
冬思篆雪花，夏念笺书册。
恋意泰山松，痴恩西岳柏。
银河怒涛汹，碧阙规严赫。
比翼各茫茫，鸳鸯伤脉脉。
红尘坎坷生，万世深渊隔。
捣毁斗牛宫，雄心撑胆魄。
年年浴爱河，日日双栖宅。
2018年8月17日

云岭

出生在燕赵大地，喜欢古诗词。

木兰花慢·山乡小住
近微风秋意，花零落、叶娉婷。恰桃李绯红，葡萄霜紫，梨子皮青。轻轻。茂林修竹,正翻飞杜宇并黄莺。乡里晨烟淡淡,山间草色盈盈。

初晴。雾锁云萦。寅夜雨、露晶莹。见路边、点点香菇玉耳,芦笋芫菁。幽情,草堂向晚,看疏枝挂月满天星。两盏粗茶素酒,一章朗韵秦筝。

解语花·丹若

残英落尽,柳絮飘空,逢初夏时候。陌头陇右。看枝上、杏子青青尚幼。南园午后。小亭外、一株独秀。数点红、闲倚琼枝,雨润胭脂透。

漫舞红巾翠袖。老来花叶落,绛心依旧。笑颜开口。人言是、多子多金多寿。如今皓首。总记起、昔年疏漏。到此时、怎把相知,过成为辜负?

天仙子

水隐喧风花隐雾,江左兼葭江右柳。烟波十里荡扁舟,舞红袖,沽酢酒。新曲堪将春色秀。

新苑庭前栽故柏,却把相知来相负。独邀小月上西楼,凉初透,人空瘦。应是黄昏微雨后。

卜算子·望江南

黄花依疏篱,娇蕊怜怜瘦。本是纤纤弱弱枝,暗结相思豆。

都云望江南,谁在江南候?总被秋风催秋雨,夜半凉初透。

注:有一种小花,它有个好听的名字,叫做望江南。

莺啼序·唐山大地震43周年祭

遗园竹青柳绿,正南湖左岸。微雨后、柏翠松苍,更显丹若花漫。独石础、高擎墨玉,青墙碧瓦琉璃馆。四十三年矣,如烟往事堪叹。

橘火天南,雷鸣地北,酿寅时梦魇。却唤起、负地鳌鱼,翻来河山惊颤。地龙旋、平川荡覆,天龙彻、泥沙飞卷。霎那间,廊瓦催平,层楼横断。

崩山裂地,颓壁残垣,铁桥却斜绾。恨只恨、生机易逝,芦席卷骨,穴土埋香,二十四万。相离父子,阴阳夫妇,生生死死寻常见,况平时、筋折腿犹短。重回故地,无语遥忆当年,泪把栏杆湮遍。

今朝来拜,当日垂髫,现鬓霜参半。备纸马、铺排香案。掸去浮尘,濯洗金字,重整锦缎。星眸蕴泪,心中长恨,千言欲诉语凝噎,问流年、总把幽情怨。晚来黄纸飞灰,烛泪凝霜,痛心谁劝?

行香子·岁末寻梅

小月轩窗,清冷幽香。却曾被,春雪埋藏。青砖铺就,画舫西廊。看数枝红,数枝白,数枝黄。

红灯烛短,烟花声长。又岁终,明日春阳。年关守夜,酌酒寻芳。饮一杯忧,一杯喜,一杯伤。

念奴娇·夏日晚景

凭栏望远,正熏风千里,锦云飞度。数缕斜阳方镀满,脉脉淤滩江浦。杜宇悲啼,黄莺暗啭,皆在垂杨树。鸣蛙声里,落霞飞雁共舞。

我欲唤友呼朋,放歌纵酒,对饮鎏金釜。堪赋起唐诗宋韵,忘议是非今古。运笔描青,纹枰论道,乘醉鸣箫鼓。神游天外,茫茫难觅归路。

梁州令·荷

细细清波淼。如丹夕阳斜照。流云亭外碧连天,清风脉脉,频送幽香杳。

常怜镜里青丝少。远忆弥昏晓。是为年迈多愁思,最怕秋风,吹得藕花老。

Z

臧守梅

女,江苏省沭阳县人,老三届高中。爱好诗文,作品在各级诗文刊物上发表并多次获奖。著有《缕缕乡愁悠悠情》《凡人心语》等诗文集。现任新沂市诗词协会副秘书长、诗联女工委副主任。徐州市诗词协会、新沂市诗联协会、诗文学会、作家协会会员。

"六一"忆童年(二首)

一

儿童节到感怀多,童趣悠悠翻忆波。
遥想当年淘气事,哑然失笑唱儿歌。

二

儿时艰苦不稀奇,咽菜吞糠啃树皮。
老大虽然足温饱,开心最忆野疯时。

小满(二首)

一

展望麦海绿参黄,四夏将临农事忙。
老叔叼烟理机具,秧田阿嫂笑声扬。

二(新韵)

油菜荚黄麦灌浆,蜂飞蝶舞戏花狂。
声声布谷歌小满,预报丰收达小康。

遥祭凉山30消防烈士

凉山灾降毁山林,无畏官兵向火奔。
一阵飙风下黑手,三十勇士化山神。
莺悲深树花含泪,云泣高天月痛心。
恰到清明凭吊日,神州处处祭忠魂。

镜子

庄严方正煜煌煌,冷面虚怀立粉墙。
来客如询仪表状,不瞒不骗自端详。

往事回首

地陷房危罹祸殃,西邻肇事反猖狂。
仗他电虎权势大,欺我草民腰板瓢。
不信窦娥冤苦命,敢追秋菊上公堂。
告官胜诉诚非易,有理还承法治光。

蝉

地宫钻出见天光,脱掉甲盔着锦装。
展翅悠然择高处,伏枝得意颂歌扬。

曾创

中国民间文艺家协会、广东省文艺批评家协会、广东省作家协会、茂名市诗词协会会员,化州市民间文艺家副主席,化州市戏剧家协会副主席等。出版有散文小说集《凡人凡仙》等作品。

五绝·读书

油灯下读书,痴醉忘蚊嬉。
梦醒抬望脚,红斑似痱旗。

五绝·广济桥被撞有感

龙王扭懒腰,广济撞船桥。
惊醒亭牛叫,国人叹几朝?

七绝·游西湖

萧山楼外坐湖边,桥断苏堤见许仙。
峰塔平湖潭印月,龙船梦里一圆圈。

七绝·橘红颂

水库湖山果满枝,莺声飘溢味香奇。
风寒久咳心灰冷,自是橘红显露时。

七绝·赞祖国

神州尧舜见升平,鹰击长空赞隼英。

宇宙星光谁出彩，中华北斗最真情。

七律·读游枫矶夜泊
初读张生夜泊诗，诗情意境历心匙。
寒山古寺峰巅藏，苦客枫林浪吻思。
落魄书生烦闷睡，诵经和尚畅心嘻。
身临舣舸钟声处，诱醉心魔是佛怡。

七律·罗浮山觅仙踪
罗浮山上有神仙，为觅仙踪睡石船。
此刻燕喃声历历，彼时荷女脸圆圆。
凡人卧石求仙梦，美媚莺歌入雾蝉。
吾到峰巅寻不见，抬头始有彩霞天。

七律·西樵山游览赋
我到西樵拜观音，爬山赏景似弹琴。
水山湖泊皆为键，榭庙亭轩也有歆。
菩萨摩天岚靥靥，黄鹂陪唱乐吟吟。
飞家狮鼓天天响，鸿醉神州客喜临。

曾海兰
1967年生，系中华诗词学会会员，长期在长沙《文艺生活》月刊任编辑，今在城里某中学任教，已出版专著。

题九峰山
凝眸只是一窗遥，夏晚登临万丈高。
云淡风轻观自在，峰回路转乐逍遥。
千年银杏横连理，一眼月泉映柳梢。
最羡乡情抚梦远，天涯萦绕听松涛。

曾红乐
男，广州市人。传统诗词爱好者，多年来一直坚持写作，诗词作品和书画艺术评论文章多发表在诗词吾爱网、雅昌艺术网、四川艺术网、《广东美术报》、品酒论道等专业大型网站、专刊上。职业为商。

念奴娇·赠余姚市吴老先生（词林正韵，第三部）
阳明故里，曲水流觞地，兰亭书意。贤达隐归山水间，想必悲摧如谜。柳岸朦胧，休怨烟雨，只为端阳至。紫燕飞舞，泥巢何处院第？

常思屈子羁禁，汨罗情薄，却留离骚体。南粤小生耽夏梦，吴老戏谈青史。缘分难求，日沉西顾，相见迟来悔。共邀吴越，他年梅熟新试。

2013年6月8日于浙江省王阳明故里余姚市

七律·过甘肃丝绸之路咏汉使张骞（平水韵，十五删）
天路高悬万仞间，祁连横卧鸟惊颜。
草枯戈壁谁怜悯，风卷黄沙自野蛮。
险道张骞穷尽远，驼群汉节步多艰。
舍身本为君王事，九死余生凯旋还。

2017年11月29日于甘肃

七律·题骆兆虎蕙兰图（平水韵，十灰）
蕙兰兆虎笔尖裁，雅士端藏凝思台。
蕊吐天姿殊品格，叶留仙骨独神魁。
屈原吟颂无边爱，汨罗倾情有节哀。
休怨丹青徽宗绝，庄公梦蝶为香来。

2017年冬月于广州善德楼

七绝·人生感悟（平水韵，一先）
人如林间众飞燕，抵雨迎风未了缘。
苦将浮名重泰岳，无闲放纵荡云烟。

2019年6月1日于广州善德楼

七律·为友人家中名贵猫咪题（平水韵，七阳）
友人厅里萌猫现，双目传神琥珀光。
本性翻腾如猛虎，而今疏懒变娇王。

— 1481 —

饥餐专膳非鱼饭，饱胀名医有药方。
天下可怜儿女意，只知怀宠忘爹娘。
2019年7月27日于广州善德楼

七绝·阔别巽寮湾多年后适逢七夕重游留句(平水韵，十一真)

旧地巽寮今重见，银滩十里浪无垠。
涛声七夕思残梦，人间沧桑几度新。
2019年8月7日夜于惠州巽寮湾嘉华

曾纪科

工信部电子五所教授，兼任国防科工委质保体系评审员、中国电子设备可靠性委员会副主任。系原电子部及广东省外语干部中首位研究员。发表诗词800多首，多次获国际优秀奖、特等奖、金奖，被授予"中国艺术名家"系中国诗词研究院副院长、国家一级诗人。

咏上海进博会

盘古开天第一桩，浦江进博展辉煌。
开门接客千邦赞，白鸽频飞引凤凰。

游上海外滩

上海江滩景色浓，星稠月朗闪霓虹。
长街百里行人拥，马水车龙障目濛。
陈毅英姿留圣景，明珠光射广寒宫。
如痴如醉神仙旅，梦幻天堂舞玉龙。

改革开放40年

回首风云四十年，民生造福谱新篇。
飞天绕月嫦娥笑，航母巡洋夙愿圆。
轰六飞台如信步，动车高铁世空前。
鼎新开放财源滚，保卫和平举钢鞭。

临江仙·博鳌论坛

喜见论坛开博鳌，一堂共济和衷。商谈发展互相通。交流共识，合作促繁荣。
天下纷争无息日，美俄斗，患无穷。和平共处包容，大同通世界，命运共相同。

鹧鸪天·抗战胜利70周年大阅兵

七十春秋展玉钟，京华兵阅满天红。三军队列英威武，武器尖端映太空。
辉国力，贯长虹，和平捍卫有金龙。东风浩浩环球荡，世纪神州越百峰。

西江月·嫦娥四号登陆月球背面

火箭浓烟滚烫，西昌傍晚微凉。嫦娥登月甚安祥，万里英姿闪亮。
何惧天公抖搂，放心星汉遨翔。月球背面谱华章，捷报环球歌唱。

沁园春·变

昨梦神州，百户招魂，万寨尸飘。望江南塞北，群魔乱舞；大河决口，血浪滔滔。地裂天倾，横空出世，敢与天公试比高。毛公立，树锤镰旌帜，抗击魔妖。
红旗一展多娇，引华夏英豪挺直腰。改革春风到，富民强国，中华民族展风骚。七十年间，翻天覆地，着令昆仑青史雕。齐心干，振兴千秋业，莫等明朝。

曾建林

男，1964年生于湖南省双峰县荷叶镇，1986年毕业于湖南人文科技学院汉语言文学专业。毕业后从事中学教学和企业管理工作。1988年开始在报刊发表报告文学、散文、诗歌、小说、论文。多篇作品曾先后获省、市、区文化部门奖励。

仲春抒怀

和风细雨润长河，戏水鸳鸯荡碧波。
岸上桃花如幻梦，塘边嫩柳逗新荷。

花归大地留原色，心系家园唱壮歌。
吟得小诗无限首，今春种在向阳坡

荷叶诗协聚会有感
同安聚会有高贤，荷叶人文一脉延。
笔友携经临故里，骚朋获宝结良缘。
围台论道吟心曲，促膝谈诗寄梦圆。
但借春风吹醉韵，百花齐放庆丰年。

曾江保

笔名陇耕。生于潇湘，客住岭南；沉浮闹市，躬耕国文。现系渌水诗社社员，西安市雁塔诗词学会会员，洛阳市诗词学会会员，中国青年作协会员。文章散见于《诗词月刊》《湖北文学》《山东诗歌》《山东散文》《人民日报·海外版》等刊物。

临风抒怀
飘飘梧叶退残妆，苦被澄觞惹醉狂。
倦鸟归飞辞客巷，任它烟雨水茫茫。

莫道春光无觅处（新韵）
青藤长短草悠悠，小筑风光作画楼。
胜却阿房无限事，群芳自立倚墙头。

诗心不悔度华年（新韵）
诗心漫道号风流，四载漂泊仍未休。
满院萧条不忍顾，秋风秋雨倩谁收。

岭南吟（新韵）
频添碎雨夜苍凉，谁引春风荡入窗。
梦里常居闲垄上，东篱携杖采菊郎。

与欣怡书（新韵）
南岭学生赠我书，春风频送暖修竹。
当年别作三秋冷，今日重逢万物苏。
瘦影不堪明月照，玉壶曾把宿心伏。
此中情谊何能忘，回寄欣怡柳一株。

萍聚（新韵）
燕子双双去似龙，蹉跎羁旅水淙淙。
天南地北寄檐下，冬去春来卧柳风。
潭水桃花归野鹤，推心置腹告飞鸿。
山遥路远勤挥手，只见云山不见容。

如梦令·轻舟行走
去日白云苍狗，转瞬轻舟行走。屈指近秋悲，一路向前依旧。一昼，一昼，等顾月明时候。

曾俊甫

湖南诗人。

寺侧寻鹅池墨池不得
名士风流久未逢，笼鹅洗墨务躬行。
池塘荒草催蛙雨，亭榭斜阳记鹭盟。
坐久期公挥翰手，行来赐我悟禅声。
闲中兴趣知难得，留看斑斓日影生。

微雨过松雅湖
料理诗怀纪见闻，小湖寒意逼秋新。
期谁散漫拈花起，共我欢欣向晚巡。
楼榭雨馀灯炙眼，水云看久榻容身。
锦屏十里幽蹊在，媚眼芳菲更几旬。

天鹭湖与众诗友拈韵得仙字
烟云起处属神仙，数子相看气色全。
岂必论诗飞雪夜，祇期闻道养花天。
稻粱事了倾心住，台榭人来抱酒眠。
一卷南华经鹭守，泠然读到第三篇。

陈芳谓连日赶织围巾，拟月底来湘面赠有作
密线期予一裹温，岁残风雪恐频频。

麝香衾枕迷前梦，花影门墙记故人。
引颈正须纤手系，会心仍近彩灯询。
鸣琴瀹茗来何夕，欲乞柔乡住此身。

海棠兄寄示诗稿并赠红木卧香炉
如海牢愁荡未销，独摩云水照迢遥。
群呼燕雁霓裳趁，一往诗禅绛节朝。
萧寺梦回馀大惑，晚斋笺檗记新谣。
劳君远赠琅玕在，起爇香炉读寂寥。

陈芳手脚畏冷，余恒为其捂热
闭门呵冻力能任，往复烦劳肯尽心。
岁晚松筠分座暖，居闲殿阁见灯沉。
一时共汝拥裘坐，百载期吾抱膝吟。
不羡风流老张敞，按掌更胜画眉深。

午间与陈芳同过赁舍看书
光回小牖借初匀，布被匡床暖更陈。
知汝独耽缃帙架，与余同坐凤凰茵。
吟哦渐觉馨香出，翻检仍期意态新。
砚席傥能留一笑，不辞买断邺侯春。

陈芳游兴国塔，于微信发照片数帧，颇触予怀
更向名园作独游，塔身与世两仇雠。
劫沙成此经何事，烽火于人又百秋。
祇见佩回楼蠢蠢，不堪梦醒雨幽幽。
太平当日殊风景，梵鼓玄珠各不犹。

陈芳拟从江阴搬往常州，临别眷眷赋此劝之
一徙毗陵过晚霞，转头他日亦天涯。
微身在世长为客，小室安心即到家。
暖眼重来疑梦见，欹鬟此去恐愁加。
检馀囊橐无多物，记向澄江阅岁华。

曾美华

男，83岁，大学文化。湖南省娄底市人。从小热爱诗书画。在学校、工作期间，用业余时间创作投稿，后任《湖南日报》通讯员。退休后在省、市老年大学深造10多年。曾参加全国性诗书画竞赛，获得50多次金、银、铜奖。三次到美国加州参加华人诗书画活动。现为省、市、区诗书画协会会员。

五绝·鞭炮
炮响云天外，花开市镇中。
家家多喜庆，祖国万年红。

五律·白马湖泛舟
白湖秋水阔，小棹入花林。
莫道幽篁少，且看狭路深。
三山青嶂合，一水彩霞阴。
闲听闻猴啸，舟横笑语轻。

七绝·陪妻
吾痛病妻卧院床，临街花店觅芬芳。
归来装点情人节，一捧初心对夕阳。

七律·钻石婚抒情
浪漫无关花满床，从来大爱在平常。
一双巧手参厨里，千日相随不远行。
盟要时时思梦续，情须寸寸用心量。
头中自有风流句，步入钻婚向太阳。

古风·牵挂老伴
老伴三更就起床，多时不见回归房。
忽然想去看究竟，滚动身驱坡衣裳。
站立刚刚见老伴，我问她是否吉祥？
答说肚子不舒服，牵挂老伴为平常。

蝶恋花·蚂螂恋花
独朵红花开正艳。好似姑娘、打扮胭

脂脸。恰值秋光真太险。炎炎烈日谁来念?

唯一蚂螂情意感。不怕睛炎,整日殷勤探。只愿天空云雨淡。互相关爱心无憾。

更漏子·夫要共著书

著作长,文字细,散赋诗词传意。平生事,人清歌,流年一掷梭。

人微醉,夜难寝,分说围城滋味。天不老,爱成痴,永为连理枝。

【越调】小桃红·观娄星广场

娄星独有广雕场,大众天天上。跳舞琴棋竞歌唱。撰诗章,颂歌上帝,心身畅。每天不知、有多人去?真热闹非常。

曾梦雄

中学教师,湖南省诗词协会会员。

登岳麓山（新韵）

圣地重来观胜景,虬枝古木绿葱葱。
碧江波涌千帆竞,岳麓云开万里晴。
蠹蠹丰碑歌不朽,深深足迹引前行。
高山仰止钟灵秀,自古湖湘唱大风。

咏九峰山玉兰花二首（新韵）

（一）

流水高山云作伴,天生丽质自无瑕。
春风缀满枝头上,欲放诗情漫赏花。

（二）

枝头紫玉婷婷立,浅笑嫣然雾吻唇。
胜日寻芳何处是,九峰山里有花神。

曾少怀

湖北武汉人,中华诗词学会会员,湖北省诗词学会会员,武汉市作家协会会员。在《中华诗词》《湖北诗词》《诗词之友》《诗词百家》《新国风》《诗词月刊》等20余家刊物上发表300多首格律诗词。同时,发表散文20多篇。

七绝·感悟

春蚕作茧后飞蛾,种藕泥中始露荷。
自古勤劳终有报,人生岁月少蹉跎。

七绝·小女（新韵）

女儿岁半家中跑,学语咿呀稚气淘。
端水为其擦手脸,她藏门后躲猫猫。

五律·秋夜咏月（新韵）

秋后江南夜,薄纱似雾茫。
涓涓随地影,淡淡满田黄。
天上云拥月,人间露带凉。
春光从此老,风送稻菽香!

七律·思友（新韵）

偶然相遇聚京郊,牢记诤言影渐遥。
半桶清流终晃荡,全熟麦稻总弯腰。
为人诚恳谦虚甚,处世平和秉性娆。
常望北方思绪远,夕阳将下大山娇!

七律·樟树颂

香樟遇暖吐青芽,嫩蕊形如木槿花。
万叶千枝常绿树,一年四季现奇葩。
严冬挂碧人称赞,酷暑留荫景更嘉。
换旧生新无影迹,天天月月展芳华!

咏庐山

香炉紫雾现山巅,雪雨难摧数万年。
峭壁巉岩松劲秀,碧泉银瀑水流连。
深深蓄蕴绵绵气,稳稳撑高渺渺天。
绚丽斑斓传广宇,一帧胜景展新篇!

采桑子·芦苇赞（词林正韵）

婷婷玉立江滩上，泥下抽芽，水里生涯，寒露飘扬顶上花。

妖娆只在深秋后，头上披纱，无限繁华，万种风情映彩霞！

浣溪沙·深秋思怀（词林正韵）

天地轮回菊绽黄，秋风萧瑟送清凉。白云之下雁成行。

别往迎今思有梦，推敲平仄韵绵长。临窗远眺赏斜阳。

曾少棠

茂名南天诗社会员。本人喜爱诗词、字画、拉琴、唱歌等文艺。2012年《快乐老人报》广东老人诗词大赛获二等奖。2015年"诗词世界杯"中华诗词大赛获一等奖。现为中华当代文学学会会员，香港诗词学会会员，中华诗词学会会员。

七绝·黄河颂

万里开川颂母河，育吾华夏乳何多！
奔腾今古全无息，为谱中华壮丽歌。

七绝·乡愁

故乡古井溢甘泉，育我族人无计钱。
游子他乡创大业，常思水是故乡甜。

七律·黄鹤楼

鹤楼矗立大江边，待鹤归来多少年？
岁月无言留胜迹，骚人有意续新篇。
长江浩浩东流去，世事滔滔演向前。
阅尽英雄成与败，鹤飞依旧渺长烟。

七绝·赞酒

清香逸爽醉人迷，常喜杯娱带月归。
雅兴堪称君最妙，流觞咏对话神威。

七绝·农家乐

山环水绕醉桑麻，自在林园自在家。
垄亩荷锄无限景，农家处处映新花。

七律·归野乐

回归乡梓乐无求，湖海逍遥荡木舟。
野鹤闲云何自在，清风明月任优悠。
静从世事观今古，懒向时年问夏秋。
浊酒一壶尘俗外，仙踪绿野自风流。

忆秦娥·国庆回眸

东风烈，天安门壮三军阅。三军阅，城乡处处，鼓频歌越。

喜看开放江山碧，神州异彩中天月。中天月，中华盛世，史传书说。

忆江南·赞深圳

深圳美，富丽又堂煌。大道纵横排绿树，高楼矗立展红装。新市好风光。

深圳好，人尽乐安康。改革迎来金凤舞，创新开辟地辉煌。政善四时芳。

曾宪章

男，网名赣水山人，江西省赣州市龙南县人。县诗联学会理事编辑，市诗词学会会员，中华诗词学会会员，南天诗社会员。曾获多次全国诗词大赛奖项。文学作品散见于国家省市县等刊物。

七绝·暮春

柳上莺声醉日斜，山岗叠翠续新茶。
风和那觉春将老，波涌鱼欢戏落花。

七绝·游归缘岛

水抱岸林云彩围，通幽花径晚风微。
景迷那记来时路，几只沙鸥引我归。

七绝·春兴
闲步桃河柳岸南,绿红霞彩水蓝蓝。
和风蝴蝶翩翩引,香气时来花二三。

七律·春兴
春暖人间春暖天,总将诗意许流年。
溪环村野柔情唱,霞映桃红浓艳燃。
水上清波舟荡荡,风中江畔草芊芊。
长河云接霓虹夕,柳岸纷披七彩烟。

七律·桃江新貌
街市繁华隐旧痕,花亭拆拱建新村。
车行岸道树荫路,楼在江湾水映门。
晨读草堤书梦远,暮归舟影夕情温。
星星闪烁波光织,船满鱼肥酒几樽。

七律·游归缘岛
江边隐隐瓦红房,青草芊芊绿岛芳。
曲径梦幽人幻恋,斜姿竹秀鸟梳妆。
柳湾水碧鱼追影,林岸花明藤绣廊。
醉饱风光虹夕彩,诗囊采满乐回乡。

七律·桃江之夜
风过栏杆水自流,长虹红紫绿芳洲。
云低霞落入山岭,草荡烟连归鹭鸥。
馥郁清香飘柳岸,朦胧碧影动江楼。
星星闪砾波光织,唱晚渔歌月下舟。

鹧鸪天·寒冬
雪压青山雾锁舟,朔风漫野舞荒丘。
残荷节抱秋光尽,寒鸟林藏枯草愁。
花易落,雁难留。一江瘦影水凄流。
多情最是河边柳,只待春风迎故游。

曾玄伟
曾获16项国家专利授权。其中一项2003年曾获评为广州市优秀专利项目。2017年11月曾获广东温泉宾征文优胜奖。2019年4月曾获成都市望江流公园征联优秀奖。

五绝·乞巧节观云(新韵)
幻化是奇云,仙姬隐跃临。
罡风如作美,显我意中人。

七绝·湖心亭品茗
亭处湖心客在楼,凡尘暂隔觉闲悠。
风过碧叶婆娑舞,粉萼无言却点头。

七绝·夏至
荷塘今日好风光,菡萏蜻蜓孰个忙。
无赖东君添闹意,迟迟不愿下山冈。

七律·鸡足山虚云寺古梅
耄耋才闻古妙梅,蹒跚策杖赏伊来。
虬枝绰态虚云立,雪萼寒霜着意裁。
疑是荀君挥汗植,方教香气满山回。
千年高寿游人羡,驻足之间悟绝埃。

注:荀君即荀戒。

点绛唇·贝尔湖之星空
湖没银钩,晚风淡荡烟霞绝。抬头一瞥。天幕教人悦。
万点仙萤,璀璨交明灭。流星越。长空瞬裂。幸好旋重缀。

清平乐·六月荷花(李白体)
看池中物。明艳芬芳勃。唇染胭脂肌如雪。一瞥幽思难辍。
莫道腹内常空。清气充实其中。异日芳华过后,莲根莲子登丰。

唐多令·往事(刘过体)

— 1487 —

重访旧亭台。何曾见玉钗。忆韶华、执手常来。欣看双飞蝴蝶舞,情缱绻、两无猜。

好事每难谐。汪洋永隔开。雁空鸣、伫岸如呆。千里相思惟对月,缘或尽、未忘怀。

浣溪沙·儿童节感怀(调寄韩偓)

忆昔儿时捉柳花。捕来双手赠娇丫。未开情窦爱萌芽。

田里迎风追蛱蝶,林中缘木摘枇杷。常忧冈上日西斜。

曾跃进

福建福州人,笔名虹天下。男,1958年生。至今创作格律诗词及现代诗200余首。其中,部分诗作投稿并收录于大型诗词集《黄浦江诗潮》、"福苑杯"全国大奖赛《中华当代名家诗典》及《当代华语名家文选》等。著有虹天下诗词集《梦山湖畔》。

七绝·老少观棋

日高竹密巷幽深,黑白死生静静分。
鹤发观棋惊不语,小生出手乃童真。

七绝·六一节逛西湖杂想

画舫有联渡竞天,诗廊无字待续篇。
岸边栈道连湖海,老少同游我是仙。

七绝·赏海边夕照

雨后阳光气象新,鸥游鹭翅美人吟。
渔舟摇落一滩岸,夕照掬来万点金。

青玉案·独倚阑干

栏杆独倚车行处。五十里,来回去。不见山川花与树。仄身屈背,底沟上下,尾气和尘土。

豫西雪地冰山路,但湿春时牡丹雨。最是忧伤愁几许?问曹营地,关公心绪。尽日期新驻。

摸鱼儿·七夕别后

鹊桥牵,一年今夕,两厢情爱相会。星河灿灿云波软,廊外一弯流水。新月媚。任漏夜轻风,拂尽相思泪。良宵苦味。是欢喜无边,闲愁有恨,添酒不能寐。

今宵又,绾合珍珠玉佩。依然千载无悔。此番别后归无计,王母应知惭愧。君不见,全宇宙,视频高铁中华最。天宫可配。道浪漫忠贞,缠绵凄美,一样沁心肺。

查旺春

湖北蕲春田桥四流山人。爱好文学,曾有各类作品散见于全国各地报刊。担任多个诗词群主编、顾问,有作品入选《2018当代诗词先锋人物》。

七律·见证榴岛巨变

客居玉岛廿三年,醉看榴乡景变迁。
东岭柴扉成故迹,西郊栋宇换新天。
虹桥跨海舟车竞,锦鲤兴波鸥鹭旋。
文旦芳名驰九域,阀门重镇五洲连。

七绝·咏长江

巨龙劲舞啸东方,纵跃奔腾傲宇沧。
浩气横生光日月,雄姿焕彩灿辉煌。

七绝·观春草偶感

三邑交邻景不同,这边憔悴那边葱。
百般疑窦心头寂,共是春天两样风?

七律·寄韵祝贺胡志高村油菜花界

短炮拎来又长枪,轮番上阵满山忙。

情招四海吟风客，景惹千家润笔郎。
一径清溪村院美，满园沃土菜花黄。
新朋故友如云集，共举胡公作赋王。

七律·纪念五四运动

何忍东方障雾霾，寒宵夜迫蕴惊雷。
龙吟虎啸冲天起，帜烈旌辉接地来。
醒世良言摧朽骨，兴邦志士展雄才。
共和远景宏图挂，封建残余化袅灰。

七律·新春新景新思绪

春姑昨夜又归来，醒目山乡似见猜。
陋室蓬门成梦影，新村栋宇耸云台。
触屏静坐观时景，搜韵巡回咏腊梅。
幻彩烟花翔喜气，冲天炮仗唤惊雷。

七律·赞我蕲阳

钟灵胜域古蕲州，卓著芳名史册留。
济世英贤催浪涌，兴邦志士赛风流。
一溪秀水蒸龙气，两岸青山掩凤楼。
王府承恩书巨典，杏林药圣誉环球。

查阳春

男，65岁。湖北浠水县人，大学学历，退休公务员。湖北省诗词学会会员，浠水县诗词学会常务理事。2015年至今有30余首诗词发表于省市级诗词刊物。浠水《清泉诗词》为其出版专页。

七夕古今

玉律天条无计年，银河恶浪隔情缘。
鹊桥一夕夫妻面，难诉衷肠万万千。
何惧王娘划玉簪，神奇客栈太空悬。
开通微信飞船渡，团聚无须请鹊仙。

北大荒见闻

六十年前北大荒，棒驱狍子雉鸡狂。
万千将士耕农亩，数顷嵩丘变谷仓。
风过稻田金浪滚，机穿沃野笑声扬。
喜闻前景明方略，固本强基握碗粮。

游英山四季花海

飒飒东风细雨绵，温泉河畔柳如烟。
情融月季蜂拈蕊，意绕山茶鹊唱天。
一岭杜鹃红数里，几方角堇艳周边。
群芳绽放晶莹馆，撩得诗人咏丽篇。

踏秋

重阳结伴下蕲州，车送歌声雁送秋。
拜谒墓陵瞻药圣，荡舟湖面逐飞鸥。
桂香菊靓红枫艳，日暖风飔玉液稠。
遍赏古城新秀色，茱萸艾贴尽囊收。

中秋月夜思母

黄橙绿橘沐银光，小院风飘桂子香。
去岁吾陪娘赏月，今宵月伴我思娘。
孤鸿飞过哀音泣，残叶吹来瘦骨伤。
堪叹人生尤苦短，遥看玉兔万年长。

鹧鸪天·题斗方禅林

峨冠东南一佛山，形方如斗眺浠川。
禅光日影呈祥瑞，竹浪松涛竞丽颜。
罗汉洞，梵经间，奇梁古庙鲁班安。
穴生三甲莲花地，暮鼓晨钟别样天。

西江月·咏策湖湿地公园

白鹭戏翻芦荻，靓姑嬉弄荷莲。丹霞碧水泛渔船，笑语欢歌一片。
吞吐长江气息，沉浮西塞容颜。风云青史永流传，又以新姿呈现。

詹强

西班牙籍华人，1947年出生于浙江省青田县。系中华诗词学会会员，浙江省诗词与楹联学会会员,浙江省丽水市诗词与楹联学会常务理事,世界华文文学家协会(香港)理事,西班牙中国传统诗词空中课堂发起人兼主讲老师,欧洲中华诗词研究会会长。

千秋岁·蛟龙突击队

胸怀天地。豪迈青春寄。潜浊浪,驱魔鬼。熔炉锤铁骨,坚砥磨神技。威风凛,金盔迷彩钢枪配。

制敌尖刀利。卫国忠肝系。生死以,精神伟。练兵标的绝,反恐功夫秘。时代唤,肩挑使命终无悔。

采桑子·祭凉山救火英烈

蘑菇云起山林急,烈火狰狞。魔鬼无情。危难当前勇逆行。

义无反顾冲锋进,悲惨声声。泪祭群英。浩气高原共永生。

浣溪沙·走进章乃器文化广场

四十悠悠岁月飞。玉兰等得故人归。美名岂管骨成灰。

雕像崇高齐五岳,标杆肃穆刻传奇。民心有账誉相随。

注:章乃器,逝世于1977年,他亲手栽植的玉兰树苦等着他。

破阵子·赠陈国坚

岁月磨尖笔剑,痴心锁定前程。十八好奇萌远志,八十华光映彩灯。祖宗担自承。

再现东坡神韵,重温李白豪情。漫步宋唐探底蕴,融汇中西传美声。劲歌引共鸣。

注:陈国坚先生是西班牙籍华人,他是"2017中华之光——传播中华文化年度人物奖"获得者。把《唐诗三百首》等中国诗词精准地翻译成西班牙语,获得专家们的高度评价。

南歌子·红星亭

剿匪多艰险,持枪为国家。安民肃境荡沉渣。无惧惊涛骇浪献年华。

岁月山川改,英名世代夸。红星亭立伴云霞。不朽光辉与日照天涯。

南乡子·初夏望文成百丈漈有怀

咆哮振声迴。素练悬空破雾飞。深壑弥珠盈碧翠,微微。氧润春心快乐追。

瀑布织帘垂。细雨飘飘透湿衣。即使孙猴来此地,难栖。动地惊天若打雷。

鹧鸪天·游盐山文化公园

仙女横眠眼对天,风梳长发若琴弦。地魔着意藏奇宝,洞底迷人读古篇。

花雪白,玉晶圆。银丝垂挂密如编。沾衣盐水偷偷落,滴滴生成越万年。

注:西班牙卡尔多纳盐山形成于4000万年前。

占传忠

男,1956年2月生,湖北大冶人,外科副主任医师。曾任中国国民党委员会中央委员,民革湖北省委副主委、省政协常委,黄石市政协副主席,黄石市卫生局副局长。现任湖北省中华诗词学会副会长,黄石市诗词楹联学会会长。

五绝·上武当山遇雾

揽胜登金顶,轻车助步高。南岩浮雾海,太极弄云涛。

七绝·赞屠呦呦获小行星命名(新韵)

皱纹满面透维艰,研制青蒿治疟丸。自信真金终发亮,一星闪耀九重天。

注:屠呦呦,中国著名药学家,因发现青蒿素治疗疟疾的新疗法,挽救了在全球范围内特别是发展中国家数以百万计人的生命,于2015年10月,获诺贝尔医学奖。国际天文学联合会(IAU)国际小行星中心,于2015年12月25日将第

31230号小行星永久命名为"屠呦呦星"。

七绝·冒雨登黄石西塞山二首
（一）参观古炮台
江天一色雾迷茫，乘兴登临雨湿裳。
抚炮观涛思不尽，须凭科技捍家邦。

（二）登北望亭
湖光市景尽朦胧，疑在瑶台看太空。
风雨千秋多少事，江山代代出英雄！

七律·咏黄石新港
一路春风一路霞，棋盘十里竞繁华。
煤沙堆垛千山立，货物通关众口夸。
铁臂飞扬箱起舞，商船泊驻浪飞花。
九州水运连新港，满载欢歌向海涯。

注：黄石新港，位于湖北省黄石市阳新韦源口棋盘洲，由深圳市盐田港股份有限公司控股与黄石市交通投资公司合作建设，是长江中上游七大港口之一。

浪淘沙·上网下棋
周末意怡然，上网休闲。楚河汉界战犹酣。对局无声情有趣，不觉宵残。
回想胜棋难，步步皆艰。人生博弈一盘间。一念之差千里隔，切莫贪婪！

西江月·游桂西崇左市大新县明仕田园
四面山峦堆翠，一园隔世风光。河鱼钓起煮鲜汤，竹筏漂流对唱。
幽境闲游惜短，情思幻梦犹香。养鸡种菜浴高阳，书画琴棋共赏。

张文

黑龙江省诗词协会会员，齐齐哈尔市作家协会会员，依安县诗词协会会员。平生爱好读书以养心志，学习诗词以抒情怀，收藏古玩以添乐趣。曾在《黑龙江日报》《鹤城晚报》《龙沙诗刊》《依安文苑》等报刊发表多篇诗词、诗歌、散文作品。

沁园春·说棋
笑议先贤，对弈残局，趣味性强。觅棋源问考，研文道细；象经著录，品谱参详。旧论新篇，传言典故，意见难同已久长。随它去，任风烟骤起，戏斗如常。
投眸楚汉争疆，激战勇、骁兵悍将忙。看车行五岳，马驰四域；炮轰二垒，卒过三江。士守边关，象围古堡，老帅军中赤帜扬。奇招妙，展雄才大略，保境安邦。

沁园春·言琴
巧刻桐型，定位绳丝，诸式蕴情。考羲皇制器，方兴古瑟；文家配乐，始有秦筝。显露才能，纷呈技艺，待客操琴雅致兴。腾波浪，似高山流水，与世无争。
师工手法轻灵，指抖擞、弦音散满庭。赏古贤妙曲，欢弹意象；今人玉律，笑奏心声。演绎风清，宣飏气正，七韵悠扬贺太平。龙池啸，颂神州永固，万代昌明。

沁园春·画
笔润坤灵，墨染风云，色漫碧天。展林深草茂，崖飞水涌；花妍兽壮，鸟叫禽欢。写意雄关，素描险境，皴法披麻斧劈山。繁荣景，现涂鸦宇阁，世外桃园。
逍遥浪漫人间，入画舫、芳颜衬隽贤。绘古代文豪，体优圣者；今朝雅士，貌赛神仙。道子精功，其昌巧技，洒下金光妙术全。兴隆事，示丹青业绩，幅内奇观。

沁园春·浅说书法
溯本求源，帖体书形，篆起李斯。览张芝熨锦，流馨凤往；羲之展纸，点墨龙驰。智永公权，真卿孟　，怀素庭坚羡陆机。先贤趣,为名园殿宇,处处联题。

弹毫技法三规,屡读意、临摹背用痴。看王铎行草,根深骨瘦;金农楷隶,势劲工奇。白石镌章,启功示字,撇捺钩连手迹遗。今人意,赏方家艺术,幅幅珍瑰。

沁园春·说茶

泡尽浮尘,煮透菁华,粒粒味馨。习安康妙术,神农药法;冲煎巧技,陆羽茶经。浅论毛峰,微言普洱,议大红袍竹叶青。夸龙井,赞银针云雾,色丽香盈。

仙泉碧水壶烹,摆玉盏、红黄白黑盛。赏花甜爽口,贤公惬意;汤甘润嗓,雅士怡情。笑饮强身,欢尝理气,久品芳茗体健宁。通心境,恋真和净趣,岂可无清。

张明

江西省九江市人,文艺工作者,编导。中国舞蹈家协会会员,江西省舞蹈家协会会员。曾多次荣获国家级及省市级奖项,现旅居香港,任职电视传媒。诗词爱好者。

青玉案·过班芙雪山

班芙国家公园处加拿大亚伯特省,乃冬季度假圣地。

连天飞雪旋空舞,岳似劈,峦如锯。壑断云沉风急怒。巨峰斜卧,万年冰堵,迷邻来时路。

停车爱看风还住,月破冰枝莹晶树。夜话围炉人处处。半堂春暖,满窗雪絮,坐听中西语。

鹧鸪天·梦咏

菀柳千枝万叶风,黄鹂斜过画墙东。新茶古卷南窗困,小枕低床绮梦惊。

弄琴瑟,赏歌钟。忽如今世宋唐踪。谪仙共我吟边醉,匹马横刀邀放翁。

鹧鸪天

楼底云生窗下风,街灯雾锁看朦胧。比肩五老观霞日,对坐香庐听雨松。

赐天意,赏芳踪。梦中婀娜使相逢。缠绵朝夕情何许,心有灵犀未点通。

春来伤离分

倚新柳,东风怀里诉相思。见云移霞月,潋摇俪影如痴。娇面秀眸闻轻语,蕙兰芳暖执柔荑。情无极,诺许终身,千转轮回。

分飞。燕离绝,一去经年。雨虐霜欺,每到春来,怅恨拟比天齐。生怕花朝半日别,忍将浮世一生离。霄晖里,又是东风,说与谁知。

张爱国

男,笔名絮雪飞花(诗词吾爱网用名)。工科学士,在深圳一家外企工作,高级工程师、高级项目管理师。父母是老师,因家庭环境爱上诗词文学。曾发表过一些作品,上海诗社会员,岭南风韵诗社会员和特约评论员。

五绝·八哥(平水韵,十一尤)

灵鸟本无忧,雕笼不自由。
只因能解语,种下半生愁。

注:八哥,八哥鸟,能学人言。也可用鹦鹉作题。

捣练子·旧景难寻
(词林正韵,第十部)

杨柳岸,月笼沙,萤火悠悠听噪蛙。大遍高楼平地起,传来阵阵《女人花》。

注:原来的流萤蛙噪自然曲静景,没了,取而代之的是高楼和现代流行乐。

阮郎归·东风又一年
（中华新韵，八寒）

春来秋往瞬息间，东风又一年。落英成溷怎堪怜，吴霜修鬓尖。

新梦岁，去欢年，榴梅红更鲜。韶华轻度柳花廉，对花频自嫌。

三台令·何处横塘立尽
（词林正韵，第四部）

何处横塘立尽，那边纵陌如初。烟影村头老柳，小桥流水人无。

注：同样原来的地方，田野一切如初，村庄还在，见不得儿时之人了。

三台令·感（词林正韵，第二部）

风染梨花赛雪，雨摧柳絮成殇。春去韶光恨短，雁来秋意忧长。

长相思·愁丝如乱麻
（词林正韵，第十部，欧体）

朝彩霞，暮彩霞，相似容颜相似花，遥遥一夜笘。

思无涯，恨无涯，同样相思两处家，愁丝如乱麻。

注：朝霞和晚霞多么相似，但它们有一夜之隔。

鹧鸪天·踏春（中华新韵，十一庚）

暖暖春光暖暖风。随心懒懒览西东。红红绿绿无边景，雨雨霏霏有限晴。

孤步走，踏伶仃。花香鸟语舞蜂莺。双双紫燕楼前绕，问我为何独自行。

鹧鸪天·股市曲线
（词林正韵，第一部）

蜡烛根根列阵容。高高矮矮布山峰。引丝长短玄机露，颜色分明苦笑中。

红变绿，绿翻红。周年日月线飞从。金叉起势堪能入，死结弥留万事空。

鹧鸪天·发小（词林正韵，第十部）

嬉戏河塘光腚娃。泥炉纸碳过家家。分桃伙枣齐头卧，共碗同杯并手拿。

都长大，各天涯。相逢陌路语无华。重提往事终平淡，草碧塘空住野蛙。

张爱民

七夕

和无簪管负空弦，弦柱颤托憔玉颜。草舍宽席余两地，篱鲎忧坐几重天。孤悬织女银河岸，深锁吴乔翰海边。若使忧思得处寄，灵犀有待转婵娟。

凤凰台上忆吹箫·点点滴滴

独立三更，夜长沉寂，赏乏星月寥稀。任冷风倏起，乱卷青丝。孤月圆缺来去，终不见、各就东西。张张弃，沉沉日历，满地堆积。

急急。问归日子？何处话别离？彻夜盘膝。乞夜风怜我，捎带音息。依顺风来方向，遥望去、盼切归期。归期处，纯真友谊，点点滴滴。

眼儿媚·春游

何道山高路难行。漫步待清明。春钟早毕，秃山雪岭，壁上寒冰。

俯头一派烟云景，蒲草应婷婷。闲游少女，三分才气，七点心情。

张昌武

湖北咸宁人。当过下乡知青、工人、大学教师、党政干部。中国古典诗词的仰慕者、求索者。倾真情写作，守一方净土。以追寻唐风宋韵为乐事，自娱自乐，与同好同乐，且乐此不疲也。

五律·诗意春来
寒客如知己，窗前对我开。
诗从诗外得，岁向岁中来。
腊酒当挥洒，东风正剪裁。
池塘春草又，不说矣焉哉。

七律·怀念鲁迅先生
烛照丹心写九州，魂灵刻尽恨悠悠。
狂人疯话堪惊世，阿Q圆圈枉断头。
血沃中原燃野草，寒凝大地发芳洲。
先生一去成千古，何日归来孺子牛？

七律·咏庐山
此山遍地是诗篇，倾倒今人更古贤。
风口含鄱能吐日，险峰有洞可成仙。
来来去去云随意，曲曲弯弯路上天。
牯岭谷旁叹陨落，春秋如水梦如船。

注：庐山会议旧址（原名庐山大礼堂），位于庐山牯岭东谷长冲河畔，掷笔峰麓的火莲院。

七律·天岳关凭吊
杜鹃声里共登临，天岳英魂试又寻。
白发偏随绿涛上，青霄正压暮云沉。
江山此处存忠胆，日月何时托壮心。
我欲因之挥一阕，留将后辈健儿吟。

注：天岳关位于湘鄂赣三省交界处的湖北省通城县麦市镇境内，建有天岳关抗日阵亡将士纪念亭、无名英雄墓地和碑林，1997年被列为湖北省重点文物保护单位。

七绝·稀龄先后得孙子孙女喜而吟之
腊梅偏占一冬香，嘉树梧桐立凤凰。
天赐我家新日月，娉婷枝上尽春光。

七绝·偶成
谁赚浮云谁赚闲，从来彼此不相关。
今宵酒醉明朝醒，你看楼台我看山。

一剪梅·平生路
岁月无情步步追。才送冬去，又接春回。我家草木总萋萋，不说芳菲，自是芳菲。

休笑今兮鬓发衰。少小存志，老大扬眉。人生难得浩歌飞，酒也频挥，笔也频挥。

金缕曲·读范文正公
忧乐千秋记。范公情、烁今震古，几人堪比。唐宋明清都过了，仿佛瞬间而已。淘沙浪、呼号千里。载覆沉浮多少事，此乾坤、渺渺如稊米。偏揉进，热肠里。

浩歌一曲惊天地。且长留、几多肝胆，几多凭寄。还有啼鹃声声血，世代传之我你。永不灭、人间正气。风雨鸡鸣望寥廓，问何时、一统江山丽。告禹域，真雄起。

张承平

诗刊社子曰诗社会员，北京市西山诗社会员，重庆市诗词学会会员，万州三峡诗社会员，三峡诗社编辑部主任。喜欢诗词创作，在多家书报刊发表诗词近百篇。

西江月·建南忆事
绿水青山碧透，蓝天白云空悠。穿岩眼洞亦风流，誓与群峰竞秀。

沉醉伤悲唯美，清醒快乐无愁。四人煮酒气方遒，往事如烟难旧。

苏幕遮·中秋
水杉苍，峦嶂远。苏马离怨，故至不听唤。旅行路途难作伴。除却西风，爱念心头窜。

日光梭,时令转。落叶飘零，又是中

秋返。往事随风如影幻。一地相思，化作声声叹。

七绝·贺嫦娥四号在月球背面着陆
嫦娥月背国旗挥，中继低频射电飞。
玉兔蟾宫闲漫步，炎黄科技显神威。

一剪梅·巫山
暮雨朝云无影踪。峡谷幽深，文脉奇雄。古连龙骨大溪魂。亘接高唐，神女承通。

八景三台十二峰。大小三峡，红叶江枫。悬棺栈道鬼神工。秋月平湖，碧彩飞虹。

沁园春·重庆
八万河山，物华天宝，人杰地灵。自山城直辖，沧桑巨变；昨天古镇，今日新城。蜀道不难，动车轻轨，南北双江桥横衡。誉名骋，有火锅麻辣，美女娉婷。

公园鹅岭诗情，北碚缙云森林茂盛。解放碑高厦，摩天接顶；巴南渝北，遥望呼应。经济中心，领头试点，基地城乡生态兴。凌空舞，乘天门索道，直上霄庭。

西江月·石柱
五彩土家哭嫁，双峰石柱望霞。半城山水半城家，璀灿滨河夜下。

莼菜黄莲凉夏，草场湖水游佳。女将良玉誉中华，名与寿山同驾。

七绝·壶口有感
黄河浪起晋秦中，壶口咆哮怒吼雄。
直破龙门过万仞，华山脚下掉头东。

七律·国庆
露初夏末好风流，奥运酣过兴未休。
醉饮楼台不怪月，诗情水库只为秋。
金牌喜壮华人志，场馆欢迎旅客留。
更有神舟翔宇宙，高歌祖国复兴遒。

张传亮

山东潍坊人，中学高级教师。中华诗词学会会员，潍坊市作协会员，潍坊高新区作协副主席。在《诗刊》《中华诗词》《星星》《诗选刊》《草堂》《作家报》《诗词报》《长白山诗词》《东坡赤壁诗词》等60多家文学报刊发表作品，多次在全国诗词大赛中获奖。作品编入《中国当代文艺名家代表作典藏》《当代诗词精选》《千家诗词》等图书，出版诗集《闲云偶雨》。

七绝·端午
抱石惟期毅魄归，不随渔父唱斜晖。
千秋谁解三闾恨，只见龙舟浪里飞。

七绝·周末与旧邻斗牌
香醅浅饮恰怡身，围座争雄半似真。
牌艺不精犹喜赖，笑歪茶盏沁前巾。

七绝·听天坛回音壁
皇穹四抱翠松森，侧耳椒墙谛古音。
五百年间闻一句，天机不过是民心。

七绝·游北京大观园
平生自许一红迷，翠馆香亭不敢题。
秋爽斋中如入社，俗身只合洗棠泥。

张春波

1999年生，内蒙古赤峰人。中文系在校生。作品散见于《贵州文学》《雁塔文艺界》等刊，入选《中华诗词2018年度盛典作品集》等多种诗词选本。曾获2018"诗词荣耀"中华诗词年度盛典一等奖、

2018诗兴开封国际诗词大赛"九九诗才"称号、第十五届天籁杯中华诗词大赛金奖等奖项。出版诗词集《花上月令》。

诉衷情

当初年少看花郎,痼疾惹轻狂。几番风月心上,物我两相忘。

人在此,与情长,不思量。无言无语,几许柔情,几度柔肠。

七绝·感春

清风坠绿几方春,细捻丛芳一袖醇。
谁道年光无味处,依前花屐入香茵。

点绛唇

幽怨重重,底愁多是人间事。早知如此。不见伊人耳。

梦里伤心,甚矣心哀矣。难相似。往时滋味。惆怅东窗里。

江城子·别乡

长庚摇梦过新城。月空明。抵三更。感自飘零,却负我诗成。伤别伤春多少意,人未语,别离轻。

此间何处著浮名?劝长醒。咏谁听?空剩年华,往事总纵横。岁月匆匆终似梦,多不似,旧心情。

采桑子

人间行尽凄凉处,辗转途长。一载秋光。懊恼平生伴泪行。

昔年往事随今减,难更思量。独自柔肠。纵使愁心一半亡。

张春华

女,甘肃凉州人,甘肃省诗词学会会员,武威市作家协会会员。作品散见于《飞天》《诗词》《诗词百家》《诗词月刊》《长白山诗词》《中国诗赋》《大西北诗人》《华夏文明导报》。

七绝·初春柳湾湖感寄

清溪流响又春歌,岸草新芽唤小鹅。
往事已然随序去,春风能否释沉疴?

七绝·春日天马公园记游

春回万物竞萌芽,草破新泥处处家。
蓄势桃苞千树发,东风一夜满城花。

七绝·凉州春日所见

春揉柳眼惺忪看,丛雀枝头频问安。
墙角香椿仍熟睡,迟迟不发怯余寒。

七绝·天马湖春行

桃施胭脂柳眼开,湖光波映燕归来。
东风千里挥神笔,再把人间春色裁。

七绝·清明凉州郊外踏青有寄

一湾湖镜梦云天,远树泛青浮柳烟。
春草年年此时绿,心情能否像从前?

张春艳

女,网名瓏仙立雪,笔名莲子。1958年7月出生,初中文化,1979年参加工作,就职于一冶工业安装公司,从事测量工作,于2003年退休。2009年开始学习诗词曲至今。现任武汉散曲社常务副社长兼秘书长,武汉诗词编辑。

仙吕·一半儿

多日阴雨今逢晴天,欲赏梅无奈俗事缠身。故得拙作。

几堆乱稿任难脱,春炫洁梅人快躲,绪绕小屋咱怕裹。怪心活,一半儿溜出,一半儿锁。

【中吕】山坡羊·无题
山门关闭,桃源开辟,荒蓬野草一刀剃。睡东篱,梦东篱,无心跪拜名和利。但与梅竹闲对棋,赢,在画里;输,在画里。

【南吕】四块玉·说红豆
脱褐荚,煎红豆。小小心儿把思勾,将肥慢慢熬成瘦。魂外游,苦内守,诗倒愁。

卜算子·无题
昨日拍梨腮,今日瞄桃蕊。艳影芳姿入镜中,不惧花儿寐。

朝旭赶城南,夕暮奔城北。足迹匆匆惊雀飞,欲拽春斑尾。

卜算子·情寄诗词
夜夜耗青丝,日日煎红豆。仄仄平平负了郎,独对杯中酒。

苦塑格高低,懒计人肥瘦。敲得星残月也残,韵系门前柳。

注:曲均依《北曲新谱》(新韵)而制。词依《词林正韵》。

张纯峰
男,1974年8月生,山东滕州人,大学文化,现为滕州市第二中学教师,枣庄市政协委员。系中华诗词学会会员,枣庄市书法家协会理事。曾在报刊杂志发表诗词作品近100篇(首)。

七绝·立秋感怀
晨起感微凉,金风忽入乡。
田头问挥汗,喜自渐秋黄。

七律·咏荷
亭亭玉立碧波中,绽放含苞各不同。
粉面佳人姿袅娜,绿裙细颈舞玲珑。
三分羞涩幽香送,一派轻凉薄雾蒙。
拒染污泥因脱俗,惟留清气满苍穹。

张存元
河南虞城人。1965年由国家高等教育部从北京军区选派留学法国,1969年国外大学本科毕业。一生从政,历任河南省睢县县委副书记、夏邑县县长、商丘市政法委副书记、商丘市供销社主任兼党委书记,平素喜爱写散文、诗词。主要文学作品散见于《人民日报》《河南日报》《散文》《散文百家》《散文选刊·原创版》《纵横》《中华魂》《中华诗词》《诗词百家》《安徽文学》《大河报》《老人春秋》《商丘日报》等报刊。著有散文集《澹泊斋漫笔》《陋室闲谭》。现为中国散文学会会员,河南省作家协会会员。

七律·新中国70华诞感怀
回首中华七秩前,苍生涂炭鬼狂欢。
军阀混战尘寰乱,外寇欺凌日月寒。
星火燎原灭腐恶,神州挺立换新颜。
复兴路上多奇迹,国盛民殷天下安。

七律·圣地延安颂
万里长征入陕甘,红都北徙设延安。
敌军封锁缺粮饷,将士开荒排万难。
窑洞灯光指路径,全民抗战挽狂澜。
步枪小米开新国,功载汗青宝塔山。

题延安范仲淹祠
范祠高耸凉山巅,守土功勋万古传。
西夏叛离犯宋境,延州遍地起狼烟。
临危受命赴疆场,修寨治军驱敌顽。
兴利强农商贸旺,边民安泰俱欢颜。

注：延州：延安市旧称。

七律·读《黄鹤楼诗集》

在黄鹤楼游览区购了一本《黄鹤楼诗集》，该书汇集了唐初至清末历代名家登临黄鹤楼抒怀律诗佳作。读后感悟良多，赋诗一首。

一从吴国建斯楼，历代名家乐此游。
迁客登临抒苦楚，骚人览胜赋忧愁。
咏怀诗律皆规范，运笔风格竞自由。
纵使崔诗多拗句，古来评点占鳌头。

注：崔诗：指唐代诗人崔颢名篇《黄鹤楼》。

留法 65 级同学上海聚会抒怀

归国分离五十载，中秋聚会浦江边。
青春风韵已飘逝，晚景姿容犹未然。
回念留欧报国志，畅抒创业谱新篇。
絮谈彻夜不能寐，相见时难别亦难。

2018 年 9 月 27 日

五律·中秋节夜游黄浦江

赏月中秋夜，浦江观景游。
乘船金灿灿，谈笑乐悠悠。
灯火流光美，月宫殊愧羞。
嫦娥独悔恨，遗憾别神洲。

2018 年 9 月 27 日

五律·上海陶家湾休闲农庄颂

度假幽香处，远离城镇喧。
青竹绕别墅，桥榭伴清泉。
潭谧鱼浮水，林深鸟读天。
丽人游此地，起舞似神仙。

2018 年 9 月 26 日

五律·上海新场古镇印象

牌坊耸碧落，楼宇若飞燕。
河水穿街过，拱桥架巷间。
古朴幽雅韵，烟雨水乡天。

以盐兴城史，芳名代代传。

2018 年 9 月 25 日

张大峰

网名执着，内蒙古赤峰市克什克腾旗人，江西云裳一道诗艺社主编。职业务农、养牧。中华楹联协会会员，内蒙古诗词学会会员，多家诗社编辑、编委，诗词吾爱签约作者，作品散见于多家报刊及公众号平台。

七律·春日闲作

东风无意寄鱼笺，隔望西溟尽渺然。
梦里菩提依旧在，经中香火不如前。
霜轮未解春将半，路脚难回废十年。
旅燕重归颜子巷，东翁白发又三千。

七律·晨起口占一律

欲道襟怀景不开，一春心绪满书台。
残诗草草因随兴，倦笔迟迟总卖呆。
足下有痕难自识，眼中无界为谁猜。
仰天未见归鸿影，已是风催三月来。

七律·3 月 20 日春分大雪有作

须臾气象几愁闻，总是河山负使君。
昨夜霜风吹雪粒，今朝晓日散晴云。
诗情尘意虚难合，树色烟光淡不分。
天地从来无量处，四时偷令乱更勤。

七律·迟春

三月东风柳贯条，冰融汛水扫溪桥。
春阳草色寒犹带，梦底霜痕淡未消。
岁序终归迟日转，乡愁仍是乱云飘。
清樽沽醉西窗客，又把花期负几朝。

七律·下夜班晨归偶得

东来日色片微芒，叠岭云低驻草黄。

— 1498 —

谷外江湖迷眼界，溪前牛马影山梁。
颦眉愁见身何处，搔首岂因兴不妨。
自问攸心还可在，未曾诺许那时光。

七律·暮春有感

四月初来景渐新，南风吹送杏园春。
诗穷懒作登楼赋，酒尽空馀思远人。
步履依然澹往客，襟怀未必自由身。
可曾一笑寂如水，终是沧浪色太真。

七律·端午感怀

时岁端阳捻旧符，棕香蒲酒话荣枯。
汨罗江上翻新浪，黎庶门前挂彩葫。
二楚风骚传佳赋，三湘水浊漫荆吴。
悲歌不障喧尘曲，竞鼓飞舟祭大夫。

七律·病中偶作

又做伤家劫后身，徨徨恁处落安尘。
感怀寞寞悬心月，惆怅萧萧驻马人。
野陋门前谁是客，闲居堂上鸟为邻。
今番再许重来愿，却恐昨宵梦不真。

七律·生日有感

生期又至促加年，聊对西风饯岁笺。
千里孤航迷去路，几回穷海转归舷。
才猷尽付樽中酒，意气空随指上烟。
未逐征鸿魂梦在，何因思著不堪眠。

张道兴

笔名秋实，学名张群雄，1950年2月生，江苏无锡大墙门人。著有《秋实吟草》《秋实文集》，主编出版有《当代邑人咏无锡诗词选》《岁月如歌》。现为碧山吟社社员，中国诗词研究会会员。

七绝·忍草庵八景

题记：前几年，余曾多次登惠山寻访忍草庵踪迹，见那粉墙黛瓦的忍草庵和矗立在半山的贯华阁，虽已斑斓剥落，但在松林的衬映下，还不失古朴素雅。由此，每每面对便会想起当年顾贞观(梁汾)与纳兰性德(容若)在楼阁彻夜长谈的美好传闻；更会想起300多年前那些温文尔雅的先人吴伟业(太仓)、陈维崧(宜兴)、朱尊彝(嘉兴)、姜宸英(慈溪)、严绳孙等，或在此结社，或应顾贞观之邀来此，他们风流倜傥、谈笑风生，面对山坞景色，曾咏成忍草庵八景："中秋翠嶂、习坎冷泉、九峰晴雪、五湖烟云、戛云宝铎、响月松涛、怪石眠空、秋林梵呗"，当自己置身其境时，惆怅中总有一种莫名的冲动，能否以咏诵之篇来梦寻先贤意境？于是就有了以下之作。

一、中秋翠嶂

旅雁崖前成列飞，凉风浪荡惹人衣。
虬松叠翠九峰丽，下晚家园一径微。

二、习坎冷泉

松苓涧水散轻烟，下溉平畴年复年。
每到北风萧瑟际，茅峰独看泻寒泉。

三、九峰晴雪

茫茫喜色入神州，瑞雪皑皑玉气浮。
巍峻九峰成一色，良辰短恨贯华楼。

四、五湖烟云

轻挑帘帏目所穷，蓬舟欲渡五湖中。
暮来霁雨云虹近，笑指黄梅翠岭东。

五、戛云宝铎

塔楼高耸破云明，宝铎和鸣风递情。
六幕消凝千里静，眺望也觉出尘清。

六、响月松涛
夜色清阴翠崦深,松鸣天籁涤尘心。
草庵孤峙桃源外,对月闲寻醉和吟。

七、怪石眠空
拜经台上望红尘,横卧畸躬月下麟。
自与山神风雨合,苔生紫翠得仙身。

八、秋林梵呗
静寂空山明月秋,林深叶落一程愁。
庵前忍草梵音闻,课诵晨昏清韵修。

张道友
笔名弓长张,山东郓城人,现供职于济南铁路局。中国诗词研究中心、中国诗词研究会会员,中国现代作家协会会员,山东省青作协理事,山东省作家协会会员。著有小说集《天问》。

西安城游
登临瓮城望雄姿,修缮人家草萋萋。
长乐安定益长远,闸楼星火耐品足。

见相思·满庭芳
扬州西湖瘦,古镇怀抱香。乌篷惊春梦,堤柳映白墙。
六朝粉叶风,万古苦堤忙。缭绕南禅寺,笛吹幽梦长。

晨起
钗红云鬓饰容妆,一夜秋风送竹响。
彩蝶雀鸟踏玉楼,行露干重凝冷霜。

盏灯
炽灼迷茫细掂量,院林难掩瓦上霜。
客满细思抬望眼,嫩笋出土也鲜亮。

错爱
星辰石桥回南天,一刹微笑动纪念。
蜻蜓驾荷戏错爱,几滴哀怨泪各安。

回乡
言将椿萱忙,隔江望断肠。
忠厚又后继,少时一模样。

春忙
残雪化泥护冻魂,泠风施虐盼明媚。
试问春风催何梦,芬芳初泛映竹林。

丁字湾
悠悠两波五十年,离间穿透绣花衫。
半世银发难消瘦,一朝跪扑丁字湾。

三月喜雨
红花蒙蒙韵耕期,碧绿清脆复苏时。
不知脸庞谁拂过,三月杏花得喜雨。

张德易
已退休,重庆诗词学会会员。

浪淘沙令·春之峦(李煜例)
薄雾遍关山,明净依寒。青天问道睡云鸾,花月如何谁不耐?且遂谁先。
风雨润春园,芳惜人间。湖光欲媚尚梳笺,挟瑟自温杯莫冷,常袖窗前。

己亥季春

齐天乐·读吕碧城诗词集(周邦彦例)
两眉常露天悬剑,犹捐血凝肝胆。笔底沙风,苍穹骤雨,千劫天涯皆敢。纵横坷坎。只禅悟云头,劲迺尘澹。蕴墨清流,小操涩瑟替何敛。

浮春飞絮恨陷。且将荆聂试,波履临惨。晚寄闲愁,晨迎绮梦,百二函关可勘。

卑斯一暂。化西雪东连,问谁同探。警示梅魂,枕仙多可鉴。

己亥桃月

七律·吊陕西安康副市长李建民

清廉市长复还多,破壁山窑能是窝。
穷己一身昂信念,为民千日舍蹉跎。
家乡陋室甘甜有,桑梓荒芜滋润过。
戴月披星生命急,应留后世断肠歌。

己亥孟夏

七律·感事

曾有丹青绘水莲,何无足迹揽花仙。
春楼霁雪隔窗望,夏榭琴心垂露眠。
杨柳闲聊成织锦,琼台未必见丝绵。
天机应悉茫然处,随影飘萍则悟禅。

己亥仲夏

七律·赞连横诗词

连家战马气吞缰,飞跃神州还故乡。
三代偏痴拜尧舜,千词尽吐哺田桑。
琴书可解心中怒,玉弩强攻胸外伤。
百载风烟终讨日,海湾响彻楚歌狂。

己亥仲夏

七律·再咏沉香

千年阴木百沉香,漫漫芳菱路雪霜。
明则藏身因蕴质,蛰居珍己为存量。
奇馨浓郁成琼玉,凝结甘甜缀美浆。
依水潺流声远息,浮云寂寂等寻方。

己亥季春

卜算子慢·咏红梅(柳永例)

盈芳窈窕,娇蕊媚柔,有比润嫣铮皎。本性寒山,万象宛然孤俏。极千纵、恰似莹心渺。此物贵、灵台可与,云霞竟在光照。

旧识何人笑。论瘦也微疏,瘠堪虚好。急盼春宵,洒满野香斗鸟。一丝残、休怪销魂早。便独倚、离愁乱数,并炉烟重绕。

戊戌五九

玉蝴蝶·门前三角梅有感(柳永格)

又小阁轻繁茂,邀春满格,一袭嫣笼。各自风花,真个斗尽霓虹。似笺砾、锦欢斜月,如酒令、嬉谑苍穹。再匆匆,嫌天难信,微雨临丛。

飞鸿,霜星不易,敢潮江阻,万里初衷。只为佳期,断云虚夕未朦胧。念梅影、余香虽辗,指竹疏、腹气犹融。但相同,夺妆时艳,最是霞空。

戊戌孟夏

张殿军

网名飘忽不定。中华诗词学会会员,"中国诗歌网"2017年中国诗坛实力诗人,内蒙古诗词学会会员,兴安盟书法家协会会员,扎赉特旗诗词学会分会会长。诗作散见于《中华诗词》《内蒙古诗词》《诗选刊》《诗词月刊》《东坡赤壁诗词》等几十家纸刊及百余家微信期刊。

西江月·致敬父亲

仗义扶危济困,乐施行善德高。风霜雨雪一肩挑,足下沧桑多少?
岁月无情荏苒,寒来暑往操劳。园中小树细心雕,喜见结桃相报。

七律·高考(新韵)

繁花六月散幽香,学子乘舟欲远航。
十载耘耕书海觅,一朝国考笔情扬。
迎风沐雨千般苦,伴月学文几度忙。
只盼题名金榜处,唯期誉满好还乡。

七绝·学生机器人比赛(新韵)

— 1501 —

青城首府任徘徊，三小英豪筑梦来。
骄子胸中藏技艺，芬芳桃李竞相开。

桂殿秋·庆建党98周年
仇外寇，著佳篇。锤镰引路梦同圆。
初心不改全民意，大展鸿图阔步前。

七绝·干旱逢雨有感（新韵）
禾苗缺水渐枯干，有眼彤云细浪翻。
新绿只因昨夜雨，迎来嫩叶上枝巅。

七律·山行
芬芳四月总关情，浪漫由怀笔下生。
山杏迎风陪嫩草，柳枝含笑待黄莺。
近观涧底涟漪起，远望林间绮丽城。
三五憨哥沃野聚，几多钓叟岸边行。

张定华

网名情深深，四川省仪陇县人，初中文化，随感入诗，世界汉语文学等会员并在纸刊微刊发表作品。

七律·奉和叶宝林社长《赠格非冯柏乔博士》
莫道年华不可追，春潮细雨各霏霏。
星移倚仗人皆老，云浸芒鞋我自岿。
把酒三杯天竺去，开怀一笑子陵归。
常从逝水怜清影，羞与君前说格非。

日子
一步天涯万种情，风风雨雨意中行。
万山路上寻幽境，几斗星光几斗荣。

熬夜
生计常来千日夜，万杯苦酒醉人行。
只为那点芳年好，一路征途望月明。

河柳
千丝万缕绿相迎，春岸桥边钓翠晶。
谁把暖风揉水面，低头饮尽月光情。

捣练子·春耕
春雨润，草青浓。暖日犁田菜出棚。
麦起身姿香绿道。壮苗花粉向心空。

春雨
一夜春风起，吹青万座山。
乌云生暗淡，暖日渡寒关。
草叶莹珠挂，溪河碧水潺。
借来东海汛，浇湿杏花颜。

暮春
柳钓清波燕戏丝，黄梅催雨正逢时。
荒埂欲上春深浅，一步泥窝一句诗。

小溪
静卧林深处，流溪绕石过。
湍湍追我梦，不舍去江河。

咏玉白菜
羞羞白叶卷清贫，不愿泥污粘玉身。
常是农夫三顿菜，得来雅兴富家珍。

点绛唇·春思
一路芳香，熏风阵阵蛙声鼓。湖河柳树，更有黄莺舞。

对景相思，思我家山侣。心相聚！人如花絮，飞向青天去。

张定田

男，62岁，退休教师，大专文化，青年时，喜好参与民间歌咏活动，钟情于彩莲船、蓑草锣鼓、三棒鼓等民间文化活动。退休以后，加入诗词社团，现为宣恩县诗词楹联学会会员,作品常在《贡水文澜》《凌云风》《清江诗词》等刊物发表。

飞天桥望七姊妹山
飞天桥上欲飞天,渡雾腾虹会七仙。
仙景凌空沉若梦,神驰化域莫飞天。

椿木营颂
七岩俊秀化神仙,缦妙轻纱等管弦。
僻径悬崖猪量背,黑松嫩笋蚂蟥川。
忠和颜笑辞随口,立三挥毫不共天。
跑马空灵风吹冷,桃园世外倍新鲜。

注:缦妙轻纱乃飘纱白雾。猪量背即猪娘背。忠和,李忠和老师。立三即严立三。不共天,不共戴天石碑。

十六字令·风
风,来也无形去没踪。行过处,遍地是飞红。

张冬菊

茂名南天诗社会员,安庆市诗词学会会员,安徽省诗词学会会员,中华诗词学会会员。

七绝·夜闻船笛有感
船笛无由破寂寥,魂随号子任波摇。
流年耗尽烟花雨,紫电青霜岁月刀。

七律·黄鹤楼
檐飞翅展云中殿,典雅雄浑黄鹤楼。
霞映金波摇汉水,层林叠翠掩行舟。
山横九派承龙脉,帘卷乾坤岁月道。
古扑民风涵楚韵,千歌万曲唱风流。

七律·归元古寺
威仪静穆归元寺,三院分庭气势宏。
坐殿传法龙护杖,藏经牍典凤鸣东。
回廊田字排罗汉,断尽烦愁五百宗。
战燹迭年重修葺,丛林秀苑古苍穹。

临江仙·龟山
西接月湖云矞,北收兰楫波光。荆风楚韵自齐梁。一峰观四景,二水奏宫商。
翼际雄关高耸,宿星并岫霓裳。巨鳌浮水若天罡。花间繁蝶舞,翠苑众蜂忙。

江城子·楚波亭
翻江倒海势如倾。劈岩层,动山根。九曲泥流,叠浪似龙腾。坝泄洪涛高万丈,疏浊道,护长汀。
临崖历险屹天兵。擂金鼙,鬼神惊。一脉通涓,水利振新塍。福泽乡邦安国泰。昭日月,楚波亭。

张恩国

1945年生,辽宁营口人。1963年下乡,1964年参军,曾任海军潜水艇政委、岸勤部政委、部长。1989年转业。曾任大连交电公司党委副书记、大商集团宣传部长、商场副总经理等职。2016年出版诗集《春蚕秋语》。

五律·缅怀伟人周恩来
首义起南昌,西安说蒋良。
胸怀容四海,肝胆照蛮荒。
辅国兼文武,兴邦胜管商。
身膏华夏土,浩气共天长。

七律·喜迎新中国成立70周年
三皇五帝千秋史,浴火重生七十年。
守正创新行大道,强军富国继先贤。
雄心逐梦追科技,壮志攻坚种福田。
愿与环球同冷暖,神州丝路五洲连。

— 1503 —

七律·八一抒怀
家国情怀英杰梦，悍天镇海守边关。
冲锋陷阵弃生死，抢险除灾灭祸患。
解甲为民不移志，打工创业勇登攀。
布衣素食犹思念，东海南沙阿里山。

七律·长江怀古
游轮徐驶大江东，水险山奇梦幻中。
夜探张飞扶汉鼎，昼观神女度云虹。
黄金水道千秋梦，高坝平湖万代功。
三侣大夫归故里，当为盛世赋兴隆。

五绝·参观杜甫草堂、武侯祠、都江堰
草堂怀广厦，一表鉴千秋。
香火二王庙，安澜万古流。

七绝·参观重庆白公馆、渣滓洞
歌乐山高草木葱，青松翠柏柱苍穹。
黑渣白馆雄魂壮，锦绣江川血染红。

浪淘沙·颂党的十九大
大道布人间，国泰民安。五年磨砺史无前。聚力凝心奔四化，党引风帆。

观陆海云天，风雨如磐。中华智慧五洲传。决胜小康同逐梦，时代新篇。

临江仙·战友重逢
军旅生涯情义重，营盘流水匆匆。当年解甲各西东。历经坎坷，白发喜相逢。

地北天南同筑梦，挫折挑战重重。艰难险阻敢争锋！青春无悔，把酒话初衷。

张福生
1938年生，辽宁营口县人。大学毕业，从事航天事业30余年，研究员级高工。中华诗词学会会员。作品曾获120余次金奖、60余次一等奖、18次特等奖。还曾获"中国文艺泰斗终身成就奖"、"中国作家排行榜一级作家奖"等非等级奖30余次。另获诸多荣誉称号。

七律·登杭州六和塔
并读杜甫《登高》诗，心境迥然！
月轮苍郁照春晖，古塔巍峨耸翠微。
历历坝间宏厦起，汤汤江上彩虹飞。
花魂木影齐争秀，水色山光竞耀辉。
足踏六和观宇宙，吴天绚烂豁襟扉！
注：月轮，指月轮山，在钱塘江边，六和塔座落其上。

七律·桂林
碧玉簪头喜伴霞，青罗带上赏翔虾。
象山水月神龙阙，芦笛琼宫圣母家。
满目风光景如画，溢膺诗绪笔生花。
人间自有蓬瀛境，何必游仙觅海涯！

西岳观云
滚滚烟涛峻岳吞，登巅俯瞰絮飞纷。
浓颜镜展沧溟面，峭岫星罗秀屿群。
皆晓岱宗观旭日，寥临太华赏彤云。
千形万象境虚幻，落雁瑶台难辨分！
注：落雁，指落雁峰，即华山最高峰南峰，海拔2160米。

七律·再登黄山天都峰
天都圣境帝仙栖，仰慕神尊兴又跻。
烟海涯陬攀鸟道，鲫鱼背脊踏云梯。
崎巇砥砺志坚毅，奇幻惊摇心醉迷。
造极登峰眺寰宇，风光灌顶胜醍醐！
注：鲫鱼背：临近天都峰顶最险的一个景点。造极登峰，天都峰顶有"登峰造极"等石刻。

七律·九寨沟
谁将翡翠嵌青沟？碧镜峦光倒影投！
叠锦垂帘霓霭饰，堆苍峭嶂彩林稠。
怡神秀壑怜清境，仰目高峰染白头。
缥缈蓬瀛何处觅？人间仙寨醉迷游！

七律·张家界判词
庐黄五岳欣登后，慕誉来游写判词。
醉览三千峰似画，痴迷八百水如诗。
娇娆梦幻仙瑶美，偌大烟茫盆景奇。
天下名山总分十，其中一半属于斯。

七律·日月潭（新声韵）
名潭盛誉贯天涯，惬览犹如赏异葩。
峻峭群山吞日月，娇娆二水毓光华。
岛波郁翠旖旎锦，霓霭迷蒙幽谧纱。
钟鼓几声来远寺，荡舟柔漾逸仙暇！
注：光华，岛名，位于日潭和月潭分界处的一个小岛。

七律·天山天池（新声韵）
老骥难安伏枥心，西天访圣梦成真。
盛情王母迎俗士，飨客瑶池备雅珍。
玉漾横舟仙境恋，银峰倒影嶂峦深。
寻幽赏胜休闲趣，何啻人生对酒吟！

张甫升
笔名云中宝马。山西省怀仁市人，高级讲师，中国诗歌网认证诗人，大同市诗词学会会员，秦汉文化网站注册作家，聚贤诗社创始人、社长。作品散见于报刊、微刊、中国诗歌网、今日头条等平台。

七律·柳如是（平水韵十一尤）
德才驰荡沐春秋，乔扮儿男倜傥悠。
宋韵唐风豪气放，丹毫玉腕妙踪收。
有容侠骨寻名士，无限柔情显俊流。
报国精忠天地撼，凛然一跃匹夫羞。

七律·马湘兰（平水韵四豪）
沦落风尘忘倦劳，真情灵秀赤心掏。
吐辞流盼伺人巧，擅画开舒砺志豪。
濯濯如春莺戏柳，彬彬有礼客斟醪。
幽兰秀竹遐天籁，黄鹤西行艳魄翱。

七律·陈圆圆（平水韵十五删）
月貌花容静雅娴，柔情侠骨翠眉弯。
美人一笑倾城国，暴贼二心殃碧山。
遗恨长淋凄雨苦，出家独诵佛经艰。
魂牵故土三千里，梦绕秦淮惜丽颜。

七律·顾眉生（平水韵八庚）
顾盼横波百媚生，庄妍靓雅貌丰盈。
腰如纤柳临风袅，面若桃花皎月惊。
草赋画兰书锦绣，弹丝弄竹赛流莺。
峻嶒侠界礼贤士，一片芳心助众英。

七律·董小宛（平水韵四豪）
没落家庭厄运遭，天资聪慧志清高。
恭如翠竹柔如水，洁若青莲艳若桃。
鄙视贵权求挚爱，追随冒氏任忧劳。
终成眷属归山野，菊下品茶犹自豪。

七律·卞玉京（平水韵十一尤）
横遭不幸入娼楼，心比天高命九愁。
红袖盈盈沾粉泪，青丝袅袅映明眸。
诗文常露凄凄恨，书画偶彰怯怯羞。
绣佛茹斋黄卷诵，刺提舌血梵经修。

七律·寇白门（平水韵八庚）
仙姿绰约气宽宏，月貌花容冶艳惊。
身世飘零弱红豆，歌喉妙啭赛黄莺。
短衣风雪金陵返，快马银钱国粥平。
侠骨丹心情万丈，芳魂一缕慰前明。
注：国粥，指朱国粥。

七律·李香君（平水韵十一尤）
笙歌凄动媚香楼，落叶纷纷冷月浮。
一瓣兰心映天地，满腔碧血染春秋。
纤纤弱柳诗词雅，灼灼桃花书画优。

只见红妆眠道观，几人惋惜几人羞！

张国洪

江苏海门人，喜欢文学，热爱涂鸦，作品以诗歌散文为主，多见报刊、美篇等网站及穆棱河作家在线、人民杂志、捡拾时光的碎片、唯诗缘、福泽五州等公众平台。中国诗歌网注册委员，有部分作品收录于《中国当代诗人佳作选》《中国诗典》，在各平台多次获得各种奖项。让文字焕发出生命的活力，以此为乐，在文字里漫步于山川其间，走笔于韵律之中，于文字中寻找岁月，于墨香里品味人生。

沁园春·第二故乡（词林正韵）

黄海之滨，万亩沙滩，第二故乡。望长堤内外，水天片片，大田远近，盐土茫茫。农老勤耕，知青细作，大地容颜新换装。能艰苦，听红歌欢唱，号子粗狂。

精神斗志昂扬，又洒汗挥锄忙垦荒。忆青葱岁月，黄金时代，行囊负背，奔赴边疆。脚蹬肩扛，降天斗地，抢作耙耕收种忙。今朝见，改三农旧貌，景色呈祥。

满江红·忆青葱岁月（词林正韵）

五十周年，纪念日，梦回春晓。曾记否，满怀遐想，别离学校。百里农功听号召，万般稼事披阳照。苦磨练，斗地又降天，良田造。

喷药水，除虫草。扛雨雪，挑泥沼。献青春热血，晚归迎早。酷暑耘田炎日晒，严冬破土寒风扰。望夕阳，回首忆沧桑，丛中笑。

七律·知青碑

寺后凉亭与曲桥，知青巨石耸云霄。
风吹柳缕僧鞋菊，雨泡荷花佛手蕉。
碧水蓝天牵客梦，红枫绿树促心潮。
诗篇书写当年事，万古碑文后辈骄。

张国华

男，1958年6月生。湖北大学毕业，在企业任总工程师。曾先后加入湖北省鹰台诗社、湖北诗词、武汉诗词、武汉市散曲研习社、武汉市老年大学诗词研究会、武昌诗词。曾在多种刊物上发表过诗词。

游古镇黄陵及大军山

宝地幽幽历史渊，孔明神韵越千年。
黄陵矶岸波涛涌，高速纵横阡陌连。
妃子香魂熏古镇，东风智借退曹船。
迷人锦绣放光彩，灿烂文明尽雅篇。

悼周总理

海棠依旧腊梅逢，肃穆山河悼逝容。
亿万黎民不曾忘，精神永灿看青松。

赞武汉的改革开放

龟蛇起舞鼓锣齐，黄鹤吟诗香满堤。
次第桥梁跨南北，纵横地铁贯东西。
车城龙穴名驹出，光谷梧桐凤鸟栖。
四十年来昌国运，加鞭策马再扬蹄。

登黄鹤楼抒怀

碧瓦朱楹唱楚篇，前唐后宋涌楼前。
费祎驾鹤千秋颂，崔颢题诗万古传。
历代文豪惊拍浪，今朝风物再扬鞭。
神州常有英才至，李白和咱把手牵。

【中吕】喜春来·游黄鹤楼依（中原音韵）

黄鹤展翅游人奔，玉宇辉煌翰墨珍，长江浪涌古遗屯。崔颢君，留下美诗文。

张国华

男，1946年生，山西孝义人，本科学历，教授级研究员职称。曾任山西灵石县史志研究室主任、灵石县修复王家大院指挥部副总指挥。现任灵石县作家协会、灵石县诗歌学会、田园漫步文学社、《竹林诗社》顾问。

七绝·两岸一家亲
宝岛古今归华夏，龙传血脉乃同家。
天涯共筑中兴梦，猎猎红旗迎彩霞！

七律·父亲节随感
榴月望前归好节，百年美德至如今。
《父亲》唱罢儿生愧，《背影》寻完泪湿襟。
尽付椿庭三代暖，止呈子女一衷心。
老牛护犊承天性，行孝何须念道深！

七律·端午感怀
儿时只羡端阳粽，长大方知祭屈魂。
文体楚辞开首例，荆怀云梦涤乾坤。
位隆常运安邦计，身贱堪忧救国尊。
郢地沉沦江底没，灵均浩气万年存。

七律·清明回乡见闻
清明祭祖归乡里，不尽愁思涌上头。
稚子求知他处去，妪翁度日小家留。
村庄寂寞人烟少，耕地荒芜杂草稠。
切盼快些城镇化，雪中送炭解民忧。

七绝·夏雨有感
五月禾苗半枯死，仲夏始雨已显迟。
苍天常常违民愿，甘霖总是不及时。

七绝·贺沿黄九省区书画展
黄河哺育多区省，富庶沿疆粮丰登。
里手名家趋马邑，丹青翰墨系深情。

七绝·贺沿黄九省区书画展
黄河哺育多区省，富庶沿疆粮丰登。
里手名家趋马邑，丹青翰墨系深情。

浪淘沙令·旱魃
晴宇挂骄阳，禾近枯黄。苍天今负我山乡。雨雪稀疏田干旱，欲酿饥荒。
盛世国家强，救助多方。耕耘投保免农殇。歉岁逢灾能避难，心去惶惶！

七绝·桃花
春眠不觉和风至，一夜桃花满树开。
舒目欲寻新蝶舞，浓浓香气入窗来。

张国柱

男，黄梅县停前镇人，现为县诗词学会会员，《凤源诗联社》副主编。有作品见于省内外多种刊物，2018年曾获鄂豫皖三省四市诗词大赛三等奖。

咏茶
有客来时赠一杯，浓浓情意胜于醅。
幽香更具兰花韵，风格同兼腊月梅。

元旦
一元帷幕启，天地与时新。
鸟唱云笺暖，花香水墨亲。
红梅添秀色，白雪化芳春。
万里风光好，金猪祝福频。

游深圳莲花山（飞雁格）
奇花异树景重重，寻胜追随队列中。
足踏祥光春正好，眼观沧海日初红。
渔歌不唱风吹雨，鹏举犹闻浪卷空。
四面青山齐肃立，深情礼敬拓荒公。

观博爱幼儿园"六一"汇演

一苑娇花一苑香，载歌载舞载春光。
动人旋律比天籁，悦耳欢声汇乐章。
如电如雷鹏欲举，多姿多彩梦先航。
红星闪闪少儿志，猎猎旌旗向太阳。

浣溪沙·立夏

桃李无言豆麦香，牛羊欢畅闹山冈。穿梭紫燕啄泥忙。
杨柳风轻春渐杳，桑麻露重日初长。村姑炫美亮时装。

张海生

男，汉族，1951年出生在河南鄢陵，大专文化，中共党员，退休前系神华宁煤集团大武口洗煤厂工会干部，退休后上老年大学，喜欢上古典文学，诗词歌赋。现在是石嘴山市作家协会会员，银川市西夏区诗词学会会长，银川市民间艺术家协会会员，宁夏诗词学会会员，2013年起陆续在《平罗诗苑》《西部新韵》《石嘴山报》《贺兰山》《公益文化》《夏风》等报刊发表文章和诗词。现居住银川市金凤区，在宁夏老年大学学习诗词文学创作。

五绝·新韵梦幻

明月映窗台，春风入梦来。
浅吟忆旧事，一朵腊梅开。

五绝·登山（新韵）

山路白云处，春花耳畔开。
清风拂短袖，溪水带香来。

五律·思乡（新韵）

静坐看斜阳，南飞雁一行。
金黄波浪闪，碧绿桂花香。
摇树风清冽，观菊雨淼茫。
独酌今古事，回首念家乡。

五律·新居（新韵）

当年辞故里，白首入新园。
窗对荷花路，门开稻谷田。
青山出碧水，朗月落金川。
放眼长空廓，诗心比海宽。

七绝·宝湖晚照（新韵）

渠岸清秋晨水雾，青山飞入晚霞红。
依依苇柳苍天外，花草湖桥落照中。

七绝·沙枣花开宝湖园（新韵）

五月宝湖沙枣树，黄花绿叶馥银川。
蜂蝶入对翩翩舞，争宠游人恰恰欢。

七律·关山草原畅想曲二首（新韵）

一

高山苍翠草香浓，牧场无时不绿茸。
铁骑雄风茏四野，战神英气振长空。
大唐气象斜阳里，华府辉煌细雨中。
杨柳依依山壑美，春风得意伴君行。

二

关山碧海树迎辉，万亩茵茵骏马飞。
峡谷流萤春带雨，河滩滴翠夏携薇。
雾云缭绕驼铃响，水草婆娑牧管吹。
雅致豪情高万丈，余晖落尽不思归。

张海燕

又名燕鸣之，别号笨鸟、三味子、无果、骚人、爱诗人等。女，1969年7月生，浙江余姚人。著有《味远吟存》（与诗友合集）《三味子诗词选》。

题化安山之梅

独向黄公墓畔开，青山一角绝尘埃。
骚人为底犹随俗，不是花时不肯来。

西邻有野草破门而出即感

高楼拔地忆当初，几度迁乔庆有余。
野草不随先富去，青青犹向老邻居。

题天井月季，时值芒种前七日

须臾炎节已兼旬，惭愧花前老主人。
同病谁言亦同命，叶枯犹作十分春。

再寄石斋兼呈师友诸君

野草庭花一色秋，江湖何处泊心舟。
亦师亦友堪相慰，谁谓箪瓢非素侯。

答杨敏妹妹

不尽忧忧何处消，霜毫无计斗寒潮。
高情漫道关山远，一曲阳春过六桥。

张洪安

男，1964年3月出生，大专文化，退休职工。系滕州市诗词学会会员。曾在报刊发表诗词作品100多篇(首)。

五绝·赞滕州烟厂救火英雄吕伟

高楼虽万丈，水火总无情。
谁在临危处？无私献赤诚。

七绝·芙蓉

一睹姣容自去年，常思芳馥载游船。
白云为饰水为袖，出落真疑是谪仙。

张厚玉

女，1956年5月生，山东滕州人，大专文化，滕州市工商银行退休干部，系滕州市诗词学会会员。曾在报刊发表诗词作品近100篇(首)。

七绝·结对帮扶贫困户感赋

胜日山村来结亲，柴门依旧病容新。
施医捐款谋兴业，致富同歌领路人。

七绝·滕州有吟二首

(一)商场有感

商场物品来寰宇，服务热情人满员。
纸币谁言渐消逝，手机刷卡便交钱。

(二)银行一瞥

往年记账拨珠盘，万贯现金清点难。
插卡今看云计算，网银刷脸五洲欢。

七绝·股市吟

股权交易吸群眸，散户庄家聚一舟。
均线谁标"之"字绕，几人囊饱百家愁。

注：均线指股市行情k线图。

七绝·纪念"五四运动"100周年

志士辛勤传火种，学人奋起主权争。
惩奸反帝丹心献，国共启航新里程。

七绝·咏洛阳牡丹

不屈淫威怼女皇，东迁洛水溢馨香。
姚黄魏紫齐争艳，似报园丁四季忙。

七绝·观旧金山华人新春晚会有感

琴声云起绕堂楼，水袖翩翩伴玉喉。
兄弟五洲京剧献，倾情欢聚慰乡愁。

七绝·旧金山元夕

华埠香街箫鼓喧，锦袍绣帽擎赤幡。
高跷拥风接狮舞，异域风情似故园。

七绝·旧金山早春

秀草正催梅换妆，清河两岸柳芽长。

庭前儿女迎归燕，追梦平民别锦堂。

七绝·游银杏园
初冬何处觅芬芳，银杏园林现米黄。
累累枝丫珠玉挂，馨香淡淡醉斜阳。

七绝·瞿塘行
迢迢千里瞿塘赏，画舸奇峰映碧流。
花绽夔门瞬间过，世人闻笛再回头。

七律·清明节感怀
节近清明哀思起，带孙美国忆亲情。
茫茫大海瞳眸望，袅袅胡笳洗耳听。
折柳一枝传大雁，画银万锭寄佳城。
百端交集千行泪，梦依先严似雨倾。

张华

　　男，笔名一抹孤岚，1977年出生，现居汉中。中华诗词学会、中国诗歌学会、世界汉语文学作家协会、四川诗词协会会员，世界汉语文学作家协会汉中市分会主席。2018年被评为中国经典杯百强诗人、黄金时代核心诗人、诗词荣耀德艺双馨诗词家。获2018中华诗词大赛一等奖、2019中国当代汉语精选1000首大赛铜奖。《烈火英雄》歌曲词作者。已写作诗词、歌词、现代诗6000余首。

夜感
几行柳色长堤外，一片莲香小院东。
身在楼台扶皓月，梦回竹巷待清风。
已随鹤雾云中立，应与湖烟镜里通。
游子当歌天地远，老夫且醉此宵空。

归隐
休怜岁月鸣琴去，惯看春秋拂袖归。
何处苍茫同客醉，至今寂寞任花飞。
横延翠竹攀云气，侧卧青莲向夕晖。
不比千重湾曲折，如闻百丈岭高巍。

晴霁而感
细柳满阶扶野客，香莲临水赠佳人。
云山自有先生迹，江海何愁隐者身？
不负此行添醉墨，能留一笑起歌尘。
楼台咫尺虽陈旧，天地须臾是崭新。

感愁
若得清风吹晚叶，更求皓月照柔荑。
欲从草木生原野，却向星辰落涧溪。
不负初心心不负，何迷前路路何迷。
人间自有烟花重，林下谁争日影低。

七里香（新韵）
傲然悬石嶙峋瘦，半岭烟岚绣浅妆。
赵瑟秦筝音切切，湘纱楚葛影茫茫。
双眸临壁沾丹雪，孤帐依崖落玉霜。
馥郁纷飞七里路，一斝一笑过重冈。

张继周

　　笔名张继艺、打虎人。红袖论坛、中华诗词论坛、华夏诗词论坛会员、名誉版主。诗词曲联多次被多类书刊选用。

越调·天净沙（原创通韵）
　　落叶西风风次相催，清霜再度发威。绿转红黄更美。肥根不悔,春来看鸟穿飞。

　　教师节强国伟业传承，为师大显其能，打造人才本领。荣光果盛,高歌赞美群英。

　　春风吹萌小草青芽，刮开老树红花，进取宅中戏耍。陪人写画，掀书共品云茶。

　　春雨滴出旱地青芽，击开草木红花，

小燕欢呼戏耍。寄情天下,甘心润物光华。

菊花归鸿唤醒萌发,听蝉莫误扦插,笑对严霜重打。昂头不怕,分香又炫荣华。

梅花西风猛烈推拉,寒冰任性叠加。雪饰招来鹊俩。撩人写画,成全艺术升华。

咏竹春泥刺破生发,虚心瘦骨叠加。聚鸟林中戏耍。气节强大,青春献给中华。

洒脱奇文觅句编排,田园养性收摘,宠物拾回喂奶。暮年何快,学成半个书呆。

张家安

辽宁诗人。知止而出商海,喜静以慕诗书。有书斋数尺,以"得虑"为之名。格物虽未能得其十一,但以精勤笃学而自勉之。

满洲里界碑前感赋

卿云来去雁随行,一到国门情未央。
北向犹思寻祖迹,西临不尽怅斜阳。
界碑山外神州土,碎叶云中太白乡。
都护铁衣边塞雪,天威原本在遐荒。

游坝上草原感赋

塞上天高雁阵新,无边秋色正宜人。
菊花偏向身前放,云物难从笔底真。
骑手易驯杆下马,罡风难扫世间尘。
雄关百二寒刁斗,几度鞍头起逆鳞。

塞雁

一字初横太白巅,云程何必问经年。
风抟银汉三千水,背负斜阳万里天。
卧老冰原怀旧旅,声传竹帛慕新编。
苍波犹有投鞭客,赋罢东山更引弦。

登潼关城楼

三秦遥睇气如虹,古塞凭临百二雄。
堞抱黄河掀浊浪,天回青嶂伏兵戎。
峰头犹宿先朝雪,涧底难分隔岭风。
走马未堪西向寇,几人铸鼎是青铜。

张家崇

网名蓝天白鸽,江苏淮安人。中华诗词学会会员,江苏楹联学会会员,淮安市诗词学会理事,淮安市古淮诗社社长。诗词联作品散见于《中华诗词》《江海诗词》《九州诗词》《江苏楹联》《诗词之友》《淮海诗苑》等刊物。

长相思·春夜

风丝丝,雨丝丝,灯下翻书人近痴。授渔新构思。

春无私,教无私,心系乡村桃李枝。正逢留守时。

长相思·悼念"第一书记"黄文秀

雨纷纷,泪纷纷,痛失扶贫花季人。山村哭断魂。

绽青春,致青春,滚烫初心血尚温。馨香代代存。

行香子·回徐溜小学感怀

杨柳春风,吹绽桃花。情牵处,勤奋娇娃。天真烂漫,不负年华。恋六塘荷,六塘月,六塘霞。

今朝叶茂,闻鸟声哗。校园新,紫气清嘉。生机勃发,文脉民夸。冀出奇人,创奇迹,绽奇葩!

七绝·秋日再赏红高粱

一夜秋风古渡凉，催红芦粟酒飘香。
农田流转新潮涌，紫气频临高堰乡。

五律·咏筷子
七寸六分长，天圆地亦方。
丰年知节俭，瘦骨懂炎凉。
贫富无嫌弃，酸甜皆品尝。
教人明事理，情欲莫荒唐！

七律·白马湖
九河交汇一湖平，酷似神驹享盛名。
水美鱼肥闸蟹嫩，天蓝草茂季风清。
曾抛莲子堆仙岛，又筑长堤惠众生。
唱晚渔歌声踏浪，船娘摇橹采菱行。

七律·涵洞村印象
一鸡破晓闻三县，水上人家别有天。
怀抱四河滋沃土，蛙鸣五谷唱丰年。
清风缕缕民心暖，厚德绵绵老少贤。
钓晚渔夫哼小调，筑巢引凤梦千千。

七律·友善
凡尘难免起风波，千古流传将相和。
管鲍知心谋国事，孔融懂礼赋诗歌。
弃仇宽厚闲言少，行善仁慈朋友多。
君子做人清若水，和平共处断干戈。

张建海
笔名家源，湖北武汉市人，退休教师。喜爱古诗词，作品在诗词吾爱网和其它微刊上发表。现为大中华诗词协会会员。

五绝·消寂
秋水兰舟右，残荷忆月寒。
一船消寂客，酒夜醉言欢。

七绝·堆雪人（新韵）
北风夜半潇潇会，白絮逍遥见腊梅。
君有几多伤感事，悄悄揉进雪人堆。

五律·木兰天池
青峰迎素水，楫棹画天池。
香菊枫桐谢，幽亭孔墨辞。
廊藏千古赋，桨动一湖诗。
茶语禅声接，舟停鹭隐姿。

七律·立夏
立夏林深杜宇飞，青山摇翠柳烟围。
云牵鸢翼风追燕，月弄湖波浪比晖。
车走花前观竹瘦，船行鹭后赏萍肥。
榴红醉洗阳光浴，溪等云天白鹭归。

浣溪沙四首
风情
雨夜天凉好个秋。穿堂入梦月魂勾。
一帘桂影送西楼。
蝶入菊黄黄蝶隐，云摇松翠翠云休。
风情卷走几多愁。

花魂
桃李逢春花叹人。几多情节寄相邻。
红香绿翠远烟津。
柳渡帆飘红杏雨，茅山云接白头尘。
有谁盈泪葬花魂？

雪伤
雪锁三江柳渡囚。寒光夜笛守孤楼。
野湖冰泊冷星眸。
天使在邀惆怅客，玉舟还是纵横愁。
雪伤在等雁回修。

月夜
风卷残云霜染秋。青灯阑夜独孤愁。
一弯冷月洗西楼。

新港方听凄笛送,旧家已感燕声休。相思树下等归舟。

张建兰

义仓山探父

一路蛇行向上攀,云欢雀舞黛山环。身居佛境神清定,心入禅音意自闲。曾料仓山空寞寞,谁知香火却斑斑。随安不劝年衰父,尊重归心隐此间。

虞美人·情系大凉山

高楼玉厦祥云里,一派繁荣气。久居天府未知愁,不道凉山穷苦乱心头。

深山可有通天路,雏鸟哀无助。月残花瘦怎堪眸。欲卷春风催暖破寒流。

虞美人·观女工背子挑泥浆图

高楼耸入云端日,忍累休悲戚。心田福梦若奔圆,何惧泥浆稚子压双肩。

一年四季挑担苦,汗雨辛酸路。过劳憔悴女儿妆,撑破贫寒哪管雪风霜。

踏莎行·春愁

月落深山,旭红窗幔。雀鸣惊梦人犹倦。慵慵懒懒向镜前端,素衣绾发出庭院。

水笑风柔,柳垂花艳。轻挪小步忽生憾。经年辜负几多情,云堆遗恨难消遣。

踏莎行·留守老农

夕照乡间,烟吹屋顶。暮归劳作深宵静。冷床冷被伴凄清,两行老泪陪孤影。

遥望都城,料猜处境。经风历雨强更命。为能团聚早居城,再难再苦甘心挺。

清平乐·戊戌春况

阔平街道,一览行踪少。犹记曾经车浩浩,去去来来客噪。

而今独坐门厅,愁中闷数凄清。试问萧条业况,何年何月转晴?

清平乐·远望

烟花迷雾,遮断凉山路。谁种情思谁尝苦,忍把春光黯度。

深知今世无缘,但求各自平安。欲把尊容入窖,谁知已刻心田。

长相思·春节异象

走一程,堵一程。风雨难消故里情,归心似箭行。

犬相迎,人相迎。卧看儿孙全顾屏,乐从何处生。

注:屏即手机屏。

破阵子·离乡

尘土掩埋山路,车轮碾破离伤。又到开年离别日,难舍娇儿难舍娘。低眉愁绪长。

异地打工受累,家中田地抛荒。无可奈何偏僻地,几度春秋几度凉。最难边远乡。

一剪梅·送别

送至南桥惜别离,风自依依,柳自依依。怅今此去聚无期,梦断幽居,愁锁娥眉。

咫尺天涯东与西,酸楚心知,冷暖心知。与君来世永相依,生不分离,死不分离。

捣练子·秋夜思

秋月夜,绿纱窗。帘卷凝空望故乡。何日城乡无大距?合家不再两茫茫。

— 1513 —

张觉明

笔名江南，男，汉族，1959年3月生，湖南常德人，毕业于湖南函授金融中等学校（中专），曾担任中国农业银行汉寿县支行办公室主任，已有100多篇诗词刊登见报。目前喜欢诗词研究，喜欢结交诗词爱好者。

沁园春·血
诉说厂窖惨案

日寇南侵，江防溃败，洞庭颤栗。望甸河内外，天浑地暗，云惨雨凄，豺狼四逼。廿里哀黎，欲藏无处，连堤上尸体堆积。苍天泣，三万余同胞，身首离异。

水乡强悍民族，引无数英雄抗击敌，钦佩段校长，文弱先生，一心为民，英勇无畏！孤胆民夫，刀辟野鬼，国难当头万众戮。向遗踪，举杯慰亡灵，凭吊安息！

注：于2018年11月24日参加支行机关党员主题日活动，随团赴南县参观厂窖惨案遇难同胞纪念馆后，悲痛而作，创作于2018年11月24日深夜。

七律·北国冬韵

朔风凛冽絮飞扬，万里山川裹素装。
林挂银条平野白，岭披鹤雾宇穹苍。
琼花玉树成仙境，雪魄冰魂入妙章。
北漠雄浑多壮美，无垠空旷胜南方。

十六字令·秋（三首）

（一）
秋，梗断茎肥水自流。兰舟泊，枝上月如钩。

（二）
秋，玉簟无温月似钩。风高处，大雁过西楼。

（三）
秋，落叶潇潇惹别愁。关山远，乡恋绕心头。

写于2018年11月9日晚

本五律·咏史二首
（一）唐太宗李世民

风起玄武门，宏图展鲲鹏。
大义平骚乱，黎民盼永恒。
广纳贤良言，众志域疆弘。
贞观铭千古，今朝看复兴。

（二）闯王李自成

义举西坪镇，闯字漫天红。
黎民共良田，天下归大顺。
途穷紫殿前，龙袍奢泽身。
欢歌极生悲，遗恨隐山林。

张杰才

安徽省灵璧县人，现在是中华诗词学会会员，安徽省诗词学会常务理事副秘书长。

七绝·游黑龙江小三峡

龙江三峡驾舟行，两国风光夹道迎。
霜染层林开画展，奔流碧水荡诗情。

七绝·过大年

四世同堂过大年，聚餐酒店喜心田。
欣逢尧舜好时代，陶醉中华梦里边。

七绝·悼屈原

千古离骚昭日月，一篇橘颂动山河。
举杯含泪向天问，击节为君唱九歌。

七律·赞解放军空中突击队

侦察盘旋呼啸至，天兵突击显奇功。
雄鹰扑地迅如电，猛虎下山疾似风。

机动灵活环宇震，快捷精准鬼神惊。
东风浩荡狂飙卷，改革强军战鼓隆。

七律·庆贺党的十九大胜利召开

锤镰盛会续长征，五彩神州喜气盈。
全面小康山水绿，同圆大梦海天清。
千秋和乐谐调好，万里舆图精绘成。
灿灿群星朝北斗，乘风破浪巨轮行。

七律·咏牡丹花

笑忆当年贬洛阳，群芳零落我登场。
岂输倾国杨妃舞，敢傲香天西子妆。
典雅妖娆堪第一，光华艳丽也无双。
江山千古春长在，气正风清世运昌！

画堂春·家庭诗词大会

诗词大会在家庭，老翁坐阵来评。弟兄妯娌比输赢，笑语声声。

长子先当擂主，幼孙勇敢相争。喜他朗诵有神情，夺冠功成！

江城子·登高抒怀

登高携卷望神州，乐悠悠，度春秋。励精图治，今日更风流。万众心圆中国梦，多壮举，汗青留。

丰衣足食更何求，住层楼，驾车游。挥毫泼墨，书斋自称侯。吟友诗朋常聚首，花月夜，尽情讴。

张金良

男，河南省南阳市人，大学文化。原供职于平煤神马集团天力公司，高级工程师。现为中华诗词学会、河南省诗词学会会员，平顶山市诗词协会副主席，平顶山《科艺书画》报、《鹰城》杂志执行主编。

湛河之春

夭桃灼灼送春红，柔柳轻摇淡淡风。
一叶扁舟浮水上，歌声引我过桥东。

赏桃花

万亩荒原起彩云，桃红又秀一年春。
花飞莫是东风妒，怕有崔郎再问津。

咏嵩阳书院二将军柏

翠柏千秋立，红尘过客匆。
枝头仙指路，冠盖凤鸣空。
干裂仍经雨，身枯亦啸风。
学堂封将在，教化有勋功。

三八节赠爱妻

君逐春辉未等闲，妪翁帮衬乐蹁跹。
追风诗苑尤唐宋，泼墨花笺尚大千。
青壮献身煤事业，老来凝意国华篇。
寒梅夕照红映雪，但愿残霞酬世缘。

重阳

黄花酒罢上高楼，遥眺西风染暮秋。
几片闲云遮望眼，两行斜雁诉人愁。
香山铺锦梧桐落，湛水推波岁月流。
愧叹诗囊佳句少，论年更是已霜头。

清平乐·赠友

己亥日戌时收到五十余载音信全无中学同桌乔德聚电话，言在宛同学聚会。吾甚激动，约他相会。但他已和陕地朋友有约，不能多留……两地相望，赠长短句慰之。

霜头时节，雁逝鱼犹绝。没有相逢还要别，正是朔风残月。

一声问候排愁，几行清泪难收。终夜不曾入梦，何年得会良俦。

点绛唇·夜宿天龙池

应友相邀，天龙池上寻春住。暮云丝雨，缕缕殷情诉。

篝火旺然，莺啭金樽赋。欢如许，吾梅鹤汝，且共翩翩舞。

鹧鸪天·天龙池景区

叠嶂丛林一鉴悬，杜鹃霞染点层峦。山披翠装岚烟袅，壁立苍穹玉栈牵。

根抱石，洞通天。石溪流浅水潺潺。乘风破雾登峰顶，放眼方圆尽景观。

张金英

网名南国英子，笔名英子。知名诗人、诗评家。曾担任全国诗赛评委并点评获奖作品，现为中华诗词学会教育培训中心高级研修班导师、海南省诗词学会副会长兼会刊《琼苑》执行主编、《中华诗词》《诗刊·子曰》特约评论员、中华诗词论坛高级评论专员、"中华诗词论坛·江淮风雅"首席顾问、云帆新媒体平台诗词编审。

路上偶拾

云在风尖走，花随雨后新。
明湖波抱日，烟岸柳牵人。
纵目天尤远，清心景最真。
何来三两蝶，拍落袖中尘。

寄云帆编辑

袖含明月冷，沧海挂云帆。
撷得清风渡，挥来傲骨缄。
为谁裁蝶梦，何故湿青衫？
一扫尘烟去，襟怀信不凡。

木兰湾

风筛秋色净，可爱浅深蓝。
天外流云过，海中泓碧涵。
清波摇客语，奇石缀银簪。
千里铺沙月，几曾梦半酣？

夜宿晶阳山庄听涛轩

一湾春水响，林下夜轻寒。
拂去尘之味，捎来绿底澜。
枕涛梳鹤梦，抱月共青峦。
几树莺声滴，殷勤问早安。

月牙湖

静修云岭下，涵养万年春。
天韵犹多意，冰心早绝尘。
微澜催晓梦，环碧问前因。
料是清风袖，妆成月一轮。

夜空遐想

闲来最爱望苍穹，好让孤身沐晚风。
神秘几分烟嶂里，疏明千叠镜台中。
云抛玉袖于尘世，谁布棋盘在寂空？
如局人生无注解，一轮明月古今同。

张进芝

女，河南省新乡市红旗区东关街，河南省诗词学会会员，新乡市诗词学会会员，谋诗社副社长，多首诗词在全国、省、市刊登或获奖。

临江仙·咏荷（新韵）

西子凌波朦画卷，嫣红姹紫满池燃。清魂潋滟叶田田。丽姿摇倩影，晨露育花鲜。

半亩方塘如梦幻，初开云幕翠含烟。经风饱雨始称禅。污泥尘不染，慧质韵婵娟。

沁园春·庆新乡解放70周年（词林正韵）

五月榴红，霞映长空，紫气升腾。看

千年牧野,龙腾虎啸;黄河故道,汇聚群英。旭日东升,红旗舞动,卫水欢歌载历程。立鸿志,谱蓝图画卷,充满豪情。

满园硕果丰盈,筑远梦,长征万里行。创文明城市,图腾美景,琼楼画栋,岭岫云屏。百业昌兴,千行竞秀,科技创新启锦程。抬眼望,看新乡胜地,一派繁荣。

2019年4月21日

七绝·贺李安文书记诗书出版
一卷新词翰墨香,丹心妙手著华章。
吐珠喷玉飞七彩,腕底生花续宋唐。

七律·庆建国70周年感怀(新声韵)
五彩祥云庆日升,山河潋滟万花红。
惊闻神马穿天际,喜看蛟龙动水宫。
古道丝绸浮远景,高端利器展豪情。
复兴华夏终圆梦。国泰民安享太平。

七律·冷漠与宽容(新声韵)
寒风凄雨两茫茫,惊叹公交坠大江。
十五生灵冤魄泣,万千亲友断肝肠。
寡情冷莫激天怒,礼义包容增寿康。
痛定思疼警钟响,厚德载物免遭殃。

七律·纪念改革开放40年
(新声韵八寒)
凤阳利剑破冰坚,一曲箫笛划史坛。
万壑争流通坦道,千峰竞秀阅明天。
篮图绘染乾坤美,纪岁寒耕硕果甜。
地动山摇桑海变,斧镰高举再扬鞭。

七绝·雪景
舞步轻灵下玉台,琼花雕树满城开。
亭桥冰影千秋画,一卷新晴入目来。

张景涛

法库县作家协会会员、理事。作品刊发《三门峡日报》《辽宁职工报》《速读》《诗词月刊》《诗词人物》《星河》《丝韵》《骆驼诗选》《桂东诗联》《风沙诗刊》《新长城诗集》《法库群文报》等纸媒。

七律·无题
青春记忆不堪磨,风雨那年感慨多。
惆怅人生惆怅曲,寂寥笔墨寂寥歌。
浮萍似我千回浪,落叶如君一梦柯。
剩把心头愁苦味,诗成几句自吟哦。

七律·辽宁青年有感
欲写文章是小家,人生看尽总浮华。
云烟起笔蘸朝露,日月停杯研暮霞。
笑有枯枝开玉蕊,愁无瘦叶绽琼花。
闲观过往辽青事,一味悠悠一味茶。

七律·自嘲(新韵)
客影凄凄月影单,清风倚遍小栏杆。
映窗惆怅难言冷,隔岸寂寥应觉寒。
君是无心观雨后,我非有意醉花前。
不堪流水不堪事,笔墨之中一朵兰。

七律·沙漠骆驼(新韵)
冷暖无言沐一程,风沙已是万千兵。
孤身迎战十朝走,只影搏杀百里行。
穿过昨宵迷惘路,踏来今夜寂寥星。
此心不惧生和死,谁又量得重与轻?

七律·沙漠胡杨(新韵)
昂首沙丘仰碧空,笑拥冰火自从容。
寒星眸有千年雨,冷月泪无一夜风。
根断桑田魂未死,骨留沧海命还生。
凄凉拄影常相伴,何惧征途不倒翁。

七律·无题(新韵)

苦辣酸甜一首诗，人生风雨到何时。
红尘冷暖皆尝遍，世态炎凉尽品之。
对月无聊空寂寞，临窗难耐满迷痴。
心潮上涌些些念，袅袅云烟几个知。

张久荣

男，笔名清泉，中共党员，江苏淮安人。现为中华诗词学会会员，诗词入选多部诗词作品集。在多家诗词论坛及诗词刊物上，发表诗词作品数百首。主编并出版了《语文知识集锦》等教辅类丛书3册。曾以《一位热心教育事业的现实派诗人》为题，作过专题报道。

七绝·春情

丽日轻摇碧柳风，莺声尽染小桃红。
无边秀色盛壶里，但等朋来饮几盅。

七绝·重阳寄怀

独上层楼为酒香，一壶秋色尽由尝。
思情熟透斜阳里，但等飞鸿寄远方。

七绝·边防战士

热血甘倾苦为先，人民重托刻胸前。
钢枪握在安危上，别绪储存梦里边。

七绝·播种诗田

诗田不必引人夸，种入阳光已发芽。
若问情怀收几许？一篮惊喜带回家。

七律·暮春野望

挽住春光暖意围，情融旷野怎思归？
纤云弄雪清溪载，布谷传歌白絮飞。
风绕田园铺雅韵，道连楼宇接明晖。
请君莫为落红叹，转瞬秋诗处处肥。

七律·端午感怀

时逢五月景常看，节遇端阳思绪盘。
昔日临屏传喜悦，如今见友道平安。
深希艾草门庭守，细煮风情角粽餐。
谁捧离骚向天问，汨罗江水几时寒？

七律·梧桐雨

凭栏月色锁人心，往事如烟梦里寻。
昔日山盟与君立，而今海誓向谁吟？
无情总被痴情扰，有意常遭别意擒。
夜半惊风梧叶落，萧萧似雨诉秋深。

七律·寻垓下遗址有感

探寻遗址谒心诚，不见碑茔百感生。
问鼎当怜兵血洒，别姬尤叹剑锋横。
无须饮恨悲流水，莫使承欢笑落英。
楚汉如今何处觅？饭余棋上论输赢。

张峻华

热爱读书，喜欢文学，爱好写作。平时大量阅读，日积月累，目前已经创作了800多首古体格律诗和100多首现代诗。写诗，是情感的自然抒发，用语真诚才能感动人心。作诗应当力求构思精巧，意境优美，内容充实，修辞丰富。

七绝·诗仙李白

李白斗酒诗百篇，浪漫才情世代传。
文章锦绣天子船，风韵仙骨更超凡。

七绝·忆庄子

庄周梦蝶俩相忘，传世名篇逍遥游。
穿越千年品美文，妙笔生花意深厚。

七绝·唐太宗李世民

唐宫俊秀威名传，贞观盛世帝位显。
励精图治守最难，泽被后世万民赞。

七绝·武则天
千古女帝武媚娘，宫廷娥眉建奇功。
唐室天下掌中控，巾帼红妆万世颂。

七绝·宋太祖赵匡胤
陈桥兵变登皇位，黄袍加身显神威。
若无杯酒释兵权，何来宫室江山稳？

七绝·咏曹操
东临碣石观沧海，天下归心短歌行。
魏武挥鞭图霸业，问鼎中原显豪情。

七绝·诸葛亮
羽扇纶巾武侯风，智谋无双三国志。
匡扶汉室最辛劳，孔明兴蜀垂青史。

七绝·陶渊明
采菊东篱归园田，五柳先生返自然。
桃花源记著名篇，悠然南山应忘言。

张克生

现为北京市西山诗社、成都众创诗社、贵州省诗词学会会员。作品见于《贵州诗联》及微刊。

七绝·洱河夜景
长桥步月柳风清，两岸霓虹映水明。
点点天星似人眼，化成灯火送温情。

七绝·月下泛舟
风清夜月驾舟游，西洱波澄水不流。
海白河山明似镜，引杯消尽更心愁。

七绝·罗平油菜花
平畴沃野菜花香，艳艳金辉映夕阳。
盈袖柔情翻作浪，蜂飞蝶舞似天堂。

七绝·登西山龙门
石道幽深峭壁环，龙门崖倚入真关。
依栏俯瞰滇池水，满载风情润客颜。

七绝·感恩
娘将赤子带人间，度日生涯步履艰。
吃苦耐劳常念好，育儿成长享天年。

七绝·离别
手挽秋思万缕生，天边遥看渐分明。
痛肠弹泪如泉涌，愁落浮云噤哑声。

浪淘沙令·乡愁（新韵）
田野稻花香，心绪飞扬。望云阡陌久徜徉。老树青苔藏旧事，古道悠长。
转眼鬓微霜，追忆家乡。山间小鸟唠家常。多少话儿催我去，只怨沧桑。

西江月·石榴花
蝶舞芳枝点翠，蜂来秀萼垂红。朝霞映照水交融，有若相思入梦。
玉叶含羞素色，榴花带笑芳容。绮罗飘舞吐香风，满树珠光摇动。

张力夫

本名志勇，号畏临轩，1964年10月生于北京宣武，祖籍河北滦南。为诗重格调，尚风雅。曾任《中华诗词》编辑部副主任，现为《北京诗苑》季刊副主编，著有《畏临轩诗词存稿》。

七绝·涿鹿三祖堂
圣殿恢宏三祖先，同开青史五千年。
神州永祷和平驻，莫负炎黄战阪泉。

七绝·南海子
寒水黄芦野鸭飞，石桥凭倚送斜晖。

— 1519 —

旧宫禁苑新开拓,不见王孙猎鹿归。

七绝·题咏吴为山雕塑《老子出关》
槁木身形瘦几分,于嗟大匠一挥斤。
青牛最解老君重,奋力扬蹄腾紫云。

七绝·寒食前日邀友人登凤凰岭
连岩幽涧鸟嘤鸣,残雪依稀杏雪荣。
不厌岭头风彻骨,太虚方寸两清明。

七绝·涠洲岛随笔
五彩滩头归去迟,芭蕉听雨正当时。
神堂高耸浑多事,乐土千年已在兹。

七绝·过太行山怀杨成武将军
月黑卢沟起战尘,强倭铁血祸生民。
自从名将之花落,知我中华尚有人。

七律·友人新筑梦园漫兴二首
粉墙鸳瓦傍湖山,裁剪江南置此间。
闲坐小亭人试茗,秋风高树鸟关关。
一花一草见精神,听水淙淙醉了人。
径曲廊回尘屑定,清幽好寄梦中身。

七律·夏日丰宁坝上
晴翠延绵云漫升,此间天地两澄澄。
轻车迥路身千里,瑶圃金莲梦几层。
有限生涯齐草木,无边风景在丘陵。
超然闪电河滨驻,烈酒高吟会远朋。

张立德
字正青,号青堆子、赤耳、西水草堂主人。山西汾阳市人。高级经济师。中国书法家协会会员,山西大学书法研究所研究员,中国国际书画交流协会理事,山西省青年书法家协会副主席,山西省诗词协会会员,出版有《现代公共关系务实》《历代经典碑帖技法解析》《孙过庭书谱》《唐诗篆书三百首》等论著。

七绝·小孙女讨字
金钗催我快提刀,满纸氤氲俗气逃。
若得笔鏊心愿至,排兵布阵控分豪。

七绝·西湖初春
一瓢湖水溢苏堤,三塔摇头映月西。
楼外断桥梳柳绿,香梅绽放万人迷。

七绝·西泠吟
我乘虚舟随处寻,雷峰对岸有诗吟。
清塘汉石字犹静,执印先贤师古今。

七绝·雪
横空潇散漫天飘,满眼银装花树娇。
觅得傲梅萤点点,笑聆童趣雪人嘹。

七绝·月
飘遥欲坠静无声,夜静银光散满城。
顷刻仙云翻白絮,难遮皓月世间情。

七绝·有悟
独坐小楼聆古音,茶香入肺也清心。
手持名釉目盯篆,右指悠然染墨深。

七绝·春来
新年处处有芳华,正月无惊见老芽。
白雪那知春不晚,满园庭树已飞花。

七绝·秋去
蝉尽雁来黄叶疏,兼葭幽静伴渔夫。
轻霜冰水鱼翔底,丹顶南迁一路呱。

张立娇
黑龙江人,现居黑龙江萝北。现任萝

北县诗词楹联协会副主席,中华诗词学会会员。部分作品被《诗词月刊》《鹤鸣诗刊》《湿地风》《界江之韵·萝北百年诗词集萃》《界江艺苑》《爱心集》《文学潮》《浔阳江诗刊》等报刊、微刊发表。曾多次获奖。

七绝·闲游

几许闲情上海游,浦江船埠赏珠球。
新词半阙邀灵韵,华夏腾飞世主流。

七律·纪念建党98周年

碧水蓝天记伟功,锤镰永在我心中。
拼搏奋力迎惊浪,笑傲强权断骇风。
国造蛟龙谁敢藐,覃研北斗遽然穹。
征程万里春潮漾,百姓福康喜气浓。

七律·采风感怀

花开塞北赏诗廊,古韵书丹墨水香。
衰晚有缘拙作现,笃修成趣笑吟长。
顺桥小榭连歌舞,丝柳撩轩戏丽光。
沁雅笔文追绮梦,翁师引兴聚龙江。

张丽明

河北承德人,文学硕士,北京语言大学中国古典文学专业。《中华辞赋》副主编,中华诗词学会会员,承德市传统文化学会副会长,作品散见于《诗选刊》《芒种》《燕赵诗词》《承德日报》等,多次在全国大赛中获奖。

临江仙·咏汴京八景
临江仙·繁台春色

山黛桃红赢翠管,吹来彩蝶翩翩。繁台春色蕴嫣然。佛香祈福寿,紫陌尽华年。
迟迟闲立疏柳影,倚风含露流连。皇都十里醉人天。曼卿诗句后,寺塔百花前。

临江仙·铁塔行云

通体琉璃砖铁色,城隅耸峙高崇。飞檐斗拱势凌空。碧宵犹暗叹,落日影湖东。
浮图十三藏舍利,降龙京邑之宗。祥云缭绕沁脾风。悬铃微作响,万朵水芝红。

临江仙·金池夜雨

金明池畔琼林苑,波明摇碧缤纷。日华骀荡窈怡春。不言三岛远,蓬雾引仙云。
古来争标多龙舰,如今都付花魂。银塘菡苕戏氤氲。汴京多少事,重殿雨中闻。

临江仙·州桥明月

石梁青柱擎华盖,横桥通路神京。笙歌酒肆惹流莺。九衢熙攘影,朱雀又相迎。
杨志卖刀闻在此,天街魂梦浮生。香罗水袖舞升平。银波引凤管,皎皎月分明。

临江仙·梁园雪霁

兔园阆苑初雪霁,银花琼树纷开。云容清影粉裙钗。炯阳照翠玉,皑雪荡尘埃。
孝王喜文招雅士,吟诗弹唱襟怀。上林大赋长卿才。梧紫师旷乐,飘渺入姑台。

临江仙·汴水秋声

澹烟冷露秋声起,螺纹汴水云裳。漾波清越几分凉。棹轻惊落雁,风飒袅湖光。

乐天相思愁点点,恨归明月佳章。多情也拟涉江塘。人居芦苇岸,持酒品斜阳。

临江仙·隋堤烟柳

潋滟波光飘风絮,长堤疏柳悠悠。半含烟雾半含愁。晓莺啼翠树,汴水绣扁舟。

沧桑一梦惊棹影,遗踪诗句仍留。江山无限入清眸。兴亡湿夜雨,往事在心头。

临江仙·相国霜钟

大相国寺铜钟响,牵晨报晓京城。梵音缭绕曙光晴。厚浑知警戒,清越已心惊。

铁凤铭文频入梦,佛辉天地遐明。皇图帝道运昌行。千年霜雨后,勤政起三更。

张丽影

女,1969年3月生,大专。中华诗词学会会员,四川省诗词协会理事,广元市诗词楹联学会宝轮分会会长,中国散文学会会员,其作品在省、市报刊偶有发表。

七律·游剑门关怀古(新韵)

蜀道难行历代争,剑门关险自天成。
连峰叠障穿云立,断壁危崖阻木生。
古柏苍松秋叶瑟,腥风血雨马蹄横。
谁怜已逝英雄骨,唯有夕阳泣古城。

五律·月坝冬景(平水韵)

一面清涟镜,新檐十数家。
山风寒翠野,犬吠颤孤鸦。
偶见诗霜客,随心摘雪花。
逸情沽老酒,月坝醉烟纱。

五律·游苍溪河重见旧柳(新韵)

如丝秋雨后,山净野菊香。
喜见昨年柳,惜失往日妆。
亭前无旧友,树下感凄伤。
留影平台上,临别百味长。

七绝·在听涛石上而感(平水韵)

静立高岩饮劲风,红尘远绝揽苍穹。
松涛浩荡驰辕马,十万兵戈指剑嵩。

七绝·天曌山听涛石(新韵)

天降磐石向谷风,远离桃李近苍穹。
松涛阵阵惊魂梦,脚下忽来万马声。

采桑子·日月湖长桥赏花(词林正韵)

桥旁惊现山樱树,花满枝稠。花满枝稠,片片飞心,诗景入双眸。

天池款步长桥上,燕子回头。燕子回头,人在风中,舞袖为谁柔。

玉楼春·湖上白鹭(新韵)

白鹭成双如画卷,振羽临波人忌羡。
与君同步解愁眉,醉眼观云云正淡。
此景生情情更乱,不愿回头成旧念。
风中丽影近黄昏,却怕频频同梦见。

鹊桥仙·叹七夕(词林正韵)

月光铺案,叹云渺渺。仙鹊如何飞去?茫茫天上有银河?抬眼望,疏星楚楚。

想来生憾,世间情侣,总惹相思无数。谁能长久共前缘?离散后,又将何处?

张莉仙

笔名笔墨为题,70后,现居于山西,闲暇时喜爱写诗,瀚海诗社编辑,松花江诗社编辑,诗词曾发表于《中国诗词》《诗词选刊》《精品名家文学》及中国国风网、搜狐网、网易、诗海选萃、龙盟诗社、众创诗社网络平台。愿与智者为伍,墨启心音笔底留香。格言:墨海描心境,文风自向禅,远离污垢地,净若水中莲。

七律·八一随赋
看我民心铸铁墙,国威壮大展辉煌。
千秋伟业惊三界,万众高歌亮八方。
战舰开通萍水路,神鹰架起碧空梁。
谁如践踏中华土,让尔蒙羞愧也伤。

七律·盛夏
邀朋信步小桥东,盛夏观光韵不同。
大树增荫枝翠绿,娇荷映日瓣绯红。
蝉鸣唱曲提高调,蝶舞寻香入浅丛。
漫烂山川多意境,吟诗赋句趣无穷。

七律·贺诗海女子诗刊
群英荟萃若琅玕,作赋吟风尽兴欢。
气质无常惊四座,才华横溢亮诗坛。
弘扬国粹文章雅,谱写人生韵律宽。
女子娇柔虽妩媚,能登墨海最高端。

七律·塞外荷花别样红(嵌句)
醉赏凡间胜宇宫,群芳斗艳亮眸瞳。
江南劲竹妖娆绿,塞外荷花别样红。
抖擞冰姿彰洁雅,清新玉叶秀玲珑。
骚人借韵添诗兴,意境高深各不同。

七律·风吹雁荡苇青青(嵌句)
云霞炫彩罩长亭,放眼河山若画屏。
日晒蜂飞荷灿灿,风吹雁荡苇青青。
东流碧水波多态,北立苍松骨有形。
不羡瑶池仙界美,凡间也可醉心灵。

七律·夏雨濛濛乳燕飞(嵌句)
凭栏望远盼君归,夏雨濛濛乳燕飞。
陌上风行鸿信渺,街前树动路人稀。
弹琴少韵音无调,睹物多愁泪湿衣。
总想平心情绪乱,何时拨雾见霞辉。

七律·身体健康才算赢
平心静气不浮夸,笑口常开感物华。
有爱能充天上月,无忧胜过日间霞。
逢迎岁月如尝酒,对待人生似品茶。
体健安康何所以,贫穷也可算赢家。

五律·赋得碧玉且为石
碧玉秀玲珑,焉知与石融。
精雕藏妙手,采样见微功。
出在深山里,流传闹市中。
堪称无媲价,雅致巨生风。

张连娥

河北省承德市丰宁满族自治县人,中共党员,笔名华月,网名紫蔷薇。中华诗词学会会员,河北省诗词协会会员,承德市作家协会会员,热爱生活,喜欢文字。

七绝·二月二春吟
东君又送柳枝柔,蛰醒龙腾四海游。
紫燕衔泥云作雨,农桑二月好等谋。

七绝·暮春三月雪
痴心应记迟春来,自伴红梅一路开。
怎可移情争艳丽,冰心乱染绿苍苔。

七绝·包子
褶皱深深意若何,曾经泸水祭悲歌。
今天已是家常饭,谁记当年苦难多。

七绝·题金缠腰勺药图
金带围腰别一葩,香熏陌野竞芳华。
簪花四相杨州梦,今入寻常百姓家。

七绝·青花颂
兰心蕙质笑嫣然,素色求真入险山。
烈火冰肌何所寄,精魂玉骨筑殊颜。

七绝·清明祭凉山火灾牺牲的英雄
暮霭烟云苦柳青,锥心撕肺悼英灵。
凉山魔火无情烈,赤胆忠魂万古恒。

七绝·月夜有寄
柳影轻摇罩玉台,明烛滴准落香腮。
重山望断琴音渺,何解相思不复来。

七绝·无题
静看闲云卷与舒,流年逝水鬓霜秃。
素笺点墨飞红去,如梦浮华有却无。

张连华
网名蓝盾。河南人。诗词爱好者,偶有作品发表。

咏荷

（一）
红花绿叶炫波浪,出污高廉不染坊。
袅娜娉婷盘旋舞,鱼欢清碧鸟飞翔。
玉婵菡萏豪情放,十里秘醉艳丽香。
蜻吻枝头施爱意,蝶亲荷蕊秀霓裳。

（二）
紫燕低飞喜悦狂,菱鸥击水戏鸳鸯。
蓑翁垂钓兴盛勃,鱼鲜烹调闻荷香。
柳荫树凉羹馥爽,孩童游玩捉迷藏。
花苞绽放风光美,晖映瑶池忘返乡。

（三）
观荷探花沁溢房,解忧泄郁境飞扬。
藕莲身上皆为宝,药膳胜医免处方。
碧翠葳蕤心荡漾,照相摄影惜芬芳。
流连忘返不须行,眷恋瑶华菡苕香!

清明祭
父乘仙鹤去天堂,母别儿孙痛断肠。
梦里长呼娘不应,五更惊醒泪汪汪。
远望桑梓坟茔拜,翠柏苍青守爹娘。
冥币烛光燃蜀国,面朝东北敬高香。

梅兰竹菊

梅
寒梅傲雪多豪迈,骨气高亢独自开。
疏影横斜崖赚俏,暗香浮动唤风来。

兰
空谷幽兰绽放扬,怡情儒雅吐芬芳。
至今寒舍几株养,寓意娇花爱慕香。

竹
筛风弄月婆娑挺,皮薄嘴尖腹中空。
澹泊寡欢不为利,长年青翠郁葱葱。

菊
凌霜飘逸替天行,炎势不趋炽煽情。
秋菊绚丽争艳放,赏花宾客喜相迎。

张连坤
男,51岁。茂名南天诗社会员,诗词爱好者。

五绝·自题家谱名闯
凡尘多劫数,天马骋乾坤。
失足常嘶啸,寻机爆冷门。

七绝·樱花吟
行云施雨一旬魁,惊梦浮华究可哀。
莫怨唐书卿影渺,蹊成只记李桃才。

七律·细雨霏霏杜宇啼（新声韵）
细雨霏霏杜宇啼,南荒野老正开犁。
春风驰荡兼葭舞,弱水湍急白鹭栖。
摇曳汀兰播馥郁,试飞新燕掠河堤。
行吟江畔唏天际,云破霞出多吁唏。

南乡子·雪夜
雪映窗明。布衾僵冷话三更。庭竹摇枝惊雀起。嘘指。絮被皑皑何处徙。

八声甘州·秋登江堤感怀
对蒙蒙细雨笼西流,殷殷吻归舟。怅蝶黄频舞、林疏山瘦,萧杀当头。俯看窄江浪涌,冷月伴寒秋。白鹭惊飞处,芦苇悠悠。

不胜凉风拂面,恨四肢颤颤,鸿志难酬。炫十年磨剑,霜刃冠沧洲。梦监军、威风凛凛,又哪堪、晨醒泪奔流。新曦透,驻轮椅处,孙腋披裘。

张林渠

笔名东方、谭心。山东东营人。中国诗歌学会会员,中华诗词学会会员,中国楹联学会会员,中国诗词研究会会员,中国网络作家协会会员,东营市作家协会会员。在报刊和网络发表诗词1000余首,部分诗词入编《当代实力派作家文选》等20余部书籍。曾多次参加全国性诗歌大赛并获奖。

七律·梅
娉婷次第一琼枝,花事开来落白时。
双喜临丫声韵美,冬梅迎瑞醉颜奇。
天寒地冻骨魂壮,夜冷霜严香气宜。
雪域风光须自赏,冰心一片展英姿。

七律·兰
兰草千株见玉葱,何曾有意去争雄。
枝芽疏影神无尽,花朵幽香韵不穷。
窈窕身姿摄人魄,婵娟容貌恋苍穹。
君公风采美名颂,众里品评皆受崇。

七律·竹
化身君子万年青,彰显节风飘逸灵。
独自超群顶天柱,相看挺直上云屏。
清高吸引诗文客,质朴赢来书画厅。
我欲擎杯百龄醉,刚强潇洒渡秋溟。

注：百龄醉,酒名。是在竹腔内经过二次发酵而生产的一种鲜竹酒。

七律·菊
菊放秋天遍地香,百花凋落独坚强。
非因娇艳媚姿色,却取坚贞素锦肠。
神韵自持仙骨苦,隽英只在佛心芳。
当寻情节以名志,高雅生贤写颂章。

浣溪沙·春
风绿柳杨河岸边,花开燕舞蝶翩跹,踏青游客喜无前。
观澜亭台哥放目,港湾渔户妹开船,波光远景最斑斓。

七律·花
步行河岸园林中,遥想当年去采风。
兴遇伊人双臂紧,笑看桃萼一枝红。
又逢丹彩迎宾放,不见娇颜沐泽融。
独吻芳香心欲碎,何年哪月再相逢?

七律·秋
原鹅南徙正飞翔,姊妹弟兄田里忙。

割稻收粮平土地，摘瓜采果整花岗。
施肥种麦合成片，装货存粮进大仓。
喜获一年丰收景，喝壶老酒沐秋阳。

七律·月

月放清辉照九寰，世间万象竟悠然。
谁知玉兔落池座，但见荷花醉素妍。
何事扁舟浮水面，已惊金镜起波涟。
满怀都是月光景，予与千家同梦圆。

张玲

女，1955年12月出生。现为武汉市东西湖区诗词协会会员，武汉市散曲研习社理事。

【中吕】普天乐·红薯

小名苕，皮粗厚。身藏土里，思绪悠悠：辈分轻，颜值丑。知晓无能攀杨柳，不成梁，呆脑秃头。但能献出，飘香美食，除病良粥。

【中吕】满庭芳·乌镇

江南水乡，风光旖旎，深巷亭廊。双岩塔影清波漾，摆撸船航。
河畔鲜花吐芳，草堂雅韵悠扬。心潮荡，抬头眺望，古镇炫辉煌！

【正宫】黑漆弩·同窗情

离别数载消息断，谁知微信又连线。乐开怀，北雁归南，学友笑咱成焦点。(幺)想当年，一起欢歌，一起跳皮筋疯炫。数星星，探秘蟾宫。笑脸灿，童真展现。

【中吕】迎仙客·东湖春

阴雨歇，暖阳明，树林百鸟儿共鸣。唱春天，享太平。三镇歌频，绿道欢同庆！

张茂春

已经出版诗句、散文、书法作品多册。

齐天乐·乘机联想

游越南归国，从南宁吴圩乘机回扬泰机场，有感而填此词。

银燕吴圩腾空起，机首遥指扬泰。仰望苍穹，心潮澎湃。蔚兰万里无埃。飞鸟绝迹，琼楼影难觅！鹊桥何在？浮想联翩，千岁嫦娥，颜可衰？

俯视足下云海，白茫茫无际，如雪皑皑。机耕云海，憾海无鱼！云天际起雾霭。云层稀处，漏见山河秀。城镇星罗，公铁棋路，境迁牛郎猜。

注：琼楼：即苏轼《水调歌头》词中的琼楼玉宇。鹊桥：指秦观《鹊桥仙》词中的鹊桥。嫦娥：神话中的嫦娥奔月。牛郎：每年七夕牛郎会织女，归来因日新月异变化太大，而找不到回家的路了。

浪淘沙·瑶池洞庭湖

瑶池洞庭湖，横阔无偶。日月星辰昼夜游。东拥吴越西抱楚。携长江舞。

岳阳楼千古，风浪无数，墨客骚人常登赴，怀国忧乡酬诗文，绘济世图。

扬州慢·游奉节

古邑夔州，文史悠厚。位三峡腹心地，游仙境景观。享美名誉世。瞿塘峡，险峻磅礴，波浮白帝，夔门屹峙，浪涛卷，惊心动魄。日泻千里。

天坑地缝，喀斯特风光旖旎。看凹凸曲直，鬼斧神雕。江峡映际，关雄山青川碧，江两岸，奇峰转折，穿岩洞栈道，寺庙巫峡连缀。

解语花·兴安盟（乌兰浩特市）

乌兰浩特，全国首座，少数民族府。北疆明珠，史文悠。北依兴安南麓，境内河乡。宜农牧水丰草茂。牛羊肥,野驴骆驼,赖人工驯护。

红色城,今胜昔。政绩文重市,矿多储富。驼羊绒皮居国首。林木质优面阔,农副产品,电化冶建乳药著,公空铁交通运输,景美游人慕。

清丽双臻·草原情

万里大草原,蝶飞燕舞艳阳天,草原无垠腾绿茵。蒙包内外飞笑语。马头琴声悠,马踏飞燕归。

蔚兰天,白云卷,鄂尔多斯包头市,书画诗乡歌盛世。春日常驻尧舜天,清丽双臻有哲贤。

贺新郎·延安

延河水泱泱,红船破浪征帆扬,窑洞灯亮,毛著"三论"春雷响,延安生机盎盎。宝塔山,航标指向。整风锤炼纯洁党,重经济,棉粮物满仓。南泥湾,鱼米乡。

重回延安全城望,更入胜,市容美观,公铁如网,学院报社如珠撒,百座陵园松苍,黄土地遍披绿装。电化机纸皮烟毯工业旺,民众富市强。红延安,名永扬。

永遇乐·乡村文化

乡村书房,文苑奇葩,知识殿堂。植根乡镇,百姓挚友,书报墨花香,男女老少,心醉痴迷。如蜂采花酿。周末假寒暑时节,座无虚席熙攘。

文化驻乡,文脉弘扬。炎黄基因沧桑,千年文明,博大精深。渊源而流长,诗经论语,文赋曲艺,诗词铸造辉煌,敢担当,不忘初心,文化兴邦。

张美娟

女,茂名南天诗社会员,中原诗词研究会会员,内蒙古呼伦贝尔人。有诗被《河北诗人精选》第五卷等收录出书。参与创作了《飞吧梦想》。在"第七届呼和浩特茶文化博览会暨咏茶诗会"诗词作品征文中获优秀奖。

七绝·荷柳情(新韵)

丝柳池边沐晚风,叶枯飘落彩莲中。
相拥欲诉心中事,无奈红尘阻断情。

七绝·桃花开了(新韵)

十里红妆未嫁身,盛开只待梦中人。
今生本欲随君老,怎奈他花也醉魂。

七绝·竹林(新韵)

半是竹林半是花,清风云影入君家。
坡前茅舍独一处,泼墨吟诗伴早茶。

浪淘沙·凝眸(新韵)

两岸绿荫浓,侧耳听风,蓝天万里看云行。堤畔幽香粘满袖,蝶舞花丛。

孤影立桥中,观水流东,谁人把橹小舟横。岁月悠悠人已老,依旧深情。

张美荣

黑龙江省鹤岗人,现在南京。网名飞天凤凰。文学爱好者。作品曾发布在《香港诗刊》《重庆诗刊》《枣庄诗刊》《明月楼诗集》《佳木斯诗集》等。作家前线签约作家。诗人。自幼喜欢看书。喜欢用文字书写心情随笔。

鹧鸪天·忆旧有感

先遇如来再遇卿,心中不觉念头生。
从前拟向灵山去,今后翻成地狱行。

情火纵,色魔横,将身占据不能停。
相思怎奈深如海,情劫应知命里经。

鹧鸪天·无题

何日天涯雁字归,这边消息已成堆。一时劳燕双难见,十日传书九不回。

盟约毁,世情非,谁堪总与愿相违。料知今后无缘聚,寸寸相思寸寸灰。

减字木兰花·夕阳有梦

天生脑笨,仄仄平平常搅混。诗不成章,砌句码堆浓彩妆。

夕阳有梦,练字旅游诗赋弄。不忘初心,脚下之巅自己寻。

长相思·高考

众望归,灵犀随,笔下神助惊风雷,舍我又其谁?

进考场,尽发挥,鹰隼试翼龙凤飞,蟾宫折桂回。

卜算子·思念

倚阁望云山,望断黄昏后。终日思君不见君,枉我长相守。

和梦向人依,梦醒还依旧。十二栏杆月自明,照个消魂瘦。

如梦令·春去

立夏缤纷满路,花落飘香如故。常忆盛春时。

梦里盈盈回顾。且住,且住。犹记来年归处。

江城子·祭屈原

凤河上下鼓声喧。势冲天。震山川。碧水翻花,摆渡赛龙船。旧俗牵今仍效史,抛角粽,祭先贤。

丰碑不朽两千年。尽真言。屡遭冤。一代忠良,美政却难圆。壮志未酬含恨去,离骚赋,古今传。

忆旧游·奋起

记当初年少,唯我为尊,气傲心高。背井离乡土,听同窗言语,似母唠叨。四载影形相伴,如学长承教。渐行远相离,情同手足,两地迢迢。

遥遥。远方眺,道是天涯路,难忘今宵。半盏清茶醒,叹息春光好,再忆逍遥。夜半小楼明月,山远露含娇。但愿此情消,三更谁在吹笛箫。

蝶恋花·春绪

欲解闲愁酌烈酒。醉里别绪,观星辰几斗。问花缘何落无语,乱红化雨泪不休。

自古红尘相思垢。聚散别离,午夜听更漏。空把柔情兑月勾,任凭风揉朱颜皱。

张木清

男,1944年2月出生。中共党员。大学学历。中学高级教师,曾任浙江省台州市黄岩区教育局中学语文教研员18年。发表诗词作品180余首。作品在全国大赛中多次获大奖,并收入于10余部大型典籍之中。

七绝·题黄山迎客松

危岩峭壁挺奇松,遒劲枝干雾霭中。舒臂开怀迎远客,雷霆风雨立从容。

七绝·雁荡山大龙湫

百丈龙湫水势宏,潭渊巨响丽山中。晶珠白玉成烟雾,灵气吹拂沁襟胸。

七绝·普陀山磐陀石

从天而降磐陀石，人叹凌空兀立奇。
千古摇摇犹未坠，莫非救世女娲遗？

七绝·冬夜
风寒霜冷倍孤清，老伴心音耳际鸣。
旧日姿容欣入梦，一生真挚是温情。

七律·春歌
桃花红润疏烟外，杨柳依依客有思。
莲叶轻浮凝碧水，锦鳞畅泳戏清池。
竹林静静藏幽径，岸树葱葱垂绿枝。
放眼江边高阁耸，春风沐面沁心脾。

七律·桐乡乌镇记游
乌镇风姿照面迎，茅公故地久闻名。
百间商铺生财旺，十里长街古色盈。
落日斜晖亲碧水，桨声灯影伴人声。
玲珑小巧江南秀，歌舞丝弦昼夜萦。

七律·千岛湖放歌
明光千岛叠峰峦，野旷怡人醉碧涟。
湖面乘舟观水景，岛中漫步赏天山。
流湘飞瀑晶珠泻，千亩良田翠色妍。
方腊忠旗悬石洞，朱熹遗迹印瀛川。

七律·江郎山之歌
巨石巍峨耸碧空，丹青赤水颂江公。
千年仄径山间曲，百里清风古寺钟。
霞客亭前观峭壁，八仙岩上望霓虹。
群峰兀立九霄刺，一线天宁蔽日中。

张年斌

张年斌，男，1962年出生，中学高级教师。现为湖北省荆州市楹联学会会员，石首市诗词协会理事。在各级各类报刊发表诗词、散文百余首（篇）。

七绝·超市中见虾
披甲持矛四海游，胸怀龙志却遭囚。
蒙羞闹市随人选，虽丑能迷嗜醉侯。

七律·端午
晓风卷浪染花香，飞鸟穿林唱抑扬。
龙舸争流云比翼，艾蒿摇曳影耕桑。
避邪防疫雄黄酒，醉眼怡情彩色囊。
湘水失声千古泪，中华圆梦万年昌。

七绝·并蒂莲
携瑞比肩玉女颜，凄风苦雨视悠闲。
不为蜂蝶呈妖媚，只愿幽香散世间。

张年琴

黑龙江人，现居黑龙江省萝北县，现任萝北诗词楹联协会诗课助理，黑龙江诗词协会会员，部分作品发表于《诗词月刊》《黑土地》《鹤鸣诗刊》《湿地风》《界江艺苑》，曾在诗词大赛和楹联大赛中获奖。

五律·诗友情
——赠陈丽华姐姐
隔岸莺啼柳，芳林碧草葱。
名山来戏水，鹤北去吟松。
雁寄一笺韵，诗连两地情。
相识七月里，时往岁华中。

五律·寒江有寄
北国潇潇雨，龙江一夜秋。
空中飞寂雁，水上摆孤舟。
万古英雄颂，千篇血泪流。
抗联须载记，壮志有人酬。

五律·雨后彩虹
长空新雨后，七彩耀云天。
斜挂青山外，痴游碧水间。

如诗达圣境，似梦美华年。
寸寸辉煌去，惜阴在眼前。

张鹏

女，汉族，原名张志华，笔名张鹏，1959年11月生，滕州市人，高中毕业，滕州彤辉机电设备公司退休。中华诗词学会会员，滕州市诗词联赋协会会员。有诗集《花丛吟草》。

五律·老黄牛

俯首勤劳作，耕田不计酬。
凤愿惟奉献，禀性最温柔。
力尽春潮涌，精疲骨气留。
诗人赋佳句，赞许老黄牛。

五律·咏松

卓立高山处，凌霄气凛然。
摧残难改性，孤傲志参天。
勃勃生机势，苍苍暮色烟。
无缘为大木，潇洒寿千年。

七绝·观大海

思归恨别意重重，夜色迷离细雨濛。
心绪难平潮激荡，涛声犹唱满江红。

七绝·登龙泉塔

巍巍古塔势峥嵘，登顶油然豪气生。
近水远山皆惠我，激情奔放唱心声。

七律·观舞

溢彩流光梦幻般，歌声悦耳荡心弦。
舞俦对对舞池转，笑脸张张笑意妍。
红袖轻盈姿冶艳，伦巴妙曼意缠绵。
此时佳丽来相伴，仪态万千能醉仙。

七律·游微山湖

采莲一曲乐怡然，鸥鹭飞翔绕客船。
湖似镜明辉碧落，苇如帜绿戏飞鸢。
兴浓更觉风光美，景好都将情意传。
鸟语花香游客醉，云浮波影惹流连。

七律·香山行

梦里香山今到之，红枫似火慰相思。
天低不碍岭峰峻，地厚堪居峡谷奇。
双鬓还叹人老早，秋风似怨我来迟。
江山似画生豪气，灵感飞来写入诗。

七律·卢沟桥

站在桥边望水流，似潮思绪涌心头。
波涛未尽今朝泪，弹迹犹蒙去日羞。
尚有群狼窥禹甸，何能一笑泯恩仇。
千年谁似卢沟月，夜夜警人无止休。

南乡子·菊

含笑倚西风，山径村篱带露浓。牧笛松涛浑已惯，相从，雁又横空枫又红。
淡雅不为容，识得东君便不同。月色似霜霜似水，朦胧，自是心期苦煞侬。

浣溪沙·登龙山

久仰龙山思梦深，欲将心思赋瑶琴。人生快意是登临。
尽览风光融雅韵，剪裁霞彩饰豪吟。青山聆鸟作知音。

张清亮

男，河北省邢台钢铁公司政工师，高中讲师，北京大学中文系文学专业毕业，中华诗词学会、沙河市诗词协会会员。数诗曾获"天籁杯"、"诗渊堂"杯、"百家诗会"等诗词大赛金奖和特等奖，8首诗入选2017年、2018年《中国诗词年选》，现居太行。

五律·遗恨

两岸近如尺，一家断脉情。
潸然月离去，烈火日腾升。
大地风雷吼，苍天怒目睁。
可怜西逝者，又续示儿声！

注：1999年中秋，吾老哥临终时写下这首五律后睁着眼走了！

七绝·迟到的家祭

两岸飞桥耀彩虹，普天欢庆九州同。
儿孙祭祖双垂泪，告慰先人跪举盅。

七绝·天镜映月

难睹玉容含泪愁，今朝歌舞醉高楼。
梳妆打扮照天镜，抱兔撒娇恋九州。

注：天镜，指我国建造在贵州省500米口径球面射电望远镜，也是目前世界上最大望远镜。

七绝·儿庆寿

村兴趣事天天撂，儿庆诞辰忙坏爹。
百岁阿妈更添乱，偷开楼后大奔车。

七绝·打工别

共尝儿女梦中甜，北雁催程破晓天。
家国情怀融喜泪，雪花伴舞下江南。

五律·作诗

昼夜吟声朗，山妻怒发狂。
啪啪搓板响，字字泪花扬。
文赋腹中事，金屋美女藏。
哼唧仰天笑，妈爸脸呆黄。

七律·喜游映雪湖

莺燕争屏小嘴甜，鸳鸯求爱绕红莲。
湖亭作赋来淑女，柳岸吟诗踱俊男。
古戏古妆渡花轿，新歌新舞送渔船。
白鸥点浪悄然过，逗起金鲤闹蓝天。

注：河北省朱庄水库又称映雪湖。

七律·八字恨

终老心扎八字恨，宗堂已撰训家文。
"华人与狗"民族耻，"不得入内"国丧门。
九州昂扬光日月，一朝落后暗乾坤。
儿孙代代须牢记，忘弃休来祭我坟。

张琼菊

女，一个古诗词、楹联爱好者，作品入选多种杂志。

点赞界碑描红活动

七十流年岁不同，朝阳闪耀烈苍穹。
山河壮丽民心聚，时代辉煌政事通。
跨越千山追历史，穿行万水忆英雄。
亲描界石豪情涌，笑看神州国运红。

赞"天网行动"

利剑高悬反腐行，霜钟彻耳警长鸣。
严查抓捕纲常振，劝返追逃政典赢。
固本清源修德慧，安邦定国护旗旌。
神州壮举开天地，激奋民心日月擎。

纪念五四运动100周年

五四高呼爱国潮，烽烟漫卷浪波辽。
百年功迹诗章续，万里江山士气昭。
华夏子孙弘业创，神州天地伟人描。
风云激荡炎黄志，民族腾飞彻九霄。

悼凉山救火英雄

（一）
和平岁月火凌空，哨笛吹开劲旅冲。
健步急飞穿石涧，豪情勇闯护山松。
餐风露宿平安写，手挽肩扛阵地攻。
梦断魂消天地震，清明苦雨泣英雄。

（二）
火舌连天哨笛吹，官兵列队友亲辞。

相离父母轻装上,难舍妻儿重担知。
夜冷风寒侵健体,烟迷雾锁现雄师。
情牵卅子哀声彻,梦断凉山举国悲。

周球锡

男,江西永新人,企业员工,业余爱好文学,有各种体裁文字散见于全国各级报刊。

七绝·咏梅

沉香敛艳结珠胎,饮露餐霜总不开。
只等漫天飞雪放,不堪处子惹尘埃。

七律·莲花荷花博览园游记

七月流金无去处,莲花村里赏莲花。
平畴弥望绿如海,玉盏参差艳似霞。
水荡荷茵毛毯卷,风摇仙子凤眸斜。
偎红倚翠游人醉,靓影留于挚爱夸。

古风·春节归乡纪行

一别三五载,千里归故乡。
环村水泥路,四合小洋房。
小车满村巷,难觅猪牛羊。
笑问陌生仔,急拜亲爹娘。
亲人虽年迈,乐呵把家当。
汽笛晨鸣急,家家年味香。
出门寻故迹,举目两茫茫。
桃杏不知处,老巷垃圾扬。
才喜菜园绿,却忧耕地荒。
青山依旧在,无处觅清江。
千古一春节,礼庆两文章。
喜宴乔婚嫁,请柬排排行。
车轮连轴转,亲友拜年忙。
夜来麻将起,老幼围成墙。
灯火传怡乐,不闻书声琅。
一晃假期尽,陡然起慌张。
老病未及看,儿游又泡汤。

双亲掩面泣,子唤欲断肠。
叮咛声声切,土产塞满厢。
为梦舍亲去,此情何以偿。

念奴娇·伶仃洋上巨龙跃(韵遵上海古籍出版社《诗韵新编》)

凌空潜海,挽港珠澳臂,大桥横跃。日出蛟龙撩碧浪,日落彩虹摇曳。放眼寰球,美名鹊起,傲入雄奇列①。谁人知晓,曾经多少轻蔑。

回首七十征程,踏平阻遏,洒尽英雄血。两弹一星沙漠泪,北斗望穿星月。傻冒仁东②,铁人进喜③,奋命书功业。创新圆梦,誓将全敌超越。

注:①有外国媒体将港珠澳大桥称赞为"世界新七大奇迹"之一,是桥梁界的"珠穆朗玛峰"。

②南仁东,天文学家,"中国天眼"的主要发起者和奠基人,主持完成国家重大科技基础设施建设项目——500米口径球面射电望远镜(FAST)的立项、可行性研究及初步设计,因积劳成疾,于工程落成后的2017年9月15日病逝。

③王进喜,石油工人。1960年3月,他率队从玉门到大庆参加石油大会战,发扬"为国分忧,为民族争气"的爱国主义精神,为早日结束"洋油"时代顽强拼搏。因发生井喷,他带头跳进水泥浆池用身体搅拌,制服井喷,人称"铁人"。

青玉案·贺孙二周岁

双拳凛握初来到,睥天地、呱声叫。二月抬头三月笑。半年端坐,满年呼抱,两岁环厅跑。

手拉脚踏琴音妙,啧啧常将指头咬。天趣围栏关不了。醉心门扉,痴情沙沼,乐把童车捣。

鹧鸪天·神农谷神韵

千里罗霄万斛泉,桃源洞里舞蹁跹。轻弹乱石琼音妙,漫卷青山岚气娟。

峰转路,绿弥天,神农脚印谷中穿。洞仙遗迹今何在?百草神功把寿延。

一剪梅·绿卷西风梦醉秋

绿卷西风梦醉秋,红透苍山,香溢平畴。江河浪遏淌清流。天路云开,鸿雁飞舟。

无限风光任我游,脚踏神州,志向寰球。身强更赖精气修。莫叹桑榆,再上层楼。

张全福

现年76岁,退休教师,浙江省长兴诗词学会会员。网名远山净土,网龄11年。乡村打油诗人,写有若干游记。作品有《悬脚岭诗词选集》《春暖花开》《浪花集》等社区教育读本。

七律·春

尚儒桃月嫩芽新,紫笋飞传敬圣神。
梅吐清香争艳色,兰开紫萼竞芳春。
青山叠翠笑酣梦,碧水澄波映丽身。
射虎亭前诗兴起,古风伴我洗心尘。

七律·夏

山中禅寺岫云浮,岭上层林映翠楼。
竹海清风驱热浪,蝉声红日唱神州。
犹闻古道戏台笑,曾有荒村岁月留。
今日繁荣游客醉,人间美景眼前收。

七律·秋

满目苍山娇诧醉,清溪流漾荡长空。
千重树影伴残露,万缕阳光笑透风。
秋眼不提春色艳,浮云更恋晓寒丛。
莫听萧瑟孟冬近,枫叶频留悬岭红。

七律·冬

遥看银装悬脚岭,茫茫古道尚儒村。
小桥伫立望冰冻,萧寺相逢叹庙门。
仙界鹅毛天帝剪,醉乡雪岫地灵屯。
农家聚众甩牌乐,薄酒一杯情意存。

排律·追梦悬脚岭(新韵)

携友阶梯行小径,竹冈深处遇知音。
苍颜无改追蝶梦,白首依然乐童心。
曾忆儿时欣岁月,每闻旧日羡功名。
黄粱梦里开心笑,绿野尘中作意行。
境会亭前忘寂寞,尚儒村内伴黄昏。
远山入画随飞跃,净土添诗可诵吟。
山野热心词藻伴,村夫熟路笔花惊。
尚儒村志宗族茂,悬脚岭中乡梦荣。
幸有禅林香火旺,还凭国策幸福跟。
江南景色楚天好,岭上春风吴地屯。
笑看农家财富有,吟听公子靓车奔。
民风淳朴令人赞,游客多夸浙北村。

七律·射虎亭

青梅煮酒论英雄,三国风云叱咤中。
历史悠悠呈岁月,频年事事逐苍穹。
孙权射虎笑悬岭,吴箭显威扬骏功。
正是此川春色好,青山依旧醉江东。

沁园春·咏悬脚岭

悬岭风光,景色迷人,瑞气走高。看群山凝翠,百花吐艳;冲天竹剑,纵壑云涛。碧水长流,青山神爽,浩淼烟波远望娆。心陶醉,为圆中国梦,村靓今朝。

山村如此多娇,赞历史长河传说聊。羡孙权射虎,少年气盛;茶仙涉足,奇士高超。递舞青娥,品尝紫笋,境会烹茗掀浪潮。遥闻乐,有诗魔挥笔,胜地相邀。

喝火令·中秋寄友

静看仙川绿,闲听笛子悠。靓深悬岭恋难收。山水画中添墨,痴爱为君留。执手翩翩舞,芳心细细流。日常琴瑟暖乡楼。笑也凡尘,笑也在情柔。笑也共弹风月,快乐伴春秋。

— 1533 —

张全省

昵称迟乐，男，1936年生，原县法院院长，爱好诗词。

小律·马村垟索面二首

脱贫致富不张扬，索面盛名村落昌。
自古尊称长寿客，如今可谓状元郎。
秤砣有道人称赞，买卖公平生意长。
条条细致像银丝，技艺精良要适时。
配料无差成面匠，柔和有谱变名师。
拉抻巧使均匀力，收入箩筐优雅姿。

七绝·新农村山坑改名兴川吟

一

兴川村落古文明，优雅民风世代赓。
饭后茶余榕树下，聆听朗朗读书声。

二

千古山坳不变形，辉煌村史耀门庭。
乐观白谷山繁茂，盛赞兴川名好听。

三

离别兴川四十春，清闲无事去寻亲。
相逢都是新颜面，不见当年老熟人。

五律·游岭脚村有感

遍地是红沙，高桥充彩霞。
峰峦当背景，峻岭伴生涯。
节到盈村客，秋深满眼花。
蝉鸣如闹市，山静鸟喧哗。

五律·登大会峻岭

古道到天湖，红枫韵味殊，
千阶愁顾客，百步戏挑夫。
眼下山花盛，耳边群鸟呼。
清风疏闷气，野趣洗糊涂。

五律·品会吉古桥

曾经众口评，古老自成名。
连接温州远，沟通天顶平。
上供人往返，下给水流行。
日暮黄昏后，尘嚣待五更。

张瑞

先后任县委副书记、县长、县委书记、市政府秘书长、市政协副主席、党组成员。退休后开始写作，撰写散文、随笔、游记、论文、小说、诗词歌赋。先后获国家级文坛金奖、一等奖、特等奖、国际金奖若干。出版长篇小说《管道》、长篇剿匪小说《马刀》、散文论文集《沧海拾贝》、诗歌集《岁月留痕》、回忆录《生命的历程》。现在是中国散文学会会员，中华诗词学会会员，省市作协会员，河北省诗词协会副会长，张家口市诗词协会会长。

七律·小年吟

小年巧遇大寒临，欢快心情祭灶神。
净室除尘迎贵客，添衣购物待亲人。
金鸡亮嗓金光灿，玉雪旋姿玉气珍。
今日阖家多喜气，冷冬过后是阳春。

七律·冬雪吟

六瓣琼花漫舞狂，农家为汝喜洋洋。
田间撒下丰收景，塞外升出灿烂阳。
放眼晶莹铺遍野，静观润玉耀丹疆。
星稀月朗银装美，梦里飘来五谷香。

七律·小雪感怀

一

时逢小雪真飘雪，久盼全然入梦魂。
地面残枝风里跑，天空浊气雾中沉。
琼花整夜凝成片，杨柳全身洒满银。
晨晓起床闲散步，白绒地毯正铺门。

二

漫天起舞静无音，吸净空中污秽尘。
剔透晶莹形像凤，飞行大地体如芸。
混沌世界谁没种，清亮山川底有根。
试问先生曾细想，客官可告是何神？

七排·冬思

伫立寒风月下痴，凋零黄叶惹相思。
院中慢踱渐长夜，镜里惊瞧消瘦姿。
白发续生年月快，青春失落龄时知。
情随寂境无言去，趣逐闲心不意离。
又到萧萧摧碧树，难逢默默捋青丝。
清空一日书中恋，深夜三更梦里诗。
秋去冬来论更岁，山重水复影随期。
可怜大雁南飞去，只有寒光照旧枝。

张瑞清

承德市平泉市人，1962年生。性俭淡，不喜交游，常以闭门读书为好，喜好文学，犹爱古典诗歌，吟诵之余，偶有创作。

七律·释卷戏作

本寄金屋替草房，偏得大腑小栖遑。
才忧碳不及春罄，已喜天从翌日长。
画饼中分权作饺，观石错落欲呼羊。
今朝或许如沧海，化育来生做栋梁。

七律·守岁

才歇动魄响连城，哪料偏栖更肃清。
向各花开留一朵，今逼耳顺差三冬。
钦廉遁赵终能饭，比吕封周枉剩龄。
妄乞羲和休蹈矩，怜吾徙倚早鞭龙。

五律·望豆角高挂椿树戏作

异尔独拔萃，如欺老病身。
花疏开矮架，角硕上高椿。
早淡时耕苦，忽骄每灌真。
唯堪惆怅处，只是效凡人。

七律·负约同学会

兴应同学会客官，秋声下木却衣单。
无成恐忆垂云志，有寄羞说饮露缘。
尚暖分工诚让净，犹欣并座戏争宽。
今朝未尽沧桑恨，梦里风华俱少年。

注：分工：上学时经常有各种集体活动。

张三强

男，汉族，1968年2月生，原名张绍昌，笔名张一剑，江西余干人，景德镇陶瓷大学信息工程学院数学教师，诗词吾爱网蓝天诗苑版主，大中华诗词论坛沧浪诗人诗者联盟版主，自幼喜爱唐诗宋词，祖国的大好河山，花草树木，生活中的琐琐碎碎，总觉得应写下点什么才好，写现代小说、散文之类觉得太长，于是想到了诗词，自从接触到律诗后，便迷上了它，尤其喜欢七律，诗词散见于诗词吾爱、中华文艺、大中华诗词论坛等各网站及报纸上。

七律·秋日杂兴六首
七律·闲花

结伴荒芜谩道姿，汀鸥底事问阿谁？
境中恐是庄生梦，画里何勾柳叶眉。
野老辞参来蜀后，半山退相在吴时。
但闻萧瑟无人过，惟有秋风尽日吹。

2018年9月16日

注：野老：杜甫，号少陵野老。辞参：指辞去华州司功参军的职务。蜀：此指蜀地成都。半山：王安石，号半山。退相：退居的宰相。吴：此指吴地江宁（现南京）。

七律·野草

但有闲心结此秋，一从冷漠野荒洲。
黄莺去后寒蝉紧，霜降来时白露休。
雨化潇潇风瑟瑟，天因暗暗地浮浮。
江边翻似芦花状，类转飘蓬逐水流。

2018年9月16日

七律·秃树
卸甲纷纷剔却鳞，端端莫去问缘因。
已无精骨支撑厦，难怪昏鸦乱上身。
盛水怡红曾照绿，空山乐道现安贫。
西风任自猖狂后，养性来年又晤春。

2019年9月19日

七律·落叶
西风嫋嫋动萧森，门外纷纷不请临。
隔牖初疑闻细雨，下帘翻又似黄金。
断无夏转浓浓绿，多半秋来渐渐深。
曾是团团如伞盖，殷勤为我罩庭阴。

2018年9月19日

七律·来雁
霜天秋晚序惊寒，万里云翔尚有团。
排字而来年履信，征尘何计事无端。
霞飞只打芦花起，影落惟于赣水桓。
仰望长空常引叹，不辞辛苦为那般？

2018年9月20日

七律·逢霜
荷尽蝉声不再闻，听萧洲气夜寒薰。
惊醒芦荻汀来雁，抖擞冰晶草渡汾。
篱筑傲枝犹有菊，天飞曙色岂无云？
谩言日照消残去，依旧人间烙上文。

2018年9月26日

七律·村居夏日（四首）
七律·村居夏夜
围摆筠床义井旁，白鱼条卧好乘凉。
孤悬一月时光在，群对繁星话语长。
纳气乾坤心净化，竞妍菌苔夜芬芳。
天苍不老人勤快，犹有三更担水忙。

2019年7月5日

注：筠床：竹方床。义井：供公众汲用之井。白鱼条卧：指夏夜露宿在义井台旁的人们光着上身只穿短裤卧在竹床上，像一条条白鱼，充分享受着大自然。担水：用扁担挑水。

七律·夏日庭围
晚开茉莉井台凉，左植冬青傍梓桑。
胭点何郎明傅粉，蝶邀韩令暗偷香。
椿萱午坐清风聚，孙辈宵围霁月昌。
天地有情庭院绿，蛙声一片送荷塘。

2019年7月15日

注：茉莉：此指夏日傍晚开的紫茉莉。梓桑：此指桑树。椿萱：代指父母。

七律·村居夏意
难耐当空溽暑侵，来惊底事扰清阴。
生非蚱蜢临窗闹，好动蜩螗入户吟。
一枕翻如荷静静，幽香自觉梦沉沉。
困人天气谁曾意，半屋凉风释我心。

2019年7月17日

七律·村居夏趣
菜色新鲜可摘拿，青藤交蔓上篱笆。
槐榆桐梓深深树，茉莉蔷薇紫紫花。
雀斗闲庭围散客，蝉惊别院噎明霞。
蓬头稚子无知会，伸手蹒跚自顾挝。

2019年7月26日

张深

六岁入公塾，二年，文革兴起，旋居家中，因认得几字，背得几文几诗。十五入社会谋生。廿一，赴高考，侥幸列孙山前。大学毕业，专司公吏教育五年。后留欧六载，研俄欧专史。再留美改读企业管理，自此弃文从商，奔走于中美之间，往来于商贸之事。现闲暇之余，再习诗词，尤喜宋词元曲。

长相思·读史
地悠悠，天悠悠。地转天合不会休，江河万古流。
古人求，今人求。今古文章细细究，

几人青史留？

点绛唇·早春
雨敛烟霏，晚晴正是三月色。海湾春涉，多少归来客？

醉问黄昏，独饮当独乐。抚琴瑟，暗将天测，知我二三个。

夜游宫·秋忆故人
金湖秋风刮起，窗前地，落英飘处。忆君美目似秋水，想花容，隔东西，眉心计。

多少伤心事，意难断，泪流诗纸。西望天边思旧事。有谁知，梦虽残，心难死。

张士国

笔名师谷，诗作《乡愁》被中国当代作家作品陈列馆收藏。《张士国诗三首》在2011年中国作家金秋笔会全国征文评比中荣获一等奖。诗歌《党旗飘扬》荣获2012年"时代颂歌"全国诗歌散文大赛一等奖。诗歌《无偿献血》荣获2013年"东方美"全国诗联书画大赛金奖。著有个人诗集《感受生活》《感受生命》《感受亲情》。2013年7月被评为2013年度中国文学网络人气王·十佳诗人。

重阳（平水韵）
盼母思儿道古今，重阳节日递佳音。羊羔跪乳传佳话，赡养双亲尽孝心。

新长征（中华新韵）
滚滚车流似马龙，时光不等向前行。茫茫人海急行进，不忘初心踏长征。

游沂山（中华新韵）
秋雨绵绵观沂山，遥看瀑布挂前川。玉皇顶上奇观叹，沂蒙人民代代传。

秋日（中华新韵）
树木风吹落叶飘，寒风袭面人心焦。深秋仍有新鲜事，秋日阳光分外好。

寒冬心暖（中华新韵）
初雪来临寒风起，精准扶贫管到底。孤寡老人御寒冬，党的温暖记心里。

祖国颂（中华新韵）
金秋十月秋更美，祖国腾飞陶人醉。和谐社会人人赞，举国欢庆锣鼓吹。

张世和

笔名清川，1967年于北京机电工业学校毕业，先后供职于国营第一八七厂和中国兵器工业集团公司中国北方发动机研究所。喜读诗书并学习创作。作品散见于多家网络平台。多次参加各类诗词大赛，取得多项好的成绩及荣誉称号。现为《诗刊》子曰诗社社员。落日潇洒，余晖绽花。运动笔墨，歌吟年华。

五律·登修水黄龙山
踏顶鸟朦远，长川翳霭玄。独峰璀巍立，狭路奕蓬间。茫陌牵百舍，田园眷玉潭。炊烟翻岭去，三省醉歌欢。

七律·东浒寨钦仰一线天
深沟曲壑断崖娇，蓬草斜松举目遥。双岭峙峭飘壁险，一线劈凿啸云涛。铠马当立石关笑，利戟飞纷古圣豪。仰道无声孤异景，似闻吕祖剑归朝。

南乡子·思远虎丘山

望影入高天，云揽浮屠上御銮。兀立古台思旧历，年年。择域长依两处缘。

昔日度风翻，未老青山几复寒。远去不回多少事，念念。遍睹芳彩恁熳澜。

五绝·幽思西园雅集图
雅集图画纸，毫笔墨丹青。
春至西园早，幽思汴市行。

七绝·秋临巫山
初霜夜落半山花，荡水瞿塘向暖遐。
白帝城池疏木晚，栌颜一抹染西崖。

张世琼

女。喜文字好读书，在多家报刊发表过诗歌散文。借笔扫尘，情怀家国，生活本是一首歌，个中滋味凭感觉。

五排·龙吟
龙文扫俗尘，凤序列天真。
偶有牢骚话，依然性情人。
史书存怪杰，良册有贤臣。
只愿修言语，唯思礼上宾。
娥眉舒广袖，俊茂饮甘醇。
穹宇悬升斗，中天挂冰轮。
诗歌和曲赋，两汉并先秦。
墨字当瑰宝，辞章亦贵珍。

五排·过洞庭
南莺过境程，北雁应初征。
物候生枝节，时令葳落英。
蔽荫悄蛰伏，泻月远蛮鸣。
浪鼓歌天下，轻弦韵古筝。
魏吴和蜀国，鼎立莫相争。
八百存粮库，三分阔楚荆。
叶残风卷轴，庭波水韵清。
原生需养护，土地亦休耕。

七律·体坛博弈
追辉逐日青春梦，执念忠勤志向同。
道德专为情节解，冰心释扣抒怀中。
轮盘占位金牌榜，胜败兵家荣耀空。
转瞬才知时岁减，回身又起少年风。

七律·跑旱船（仄韵）
髯须白发摇新橹，鬓角堆霜妆老姆。
四季吹笙伴侣吟，春秋踏碎和歌舞。
随心节拍控音频，起足行舟敲响鼓。
摆渡人生跑汉船，无蓬作盖遮风雨。

七律·旧貌换新颜
雨洗垄沟去旧斑，风吹麦浪起新环。
墨池波澜惊万险，砚台圈转绕千弯。
宏观调控平常事，伟业蓝图怎一般？
暮霭烟霞笼别苑，乡村旧貌换新颜。

七律·春风柳
风歌拍岸惊鸿瘦，雨舞春声催絮柳。
薄雾含烟裹绿枝，晨阳驭锦揖长首。
笙箫弄玉约弦无，序谱檀郎临笺有。
往事殷勤落屑殇，谋篇布局寻前剖。

七律·断肠辞
金镂鹧鸪断肠思，银辉绣锦卷帘时。
流光潋滟妆娥黛，顾盼生姿饰鬓眉。
玉碎风潇情切切，花残雨冷漏凄凄。
燕山别苑新愁锁，虞美朝囚绝命词。

注：燕山，指赵佶的词《燕山亭》，虞美，指李煜的词《虞美人》。

点绛唇·褚香依墨
谢尽春红，峰高几尺凭篙测。应骚人刻，佳句谁先得。

韵里穿求，信手拈平仄。心思缜，褚香依墨，笔摹绮翠色。

行香子·魔方

三色追原,凸凹成型。随手翻来驭空灵。才超诸葛,摩尔归零。砺图心志,强心力,理心经。

奇惊四方,威风八面,胸有千军战雷霆。常规定律,智慧多星。记心中图,套中路,眼中屏。

行香子·樱园

物候生时,苑上馨先。碧叶遮阳隐青玄。想来非熟,鸟雀偷鲜。只把云霄,藚云彩,赠云仙。

笙箫玉曲,余辉斜照,未老童心竟成全。此翻景色,舞蝶婵娟。正事儿惑,心儿扣,影儿穿。

张仕荣

笔名叔伯憨人、老班长、草原。四川广元市人,参军退役后步入教坛。嗜好文学,酷爱古典诗词。退休后以写诗填词为乐,主张诗词题材真实、依律成韵,雅俗(趣)共赏,呈现时代特性。用一诗(词)一故事一情怀寓教其乐。现任广元市诗词楹联协会会员,大中华诗词协会会员,论坛诗苑版主。《沧浪一路诗怀》第5期刊发有专辑,第6期有拙作。第8、9期正在筹备中。

七律·淡泊吟

期颐阅尽梦三春,诤友能逢有几人?
路遥峰高知马力,天长日久见心真。
寒酸甬道无人问,阔绰深山有远亲。
纵使马云金万斗,也歇灰烬化千尘!

七律·逛江东

天高云淡逛江东,姚水廊亭映日雄。
旧地宇楼随月起,新城铁臂影星隆。
堤枫淬火千人醉,街杏鹅黄十里同。
裁朵白云描梦想,两江万达赛蟾宫。

诉衷情令·纪念周总理逝世42周年(钦定词谱,晏殊体,词林正韵第十二部平)

鞠躬尽瘁为民酬,碧血染春秋。花厅海棠依旧,十里长街留。

怀坦荡,志不休,老黄牛。初心遗志,揽月摘星,挥斥方遒!

于宁波

减字木兰花·人生难全三好子(钦定词谱,欧阳修体,词林正韵,混韵)

人全三子,上下百年添福祉。慈泰严山,禄厚琳珑八面宽。

贤妻美玉,以沫相濡同正曲。自重金童,耀祖门庭喜传宗。

2015年7月17日于浙江海宁许村

满庭芳·杞人忧天(钦定词谱,晏几道体,南苑吹花。词林正韵第十三部平)

高楼拔地起,鸟栖浮渣上。蚕食也,要给生灵留下最后的守望!

伟岸姚江,犀蒲古韵,千年杨柳春深。凭阑远望,流霰戏珍禽。鸥鹭歌云梦雨,芦花荡、常客琴音。唱潇洒,衔枝筑穴,百鸟衍浮沉。

斗移星荏苒,猖狂时节,莫诘公钦。举蚕叶,高楼款款如林。昨见沙鸥江渚,抬头望、逐鹿云褛。痴人杞,流莺远去,何处觅良心。

行香子·女人吟(钦定词谱,晁补之,前岁栽桃。词林正韵第十一部平)

笋发九族,竹定乾坤。当我读完《宋氏姐妹》之时,还真的被俗语"男人活的女人脸,女人活的男人胆"的哲理所感动!无数事实:一位女人的德行直接地影响到宗族门庭的兴衰,乃至数代裔人的成败。故填《行香子》以示之。

鉴古观今,女主门庭。庠国母、宋氏三卿。成王败寇,绝代芳名。赏家之幸,君之福,母之荣。

尘间女性,光宗根本,德艺馨、宰嗣浮生。母仪天下,兰质娥媓。愿天生意,地生道,人生情。

山花子·感恩花开（钦定词谱李璟体,菡萏香销翠叶残。词林正韵第十部平）

孙子所在读的幼儿园班级别开生面地组织了"爱随手动,恩从心涌"主题班级活动。启迪了幼儿心智,提高了小朋友们的表达、动手、动脑能力。特填《山花子》推介之。

窈窕春园孝悌家,感恩独秀向阳花。听讲笃行虽人小,顶呱呱。

默化潜移任重远,春风细雨润桑麻。跪乳羔羊何报德,一杯茶。

玉楼春·蝌蚪"工匠"（钦定词谱,顾夐,拂水双飞来去燕,词林正韵第十二部仄）

蝌蚪寒庐新老九,工匠人生钟五柳。万般操守出真知,番薯果鲜牵小手。

猪兔牛羊亲俊蚪,锅碗瓢盆风雨后。葵花始旦向阳开,志在大同添锦绣。

【双调】江城子·幼儿园里庆重阳（钦定词谱,韦庄,髻鬟狼借黛眉长。词林正韵第六部平）

参加完孙子在读幼儿园的庆重阳活动,感慨万千,特填《江城子》以推介!

幼儿园里重阳新,觐皇君,老臣民。万岁千金,见厮拥亲亲。谁料欣逢黄道日, 孝悌,座上宾。红星闪闪演童真,舞香裙,小蛮臀! 太极南拳,筝鼓韵渔村。长大曲终牵小手,包饺子,享天伦。

注:长大,即歌名《长大我就成了您》。

沁园春·暗度陈仓（钦定词谱,苏轼体,孤馆灯青,词林正韵第二部平）
——读外交部发言人耿爽7月12日"美对台军售计划"答记者问有感

小小寰球,朗朗乾坤,唧唧螳螂。看特螂痴梦,明筑岛链①,偷藏谍伪②,暗度陈仓③。丑化楷模,视听淆混,锁链④鱼珠难遏防。看旗手,凭铁拳收网,谍溃仓惶。

庶人初醒戎装。须谨记、中华才是娘。念传人十亿,宝书五卷,万千沃土,远播重洋。环宇争雄,润之榜样,义不容辞驱虎狼。任道远,有史前先例,铁马无疆。

注:①指美国遏制中国的明线,第一、二、三岛链,指围堵中国的外围系统。

②美国遏制中国的暗线,也就是美国安插在中国内部的伪军系统。

③指美国对台军售22亿武器装备的目的是遏制中国发展,企图颠覆中国政权的阴谋。

④指伪军(反华势力)系统的文化锁链,传媒锁链,军事锁链,情报锁链和财经锁链。

2019年7月19日于广元寒舍

张守元

1946年生,现为中国诗词家协会名誉会长,中华诗词学会、中国楹联学会、中国当代文学学会、山东省家诗词学会会员,威海诗词楹联学会顾问。出版个人诗集《真味集》《秋韵集》。创作诗词2000多首,有1300多首入选50多部全国诗词大奖赛获奖作品文集及《中华诗词》《诗词世界》《诗词之友》《中国楹联报》等报刊媒体。

如梦令·踏青

郊野绿茵含翠。风暖短桥流水。满眼尽繁花，枝上啼莺声脆。如醉。如醉。恰好梦圆新岁。

踏莎行·晚春

柳絮飘飞，紫兰色退。风狂雨暴清香坠。春华易逝恨难留，时机错过难追悔。
过眼云烟，难收覆水。霜秋莫要心先萎。是非成败转头空，诗词描得千山璀。

行香子·游华夏城

霞映门庭，水绕帷屏。路通幽、丽景穿行。廊琼洞美，石秀林明。看鱼儿乐，花儿艳，草儿荣。
寻奇览胜，钟鸣鼓响。碧荷池、莲主升腾。神游华夏，触景生情。觉步儿轻，心儿净，性儿灵。

喝火令·五月槐香

五月槐香远，三山玉洁清。覆霜披雪压枝倾。蜂吻蝶飞挥素，衔蜜入门庭。
细雨云峰润，微风雪雾萦。似临香阵舞繁星。醉了游人，醉了乱啼莺。醉忆幼时同采，分享一杯羹。

沁园春·庆祝建国70周年

七十春秋，崛起东方，气势如虹。忆千疮医治，百行兴业，万家争富，物阜民丰。改革惊雷，甘霖泽润，秀美城乡春意浓。经风雨、凭舜尧智慧，屡建奇功。
飞船航母蛟龙，御外辱、强军力挽弓。喜港澳归主，平湖输电，北京奥运，气贯西东。高铁飞驰，桥连欧亚，北斗辉光耀碧空。从头越，看前程似锦，满目葱茏。

鹧鸪天·咏青梅

相聚梅乡共赏春，无边花海浸香村。蜂亲蝶吻枝头雪，影舞歌飞树上云。
思止渴，望生津。延年益寿效如神。吟诗煮酒添豪气，似锦前程万象新。

鹧鸪天·咏香山

善赋民生集大千，安贫扶弱入诗篇。江船犹感琵琶苦，晓雪更怜炭黑寒。
心接地，意连天。扎根沃土力无边。玫瑰质丽锋尖利，反腐扬清众口传。

七绝·港珠澳大桥

一桥飞架跨长龙，越水凌云彩九重。
脉动通衢连四海，伶仃洋里看珠峰。

注：港珠澳大桥是世界上最长的跨海大桥工程，被誉为桥梁界的"珠穆朗玛峰"。

七绝·理军装

解甲戎装欲再穿，肩星常抚忆华年。
军情事急能披挂？心系边关共紧弦。

七绝·农家小院

花繁林密果飘香，曲径通幽见月塘。
艺满庭堂多特色，南腔北调赞山庄。

张淑斌

女，76岁。茂名南天诗社会员，沧州诗联协会会员。笔名大海。自幼喜读诗书，退休后受朋友影响喜欢上了诗词，开始写作。有作品发表在本地微、诗刊等。

飞雪迎春（十一真）

玉粟潇潇遍地银，欣逢盛世喜迎新。

江山雨润丹青秀,紫气东来满目春。

悼念人民的好总理——周恩来(七阳)
寒冬腊月雪凌窗,怀念周公泪眼汪。
日夜操劳思国运,呕心沥血驱倭狼。
浓浓爱意孤儿养,切切情怀四海帮。
禅慧外交惊宙宇,清风两袖美名扬。

清明(八庚)
一年一度又清明,跪拜双亲泪水盈。
茹檗饮冰儿女暖,佳肴美酒寄深情。

悼凉山英雄(八庚)
噩耗传来天地惊,凉山大火覆新生。
梨花遍野垂清泪,万众凄声祭烈英。

建国七十周年感怀(下平一先)
建国迎来七十年,龙腾虎跃凯歌旋。
八年抗战驱倭寇,三载周旋逐蒋权。
一带宏图连宙宇,造礁伟业固疆边。
普天同庆辉煌日,共济同舟百业妍。

颂伟大领袖毛泽东(十蒸韵)
浏阳涛起艳阳升,伟岸奇才举世称。
辟地开天新宇启,锤镰高举万民腾。
运筹帷幄追穷寇,敌忾同仇驱鬼瀛。
创业导师垂史册,千秋伟业后人承。

七夕(四支)
银河隔断两相知,七夕月明邀约时。
离恨别情多少泪,幸存燕鹊善心痴。

咏牡丹(七阳)
丰姿傲骨压群芳,何惧强权贬洛阳。
国色天香留赞叹,骚人歌赋万千章。

张淑云

茂名南天诗社会员。笔名清风飘香。受家风熏陶,自幼酷爱读书,更喜诗词歌赋,拙作被《中华诗词》《中华诗人100家》《诗词精粹》《中国诗影响》《塞外风》《今日论坛·中国》《夜桥灯火》《今日风采》《中华诗词》等刊物收录。《忆母亲》一文,被新浪草根名博选为优秀博文登录首页。

五律·送别
送汝到沧州,为妻泪不休。
君怀千万志,奴挂万千忧。
解脱相思苦,时常尺素酬。
边疆平定后,挚爱共春秋。

七律·两地相思一样愁
两地相思一样愁,美倭觊觎乱神州。
群英亮剑豪情荡,将士横戈贼魄休。
薄暮临窗千里望,月传碎语念相酬。
明朝南海硝烟尽,得胜归来共白头。

七律·千缕危思寄月轮
浑俗和光难涤尘,逾年历岁甚艰辛。
四弘誓愿托鸿影,千缕危思寄月轮。
笔遣梦溪敲万字,辞谈心曲赠夫君。
千挑万选古今韵,换得回书掌上珍。

七律·荡尽狼烟大业存
铁骨铮铮正义身,八一将士塑军魂。
战旗挥舞惊倭后,热血奔腾震魅孙。
情润家书夫婿励,爱凝鼓曲望君珍。
功成名就标千古,荡尽狼烟大业存。

一七令·秋思
秋。凄美,凝愁。怜黄叶,惜花休。桑榆暮景,往事频勾。从军难舍爱,为国泪强收。初次探亲携手,相依难掩娇羞。时光只解催人老,抉奥阐幽纠梦投。

双头莲令·待嫁

鹊儿欢唱叩芸窗。外子返家乡。欢声笑语满闺房。择日配鸳鸯。

满怀喜悦试新装。临镜细端详。回眸顾盼也风光。如愿效鸾凰。

卜算子·琴韵薰风弄曲凄

月上柳梢头,绿宠花红共。琴韵薰风弄曲凄,似诉离殇梦。

连理折新枝,舞动相思送。愿寄天涯话念痴,慰我多情种。

乌夜啼·送别

今朝恰似悲鸿,泣苍穹。目送征人身远,泪迷濛。

筝筝弄,声声痛,诉长风。叹尽人间烟雨,与君同!

点绛唇·杏苑寻香

杏苑寻香,落英云集伤心数。重登花路,来至关情处。

旧日军姿,引得佳人慕。文笔举,词来诗度,此地温情煮

两心同·千缕情丝只为君

殆尽芬芳,叶衰飘屣。日月吞、憔悴娇容,春秋度、纱遮杏眼。记依稀,初识盐城,春风送暖。

不顾军营苟简,天涯路远。今朝共、翠袖长牵,来世约、鸳鸯永伴。莫笑痴,千缕情丝,只为君绾。

暗香·手焐冷琴调犹楚

莺歌媚妩。燕子春信吐,瑶林琼树。手焐冷琴,轻弄冰弦调犹楚,昨夜昭华遗梦,重拾那、西厢情句。十几载,宏志雄韬,夫踏成边路。

念绪,万千缕。怎奈去路遥,难与君诉。痛殇别苦,填入幽词泪同煮。更怕容颜老去,香难馥、花期耽误。盼团圆,军令解,旧庐早顾。

双燕儿·嘱捎心语到边关

红衰翠减月轮悬,露请冷,夜阑珊。季风萧瑟墨云翩,绿林迷,丽影残。

燕儿相约又南迁,觅圣地,子孙传。嘱捎心语到边关,盼夫还、眼望穿。

上海诗叶约稿

春雨潇潇忆旧年,为君一唱鹧鸪天。芳宣点墨思怀寄,水镜观花珠泪弹。心煞冷,月难圆。相思半阕与谁填。柔情蜜意书不尽,只影孤灯夜未眠。

夏夜荷塘碧水闲,为君二唱鹧鸪天。夜研彩墨描芳影,朝撷繁花缀翠轩。香游远,梦缠绵,焉能移爱度尘缘。五湖泽慧知深浅,七佛常参可悟禅。

秋叶千娇百卉残,为君三唱鹧鸪天。云飘天际花飞落,雨润疏林枫吐丹。情脉脉,念翩翩。寄书雁字入云端。弦歌难尽离殇苦,记得来生写续篇。

冬雪封窗雾似烟,为君四唱鹧鸪天,红尘看透花渐老,百卉凋零月影残。寻旧忆,念从前,酸甜苦辣沁冰弦。悲歌一曲传冥界,痴盼夫回人月圆。

百媚香消绿叶眠,为君五唱鹧鸪天。素笺落墨鲛珠满,锦绢梳文悲泪潸。更将尽,夜流连,羡煞星空月重圆。苍天若悯清风愿,恩泽檀郎故苑还。

集结悲伤寄寸笺,为君六唱鹧鸪天。家园夫在花香满,物是人非荒漠填。悲切切,泪涟涟,痛呼杜宇带人还。浮华难却时迁变,揉尽相思落墨纨。

宋韵唐风集雅笺,为君七唱鹧鸪天。生前同享诗词乐,而后孤吟离恨篇。思不

尽，念常牵，天涯望断倍心寒。秋风满载残花愿，脚步匆匆书信传。

阆苑仙葩绮梦圆，为君八唱鹧鸪天。芳菲持卷孤灯伴，绿叶摇风两界悬。晨露美，百花鲜，缠绵意醉长篇联。无垠天幕存佳韵，爱付冰弦四季弹。

万缕情思缘字牵，为君九唱鹧鸪天。怡神彩色接丰岸，醉意琴音传四关。云舟渡，靓花看，日升吟至月儿圆。心诗一首围中怨，晓梦醒来顾　然。

两界真情一线牵，为君十唱鹧鸪天。今生永诀殇无尽，来世轮回福运全。思以后，看当前，尽将心事锁云笺。嘱夫莫恋瑶池美，切记来生再续缘。

张水根

网名凌波扁舟。南昌市新建区樵舍初级中学副校长，南昌市诗词学会、南昌市新建区诗词学会会员，上海市诗社社团会员。作品散见《今日新建》《洪都诗词》等。己亥年荣获南昌市新建区己亥谷雨诗会大赛二等奖。

七律·上海商会会长熊亮捐资奖学助教随感

壶开玉液聚高楼，笑乐通谈岁月稠。
谊笃尊师酬始愿，情深助学立宏猷。
商场荡尽书生气，性地留存壮骨遒。
莫叹平生无誉处，高功义举载千秋。

注：性地：指人的秉性、性情。

七绝·悯农

玄冥错令叱云巅，地阔天低雨线连。
割稻良期镰挂壁，耕夫泽国苦愁煎。

注：玄冥：指掌管雨水之神。

七律·己亥题赠高考学子

无涯学海弄扁舟，有径书山苦懋修。
蓄志黉堂犹骥伏，逾垣奥宇似鹏游。
雄才凤日多磨砺，厄境佗时少抱愁。
赴考征笳今急起，如椽梦笔赋春秋。

七律·游江西上饶灵山

轻身脚著登临屐，数点青螺染色融。
福地灵山藏道骨，瑶天鹤径透仙风。
千寻绝壁闲云绕，百转危峰石栈通。
欲与畴人庐共结，吟哦五柳效陶公。

七律·游观黄河壶口瀑布

岸挟关河束急流，高台瀑布一壶收。
龙吟谷底声交耳，虎啸崖前浪入眸。
溅沫飞花亲远客，惊涛击石起沙鸥。
穿行秦晋归苍海，泄尽炎黄万代愁。

东风第一枝·踏春

蝶舞翻云，莺梭织雾，篱喧掩翳枯寂。柳旌烟雨江堤，露草翠浮畛隙。红香暗发，卷细叶、东风劬力。乍引起、意绪思潮，密似锦霞丛逸。

时正好、探花醉客。风正暖、调词春色。脚踪题印香泥，雅兴共寻胜日。闲愁晞解，殢酒醒、琴樽还忆。恐破夏、压架荼蘼，花事了休难觅。

少年游·同学聚感怀

凌寒梅蕊暗香摘。莺韵啭春归。池鱼游影，庭前醒柳，添岁杪遥思。

黉门久别今欢聚，缱绻满琼卮。澹雅儒风，觅春亭里，犹记少年时。

张斯伟

笔名一帆，安徽合肥中国科技大学老年大学诗词班学员。作品在《诗词月刊》等报纸、杂志时有发表，并有作品获奖。

五绝·咏柳（新韵）

细细河边柳,吐芽争报春。
随心插几许,未想竟成荫。

七绝·暮雨中秋(新韵)

几番探首月何在,暮雨天低云上待。
谁道婵娟休假去,雨停雾散驾风来。

七绝·石榴(味更浓)(新韵)

万绿丛中点点红,俊男少女隐其中。
卿卿我我情如火,待到秋时味更浓。

七绝·絮花(新韵)

四月雪花扑面来,稚童窗内乐开怀。
说玩雪仗出门去,却报归来眼不开。

七绝·牯牛降(新韵)

瀑布四叠气势宏,龙门九寨水相同。
游人惊叹牯牛美,欲走还留此景中。

注:安徽省石台县的一个景区。

七律·古徽道(新韵)

千年古道叹沧桑,满目苍凉自感伤。
漫漫林间无过客,老翁无语路觉长。
转角忽见几人影,近问方知修道忙。
待到工程完善日,如织游客富一方。

注:安徽省皖南山区的一条通商古道。

七律·百岁不是梦(新韵)

都道七十今古稀,八十现在正当时。
择一适己健身项,活到九十都不奇。
海味山珍别惦记,粗茶谈饭好东西。
天高海阔心情好,百岁人生也可期。

渔歌子·六尺巷(新韵)

六尺巷中有文章。青条石上展心肠。
张英好,老吴良。谦虚互让美名扬。

注:张英为清朝宰相,老吴是桐城县的一名仕。先:两家为扩建争地;后:两家各让出三尺宽的宅地,并建成六尺宽、100多米长的巷子,便民通行,传为佳话。

钗头凤·高考后出分前(新韵)

年高考。何时了。万千学子争骄傲。中学去。谁能笑。艰难熬过,几年辛路。苦、苦、苦。
　　离场好。情难表。不安心里分难料。天天数。朝朝暮。学生家长,盼中无助。度、度、度。

注:每年高考,牵动着无数家长和考生的心。度过的高中三年,确实辛苦,还要时不时地加补这个课、那个课;考后,虽然考场已经远去,但考生和家长们的心情却难以平静。在等待出分前的10多天里,焦躁不安。既想早一点知道成绩,又怕考得不好,非常煎熬。

张四维

湖北黄梅人,男,生于1946年2月,中共党员。现为湖北中华诗词学会、黄冈东坡赤壁诗词学会会员,黄梅小池清江诗词楹联学会副会长兼任秘书长、副主编。

瞻仰绍兴三味书屋

三味屋名义远长,书香馥郁透心房。
绿窗收纳豫山影,翰墨濡成傲骨梁。
笔落戈挥诛腐恶,文成雷响起苍黄。
潮头勇立风骚领,传世雄篇射斗光。

南沙观沧海

驻足观沧海,洪涛拍岸坡。
惊天开眼界,吐日纳星河。
撼岛吞云岫,悬虹卧雪波。
心潮飞逐浪,快意放声歌。

咏庭竹

直立红墙外,根盘瘠土中。
傲寒舒绿叶,消暑送清风。
有节千人仰,虚心百代崇。
潇潇逢夜雨,惊梦板桥公。

水调歌头·赞挑花女

刺绣农家妹,织女下天堂。黄梅乡土工艺,承继且弘扬。彩线随心起舞,巧手飞花点翠,着意播春光。灿若桃花艳,七彩映朝阳。

京都展,传媒赞,越重洋。四方八面争购,吸引万家商。创汇丰盈国库,赢利乐援梓里,大业铸辉煌。今日多风采,昂首迈康庄。

一剪梅·清江泛舟

邀友驱舟画里航,翠柳青荷,烟雨轻扬。薰风拂水送清凉,暑热全消,爽透心房。

鸥鹭追舟比翼翔,棹羽同骧,逐梦清江。携手凌波共举觞,诗酒情长,乐寿恒昌。

张嗣荣

网名乡下客,湖南麻阳人,2010年荣获人民网十大新锐博客,2012年、2013年荣获人民网十大吧主。

观云听海你好(藏头诗)

观风察俗湘星城,云雾缭绕胜仙境;
听说煤都多古迹,海的胸怀军旅情;
你曾军营献青青,好曲讴歌可爱人!

鹧鸪天·恭贺郭老87岁大寿

鲞鲞老翁胜古人,郭老子嗣满园馨。锦江宾馆精华宴,酱香佳酿玉液醇。

月城镇,记犹新,激情岁月献青春。人生九十慈航渡,摘颗仙桃奉寿星!

小北京唱歌张育勤聆听(藏字联)

夜听小北京唱歌与张大师赞叹,即兴赋诗一首!

小霞夜曲张表白,北漂感受育艺才;
京都国粹勤苦炼,唱醒群友聆精彩;
歌声悠扬听回味,美妙节奏乐开怀!

悬空书法,张公育勤(藏字联)

悬空挥笔张驰匀,空中泼墨公有衡;
书山有路育捷径,法规准则勤方赢!

大国之锋,吴良臣利(藏字联)

大有作为吴吕蒙,国之利器良称雄;
之乎哉也臣知晓,锋自磨砺利无穷!

藏头诗

独占鳌头竞风流,悬空书法一枝秀;
空中挥毫翰墨香,书山有路雄赳赳;
张姓本家晋名家,育人北国天下走;
勤奋终获国宗师,悬空一绝誉全球!

十六字令·花

立夏之际,麻阳长河公园马鞭草花(薰衣草类),赏花人络绎不绝,故填词以抒己怀。

花,烂漫城东映靓华;锦江岸,怒放伴彩霞!

花,绚丽长河百姓夸;公园美,景色撼中华!

张锁占

河北衡水中学英语特级教师。幼喜诗词,但因工作关系,所发作品以论文为主,偶有小诗、散文。退休后返聘至今。2015年春,组织成立了衡中校友诗词学会并创办《衡中诗韵》。

五绝·途中遇雨

天热蚊蝇死,风狂雨线斜。
行人寻躲避,醉赏四方蛙。

七律·咏菊

十月黄花待弄妆,祥云朵朵伴朝阳。
无情冷雨凝秋色,有意陶潜举酒觞。
百卉渐消愁白露,一支独放傲严霜。
春娇夏媚冬寥廓,敢教东篱四季香。

七律·岁月杂感

身在征途砥砺中,浮萍随水任西东。
功名成败天渊异,贫富轮回朝夕同。
借得三生灵与梦,包乘一世雨和风。
心存千古兴亡业,莫道无银不富翁。

七律·雨后

谁绘新图铺大地,赤橙黄绿挂天帘。
苞芦拔节声声脆,桃李撩人个个甜。
头顶彩云常变幻,南方圣水已东渐。
孩童不管农田事,老汉微微酹美髯。

踏莎行·独木成荫

大树已伐,残根之上,盖起新屋。不久,树苗又在墙根下钻出。
独木成荫,浮尘旋舞。相逢总觉无名怒。刨根断干数伤身,欲除反把君来助。
种子生芽,残根破土。凭人羡慕凭人妒。天行常健水常东,坐看雨打风吹去。

卜算子·无花果

花丑被人抛,花美遭人妒。打破多年世俗观,不把真容露!
宁作隐花君,不受虚名苦。优果甘甜最养人,活到真诚处。

张伟英

女,笔名柔情书香。中国诗词协会会员,聊城市诗人协会会员。作品散见《当代诗人作品精选》《中国诗影响》《山石榴》《鲁西诗人》等。愿永怀一颗诗心,描绘生活之美好。

七律·伏天闲情

骄阳似火盼风生,却闻蝉声不住鸣。
碧柳恹恹慵颔首,黄鹂懒懒倦飞行。
临窗远眺生诗意,把盏闲观入雅情。
溽暑熏蒸无去处,何如斗室抚闲筝。

七律·咏向日葵

葵花朵朵迎风摆,山后房前任意栽。
纤体玉枝舒长袖,硕盘新盏舞徘徊。
虽无姹紫嫣红色,却有金黄量体裁。
矢志不移唯逐日,丹心一片入诗来。

七律·生辰自题

丹桂弥香又一秋,欣逢华诞喜盈眸。
率真处世诗言志,惬意持觞吾忘忧。
不屑百年名利客,惟求千载易安舟。
冰心如玉终无悔,红袖兰笺月满楼。

终见雪花飘(新韵)

经冬未见晓霜飞,梦里相逢已数回。
忽见轩窗飘乱絮,醉了阶下几枝梅。

沿河寻春(新韵)

九九沿河去觅春,残冰欲碎覆轻尘。
举头惊见鹅黄柳,摇曳柔姿醉我心。

别故友·新韵

寄心楮墨意难穷,秋令时节易动容。
南浦一别帆影远,天涯孤棹梦相逢。

携小公主踏春(平水韵)

沿河缓缓踏春行,花草呢喃鸟语嘤。
忽见耆翁依水钓,怕惊鱼动语轻轻。

春雨（平水韵）

沿河又见春来早，风抚丝弦柳弄箫。
天降甘霖和韵饮，桃红柳绿涌春潮。

张文元

男，1940年5月生，中共党员，南京陆军指挥学院教授、硕士生导师。曾讲授过《政治经济学》《国防经济学》等15门课。发表学术文章60余篇，出版主编、副主编、参编著作和教材20部，均获军内外多项奖；兼任军内外6种学术职务。2002年9月退休，2009年1月进军休所休养。现为解放军红叶诗社社员，东篱诗社社员，江苏省诗词协会会员，已在《中华诗词》《红叶》《诗词世界》《中国老年》《江海诗词》《南京诗词》《九州诗词》《东坡赤壁诗词》《离退休生活》和《益寿文摘》《老年周报》《阳春诗林》等报刊发表诗词作品多首，并获得多项全国诗词大赛奖。

七绝·赴上海中共一大会址和浙江嘉兴南湖过党日（中华通韵）

（一）

上海滩头铸党魂，南湖议决定初心。
九十八载峥嵘路，华夏迎来岁岁新。

（二）

千里迢迢圣地瞻，重温红史意盎然。
青春许党为民献，牢记初心著晚篇。

七律·瞻仰上海中共一大会址感赋（中华通韵）

当年上海聚先贤，立志为民换地天。
建党铸魂遵马列，挥镰抡斧绘新篇。
征程克险红旗展，星火燎原华夏欢。
不忘初心接力赛，复兴圆梦比争先。

七律·瞻仰浙江嘉兴南湖红船感赋（中华通韵）

烟雨楼前碧水欢，先贤继会启航船。
劈波斩浪迎风雨，立志齐心换地天。
百载征程接力赛，今朝华夏凯歌旋。
崭新时代千帆奋，牢记初心续锦篇。

七绝·己亥年大暑天感怀（中华通韵）

赤日炎炎似火烧，老翁家里享空调。
露天劳作同胞苦，恳望留心祛暑招。

七绝·吾翁重阳登山有感（中华通韵）

重阳总爱去登山，老少争雄也不鲜。
毕竟耄耋精力差，险峰常步后生攀。

七绝·老顽童贺"小顽童"喜过佳节（中华新韵）

老顽童贺"小顽童"，节日光临快放松。
曼舞轻歌寻乐趣，来天上阵再前冲。

七绝·儿童节寄乡村留守儿童（中华通韵）

父母打工儿在家，奶爷伴做上学娃。
贪黑起早求知苦，苦尽甘来沐彩霞。

2019年8月6日

张熙仲

男，1973年生，祖籍山东济宁人，大学文化。为滕州青年书协副主席、篆刻分会主席。现供职兖矿鲁南化肥厂，滕州市诗词学会会员。曾荣获第二届"岳阳楼"寻春诗会铜奖、第四届"相约北京"全国文学艺术大赛三等奖。

五绝·雨后观岱

雾近泰山低，风怒雨迷离。
天开云破雾，突兀数峰奇。

五绝·题兰竹菊花图
风情称绝代，高洁世无双。
不知清梦里，粉蝶可嬉霜。

七绝·夜深书斋有感
急涌风云夜色苍，墨池新砚晚来香。
东隅已去桑榆晚，只染疏篱片片霜。

七绝·题桃花燕子图
花雨洞溪春色好，桃源仙境燕归早。
武陵年少今何处？莫负天然人不老。

七绝·偶题
开门又见南山远，梵呗回绕碧纱窗。
久坐书堂觉三味，花气茶香翰墨香。

七绝·怀念父亲
叶落归根又一年，秋山菊瘦尚如前。
相思一滴兰陵酒，尺素寸笺充纸钱。

七绝·雪夜
漫天风雪路迷踪，冰砌关山河已封。
夜半却疑天色晓，柴门喜到剡溪翁。

七绝·墨子故里见闻
化石圣沟名久传，凤栖犹伴九龙眠。
明珠天坠鲁南地，应遣丹青上笔端。
注：九龙：九龙山。

七绝·观花鸟墨盒拓片
销金斩玉笔沉沉，雕镂传神倏动心。
飞鸟无声花有色，犹闻纸上梵钟音。

张相奎
男，满族，农民，1966年出生在河北省承德市，现定居内蒙古呼伦贝尔。热爱诗词，内蒙古诗词协会会员，阿荣旗诗词协会副主席，中国爱情诗刊内蒙古组稿站执行站长。带领一帮农民组建红沙果诗社。

七律·采风（中华通韵）
冷热交叉入画屏，寒来暑往景分明。
冬游琼海赏鱼跃，夏沐兴安听鸟鸣。
高等仓中凝地动，动车窗外看天行。
月球岩隙播文字，泼墨山石用笔耕。

声声慢·送端午节的高考学子
炎炎烈日，学子铺笺，牛刀小试竞技。筑梦今朝奋起。自强丰积，成行却非路狭，始见功、几番磨砺。经寒暑，苦耕耘，不忘凤心有寄。

感泣父母心累，名题榜、光耀祖基门第。天赐吾才，穷且益坚无悔，凌霜贞娴傲雪，志为梯、壮心不已。勤为岸，未敢忘、修身明理。

暗香·咏兴安岭映山红
兴安岭馥，看杜鹃娇艳，花间幽独。岭上飞仙，玉骨飘香沁脾腹，蜂蝶丛间角逐，追落日、峰巅红簇。耐春寒、牧野嫣然，迤逦景优酷。

极目，友驻足。纵曲径如烟，节坚松竹，品优柏木，吾愿吾行不庸俗。原是农民本色，染苍穹、诗坛登陆。恋春光、花早绽，染红山麓。

浪淘沙·诗缘
塞上邂诗仙，大美莲川。辞如大海百流涓。赋似长城千石垒，聚字成篇。

古韵律词填，网校登巅。几番磨砺苦钻研。十载耕耘频练笔，露饮风餐。

浪淘沙·诗缘

塞上邂诗仙,大美莲川。辞如大海百流涓。赋似长城千石垒,聚字成篇。

古韵律词填,网校登巅。几番磨砺苦钻研。十载耕耘频练笔,露饮风餐。

五律·初秋

暑去景还荣,初秋碧水泓。
海棠红果缀,岸菊紫花萦。
榛壳风摇落,蘑菇土破生。
笔锋裁八月,枫叶做诗旌。

张小红

网名汉水鸿影,甘肃天水人,现居陕西汉中。汉中市诗词学会副会长。曾获中华书局主办的"诗词中国"之"最具网络影响力诗人"称号,近年来获国内诗词大赛一二等奖若干。

浣溪沙

谁抚伤痕与泪痕,窗前唯有雀纷纷。想来在意已无人。

莫向游蜂言寂寞,休同冰雪诉温存。琴诗佐酒自销魂。

清平乐·探亲难进家门有作

归来何去,依旧归无处。瑟瑟风前凭凝伫,呼唤声声谁顾?

门外我自徘徊,灯前他自锁眉。也信血浓于水,终究意冷心灰。

清平乐

半生辗转,已惯离家远。醉卧他乡君莫管,自有孤灯相伴。

风沙时抚青丝,雪花时吻纤眉。偶去城边漫步,牦牛缓缓同归。

浣溪沙

已是相思坐卧难,怎禁庭雨乱如鞭。愁多今夜又无眠。

别后方知心远近,醉中始识爱甜酸。可怜能恨不能删。

浣溪沙·高原逢诗友饭馆小酌

落座无关酒菜香,一时沉默一时狂。泪光之外有星光。

难向围城谋幸福,空于醉里悔荒唐。最多经历是心伤。

张小虎

男,1962年6月出生,连云港市赣榆区人,网名Z祝你幸福。爱好诗词创作,2017年由中国和平出版社出版个人诗集专著《怀仁情》,收录300余首诗词;至今创作1500余首诗词,有部分作品在多家报刊、网络平台发表。

金榜题名时(诗词一组)

一、七绝·静等佳音致李翔宇(新韵)

孩子前程路哪方,疾风四海又八荒。
大鹏翔宇天之小,举目苍穹测日光。

二、七绝·祝贺南京师范大学
新生徐钰涵(新韵)

万般行业教师香,日月风华誉未央。
继往开来新世界,至尊天下写遐昌。

三、七绝·飒爽英姿(新韵)

人工岁月写春秋,一笔从容九字修。
天地中心横四海,乱云飞渡律风流。

注:王雨晴同学考取南京森林警察学院。

四、七绝·远去上海淘春秋(新韵)

圆梦天途上海春,逍遥漫步覆风云。

千年冬夏秋当捋，翻手旋乾任转坤。

注：王梦婷同学考取上海对外经贸大学。

五、七绝·贝贝考取中国海洋大学（新韵）

神秘乾坤大海疆，天之仙子授风光。
千春一姐泽青岛，九宇荣华媚太阳。

六、七绝·贺侯江凤倩影徐州医科大（新韵）

青春靓丽到徐州，无限风光洗夏秋。
正道人间担岁月，仙资济世涌潮流。

七、乾荷叶·姜小彤（新韵）

飞云漫，度秋晨。岁月风流引。伴东君。写阳春。轻装九字卷天文，匠世人间俊。

注：姜小彤考取陆军医科大。

八、七绝·祝福同学们（新韵）

大千世界写春秋，得道天工折水流。
人类生活新五季，随心所欲获丰收。

张晓峰

昵称凤鸽，男，1959年出生，巴渝人氏，籍贯长寿，生于涪陵，长于彭水，求学在重庆，工作在江苏。1982年重庆师范大学政史系本科毕业，2003年南京大学商学院MBA毕业，高级教师。现任连云港徐圩新区技工学校校长。2009年正式出版发行30多万字电影文学集《虎首》，2013年出版10万字格律诗词集《扬州梦》；多次在省市和行业论文大赛以及文学创作评比中获奖。2015年荣获人人网诗词一等奖和年度诗词最佳奖、2017年荣获"百年百位诗人"称号，西部作家网年度诗词30强，中国石化作家协会会员，中国文学院作家协会会员，中国网络作家协会会员，扬州作家协会会员，诗词大赛评委和点评嘉宾。人人网诗词原创栏目首席超级版主，西部作家网编辑，中华诗赋网版主。

乌夜啼·海州望扬州（一组）

一

云湖碧水悠悠，惹离愁。倩影疏枝不觅、意难休。
东海畔，云烟散，泊归舟。人在杜鹃啼处、望扬州。

二

落英飘入帘栊，趁湖风。前度芳菲绽放、满春红。
飞英落，意萧索，恋情浓。抑或家乡如是、纠缠中。

三

海边薄雾轻轻，鹭鸥鸣。天际斑斓如画、入云屏。
风阵阵，帆隐隐，惹愁情。何日扬州看柳、梦难醒。

四

客居乡恋绵绵，望关山。远眺烟云缥缈、映蓝天。
排成队，绮云碎，雁奴还。可否代探故旧、寄花笺。

五

远航帆影朝东，惜匆匆。头顶流云来去、杳无踪。
抬望眼，送归雁，盼重逢。诗画扬州何处、梦魂中。

一七令·梅兰

— 1551 —

梅。孤傲,谁陪。冰作伴,雪为媒。瓶插一剪,案贡几枚。疏枝如铁劲,肌骨任风摧。相对浅斟一盏,凝望更尽三杯。百花凋零我独艳,群芳丛里号首魁。

兰。似桂,如檀。香脾胃,沁心肝。群称君子,众号春官。愿居幽谷里,不肯倚阑干。屡惹客过瞩目,常教人伫观看。香雅花气总脱俗,能醉诗人素无端。

张晓霞

女,茂名南天诗社会员。笔名月儿,山西襄垣县人,潞州区作协会员,黄河文学社发起人,中华诗词学会会员,《作家前线》签约诗人,高龙文化诗社副主编、太行诗社理事。作品散见于《中华诗人》等纸刊。

七绝·归乡杂记(五首)
村居(新韵)
午梦醒来鸟语多,篱笆院落戏白鹅。
忽闻墙外人声沸,缘是村姑在唠嗑。

独步
村头漫步夏风轻,母校窗灯已不明。
犹忆儿时晚自习,烛光一盏伴三更。

忆童年
故园犹记荡秋千,放学相邀槐树前。
且把书包扔草垛,花儿摇曳似飞天。

夜坐
夜深听得几蝉鸣,往事无端脑海萦。
廿载飘零难尽孝,薄田留母一人耕。

村晨
寂静山村小水塘,一畦韭菜散芳香。
阿妈早起勤浇灌,种得时鲜任女尝。

七绝·访老宅
兴来独自访前村,不见椿庭草掩门。
伫立荒阶闻杜宇,声声肠断泣黄昏。

七律·古镇采风行
南垂遍地绿如茵,古迹千年似酒醇。
斗拱雕梁寻旧韵,秧歌彩轿醉红巾。
虔心叩拜文昌庙,倩影留连紫竹屯。
但愿时光能倒转,欲回前代鉴真身。

浣溪沙·感怀
半百人生历苦辛,一蓑烟雨洗京尘。回眸不见少时春。
往事三杯聊对酒,流光廿载恨成纹。夕阳独照望乡人。

张欣然

河北省燕赵诗书画院唐山分院院务委员,唐山古冶诗词协会名誉主席,唐山玉田师范附小古诗词校外辅导员,自由撰稿人,作品在《春潮》等报刊上发表。

五绝·春望
花新俏陌春,粉杏正撩人。
北往南来客,相约共一樽。

五绝·谷雨
草长莺飞落,桃红醉眼波。
清溪垂睡柳,沃野遍新禾。

五绝·梅
初开已是冬,春意闹枯藤。
朵朵胭脂扣,盈盈缀锦胸。

五绝·秋菊
秋风惹露寒,离雁恋娇妍;

簇簇霜前绽，千山共画栏。

五绝·画竹
甘霖润墨开，调色郁端台。
瘦笔轻抬起，青君降尘埃。

五绝·紫茉莉
繁星点点栽，馥郁入心怀。
朵朵窗前簇，蜂蝶列队来。

五绝·凌霄花
娇俏粉面羞，朵朵缀枝头。
绿翠风香处，氤氲眼底收。

五绝·蝉趣
金风玉露逢，破土褪前生。
知了人间事，高歌颂太平。

张新春
男，65岁，安徽全椒县人，1977年至1988年从事文化工作，1988年后从事公安工作至退休。1982年开始发表作品，有诗歌、散文、小小说、对联、曲艺（唱词、快板、小品）等作品。滁州市作协会员，安徽省诗词楹联学会会员，现为全椒县诗词楹联学会会长。

游黄栗树村
黄栗树村被评为全国乡村旅游美好示范村

碧云湖畔小村庄，黛瓦青砖覆晓霜。
鹰石穿云展金翅，水帘飞玉泛银光。
丹枫端合生斯土，白鹭争来自远方。
好客农家斟菊酒，举觞说稼到斜阳。
注：鹰石穿云、水帘飞玉为景点名。

退休

无心恋栈乐回乡，侍弄田园还旧装。
俗事纷来浑不问，得诗便写两三行。

纪念建军90周年大阅兵
高秋大漠铸军魂，沙场点兵举世惊。
地面战车驰百里，天空导弹射千程。
洪都枪响山河壮，赤县旗开日月明。
祖国封疆毫不让，共同发展享和平。

减字木兰花·哭恩师项公
立冬之节，冷雨凄凄心泣血。大地悲哀，从此空余半味斋。
苍天垂泪，吾辈擎杯同敬醉。椒邑先贤，相会青莲子美间。

张新伟
男，汉族，大专，1943年出生，原虞城县城建局书记，退休干部，河南省虞城县城郊乡杨老家村人。河南省诗词学会会员，中国当代文学会会员，中国作家创作协会会员，国际中华诗词总会会员，世界华文诗词学会会员。获全国诗词大赛特等奖13个，金奖12个，一等奖16个。载入国内外有较大影响的国家出版社出版的书籍90余册，在6家诗词杂志社发表诗词作品200余首。

为祖国70华诞豪放
江山锦锈匠心画，地绿天蓝满苑花。
银水金山时代铸，梦圆傲笑大中华。

伟大时代伟大领袖习近平总书记（古风新赋）
神奇大略立潮头，叱诧风云览全球。
治国理政冠天下，民康国泰世一流。
引领世界光明路，良策普惠万国忧。
良友遍及全世界，太平盛世共千秋。

棚户升天谢党恩
小区楼耸彩云飞，楼下葱茏稻果肥。
宝马楼前通昊路，酒香灯烂话今昔。

胜览美丽卫生村——杨善庙
一路风光二目忙，繁花碧野溢芳香。
人流车阻灯火烂，耳目清心靓丽庄。
注：杨善庙位于豫东虞城县城东北三公里处。

夕阳美梦
时代生活唱大千，夕阳寻侣舒心园。
春回枯木心更美，人寿风流转少年。

五绝·雨后村野
夏雨荷花放，鱼儿泛池塘。
蛙声连四野，十里稻花香。

七绝·夕阳乐
门前曲径草花芳，小苑青青果蔬香。
花戏蜂蝶柳戏鸟，舒心长寿醉夕阳。

媪翁夜话（民谣）
媪翁子夜话更长，絮絮叨叨说小康。
北京又开十九大，咱也跟着上天堂。

七绝·柳荫树下话古今
一片翁声高阔论，开元帝王至如今。
中枢良策庶民梦，好似身临仙境门。

七绝·无题
一身靓丽纯天然，美味佳肴乐人间。
一唱荡空天下白，十二生肖有名片。

张雄
笔名雁惊寒、清江舸。上海宝山人，私企管理员。中国微型小说学会会员，宝钢文联会员，上海炎黄诗社社员。笔触涉及小说、文学评论、诗词、散文。多篇作品在纸质、网络文学网站发表获奖。渴望真诚情谊，向往纯净自在生活。座右铭：朝发枉陼兮，夕宿辰阳。苟余心其端直兮，虽僻远之何伤？

五绝·诗
旦夕诗魔扰，欹石戴月吟。
金鸡初破晓，兀自咏瑶林。

五绝·雪
槛外初飞雪，厨间火釜香。
陶然行酒令，放逸却刘郎。
注：刘郎，指晋代醉侯刘伶。

五律·古渡抒怀
青峰锁古津，玉带系芳滨。
鸟渡波光里，舟行柳岸春。
云霞蒸麓舍，渔牧话鲈纯。
抱膝巉岩上，临风悟守真。
注：守真－保持本性。《庄子·渔父》云"慎守其真，还以物与人，则无所累矣"。

五律·雨
街头云遽黑，飒瑟扫烟尘。
淅沥轩檐瓦，迷濛绿柳津。
骄阳驱密雾，暮巷弄清粼。
再看倾盆处，千家焕一新。

七绝·秋花
娉婷菡萏出秋池，绿袂浮波弄艳姿。
一日玉消风扫去，何人月下问花期？

七绝·秋水
秋水潺湲东逝去，寒山横黛锁轻帆。
凭阑远眺方知久，满把流霜湿布衫。

七律·梅雨

细雨驱烟锁钓篷，苏山越水有无中。
闲听沥沥敲荷芰，遥看茫茫过断鸿。
梅萼香生寒苦地，叠峰雾酝快哉风。
守来日出云开后，辉挂从流效阮公。

七律·夜雨

释卷解衣将欲息，忽闻帘外漏声频。
淋漓洗出千峰翠，洋洒裁成满袖春。
乘兴挑灯浮玉醴，踏歌壮气忆前尘。
拾来枯柳烟窗下，浙浙陪余梦远亲。

张学仁

山东省枣庄市人，大学本科，副研究馆员，曾任安徽省淮北市青少年宫主任，现任淮北市政协《淮北文史》编辑。安徽省作家协会会员，安徽省诗词协会会员，淮北市诗词学会会员，淮北市戏剧曲艺家协会副主席。出版散文集《行在路上》、长篇淮北大鼓《淮海硝烟》等文学著作。

七律·黄里杏花春

三月春光黄里镇，杏村花海醉人心。
蝶蜂翩舞芬香远，燕雀飞鸣蕊笑吟。
碧草青山君喜爱，蓝天绿水我来寻。
去年枝叶伤离别，一直难忘到至今。

七律·春咏太平村

浍河潋滟浩波遥，垂柳温情戏水撩。
古镇村前龙虎跃，泰山庙后瑞云飘。
井泉润泽滋禾穗，湖岛功行映宇霄。
乡间欢歌天籁曲，催人奋进涌春潮。

七绝·巢湖相思树

红石盘根气势雄，高擎翠盖傲苍穹。
只缘长守巢湖岸，满腹经文赋大风。

七绝·天游峰观光

独坐天游险峻峰，潇潇烟雨揽怀中。
武夷仙境何所觅？九曲蜿蜒似醉龙。

七绝·游武夷山

波光潋滟隐秋芦，风淡烟云锦绣图。
浪击武夷山似黛，九溪竹筏曲幽隅。

七绝·七夕观天

七夕瓜棚看碧霄，牛郎织女渡河桥。
葛藤下膝望秋月，穿尽红丝几万条。

七绝·吴家花园见姑娘

吴家姑姊正芬芳，花舞娇容馥郁香。
玉立亭亭频惹爱，嫣然一笑醉春光。

七绝·清明感恩祭父

清明祭父恩情在，冥币圆钱路口烧。
无尽哀思心欲碎，痴看纸蝶到云霄。

张学勇

40岁，笔名宏宇。黑龙江鹤岗人，诗词爱好者，鹤岗市诗词协会会员，现任鹤岗市粮食局新华粮库主任助理，驻村扶贫干部。

长相思·驻村冬夜（新韵）

西风吟。大地昏。霞隐西山星夜临。乡村寂寂沉。
夜已深。月无痕。枯树寒鸦影做邻。窗前思那人。

五律·归乡祭祖有感（中华新韵）

新春归故里，圆梦景中村。
祭祖沉沉路，祈福默默吟。
先人多苦涩，后辈少艰辛。
行遍千山阙，天涯莫忘根。

七律：雨巷（中华新韵）
小巷清幽古韵浓，青苔斑染覆尘生。
庭花雨打飞墙落，门柳风摇卷叶空。
行客裹衣遮首过，佳人执伞驻足萌。
司晨日暮儿穿戏，夜静无华寂寂声。

五律·游北山公园（中华新韵）
青山翠渐浓，携手赏花红。
阳暖仙桃艳，风清绿柏葱。
天蓝云影囿，人俏舞姿萌。
曲径通幽处，山高我做峰。

五律：端午安康（平水韵）
端午粽飘香，青山艾草芳。
龙舟乘乐舞，五彩系红妆。
志士含冤去，忠臣枉故殇。
今人须敬古，聚首道安康。

七律·驻村两周年感悟（中华新韵）
光阴若水静悄言，岁月如梭默化烟。
回首两年驹过隙，存留片影锁时间。
苍苍绿野戎装色，冉冉旌旗作战衫。
无悔青春尝苦涩，人生才有不同甘。

七律·乡村夏夜（中华新韵）
寂寂无华夜半浓，清风徐至夏聆听。
厅厨蟋蟀嗞嗞叫，窗外蛙声阵阵鸣。
树影婆沙如幔帐，草馨飘逸似连营。
乡村宁静独陶醉，唯念伊人寄月明。

五律·立秋（平水韵）
八月桂花香，风吹绿草殇。
立秋图锦色，夏末绘新装。
稻舞千层浪，鱼肥百尺塘。
三江生沃土，东北育粮仓。

张学智

男，汉族，1954年生。中华诗词学会会员，中国楹联学会会员，中国老年书画研究会会员，竹韵汉诗协会常务理事，浙江省诗词楹联学会会员，温州市诗词楹联学会理事，龙湾区诗词楹联学会顾问，鹿城区诗词楹联学会会员，泰顺县诗词楹联学会副会长，泰顺县老干部书画协会副会长。

平淡
似水纯纯尚品行，不虚不假见真情。
无须花样天然质，淡泊人生自在行。

丁酉国际劳动妇女节有贺
蹉跎岁月指间沙，一世操劳为一家。
若问群芳谁最美，我心深处是妈妈。

纪念周恩来总理逝世43周年
曾如诸葛献余身，总理千秋第一人。
在世虽无怡膝下，中华十亿是家亲。

无题
名利无关人自柔，初心本是共和谋。
若分九等不同色，万里江山总有愁。

习马会感吟
一脉炎黄一室亲，求同存异各精神。
时光诉尽相争苦，握手言和两岸春。

吟翁
酌酒吟诗性率真，童心一点未曾泯。
虽无妙思裁佳句，却是尘间快意人。

惊闻越剧表演艺术家徐玉兰先生仙逝
星亡长夜痛江河，噩耗闻听奈若何。

花落风声声淅沥,时行谷雨雨滂沱。
金钗十二已然少,玉质三千不胜多。
曾哭当年林妹妹,尔今也哭宝哥哥。

行香子·咏泰顺

俗厚民勤,道古轮新。白云下、碧玉湖滨。乌岩岭峻,木杠桥珍。叹神之工,鬼之斧,祖之恩!

关山龙脉,文祥古塔。阅沧桑、风貌犹存。漂零万里,叶落归根。恋这方山,这方水,这方人。

张亚林

男,1951年生,大专文化,政工师。上海诗词学会会员。1969年到黑龙江兵团。1979年回沪后在杨浦商业系统食品厂工作。退休后,因喜爱格律诗词,遂先后参加了上海华兴、遐龄、枫林等诗社学习交流。本人作品曾登载于《上海诗词》《中国作家档案》等书籍。

五绝·渔翁秀

山碧春湖静,垂杨映小舟。
钓竿丝线坠,佳影水边留。

五绝·咏毛笔

蘸墨久生缘,艺家情梦牵。
精心挥纸上,遗迹醉千年。

七绝·人鸟互动

立春过后暖流升,万物复苏行动增。
最是逗人枝上鸟,点歌邀我共欢腾。

七绝·甪直风光

水乡翘楚沪苏旁,千载奇桥展艺芒。
六泽五湖交汇处,人文景致镇中藏。

七绝·自画像

大千世界物光华,精彩芬芳魅若花。
诸乐诱余皆少趣,欣钟诗赋醉无涯。

七绝·好汉

重阳习俗喜登高,不到顶峰非自豪。
奋斗人生多险阻,男儿志向九天翱。

七律·弈棋吟

横炮行兵列对江,出车上士守宫墙。
围攻帅府心专一,鏖战沙场雁影双。
马陷汉营逃少计,卒残楚帐恨盈腔。
尚存些许星光在,拼死求生焉肯降。

七律·诗意人生

岁月飞奔鬓雪稠,依稀往事涌心头。
卫疆北国青春献,敬业工商汗水流。
利禄功名随梦去,人生哲理为吾收。
何愁离职萧然冷,诗海扬帆任放讴。

张彦彬

南渔歌

泼剌渔兮可奈何,翻江学唱夏人歌。
青山不见黄陵庙,寻得蚌珠已烂柯。

榔梅歌

帝座冥冥接太虚,未防解袂渥云裾。
当时几滴真人泪,又碎灯花染素书。

步李东园题画诗

天护龙蛇夜雨长,十年灯下各端量。
吟魂试问谁能竭,枉共喧埃入海藏。

金殿

跻身大岳陟灵霄,紫墁金檐举朔飙。
奉咒坛前来唤雨,好将磨洗识前朝。

天柱峰
古来鳌足力无穷，崃崒罗天孕鸿蒙。
上有真人挥麈尾，但教胸次贯玄风。

壬辰年游金鞭溪
眷翠馋青媚趣生，金鞭岩水共晖盈。
四门标碣空馀字，万籁湍流不绝声。
避吕武陵终脱网，椎秦博浪始留名。
胸中芥蒂能穷尽，无闷神怡是此行。

鹿芝岭歌
佳处冈陵种稻畦，衔芝鹿散不生麑。
邻翁尚贩扶头酒，健妇尤烹报晓鸡。
龙喜问津基旧磉，晏家炊黍扇新题。
今来莫道民风悍，我辈三苗出九黎。

忆乙未年秋与尹宏兄北山访石仙庵补作
乡北真岩早歇钟，半山村坞半丘封。
榛荒终日开玄牝，盘石何年窥赤松。
仄径登仙鸡犬去，云庵破甑鹤龟逢。
吾来寻得摩厓字，大觉前身是蛰龙。

登北固山
俯瞰中原百尺巍，金焦天堑几重围。
云携紫气孙吴始，泪染红颜蜀汉归。
固垒南朝曾迭代，雄兵北府尚馀威。
江东何处寻英杰，但见苍鹰哮落晖。

咏汉高祖
千载疑猜赤帝名，斩蛇或许始调羹。
砀山谁见云光瑞，沛泽兹传狗戴烹。
广武推雄难并跃，鸿门偃伯实交争。
阮公吁叹声犹在，笑我屠龙一鄙生。

夜坐感赋寄翛然居士
岸芷汀兰世有人，何堪诺诺似笼驯。
陈诗社庙言兴汉，吮墨江湖耻饭秦。
八代文衰呼更病，九原骨朽碾如尘。
古来海内俱通韵，月白风高自写真。

登黑麋峰次韵秋泉兄
丈夫岂特悯秋零，御气参禅始益龄。
四照花团云脚白，七尊塔耸佛头青。
寻麇无迹碑安在，聚石有崖法可听。
太一茫茫梯不见，天风妄自薄襟屏。

暴雨倾城有赋
屏翳怒来倾雾雨，奋摇黑峥城无主。
野觞不到郡公坟，穷巷仍通天策府。
赤豹笼中止馁饥，封狐榻上能歌舞。
中年独爱鲍家诗，长叹泥洼行路苦。

途径三桥吊湘水猴神
三苗故垒旧藩臣，昔有元功踞楚滨。
龙马知交难共老，山河碎折尽翻新。
望中已失风云气，江上空归草泽身。
吊此浮沤推百感，蔡公台下久沈湮。

五月初一偕翛然居士、梁王淮访天倪庐
楚人门巷掩玄关，露齿圆彪衔兽环。
黄犬体衰仍抖擞，红墙色老未斑斓。
空巢蚁梦槐中造，抵死龙葵壁上攀。
我亦生涯成冷淡，唯将诗酒约青山。

水师过朱氏祠堂有题，感此步韵有赋
朱氏者，宋丞相陆秀夫部卒，国亡后，僻乡野，今后人建祠而祀。

帝子乘流去，何留捧日魂。
崖山咸雨尽，祠宇素风存。
础固梁犹稳，檐斑漆不浑。

遥怜枫正好，勃勃侍晨昏。

襄阳怀古

沔水横荆楚，缄情近帝乡。
一城浮碧液，三岘佐金汤。
风动龙腥沫，云虚月魄光。
鹿门人去后，佛郁照鱼梁。

登鹿门山

鹿门多擢秀，野径自萦蟠。
半岭听骚屑，层巅候玉銮。
庞公穹石下，夫子泛云端。
笑我谈炊黍，归休百虑宽。

答友人论诗

洞庭涵远空，哀些翻宿霭。襄陵识虚张，着眼钧天外。慆淫逐野狐，肖翘离九带。比来入尘刹，活句颇能会。犹之纳于麓，迤逦迷云盖。诞登顾昔径，蚁牛悟匍磕。劳生叹坐驰，多年集蓬艾。淄渑辨诗眼，承蜩弄狡狯。旦夕破筌蹄，八儒真如丐。贤哉浣花翁，安排比竹籁。金针不可度，情岂在藻绘。知我楚两了，圣默雷音大。

夜梦章氏先祖谨述

黑龙虓颓乱鼙鼓，秦川黯湛枭獍舞。赤帝狰狞重瞳张，解瓦分珠断鳌柱。销金为镢仍无力，十二铜身空自诩。云雷抉荡战如风，皇天危殆究谁补。汤火已袭函谷关，磨刀急呼章少府。劝君大赦骊山徒，渭水犹堪济三辅。森森剑霜胆似铁，七十万人操柯斧。司马董翳非闲辈，誓扫六合如黑虎。振袖拂剑出秦门，破城杀将疾如雨。雨雨风风难护持，奸宄如毛终阘侮。侘傺无意抗霸王，五兵韬戢归众俯。咸阳宫瓦覆一炬，但凭麋鹿生麌麌。孰信刘项真天命，亡秦在民不在武。将军抚膺叹且告，关中长恨黔首苦。帐下两弟涕泪盈，问兄何年归老圃。乱世飘零折百枝，唯有棠棣相慰拊。突报汉军压城来，据此金汤尚防堵。平生耻作三姓奴，定教丹心赫家谱。懵懂不记语渐轻，惊闻母唤莫惰窳。窗开雨过天方曙，闵怜枝上鸟铩羽。遍搜群书意彷徨，恍若电光掣千古。章仇自是吾家姓，时命不济岂忘祖。漠漠秦月照秦树，目断废丘血溅土。灵祖魂兮归去来，当知黄田添万户。

登桃花岭

脱身向林野，陟彼桃花岭。举步远喧阗，开襟厌廛井。山雄若角黎，排闼炎已屏。岩兀不知名，介胄出矫猛。沿溪穿翠蔓，濯足知清冷。突栈挂青萝，靡迤多殊景。朴樕饱泉饮，古柏似故郢。阴翳杂啼起，黄蝉处婉静。暑气未嫣花，近爱青筠梗。盘纡达平湖，阑楯瞻灵境。寥寥天风下，骀荡拂我衿。岸柳蹈婆娑，绵绵巧弄影。野鹜不避人，恬漠不交颈。浦鸥翅翕动，俯仰冲蛮犷。闻说石家寺，飘渺应在岘。仙槎不复见，凡人但思永。而立怀远志，不或应多省。去年尚淹徊，今年感靡骋。骚情随日老，落拓徒悲哽。接舆癫狂甚，山阳亦恣逞。碌碌竟何用，纷拿添刚悻。守道如守身，焉敢忘贞秉。倏忽起殷雷，棒喝心始憬。万物自生灭，百年何电顷。

咏兰

君能立阆苑，亦能委沟畎。春风滋萧艾，庸夫岂可辨。缀蕊透温润，挺叶荡纤软。芳馥散幽怀，内美出舒卷。擢秀饱深情，渟蓄送青浅。当与仁者近，同气共狂狷。临涯自孤标，弥室得尽善。景行不随波，敛态不招展。溱洧三月暖，魂兮魄兮

— 1559 —

洗。泽陂颜依旧,至今思顾辄。闻说沅湘泪,千载仍露浤。故国不可寻,楚南倐九畹。渚山香漫野,党人说勾践。霸业杳茫茫,猛志觉悠缅。吾生逢夷世,夷世多浮幻。举世不重诗,举目轻薄眼。抱璞如抱砖,命途尚乖舛。欲学烹鲜术,蚕老终作茧。安贫养超逸,劳碌类蓬转。蒿莱正当户,郁浥不得划。台空白璧碎,杂芜问谁剪。但纵歌高咏,吾社互慰勉。去岁过翁源,睹君世所鲜。妙物应时放,无闷俱蕃衍。一叶敌万金,赏者皆贵显。君品如皓雪,吾心远澳渑。吾来无人识,吾去君莫遣。穷通实天赋,曷由苦攀撄。思之悲自弭,况乃得全免。惠州李东园,簪花笑轩冕。

张艳朝

笔名张连畅,70后暖男,籍贯鄂蕲春,现居上海。中国诗歌网注册认证诗人,《望月文学》编委、特约作家,中国爱情诗人,凤凰诗社入驻诗人,《上海诗叶》常务副主编等。创作观:保持心中那份纯洁,弹奏丝竹之音。

绝句·听歌
未露真容妙境绵,愁云散尽赋新篇。
繁花锦簇迷离眼,逐梦风轻绿水间。

绝句·美丽乡村
艳阳三月一身轻,流水小桥月更明。
净土桃源心所属,花衣燕剪女儿情。

绝句·土楼
历代风云换帝王,可怜焦土盖阿房。
青烟漫绕家常事,竹阁清闲话梓桑。

五律·美在身边

欣然携卷游,佳酿岁芳收。
陌野新鲜土,清晨脆亮喉。
岸边人尚少,池里水还柔。
借得秦时月,弯眉荡小舟。

七律·纪念周总理
撬动坤支胜吕端,长征脚印历辛酸。
纷飞战火黎生苦,寞落篱墙集市寒。
智断强弓瀛虏惧,书传皎月陌荷残。
从容拍案威严树,博大胸怀怎鼓澜。

七律·年轻(新韵)
青苗沃土育成林,掩映高楼面貌新。
美梦摇篮柔似水,微风奏曲薄如襟。
轻飘柳絮扬州韵,劲舞纤腰漠塞音。
纵酒欢歌须有度,花开锦绣蝶千寻。

临江仙·人日抒怀(龙谱)
总叹娇容花谢早,难能意顺情投。雕栏画栋饰琼楼。寒霜染秀发,巨浪引沙鸥。

斟酒浅吟云月淡,良缘聚散多忧。此生有幸勿苛求。沿阶泰顶望,蓬勃锦铺洲。

一剪梅·回家过年
(词林正韵,吴文英体)
瑞雪相融集市欢,车遍州坤,叙旧开颜。绿油蔬菜缀丘间,所谓珍馐,压底泥坛。

凯乐高堂长袂翩,学自科班,彩凤鸣山。淳朴习俗总康安,问候亲情,幸福身边。

张艳娟

笔名张译丹。辽宁抚顺人。江苏啸汉马诗社副社长,抚顺市作家协会会员,竹韵汉诗协会会员,《竹韵中华》副主编。部分作品发表在《中华诗词》等报刊杂志。

步韵诗兄题《锁麟囊》(新韵)
恩若重生岂易偿,凭谁仗义肯倾囊。
牡丹劫感炎凉味,锦绣口开悲喜腔。
大爱传奇占魁首,余音绕耳动肝肠。
菊坛经典千秋仰,我向前贤敬一觞。
注:《锁麟囊》又称《牡丹劫》。

随州大洪山(新韵)
楚北第一尊,接天浩气吞。
千峰多幻色,十里不同温。
圣地参禅界,明珠度假村。
杏帘招客饮,沉醉忘家门。

溧阳丫髻山采风
溧阳佳处百花香,一盏新茶待我尝。
此去幽篁闻凤曲,当年明月下西厢。
云山有梦诗成枕,烟雨知心情涨江。
丫髻春潮悄涌动,九霄排鹤任翱翔。

牡丹(镶句:自是花中第一流)
雍容富丽世无俦,自是花中第一流。
白玉堂前芳馥远,黄金蕊上眼波柔。
沉酣蝶梦难如愿,解得情衷便不愁。
纵使香残心事了,卿卿倩影已勾留。

无题(镶句:满架蔷薇一院香)
梦里寻师到紫阳,南山筑室乐安康。
盈阶月色三更白,满架蔷薇一院香。
座上长吟歌岁月,毫端饱蘸吐琳琅。
此生愿共宣平老,鸣鹿敲棋任我狂。
注:典出李白紫阳山寻师许宣平的故事。

昙花(镶句:自是花中第一流)
娇容悄绽顷时收,自是花中第一流。
月下美人甘寂寞,庭前香梦尽绸缪。
三生石刻姻缘债,百劫魂牵兰桂舟。
挚爱千年恒久远,倾情只为这回眸。
注:昙花被称为"月下美人"。昙花一现为韦陀。(昙花花语)虽是瞬间,却已永恒。

无题(镶句:满阶梧叶月明中)
千山落木逐金风,萧瑟清秋万里空。
弄笛飞声将进酒,登楼极目叹飘蓬。
荣枯始解生涯促,消长原知道法穷。
凉夜常醒耽旧事,满阶梧叶月明中。

蔷薇(镶句:月晓风清欲堕时)
重重红锦压纤枝,错落分香绕绿篱。
浪蝶含情怜蕊秀,野莺有意更谁知。
露凉梦短长嗟处,月晓风清欲堕时。
撩拨心琴多缱绻,回看唯剩影参差。
注:蔷薇的花语代表美好的爱情和爱的思念。

张燕
别署誉堂。祖籍巴蜀,长寓津门。爱好书画,偶作诗词,作品散见于各种报刊。

五绝·初见
嫩柳襟前绿,娇花靥上红。
逢君无一语,相对醉春风。

五绝·暮春即景
薜荔秋芳晚,潇潇暮雨中。
琴音难寄远,托与快哉风。

五律·寄友
天地长如寄,霜华染镜台。
波光同落寞,云影共徘徊。
清怨来还去,心花谢又开。
笑将无尽苦,捻作玉尘埃。

五律·怀乡
鸿爪痕无觅,萍踪逐水纹。

肩挑燕地月，心系蜀山云。
父母乡音在，亲朋旧话殷。
杨花沾客鬓，倦鸟劝归群。

五律·自题《品茶图》

晞发松岩下，流杯涧水旁。
藤篮盈嫩绿，瓦瓮漾轻黄。
冷暖浓中淡，浮沉苦后香。
无人说余味，袅袅入苍茫。

七绝·自题《秋兴图》

黄花紫蟹酒盈瓯，遥看青山逸兴悠。
红叶白云留晚照，秋风何故替人愁。

七律·读《金石录后序》

墨痕泪雨两氤氲，哀乐无声纸上闻。
故国兴衰真似梦，珍藏聚散幻如云。
愁盈绿蚁停杯箸，心付黄花作序文。
回首平生余幸事，曾经同好是郎君。

七律·自题《写吴玉如夫子落花诗意图》

功名自信留身后，寂寞生前饥与寒。
凤纸半张求不易，宫墙万仞望应难。
蓬门长掩诗心苦，冷雨偏摧玉树残。
我亦穷愁同一叹，落花篇里解辛酸。

张耀臣

男，汉族，1947年生于河南许昌。从小喜爱中华诗词，退休后更加热衷诗词学习和创作，作品散见《中华诗词》《诗国》等诗词书刊。2010年获"首届诗国·中华诗词创作奖金奖"和"中华诗词华表奖"等。

水龙吟·留驻野外工地感赋（新韵）

月明万里天山，莽苍广漠孤烟断。高天星闪，帐蓬人散，影身对看。风冷秋深，星稀霜重，月圆愁见。正驻留无趣，欲归无处，捧书卷，人辗转。

休怨时乖命蹇，好风难借空长叹。穷通世路，炎凉世态，古今难免。填海女娲，逐阳夸父，镆铘千炼。效豪杰志士，闻鸡起舞，意歆征雁。

1973年11月12日

贺新郎·塞外见杏花感赋（新韵）

早晨送稚儿入托，忽见新疆石油学院内主楼前多树杏花开放，有感赋此。

风雨催桃李。霎时间、枝头杏闹，满城披绿。边塞山花湖边柳，画就春光几许！问何事、令吾心喜？戈壁天山云弄月，入绿洲、侧卧听莺语。休逆负，春来意。

一场春雨权当醴。望晴空、展翅雄鹰，促人杜宇。回首英年崎岖路，柳暗花明真趣！抱理想、闻鸡舞起。志士不为伤春举，奋韶华、苦练回春力。谁共我，唱金缕？

1981年4月21日

贺新郎·高中同学许昌会（新韵）

重聚心何惬！自分别、天涯海角，鬓添霜雪。同宿同窗当年事，魂绕梦萦亲切。最艰苦，地瓜菜叶；白水干馍激壮志，正青年、发奋书声越。拂晓起，电烛烊。

二十六载光阴掠。向边塞，西行万里，故山云列。离座行杯欢谈处，美酒佳肴热烈。贺学友、建功立业。欣见中流担重任，愧今吾碌碌殚心血。心底愿，寄明月。

1991年8月16日

水龙吟·55岁房山十渡55米高台跳蹦极感怀（新韵）

2002年4月14日，与几位年轻同事

游北京房山十渡,见悬崖绝壁上有两处蹦极跳台,一高48米,一高55米。余少年狂发,激情难抑,独上55米跳台,纵身跃下,时年55岁矣。

凌空长啸云天际,骤向龙宫冲去。鹰逐脱兔,风扬翔鹤,揽云呼侣。春水澄怀,青山怡目,狂夫快意。任上下翻腾,命悬一线,惊心处,孰堪比?

漫道廉颇老矣,念平生,挫折几许?大千探险,人生求索,一身豪气。知命年华,少年心态,壮思飞举。盼中华强盛,牛蹄自奋,趁夕阳熠。

2002年4月14日

满江红·56岁生日感怀(新韵)

回首平生,农家子,兼程未懈。知命岁,枯荣休论,素心难灭。大漠洪荒争旦暮,异国学馆惜年月。历多少,困苦阻征途,丹忱烈。

生日礼,温情切;求索路,从头越。位卑怀忠虑,任重如铁。穷且愈坚凭信念,老当益壮拼心血。奋余生,老骥再攒蹄,开新页。

七律·61岁生日前夜独宿黄河壶口观瀑舫酒店(新韵)

僵卧津楼未自哀,为观冰瀑近高台。
曾挥野老忧时泪,常慕谪仙揽月怀。
情系家国穷益盛,神驰山水苦难衰。
寒星玉兔窗前伴,滚滚黄河入梦来。

2008年1月8日

七律·凌晨上珠峰大本营(新韵)

曲河①奋闯万山开,我与珠峰撞满怀。
晓月广寒迎客笑,旗云②绝顶幻龙来。
冰临下界生灵塔③,岭醉白头泛赤腮④。
魂驾雄鹰天际去,瑶台不慕向轮台。

注:①曲河:指扎嘎曲,源为珠峰绒布冰川,又称绒布河。

②旗云:旗云是珠穆朗玛峰上的一种奇观,指山脊或山峰附近形成的静止地形云,从山峰向下风方向呈三角旗形随风飘移。

③灵塔:指珠峰绒布冰川的冰塔林。

④岭醉白头泛赤腮:指雪山顶峰日出日落时分出现的"日照金山"景观。

沁园春·西行寻春(新韵)

2018年春,我72岁,第四次车赴川藏行摄。感谢上苍眷爱有加,一路美景叹为观止。回想起47年前参加新疆石油勘探会战,在昆仑山前的塔克拉玛干大沙漠南缘叶城县安营扎寨,营房紧靠大片杏林,杏花怒放,灿若云霞。往事历历,青春不再,夕阳尚好,感而赋此。

愚老追游,边地探奇,绝塞寻春。望雪山脚下,圣湖娱鸟;藏家楼外,天路穿云。梨雨熏风,雅江柳浪,遍野桃花照眼新。吾狂矣!想安营乡野,砺剑昆仑。

此生西域辛勤。算也是、书生投笔人。记天山戈壁,披星戴月;长河大漠,送暮迎暾。闲退林泉,壮游天下,山水为朋自在身。君休笑,念奋蹄老骥,不减天真。

张宜武

字湘剑,网名自陶斋主。1937年5月生,湖南祁阳人,落居江西上犹。退休干部。中华、江西诗词学会会员,中国楹联学会会员。创作和外发诗词颇丰。有诗摩刻诗墙和入选名家论、序为例证;有对联摩刻4A风景区、姓氏祠堂和社区牌坊。

自然四物
雨

飘飘洒洒总知时,润出新芽壮劲枝。
辞别高天淋昼夜,甘居低地卧洼池。
五洲止渴风雷动,四海滋苏云水移。
最是真情勤奉献,生机福祉促归期。

露

晶莹剔透赛珠玑，显现职能秋夏时。
荷叶蜻蜓相应照，树枝知了解馋饥。
曦升自觉潜无影，更漏还原靓有姿。
苏物送凉诚可贵，倾心尽力志难移。

冰

水温零下体凝成，愈冷愈纯愈结晶。
餐饮桌围消酷暑，球场面滑创溜程。
珠峰岭上终年卧，哈尔滨旁遍地莹。
有限年华明似镜，闪光发亮远传名。

霜

艳菊鲜梅屡现身，凌寒怯暑显精神。
九霄日照藏良迹，半夜型成庆吉辰。
无意坦怀纯似玉，有缘透体洁如银。
时人不可等闲视，厚土凭遮复返春。

人间四好

酒

兴奋提神本领强，坚持把盏醉须防。
舒筋活血健康保，过量损肝头脑伤。
交易做成常助力，感情联络总临场。
灯红亮处刘伶仰，千古功劳不可忘。

色

阴阳调合人之性，天地绵长物象新。
自古鸳鸯欣比翼，从来秦晋缔良姻。
乾坤朗朗风情洁，岁月融融习俗纯。
出水芙蓉贞可爱，灵魂净化自强身。

财

追求幸福先图富，活水源头草不枯。
有道发家存正念，无心问路走歧途。
得来贿赂成包袱，失去天良变犯徒。
计算机前清楚楚，收支岂可意迷糊。

气

怒发冲冠事近头，伤心害体露缘由。
忍无可忍终难忍，愁到再愁强解愁。
何待时间观日落，竟凭意愿察云浮。
一朝暴发虽图快，后果招来不尽忧。

张寅生

男，69岁，大学文化，退休干部，市诗词楹联学会会员。

七律·咏竹（平水韵）

空谷白川千尺玉，晨曦疏影夜方央。
松梅三友凌霜雪，亭舍万竿和雅芳。
划骨笔笺秦汉瘦，修身箫笛鹊佗荒。
裂山破土青咬定，盘节虚怀期凤凰。

2019年7月

注：鹊、佗是指扁鹊、华佗。

七律·释迦塔（应县木塔）（平水韵）

峻极神工木塔王，赵风晋雨度沧桑。
无钉无铆固千载，有道有尊垂四方。
檐角云缠檐上鸟，佛龛烟绕佛前香。
惊乎华夏鲁班术，七级浮屠披霓裳。

2019年4月

注：释迦塔位于山西省应县，俗称"应县木塔"，高67.31米，号称世界木塔之王。

诉衷情·长江（词林正韵）

冰峰雪域孕琼浆，飞渡时空长。水云磅礴千载，倾诉我衷肠。

掀巨浪，挽凶狂，送安康。仰天高亢，家国情怀，气宇轩昂。

2019年6月

芰荷香·荷塘晨趣（词林正韵）

晓曦柔，唤菱溪菡萏，舒展眉头。一

泓云朵,蝶恋蜓吻蜂投。苇丛鹜戏,柳鬓摆、鲤跃蛙游。树梢蝉鸣莺羞。珠玑翠盖,鸳雅鸯悠。

荷芰仙姑舞妙笔,十里闻徵羽,诗曲飘流。轻舟泛水,抛洒那片心愁。霞光和暖,客侣欢、莲媚情稠。湖黛 榭秀花幽。荷塘溢爱,玉女沉留。

2019年7月

注:菱溪,指菱溪湖公园;徵羽,系古代五音。这里借代音乐;玉女,指玉姬,相传为王母娘娘侍女,后谪留西子荷塘。

念奴娇·西柏坡(词林正韵)

滹沱河涌,太行风流急,云无留迹。圣地苍华光照处,山水相携星逸。小路绵柔,墙黄瓦黛,帐舍韬珠璧。坡长心远,北方京阙历历。

旭日出海涛惊,五贤威震,号令江河激。辽沈、平、淮频报捷,直捣黄龙无敌。我欲乘风,翻然云际,何用鲲鹏翼。大同中国,就从西柏而立。

2019年4月

注:五贤,即毛泽东、刘少奇、周恩来、朱德、任弼时五位时任党中央书记。

浪淘沙·壶口瀑布(词林正韵)

咆哮浪千重,飞瀑飚风。玉崩珠跃卷惊鸿。雾锁神龙浮彩练,虹卧濛空。

源自远山丛,澎湃匆匆。裹烟九曲似骄骢。倒海排山摇日月,千古枭雄。

2019年4月

张永根

男,号勤垦。1941年生,江苏扬州人,1958年参加工作,1960年入伍,1961年入党,1978年调入法院为审判机关干部,曾任审判员、副庭长等职。定为高级法官职称。2001年于市中级人民法院退休。热爱中华诗词,学习并积极写作,曾多次获得奖项。于2011年由"中华诗词研究院""中华诗词学术研究会""国际中华诗词总会""中华诗词著作家评审委员会"授予"中华诗词一级著作家"称号。并将简历照片作品编入《中华诗词著作家典藏》一书。第七届中华诗词踏春行暨2017年春季中华诗人江苏扬州采风交流会,由《中华文学艺术家协会》《当代文人杂志社》《北京富学尚品文化艺术传媒》《中华诗人踏春行组委会》评选获得金奖。并授予"中华优秀诗人"称号。现为扬州诗词学会会员。

上海诗词之路吟

上海大型诗集编,文坛众手笔筏喧。
浦江两岸放歌唱,白雪阳春传世宣。
称志塔高灯闪亮,光芒四射着鞭光。
人间向往申城美,岁月图新别有天。

晓庆母亲70华诞歌

浦江两岸放歌声,华诞七旬思救星。
祖国母亲怀抱党,人间拥戴念传经。
天翻地覆振兴变,岁月峥嵘斗指庚。
扭转乾坤惊世界,骊龙腾起喜倾听。

四顾人生征初心

五十年前去当兵,身先士卒足先登。
军营训练仕官术,文武双全天下称。
打靶归来歌唱遍,学习雷锋追赶风。
紧握钢枪站好岗,祖国安全日月升。

忆江南·新上海追梦

申城好,都市画宏图。碧水蓝天霞铺满,浦江两岸客归途。四季笔挥涂。

申城好,最忆庙城隍。向往古今旅游至,前呼后拥最平常。园地锦荷裳。

申城好,世博会召开。宾客率先争浦来,琳琅满目喜情怀。追梦莫徘徊。

张永红

双城县周家镇人,现已退休。萝北诗协会员,红松林诗社会员,诗词爱好者。

七绝·诗之缘
离辕老马入诗途,平仄人生字绘图。
起步喜逢师若水,诗歌破茧入新书。

七律·龙江吟
龙江澎湃绕山川,万岭群峰陡峭岩。
春暖激流东逝去,冬寒结冻暗波喧。
封江不慎封明月,开化均逢响震天。
冰块排排突垒起,随声瘦体海中眠。

七律·贺同兴老师80华诞
回首托萝旺犬逢,初伢永记解读情。
耄年仍恋诗词赋,寿诞重书韵律弘。
八斗高才心有岸,五车学富道无形。
老师不愧生花笔,写尽人间未了情。

张有清

宜春中学高级教师,一道诗艺社江西会员。对古诗词、现代诗歌、小说散文、时政评论均有涉猎。入选《南吟北唱》诗集,在中国诗歌网、世界诗歌联合会、中国现代诗歌文化传媒、江西一道琴棋诗书画总社、江西云裳一道诗艺社、江西诗声、宜春诗词、宜春市曲赋学会、蝶舞霓裳诗书画社、诗码头古韵悠长等网络平台发表诗歌500余首。

登太平顶
登顶风斯起,人间望太平。
九峰苍野阔,一脉武功清。
卧虎争偏地,燎原到帝京。
道儒今学在,天下久阳晴。

客京
举卮无远客,寂寞在京华。
静望云星月,清观木槿花。
梦深驰白马,情浅远红霞。
帝苑千般好,何如种树家。

无题
一棹桨移舟橹动,碎星万点向东边。
桂宫仙影留香舞,秀水波光映碧天。
襟袖柔飘千种媚,裙裾拂起百般妍。
小楼夜夜依栏望,洒满清辉蕾又鲜。

登北固楼有怀
风满云天北固楼,闲情逸致不思愁。
当年万里谁吞虎,今日千帆竞未休。
难泯此心挥玉剑,正看吴地拓荒牛。
金瓯有缺何时补,宝岛重回喜作舟。

临江仙
浩渺长天青冥朗,几番风雨云空。春花竞放总相逢。青山人未老,往事逐飞鸿。

笛里新阳宫阙影,心倾家国情融。旌旗猎猎角声隆。古今谁敌手,天下有英雄。

沁园春·明月山
混沌初开,天降飞星,地出重霄。喜山川壮丽,一峦苍翠,太平峻险,四方琼瑶。湖水初波,烟霞顿起,飞瀑凌空滚雪涛。长天久,月宫多寂寞,可解心焦?

嫦娥舞袖风飘,望天下红尘尽杰枭。有昌黎绝弊,风清气正,阳明弥患,武略文韬。卢肇为魁,鼎臣折桂,羽檄传诗话楚翘。思千载,看今之明月,一代天骄。

星辉映月明

夜色撩人静无边，江上霓虹曲水眠。
何处笙箫谁为听，丝弦缠绵动芳颜。
万籁有声成春韵，一叶孤舟空余舷。
偶见浮萍随流水，不见萍踪惹人怜。
一天星光频闪烁，散入秀水满河星。
一河星斗流东去，我心无依弦谁听。
孤月一轮浸春泪，稀星伴月也泪零。
何日与君风荷举，苏堤荫里柳浪莺。
心随明月向东走，可至君处海西头。
君处海西可望月，春晖同沐洗心愁。
如是郎君情意绵，当垆卖酒随天边。
如是郎君似我意，春花秋月不夜天。
春花秋月正当时，繁花盛开一时稀。
转瞬艳阳已西斜，宏图初展又春迟。
不信有苞不绽蕾，只是未到花信期。
月盈月缺有轮回，人事代谢成古今。
人生苦短驹过隙，夜阑人静看月明。
孤月照影不成梦，今月可曾照远卿。
天阶夜色无言语，蟾宫玉兔嫦娥情。
一天云合风满楼，转眼散作满天星。
春城夜阑红尘动，曲曲情歌作筝鸣。
星辉映月寄相思，一代月光一代情。
一天稀星伴月光，稀星伴月月更明。

温汤温泉赋

　　天下之大，泉如星商；名泉富硒，唯此唯上。扬声乎乡党，裨益于万邦。可饮可浴，便利舒畅；可养可疗，不同凡响。

　　溯岁月兮流光，寻千年兮宝藏。形成于岩床，积能于地矿。声名鹊起经年，远播异域他乡；名镇牌匾高挂，勇夺世界首倡。摩肩接踵，旅游兴旺；车水马龙，街衢繁忙。

　　至若温泉氤氲，如贵妃之洗凝香；浴乎畅然，似潘安之履街巷。其温如汤，其热似火；浴后如妆，娇艳婀娜。是以华衣衣我，金樽樽我，亦不及泉之浴我也。月在山中行，山在月中藏；泉甘而酒洌，众游客仙乡。临嫦娥奔月之地，知云姑夏娘沐恩于帝皇；接易重重桂之祠，悉盛唐殿试双魁于朝堂。于是乎上琼台，履峰嶂。太平顶兮崎岖，月亮湖兮风光；乌云崖，云谷瀑兮流长。览长寿山水之境，沐禅宗五叶之芳。

　　故一山之成名兮，五百年而辉光；初羽之腾巢兮，愿雏鹰之翱翔。河出伏流兮，至于汪洋；泉富罕硒兮，冒泡始香。是以欲扬名者，重生凤凰；思留芳者，赖于珍藏。

张玉华

　　笔名清风，黑龙江省依安县人，爱好文学，黑龙江省诗词协会会员，齐齐哈尔作家协会会员。主编《古韵新风》上下卷，《中国民间实力诗人》等诗集，清风文学社社长。

题格桑花
娇蕊含羞笑意微，蜂喧蝶舞眷芳菲。
红尘自有清闲处，碾入诗田笔下肥。

无题（一）
拾花捻草入诗香，律整韵高超宋唐。
痴盼与卿双比翼，等来霜鬓也无妨。

无题（二）
巧借春风种爱心，邀来细雨共知音。
田园旧事吟诗赋，一缕柔情颂古今。

无题（三）
北风狂啸乱春天，细雨濛濛叹流年。
天涯孤客月照水，浮生若梦起微澜。

无题（四）
昨夜清风昨夜诗，红男绿女为情痴。

雨点敲窗惊梦碎，泪流常在醒来时。
一篇文字十分爱，多少伤痕几个知。
无限情缘无限梦，天涯咫尺总相思。

张玉兰

网名百合，系辽宁锦州市北镇县退休教师，中共党员。2017年入永滞河诗群开始学习写格律诗，入刊作品300余首。后来又加入平仄情缘诗群、诗词千家诗群、晓东诗刊诗群、全国新韵默认多个诗群学习写作。大部分作品已入刊。心中信念：做一个弘扬国粹和正能量的传播者！

五律·献给建国70周年（新韵）

伟人华夏宣，旧世换新颜。
国富山河壮，民强天地宽。
九洲呈盛世，百姓乐新天。
建业七十载，声威震宇寰。

七绝·悼念凉山救火英烈（新韵）

芳华正茂前程远，烈火无情吞噬雄。
为保凉山松柏翠，捐躯流血染山红！

无名调丝瓜（新韵）

根卧土，梦向天，沐雨经风翠玉帘。
高处傲，静中欢，身段窈窕藤下仙。
佳肴营养餐桌菜，美味健康胜药丸。

七律·我爱家乡的笔架山（新韵）

虽称笔架却为山，傲立辽西渤海湾。
燕鸟齐鸣迎旭日，林花荟萃展新颜。
潮回神路通川地，水涨游船返岸边。
胜景迷人招世客，悠然惬意醉奇观。

空调（新韵）

暑夏似蒸笼，浮云过后晴。
楼群不透气，室内有凉风。

张玉梅

笔名梁雪，女，70年代出生，湖南省洞口县人，中学教师。国家二级心理咨询师，湖南省作家协会会员，中国散文学会会员，湖南省诗歌学会会员，湖南省诗词协会会员，1992年开始文学创作。已在国家、省、市级刊物发表纯文学作品80多万字。

七绝·"诗咏五溪，一路黔城"（五首）

（一）参加诗咏五溪诗会感赋

冰心一片誉千年，绝句高标可作巅。
后学今朝崇少伯，楚山在望半含烟。

（二）芙蓉楼怀想

楚山潕水自多情，不更借诗家天子名。
留得冰心融碧野，吟风化雨暖黔城。

（三）芙蓉楼题照

细雨窗前似织愁，凭栏望处水幽幽。
春宵独坐无眠夜，只为经年梦未休。

（四）夜宿黔城

追韵龙标沐晚凉，下弦月亮静窥床。
黔城今夜何成寐？唯抱冰心入梦乡。

（五）览芷江受降坊忆雪峰山战役

敢让狂流化劫灰，倭奴犯境始无回。
雪峰岁岁红枫绚，可是当年血色催？

七律·深夜笔耕

（一）

风雨春宵声似琴，唯期穿越慰知音。
凭轩任岁幽幽度，伏案寻诗细细吟。
漫入时光新隧道，何思丘壑旧尘襟。

清嘉陌外莺啼软，缱绻空山坐绿阴。

（二）感怀
岁月如梭去不回，无惊风雨艳阳催。
山中碧色堪迷眼，篱畔榴花欲染腮。
自笑多情笺韵语，心当无意惹尘埃。
一帘月色何须掩，为放清风入梦来。

张岳

笔名高山，男，浙江温岭人。一直从事教育事业，市直属学校副校长退休。中华诗词学会会员，中国楹联学会会员，温岭市文联诗协名誉主席，泉溪诗社社长。编著有《百忍堂诗文选》《花山续志》等。

秋游黄岩布袋山古村落
盘郁柔川道，迎风采蕨薇。
千山黄叶舞，一袋白云飞。
仙境人间有，桃源世上稀。
行吟逢雨瀑，捧得是珠玑。

车经连云港，途见群鸟归飞有感
一样天生一样亲，人如飞鸟鸟如人。
冬来夏去寻常事，觅得尘寰自在身！

题常熟太公岛姜尚塑像
手握长梢竹一竿，悠闲端肃坐高岩。
休惊垂钓钩犹直，只笑鲑儿嘴太馋！

杭城遇雨
人道西湖似美人，山舒媚眼水传神。
云来雨去频遮面，不许游人看个真！

参观余姚良渚历史博物馆有记
江南五月雨如烟，良渚观光好梦圆。
省识高低三尺土，遥知上下五千年。
星移物换文明继，地老天荒国宝传。
华夏从来多杰士，留将史迹出新篇！

瞻龙泉宝剑有感
欧冶当年铸剑忙，铸成长剑耀龙光。
龙飞天外神威显，剑落人间国宝藏。
斫地犹能除恐怖，倚天直欲斩豺狼。
凭君一股凌云气，安我黎民靖我邦！

一七令·喜见港珠澳大桥胜利通车
桥。如带，似蛟。跨海峡，卧波涛。横架两岸，直通层霄。连接港珠澳，不愁风浪潮。莫道银河难渡，且教织女魂销。万国惊呼遂夙愿，千秋伟绩看今朝！

望海潮·漫话西湖
天堂何处？人间寻遍，繁华毕竟钱塘。莺唤白堤，荷香曲院，青山绿水无双。花港有鱼翔。更新城崛起，满目霞光。宝马腾飞，高楼林立矗穿苍。

应怜西子红妆，去五湖四海，携梦还乡。箫鼓晨奏，笙歌夜继，曾迎嘉客遐方。峰会彩旗扬。共商繁荣策，济世情长。描得环球美景，流韵亦飞觞！

张跃垂

笔名谈笑鸿儒，男，江苏沭阳人。南京师范大学汉语言文学专业毕业，中国鹳雀楼诗词研究会会员。自幼酷爱诗词歌赋，曾任中华文艺诗词曲赋版和中华诗词江苏版版主，已在网络媒体发表千余首诗词。

遥寄友人
江南江北隔相望，追忆当年共抚琴。
已见东风绿芳草，不知何处听佳音。

榴花

繁英已绽玉阶前，五月榴花满目妍。
虽是门庭车马冷，红裙依旧映华鲜。

重游北京中山公园
清新隽永郁金香，百媚催人喜欲狂。
习礼亭前铭国耻，塘花坞里赏时芳。
桃园题字声名远，兰室挥毫意气长。
娇艳三春夫子醉，余情未尽梦飞翔。

阅书
书卷从来不笑贫，朝朝暮暮似相因。
腹中有赋自吟笔，纸上无诗何待人。
高照明灯愁岁晚，偷光凿壁亦时新。
谁知学海生涯苦，金榜题名得意春。

如梦令·追梦寻情
追梦寻情浓郁，忆昔舞蜂飞蝶。桃叶渡春风，杨柳岸边花月。
离别，离别，怨恨谁能评说。

如梦令·春归莺语小康
春归莺语小康，蓝图绘制城乡。千载一雄略，九州上下繁忙。
风光，风光。代表意气轩昂。

采桑子·芬芳四月时光好
芬芳四月时光好，满目皆红。飞絮匆匆，今又飘飘似雪同。
春妆方卸花枝落，余味香浓。明月清风，楼上佳人亦动容。

西江月·秋收秋种逢重阳
九日天高云淡，千山野陌花黄。东篱芳菊接重阳，墨客骚人咏唱。
果实枝头笑挂，金秋稻谷飘香。丰田忙碌向康庄，把酒言欢心放。

张跃红
湖北黄梅人，网名常青藤，男，生于1958年。曾在黄梅县钢铁厂、黄梅县年年有鱼制品公司工作。湖北省、市、县诗词学会会员，东坡赤壁诗社会员，流响诗社会员责编，竹韵汉诗协会会员。

江北秋
向往江南好地方，偏偏北岸更牵肠。
千重碧浪山湖水，一马平川鱼米乡。
浩浩清风涂秀色，盈盈阔野涌金黄。
群英汗洒珍珠落，不负秋霞万里光。

冬阳
雪消万里大江横，北岸鹅黄南岸英。
失恋东风寻旧爱，回温厚土启新明。
三冬景物愁妆改，七彩霞云笑靥生。
碧水流香春欲动，粼粼闪烁艳阳情。

故乡的河
光天水色水天光，西港涟漪千古长。
绿树镜中瞧靓影，白鹅云里吊高腔。
两厢退尽龙舟后，五谷争丰雪浪旁。
河上飘来歌一曲，柔情梦里是家乡。

渡河村即景
多云山下看云多，五祖名村数渡河。
青翠雪梨妆翠岭，甘香蜜橘压香坡。
一方明鉴鸳鸯景，两派清流稻谷歌。
瓦罐陶盆今不见，沙滩小鸭变天鹅。

注：渡河村是鄂东有名的雪梨基地。两派清流，龙坪水库东西两干渠穿村而过。瓦罐陶盆今不见，早先以出产瓦罐陶盆闻名。

眼儿媚·紫薇花
长臂招摇舞蹁跹，彩绣串枝巅。骄阳为侣，熏风作扇，木耳镶边。
幽香淡淡凝朝露，绿叶笑霜寒。新奇

劲骨，花繁有序，光照无沿。

张云磊

女，笔名中石。山东诗词学会会员，《青岛诗刊》编辑。

七绝·题图《碧溪钓艇》
轻舟一叶入江天，树影参差鸥鹭眠。
坚坐垂竿临落照，浑无挂碍钓真筌。

七绝·题图鸥带霞飞
万里乘风泛海槎，云深水阔近天涯。
影沉波底有山色，鸥鹭翩翩带晚霞。

七律·游赏月季园
相携迤逦画中行，扑面繁香作阵迎。
枝格扶疏千叶密，花攒烂漫四时荣。
世传孝女寻良药，寿祝青天为众生。
好景怎能无好句，揣摩红浅待诗成。

七律·咏大珠山
挂云枕海碧迤逦，古刹深藏梵磬迟。
的的繁花生谷秀，峨峨怪石蕴峰奇。
游人杂遝从教险，胜境流连不觉疲。
脚底经过随处好，眼前景物自成诗。

张运银

女，1947年生，退休教师，热爱文学，读写为乐。曾有《一封无法寄出的信》获国家级二等奖，时而在小报网刊上发表些诗作。

伞花(新韵)
雨中盛绽万千花，五彩缤纷走动家。
我欲栽培园里赏，不知是否有根扎。

荷塘联欢(新韵)
红花玉朵绿塘开，才子佳人巧会来。
凑趣蜻蜓环绕舞，呱呱蛙鼓竞抒怀。

镜中人(新韵)
匆匆瞥见是何人？仔细端详乃自身。
清秀五官悄变样，时光荏苒怎留春？

落水花(新韵)
花跌小溪中，随波走北东。
鱼儿亲欲近，无奈一场空。

戒石铭碑(新韵)
戒贪反腐为倡廉，石刻民心代代传。
铭记古旨无敢忘，碑如明镜照人寰。

泉沙乐(新韵)
月牙泉映响沙山，石水共鸣大漠滩。
一串驼铃从此过，更添雅趣乐娥仙。

长江(新韵)
曲曲延绵自远流，雪峰冰岭化身修。
舟星日月时时载，壮阔波澜万里游。

端午(新韵)
一首离骚千载韵，三棱米粽万家香。
未酬夙愿英魂去，竞渡龙舟颂古芳。

张在胜

男，生于1958年6月，大专文化，退伍军人，退休公务员。湖北省中华诗词学会会员，长坂坡诗词联学会会员。古诗词爱好者。

七绝·咏春
二月和风柳吐丝，燕来农舍鹊登枝。
桃梨梦醒迎春早，田野山川抒出诗。

七绝·风雪夜归

天黑风高山地白，夜深曲径烛灯残。
寂寥远处人踪绝，醉酒归来步履跚。

七绝·咏雪

漫天飞絮缀梅花，玉琢琼芳别样华。
田野稼禾尤喜尔，年丰六出世人夸。

注："六出"指雪花。

五绝·龙凤会

青龙又举头，神女假今休。
天上人间会，乾坤美誉留。

注：2019年3月8日，即农历二月初二。三月八日是国际劳动妇女节。二月初二，在民间传说是龙抬头之日。三八妇女节与二月二龙抬头需时隔一百多年才能汇合一次。

七绝·春韵

日升柳岸尽春晖，李白桃红堰鸭肥。
河畔牛群追逐乐，儿童捕蝶蜜蜂飞。

七律·军旅抒怀

鄂西一别逾千里，故地思归四十年。
卫国守疆磨利剑，佑民除暴挥铁拳。
凤凰展臂迎宾客，清水腾波忆昨天。
将士青丝添鹤发，壮怀依旧谊延绵。

注："凤凰"指凤凰山。"清水"指清江河。

七律·咏松

拨雾穿云上九重，悬崖挺立伴奇峰。
雨锤日炼呈梁柱，雪凿冰雕现玉龙。
八百狂风难击倒，三千雷霆亦从容。
昂头高耸苍穹傲，正气依然唯劲松。

十六字令·鸡

鸡，顶戴红冠昂首啼。天渐白，农事早开犁。

张长宁

男，字静堂，1929年生，山东省滕州市人。全国优秀教育工作者，滕州市实验小学原校长。现为中华诗词学会会员，滕州市诗词协会名誉会长。诗作有《静堂诗集》面世。曾荣获第二届"岳阳楼"寻春诗会金奖、第四届"相约北京"全国文学艺术大赛一等奖。

五绝·春望

漫步村头立，春光眼底收。
争妍桃李艳，生意满平畴。

五律·学习总书记论中国梦有感

胸怀强国梦，执政为人民。
约法清贪腐，兴邦力创新。
精诚谋伟业，节俭倡廉淳。
展望前程美，神州处处春。

七绝·怀念周总理

赤胆忠心感地天，龙潭虎穴任周旋。
安邦治国雄才展，管乐虽贤难比肩。

七绝·迎春花

众香国里群芳匿，谁敢报春迎雪开。
金粟如来传法相，鳌头独占见奇才。

七绝·赠故乡老教师

老态龙钟彼此同，谁能跃马再张弓。
幸逢盛世优寒士，颐养天年夕照红。

七绝·游莲青山二首

其一

山峦起伏似波涛，峙立诸峰争比高。
泉水淙淙流不断，莲青美景领风骚。

其二

地质公园景色优，天公造物费谋筹。

明时开放民心顺,无限风光任意游。

七律·纪念全国抗日战争胜利80周年

逝水光阴数十年,昔时惨景忆堪怜。
腥风血雨盈田野,断壁残垣遍锦川。
罄竹难书倭寇罪,丰碑应铸国殇篇。
八年抗战终胜利,华夏人民重见天。

张兆嵩

中华诗词学会会员,中华诗词高级研修班学员,武汉大学校友樱花诗会副会长,武汉诗词楹联学会汉北分会会长。

七绝·万里长城

龙盘峻岭筑铜墙,犹记从前战线长。
看我横刀谁敢越,群山并起斗豺狼。

七绝·北京故宫

大殿巍巍放紫光,红墙碧瓦架金梁。
九天揽尽云和月,再派潜龙下五洋。

七绝·杭州西湖

黄龙吐翠嵌珍珠,烟雨楼台万木苏。
仙子摇风呼重彩,便将绝色许西湖。

七绝·苏州园林

翘角琉璃掩竹林,通幽野径鸟鸣深。
小桥流水逍遥客,明月高台照古今。

七绝·台湾日月潭(新韵)

宝岛风光日月潭,中华一梦苦心寒。
别来无恙成双恋,叫醒炎黄劝子还。

张哲宇

《虚惘》半知(折花令无名氏词林正韵)

暮暮朝朝,阴晴冷暖悲欢叙。寞乱语、聊残句,荒曲怅蹉跎。苟延孤旅。

半世庸堕,年年岁岁喷痴寓。生几许、终何聚。好了释心宽,虚怀淡誉。

《媚》半知(醉红妆张先词林正韵)

羞摇玉扇半遮娇。婉纱清、怯步遥。鬓青唇润目莹潮。胭红晕、淡眉描。

风柔婵影漫香飘。暗吟语、叹终凋。醉赋秋歌凄愿老,残念惆、夜痴熬。

张正坤

1931年生,四川省叙永人,重庆市北碚立信会计学校毕业。中共党员,历任人民公社党委书记、县委直属机关党委副书记、县委宣传部副部长、县委党史研究室主任等职。现为重庆市老年书画研究会会员。

昆明米线

过桥米线名小吃,碗内油汤沸腾滚。
俯片蔬菜碗中放,肉嫩菜香汤鲜美。

米线配制

竹筛盛满新鲜菜,一碗油汤沸腾滚。
鲜蛋调匀下腑片,米线蔬菜盘中盛。
一碗米线调配成,味道鲜美扑鼻来。
慢慢品尝百味生,肉嫩菜香汤味美。

构建长江绿色走廊

夷陵高峡山谷深,峡谷两岸岩绝壁。
高速公路绕山走,下有公路穿二行。
谷底田原绿葱葱,半山上绿树成荫。
因地制宜治山水,绿色乡村生态美。

2019年7月5日

注:近年来,位于三峡工程坝(库)区的湖北省宜昌市夷陵区加快构建长江经济带绿色生态屏障,统筹做好(山水林田湖

草)系统修复治理,采取宜树则树、宜草则草、宜灌则灌等形式,大力推进生态绿色工程,建设长江岸线绿色生态走廊,一条高速公路从夷陵区境内的乡村中穿过。

赴泸州沣泽苑

(一)

历史悠久泸州城,两江汇合酒飘香①。
当年黄廷坚②路过,浏览山河留墨香。
泸州名酒誉神州,名酒名牌兴经济。
而今泸州更美丽,当年名胜今难觅。

(二)

赴宴泸州沣泽苑,沣泽苑位江阳区。
亲朋好友酒宴会,举酒干杯庆婚礼。

2019年7月7日

注:①两江为长江、沱江。泸州产泸州大曲酒。
②黄廷坚系宋朝的秘书承兼国史编修官,在新旧两党斗争中,被新党借口黄修《神宗实录》诬毁先帝,修史不实将黄贬为涪洲别驾,黔州安置,4年后又被贬至荒凉的戎州。路过泸州时,泸州时任安抚史的王宪可亲自接待,在泸州游山川河流,在游泸州宝山时挥毫书写"江河平远"四个恢弘大字。

车过李子坝

车过李子坝,轻轨穿楼过。
山城一靓点,游人喜观赏。

秀湖公园美如画

碧水亭台水中映,湖上拱桥丽人行。
岸上柳树万千条,凉风徐徐风中舞。
远山逶蜒兰天下,城市高楼平地起。
秀湖公园美如画,壁山地标人赞美。

注:盛夏时节,位于重庆市璧山秀湖国家湿地公园绿意盎然秀美如画,成为市民游客休闲游玩的好去处。

朝天门夜景

(一)

夜幕降临朝天门,两江四岸灯火明。
灯火斑斓星光闪,天空明月江中映。
朝天码头人潮涌,奔向停泊夜游船。
登上游艇赏夜景,拥抱长江景中景。

(二)

游轮启动逆流上,五彩灯光水中映。
游轮返航顺水流,洪崖洞美如壁画。

(三)

山潮水潮人流潮,山城美景人向往。
豪华游轮江中游,人间仙境梦幻中。
游轮停歇登上岸,眼前一亮朝天门。
三个大字闪闪亮,游性未尽回家转。

游艇江上游

船头依栏站,清风徐徐来。
经过洪崖洞,身在梦幻中。
船头放眼望,银莺天上巡。
明月天空挂,船在江中行。
索道空中挂,索道车光亮。
好似流星过,山水美如画。

世纪新建朝天门

(一)

世纪新建朝天门,百步阶梯改步道。
穿过洞门上阶梯,回眸一看江水流。
巍峨古老朝天门,昔日风姿不再有。
新建拱门朝天门,两江汇合收眼底。

(二)

新建高楼入云霄,朝天门高楼林立。
高楼灯光闪闪亮,五彩斑斓新地标。

张知莹

张知莹,安徽合肥人,安徽省合肥市企业退休,热爱诗词文学,曾经多篇诗词发表于《诗词月刊》。

七绝·桃园赏景(二首)

(一)

春到桃林生紫烟，宜人最是桃花源。馨香十里芳心醉，疑似霓虹落九天。

（二）
微雨轻云暖意浓。桃花三月笑春风。雅姿玉树香盈袖，十里霓虹傲苍穹。

五律·山里人家
四面三叠翠，一涧水流云。
晨院雄鸡唱，暮梁栖燕群。
油烹沾露笋，清炒沁香芹。
因聚天伦乐，开怀家眷亲。

七律·采风美丽塘西河公园
雨润秋花扮靓园，惠风和畅满亭轩。
一泓碧水风情美，半弯芙蓉玉露鲜。
曲岸幽长垂翠柳，塘河静默守青莲。
玩童戏耍银沙里，耄耋之年忆少年。

水调歌头·有感同学48年聚会
风采还依旧，却不是当年。时空难隔思念，相见泪涟涟。岁月风云几度，草木荣枯数载，时刻记心间。不觉夕阳近，回首叹千言。

家国情，鸿鹄志，女儿颜。几回梦里，还是青春那时甜。忆起激情岁月，充满真诚温暖，纵目小尘寰，最是同窗美，珍惜此生缘。

临江仙·我梦中的凤阳新城
别墅新村皆画意，如茵芳草回廊，牡丹娇艳正春光。池塘鱼跃，小院溢花香。

溪畔朱栏临翠水，和风岸柳轻扬。晨来健体晚风凉。尘埃暂远，醉了我家乡。

清平乐·迎春花
惠风和畅，喜见君俏放。翠萼金英姿时尚，无限春光扮靓。

柔枝千万轻扬，生机满眼祯祥。只盼东风早到，倾心化作芬芳。

鹧鸪天·赞牡丹花
谷雨滋园始吐芳，鲜活艳朵扮春光。娇腮粉样牵魂魄，富贵株馨溢馥香。

仙子舞，绚城乡，落英庭内写华章。花中之冠奉为贵，婀娜多姿绘后王。

张志佛

60后，现供职于宁夏中卫海原某小学，中卫作家协会会员，海原作家协会会员，西夏诗词学会会员，西吉北斗星诗社社员。有近现代诗词发表于《宁夏日报》《中卫日报》，以及西夏诗词、西吉楹联等新媒体。喜欢用文字记录生活中的点点滴滴。

七律·天赐大河（新韵）
大河浩荡浪淘沙，秦汉唐渠惠我家。
扬水新村出贡米，围田戈壁育硒瓜。
东遗湿地成湖翠，南灌高原列树华。
远放云舟仓海去，景牵宾客恋石峡。

七律·陌上行（新韵）
云横涯岸远山青，向晚无聊陌上行。
伫望轻风归紫燕，怅吟暗柳舞蜻蜓。
蛙摇方水寻兰梦，谁品竹箫弄玉筝。
心累填诗人已老，莫如牧马大河东。

七律·登贺兰山
贺兰夕照暮归迟，大漠孤烟巧入诗。
喧鸟高低松柏劲，流霞明灭岸湖湄。
登台不见排云雁，观画还寻弄斧师。
谁缚黄龙封坝后，冲锋舟上五星旗。

七律·傍晚雨中慢行(新韵)

雾霭苍苍笼贺兰,井田聚水大河湍。
几池荷叶随风动,数点青鸦带雨还。
渠柳空垂街巷冷,南园深锁凤笛残。
不怜暮老终黄土,斜倚危栏待晓天。

七律·题镇北堡(新韵)

红紫高粱分外娇,拱门托月步天桥。
苍凉大漠沙如雪,威武荒城客似潮。
戈壁滩头撅老井,黑风岭上射云雕。
胸中多少英雄泪,牧马黄河叹梦遥。

七律·谒见灵光寺旧址(新韵)

元昊行宫已火焚,灵光遗迹树森森。
万山草绿龙泉益,众壑石奇圣果沉。
暑去黄菊开玉顶,霜降倦雁写寒云。
贺兰之主家国梦,一代天骄也作尘。

七律·烽火台怀古(新韵)

烽火台升几度烟,登高四望雁无还。
三千斥候旌旗猎,数万赢兵战骨寒。
茶马曾经连古道,丝绸依旧染苍山。
驼铃摇醒胡杨梦,唢呐声咽忆故园。

七律·题哨马营(新韵)

哨马营中艾草铺,黄牛卧处水流无。
田平不见禾苗绿,坡静唯余杏树秃。
震柳残枝抽叶嫩,断山深壑走石孤。
读碑半解当年事,风里还闻守犬哭。

张志河

山东潍坊人,文学爱好者,曾在《中国新农村月刊》《中国诗人》《辽河》《辽西风》、《西南当代作家》等杂志及网络微信平台发表作品300余首。2018年荣获全国首届郦道元文学大赛诗歌类一等奖。

五绝·米兰

花放同星斗,含和日月光。
三辰翻羡汝,十里带风香。

五绝·七夕

星移云际阔,夜碧鹊桥平。
闲坐庭阶上,天风送语声。

七绝·雨中登黄山(新韵)

奇松秀岭无踪影,春末何因百嶂封?
料是山姑迎孟夏,故拉雨幕换妆容。

五律·初春雨后登华山

盘曲径如纶,浮光岭似新。
紫藤尤秀异,青鸟亦精神。
半涧云侵水,危崖杏暖人。
忘言甘雨事,滴滴化为春。

五律·咏宁夏引黄古灌溉区古渠

长长渠十四,澹澹自弦音。
曲润千园稷,秋收万斗金。
行川怜稼久,落日别情深。
浩浩江南景,朝朝有抚琴。

张志先

网名皖山湘水,喜欢大自然山水灵气,闲遐之余用文字以娱岁月。

五绝·白梅

朱紫幽园列,银装独爱卿。
芳香盈袖溢,戴月赋诗情。

五绝·花

二月出清尘,胭脂陌上匀。
携春无寂寞,料峭赞花神。

五绝·勉

曲雨滋三教，唐云润九流。
传薪人不息，问道业勤酬。

五绝·亭憩
闲听三宝颂，倦卧半云亭。
桂柳撩人面，山花映日馨。

七绝·咏牡丹
竹亭一坐景怡然，对圃吟花自在仙。
喜有天香知我意，红尘一笑颂婵娟。

七绝·杨枝颂
净水倾瓶润福田，杨枝洒露写春篇。
观音座上轻弹指，顿化清明丽日天。

七绝·六尺巷
官尊不显德馨扬，一品心胸愈纳良。
六尺如今承善美，千秋百世礼仁墙。

七绝·恭城行
青山绿水事难期，又到恭城客旅迟。
两履烟云勤洗脚，一支秃笔写辛词。

七绝·了空赞
了了无痕真自在，明明有道遍虚空。
千年偈石烟云绕，万载禅山贝叶通。

七律·文都感怀
前贤一览泪沾襟，后学常怀愧负心。
旧址繁华留驳迹，新诗寂寞驻疏吟。
文都往事殷勤语，翰海来传奋世音。
俊士还须倾热血，雄章再续化甘霖。

张子兰

女，汉族，1953年7月生，滕州市人，毕业于山东大学，曾任职教工作，已退休。滕州市诗词联赋协会会员。

五绝·泥瓦工
高楼摩北斗，伸手摘星辰。
美酒通宵醉，谁怜建楼人。

五绝·春柳
堤岸柳丝长，春回翠眼张。
悠悠天地长，不吐媚人香。

五绝·晚秋
西风吹落叶，嘹唳过归鸿。
云淡天高远，漫山霜染枫。

五绝·早梅
百花凋谢尽，遒劲一枝开。
漫舞寒风里，笑迎飞雪来。

五绝·游泉城怀旧
回忆似泉开，校园陈事怀。
黄河流不尽，岁月不重来。

五律·春光美
春回美景呈，万象展新荣。
绿柳翩翩舞，夭桃脉脉情。
东风苏野草，笑语和莺声。
蜂蝶花丛绕，踏歌诗意行。

七绝·春潮
莺歌燕舞喜新晴，万树千花斗艳生。
满院春光关不住，三山五岭露华荣。

七绝·秋凉
瑟瑟秋风落叶黄，凄凄寒意透身凉。
天高云淡饶诗兴，奉劝苍天迟降霜。

七绝·冬游望松
峭壁悬崖顾盼雄,根深叶茂触天穹。
任凭暴雨狂风打,无限生机造化功。

七绝·苍松
峭壁悬崖顾盼雄,根深叶茂触天穹。
任凭暴雨狂风打,无限生机造化功。

张子让
男,1952年生,上海市人,复旦大学新闻系毕业留校任教,从事新闻教育30多年,教授、博士生导师。著有《当代新闻编辑》和《新闻编辑教程》等,近年合编出版《千封信笺载师道——叶春华与学生书信选》。曾获中国新闻奖、上海市育才奖和复旦大学校长奖。

七绝·小院冬景
铁树开屏向劲松,银杏落叶梦梅红。
茶花几朵对竹笑,玉兰数棵比桂葱。

七绝·晚照晨影
天边云幕尽翻红,高树新楼耸半空。
方照夕阳无去意,一如旭日又升东。

诉衷情·苍颜忆旧(外一首)
一江秋水月中明,独自岸边行。遥思乡夜知遇,心浪久难平。晨失马,晚回鸣,悟深情。惠风拂面,清影相随,尽享天成。

双河秋意日间稠,孤身梦中游。近观村野遗址,脑海易长留。红瓦顶,绿田畴,念情投。子规鸣耳,笑貌犹行,永驻中秋。

张宗茂
1942年生。原籍四川三台,现居河南安阳。著有《桂花湾诗草》,诗集《入廷集》《中国军旅诗人十佳选集》(合著)。安阳市诗词学会会员,中华诗词学会会员。

蝶恋花·探月
嫦娥奔月也太久,家人想念,来把月宫走。火箭卫星无到有,环绕着陆广寒口。

婵娟玉兔手牵手,吴刚何处?快捧桂花酒。丹凤麒麟朝天孔,广交寰宇多朋友。

七律·西岭雪山
杜甫心仪西岭雪,年迈家贫顾不得。
辟作景区迎胜友,喜登危崖步佳绝。
东望都市越万里,西览昆仑与天接。
熊猫珙桐桂花树,倍受追捧是独特。

七绝·顶岩坠
曾经绝顶问灵霄,无情风云折断腰。
霎时坠落塞沟壑,天长地久岁月雕。

七律·独步佳绝
山高林密幽峻险,风景佳绝步履艰。
攀藤附葛探荜路,鹰嘴鳌背瞰深潭。
群峰环峙护美景,贝扇蕉叶捧瑚莲。
空明洁净生灵气,忘却身在悬崖间。

七绝·富春江
观鱼莫过富春江,风景佳绝神仙乡。
山水成就黄公望,催生好诗与文章。

七律·兰州战役
杀我红军恨未消,十五年后看今朝。
三面包围拔要塞,尖刀穿插锁铁桥。
沈家岭上破精锐,黄河岸边截溃逃。
一举消灭步芳马,天山南北红旗飘。

七律·青岛崂山

山海相缭拥至尊，绝顶远眺问蓬瀛。
始皇梦断求仙路，徐福初探不归程。
光风岚气聚道藏，巨峰旭照开画屏。
九宫八观清静地，品茶静心待月明。

七绝·栈桥

划开惊涛浪上行，海鸥白帆两相亲。
回澜阁上极目望，第一珍贵是和平。

张宗令

笔名宗令、艾国。高碑店市人，1973年高中毕业，而后在生产队劳动。1978年考入大学，本科学历。在校学习期间，多次在《保定日报》副刊发麦诗词。1982年参加工作。现已退休，朝花夕拾。

七律·大政篇（新韵）

吹管弹弦唱赞歌，七十岁满业绩多。
方针正确合民意，法纪严明适公德。
反腐倡廉留史册，人心所向创先河。
兢兢业业忙国是，今日主席为楷模。

七律·国防篇（新韵）

国防巩固庶民安，大事明白有吕端。
两弹慑敌敌魄散，卫星识假假还原。
航空母舰劈重浪，先进飞机刺九天。
更有军民千百万，钢墙铁壁敌胆寒。

章爱华

安徽芜湖人，号春华秋实，又号永不败。女，中共党员，芜湖市无为县鼓楼小学语文教师，小学高级教师，大专学历。2017年2月退休。爱好古诗词，今年初进入老年大学，在老年大学学习格律诗词创作，兴趣很浓，收获很大。

七绝·归途

欲去山门观美景，瓢泼大雨迫归程。
停车坐看微诗展，字里行间露感情。

七绝·江夜

波光淡月冷无声，江上渔灯数点星。
夜静人归花独立，满天银色待春生。

七绝·观巢湖中庙姥山岛景区

姥山中庙两相应，水面微风起波纹。
大美巢湖游客醉，轮船快艇来回奔。

七绝·滨湖春行

绿到滨湖景至深，繁花似锦待春风。
唯独诗意归植物，悦耳歌声赞柳明。

七律·三伏有感

炎炎七月骄阳烈，暑气逼人汗透裳。
树叶低垂无鸟语，花枝失色少蝶忙。
池塘荷密青蛙隐，野地草长蚂蚁藏。
动静结合三伏度，除湿却病保安康。

七律·滨湖风光

滨湖四季风光美，环境清洁静有馨。
桃李春风成悦景，樟槐夏日可遮荫。
金秋玉桂香飘远，尾岁红梅色诱亲。
邻里文明新典范，高歌猛进梦成真。

菩萨蛮·农家情

路长山陡难攀上，平川浓绿清流淌。田野种植繁，乡村人不闲。
紫薇拼烂漫，松柏争奇艳。笑问客何来，农家门敞开。

如梦令·夏雨

风热高温湿气,鸟叫蝉鸣路蚁。电闪雨风狂,湖面浑浊无底。忧郁,忧郁,锁埂水流吞地。

章从武

男,出生于1929年,退休于原黄岩乡镇企业管理局。现为中国老年书画研究会会员,浙江省诗词和楹联学会会员,黄岩作家协会会员,黄岩历史学会会员,国风文学会会员。黄岩诗词楹联学会顾问,《橘颂》《九龙》诗刊编委。

七律·赞长潭最美水上公路桥通车

白虎青龙碧水湾,长虹横跨彩云间。
奔驰宝马晶宫渡,盛世桃源奏凯还。
晨雾朦胧金鼓忝,晚霞绚丽木鱼山。
节灯妩媚花千树,疑似天庭北斗关。

七律·咏昙花

身如西子洁如宾,鹤立堂前分外亲。
更漏含辛初出阁,门庭若市守清贫。
寻芳墨客花前醉,觅句骚朋韵味醇。
叶下童贞心似玉,闻香一刻值千银。

七律·南城赏荷花

门庭若市赏桃源,文化礼堂栏目鲜。
作赋吟诗歌盛世,挥毫泼墨颂尧天。
男欢女爱健身舞,戏曲京胡笑口连。
绿叶红花塘坎艳,婷婷玉立水中仙。

七律·历史超强台风利奇马

急风暴雨利奇马,拔树毁房脾气野。
酷暑降温功负辜,石塘登陆祸根惹。
电停路北玉环城,水淹江南唐岭下。
党政军民总动员,齐心合力精神雅。

七绝·晨炼

东方发白日微红,曲径通幽九子枫。
沐露披霜人出汗,男欢女笑健身功。

七绝·九峰晚景

桃潭碧水兴悠悠,九子风光眼底收。
瑞塔凌云花月夜,飞蜂舞蝶画中游。

七绝·九峰美

九峰山上伴飞霞,胜过江南二月花。
曼舞轻歌成背景,诗情画意满琼涯。

七绝·沙堤春晓

沙堤古木万年松,烟雨桃花夹岸红。
倒影龙舟人自醉,欢声笑语乐融融。

章广财

笔名游子章。60有余,游子一生。少赣江,青军旅,中特区,老返乡。曾供职江西省机械工业厅和大型国企,长期外派主持工作。热爱文学诗词,作品出版入选《沧浪一路诗怀》《2018诗歌年鉴》《中国当代诗人佳作选》,并在和散见各网刊报章发表作品300余篇,现为《新时代诗典》签约诗人,中华诗词学会会员,江西省诗词学会会员,赣鄱文学副主编兼策划,大中华诗苑版主。

菩萨蛮·赞歼20(词林正韵)

扬眉利剑神鞭啸,歼机眨眼冲天绕。越岭电矛风,翻身火器龙。

妖魔云鬼叫,剑仗向天笑。虎翼佩张弓,龙吟展气虹。

菩萨蛮·运二战机（词林正韵）

雄姿焕发神州宝，风流一展云天皓。胖子梦蓝天，运兵强武坚。

冲宵驱逐扫，破雾云开早。磨砺战场烟，翱翔卫戍边。

菩萨蛮·兵哥（词林正韵）

青春热血披征路，戎装军旅辞乡渡。诗赋宋唐多，塞边大汉歌。

千峰云雪朵，万里关山锁。铁骨护山河，丹心士枕戈。

菩萨蛮·塞曲（词林正韵）

扬鞭策马西风地，安邦勇士沙场义。塞上鼓鸣晨，易寒风暴尘。

母亲明刺字，忠孝儿酬志。视死铁如真，捐躯报国身。

菩萨蛮·军魂（词林正韵）

古今血脉英雄汉，男儿守护边疆岸。南海起风云，塞边烽火闻。

霸凌天下乱，老鼠投其玩。锐气汉家军，扬眉剑鬼坟。

章国保

男，安徽枞阳县人。枞阳县诗词学会名誉会长，安徽太白楼诗词学会会长、编委会主任。安徽作家协会会员、解放军红叶诗社特邀编委，中华诗词学会理事，安徽省散文家协会理事。著有《横溪流韵》《军旅晨歌》诗文集。

青玉案·荆州首届中华诗人节

屈原故地诗人节，四海客、追思切。齐诵离骚情激越。汉江流韵，浪花飞迭，放眼吟旗猎。

榴红似火荆州热，秀水灵山白云洁。华夏声音环宇彻。曙光初照，艺林新叶，胜地人豪杰。

江城子·原玉奉和贺泽海吟长

春风拂柳细心搜。绿枝头，不言秋。雨脚斜丝，润物几曾休。正是花开颜色美，生嫩叶，怎知愁。

身临盛景复何求。纵情游，鸟声悠。太白诗仙，仰慕拒封候。老骥嘶风蹄奋起，歌未尽，再登楼！

踏莎行·贤弟奉命赴苏丹维和

万里征篷，一声命令，苏丹战乱谁平定？中华儿女勇担当，奉行大道声名正。

异域他乡，豺狼本性，时时洞察心明镜。浮云飞渡务从容，凯旋锣鼓全家庆！

长征故事歌（三首）
南乡子·九个炊事员

夜火灶通红，草地淤泥脚泡松。雪岭山高寒气袭，姜融。背负铜锅食味穷。

子弹似飞虫，勇士前沿腹早空。挑饭潜行如虎跃，无踪。震耳枪声伏草丛。

南乡子·七根火柴

暴雨冷风寒，草地迷蒙步履艰。树下声微人喘息，伤残。抖索伸摸硬纸团。

党证火柴干，数出根根点可燃。手指北方言欲语，无前！泪眼星光志愈坚。

南乡子·红军鞋

洒泪别乡亲，脚踏征途万里尘。大爷红军鞋送子，情真。地广山高尺寸分。

伤足急行军，厚底绵绵步履勤。大雪风刀寒刺骨，余温。弹击腰衔护主人。

章寒

安徽池州人,高中文化。自小喜爱唐诗宋词,2018年10月,踏入学写格律诗词的门槛,深入的体会到了格律之美。有200余首诗作发表在《龙风诗刊》《龙风文学》等。

五绝·鸟语花香
春到山清秀,林间鸟语欢。
闲观花妩媚,临境拓心宽。

七绝·咏牡丹
一任群芳斗妍开,天香自是最迟来。
洛阳城里花娇媚,国色无双霸玉台。

七绝·悬崖松
独霸峰崖傲九霄,寒来暑去把云撩。
风霜雪雨何须惧,我自依然石上器。

七律·春
人间四月百花开,柔柳如丝扑面来。
绿水涓流滋海宇,青山翠垒映云台。
东君慢把风光绕,细雨轻将媚色裁。
最爱炊烟欢肆意,时时总在梦中徊。

南乡子·最怕望乡关
最怕望乡关。魂醉清清碧水湾。但见春来烟柳岸。娇颜。一去何年才复还。
举酒泪潸潸。思断愁肠把梦删。景渐浓时情亦滥。潺潺。寂夜依然到故山。

章勤玲

安徽省巢湖市人。中国楹联学会会员,中华对联文化研究院研究员,《巢湖诗词》楹联之窗栏目责编。部分楹联作品被国内多处风景区镌刻采用。

初访半枝梅
雨后空蒙古苑萧,豪亭遥对墨枝条。
东君更唤梅花发,隐约香腮浅露娇。

题半枝梅
清姿拥雪小园开,玉蝶何年醉月台?
应是千秋思故主,半枝璀璨半枝衰。

鹧鸪天·过天门山
雨后春山着嫩黄,寻幽问古上西梁。烟波浩淼群舟过,峻岭葱茏孤鸟翔。
观胜景,沐新凉,闲聊逸事感沧桑。白驹过隙千年后,待我从容过大江。

青玉案·秋日语卿卿
长空澄碧云闲定,更怜那、秋波净。欲与檀郎邮画景:小桥流水,红莲开镜。桂子飞香埂。
恍然昨又登南岭,执手花前漫憧憬。谁遣鸿归惊梦醒!玉轮如洗,疏枝摇冷,阁上风撩影。

虞美人·淮阴怀古
当年失意淮阴道,奇辱凭谁笑。飞骢月下踏清风,应是萧公策马、挽枭雄。
中原逐鹿烽烟起,向背随君意。枉怀良策万千条,何不三分天下、自逍遥?

虞美人·淮阴怀古
登坛挂印三军妒,义士青云路。中原征战转乾坤,垓下楚歌史上、几回闻?
萧公慧眼将军起,叱咤风云戏。一漂尤是记分明,怎肯通豨负了、汉王情?

章长茅

男,湖北襄阳人,1961年出生,汉族,

湖北诗词学会会员,酷爱文学,尤喜诗词创作,喜周游于山水,怡情于田园,用文字记录自己的故事,先后在"中央人民广播电台"、"湖北诗词","襄水曲",《党员生活》《湖北日报》"湖北人民广播电台",《襄阳日报》,"襄阳人民广播电台"等发表作品。

七绝·人间仙境凤凰山
驱车峦岭纵盘旋,古树参天薄雾间。
世外桃源何处在,人间仙境凤凰山。

七绝·求符
烈日晴空似火烧,田禾久旱已枯焦。
龙宫敖广今何在,收到求符速灌苗。

七绝·夏夜听说书
槐荫树下好乘凉,听罢貂蝉品十娘。
薄命红颜摧世泪,传奇故事伴星光。

七绝·老乡
茫茫人海各西东,异地街头喜在逢。
往事如烟催泪下,邀杯对饮不言中。

七绝·六月
无奈观天井里蛙,云蒸地炕汗桑拿。
人人避暑山中去,独我敲诗伴晚霞。

七绝·第八十二难
八戒今朝遭劫难,横尸遍野命西天。
经书虽取猪瘟至,可惜孙儿上学钱。

七绝·六一随笔
尚忆儿时添雅趣,捉虾摸蟹下村溪。
光阴已过年花甲,兴与吾孙捏土泥。

七绝·垂钓有感
春池水满泛柔光,独钓滩头醉夕阳。
敢问龙王知吾意,三杆入篓好还乡。

樟林虹彩

原名黄能鑫,自由职业。业余爱好诗词的学习和写作。经常在诗词吾爱网和中国知青网上发表诗词作品,兼中国知青网诗词联赋版主。

沁园春·秋(新韵)
碧水长空,日暖风和,凤彩云悠。庆七十华诞,豪英聚会,杰音寰海,瑞英涵楼。丝路扬尘,港珠化雨,万类霜天争自由。心铭感,看苍毛生百姓,乐道神州。

西方骤起鹬鸠,听鹤唳,际涯嚣怨尤。任飒萧澎湃,铁衣金甲,成群结队,拥众罴貅。自信坚强,荣枯淡定,凛肃中原丰报秋。昆仑梦,正阴阳酝酿,赠美遗欧!

满庭芳·嘉顿小镇(新韵)
趣趣莺声,参差绿树,晨风细雨朦胧。花园小镇,耸错落楼层。静谧鼾鸣入耳,萦怀里,碧水双泓。亭台巧,幽幽曲径,漫步忆行踪。

昔升学梦瘁,离家少小,插队归农。酒青春,知音稚气相逢。笑语田园劳累,互嘉勉,暂慰飘零。重相遇,山河依旧,夕照晚风中。

注:嘉顿小镇是汕头市的一处居民小区。

念奴娇·七秩赋(新韵)
高原浚谷,列车奔远界,丝绸之路。秋色玉关霞满道,亮气豪风争度。西域扬尘,北峰载雪,彩带昆仑舞。普天同庆,建国七秩感赋!

海阔天佑帆悬,越洋欧美,穿破弥蒙雾。劈浪伏波深涉险,商贸乱局离谱。浊混横流,惊涛动魄,激起湍潮怒。军师谈笑,周郎通阅今古。

忆秦娥·立秋(新韵)

秋声赋,欧阳预感闻来处。闻来处,告知童子,气严神肃。

飘零人世忧思附,劳形竭智荣枯数。荣枯数,苍凉郁闷,醉翁何苦?

宴清都·黄河(新韵)

万古黄河颂,高原起,越巴山过秦岭。冰凝玉柱,洪冲水泻,润泽千顷。蜿蜒九曲迷人,展姿色、晚霞艳影。转徘徊,秀丽婀娜,柔肠绕道多省。

几经窄路相逢,飞流直下,激扬奋涌,涛声震荡,啸呼撒野,怒奔追竞。自然完美相配,大桥区、母亲庆幸。养育情,儿女欢歌,神奇妙境!

七律·藕色(新韵)

雾释芙蓉沁溢香,风吹绿浦舞霓裳。
蝴蝶恋慕秋波润,锦鲤嬉游志趣狂。
旷野闲情聊远景,蓝天惬意护安祥。
村居笑语蛙声伴,藕色娇姿妩媚藏。

七律·聊天(新韵)

触景依稀步屡匆,约期绮粲玉桥逢。
心潮涌浪敲边岸,话绪聊天叙旧情。
喜鹊星河谆挚爱,微风盛景表真诚。
神仙阅尽青山色,赞誉人间胜帝庭!

七绝·港珠澳大桥(新韵)

百年理想亮灯途,绚丽辉光带港珠。
焰火腾空托澳梦,桥梁隧道岛连孤。

赵安民

1965年生于湖南,祖籍江西。中国书籍出版社副总编辑,中华诗词学会理事,诗词作品及诗词评论散见于报刊和选集。

五律·台湾行

一样诗经籽,分开两岸花。
同根同沃土,雅韵绽奇葩。
禹甸山河壮,神州儿女佳。
弦歌传海峡,乐土是中华。

五律·台北瀛社诗学会两岸诗人雅集

初冬到台北,雨后已天晴。
此享鹏飞境,兼怀海晏情。
台遗环水碧,湾带古榕清。
瀛岛诗人会,神州弦诵声。

鹧鸪天·台南赤崁城遗址

四百年轮几树霜?当年赤崁几条枪?那些故事能忘却?旧影唯存这断墙。

云聚散,月匆忙。后来城堡驻文昌。铿然坠落菩提叶,又是秋风片片凉。

清平乐·台湾印象

台湾虽小,岛上风光好。往事辉煌妈祖庙。弥望椰风缥缈。

台南榕老菩提,台中夜画云霓,台北雨楼林立,三台历数传奇。

赵斌

男,网名北极方舟,1977年12月31日出生,辽宁省彰武县人。1996年毕业后回家务农,热爱诗词。2011年加入彰武县诗词学会,现任彰武县诗词学会副秘书长。作品曾在《中国诗词月刊》《澳门市民日报》《中国诗赋》《诗国》《诗潮》《辽海诗词》《九州诗词》《阜新诗词》《彰武诗词》上发表。

鹧鸪天·落花

许是东风半日闲,落红满地惹人怜。

寻香彩蝶香为翅,摄影伊人影入篇。
情脉脉,意绵绵。吟怀激兴悦心田。
拈来几片烹残酒,遥寄来年春满园。

鹧鸪天·农家院
时近金秋收获忙,千家万户喜洋洋。
干柴土灶农家菜,嘉果鲜瓜美味粮。
枫叶艳,桂花香。东篱白菊笑斜阳。
清茶老酒题诗意,特色丰餐待客尝。

鹧鸪天·祭母
霹雳惊魂一瞬间,难留慈母度颐年。
情怀切切长相忆,泪水涟涟却不眠。
追往事,痛心肝。羔羊跪乳报恩难。
未曾尽孝尤为恨,忌日思怀在眼前。

鹧鸪天·冬日祭母
霹雳惊魂一瞬间,天堂邀母度颐年。
情怀切切留长忆,泪水涟涟惹不眠。
追往事,痛心肝。时时睹物对谁言。
未曾尽孝尤为恨,跪乳羔羊再报难。

鹧鸪天·乡村见闻
递瓦搬砖新砌墙,街坊邻里有帮忙。
勾灰抹缝人人快,倒水端茶事事祥。
酒涌沫,味飘香,欢声笑语震房梁。
山村悬起冰轮月,野径归家照醉郎。

鹧鸪天·大黑山采石厂
石厂携君信步游,无边盛景眼前收。
两坡绿树风吹叶,十里料车载压牛。
忆往事,看今秋。机声阵阵引回眸。
移山垫路新篇谱,赞我家乡美梦悠。

鹧鸪天·再婚难
寡久独居几度春,如今幸有意中人。
堂哥欲取三分利,好友欣求几两银。

儿不孝,女同浑,贪图遗产论瓜分。
难思举案齐眉日,只好孤灯寂寞身。

鹧鸪天·伏旱
万顷蔫禾一地愁,伏天无雨润田丘。
河流大小沙浮白,陌岭高低风卷忧。
民祈盼,泪盈眸,神龙可许赐丰收。
山区饮水成难事,半碗泥浆暂润喉。

鹧鸪天·草原行(新韵)
万里云霞醉晴空,无边秀色漾心旌。
催鞭斗胆跨神马,激兴驱车奔远程。
游客醉,诗意浓。敖包几处百灵鸣,
端茶倒水迎宾客。一曲情歌蒙古风。

鹧鸪天·淡泊
不羡荣华富贵翁,闲看柳绿与花红。
三杯薄酒凭谁醉,一阕新词赋韵浓。
无窘迫,自从容。云烟过眼尽为空,
他人嗤笑随他去,袖拂红尘四季风。

鹧鸪天·浇地
苗草枯黄点欲燃,良田龟裂倍心酸。
钻探打井排民虑,灌溉争时解众难。
连五岭,纳千泉。潺潺流水荡清涟。
追肥封垄思秋色,乡下耕农不惧天。

鹧鸪天·患病
一觉醒来头发昏,四肢无力眼无神。
悬瓶输液欲驱病,火灌针炙盼起身。
胸口闷,汗珠频。发烧流涕若碳熏。
专家可有良方献?还我逍遥快乐人。

鹧鸪天·某些手机控
整日低头玩手机,神游网络梦痴迷。
忧嗔喜怒时难弃,坐卧言行手不离。
胡话扯,恋情移。羊皮脱掉见狼皮。

身财两失才知悔,再莫长宵闲话题。

鹧鸪天·父亲(新韵)

霜鬓言拙老父亲,时常梦里会相寻。
撑家扛起千斤担,教子持横一片心。
　　仁爱重,挚情真。今逢佳节酒来斟。
眼前不见蹒跚影,来世重承再报恩。

鹧鸪天·夏日重耕

布谷声声又催耕,簪苗补豆垄中行。
铁牛一曲泥香韵,碧野三川诗意萌。
　　犁日影,映霞明。禾田万亩待青青。
抢墒下种沾湿露,但愿丰年润锦城。

鹧鸪天·雨

一夜缠绵荡世尘,蔫禾绿垅焕然新。
清风净意神情悦,豪雨消愁笑语频。
　　花润泽,叶生津。骚人挥笔又逢春。
轻匀点墨悠然乐,酷暑驱离沐紫茵。

鹧鸪天·国华采摘园

绿绕红围众口夸,初收微雨润青麻。
攀枝摘果触朝露,作赋吟诗醉晚霞。
　　风度柳,柳穿花。一怀幽绪远天涯。
狂呼醉饮杯中酒,早把他乡作我家。

鹧鸪天·赞董福财(新韵)

誓把乡村路畅通,斗沙撑起绿围屏。
魂牵百姓留青史,爱洒荒丘建大功。
　　方寸土,一生情,清风两袖显忠诚。
爱民书记民拥戴,皓月冰心向碧空。

鹧鸪天·重阳

秋色盈眸诗韵佳,重阳新绽旧黄花。
醇醇冽酒陶闲绪,袅袅清音送远霞。
　　挥墨笔,诉无邪。铺陈佳句好生花。
未因岁老而心老,其乐悠悠岂复加!

鹧鸪天·贺《落花时节又逢君》付梓

文海行舟几度春,落花时节遇诸君。
词斟佳品余香盛,墨润情怀寄意新。
　　召雅客,聚骚人,平平仄仄寄红尘。
今朝执笔传神韵,再赋新章耀社群。

鹧鸪天·观国庆阅兵感怀

猎猎军旗映日红,国强民富运兴隆。
银鹰列阵凭身手,铁甲生辉好纵横。
　　扬浩气,树新风,今朝亮剑啸长空。
精神抖擞军威振,傲立东方一俊雄。

赵桂云

哈尔滨市香坊区政府机关干部。中共党员,大学文化。《中华诗词论坛》二龙山诗社版主。曾任中学语文教师。《哈尔滨日报》《晚报》《晨报》发表过诗歌、散文。宾州诗词协会会员,哈尔滨《南图诗社》社员,在《读者诗刊》《丁香集》《宾州诗词》等多家刊物发表诗词、散文等作品。

七律·春光曲

晓旭云波赤锦天,稻池如镜万畦连。
青山绕水白杨远,紫燕飞莺绿柳绵。
农妇弯腰铺翡翠,耕人扶耒语林间。
舒眸画卷春光里,喜满田家诗满笺。

七律·港珠澳大桥

伶仃洋里叹伶仃,浩海蛟龙卧彩虹。
壮丽雄姿超世界,辛酸伟志憾时空。
丰碑骄送云中月,奇迹傲迎天外鸿。
九域腾飞桥路带,霞光晓旭更峥嵘。

七律·北戴河海滨

轰鸣卷浪涌银沙,日落苍天簇锦霞。
浩渺烟波升紫雾,阑珊夜幕降琼纱。
云霄变幻任思顺,山海沧桑莫叹嗟。

难驻昭年流水逝，永恒宇宙放光华。

绝句三首·江海情怀

（一）海底隧道
浩瀚龙宫霓闪烁，今朝海底走一程。
博鳌盛会车流过，任尔东西南北风。

（二）海边儿童
髫龄已晓波涛性，踏浪掬沙海里冲。
万道斜阳金潋滟，光臀霞映脸绯红。

（三）漓江唱晚
霞染竹筏蓑笠翁，鸬鹚飞跃篓丰盈。
一篙点起一江笑，水色山光画卷中。

苏幕遮·文化湿地公园
（晏殊体·词林正韵）

苇铺菱，荷隐鹭。凭栈舒瞳，镜云山树。剧院翠遮飞白鹭。芳草骄阳，天水留情趣。

噪蝉歇，栖雁慕，菊灿盈坡，曲榭蜿蜒渡。暖帐人欣佳宴驻。笑语欢歌尽享黄花数。

破阵子·太阳岛风情
（晏殊体·词林正韵）

岛茂林荫鸟啭，池清蒲郁莲红。柳翠长堤千万树，花艳金亭三五篷。鹤翔银瀑隆。

避暑趋庭水榭，乘凉移步泉冲。舞调歌腔同野馔，画舫携游杏雨风。胸中吐万虹。

赵海强

赵海强，男，笔名海味人声，中共党员，辽宁大连人。现为中华诗词研究会会员，大连诗刊编辑，自大学时组建文学社团，诗词作品在多家报纸杂志微刊发表。

五律·咏白云
生来无俗骨，天地不相争。
本质明中洁，姿容润里清。
浮沉凭气度，舒卷任风情。
飘渺何其似，虚形复有行。

五律·自嘲
生来无媚趣，半世少低颜。
独处尘音渺，偏居俗事闲。
暮蝉敲瓮牖，篱鹨叩房山。
举案常三尺，无妨鬓发斑。

五律·夜泊长江口
岸线随波涌，潮声月里来。
星稀天海阔，风起雾江开。
船影分灯市，锚钟响落桅。
归人千顷梦，今夜上层台。

五律·端午吟
岁岁有端阳，家家艾粽香。
雄黄祛病酒，彩线辟邪妆。
竞渡龙舟赛，同吟屈子章。
今人休假日，汨水又成殇。

七律·五四青年颂
青春热血鼓风雷，唤醒雄狮肝胆开。
外抗列强伸国耻，内除蛰贼恤民哀。
科文东渐驱迷雾，民主西循拒祸灾。
百载新生燃炬火，一朝无产起尘埃。

七律·无题
不为老穷愁断发，愿将冠冕换书田。
梅妻鹤子应无恙，水月冰花皆有缘。
绝谷空传云外信，离尘漫卷玉中烟。
操觚搦管消残日，摘藻扬芬送旧年。

七律·念亲恩
梦中常唤慈音杳,醒坐惊魂泪不休。
一载病躯陪炕榻,八年宿草守荒丘。
深恩徒惹千行悔,余恨难遮百岁羞。
圆月已随秋意老,红尘望断几回眸。

七律·暮春湖居
碧水闲池不胜春,风吹万皱似愁人。
落花纷去枝难挽,垂柳丝牵干未伸。
杯尽几时空倒玉,燕飞何处自鸣晨。
莫怜独夜灯前影,为怕销魂惜此身。

赵海荣

笔名逸涵,号圙山居士,男,江苏省丹徒县人。硕士研究生,当代军旅诗人。中华诗词学会会员、中国诗歌学会会员、中华诗词家协会理事、厦门市作家协会会员,厦门市诗词学会会员。著有《心海拾玑》《心海泛舟》《心海潮涌》诗词集。

菩萨蛮·元夕
恍然元夜今来早,星河如昼街喧闹。锦鲫跃瑶池,玉龙舞逸姿。
笙欢安厌倦,童趣犹徊旋。灯火照孤鸾,与谁共婵娟?

卜算子·咏三角梅
凌寒随风袅,灼灼艳红俏。欲接青黄和粉黛,映我枝头娆。
独领百花骚,傲绽园林角。懒与丹霞争荣宠,敢叫春来早。

采桑子·室雅
邀来明月移宫阙。树下灯前,室雅茶研。一抹檀心花样年。
南音犹伴羲皇奏,晚鹭翩跹,指吹珠钿。得得天工炫九天。

水仙子·戊戌冬夜寄儿
烟笼天竺漫飞云,几梦青鸾逐红尘。伴君昨日犹凝铼。秋风一品醺。
俱为魂恋黉门。驹趋瘦,袖直皴,如此怜人。

卜算子·花好月圆夜
可爱此时辰,可爱颜儿俏。可爱莺喃徊耳边,不绝清音绕。
恰是小花仙,恰是青鸾鸟。恰是情深两相随,不愿时光老。

长相思·忆苍山洱海
近亦山,远亦山,漫卷清澜接宇寰。一醉云水间。
来也缘,去也缘,几梦魂依不思还。何妨遗忘年。

江城子·戊戌年初二携儿登临山
谁谙游子断愁肠,水泱泱,路茫茫。几梦归来,今觅好时光。戎马生涯三十载,何曾惮,冽风飚。
惟嗟岁月薄情霜,塔戕凉,草镶黄。执铁扬鞭,步履更铿锵。但得长风驱骇浪,期予汝,俏英郎。

沁园春·品紫砂工艺大师路朔良作品感赋
阳羡溪山,毗水通衢,史脉陶都。溯隋唐工艺,中兴不绝;舜尧化土,大匠堪殊。时序轮回,弄潮竞渡,无限风光在紫壶。踵先法,朔鼓开新路,何惧荣枯。
瑶章邀凤栖梧。阅良作,抖零万斛珠。有汉钟横竹,云龙纹鼎;井栏八卦,山野乡庐。典制浑天,火泥精淬,妙手春秋与梦俱。今有寄,秉丹心之素,一品高孤。

赵宏

安徽省铜陵市人。在全国诗词、书法大赛中多次获奖，曾荣获"中华杰出功勋书画家"等称号。有作品发表于《凤凰诗社》《北京西山诗刊》《仲夏诗刊》《五松山诗词》等报刊和网络平台上，共发表诗词300余首。

七律·狮子山（平水韵）
啸傲风云气势昂，形如狮状卧苍茫。
山巅笼雾灵芝艳，岫壑浮云涧水长。
玉鼎香烟腾紫气，禅宗古刹耀祥光。
奇石无语神姿壮，岁月多情史迹煌。

七律·寒山寺（中华新韵）
秋江碧水漾祥光，古刹寒山显炜煌。
老树森森生梵境，檀烟袅袅绕佛堂。
高僧建寺千秋颂，张继吟诗万载扬。
暮鼓禅音传岁月，晨钟浩荡彻苍茫。

七律·十里长冲（中华新韵）
长冲十里披新绿，崿嶂高坡沐锦霞。
玉树参天生雅境，繁花漫岭吐光华。
嶙峋突兀擎穹昊，秀水垂帘挂壁崖。
涧底溪流灵气动，山间竹海景幽佳。

七绝·扬州何园（中华新韵）
复道回廊幽雅意，山庄锦绣百花馨。
琼楼碧苑仙家境，水榭叠峰瑞气氤。

卜算子·重阳节感怀（中华新韵）
菊月好秋光，气爽浮云淡。枫叶如丹桂子香，仰首观飞雁。

把酒醉登高，更喜茱萸艳。今又重阳我放怀，敬老情无限。

七律·城中植物园（平水韵）
城中翠圃华芳景，满目生机淑气扬。
碧水粼粼腾细浪，繁花簇簇散幽香。
林涛阵阵传佳韵，草色茵茵沁腑肠。
雅境清新凝画意，人欢鸟啭颂荣昌。

七绝·石梁夜月（中华新韵）
中秋沪上夜光韶，众去石梁雅兴高。
仰望长空悬宝镜，低头赏影吻波涛。

注释：中秋夜出游赏月，上海人叫"走月亮"，或"串月"。老上海人都喜欢到小东门外陆家石桥，观赏桥下水中的皎月，这就是所谓的"石梁夜月"，沪城八景之一。

赵洪

现居黑龙江省哈尔滨市，自幼热爱中华古诗词，原创作品近百首。散见于诗歌网站及各大论坛。

渔家傲·初秋（词林正韵 第八部）
叶草凝霜霜来早。风吹芦苇荡呼啸。草甸惊飞双雉鸟。咯咯叫。袅袅炊烟环缭绕。

日落西山天暮杳。寒鸦树梢窝边跳。水稻田边长蒿草。池埂道。拌摔同伴难堪笑。

鹧鸪天·北国萌春（词林正韵 第二部）
暮雪消融隐酷装。春风吹过抚沧桑。江南已是花芳季，塞北依然枯草黄。

日渐暖，夜还凉。柳梢萌绿秀枝长。抬头寻望归鸿影，展翅翱翔返故乡。

鹊桥仙·七夕（词林正韵 第十六部）
夜空仰望，繁星璀璨，翔转翻飞灵鹊。搭桥彩羽跨天河，佳期至、娇羞柔绰。

神鸡啼晓，良宵短暂，欢爱已然成昨。依依不舍泪婆娑，遥相望、又回落寞。

喝火令·女儿红

自酿琼浆酒，封坛桂下藏。小囡临世颂情长。如父掌中珍宝，怜爱胜肝肠。

岁月如梭逝，娇容闭月芳。乘龙贤婿亦佳郎。不舍分离，不舍别情伤。不舍泪花盈眶，把盏祝荣昌。

赵继文

黑龙江省依安县人，依安县解放乡林业站干部。自幼爱好文学，80年代开始写诗，诗歌继而诗词，写诗词继而收藏奇石，因石成诗相映成趣。现为齐齐哈尔诗词楹联家协会会员，依安县诗词协会会员。作品发表于《龙沙诗词》《鹤城晚报》《大森林文学》及《乌裕尔河随想》等报刊、文集。

桃花石
一见倾心往世缘，瑶池照影玉生烟。
巫山云雨来荆楚，回看春风忆万年。

蒲公英
蒲公究竟何人氏，莫是聊斋志异师？
应信东君舒妙手，春风荡漾万千枝。

赞乌裕尔河河冲玛瑙
一道清流曲自东，携香带绿到扎龙。
我家乌裕河边住，水润山滋玛瑙红！

嫩江情
无心探看惯相知，石趣天然入眼时。
不倦清流舒最爱，刻刀岁月任由之。

致友人
君怀故事未蒙尘，塞北沧州远隔身。
心热欲来冰雪岸，深深一碗嫩江春。

赵家骏

男，汉族，1953年3月生，滕州市程堂村人，高中毕业，农民。现为中华诗词学会会员、枣庄市诗词学会理事、滕州市诗词联赋协会副会长。曾荣获第二届跟着古诗词去旅行岳阳楼诗词大赛金奖，第十二届、十三届"天籁杯"中华诗词大赛银奖等奖项。

七绝·航空母舰
浩渺烟波踏浪巡，红旗猎猎剑头春。
战机织就天罗网，不叫人间起魅尘。

七绝·高铁二首
其一
裹风挟电走飞龙，长路谁人有倦容？
朝别京华玉河雪，羊城午卧白云钟。

其二
紫陌云山笛有痕，晚霞万缕出京门。
敦煌亲友稍相待，不误炉前酒半温。

五律·山庄
疏篱围小院，石级印苍苔。
山路溯溪出，野花随意开。
瀑喧重壑静，云歇乱峰来。
击瓮狂歌发，新诗邀客裁。

五律·早春
春脚悄无形，乘帆过洞庭。
杏初和露白，山已入帘青。
雁鼓风前力，犊摇林下铃。
应知玉楼上，纤手绘梅瓶。

七律·纪念"五四运动"100周年
国势衰微近百年，狼窥虎伺外交难。
公侯甘作羔羊戏，学子羞为卧榻安。
弱水百柔堪载棹，匹夫一怒亦冲冠。

江山非是私囊物,留取精神来者看。

七律·访贫感怀
日月煌煌照地红,歌楼雨屋两难融。
在陈休诩捉襟客,奔夜还愁四壁风。
只以毛长怜马瘦,应知志短出人穷。
蓝图谋画扶贫路,一笑寒门天下公。

七律·春思
不因今日愧当初,啼破青山闻鹧鸪。
蝶怯余寒花隔梦,香生细草雨如酥。
用情生怕美人恼,忌酒翻怜崎路孤。
老去廉颇尚能饭,一隅犹自恋莼鲈。

七律·中印边境对峙
卷地妖氛起海隅,刀光炮辙鬼模糊。
侵边踩线赖连日,夸战修壕逞武夫。
勿谓言之不预也,纵然犯远亦当诛。
青锋出鞘愧应晚,不吻头颅不返途。

更漏子
雨敲檐,风打户,梦里依稀旧路。宿酒醒,人难堪,披衣捲幕帘。

分钗处,离亭苦,不信他生轻许。一字字,一行行,红笺泪也凉。

清平乐
死生相许,多少痴儿女?雪月风花天也妒,几度连江风雨。

信他地老天荒,画楼人走茶凉。方怨黄莺惊梦,杜鹃又惹思量。

临江仙
映眼春山描黛,入帘芳草如茵。无边天地一番新。小城盘玉带,挑菜走罗裙。

犁锈呼朋吟赋,酒狂追月拿云。夜来风雨总牵魂。杏花肥与瘦,秉烛是何人?

赵江波

笔名江帆,网名蓝天哨鸽,现为河南诗歌学会会员,河南省作家协会会员。14岁始学写诗,先后在《人民日报》《诗刊》《星星诗刊》等诸多刊物发表诗歌、散文等600余首(篇),曾出版诗集《潇洒人生》《蓝天哨鸽》和散文诗集《十六岁的雨季》3本诗集,自编各种诗歌等文学作品集十余部。先后荣获各种荣誉表彰奖励多项。

浪淘沙·大美灵宝颂
颂道德千年,函谷雄关。轩辕黄帝铸鼎原。亚武山奇峰秀险,古木参天。

盼古虢明天,风正帆悬。市强民富享平安。中国金城优雅靓,名冠中原。

水调歌头·大美金城颂
冬雪漫函谷,露冷鼎原苍。静心思笃今古,唯道德名扬。驿栈红亭相望,把酒临风颂唱,宾至茗飘香。人杰地灵处,千载枣林芳。

寺河秀,枫叶爽,果山香。汉山雅韵,清寂千仞杜鹃芳。昔虢州三堂旺,二十一诗犹畅,九柏圣台荒。天宝物华境,万古虢州长。

浣溪沙·金城灵宝冬日暖阳
冬至金城银水沅,闲云野鹤淡霏烟。河堤漫步乘卿船。

残柳孤荷成画卷,琛灵杰宝绿延绵。骄阳冬暖碧云天。

临江仙·竹林古寺雪咏
竹林古寺风雪爽,听琴烹茗焚香。敲窗冰雨润禅房。静桐叶酷爽,清寂伴枝凉。

莲花圣山云无寂,风风雨雨长长。历

经千载尽沧桑,寺寒香不灭,冬雪孕春阳。

赵军超

生于1968年,平时在河南驻马店一乡里的石材厂打工,从事石材加工工作。因一直以来喜欢读书学习,爱好文学,所以平时忙里偷闲会写一些诗词给生活加点调味品。

五绝·豌豆

豌豆种在初冬,收在谷雨,比小麦的生长期缩短了好多。豌豆的生长期虽短,但人人爱吃。豌豆是贫穷年代,青黄不接时,最早能帮助人民解除饥饿的豆类作物。

出土凌冰雪,寒春苦筑营。
已知佳日少,结实不虚生。

石材切割工(新诗)

常年不出厂,酷似牛拉犁。
笼具身上戴,循规又按时。
终日机器伴,自由遥无期。
公司出货紧,工人忙疾驰。
搬山人觉乏,凿石心已疲。
体劳多吃饭,力亏贵知息。
双休他人过,节假少加资。
花开花又落,秋到秋又辞。
元宵从家出,小年灶新炊。
老亲经年忘,旧邻娶妇谁。
侄孙哪认我,愈叫愈远离。
和平无征战,打工因世治。
对镜惊鬓霜,岁向花甲移。

七律·过年回家

客路年年催白头,今逢佳节故乡留。
海青老屋成新栋,宝马奔驰替劲牛。
新妇稚童容面少,老邻旧眷亲情丢。
过年本是欢娱日,不说奔波四海愁。

七律·落叶

昨宵霜打一身单,飘陌度洋天外天。
命逐海潮常进退,运随风雨几沉颠。
残躯有意栖桑梓,薄主无心留旧员。
体化土泥融大地,情归世界淡云烟。

六言·我的理想

门前小圃花开,酒饮东倒西歪。
醉里且贪欢笑,误了春种夏栽。
琼浆浸饱肉胎,尽人为我悲哀。
金银权势前途,懒于计较安排。

赵立君

网名清河胜利。河北清河人。中华诗词学会会员。诗词见于《新时代诗典》《辽宁诗界》《长江诗歌报》《中国诗歌报》等。

五律·祭张祜

卿系云中鹤,奈何惊帝阍。
吟诗空显志,报国更无门。
风雨归山路,松篁钓月魂。
泉台心莫怅,故里酹清樽。

五律·己亥孟春访族兄暨诗友

乘风三十里,访友醉家林。
席上甘丰味,庭中旷达心。
兰言似春雨,健笔遇知音。
若许长相聚,何辞衢巷深。

七绝·烟柳

千丝萌绿万丝黄,半掩村桥半荡扬。
攀折一枝无寄处,春烟十里笼他乡。

七绝·题包公祠

荷清庭院竹幽台,如织游人久久徊。
借问虬檐护灵鸟,知谁为效此公来?

七律·大暑戏作

烈日炎炎似火流,烧干街巷烤干沟。
垂枝列树叹无雨,卖力空调喘若牛。
每羡风扬于阃外,何堪温降在心头。
银河浪里诸神佛,可晓凡人眼望秋?

七律·己亥庚午十二日登天下第一关

京师锁钥沐红阳,迤逦如龙山海旁。
迭岭千年亘天地,惊涛万里演沧桑。
几多断壁无言诉,不尽英魂遗恨长。
请看今朝新赤县,岂容胡马再凶狂。

渔家傲·人间可许春长驻

碧草如茵花掩路,盈盈蛱蝶随香舞。清澈小溪流晚渡。风几缕。悠悠柳笛穿芳树。

懒倚虹桥频四顾。眸中丽景勾闲趣。唤友浅斟云水处。轻笑语,人间可许春长驻。

临江仙·凝眺春湖

独立云亭凝眺,微风吹皱澄湖。环汀纤柳影疏疏。昔年明月在,今夜故人无。

思得棹中抵首,情丝缠绕屠苏。避羞鸣燕变他途。行灯惊别梦,清泪湿长襦。

赵立明

笔名笔耘,生于1950年4月,湖南湘潭市人,文化程度大专。2017年开始作诗。2017年获"炎黄杯"金奖,"伟人颂中国梦"三等奖及美丽河北诗词大赛优秀奖。2018年8月获第十五届天籁杯精英奖,2018年10月获诗词荣耀征文一等奖。2019年3月获中国当代汉诗精选铜奖。2019年6月获第六届中外诗歌邀请赛一等奖。

七绝·荷藕(新韵)

花红叶绿两相连,各自开合互不粘。
唯有玲珑相爱恋,身形虽断把丝牵。

七绝·限高架(新韵)

一架桀横怒眼睁,欲行先把傲身弓。
犹及武大高三寸,须效韩公跨下行。

注:韩公指韩信

七绝·咏桃花(新韵)

春雨撩情最摄魂,娇娆媚骨秀南秦。
一园绛色羞竹影,满树桃诗黛玉吟。

七绝·秋千少女(新韵)

秋千打兴罗裙起,曳露春光未觉知。
见客入来急坠地,低眉暗觑瞟宾师。

七律·清明(新韵)

杜宇声声唤雨淫,梨花柳絮泪满襟。
肩帚荷香归故里,低眉怀敬叩亲人。
追思父母操心虑,遥忆儿孙绕手欣。
不忘高堂承育义,应学青鸟跪伏恩。

注:青鸟指羊

赵莉勤

女,茂名南天诗社社员。网名岁月如诗,河南省平顶山市人。1954年出生,大专学历。热爱文学,情衷诗词,作品常见于诸多纸质刊物及微刊。

五绝·晚赋

素笺轻泚笔,冷暖润华章。
竹影摇新月,清风入草堂。

五律·夏游白龟湖随感

湖畔柳藏莺,莲池翠盖盈。
波光随鹤舞,溪影伴蛙鸣。
曲苑寻新句,栈桥诉衷情。
吟怀模雅客,逸趣韵躬耕。

七绝·菊花桃

桃菊逢春亮媚姿,引来蜂蝶绕丹枝。
惊闻青帝黄巢代,任点秋芳跨季奇。

七律·丁群周年有贺

徜徉韵海拜无门,庆幸微刊遇圣尊。
晚学觅词开睿智,高师雅正启灵根。
吟哦唱和思惟影,曲赋词歌意有魂。
得益众朋同笔砚,书香润我感君恩。

天仙子·雪

六角凌花天地舞,玉山平野琼林路。光摇银海隐霾尘,寒起处,暗香吐,得趣入诗长韵赋。

蝶恋花·夏日随感

碧水含烟莺婉啭。漫步平湖,携手兰亭苑。鱼影弄荷虾戏岸,嘁蝉鸣柳鸥寻伴。

莫道余晖尤可绚,霜染青丝,对镜常嗟叹。岁序轮回难再挽,芳华已逝童心勉。

唐多令·童年趣事

春暖草青香,采花追蝶忙。野杏酸、塞满兜囊。也学鹤群同步舞,芦苇荡、鸟惊翔。

水戏波浪,越篱沙果尝。柳笛鸣、歌咏飞扬。树影婆娑摇旧忆,昔羊角、鬓成霜。

八声甘州·中秋夜抒怀

看高悬玉镜印苍穹,蟾光洗珍畴。喜人天同乐,清晖疏影,把酒金秋。
四海吟觞共赏,瑶瑟笛声留。菊桂香飘溢,逸兴难休。
逝水时光梦远,问经年旧事,笑靥回眸。忆如诗岁月,唱和韵长流。
愿屏前、谈今怀古,墨润心、杏苑最能麻。奚囊句,付仙槎去,方解君忧。

赵联锋

曾用名赵力,微信名六健,70 后,西安人,古诗词爱好者,中国诗歌网认证诗人,军旅生涯十三载,当过武警、解放军,曾在部队从事新闻宣传工作,荣立过个人三等功、集体三等功,喜欢体育、旅游、下棋、写作等。2016 年 5 月开始涉足古诗词写作,倡导文从心生,遵从格律,更喜欢意境的高深发挥。

理想:万水千山欲踏遍,再塑华夏新诗篇。

五绝·北国风光

江南依旧翠,塞北雪花飘。
万里长城舞,千山万木萧。

五绝·咏梅

冰霜傲骨存,雪中映乾坤。
佳客寻香到,游人不设门。

五律·乞巧

人生活百年,一世伴姻缘。
喜鹊飞桥架,鸳鸯倩影连。
夫妻同皎洁,佳偶共婵娟。
美景三生梦,良辰七夕圆。

五律·纪念周总理诞辰 120 周年

— 1594 —

甘愿做孺牛，全心考虑周。
雄才平华夏，伟略定神州。
天下慈悲治，人民福利谋。
贤良传万代，世界誉千秋。

七绝·雨境

昨日黄沙洒满天，今朝细雨泪涟涟。
尘霾除去南山亮，花净幽香现眼前。

七绝·有感乞巧

七夕银河架鹊桥，牛郎织女会今宵。
流传千古真情爱，天上人间路不遥。

七律·纪念周总理诞辰120周年

戊戌年生变革新，才思觉悟起天津。
一身正气神州定，两袖清风华夏真。
忧国忧民平乱世，全心全意为人民。
非凡成就青春度，岁月苍茫又一轮。

七律·爸爸节

父亲自古总慈祥，行孝贤儿不可忘。
一世心中怀远路，三生额外恋家乡。
植栽松柏思长寿，佩戴玫瑰祝健康。
万代江山言实道，百年勤活勿空场。

菩萨蛮·春雨降惊蛰

斜风细雨春雷响，依依杨柳随风荡。
烟雨映平湖，九州现复苏。桃花依旧绽，
人面玉珠串。泪眼湿栏杆，杏枝惊蛰寒。

【双调】海棠春·纪念周总理诞辰120周年

江淮神地人才佼。生乱世、烽烟惊扰。欧日智谋求，回国恩情报。
一生两袖清风照。国家定、身心累倒。待放海棠花，总理何时到。

赵琳

山西灵石人，山西省作家协会会员，中华诗词学会会员。热爱文学，尤喜古典诗词。近年来，有诗歌、散文、文学评论发表于《当代诗人》《并州诗汇》《光线诗刊》《河南科技报》《九州诗文》《神州印象》《乡土文学》《晋中日报》《文化晋中》《汾河》等报刊。

七绝·咏乔家大院（五首）

一

福种琅嬛凤鹊栖，一枝九蔓兆灵犀。
休言三世铅华尽，赫赫煌煌复盛兮。

二

大智儒商道义行，汇通天下列钟鸣。
盛德浩荡神灵佑，双喜翩翩瑞彩呈。

三

敦品绳德慕古风，兰馨桂馥耀华庭。
雕梁画栋今犹在，不愧民间紫禁城。

四

叠院重楼依势建，纤柔繁密匠心裁。
盈门宾客喷喷叹，满目琳琅映绿苔。

五

梯云筛月墨芭蕉，书画琴棋古韵飘。
高挂红灯何熠熠，巾帼翘楚领风骚。

七绝·咏昭馀古城（三首）

一

瞻凤挹汾盈紫气，拱辰凭麓霭祥云。
太和帝赐乌纱帽，朗朗清明又一春。

二

乔渠两院堪双壁，明韵清风古色香。

雨雪飘摇秋几度,簪缨诗礼满庭芳。

三
昭馀古邑始春秋,毓秀钟灵墨客稠。
雅聚丹枫抒逸趣,松间明月涧石流。

赵萝芙

笔名萝芙菊子。上海作家协会会员,中华诗词学会会员。出版诗集《传说中的女子》、古诗词集《莲鹤》、长篇儿童文学《蕊菲花开》等。多次获奖,作品散见国内外各刊物。

五律·芙蓉
茫茫天与地,静静碧湖闱。
朵朵高枝举,圈圈玉扇依。
清神千客转,雅韵万心归。
卿本天神属,亲洲济洁辉。

七律·蜡梅
薄冰冻雪欺黄瓣,更在山寒气冷时。
蜡蕊惊心留善睐,娴香傲世竖琼姿。
洛神慕踱凌波步,清照忧思婉转词。
看破尘寰多巧佞,三生只恋此清枝。

七绝·立冬
本已凡身常苦累,无端阴雨又连侵。
微身不惧严冬至,为有梅花一样心。

七绝·清明
人间四月芳菲满,天上蟾宫日夜寒。
岂只清明焚桂麝?梦魂常探外婆颜。

七绝·美人
唇晕娇红香益远,琼琚滴水发清音。
林间仙鹤云裳白,贵有梅花一样心。

雨霖铃(词林正韵)
常流悲泪,恸怀慈祖,梦里寻址。华衣玉食无味,风和日暖,亲难欢会。懊悔蹉跎岁月,欠多少陪伺。叹地府、阴冷凄凉,日日孤单影憔悴。

此生倍受婆恩惠,夜深时,几度伤难已。游魂访遍河洛,忆笑貌,旧踪铭记。纵有辉煌,无甚开心,万张钱纸,又怎样?泪眼迷离,跪拜慈亲地。

清平乐(词林正韵)
雾多心冷,到处凄凉景。冒雨探梅游远岭,鞋湿依然乘兴。人间好梦无凭,寄身孤馆诗成。天予这般娇俏,幽情知为谁生。

鹊桥仙(词林正韵)
爱郎潇洒,银河缥缈,暮暮朝朝思念。佳期如梦恐难成。无限恨,泪流枕畔。

奴身典雅,篱栏幽古,幸有诗书相伴。清茶禅韵颂莲花,山林静,心声婉转。

赵鹏飞

1970年生,山西省朔州人,2012年开始发表诗词,至今共约300余首,2015年秋在省市组织"李林100年诗歌100首征文活动"中荣获优秀奖,2018年夏荣获"曦晟源"杯沙棘同题论坛全国诗歌散文大赛优秀奖,中华诗词学会会员。

七律·登雁门关
闲来乘兴上名楼,万里长城一望收。
嵩岳逶迤迷客眼,边墙雄伟诉春秋。
金风细细浑身爽,碧野苍苍林海稠。
摄下芳华留美念,吾同小友乐心头。

七律·长城

峻岭崇山腾巨龙，锁关扼要见峥嵘。
长驱大漠雄风壮，直捣边陲气宇宏。
饱受烽烟流血泪，传承历史写文明。
炎黄儿女精神柱，屹立东方万古荣。

七律·人生
人生在世路迢迢，历尽沧桑志更高。
少岁读书谋理想，青春创业战狂飙。
追求富贵荣华梦，躲避贫穷困苦壕。
君看滔滔东逝水，不拘名利自逍遥。

七律·窜房檐
漂泊半世窜房檐，少虑无忧不记年。
南北东西常运动，春秋冬夏总搬迁。
古闻地主扒皮净，今见房东讨债严。
宝马豪宅皆我欲，精神财富胜金钱。

七律·煤矿井下工
一脚飞开地狱门，敢潜十九二十层。
井中探险航煤海，地下钻山驰墨龙。
望眼机车轮滚滚，置身烟雨雾腾腾。
倍尝苦累浑不怕，笑把青春唱大风。

七律·回老宅
步入旧宅心涌潮，眼前模样一团糟。
破房烂栅坍塌院，断瓦残垣落顶窑。
传代家桑呈老态，丛生蒿草过腰高。
遍寻往事皆成梦，岁月无痕不可雕。

七律·岁末抒怀
光阴荏苒五十秋，大好青春空自流。
一事无成因懒惰，半生荒废尽闲游。
也读《水浒》乏其勇，常看《三国》缺尔谋。
又到年关花费日，油盐酱醋使人愁。

七律·也谈懒汉睡懒觉
黑地昏天窝里藏，甜甜蜜蜜醉黄粱。
懒腰懒腿懒筋骨，闲意闲情闲肚肠。
瞎浪费蓬勃锐气，白流逝宝贵时光。
闻鸡舞者生活美，福寿翻番快乐长。

赵强烨

男，茂名市南天诗社会员。研究生学历，政府部门工作，业余爱好文学、诗词创作。中华诗词学会会员，中华辞赋社会员；在《中华辞赋》《文史杂志》及诗词吾爱网等发表诗作。

鹊桥仙·相思（词林正韵）
今宵月浅，天河星聚。乌鹊年年交至。可知七夕又重来，添多少，相思累计。
春秋未改，阴晴不歇，尝尽悲欢滋味。几时天意可由人，小别后，且当初会。

破阵子·小镇游
金榜绿苔花海，莲峰红蕊渔舟。瑶水翻波蝴蝶舞，翠柳生烟百草悠。暮帆不及鸥。
篝火燃红乡路，芦笙传遍村楼。载舞半宵邀月饮，小宴寻诗把客留。情浓惜别愁。

喝火令·荷塘小酌
苇岸清风起，斜阳碧水临。野花香馥沁诗心。谁借暮帆东去，莲影逐波深。
入夜添愁绪，生情暗惜阴。罩邀明月醉心襟。小饮星移，小饮月杯沉。小饮玉池蛙乐，梦入盼知音。

画堂春·雅聚
盛邀雅聚翠蛾眉。蓉城小院幽期。好情高座酒红兹。不醉何归。
楼外华灯初上，歌声嘹亮相随。千寻难觅对诗媒。晚恨谙知。

贺新郎·春游望江楼

莺语梅梢舞。杏枝头、晓妆粉黛,繁花无数。修竹千竿江亭绕,燕燕闻韶乐顾。

争春艳、天姿百侣。重览诗章怜惜玉,望江楼、多少骚人赋?惊旧恨,添愁诉。

校书门巷通津渡。送元郎、濯锦江畔,倾情嘱付。无限沧波翻笺泪,望断天涯归路。

叹岁月、容颜相许。薄幸相思何处去,会鹊桥、再续良宵度。空负约,惜春慕。

七律·帮扶村

竹径幽深绕沐川,驻村劳碌夜难眠。
迎霜客饮三更露,冒雨农耕二月天。
茶熟千山翻绿浪,鱼游百顷跃青莲。
扶贫为摘贫穷帽,产业兴邦献瑞年。

七律·咏梅

三圣梅园垂地黄,云飞花径拂天香。
和风妙舞枝头雪,啼鸟纤歌夕照郎。
浩气经霜无媚骨,清才傲岁有馀芳。
与君心醉追春梦,慰我诗留忆故乡。

七律·皇泽寺

凤飞轩宇迈雄关,红袖宫中一路攀。
风采明堂承帝里,谋猷宣室执江山。
碑无锦字凭人说,笔有文章岂自闲。
堪喜蕙兰依紫阙,九重烟雨洗愁颜。

赵钦怀

浙江文成县人,出生在农村,1968年入伍6416部队当兵至1972年复员回乡,进入农村小学教育工作直至退休,酷爱诗词,有作品发表于《中华诗词》月刊。

七绝·题百丈漈

瀑落悬崖细雨蒙,烟光弄影见飞虹。
冬寒依旧多游客,峡谷如闻雷吼空。

七绝·黄坦济公山仙果园有感(二首)

一

多年垦植在风中,情系果园心共通。
汗洒青山终所愿,满山焕彩架长虹。

二

绿满济山春讯早,果花怒放我心甜。
缤纷蜂蝶皆来报,报说今年亩产添。

七绝·建国70周年游延安(三首)

一

昔日山村风舞旗,黄河岸边聚雄师。
元戎窑洞今犹在,共忆当年激战时。

二

宏韬伟略在延安,远瞩高瞻非等闲。
巨智谋篇歌九州,杨家岭上定河山。

三

建国欣逢七十年,普天同庆舞翩跹。
中华崛起风雷激,共颂神州幸福篇。

七绝·九龙山贡茶有感(二首)

一

茗煮山泉技艺精,帝师贡品今朝见。
平和茶节客来频,一盏清香名远羡。

二

面朝陌野背依弯,千亩茶山淡雾中。
我踏白云来赏景,染将霞彩一身红。

赵仁童

安徽寿县人,生于上海,60多年未曾

离开过。20世纪90年代初,从上海建工集团调任《建筑时报》记者,后任编辑至退休。一生喜爱文学,有诗文发表于《青年一代》《中国建设报》《建筑时报》等报刊。

七律·与安徽省建协李永霖等游览普陀山,应邀作答

潮音洞前聆新辞,识君犹觉正当时。
一拂周遭市闹声,清心雅儒从兹始。
皖江汩汩才情溢,申城许许学步识。
安得华章随思涌,常遣飞鸿相与知。

七律·夜游黄宾虹公园记

轻涛碎影过通济,迷离霓虹泛华灯;
婺江清波有美乐,宾虹丹青伴月明。
北山龙仙今安在,清照八咏觅何音?
但闻双溪夏水长,晚风不语亦醉人。

满庭芳·贺何绍志先生98寿辰

南粤志学,黄浦加冠,热血波涛重重。偶尔回眸,谈深谷微风,几多朗笑粲然;只寻得,茶淡酒浓。曾记否,漏液叩问,来者与谁同?

早过杖朝时,姜公彭祖,趋步室中。不须疑,百年春黄秋红。恩泽尽荫子孙。清风在,慈悲怀中。人瑞也。南山东海,大德伴寿功。

水龙吟·贺上海建工集团60华诞

千载沪渎烟波去,留百年外滩处。峻厦宏屋,涛拍两岸,浦东阙如。工匠翩然,雄心阔步,挥汗如注。万千重任,几代夙愿,新都市,六十许。

举目九州热土,问中华标志何处?摩天楼宇,凌波飞虹,彩练群舞。浦江壮怀,龙骧虎视,重洋越渡。且正逢盛世,步履如风,圆中国梦。

赵日新

中华诗词学会会员,萝北县诗词协会副主席。现任萝北县文联《湿地风》杂志编辑。多有作品发表于《人民日报》《光明日报》《诗刊》《中华诗词》《民间文学》《中华辞赋》等国家和省市刊物上。曾参加《中华诗词》杂志青春诗会(2014年度)。获国家各类文学赛事奖项多次。著有诗集《弦月》。

五律·去女友家吃蛤蟆

一盘春色秀,土豆饰泥塘。
细叶青青绿,鲜汁隐隐黄。
何兮蛙不语,焉把爱轻狂。
忽唤别停箸,哪知伦眼忙。

七律·花树下给女友拍照

刚将日子饰春光,驮起风中那抹香。
拉住多情红帽帽,暖得五月粉阳阳。
手机点响咔嚓语,秀发梳成乖巧妆。
裱进霞霏流畅韵,相约不问哪家强。

五律·女友给我买丝袜

一打柔性强,白净透清凉。
不惧重重路,直封烈烈阳。
春心春自满,小子小风光。
蹬脚香香也,嗔嗔扯耳长。

赵士红

河北承德人,中华诗词学会、河北省诗词协会会员,承德市诗词楹联学会理事。有作品发表于《中华诗词》《燕赵诗词》《诗选刊》《国风》《热河》《承德诗词》《漱玉》等刊物。

七绝·情人节逢雪
寒天静谧落纷纷，入户穿庭唤醒春。
久伫窗前心意乱，也缘飞絮也缘君。

七绝·初夏
绿转浓荫红紫哀，莺声不到旧亭台。
絮飞恼我无情趣，闲趁轻风乱入怀。

七绝·晓起见大雾有感
陌野冥冥烟树深，山川带墨画轻痕。
往来行客穿梭去，皆是匆匆幻境人。

七绝·枫叶
树树枝头挂浅深，平生已惯对风吟。
相思消瘦晚秋里，静待霜来红透心。

七律·故地重游
往事从来不愿丢，今番故地又重游。
道逢老友真霜鬓，郭绕黄菊恰晚秋。
好梦回头千遍少，柳丝迎我万般柔。
温情默默来回数，恍若时光正倒流。

七律·农家院相聚
小院清凉爽气生，天然蔬果赖亲耕。
眉端灿烂融心底，往事温馨兑酒中。
难掩疏狂双鬓老，无关名利一身轻。
兴来信手调琴瑟，浅唱低吟总是情。

七律·岁末感怀
下笔由来不写愁，生活平淡自清修。
庭前花草有心赏，身外功名无意求。
对月还邀云做伴，耽书惟愿志同鸥。
流年难改旧习性，只向芝兰青眼留。

五律·咏菊
笑绽群芳后，盈枝抱作团。
隔篱香隐隐，对月影娟娟。
固守三分傲，为留一寸丹。
性情偏爱冷，到老未趋炎。

赵守贵

网名翰墨百川，山西省朔州市山阴县人，1965年出生，1987年毕业于山西农业大学。公务员。诗词爱好者，百度可见诗词。

八宝妆·七夕（新韵）
苍宇牛郎，七夕织女，寂寞久思别处。无浪银河时见泪，喜鹊晨临无数。骄阳西去，半月斜挂疏寒，愁桥澄碧双仙诉。相近客星慵闪，幽光残柱。
梦里缱绻怡然，醒来四顾，断桥声叹无路。向天问、奈何不语，两情悦、一年一度。憾心事、司空惯睹，冷宫尘世般般步。对酒念流年，人生苦短须酣舞。

金盏倒垂莲·答友人（新韵）
今又生辰，是清词辞旧，素画迎新。朋友题诗，字句贵如金。谢谢了，青春同在，与君同享尘缤。荏苒岁月，一途缘遇知音。
华龄五十有四，历人生雨苦，漫路风阴。嫩汗勤思，都累寸红心。往事去、星寒依旧，月圆云隐频频。镜里醉影，悠然捻笔听琴。

七律·答友人（新韵）
情诗字字贺生辰，素画张张问候深。
句里平安留义重，画中美酒溢情真。
红烛照亮前行路，微信传来远客恩。
谢谢亲朋一点爱，愿君康健喜盈门。

七律·回延安（新韵）
劳行八百落延安，夜里开班去背酸。

宝塔山霞黄土热，梁家河水大道兰。
谷香田坝精神跃，枣绿坡窑丽想宽。
星火遍传千万载，初心不忘整衣冠。

赵树云

男，笔名云潇潇，1966年生，中学高级教师，河北省诗词协会会员，承德市作家协会会员。中国诗歌网认证诗人，有多首诗词作品在《国风》《深圳诗词》《燕赵诗词》《赤峰诗词》《诗选刊》等杂志发表。

七律·乌龙湖

一湾碧水自天来，温润澄明拒滓埃。
峻岭雄奇融浩镜，白云闲逸下瑶台。
粼粼波底蛟龙舞，熠熠湖中绚影徊。
静享爽风除溽暑，常思妙境孰人开。

七律·辽河源

路通三地势凌云，古木流泉灿景纷。
石兽犹思千载事，蟠杨永壮九龙筋。
缓坡碧翠山花绚，绝顶岩奇洞壁欣。
仙女神男迷浩韵，马盂岭下万年殷。

满江红·苇塘村书法盛会有寄

翠掩桃源，幽村里、人欢车列。山拱手、浩宾连绎，笑颜畅悦。厚茧老翁援壮笔，弘韬宿将书豪帖。墨盈香、陋室胜华堂，无高劣。

虬龙舞，踪似铁。娇凤起，痕如玦。纵醇情尽展，卓才高节。宣纸浑扬滦水韵，狼毫挥洒燕山雪。醉太平、大雅入深乡，初心切。

临江仙·云

缕缕丝丝游浩境，骤然万马腾空。奇峰绝岭裹长风。往来携电闪，驰突伴雷隆。

涤净世间千万秽，淋浇嘉木葱茏。晴天碧宇灿霞红。笔柔情浩荡，壮景展苍穹。

七律·醉卧听雨

酒酣意醉绪翻飞，细雨敲窗响入帏。
稚影迷山情旷荡，童心喜水志轻微。
银霜不觉攀青鬓，老树浑知沐晚晖。
锦梦瑶台离扰攘，拙词挚语自芳菲。

临江仙·杨慎

扰攘红尘稀净土，英豪屡受邪凌。炸雷轰过雨无晴。人间多佞小，正气亦难停。

轻抹蛛丝情更壮，默临霜叶飘零。常欣明月赏辰星。啸吟江渚上，墨迹耀天庭。

七律·阵雨过后

黑云蔽日岂能长，雨过天晴舞艳阳。
堤岸柳丝零朽叶，身旁秀蕊递幽香。
爽风涤躁心舒旷，楼影驱烦目诧扬。
静伫石桥飞万绪，锦霞已落满河光。

七律·学诗杂感

一入诗门意绪稠，崇山碧水醉清眸。
静思屡感英雄泪，疾步常欣河岸楼。
狗苟蝇营堪可哂，名熏利染实该羞。
凭栏纵目三千里，岭矗鸥飞川自流。

赵四环

男，1952年生，湖北省黄梅县人。中共党员，先后担任过乡镇党委副书记、乡长、县教委副主任、县师范学校校长、县机械局局长。现为市、县诗词学会会员、省楹联学会会员、县楹联学会顾问、中国楹联学会会员。在《中国楹联报》《中华楹联报》《诗词百家》等全国省市楹联、诗词刊上公开发表诗词联作品1500余首副,并获得各奖项。

七律·咏夏夜公园逢旧友
星朗天高月儿圆,风摇柳叶晃悠闲。
虫鸣蝉叫声渐远,挚友不约遇亭前。
流水潺潺抒心意,顿觉凉快解暑炎。
欢歌笑语旧情续,到老白头手总牵。

七律·咏恩施石门洞
石门洞里藏万象,崖峭耸云作屏风。
雾雨浮烟飘飘渺,春来百卉漫山峰。
自然壁画临天表,碧水摇幽闪晶莹。
峡谷奇观人陶醉,四方骚客词赋吟。

七律·叹贪官
在位弄权瞎胡闹,投机取巧四处捞。
金迷纸醉贪财色,酒地花天搂小娇。
勤政廉明丢脑后,民生国计无目标。
鸿谋习总反腐令,老虎苍蝇哪里逃。

七律·咏华夏展威
九州空域万里遥,展翅雄鹰广宇邀。
天眼雷达巡疆土,英豪壮志镇鬼妖。
东南西北长城固,战舰劈波护岛礁。
航母大国彰利器,强权美帝敢称枭?

七律·咏立秋
夏去秋来收流火,凉来暑去夜风拂。
有声蝉叫鸣康泰,无语祥云兆百福。
盛世丰盈人遂愿,年华多彩绘锦图。
乡村最是殷实景,五谷归仓广纳储。

七律·七夕有感
岁岁七夕搭鹊桥,牛郎织女把魂消。
凡间仙界相距远,王母开恩准一宵。
聚少离多天地怨,月宫摘桂盗蟠桃。
清规戒律森严厉,长恨遥期好寂寥。

七律·七夕有感夫妻两地分居
郎在南国乐打拼,妇于故里侍双亲。
孩儿呵护彰母爱,正午锄禾汗水涔。
年后一别各自闯,归来五谷仓满囤。
夫妻聚少多离散,也盼七夕夜消魂。

西江月·赞中国军人
行伍从戎尚武,钢枪在握卫疆。巡逻放哨保国防,维稳维权效党。
滚打摸爬砺剑,红心赤胆忠肠。冲锋陷阵永担当,敢作敢为敢闯。

西江月·咏残夏
积热高温渐退,林中蝉叫声微。炎炎酷暑少发威,入伫人们安睡。
菡萏无颜花萎,风吹叶落霏霏。长空偶见雁南飞,秋近苍茫雨沛。

西江月·戏说街头小广告
弄尾街头尽是,车站过道楼梯。插针见缝满墙题,可谓不遗余力。
失去道德底线,你贴我盖互撕。宣传大势掩瑕疵,乱象早该根治。

注:以上诗词作品,均为新韵。

赵同峰

男,1957年生。安徽省芜湖市人,中华诗词学会会员,安徽省诗词协会常务理事,芜湖市诗词学会常务理事。古体诗词在《上海诗词》《内蒙古诗词》等省市级报刊发表1000多首(阕),11次获全国诗词大奖赛一等奖。

七律·骑行三伏
三伏天空似火烧,骑行午后乐逍遥。

辛勤汗水抛投趣，喜悦情怀藐视焦。
绿树相逢仙雅致，清风拂拭叶轻飘。
艰难苦练心灵净，健美欣随意境骄。

七律·蒋光慈故乡
金寨山河映碧天，闻名禹甸闯烽烟。
光慈大道遐思慕，气盛高楼美化镌。
草顶低墙腾俊杰，神童巨匠续新篇。
交辉古迹珍奇事，闪烁春秋彩翠川。

七律·郑位三
热土红安历苦辛，年青位老慕阳春。
钦差务实和谐景，爱戴称奇圣洁人。
国事良言求富裕，心胸坦荡展清新。
逢迎雪乱欣然对，奉献精华淡定循。

七律·大灵山
博大灵山着彩装，神奇景点溢芬芳。
仙人石洞丹头炼，乳汁民间疾病忘。
闪烁名花辉日月，争鸣鸟雀戏城乡。
风情妙趣身心悦，境界清幽古寺昌。

七律·环卫工
烈日当空似火烧，城乡洁净乐逍遥。
辛勤汗水阳光映，细腻精神鼎力挑。
美丽山河情畅献，平和态势业高超。
酸甜苦辣车厢载，喜怒悲欢野地消。

七律·刘少奇
禹甸严冬罩地寒，投身革命历艰难。
穿行白色胸怀广，奉献红心道路宽。
重任担肩迎炮火，真情斗志闯山峦。
风云变幻清高对，意气飞扬淡薄观。

七律·开顺古镇
久远金家寨瑞风，残留石器寄苍穹。
交流广博街坊雅，展示繁荣物质丰。

庙宇幽深诚拜佛，山泉美妙喜迷宫。
烽烟漫溢华容淡，画阁腾冲杲日红。

七律·游西湖
轶事西湖乐猎奇，明珠璀璨映天涯。
游船荡漾波纹醉，赏景欢腾韵味追。
历史悠长观日月，山峦秀雅伴瑶池。
清高境界张扬美，爽快心情诱发痴。

赵文亮

网名南山，1957年生，男，汉族，籍贯内蒙古。中华诗词学会会员，内蒙古作协会员，内蒙古诗词学会常务理事，乌兰察布诗词学会副会长、主编，内蒙古集宁诗词协会主席，出版个人诗词集《山葩海韵》《山玄海奥》，作品多次获各类诗词大赛特等奖、一等奖、金奖。

壶中天·登黄山品毛峰
苍松迎客，捧莲花、日出光明蓬勃。云拔天都，涛卷石、浩荡千秋豪杰。壮阔胸襟，嵯峨脚力，且入杯中歇。人生如茗，几多甘苦凉热？

磅礴烹煮乾坤，清明时节，露浥莹莹叶。雀舌翻歌，春意嫩、正把尘怀清澈。块垒如何？峰峦怎的？化作银毫啜。个中滋味，老庄教我禅说。

获内蒙古诗词学会颁发"从事诗词创作与诗词工作40年"荣誉证书感怀
窥春瘠土绿芽萌，年少偏科即乐耕。
路叹多歧犹未辍，田怜半亩竟能荣。
弘扬社结风雅颂，网络机开短快平。
无悔穷酸堆鬓雪，招鸣尚有远方莺。

民工妻的爱恋曲

【中吕·红绣鞋】

午夜梨花绽放,前村雪色苍茫,喜鹊枝头唱双双。围巾红世界,玉手攥(雪)琳琅,(笑声)银铃春日响。

【双调·春闺怨】

燕子楼头,春风杨柳。路边芳草岸边舟,莲花并蒂精心绣。魂远游,君去琼州,阿妹好心揪。

【正宫·双鸳鸯】

小楼东,画亭中,满眼枫林叶叶红。欲把相思题上去,痴心又怕惹秋风。

【黄钟·人月圆】

婵娟应识天涯梦,秋夜供团圆。倚栏遥望,归来游子,泪眼潸潸。东坡圆缺,秦观朝暮,豁达何难。桂花香沁,嫦娥袖拂,醒后衾寒。

【越调·凭栏人】

细雨绵绵柳线长,客路迢迢心事量。远山遮目光,近轩观海棠。

【南吕·骂玉郎过感皇恩采茶歌】

方才学会玩微信,骂你个负心人,千言万语难倾尽。雨打门,泪湿巾,肠拧棍。半载相分,每日相询。鹊桥成,牛女聚,黛眉颦。此夕音渺,不免生嗔。杏花老?玫瑰谢?野花嫩?识君仁,感君真。知君劳累少闲身。注意安全莫悭吝。家中诸事莫劳魂。

赵霞

网名倚风听雨,一名普通的中学教师,长春市作家协会会员,九台作家协会会员,九台诗社会员。作品曾发表在《生命是一条圣洁的河流》《雅韵》《柳风》《诗意人间》及各大网络平台。

游庐山

雾锁层峦秀,飞瀑落九天。
仙都宜野鹤,谁与坐听泉?

过丙安古镇望赤水河

远烟逝水两分明,一放吟眸忽动情。
岸底沉沙生赤色,信知先烈血侵成。

望赤水大瀑布

幽深竹径渐循声,忽转崖端白练横。
疑是三军闻号令,乍惊万马奔前程。
素烟凝作山头雪,余韵流成谷底泓。
奋勇何妨身已碎,冲天一注自轰鸣。

访酉阳桃花源

武陵余脉觅仙踪,烟袅林深各不同。
入画清溪过脚下,如星光影透山中。
迷津雾锁桃花渡,曲径情牵采菊翁。
俗世浮名莫相问,此间流淌是秦风。

破阵子·为建国70周年而作

长恨飘摇多舛,回眸但见红船。国难显英雄本色,炮火中何惧涅槃。新来七十年。

气壮疆防亮剑,情惊科技飞天。欲把诗书裁锦绣,看取冰壶一片丹。中华月正圆。

卜算子·觅春

云散望天高,莺语啼丝柳。晓向村头觅春去,嫩草芽清秀。

但恨东风迟,新病何关酒,眉上心间最无计,总把空枝嗅。

赵贤龙

男，1963年7月生，汉族，湖北省仙桃市人，从事第三产业（个体经营），古诗词爱好者，湖北省中华诗词学会会员。2014年起，每天创作一首诗词，在微博上自娱其乐，至今著有诗词1800余首，作品多发表在网络诗社，有多部作品获奖。

五绝·秋思

日暮风和雨，相邀落叶归。
至今思海岛，唯有泪沾衣。

七绝·秋热逼人

蝉鸣绿木唱丰收，欲割高温汗湿流，
赤膊田园君莫鄙。农夫双抢实难休。

人月梦

滚滚红尘起紫烟，今宵有梦问天仙。
鹊桥七夕天空架，相会情人在哪边？

七夕

七夕望星难入眠，至今独处总凄然。
他人有伴虹桥会，我欲成双在何年？

七律·鹊桥会

一年一度虹桥会，星宿今宵喜鹊牵。
喜鹊有情人有爱，银河无际爱无边。
两情梦久羞云出，七巧恩深炳烛眠。
天上人间同此夜，梦醒残夜有谁怜？

望海潮·龙狮初醒

龙狮初醒，边关难靖，列强虎视中华。欧美不甘，寻机打压，频频耀武南沙。怒北约，引倭寇台海，分裂相加。只待王师，一神州合万千家。
弟兄隔海吹茄，梦回归祭祖，共塑鲜花。欧美虎狼，横加阻隔，夜醒涌泪三嗟。星月晓残斜，者暂时暗黯，却恨飞鸦。幸起晨曦，日出红织满天涯。

赵新海

茂名市南天诗社会员。受家风熏陶，自幼爱好文学，在职被评为沧州市直机关十大学习标兵，退休后，更喜诗词曲赋。多篇诗词发表《香港诗词文艺刊》《诗雅香江》《龙风诗刊》《大理诗刊》《西南诗刊》及各微博、微信平台。

五律·国庆70年

喜迎春七十，碧水共蓝天。
国计家千户，民生担一肩。
蛟龙潜可数，玉兔月无前。
追梦强军路，雄豪跃马鞭。

五律·秋游香山

行乐香山里，登峰眺夕晖。
树深秋水静，山远晚霞飞。
披草逢幽径，随云度翠微。
乘时宜纵赏，莫遣寸阴违。

七律·邯郸战友聚会有感

五十光阴惊白发，一生怀抱忆青年。
昔时对酒从军路，今日吟诗接客船。
入手三杯消岁月，经年万事付云烟。
沉浮宦海轻荣辱，固守纯真自坦然。

七律·夏荷

荷塘夏至媚清涟，沉醉南湖幻似仙。
细柳垂丝风淡淡，芙蓉出水叶田田。
翠盘有韵翩翩舞，波影含诗朵朵莲。
映日佳人形玉立，洁身朱笔点青天。

赵秀伶

女，幼儿教师，自幼喜欢文学创作，曾

在《山庄文学报》《热河晚报》《四川微型小说选刊》《兴隆周迅》《兴隆诗声》《小小说大世界》等发表小小说、散文,诗歌数篇。承德作协会员。

七绝·立夏
春颜色褪浓荫处,绿柳摇丝更灿然。
小燕翻飞观夏美,放歌一曲荡蓝天。

七绝·雨思
山峦冠盖朦胧雾,顷刻灵泽洒若沙。
润透心扉思故事,托风寄语慰天涯。

七绝·重五节有赋
栗花香日又端阳,艾草驱蚊护雅堂。
苇叶青装角黍俊,一桌美味话农桑。

七绝·读红楼
悲金悼玉有根缘,百味人生泪洒帘。
恨把西厢读冷月,红楼情陷梦如烟。

七绝·观图有赋
雅室灵华慰寿星,相依翁媪品香茗。
平心静气宽天地,何必求佛拜圣僧!

钗头凤·过往
云天碧,林葱郁,隐花流水风光细。松竹并,别生映,一片仙幽,淡然心性。静,静,静!

人生戏,多争利,看穿繁景春秋去。经年醒,律吟咏,乾坤如幕,任谁留影?懂,懂,懂!

赵学前
湖南邵阳人,生长在农村,大学毕业后留校教哲学直至退休。爱好古典诗词,有作品发表在《九州诗词》《湖南诗词》等刊物,已出版个人诗集《山泉映月》。现任中华诗词论坛中诗画版块版主以及九州诗词版块、江淮风雅版块特邀版主。

七绝·瞻橘子洲毛泽东雕像
（诗韵新编）
百舸争流鹰隼击,万山丛小一山巍。
洲头赋罢千秋蠹,俯视沉浮任疾雷。

七绝·过桂花树下（诗韵新编）
桂子天香香四溢,嫩黄簌簌袭人衣。
抬头又见南飞雁,不忍伤花碎步移。

七绝·雪霁小区赏梅（新韵）
一片琼林万点红,皑皑鹤氅裹娇容。
情痴欲把佳人抱,撩乱春心夕照中。

七律·张家界（诗韵新编）
金鞭直刺九重天,溪水潺潺绕路边。
一线险巇鹰嘴挂,千条幽壑绮罗填。
黄龙腹底藏瑰宝,苍木峰巅伫倩颜。
四海名姝多绝色,焉能如此梦魂牵。

七律·黄龙洞（诗韵新编）
门窄蹊迥到邃深,奇葩胜境顿销魂。
脂凝火箭撑天地,玉琢蘑菇列阙宸。
佳酿滴湔祈福手,暗河舟泛竞歌人。
龙王一去不回返,何意遗吾稀世珍?

七律·故乡月
（诗韵新编,孤雁入群）
青山豁口对家门,豁口双棱捧月升。
云锦欲披磋琢璧,树梢急表爱怜情。
坐观周野清辉满,嬉戏群童深夜疯。
浪迹天涯千古恨,永攻不破是愁城。

七律·春节感怀(新韵)

金鸡一唱新年到,寥廓江天瑞雪飘。
梅放疏枝昂岁首,喜随焰火上眉梢。
蒸民淘宝琼瑰璨,创客投资龙虎韬。
筑梦兴邦锣鼓震,扬鞭四海马蹄骄。

赵雅雯

笔名迦兰,女,1975年生,大专文化,满族,内蒙古自治区呼伦贝尔人,系中国青年作家协会会员,山东省枣庄市诗词学会会员,呼伦贝尔市作家协会会员,呼伦贝尔市诗词协会会员,扎兰屯市作家协会会员,扎兰屯市诗词协会会员。作品散见于中国诗歌网、中国散文网、中国散文馆及《内蒙古诗词》《呼伦贝尔诗词》《呼伦贝尔日报》《华夏诗文》《布特哈》《扎兰屯诗词》等媒体300余首(篇)。曾荣获第四届"相约北京"全国文学艺术大赛二等奖、第三届世界华人爱情诗原创文学大赛第二名。

七绝·时光
闲看花放燕莺翔,静品时光伴茗香。
清雅无关风与月,入笺山水韵流芳。

七绝·秋心有感
一盏秋心半盏凉,归来鸿雁又南翔。
迢迢路上知何处?梦里乡音念更长。

七绝·雨夜有感
星隐云来细雨柔,峥嵘岁月志难酬。
人言大道方为简,心念平和福寿修。

七绝·霜降
暮秋凝露又成霜,节序如期缀暖阳。
郊野凡花已萧瑟,庭前菊蕊斗寒凉。

七绝·小寒逢雪感赋
琼花飞舞覆群峦,回首流年岁岁安。
煮酒小轩敲锦句,烹茶陋室赞幽兰。

七绝·咏兰
清新淡雅自芬芳,不与群花争短长。
最爱空山幽静处,悠然角落散馀香。

七绝·竹林听雪
静听飞雪诉衷肠,风摆幽篁若笛扬。
纸伞琼花佳丽醉,心崇贤哲在山阳。

七绝·大雪与家人通话有感
琼花漫舞落长安,闲话亲情不觉寒。
煮雪烹茶听古曲,乡愁雅韵入笔端。

七绝·小雪咏残荷
人道寒天冷蕊开,偏有残荷迎雪来。
洁白满塘成底色,恰如素女托香腮。

渔歌子·小寒随笔
秦岭山村正品茶,寒风阵阵降琼花。
听古曲,看昏鸦。恰逢翁妪话桑麻。

赵阳春　赵彦

赵阳春,"红枫"诗社秘书长,作品多次在全国、市、区获奖,2019年获得第四届"黄鹤楼"寻春诗会金奖,第二届诗渊堂杯中华诗词大赛一等奖。

赵彦,现就职于一家国企,坚持业余文学创作,小品《有眼不识泰山》在区获得一等奖。2019年获得第四届"黄鹤楼"寻春诗会金奖,第二届诗渊堂杯中华诗词大赛一等奖。

五绝·古湖熟八景(八首)
梁台映月
太子读寒窗,雅阁溢书香。

梁台召新月，银钩钓黄颡。

太湖秋雁
秋雁排成行，已知早晚凉。
湖中出小景，鱼戏碗儿荡。

香林晚钟
寺内晚钟响，西山落斜阳。
农耕忙歇作，众僧坐禅房。

秦淮古渡
碧波破云层，古渡知水深。
舟载千秋客，往返百代人。

古城春色
古城度春光，霞染城头岗。
老街成闹市，深巷燕成双。

秦淮渔笛
打渔归满仓，渔笛声悠扬。
闲情杯中酒，逸致话短长。

孤灯夜照
小庙在一方，孤灯摇曳光。
修身为来世，从善历沧桑。

赤峰晴雪
瑞雪兆山峰，旭日升上空。
画中无墨迹，砂印一点红。

赵英

1956年10月生，甘肃礼县人，军人出身，空军大校军衔。现为中华诗词学会会员，中国楹联学会常务理事，新疆楹联家协会执行主席兼秘书长，新疆兵团诗词楹联家协会副主席。在部队服役期间爱好诗词写作。诗作多以军旅生活、边疆风光、故乡情怀为题材。散见于《昆仑诗词》等刊物及国内多个网络平台。

珠穆朗玛峰
久慕珠峰第一高，呼风唤雨入云霄。
寻诗我到尊前立，雪影霞光分外骄。

韶山
岭峻泉清斑竹箫，峰生瑞气贯云霄。
太阳出自韶山境，国旺邦兴万代骄。

清明于海南北寄
南来北往节时殊，独饮天涯海月孤。
闻道关山多雨雪，问兄钱纸湿淋无？

赞海上大阅兵
南海波涛起迅雷，长沙舰上鼓声催。
任他魍魉风云起，天降神兵布网恢。

汶川大地震10周年祭
山崩地裂忆当年，大难袭来哭蜀川。
重建家园都献爱，鲜花覆绽胜从前。

赠妻
花开六秩梦犹妍，恰是昆仑红雪莲。
共赏夕阳无限好，晚霞万道证前缘。

寒露时节游喀纳斯
草木潇潇满地黄，一湾湖水碧茫茫。
羊肥牛壮夕阳醉，牧屋琴声美酒香。

小白杨哨所有感
走近歌中小白杨，回思军旅意深长。
明星大腕几多亿，富有何如守国防？

六十感怀
人世匆匆六秩秋，一身豪气不曾收。

若闻南海狼烟起,拔剑请缨登岛洲。

中元节
日暮街头处处烟,思亲忆故夜难眠。
西窗伫解忠和孝,唯使伤怀付墨笺。

从县城回乡下
向晚山中天幕合,西江如练起银波。
长堤驶入村庄近,街上传来乞巧歌。

白沙湖拍摄
雨过天晴倦眼开,桦林挺秀绕湖栽。
芦摇水动惊鸥鹭,捕影欣然上远台。

赵玉璜
男,汉族,1932年11月生,江苏铜山人。系山东滕州市民政局离休干部。现为中华诗词学会会员,滕州市诗词学会副会长。曾荣获第二届"岳阳楼"寻春诗会金奖、第四届"相约北京"全国文学艺术大赛一等奖。

五律·登秦始皇陵
雄师吞六国,伟绩筑长城。
称霸空前代,坑儒愧后生。
骊山荒草暗,渭水晚霞明。
功罪何须问,千秋漫品评。

七绝·谒西山曹雪芹故居
其一
郁郁群山暮霭浓,枕流傍岭倚青松。
蓬门一枕红楼梦,情结千秋恨几重。

其二
众芳春梦断红楼,泪尽孤魂几度秋。
黄叶村头谁作伴?青山隐隐水悠悠。

七绝·游故宫感赋
巍峨宫阙静无声,朱户红墙血染成。
几许奇才冤屈死?风铃枉作不平鸣。

七律·乡愁
忧时别恨病无光,六九年来系念长。
桑梓睽违经岁月,音书减少费思量。
情随海浪扬波急,心似云峰叠影忙。
惹动乡愁怀故旧,谁能与我话寻常。

七律·怨别
拂动春风化育情,萦怀别绪惹侬惊。
残灯照壁蕉心展,拭镜窥容媚态生。
旧苑不知云雨意,新园可听燕莺声。
羞看野鸟双双舞,闭眼含悲叹不平。

七律·惜时
屈指人生有几秋,身为学子勿贪游。
书山取宝凭勤奋,艺海寻珠自苦求。
应识行云无止步,须知逝水不回头。
常言一刻千金价,莫让时光付水流。

七律·咏怀
桑榆晚景自清幽,无愧生平慰我俦。
处世曾经风雨夜,立身未作稻粱谋。
情牵家国心难老,气贯春秋志不休。
为有微吟添雅兴,书山学海任遨游。

七律·遥念台湾同胞
蓬山缥缈水云荒,绝岛孤悬落日黄。
世纪音书付鸿雁,天涯魂梦望家乡。
涛声隐隐人何处,山色年年草自芳。
海上清风明月夜,遥知有客正彷徨。

七律·谒黄帝陵
桥山肃穆拥苍松,沮水萦回护碧峰。
万代扬辉光日月,新姿焕彩起虬龙。

仰瞻高塚神豪迈，恭读丰碑气穆雍。
岁岁清明隆祭典，人来两岸认同宗。

七律·登泰山

五岳名山推岱宗，青青齐鲁白云封。
嶂峦拔地三千尺，石径悬空一万重。
十八盘攀鸟道险，南天门接碧霞雄。
玉皇顶上舒望眼，渤澥吞河夕照红。

赵元席

安徽濉溪人，生在农村，扶着犁尾长大。南京运校毕业，参加铁路工作直至退休。酷爱诗词，有作品发表于《中华诗词》《诗刊》等刊物，曾获百诗百联大赛第三届、第四届优秀奖。

五绝·落花

开花无别意，结果是初衷。
可叹无聊客，年年哭落红。

七绝·高铁从俺村头过

清明未到雨廉纤，茶妹歌声分外甜。
原本山乡自成画，动车又把线条添。

七绝·南山寻幽

寻幽又上小南山，一入深林忘俗喧。
倚石方知花解语，听泉更信石能言。

七绝·汴河岸

一夜春风百媚生，千红万紫总关情。
正愁诗意谁为主，忽听黄鹂唤友声。

七绝·迎春花

随遇而安不择邻，默承雨露悟前身。
既无天命成梁木，吐气凝花献给春。

七绝·春尽

平川一望野云低，雪满槐林麦穗齐。
布谷不知新稼事，依然卖力向人啼。

七绝·读史

横刀立马气吞胡，敢为人民鼓与呼。
冢上已生三丈草，坊间难觅万言书。

七绝·写在情人节

人性谁能说得清，爱心常伴孽缘生。
历来多少风流债，抛却人间骨肉情。

赵日春

男，汉族，1948年生，滕州市人。大专文化，退休干部，现为山东诗词学会会员、枣庄市诗词学会会员、滕州市诗词协会常务理事。曾荣获第二届"岳阳楼"寻春诗会金奖、第四届"相约北京"全国文学艺术大赛二等奖。

五律·凭轩闲望

凭轩成日坐，谁伴度昏晨？
绿竹为佳客，红花当贵人。
笑言虽不答，颔首似相亲。
手捧唐诗卷，悠悠心底春。

五律·游开封

一望开封景，山河气象雄。
楼台山色里，绿柳鸟声中。
花艳荣新貌，波清映古宫。
八朝文物盛，处处见遗风。

五律·夏日荷塘

水面昏犹白，霞光暗渐无。
荷花风抖蝶，碧叶露凝珠。
鱼跃惊萍藻，蛙鸣跳绿芜。
兴来塘畔走，美景赛西湖。

五律·少年言志
寒窗堪苦求,壮志栋梁侯。
映雪承贤志,悬梁庚劭谋。
今朝熟百卷,他日解千愁。
不负韶华梦,为民建业修。

五律·悼作曲家朱践耳
闻著名作曲家朱践耳先生于2017年8月15日辞世,不胜伤悲,朱老原名朱荣实,1945年参加新四军,先后创作了《唱支山歌给党听》《接过雷锋的枪》《第四交响曲》和《百年沧桑》等一系列佳作。
山歌传唱久,恩党驻心头。
歌荡名人逝,曲留万众讴。
雷锋温暖语,朱老化春流。
一代名家去,高标铸永秋。

七绝·怀念周总理
挺身济世扭乾坤,睿智筹谋世界尊。
无畏无私真马列,鞠躬尽瘁福黎民。

七绝·美国霸权
航母飞机任行,全球讹诈乱屯兵。
制裁频发如疯狗,恣霸称雄世不宁。

七绝·黄海前哨开山岛守护人
守卫开山孤岛人,全家数载献青春。
风霜雪雨如云过,踏出巡山四季痕。

七律·坐飞机空中观景
铁鸟升腾乘顺风,翱翔似雁傲苍穹。
超然跳出尘嚣外,逸乐神游昊渺中。
日影无边辉絮浪,霞光万道灿云丛。
正疑山水成虚幻,忽见人间飞彩虹。

鹧鸪天·祖国七秩华诞书怀
化雨春风七十年,中华巨变耀人寰。
国强民富声威壮,政治祥和世境安。
歌舜地,颂尧天,复兴伟业史无前。
初心永记谋民祉,再谱峥嵘锦绣篇。

赵月花
河北张家口人,酷爱古典诗词,喜欢用文字表达自己的情怀。

鹧鸪天·伞
一握悠然掌上轻,纤纤玉骨恁娉婷。
撑开亦有情无限,收合尤怜泪满盈。
淋湿梦,与曾经。还同那片小心情。
此身何以添惆怅,漫说相关和雨听。

鹧鸪天·八一军魂
猎猎红旗耀国门,英姿飒爽长精神。
百年战火风云志,万里关河壮士魂。
赴慷慨,建功勋。男儿豪气镇乾坤。
而今同铸中华梦,倍出英雄几代人。

鹧鸪天·写给儿子
累有千般几忘言,言多恐又惹人烦。
探寻学习老腔调,试问归来新感观。
十八岁,已成年。男儿头顶四方天。
生当应有鲲鹏志,力向云端搏一番。

鹧鸪天·那天回家陪妈妈看电视
眼角皱纹鬓角霜,青春捐给了时光。
如烟日子忙中过,如水情怀笑里藏。
慈母爱,怎堪量。沉思往事触柔肠。
心头攒得千般愿,共我亲人岁岁长。

临江仙·夏日晨光
绿草茵茵坡上柳,频频送得清凉。昨儿听雨一宵长。承添珠露满,洗净太阳光。
暂把余情都放下,温柔贴着心房。风

— 1611 —

中弥漫着馨香。熟知花味道，飘到我身旁。

踏莎行·夏夜

翠叶擎珠，月牙斜挂。星星落满葡萄架。虫儿唱着小情歌，与谁说那知心话。

过隙三春，俄而半夏。流光一卷如诗画。温柔叠作两眉尖，如烟记忆都融化。

南歌子·晨起

入夏晨来早，酣眠梦不成。晓窗啼破燕儿声。帘外衔珠剪翠曳风轻。

攒取清凉意，芸锄垄上行。露痕湿透草青青。泥土新香味道释晴明。

七律·踏春

解释孤怀无限情，寻巡芳意绿云生。
展眉环顾风吹水，隔岸欣闻燕啭莺。
杨柳依依飞白絮，野桃灼灼约倾城。
晴光正好连三月，香沾衣襟陇上行。

赵允廷

字舒亭，男，汉族，滕州市人。大学文化，系中华教育艺术研究会会员，中国作家文学创作中心创作员，中华诗词学会会员，山东省诗词学会会员，枣庄市诗词学会会员，滕州市诗词联赋协会名誉副会长。曾有诗歌、散文、教学论文数篇发表，并获得国家级一等奖。

七律·纪念"五四运动"100周年

反帝反封声势猛，游行队伍似长龙。
自由民主旌旗卷，爱国青年马列恭。
外抗强权防野兽，内惩国贼灭奸凶。
黎民四亿同心干，华夏欣然换面容。

七律·科教赞

教育振兴人辈出，谋求发展国辉煌。
科研创造新天地，奇迹频传耀彩光。
建立星球工作站，敲开海底宝源仓。
群鹰环绕蓝天舞，华夏飞龙游览狂。

七律·打工潮

东南西北千条路，旅客往来神采怡。
谋职经商甜畅畅，发财途返乐滋滋。
心驰神往高歌进，胸有竹成雄略施。
改革创新奇迹现，山河待有美容时。

七律·话扶贫

扶贫赈灾千秋颂，国策鼎新神气昂。
奋斗克难谋福祉，移山填海建康庄。
目标精准人心向，方略生根政绩彰。
改革创收丰硕果，全民富裕赞方良。

七律·环卫工人

披星戴月激情昂，满面流汗街道忙。
吃苦耐劳人赞颂，狂风暴雨脚徜徉。
寒冬岂惧冰霜冷，酷夏何嫌烈日猖。
环卫工人皆可敬，心灵纯洁创优良。

七律·巾帼赞

春花怒放散芬芳，遥望田畴扮彩装。
天女趋时山野动，春姑不误大棚忙。
英男进厂才能施，巧妇种田瓜果香。
喜看禾苗千顷绿，英姿巾帼下残阳。

七律·纪念周总理诞辰120周年

赤县为何爱总理？鞠躬尽瘁为人民。
驱倭剿匪千般苦，建国兴邦万事频。
世界往来心坦荡，睦邻友好众恭亲。
操持国事无休止，劳碌献身肝胆纯。

七律·改革颂——纪念改革开放40周年

惊撼寰球四十年，巨龙腾起史无前。
振兴科教人才出，夯实根基大厦连。
高铁神驰四海颂，航天发展五洲传。
蛟龙探宝燃冰采，网络前行世领先。

沁园春·沙场点兵

烈日炎炎，暑气蒸天，莽莽壁滩。望英雄军队，尖端武器，预防来犯，确保平安。士气恢宏，旌旗招展。实战临模极壮观。三军阅，有雄兵猛将，怎怕蛇狻。

忆前昔国危艰。靠小米单枪斗敌顽。听南昌号响，秋收起义，井岗相会，星火燎原。今日中华，大军儒国，铁壁铜墙坚似磐。谁来犯，定焦头烂额，溃败凄然。

沁园春·南海阅兵

春色怡人，赤县神州，锦簇花团。看滔滔南海，英雄战舰，群英欲飞，航母巍然。大纛飘飘，官兵精悍。豪壮威严史未前。齐编队，将来迎检阅，武技优先。

强军海上登攀。统帅却实施心挂牵。且跨洋察看，摆兵布阵，舰船驰骋，银燕盘旋。飒爽英姿，乘风破险。血染红旗猎猎鲜。圆军梦，若谁冲底线，命赴黄泉。

赵韵

江苏南京商场退休员工。中华诗词学会会员，野草诗社会员，华人诗词学会会员，西山省诗社会员。诗观：用不同视角观察人生百态，用心灵之笔描述美好未来。

七律·观荷花思故人

清风徐送菡花香，玉立亭亭倩女妆。
粉面翠衫姿态媚，冰心仙气韵华扬。
流年骚客诗千卷，故里佳人水一方。
依旧石桥舟子景，缺如知友黯神伤。

阮郎归·夏日之情韵

柳丝轻度恐惊蝉。蝶儿树下翩。荷花静听闻缠绵。歌传河水边。夏日夜，眷心牵。夜深无意眠。此情若共撼瑶天。山盟誓比肩。

芰荷香·夏日风情

夜残央。远来蛙闹兴，趣起推窗。探前孤赏，小桥流水池塘。荷花亭立，俏模样、暗送幽香。情侣携手而行。态之缱绻，情意绵长。

灯下清波月倒影，但见涟漪间，交颈鸳鸯。园盘层递，点缀并蒂成双。轻舟一叶，引起了、闲耍鱼狂。湿了菡苔红妆。风情万种，尽揽诗囊。

赵中岳

字镜嵩，自号伊洛野老。1948年生，河南巩义回郭镇人。八岁入学，十四辍学务农。好读书未求甚解，崇拜李杜、效法陶柳，囫囵吞枣矣，下里巴人之属。感顺口就好，平仄少论，只为兴趣。现为巩义市作协、杜甫故里诗词与河南省老年诗词研究会会员。

七律八首

一

伏雨吝啬苗气生，枯楚脸色墒不中。
太阳瞪眼点滴数，布水欠匀画窟窿。
旱涝演绎寻常戏，农夫愤愤怨失公。
与天奋斗浇地去，费电为了秋丰登。

二

天阴云沉地燎风，翘首为盼甘霖生。
火热惟有大雨救，水深河导流向东。
不动声色雷霆远，刷刷雨坠浊水涌。
痛快淋漓仰天笑，开门桑拿室内烘。

三

伏天儿叫人心烦①，怨雨鲜闻恋中原。
体汗汩汩昼夜有，失墒恒热庄稼旱。
荷塘莲花煮红脸，枝头硕桃熏赤颜。
总说心静自然凉，忍看玉米叶成卷。

注：①一种小蝉儿。

四

季交中伏欲何求？天时补墒解苗愁。
蒲扇频摇肩周舒，笑观少年塘中游。
气闷云厚芬兰浴，旱连阴说遇常有。
风巡荷塘蛙禁语，蜻蜓款款争头筹。

五

大山怀抱秀丽村，山清水秀林花深。
怀萦报效长梓志，抱定初心富村民。
秀色可餐谁避远？丽日馨风夏春温。
村名一靓遐迩知，王国权是带头人①。

注：①王国权，大山怀村党支部书记，复员军人。

六

入伏玉帝任性多，教唆祝融燃炉火。
腾热已是全球蒸，农夫汗涌禾苗渴。
该热不热五谷减，当雨无雨庄稼弱。
自然也定有规矩，天网恢恢敢逾越？

七

空调累得泪成河，问君恁就咋恁热。
入伏未曾放过假，天人合一欺负我。
油然作云沛然雨，飒然风至爽快多。
此景只应天上有，玉帝挥扇汗珠落。

八

箭竹体无毛竹雄，不忌人议射苍穹。
三枚薄叶可蔽日，行过始觉凉气生。
青翠敢跻四君子，自蕴傲骨快哉风。
布局有方身心舒，空间若小压抑中。

赵忠启

男，汉族，1930年9月生，滕州市人，部队转业医务人员。曾任滕州市财贸医院院长，1999年离休。为中华诗词学会会员，山东省诗词学会会员，枣庄市诗词学会会员，滕州市诗词联赋协会顾问。曾荣获第十三届"天籁杯"中华诗词大赛银奖、第二届"岳阳楼"寻春诗会金奖。

七绝·纪念"五四运动"100周年

五四光芒照世界，人民唤起灭强梁。
千年封建已推倒，革命精神永不忘。

七绝·纪念周总理诞辰120周年

人民总理乃英才，今拜英灵天地哀。
不朽丰碑高矗立，海棠花艳为君开。

七绝·纪念马克思诞辰200周年

百年真理奠基人，不朽宣言主义真。
思想光辉指方向，放之四海耀乾坤。

七绝·歌颂改革开放40年

醒狮昂首屹东方，砥砺前行弱变强。
不忘初心担使命，风流人物谱华章。

七绝·汶川地震暨重建家园10周年

齐心同力建家园，一脉亲情助汶川。
众志成城施大爱，灾区面貌换新天。

七律·扶贫脱贫赞

扶贫解困正攻坚，重任千斤挑在肩。
全国黎民齐奋斗，基层官吏敢争先。
高端科技神通广，梦想成真须着鞭。
喜看阳春三月里，神州十亿乐尧天。

七律·朱日和大阅兵

昂首沙场待出征，一声令下虎威生。

战鹰呼啸风雷激,铁甲奔流骇浪迎。
红色基因锤劲旅,光荣使命启新程。
三军亮剑战能胜,看我人民子弟兵。

七律·庆祝建国70周年
站在家门看世界,中华智慧启新航。
七旬艰苦图强奋,卅载弘新探索忙。
海晏河清千里秀,天蓝地绿百花香。
和平发展广交友,共创双赢世界昌。

鹧鸪天·吊屈原
艾叶飘香端午临,冤魂江水渺难寻。斥奸遭逐空悲愤,殉国怀沙含恨沉。明日月,鉴忠心,龙舟橘颂九歌吟。楚风角黍乡情厚,千古离骚众所。

鹧鸪天·祭南京大屠杀遇难同胞
血染金陵尸骨寒,生灵涂炭大江边。百年国耻铭心底,卅万冤魂恸碧天。存铁证,铸铜拳,招魂一曲泪难干。碑铭史鉴防重演,华夏图强美梦圆。

赵子玉

男,67岁,邢台市诗词协会会员,邢台市桥东区作家协会会员,中国老年书画协会会员,2012年从邢台县国土资源局退休以后,一直在邢台市老年大学诗词对联班学习。近年来,在新浪博客、诗词吾爱网、银龄老年人网、邢台市旅游局网、古典诗吧、中华诗词吧、古典诗词吧、古体诗词吧、赵子玉诗词吧、河北旅游吧、邢台旅游吧、对联吧等十几家网站(贴吧)发表过诗词、对联作品三万余篇(首)。在《益寿文摘报》《燕赵老年报》《牛城晚报》等十几家报刊上发表过诗词、对联、文章五百余篇(首)。多次参加全国有关部门举办的散文、诗词大赛,并多次获奖。

七律·祖国的春天(新韵)
麦苗苗壮树成荫,农叟除田作业勤。
油菜金黄开绚丽,桃花红艳绽缤纷。
祖国强盛人民喜,前景辉煌赤县欣。
习总绘出华夏梦,幸福美好乐乾坤。

江城子·赞牛城环卫职工(新韵)
五更即尽夜朦胧。亮街灯,快天明。路上偶车,隐现影人踪。每日起晨来最早,唯有汝,扫街工。

夕阳花圃妪亲婴。雀枝鸣,卉藏童。茂盛夭乔,鸟语百花红。专注认真修草地,勤整理,绿林工。

道边公厕复花丛。美裹容,庶民称。处处温馨,市内沁香风。环境清洁谁搞定?居伟大,矢掏工。

卧牛城市讲文明。绿荫层,气新清。喷洒真忙,冬夏季节同。大众安居兮乐业,功首位,水车工。

江城子·赞邢台市老年大学(新韵)
桑榆岁晚进学堂。赋诗狂,仿京腔。写律填词,绞尽脑汁忙。调拐天边胡乱唱,学北曲,串南梆。

暮年有乐破天荒。鬓微霜,效苏章。叟媪黄昏,首属要安康。美妙工程夕晚照,恩政府,感中央。

七律组诗·柏乡古八景(新韵)
虹桥新涨
南关村首午河流,通济名桥历史悠。
殿宇巍峨鳞栉比,皇阁耸立富豪牛。
山洪暴涨掀浊浪,白沫翻腾跃阜丘。
触目惊心魂魄散,飞珠溅玉不回头。

注:富豪:富贵豪华。
阜丘:土山。

古鄗旧址

鄗城旧址始春秋，强晋安营后赵谋。
逐鹿边陲征战烈，残矛断剑废墟留。
逆臣新莽常安覆，东汉王朝帝位求。
刘秀行宫金殿岗，如今已毁剩峦丘。

注：常安：新朝的国都。

光武遗踪
城北村西大路旁，汉光武庙历沧桑。
新朝失道全国乱，刘秀登基势力强。
时代穿梭经岁月，光阴转瞬展辉煌。
今昔故址依然在，地覆天翻慨亦慷。

高庙晴云
高庙晴云景致妍，城西五里两村衔。
高台三丈足逾亩，大殿多楹有数间。
举首观察天地阔，登坡纵目视觉宽。
苍松翠柏阴森郁，凭吊清朝魏相连。

慎斋书院
慎斋书院誉槐阳，冬夜读书外雪庄。
辟地结庐研诸史，(注)为官清正美名扬。
遍植杨柳八方碧，中建高阁四面窗。
春夏秋冬花绚丽，一年四季沁芳香。

注：诸史：各种史书。

太行晚翠
太行晚翠映天边，岗岭层迭胜景绵。
红日西沉呈暮色，晚霞渐重下夕烟。
纷飞瑞雪风光美，山舞银蛇遍地盘。
漫步城头极目望，赏观瑰丽享怡然。

水流清
赞皇高邑入白楼，姊水淙淙绕县流。
杨柳垂堤呈翠绿，鱼群跃水尽欢游。
春时引钓闲寻乐，夏日牵绳喜放牛。
秋季西风河水碧，如飘彩带显轻柔。

左海碑阴
碑文撰写赵南星，万历重修在县城。
左海碑阴镌妙笔，草书精彩誉佳名。
缓刑除弊崇文教，治水开渠建伟功。
动乱十年遭破坏，珍稀文物毁无踪。

甄尌喆

秋兴八首

其一
钱塘风物转寒林，挥染湖山气象森。
无数丹枫明粲粲，依然碧树翠阴阴。
登临任我舒双目，寄傲凭谁识寸心。
自笑沉吟多感慨，几行诗句待椎砧。

其二
一阵凉风吹帽斜，萧萧鬓发露霜华。
盘桓葛岭登山路，眺望西湖游客槎。
秋色无边添野兴，市声何处有清笳。
九溪烟树翻红叶，远胜公园看菊花。

其三
湖色山光浮落晖，天边月淡数星微。
秋风秋雨思秋瑾，岳庙岳坟悲岳飞。
歌舞不堪春梦短，英雄遗恨壮心违。
应怜正气人间瘦，松柏清寒不解肥。

其四
南宋临安似弈棋，繁华凋谢事堪悲。
夜深酒宴楼高处，风猛崖山浪涌时。
灯火何如烽火烈，晴云不碍雨云驰。
今人自享今人乐，故国山河有所思。

其五
秋色连绵向远山，斑斓朱雀渺茫间。
江涛拍岸终归海，雁影横空早入关。
北国雪飘惊白发，西湖叶落笑苍颜。
风光不尽登临意，趋步杜陵秋兴班。

其六

赤橙黄绿满枝头，又踏江南第几秋。
陶令篱边抬望眼，杜郎车上卸离愁。
任从鬓白将如鹤，莫管身闲难似鸥。
遥想雾淞冰雪境，此时归去忘杭州。

其七

春夏秋冬运化功，人生原在旅途中。
雨敲凉夜芭蕉韵，雾涌寒江雪柳风。
节物由他光景异，年华于我夕阳红。
外孙解语得新趣，一笑不知成老翁。

其八

越水吴山逶且迤，新楼随处俯烟陂。
梧桐街市萧萧叶，杨柳桥头袅袅枝。
湖比西施苏轼语，山称天竺是谁移？
栖身自古宜居地，诗意何妨霜鬓垂。

岁月八首

其一

岁月回眸过邓林，几多烂漫几萧森。
人间气象忧中乐，海上风云晴后阴。
乌发不妨成鹤发，诗心犹自是童心。
一弯凉月窗前挂，疑向秋声听捣砧。

其二

西风吹鬓夕阳斜，往事悠悠忆岁华。
炊饭饥餐瓜菜代，枕书梦泛海天槎。
神龙击水掀长浪，野马飞尘塞旧笳。
闻道香山秋色好，云翻霜叶看红花。

其三

汗滴镰刀映夕晖，乡村灯火望中微。
檐前雏燕随时落，垄上轻鸿何处飞？
锦绣年华人有待，知青道路事相违。
若言艰苦农家甚，寡水稀汤几顿肥。

其四

界疆寸土必争棋，云暗三边风景悲。
滚滚硝烟能几许，重重壁垒候多时。
晨霜哨位钢枪握，夜雪龙沙征马驰。
战士情怀唯报国，无名高地又回思。

其五

蟠龙敛气困东山，归海腾云瞬息间。
春色寒生三月雪，清明痛入百牢关。
流年每恨偏多事，甘露应时方解颜。
更喜女儿初落地，将雏携妇又加班。

其六

东风不信不回头，翻转苍茫十二秋。
学子生涯曾是梦，招生信息可消愁。
云天漫舞迎风燕，寰海纷飞逐浪鸥。
再别校园天地阔，当春好雨润神州。

其七

辛苦三迁考试功，几多机遇有无中。
孤峰月下龙泉影，落日江头铁笛风。
不惯华堂倾酒绿，相寻枫叶看霜红。
浮生一梦真如幻，得失何须论塞翁。

其八

茫茫世路自逶迤，静看泉流泻石陂。
一片青山寻野趣，几年南国踏芳枝。
钱塘风物依依伴，今古时光寸寸移。
未必老来多寂寞，外孙解语笑垂垂。

国殇二首

杨靖宇

苦战雪原林海间，五天五夜几曾眠。
饥吞草絮枯肠热，冷忍风刀瘦骨坚。
半壁山河恨沉陆，孤军东北敢擎天。
铁围拼尽英雄血，晕染神州松柏篇。

张自忠

上将冲锋襄水边，涓涓碧血向幽燕。

当年寸步风波恶,至死丹心铁石坚。
抱恨名声落泥沼,招魂节烈薄云天。
英雄自古多磨难,忍辱捐躯谁比肩?

吉林师范学院中文系 78 届同学会

缘分情亲四十年,呼名相认鬓毛斑。
酒逢今日期他日,歌焕红颜疑醉颜。
慷慨江翻千尺浪,淋漓霜染五花山。
别离何虑天涯远,见面手机微信间。

杭州岁末

日月移轮两若飞,一年容易又相违。
外孙解语得新趣,白发催人称古稀。
夜雨梧桐声飒飒,晓晴杨柳色依依。
登临欲问钱塘水,可比寒江玉树辉?

郑毕红

男,浙江开化人,小学教师,大专文化。衢州市、开化县诗词楹联学会会员。作品曾在《赣鄱文学》等刊物发表。

七绝·兰韵

春寒料峭雪携霜,叶蕊凝冰翡亦惶。
空谷佳人初展袖,芬芳满室美名扬。

七绝·龙顶问茶

云蒸雾润叶临风,雀舌藏闺碧浪中。
仙子临凡伸玉指,先春一道耳心聪。

七绝·咏南山海棠

桃芳李艳自鸿蒙,山色苍茫花信风。
蜀客含苞初绽放,嫣红姹紫忆周公。

七律·游绍兴沈园

临风信步沈园行,木笔争春把客迎。
榭丽梁奇车马立,波清鲤美燕莺鸣。
寻联拾趣瞻楹壁,习赋研词谒圣明。
更有《示儿》诠大爱,钗头醒世惜柔情。

七律·清明踏青

微风拂柳翠绡扬,阡陌寻青去撷芳。
彩蝶翩跹携伴舞,巢蜂振翅酿琼浆。
黄莺婉转鸣声脆,杜宇提醒农事忙。
桃李争妍百花艳,春明景丽画中藏。

七律·游开化根宫佛国

亭奇殿伟傲苍穹,影绰桥横曲径通。
盘曲虬枝溢灵韵,文镶简册汇文功。
蒙童击瓮千秋智,车胤囊萤百世隆。
玉树根魂仙佛聚,神工鬼斧古今融。

七律·游马金天童山

金溪岸畔有天童,千载名扬史册中。
道法自然须志事,丹书宝箓亦神通。
云来洞壑玄机妙,翠柏生香羽化风。
拾级登高宽眺远,怡情山水一仙翁。

七律·槐里堂

青云岭下云霞起,石壁山前元水流。
古道蜿蜒连小巷,幽亭宏丽接琼楼。
农商仕学梁中现,书画琴棋屋内留。
传习儒家礼智信,建功立业闯神州。

水调歌头·游钱江源

一

山水灵秀境,诗画浙江源。溪流原野翠绿,生态美名传。紫气升腾环绕,曼妙云喷雾薄,醉氧卧峦间。古道人如织,今夕胜千年。

石如屏,林似海,隙涌泉。垂帘飞瀑,恰似星汉落云天。驻足龙门客栈,禅悟根宫佛国,快乐似神仙。奇险美幽绝,要数浙江源。

二

青山溢秀色，古木尽朝晖。寻根青绿长廊，思古越雄威。滑艇碧波湖上，掠影鸳鸯戏水，观白鹭翻飞。墨客忙添彩，居士把诗追。

金溪剧，高跷马，板龙凼。晴岚七里，牛背短笛彩云归。漫步将军故里，承载状元遗训，共举复兴旗。窥梦桃园境，开化众仙垂。

三

举目千重秀，绿色养生游。城于峦峡耸立，峰令客回眸。拾级登高健体，遥望怡情养性，万事亦无忧。果腹农家乐，美味解乡愁。

清水鱼，瘦腊肉，野茶油。青蛳烹饪，膳食之内是头筹！云锁高山蔬菜，雾漫水中芭蕾，清酌口中留。四海五湖客，齐聚浙江头。

注：钱塘江，古称浙，全名"浙江"，又名"折江"、"之江"、"罗刹江"，一般浙江富阳段称为富春江，浙江下游杭州段称为钱塘江。

浣溪沙·河滩夏景

一阵雨丝一道虹，天光云影化和风。悠扬短笛醉鱼龙。

乳燕初飞高柳下，呢喃邀伴跃苍穹。溪清草绿景相融。

蝶恋花·唐宋古道

浙皖通衢唐宋道。辗转崎岖，山麓溪边绕。白际岭中商贾叫。油盐布匹均为宝。

千载繁华烟浩渺。隧道开通，两地资源调。追忆当年人力耗。而今盛世呵呵笑。

郑泊

泊兮社社长，擅长写诗、作词。个人第一部原创作品集《万物皆诗》——万物皆为诗，万物皆可歌，个人第二部精选集《诗与歌》。

阮郎归·杆秤（词林正韵）

君心不贰似金钩，妾心为秤头。秤头足锭抵貂裘，金钩刚且柔。

生以许，死相投，此情决不休。除非沧海变高丘，江河为逆流。

如梦令·春（词林正韵）

不若天长地久，只愿蓦然回首。相对尽温柔，应似两颗红豆。知否？知否？正是春风时候！

写于:2019年2月14日

注：词林正韵，情人节献礼，惜春。

后庭花破子·好行游（词林正韵）

丽日鸟啁啾，泉清野麓幽。自在楹花落，无穷水汇流。暗池游。戏虾起漾，鲤鱼浮上钩。

采桑子·山中（词林正韵）

山中渐覆隆冬雪，不语西风。不语东风，一脉烟峦沉晚钟。

人间乍暖初春树，十里梅红。十里桃红，撑伞归来暮雨中。

采桑子·山居（词林正韵）

晚风拂至梧桐落，暮雨潇潇。暮雨潇潇，涧水湍流滴似敲。

鸟鸣不扰溪边坐，蒲扇轻摇。蒲扇轻摇，一片流萤过小桥。

临江仙·忘川殇（词林正韵）

陌上清歌舒缱绻，花开静默成行。徒留背影向昏黄，三生石已裂，浅刻是荒凉。

苦等千年终未遇,回眸世事沧桑。前尘滚滚忘川殇,奈何桥下水,一碗孟婆汤。

点绛唇·心 (词林正韵)

总是骊愁,一帘幽梦谁人共?暗香浮动,慵剪灯花弄。

烛影微凉,摇曳钗头凤。衷还恸,落红情重,更把深深种。

如梦令·桃花缘(词林正韵)

溪水烟云闲渡,夹岸缤纷无数。琴引入迷津,人在桃林深处。劫数、劫数,曾是佛前花树。

巫山一段云·宴饮(词林正韵)

酒气庭中凑,峰光殿外流。高谈小倚桂华楼,海月自来求。

沓舞多不乐,山歌鲜有愁。深红浅绿欲行游,去去莫停留。

生查子·修真(词林正韵)

争教天意更,坐把仙期误。措弃在人间,遣落流离处。

权将心事挥,径向凡尘路。厌厌本无关,惹是多情故。

卜算子·春祀之东君(中华新韵)

若玉宛弥烟,似雪天边落。并驾惊雷冻雨来,唤起狂风作。

掸去袖边尘,疑傍重峰过。始向青云岭上升,漫看江山阔。

郑大春

男,1952年3月,中专学历。南天诗社社员。广东省湛江二中社员、廉江市诗词楹联学会会员,蓬山诗社社员;现是一名小学语文高级退休教师。

七绝·题仙道读书图

岩松作椅腿双盘,捧读文章自乐观。
暑往寒来随日度,神怡心旷地天宽。

七绝·蜘蛛人

一丝护体吊墙中,洗刷高楼令众崇。
汗水换来新景象,辛勤劳动铸丰功。

七绝·义薄云天

眼前一幕孰稀奇,畜有灵根不可思。
救死敢冲刀斧手,猪哥义勇胜男儿。

七绝·春风花月夜

十里桃花寄意浓,小桥流水导行踪。
红尘最是情堪记,淑女才郎月下逢。

七绝·贺张勇进主席《闯江湖》一文荣获2018年度中国散文十佳奖

江湖杰作溢才华,荣获十佳实可嘉。
若问芳名何处得,严寒自古炼梅花。

七律·家乡行

五月榴花耀太空,田禾正熟牡丹红。
莲塘鸭戏清波动,柳底莺歌乐趣浓。
且喜金萱呈碧玉,尤欣妃子展娇容。
华楼掩映园林秀,无限风光入画丛。

鹧鸪天·城北公园颂

城北公园亮丽妆,樱花绽放蝶蜂狂。风和日暖峦峦美,水碧天蓝韵味长。

划小艇,载霞光,清波湖里见鱼翔。寻幽览胜莺声媚,共咏升平奏乐章。

注:金萱,即金萱茶。妃子,即妃子笑,荔枝的一个品种。

忆江南·咏双峰嶂风力发电站

多少事,尽在梦圆中。雁水腾辉添异

彩，途通百转上双峰，风电傲长空。

郑德福

笔名樵牧儒邑，男，汉族，江西广丰人，56岁，中共党员，大专学历。曾在海军东海舰队当兵6年，现供职于福建邵武市城市管理局党组（委）办。中华诗词学会会员，邵武市诗词楹联学会会长。

五律·渡头旧貌如诗画
矮坝流湍急，樟槐鹊鹭嘤。
油坊锤榨响，水碓转轮鸣。
牧崽歌声细，船工号子铿。
浮桥牵我念，旧事梦中生。

注：渡头是信江畔的一个大自然村，位于江西广丰湖沿铺，是我的老家。这里物产丰富，从前商埠商贸发达。

七律·觅乡愁忆外婆
秋声扰梦乡思远，欣过舟桥赴舅村。
驻足观坡收薯悦，回头眺坝捉鱼喧。
牧童结伴骑牛背，樵弟邀吾伐树根。
挂肚牵肠寻故土，外婆印象脑中翻。

七律·赞邵武云灵山景区
峰翠岚环吉水藏，福禅溪首现平洋。
湍流荦确漂流畅，峻岭葳蕤越岭狂。
聂寨兴衰银杏诉，龙村富美石雕彰。
旅游开发金桥架，一马当先郑祖良。

七律·参加海军福建基地战友苏州聚会感怀
久别重逢拥抱狂，复员卅载鬓萌霜。
摸爬滚打思军旅，比学帮超叙史章。
解甲归田酸涩诉，成家立业苦甘尝。
举杯共饮姑苏酒，团聚联欢惜寸光。

满庭芳·履职党务近卅年感慨
党务辛劳，目标宏远，为真理践豪言。从严遵纪，规矩视如山。绩效勤廉德助，精神铁、奋发争先。比荣耀，甘于奉献，回报少谈钱。书文频读写，作诗提气，励志登巅。肯受累，身强不惧熬煎。遇急通宵达旦，担当紧、敬业诚虔。新人上，吾须让位，重任尔来肩。

望海潮·忆参军上"前线"
红花胸佩，冲天锣鼓，蓝装队伍行前。离别铁城，攻防蒋匪，站台父母衷言。闷罐列车延。展新兵威武，清点人员。响亮回声，气笛鸣放黑龙牵。坐仓瞬变营盘。辟眠床走道，即论师团。船箭几多，鱼雷数许，海军哪国排先。本领必求全。遂可迎挑战，统一台湾。至福州时夜半，分配赴飞鸾。

注："前线"即"福建前线"，指福建为解放统一台湾的前线。飞鸾即宁德市蕉城区飞鸾镇，该镇驻有海军部队。

西河·忆力摘"特等射手"称号
兵有志，追求杀敌名气，忠心耿耿把枪研，功夫苦砺。首回同考闯关成，欢欣鼓舞宽慰。卧姿先，再立跪，提升等级高技。喘嘘平稳扣扳机，弹无落矢。夜间抵进接连来，丸丸穿透神对。欲收"特等射手"帜，盖全连、才十多士，结果让余陶醉，见头标、两百前方，三尺靶远翻番，吾齐逮。

浣溪沙·获无偿献血"银奖"感怀
周岁临危疾患煎，脉输鲜血体能添，瞬间肢体复苏恬。
昔日承人垂德厚，而今克己涌泉虔，无辜雅号郑庄严。

郑定

网名非也，重庆诗人。

— 1621 —

如梦令·钱塘江观潮

独见烟波淼淼。惟听长驱怒啸。顷刻浪翻飞,万马半江脱套。惊肇。惊肇。天地乾坤颠倒。

蝶恋花

月泻寒光愁入景。紫陌萧疏,草木虫凄哽。玉碎琴心空叹咏。霜鸿迷晚天寥迥。

昨事今尘如梦令。逝水如斯,孽海浑无醒。絮果兰因缘命定。壶觞颠倒沧桑影。

唐多令

弱柳曳风烟,残荷收暑天。散馀霞、落照前川。忆别云英芳讯杳,霜吹泪,雁声酸。

吟绪几留连,诗心一点丹。未了情、咫尺关山。崎路艰辛成汝玉,遥秋水,梦婵娟。

解佩令·闲寄

凋花逝水,断霞明树。变东风、尘事荒误。记取清游,理燕妆、蛮腰慵舞。梦如烟、美人迟暮。

年来沦落,飘零吴楚。怯流光、鬓换成素。辞赋平章,耿情衷、寻盟鸥鹭。醒骚魂,紫云回步。

高阳台

碧树烟迷,落花水送,书空黯断魂游。几度传觞,奈知歌酒都休。沧桑叠影人间世,遏行云、一纪凝眸。最伤嗟,纨素勾留,心字勾留。

铜驼遗恨荒荆棘,念黄金铸错,泪洒春秋。客里青衫,瘩瘩书剑恩仇。江湖十载悲欢事,莫难忘、情化浮沤。朗吟怀,拍遍栏杆,重上危楼。

郑福友

字肖草,号浙江水韵人,浙江温岭人。中华诗词学会、中国楹联学会、浙江省辞赋学会会员,温岭市市场监管局文联顾问。先后在各类媒体发表诗词1000余首,曾获中国萧军研究会全国诗词大赛金奖,并获中华优秀诗人词家荣誉。著有《水韵诗文》诗词集。

端阳节

屈公含屈沉,天问问江心。
玉宇忠魂舞,离骚不朽音。

庆祝人民海军建军70周年(新韵)

舵手潮头立,岛城春意浓。
渡江追曙诞,航迹战时隆。
坚艇护瀛海,银鹰穿宇穹。
军旗扬猎猎,华夏万年荣。

题天宫庄园

日巡万里百花妍,沙漠庄园一样全。
此景画图何处有?长房讪笑世人癫。

情操

徒言尘事万般变,唯有读书志趣高。
彩翼虽妆鸟姿美,须知人品在情操。

题紫微花

紫薇下界碧无瑕,趁夏芳菲寄岁华。
晨起含羞倾国色,客来带笑绽心花。
腰肢轻挠时时舞,眉目闲舒处处夸。
百日红妆披满树,凭栏悦眼醉琵琶。

题石桥头王氏龙凤花灯

羞月藏楼窥锦笺，登场龙凤闹长天。
从来风采相期奕，今日光华一见妍。
塔耸百寻开境界，灯妆五色动心田。
精娴技艺垂千纪，辉映家乡庇万年。

醉珠江·感赋港珠澳大桥（自度词）

虬龙出海舞长天。跨波澜，越平川。三地相望、零丁洋隔已千年。今放坦途心愿了，轻车路，醉婵娟。

但知水上历艰难。事千端，日无闲。露宿风餐、依旧尽开颜。神女当惊神工斧，看华夏，著新篇。

沁园春·颂温岭解放70周年

古邑明珠，曙光温煦，东海画廊。引人文称甲，满园桃李；春风得暖，遍野沧桑。

古迹辉煌，新村璀璨，望断青山啼鸟翔。月河诵，斯碧波荡漾，乃我家乡。

攻坚步伐铿锵。始夺鼎、长安护惜忙。喜稻粱丰硕，品牌迭出；市场升级，工贸轩昂。

多少精英，几多雄略，捋袖豪情涌满腔。征程启，党政军民学，共谱雄章。

郑付启

河南省商丘市人，浔阳江诗社会员，努敏河诗社会员。工作之余，喜欢诗词写作，诗作散见于各种诗集诗刊。

七律·四平南湖公园

一泓澄澈共氤氲，十里长堤沐晚曛。
渔火扁舟朋会友，暖风浅草雁呼群。
月移嫩柳摇倩影，鱼戏娇荷展翠裙。
山色湖光凝紫气，鹂音百转可堪闻。

七律·洛阳牡丹

风流占尽压群芳，仪态雍容富贵长。
云锦霞裳羞魏紫，画栏绣幄胜姚黄。
娇姿浴火胎犹艳，国色笼烟蕊更香。
舞破丹墀终不悔，高标依旧傲君王。

七律·宿迁行

天高云淡柳梢晴，幽径溪亭百鸟鸣。
金桂花开招粉蝶，紫薇叶舞戏黄莺。
夕阳有意洋河醉，朝雨无心闸蟹醒。
看山看谁随客便，一樽清酒伴莼羹。

七律·登横山

此生有幸登横山，一入丹青不忍还。
暮鼓晨钟香火旺，松涛竹海白云闲。
秋高万籁埋行迹，野旷千峰显圣颜。
碧浪无垠风作画，樵夫笑我醉其间。

七律·春游汪水河

碧波荡漾总无边，兰棹轻摇醉楚天。
花散清香鱼掠影，浪漫绿渚鸟随船。
傍堤翠柳流芳韵，得水新荷咏大千。
魅力草坪春正好，东风缕缕意悠然。

七律·顾村樱花节

携友幽游三号门，春华摘藻欲勾魂。
香凝路径疑深浅，鸟唱枝头乱晓昏。
玉蝶寻芳花弄影，骚人分韵墨留痕。
多情应醉清风里，一箧诗思落顾村。

浪淘沙·风雨廊桥（词林正韵）

容貌胜荷娇，楚楚蛮腰。吻波逐浪度良宵。倚翠偎红留倩影，暗送鲛绡。烟柳坠丝绦，鸟语交交。山盟海誓共风骚。总是恋人携手处，快意逍遥。

鹧鸪天·抚仙湖（词林正韵）

万顷琉璃万顷波，天光云影舞婆娑。

月浮鱼洞春宵短，浪涌孤山蝶梦多。风缥缈，雨蹉跎，沙鸥点点向天歌。青山倒映悬湖底，湖底青山簪碧螺。

郑海波

号晚风清凉，四川通江人，1990年1月生。现就职于上海一医疗器械公司，是一名机械工程师。早年一直热爱诗词，后来认真学习格律，也经常练习书法，擅长篆书，致力于发扬中国的传统文化。目前是众创诗社的会员以及编委会成员，草庐诗社会员，豫州诗书画社会员。作品发布于翰墨诗社、南楼诗词文苑、马帮诗词、国风新雅苑、豫州诗书画社等媒体。

梅兰竹菊（四首）
咏梅（新韵）
冰封万里百花凋，难挡暗香天际飘。
地冻霜寒何所惧，不屈怒放更妖娆。

咏兰
幽谷芬芳独自开，文人墨客慕香来。
洁身不抢百花艳，与世无争志在怀。

咏竹（新韵）
笔直屹立聚成林，风过沙沙天籁音。
不避严寒根蓄力，一朝春雨步青云。

咏菊（新韵）
似锦花团陌上欢，冰霜无力自觉惭。
随声附和怎如意，绽放随心皆可安。

夏日
雷声阵阵却无风，入夜依然午热同。
邀得亲朋复相会，举杯畅饮再三盅。

初秋思故乡
阵阵微风吹落花，柳枝不复发新芽。
清晨离去迎朝雨，日暮归来赏晚霞。
缓入梦中寻故友，蓦然惊醒傍帷纱。
霓虹闪烁意难定，又忆远方泥墙家。

初秋
正午酷难当，黄昏好歇凉。
千般花蕊谢，百种果蔬香。
学子旅途累，农夫收割忙。
秋风吹拂处，大地换新妆。

电力工人高空检查线路（新韵）
塔伸百米矗云霄，亿万接头确认牢。
酷日沙丘骄似火，狂风雪地凛如刀。
山区电视美声响，都市霓虹亮度高。
勤奋付出多赞誉，合家欢笑乐逍遥。

江城子·华为被封锁有感
曾经羸弱倍凄凉。倒城墙，国将亡。无数仁人，奔走下西洋。受尽讥嘲仍坚韧，非敢忘，版图伤。

国家兴复引人狂，聚豪强，又何妨。无畏华为，贸易拓边疆。华夏子孙多睿智，勤奉献，谱新章。

鹧鸪天·自题
碰壁繁多难记清，追寻梦想未曾停。零星烦恼瞬间去，无尽安宁长久迎。

临大篆，习诗经。惜时发奋路途明。广交贤者才能聚，利禄功名看待轻。

郑海峰

笔名叶子，内蒙古兴安盟扎赉特旗作家协会会员，扎赉特旗诗词学会副会长，内蒙古优秀文学指导教师，内蒙古优秀朗诵指导教师，内蒙古诗词学会会员，中华诗词学会会员。2013年创立海风情境作文教育法,荣获教育部"十二五"课题一等奖。

七绝·初夏堂前看雨
春深纤草落榆钱,漫野村夫露汗颜。
喜见窗前飞雨细,泽篱润陌挂青帘。

七绝·不惑之年(新韵)
荣华宠辱神闲定,草翠遗之怎枉情。
自有琼花随雨绽,何曾水阔向西行?

七律·春晨初晴即景
暮霭新濯落梦寒,柳柔草碧燕呢喃。
推门晓月牵红日,倚棹春鸿秀翠潭。
雨洗葳蕤清眼界,风摇烂漫润心田。
杏胞初见蜂蝶舞,几片孩童笑满山。

七律·端午忆
一株艾草祭千年,楚地秦歌尚可安。
易水有情忧庶士,离骚无悔对王权。
三闾大志投江浦,五柳雄姿向北山。
掩涕叹息别血酒,粽香几缕慰青天。

郑和平

网名秋枫小筑。陕西省汉中市政协退休公务员,中华诗词文化爱好者。

小重山·夏雨清萌
溪水微澜凫鸭鹅。清萌花蕊叠,绽塘荷。蛙声一片唱菱歌。蜻蜓立,莲叶舞婆娑。
连日雨滂沱。无端心事扰,望烟波。流年易逝叹蹉跎。江天阔,梦里荡轻舸。

临江仙·游兰州黄河风情线即兴
滔滔沧浪奔腾急,青葱湿地风情。黄河母子显温馨,长廊林茂,雕塑水车迎。
漫步岸堤心神醉,和风杨柳烟汀。凝眸轮渡听涛声,山峦雄伟,气爽壮西行。

阮郎归·贺兰山岩画拾趣
雄浑大气贺兰山,奇峰高峻叹。凿雕岩画溯渊源,神凝远古间。
崖壑静,水潺湲,徜徉神秘篇。留连栈道辨痕斑,无言胜有言。

好时光·沙湖
快棹波光鳞影,芦荡片片清幽。沙映碧湖心荡漾,风情梦里收。
大漠临旷景,此际瞭望清遒。脆响驼铃队,伫立突沉钩。

南乡子·若尔盖花湖记游
海子藏包乡,飘忽浮云栈道长。神赐草原花似锦,茫茫,天水相连意趣扬。
如幻悦心房,漫步青茵餍景望。满眼碧波鸥鹤影,苍苍,遍地牛羊入眼眶。

郑剑平

茂名南天诗社社员。江西省新干县公务员,吉安市诗词楹联协会会员,新干县作家协会会员,诗词、散文分别在网媒和市县报刊发表。

七绝·樱桃
小小灯笼挂满枝,晶莹剔透惹涎垂。
人生恰似樱桃味,几许酸甜品自知。

七绝·桃花
春寒陌上依稀尽,日暖枝头次第开。
一抹嫩红羞涩味,多情蜂蝶吻香来。

七绝·蜗牛
背负乾坤伛偻行,留痕岁月问前程。

常怀远虑无忧绕，一旦登峰百鸟惊。

七律·缅怀井冈英烈

仰止弥高赴井冈，心灵洗礼破迷茫。
青山处处埋忠骨，翠竹幽幽祭国殇。
八角楼中灯火旺，黄洋界上笑声扬。
硝烟远去基因续，负重前行斗志昂。

七律·观知青纪念馆

三五成群仰俊贤，知青展馆半坡前。
身居闹市心弥壮，梦断穷乡志更坚。
木桶挑来泉底月，新禾插破水中天。
鸣蝉羽化歌嘹亮，故土重回夜不眠。

七律·咏三湖红橘

千年贡品大红袍，嫩肉薄皮颜值高。
果压琼枝来赴约，蜂迷玉蕊不辞劳。
日沉赣水飞苍鹭，风起芳林涌翠涛。
赚取宫中妃子笑，酸甜有度醉文豪。

七律·咏梅

万物凋零我独红，花娇蕊艳靓苍穹。
暗香幽雅沾时雨，疏影粗豪复古风。
彻骨铭心身似铁，经霜斗雪气如虹。
岁寒三友谁轻俏，墨客文人醉一丛。

五律·中美贸易摩擦

华为技领先，美帝坐针毡。
利剑偏锋走，孤身顾影怜。
雌黄生鬼火，贸易起狼烟。
纵有狂风浪，依然捷报传。

郑健

笔名礁石，号秋韵居士。河南华夏建筑项目经理。酷爱诗词、历史、易经。不谴是非，与世俗处。

七律·邻院榴花（仄起平水韵）

绿荫满枝晴日长，蕊红似火欲过墙。
暖风越院登楼处，却见榴花一树香。

七绝·重五（仄起平水韵）

酒祭端阳千载去，离骚雅集总听闻。
行吟轩下谁同语？一阵莺啼共思君。

五律·八一颂（仄起平水韵）

山雨声寻径，南昌炮炙隆。
百年翻巨浪，数载御东风。
友至长谈客，狼来短穗红。
雄鸡缭亮起，鬼魅遁晴空。

五律·七夕（仄起平水韵）

远望天穹翠，人间正袅烟。
举头庐舍外，泣下北辰篇。
七夕犹晴日，三虹鹊起怜。
瑶池图一醉，共倚阙河前。

七律·建国70周年咏怀（仄起平水韵）

七十年来兴国事，感风沐雨屡生晴。
经天纬地乾坤大，邦富民强法治明。
万里海隅蓝色诀，九州河晏舰船横。
如烹小鲜鸣长笛，安坐消平五鬼盟。

七律·酒后咏怀（仄起平水韵）

自语蹉跎时可品，由来渐觉发霜侵。
孤念对照人情冷，合掌难消世事阴。
明月清风无有价，高山流水少知音。
悠然须向东篱老，诗酒田园抱横琴。

郑杰

作者系中华诗词学会会员；江苏省诗词协会会员；河南诗词学会会员等。

观鸥

崩浪散轻鸥,闲身快远游。
翰飞可衔日,直向海云留。

世相

好雨花繁百色春,梦中零落痛犹新。
人云空语难如犬,犬着鲜衣不是人。
四序月娥圆复缺,一生浮世假还真。
经时点检蒙天幸,未负冰心身外身。

某花刺鼻题

三两自成春日春,纵然花好敢谁亲。
要知秽气弥天重,身畔从来不近人。

听竹

由来丝竹为君弹,四季拂云望万安。
聆得虚怀声镜澈,清风和奏玉琅玕。

窗台望雨

点滴纷来夜可怜,黯然又系结千千。
痴心台上痴心月,也未如钩也未圆。

西湖即句

山偎烟水水浮山,一片苍茫翠霭间。
多少钱塘西子句,风流风物总相关。

故宫行

深深禁院阙重重,尽是蒸黎问旧踪。
流与坊间多少事,白云冷月不曾封。

梦扬州·扬州好

蜀岗边。望画堤烟柳、云水轻船。白塔翠阴,百鸟翩翩关关。四时山、叠千般趣,阆苑兮、惊世名园。连朱户,珠楼星列,晏灯间市殷繁。

三月偏宜熟看。正蝶恋琼花,芍药流丹。廿四月明,沈醉箫声危悬。且听馥郁扬州韵,滟滟来、春满壶天。怜此景,吹弹悦耳,愁断凭阑。

郑景娜

一个穿行于尘世,醉心于文字和音乐的小女子。河北省安国诗词协会会员,祁州文苑编辑,古城四味编辑。

五律·夜雨

夜听窗前雨,案头一盏茶。
纸笺涂妙字,烛火曳无哗。
廊下来抚曲,梦中又探家。
今宵传喜讯,夏韵洒天涯。

卜算子·初秋

风起卷珠帘,月透廊檐下。几缕清凉入梦中,惬意香腮挂。

萤点也知心,飞舞藤萝架。巧隐层层叶隙中,又把七夕话。

行香子·路痴调儿

一半儿羞,一半儿愁。踏归途,几次回眸。千回百转,欲走难留。叹我何去,我何乐,我何求?

蹉跎岁月,衰痕已顾。却依然,童稚无筹。今生若梦,梦醒天秋?了红尘劫,凡尘悟,俗尘忧。

浪淘沙

归雁唱晚秋,笛韵幽幽。浮云凌乱几多愁。红叶凄凄应有恨,欲诉还休。

眉蹙锁双眸,又作心囚。尘缘聚散岂能求。纵使痴心逢拂意,莫问缘由。

蝶恋花

珠帘惊春风拂缀。一枕游思,闺秀娇慵寐。萤烛无声偏负累,独尝凄梦何言兑?

窗隐菱花痴饮醉。伏案轻涂,朱墨撩心肺。笔染残凉怜旧识,笺书小字愁滋味。

郑琴香

网名毛毛竹,生于1957年。中师学历,湖北省阳新县龙港镇退休教师。湖北省诗词学会会员,富川诗词楹联学会会员,龙山诗社理事。有作品发表于各大网络平台。

五律·粉笔吟

无瑕玉洁身,有志授经纶。
似烛明仁道,如蚕织锦春。
舍身弘厚德,为国育新人。
愿筑英才梦,何辞化作尘。

七律·咏秋

谁持彩笔下天宫,大地为笺情景融。
绘得棉田翻雪浪,描来柿岭挂灯笼。
鱼肥鸭壮清流缓,橘绿橙黄蜜枣红。
秋色宜人堪入画,农家煮酒庆登丰。

七律·祖国母亲七秩之庆

七秩慈亲胆气雄,家和国旺业兴隆。
条条高铁通天路,座座琼楼接碧空。
时雨称心千岭秀,春风得意万枝红。
同心齐献蟠桃寿,共祝江山世代丰。

七律·游子情怀

亲情愿舍出乡关,天涯海角数载还。
敢舞长龙浮万水,何愁留鹤越千山。
鹍鹏展翅开新宇,猛虎生威貌港湾。
妙手描成中国梦,铁肩游子喻人寰。

七律·农家乐

春将五谷种田头,除草施肥自在收。
绿豆煮茶驱暑热,高粱酿酒抵寒忧。
忙时敲键堪帷幄,闲里吟诗可运筹。
今日三农民得意,丰衣足食乐悠悠。

七律·夜访云景湾

诗画拧成一奇观,玻璃桥上久凭栏。
华灯朗照撩人眼,月色新磨湛玉盘。
槛外禅堂声隐隐,亭边心曲夜阑阑。
星云欲倦还回首,霓影翩翩舞凤鸾。

七律·观富春水上乐园冲浪有感

龙宫一座在汪家,壶口频频吐浪花。
冲得骄男肌似玉,漾来靓女面如霞。
书生搏浪心生怯,独有吟情韵已赊。
潮动人欢惊燕雀,尘劳洗尽乐无涯。

七律·母亲节

虽然萱草去天堂,节日来临百感伤。
总念炉前烹膳食,且思灯下补衣裳。
严寒腹暖娇儿骨,酷暑风清爱女床。
缕缕春晖曾未报,唯留杯酒酹三觞。

郑清健

福建厦门人,现为香港籍。在香港、深圳历任经理、总经理职务。出身名门世家,自幼受父亲的熏陶,爱好文学,尤其是古典诗词。已创作大量的诗词作品,散登于微刊、书刊等。现为香港诗词文艺协会执行副会长兼秘书长,以及几家诗社、诗会的顾问、常务理事、理事或成员,几家诗刊的顾问或总编。

湖北利川腾龙洞瀑布观感

飞奔直泻洞中入,震撼高昂裂胆惊。
激水腾空沉玉碎,起龙喷雾响雷鸣。
山头浪沫清江去,地底暗流深谷成。

壶口壮观人赞叹，利川媲美世闻名。

<small>2019年6月29日于湖北利川</small>

获奖感言

盛世开怀享碧天，东风吹暖感心田。
马明欢意奔腾快，船鼓云帆争竞先。
贯注豪情参妙义，坚凝雅赋唱新篇。
欲将放远登峰顶，壮志依然求梦圆。

<small>2019年6月30日于恩施</small>

利川红茶赞（二首）

赠利川金利茶业有限公司陈孟秋总经理雅存

云绕深山薄雾笼，甘泉浇灌夺天工。
林披翠绿无尘染，谷透清幽溪水匆。
幺妹春秋施手艺，利川年岁出茶红。
承蒙莫迪夸为冠，举世行销盛赞中。

利川红茶赞

渊源流远几千年，海拔适宜云雾天。
生态有机珍品出，手工精湛口碑传。
神奇保健沁心肺，独特含硒系自然。
红茗利川人共赏，得来莫迪赞声绵。

<small>2019年7月1日在恩施回深圳高铁上。</small>

注：印度是红茶重要产地。印度总统来华访问品赏此茶，赞不绝口。

2019国际旅游小姐总决赛

热烈氛围笼鄂川，广场呐喊响云天。
旅游小姐腰肢扭，攒动人头波浪颠。
异国风情骚万种，奇装娥娜态千娟。
迎来洲际恩施赛，夺冠中华女貌妍。

<small>2019年7月1日恩施回深圳高铁上</small>

"七一"有感

不忘初心告慰民，旌旗猎猎九州春。
须经反腐施廉政，更是和安送岁新。
未惧风云危难在，续成华夏梦圆真。
汉唐两代能何及，近百周年领路人。

<small>2019年7月1日在恩施回深圳高铁上。</small>

同感·步韵林峰会长诗

盛世当今必奋身，翻书读史笑前秦。
毛公救国舍生死，习大反贪为庶民。
一介文儒何失志，百年骚雅更完人。
方趋壮岁堪言少，千里扬鞭策马真。

利川九度溪黄金诗词大会

雾笼山庄细雨飘，水流九度涌溪桥。
诗人欢聚利川会，幺妹轻舒箬火腰。
月透烟云偷笑看，舞旋清夜放眉娇。
土家独有情歌味，无限春心荡此宵。

鹧鸪天·步吴珍君词韵

举世欢欣庆祝中，生辰七十脱贫穷。
东方总比西方好，旗帜更看国帜红。
　圆美梦，反贪风，前程继续最深衷。
春来华夏生机勃，领路高人建伟功。

郑琼兰

女，1950年5月19日生，文化程度大专。1968年，回乡任大队部民办教师，1971年1月任建材部应城石膏矿机关打字员，1984年3月调入武汉工业大学力学系办公室，2001年5月退休。退休后参加洪山老年大学学习诗词、书画摄影等。

五绝·南水北调

儿时田埂走，哥们手牵手。
北调稼移迁，舍咱常想守。

七绝·普洱茶

普洱青茶乳入嗌，清香醇厚如蜜迷。
多年老树香芊瞩，满岗茶民梦笑弥。

七绝·人桥兄弟
乌云突积暴雨下，山洪崩裂奔流沓。
公路淹没六尺深，交通大客灌水蹋。
农本豪与谭忠能，悦眼快手心机灵。
水中人桥救乘客，坚持双肩把命人。

注：这是 2013 年三月 广西防城港突下大暴雨，80 后的谭忠能和 90 后的农本豪两名普通新兵临危不惧，急中生智，用自己的身体作为蜘蛛，架设人桥抢救交通车上的 26 名乘客和小朋友的真实事件。

郑润松

1948 年 6 月生，内蒙古赤峰市松山区人，1969 年 3 月从事教育，2008 年退休。现为松山、赤峰、内蒙、中华诗词学会会员。《盛世清吟》副主编，在全国诗词大赛中，多次获金、银、铜等奖，作品先后刊登在《松山诗词》《赤峰诗词》《内蒙古诗词》《甘肃诗词》《诗词月刊》《诗词百家》《当代文人》《中国诗词》《香港诗词》《历山诗词》《东坡赤壁诗词》《江海诗词》《诗词家》《中华诗词大辞典》《中华诗词著作家全书》等书刊上。

七绝·割麦
柔风掀起浪千重，麦舞镰飞莺曲鸣。
背痛腰酸心却喜，回头满目灿金迎。

七绝·蜘蛛网
披星戴月苦耕耘，闯入苍蝇难遁寻。
蚊子杀身惊老虎，小虫荡尽更天新。

七律·纪念五四运动 100 周年
蠹举非凡势震天，砸封驱帝巨波掀。
青春播种爱国志，史册镌雕动字篇。
穿越时空旧貌换，攀登峰顶壮情添。
家国忧喜腹中载，阔步新征绮梦圆。

七律·赞李静书记
初心难忘展才英，洒爱亲民赢誉声。
月戴星披倾暖意，风来雨去解难情。
播霖入户千家乐，挥汗迎春百业兴。
遐迩扬名人赞仰，谦恭一笑踏新程。

获奖感言
华夏荣昌国粹兴，诗词联赋更求精。
珠玑首首歌时灿，璀璨篇篇耀眼明。
陶冶情操追大寿，放吟盛世颂科英。
培植花朵倾心血，福到赤峰摘亮星。

七律·贺颜江、付源翼新婚之喜
四海三江聚友朋，举杯共贺喜时庚。
并肩共筑小家美，比翼齐飞大业成。
月下花前开笑语，湖边梦里放歌声。
宏图奇展名扬外，写靓青春看彩虹。

【游园】秦楼月·游园
停脚步，满园靓景频眸入。频眸入，珍珠满树，翠杉夺目。

【么篇】风轻云淡花间驻，香弥沁脾歌声路。歌声路，激情倾吐，灿容多顾。

【双调】步步娇·习总书记来咱家乡
万里晴空骄阳艳，燕舞莺歌献。街道欢，送暖千家展笑颜。嘱千言，筑好北疆线。

蝶恋花·习总书记视察赤峰马鞍山（词林正韵）
花草溢香偎翠树。松柏轻歌，万里良田护。谁把江南移玉露，织妍塞北人人顾。

满目靓颜千嘱咐。绿水青山，穿越时空驻。守好北疆娇景布，风沙肆虐无寻处。

郑文卓

温州龙湾人,大专,从事贸易,近几年有作品发表于《龙湾雅韵》《鹿城新咏》《竹韵诗词选》《东瓯诗谭》等书籍和网络平台上发表。2018年两首原创歌曲(作词)进入中国音乐排行榜,《鬓云松令》原创歌曲(作词),同时收入酷狗音乐曲库。

七绝·采风戏水掷珠感怀
沙滩拾贝戏东海,惊现弧光分外明。
含笑行云轻几许,凌波微步又相迎。

七律·南雁采风前夕
窗外桂香翔雁鸿,凭栏响竹故人风。
燕歌骚客千年约,梅魄逋翁一点通。
问道流霞宜共赏,吟诗泼墨与君同。
几杯浊酒秋云里,万盏莲灯暮鼓中。

清平乐·莲
香气紫卷,详静端庄媛。开遍温州谁不恋,阵阵清香拂面。
性情有道相知。三千弱水莲池。轻扫尘埃落定,明心见性菩提。

清平乐·贺张馀安先生稀龄寿
亥肥龙耀,七秩逢春晓。桨舞海门钱水照,鸥浪同翩无恼。
老由天地安排,常持乐善情怀。辉映瑶池仙子,举杯祝寿飞来。

锦帐春·随缘
知遇随缘,茗铛常浅。七碗玉川蓬山返。腋生风,神御海。赏澄幽玄幻。鸿惊春满。
一缕禅音,几经诗卷。爱恨宿仇休添乱。绕芳华,宁惑眩。笑根基尚远。慈悲何晚。

步蟾宫·源使
海涯行乐东山起,机缘巧、欣逢知己。
迁雄拓本隐凡尘,杨枝水、童浇莲子。
前生幽梦寻源使,踏梅月、春传秘旨。
朗吟飞过寄当归,心潜会、应怜不识。

芦川词·自在
风拂荷珠娇欲语,烟丝醉软莲塘舞。
年少踏歌万里行,回眸掩口诗生情。
坐倚绳床安若素,遥祝香山青云路。
禅心剔透觉分明,千寻轩槛列清平。

一剪梅·菖蒲
开窍传神剑气留。驱避邪疫,醉美心头。凝妆俏丽上高楼,似水年华,远处回眸。
照影清池意未休,淤泥凌冬,魂也优悠。墨香斋里不知愁,相伴云游,韵伴千秋。

郑侠

黑龙江省望奎县人,现定居大连。笔名,月亮传奇。中华诗词学会会员,金普新区诗词协会会员,黑龙江省望奎县诗词协会会员。

历史如烟(新韵)
莽莽黄沙浩浩天,金戈铁马史如烟。
长风万里埋嬴骨,苦雨千秋平险滩。
塞北鼓角催酒暖,江南钩月助霜寒。
六朝遗梦今何在?唯有丹青渺渺谈。

七律·论兴废(新韵)
古今兴废论刘曹,世上谁甘作郁樵。
渭水垂纶因运窘,蜀川耕垄为机糟。
牧儿戴笠思七霸,野老围炉品六朝。

飞棹五湖撑绿浪，唯知范蠡断尘嚣。

七律·拂晓（新韵）

晓风残月卷惊涛，万里长江梦已消。
天际孤云融旭日，海边晴绮耀汀皋。
锦帆破浪衔沙鹭，银艇冲烟带水蛟。
一笑回眸身过处，氤氲如坠雨潇潇。

光阴荏苒（新韵）

悠然雅径湖光觅，片片飞花满目殇。
束束翠藤萌瑟果，支支劲舞跳斜阳。
罗衣不奈薰风寂，晓月何堪暮雨长。
立夏分分秋意去，四时顿少一春光。

芳华春韵（新韵）

著春佳木翠霏城，旧宇翻然又艳红。
憔悴苍云图素雅，流连彩笔绘雍容。
和风惬意琴音妙，细雨柔肠泪水濛。
百转千回香尽落，黄鹂默默水匆匆。

九张机（新韵）

一张机，彩云追月柳依依。银河浩淼繁星熠，露滋芳草，霜融春水，作响有游鱼。

两张机，恍惚绣色惹迟疑。深红未敢挨青绿，凝眸一刻，浑如那夜，俊影傍花枝。

三张机，香闺帘外语黄鹂。芳邻未解其中意，笑嗔春罪，不与家去，痛斥一番词。

四张机，莫愁湖畔荡涟漪。芙蓉惹露成莲子，凌波仙袂，动人楚楚，脉脉两心知。

五张机，西风乍起愁凝时。斑斓乱叶纷飞雨，轻舟远去，徒留南浦，任折柳堆积。

六张机，衡阳雁去落悲啼。桂花丝雨空香气，平芜绿败，潇湘生瑟，一望尽迷离。

七张机，愁云织就雪花披。冰肌素蕊寒心底，瘦腰闲袖，扶风无力，叹缱绻无期。

八张机，黄昏雨落又寒欺。愁听锦瑟弹别离，柔心蜜意，丝丝缕缕，绣满一腔痴。

九张机，夜阑人静漏声袭。清霜醒目姮娥泣，修竹邀影，香兰岑寂，爱恨两交织。

定风波（新韵）

莫叹白驹过隙匆，何人能过百年庚？红粉鹤发无恶举，何虑？几番炎暑几番冬？

黑暗无边心愈静，稍等，盈盈明月海中升。仰望苍穹千百悟，谁怵，明朝是否雨兼风？

青玉案（新韵）

春红凋尽荷塘顾，水潋滟，芙蓉舞。何用忧焚心与腹？月归蟾桂，绮霞穿户，冉冉云如故。

莫嗟箫鼓高几度，彩笔殷勤懂词赋。动静结合多妙处。专攻一术，满城花雾，不奈无暇目。

郑贤

1948年6月生，内蒙古赤峰市松山区人，1969年3月从事教育，2008年退休。现为松山、赤峰、内蒙、中华诗词学会会员。《盛世清吟》副主编，在全国诗词大赛中，多次获金、银、铜等奖，作品先后刊登在《松山诗词》《赤峰诗词》《内蒙古诗词》《甘肃诗词》《诗词月刊》《诗词百家》《当代文人》《中国诗词》《香港诗词》《历山诗词》《东坡赤壁诗词》《江海诗词》《诗词家》《中华诗词大辞典》《中华诗词著作家全书》等书刊上。

七绝·游神仙谷途中赏地膜喷灌

白海茫茫掀碧波，雏禾洗藻乐高歌。
春播紫瑞迎秋韵，五谷堆山门户多。

七绝·笔

山水细描呈画图，污浊鬼魅锐刀诛。
妍媸今古地天撰，史册丰碑君特书。

七绝·汉字

传承古训善忠真，弘颂美德诚义仁。
形象意深千载史，横平捺骨九州魂。

七律·海军70华诞有抒

汹涌波涛摆战船，沧桑历尽亮威颜。
巡洋舰队雄风展，航母机群碧宇旋。
雪耻百年低首泪，勇登一岭上科巅。
海帆独领我砸碎，破浪起程掀巨澜。

七律·游神仙谷三首

(一)

和煦柔风一路欢，翠林招手令人观。
乾坤万载绣装美，日月二神搏弈酣。
白鹭方闻歌丽日，青松更赏跃长天。
梨花妆缀添佳韵，摄影留痕开喜颜。

(二)

步步石级痴目盈，沧桑巨变刻痕惊。
神工铸造擎天柱，鬼斧劈开舞女峰。
叠翠山峦织靓画，悠闲驼岭看银星。
留连抢景诗花涌，醉赏游人忘午中。

(三)

一线天光锁碧空，千山奇景闭园中。

俯瞧谷底风姿美，仰望云头玉蕾彤。
五角枫花痴赏步，三湾彩带看长虹。
吟诗洒墨留娇影，清唱亮喉酒数盅。

七律·诗恋

诗文相伴乐心中，灵感捕捉涂雅情。
夜赏明篇难枕睡，晨敲佳句忘阳升。
山河夺目喜描绿，花草醉胸频绘红。
苦练精雕寻妙韵，一帘春梦踏歌行。

【双调】步步娇·金叶榆

谁育娇花开盈树？吸引观宾驻。金片铺，走过行人醉惊呼。赏虹出，痴目频频顾。

【中吕】红绣鞋·三角梅

本居江南野苑，何移塞北家园？缤纷光彩耀人间。严寒仍斗艳，酷暑更争妍。惹人痴目观。

郑星

成都市金堂县公安局退休干部，中华诗词学会会员，中国诗书画家网高级诗词家等。

2016年春末，开始学习格律诗词创作，已有习作1300余首。300余首诗词刊登在国家级精品集，及多家书刊杂志。出版诗词合集三册，个人专辑一册，共计诗词1000余首。

五律·山溪

跳起高山舞，欢歌响九天。
三生居石洞，一世润桑田。
既看崖花俏，还尝野果鲜。
依依东海去，夜夜不能眠。

五律·山村如画

— 1633 —

峦山升紫气，玉带绕新庄。
鸟唱千秋曲，花开万代香。
清溪桥下过，碧柳水边扬。
黑土烧青瓦，红砖筑白墙。

五律·漫吟人生

人生如演戏，世事像行棋。
一步开头稳，全盘有路移。
途中多险阻，界外少安危。
不见刀枪影，何须举白旗。

七律·草原诗画

绿草萋萋红日照，彩云朵朵白羊祥。
游人赏景奔千里，牧女欢歌逸四方。
骏马飞蹄原野阔，雄鹰展翅上穹苍。
花湖碧水风光绮，相会敖包美酒香。

七律·白帝风光

白帝名城扬世界，中山紫气绕天宫。
苏仙高唱夔门峻，子美低吟峡谷雄。
古庙常年燃佛火，长江大坝立奇功。
自然玉境千秋在，水道黄金四海通。

七绝·鸟吟新曲

林中鸟唱迎新曲，树上花开发嫩枝。
一夜风吹千水绿，三春日照万山琦。

七绝·祖国气象新

古往天崩鸿欲绝，今来地合草如茵。
蜂飞蝶舞花欢笑，水绿山青气象新。

七绝·洲际导弹

道道神光飞海角，熊熊火焰越长空。
穿云破雾雄风展，悍卫和平立极功。

郑杨松

浙江文成人，1946年生，中华诗词学会会员，文成县诗词学会会长，有作品入选国家、省级诗刊。

文成百丈漈(二首)

一

百丈飞流闯入怀，悬崖顶上挟烟开。
峰头拍浪缠云走，天际兴风泻玉来。
有客临渊惊谷底，无人破壁上高台。
四围山色皆风景，传说神仙前辈栽。

二

飞流百丈聚峰巅，万马嘶风到眼前。
威逼三潭争吐气，势成一怒生烟漈。
银龙出谷雷鸣岳，铁壁凌云浪拍天。
吞雾挟山雄盖世，声声呼啸扣心弦。

题岩庵龙首石

烟消云散事成陈，故事千年传又新。
游客常来求好运，龙头从未起风神。
已知石料非他料，谁信前身是化身。
斗法争仙传万古，呼风唤雨岂成真。

题雁荡山飞渡

人行铁索靠云牵，下是深渊上是天。
动魄托空翻斗斗，惊心绕索舞跹跹。
飞崖有渡双峰险，挂壁无依一线悬。
望眼奇人随势转，浑身壮气脚生烟。

吴垟小瀑布

溪流曲转水声微，一到悬头便起威。
百丈势成风飒飒，千年未断雨霏霏。
冲开峡谷牵烟走，划破山门挟雾飞。
此瀑埋名无客晓，谁知得灌满村肥。

老年舞队

晚霞轻抹晚风微，巾帼登场着彩衣。
媳妇姿优争艳色，阿婆影美斗芳菲。

身强不必愁肠大,气壮无须再减肥。
领队一声开始令,徐娘起舞伴歌飞。

石城水灾(两首)

一

地崩树拔黑云飞,欲挽狂澜愿总违。
水患围城风飒飒,山洪淹路雨霏霏。
心牵农物惊波大,情系庄田叹力微。
满目疮痍灾后景,汪洋一片泪依依。

二

家园重建梦魂飞,救苦扶危志未违。
但愿浪翻休毁稻,唯求房固不冲扉。
县官坐镇声威壮,群众连心损失微。
水患情牵全国网,八方问讯党相依。

郑永汉

网名东来紫气。男。1971年8月出生于广东省佛山市三水区。爱好诗词。现为广东省岭南诗社副秘书长三水分社副社长。广东省楹联学会、广东省文化学会诗词专业委员。佛山市作家协会会员佛山诗社理事等。作品散发于各地书报杂志。

定风波·上有威严下有声
(步东坡韵)

上有威严下有声,官场如履薄冰行。若为青云常拍马,犹怕,腰圆囊肿负苍生。
永夜听风惊梦醒,堪冷,当官懒政醉逢迎。某日高墙萧瑟处,终去,铁窗忏泪悔曾经。

摊破浣溪沙·香淡随君绕齿间

香淡随君绕齿间。壶中一烫示真颜。叶叶离尘缘绿野,出幽山。
梦月眠云澄雨露。省心养性自清闲。把盏杯中芽勿论,品中看。

临江仙·题长岐村九曲河雨霁岚烟图

雨霁湾环烟锁,竹娟天幕云悠。岐山肆水小瀛洲。人疑三界外,鹤舞九重幽。
长梦此中难了,身悬俗世无由。桃源紫府任如勾。且凭尘露泽,心路自风流。

太常引

惹人无尽是幽篁。四时绿、节节刚。不羡牡丹香。绣云野、山中水旁。
有低头叶,伴松梅鹤,疏影未疏狂。荫下许流觞。守笃静、尘嚣一方。

朝中措·无边乱絮又西风

无边乱絮又西风,孤鹜惘途中。几欲凌云振翼,奈何力竭蓬松。
纵横往日,流霞伴舞,海阔天空。况味真如物候,且行且醉千钟。

无题

力搏风尘拟养尊,新芽归燕竞开元。
惹人春事花兼酒,浇我清肠子与孙。
仄仄平平时伴梦,来来去去懒还原。
几能如鹤湖山荡?镜里霜深不敢言。

鹧鸪天

一卷松涛万壑呼,遥闻银瀑自天壶。奇峰叠翠烟萦岫,野渡横舟鹤扇图。
幽赖耳,日熔湖。山鸡啼石跳涯珠。凡人自古思三径,总恨多情客在途。

"山竹"寄怀

总恨天灾化不开,狰狞"山竹"又登台。
停航停市兼停课,报雨报风休报哀。
祸起萧墙还可鉴,孽横大地恐轮回。

千秋百姓莲花下,只晓烧香未怪哉。
注：山竹,台风名。

戊戌仲冬谒包公祠
翠柏湖前竞直身,青天祠上览精神。
廉泉水暖清无刺,铜铡锋寒腐绝尘。
粮放陈州诛国舅,怒撕銮驾急黎民。
碑中赞指千秋绿,铁面高悬第一人。

逢暴雨浸街有寄
天地悠然任卷舒,时晴时雨未阿谀。
云非有意翻成墨,路却存心涨作湖。
大禹潇潇明镜矣,长堤莽莽惠民乎？
何时泽国归沧海,我敬龙王酒一壶。

茶
自在何须到处寻,紫砂壶热近知音。
香浓清淡随君好,只守当初一片心。

夜读弟子规
踏错常言被鬼推,悔青一念马难追。
红尘终究清枷锁,午夜重温弟子规。
谨信孝仁明大道,擅为事物丑门楣。
圣贤训众当思过,不学浮夸怕吃亏。

郑永麟

广东茂名南天诗社会员。男,1984年9月出生。本科学历,是广东省廉江市诗词楹联学会会员；现在广东省廉江市塘蓬镇中心小学任教,小学语文一级教师。

七绝·耕耘教坛
职守鳣堂数十年,栽桃育李乐心田。
升中学子扬帆去,时有佳音到耳边。

七绝·颂恩师
师尊功绩重如山,共守清贫在教坛。
雨润新桃争吐艳,归乡探访溯源泉。

七绝·致父退休
退守家园乐晚年,闲游赏景夕阳天。
伯劳三啭归来后,迎我儿孙尽笑颜。

七绝·咏荷花
乐拂清风激水扬,青枝红玉远飘香。
点头含笑迎宾客,高洁英姿甲众芳。

七绝·纪念建国70周年
造福民生系乐忧,人安物阜旷千秋。
兴邦圆梦成强富,一路奔康震五洲。

七绝·致高考生
十年刻苦务专攻,展翅登云效雁鸿。
折桂蟾宫赢大考,学成报国振雄风。

七律·结婚纪念日
鞭炮锁呐声声响,当年娶媳闹洞房。
转眼十载快如梭,早已度过七年长。
柴米油盐随日度,小儿已是读书郎。
夫妻相敬互礼让,家庭和睦共奔康。

郑祝云

1953年生,网名云乃水之源。湖南省、邵阳市、武冈(市)诗词楹联协会会员。作品散见《诗词百家》《湖南诗词》《邵阳诗词》《云山逸韵》等纸刊,《咏春》等15首诗词,在第四届跟着古诗词去旅行黄鹤楼寻春诗会全国大赛中获金奖,待出版发行。

七绝·文房四宝
砚似方塘蓄海涛,墨香舒展领风骚。
一心挥洒千秋笔,满纸名流永世豪。

七绝·夏荷
暑日荷池菡萏红,亭亭绿伞透玲珑。
留连往返温馨地,玉骨冰清椽笔崇。

七绝·咏雪
玉树琼花曼妙姿,雪姑守信恰如时。
君痴梦盼情天暖,爱入江湖化作诗。

五律·谷雨
谷雨断寒霜,清明雪已惶。
千山披锦绣,万物换新装。
鸟醉开心叫,花痴抖叶扬。
抛闲图正事,该是下田忙。

绥宁黄桑行(新韵)
阳春明媚日,折柳送温情。
蝶起蜂飞舞,花招鸟放鸣。
爬藤缠古树,流水慕高峰。
最美黄桑地,欢歌乐此行。

七律·怀旧
荏苒光阴事境迁,同窗四十一年前。
书山扬帜生豪气,翰墨涂鸦煮雅篇。
岁抚疏林言鹄志,风随睦雨润心田。
青春淡去情何限?把酒狂欢再续缘。

七律·野菊
秋去冬来草木衰,百花凋落独盈枝。
芳香四溢蜂争累,斑彩千奇蝶舞痴。
好野扶风情切切,疏离绽蕊爱怡怡。
香踪惑眼游人乐,雅自清高叶自诗。

南歌子·萦绊
瑟瑟秋风泣,凄凄百草凋。缅怀先父泪痕滔。父爱如山、身影烙心桃。
勤俭家声远,仁慈德范高。万般辛苦苦煎熬,竭尽温情、唯盼子孙豪。

钟海燕

女,1975年生,高中文化,系枣庄市诗词学会会员。曾在第八届中华诗人踏春行暨三亚诗会上荣获"一等奖",第十五届"天籁杯"中华诗词大奖赛中荣获"精英奖"。

五绝·暮春吟
别事盈心绕,杨花乱绿堤。
主人眠不得,巢燕自双栖。

七绝·题归舟图
其一
春水连天碧,花间莺语和。
浦风舒岸柳,江月听渔歌。

其二
岸柳千丝绿,残阳一抹红。
炊烟撩四野,钓叟颂和风。

五绝·冬夜思二首
其一
半生为羁客,又见落梅新。
小醉东风里,魂牵故里春。

其二
西窗明月夜,梅落满庭池。
抛笔千般意,别怀君可知?

七绝·元夜抒怀
花灯溢彩谁家院,倚牖临风忆旧时。
良夜不堪离梦醒,愁肠问月有谁知?

七绝·早春怀远
堤上风寒玉絮旋,梅花初破古桥边。
年年春信如期至,又是月圆人不圆。

七绝·春日感赋
杨柳悠悠拂翠湖,杏花飞雨燕相呼。
可怜一样烟春景,不见当年梦里姝。

蝶恋花·元夕
梅映闲庭河解冻,缕缕和风,已把春来送。火树银花人涌动,笙歌处处琉光弄。

月上柳梢谁与共?别绪牵愁,好景徒增痛。缘去缘来缘似梦,欲吟肠断谁人懂?

钟立军

黑龙江省依安县人,1967年生。毕业于依安实验中学,后自修大专学历。1988年于依安县新合中学参加工作。喜欢诗词,作品曾在《中华民间实力诗人鉴赏》《中华当代百家经典》二、三卷发表,喜欢用诗词直抒胸臆,虽然刚起步,但愿与诗友携手共同进步。

随笔
柳絮飘飘五月天,春风细雨水云间。
今朝已是花如海,昔日曾经雪似烟。
沉睡岂知星落梦,浮生更晓地含山。
天南地北秋冬事,一醉情怀入画栏。

同窗
曲径通幽一古村,倚窗遥望忆情深。
同学离校三十载,海角天涯友谊纯。

无题
秦时明月挂天边,塞外征夫早已还。
但使龙城神将在,倭奴只有海中眠。

初心
水穷云起有红霞,细悟诗书慢品茶。
五霸七雄皆入梦,三途四海已出发。
东西南北邀豪客,春夏秋冬绘彩华。
暮暮朝朝弹指过,枯木逢春又生芽。

钟立魁

黑龙江省依安县人,黑龙江省诗词协会会员,依安县作家、诗词协会秘书长。有作品辑入《黑龙江诗词大观》《黑龙江诗坛30年》《黄浦江诗潮》《上海诗叶》《鹤城晚报》《九州诗词》等书、报、刊,获第八届黄鹤楼诗词大赛优秀作品奖。

祝绥棱诗协成立
心情灿烂值春光,又绽诗花别样香。
诺敏河边能醉客,吟风聚雅水流觞。

七夕感怀
婆娑细雨若春潮,故事依稀梦寂寥。
此日谁知心所共,情风鹊影正飞高。

祝黑龙江省森工诗社成立
且借疏狂那款风,抒怀写梦爱融融。
撷来林海新颜色,万顷松涛一点红。

初登黄鹤楼
蛇山望断大江流,古郡新城眼底收。
浪咏春帆歌缓缓,人缘绮梦路悠悠。
无他霸气扬三楚,信此芳名冠九州。
转换时空情未了,我随崔颢醉斯楼。

鹧鸪天·宝清文昌阁
拔地登天一望收,马鞍山上自凝眸。
斯文赋比滕王阁,大雅风随黄鹤楼。

教稚子,效风流,知书学礼壮春秋。
且将千载兴邦事,托付韶华不可休。

鹧鸪天·印章

信也流香落款红，点睛方寸技雕虫。无瑕别样诗情里，有约寻常墨韵中。

临妙境，试刀功，心镌儒雅玉玲珑。骋怀莫道乾坤小，纳古融今一脉同。

鹧鸪天·岁末感怀

逝去年华难复来，藏珍日历又翻开。心思写乱重梳理，旧梦铺匀再剪裁。

诗缱绻，酒悠哉，杯中底事不须猜。且将霜鬓收拾好，借缕春风撞我怀。

钟丽

笔名一片云，曲度龙风诗派成员，农民爱好文学诗歌，农闲作品散见报纸和微刊。

七绝·兰（曲度式仄韵）

深山野谷种骄兰，洗净尘嚣花久暖。
静赏孤芳气自匀，恬和素淡幽香远。

七绝·梅（曲度式仄韵）

地冻天寒香更浓，裁冰剪雪报春到。
幽幽冷艳压花枝，不屑争春风骨傲。

七绝·竹（曲度式仄韵）

不用春风鸣竹翠，修身笔直来祥瑞。
支天立地报平安，抱节虚心存富馈。

七绝·菊（曲度式仄韵）

深秋夕照篱笆下，一簇金黄姿态洒。
笑见寒风不惧霜，浓情绽放身形雅。

曲度全格词谱16字令（十二生肖）

1. 上声六语

鼠。机灵谨慎磨牙咀。夜出行。穿墙偷谷黍。

2. 下平十一尤

牛。踏实勤勉性格优。耕耘累。农田脚印留。

3. 上声七麌

虎。三横一竖惊天宇。百兽王。威风山上武。

4. 去声七遇

兔。娇小毛绒可爱赋。跳跃行。机灵身保护。

5. 上平二冬

龙，唤雨呼风来势汹。吞云雾。力量永无穷。

6. 下平六麻

蛇。灵异花身飞快爬。行迹匿。冷血有毒牙。

7. 上声二十一马

马。身强体健飞原野。四蹄扬。洒脱人生写。

8. 下平七阳

羊。娇嗔咩咩食草香。身体健,温和存吉祥。

9. 下平十一尤

猴。齐天大圣好逍悠。金箍棒。正义佛心修。

10. 下平八齐

鸡。三更破晓亮嗓啼。雄赳赳。彩羽让人迷。

11. 上声二十五有

狗。忠心护主家门守。嗅觉灵。一路追随走。

12. 上平六鱼

猪。身肥憨厚住简庐。无忧虑。心宽体态舒。

钟鸣

成都人士，网名春暖花开。年少也曾追绮梦，而今鬓雪入香词。古调春心多玩票，书山诗海探钩沉。

浣溪沙·无题

一夜相思一夜风，春深桃李褪残容。离人折柳太匆匆。

偶忆欢声于梦外，长将缱绻付桥东。南河顾影补腮红。

卜算子·薛涛赋

误了雁归期，误了初春雪。误了卿卿对岸来，错过花开夜。

堤外柳枝疏，船上琴声切。又在凉凉秋雨时，念念风和月。

一剪梅·又入溪泉

误把红枫当彩笺，日落西山，月上枝巅。星如灯火尽阑珊，雁影孤单，黄叶凋残。

霜起围栏方觉寒，冷了心间，空了秋千。清风直似旧情缘，才过花田，又入溪泉。

汉宫春·可否从头

岂有通途！看红尘过客，苦海行舟。诗文总被，浮名蝇利俘囚。青丝雪染，细思量，往日风流。犹未晓，营生苦苦，熬煎成了闲愁。

唯用香烟将酒，在云中雾里，半醉方休。今朝也知是病，梦也飕飕。少年虚度，问光阴，可否从头？谁记得，城南故事，廊桥昨夜箜篌。

钟世韩

70后，本科毕业。现任教。喜写作与研读中医，现为神鼎风诗词学会、南方现代诗研究中心、飞雪诗社社员，河源市诗词协会会员、中原诗词研究会、浔阳江诗社，四川省散文学会会竹韵汉诗学会、依安县诗词协会、蓟州草帽诗社会员。作品被收录《中华福苑诗典》第一卷、第二卷、第三卷以及《中华当代名家诗典》《中国当代爱情诗典藏》等选体。

鼎湖王家米酒

加工五谷取精华，米酒王家胜百家。
倘若千杯能尽兴，诗词佳句酿春花。

小聚

多天预约聚新楼，四海同窗到惠州。
卸掉千思谈旧事，抛开万虑叙闲游。

野竹笋

深藏野谷石岩中，砥砺前行似活虫。
破土迎春因雨露，披衣偎雪盼东风。
空心瘦体人情练，绿叶纤枝政史通。
咬定青山存志远，千秋大业万民功。

题芭蕉

去夏迎秋一挂蕉，半颜青涩半黄摇。
山中墨客挥秃笔，静看烟云渡水桥。

见《阳台三草同荣》随笔

原身本是路边花，做客城中翰墨家。

夏日欣欣邀李杜,时空穿越赏烟霞。

与主编聊天随笔
三春审稿阅精篇,四季挑灯任在肩。
国学传承添片瓦,唯期洛纸似儿怜。

龙川赴惠领本科毕业证随笔
轻身乘客惠州游,卸掉肩中一担愁。
与友相逢说故事,金秋毕业乐心头。

今晨随笔
清晨问好尽相同,晚上留言一语中。
不论商渔兵政党,无分教卫牧农工。
唯期玩字图欢乐,哪管编文变笑童。
爱好当前群内发,传承国学九州同。

与清华大学录取(新生)闲聊随笔
寒窗十载忍孤独,一纸清华送草庐。
赤脚一双常早到,饥肠四季勉修书。
英文史地春秋背,理化诗词日夜疏。
六月冲锋参国考,高分录取慰农居。

江边拾石随笔
轻车百里到中和,伴友欢心拾石砣。
洗净污泥观靓影,拨开沙砾捉金螺。
祥云绕岸画中景,碧水飞涛天外歌。
应避深潭多醒悟,江湖谨记远漩涡。

古榕——小长沙村420岁榕树
雏苗长在稻田旁,坐北朝南享艳阳。
叶子椭圆如小扇,根儿巨大似额娘。
三春守护童戏乐,四季关心老挫伤。
百载村中听故事,千人笔下德名扬。

山间观景随笔
山间静谧涌清泉,曲径溪边嫩草鲜。
几处莺声林内荡,游人赏景忘回还。

拾鹅卵石随笔
身经大难诞深山,偶遇良缘入小村。
滚入小溪听鸟叫,崩腾浅壑任虫掀。
初乘巨浪深潭泳,又遇汹涛顺水翻。
闯荡江湖虾蟹戏,传承美德妪翁欢。

诗之乐
他人笑我类诗奴,四季挑灯兴不枯。
不必诚心编故事,但求挚意问诗途。
贤妻痛骂刊登贵,洛纸横排载入无。
名利何求唯适己,吟成真胜饮醍醐。

党的纪念日随笔
南湖细雨红船过,天水茫茫涌巨澜。
浪打金沙埋旧世,东方日出照河山。

菜农
晨披霞雾采鲜忙,左手提篮右挎筐。
架下摘来花百朵,垄上踩去叶千张。
三春不记肠粘背,四季无思脚裹浆。
苦驾三轮街口摆,清新绿色送安康。

中国共产党成立98周年纪念日
红舟破浪卷阴霾,雨雪风霜荡垢埃。
历史沧桑犹未尽,前程锦绣继开来。
炎黄儿女挥豪气,龙马精神铸高台。
政策春风天地暖,鸟语花香醉诗怀。

休退归田享清闲
休退归田享乐闲,功名似土笑安然。
吟诗舞墨凭谁赏,对奕举杯与友欢。
五岳三山留美韵,千江四海奏春弦。
浮沉世事皆如梦,皓月清波一钓竿。

钟泱

男,1939年3月生,1960年四川自贡市旭川中学毕业。同年考入成都电讯工程学院(今电子科技大学),1965年毕业分配到湖南长沙国营第770厂工作,直至退休。高级工程师,诗词爱好者。

多丽·我们这一代
(20世纪40年代生人前后)

岁悠悠,光阴荏苒如流。望长空,天行正健,振兴氛满神州。征程中,冲锋胜马;岗位上,卖力如牛。背井离乡,思山恋水,每将茶酒慰乡愁。许我看,来时旧路,跨过几多沟。悲欢错,初心可鉴,壮志难酬。

退休时,心情跌宕,又是一次从头。入林中,难追诘柳;临砚侧,愧对羲繇。桌上方城,街边劲舞,诗书琴瑟各斯求。微信好,多群应答,故友互叮稠。残年矣,健康昼夜,宝贵春秋。

注:悲欢错,错,交错,交替。
诘:王摩诘,王维。柳:五柳先生,陶渊明。
羲:王羲之。繇:钟繇。

一丛花·晚年

平凡度日坦然心。淡定贵如金。三餐不必鱼和肉,枯躯暖、粗布衣襟。善事多为,钱财少欲,贪夜梦香深。

长吟。诗词歌赋曲,字画印棋琴。迈开腿脚游天下,泳池里、搏浪浮沉。微信多群,亲情一致,最惬听韶音。

临江仙·乍雨乍晴人不爽

乍雨乍晴人不爽,半明半暗临风。老天固执不通融。寒衣难脱去,雨伞不离躬。

浊酒三杯凭醉意,清茶不释愁容。窗前凝望绿荫丛。明天花怒放,绾我旧时雄。

春运之际借王维诗句
"每逢佳节倍思亲"辘轳体诗一组

一

每逢佳节倍思亲,越是贫寒情越真。
万水千山难隔阻,团园不惧路风尘。

二

飘在他乡作客宾,每逢佳节倍思亲。
高堂瞩望归来早,运在机缘不在人。

三

卖力如牛勤苦干,曾经誓做英雄汉。
每逢佳节倍思亲,便有潜能多奉献。

四

红尘事莫错认真,唯有亲情弥足珍。
骨肉分离终是痛,每逢佳节倍思亲。

周阿香

现居湖南岳阳市,笔名天山雪红辣椒,业余诗词爱好者。

七律·浅墨蕴深宵

相逢浅墨蕴深宵,涩赋平章伴月娇。
日饮琼浆难对仗,夜闻笙韵喜离骚。
曲工原野花枝俏,歌舞莺园羽翼箫。
幸入梨馨芳草地,拙抒拗色润群豪。

七律·四季

凡尘墨饮落花愁,月殿泉吟桂子羞。
笔秀粉笺追汉雪,琼妍玉骨渗唐绸。
东风吹皱寒梅面,呢燕穿梭筑画楼。
诗诉繁华千叶古,箫歌大地满圆秋。

七律·宝黛情

共宿桃花竟暗羞,同谙玉露秉心求。
朱檐有恨芬芳谢,世事无常绮丽休。

绛草承袭瑛雨幻，薛钗巧挂瑾瑜勾。
倾国殒化来年雾，片刻鸳鸯画梦搜。

七律·洞庭湖云
柳丝漫渗楚云绡，谷雨甜莺觅北箫。
远黛青螺浮古水，近嫣紫树叱湖桥。
周郎有意填山色，岳郡无心抱小乔。
只闻仲淹瞻旷野，独忧天下胜琼瑶。

七律·蜜蜂
振翅香园日月追，繁工野粉砌琼帷。
蜂山有路勤为径，蜜海无涯苦作桅。
力吻千红镶锦殿，刀开万紫嵌闾闺。
人间至味仙觥品，可记凡英铸永瑰。

七律·梅魂
雪夜梨花挂满枝，相思几度害成痴。
前生偶坠伊人梦，今世时抒幻影诗。
晓月蟾光空寄语，清梅魂玉枉倾池。
轮回哪管红尘恸，且与霜华判久迟。

七律·大漠情
大漠泥窝孕幼荆，天山两麓守湘英。
丹心已付荒原碧，梦境难出玉雪屏。
西苑轻歌杨柳曲，南轩乐舞少年情。
常依旧砚邀新赋，浅墨追寻二代兵。

周保祥

网名阿翁居士，河北宽城人，退休教师。中华诗词协会和河北省诗词协会会员，承德市诗词楹联协会常务理事，承德市作家协会会员。作品有长篇小说、近体诗词、影像系列，广泛发布于国家级、省级和市集专业刊物以及网络媒体。在各大媒体建有个人空间用于学习与交流。

七律·雨后湖滨漫步
雨后初晴岸柳垂，金鳞迷影动微微。
白云岭上丝丝起，灰鹤崖前款款飞。
信步悠然秋色满，吟诗独坐晚霞辉。
幽燕塞北江南秀，风雅无名不可陪。

七律·望壑轩小憩
白云遮掩路瑶宫，曲径攀岩望九重。
群岭奔腾浮雅韵，孤峰突兀斗平庸。
身临紫气关山雨，目送青龙霄汉风。
终就登高神鬼问，缘由往事报来听。

七律·钓鱼者之歌
一杆长鞭伴野僧，天南地北自由行。
观漂透视千层水，打坐融竭百丈冰。
异地生疏山鸟语，乡音依旧草虫鸣。
渔人不做昆鸡梦，钓尽江湖日月星。

七律·登高兼赠同城网友胜寒
天涯极目浪千般，群岭奔腾去向南。
九派苍茫浮岛屿，孤帆缥缈暗星寰。
凌云敢问仙家事，绝地还将尘世观。
漫道俗人见识浅，身临万壑性依然。

七律·小园独居
日娩朝霞梦羽轻，乾坤从此见分明。
梨花投影天为韵，红玉吹残水作声。
世外沧桑秦汉远，林间风雨古今横。
白云涧谷荆薪事，俗曲无章独自哼。

七绝·蟠龙湖观鹤
群鹤翩翩落北洼，枝头摇动玉无暇。
瑶池平水神仙画，玉镜飞来芍药花。

五律·山桃花（新韵）
归鸟几声喧，苍山惊睡眠。
天涯花烂漫，云壑谷生烟。
绝壁一枝闹，松林数点鲜。

春来咱不语，哪个敢发言？

五律·果园小路
曲径暗云深，今朝又践临。
华庭无雅韵，岚壑有清音。
白日明高树，空山照远心。
园中入禅意，修正度胸襟。

周波

男，1952年生，枣庄市薛城区人，现任山东师范大学文学院教授、博士生导师、副院长，山东省文化产业人才培养研究基地负责人，中国古代文学理论学会理事，全国毛泽东文艺思想研究会副会长，中华美学学会会员。曾荣获第十四届"天籁杯"中华诗词大赛银奖等奖项。

七律·夏夜梦醒即兴二首
其一
风烟何处望神州？追梦八荒生死酬。
扛鼎执炊齐上阵，连城遍地起高楼。
自强共励千年志，发愤同怀百岁忧。
君看龙腾春运势，飞驰高铁领潮流。

其二
背井离乡何所求？打工拼搏自为谋。
客身辗转日劳作，工地迁移夜运筹。
父老空巢难眷顾，儿童留守易担忧。
芳华历尽暑寒苦，换取繁荣四十秋。

七律·深冬情思二首（新韵）
其一
寐觉怅然天未明，暗中拾梦不需灯。
营营日夜常无奈，荡荡胸怀总有情。
悲己悲人悲草木，悯天悯地悯生灵。
暖冬凉夏谁为友？山上白云湖畔风。

其二
吟诗作对慰平生，揽胜探幽兴未穷。
昨日寻踪清照里，今天访迹范公亭。
玄思入妙倾情满，易理通神属意浓。
入世岂为尘俗累？出门一笑满天星。

七律·迎己亥（二首新韵）
其一
辞旧迎新夜未休，万家灯火映高楼。
空巢此际温情满，虚室谁家笑语稠？
一曲新歌开喜乐，三杯老酒逐忧愁。
民安国泰人康健，祈福潮猪漫网游。

其二
宴收除夕三更尾，春打年终六九头。
爆竹销声城市静，梦魂半醉半漂流。
嚣尘滚滚抛人去，芳草萋萋自可留。
但愿来年光景好，春华秋实两相酬。

七律·己亥年初闲吟（新韵）
春风送暖柳丝发，嫩绿朦胧似裹纱。
正月游春时令早，桃红未染觅梅花。
船歌熙攘扰河鲤，街舞喧嚣惊树鸦。
人散曲终归寂寞，老泉依旧吐芳华。

七律·情人节感赋（新韵）
赏心悦目歌书画，娱志怡情诗酒茶。
忽忆昔年携手客，寻踪无处到天涯。
意中打坐琼林苑，梦里郊游野草花。
楼下敲门人问路，玫瑰快递到谁家？

蝶恋花·初冬情思（二首）
其一
黄叶纷飞驰地走，不是秋风，竟是冬初秀。九点齐烟常失守，晨钟暮鼓声依旧。

觅句清轩人易瘦，访迹林泉，偶遇垂

纶友。赏菊观澜花伴酒,寻梅踏雪小寒后。

其二
铁马冰河风雨骤,梦断边关,故事难回首。酒醒怅然听夜漏,窗前明月三更透。
莫道冬寒花木朽,剥落浮华,最是真容露。何处笙歌琴独奏?披衣长叹观星斗。

周成龙
男,1952年3月出生。小学退休教师,江苏盐城人,中华诗词学会会员,盐城诗词协会会员,盐都诗书画社理事。

七律·夏夜风情
朗月清辉洒画墙,并肩倩影映荷塘。
融融戏语星云满,阵阵凉风莲苾香。
两岸轻歌惊鹊偞,一湖静水映天长。
阑珊灯火神游处,玉树枝头落凤凰。

七律·红装插禾
一望田畴驾驭台,青秧着意对行开。
惠风吹放千塍走,沃野欢腾万顷栽。
巾帼照红挥手臂,嘉禾滴翠畅心怀。
乡村十里铺长卷,身在芳园绣锦来。

五律·咏雪
苍霭琼花舞,纷纷落岁华。
玉毡铺福地,草木蕴新芽。
疑望千层洁,环观万象佳。
幸逢三九韵,欢乐咏奇葩。

虞美人·彩虹赞
残云卷去迷茫雨,爽朗风和煦。霓虹辉映紫霄烟,仰望长空异彩艳阳天。
谁持画笔挥穹宇,彩玦悬空趣。非凡仙道放光环,常衬人间万物色斑斓。

采桑子·父守空巢
独留故土农桑菽,心爱家乡。情恋家乡,日日操劳四季忙。
一年一度神情爽,沐浴阳光。享受风光,豆架瓜棚睡梦香。

南乡子·夏至随吟
展望大东方,千里熏风耀曙光。长昼今朝辞短夜,开窗,柳密荷浓着盛装。
白鸟自翱翔,蝉唱枝头浩气扬。蛙韵禾田丰五谷,铿锵,夏日骄阳万物强。

行香子·寒竹
凛冽寒风,霜雪凝冬。藏荫处,竹拂虚空。雄姿百态,紧密依丛。愿吉时吟,清宵度,茂名崇。
来年日暖,祥瑞春红。仰长天,翠映千重。徜徉蹊径,妙趣无穷。乐携挚友,观新笋,赏华荣。

浣溪沙·观海感怀
滚滚波光闪万重,茫茫奔涌水涵空,声声海韵妙无穷。
日出云涛千里耀,风吟潮浪四方通,情融疆宇看新红。

周春炫
浙江省诗词楹联学会会员,有诗词发表于《星星诗词》《诗歌月刊》等杂志。

五律·笋之歌
青儿林里突,美景欲添香。
厚厚皮生护,尖尖叶细妆。

— 1645 —

心虽才嫩节，气转出豪光。
但借平锄走，于诗写乐章。

五律·雨入公阳
秋光随雨歇，步止水山清。
刻画檐瓦朴，围镶廊石晶。
青林逢寺静，陋巷近钟声。
伞下望村古，悠悠墨迹明。

五律·参加农民丰收节并尝新活动
秋来金海岸，如毯盖高山。
众鸟斜枝闹，高朋喜事攀。
珍珠时待破，秸木不藏闲。
又是堆仓满，尝新乐客颜。

七律·春游记
趁节晴空朋辈约，青山绿水淡装游。
桃花争艳引人望，柳叶舒心消我愁。
四月风光怀念绕，一年乡梦抒情悠。
支留且备摄新影，事后欢谈日子牛。

七律·银杏树
频频扇向苦冬巡，舞尽伤悲一记春。
向日依依落图画，迎风寂寂望游宾。
芳心片片撩人闹，艳质年年满地新。
浮世点花于瘦树，流光生恋暗香尘。

七律·山间品饮
芽香势在水波底，谁起春风到岭川。
落尽灰云生夜影，架高炭火点茶烟。
苦来方晓几分味，闲里求寻一念仙。
壶半青青染冬末，且将寒雨谢门前。

七律·游大墘口有感
青茅群鹭缓飞来，坐赏江宽两岸开。
晨雾幻烟船盼客，宿云孤影水浮台。
曾经摇桨八方货，长忆扶舷百竖桅。
绿柳随风滩草茂，时逢老叟负锄回。

周聪
茂名南天诗社会员。1982年生，籍贯四川成都，现居新疆喀什，好唐诗，喜游猎，愿执一支秃笔，涂鸦四季河山，冷暖人间。

七律·浪子（平水韵）
笔下文章蔽月华，一生浩志渡孤槎。
江湖多恨刀和酒，风月无情菊伴茶。
冷眼乾坤身是客，伤怀昏暮日蒸霞。
尘途俗世温柔处，谁去谁留不可奢。

七律·古寺（平水韵）
猿啼古寺对江阴，暮色山阶雾气森。
修竹层层排碧骨，短亭隐隐响焦琴。
鸥鹭不唱崖前树，狐魅难藏槛后襟。
髯客身轻御飞剑，风云雷电作长吟。

五律·意（平水韵）
边帐寒风过，红炉玉酒浓。
谁心交皓月，我意付孤峰。
西域堪言去，东川何日逢。
高歌江水逝，剑气向今冬。

一七令·霜
霜。
水冷，风凉。
茅幽白，月清光。
今夜雪薄，明晨露亡。
染离人鬓发，增异客凄伤。
几亩剩荷玉角，满山高树云裳。
千里河山粉雕砌，一声箫管雁成行。

喝火令·大喝三声
大漠黄沙阔，平波碧水深。铁衣鳞动

冷风侵。峰嶂血阳连角,孤雁作离音。
　　骏马遥途志,雄鹰渺宇心。宝刀如电过霜林。一喝袍扬,一喝泽风喑。一喝玉门生恨,烈酒入豪襟。

风入松·醉词双阙愁伤
　　黑云堆暮望虹长,经过是轻狂。雨疏几点撩人面,世事凉、难觅春芳。烟柳满城迷乱,醉词双阙愁伤。
　　杯中清月玉团光,花树泪红妆。柴门无客听风语,念痴痴、牵挂何方。疏影松兰梅竹,薄情脾肺肝肠。

忆江南·如梦（词林正韵）
　　漠上边城衔血月,默对群山,气凭旄节。我将心事托浮云,几年萧索几年真。
　　江南如梦征衣旧,梦里江南,冷雨佳人瘦。唯将杯酒换光阴,何时雁去寄倾心。

五言排律·一壶酒（新韵）
　　我有一壶酒,足以慰风尘。
　　凭栏观落日,临水听潮音。
　　芳草天涯路,琼花仙子魂。
　　烟霞出碧水,日月共黄昏。
　　金爵生灿火,玉杯映絮云。
　　盘盛四海味,碟列三山珍。
　　对坐青峰霭,独吟赤子心。
　　烂柯千载过,醉柳二更寻。
　　默默忆前事,戚戚念旧人。
　　雪岭无雁至,霜叶入江沉。
　　风雨卅六载,峥嵘十二春。
　　醉姿为鹤舞,红面弄胡琴。
　　杯酒酹残月,幽歌寄我身。
　　飞花终满地,清泪始沾襟。
　　履事无驰懈,执旗有苦辛。
　　雄图入西域,壮志去昆仑。
　　鬓染天山雪,心养北海鲲。

既得天地阔,便予太虚真。
忧解杜康尽,清辉入院深。

周达
　　原籍湖北宜昌,1983 年毕业于武汉大学中文系,中央党校研究生,清华大学EMBA,长期从事民航运输业,现任中国南方航空集团深圳分公司党委书记。中华诗词学会会员,网名清角吹寒、桃门清角,天涯诗词比兴首席版主,编有《清娱集》。

咏黄花岗木棉
簪缨十万隐花丛,每至春来碧血融。
几树擎天燃烈炬,满城仰首赞英雄。
先贤遗梦埋千古,我辈何颜说大同。
惟有木棉终不负,年年岗上照人红。

丁酉生辰自题
满城春色满城红,每逐东风花与同。
万事荣枯随草木,半生得失等鸡虫。
无人说项诗心老,有愿识韩何路通。
岗上木棉开正好,巍巍一树一英雄。

重登镇海楼
西风送我上层楼,岭海蹉跎春复秋。
鲈脍念生归未得,栏干拍遍怅无由。
何妨终老于尘土,谩道栖身在蚁丘。
越秀山花开烂漫,倚看斜日卧江流。

元宵节越秀公园看灯
月明千里一江澄,秀岭流萤汇万升。
彩显纷呈中国梦,烟花交映上元灯。
饲鸥客去今何在,吐凤人歌近复兴。
夜色满园留不住,春风吹过越王陵。

游高剑父纪念馆

当年慷慨赋从戎，洗剑珠江碧血融。
杀贼有心人共敬，折腰无意道谁同。
拼将一点英雄气，化作千秋水墨功。
满壁沧洲书不尽，环球顿起岭南风。

周德斌

1966年生于江苏南通市，1987年毕业于江苏扬州市宝应无线电学院，1988年来崇明自主经营无线电修理至今。2008年崇明区团委十大志愿者之一。2011年光荣加入中国共产党，并为城桥志愿者主要成员。2011年从事古诗文学习研究有关创作活动。

七绝·赠黄应义校长

楚南铜像有知音，诸岛闻名继古今。
少壮功夫常砥砺，宗师教导育人勤。

七绝·榜样
——学雷锋感慨

春回大地暖融融，万树东风一点红。
志愿初心终不悔，雷锋榜样在心中。

七绝·咏雪

迎春窗外雪纷纷，陋室吟诗念远人。
寒士岂忘家国事，一笺一笔性情真。

七绝·读龚家政《守拙园放歌》

青云平步彩云中，千里山峰一日红。
佳政衷心传力量，诗歌唱咏送东风。

七绝·扶贫
——记习总书记视察华西村

葵花格物盼阳红，万水千山一路风。
民众欢呼新政策，扶贫精准送家中。

七律·咏初心

——读程君宣猷专辑

学海无涯巧作舟，前程儒雅画春秋。
初心不悔家邦事，生态文明绣彩绸。
诸岛瀛洲同道合，清香瀚墨结心酬。
讴歌唱咏新时代，不负党恩追梦求。

周德禹

男，汉族，1943年4月生，吉林榆树人，1965年7月加入中国共产党，1968年12月毕业于清华大学，中国乡镇企业总公司董事长，中国国际贸易促进委员会委员，2003年退休。

参观兰花展有感

兰花荟萃竞芬芳，满目婀娜淡淡香。
丽质随处添风韵，气宇无时不轩昂。
春兰九畹栽一片，秋蕙溪头树万行。
四季花开自作主，不和桃李竞春光。

拾落英

夜来风雨五更狂，待放林花也受伤。
飘落枝头似有泪，得逢泉水便生香。
不施粉黛贵妃笑，略展妖娆飞燕妆。
只恐今春去又早，落英拾起揽流光。

大学毕业50周年聚会

同窗四海来相聚，龙脉温泉度假村。
毕业清华五十载，重逢自九一百人。
欢歌笑语情千缕，海阔天空酒一罇。
但使青山岁岁在，春风几度又逢君。

4月28日晚宴

注：自九，自动控制系1969届。

游玉渊潭赏荷花

婷婷菡萏罗裙绿，滟滟轻波动碧天。
花上蝴蝶翩翩舞，叶底鸳鸯脉脉眠。
湖畔相机照倩影，江南媛女唱红莲。
西望凌霄电视塔，夕阳斜照柳如烟。

游玉渊潭赏荷花

婷婷菡萏罗裙绿,滟滟轻波动碧天。
花上蝴蝶翩翩舞,叶底鸳鸯脉脉眠。
湖畔相机照倩影,江南媛女唱红莲。
西望凌霄电视塔,夕阳斜照柳如烟。

周芳禄

现为退休人员,为中华诗词学会会员。曾参加全国诗词大赛,并获过金奖等奖项,著有《柳飞诗词》两部。

贺九江旗袍赛浣溪沙才女获奖

旗袍兴盛大中华,走秀正开朵朵花。
娇态妞腰名季奖,红娘又著《浣溪沙》。

看赛湖公园旗袍走秀

走秀旗袍映水光,袅娜娇态带清香。
空中航拍天仙女,瑞昌珍品画图长。

伟大复兴之愿

风流人物看今朝,再出天骄再自豪。
完整乾坤强大国,明君志向比天高。

高考作文出题咏

高考作文题目新,歌声唤起学生心。
状元不怕题随意,已练功夫妙绝伦。

在桂林古榕树下歇息抒怀

榕树无忧千岁长,前人栽种后人凉。
身经风雨健康在,见证各朝衰弱强。

西藏新歌

一

崇拜伟人民乐呼,翻身解放脱农奴。
扬眉吐气主人做,永远感恩记当初。

二

打破农奴恶制度,千年苦难一朝除。
英明万岁时常想,救世毛公照亮途。

三

边域天空纯蔚蓝,高峰白雪映心间。
西藏一块神仙地,民族和谐永久安。

四

灵魂洗礼大昭寺,忘我为他意秉诚。
建设边疆天路走,人民幸福普提升。

五星旗帜永红火——祖国华诞吟

一

开国伟人万世铭,乾坤扭转最英明。
贯通路线强生命,国运蒸蒸如日升。

二

反贪反腐保鲜果,共党人民花两朵。
共同命运相连紧,五星旗帜永红火。

周峰光

笔名周语嫣,网名语笑嫣然,湖北省诗词协会会员,多次在省级平台发表作品。

花入云笺

幽香阵阵逸襟怀,片片晶莹不忍裁。
落入云笺皆识字,清平乐句觅由来。

书山静居

试问何方好静居?书山小隐可安徐。
粗茶闲煮尘嚣事,且弃沽名恣猎渔。

守初心(新韵)

几朝明月几朝琴,何必分说作苦吟。
纵有浮云遮望眼,超然物外守初心。

中元节写包感吟
信笔幽幽未了情，千丝万缕怎堪行。
素笺乍寄牵牵念？托付归鸿泪有声。

七律·七夕叹
烟波浩淼蹙眉头，隔甸花深梦旧游。
织锦织云披雾月，过山过水载离愁。
年年顾盼承欢会，寸寸相思集疾留。
只叹良宵今惜短，不知蜜意与谁酬？

如梦令·荷塘月色
月色频频相顾，玉露轻轻犹抚。蛙鼓闹池塘，唯有幽香不住。争妒，争妒，激起嫣红无数。

渔家傲·酷暑盼秋
镇日无心蒸笼闭，半田禾稻昏昏已。蝉唱蛮嘶沙哑起。围城里，空调辗转人无计。
一夜西风惊楚地，桂花款款浮香气。柿子泛霜鸿有意，兼葭戏，翩翩垂柳谁知意？

鹧鸪天·浅秋
陌上田禾日渐黄，如今林海换秋装。蝉鸣老柳声声厉，蛙闹瑶池叶叶藏。
风盈袖，水含香，冰轮初照影儿长。采莲妙女才归去，也道秋来好个凉。

周赣衡

安徽枞阳县人，中学高级教师。曾任高中团委书记、教导主任、副校长、校长兼党支部书记、督学等职。现为中华诗词学会会员，枞阳诗词学会会员，铜陵市诗词学会副会长，枞阳县诗词学会主编。出版个人诗集《潭溪吟草》《闲云斋吟草》五集。诗词散见于报刊和微刊。

五律·冬夜怀友
寒宵怅北风，思若水流东。
泼墨凝佳句，推窗望远嵩。
情融如梦令，意寄满江红。
何日归桑梓，长谈酒万盅。

五律·冬日闲吟
朔气夜侵庐，冬寒信不虚。
客来香茗品，兴至乱鸦涂。
蘸墨凝新韵，支棋出老车。
欲寻春脚步，底事令踌躇？

七律·秋兴
白发萧然未了情，归来惬意听秋声。
醉凭高阁乾坤眺，意寄余年日月行。
怅脱征衣空许国，欣回骚苑学当兵。
明朝潇洒山河走，且赋丹枫还旧盟。

七律·重阳登高感赋
佳节浮山约友登，文昌阁外玉栏凭。
秋光满目吟松翠，诗意盈怀赋水澄。
感悟荣枯三界转，遐思冷暖四时应。
菊花酿酒招朋饮，漫品人生论废兴。

七律·霜降有怀
万类霜天竞自由，兼葭孤鹜半江秋。
且将篱菊吟新意，欣让西风扫旧愁。
倚杖梅园春不远，舒眸枫岭韵尤稠。
年高莫叹人情淡，一首清辞酒一瓯。

七律·立冬感赋
夜半风嘶朔气侵，霜花红叶饰层林。
篱边菊绽阳春韵，驿外梅怀白雪心。
萧瑟初经温老酒，丰收喜获动吟襟。
倚门媪叟殷殷盼，子女天涯报好音。

七律·冬日感怀

舒眸瀑布入幽潭，回首平生世事参。
李广难封皇帝误，冯唐易老性情耽。
细推物理须行乐，详悉人心应勿贪。
经历几多风雨洗，云烟散去自天蓝！

七律·小雪吟

时序初冬寒渐严，行人御冷厚衣添。
欣弹蕾壮梅三弄，喜赋枫红韵一帘。
画意热融诗意里，雪花轻吻浪花尖。
沏茶煮酒歌丰稔，好句萦怀心自恬。

周国林

又名红尘无涯。高级教师，有上百首诗文作品发在《北方诗刊》《北京诗刊》等刊物上。湖南省岳麓诗社社员。香港诗词学会、中华诗词学会会员。商城县诗词学会副会长，副主编。

风入松·端午抒怀

好将美酒醉雄黄。又过端阳。疏疏数点龙船雨，水沈烟、两岸蒲香。观渡游人早聚，弄潮健将横江。

家家凉殿祝安康。笑语盈堂。渔歌矣欠乃斜阳外，想当年、屈子辞章。唤起雷风龙舞，争看碧浪旗扬。

唐多令·荷韵

云锦满平湖。香风袭草庐。恁娉婷、秀色娇躯。叶底游鱼轻动影，风过处、乱芙蕖。

翠叶缀珍珠。红颜靓画图。照妆容、花映新肤。又看荷池佳绝地，凌波起、舞仙姝。

风人松·新村柯楼

金刚台下有山村。蕴绕祥云。清溪流碧茶园在，环山路、直到家门。雾渍茗香致富，客游画壁如春。

阳光村务搞扶贫。面貌翻新。穷山恶水当年事，到如今、五彩缤纷。两岫清风雨露，一川赞语亲民。

临江仙·浅秋

静望青山横浅黛，枝头醉意轻翻。蝉声不歇日初寒。芰荷影弄水，鸥鹭翻冲天。

斜阳还照迷草树，赏心郊外流连。满斟秋色醉云天。风光无尽处，斑鬓有余年。

七律·秋望

吹散浮云洗碧空，层楼极目送飞鸿。
青峰远立晴川静，野菊初开墨影融。
霞落湖山燃白鹭，树披霜露淡红枫。
长淮早入金秋色，岂可还如梦幻中。

七律·烟树

山寒水瘦起青烟，树老枝枯立岭前。
虬干浅浮连九阙，老根深扎引黄泉。
临风静卧长迎客，落影云中漫布川。
天地氤氲流意韵，人间仙境到村边。

七律·深圳印象

四月南行深圳巡，花红竹翠正逢春。
街衢通达鹏城靓，草木繁荣景色新。
不夜霓虹惊九阙，跨湾桥路贯三津。
明珠闪烁缘何在，天上金星落海滨。

周海燕

女，笔名谛听。格律诗词讲师、诗人、主编，中国楹联学会会员。全球著名格律诗词研究家曲度先生嫡传弟子，现任全球龙凤文化总社副社长兼青少院总院督。

— 1651 —

全球龙凤文学流派成员。原创格律诗词曲联 4000 多首，译注《诗经·风篇》30 余篇，后续待研究。

作品多发表在诗词吾爱网、中华诗词网、中华女子诗词网、金石秀水文学艺术网、中红网、中国作家网等各大网站，全国征文大奖赛中，作品《缠绕我三十年的梦》《前海潮·中国梦》荣获优秀奖并入《缤纷人生梦》一书，"宜针通杯"小康中国诗词大赛一等奖。随笔散文多见纸质报刊媒体。

藏头五绝·人伏清心
入群频见费章多，伏案暂梳平仄歌。
清浅光阴听圣语，心安一处说婆娑。

五绝·双星泪
欲乘楼浪高，惊石拍河滔。
怕是双星泪，急撑秋水篙。

五律·玉尺吟（新韵九文）
拈来玉尺吟，缝雾又裁云。
君隐蓬莱岛，吾将仙阁寻。
秉刀精准量，依寸把边分。
能度人间事，也留青史文。
2019 年 6 月 13 日

五绝·心灯
心灯拂暗尘，幢影隐辉轮。
常赴瑶池约，琼浆入口醇。
2019 年 6 月 16 日己亥五月十五

五律·背影
余晖拖影长，汗渍印衫央。
手把沟田画，脚耘垄地章。
夜巡茅屋亮，书品案头凉。
三国萍踪说，儿时蹲地忙。
2019 年 6 月 15 日己亥父亲节随感。

为四川宜宾长宁祈福
五律·致敬
苍天有泪垂，蜀道灾难时。
警报穿空响，儿郎冲阵知。
长宁分秒见，瓦砾短横移。
踩我身儿快，浮屠尽少悲！
注：现 2019 年 6 月 17 日 22:55 四川长宁地震 6.0 级预警，6 月 17 日 23:30 分左右人民子弟兵第一现场救援视频随感。浮屠：救人一命，胜造七级浮屠。
2019 年 6 月 18 日 04:49

五律·中医文化
青蒿抗疟疾，诺奖见呦呦。
耐药难题解，灭虫除症纠。
红斑由此获，团队破关浮。
一握精华取，传承又见舟。
注：喜闻屠呦呦中医团队攻破青蒿素抗疟的耐药性，并同步研发了红斑狼疮的有效药。
2019 年 6 月 18 日 06:23

五律·花葬
三分离恨嗔，扣解二分神。
一地铺花叶，孤帆离世尘。
琼瑶辞挚爱，低调别今人。
夫冢芬芳寄，纷飞泪锁身。
注：读琼瑶葬其夫吊文随感。
2019 年 7 月 14 日 21:51

五律·守护香港之 30 万呼声
明珠今黯然，暴雨疾风前。
卅万民齐会，十艘鸣笛船。
繁荣需稳定，法制待齐全。
守护荆花责，香江母子牵。
2019 年 7 月 21 日己亥六月十九。

五排律·七月
菡萏满陂塘，炽情燃夏章。
紫藤牵紫角，白子嵌青房。

三宝盘中见,七情文里藏。
清心登古阁,拙笔解今祥。
播种勤思苦,滋兰树惠强。
前潮翻浪涌,末学逐洪荒。
一卷青春注,躬耕献斗粮。

注:三宝:指荷塘三宝。播种:指诗教中首批青少年教学的体会即给少年播下韵律的种子。

2019年7月17日23:12

五排律·题东至周氏家风
——躬耕继家声

尧千里渡河,舜百亩躬歌。
陶令把篱酒,贤林周氏和。
负喧闲语训,入塾读全科。
心挈翠微聚,眼穿烟雨蓑。
谋生勤正业,虑事审为何。
节俭言家谱,布衣耕种坡。
蓬门分一户,六世族教多。
桑梓培心地,田园满瑞禾。
孤忠惟义举,后视定风波。

2019年7月20日18:00初稿

五排律·七夕乱弦嘈

残霞添笔豪,宿雨读风骚。
灼灼嗔花面,牵牵与子袍。
菱花无景语,红豆有情熬。
酒客陪三友,幽人逐九皋。
渔樵惊曲误,琴瑟乱弦嘈。
秋水鸿波切,思君霜降刀。

2019年7月15日21:59初稿

五排律·题禅诗禅画诗集

湿地蛟龙出,瓢城鹤舞池。
魂牵九峰语,梦绕史前遗。
赤县闻珠玉,艺呈轩墨随。
生花源一叶,酌句二人痴。
探究文明梦,悟禅禅画持。
爱莲提笔捉,蕴宝欲涵诗。
摩诘堪称典,阳生盘醉姿。
钻文穿古阁,多卷逐骚枝。

注:观乔木周阳生大哥禅画禅诗系列丛书结集欣感!乔木是红山古艺轩馆主,收藏家,书画篆刻自成一体。号一叶禅师。

2019年7月15日07:23

田园组诗系列之五排律·西瓜吟

碧园寻一葩,绿玉满坡爬。
牵动幽泉卧,斗来甜汁夸。
翻藤敲骨响,瞧蔓见须查。
手似刀儿快,嘴如馋水加。
冰心青府夺,丹血染门牙。
消暑清凉地,执壶嘻漏茶。

2019年7月2日20:30摘瓜随感。

缅怀先烈组诗之五排律·赵一曼

黄埔一枝花,蜀中巾帼夸。
红枪穿敌脏,白马踩狼牙。
奋起木兰志,潮推汉使槎。
趟河挥血棒,渡海卷珠花。
北伐旗刚举,南来令又加。
叛徒当偏手,倭寇逼刑叉。
临敌三缄口,情长可到家?

2019年7月7日20:29

五言排律·黄河曲·黄河绝恋13韵

咆哮万里长,慈母护儿墙。
孕育文明史,奔流东海洋。
信天游唱吼,义字辈担当。
抗日联盟战,敌歼机毁亡。
命悬崖一线,娃救眼前殇。
八路围城角,群谋泗渡郎。
寇侵同抵外,恨接各奔场。
鲍有葫芦渡,敌无河岸防。
歹心穷碧落,毒计射玄黄。
激浪风涛险,回家信念强。
长绳情断割,铮骨献吾娘。
泪浸千疮孔,唯留九曲章。

— 1653 —

注：诗经匏有苦叶,济有深涉。
2019年6月26日21:43

五言长排·魂契骚游
——上平四支(37韵)

茫茫薄雾移，漫漫路游离。
白起破歌奏，灵均抱石随。
微微波荡说，切切赋含悲。
权道隔寥廓，浮光映境池。
同君云梦聚，迎曙过驹骑。
遣急奔疆苦，策谋当虑思。
金乌无漏覆，玉兔有轮规。
混沌横流在，初衷堕落时。
蝇钻多苟且，虎霸驾凌欺。
忧国望堂远，谏章军牒执。
惊雷肝胆裂，电闪楚江知。
目极沧浪水，吾哀柳叶眉。
霏霏吟雨雪，惨惨罩朝曦。
蔽日山高锁，易峰观委蛇。
主张奸佞毁，变法小人为。
出使重修好，联盟遭败疑。
武关王约信，秦地客留尸。
再逐沅湘歇，满园兰草萎。
卜居闻美政，创体显精疲。
问语冲霄九，祭神翩蝶追。
三年不得见，八对复旋驰。
芷带披肩扣，秋兰守洁痴。
申椒菌百亩，茝蕙访千枝。
培植垄分盛，丘收套种迟。
揭车翻叶看，质变数留夷。
饮露恩熙拂，攀名夺利危。
汝将残瓣用，五斗折腰谁？
上下求真索，南山备菊篱。
丹青轩墨舞，竹帛挂丰碑。
宓妃娥氏女，占卜楚巫师。
远行蜷落局，殉国举旌旗。
清白作贤句，凡尘树惠奇。
宫刑司马忍，贾谊谪迁辞。

劝谏丹心卷，飞龙六合宜。
端阳摇橹竞，蒲艾剑悬祺。
百转骚盈泪，铮铮青史垂。
注：留夷、揭车：均为香草名。
2019年6月8日18:09己亥纪念屈子初稿

七绝·口占风雨

一程风雨一尘除，半亩篱园半亩锄。
披月摘来星阙魄，吟风研得律魂书。
2019年6月30日06:55

七绝·江上即景

一抹晨曦布晕呈，孤舟鸣笛撒江行。
沙洲寂寞空庭远，白鹭齐飞天际争。
2019年7月21日06:19

七律·致王剑秋老师

又是一年相约期，泉州学子仄平知。
印尼候鸟回乡土，闽语唱弹相合词。
耄耋和音传彼岸，鬓霜染发暗相垂。
红尘总有真情注，共谱桑榆晚照痴！
2019年6月27日20:49

口占七律·种子

满桌速成鸡鸭肉，三更破晓未鸣啼。
良田征占化工腐，苞谷寻来种子迷。
高柳未闻蝉跃燥，浅塘何觅鼓声齐。
浮萍一道飘全孚，泼雨惊雷无到西。
注：读袁隆平一声长叹随感。孚指污染造成的各类鱼虾死尸。
2019年7月61日1:09

七排律·东南第一山
——九华山

九朵圣花开宇中，千年仰息入云瞳。
飘洋为证菩提果，过海三途救赎匆。
一袭袈裟铺地盖，俗僧合十见其衷。
野猴探境天台望，峭壁听经鹏俯冲。
松洞玉音飞泻出，石梯云霞折断笼。

天河总爱抛珠秀,摩诘偏留画册同。
积雪遥听青柏压,流泉近数碧潭通。
清凉台上谪仙返,弘历殿前题匾中。
自是万千从此幻,莲花佛国世惊鸿。
2019 年 7 月 1 日 20:36 初稿

如梦令·生活

费尽心神日夜,晨沐霜风露化,入梦枕黄粱,思雨葡萄架下。人面,人面,处处拈花磨倦。
2019 年 7 月 10 日 20:33 随笔

减字木兰花·夏日随感

屏前多恼,一网游开平仄稿。对镜观黄,不及廊檐紫燕忙。

清风顺送,碧叶莲天情恨梦。粉黛娇羞,一袭红装落画愁!
2017 年 6 月 29 日 16:36

蝶恋花·钩沉(依梅振才先生 1975 年所写的《蝶恋花·乡居抒怀》韵)

彼岸梅骚吟史苦。雪夜诗狂,腾挪行间误。雪入乡居风带土,雪飞林野梅香路。

浪击千层雪海度。铮骨斜横,不作春迟暮。旧体十年编撰文,钩沉雪舞痴梅处。

注:读《梅老的诗歌评论》后随感。
2019 年 7 月 17 日 22:19

扬州慢·鉴真东渡（依姜夔正体 98 字长调）

林肯中心,史诗歌剧,中文咏唱思乡。舞台千结放,古国绽芬芳。鉴真演,欢呼感动,地方文化,火递情章。泪盈眶,拨触心弦,弹曲惊场。

扬州受戒,遍长安,寻访洛阳。十二载漂流,风高浪急,船覆少粮。误诊无明发愿,清规界.统领僧当。曰传灯和尚,恒河沙一缕光。

注:鉴真 14 岁出家在扬州,也为《西游记》唐僧的原型定位。此次田浩江巡演到美国林肯艺术中心传播本土文化,实乃千年造化,有感梅振才先生发稿发片随感临屏速成。以表对传播中华文化者的敬意。
2019 年 6 月 24 日 19:59

九张机·话七夕

一张机,红尘情爱选良时,葡萄美酒金樽席。关雎低语,好逑君子,举案盼相随。

二张机,维天有汉引针期,天琴座女忙梭织。芊芊素手,难纹成布,河鼓隔帘痴。

三张机,葛洪文记卷中持,阑珊一处宫娥屐。开襟图缀,珠光溢彩,服饰把情披。

四张机,长安十里闹城池,争相置办添闺帛。车龙拥堵,清宫夜宴,弦切鼓笙吹。

五张机,迢迢星汉几人追,盈盈一水皆寻迹。魁星居首,星星迷恋,北斗七星窥。

六张机,参商两耀斗传奇,天河左右春宵隔。痴儿怨女,鹊桥相许,七七一归期。

七张机,敦煌石窟隐文悲,千年神话布恩泽。谁偷一彩,仙衣无返,脉脉遇心仪。

八张机,曾传郭翰扑鹅池,中庭依月书兰石。翩翩神女,情投私语,剪不断相知。

九张机,乘槎越浪舀瓢诗,登楼观宇星辰摘。浮云遮眼,霏霏雨雪,终见白驹骑。

注:河鼓指牵牛星。
2017 年 8 月 26 日 16:56 初稿 2019 年 7 月 16 日修改稿

一笼烟雨（自度曲）

一笼烟雨愁，隔帘轩墨写无休。寸眉双锁，芳心点点悠悠。谁唱菱花境抛红豆。

梧桐滴漏西窗扣，止不住相思泪流。填一阕，锦帛绣，汀岸说离舟。

2019 年 7 月 12 日 10:30

七一撰联

南湖驶舟，破雾穿云铁甲，燎原星火。
北斗标剑，强兵护国风流，圆梦炎黄。

2019 年 7 月 1 日 07:36

七七撰联

与子同袍，洒血抛颅，狼烟盘海醒狮号令。
难书筑肉，亡家失地，白水牵山护国旌旗。

2019 年 7 月 7 日 19:23

周洪斌

男，1950 年生，农民，青少年时期即爱好古典文学，尤喜诗词。从 2013 年开始学习格律，凭着对诗词的执着，笔耕不辍，已在网络及报刊发表格律诗词 1300 多首。

沁园春·国庆 70 周年

禹甸今朝，磐地春风，遍宇曙光。喜七旬华诞，欢歌瑞庆，千秋大业，筑梦荣昌。富庶农村，繁华闹市，脱去贫穷步小康。新时代，正腾飞百业，虎啸龙骧。

炎黄团结图强，看此日醒狮斗志昂。有嫦娥奔月，蛟龙潜海，纵横高铁，威武舟航。科技精新，长城稳固，丝路风情胜汉唐。宏图展，任风云五洲，赤帜飘扬。

沁园春·烟花

似箭飞升，直指云天，照亮夜空。借春风浩荡，千丝柳绿，蟾光隐约，万朵梅红。旷野飘英，满城散绮，灿烂光芒耀眼瞳。呼声啸，唤群芳斗艳，七彩霓虹。

嫦娥有幸相逢，便无悔韶华至此终。喜分身有术，化成星海，燃情胜火，扮靓天宫。美梦成真，芳魂顿渺，刹那辉煌上顶峰。平生愿，得永恒绽笑，一展心胸。

兰陵王柳步周邦彦韵

暖烟直，枝带鹅黄衬碧。莺声脆，摇曳弄姿，点缀千丝缩春色。青阳映水国，堪惜，江舟楚客。看飞絮，相顾自怜，愁涌心头卷千尺。

垂绦钓尘迹，念已别萍踪，曾共连席。温馨灯火携同食。望逝水东去，挚情难驻，翩翩春雁过古驿。一帆向江北。

悱恻，故心积，奈玉影飘离，归路孤寂，隋堤浥雨情难极。任往日琴榭，此时渔笛，伤怀前事，忆旧貌，记点滴。

周焕新

男，汉族。内蒙古自治区乌兰察布市，察右前旗土贵乌拉镇第三中学。发表的作品《沉重的脚步》《我的中学时代》《历史的记忆》等，诗词散见于各大平台。

七律·诗雅香江

碧宇清云月罩沙，诗歌颂德尽人夸。
成篇展卷寻茶煮，泼墨挥毫找酒赊。
但得忠魂多劲节，何忧大义少奇葩。
湖边树影涟漪逐，峰岭斜阳映彩霞。

江南水乡

江南水阔最繁荣，遍地清湖映月明。

到处花香看舞雀,由来鸟语赏歌莺。
游人往返诗沽酒,座客平安韵赋情。
唱晚舟车还不去,多因羡慕又前行。

七律·时代楷模余元君颂
楷模竞选属元君,独领风骚靓彩云。
碧水一江波涣涣,青山万壑雨纷纷。
生前尽说论交事,死去方知告别文。
奉献家乡留伟业,供于社会建功勋。

步韵美慧喜贺王国钦诗丈《赋说中原》出版
古来人德敬尊钦,绝唱千年尽浅吟。
推毂却无惊海内,颂歌偏有到如今。
岂惟好事供修道,更得多情上翠岑。
但愿诗词陶冶性,何须韵律绽胸衿。

七律·贺《赋说中原－王国钦离赋欣赏》正郑州首发
唐风宋雨润春秋,楚赋离骚逐竞流。
不负韶华增寿命,苍生岂愿再争侯。

七律·祝福美慧荣任香港诗词文艺协会会长
酌饮香江好润襟,豪情颂德对诗吟。
敲词有意心明月,秀出欢欣得玉音。

七律·贺美慧接任香港诗词文艺协会会长
风吹雾散月初新,好事偏逢雅秀人。
相聚欢欣诗作伴,欲来谈笑韵为邻。
倾心最是随心处,展拜何堪着待春。
浩荡千帆争奋进,淘沙浪起又催轮。

渔家傲·中元节
暑去无声还热燥。中元祭奠青灯照。祭祖扫坟修孝道。天昭告。无情最是轮回绕。
　　天地悠悠云袅袅。黄泉路远谁知道。地久天长人不老。情作保。人间渴望皆成好。

西江月·残暑
西下夕阳影瘦,清风吹拂绵柔。百花绽放典装秋,斟酌律诗一首。
　　蛙鼓蝉鸣金曲,蝶蜂正好回眸。遥看残暑不言休,展望山河锦绣。

周吉潭

1944年生,江苏淮安人,中华诗词学会、江西诗词学会、岳麓诗社、东坡赤壁诗社会员,九江市诗会理事,渊明诗社社长兼《采菊诗刊》主编。著诗词集《清箫吟》《淮安子诗文选》。在各级诗词刊物发表作品近千件。

五绝·汤阴岳飞铜像
勒马凌空立,悲嘶万里风。
河山今尚缺,长啸满江红。

五绝·戏赠吉玲女史有乞
闻有断肠集,为情苦若痴。
试求腮畔泪,磨墨写相思。

七绝·无题
狼烟烬冷久经年,酒绿灯红不夜天。
碧血卢沟寒射月,狮声凄厉震山川。

七绝·寒菊
山风嬉戏弄花枝,俯仰低昂总自宜。
落拓荒疏诚本性,何须附贵徙东篱。

七绝·访友
故地徘徊寻屋踪,桃林烁烁倍情浓。

春风桃面殷勤语,去那新村第九重。

五律·幽居
小巷藏幽院,迎门四季花。
篱边莓待熟,架下豆初芽。
弈几开新局,书窗绘彩霞。
鹊喧知客至,稚子沏清茶。

五律·春山夜宿
竹静牵星动,云移带岭摇。
泉温融冻土,月冷固春宵。
石乱羊肠路,霜侵独木桥。
山村留客处,隐约听悠箫。

周家禄

网名对山居士,安徽省宁国市人,企业职工。中华诗词学会会员,安徽省诗词学会会员,东方诗词协会会员。凤凰诗社付秘书长,凤凰诗社江南总社副社长、秘书长。酷爱古诗词。其诗观:随心随性随境,语胜千言。

五律·西村·年味
结伴西村里,悠哉云自如。
遥看千嶂影,细数一溪鱼。
载酒奏箫鼓,闻歌品果蔬。
闲来寻至味,好景入诗书。

五律·过马头岭并夜宿农家
昔年行马岭,埋谷路途颠。
野树连山坞,岩花伴石泉。
溶溶千里月,袅袅几家烟。
他日得闲暇,重登了宿缘。

五律·登顶乐利峰眺浙西天池
琼花岭上寻,野径影相侵。
寂寂苍烟起,萧萧紫气沉。
朔风迷玉树,斜日入瑶林。
好雪知春意,天池到古今。

七律·宁国颂
弹指劬驰四十秋,千年古邑醉明眸。
新城画阁依斜日,秀水长廊傍野鸥。
赤地迎风成大业,青龙叠浪好清游。
初心不忘先贤志,潮起扬帆逐海流。

七律·致老妻春梅
——写在结婚30年纪念日
那年初四娶新娘,一乘轻车便入乡。
晴旭融融江色净,瑞云淡淡柳丝黄。
佛前莫负今生愿,林下相期来世长。
不计寒门抛富贵,春梅含笑嫁周郎。

七律·情寄对山
东亭笔下赋诗书,竹影摇风掩旧居。
紫翠排云溪水瘦,烟岚绕郭树阴疏。
寒蝉嗫语村寥寂,乡党知心客自嘘。
日暮离愁情未了,物非人是奈何如。

七律·清明回梅林祭祖有寄
菁菁芳草遍天涯,一缕香侵一径斜。
社日风和莺对语,清明柳绿蝶飞花。
独怜桑梓好春色,最爱梅林野老家。
不见炊烟人去了,嗟吁难续半杯茶。

周军民

笔名华强北,真名周军民,男,1981年生,祖籍湖南衡阳,现定居江苏南京。现为自由职业者。从事数码维修、电脑维修、网络维护等工作。爱好国学、尤喜诗词创作。作品散见于中华诗词论坛,现为论坛九龙诗苑版主,华夏诗词论坛,现为论坛山东诗词常务版主,香港诗词论坛,现为论坛词楼版主,大中华诗词论坛,现为论坛核心交流副版主,中国诗歌网。诗中国,华夏诗歌新天地,诗词吾爱等网络论坛以及《长安》《三原诗词》《诗苑》等一些纸质诗刊。

七律·感怀
赫赫中华国祚长,江山社稷数辉煌。
阿房宫伟城终毁,铜雀台高地已荒。
汉武秦皇虽不在,残垣断壁总堪伤。
几经分裂还归一,今复繁荣赶盛唐。

七律·游秦淮河夫子庙
彤彤落日映残霞,烟笼秦淮处处家。
白鹭洲边多茂草,乌衣巷口少桃花。
江南贡院无才子,朱雀桥头有鹊鸦。
十代古都还复在,人文荟萃尽光华。

七律·抒怀(中华新韵)
出师试写二三行,卅载寒窗两鬓霜。
初始吟诗如草芥,由来作赋似糟糠。
水滴石破凭时日,得志扬名靠智商。
隐匿红尘俗世里,不辞辛苦做文章。

毛主席(中华新韵)
谦谦君子不言穷,乱世飞天一巨龙。
胸有成周姬发志,身怀西楚霸王功。
秦皇汉武输文采,宋祖唐宗逊雅风。
缔造新华名史册,千秋万代最英雄。

七律·咏梅(新韵)
知君厌倦万花同,一树独香野草丛。
默默不闻秋夏里,亭亭怒放雪霜中。
涂新天地无穷日,犹绘江南迤逦风。
盛世开来迎岁末,寒冬傲立溢芳浓。

七律·抒怀(平水韵)
写赋填词且莫催,研习古自高才。
啼天仙鹤无人养,娇美寒梅有意开。
深海鱼由深水打,雪莲花到雪山栽。
经书典籍连年颂,脱口成诗好句来。

七绝·人生感悟(平水韵)
迁居城市总思乡,也学陶翁盖草堂。
都道人生如逆旅,奈何拼命做三郎?

七绝·感怀(平水韵)
心中尽是成功梦,两腿堪怜跋涉劳。
不趁芳华勤奋斗,焉能轻易获金鳌?

周立

笔名岸礁,1966年生,大学文化,籍贯湖南,工作于长沙市公安局内部安全保卫支队。湖南省诗词协会会员,湖南省政法系统文化研究会会员,公安部文化联合会会员。作品散见于《湖南诗词》《国艺天地》等刊物。

近作古典诗词八首:
其一
满江红·观展
——518国际博物馆日应邀出席长沙市博物馆以"湘江北去,中流击水"为主题的长沙历史文化展。

欣应佳期,揭帷幕,直观博览。明历史,看兴衰事,古为今鉴。一馆遨游十万载,四厅阅尽长沙卷。启心智,文化大餐呈,开盛宴。

石器朴,青铜炫。秦开郡,名城现。大江逐北去,演承经典。敢为人先怀伟志,中流击水博艰险。生于斯,当不负先贤,为之践。

其二
破阵子·星城快警

题芙蓉公安110星城快警试点平台启动运行。

撒豆成兵布点,排班罗网巡城。勤务改良催快警,处置分区指示明。即时得令行。

夜护长街里巷,晨迎初日芙蓉。宵小闻风惊遁远,百姓平安社会宁。颂功一一零。

其三
塞上秋·题四行仓库

上海四行仓库旧址,乃当年国军将士与日寇死战之地。铭记历史,英烈们的血性忠诚将永远被敬仰和继承。

弹痕炮洞楼残,一军孤守如磐。血雨腥风漫卷。苏州河畔。四行英烈长眠。

其四
五律·秋游道吾山

八月十日,小住浏阳道吾山。

茅庐,观百岁古松,朝千年佛寺。眠清风宿

古寺邻松鹤,天湖气象奇。
空山传暮鼓,野店隔疏篱。
夜静消尘垢,蛙鸣告雨期。
道吾诚有道,千载念阿弥。

其五
五律·画师古而雅(新韵)

五一小长假,无盘缠不远游。宅于家中,临宋王、米、赵诸画意并题诗。

古人为墨戏,传世皆神逸。
浩瀚勿穷极,涓滴仍受益。
隔空敬以茶,净手临其笔。
食髓味方知,高标于静寂。

注:逸、神、妙、能为画中四格,逸为最。

其六

五律·佳人雪
——又见长沙喜降瑞雪有感

佳人如素雪,倩盼当空撷。
一夜舞缤纷,千山同皎洁。
良辰美景喧,玉骨冰肌冽。
笑看众骚年,沾衣十八跌。

其七
五律·明伦雅集夜归

丁酉初冬,明伦书院古琴雅集,余适逢其会,获益良多。融融不觉已暮,月夜意得而归。

半日山中叙,人间又一天。
喧烦尘障客,恣逸伯牙弦。
谈笑还闻道,鸣丝竟见仙。
须臾时入夜,归去意迟延。

其八
七律·鼓瑟琴钟悦以求
——七夕临近,翻赋《诗经》意之关雎

遥看佳人立水洲,争鸣君子胜雎鸠。
新芽茁茂凭搴采,翠袖娇柔任好逑。
天远难从云雨意,夜长不寐虑思惆。
何时遂愿芳菲近?鼓瑟琴钟悦以求。

周莉芳

网名听雪。武汉人,中华诗词学会会员,武汉诗词微刊主编。

赏荷

凌波蒸暑气,心静两相宽。
桥引横塘渡,舟行落日拦。
如毫天作锦,非夜玉盈盘。
忽有渔歌子,悠悠流水弹!

禅诗

年光犹及半，诸事未成行。
三省吾身觉，四时空色鸣。
非花云雾绕，如梦镜台明。
且惜谦谦意，终归共一程。

情醉大清香（黄鹤楼酒）

问鼎春秋志，名楼烁古今。
清香寰宇接，大曲水龙吟。
才醉城中月，又闻涧底音。
儒风扬国粹，况味共相斟。

朝雨浥轻尘

两载刊成集，清奇出一新。
儒风扬国粹，闲赋逐芳春。
教化诗相授，潜修德倍珍。
不为名利搏，朝雨浥轻尘。

浣溪沙·夜吟

天作棋盘露煮茶，粼粼水月漾心花。
隔江渔火挂枝桠。
　　醉了今宵难入梦，萦怀过往岂成奢。
春秋渐老对空涯。

浣溪沙·七夕

夜暗青冥晓露寒，银河今夕鹊桥悬。
风撩云幕意绵绵。
　　忽有鸡啼惊宿梦，又闻更鼓拍楼弦。
相期重聚是何年！

周其全

笔名阳春，男，1963年出生于楚霸王故乡江苏宿迁，1984年10月参加工作，中共党员，大专学历。业余爱好喜欢收藏，从事玉器、瓷器、邮票、书画等收藏多年。2012年3月出版有本人编著的《收藏学问大观》一书（本书包含有玉器、瓷器、邮票、书画等八个部分，中国文联出版社出版）。2013年9月，该书荣获由宿迁市宿豫区人民政府颁发的宿豫区首届社会科学优秀成果二等奖。

此外，深爱中国博大精深的书法艺术。2013年3月荣获北京六艺嘉韵书画艺术研究院颁发的"金紫荆杯"——爱我中华·中国爱国书画名家香港交流展大型邀请赛金奖。书法、论文作品已入编《国际关公文化书画暨民间艺术展览作品集》、书法报社编辑出版的《当代书画家名录》《中国榜书2014高峰论坛作品集》等。

近几年来对我国底蕴丰富的诗词艺术有着浓厚的兴趣。苦读、研习诗词格律的运作技巧和方法，做到学以致用。2015年9月份，在《中华诗词》杂志社举办的2015年"中华诗词·南戴河金秋笔会"中，《梅兰竹菊四君子颂》荣获优秀作品奖，并已刊登在《中华诗词》。2017年10月，参加了"中华诗词·北京金秋笔会"，七律《西陵峡》刊登于《中华诗词》。近年一些诗词作品收录于《第二届诗词世界杯中华诗词大赛精品典藏》(中国文联出版社)《首届全国诗词名家遵义寻春诗会获奖作品集》(中国文联出版社)《诗意中国·中国作家排行榜》和《新时代中国诗词家风采录》等典集。《望海潮·中国十大国粹序略》和《天柱山赋》等诗词作品已入编由中国国学学会、中央文艺出版社等单位编撰的《世界大百科全书·文艺卷Ⅲ》。《西湖十景赋》和《宝塔山》等诗词作品收录于《世界文化名人录》(第四卷)。有些诗词作品被《中国大百科全书·国学卷Ⅲ》收录。此外，诗词作品散见于《中华诗词》《诗词月刊》《展望诗苑》《诗词世界》《诗词百家》《江西诗词》《建安诗苑》和《楚韵》等刊物。2018年8月，参加了中华诗词学会在陕西省山阳县举办的"中华诗词学会第三届高研班"，获得了《结业证书》。现在为江苏省收藏家协会会员,宿迁市收藏家协会理事,宿迁市书法家协会会员,宿迁市诗词协会理事,中华诗词学会会员,中国当代书画协会理事,中国榜书艺术研究会研究员,中华辞赋社会员。

七绝·毛泽东故居
坐南朝北绿荫里,掩映满山苍翠浓。
杨柳依依牵菌苕,芳香泥土染岑红。

七绝·辽宁锦县大笔架山（顶真格）
镁壁悬崖如架笔,笔峰插海浪波翻。
翻翔欧鸟三清阁,阁檐角翘佛尊镁。

七律·水陆两栖飞机
鲲龙亮翅力威显,援救消防若等闲。
化羽垂天抟九万,振鳞横海击三千。
创新科技宏图展,探测资源国力坚。
不忘初心抒壮志,敢同日月获光环。

七律·牛背梁国家森林公园
葳蕤叠嶂淌溪潺,峡谷灿光映翠峦。
六尺峰林逐云梦,秀灵山水寄田园。
茫茫草甸叹牛背,霭霭流霞晖杜鹃。
八面来风望秦楚,天成美景迹冰川。
注:六尺,指六尺岭。

行香子·茉莉花
枝叶对生,花萼多情。雪棉晶、四溢香清。观颜翠绿,玉骨肌冰。看仙姿爽,花蕾结,爱情恒。
茶芳浓郁,天赋香精。可清热、止咳痰醒。南方栽种,世界驰名。忆真娘殒,香魂附,净纯馨。

江城子·金丝峡
纵横秦岭接巴山。罕潭寒,急流泉,起伏连绵,秀岭耸云天。高峡平湖明似镜,坡碧翠,岸斑斓。
险崖绝壁壑连环,缀藤垣,绽幽兰。瀑布锁龙,崖陡夹蜿蜒。狮洞晶莹姿百态,听奏韵,叹奇观。

周启安

1947年6月出生,祖籍湖南汨罗,中华诗词学会会员,省直鹰台诗社常务理事,《鹰台诗词》编委。曾为省学会和省直鹰台诗社10余部诗集、年鉴编委。在全国对外诗刊报刊专著和专辑发表诗词400余首。著有诗词《三友集》(合著)《水云轩诗文选》出版。

七律·诗人节感吟
千古骚魂昭国史,诗澜百丈起雄风。
九歌楚调惊华夏,大吕黄钟奏正声。
菌苕凝香时雨润,榴花舞艳彩霞明。
紫牵湘水同酬唱,不老江山屈子情。

七律·东湖磨山盛夏吟怀
风荷摇扇荡神怡,暑避烟松濯浅溪。
萱草馨香难忘却,人生潮汐已参差。
目随鸿雁晴归处,心寄云霞夕别时。
一任白头休照镜,青山依旧柳牵衣。

七律·咏荷
娇姿摇曳满荷池,色映仙霞对影痴。
一盖擎云尤素裹,双莲招雨任风吹。
鸥声唤醒新秋梦,朱笔常添圣洁诗。
击节吟怀歌玉骨,铅华洗尽度虚枝。

七律·坐岸驰怀
忍见枝头黄叶稠,苍茫一派大江流。
萍踪逆旅添新梦,曲岸晴澜念远舟。
昨夜良辰催酒暖,江城美景逐心愁。

莫教闲事将身系，一任痴情乐白头。

周启兴

男，湖北省通山人，湖北省诗词学会会员，中国楹联学会会员，中学语文教师。曾在《中华诗词》、中国诗歌网、诗词吾爱网发表300余首诗词。

共和国元帅颂（十首）
七律·赞朱德元帅
黑夜探寻救国方，飘萍异域识周郎。
倡谋起义惊天事，果断挥师上井冈。
神降太行平日寇，扫清霾雾见红阳。
身经百战功勋赫，元帅头筹望誉当。

七律·赞彭德怀元帅
救贫会里闪星光，武克长沙撰锦章。
立马横刀真勇猛，龙骧虎步射天狼。
收回失地驱倭寇，力保朝鲜挫美洋。
惯战能征羞白起，爱民耿直德遐扬。

七律·赞林彪元帅
驱散乌云进武堂，从戎北伐房传芳。
龙冈伏击蛇神哭，大渡横飞雕鹫翔。
勇夺平型倭寇败，奇攻海岛蒋军惶。
三三战术成经典，善用疑兵主席彰。

注：进武堂指林彪弃教从戎考入黄埔军校。传芳指孙传芳。海岛指海南岛。三三战术指每班分成三个战斗小组，每个战斗小组3至4人。

七律·赞刘伯承元帅
苍民美誉下凡龙，率领神兵过雪峰。
夺取遵城悬利剑，潜蟠大别插心胸。
麾驱日寇餐胡肉，雕剜亡师割朽痈。
善用奇谋赢怨敌，孙吴智略战从容。

注：遵城指遵义城。

七律·赞叶剑英元帅
勘平弊乱崇民主，两次挥师讨炯明。
沥胆披肝帮挚友，董狐直笔揭奸行。
山城舌战愚儒谤，蓟县身擒祸国狰。
关键时机扬利剑，倾心葵霍表忠诚。

注：第三句1927年叶剑英得知汪精卫加害叶挺、贺龙，立即冒险找他们商量对策，决定叶挺、贺龙向南昌开进。第四句1935年8月识破并揭露张国焘阴谋。第五句1940年出席重庆参谋长会议驳斥国民党顽固派对八路军的污蔑。第六句粉碎"四人帮"反革命集团。

一剪梅·赞贺龙元帅
仗义疏财闻四乡，与恶相争，血气方刚。菜刀擎举救苍生。北伐钢军，反帝轩昂。

开辟川黔鄂及湘，伏击倭奴，战斗陈庄。为和平历尽艰辛。刎首雍门，史册流芳。

满庭芳·赞陈毅元帅
乐至奇才，忠心爱国，跨腾雾跃沙场。赣南云起，梅岭志犹昂。五险艰难越过，黄桥役、再展锋芒。驱倭寇，偷闲博弈，棋桌演神方。

张良，今转世，孟良崮上，痛毙狂张。两海雄争战，谱写鸿章。赤县红旗漫卷，兴社稷，淞沪安昌。根端正，鞠躬尽瘁，无奈折金梁。

注：陈毅元帅系四川省乐至县人。腾雾指周穆王八骏之一。五险指1934年10月到1937年10月三年游击战争中陈毅五次历险经历。狂张指国军王牌师长张灵甫。两海指淮海战役、上海战役。朱德吊陈毅诗"重道又亲师，路线根端正。"

八声甘州·赞罗荣桓元帅
鄂南暴动烈火冲天，文家志贞坚。紧跟毛主席，奔波湘赣，克灭狼烟。活捉蒋军辉瓒，战绩谱鸿篇。慢慢长征路，雪地飞鸢。

抗日兵争犹烈，吕梁山歼敌，频出神拳。六字方针妙，齐鲁活棋传。展鹏图，挥师东北，打锦州，失地见高圆。无私利，丹心碧血，济世仁贤。

注：郭南暴动，1927年罗荣桓在通城、崇阳两县组织农民秋收暴动。文家指文家市。六字方针指对敌斗争的插、争、挤、打、统、反。高圆，即太阳，指解放。

水调歌头·赞徐向前元帅

读古典书籍，生济世雄心。求经黄埔军校，北伐遇知音。海陆丰烽火烈，平汉游击三捷，显战术闳深。红四军成立，介石坐毡针。

走鸟道，翻秦岭，隐丛林。龙蟠川陕，收紧阵地法金箴。强渡嘉陵杀敌，歼灭倭奴更勇，日月照丹忱。史册传勋德，元帅忘华簪。

注：知音指樊炳星、杨得魁，由樊、杨两人介绍加入中国共产党。龙蟠川陕指徐元帅开辟的川陕根据地。收紧阵地法是徐向前元帅的创新。

桂枝香·赞聂荣臻元帅

江津俊杰。誓报国建功，旅欧寻辙①。黄埔滋培骐骥，蕙心芳洁。戳穿介石阴谋计，战漳州、壮怀豪烈。九峰②安顺③，斩除顽恶，径奔阁④穴。

日阀犯华君滴血。晋察冀罡风，规秀⑤枭灭。"扫荡"狂魔蚕食，俱为威折。歼夷绥远传芳讯，石家庄、再创奇绝。壬申⑥星陨，历扬名节。

注：①1919年至1925年，五年旅欧使聂荣臻世界观发生根本转变，由"实业救国论"者转变为以天下为己任的社会革命论者。②九峰即九峰山，聂荣臻力排众议抢占九峰山突破敌人第三道封锁线。③安顺即安顺场，1935年5月聂荣臻率部通过大凉山彝族区，抢占安顺场，击溃川军守敌一个旅，有力策应飞夺泸定桥的战斗。④阁指阁锡山。⑤规秀即日本名将之花阿部规秀。⑥壬申，1992年岁次壬申，聂荣臻逝世。

周荣

1947年生，原籍广东东莞常平镇，现旅居美国纽约市。为纽约四海诗社社长、《环球吟坛》诗刊主编、全球汉诗总会副会长兼纽约分会会长。

麦拿啤酒

啤酒品牌称麦拿，地方原产从皆夸。
一支在手忘劳顿，实惠清纯益食家。

外二绝

诗理通明佛理精，铭心杯酒别边城。
持香今谒衣冠冢，一表天涯远客情。

一场初雪转新程，祁县采风诗与生。
大院乔渠秋色各，犀牛月是故乡明。

祁县第四届王维诗歌节暨王维杯赛事

诗历千年久不衰，今朝一众踏歌来。
乘机我亦重洋涉，为附王维雅事杯。

暨南大学代表全球汉诗总会作海外诗词发展报告

代发诗坛海外声，得蒙推举感殊荣。
讲台今日从容立，竟是当年小学生。

波多黎各印象

岛国多风暴，防患每未然。
稀云能大雨，急浪可滔天。
游旅兴经济，烹调喜炸煎。
西班牙格局，旗帜一星悬。

山西祁县行
乔家大院

庭宇深深旧迹遗，乔家景物现当时。
商场信誉遵承诺，祖训箴言学吃亏。
几度营生风雨路，百年经历盛衰姿。
重门高槛墙垣固，大院声名远近知。

谒王维衣冠坛

雪挂梨枝显莽苍，碑前谒拜列成行。

衣冠古坛存祁县，人事渊源槊盛唐。
境界修为诗佛誉，官场机遇状元郎。
感怀最是伤情句，杯酒阳关欲断肠。

祁县千朝观园下榻其"大德通"旅舍
下榻昭余大德通，古今格调互交融。
园林秀茂春秋美，地域钟灵气象雄。
庭苑清幽迎远客，窗棂轮奂透晨风。
千朝际会铿锵韵，彻夜心仪梦未空。

参观暨南大学文学院
遐尔闻名授业堂，校园今昔证沧桑。
师资厚积繁桃李，绛账高悬有柱梁。
履历百年文学院，精英一众暨南光。
古稀方得宫墙及，为应机缘早整装。

波多黎各行 抵埗
偕游岛国订航班，呼啸初临自九寰。
地理居于南北美，风光展在水天间。
交通未见车龙堵，温度常教大汗潸。
旅馆凭窗观景象，艇船罗列泊深湾。

雨林
游旅商机应运生，乘车得以探幽行。
纵横林木惊奇态，倒伏枯篁掩乱荆。
溪涧急流长溅石，野花鲜艳不知名。
却疑深藏处兽，偶听鸠啼一两声。

首府圣胡市旧区
古色青砖道路铺，大洋岛市物情殊。
窄街商店规模小，地势斜形里巷途。
营业早收成习惯，路标简示使糊涂。
邮轮泊岸增游客，友善于求不论肤。

读苏轼《大江东去》词感作
群雄已逝浪仍淘，不尽东流水势滔。
赤壁曾烧争霸业，小乔初嫁眷英豪。

穿空乱石惊涛骇，怀古心潮逐意高。
天下三分年代远，苏词引领说刘曹。

夜宿云天海
驱车越海到云天，胜地融和大自然。
山气空濛舒肺腑，风尘欲净泡温泉。
楼台薄霭疑仙境，水木清华载锦篇。
时代豪奢今领略，家邦忧患不沾边。

欣赏作曲家黄辅棠教授为金庸作品创作之交响乐演奏实况光碟感作
宛若江湖笑傲声，管弦交响尽抒情。
乐章细琢神雕谱，高韵俞扬侠侣盟。
合奏三重旋律美，和鸣八度妙音清。
殿堂艺术堪陶醉，视听才华各盛名。

重九于纽约可乐娜公园感秋
芦荻摇风日影斜，静观群雁落平沙。
山坡满径铺红叶，湖畔疏篱绽菊花。
纵目苍茫生古意，怀人惆怅隔天涯。
殊方踪　如萍梗，际遇随缘四海家。

参加中华公所祭孔大典
儒家学说谨箴规，祭孔并臻择吉时。
黄服悄生齐起舞，紫竽稚尾共恭持。
密槌响起三严鼓，重道尊崇万世师。
大典礼成彰意义，中华德范励来兹。

己亥新春
旧岁新年一夜分，春风舒卷漫天云。
莺花虽致三春乐，肩责仍须四体勤。
善感诗心常扼腕，难兼微信每离群。
任它犬豕重交替，不改初心酷爱文。

望海潮·三鸦城堡
登临城堡，海风扑面，大洋俯览无边。

— 1665 —

古堞苔阶,薜墙荒径,遗痕印证当年。浪涌拍危滩,乱流绕礁石,万顷波澜。要塞咽喉,关防锁钥,屹如山。

曾经几许烽烟,历三遭英帝,雨遇荷兰。妄逞强权,欺人掠物,恃凭炮利船坚。浴血卫家园。威寒敌胆,壁垒如磐。一任星移斗转,中册永留篇。

浣溪沙·伙食

日日堪怜对"塔高",奈何伙食一团糟。中餐寻觅总行徒劳。

虽说入乡随鸽俗例,难教用膳扮时髦。数天口腹受煎熬。

注:塔高是西班牙餐主食。

临江仙·题岑全远先生凹册页

画水描山勤点染,丹青显尽风流。多娇美态不胜收。积云濛叠章,飞瀑泻龙湫。

成竹在胸皴法妙,了然笔下春秋。天涯心路绕神州。豪情臻境界,艺海立潮头。

2019年2月28日

周尚品

1946年生,湖北武汉人,武汉散曲社会员。

【越调】天净沙·写在中国人民解放军建军节

雪山草地无涯,金沙大渡横斜,骁将强兵壮马,驰行天下,红旗插遍中华。

【正宫】塞鸿秋·荆门曲友聚会

蒙泉池水霞光照,龙泉书院新风貌。将军像下乔松茂,三苏聚会神情秒。相聚樟水河,举盏欢声笑,两城同唱清平调。

七十三

春秋七十三,老汉我心宽。
看你几多宝?管他什么官。
乘风破海浪,展翅上云天。
相挽相扶手,青山到雪山。

【越调】天净沙·洪湖畅想

土枪土炮梭标,野鱼野藕菱荇。响遍洪湖号角,崭新风貌,怒潮地动山摇。

咏竹

新笋随春动,欣欣向碧空。
直能当疾矢,曲可作强弓。
射杀东洋鬼,弘扬中国风。
而今观竹海,郁郁更葱茏。

行香子·赞抗洪子弟兵

掀起衣裳,打下钢桩。扛沙袋,勇战洪荒。通宵达旦,巡视堤防。探有无涌,有无险,有无伤。

共工再现,大禹还乡。斗天地,雨骤风狂。吼声雷动,旗帜飘扬。示军之威,民之壮,国之强。

周慎

男,网名夜猫子。湖南省退休医师,旅居上海市,为上海诗苑版主。自小爱好古典诗词,并尝试创作,散见发表。

七绝·春暖

春风吹暖到长沙,普照晞阳映彩霞,
翠叶新枝藏艳卉,枯藤老树吐娇芽。

七绝·雪梅

朔风冷洌啸梅庄,满目晶莹雪裹藏,
梅瓣犹增皑雪白,雪枝更透嫩梅香。

七绝·桂林象鼻山水月洞
象鼻云空水月从,依稀灵雾透仙榕。
云浮月影随流水,水去云升有月踪。

七律·麓山古树
寺前古树麓山缤,不慕喧哗不慕银。
地底泉清根已植,天高云逸叶相亲。
鸿才诗雅吟才子,魁伟姿雄念伟人。
经历千年风雨露,老枝犹绽嫩芽新。

七律·漓江人海
都说漓江甲桂林,恰逢五一更相寻。
唯知翠岭随船走,却念青波拍岸吟。
如画河山人海阔,当春时节队长侵。
云峰游艇齐潜映,赏景观朋任客斟。

忆江南·常德
常德忆,最忆武陵源,波涌楚江添秀色,渺漂秦谷启云烟,沉澧聚湖涟。

天净沙·伏波山
苍峰柏翠孤悬,玉阶苔绿萦盘。水畔廊亭稚鬓,茫然四看,伏波犹在谁边?

(《钦定词谱》乔吉例,《词林正韵》第七部)

双调·沉醉东风·长江
流万里、今源雪眼,启亿年、古聚巫山。红水河,金沙涧,虎跳峡险峻湍滩。见证夷陵赤壁安,创奇迹平湖坝拦。

(《元北曲谱简谱》例,《中原音韵》)

周石岚

湖北孝感市人,在陕西省安康市汉滨区铁路西铁责任有限公司安康车辆段从事火车车辆配件电脑、人工检测工作,高级技术工,于2015年10月退休。现是安康市诗词协会会员,汉滨区诗词楹联学会会员,西铁公司安康站诗词协会会长。安康宝鸡一道诗词研讨群编委。

七绝·掠影
河中掠影望眼收,雁过留声几刻休。
炼句拈词情所故,云梯借助上雀楼。

七绝·人生如梦
云梯悬挂上高楼,踮脚摘星月色投。
梦醒十分觉有趣,闲暇赏景自风流。

七绝·根
泥下深扎水进壶,细须挽手助枝粗。
叶茂花香人欢喜,树脉相通气色涂。

七绝·湖
湖光秀美众人围,色艳蝴蝶沃野飞。
笑语和欢情所注,手机留影酒杯挥。

周士琴

女,教师,副研究员。退休于上海中医药大学。现为上海诗词学会会员,中华诗词学会会员。

七绝·莘庄公园探梅
横枝沾露碧天昂,亭角墙边滴冷香。
寒客琼姿游者织,嫣然一笑向春阳。

赋诗友荡口游
默默香丘英落聚,柳青万种姿春腰。
兰芝荡口莺声渡,曲步留诗印古桥。

叹张大千五色荷花图
翠盖佳人肆意娇,丰姿绰约八方昭。
精雕五色古今汇,惊世绝奇巅荷霄。

孝子情深

母病子忧心绪重，义肩担理道情浓。
问寒床簀嘘暖事，夜半惊心更忍容。

习书法
一横一竖善中行，一撇修灵一捺衡。
一纸沉繁留空白，一腔意境韵天成。

习泼墨山水
运气挥毫步驰骋，仁山善水乐缔盟。
钟声舒卷南山壑，溪水潺潺崖逐盈。

七律·端阳屈子赋
汨水春秋缅蕙延，屈平罹患愈千年。
欲乘骐骥以驰骋，然却路幽其险颠。
路漫漫兮其甚远，旗欢欢矣众当前。
风雷四海乾坤转，逐雾驱霾艳日悬。

五律·咏砚
珍砚镌荷赋，荷塘月静虚。
蛙声呼鱼戏，翠盖缔蓬舒。
清水漫池壁，冰轮挂砚居。
银纱风月泻，荷赋自天储。

周世鼎
男，退休语文教师，中华诗词学会会员。

醉花阴·避暑消夏
夏日炎炎愁永昼，只盼凉风透。避暑入高楼，电扇空调，寂寞难消受。
小园香径黄昏后，步出厅堂走。庭案一壶茶，慢品清幽，喜看花枝秀。

渔家傲·洪泽湖大堤伫望
浩渺烟波翻碧浪，翩翩鸥鹭凌波唱，船队如龙鸣笛响。临渔港，宏楼玉宇霓虹亮。
农运副渔千业旺，宏图大展豪情壮，改革创新无限量。朝前望，湖人追梦当强将。

青春追梦
日暖东风梳细柳，飞花飘絮卷无休。
湘裙拈翠红酥手，白发踏青芳草洲。
农妇耘田开笑口，渔郎撒网弄轻舟。
青春筑梦宏图展，创业打工行九州。

严打横扫黑恶势力
盛世岂容黑恶行，穷追猛打不容情。
歪风起处灾殃起，邪气生时祸患生。
法律高擎降鬼棒，人民齐喊杀妖声。
九州万里雷霆怒，鬼怪妖魔一扫清。

纪念五四运动100周年
自古弱邦无外交，丧权辱国受煎熬。
一声怒吼学潮起，八面驰援风浪高。
万众齐呼惩国贼，九州不愿做羊羔。
中华从此开新面，伟绩丰功说自豪。

中秋节盼团圆
时近中秋望月圆，四方儿女盼归还。
青春追梦豪情展，佳节思亲热泪潸。
长路无言情更切，班车鸣笛意尤关。
月圆只待人团聚，美酒佳肴开笑颜。

夏日有感
夏日炎炎暑气蒸，绿枝风动紫蝉鸣。
青山郁郁游人悦，碧水潺潺画舫行。
道路四方车笛响，田园五谷叶花荣。
闲亭翁妪轻声叹，慢品香茶百感生。

游洪泽湖有感
悬湖万顷赏奇观，碧浪星波游画船。
霞映荷菱腾紫气，帆追鸥鹭舞蓝天。

新村渔港宏楼美,抗日芦丛烽火燃。
忆昔抚今观盛世,日中把酒食鱼鲜。

长忆打工人

长忆打工人,经冬复历春。
传情凭电话,解困赖存薪。
日出忙工作,月升思至亲。
休言离别苦,只为速医贫。

银河恨

天宫织女星,河畔牧牛郎。
只为星河隔,岁岁遥相望。

游子他乡过七夕

游子他乡过七夕,聊观歌舞未消愁。
公园徒见花前侣,静室空怀月下逑。
又见新粮初上市,方知节气已登秋。
天涯游子何羁旅?慨叹扪心问斗牛。

七夕之夜

酒绿灯红不夜天,多情儿女乐无眠。
欢歌高唱青春曲,热舞豪吟壮志篇。
相望四时同美梦,幽思千里共婵娟。
世间何物长期待?业有光辉人有圆。

周淑华

女,茂名南天诗社会员。1949年生人,高中文化,诗词爱好者。

五绝·立夏

月季馥家乡,黄蜂采蜜忙。
蓝云浮绿水,垂钓甩杆长。

五律·秋叶

瑟风吹落叶,寒雨一深秋。
金色含情舞,彤颜脉脉收。
冬眠知夜久,春晓懂轻愁。
谁为分离泣?痴人泪水流。

七绝·春

细柳迎风千缕线,桃花遇雨万枝丹。
新诗入画童儿恋,美景宜人石子欢。

七律·和平不忘祭魂幽

七旬华诞舞中秋,数载民安国泰讴。
扫寇英雄归野壑,援朝将领作坡丘。
爬山卧雪悬崖路,纵海栖云断石沟。
鸭绿涛声歌烈士,和平不忘祭魂幽。

卜算子·福地山河美

沃土种真情,福地山河美。残雾霾尘渐缈无,翠鸟叽喳蕊。
明月照三江,国泰民欢喜。廉政扬帆赴小康,绘撰千秋史。

渔家傲·农民反霸夺鞭越

北国冰峰千里雪。农民反霸夺鞭越。求得众芸驱日灭。聪慧黠。神州战鼓豪歌阙。
污吏贪官横扫绝。中华震撼东方崛。廉政秉公胸敞澈。功赫晔。江山社稷民居悦。

念奴娇·黄河颂

登高眺望,见汹涛滚滚,奔腾咆叫。野马脱缰天降水,蹈海翻江呼啸。赤土黄河,川流不息,豪壮东方笑。蜿蜒无数,跨巴颜九省绕。
浩大倾国欢歌,胸怀辽阔,铁壁民需傲。更有安然祥瑞刻,浇灌润苗栽稻。上下千年,东方扬颂,嘉顺丰收好。德高难朽,大华珍梦哉妙。

高阳台·人老初心

侧卧沉沉,身疲倦倦,冷冬温屋欣然。人几颜童,瞬间岁秒新年。

东风若为花枝想,少忧伤、忆怎无边?说还怜。万事清泠,大漠微烟。

寻寻觅觅游方客,径途巍群远,盼绿千川。过往消愁,梅逢玉蝶开研。

余生更惜流光月,遇知音、浅醉心颜。避孤单。慧语兰馨,海角婵娟。

周腾昉

男,汉族,生于四川省通江县。初中毕业,自学高中、大学文化。偶尔写作,偶尔发表,出版有《周腾昉自选诗》。农工。昵称敬O天。

贺新郎·咏春

遍地芳菲赛。万重林苑绿如染,春深似海。山明水净烁光泛,百鸟鸣,花增爱。西风瘦草不重载,青山绿宅递钧环,公正春光铺天盖。日融合,流霞彩。

万类生物精纯蔼。吞天吐地慷而慨,洋洋气派。大异去年秋与冬:风削黄叶惨败。破霜冰乃英雄,歌童玉女笑颜开,乔木松柏,潇洒自在。天地欢,春休迈!

虞美人·东北情

东北平原多神壮,地阔海宽敞。为看世界人北上,难忘当年风中种地忙。问君而今可安康?愿君长无恙。放出飞鸿听我唱,吹来南风为君驱沧桑。

清平乐

来忆山间,红薯烧稀饭,豌胡二豆做配盘,总是一派浪漫。

光阴运到今天,白水以下条面。闭门勒紧腰带,大义长争不厌。

十六字令·风

风,摇吼苍穹阴霾中。数青峰,擂鸣如宏钟。

风,穿山越岭洗暮空。真奇雄,刷亮地天宫。

风,炎夏吹来起歌颂。功归功,切莫吹台风。

雨思

昨夜雨,不住诉,诉得山河无出路。夜风猛刮痛了肚。

生意可做做?田园可去去?硬了胡须,依然梦读书!

周同顺

笔名通明,1947年生人,中共党员。天津市作家协会会员,天津诗词学会监事,中华诗词学会会员,天津音乐文学学会会员。现任天津淮风诗社社长。多年来,我的原创诗作达几千篇。曾多次在全国多家诗刊上发表。并著诗集《通明诗稿》(兰集)于2014年9月由北京团结出版社出版发行。

七绝·初夏遣怀

花开五月柳呈烟,人到残年百病缠。
空有情怀家国梦,恨无健体与时翩。

2019年5月29日作于津

七绝·咏蝶

花海寻芳彩蝶穿,成双结对共婵娟。
嫣红嫩蕊争先品,骚客闲情写雅篇

2019年5月27日作于津。

七绝·悼凉山灭火英雄

烈火烧山战士来,英雄无畏灭飞灾。
忠魂舍命升天去,泪洒轩辕举国哀。

2019年4月12日作于津。

七律·遣怀

光阴几度注悲欢，杖国清心百事宽。
漫羡云岚观野鹤，静听海浪赏潮澜。
半壶浊酒消旋日，一句佳诗佐就餐。
笔墨残年多惬意，闲时执把钓鱼竿。

2019年5月13日作于津。

七律·赞消防兵

警报长鸣震地天，瞬间列队赴浓烟。
风驰疾进时机抢，电掣巡行性命牵。
烈焰横身冲虎穴，高楼舍己探龙渊。
消防战士人民爱，为国忠诚入雅篇。

2019年5月20日作于津。

七律·九山顶采风

蓟州觅景有奇观，怪石嶙峋涧水湍。
栈道惊魂旗领走，青峰仰首客游盘。
闲情傍晚邀明月，逸兴清晨赏碧澜。
千载风光存古迹，文朋揽胜笑言欢。

2019年6月3日作于津。

七律·咏端午

每逢端午意缠绵，屈子魂飘历世年。
报主无谋留饮恨，投江丧体遗完篇。
痴心强国忠言逆，冷雨荒台恶梦穿。
楚赋九歌谁疾首，清平俗界辅仁贤。

2019年6月4日作于津。

行香子·春游

四月游春，蓟县寻欢。携骚客，赏水登山。流岚绕岭，飞瀑腾烟。看水中鲤，云中鹤，涧中潺。

蜜蜂采蕊，黄莺婉啭。众诗朋，美景惊叹。遣词酌句，出口佳篇。品韵之情，律之雅，醉之绵！

周锡英

网名朝花夕拾、无花果。成都人，1967年大学本科毕业。中华诗词学会会员，成都市诗词楹联学会会员，东坡诗社成都分社会员。习诗词九年半，计1300多首。

五律·两未猜

竹马青梅小，童真两未猜。
树边悬半月，窗外筑花台。
天地溪霞隔，夏秋荷菊开。
何愁霜染鬓，康乐笑声来。

七律·醉吟

又值江南十里荷，平湖翠竹白肥鹅。
村姑巧手采莲叶，渔父轻舟荡渌波。
行处悠哉醺小酒，醉中漫耳复长歌。
飘香朵朵芙蕖绽，朋客赏游低咏哦。

七律·青城行吟

青城郁郁遍林峰，暮鼓悠悠伴梵钟。
潭澈渔嬉山水美，春深人乐友朋逢。
妙龄少女修眉手，长老练丹迷寿踪。
百卷诗文还复习，只为陶冶自依从。

青玉案·蛛丝满

连年社日心思乱，咋忍见、双飞雁？锦瑟西窗曾缱绻，佳人飘纱，溪桥影唤，颠倒晨昏倦。

书房角落蛛丝满，春半衣衫缺计线。草木枯荣随季换，一川风雨，寐无人伴，醉也无人管。

雨霖铃·守望

溪桥轻别，对斜阳晚，玉笛声咽。红墙暮鼓修习，方勤默念，虔诚攀越。廿载相思执手，竟无奈腰折。困世网，心绞难平，峻岭天涯碧穹阔。

窗前守望心中月,更何堪、再遇情千结。连宵跌扑醺酒,杨柳岸、又添悲切。独立临风,惆泣、良辰美景长缺。忆往昔、楠竹流泉,恰似霜加雪。

凤凰台上忆吹箫·牵牵

晴暖还寒,碧波流远,啼鸟声脆翩翩。愿蜜情长久,月满林泉。频倚阑干怅怅,多少事、忍泪无言。容颜瘦,非干病酒,不见蛮笺。

牵牵,九年两隔,千水碧山遥,欲坠深渊。忆玉箫留迹,悠韵箫旋。唯有窗前青竹,怜见我、长夜难眠。幽思纱,连连雨还,滴滴斑斑。

更漏子·水连天

水连天,新月伴,碧草群芳凄断。夜未老,烛先残,林山啼杜鹃。

晨星坠,人憔悴,帘卷扶头浅醉。窗寂寂,柳依依,伤心风不知。

鹧鸪天·一梦中

昔日相逢霜叶红,金风送爽醉千盅。薛涛井畔留香迹,濯锦江边忆倩容。

天不语,月开弓。沈腰长恨水流东。昨宵沥沥芭蕉雨,执手卿卿一梦中。

周小龙

网名龙潭戏水。湖南人。热爱诗词曲作。常有作品刊载于中央、地方报刊。湖南省诗词协会会员,潇湘散曲社社员。

【中宫】普天乐·老年情

老年临,儿孙簇。些丝白发,几许苍梧。相逢酒令词,叙别诗情曲。暮醉朝吟童心度。快活人乐趣如初。洞庭牧歌,龙山醉景,任我欢娱。

【正宫】塞鸿秋·咏芍药

天香国色甘棠亮,花姿宰相穷乡旺。群蜂采蜜痴心酿,众星吟曲高歌唱。喜看芍药开,还借辛勤创。春风吹暖山村棒。

【正宫】醉太平·清明祭双亲

芝兰影花,金宝灵辖。雾云愁雨路施滑,山坡碎爬。花环一圈碑前挂,三牲几样坟头纳,躬身九叩话儿拉。情牵泪洒。

【双调】折桂令·观衡山日出

敲藤杖越上衡峰,气喘嘘嘘,只为瞳容。南岳林涛,呼呼吼啸,迷雾蒙蒙。似仙境云吞浪涌,观金轮喷曜匆匆。千障烟笼,咫尺天宫,万丈霞光,(恰把个)昼夜分封。

【双调】水仙子·咏川渝名菜

火锅香辣扑将来,八角胡椒拂不开。色香齐备涎流外。鳝鳅汤里乖,豆苗儿瘦点盆栽。味好三秋恋,风清万事蔼,川菜常怀。

【仙宫】一半儿·安道尔滑雪游

云山雪海胜繁华,水绿天蓝景色佳,傲首自然游乐滑。望途峡,一半儿腾飞一半儿傻。

【双调】沉醉东风·凯旋门有感

香榭里十分艳美,凯旋门八面华辉。念英灵火炬炊,《马赛曲》浮雕配。上楼城抚杆思追,百胜将军盖世威,叹滑铁黄昏照轨。

注:黄昏照轨 拿破仑百战百胜传英名,滑铁卢一战一败丧黄泉。凯旋门奇特之处,据说是每逢拿破仑忌日黄昏,从香榭里大道向西望去,一团落日正好映在凯旋门的拱形圈里。

【中宫】山坡羊·西班牙观斗牛

人牛出巷,摇旗直撞,红黄铠甲齐相抗。气吭吭,太疯狂,对着牛脊三标棒。一剑封喉心肺网,牛,血泪场,人,奋斗场。

周新

安徽寿县人。1969 年 7 月出生,大专学历。

五律·大暑
烈日悬空照,热浪似火烧。
熏风摇枝叶,清凉何处找?
蝉藏翠下鸣,卧犬喘不停。
街面行人少,诗韵觅静心。

五律·看关公雕像感想
桃园金兰义,威震华夏地。
偃月刀舔血,赤兔马蹄疾。
单骑护皇嫂,寻兄千万里。
义薄云天情,世间谁人及?

七律·庆祝建国 70 周年抒怀
一句历史最强音,终结百年被欺凌。
亿万民众齐心力,复兴中华砥砺行。

七绝·擀面鱼
锅中沸水热气腾,一筷一擀面鱼成。
稍得盛入蓝彩碗,边吹边吃阖家欢。

周颜樑

男,1968 年初中毕业于武汉市第七中学。笔名汉阳树。下过乡也种过树,进过厂也下过岗。现为武汉散曲研习社社员,武昌诗词楹联学会会员。

【中吕】山坡羊·龙门石窟
佛雕珍汇,碑书精粹。缺头断掌凝愚昧。暴直吹,祸横飞,残身不见呻吟泪。岩造焉能千载巍?名,不易美;形,容易毁。

【仙吕】一半儿·七夕
肩扛军务远离乡,舰赴海湾为护航。想通个视频怕嫌话长。俏儿郎,一半儿担心一半儿想。

【正宫】叨叨令·听讲书画课笔记
墨分五彩逐层黛,笔凝一气中军拜。轻提活按呼吸带,藏头护尾从容态。要用毫也么哥,要用 毫也么哥,舒筋挺骨精神帅。

周彦平

男,生于 1947 年。大专文化,系灵宝市工商局退休干部。退休后热爱书法,诗词。现为河南省书法家协会会员,中国楹联协会会员,灵宝市书协理事,灵宝诗楹协会会员,三门峡市老年书画协会灵宝分会副会长。

七律·贺港珠澳大桥通四(新韵)
长虹横卧跨伶仃,珠港相连天堑通。
海陆飞歌惊上帝,银河无阻醉亲情。
踏云穿隧缤纷彩,击浪排空紫霭行。
欲览风光观世界,车如流水马如龙。

七律·灵阌苹果富民篇
灵阌大地宝乡川,圣果平畴绿海连。
岭翠坡葱伏雪浪,山丹地灿耀芳颜。
千村丰裕飞霞彩,百姓小康醉梦甜。
更把田园耕种好,株株玉树挂金圆。

七律·阌乡城遗址感怀
阌乡遗址乱荒堆,瓦砾蒿蓬野草闲。
闹市繁街龙殿府,名城古邑兔家园。

黄沙漫卷残墙面，河水呜咽难觅颜。
往事如烟飞眼过，振兴华夏梦正酣。

七律·雨登鹳雀楼

雀楼河岸耸云天，之涣一绝誉世间。
红瓦雕梁浮碧紫，白屋素轴挂菊丹。
云藏晓日花含露，雨撒斜阳柳摆烟。
眺望神州今日景，八横八纵揽星蟾。

七律·谒拜大昭寺

大昭寺里仰文成，公主和番汉藏盟。
胸念家国昭日月，身和西域建丰功。
驼铃丝路通无有，马啸长风送太平。
千载联姻香火旺，金躯玉面万年灵。

周阳生

号爱莲后生，诗者、文史研究员。曾任中国管理科学研究院企业创新研究所高级研究员，《中国物资报》原盐城记者站站长。在纸媒发表各类题材文章近百万字，著有《爱莲后生》杂文集《神话诗集》《红山神韵》论文集等。现担任全国多个文学社、诗社总顾问、名誉社长等。并多次在全国有关征文大赛中荣获特等奖和一等奖，网上作品阅读量，累计已超1000万人次。

卜算子·秋夜归乡
——和宋代苏轼《黄州定慧院寓居作》

吾友乔木禅画苏东坡词境，苏词云：

缺月挂疏桐，漏断人初静。时见幽人独往来，缥缈孤鸿影。

惊起却回头，有恨无人省。拣尽寒枝不肯栖，寂寞沙洲冷。

苏东坡这首词作于初贬湖北黄州时，他借冷月孤鸿寓怀，表达了孤高寡俗的心境。黄庭坚称赞其词："语意高妙，非胸中有万卷书，笔下无一点尘气，孰能至此。"

吾思中秋已近，游子思归，选《秋夜归乡》填词，另辟词境。

团圆待中秋，遥念莲溪境。两袖幽香随风来，蝶恋花移影。

疏星浮叶眠，繁月垂梢静。醉卧归舟吟不休，一夜怀乡哽。

注：本词采用反声"梗"韵，双调四十四字，前后段各四句，二、四、六、八句押反韵。

五律·湖居秋暝
——和唐代王维《山居秋暝》

晨见吾友乔木禅画唐代王维《山居秋暝》诗意，颇有意境。王维原玉：

空山新雨后，天气晚来秋。
明月松间照，清泉石上流。
竹喧归浣女，莲动下渔舟。
随意春芳歇，王孙自不留。

王维这首五律，动静结合，情景交融，意象深远。王维诗中有画，乔木画之。乔木画中有诗，老朽诗之。吾临湖听风阅景，品诗赏画雅和。

黄蝉鸣绿柳，紫燕绕兰舟。
舞蝶嬉枫色，飞蜂桂蕊述。
莲塘蟾月淡，竹涧细泉流。
踏翠寻芳境，秋心觅景游。

吾友一叶禅师乔木撷清代王夫子《月斜》诗意而禅画。王夫子诗云：

月斜空碧合，河汉几时生。
杳霭岳莲出，萧条露叶横。
归云飞带雨，凉雁过留声。
祇讶西峰上，清宵有奏笙。

王夫子，与顾炎武、黄宗羲并称明清之际"三大思想家"。传世诗篇有1500多首。这首咏月诗，读来令人有身临其境之感觉。吾品诗赏画，步韵而和。

池影月莲合，清幽水化生。
芙花擎露出，荖叶绿天成。

蜻舞曳朝雨，蛙鸣送暮声。
行舟渔渚上，击楫作钟笙。

七律·初秋游莲境（外一首）
——和南宋戴复古《初夏游张园》

立秋日读南宋诗人戴复古《初夏游张园》诗，戴诗云：

乳鸭池塘水浅深，熟梅天气半阴晴。
东园载酒西园醉，摘尽枇杷一树金。

戴复古这首田园诗，写初夏即景，意境优美。诗人的用心用情、至乐至趣之诗，令人入胜，仿佛身临其境。

今日立秋，但地火犹炎，暑热难消，心思清凉，欲乘莲舟泛溪上，赏月吟诗醉仙乡。故作七律《初秋游莲境》穿越而和戴复古之《初夏游张园》。

一池荷叶泽枯妆，两岸桐枝霜日殇。
玉蜓仍然立尖角，金蝉依旧噪声狂。
晨花含露蝶盈陌，暮水浮云蛙满塘。
秋月邀翁溪上饮，莲舟诗兴醉仙乡。

临江仙·立秋

暑日炎风渐去，露生秋象秋融，桐枝飘叶伴飞鸿。翠林莺语远，青陌荇香浓。

闲坐莲台高处，涟漪月色朦胧，蝉鸣蛙鼓响苍穹。芙蓉蝴蝶憩，溪客醉诗盅。

注：本临江仙填词，采用双调五十八字，前后段各五句，三平韵。

五律·秋梦
——和唐代杜甫《野望》

一叶禅师乔木撷杜甫《野望》禅画诗境，杜诗云：

清秋望不极，迢递起层阴。
远水兼天净，孤城隐雾深。
叶稀风更落，山迥日初沉。
独鹤归何晚，昏鸦已满林。

杜甫借萧瑟秋景，写安史之乱后的悲凉心境。他自比孤鹤，痛恨昏鸦当朝，堪为愤世杰作。

吾诗境迥异，写梦游秋溪，吟唱诗经。

风舞浮云乱，蝉鸣闹柳林。
芙池连岸绿，蛙鼓伴鸳琴。
莲女浣溪影，芰郎倾恋心。
梦中君好述，枕上醉鸾音。

周逸树

男，1948年生，江西赣州人。赣南师大文学院副教授，中华诗词学会会员，江西省诗词学会理事，江西省作家协会会员，赣南诗词楹联学会副会长，《赣南诗联》主编。出版作品集、论著《烛影摇红》《诗联论稿》等13部。

格律诗词八首：
五绝·登滕王阁

霞鹜同飞落，长天共水流。
子安才气在，伴我上高楼。

七律·春燕

年去年来来去飞，春寒烟暝雨霏霏。
双双低越清波岸，对对高攀绿树晖。
何处泥梁檐下拣，谁家池砚墨中窥。
含辛茹苦终无悔，勤筑新居后代栖。

菩萨蛮·游扬州

人言明月三分媚，二分却是扬州最。老巷亮千灯，个园石竹青。

琼花加美女，引得游人顾。曲曲瘦西湖，长长画卷舒。

虞美人·百味人生

少年欢乐章江岸，戏水邀人伴；青年立志绿营中，跃马挥戈豪气贯长虹。

壮年决意师台上，传道尤豪放；晚年

— 1675 —

执着砚田边，多少酸甜苦辣荡心间！

眼儿媚·衡山雾

登上祝融突生风，一片雾浓浓。群山难见，游人难辨，放眼朦胧。

茫茫雾海迷幽径，何处是西东？风云瞬变，山间酷暑，山顶寒冬。

【正宫】叨叨令·评职称

职称评得真奇怪，沐猴而冠惊天外。论文、考试"传帮代"，黄金开路无国界。怎的不气煞人也么哥！怎的不气煞人也么哥！咱无钱无路还无奈！

减兰·游杭州千岛湖

平湖宽广，游弋飞鱼波荡漾。仙岛流光，撒下千颗翡翠镶。

梅峰索道，天上人间云水绕。茶品天池，妩媚雄浑一叶知。

南乡子·北固山览胜

何处见风帆？飞阁凌空北固山。满眼人间山水画，奇观。拍岸惊涛绝壁悬。

甘露寺姻缘，三国人人作美谈。千古佳话传百世，嘉筠。妙笔生花数稼轩。

周永军

男，笔名周奎成，字子南，号南山虚竹，千竹君。1978年出生，湖南省衡阳的一位重度残疾人诗词爱好者，中华诗词学会会员、中国作协《诗刊》子曰诗社社员、竹韵汉诗协会会员、中国诗歌网认证蓝V诗人、燕京文化艺术交流协会创联部部长。至今已创作格律诗1000多首，部分原创作品散见于《诗刊》《诗选刊》等。喜爱中华古典诗词，愿意尽自身绵薄之力奉献于文化事业来弘扬中华优秀传统文化。

七绝·泪写母亲节

提笔模糊颂我娘，为儿永记病瘫床。
端茶暖药千如日，夜寂更深泪洗肠。

七绝·母亲节之感（一）（新韵）

谁家不是为儿孙？未必人人感母恩。
百事当头先孝善，要知树大永连根。

七绝·母亲节之感（二）（新韵）

朝朝代代为儿孙，愧对无颜感母恩。
每盼逢年节日里，唯思游子早回村。

七绝·孝敬父母（新韵）

马奔东西足万千，鸟飞南北哺山川。
何辞日月风霜雪，尝尽春秋酸辣甜。

七绝·父爱如海

滚滚长江万里长，川流汇聚太平洋。
宽怀好比吾慈父，苦泪辛酸肚里藏。

七绝·父爱如山

大山挺拔耸云霄，育树成林四季娇。
恰似父亲无限爱，风霜雪雨一肩挑。

七绝·父母爱如伞

望子成龙父母情，播星犁月老牛耕。
开天捕路当沙石，挡雨遮风爱伞撑。

七绝·父母爱（新韵）

雪剑霜刀刻玉颜，为儿撑起九重天。
蚕丝吐尽何辞苦？蜡炬成灰岂怨言。

周玉梅

笔名梅花雪，爱好文学，喜欢诗歌，诗

观：收集闲暇时光，与文字对酌；寻觅心灵净地，愿岁月静好！

七律·咏瞿塘峡
英姿耸立贯苍穹，势拔三山壮丽风。
问道犀牛追皓月，飞歌鸾凤舞霓虹。
惊涛拍岸夔门险，吐日吞云岭雾朦。
最是动心从李杜，画图早已夺天工。

七律·咏长城
起伏蟠龙万里长，穿山跨壑迤苍茫。
千秋宏业群雄霸，一阕风歌壮举扬。
铁马金戈留感慨，秦砖汉瓦铸辉煌。
峥嵘岁月堪回味，不变从来是国昌。

七律·咏黄河
九曲黄河独向东，一腔豪迈博苍穹。
川原润泽千秋卷，峡谷腾飞万里虹。
滚滚朝歌闻勇志，茫茫龙脉贯长风。
古今多少峥嵘史，醉看神州气势雄。

五律·春分
淑气酥三月，今时昼夜平。
堤边杨柳翠，陌上菜花萌。
燕送春消息，田飘牧笛声。
风光无限好，不可负诗情。

喝火令·秋思
雁字云空过，梧枝又失稠。别前篱菊卷轻愁。红叶染浓霜色，细雨湿清秋。
水远情难纵，花香韵易柔，镜湖斜影问归舟。漫道风尘，漫道月华幽，漫道几番觞曲，冷暖许芳留。

周云辉
湖南湘阴人，原湖南湘南船舶有限公司董事长，从事船舶修造业达26年之久。现任湖南远浦文化旅游公司执行董事。湖南省诗词协会会员，湘阴戏剧家协会秘书长。县十七届人大代表，社会慈善公益人，持续十几年热心社会扶贫，助学公益。爱好文学，热衷于诗歌文学创作，出版了《江南随韵》诗集，并在省市刊物上发表多篇诗文。

七绝·庆祝建国70周年
漫道雄关七十年，峥嵘岁月几更天。
春秋习近平三事，换得繁华盛世前。

七绝·秋晨（新韵）
清风玉露好乡关，路染朝阳雾隐山。
满野金黄吟不尽，一窗秋影冷江南。

七绝·见秋雾迷江（新韵）
湘水悠悠雾隐深，侧听晨雀闹秋林。
江中水动闻娇语，不见乌蓬不见人。

七绝·秋思
淡淡秋风淡淡飘，茫茫细雨几时消？
尤人自古多余恨，莫把今宵当旧朝！

七绝·记9月16日高中师生相聚湘阴
岁月蹉跎往日情，相逢未敢醉罗城。
先生不老桃花面，几度春秋谈笑中。

七绝·赴怀化途中有感
一路青山一路忧，斜阳漫漫照江洲。
他乡春色他乡景，明月清风怎解愁？

周兆道
浙江省台州市第一中学高级教师。台州市椒江区诗联协会副会长，浙江省诗联学会会员，中华诗词学会会员。有几首诗词在省级刊物发表。在全国级诗词大赛中，得过多个金奖和多个一等奖。

七绝·天牛（新声韵）

铁甲钢钳雌尾雄，将军威武震夷戍。
征服桑柳子遭虏，富后人夸斗米虫！

七律·苗晓红并序（新声韵）

苗小红，女飞行员，在她82岁时，仍驾机翱翔祖国蓝天。并豪迈地说：如果（祖国）需要，（我）还能飞！

壮心不已又凌云，直令嫦娥起愧心。
银发飞天王母诧，巾帼莅殿玉帝尊。
甭提女汉当年勇，要重新人胜旧人。
然有木兰尚能饭，党一招手便鹏程！

鹧鸪天·悲哉登珠热并序（新声韵）

5月珠峰，天朗气清，迎来登山旺季。在8000米处出现"堵车"，得排队登顶。不幸，有14人不敌严寒相继离世。他们中大多是化巨资登顶拍照，以换取虚荣的富翁。

万贯缠腰骨便轻？挥金冒死赴崚嶒。
平凡在世屈鸡口，轰动当时抵凤鸣？

携热望，上珠峰。雪原冰酷冻难撑。
回头岸远无边苦，犹贿阎罗小点声。

周兆西

网名清风，汉语言文学专业专科毕业，喜爱古诗词。现任唐宋风韵诗社总顾问，当代文艺精品选萃诗社执行社长。

五绝·盼

银河几道波，对望竟蹉跎。
牛女空余恨，何时共咏歌。

五绝·夜

风来一袭凉，醉梦夜长长。
掀帷孤思昔，无情月上床。

七绝·荷赞

脱却凡胎不染尘，由来最好自由身。
滤波一笑游人醉，丽影明珠出水神。

七绝·秋歌

秋风秋雨伴秋声，秋曲秋歌秋已行。
秋绿秋红秋正爽，秋人秋日好收成。

浣溪沙·柳絮

不念春情不惜身，一朝离去乱纷纷。过江挂树自称宾。

飞舞漫天常似雪，滚翻盈地总归尘。收拢一处竟无魂。

浣溪沙·蒲公英

采缕春风着翠衫，黄花一撒似金钱。应时美景苦成甘。

最是开怀飞去后，不留霜发梦从前。山川万里任翩翩。

菩萨蛮·长城

中华龙脉钢筋骨，东方傲立迎霜雪。
千古演苍桑，人间几许凉。

男儿多热血，望断关山月。壮志浩心胸，大江只许东。

虞美人·捡拾旧思

轻风伴雨清新晓，远去飞鸿渺。故乡瑟瑟又临忧，一任菊黄枫赤演清秋。

红桃绿柳应无奈，只是山川在。一轮弯月钓星空，捡拾旧思依旧月明中。

周致俊

号季川,笔名沙舟。生于1946年,湖北省黄石市人,金山文学社副社长。工程师。

平生与诗词结缘,是中华诗词学会及所在省、市等各级诗词楹联学会会员。著有《田园吟》《夜半诗声》专集。时有作品在全国各地不同刊物中发表,曾多次荣获国、省、市级优秀奖和等级奖。

<small>八雅文化感吟(组诗、初稿)2018年秋,于红叶书斋</small>

听琴(八雅之一)

谁抚丹弦奏共鸣,伫聆岂惜梦魂惊。
高昂唤起洪湖浪,委婉纤萦紫竹声。
司马求凰弘故典,海怀赛马踏新程。
更欣结伴同吟月,十送红军不了情。

注:1.紫竹,即《紫竹调》。
2.司马,指司马相如。
3.海怀,著名作曲家、二胡演奏家黄海怀。

观棋(八雅之二)

借古论今惯入魔,纵观楚汉起干戈。
鸿门遣将筹心计,骊邑挥师布网罗。
怒目项庄刀弄影,冲冠樊哙剑穿梭。
几回胜算成嗟叹,一枕荣枯付烂柯!

注:烂,借音。

临书(八雅之三)

每怀枯砚慕君家,自笑无为荒岁华。
少壮人前曾草芥,老惭笔底亦虫蛇。
逢缘喜梦兰亭序,点墨凄迷白玉瑕。
力向书山开僻径,痴心不改乱涂鸦。

摹画(八雅之四)

久摹国粹寄情深,喜看丹青染故林。
玉岭描朱惊虎啸,金溪走笔惹龙吟。
醺浓肃淡随孤致,点绿涂红任独斟。
积墨不成君莫笑,源头始信有知音。

吟诗(八雅之五)

醉卧关山一梦惊,抱愁怀负对谁鸣。
新诗不改望乡泪,故曲何怜悯世情。
胸有陈词添胆识,口难高调吐心声。
微吟亦莫怨杨柳,欲待春风笑枯荣。

注:原创于新疆斯尔克甫,后有改动。

对酒(八雅之六)

空静萤飞暮色深,篱前邀酒表微忱。
怀情不贬红楼梦,寄语何穷赤子心。
此际逢缘须纵饮,他年隐意勿狂吟。
劝君尽醉莫停盏,共待黄粱报好音。

惜花(八雅之七)(孤雁格)

阳春三月赏芳菲,踏遍南山笑久违。
不乐牡丹沾富贵,可怜野菊守寒微。
樱兰倩朗皆相耀,风雨凄迷各自飞。
只恐朱颜流水去,满怀惜别寄何谁?

品茶(八雅末篇)

闲来品茗入丹丘,香液澄鲜湛斗牛。
化佛醺浓眉上晕,湘波冲淡腹中愁。
题红把盏邀新月,点白凝情唱楚囚。
每润枯肠茶七碗,游仙一枕复何求。

注:1.化佛、湘波均为茗品之一。
2.点白,为一种泡茶技巧名称。

周忠明

桂林恭城人,是一个重度残疾人,2010年开始写打油诗,后来自学诗词格律,诗词平仄均以新韵为主,不为写诗而写诗,只为开心而写,用最简单的语言写生活中的点滴,将坚持在自己的诗路上一直走下去——生命不止,诗歌不断!

七绝·清明(新韵)

偷闲半日踏青来,一阵馨风好释怀。
布谷几声才入耳,山花已映美人腮。

— 1679 —

五律·题门前月季花（新韵）

门前一簇红，月月暗香浓。
酷夏擎急雨，寒天舞雪风。
招来三两客，惹过数只蜂。
四季谁家艳，除非我院中。

六律·六一回忆录（新韵）

六月晨阳火红，孩提记忆忒萌。
姑娘可爱猜绢，小子顽皮弹弓。
山野掏来鸟鸟，草坪去觅虫虫。
和泥破洞相补，快乐常浮梦中。

七律·农村酒宴感题

喜庆家门几日忙，露天搭架做厨房。
人繁理事杂无乱，客满招呼序有章。
铁桶为炉炉火烈，海鲜做菜菜肴香。
乡村办酒多名目，随礼红包谁不伤？

七律·咏竹

密叶疏枝立险峰，高风亮节笔难从。
虚怀却有凌云志，素面焉无傲雪胸。
酷夏依然擎烈日，寒天仍旧舞娇容。
坚身赴火千秋记，留作子孙为卷宗。

七律·端午写意

屈子情怀热血通，诚心进谏志能穷？
时无明主亲民意，更少良臣廉政风。
一曲离骚愁恨满，三江怒气怨悲空。
从今端午汨罗水，滔浪淹于号子中。

七律·红叶题诗

轻霜悄至已秋时，尽染枫红墨客痴。
暮色流云山错落，霞光溢彩影参差。
他乡苦楚谁人晓，游子烦愁哪位知。
谁道婵心无寄处，香笺叶上我题诗。

七律·他乡秋夜吟（新韵）

秋夜风凉细雨临，忧伤陪我到清晨。
佳节哪有同甘月？此刻何来共苦人？
子影他乡多苦闷，孤亲故里少天伦。
婵娟不懂俗家事，无奈生活担子沉。

朱昌明

男，浙江温岭人。民族男高音，声乐教师。浙江省音乐家协会会员，台州市表演艺术家协会理事，台州市声乐学会理事，温岭市音乐家协会理事。作品有《绿道放歌》《人间方山》《锦绣沙乡》《山海飘来一条道》《中国千年曙光碑》等。

立冬闲步

寻韵初冬秋未央，幽思无尽薄衫凉。
归来不怨雨声急，只顾鞋边落叶香。

晨赋竹节海棠

一卷丹青锦绣风，满窗热烈阅朦胧。
曙光燃得眸陶醉，难辨花红与叶红。

过新河寺前桥

江心夕照似渔火，桥上寂寥人事悠。
寺外繁华无处觅，钟声依旧暖行舟。

微信过年（新韵）

四海纷飞贺岁篇，诸屏刷尽辣香甜。
神州普降红包雨，微信之中过大年。

赋宁波天一阁

亭榭画中浮，书城闹处幽。
月湖藏大雅，黄卷主春秋。
园小乾坤聚，台高万象收。
范门多少事，旧宅半程游。
易觅黄金屋，难登一阁楼。
墨香千古眷，盛世续风流。

石夫人晨光

雾漫轻纱花惹思,春屏雨后焕新姿。
酥心漉漉起妆晚,银汉濛濛渡爱迟。
鸿雁传书重问讯,红梅点绛又撩痴。
巫山孤守梦无歇,人意峰光别样诗。

浪淘沙·江南雨巷行

寻梦入桑麻,听雨藤花。遗情石巷饮年华。几度清词思旧阙,寂寞犹加。

谁处燕歌斜,独向人夸。红尘百丈一壶茶。细品春风重迈步,读懂天涯。

念奴娇·三峡秋恋(新韵)

画廊千里,兴犹稠,物是人非堪叹。雄伟嵯峨天下誉,更数瞿塘绝冠。崇古寻风,舟心万丈,诗压行囊倦。豪轮冲浪,几杯浊酒离憾。

多少名胜沉烟,神女安好,醉眼仍无限。天堑逶迤舒锦色,峰若云帆艰险。弹指桑田,旧峡渐远,问笔情何眷。津关回首,一江秋水还念。

朱德良

笔名嗜德者年,出生于1959年,安徽省青阳县中学高级教师,大专学历,现已退休,喜爱古典文学和律诗,在多家微信平台发表诗作。

七绝·钓趣

青弋江边一拙翁,黎明静坐守望中。
鱼儿游戏任他去,独钓芦花与晓风。

浣溪沙·学诗

手拙眼花爱律诗,闲来无事试填词,静心动脑谨防痴。

满目斜阳秋色远,一天星斗月光迟,推敲平仄夜深时。

七律·雨后月下观荷

似伞青荷映古庄,佛山莲碧挹馨香。
雨弹翠叶珍珠滚,风舞红花菡萏藏。
对岸鼓声邀皎月,这边钟律约纱羊。
聚朋赏景心沉醉,梦里还呈恣鸟翔。

注:圣像对岸是矗立的佛塔;纱羊是蜻蜓的别称。

七绝·题照

晓风镰月一孤舟,逆水而行立浪头。
岸柳婆娑芦竹笑,逍遥自得荡悠悠。

七绝·题照

串串红云似火烧,东方一遍烛光摇。
苇中栖鸟迟迟出,江面轮船水上漂。

七律·年逢本命刑太岁有感

岁过甲子梦将休,本命宜安上帝求。
人曰夕阳无限好,我叹晚照鬓深秋。
尚存余意聊心慰,但缺豪情话正道。
身懒品茶闲处静,学诗吟颂淡忘愁。

七律·依韵和然之

己亥三月初三观兰亭序有感

云集兰亭才八斗,流觞曲水酒三盅。
温文雅士敲平仄,倜傥骚人律韵通。
极目凭栏情似海,挥毫泼墨气如虹。
安能书圣龙飞势,更少羲之虎卧风。

七律·雨后初阳

雨后初阳漫步走,天高云淡任吾游。
一湖春水风吹皱,两岸青苗碧浪悠。
李白桃红来点缀,花黄柳绿引鹅讴。
江南三月晴方好,秀美河山眼底收。

七绝·环卫工人赞

早起拾荒鸡未鸣,晚归一片狗吠声。
炎蒸臭气全难顾,只要街净天朗清。

朱刚强

笔名自然。奋进在职场的85后,工作之余钟情写作诗歌。

七言绝句·囊中羞涩(平水韵)

近日感伤事颇多,皆因兜里无银两。
执矛默写诗歌郎,还是想方把钱向。

五绝·七夕(平水韵)

猫侣影缠绵,你追我逐戏。
公公蜜语声,母母颜欢醉。

七言律诗·母亲之打在儿身
疼在娘心(平水押真韵)

儿子孩时常玩闹,天空小鸟伴周邻。
田间老鼠见逃躲,隔壁鸡鹅偷下唇。
不用说那都是我,大妈气得去寻人。
母亲竹棍一狠揍,哭着问询疼否身。

洛阳伽蓝寺记专辑
第一回
浪淘沙·出现(词林正韵)

将军奉命守阳门,花老相酬谢贵人。
遇见花儿红线牵,中情可待订终身。

第二回
八拍蛮·分离(词林正韵)

乱事出征平北来,民间情侣散分开。
许诺沙场音信报,欢情延续戏河淮。

第三回
清平调词·望他(中华通韵)

抬首相依相望伤,清风大树庇遮光。
近前石凳迎常客,女子何能有故方。

第四回
七言绝句·归来(平水韵)

悠突春冬更几时,伽蓝古寺迎新尼。
不辜圣令凯旋返,日思夜吟故约期。

第五回
七言绝句·探寻(平水韵)

昔日遮光形稿木,触摸石凳念香影。
佳人事迹芳名成,路友皆知君亦幸。

第六回
七言绝句·缘尽身化(通韵)

将军赶赴伽蓝寺,僧主相传花已逝。
悲痛心情天作应,雨声化入木鱼泣。

朱光华

笔名秋语,男,72岁,云南省昆明人。职业:医务,昆明医科大学第一附属医院退休,云南诗词学会会员。

虞美人·仿蒋捷·听雨

少年听雨桑枝滴,任凭衣衫湿。壮年听雨大江边,蓬户迷朦檐下望青山。
如今听雨书香室,沥沥翻书逸。漏声渐静夜阑珊,世事如云过客不须叹。

蝶恋花·偶遇

风滚云涛窗小处,细听轻音家住青山浦。展转双亲沿水路,狮身石咀喷清柱。
面镜佳人人妙舞,耳语呢喃诗句兰花吐。垂柳浮萍生梦雾,茫茫大海何能渡。

菩萨蛮·云南元谋土林

万年荒漠风无尽,苍凉大地几番震。沙壑独飞鹰,水溶风刻崚。
裸奔山洞烬,雷雨催生引。莫说是天

胜，夕阳棕峰横。

五律·无题

决眦蓬莱远，鸿飞盼入眸。
樱花盛放遇，岛国巧相留。
星瀚何曾隔，云悠实为愁。
终闻狂自喜，回看备珍馐。

五律·观藏胞跳广场舞

白雪高峰远，无茵乐舞齐。
飞鹰翻展翼，动虎稳提膝。
神态如山势，形姿似小溪。
世人奔为利，净土在心怡。

朱汉祥

男，72岁，中学退休语文教师。曾任教于崇明中学、红星农场中学、三乐中学。江北诗词学会会员，莱芜市诗词学会会员。诗词发表于《江北诗词》《崇明诗书画》《鳌山文学》《崇明报》《嘉定报》《中华诗词论坛》等。

沁园春·行剑遐思

寒水游萍，拂尘扬轻，碧地走蛟。任崩撩点挂，穿连绕步；格抽洗带，折转溜腰。上下浮沉，后前顾盼，一剑随身尽逍遥。舒胸次，有天宫浩气，养我心高。

陈年往事飘遥，忆志士风流气自豪。仰青莲邀月，干将弄影；稼轩看剑，词兴飞飘。一代诗雄，擎天屹立，欲断昆仑在九霄！思回矣，要修文学武，今古相邀。

贺新郎·三乐老松释怀

耸起朝天拔。铠穿身，青苍欲滴，且遮风骨。经暑迎寒寻常事，添我英姿勃发。看浩荡，天涯空阔。风起云驰雷电激，到明晨，红日仍东突。问百载，几晴月？

老松犹有忠肝侠。谨回眸，几多企盼，几多英杰！锋剑须从磨机出，金粟香由暑烈。志耐得，千回百折。云擎红旗铺锦路，待来年，听凯歌高彻。再聚首，会心悦。

念奴娇·花恋蝶

彩云轻渡，倚三更倩梦，重编谋识。媲美招来千朵锦，采尽香丝春色。天塑仪容，翅柔飘忽，着意遐情溢。美君应否？借时聊驻相执！

人道岁月幽幽，痴情虽韧，梅雨何能敌？今巧正逢霞烂漫，互诉衷肠心迹。我展娇姿，汝舒舞技，联手描华册。江山浓艳，任凭人世游历！

念奴娇·蝶恋花

轻风送我，觅华园彩囿，芳魂娟魄。万里河山披锦绣，藏尽珍奇佳色。羞有清纯，笑含娇媚，更玉容倾国。美君知否？梦中携汝比翼！

金阁碧宇辉煌，纳娇招丽，已布天君敕。只汝恩情添侠义，执腕腾飞霄域。王母生辰，嫦娥献舞，吾汝成稀客。蟾宫尘世，往来贻美勤职！

水调歌头·霓照舞趣

灯围七彩霓，风浸五花薰。良辰今夜，牵转红袖尽消魂。歌里轻盈飘逸，脸上微凝笑影，藏意亦清醇。辗转复缠绕，拂水掠长裙。

楼心月，采莲曲，舞纷纷。逍遥烟浪，笑问天阙比凡尘？小鹿疾趋惊跃，孔雀高昂阔步，姿态诉佳珍。盛世邀欢乐，胜地聚童真。

沁园春·咏黄山

巅脊摩空,旭日喷薄,雾海走鲸。有云霞轻渡,欲藏虎豹;鸣泉流淌,献演琴筝。琼宇凌霄,奇松倒挂,岩陡犹怀骑大鹏。拾级上,到莲花绝顶,语会乾灵。

为登胜地结朋,数多少、英豪竞作躬。古轩辕炼药,终成羽化;李白吟月,尽将情倾。踏遍江山,携来五岳,玉帝尊前耻讨封。中华傲,储天赉瑰丽,举世相迎。

贺新郎·夜行长江隧桥

霞落车桥接。好灯光,夜空映托,幻成霓蔚。钢塔巍巍摩天羽,斜索行行如阅。诉浩荡,涛声宽阔。无限豪情齐涌起,颂传奇,空嘴凭谁说!思漫漫,进龙穴。

金鳌玉宇何方谒?待来宾,花滩翔鸟,锦河沉月。青色丛中掀羊角,引逗摇花舞蝶。听腊夜,飞箫伴雪。长路条条环绿岛,看风光,清雅培高洁。湿地暖,可抓鳖?

贺新郎·天神褒扬

蟹将行巡值。见江头,巨龙横卧,阻江如塞。"江水甘甜千年饮,岂莫阴裁命脉?"忙折报,龙宫惊惑。王召群臣商对略。欲起兵,须得天君敕。差急使,上云域。

玉皇正色天庭檄。老君云:"和谐琴瑟,地天安逸。桥隧穿江衢通彻,水饮何能堵隔?"帝大悦:"褒扬伟绩!"天献霓虹垂七彩,海扬歌,碧浪隆红日。桥耸起,塔昂立!

朱宏秀

男,黑龙江尾山农场学校工作,大学本科学历,中学高级教师职称,北大荒作协会员,中华诗词学会会员,黑龙江省作家协会会员,黑龙江省楹联家协会会员。1991年与人合作出版诗集《黎明与夕阳》2017年出版《"摸"出来的眼泪》。

七绝·喜鹊临园

风停雨落已三更,旭日临园满垅青。
喜鹊枝头讪笑我,一锄一草一书生。

七绝·假日朋友鱼池打鱼即景

杨柳池边飘雪花,船旁鱼跃吓雏鸭。
青山有意随君走,岸上炊烟四五家。

七绝·周日与朋友河中打鱼即景

船行水面泛鳞波,一网鱼儿一网歌。
云落湖中捞不起,青山午寐枕长河。

七绝·游陶祖胜境

竹海沿山蠡洞奇,船公戏讲美西施。
千花艳艳蝶飞舞,正是葱茏五月时。

七绝·谷雨

树逢谷雨欲开花,野草枯根冒嫩芽。
布谷声声催早起,劝君莫误种桑麻。

七绝·扎龙观鹤

身生彩翼欲高游,无奈网笼上锁头。
大志凌空实不展,仙姿可叹似徒囚。

七绝·柳抽芽

故园五月柳抽芽,次第渐开姹紫花。
不是春光不眷顾,为迎赏客候时差。

七律·游太湖船饮

小虾水煮大荒白,不枉迢迢此地来。
酒入胸中天宇阔,人游浪上任舟裁。
千年景色心帘入,万顷波涛眼底埋。

薄衫不惧晨风冷,为有心中日正红。

登采石矶
一代诗仙捉月去,千秋骚客慕风来。
多情最是长江水,环绕翠螺不忍回。

游西夏王陵
银川西畔贺兰东,九座王陵落照中。
欲问当年征战事,残砖断瓦哭秋风。

登黄河楼
闻说江北有名楼,千里黄河一望收。
我欲登临何处去?金秋九月下灵州。

朱江南

  原名朱广联,江苏淮安人;曾披甲淝水,续游历南疆北国,现旅居春申。

未寄
不胜楼榭客千卮,误把春江斟入诗。
归梦遥怜淮水畔,高吟俯见外滩时。
浮云缥缈眼前过,紫气霏微堂上移。
灼灼英华可争日,一襟心事与谁期。

失题
烟波之外几重涯!万转溪山路更赊。
问道昆仑搜秘笈,浮舟沧海托灵槎。
窗前秋月人前酒,眉上春风岭上花。
杜宇声声客知意,归思何处种桑麻?

过采石矶
谁见青莲惜紫裘?百篇斗酒睨风流。
举杯邀月能呼舞,试墨惊天自唱酬。
采石无缘埋寸骨,文章不老历千秋。
天才应幸争先去,驾得鹍鲸更远游!

端午节感怀
每逢端午怕吟诗,此意常人哪得知。
天上鸿冥空带恨,镜中鹤发暗添时。
未兴强楚纳忠谏,却为荒台作梦思。
何忍愁看亡国痛,一沉湘水最堪悲。

有约
夜半出行犹怕迟,元疑负约误佳期。
时看皎月倚天挂,续带繁星随斗移。
谁似青衫常染露?情如旧梦总成痴。
无关淮上谁酬我,但寄长吟慰远思。

心如
心如徙鸟觅芳踪,故地今非昔日容。
出塞漫怜晨月冷,凭高正值晚霜浓。
香留楚馆三千里,梦绕巫山十二峰。
瑶海方辞人已远,不知再会几时重?

己亥上元
雨镞上元寒未降,误余诗酒两无双。
北望古楚难随月,西去大都空隔江。
不厌闲心居陋巷,犹思清梦寄名邦。
行途纵使春来晚,客驿梅香正扑窗。

闲赋
少年曾卧碧油幢,留得丹心岂肯降。
未惧坚冰催老树,何妨飞雪入寒窗。
巡游墨自赋山泽,坐钓魂还系国邦。
莫道经冬无一事,铜壶犹可煮三江。

客旅寄怀
戎衣新制出山阳,岂为迢遥多感伤。
独卧昆仑曾饮雪,时趟虬水更蒙霜。
石泉倚竹听流岁,岭路寻梅嗅暗香。
阅尽浮华十年后,一呼斗酒共谁狂?

无题
万郭千城恨转蓬,为谋生计各西东。

新荷未放半池冷,社燕难留一阁空。
长忆边关共晨月,每思吴越逐秋鸿。
良宵夜听春申雨,莫问痴心谁与同。

朱俊义

男,1971年12月1日出生。

七绝·耕牛图

倾全心力战春忙,惟愿苍生得寿康。
天下若能皆饱暖,身躯何惜卧残阳。

七绝·春江渔翁图

三尺画屏颜色幽,风光一派眼中收。
丹心化作春江水,流向天涯海尽头。

七绝·春游长江三峡(孤雁格)

长江浩浩往还来,两岸山花竞相开。
诗句成风风过处,人间春色自安排。

七律·登黄鹤楼

多少繁华风里逝,而今再上这层楼。
武昌龟锁戏千浪,汉口蛇盘吞万流。
欲比先贤抬眼外,直追往圣抱毫头。
久恒岁月终无改,畅笑云天向九州。

七律·登太行山

风光无限在云巅,一路行来步步难。
玉露朝霞流水爱,丹书晓月众山宽。
花开哪有千红日,春去终须百卉残。
潇洒转身佳景处,劝君且莫等闲看。

五绝·漫步河边

执笔天涯路,平生做少年。
潇潇留影处,人在水云边。

五绝·槐花盛开

槐花知浅夏,无意送春归,

不见君归去,庭前烂漫飞。

五律·重登太行山

胜迹江山留,漫漫接翠薇。
登临过客意,凭吊望斜晖。
风雨分明去,浮云自在飞。
人间回首处,已是浩然归。

五律·端午节

历年棕艾香,户户祭忠良。
天问书佳句,离骚写国殇。
后人承壮志,今日颂安康。
端午舟飞渡,歌声四海扬。

朱丽华

女,1952年5月生,山东滕州人,大专文化,兖矿集团鲁南化肥厂退休干部。系枣庄市诗词学会会员,滕州市诗词学会会员。曾在报刊发表诗词作品100多篇(首)。

五律·春游葫芦套感吟

熏风拂芳草,轻步小河堤。
雨后春花润,枝间翠鸟啼。
山深霞眷恋,水澈鲤痴迷。
美景惹幽绪,清词谁共题?

七绝·赞洛阳牡丹

天香国色映朝霞,名满全球冠百花。
不惧皇威愿投火,幸存傲骨益千家。

七绝·牵牛花

喇叭花开野陌边,芬芳别样赖肥田。
浅黄粉白寻常色,吹向行人多少天?

七绝·游龙门石窟

两山对峙碧流穿,峭壁龙门石窟悬。

万佛千龛工艺巧,沧桑历尽忆当年。

七绝·游白马寺
白马负经初释源,梵音佛语绕堂坛。
晨钟暮鼓伴香火,多少虔诚祈福安。

七绝·谒洛阳关林
拜谒关公绪涌涛,安黎报国气雄豪。
青龙偃月刀犹在,义薄云天动九皋。

七绝·谒毛遂墓
沧桑古墓碑高耸,犹忆唇枪震楚廷。
破秦救赵留佳话,自荐原为民太平。

七绝·立夏
耀眼榴花似火柔,田间秀麦穗齐抽。
农家翠圃无闲事,晓唱子规催採收。

七律·喜闻山村脱贫感赋
春风送暖百花香,水秀山青人倍忙。
樱桃上市欣商旅,苹果出园输外邦。
扶贫精准病身愈,致富良谋黎庶强。
世界民生何处好,消除贫困看东方。

七律·庆祝祖国华诞70周年
屹立东方赤帜飘,同歌华诞动箫韶。
红楼绮树城乡美,修竹茂林山水娇。
箭射飞船游浩宇,海穿战舰斗狂潮。
辉煌丝路连天下,喜看神州更富饶。

朱莉红
安徽合肥人,一名国企会计。热爱文学与古典诗词。退休后在合师院老年大学学习诗词。

七律·赤阑桥遇秋
遥望玉弓挂碧空,绮霞一抹似飞虹。
疏花竹外春已逝,香暗满城秋正浓。
穆穆清风衣袂卷,沙沙黄叶草葱茏。
千年琴韵今犹在,遗梦阑桥烟雨中。

七律·瑞园秋思
日照瑞园生紫烟,竹筠半绕抑尘纤。
青青素蕊游人醉,兰玉苍苍恋故园。
阵阵秋风黄叶落,紫荆朵朵竞芳妍。
梧桐树下沙沙雨,千古风云润府颜。

七律·包河秋色
十里包河堆柳烟,亭桥曲榭赏清涟。
新培粉黛生鲜草,尽落残红亦惠园。
荷碧渐黄青子现,菊白浅淡叶枝芊。
花开花谢随风去,秋梦偏痴不晚年。

七律·偶遇
一幢危搂高百尺,碧茵飞鹊苑桥边。
潇潇风雨斑竹泪,刹那芳华弹指间。
奇遇新朋缘旧室,如逢故友步桑田。
天涯共饮浪潮水,老骥梦追亦少年。

七律·谢恩师(依韵奉和)
三月银河帘绣开,清波漱漱送春来。
梨园客约斟醇酒,柳岸风轻润绿梅。
书院幽兰隐谷送,阑桥新笋仰师培。
夕阳斜里古今事,解识东风不倦回。

七律·旧城花又开
一树紫妍倚旧城,与邻相望趣横生。
清宵明月留疏影,半瓣暗香萦满情。
野径闲花渐逝去,云楼淡语愈纷呈。
素泥无味乡愁解,有爱人间春意荣。

点绛唇·菊
片片雪花,纷来舞去落千巷。问菊何状?依旧君模样。

叶脉芊芊,香抱原枝上,缱绻酿。与竹相望,但见迎春傍。

临江仙·环城西山观雪

玉树琼枝湖似镜,望西山外含情。翠衣微露蕊香清。径林深处,驼鸟素,照留情。

昔浚治河妆岸柳,莲花庵里修行。校园声朗润书生。浮尘心去,天地净,政通明。

朱林兴

上海人,中共上海市委党校教授,曾任上海财经大学城市经济研究室主任,上海经济管理干部学院学报主编、教授,兼市府决策咨询专家。长期从事城市经济、房地产经济的教学和研究,著有多部经济专著,也喜爱写作,有杂文笔《桑樨随笔》《桑樨散文》。

扳蟹

西风乍起夜无眠,少年扳蟹在江边。
网起网落静悄悄,逮得横行无比鲜。

钓虾

大雨过后水发黄,少年握竿钓虾忙。
虾儿色盲食香饵,青须摇摇入兜网。

观鱼

柳栋遮阴处,水清鱼又肥。
虾摇浮青须,鱼鼓寻欢戏。

忆恩师诸祖煜[①]

诸门多才子,祖承德和智。
煜耀桃和李,赞赏自成溪。

注:笔者高三时老师。

赠散文家梁灵霞[①]

中原多出散文家,洛阳梁凌是奇葩。
一人独立能行走,闲花琼花众人夸。

注:梁灵霞,笔名梁灵,洛阳著名散文家,著有散文集《一个人独立行走》《闲花》《琼花》。

朱茂康

浙江文成人,1941年1月9日生。浙江省诗联学会会员,文成诗联学会理事。

五绝·钱江潮

钱江口大开,一线滚潮来。
奔马疯狂疾,登堤吼怒雷。

五律·重阳登山一角

年复又重阳,深秋已觉凉。
东篱黄菊艳,南阁桂花香。
相约摩天岭,欣吟长寿庄。
情怀山一角,忘却满头霜。

七律·游百丈漈

阳光映照青丝雨,绝壁虹霞气势狂。
霹雳声声惊峡谷,雪花簇簇落穹苍。
岭头胜赏龙踪迹,涧底寻幽石故乡。
百丈飞流多访客,一帘画卷九州扬。

七律·端午观龙舟赛

五月端阳喜气融,轻舟八百聚瓯东。
开锣击水千层浪,擂鼓扬旌万道虹。
罗汉乘蛟游碧海,猢狲舞棒闹龙宫。
年年此日江河会,男女争雄不逞雄。

天净沙·龙山行

黄芽滴嫩斑斓,众仙移步云间。曲径迷宫一般。品茶书翰,彩霞漫卷龙山。

忆秦娥·怀念毛主席

谁不记？毛公帷幄风云起。风云起,威镇乾坤,光芒千里。

雄狮猛醒豺狼毙,妖魔鬼怪全无忌。全无忌,中华奋起,河山披靡。

临江仙·游龙麒源

四壁奇峰笼玉镜,幽林叠翠参天。雄鹰展翅瞰悠然。索桥横峡谷,墨友踏云烟。

脚下龙潭清沏底,鸟啼鱼跃人怜。胸怀雅意尽诗篇。畲乡陈酿醉,玉女舞翩跹。

满江红·海上大阅兵

岛拍春潮,滔滔浪,军声不竭。雄兵阅,水师长列。神盾剑锋威赫赫,龙居洲首英姿烈。护卫群,镇慑亚丁湾,邪魔灭。

航母展,英雄悦,多国舰,情真切。战鹰翔,歼警直袭无缺。蓝海惊涛风猎猎,长城永固坚如铁。志凌云,争世界和平,当今杰。

朱念清

诗词爱好者,自由诗人,在古代诗词方面颇有研究。爱好旅游,用诗词记录所见,所想,所悟。红叶诗社正式会员。在公众号诗词吾爱发表作品,在网站江山文学、墨河韵语等定期投稿,作品刊登即墨诗刊。青岛家居杯诗词大赛荣获优秀奖。

茅屋

酣梦鸟啼惊,推门旭日升。
煮文思广宇,瘦笔话苍生。

不孝儿孙风亦嫌

背井离乡忘纪年,西南路口祭家先。
火柴难点冥钱纸,不孝儿孙风亦嫌。

紫薇花

紫薇怒放红霞落,墨客挥毫瘦笔神。
花下品香思广宇,火烧云片煮凡尘。

梦圆东旨门

紫气融融罩旨门,复兴圆梦四时春。
三泉溪水清如镜,绿树红楼映彩云。

牧羊拾趣

羊肥草绿沐霞光,马背琴悠忱旭阳。
独唤清风同进酒,推心置腹话苍桑。

三泉河新貌

东旨门前见古村,桃红柳绿悦人心。
三泉水碧清如镜,嬉戏鸭栖菡萏荫。
楼厦蕴含甜蜜梦,诗廊茗语化琴音。
蓝图熠熠初铺展,笑看明天日月新。

青玉案·唐音宋韵实精湛

唐音宋韵实精湛。叙心志,神惊叹。李杜苏辛文美幻。笔尖言尽,人间经典。骚客风流揽。

诗词歌赋文坛伴。传递国学意宏远。两朵奇葩同灿烂。磬音雅韵,丽章斗艳。代代增佳卷。

朝中措·冬雪

苍穹风卷素花纷。寒冽覆污尘。万里江河酣睡,沉眠万物浑昏。

柳弹鸟唱筝琴曲,声远唤阳春。花木应声苏醒,神洲遍布红云。

朱日祥

大学文化,中学语文老师,中国诗词

学会会员。

七律·早春
上元节过天趋暖,新绿初生略带羞。
水映鹅黄风拂柳,桥弯半月浪随舟。
迷云暗送催春雨,归燕斜飞入旧楼。
宾至江南延几日,桃花如约满枝头。

七律·闲居晓吟
尝梦深林孤赏月,神清还在旧时园。
三杯慢饮壶中酒,一树半遮窗外天。
悟道甚难抛俗事,知空不易却人缘。
此生无奈随流水,留得诚心应大千。

七绝·夜过三峡
新月南斜状似钩,半山明白半山幽。
深林时出别枝鸟,惊起灯萤照碧流。

七绝·燕讶
秋去春归竟失途,绿水青山旧堂无。
燕儿不解扶民策,另择新居育幼雏。

五绝·辞秋
秋抛黄叶去,冬送白霜来。
为解其时寂,悄然金菊开。

朱绍荣

男,74岁,自学大专,安徽合肥人。1962年12月至1992年10月在中国人民解放军和武警部队服役。1992年10月至2006年12月转业合肥钢铁集团工作。2006年12月退休并参加合肥老年大学诗词班学习。曾有数十篇诗词曲在《中华诗词》《诗词月刊》《中华散曲》《中国当代散曲》等报刊发表。

贺蛟龙神九入海飞天成功
蛟龙入海探龙宫,神九飞天游太空。
科技开创强国路,中华崛起不称雄。

崛起强国梦
崛起中华已脱贫,国强民富梦成真。
车轮滚滚载华物,汽笛声声报捷音。
富裕小康欢笑语,丰衣足食日舒心。
诗裁锦绣山河丽,笔绘神州天地新。

乡村广场舞见闻
村头广场鼓锣喧,歌醉山川情醉天。
俏女雅娴芳影旋,俊男潇洒舞姿翩。
昔因贫困无心乐,今已小康须尽欢。
国泰民安逢盛世,城乡媲美好人间。

沁园春·山村秋景
枫叶摇红,谷菽流金,菊桂争芳。望山河壮丽,万千景象,如诗如画,无限风光。野岭荒山,村前村后,处处飘扬瓜果香。穷思变,见排排别墅,新式农庄。

村头鼓乐铿锵,好热闹歌声响四方。看乡村广场,姑娘婀娜,俊男潇洒,共舞轻狂。柳下人群,阿婆阿舅,比唱黄梅庐剧腔。新风貌,要城乡媲美,幸福安康。

唐令多·潇洒老年大学生
校倚杏花园,门朝闹市圈。学府牌,耀眼高悬。教学楼亭风韵雅,景幽美,似桃源。

低首读书酣,纵情歌舞翩。笑声甜,翁媪同欢。诗画琴棋争斗艳,相互学,结情缘。

鹧鸪天·含笑过百年
流水光阴一瞬间,青春不再老容颜,当初体健如牛壮,今夕身衰多病缠。

休叹息,莫悲观,平衡心态赛灵丹,无

忧无虑神仙羡,笑口常开过百年。

朱守平

笔名临雨。男,浙江天台县人,现居临海市。1946年生,退休教师。中国远山文学网副总编辑,大中华诗词论坛特邀佳宾,菜根谭文学院版主,西南凤凰诗社入驻诗人,桃花源文轩平台签约作家,作家天地文学苑特邀作家,莺燕鸣春艺术大舞台签约诗人。

五律·桃渚城
伟哉桃渚城,卫国佑民生。
堡择芙蓉筑,弓为盗寇鸣。
茫茫台眺远,急急炮轰精。
九战倭旗折,崖题镇海名。

五律·大田刘
歌颂大田刘,人勤富裕投。
祠堂悬祖训,平地起高楼。
泉眼淙淙水,林园绰绰鸥。
乡村成市镇,百姓有奔头。

七律·家筵
怡情佳节酒当先,海味山珍随意煎。
一尾鲻鱼葱五寸,四支竹笋肉三钱。
糖沾白粽丝丝蜜,筷夹黄瓜片片圆。
勤勉人家多乐趣,齐眉举案度天年。

七律·桥
万绿丛中一石桥,虽云寂寞却逍遥。
晨闻山雀啾啾曲,夜沐灵江浩浩潮。
夏茂冬枯芳草意,春华秋实牧童谣。
初心不忘兴游旅,愿得乡村早富饶。

鹧鸪天·端午情思
端午龙星得正中,天恩广施泽无穷。木舟竞渡图腾祭,米粽飘香蒲酒逢。
怀屈子,忆贞忠。国亡心郁汨罗纵。千年转瞬人间换,四海祥和百姓融。

青玉案·肃南行
祁连山下风光好。赏白雪、逢青鸟。碧玉河流滋绿草。笛鸣花舞,牧归羊闹。日落红霞耀。
人夸遍地藏珍宝。我爱千年马蹄庙。张掖古城情趣妙。田园瓜蜜,饭堂肉烤。酒醉黄金窖。

阮郎归·仙都农家
蓑衣斗笠老黄牛。长年忙不休。阳光晓雾碧溪悠。歌鸣斑竹鸠。
妇秧插,汉犁畴。同心共济舟。小康生活有奔头。全凭勤勉酬。

风入松·登城遇雨
欲行万步达城西。热汗沾衣。灵江浩荡沿山至,势如虹、浪急舟驰。极目括苍云绕,倚身箭垛风吹。
瞬间天变雨纷飞。苦乐谁知。原来近处无楼阁,任淋漓、却也心怡。老树生机蓬勃,野花润色丰姿。

朱书荣

湖南华容人。现居湖北石首。湖南省华容县鲇鱼须镇回龙村。农民。

七律·感佩妻子命笔
系足赤绳从小牵,完婚三十八年前。
回龙岭绕迎亲队,栗树山鸣嫁女鞭。
宁居孕身才割谷,甘趋烈日又栽田。
感卿情义深如海,奢冀来生共枕眠。

七律·长江情

长江万古母亲河,两岸龙巢听棹歌。
水泛乳香滋碧草,舟留鱼味送青稞。
一巡习帅浓涂墨,四表生灵静爱波。
儿女还当勤反哺,肯心再养鲤豚鼍。

七律·除夕

除夕东风到故乡,弟兄姐妹为年忙。
新联贴出门前锦,美味调来席上香。
老母欣欣扬喜色,娇儿得得跃张狂。
一团和气满斟酒,爆竹声中呼尽觞。

七律·母校

宇航装点校门新,学子咿唔入耳频。
听课香樟颔翠首,披霞球网泛金鳞。
长廊犹记少年事,板报仍书昔日真。
最是多情吹笛处,绿枝摇曳似留宾。

七绝·农村双抢

七月农人双抢忙,才收稻谷又栽秧。
炎炎烈日蒸开水,弓背田间怕歇凉。

朱思丞

1983年11月生,硕士,中华诗词学会、江苏省诗词协会会员,解放军红叶诗社培训部导师,《红叶》特邀编委,镇江市诗词楹联协会理事。新旧诗兼习,作品散见《中华诗词》《诗刊》《中华辞赋》等海内外百余家报刊,入选多种文学选本,在《东南学术》《人民日报》《国防大学学报》等发表论文69篇。2015年参加《中华诗词》"青春诗会",获首届"刘征青年诗人奖",中华诗词"谭克平杯"青年诗词奖,全国30朵红莲花诗人奖等30余种奖项,《中华诗词》《红叶》《江海诗词》《中华军旅诗词》等报刊曾推出个人介绍和作品专题。

厨师

煎炒烹蒸炉火前,室狭身屈对油盐。
一双切菜掌勺手,调尽人间酸苦甜。

都市建筑工(新韵)

戴月扶霜衣正单,犹嫌米贵半饥餐。
一砖一瓦当儿待,广厦修成却姓钱。

环卫工(新韵)

扫尽月光星满天,躬身持帚畏人言。
能医城市皮肤病,难治肮脏传染源。

赴上海看望卖菜堂叔(新韵)

相隔十米笑不闻,年久何曾变口音。
叮住话匣频倒水,谈及摊位太操心。
租房哪有值钱物,棚户谁装防盗门?
半世打拼身已老,可怜仍是外乡人。

朱卫东

笔名汉水真人,男,生于1968年9月6日,大学文化。喜爱诗歌散文,作品入编在《第四届中国百诗百联大赛作品集》《中华诗词》《湖北诗词》《黄浦江诗潮》《洋浦乡音》《沧浪和韵》和《执手文学》等书刊。中国诗词研究会员和老河口市文学研究会会员。

七律·春行梨湖时遇

巍巍赫赫望江楼,汉水连天万古流。
梨蕊交紫香雪海,柳旌夭袅醉冰眸。
渔歌纵意烟波趣,鸥鹭忘机汗漫游。
向晚还观千里月,凭风不觉乐悠悠。

五律·赠友人

寒月照窗台,红梅静寂开。
幽香惊绮梦,凤慧醉霞腮。
历雪凝清节,经霜耀艳才。
缘来君子品,岁岁凭风裁。

七律·清秋观江拾遇
悠悠逝水向东流，寂落霜丝莫切忧。
别梦依稀空念念，浮花缥缈几休休。
残垣倾诉千秋史，荒冢收埋万古愁。
把酒吟风观自在，英雄多少悔封侯。

七律·从酒
残蝉伏卧梦惊哀，浊水穷流势不回。
瑟瑟严风摧朽落，丛丛陶菊踏霜开。
交朋小酌还琴曲，逐日长歌上月台。
相聚何当从酒趣，缘来怎忍负瑶杯。

鹧鸪天·春行梨湖时遇
云水清流斜照红，雕阑柳径玉玲珑。渔歌翔鹤楼台月，燕舞征鹏越秀峰。
梨花雨，楚乡风，归思入梦与君逢。悠悠把盏横琴曲，向道长吟乐笑翁。

西江月·叹秋
逝水匆匆惊梦，流光缕缕牵愁。春回楚艳竞风流，燕舞呢喃烟柳。
长道年年依旧，谁知岁岁难留，秋来明月望江楼，争忍鬓霜残酒。

雨霖铃·秋夜缅怀
惊秋残雨，向凄风夜，故叶飞渡。凭窗长忆争忍，曾鸣鹊处，寒鸦穷露。对影忧望发愧，竟涟落无语。自别别、思梦重难，任凭沉沉酒中趣。从来晓醒思恩顾，又那堪，漫漫天涯路。纵然玉界清美，无浊气，远离行苦。去日茫茫，再聚无期，腹中愁楚。日念念，多少萦情，更与何人诉。

诉衷情令·清明感怀文
清明时节柳丝新，去来又一春。可怜百花山冢，愁寂老娘亲。从别去，向晨昏。雨纷纷。孤酷残酒，梦断残更，醉枕残痕。

朱文海
在意大利生活，竹韵精品诗社理事，《竹韵中华》副主编。

吕布
投机依附换爹频，门阀时期重出身。
白刃亡魂多故主，红裙销骨少同仁。
灰飞袁董非关数，鼎立曹刘自有因。
末路枭雄怜者寡，饲狼为患是其人。

穿越
登塔望时梦已醒，西湖烟雨隔如屏。
钵中流尽相思泪，方外详参般若经。
高架桥梁过故里，同游巷口有新亭。
双栖庭院难寻觅，仍记前身蛇是形。

沈阳故宫
满语野猪无贬褒，惊心世路自蓬蒿。
十余甲仗揭竿起，七大罪行衔泪号。
岁月莫名销帝业，锋芒依旧看腰刀。
英雄逝去化尘土，此地空留宫殿高。

马邑之谋
山河有界未遵循，岁贡棉粮七十春。
帷幄已多骁骑将，官仓难计腐钱缗。
悄凭马邑张罗网，欲捕单于似辇鳞。
历史揭开新一页，汉家从此不和亲。

过秦始皇陵
阿房楼阁起平川，六国征夫离故园。
十二铜人铸畴昔，三千宫女讲方言。
蓬莱求药舟帆杳，大泽揭竿涛浪翻。
帝业须臾已灰烬，庶民不恤是根源。

李广

青春耗尽在沙场，铁甲磨穿鬓发苍。
大漠遍传飞将勇，偏师总遇敌军强。
一生气傲怨奇数，百战功微更漫狂。
都说封侯容易事，惜无姊妹侍君王。

白登之围

轻敌兼程至边地，杀声四起上云层。
马嘶彻夜胡营广，炊断多时刁斗冰。
鸣镝树威传大漠，相机度势纳金缯。
解围不是陈平计，周勃步兵趋白登。

朱文良

  网名叫桑榆漂泊，湖南双峰县洪山殿镇人，1957年生，现为洪山殿镇诗联分会会员，曾从事过乡镇企业管理工作。爱好文学，喜欢在文字的推敲中寻找乐趣，闲暇时写写诗词联，可惜缺乏天赋及文学功底，难有作为。

五绝二首
异乡望月

日落鹜霞飞，黄昏鸟蝶归。
推窗瞻皓月，念故绕心扉。

咏春

春泥含万物，暖日促新生。
百鸟欢歌舞，花香碧水清。

七绝六首
咏松

白絮纷飞漫漫天，群峰覆被　无边。
青松傲雪欺霜立，为待春风志愈坚。

夜游千户苗寨

廊桥吊脚小溪流，夜览苗街万客游。
满目琳琅光艳彩，西江景美古香幽。

贺双峰县荣获省诗词之乡称号

喜获诗乡授匾芳，吟坛墨客放情张。
承扬国学追唐宋，百尺竿头赋锦章。

学诗

每有闲余学作诗，仄平对仗费神思。
功夫欠足担心错，已到耋清又问师。

贺外曾孙周岁生日

喜庆重孙一岁欢，天真活泼众亲宽。
甘罗为相当贤范，愿稚成年品德端。

冰天雪地

水瘦山寒进凛冬，雪花漫舞覆群峰。
江河失潺人间静，不惧冰天学柏松。

朱祥麟

  （1944－），湖北鄂州人，鄂州市中医院主任医师。湖北中医名师，湖北中医药大学兼职教授，中华诗词学会会员，中华诗词文化研究所研究员。有《通虚子诗词稿》《通虚子诗词续稿》《通虚子诗话》以及多部医学专著。

访襄阳习家池

葱茏苏岭下，云掩习家池。
水活泉清澈，风清日缉熙。
襄阳流誉后，祠宇吐辉时。
古木千秋梦，天光又一枝！

游西塞山

石枕江流急，层岩白鹭栖。
沉戈宜辨史，铁马亿征衣。
广厦环山远，新城望月低。
平明游故垒，隔岸黍离离。

题大冶铜绿山古铜矿遗址博物馆

烟峦识矿脉，智慧启玄黄。
井巷伤蓝缕，熔炉映月光。
青铜尝铸鼎，越剑助兴邦。
冶炼辉煌史，文明酹一觞！

喝火令·我的儿童节（捻西字韵）

回首红巾系，别梦记依稀。少年携手岭头西。直指徐山山顶，登高必自卑。
山上凌云木，沐阳露未晞。鲲鹏万里击云霓。争道天长，争道水无陂。争道拿云心事，日上锦鸡啼！

一剪梅·赏麻城龟山杜鹃花题感

大别龟山首向东，岁月峥嵘，戎马倥匆，昔年逐寇战旗红。烽火迷蒙，鼙鼓訇咚。
新纪山原沐惠风，花发　　，霞起彤彤，纷纷游旅想花容。旭日瞳瞳，流水淙淙。

踏莎行·梦回扬州

十里春风，一帘心语，二分明月潇潇雨。维扬骑鹤恬优游，星灯夜市明江渚。
高铁龙驰，长空凤骞，千峰云厦壮寰宇。梦回双燕语呢喃，彤云红药天阳煦！

朱小明

大中华诗词论坛沧浪诗人词林版主。作品发表于《诗殿堂》《秋》等刊物。

后庭花破子·善行向佛

上岸远风帆。探梅照玉潭。岭半闻香烛，云边客问庵。
见通参。善行向佛，清心滴翠岚。

后庭花破子·一棹渔歌

一棹动渔歌。重山绿眼波。柳乱云天色，鱼肥问钓蓑。
水晴和。浪花远近，沉舟沙自磨。

后庭花破子·若兰茶韵

问水汲云涯。看壶听紫砂。活火人情暖，蛮腰煮玉芽。
淡烟佳。若兰清韵，香杯谷雨茶。

临江仙·茶味禅吟

趁夜挑灯闲对火，烟紫寒露无声。一壶沸水个中听。寂寥风不动，怅望月空明。
幸得茶香修俗骨，将炉轻取诗情。砚田虽小就人行。云笺经典借，吟墨素心倾。

画堂春·日色经心

清风入耳带芳音。卷帘篱落啼禽。晓烹明火向花阴。秋景初深。
半晌早茶倚懒，一轮日色经心。轻霜鬓付碎琼吟。见茗浮沉。

巫山一段云·晚火孤茶

人对昏灯坐，秋生院落凉。缘尘青眼隔山长，白月降心霜。
晚火分空寂，孤茶煮老苍。杯频深浅九回肠。到梦更溟茫。

巫山一段云·秋闲茶意

壶品朱泥老，秋闲院木疏。云边禽影有还无。呷茗忘樵苏。
蝶入庄周梦，烟熏黄卷书。花篱自隔似林庐。茶意洗江湖。

西江月·真隐由心

生火拓开幽境,提壶忘却尘襟。一竿红日染欢忱。石径鸟闲苔锦。

人对南风钟鼓,茶煎千古禅音。听闻真隐任由心。未必山林兴寝。

朱新渝

笔名欣雨,重庆市诗词学会会员。热爱学习祖国传统文化,有部分诗文作品发表,现居重庆。

五绝·喜春

春日寻芳翠,欣欣万物妍。
几声黄雀唤,相约上蓝天。

五绝·敬老乘车

发似梨花雪,搀扶让上车。
三春晖已淡,寸草笑如初。

七绝·春来花放

嘉陵端气贯渝都,一束花开傲雪孤。
却待来年春又至,满城尽放万千枝。

七绝·读陆游绝句梅花后有句

陆翁马走浣花溪,折得梅枝带酒携。
岁月悠悠千载去,余香依旧着人迷。

注:陆游《七绝梅花》当年走马锦城西,曾为梅花醉似泥。二十里中香不断,青羊宫到浣花溪。

五律·文公悼

北去迢迢路,遥看日月荒。
山河悲国破,草木苦寒霜。
耿耿忠心在,棱棱直节芳。
人生终一死,青史自轩昂。

五律·七夕情思

西陆金风起,天阶玉露滋。

迢迢银汉阻,脉脉鹊桥思。
绕屋青梅秀,傍楼白发慈。
鸳鸯双倚妒,草绿水涟漪。

七律·夜吟

渝州夜色最堪怜,玉女撒花落九天。
叠叠高楼灯溢彩,潺潺曲水榭生妍。
游人涌动南山道,雅客清音北苑仙。
可以临轩望对岸,举杯邀月又缠绵。

七律·十八梯

巴渝旧景两江情,十八梯通上下城。
远近高低坡屋现,弯斜错落路阶行。
厚慈始起乾坤广,善果终归宇宙明。
喜见满街黄桷绿,葱葱郁郁又新生。

注:"厚慈巷""善果巷"皆为重庆十八梯内之街巷名称。

朱新云

女,汉族,1962年11月生,滕州市人,现供职于滕州市建筑设计院。系中华诗词学会会员,山东省青年作家协会会员,江苏省淮安市《短小说》创作员,山东省散文协会会员,滕州市作家协会理事,滕州市诗词学会副会长。其作品在国内省市报刊有发表。曾荣获第二届"岳阳楼"寻春诗会金奖、第四届"相约北京"全国文学艺术大赛二等奖。

七绝·咏大运河二首

其一

古镇年年柳色新,唐诗淘洗运河春。
采莲未必江南曲,"小调"销魂更醉人。

注:小调:鲁南、苏北一带人们爱听的拉魂腔。

其二

浸染诗情古运河,微湖听唱采莲歌。
凌波仙子风姿美,杨柳依依故事多。

七绝·七夕感怀(四选二)

其一
千年不变意贞坚,碧海情天皎月悬。
盼得西风能驻梦,迢迢一水践前缘。

其二
细算佳期感上苍,绵绵此恨雾茫茫。
桥横乌鹊垂天幕,万里星空做洞房。

七绝·寒衣节感怀
淡烟寒水柳凄迷,青冢野田蒿草齐。
别有深情酬不得,西风声里暮鸦啼。

七律·庆祝建国70周年
文明古国五千年,沧海桑田赤县天。
国计民生今胜昔,富饶强盛史无前。
同心携手征程迈,励志兴邦绮梦圆。
看我中枢擎大纛,鸿图大展赋新篇。

一剪梅·春雪
窗外寒风垂帐惊,醒也伶仃,睡也伶仃。一帘春雨潜入梦,夜也叮咚,昼也叮咚。

思来思去思无情,晚闻暮鼓,朝听晨钟。烟云迷蒙叹孤鸿,去亦无影,来亦独踪。

朱秀娟

网名寒江雪,北京密云区人,高中毕业,喜欢文学,作品大多发网刊,现为密云作协会员。

五绝·介子推(新韵)
绵山不到老,割肉已成灰。
失火谁之过,天欺介子推。

七律·苏秦(新韵)
背剑飘零白眼多,此生不信运偏折。
黄金台上逢知己,函谷关前聚六国。
合纵暂得天下势,乡心早向易河波。
临淄一去无遗算,欲要十城空口赊。

七绝·屈原(新韵)
宗庙将倾风雨后,仰天谁复楚国春。
汨罗江畔寻三户,唯有狂涛似马奔。

朱雪华

女,1943年8月生。湖北宜昌人。湖北省中华诗词学会、武汉散曲社、鹰台诗社、珞珈诗社会员。曾有诗、词、曲作在相关刊物上发表。

【越调】天净沙·山乡二首

一
枯枝瘦柳寒鸦,袅烟黄狗篱笆,土路牛车破瓦。秋冬春夏,种田人苦桑麻。

二
春风粉面桃花,媪童OK卡拉,网络微机数码。晨曦初挂,红头文绿千家。

【中吕】红绣鞋·忆我家旧居
面对东湖银浪,背依苍柏香樟,青砖红瓦绿纱窗。名师驻,五车藏,雅名扬珞岗。

【南吕】金字经·赞百色映山红花
翠叶甘为衬,琼花疑是仙。不与群芳争彩颜。怜。抱枝诗句填。香分半,我来熏素笺。

【正宫】凌波曲·咏荷
田田玉盘,漾漾清莲。芙蓉出水掩羞颜。凌波向远。绿枝洗雨呼双燕,红裳弄影随千愿,闲情摇橹载群仙。情融墨染。

朱延霞

网名一抹夕阳,江苏涟水人,毕业于原淮阴教育学院英语系,一生从事高中英语教学工作三十八年,退休后学习诗词,现为清江浦诗词协会理事,作品散见于网络平台和刊物。

七绝·电风扇自吟
半年墙角覆尘埃,热浪频推又请来。
不是丹炉流火泻,谁人为我拂香腮!

七绝·秋思
金风送爽桂花香,四野忙收粒入仓。
归雁一行秋暮里,心声更比雁声长!

七绝·舟山寻踪(新韵)
一船雅客悬湖渡,龙洞青山觅道初。
老子不知何处去,路人遥指炼丹炉。

五绝·己亥夏至
一夜南风紧,东田换绿襟。
蝉声催独坐,无意理心琴。

五绝·相思
窗外晨曦白,遥闻鸟唱枝。
五更难入梦,满眼是相思。

花非花·冰
花非花,露非露。末季来,春时去。
来如珠宝水晶神,去似魑魅无避处。

南乡子·冬雨
淅淅沙沙,扰醒枝头五更鸦。
滴碎小楼檐上瓦。还下。淹没心诗淋湿画。

菩萨蛮·惊燕
乌云急压红楼颤,疾雷暮起惊家燕。
欲出又依迟,回眸顾旧枝。
口含泥草结,不忍就离决。舍命保泥窝,赤身不用蓑。

鹧鸪天·己亥夏自吟
花自飘零水自东,梦华初愿已成空。
三分冷眼观尘俗,一点冰心寄昊穹。
凭任说,奈何从?清风俯仰我由衷。
今朝对镜红颜老,明日云归谁与同?

朱英武

网名默斋主人,江西省高安市人,中学高级教师,诗歌爱好者,主张"文章合为时而著,歌诗合为事而作",有些诗作行走于文字的江湖,在省级市级获奖。

七律·悼母诗
梦断魂销己亥年,戌时驾鹤去西天。
慈颜不见三春冷,母范堪当二代贤。
佛号声声伤烛影,哀思默默寄云巅。
此情可待成追忆,只是如今尚惘然!

作于己亥年春分日

七律·咏苏武
读《汉书·苏武传》有感
苏子留胡十九年,吞毡饮雪夜难眠。
空祎妆泪人何在,瀚海愁云月不圆。
志向汉宫坚似铁,心怀王命重如天。
狂沙吹断南归梦,又送孤鸿托杜鹃。

七律·春运返城有感
腊味才香四五天,离愁渐紧渐无眠。
尘光似驹匆匆过,鬓发如秋岁岁延。

雪积远山春意在，人登快阁内心煎。
两行老泪凭栏泻，走马征蓬复去年。

七律·悼四川凉山消防卅英烈

临近清明最断肠，凉山火海酿离殇。
乌鸦聒碎今春梦，烈焰摧残壮志郎。
向壁悲歌诗一首，临屏悼念泪千行。
关河万里忠魂在，誓守青峰望故乡。

七律·悼傅义老先生

泪落纷飞祭我师，临屏半晌已含悲。
栽培桃李花千瓣，吟唱风骚笔一枝。
雪岭梅香堪仰望，杏坛柳瘦盼扶持。
岂能沽酒天天醉，直到风停雨住时！

七律·应湖口一中相邀访石钟山有感

湖口相邀酒一盅，闲情好似四川翁。
才敲诗句三联韵，又见蓝天数只鸿。
苏子凭文招远客，明师靠武显威风。
欣观小县春光早，紫燕黄莺闹碧空。

注：明师，明太祖朱元璋与陈友谅在江西省湖口县长江江面一战定江山。

七律·雨夜秋思

冷雨凄风秋意长，蜉蝣半百隐忧伤。
诗书欲染桃花味，人事常经落叶霜。
未许此生堪自叹，且圆余梦又何妨。
凭栏莫及情深处，醉眼迷离远树黄。

七绝·咏梅
——赠贤妻邓春梅

墙角寒梅不自哀，常思斗雪盼春来。
香残纵使无人问，半缕芳魂亦绝埃。

朱永和

字文铭，1954年生，无锡市惠山人。学历，南师大汉语言系。无锡诗协碧山吟社，诗人。钱松岩艺研会，老干部书画协会，民族书画院书画家，诗人。无锡市志愿者道德讲坛，国学老师。无锡蠡园中心小学，国画老师。

游惠山华子祠有感

吐纳龙泉守享堂，千年孝道化碑廊。
祠无俎豆寒来客，萧瑟牌亭落叶旁。

注：吐纳龙泉：明代双龙泉池。石龙左吐右纳。二泉水循环流动。牌亭：四面牌坊亭，又名无顶亭。

初春游惠山古寺

惠山古寺参天杏，灵性石庄无语言。
经幢玄藏唐代梦，莲桥显耀宋朝魂。
晨锺暮鼓幽书院，翠柏雅兰静佛门。
游客御亭仓促过，迷茫走进旧乾坤！

和梁溪散人苍松诗

倒挂悬崖觅劲松，霜凌雪埋更葱茏。
只缘一字从天命，四季长青守信中。

太湖七十二峰

湖映层峦旖旎中，丹青山楼色相融。
云霞飞渡巡吴越，泼墨髫鬌七十峰！

鼋渚春歌行

桥堤游客柳烟轻，楼榭美人弦乐声。
我乘瑶歌寻胜状，湖天一色白帆行！

书翁

少年习字一声狂，老大临池黯烛光。
魏晋帖碑无倦意，皎皎冷月照书房！

赏荷

幽深栈道芙蓉国，洗濯凡尘净植园。
斗叶碧盘珠透澈，荷花的历梗无蕃。
墨悲丝染千秋训，君爱心清万世尊。
雅洁只缘仙子骨，吴儿到此咏芳魂！

注:的历:灿烂光亮,鲜明夺目。的,鲜明,明亮。王勃曰:的历秋荷。梗,荷梗。墨悲丝染:诗出《千文》。

重阳登惠山

千林刹那正萧索,闲步登高九曲冈。
眺望湖光开玉镜,俯观峦嶂着红裳。
谁怜沼泽荷花谢?我爱岩崖野菊香!
杯溢饮霞秋气爽,传声空谷咏重阳。

注:九曲山,惠山别称。

朱月莲

内蒙古乌兰察布察右后旗人。爱好文学,喜欢写作。曾发表过多篇散文及诗篇。

五绝·向日葵畯(新韵)

沉默顶金盘,傲然野外栏。
面朝炎日照,未改笑颜欢。

五绝·荷花池(新韵)

风起彩云祥,荷池一角香。
与谁游入画,野鸟对成行。

七绝·咏银杏(新韵)

繁茂硕大植峰前,铁骨雄魂傲视天。
片片叶儿如羽扇,新生白果簇枝园。

七绝·礼赞父亲(新韵)

父亲节里兰花艳,草木菲菲万里云。
立业持家无小事,传承父爱永耕春。

七律·古榆魂

碧绿千枝古色香,风霜历尽愈辉煌。
花开鸟语山川秀,斗转星移雨露长。
傲骨如钢承岁月,贤材有德获荣光。
弘扬美誉传天下,迎客倾情献吉祥。

朱振林

中华诗词学会会员。1950年生。经十载困苦,1978年踏入大学殿堂,后,步入杏坛,耕耘春秋,建树教科。退休后,参与方志编撰,屡有论文获奖;尤钟情格律,10余次获诗词赛奖项,吟乐无穷!

七律·同学薇庭夏令联谊会感吟

朝花夕拾自堪珍,昔酒穿肠性似神。
话谊何须新趣事,鸣谦不再老狂人。
薇庭夏雨斟蕉叶,僻野秋风散玉尘。
照影池中釂饮客,龙钟醉色化童真。

七律·数字杂咏

一师当在路三丁,百十门生读五经。
二度昼宣曾落第,四书宵阅复囊萤。
七情忧喜千秋颂,六艺春秋九卿铭。
万物凋零文教永,八风归化净空青。

七律·对镜

古稀将近忘遗多,尚忆乡途脚茧磨。
鬓染沧桑销黛色,词吟疏影望鸥波。
韶年不识生花笔,暮岁焉穿织锦梭?
对镜观眸文义少,玉敲心动学弦歌。

七律·黎里双凤楼老照片展观吟

双凤栖楼画寄闲,旧观留影照家山。
乡愁岁远云遮月,酒醉时长舫泊湾。
望里春秋千墨色,闻中喟叹几红颜。
寸帧今日歌吟起,尽咏沧桑黑白间。

七律·岁杪感怀柴米人生

樵苏鱼右左嘉禾,柴米油盐屈指过。
惨醋浮生生失笑,香茶盛世世皆哦。
百重愁嶂楼观远,三老乐颜途遇多。
挂历掀开添一岁,新年福满碗和锅。

注:樵苏:採薪与取草。惨醋:气恼。

七律·樱花忆

枝间月漏化芳沦，暗雪吹香入梦频。
语诉渚云声染珥，吟生烟雨韵呼春。
千重煜熠相思旧，一寸冰清自洗新。
谁向周天酬至爱？花红陌上忆斯人。

注：渚云：云渚的倒置，指银河。花红陌上：周恩来《春日偶成》有"樱花红陌上"句。

七律·游花山

总梦花山游兴痴，春分后践愿何迟？
跳蛙声释名缘起，化石莲开佛法为。
六欲凡尘弹指去，千寻天脉踞盘垂。
翩跹一鸟传嘉信，更美西坡有凤池。

注：天脉：指天目山。吴西花山、天池山均为天目山余脉。

七律·夏至

星海无垠昱耀余，曙光云极剑锋舒。
漏遗憾意须臾梦，霆激焦心迅疾除。
藕扇生风凉可待，禳魃祭庙俎堪予。
青筠拂影荷芳散，物理顺天时有据。

2019年6月15日于姑苏

朱遵林

湖南人，网名笔名星子、星光夜色、星空白云等。爱好诗词创作。中国西域文学艺术创作协会、中国校园文学杂志社、中国诗歌网、逸飞中文网、汝城县诗词楹联协会会员。作品散见于纸刊、网络、微信平台。参加过全国性诗歌大赛，曾获二等、三等、优秀奖项。现为逸飞中文网现代诗版主。

游九龙江森林公园

浅红带热怡情美，携手山川迎夏潮。
路曲林荫凉上爽，莺歌花间听音缭。
白云驾落看峰秀，玉练飘飞到吊桥。
一颗诗心游此景，九龙合咏楚天娇。

鹧鸪天·六一感想

郴汝山风嚼字香，几吟唐宋醉三江。
仄平格律诗词宴，温润书生童趣镶。

迎六一，忆童妆，田间依梦捉迷藏。
而今走过天真路，宜把余光送夕阳。

登山赏景

群岭连绵相握手，高低押韵在山头。
路遥坑坎爬虫累，花事杨桃树叶羞。
浅看绿园春木秀，深探幽境翠楼休。
凌云一览蓝天阔，山顶人峰美品留。
群岭连绵觅尽头，雄姿跳跃驶龙舟。
溪旁流水吹箫瑟，树上扬花醉眼眸。
千里风光千里绿，一壶醇酿一壶俦。
凌云俯瞰田园小，情寄卢阳唱九州。

贺建党98周年

日出耀东方，红船梦启航。
百年心血路，雄起巨龙强。
红色染南湖，初心跃险岖。
抒情中国梦，富泰展鸿图。

夏夜

远近黄昏罩，余辉落往常。
黛山沉暮野，曲水入穹苍。
月夜星光美，流萤树影凉。
佳人刚睡下，幽梦在梳妆。

祝成润

1935年6月生，浙江兰溪人。原系电力工业部华东勘测设计研究院高级工程师。现为中华诗词学会、浙江省诗词与楹联学会会员及浙江省之江诗社会员等。有《诗书琐语》《承恩堂诗词钞》《承恩堂作品集》等著作。

湘湖风韵稠

寻幽探胜问渔樵，如数家珍故事聊。

万顷澄波涵雅丽，千秋风月注杭萧。
山明水秀怀吴越，瑰景多娇竟折腰。
西子湘湖相比美，钱塘南北涌春潮。

伟大祖国颂

悠久纪元民自豪，内忧外患抗狂涛。
与时俱进宏图展，开拓创新掀浪滔。
科技航天丰硕果，文明星火德崇高。
巨龙腾起东方屹，民族振兴追梦操。

建党98周年

金徽闪耀党旗红，瑞象升腾岁景隆。
迈步康庄追国梦，攻坚致富注贤功。
肃贪惩腐清廉政，从善安民励尽忠。
牢记初心行使命，神州崛起乘东风。

新中国70华诞颂

频传捷报震天涯，喜庆红旗映彩霞。
摸石过河方有鉴，与时俱进绽奇葩。
陆驰高铁纵横布，航母飞船举世夸。
觉醒雄狮腾跃起，东方屹立我中华。

祝嗣臣

1976年生于黑龙江省依安县，黑龙江省坤健农业股份有限公司董事长兼总经理。齐齐哈尔市作家协会会员，依安县作协理事。经商之余，对文学创作情有独钟，时有作品在报刊发表。

立秋

夏末连秋暑未禁，野陌方田翠屏深。
低飞彩蝶迷离影，惬意鸣蝉婉转音。
稻菽扬花诗引穗，梨桃着色日涂金。
农家更有桃源梦，涤荡风光自在心。

清平乐·雨

雨丝飘渺，欲把心情表。忽觉初伏诗意少，拙笔何时成稿。

人生似水流殇，淡看悲喜皆忘。既在凡间小住，何妨五味全尝？

清平乐·江湖行

惧争长短，终必心肠软。消得更深人辗转，落笔犹怕肤浅。

勿入江湖尚晚，无为即知凶险。醒者无欲自清，化与灰尽与谁争。

鹧鸪天·近中年

顿悟人生是局棋，否极泰来有天机。炎凉几度心犹热，成败无常梦不虚。

知爱少，勿情急，胸中有度化难题。起伏跌宕谁堪得？甘苦萦肠方自知。

鹧鸪天·京中遇老友

辗转奔波又一程，相逢月在故乡明。山高不能穷双目，人外有人僧后僧。

心淡泊，耳常明，休言江湖少侠情。世间风雨多变换，近交远结路坦行。

祝嗣友

1976年生于黑龙江省依安县，依安县作协理事，有1200多篇诗歌、散文诗、教育小记、小小说、杂记等在《中国诗人》《散文百家》《诗刊》《北大荒日报》《班主任之友》《人民教育》等报刊上发表，于2004年出版诗集《跪拜季节》，2016年出版散文集《三更有梦书当枕》。作品《好个一清秋》收录于《北大荒作家散文百篇》，多篇诗歌收录于《北大荒新作选》。

桃花

未现桃花不觉春，等闲一睹便低吟。
君何急伴东风去，转瞬芳芬无处寻。

夏韵

塘池半亩满塘荷,玉女浣纱踏碧波。
蛙鼓蝉鸣惊午梦,蜂儿报蕊酿情歌。

冬声

银花飘散九霄重,无限风光祥气升。
瑞雪频吹酣畅笔,云天万里绽芙蓉。

鹧鸪天·夏闲

醉意诗词曲赋间,温馨博古忆红颜。巧编尘世心中梦,闲访山川谷底烟。

填古韵,撰诗篇。品茶篱院著心欢。有生执笔江湖路,无悔流年云水天。

鹧鸪天·饮醉

忧解愁消数杜康,琼浆玉液世无双。诗仙一斗百篇赋,草圣三杯肆意狂。

寻李杜,舍行囊。举樽聊作少年郎。吟风弄月平常事,对酒当歌邀四方。

祝相顺

笔名温馨,女,汉族,吉林省松原市人,中共党员,高级教师,中华诗词学会会员,中华诗词研究中心暨中国诗词研究会会员,松原市作家协会会员,宁江区作家协会会员,扶余市作家协会会员,黑土文学社社员。酷爱文学,特别是古诗词,作品数百首,作品获得过各种奖项。诗词散见于《中国诗词月刊》《诗词月刊》《松原诗词选》《松原文艺精选》《松花江》《夫余国》《哈达山》《佰都讷》《黑土地》《松原日报》等全国各大刊物。

七律·梨花颂

东风巧剪白罗裳,五出琼花吐淡香。
典雅玲珑如玉塑,晶莹剔透似冰镶。
清高不慕参苓贵,极富应知桑梓强。
放眼江山追梦想,植根泥土爱无疆。

沁园春·国庆抒怀

彩旗飘扬,鞭炮齐鸣,瑞气满堂。望江山壮丽,人谐财旺;乾坤浩荡,国富民强。玉宇生辉,山河隽永。科技创新谱华章。民同庆,更感恩盛世,祈祷安祥。

此时美酒飘香,庆佳节欣然举酒觞。愿亲朋康健,财源广进,城乡商贾,大业奔翔。虎跃龙腾,凯歌响亮,万紫千红奔小康。齐欢唱,望金猪纳福,兴国安邦!

鹧鸪天·查干湖风情

天暗云绵不见明。相约圣水卅年情。同舟共济团结紧,携手并肩互助行。

吃鱼宴,赏湖亭。踏歌游览醉欢程。心花曼舞温馨日,笑对人生百业兴。

浪淘沙·金碑龙兴

风起水悠悠,金祖筹谋,择良境得胜咽喉。猎猎义旗惊敌寇,兵举涞流,誓报女真仇。狮虎争收,狼烟滚滚颂碑留。功赫名垂堪耸立,万古千秋。

鹧鸪天·塔虎城风云

血浸黄沙染碧天,当年鏖战瓮城前。征鸿嘹唳烟尘冷,战马长嘶鼓角寒。

阴霾荡,见桑田,葳蕤稻谷挡颓垣。平畴沃野翻金浪,国泰民强慰圣贤。

卜算子·孝庄赞

再视孝庄妃,仰慕油然起。满汉联姻定远谋,感悟生平史。

姿艳且娇柔,智慧群芳佩。敬祖尊亲万代传,固国安邦美。

玉楼春·查干湖

— 1705 —

葳蕤芳草牛羊壮。蒲苇轻浮鱼戏浪。
睡莲荷蕊绽芳容，欣候君临心荡漾。
　　幸游渔猎鸥欢畅。对岸敖包迎客访。
诗朋邀酒品鱼鲜，醉唱牧歌鸣远旷。

鹧鸪天·草原情思
　　一碧无垠骏马翔，风吹草动见牛羊。
玉壶倾酒金钟满。银管挥弦牧笛扬。
　　哈达美，意深长。欢歌笑语醉鸳鸯。
寄情鸿雁传心语，祁盼花红百业强。

庄辉
　　广东化州市人，2016年公务员退休。现为中国诗歌学会会员，中华诗词学会会员，广东楹联学会会员，广东省书协会员，茂名市作协会员，茂名市诗词楹联学会会员。《52诗词文社》执行主编，《中国现代诗歌诗刊》编委，《东方文学》顾问。诗文见于《茂名日报》《茂名晚报》《澳门市民日报》《诗词报》《中华诗词》《诗刊》《诗词百家》诗词月刊》《参花》《长江诗歌》《大西北诗人》《中国好诗》《中国现代诗歌诗刊》《诗世界》《风沙诗刊》等纸刊及10多个微刊。入编《当代文学先锋人物大典》《中华诗词百家》《新时代诗词百家》等画册。

游荷塘
　　澄湖摇荡濯清莲，一柄撑开绿伞悬。
蝶影蜻蜓萦丽水，花魂枝脉抹红胭。
轻舟载我惊飞鸟，巧手弹弓弄噪蝉。
荷韵溶溶迷乱眼，雷声隐隐勿流连。

夏雨初霁
　　雨霁云开日照红，飞花溅落隐芳踪。
蛙鸣煽起蛩声和，蝉噪揉来燕语从。
举步长堤舒困乏，转身旷野觅葱茏。
浑成天籁淋漓奏，醉了斜阳醉夏风。

柳絮
　　恰是阴晴暮霭天，一湖翠柳正凝烟。
有心醉舞随风起，无意奢寻枕树眠。
淡雅焉能招蝶爱，卑微岂可妒花妍？
纵然前路茫茫去，含笑飘摇年又年。

夏莲
　　桃有新闻杏出墙，芙蓉自古倚红妆。
身居污沼亭亭立，叶漾清风淡淡香。
锦鲤摇波留倩影，蜻蜓读蕊醉斜阳。
难违天命秋颜老，犹有莲心药里藏。

端午
　　鼓点频催角逐忙，江河湖岸卷疯狂。
庸知今日龙舟事，乃吊当年屈子殇。
载恨奸臣填义愤，沉身汨水表忠良。
流金岁月离骚颂，一代诗雄万古香。

立夏
　　攒聚红芳滴翠全，风衔热力雨凝烟。
蝉声携得三春色，步入江南五月天。

雨夜寄友
　　谣动心湖万缕情，枕边遥寄嘱前程。
人生风雨何须惧？挽住光阴总有成。

芒种
　　携来酷热舞当空，收敛狂奢踱懒慵。
窗外田园翻绿浪，蝉声唱彻夏粮丰。

雨后清晨
　　几阵蝉鸣唱树幽，村前燕蝶戏亭楼。
小溪涨动蛙声急，一摆残花逐水流。

夏日晚景
　　柳曳长堤日欲眠，蝉声刺破一湖天。
蜂邀粉蝶双双舞，疑是春深驻眼前。

夏至即景

节令催农拾地忙,野原极目显微黄。
今年好景谁来约?一任天公论短长。

小暑寄怀

热浪牵连力不疲,惊雷猛雨又相随。
天公可解凡尘苦?体恤黎民慈与悲。

大暑听蝉

蒸腾热气似薰烧,万物生灵静未嚣。
唯有蝉鸣声更噪,莫非泣诉水来浇?

苏幕遮·连日阴雨(词林正韵第四部)

　　转清凉,消酷暑。云幕低垂,几度天公怒。四野濛濛连日雨。蜷伏成眠,慵懒挪移步。
　　忽闻蝉,鸣霭暮。依旧倾情,唱彻窗前树。恍悟阴晴皆有数。思挽无心,期盼阳光吐。

小重山·雨后荷塘
(岳飞体,词林正韵第五部)

　　雨后新荷羞涩开。罗裙浮玉镜,托香腮。凌波驾雾下凡来。生丽质,圣洁蕴幽怀。
　　蜂蝶恋红钗。双双施绝技,态诙谐。池塘寻侣费疑猜。风乍起,叶浪一排排。

庄稼鸿

　　笔名意意思思而已,中华诗词学会会员,福建省楹联学会会员,贵峰诗社顾问。主业教书育人,闲时写诗。无成名成家之意,聊以自娱也。

游石室岩

　　辟地开天始,不知夏或冬。
涧险通沧海,山灵育小龙。
得遇穿云月,曾辞许愿榕。
行来无所悟,卧石静听松。

大暑闲吟

大暑逢时至,问君何处藏。
田中思透雨,室外赛蒸箱。
可煮乌梅水,宜熬绿豆汤。
尤需收意马,心静自然凉。

半壑楼

且趁天晴好,听风半壑楼。
青山轻入梦,秀色渐盈眸。
月近怀人远,垣残惹客愁。
呢喃檐下燕,犹自诉春秋。

小女西安研学小结

书籍随身带,西安做学生。
探研秦历史,体验陕风情。
知识留心记,砚田致力耕。
今朝开眼界,且待启鹏程。

清水岩访禅

古道通天去,湖山荐我来。
倚栏清风绕,招手野云回。
造化随心境,须弥隐芥苔。
凡身经法雨,檀越亦无埃。

黄鹤楼

极目云天阔,江平气宇雄。
楼前舞黄鹤,座上起清风。
欲赋佳词少,初愁浅盏空。
搜肠吟一曲,聊作敬诗翁。

咏松

乾坤灵气聚,孕出咬崖松。
遇雨才生角,迎风便化龙。

常披霞一领，岂惧雾千重。
虎鼠横当道，无非试剑锋。

咏莲
誉起敦颐赋，身轻不染埃。
风来邀鲤跃，日起唤云回。
俗事无需问，初心不必猜。
翩然一蜓至，应是采诗来。

庄友明

集美大学退休教授。笔名（网名）听天由命，诗词爱好者。平时喜欢在各诗群与吟友交流，应景练写格律诗词。在诗词吾爱网碑有自己的空间，自娱自乐。

七律·咏竹
默默谦生不显华，游人路过少评夸。
铿锵有力攀高节，朴素虚心拒长花，
笔写春秋传万代，简承文化献千家。
仰观翠体通天直，盼望苍穹赐彩霞。

鹧鸪天·赞袁隆平院士
朴实无华品德红，慈祥睿智态如松。
一生研稻成星斗，两鬓沾霜建伟功。
排万障，涉孤峰。迎来亩产续年丰。
如今盛世餐粮足，不忘隆平心血溶。

五绝·看夕阳
倚窗看夕阳，老伴凑身旁。
霞染一金蛋，情温四鬓霜。

卜算子·咏酒
琼液沁心扉，自古芬芳味。活血舒筋解百愁，从未分贫贵。
酝酿几千年，润泽全人类，恋尽英雄无数回，鬼泣神仙醉。

清平乐·说诗群
诗群几处，老友新朋聚。平仄声中寻韵趣，总爱骚坛漫步。
百花竞放参差，却能一派生机。姹紫嫣红春旺，招蜂惹蝶痴迷。

七绝·春宵雷雨
春雷伴雨近窗鸣，夜里孤衾半睡惊。
顾念东街花满地，明晨上学路难行。

七律·学诗
诗词学步两年前，平仄蹒跚韵律边。
欲念催生灵感起，激情遭遇自尊缠。
常持苦恼寻佳句，偶有清心得妙联。
本是凡身庸俗气，偏追骚客比超然。

滋润

男，大学文化，经商。1969年出生于湖南省涟源市杨市镇，热爱古体诗词文学，现为广州市湖南灯光商会会员，喜欢音乐与哲学。

五律·月光曲(画心)
夜色入星空，迷云弄月中。
清幽山水画，天地可交融。
对酒当歌舞，飘悠曲径同。
无由知己醉，乐笛韵随风。

五绝·同相照(邻居)
居住近欢邻，平常与朴真。
知交怀共济，胜似一家亲！

天净沙·乡恋(亲切)
青山溪水村庄。老牛田野风光。小狗鸡群夕阳。悠闲赏望。自然亲好家乡。

五绝·金明池(雨荷)

雨洒浴花青，风骚傲尔馨。
疏狂图醉舞，雅逸露清灵。

七律·望星空（遐想）

夜空如洗荡轻烟，碧水长流远接天。
山色朦胧斜照影，星光灿烂了无眠。
乘风雅逸飞花舞，浮想联翩欲似仙。
即兴载歌邀得月，畅怀饮酒白云边。

五绝·燕儿归（迟到）

月挂照清新，乡村静抱真。
半寒车响应，家暖夜归人！

七绝·荷塘月色（融洽）

碧波荡漾醉羞花，风采清新逸韵华。
月色水融柔和美，鱼亲莲叶洽欢嘉。

西江月·夜放浪（浪漫）

皓月当空明亮，微风清水波浪。蝉鸣夜半蛙叫爽，一派流连景象。
情迷灯火阑珊，醉听歌声悠扬。快乐洋溢在身旁，幸福到处荡漾。

五绝·萤火虫（热恋）

夜晚风轻吹，流萤浪漫飞。
痴情欢度引，点亮爱光辉！

子皿

五绝·秋蝉

本预唱晴天，谁知水底渊。
翅膀筋骨断，惨死岸堤边。

五绝·花丛美人娇

美艳花丛中，白纱素雅琼。
行蹲空对日，沐浴太阳红。

五绝·心言

心宽无怨恨，地阔福华衬。
万物共升平，寰宇中华振。

七绝·水柳情

清清水育木桩鲜，簇簇新芽绿柳欢，
谁诉人间无仙境，奇石瀑布共休闲。

七绝·回迁有感（上平一东）

百姓三年寻美梦，情怀四季忍寒风。
今观大厦阳光灿，万盏星灯谢月宫。

子鱼

河北省唐山市人，机关职员，情给了诗多情的眼睛，诗赋予情鲜活的生命。

七绝·春风邀月叩书房（辘轳体）

（一）
春风邀月叩书房，半掩柴门树影长。
篱畔樱桃情脉脉，几枝香蕊探东墙。

（二）
紫燕清眠话夜凉，春风邀月叩书房。
一杯浊酒三分醉，半阙诗文入绣囊。

（三）
牵牛郁郁乱篱蔷，倦鸟林梢意杳茫。
茶暖灯昏人欲睡，春风邀月叩书房。

蒲公英

东君抚过染青黄，雨打霜欺沐暖阳。
来日凋零不寂寞，撑开小伞去飞翔。

雨（新韵）

云飞风起树扬帆，叶曳花摧自枉然。
淫雨一番狂虐处，破了蛛网误了蝉。

少年游

沙鸥倦憩柳丝垂。暮霭笼残晖。孤帆一片,清眸望断,徒作雨霏霏。

愁肠百转催鬓雪,憔悴染娥眉。勿笑痴癫,梦深更浅,人去乱红飞。

声声慢

花灯孤照,风舞霜桐,一弯冷月谁邀。乱云难觅归处,苦度清宵。恍惚梦牵谁手,沐长风、飞雪横箫。怅惋处、唱寒蝉凄切,夜雨芭蕉。

一段愁肠谁诉,晓镜里、疏眉倦眼难描。冷落几多痴念,岁月如刀。花常艳东水返,怕人知、心比天高。欲消散、半生悲欢事,水酒千瓢。

定风波

岁岁年年几日闲,渐宽衣袖惹人怜。冷月清辉人难寐。憔悴。暗殇垂泪泪空弹。

懒在镜前留倦色。不惑。韶华飞度渺如烟。长忆少时遥似梦。懵懂。谓为云朵住神仙。

忆秦娥

清宵半。梧桐疏影残云乱。残云乱。飞星怅恋,此生魂断。

清欢难觅何曾怨。西沉淡月催人倦。催人倦。殇消眉畔,愁随风远。

浣溪沙

杏李喧妍意未消。草花素蕊染春袍。东君拂煦惹春潮。

晚日梢头催倦鸟。佳人陌上唱归谣。纤纤丝柳傍溪桥。

邹积慧

吉林省农安县人。中国作家协会会员,中华诗词学会常务理事。在《人民日报》《诗刊》《中华诗词》《黑龙江日报》《北方文学》《诗潮》《长白山诗词》等报刊发表诗词1000余首,出版诗词集《北大荒吟草》等6部。

七绝·北大荒纪念馆感怀

当年一帜补天襟,大野秋风十万人。
尽染征衣千顷绿,戍边屯垦壮军魂。

七绝·航化作业

浑如彩笔倚晴霄,一绘金秋万里豪。
最喜飞喷甘露水,画中涨落太阳潮。

七绝·三江平原湿地

百里氤氲意态雄,芦花鸟语乱天风。
千般旖旎撩胸臆,诗兴翻腾一鹤冲。

七绝·秋日稻海

浪翻百里荡俗尘,香阵冲天欲醉人。
饱摄太阳金色彩,秋来遍野火烧云。

七绝·松花江

大江迤逦钓流云,一路喧嚣万马奔。
掠岸惊涛犹卷雪,铜琶铁板唱雄浑。

七绝·太阳岛

青螺小岛大江边,旖旎风光映碧澜。
最是太阳居此地,日升日落总情牵。

七绝·冰雪大世界

桂殿琼楼接远空,造型百态各玲珑。
霓灯直欲迷人眼,身在瑶台第几重?

七绝·镜泊湖

耕波犁浪好风吹,碧玉青罗醉四围。

我赏平湖寻妙句，吟鞭飞舞浪花追。

邹其霖

癸巳年生于湖南双峰县荷叶镇，系中华诗词学会会员，长期在湖南省文联任报刊编辑，已发表作品达320万字。现任荷叶诗协会长（荷叶镇已授予中华诗词之乡）。

水调歌头·破雾前航
庆祝中华人民共和国建国70周年

破雾旭阳出，雄狮吼狂飙。抛开百载贫病，抖擞脱尘嚣。兰考焦桐繁茂，楚域雷锋毅魄，典范树高标。喋血先驱义，四海乐闻韶。

国之泰，民之幸，阅今朝。中枢策划，掌舵启航志自豪。霄汉飞船揽月，高铁驭风万里，旗耀五星飘。民族复兴日，竞悦九州娇。

临江仙·庆祝中华人民
共和国建国70周年

万里东风舒日丽，千家燕语莺翔。年丰人寿颂城乡。同心国盛，励志慨而慷。天下归心兴伟业，中华崛起东方。畅通高铁耀强邦。飞船频揽月，航母镇寰洋。

丝路筹谋连广宇，中枢妙手文章。长风破浪启新航。九天开景运，民族复兴昌。卧浪长虹连港澳，江山指点辉煌。蛟龙探海贝珍藏。真经倡实干，严纪正朝纲。

花甲抒怀

匆匆花甲不平年，感慨红尘累万千。
撰述有情凭肝胆，问心无愧对苍天。
荣枯悄寄浮云牧，名利空惊过眼烟。
雪雨冰霜皆品味，襟怀坦荡肇心宽。

风催白发惊回首，雨打青萍卷旧尘。
百朵红莲开幻相，半窗星斗漾怡琴。
九天日月轮朝暮，万卷诗书鉴古今。
江水滔滔东逝影，韶华一晃六旬春。

注：也说新晃奇案。

当今全国扫黑除恶，破获了湖南新晃一中操场埋尸16年的特大冤案，举国震惊。

千古奇冤新晃暗，遮天黑手虎为伥。
虫龙伴雨归黉苑，鹿马随人指庙堂。
仗义孤贞遭暗算，沉冤六月布寒霜。
逍遥魍魉终诛讨，白骨森森见昊阳！

【南中吕】驻马听·夏至赏莲

碧水盈湖，欲说还羞玉盏舒。天孙作主，仙子明躯，璀璨紫壶。微尘物外见真如，珍图太极灵相驻。南海慈航，莲台钟意施惠雨。

【正宫】小梁州·荷塘赏景

云收雨霁耀霞辉，畅展裙围，金鳞戏浪彩翎飞。芳暑夏，气正亮舒眉。

（换头）国色岂因花富贵，守寒乡，玉袖举杯。珠露碎，影无悔，天香谲诡，傲骨擎天翠。

【仙吕】寄生草·新晃操场埋尸案

千古纪奇冤，杀人不用刀。逍遥的权贵策谋真霸道，本真的正直背锅逢黑罩，腐恶的心肝钱权勾结早。操场往返的脚步万千千，载歌载舞谁将冤案料。校长精卖鬼，日日红旗飘。逢场作戏运作堪称妙，光天化日台前演讲多高调，阴阳活用平步青云设圈套。中央扫黑利剑已高悬，沉冤昭雪鬼蜮谁能跑。

邹青姣

笔名阿娇,江西人。家庭主妇。从小酷爱诗词,作品曾刊登各网络平台。

夜思
月行移竹影,秋气破荷衣。
蛩语声嘶竭,辞堂不见归。

七夕思母
夜半又思亲,掀帘好几巡。
回眸灯下暗,梦里尽天伦。

追思
三番梦里把娘寻,不见慈容不见音。
任我呼她千百遍,奈何空费女儿心。

祭亲
月挂高空照我身,凄风卷纸化烟尘。
谁能识得黄泉路,可寄香钱慰二亲。

烈日新秋
忍看农桑写此诗,风摇叶律雨无期。
频频枉费摩肩苦,一半干枯一半垂。

暮春
古木参差系短篷,姑苏城外晚来风。
霏霏细雨梨花瘦,袅袅轻烟燕羽丰。
杨柳岸,石桥东,一蓑烟雨一溪翁。
吟来不觉愁云起,笔底嗟呀惜落红。

浣溪沙·七夕感秋
阵阵风来荷渐残,双眸及处水云间,闲庭叶落逐鸣蝉。
夏去秋来无可拒,花开花谢总循环,谁怜短暂鹊桥欢。

钗头凤·醉赋红尘
情将撤,缘难灭。一腔愁绪何从泄。
红尘渡,辛酸处,倚栏孤影,抬头频顾。
路!路!路!
心如雪,眸含澈,冷风帘卷寒宫缺。
悲秋诉,初衷付,真情似水,醉诗狂赋。
怒!怒!怒!

邹世鸿

重庆璧山人,系重庆诗词学会理事,璧山区诗词学会秘书长,璧山区楹联学会副会长兼秘书长。作品散见于各地刊物及电子刊物。

离校
累积书笺过一挑,随翻乱本偶头摇。
轻推桌椅尘埃迹,拂袖眉间汗水撩。
共伴三年情感盛,离分两日友朋遥。
从今各闯天涯路,莫忘何人刻坐标。

游大路蔬菜基地有感
大路果蔬名远传,渝西名片誉超先。
南瓜斗大藤中挂,玉米尺长杆上鲜。
紫色辣椒游客赞,青青芹菜半坡蜒。
睡莲朵朵冲天笑,修竹盈盈碧绿编。

游青龙湖有感
碧水清清璧北流,群山环抱景常幽。
相传洞里青龙卧,众看湖中鲤鲫游。
影驻堤边生想象,心随细浪意难留。
太平盛世民之幸,梦境成真再展喉。

到大路乡间游览有记
新村新气象,故土故乡人。
熟悉田间路,心知岭上春。
南瓜藤外壮,姜豆架中匀。
纵目秧禾茂,神同碧绿亲。

游大路

清风作伴雨丝连，约友邀朋戏雾烟。
三担湖边亲碧水，健康城里看花鲜。
同将美景诗中嵌，共话浮云词韵编。
满目青葱难绘意，心随珠露逐流泉。

颂新中国成立 70 周年

推翻专制扫欺凌，鲜艳红旗冉冉升。
举起钢枪强盗赶，挣来地位巨人承。
清除旧弊国门敞，重立新规世界称。
科技飞天环宇傲，蛟龙入海破坚冰。

千秋岁·颂新中国成立 70 年

神州呐喊，华夏初颜换。城阙上，伟人表。崭新中国现。云动红旗漫，齐翘盼，当家作主精神变。

改革春风暖，飞跃农家院。除病害，修塘堰，村村公路远。文化基层荐，山绿满，脱贫致富由衷赞。

邹添锦

男，中共党员。1970 年至 1976 年在上海空四军服役。退役后，相继在学校和企业工作。中华诗词学会会员，江西省诗词学会会员，江西省散曲社社员，景德镇诗联会会员，乐平市诗词学会会员，乐平市作家协会会员。常有作品在报刊、诗刊、微刊发表。

沁园春·三清山

捷步登临，纵览奇观，万象竞灵。见危岩箭立，怒冲霄汉；险峰戟矗，欲破天庭。幽谷霞腾，悬崖松劲，悦耳涛声西海听。经行处，伴萧萧木叶，百鸟歌聆。

游人到此心倾。旋栈道、凌云犹燕轻。望云山汹涌，团团簇锦，雾涛澎拜，朵朵飘萍。略展诗书，纷呈画意，旖旎风光款款迎。惊豪景，料天公神就，尽赋三清。

沁园春·庐山西海

群峦连绵，似扇如屏，满目葱茏。渐朝阳冉冉，雾开水镜；彤云熠熠，霞敛山峰。洗砚池香，桃花岛俏，浪漫桥悬如彩虹。黄荆洞，把仙凡演绎，情境相融。

温泉浴者纷从。女神馆、犹闻脂粉浓。听经声朗朗，禅林暮鼓；磬音袅袅，古刹晨钟。千岛星呈，万波潋滟，一鉴舟驰图画中。欣四顾，叹湖光山色，傲气横空。

沁园春·雪梅

皓地琼天，剔透晶莹，雪焕八荒。望层峦迭嶂，披鳞盖甲；近河远浦，攒玉凝汤。山兽无踪，林禽匿迹，裂竹之声悦耳扬。罡风劲，掠冰弦丝柳，响珮叮当。

泠泠一缕幽香，有蓓蕾嫣然雪里芳。任凄寒料峭，欹枝抖擞；无言肃气，着意春光。一剪寒梅，频吹号角，万紫千红指日昌。真明媚，迓春回大地，锦绣新装。

凤凰台上忆吹箫·文山怪石林

霞舞霓裳，秀峰摘彩，怪岩林立云丘。似浪花汹涌，帆挂桅头。犹如银河泻玉，千斛列、分外迷眸。嶙峋处、疏枝弄日，劲蔓盘虬。

幽幽，覆英曲径，渐野葶纷呈，绮丽香浮。又物华盈嶂，高巚飞流。摇曳丹枫如帜，风飒飒、林鸟争讴。文山俏，骄娆并存，画笔难酬。

蝶恋花·咏梅

雨霁山青春蕾哄。喜鹊登梅，百卉皆萌动。岭上梅花经雪奉。锦枝绣蕊骚姿弄。

玉骨冰心情与共。引领群芳，璀璨犹

金凤。一缕幽香欣暗送。恁般高洁堪吟颂。

满江红·再见历居山

岁月飞梭,五十载、蹒跚老步。今回首、火红年代,满怀情愫。沐雨栉风霜与雪,披星戴月朝还暮。一腔血,澎湃几春秋,丹心赋。

留恋地,曾落户;暌违久,欣奔赴。听乡音亲切,执手倾诉。苦垦蛮荒无不及,辛栽嘉木何从数。望葱茏,翠掩几重山,参天树。

蝶恋花·阳山岗

山径蜿蜒枝泫露。满目青葱,百鸟啾何树?银杏千年风雨伫。丹枫百载云霄怒。

凛凛古松还破雾。叠涧飞珠,竹韵悠扬诉。蝶舞蜂讴香入户。游人接踵登高处。

行香子·踏青

晨起巡郊,纵览春光。着意闹,桃李争芳。溪清草翠,云彩曦煌。有竹丝袅,篱丝乱,柳丝缰。

敷茵阡陌,扶苏村寨,动心弦,沃野牛吭。躬耕负轭,犁粗泥香。惹蝶儿翩,鹭儿蹈,鹊儿翔。

邹五星

男,笔名瘦鹤,湖北监利人。曾任小学教师、校长。上世纪九十年代开始发表小说、散文、诗歌、童话等作品。荆州诗词学会会员,监利诗词学会理事。现在金澳物流(湖北)有限公司监利油库工作。

七律·长江

丽日高照百花香,滚滚长江好风光。
渔夫上下撒网疾,货船来往运输忙。
良田灌溉夺丰收,电站排水显辉煌。
保护长江责任大,子孙后代福荫长。

七绝·送爱妻赴潜江学习有感

(一)
金鸡报晓晨熙露,脚踏寒霜雾绕头。
巾帼不输男子志,学精本领展鸿猷。

(二)
妻子潜江去取经,专心致志艺尤精。
家中事物何须念,一切当该我应承。

五律·雪

昨夜寒风紧,今晨地换装。
兔狐无影迹,鸟雀尽潜藏。
瘦水显文静,群山若粉墙。
脱衣三小子,砸雪不知寒。

蝶恋花·相思

独伴孤灯鸡报晓,醉眼朦胧,疑是佳人到。望断青山人亦老,相思太苦何时了?

院角桃花红更俏,彩蝶双飞,互把衷肠表。只叹自身能力小,痴情入骨无相报。

【中吕】山坡羊·颂长江

渔歌嘹亮,烟波浩荡,长江万里埋宝藏。大鲟顽,胖豚憨,蟹肥鱼美鼋鼍壮。燕舞莺歌花怒放。家,福祉长,国,永盛昌。

邹章义

原籍江西,现住珠海,余酷爱"爬格",尤喜唐诗宋词及舞台文艺。自幼至今习撰了诗文 900 余首(篇);舞台曲艺、歌词、小品等作品若干。部分发表于省、市及国家级刊物。现为中国诗歌网会员、珠海市文联会员,曼殊诗社理事,市诗词楹联协会会员。部分格律诗、散文诗曾在《当代优秀作家精品选》《心灵诗者》《诗词月刊》《贵州作家网作品精选》《中国诗歌大观365 人诗选》《当代诗人词家作品汇编》等上发表。现为《诗词中国》会员,散文诗《小桥》获 2015 年度新诗歌铜奖。《西湖畅想曲》《墨趣》《恬居》入选《中国时代文艺名家代表作典籍》。

七律·谒成都杜甫草堂

浣溪洇润散清幽,花树绕庭雅逸留。
圣哲虚怀歌百姓,古贤泪沥系民忧。
乾坤笔底波澜涌,广厦庇寒夙愿稠。
酒肉朱门空一瞬,惊风茅屋著千秋。

七律·龙溪山庄午餐戏题

穿林越岭过田庄,风景迂然幽谷藏。
一带清溪鱼戏水,数株古树鸟鸣廊。
砂锅煮沸原生蔌,炭火燃炊野味汤。
饱嚼还贪杯几许,延津腹内嘴留香。

赋得不是清高不诗人
(一)七律

立身素以礼为基,雨打风侵忍作痴。
富贵虽由天意定,清高应是自情遗。
生香笔墨常相伴,眩目烟花且莫随。
纵使卷怀多少事,付于流水复何疑。

(二)七绝

一纸平平一管空,全由自主自吟风。
卿君不解文章事,得句岂和得吏同?

七律·港珠澳大桥通车

天下何桥胜此桥?乾坤横贯带悬腰。
伶仃洋里欢波涌,绿岛洲中玉曲飘。
三地逶巡闻鸟语,湾区咫尺听江潮。
匆匆过往人车处,惊起闲鸥上碧霄。

七律·古稀逾越自咏

古稀逾越又经年,日耍棋琴夜抱拳。
晴雨风霜窗外事,炎凉得失枕中烟。
何妨老骨碍人眼,总有小庐由我眠。
酒胆苍心能对月,通宵畅饮不需钱。

五律·夜起随吟

惊梦披衣起,推窗夜正阑。
月残风曳冷,人静露初寒。
酒醒无眠绪,神清有雅欢。
良宵为暂借,还汝玉轮盘。

七律·珠海凤凰山长南古迳印象

飞龙宛若恋山巅,洒落金鳞万缕烟。
翠竹作巢栖望鹤,悦池为镜照鸣蝉。
深林何处寻芳迹,曲迳当年走俊贤。
古柏枝头闻鸟语,声声对客说从前。

祖家声

1949 年出生,安徽庐江县人。退休前在县教育局工作。现为中华诗词学会会员,合肥市诗词学会理事,庐江县诗词楹联学会副会长。近十年有 280 余首律绝散见于《中华诗词》《东坡赤壁诗词》《诗词》《当代诗词》《长白山诗词》《庐江诗词》等刊物,著有诗集《云踪鹤集》,集诗 320 首。

七绝·三月茶乡行

三月访茶奔马山,家家铁锁扣门环。
顺从翁媪群峰望,全泡云涛碧浪间。

七绝·黄陂春韵
细雨揉波碧翠浮，三千绿柳拂芳衢。
新荷竞角怡春韵，十万人家醉画图。

七绝·天山天地
登上瑶池天几重，未沾清碧醉氤氲。
不疑王母无期寿，浣影俨然脱俗人。

七绝·苗寨风情
米酒迎门倾角觥，芦笙伴鼓溢情肠。
榴裙牵手邀歌舞，吊脚楼尝野味香。

七绝·皖南秋韵
楼榭亭台浮瑞霭，红枫染瀑壁涂橙。
江南一幅丹青卷，多是烟云水画成。

七绝·黄州赤壁
凌空好咏大江流，铁板铜琶韵未休。
得浴仙风占豪气，黄州今古立鳌头。

七绝·岱鳌幽境
叠嶂重峦锁碧烟，嵯峨庙宇倚云悬。
由它山外喧嚣甚，泉自幽潺鸟自闲。

七绝·神龙架
翠翳云封隔世烟，巉崖绝壑易藏猿。
初开情窦纯真女，半敞幽怀半寐眠。

左笔
　　湖南省诗词协会会员，溆浦涉江诗词协会秘书长。从事文字工作，偶有作品发表。

玉楼春
气值立秋炎未减，尚觉微风轻拂脸。
杨柳依旧绿成荫，却有几分尘色染。
莫说长晴谁可斩，借得乌云驰电闪。
巴山应是恨无期，夜雨来时三五点。

登龙泉寺
山寺闻名借古泉，从来不望坐成仙。
浮生有病由他去，苦海无涯任自颠。
击磬清音伴昏晓，撞钟浑韵动坤乾。
灵犀通意痴如梦，蛱蝶穿花恨似烟。

暑日
长长夏日懒蝉鸣，一曲才来一曲平。
大道白烟疏影炙，小河青面竹篙横。
炎凉看惯随风雨，缓急听之任晦明。
欲借老天传字信，苍生何必太痴晴。

无题
且将辛苦胜从来，莫问浮生该不该。
岁月无机知厚重，几程风雨懒疑猜。

立夏感怀
多雨江南节序新，少经暑气似深春。
榴花才点朱红嘴，笋竹已修青翠身。
日月轮回终有秩，年庚持继总无循。
朱门蓬户何堪寄，长作逍遥过路人。

端阳怀屈子
举国端阳楚国悲，离骚唱罢柳垂眉。
风声细细摇旌帜，鼓点频频撼岌巍。
一代昏君囚下死，万朝贤士域中衰。
可怜今日成佳节，庙乐犹兴矢志遗。

临江仙·夜雨
　　长夜无眠听落雨，初更直到深更。谁言细雨总无声？沙沙频入耳，答答似传情。
　　年岁经来何所有，世间多少虚名。漫如冷雨打浮萍。遥遥离故土，寂寂了平生。

左继明

男,38岁,承德市兴隆县人。网名大道未央,又自号四平室旧主。爱好古典文学及近体诗词。与挚友草创长城诗社、澈河文学社,题咏酬答以自娱。作品散见《兴隆周迅》《兴隆诗选》等刊物。

七绝·春雨

细雨和风步履迟,绣成绿毯绘柔枝。
一朝洗尽千山垢,春水新桃两看痴。

七绝·夏雨

一川璞玉不须雕,满目葱葱难绘描?
我爱青山新雨后,青山爱我赋逍遥。

七绝·霜叶

不争春色不悲秋,散入草丛随水流。
但得长风能助我,映红朝日染云头。

七绝·冰窗花

北风肆虐悄然开,造化千般不改白。
总把寒窗当沃土,平明淡去亦如来。

七绝·照镜子

眼前不是旧识人,几许霜丝岁月痕。
对鉴仍须扬嘴角,且将微笑向红尘。

七绝·爆米花

遍走隆冬享烟火,一腔豪气不轻发。
急呼童子皆掩耳,口吐春雷万朵花。

七绝·无题

半生赤子路崎岖,不用杯壶醉且迷。
问道青云君莫笑,雄鹰眼底恨天低。

七绝·题戊戌清明

方喜和风春色早,新桃阅尽千山缟。
东君何必怨玄冥?雪霁冰融红杏好。

左启顺

江西诗人,庐山市诗词学会副会长,《五柳风》主编。

台州夜怀

平生浪迹一沙鸥,客里华年付水流。
思入晓风杨柳岸,梦回暮雨蓼花洲。
迷茫不见苏武札,仿佛犹闻赵倚楼。
忍对窗前梧叶落,归期拟就又休休。

一叶落·七夕

一叶落,双星烁,却无巧匠架灵鹊。此时月不圆,天涯人成各。人成各,只恁秋萧索。

【双调】折桂令·九日登落星墩

望鄱湖一眼无涯,天际白云,洲渚红花。雁字横秋,渔翁撒网,艇子划楂。访山水清风那答,吟诗曲淡饭粗茶。遍赏烟霞,富贵由他,忧乐由咱。

【中吕】红绣鞋·题《秋雨持钓图》

远近群山排岸,横斜疏雨分寒。几声新雁过沙滩。赣水江泛绿,枫林叶流丹,渔翁归去晚。

【越调】平湖乐·戊戌自题

烟波湖上往来人,识水知渔汛。生就功名不相近,等闲身,锦鳞旋打泥炉炖。穷通不论,春秋莫问,把酒慰黄昏。

左哲夫

男,中华诗词学会会员,早年发表经济类文章,近年,诗词、论文、散文获全国、省、市不同等级奖项。诗词2016年获纪念孙中山诞辰 150 周年三等奖，2018 年获邀诗兴开封之"东京赶考"，2019 获"诗兴开封"特稿优秀奖等。

五绝·问穗
我问青禾穗，为何总曲身。
但听轻语应，成熟自归真。

五绝·兰
壑谷千年秀，凡心入俗门。
一盆多少意，盛满国人魂。

七绝·愁雨
己亥年正月一直未见晴，感之：
茫茫伞海春迷路，雨读秒钟多少愁。
莫问阳光何处有，东风会把黑云收。

七绝·油菜花儿
十万黄金百万霞，人间只剩几农家。
夕阳才见西山下，又是烟波听暮蛙。

七律·杜甫之光（新韵）
仙圣唱酬三度会，中华自此两峰山。
岩崖泼墨泉千尺，茅舍叮咛厦万间。
散尽千金能醉客，烽连三月负郭田。
依门怅望长安远，长捧诗章泪未干。

七律·端午双峰
五月五日，三闾大夫去，周元公生，感之：
日月轮回无创意，千年遥距却同吟。

兰言幽雅忠贞意，莲语清纯玉璧心。
独径索求经世策，万书精炼道儒音。
中兴正道能辜负，珍重今生祭酒斟。

南乡子·牡丹
花渐去，汝荣荣，风情撩拨最春浓。
繁锦叠霞香艳透，寄红豆，何叹黄花今夜瘦！

沁园春·纪念孙中山先生 诞辰 150 周年
风雨飘摇，路在何方？跺足抚胸！恨帝王统治，病殃赤县；列强霸道，残破苍龙。求索东西，奔波中外，救国擎旗聚世雄。何时雪？那镇南关处，炮怒长空。

江城号角皇终，骅南北兵戎尧舜风。更金戈铁马，麾师护法；玄香玉管，展愿抒鸿。主义滔滔，共和灿灿，云卷天高百代功。登峰看，正江山红日，冉冉春融。

沁园春·祖国颂
—— 庆祝中华人民共和国 成立 70 周年
血雨腥风，一艘红船，一束红星。看工农运动，南昌起义；红军跋涉，窑洞屯兵。八路歼倭，中原逐鹿，小米长枪世界惊。蒋公遁，正江山旗帜，五角飘英。

曾经魍魉横行，幸巨擘除霾十月晴。更三中全会，长空云起；南方讲话，苍海涛声。填壑移山，丹霞繁朵，狮醒东方奔复兴。新时代，这洪流浩荡，谁挡前程！

下编:现代诗

A

阿恒

原名龙恒,诗人,中国诗歌学会会员,广东省湛江作家协会会员,《中华文学》签约作家。诗作入选《短诗大观》《星星诗人档案》《中国诗人档案》《中国诗歌选》等。

初春

初春,花开痴情的欲望
灌输满腔的热情
孕育一桢桢浸染生命的原图

是谁把那娇嫩的小脑袋
偷偷地钻出地面
就被灿烂的阳光
淋了一身的绿意

是谁让脚下沉睡的泥土
变得如此松软和欣然
又是谁带来一束束的光芒和花语
给自己一个坚定如山的理由

是谁拉开一个温馨的开始
踩着七八个星天外
又是谁来到两三点雨水前
而后,停下来与太阳静坐

是时候停下来
静等一首诗出现
一场美梦来临

立春

光芒抵达黄经后
东风款款而至
怡然自乐的大地
似曾相识,叶绿花开

玉壶光转,一朝寒冬散
游鱼千千,舒展翩翩舞姿
已然不觉水的冰冻
正蓄势打开冰的缺口

虫儿佳期有约
扭着笨拙的刚刚学来的舞步
悄悄地溜出洞口
拥抱久违的星晨和大海

绯红的天空
又给大地穿上了一件幸福新装

雨水

雨水优雅而至
在万物的心田缓缓流动
种下一个个浅浅的笑脸和梦想
滋润了绿叶醉了花儿

一首首温暖的情诗
把寒意推至接近终点
在穿透岁月的轮回里
把贪婪的词语写了又写

雨丝漫漫
和风漪漪
似悠闲散步的爱情诗
让难以消化的语句
再度沉寂于雨
诸多的忧伤
与我何干

什么时候把美好的事物
优雅地安置
并且把你的姿态描绘出来

惊蛰

我的眼睛
站在饥渴的风口

看风书写花信
传授一些暗香涌动的描绘

一支久违的心曲
准备与桃花和风轻吟

杏花沉醉于烟雨
与聚散随形的雾霾久久不肯离去

蔷薇恋人的脚步呼燕引雀而来
给撩人的春色叠加一些层次

五天为一候
我静候你的身体慢慢抒情和放纵

阿基龙德

　　刘龙德,字旺春。湖南人,现代诗人,益阳市作家协会会员,湖南省书画协会会员,东方红书法协会会员。作品在《安化日报》《益阳日报》《中国教育报》《中国作家》报等刊物及大型微信文学平台上发表。

踏步春天

清风吹起了一片片尘埃
一股泥土的气息阵阵向我卷来
春天的味道染绿了一个个枝头
记忆的田埂上是忧伤、是惆怅、还是感人的回忆

芳香唤醒了一块块心田
岁月如此温柔地从我指尖滑过
往事一幕幕随风飘散
愿曾经的那些眷恋与不舍都化作鲜花
去装点新年的春天

走过多少青山绿水
踏过多少石板桥梁
给自己留一片绿草
腾空一片心灵的空地
种上一颗脱俗的种子
从此生命会有无限的力量

新年给自己多留点福利
去果园采摘一些自种的果子
洗去落满灰尘的外表
从此生活会有各种滋味

步入春天给自己安上一对翅膀
飞向心灵所属的蓝天
放一首婉转的歌曲
从此人生充满前进的欢乐

你若青春,我怎能苍老

雪峰山顶的竹城
许给我一片连绵的山峦
光阴里播洒爱的种子
多情的文字成了我眼眸中的爱

年华流逝
在光阴里落下点滴回忆
用情写诗
用爱谱曲
只是不舍得放弃窗外那一缕暗香

思一场信中传情
念一段岁月流连
梦把你我还原成当初的样子
你依旧青涩纯美
我仍然活力四射

许一个千年的承诺
倘若你依旧青春
我永不苍老

时光能刻深彼此脸上的皱纹
却增加不了心灵上的年轮
守一份秘密
珍藏于巍峨的雪山
画下你的容颜
刻上彼此的名字
枷锁冰封后的轮回
再相约一起挖掘

万卷风尘刮入俗世
落寂的诗里种下情思滔滔
一份文字的缠绵
可否谱写一曲动人的乐章

拾一段清纯的过往
淡淡的幽香在岁月里流淌
每一个文字的清香
都能触摸到我心灵深处
你若青春
我怎能苍老

阿娉

原名王文平,曾用笔名阿平。河南省作家协会会员,河南省诗歌学会理事,正高级工程师。作品散见各级报刊,曾获全国诗歌散文奖及2016网络作品七个一工程奖。有作品收入多种选集。出版诗集《花语》。

郑州:逐水而居(组诗)
七里河就是一条文化长廊

杜甫的《绝句》在点水

和着秋光在舞蹈
白鹭与水的爱情复活

从迷雾中折返的风景
站在岸边 盘旋在空中
让每一个捕捉的镜头满含热泪

逐水而居的先人啊
在水草肥美的圃田泽踏歌而舞
圃田香草葳蕤
凤台荷香袅袅
卦台仙境悠悠
写就一部郑州史
半部华夏文明史

白鹭的羽翅亮着干净的白光
驮来了张钺的诗句
怀古的船在创新中迎着朝阳

这是一条满载记忆的河流啊
如今焕发出前所未有的生机
鲜花铺满了整条河岸

生态与宜居写上日历
飞速的高铁日夜兼程
一边抚摸历史文化一边创造灿烂未来

白鹭归来

你我归来
灵魂归来

是水也是火
在水中一遍遍灌洗
而后浴火重生

七里河畔,我看见白鹭

白鹭从遥远的青天折回
七里河畔安营扎寨

她眷恋清澈的河水
和两岸的花草

修长的双腿站立岸边
站在水中 飞起又落下
千种风姿万种风情
美丽的倒影尽收镜中

白色的舞裙上闪烁太阳的赞美之语
收纳着明月的叮咛寄托
续写新的郑州八景

你已失踪多年杳无音讯
是谁将你唤回
又将你作为画龙点睛的素材安放

你叼起一尾小鱼
望着一对戏水的野鸭
岸上的玉兰上栖着一群灰喜鹊

这是城市还是乡村
是圃田泽还是现代生态的河道
是繁衍生命的摇篮还是锦上添花的游栖仙境

白鹭恋着水
我恋着你
一次次按下快门
摁住心跳

阿然

  实名韩灿然,河南平顶山人,从事中学教育20多年,擅写游记抒情散文,作品散见于杂志、网络微刊平台,喜欢在旅途中品读人生哲理,抒写心情故事。

仲夏夜之梦
一道彩虹
划破天际
我鞠在手中
看蝴蝶翩然起舞

一阵微风
捎来问候
我张开双臂
遇见另一个黎明

风中百合
摇曳彩色的油梦
铿锵玫瑰
芬芳灿烂的笑容

盛夏明月
照亮迷茫的夜空
旭日东升
引领执着的方向

春天的回眸
春风走过的林子,
都有一种味道,
落雨,冲刷不掉回忆。

溪流淌过的山涧,
都是一种天籁,
游鱼,迷失不了方向。

高山仰止,
飞鸟带不走一片云彩!
繁星璀璨,
灯火不熄灭一路的远方。

悠然四季
春暖花开,
明媚的阳光下,
清风徐来,
是否蝶儿还在?

远处的虫鸣正在做午祷
山水与树木亦在应和着福音

从立春到盛夏

每天,你在天上陪我锻炼
我看不透你的眼神
不清你的回答,我多想
再一次发育
桃之灼灼
遇见你

而你似乎是懂我的,我一出门
你就把小区的灯
一盏一盏点亮,让一种光
穿越另一种
我甚至知道,昨天的一场夜雨
是你给我表演的魔术

你能听到吗？我多想
金正恩的核弹不是打偏到海里
而是打到了天上
把你轰下来
我想你的手臂一定像我看到的
有力　冲动

主位

主位与主人的差别在于
多少委屈求全、趋之若鹜
不过宴席一场

而主人
无论在主卧还是人生
永远是座上宾

允许

允许时间停滞几天
允许白天与黑夜"咯嚓"一声断裂
允许命运把爱的奢侈收回

性格决定命运
——当她打开胸腔积压了几天的泪水
上帝收起笑,意外地抱了一回
他丢弃的子民

诗人

这个名词,从中学就与我纠缠
比我的相貌更有特点
比我的职位更虚张声势
这个天生敏感、无业游民也喜欢套用的词
我从不把它印在名片上
也不喜欢它当作一件礼服
屡次被注目或赞美

我更不喜欢它与湿同音
潮湿、阴暗、霉
与阳光和健康互为反义
孔乙己的失意长衫
从民国飘进它的词义
被调侃盗用
为虚名销脏
即使犯了错,也常以纯粹、天真
得到原谅

我在稻田里种了一棵桃树

那么突兀
不合逻辑
稻田巨大的心跳
注定饱满到极至

桃,准备好了吗
夕阳往我的血液中添足了柴火
教堂的钟声喷薄而出
暂忘河北江南

安之驴

真名尚涛，80后，甘肃定西人，文学爱好者，擅长散文、微小说、自由诗写作。现任蛙鸣学社微信平台责任编辑。

水窖

在这片干旱让黄土沸腾的大地上
有一个响亮的名字
在山谷回荡
它就是
水窖

在农人庄前屋后院子里
它零星分布　随处可见
或方或圆的脸面
一坨水泥　一块木板
捂住朝天祈求的嘴
它向太阳飞吻
太阳
羞红了脸
躲进乌云
它向云朵抛媚眼
云朵
心生怜悯
抖落一地甘霖
咕咚　咕咚
我将你全部喝掉

红丝线勒住了人们的视线
急得喉头上下乱蹿
瘦弱的麦苗
困在结板的土块里
艰难呼吸
喜欢待在地下养颜的土豆
也用尽了补水霜
老牛嚼着干枯的苜蓿
戳得嗓门冒烟
两眼噙满泪花
清晨打鸣的公鸡

伸展脖子
发出嘶哑的哀叫
猪圈里的猪仔
贪婪地拱着尿尿泥
不放过一丁点湿气

水窖
嵌入黄土腹中
读懂了
大地的渴望
看清了
人们的艰难
它将零散的雨露
收容　沉淀
化为满肚的甘甜
麻绳甩着木桶
吱咛吱咛地歌唱
逗得它欢心荡漾

一滴滴雨露
清凉　滋润
涤清了人们
双眼的迷雾
点亮了内心
那盏幸福的烛台
口干舌燥的土壤
吸吮　吸吮
浸透了荒芜的心田
麦苗活了
土豆壮了
老牛嚼出了青草的味道
公鸡叫醒了黎明
披上晨曦
数着羽毛
猪仔洗了个澡
抱着太阳
呼呼大睡

奥丁格

江苏省丰县人,山东科技大学勘查与测绘学院测量学硕士,酷爱诗词。

失约

来的有点晚
和上次一样
她刚走
我有点内疚
我再次失信于我的小妹
好对不起她
她在这一定等了我好久
而我,哎
伤心人
不可以这样
要守信用
不可言而无信
谨记

B

白水

旅居加拿大华人,北美华人文学社副社长。自幼习诗,其中英文诗歌、古体诗歌和散文在中国、加拿大、美国、澳大利亚等国多家报刊、杂志发表。曾和友人共同创办了《北美枫》纯文学杂志。所著《远轮·诗集》与《远轮·文集》被加拿大国家图书及档案馆(Library and Archives Canada),加拿大多伦多大学郑裕彤东亚图书馆(Cheng Yu Tong East Aslan Library University of Toronto Library),中国国家图书馆,北京大学、清华大学、南京大学、复旦大学、澳门科技大学、香港大学、台湾汉学研究中心等40余家图书馆收藏。

一字遐想(组诗)

易

你说上善若水
水主黑,且克火
我茫茫然看海
看海上雪白的浪花
看太极图中黑白相拥的鱼儿,可有你我?

水至深则黑,那么火
至烈?那些黑黑红红的余烬

我不由得笑了
看你用雪白的胡子
轻轻地掸去万物

荷

含苞者,从不吐蕊
直到那天
你扯破心肌打开满腹心事
血红的船帆
一页页
涨满

佛说
挂果时,花自落
不关风事

酒

不醉人
只醉我,醉回唐朝
唐朝十九代皇帝都死得干净
而你活着
活在一杯毒酒
我喊"李煜,李煜",喊着喊着我便醒了

回首月明,
今夕是何夕?
窗外,几只嗡嗡叫的蚊子
毕竟不是佐酒的菜

德

千百次的复述
从我的祖先结绳计数,到比尔盖茨们的
二进制。我常常
对着0与1冥思苦想:
浑圆的光环真的是"道"么？或
是"无"。好比玉宇晴空
那枚圆润的明月

而"德"便是每个人头顶的1抹月光
得德或不得
月亮,都在天上

白轩玮

女,零零诗社成员,2004年3月生于上海,现在就读于加拿大的 St. Mildred Lightbourn School。

常青藤

时间加速,时针反过来
推搡分针转动
一圈,两圈以及
阳光下的三百六十五天

时间细流
为常青藤镶嵌金边
穿过炽热的心,带动
羞涩的萌芽
在雪花悄悄融化的季节

常青藤静静地生长
曼妙的速度刚好,构成
胆怯的线条,约束
她与世界的边境
模模糊糊

她,尝试捅破
之间的隔膜
可是每一次触碰
就像铅笔勾勒的雨滴
晕开在她的心田

月光轻轻地掠过
漆黑的天
她将心缝入其中
与世隔绝
耐不住,懵懂的心跳

也许,蜕变慢一些
残留的胆怯依旧骚动

世界,并没有停止运转
巨大的跷跷板,始终不能平衡
常青藤静候一旁
好似有一天终究会平衡
用这样的,她的
方式等待

怀表

雪白的脸颊,轻轻
抹上淡粉的晚霞
长发间,金色细流
穿过苍茫白云

用横跨宇宙的流星
穿透
手中紧握的怀表
滴答滴答
分针与时针
划出脸的轮廓

时间的枯树根
死死按住
你热烈跳动的脉搏

我点燃怀表
烧吧！将嗜血的恶魔从地狱释放
吸允时间的汁液
直至，世界停止

风是盲目的

白色的花瓣
包裹大海的温度
风是盲目的
卷起路边的落叶与尘土

阳光晕染
镀金的沙滩
与逆行的海鸥
亲吻枯萎的芭蕉叶

黑色的烟
冲破森林的隔膜
和盲目的风，一起
点燃今夜的月光

陂北

原名吴光红。中国诗歌学会会员，中国乡土诗人协会常务理事。诗散见诗歌选集、报刊和网络，有个人诗集。

我只要你的真诚

是的，一锤子砸在了手上，不小心
那个下午，我嘶嘶地捂住红肿的手指
看你的双眼，一瞬息雾起，液体滚落
你慌乱地握着，不停地吹拂
似乎砸到的是你的指头

那一刻，整个时间都安宁了下来
仿佛那一锤，砸中了声音这个键
我心疼你红红的眼睛
虽然血也慢慢透过指缝溢了出来
浸满你的消毒液、卫生棉、创可贴

我只好乖乖的坐在小板凳上
看你疼痛的模样，看你把泪水
毫无保留地滴在我手上，和血溶为一体
看那流淌的液体，后来愈来愈清明
慢慢地，那种咸咸的滋味
让我的嘴绽开了微笑

天台山上的野花

一直弄不明白，那些野花
是如何开上去的
峡谷和涧溪野花艳丽时
天台山峰峰岭岭就灿烂一片

光顾在花的身边
除了蝶舞蜂涌，就是
一年四季的风

守不住寂寞，不是山上的空
也不是风中的花影
曾经居住在山脚的孩子
习惯了花开的声音
和风中的山魂

痕迹

用一年又一年，灌木
编扎的栅栏，终究没能阻止
老屋的倒塌

取于尘土斑驳的墙
回归了历史。只有往事
石头一样坚硬的记忆
重新堆积在了原处

柱着一根拐杖
寻梦般走来，每天
在曾经的门口，和四起的秋风

坐进绵绵不绝的蝉吟
目光里,似乎藏匿多年的父亲
抱着幼小的儿子,等待
不是黄叶的自己

七夕

中国版本的情人节。说缘
是五百年前一个回眸的善良
说终成眷属,甜蜜免不了疼痛的忧伤

和平日,那天没什么差异
长江一样的银河时隐时现
只是娇艳的、含苞欲放的玫瑰
扮成老牛,献身有爱的牛郎

刀的宿命

和双刃剑不一样
刀,磨的锋利的一边
削铁如泥;宽厚、钝的一边
保护着自己的肩膀

爱情是一把双刃剑
爱里的男女死去活来
远离故乡,用刀切割
是落后或者旧的村庄

只是,那把只磨一边的刀
另一边,后来愈来愈忧伤
它切割不了,自己这边
牵挂的疯长

致合中！永远的同学

渐已破碎的记忆里
整理着,你们的模样
比如窗外的意杨,新叶摇曳
一缕晨曦绽落你们面庞
比如踩着微风和渐弱的鸟鸣
你们的背景融入夕阳

一直捉摸不定,是不是
在一起久了,就有了化学反应
不安定的分子相互拜访
只是,不甚明白
那些侵入的分子,在内心
这么多年,平静安祥

如风一样
刚刚明了来的讯息
随后的分离
却用,半生怀想

总是忽视信鸽和鸿雁
知道吗,手机的内存
一直空白着许多
只记得下课铃后
我们挤在窄窄的教室走廊
看低年级追疯的嬉戏
看一枚枚飘零的黄叶
像衰老的蝴蝶
像已经用过了的时光

你们好吗？无数次
走进那条荒草渐断的小路
想起你们,就想到了
那些年除了学习的无忧无虑
就想起了一起度过的青春
如蓝又如黄,清新闪亮

终于又涉过了一些岁月的河流
终于又有了你们的远方
记得聚会时班主任又点起花名册
那个酒店庄重的更像课堂
你们应答,干练沉着
仿佛找到了思念之殇

从故里到前川,从武汉到宜昌

从渐入历史的合中到被珍藏的肖像
我们再一次震惊,拥有你们
就拥有了不老的事往

感谢你们呵,我分离了的印象
因为你们,合中永垂不朽
因为你们,我们活进记忆的对方
因为你们,我们明白牵挂的力量

北城

　　本名郭海,内蒙古奈曼旗人。作品散见《诗刊》《民族文学》《星星诗刊》《草原》《人民日报》等海内外报刊,并多次获奖。

六哥从前的日子

累。影子倚墙
无风,单手撑不住喘息
沉思,低头。问地
时间为谁驼背

脾气蹲在灶坑,咳嗽
心情燎烟。柴
烧透黄昏,痛已成灰
熬一锅张嘴的岁月,才烧热炕头上的爱情

漏屋,叹息接雨
一盒受潮的火柴怎么也点不着一袋旱烟
天阴着脸,容颜板结
一把二胡把苦涩挂在墙上,不忍开口

路泥泞,日子在雨披下喊冷
期待在无边的苍茫中沦陷
时光锋利,斩断高于屋顶的目光
我的墨太稠,一笔怎么也写不出你要的洒脱

今天停电

时间慢,身后风高
抱柴,点火,烧水。灶开始燎烟
熏黑的埋怨,在锅台上叹气
失望,声泪俱下。饭菜真的没了着落

捧着肚子出门
目光饿,四处嗅着香味
一时落寞,碰不到一个可以下手的借口
睁大双眼,傻了年华

翻开手机,电量所剩无几
微信都成功地绕开了饭局
广告粘在屏上,拼命地推销,药看不清疗效
这病,无药可治

日子停电
故作悠然,步子尽量掩饰慌乱。才知道
酒,越馋越香
在梦里得喝多少,才能疗伤

蒙古长调

天籁,穿透苍茫
眷越清风,云起感叹
无垠,横跨萨满的咒语和火焰
以哈达的虔诚,聆听

与一杯时间的陈酿倾诉
醇,因岁月
问鸿雁,跨越工笔的沧桑,绕一座古堡放牧
趟过几条河,才到春天

浑厚的声音打开岁月的门锁
旋律沿着狼迹找回遗落在草丛深处的锋芒
景萧萧,烈马纵横,坦荡

倾心,与一首灵魂的牧歌呼应

字,抖落霜。露出草原本来的属性
情到悠扬处,细节在马头琴的婉约里相依
滩头立马,旁白深谷回荡
雁南下,衔一缕沉思遥望,与心和鸣

归去来兮
齐腰深的水,没感到时间的清冽
在倒影中看见两鬓的初霜
无暇顾及水底下的暗流,带伤
路经一个个饱经风霜的渡口
找不到一个可以靠岸的理由

等待,苍白
微风掠过芦苇,希望在驼背的张望里姗姗
来迟
路的尽头是拐杖支起的夕阳
一些还未燃尽的篝火,在风中倔强地狂草
时光的碎影里浮现出始终没说的理由

飞机、高铁拉近了远方
透过时间的窗口,放下纠结半生的柴米油
盐
放下漏洞百出的借口
词,没了主意。用目光直面
提速的人生,没有一秒可以虚度

清浅流年,躲不过的磨难,绕不过的选择
给镌刻在心里的话加把锁
望着被河水冲远的时间,执笔一页水墨,
在一尘不染的信笺上,只留下两人的名字
归去来兮。岁月的箴言,没在岸上

京戏
节奏被锣鼓敲打成时间的刻度
穿过狭窄的街巷,走进略加修饰的剧情
路径被人为改过,更靠近主题

四平八稳,点点入折

褂子肥大,洗不掉岁月的痕迹
装得下一部红尘,家里家外事
踱步,背对时光,踩着别人的影子
等自己出场,去一场京戏里藏身

京胡叙事,没顾得上抬起眼皮
不卑不亢的眉宇间,江山永固
前门内外,泾渭分明
故事满口京腔,在掌声里落地生根

大碗茶里沉浮,嗅觉翻过红墙碧瓦
洞彻天涯之暖,咫尺之寒
桃花心事,被一串冰糖葫芦安慰
目光问路,喊出一片辽阔

一段理,娓娓道来,把翅膀对天空的承诺
写在匾额上
正宗的老字号,在泥土里播种梦的芬芳
惊诧。一个姓氏,被几声京韵扶起几世
声名远播,响彻四九城

假寐
一切纷扰,被一双眼皮隔开
抵达一片净土。忘我

暮色里的乡愁好像在炊烟中散尽
拿一把扫帚,扫净自己的影子
清河路旁的垂柳上不再挂着一片片心事
环卫工人已铲除了每一声叹息

看看背地里的阳光怎样明媚
听听冰封河面下的水,是顺流还是逆流
量量他乡月的厚薄
摸摸身后凛冽的刀锋

旧债,被时间套色

月光推窗,落在脸颊上,风干了那滴即将
凝固的泪
眼里的尘,被一脉山水洗净
大声喊出一片久违的蔚蓝

慌乱,苍白
生活的目光扶墙站起来
春风路过,读出时间的遗言
三月河开,燕归来

青衣

北方,乡下的月亮
虞美争艳。端庄
万物生,留住一江春水
戏台上下,找到自己的故事

碎步,踱出左右为难的心事
需要大段的唱词才能说得清
于时光之上倾诉半拍的幸福
天涯不再遥远

隔夜的风,横渡
吹落的失眠,砸断了一地月光
来不及等待
水袖,露出本来的锋芒
在冬天的最深处突围

举目辽阔,装得下整页的韵白
孤鸣,接近呐喊
把苦难的岁月缝成一个圆
悠扬处,把一轮明月安放在柳权上

唯有月光可以痛饮

马背上,挥鞭抽落的叹息
落在老牧铺的废墟上
迟疑间,那年在阳光里疯长
沿最后一抹光影追逐仅存的一丝期盼
泪浑浊,眨眼之间燃尽晚霞

步入夜的腹地,落入自己的沼泽,难以自
拔
捧一叠掌故,为心事据理力争
遍地修辞
从一匹苍狼的眼眶里迸射出一条笔直的
路
踩碎一地云烟

回望,依稀旧痕
趟过的泥泞,在时间的最低处留下和命运
较量的凭证
历史从不愿评述自己
撕掉虚伪的面具,直穿山脊
触摸尘封多年的遗憾
唯有月光可以痛饮

坦荡。铲除所有的篱笆
洗却粉末涂面
露出永不褪色的剽悍
手起剑落,一切重归宁静
深呼吸。豪饮,月光如水

北雁

　　本名王金拴,山西代县人,供职于代县石油公司。作品散见于《雁门关》《黄河》杂志及多家诗词网站,部分诗作入选《三关新韵》和《岫云诗集》。有《北雁吟月集》问世。

思念

晨风掀起窗帘
一抹红霞飞上山巅
那红红的笑脸
恰似你的童年

漫步湖边,湖水平远
几朵白云飘过

带去了我的思念

垂柳丝丝，燕语呢喃
手捧几行诗笺
泪水模糊了我的双眼

归来吧，远方的游子
你已离开母亲多年

相聚在雁门关下

来吧，来吧
让我们相聚在雁门关下
这里有千古名城
这里有风景如画
雁门雄关守卫着九州华夏
八百里滹沱流淌着不老的神话

来吧，来吧
让我们相聚在雁门关下
这里有忠魂沃土
这里有十里桃花
丝绸路上驼铃声把五洲横跨
杨家将的故事蕴育出代代英侠

来吧，来吧
让我们相聚在雁门关下
这里的姑娘火辣辣
这里的小伙帅呆了
喝一碗老黄酒陪你闯天涯
吃一顿油炸糕激励你飞黄腾达

来吧，来吧
让我们相聚在雁门关下
来吧，来吧
让我们相聚在雁门关下

满门忠烈出杨门

怕什么金沙滩鲜血染红
怕什么烽火狼烟照关城
金戈铁马方显我父子英雄
一口金刀一杆枪
杀他个地暗天昏

七郎八虎，沙场点兵
巾帼女将，大漠争雄
妻挂帅，夫出征
天波府内无弱兵
谁敢犯我边城
定教他马革裹尸无归程

千古中华，万里长城
一寸山河一寸金
保家卫国，生死雁门
且看我杨家铁血忠魂

醉倒在你的秋色里

虽然已是深秋
公园内繁华依旧
丝丝垂柳
倾听着落叶倾诉
泠泠湖水
沉醉了舞榭歌楼
红花绿叶展示着
最后的情愫
阡陌小路，曲径通幽
招一招手
把这眼前的美景留住
婉转的歌声
悠扬的舞步
恰似那春天般的温柔
我醉了
好一个金色的秋

大美雁门

雁门，雁门
三千年风起云涌

沟注山青,沱水柔情
养育我忠贞报国身
好男儿志在四方
何惧那血雨腥风,地暗天昏
金戈铁马
方显我热血忠魂

雁门,雁门
巾帼须眉尽豪雄
保家卫国,守护长城
是中华儿女必担承
有我在,大好河山
又岂容血溅沃野,豺狼横行
勒马关山
谁敢来犯我疆城

雁门,雁门
致富路郁郁葱葱
旅游强县,文化振兴
二十万父老热血沸腾
举金波琼酥启新程
说什么钟灵毓秀,物阜民丰
华夏名城
还看我大美雁门

远方的朋友请你留下来

金戈铁马激荡着千古雄关
驼铃声声依然萦绕在耳畔
去了又回的蓝天鸿雁啊
生生世世把紫塞春云眷恋
这是一片忠魂沃土啊
远方的朋友
请你把杯中的酒斟满
喝他个豪气冲天
做一个铁血儿男

群星璀璨编织着梦的光环
车轮滚滚承载着文化千年
铁骨铮铮的雁门骄子啊
祖祖辈辈恪守着报国的誓言
这是一座千古名城啊
远方的朋友
请你扬起理想的风帆
歌一阙冯文杨武
唱一曲古道雄关

威风锣鼓激励着出征将帅
油炸糕预示着夺冠的头彩
扬鞭催马的英雄儿女啊
你们可读懂了父母的期待
这是一个奋进的时代啊
远方的朋友,请你留下来
喝一碗老黄酒,吃一口老咸菜
这里有文化的根,豪杰的爱
壮丽的人生越活越精彩

远方的朋友,请你留下来
喝一碗老黄酒,吃一口老咸菜
这里有文化的根,豪杰的爱
壮丽的人生越活越精彩……

比明

本名谢敏,男,1963年6月生于浙江杭州。爱诗写诗多年,有作品在《人民文学》《诗刊》《诗潮》《诗歌月刊》《延河》《牡丹》以及《一行》(美国)、《新大陆》(美国)等刊物上刊发,著有诗集一部。现在杭州工作并居住。

当第一缕春风像提琴上的那个漂亮的滑音

当第一缕春风像提琴上的那个漂亮的滑音
当春风从远处吹来
人们的心开始暖了

喜悦催开花蕾,快乐温暖阳光
舒展的笑靥很新,很甜
像那两只水鸭在湖水里荡起的柔软的涟
漪
人们都在赶赴一场春的约会

我驾一只大鸟紧随其后,布谷
或者青鸟
飞过一片青青的草地后,蓝天白云下
梅鹿、山羊、白兔它们抬头看见的
是一支歌在飞翔,或者
那支歌的形状
像一个人在驾着一只大鸟
天下人的心里充满着爱

今晚的下弦月是我在白天剪的

今晚的下弦月,是我在白天剪的
流畅的弧线
像喜悦的歌声,柔和的光芒
宛如神的手在轻轻轻抚
此时
我将高山安放在湖边,湖边就会矗立起恬
静
一叶扁舟
自横湖心

夜有多静,时光就会有多慢
晚风吹过
唤醒沉睡的花蕾,莲花一开
我就会怒放

曲院风荷

那田田的碧绿的荷叶
那在湖水上舒展的荷叶,阳光下的六月
便是你孕育的一支荷吗

风,庭院的渴望
曲折而恬静的回廊的排箫

怡悦的灵魂
水波里荡漾的无数的梦靥

但是,水波上那盈盈的荷叶与雪无关
与欧内斯特?海明威的大海无关

亭亭的荷,我看见她们从古曲中款款走出
从江南丝竹的琴韵里,纷纷绽颜
怀着惊喜
怀着憧憬,就像我在这曲院的风中
陶然走进这温馨的六月的心怀

毕恩付

　　山东聊城冠县崇文中学教师,凤凰诗社第四支社副社长,聊城市诗歌协会会员,聊城市优秀文艺青年志愿者,冠县作家协会会员,冠县微风公益协会会员,(中国)淘漉诗社签约作者,红香阁文学网专栏作者,发表数百篇(首)散文、诗歌于《散文诗》《齐鲁晚报》《聊城日报》《鲁西诗人》《凤凰诗社》等各纸刊微刊,并多次获得各种奖项。

远嫁

本是皇宫贵庶
却被许给偏远他土
不嫌弃遥远颠簸旅途
却一生未能再见父母
一柔弱女子
却把和亲重任肩负
浩浩荡荡的嫁妆
激扬起一路顺风的尘土
沿途撒下富裕的种子
把两地的百姓安抚
无论自己何等的辛苦
无怨无悔的付出
你的远嫁
黎明百姓的赌注

名留青史的文成公主

为你白发

在历史的长廊里
我选择了你
从此种下一生的缘
不论春秋冬夏
还是东西南北
为你的存在向死而生
是我不变的誓言
把爱付出
心是颤动的音符
在大地上奏响
于是你就在成长中欣赏
打不败的是自然规律
于是我逐渐的老去
用那与日增多的白发
向岁月告白

他山之石

在风里我搜肠刮肚
大脑缺氧的感受
击打着我
一鸣惊人 石沉大海
大小李杜在光环环绕的诗歌里
点化着前仆后继的朝拜者
把诗的国度装扮
我是一粒微尘
接受着更多阳光雨露的滋润
欣欣然蜕变着躯体
用文字武装大脑
把世事无绝对的铺陈
于是
她接受了我——
一个更虔诚的诗歌朝拜者

毕福堂

男,曾在山西电视台、山西省文联《火花》编辑部工作,做过杂志社诗歌编辑、编辑部主任、副主编、主编等职务,任过山西省文联人事处长,其间到山西长子县挂职过县委副书记。现任山西省文联《九州诗文》杂志社社长、主编,《当代诗人》杂志社主编,先后在《诗刊》《星星》《诗选刊》《诗歌月刊》《扬子江》《绿风》《诗潮》《诗林》《人民文学》《解放军文艺》《萌芽》《人民日报》《光明日报》《文艺报》及香港、台湾等报刊发表作品1000余首(篇),部分作品被全国十余家出版社选编、刊登。出版过《摇篮梦》《露珠之光》等三部诗集。《世界名人录》《中国新诗大辞典》《中国当代诗人代表作》《中国当代青年作家名典》等先后载文对其创作业绩进行了介绍。多次参加世界华人诗歌研讨会及华文诗学名家国际论坛研讨会。2018年获"首届丝绸之路(西班牙)国际诗歌艺术金奖"。系中国作家协会会员,中国散文诗学会会员,山西省作家协会会员,山西省青年作家协会副主席。

从洪泽湖游回童年

从洪泽湖游回童年
儿时 每到端午
总要下到故乡的苇塘
将翠绿的鸟鸣和宽宽的苇叶
采摘回家

今天 满塘开了又合的苇丛
把开裆裤的岁月打开了

像此刻
水道窄时 两岸芦苇合过来
一如儿时端午包粽子
水面宽时 两岸芦苇又打开
小船上的人 粒粒软米似的

被包了一回童年

世上没有长生不老的药
但 要想年少一回返到孩童
唯有来洪泽湖
它宽宽的苇叶
是童年的外衣

湖面上 同样的花

湖面上 同样的花
睡莲的花绽放在湖面上
它和小鱼小虾的领地是平行的

荷花总是高出水面开着
有鹤立鸡群的架势

吮吸同样的营养
开同样的花

碧波荡漾之上
座落着同样粉红的宫殿

看花的人
只管欣赏花的色泽 气韵
不管高开 低开

老百姓 老百姓

老百姓 老百姓
当年 新四军四师师长
彭雪枫
在江苏泗洪陈圩乡大王庄的土台上
有五句精僻的宣言：
"新四军是老百姓的武装
是武装起来的老百姓
要真心诚意地听老百姓的呼喊
受老百姓指使
为老百姓流血"
一口气五个老百姓

那时的老百姓
是天 是地 是爹 是娘
新四军和老百姓
是孪生的兄弟
那些茅屋和土炕
是最初的胎盘

患难与共的骨肉
生死相交不分彼此
新四军为老百姓打天下
献了青春献热血
有的连尸首都找不到了
其实 不少的命都钻到打的发烫的空弹壳里了
或者 随粉碎的弹片散落成生锈的土粒了

而那些河流 湿地都懂得感恩
玉米 高粱 莲藕 蕨菜 树皮
能长的都长出来了
长成子弟兵伤口的新肉了
长成倭寇闻风丧胆的军魂了
当然 泗洪的苦水也有不少
长成苏北绝情的奶娘的——
眼睁睁看着亲生的骨血气若游丝
也不忍让穿灰布军装的后代啼哭一声

这就是为什么
那些独轮小车
炮火纷飞的年代
何以在枪林弹雨中跑得那么欢
那一袋一袋从牙缝抠出的粮食
何以在瘦骨嶙峋的岁月
宁可饿死鸡啼炊烟
也不让条条绑腿瘪瘦一寸

毕月

吉林长春人，吉林建筑大学经济与管

理学院建筑与土木工程(工程管理)硕士，酷爱诗词。

向水边

看不见的露珠
扑向我的脸
凭着嗅觉
我来到了水边
清澈的潭
寂静的潭
多想与你相恋
在你的面前
望着你的眼
轻声地说
我不是死海
而是温泉

碧云天

本名李建国，中国诗歌学会、山东省散文学会、青岛作家协会会员，青岛市城阳区作协副秘书长。凤凰诗社美洲总社常务副社长、副总编。

夕阳

夕阳与大地约会
总像大地拥抱太阳
辉煌与灿烂
期待在余温里约会
乌云掠过的阴暗
始终不能阻挡光明与温度的暖融

杨柳　黄昏　夜空
寥落在风里
撕碎黑夜伤心的痛

星星对白月亮
隐忍夜的黑

触动长发及腰
那么热的唇
羞红的灯火
温柔你我的情怀滚烫

你是我追不上的那只萤火虫
曾经牵过的手
敲不开的门
黄昏　深夜　徘徊

味道

咖啡
小口抿着
延着口沿
泡沫　味道　丰满
舒展你的眉眼
呵气如兰的滋味
缠绵　如梦　似幻
晕染灯红酒绿
齿白唇红的诱惑
滚烫舌尖
拥吻
纵使　万劫不复的黑暗与疲惫
憔悴云烟
在一杯咖啡里
青春不老
抚慰清纯的爱
夜　不再孤独

偶遇荧屏

沧海　桑田　古道
伸展的窈窕旖旎
日月如蝶
煽动古老的情怀浪漫
前世今生的恩怨
在花开的声音里如泣如诉
你我的距离
是拿捏不住的若即若离

彩虹两端的你我
恢宏　浪漫　瞬间

卞大琳

　　江苏扬州人,现居重庆。中华诗词学会会员,诗词网站首席版主。崇尚佛心道为,好阅读思考。酷爱古典诗词、经典文学、传统太极拳。《芙蓉国文汇》签约作家,《思归客诗刊》特邀作家,作品散见于多家刊物。

面子

有味中药叫"人面子",
外表华美而内心苦涩。
有味中药叫"独活",
能使筋骨重生无论风霜雨雪。
人面子是张、
别人送你的无奈;
独活是一个、
自己为自己保留的原则。

心情

打开轩窗
最东边的芬芳
就毫无顾忌
涌入心房

坐在电脑旁
睡成莲花的模样
随便长出
安然若月的梦想

今夜,月很亮
亮得忘记思量
只要不是白痴
就不会不开心地想

滨湖云耀

　　本名徐太云,安徽庐江人。中国诗歌网认证诗人,中国作家网会员。作品散见于各家网络平台。

沉默

任海浪拍打、撞击
看水花飞舞
任大雨倾盆,乌云密布
任惊涛拍岸
暴风雨洗礼
只愿永远沉默

海燕头顶盘旋
为你呐喊
为你鸣叫
一切都是为你高歌

礁石,你面朝大海
总是沉默不语
稳如泰山,岿然不动
我想问,你的力量来自哪里?

我的花园

长方二十四英寸的绿色庄园
我的宝贝,我的花园

每天早晨七点准时报到
输入密码,进入我的花园
登陆进入平台,浏览各家责任田
什么三行诗、十行诗、二十行的课题
什么时间截止,都要记录在案

上下班来回路上的人流车流
小桥流水,红花野果
昨晚梦中女神,快速的记在备忘录里
花园里除草,间苗,施肥

将一颗颗幼苗培养成大树,开花结果
我将成熟的果实一一投送到各家平台
各家的平台里有许许多多的甜果
我一一品尝,也不忘点赞、留言
看到自己劳动的成果被分享
成了精品,甚至上了头条
不禁喜上眉梢,转发分享
又收获点赞、留言
我爱您,我的花园

水彩画

站在窗前,看窗外
小桥流水,车水马龙,桥下
一条蜿蜒曲折的河流
微风拂面,水波涟漪
如蓝色的画布微微颤动
河流两岸,高楼林立
雨后茂盛的森林般疯长
一幅农家的水彩画挂在我眼前

不远处,一叶扁舟缓缓飘来
老翁头戴斗笠
如仙人,飘然而至
双手挥动的双桨
在蓝色的水面上
有序的画出无数个同心圆
由近及远向外慢慢散开
停下片刻,围在颈上的蓝毛巾
擦了一把汗水,老翁
双手提起网兜,鹰一样的眼
搜寻,打捞水面漂浮的废纸碎片
红色、白色的塑料垃圾袋

老翁隐约手搭凉棚,看
桥上的人来车往
身前船后,水鸟滑过水面
小鱼吐泡咽水,风动
溅起水花,潜入水底

两岸的高楼,雨后春笋般林立
看站在窗内的我

一幅水彩画定格在我的脑海
一幅水彩画流淌在老翁的心田

卜子托塔

笔名湖拮,诗歌实践者,江西人。中国电力作家协会会员,江西省作家协会会员。作品散见《诗潮》《绿风》《北斗诗刊》《浙江诗人》《天津诗人》《中国诗影响》《流派》《山东诗歌》等,入选多种诗歌选本。出版诗集《光阴深处一根骨头在奔跑》《向阳花开》《沧浪海昏》(长篇叙事诗,合著)。获奖若干。

我的村庄,我的路

柔软。红袍。晨曦冠树
几百年大枫立在几百年池塘边

水每掏空一年,农人就用沉泥填补一年
落叶未改乡音,每一次蛰伏
都会让一条农谚破土而出

赤足印,草鞋印
燃烧过一个村庄的渴望。稻子和枣
在同一个季节成熟

铺过烈酒,打过牙仗
打过子弹仗。影子伸过塘床
蝉鸣刚好消失的地方

泥路。硬土路。霜路。冻路。雪路
冰路。暖风一吹,换了柏油

2019年6月2日

无题

是的,那些飘浮的、移动的草物是被一双

赤脚交替地踩下去的。在水田的尖角处
或田埂边,它们被遗漏,或者说是齿
无法抵达的边界。一圈一圈碾压
压倒的局势还是输给了莫及
鞭子的频率和长度被定义为极限
极限迫使牛加速,迫使水加速飘浮
一个人的吆喝声刺入热气,那是一株
被植最好的叹气。
当夏从左手交到右手时
一个最烦忙最急促的时代由此产生
2019年6月7日

一年蓬

既是草命,就不与雨为敌
不与水讲道理。到了岸上就是你的要价
开一次花,闪一次心
今年不行,明年再来也无妨碍
匆匆不念过客,锦衣不惜夜行
白是光芒,黄是真情
来一冷泛滥也造不出成灾
躲就躲吧。留在当下
一把阳光也会漏了热度
你不看水退的惨状
只将几束碎语升起
那些深深浅浅的灵魂就会拧干一滩静水
2019年6月10日

黄金子

既练就了硬度,又吸收了柔度
这一世搭上了诸子成不了家
认坡不认坎。背负成荆条
抽吧,让一孔天空放下点雨
捎一座庙宇压制下水神
你上得岸来,我脱得一身皮

干干净净光身,让尘土深入黑洞
带上北来的风光,紫也要用经文把烟雨
断出底蕴

2019年6月11日

豨莶

火蔹、猪膏莓、虎膏、狗膏
火杴草、猪膏草、皱面地葱花
粘糊菜、希仙、虎莶、黄猪母
肥猪苗、母猪油、亚婆针、棉花狼
粘强子、粘不扎、虾钳草、铜锤草
土伏虱、金耳钩、有骨消、黄花草
猪母菜、猪冠麻叶、四棱麻、大接骨
老奶补补丁、野芝麻、毛擦拉子
大叶草、棉黍棵、老陈婆、油草子
风湿草、老前婆、野向日葵
牛人参、大叶草

取这么多名字,我怎样才叫得你
心满意足
2019年6月13日

核

我们依就用旧手套着旧手
从一抹即黑的日子里掏出隔阂
用于转身,用于造访
用于将泥土丢入山涧
制造一颗祸心,涌入江山
拥挤一次就化一次石
滚烫一次就收一次魄
呵,越来越硬
越来越轻
2019年6月16日

玉米挂须,豆腐守玉

大米习惯了粉丝
凉风里的货架紧俏了小情绪

你筑了联圩,他推了松湖
有河吗?水正满,草正酣
新洲换旧洲

撒一网桃花,满是江山美人
超市没有六月,碗盛不下土乡
上下跳动

2019 年 6 月 17 日

点灯

我们潜移、默化,成为受众
成为是瞻,成为游鱼
成为树,在阳光下照料
几颗花
我们从小格里取出包裹
忘记密码是 6 位还是 8 位
我们用皮镶出了芽
店铺里有锉刀,举子,扳手
一副犬牙
风箱喘着粗气
呜哇
呼啦
夜,没有留给明白人吗

2019 年 6 月 17 日

芙蓉

再小也有分支,再大也只有一个头领
从一块荷塘站出来的人必定是女人
睡了那么久的容颜,一旦倾庞而出
不是蜻蜓变身侠客就能坐稳西山的
也不会因为哑口就能唱停东风西风
碧波已开始安魂,鱼群盯死一缕微风
哦,我是过路人,必须用匆忙清除匆忙

2019 年 6 月 19 日

黄花捻

有些事总是拂面而去,像水从不立于
危险之处。我们锐意从背影里
捞出稳健,捞出刚毅,捞出舟车遗失的楫
橹和失去平衡的轱辘。前进或后撤
已无关紧要,分类也无关紧要
我们立在事中,以一副白面孔混淆不安

斜坡面容得下去匆匆
容得下那些年事。黄花就在对面
而我们从对面的对面又回到了对面的对面
干涸地完成辙之鲋

2019 年 6 月 20 日

人间

一直看着,一直看着
雨吓坏了
贴到地上,再也起不来了

2019 年 6 月 21 日

好清一片云

河石上的大虫
游走了我的魏 晋 汉 唐
一条小巷在五线谱上飞扬
六月有多长,尾巴就有多长

2019 年 6 月 22 日

C

蔡官富

  网名太阳。1983 年参加湖畔诗社、《浙江日报》等六单位联办的新诗创作班学习,诗歌散见中诗网、中诗报等网络平台。近年作品被 20 多种诗刊诗集收录并多次获奖。现为中诗网认证诗人,浙江知青诗友会理事,西子湖诗社秘书长。

痛与艺术

痛
就在树荫下蛰伏
当阳光穿越树隙
就能看到它的背影
痛与艺术
天生一对孪兄
痛,到达极致

艺术便在顿悟中诞生
趟过冰雪的幽兰
绽放出艺术的芬芳
一万次的锤打
无数遍的磨砺
始得龙泉宝剑的闪光
映照出艺术宝殿的尖顶
无数次失败的痛
成就了窑变的釉里红
数不清的水患痛苦
才洞悉它全部的习性
用心分解每一次阵痛
终成,辉煌的艺术

时光的剪影

时光的剪影里
背着书包蹦蹦跳跳
无忧的童心春天一样灿烂
年少的背影就在昨天

时光的剪影里
水中看天的日子不觉辛苦
眸中的迷茫如入梦境
青春的砥砺林中显现

时光的剪影里
脚步随时代的潮流涌动
一个猛子扎进漩涡
下海的日子有苦有甜

时光的剪影里
寻找健康与快乐
悠悠诗篇留给荏苒的岁月
书中自有低吟浅唱的沧海桑田

云上葛山

踏着云彩上葛山
葛山就在云雾中
遨游茫茫云海
山峰幻成漂浮的小岛
走在缭绕的山路上
山雀跳跃着前面带路
饱和的负氧离子
紧紧地追随你
梯田水稻排着整齐队伍
欢迎远道而来的客人
黄澄澄的水蜜桃微笑着
掩映在果枝的绿叶中
淙淙的泉水欢唱着
送你一个美美的世外桃园
高山大米高山果蔬
伴着嬉戏的鸡群土猪
长寿基因送达你每个细胞
慧眼识宝,浙大人心仪基地
人在云上走
心在仙境游

蔡济如

女,零零诗社成员。2003年3月生于河南。现就读于瑞士莱蒙尼亚学院。

启封春天

旋转,一圈又一圈
沙漏倒计着
新年的到来

屋子小得,装得下
整个世界
今晚的星星
和以往没什么不同
但请不要着急
还有一朵花开的时间

二月的风托起我
绕过孤独的信箱
在荒芜的星球,启封

酒

外表的柔弱
掩盖不了内心的烈火
一口烈火，使我眩晕
一杯烈火，使我与世隔绝

王者轰然倒下
凤凰涅槃重生
痛苦顺喉咙滑过
燃烧灰烬

年

彗星毁灭的瞬间
身体碰撞的声音
从另一个平行的宇宙
载着绸缎和火，穿过
互相垂直的镜像

地核的常青藤，可以折断
鸟的飞翔
却无法抽走
一棵树的三月天

没有见过的泡影
脉络的中心
融化同一个星球的思想
坚固的鳞甲下，依旧怀念着

两个世界

风，鼓起勇气
带走了我的心
通过时光机
试图送给另一头的你

钟摆不知疲倦的穿梭
一次次敲醒沉睡的我
你，万星之中
霓虹灯为你喝彩
我，在黑洞挣扎
引力吸引
拉远了我们之间的距离

梦想无数次掉落
哐——
碎片四溅
惊醒
另一个世界在等待

蔡可欣

江苏省丰县人，南京工业大学管理学院工程管理硕士，酷爱诗词。

10年后的自己

倒下了，
爬起来，
接着走下去；
失败了，
从头来，
用心干下去；
不怕外界有多大难，
多大压力，
重要是你自己不要先气馁！
每个人都需要一段心灵净化升华的过程，
熬过这些难过的岁月，
我相信苦尽甘来！
十年之后，
我想能遇见一个不一样的你，
还有一个不令我后悔的自己！
将对未来真正热爱，献给现在。

蔡力平

浙江省杭州市人，原浙江生产建设兵团知青。2014年退休，2015年习诗。2016年开始在网络微信公众平台及纸刊发表诗作。浙江知青诗友会、之江诗社、西子湖诗社成员。

致父亲

期望重新走进你。期望成为
你眼中最后那点光
即使看见的地方,一片漆黑

君临白天。铮亮的经纬度里
找你,比找一个打理天下的王更加困难
坐标坍塌后,成为原点成为方向

死了多年。一个人依然在
漆黑的地方,寻找自己的脸
寻找脸上的光和死前唯一的一场大笑

找不到你,也无法走进你
那就扶着你走过的最远最险的一条路
重新走一遍

把你走活。把碑上的十字架拆下来
钉在我的睫毛上
给你给耶稣,当瞄准镜

2019年2月1日

冬天写诗

苦思冥想。写什么——
前半分钟是空格,后三十秒是雪
悖逆的白,令纸忘记本色

忘乎所以,不在乎
多一点想法。不符合逻辑的意义
在于否定:否定之否定

肯定左脸右脸错换了位置
肯定镜子里没有人
也就是否定有人帮我提起这支笔

那就生火炉。那就腾出椅子
等好酒。等灰鼠长出智齿
换张人嘴,替我大叫一声"请"

——来了:一脸的错愕

2019年1月6日

倒春寒

冬季离开以后,天空过于寂寥
一场风,把三月吹向二月
甚至更早。屋子里堆满新雪
堆放无所事事

檐角,有不合时宜的光芒
被鸟一遍一遍煽动
一遍一遍审视

像审视对错。我一生的错误和
不合时宜,总会在我
最不需要的时候
被你一次一次提起
一次比一次,放不下

墙缝,已经放不下那棵
重新活过来的草。我把打出去的
寒噤,一个一个找回来
放到你体内

你和我一样
需要在三月里,重新冷一次

2019年3月7日

蝉

一点一点围拢
枝与叶之间,独霸方寸
以独特的嘶叫,叫来早晨

叫醒天空就是叫我起床

因为心生感激
就替自己走一遭
咫尺距离,不小心把夏天走长了

因为满头大汗
就在树下,替落日等秋
等秋风刮落蝉衣,替一个人穿上

2018 年 7 月 5 日

蔡树国

　　内蒙古自治区赤峰市人,普通铁路职工一枚。喜欢文学,在江山文学网发表过《母亲》《耍猴》《父亲与枣红马》等散文,在《莫愁·天下男人》杂志发表过《父亲在秋天枯萎》,偶尔写自由诗。

白子

飒飒之风,
掳走清澈的眸子,
爱,迷失在阡陌,

最后一片渴望,
熄灭内心的火热,
凋零成无声无息。

莫怕,
我尚有一片冬雪,
落满岁月之路。
我还有一方城池,
驻守年华之邦。
当春风叩响门楣,
我为爱生,你为潮醉。

2019 年 2 月 20 日

粉面人生

拨开眼帘,
香炉袅袅,
半截红烛泪满盏。

推倒东窗,
霜起花残,
两鬓青丝坠晨烟。

昨日戏清风,
琴瑟已无词,
一抹胭脂染相思。

衣袂飘散,
奴欲何往?
抱得清欢入寡年。

2018 年 12 月 25 日

曹冲

　　吉林省白城人,吉林建筑大学经济与管理学院工程管理专业,本科毕业,酷爱诗词。

你的样子

朋友你好
你听说过爱情吗
传说爱情是一种看不见的东西
你没有触碰到还好
一旦触碰到
就会刺得到你遍体鳞伤

不　朋友
我见过爱情
爱情是可以看见的
而且爱情也不会伤害到你
只会让你有一种感觉

是吗
可是很多人都说
他们从未看见过爱情
而且他们都被刺伤过
告诫我

一定要小心翼翼
别被那看不见的爱情伤到

我确实见过爱情
不过也有很多人说我是骗子
我知道
那是因为他们没见过
当你见到你喜欢的人时
你脸上的表情
那就是爱情的样子

见到我喜欢的人时？
我自己的样子？
可是告诫我的人怎么都被刺伤了呀
自己会刺伤自己吗

当然不会
因为爱情永远都是保护人的
因为人太脆弱了

那怎么有人受伤了
还是遍体鳞伤

他们受伤的时候
爱情已经不在了
没有了爱情的保护
人类是多么的不堪一击
但是他们误认为爱情还在
所以
他们以为爱情伤害了他们
这是错觉

原来是这样
你还说
爱情会带来一种感觉
那是什么样的一种感觉

那感觉……

我说了你可能不懂
就是如果你喜欢的人饿了
你情愿割下自己的肉
如果你喜欢的人冷了
你情愿燃烧自己最后一件衣裳
如果你喜欢的人喜欢上了别人
你情愿送她到那个人身旁

这样啊
我是有点不太理解
你知道的这么多
你喜欢的人一定也很喜欢你
你的爱情一定很美

细饮一口
玉液琼浆
心有一人
地久天长

曹霞

　　笔名蓝翎儿，生于 1983 年，初中教师。灵石作家协会会员，晋中市诗歌协会会员，红门书院写作成员。

雨转晴
——写在 2019 年 5 月 12 日母亲节

外面正在下大雨，心里也有一场雨
即将落下，阴云密布，阴雨绵绵
下吧，把母亲受的苦受的委屈都冲走
下吧，把自己和家人的磨难和晦气都冲涮干净

读朋友圈，那么多人对母亲的祝福
犹如康乃馨，一朵接着一朵开放
孩子们也送来了天真的祝福
我打开心扉，接纳了花蕊般的甜蜜

这人间之美，似乎容不得半点哀愁
母亲啊，如今我也成了母亲

当我忙着祝福别人，当我忙着
接受祝福，我又怎能忘了
自己的母亲？

母亲节前夜，我做了一个回家的梦
这更让我深信我和我的母亲
虽阴阳两隔，却心意相通

母亲，就在我的心尖上
有点锥心，有点心潮起伏
我命运的河流
流淌出幸福的泪水

回乡偶书
一半是蓝天，一半是青山
树冠像小草，是村舍的装饰

我是在绿色的摇篮里
看杨柳爱上清风
看荷叶抱紧荷花

在故乡，做一片树叶
也是好的
沐风而生，或逝
自然而然，总能找到活着的姿态

和一片叶子毗邻而居
我是玫瑰，是木棉，是露珠
在风中摇曳，静静吐呐山林之气
是一种幸福，在月光中睡去
是第二种幸福，醒来
凝视窗外，是第三种……

爱你

七夕来时，我借些月光爱你
对你说些无关爱情的言语

这淡淡的清香就好
她陶醉过嫦娥，就也能醉我
我爱这人间的气息胜过爱万物
去追随万物，以便爱你

爱你的路上，我常一个人走
甚至于没有听见你低声地呼唤
就踏歌起舞。甚至没有想过
自己究竟是谁，从哪里来
又要到哪里去

直到有一天，万物疲惫
我才知道，我们要踏遍山河寻找的爱恋
历尽三生，只为有一天看清岁月
还能相濡以沫
爱你，原是一场历尽生命的音乐
你用一滴心疼，我便誓死追寻

曹志标

笔名智乐，1947年出生，祖籍广州，现居奥克兰市，新西兰国学诗词协会理事。1996年毕业于北师大继续教育学院，作品入编《中国当代诗词选》(三秦出版社、国际华文出版社)，在当地华文报刊发表作品，在52诗词吾爱网每天发表一首诗(或词)，至今已达3000多首。

游子吟
——献给母亲的歌

流溪河水从村前流过，
屋前花园盛开美丽的花朵。
为报答母亲的养育之恩，
送一束康乃馨，
献一首赞歌，

给一个亲吻,
亲爱的母亲啊!
请您听我说:
您的深情,
化作清清流水,
让理想的风帆荡清波,
我们航行在快乐的海洋上,
您的音容笑貌常记心窝。

流溪河水从村前流过,
屋前花园株株果树多婆娑,
为报答母亲的教育之恩,
送一张祝贺卡,
献一篮水果,
敬一杯香茶,
亲爱的母亲啊!
请您听我说:
您的心血,
化作滴滴甘泉,
让智慧的雨露浇嫩禾。
我们描绘那丰收的明天,
您的热心关怀常记心窝。

常树荣

女,蒙古族。内蒙古呼伦贝尔人,现定居于河南省三门峡市,三门峡市作家协会会员。曾任内蒙古自治区语文学会会员,市语文学会理事。喜欢读书、写诗、朗诵、唱歌。诗词、散文散见于报刊、网络平台。

开往故乡的列车

开往故乡的列车
乡妹美美地在里坐
孤独的站台上
洒下我的珠泪颗颗

开往故乡的列车

明年有我乘坐
鸿雁声声唤着我
马头琴曲曲念着我

开往故乡的列车
明年在这儿等我
我不来
它不走
因草原母亲将它嘱托
万马奔腾的那达慕盛会
第一个报名的就是我

2019年1月18日三门峡

苹果红了

苹果红了
苹果红了
醉了灵宝
美了辛勤的种果人
红甜香脆
谁都可心
丰收节里免媒妁
看那天南地北地北天南的队伍都来迎亲

小满雨荷

今日小满
细雨润荷
道不尽的胜景旖旎
写不完的其叶沃若
颗颗露珠在微风中轻轻洒落
双双俊鸟于水面盈盈掠过

用不了几天
碧浪与昊天接着
遮却美人腰时
看不够倩影婀娜

用不了几天
菡萏芬香幽幽飘过

我猜
你一准还恋着醉人的小满雨荷

常泽荣

　　男,彝族,云南大理漾濞彝族自治县,文学爱好者,中国诗词研究会员。

遇见

行走在风口
一株草的想念
只为一滴露珠的来临
弯腰几许
摇摆的姿势
总是以漂泊的方式落定
高低而安,起伏随意
以眺望的名义书写
把希翼蘸满墨水
图画在风中,勾勒一幅
你我遇见的卷轴
安然如愿

故乡

依恋着祖先守护的那条河
忘情的唱着母语的赶马调
低垂的树梢是我回归的路径
高悬的天空是我遥想的出处
深深扎在心底的想念
那是与雄鹰一起高飞的根
在这高低起伏的故园里
一声声呐喊的高山与河流
在我梦的深处不停呼唤
繁衍生息中深深烙下的胎记
朝着越燃越旺的火塘走来
照亮满山放牧的背影
老爹叼在嘴里烟锅的姿势
是我这一生没有学会的遗憾
那些苦荞花开的山头

浓烈的酒香醉在风里
彩虹依恋的小河
养育着日升月落的家乡
青黄轮回的风调雨顺
在父辈耕犁的汗水里生长
喜鹊飞过的核桃枝头
还有炊烟升腾的村庄
总在我的梦里萦绕

无绪

抬高黑夜的时间,顺着
回落的余光
潜伏在心底
任风来风往,方向
在太阳升起的地方
轻柔而至
拂过未曾谋面的明天
抵达的彼岸,窥望
推开那扇灯火通明的窗口
若心以素,追寻
迁徙不止的脚步
一天也许太久　从日升到日落
轮回的诺言
一生的疼痛

车静

　　笔名春天的落叶,象山诗社副秘书长,信江韵诗社编委,中国唯美诗歌火狐微诗首席版主。关东鹿鸣·剑厚文化家园赏析版编委、诗评。诗观:我不需要什么旗帜,只要一根洁白的羽毛。

樱花

即便荼蘼成海
有些春天　被明晃晃的刺刀
戕过　余伤还在

豆蔻年华

那可是二月稚子
风哨一响
包藏的春心　显山露水

清明

告诉过向阳坡躺着的那个人
他左腕传来滴答声
落在我纸上　三十六年没间歇

谷雨

春的最后那扇门吱嘎作响
梨也梨过　桃也桃过
等破了的东风一并吹过

待我长发及腰

再不敢试
怕舀上来的一勺月光
扯疼了筋骨

陈保安

笔名半把刀,35岁,河北唐山市人。《九天文学》签约作家,"文学小溪"签约作家,"华夏诗歌新天地"会员,"蓝溪诗社"社员,"渌水诗"社员。作品散见于《渌水诗刊》《文学小溪》《辽宁个体私营经济》,散文诗《天空》获得南边文艺三言两语短诗大赛全国比赛三等奖。

五月

把相思写进五月
在槐树街冷饮店
人与你告白
窗外车水马龙听不出
你拒绝的无奈
五月的风还在
预言的忧伤

成了最该逃离的意外
我已懒得去更改
关于你与他的爱
我把相思融进冰块
渴饮一个人的精彩

春雨

吻别了一场春雨
却惊了花轻梦
来不及为你画红颜
我拂袖而立
听任风吹动衣摆
一转身别了沧海
我似是为你而来
未敢言讲的告白
成就了一场春雨的无奈

无名之辈

无名之辈
总是张望着四方
寻觅着最初的路
向着身后挥一挥手
朝着前方摇一摇头
没有想来的拯救
我注定迷失在这路口
何苦
放手那自由
何苦
选择这样一条路
是前世的叮嘱
是今生的恩赐
谁知道

我的心太渺小
渺小的装不下任何
想要抓住的机会
我就在渺小的世界里游荡
下一秒我准备睡去

以我无名之辈

生命曾像风一样自由
是我给自己重新安上了枷锁
还美其名曰叫做梦想
我的梦想太轻了,太轻了
像一片羽毛
永远也飞不高
我想把梦想
连同自己一起咀嚼
亲口尝尝味道
每个人都在寻找依靠
我却已迷失在路口
与我的那些悲喜一起
再也无处安放
我是个无名之辈
生于平凡也将归于平凡

源于梦想

我像条猎狗一样
一寸一寸在地上嗅
偶尔会抬起头
目视着远方
到处都是
陌生而冰冷的感觉
我呼喊,我奔跑,我寻找
用特有的吼声宣示着存在
撕开未知的梦想
种下勇敢者的希望

陈昌国

　　湖南湘潭市人。下乡4年老知青。大学毕业后,留校任湖南师范大学生物系助教、讲师。在美国麻省布兰代斯大学获生物学博士学位。毕业后在肯塔基大学医学院从事医学科研20余年。定居美国,美籍华人。是诗词对联爱好者。

一半一半

爱情,一半是笑容,一半是眼泪。
婚姻,一半是善缘,一半是恶缘。
子女,一半是讨债,一半是还债。
营养,一半是知识,一半是饭菜。
健康,一半是先天,一半是后天。
才能,一半是天分,一半是勤奋。
人生,一半是撇开,一半是捺住[①]。

注:①若不撇开终是苦;各自捺住即成名。——撇捺人生

爱情

少年时,
爱情像一层神秘的面纱,
飘渺虚无,雾里看花。

青年时,
爱情像一团通红的火焰,
轰轰烈烈,千娇百艳。

中年时,
爱情像一条坚韧的纽带,
维系家庭,事丰业泰。

老年时,
爱情像一壶芳香的美酒,
滴滴含情,韵味悠久。

百年后,
爱情像一场揪心的幽梦,
酸甜苦辣,喜忧哀痛。

陈春华

　　笔名芝兰,女,中国江苏常州市,60后,汉族。作品陆续发表于国内多个纸刊、公众平台、媒体网站和菲律宾《联合日报》等,多次获得大奖;创作多首歌词并已入库。喜欢用诗歌抒写生活。

老家

白云湖里游
鱼儿空中飞

蓝天怀抱镜子
照着一户人家

敲开木门
听见一声乳名

2018 年 10 月 15 日

露

晶莹成一颗眼珠
让整个世界
都收入瞳孔

在一瓣绿叶上
做起一朵
七彩斑斓的梦

2018 年 12 月 5 日

咏叹调

清晨,一滴鸟鸣
轻轻滑入镜澈湖心

一滴,一滴
如玉女纤指,勾拨绿绮

一声,一声
清脆婉转,此伏彼起

2019 年 1 月 29 日

老地方的春天

油菜花一茬茬老去
春,如约而至
那只蜜蜂
还会不会再来

2019 年 3 月 28 日

与三九天讲和

风儿
劝走身着冬装的云
太阳笑了

小鸟抚枝而歌
春梅痴等蝶儿

一池湖水
笑意盈盈
看那野鸭游说其中

2019 年 1 月 26 日

红木屋

冬给它的外衣
遮住了
火的原色

却捂不住
莺声暖语
一波一波往外涌

2018 年 12 月 25 日

网

撒一路的网
拾一筐歌
童年,在金色中奔跑

再回首
撒一网,薄暮深处

2019 年 3 月 15 日

夏日的藤椅

回老家
目光
被一张跛脚的旧藤椅
撞碎

我一遍遍地抚摸
总想　在它的纹路里
抠一粒
当年　清凉凉的故事

2019 年 7 月 28 日

陈春全

　　笔名屋檐雨，自幼喜好文学，尤喜古体诗词，重庆市诗词协会会员。在诗词吾爱、经典文学网、简书等网络诗刊发表诗词 200 多首。秉承清新典雅，言之有物，不阿不俗，不离生活的风格，创作出更多的诗词。

栀子花开的季节

栀子花开的时候
你都会背着它
在小巷里吆喝
一晃
已经十年

那时候
你还是个不大的女孩
眼睛很亮
声音很甜
如这栀子花开

今天又听到你的声音
在五月的雨丝里飘荡
我急忙带上五元钱
在街口看到你
你笑着递给我一把栀子花

熟悉的香味
熟悉的笑容
熟悉的女孩
看着手里洁白的花朵
我心里不禁泪水涟涟

每年这个季节
我都会默默的等待
知道你一定会来
如一个约定
虽然非常短暂

把栀子花插进花瓶
满屋清香
谢谢你！女孩
我会等待
明年的栀子花开

陈春霞

　　荆州市荆州实验小学教师。作品散见于《散文诗》《奔流》《荆州日报》《河南经济报》等刊物。红尘万里梦为马，笔墨抒心化诗词。

渡口

只有在这里，才能安静地坐下
看一只鸟站在电线上梳理羽毛
偶尔风经过林梢
一颗绿色的小果子扭了扭身子
雨落时，池水轻轻呼唤一条鱼的名字

在这里，我曾被一只骄傲的公鸡追逐
一把蒲扇摇出老旧的故事
带我爬树的少年长成时光的琥珀
红高粱，野蔷薇，车前草
我的记忆是一座幽微的山洞

没有比草木更葱茏的想念
在滚滚的车流里，我瞥见水雾中的青山
一捧月光在茶香里流转
现在，蝉声镶满了我的绿纱窗

所爱

许多年后，它仍在不经意间临于我心
照片上斑驳的老房子，林间羞涩的山莓
以及月亮湾亭亭的绿荷

我该用怎样的词语
在每个思念的当口将你修葺
该用怎样的语调
在陌生的街头将你提起

现在，唯一能证明我身份的
是改不掉的乡音
再没有一头黄牛以犄角相拼
没有割不完的"兔尾巴"
在五月的车辙旁，黄土包分外孤独

我所爱的，不过是那光里微笑的脸庞

浮生辞

一尾鱼，在木桥边等雨
当日子在篱笆上延伸
远归的脚步扣响泥土的心门

在一丛野蒿旁摆好姿势
身后的新山静默，飞鸟还巢
炊烟结满紫色的回音
夏风中，绿色和绿色跳一支温柔的舞

当黑色的足音落满荒草的露珠
你疲惫的双颊点一个香甜的吻
是谁的红裙在时间里留下注脚
一窗蛙鸣托起夜的深沉

陈广德

中国作协会员。在《当代》《文艺报》《中国作家》《中国诗歌》《诗选刊》等100多家报刊发表作品800多万字，已出版诗集《半涨之潮》《踏雪之声》《陈广德诗选》《无伞之旅》《守月之树》《水边的远行》《爱你如初》《脚窝》《陈广德短诗66首》，散文及散文诗集《爱的涟漪》《月亮河》，随笔集《心境的门户》等12部，获《人民文学》《诗刊》《人民日报》等190余次诗歌大赛奖和江苏省五个一工程奖、亚洲微电影金海棠奖最佳编剧奖。

走在春天的路上

撩向我的风，顺便也把山野的
心撩拨得丰沛起来。
枝头饱满在沉默之中，仿佛
石头内部开始
松动。路旁的飞翔，有了
一些分化，翻涌和消失都有神秘的
曲线，看不出，谁是
谁的支撑。

也许还有一些道路，在水面
之下。我在水边，让心事，一点点
明亮起来——如果明亮
是肢体，那种光洁已经褪去了
外壳，只等那一声
响亮的啼鸣。

只等那一片涌向辽远的葱茏。
——我的脚步，融合
已有的黑白，走向荼蘼的漩涡。
是的，山野醒来，
他弓起的脊背，正要泛起
跳脱的媚，是潮红。

青花瓷

着青花瓷水墨的柔润，我
交出唇。莲在动。
莲在池塘的迷离中吐露绵延，舞步
在此时体会燃烧的痛点，

临渊而立的
是卓然的华彩,细微的困境
正在突破。

刚与柔正在融合。

我交出汗。光洁释放出蓝色的
奔涌,一波一波,写满
迷人的曲线
——别逼她的白重现高温的
鸣叫,当时的玉质
脱胎于水洗。

我交出呼吸。这或轻或浅的
鼾声,敲响的
是一些回味,正冰裂出
一道道韵。

品茶

袅袅着。仿佛炉火闻出了
来过又走了的花事。

茶香无痕,只在心里留一叶
孤帆,注解
万仞山后的依稀。

咽下去了,或者被重新
想起。画中人
说出江水浩瀚,仿佛
月亮
又照了一回江堤。

垂帘

依稀的光,仿若隐藏了另一个自己。
你喜欢的妖娆,
一直在重新雕琢可以呈现的
部分,其中的时间,
总在怀疑某种悬浮的力量,听见过

斑驳,和梦境。

其实并不需要清晰。与花期的
相逢,你会把
抵达的鸟鸣换作是一种
空旷的修辞,
飞翔或者跌落,都像是由内而外的
沉溺。

月色赶过来的时候,你收留了
今夕何夕,让一次次
追问,在房檐下,成为真相的
另一种经历。

梅花

一张翅,
就进入汹涌的倾诉里。背景渲染着
忍耐,让你,
一点点,成为繁华之前的
孤愤。

更汹涌的抒发源自脊背一样的
石。仿若河边的老柳,
正攥紧小小的
拳头,等待水流般的歌喉,
美如花蕊。

陈贺文

女,蒙古族,中华诗词学会会员,内蒙古作家协会会员,内蒙古词学会会员,华人头条·周刊主编,中国阴山作家网副主编。喜爱文学、摄影,热爱诗歌及散文创作,作品在纸质期刊和网络平台上有发表。

雨夜

夏夜
我剥开雨音

眺望　远山
层层　起伏
条条　拔节
收回丝丝缕缕的目光
曼妙的箫声
沾满了一腔柔情
煮一壶清茶浅尝微醉
读一首小诗
轻纱逐梦
雨夜　亦可安暖

故乡

蓝天　白云
绿水　红马
追逐着痴影万里

走过春天
草原还在前头

袅袅炊烟
牵引着勒勒车
淹没一片片碎花
牧归羊群
呼唤您的芳名
任由馨风轻轻飘送

星光　银杯
篝火　安代舞
用一河的月亮
相逢喜悦

端午

思念　点缀
一叶扁舟
顺着汨罗江荡漾

新芽入梦
一曲《离骚》
见证历史的记忆

艾香　粽叶
龙舟　雄黄酒
相依相伴走过千年

人间四月天

四月，草原半帘烟雨
吐露芬芳
晕染婀娜多姿的云朵
温馨如雁，一点万念

四月，牧马人
一个萌动
梦境如一江春水
唤醒了山岗，暗香轻摇
雄鹰念着你的名字，触摸辽阔

四月，鸟鸣
如此多情
点亮一片片杜鹃花
似风的模样，编织
醉美嫁妆，我愿祈福千年

四月，泉水叮咚
跃上马鞍
扬鞭敲打着绵绵的诗句
呼唤远方，撩拨发烫心语
谱成曲漫天飞舞

四月，闭上湿润的眼睛
千回百转
剪一段思念的琴声
让指尖圆满
依依聆听，你不来，我不老……

陈季光

网名永恒的主题。江苏徐州人。毕

业于南京师范大学汉语言文学专业,现任中学教师。业余从事文学创作多年,有大量的古诗词、现代诗、散文、游记、短篇小说在各论坛、刊物上发表,并多次获得不同的奖项。文字朴实,情真意切,心灵的文字,具有鲜明的正能量和感染力,一直深受广大读者的喜爱。

我站在相思的渡口

在喧嚣的尘世里,
我总想躲进你的静幽。
在浮华的烟波里,
怎想得到你的纯朴温柔。
人到中年依旧在幻想,
浪漫的诗心依旧将美好追求。
纵有别离之苦,
无悔这份圣洁的心灵守候。

我久久地站在相思渡口,
在孤独寂寥中默默忍受。
虽人海如潮,
那擦肩而过的
终不能留在记忆的深处。
因情投意合,
才携手风雨同舟。
做个平凡人真好,
无需面具遮掩,
彼此已将真挚的情感表露。

我站在相思渡口,
痛折千尺杨柳。
你终于出现在心河的对岸,
是偶然也是必然,
那会心的一笑,
那不在矜持的一瞬,
彼此已深深的占有。
在分别的日子里,
你的影子时时出现,

我魂牵梦萦
才下眉头又上心头。

我站在相思渡口,
任春去冬来,
任绿肥红瘦。
人生苦短,
若不能天长地久,
此刻拥有已经足够。
若有来生,
任青丝白发,
我定百倍修行,
只为与你同欢共枕春宵几度。
真情可以穿越一切,
只愿彼此安好,
今生便快乐无忧,
直到永久。

我站在相思渡口,
因为遇见,
因为深深的懂你,
灵魂在升华,
心不再流泪,
爱你一回已胜造七级浮屠。
因为爱有多种方式,
有你真好,
今生难忘这醉人的码头!

陈家林

笔名林木,网名云轩,中学高级教师、陕西理工大学硕士生导师。中华诗词学会会员,陕西省诗词学会常务理事,汉中市诗词家协会会长,《天汉诗词》主编,已发表诗词、新诗、散文、论文 600 余篇(首)。

想起李白

忽然醒来,看到床前的月光

就想起仰天出门的诗人
乘一只大鹏的影子
梦游唐朝。长安的道路宽阔如青天
却伸不开翱翔的翅膀
皇宫的桌椅稳如盘石
却容不下诗人的脚

只好栖落于蓬蒿间
仰望天门,仰望高远的太清
希望能扶摇而上

还没有等到飞翔,就看见
太行山的积雪阻断了去路
黄河的坚冰封死了渡口
通往秦关的蜀道难于上青天

他多想见到神往已久的稀有鸟
也许,他忘了
稀有鸟只是一个传说

只好一手提剑,一手拎着酒壶
梦游天姥,神游庐山
让瀑布冲洗他斑驳的羽毛
让镜湖的月亮照见他的影子
照见他三千丈的白发

直到从偏远的夜郎归来
满身的羽毛已经脱落
他似乎才明白,大鹏
虽然背负青天,展翅九万里
那也只是一只鸟
一只稀有的
流浪鸟

终于见到雪
终于见到久违的身影
在梦想之后,在推开门之后
在又一次出发的路上

在暮年的早晨
还是少年的颜色
眼睛里最洁白的光芒
心中最欢喜的姿态
残存的绿意伸出手掌
枯萎的叶子躬下腰肢
蛰伏的根,在谛听
来自天空的声响,在静享
渗入土地的滋润

在擦拭天空之后
涤荡云雾之后,清洗完
叶子和根之后,那些污秽
都被江河的波涛带走
你留在山间,留在小巷
留在城市和乡村的每个角落
以玉的姿态肃立
以童话的纯洁奔跑
以日月的光芒闪烁
你的颜色,就是这世界上
魂魄的颜色

今天早晨,我们再次出发
每个人走过,都能看清
你给他们映出的
弯弯曲曲的脚印

陈建平

浙江省作家协会会员,中国诗歌学会会员,偶有诗作发表于报刊,出版诗集《心路呼吸》。

一场雨的远

推开一扇门,你不会知道
下一场雨,
什么时候会落下来

这个时节,雨是常态
而潮湿闷热
却是让人烦躁的话题

你的身影忽然闪现,湿漉漉的
行走在石板上
而我在钢铁丛林里
找不到那条通往雨巷的入口

六月

六月匆忙
将季节的任性用一种雨
反复落下来
或化为汗流浃背
对着午后的云生出唠叨
该忙的都忙
等待收割的也不只是麦穗
栀子花香里
挥舞着一把镰刀
古典的身姿

绣球花

走了千年,从原始森林穿来的风
迷失在一朵花中
像你一针一针锈织的彩球
我恰好路过

怦然。只因我姗姗来迟
静默无语。我无法看到你的盛开
今夜,会有如水月光
轻抚前世彼此的
错过

白云

拥有一片天,甚是辽阔
内心挤不出私念,展露的锋芒
干净,发出白光

简简单单,像是远古的明镜
照亮人世心灵
孤独,却又说与谁听

而飘逸的姿态
心无旁骛,盛开成酷暑里
一朵红花

绿意

被热浪所包裹,青翠欲滴
生机,开始有了心动的
爱恋

芬芳,忘记春天已远
成长的力量
撕裂了酷暑难耐

绿,用不动声色的方式
泄露了伏天决堤的
秘密

陈金

吉林省吉林人,吉林建筑科技学院基础部副教授、博士,酷爱诗词。

等到明天

有一片新栽的树苗很容易被风吹倒,
于是他们就努力地长大,
想着,等长大了,
他们的枝干互相支撑着就不怕风吹了。

终于有一天,
他们长得又粗又壮、枝叶茂盛,
可以任尔东西南北风了,
可是他们又被伐去当了木材,
于是他们忍着孤独去发挥着各自的作用。
他们有的被做成了高档家具,

有的变成了火柴,
有的变成了工具,
有的伐回去没人用,
被雨水浸烂了。

但这都不是他们最终的归宿,
他们最终的归宿只有土地,
而且是他们一起生长的那片土地。
虽然他们回不去,
但那片土地在他们的纤维里,
在他们的纹理中,
在他们的心底,
在那相互支撑的岁月。
朋友,在明天未知的命运里,依然存在。

陈敬标

笔名城北老伯,男,1949年出生,1971年入党,大学文化,上海知青,盐城市国土局退休干部。盐城市作协会员,盐城市网络作协名誉秘书长,《盐阜大众报》特约记者,盐城鹤鸣亭论坛原创文学版主,上海《金秋文学》社编辑,上海《出海口文学》编辑。

圆梦
——回娘家周庄

从时光隧道回娘家来的柳生、丽娘,访
旧地,闻天籁,释乡愁,圆梦在诗意周庄……
烟波画船,披着晨光,
双桥下迤逦而来柳生、丽娘;
水袖曼舞出绿水如绸,
柳枝轻漾成淡云如网,
今天女儿回娘家了——
回到孕育昆曲的水墨周庄!

整整走了四百年啊,
从扬州、到帝都、下苏杭,
姹紫嫣红、荷香菊旺、兼葭露霜;
整整走了八万里啊,
从伦敦、到巴黎、登维也纳殿堂,
唐宋雅韵、百戏之源、流入异国他乡……

穿行在斑驳的骑楼、廊坊,
看院深苔重、心旌摇荡——
想灵犀相通的莎翁、汤翁,
仲夏夜织奇梦牡丹亭上[①];
乡情温润、乡愁缠绵、浓郁了沧桑,
婉转在水磨昆腔……

"呀——"四百多凤凰盘旋、鸣声清长[②],
古戏台丝竹袅袅、锣鼓锵锵,
深谷幽兰十七载、两万次飘香!
"活化石"走下"非遗"高台[③],
走近青春、走向复兴、走进辉煌,
圆梦了时光隧道而来的柳生、丽娘[④]……

注:①400年前同一时期,莎士比亚创作出《仲夏夜之梦》,汤显祖创作出《牡丹亭》。

②周庄古戏台建成17年已演昆曲两万余场;台中心由420只木雕凤凰盘旋成"凤凰藻井",是依古人利用的共鸣原理筑成,能使演唱更婉转动听。

③昆曲被世人称为"活化石"、深谷幽兰,2001年被联合国列为"非物质遗产"。

④诗中双桥、骑楼、廊坊、时光隧道皆为周庄著名景点。

秋歌

换下了春的芬芳,
轻柔了夏的音响,
捧一束菊的明黄,
拈几瓣桂的甜香,
你来了,
梧桐雨丝丝缠绵,
登高蝉痴痴鸣唱,
田野里起伏希望。

千年前奔月姑娘,

这一季月圆还乡；
七十年红旗飘扬，
金风里庆贺辉煌。
你来了，
南飞雁阵阵盼归，
游子梦声声唤娘，
红枫林晕染夕阳。

2019年8月8日锦秋花园

陈军

男，笔名梦寒。山东省淄博市人，公司员工。山东省诗词协会学员，淄川区作家协会会员。在各省市地方的诗词大赛中多次获奖。愿用一支清瘦的笔，抒写人生最美的真谛。

爱就爱了

不知怎么就爱上了你
我的文字除了你还是你
不想让别人知道
只有自己清楚
可忧郁的眼神出卖了我
我知道爱你是一个美丽的错
可我还是爱了
甚至爱得低到了尘埃
我用生命和光阴的里程
记录着爱的点滴
只是啊
我在戏里你在戏外

我流泪的爱
沉默在伤心的幽暗里走不出来
也许五年，十年
也许一辈子
我反复用心的尺码
丈量你我之间的距离
一米，十米，二十米
这样咫尺的间隔

却要让我走一辈子

螳螂

秋天的树荫下
爱情牵绊着分离
没有神话也没有传奇
在人们的眼里
我就是一只螳螂
爱了就要爱得彻底
用生命证明
没有委屈没有感伤
甘愿为了曾经的你
爱一次死一次
反复沉迷

佛莲

你是红尘中的一滴露珠
迷离了我的双眸
黑暗中
一颗划过的流星
在我褐色心上
留下深深的痕迹
我的眼中
只有你的浅笑和宁静的嫣然

是不是相思太苦
莫不是春光太短
不然和你在俗世中
尽情地相爱一场
爱一场无悔的约定
一场忘记彼此的今生

若
你是佛前的一朵莲
虚伪的浮尘不是你该来的地方
嘈杂的俗间
溅起飞扬的尘土
会使你清澈的眼泪迷茫

— 1765 —

若
你无法逃离
就安心地和我相爱一场
我把清风送你
把明月给你
把纯洁的百合
种植在你的心源清波上
不再枯萎凋零

可是
世俗的缘始终与你擦肩
还是回去吧
回去做好你的一朵莲
别再想那双为你流泪的眼

你本是一朵出水的莲

你本是一朵出水的莲
清绝高远
不染尘俗烟火的喧嚣
静静地在水塘绽放
清风明月是你优雅的微笑
蓝天白云在你怀中缠绕

你本是一朵出水的莲
有傲然浮世的绝代风华
浑浊的红尘
有谁与你媲美
你俯首一笑
让整个季节为你低眉

你本是一朵出水的莲
玉骨清香宁静舒展
洁白的花瓣
在微风中摇曳
翠鸟在你的上空
滞留飞的翅膀
惊艳的百花仙子
在你面前
垂下羞涩的花蕊

你本是一朵出水的莲
从菩萨的莲台中来
微风细雨为你诉说绵绵情话
明月为你披上漂亮的素纱
白雪是你洁白的肌肤
秋水是你清澈的双眸
你从香云缭绕的瑶池滑落

你是一朵出水的莲
而我是一个虔诚的信徒
情愿匍匐在你的脚下
倾听你吉祥的梵音
如果岁月可以带我回归以往
我愿终生为你的生命祈福
祷告你幸福的所有

陈立华

1958年生于上海市杨浦区。从小热爱诗词,退役于海军,退休于宝钢。喜欢读书旅游音乐书画手工和写作。记录人生感悟,写过几百首诗词。2018年12月21日加入中国诗歌网成为普通会员和蓝钻诗人,笔名缘于自然。

外婆家的阁楼

小时候最喜欢的,是去外婆家玩,
去享受长辈们慈祥的抚摸和微笑,
看外公黑板上粉笔楷书天气预报,
再享受外婆花样翻新的饭菜味道。

老式的弄堂排着密挤的三层住房,
我常独自待在姨们住的二层阁楼,
那里温存着母亲出嫁前闺房的气息,
有我长高仍迷恋的书架而进出弯腰。

博学勤耕的舅舅曾经出版了几本书,

作家的光环宛然成了激励我的荣耀。
姨说,多看书好,熟读唐诗三百首,
不会作诗也会吟,学会作诗才更妙。

恰好书架上找到线装版的唐诗册子,
我曾恭恭敬敬用毛笔逐页逐句仿抄。
一知半解地默读背诵着奇妙的韵律,
年少轻狂渐折服于先贤的艺精德昭。

种子的生发缘于良好的启迪和熏陶,
从此,我与读书写诗结为莫逆之交。
学悟的代价是半解摺荒的后追折跑,
爱诗的褒奖是义理潜髓可滋育节操。

书海泛舟,笔尖划过了多少豪逸,
时光飞梭,她伴我戍边工作养老。
家国情怀,尽可寄付于节律倾诉,
同好交流,多了兴歌益思的韵脚。

外婆家的老房子已拆迁好几年了,
新规划将增色北外滩的靓景时骄。
恋旧的我经常会遥望夜寂的苍穹,
在记忆之河寻觅其乐融融的欢笑。

陈敏文

男,1971 年出生,江西鹰潭市人。1993 年开始创作现代诗,在《江西日报》等发表。2015 年开始接触微诗,至今共发表 1000 首。任信江韵微诗社编审,唯美火狐论坛首席版主,中诗网编辑。2019 年,江西四套做了报道。

村口的桃花
红着脸　羞答答眺望
此去经年　凋谢只是为了
守候一个结果

豆蔻年华
那个男孩　塞进书包的纸条
从课本里爬出　又蠕动在
她的心坎上

独在异乡
冰凉的清晖里
孤单的枕头容易失眠　偏偏
月亮是个不速之客

山那边
高亢的信天游
翻越世俗的目光　在妹妹心坎上
开放出　一株兰花花

知否
卷帘人扯了又扯
把一段旧事徐徐拉开距离
海棠低下头　羞红了脸庞

陈鸣鸣

女,笔名千山暮雪,20 年从军生涯,当过兵、灭过火,上校警衔,著名军旅作家,中国作家协会会员,入选世界优秀专家人才。获中国青年编辑骏马奖、"恒光杯"公安文学优秀奖、中国作协"金秋"文学一等奖、南京机关作家协会"最佳诗人"奖、大江诗歌奖之"华语诗歌奖"等多种奖项,荣获 2015 世界诗人大会"杰出女诗人奖"。被誉为"将爱情写到极致的公安作家"。出版著作多部,2018 年 9 月,江苏凤凰文艺出版社出版新诗集《我这一生就跟爱情过不去》。主持国际东方诗坛。

诗作与画作
我写了一辈子
想写一首追求你的诗

每一次 好像只写了一半
从来没有满意
因为 第二天
有新的灵感
你有 新的美

我爱的人很多
但我会克制
克制到刀枪不入
这是一种责任
你既然让我幸福
我一辈子学小孩画画
画出那种出其不意
画出你对我的骄傲

我只注重今世
人们对我的评价
所以我活在你的爱里
谨慎 创造 创作
当我漠视你的美
可人们驻足于画布前
我画的你
都纷赞你的美
如果认为现世是恐怖的
根本不会创作
我今天承认
我的每一首诗都是日记
但有时候说了假话
把爱你的感情欲盖弥彰
我怕燃烧得再剧烈
画布成了灰烬

2018年10月15日

爱鸟

喜欢一只鸟
把它放回森林
喜欢一个人
把他放归大海

必须有三十二只鸟
围绕着我
必须有十二个模特
贯穿我的一生

像鸟一样冲进我的家
告诉我 春来了
扫视舞蹈的阵容
你鹤立鸡群

佯装不爱你
给鸟二次生命
只携带你走进精彩
鸟飞过海阔天空

2019年3月13日

义薄云天

掤一柱方天画戟
一路杀将过来
如若投入你的怀抱
山川为之哭泣

我是唯一负荆请罪的人
你杀了敌将
换回我的性命
我答应过你
在你的爱里永生

你垂泪为我
我为你勇闯江湖
皇帝赐你一杯毒酒
你知为我必揭竿而起
一封信唤到你的帐前
让我喝那半盏剩余的酒

多少英雄逐鹿中原
如果真情告白天下

中华义士的行为举止
冲也担当　情若两翼
蓼儿洼长眠的不是我俩
我为你冲杀过的疆场
只为你义薄云天

2019 年 6 月 7 日

陈全

毕业于空军某大学，南京某部转业，现广东政府部门工作，业余诗词爱好，作品多见于《中国诗人》《扶贫诗歌》《中国诗院》《广东特协》等。

思念

灯光下
读尘封已久的思念
象一条初春的小河
流淌心间
甜美清凉

灯光下
读那遥远的思念
象春天那棵银杏
守望那份静谧
唯美清爽
那年青春
红红的嘴唇
燃烧得我们血液涌动
无论外面喧泄至疯狂玫瑰花依旧火红

情未了

请原谅
今生我已没有力量
走进那年许诺的小屋
尽管那灯依旧明灭
不要以旧时的足音扣问我心之门
我已属于南方
属于刚刚吃乳的女儿
属于丈夫诚挚而深重的挽扶
你走吧
远远地远远地走吧
也不要留下任何语言
我曾孤独地期待过呀
让我们就此告别吧
今后相遇的日子里
不要回眸
否则会灼伤那颗颤悸的心

陈全德

男，1963 年 7 月出生，笔名老道士或樵夫福建，闽北松溪县人。1980 年开始文学创作，已有 1800 多首诗歌发表于近百种纸媒报刊和网络平台，多首诗歌获奖并编入 20 多种诗歌选本、典藏书籍。

窗对窗

你我在彼此的对面
四月的香樟花香　不知
四季的鸟鸣声翠　无闻
我只看窗玻璃上的树影
哪里是只看树影
是看那谈紫的窗帘
半遮半掩
哪里是看窗帘
是看窗里阿娜的身形
飘梦一般　若隐若现

盼

彩云在那天边
月亮在我头顶
而你在哪呢

船儿顺春水走来
柳絮随柔风落肩
何时才是你的归程

荷花开了
木樨香了
腊梅疏篱边上艳

迎春花在村口等你
你是我的诗和远方

说真的
你的容貌很平常
然而 只要你一出现
便占据我整个目光
只要你一离开
我的心就空落落的怅惘

你是我的诗
你在哪里
我的心湖就在哪里荡漾
你是我的远方
你在哪里
哪里就是我的向往

你满头乌发是风中的新柳
你一袭红裙是海上的风帆
你是游子回家
在村口看见的袅袅炊烟
你是浪子回头
在黑夜看到的暖暖灯岸

你一安静　莲台禅定
你一移步　仙女下凡
你一回眸　群星黯淡
你一微笑　忧愁顿散
你一出声　如闻天籁
你一晕红　朝霞七彩

假如你应允
我愿登上你的峰颠
把百年孤独独享

如果你准许
我愿潜入你的谷底
永世不把身翻

陈荣华

男,1972年12月生,江西于都人氏。中学语文高级教师,江西省首批中学语文骨干教师。爱好中国语言文学,在各级各类刊物平台发表文学作品、语言论文以及语文教学论文数十万字。

致童真

小时候,童真是一湾溪水,我在里头,她的笑靥也在里头。
长大了,童真是一摞草稿纸,我在埋头,她的名字在心头。
现在,中年油腻男一坨,童真只剩下吃与喝,我在闷头,她在心早已被人偷。

陈荣来

安徽无为县人,安徽省作家协会会员,中国诗歌学会会员。作品散见于《诗刊》《诗选刊》《诗歌月刊》《诗潮》《牡丹》《中国诗歌年选·2018》等百余种报刊、选本,著有诗集《在地平线上燃烧》。

初秋(组诗)

我并不讨厌蝉的聒噪
以及滚滚雷声
夏季,一晃而过
满身飞尘的人
眼睛里,也能长出烂漫
长出绿草如茵

碎花裙和太阳伞
依然是此时的主题风景
而旷野

已露出疲态
停止蔓延的蒿草
举起枯萎前最后的茂盛

天气转凉是早晚的事
该准备的
总得要提前准备
实在无事可做,就对弈,煮茶
看落霞
与孤鹜,齐飞

仲秋

树叶落地。蝉鸣
也从枝头落了下来。纸片和泡沫
飞过它们的头顶

炊烟照常升起
不见踪影的镰刀,被垮塌的铁匠铺
锈蚀

河水在村口断流。一个佝偻的身子
走进小村深处
天空,铁一般下沉

当然,遍地是稻穗和果实
秋天的重量,还是能把一些事物
摁住

暮秋

这个时候,南下的
是北方气候
阳光远了
天空,显然比村庄高出许多
而田野
低于枯枝败叶

年成好与不好
日子,总得要过下去

远行的人
迎着朝阳赶路
家乡的炊烟
升起,留守的宣言

一场雪,很快会来
到处是风
和风一样的孩子

秋

一个人坐在秋天里
查看着快递单号的信息

有个过路人
邀请我,一起走走
从一头走向另一头,再走回来

枫叶,的确是红了
正在从北方向着南方邮寄
哦,这秋天的信笺

水鸟瞬间起飞的时候
田野里,到处是收割的人

陈蓉芝

网名春意盎然,从事美容养生行业。中国诗词研究中心暨研究会会员,山西省吕梁市汾阳市朗诵艺术协会会员,汾阳市朗协常务理事,汾阳市诗歌协会会员。喜欢写作、朗诵及旗袍。在声音的海洋里徜徉,在文字的世界里寻觅,在时光的深情里,安放流年。

味道
——赠友人

是什么味道?
让我如此痴迷……

噢！是你淡淡的香，
好似，栀子花，
超凡脱俗，
清馨淡雅。
于是，
心随着朗润起来，
霎时，
感觉所有的一切，
都是那么美好！
是的,这是女人的味道，
雅致的女人
甜甜的微笑
醉人的味道……

2019年6月4日

邂逅

惊喜刹那的一瞬
绿色
摇曳娉婷的倩影

惊呼
这欢快的邂逅
雀跃
这美好的相遇

是的
上苍早以安排
没有早一步
也没有晚一步

仿若电影里的情节
让人如此
兴奋　欣喜
翩若惊鸿的你
与欣喜若狂的我
立于街市的一隅……

2019年6月21日

老照片

照片　是回忆　是定格
是过往的留恋
是永恒的瞬间

一张张发黄的老照片
记录着美好
也满载着沧桑

每一段历史
都以它的厚重
发出我们对它的尊重与感言

拥有回忆
人生便得以丰润
岁月
才溢满诗篇……

2019年6月18日

陈如琴

笔名绿意盎然，中国诗歌学会会员，香港诗人联盟永久会员，短诗原创联盟副会长。

韵

晚霞
拉开了序幕

群星翘首以盼
月亮拨动
琴弦

2019年7月14日

静

哪怕微若尘土
也不愿
惊扰了
亭亭玉立的你

2019年6月19日

夏

巨龙出击
片刻
熔化了
大地

2019年5月22日

风

天地间回旋着
不同的旋律

最温馨的那首
抚摸过
大地上
每一寸山河

2019年5月15日

陈瑞芝

笔名孙大员外。获得诗和远方2018年静安职工诗词大赛一等奖，获得"新时代歌咏"主题诗歌创作大赛优秀奖，获得2017年陆家嘴金融城《中国梦，劳动美》征文大赛一等奖等多项。

七月，路过那片小麦地

七月的我路过那片小麦地
发现它们似乎衰老了许多
青春的痕迹被麻雀一点一点啄食

原本柔软的腰肢
可以随着春风一起荡漾
现在变得苍老与挺拔
即便被折断也不会轻易弯腰
那些未曾经历过风雨的绒毛
已经变得如一根根利剑，直指苍穹

就是带着这样的基因
甘愿被踩躏成了粉沫，抚慰着饥肠
也是带着这样的基因
被锤炼成了烧刀子
硬塞进了软弱的人手里，挥舞一把

七月的我路过那片小麦地
那里已经掺入了父亲的骨灰
那麦穗在风里向我拼命的招手
示意它们带着雨露，飞落到我的脚下

被风捡起的麦芒
狠狠地刺了一下我的眼睛
刺痛了这片土地，也刺痛了我的脚底心
我蹦了一下，想要飞起来
像极了我那去世多年的老父亲

月亮晃了晃

每年的那一天
不管天晴天阴，那个月亮
总在我心里亮着

那个月亮
在我的眼里好大好大
所有的人都能围坐在一起

那个月亮
在我的心里好重好重
所有人在一起都抬不动它

就是在那个晚上
月光薄薄地洒在屋脊上
慢慢地流淌到了那张泛黄了相片上
月亮晃了晃，油灯也晃了晃
灯下的身影也跟着晃了晃
我踉跄了几步，扶了个空

翻身

大太阳底下,不远处
九条躺在竹匾的咸鱼
身上的盐巴结成了一粒粒
眼睛紧紧闭着,就等着老太太
时不时帮它们翻翻身

烈日下,没有一丝风
脚手架上斜躺着几位
衣服上泛着一块一块盐花
眼睛张着天空,一天了
也没有人会去帮他们翻翻身

悲伤与欢喜是身体的二个不同侧面

每个身体藏有二个不同的侧面
他们有着不同的处事风格
不同的侧面面对不同的境界
才让我对付那些被折射过来的世界
不同的侧面不断转啊转
是有双看不见的推手,推啊推
风被吃进了嘴里还在不停的祷告
推着悲伤与欢喜不断地轮回

轮回中总有一些东西
在慢慢升腾、慢慢消散
变得柔软直到最后融化
悲伤与欢喜走成了一条直线

不断地轮回中
土地、湖泊、沙丘
城市、乡村、他们没有什么不同
身体在悠悠地转、世界也在慢慢转
我们都将被转入了一个无法脱身的漩涡中

陈述云

高中文化,1959年生于四川省德阳市,热爱诗词。

秋晨

走过春绿幻影
夏的拥抱
收下风华,秋色彩裳
一片枫叶
白露为霜
飘逸满地金黄

秋阳

晨阳
穿过树荫
留下万点色彩
宣誓着
又一个秋日
场起一场
柳烟

秋叶

采下秋的叶
贴在书页中
读一下诗经
翻开霜的残红
用它
敲开春的清流

二伏天
抓一把泥土
酌一勺清水
浇下夏的热浪
蒸发,一丝细烟
汗珠
又集眉梢
浸润万丝　霜

风

夜宵狂野舞技乱
不知来去踪
轻抛窗帘
扇开夏青凉
散热草从中
一指思念短
又看月高楼
暗行千里不回头

一只笔

记下往事烟云
满地落叶
秋霜杰作
一阵残风扬起
顺从的叶远行
漏下几粒尘埃记忆
春的温情
夏风炽热
回头
不忘昨天霞红
几滴泪
醉成冰淇淋

陈曦浩

男，上海市作协会员，上海财经大学主讲教师。相继在《文汇报》《解放日报》《文学报》《劳动报》《工人创作》《大世界》《上海诗人》《中国诗歌》《绿风》《诗林》《诗潮》《大河》《散文诗世界》等报刊发诗、散文数百首（篇）。

吴歌越曲（组诗）
苏州虎丘残照

在秋日的夕照里
我来虎丘寻找吴国的遗迹
几片落叶，飘零在
荒榭野庭里

长廊欹斜，一池枯水
残留着几枝焦荷败莲

往昔的雄风何在
雕梁画栋，灯金缀彩
歌舞翩跹，群芳斗艳
绵缠的越曲
唱衰了吴国鼎盛的流年

在江南的富饶里
在吴侬酥语中
雄起的一代东南霸王
竟被浣纱女的香艳泡软

抚摸残留的断断：冰凉
重读吴国的历史：震撼
断送吴王命运的，不是别人
就是自己的腐败

杭州西湖断桥

一弯石桥
断裂在凄绝的传说里

波光的眼神
回眸久远的哀伤

踩着断痕的疼痛
在白娘子的哭泣里行走

断裂的记忆，总在
无形的心灵上刻下伤痕

凄婉的故事，渗出
西湖一波一波的泪水

一只黑手撕断了桥
竟断绝庶民的岁月？

烟雨濛濛笼罩西湖的长堤
仿佛历史仍在哭诉

陈秀芹

笔名秀,山东济南,爱好文学。座右铭:淡泊明志,宁静致远。现任辽社诗歌集团执行总裁、编辑部副部长、副总编。

写给天堂的亲人

我想对您说
我多想去看看您
沿着弯弯的长长的小路
追寻着您亲切的呼唤
不管山有多高
不管路有多远
我一定要跑到您的面前

我想对您说
您是我心中永远的思念
昏暗的油灯下
那个佝偻的身影
早已缝进了我的衣衫
雪花飞舞的夜里
那个温暖的脊背
早已嵌入了我心田

我想对您说
春天来了
让我搀着您的手臂
漫步春天
我愿做您忠实的向导
去江南 去桂林
乘船滑进那如诗如画的长卷
去泰山 去长城
您若走累了
我就背着您把绿水青山游遍
去我们曾经劳作的山林吧
让我来除草 您去采摘花环

我想对您说
昨夜的梦里
我摸不到您的手
我看不清您的脸
嘶哑闷卡住喉咙
满腹的心里话
化作泪浸湿了床单
捻着相思的韵律
把滴落的祝福
书到字里行间

意想白云间

天
湛蓝湛蓝
亲吻着美丽的云朵
舞姿蹁跹
一抹羞涩染红了天边

狂风席卷
拉扯着
顿时香消玉损
天昏地暗
悲愁垂涕
是谁把无情的墨汁踢翻
万条雨帘朦胧了双眼

风散了
太阳出来了
云儿依偎着蓝天
诉说着离别的眷恋

陈秀文

笔名晨曲,中国吟风邀月诗歌文化传媒黑龙江省刊团长,联盟诗苑原创社会员,公益家庭教育指导,国家级原创舞蹈教练,诵读点评老师。各类作品在多家平台及全民K歌发布。

思念的颜色

不经历分别
永远
也不会懂得
思念的滋味

谁说思念没有颜色
她有时是红色
喷发出
激情的火热
有时
是蓝色
像天空似大海

时而
又情深深雨蒙蒙
淡绿色的
带有纯天然的味道
又或是
灰色一片
乌云滚滚

有时
思念虽隔着
一纸墙的距离
却似
隔着珠穆朗玛
隔着长江黄河

思念很苦
穿透心窝
思念很甜
梦里的笑容
阳光灿烂

思念
我无法用
头脑中的词汇来形容
思念
品味着点点滴滴
余音绕梁
眸子里
全是
你的模样

你想我的时候
我听得见
因为心灵的感应
莫名而神奇
回味无穷

陈言齐

网名白鹿鹰。陕西人。白鹿原文学公众号平台总编。海外华侨诗人、作家、评论家、翻译家、翻译理论家,有诗作、散文、随笔、评论、外国文学研究论文、翻译口译研究论文、文学译著、科技资料翻译/编译、图书馆文献信息学论文等多种,总计逾500万字。

七月的情愫

七月的光
最亮
那是因为
时空的运转
集结了更多的能量

七月的情
最浓
那是因为
一年的压抑
积攒了数倍的递增

七月的心
最热

那是因为
秋冬春挤压
爆发了火山的
炙热

七月的爱
最烈
那是因为
高温的刺激
将情感的原子爆裂

七月的人
最狂
那是因为
高温的刺激
情绪波动血脉喷张

七月的夜
最静
那是因为
喜鹊在搭桥
为牛郎与织女重逢

七月的月
最朦
那是因为
有情人幽会
需要夜幕为之遮影

七月的你
最俏
那是因为
青春的魅力
被阳光刺激而魂销

七月的我
最晕
那是因为

被你的妩媚
狂击倒地神智
迷昏

七月情愫
最丰
那是因为
夏日的阳光
激活了休眠的激情

陈弈星

原名陈襄然，女，1982 年生，福建尤溪人。国家重大专项博士，项目管理。中国楹联学会会员，中华诗词学会会员，三明市诗词学会常务理事。出版有《蒹葭》《雍口丰碑》（合著）。在《湖南大学学报》《世界汉诗》《炎黄诗学》《中国诗词》《东南诗刊》《花木盆景》《SERENDIPITY》等国内外 80 多种报刊发表作品和论文。

飞向山林的鱼

清甜的风啊涌向山林
而我啊
是那风中的鱼
眷恋着泥土草木的芬芳
飞翔　飞翔

林荫把大片大片的光
随意裁成了星星点点
撒在层层斑驳的落叶上
甩进潺潺跳动的小溪里
还有顽皮的鸟雀
玩着跳房子游戏

寂静啊
在山林里谱写另一种乐曲
鱼儿吻着花苞上的露珠
醒着的一半睡了

睡着的一半醒了

林间风

林间风　一阵
碧叶婆娑轻唱
唱那青涩的梦想
唱那淡淡的思念

林间雨　一阵
碧叶滴滴答答
念着心的柔软
念着心的坚强

风雨后是灼灼日光
碧叶争相闪闪发亮
可还记得曾经的念想

问山

家乡的山脉
为何延伸至
我的梦中
从浅浅的懵懂的绿
长到朦朦的惆怅的蓝
一重重
泛到与天相接
而山外
眷恋山岫的云
叹息着
继续远航

白云

白云悠闲地飘浮
飘浮
就像银河中
潺缓前行的乐曲
在浩瀚的天际
撒下
串串音符

犹如群星　明月
我爱这悠悠的微云
它承载着
童年的美丽梦想
走向很远
很远的地方

麓谷秋语

清晨最爱风儿轻
霞光灿灿
独自寻佳景
懒懒缓缓
似有千丈锦屏

寂寂长街犹未醒
行道两旁
草上露珠盈
婷婷秀木叶微红
更添秋色清明

一缕香来迎月桂
叶落轻轻
脚步也轻轻
试问天边小月牙
今日是谁先行

陈智杰

　　笔名陈老思，1983年生于闽诏，现居浙江杭州。现为之江诗社社长及主编，部分作品偶有得奖。对传统文化有热情，文学及书法艺术有一定造诣。短诗写作略有所得，作品散见于诗歌社群及纸刊。

钱塘放歌

钱江龙奔腾不息
钱王射潮水涛涛

这组城市雕像
承载着几多沧桑

缘起西兴
悠悠官河水
晨出晚归的脚步声
在西兴的石板路上交响

立足长河
清清乳泉水
滋养了我们这对新长河人
爱情的扁舟
从此靠了岸

扎根萧山
历经几年奋斗
顺着钱塘江
一路唱响
春天的故事

离别

留下或是远走
都在你一念之间

你不说,或者你不用说
我都在读,读你的每一句唇语
轻松抑或凝重

你不走,或者你不想走
我都在度,度你的每一步腾挪
轻快抑或沉重

一丝风,一丝风吹来
你终究,还是抬起了脚步
追随吹来的那一丝风

眼睛

都说眼睛是心灵的窗口
眼见为实耳听为虚
可有一些事情
我们以为看到的是事实
但本质却如煤矿般深埋着

这时候就需要开一盏矿灯
一铁锹一铁锹往前推进
这时候就需要长一点心眼
一小步一小步迈向更黑处
不去关注四周的乌黑

如同真空袋里的干稻谷
就算在返潮的日子
也不会萌生发芽的念头

陈忠海

笔名松塔,男 48 岁,汉族,1973 年生人,原籍山东省嘉祥县。现居住黑龙江省伊春市,自由职业。喜爱诗词,在凝炼文学院网校学习三年联诗词,经考试合格毕业。性格开朗幽默,信仰基督教,乐于助人。

云

乌云闹,
风撕咬。
云翻滚,
泪淘淘。
游古道,
实难逃。
躲叶下,
看笑话。
云竟恼,
掷飞刀,
折树梢。
我尿了,
云笑跑……

陈宗辉

笔名牧云,1956年7月生,福建尤溪人。大学文化,高级职称。福建省作家协会会员,中华诗词学会会员,中国楹联学会会员。三明市诗词学会指导教师,尤溪县作家协会主席。出版有《牧云诗词》《牧云诗论选》《悬崖上的野花》《田螺山传奇》《闽师之光》《中学生作文程序设计》《圆梦在水东》(合著)等18种,在《中华诗词》《名作欣赏》等160多种报刊发表论文、作品和创作谈。

海峡情思

那一湾海峡
在辽阔祖国的东南奔腾激荡
早春的海燕
在微雨的海空矫健地飞翔
它一次次叫喊
遏制了拍岸的如雷涛声
它一次次展翅
抹去了掀天的横空巨浪
我们心中的涛声依旧
呼唤着高耸云际的西岳　泰岱
我们眼里的浪峰依旧
牵动着滋润华夏的黄河　长江

那一湾海峡
在炎黄文化的长河里奔腾激荡
豪迈的诗人
在碧蓝的涛头上放声歌唱
他在深情地赞颂
那不老的神话 精卫填海
我在庄重地朗诵
那自信的诗句　谁谓河广
碧蓝里摇曳着两岸的福建山樱
涛声中融合了一样的闽南方腔
酣梦中　我们一次次牵手相聚在故乡
年节里　我们并举香烛叩拜在祠堂

南国的热风吹来了
长长的白发牵着轮渡的浪花长
无数的白鸽起飞了
含泪的仰望牵扯着一样的愁肠

割稻

迎着曙光　步履匆匆
撒下一路甘霖
走到那片金黄的丛林
全然忘却了耕犁锄草的艰辛

镰刀是农人飞舞的浆
游弋在千顷稻浪的湖心
微波荡漾的涟漪啊
分帘裂幕的禾把筋连筋

打下谷斗势如惊涛拍岸
涌过头顶卷作半天火烧云
拨开迷离的秋光秋色
满斗是灿灿的黄金

伐下的丛林堆成山
手握镰刀的人
看到了山里的百万鸣禽
聆听它们献给大地的歌吟

老农

刚刚在小马扎坐下
纸引暗示火柴去摩擦
水烟筒上小小的金丝球
闪烁着一朵小红花
你眯缝着一双老眼
面前烽烟弥漫
什么时候世界这么大
你仰起头来裂开了嘴
那片升腾的白雾里
一阵连天的雨幕走天涯

笨拙的厚嘴唇吧嗒吧嗒
白胡须竭力烘托着动画
粗短的手指撮金丝
小火球纵身跳高崖
谁敢在你眼前徘徊
谁敢在你身边高声喧哗
那轻含烟筒的嘴在开花
透过慢慢散开的烟雾
看到新人的玉手按电钮
洁白的纱帐徐徐地开拉

晨霞

原名杨梅英，又名映红、麦香、粟梅、玉竹，河南夏邑人。夏邑作协理事，商丘市作协会员。河南省《大河》签约作家。作品多见网络。

漫天星空，我愿做一颗星

总是在夜深人静中
仰望漫天星空
曾受的伤，曾经的痛
在脑海里涌动
奔跑过，跌倒过
爬起来攀向更高的山峰
也许前面荆棘丛生
也许后面虎豹争峰
不放弃，不妥协
管他失败与成功
漫天星空，我愿做一颗星
既然只有一次生命
就做一道流萤
燃烧自己，还黑暗以光明
也许会落入草丛
做颗露珠也晶莹
也许会消失得无影无踪
就让一切都随风
追求过，真爱过
活他个无悔的人生
你做风，我做雨，生死于共

漫步在异乡的街头
你的音容又出现在我的生活中
总以为早已把你忘记
可就在昨夜又相逢于梦
四目相对，紧紧相拥
表面的平静掩盖不了波涛汹涌
你是我的主体，我是你的客体
谁离开谁都会痛不欲生
既然命运让我们重逢，就让
你做风，我做雨，生死于共
你为我而活，我因你而生
风风雨雨，携手同行，冲向
每一个波谷波峰，迎接
一个崭新的黎明

猪样的人生，偏做鹰样的梦

山有峰的高度，水有春的温柔
白云悠悠，谁解其中愁
笑也随风走，哭也随风走
看似自由不自由，也许
这就是命。茫茫人海
总有"异类"在其中
猪样的人生，偏做鹰样的梦
一直挣扎在现实与梦中
躲在窝棚里的猪，也可乐在其中
奋力爬山的人，一步一处风景
也许前面有峭壁，后面有悬崖
每走一步都要拼上性命，但不走
又怎么看到从未见的风景
既然生命只有一次
就要活出不一样的人生
不在炉火中死去
便在炉火上重生
苟且偷生，虽生犹死
为梦而死，虽死犹荣

同样的天,不同的人有不同的心境
同样的路,不同的人眼里有不同的风景

程德文

1963年生于河北省滦平县付营子乡三成店村,自幼喜爱新诗,从1985年追随诗刊刊授学习近20年,从1989年开始在《未名诗人》《承德群众报》《山庄文学》《新诗人》《诗友联谊报》等发表作品,2001年《铁树》获第十届"新星杯"二等奖,2013年10月《灵魂日记》在"滦潮听涛"系列丛书出版。

垂钓

石雕铜铸一般
端坐岸边
雷打不动
——风吹不摇
日复一日
——年复一年

此河无鱼
——垂钓什么

起初
钓上烦恼　忧愁
钓着　钓着
钓上欢乐
——钓上执着

少年的青丝　被
岁月的风霜染成白发

夕阳西下
依然稳坐如山
冬钓春花
——夏钓雪
暮钓日出

——晨钓月

阳光的味道
——纪念毛泽东诞辰125周年

阳光
深入每一寸泥土的根部
草绿有阳光的味道
花香有阳光的味道
五谷有阳光的味道

大街小巷有阳光的味道
山川河流有阳光的味道
阳光的味道
暖暖的　香香的　甜甜的
阳光的味道五彩缤纷

我闻到泥土的味道
母亲的味道
那也就是阳光的味道

春天　一次盛大的集会
春风　轻轻一吹
伏地的蒿草　高大的树
心潮澎湃
各色花儿热血沸腾
他们内心的鞭炮依次炸响

一丛丛
一树树……
粉红　乳白　鹅黄
淡紫　浅蓝　嫩绿
燃烧的火焰升腾
…………

春天如父
春天如母
阳光如佛
一切的一切　都被

点亮　染色

铁树

并非铁石心肠
有情有爱在体内生长
梦有多远　路有多长
久日相伴的是风和雨云和霜

百年一遇的花期
不知承载了
多少情感　多少梦幻
多少次心灵的震颤

爱
不需要太多的表白
守望千年
心花怒放

程官义

  笔名禾垚,网名因为陌生,1962年生于汾阳三泉镇张新堡,现在晋中市灵石县两渡教委从事教育工作,山西省中语会会员,燕京文化艺术交流协会会员,灵石县作家协会会员。作品入选《汾河》《暮雪诗刊》《中国当代诗歌荟要》《中国近代百年诗歌精品》等杂志和选本,并且有多篇作品散见于各大微信平台。喜欢在文字的世界里跋涉,喜欢用文字记录下生活里的点滴。

夏夜闲情

夜色朦胧
窗外清风拂树影
端坐小楼窗前
捧一卷书
一杯茶轻悠悠飘烟
静夜楣间点点灯光与星光

守一纸素淡如水的文字
静默相向坐老时光
一些点点滴滴的日子
悄悄咪咪滑过
一些若虚若幻的旧人
成了心中的幻影
一些若隐若现的住事
渐行渐远渐无书
一些丝丝缕缕的心绪
如袅袅淡淡的茶香
渐渐地带着诗意的气息
渐渐地清晰起来
与清风朗月毫无牵连
心情缱惓弹出弦外之音

清淡悠然

流年光阴
在岁月里奔迫
许多事情回不到过去
在人间烟火中成长
也回不到当初了
留下的只是感慨与痕迹

花开花落
在安静中度过生命
如期如愿

浮沉过往
思绪在惆怅中释然
明心见性

读一本书
抚平那躁动的思绪
静览云烟

点一炷香
焚烧那不堪的时光
心香一抹

程慧玲

中国冰雪艺术研究院特聘画家,太原市美协会员,汾阳市美协会员,教师,二级心理咨询师。作品《三的故事》获山西省文学院、北岳文艺出版社、山西晚报联合举办的"北岳文艺杯"2018 全国小小说大赛三等奖。

如果一切可以重来

当存在只剩下伤害
当生活只剩下无奈
我只想知道一切是否可以重来

没有如果
我站在生命的叉道口
独自徘徊

当命运只剩下苍白
当希望只剩下残骸
我只想知道该给内心怎样的交待

踯躅前行
希望将自己拯救
现实的枷锁却无法打开

当阳光不复存在
当明天不再是未来
我又该给灵魂以怎样的告白

如果一切可以重来
…………

曾以为

曾以为看不到的远方是童话里的天堂,
我拥有了前行的方向;
曾以为未来的未来象梦一样绚烂,
我拥有了向往的力量;
曾以为世界象阳光一样温暖,
我怀揣着最真的情感;
曾以为生命会如同烟花一般绽放,
我忽略了瞬间的短暂。
曾以为憧憬所幻化成的不仅仅是希望,
我将它坚守成一份信仰。

剪发

我剪断了我的发
却剪不掉内心的挣扎
我又一次剪断了我的发
不晓得剪去的是寂寥还是噪杂
缠缠绕绕
牵牵绊绊的往事
一剪剪飘落
宛若一丝丝飞逝的光阴
带我一点点远离了年少
只剩下根根银丝
渐渐侵蚀掉我残留的年轻的发

程杉丹

黑龙江省依安县人,依安县图书馆馆员,曾为军人。热爱京剧,喜欢诗词。中华诗词学会会员,黑龙江省诗词协会会员,齐齐哈尔市作家协会会员。有作品辑入《黑龙江女史十一家》,曾获黑龙江省肇东市"东北四省区'莲花杯'诗词大赛"二等奖。

大龙江

我心里是藏着一些词汇的　却不知道
该如何去赞美　一只昂然高翔的天鹅
我的喉咙并不嘶哑　却无法
为你唱出最满意的歌来
你春风中俏生生的那抹青葱
是游子心上挥不去的乡愁

夏日里热腾腾的那片斑斓
沉醉　如天上虹
那场秋光下沉甸甸的的丰硕
会让男人和女人　让遇见的万物丰盈
而站在冬天　你便有些任性
有时狂野似倾一碗老酒入喉　目光睥睨
有时却又——剔透如玉　在梨花的开落里
生根　并且结出纯洁之果
一个黑龙江人　总会有一些东西与众不同
某种豪迈　潜移于大兴安岭峻朗的龙骨
某种坚韧　在西伯利亚的寒流中
一遍又一遍被　反复雕琢
某种胸襟　是三江流域的广袤
而情怀　应该来自那奔流澎湃的江河水
那挺拔了千年的红松林的内心
…………
这片土地所有的气质　都在
一个黑龙江人的骨子里　沉潜
在蛮荒中开疆拓土的先民汗水里
在面对侵略　傲蕾一兰的出鞘长剑上
在抗联英雄的热血里
在解放大军插在冰城的第一面旗帜那动人的红里　沉潜
当隆隆的机声打破寂寥时
一彪撒欢儿的人马破了千年刀耕火种的老规矩
汗水成串落下,浸透了黑土
你有了一个更加响亮的名字——北大仓　也有了
那些只有从南往北吹的季风里才有的稻香瓜甜
我们的饭碗从此端的比任何人　都稳
那一年　一个铁人和一支队伍
用他们的号子　把亘古沉睡的冻土　唤醒
新中国第一滴石油　提取自

你肺腑深处的深处
除了奉献　还是奉献
曾经　那一场文化浩劫　如道道伤痕
让你于梦想之岸　踟蹰神伤
借一道变革长风　你用
一支新生的羽翼　扶摇而起
"哈大齐"工业走廊　"龙江丝路带"
你穿行时有自己的印迹
天地间博大着的
大森林大湿地大平原
在一只丹顶鹤的目光中　伫立
在一只东北虎的胆气里　伫立
新的绿色名片被　重新定制
以一双手的老茧
以一脉龙江人的勇气　为凭
你想要在中国梦里
优雅的　腾起翅羽一飞冲天
我仍要为你唱一支歌的
面对这片土地　总有一种冲动
双膝跪地　顶礼膜拜

程向阳

铁路工人,作协会员,现居广东惠州。有诗歌散见《人民铁道报》《中国铁路文艺》《解放军文艺》《中国诗歌》《草堂》《星星》《诗林》《人民日报》(海外版)等刊物。出版诗集《风从铁路吹过》。

在粤东　一朵玉兰开得旁若无人

玉兰　不说话也是极好
最好是初春　三月的天空
你的云朵浅紫　瘦弱
东江河水涨起来　鱼也瘦小
让人心生怜爱　会有阳光的枝条

提起树影　承受比例失调的雨水和节气
一夜开花　靠近颤抖着的月亮
再用一夜抖落小小的碎片

风有一阵没一阵　吐着酒气
我们可以找一所房子安顿下来

玉兰　在房子的一角是可见的
前朝旧友　昨夜也曾梦到
每日经过的楼下
你沿着树尖绽放
安静得无人察觉

向阳的攥着喜悦　背阴的含着忧伤
象一场春秋大梦　花瓣如刀片
月色下眼神迷离
有时是花香袭人　一朵接一朵
有时是你　借兰花的身子在人间
却不能视而不见

曾经对花粉过敏　看到你爬上枝头
和木棉花桃花结伴开了
风吃着一些
玉兰丢下的碎片　像在咀嚼骨头
我蹲在一处蚁窝前　看蚂蚁搬运食物
和春天　两只蝴蝶飞过
一群喜鹊飞过　就有一群喜悦的光

祖国，我是钢轨上奔跑的铁

从乡村流到城市　从故乡流到异乡
祖国　我是你血管里的一滴血
我流入工地班组　成为一名普通的铁路工人
每天我洒下汗水　在道岔旁股道边
我的黑头发　黑眼睛　黄皮肤
我的爹娘孩子　所有的亲人朋友
以及身边的一草一木
一切的一切　都来自你奔腾的血管
不管我流向哪里　都流不出你的身体

此刻　我多想像一棵小草扑进大地胸前

和风吹拂　土地温暖　我更温暖
多想像一匹快马载来富足的民生
甚至还想乘着镰刀铁锤的翅膀
给每颗心灵送去春天的温暖
此刻　我写下钢轨道砟和信号灯
写下铁路经过的地方　城市变迁一日千里
河流穿城而过　鸽子落在屋顶
我握着打开幸福生活的金钥匙
谋划着该如何用白云为新居吊顶
阳光做窗帘　月亮当壁灯
这些裸露的血脉和神经
都连接着民生　梦想和祝福

此刻　还要写下钢轨上奔跑的铁
静默的铁　燃烧的铁和滴汗的铁
以铁的燃烧和激情
看见其他的燃烧和激情
包括血肉的火车　阳钢的火车
卑微甚至坚强的火车
都饱含钢铁的雄浑吟唱

程长有

笔名冰玉心。安徽人，抚远市作家协会会员，香港诗人联盟协会会员。

漫漫人生谁把我来陪

无数个夜晚
思念如水
漫过了心的堤围
锦瑟年华
遇见了心中的那一位
好像千年等一回

多少次回眸
与你相偎
尝过了爱的芳菲
无怨无悔

你却突然转身为了谁
我的眼泪为谁飞

想你的时候
彻夜无寐
翻看朋友圈把你追随
你却不愿为我耳语低眉
我只好在文字里徘徊
寻找几分心理安慰

想你的时候
柔情似水
不想错过太多后追悔
我却无法重拾你的妩媚
给我一个臂膀好依偎
漫漫人生谁把我来陪

许你一世繁华

一颗虔诚的心
携一缕清风
漫步在荷塘
沐浴阳光
欣赏你的爱情诗章

独步前方
倾听鸟语
细嗅花香
朗读书中的文字
心在浅吟低唱

清风徐来
荷塘疏影
碧波荡漾
读你深情款款
心湖掀起涟漪成细浪

遥望远方
许你一世繁华

还你三千宠爱
今生的纸短情长
愿地久天长

静水微澜

浮世
繁华醉人眼
乱了心智
进退两难

红尘
情歌悠扬
桃花渡口
流连忘返

错爱
飞蛾扑火
燃烧自己
昙花一现

深爱
宁静致远
轻舟进港湾
静水微澜

池朝兴

国际城市文学学会广东分会副会长，广东省朗协常务理事，广东省侨界作家联合会理事，华夏精短文学学会会员，广州市作家协会会员等。中国新诗百年征文大赛100位城市文学影响力诗人。著有《金色的阳光》等。

我的心驻着一片红枫林

我的心驻着一片红枫林
拥着，爱着
每一片红叶，都越来越年轻

情真似火,轻轻相吻
诗行绽开了枫林的涛声
心声燃烧着大地的激情

我的心驻着一片红枫林
每一条根脉,牵系大写的中国
牵系祖祖辈辈　父老乡亲
我们每个早晨兴盛红润
我们每个黄昏幸福充盈

我的心驻着一片红枫林
宝石般黑色的眼睛
闪耀一生坚守的憧憬
走到一起,我们决不回头
红枫林　拥抱真善美的整个世界
守住一方净土,守望一片蓝天
我们心如清泉,我们心如明镜

离别的花海 摇曳你的背影

愿你花海一别
归来依然秀发披肩,悦色和风
朦胧的月色映照婀娜多姿
飘逸的裙纱摇曳玲珑剔透
手中的玫瑰,在星光下红得发紫

不要用虚荣妒忌去亵渎诗和远方
色彩斑斓的世界
一个画面坚守最后的承诺
你是梧桐,凤凰就朝你飞来
江河归海,百鸟朝凤

生活仍在继续,思念早已浮出水面
我盘坐山海田园禅思憧憬
你踩着一轮明月,在云水间五彩缤纷
远望你随风飘去
隐隐约约的故事,在梦里销魂

每年这个日子,我在花海中等你

一个心声祈祷你的归期
离别的花海,摇曳你远去的背影

酒,清香纯情绵长

集天地之精华,一瓶五粮液
隔着千年的光阴
背着五谷杂粮　向我们走来
流年在我们身边擦过
日月的音符,却被酒盏高高举起

我们彼此凝眸专注　心领神会
每口琼浆　清香绵长
都在萌动春心　都在萌动浓烈纯情
都在释放心中暖暖的感动

有你的陪伴
我能看到升起的朝阳
看到风雨过后　时空更为明亮
当夕阳西下
请不要将犹豫彷徨带走
把悲伤揉碎
让它融化在浓浓的酒香里

迟春艳

　　黑龙江省依安县人,女,笔名柏一,依安县泰安社区副主任,县作协会员,县朗诵家协会会员。一个以温暖行走在文字和声音中的女子。

爱如珍宝

你是顽石
我却爱如珍宝
贴在怀里暖意盈盈
一经想起都像久违的遇见
柔情兀自荡漾
满满的都是初见的模样
你是顽石

我却爱如珍宝
揣在怀里不离不弃
日日轻触柔软
就像亲吻一朵花香
轻轻绽放醉意的芳菲

只因有你

我是一片叶子
一片初夏里
一往情深的叶子
盎然枝头
不与清风绕肩
不与细雨缠绵
一缕素妆淡染芳华
看远山晴更多
看小草绵绵亲吻大地
看溪水载着落花
漂向远方
只因有你
在阳光与大地之间
不怕凋零
不怕夜的黑

秋天的遐想

小风清清　花影娴娴
枝头缀满了阳光的温暖
空气里到处弥漫着
挡不住的诱惑
总是在不经意间
与你的长发相约
如幻似梦
就像天边的彩虹
历经风雨款款而来
每一次的邂逅
我都反复去预见
因为,我知道你会来
就如这秋天的到来
所以,我等

于是,我把思念写在长长的篱墙上
让它与清欢站成一行
于是,我把欢喜写在纷飞的落叶上
让它与秋风一起飞翔

楚衣飞雪

菩萨

疑惑的是,如何接引一颗平静的心
又怎么把祈祷塞进他合十的手掌

上香的人,腰弯了又弯
不知谁能背走一块石头的福报

天庭之下,众生替一段经文行走
因果,提起一个个预见的悬念

上帝的绳子

多少年了,绳子始终像蛇一样盘在路上
只有吊在高空作业的人,认为绳子是最安全的

也只有悬在梁上的套,了解赴死的决心
反复谨慎地绕过人世套路,我身体里柔软的绳子——

当我看着你,喉咙
突然有了被勒紧的颤栗

梅雨

暮色昏沉,雀儿躲避的低鸣缩进屋檐
我看时,两把紧挨的伞
正被路灯修饰生动
我忧郁积雨云压缩的空间,星星隐于潮湿
不是一条线,接通远方的路
所幸我的窗口还有风铃
一串顺雨滴而下的音符对着

窗下那支吹雨的竹笛
抖音递上一段孤寂
——站在远方听雨的人，先替我失眠

解构夏日

再不用花的暗喻了，浓荫下
我选了一棵香樟树
把所有写给春的修辞挂上去
一定会有什么落下来
且若雨稍加一点份量
枝桠便会抖露年轮伸张的秘密
虚影沿光线斜织着，这正是夏的延长音
从春光的镜子里穿越

如果微风
树下静坐的人比树枝柔软
草的波澜，花的艳丽
都像随性的时光，辽阔而宁静
我喜欢这种气息
以及，路过的蝴蝶
翅膀下的小风，扇来一阵比一阵浓的香气……

褚向平

　　河北石家庄人。中国诗歌学会会员。曾出版诗集《静水流深》、散文集《静水微澜》。诗歌、散文见《诗选刊》《诗潮》《长安文艺》《中国诗影响》等报刊，并被多家网络平台转载。

三星蝶

蝉声起的时候
西窗上 还挂着我的昨夜
一帘幽梦

三星蝶笑了
因为 早醒的黎明

太阳要红

一枚叶子 又一枚叶子
纯粹 高贵 以及命

其实 遇不遇春风
我都情有独钟

在不在春天
我都醉倒在你的香气中

穿过七夕 我拨弄琴弦

穿过七夕 我拨弄琴弦
今夜 星河浩瀚
我知你思泪一定阑珊

茶室一角
将攥紧的时光
慢慢舒展
那杯古树茶余温还在
而你却在
千里之外

灯火亮了秋
多么安静的暮晚
我用近水轻轻呼唤远山
许多夜里的玫瑰
盼着风过长亭

传来的却是高于月色的蝉声
雨始终没有落下
一座城 忽然带着
草木的表情

梦里的醉蝶花又开了

兴安岭还是那么高
林深的密不透风
隐隐藏着雷声

没有雪的日子
梦里的醉蝶花又开了
开在伊春的清晨　黄昏
到处弥漫起靓影
这个时候　适合掏出内心的火焰
让它沿着世纪冰川
长成灵性的云彩

而相守一生的白桦树
如今好多别了故土
被一只只云舟带走
在最后的好水上
无语凝眸　把几缕苍茫
织成丝绸　蝴蝶就醒了
正朝林中飞　我仿佛听见了
伐木者的忏悔
和有你的匆匆那年

刺宝荣

生于陕西安康。系中国散文学会会员，中国散文诗研究会理事，陕西省书法家协会会员，陕西省作家协会会员，汉滨区作家协会副主席。有文学作品400多篇(章)散见于国家、省、市级报刊，先后在《散文诗》《散文诗世界》《西部作家》《星星》《散文诗月刊》《回族文学》《中国散文诗刊》《今日文艺报》《华侨报》《陕西工人报》《洮州文学》《陕西公安》《青年知识报》《长沙晚报》《中国文学》《西安晚报》《新文学》《华商报》《郑州晚报》《大文豪》《晚霞》《长安》《陕西邮电报》《长虹文学》《陕西建筑报》等报刊发表，作品收入《2010中国散文经典》《散文诗新世纪选萃》《走进美神》《走出大沼泽》《安康作家优秀作品选》《中国散文诗人2012年卷》《中国散文诗人2013年卷》《中国散文诗2015年卷》。2015年《散文诗月刊》推出"散文诗巡礼大展·陕西篇"陕西14位散文诗实力作家之一。2013年连续应邀出席第八届、第九届全国回族作家、学者代表大会。

雪落心石

昨夜西风劲吹，
雪落心石，
雨打花落，
相逢一笑，
忆难忘。
盼春风，
燕雀衔泥筑巢，
桃红柳绿，
绿了江南岸。
夜未眠，
不思量，
泪沾衣襟，
常在梦中见。
西风烈，
桃花落，
望断天涯路，
伊人却在灯火阑珊处，
恐悲切。
春如旧，
雨消瘦，
泪眼婆娑，
山盟虽在，
信书难托。
雨落尘土化作泥，
琴声依旧，
枕雪入梦。

2019年1月26日

岁月静好

梦,开始的地方
鲜花簇拥
回到从前,一地花香
一枚红叶,于我掌心翩跹飞舞
根与茎的相连

叶,完成了夙愿
粉身碎骨似的
拥抱大地

江南
在杏花春雨的江南
绿石阶萌发着青苔梦
绵绵细雨
朦朦胧胧
雨巷里走来了一个
结着丁香一样愁肠的姑娘
风一样,穿过迷朦的视线
逃遁了

梦里西塘
从西塘到乌镇
乌篷船载着旧有的时光
于我掌心穿过的季节
时光在指尖流逝
江南是一幅水墨写意画
画中那个坐在船上
犹抱琵琶半遮面的女子
回眸一笑
现身在何处

一朵花
开在水湄之边
醉了江南
隔岸相望
一蓑烟雨
伊人还在远方

腊木措湖
冬季到这里来看你
格桑花开已过了花期
腊木措湖
一直还在凛冽的冬季
冰雪还未消融

鱼,是高原的神灵
水,纯净的像一张纸
经幡在山岗上飘动
一只秃鹫飞过苍穹
匍匐的藏民老阿妈啊
摇动着转经筒
虔诚的诵经声
由远及近
神秘而无穷

在腊木措湖
收一壶风景
慢斟细品
雪域高原上的风
匆匆的
是刺骨的寒冷
雪地里一抹红
是一团跳动的火焰
让沉寂的山谷
瞬间充满了活力
哦　在腊木措
我静坐如佛

丛林嘟嘟
原名陈小红。中国散文诗作协副秘书长,《中国百年诗人新诗精选》《中国诗歌年选2018》首席执行编辑,《诗人榜》执行主编。1988年开始发表诗歌,作品散见《作家天地》《散文诗》《火花》等国内外报刊,作品入选《中国散文诗精品阅读》《新诗百年纪念典藏——全球华人百人诗选》《新时期中国诗歌地理》等多种选本。获上海明德学习型组织研究所授予"明德诗人"铭牌等奖项。

在五月
她站在青春的花径

看上去瘦弱单薄

身旁的一株野豌豆
开出粉紫色的花
映着她
略显苍白的脸

从清晨开到日落
花才不管有没有人会看见
就在刚刚迅疾的风中
她也轻轻地打开
此时雨正好落下来
她刻意保持了某种状态
让孤独
变得美好而安静

他们不知道,这些年
她将自己留在了青春的花径
仿佛一株
未成熟的纤弱豌豆苗
可在饥荒年代
每一株都救过他们的命

那么远,那么近

第一次,是湖水和天空
对岸郁郁葱葱的树木
那么清晰
你就在树林之中

二次曝光,覆盖被覆盖
只能凭借机缘巧合
两层影像
最终构筑了两重世界
尽管额头生出绿意
你却在林中消失

青涩里疯长的记忆
那一年,北山弦月

照见青春的纠结
我静默山间
等待,第一阵秋风
吹过南方
等四月阳光,踩着
林间落叶
去寻找温柔的风铃草
可你再也找不着我
沿着小径,风吹来的方向
也不会找到
从梦里消失的影子

一曲离歌,隐匿
我绝口不提
在深山,把自己闭关
失色的风铃花,凋零
落遍了
那一年的山坡

穿过我诗句的青春歌谣

黑白琴键弹起,又落下
今夜,我只想用画笔
将瑶琴和月光
逐一慢慢描摹
画下不胜酒力的你,绯红
穿过夜的宁静
画下深情蔚蓝的洱海
和薄薄发黄的诗集,画下
青春哭泣的阴影和跌宕起伏的命运

在时光深处,某条森林小径
瞥见模糊又清晰的容颜
你清澈的眼眸,凝视春天的小河
等待,穿过我诗句的
青春歌谣

相信未来

黑夜的歌声

不要去想,夜色里的歌声哪部分是唱给你的,甚至不需要去听清反复吟唱的是什么。从眼睛到心灵支点之间是一个区间,设置不同的发音着力点,你就会听见不一样的音色。

黑夜降临,请跟着心灵去听那些歌声。平静的湖水微微泛起涟漪,自然流淌心中的情感。不要去想别人会听见什么,最好忘了自己。再自然些,那个音色区间还可以调得略亮一点。

柔美的情歌,穿过茫茫夜空。
蓝色月光下的年轻人踏着潮湿的青草,寻找梦境中的玛丽安。
千帆过尽,暗哑沧桑的嗓音一如从前继续吟唱,走失的春天和岁月的暮秋邂逅。

爱、喜悦与平和的主题,在舒缓的文本中的影子是真实的,黑夜的歌声脱下蓝色风衣,轻抚文字温婉的情绪。
缪斯之神永在。
月亮和歌者合二为一,消失的声音在温柔凝视下再度点燃激情。

丛守武

四川成都资深媒体人,定命为大众诗人。发表新闻、文学作品近200万言。诗词散见于国内报刊、新华网、今日头条、世界汉语诗歌、中国诗歌在线、加拿大社区报专栏、加拿大《天下华人》网、新西兰《先驱报》等,赋在四川、海南有刻录。曾与央视"舌尖上的中国"导演之一合作撰写宣传片脚本,成功策划"三国文化韩国展览",促成影视巨星刘德华拜四川变脸大师彭登怀为师活动,接受CCTV-IP频道《中国影响力人物》四川人民广播电台以及其他媒体专访,创作若干歌曲由中国唱片总公司等发行。被评为中国城市文化优秀诗人。

爱也可以放下

即便你放不下爱
爱也会自顾不暇
柔情纵然似水
也有拦得住的堤坝

千年的一次回眸
经不住泪水冲刷
莫说海誓山盟
海会枯山会塌

刻骨铭心的疼爱
所有缠绵的情话
只是绿肥红瘦红瘦绿肥
痴心游戏梦里烟霞

一转身就是陌生
一矢口就是天涯
爱的矢量图
包含拿起和放下

曾经

所有的日子都晴朗
每句话语都温馨
无忧无虑无烦恼
有说有笑有憧憬

有的想法很傻
因为傻才露真情
有的诗很美
也美不过你的心灵

不愿好成一个人

有你有我才有情
不敢失去一个人
两人只有一颗心

最好玩是你眨眼睛
最好笑是你假装吃惊
最不忍是你的柔顺
最难忘是所有的曾经

你

你把一个爱字
刻在了我的前生
今生却只与我擦肩
想你想得很遥远

你化为我的瞳孔
看到的只有你的脸
心房成了你的居所
我只能在门口和你相见

不敢一个人独处
你还在舞动着利刀
刻着我的脸
把泪滴刻成千条线

过去和现在
已是一个梦魇
也许未来
徘徊在天堂地狱之间

好的,我等

分开了
没说下辈子来找我
可我知道
有的话不必说

好的,我等
既然已经等过

五百年等一个擦肩
心下已很忐忑

时间有的是
轮回也不是传说
你总算是来了
下一回咱们先约

答应你我不流泪
小心翼翼地生活
我就在人世多待一会
一个人慢慢难过

把密码告诉我

把密码告诉我
打开那把无谓的锁
是不是眼睛、嘴唇
加上泪水与心河

是门前傍徨的脚印
还是快速跳动的脉搏
曾经让我猜你爱谁
今天更加猜不着

你锁住了眉头
把爱锁进冰冷的角落
于是也锁住了时光
生命开始锈蚀斑驳

把密码告诉我
驱走你梦魇的心魔
找回尘封的真情
我会小心打开那把锁

文字与血肉

道若不存
文何以载道
血肉铸成的文字

谁都救不了

留不下生命留下文字
也只是徒增一根稻草
噬血的动物
血肉也喂不饱

食物链进入终端
面面相觑谁也别想跑
罗马的角斗场
每个斗士都是死路一条

文字与之血肉
不谛是十分可笑
更可笑的是诗人作家
以为吹着什么号角

我已决定

眼角的刻痕
是记忆的刀刃
无法刺穿的
是一个个幻影

逆时空而行
不只是生命沉沦
那只沉船
已是一道风景

故事不尽相同
行程都是一段生命
精彩和淡然
属于每一个人

既然没有什么不同
何劳独辟蹊径
化作一粒尘埃
我已经决定

崔超

山东枣庄人,吉林建筑大学经济与管理学院建筑与土木工程(工程管理)硕士,酷爱诗词。

妈妈

小的时候,你总会让我这样那样!
虽然我倔强的和你赌气,
可你该坚持的还是继续!
大了,你会告诉我女孩子该爱漂亮,可更该爱自己!
生病了,你会担心又担心!
受挫了,你会一遍又一遍的告诉我还有下次!
成功了,你会很骄傲的告诉别人我是如何又如何,直到别人的赞叹让我害羞!
自习那么晚,可轻轻的脚步声依然会让你醒来!
早上闹钟没响,你却已在聆听我的翻身!
惟恐迟到的我狼狈的奔赴学校!
新季节到来,家里总有那个季节独有的水果!
学校的伙食,让我不满,更让你不满,你就天天给我送饭!三年如一日!
离家的日子你会总牵挂我!
考试了,你比我还紧张!
等待结果的日子,你比我还急噪!
填志愿了,你要我慎重再慎重!
离家了,你总担心我的健康!
接电话的时候,你总是欢快的语调!让我不要牵挂不要惦记!
为了我,你忍了再忍,忍的眼角都有皱纹,心也老了!
谈恋爱了,你问他比问我还多!
出门时,你嘱咐我,在外要好好照顾自己,不可任性,不可和他闹别扭。
假期回家,你第一眼看到我,就会说胖了还是瘦了。

夜深了,你会在我房间和我唠叨一整晚直到夜深!
如今我大了,离家越来越远,总在忙自己的,和你唠叨的时间也越来越少了!
一起逛街的日子似乎也是那么遥远的事了!
曾经的你喜欢看我在镜子面前的鬼脸,现在我喜欢看你在镜子面前的微笑和陶醉!
妈妈,我很想你,想的眼睛都哭了!

崔明之

昵称明之,高级工程师,文学爱好者,在《中华诗坛》《凤凰诗社》《全球情诗》《中国爱情诗刊》《作家新时代》等诗歌平台发表过习作。

露珠

每天早早的来到人间
总要表达和彰显些什么
比如晶莹剔透的东西是没有心的
比如一滴水藏着大海
比如敷衍了事是不会长久的

踩在地上的还有蚂蚁

在一朵莲上,读着一个故事
阳光从上面走过
莲如此辽阔,我也辽阔

一些真相,从我身体里穿过
停在绿叶上描述
比如谁埋头苦干,谁滑头滑脑

沉默不语的,并非只有莲
还有端坐上边的一尊佛

此时,一群蚂蚁正沿着一条线
每一步都踏在大地上

想象,就在近处

键盘声声
打开了一个个世界

汗珠滴滴
打开了一条条河流

键盘,车床,锄头……
从指缝间奔向想象

在近处思想
在远处眺望

风托起了太阳
明月如此明媚

折叠

你从未到过我的笑容里
太阳给你白天
月亮给你黑夜

而我常去从你的哭声里
纵使黄河水太大
长江水太深

我们的骨头碰撞的一瞬间
黑与白对折出了火星

一条线对折出了想象
一副画对折出了四季
你和我对折出了时空

风吹过寺庙
菩提树下坐着观音

秘密

几十年来我一直守口如瓶

我不是一个人来人间的
我来的时候
带来了风声雨声
还有电闪雷鸣

每当我身边
有人哭有人笑有人跳的时候
天空便传来了风声雨声
以及电闪雷鸣

崔御风

山西晋城人。生于1960年2月。爱好文学。写有散文、自由诗、律诗等多篇。

分歧

一堵墙
一道沟
一条浩瀚的银河
有谁
曾把她们比作并蒂莲
风向总是变换
在四季之间
鸟儿也飞来飞去
花开了落落了开
叶绿了红落了出
一切都
差强人意
云千变万化
雨飘摇多姿
霰雪霭雾
迷惑了双眼
雷电掩藏在
年轮的里面
彼此不懂的笑容语言
把太阳和月亮
揉和进黑夜
诗人企图用赤诚
改造世界

而她们永远是
两道风景线……

错爱

走过三季
枯老的树枝
如何迎来
凤凰的青睐
你娇羞的容颜
窈窕的身姿
和焕发出的
春天气息
雀莺惊奇
松柏摇曳
雁鹤留下
婉转的歌鸣
收获的时机已过
曾经的绿叶逃离
连顽童也不再有
任何希冀
我苍老的喉咙
在西风的刺激下
发出呜咽的声音
你应去寻找
青春的身影
到温暖的地方
栖椰林红木
享百鸟朝奉
雪霰将临
你华丽的羽毛
挡不住
严寒的侵袭
你悠扬的歌喉
敌不过饥渴交迫
愿你的爱
盛开在花海瑶池
在这深秋最后的时光
深情的凤凰

请听
远方圣洁的爱神
正热情呼唤……

翠竹黄花

实名牛春霞,安徽池州人,现住芜湖市。《当代文艺精品选萃》平台总编。从事文字工作多年。擅写叙事诗、仓央体情诗,近体古诗词。作品散见40多家平台、纸刊,以诗抒怀,完美人生。

洗涤时光

从今天开始
每天用时光洗涤
离别的清愁
让夏日的蓝蝶亲吻
热烈的唇红
如果到九月
让黄菊伴我临风高楼
如果梨花飞白
我把一抹微笑献给朔风
烟霞归我、风雨归我
寂寞归我、心也归我
然后
饮下一杯不敢相思的红酒
所有舞曲
在这里打住

浅秋

浅秋南国
观清荷依旧
稻苗新蕊
蝉吟啾啾
晚阳一抹尽温柔
江风习习
画舫轻歌离愁
素袂飘飘

别有一番风流

小楫夜泊
一帘幽墨远山头
凭栏遥思
柳笛声声
寄高墙绣户阁楼
天涯行客
寂寞难诉缘由
已是月至中元

蹙眉凝眸

芳容别处
雨恨云愁
几番欲断离
去去还留
三观违合
硬把青梅嗅
无可奈何
缘水没舟
置清酒盈盏
嗔痴莫念
枫红深处
寻诗里锦绣

写秋

一带江山如画
风光向秋潇洒
见清荷秀色
娉婷江南人家
藕花未落时节
次第丰韵莲子
摘来赠与君家

东城景致甚好
云际客帆高挂
明灭一路霓霞
轻歌艳舞

沪上秋月春花
凭栏倚望
东方明珠宝塔

风影踟蹰
一片叶落沾衣
惊动多情诗家
悔不再留一日
挽君送夏
只一语
写尽秋之情话

D

大卫

  本名姜云峰,加拿大诗词学会会员,加拿大大华笔会会员。在《新诗百年诗歌精选》《诗歌精典2017》《诗选刊》《人民日报》《诗》《长江诗歌》等报刊发表作品,现住加拿大温哥华。

无法在你的标题里隐身

这个夏天,无法在你的标题里隐身
你的笔尖锋利
割破了夜晚,割破了无名指
像一把刀子把一副毫无生气的白骨
刻划得血肉生津,枯木逢春
要以怎样的速度度
从那些文字中抽出身体
才能不被你寂寞的泪水打湿全身

坐在你止水的镜中
倾听月光背后的水流
看你前世的繁华
瞬间凋零,纷纷坠落
一个背影消失后的宁静
悟出多少隐忍不了的曾经

我的道路弯曲,手臂也弯曲
是不是可以圈住成吨的海水
让那些洁白的海鸟在胸前觅食
就像我一样,隐身在你句子的空白处
拾起一粒粒成熟的庄稼

一滴立在胸口的雨水

整个四月的冰冷,疼痛
终抵不住一滴立在胸口的雨水
人生的险境啊
不过是胸前没有命名的悬崖

困顿的人抱起白天走了
我依然从一个黑暗望进另一个黑暗
是不是可以穿越那滴雨水
遇见另一个冰冷麻木的自己
夜里的屋檐在脱落,树梢在脱落
是不是在遥远的街头
还有脱落的泪水,冻僵的嘴唇
那些熄灭的火焰是多么苍白的呼喊

我要安分守己地坐到夜深人静
像一条安静的街道
如果从我背部走过的人
能够不惊扰胸口那滴悬挂的雨水
不惊扰身体下方覆盖的一池荷花

孤独的行者

这个夜晚
我是唯一孤独的行者
深入沙漠的腹地,置一根铮铮的琴弦
我决意要弹出水流
从你遥不可及的手指一路倾泻
淹没我的脚掌,膝盖,唇齿

多么厌倦大漠孤烟,落日如血
宁愿在一种清凉中埋下我的头颅
如果怀里没有诗篇

也要和百兽的眼睛同眠

总有一条河水醒在清晨
兼具人性的细腻，野性的疯狂
最柔软的河床都在深刻中欢愉
我要和那些洁白的骨头相认
看一片天空燃烧，看一个影子熄灭

南风吹来的都是雪花
北方的枝头挂满鸟鸣
一个错位的时空
有谁还辨得清一把刀子的来龙去脉
无情地斩断吧，我飘散在风中的发丝让山
和水各安天涯

代康

江苏省丰县人，吉林建筑科技学院艺术设计学院公共设计专业本科毕业，酷爱诗词。

慢慢思绪

孤独，是鸦片，
一旦陷入其中便不能自拔。
孤独是当代某些人有效的止痛药。
孤独是一个人的享受，
是心灵的狂欢！
喜欢摇滚，
那里有除去尘俗的安静，
有深谷旷野的心灵呐喊！
喜欢冰场，
那里步伐轻盈，
心随风而飘扬！
十亩苍烟秋放鹤，
一帘凉月夜横琴。
奢望这份宁静和安定的孤独！

戴逢红

江西修水人，在《诗刊》《诗潮》《延河》《少年文艺》《诗词》《东莞文艺》《中华散文》等发表作品，著有《黄龙宗禅诗》《全丰花灯》等，现为中国诗歌学会会员，中华诗词学会会员，江西省作家协会会员。

平江谒杜甫墓

先生，你入土后三十九年
中县坪的县衙迁走了，乖巧的
汨水已经改道，它们都懂礼数
喧嚣的安定镇安静，平坦的小田村更为开阔
旷大的虚无，晾不下江南
的绵密，与潮湿的归乡之憾

好在水土肥沃，元稹撰写的墓志铭
得以在此蓬勃生长，六十世子孙
茂盛成杜家洞，和所遗落的朝代
你游历已久的行囊，完好如初地
保存在铁瓶①里，被幕阜的水
漂洗得鲜艳如新，阐幽庵的佛号
晨昏不停地将搭载先生的扁舟喂养

秋风肃杀地臣伏在四周
但再不甘，也奈何不了
唐宋元明清至今的，时光之重

①铁瓶：即铁瓶诗社。与阐幽庵、草堂、杜甫祠等一道，均为平江杜甫墓地的建筑。

古砺石

那磨损的，与岁月
被绿色吞尽

像海水退潮
所有的鱼类隐去

曾经盛大的场景
还有映照先人的火光

在磨损面留下镜像

人们蚁聚在一起
解读你的密码和基因
神情极像古人,凝视星宇

茶马古道

得得的马蹄声远去
马帮汉子的身影消失了
幸亏
山还在,溪涧还在,古道还在
如血的残阳还在

今夜,老态疲惫的古道
绻缩在大山绿色的怀抱
酣然入睡,星光下
弥漫着远古茶香的鼾声
由远及近
从宋代响来

邂逅一首诗
未到江南先一笑
——黄庭坚

在岳阳诗词碑廊,猝不及防地
与这首脱胎于蛮夷的诗迎头相撞
坚硬、奇虬的枝干
像镌刻它的玄武岩
没有人注意我的疼痛与惊骇
八年啊,先生,三千个日升月落
雪山移到了你的头顶
屈辱与愤懑冰释于江水
无边的荒凉,阔大了心胸
苦寒之域,宜诗宜修行
东风的响箭,命中柔软的穴位
你以生的渴求投荒万里
却从刀的江湖,重返庙堂
饱蘸冰冷的巴陵夜雨
为凉薄拟好温暖的墓铭

北宋的寒风中
八百里洞庭,春潮奔涌至今

戴约瑟

上海人,副教授。中国现代文学研究会会员,上海作协会员。曾获上海五一文化奖诗歌银奖等省市以上诸多奖项。《长衫诗人》诗刊特约顾问,《长衫诗丛》副主编。出版诗歌专集《上海,请听我说》(文汇出版社出版)、《城市布谷鸟》(上海文艺出版社)

题记:"海红亭"是1993年8月9日为纪念《红楼梦》一书从乍浦东渡日本,首次走向世界200周年而建造落成,位于乍浦灯光山南坡之牛角尖。有"红楼梦出海纪念碑",树立于亭中。今趁清明上灯光山祭奠双亲之际,下山拜谒"海红亭",特以诗为记。

海红亭(组诗)
翠柏之约

往上攀
不是天堂的所在
三十九级石阶尽头
是双亲的墓地
静静地守望故乡——
没有灯光的"灯光山"
往下探
不是地狱的通道
是没有牛角的"牛角尖"
一部巨著远渡的岬口
父亲离乡背井的码头
两个毫不相干的故事
拧成一股绳,拴住我的心帆

我在既非天堂

— 1803 —

又非地狱之处,徘徊
聆听漫山翠柏真心相约
若能长久陪伴双亲的寂寞
又与那本奇书朝夕抵足
这一生,虽不甘,也无憾

海红亭前

当我不顾一切,独闯崖底
一座石亭就在海天间飞翔

这里,一点不像
做梦的好地方
杂树四处装扮着鬼脸
碎石时不时给点儿难堪
但这里,曾经确凿
有个伟大的梦,悄悄启航

扶亭柱,绕碑基
读亭盖,品画梁
我闻到了大观园的幽兰
登上了金与玉的甲板
随一颗中华美梦的种子
飘落日出的远方

哦,寒风中,我久久伫立
任一页孤独的碑文
面朝一片海涛的怅惘
将一个伟大的梦
与一个巨大的遗憾
塞进小小行囊

痴情顽石

"牛角尖",滩尽头
一尊圆润可爱的巨石
任浪花嘲弄戏耍,独自酣睡
好熟悉的赤身顽童啊
恍惚与我有缘

但他显然不是那个童子
因寻找长生不老之药的征召
才逃到这里,吓成了痴呆
也显然不是那个小和尚
随大师东渡传经,遭遇风暴
才漂流到此,哭瞎了双眼
那么,他真是大观园里
那块宝玉,将这儿当成了
太虚幻境,迷而忘返?

哦,天知道他是谁
没准,就是我的前生
在茫茫大海边犯傻
即便猜不透雾的神秘
云的奥妙,与风的变幻
仍固守着一腔痴情
哪怕,海枯石烂

淡墨

　　原名许红友(许明洲),70后,江西九江人,永修诗词学会会员等。爱好文学,热衷诗词创作,用文字记录生活的点滴,抒发情怀、感悟人生。作品散见于各报刊,与网络平台等,并获有证书。对文字崇尚、执着,愿在浩瀚的诗词海洋中沐浴,畅享笔墨的幽香。

爱梅说

世人爱花千百种,我独喜梅香苦寒来。
有人爱荷的冷艳典雅!
有人爱菊的雍容端庄!
有人爱玫瑰的热烈奔放!
有人爱牡丹的国色富贵!
而我独喜爱梅花。
喜梅的铮铮铁骨!
当北风肆虐,千里冰封,万里雪飘之际,它无视风雪的侵袭,在严寒中绝世而立。
喜梅的脱俗高尚!

任凭春光明媚,群花争放斗艳,蜂追蝶绕
它不急不躁,甘于沉寂,潜心修性。

喜梅的独特坚韧!
在草木萧瑟,百花凋零,低头折节时,它一
枝独秀,昂首挺胸、顶立于天地之间。
我喜爱梅花!
喜爱它的暄香、远溢!
喜爱它的浓郁、芬芳!
喜爱它的内敛而不张扬!

党文华

字耀泽,竹溪斋主人。笔名风清扬。职业注册策划师,中国优秀策划师。创办函谷关老子学院,任理事长。现聘任为"河南振宇产业有限公司"振宇红色教育基地项目经理。

一生一世一红颜

我原以为
只要潜心修炼
便会远离世俗尘缘
甚至坚信
我可以超然物外
一切烦恼
都会跟我无关

谁知道
前世今生的相遇
竟是如此的不可逆转
那一刻你
走进我的视线
就再也不能放下
对你的牵绊

我背叛了
神灵的呼唤
义无反顾吻醒了

你的泪眼
飞蛾一样
钻进你的火圈
历经一场
阴阳两界的涅

写一笔沧海
留世间多少爱
书一卷风
香迎浮世千重变

茶道

茶是珍木灵芽
茶是南方之嘉木
茶是天赐给道家的
琼浆仙露
汲新泉,烹活火,
试将来,舌尖回味
至虚极,守静笃
是茶道的致静法门
静如山岳磐石"澄心味象"
观照内心的审美
动则行云流水"涤除玄鉴"
令思想返朴归真
笑则如春花自开
云卷云舒道法自然
言则如山泉吟诉
无为心随茶香弥漫
尊人、贵生、坐忘、
无为茶自然修心
"一私不留、一尘不染,
一妄不存"忘却红尘
"天人和一"
树立了茶道的灵魂
"物我玄会"
品到情来爽朗满乾坤
闻香品茗
分别"玉液回壶"

在古筝的伴奏下
轻啜慢饮

魂归二月河

春风里泛起的波光
从乡下来
误入历史深处

通考前尘后世
纵情写史
从康熙到乾隆

在凌晨里得以解放
终将陨落
黄河岸边埋骨

不过是繁华刹那
红尘一梦
梵音轻唱金湖

道生子

安徽亳州人。中国诗歌学会会员、安徽省作家协会会员。诗文散见于《诗歌报月刊》《北方文学》《中国中医药报》等报刊。诗观：诗发乎心性，游离于自然。

《本草纲目》拾遗
绿萼梅

冬阳催促着，风儿将草木抚醒
梅花轻点几许红唇
温情地迎接行人
娇媚中散发着腾腾的氤氲

不远处的萼梅
点拨着白皑里的碧绿
迟疑地张望着
羞涩地接受微风的轻拂

早春里
采一簇簇绿萼花瓣
听那些花开的声音
在红楼妙玉的杯中沸腾
疏肝醒脾时
揭开袈裟下的亲情

玫瑰花

在灯火阑珊的路口等你
手握一支玫瑰
一如当初牵你柔软的手
那刺伤的无名指
鲜血从指缝间滴落
疏解隐隐作痛的肝脾

如今，思念的苍老枝条上
玫瑰依旧开放
那绚烂饱满的花瓣
穿越生死的边沿
是否可以
成为心口一粒美丽的朱砂痣
然后挺胸，让你我再次相遇

古希腊的传说中
玫瑰曾染红你的笑靥
沧桑巨变时，头发纵然白了
在我最柔软的心底
依然篆刻上亘古的不渝

淫羊藿

这些淫羊之藿
从道德的背后
温柔地抛洒一串媚眼

它们孕育在肥沃的坯上
其实衣冠不整
独善开启欲望之腰门
相邀雄壮的公羊甩出鞭子

编造淫荡的段落

圯上,当年黄德祖有兵法折服天下
而这野草摇曳时
竟让王纲解纽
一下攥住男女的命门

断肠草(狼毒)

那个头相如牛的怪人
以赭鞭鞭草木,察酸苦之性味
鞭出经典的《神农本草经》
留下一部厚重的史料
这是庄严的神农氏
制耒耜以垦草莽
宣百药以疗疾,留下优良的社稷
而行走江湖
百草可一日七十二毒
一次次被毒迷惑
一次次得"茶"而解救

此草有大毒——打破神话的
是一株妖艳的断肠草
在胃肠中致命地走窜
他告别慈祥以待的人世
终结于中毒的传说

神农羽化后,让寸断的肝肠之血
染红狼毒的花苞
开出那些不可一世的
雪白雪白的花朵

牡丹

凤凰山上
我只身贴近,便听到
那些花开的声音
擎我世界的烦嚣

一顶顶

五色的花冠,映照我
无趣思想的无趣

自然而然,有粉色的皮毛
一杯苦寒的药水
清热凉血,熏蒸人间
躁动的血液

好吧,在这个深夜
你悄然无声地开放
让我继续失眠

邓飞

男,汉族,四川泸定县泸定桥小学教师,爱好书法、文学、运动。

老墙

一截老墙穿过历史
在荒草中沉睡
只有采风的人前来探望
寻觅繁荣的足迹

这是茶马古道兴盛时期的一个驿站
进藏出藏的人们在这里歇脚　充饥
也有无数多个故事
蕴酿　发酵　延伸
我们摄影　书画　音乐爱好者
一行二十余人
年长八十二年轻者也有五十
围着老墙数上面的青苔和条石上的皱纹
以及那马铃中的歌声和笑声

采风归来用各自不同的方式
穿过历史寻找奋斗的灵魂
让后来者传承自强不息的精神
在盛世欢歌中续写不一样的人生

湾东神韵

大自然的鬼斧神工
给予湾东村山青水秀最好的馈赠
从地里冒出的热水
被人们有效利用
建造花园式温泉山桩
取名曰湾东神韵
吸引着四面八方游客
来此不疲

我和几个朋友相约
在这个初秋的日子
也去泡温泉
感受那份惬意
云雾在山巅缭绕
白哗哗溪水
歌唱在谷底
清脆的竹林和高大的树木交相辉映
鱼疗池里
小鱼忙碌的啃食泳者的脚丫
游泳池里欢快地比着泳技
最喜小孩玩皮
打着水花相互嬉戏
岸上有吃着快餐的人儿
看着半裸肥胖的躯体
相互调侃
笑声穿过树梢
在深山中回荡

如果你依恋这块土地
楼上可以住宿
让你领略山间夜晚的宁静
晨起飘渺在云雾中的舒心
体验人间仙境

几个老友绻恋着
不肯离去
就去喝几杯老酒吧
醉在这浅秋的时光里

选择

人生有许多时候
站在十字路口
或是听从心底的召唤
或是听从旁人的指点
然后迈出那一步
这一步之遥啊
注定在你的人生中
掀起涟漪

没有痛彻心扉
就没有唯美诗行
每个灵动的字符里
闪烁着你奋斗的光芒
想要短暂的生命延续
你就要站在巨人肩上

我选择了奋斗
感恩生命里的花香
感恩在远方的你
为我把鲜花捧上
一路在花瓣上行走
感恩生命里的阳光

邓果娣

河源市作家协会会员,遇见吧啦平台签约作者。公众号:果子狸D。一个爱诗情画意,愿岁月静好,爱写走心且暖心文字的女子。作品于《河源日报》《河源晚报》《新客家人报》《拉萨晚报》《紫金文学》《紫金文艺》等数十家媒体及平台发表,约50多万字的文字。其中多次在今日头条、搜狐文化网、新浪网、腾讯网发表作品,作品深受读者喜爱。

微笑

微笑如一抹阳光
明媚你的心房
微笑如一股清风
亲吻你的脸庞
微笑如一篇诗篇
让你的生活充满更多曼妙的风景

涟漪是湖水的微笑
在波光粼粼的湖面绽放你的微笑
释放你的光芒
霞光是太阳的微笑
当第一缕阳光透过窗帘叫醒你的耳朵
睁开明亮的双眼拥抱每一个清晨

春风是大地的微笑
当春风吹绿大江南岸
希望的种子撒向大地
等待硕果累累的收获
看着喜悦的汗水慢慢地流淌
请扬起头尽情的微笑

微笑是人类温暖的春天
微笑是炎炎夏日送来的甘泉
微笑是生命中最灿烂的花朵
微笑是茁壮成长的育苗

微笑的你最美
请记得要时刻保持你上扬的嘴角
那么，今天你微笑了吗？

如莲

如莲
悄悄地生根
静静的盘坐于佛前
祈祷内心的平静

如莲
默默的成长
悄悄地探出了头
绽放出优雅的魅力

如莲
静静的芳香
清新脱俗地开在尘世间
明媚了阳光

如莲
在微风中向大自然招手
醉在风里
在寒雨里快乐的成长
美在雨里

任时光流逝
只愿做一个
静美如莲的女子

最美丽的春天

春天多美丽啊
有你陪我穿过山岗　　踏遍万水
走在赏春的路上

你在我的身边
牵着我的手走进桃花园林
陪我看桃花李花开

走过的路上
遍地都是被吹落的花瓣
我轻轻地拾起花瓣

笑着走向你　　你看
春天就被我捧在了手里
而你满脸的幸福
就是我最美丽的春天

盼啊盼

蔚蓝的天空

掠过一群大雁
它们拍打着翅膀追寻远方
梦啊,是它们前行的方向
家啊,是它们憧憬的归属

倒影的金柳
那里有着金色的落日余晖
思念远方的人儿
那是谁的衣裳
为何还在家门前飘荡

门前的女子
用眺望的眼光
盼啊盼
盼着子女衣锦还乡
盼着子女平安归来

孩子啊,为何你还不回来
门前绿油油的小草渐枯黄
盛开的百花凋谢落地满天
树上的小鸟已销了音迹
知了的声响也悄然离去

沾了早晨的雨露还未曾干
金色的阳光就来到黄昏了
孩子啊
你在远方可好
只愿我的孩儿一切都好

傍晚时分电话铃响
声声盼你顺利
声声盼你快乐
声声盼你幸福
声声盼你安康

泪水打湿了衣裳
那是幸福的泪儿
那是喜悦的泪啊
只因孩儿一切安好

只因孩儿还念爹娘
你是我心中最美的梦

前世
我只是一个无人知道的石头
因为风的牵引
因为雨的做媒
我来到了你的怀抱

今世
我历经万般疼痛
挣脱了你的怀抱
时间在风的手心里
呼啸而过

我带着你的希望
踩着风火轮
穿越时空的隧道
去了远方

我努力踮起脚尖
用尽全身的力气去拥抱蓝天
我飞跃大山
穿越大海
只为了追梦

追了许久
我才发现
原来你才是我心中最美的梦
但是我找不到你了
我仰天而问
你去了何方

今夜
就让我用自己的心
就让我用自己的魂
用珍珠串起我对你的思念
寄给秋风
寄给遥远的你

邓红琼

笔名文心若水,文心。现居广东珠海,中国诗歌学会会员,如云诗苑总编,《中华网络诗刊》主编,诗人百科网编审,《诗渡》微刊主编。作品散见于《诗选刊》《人民日报》《中华诗词》《奔流》《牡丹》《中国诗人》《诗词月刊》《散文选刊》等上百家纸媒,并入选多种诗集及选本。出版个人诗集《爱与忧伤》。

爱如玉

交出月光,交出誓言
交出因爱而生的夜
一枚翡翠镯子
缓缓套入她的玉手,仿佛套住了
一生的幸福

喜欢看着她在锅碗瓢盆里
哼着小曲的样子
偶尔清脆的一声叮当
像时间与时间的撞击
将喧嚣,归于岁月静美

平凡日子,被潺潺流水
打磨得温润如玉
她腕上的那轮圆月
在他渐渐苍老的目光里
光亮照人
晃动着花开,也晃动着花落

时光书

不明来历的风打马而过
时光握着忧喜
立在那年的门楣,聆听暗夜的潮水

走过的路,弯曲如绳索
捆绑着青春,也捆绑一颗飞翔的心
曾几何时,我选择静默
把自己交给大地和日月星辰
用疼痛,感知这个世界

纷繁的尘世
多少人多少事随风而逝
唯有故乡,站在四野苍茫中
托举着天空
让颠沛流离的我,可以初心不改
于流水之上
与一树桃花,细说流年

纸上故乡

当春风再一次颠覆红尘
布谷鸟的啼声,啄开文字的巢
思念的种子
从我的笔,滑入故乡的沃土

阳光荡漾,流水破冰而来
记忆开始发芽
在阡陌间,与母亲的炊烟对话
返青的麦苗,一茬茬漫过原野
我是其中的一朵小花
在风中
悄悄地,爱着鸟雀归巢的黄昏

重新扶起父亲的犁铧
梳理土地的筋脉
每寸时光都在复燃,将我枯瘦的灵魂
与失散的乡音,融为一体

邓厚石

上海市人,文学学士,金融学硕士。中国诗歌学会会员。作品散见网络媒体和纸刊杂志。著有诗集《深秋》《500色铅笔》。作品多次获奖。

— 1811 —

远处

年少时,每天一出门
我总是习惯性地朝远处看看
那里有渔家女,手握长长的船桨
静静地坐在船沿上
头戴斗笠,身穿蓑衣,等云开雾散

只是奇怪,当她划水而来时
我心里怎么会浪花汹涌
我绕着绿莹莹的河塘边跑了起来
突然一转身,凉风轻轻一碰
整个世界都转过了身去

回忆

巷口的风越吹越瘦
自行车上的孩子张开双臂
用"飞",将细长的石板路
一翅膀一翅膀地收回

我使劲地挥手。三十年前
我是这个故事的主角
父亲也使劲地挥手
背倚夕阳,他的影子被削成了瘦长

影子从墙头上剥落
蜷缩在时光的褶皱里
却不知道是我的
还是父亲的

邓文波

文馨水静,本名邓文波,江西高安人,高级语文教师,鹰潭市作家协会会员,鹰潭市微诗协会会员,江南微诗社编委。诗作在《草根诗刊》《鹰潭日报》及各网络平台发表。诗作多次在诗赛中获奖。

难舍难分

不说泪眼　不说离歌
触不到你的背影
我站成岸　等秋水穿过

风吹麦浪

翻滚之际,让裙摆走开
芒刺入骨时
还有,汗滴落土的回响

梨花又开放

总有些记忆　高于泪水
比如碑影和背影
再借漫天的素白点燃离殇

山楂树下

那年花开　翻飞的长辫子
绾不住几叶誓言——
满枝头的心事一到秋就酸

清流

一撇一捺　挺起脊骨
父亲于血液里引出一股泉
至今在我体内奔跑

邓秀芳

常青薇薇,女,甘肃兰州人。有作品发表在《炎黄诗学》《北京诗人》《中国诗赋》等纸刊。

芦花

秋风起,芦花飞
一朵朵飞离的白蝴蝶
轻盈地林间穿梭,水边静卧
一缕暖阳温热余生的荒凉

远离旧土的人多像风中的芦花

披一袭月明
收拢流浪的脚步,落地生根
依然是
年年芦花飞岁岁望乡愁

在秋天,写一封信

朝思暮想来看你
你以自己的方式捧出满山的秋色
白色小花像是哪一世曾经相识的眼睛
——迷人温情
你布设迷幻仙境:
烟雾缭绕,流水欢唱,远处有山鸟啼鸣

不相见,总有一千个理由
我来了,一定是赶赴前世的约定
打马山前,已步履蹒跚
背靠山水,相互依偎
已记不起前世点点滴滴

爱字不出口,呼应
一片片热烈的红叶秋色中燃烧
神色交换,飞溅的瀑布对应我怦怦心跳
此刻,不忆前世
只相拥这片刻的宁静

我不过是你坐等千年的过客
相聚总有分离
蒙蒙烟雨编织着点点离愁
没有悲伤,独留给你一帖远去的背影

又见葵花开

葵花热烈地挤满坡
多像顶着黄头巾的女子
一样的笑脸
齐刷刷地迎着烈日接受洗礼
古老的光芒抚慰过每一位朝圣者

鸟儿归林,她们低垂头颅

是信徒月下沉吟
傍着流水,在孤寂中修行
独自喂养籽粒
挺着脊梁直到慢慢老去

风一来,花瓣微微抖动
仿佛,妈妈年轻时挥舞着花手巾
喊我乳名,声音高过
那片向日葵

夹缝

暗夜,风流浪于街巷
月色就地打坐
几片老叶枯枝上挣扎
透骨的冷抽打着神经
自然的赋予
一切是那么理所当然
零落的星光像揉碎的冷月
嵌入忧郁的天空
水面上晃动着鳞光折射出泛起的忧伤
时光流转
游荡于黑夜与白昼之间
抱着石头取暖
我只是一粒会呼吸的尘埃

刁节木

　　网名放下是福,合肥市行政学院副教授、正县级调研员,中华诗词学会会员,曾先后担任巢湖市和合肥市作家协会副主席,安徽《展望诗苑》主编。根据登记,在全球460多家书报刊共发表诗词11000余首(次),正式出版专著四部,编著两卷,先后被清华、北大、中国科大等图书馆收藏。30次荣登《今日头条》,诗评曾被"人民网"置顶,传略入编《东方之子》等近百部典籍。

贺年片的联想

一

一页纸
洁白无瑕
几行字
铭刻知心话
她是来自四面八方的祝福
她是来自亲朋好友的笔下
袒露的是滚烫的心
只有含蓄、没有虚假
虽只是薄薄一张卡
掂在手上总觉得沉压压
虽然是数九寒冬天
也让人感到浑身热辣辣
不信吗
您可问问飘落在我身上的雪花
不信吗
您可抚摸一下我涨红了脸颊
再不信
我只能紧握您的手
让一股暖流给您作回答

二

您捧给我一颗心
我献给您一份情
您给我送来的是温暖
我给您奉还的是春风
温暖——
能融化心头的冰雪
春风——
能吹散额前的愁云
冰雪的融化
滋润了心田
激励着勤劳的人们细耕耘
愁云的消散
展现出胜景
鼓舞着
进取的人们共攀登

三

不是鸿雁传书
那是美好的知音
您恭贺我过去的岁月
我祝愿您将来的新春
虽在咫尺莫言近
看得出您意重情深
虽在天涯若比邻
更能说明我们的心贴得很紧很紧
只要是亲朋
不在于是"长篇大论",还是词汇新颖
只要是挚友
一句话也能温暖心
任您风吹雨打,泰山压顶
知心人的友谊总是永存

刁统斌

男,汉族,1965年3月生,曲阜师范大学中文系毕业,大学文化,山东滕州人,任职于滕州市人民法院,系枣庄市诗词学会会员。

梅花

漫天的雪花
是云的使者
来描画梅的芳容
以抚慰
云的相思

凛冽的寒风
是大山的骑士
想测试梅的抗力
以炫耀
山的威严

汩汩的流水
是鱼儿的情人

她让风儿偷摘了梅的花瓣
为的是
得到梅的芳香

这些我都知道
我只是不知道
我究竟为了什么
呆呆地
站在梅的面前

刁永泉

　　国家一级作家、书法家。中国作协会员。历任汉中市文联副主席,陕西省诗词学会顾问、艺术指导,汉中诗词学会会长、名誉会长等。出版《刁永泉诗选系列》等新诗8部,另著有《虚白室吟稿》等诗、文、论著多部。近年客居加拿大。

加拿大风情(三首)
圣诞午餐

大厅里摆百十张餐桌
各族裔不相识的男女和儿童
笑脸悄然,围坐餐罢
感谢上帝赐我免费的食物

上帝的食客收拾干净餐桌
各处的垃圾桶积满了
杯盘盒子勺子刀叉餐纸
人类的制品好精美哦

邻桌的一位爸爸
把残剩的一牙披萨和半杯橙汁
从容地扔进垃圾桶
哎呀,烤肠还是热的

万圣节夜晚
大南瓜灯整夜失眠

笑呵呵的烛光
从幽默的眼睛里望出来
喜气染亮了门廊

灯为翅膀引路
一群群天使来敲门
说:CuikouCui

小手从公主的长袖伸出来
汉语散落天使的彩袋
我家小花花笑出满脸灯光
糖果甜蜜了万圣之夜

道钉

站在古旧的铁道口
回望那群华工的身影
渐行……渐近

想拉住他的手
请求一颗道钉诉说往事
想邀他走进车厢
喝一杯中国茶
追随汉语在铁道上远游
访寻荒逸的古昔

想念一首诗
换你一寸骨头

感恩节自白

从人间来,在歌舞里享用免费午餐
白人黑人南美人阿拉伯人印度人
华人
哈喽,朋友们谁付费了
从衣袋里,我摸不出一枚硬币

喝一杯甜酒我想到遥远
我想我精赤地来到这世间
天空土地阳光空气水

房屋、床、以及褡裤以及奶
时间和空间
肉体、细胞和命
哪一样是我自己的

我或是王公富豪或是伟夫穷汉
或者是看客或者是演员
我永远享用这个世界
粮食衣物库藏用品货币车船道路
风景博物馆书籍学校医院药物
知识技能音乐舞蹈画图艺术和诗

每天我都如今天过着节日
我和你
这土地上所有的男人和女人
如一只虫一片草一朵花一粒沙
一滴果汁一片面包屑一声饱嗝
存在世间,唯一属于自己的　只是
感恩

丁凡夫

男,汉族,1932年12月生于山东省胶南县,1947年参军,历经淮海、渡江、抗美援朝等战役,后定居滕州。系中国书画家协会会员,中华诗词学会会员,滕州市诗词学会副会长。曾荣获第二届"岳阳楼"寻春诗会金奖、第十三届"天籁杯"中华诗词大赛银奖等奖项。本人传记被收入《中国当代艺术界名人录》《山东省文艺家名人录》等辞书中。作品入选《中国诗人大辞典》《世界汉诗名家作品精选》《21世纪中华百年诗典》等。

月亮湾情思
轻轻地
拉起你的手
我们漫步在春天的梨园
一树树绽开的梨花
为我们撑起了遮阳的巨伞

清风从耳边吹过
仿佛在诉说春天的浪漫
花香醉人
蜂飞蝶舞
又一次拨动我激情的琴弦

没有歌楼舞榭
没有霓虹亮闪
只有弯弯的小路
清清的小溪
和我们友情结伴

啊,月亮湾
多么美丽的名字
远离都市的喧闹
避开了窒息的尘幔
你可是人们心中的世外桃源

别再去诉说人生苦短
别再去感叹逝水流年
春天,就该是圆梦的季节
就在这大自然的怀抱中
让我们谱一曲醉美的诗篇

期盼与祝福
又是一年一度的中秋
又是长空月圆的时候
朋友啊,你如今去了哪里
可还是那样才情依旧

岁月在无声的流逝
往事已不堪回首
只有你的笑影
还在我的心中长留

啊,多少次无言的期盼

多少次梦里的守候
小燕归去大雁来
你的笑声何时飞进我寂寞的小楼

也许,我们应当放下牵挂
去放飞心灵的自由
将思念化作真诚的祝福
伴随你走过每一个冬夏春秋

丁丽侠

笔名小草,一介草民,工作之余喜读书品茗,偶尔涂鸦心情,仅此而已。

拾掇

打开窗
把发霉的心事晒晾
那些难过和忧伤
让风带去远方
心房太小
盛不下太多惆怅
沉重的过往
已变成遮蔽风雨的墙
护心灵不再受伤
捡拾起温暖和甜蜜
放在触手可及的地方
以便翻阅它的芳香
趁天气晴朗
我摘取阳光
挂在前行的路上
有它
不惧风霜

那份执着的情怀

一直在喧嚣的烟火里
寻找一份清宁
也总想有一个
属于自己的空间

可以避开
世俗的双眼
抛开一切杂念
在轻柔的音乐里
舒放所有的疲倦
闻着唐诗宋词的墨香
陶醉其中
任它漫染心田
偶尔
也将一抹情怀抒于笔尖
明媚或忧伤
书于纯白的素笺
这一刻
只享受文字的温暖

亦或
就这样静静地
闲看云舒云卷
在清浅的时光里
安静如莲
守候一份恬静淡然

从今天起

总以为有很多时间
可以任由我们去浪费
年近黄昏
才知道时光匆匆
一去不回

有些事
来不及细品
已如落花成泥
有些人
还未互道珍重
转眼各奔东西
有些情没说出口
已平淡如水
还有　那

— 1817 —

恩欲报而不待的亲人
都随蹉跎的岁月远去

总爱把该做的和想做的
留给不可知的未来
明天的明天
让我们失去太多
曾以为的拥有
只留下悔恨的叹息

从今天起
珍惜当下每秒每分
珍惜所拥有的点点滴滴
在有限的生命里
活出精彩的自己
能把握的
只有今时今昔。

心若向阳

人生几度春秋
世道起伏跌宕
凝眸岁月
几多烟云过往
回首时　才发现
风景依旧　人已沧桑

人生的路上
曾经带着美好的期望
可前方总有太多的惆怅
太多的迷茫
也总想在下一个路口
将所有的伤感典当
换取一束阳光
照耀阴翳的心房
一生虽然短暂匆忙
也总想守住眼眸里
那一抹温柔的目光
把温润融化成诗的芬芳

一路跌跌撞撞
荆棘也有花香
有风雨亦有阳光
看尽世态炎凉
依然相信这人间美好
不失善良
心若向阳人生无恙

知己

静静拨动心中的琴弦
涟漪纤尘不染的缘
霓裳轻扬
舞一场红尘翩跹
你是我最嫣然的遇见
剪一段流年
握一路相随的暖

亲而有间
疏而有密
是知己的距离
心有灵犀
你懂我未语的艰辛
寥寥数语
化解心中的委屈
你却隐去悲伤
只分享欢喜

人生难得一知己
一如那雨后的彩虹
你总是给我希冀
有你——
生活便有了满目的苍翠

旅途

人生的旅途中
总是匆匆忙忙
总有一些风景

来不及欣赏
总有一些人和事
成为过往
岁月的长河里跌跌撞撞
磨没了棱角
碰撞的满身是伤
总是不经意间
把光阴走成了沧桑

可是　那又怎样
不必为过去彷徨
因为总有诱惑我们的
未知前方
错过了曾经
才会珍惜现在拥有的时光

那些过往
被串成故事
在心底珍藏
待暮年时怀想
亦如一杯清茗
涩中透香

丁莉

子非鱼，原名丁莉。坐标澳大利亚悉尼。酷爱文字。诗歌、散文及论文发表于国内外某些刊物及多种网络平台。华人诗学会会员，知名华人作家会馆澳华文学网作者，悉尼雨轩诗社成员，新西兰国学诗词艺术协会会员。身在井隅，心向璀璨。

荷以为自己是寂静的

风雕刻的夜色
在晨曦　醒来
一阵悲伤的雨
开始漫溯

形形色色的光影
在喧嚣尘世里消亡

没有红蜻蜓穿过时空
明知道　莲上那一滴晶莹
如你的眼泪　终将离去
只能于梦中
听寂静的呼吸
在水里叮咚

窗台上一本经书
以欢歌的形式
超度　世间的灵魂

荷叶以为在异域
于是
和鱼游一起
开始了曼妙

纸上蝶

黄昏起　听雁声飞扬
发髻里放飞　过往

长发及腰　一只透明蝉翼
撩起额前的发丝
胸前布满昼夜
山水迢递

未及天黑　我的梦
已入祭祀时磬声
蚂蚁驮着　入了巢
做了过夜的晚餐

一只蝶附着在鸟背
穿过海面　只有
一场遥远的雪
安放于那一页纸上

茉莉花开

我听见了花开的声音
和诗的留白一样悠长
是故乡的春风
拂过柳枝时
留下的吟唱

洁白　是经文里
不变的禅修
渡了叶的绿
在经年里
恒久的心殇

我知道在院落散发的芬芳
一定也是漂洋过海
穿过赤道
来自我的家乡
我闻到了朝霞里妈妈的发香

面朝大海
煮一壶旧时光
忘记云的白　天的蓝
忘记那年茉莉花开时
弹着吉他的你和那晚的月亮

东方虹雨

　　冯九林，网名东方虹雨，江西鹰潭市作协会员，贵溪市作协理事，信江韵微诗社会员，象山诗社会员、编委。曾在地市报刊发表近百篇文学作品，各网络平台发表微诗数百首。作品被有关书刊收录过，也偶获小奖。

酒窝

酗满笑意
驻进春风的前沿
回馈　醇烈浓香

秋波

羞涩的涟漪
从心窗传递　附在爱情枝头
结出一段　奇缘

旧伞

撑起过满是风雨的日子
如今　裸露的锈骨
再也无法体验　敲打的岁月

繁星

一串串省略号
撒落天河两岸
守护那一盘　下不完的棋

诗在泪里疯长

炊烟里的文字
浸湿眼角　牵手的影子
站成一对　并蒂

冬至

　　实名金丽香，系《中华风采人物》全媒体专栏作家，《中国爱情诗刊》常驻诗人，《中国文学艺术联盟》签约诗人，《大西北诗人》签约作家，作品散见于《中国爱情诗刊》《中华风采人物》全媒体，《当代华语诗歌精华》《中国当代诗歌大辞典》等网络平台。

寒夜

长夜漫漫
星河灿灿
孤酒对长天
欲将心事付瑶琴
怎堪
冷风秋月霜惨淡
负了诗情片片

斜倚长藤心如煎
高举一腔情怀
泪翩翩
竹林疏影摇曳欢
古木参天连星汉
谁能攀
一池心湖涌波澜
淹没万千
素纸红尘云霄外
随风飘远
醉卧清秋难入梦
呓语　早酣

光阴的脚步

约一场相逢
在那花开的季节
是否可以拾捡这份光阴
在心中刻画出最美的风光
倾听又一次花开的声音
约一场相逢
在花开的季节
任时光匆匆只愿美好永恒
纵然会有遗憾会有雨风
花开的刹那更接近了离别匆匆
时光的脚步
踏过烟雨蒙蒙
涉水而行
相遇夏花与秋风
留不住的脚步虔诚地修行
翻过万座峰岭
等待的是千里冰封
北风狂呼和着满身飞雪
穿过冬的隧道
淹没在渐渐远去的此世今生

董国平

　　笔名马背上的水手，60后，江苏省淮安市人。原国有企业员工，80年代末下海经商，中国第三届冬泳达人。我是一个孤独的泳者，我的心属于辽阔的海洋。

心灵的驿站

掠过喧嚣的街
躲进城的一角
把心中的欲念清零
包括如幻的诗意
云水间闲鹤在悠游
书是思想的栖息地
文字里把漂泊的心归拢
这静静的一隅就是我的乐土

穿过今天的城
伫立公交站台
车马川流的时光里
看变化中的家乡
安步的车轮载着孤独的人
驶向心灵的驿站
岁月的流逝
常常在悄悄中伴着残酷

躲进寂静的一隅
把浮躁的心安放
这连接古今与中外地方
是城市里最美的风景
从字行里抽身
放眼窗外
雨后的霞光
映红了天边的云

花街

无数次地走过这条街
从过去到现在
童年的记忆成年的梦
花街啊花街
你是我生命的缩影
深深地刻录在岁月

饱经沧桑的这条街
西联清江城东门
北接清江大闸
它是著名的世界遗产
五百米长的老街
横穿时空六百年

生命里的这条街
轻轻地走过岁月
比我还年长的法桐
遮掩着黛色的瓦屋
高耸的国师塔俯瞰家乡
花街啊花街
你短短的街道
留下了多少代人的足音

请把目光投向星空

宇宙无际无涯！
银河系就像是,
其中的一粒尘埃,
太阳系可以忽略不计。

地球呢？人类呢？
朋友,当你烦恼时,
当你为琐事纠结时,
请把目光投向星空。

在以光年计数的时空里,
我们的生命是何其短暂。
在美丽的童话里,
哪一颗星星属于我自己……

董克勇

笔名可可,江西万年县人,硕士研究生,现任贵溪火车站总支书记,鹰潭市作家协会会员,信江韵诗社会员,世界汉语文学作家协会温州分会会员。曾编著《铁路货运常识二百题》《基本国情基本路线教育辅导》《"二五"普法问题解答》书籍,散文、诗歌多发表于《世界诗会瑞典总社》《神韵之风工作室》《信江韵诗社》《华厦汉俳》《中国爱情诗刊》《短诗联盟选刊》《凤凰诗社美洲总社》等。

小黄花

亲吻过
泥土的芬芳
借助于风
俘虏了大地

七月

烘干
潮湿的土地
火热的心
在流浪

故乡的河

哺育乡亲的乳汁
潺潺不息
穿日过月
年复一年
驮着古老的
承诺

父亲

父亲是一座山
顶起天
遮住风雨
胸膛
装满了四季

独白

撑条乌篷船
穿小桥

过烟汀丝雨
探幽
梦中的新娘

董善芹

中国散文学会、中国诗歌学会、常州市作协会员。作品散见于网络、报刊,有著书《岁月深处的痕迹》。

梦里梦外

从一个梦里逃出来
心惊胆战的醒着
梦里的歌声
在呼唤灵魂
那声音凄冽委婉

我的脚步刚迈上台阶
灵魂已窜到转角
期盼肉体到来
就这样走走停停
一路回望等待

我躲在墙的一角
顺着门缝望去
灵魂端坐在高台上
柔美大方
散发着万丈光芒

思念的长度

把思念拿出来晾晒
在阳台一字排开
凡是看见思念的
都是爱我的人

谁打着经幡路过这里
一缕思念落满尘埃
被微风轻轻吹过

在发丝上摇摆

签筒还在摇晃
蓑衣换成了青衫
初恋落进水里
一直在冒泡

折一支桃花放在胸前
在鸟鸣中等你到来
你清瘦的身影
经过了漫山花开

董卫华

笔名宁静致远,安徽阜阳人。作品曾获2018中国新时代歌咏大赛三等奖,2017中国第三届"中华情"诗歌大赛金奖,第六届中外诗歌散文大奖赛一等奖,2017诗歌报征文大赛一等奖,2017中国乡土诗征文大赛特等奖,2017中国首届诗酒文化大赛优秀奖。多篇诗作入选中国诗歌《世纪诗典》《中国诗人年度诗歌选集》《中国当代爱情诗典》《中国乡土诗精品选》《黄浦江诗潮》等杂志、网络媒体和诗歌选集。

一场雪就是一场燃烧的火

孤绝中,把自己从黑夜里
抠出来,寻找
那一丝嫣红

一场雪其实是用来燃烧的
与其挂满潮湿的泪,在寂寥中怅望
不如淡妆妩媚,把孤独留在燃着的佛灯前
回到油尽灯枯的宁静
皈依是最真实的辽阔
落地生根,才是一片雪花最好的归宿

忽略一切沧桑的故事

用燃烧的眉眼,投石问路
打探肥瘦不一的人间
杂草的万念俱灰,会陪同你一起燃烧
直至烧出大把大把的阳光
花开成海,每一个腰缠二月春风的人
不经意的回眸
都盛满人间清欢

秋天的光影

落叶云集,需以飞翔的雁鸣
抵御秋的凉薄

风,摊开手掌
裸漏的空旷,陪木鱼涌经的风铃
沿着秋的河流荡起回忆的秋千
鲜活的故事从月朗星稀的回声里
鱼贯而出

天空是留给神灵的,踮着火焰与磷光的波浪
圆寂的石像在阳光中饮茶,打盹
一不留神就把泛滥的心思挂在头上
飞倦的鸟,用不可触及的孤独
围在一块空地上,以钻木取火的方式
告诉路人:一个人死后
灵魂如何才能继续活下去

我坐在秋天的背面,等一只渡我的小船
在露水中用雁叫声做成的笔
在水波上画一幅谁都看不懂的图案,然后
天与地
只剩下遮不住的
纷乱的雨滴

黄昏,与一坐山峰对弈

用一朵火烧云做棋盘,摆好棋局
檐下的风铃醒了瞌睡

夕阳,有如一颗巨大的棋子
用哑剧的招式,占据了棋盘一角
山中的寺庙
忽然多出了两尊入定的佛

蝴蝶,在棋盘上捡拾棋子
仿佛是梁祝的影子,追随醒来的梦
在孤零零的痛中,左右盘旋

你就执子先行吧,隔着界河
你移动乾坤,我把夕阳往前挪了挪
光影下,那怕舍生取义
留一节琴瑟相和,青竹谱曲

在天地之间落子,我不悔棋
消失的蝴蝶,又怎能不悄无声息重回人间

董献国

出生于1964年10月10日,字奉之,笔名安岭客,河北省隆尧人,现居住于石家庄市,工学硕士、高级工程师。曾从事工业自动化控制工程的设计、系统集成软件的开发工作,今从事石化行业电气自动化工程设计。工作期间曾两次获部级科技进步二等奖,并于2000年获第五届河北省青年科技创新奖。平时勤于阅读,喜爱文学诗词,作品以意境为先导,题材来自身边的人、事、物、景,从中华诗词长河中汲取营养,在继承中求发展,用朴实的语言讴歌新时代新风貌。

墨迹10周年寄语

我与您结缘
缘于去年好友一张美丽的照片
一根红色卷柱的火炬
一城绿瓦红墙的新居
一望湛蓝如洗的天空
一条清澈碧绿的小河

水光潋滟
荷叶莲动
萌鸭如船
好一幅如画风景
沁染着我心中的诗篇
自此透过您的轩窗
成为墨迹粉丝中的一员
今天
在这火红的五月
青年节迎来您一十周年
我为你祝福
为您点赞
您为出行护航
您保大众平安
您带领墨友走向万水千山
您亲吻着平原
游历过山川
东渡于大洋
西登于天山
南游于大海
北驻于雪原
您追忆着过去
憧憬着明天
您记录着岁月
留住了美好的华年
我为您歌唱
为您欢呼
为您谱写炫丽诗篇
让我们与墨迹天气
齐努力
共建设
一起去拥抱美好的明天……

作于2019年5月4日。

正定古城荷之韵

红菡嫣嫣
白荷翩翩
绿屏正起舞
鸟儿在歌唱
沁沁于清澈湖水
依依在莆草之间
点缀于水墨
绘画在丹青
游赏于兴隆别苑
漫步在云居湖畔
沐荷风
吻芙蓉
弄柳枝
观鱼欢
感叹那一池荷花无边
思绿水
忆青山
梦想就在眼前
幸福来自奋斗
富强更需历艰
把期待
留给未来……
把美好
送给明天……

作于2019年6月22日

注：兴隆别苑、云居湖座落于正定古城南城门（长乐门）及兴隆寺（大佛寺）风景区。

"七七"警钟长鸣

窗外警钟正鸣
它……
刺破天际
穿越时空
召示当代
引导未来
七七……
不能忘却的悲愤
不能释怀的苦难
不能重温的过去……
那是睡狮的觉醒
那是民族的危亡

那是中华儿女不畏牺牲
前赴后继、奋勇抗日的开始
让我们勿忘国耻
勇于进取
珍惜当下
建设祖国
去拥抱辉煌的明天
听、第三声警钟响起……

杜国栋

男，汉族，号雨僧，甘肃省通渭县人。甘肃省楹联协会、通渭县诗词协会、通渭县作家协会、书法协会会员，心湖诗社会员。作品发表《诗词月刊》《当下月刊》以及相关网络平台。

老巷口的山风

我站在母亲站立过的地方
这里山风流淌，吹白了黑发
吹老了堆放杂草连枷与磨坊

山风，在残垣废墙的野草里跳舞
山风，在老巷口的瓦砾上唱歌
山风，在檐头蛛丝儿的空隙间聊天
我张开胸脯，解开衣扣，拥抱
童年的光阴，岁月的痕迹
不怕它划伤我的皮肤，或者
成长的情伤
都在一把扫帚，一把锄头
清扫眼帘的枝桠、落叶
勾画过地图与山坡的快乐，当然，还有倒数的忧伤
我站在山风中，这是今后
母亲站立的地方
迎着山风吹来的方向，母亲
将把思念传递在无尽的伫望

落叶，是秋的轮回

我捡起那片落叶
我知道，那不是落叶
虽然在象征着季节
悄悄沉寂
万物的言语，让痛与忧伤
在屈从生命的弧线
此时，风与尘守护了
一具尸体，无可逃遁
因为，我捡起的不是落叶
而是自然之神的轮回

往返，只是寻找起点在哪里
不再是徒劳。此刻
我把希望躺在了明年春

偶像的盛筵

我双手把我的热情捧给大地的那刻
我已经迟到了，因为诸菩萨还在
偶像的世界里正开始着一场自我陶醉的盛筵
如此，世人笑我太疯癫
接受了井然有序的膜拜与爱护
于是，尊严的衰落
慰籍了没有灵魂的节日
到处都是新鲜而熟知的发簪
于是，我常常觉得
在这期间，正如荷尔德林的呻吟
不知道"在贫瘠的时代诗人的使命
该做些、说些什么"

可是，我知道
眼前的夜晚，泯灭了诸菩萨的悲慈
悲哀了大地的理所当然

云在天空寻找你

在远方的你，云在天空寻找
你离开之后的身影是否印在你曾经

坐过的树桩。这是一个思念的时刻
通过照片,对照眼神里的波光
让夕阳的燃烧,斜依再海水的身旁
化作飞奔的泪水,化作举手可掬的泉水
随风、随缘、随露、随辰
在鸟儿鸣叫的清晨,在星辉灿烂的夜空
停留在你脚下,你手掌心,你枕头边
停留在你闭眸仰头的瞬间

杜梦瑶

　　湖北省十堰人,吉林建筑大学电气信息工程学院建筑电气与智能化专业,本科毕业,酷爱诗词。

标点人生

人一生下来就画了一个大大的叹号
告诉世人:我不平凡
紧接着的
是一个个标志着成长的逗号
逗号之间
既有被爱包围的顿号
又有一片茫然的问号
而在一个个奋斗的名词后
有对生命诠释的破折号
六年级画过一个分号
高考又将画一个分号
未来还要画很多的分号
但在最后一个分号后面
希望那不会是一个句号
而是用一串长长的省略号总结

段乐三

　　湖南南县人,中国诗歌学会首届会员,在国内与美、德、法、日、巴、纽、加、澳等国报刊和出版物发表诗作6000余首,有的录入学生课本,有的被翻译成外文,出版个人单行本53部与《段乐三文集》13集。

清明

又想说新闻
电话阴阳还没通
风雨上娘坟

七夕

银河两岸宽
雷卷黑风浪打滩
织女隔牛郎

众鹊组成团
锁紧情心锁紧酸
夫妻一夜欢

同行

缠绵又一程
心心念念度人生
夫妻苦乐行

生死约当今
幽幽蜜蜜一声声
牵手抱黄昏

蒲公英

浆水养群花
乘风起舞去天涯
落土建新家

荒坡条件差
风吹雨打也萌芽
抽茎又开花

与牛较劲

你牛我也牛
耕田想跑岂甘休

三犁没到沟

我想获丰收
精耕细作每争优
你别耍滑头

咏千手舞

仙风如意到
粼粼波动女人腰
千手一同飘

情予臂中摇
意在心中十指抛
弧线万千条

伊人同体邀
几许妖娆几许娇
风流你在瞧

段梅子

原名段梅芹,中国诗歌学会会员。

残荷

任岁月的利刃
一点点剔除,贪、痴、怨
任秋雨寒霜,涤尽尘心
惟留一茎风骨
禅坐于秋水之上

禅坐,于三千繁华之外
秋水如镜,净则静
仰首高天流云
低眉,不念悲欢

孤独

在陌生的城市穿行
如一片落叶
飘在秋的天空,身不由己

孤独,是怀抱的利器
让无数白天之外的黑夜
遁逃,只在更深露重时分
慢慢取出,高高擎起
擦拭,轻呵霜锋
然后,闭目、打坐、剑归于鞘
再然后,任热泪奔流……

秋心

修一道篱
种一园菊
世事喧嚣处
不问李花白、桃花红
不问二月豆蔻和四月荼蘼
暑往,寒来
思罢,念起
只在清词间低眉
于明月下禅坐
灵魂与光阴对视
听风听雨听鸟鸣落在心上,任
闲云归后,了无痕迹……

黛玉
——十二钗之黛玉

清绝成一枝竹
孤高,目下无尘
一柄花锄,锦囊艳骨
便葬了三百六十日的风刀霜剑
残荷几茎,秋雨何急
惊破秋窗秋梦
瘦笔,素帕,口齿噙香
写桃花、菊花、咏白海棠
泠泠七弦,三更夜露
潇湘馆药香太重
闺中女儿咳不尽世态炎凉
半卷湘帘

焚稿,焚心,焚种种虚妄
一缕魂梦随风
向谁问:金玉良缘何如?!

湘妃竹何在?
斑斑泪痕,衰草寒烟,谁舍谁收?
杜宇送春声声
颦儿才情,孤标傲世
付,一抔净土
空缱绻,说风流……

铎木

今夜,我要为月色讨
一种说法(组诗)
今夜,我要为月色讨一种说法

如果认定了方向,你就进来吧
信任自己的步伐,将风的啜泣留在身后
在长江的波澜上放置一段鸟声

或,一种果实
秘密像闪亮的露珠,抚摸着呜咽
磨坊立在东岸
马车从远处驶来,又向远处驶去

内心的沉默是一首诗,如乡村的秉性
能够带动那架古朴的风车
悲伤是一种形式,被节日圈养,被亲情匿藏

只有低处的生活才能容纳更多的月色
这般蛊惑的,是一条古道
月色,从这里进来,又静静地离开……

蒂丝黛尔

一支夜曲仰望着夜空
我的蒂丝黛尔成了乡村诗人

她向往度过一个中国的节日
中秋之夜,她为心爱的人写诗,朗读

她让我看到最后一颗星星的离去
天空清爽了许多。藤蔓爬满阳光的香味
异域,不同的月色有相同的洗髓之术

原来,每个人的寂寞都有一段恋情
月色穿越时空,将昏暗的大海洗成一幅素描
上帝啊,在茶马古道上请你再次宽恕她

那么,让今夜的月色再自由一些
翅膀是懦弱的,我要一条绸缎
一块能覆盖村口的碑石
铭上抹不去的碑文,那是献给她的歌词

诗会后

一场音乐诗会后,我给诗句留下缄言
远方,又远了点
我和黄昏的山村对视
将落雁塘从杂乱的胡荏中拉出。接着沉默

如此辽阔,足以放飞仅存的翅膀
月光静谧但并不孤寂
长江从峡口出来,望塔尖而去

流淌的,除了记忆
应有背包上的一朵不便凋谢的花,一片绿叶
我陷进的,亦如别人挣脱的
我们擦肩而过

彼岸,紫丁香绕过三条古色古香的寨子
拥有了念想的方向
余下的岁月,我守着月色下的碑石

匿于其中

还不是麦田,稻草人戴着毡帽
沾上了一些落泊的灯光
当秋雾剥开沉睡的云山,我失去了梦

吟哦者又在驱逐月夜
江水自律了许多,音乐之前
沙洲上的雁声不会戛然而止

路,已经出了村,容纳了
沙粒、碎光、车辙、碑文、云朵……
当我看到脚趾,步履已不在画中

一个流浪者需要一条真实的歧路
涛声并非全部来自江河
天空从杯中来,在杯中去,被落叶弹回

松针落下

我想过,它坚守的日子
把日子熬成了粥,伴着山影喝下

我想过被乡音包裹的苍穹
十五的圆月从山脊落下,点燃滴着
松节油的火把
但我不敢联想腹腔中的怨言
满嘴的咀嚼声、圆润的露珠……

再过半个时辰,秋意更重了。松针便要落
下
容不得我去选择
生活总会成为一张网,网不住
月色,却让我无处遁甲

夜升起,或坠落

月夜升起时,落雁岩上蹲着寺院
风中响起青铜的吟唱
子时,丑时,寅时。过了卯时……

今夜,我梦中的人善眉低垂,带着
菩提之光,我听见了石头裂开时的欢呼
伴着祈语,透过缝隙

只有默许了白天的艰辛,才有
黑夜的舒心。月色坠落
寺庙被流光泡着,等一座山张开谷壑
前是郁葱的阔叶林,后是碧绿的草地

其实,我们都是光阴的牧放者
从未从梦中离去
草枯草荣,从东到西,从北到南……

F

樊志刚

现住辽宁铁岭,先后在市委宣传部、市人民银行等部门从事文字工作。从小在农村长大,感受纯朴与善良,陶醉大自然,感恩社会及党的培养。每每有感寄之于笔端,散见于《辽宁百姓文学》《荷塘月色》《写易文学》《三木秉凤》《世界作家园林》《采菊东篱》《生活梦剧场》《百度》《今日头条》等。

父亲坟头的小黄花

父亲埋在这儿快四十年了
一生活了不到六十岁
撒手人寰时
我依偎在他的身边
并附耳悄悄的说
"还有没有什么交代"
他只是轻轻地摇了摇头
嘴角露出一丝颤动
眼里渗出一滴泪

父亲朴实而简单的一生
多像他坟头的小黄花

悄悄的开了
又悄悄的落了
没人知道他的名字

就是这小黄花
平凡的几乎
没人关注的小黄花
遍开在山川原野
无论多么贫瘠
多么的荒凉
始终顽强的
守候着自己的土地
默默的无怨无悔的
奉献着他的爱和微笑

就是这小黄花
不甘寂寞的小黄花
最先迎来春的抚慰
最后送走秋的叮咛
黎明是他温慰的笑脸
黄昏为他卸去了风尘
无数个日日夜夜
翻来覆去的一张纸
写满了勤俭朴实憨厚
和艰辛

就是这小黄花
纯朴无华从不雕饰
没有那么复杂
也没有什么所求
忧愁像风一扫而过
只有轻轻的雨
淡淡的风
和他那浅浅的温慰
傻傻的笑容

就是这小黄花
天真烂漫的小黄花

像小溪一样静静的流淌
夜晚蟋蟀舞动着身姿
蛐蛐在鸣唱
蚁穴传来的喜讯
有时也会扰的心烦
白天里蜂蝶时来
驱赶着平静的寂寞
野鸟无心
践踏了相守的誓约
也许这就是小黄花梦吧

夜梦海螺声

夜深了
辗转反侧难入眠
一幕幕的似曾相识
不知是哪一劫哪一世
哪一年哪一天

泥泞的途中
阴雨缠绵
孤独的我
仿佛有你陪伴
朝圣的心未曾止息
脚下的路
漫漫

也曾有过无数次的迷失
也曾有过无数次的期盼
也曾有过无数次的滴血
也曾有过无数次的眷恋

六趣的倦影扑朔迷离
业风的撕扯胆战心寒
厌了,罢了,也怕了
醒了,醉了,再流连

不知我是谁
只记得曾与你

一路走来
未曾稍离
又恍惚不见

梦中我听到了
远处海螺的声音
这一世我要紧紧的抓住
不再放过那曾经的誓愿
直到虚空粉碎
大地平沉
欲火生莲

破茧成蝶

仿佛远方
一个声音在呼唤
沉睡的灵魂苏醒了
一个绿色的梦
酝酿在山川原野
无边的天际
芳草茸茸
溪水潺潺

仿佛是一位老人
迈着轻盈的脚步
穿越时空向我走来
是那么亲切
那么平淡
似曾相识的面孔
还依稀可辨

"曾经沧海难为水
除却巫山不是云"
你，就是你
一次次的幻海沉浮
一次次的六趣轮转
一次次的惊心动魄
一次次的撕裂呼喊
泪水似海

血雨成波
尸覆大地
骨积如山

如今我是一只蛹
裹着厚厚的茧
冥冥中忘了曾经
昏睡里记不得从前

不甘寂寞的我终于醒来
梦想的翅膀在梦里翻
冲破了自制的缠缚
挣断了无形的锁链
似金龟脱壳
如凤凰涅
我走向了光明
步上了解脱
获得了自由
融入了蓝天

童年的记忆

童年的记忆
是静夜里一轮月亮
常在风清醉人的晚上
串起翩翩的遐想

闪动的满天星斗
总是围绕着月亮欢唱
那五彩缤纷的天街
是否通往我的故乡

童年的记忆
是寒冬镶嵌的窗花
银白世界中的玉树琼林
让我陶醉又迷茫

怜悯雪中的小兔小鸟
总有几丝莫明的惆怅
不能为它们搭建暖窝

总有几分难言的忧伤

童年的记忆
是苇丛中一角湖塘
湖中浅笑的亭亭清荷
散着沁人的幽香

欲近黄昏的小路
收起了最后一缕余辉
小伙伴嬉戏的笑声
还在柳荫中荡漾

童年的记忆
是布满鲜花的绿野
那草原上的蜻蜓蝴蝶
伴着我流连倘佯

还有婉转的小溪
总带着我的憧憬流淌
蓝天下欢叫的云雀
是我的歌声悠扬

童年的记忆
是洒满阳光的山岗
那弯弯曲曲的小径
通向山顶的太阳

一个又一个惊喜
在幽林中悄悄作响
携着晚霞归家的顽童
踏着欢笑走进村庄

童年的记忆
是载着梦想的风筝
牵着一根长长的线
在晴空中沐浴着祥光

漫漫人生路

不见了儿时的模样
那童年烙下的记忆
在心中那么清晰悠长

童年的记忆
是一盏不灭的心灯
在我迷失苦闷的时候
总会照亮我前进的方向

岁月侵蚀苍苔
蚀不去刻骨的印迹
生命跳动的激流
汇入永恒的海洋

范莹

安康市作协会员、陕西省青年文学协会会员、陕西省民间文艺家协会会员。作品散见《延河》《陕西诗歌》《秦都》《香溪》《黄河周末》《安康文学》《旅途》《汉江文艺》《平利文学》《安康日报》。部分收录在《安康优秀作家作品选》《人在旅途——百家作品精选》。诗歌《故乡》曾在陕西省首届民间诗歌大赛中获奖。

墨鹭

来得多么容易,在我的提笔之手里
一只白鹭站在浅水里优雅宁静
这水边的飞禽颈项柔软,惯于弯曲
前倾并不用于思考和迷茫

昨夜河流折断亡灵疾走
芦荻倒向一边
这尘世间的风声它听不见
生或死边界已在纸上

来得多么容易提笔间的救赎之意
对生灵,对万物这一只白鹭正好赶上
为了庇护,我将它涂黑

用的是大写意
原罪和错一笔带过

疏离

她坐在屋顶上原本要数星星
一整夜星星都在落下来
一直有人在窃窃私语

天空蓝的没有边际后来
暗下来她给她打电话
想提醒她降温了甚至还想说说那些星星
说说一整夜风向偏西双子座一直没有出现
网络一直繁忙

她给她发信息说了同样的话
雪真的下了
她在黑夜里摸索
找到属于她们的两颗星星
趁着黑夜霍霍地磨
"疏离之意,是被磨出来的。"

赶着去赴老

花朵开放一些,凋零一些
你看不见它的悲伤
只有我们,感时花溅泪
怕老怕得要死

雍容从容的
花朵从没误过它的美丽,它的蝴蝶
只有我们,跑那么快
赶着去赴老,沿途的花
也不能喊住我们

暮色里的安乐寨(组诗)
老屋

次第打开的门
打开一个种族冷峻的表情
北墙上的蓑衣南墙上的斗笠
壁屋里几捆线装的书
尘封的都是一些经年旧事

早年的祖母
手提瓦罐
拾阶而上

在一滴明澈的水里
我砍倒门前的李树

去了远方

河

河流还在原处
源头溯向更远

水鸟潜入河底
这是另一个季节了

桃花就要开出倒影的季节啊

我闭上眼睛
看见我掌心的一条鱼
逆流而去

兰

世俗之外
开一朵洁净的花
那便是我的妹妹

我高喊她的名字
口吐芬芳

与范石头诗(一)

那时候,你还年轻
朴实、强悍

勤劳的庄稼人

火车载着你的爱情
从南到北
谁也没有留心你是什么时候
溜下了车
为了捡一只丢失的袜子

你坐在木桥上
独自饮酒
夜从阳坡的草场上倾下来
你一抬眼就看见了一个人的
黄昏

后来,下了一场雪雪落了你一身
你醉了
醉成一块有病的石头

压在谁的心里谁心里
沉甸甸的

与范石头诗(二)

黄昏暗下来时间越来越狭窄
落雨也罢飞雪也罢布景都是单独
色调偏向冷
一壶酒一瓢饮一身孤
风吹木叶风吹你
你比木叶飘落

酒是冷酒与谁对饮
酒入愁肠酒入骨
这一生
你为谁醉和醒都是虚妄的

与范石头诗(三)

是春天是晴好的日子你选择离开
——就此别过

一生都在苦寒里、在风霜里
不曾突围
这一次,你要自己做主
走在阳光里

山洼里泥地上都是梨花
漫天的梨花拥着你
你开始变轻,变薄
从此,你可以在云端里自由地行走

这是春天是晴好的日子
梨花还在漫天飘落
每一朵
都有心碎的白

最后的农夫

希望在泥土上挣扎
挣扎着提醒我要当心二月虫子
破土而出
咬碎我的布匹和晾晒的花朵

那时我手掌的南风还够不着
向北的山坡
我和最后一只羊站在坡下
迁徙的车辆也在坡下
碾压着我们的目光上坡下坡
驶过出山的路

车上都是戴草帽的兄弟姐妹
后来他们把草帽扔下来
把生锈的铧犁扔下来把锨锄和种子扔下来
把千顷沃土扔下来

村寨瘦下来,我想它是病了
它的衰弱之症令我惊慌

那么多野草列队入侵的阵势令我惊慌

令我更紧地将村寨
捧在手心里

范雨薇

中学语文老师。向美而生,喜欢与自己的灵魂对话,清淡寡言,暖逸莹然,像清晨一样清白、深情。灵魂素面朝天,气质纤绵,净美野逸,疏离清脱。

美的味道

我瞥见七月的剪影,
也看到六月的回眸。
绿色在窗外,轻泻翠光。
和风细如水,茵下梦之愉……
罗丹说:"美到处都有的,只有真诚和富有感情的人才能发现它。"
美好的东西,从来不是以物质的多少,来计价感观的质量……
当你,以一颗滚烫而热忱的心,去看世界时,再凡俗的生活都能被炖煮出玫瑰味。
这味道,不在于远,而是一丝丝,宁静了人的心。
如东山,公园花色还在,风微凉,
衣上落着清香,这美好缠在腕间是玉镯,
插于鬓发是步摇;落在纸上是一篇清凉帖,
浮于眼前是一卷添香图。
就如此,去赏几枝,摘几朵。
案上瓶中插一枝,窗前帘上绣一朵,顿时一屋子的清凉好意。
笔下,枝生无限月,承意幽幽落,
浅酌朝云霞,把一天的诗,写成安静的颜色,
隐有琴音一抹,自成芳菲……
把夜写深了,浓郁可唯的净美扯一缕做书签,
别在那一页,安心睡去。

清

是谁偷走了掌心的暖逸,
杯盘起落,瓜果兰浆。
"泱泱春秋,你是我的美梦一场。"
心灵的归宿,
就是能把自己静下来……
人安喧嚣自静,
心闲耳目自清……
绵绵的时光里,
清寂的生活,过我静简的一生……
这样,多好。

拭

山本耀司说,"自己"这个东西是看不见的,撞上一些别的什么,反弹回来,才会了解"自己"。或许,这就是彼此照见吧。喜欢这种感觉,有原始的安宁,无争与归属感。提香叠印风月,美和好瞬间袅娜成嫣……
晚来,得一窗雨。
滴滴答答到夜深。
于是,抬手种了一窗子芭蕉与枯荷,用来听雨,用来沉思,用来写诗。
在陶罐里蓄一汪清水,洒一把小字,
用雨水慢慢滋养着,只是花开未满,梦尚远。
于是,掏出灵魂
一点点擦拭掉一天的尘埃……

散步

积攒、挑选过往的字
只想拼出一首小诗的样子
有你陪伴在左在右
才有了
世上最美的诗——
自然的美,是一味中药,可以用来拯救灵魂……
萋萋野径,薇薇夏草,朵儿碎碎小。听冉

冉风来,恰在绿中妩媚。有蠓蠓虫,无聊聊事。伫足回眸,看草叶修长,花儿轻曳,虫儿无恙,自在安详。当如此,光阴各自,这般好……
随手衣袖,有昨之痕迹,似清,似余,或徐?打细自想起来,无法天心月圆时的琴瑟。而今语语,似梦似非都已经不再重要。
心里有绿色,出门便是草。
乃至你说 若欲相见,
更不劳流萤提灯引路,
不须于蕉窗下久立,
不须于前庭以玉钗敲砌竹。
晨风柔和,我牵着一缕清凉去漫步,不经意,就相逢了七月的一宗禅。
有微波涟漪,或深或浅,摇曳的影像,亦全是露清花明的心意。

而我,也只需在清风中细细的描绘自己的模样,敛露凝香,于岁月的枝头娉婷成一朵花,一回首,便是深意满眸……

暗恋

晨光上静屋,眼饱睡出足。
凉风阵阵,云朵簇簇,掩了阳光的张狂,天气很舒爽。
起床,轻施薄粉浅着妆,守护内心纯净的温良,
在自家里的花田里:
种良善,种爱。那些平静的人,心中必定有自己的山水。
万物生美,因了内心愉悦,因了 你是偏旁。
透过月色,看到月光,也会看见一片叶子。静静好好。透过远方,看见远方。
远方的远方,突然,也看见自己,寂寂。
一片叶子,一朵月光,一个远方和一个自己~简单,寂静,暖逸。
如昨,如今。

很多美好,可以久读,清澈,宁静,生香,唯不生厌。
日子最美还是寻常,轻轻地恋一朵花。
把自己和整个夏天,统统藏在静默里,淡然芬芳。有美一朵,向晚生香……

待

幽兰花儿开香满庭,夜深微雨梦初醒。
好个"暗香浮翠,花雨酿幽"。
绾起心绪的柔情,雨声清凉相伴的逸,
绣一个如花清美的晨曦,翠漫漫浓郁唯净,夏深深几许……
越老朽越通透,越明了悲欢交集即是人生。
而我仍有盼望,愿上苍予我恩宠,
允我能花前月下感叹,三言两语着矫情。
匆匆尘世,六月过往。待,七月芊芊诗骨。

人生

有味的人生,
一定是过得舒心且随意……
踮起脚尖,
想要追赶太阳的影子,
光影的裙摆下,
是由岁月精剪的绿肥红瘦。
花香顺着风,
铺垫一路的芬芳,
小时光里,
我于静默并肩。
简洁,
是一种心境……
雪小禅,写道:
文字是我的针,
我不断地绣着自己
想象中的爱情,
也绣着很多的梦想。
而小说的底子
是块喜相逢的蓝被面,

上面绣着大朵的绚丽的花,
绣着缠枝莲,绣着红嘴鸳鸯,
绣着薄凉的爱情……

唯美而让人心疼的文字,
读着,心像是
一朵开到荼蘼的花。
我也需要一根针,
在红尘里绣上
我的清绝,淡然,骄傲,
寂寞,欢喜,懂得。

梵君

诗海岸主编,创始人,公民之诗倡导者之一。诗观:浮生循墨入诗,落笔注剑气,胸中有鉴湖……

无字碑

一堆荒草
留在了人间

你是一捧尘土
我等成了木乃伊……

瓷

你们的婚姻如瓷一般
不堪一碰
我是否该是一枚铆钉
旧疾隐隐作痛
在满是裂纹的人生
指认作案现场……

父亲

不敢提及的字眼　一提灵魂就颤
痉挛
犹如划开皮肉灌注盐水
那感觉

不是一个冷字可以概括的
似乎,也找不到合适的语言
表达内心的惶恐
挥不去的霜　心底扎根落户
避不开的节日　含混泪水和遗憾
在零碎的记忆里
美工刀一样滑游

你是冰　是今生我走不出的冰窖
你是山　是压在我心坎上
那座无法跨越的雪山……

方佩岚

1973年生,浙江杭州人。建筑时报记者编辑,东华大学纺织化工专业毕业。从小热爱文学,从16岁参加《新民晚报》"夜光杯·十六岁的花季"征文大赛获得第一名起开始发表作品。

那样的存在

大树根植于大地
白云飘游在蓝天
它们本没有交集
偶然间白云幻作了细雨
融入了泥土流入了大地
慰籍着树根滋润着绿叶
它们从没有说过些什么
却是这样浓浓的爱意深深的默契

此刻我在这里敲击着键盘
你在那头收拾着屋子整理着书籍
一抬头你递上了一杯我正寻找的观音
那腾腾的热气胜过了千言万语
忙碌的时候我无暇寻觅你的踪迹
然我确信只要回头
你总在那里带着盈盈的笑意
不声不响却是坚定无比

每个人的心底
总有那样一个与众不同的存在
少了任何人都可以
只是不能没有你

看桃花 去波密
跋山涉水不远万里
我终于见到了你
你生长的地方名叫波密
背靠雪山风和日丽
连名字都如此神奇

一年一次是你我的约定
只因短暂而绚丽是你的花期
我快马加鞭在199道拐间行疾
只因我不忍心你等待的焦抑

虽然明白无论我来或不来
你都静静地站在这里
粉粉的花朵浅浅的微笑
让我心动的模样你始终如一

我终于站在了你的面前
你在风中轻吟
当我的指尖轻抚你的花瓣
我感受到的分明是你的颤栗

你是否在告诉我
你内心狂热而羞涩的欢喜
终于明白今生所有的奔波与等待
只是因为有你
你就是我生命的奇迹

怎么可以
思念到底是个什么样的狗东西
怎么可以这样
猝不及防扎进了人的心底
毫无预警悄无声息

我只是在曾经一起走过的园中
独自闲庭散步而已
恼人的桃花争艳玫瑰欲滴
参天的杨树也垂下了身体
与水边的柳枝不害羞地挽住了手臂
想要说声想你却是我打死也不愿意

信手捡起石子扔进湖里
湖面泛起了阵阵涟漪
湖边嬉戏的顽童侧头看我
眼里透着天真与问题
低头看向水中的自己
流水无语只是坦白映出了眼中的孤寂

我恼怒这样不争气的自己
不过一个520的日子而已
怎么至于
怎么可以

房贵东
　　黑龙江省依安县人,1998年毕业于齐齐哈尔教育学院美术教育专业。曾参加省、市级教育科研课题5项,主要成果执笔者,发表国家级教育教学论文10余篇。现为高级教师,县美协、作协会员。

感受春天
我轻轻地打开历史的长卷
小心的触摸着祖国的容颜
凝视着你如此沧桑的色彩
感受着祖国春天是历史的必然
看
一把镰刀砍断了旧枷锁
一把铁锤砸出个新纪元
随着国人不屈不挠的呐喊
自强不息的燎原之火已经点燃

听
昂首的雄鸡东方报晓
觉醒的睡狮长啸对天
冲天的巨龙叱咤风云
人类的智慧正式起源
从此
在960万平方公里多情的土地上
你哺育着56各民族团结向前
在960万平方公里肥沃的土地上
你滋养着我们代代身强志坚
从此
华夏大地激起了改革的波澜
中华儿女踌躇满志豪情万千
长城内外果压枝头花开四季
大江南北唱响祖国的春天
从此
你用勤劳、智慧和勇敢
书写人类辉煌的诗篇
你用热情、速度和实力
展现了震惊世界的奇观
于是
神舟飞船一飞冲天
申奥成功、嫦娥探险
已经见证了你正在与时俱进
你创造的伟绩在世界领先
我轻轻地打开历史的长卷
深情的端详着母亲的容颜
泥土清新、百花争艳
映入眼帘的是城乡的变迁
春天的脚步是那么矫健
让城乡的旧貌变新颜
山清水秀、鸟语花香
就连空气都有丝丝春意在扩散
片片树木葱翠、处处气象万千
歌声中还有春春的韵律在回旋
是时代催生了"中国梦"
是春天激活了"正能量"
我的家乡、我的依安

发生了翻天覆地的变化
满眼是一幅活力四射,幸福和谐的画卷
质量上乘的农作物规划齐全
国家主要商品粮基地名不虚传
林、苗、水利管理规范
绿化美化争奇斗艳
"糖、鹅、瓷、薯"四大特色令人称赞
老街新城、改造发展
"科、教、文、卫、体"硕果累累
处处传递着"立党为公,执政为民"的誓言
我的依安、人才的摇篮
养育过英雄航天员
柏林世锦赛马拉松冠军白雪
雷锋式好指导员程志国
还有全国道德模范王桂莲
我的依安弘扬团结奋进、实干创新
践行担当奉献、后发赶超
她把"民生"放在首位
始终站在"十九大"的理论高端
我轻轻地打开历史的长卷
深情的凝视着母亲的笑脸
我用心感受着祖国的春天
我用情构建者可爱的家园

房照远

  笔名方源,80后,山东南旺人,现居济南。系山东省散文学会会员,中华诗词学会会员,中国诗歌学会会员,中国青年作家协会会员,中国化工作家协会会员,济南市燕子文学社发起人,著有诗集《那是一碗盛不下的流年》,其作品散见于诗词报刊和文学网站。

老家就在南旺

分水岭上的坝口
已不能阻挡
它的暴行
让大水冲了龙王庙

惊慌的样子
一家人不认得一家人
这是古老的歌谣
也是一个传说
更是乡情的沉淀

那庙宇中菩萨
不知感化了多少代人的
道德思想
门口石阶旁的古木
已变的波澜不惊

历史典故也有记载
此处的文章
怎知那院落的皂角树
轮回几个春秋
我们从小常常偷摘出来玩耍
日复一日,年复一年
你的身影已渐渐消失
在岁月的长河中
留下的只是偶尔的传唱

岁月的传承

从村子这头走到村子那头
相隔着不远
行走的身影
都在记思着血脉的传承
村口的老柳树
还在风中屹立不倒
已不知年月

岁月悠悠
突然,又想起那棵杏花树
这个时节已开满了山头
一股淡淡的清香
引来几只彩蝶
在翩翩起舞

天空有时和人的心情一样
有欢喜也有哀愁
一片乌云过后
天空又晴了

青青的瓦片

古朴的印记
流传了千年的轮回
青青的色彩
一片紧跟着一片

希望的天地里
任风吹雨打
多情的日子里
有你我相伴

走在太阳底下
也会产生希望的种子
那是年轮和岁月
留下的情怀
日复一日,年复一年
已渐渐远去

谁曾想到
你也会成为历史的影子
只有他乡的孩子
还会常常想念你的样子
那是远去的流年印记

大运河里的水声

家在运河的岸边
天生对水就有感情
从小就会游泳
要问和我一起长大的小伙伴
你不会
是让人笑话的
芦苇,水塘,石闸
大运河里的河蚌鱼虾

— 1841 —

那可是如数家珍
尤其是夏天
太阳高照，日头晒的火辣辣的
打着赤脚，相约在河边
一个猛子能出去好几米远

这样的日子
我在梦中
已和他们相会了好几回了
大运河边长大的孩子
对水和人一样是有感情的

老照片，老北京

前门大街的戏院
又听到了锣鼓的声音
京胡和方木
这两搭档
配合的天衣无缝

体面的长衫大褂下
掩盖了
空虚的漏洞
大碗茶的吆喝声
又回到了老北京

京腔京味
诉说着过去的老理
那一大段的念白
引来了阵阵的喝彩

老照片，老北京
前门大街的茶馆里面
又响起来锣鼓点声

那一抹笔墨丹青

暗香的墨迹
印记在了纸上
千年的历史
有典故来述说它的风霜

不知什么时候
门前的山水
也会变成了影像
那水墨丹青
也是有留白的

风尘和乱象
当然是不会出现在
多情的人儿手中的
那笔下的刀锋
只会刻画彩妆和暗香

费玉馨

　　山东省临沂市人，热爱文学、历史、诗词、散文等，爱好摄影。

人呀！一晃就老了

人生苦短，
区区几十年，
一晃也就老了！
等你终老的那一刻，
所有的一切都归于尘土，
啥也无法带走。

短短的几十年，
是你所能掌握的日子，
应该倍加珍惜。

这短短的几十年，
无非就是天真可爱的童年，
情绪激昂的青年，
拼搏奋斗的中年，
天伦之乐的老年。

从你懂事的那一刻开始，
就要经历拼搏进取、

打拼奋斗的人生,
开拓自己的人生之路。
只有经历过坎坷,
才懂得人生的艰辛,
只有痛苦的磨炼,
才知道快乐时刻是多么开心。

没有经历过爱情,
不知道心疼的感觉;
要获得成就的回报,
就必须要有付出。
只有辛苦过,
才知道快乐的来之不易。

人生,
转眼间一晃就老了!
活着是为了面子、别人?
还是为了金钱、权力、地位?
其实都不是,
活着就是为了自己!
让自己活得充实、开心、快乐,
也只有这样,
等到你终老时刻,
才不会带着遗憾走入尘土,
你的这一生才算没白活。

最好远离这些人

私欲太重的人,
因为他们看不见别人的付出,
仅仅在意自己的得失和结果。
所以不能与其合作。

没有使命感的人,
因为他们以赚钱为目的,
所以不能和他们合作。

没有人情味的人,
因为在这样人的身上找不到快乐,
所以不能与其合作。

带有负能量的人,
因为他们会使人的正能量消耗,
所以不能与其合作。

没有人生原则的人,
因为他们认为赚取利益,
才是他们的人生原则,
所以不能与其合作。

对父母不孝敬,
甚么辱骂、打骂父母,
此类连畜生都不如的人,
更不能与其合作。

为人刻薄、出口不逊、口无遮拦、满口跑火
车、为人丈夫,
处事不能将心比心,
这些人往往会重伤他人,
岂能为伍!
故此要远离以上类型人,
更不要与其合作和交往。

枫∽清杨

原名王枫。中学化学教师。喜欢旅游、摄影、阅读和诵读。

如果这是夏日的最后一天

如果这是夏日的最后一天
我陪你去唐古拉
看珠穆朗玛
沉醉多情的彩霞
延绵的山脉
巍峨挺拔
皑皑的白雪
风景如画
那无垠的蓝色

就是你我的神话

如果这是夏日的最后一天
我们一起去看海
看海鸥在海面飞翔
看海霞飞满天
看海水拍击海岸
泛起的朵朵浪花
脚踩在沙滩上
留下一串串
幸福的脚丫丫

如果这是夏日的最后一天
我随你去大漠
牵一只骆驼
去那风沙弥漫的远方
"大漠孤烟直,长河落日圆"
寻找我梦中的大漠敦煌
穿过祁连山的六月飞雪
看那千年不死
死而千年不倒
倒而千年不朽的胡杨
听那羌笛穿透千古的余音
在荒原的夜空里哀怨悠扬

如果这是夏日的最后一天
我们相约去草原
看蓝蓝的天
看变幻的云
看青青的牧草
看奔跑的马儿
看悠悠荡荡的牛羊
一起回顾青春燃烧的岁月
犹如回到从前

如果这是夏的最后一天
我陪你浪迹天涯

为你做个美丽的梦
不负最美的芳华
伴着马蹄踏踏

枫叶红了

原名司雪锋,洛阳市孟津人,热爱写诗爱好翡翠、旅行及各种大小聚会,尤其喜欢听歌,从歌声中找到灵感创作,本人热爱公益活动,经常参加各种公益活动,满满正能量影响着身边的人……

文峰塔

历史的风烟中
遗留下了你伟岸的身影
通身青砖砌成九层
始建于宋而重建于清
座落在十三朝古都
洛阳的老城

你是古代能工巧匠
智慧的结晶
虽经历了数千年的沧桑
却依然屹立在人们心中
成为历史遗留下的
文明的见证
也书写着老洛阳城的繁荣
多少赶考的秀才前来许愿
多少达官贵人前来膜拜
只为圆了中举的梦

尽管历经了千年的风雨
身上满是陆离斑驳的痕迹
你依然高耸如云巍然屹立
听着渐行渐远的马蹄踏踏声
看古老的琉璃金碧辉煌的庙顶
雕刻各种各样的瑞兽栩栩如生
你安享着这份清幽宁静
荣辱不惊

曾经历过多少岁月的变迁
见证过太多的人间离合悲欢
曾经的烽烟袅袅
曾经的兵戎相见
都渐行渐远

晨钟暮鼓声
在青砖碧瓦上奋力飞腾
古老的曲子
悠扬飘荡在祥和的天空
你沐浴着玫瑰般万丈霞光
望着来来往往穿梭的游客
听闻洛阳才子佳人倍出
忍不住笑意盈盈……

红尘绝恋

又见离别的车站
分离的痛阵阵纠缠
两个人都沉默无言
窒息的氛围是谁
用哭泣打破了这难堪的局面？
女人哭花了双眼
男人湿透了衣衫
真心相爱的两个人
却默默相望执手泪眼

真心需要如何付出
才能让爱不留遗憾
爱要怎样去断
才能潇洒而去不再纠缠
你我皆凡人
转世投红尘
爱有多真
痛就有多深
无声的泪水模糊了视线
默默呐喊质问苍天
为何让人尝尽人生
酸甜苦辣
为何让人历尽人生悲欢
为何必须经历走投无路
肝肠寸断还不能如愿？

痛已成一种习惯
夜深人静时难以入眠
从此了无牵挂
从此谁也不欠
感情的世界不用埋怨
一场擦肩而过的缘
换来一世孤单

人生的舞台
幕启幕合
百年的岁月却在弹指间
潮起潮落是一天
花开花谢是一季
月缺月圆是一年
爱过方知情重
醉过方知酒浓
人生百味都品过
你我之间只不过

上演了一场红尘
绝恋……

最后一次为你

那个初冬寒风凛冽的相遇，
是今生最美的记忆，
飞机飞在蓝天里，
一颗思念的心在你期盼的眼神中平安的
着了地

那些细心的感动那些沉醉的温情
在寒冷的冬季里洋溢着春意
所有的遇见都是恰逢适时
一切都那么那么的温馨甜蜜

离别的钟声阵阵响起
闭上眼温情再现时再也控制不了情绪
你温暖的叮咛怎能叫人不眼含泪滴?!

也曾想拉黑你,不再联系,
也曾想不能再陷入万劫不复的谷底
你一句句的舍不得又让人怎么下了狠心
轻言放弃?
也许平时太缺少温馨地爱
你的柔情蜜意又让我再次痴迷
不想余生孤苦无依
就让我再次忘了伤痛
最后一次相信真爱不顾一切扑向你

你答应与我共同迎接暴风骤雨
期待着你能像海燕一样陪我
在惊涛骇浪中上下翻飞
可狂风暴雨电闪雷鸣之后
你却像只海鸥把我一人扔在这暴风雨!

曾经的深爱难忘记
那份柔情怎么都挥之不去
就让余生再执着一次
就算执迷不悔,就算再沉醉一回
不在乎这错与对,不想去计较这是与非

不管别人怎么认为
我不是他们想象中的完美
我承认自己偶尔也会辨不清真伪
因为我是我自己而不是谁
不是我走不出这爱的迷雾
明知爱到深处全是泪
但那也是属于我一个人的伤悲

就让我最后一次再为你痛一回
只因相遇的感觉太美太美
爱上你永远不后悔
除了你知心又有谁?

我还能用谁的心去体会
就这样最后再为你执着一回
就算你不敢和我一起面对
那么,我敢给就敢心碎……
就算你不在乎我的感受
那么,就让我最后一次陪你走一回……

题记:系你一生情,负我两行泪,都云作者
痴,皆醒吾独醉……

无题

落日余辉天边挂
夕阳映晚霞
酒杯端起慢斟下
从此无牵挂
滚滚红尘人匆忙
闲时话悲凉

这世间情为何物
叫人颠狂
芸芸众生千般爱
落笔成殇
无情岁月匆匆去
伤别离

长街烟花绽放起
泪迷离
繁华过后是平淡
不忍看
谁把琴再叹听弦断
红尘辗

卿卿我我已搁浅
别离难
愿用三生三世烟火
换君痴迷
为你尘埃落定
繁花渐去

蝴蝶为花醉
花却随风魂散飞……

冯恩启

网名神龙。中国诗歌学会会员。大型诗集《黄浦江诗潮》副主编。中华诗文群联合会副主席。中国诗词研究会副秘书长。《中国诗词》月刊编辑(纸刊)。全国少陵诗词文学总社副社长。《少陵诗刊》月刊编辑(纸刊)。汾阳市作家协会常务理事,汾阳市三晋文化研究会常务理事。汾阳古建文化保护专委会委员。

雪域雄鹰

一颗自由的心
飞翔在蓝天与群峰之间

冻不僵的翅膀
把雪山飞遍

高傲的灵魂
不愿匍匐在地去把佛觐见

纵然　世事浮云万丈
也能被你看穿

生的威猛
死的矫健

豪气弥漫在雪域
无不让人赞叹

空谷幽兰

朵朵瘦花枝上开,
纤纤绿叶被风裁。

姿态典雅
禅意萦怀

春来不与桃李争艳
秋去喜看草叶枯衰

一生固守清贫
不染半点尘埃

纵然　幽谷深千尺
也割不断你那缕醉人的馨香

让人入骨的爱

高山杜鹃

在高山之巅
开成最美丽的花　等哥归还

不知有多少浮云掠过
带来的只有泪水与寒凉

夜夜滴血的啼唤
燃红了整个高山

把满腹的思念
绚烂成了一片火红的海洋

冯果果

笔名风铃子。她爱,她活着,她写诗。已出版诗集《降临》《三千》。

仿生博物馆

"你是被爱神选中的女子
是林间鹿,雀跃
美艳不可方物"

梦中人善用暗语

"没有什么比得上我拥有你
如同白月光生出羽翼
百合摇曳在烛影里
蝴蝶在梦中翩跹
睡莲静静开在水域"

阳光照进仿生博物馆
蝴蝶标本作势欲飞
雄鹰有俯视猎物的阴鸷

"爱你即呼吸
爱你即自由
爱你，即余生救赎"

黑天鹅的爱有唯一性
在比黑夜更黑的光泽里
交颈而眠

2019年7月29日

置换术

白莲以初生婴儿般的白璧无瑕
攻破来自淤泥的咒语

受伤的小狮子
以觉醒抵御背叛者满满的恶意

假面，滋长的毒蘑菇
致误食者于死地

视善为宝的人，宁自伤也绝不伤人
她们眼里的世界芳香而迷人
如鱼儿悠游于水
鹰隼翱翔于长空

强盗是良善的，他将器物盗取一空而给我
留下房子
砍伐者是良善的，他盗走木头而给我留下
幼苗

赐我爱的人是良善的，他盗走我的心
而还我于心

2019年7月23日

后来

海棠依旧
而旧街区有新人
一个没有故乡的人
在哪里都是流浪
这恰好，给了锈迹斑斑的猎枪
另一种注解

2018年5月4日

冯欢

黑龙江省作家协会会员，七台河市作家协会主席，文联《达紫香》文学责任编辑。

归

水覆盖水声
花隔开花香
我离你很近

心跳
叩开百花
有朵花蕊里含着一滴血
我的心枯竭在黑暗里

灵魂在蝶翅上远游
空空的夏天
石头做着冰冷的梦
熟悉的风
轻轻吹佛
在收一颗
叶子上久住的泪珠
归家

— 1848 —

寂

荷蕊里有个梦
岸边有一串脚步声
你看一眼荷塘
有个人哭了
寻声望去
有一瓣荷
重重地落下
像天边一道虹
发出一声叹息

伏牛浪子

另有笔名千澜,河南南阳人。诗歌被收入多种选本,著有诗集《爱尽黑夜》等。

悼陈超

现在是黑夜,我伸手关掉白炽灯泡的开关
如你关掉肉身的开关
霎那间,我的家一片漆黑
无处不在的黑暗有助于我们认识星群
落叶飞旋着穿过更高更大的空寂
沉重的窗帘被夜幕合上了
倘使我能在黑暗中出神
或耐心地等待进入未来
我也将忘却
那缝缀在我身上的人类的呓语

我不相信有超然物外的存在
但显然,你已在另一种持久的光中俯视大地
我像犹大一样活着
我讨厌自己像讨厌一块年久的伤疤
我活着就是对你的出卖
假使你不会责怪我的不明不白
我将活在你的一行诗中
像你批评中一个尖叫的短语

像你书籍中出现的渐渐缩小的远景
然后一切复归于沉寂

听到这个消息时正是黑夜
别人家的灯火把我留在黑暗中
留在有风吹过的大街
那里只有词语在旋转,在燃烧
路灯把我拉长
我抬头看见每一层楼都熄灯了
只有宇宙的圆屋顶上
一架卫星独自亮着
像是我在夜里读书的窗口

大家都知道你去了外省
没错,你去了一个更大的课堂
星座们整理好桌凳
像幼儿园的小朋友一样
耐心地听你讲解山峰上的雷声
讲彗星滑过苍穹的光芒
我眺望窗外
世界被一片宁静的混沌包裹着
路不见了 白色电线嘶嘶作响
从巨大的城市通向遥远的市镇
而在寒冷的尘世,整夜回荡着一只云雀的叫声

小石头

小石头知道宇宙弯曲的奥秘
它饱藏母性的计谋
与自身的美丽黑暗相得益彰

惯于在风的狂想曲中遛达
在雨滴辽阔的大厅
弹奏小灯笼温暖的夜曲
它告诉我要有沉默的秉性
无用的事物总是最先得到快乐

有着鬃毛狗一样善良的心肠

它教会我 要像爱自己的孩子一样
把虚弱的星星养起来
要记住雪花不能抵达的邮票
要把蚂蚁的心思
闪电羞怯的尊容
念给夏日的泪水听

小石头有白色的伤口
嘶哑的喉咙
石头的叫声穿过时间的黑色面包
把我们的家缝在
不被照亮的夜的大提琴上

G

甘光华

男,居上海,号虚无、愚叟、上海一道诗艺社社长。曾任文艺编剧、电视编导、新闻管理者。笔耕数十年,发表文学、曲艺、新闻、电视等作品多种。近年以诗歌创作为主,出版情感诗集《我和另一个我》。诗观:好诗歌在心里,好诗人在路上。

明与暗的联想

说起月亮,我想到了夜
看到月亮,我想到了日光
说与看的联想
区分了黑暗与光明

其实,日月都是夜的孩子
夜先分娩出月亮
用身躯衬托月的明亮
随即分娩出太阳
然后,隐身到宇宙深处
留出天空
让日借机放射光芒

黑暗是光明极致状态
光明是黑暗的另一种表象

雪花

夜,漆黑
睁着狰狞的眼

干尽烈酒,我也睁开眼
瞪着漆黑的夜

窗外,飘起雪花
我,倒在床上酣睡
雪花,替我睁着雪亮的眼……

理想之殇

小鸟,一口吞掉一粒小米
小鸟,一口吞掉一粒大米
小鸟,一口咬向一只核桃
长喙断,死

影子·舞者

我是一个影子
依赖于光线生存
强烈或者微弱
我的状态各自不同
没有光线,我失去生命
重获光线,我获得新生

我是一位舞者
随处都有我的舞台
在不同的舞台上
我跳着相同的舞蹈
展示相同的技巧
不在意他人目光里的优劣

我是影子,也是舞者
影子和舞者组成了世界

最强大的影子蛰伏在黑暗里
最优秀的舞者不需要舞台
却总能舞出最高境界
岁月

一

一条望不到边际的绳子
被人类疯狂裁剪
一段,又一段……
捆绑各自不同的人生

二

石头踩着大地
我踩着石头
石头和我一起踩着岁月

而岁月,一直踩着石头和我

格局(三题)
几行字

几行字,熠熠闪光
功能只是刺眼
刺眼时它确实很明亮
光线却只能伸展到眼睛
刺眼时它确实很强烈
却只能将冰冷透视到心里

几句话

几句话,疾行两百公里
钻进一个人的耳朵
又穿过那个人的嘴巴
钻进另一个人的耳朵里
第一个人没听懂,因为善良
第二个人听懂了,因为邪恶

几行字和几句话

几行字,强行地塞进一堆字里

几句话,温柔地放进一只耳朵
上帝见了,悄悄说:
温柔的耳朵会容下温柔的话
放出那几行被绑架的字
耳朵,终究没容留那几句话
几行字,命运依然是被绑架

甘家敏

爱好文学,喜欢看逻辑推理小说、人物名著传记,追求艺术创作与风光旅游,喜欢听随心演奏的电音,现为湖南理工学院中文学院17级学生。

现代爱情诗(3首)
回眸

情初梅冬
舞姿烂漫的你,清袖扬起,纱衣飘逸。
四目相视,心纯如雪。

心往金秋
挥斥不去的蒲英,扬扬灵灵。
踮起脚尖,触摸不到幸福的你。
意难忘,唯秋田与你。

意至夏阳
蝉鸣三声,
一忘忧,再叹伤,三复恋;
轰轰烈烈,烈火般浓。
愿明月为鉴,万物共知。

知满春红
海水滚涌,潮来潮去,
终是夕流。
问君否,
情,心,意,知,
恐难再起。

想你,把你藏在烟花燃烧的喜悦里,
浅浅淡淡,泪水盈盈横流。

一瞥

惊盈轻悄的一瞥,
幕幕回首的一别,
风吹卷动的窗帘,
拉开房外的天外天,
昨梦里,那有你的眼。

剥去,渺现的云烟。
手舞狂蹈的影尖,
沉甸甸,隐绵绵。
留敛,歆显,
走走停停醉过的荒阡,
把它掷一边。

错过速速念念的笑颜,
矮甚叽叽鸣鸣的屋檐,
一瞥,再一悟,随形如水溅。
等风来,你怡怡弯眉,姹然语嫣。

一天响亮

青苗跌停露水
她脆落起展现　淡去淡来的珠映
蓝天照飞花落
我卑微地凝送　似近又远的背影
注定的是命
模模糊糊的幸福　墨墨顾顾的叮咛
曙光微去
我还是一串静坠着风摇响的风铃

淦

山东省滕州人,哈尔滨工业大学,建筑学院,建筑学硕士,酷爱诗词。

满满的都是你

告别忙碌
告别思念
伴着候车的轰鸣
匆匆忙忙奔到你的身边

见到花开
听到鸟鸣
紧紧地抱着你
那一刻再也不想离开

你的倩影不断徘徊
像镶了金刚钻的玻璃刀
在波澜不惊的心镜上
划了一道深深的痕

露出了破绽
一道窄窄缝隙
你闯了一进来
从此心里
心,从此装满了你

高保民

山西省盂县人。网名绿水流长、凌空流水等。在各种纸质媒体和网络平台发表数十万字作品,有诗歌、散文、评论作品入选多种专辑,目前为阳泉市作协会员。

我站在秋天的门槛

我站在秋天的门槛
身后是一个火出来绿世界
七月流火,开始加速
燃烧未成熟的绿色
一叶先行,酝酿
狂潮来临的去向

菜单里拥挤的绿
拚了命吸纳火
烧制雏形

滚滚热浪一丝不苟雕刻
能取悦眼睛的作品
生命里缺了水终久不行

我喜欢初秋的雨继续和我约会
只要你一敲打窗棂
我一定会站在门前拍响巴掌
欢迎与你合奏秋的狂想
这水浇的热烈
能否煮熟整个秋天的丰收

雨巷

一腔情思
灌满雨巷
密密麻麻的敲打
也不能震落
徘徊于此的等侯
那人、那伞、那雨
早已淋湿记忆
也不肯停止
青石板上的弦音

反复拨弄
五线谱前的手指
任凭雨打眉头
也不能允许
一首诗
结束于此时
更不能接受
雨巷看不到
并肩行走

岁月

一头乌发
长着长着就接近了天空
漂移的白云
轻轻的抚摸
纵然更喜欢初生的原色

又怎能拒绝风霜亲热

一双雪亮的眼睛
只是记忆
那猴子炼成的本领
与人没有缘份
鱼尾纹里镶嵌的宝石
越擦越模糊

一双脚
与生俱来的承载
逐渐难以应付
再加一只
越发惊心
归途的频次

老,用它那把
藏在土里的匕首
毫不留情切割
一茬一茬的日子
山下的夕阳和月,不厌其烦地
铺陈——长眠之梦

高彩虹

女,甘肃嘉峪关四零四医院职工,系市作家协会会员,喜爱诗词歌赋,在多家报刊、网站均有作品发表。现为《作家在线》签约作者。

　　一花一世界,一叶一菩提。一羽红尘中,拾昔日之物慰今日之情。
　　　　　　　　　　——题记

朝花物语

你佛祖下的回眸
缘何?要唤醒
我沉寂了千年的梦

你晨课上的梵音
缘何？要召回
我遗失了万年的魂

你烟雨中的脚步
缘何？要惊动
我掩了三生的情

你红尘中的轻唤
缘何？要掠走
我修了六世的心

廊阁拾遗

佛祖粘花一朵
迦叶会心一笑
会意的歌已将你心跳传出
那是时光的琥珀将旧痕反射

三生石桥一缘
落川河边一生
虽落寞却依执红豆
未改初衷

命运好个安排
总将爱人的心沉默
相思伤华年
却只乱了月色青莲

离多最是
两两不相逢
十里红妆叹惜春
尽放下，在一滴泪中　闭关

高彩英

笔名雪麻雀，山西省中阳县培英学校一名小学教师。

2016年冬，《叶的漂流》在《诗词散文世界》上发表，2018年1月《教师的幸福是什么》，《罂粟花开》散文和《叶的诉说》《我和你》等8首诗相继发表。

雪孩子

轻轻悄悄地
飘满了整个世界
圣洁着一切瑕疵
给予了我们期望

毫无声息地
印出了一切欢乐
弥漫着一股清香
留下了串串回忆

美轮美奂地
孕育了一切美好
梦幻着改天换地
迷离地奔向远方

希望

眼睛一动不动
盯着屏上的数字
希望
蒸蒸日上

心也一起飞
无意于任何事物
欲望
飞速飙升

等得煎熬
盼着出头
结果
虚无缥缈

七夕之夜

七夕之夜
月儿悄悄地

高东泽

江苏省镇江人，东北师范大学文学院汉语言文学专业本科毕业，酷爱诗词。

向星空抛着睇眼
追寻着光的影子
不离不弃

池中莲藕
默默地
等待着叶的回眸
无视于野花的牵绊
一如既往

牛郎织女
切切地
诉说着过往的点点滴滴
幻想着霞光漫天的未来
如痴如醉

所谓伊人
沉浸在花的雨巷中
不可自拔
诠释着
幸福永恒

雨的诉说

日头的毒辣
闪瞎了我的眼
于是
我开始了哭泣

原本的遮阳伞
挡住了我的去路
顷刻间
我看清了自己的影子

落叶有怨言
小草在呼唤
睡梦中
我再一次逆风而来

当爱情转化为亲情

当爱情化为了亲情的时候，
我们是何其的幸运。
这世间本就没有永恒的爱情，
能永恒的只是那一段段爱情中的某个瞬间或心境，
而不是指爱情的整个过往。
可这世间却存在着永恒的爱，
视你做最不能割舍的心肝宝贝，
如同自己生命般的去爱护和照顾你一生。

我们的一生里不可能只爱过一个人，
成长的道路上，
总有一些花朵注定会颓败在曾经里。
然后，我们长大，
我们终会再和一个人相依，从此不改变。

爱情，让我们的人生一度光华璀璨，
步入婚姻时更是甜蜜非凡。
谁的爱情不需要一个圆满的结果？
给我们的爱情安个家，
让心从此有了依靠不再孤单，

在一起走过的岁月里，
如果爱情最终转化为亲情，
一生不舍也不弃，那是我们的幸运。
于是，
感激爱情，给了我们这样相守的机会，
感激爱人，给了我们这样坚持的信心。
如果爱情不能长久，如果能够选择，
我情愿我的爱情以亲情的方式结束，
又以爱的方式永恒。
没有抱怨的情感就是纯真的，
没有辜负的生活就是美好的，

没有苛求的男女就是可爱的,
没有冷漠的婚姻就是幸福的。

高付安

　　河南省叶县人,中国诗歌学会会员,凤凰诗社美洲总社副社长兼内刊制作人,《21世纪名人网》实力微诗人。诗歌作品发表在《人民日报》《长江诗歌》《山东诗歌》《名师名家名人坛》等网络平台及纸刊。

茶

月亮婆娑的身影
珠露　透彻　清净

倾身相许的纯
芳华净尘

恰好
我独立世间

春芽

心
浸在冬末的砚池
变幻着墨彩

生命
在笔的润染中
重生

走过风雪
绽放昂扬的呐喊

把磐若的香
在婆罗蜜多的桥
升华

雨陌

雨,仍在下

陌上的桃花
一瓣一瓣
飘落

好想,温一壶烈酒
湿了那份无语
醉了这片天

让那一片云
不再潮湿
灿烂如霞

种上月光
再开一树桃花
…………

高鸿文

　　男。在《解放日报》《文学报》《上海诗人》《冶金文学》《杨树浦文艺》《宝山文艺》《小兴安岭》等发表诗作数百首,获得过上海市白玉兰顾村樱花诗节、荷花诗节等多种奖项,有诗作入选多种诗集。

渡口

傍晚,在扬州沿着河流散步
遇见一块铭牌,告诉我
眼前是隋唐的渡口

一只锈迹斑斑的大铁锚
孤独的截取了,一段
岁月的繁华和沧桑

在一个不再是渡口的渡口
用手机自拍,只是为了

证明我活在当下

站在渡口,想喊出艄公,帮我
渡来远去的朝代

我轻轻地走了,除了几朵浮云
今晚,渡口空无一人

悬空

旅游归来,只想把我
狂奔的心速和挪动的脚步
悄悄地夹在一本诗集里

玻璃栈道,四面空阔
心也因此空阔,不敢俯视
山下的流水与草木,而我
想站立成勇敢的姿态

就这样,无意间我踩在了
大山的肩上
抓住栅栏,心悬在半空
感觉到自己的身体在摇晃
我坦白,面对万丈深渊
害怕玻璃破碎的声音

走过这样悬空的栈道
我获得了一座山峰的认可

风吹麦浪

我站在麦地的中央
那些麦芒,射出的光芒
刺痛了眼睛

麦地的天空,蓝色的
这是世界留给人类跪地
忏悔,最干净的地方

我要捡起每一根掉落的
麦穗,去掂量
它的痛楚

请风把田野上飞过的
鸟雀,赶走,在麦地里
我一无所求

梦中人

无法隐秘包装,彻底的
裸露孤独与爱
在多维的时空之中

多像奇异的鱼,有时轻轻地
向你游来,有时躲到
水草的背面,向你吐泡泡

有时为你披上神的羽衣
弥漫着蔚蓝色,去抵达
一切艺术的源头

有时,它会讲述被你淡忘的
片段,有时惊讶它
踮起脚尖,为你跳舞

有时,午夜你会睁开眼睛
与它对视,细细回味
人生的虚拟和真实

有时,它也会让你感到恐惧
象洪水滔滔,无休止的
漫过来,漫过来

而它,有时带着我,去拜访
契可夫小说里的人物,有时
变成卡夫卡写的大甲虫

高家村

高家村,本名高健,作品曾发表于《中

国文化报》《中国铁路文学》《安徽文学》《诗歌报》《散文诗》《散文百家》等报刊,诗歌作品被选入《2001中国年度最佳散文诗》(漓江出版社)、《2005中国年度散文诗》(漓江出版社)、《2006中国年度散文诗》(漓江出版社)、《中国散文诗90年》(河南文艺出版社)、《新中国六十年文化大系·散文诗精选》(长江文艺出版社)等选本。出版有诗集《柔情如伤》《一场薄命的爱情叹息》。系中国诗歌学会会员、中国微型小说学会秘书长、上海市作家协会会员。

七月颂诗,那一抹最美中国红

在长江之尾
在霓虹灯与巨型邮轮相互打量的风景里
高楼挺拔成森林
车辆流淌成河川

这是7月的上海
景色撩人的魔都
我看见城隍庙的美食
和南京路的时装结伴回家
我看见静安寺的钟声
梦境一样悠长
我看见少女打开心扉
向她的伙伴伸出双手
我看见浓阴遮蔽的甜爱路
幸福在空气中飘荡

这是7月的上海
蜿蜒的岁月在这里打了一个长长的结
透过97载散落如银的时光
我分明看见那一抹明亮中国红
从时光深处走来
从兴业路76号走来
以狂飙般的气势
翻开中华民族历史新的一章

97年前,她用镰刀和斧头
以坚强不屈的信念
汇聚成灿烂中国红
带领一群龙的传人
向着光明出发
向着太阳出发
奏响中华民族解放的雄壮交响
从石库门到天安门
那一抹鲜艳中国红
一路奋发
飘扬在共和国湛蓝的天空下

而今,时光铿锵的脚步
将我们送到了2018年的7月
站在历史的节点回望
辉煌的岁月在这里打了一个迷人的结
绍兴路的古弄堂
正书写新的故事篇章
多伦路的老洋房
先贤们的身影闪耀着人文辉光
陆家嘴的一杯咖啡
醉倒在通往思南书局的方砖小径
泼洒一路浓浓的墨香

翻开古老神州的扉页
时代已被改写
面对鲜艳的旗帜畅想
巨龙正在腾飞
那一抹最美中国红
正带领近14亿龙的传人
在960多万平方公里的土地上
书写气贯古今的崭新篇章

浩瀚的太空
神舟飞船自由翱翔
遥远的宇宙
中国天眼正在眺望
"墨子号"在天地间鸿雁传书

"北斗"指明方向
"复兴号"满载幸福的欢歌
奔驰在希望的田野上
航母下水 大飞机首飞
一面面奋进的旗帜在共和国的云天飞扬
超算发威 蛟龙深潜
一曲曲中华崛起的乐章在神州大地奏响
书香社会 阅读推广
一部部文字的食粮喂养中华民族更加挺拔的精神脊梁
…………

这是7月的中国
屹立在太平洋西岸的古老神州
那一抹从石库门升起的灿烂中国红
97年的风雨历程万古流芳
97年的艰辛探索铸就辉煌
那一抹最美中国红
将引领每一位中华儿女
书写更辉煌的画卷
奏响更绚丽的乐章

高建锋

网名高歌,男,河南邓州市人。本人是茂名南天诗社社员,学历研究生,著有《赴美札记》等书籍。创作的古诗词发表于中国诗歌报等全国性的诗词媒体。

我叫杨槐树

我叫杨槐树
小名刺槐
都说我适应性强
山坡河边
房前屋后
都能见到我
本是落叶乔木
也会做低矮的篱笆灌木丛
专家说我耐瘠薄

栽树的常把我放在山坡上
其实我耐瘠薄不是喜欢瘠薄
更喜欢肥沃的土地
有肥有水我会长得更快更强
其实我会做低矮的灌木丛
那是被人修剪了
迫不得已而为之
我更喜欢做向阳高大的乔木
其实刺槐不是我的学名
我身上虽然长着
许多尖利的刺头
但我从不主动
攻击任何人和任何树
你若感到我的刺头扎的很疼时
那一定是你自找的
要么你蹬鼻子上脸
要么你折我枝叶
要么你采我花序
其实我适应性强
到处都可以生长
那是为了生存
有时为了保留性命
不得已舍去了可爱的绿叶
我更适应朝无寒雨晚无风的安静

高杰

山东人。中国铁路作家协会会员,2019年荣获全国红色文化艺术百强诗人称号。

浅语初秋

天蓝蓝,云悠悠
凉风初起,翩迁的梧桐叶
将心事撒落一地情愁
飘飞的思念
淌洋在如渺远岁月的信笺里
没有了尽头

是那一瞬间的回眸
从此便放不开彼此的手
几度飞花,几度风雨
一曲清幽,一杯素酒
谁在秋阳里灿烂了秋菊
何处能安放最是一低头的温柔

秋叶摇曳潮湿的心
随风轻舞一路落寞
落寞也美,在那欲说还休
在这多情的初秋
我满怀的爱恋和祝福能否将惆怅渗透
此刻,我愿安静成一首诗
镂刻心底
丰韵成对最初的感动的坚守

爱你,初心不变

泰山脚下
亭廊曲桥烟雨伴
陌上花开,溪水潺潺
泪眼作别的烟花三月
独为你倾心留恋

我的西窗
疯长着美丽的心愿
雨叩窗棂风拂帘
春桃绯红,行走在四季红尘里
任花香将内心溢满

一缕阳光,如你回眸的温暖
一定是你痴情的爱恋
将四月的芬芳妆点
你,如诗一般
倾诉着那场今生最美的遇见

转身之间,年轮一路向前
如今的岁月　稍许沧桑了容颜
却闪耀着善良、优雅、气质、成熟和淡然

我终于读懂那些无法修改的牵绊和苦痛
背后蕴藏着的尽是恩典

隔着山水,无数个漆黑的夜里
你我彼此幸福的召唤
我细数着轮回的春夏里滚烫的思念
这一树一树繁花盛开
守候了流年

这四月的芳菲
释放着压抑心头许久的心事
爱你,初心不变
只是在这一朝醒来
飘进春的梦里,绿了山川

高林帅

辽宁省大连吉林建筑大学经济与管理学院建筑与土木工程(工程管理)硕士,酷爱诗词。

云与山

从前有座山,
山上有朵云。
云哭了,
山上的草木活了。

风来了,
云走了,
山上的草木枯了。

山下的人们守着山看日出,
守着山看夕阳。
云呢,
成了晚霞,
染红了山。
山下的人们说:"真美!真美!"
云说:"山,我是云。"
山……什么也没说。

高铭政

居安徽合肥,在某国企任职,如是而已。

朋友

最后一次见他
是一起怀念宋朝

桌上一堆诗稿,几个汝州青瓷瓶
他给墙上涂上白粉,窗外雪花
他说
是化开了

我们喝了很多酒,宋朝之后都藏在残缺的
江南里

他告诉我宋朝
就是窗外那个坟
有个叫师师的姑娘,娇柔柔的站在上面
频频回头

归来

本来,村西头有个池塘
藏着经年的鱼虾,多年前的
倒影
本来,村后的磨盘枣树下
爷爷还坐在青石板上落日里
抽着旱烟。
本来,
你我还睡在这星空下
你会再次读到这封信
这么多年
马路上越走越远
高楼的影子厚厚的覆盖住冰面

我从不告诉你们

我去了哪里,又为什么要
回来。

父亲

比萨人通过自由落体
"得到"更宽广的物理世界
星空
存于想像之外

流水离开山谷,山石簌簌滑落
蚊虫离开故乡,城市繁大
我一无所知,

活着的人总渴望通过努力攀爬,企图
得到确认　许多事情
仍旧打了死结

因为直立的活着,所以卑微
因为看见,所以愈发的悲伤和平静

二十年前那场白茫茫大雪
我和父亲下坡归来
父亲在前面,
我在身后小心翼翼踩着他走过的脚印。

母亲

母亲房间的灯,灭的越来越晚
月光下晒书的次数越来越少

她像是这座越来越老的房子
开始四处漏水

窗外太黑,万物静默,
但不足以构成宽慰
淝河水黑漆漆的　看不到
游鱼

这一生,草木茂盛

山河遮藏的悲喜
总是太多。

每每想到终结
降临与幻灭总有着大恐怖

高培刚

江苏省丰县人，江苏师范大学文学院汉语言文学专业，本科毕业，酷爱诗词。

路

时间是有限且珍贵的机会成本，
拿着时间去选择了一条路的时候，
就注定要看着其他的路慢慢离自己越来越远。
有的路很短，几天就能走完，
有的路很长，长到可能要走一辈子。

我曾经迷茫，
不知道面临这一条条分岔路口，该如何抉择，
因为有的路很长，长到看不到尽头。
我不怕路的途中有多少荆棘，
只是不知道哪一条路最后可以收获更多景色。
然而现在我不会迷茫，

我想不论我选择了怎样的路。
只有到了终点才会看到结局。
只要觉得充实没有虚度。
我就不会后悔。
需要做的只有一件事情
道路上无论多少荆棘，
也要坚持把自己选择的路开心的走完。

高小栋

陕西陇县人，大学学历，从事高中教育三十余载。爱好广博，涉猎广泛，喜音乐、书法，好诗文，诗作在多个网络媒体发表，近几年犹喜书法，坚持临习古诗，篆、隶、行、楷、草均有涉足，主攻行草书。

生命的念想

三十年岁月沧桑
生存成为生活
唯一的念想
日出而作　日落而息生命被包裹
在同一个节奏里

渴望　一次远行
渴望生命里不同的风景
点燃生活的激情
但　一次又一次的冲动
一次又一次的放弃
那是人在江湖身不由己的无奈

只能选择　读诗
读　花开花落
读　岁月沧桑
读　生命的美丽和忧伤
让灵魂的远足
成为生命的念想

最后一场春雨

一场槐花雨
了却了春的心事
所有的嫣红
化作尘泥
将　所有的念想
停留在枝头

雨　漫不经心
池塘中蛙鸣
时断时续
充满磁性的声音

散发出荷尔蒙的冲动

干涸麦子
拼命吮吸着久违的甘霖
仿佛听得见
生命拔节的声音
金色的麦浪
在梦中翻滚

这将是
生命最狂热季节
女人已准备好花裙
期待着
雨过天晴

灵魂的抽搐

一本一本的翻阅
灵魂被包裹
在潦草的文字里
灵魂如
剥去外衣的僵尸

生命在
日复一日中重复
激情在
日复一日中磨砺
岁月在
日复一日中老去

潦草的文字
是最烦燥的心情
是灵魂的抽搐
偷闲时光
在醉美的夕阳里
体味岁月静好
平复灵魂的狂躁

走过季节

季节在一场雨中分娩
雨打落了春天
枝头最后的花瓣
洗去走过春天的风尘
石榴花开始酝酿
五月与蝴蝶的爱情

季节将在春天
这最后一场雨中分娩
春天所有的美好
所有的希冀
所有的情语
所有的邂逅
将成为记忆的碎片

踏着这场雨离开
我不会回头
只会选择一路向前
以昂扬的姿态
敲响生命的鼓点
走进季节
拥抱夏天

城市随想

(一)

翻开历史
找到了
你与这座城的渊源
于是　青铜浇铸的你
成为这座城血脉的延续
而不知　复制的你
是否是真实的你

(二)

挖掘机臂下的瓦砾
创造着无限商机
资本无休止的角逐
钢筋和水泥

锻造着你的躯体
只有巷中的老槐
留存着祖先灵魂的
些许气息

（三）

霓裳流光
城市的夜色很美
却拉长了
目光和星空的距离
坐在门前
看星星　数星星
成为越来越远的记忆

孤独

夜很静
只有滴滴答答的雨声
冰冷的雨
刺透孤独的灵魂

独舞于幽闭的空间
不会有月光和星星
冰冷的雨
扑灭了六月的蛙鸣

一支枯笔
在暗弱的灯光下呻吟
一个个丑陋线条
那是我孤独的身影

只能沿着这条路
仰望远方的霞光
也许当灵魂穿过黑夜
前方将是鸟语花香

高璇

　　江苏省丰县人,吉林建筑大学经济与管理学院工程管理专业,本科毕业,酷爱诗词。

小无奈

我是你左边的一扇窗,
阳光明亮,洒在桌上。

偶尔,你温柔的
抬起头,
我一阵心慌。

我知道,透过窗
你看的,
是院中的春光。

春光满满的,泛着波浪。
而我,只做一页窗框。

高艳茹

　　女,山西省孝义市中学语文高级教师。中国诗词研究会会员。工作之余,爱好诗词,爱好朗诵。诗作多次刊登在《中国诗词》月刊杂志上。在创作的道路上,寻求诗的本真,希望用心抒写生活,用诗表达性情。

沿着那一天,走到你身边

如果
人生可以重新选择
我愿沿着那一天
轻轻走到你身边
执子之手　踏歌曼舞

每一个动作都是幸福
每一个眼神都是快乐
每一个节拍都是信任
是爱　是无怨无悔
好像我们不曾错过　可以

相伴到老

巢
那是谁的巢
安在最接近蓝天的树梢
我在担忧狂风中的巢　是否安然
它却在与蓝天白云　窃窃私语

春风吹拂大地的时候
重新审视家的味道
温馨　幸福　快乐与忧愁
还有狂风暴雨后的开怀大笑

曾经
纠结　失落　不知所措
曾经
我收起所有的笑容
泪水
似乎要把一切淹没

彷徨　疗伤　艰难前行
时光
成为生命中永不枯竭的源
希望
一点一点占据曾经的忧伤

曾经窒息的伤
曾经皎洁的月
曾经海誓山盟而今无处可寻的你
已经随风而逝
只有学会放弃
生命才能永远散发盎然春意

我的老父亲
老父亲七十多岁
我从来没觉得这代表年老
父亲整天在忙碌
家里的重活都是他的专利

年过四十的我拎一桶水
他都会说："太重了，我来吧"
女儿在他心里永远是被宠的孩子

老父亲七十多岁
我从来没有见过父亲生气
父亲整年在忙碌
勤劳的双手托起家的所有
把孩子一个接一个送进大学的校门
培养了孩子飞翔的翅膀
默默承受孤独的晚年
"不像他一样当农民"是他一生的骄傲

老父亲七十多岁了
我从来没有觉得父亲会生病
父亲一生都在劳作
宽厚的胸怀可以装的下整个世界
"一辈子像一头老黄牛
只知道付出
从没有提过任何要求"
这是老母亲的评价

如今，父亲老了
脊梁不再挺立
眼睛混浊不清
即使生病住院　活动受限
父亲的爱
浓厚
热烈
一如既往

如今，父亲病了
我们日夜陪伴
是在看护　也是在赎罪
深夜
他还在为我掖一掖被子
被惊醒的刹那
是该怪他不会自私呢

还是感动他的无私呢

如今,父亲老了
亲自看大的外孙都上大学
问候的电话接二连三
语言受限的他　老泪纵横
嘴角的微笑　满满的都是爱
我转身　偷偷拭去眼泪
再转身　紧紧拥抱我的老父亲

高雁丘

　　江苏省丰县人,吉林建筑大学经济与管理学院工程管理专业,本科毕业,酷爱诗词。

这个地方,我来过

妹妹你好
我是你哥
我年龄比你的年龄大
所以我是你哥
我学习成绩没有你的优秀
你一样要叫我哥
我的性格没有你的好
你也要叫我哥
以后我赚的钱没有你赚的多
你还要叫我哥
因为
这是你的角色

你固然会扮演很多角色,
但是,每一个角色都是你自己,
做好你自己,
这场戏,是你的独角戏!

高扬

　　曾用名高阳,1976年8月生,字飞腾,别署石人,斋号石人居,安徽省宿州市高滩村人。自幼酷爱诗文书画及篆刻。先后进修于淮北煤炭师范学院、西南大学美术系。有作品集《高扬诗文集》,另有作品及专题散见于《宿州广播电视报》《皖北晨刊》《读友报》《中国文艺家》《中国书画报》《中国改革报》《今日头条》《凤凰新闻》等数十种媒体。现为中国篆刻百杰、河南大华书画院顾问、宿州市书协会员、宿州市美协会员、宿州市作协会员、红杏诗社社员等。

父亲

儿时的印象中
您的胡须怎么也刮不净
经常无意的　将我的小脸扎痛

儿时的印象中
您的手指一刻也没有改变夹烟的造型
经常无意的　将狭小的屋子喷吐成仙境

儿时的印象中
您总不像别人的父亲那样温情
即使请教您一个字
您也是轻轻挥动夹烟的手
——那有字典,你自己可以查清

或是上天安定
除了工作
您再不用帮家里劳动
难怪娘常说你又气你
——好容易盼个星期天
不是下雨就是刮风
突然　有一天
您静静地远行

面对高挂的遗像
再看不到那熟悉的　夹烟造型
听不到那爽朗的笑声

在无数的泪眼和素花中
我才真正把您读懂
——您是一座山

只因
有血有肉　而又高又大
以致我看不到
缥缈的喜马拉雅

李白落江

这次
你　真的醉了

趁着酒力
一头扎进了江里

据说
是会你一生的知己

外公

当年
外公是把刀
伴着猪的嚎叫　和
喷涌的鲜血
日子有声有色

后来
刀锈了
外公过起了平静的生活
一如他朝夕不离的水酒
却有味道

高洋斌

　　陕西武功人,民刊主编,著有诗集《一梦黄粱》、散文集《醒世杂谈》。文学作品散见《星星》《延河》《参花》《中国诗歌》《速读》《赣韵文学》《大众书法》《中国青年作家报》等二百多家国内外刊物,入选《青年诗歌年鉴》《中国微信诗歌选集》等三十多家年度选本,获大小奖四十余次。

牵手

来吧,让我们牵手在夕阳下
文熟悉的街道向晚
还是一路芬芳

可惜陌生的身影
在南来北往的风中,迷惘的漂泊

一双颤抖的手掌握不住你手中划落的温存
尾随着夕阳,沉落在北山后

醉过之后,一个人哭

晚风肆掠的庭院,红枫深深
不知几度春秋,不知生死几何

细流的清酒啊
如何灌溉,才能如梦
一饮一惆怅,一品一断肠

不争的眼,哂笑不开的心扉
残忍的阻塞煎熬的迸发
潜伏在清冷的月色里,泪洒青阶

弱者,还是强者

扛肩的背篓装起生活
脊梁压成扁担
追赶西天的月牙儿
夜里的北极星,勾走多少青壮年的魂
剩下多少年老体弱者

远方,黑压压的一片身影
吃力的撑起,即将塌陷的半边天

我在黑暗里创造光明

仰望夜空,在深黑色的汪洋大海中
找不到属于自己的的那颗星
过分的静谧中去感受一丝清凉

走在蜡黄的白炽灯下
注视着成群结队的飞蛾,吮吸着光和热

我潜藏在黑夜中,消化着城市丢弃的的肮脏
作为一个独行者默默的耕耘
只是喜欢,灯红酒绿下的清高

落红,总在动情深处

春风横渡的渭水河畔
升起连篇的柳帐
遮不住散落一地的桃红
任凭星星点点的碎片
拼不成完整的记忆

一样的流水潺潺
不变的鸟叫蝉鸣
空荡荡的少了伊人的倩影
便只是春光无限
与何人执手？共赏落红

高增

中共党员,河南省舞钢市人。1978年参加高考,1981年毕业后分配到平顶山市北渡公社高中教书,后调入平顶山市劳动人事局,平顶山市委组织部等单位,1997年调平顶山市安监局,任副局长兼副书记。2004年调平顶山市煤炭工业局任纪委书记。创作的诗词歌赋,文学作品,满满的正能量。(昨晚下大雪,今晨我到湖畔赏雪,并赋诗一首纪念)

雪

雪
你来了
在梦中我已听到你轻盈的脚步
拨开垂帘
你的倩影正闪过我的窗户

雪
你总是在夜晚飘然而来
是不是因为
你天使般美丽
让海内千芳世间万物
多少眼睛把你嫉妒
但我知道
你超凡脱俗的圣洁
你高雅消魂的风骨
竭尽荆越之竹
犹不能书

雪
你每次来
我总会想起
我当年的砚台冰霜雪夜苦读
你每次来
我都会梦见千百年前
我放生过一只白狐
但每年迎春花开时你还是走了
因为
金风玉露一相逢
便胜却人间无数
因为
两情若是久长时
又岂在朝朝暮暮

雪
我知道你在北国凄冷孤独
这次来就不要走了
我倾情为你高歌一曲《把根留住》

柳絮飞时
我陪你去画眉谷
那里垂柳抚风梨花含露
秋雁来了
我陪你去石漫滩水库
坐在如茵的草原上
赏潮起潮落 云卷云舒
如果你住上一段
你会深深地爱上
舞钢的杜鹃
汝州的温泉
鲁山的翠竹……
爱上平顶山这片热土

2018 年 1 月 4 日

公茂友

1963 年 5 月生,山东滕州人,大专文化,滕州市服装公司退休干部,系滕州市诗词学会会员。曾在报刊发表诗词作品 100 多篇(首)。

习总书记,我们永远跟您走

您是那样平易
又是那样和蔼
相向而行,初心不改
您昂首阔步
带领我们走进
社会主义新时代

您描绘中国梦
又畅想一路一带
独领风骚,东方不败
您砥砺前行
为中华民族复兴
我们更坚强豪迈

您是参天大树
您有博大胸怀

老虎敢打,苍蝇必拍
您呕心沥血
为明天留下
绿水青山,蓝天碧海

父亲的书桌

斑斑又驳驳
油漆亦脱落
虽是抽屉桌
却少一个角
黑的是油灰
白的粉笔沫
这是记忆里
父亲的书桌

桌上灯一盏
昏黄如萤火
灯芯时时挑
伏案在备课
犬吠三更天
声声鼓耳膜
这是记忆里
父亲在工作

讲台三尺半
教鞭树枝做
讲桌三条腿
课桌坯块摞
喝水缸里舀
吃饭自忙活
这是记忆里
父亲的学校

执教数十载
桃李如星罗
甘愿做人梯
背驼神闪烁
父言没白活

— 1869 —

他在苦中乐
这是一辈子
父亲的哲学

龚建舟

　　就职三甲医院,业余时间喜欢读书作诗做公益。全国学雷锋四个100崇尚光明反哺家乡最佳志愿者项目的负责人,瀛洲好乡贤。

我在岛上等您

那是简称先生与伟峰大哥的传说
那是屋里厢人乡愁之地
那是建忠、慧鹏、淞霖、小阿哥与小阿姐约定之地
那是崇尚光明反哺家乡之地

东滩日出
北沿凝翠
森林雨露
西沙落日

长兴海工
向化灶花
港沿园艺
西岸氧吧

三星海棠
竖新月兰
中兴樱花
绿华荷塘
一岛一桥又一路
一镇一树又一花

我在岛上等您
陪您去东滩看旭日东升
陪您去西沙看夕阳朗月
陪您嬉闹油菜花丛
体会当年杨万里之意境
陪您畅游紫海鹭缘
享受浪漫爱情之乐趣
陪您穿梭大芦荡中
体会徐刚大地之子情怀
陪您拜访"学宫"与"大公所"
体会中西文化在岛上合璧精华

我在岛上等您
陪您去上香敬佛
云林寺
广良寺
广福寺
镇海寺
寒山寺
无为寺
寿安寺
诵咏南无阿弥陀佛

我在岛上等您
陪您去缇北乡居
采摘果蔬做开心农场主
陪您去老崇明餐厅
做饮食男女体会舌尖上的农家菜
陪您去高家庄
欣赏高健兄的园林艺术
陪您去志昌锦佰
感受垂钓趣与野战味
陪您去宝岛蟹庄
聆听中华蟹王的故事

我在岛上等您
陪您畅游小晴与徐刚老师崇明成陆1400年合璧之作。

我在岛上等您
陪您参与首届崇明人发展大会,聆听爱岛人士的赤子之心。

我在岛上等您

陪您参观花博会,黄杨之乡,智慧岛,荷花
园,知谷,仙桥村…

林林总总
那一样都不是
体现岛民虔诚与热情
那一样都不是
彰显岛民勤劳与智慧
新时代
新征程
新瀛洲
新步伐
我在岛上等您
等您到天之涯海之角
等您到海枯与石烂
等您在岛上
我在岛上等您
等您
等您

巩艳春

  江苏徐州人,现居新疆,诗词业余爱好者。新疆《库尔勒晚报》特约记者。作品见诸于各报刊和各大诗歌网站。

我想去出家

看淡了爱恨轮回的更替,
悟透了分分合合的别离。
舍弃这滚滚红尘的美丽,
让万事化作这漫天飞絮,
找青灯古佛来陪伴自己。

卸下这人间虚伪的面具,
让往事成为遥远的记忆。
在暮鼓晨钟里不言不语,
任凭那风花雪月东流去,
木鱼声声里看桃红柳绿。

不问苍生有怎样的悲喜,
捧一卷佛经任斗转星移。
漫漫长夜静听窗外风雨,
待满头的白发长腰及地。
纵身跳入轮回的深渊里。

古汉新

  广东省五华人。系中国小说学会会员、广东省青工作家协会会员、东莞中华诗词学会理事、《东莞华商》文学顾问、《中华文学》签约作家等。已在《文化参考报》《文化艺术报》《山东散文》《中国散文》《中国诗歌》《齐鲁文学》《中国现代诗歌》《中国作家网》《中国诗歌网》《中国梦文学网》等发表作品。《2018中国诗歌选》《中国当代诗歌大辞典》等报刊报道其创作事迹。

时光怎能辜负

这时光是永恒做的
远比大海要长
比山要高

一粒时光的种子
在我们手中播起
我们就拥有一个宇宙

供我们养分的是千锤百炼的光
留给记忆的是氧
所有的浪漫

飞溅的迸裂
与海平线一道
接纳一切新的到来

记忆精彩

今天是前进号角的动员

会场的热闹,凝聚着智慧的目光
学习,参与,实践,进取是认识的开始
今天,真精彩回望过去,远航未来的天地
明天,鼓足,实干,坚持,累积困难与收获的记忆
英雄对垒言目标,不同文化,民族,不同姓氏……
但追求共同的梦想助力中国梦
勇担责任为民益
立誓言,承目标
奋勇敢向挑战时
岁月时光,金彩扬
辉煌时刻,奋斗时
英雄再现当年青春激情时
迎着新时代的思想,跨越人生遐想
走过的岁月如同太阳

为了奉献,唤醒你

人在前行中
前进
也许星星多的挫折
成功应在失败中奋起
为了活得精彩
唤醒灵魂的善意
活着真好
享受着进程中的苦与累的痕迹
付出越多助人越多
幸福指数满满的
老师平凡,愿意付出一生
春园满色有你们学生的彩笔
交警平凡,不管风雨
幸福家园有你保障的方向动力……
为了世界的温馨享誉
托付出无私的整体

心存巨龙,获成功

人有梦想
才有追求

心存巨龙
才敢问成功
设想是成功的伴侣
没有坚信,何谈成功
人活着就是肩负责任
虚度光阴活着就是懦夫的同义
人活着不要给亲朋好友添麻烦
不要给父母,妻子,子女,兄弟,姐妹等亲人失礼
活着不给社会国家造成伤害
就是穷点苦点累点都是活得理直气壮有骨气
人活着
困难算什么?
有时可能献出生命为人类铭记
换得社会的和谐发展与幸福
那才是生命的真价值
那是一个合格中国公民的最高标志

谷雨鸿

男,2001年9月出生于上海,现就读于瑞士莱蒙尼亚学院。零零诗社社长,有作品发表于《诗刊》《绿风》《欧洲时报》等中外报刊。

一个人的秋天

世界的那端
晨雾里模糊的笛鸣
鸟儿的足尖
拨动高耸的琴弦

被塔尖戳破的天际下
金属的翅膀
划出离别的弧线

火球在镜头里坠落
灯光中繁华的街道

闪烁着父亲的镜片
和镜片里共读绘本的母女

世界的这端
橙色枫叶的细脉里
住着男孩
仍含着未化的药丸

别拆散那对星星

红霞已烧向人间
从草原点燃一片星空
夜幕下的旅客相互认识
却从不交流
看,他就要开口了——
可一场暴雨
磨灭了他的热情
但是人呐!请别拆散那对星星
他们注定要在天微亮时
一起消失

时机

昨天,我在绿荫的目光里冥想了一秒
一秒,我错过了一万个时机
灯塔的光照进北极的永夜
一秒,一万朵玫瑰枯萎入尘
一万颗心脏停止跳动
她在其中,而我不在身边

愚者是入世之人
排出数不清的算式
妄想算清一个人心
当我从树干的年轮中发现答案
心已变成大漠中的一粒沙

五十个人穿过灰色花瓣
五十个人从狮子的眼中走过
体内的分子相同
他们也是荒漠夜晚的沙尘

如果一个人有幸成为星星
定能吸引无数沙尘——
他们遮蔽了全部光亮
一切的微粒
一切的烟火
一切的一切皆被宇宙的智慧吸引
一秒,地球藏不住炙热的光芒
真相灼烧了所有罪恶的人
也燃尽天真的无辜

时机可以转瞬即逝
也能拥有榕树的寿命
时机配不上无限,正如无限
赶不及时间
造物者是否也向时间低头?
时间是否也诅咒自己的消逝?

如果一个时机
经受住时间的试探
没有趋向于无,却朝无限飞奔
或许爱情终将涅
伤痕也将共舞于重生之火

将一枚针立于一条叶脉上——
它过于完美,不偏不倚
站着,等待从左侧刮来的风
坠入虚无

今天,我看她踏入深海
回想昨天沉默在口中的留恋

顾胜利

  1978年生于河北农村。退伍兵,中共党员,邯郸作协会员。若干作品发于省市媒体及民刊,有诗歌获奖。

风与秋响:菊色为念

一

砺影在佛龛前生枝
供奉的器物像溺掉的波纹
"空"是一种色调
菊有九孔：弋为上
将试探据为己有,占百川
那些身有颠簸的光泽之虫
投下炙的味道

兴在涨。千尺城下
尘器不曾俯首

菊是北斗栏木
菊是宋韵往事
一道门当：前赴者扩张
旷野自由——
菊有折射——
争战的人,离土上合谋：
食黄金之鼓,枕莽莽舒卷

二

鸟出
事不浊
陶马碎,而,菊噙山
涯石和暗雷沉入白露的手心
皮囊下的妖,贵为
甘汁
滴水不老的
似真,似衷
似苦,似念
似千载故人地,丹青锁花荫
一亩浩荡。一壶
秋风,抹平隔岸的
二十四里马蹄急
停栖的天狼星芒,为谁点石成金

三

编瓣,悬花

迢迢古道如期——,骨纹上写着
封侯之攻
谁在厚土上拾柴
谁在青丝里提野花的灯
骑飞雀
溯盏,回无量玲珑的
谷？
巢上一角,煮云心极柔
一岭菊新
一腹月旧
试听：寒江晨声辽阔
独：啜,自在了然
来。来,取走妆容
菊如泊舟——
"苍山云外听潮回"。
茗亦如,卧石上的细音
巧工：不隐宋帛绵绵,不隐
拂袖安立于廊前

四

缘于曾慕
结于孤芳
心头金刀,劫乱世
我荐辗转——
秋坐
菊拆招。像一枝摇曳不止的游刃
遮住,琴瑟奏出的涡流
一艺在身。草木依傍是最好的
声声,摇。
从浅浅的沙哑
从孤耸且恍惚的鸟啼中,走出碌碌无错
金缕问楼,雨丝挣扎
无非是,风花在望,千般纷扰越洗越
安然

秋指：一厢压图轴
三更深处宿岁岁,夜行人。
菊盏旁,咳沙的小篆,像是退望的

一刀碎花
轻筑城。如
囹圄之外粗狂的，筋斗

顾胤宸

女，2003年5月生于上海，零零诗社美编，现就读于瑞士莱蒙尼亚学院。

通往月球

阴灵穿破云层
将旧羽褪尽
降生于布娃娃的怀抱

云朵聚合的幕布
被凉雨化开
恶魔拎起娃娃的手
送往褪色的彩虹

躯体与花瓣相融
化作被遗弃的翅膀
眼中的大海干涸
熟悉的歌声
照亮剩下的路
通往纯白的月球

海岸线外的故乡

熟悉的音符，闪烁
鼓点敲出回忆
月光停滞，时针和分针
指向海岸线外的故乡

七小时后的正午
太阳伸长手臂
怀抱熟睡的泰迪
寄往另一个星球的信
描绘此刻的家

微光

一副油画
在梦境中化为微光
彩色的光芒
被鲜花包裹
放在透明的盒中

书页间的微风
将灰烬拂去
日月将其清洗
附和笔尖的演奏
微光四散
照亮盛开的花
将盒子填满

时间带动盒中的齿轮
锈迹向微光蔓延
花瓣凋谢
无边的色彩
被黑暗过度
将手伸入
只抓回满屋的迷雾

冬日的寒风
将雾吹散
露出盒中凝固的黑暗
遗失的笑容将其融化
露出冰雪中仅剩的色彩
第二个春天
为其撒上新的花瓣
眼前出现的微光
拼成梦中的画

雇页

本名顾忠德，公务员，国家二级作家，"两栖"诗人。19岁起在报刊发表诗词作品，其艺术创作涉及诗歌、小说、影视和音乐文学诸领域，作品逾100万字。1982

年1月与顾城、舒婷等同获"星星诗歌创作奖"。2017年12月获国际城市文学学会"中国新诗百年·优秀诗人奖"。著有雁页诗集《天眼》《地光》《人迹》系列作品三部。曾任无锡市委宣传部文艺处处长,市文联党组成员、秘书长,市作家协会副主席。

水道:驳岸及古桥
——甪直印象

我祖上的那一把褪尽光泽的银锁件儿
长长的黑紫的银链条　落进泰伯的水里
经由千年风雨与百年心绪的软化
遂圈成了　这一道吴侬软语徐徐漂游的
水巷陌
拂晓时　那湿漉漉、明晃晃的水岸上
淡淡的雾气　时不时地送来了
栀子花优伶的一抹抹幽香和袅袅的炊烟

晨光斑驳着老石岸　斜照中的裸苔藓
蹭着石脚边的一根根水草在弄诗　可诗句
浸渍在早就豁口的大石槽里　已被小鱼儿衔去
草虾、毛虾　也就趁机和鲚鲅、鲌鲦一起
涌在碧波吻绿的九曲石条的缝隙旁
边啄食　边吟咏　边嬉戏

蓝花巾、蝈蝈笼和岸上游走的斗笠
草鞋　荡过那一狭溜长长的过街篷　荡过
瘦透的石拱桥　及倚着它搔痒的小树、藤和蒿草
雨　便开始淅沥、淅沥地滴落　滴落
河里　就此漾开了摇橹船娘涟漪般的甜糯的歌
而那红菱、藕和瓜皮帽　还有拨浪鼓儿
孩童桃子头　亦即随之绰绰的晃悠了

— 1876 —

1996年5月1日初草
2018年1月12日修改

灵感
——[法]波特莱尔130周年祭

燃烧的酒精　火焰
煮沸黑咖啡　溢出一场
造山运动

烟雾里　电闪雷鸣
吗啡和海洛因
趁着相恋者的酒气
在巴黎　长出恶之岛上空
飞翔的鸟翼

黑屋子里　异教徒
在虔诚地祈祷卖身的缪斯
密闭的烛影和骷髅舞
则摇曳出有弹性的
旷世幽灵　放荡不羁地
将不吉祥的花撒遍
我所喜爱的裸体时代
而在一位恶魔诗人的墓地
美妇死尸又开着腿
让舞动的蛇　叼起和平烟斗
将爱情和脑盖　和着
喷涌的血泉　徐徐涂抹出
一幅幻想的版画

注:"恶之岛":指爱琴海上的希腊岛屿列波,是一处同性恋女子的著名岛屿。波特莱尔曾作有《列波 Lesbos》一诗。
"不吉祥的花":系指波特莱尔的名著《恶之华》(Les Fleurs Du Mal)又一中译名。
"我喜爱的裸体时代"是《不吉祥的花》中一首诗的题目。

1997年8月31日

当雾霭从你眼里升起……

你的眼睛里在下雾
这般恍惚
这般迷离　这般旖旎　你

我的郁悒性感的眼睛
似一星羁泊雾中飘我而来的
海之屿

时有南迁的鸟儿飞临
喔 此时你正导向我
走进诱惑之林——在这雾气浓重的
正午时分——
我知道 你的欲望之火
已被我的情愫之剑挑起
如此葳蕤 如此湿润 如此幽深的
蛊惑之林呵
当我走近 走进你
似无春江花月 也无大漠孤烟
但沉鱼落雁
但火山倾斜 海澜飞溅
和那世界痉挛的欢叫
灵魂的和唱
以及石竹花儿开裂时的
韵致 已在这浅蓝色的雾霭里
隐约

2003年10月4日

瓜瓜

真实姓名王承锐，男，1954年生于福建霞浦。现居上海。2005年在星星诗文库出版个人诗集《虚影行走》。有作品发表于《福建文学》《厦门文学》《福建民族》《福建歌声》《哈密日报》《闽东日报》《海岸线》等刊物。2016年至今，在中国诗歌网发表诗歌300多首。目前兼任中国诗歌在线上海创作基地主任。

大京石板街

喜欢看风景的,都去了
弧形沙滩;陶醉于完美的倾斜
他们闻不到远处巨浪的腥味

最猛的风曾打扫过这座城堡
海留给石板街颠簸欲倾的悬念

我来寻找曳石纷沓的岁月
戚继光驱逐倭贼的余音
也来踩踩大京的每块石板

渔夫端出的海味鲜汤
将整条街供养得油光灿烂

听街心公鸡正在叫醒朦胧的
五更,石器从体内回放木屐的清唱

一溜石板睁开斑驳的眼
悄声摸出黎明大把的土话
形形色色的反光是烟火洗漱

相对山岭上的荒岩绝壁
拿野草垫脚,这里的街石多福气
能在此处下接地气上通人脉
用幼童慢慢雕刻老态龙钟
把绣球滚成半老徐娘

进京会试的还有吧
上岸的鱼货如今放哪成交？

出了城门,离开风风雨雨的这里
道路急弯,群山如大海起伏
祈求富贵的一个个走了
唯有石板坐于城内长生不老

注：入选中国诗歌网每日精选。

雨声

谁坐于檐下,对细密的经幡
释放一场烟雾；借天地
布道,窥视内心迷途？

风声有助于翻书和完美颂经

万物承接它的洗礼并使旷野受戒
大片森林也将成醍醐灌顶的对象

斩断妄根前,应先雷打闪劈
一滴滴挤干泉眼的忏悔
浇灭花朵跳出的火苗

苦心说服崖上顽石和它
一起哗啦啦跌个粉碎;然后
面向大海,朝东取经

为拯救许多衰草、枯木的
青黄不接,亿万雨点正在合围
冲刷污泥填补大地的裂缝

嘿,雨声还真可以倒锅里煮着充饥
与炊烟一道消化那些缠绵的往事
打断月下盟誓,吓跑纵火者

注:入选中国诗歌网中国好诗。

为需要修行的人选址

坐久了迷雾便能洞穿迷雾
能得道的皆为无名野树古狐
无人问津处偶尔闪出一二仙童

哦,摇摇欲坠的枯藤作缆
乱云插空、激流飞渡,无路即路
高高峰顶的家,炊烟遥指一笑

你应去僻壤寒山虔诚一回
见见那些饥寒嗷嗷的老小
行行善扶一扶业已坍颓的茅屋

看风刀如何凌厉削出荒坡野岭
听听残垣如何死命抵挡崩雪
掂掂一春的草根能拧下多少苦水

那儿才是亲验苦行僧的极地

如何抚平白云深处的忧伤
让众生漾开不轻易的笑容

我要劝每日念100遍经雷打不动的人
放下木鱼去寻找苦难的真经吧
就在那儿面对无助立地成佛

注:入选中国诗歌网每日精选。

波浪

一天的大海,大致能勾勒出
波浪的生活和习性
清晨,用曙光种活早霞

给所有的爱情准备玫瑰
或在船舷边摆弄梨花
忙于嫁接礁石杂花突然生树

不要赞美一时的水静风平
一面绿得发蓝的镜子
会让它难堪,死得毫无高度

在涛声眼里,过往的船只
皆为美味。船骨裂开它的笑靥
越是激情越令人沮丧、窒息

撒网时它会连人带船哄你上天
更乐于带你去深谷赏玩国色天香
讨得你一路欢心,玩出心跳

见到你时异常亲切,口沫横飞
缠住,喋喋不休永恒的孤寂
让你带回一船的唠嗑
每次嘱咐海风送客,都会卷起
一支洞箫吹着暗示:浪里系着白马
下山时别忘了骑它回家

遁行

在地铁口,我更换了天空

折起阳光。揭下一座都市躯壳
和它的谜语,对地平线说再见

头顶一条江和它的支流,时间
暗下来。许多石头被种子压于
心上。鱼藏深渊寻找更隐蔽的入口

此刻,有多少大厦拿地下的
人气奠基?树根在不远处测试
如何借这些肉体塞入它的花朵
无数轮胎用我们空出的世界提速
绕开红绿灯。擦肩而过的都在此
沉默,躲避暴雨和尘世噪音

站在拥挤的车厢内,我用幽暗的
铁轨铺设光明。每个通行者
都朝着心内架设的目标孤独飞奔

注:入选中国诗歌网每日好诗、中国好诗。

关奇超

山西汾阳人,汾阳诗歌协会会员。

想等等生活

驻足在了十字路口,恰逢人潮
仰望片刻天空就要继续前行
好似被生活追赶了很久
像时钟,兜兜转转,一刻不停
也许,这是年少的启示
也许,这是我最美好的幻想
站在这场竞赛的终点线
转过身,等等生活

给生活的一封信

生活啊,我想写一封信给你
无论你距离我多近,或者多遥远
用奋斗的青春邮寄给你
不渴求得到你的回信,更或是不经意的
收到你给我的鼓励、挫折、失败

如果你想来找我聊聊天
我一定会拿出我的青春专辑
把这些作品毫不保留的赠送给你
生活啊,我想写一封信给你
信里的故事是我的秘密

生活,有点明媚

毕业了,生活才刚刚开始
夏天还在,昔日早已远去天涯
这一刻,我们不再是生活的观众
慢慢读懂了岁月这本书
它不仅仅赋予了厚重,还有
去感受生活的心态
一切不是心灵温润的诗作
我想给它起一个有趣的名字
名字里有青春,有风,还有你

望向无人区

(一)

我的心里有一片无人区
那里埋藏着自卑
每当羞愧时分便扬起了沙尘
狂风烈卷中,只是不曾有人穿越
也不曾满怀着滋润
澄澈清明地记忆起,闪电划过

(二)

希望在干涸中鸣泣
我攀登横亘心头的雪山
心性傲气,总会有一天走进阳光里
感受堆砌狭小外的穹顶
感受你挥掷的细雨春风
然后在一场梦中,回望无人区

我的家在汾州大地

关上灯,满身都是月光
向着汾州大地望去
竟也被灯红酒绿的闹市阻拦

每每在夜深时刻,便学会了
和乡情谈话,离家的岁月
始终都是难熬和孤寂
提起手中的笔,紧紧握住
这是从家里带来的唯一伴侣

等着

候鸟从天空掠过,嘤嘤呀呀的
呼应着,好似等着这一刻
等了一个世纪
站在火车站台上,等着归乡的
列车,缓缓的停在了面前
仿佛比任何时刻都慢

忘记星辰,望向清晨

星星只会教人沉思,从不问原因
仰仗着黑幕给予的光芒
横行在人世间每一寸的伤愁
骄傲着、鄙夷着,一丝一缕的
把岁月刀刻在额头
多想忘记星辰,望向清晨
驱散笼罩我心头的乡愁
还一些希望,邮寄给思念

郭静

曾用名郭昇,笔名诗雨情柔。湖北黄冈人。青年诗人,爱好诗歌,偶写散文。现任中华诗艺社名誉社长,《中国好诗》杂志社编委,中国诗歌协会会员,黄冈诗刊社员等。曾任职中国先锋文艺网刊主编,江山文学网编辑,腾飞文学网主编。作品见于《作家报》《中华文艺·当代诗文精品荟萃》《芙蓉国文汇》《黄浦江诗潮》《中国好诗》《中国先锋文艺》《人民杂志》等纸、网媒体。有诗作荣获个人奖项。荣获"中华文艺诗文名家"称号,被评为江山文学网优秀编辑,腾飞文学网优秀编辑。

母亲节絮语

电话里问候着
"母亲,节日快乐"
顺便问下凉拌海带的做法
母亲亲昵的说
"只要你一切安好,我就好……"

人生就要经历凉拌海带煮时
轰烈的青春期
还有放到冷水里浸泡的
沉沦的落魄期
和最后填盐加醋加香料
似黄昏暮染的收获期
人生啊,不容易

如今自己也做了母亲
有了一个不到一岁的小公主
才明白做母亲不容易
要时时刻刻想着孩子
睡觉时怕压着她
吃饭时担心孩子饿了
哭了要哄

是啊,只要孩子有出息
做什么心里都似开花
油盐酱醋不容易
人生不容易
做一辈子母亲更不容易

今日母亲节
我回忆了和母亲在一起的幕幕
感动的泪水任耳滑眼落枕

我再把母亲对我的爱
后延续给我的孩子
一生一世

写给亲爱的老公(祝老公生日快乐)

撷一朵心上花给你
碾入梦的城郭
红尘路上不再落寞

空城里缅怀旧事
我们想要的十指紧扣
我们想要的春水旖旎
在岁月成河里潺潺流淌

让我们心执心,情连情吧
亲爱的
一直想给你种太阳花
给你种一片晴空

岁月空乏
为了我们的公主
和初心一点
请坚守最初的红尘旧梦

你中有我,我中有你
时而相聚,时而相离

郭林波

宁夏石嘴山人,工程师。热心公益慈善,一直崇尚正义、阳光!平时喜欢用诗歌、散文、歌词创作等文字性内容来抒发情感!闲暇时间,唱歌、爬山、骑行、旅游等也是生活的一部分!让青春,陪伴一生!

野草

我住在俊俏的大山中
住在漫山的石头缝里
我的家遍布世间的每个角落
没人知道我的名字
更没人知道我的故事
我只有忘掉忧伤和牵挂
做一颗无依无靠的野草

人们都喜欢看尘世繁华
留恋世间的花容叶茂
没人会注意我这默默无闻的小草
当风雨来了,冰雹来了
我不害怕,我很勇敢
因为我的生命力坚韧不拔
风雨过后,不会一地残花

我有我的美,我不恋世间繁华
明知道没人在意我
但我依然用自己的身躯装绿大地
有时候也会绽放野花

我把欢乐留给别人
把泪水,留给自己
当花儿树木被摧残凋落的时候
我正在顽强飘摇,不要困难把我击倒
骄傲的迎接每一次的风吹雨打
那怕是残缺的野草也要坚韧的挺拔

2019年3月14日

有一种思念叫作相望

夜深了,我的心不能安睡
你是否和我一样,今夜难眠
无数次的转辗反侧
只为夜里的思念

我以为
生活会这样按步就班的过下去
直到有一天,心灵上的坚冰被你融化
心里开始驻扎着一个思念
虽够不到你,也不能拥抱
就让我远远的望着
永远,永远的默默相望下去
岁月中,成为一种永恒的美

爱情海的距离离我们很遥远

见面我会主动问你,最近可好
你羞涩和紧张的心情
是否会在我的问候中放下
我们只需在星海湖边走走
看看湖面水鸟嬉戏玩耍
看看绿树枝柳倒垂湖边
鹅卵石铺成的小路上不需牵手
只要有,你我的身影就好
如果愿意
一起骑车奔向更远更美的地方

只有自己知道
那种夜深人静时静静的思念
是眼前一个人微笑的出现
温柔的目光,是对昨天故事的赞美
虽有淡淡的忧伤但也记录着
对过去短暂时光的回忆

希望你我的出现
不会给彼此造成默默的受伤
夏花好看,秋叶静美
让相望在思念中升华成熟
变得更美
在我的相望中,愿你一切安好

2019 年 3 月 21 日

缅怀先烈
——诗歌献给最可爱的人

有些人活着他却死了
有些人死了他却活着
贺兰山下埋葬着忠骨英魂
常年沉睡在贺兰山的青山脚下
贺兰青山的这片神秘的土地啊
是他们生命的第二故乡
他们的精神永垂不朽

面前的革命烈士纪念碑
浓缩着烽火岁月的里程

我们敬畏,我们瞻仰
没有比这更高更大的尊严
没有比这更高更挺拔的民族脊梁

他们是最可爱的人
他们的故事比长江还要长
他们的胸怀比大海还要宽
他们的事迹可歌可泣
伫立碑前
我们感到无比神圣与庄严
伫立碑前
一切的烦恼忧愁物欲横流
都显得那么的渺小与庸俗

他们为民族解放而逝
今天我们为正义而来
没有忘记历史,良心还未泯灭
敬献鲜花与信仰
缅怀先烈,让浩气铭记心中

我们生活在和平年代里
容易忘掉
这生我养我的这片沃土
是用无数先烈的鲜血和生命铸就的
当军歌再次想起时
我们是否已经
忘记了和平鸽飞来的方向

当我们伫立墓碑前
凝视着碑上刻下的年月日
为一个个
年轻的生命早早逝去而惋惜
仿佛这红色的墓碑里
篆刻着一个又一个子弹纷飞的故事
耳边响起冲锋号嘹亮的声音
为了胜利,向我开炮
惊天地泣鬼神

我们缅怀,我们抽泣
我们祈祷,祈祷红色的灵魂
已经回归故乡,回归亲人的怀抱
共和国和平的日子里
永远有你们胜利安详的微笑

2019 年 3 月 31 日
上午扫墓归来写下敬畏之笔

郭佩峰

内蒙古诗词学会会员,乌兰察布市作协会员,发表过的作品散见于各类报纸、杂志和网络平台。

回归

当你,举松炬为毫
蘸江河水作墨
在神州的山水间
写下那一行深刻汉字
我脚下的大地便开始复苏
长江里
那头似曾迷途的中华鲸
以一个矫健的猛子
远离了腐尸横敛的浅滩

"文化",我因空虚
似曾丢失过什么
却又始终说不出来的彷徨
"回归",因我渴望的
寻求的,为之挣折过
却又无法确切的一种心结
你却以你的博爱和深厚
唤醒了这个古老民族的情怀
就像一场久违了的甘霖
因等待的焦渴
迅速溶入大地的每一条脉络

"文化回归"
因我的平凡

简单到再不能简单的四个字
因你的英明和伟大
深刻至再不能深刻的一句话
因其感召
顿流的江河复苏欢淌
日月清明
人间有爱

从秦皇汉武
唐宗宋祖的文韬武略
到封豨修蛇
穷兵黩武蚕食鲸吞的略劫
从六朝古都的庭院深宫
到幽远古刹的绿荫
青石台阶
中国文化
早已以一种刻骨的形式
注入你的灵魂

荒蛮纪的刀耕火耨
烽火硝烟中的洒血与流泪
中华民族无数次濒临危亡
却能从分裂走向独立
从佝偻走向挺直
从迷茫中走出来
走进辉煌走向强盛
正是因为有你呵
执着和热恋的中国文华
铸就的不屈,和坚强

于是,滚滚潮流涛涛巨浪中
你以你的睿智和初心
以一个清醒者的恣态撑舵
引领你的炎皇子孙
在"新时代"的海洋中
完成一次"回归"的航行
同时将你的伟大溶入历史
溶入人心

溶进神州大地

郭平德

笔名郭晟,中国散文学会会员、江西省作家协会会员,获奖作品入选《人民文学》获奖作品集,文学作品曾在《人民日报》《文学报》《散文》等报刊发表。出版《散文三人行》(与人合集)个人散文专著《美的遐想》,中短篇小说集《爱的谎言》。

夏是热烈的情人

荷花的裙子是翡翠编织的
蜻蜓是她的第一天使
一大早就打开微信问好

蜜蜂不像蜻蜓悠闲
带着任务而来
穿行在深山老林
打造一个个甜蜜的小屋
让生活充满阳光

云雀在云中航行
把思念发回故乡
儿女收到信息
把祝福与安慰转发给群里亲人

海滩很遥远
海水和沙子泾渭分明
浪举起波涛
海鸥合着拍子
夏是热烈的情人

秋叶静美如初

谷子熟了田就不渴
油茶饱满山就香了
山歌一叠一叠堆满山崖

收割机画一道线
田野就平静下来
就剩下红薯花生
没邻居聊天南海北

燕子坐着宝马跑了
大雁不知赶的那趟航班
孤零零的云有些寂寞
在山那边卸妆

风起了
树就想静下来歇一会
穿了大半年的服装正好换下来洗
大嫂对着院内的桔树衲鞋底
秋叶静美如初

冬是一坛陈年老酒

远远的一棵树站在天边
望着身后的路走下来有些伤痛
是不是因为那双付出的手
空落落的,无法向一年汗水作个答复

雪还没有下
微霜已侵入你的鬓角
残荷虽没有夏的芳菲
却恰是一幅八大山人的杰作

松鼠偶尔出来寻找心中的爱好
狼假装没看见
因为等待的目标并未出现
夜慢慢黑下来

围着一堆火聚餐
味道都在滚烫的话语中
端起大碗喝才有气度
冬是一坛陈年老酒

郭巧娥

一个爱好诗歌热爱生活的女人,喜欢用文字书写美好生活。

春雪

本该属于冬的使者
洋洋洒洒落在春的门庭
期待已久的情愫
迸发喜悦的欢呼
迎春的花絮
着一袭素缟
翩翩起舞
带着羞涩的笑靥
舞动曼妙身姿
飘飘然落在我的掌心
未来得及细琢
已化作相思的泪水
沁入我心扉……

弱者

雨一直下个不停
太阳迷失了自己
风儿一直游荡
眼前一片迷茫
我努力攀爬
山顶也一样无望
也许崖底的世界
会是晴天
至少会有躲雨的地方

随笔

红的像火
节日的氛围很是温馨
夕阳里的玫瑰
散发着扑鼻的香气
春花烂漫的季节
相逢美好
一声问候
送去真心的祝福

忽然……
有种失落
心里有一个地方
不愿触及
那是
过去的梦……

2019年4月6日

端午

一根马莲将记忆捆绑
苇叶紧裹的思念
夹着淡淡的忧伤
风中的艾草飘荡千年
离骚中走出的粽香
已没有了儿时的味道
再也看不到母亲忙碌的身影
糯米和红枣还是老样子
天国的端午
是否也有　艾草飘香……

郭伟

男,1964年生,山东省滕州市人,滕州市界河镇农技站高级农艺师,现已内退,系枣庄市诗歌协会理事。作品散见于《星星》《散文诗》《绿风》《天津文学》《时代文学》《岁月》等省市级以上报刊。现为一农场主。

父亲的手

父亲手的张合
吞噬着贫穷
和母亲眼角的愁云
吐出一些时光的碎片

手中的趼花
一枚枚盛开的牛蹄印
深及大地的厚

兀突着内心的嶙峋

当父亲下狠手时
倒霉的是马尾巴草
当父亲的手轻轻落下时
捡起的是麦子遗落的诺言

手面上暴涨的青筋
呻吟着泥土的呼唤
它有铁的质地
勤快便是一川金黄

粗砺呛出的火腥味
是他命运的一次次喧嚣
尽管他拚命地窖藏他们
酿出的仍是襄中羞色

别人往伤口上撒汞
父亲却往伤口上撒酒
一根根劣质的香烟
是他疗伤的焊条

父亲在泥土上耕种信仰
在节令里苦苦追寻无霜期
每一寸落地的阳光
都成了他谦躬的高度

土豆

给人富饶想像的
是这些泥土
能挤出油来
给人胸前波涛的臆想
是这些畦垄上的隆起
高耸，坚挺

那是些下凡的星族
出于人们的心计
挤疼泥土的幽香

春风的臂弯里

活成风调雨顺
金色的肤质
像夜明珠总习惯埋在土里一样
等待一把镢头，发现它应有的璀璨

泥土之下，星系是安静的
从未失去过引力
有众多的脐带为证
出土时的釉
不是用高贵，而是用血统
渲染着太阳的嫡传

郭文瀚

　　男，2003年2月生于上海，现就读于上海包玉刚学校。零零诗社成员，一切主义诗社成员。

看海

当我看见宽广的海在我面前展开
背对砂石，背对平地而起的篝火时
我总会想起海滩边一个轻快的
花冠女神般的少女，和她载着信鸽的白鞋子
她的睫毛上有着初霜的闪光
我沉重的脑袋就会失去平衡，偏向一边
因糖分过多而发出咯噔，咯噔的响声
浪来的时候
海水冲刷她的脚踝
她就像被触碰到了麻筋，嬉笑着跳到一边
一双白鞋子颤颤巍巍

她就这样沿着海滩走着
再走十个小时，太阳就沉下去了
她就会裹上天蓝色的花边睡袍
在淙淙水声的文火中慢慢变老

下雨了

雨没下多久就停了
雨把牧羊人的骨头埋在云里
把牧羊人的骨头一寸寸滴进土地
牧羊人发出细碎的声音
他说,我也发芽了

但是牧羊人还在牧羊
牧羊人牧羊 牧野花也牧唐朝的星星
天上没有星星
地上芳草萋萋

牧羊人揉一揉眼睛
像南风一样让羊毛着火的蓝色的眼睛
不愿离开
城市的石头怀念春天,仿佛
春天没有见过自己
仿佛春天不是牧羊人巨大的头盖骨
春天的头盖骨早已不见

于法租界

给我一瓶威士忌吧
让我在这芬芳的夜里睡去
窗外车水马龙 霓虹闪着银光
溅一地灯火

你也喝一瓶威士忌
或是朗姆酒
现在是晚春
酒杯里轻柔　酒杯外飘香
但那不是麦子
那是梧桐落叶里异国的味道
混着雨水和一颗古波斯的蓝眼睛

你在明暗交界的地方吞吐云雾
我喝一口威士忌
一醉就是一个春天
而我的春天装满了古波斯的鸟儿

他们用琥铂色的眼睛齐声歌唱

郭宜滨

90后,江西于都人。曾获"大运河杯·相约中秋"全国诗歌大赛"佳作奖"、第十届"紫香槐杯"全国网络文学征文"优秀奖"。有作品刊发在《赣州晚报》《诗词》《今日文艺报》《贵州师范大学报》《北方》《中国文学》《参花》《中国魂》《贵州文学》等刊物。曾创办内刊《风帆》。

我和小人书

行走在羊肠小道
西边的霞光醒来

我,悠哉悠哉
唱着课上学过的儿歌
地上一本小人书
打断了我的雅致

拾起,拭去黄色的足迹
大大小小的不规则的斑驳
泛黄的间隙携带些许墨块
残缺不全的动作图案
这杯沧桑的佳酿
一饮三百杯,不觉醉

一次遇见,就钟情
逍遥"金古梁"的江湖

2019年5月26日于都

郭云生

男,交口县统计局职工,派驻温泉乡统计站长兼温泉乡农村会计服务中心主任。闲暇时爱好看书写诗,偶有作品见报。

立秋

告别难耐酷暑
步入微风吹拂的清凉
月高云淡

蝉的声音有点嘶哑
叫喊的节奏也没伏天那么爽
迟钝多疑
感觉到生命快到尽头

黎明也变得懒惰
一天比一天迟到
夜幕加快了脚步
催促白天日渐短暂

谷穗,玉米,高粱
都在急急忙的灌浆
清晨的露水
是季节变换的证言

随笔

是该坚持原则
还是该任由放纵
在脑海里不知问了自己多少遍

有人说死板
有人说难说
有人说不灵活应用

难道是 我真的错了么
我只希望大家一次成功
不希望检查来一个"回头看"
让大伙劳民伤财

加班加点
只有自己知道
底线不能突破
继续砥砺前行

雨

久违的你终于来了
迈着蹒跚的步伐
打着急促的鼓点落在地上
溅起阵阵尘土

万物早就日夜祈盼
土地裂开干涸的嘴唇
水井的泉眼也愈发消
瘦禾苗在骄阳下耷拉着脑袋
蜷缩起黄脸婆的身躯有气无力
各种各样的求雨方式从四面八方传来

老农无望地仰天长叹,唉
从来没遇到过的年景
就连野鸡都壮胆到农家院里偷偷解渴
有的杨柳,树梢已经出现干枝

今夜,你尽情的下吧
让大自然的神灵保佑
让噙满泪水的你诉说明天丰收的希望

情人节随笔

没有送过你鲜花
也没有陪你走过林荫小道
更没有给过你一个深情的拥抱

没有陪你逛过大街
也没有陪你溜过商场
更没有给你买过一件衣裳

没有对你说过甜言蜜语
也没有对你夸过海誓山盟
更没有吻过你红润的脸庞

闲暇时听你歌唱
寂寞时浏览你的照片

闭着眼都在浮现你的模样

乌黑的双眼
长长的秀发
温柔的笑容催我入眠
多少次与你梦中相见

H

哈斯也提

  维吾尔族，20岁，出生于新疆和田。从9开始进行诗歌创作，著有诗集《眉间》由中国文史出版社出版。现为北京市潞河中学高三年级的学生。

石碎

星星从星星上滑落
那地平线是一道空旷
云朵却像一头着了火的狮子

船的那头
碎石万块
岸的另一方
是牛郎
等待织女的流浪

世界此时
所有的母亲孕育着
岁月的酸苦　花白的发

初春

你
是透明之石
照亮在光中的瞳孔
风也如释重负

你在门前和门后穿梭
融进一缕透明的背影
不会说话

为了爱，万物下起了雨
滋生前所未有的生机
干旱啊
如果你是塔克拉玛干
那我的心
会是一片海吗

山中梦

做了一次梦
像一朵脱轨的云
银河与黑暗你死我活
生活
是一具掉了皮的酒杯
饮尽所有风平浪静的夜晚
风飞　云流　山鸡鸣

母亲呼叫
理了理曾经
那黑马尾巴般飘荡的头发

我在远方读书
这里的宁静像一缕金黄的光
映射着他们
各怀心事的惆怅

棕榈味的风吹过她沉睡的脸庞

在北方第一天的梨花雨洒落
春天和你有关　在南方
棕榈味的风吹过她沉睡的脸庞

爷爷挥舞着拐杖
羊群紧随红霞渐渐远去
星星永驻在云的心口上

— 1889 —

河边的小城
甚至　北方的月亮
和她有关

春树

我理解春天能有百万种不舍
它只是静静地接上清风的尾巴
叶儿被推上了好多人的眼球上
却没有人记得刺骨的日子　刺骨的光亮

树梢上的火季
散发到每一个汗流浃背的正午
就想起爷爷
静坐在桑葚树下
等待无息的烟云过眼

似乎太慢了些
它只是懂得了时间
是一无所有的
窗外的树　也习惯了这样的感觉

海盗船

原名于君。男,本科。系中国作家协会新疆分会会员,新疆摄影家协会博州分会会员。在各级报刊发表作品500余篇首。作品散见于各大网络,并多次获征文大赛奖。

风从海上来……

风从海上来……
带着比目鱼羞哒哒的叮咛
剥开一段时光的味蕾

阳光　悠远
美人　倚栏
黑色连衣裙边长发公主的情怀
拉长着水手和帆一起晃动的目光

北纬52°方向
一只白色羽翼的鸟
从海岸线的上方飞翔

一声悠扬的鸣叫
撼动了一双
在海那边看你的眼睛……

迷离的情愫疯长
忽略了时间……
忽略了大西洋北冰洋尚或东西南北半球……
忽略了匆匆过往的人流是否带走一粒沙……

你知道吗
大海不会无缘故的涨潮
每一次潮起潮落
都是我用思念的火种
点燃了风的激情海的澎湃浪的　高潮……

风从海上来
带走了远帆和海鸟
还有
紫珊瑚白水母红唇鱼博比特虫醉美的娇吻
也带走了
剑吻鲨彩带鳗玻璃猫纽鳃海樽魔幻的颜值
以及
海蝙蝠吸血鬼乌贼勃氏新热鳚狡黠的笑容
…………
带不走的
是你——
宁静的致远唯美的温婉和一湾碧波荡漾的

似水柔情

我见犹怜

连衣裙染上了
海蝴蝶砗磲螺海葵花外星水母五色的斑斓

红袖添香

回眸间
有露水滑过
那是　海的　眼睛
…………

风从海上来
想拥你入怀

抚摸你被风滑过的发丝
想轻吻你
涂了海的颜色的甜美的诱惑的唇

想分辨你
左心房右心房跳动的声音

想满含你雪色的柔软的傲慢的胸
咀嚼这个季节里海上渔火的醺甜
最想的
还是用一把同心锁
或者上美团
预支花的风雅
锁定　你　的　心

打开后

却满满的都是
浪花翻涌的——痕迹

天使坐在诗歌旁哭泣

原本
你是一个天使
住在蔚蓝的天宇
有一双蝉翼似的翅膀
…………
你从天上遥望人间
看见袅袅炊烟　万家灯火
看见若隐若现的博格达峰顶
碧波荡漾晶莹剔透的秀美天池
和一个在天山顶上策马游牧诗歌的人

心无比好奇和神往

…………

你插上翅膀
绕过守门的天神
雪舞翩跹的飞往人间

在西王母沐浴过的瑶池边上
云雾缭绕满山苍翠
悦耳的歌声
从绿咬鹃的眼睛里流出

你的心有了原始的悸动
解下衣衫和轻柔的翅膀
像一条美人鱼潜入水中
晶莹的水珠亲吻你的肌肤
黑发肆无忌惮的妖娆
波光里的艳影荡起——
一池浪漫
一池风情

塔松的喘息在风中休克
云杉的手臂激动的颤抖

紫水鸡绿眉翠斑犀鸟啄羊鹦鹉
顷刻间鸦雀无音
…………

游牧诗歌的男人
策马而来
目光也瞬间变成一束雕像
他绕过惊讶的高鼻羚羊
推开张大嘴巴的天山麋鹿
让马鹿　岩羊　野骆驼　藏羚羊　野牦牛　高原兔　丛林猫　戈壁盘羊　普氏野马

都闭上眼睛不许偷看
河狸　扁吻鱼　雅罗鱼　裸腹鲟　斑重唇鱼　白头硬尾鸭　银色裂腹鱼　新疆北鲵

都潜入水中

他藏匿了你的衣服和翅膀

…………

沐浴后的天使走出水面
找不到衣裳和轻盈的翅膀
唯有
一个游牧诗歌的人
和种植在岸边的串串诗行

天使一丝不挂的坐在诗歌旁哭泣
天使的眼泪滑入天池
近看碧绿远看蔚蓝中看恍如仙境
男人坚硬的心
在天使的哭泣声中融化
火热的唇接住了你浑身的颤抖

似水莲花不胜凉风的娇羞

红唇飘渺
一首唯美的爱情歌谣
如黛绿的溪水绕山流淌

满山的树木和诗歌
一山翠绿
一峰缠绵
一池芬芳
…………

换个频道

别把
自己　转成一部机器
虽然
已进入人工智能区域
如马一直跑
也跑不出 10 万里

日子
是多元的呈现
如一串珍珠
每一粒都闪烁着
月亮的光

不要企图救赎这个时代
让他们沿着放纵的经纬
肆意疯长
最多就是一次文明的再次覆没
晚霞忧郁的子宫变得空空荡荡
壁虎折断了尾翼的镜子上　没有了折射的光
狐狸已成为一个浏览的精灵
在斑驳的河里撕扯着老槐树的　睡眠

戎马倥偬
你也
拯救不了银河系
在这苍茫的
不知是3次元5次元
尚或是7次元9次元的未知的河
每个人都是漂浮着的
游走着的
一　粒　尘　埃
或者
行尸　走肉

累了吗……
请停下来
换个频道
毕竟
每个频道都是你的主角

海地

　　本名王勤郎。浙江杭州人。浙江省作家协会会员。浙江省网络作家协会会员。浙江科普作家协会会员。浙江省音乐文学学会会员。作品发表于《诗刊》《星星》《诗选刊》等诗刊及各文学网刊。作品入选数十个精选集、年选集。著有诗集《被击落的飞鸟》。

立秋

在尚未抵达的时候
我已历练了整个夏季
我是带着晒得发亮的脸膛
来见你，一路踏歌而来

立秋，所有的果实
都源自辛勤的耕耘
源自阳光和汗水的结晶
因此，没有理由不相信
苦夏孕育出金色的梦想

嘘出一团火

当下，烈日炎炎
六字诀被融化在喉咙里
我的每一个口令，在冒烟
学员们嘘出一团火

汗水落下来
雷雨跟着落下来
大地升起热浪的云烟
谁在这时候坚持？那些
晒得发烫的柔弱荷叶

想你的时候

子夜，当香烟燃黄了指头
那些思念的文字排成
长长的行列，清晨
在一串串露珠晶莹里跳跃

这些年来，你一直活着
在心里，只是白天太忙
夜晚，我才和您对话
原谅我，想你的方式和时间

钉子

每一枚钉子，借着
月色磨出飞镖一样的锋利
那都是回忆作得孽
总觉得对我好的，尚未
报答，或者报答太少
那些作恶的，没有惩处
也许他现在活得比我还滋润

那就活着吧，没有
飞出手中的十八枚钉子
那就是一种宽恕

海琴

原名岳灵,女,笔名海琴。新疆石河子人,居住常州。部分诗作发表在各大报刊,并多次在全国各种诗赛及征文中获奖。诗观:从纸间荡一叶轻舟,载一生的苦痛哀乐。

风吹人间,有诗意落下组诗
把酒言欢

是酒拉近了地域之间的距离
比如西域人在江南言欢
比如天南海北可以紧紧地拥抱
像千杯酒融入胸怀

纵有万语我也只剩下倾听
各种段子皆有出处
每个眼神所到之处
都有不可思议,又有顺理成章

缘份是一把心尺
酒只是一种媒介,真正值得亲近的
是那群生动的文字
孩子般,把我们一一认领

风行江南

我必须用一篇醉文
献祭从那拉提草原倾身而来的风
急弛的马群如风
踢踏出一曲久违的家乡谣

五十二度的酒
让我喝出了山泉的清冽和甘甜
你说风吹人间
允许山脚下的芬芳不为人知

允许我在江南操着北方的口音
心无城府地追一场雨
追逐一次驰骋草原的梦想
这时候,我们举起的不是酒杯
而是炊烟里不落的太阳

云里有乾坤

随风而来,我把你归为
山顶上盛开的羊群
你把我看成,绕着杯口
总也不倒的,那几行诗意

你说你向往毡房上空的色彩
我说要成为你的向导
借着风的翅膀,骑一匹最烈的马
带你征服那拉提大草原

让马奶子酒衬托你红红的脸
让欢声笑语落入喀纳斯湖水里
实在不行,你扯出几片云
落成雪山上一朵益母,一朵雪莲花
让你的爽朗成就我的洁白

白云如果脱离了天宫
也脱离了想象,你便是无边无际
你便是脚下热土的主宰

闲坐青海湖畔

很多时候
是目光自己出去流浪的
我只是它的坐标
坐在那些风干的秘密之上
不左顾也不右盼
固执得像茶卡湖结晶的盐粒
偶尔脱离天马行空的人世
偶尔融化在蓝与白中
没有风,也不要人来打扰
此刻,最适合抬起一张
向日葵的脸
用白晃晃的日光
兑换汗水和烧灼的滋味
多么好,目光带着某种回应

从远方赶来了

海山

周念科,笔名海山,出生于1966年,籍贯湖南,居岳阳市。青年时代海山即开始散文、诗歌、小说等创作,主张文学予人欢快,予人鼓舞,予人思索,予人跃进。作品收入《青春诗历》、《中外分类诗粹》、《韵墨情雨》、《新国风》诗刊、《中国诗歌报》、《中国当代诗歌大辞典》、《中国近代百年诗歌精品》、《诗中国杂志》、《四十年华语文坛精品汇编》、《新时代中国各省市知名诗人全记录》等,组诗《太阳,我们的神》于2018年5月被中国萧军研究会、华夏新诗研究会和《新国风》评为优秀作品,2009年湖南文艺出版出版其诗歌集《光明》,长篇诗歌小说《世上行》即将由中国文联出版社出版。

缘

越过六朝的曙光暮霭,
在世界之方只为等待。
万千的日子轮回,
今朝时的旅橇悄悄来归。

驾长风沐浴星光灿烂,
或许在依稀的梦里,
只为瞻望你复生的容颜,
再挥手,流目顾盼连连。

记否在春天的芳菲甸?
记否在夏日的穹空庐?
记否在金秋的丰收场?
记否在冬季的宁静园?

重逢啊神州千年的长廊,
你复生的笑靥似花如玉。
幻放晶莹永在的灵、永在的心,
诸般痕印存藏浩瀚的宙宇。

港湾

日子底红尘迷离,
翘首眺望远方,
寻一处温馨的园地,
安放的心鸟筑巢,百花伴放。

或许再去眺望寻觅,
一处宁静的港湾归帆点点,
靠泊的轻舟摇篮伏起,
归来暖暖的无言。

且请向浩瀚的星空仰寻伊的美丽,
故乡的旧影可否依然?
喜的寻觅,归去来兮,
远方的港湾心吻梦伴。

遇见

遇见,是偶然吗?
大千世界红尘里万象,
遇见双双美丽的眼睛,
探访颗颗温馨的心灵,
遥望朵朵妩媚的鲜花绽放。
在惬意甜甜的微笑里,
是否摇荡了绿池的心扉?
涟漪涌动无言的抚慰。

遇见,是偶然吗?
美丽的星球生命骄扬,
迎着阳光的暖风莞尔阵阵,
晴朗里伴着精灵鸟的丽唱。
我渴望寻找最美的晶莹,
无畏风雨,暖暖地倚行。
当思绪埋进遇见的常青树下,
粒粒的红豆悄悄萌芽。

燕

燕翩翩,燕翩翩,
燕回,燕回,春已归!
昨昔的身,昨昔的念,
箭回,箭　回。

语银玲,语银玲,
穿越苍苍云水。
伊的孩提,伊的青春,
故里重温,美美,美美……
心飞飞,心飞飞……

雨里依稀,光底清明,
伊若酽酽的念团,
常常的奇袭夙久的铮友,
景象屡屡地铭刻陈览。

心灵似花

今朝人生的时光绵绵,
今生你英俊潇洒翩翩,
或许你温文尔雅纤纤。
多少人爱慕你的容光焕发,
爱慕你的青春年华,
我却真爱你甜甜的微笑,
真爱你惬意萦绕的心灵似花。

在共同依恋的星球家园,
我们一道创造幸福繁华。
去陶醉家园的馥郁芬芳,
清风驶荡里沐浴阳光。
心灵生花明媚灿烂,
去眺望前程美景煌,
心灵似花愿似花。

韩奋

一、莲塘上的花朵

在南昌之南昌——

"南疆之昌盛"
南方之昌盛、强大……
南昌别名之莲塘,
在候鸟飞临的地方
在肉眼可触及的南昌,
莲塘镇盛开莲花
沐莲香,扬清风——
在不染纤尘的灵魂之上
莲花朵朵,静静地绽放
她深邃,透明,干净
像一簇清明之火燃烧
像花瓣打开自己纯洁的内心
当一股不明身份的媚风
吹乱云层翻卷的秩序
"苏荣"之腐风,
反腐倡廉正荡清风,
她用脚踏实地实干兴赣,
她用"英雄之城"誉满神州,
"神州千年古县",
莲塘之莲,沐莲香,扬清风,
她用脚尖轻点莲花
洒一羽神露,
于都之行,
再会南昌,
长征再出发:英雄城无畏,
让红色大地,开始苏醒

二、美在南昌之南昌——

美是真实美,美在南昌
莲塘,"沐莲香,扬清风"
江西第一个百强县,
享有"江南粮仓"
"鱼米之乡"。
"神州千年古县",
红楼梦的做梦人——
曹雪芹的祖籍故居。
唐朝之洪州,
明代的洪都。

现代的"英雄之城"
"八一"军旗升起的地方。
建国后,南昌,南昌,
南方昌盛之乡……
南疆"强大、强盛"
小蓝经济开发区
小蓝工业园区
"江铃汽车城"

莲塘镇,"莲塘麻鸭"、"南昌灰鹅"
生态与自然,凤凰沟景区,
105万人民创业、创收,
800亿产值,120亿以上收入,
人民的幸福生活,
就是南昌党政目标。
习以为常的霞光,莲叶,灯影,
一切的奇思妙想,
都将与幻影擦身而过,
诗人啊,南方南昌,
你的想象
远比你的祖国更丰饶

三、"沐莲香,扬清风"

南昌"倡廉洁"扬清风
始于十八大、十九大后,
清风徐徐……
"苏荣"之腐清理整顿,
十八大"八项规定"
十九大反腐倡廉
讲好南昌"莲与廉"故事,
请听南昌人民说:
"沐莲香,爱莲塘,
扬清风,颂莲花。"

世人皆咏荷,
余独喜莲萍!
不华不丽,淬绿水,映白云,
生氤氲,随荡漾,

另有一番意境和情趣。
"莲塘麻鸭"南昌灰鹅,
"渔米之乡"美誉。

不逊各色芳草,
无萍映衬,何来荷红?
莲藕生污泥,出莲塘而不染,
莲花如碧玉,锦鲤水间欢。
翠曳幽香远,清流不晓寒。
花生千媚好风光,
燕回故里掠轩窗。
"沐莲香,扬清风"
中国诗人南昌行——
再来南昌观风景……

2017年6月19-21日,南昌行,
2019年7月3日写诗寄于再度南行。

韩峰

河北峰峰人,供职于河南淇县文联,系鹤壁市作协顾问,淇县作协名誉主席,已在《人民日报·海外版》《北京文学》《关雎爱情诗》等百余家报刊发表作品200余万字,出版散文集、小小说集等专著,诗歌曾获河南省委宣传部一等奖。

乡情

乡情是我降生的老屋　土炕
乡情是石磙　石碾　打麦场

乡情是爷爷弯得像犁一样的身影
乡情是奶奶哼唱的"月奶奶,明晃晃,开开大门洗衣裳……"

乡情是母亲点燃的袅袅炊烟
乡情是红薯　窝头　小米汤

乡情是苍翠如盖的老槐树
乡情是老槐树下的星星过月　捉迷藏

乡情是老井　辘轳　水桶
乡情是扁担被四季压弯的颤颤悠悠的声响

乡情是长满青草开满野花的田埂
乡情是青纱帐里藏着的童时的歌唱

乡情是醇酒浸泡的回忆
乡情是床前明月光时的畅想

明月

明月
是挂在老槐树上的聚光灯
童谣游戏纷纷登场　与蛙鸣和声
骤然　母亲在远处呼唤着我的乳名
我恋恋不舍地仰望着明月
将明月藏进了童年的梦

明月
移过李白的窗棂
抚摸着不眠的我
那是母亲般的抚摸
温馨　轻柔　深情
两串晶莹的液体无声滑落
滴进思念的深渊

明月
转过苏轼的朱阁
又挂在故乡的老槐树上
童时的歌谣早已随风而逝
留守的老人和儿童
与远方期盼的目光
千里共婵娟

明月
从张九龄的海上冉冉升起
她将天涯的思念凝聚

又送上一片慰藉
明月　是精神的寄托
明月　是精神的家园

麦子

寒露时分
你在北方大地画出一张张五线谱
迎着霜降立冬
你吐出一株株绿色的音符
你不畏小雪大雪的重压
你不惧冬至后小寒大寒的残酷
你奏响立春的圆舞曲
你畅饮着雨水一展歌喉
你在惊蛰的键盘上跳跃
你在春分的旋律中翩翩起舞
你在谷雨的滋润下汇成金色的乐章
你在立夏中等待着即将到来的盛大演出

小满的南风徐徐吹过
北方的金色大厅拉开了金色的大幕
金色的乐章飞扬在人们的眉梢
金色的乐章回荡在人们的心头
人们为你鼓掌
人们为你欢呼
你的乐章永远听不够
你是世界上最动听的音符

韩雪飞

　　内蒙古赤峰市喀喇沁旗人，从事中医工作30余年，执业医师、执业药师。喜欢诗歌，随性写作。

中药情怀

酸苦甘辛咸
五味齐全
草木石虫动物
中药涵盖全

— 1898 —

集天地精华
源于自然
钟情于防病去病
关爱无限

温清补泻
功能不仅这几点
辨证论治
随证加减
调配得当
用心把药煮煎
清澈的凉水
慢慢渗入药里面
武火烧开
文火久煎
饱含深情的草药
默默的将精髓榨干
带着所有的体香
融入药液间

良药苦口
开启体验
抚慰身心
流淌在肠胃肝胆
进入血液循环
正邪相争
正胜体安

艾草

有花香
有绒毛
你是一颗小艾草
自从远古有了人类
你就遍及天涯海角
灰绿色的身躯
头状花序很小
你的名字很多
用途不少

温经止血
崩漏、吐血、衄血、便血
你是要药
胎动不安、保胎你功力很高
散寒止痛
胸痛、胃疼、痛经
都把你找
煎汤熏洗
祛湿泡脚
做成艾条
艾灸离不了
你抱团燃烧
防止蚊虫叮咬
端午节
你是吉祥草
人们把你采回家
去病辟邪
身体倍好

啊
了不起的小艾草
你全身都是宝

韩延晓

职业：个体户，在《诗潮》《上海诗人》《散文诗世界》《牡丹文学》《葡萄园》《中国国土资源报》《宁夏日报》《羊城晚报》等发表各类作品600余篇，获全国性征文奖80余次。

夏花（组诗）
雨花

雨花是头向下绽放的花朵儿
根在云里，花在空中

雨花开时，纷纷扬扬如飘洒的花瓣

奇怪的是总有一些眼睛被轻易打湿

这些神奇的花朵,落在哪里哪里就生机盎
然
洒在哪里哪里就五谷丰登

天生的直肠子,喜欢竹筒倒豆子
为你,我敞露心扉

汗花

火辣辣的阳光
逼开的花朵儿

芬芳着阳光和盐的味道
锄头和镰刀,都是助力剂

从播种到收获
汗花,绽放神奇

站定夏野,汗花为墨
写就人类进步史

葵花

一生只给太阳
做"粉丝"

追随的也只是一抹光亮
和一种温暖

开出金子般的色彩
用炙热的火焰,点亮生命里的苦楚

向日的葵花,让我的灵魂
找到自己的信仰

牵牛花

最民间的花朵
最亲民的形象

一个个的小喇叭,滴答滴答
吹来乡亲们的喜事

被汗水浇开的花朵
里外都是幸福的味道

牵牛花开,为热火朝天汗流浃背的夏
置好背景

石榴花

鞭炮做成的花朵
一点就着

炸出的色彩
红红火火

火辣辣地,燃烧着目光
小日子的幸福,被你轻易泄露

多好啊,石榴花开过
有石榴籽作证

寒江雪

真名朱秀娟,北京密云区人,高中毕业,喜欢文学,作品大多发网刊,现为密云作协会员。

干草垛

那个老人需要火
他在黑夜里沉寂很久
白内障更加坚定了他成为
一个疯狂的偷光者
他紧握着那支笔
像握住生命的缰绳
那些画布是他辽阔的牧场

《干草垛》里剽窃了漫天光影
老人随手剪下一片睡了
纽约的旋风摇不醒他
他比法兰西坚定
1.1亿美元又怎么样
卡米尔没有再回来
睡莲也只在梦里狂欢

圣诞夜那个丢了家的小女孩
光着脚走到莫奈的干草垛边
她拿出最后的两根火柴
虔诚地在胸前划了一个十字
一股烟雾瞬间咆哮在法兰西的上空
光影在风里挣扎
一个苍老的声音大声问
谁按了我的门铃

那灯火像迷宫
——写给当年的密云沙河服装十二厂
那道低矮的围墙暴露了好多秘密
既挡不住人们的视线
也挡不住人们的脚步

一眼望到那片灯火,站在家门口
那灯火像迷宫,让人如醉如痴
那灯火是夜晚唯一盛开的花

追逐太阳的人也崇拜灯火　不知何时
黑夜开启了红唇　好像
篱笆墙的影子一开始就喜欢风的絮语

日子在流水线上不停穿梭着
是为他人作嫁衣裳
也是为自己缝制锦绣花园

女人们高兴的是
她们的名字在沉睡多年后被唤醒
好多念头从心底激活

那是三十年前,一夜春风吹倒了篱笆墙
抚摸麦苗的手第一次擦拭机器
那时,一瓶老酒还没有开启乡愁

郝保国

原华南师大附中数学科组长,高中数学正高级教师,华南师大校外硕士生导师,南粤优秀教师。现为华南师大附属花都学校副校长。主要研究方向是:课程、教材、教法、数学竞赛、数学高考、初数研究。平时也喜欢文学阅读与写作。利用业余时间进行数学写作,在省级以上学术期刊共发表论文100多篇,出版书籍5本,总字数300万。其中丛书《多视角破解高中数学压轴题》三本由浙江大学出版社出版。有少量诗歌发表于文学刊物。

湘江梦中的河
每当天空灰暗落叶飘零的时候
总有一条河到我的梦中流淌
每当阳光灿烂花红果香的时候
总有一条河来我的梦里歌唱

这是一条谜一般神奇的河
这是一条水流汤汤雄阔壮观的河
这是一条最质朴最柔情的河
她就是我的母亲河——湘江

从神话和传奇中流出来的湘江
为娥皇女英的真情传诵千古绝唱
舜帝南巡崩于苍梧之野
枝枝斑竹至今仍留着泪迹千行

从天上浩浩荡荡奔腾向北的湘江
曾给了一位伟人的智慧和力量
伟人中流击水掀起的巨浪
覆灭了一个风雨飘摇的王朝

从远山披着凄风苦雨而来的湘江
流着太多的苦难太多的悲伤
她用血泪喂养着两岸的儿女
儿女世世代代根植在她的身旁

我曾是母亲河身旁的一只小鸟
她的乳汁使我羽翼丰满振翅飞翔
我曾是母亲河怀中的一条小帆船
是她为我遮风挡雨送我远航

如今我在异乡饱经风霜
夜夜在梦中潜回我的湘江
依然少不了到母亲河身旁跪乳
才有力量乘风破浪航向远方

曾经是那么遥远

曾经是那么遥远。那时枯枝刚敲醒哑的冻土
雨一场比一场温暖，湿润了人们心里的希望
那时春天开始进入花季，花朵开放着梦想
一株瘦弱的小草钻出石缝，写满绿色的倔强
那时我的童年骑着竹马一去不回，音信渺无
像一段优美的序曲，袅袅地飘去遥远的地方

曾经是那么遥远。那时夏天刚刚接纳了奔放
鹰在天空练习俯冲，河流的步履匆匆忙忙
那时春天已经成熟，像少女一夜变成了新娘
夏天像个微醉的新郎，热情似火，柔情万丈
那时我开始远行，行囊里装着兴奋和迷茫
在辽阔的草原，看汗血马用嘴唇拱出了太阳

曾经是那么遥远。那时秋天渐渐地丰腴圆满
田野和山坡，到处洋溢着稻谷和果子的芬芳
那时天空意境高远，抛弃欲念，逃离尘世
蝴蝶停止了飞翔，纯净的河水漂白了阳光
那时思维像渗进泥土里又经过过滤的雨水
重新聚集井中，夜夜滋润着一弯瘦瘦的月亮

曾经是那么遥远。那时秋雨秋霜催生了冬天
青春像走过了四季的树叶，从嫩绿到枯黄
那时日子像水浸泡的书，每一页都无从翻阅
泪水冻成了冰花，结晶的盐粒闪烁着光芒
那时我潜入季节的底层，探寻时间的源头
叩问生命的隐秘与神奇，命运的陌生与方向

之前是早晨

最后看到的是一束玫瑰
一束玫瑰被大水冲走
落日的余辉照着汹涌的河水
之前是一束长发像水草飘荡
一串气泡在水草间渐渐熄灭
之前是水面上一双炯炯的眼睛
眼睛里流动一幅幻影——
一张美丽的脸探出桥面
之前是一双耳朵像两叶蚌壳
搜寻路的尽头木屐的答答声
之前是大水漫过腰际
两只手抱紧桥墩　　水快速上涨
水面上的漩涡张开大嘴
之前是浑浊的水漫过鞋面

两脚立定像两个树桩
之前是阳光垂直照着河面
他坐在桥墩下进入梦乡
她微笑着向他走来
叮当的誓言拨动他的心弦
之前是燕子衔泥从桥洞飞过
独轮车吱吱呀呀推过桥面
人的谈笑声　羊鹅的叫声
之前是一束玫瑰被高高地举起
一个小伙子兴冲冲朝桥下走
阳光照着静静流动的河面
之前是早晨

鹅卵石

我在海滩上低头寻找贝壳
却被一颗鹅卵石拴住了目光
急急地用手把它从泥沙中挖出
酱麻色的它不过盈盈一握

它不是女娲遗落的那块补天石
不是那种镶嵌龙骨的化石
不是圆明园里失散的白色燧石
只是混迹于泥沙中的普通石头

它从地球史的最深处走来
比殷墟中的龟甲更远古
经过亿万年的海水冲洗沙砾磨砺
才无棱无角　沉默　冷硬

虽然不能补天但能托起海的重量
虽然不是燧石也能撞出火花
酱麻色是岁月留下的苍桑
用手心焐热
它能听到体内传来涛声

想将它包装成奇石去卖个好价
或者放进水仙花盆内陪衬名花
我知道这些都违背了它的意愿

一挥手还将它送入大海的怀抱

郝久谅

黑龙江省依安县人，网名一鸥，依安县作协会员。最初写作是因魂系黑土和钟情文字的魅力开始，断断续续一路走来，并坚持着想以最真挚的语言去表达一种对文学的忠诚与读者的尊重。曾获取过诗歌、小说若干奖励，也已成为过去，不值一提。现一边为了生活而奔忙，一边继续欣赏着那份难得的诗情画意……

今夜无眠

今夜,丢了星星走了月亮
今夜,忙了秋风稠了秋雨
今夜,倦了灯光废了流量
今夜,少了轻松多了迷茫

今夜的时光不会给我守候
今夜的歌声再难为我唱响
今夜,我的悲悯不再那么高贵
今夜,我的思绪不再那么飞扬

今夜,我掌心的纹路
是凝固的河流无法流淌
今夜,我生命的根系
是枯朽的枝杈无处生长

今夜,我多想去向往已久的山巅
重温最初的那一次眺望
今夜,我渴求就见到梦中的大海
完成最后的这一回翱翔

今夜无眠,无眠何需习以为常
今夜无眠,无眠注定黯然神伤
今夜,我那么突然的要接近烈火
今夜,我丧失了平静却看到了吉祥

内心独白

我知道我的追寻已失去了优越
水花凝固了欢乐时,雪花就来了
今后的时光,除了付出
我还以什么当歌

红尘间,还有多少人
为家的完整,还在忍受生活的折磨
琴声虽美,又有谁听懂了
那婉转中欲语还休的困惑

春天已远,春天还将走近
多想在这寒冷的日子里告诫自己
当你已对一个人表达了忠诚时
就别在兼顾其它的选择

等待很累,已难为了悠悠岁月
相处很苦,也愧对了心的执着
若你还在,我愿用尽这卑微的生命
去重新点亮相依相惜的灯火

郝军

男,1966年11月出生,笔名笑依然、含笑、心雨、大河鸿鹄等,系《中国社会报》、《中国转业退伍军人》杂志、《焦作广播电视报》特约记者,焦作市作家协会会员、河南省民间文艺家协会会员、《太极风》杂志总编,自1985年以来发表新闻报道6000余篇、文学作品800余篇(首),获省市大奖多次,出版有纪实文学集《天南地北孟州人》《大爱至孝郭欣欣》、散文集《父爱如山》等7本文集。

一场盛大的花事(外五首)

花开的声音打破五月的寂静
以一颗虔诚的心种植春天
让风沙停下流浪的脚步
美妙的音符塞满季节的耳膜

所有的眼睛都闪烁着明亮和欣喜
约定在今天揽一片春意入怀
城外的沙滩留下一串深浅不一的脚印
雨水连夜奔袭破茧而出的梦呓

随风迁徙着青春的语言
梨白如雪惊艳了多少公子王孙
繁忙而文明的原始森林
一定会让让诗歌和梦想重新栖居

生命和爱情渴望着时光之河的抚摸
默默仰望与对面的槐花做一次促膝长谈
圣洁灵魂舞圆了春宵一刻
踏花入泥在岁月变换中不断跋涉

春花醉眼

阳春四月
到处都是鲜嫩的味道
风儿,娇羞地掀起粉裙
将花儿和喜鹊跃在枝头上

柳笛声一夜催开花千树
神笔马良涂绿了神奇的土地
烟霞云岫　　浮香暗影
醉倒了诗人前行的脚步

春花醉眼
雨水滋润了藤蔓
那一株株花草都涵养了灵动的生命
白驹过隙繁华似梦如过眼云烟

燕子在古城湖畔呢喃
黄鹂将阳光注入心田
一声惊雷吵醒了满树蓓蕾
我闭上眼睛倾听来自土地的胎音

抛弃世俗的亵渎和禁锢
自由地伸展身姿
披一肩花瓣雨吟一首明媚的小诗
伴着春的律动　弹一曲阳春白雪

五月，解冻心情的时刻

驻足在一片花海里
让太阳掩住沉默
我在回忆一座山峰
还有不断奔腾的河流

北方的风
总是紧跟着季节
它不同于以往，连蝴蝶
也在呐喊，连麦穗
也在出神

尽管还未见到
回归的布谷鸟，但已
闻到花的气息
小溪的伤疤正在破裂
阵阵疼痛开始苏醒

这是一场无法避开的流行病
以发炎的姿态
把闪电和春雷请进来
看流血的花蕊
正在解冻冰封已久的心情

且听风吟

一树一树花开如莲
绽放出含香诗意与爱恋
弱水三千只取一瓢饮
人间最美四月天

摘一鞠田野的风花开成海
微因如樱花般灿烂流溢顾盼
贝多芬的红酒醉了夜莺的歌声

留下杯子，静等月亮出来联欢

挥不去满眼的乡愁和柔软
阳光在午后海棠树上斑驳流连
借问窗前的新雀可从故乡来
你若安好，便是晴天

我在等待一场雨

是为凉山三十名烈士流泪吗
是为巴黎圣母院流泪吗
是
也不是

其实我一直想哭
是为那千疮百孔的遗迹
爱不一定能吻合伤口
我不想用迟来的雨水来掩饰
我的眼泪

你，舍身成泥
你，细雨如丝
封冻了一冬一春的思绪
在我梦呓中悄然而至

郝丽

女，网名爱美丽，天津市滨海新区人，大学本科学历，国家高级能源管理师、机械设备助理工程师。爱好文学、音乐、摄影，作品散见于中外杂志及网络媒体平台。

端午遐思

镜屏守不住如瀑的流年
六月忽冷忽热　像躲藏在密林深处
梁燕归巢正雀跃　碧桃归结于壮烈
端午百舸争流　却总是付与怀沙别
每一次渔父归来　都会去倾情歌唱
不道谁家羌笛韵　更有鸾笺轧橹声

作答天问　是谁阻止你诠释高洁
离骚霜雪　是谁阻止你求索远游
览浮云千骑　闲倾不惹幽绪
从那一刻起　我是你的孩提
久违了沧桑
从那一刻起　我是你的虞姬
劫掠了时光
想许洁白千行
风来拿走馨香
正激扬？满身落下的是离伤
只期地肥天暖　再休管几多无定
九歌觞咏绝　卜居难招魂
即便你无可挑剔　仍然百般于风中摇曳
温声久在　况复乱情肠
愿听多念　何以慰心房
见今宵　怕作流连
自始心牵　寸心系　会心悬
你走了　心中那一片湛蓝却纠结着我的沙丘
舍不得　风雨中挥别缭绕心头的那一抹云烟
津能管业澄明今好　一片从容
千条万缕开晴处　见乍舒乍卷
问谁识　看他别样
染就了　看侬绽放
谁比谁的思念长
阴霾过也　晴空近也
汨罗升明月　终见凌云气
试看天色　嫁明年春意

祖国啊，祖国

我是你长安街上阅兵的检阅车
数十年来唱着"向前　向前　向前"的歌
我是你"火炬"版图上点亮东方晨曦的远航灯
照你在历史的天空里熊熊燃烧
我是红色基因；是蓝色信念
是十九大以来推动发展的改革大船
紧扣新时代
面向"两个一百年"
——祖国啊！

我是和谐
我是幸福
我是你"冬日阳光"
《久久不见久久见》啊
是"把脉开方"
千百年来共同构建人类命运共同体的花朵
——祖国啊！

我是你坚定的理想
用热血和生命践行着入党的誓言
我是你中国梦孕育下的健康胚芽
我是你不忘初心的笑窝
我是打赢脱贫攻坚战的起跑线
是习习的春风正温情脉脉
——祖国啊！

我是你十四亿分之一
是你56个民族各具特色文化的总和
你以悠久灿烂的奋斗历程
带领了青春之我，青春之国家，青春之地球
学习了《路就在脚下》
继续朝着中华民族伟大复兴的目标破浪前行
有平川也有高山，有缓流也有险滩
有丽日也有风雨，有喜悦也有哀伤
祖国啊，祖国　我不曾忘记走过的过去
祖国啊，祖国　我不曾忘记为什么出发

写给电脑的情书

抱着你　我小心翼翼
按着你　我小心翼翼
拭着你　我小心翼翼

抚着你 我小心翼翼
我太小心翼翼了
以致于丧失了自我

你是平行线还是交叉线

晓风残月　文君春未老
大江东去　道韫夜半阑
我们无限延长在屋脊
喜马拉雅　喜马拉雅
爱就是穿越　爱就是臣服
布达拉种在我心里　它已经发芽才悄悄开花
我不是传说　我是爱情鸟
我本无名　称呼我青鸟吧
请允许欧几里得的同旁内角互补人生
请允许568A568B的RJ45标准人生
我是平行　婉约的美丽
我是交叉　豪放的美丽
你是平行线还是交叉线

跪拜在世外的庙宇

站在不远处
我端详着僧侣
小心翼翼地承接神仙的赐予
可能是站累了　或许
拭去浮尘　不嗔不怒
跪拜在世外的庙宇
饱也木鱼　饥也木鱼
几番寒暑　几度凄楚
一袭袈裟　换取苏轼的标注
三生婆罗　褪去柳永的拦阻
跪拜在世外的庙宇
放下四序　放下四序

旅行者的生日

有人问　我过个怎样的生日才叫有意义
其实　我早已经千百次问过自己的心思
想来想去,统计不清楚
应该存在的任何可能性
到底哪个是随意
习惯了出奇、习惯了迷离、习惯了自己
唉,真心木有肿么复杂
只是三分之一块
不足矣大又不足矣小
也就是冰激凌蛋糕吧
心脏算什么
我还需要惧怕死亡吗
去他的战战栗栗
我有熊力、我有鹰利、我有狐丽
做为一个标准的旅行者,再不愿被枷锁束缚
好好活着,活出刺激
我信奉着冰激凌蛋糕的寒气
呵呵,过一个旅行者的生日

戏题冷暖的焦急

拉着老友手　两眼泪花流
春将去几日　何曾无怨尤
一场梦　拖延了牧牛
一根发　迟疑了歌喉
今时今日　与你同游
此番此景　对你温柔
我的轻裘披挂着你的三秋
翻翻衣兜　甩甩衣袖
冷暖的焦急　抢不走我的绣球

郝满国

　　1964年出生,籍贯山西,中共党员,高级工程师职称。一直喜好中华书画、诗词、楹联,有在北方农村、矿区、南方城市生活和工作的经历,现供职于国家能源集团包头能源公司万利一矿。

歌颂祖国
——谨以此歌献给新中国70华诞

七十年风云变幻　岁月峥嵘
七十年筚路蓝缕　砥砺前行

四九年十月一日　开国大典
人民领袖毛泽东向全世界庄严宣布
中华人民共和国成立了!
饱经苦难的四亿人民从此获得新生

第一辆解放牌汽车从一汽驶出
第一座长江大桥飞架南北
第一座油田在大庆建成
第一颗原子弹在罗布泊爆炸成功
第一颗人造地球卫星东方红一号发射升空

百花齐放　百家争鸣
社会主义文艺事业姹紫嫣红
君不见　社会主义核心价值观
已在中国大地叶茂根深

有道是　十年树木百年树人
那年春天　我们碰到了一位长者
运筹帷幄成竹在胸　下令恢复高考
无数青年和学生从此改变了命运

十一届三中全会如一缕春风
解放思想　实事求是
经济建设和改革开放
成为党和国家工作重心
中共十五大邓小平理论
确立为党的指导思想
"三个代表"是我党的
立党之本　执政之基　力量之源
"绿水青山就是金山银山"
科学发展观的核心就是以人为本

天宫　蛟龙　天眼　高铁
蓝鲸　悟空　墨子　大飞机

第一艘国产航母入列海军
从港珠澳大桥正式开通
到北斗三号提供全球服务
这一系列重大成果和伟大工程
见证了我国科技工作者坚持自主创新
勇攀科技高峰的坚实步伐和强国梦想
全面依法治国　全面从严治党
十九大唱响了新时代的中国梦

七十年是一部荡气回肠的史诗
七十年是一曲波澜壮阔的长歌
七十年奋发图强　聚力凝心
七十年硕果累累　成就辉煌!
中国特色社会主义道路
是我们必须坚持的方向!
新时代中国特色社会主义思想
是我们奋力前行的指针!
不忘壮志初心　牢记伟大使命
实现中华民族伟大复兴的中国梦
我们再接再励　共同迈向新的长征!

浩瀚

网名随缘,原名常小车,字西红。河南人,农民,诗词爱好者。

法曲献仙音地官怨
（周帮彦格,正林韵）

翠岭烟笼,澈溪亲吻,仰望孤丘松树。
多少贤孙,踏云扶杖,疾步登高朝祖。
礼制世人循古。
祥安仗神辅……

怨谁诉?
昊天封,解贫除暴,疏河滥,千载誉扬名著
寺院满神州,七月半、殿罩香雾。
夕日繁华,忆伤感、乱草仙府。
布藓阶台碧,岁岁狂风凄雨……

注:七月十五中元节,是五帝之一的舜降临人间除灾解

难,民间除了祭祖之外,还要焚香敬拜上神地官,因他是人类先祖之一,治理黄河有功。

何满子鹊桥会(毛滂格,正林韵)

广汉游星齐聚,
青藤遮体窥宇。
众仙欢笑鹊桥上,佳节共嬉牛女。
年年会君天令,今夜倾情私语!

泪洒人寰霎雨。
惨惨凄凄几许。
姮娥玉兔隐寒殿,顿起万般酸楚。
休扰春宵易逝,一刻千金莫误!

撷芳词七巧感怀(程垓格,正林韵)

蝉歌绝,蛙鸣歇。
静听牛女谈离别。
愁倾讲,恨千丈。
乱情狂绪,一泓波荡。
怅,怅,怅……

蛩声郁,水流咽。
泪眸相对无言说。
凉风爽,汉河广。
年年忧扰,慕潮推浪。
想,想,想……

念奴娇八一 感怀
(苏轼格,正林韵)

华庭辽阔,正雅妆尊贵,威加寰宇。
铲暴扶良祥瑞荡,丽日柔风和煦。
揽月追星,圆先辈梦,猎猎红旗举。
扬帆航远,破云穿瘴开路……

遥忆炮震南昌,睡狮初醒,率众凶顽拒。
永夜井冈烽火起,高照工农齐聚。
短剑摧魂,长缨夺命,豺豹归天府。
霞飞霓罩,犹思英烈何处?

梦还京追忆(柳永格,正林韵)

土焦苗枯野圹,孤鹊向天舞。
酒尽人离,望天日坠,寥寂无言,万语谁人倾诉……

仕途路,
千嶂笼烟,阔别日久会何处?
夜静时,愁绪加巨……

屈指数,
雁越三十临楚。
梦中聚,
执手紧抱潸潸泪,鬓染秋霜,恣情纵欢一度……

云仙引忆古寺感怀
(冯伟寿自度曲,正林韵)

涧绕仙山,高枝唱鸟,蝉鸣旭日霓霞。
观前竹,苑中花。
烟笼殿神降瑞,信女抛夫离阔家。
名噪一时,誉充四海,祥罩天涯……

平生追迹寻芽。
信多少,心迷风雾纱。
久欲重游,踩崖扶杖,彻悟详查。
眸满凄凉,破堂沐雨,野草丛丛如乱麻。
血阳西照,澈溪依旧。老柏啼鸦……

莺啼序追思(吴文英格,正林韵)

风摇瘦枝鹊老,雾收天将暮。
无可奈,斜照残阳,望长空欲重度。
伏枥骥,雄心纵有,幽幽幻梦谁人助?
叹东流水逝,乌蟾怎能拴住!

遥想童年,追梦林鸟,展翅桃园坞。
碧溪澈,鸾凤争鸣,踏红呼朋共处。

仰悬崖,双飞翠岭,卧绝顶,戏言长叙。
闪灵光,掸指三年,意深根固!

合分天定,烟北峰南,执手山盟语。
自别后、簧门桌冷,十五春秋,宦海茫茫,
险境断路。
人生漫漫,仙景杳杳,耘苗除草荒园地,任风狂,招唤淫淫雨。
银霜染鬓,相会美梦伤怀,终恨隆恩轻负……

夜阑寥寂,对月独思,往事难回顾。
笃忠厚,焉何命阻?
且问姮娥,神色凄凄,实情不吐。
依栏放眼,疏星天际,寻找牛女穹霄外,自多情,万语轻云诉。
广寒隐隐悲歌,奏乐蝉娟,桂荫琴抚……

何华

文化:文学专业。河北文学专修学院。职务:宜宾市翠屏区巡警队。宜宾市作家协会会员、宜宾市翠屏区作协会员。中国(当代文摘)编委会编委。特邀专栏作家。诗歌刊发于:《当代文摘》《四季文学》《最美作家》《中外文艺》《枣都诗社》《腾讯网》《搜狐》《天天快报》《今日头条》《一点资讯》《山松如风国际文化传媒》《宏恩雅歌诗宛》《金榜头条》《诗雨情》《世界作家文集》《名诗名家名人坛》《冰心文化传媒》《港维作家》等多个平台。诗歌《无悔的使命》出书刊于《当代文摘春之卷》,《铁血军警》出书刊于《夏之卷》《苍狼》秋冬合集《青年读本》
2018年11月30日在重庆《金诗奖》《倍酷杯》荣获金至尊《文学精神贡献奖》
2019年1月12日在北京参加晚会。
2019年1月16日在北京,《双创春晚》获

《最佳人气诗词大奖》

热爱文学,一只素笔,愿写尽世间万像。为社会奉献一点爱心和力量,写出激情人生和正能量!

警察的使命

警察
多么光辉的名字
谁知道
警察
肩上扛着多少责任
人民的安全
社会的安宁
无论是烈日骄阳
还是风雨泥泞
他们都巡逻在城市的每个角落
无论是白天
还是黑夜
有的开车
有的步行

夜深人静
电话叮叮响过不停
出警
出警
三天已没休息
警服汗味熏人
逮到的闹事的
哎
瘾君子……
哭闹不停
手机又叫得烦心
爸爸
还不回家啊
孩子,
我在办案不行

妈妈急病了
叫你叔叔打 120
那年妈妈去世
也在外地执行使命
警察
警察
光荣的使命
警察
警察
忘了自己
也忘了家庭

2018 年 5 月 11 日

想你

想你,在这茫茫的人海里,何处寻觅你的消息。
想你,走在这异乡的土地,何时才是我的归期。
想你,踏着月辉望着长空,那颗星才是我的你。

想你,想你。
与你别后的那一天,你可知我苦苦寻找你的背影,你的消息。

想你,想你。
在这漫长的岁月里,你可知道我悄悄的为你痛哭,为你悲凄。

2018 年 12 月 25 日

真想

我真想留在你身旁,
为你遮风露雪霜。
却怕小小的窝棚,
留不住你高飞的翅膀
我真想变成一只百灵,
飞到你的窗台上。
在每一个清晨,
为你呢喃歌唱。
我真想化着一阵温柔的轻风,
终日缠绕在你身旁。
在你每个孤独的夜里,
给你送来醉人的花香。
我真想是一轮明月,
夜夜照在你的身上。
伴随你日日夜夜,
伴随你迎来曙光。
我真想变成一把吉他,
陪伴在你身旁。
在你每个寂寞的日子,
为你带来欢乐和希望。

作于 2016 年 9 月 11 夜

何基富

男,"巴蜀闲人"乃笔名,诗人,思想家。出生贫寒,长于新中国,生在民国间。青少年励志勤奋,1965 年以德才备兼,高考状元之身,保送至 SC 省委办公厅。亲历十年"文革"嚣喧。1975 年《SC 青年杂志》挑起副总编辑这副担;后来又担任过,两份省级内刊总编辑。70 年代初,开始习诗,跨进暮春门槛,提起秃笔,挤上诗坛,誓为后人为民族留下时代的真言。已出版个人诗歌集《天空有朵孤独的云》;过百首作品入选国家级多本诗歌选,出版合集《当代新诗实力诗人》《当代名家经典诗文》《中国当代诗坛名家代表作》《中国当代诗经十八家》《中国诗坛最具影响力 80 家诗人》《大国传世诗人》(现代诗卷)《华语诗坛十家经典》《守望栖息地》等 10 本。代表诗作在《读与写》《中国先锋作家诗人》等杂志和《中国诗歌网》上刊发;数百首诗歌作品被百度、谷歌等收录。代表作:《卖菜翁说》《父亲节祭父亲》《母亲拔牙,肉跳心惊》《慢慢地陪着你走》《难忘故乡的小路》《奉节断想》《休说盛唐》《戏说孔子》《白话"省委别墅"》《啊,祖先》《黄金树赞》《斗士,乔尔丹诺·布鲁诺》《千年后人读今诗》《"蒲松龄讲习班"夭折梦中》《梦亦真,真亦梦》《我的同胞,我的最爱》等,广为诵传。

卖菜翁说

傍晚,
街上车少人稀。
天,下着雨夹雪,
寒冷阴寂。
我蜷缩在街沿边,
守着那堆未卖完的菜,
菜上糊着,
车辆路过溅起的泥。
幸好我裹着一块,
白色油纸衣①;
戴着那顶深色旧遮遮帽,
要不然,
这么大的雨加雪,
很快会被淋成落汤鸡。
这天真冷,
我的牙齿在打颤,
胡碴上结了白花花的冰。
怎么就这么莫出息,
也就才六十出头,
这点雨雪就抗不起?
我得趁下雨,不见了城管踪迹,
赶紧把这些菜卖出去。
天快黑了,
肚子也稳不起,
街那头馆子里,
飘来回锅肉的香气,
馋得我直冒唾液。
我瞪大浑浊的眼睛,
期盼有个好心人,
把这点菜全买去,

即使打折,
我也让他拿去。
我要凑够钱去药店,
为躺在床上的老伴,
买头痛剂。
我真怀疑,
我不是在卖菜,
分明是求乞。
我再等一等,
我再碰碰运气。
啊,
我偏不信,
上帝有那么神奇,
我会成为前几天,
孙子读给我听的童话中,
那个卖火柴的小洋女!

2015 年 11 月 8 日

注:①油纸衣,即塑料衣。老一代乡下人,习惯把塑料布,称为油纸布。

父亲节祭父亲

每当父亲节临近
我的心
总是久久难以平静
脑海不断闪现
父亲临终时那不甘的眼神
我的父亲生于清末
在民国长大成人
全家靠着父亲那手
精湛的木工手艺生存
共和国的第十个年头
正值壮年的父亲
不幸在那场大饥荒中殒命
总路线,大跃进,人民公社
三面红旗迎疯招展
亩产万斤放卫星的消息
在各类报纸上展现不停
农村公共食堂供应的

粮食不见寡水清汤可照人影
喝着公共食堂清汤的父亲
清汤不从正常渠道排出
淤积于双腿肿胀乌青
不到60岁的父亲
我至今历历在目
迈着越来越浮肿的双腿
走向人生终点的痛苦情景
今天
我在父亲节祭奠父亲
同时衷心祝愿
祖国和人民
不再有那荒唐的时辰

2016年6月18日

注：该诗，参加"开泰文艺""一度诗歌论坛"等五个微信诗群，联合举办的2016年"父亲节"同题诗歌赛，获得第二名。共有55首诗参赛。

母亲拔牙，肉跳心惊

年轻的脸上
早早爬满皱纹
把一张秀美的脸
划出弯弯曲曲的痕
这便是我
最早记忆中的母亲
当从我记事起
母亲就常犯牙病
牙病不是病
痛死无人问
既无知识
更无钱去看牙医生
纳鞋底的麻线一根
一头拴在房柱上
另一头
把母亲口中的病牙拴紧
母亲闭上眼睛
头往后使劲一仰
病牙拔掉了

母亲痛得双眼泪花滚
围着看热闹的儿女
吓得肉跳心惊
母亲一口牙
就这样东一颗西一颗
被她拔得没有了踪影
她满头银发
似洁白的雪
飘洒在头顶
刚过四十的她
看上去宛如七十的人
面容虽老
那双睿智的眼睛
却十分有神
正是这双镇定的眼睛
让她勇敢地挑起
全家老少的生存
白天
她像男人一样下地耕耘
夜晚
就着昏暗的桐油灯
纺棉线，再织成
手指宽的鸡肠带一根根
逢场天
她变卖掉夜晚的劳动成品
把家里所需的油盐酱醋
购买齐整
…………
母亲，敬爱的母亲
她那坚毅的身影
激励我跨过
人生的激流险境
信心百倍
迎接新的黎明

2016年2月29日含泪写成

慢慢地陪着你走

— 1913 —

看着你那张
越来越
瘦削的脸庞
脸上的每条皱纹
都隐藏着一段
人生艰坎的诗行

你曾经参军
把解放军女兵当
扎着马尾辫
身穿绿军装
白皙面颊透着红光
那般精神
那份豪迈
不输现今的时髦女郎
上帝之手
让我们走进婚姻殿堂
你勤劳善良节俭
在凭票购物的日月
不惧那岁月的荒唐
用每月微薄的薪水
维持全家五口人的肚肠
中年我受路线斗争所害
虎落平阳被恶狗欺伤
面对突如其来的雷霆
面对世俗冷眼的嚣张
你军人钢铁般的意志
尽情,尽情地张扬
不为所动志坚如钢
你继续起早探黑
小跑着奔向讲堂
更加精心打理家庄
子女拉扯大了
你我渐渐老了
年过六旬的你
又去到白求恩的故乡
发扬国际主义精神
再次展示你的长项

让炎黄子孙的后代
与西村兄弟一道
健康成长展翅飞翔

我们老了
我们确实老了
我慢慢地陪着你走
牵着颤巍巍的老手
走向远方
走向诗的天堂

2016年10月4日

何军雄

甘肃会宁人,中国诗歌学会、甘肃省作家协会会员。《大西北诗人》主编。先后在《中国诗歌》《星星》《诗林》《延河》《飞天》《青春》《奔流》《岁月》《太湖》《躬耕》《湛江文学》《工人日报》《中国新闻出版广电报》《中国电视报》《中国建材报》《中国工商报》《中国劳动保障报》《中国自然资源报》《甘肃日报》《湖北日报》《辽宁日报》《陕西日报》《内蒙古日报》《海南日报》《繁荣报》等国内外五百多家报刊发表诗歌千余首,获各类文学奖项二百多次。出版诗集《雪地上的书生》《风吹故乡》。

砍在我头上的斧头

还有一些暴动在继续
如同一场蓄谋已久的战争
良知早已不复存在
只剩一具阴森森的白骨
提着一把斧头在到处砍人

一把斧头在时刻反省自己
饥饿并不可怕
可怕的是灵魂的饥饿
没有比死亡更值得惋惜的

砍在我头上的斧头
除了内心的疼痛
还在身体蔓延以为
我心灵的刀疤,会长出一些花朵
从而记住所有的
伤痛和仇恨

五月怀念一个人

一条江的河水清澈见底
一些啄食粽子的鱼儿游出水面

农历五月五
我的家乡都会插杨柳
各家各户的大门上

一些人即便走了
我们依旧怀念

赛龙舟,投粽子
在端午的时候
以不同的方式

拿什么去怀念一个逝去的故人
我的一首诗歌在思索

一条江的悲伤

沉载着我同胞的船只
被无情的风浪打翻

一条江为失去的生命悲伤
以海水洗刷面颊

四百四十二条生命啊
都是我的兄弟姐妹

一只船沉没了
一条江的悲伤刚刚开始

以怀念的方式缅怀
以悲痛的心里祭奠

刀斧手

阴森森的大刀提在手里
只等一声令下
便叫人头落地

一种失去人性的职业
以杀人换取筹码
拿人头领取赏金

眨眼之间能让一条鲜活的生命
阴阳分离
身首异处

大刀举起的时候
我看见一道黑光闪过
万恶不赦的罪业就要降临

生命的树

往事还在复现,在疼痛来临之前
脆弱的生命,枝条上长出一片片嫩芽
童话里漫步的歌谣,时常在耳畔响起
一些感情的碎片凝结,成一种顽强的形态

梦里时常会出现,一棵参天大树
枝叶长在我的肩膀上,花朵开在我的眼睛里
那是怎样一棵树,在四季能开放
让我的内心时刻潮涌,把心灵模糊

甜蜜的梦境中,我是个长不大的孩子
和一棵幼小的树结盟,在青春期失眠
把所有的爱恋,迷失在一棵树下
和至爱的青春一起,被感情一一埋葬

时光是无情的杀手,掠夺了我少女的芳心

我生命的树即将要开花,在春天的时候
和我的内心一样激烈,心花怒放
等不到阳光照耀,我会提前释放自己

寂静中我看见灵魂的影子

一些事物还在逃避我的视线
从黑暗的某个角落出发
以闪电的形式完成结尾

这是一首不带标题的诗歌
灵魂在寂静中失去了贞节
所有的疼痛在黎明前分娩
以文字的形式最终出现

惊醒无数甜蜜的梦
从呢喃学舌的往事中
淡漠了多少的乡愁
把故乡的身影看穿

一些梦还在夜里徘徊
以春天独有的姿势
我不是一个感情的失落者
在寂静中我看见灵魂的影子

哀思

悲伤的音乐响起
哀思还在继续
哭声划过天际
一只乌鸦从高空飞过

这是七十年前的一个早晨
几十条生命被无情的掠夺
是该死的战争
让幼小的孩子无家可归

流离失所的百姓
把故乡遗忘

走上异乡的征途

何均

原名何军。1965年生。四川江油人。现居四川省绵阳市。提倡"慢写作"。创作以诗歌为主,有长诗《神明之光》《水仙花开了》《如果必然》《年轮》《系辞》,兼小说、散文和文论以及思想随笔等。1989年开始发表作品。作品散见海内外报刊。著有诗集三本,小说集、散文集、作品集和思想随笔集各一本。曾获海外诗人彭邦桢诗歌创作奖。

阮籍:醉狂能啸

你能醉,醉一天不醒
成功躲过了钟会的套话与陷害
你能醉,一连醉了两个月
成功躲过了司马昭跟你结儿女亲家
你能醉,醉在酒垆女主人裙边
酣然入睡,她的丈夫一点也不介意

你能狂,驱车原野无路可走
面对苍茫,竟嚎啕大哭
你能狂,为一个不相识的
才貌双全的女子不幸早逝而哭灵
你能狂,对好友嵇康以青眼相待
对他哥哥嵇喜就翻白眼

你能啸,拜访山中真人
无需言语,只需长啸一声
你能啸,啸出正始之音
与嵇康六人常聚竹林,畅谈饮酒
你能啸,啸出咏怀八十二首
可能隐晦,但一切都在不言中

你身高不到一米五,容貌丑陋
你从不与俗人为伍,见之寡言
你只与嵇康等人携手畅游竹林

你嗜酒如命,常坐一辆鹿车
带壶酒,叫书童扛锹跟着走
对书童说:醉死了就地掩埋我

你曾酒醉吐豪言
天地是我屋宇,室内是我裤子
诸君咋钻进我裤子里来呢

你整天纵酒,写东西少
只留下了《酒德颂》《北芒客舍》诗
送你"醉侯"雅号。你说:深慰我心

陶渊明:赋饮酒诗
你是大量赋饮酒诗的第一人
你只要有酒盈樽,就感觉是羲皇上人

你出仕做过官,都是小官
仅为养家糊口和自己有酒喝
在彭泽令任上,不愿为五斗米折腰
挂官归去,你做县令只八十多天

归隐后,你就自己酿酒
一次,有人来看你,正值酒熟
你顺手取下头上葛巾来滤酒
滤酒后,仍把葛巾戴在头上接客
在家中,每逢与客对饮,你先醉
就说:我醉了,想睡觉,你可以回去了
客人也不见怪你

你不是常有酒喝,一年重阳节
你没酒了,就在东篱采菊花望南山
望见一个白衣人送酒来,你也不推辞
大醉而归。还有人送你二万钱
你把钱全部存放酒家,说沽酒方便

你有张无弦琴。每逢饮酒聚会
你总要取琴抚弄。客人不解
你说:抚琴,不一定要听琴上音

李白:诗酒销愁
你从小就有大志济苍生
然而父亲经商,你不能科举考试
步入仕途,只好仗剑出夔门
游天下,走另外的途径

墙外香时,你的诗酒名满京城
贺知章称你谪仙人。皇帝诏见你
很喜欢,封你个供奉翰林
就是御用文人,写诗文供皇帝娱乐
这不是你的抱负。你得罪了权贵
皇帝只好赐金放还

你看似潇洒豪迈放,浪山水间
心中的苦更与何人说
你就借诗酒来销万古愁
正是这愁成就了你的酒仙名
正是这酒成就了你的诗仙名
但对你,名利都是浮云

安史之乱
你不忘家国,积极参与永王幕府
永王东巡兵败,你被判长流夜郎
遇大赦而还,捉江月而逝

杜甫:潦倒浊酒
你科举不中,仕途不顺
混京城十余年,只遇李白和高适
只混了个右卫率府的兵曹参军

举家到任上,又遇安史之乱
倒霉至极,战乱流离
投靠唐肃宗,最后弃官逃亡蜀地

剑南节度使严武资助
你才在浣花溪的草堂过上安定日子

寄人篱下,茅屋为秋风所破

你穷困潦倒,饮浊酒浇愁
一身病,在底层写忧国忧民的史诗
希望千万间广厦庇护天下寒士

喜闻官军收河南河北,睡不着
你举家出奉节,奔故乡
辗转漂泊,病死船上,魂归故里

白居易:醉吟人生

你自号醉吟先生,知道的人很少
不如香山居士有名。你善酿美酒
除夕赏乡邻,分享你的酒艺

你的人生并不顺遂
贬作江州司马,你跌入人生低谷
独饮沦落人的苦闷苦闷人的沦落
浔阳江边送客,酒逢知己
向琵琶女倾诉,泪湿青衫
朝廷起复你,你不久外调杭州刺史
加筑白沙堤,疏浚六古井

你在宦海中沉浮
不再以兼济天下为己任
而走独善其身的路,你与元稹
开拓新乐府的疆土,而你的心中
始终装着卖炭翁们的疾苦

晚年,你过闲适悠然的日子
由佳人樊素小蛮陪侍
品着美酒,尽情享受醉吟人生

何苦

　　实名何若,中国诗歌学会会员,《当代诗人》杂志首届签约诗人。曾在《人民日报》《新民晚报》《诗刊》《中国新诗》《诗歌周刊》《中国诗界》《香港流派诗刊》中诗网等发表各类作品600余篇。诗观:诗似寺,寺似诗,诗寺同源:都是淡泊心灵的乐园。

初识香车河

初识香车河,静卧河畔
古老的香粑车,像耄耋老者
述说千年"香村"的故事
采一把香草,摘几颗枫球
拌着祖传的秘方装入香囊

香樟木在水车里辗磨
成浆,渗拌家园的黄土凉晒成
香柱,像古老的山歌
绿水与青山间飘荡

河畔汲水的山寨阿哥
香花为伴的布依少女隔岸对歌
溪水浣纱的大嫂,扯一根纱线过河
苗族绣女将思念绣成香囊
我欲趟过清澈的香车河,却惊醒
修行千年的香女,在我心炉
点燃一柱香
心的禅房渐亮

飘落的情缘

拥抱少年梦想
吻别故乡
漂泊的泪将心滴穿

多少次梦回故里
不见灯火阑珊
多少次梦中相见
找不到相约的柳岸
多少次梦里寻你
模糊了你容颜

月光撕碎信笺

泪水打湿枕边
乡愁飘落在窗前

你的眼神

回眸惊鸿
伴长笛,泪眼珠落
心壁穿透处
伤痛难以愈合

恨别的种子,逢雨萌动
一场雨来一阵痛
四季轮回中

随雨又随风
模糊一生

相思泪

云淡风轻
春湖如镜
碧水里映出桃花的笑容
你清澈的双眸闪烁晶莹
折射我泪影

一滴相思
模糊了你的面容
两团涟漪
卷走了你的身影

留下你丁香的芬芳

你
不是灵感的风
去放飞诗的风筝
却是细细的丝绳
牵望飞翔的心灵
你
不是雅典的篱笆
装点艺术的花园
却是古罗马的石墙

隔了灵光
挡了风霜
你
是一支守望的幽兰
在静谧的心田
默默绽放
不带玫瑰的娇艳
却留丁香的芬芳

爱你的心没有走远

不忍去看
你含泪的双眼
不敢抚摸
你颤抖的双肩
转身不让你看见
我无奈的泪靥

相距的咫尺
隔着万重山
转身即是天涯
别离的双手
再也无法相牵
摆脱不了的命运
系着解不开的情缘

天涯漂泊
爱你的心没有走远

何清平

笔名清萍,生于湖南澧县。有作品发表在《一线诗人样本》《中国诗人》《诗歌周刊》《桃源诗刊》《乌蓬船》《平凡诗界》和《清风夜语》等纸刊及微刊。《清萍文苑》微刊发起人。《世界华人文学》社团队核心成员,《世界华人文学》中国东北分社副社长,《麒麟诗刊》社编辑部团队核心成员,《桃源诗刊》社员。诗观:崇尚原生诗写,践行良心写作。宣言:不为名利写诗歌,只为苍生说人话。

我的血液里长着一根骨头

妈妈的世界里有一道伤口
有母亲的一道伤痛

我是母亲的伤口
流出来的一滴血

我的血液里长着一根骨头
长得像一把粗糙尚未打磨过的刀子

是我的粗糙戳伤了母亲的伤痛
是母亲的伤痛唤醒了我尚未睁开的眼睛

是我的一声啼哭抚平了母亲的伤痛
是母亲的血液在漫漫岁月里铸就了我这
根沧桑的骨头

2019 年 4 月 25 日

搬家

在我父母手里,起过三次房子
轮到我这一辈,也起过三次房子

父母一生搬家无数
尝过流离失所、无家可归的滋味
直到现在,才稍稍有个安稳的家

我在有生之年
也是走南闯北、居无定所
也像父母一样搬家无数
搬来搬去,可就是搬不出
那土生土长的故乡

2019 年 4 月 26 日

比如……

有时候有一些事情无法预料
也很无奈

比如我自己的脑袋自己的头
我自己却做不了主
昨天还好好的,转眼已是满头白霜

比如我的牙齿我的口
我自己也做不了主
活到这样的岁数
有些东西,想嚼也嚼不动

再比如,我的耳朵我的眼睛
我自己还是做不了主
随着年龄的增长,听力和视力不断下降
有些声音想听听不到,有些东西想看却看
不见
…………

2019 年 4 月 28 夜

何晓李

笔名沙洲,中国诗歌学会会员。1997年开始文学创作,至今写下诗歌 2000 余首。作品散见于《参花》《牡丹》《剑南文学》《北方作家》《荷花》《阅读》《中国新诗》《中国诗》《齐鲁诗歌》等报刊。著有诗集《远方之惑》已出版。有作品获第二十五届鲁藜诗歌奖优秀作品奖。

写秋天(组诗)
沧桑里抽出一支朱笔

潇潇风雨,一夜滂沱之后
苍劲的绿坚强地躲过了台风
搁浅的鱼回到了一帘幽梦里
我俯下身子,向一条河流
展开回忆——关于春夏峥嵘
一支展露头角的小荷被抽出
跟随我的意象展开蓝天
群山巍峨,一片叶子做稿纸
越来越大——越来越厚实

苍茫原野,露珠做了新星
蚕宝宝们的脚步比风都轻快

关于收获

从潇潇风雨中过来
从如火如荼中过来
岁月把自己打成镰刀
时下,鞠躬,面对秋风
面对苍茫无限的大地
做个收获的老农不容易
狠下心向庄稼们砍去
一些头颅忍着疼痛落下
应声而倒
柔弱的身躯也不再坚强
此刻,欢笑却多过悲伤

红叶

从衰败中抽出一片叶
听血脉一样的河流退却
听苍茫的海水也在退却
大地的骨骼逐渐清晰
金碧辉煌之外还有悲愁
因为你确实那么想了
说到淡然其实并不容易
一片飘零的秋叶,很难
承载一颗泪珠的重量
或许,只有化作火焰
把自己打扮成花的一种
然后,就可以欢喜飞旋

稻草人

身形被老农重聚
穿上人的衣服
握紧一根高粱杆
高处也有旌旗在飘荡
一位将军重生了
为神一样的老农守住秋
最后的胜利属于耕耘者

饥饿的麻雀在远处私语
越靠近胜利越是危险
直到风卷残云之后
所有的喜庆与英雄无关
当然,傀儡也没有墓碑

月明星稀

玉宇琼楼被烟雾挡住
秋天的诱惑正慢慢冷却
玉米、高粱、稻谷
柿子、柑橘、石榴
来自乡村的孩子们
变了身法进城狂欢去了
凉风吹荡,月明星稀
冷清之野,一颗泪珠
在摇曳的枝头聆听虫鸣
心中悲喜很难一一说清
后来,一片霜白凝眸
带来出乎意料的惊艳
一只枯叶蝶带着火焰
在一页诗稿上翩翩起舞

何学明

　　高级教师,《兴凯湖文学》《北方以北诗人》主编,《橙红当代诗人》《虎林诗人》执行主编。居住在北大荒50多年,北大荒作协会员,鸡西市作协副秘书长,虎林诗人协会副主席。

与兴凯湖书

一

六月,正模仿田野葱茏
车子在兴凯湖的湖岗穿行
我用目光收割着湖水,沙滩和水鸟
收割着白云,蓝天和寂寞
一群人,在六月的兴凯湖奔跑
生命正在六月辽远

而我的想象已足够妖娆
把湖风塞进灶堂,敞开兴凯湖美丽的大门
把阳光揉进禾苗,激情在这里崛起

二

鸥鸟衔来兴凯湖潮湿的心情
一尾鱼,把自由交给湖水
六月,藏着许多期许
只有湖水,可以赋予万物的谦卑
时光的蓝,漫过祖先的领地
落入我生命的疆域,浩瀚如烟
沉寂的沙,被蓝色撬动,露出水灵灵的眼睛

三

与兴凯湖书,让一些沙滩炙热
让一些鸟儿飞起,六月
季节激荡的潮水,用相聚缝合空寂
与兴凯湖书,那些蓬勃的生命在日夜兼程
脚边的夕阳正等着一滴水,按回从前
循着炊烟来时的路
回到兴凯湖的从前
那滚烫的感觉还在,那甘甜的鱼香还在

四

丰盈的湖水,染蓝兴凯湖的夏天
让这里长出郁郁葱葱的希望
兴凯湖,只有你让我留恋,也只有你让我有了大海的感觉
一湖水,架着晨色,也架着一群人的梦
我从水中,捞起一个湖泊的鲜活
此时,我流出的泪,来自兴凯湖
我将用浓重的方言,检阅兴凯湖明媚的节日

何中俊

中国诗歌学会会员、中山市网络作家协会副主席。"每天一首原创诗"诗歌运动发起人,中国诗歌网"现代诗歌"栏目首席版主,主任编辑。作品见《诗刊》《星星诗刊》《诗歌选刊》《诗歌月刊》《作品》等国内外报刊。出版有:散文集《路上开放的丁香》,报告文学《王道》,诗集《在水之湄》《一只蚂蚁的悲伤》《乡俗物语》《飞奔的石头》《一个城市的寂静》《刽子手》《春天的草垛》《一朵 花的高度》《坐在时光的码头上》《爱上盲者》《时间的证词》。

蜀锦

开始的时候,它们
还是东山的一株株荨麻
南亩里的几棵棉花
西垄上那二姨的蚕桑
北村里,摊开的染坊

它们一点点长大,抻长
膨胀,抽丝,沥纱
天上的姑娘们赶着
穿梭,交织,抛线
这个千万年的织布坊没断过线

日出之前,她们把它们
铺在了大地和天空之上

礼拜是什么?

他们从大信商业中心
从坦洲从南朗汇集过来
到这个小门洞前
排成两行众队依次而入

警察们侍立两端
在他们穿过孙文路时
指挥过住的车辆
还有些礼拜的人像羊群
在孙文路上散落得三三两两

过路的人都停下来
望了望那个临时的牌子
干嘛呢？
"礼拜"
"礼拜是什么呢？"

和国连

　　女，笔名一枝莲，70后，出生于美丽的丽江古城。现居山东德州。是世界汉语文学协会会员，任本协会山东省德州市分会副主席，平原县分会主席。部分诗歌刊登在本协会主办的期刊上。《作家前线》签约作家。刚有两首诗歌发表在燕京文化交流协会主办的《中国诗歌大辞典》第二部中出版了。在陇东打工文学网，田园文苑，诗歌中国，中国诗歌精品文学网，同时在今日头条、天天快报、腾讯新闻等六大平台发表过诗歌。还获得了中国诗歌文学精品2018·年度人气作者称号。爱好文学，工作之余喜欢阅读和写作，写生活中的所感所悟。谱写着自己的美丽人生！

站台

　　温暖的站台多少离人相聚的地方，冰冷的站台又有多少人分离的地方
　　　　　　　　　　——题记

离别在站台
我即将离开
你默默无语
眼神里几丝不舍
我多想再让你抱我一次
离别在站台
我又要远行
你默默无语
表情中带有些许无奈
我想再听一次我爱你
离别在站台

列车缓缓停靠
你的泪充盈眼眶
我微笑离开
背上行囊　消失在人流中
离别在站台
看着挥舞着衣袖奔跑的你
此时此刻
读懂了我在你心里的分量
是我的眼泪在飞

太想念

夜幕在想你的时间里拉开帷幕
我不知道这一夜该如何度过
以许入梦去把你找寻
以许静静聆听夜的心声
似睡非睡，似醒非醒
难以驾驭灵魂在意念中与你交融
心速加快，你是否听到
血流加速，你可否感知
心血酝酿的这团火
把身体烧的滚烫
太想念……
想你！
在寒冷的冬天
想你！
在冰冷的陌生城市
想你！
在孤独寂寞的长夜
思念！
在这月光洗净的窗台彷徊
思念！
在这孤寂的屋子里度步
思念！
在这晃动不安的烛光中流淌
思念！
在这慢慢长夜里把你等待
太想念！

贺运海

笔名宛东散人,闲心居士。男,汉族,大专,20世纪60年代生于河南南阳社旗县。喜诗而不谙格律,爱文而难于出新。系中国楹联学会会员,南阳市作家协会会员,社旗县政协常委,社旗县诗词家协会副主席兼秘书长。

偶遇

在乡下
偶遇诗人
就像白菜遇见了萝卜
清鲜而又水灵
喊一声
小麦
五月　满面香风
叫一声
红薯
遍野　泥土芳馨
布谷与百灵鸟
唱和
田鼠与野兔
夺粮
大联合
一副田园诗人的模样

理发遐想

头发自体内长出
犹如沙漠长出绿洲

美发店放出刺耳乐曲
发型师匠心独具

时常突发奇想
摆弄出许多造型和颜色

头发长在自己头上
无法做主
往往任人宰割

任你吹,任你染
任你烫

吹散了沙尘,吹旱了土壤
污染了山川,污染了河流

烫坏了花草
烫坏了林木

落地窗外,尘烟四起
圈地占田,工厂包围家园

硬化广场与河堤
封闭了蚯蚓和蚂蚁之路

烟囱冒出黑烟
是谁焗出爆炸式的蘑菇云

叶子

青叶子,黄叶子
躲在风里摇曳

我的阵阵干咳
抖落了几片青叶子

树枝上的鸟儿惊飞
一股脑钻进天空

飞向远方的鸟
弹落的羽毛砸下几片黄叶子

落叶飘进小溪里
随流水而去

落叶啊,我不知道?
哪一片是我哪一片是你?

古城门外的晚上

古镇的夜晚
寓言般的意境

挹爽门外的华灯
与春天的白玉兰竞相开放

散漫的夜市
霓虹灯五彩缤纷

三五对坐或食或饮的人
恍若与我隔世

晚风吹散烤羊肉串的轻烟
焦糊的香味弥漫古城夜空

左边的人行道独自走着我
右边的人行道独自走着他

宽敞的马路轿车飞行
乞讨者骂骂咧咧占道为王

左右独行的人
各自欣赏不同的夜景

两个挚友划拳两个酒杯碰响
白酒瓶子和啤酒瓶子醉倒

有人前往药店买药
有人走进旅馆投宿

夜风吹起塑料袋子
如无人放飞的风筝

疾驶的摩托车扔下矿泉水瓶子
捡拾破烂儿的人惊起垃圾堆上的苍蝇

左边的我走出古城
右边的他走进城门

灯光把他的影子投射城外
恰与我的影子重叠

看见

打工回乡的人
把喝剩下的饮料瓶
抛在路旁,到家了
喝家乡水

沿街乞讨的人
捡起瓶子
一饮而尽
空瓶子随风滚动

拾慌的人盯着塑料瓶子,抢步向前
风将瓶子刮向遥远
来往车辆疯驰
生命如薄纸一般

写给母亲

我已不知
什么是悲伤
什么是哭啼

当我提起笔
干涩的眼睛里
噙满了泪水

就像久旱的
天空
忽然乌云密布

母亲啊
您陡然而逝
我到哪里寻你?!

恒虹

香港诗人,广东海丰梅陇人,1990年8月创办《深圳诗人》报,居深圳,服务新闻媒体近16年。现为香港诗人联盟主席,《香港诗人》报总编辑,维港作家汇主席《维港作家》总编辑,全球华人诗词协会创会主席,香港文联副理事长,香港中华文化总会副理事长。出版有诗集《月吟》《愁情集》《恒虹诗选》和小说散文集《求索集》等。主编《中国新诗百家选》等。

寻根,一种红茶

在英德
寻根,一种红茶
少时妈妈常泡我饮的

茶香,已植根我心田
时常会令我怀想

半世后我寻到了茶乡
我兴奋地告诉了老妈妈:

"您从小对我的爱,
我已找到了她的故乡!

现在我还把您的爱,
捧回溢满了香江!"

2019年4月24日

宏翔

原名丁宏翔,湖南人。教育工作者。怀化市作家协会会员,20世纪80年代末开始发表作品,有诗歌散见于国家、省、市级报刊。

相思箜篌引

唱不完,桃红李白花谢又花飞
流不尽,满怀愁绪那一江春水
咽不下,玉粒金波颗颗相思泪
猜不透,你暗洒闲抛更是向谁

啊~啊~
谁的诗里
春花秋月满地伤悲
谁的歌中
夏荷冬梅一腔热血

一次次你在诗中沉醉
一回回你在歌里相随
一弯新月,你还没有浅浅睡
一颗孤星,你在陪它流眼泪

天蓝蓝,云白白
孔雀孔雀东南飞
飞呀飞,飞过了你的千山
飞呀飞,飞过了我的万水

都说那,古道西风猎猎起
谁知晓,霜林总是惹人醉
漫山飘舞的何止是红叶
还有我凄美的相思血泪

啊~啊~
又是冷落清秋节
又是天涯孤旅客
又是苍山如海
又是残阳如血

还记得,执手相看的那一幕
终不忘,无语凝噎的那一刻
尺幅鲛绡,点点滴滴泪空垂
梁祝相思,感天动地彩蝶飞

牡丹亭里,想佳人花前
月光如霜如水

桃花扇舞,叹春去秋来
满眼相思血泪

红颜

　　本名吴雪晴,喜欢与文字相依,安放灵魂。一只素笔,尽写幽幽情丝;一把素琴,弹拨着欲说还休。行走于红尘深处却略带忧伤的女子……

相忘于天涯

我的世界你曾经来过
脉络清晰的记忆里
馨香满满
足够一生回味

炎热的赤夏
爱如潮水般汹涌
不忍掠夺属于你
一丝清凉的慰藉

共同走过风风雨雨
成为心头厚重的烙印
惊艳了时光的棱角
于一杯茶里静坐祈祷

不必说两情相悦的誓言
步步为莲的浅吟低唱
漫过你的城堡
谁的心经暗香浮动

咫尺的相思
留白诗笺上泛黄的忧伤
葱茏的岁月
如何妥帖与你的一世情长

细雨霏霏
打湿了粉色的思绪
你可知

想你念你从未休眠

拼命想挽留的烟霞
回眸间消逝
孤独的瘦影
徘徊在惆怅的边缘

不敢再研墨执笔
哪怕是轻轻的碰触
萦绕于指尖的脉脉清愁
是你深吻过的泪痕

离别的时刻
来不及说痛
纵然走遍千山万水
一帘幽梦难寻觅

西风词　秋窗曲
弄素弦　知音远
容颜倦　断肠有谁怜
挥袖间花开花又落

蝶恋花的痴缠
终抵不过季节凉薄的轮回
姹紫嫣红时
你我相忘于天涯

邂逅

城市的灯火依旧璀璨
邂逅的声调萦绕于耳畔
想起曾十指相扣的浪漫
遗失在秦楼的烟雨边缘
泪水渐渐模糊了双眼

柔柔的晚风掠过冰冷的脸
走失的灵魂再也找不到温暖
忧伤在心头久久弥漫
三秋的思念要怎样去排遣

夜夜枕着一帘幽梦入眠

将柔情蜜意融入笔端
为你写下醉人的诗篇
或许是上天注定的前缘
你我相遇于文字的偶然
馨香盈满了炎热的夏天

天空是如此的湛蓝
风儿是如此的缠绵
花儿是如此的娇艳
我们只能相望于两岸
彼此存留一份默然的牵念

多想转山转水抵达你身边
与你推杯换盏促膝长谈
在这薄凉的似水流年
谱写一曲红尘绝恋
时光不老　情缘不散

春夏秋冬轮回转换
生命中有你不觉得孤单
即使天涯海角两两隔断
有你懂得便如蜜一般甘甜
岁月清浅　你我各自安然

洪英

1973年9月24日出生，家住辽宁省大连市瓦房店市李官镇榆树房菜沟，农民。在家种苹果，不能改变对诗的热爱和衷情。诗是一生的情人，无人可替。感恩生活，感恩一切生灵万物，用一个普通农家女的心灵感受，游走在阳光下、月光里，让情有独衷的诗走向天涯，用自己的文字感恩生活！感恩大自然！感恩大家！

盈袖香处　谁凝眸

西风凛　尘飞扬

前途漫漫苦徘徊
安有繁华三千　荣辉万丈
　卷轴慢敛
尽付笑谈中

黄昏雨　潇潇
潮湿的思绪　泅冷
东篱酒意浓
花间独醉
衣带瘦　容颜悴

犹忆青梅小杏
燕子楼　明月夜
影绰绰　袂飘飘
蝶舞双双暖春宵
檀香自缭绕

举案弄红妆
饮一阙风花雪月
梦一场海棠依旧
红酥手　一曲琴音
乱了谁的江山

搁浅的一帘幽梦
是否再次启程
催发的阑舟
承载的几多清愁
慰藉着秦时明月汉时风

谁人路过的轩窗
镌刻　印迹一串串
斑驳的光年　绕指成殇
琵琶弦　溢满相思
休再拨　怎堪忍

一蓑烟雨洒落在青石街巷
丁香般的芬芳
飘散于陌陌红尘

无从捡拾的零碎
如同瓣瓣落花

眉下的惆怅
漫过深深的庭院
杨柳岸　几许晓风
残月孤清
心字竟成灰

谁人痴痴倚门扉
只待一个归
山遥遥　水迢迢
芳草斜阳外
盈盈一缕香　谁凝眸

洪瑜沁

　　瑞士华语女诗人,笔名琴心浅醉,玫落秋水。零零诗社创办人。1968年出生于上海,1994年迁居瑞士。现为瑞士莱蒙尼亚学院阿尔特多夫国际学校副校长、IB中文教师。作品散见于《诗刊》《诗选刊》《绿风》《上海诗人》《常青藤》等国内外刊物和年度选本。"中国好诗榜"2014年度上榜诗人。著有诗集《时间密码》。

云上的日子

幸好有炊烟
将低处的生活,送上云霄
幸好有诗歌
垂下云梯,解救久困石头的人

与云端的先贤,品茗交谈
看袖底东风浩荡,万川奔流
像热泪一次次刷新人间
把辽阔与澄明,交付于我——

如今我身怀东风
青春烧不尽

如今我悲悯万物,不问朝代
只将危世,过成云上的日子

一阵风吹进中年

一阵风吹进中年
我半旧的身体,哗哗作响
像一只破损的陶罐
依旧承接着
生活的阳光、雨水和尘埃

身体的漏洞,被风一一揭示
疼痛的豹子,伺机而动
膝上乌云聚散
一千只蚂蚁,爬上裸露的神经

时光虚掷,堆积
浓重的秋色
迫我交出,盛夏的果实
和私藏青春的蝴蝶

起风了
草木倒伏
我必须稳住啊
这日渐倾斜的秋天

年味

我用长短句,虚构江南
小桥、流水、鳞次栉比的屋顶
月光黏稠,粘住父亲的咳嗽
小路曲折,通向母亲的鱼尾纹

独在异国,一杯红酒
勾兑寡淡的新春
咖啡上跃起千匹马
奔向纸上飘雪的故乡

年关近了,妈妈
快抓住我的手

别让我滑入汹涌的乡愁
在咸涩的年味里,日夜沉浮

时间密码

种植密码的人,隐于三界之外
他正抱着云朵
磨尖闪电的利器
天国的马车隆隆,满载人间秘密

闪电击中相爱的男女
雨水启动种子的生长
白昼诞下黑夜的子嗣
春天的火焰,燃尽荒芜

"时间是时间的灰烬"
——谁能穿越虚无之门
将光阴的补丁,缝上沧桑的衣襟

拥抱火焰的,必将拥抱灰烬
品尝繁华的,必将品尝凋零
荣耀高处的,已没入尘土
遍地新生的,正卷土重来

时间密码缔造了万物的伤痕
你的辽阔,还在轮回的路上

鸿飞敏儒

张飞,河北蔚州人,爱好文学。平城文学社社长,山西省大同市诗词协会会员,中国诗歌网认证诗人。2016年开始创作,作品发表在各网络平台、今日头条、纸媒报纸。

时空过客

一场小雨之后
引来三月的软风
枝头点缀的鹅黄
笑响春的美

花瓣雨洒落
叶子丰满了羽翼
荷塘那娇柔的粉色
点燃六月的火

大雁南飞
唱凉了北国
昨日的奋斗
已有成果

无论满身荣誉枫叶
还是枯草一棵
都会如我
坠落在岁月的长河

忘了一切
一切的悲喜
埋藏在雪下

在漫长的时空里
化成一粒微尘

尘缘

终究没有慧根
能成为一尊佛
在一朵洁净的莲花旁
看穿世界之外的世界

眷恋你的温柔
如玫瑰花的香
缠绕在我的日里夜里

宁可置身于
喧嚣的尘世
是难以割舍
那回眸一笑

宁愿承受
悲欢离合
喝下那杯
五味的陈酿

抛舍不掉的是
前身的尘缘
还有今生的诺言

我身边的河

四十年
或许更久远
你的歌声传遍
那片清贫的土地

清澈的河水
带走漂浮的日子
沉淀的泥沙
记载了乡村史话

我不愿翻起
那一桩桩旧事
缭乱你的宁静
因为我的泪
会让你的心荡起涟漪

你陪我走过了
清纯的童年和少年
滚滚的浑流
把你我染色
在这个迷惘的环境

失去了你我

侯秀英

1963年出生于山西省兴县交楼申井沟渠村，做过老师、裁缝、理发师。从小喜欢文学，20岁开始尝试创作，第一次投稿小小说《等》被《山西青年》发表，曾在《大泽文学》发表过诸多诗歌，后因为生计写作几乎停顿。2017年又投稿《黄浦江诗潮》，被选用诗歌，2018年在诸多诗刊发表诗歌！

夏天来了，秋天还会远吗？

所有的花瓣飘落过后
六月沉淀了五颜六色的表情
这些色彩的汁液
流动着的激情
让满树硕果触手可及
而天空随时可能有雨

那些在大雨之前赶来的人
被一场又一场的美梦惊醒
对现状充满疑问
而我们应该强调的是
那些青涩的果实
不可能一夜之间成熟
等待已成必然

那些从饥渴中脱颖的花朵
四顾茫然
这些负重的生活
还有多少时间
接受时光的考验和击打

关键时刻
谁是看客，谁又是主人公
开放已成定局
而美丽的最后时刻
你会不会被另一种色泽污染
在最后一刻衰老

明媚的消息已被上帝签定
夏天来了

秋天还会远吗?

一个人

一个人为了远方的路
为了许许多多人的梦想
面对辽阔一再振臂
让一直积攒的沉默
爆发出火一样的激情
这生命深处的雷电
让山峦起伏,大河决堤
抖落多少灵魂的积垢

只有苦难
才能分娩出更加坚强的灵魂
那蕴藏心底的善良
高举双手的闪电
手指阳光和清风
感动每一个跟随着的家人
热血沸腾的炉火
锻烧出更加纯真的信念
拥有辽阔的思想
打开梦想的道路

温暖的阳光啊
用自己的热血
把千万个人心凝聚在一起
用智慧的心灵
让我们及近目标走向辉煌

这献身于万众的大爱
接受了苦难的沐浴
让人心回归最初的感动
让多少泪水无声奔涌
这高举的火炬为我们打开道路
为了我们的理想
不停地奔向美好的梦地

胡承梅

女,1970年生,武汉市《长江诗刊》会员。荆州市作协会员,荆州谢正明名师工作室成员。荆州诸子百家教育语文教师。偶有诗文发表。伴文字,陪文友,随生活,平和行走。

石夯

一声声号子铿锵
喊醒一个村庄
石夯每一次举高
都是为了向下

它与屋基结下盟约
踏实了几代人

石磨

母亲推着石磨不知沉重
年幼的我往磨眼里喂米粒
喂一次,石磨转一圈
生活圆满一次

石磨有好多条石槽呀
流出汗珠
流出米浆

那时候
我总恨不得三下两下
把盆里的米粒即刻喂完
而母亲总有推不完的磨
用不完的力气

缺口

雕刻刀一下一下
在岁月里剜
在心里剜

一块呆呆的石头,于是
有了眼

有了耳
有了口
有了鼻

最后,有了一尊菩萨

胡金城

  黑龙江省依安县人,曾用名金城、苗新等。1954年出生,依安县人,大专文化。先后任职于县政府办和教育局。发表散文、小说、诗歌、报告文学、文艺评论等600篇(首)。在全国首届春笋杯散文大赛、首届星光杯散文大赛和全球第三届、第四届华夏诗词大赛等40余次文学赛事中,获得不同奖项。个人传略收入《中国当代文艺群星辞典》《中国当代青年作家名典》和《鹤城名人录》等。

回乡的感觉

不见了那一间间泥草屋,
不见了那一座座篱笆院,
多想品一品灶火中干柴燃烧的气味,
奈何不见云雾般地袅袅炊烟。

问村外那清澈如镜的河塘,
可还有我捞过的菱角?
问村头那树冠似伞的老榆,
可还有我掏过的鸟蛋?

晨风中高高飘扬的,
可还是我曾放飞的纸鸢?
夕阳下隐隐传来的,
可还是母亲对我的呼唤?

满坡满沟的桃红开了,
温馨着一个多情的春天;
花丛中藏猫猫般藏起的故事,
可还是那段暂短的浪漫?

在同城里一般高的楼群里寻访,
在同城里一样宽的街道上观望:
纳兰性德笔下失落的优美词阕,
还有民间画家的丹青水墨、短幅长卷。

纵使燕尾如剪裁得出无限风景,
却割不断那根绵长的思念;
只有将记忆珍存在心灵深处的相册,
每每翻阅都会靓丽而光鲜。

伞情

想那一天浓重的云,
总会带来一场急雨;
想那一顶老旧的黑布伞,
总会带来一腔慰藉。

人生如同一部连续剧,
这只是其中的一个插曲;
简短的不能再简短,
却永远定格在我的记忆。

莎士比亚曾假借哈姆雷特,
告诉人们:"夫妻两人是一体"。
这就意味着若失去对方,
自己的一半也已经死去。

人是离不开伞的,
因为总会遇到风风雨雨;
在忘记带伞的时候,
最好有牵挂留在家里。

一顶老伞,一段刻骨铭心的真情,
一顶老伞,一个如胶似漆的标记;
如今已经旧了,坏了,支撑不起,
然而生活中不断有更大的暴风骤雨。

即使是鸳鸯也会各奔东西,

只好到天国里重新团聚；
到时只凭这顶旧伞相认，
记住，我会在天堂口静静的等你

2019年8月4日草

胡金全

　　号左龙右虎。诗书画评等文学艺术领域研学者。中国诗歌学会会员，中国剧作家协会会员，国际考古学暨历史语言学学会理事(联合国教科文组织登记备案组织)等。现为文化部工美委专家顾问，世界文化艺术总会(新加坡)名誉顾问，美中文化艺术中心名誉主席，齐白石艺术研究会名誉会长，香港特别行政区文学艺术界联合会高级艺术顾问，麒麟诗刊顾问等。其诗、书、画、评及管理文集等超过200万字发表于其个人多本著作(新华书店全国发行)，发表于《人民日报》《人民周刊》《山西日报》《解放日报》《文汇报》以及香港《大公报》等报刊、网络媒体平台。曾接受上海电视台《纪实频道》专访及香港卫视、江西电视台、南昌电视台、郑州电视台等采访报道。

煅
——回首复旦往事随感

梦里几行诗
梦醒却忘词

定要捏把风
向那卧着的宁静，掷
让涟漪领路
找回青春时
找回火——
点亮模糊
烘干横竖撇捺的潮湿
直到燃烧成的文字，放声尖叫
狂舞，狂舞成雄鹰展翅

栀子花

烈日炎炎奈何
我微笑
扒着一片片花瓣
演绎禅机
默念芳香成轻风
轻风酿素雅成宁静
成清凉
…………
有些有缘人
被我暗算
个个自在

2019年7月30日草

醉雪

陈酿的酒
浓郁袭鼻，一打开
就熏出眼中的泪，如泉涌
仰天举樽
一杯，又一杯
直到豪情尽至
一杯，又一杯
直到汇醉成海
直到可以听涛
化作壮怀激烈
化作千堆雪
展翅高溅
总有一只手
扣到一颗星

2019年6月草

香江一夜

装一杯夜色
抿一小口
就知道很烈
我还是一饮而尽

— 1934 —

喝成香江的样子
乘着风
放纵浪花一朵朵盛开
找一根烟,捆成一束
五颜六色的心情
献给已去的青春
献给即逝的明天

2019年3月草

胡景全

　　湖北蕲春人,中学高级教师,湖北省作家协会会员,中国教师文学创作中心会员,业余写作40余年,在全国报刊电台发表文学、新闻和教育教学文章1400余篇。2012年获"首届中国教师文学奖"(现为"圣陶教师文学奖"),连续6届"胡风文学奖"获得者。2012年出版诗文选集《浪淘不尽风流人物》。创办校园文学期刊《船山文学》14年,培养了田学超、康胜、黄胜春、肖晓雄等少年作家。

做中国人真自豪

那天上午
在吉隆坡国际机场
海关安检出口处
一位中年警察
验过我的护照后
双手捧着她
深情地亲吻了一下
然后微笑而羡慕地
把护照捧还给我
我惊奇！感动！自豪！
微笑着双手接过护照
向他鞠了一躬

好日子是奋斗出来的
到南洋旅游
泰国导游阿黎说

曼谷、芭堤雅的首富
都是华人
马来西亚导游说
华人特别勤劳
特别能吃苦
马来西亚的富豪
大多是华侨

是啊,他们的好日子
都是奋斗出来的

瞻仰陈嘉庚故居铜像
人与人的境界不一样
就决定了
有的人遗臭万年
有的人名垂千古

有的人国内捞钱逃国外
有的人国外赚钱国内用
有的人为富不仁
有的人富而报国惠民

您是爱国华侨领袖
企业家教育家慈善家……
您为辛亥革命
抗日战争、解放战争
新中国的建设
作出了卓越贡献
一百多年前
您回家乡创办了
集美中小学、厦门大学……
一百余所学校

所以
毛泽东称誉您为
《华侨旗帜、民族光辉》。

胡军

胡子，本名胡军。《麒麟诗刊》海风版块主编，凤凰诗社美洲总社会员，欧洲华文诗歌会加盟会员，国际田园诗社成员，海外华文作家笔会会员。文学诗词爱好者。借诗思考，借诗守护童心。作品散见于微信公众平台及合著诗集。

花的梦

活在梦中 强如苟且虚假中
生死显赫 不若含花入梦

梦空　花落
梦花　君求

梦之乐　常在花间梦
花之色　唯梦里无穷

君似树似风
梦君花中度

死于此梦　醒于花梦
真梦如花　真花似梦

六月的郊外

一个人沉思
从印度河边野花枯萎
到美索不达米亚长满芦苇
从阿拉法飘着落叶
到俄梅戛滴下泪水
六月一个正午
沉思者抬头
愕然发觉　已立在
尼罗河畔郊野
人　生来固有所图
石膏不应占满他的身躯
他松开恐惧　体内闪现光
放下幻灭　筋骨咯咯作响
丢弃傲慢　黑尘纷纷脱落

风雨已过　天空清爽
向着无暇的云　一个人行过
没有尼罗河的尼罗河畔郊野

湖上飘·帆伞滑翔

飞翔的奥秘
绑在绳上　越紧
越愿意将生命交给它

安全感渐进而生
快乐感即刻得着

全貌愈清晰
原　愈不显重要

一切变渺小
离最大更近

万物在湖里消散
我于万物里逍遥

上头是个好地方
我想起我爱的人
我恨的　我也忽然闪现爱的念头

胡龙

笔名在路上，地质工程师，现居湖北宜昌。中国地质作家，中国乡土诗人协会会员，曾有作品在各级刊物发表，深受专家学者高度赞誉及广大读者好评，多次在全国文学大赛中荣获诗歌创作大奖。

破茧成蝶

挽留一抹夏的火热
燃烧念想
牵手一缕浅浅秋色
浸润霓裳

是为那场突来的雨
还是时光交替的季候风
你走进了翠绿的云幔
义无反顾
那般深情款款

总想在你诗行
看日出日落
看大漠孤凉
看我的江南水乡
看那一弯月色淡淡
在蝉鸣里
把我心灯点燃

我知道
你紧闭了无窗的房
佛心修炼
重箸华章
那我就在远山伫望
待你化茧成蝶
饱蘸墨香,归来
又是一园春色
满庭芳

遇见爱情

今夜窗外有风
吹落心雨伴月色狂泻
八分酒醉壮半寸色胆
爱的笺言不知为谁书写
想那撒哈拉沙漠的悲切
用怎样的姿势风干了三毛
泪落如雨的草原
想那一别再别的康桥
一生所爱仅在挥手之间
那不慌不忙的坚强
那描摩大河浩荡的指尖
什么时候
拂过我的春天

今夜窗外有风
月色朦胧浮着我曾经的遇见
一袭红衣,秀发齐眉
一双洞穿心扉的剑眼
舒一卷宋词
半浮在故乡的心月
迢迢万里
伴我好梦入眠

希望

张开五彩斑斓的翅膀
梦就有了飞翔
指尖的渴望火焰般
恋你七月多情的山峦
多想,蓝莲花的叶辨
滑落清江,轻轻
飘零一叶白帆
从故乡的渡口,划向
远方,彼岸的彼岸
再远,再远,总有
一抹乡愁难安

撒落的云烟如梦如幻
绿色是青春起航
紫色是生命的奔放
多想,那涓涓欲滴的血色
是饱经风霜的高粱
身居一千多米的海拔
倚野山关,酿一坛陈年郁香
柔柔洒在大青山上
听清风小草叙叙叨叨
让我醉在田头
看着九儿红红的肚兜
那该有多好

胡树娣

井冈山大学在校生,现为校报记者,

南边文化艺术馆文学创作委员会会员,蓝溪诗社与长河诗刊会员。喜欢文字,是个安静的女孩儿,同时也是一个喜欢天马行空的女孩儿,写过一些小说,梦想是当一名作家。

会

你会知道我
在每一个没有露水的黎明
秋蝉慢慢把自己结回蛹
星星拒绝了发光的眼睛

你会知道我
在每一个没有夕阳的夜里
是风把我的灯盏拨亮
高高的蜡泪中
我看见了落地窗旁的树梢
你的左眼在道安好

你会知道我
是我穿上了红色的旗袍
走在梦切成的小巷
风铃垒起的高墙,灯芯弹起了歌谣
步子都落在别人的吉他上
是琴弦悲悯地挑起了月光

你会知道我
车轮碾过石子路
清晨被叫卖声唤醒
路边的小草在卑微地成长
露水在乞求瞬间的目光
我在等你,为我着一次
西装

胡育强

男,浙江瑞安江溪人,1965年出生。常住河北唐山迁西县,爱好诗歌!现为迁西县诗词协会会员,中华竹韵汉诗会员。

约一朵梨花

三月里的北方
晨曦下还有丝丝凉意
午后的骄阳透过薄薄的纱窗
散发无限的暖意
留给尘世满满的温馨
当夕山隐去
人们又沉醉网络的虚拟世界里
在这梨花带雨季节里
似乎忘记
美丽动人雪朵被俗世所淡忘……

约一朵梨花

春天里
千娇百媚
一年一度隽树开
燕山脚下,顷亩梨园盛妆,
漫野的雪花
走进 尘世的视线
照亮了人间
吸引了无数的观光者。
朵朵洁白玉纱相嵌
映入尘世的眼帘,
它那独特的身姿使人激情澎湃
与无限的眷恋
惊叹之余……
春天里的幻想
与时光同步
当和风拂过
缕缕芳香
让人心脾培感舒释
它那飘飘欲仙的感觉
让人胸襟大开,留连忘返
或许
约一朵梨花
与岁月风霜媲美

让生活更充满活力
让心灯点亮
不变的信念,回眸
卿卿,笑在枝头上的杏蔼

美之初

清晨的薄雾
经不起
阳光的透视
照到你的脸上
犹如春花之高洁
无限光鲜靓丽
青春的憧憬
无量的梦想更美好
正待释放
无限的光芒

傍晚的时候
牵着你
香馨的小手
踏上乡间小路
微风轻吻你的脸
不时轻抚摸着
你清香秀发
此刻的温柔是相依
月下人痴
恰逢烂漫时

花瓣泪

清新早晨
轻轻绽开玫瑰红
好像开启尘封的梦
生命之珠藏心中
不求前世不盼来生
只愿眼前与君逢
正好的花香正好的梦
莫让美丽随风
雨无情风无意

点点消损我颜容
幽梦片片飘落成空
心儿碎裂红尘中

春,截一段时光给我

人生在世,忙忙碌碌
诉不尽的千丝万缕
不变的信念随着年轮的印迹而看淡
也许,老天是公平的
假如,谁能截一段青春给我
我会好好地去读书
失去的就不必去追究
当初理想让它随风去吧
一切随缘,把酒当赋
带上你最美妙的旋律让心灵飞翔去吧

湖北山村

  本名赵焕明,男,湖北阳新人,曾用笔名赵明,山村等。1984年在《咸宁日报》发表处女作,1986年加入湖北省作协青年诗歌学会。曾在《人民日报(海外版)》等多家报刊发表诗作(散文)500余首(篇)。散文《红薯淀粉乡土情》被选入初中语文测试卷,诗歌《用手机摇一摇乡愁》选入《中国当代诗人代表作名录》,著有诗集《抹不去的心河》等。

普通劳动者的价值与尊严
——简评湖北山村的
《我的门卫生活》
苗时雨

创作背景:

  这组诗的文本很简单,即一个门卫的日常生活。但由于身份背景的巨大落差,却使这个故事具有了深刻意涵和曲折的情节。一个曾任的"领导"干部,现在退下来了,不享受天伦之乐和过悠闲的生活,却偏偏选择当一名"门卫"。

首先，这需要观念的根本转变，"领导"与"门卫"的地位是平等的，并没有高低贵贱之分。因此，他必须把自己的灵魂放在河里洗一洗，并拿到阳光下予以晾晒，使之放射出纯净的辉光。

其次，还要认清门卫工作的价值与重要性。职位平凡，但责任重大。他负责保障"一个单位的人，事，物件的安全"。同时，这份差事，极为烦琐辛苦，开门关门，关门开门，收收发发，登记接待，起早摊晚，没日没夜，而且风雨无阻，任劳任怨。

此外，还要冲破亲友和社会世俗的瞧不起门卫工作的种种偏见。经历了如此的迷宕和挺立，他重新确立了一个普通劳动者的人格的独立、价值与高贵。他不自比乔木，而甘心做一株小草，"唯有小草匍匐于大地的坚守、忠诚"。

这是一组现实主义的诗作。它直面某种被异化的社会人生，以诗人自我的现身说法，表达了做人的价值尺度和精神高标。真实的在场感，生活细节的鲜活性，内心纹理的亲切与诚恳，加之作为这一切依托的话语的从容、谐趣而轻快的调性，都使这些诗对读者的心灵具有相当的感发性和冲击的艺术力量！

我的门卫生活

这是春天的一个日子
我把带孙女，买菜，或是在牌桌上的
一些时间
像洗牌一样重新洗了一遍
用于，找了一个门卫的差事

我用春风梳理孙女头发的样子
作为心情
用看世界杯的劲头迁移到我工作的态度
把曾经在牌桌上

与畜牧局长的争吵，忘过彻底干净

放下所谓"领导"的架子，把名字拆开
放到富河里去洗一洗
然后在暖暖的春阳下晾晒，吸暖
尽早为我的门卫生活
做一些防止倒春寒的准备

门卫

门卫，在我的心中
好比大自然中的一株小草
必须记住
一寸水土养一寸草

单位里的人，事，物件的安全
那就是我迎风战雨的责任
大家的微笑就是阳光
单位里所给的千把几百元钱
算是水分和养料

我真的不敢
将其比喻成一位坚毅刚强的战士
因为我这样的门卫
缺乏真正战士的钢铁般意志

唯有小草
匍匐于大地的坚守，忠诚

一次迟到的开门

今年的春天，鄂东南的天气连续不好
不是下雨就是阴沉
阳光总是躲着不见人间

谁知今天的天气照样不爽，给人沉闷的感觉
但我没想到老天爷要给我暗示什么
早早地上班，早早地把单位的门打开

站在门口做作有礼貌的样子
给领导打招呼,给同事打招呼,给每一个
进进出出办事的人打招呼

开门,关门;关门,又开门。周而复返
如果有人说不累
那个人一定是圣人,是仙人

大概快十点的样子,我远在厕所却听到了
铁门哐啷哐啷的金属声
刚刚蹲下去的我,很狼狈地往外跑

谁知道,迎击我的是
比鄂东南天气还要恶劣,还要吓人的场面
闪电,雷声,雨点瞬间包围了我

我除开微笑之外,还是微笑
弯着腰,我急忙地开了门
手中的纸巾,与这鬼天气形成鲜明的对比

福弟电话

不知道电波能不能转弯
反正福弟今天跟我打电话的内容转了
很多弯
最后落脚到我为什么做了门卫

我说门卫有什么不好吗
从我未内退之前,当领导的那时候
我一直很敬重我单位的门卫
纯谷烧,常常碰得叮当响

我还说门卫的钥匙一转我就能进去一个
属于我的空间
门卫的钥匙再一转,一挂,一锁
里面的一切就很安全了

福弟不以为然,话语听着越来越明显
隐隐觉得

一只犬忽然从电话那头飞跑过来
踩着我的影子

电话聊了很多,我坚持说狗是忠诚的
直到有人吃了它,骨头丢了一地
但依然能让吃它的人
端着空碗说,狗肉面真香

华山论剑

姓名许剑,吕梁市作家协会会员。文学爱好者,喜欢用文字抒发自己的感情,以散文和诗歌的形式宣传正能量。现为山西省森林公安局吕梁山分局民警。石楼县第一届"最美石楼人"。

永远的铭记

镰刀、锤头,革命的舵
信心,决心,燎原之火
如果你没有报国志
为何你握紧拳头凝聚心

流着,淌着,英雄的血
风里,雨里,坚强不怯
有你的鲜红引领着我
在战场中倒下我无怨无悔

铭记那屈辱的历史
斩断侵略者的魔爪
这是信仰的力量
站在世界的脊梁说话

勿忘那国耻的惨痛
守护中华民族的尊严
举起鲜红的旗帜
迎接东方的太阳

雨洒琴瑟湖

也许是重逢后的激情
或许是不一样的风景
我再一次站到了你的身旁
看着你温婉若静

还是那个琴瑟湖
还是那汪碧水潭
黑心菊扮靓着你的脸庞
闲鸭戏水为你图画

盛夏的雨竟也如此柔漫
来的无声,洒的浪漫
多像是在迎接远方的客人
洗去那疲倦的风尘

漫步琴瑟湖畔
看不到落日的余晖
远方的山,烟雨朦胧
眼前的水,少女蒙纱

任由雨丝滴落眉头
就算细雨打湿肩头
看雨滴不紧不慢敲打着湖面
听伯牙抚琴瓠巴鼓瑟
忘忧,忘忧

2019年6月27日

根与魂

不要管我从哪里来
我只想知道根的地方
不要问我从哪里来
我只在寻找魂的所在

在那有根的地方
把生命的力量彰显
在那有魂的方向
让万般的不舍留恋

一个不起眼的小山村
是什么,让你有了那般的勇气
是什么,让你扎根山乡
是什么,让你魂牵梦绕

梁家河,我们来了
我们带着一颗诚挚的心,奔涌而来
在那林荫树下
在那河栏桥边

我们寻着你的足迹而来
站立你的肩头,聆听你的声音
那是奉献与担当的精神
在青春的洪流中永生

那依山而建的土窑洞里
我们看到了古朴与纯真
那落尘的油灯上
我们看到了你伏案静读的身影
那印花的棉被前
我们读懂了你疲惫的模样

那一代的知青人,团结一心,奋力拼搏
用血与汗的付出,把命运改变
残缺的撅头上,我们看到了伤痕
笨重的夯石中,我们听到了呐喊

七年的青春砺炼,你一步步成长
今日的脱胎换骨,你看到了希望
在这个有魂的地方
我们找到了人生的"第二故乡"

2019年6月12日

黄昌印

笔名牧野。原籍浙江,现居上海,是朦胧诗2.0代表诗人。有诗歌发表于各种网刊纸媒,获得过若干个诗歌类奖项。曾任中国诗歌网技术总监,上海频道站长等职。现是某网站站长兼总编,"豪诗教育"等机构负责人,中诗协研究会理事,中国诗歌学会会员,朦胧诗社社长,中诗在线上海站长。

阳光下的假面

美好的事物,是美丽心情的结晶
一个残阳,一只孤雁
一片在风中飘摇的落叶
或者一只猎豹捕食的画面
往往就会成为
人间的美景

不是所有在阳光下的,都阳光
也不是所有在黑暗中的,都黑暗
熙熙攘攘的七彩人间,所有人
都戴着有色眼镜,看到的一切
或许
都是自己的假面

只有在醉后初醒的黑夜中
我的眼睛
才可以看清人的模样
一张张熟悉又陌生的侧脸
被岁月侵蚀的轮廓,以及刀的阴影

刀客

走夜路的人
心里都藏着一把刀
每次跌倒
就会被刺痛

在白天不够时,我
也会在黑夜中行走
变成了黑色的一部分

每一次夜行
都会离远方越来越远

每一次归来
都会离死亡越来越近

我知道
所有带刀的人
都是有背景的

或是,被道路颠跛了脚
或是,被阳光亮瞎了眼

与所有刀客一样
走不出黑暗的人
最终,都会倒在自己的刀下

走吧
以躬身的姿势,重复着
起飞前的动作,一晃已过半生
我感觉,身体越来越重
骨骼越来越轻

走吧！蜕化的双臂
不会再长出羽毛
拙笨的双腿
也许
还可以走出荒芜

走吧！只要能迈开脚步
就会离远方越来越近

选好的路,就要走下去
把明天的遗憾,交给一路蹒跚

追雪

追,是个很奇妙的汉字
它贯穿着时间轴,伴随着人的一生
比如:追风,追梦,
追求缺少追的人生,注定是不完美的

追逐一场大雪
在南方
是奢侈的,是一件很大的事
至少,我是这么认为的

从天气预报追到朋友圈
从静安追到青浦
我打开视屏追,驾着宝马追
张开双臂,迎着扑面而来的漫天飞雪
我流着眼泪和雨水,执著地追

来了,终于来了
那一片白,与梦想中的世界一样纯洁
看不到灯红酒绿,也少了些许喧嚣
让阴暗中的犄角旮旯,一露无遗

黄楚雯

女,2002年6月出生于山东,现就读于瑞士莱蒙尼亚学院。零零诗社秘书长。有作品发表于《绿风》诗刊。

月亮经过的夜

这一夜并不特殊
我坐进黑暗
掩上两个时空的裂缝
熨平伤痕

在另一个世界
我冷眼旁观自己的挣扎
自斟自饮
与醒酒器碰杯
告诉自己
要爱这灰暗苦闷的日子

浑浊的酒
烫过曲折的咽喉
我被呛住
回忆映在微咸的水域

我在想你
此时,只有月亮经过

安魂曲

纯白的百合置于泥渊
黑咖啡入口泛起可笑的甜
大手扼住雏鸟稚嫩的颈
让它在冰冷的空气得以安息

我咀嚼着腐朽的思想
将腐烂的骨肉脱出皮囊
耳边钟声回荡
是他们在庆祝胜利

肉体钉在插满鲜花的十字架
芬芳掩盖了腐臭
看来一切如常
只有自己知道
那是怎样一颗漆黑空洞的心脏
乌鸦栖息枝杈
嗓音低沉沙哑
锯木似的唱着安魂曲

宇宙奔腾的时光不会停下
我的离去
不过是风带走一粒沙
世界颠倒,支离破碎
在他们眼中,一切才终归正常

荒默

破晓前八分钟
是我初见她的面孔
披着大洋彼岸的余晖
带来最后的轮回

我接过她的泪水
一饮而尽

灵魂
禁锢在她瞳孔深处

手掌干燥冰凉
皮肉下的血脉
翻滚成岩浆

无人听到我
在深夜的声嘶力竭
将思念绞成线
纺成布匹
缝进暗淡无光的生命

两千八百次呼吸后
我将重返故里
容颜枯萎在阳光正好的午后

黄端平

教师，广东韶关五月诗社研究会会员，在海内外报刊发表过诗歌，有的还入选几种诗合集，并多次获小奖。

稻花

是花　碎碎的
星一样耀眼
给田野泛起波光粼粼
是情　故乡的
一把香气
比任何时候都女儿情长
是酒　稻花酒
一醉方休
把生活喝得豪气如牛

菜花

冬天
母亲就把你
栽种在篱笆园里
长一畦廉价的
青菜
谁知
春天一到
你就成了东篱下
那株不该黄的花
让俊男靓女
惊喜

一张犁行走在土地上

一张犁行走在土地上
阳光与石头
泥土翻开的地方
躺着一只空酒瓶
泥土比夜还黑
月光与银子
饭篮装着白天的碗筷
碰出声响
潮湿的季节
关节扭着
行走春夏秋冬
做着一场一场的梦

斧

我发现
上面的
父字
那是我的爸爸
他一生
拾的柴火
连妈妈都不知道
几斤几两
更不要说
砍了多少猪骨
和牛骨

父亲的斧头
听妈说

有九斤五两重
是至尊

父亲的斧头
它的一生
砍杀无数
在砍倒自己之前
最想砍的是
那些留中分的人

雨前

在田间劳动的生存者
对于雨的到来
还是激动

听风　想到雨
碰闪　闭上眼
打雷　捂住耳

雨前　大家乐于看
一道闪电　咔嚓
另一道闪电
照出人参
照出树根
照出牛马的相片

站在田间　人们更乐于
等乌云被爆裂
痛快来一次沐浴

黄冠文

网名雨中等睛，广东阳江人。

归来吧　台湾

归来吧　台湾
你属于一个顽皮的孩子
四处游荡

不肯归家
那你想寻找什么
追求什么

祖国母亲怀里
拥有着千年的源泉
祖国母亲怀里
留存着闻名内外的光辉历程
那你有什么顾虑
有什么疑惑
放不下的
归来吧　海岛
不再去做那片孤独的云
不再放不下那颗流浪的心
这里有着十三亿同胞
盼你归家
盼你归航

梦境

多少次的梦境
你就像那朵幽兰
给我诉说着
春天的故事
我怪我像那一颗
没有生命力的顽石
不懂你的方言
多少次的梦境
出现着你
那注视的眼神
我怪我像雾里的花
不懂你的深情
尘封在气候中枯萎
多少次的梦境
与你交汇的目光
情深意浓
但梦境灭了
我就像没有岸停靠的船只
四处去寻找着温馨的港湾

突然想起你

突然想起深爱的你
你注视的眼神
时刻惹起我那颗不安的心扉
就好像蜂儿采蜜
进入了花蕊痴缠不休
突然想起深爱的你
和你漫步长街
观那都市的繁华
你的微笑
就好象那花儿
绽放在阳光下
那样灿烂
那样陶醉
每当我回忆起
仿佛又想回到那时侯
和你在楼宇下
谈着那纸短情长的爱恋

黄建春

上海某集团公司副总裁,诗歌作品曾发表于《青年文学》《文学青年》《春风》等杂志和特大型诗集《黄浦江诗潮》。

西双版纳

十二道坝子的传说
竹楼和筒裙的故事
酝酿了整个雨季
散落在热带森林
湿漉漉的
向我们娓娓道来

有关你的柔情似水
有关你的刚烈如火
夜色点燃
跳舞的西双版纳
水,水,水
今夜又要陶醉几位骚人客

有关你的琥珀传奇
有关你的翡翠时光
风情再起
萌动的西双版纳
水,水,水
明天又要缠绵诸多石榴裙

美丽的西双版纳啊
你女儿夏雨的陈述
像一颗菌种
让我们长出很多耳朵

美丽的西双版纳啊
你女儿夏雨的陈述
像一枚赌石
让我们萌生很多冲动

我愿在雨林中倾听
倾听此时此刻的天籁
销魂而醉
我更愿是愿赌服输的赌客
赌你
前世今生的美丽
铸成永恒

普洱记事

只有思茅
才让我想起茶马古道
遗落在山涧的铃响
依然空谷传声
然而洗马河梅子河
流到了普洱时代
沉淀越久栗色越红

叫做阿仙的美女
嘱我写诗

谅有写秦淮河千古春秋的本事
然而,你是文人名记
而我并非墨客

所有一切倒是刻录进记忆了
昨夜梅河里有激越的跳动
同行者说许是某种隐喻
我倒是真真切切
像个马帮的首领
在普洱派驻一万个灵感

我在这里等你

我在这里等你
在故乡,春天的生日季
那是,鸟儿与花朵的约会
埂岸的绿草茵茵
心事便是小路,弯弯延伸

在东山江口某个小屋
阳光西晒
冥思苦想写点乡愁或者寄语
酒已酣醉,春酥汪汪
再也写不出上下八沙,苍海桑田的风景

我在这里等你
不管相约还是偶遇
无论风雪或者小雨
那是终究要去的地方
不管醒着还是醉了
心底里却是一片明净

我在这里等你
守着谜一样的雁飞去鸟回归
在东滩的芦苇丛
或者北六滧的港汊里
和潮汐一起梦想
把孤悬江河的故事
向你娓娓说起

我在这里等你
白米沙洪早已没有潮汐
连着我的梦涌成一片沙地
月色依然如钩
涛声不再依旧
你我早已是外乡人
记忆也如此陌生
回不去的从前
生不尽的乡愁

我在这里等你
这是不约而同的决定
游子的心灵总是无家可归
好在有沙有土
可以埋葬,以简单的方式
有水洗尽身体上的尘土
有泥覆盖灵魂里的空洞

我在这里等你
叫做瀛通的客栈
克勒的老板,叫伟峰阿哥
向你讲述仗剑天涯
行走江湖的故事
然而,
纵然江湖沟河密集交错
其实早就没有了江湖
江湖只在情深意重之中
其实江湖就是尊者

我在这里等你
街市的拐角
如今的咖啡屋
当年的中药铺
没有什么寻觅的故事
只是
这种苦不懂那个苦
人生到处都有感悟

— 1948 —

我在这里等你
桃花垂柳明珠湖
有一路笑靥,有一路春波
总是相宜的浓妆与淡抹
美丽的爱情诗啊
来自于田园和劳作
桑间约会水边相望
和我们都谈得来的每一棵树

我在这里等你
在时光隧道的门口
少时离乡老来回归
双肩包的行囊
沉重了不少
一样性格的兄弟
沉稳善良,不善词藻
只是选择将这份沉重
背负到老

我在这里等你
油车湾里也有第一缕曙光
我和春风一起
为你打开一扇小窗
请记住呀
生活的全部
有时是一杯小酒
其实也是生活的全部
只要春风走过
就不会被世界忘却很多

我在这里等你
灶花堂里其实没有诗情画意
真真切切的
是我们兄妹的情谊
这一瞬间
真金难买
这一瞬间

令世界感慨

我在这里等你
一年一次的探访
把思念揉捏成春天的草色
合着缠绵的雨
细数天上到人间的距离
所有的包含
我默不作声
就像沉默的青团

我在这里等你
一千四百年也只是尽在瞬间
赶潮的人
永远只争朝夕
一粒沙子,然后积聚成洲
一叶扁舟,然后举楫踏岸
有道风仙骨更当有玉树临风
有种精神已交融于血肉
直至心灵

在沧海桑田里
在大浪淘沙中
万里涛涛江水永不休
浪奔,浪流

我在这里等你
这里有与芦苇青梅竹马的诗者
我在这里等你
这里有与兰亭久别重逢的书圣
是时相约
一千四百年的故乡
写一个遥远而清新的故事
有沙粒欲拒还迎的缠缠绵绵
有潮浪喋喋不休的相拥想抱
我的岛
何人能读透啊
哪徐徐而刚的豪迈
哪小晴涓涓的秀美

我在这里等你
听将军的深情讲述
关于垦拓的往昔
仿佛一场战事
热血的兵士
总有与生俱来的搏斗因子

这场战事
从挑泥做岸始
从开河刈柴始
由每粒沙垒成伟岸
把每方土筑成长堤
有了堤岸
便有了心灵的依盼

其中有难于言说的艰难困苦
其中有体肤心志的流血流汗
换来玉汝于成
换来悄然安宁

这种垦拓造就了一个岛屿
这种垦拓雕塑了一种意志
将军说：这是一种血液里的东西
你会听到海的奔涌浪的韵律
因此，我们依然执着地站在这里
传承，一如传世家珍
我在垦拓之地等你

黄坤

笔名诗情恒生，中国书法家协会会员，资深书法家。一位擅长写作、作曲、书法及绘画的全能才子。2018年在各媒体平台获奖60余次，2019年已经在各平台比赛中获奖10多次。诗集《岁月如歌》在2019年7月15日全国书店统一上架，该书收录了181部优秀诗歌，首次发行量25万本。

思绪飘飞水云间

拈一指嫣红清梦
掬一捧光阴在手
暮色四合时
你从光阴彼岸涉水而过
袅袅风情自陌上的垄烟中走来
指尖轻轻叩响一扇过往
看细雨轻飘、闻花香送暖
给岁月一个浅浅的回眸
…………
爱在落雨的黄昏独自静坐
把你的模样捧在手心
写进落雨的黄昏
蝶恋了千年的花容
也不及你绽放的娇颜
你眸间盛载着一汪水蕴
浅笑顾盼间流转了红尘
你眼角氤氲着一湾清风
思绪蹁跹中
一朵含香的心事盈盈坠落
倾弯了谁的笔尖
…………
折一枝三月烟柳
弯成如黛的眉尖
眉梢漾起的春风
醉了似水的年华
撷一弯深沉的秋泓
刻成清邃的双眸
眸的清澈惊惹了江南梨花雪
采一袭似幻似梦的留香花影
染就如嫣的唇瓣浅笑嫣然
如一湖涟漪悄悄藏进唇角
…………
掩却一窗明媚月色
你飘逸的长发
如泄般落满无边夜色
一泓柔波 擦了风动

软了尘心
揉碎一汪如镜的水面
化作媚骨
你婷婷的身姿如莲般轻盈
扶摇清风,醉了流年
…………
你如翩跹起舞的女子
水湄花香,柔波絮卷
伴一隅千年江月
在水一方赤足轻盈
剪一段彩虹作绚丽的霓裳
拾一朵花瓣轻束的发间
惹得春意盎然
惊扰彩蝶翩翩起舞
…………
想你
如衣衫上一朵绽放的百合
飘香一地诗行
写你
如水墨花香里
轻描淡染十里春风
你绝代风华
似莲花开在我指尖
在这红尘最深处
你是我等待三千年的笑靥
…………
此刻,月隐风停
我在云水的另一端
浅浅回望淡淡疏影
你温婉笑颜穿越山水
你婷婷身姿
宛若一朵绽放的水莲
…………

黄丽琳

江西余江县人,网名一缕阳光,曾用名纤云弄巧、琳子。爱好写作、书画等,鹰潭市作协会员,鹰潭市民间文艺协会副秘书长,鹰潭市微诗协会会员。先后从事编辑,文职工作。在《红色家书》《老友》《心中的花园》《乡音》《雅逸园》等书集发表《冬日遐思》《七律·游思》《火红的玫瑰》《春醉了》《谷酒香》;在《鹰潭日报》《江南都市报》及各网络平台都有作品发表,已创作新诗歌、古韵诗、散文百篇余,在文字中安放灵魂! 一缕阳光跌进了诗行,于是,春花开满世界!

秋韵
好个清风
挑担起雷雨和落叶
与强国富民同行

茶
山一样沉静
蘸着文化韵律
与远方　深情相望

牛
铁犁　凝固了历史
晚霞西下
白鹭依旧在

多年以后
一个老兵
偶听军号响起
泪花倾泻着内心的汹涌

狗尾巴草
清风扶起的腰杆
以坚韧的姿势
倾城时光

黄良畅

畅言,广东省汕尾市东涌人,自幼热

爱文学与艺术，近年偶遇江西余一先生，得其指引开启了诗词创作，并在一道诗艺社网刊多次发表作品，现为一道诗艺社深圳分社会员、编委。

缝生

也许，是我的缘分
有你坚硕的躯壳
铁石的心肠
一根筋的大脑
难以置信地撑起骨瘦而老态的我

也许，是我的缘分
你的溺爱
拽住我的双脚
虚小的我
无力　抽你的脑壳
自主飘离
用我的脚根
接触泥土的味道
凑合生长多的叶子
为你遮挡布满雀斑的脸庞
及遭日晒后痛苦地呻吟
也许，这就是缘分！

人·手机

轻轻的一点
已经打动我的心
我的心不变
你的心不移
你问我
爱你有多深
我爱你有多痴
你想的
你看的
我已尽情表露
与你分享
无论何时何地

请带上我
永不分离

岁月

是你
在我的额头添上一道道弦线
使音律更加丰富和谐
又是你
在我的乌发补上一条条彩带
使发色绚丽多彩
正是你
在我的记忆库里种下一颗颗种子
显得格外拥挤
更是你
在我的年轮上慷慨加分
把我的躯壳捆绑
带上太空
遨游

初吻

晨光戳破念头
眼神穿越距离

眼前
完美的弧线
使人为之倾倒

醇香的酒划　喉咙
热气翻滚了肠胃
麻醉了皮肤
唯独调皮的肾上腺激素
蹿出来拽住地球的转动轴
眼神　瞬间为您停止
新奇牵引着我的眼睛
四处照射

心贴着心
感知血液被掏空

也无法预知她的心在跳动
只听到有节奏的唠叨声

迷失
在您的脚底下无处躲闪
安好
送来迎往的交晌

以深圳地铁的第一次亲吻
约会如春

黄敏

　　鱼之恋,也叫渡心。自由写手,曾为爱痴狂。有入世的勇敢,也有出世的洒脱。

归途

一切都寂静了,风藏在袖子里
饮冰霜的日子,连韵味都那么孤独
我的手臂开起了梅花

打开你的冬天,我不想沉默
别在岁月的耳后,聆听岁月的
真言,倘若爱是紧致平坦的雪
梅花就是你的吻痕
把袖口的风放进你伟岸的胸膛
挽留的话和嘴唇挽成弧线光滑的月亮从
脊背缓缓升起,怎能说再见,你这尤物,从
不管我心痛
在山峰发出的语言,直致我变矮,
低如尘埃,轻如羽毛

在人间,我已无路
可以自由,向上,向下
向左,向右都是归途
只要你喊我名字

我就会像小兔子,即使你是篝火

我也会朝你的方向

——义无反顾

最后的猫妖

夜是你给的颜色,我用最后的春水置猫于死地
成为亡灵之前,先交付于我一个完美的梦
梦里无禁忌,酒杯交错之声不绝于耳

开门放山。所有的绿色都涌到眼前
你可以不置一词,我爱你的阴谋
是让你偿还一生的甘甜
一锤定音,两锤多余
不如在月色下我抖出的怀抱将你窒息
转身的时候星星砸落我的命门

——我随你而去

我是一只鬼

那些破败的长衫和爱情
适合装在箱子里
还有欲望的钢笔,扎疼的那些日记
光从什么地方来,已拨动六月的流水
许多欲望无法用词语表白

装点身体的有花蝴蝶和青草
走过荆棘,需要流血和哭泣
没有寺院,用草药填满苍白
在月色里下跪,和死去的人碰杯

公子小姐们都来问候
我不坐在椅子上,椅子是江湖
需要排位

打开箱子,穿上破败的长衫
再打开长着青苔的日记
妖们纷纷回去

一不小心我的泪水变成债务
谁在清点着我的过去
我需要睡去

——请不要打扰我
我叫小鱼
一个早已死去的鬼

流浪猫

你手中有千座庙宇
我心中有一个上帝
风中的灵魂走到一起
又怕彼此分离
呵护的兰花吐着清香的气息

手上的疤痕是前世情人留下
的痕迹
你左手,我右手
你说我们的相遇就是缘
不想问结局,不想再哭泣

向往自由,哪怕是一朝一夕
再听不得任何经文
却想听猫王的歌曲
走吧,去巴黎,去佛罗伦萨
不必遮掩曼妙的身体

一切没有预定
明天只是新鲜的布局
当猫的快乐
就是偷所有美酒
烂醉如泥的你
却从未忘记搂我在怀里休息

可我还是哭了,斩不断所有的欲望
爱让我们众叛亲离
你却笑着毫不在意
摇晃的酒杯有春水漫堤:

你是我的妲己
我不爱众生
我只爱你

黄三郎

原名黄卫君,农民工诗歌爱好者。

五月,与妻书

你生在五月,雨正稠密
编织母亲细碎的梦
风要分享她的心事
初夏的雨滴里裹紧希望
最后一根胁骨上开着花朵
庄稼的果实开始饱满,日子
却跌落进冰凉的夜色
每一朵花都要绽放
每一个日子都要从容
拾一朵云,心存温暖
浇灌一朵花,慈念生香

我在流星划过的夜晚向一朵花
告白,今生照亮你的前程
雨的羁绊,云的缠绵
都是过眼的云烟
我们携着一阵清风
行走人间

我是丑的

我长得丑
这不是个伪命题
因为受之于父母
在尘世,我是卑微的
只是心术还算端正
今天遇见一个有邪念的人
他要独享阳光,与岸上的人决绝
我告诉他善恶的本质
风结它的种子,在人的心间开花

在阳光的正面遇见
美,在阳光的背面
也有它存在的理由

黄生林

  笔名温柔的鱼刺,福建省连城县北团镇人,中国诗歌学会会员,龙岩市散文协会会员,连城县作家协会会员。诗观:以一颗草根之心书写人生百味!

又见炊烟

一

春风吹过树梢那一刻
梦醒了
家乡的味道摇摇晃晃撞进胸膛

二

甩开纠结许久的那场梦魇
飞奔
妈妈怀抱里浓烈的芬芳

三

之后。再也听不到爷爷的责骂声
风的尾巴
拽着我的思念,飘荡

四

就让它去吧
从山沟沟里来。转一个圈圈
再死命追寻最初的梦想

结霜的音符

一

月光拽紧了夜的漆黑
风的脚步拖沓着
树梢那尾梦魇噗嗤噗嗤

二

多想越过那枝桠的胸膛
在一场花事之后
打开金黄里的芬芳

三

听不见,梦里多少过往
风依旧
我重重甩起心中的祈祷,遐想

四

帘外的呼啸再次敲响乐章
偷偷瞄向远方的渴望
拎着梦,在炊烟里吻着家乡

一帘烟雨

梦,淅淅沥沥
我怎么也抓不着风的影子

你说,你在雨中
我便网住那过路的云
却无法触及雨的衣角

你说,你在云里
我便踩着风追寻
而你却越飞越高

恋,点点滴滴
我怎么也捕捉不住梦的影子

她说,我看见你了
我瞪着眼睛
始终无法聆听你的气息

她说,我就在你的身边
我激动的着伸出双手
却搂了个空

一帘烟雨一帘梦
不再徘徊了
你或许就在我的身边

一帘幽梦一帘爱
兜住那往来的风儿
你就在我的身边

刺雪

梨花飘过的夜
风更紧了
我独自矗立在那漆黑的过往

是谁
凛掠了我的天空
温和的梦再也无法缝合

刺雪
我拾掇起风过后的温柔
截一缕阳光喂养

刺雪
你我拎起梦的芳华
渡今生一个梦想

开的声音

温度恰好的那一瞬间
时光点亮了岁月
风过
香薰踏步而来

每一个脚步
都携带一种心态
阳光或阴霾
总有不一样的节拍

露珠跌落时
心尖踢踏的梦缓缓的

正如
花间不经意的沧桑

大水无情·人间有爱

你来或去
都霸道得像飓风

可我们不怕！
因为心中有一盏明亮的灯

——"学习强国"之下共产党人如一面旗帜
贯穿你肆虐的罪恶

你来或去
都演绎着绝情的"慌张"

可我们不怕！
因为心中有爱

风雨里,每一声呼唤都铿锵有力
雨水中,总有一个身影在行走

大水无情,人间有爱
连城公安一直在路上！

看,那及腰洪水背负的使命
看,那风雨间闪烁的徽章

大水无情,人间有爱
撕夜的警笛拉响前进的步伐！

看,奔跑的夜巡灯在风中召唤
看,新时代漳州"110"精神遍地芬芳

黄万裕

　　作者湖洋,原名黄万裕,福建作家诗人,四川眉山三苏文学社常务社长、金牌

— 1956 —

作家,曾在《芳菲文艺》等刊物和网络媒体发表大量诗歌、小说,在全国26区城市头条举办的2019年度(第二届)(第三届)中国黄金诗词文比赛春夏季获得金诗奖和十大中文奖,为宁古塔作家网签约作家。

面朝太阳

前行的路上
被生活阴影覆盖
眼前一片漆黑
一双双鄙视的眼光
还在扫视我的人生脚步
黑暗中
声声叹息

母亲大声
呼喊我的乳名
迈开矫健的步伐
朝我奔来
眼前闪烁
一片生命光芒
股股冲劲
灌满心灵太阳

我向母亲
摇手呐喊
又向前方光芒飞驰而去
母亲赶忙牵住我的手
穿过崎岖山路
爬上高高的印石山
面朝太阳
昂首挺胸
向天空呐喊
重寻生命阳光

雨中树

雨水从天空
轻盈而下
一排排绿树
昂首挺胸
向天空呐喊
终于可以远离
烈日的曝晒
好好洗涤
身上的尘埃

高兴得
向乌云
仰起头颅
欣赏雨水的声韵
一阵风吹来
绿树
欢快地抱住
雨水的柔美身姿
一起摇晃起舞

醉得
一路奔跑的小车
忘记了
行走的方向
感动得乌云
再流下喜悦的泪水
滋润人间大地

大树

春夏秋冬
寒来暑往
磨砺了
您坚强的身躯
慑人的眼神
多少次梦里
李白杜甫
与您对月
开怀畅饮
您是我心中的大树

在人生的泥泞路上
是您让我
的智慧吸取了绿叶营养
变得更加仁和
在人生崎岖的路上
是您让
我的心灵拥抱粗枝干茎
变得更加雄壮
怒吼一声
惊了飞禽走兽

多少次
看您
站在悬崖峭壁
临危不乱
镇定自如
稳如黄山迎客松
引来了
十八罗汉
与您比划
天地传说
笑容响彻云霄

黄文庆

网名濮水钓叟。先后在《诗刊》《诗潮》《诗参考》《星星》《中国诗人》《散文诗》《美文》《延河》等百余家纸质报刊发表诗文1000余篇。近年在60余家微信平台发表诗文。先后评论过伊沙、沈浩波、刘傲夫、南人、徐江、陈先发、汤养宗、刘合军等100多位一线诗人的300多首诗作。已出版散文集《佛坪等你来》《一窗青山》等。

在秦岭修习老庄之道（八章）
一大片被洪水按倒的小柳树

那场劫难后，刁永泉说那些被淤埋过的小树，"它们爬起来，头上身上还挂着斑驳的往事"。我面对的这些小柳树也是如此。不过，秋天已经来临，太阳已是一个递减数列，正在走向疏淡和没落。小柳树们靠自己的力量完全爬起来，肯定是不行了。它们只能爬起来一点点。
命运的拯救者，只可能是它们期待来的另一个遥远的春天。

2019年8月14日

拾石头的人

一场洪水，把河里的石头翻转一新。
三三两两拾石头的人低着头在刚刚露出的河床上寻觅，不时蹲下去，又不时地搬动某个石头左看右看。
后来，在河滩寻觅石头的多了一些。
一场洪水，翻转出河滩的一个新的截面或界面。
拾石头的人，是一些在巨变着的时代断面寻觅和发现的作家、思想家，它们报道和收藏着世事最新的质地和肌理。

2019年8月14日

郊外的小区

出了城，看见一个小区。
猛然发现它们是一群迁徙的牛羊。旧地的风云水草匮乏了，它们正在向天大地大的新世界移动。

2019年8月14日

靠路边行走

路宽路窄，我都习惯于行走在它们的边缘，虽然没有人逼我、挤我。
路边，离自然要近些，离人类要远些。
靠路边行走，相撞和车祸的几率最低。
靠路边行走，也是在修习老庄之道。

2019年8月14日

关中口音漫过佛坪

一到周末,就有秦岭以北的口音漫过佛坪。
它漫过一次,佛坪还是佛坪。
它漫过十次,佛坪就关中了一点点。
它漫过一百次,佛坪就关中了更多一点。
佛坪在关中口音的退潮期,趁机恢复,回到本色的、从前的、非关中的佛坪。

2019年8月14日

以后的天空

秋天,佛坪天上的鸟群少了,云少了薄了,当然,雨也少了。
天空只是兀自蓝着、空着。
天空只在一心养自己的蓝,自己的空。
就像晚年的王维,守着辋川,哪也不去,只有一件事,就是养自己的心。

2019年8月14日

靠火车站住着的人们

总想出门,出远门。
整天整月整年都遇到一群群出远门、出近门的人。
望着火车站,就像望着门外。
有人觉得住在火车站边上好,不容易麻木;有人觉得还是住远点好,眼净、耳静,心也淡定。

2019年8月14日

立体的世界

住在秦岭深处。
冬天的早晨,我会沿着河西岸的山脚行走,到了下午,我会沿着河东的山脚行走。
夏季的时候,我行走的路径方位与以上相反。
住在山里,就是住在立体的世界,总能选择某条山脚下的路,晒着阳光或躲开阳光。

2019年8月14日

黄午季

笔名若风,男,汉族,籍贯安徽淮北,出生于1998年5月,现就读于四川文理学院,汉语言文学专业大二学生。渌水诗社会员,诗歌《诀别》《无羽鸟》入选《冰洁诗刊》,其他作品散见于各微信公众号平台。

梦里西湖

撑起一片轻舟
初日升起的西湖里
掬起半点清凉
指尖划过脸庞
沿着苏堤春晓
听尽黄鹂杜鹃语
平湖秋月下
前山明月后山空
彳亍扶柳千行
满面莺啼醉清香
寻不见十里烟湖
谁又是谁的过客
梦中看不真切的光影
恰似湖中一点心亭
微波入梦
荡起一圈圈涟漪
撑起一片轻舟
斜阳残照的西湖里
掬起半捧温热
掌中残留着你的研柔

血石

火热鲜血滴滴落下
星星石子染成红色
是谁一声声呐喊
向前 向前 向前
在那个无尽黑夜

血石是唯一亮光
等待中煎熬
煎熬中死去
倒下的身躯
砌成不倒的城墙
站着的血石
挺起不屈的脊梁
鲜血染成的石子
拼成红色天路
天路通往的方向
格桑花绽放光芒

从前

东风抚过斑驳古树
落叶翻转匆匆流年
溪水流进西边田野
回到从前
村前的风车吱吱转着
银杏树还未结果
天空依旧明亮遥远
孩子还是开心笑脸
那年那天
她淡妆素颜
望穿清空的痴痴醉眼
却是听到伊人呼唤
圈圈年轮成了最后的记忆
白果早已生根发芽
唯有眼前人
傻傻等待佳人呼唤
片片落叶翻转不过流年
流水东去不再复还
那年
回不去的从前

黄晓华

上海市作家协会会员，20世纪80年代初开始写诗。曾在《萌芽》《诗刊》《人民文学》等国内文学报刊发表诗歌。1984年获《萌芽》杂志创作奖，1985年获首届上海市文学作品奖。1988年停笔。2016年返回诗坛，有诗在《上海文学》《上海诗人》《诗选刊》《星河》诗刊《中国诗歌》《星星》《扬子江》《江南诗》等刊物上发表。诗集《春天远去》获上海作协2018年度作品奖。

翻卷

夜来无眠，独坐露台之上
举头看星星，低怀听秋虫
任深邃和浅唱交替
在心里把夜色翻卷

梦见

昨夜梦见庄子，在桃园里
赏花，我很讶异
梦总是混搭，庄子在世外
而桃园在我们心里

菊花

菊花是个哑巴
也不认识字，但是会画画
把篱笆画在南山下
把自己画在篱笆上

时刻表

樱花谢了，写樱花的句子
还在枝头空想，就像没等表白
喜欢的人已在雨中走了
花期没有时刻表

危卵

春色深处，月亮悬挂枝头
像一只盛世危卵，风一吹
仿佛就会绽开
满地菊花

茅屋

庄桥村在梅花洲的万亩桃林边
桃树在雨中弹出花蕾时
茅屋并不自卑,心里的话
杜甫已经替它说完了

病历卡

最好像一首诗歌的草稿簿
且都是短句,字迹潦草
更多的地方是留白
把我的健康留在里面

想念

起初只是微弱的光
像一粒种子,风一吹就掉了
就看下面是柴草
还是河水

绵长

冬雪深,春雨浅
浓情别绪如雾,风一吹就散
只有河流上的涟漪
平淡,风越吹越绵长

枸杞

在茶酒里苟且偷生
也是无用的,茶饮尽酒喝完
还是要被倒掉

新年快乐

有钱没钱都要快乐一回
不快乐对不起一年的辛劳
只有快乐知道,谁在
黄莲树下弹琵琶

琵琶

在浔阳江头夜饮客
半遮脸,看不清的是弹琵琶的人
在敦煌石窟飞来飞去
看不清的是琵琶

黄亚琴

笔名北河,女,生于1990年,有少量诗歌、小说发表。

所见

蓝天下
一个男人站在屋顶
打量天上漂浮的白云

"嫩悠悠子的角角"
卖豆角的老人
用鲜亮的方言叫脆了一条街

拐进巷子的一瞬
惊飞了一只埋头的鸽子

凡此种种
是我们在人间
值得留恋的一些

致生活

日子啊
我的新娘
总想把你装扮成
昨日出嫁时的模样

可是啊
怎可留住你春光正好里的靓丽

不需回头
牵着你走
涉过小溪,翻过矮山

还要依然爱你
沾满泥浆的小腿
和铺满皱纹的微笑

最小的学生
一朵小花
开在教室的墙角
经过她时
总忍不住
停住脚步,把声音放慢

哦
她也是我爱着的
一个孩子啊

傍晚的光阴
窗外的风跃进来
把止如静水的风扇叶片轻轻转动
我的书,躺在旁边的书架上睡着了

倚墙坐在床头
望着的窗外的山
可是我来世的爱人?
你看他
正深情地一步步朝我走来

落日啊,鸽子啊
请你们在中间来来回回地
替我掩饰羞怯

夜
黄昏的时候,云堆起
似乎雨要来

你用一锅蛋炒饭迎接
冲回家的狼狈的我

饭毕

动画片和游戏
让女儿和你成了两只
可爱而温柔的动物

推开窗
月光正酿一壶新酒
盛满人间

黄影

从"文革"奔跑而来的一只兔子,曾服役,党员;原籍湖北孝感。

曾在各类纸刊、网刊发表现代诗500余首。2017年开始新诗创作,已有诗作2000余首。有多首诗录入《中国当代爱情诗典》和《世纪诗典·中国优秀诗歌精品集》。出版诗集有《明天那条小鱼》《跳树的姑娘》《秋已驾崩》《山和月的聊天记录》《鸟人》《懒鱼的梦》《不落的日月》《透明的世界》。

唉,我这老大窝囊
许久没到楼顶
我的菜地转一转了
今天,刚一只脚进去
就听到呼呼呼之声
还有嗖嗖嗖的声音
前者是一群贼鼠
喊一声"老大来喽"
就一个个溜进黑处
后者是几只蜘蛛
听到说"老大来了"
马上从它们的罗网上
躲到下方的一角
至于那些窸窸窣窣声
自然是那些弱小的
反应有些迟钝的虫子
听说"老大来了"
慌慌张张中藏到了

白菜叶萝卜叶的背后
而我这个老大
面对如此的安静
却不知道该说些什么
我在想,原以为
做这菜地的老大很好
想怎么样就怎么样
想吃什么就吃什么
想谁死就让谁死
可结果呢
想在秋天种黄瓜
就是不结黄瓜
想吃辣椒种了辣椒
可是辣椒都是甜的
想让老鼠虫子死
可它们越活越兴旺
只有那些蜘蛛们
很听话,帮我捉虫子
虽然对鼠们网开一面
但还当我是老大
唉,我这老大窝囊

2019年7月24日

午间的一个炸雷

满城的人
都在屋檐下议论
议论午时的一个炸雷
让城北的一棵大树
瞬间毙命
听说身子劈成两半
肠子散落一地
有人说
那不是树的肠子
是一条毒蛇
于是有人又问
那蛇也被雷劈死了吧
肯定啦
那蛇也劈成两半

蛇肚子里飞出几只鸟
于是有人又问
这老天
到底劈蛇还是劈树呢
有人说
树窝藏毒蛇该劈
毒蛇吃小鸟该死
突然有个小孩子又问
小鸟怎么飞走了呢
鸟吃过婆婆的稻谷呀
一位年轻的妈妈说
鸟吃饱了
是为捉害虫呀!

2019年7月22日

俺只打妖精

常在无眠的夜晚
摇身一变中
变成那齐天大圣
左一个跟头
右一个纵身
便从这个楼顶
到了那个楼顶
从这座城到了那座城
用猴哥的那根神棍棍
在每个房顶边敲边喊
有人吗
有没有人
世界是如此祥和安静
只有幸福的鼾声
像温柔的海浪滚滚
只有梦中的笑声
像春天的风儿阵阵
于是我连翻几个跟头
来了个十万八千里
从巴格达到耶路撒冷
从大马士革到车臣
从纽约到华盛顿

我沿路敲沿路问
有人吗
有没有人
没想到所有的窗户
齐刷刷地亮了灯
那些黑脸蛋白牙齿
那些高鼻子凹眼睛
一个个伸出头来
相互地打听
一句句夹生的中文
是谁呀是谁呀
是不是恐怖分子
又要来袭城
我在空中哈哈大笑
我说
俺乃东土大唐的高僧
俺只打不平
俺只打妖精

2019年7月22日

上吊的蜘蛛

自从沾上佛性
对蚊也容忍
可是它们
根本不拿我的命当命
昨晚开始发誓
有蚊没我有我没蚊
一场人与蚊的战争
于是悄悄地发生
当然庞然大物的我全胜
一个个蚊死了个干净
可是万万没料到
一只蜘蛛在我房间上吊
我顿时慌了神
连忙拉掉那细细的绳
唉，咋整呢
这生命
又到底该如何平衡

2019年7月19日

黄永健

任教深圳大学20多年，出版学术专著8部，在国内外学术期刊发表论文60多篇，发表文艺作品、评论文章200多篇（幅），出版散文、诗歌集4部，曾获得各类奖项20次。

深圳改革开放40年
手枪诗·十枪

云从龙
风从虎
龙虎争竞
中国流年
尔来四十春
逐梦梦团圆
开山炮击南海
开鞭拓荒盐田
莲花山上走莲花
小平大步迈向前
七九年
非寻常
改革开放风雷电。
穷思变
变而通
改革对内
开放飞龙
一条小渔村
关障几多重
对岸广厦摩云
深圳潜龙勿用
一声令下蔡屋围
一日一层国贸耸
工程兵
两万余
奋臂击壤为前驱。

论效率
生命线
蛇口三洋
海上邮轮
时间输不起
空谈误佳期
袁庚力辟众议
九二风云再起
振聋发聩三两句
孔雀振翅东南去
再提速
大特区
东方春来大格局。

花非花
雾非雾
此非非彼
华为出世
横扫五大洲
深圳路由器
业绩平平淡淡
春节有脸回去？
不做也便罢了也
要做天下我第一
马化腾
史玉柱
改写历史大传奇。

有成功
有失败
成功失败
从头再来
送人玫瑰瓣
余香久徘徊
改革恒在路上
创化十月怀胎
来了就是深圳人
来了谁都不见外

零距离
海内外
相逢一笑乐开怀。

广东话
川湘味
江西老俵
武夷山妹
走来十三省
天下和为贵
和气生财有道
果然风生水起
你方唱罢我登场
深南大道不我欺
信则立
诚亦久
诚信为本平安居。

后海潮
前海巨
前海后海
红树纷披
近吟珠江水
一碧大湾区
曼哈顿又如何
粤港澳后浪继
北上广深四巨头
深圳有望扛大旗
如高铁
可燃冰
大鹏一日千万里。

小渔村
大都市
读书是福
市民权利
文化高大上
力量世无匹

智慧引领幻城
科技一览无余
多少海归归去来
深圳深圳我爱你
洋下乡
毋执迷
三十河东转河西。

华强北
坑梓街
龙田世居
鹤湖情怀
新客并前客
百川聚海来
哪分哈佛嘉应
不拘一格英才
舞动麒麟祭高祖
点击微信滴滴快
路高远
灯如海
登上梧桐瞰未来。

四十年
风云动
西风渐逝
东方升红
龙飞在田野
中国向前冲
战胜千难万险
深圳大吕黄钟
一带一路十九大
发扬蹈厉南国风
写汉诗
风雅颂
亦兴亦赋奔大同。

黄勇

笔名浮冰。男,1964年冬生于内蒙古,受郭沫若、臧克家、张恨水等作品的影响,钟爱诗歌并尝试创作,渴盼甜美的爱情。大兴安岭作家协会会员,《新农村》乡村文艺家联盟会员,黑龙江省诗词协会会员。

宇宙的风

无形的天外之物
有形的地气奔腾
异域的宠儿
无孔而不入的精灵
温柔时春风和煦
威猛时寒风凛冽
零至十二级或更多
气象专家才分得清
东南风、西北风
人在江湖行
常顺风、偶逆风
最强的莫过耳边风
喜欢谁、讨厌谁、惧怕谁
答案自在心中
是谁　不识风景
雾霾与沙尘
柳叶与花丛
她很有温度
能春风化雨
使大地冰封
她颇具情怀
逢春意盎然
见朗月凌空
她很有力度
命飞沙走石
令海啸山崩
飞檐走壁的风啊
时而漫步田园小径
谁在操控
太阳月亮参与
更是地球的律动

— 1966 —

延庆的花

延庆、小城不大
坐落、长城脚下
滨临、繁华都市
世博园在这里安家
祖国强大迎盛世
游人如织显繁华
花草茂盛数千款
果蔬繁杂落万家
原生千差的地域
来自万别的国家
风、习习吹来
鲜香一起出发
姹紫嫣红世界
最养眼的
莫过今天延庆的花

徐汇的雪

雪、下了一天一夜
终于在第二天凌晨停了
洁白的雪
有层次地安放在道路、台阶
树冠和屋顶也承载许多
她布置了一夜
驱逐了污浊的空气
洗涤了城市的角落
鸟儿欢快地唱着
人们撒着欢地穿梭
大车小辆匀速前行
生怕融化的雪水溅到行人
上海真是一座美丽的都市
我往返医院和女儿的寓所
妻子做个心脏造影手术
专家眼里很小很小
在我眼里很大很大
我来自边远的北方
习惯尺余厚的积雪
风比徐汇的猛很多
这两天遇见低温
漠河、零下49度哦
我躲过一劫
徐汇的雪下得很有高度
楼顶如帆
树冠似洁白的云朵
徐汇的雪下得很有格局
不大不小不早不晚
似乎上天故意安排
徐汇的雪下的很有诗意
花折伞涌满了长街
徐汇的雪下得很有情调
雪花飘逸、高雅——因为我来了

黄友龙

男,1966年生,枣庄市薛城区人,大学文化,薛城区奚仲中学常务副校长。系中华诗词学会会员,山东省诗词学会会员,枣庄市诗词学会会长,《华夏诗文》杂志主编。

南国酒歌

远行者,心易孤
邂逅老友惊相呼
双手相携至酒屋
南国风月连天地
古城弦管助歌哭

左几杯,右几杯
楼头钟鼓紧相催
不觉已是面颊绯
几番举酒欲辞退
主人情挚不可违
人生在世难如意
今宵不醉誓不归
推杯换盏数
眼泪湿归途

花木动,影扶疏
前边可是故人乎
推却同行不让扶

黄宇

　　江苏省丰县人,中国矿业大学,电气信息工程学院,电气自动化专业本科,社联主席,酷爱诗词。

印痕

风雪夜
五月岭南
辛酸数载
看百花盛开
只为

妈说:辛酸不语,
走廊宿者,闹市不歌
风雨飘零,过客

印痕不深,风过不去
风说:印痕很深
一生一世,铭记

千里外
云山重遮
辛酸数载
衣锦把家还
不愧手中笔

霍秀琴

　　女,汉族,中国诗歌学会会员,山西省作家协会员。有诗入选《2016年中国诗歌年选》《诗探索》2015年、2016年度诗选,《中国新诗:世界大诗人·逝者如斯卷》。晋中·太原2016~2017年度优秀诗人,曾获"第五届晋中文学奖"。著有诗集《怀念那个滚烫季节》。

致周庄:我该用怎样的方式去爱你

一

一念起,水中的岁月犹如双桥
你在世德桥
我在永安桥
中年将尽,孤僻和忧郁终于得到谅解
独立苍茫,我该用怎样的方式去爱你
——亲爱的
一把钥匙,可以解开一把锁
我动用浪花般的思念
轻摇你的梦境,清月泛舟
晚风一遍又一遍从水面拂过
我一遍又一遍
念你的名字

二

一念又起,晚风中的柳枝
注定是我命中的狐媚之物
月色慢慢遮蔽了临河的水阁
让细雨斜织
让古巷悠长,让紫丁香散发出唐诗宋词的韵味
我拒绝使用任何伤感的修辞
亲爱的
我从不敢轻易说出尘世之美
那些逝去的,那些不该淡忘的我都无意在此打捞

三

一念再起,忧伤的丝绸和刺绣
以及孤独的脚炉、美酒、河埠与廊坊
将在我的心里开出无尘的花朵
亲爱的,我常常被一滴泪所围困
我喜欢比孤寂更辽阔的苍茫
我深信,心怀爱恋的人
在梦里水乡,仿佛夕阳

落在黄昏的湖面,此时
适宜打开无边的想象
适宜在一方净土中,安放我孱弱不堪的余生

四

纵有千念万念,都如梵音,都如福音
相思带着薄雾而来
许多事物在流水中老去
你说出的每一个词语
都是我明亮的窗口
亲爱的
如果我不再爱你,我该去哪里
找到我的天堂

五

此刻,无俗念
失散的旧梦,仿佛水上的乌篷船
你爱过的,我都爱过
比如光线穿过竹林
比如苔藓漫上时光
你一直用细柔之美,映衬我潦草的人生
亲爱的
请允许我,将一颗未老之心
融入你的小桥流水

J

姬星宇

辽宁省铁岭人,沈阳建筑大学,建筑学院,建筑学硕士,酷爱诗词。

泥巴

你侬我侬,
忒煞情多。
情多处,
热似火。
拿一块泥巴,
捏一个你来
塑一个我,
再将你我重打破,
重新用水调和。
再捏一个你来
再塑一个我,
我泥中有你,
你泥中有我。

嵇奔奔

江西省抚州市作协会员。热爱诗歌创作,从初中时期就开始写作,有诗歌以及散文发表。

老房子

儿时的老房子成了现在的荒宅子
儿时的新房子成了现在的老房子
斑驳的红砖墙
稀疏的青砾瓦
青苔爬满了庭院的墙角
老人的扫帚
扫不了岁月的皱纹

那棵如老房子一样年纪的橘子树
在老人逝去的那一年也跟着枯萎
庭前的柚子树果实累累
秋季依旧能听闻老人电话里的叨叙
金黄的不止柚子
还有遍山的雏菊
老房子依然在坚守

从山林到原野
从溪流到乡道
游子归来时都是新的模样
推土机撞翻了荒宅最后一道泥墙
旧时的燕子飞向玻璃的橱窗
光阴积累在老人的眼神里
夜晚堂前开着不灭的灯光

当视频把我的问候亲自传达
当语音把我的思念亲口诉说
儿时无法想象的日新月异
老人不曾参与的翻天覆地
一个新的世界
老房子几十年依然矗立
如此远却又如此近

上了年纪的老房子
是我放不下的老样子

四叶草

我想在天色刚刚亮起的时候
收拾好行装
太阳正好投下一缕光芒
洒在我白色的卫衣上

昨夜的睡梦中
我在大地的远方看到你的模样
脚下铺满了四叶草的小路
袖口飘扬着轻柔的吟唱

也许生活会让日子失去了色彩
会在某一刻让我难过悲伤
如果有一颗追逐远方的心
何不打扮让自己在阳光中绽放

收拾好行装
轻吻每一个清晨睡眼朦胧的太阳

嵇江良

广东新丰县人,中国诗歌网认证诗人,中国作家网会员,岭南诗社新丰分社成员。作品散见《嘉应文学》《南叶》《云山诗苑》《诗歌周刊》《诗选刊》《红高粱文学》《中国先锋作家诗人》,部分作品入编《"中华情"全国诗歌散文作品选集》《当代诗歌选》《2018中国诗歌选》等。

我是一叶漂泊的孤帆

我是一叶漂泊的孤帆
没有和谁告别便匆匆启程
挽着风儿走出了千层迷雾
却不知错过了多少个良辰美景
满怀期望也找不到
那一片潮起潮落的雄壮

惆怅杂着暮色涌上了甲板
心开始沉重 无法泅渡
宁可粉身碎骨
撞倒在你波涛汹涌的岸头

掉下来的羽毛

无论曾经的低微与高上
充满了追求飞翔的理想
努力过　不屈于命运的挣扎
和强烈的反抗
遭遇过大小不同风力的阻挡

虽然没有天上白云的高度
哪怕粉身碎骨化成灰尽
而灵魂仿佛还在自由的飞翔
还有那风的追逐和仰望

季俊群

又名季军群,笔名子禾,旅居巴西,中国诗歌学会会员,21世纪名人网实力诗人,凤凰诗社美州总社社长、总编。作品散见于《人民日报》《中国诗歌》《长江诗歌》《山东诗歌》。

回到原点的遐想

驮着时光
寻遍整个地球,歇脚处

是一所被废弃的老校园

里面,有条小河
竟然还有你我追星的影子
曾载着咱俩的单车流泪了

抚摸着头上白发
青葱岁月的誓言,一幕幕
晚霞沸红天边

小黄花中的泪滴

酷日当头,仍痴心
守候在龟烈的泥土上
这不是第一次送你的小黄花吗?

一场风和雨的赌注玩笑
森林中树叶分家,寻找
温馨小屋已半个旅程,白偷上头

不经意间发现的定情信物
还深刻着两只蝴蝶的烙印
花边上的泪感哭了我

那时的你,还有星星

夏日江南,没有一丝风
你的长裙,飘起青春的幻想
偶然擦肩
淡淡的清香
那双灵动的眼睛
擦拨着内心深处
青葱岁月,流成一条爱河

等课间
倚在黄昏的路上
期待夕阳下诗意醉起

一次次的无眠
我把心愿寄托在校园上空的星星里

梦境中红豆开始发芽

季萍

笔名雨季红苹,鹰潭市作家协会副秘书长,鹰潭市信江韵微诗协会常务理事,贵溪象山诗社社长,作品在省内外有关报刊和媒体刊登。荣获鹰潭市"中国梦—双拥情"诗歌大赛一等奖;"中国黄蜡石杯"文化征文二等奖;第25、第26届江西省报纸副刊好作品(2017年度)三等奖。热爱生活、热爱文学,是一个从诗歌里获取快乐的人。

漕源瀑布

率千军万马
渲染磅礴
底气足

蝉鸣

难以抵制热辣辣的爱
激情从心底迸发
让世人知了

荷月

一枝瘦骨
撑起粉色的梦
昨夜谁失眠

樱花

向来多少深情
点亮一枝春
独享寂寞

清明

这一天　我很轻
只携思念的重量
飞向天堂

冀金全

就职于山西省汾阳市教研室,喜爱诗文,好交友,旅游。

致我的爱人

当你渴了,
我会化作细雨,
伴着和风,
滴入你的干喉!

当你累了,
我化蜂化蝶,
袅袅婷婷,
走进你的朦胧!

当你冷了,
我会化作暖风,
抚你的脸,
直接拥你入怀!

当你进藏,
我会化作氧气,
清清爽爽,
扑进你的心田!

当你看书,
我是眼镜;
当你闭眼,
我是枕头。

一直伴你到
——天荒地老!

贾大伟

黑龙江省依安县人,黑龙江省北富高速依安收费站工作人员,爱好文学,工作之余进行文学创作,题材广泛,依安县作家协会副秘书长。

无题

沐浴焚香静心
真诚的祈祷:
让时间慢些吧!
让岁月再带不走你的容颜。
让我轻抚你疲惫的轮廓,
让我在你耳边恋恋耳语,
让我在你的肩膀依靠,
让我在你的怀里撒娇。

让乌云不再蔽日,
让阳光照耀你的脸庞。
让你的双手不再充满老茧,
让你再牵着我手徜徉。
让你的脊梁不再弯曲,
让你的头发不再苍白。

母亲,就是一刹那
我真的才知道你已经老去,
脸上有了皱纹,
步履不再矫健,
夜里开始失眠。

母亲,就是一刹那
我真的才知道你已经老去,
站在你的身边,
不知道是我长高了,
还是你变小了。

母亲,多希望时间倒流,
我还在你的怀里。

贾虹月

网名又见诗虹。中国诗歌学会会员,中华诗词学会会员,清河县诗词学会副秘书长。中华诗院诗评老师。中国诗歌网认证诗人、新诗古韵曾多次在全国各类诗歌大赛中获奖。诗作散见于《诗刊》《诗选刊》《芒种》韩国《东北亚新闻报》美国《新大陆》《中国流派》《长江诗歌》等几十种诗刊杂志。并有作品入选《中国实力诗人作品精选》《河北诗人作品精选》《祖国颂》《大潮颂》。

为每一片叶子题上幸福的落款

枫红灼灼若彩蝶翩飞
宿醉于一场壮丽的回归里
又宛若燕语轻柔的呢喃
不时拽着云朵洁白的裙裾
连同堤岸的芦花一起
抱紧了静美的秋水

不再等下一场霜雪逼近了
燃烧的菊，花叶相簇
它们由心盛开的祝福
芬芳弥漫了一路
手挽着手就能将春天围住
祈愿把崭新的日子高高举起

目光推开层层律动的波浪
飞鸿不惊
它在试图用声音唤醒
那些在远方久未回乡的人
邀清风共舞，在如烟鬓影里
我做了一个青春的梦

时光如羽，翕动着阳光的清香
秋色依次在季节的音弦上荡漾
此刻，我的思绪已经沦陷
多想用十指打捞出
这一场鲜活的场景

守望麦田

青葱的时光被梦想点燃
你用爱捂暖了一个凛寒的冬天
当煦风拽出拔节的声响
爱人啊！我只想说一声
春光鲜美、天地纯净
那期待的幸福正在蓬勃生长

阳光开在希望的原野昭告远方
取出你眸光里的欣喜一暖再暖
余下的光阴就慢慢聆听
日子细水长流倾吟心灵的声音

坐在烟霞里看麦穗分蘖养花
香韵袅绕出成熟的金黄
谁执手醉倒在未经雕琢的时光里
用朴素的话语嚼出了生活的香甜

贾彦

诗人，学者，文学士（英美文学专业），经济学硕士，工商管理硕士（MBA）。在经济金融领域耕耘多年，出版研究专著多本。工作之余坚持诗歌创作，作品散见于海内外各类文学刊物，并获过一些奖项。喜好颇杂，低调写诗，执著为人，著有诗集《灵魂家园》(2016)《流年》(2018)《自然的证词》(2019)。

暗香

春天潜伏着梦的呼吸
匀称的节奏凋谢桃树的红腮
有一种悔恨叫暗香
它诱惑三月交出芳菲和雨露
点点滴滴的春雨
煽动着小小的背叛和阴谋

时光干净的身子

侧卧在波浪的簇拥
一支桃花
储满光阴的酒酿
视野之外的熏风
自言自语删节灵魂的颜色
矜持的代价是化羽成蝶
寓言的抒情如闪电般羞涩

追逐的影子如梦游
一枚命运可以放下恩怨
暗香来自梅花的疼痛
疼的整个夜晚叫醒了梦中人
哦,花朵的骨髓碎成散落的珍珠
它弥漫的幽魂
仿若季节深处妖娆的替身

内心的江山

我是风中飘荡的一封家书,
故人隐藏在春风的尘埃之中,
我把荷叶上的月亮掬成一泉清水,
去找寻那片逝去的天地,
辉煌却不见任何踪迹。

露水是春天的眼泪,
幸福的故乡,沾满母亲皱纹的手帕。
她把衷肠当成最后的谣曲,
大雁的口哨滑落,
我向无尽的苍穹深深鞠躬。

一个匆忙的过客,
风尘中埋着灵魂与思想的遗迹。
我如何对夜晚的玫瑰表达爱意,
慌乱的灯盏啊,
天涯之路就是挥霍无度的青春,
如今只有轻轻吟唱,迎接黑暗中的新娘,
桃花划过的刀痕像闪电的锋刃,
让我内心的江山,一次又一次失守。

荷莲梦境
——给一位评弹老艺人

秋风嵌在河流的皱纹中,
琵琶像一支摇曳的杨柳,
她把柔软的诗篇递给烟尘。
什么是哭,什么是笑,
一滴清泪,
怀抱明镜和风俗,
渡船卸载无言的沉默。

雨的修辞褪色丝丝软语,
世间糯软的声音　刻入黑色的影子。
每一个码头都是一双腿,
茶楼,宿命中福地,
土地如丝绸般光滑。
打开繁星犹如阅读浩瀚的大海,
我的童年枕着吴语的肩膀熟睡。

让冬至赦免微雨中的残雪,
或者炫耀寒冷的傲骨和野火。
生命的淤痕　从嫩绿到苍黄的吟唱,
在柔与硬的缝隙中,
声带布满了褶皱。
睡眠中失传的灵魂技艺,
开出一朵传说中的荷莲梦境。

仓央嘉措

从清朝的旧雨中走来,
从藏地的悲悯中走来,
从孤寂的佛身中走来,
从高原的圣地中走来。

走向极乐世界,幽暗的光明,
你的肉体一分为二,
一半俗世,一半来生。
为情而死,也为爱而生,
不负如来不负卿,
一掷江山于虚度,佛珠轮转苍生,

隔着繁华,遗弃在浩渺俗世。

一生的执念太深,种下时光漫长的情债,
心灵还俗,茫茫人海愿做无影的知音。
人间痴僧,用情诗做牢笼,
困住神的肉身,
轮回被凡尘奴役,
醉美的夕阳,燃尽辉煌的宿命。
前世的爱人,渡尽劫波,
白发静坐于云端,
将一生悲欢相忘于江湖。

剑兰

本名陈川,男,1972 年生于湖北黄梅,1985 年随父迁移到湖北十堰市,2007 年 9 月漂泊于深圳及珠三角一带至今。建筑工程师,热爱酒、文学、音乐、中国象棋等文化艺术,尤爱诗歌。1989 年开始写诗,已写诗歌 1000 余首,散文、随笔、诗论若干。较少投稿,部分诗文散见于各种纸媒、官刊及网络自媒体。崇尚个性、独立写作,追求诗歌的"真、新、奇、美"境界,认为诗歌是人类最终的精神皈依。2015 年自费出版个人首部诗集《会有一场雨,打湿我的诗篇》。

会有一场雨,打湿我的诗篇

我爱的人到死不知踪影
爱我的人高声朗诵诗篇

一些人喜出望外,抱成一团
庆贺新生
亲人们颤抖地看我最后一眼
不忍念我临终的遗言

兰花簇拥成一团火,发射余香
燃烧我即将枯萎的躯壳
一把短剑安详地睡在右边

哲学家,思想家,社会活动家,政治家,历史学家
金融家,企业家,冒险家,梦想家
白领阶层,工人,自由职业者,民间艺人,
挖煤的,种地的
作家,著名诗人
纷纷前来吊唁,或者发来悼词
无一例外地宣告和我的某种联系
尽管生前我并不认识他们
他们的言辞极端的一致:
此人是一个讲出人类真相的人

一群乌鸦路过
竖起耳朵
一群白鸽吹着口哨飞向云霄
一场大雨从天而泻
干旱的大地,由丛林深处
传来幸福地呻吟

2010 年 4 月 12 日于深圳

江北

湖北省京山市人,1967 年生。爱好现代诗,高中时开始写诗并发表,长期痴迷于诗歌创作。曾在报刊和各网络平台发表诗作 300 多篇。

修路

逢山开路　遇水架桥
中国在轰轰烈烈修路
一个伟大的党正率领十四亿人民
大踏步探索民族富强的方向

中国的路修了几千年
断断续续　朝代更替　梦想未泯
在中亚　西亚　南亚
在地中海沿岸　在北非
都留下友谊之路的传说

二十一世纪的中国
是一台不知疲倦的挖掘机和推土机
在改革开放的路上
用坚定有力的铁臂
挖去一切阻碍的土石方
推开一切顽固不化的思想
大踏步向着世界前进

中国速度让世界瞠目结舌
所有人都支起耳朵
五味杂陈地聆听中国轰隆隆掘进的声音
看这个以神龙为图腾的民族
把断裂的历史缝合
将各国孤立的路网连接成立体的棋盘
将一带一路变成神奇的紫金项链
缀满一个个国家的珍珠
全世界共同见证这个人口最多的文明古国
正用如椽巨笔
谱写属于东方骄傲的不朽篇章

路是复兴的希望
钢筋铁骨是不变的发展意志
崛起的愿望如凝固的混凝土一样坚硬
大山阻不住执着的愚公
大海吓不到填海的精卫

不断超越的速度
不断缩短的时空
用四十年走完西方两百年的路
奔腾的飓风
席卷懈怠的灰尘
给列车插上高铁的翅膀
给飞船装上北斗的慧眼
联网九百六十万平方公里的纵横交错
打通国与国洲与洲的边界险阻
从陆上从海上从天上

条条大道通北京
中华民族的复兴之路
成就世界各地的繁荣之旅

路有多长　友谊就有多长
路有多宽　发展就有多快
道路是文明的使者
贸易是和平的纽带
共享和谐了对立
互动促进了谅解
修路　修历史之路
矫正闭关锁国的谬误
修路　修现代之路
架起民族兴旺的桥梁
修路　修未来之路
践行天下大同的理想
路是钥匙　打开封闭僵化的思维
路是太阳　照亮渴望发展的世界
路是希望　点燃民族昌盛的向往

在修路的中国　走得越快越稳
修好路的中国　人民越来越高兴
在历经千年的迷惘之后
中国终于看清了自己的方向
并将十四亿颗心的愿力
合成腾飞的东方巨龙
催开新时代的中国梦
引领苍茫世界的沉浮律动

中国　我为你点赞
一、为人民的幸福点赞
从一九四九到二零一九
从四亿到十四亿
祖国大家庭兴旺人丁添
七十年啊七十年
同样的土地不一样的天
忆当初，四亿人
吃不饱，穿不暖

看今朝,十四亿人乐翻天
丰衣足食家家美
民富国强岁岁安

土房变别墅
乡间变花园
上学免学费
看病有保险
吃上自来水
厨房煤气燃
出门不用双脚走
小车大车四方赶
这样的好日子从没有过
改革开放转坤乾

伟大的制度
造就伟大的国家
伟大的政党
造就伟大的江山
伟大的人民
造就伟大的家园

二、为你的道路点赞

在某些时候
时间是弹性的
它被繁荣富强缩短
它被贫穷落后延长

在某些时候
道路是弹性的
它被改革开放缩短
它被思想僵化延长

是什么时候开始
经历了多少代人
从小村到小镇
二十里路　紧赶慢赶
两个小时　曲曲弯弯

磨破了多少少年的小脚
磨光了多少大人的扁担

如今　二十里依然是二十里
两小时却变成了二十分钟
昔日的羊肠小道变成了柏油公路
两条腿变成摩托三轮小汽车
赶集仿佛只是抽了根烟

那时候
从家乡到北京
是个悠长的梦
从小村到香港
梦更加遥远

现如今
只需四个小时
天安门就触手可及
只需四个小时
就能听到珠江的船鸣
就能听见蛇口的钟声
而东方明珠的灯火
也近在眼前
飞机　这空中的大鸟
想坐就坐
高铁　这地上的巨龙
想睡就睡
只需打个盹
仿佛在田间转了一圈

你若还想走出国门看看世界
也是小事一桩
一带一路
正串起五大洲四大洋
东方西方连成一片啦

你看　你看
塞纳河畔的垂柳和家乡的一样好看

— 1977 —

埃菲尔铁塔也高不过东方明珠的塔尖
泰晤士河还没有长江宽广
哈德逊河畔的自由女神像为什么惆怅

啊　中国
你的道路从来没有这样坦荡顺畅
你的道路从来没有这样自信昂扬
无论走到哪里都是扬眉吐气
一条繁荣富强的小康之路
已连通着每一个小小的村庄
一个幸福安详的中国梦
正徜徉在十四亿人民心上

三、为你的奇迹点赞

为世界上最长的跨海大桥点赞
这五十五公里的长虹
就像祖国母亲张开的臂膀
把曾经离家太久的孩子搂的紧紧
香港　澳门　这两颗东方的明珠
从此与祖国靠得更近　更近
从此　零丁洋再也不会悲戚
惶恐滩再也不会惶恐
只会传来阵阵自豪的鸣笛声

为世界上下潜最深的蛟龙号点赞
它智慧坚硬的身躯和有力的触手
已潜入大洋最黑暗危险的深渊
把大海最古老最深处的秘密窥探

还要为造福全球的中国制造点赞
火

江湖海

中国作协会员,1979 年起发表诗作千余首,小说、散文、评论千余篇。出版诗集 13 部,散文随笔集 6 部,访谈录 1 部。作品入选百余种选本,被译为英、德、法、韩、日等多种文字,获多项奖励。现居惠州。

姐姐

麦苗青时,倒了一片
荷锄的父亲看到这个细节
注目良久
姐姐回家,正是掌灯时分
父亲灯下瞥见
她衣背沾染的黄土
那夜月亮好圆
那夜饭桌不剩一个圆的碗
那夜柴屋锁住两行泪
那夜狮子在门边吼了一晚
那夜狮子就是父亲
麦苗还青时,倒了那片已起
唢呐声声接走父亲的心事
那个拾穗的孩子,挤入人群
一路吞吃米花
一路仰看姐姐脸上的露珠
串在唢呐声中,在阳光里闪亮
姐姐回头时,他看到
姐姐眼里映出的人影
这道风景萦绕他多年

1984 年

水稻方阵

城廓外,平原和山坡
肃立密密的方阵
古来与人类有很深亲缘的水稻
不发一言。青青生长,成熟
最后弯着的身躯
像农夫必有的驼峰
在看不见庄稼的城廓
我看见描眉小姐与纹身汉子
让我想起田中的稗子
谷穗,质朴美丽而不谄媚
与深宫中皇帝,大臣,宫女
完全相异。真实的人民

密密地排在水稻之外
与水稻连为一体,善始善终

1987 年

大海那么大

离岸那一瞬间
我回头
看见一尾鱼
瞥我一眼
我还是走了
后来
我多次回去
再没有
见到过这尾鱼
大海那么大
不可能再见到它

2013 年

手指

女儿让我猜谜
五个兄弟姐妹住在一起
高矮名字各不相同
我正看工厂流水线报告
抬头看到女儿
充满期待的明亮双眼
不由得伸出五指
和她小小的五指紧紧相扣
不忍心告诉她
这个谜语在机器流水线上
已经不再成立
家里的五个兄弟姐妹
有的仅剩独苗
有的已全部不在人世

2015 年

十三把钥匙

我有一串钥匙
共十三把
搬进新居时妻说
扔了吧
我笑着摇摇头
来此城廿年
前十年漂泊无定
租住十三处
全都是贫民窟
每次搬家
房东都没收回钥匙
十年十三把
妻以为我纪念艰苦岁月
我却感到
另有十三个家
在低矮处
灯光微弱地
为我存在

2013 年

五朵金花

百年紫檀木梳妆箱
打开盖子
铜镜跳出一个人
再打开盖子
铜镜又跳出一个人
她们五个
青春,貌美,窈窕
让人联想
格格,仙女,玫瑰,白玉兰
从铜镜跳出
她们进入我的眼睛
转瞬消失
梳妆箱五代相传
她们五个
没有一个长命
让铜镜
摄取渐老后的容颜
她们是
我的母亲,外祖母

外太祖母
外太祖母的母亲,外祖母

2015 年

桂花月饼

桂花树站立青石间
主干粗壮遒劲,枝叶成伞
十里八村独有一棵
盛秋前后开花,中秋节最浓
十里八村啊沁香弥漫
山民们树下纳凉、避雨、小憩
我的母亲捡拾枯花
加芝麻,瓜籽,杏仁,绿豆
糯米,冰糖,上好茶油
制成全世界独一无二的桂花月饼
中秋节夜晚,一豆油灯
母亲双目慈辉,看我们吃月饼
眼神犹如圣母的眼神
母亲辞世那年,桂花树遭遇雷击
仿若树魂随往天国
此后再无桂花,再无桂花月饼
可是,年复一年的中秋
桂花和桂花月饼的醇芳厚香
会从我的骨子里飘出来

2018 年

姜利威

在《诗潮》《上海诗人》《散文诗世界》《牡丹文学》《葡萄园》《中国国土资源报》《宁夏日报》《羊城晚报》等发表各类作品800余篇,获全国性征文奖60余次。

乡村夏日(组诗)

磨镰的老人
哧拉,哧拉,哧拉
节奏明快,动作娴熟而有力
他在用心打磨一把镰刀的锋芒

他听得见蛙鸣,感受得到骄阳
也看得见一地疯长的麦子
他目光里希望的温度,高过气温

磨镰的老人一言不发
但那磨镰时的声音,却在村庄的上空
奏出农人心中醉美的旋律
你听,哧拉,哧拉……

成熟的麦子

此时的她们,如同一个个即将分娩的妇女
硕大的肚子,就是她们最大的荣光与骄傲
旁边大树上的蝉儿,都在为它们不停地高歌

被磨亮的镰刀,期待着与她们的一次亲密接触
那些弯下腰身的农人,是最美的风景
成熟的麦子,在汗水中散发出醉人的芬芳

也许,我的前世就是她们中的一员
不信,请看我皮肤的黄
不就是被她们染出的胎记吗

小草

写下这两个字
就像是写下了我的乳名

其实我们都一样
在低处生存,在低处成长
最后在低处死亡,最终融入泥土

白云在天上,飞鸟的翅膀在天上
还有那么多的星辰在天上
这都和小草无关
它们只是扎根泥土,每年的春天啊
都在大地上写下一句句"春风吹又生"的诗行

姜利晓

在《星星诗刊》《中国诗人》《散文诗世界》《奎屯文学》《葡萄园诗刊》《牡丹》《中国魂》《安徽日报》《佛山文艺》《宁夏日报》《内蒙古日报》《羊城晚报》等发表各类作品1000余篇，获全国性征文奖100余次。

母亲（组诗）
月色下的母亲

虫鸣跳出夜色
花香喊醒心灵
空巢的母亲
连梦乡里都是空荡荡的
她披衣站在月色下的时候
我分明看见这些白花花的东西
落在了她的头顶之上
从此就再也未曾离去
而映入了我眼帘的那些
不仅扎疼了我的目光，还有我的一颗心

乡下的母亲

城市的灯光再亮再璀璨
也终究温暖不过乡下老家的那盏灯火
母亲住在乡下，为我储藏着
熟悉的乡音，甜蜜的乡愁
还有童年的记忆
这些年来，我一直是如一叶浮萍一样
在外面流浪漂泊
但一想起乡下的母亲
我的心啊，就不会无家可归
多么温暖，多么温馨

梦中的母亲

每次在梦中梦见母亲
都会看见她，一个人伫立在村口的大槐树下
静静地呆呆地望着那个枝杈间空空的鸟巢
一阵风吹来，母亲颤了一下
梦中的母亲不说话
只是用目光温柔地看着我
但总能让我读出一团团火焰来
那期盼的眼神啊
不止一次地计算着我未知的归期

姜尼

天津人，20世纪80年代大学生，医学博士。先后在欧洲，美国和加拿大著名医学机构从事心脏病基础研究，现居多伦多。自幼喜好文学，2013年开始中文创作，著有自传体纪实小说《医师日记》，散文集《枫国情怀》和个人诗集《情系多伦多》。

时间煮雨

想着和你一起闯天下
想着和你一起走四方
热酒一杯杯
那些豪言还在耳边响
静寂寂
再端起酒杯
这般孤独彷徨

想着兄弟情深
想着有难相帮
你的影子
一直在眼前晃
一去经年
再也不知你在何方

走过千山万水
走过许多地方
总想和你牵手同行
像儿时一样

却不想待相见时
目已眩
两鬓霜

时间煮雨
悄悄去了那些大好时光
慢慢耗了许多激情荡漾
不怪苍天
不怪命把人伤
只求再聚首的那天
一醉方休
在故乡

想家的时候

想家的时候
一个人锁在办公室里
目不转睛盯着窗外远方
凝固了思维,周围听不到一丝声响
天边的云缓缓飘来,满是惆怅
她一定来自故乡

想家的时候
一个人就去老街旁的那个酒肆
一点点,一杯杯,直喝到日落夕阳
昏沉迷蒙的时候,就看见忙碌的妻
呀呀学步的儿,禁不住泪两行

想家的时候
一个人就去有水的地方
莱茵河畔静静地看对岸那些烟囱
鲁文河里那些高高的桅帆
阿姆斯特丹河里那些繁忙的游船
晒到头发晕的时候
就看见蜿蜒的海河,一岸的杨柳,斑驳锈蚀的驳船

想家的时候
阴雨夜就早早地进入梦乡

雨声淅沥点点敲窗
就能看见故乡的街,那栋老房
楼道里堵着自行车,进进出出我的爹娘
不见明月,阴蒙蒙的夜没有星光

想家的时候,特别迷茫
想家的时候,就没了方向
想家的时候,再也不豪情万丈
想家的时候,总是隐隐心伤

注:20世纪90年代末,笔者独自在欧洲,想家的时候,甚是彷徨。

姜庆生

黑龙江省依安县人,曾为军人,始终有浓浓的爱好埋藏在心底,偶尔有灵感的冲动而转换成文字,借以表达自己的情感。

风雪中那抹橘红

风雪中那抹橘红
飞霜凝雪描寒冬
冽风摆柳绘橘红
那眼底遥逸的色彩

呐喊昔日熟悉的灵动
沿街挥舞的姿态
涤洁无数麻木的心胸
没有绿色和鲜花的日子
风雪中那抹橘红
靓丽的尺度超越天空
窒息雪花的所有表述
每时每刻
讴歌愈浓……
乌裕尔河
千年奔流
磨砺河床的空旷
从战马嘶鸣、踏燃的狼烟
到枪炮轰隆、嚎叫的烽火

— 1982 —

勇敢智慧的祖先
用白骨铸造崛起的丰碑
惊天动地的传奇、拍打经久不息的河面
激励一代代乌裕尔河人
河水无声：暖暖人心映朝阳一轮
河水有情：漫漫亲恩昭弯月半边
毅者飞天、览神州风采——演绎华夏文明
力者夺冠、披国旗飞扬——觉醒民族风范
幽幽的河水
用百姓的语言低调世纪的狂澜
细心的后人
用凝重的空灵撰写不朽的诗篇

将小小

吉林省长春人，吉林大学，商学院，国际工商管理博士，酷爱诗词。

明礼修身雅言雅行

凡遇事，必有容，德乃大；必有忍，事乃济。
居于何处，处草野之日，不可将此身看得小，居廊庙之日，不可将此身看得大。
处在何种境地，处逆境心，须用开拓法；处顺境心，要用收敛法。
为人处世，处人不可任己意，要悉人之情；处理不可任己见，要悉事之理。
待人接物，公生明，诚生明，从容生明。
面对闲言，何以息谤？曰无辩。何以止怨？曰不争。
敬守此心，则心定；欲抑其气，则气平。
此之谓：明礼修身雅言雅行。

蒋红平

男，曾用笔名落花生木树，20世纪60年代末生，湖北孝感安陆人，中国诗歌学会会员，湖北省作协会员。作品见于《诗选刊》《星星》《诗潮》《诗歌月刊》《绿风》等。出版诗集《醉清风》《水的黑眼睛》《福兰线》，其中《水的黑眼睛》获孝感市首届"槐荫文艺奖（文学奖）"，《福兰线》获2018年安陆市文艺扶持资金计划项目。

谷雨

上午夏天，晚上冬天
一辆春天的马车，沦落于咳嗽中

我把药片请进身体，像一尊菩萨
每日3次。虔诚膜拜

打在我的铁皮屋顶
十万雨滴，答答答答，十万马蹄

陶瓷

挤压，捶打，揉搓
焚烧。众多土的修行
终于变得坚硬
漂亮的形状，颜色，光亮

这些或称钙、铁、镁、锶
等等
先知的灵魂
终成正果
在厅堂，在博物馆，在墓穴
或碎落在垃圾场
田野，荒滩。千年万年

世人
也在火中修行。只有极少数
青丝到白发
最后，留下一点点

蝴蝶

它在漆黑的夜晚，来到我的窗前
扇动翅膀。一闪一闪划过

旋即惊雷，暴雨

直击我的铁皮屋顶

我知道是你前来
我们已分开多年了

控释片

一位患者找医生:
"拜新同"是假的
昨天服下,今天大便时
完好无损被排出来

——他不知,这片药经过胃肠道后
形状还在
里面的药已没了

仿佛另一些人
经历一些事后就没有了灵魂
余下骨架

蒋俊彦

男,出生于2001年7月,零零诗社成员。现就读于上海市平和双语学校。

雪中困局

暴雪中,我来到小木屋休息,
却不幸把自己锁在了内部。
我背靠着只能从外部打开的门,
带着祈祷的目光望向窗外。

远处慢慢走来了另一个我,
或许是选择不同,他此时
正拿着木屋的钥匙。
门就这样被理所当然地打开。

然后,他习惯性地带上门。
房间一瞬间响彻在
门上锁的喀嚓声中。

那一刻,我的心攥紧了它自己。
我们瞪视着对方:
不是因为愤怒,而是出于恐惧。

捕鸟

被风中的芬芳吸引,
你驻足于影中组合的形状。
教堂与教堂之间连起
光之铰链:消溶中

诞生。多美丽的陨落!
大海中星尘的倒影
一同见证。它不顾你的阻拦,
头朝下溶进工厂。

车床的轰鸣声中,鸟
被关进形式的牢笼。

它们被扔到野外,迫于本能

呼吸:雷霆的煤炱
排出蒲公英,满山遍野。
野兽梦中的鼾声——

远古时期的爱情
——赠罗卿

当巨石被抬出来的那一瞬间,年轻的矿场老板
怀特·布莱克不禁惊叫出声。
那是一块巨大的琥珀,里面嵌着两只
半大的比翼鸟,正于石块两侧
以扭曲的姿态相望,痛苦与充满爱意的眼神
令布莱克心头一颤,就像
中了彩票头奖一般。不对,以这块琥珀
的姿色和它充满艺术感的形成来看,
他就是中了彩票头奖。
想到这里,布莱克忍不住多看了它两眼,

漫山遍野的生机
到处都是泉水叮咚
艳阳下的花香
清风里的鸟语
种下成熟的种子
收获饱满的籽粒

在今天
我们为共和国献礼
扫黑除恶的朔风刮遍
精准扶贫的号角吹响
一带一路的政策的延续
学习强国的精神攀升
作为共和国的子民
我们高举手中的五星红旗
在中国共产党的领导下
奋力开创一个个崭新的世纪

金渝

  男,上海市作家协会会员、高级政工师。历任《上海机械报》副刊编辑、大型国有企业宣传部副部长、国家最大装备制造业集团报主编、上海市新闻工作者协会企工委副主任等。在《文汇月刊》《小说界》《萌芽》《上海诗人》及各大报纸副刊上发表过中短篇小说、诗歌、散文、报告文学百余万字。著有《金瑜小说集》和长篇小说《浮沉》。

情迷撒哈拉(组诗)

一

大名如雷贯耳,仰慕已久。
进去才发现她的内心
竟如此寂寞,广袤荒凉
与我的前世一模一样。

二

岁月已暮,没有越野车,没有你。
夕阳和几件多余的行李
也不愿遗落在撒哈拉
负重的骆驼怕我骨质疏松
劝我别昂然作霸王骑
一株红柳笑我过敏多虑。
其实一切赞叹与鄙视
失落或崇敬,内心已不抗辩。
丘漠如理想、情歌是流沙吗?
迷失的脚印由狂风指点迷津:
茫茫大漠我为谁跋涉

三

沙漠的美妙姿势
我越看越像你的造型
为静对另一抹迤逦
我绕过半个地球来看你。
把不该入画的清空
你敞开无人区最美的风景。
于是起伏的柔情,让不羁的风去观赏。
而陪伴,每次飞砾中的默默凝视
眼里容不得一粒沙。

四

东村、西村人不能通婚,族规如绳。
导致一对勇敢的情人
向沙暴深处私奔
生死茫茫不可测。
后来沙漠里冒出两口清澈的井
据说是他们留下的脚印。
谁心中没一口深井啊
这口快干枯的清泉
是我以撒哈拉的饥渴
品尝过的
一双含水的眼睛

五

你守着孤灯,苦等
那一行被驼影踩出的诗的脚印

— 1987 —

浅浅深深，飞入手机的惊叫声

诗踩痛你了吗？感谢
凋零灯光下的念念有词。
没有你的背诵
我的诗将很快迷失在
茫茫荒漠中

六

满世界皆沙。但我还是在风里
捧起一掬指间滑落的
你扬飞的长发和翻卷的衣袂。
在你的锦缎上任迷蒙的软黄金
沙沙而下，覆盖斜阳。

撒哈拉有三毛的印记
人类自由爱情的梦想百转千回。
一粒沙能与一颗星较量？
我打听胡杨年龄
担心一只鸟的去向
为一座城的废墟叹息。
虽然我写的每个字如一粒沙，无足轻重
但我的浪漫随风而起
无论世界多么苍凉。

2019年6月

金援朝

男，大专学历，曾就读于南京文学院函授部，公务员。香港诗社成员，大中华诗词协会会员。曾在《人民公安报》《文汇报》《新民晚报》等报刊发表过诗词文章。

坑爹

美女在单位下招亲帖：
"今年谁愿陪姐过11.11光棍节，"
"姐让他明年过父亲节。"
单位同僚一个个跃跃欲试来心血，
唯一矮男巍然不动真如铁！
一哥们试探曰：
"哥为何如此淡定耶？"
矮男呵呵一笑把嘴裂：
"从11.11到明年父亲节，"
"间隔仅剩7个月，"
"这爹当得自作孽！"
众人醒悟齐声道：
"这才叫真正的坑爹！"

金长渊

安徽合肥人，中华诗词学会会员，安徽省诗词学会常务理事，合肥诗词学会副会长，《庐州诗苑》执行主编，执编和责编过《诗词创作与研究》《炳烛诗书画》。自著有《杞忧斋随笔》《涓埃集·韵语卷》《涓埃集·文薮卷》《涓埃集·诗谭卷》《涓埃集·乡音卷》。有数百首诗词在全国性或省内外诗词刊物发表。

那江·那城·那楼
——马鞍山抒怀
一、那江

这里是八百里皖江的最东端，
长江东流至此向北拐了个弯，
两岸青山错落相耸，
那是东西两座梁山。

怪石层叠繁花万树，
吸引骚客相继游览。
江波浩渺孤帆一片，
陈桥渡口似有呼唤。

这里尚有摩崖刻石，
羲之署名依稀可辨。
这里曾弹奏过流水高山，
伯牙台留下了知音美谈。

这里有黄莺穿梭翠柳,
这里有紫燕翩翩呢喃。
远处响起云阁疏钟,
浮鱼晨曦色映金蚕。

七十年前的四月下浣,
渡江战役中两军激战,
三座大山颓然倒塌,
开国大典改地换天。

二、那城

诗城,是你专有的名片,
诗仙,与你结下不解之缘。
虽然,钢城是你的另一称谓,
但是,诗城赋予你文雅的内涵。

尽管,诗仙出生之地有诸多争论,
可是,无可争议他在此终老长眠。
太白钟情常来此啊,
青山有幸兮埋谪仙。

这城,定期举办国际诗歌节,
这城,确定过中国国际观光年。
这城,格律诗和散文诗联袂演唱,
这城,古琴曲和钢琴曲交替抚弹。

诗碑林,琳琅满目堪称经典,
古楹联,古朴凝重蔚为壮观。
忆往昔,青莲居士流连忘返,
洒翰墨,留下诗文数十名篇。

正因为有了这份承传
诗歌为老百姓喜闻乐见,
诗写在粉墙黛瓦雕梁画栋,
诗留在采石矶畔逾越千年。

三、那楼

那楼,名字叫太白楼,
那楼,矗立在采石矶头,
那楼,建在翠螺山麓,
那楼,俯瞰浩浩江流。

因为有了这楼,
马鞍山得以名闻天下,
因为有了这楼,
文人墨客才慕名来游。

拾级而上,祠宇肃穆,
徜徉园内,林木清幽,
观瞻塑像,肃然起敬,
赏读诗联,书锋劲道。

这楼,历经风风雨雨,
这楼,阅尽人间春秋。
读其诗啊,似可见举杯邀月,
登斯楼也,仿佛见骑鲸乘舟。

楼旁的广场,响起古诗词吟诵,
楼旁的舞台,亮起演唱者歌喉。
亿景置业在海棠湾挥毫,
大手笔正书写一代风流!

晋凤霞

70后,生于大禹之州,在神奇的传说里长大。许昌市作协会员。痴狂于诗歌的洒脱,小说的严谨。

如果可以

喜欢万里金菊覆盖
我贫瘠的视野
枫在尽头摇着手臂
看天籁晴空万里
思绪如脱缰野马
在花海奔驰

我不敢回眸

所剩无几的时光
在枫林里隐藏
那佝偻的模样
生怕岁月被无望吞噬

如果可以
让少年在千万善念前
虔诚膜拜
为朝朝可见的天穹
为生生不息的人众
哦——
只有这些怎么够
我的心好痛

伸出手
将万千的伤害遮挡
我想等
等到太阳升起的时候
我不能等
站在浮夸的边线
撕下虚伪的皮毛
展露出血淋淋的真实

醉秋

夜色浓郁但不香醇
秋叶依然飘零
酒像初恋人
闯进
空荡荡的心
饮一杯酒的相思
捻来回忆的情愫
在时光凄美里盛开

启开瓶塞
满屋清晓环绕
还有缥缈的思潮
游历于凌乱昨天
饮下一杯忧虑

那愁思便在坎坷里
默默走上一遭
经流年袅袅烟波
飘逸着飞出躯体
那应该是酒醉的逍遥

虔诚燃起那支经年檀香
让灵与魂在其中辗转腾飞
充满了缭绕烟云
掏空了烦恼
亦没有忧伤
只有安静的心
在灵魂浅岸
飘摇着蜕变

明天的日影
在秋风中偷笑
披一件橘红长袍给我
暖暖行程匆匆的那年

远方的你

已是秋天了
你还存在我的脑海
秋风送来你远行的味道
我挂满玉米的世界
我溢着金桂芳香的世界
开始重温旧日的炊烟

已是秋天了
泛黄的记忆慢慢抽出田野
那幅画满春阳的景色
还在招展着柳绿的笑颜
你说夏日被你尘封在昨天

又是秋天了
那个坐在你画里微笑的她
就要远嫁
她那长长的辫子

缀上了无数铃铛
只在浓郁寂静的夜
悠悠地响起唐诗的遥远

又是秋天了
她把红日绣进嫁衣
连同记忆
一同带上远嫁的行程
喊山的人遥望着她

又是秋天了
人生的唇角微翘
漫漫的田野被规整翻新
她该走了
一袭红装在秋风的飘摇里
融进枫林的醉秋

夏天的雨

昨夜我和你相会
你揽我入怀
在我耳畔轻声唱歌
清凉的风从远古吹来
我嗅到了唐风汉韵的嫣然

我在历史的过往里跋涉
你弥漫了整个世界
也冲刷了我遗留的脚印
所以没人相信
我曾经在历史的隧道里走过

梦里酣睡
被你轻扣窗棂的声音唤醒
听说我想重续梦境
你笑了
那么的恬淡　安闲

看你跃上荷叶
又滚落池塘时的从容
我彻彻底底明白消失的神韵
你的降落原来是种博爱

绿叶　红花　青草
最向往你的恩施
江河湖泊也青睐你的降落
紫薇花高翘的眼眉
目睹了这一切
当然她早痴狂着酣笑了

海棠果躲在叶子底下
羞涩的不动声色
我还没品尝过它的美味
更不知道它成熟时的颜色
我在你的世界里向往着
向往着所有果子的成熟

你怎么走了
我还在回味中陶醉
我还在你歌声里遐想
除了世界焕然一新
你什么也没带走
包括我回眸的依恋

靳敏

一个优雅的女人，喜欢诗歌。用文字抚摸心灵的同时，也是在寻找快乐。

燕子回来

站在你透明的歌声里
一听就是汾州养大的音律
有米粒的清香在里头
一直顺着听力往里钻
我的脏腑被交替着抚摸
偶尔美美的
还渗进去些春意

春风为你题的诗句

已经绿成柳枝上的嫩叶
姓桃、姓李的树
各自开出花朵,好让你去剪阅

水泥丛林的心坚硬无比
我用人类的歉意欢迎你
一阵风的耳语,让你选择飞去
我的目光扯住蓝天
想找个快速的词儿追上你

辜负花朵的人

把我派上用场
那些表格的眉目,已经
认识我好久了

格子很深
心必须亮着
里面有不少瞌睡虫
在快节奏的歌曲摇起来时
才会踩爆它们
好让自己钻进去

外面的桃花开了又香
香了又红的春天
会不会因为没有我而失望
如果蜜蜂能模仿
请带去,一个人
辜负花朵的样子
里面有个内疚的春天

胳膊好疼

胳膊的疼教训我
如果弯得再久,就要
罪加一等
我索性伸直,试图
让舒服回来

低头处,填饱肚子的那些
表格,躺在那里休息
它们是时代的宠儿
它们活着不需要粮食、果蔬
喂给它们的是文字和数据
够恼人的是,它们那么鬼
偷走我的年华不说
还留下一堆疼摁住我

重生

越发怀疑,我的
前世是攀山的冒险者
不小心掉在今世的深渊

四壁的坚实包围
绕不开的事物,只能
默默地,把等待
站成树木,内心
在风雨侵袭时
轻轻地,学着把自己按成平静

安静下来,总想
读你元素俱全的诗
新鲜而有滋味
让我一次次补充激素

脑海在浪漫经过时
心不止一次开花
那暗中馥郁,竟是一条绳索
攀着它,把我救上来

一直忙

时间把我拧得过紧
得分成十个我去顶住
转过头,假装无视风景的诱惑
把心的纠结平复

省下来的精力
领着一群自己上路

站在时间点儿上
文字作钩,垂钓塘水健康的程度

多个我举着虔诚
对每一个分子的
质量,自洁,压力,糖量,
往好的方向调整
检测,记录,摄像,坦释
再度证明关怀入骨

困,那么不值分文
扔得梦里到处都有
爱,也不及格
只配嚼碎咽到肚子里

父爱

阳光充足时
心田最适合晾晒
也如我久埋的记忆
被犁铧翻上来

对着阳光,就对准了温暖
就像儿时面对父亲
亲手做给我的拼音卡
一沓方正的卡片,冲过皮筋
的束缚,扶住了我的规矩
工整的字迹,留住暗赞
端给我一个态度

清新的墨香,总是
溜进我的肺腑
一直向我送好
惹得夜色
把灯光擦得更亮
照见那种幸福
止也止不住无眠

静默

原名曹静,轻松雅韵群成员,星海文苑主播,喜欢文学,热爱朗诵,诵读是最美的姿态,用文字记录生活,用声音传递温暖。

秋之恋

走在落叶纷飞的小巷
秋风吹乱了我的发
任思绪飘飞
思念无尽蔓延

红尘路上与你相遇
让飘零的心从此得以安放
让孤独的我从此有了可以停靠的港湾

你的笑脸
消融了生活中的苦涩
你的臂弯
让我感受到了无限温暖

长路漫漫
一路风雨兼程
执手相牵
走过了一程又一程

长长的路 慢慢的走
听花开的声音
看夜晚的星斗
十指相扣 看遍世间繁花似锦

浅秋

秋风萧瑟 秋叶静美
蔚蓝的天空
飘着几朵闲云
变幻莫测
站在季节的路口
任思绪飘飞
那些明媚或感伤

都将成为漫长岁月中的点滴珍藏
人生如戏
我们都在戏中扮演着不同的角色
演绎着不同的人生

时光总是太匆匆
日复一日　年复一年
苍老了容颜
美丽了思念

红尘过客

和风细雨　杨柳依依
风吹过脸庞
丝丝凉意　掠过心头
站在岁月的渡口
听心语低吟浅唱
红尘来去一场空
我们都是生命的过客
来来往往　向死而生
四季交替　循环往复
谁也不曾逃过岁月的雕琢
谁也不曾躲过生活的磨难
慢慢地学会了懂得和释然
这一生注定无法重来
得到或失去
都是必然
独守心中那一片净土
风轻云淡　不染悲凉
日子越来越薄
不为往事扰
余生只愿笑

相逢的地方

热浪翻滚　瓜果飘香
在这七月流火的季节
我们还会在哪里相逢

走过春秋　走过四季

我们在诗歌里相聚
在文字中动容

每天沉浸在情诗的浪漫氛围中
感受着文字的无限魅力
突然有一天，我也写了一首小诗
感觉好激动
用文字记录生活
用文字抒发情感
诗意生活
用心品读

酒哥

　　福建上杭县人，自由职业。信仰文字，喜欢网络游荡；好音乐与美酒，爱摄影和自驾游。生活忧愁有时，快乐亦有时……

烟雨晨雾

烟雨晨雾
褪去梦的包裹

落地玻璃窗户
从不为风景遮羞

春色赤裸裸
性感十足
蝴蝶扑翅争风
蜜蜂张口吃醋
花朵脸绯红

晨雨啰啰唆唆
飘得一地湿漉漉

追逐记忆的影子

追逐记忆的影子
我想告诉你
无疾而终的朦胧

因偶遇而再次清晰
何必追问
夭折在襁褓里的恋情
它早已随风而逝
存留在记忆中的美好
仍然青山依旧
清风徐徐

追逐少年的影子
我想写首诗
情窦初开的朦胧
不因遥远而无回声
岁月静美
浑然不知年少的青涩
我感叹青春无悔
存留在记忆中的美好
一样无忧无虑
呢呢喃喃

我在秋天等你

不经意的释手
放纵了你的离去
我在秋天等你
让夏季的喧嚣远离

蝉鸣萦绕耳际
声音淹没了踪迹
我在秋天等你
秋风脉动我的思绪

凭栏远眺盼你
却不见你的身影
我在秋天等你
枫叶不愿随风凋零

鄄箕山人

字池鸣,别号悲喜凡人。著名网络诗人、中国诗歌网专栏诗人、博客中国和新浪博客专栏作家。祖籍山东,生于东北,求学于北京,工作在广州。学文习武,兴趣广泛,在全国各级纸质期刊、电子期刊上,发表大量学术论文、文学作品。2013年9月,创建网络社团广州文艺沙龙,提任社长,以文会友,以艺交流。2016年8月,首创"新体六行诗",古为今用,推陈出新。2016年10月,首创"池鸣体新诗",融古汇今,自成一家。2016年11月9日,创建网络社团广东一道诗艺社,担任社长、总编,一道为友,传播文化。2017年1月5日,创建国际化网络社团华人文艺联盟,担任社长、总编,推广华文,强大华文文化!

笑谈得失

有时候春风得意
有时候马失前蹄
得失成败
笑骂随你
我岿然不动
你何必着急?

漫谈荣辱

辛辛苦苦为了啥?
养家糊口有钱花
荣辱多如麻
老人笑哈哈
功名利禄
坑坑洼洼!

面具

我,是一只百变面具
乐,粉墨登场戏红尘

奸商,戴我逢场作戏
贪官,靠我平步青云

— 1995 —

君子,骂我翻云覆雨
小人,爱我落魄失魂

我,身不由己任你用
你,贪嗔痴怨闭心门!

破车

几辆破车,在荒草中沉默
斑斑铁锈,爬满你的全身

也曾风光,游遍大街小巷
也曾充实,满载欢笑客人

奔波忙碌,无暇遥思落魄
不愿闲顾,路边破车失魂

功成年迈,必将废弃荒野
一道沉默,同样悲哀眼神!

拾趣伊甸园

梳理飘逸的长发
聆听百鸟的歌唱

无意中抬头顾盼
却见
野猪痴痴的呆望

陌生的完美胴体
惊叹
上帝创造的女王

痛恨,造化无情
生我,这般模样!

凝视

一幅震撼灵魂的画
紧紧拴住我的眼神
你犀利深邃的双眸
让我定睛
难以转移半分视线
你凝视心中的仇敌
还是拷问
喧嚣尘世散奢庸懒
我心惴惴肃然起敬
深深铭刻你的眼神!

根在鄄城

鄄城,一个古老的文化符号
古老,让人淡忘文化的永恒

雷泽湖畔,邂逅巨龙的足印
伏羲女娲,都是华胥的传人
箕山许由,乐享清闲的世界
禅让天下,恰似过眼的烟云

尧帝病逝,谷林是您的归宿
舜王诞生,历山有您的耕耘
兵圣孙膑,魂归鄄城的故里
义士荆轲,永眠古邑的大地

鄄城,一个古老的文化符号
古老,需要文化旗手的传承!

屈原颂

古往今来
仁人志士,敬您高山景行
墨客豪侠,慕您顶礼膜拜!

您没有
王子皇孙的显贵
也没有
陶朱猗顿的家财

不是羡慕
您珠联璧合的诗篇
也非热衷

— 1996 —

您浪漫飘逸的情怀

只为
您心中，民生装载
您胸中，美政满怀
人在梦中，忧心忡忡
大厦将倾，难以释怀！

可恨
灵修昏聩，豺狼当道
芳泽杂糅，黑白混淆
天地之间
处处
弥漫尘埃！

万钟富贵，不能诱惑您的冰心
飞来贫贱，无法动摇您的铁骨
威权武力，怎能让您甘做奴才！

伏清白
守信芳
体解犹未变，九死亦不悔
空怀回天梦，汨罗诗魂归
是您
悲壮的归宿，神圣的祭台！

凭吊屈子
缅怀英才
武士扼腕叹
文人齐悲哀
千古共谱强国曲
英魂一缕入梦来！

K

阚心

女，2008年9月生，上海市江苏路第五小学四年级学生。曾两次荣获中国福利会少年宫优秀学员；在全市"自说自画"故事大赛中脱颖而出进入总决赛，并获得优胜奖；在第十二届七彩阳光全国青少年才艺展评中荣获儿童B组古筝（独奏）项目银奖；在第二届国际少儿创新艺术邀请赛中，作品《麻雀的臆想》通过初选参与国内展览；被"宜家"邀请拍摄六一儿童节专题广告片，并在上海各轨道交通移动视频中播出。

梅花

当冬天百花凋谢时，
你却踏着风雪而来。
你是寒风中的傲霜枝，
更是寒冬中的一点红。
当春天百花齐放时，
你却跟着风雪而去。
你亲切地和我们说再见，
把引来的春天留在人间！

康建设

聿殳，号留云侠客。系宁夏作协会员，银川市作协会员，灵武市作协会员。从事教育教学工作，高级教师，主创散文和诗歌，服务学生，记录生活。作品散见各种微刊平台和报刊，已出版个人散文集《往事只能回味》《寻找秋梦》两本书。人生信条：爱我所爱，无怨无悔！

一束燃烧的火焰

车经过能源化工厂
浓烟遮蔽了初升的太阳
这多么像滚滚红尘
阳光的笑脸灿烂
穿过烟雾刺破遮蔽
透过丑陋的车窗玻璃
亲近着我

我透过脏兮兮的车窗玻璃
看窗外远方美丽的世界
那世界里有我喜爱的景象
目光所及的角落
燃烧着一团火
一团永不熄灭的红色

车速匆匆拉远了距离
模糊我的视线,我逐渐看不见
她
却总在我能感知到的地方
燃烧、温暖和照亮
我庆幸我能感知到她的光
而在她身边的人
没有一点留恋和欣赏

我透过丑陋的,脏兮兮的玻璃
甩掉重重浓烟的包裹
想着我喜爱的那点火热
心中也炽燃起
那样一束烈烈的火焰

2019 年 6 月 28 日

太阳与火

太阳亲近着我,我却钟意着火
容易得到的常被忽略,不易得的尚在求索
欣赏是一种荣耀,正如远方熊熊燃烧的火焰
炽燃的仅仅是意念里的假设
不如这易得的阳光这般亲热

我害怕我一转身,我想见的
就再也见不到了,就像下雨的天气
我领教到的全都是阴冷的折磨
只要有那么一簇燃烧的火
就能给我送来温暖、光明和快乐
没有太阳的时候,我渴望阳光灿烂
也追求火焰,那是

一种别样的热烈

然而,在晴朗的天气里
有灿烂的阳光拥抱
那束火,却在心里炽热
我不担心它会熄灭
尤其是在无尽的黑夜

2019 年 6 月 30 日

如果啊,如果

如果记忆能够一键清零
我宁愿在我的脑海里只留下你的身影
如果这世上还有最美的风景
我只想每天都能够听到你的声音

如果这世上还有最动听的情歌
我希望其中的每句都是我对你的诉说
如果未来还有无尽的岁月
我甘愿陪你过上最美的生活

如果我和你不再被路程阻隔
我盼望有缩短我俩距离更快的车
如果你能为我消除孤独寂寞
我的激情就会像汹涌澎湃的江河

如果能够实现这美好的一切
我对你的思念就不再是折磨
如果你能够接受我的所有过错
我的祝福就是给你最大的快乐
如果啊! 如果……

2019 年 7 月 1 日

没有人懂得我的漫游
起风了
我的风和你的风
一定交融在一起
不管你看见看不见
它们都毫无保留地

融在一起
热也在一起
凉也在一起

雨来了
我的雨和你的雨
一定浸泡在一起
不管你知道不知道
它们都好不夸张的
浸在一起
来也在一起
去也在一起

没有人懂得我的漫游
我以风的凌厉雨的瓢泼
向你扑面而来
就是带去我最亲切的问候
无论隔天隔地都要风雨兼济
我的风在你那里最勤
我的雨在你那里也最勤

没有人懂得我的漫游
我以我的亲切我的友好
向你的风雨融合
就是为了填满细小的空隙
不让距离拉远产生隔阂
你的风在我这儿最美
你的雨在我这儿也最美

2019年7月27日晨

康康

康建华，男，回族，1995年出生，宁夏人，现任宁夏从头越话剧团有限公司副总经理。

如果·爱

如果我
是你最美的邂逅
请说出你洁白的柔情
让理智的《秋日私语》
颂传我们爱情的福音

如果你
是奉上帝的旨意
前来召唤沉沦的生命
请留下你滚烫的热吻
复苏的魂灵会就此远行

如果冷
我又该如何
紧握你的双手
抚摸冰凉的沉默
吹去落满忧思的悲歌

2017年8月

听，夜里的声音

听，夜里的声音
仿佛一颗流星、在街道穿行
未曾留下一个使过往的魂灵
追寻，前夜消失的那双冷漠的眼睛
沉默吧！人们已酣然梦乡
别让酒瓶碰撞的友情，唤起
黎明后城市赤焰燃烧的声音

是的，我听到了
耳旁的滴水溅起了涟漪
宛如映照下的夜空，如此宁静
一切静止了呼吸，空气
雾霾、音乐，还有走向死亡的脚印
思绪不再那样惆怅、忧伤
就像世界初始的模样

听，白昼的声音
听，夜里的声音
…………

康乃馨

原名康丽芬,云南人,诗词爱好者,偶有作品发表。

彩虹雨的两端

彩虹雨,那斑驳的思念
越过了千山万水的阻隔
抵达湄公河芳草萋萋的堤岸
水中倒影,有几许忧伤暗自飘摇
深情凝望中,有绚烂的彩虹升起
那道霓彩的彩虹啊
一头注着我的泪水
一端拴着你的喜欢

行走在彩虹雨的两端
遥遥的相思随雨幕
淋淋漓漓落下
你在烟雨蒙蒙的江南古巷
我在彩云映照的湄公河河畔
你那里的天空下起了雨吗
我这边洒下了
满地的思念泪斑

多少个阳光灿烂的白昼
多少个风雨缥缈的夜晚
我在你的诗里漫步时光
积攒着幸福的人生梦斓
我在等待有那么一天
你我在一个路口邂逅
心儿怀揣着灵犀的颤然
不约而同的牵手爱慕
一起演绎那
风花雪月的浪漫

虽然相隔天涯海角
仿佛你就在我的眼前
我对你的惦念
已在心中烂漫

正蓄势待发
过好每一个明天
澜沧江畔的美景啊
将为你悄悄地订制
那美好的惊艳流年

牵挂放在水云间

摘一轮明月挂在山巅
抓一把幽香,将思绪婉约在字里行间
用岁月音符,谱一曲天长地久
清风的低吟,灯火阑珊

花开的细语,把一怀情思渲染
这一程的山水,纤尘漫漫
将相惜的守候藏于心底
清馨的情怀,种植着沧海和桑田

彼岸的心念,任岁月流长
远方的远方,缘分但愿如初见
细品,最入心的就是遇见你
光阴深处,翻阅淡墨轻痕的画卷

幽静的岁月,温柔而安暖
最难忘的是不期而遇的情缘
时光有心,唯美而舒缓
天涯相隔,让文字相牵

心语唱和,笔墨鸿雁
灵犀平仄,共话阑珊
沁润着琴音,水一样的长远
其实,我一直等待你的出现

如果,收获不到自己想要的结果
我不会问自己,没有未来怎么办
稻花香的季节,肯定会有收获
告诉自己,我会一直守候着那份海枯石烂

我知道,什么是自己想要的依恋

牵挂何尝不是一种最长情的遇见
大山会厚待感恩懂情的生灵
日复一日,年复一年

月亮下,我为你驻足

天高路远山高水阻
泪眼望断相思路
月光寂寞苦楚
向谁倾诉

思念疼痛伤泪盈目
清晨煎熬到天幕
风月良宵虚度
与谁轻舞

如果相遇是不小心走错了路
那么与你的相知就是没有解药的毒
你就是我流年里凌乱的风景
为了前世的许诺,今生的我不能输

你我邂逅在红尘的最深处
佛说:你就是我前世五百次回眸的呵护
相思的红豆,熬成了缠绵的粥
守候那棵地久天长的菩提树

今生,注定你是我的风铃
否则,我不会出现在那个不经意的路
即使暴风骤雨
我也愿意为你驻足

柯羽

  本名陈国英,江西人,赣州市文艺评论家协会会员,赣州市作协会员,南康区作协理事。作品散见于《交通旅游导报》《现代青年》《巴中文学》《诗选刊》《江西卫生健康》《赣南日报》等刊物。作品收录多种合集选本,获过奖。

穿过你的黑发我的眼

露微凉,晨阳升
光芒,越海平面四射
一帮少年,摆着龙门。追风、逐浪

凳已石化
守着时光,安坐榕下。述者,倒叙的片段里
青梅竹马过着家家,正捉迷藏
篝火点亮旷野
穿过你的黑发
我的眼眸如海,梦在发芽

山那边,色彩斑斓,号角吹响
炊烟袅袅
叮咛和呼唤,被甩在匆匆前行的脚后方
光阴吹皱少年郎,梦里花开在异乡
撬动记忆尘窗
细雨急,声声叹

榕树下,稚子童声响
青鸟成双,舔羽抚颈嬉戏忙
松涛翻腾,哪朝故事传唱
凤凰,又飞落哪颗梧桐树上
盘根错节枝丫蔓。根深树茂,天女花已散

冬日萧杀
飓风突起,黄叶兀自飘零
倦鸟归林。叶与根,拥抱土壤
抬头,山峦处,云舒云卷奔骏马
俯首,涧水深。花落花开荒草长
逝水流年,故事轻弹

夏雨微凉,痛亦深长

江湖风高浪也大
闪电雷鸣暴雨裹挟而下
一只雄鹰坠入山崖
一条金鱼摔出鱼缸

大鱼小虾网在中央
稳坐钓鱼台的暗影。神色晦暗
漠然如常

曾经的西窗夜话
那共剪后烛光。伴着那张旧船
一起泛着寒光
烛泪嘀嗒。古井微澜
用磐石死压心口
再不见惊涛骇浪

雀鸟林中惊起,箭一般掠过江
江岸蛙声嘈杂喧闹,此消彼又长
夏雨微凉,夏雨微凉
穿透眉间心上
痛亦深长。痛亦深长

此岸桃花依旧开

此岸与彼岸,隔着一箭之地
左耳与右耳之间
潜藏
高山——绵延不绝
幽谷——寂静清冷
林海——瘴气迷蒙

春水一江,借着东风顺势而流
柳绿桃红,随号令登场
莺歌燕舞已不在
去岁人面了无痕

十指刮去
琥珀斑驳泪痕
抹一把洇红。暖一暖
被风刀霜剑削瘦的人间物事
袅袅炊烟

此岸桃花,依旧

笑迎春风独自开

颗粒

　　江苏省徐州人,吉林建筑科技学院,管理工程学院,工程造价专业本科毕业,酷爱诗词。

笑对生活

高山青青,溪水潺潺,
无论在阳关大道上,
还是在崎岖山路上,
我们都要保持时刻迸发的姿态,
犹如旭日东升,
带着温度,
提着热情。

人生犹如四季变更:
春如生之奋发;
夏如生之热烈;
秋如生之蕴籍;
冬如生之肃然。
四季如歌,各有特色,
有过伤心,有过失落,
但毕竟还有快乐。

当我们睁开眼睛享受微风的清凉时,
又何必埋怨风中细小的沙粒?
仰观宇宙之大,俯察品类之盛,
万物都在自己的天地中顽强地坚守着,倔强地生存着。
困难何所畏?挫折何所惧?
没有黑夜又怎么会有放飞希望的黎明,
黑夜给了我黑色的眼睛,我却用它寻找光明。

立志要有所建树,又怎能一暴十寒,自暴自弃。
看"一蓑烟雨任平生"的苏东坡;

看"天生我材必有用"的李太白；
看"对酒当歌,人生几何"的曹孟德；
再看今天"数风流人物,还看今朝"的毛泽东,
他们仰望人生,笑对生活,坦然、乐观、自信、豪迈。

与他们接轨,我们方能成就一生的辉煌。
风光旖旎,生活多彩；
斗志昂扬,矢志不渝；
仰望人生,笑对生活!

L

劳士诚

笔名石沉、老实诚,上海人。新闻专业大专学历,现系上海市奉贤区作家协会会员、理事,上海音乐家协会音乐文学专业委员会会员。有作品发表《星火》《上海词家》等各种选本;网络发稿颇多,中国诗歌在线网上海频道编辑。

乡愁是唯一的行李

落叶出发了
虽然飞得不远
总算飞了起来
像云变成雨飞翔一样

风出发了
把季节背在背上
在有脚手架的地方
抬起了脚
在有路的地方
赶着路

乡愁是唯一的行李
很多的故事背不动了

只能背回一些未忘的乡音
在从前的村口
可以问路
可以问今年的收获

在乡音未改的村口
父亲临终没有说出的乡愁
仿佛都长成了高楼

远处的灯光

月光被云卷走了
夜色黯淡
乡愁没有了倒影
在他乡
在没有风的夜晚

远处的灯光举着头
望着没有景色的景色
近处的乡愁在灯下低着头
看着不是黑色的黑色
路等在不是村头的村头
听着没有声音的声音
夜展开了不是长夜的长夜
画一幅不是梦乡的梦乡

远处的灯光不远
乡愁比它远
近处的乡愁不近
灯光无法知道它的长度
有人在车站等
回家的最后一班车

窗口

一颗心打开着
让流星划过
划亮一抹夜空
那么多星光做的标点

点不开一首长诗
和它的灵魂

一本书的扉页
翻开着
一行行的文字
吹不进一丝的风
将起皱的思虑
轻轻地抚平

就像我们写诗一样
心里已没有地方落笔
只能在茫茫的网路上着墨
那么,该有一处
留白
当作初心的窗口

往日的转弯处

回望的目光穿过
转弯抹角的记忆
仿佛母亲站在那里
她望着我和我还没走完的路

我在往日的转弯处
不停地用记忆刷脸
寻找着自己
那时我,很弱小
经常生病
母亲流下过许多眼泪
滴在我的脸颊上
为我退烧

赤脚医生来了
他有两个身份
猪有病的时候给猪看病
人有病的时候给人看病

往日的转角处
现在已空无一人
母亲去了远方
去了一个没有病痛的世界
季节再也无需为她转弯,抹泪
她是天使,一直飞了过去
在云的背后
或者风声不及的地方

老君

原名赵君令。山东德州人,陵城区作协会员。有诗歌、散文、微小说在报刊和文学平台发表。

留在故乡的记忆

有一条小河,流淌着童年的记忆。我曾是一条,被老师做上记号的鱼。

炊烟,在我家屋顶上,升腾成风景,也被我装进行囊,带到异乡梦中常常闻到母亲做的饭香。

故乡的月光如水,母亲总喜欢,在月光里,漂洗掉我童年淘气留下的痕迹。

老家院子里有两棵枣树,那是我从鲁迅先生的文章里挪来的,本想再种一棵桑椹树和皂荚树。现在的院子里,可能全是长妈妈说的赤练蛇的草。

老家东面有一片苇塘,那里的秋天,长满蝈蝈的叫声。还有,我惊飞的野鸭和野鸭抛弃的蛋卵。

古丝绸之路遐想

风推着沙
沙追着风
涌动成沙海的浪

一条古文明的路
被沙海淹没
在这里曾经打捞出几只
驮着丝绸的骆驼

骆驼早已剩下骨骼
驼铃还能被风沙砸得叮铛响

那些古丝绸路上的驿站
早已成残墙断壁
来来往往的驼队走出了文明
也走进了历史
那些路标一样的胡杨和红柳
还站在那里
它们在等谁
枝上是为谁准备了一丝新绿

记忆深处的声音

昨夜
一只蛐蛐儿
从记忆的深处走来
闯进我的梦里

我不知道
它是怎么找到
我住的这个城市的

它
用我熟悉的
老家的方言
一声一声地鸣叫

像母亲喊我的乳名

老游

  游增富,福建师范大学数学系毕业,从事教育教学工作,有数十首诗作在各类省级及以上刊物发表,华美文学社副主编,点评员。

谷雨辞

你从雪山而来
你是遥远山谷中的超渡大师
在云层之上,深渊之下
操纵时节,气候
你的生命线
短于天空
深过流云
你以河流的姿态站立
说的却是海的方言
你背对太阳
高擎闪电
主持公正,道义和秩序
你喂养善良,冲刷罪恶
令河流暴涨
虫子苏醒
山脉拔节
你是谷
你是雨
其实
你仅仅是一朵,插在教科书鬓角上的
野山花

天涯

炎热覆盖住鸟鸣,树叶张开
重重掌影,穿过空气
拍打在岩石上
一件百衲衣,披在山野的肩上
入定僧侣,以流水敲响木鱼
而蝉声突然激越
惊扰到一个少年

他一边写作业
一边等待父母劳作归来
此刻,他放下笔,抬头
略有所思

他的目光翻过田野,翻过
重重山峦
看见一只鸥鸟,正从奔腾的浪花间
疾速掠过

少年从没走出过大山
有个梦,开在了天涯

乡村信仰之菩萨

莲花宝座金铜塑身高大威武
善男信女贡品祭礼日益丰盛

好人来拜坏人烧香
您给合什,慈悲,怜悯
农民来拜官员烧香
您给合什,慈悲,怜悯

您无言就俘虏了
天下苍生
世道人心

荣华富贵的种子,在脑海里
长出粗枝大叶,在人生堤岸上
摇响一树梦幻

雷宁

男,笔名蓝风,陕西人。写诗,也写小说,偶有作品获奖。

芦苇,写满人间的情话(组诗)

一

江湖隐藏了多少风声,流水,皎洁的月光
一群水鸟从芦苇荡飞起
一丛芦苇想从鸟翅下飞起
许多柔软的情节起伏,往事摇摇晃晃

二

芦苇游走多年,从青春到暮年
始终走不出一片江湖的怀抱
阳光铺在水面上,芦苇不说话
芦苇轻轻地,在水面写许多情话

三

想飞的心由来已久,风帮芦苇张开翅膀
鸟用声音帮芦苇指明道路
可芦苇始终飞不起来,芦苇低头
有谁听见芦苇的哭声,比流水浩大

四

星星在夜晚开花,细碎的花朵闪烁着光
却在黎明前慢慢枯萎
芦苇在阳光下开花,在月光下孤独
想念一些美丽的过往,美丽的诺言
那些思念开出的花朵,轻盈地飞啊飞
飞向岸边

五

鸟鸣在岸上打探了多少年
芦苇就在江湖期盼了多少年
月光一段一段破碎,时间一节一节
隐入风声背后
那些芦苇写满水面的情话
那些被阳光一片一片铺满人间的情话
那个美丽的女子,她看到了吗?

离兮

河南焦作人。喜欢古今文学、书法和一些简单的情感文字。

阴谋

这是一个盛产阴谋的季节
我还留在后山
野兽的追捕还在继续

无可幸免的心跳扑向绿水

煮一锅晚云
我总是自动脱下外衣挂在树杈上
没有琴声
我为白色的和黑色的神祈祷

喜欢鹅的喉结
奔跑的姿态,像某个逃命的人
一院子的晚云扑闪着
一笼子的野兽
原来是未曾谋面的灵魂

元素

以你为元首
横过溪水,渔屋里射下一束光
我看到了景德镇的炉火
以及你
半青半紫的冷艳

我在千里之外
那个传说中的女皇到底有多美
另一条路
还是不能惊动的成分
读你
就像是黑夜里看不见的丁香

假装一场邂逅

从花开出逃
陈旧的颜色、灰尘和香水
对面声音来自红砖墙内
枯枝是翻译过的
我伤感的身子,还需要等待

穿梭在所有的缝隙
我整个夏天,跟着一只翻飞的鸟
所有的方向都是方向
你娇媚的样子深藏不露

假装,就是这个样子
我转身
像一个古代的妖姬
绕开唐宋,绕开兰陵
你于指尖风华绝代,踩着流水向我走来

小毛鱼

想你是在说着什么
夜来了,海水便消失
小花睡在尘土里
你睡在小屋里

总是在以言语喂养
幻想黑色的水
一滴一颗小石子,关上门
用灯盏点燃回声

在与生与爱与死的岸
一种慈善的举动
流着泪点,小如一首歌
小如游动一回永恒的接吻

最后

始终相信,我有这长长的一生
而你,一定会来
寂静的山林,唱一首简单的歌
云霞在天空里不停地变换

错过了那么多美丽的夜晚
只是因为羞怯
你一定是被书中的情节吓坏了
我笑得不怀好意

大概就是这样
连伸手都无法构及的距离
在你的凝视之下
歌声停歇,不让谁来偷听

黎世松

湖北人，湖北大学汉语言文学专业毕业。热爱文学，业余创作。擅长抒情诗歌、散文。作品散见十余家网络平台。

最美

你是天边的云彩，
孕育最贵的春雨。
你是绯红的朝霞，
孵化喷薄的朝阳，
唤醒沉睡的大地。

像春风一样和煦，
像春光一样明媚，
像春花一样绚丽。
你若桃花笑春风，
吹绿了华夏大地。

你天姿玉颜淡雅清影，
畅想着向往的世纪
你娥眉丹凤长发及腰，
诉说着人间的美丽。
牡丹艳，兰幽馨荷花碧，
翠柏向天吟。

你是芬芳的花香，
醉了莽莽森林，
古槐参天低垂首，
杨柳依依花飞絮。
桃樱红，杏李白梨花雨，
斑竹泪滴滴。

最美的四月天里，
走了最美的你，
像那天边的云彩，
化作珍贵的谷雨，
你是最美的美丽。

淡淡的忧伤

父亲节里拿什么把父亲敬仰，
陈年往事在心里久酿。
父爱如山那是您深邃目光里，
穿透一切的坚强。
把儿女捧在胸前，
背负沉重给我们一座巍巍青山。

沉默寡言，任岁月风雨浸染，
生活的磨难您一个人扛。
没有享受的权利，
全是给与抚养，
什么时候您都不敢怠慢。
满足孩童无知的奢望，
抵挡岁月侵袭的风寒，
您的胸膛蕴藏无限的温暖。

任沧桑爬上眼角，
凭心迹布满善良。
操劳一生，步履蹒跚，
站在儿女面前，
永远是一座山。
把高山敬仰，
把伟岸记在心上，
淡淡的忧伤啊，
在高山上轻轻荡漾！

搀扶您踉跄的身板，
抚摸您荣耀的老年斑。
返老还童的黑发呀，
给儿女们心花怒放。
严厉慈祥，英俊伟岸，
儿女们全记在心上。
无声的爱，坚韧的钢，
我要陪您很长很长。

黎昕

笔名叶脉。湖北省荆州市作家协会会员，荆州市网络文学委员会负责人，主要以小说、散文、报告文学和诗评写作为主，偶尔也涉足诗词。在各类文学杂志发表作品共50万字。

桃花

把一个人种在心里
便长成一棵树
把心事藏在桃花里
便躲过了冬的纠缠
我知道你会带着蜜蜂
来赴约
因为这是前世的约定

神女峰

为赴一场风花雪月的邂逅
把沧海站成了桑田
站成了一个传说
把身体化成石头
来证明爱可以永恒
从大唐飘来的一片云朵
便让我泪雨滂沱

春

总是被雪葬后
死里逃生
带着累累的伤痕
与百花赴约
唯有池塘边的腊梅
最早读懂春的心事
用一瓣馨香
在夜里作深情告别

礼乐

河北廊坊人，吉林建筑科技学院，管理工程学院，工程造价专业本科毕业，酷爱诗词。

因为我们还很年轻

十八岁的青春年华，
正是挥洒汗水的时候，
如同雨过后的天空，
舒展一道彩虹。
但是这并不是一帆风顺的，
这条道路是坎坷的，
所以有过失落有过迷茫，
有过忧郁，也有过彷徨。
总不能一个人站在高处，
因为会感到孤独和害怕，
好比心悸时没有找到急救的药，
越走越远时看不到前面的路，
尝试着去随性而为，
却又遭受更多的伤痛。
一切总是因为年轻所以纵容自己，
那不谙世事的作为，
总是对自己说你还是那个你，
总想对自己说声对不起，
对不起再也找不回原来的自己。
人都是会变的，
也许是因为生活，
压迫还有不甘，
自己会变成曾经自己讨厌的样子，
这或许便是成长的代价。
但我们不会隐藏内心的渴望，
虽然偶尔也会流露出淡淡的忧伤。

听心脏的律动，
诉说着一个个甜美梦境。
看，涟漪荡漾下我们的身影，
那是一道道多彩的风景。
朋友，请挂好理想的风帆，
让我们去远行，
给自己最充足的理由，

来迎接远方的光明,
因为我们正年轻。

李建生

网名三庄老四。诗爱好者,偶有作品发表。

城市天空

难得有晴天。一朵雨作的云痴缠树梢,笑成桃花

偷情的小麻雀,也不看路人的白眼,抖落怀春的羽毛

只是我依然背靠着长条椅
臆想
捡柴,点火。煮一壶白茶

奔跑的风

冬月的狂野。放纵翅膀
无所顾忌洁白如羽的雪

而我,一个离乡背井的人
蜷缩在霓虹深处的角落

一片片风,从酒杯溢出
从布满鱼尾的眼角淌过

对面空椅上,红唇醉了
我醉了,风醉了
拽着月光奔向有月光的地方

划地为牢

推开关闭已久的窗户
漫天阳光纷纷涌进

眼前飞翔的风,从未停过
只是渴望红尘的心落满红尘

推开。放飞自我,放飞困于枷锁的梦

邻居

"你好!"太阳花开
绿萝蔓延,君子兰蓄着身体里的雷声
慢慢分叶。眼前的茉莉花
散尽花香,你我相立
于六尺巷口

我的眼睛盛满你的微笑
未发的萌芽,泡在阳光下

视线之外

一声雁鸣,所有的风
从窗前穿过。夜的骨缝里
有一盏灯火溢出荧光照亮,诗里曾经的悸动
目光深处,重新开出一朵花的香气

后会无期

一片叶发芽。一片雪花落下
一滴雨刺穿一滴雨

白头时,一株芦花遥望彼岸

李爱华

笔名听雨,金融工作者,凤凰诗社亚洲总社副社长,华北凤凰诗社社长,凤凰诗社亚洲总社执行主编。文学作品刊发于新西兰《先驱报》、菲律宾《世界日报》《长江诗歌》《山东诗歌》《大观杂志》《人民日报》海外版、澳门《华文百花》、美国《海华都市报》、新加坡《千红文学报》等纸媒报刊及网络平台。

一列车

反复搬运,臃肿的时间
于一级级铁轨
散去

用一张票,拉长一些日子
用铁碾压铁的光,析出众多心事

沿途路过的事物,把自己折叠进去
包括一些笑容,一些声音
一些擦肩而过的古城墙上
残留的文字

我在一本书里长久的逗留
当目光举出窗外
一个出口,正在卸载
一群拖泥带水的人

贝壳,风铃

被推上岸,一串串脚印与惊喜
一同着陆,雀跃的词
弯曲成了追逐的姿势

一见钟情的海,捧在温柔里

由江南抵达江北,一根线
牵着,一个春暖花开的季节

风铃挂满春风,一些人
在一首诗里摇曳多姿

晨读

在别人的梦里,打开
一本书,从文字中
寻找我的梦

晨风安静,替我翻开新的一天
与晨曦一起阅读,聆听各种声音
从地平线冉冉升起

李安禾

江苏省丰县人,南京工业大学管理学院,工程管理硕士,酷爱诗词。

仲夏不眠

风停了,似乎又没有留下任何可以抓住的痕迹。
好想跟随着风啊,一起飘,
飘到哪里就欣赏到哪里。
不管是茫茫草原还是浩瀚沙漠,
不管是清澈小溪还是蓝蓝天空,
都会留下我的思念。

我也不管青草会不会记住我的身影,
也不管蓝天会不会想起我的笑脸,
也不管溪水会不会聆听我的倾诉,
我都要记下你们,永远的记下你们。

因为你们是我全部的回忆我所有的快乐。
只有把你们全部装进我的心里我才能真的开心!
可现在,我摸索不到任何风的气息,
只留下无可奈何的一身疲惫。
疲惫之后除了思念只剩下苍白的回忆。
回忆让我今夜无眠。

李伴锋

00后,笔名楚悬,小县城定安人。系南边文化艺术馆2018届文学创作委员会会员,渌水诗社社员,青果阅读签约作者,目前连载2部小说,约60万字。作品散见于《渌水诗刊》等刊物。

假如我是一条鱼

假如我是一条鱼

在湍急的河流中
如果我足够庞大
有强劲的身驱，以及
锋利的刀刃
可以划破河流
那么我愿意——逆流直上
划破河流的冲击
划破两旁碍路的礁岩

假如我是一条鱼
在湍急的河流中
如果我很弱小
没有力量，也没有智慧
那么我只能选择随波逐流
在被迫前行的方向里
逐渐被急流冲散
逐渐沦落泥沙

给大海写首诗（组诗）
大海

夏天的夜晚，清爽的风
在海面上拂动
平静的海面，卷起荡漾的波浪
银光在浪花中闪烁
在灯光的映照下，一望无际的
黑色的海平面上，月亮携着赤白色的
海浪轻轻走来，缓缓走上沙滩

我赤着脚，踩在金黄色的沙滩上
沙子柔软
每踩一脚，便留下一个足印
一步一步向前延伸
冰凉的海浪，伸出她温柔的手
抚摸我的脚
把我身后刚留下的脚印给抚平
抚平脚步的痕迹，抚平沙滩上的凹痕

浪花亲吻岸边的礁石

唱起了优美的歌声

十点钟的时候，我离开了
踩在晚风身上。一声声
温柔的细浪，为我唱起轻柔的送歌
晚风轻吟，送离我渐行渐远的身影
正如她温柔的迎接我的到来
现在，又温柔的送我离开

我离开了，她把我留下的脚印抹去
不留一丝痕迹
正如我来的时候，不声不响
她把我所有的悲伤和不开心抹平
很快，沙滩平静了
当太阳升起来的时候
她又会以一个全新的面貌
呈现给明天

我想给大海写首诗

我想给大海写首诗
把大海湛蓝色的胸怀写入诗里
字里行间
把伟大给呈现出来

我想给大海写首诗
写大海翻滚的浪花
起起伏伏
终究会撞向岸边的礁石
还有沙滩

我想给大海写首诗
写大海婀娜地舞姿
在海面上舞动
像一位优秀的舞蹈艺术家
在无人欣赏的海面上
翩然起舞

我想给大海写首诗

写大海清澈的温柔
洁白的海欧舞动翅膀
伴随在大海左右
白色和蓝色交汇
蓝色把白色包容

我想给大海写首诗
写一首美丽的诗
把大海每一个美丽的瞬间
无论是惊涛骇浪
还是碧波激滟
都写进诗里
一行，两行
用三十行来写这首诗
给大海写

李本

上海大学法学院教授，国际经济法学博士，博士生导师。上海市作协会员。出版诗集《菩提树下》。作品见诸于《诗刊》《诗选刊》《诗潮》《上海诗人》《创世纪》《星河》《中西诗歌》等诗歌刊物。

见春雨，未见杏花

箫声呜咽的春夜
孤寂的一盘冷鱼在餐桌
翻着青眼
阳台尚挂着
久不能干透的衣服
像一个空空的
没有回应的拥抱
见春雨未见杏花的
江南
春渐深了

柳丝稍长
高级的风筝
在漆黑夜空里闪光

觉得那就像被掐没又复活的
一些奢望
杏花
缓缓
开在山坡上

花、鸟、雨以及我

每只小鸟在唱自己的无定义的歌
每朵蒲公英在开自己的无悲喜的花
每寸土地都干涸过
曾经沧海，现在是河
每条河流都有许多不知名的漩涡

我黑暗的树枝
像光明的树枝一样多
我定义并命名了小鸟的宫商角羽
有一个音调可能永远没有着落
我最爱的那朵蒲公英
因雨水而流泪
我的牵挂无法载荷

我推窗
放了鸟啼和花雨进来
浸润心房
又任它们复归已位
我只能以这样的方式

成就
花、鸟、雨
以及我

淹留

一鸥。一鹭。此时江湾
芒种是适合
结绳记事的日子
该绿时都努力绿了
该黄的都任由黄去

只是瞬息。而为什么
还在江畔伫立
风
翻卷了松果菊的小花
我却不忍拂去
芒种的露珠

李斌

男，苗族，湖南省诗歌学会会员，邵阳市作家协会会员，绥宁县作家协会副秘书长，现供职于绥宁县委宣传部。先后在《人民日报》《新华社》《中国新闻社》《中央电视台》《中国作家网》《中国诗歌网》《中文诗歌网》等百余家报刊台刊播新闻、诗歌、散文等稿件10000多篇，数十篇作品获中央、省、市级新闻和文学奖，出版《情满绿洲》等两部专著。

寻觅一段尘缘

裁剪你迷人的双眼
门上挂满桃红的油画
沿着寒星冷月的道路
寻觅一段尘缘

注定这个季节只有琴声
血脉的色泽
渗透排满归期的渡口
谁也读不懂徘徊的内容

亲近一扇失眠的纱窗
清冷的双颊挂满冰凌
朵朵洁白的缠绵
开在沉默的石阶上

选择花落的日子
握紧千万种情绪
温柔的调子漂进水里
所有的泪蕾簌簌开放

睁眼的瞬间

阳光融合着百年的歌声
一节手指枕着所有的季节
风铃向辉煌的时刻逼近
采集杜鹃花开的声音

睁眼的瞬间
柳枝向路人挥手致意
竹林里的思绪
被黄昏打湿

隔着黎明与你对话
全部的日子被照得通红
面对高山深谷轻语低喃
远古的神话晶莹剔透

一棵没有年龄的树
把沉默如金的夜晚读亮

思念的走向

独守你满目的清香
没有理由拒绝远方
无数多愁善感的日子
定格在我的额际上

诚挚相守
永远是生命的新绿
思念渐渐逼近
丰厚了清纯的梦境

穿过这条巷子
是否可以深入
你欣喜的家园
让夜色不再流浪

送你不会变更的柔美
门前的惊喜来路清晰

暖意浓郁的耐心
聆听旷野折不断的倾诉

面对温情的又一次鲜明
轻抚自己的诗歌
如抚摸着你微笑的温柔
思念的走向十分明确

眼睛

这就是两扇晶莹剔透的窗户
发现如此用心爱着这片土地

当纯洁的眸瞳高高飞翔
黑色的角落被一扫而光

期待瑰丽的景致扑进视野
放任人生的故事跃入胸膛

日日阳光盛开夜夜月色倾泻
汇聚成战胜命运的神奇力量

身后意外闪烁着无尽光芒
满地的精彩曲目正在奏响

双手托起一些惊喜的事情
身体浸入清瘦的诗和远方

突然醒悟自己也只是一个旅人
借双慧眼才能找到此行的方向

散落在石头堆里的零星掌声
鼓捣着一个饱满而有高度的目标

用心描述着春暖花开的美丽
前方伫立着等待已久的希望

李博洋

男,笔名清园老槐,原零零诗社副社长,南边文艺 2018 届会员。2001 年 3 月生于云南昆明,现就读于瑞士莱蒙尼亚学院。有作品发表于《诗选刊》《欧洲时报》等中外报刊。

倾心

我为柔软地的每一块坚硬欢呼
倘若天空出现裂缝,我为整个星系的聚合欢呼

欢腾会为悲伤欢呼,而悲伤不会
请在我的阴影里折射星系
请在信封里留下世界的痕迹
我为永恒的转瞬即逝欢呼
奈何瞬间不会成为永恒
我为沮丧欢呼,也为喜悦欢呼
寒风将烈火蔓延
寂静无声将生命作为代价,换取心间的共鸣
我为一切试图击倒我的欢呼
为毁灭我的和成就我的欢呼
请让玫瑰为寒梅绽放
请让开春为深秋驻留
请让死亡陪伴永存
请让一切顺境
为世上下垂的生命欢呼

海鸟,请为海底的亚特兰蒂斯欢呼
火种,请为地心的冰封欢呼
世界,请为阻挡目光的草叶欢呼
时空,请为无法反复的单行道欢呼
虚幻,请为凝结成一体的现实欢呼

请确保心弦与琴弦一同颤动
请任凭生命从永恒走向虚无
请为废墟里的灰烬
和灰烬里的血月欢呼
请为一座转瞬即逝的城欢呼
下一个瞬间,我将烈火掏出胸膛

为了换取涌入耳中的欢呼
原谅我,替平行宇宙中的一颗星
私自定下流芳百世的约定

火烧云

流星划过地面
烈火,凝聚为戒指
在你心里
建立一座城,从此
征战四方
手中的星芒
旋转,飞舞
剑端指向家园
成熟的小麦与羊群
守护之人,为一颗心
血洗整片宇宙

拔剑指天,所向披靡
看不见暗处的利箭
翻身,落马
败将依然身披金甲
荣耀与鲜血
成为尘埃存在的代价
终于身处黑暗
冰晶和火星
散作,星云的碎片
雕刻光年

战争藏入卷轴
火山灰沉积历史
利箭与锋刃一同泯灭
流星的遗迹
在世界的末端,飘起一片
火烧云

李彩菊

现居天津宁河。喜欢诗歌、散文、古诗词,爱好业余创作。有作品入选《珠海文学》《中国诗影响》《天津文化》等本地刊物及多家网络微刊。

荒野里的村庄

不是所有的路都会选择方向
不是所有的风都遵循着出口
路,依然蜿蜒
风,兀自刮着

那些植物弯下去的时候
它们更懂得谦卑
犹如这里的人们
贴紧泥土
在一条道路上往返

多想用手触摸这里的荒芜
后山坡上的一串名字
在坚硬的石头里
挺直了身板

在人间

活成一株植物多好
田野宽广,大地辽阔
哪怕是一个稻草人
迎风而立
也无须担心那些胆小的老鼠、麻雀、野鸽子们

我对家乡小田里的草人
有一种特殊情结:
学龄前惧怕,年轻时喜欢
不知从什么时候起
吃进身体里的谷米
一粒粒发芽、抽穗、灌浆……

现在,那块土地在我的体内
已无可替代

河流之外

五百里方圆能否栖下一朵白云？

你朋友圈的连日阴雨
也落在与你相距甚远的橘子林
听说它们笑的有些诡异

而此刻，我的北方烫成油锅里的一粒花生米

一说起农事
便想起，我的
玉米已站成火的姿势
好想从你那领回几十条街的陷街之水

这相容相克的尘世

——除了庄稼
我只能再谈谈天气

李大任

杨晓菊颂
——杨老师实话实说

杨老师我问你，
你的家乡在哪里？
我的家 在四川，
过了重庆还有三百里。

杨老师我问你，
你是怎样当上老师的？
我当老师靠努力，
努力学习再学习。

杨老师我问你，
为何大家尊敬你？
尊敬都是相互的，
其实我也尊敬你。

团结互助力量大，
大家相爱在一起。

杨老师我问你，
你是怎样选上先进的？
我选先进碰运气，
我的运气好一些。
杨老师说的有道理，
所以应该牢牢记。

杨晓菊颂
——杨老师向学生洒热血

杨老师，赛女神，
她像南无观世音。
她有一副菩萨心肠，
她爱她的学生。

她爱学生胜子女，
她是学生贴心人。
她培育学生健康成长，
她有一颗火热的心。

她是优秀的老师，
她是先进班主任。
她向学生洒热血，
她向祖国献生命。

她是中华好儿女，
她是教育战线的标兵。
庆祝建国七十周年，
中国强大保和平。

杨晓菊颂
——杨老师的慈母心

杨老师记忆力强，
她走过的大街小巷记得清清楚楚。
钱局街的火腿有模有样，

篆塘农贸市场的猪头肉又贵又香。
她买给孩儿吃舍得花钱,
她是孩儿娘。
孩儿呀,娘的养育之恩,
你要牢记心上。

杨晓菊颂
——杨老师的平凡人生

杨老师的人生平凡,
她做平凡事一件又一件。
她为儿女生火煮饭,
生火煮饭五十年。

她教育学生重视安全,
她的学生很平安。
家长放心,
她也舒坦。

她是优秀的老师,
优秀就是实干。
优秀是干出来的,
优秀就是多作贡献。

她是先进班主任,
先进就是吃苦在先。
享受在后,
先苦后甜。

庆祝建国七十周年,
中华儿女大联欢,
中华儿女手牵手,
中华儿女齐向前。

中国诗词金光闪闪

中国诗词开创新时代,
中国诗词争奇斗艳。
中国诗词百花齐放,
中国诗词别开生面。
中国诗词绝世佳品,
中国诗词对世界的影响永恒不变。
中国诗词莫大魅力,
中国诗词风流世界。
中国诗词是世界投资的风向标,
中国诗词就是标杆。
中国诗词灿烂辉煌,
中国诗词金光闪闪……

诗词拍卖难

拍卖是贱卖,
贱卖为还债。
拍卖诗词贱卖诗词,
贱卖诗词诗词不贱。
拍卖诗词促诗词发展,
大胆采取拍卖手段。
我接受拍卖公司邀请,
积极参与诗词拍卖。
拍卖诗词难,
难于上青天。

李峰

男,1963年生,山西汾阳市人。1984年毕业于山西大学中文系,文学学士学位。中国诗歌学会会员,山西省作家协会会员,汾阳市作家协会副主席,汾阳市诗歌协会主席。2018年被评为"汾阳人民作家"。主要著作有:《李峰文集》、诗集《一种比疼还痛的闷热》、散文集《白菜花》、艺文集《窥艺小稿》及中短篇小说集《湿热的风》。作品散见于《诗刊》《中国作家》《黄河》《诗选刊》《九州诗文》《天涯诗刊》以及《山西日报》《吕梁日报》和《吕梁文学》。

一棵歪脖树的夜

黑夜是吓人的,那是一把一把的刀

比如一只鸟在凌晨发现死了,比如
鸡窝在黑夜被黄鼠狼夜袭了。就在
一个早上,我看见门口的一棵歪脖树被锯
掉了

我喜欢它,正是因为它是一棵歪脖的树
养眼。别人在夜里锯掉它,是嫌它碍事碍
眼
有多深的仇多大的恨,要趁着黑夜
砍断一段善缘,用截肢的刀刺亮一个清晨

在我眼里,一棵歪脖树如一尊断臂的维纳
斯
树脖子倾斜着,有迎客和谦卑的姿势
这让我想起十一年前的一个深夜,我把父
亲
扶上病床,头歪过后走了。那时,天还没
有亮

人和人

吃着一副奶水的兄弟俩,成人后
哥哥吃得胡子拉碴,弟弟吃得脑门发光
兄弟俩在一个锅里搅稠稀,搅着搅着
弟弟捞到个铁饭碗,轮到哥哥是个笊篱片
片
一圪瘩坡垴上耍大的兄弟俩,哥哥握了
一辈子放羊铲,弟弟耍的是那高尔夫蛋蛋
都是一个娘养的,哥哥说的那话
实诚的能戳倒南墙,说谎话的弟弟脸都不
红

一娘生九子,九子不一般。这人和人
爹娘能给你活命,命运都是走来走去的站
牌

七月

七月流火。月季花开得织锦缎一样
树根在土地里一遍一遍宣誓,涌动在
岩石中的波涛,比风悲壮。七月
笔直地站立着,淬火后,仿佛一把征服的
剑
这样的时光里,能听到庄稼地里
玉米在拔节,如父亲一句一句的叮咛
而从皮肤中渗出的汗滴,那是七月的
证词。太阳下,每个生命都铆足了劲奔跑
把我的年龄嫁接在七月,所有的骨骼
都有岩石的硬度,心底的杂草在石隙
间长成树根。一场大风雷雨过后
散落在七月的,那是比月季花还漂亮的诗
行

李富元

甘肃甘谷人,朵金轩文化传媒公司经理;曾在《星星》《上海诗人》《北京文学》《海燕文学》《中国文化报》《诗林青春》《春风文艺》等刊发表诗歌数百首,微刊诗声音、好诗人主编;出版诗集《世间物象》(被中国国家图书馆馆藏)、《世间谣曲》由中国文联出版社出版、《此心足赤》由四川民族出版社出版;其诗作被十多种年选和大典选编。

听筝

一台古筝,容着生死
容着多少感触。只是
筝弦喑哑时
故事如铁。

倾心呵护,纤指轻拂
弦音似行云过峡,又如流水
溅珠,再如江河日下
荡荡浩浩。

有神仙蟾宫行步,岸渚上
平沙落雁,晓风中残月笼照。
更有铁蹄如雨,万马嘶鸣

风卷落叶。

弦断声静时,余音缠绕
空白才是无声的沉重。
情深伤痛,留下千古名曲
生死回眸。

老农民

一把损坏了的年龄
如缺门牙的壑口,也如
灰白头发稀疏站不住的秃顶
孑然遗落在土坯墙的荒村

麻绳一样勒紧的皱纹
积年累月,束缚得
那张脸上的鼻子嘴巴变了形状
像一枚冬季里无人采摘的山核桃

许多日子,和屋前的槐树
默默交谈,对视中彼此变老
把长远的一生,活成了
这柄弯曲的锄把

一生认山为父,认地为母
山坡上那么多絮絮叨叨的脚印
在四季的风霜中,是说给
父母真心的实话

乡俗

这就是生我的一方水土
像母爱滋养,水土孕育乡俗
就是此生,眼眸中的亲人
一个个被岁月审讯、拷问
判为代谢衰老,戴上皱纹的镣铐
无罪放逐。

乡村的原野上隔不了多久
就会哭起相同的唢呐声

烧灭相似的冥币灰。那时候
村中的乡邻,都会放下手中
最紧要的农忙活,也要把
生前的亲邻忍着泪埋进黄土。

此后的荒草中又多了一堆坟冢
站在坟冢上的那只黑乌鸦
多像一个醒目的感叹号
标识在乡俗中,令人对这方水土
用沉重的一生依依留恋
又惶惶生畏。

面朝时光

面朝时光,如遥远的海平线
命小到一只蜗牛,一生跬步
也无法走遍江湖。

也就这样
蝉一样俯首接受时光的蜕变
从一只蛹的柔软无息,经历
一层白一层黑的昼夜剥蚀。

时光不仁,暑热霜寒
雷电滂沱,生命当为淋湿的鹰隼
涅 着对命运的蒸煮。

面朝时光,我要全身毛颤
摇落雨水,理顺羽翼
在料峭的石棱上忍痛啄血
再换一付扶摇的翅膀。

大小

那天,逆大夏河的水声
到了桑科草原,宽广的蓝天
星星般落在草上的羊群
碧空高远,草色苍茫
视野极目之处,白云下
用鹰的翅膀丈量自己

曾是意象远大

那夜,顺着拉卜楞寺的经幡
听大经堂下经声如流
似歌似潮,月色音磬交融
夜幕帷帐、佛界浩荡
藏经塔翘檐的风灯下
我在地上如蝇头香火
顿觉身形很小

李恒

吉林省吉林人,吉林建筑大学经济与管理学院,建筑与土木工程(工程管理)硕士,酷爱诗词。

南极

风,吹吧
吹到南极去
那里有冰山,好高
那里有雪地,很厚
冰山阻挡了我的视线
雪地裹住了我的脚踝
我看不见也走不了

风,吹吧
把温暖带到南极
那里有阳光,好刺眼
那里也有土壤,很肥沃
土地是我的希望
阳光唤醒了低沉的我
我吞咽着阳光,燃烧了衣衫

风,吹吧
把种子吹到南极
南极需要绿色
洁白坚硬的外衣下
蕴藏着热情,涌动着鲜血

风,吹吧
将我吹到南极
我要与她相爱
我来的方向只有一个
北极
一路上,春夏秋冬更替
我去的方向只有一个
南极

风,吹吧
吹去灰尘,那是我的杂念
留下我的尸骨
化为南极草木
迎着风
向着光
爱着你
我的南极

李恒民

山西省作协会员,先后在《山西日报》《发展导报》《大河诗刊》《当代诗人》《九州诗文》《中国诗影响》《中国民间短诗》《大西北诗人》等报刊发表作品。诗作多次获奖并入选多种诗集,出版个人诗集《尘世蹉跎与苍茫》。

老父亲

晚霞中眯着眼睛
常常沉醉于把儿子举过头顶
那个定格的瞬间
原本挺直的身子匍匐在地
瑟瑟风雨中
半壶老酒的长叹里
将低垂的头再次高高扬起
总想将已经弯曲的身骨拉直
打造出一副通天的梯子
让后人由此攀升摘取天顶的
——日月星辰

民间断想

行走民间
每天接触到的是
远离大雅之堂的草根
未经文字记录的民谣
苍茫的大地上
默默无闻的草根
在日月轮中回绽放出苍翠无垠
名不见经传的花朵
使整个春天姹紫嫣红
没有群星拱围
天空又何来星光灿烂
闪烁在群峦之上的星光
该是怎样的孤独与凄凉
每当有关民间与草根的非语
风起云涌之时
鄙夷的神色里
失落滚落于草丛
尽管万物都有平等生存的权利
又何必厚彼薄此

落叶

深深地眷恋难以割舍
生命的规律谁也无法改变
瑟瑟秋风中叶片纷纷飘落
叶落飘飞的风姿与卓约
被瞬间定格
一片片落叶揉进岁月的沧桑
在火中淬炼锻造出
刻骨铭心的情感

李红凤

字落日，笔名李落日，毕业于佳木斯大学自动化专业，现定居广东省中山市，从事科技项目申报工作。业余爱好读书、写诗，以自由体诗为主。

追求

魔音重归山野
细数石阶不安的躁动
布谷鸟警觉的提高音调
风走过带下几片落红
只是日落无痕
再也没有地平线划开边界
星辰沿着无限漆黑
逐渐在各自星座归位
那光照得我不知所措
照得光阴虚度无处躲闪
一日三餐成为一种内耗
远近新闻掀不起一丝波澜
我在思考
也好似惯性的挪步
我珍视的种种
像被灌醉怎么也醒不过来
于是我出现在星空下
接受遥远的质问
总会唤出泛旧的相似回忆
让孤单的投影清醒几分

赤色

风突然静止
过去、现在深渊处翻腾
时间行走的轨迹像旋风
卷起星辰、回忆
在枝丫伸展处
遍布先驱者留下的血色
思索伸出不计其数的触角
思索在拷问中留下断肢
你知道躺在教科书里寡言的墨迹
曾掀起的巨浪滔天
瞬时震碎高楼千尺
布鲁诺高呼真理向前
吞噬他的火光在日心留下赤色
特斯拉不畏惧直流电的统治
在高级文明的征途留下赤色

请记住真理的颜色
它不在意所在的时代、皮肤
它深入文明每一寸根基
它连起孤星和整个宇宙
它是血管中流淌的颜色

空洞

仰望星空
倾听宇宙的声音
时隔二十年
重新梳理曾立下的壮志
有几分搞笑
有汹涌的心酸
我不能穿越回去
告诉那个青涩的自己
褪去理想的光环
人生只是单调的按部就班
这种单调还是一种恩赐
脆弱得经不起一点波澜
仰望中星光似结节
在三维立体渔网的关键处
吸引各种奇葩的设想、推论
有些拿出公式和参数
有些直接搬出玛雅文明的预言
奔着渔网的缝隙
徒劳的一次次撞击
看着黑暗处空无一物
却弹回所有试图穿越的努力

李洪彬

男,四川省石棉县人,《大渡河》杂志责任编辑,《作品》评刊员。有作品散见《作品》《课堂内外》《星星诗刊》《四川诗歌》《椰城》《广州文学》《川江诗刊》《三星堆文学》《青衣江》《河畔文艺》《企业家日报》《咸阳日报》等省市报刊,偶获全国诗赛奖励。

母亲的菜园画白发(组诗)

布谷笑卦桃花运

布谷鸟用叫声消化除夕过后
多于的爆竹
催促母亲用锄头去叩冬眠的土地

让泥土从菜青虫腹腔苏醒
喝第一声春雷的土蚕
打着哈欠想粘住赤脚行走人间的太阳

替母亲争取时间肩挑人间烟火
熬熟的汤药
喂向待哺的四季豆

每个须根都是顽皮的孩子,用眼神
蛊惑路过菜园的蝴蝶
去复制桃花初潮的涟漪,让暗香

诱惑地边的柳树失去矜持
梳理罢红妆
迫不及待将自己嫁给春风十里

豆叶替梅子遮羞

最后一茬油菜花迷倒小蜜蜂,酝百蜜
让白云"咚"的一声
栽菜园门口母亲凉晒的碎花围腰

被母亲缝补时间的针线,挨着
春天的颜色长满姐姐的新衣
让天空在四季豆像绵羊一样的鼾声中

臆想雨后梅子熟透的身体,不料
母亲用竹竿挑落菜园的月光
搭建平台,借教堂油灯圣辉轨迹

让晚霞爬上弟弟的牧笛,牧回
成群的白云学习蝴蝶
在菜园滑翔,带来四季豆

青春期必须的营养,豆叶长势
遮挡偷窥者的眼神
不让一树梅子赤裸复活下一季情话

向日葵笑迎秋天
青蛙用发情期的亢奋,咀嚼
仲夏多余的体温
稻花用暗香拆解尘世尚未用旧的爱

喂养菜园地长势喜人的向日葵
趁鸟声吸食花粉尚未
长齐带秋天颜色的羽毛,体重不能

压世人睫毛成跪势,知了用叫声
浸泡午夜月光茶一杯
替世人找出天空石阵亲人对应的坐标

趁秋老虎尚未用铁链奴役流浪人、归乡人
母亲借第一缕炊烟
在八仙桌上摆满故乡的腊味

让莅临人间视查秋收的先人
顺向日葵阳光的笑脸
安心回家点灯

大白菜长势错冬风
守菜园的麻雀电线上
尽情调情秀恩爱
母亲顺手从围腰抓出一把谷物

洒向天空,它们迎声
全展翅飞翔
只留一地被蝙蝠偷食过的月光

围一垄白菜,花舞人间
沉默人的缄默比那些
提棒别刀的更具杀伤力

母亲只用洗手的姿势,向菜园
白菜传透爱的讯息
让它们休养生息,立冬过后

雪花早让她用发簪别入双鬓
宁可用自己额头喂养冬风
绝不让一窝白菜受到丝毫委屈

母亲走后的菜园
菜青虫闻惯了母亲衣袖
附着的人间烟火
几年听不见熟悉的脚音驱赶

泥土里疯长的土蚕,菜青虫同样
失去寄生的空间
沦为狗尾草的养料,供四季豆收集

根瘤上残存母亲的容颜,想向我
兑换母亲留在磁带里的山歌
我却不忍心闻音,用眼泪划过的痕迹

停泊记忆的港湾,宁可
用茄子浸出的墨汁
以菜园深处为背景画母亲的白发

不想让远在天国的母亲,听见
来自灵魂的画音
失眠于天堂季节轮回的菜地

李华毅
茂名市作协会员,中国石化作协会员。作品分别在《茂名石化报》《茂名日报》中石化刊物、省总刊物发表。在市诗赛征文获奖。作品在由中国作协理事、著名诗人李瑛及《诗刊》编辑任评委的"全国首届青年诗赛"获优秀奖。

那一片塔林……
——一位石化老工人的自叙

塔林在悄悄长大
我触摸着你
我默默读你
自我 18 岁那年进到装置
三十多年春秋
你默默地陪伴着我
我伴着你
你感到我的热血
我聆听你的脉搏
在星光下在雨季中
在烈日下在春风里……
我们不舍不弃相依相伴
太熟悉你了
我的塔林
有你
萌生了生产的闪亮数据
有了企业的效益和石化人不平凡的贡献
也萌生了我炽热的石油梦

岁月在不经意间走了
我已两鬓斑白
一年又一年
我看着你在长
你的面貌在日日新
从 600 吨到 1350 万吨的炼量
从 30 万吨到 100 万吨乙烯产量……
你长大了
成为中国之最的石化城
你挺拔的身躯
承载着重重的责任与殷殷寄托
我的心也随你长而长
工作和效益要与企业规模相符
要赢得应有的尊严……
为之我们全力拼搏
即使我们这一代退下了
新一代将延续这世代的梦

呵 塔林
默默地支撑起我们石化人的希望
让梦代代延伸,延伸……

清 明

清明是一束香
燃着思念追寻远离的梦
清明是一杯故乡的老酒
醇香深沉在心的深处
连同祭品供在坟前
能把故人喝醒

在这个雨纷纷的日子里
你能与故人相聚把盏对饮
把心里的话与挚爱的亲人娓娓倾谈
把过去风雨同舟的岁月细细品味
把世上最珍贵的亲情深深收藏
尽管他们已走了很久很久
但离你再远再远这天都会回来
在这个日子
就把漫天纷飞的细雨连同咸咸的泪水
和着烈酒一同饮下吧
然后把故乡的新貌亲人的安康
告慰九泉的故人
再祈一个祷许一个心愿
真诚地保佑天上人间都平平安安……

李家瑞

男,汉族,笔名墨雪,四川省巴中市人,现居江西省九江市共青城,是爱好诗歌文学创作,摄影的 90 后青年,现为蓝溪诗社会员,渌水诗社会员,江西省九江市诗词联学会会员,浔阳江诗词协会会员,四川省巴中市作家协会会员,简书作者,作品散见于秦州微刊,发表于纸刊《浔阳江诗刊》《诗海拾贝》《巴中新报》《巴中文学》等。

五月的雨

五月的雨下得很轻,很轻
我路过的每片叶子上都留着她的印迹
就连风也不例外
我化作了风
我舍不得吹落这雨珠
也舍不得划伤她。

五月的雨是温柔的
她轻轻地抚摸着街道,抚摸着
路边正在为女孩撑伞的男孩的衣角
我忍不住走出了大门,闭了伞
仰着头,像孩子渴望母亲的吻似的
任由她滴落在我的脸庞上,心坎上。

五月的雨是无私的
她细微的雨滴散落到我干涸的皮肤上
我的皮肤像婴儿吮着乳汁一样
不停地泯着这等了一个四季的甘露。

五月的雨是静悄悄的
她静悄悄地来,也静悄悄地走
我拾起地上的落叶
把她的身体贴近我的耳旁
我在听雨,雨也在听我。

嫁妆

我画的树上挂着秋天
吹着风的座椅,留着我们的背影
慢慢飘落的树叶
有了我们的手印
四月的日期
风是见证者。

那树上的秋
作为新装,被穿在新郎的身上
波光下的倒影也成新装
被穿在了新娘的身上
我写下的众多诗歌便是嫁妆。
家乡路边的小酒馆
我用诗代替夕阳
装饰一天
时间让我,要赶在冬天结束之前。

凌晨四点

我总是在凌晨时写作
我知道我每天的故事都是这个时候终止
这个时候我也会荡然释怀
不过当我在黑夜的缝隙里准备入睡时
我整个身体会被它压得喘不过气
我拼命地挣扎,挣扎,爬着
爬到了墙角时
喘了一口粗气。

我知道已经是凌晨四点了
路灯早已熄灭
那些正奔途生命的人早早就锁上了门
天还未亮,便已跑进了黑夜
我斜躺在一家小酒馆的门口
不知何时闭上了眼睛
是的,我早就在黑夜里迷路了。

当我醒来准备离开时
却忘了我的路程,忘了我的姓名
我就像一个流浪汉
我不知道明天发生的故事
也许我会选择蒙上面具
隐藏在诗歌里。

雨

这个季节的雨呀
像是发了烧的孩童
是那么地急,那么热腾腾地
看吧,
樱花的枝头也折了
小路的尽头也泯了

这雨呀,真是调皮。

我也是这样恋上了雨
我恋上的雨呀
恋上了她的纯
仔细看看窗外的小草尖儿
她又是那么地轻,那么地真啊。

李建华

男,黑龙江省甘南县人。现就职于甘南县农业发展银行。20世纪90年代在诗刊发表过作品,有作品入选多种选本。2017年下半年重新开始写诗。

静物

一个梨 一根香蕉
坐在同一张桌上
它们离得那么近
谁也没说过一句话
它们沉浸在各自的孤独里
甚至都没有看过对方一眼
它们来自不同的地方
一个淡黄 一个金黄
它们都有各自的美好
这已是平生离得最近的一次了
谁都没想过要在此相识一下
注定此次是要错过了
注定此生是要错过了

路边的这棵垂柳

又经过一个春天
加一个夏天的努力
终于在今年
路边的这棵垂柳
实现了自己多年的愿望
垂柳的一缕柔软的枝条
轻轻拂到离根不远的地面
垂柳知道自己来自这块土地
所以它便希望它的枝条
有一天能够回吻到这片泥土
此时垂柳雍容地看着周围
一脸心满意足的样子

伞

孤独的时候已经到来
他在默默地收拢自己
并用自身的绳索
把自己紧紧束缚
就丢弃在角落里吧
他将独自
度过寒冷的冬日
身上不断积累的尘土
也不要定期打扫
不要怀着善意而惊扰到他
他要慢慢享受这
消失了似的美妙的孤独

谁在喊我

办公室有四个人
每个人的办公桌上
有两部电话
一部是内线
一部是外线
只有一个人在屋里时
如果电话铃声突然响起
你会猛然怔在那里
你判断不出
这是那部电话在响
而当你断定是其中的一部
并朝它走去时
这铃声又突然停掉
此时你在想
刚才是那部电话在响吗
而那个断掉的铃声
已跌入深渊一样的寂静里

但你仍在倾听
你想要听到它的回声
你想要知道
刚才是谁在喊我
是在喊我吗

李剑东

网名一成境果睿,哈尔滨一道诗艺社社长;一个诗歌爱好者,在文字诗歌中活出自己的自信与顽强,作品散见纸刊和众网络微刊平台。2018年获全国微美文大赛第一名,仰无愧于天,俯无愧于地,交朋处事无愧于心,用灵魂行走到底的北方人!

遥远的思念

每逢佳节倍思亲
伫立,仰望,你的照片
子夜,穿过黄土与墓地的呼唤
怎忍惊扰你的安眠
梦中对白,泪湿双眸
借我时光,与你相见

母亲的身影,依稀那么挺拔
母亲的话语,还是叮咛牵挂
纤手相握,粗糙而倍加温暖
母亲的目光,微笑里装满几多期许
妈妈呀!我的泪水在心里流淌

能否让我们梦中想见?

儿啊!我来了,把酒倒满
今晚,什么不喝,喝月亮
白云,繁星,雨水,暖气片当下酒菜
人到中年,为生计还要背暖气片
悔过吗?无怨无悔呀
淘水二十年,二十年前

腊月一场大火让你二老雪地寒站

一点不怨?不怨
干!我们喝的是坚强
忍耐,宽容与希望,走
铮铮傲骨的妈妈
消失在星空

藤牵瓜

(一)

古城一路打拼
珍奇孤藤来到山涯
吸五行之气
纳天地灵秀之精华
不同年份种下三个苦瓜
受阳光雨露滋润慢慢长大
雌瓜苗壮成长
经岁月磨难伤痕累累倔犟
伸向远方
苟延残喘已无力攀爬

二瓜出生灾年,受顽石挤压
先天养份不足,后天生长环境较差
定期与老藤心灵对话

(二)

小瓜养份充足,生存疾风骤雨,风声鹤唳中
性格怪异,不规则串爬
老藤超期服役,过量输出养份
茎已弯曲蔫干巴
经过雨雪风霜
农药化肥蚊虫叮咬三苦瓜
都已缺钙缺氧抽搐不知向何处攀爬
何时能重新相拥老藤根下
别让大地干裂拽断根脉

老藤根须仍牵着三个苦瓜
根须仍连着瓜魂
藤根不断互通养份
免强生存含泪咬着牙
新常态,阳光明媚
老藤接仙气逢春夏长新芽

李娇

吉林省白山人,吉林建筑大学经济与管理学院,建筑与土木工程(工程管理)硕士,酷爱诗词。

十六岁的夕阳

将贫穷当做人生最伟大的财富,
它将是我为之奋斗的一切。
由它浇灌的梦想之花会开出令人夺目的花朵,
散发出永不消散的花香。

它是如此的美丽,
令我不能停下。
少年辛苦终身事,
莫向光阴惰寸光。

因为坚信自己"镜破不改光,兰死不改香。"
将往日拼搏的汗水,
每次埋头苦读的身影都深深地藏进花骨朵里,
等待明日的蜕变。
闭上眼睛看十六岁的夕阳,
美得像我们一样。

李金昆

内蒙古自治区阿尔山市人,1987年生,蒙古族,阿尔山市人民法院办公室科员。喜爱文字,好读书,空余时自营微信公众平台二二三之声,原创情感文章、诗词、散文。始终认为人是吃饭长大的也是读书长大的,最不应该忘却的就是情感。

用兴安声音与时代对话

我们手挽手,心连心
从兴安建梦筑巢的1980
冲到时代改革的最前沿
凤凰涅　傲然屹立
百折不屈奋发图强
三十九年,风雨兼程,未曾后悔
三十九年,勇往直前,终不退缩
迎来一场改革,激流勇进,浩浩荡荡
经历一番革新,继往开来,摇山振岳
我的故事,我们的故事
都来自兴安,阿拉腾兴安
我们的初心和使命
与这片富饶的土地和爱的人
紧紧缠绕在一起,终解不开
铁肩担道义,忠诚担当
妙手著文章,干净情怀
聚讼不已,有我们,弘扬主旋律
敲响时代最强音
脚上的泥土,身上的灰尘
是兴安给予的奖章
是时代赋予的馈赠
我们的文章记载过贫穷与苦难
我们的镜头记录过远山含黛
兴安内外,特色小镇,乡村嘎查
我们见证着兴安成长的沧海桑田
我们珍惜着改革进步的来之不易
调整叙述方式,讲好兴安故事
意气风发,做好记录时代的新闻人
成为照亮兴安不断前行的温暖火把
穿过兴安的寒冷,走过泥泞
高楼大厦间有兴安人的昂首挺胸
钢筋水泥中有兴安人的坚韧不拔
灯红酒绿里有兴安人的初心坚守

在异国他乡,我们写下兴安人
不平凡的人生
还有用热情奏响的命运华章
我们为游子点燃一盏华灯
照亮茫茫雾海,引渡失意汪洋
丁香花围绕的发射机房
犹如兴安人的脊梁,坚韧挺拔
展示了兴安党员的风华正茂
展示了脱贫攻坚的春暖花开
展示了礼仪之邦的坦荡情怀
闪烁的荧幕,铿锵有力的声音
连接着华夏跳动的脉搏
在众声喧哗的时代
握紧定音鼓锤
我们的身影出现在喧嚣城区
偏远山村,田间地头
我们用直播镜头让中国看到
阿尔山热情的杜鹃节
科右中旗豪放赛马会
蒙古族的那达慕盛会
首届兴安大米文化节
历史悠久的蒙古刺绣
我们把兴安人红红火火的好日子
兴安人爽朗的笑声
带给祖国,拉近距离
兴安故事扣人心弦
式树丰碑如歌如诗
我们在时代浪潮中转身
情丝缕缕紧系民心
热情纷纷忠诚卫党
我们在今后的日子里
摇动融媒体的镜头
记录兴安时代盛世的声音
记录兴安人
迈向安居乐业的坚定步伐
努力认真生活的神采奕奕
谨记祖国的期望和嘱托
坚守媒体人的职责与使命

高举旗帜、引领导向
围绕中心、服务大局
团结人民、鼓舞士气
成风化人、凝心聚力
澄清谬误、明辨是非
联接中外、沟通世界
为新时代新变革凝心聚力
用兴安声音,与时代对话
用兴安声音,与时代对话!

李巨龙

茂名市南天诗社会员,男,汉族,党员,1977年10月出生,山西省屯留区人,大学本科学历,从事过10年文秘工作,现任潞州区堠北庄镇党委委员、副镇长。20年来,共有近千篇新闻稿件及文学作品发表。

那年暑假

小学五年,
快乐的童年,
我在故乡长大。

和小伙伴儿们,
追逐进村南的月牙钩,
攀爬上村北的后垴岸,
嬉戏于村西的池塘边,
玩耍在村东的小桥下。
我们上树捕雀鸟,
我们下河捉鱼虾,
一天到晚不知疲乏。

和父母,
下地锄草摘瓜,
割麦晒场打夏。
坐在二八型自行车前梁上,
阴历六月走亲戚、七月送羊。
尽管土路颠簸,

半路舔一口冰棍,
满脸乐开了花。

寂静的故乡,
早上听鸟鸣,
午后听蝉鸣,
晚上听蛙鸣……
一切自然和谐、朴实无华。

远去的故乡,
印满岁月的痕迹,
充满长情的思念,
落满记忆的苔藓……
一切随风而逝、作别天涯。

天真无邪的伙伴儿们,
童趣充满了整个暑假。
健康年轻的父母,
爱我放我盼我长大。
不知村外事的我,
更不知愁是啥。

那年暑假,
满是故乡的回忆。
那年暑假,
满是儿时的快乐。
那年暑假,
是我一生难以割舍的牵挂……

七月的热烈

最挚热的七月,
最挚热的生活。

夏花夏草,
拥有了最深的颜色。

夏云夏日,
运用了最浓的衬托。

夏风夏雨,
挥洒出最厚的润泽。

夏情夏意,
抒发出最真的诗歌……

最挚热的七月,
最挚热的时刻,
最挚热的长情诉说……

李钧

中学语文高级教师,河南省作家协会会员,中国乡土作协理事,以诗歌创作为主,迄今已在《诗刊》《诗潮》《绿风》《散文诗》《华夏诗报》《长江文艺》《西北军事文学》《少年文艺》《兵团文艺》《作家报》《黄河文学》等各地报刊发表作品2000余首,获报刊征文等级奖30多次。

留守

老人留下来
孩子留下来
猫狗留下来
鸡鸭留下来
守着故园守着梦想

黄昏时　我听到乡村
轻轻叹息了一声

鸟鸣

一声鸟鸣就是一粒种子
播入我的心田
然后发芽生长
绽放成一朵小花

当一大片鸟鸣响起时

我心灵深处就铺展成
一个万紫千红的春天

油菜

第一场芬芳的花事
第一次丰稔的收获
第一口喷香的滋味

经冬历春　不负春光
油菜以对大地的挚爱之情
早早在原野的画布上
描摹了精彩的一笔

月季

岂可让爱美的人
空留太多遗憾
错过了这一朵
绝不会让你错过另一朵

月月怀春月月红
一丛月季花
想把美丽常留人间

槐花

我不会像别的一些花
凋落后会在秋天
捧给你香甜的果实

那么就在春天
采下我一嘟噜一嘟噜花朵
让我的芬芳留在
你的唇齿间或者记忆中

车前草

我就在你的车前
尽管滚过来碾压

挤出了胸中的块垒
压实了根须延展的土壤
愉悦的心情下
我会长得更茁壮

野玫瑰

就喜欢这份野性
泼辣热烈　自由自在
不择土壤肥瘠
不求人们赞叹

一丛　两丛　三丛
几丛野玫瑰绽放时
整个溪谷都被纯真的美
艳艳地点亮了

盼雪

小雪节气你不来
大雪节气你也不来
是在梳妆打扮
还是正匆匆走在来路上

你不来
就连邻家那个小姑娘
也学会了望着天空叹息

李丽君

　　山西交口人，诗观：一直都觉得，诗歌可怡情，可医心。期待通过自己的努力，写出入心的分行。

古槐

镇子里的老槐树是一个传说。

婆奶来的时候
它就在
婆婆来的时候

它也在
我嫁过来的时候,村头已经只留下它隐隐的传说

听婆婆说
在它硕大的树冠几乎死去八九的时候
村子里几个戴红袖章的人把它伐了
锯子拉下去
树干淌出的是殷红的液体
婆婆说,那些砍树的人都没有善终

后来,在古槐死去的地方
又生出一棵新的槐树
同样的繁茂
依然有女子在树下做寒衣
听鸦翅穿过秋风
带回天涯之外的云水

未央

和一只蝉
谈高洁
蝉自高卧在枝头
和一朵莲,说孤直
莲在安心地结它的莲子

一群蚂蚁,抬着它们的树叶
急急地赶路

经过一株蒲公英
说山那边的风正在赶来

经过田埂
说着雨水就要丰沛

它们顾不上和我寒暄
它们急急地赶着路

仿佛一粒一粒细小的尘埃

不知散落到哪里

这个夏天,我有许多不为人知的心事

我仍然没说出我爱你
我仍然执着着一些小执着

那些曾经的繁密　在日影里未央

李林

笔名子木,山东肥城人。泰安市作协会员,肥城市作协理事。已出版《李林诗歌散文集》。小说《桃花红了》被《肥城文学》刊发。2018年获得"首届左龙右虎杯国际诗歌大赛优秀奖"。

祖国,我要歌唱

当巍峨的华表披上挺拔的曙光
当雄伟的天安门迎来东升的太阳
历史的耳畔传来礼炮隆隆的回响
那排山倒海的回响
是苦难中国抛却的万千沧桑

当第一面五星红旗冉冉升起
胜利的旗帜在朗朗空中迎风飘扬
飘扬的旗帜是人民头颅的高昂

历史凝聚的宏伟尽情渲染着十月的阳光
慷慨激昂筑起的丰碑屹立在世界的东方
辉煌的纪元用苍劲大手抒写新中国璀璨的华章
苦难的母亲擦干眼泪
露出内心的喜悦,由衷地欢畅
祖国豪迈地走向了繁荣富强

七十个春秋
锦绣大地神采飞扬
七十个春秋

江山如画诗意酣畅
七十个春秋
彩虹飞跨越长江,三峡大坝锁苍茫
七十个春秋
乘着改革的春风实现中华民族的伟大梦
想

万众一心,在这片神圣的土地上
勃发出震惊世界的力量
无比的光荣,由衷的自豪
焕发出辉煌漫天的荣光

祖国,我为你自豪
中华民族灿烂的文化汇入历史的长河
永远在我心中澎湃激荡

祖国,我为你歌唱
精彩神奇的土地上第一次萌发了腾飞的
希望
历史的巨笔必将绘制出新世纪的盛大辉
煌

2019年5月25日

父亲

日子如同烟丝
被岁月的纸张层层包裹
包裹好的日子
整齐地排列在生命的烟盒里
排列成烟卷
父亲就是那个抽着烟卷的人
漂浮的烟雾
诉说着父亲的酸甜苦辣

黑夜被烟火点亮
勾勒出父亲嶙峋的轮廓
灰发染白黎明
混浊的眼神溢满雾色
掩藏父亲皱纹纵横的沟壑

暮色里
苍茫铺满秋后的原野
父亲用斧子劈开岁月的沉疴
点亮心灯照彻漫漫长夜
在儿女身边,守候的父亲
屹立成大山的模样

晨昏交织里
父亲播下希望
踩着眷恋的目光
把崎岖山路踏出倔强的向往

以期望为弓
时光为箭
射穿人生的重重黑暗
光明降临得那一刻
儿女长大
父亲却满身疲倦

晨曦中
父亲步履蹒跚
深深刺痛儿女冷漠的眼

2019年7月10日

李龙

草原清风,现居内蒙古,一个喜欢把闲余时间和小字乱码一块为乐的农民,爱好医学、朗诵、诗词歌赋,常有陋文散发于《中企报》《辽诗界》《新时代华语诗精选》等纸媒及平台,笔无生花,喜欢便好。

木蝴蝶

七月的天并未有想象高
郁郁寡欢的薄云
脸部抬高处阴晴不定
偶尔代替孩子
把快乐压低

远山的皮肤还是绿色的
那些树木冠盖浓稠
木蝴蝶紧抱她们最后的夏天
害怕被她们的日子抛弃

这些隐潜的绽放
陌上的木栅栏
总是放出她们语音的强度
然后，一转身
随秋风远走

诗人，写下了他的一生

闲适的爱

我只写人人能读懂的句子
写刚出窝的小青瓜
进进出出廊下的燕子

紫藤、蔷薇抱出她的小花崽儿
感受这人间温度,湿度的
气息
我爱人间这些小青脆们

像母亲爱我

六月，我们一起去淋雨

我会感动
那么多小令穿过湿漉漉的雨巷
青苔紧抱满窗的绝句
我会爱上这些浸水的词根

高处盛开着赞美
跳珠如孩子粉腮清亮
絮语花上叶下
快乐与脆音甜蜜私语

能叛逆就叛逆一次吧
竹露经过青石板的溪流

不说苦涩的温婉
七瓣颜色在缠绵中任性虚度

轻轻一扣天空的虚掩
指尖有洒脱活着
发梢拧出汩汩豪迈
我们在雨线中陷落

回不去就迎着
就这样爱不释手地淋着
走，抬脚，让心绪尽情潮湿
带上怀念，带上几只雨燕
和木蝴蝶在失散的词牌中翩跹

少年

放飞童线
让天籁把星河再次抬高
让浸水的词根冒尖，生长
长出阳光，翅膀或花色

季节把香气举过头顶
那些跳皮的欢乐总是跑来跑去
有时低入花间，有时高过云朵
像鸽音深入纯粹的章节

句子都有朝霞的段落
每一个字都是蓬勃的少年
眉宇间抓把，都是风华正茂

李龙

吉林省梅河口人，任职于吉林建苑设计集团，高级工程师，酷爱诗词。

小人物的觉悟

在我看来小人物就要自己的觉悟，
要不然不就活得太辛苦了。
永远都不要觉得自己有多优秀，

— 2035 —

无论到了哪一个位置。
因为相对于你而言，
他的冰山一角就足以把你打入万丈深渊。

还是自己的底蕴不够深厚，
要不然也不会被人撞得粉碎。
但是该有的觉悟应该放在哪里，
这是属于一个持续发现的认知，
不可能一蹴而就。

在原地不动就好了，
如若你走了过去，
路上洒满了你的血，
不权当减肥了吗？
但只要别再把我本身不好看的脸弄花了
就好。

大人物永远是这么优秀，
你想追都追不上。
那么接下来又该如何。
那还要用说吗？
小人物要有自己的觉悟。

李龙江

1954年4月出生，曾在浙江生产建设兵团下乡，后返城在浙江省属建设集团工作至退休，自考杭州大学汉语言文学专业毕业。现系中国诗歌学会会员，中华诗词学会会员，浙江省诗词楹联学会会员，浙江知青诗友会会长。

写在荆州古城墙

历史的风　依然吹过一截古城墙
楚国古都　尘埃落尽　三国故事翻篇
一池荷花开得绚烂　夏日显得妩媚

郢都桥更牛　犹如御碑的石刻
已深入到年份久远,神态各异的石狮
在太阳的光环下　更有一种活力吸附
关公已神化　一直守护着这个荆城
高高耸立石阶　感觉一种高山仰止
在大刀面前　我的诗彷佛轻如羽毛

跌入城墙下的楚韵　已串不成词牌
蓝天白云之间　时光漫过尘烟
我在慢慢寻觅　把思绪轻轻带走

探秘神农架

在我的想象中有些神秘
不仅仅是野人之谜
而是炎帝神农居此采药

架木为梯　以助攀援绝壁
架木为屋　以避风雨野兽
架木为坛　以拜天地神灵

这多少给了我灵性的指引
登上天坛模仿女娲补天
作双手伸展的姿势

我知道　这里林峰水茂
曾经神农氏　屈大夫　王昭君
都凭己力撑起各自天地

取道香溪河　来到天生桥
紧贴着绝壁石阶攀援
彷佛流泉从我身边飞溅

在这里　仙气终日缭绕
万物都生长着一种气势
终于　我明白了神秘的本源

抵达塔尔寺

抵达塔尔寺　顿时心生肃穆
依山傍塬　挺拔在莲花山的两面坡上
塔寺林立　每座都蕴藏着佛教寓意

十万个长头磕完的虔诚　使人震撼
发之内心深处的召唤　是灵魂的皈依
一种持力跨越千年而历久不变

而这一切所蕴含佛的旨意和教诲
是否在嘛呢经筒在不断摇转中轮回
其实尘世匆匆的时光　难以留住
人的躯体　不过是世间的摆渡
握住和放弃往往是在一念之间
或许禅意的执念？命运总被苦难打磨

李鲁燕

女，1978年6月生，山东夏津人，2016年开始写作，有诗歌、散文散见于《星星》《散文诗》《散文诗世界》《鉴湖》《山东教育》《华西都市报》《山东诗歌年鉴》《2018中国年度优秀诗歌》《诗东北》《女子风赏》等。2018出版诗集《凤凰花开》。诗歌获2018夏津椹果节全国征文二等奖，2019年夏津全国椹果节征文二等奖，小说《旁边是爱情》获2017山东省改革开放40年征文优秀奖。

中年
——写于秋分

太阳给予金子　月亮赏赐白银
一扇窗里有十万积存的明亮

花朵走到纸上　水流在信中流失
反手的风把取之不尽的青葱化为雨滴

仿似有惆怅
但有瓜熟蒂落的预言传来
但有百亩良田的芳香捧出

天下财富不可平分
天下美貌不可平分

我分给你公平的昼夜

勤勉的人在黑夜里提炼宝藏
我有中年的水面可以出售

秋天的果实

如果拾级而上
你正好能摘一枚红叶
拽住秋天　像风一样
轻盈的旋转

再高一阶　你能把夕阳
踩在脚下
更高的那个顶端　你站上去
踮起脚尖　或许能探到一颗星星的尾部

你永远只能探到一颗星星的尾部
无论秋天有多明亮
无论它要送给人间多少可口的果子

最宽容的是脚下的土地
它一直允许你把累卸在它身上
时间在树叶里流逝

你最终，是一颗星星的果实

棉质

开始是钢铁，是针尖，芒刺
是一切尖锐的事物
拒绝生锈、拒绝水、拒绝不完美

现在我更愿意是朵棉花
回归软、回归真
把被撞得面目全非的棱角
以及斑斑锈迹都抱在怀里

我学着包容、和解
时间给了我母亲的心肠

我怕世界被撞疼,我怕伤及我小小的小女
儿

接受尖锐的事物

一枚钉子原本就该钉入墙中
这是钉子的意义,也是墙的
它们将共同承载重物

一根针注定要穿过棉布
哪怕它无辜
它们需要共同完成一件器物,使意义更有
意义

剪刀、斧头、刀,这些制造疼痛的东西用它
们的尖锐证明存在的价值
现在,我们要沉默
承认命运中的刺

李美霖

　　天津市宝坻人,山东大学管理工程学
院,工程造价专业,本科毕业,酷爱诗词。

追逐梦想

走着走着不禁停了下来,
望着那匆匆的流水,
心中不免有一丝彷徨。
我知道虽是青春年少但仍敌不过老态龙
钟。

我们只不过是这江河中的一抹水花。
只是一现,便又坠入河中。
随着它流走,使留下的记忆仅教人彷徨,
像我一样,更像千千万万个我一样。
将这莫名的悲伤投入河中,
什么都不会出现。

只是听见了河水哗哗的流淌,

流淌在那长长的望不到尽头的江河中。
但他还是有尽头的,
他的尽头便是临近消融的那一刹,
最后什么也不会留下,
只有哗哗的声音。
看那一朵朵跳动的水花。
忽然间,我便明了,
生活是如此的简单。
伸出右手,抓住一朵,散了。
但我确是嗅到了它的味,
心若有香花亦香。
人易逝却心不倒。
胸有大气者,亦有天地也。
嗅着淡香,脚步又再次踏向新的旅程。
人生故千姿百态,但信念长存。
故虽世殊世异,我已不再彷徨。

李念一

　　吉林省吉林人,吉林建筑科技学院,
管理工程学院,工程造价专业本科毕业,
酷爱诗词。

色彩

如果风是有颜色的
那么
我希望它是金色的,阳光的颜色,温暖的
颜色
如果我也是有颜色的
那么
我一定是蓝色的,大海的颜色,苦涩的颜
色

好想让暖暖的风轻轻推着我走出黑色的
空间
带我来到绿色的田野
风还是那样暖暖的,轻轻的
灿烂的金色满满撒在我的身上
飞舞的发丝,闭着的双眼,抿着的嘴唇

蓝色渐渐褪去
风将我与田野融合
绿色的眼眸,绿色的裙摆,绿色的心情

此时的我不知不觉变成了绿色,春天的颜色,希望的颜色
是谁？是风！
从那时起风就无时无刻陪在我身边
领着我走过冰天雪地
领着我走过春暖花开
我天真地以为
快乐就永久地握在手里
但是
就在这个冬天到来之前
风松开了我的手
还是那样轻轻的
只是不再温暖了

这时我才发现
我根本就没有跟上你的脚步
从来没有真正地拥有过你
你什么都没留下
除了彩色的记忆
还有蓝色的我

李强

男,1967年生,山东滕州人,大专文化,在中烟公司滕州卷烟厂工作。系中华诗词学会会员,山东省诗词学会会员,枣庄市诗词学会常务理事,滕州市诗词联赋协会副会长。曾荣获2017年"端午情·中国梦"全球华语诗词大赛第三名及第二届跟着古诗词去旅行岳阳楼诗词大赛金奖,第十二届、十三届天籁杯中华诗词大赛银奖等奖项。

秋殇

嘶哑的车声
传递着城市的悲哀
孩提在此长大
却又感觉面目全非
飘荡的尘霾
封着人们的嘴
我真希望
从此不要张开
秋叶好像懂得我的心
纵空翩翩
增加了悲伤的色彩

是谁骂了一声文明的脏话
战争于是爆发在这
小小的世界
围观的人们对此麻木
有时还会发出乐极的喝彩
愚蠢的人啊
快停住手吧
难道斗殴只是为了
别人的存在

人们散去了
谁也不认识谁
也没记清谁胜谁败
只是两个斗殴的人
各自颤颤地挂着双拐

一切平静了
我却感到迷惘
路两旁的大厦在摇晃
似乎要倒
要歪

李全通

笔名甜蜜的忧伤。男,汉族。1970年生,山东青州人。毕业于莱阳农学院文学系,东夷文化海岱诗社副社长兼秘书长。青州市作家协会会员,作品散见《当

代汉诗》《中国文学与艺术》《首都文学》《黄浦江诗潮》《奉天诗刊》《齐鲁文学》《河南文苑》《齐鲁文苑》《长河文丛》《花厅》《雪橄榄文学》《青州文苑》《青州文学》《创作·悦读》《今日青州》，代表作品有《思乡的泪光》《我曾爱过你》等。个人诗观：诗是文字的灵魂。

爱在七夕

看见你和梦
一起后退
退到星星闪烁
喜鹊纷飞的七月

是谁的手
将那扇爱过的门
紧紧关闭
我的七月，开始凋谢

看不见
你甜甜的微笑
火热的思念
溺夕在银河中挣扎
天桥边围的万家灯火
都是滚烫的泪

你我的七月
像是重逢
又像是在告别
我祈求过风
从不让它
吹乱你的头发
生命在
这个相爱的季节
从不落叶
七月的雨，化作流水
在我的血管里
时明时灭

千年前
那个海誓山盟
刻骨铭心的约定
你我怎能忘却
…………

情·悟

假如生命是
一列疾驰而过的火车
情感就是那
两条长长的铁轨

一条代表快乐
一条代表着伤悲
在我身后紧紧追随

如果大雨之后还是雨
如果忧伤之后
仍然是痛苦

就让我从容面对
这别离后的寂寞孤独
继续去寻觅
一生都不可能
再出现的那个你

作茧自缚

最后半颗夕阳
随风滑落进夜色
灯火慢慢入侵我的城池
深陷一场往事的旧梦

毕生仰望的情感
因执念，始终未曾如愿
背井离乡多年
摊开的手掌
仍流淌着记忆里

所有难忘的时光

花开花落
春天早已远去
我的掌心紧握着
你昨夜残存的体香

习惯在纸上读你
在文字里想你
习惯在诗之末行
埋下无人能懂的伏笔

错爱,如我
作茧自缚的一生
是那样的相像

李睿

山东青岛人,吉林建筑大学经济与管理学院,建筑与土木工程(工程管理)硕士,酷爱诗词。

与十八岁的自己

活泼的手指
欢快地驾驭着音乐幻化的笔
一行行
留下青春的印迹

消逝着的墨
在必经的路上
茂盛地生长着
文字

步儿一跨
呵! 成长了
那属于自己的天地

李盛霖

天津市武清人,吉林建筑大学经济与管理学院,建筑与土木工程(结构工程)硕士,酷爱诗词。

路上的玫瑰

路上　有一片玫瑰园
夜里　赶路的年青人
一把抓住了玫瑰花
手被刺破　血流了出来
青年人轻轻松开了手
玫瑰刺折断留在了手心里
青年人没有拔出来
因为拔出来
更痛
天亮了　年青人
捡起了玫瑰花
避开了刺
拿着玫瑰花继续赶路
第二天　夜里
又一个赶路的年青人
一把抓住了玫瑰花

李淑芳

女,笔名草木白雪。作品曾获中国好文学全国征文比赛诗歌奖。获中国诗歌十佳精选,作品散见于《威海日报》《橄榄叶诗歌报》《关雎爱情诗刊》《香稻诗报》《德州日报》《辽沈晚报》《文化前沿》《长江诗歌报》《广州文艺》等百家刊物。

我深深爱恋的祖国(组诗)
祝福祖国母亲

当金秋的风
送来硕果累累的清香
当满山遍野的高粱举起
欢庆火红的火把

当傲霜斗艳的菊花
盛开着金色的吉祥
当一片片祝福的枫叶
染红遍了华夏大地
当雄伟的天安门
迎来新的十一朝阳

抬头仰望那雄壮国歌声中
冉冉升起的五星红旗
亿万颗儿女的心,随着祖国
母亲的心脏一起搏动

祖国啊母亲!
鲜艳的五星红旗在您的家园
上空飘荡,半个多世纪,
您的每个儿女记忆耳畔
至今回荡六十六年前十一那天
一个声震乾坤洪亮的声音
一位世纪伟人俯瞰全世界
庄重的宣告
中华人民共和国成立了
第一面五星红旗
随着那排山倒海隆隆的礼炮
响彻云霄的徐徐升起

那是让中国人民
扬眉吐气胜利的旗帜
那是让中国人民
站立起来当家做主的旗帜
那是向全世界宣告,新中国的诞生
巨龙就要腾飞,复兴中华的旗帜
几载风雨,几载风霜
天大的困难再多的耻辱
也压不夸中华儿女坚强的脊梁

从虎门销烟,揭开反侵略战争序幕
一直到南湖红船,指引百年
睡狮猛醒的前进方向

无数中华儿女
前仆后继,英勇不屈
鲜血染红了党旗、军旗、国旗
终于迎来新世纪的曙光
一九四九十一啊
随着第一面五星红旗的升起
终于结束了百年的耻辱

祖国啊母亲!
今天,再也听不到战火纷飞铁蹄下
您那血与泪悲哀的叹息
再也找不到,您哪贫贱不堪的足迹
百年来,您枯瘦蹒跚千疮百孔的身影
如今已变成伟岸的巨人
傲然屹立在世界的东方
任凭风云多么变幻
您坚定不移的伸出
真理信仰的臂膀,拨开云雾
指引中华民族伟大复兴的前进方向

六十六年的拼搏
六十六年的沧桑
六十六年曲折的探索
五千年的文明古国啊
历史长河的波涛汹涌着
您不屈不挠勇往直前的浪花
惊天地,泣鬼神
凝聚了海阔天空的宏伟
尽情喧染十月的阳光
这六十六年的沧桑巨变
筑起一座中华崛起,不朽的丰碑
辉煌的纪元,抒写了新中国
改天换地的新篇章
祖国啊母亲
春天的故事里,你笑靥迎春
在伟大复兴梦的激越节奏里
奏响新的征程

祝福您的生日！我的祖国母亲
让我深情地为您放飞一群文字鸽子
穿过万水千山，飞翔在霞光万丈的云天
为您衔来一枚祈福的橄榄叶
愿您的家园，永远宁静安祥没有忧患
愿您走向更加繁荣富强的明天

我深深爱恋的祖国

你从盘古开天地的神话中走来
你从五千年灿烂文明史中走来
你从嫦娥奔月飞天梦中走来
你从百年复兴路中走来

经历了几千年的沧海变迁
历尽百年风霜雨雪的坎坷
你依然生生不息，源源流长

一往无前奔腾的长江黄河
是你奋斗不息的炎黄血脉
巍巍屹立的泰山
是你顶天立地压不夸的脊梁
你一路走来，谱写一首
唐诗宋韵的壮丽诗篇

你是震撼世界庄严宣告的东方红
从千疮百孔的土地上站立起来
你是一首春天的故事
诗画般地开启了一个崭新的时代
你是前所未有新时代复兴的中国梦
正在崛起，昂首阔步迈向更加辉煌的明天

七十年，你艰苦创业自强不息
七十年，你曲折磨砺，信念不倒
七十年，你沧桑巨变创造无数人间奇迹
今天。你让世界为之震惊赞誉

一条腾飞的中国神龙
正在以威猛的姿势，腾舞着亚洲雄风

以马良神笔，书画着神州华夏的神奇
你是我的骄傲，你是我的自豪
你是我可爱的祖国
我深深爱恋的祖国

中国梦，农民梦

当东方红的钟声响起，新的一天来临
在你的田野上，一辈子与泥土情深
的父辈们，在上下求索的日子里
播下一季希望的种子

每个春天故事来临
柳絮飞，小草绿，桃花红，梨花白
我会把五颜六色的色彩
种养在诗行，来把你赞美

和平的阳光，照耀着国度、洒满你祥和的
家园
掬一捧心花的芬芳，虔诚的心愿
是一群白鸽，从我的诗行里起飞，飞向蓝
天
每个文字的目光，都会在每一天的早晨
注视着与太阳一起升起的五星红旗敬礼

祖国，我亲爱的祖国
七十年追梦的道路崎岖坎坷，你初心不变
我深信，我的田园每一棵庄稼
都会生长着你的信仰，你的梦想，你的腾
飞，你的荣光

我的每一滴汗水里，长出的大豆，高粱，玉
米
都会在心底，拥抱着我的梦，父亲的梦，爷
爷的梦
幼有所育、病有所医、老有所养、住有所居
三代人中国农民梦

这梦在清贫的日子里，忽近忽远，历尽坎

坷
这梦是永远高举的信仰,是生命的希望
是几代人自强不息奋斗的花朵
用血汗浇灌,开满了你的家园

祖国啊,我亲爱的祖国
多少个日日夜夜,我用诗歌和生命
把梦想深情地种植在你的土地上
今天,我看见梦已经长出新芽

李硕

　　江苏省丰县人,长春科技学院,管理工程学院,工程造价专业本科毕业,酷爱诗词。

安静

将每个目标付出与实践,
只要是自己认定的路,
就要坚持走下去,
兴趣导航,毅力作帆,汗水推船,就会离成功之岸近一些,在近一些。

幸福,正在前面焦急的等待着自己。
在自己的生命里,多出一轮绚烂的朝阳供自己慢慢地欣赏,仔细的体会。
诚如年少的自己,少年走在前面,他的羊跟在自己后面。

路边有着诱人的果子,
散发香味的青草,
远方温暖的落日……

在夕阳的余晖里,尽想些温暖而幸福的家。
有的只是细数散落的露珠,指尖轻触,体验那一丝清凉。
这些记忆,注定永远尘封在我的脑海里,
分化在我的身体里,伴随着我的一生。

愿这一生,我都如一朵淡雅的莲,
婉约细致,从容绽放,
无争无求,轮回静守。

李涛红

　　笔名瀚涛,1985年11月生于商州。现为中国诗歌学会会员,陕西省作家协会、陕西省青年文学协会、陕西省散文学会会员,作品见于《延河》《陕西诗歌》《陕西工人报》《陕北诗报》《燕赵文学》《秦都》《洛阳诗人》《诗词世界》《中国小诗》《海诗刊》《长江诗歌》等官民刊。已有诗歌作品入选《中国文学作品选》《中国实力诗人作品选读》《中国当代诗人代表作名录》等多种权威选本。著有诗集《守望青春》。

人间是否有一种良药

母亲尽管在城里住了几年
但她仍然固守着
住在农村时的生活习惯
胡乱地吃饭
不爱整理桌面以及磨光地板
她关心生活中的琐事
胜过关心我的诗歌
有时我们坐在沙发上聊天
他无数次的向我
谈起乡下的人情世故
东家长,西家短
她一遍又遍地告诉我
小时候家里生活的不易

我每一天
都在感受母亲的变化
衰老已经悄悄地蔓延
从她慢慢弓起的驼背
还有步履蹒跚的僵硬步伐
面对她突然的身体不适
我总是手足无措

住院也无济于世
只能靠长期的药物治疗

最近我老幻想着
人间是否有一种良药
让老年病能洗骨伐髓
免去疾病之苦

母亲

母亲曾多次偷偷地告诉儿媳
要再生个二胎
不要光顾着自己的身材和脸蛋
家里有个姑娘多么温暖
等到老了时
如果有个女儿
是多么地贴心

母亲曾多次偷偷地捡拾废品
说,闲着也是闲着
经过多次严肃的谈话
早晨,依旧偷偷摸摸地起床
晚上,又偷偷摸摸地藏起来
再一次劝阻
母亲笑了笑
说,跑一跑,身体好
还能补贴家用

在薄情的世界里深情地活着

不论你多么地渴望健康
空气总是这么肮脏
生命对每个人来说
仅有一次
结束时,一切都只是徒劳

在薄情的世界里深情地活着
有如诗般的情怀
却没有如诗般的生活
唯有精神的旅程不灭

人生修炼才可以开始
成为百毒不侵的地球人
让雾霾遮盖蓝天

依然热情似火的活着

着一袭旗袍

着一袭旗袍
映出多姿韵味
回眸染两朵红云
惊落万古清愁

着一袭旗袍
修篱岁月静好
含蓄在旗袍中沉迷
摇曳最美的风景

着一袭旗袍
深情在旗袍中依依
妖娆令云淡风轻
婉约让月走星移

着一袭旗袍
摇曳出女王华姿
谱一曲
舞尽今生年华

李同波

　　黑龙江省依安县人,黑龙江省作家协会会员。曾在电影院工作,现为县文化馆创作室主任,文学作品曾获省市各级文化部门组织的创作征文奖项。

我的祖国

你是一部读不完的著作
我的祖国
我读你的历史　读你的文化

读你的山川大河
你的辉煌,甚至你的创伤
都融入了我的精神
形成了我的性格
让我怎样地 怎样地向你诉说
你让我知道我所拥有的
是怎样一种壮丽,我幸福如何
你让我知道我所拥有的
是怎样一种沉重,我责任如山
呵 我的祖国
你让我知道我是怎样地被你需要
我的青春,我的生命,我的思想,我的体魄
每个人都是一粒沙
但每个人都可以是一个星座
怀着你的爱与恨
忧愁与希望
注视我吧祖国
我听懂了你长鸣了无数个世纪的乐声
我知道你期待着怎样地应和
称我为你的孩子吧
你的有孝心的孩子
我将用我的一生来守着你
为你创造,哪怕是一线天真和欢乐

思念

也许分别意味着再次的重逢
可再见并不轻松
不流眼泪
是为在你心中印下我的笑容
于是挥挥手
我的身影陪伴你孤寂的旅程
分别了,我便祈盼
又一次的重逢
当小燕子在你的窗前低语
请你展开温柔的心境
容纳一个你曾经熟悉的姓名

李伟

昵称伟祺,男,1963年7月生于四川省隆昌市。四川省诗词协会格律体新诗创作研究会会员,内江市作家协会会员,内江市诗词楹联学会会员。《大河》诗刊签约诗人(作家)。作品被《中国新农村月刊》《中国香港流派诗歌》《呦呦诗刊》《大河诗歌》《中国民间短诗精选》《龙泉山杂志》《新歌诗》《作家与文学》《中国诗影响》《世界诗歌文学》《长江诗歌》《东方作家》《作家村》《莲峰》《内江日报》《中国短诗精选》《西南作家》《中国诗人生日大典》《广东文学》《中国诗人》《银河系》诗刊等多类选本和报刊及各大网络媒体选录。

遇见

我为青草与阳光的对视
而步步惊喜
我被浪波雕琢出诡异的情话
安排在清静的岸畔
裹满花香
从此一个心怀浪漫的人
有了依偎

用眼中初夏的六月读着
瘦了的身骨
发出缠绵不休的轻语
躺在漂亮的外衣里
有了初恋时那种迫切的心情
伸开腿脚
聆听着一首旷野中
绝美的诗句

夕阳再次羞红了你的名字

钓(组诗)
钓鱼

你在,我也在
在阳光下在风雨中。为此

我愿等那朵挣扎地浪花

钓竿
能伸能曲,如此献身
不就为了等贪婪和云层下的智慧
谁得天下吗

钓钩
一生总是和寒冷与暗流为伴
扭曲的心理,一旦和阳光相碰撞
骨子里的正义,必将贪婪葬送在烈火中

钓线
学会放下,人生路总有尽头
珍惜,总比贪婪更加活得舒心

钓食
顺着前程中已知的路寻访,细节中的
恋情,纷纷看似温柔。而后
又被反反复复酝酿,岁月中的人和事

钓鱼的浮子
为此
那深藏不露的诡计
是为一朵浪花的自由而定义

李文瑞
　　河南周口人,吉林工商学院,工商管理学院,工程管理专业本科,酷爱诗词。

飞
梦里有一双翅膀,
却总是飞不起!
梦醒来,
惊诧枕边都是泪!
鸟儿在飞,
我却心已满是灰!

蓝天中有白云,
阳光下谁家鸟儿飞?

李文喆
　　男,本科文化,中学教师。1968年出生于贵州省黔西县"黔中布依诗乡",热爱古体诗词及文学,现为黔西县诗词楹联学会会员,经常有诗词、散文及教学论文等作品在各种不同刊物发表。

登凤凰山遐想
思绪燃烧的七月
漫步新建的凤凰山公园
一朵朵轻絮白云
悠悠荡荡亲吻眉檐
山花间、水池旁
飞舞着斑斓的蝴蝶蜻蜓
风儿轻轻
飘来瓜果香味
林荫幽幽
真想让指尖飞逝的光阴
凝固于眼前
鸟儿清脆悠扬的歌声
让绵绵的思绪
激起一圈又一圈涟漪

极目环顾
琼楼玉宇正向四方蔓延
琳琅满目的珍奇
拥挤着大街小巷店面
村村通油路上
宝马奔驰穿梭若箭离弦
晨曦中、夕阳下
广场舞挑逗着太极拳
幼稚乐园的巨轮喧闹着蓝天
八景鼎沸、九狮龙腾

古道上赶马声与撵骡声
渐行渐远
凭着一张票购肉购米的场景
那已是改革开放之前
每年冬天寒风里躬身在灰烬中
那两鬓苍苍、颤颤微微捡煤碴的人影
在记忆中已经消逝了很多年

听听
水乡柳岸朗朗书声此起彼伏
荷塘里锦鲤自由欢跃
惹得蛙声连片
高铁亲吻着双轨缩短了地平线
一幅又一幅蒸蒸日上的画面
把我的思绪
带到很远——很远

你看
迷人霓虹灯闪耀、那缥缈音乐中
翩翩起舞仙的女们若隐若现
人民安康富裕、多彩而积极向上的生活
还有那
乘着祖国东风打造的美丽景色
让她们久久忘返流连

山城炫酷的夏夜
仍然那么恬静和清凉
那翠绿树枝上
多情的婵儿高声歌唱
也许
在子夜微微的箫声中、悠扬的曲调里
你还觉得
飘逸着一丝丝
不解与忧伤
那就把我的歌声和我的希望
分发给家乡可爱的人们
让整个世界为之亢奋——为之激昂！

李霞

女，大学文化，河南许昌人，许昌市诗词学会秘书长。

情浓，爱深深

不知坐了多久
许是，太过依赖春的气息
草香触碰心的微醉
痴傻喜欢一个人
在浓郁的色调中小坐
任性的暗香浮动的影
黏在睫毛上，晶莹透着
情浓爱深深

许是，独处时想起的寂寞
摇曳枝头树下的牵挂
清风寄予远方
低眉细数光阴

那美，依旧是一个拈花的香人
唇边留下浅浅的笑
坐在相思河畔
不见也心满

喜欢，将心事放在柔软的季节
等风吹拂轻轻的
等雨淋过绵绵的
那时，情浓爱深深

许是，贪恋这个季节
因不想错过最美的好时光
执着中因为不舍草木香染心扉
一墨永恒

许是，爱着这个季节
聆听花开簌簌的软语
呢喃耳畔，还是那么好
情浓爱深深

心之小路

岁月
是张勾画流年的宣纸
那些走过的锦薄
于光影交错间
缓缓袭来

一份浅念,一片恒美
划过心海的诗笺
清清,浅浅
温温,婉婉
将淡淡的记忆
与,往事相融

光阴
就这样轻轻
芬芳在心之小径
生动了一树碗念
花影的婆娑
承载着莫名的忧伤
掌心的一滴雨
摇曳着笔端的清香
与,落莫

谁的誓言,宣纸轻展
谁的喃呢,旖旎彼岸

李向阳

江苏省丰县人,吉林建筑大学经济与管理学院,工程管理专业,本科毕业,酷爱诗词。

不负青春

岁月难熬
总觉时光不老
青春年少

参不透韶华一遭

念日中太早
只推与寒风罢了
整日浑噩
不记朝阳是红是好

顾群峰环绕
苦把这雄心困扰
呆然头脑
丢掉时间一分一秒

余音袅袅
惟忆抒情重要?
望似祖狄
必当为雄鸡破晓

李小蓉

笔名木子、田田。自由撰稿人。四川省雅安市作家协会会员,四川散文学会会员,全球汉诗总会会员等。曾有多篇抒情散文、杂文、随笔、诗歌发表在《中国西部》《全球汉诗集》《雅安年鉴》《雅安日报》等刊物。写作风格时而羞涩、温婉;时而辛辣、犀利。小称文坛上的一株带刺玫瑰。

唯我孤独

每一场爱的终极都躲不脱痛苦
只有孤独是爱的看护
所有的爱都诠释着孤独
就热烈响应着爱的时候
冥冥之中却昭示出迟早的
孤独
孤独的思维排列着痛苦
涵盖的爱是孤独的支柱
史诗中的孤独把人带入至高境界
隐忍孤独者　谱写人格的尊严
隐忍孤独者　领略成就的风范

隐忍孤独者　固守生命的底线
学会咀嚼孤独吧
当在人生的日记里写下悲愤和苍凉时
用以化解沿途的风刀霜剑
学会超越孤独吧
当在无助的海洋里濒临苦难和绝望时
让以全新的面貌迎接浮出
孤独　一道靓丽的风景
孤独　一首绝美的诗歌
孤独　一篇千古的唱酬
让孤独降临吧
面对穹窿
孤独无憾
爱的终极
唯我孤独……

李晓彬

　　茂名市南天诗社会员。笔名白亦诗，山西长治人，潞州区作协理事，70后，1987年起在国家、省、市级文学杂志发表小说、诗歌、散文、报告文学、新闻通讯近百万字，曾任《野风》文学社会长、总编。

山中偶得

山是最执着的情郎
夏天的语言热烈奔放
太阳一万年不变呵护着所有的生物
一壶淡酒便醉入了云的故乡
少年的盟誓一晃就融进了夕阳

水的柔情同样引人遐想
一路潺潺在山的胸膛自由歌唱
青青的草，灿灿的花
陶醉了多少美好的向往
在日月交替的刹那奠基了诗人的天堂

雨夜无眠

雨来的时候想你
雷声就是我的呐喊
闪电撕破黑暗的阻拦
苍穹的深处处处烙印我的思念
雨滴敲打芭蕉的节拍复制了我的辛酸

虫子躲进土底
一如往事不堪追忆
田野新生的瓜果迎接夏天的洗礼
你留下的气息让夏夜悠长美丽
足矣，羞愧那些古老的诗句

柳外轻雷池上雨
生如夏花，夏至
在北方的一座古城悄然而至
荷花作为池塘的主角亭亭玉立
岸边的柳条是最柔情的相思
相望，何须相知

雷音如鼓，在午后踩着闹铃准点炸响
喝断树梢蝉声的悠长
乌云乱了阵脚，植物在风中和雨点热烈拥抱
而阳光的撤离却不慌不忙
再一次演绎有晴与无晴的迷茫

山居岁月

如果能够在岁月的缝隙中任意穿梭
那么我只要一座青青的山，不需巍峨
在某个夏日的雨后，黄昏之前抵达
植被是一尘不染，云在树上轻轻滑过

心灵全方位无差别地和天地融合
花随意地流露着或香艳或清淡的想法
山泉轻快地跳跃过那些坚硬的岩石
鸟的啼鸣回荡出一曲清凉凉的山歌

李晓楠

笔名高阳,彝族,中国诗词研究协会会员,中国诗歌网认证诗人。大理漾濞县的一个山区90后彝族小伙。热爱文学和历史文学,特别喜欢古诗词,喜欢诗词的豪迈、洒脱、婉约。喜欢古典文学,喜欢中国历史。业余时间会用写作来抒发自己的情感。

夏夜的雨

黑夜里
孤独的人在等待日出
他或许是以梦为马的诗人
也是等待归人的怨妇
行囊里空的是酒壶
两个酒杯破碎在草地上
一杯是逝去
一杯是开始
夏雨总是在
最希望的时候到来
丁香姑娘应该已经沉睡
只有花折伞在雨中舞蹈
雨滴在青石板上歌唱
唤醒醉酒的人们
唤醒熟睡已久的幸福
悲伤在黑夜中长眠
哀愁在黎明的曙光枯萎
从明天起做一个
比幸福更幸福的孩子

乱言

一柄断剑
驰骋沙场战匈奴
金戈铁马
应是少年意气时
何处有哀愁

一壶浊酒
残月别离杨柳岸
江山如画
最是书生社稷报
红颜难挂牵

一本残谱
撩拨冷弦声声慢
快马厮杀
侠客归隐紫竹林
忘却名和利

一幅卷轴
骚人泼墨名垂史
提笔作赋
道尽生平乐与愁
淡了悲和喜

月·遐想

望皎月当空
遥想广寒清宫
嫦娥应如是
怀抱玉兔轻呢喃
若与夫君共灵药
海可枯,石可烂,未曾与君绝
叹如今仙也好,神也罢!
数清了繁星看尽了繁华
广寒深宫无人语
唯有自叹息,羡牛郎织女
鹊桥边上诉衷肠
一介莽夫砍树郎
只知砍柴功不识桂花香
天蓬时而献殷勤
跌落人间,一念成佛
清宫依旧寒,独自徒伤悲
落月寒鸦蹄,书生几行泪

李筱蓉

笔名安之,香港青少年诗歌联盟副会长,香港诗人联盟理事,《香港诗人》编委,香港考评局主考官,资深教师及朗诵评判。

白渡桥之夜

星光静谧了夜空
霓虹点缀了幽梦
浪漫沉浸了朦胧
一轮雪月几度风花
白渡桥的夜色
沧桑与梦幻水乳交融
黄浦江的涛声　挽着海风
对对人儿　笑靥相拥

巷陌清晨

清晨睡眼惺忪
远方的天幕上
依然不愿离别的星辰
羞涩的脸上
挂着夜的缱绻柔情
晨曦轻柔的抚着
石板路的沧桑
这沧桑透着
岁月最深的记忆
任时光匆匆
此情已酿成美酒

外滩漫步

古老而悠扬的钟声
穿透了外滩的星空
唤醒了黄浦江的睡梦
惊涛拍岸波漱霓虹
时尚的魔都
激荡着沧海横流的岁月

闭上双眸
来一场时空的穿越

厚重的沧桑
宛如那音符
在心头跳跃

漓江之约

兰舟沐浴着新阳
泛起的涟漪在碧波中荡漾
云影牵引着山光
像一场约会在柔情中激扬

温婉的倩影
醉了漓江　美了天地
我驻足闭目遥想
五彩缤纷的光影
宛如一朵朵花儿
在那温情的心头绽放

晚霞

晚霞
凝聚了太阳的精华
在黑夜来临之前
迸出所有的能量
尽情地绽放
如鲜花
绚丽
芬芳

晚霞
如醇美的酒
浓郁着
醉人的韵味
直沁心扉
渗入骨髓
炽烈
淡定

晚霞
在最辉煌的一霎

默默地隐去
把满身的光泽
留给了羞涩的月儿
从容
温柔

李孝军

笔名磐石,男,医务工作者。酷爱文学,借此雅韵生活,分享快乐。曾在《嫩江文苑》《松漠》《克什克腾旗文学作品集》《中华文艺》多次发表诗歌、散文。曾获2018年第四届"菊展有奖征集诗文"诗词类二等奖;获2019年"中国诗词书画最高奖荣誉榜获奖作家"。现为黑龙江省嫩江县作协会员。

重聚

曾经的青葱岁月
拽起这份记忆
相携度过的美好时光
共鸣了这一相聚

不说光阴荏苒
都滋养在同学的雨露里
即便天涯海角
我们的心都不曾远离

这是储蓄感情的一肩行囊
无论走多远都放不下的相惜
这是生命丛林祥和的阳光
安放着心灵的栖息地

霜染的两鬓
诠释了我们步入天命的年纪
可最纯真的情感
依然在彼此间传递

有了这一连心的主题

我们又重聚在一起
用满杯的感慨
化去久久的别离

任交融的感怀
豪饮这诉不尽的友谊
任同窗的情愫
意动在彼此的心底

这一浪高过一浪的欢悦
荡漾着甜蜜
这一句又一句的牵绊
悸动着心蒂

久别的心境
勾起了串串花絮
就荡起这思念之桨
伴我们慢慢老去

就让今天的你我
解读着昨日的故事
让激情的心扉

七月的心情

炽烈的热情
拥抱七月
任挥汗如雨的感受
觅寻一缕凉爽
生命的花絮
便在心灵深处姹紫嫣红

梅雨
感动了七月的眼睛
在剪不断理还乱的心事里
化作相思泪
斑驳的点滴生活
葱郁着灵魂的遐想

徐徐夜风
逐去白日的燥热
轻快了七月的心情
卸下这一天疲惫的煎熬
采摘宁静的温馨
装饰一个婉约的梦境

来规划明天的轨迹

李效民

　　笔名山民，河南省灵宝市人，中华辞赋社会员。曾任市委督察室主任，市总工会主席，市档案局局长等职。工作之余写下大量诗歌、散文和游记，出版了《话说灵宝》专著。退休后，用诗赋的形式写下了《史证灵宝见》《可爱的灵宝》《故乡之恋》等作品，并举办了专场《李效民诗歌作品颂读会》。其中《当我们唱起国歌的时候》被收录到《中国当代诗歌集》，荣获中国文化传媒出版社庆祝中华人民共和国成立60年国庆征文全国特等奖；《想起小时候》获感动中国词曲选拔组委会全国原创歌曲大赛银奖；《酒神赋》获得"茅台杯"海内外征文优秀奖。

乡愁是什么

乡愁是一条线，拴在我心上。
连着你，连着他，连着故乡。
无论白天黑夜，春夏秋冬，
都会一脉相承，挂肚牵肠。

乡愁是一只鸟，随我去飞翔。
飞过山，飞过河，飞向天堂。
无论远近高低，四面八方，
都会风雨兼程，心驰神往。

乡愁是一棵大树，长在我心上。
经风雨，见世面，茁壮成长。
只有深深依恋，肥沃的土壤，
才会枝繁叶茂，花果飘香。

乡愁是一坛老酒，在我心中藏。
藏着笑，藏看泪，藏着五谷粮。
经过悲欢离合，反复酝酿，
才会浓缩精华，凝聚芬芳。

乡愁吆乡愁，情深谊长。
是儿时记忆，是炊烟飘荡。
是老爹老娘，是老窑老房。
是爷爷呼喊的老腔，
是外婆走过的小巷。
是隆重葬礼的嚎啕大哭，
是迎娶新娘的笑声朗朗……

乡愁吆乡愁，终生难忘。
是人欢马叫，是牛肥羊壮。
是喜鹊登枝，是雄鸡高唱。
是布谷声声的麦场，
是花好月圆的荷塘。
是谈古论今的树下，
是魂牵梦绕的学堂……

乡愁吆乡愁，非同寻常。
是物华天宝，是山高水长。
是人杰地灵，是龙凤呈详。
是春天的心花怒放，
是金秋的满目琳琅。
是一泓清泉的日夜流淌，
是奇峰峻岭的豪情万丈……

为什么热泪盈眶，因为朝思暮想。
为什么纵情歌唱，因为热爱故乡。
让我们互助互帮，追寻梦想，
欣赏这最美的月光，
拥抱那绚丽的朝阳！

李新潮

笔名潮子,面朝大海,春暖花开。诗人潮子有海子的浪漫,有女人的细腻,有军人之气质,有梁山好汉的奔放,作品见各大网媒。山东菏泽鄄城人,散打教官。鄄,伏羲之桑梓,尧舜之故里,人杰地灵的地方,哺育了潮子的灵感,他用好奇的眼睛观察这个世界,用纯净的灵魂感悟人生,用感恩的心对待周围的一切。来,伴随他的诗,进入潮子的内心世界。

诗与远方

诗总是伴随远方而来
在亢奋中
却成了一列火车
在奔赴远方梦中的路上
丢掉了诗
火车在飞
在预设的轨道上
在设置好的时间里
呼啸
狂痴痴狂
身躯
被鞭子驱赶着奔跑
不准喘息
不准偏离
不准思考
思想被沙漠烤成照片
抓一把黄沙挤不出半个文字
梦
只能在半夜仰望天空
也许
诗就在遥远的星际角落
我期待着
如流星坠落
期望与失望总是一墙之隔
我如那个卖火柴的女孩
在寻梦的路上
不小心
丢了自己

想和你去流浪

我多么想和你去流浪
流浪到天边不归
忘记过往
忘记悲伤
喝下了你的孟婆汤
奈何桥头抛下行囊
不要看我脸上的沧桑
那是生活给我的勋章
我没有放弃执着的梦想
你能否翻越自己设的墙
陪我一起去流浪
脚下的路就是远方
我多么想和你一起去流浪
自由才是生命的信仰
心在路上
冷暖自尝
思念让人断肠
你能否翻越自己设的墙
路上处处都是风景可赏
生命因爱而延长
我多么想和你去流浪
流浪到天边不归
你是我的风景在心上
陪我一起直到天堂

上帝病了

冰川不断消失
飓风肆虐
洪水淹没了美丽的家园
上帝
你怎么了
为何疏于管理

雾霾笼罩大地
垃圾成山
河流淌着脏水

上帝
你怎么了
哪里是我纯净的圣地

叙利亚的战火继续
逃亡的孩子溺死河底
川普的航母肆意碾压
我想平安地活着
炮火的淫威
我无法站起
上帝
你病了
无法再主持正义

太阳从东方升起
鸟儿自由飞翔
我怎样才具有神力
将世界大同
不同的肤色
不同的语音
却拥有同样的笑脸
上帝
请你辞职
我来主持世界的正义

陌生的城市熟悉的故事

火车飞快地奔驰
我的兴奋无法抑制
蚕蛾扑火的勇气
扑向你在的城市
陌生的街道似曾相识
渴望看到你的影子
你怎么突然消失
我哭得像个孩子
一个人走在陌生的城市
回忆着我们的故事
一会哭了一会笑了
我被回忆折磨成了疯子

路灯拉长我的影子
孤独在黑夜里开始
酒精能否将痛苦终止
我哭得像个孩子
我的爱情就此终止
你的冷漠让我心死
回忆将我折磨成疯子
我哭得像个孩子

李星

男,1982年生,山东滕州人,大学文化,系枣庄市诗歌协会理事,滕州市成龙教育中心主任,曾在《华夏诗文》《抱犊》等媒体发表新诗100多篇。

龙山记

新帽,新衣
珠光和宝气
奥迪,善国路,k208终点站
向西

我换了新颜
你依然身着旧衣
依然盛放千年的流水、白云和鸟鸣
依然盛放大把的寂静和新鲜的空气

钟音袅袅
有新的我从身体里跑出
观晴云,饮山泉,采槐花
山谷幽静,鸟鸣翠绿

多好啊
你和闹世只隔一小时的距离
也好啊
你的遗世芳华
刚好打掉我的世俗之气

故乡

要有一个古朴的村落
要有蓝蓝的天上飘着几朵白云
要有一望无际的草原
和流淌着的一曲曲牧歌
要有一排排高大的白杨树
和白杨树上一个个黑色的鸟窝
要有池塘边走来一群笨拙的鸭子
要有打麦场上几个捉迷藏的小伙伴
要有田间小路上几个荷锄而归的农夫
要有炊烟绕过屋舍
要有新雨催开几瓣桃花
要有丝瓜花喇叭花爬满篱笆
要有母亲微笑着坐在门前的椅子上
编织毛衣

我才肯承认

李秀艳

黑龙江省依安县人,女,依安县电业局工作,爱好文学创作和朗诵,依安县朗诵家协会会员。

电业女工的情怀

依安小城的淳朴
装点着电业女性的淡雅
黑河水流淌的柔波
沐浴着电力女性的善良
乌裕尔河啊
黑土地上欢歌
丰盈着电业女性的风采
我们骄傲
我们是电业战线的娘子军
因为我们是新时代的女性
我们骄傲
因为我们是新时代的女性
没有艰难困苦的忧虑
无忧无虑快乐如百灵鸟
安心的做好本职工作
庄严的憧憬着美好未来
我们骄傲
因为我们是新时代的女性
没有世俗偏见的羁绊
没有生活压力的束缚
尽情的享受
春天里的徐徐暖风
夏夜里的阵阵蝉鸣
秋晚里的袅袅炊烟
冬日里的飘飘雪花
那是曼妙至极的难言惬意
我们骄傲
因为我们是新时代的女性
新时代赋予了我们新的使命
女性的付出从来都是最无私的
女性的汗水总是那么真实
女性的爱更是淋漓尽致
作为新时代的女性
我们更加自主,自信和自豪
我们骄傲
因为我们是新时代的女性
有那么多美丽的词汇
是我们女性的专利
有那么高尚的称谓
也只属于我们女性
我们有什么理由不为自己骄傲
我们有什么理由不为自己自豪唱起来吧
我亲爱的姐妹们
让我们迈开新时代的步伐
伴随今日中国强大的新时代进行曲
昂首挺胸的身姿
向更美好更宏伟的新目标阔步迈进

李亚琦

笔名月绮灵,1996年生,喜欢现代诗歌、散文、诗词等,在全国大学生"母校母爱"诗歌散文大赛中获得诗歌优秀奖,在当代文学精品选全国人诗文大赛中获得诗歌二等奖,第二届"三言两语"全国短诗大赛一等奖等。现为蓝溪诗社副社长,雍州诗刊编辑,陕西省太白诗社会员,北京市写作学会会员,雁塔诗词学会会员,四川南边文化艺术馆会员,渌水诗刊会员,蓝溪诗社会员等。作品散见于《大学生作品选》《青年诗文精选》《新叶杂志》《雍州诗刊》《当代文学精品选》《山野之城》等刊物和选本以及网络平台。

思念那座城

笔尖是无处安放的思念
纸上是那浓郁的愁思
看那思念泛着莹莹光华
任那思念肆意流淌
流向远方
握不住的思念
飘向了谁的窗棂
惊诧了谁的美梦

那一座城
镌刻了一切与你有关的记忆
思念浓郁如海
却画不出你的身影
如烟似纱
蔓延了整座城
充斥了整个记忆
醉了多少春秋

那一座城
活在你的故事里
被你的事迹
灌溉滋润
我一直沉醉于城中
沉溺于你的故事
我沉沦在有你的记忆里

迟迟不愿苏醒

那一座城
牵动着我的心神
有我念念不忘的过去
更有让人思念的你

那一座城
葬着一季青春

诀别

你回眸的刹那
惊艳了一世芳华
盛开的樱花
让你美的很融洽
眉梢凌乱的发
手掌渐落的沙
阻挡不了人世的悲欢离合

相遇是祈祷的缘
相守用尽一生的心安
多少日夜的期盼
许给你一场红装
风,不惊
云,不扰
七弦的琴音依旧悠扬
我不再心慌
厚重的城墙
箭矢苍苍
金戈交错铿锵
梨花带雨,你哭的绝望
厮杀回首,我笑的坦荡

伤春

小雨淅淅沥沥
玻璃窗上起了一层水雾
芭蕉摇曳着身姿
我走在近海的城里

潮湿的空气中
没有嗅到一缕海风
渐渐加速的雨点
在伞面上叮当作响
敲打我繁杂的心事
不胜忧愁

低洼处涟漪点点
是童年里吹响的螺角
惊碎青春中的美好
失去了应有的温柔
雨幕中炊烟几缕
朦胧爬上姑娘的眼
笔直的雨线连接天地
这应是一场琴瑟和鸣
以雨为弦,以天地为琴

听边塞金戈相向
战马嘶鸣
听江南红楼
舞女鼓瑟吹笙
听春雨唏嘘
哀叹往事如烟
听羌笛声咽
将军百战死壮士裹尸还

一曲离别意
诉尽平生情
曲停,弦断,人未归

李永辉

笔名三石,网名拐角处的回眸,石家庄人,中华诗词学会会员,中国青年作家协会会员,石家庄市诗词学会秘书长。

一夜秋雨一夜情

灯红酒绿
让季节闪到了极致

一片秋叶
终于锁住了酷夏热情

一夜秋雨,让心
回归大地
不是想要就有的
即便是有,也是一朵孤芳自赏

那一滴多情
嵌入了眼眶里
是南飞雁,还是塞北雪
一枕黄粱
留下飞鸟掠过的痕迹

笔下,只剩下
老树昏鸦,唱着离歌
月光突然失态
一顷而下

喜鹊散去后,片刻宁静
独自留下多情的人
咀嚼,那一夜
雨一直下

初秋

粒粒露珠
挂在了秋的脸上
那是夏的渡口
无法消融的不舍惆怅

相聚总是那么短
一个拥抱,一个热吻
匆匆了,春夏秋冬
下一个轮回

空气里弥散着的味道
不仅仅止渴
还能让冰川铁马息声

落叶声,惊起心事一汪

那飘飞的玫瑰
狠狠地扎在灵魂深处
昨日的相思码头
迷失了方向,早已把自己遗忘

一生等候

她是
人生码头上
一次邂逅
两眸相撞
激起电闪雷鸣

她是
万世轮回中
一朵禅
在佛前
怒放着一生等候

几千年的修行
换了
这一季傲视容颜
只为等候
骑白马的攻城

一瞥
即是一生
一念
神魔难定
谁把时间按了暂停

李玉桃

笔名冉,内蒙古锡林郭勒草原,部分诗作散落纸媒和网络平台。

一封返潮的信,让回忆渐浓

是的,被剥落的土坯墙已经挤不下任何影子
渗入青苔的那截黄昏,忘记生长

还是痴迷那熟悉的背影,灯盏喧嚣
被光圈无意放大,就像我燃起的烟火

雨滴落在伞上,无数个叮咛即可碎成小舟
冰凉的,载着一个人的长途,把寂静推销给夜

手指间输出的冷色调,渐渐柔和起来
一幅画面,覆盖我的气息

一些迟缓的呻吟落下

你脸上纵横的沟壑
流淌着锡林河洗过的琴声
弦上奔跑的思想,是野草写下的条条诗行

有雪的留白,秋风的战栗
还有夏日黄昏后的倾吐
这些需要被拥抱的理由,蔓延在北方
蔓延在被套上笼头的抽屉

一些迟缓的呻吟落下,跌落在泥土
沙尘的说辞里,在眼睛里不断地开出花朵
你的前世,在一滴海水粘合成像
感动,莫名地悬浮在一束光里

被认出的落叶抖落一身疲惫

时间,娇小玲珑

2019年5月25日

渡

此刻,你站在那里
任由身后的风浪涌过来,吞噬你
你的胸腔有一点点膨胀

它沿着你的脉搏向下移动
你继续你手里微弱的事物,或者什么也不做
任由那股由生活聚集而来的气流,流窜
更多的也是逃亡。穿插在你的思想里
另一个叫灵魂的名字突兀的站立起,又按捺着你
海水左右摇摆,似乎你除了等待还是等待
2019年5月25日

李玥

美籍华人,学者,中国诗歌学会会员,现于美国马里兰大学任教。诗作散见于《星星》《北斗》《中国新诗》《创世纪》《天津诗人》《散文诗》《中华文学》《世界日报》《Lake》等,并被收录于多个诗歌选本。

彼岸是谁

彼岸是谁
以清脆的莺啼,惊碎一场
陈年旧梦

依旧是早春时候
阳光下的雀梅藤又爬高了几许
少年修长的手臂,划向天空的蔚蓝与辽远
茂密的阔叶林,低矮的竹节草
枝头上萌发的稚蕊,张扬着多少红色
不安的微笑

彼岸是谁
愁寂的心绪,随着波涟和漪沦上涨
满溢出泥滩与岸堤
身畔的千山万水,隐入升腾的暮霭
河水中静立的桩木已朽断
一只乌篷船,还在石桥旁无声地摇晃
离别烟雨,以及明日
动人心魄的相逢

用足音叩打心底的潮声
初秋的雨丝,在季节的延展中无忌地滋长
从黄昏落向天明,从天明落进空蒙……

此刻,蜿蜒的溪水萦萦将我围绕
当我回头,向来时之路望去
那一声声轻柔的呼唤,仿佛依然
在细雨之中回响——

彼岸是谁?

蜀道难

蜀道难——
自秦地入川,有万壑千山阻隔
只见河流湍急、乱石嵯峨
猿猱鸟道,传说堂堂的大诗仙李白
也只能对天空呼叹

关隘也难过啊!
真正是一夫当关,万夫莫开
正所谓剑门无寸土
我等草民,连个立锥之地也难找
天明时留神黑虎掏心,夜晚更要提防
白蛇吐信,和怪蟒翻身

生计难,人心越发难测
三十六计、空城计、美人计……
我只望见箭楼的檐角飞翘,风萧萧兮马蹄急
金铎于头顶之上叮当乱响

诸葛先生的八卦大阵依然云里雾里
我又不解围魏救赵与暗渡陈仓之法
只好走为上。但蜀道难行,难于上青天!

可上了青天又如何?
翠云廊下,昔人已驾鹤归去
古老的栈道朽烂不堪

只有残留于崖间的石孔历历在目
仿若开山的石匠，或命丧他乡的兵士一双双
空洞的眼睛

而千年的古柏常青，天地
依旧苍茫
冰凉的历史和痛感触手可及，是山谷里几处
空荡的回声，及身畔那一片绵延
不绝的青瓦

李云峰

长春市作家协会会员，中华诗词学会会员，中华文艺学会理事，吉林省新诗学会会员。曾在国内报刊发表多篇诗作。

龙达小城畅想

我多想化做雨，化做风，化做满天的彩虹；
用甘霖梳洗你洁白的体，
用微风轻拂你娇美的容，
用五彩的云霞，织一件含羞的衣裳，
轻轻地，柔柔地，笼罩你无与伦比的身形！
我的龙达小城！
我多想化做雷电，化做满天的云朵重重。
用隆隆的雷声，震醒世人，
快来，欣赏你的丰姿神采；
用划破空中的闪电，惊叹，
云朵环绕空中小城的骄容。
我多想，是歌德笔下复活的维特，
带着心爱的夏绿蒂，
拥吻在你芳草碧户的门庭。
我多想，是梅里美笔下复活的卡门，携手斗牛士，
在斗牛场上上演惊天动地的恋情！
来吧我的亲朋，让我们在海明威笔下小镇，
一同徜徉在俏拔、浪漫、刺激、狂热的，

西班牙龙达小城……

泪别凉山木里救火英烈

三十张青春面孔，三十个英俊勃发的生命，
三十位儿子，三十个正踏向瑰丽人生的年龄；
生命定格在凉山熊熊的烈火中，
倒下了儿子，倒下了丈夫；倒下了爸爸，
倒下了我三十位消防部队的弟兄……
白发的高堂啊，泪别满头青丝的儿子，
新婚燕尔的妻子，永失军人丈夫的温情；
呀呀学语的稚童，再寻不到爸爸魁梧身影！
烈火啊，你怎会如此无情，
苍天啊，为何选择失明，
狂风啊，你为什么邪恶残忍的转向？
去吞噬这些青春飞扬的生命……
西昌送别英雄的队伍，
请你缓缓行缓缓行，
让英雄再看一眼眷恋的祖国土地，
让英雄再看一眼养育的白发双亲，
让英雄再看一眼心爱的妻子和孩童。
送别英雄的队伍啊，请你缓缓行缓缓行，
让那如漫天飞雪的白花
寄上祖国深深爱，稍去我心里流泪的情！

走入白公馆，渣滓洞

走近你，脚步为何如此滞缓，
走近你，脑海为何思绪万千？
走近你啊，山也那么凝重，水也那么呜咽，
歌乐山山峦叠翠，
有多少烈士英灵在巴蜀山水间弥漫。
走近你，理解了何为坚强，
走近你，昭示了何为信念。
走近你啊，就是走近了信仰的摇篮！
《红岩》你是我儿时不屈的故事，
《在烈火中永生》的群英，

你们是我信仰的起源;
先烈们倒在了新中国诞生的礼炮声中,
身影已然在祖国的满天朝霞中灿烂。
英雄们坚贞不屈的灵魂啊,
必将在中华人民共和国的史册高歌凯旋!

李哲峰

笔名渔方,曾用笔名立秋,之江诗社会员,烟台人士,寄居杭州,职业是营销总监。曾填写格律诗和各类词牌300余篇,绝句100余篇,自由体诗、微诗亦近百篇。尤其擅长填写格律诗和词,以七言律诗居多,创作风格多因事或应题而作,适情而发,想象空间宏大、立意独到,激情洋溢,洞察深刻。

千岛湖·纪年

清澈,秀美,甘甜
我想用妩媚形容你
你的明眸,却照彻云天
我想用温婉形容你
你的胸襟,亦浩浩汤汤
我想把最甜蜜的爱意送给你
你的秋波,却若隐若现
我登极俯瞰眺望
你的风姿哪容我等轻狂
我虔心沐浴
虚伏的世界,因之清凉
这个八月,我看见蝴蝶扇动了翅膀
热烈的台风,或已从兹而生

我相信我与你有缘
是亘古而来的缘
堪回首,是亿万年的坚守
那时,我就是那座峰
那时,你还青葱懵懂
你只会用甘甜快乐的音符
唱着唤作新安江的歌
山川险地,臣服于你的节拍

层峦雾嶂,因你的灵动而勃发生机
后来,上苍有意
人工出力,一个纪年
或者只是亿万年岁月中的一个转身,一次洗礼
你从欢闹变的深沉
你从纤瘦变的丰腴
白云化作羽裳,清风送你涟漪
你已成为一方之主啊,一方之母
赞你不忘初衷,与峰相拥
与万物和谐
你养育的红船舫,是你明镜里的花黄吗?
看它逐浪来往,泛起的秋波
撩拨千岛葱笼?
是撩动群岛的心房
这个八月,我倾注你的豪情
用甘甜的千岛湖啤酒
品读相濡以沫的梦想

李振

1997年12月15日生,山西师范大学文学院1701班体委,神舟诗社副主编,开问网签约作家,长河诗刊第六届签约作家,长河文化网会员。热爱诗歌,作品散见于多个微信公众号平台。希望和同道中人一起进步,互相交流。

今夜无眠

天空从来追不上我
我与蟋蟀前行
风为伴,拾级而上
想要一步登天

星星的守护没有家园
我望见,月亮的荒芜
寒光一片,太阳丢失他的
皎洁,享受剥离种子的一切

前方的前方,黑暗捡起光明
沉寂下来,空洞上去
人间的一切与我无关
我会飞,不属于地面

我是一支走过人间的箭矢

（一）
你上,我下
半晌贪欢
胜却人间无数
枣林深处,枣林深处

（二）
荷叶连连,泉水潺潺
取一个你,拼凑一个我

（三）
人间群舞,八百里月光滑落
一人一舞台,一曲一世界

（四）
临墙外,屋檐下,灯笼几点
男儿有柔美之姿
女儿有凌云之志

（五）
鲜血开出花朵
不忘初心,与世界同路

（六）
追寻,一折纸伞
你好,鲜血中渗出来的黎明

（七）
沉默是今晚的高雅
无声是星空的闪烁
聋哑,生而不凡

（八）
墨山墨水,千鸟飞却
橘子洲头,舞一曲琵琶
正是人间伤心处

（九）
我是一支走过人间的箭矢
世人钟摆,将我放逐

告别人间

时间挂着手杖,把过去的影子抹掉
此刻,我在狱中,拥有最完整的生命

纵然我向阳不悔,还是难以保证
我的孤枕无眠,我的有药可医
前者让我与夜共食人心
后者则把人心捡起

若必然如此,我愿把牢底坐穿
享受雪一样的寂静,毕竟
黑暗之中也有空气,空气总不会
弯曲,暴风雨之前,云彩无影无踪
而我,终究会活下去
为了更多的生命

独在异乡

我掩耳盗铃地等
下一个春天,何时带来慰藉

我不懂世间的去留
万物总是来来往往
公交车发来通告,天空发来通告
阴晴变换的天气,不是
每个出行人应有的心情

于是,我带着大地祷告
是的,我亲近大地,泥土
曾是我的故乡,我手脚并行

四肢站立，一如耳边的风，
一如家乡的云，痛哭流涕

天空下起了雨
我是离途的马，归路漫漫无期

蚂蚁记

离着春天只有两步远
单独和自己说话，仍然伪善
左耳，上了魔咒

猎人从没想到，不经意的一枪
蚁巢会让鞋子砸碎，这个可怕的
黑东西闯进了土地的住处，事先
伴随着微红色火焰的巨响
因此，对于蚂蚁来说
死，生，永恒，这些比
器官大的东西都是简单的

复兴之路

那时候，夜的不安一片狼藉
猫是一个行者，我是一个行者
沿着黑暗的纹理匍匐前进

而今，我只喜琵琶，不爱风月
而今，江南走过，杨柳青青

这世间最好不过
太阳相信，相信
月亮一倒，剩下的只有光阴

如果从上往下写这一段段过去
我猜，大地的篇章终会被拾起
这是五千年的文明
华夏古国的足迹

李志军

紫君。毕业于第二军医大学。曾在国内任医生，现在美国工作。喜欢与美有关的一切事物，也喜欢以笔墨抒怀。原创诗作散发于纸刊和网络平台。

风过无痕

相逢 被一阵风吹撒
我们都站在永恒的结点
那一支口红的色系
留在梦里阑珊
一个倾心留眸
刻在考究的沙卷

夕拾朝花
瓣茎纹理　不曾被岁月冲刷
酒酿飘香
舌尖上　注定有故事的黑马
被尘封的韶华
如今　回不了家
只能在纸端

浪迹天涯
不注重　风向何处刮

风力有多大
无痕　不过是
风对光阴的鞭挞

2019年5月23日于纽约

我的雪域我的深情

目光　总是把惊叹
寄至天涯
因为
你是崖边
奔腾的骏马

送一个军礼
给飞雪给黄沙

因为　在那里
青春安了家

曾经
用一抔白雪
擦亮月光
星河
也悄悄绽放浪花

雪域注定是暖色
那是汗水虹吸的晚霞
坚韧　一抬手
舀干长夜的泪花

雪域
一寸寸明澈
明澈里跳动着
满满的深情
满满的芳华

噢　我的雪域

我的马蹄哒哒

2018年7月17日于纽约

李治

笔名自然,70后,现居成都。中国诗歌学会会员,中华诗词学会理事。作品散见《诗刊》《星星诗刊》《滇池》《参花》《成都商报》《诗词月刊》《唐山文学》《诗歌月刊》《绿风》《牡丹》《雪魂》《诗林》《几江》等报刊杂志;曾入选《中国诗歌大观》《中国诗歌学会·百人百首》等;曾荣获多种国内文学奖项。

不写诗的生活(组诗)

写诗会繁复我的生活
朝岁月摆渡的方向,保持鱼和水的姿势
游动是一件知足的事
尘世中的债务仍无力偿还。躲进黑夜

诗需要与灵魂缱绻,如爱情和毒药藕断丝连
翅膀易被折断,内心天高云淡

苍凉与孤独的景界,鼓动血脉奔流
诗破坏我的情绪,如硬在喉

意境总会揭开疼痛。自由的河流淌出真相
任其诞生,流向远方

品茶

漫过唇舌,荡漾生活的起伏
比如跳跃的雨珠,风在悬崖、溪涧、荒芜
唤醒人间冷落的草木

茶水比如母亲的泪花,额角的白发
心尖的一滴血水,濡湿的炊烟

茶叶比如子宫里的胎儿,享受羊水的供养
口腔里渗透滋味。谦卑而未屈服的灵魂

大山的根茎,扎入刀耕火种的年代
哺养的嫩绿,经火翻炊,锤炼的精灵

如此隐性的光芒,在浊气翻腾的尘土留香
用灵魂歌唱,追逐岁月间隙的宁静和美

路灯赋

路灯铺开的光
向尘世的阴暗渗透

行走在路上的人有了方向
草间的虫蚁有了温暖

这母亲眼晴一样的光线
孤独的人减少孤独,黑暗不再嚣张

我同样是一个路人,光的享受者
不担心在异乡岔了路

有了明亮罩着,异乡人的路好走多了
一束光亮,我就足够了

苍茫

屡屡被生活打趴下的人,总会四顾苍茫
草木中有草木摇晃,屡次挤在边缘

四面都是方向,就等于丧失方向
一阵风卷过,尘土落下一层霜

残落的花在水的牵引下,放逐自己
岸边垂钓的人,惊开这干净的苍凉

试着为自己努力一下,争取哪怕一次的辉煌
一张白纸也会渴望,不渴求神奇绽放

一点墨的留香,让潜伏的草木醒过来
借着颓废的笔,划画最美的夕阳

独处

走过的太多路已成为往事
还有同龄人在奔跑,我选择慢走

大多时候把自己圈起来,翻阅过去
怕见生人,也怕被遗忘

唯心地挤进多数人的队伍里
从白天的假忙到夜晚的放下

在自我的世界里陶醉,一行分开又合拢

感性之外,理性之里,享受的孤独

这是一种自我的放肆,无所谓时空的转换
我还可以品味其中的寂静,适应虫鸟合鸣

正在发生和刚发生过的一些事情,不用去想
一张蛛网张开,挡住外来的侵袭

缺钙的中年

比如落山前的太阳,在淬火的钢铁
淬掉有力的钙,软软地铺一层光眩

不敢在人群里招摇,说话做事小心谨慎
步子不敢迈大,走一步回头看三步

担心支撑骨头的柱子塌陷,担心有风吹乱了方向
怕破帽遮颜的日子,有了缺口

只好放弃了攫取者的野心,放弃锋利的刀片
锥子藏于匣中,一杆钓钩静了池塘

身上所有的芒刺,都因缺钙而隐藏
目睹镜子里日渐铺厚的雪,怕溅湿裤腿退到山背

李仲琪

河南郑州人,词曲作者,现居上海。中国诗歌学会会员,中国音乐著作权协会会员,上海市电影评论学会会员,河南省电影家协会会员,数十首原创歌曲在中国音乐著作权协会版权登记。

去看海·去看潮

海礁

就立在那儿
听说它来自远古
太阳月亮见证了它

潮落　潮涨
它晒太阳
它沐月光
太阳说
海就是那样
礁就是那样
月亮说
潮就是那样
涛就是那样

小时侯去海边玩
喜欢坐在礁石上
看海
看日落
听海浪拍打的声音
心里印下了潮
也印下了海礁

很久　很久
海变成了无尽的汹涌
心跳得没有了节奏

有一天我问自己
海礁哪儿去了？
月亮说
好多年没见过你的礁了
太阳说
你的心潮淹没了你的礁
天啊　把海礁沉了　那么久

对不起呀　海礁
这些年把你弄丢了
没有让你晒太阳
没有让你沐月光

太阳　月亮
我怎能再见到心中的海礁？
太阳说　去看海
月亮说　去看潮

我又回到小时侯
去看潮
去看礁
去看礁
去看潮

树

我喜欢树
爱它的叶
爱它的枝
爱它的干
更爱它的根

一个人坐在大树下
看树叶摆动
嗅它的气味
听它的呼吸

它的一呼一吸
均匀而又自然
均匀中有涨的律动
随着它的节奏
我用思绪轻轻拨开泥土
去拜访它的根

我看到了它的世界
庞大的根系
像网一样
复杂而有序
排列在各自的位置上
组合成一个整体
向下伸展
尽情地吸着大地的琼浆

我惊叹在它的世界里

我又想到它的干
想到年轮
想到叶子

李宗洋

　　江苏省丰县人,吉林建筑大学经济与管理学院,工程管理专业,本科毕业,酷爱诗词。

时间不值钱了

画一幅画的时间需要多久
可能几分钟,也可能要几年
几年的画是需要漫长的培养与练习的
几分钟的画同样是需要这样
线条不会那么容易就听你的话
笔是中立的角色
它不会在尘埃和美之间偏向任何一方
草根摄影大师刘涛这么说
摄影最重要的不是镜头
而是镜头后面的头
同理可得笔是无辜的
要看拿笔的人怎么想了

累,可以麻木一个人
累,也可以警醒一个人
她决定在吃生活的苦的同时
要吃更多艺术的苦
轻松就正视生活和自己
相比于
"去他的狗屁艺术
我现在只想搞钱"
这样的豪气
就会平凡了许多

栗鹰

　　山西省孝义市人,孝义市作家协会会员。长期生活于农村,自诩为黄土地的情郎,希望能抒写出农人的激情与心事。

父亲

父亲今年八十六
三十岁时
握画笔的手舞起了镢头
在黄土地上丈量着尺寸
描绘着彩釉
因用力过大
胳膊上有了肌肉
从此力透纸背
只能在土地上
画出鸡犬相闻
春种秋收
父亲的画不便于保存
却是鲜活的锦绣

父亲今天八十六
他还要作画
却抡不起镢头
递一杆画笔给他
居然说不称手
太轻柔……

哦,父亲
那就给您换把牧羊铲吧
那个称手
在黄土地上每铲一下
都会冒出一株花草
如闪闪星斗
馨香游走……

惦念

一个
从故乡出发的人
常望见天上的云

浩浩荡荡
忆起的却总是
小小操场的椭圆

凤凰从一条贫瘠的山沟起飞
而某个高中毕业的后生
却怎么也走不出那座大山
学捡漏走街串巷呐喊
再不想像父辈
面朝黄土背朝着天
山野的路总是曲曲弯弯
能否迎来
桃李芬芳？

狗蛋的女人很憨
狗蛋的儿女却很靓
想起了诗仙李白
不朽的诗章似一株株花草
游走在岁岁年年
有时，一把从旷野捡回的柴草
可以化作淡淡的炊烟
女人走了
狗蛋是否每天
在拐角子口
晒着太阳疗伤？

五月

来自远方的柔风
轻轻抚摸了我的脸
我，把自己交给了对方
一条螺拴从此顾不上生锈
一片树叶从不计较烈日炎炎
一匹马儿学会了奔跑
经过的十字路口总是很忙
也有竹筛里的物什忧心忡忡
它们还不知道曾有挡路的巨石
早已流落他乡

栗振光

苟大戈，内蒙古包头人。有作品发表在《山海经》《做人与处事》《百家讲坛》《伴侣》《语文报·初中版》《阅读》《劳动时报》《影响孩子一生的经典阅读》《快乐阅读·经典阅读》等期刊。

儿子、父亲和我

在你呱呱坠地的　那一刻
只因多看了　你一眼
月光清亮的夜
便通宵　无眠
你赤裸裸的模样
瞬间定格在我的心尖
历经岁月的涤荡
依然不能褪色

你小小的手脚
奋力挣扎着
张着嘴　闭着眼
拼尽全身力气
向世间宣示着
你的到来
来就来吧
何必如此嚣张
直至把满是皱褶的小脸
哭叫成古铜色

我拥你入怀
从此　你便是我
失衡的天空
你的娇笑
是我快乐的源泉
你的咿呀学语
也便是我耳朵里惊天动地的乐章
即使你不肯停休的哭闹
依然是我充实的骄傲

当你刚刚学会站立
我就在你前方
放飞一个个太阳
你的一颦一笑
一举一动
都成了我此生的牵挂
一不小心就会　磕碰得我
撕心裂肺

可蓦然回首
老父亲的脊背
已佝偻
泪眼中
现在的你
就是当年父亲背上的我
而现在的老父亲
也将会是他年
年逾花甲的我

今生的等待　只为你的到来

置身在这冷漠的世界
我早已把一切看淡
不在乎他人的冷嘲热讽
也无视于冷风凄雨的摧残

独自徘徊在闹市的边缘
容颜一天天地褪色
而心 却顽固地支撑着那扇
即将闭合的窗页
——今生的等待
只为懂我的那个人的　到来

而今　你的突然出现
我的世界　便
一片凌乱
一贯的矜持 瞬间土崩瓦解
激动而张慌地呢喃着
幼稚的语言

我被自己鬼使神差的举动
搞得莫名其妙
仔细思索　猛然醒悟：
你
就是我经年的期盼
为了你的出现
我已绝望地等了这么多年

来不及细细打量
也无暇把你仔细翻阅
穿越世俗的篱笆
我囫囵吞枣地　要拥你入怀
可你却慌乱地躲开——
这时我才尴尬地发现：
原来自己早已忘乎所以
竟赤裸裸的 一无遮拦

很想和你一起舞

很想和你一起舞
让我牵起你的素手
抛弃一切观念的陈腐
和着心灵的节拍
从水里再到云巅
直跳到地老天荒

揽一片白云做你的霓裳
捧一掬露水为你画眉

凄风冷雨已不能阻挡
我冲向你的步伐
在心灵的那一方净土里
我早已为你铺开滋生爱情的温床

撕掉苦心经营的面具
冲破世俗的笆篱
让原始的本性复苏
让血液跟着感觉一起澎湃
用我的野性

召唤你茧壳里的温柔
用我的　浪漫情怀
点燃你璀璨的妩媚
哪怕　激动的颤抖
已使我面目狰狞
哪怕　我只是一只扑火的飞蛾
也要把自己的激情彻底绽放

我不会对你甜言蜜语
也不会给你荣华富贵
但在你需要的时候
会为你流尽　最后一滴血
我不会祈求什么
只愿在我倒下的时候
是在你的怀里
如果在我即将闭上眼睛的那一刻
能看到你滴落的泪水
那将是对我　此生
最大的安慰

放飞心情诗两首
（一）灵魂的故乡

久久伫立窗前
漠然凝视着窗外的人来车往
思绪 早已穿越车流的喧嚣
飞向远方

遥想故乡的小桥秃崖
溪流是否还是那么坦荡？
炊烟袅袅的早晨
公鸡是否还会登高鸣唱？
夕阳西下的青坡下
群羊已布满了回家的路上
…………
故乡的风景常年旖旎在心间
多少年来 梦魂常常把故乡探望
可离乡的游子啊

恐怕已找不到回家的方向
原来　不论你在外面多么风光
你的灵魂却还　丢在故乡

（二）尽情悲伤

擎一杯　马奶酒
我只想一个人　醉
不在乎酒的　苦涩难咽
我只想把悲伤　品尝

来吧　悲伤
我不在乎你撕咬我的　四肢百骸
也不在乎你再次把我的心肠　揉碎
纵然你早已把我摧残得　支离破碎
可我依然把你热切地　期待
我知道我不能真切地拥有
但我还是情愿
为你沉沦　为你憔悴
当夜幕低垂
我还是无法安睡
在无人的夜空下
我发出野狼般的嚎叫
或者是纵情大笑
直到
泪眼纷飞……

砺影

　　实名王砺。河南省作协会员,安阳市诗词学会副会长,北关区作协副主席。诗歌作品散见《诗刊》《中国诗歌》《作家天地》《湖北诗刊》《河南诗人》《安阳日报》等报刊。出版诗集《空巷里的独舞》,获2019年第五届中国诗歌春晚"十佳诗集"。诗歌入选《2016年中国诗歌年选》等多种选本等。

对视

他们对视着，仿佛要看透
对方内心的红桃。经历过冬天的树
有强烈的开花欲望，他们克制着
用低头掩饰喜悦

窗台上的水仙，有老年斑
它用沉静暗示，孤独是一张船票
总有人在岸上等你

离水仙半米的位置，老唱机旋转着
老歌在陈旧的房梁上旋转着
他们，在我的眼中旋转着

我知道，很多时候
我们是风的磨刀石
又像风一样，磨损着自己

接近内心的位置

这里没有秘密，树叶落尽
每棵树都伸出邀请的手
让一颗心，找到透明的位置

懂得擎举的人，就会像流水一样饱满
像流水一样，是一个有远方的人

我把黑夜藏在梦的深处
就像避开深渊，避开在黑夜里迷路

我应该是幸福的。你看，一只喜鹊
身穿燕尾服，俯看着人群
仿佛，他们是刚刚哭过的孩子
等待着一颗糖

当你老了

你越来越像熟落的核桃，一张脸
越来越像，被时光雕刻的印章
随时，盖在岁月的落款处

你有焦急的赴老情绪，像一扇
退漆的红木门，被岁月敲出了裂痕

我不习惯你蹒跚的脚步，落在
中年的宣纸上。我把婚姻比喻成一朵花
两只忙碌的蜜蜂不会老

配合你内心的平衡，在上山的路上
做你的扶手

看，年龄的高峰上，并肩坐着
两个被风雨洗旧的人

生活

我每天暗示自己，要嘴角上扬
只有这样，才能与生活的苦瓜脸
拉开距离

生存像葡萄藤，在自己目测的范围内攀沿
顺着天井，爬到众人看见的高度

我是站在低处的人，是从
墙缝里站出来的野百合，是原野上
识路的风

风的中心，驼背老人
倒背着双手，面色沉郁
步履迟缓，像背着一生的经历
往夕阳中走

冬天离他越来越近
他像被寒冷紧握的人，脸上露出
识趣的笑

一颗颗弃子，发挥着余热

连强

山东潍坊人，山东科技大学经济与管

理学院,建筑与土木工程(工程管理)硕士,酷爱诗词。

冰冻的心

对不起,我赶不走它。
现在我才知道,它有多么深,
每天我都对自己说,
让自己努力不去想你。

心情好复杂,
说不去想你,好假好假!
多么想和你说一句话,
就算只给我一个字的机会,
我也会牢牢把握。
可我是怎么了?
失去了全部的勇气!

在远处,
我望着你,
可,
你望在哪里,
是另一个远处。

冰,把心无情地冻上了。
我期盼着一阵春风,
可又害怕,
怕连这柔弱的风都会把心吹碎了。

这是十月的最后一天,
希望能够把一切留在这最后一个星期六!

梁存利

江苏省丰县人,吉林建筑科技学院管理工程学院工程造价专业本科毕业,酷爱诗词。

初秋

这个初秋的早晨
天气果真有了微凉
昼夜温差变大
小仙女的绿罗裙
也要换秋装了
洒满珍珠的芳草地
在晨曦第一抹阳光下
越发晶莹剔透
天高气爽
此时的天空
在乡下视野开阔的地方
不由得你停下匆匆的脚步
抬头仰望这一片蔚蓝的诗意
此时
洋溢出神秘的诗意

梁丽成

女,广西桂平人,著有电子书《一缕清新》《斜辉依旧》《悄然而至》,2018年5月出版了诗歌集《几瓣思》。

每次

每次,我把夜展开
写上一行行惆怅
流星是笔
明月就是墨砚
未来的方向才会清晰

每次,我把海抚平
画出船只和礁石
沙滩是凳子
波涛就是书桌
彩虹送来了五颜六色

每次,我翻动树叶
默读晨露时
鸟儿就会唱起小谣曲
翩翩起舞的鲜花

获得了清甜的富足

蒙蔽

闹市,如今乔装成
一个缺手残脚的人
躺在清早
张开口袋,向苍天索要金钱

被利用的怜悯
像丢弃的一块泡泡糖
厚颜无耻地
黏附在道路的脚底

但愿心灵的湖水
永远清澈见底
不惧报复、毒辣、坟墓
敢于揭穿凡世的蒙蔽

婚姻

昨日的白云娶了我
醉倒在
傍晚的十字路口
第一次,彰显更多寂寞
感情倾入了朴实

无言的流水娶了我
又追逐
大海绑架不朽的脚步
舍不得痛苦
以至于,彼此注定长远

清贫的野菊娶了我
记不得
什么时候,发生的故事
坚守免费的芬芳
关系制造出一种法则

梁太武

网名草根。乡村教师。内蒙古人,诗词爱好者,有诗歌在地方刊网络平台发表。

黄杏树

一棵黄杏树
战霜降　抵立冬
绿叶变红变黄
挺立校园中

普通的黄杏树
平平常常
和师生朝夕相处
是伙伴　同事　老乡

背朝青天
面对校园
守着几间校舍
见证农村教育的变迁

啊　校园　朗朗的晨读声　不厌
啊　校园　静静的
孕育生机　无限
啊　校园　老师精讲多练　不倦
啊　校园　学生葵花向太阳般的笑脸
好看

春风夏热秋霜
绿叶变红变黄
任时光匆匆流去
在乎你的爱岗

十年前　选中在校园
果子熟了酸又甜
每一个晨与晚
无挑拣

披星星　试讲

戴月亮　家访
陪日出　晨检
放学　伴日降

听朗朗读书声启航
哼秋千摇篮曲遐想
和风琴的节奏歌唱
电脑旁浏览无限风光

吸收周边孩子把学上
胸怀之宽广
一个村学校
体现教育的宽宏大量

好地方
校舍宽敞明亮
吃热饭　睡有床
地面行走便当

无论风霜
家长送来满怀希望
还是晴雨
家长接走满心欢畅

大叶杨叶子刚掉光
柳树叶也不知去向
能尊称为校树　荣光
黄杏树　顽强

挺立校园中央
一棵黄杏树
给师生们力量
走到哪里都不会忘

梁小花

　　蓝雨，系文水县文联创作研究室主任，中国诗歌学会会员，山西省作家协会会员，山西省女作家协会会员，吕梁作家协会理事，红门书院写作成员。1988年开始发表作品，出版个人作品集两本《飘雨的季节》《晾干的雨声》。作品散见于《山西文学》《黄河》《火花》《都市文学》《吕梁文学》等。

秋凉

风起，尘埃俱下，
容颜是否已随日月吹皱？
吹老的不会是人心吧？
已经落定下来了，
随夏日的雨水与风。
蓦然忆起那只飞落于童年记忆
乡村夜晚的蟋蟀和秋蝉，
它们一直叫，一直叫，很有弹性的声音如颤抖。
一直飞，一直飞……一直飞在枝头还是枝叶间？

晨，微明，被蝉鸣叫醒，
你说已备好了随时撤离人间的行囊，
你说，逝去的事物一直在逝去，
你说，自己的岁月亦如落花，
飘零。
你说，你想借用记忆爱自己的曾经以及过往，
亦去拜访自己的明天。
你说，你要趁着黎明收集整理人间即将蒸发的晨露和晚霜，
以滋润日子里的过渡和缺憾。
你说，这段日子我们一起走，
走过秋来之薄凉……

下午茶

一个人的下午茶
安谧，随心
让渐渐衰老的自己
有一种久远的陈茶味道。

仿佛一个远古漫步而来的女子
走在一缕旧时光中。

其实，我和所有女人一样
热爱俗世之美，一直想
找到一个属于自己的幽静的
那里，春天落满桃花和玫瑰花
深秋，铺满是金黄和火红的落叶

在我离去的那天，最好天空落着小雨
如果有谁还能记起过往，想过来悼念
最好是打着那种碎花的小雨伞
最好，顺便多带一把蓝色的雨伞
伞上飞满蜻蜓或者蝴蝶
伞下，我的灵魂一定不再忧伤
一缕一缕，如这下午的茶香。

此刻，一杯下午茶越喝越简单
先是一系列的古风遗梦
后来是一首中年女子的叙事诗
再后来，一只杯子里
装满了淡淡的光线……

小处的风景

自家门外小院旁边一丛小黄花
悄然而至。
那棵小小的椿树也是自己长出来
没人理会它长势如何，
缺营养还是缺水分，
看起来它的样子蛮不错，
快乐，自在的样子。
就如尘世间的僻静之处，
看过春日那些繁华落尽，
突然发现这株椿树，这几株
开着黄色小花的无名植物
它们素颜自然的样子特别
吸引我
哦，喜欢它们这个样子。

梁秀英

笔名方言。

爱巢

五月
盛开的榴花
怒放的火鹤
幽香的米兰
还有嗡嗡的蚊声
装扮着初夏的夜晚
我们情愿把爱巢驻在梦乡
没有誓言铮铮
相信灵犀一点通
不需浪漫的约定
也会
在月下湖边花前邂逅
化细语呢喃
为盈盈的祝福
掬一杯天河水
沏最浓郁的香茗
为你解除半世的疲惫
求一盏神灯
将你前行的路照亮
清晨
将拳拳的爱心收起
交付诗和远方

九月的诗

悲凉的秋风中
疯长着绝望
在绝望的尽头孕育出坚强
坚强给伤痛的心
插上有力的翅膀
飞翔　飞翔
飞向那空中的楼阁
抚慰云的迷茫

— 2077 —

风的苍凉

梁瑛

　　山西省文水人,热爱诗词。获得多次奖项。

我在四季想你

春天来了
万物复苏,百花盛开传递着我的思念
我在想你
姹紫嫣红中该有你们舞动的身影
与春天相约的欢歌笑语

夏天来了
艳热酷暑侵袭中传递着我的思念
我在想你
酷暑里祈祷着烈日该多怜惜一下你们残缺的身体
别让你们承受酷暑的汗滴

秋天来了
孤月萧涩
传递着我的思念
我在想你
别让落叶的忧伤感染到你们的情绪
经历岁月洗礼过的你们应该更加坚强有定力

冬天来了
飞雪严寒
传递着我的思念
我在想你
这一冬的严寒你们千万要扛得起
风雪中的松柏更加傲立

四季的轮回中
风月传递着我的思念

不断地想你
残缺的躯体不是残废
我,只希望看见灿烂的笑脸,明朗的心田
和一个特别特别愉快的你们,自强不息

哪里可以重逢

如果,在同一座城
该有多好
或许偶尔会相遇
即便没有搭讪的话题
即便淡淡的目光如路人一样滑离
让感觉生一次甜甜蜜蜜的回忆
生一圈圈涟漪
把昨日牵起
用一万个理由来安慰心底,想你!

如果在异域
恰好有一次能相遇
该有多好
即便背影匆匆如风穿过
即便时光短暂到只能相汇一瞬
也可以抚平心中的伤疼
把一份情丝续一段路程
不枉此生默默无语的思苦
同在一片蓝天下
同守一轮明月
同在地球一个家……
然而
现实没有那么多的如果……
只有
时空的吝啬
吝啬到我们老态龙钟
举步维艰的痴迷
我们各自噙含泪眼
遥望着比岸的朦胧
微弱的黄昏一声声叹息
没有允许
全部都是距离

廖明德

网名岭上樵夫,中国诗歌网认证诗人,隆回县作协理事,出版诗集《追随一只鸟去旅行》。

洪江古商城

洪江,巫水,沅水分娩出的
一片浪涛
落地生根。开放出
一地炫目的花朵

从春秋时期的风雨中涌来
在古丝绸之路的河道翻腾
经历过唐朝以后雷电的敲打淬炼
至于明清,显示出无与伦比的壮观
随手撷一朵浪花掀一块鳞片
便闪闪发光

以桐油、木材、白醋、鸦片的面目
向远方向世界发声
一帧喧嚣中尘封起来的图腾
在无声中
述说着一场曾经波澜壮阔的传奇

一条条青石板路
引领你
走向七冲八巷九条街的过往
每一块青石板
点亮一盏时光深处的灯

一座座窨子屋,缄默中
揣着粗重的喘息
它的每一间屋子里
仿佛正泡着一壶香馥酽酽的茶

每一盏灯
点燃一方天空
每一壶茶
掀起长江洞庭湖的浪

雾里老君山

老君,整整一座山都是你的道场
就像那些山顶的树木
风里雨里
云里雾里
听了千百年的道
心头依旧结满了风霜
眉间仍然落了一层雪
就像那些奇峰突石
恍惚间就得了道转瞬遁空而去
就像我
一个身无一许道骨的人
进入了你的世界
转来转去
满眼里只有一头雾水

灯影里的山门镇

一抹鲜艳的肌肤,一丛靓丽的花朵
逐渐地
呈现着,变幻着

就像大街上的光和影
就像静静流淌的黄泥江水
就像月光下参差林立的高楼
提着一盏盏红灯笼
借助一些五彩斑斓的笔

描画着属于自己的千姿百态
兴致勃勃地
把那些过往和将来照亮了
也照亮了岁月之中
一片片浪花一簇簇喜悦

林春娟

笔名林小语。浙江青田人，1989年出国，现居奥地利。中华诗词学会会员，欧洲中华诗词研究会会员，青田作家协会会员，丽水市华侨华人摄影家协会会员，海外凤凰诗社会员，凤凰诗社欧洲总社成员。

轻拾落花

在丁香花的花瓣里
收藏着一份记忆
那是，昨夜
风留下的誓言

雨来过，又悄悄地走了
只有一地的残红
见证了
这一场清冷的约会

飘飞的花魂
会落在谁的阳台上
那一盏灯
是否可以照亮离别的渡口

拾起，放下
在每一个季节的轮回里
是你无法掩饰的芳香
在无渡的时光岸边
是我零星飘零的诗篇

雨季

你的泪
潮湿了我的诗笺
我的心，便生出了
柔情万千

这万千的柔情
被时光之手
折叠成一脸皱纹

一滴泪
落入小溪

你的身影
在溪水里荡开
那一曲熟悉与陌生
重叠的歌谣
唱出了隔世的苍凉

于是，你的泪
风干在那一个雨季

落日的桥头

黄昏，落日
几许闲愁被风煽起
一抹往事，一抹现状
若云烟浮尘
掠过心头

记忆的岸边
总有一些心动的瞬间
在思绪中跌落
你的样子
掠过心头
那样轻，那样浅
如江水微波涟漪

落日的桥头
安静如初
望着，夕阳下的一片清冷
我无语亦无言
多少谴倦在心里的思念
被海风舒卷成
一片荒芜

赠你一壶茉莉花茶

月光下，茉莉的清香
在水杯里慢慢散开

倒影出一朵又一朵洁白的思念

窗外,红透的枫叶
在冷风中摇曳出千姿百态的妩媚
漠视季节的轮回

路灯,透着一点光亮
嘲笑这一窗的诗情画意
多情与无情
被风交集成一厢情愿的故事

唯一不变的
是那一壶与你共斟的茉莉花茶
在水杯碰撞的瞬间里
是你留给我的唯一念想

赠你一壶茉莉花茶
以诗的形式
望你在闲散的时光里
细细品尝
或许还能品出青春的苦楚
与相思的疼痛

初冬的第一场雪

雪,封住了远方
目光被锁在雪雾之外
所有的思念
跌落在空寂的旷野上
风,冷冷的
从窗的细缝里挤进来
仿佛在对我诉说着
这一夜的寒冷

夜,沉沉睡去
不再偷窥梅花的秘密
我伫立窗前
心情在指尖上徘徊

那些,缱绻
在心底的诺言
总是在每一个飘雪的夜里
被深深的想起

剔透的心事
早已结成一朵待放的红梅
以守望的姿势
在初冬的风雪中站成永恒

林春泉

男,1977年生,山东冠县人,现居临清市,经商,著有诗集《爱之翼》,13岁发表处女作,在《山东诗歌》《三月三》《齐鲁文学》《鲁西诗人》《聊城文艺》等十几家刊物断断续续发表诗歌300余首,入选十几种文集,获各种奖项30余次,诗观:诗是站起来的人。

秋

震耳欲聋的蝉鸣已经偃旗息鼓
以歌唱的姿势驻守在枝头
没有看见
一片叶子与它诀别
在静静地飘落

我没有看到雁南飞
他在我的梦里飞过
只是我没记住他的鸣叫是否鸣亮

火红的石榴在纤细的枝头
摇摇欲坠
一粒粒籽饱含泪水
从里往外甜的
从外往里酸的
都含在眼里

露水在夜晚爬上

小草的枝头
一只蟋蟀窃听了所有的秘密

七夕

今晚没有下雨
所有的泪水在倒流

那些美丽不再清晰
那些向往不再凄迷
沉浸在叶子上的露珠
颤了又颤　欲滴未滴

葡萄架下的言语
被一只蟋蟀窃取
在房前在屋后在田野在草丛
一遍遍诉说

没了雨也没了蜻蜓
轻轻的翅膀已经驮着重重的誓言
飞进夜的深处

一位老人在抬头凝望
喃喃自语　浑浊的眼睛里
有一份美丽在清晰

林芳

网名小芳，女，从事教育工作。喜欢写现代诗，现为无为县诗词学会会员，定居安徽省合肥市。

想家

遥远的天空
几颗星星闪亮
晚风吹乱我的思绪
爸妈你们可睡下
梦里可有你的娃
爸我想为你揉揉肩
为你剪指甲
想梳平你鬓角的白发
妈我想在你耳边轻轻说
我想家
你们是我一生的牵挂

夏天向我走来

夏天向我走来
满架蔷薇一院香
几许凉风
吹皱小溪
和夏天一起摇曳歌唱

夏天向我走来
阳光在记忆里
如火如荼
谱写夏天的奔放

夏天向我走来
干渴的唇
向绿要一片清凉
牵牛花爬上楼阁疯狂的生长

夏天向我走来
惆怅和闷热
在夜间倾诉衷肠
在这个季节
种下梦想
点燃盛夏的时光
收获秋的辉煌

我喜欢这样的日子

我喜欢这样的日子
有书有诗相伴
岁月在文字里流淌
品唐诗宋词
做文人的儒雅
洗去浮华

沉淀了年华
时间在寂寞中打发

我喜欢这样的日子
早喝一杯茶
推开小窗巧梳妆
听音乐轻轻唱
任思绪飞扬

我喜欢这样的日子
有朋自远方来
喝点小酒
掏心掏肺
谈谈过往
人逢知己千杯少
醉了又何妨

我喜欢这样的日子
冬有暖阳
春有百花香
夏有凉风
惠风和畅
秋有树梢挂月亮
月影移动
头枕月光入梦乡
有你在我身旁

林凤才

男，云南楚雄彝州大姚人，自幼清贫，自由职业，四海为家，饱尝人情冷暖，人世善恶，历经磨难，淘尽沧桑，沥殷热血，梦写一生，广阅多抒，吸吮众家精华，孕育自己头颅，持之以恒，毅笔寒光，挥毫千秋。先锋诗人。诗心随云，创作聚众家之长，追求自由，空灵，半纸虚名，笑淡人生。

你说，后来

你说，盛世繁华，转眼刹那。
怎敌我眉间一点朱砂。
后来，红烛泪下，惆雨凋花。
誓言终究是一指流沙。

你说，青丝白发，红尘嗟遏。
怎敌我佛前含笑拈花。
后来，荒城残鸦，满目疮疤，
覆水流年洗不尽铅华。

你说，诗酒花茶，几度风雅。
怎敌我一头齐腰长发。
后来，筑梦云筏，四海为家。
孑然一身枉自潇洒。

你说，披风挂甲，蟾檐金瓦。
怎敌我戏水鸳鸯凫玉榻。
后来，油纸伞下，谁与天涯。
断桥残雪雷锋塔。

你说，种豆摘瓜，广田博厦，
怎敌我一阙隽语绣洁帕。
后来，天聋地哑，有我无他。
黄风吹起满地渣。

你说，洪恩浩大，黄旗马褂。
怎敌我青梅画竹马。
后来，天崩地塌，洞房孤寡。
胭脂褪色卜那卦。

你说，才子纨绔，闲游好耍。
怎敌我一曲掩面弹琵琶。
后来，诽闻茌杂，沉冤未察。
抛媚绣楼终塌垮。

你说，陌上桑麻，秀水绿洼。
怎敌我一枕相思痴话。
后来，狂魔舞爪，青面獠牙。
邪魁拔妖谁后怕。

你说,拎刀跨马,三界独霸。
怎敌我芳龄十八貌如花。
后来,青灯如豆,弥香古刹。
遁入空门无牵挂。

林广耀

笔名雪夜弯月,广东惠东人。喜爱文学、书法,尤受诗歌、散文。中国硬笔书法协会会员,世界汉语文学作家协会会员,诗人、作家。作品散见《惠州文学》《西湖文艺》《惠州日报》《东江时报》等报刊。

破船

沉默在水边
几痕水草在摇晃着夕阳

一个老翁在独钓
水中流去的是孤寂的岁月

伤感的晚秋
鱼在水中哭泣

用斑驳的梦
圆一次青春的远行

一只乌鸦在残月下呼喊
湿透的泥土,种满思乡的泪

秋

凉风吹过石阶上的梧桐
不经意
有飞鸟啁啾
如一片黄叶落下

静寂的小路没有尽头
菊花在崇拜天空
那花香从此种在心里

雁飞霜天
云淡无边
五百年前有谁在此大喊
一声秋思
诗词从此意境苍凉

乡村静夜

秋风飒飒
萤火虫提灯归去
寂寞的乡村如思妇
苦苦思念着远方的丈夫
寂静之夜
唯有天上一弯眉月
寂寂冷霜
如雪忧愁

月光朦胧
虫鸣唧唧
芦苇的花儿随风飘散
水边谁的孤舟
明日会去何方

入梦的乡村
破落陈败
门前的苦楝树
在秋风中
落叶缤纷
洒落成我
衣襟上的斑斑泪痕

林巧儿

笔名月芽儿,广州人,英文翻译。兼写作现代诗、格律诗词、文学评论、中英互译(诗歌、小说、文艺理论等)。诗、词、文学评论、英译作品发表在《人民日报》《深圳日报》《快乐英语报》《诗选刊》《诗潮》

《芒种》《火花》《中国金融文化》《浙江科学文化》等国内外40多种报刊。多次获得各类诗赛奖项,如第一届"杰博杯"(三清山)全国诗赛、"星月杯"诗赛、全民悦读会同主题诗赛、"沈北风"同主题诗赛以及诗群联赛等,著有《月芽儿短诗选》(中英文)《岭南十女诗人》(合集)。

克己复礼(组诗)
日子如铁甲

善使锐器
坚硬的日子不过是背上一甲
铁背鱼快活地抖起浪花
罗布麻,给高亢的血液减压
七星蒿草也以药本散章
演绎成人之美

南岸袅袅的香火,渐渐止息了大漠孤烟
彻骨的因素更能锻出细致的肌理
不管寒光铁衣,羌笛杨柳
土黄都是它的皮肤底色

抱团,沙粒也能成裘
日月之轮时而倒叙
放大了月牙泉的些些遗憾
你自酿的葡萄美酒
由此成了绝世孤本
而历史总是腰身柔软
仿佛逝去了
其实,是以另一种面目还原

克己复礼

铁蹄被风沙招安。仍持平仄之势
编程为五彩月光谣曲

狼烟已渐失逐鹿之心
归化为一场克己复礼

辞令以咕咕清泉说出
冷兵器没有了火爆的词语

时光擒获骠骑将军
炊烟松懈了盔甲

沙丘之下是化石的声音
今日,访客与黄沙互为颜料

像小草无法被扼杀
像丰收的喜悦无法抑制

微小元素更易获得转身之地
七星草铁背鱼,以古语言盘活了历史

而这一切,总与生活互成夹角

孤岛如月

日月高悬,明镜低垂
不愿随尘心飘移的孤岛
历史在它面前落败
日子如山丘。各有成色

一些事故陈旧、败露,但是梗概清晰
那一个个寒夜里的死去活来

遗憾总得有一条修补的路径
历史并没有落入虚无
现实主义册页里。有它的安身之地
旧事,如镰如月,收割铁骑
唯有你,成了沙漠里的收容所
敢顶撞风沙,敢与彻寒背道而驰

游人的赞美增添了附加值
多少未被命名的岁月
斜斜逸出唐诗宋词
成岸边植株,瞭望人世

那不被轻易说出的秘密

图腾，或楔子

被时光点化的金柝
矮化了自身
开悟之后，没入寻常百姓家

返身，以软刀子的面目折服干戈
骨子里的刚傲
众里寻不到它
铁质成分，才是它立世的根本

想起小时候见过的墨斗
手指轻弹，即划了分隔线
其实暗运匠人多年内功

有人因它月亮似的温婉孤高
奉之为图腾
而我，因它的非对峙
怀疑它是上帝派到人间的楔子

遗落的棋子

已经没有了锐利，它成了
上帝遗忘的棋子
与人间签订了无限期合同
容纳了千般景象

时间之外
商驼队涨满的水囊
是它赠送的印章
驼队则是沙漠行走的语言

它离嫦娥最近
曾以镜子的亮堂
减轻了甲胄的重量
沙粒仍然闪闪
不知是晶莹的心
还是光阴里，那无法蕴藏的泪

孤芳，成就了乐观主义
你与人间相隔的不仅仅是静默
还有烟火
以及，你无法放下的半个问号

一池春水皱

寒光铁衣，前置葡萄美酒
历史，被子之矛或子之盾
撂倒，又更新
边声号角渐趋潦草，戈矛散落
长河与落日，雄浑与柔和
是大地从未停止的表达
无强弩搭手的散打时光
以平推抵制分流
以下蹲抵御分化
转换为内向的园

域外的访客，以明快的流速
急于切入现场，撺走澄明
被扔下的身影，散漫
带来尘世之风
一池春水皱纹迭起

林如栋

杭州大学本科毕业，中学高级教师。喜爱文学创作，多篇诗、文出版或在网络平台发表。

初恋

春的唇娇羞的一吻
星光就在夜空中璀璨
月亮站在窗前，看我梦的花圃，开出一朵朵爱的花浪

喜月色把山野照亮
有你的夜晚啊我不再孤单

我们的爱舟
在小河游荡
心上的人啊,情歌绵绵
歌声多悠扬
歌声里把初恋唱响
响彻云天心花绽

我是多么的幸运啊
红尘客栈懈逅——最美丽的姑娘
你飘舞着长裙
随我飘向理想的殿堂
啊!
迷人的姑娘
无论你跑出多远
都在我的丘比特眼神之内
期待燃烧的红烛——滴下幸福的泪光

今生来世啊——卿卿你可愿做我红红的新娘!

爱在七夕

七夕的夜空
银河茫茫
闪耀银光

牛郎织女
相爱深深
已逾千年
苦苦相守银河的两岸

今晚
喜鹊翩翩起舞
搭成鹊桥
两颗爱心
心心相印
银河掀起了欢浪

七夕的夜

喜相逢
透射着爱的坚定伟岸

真诚相爱
不需月老牵线
两个有情人终成眷属
成对成双

爱如钢
情如火
燃烧着
把天宇照亮

拥抱热吻
倾诉离别的相思
心泪流淌

不想再有
撕心裂肺的离别
让爱的心潮
永远沸腾
地老天荒

林天奇

内蒙古赤峰人,吉林建筑大学经济与管理学院建筑与土木工程(工程管理)硕士,酷爱诗词。

坚守美好

在春风最招惹人的时候埋下一颗种子,
和着血和泪,
等待种子长成参天大树,
伞撑大地,留下一片阴凉。

让青春吹动了自己的发梢,
牵引着梦,
让每一次的记忆都记取笑容;
曾经独自空眠的日子里,

让青春娇艳的花朵绽放笑脸；
即使最寒冷的夜晚，
也有心底难以掩藏的光彩。

我虽然贫穷，
但不能阻挡追梦的脚步。
前方有着明媚的花朵，
更加迷人的风景。

路上有划破皮肤的荆棘，
有跌破双膝的坑洼，
有满是泥泞的陡路。
明明挤进来的是碎碎的阳光，
却看到的好似旧时的月色。
无论何时只是咬紧牙关坚守心中方寸美好。

林杨

黑龙江省作家协会会员，哈尔滨市作家协会会员，北安市作家协会会员，呼兰区作协会员，辽宁省散文协会会员，红高粱文学社社长，著有散文集《彼岸花开开彼岸》，诗歌集《雪花盛开的日子》。在龙版网发表诗歌集《那片高粱地》《故乡的炊烟》，散文集《浪子人生》。各类报刊发表作品600多篇，共计150多万字。是江山文学网、黑龙江省龙版网签约作家。《中国爱情诗刊》十大银牌诗人称号。荣获中华杯全国文学创作大赛诗歌特等奖，中华文艺首届当代百强诗人。

长满车轱辘菜的土路（组诗）

听惯了蹄声，被踩踏了无数次
依然伴着风铃草丰盈了
那条土路
每一次与你撞见
都像毛毛狗一样不停地点头

木轮车碾过那片晚霞
牛车马车也走不出那条道
一声召唤,乳名比野草水灵
晨露洗净了杂乱的炊烟

锄地的速度是悠闲的
马拉爬犁快过车轮
雾气,狗叫,鹅鸣都不会耽误
一棵棵车轱辘菜的底色
如老一辈人般有韧劲

从那里走出来,隔着鞋底
都能感受到村落的温度
距离再远,那抹淡绿融入血液
高楼大厦,也遮挡不住
夜里无眠的乡思

麦田

冰雪还没化尽
就把种子播种在冻层之上
隆隆的喧嚣声,唤醒了一场风
拍睡了一冬寒

麦芽和草芽一样的翠绿
装满了眼眸
一行行,一道道,分得清彼此距离
不像野草,那么任性狂野

每一片绿,在蓝天白云下
都格外醒目,雁阵的影子
随风而动,一口气千里万里燃烧
能留住的除了斑驳的枯叶
剩下的只有相思开满枝头

拔节,绣穗,风里波浪成涛
撞击着田间地头的岸
烟袋锅子闪耀的时刻,磨刀石响了半夜
在蒸箱里收割,汗滴淋湿了麦秸

蘑菇般的麦码子,阳光下一溜溜
撑着小伞

离开麦地不是怕惊扰蝈蝈
也不是怕被麦芒刺痛
是一栋楼比一片麦子长得快
不用像麦田里的稻草人
孤独地守望空旷

消逝的村庄

日子好了,也要让孩子和城里孩子一样
住高楼,上好的学校,放弃村舍、炊烟,不
是逃脱
人在魂就在,老一辈的镰刀锄头犁杖
整齐地挂在老屋窗下
每个假期都让孩子们回归
告诉他们,根在这里

爷爷父辈都是土生土长的庄稼人
草帽还在,把身体和灵魂一起种进泥土
那棵弯曲的老榆树好像先人的脊背
风雪里傲然挺立

风吹日晒的村落
让一群麻雀吵闹的千疮百孔
荒草顺着寂静的小径乱舞
离开的太久,找不到曾经的脚窝
狗窝鸡窝鸟窝如茅屋草舍般摇摇欲坠

很多时候望着那轮圆月
扪心自问,等有一天去了天堂
该怎么跟先祖说,虽然还是种地的庄稼人
却都住在高楼大厦
那抹炊烟只能留在歌声里
像他们一样随着一片云飘去

林益强

1992年生于福建,旅居深圳。一个在梦的无垠与辽阔里行走的人;写诗歌与随笔,一直寻找那小小的诗与禅意的人。

爸妈,我用什么回忆你们

我想起你们的时候,我就想起
我人生的底色
2岁的时候失去双亲
我想自己是异世界的来人
来到人间,去长长的散个步
遗忘曾经束手无策的伤悲

我想起你们的时候,我就想起
人生那些无解的命题
我前世今生的缘由
是否是罪孽的化身
还是天使来重生
我轮回今生是伴着使命还是原罪?

我想起你们的时候,我就想起
自己是一片天上的云
从天这头抵达那头
受伤了,迷惘了,没有人安慰
感冒了,生病了,没有人知晓
我恍惚着不知道自己身在哪里?

我想起你们的时候,我就想起
就像我不能拥有你们的爱一样
我想写一首关于你们的诗歌
也无从写起
一切的委屈都是难以表述的
唯有热泪盈眶

爸妈,我用什么回忆你们
人生应该是美好的
不必要沉重
也许人生伊始
有缺失的人
融入生活有一道门槛

永失所爱后
没有人指望我做些什么的时候
也就是我需要对自己负责的时候
因为总有一天我会指望自己能做到些什么
我慢着别人一拍去适应成长
然后一样去追梦,觅爱,老去

山水相约

遇见你之后,我想和你
远足于绵绵群山之中
远足于蜿蜒千里海岸线
看日月星辰以美的轨迹浮现
仿佛世界再美
也比不过你的似水柔情
我想和你手牵着手,一前一后
一前一后,然后转一个圈
再一前一后,一前一后,再绕一个圈
这么简单但特别美好的相逢
让星光引路
随潮平海阔
跟着美的情绪体验
我想和你奔赴一场又一场约会
许个温暖美好的愿望
执子之手,与子偕老
把一生中该经历的
都一一去拜访

遇见你之前,我曾想过
如果有一天自己失败了
那无非是所有配得上的配不上了
无非是寻一个山高水远之地埋藏昨日忧伤
无非是消失在茫茫人海里
把难过时所有的决定延后些日子
我想把这一生中该遇见的人遇见
该经历的事情经历
该写的诗歌写尽
于绵绵群山之中

于蜿蜒千里海岸线
许个绚烂如流星的愿望
风吹过漂流不定
也无问西东,去
遇见今生今世

我们这一生中会有许许多多的境遇
因缘和合而假生出许多微妙的思绪
一念起万水千山
一念灭沧海桑田
我把它采摘来做了这么一首诗

诗与远方

诗与远方是
一个人的旅程
寄往未来的故事
从仿佛会走丢的年纪开始
用足丈量
也用所有的心迹
而时光早已飞逝
我还依然记得
那诗与远方
在旅程中不断地抵达
复而又更加遥远
一切不过是镜花水月
是过会儿就要无踪了的画面
曾是我跌跌撞撞的觅寻之境
而这里什么都没有
没有一蹴而就
能美梦成真
没有一劳永逸
可渡红尘劫
旅程中永恒只能得到下一个征程
而诗与远方
不过是下一个行程伊始时候的
美好向往

诗与远方是

我种在时间长河里的故事
从镜花水月中走出来的顿悟
我依稀知道
倘若时光都会消失而去
唯有那诗与远方
可以让我时时追忆
无论走到多么遥远
回首可见
无眠的夜以及淡淡的忧伤
浮动在黑色的眼眸深处
用微笑善意地欺骗自己
去做些欣喜的事情吧!
仪式感的快乐
一切通通会随风而去
已然触摸不到的痕迹
而诗与远方
不过是往事上了心头时候
不乏有温暖的色调

诗与远方是
我走进芸芸众生里的故事
从借一杯茶共修当下开始
你刚好活出了
我此生想要的样子
我坚定地信着
那诗与远方
是崭新的诗与远方
从此一念起万水千山
不需要从一无所有去想,去寻
所需的都清晰地浮现心头
答案早已经有人诉说
有传承记载
而这里什么都有
太阳底下没有新的故事
而诗与远方
不过是遇见了芸芸众生时候
拥有了自己的道场
而道场即是诗与远方

有情有觉

我从远方归来
对于远方已有情有觉
我从时光里走来
我的心里已有情有觉

那些美妙,那些忧伤
那些可遇不可求的事
供我咏怀言志
也令我落寞无言
无比眷恋的诗谣
桂冠如梦后
便也水梦逼了心空
许是荼蘼花事了
离开吧
也会诘问
一切归零后
寻梦? 该去往何方
明天还有多远?
还是一颗心,每天
沉湎于过往?
沉沦于那昨日芳华
明日黄花的故事
去太息一声:
我不活在梦里
又该活在哪里?

岁月太匆匆了
心事还在时光里
来往反复
人已经远在天涯
并无梦想成真的事情
也无破镜重圆的美好
曾穿街越巷,每天
也在每一座山
每一条河流前驻足
我熟稔游走,游世界

那里的故事啊,每天
山水,人文,建筑,小吃
和普世的价值观
及漫无目的的我
但我不能沉沦
活着,不就为了
实现些什么?
彼岸花开正好
不去过
我何必今生今世
更何况,芸芸众生里
有人刚好活出了
我此生想要的样子
那幸福
是有一个事业
有温暖的家
有美好的发心
不仅仅是诗与远方
我从远方归来
格物致知也知易行难
我从时光里走来

灵儿

江苏靖江人,本名陈恒美,也叫陈美,喜欢唱歌,跳舞,热爱生活,爱好文字。

奔马

扬蹄腾空,风呼啸着,
将鬃毛撕成刀锋,
以壮士的姿势,
摧毁一切怯懦和忧郁。
昂首阔步,四蹄生风,
飞扬的身躯,
涨满了岁月的刀光剑影,
表诉着历经沧桑后的练达和宁静。

矫健里如闪电越过千难万险,
留下奋进者的足迹。

谁会在峰峦间放飞理想的翅膀?
守候冷冷的微笑;
谁又会在纷飞的雪里,
开出梅花一样的芬芳?
我凝视着你腾飞的气概,
思绪奔波于惊心动魄的疆场,
浮现你仰天长萧的滚滚风暴。
强悍和理性,
塑造了一个民族的伟岸
击碎所有黑暗与荒唐,
诠注着血性的豪放与尊严的曙光。

我仰望你肃穆的庄严,
以神圣的方式与你做灵魂的交流。
古道依旧、西风依旧,
夕阳扯不住你萧萧嘶鸣,
天涯随着你的执着,
承载跋涉的传奇。
我仿佛听见你来自历史深邃处的嘶鸣;
让征途更遥远一些吧,
让暴风雨来的更猛烈一些吧!

鹰

你翱翔在天宇
不知飞向何方
但在路上就须一直向前
你的旅途一路都有风和雨的陪伴
这样才会
出落的像铁骨金刚一样
你厚积薄发
英姿勃勃
勇敢向前不忘初心
蔚蓝的天空一片晴朗
经过千番历练之后
才会拥有快乐的家园
广阔天地任我飞翔
悍视九霄八方
振翅搏击长空

只要不懈努力
就会站在的醉人的顶峰
时间不会辜负
你为梦想付出每一滴汗水
生命的美丽永远在她进取中展现
月下九重天
四海祥云
把天地尽收眼底
弃燕雀之微志
慕鸿鹄而高翔
你搏击长空奋勇前进
坚持自信
活着就要英勇
绝不抱怨生命的沉重
知道秋风无情秋雨冷
依然翩翩飞的热情
身姿是那么优雅
脚步依然从容
也许心中有个梦
再苦也深情
没有鲜花和掌声
在狂风暴雨中选择前行
身姿卓绝意志坚定
有着顽强的个性
即使不再飞行也留下矫健的身影

你若懂我

在浩瀚的宇宙
我只是孤独的行星
行走在你那无边的空间
我只能选择前行。

你若懂我
请不要带着面具生活
那是苍穹面前公开的秘密
风吹落东方沉默的故事
落在空旷的大海
我是扬帆起航的帆船

穿越在你的浩瀚里
我只能说
海浪是我的伙伴

你若懂我
请化为灯盏
在我远航的路上
举起高高的臂膀
为我开拓笔直的愿望
在广袤的大地
我是一棵卑微的小草
坚强地生长在陡峭山谷里
你的呼喊
常常惊醒我的睡梦

你若懂我
请在颤抖的叶尖上
写满秋天的童话
让疲惫的影子
以太阳的名义诠释
我站在这里
享受大自然的洗礼

你若懂我
请在我的身体里等待
等那悲哀的雾散尽
我们一起穿越星辰

梦回大唐

午夜的一抹寒凉
阴差阳错使我穿越了大唐
魂牵梦绕的瞬间还是偶然
时光恰如白驹过隙的游荡

各国来朝裕躬长安
那场景
激荡了我的心情
唐朝美是雍容华贵

— 2093 —

优雅中还带有别样的风情

铺开一条丝绸之路
随着驼铃迁徙的旅者
穿过河西走廊
越过帕米尔高原
合唱自然之歌
欣赏着西安四镇独有的风采
致使各国来贺……

几缕夕阳披在身上
那羌笛的悠扬
桎梏暂别中土的乡愁
最终抵达古罗马帝国
为我华夏之富足而传唱……

一年,两年,三年
几经轮回
韵出一段秀丽的东方
千百年已过
敦煌壁画记录了古今
留下了一段韵意久远的辉煌……

爱情天堂

若干年后:
我们终会彼此携手,
在来时相逢的路口。
那时的你已经老了,
而我却也不再年轻;
迈着蹒跚的碎步,
踩着秋叶的金黄,
凝望最美的夕阳,
相守幸福的花房,
在风平浪静的地方,
追忆那青春的时光。
你拂过我面颊的苦难,
我摸着你发间的冰霜;
互诉相濡以沫的沧桑,

感受一生有你的茶香。
或许我们不会再有来生,
包括那满含期待的回眸。
敞开心扉我想对你耳语,
再大的风雨也不能阻挡,
你我坟墓里的爱情天堂!

致:我未来的妻子
2012年6月28日

灵俊

四川成都人,吉林建筑大学经济与管理学院建筑与土木工程(工程管理)硕士,酷爱诗词。

拼搏

莫道桑余晚,微霞尚满天。
心里有着希望,有的只是踏踏实实的去做,
避其锐气,击其惰归。
感恩思母情,拔剑起蒿莱。
年轻人,去拼自己的一片未来!

我相信,
无论何时,
我都会笑的无比灿烂而没有沧桑。
对于其他我可能什么都不算,
但对于自己我就是一切。
因为年轻,我们一无所有;
因为年轻,我们将拥有一切。
我想说,我要最狂的风,最平静的海。

凌韵雪婷

原名刘欣婷。山东烟台人。一个踏雪走来的95后温婉小女子。童年时结缘诗歌,常拙笔自娱,坚持到现在,自诩一个爱文字却从未被它抛弃的人。诗观:诗者达心,诗者足下,而诗行远方。

孤独的人生

日子变得模糊起来,安排好的宿命
写在册子上,无法消除删改
认了吧

就像浓黑的夜里,如栖息莲花上的蛙
盘坐茶座前
浅吟低唱自己都听不懂的调子

蜡烛燃尽,要我放下思念与执念
摇摇头,说"不"

窗外的鸟儿落寞地望着周围
可知,我羡慕于自由
囚笼困着无法脱身

像被雨入地下的叶子,禁不起丁点
重量

信号

闭上眼睛
想象瞳孔里的另一个自己
没有被黑夜吞没,在指令前,停顿
城市腹地嘈杂的脚步
攥进拳头的安全

一滴水落得很轻
用杯子接住,没有饮下
卡在喉咙里,试探生的欲望

就像每个白天,等待星星出现
安心睡去,而四季转凉
只想与菩萨说说话
让心,热一次

孤独是一截醒着的骨头

因消瘦而安静,因光亮而暗淡
从北到另一个北,没有任何准备
城市中只有我,似孤儿

想念并不刻意。感伤随性
空旷白墙上的照片,藏匿书中枯叶
源泉。不是矫情

捧起过异乡泥土,攥出泪
像长夜吃剩鱼骨

秋雨煮茶

今年的秋来的早些,如简单的日子
打开窗时有微风,想起比黄花瘦的心事
要托给谁照料

像爱上婉约的词一样,爱上安静的文字
一本书,一壶茶,一下午
喝到无味时,困倦敲上门

岁月凝重下来,往事也暗黄
感伤又涌上心头

会想起夏天含着露水的花,青绿的草
它们都是会说话的,有自己的故事
不必问,不必懂

雨也是,时缓时急的
或许。会有下落不明的一天,定是找它吐
露心事
熬过清宁的长夜

刘宝双

笔名心灵的雪原,1973年生。吉林省舒兰市人。散文《心灵的雪原》收入《都市心情》散文集。在《北方诗刊》《中国风》《江城日报》《松花湖》《中华日报》《黄浦江诗潮》等多家报刊发表作品百余篇首。多次获得奖项,系吉林市作协会员,吉林市诗词研究会理事。

与母书

一

说不出这里的树有多高
伸向苍穹的头有留恋的目光
你给我的天是蓝色的
更远处　被照亮的路有多宽广

风过蒿草　摇曳的心灵
在铺满纸屑的泥土中展开
思念止不住泪水
来时的路　长夜漫漫
看你的天　灰暗
无法搁浅的沉寂
与树构成了衰落的风景

黄土苍白　鸟鸣呜咽
怎样才能走进你的世界
孤灯伴我　那滴干涸的眼泪
怕再一次侵蚀掉裸露的祭碑

二

一滴酒　把伤痛拦腰斩断
旧的风声不会折返在树上
把自己填满　除却矮小
系着风中的容颜走过残身

聆听空灵里的教诲　我将
更多的空白填满

这是每年都能打开的闸门
每流一次都期待很久　很久
以后的江河泛滥
任归期皆无　无法回头

没有花和阳光的世界
土壤湿润　将种子灌满
然后不问关于生死

三

多想抱紧你　不问长久
四块木板围成的房子
将你的身躯和灵魂捆绑
头颅的方向是家乡　母亲
记忆的碎片连接着图像
我把异乡变故乡
我将家安放于此

简陋的秸秆当做屋脊吧
我想承受来自您的力量
长跪不起　头贴着屋顶
感受肉体里冰冷的气息
眼泪是不受阻挡的江河
接受泥土的葬礼

泥土最薄
执一束花安放
一半洗涤阳光
一半在生长

刘保乾

陕西凤翔人。在西藏工作32年，现退休定居宝鸡。爱好数学和诗，有80多篇论文发表，出版有专著。一道诗艺社宝鸡分社社长。

天黑前的山顶

行人越来越稀，
面孔越来越生；
好不容易攀到了山顶，
天却黑了，
再也看不到任何风景。

2018年8月18日

天黑得很慢

天黑得好慢

太阳也不喜欢黑暗
吃力地抵抗着
坠落
舍不得收起最后一道光线
尽管已是余辉
也尽可能的柔和温暖

血色的黄昏
染红了西天
登古原的老头
还在那里感叹

天黑得很慢
一切都是那样的不情愿
干完
或没干完都要中断
因为天要黑了
该回家了

视线开始模糊
景色慢慢变淡
鸡钻进了笼子
院子空荡荡一片

2019 年 3 月 19 日

送别

该走的走了
这群人中已消失了不少
剩下的仍东张西望
好像还在寻找什么东西

车到站了
一下子空了好多座位
但不断有旅客上来
嘈杂而拥挤

列车继续前行
沿途有唢呐声

黑压压的过往
像一座座坟茔

2019 年 2 月 21 日

国庆节念国父

你围了院子，
打了地基，
盖了房子，
我们挤在了一起。

从此不用担心风寒，
也不用怕狼的叫唤，
虽然我们还很穷，
但已经足够温暖。

那年收成不好，
我们缺粮，
吃的是高粱面团，
但我们看见了您愁苦的脸。

如今我们已经长大，
记住了您的话，
我们将永远守住家业，
一步步走向远大。

2018 年 10 月 1 日

诗的感觉

有时候离得近，
有时候离得远。
想拿住它的形体，
心里必须放电。

那是一种感觉，
却分明看见有流线。
循着它的影子找，
却只是一股清烟。

把最清晰的片刻拍下，

心中只能呈现瞬间。
你我都感觉到了吗，
那个美丽的图案？

那是心灵深处的意念，
疾速如闪电。
一旦截获它的信息，
就会得到一串串灵感。

无需再抒发感情，
也无需再把心力动员。
一切都已感觉到了，
就这样静静的，
静静的融化在里边……

2018 年 10 月 22 日

刘春凤

　　黑龙江省依安县人，网名清醒的醉翁，1985 年 2 月出生，依安县作家协会会员。热爱文学，多年来一直钟情诗歌写作，将生活中的思考在笔端倾诉成缤纷的诗句，当作人生最美的收获。

过去

走过去
一遍又一遍
像初霜的小园
昼与夜的偏见

秋霜复秋霜
二九　三九　再见
即使如此
青春冷，落了

烙铁的红
见证
走过去了
是明天

朝阳红遍

走过小巷

我本想去看看小巷的清幽
一阵雾霾以光的速度
掠夺了我呼吸的自由

一群小矮人
说着，念着，情爱与伤痛的关系……
是叶子的轻浮

夹杂着风的言语

路边
聪明的寒蝉与小灰雀嘲笑着
鲲鹏的诗和远方

我关紧了心窗
心以外空气就变成了固体
屠夫笑了
你能说庖丁不是一种境界吗

千载悠悠
长江　迎来又送往了多少帝王！
从未改变方向

炽热的朝阳
一出场就红遍了东方！

端午情怀

三寅汇聚
擎一朵橘香
美政报天子，胸怀大志，
寰区，惊现
天性高洁的诗祖
将中国精神，灵魂推向了高度文明

远古行路慢慢
我们不谈悲伤，铭记参天地

血红的岩浆,炸裂啊
罪恶,黑暗,一切污秽
我不碰巨石
我深爱汨罗江,滚烫
握紧你,在楚辞里

龙舟竞技,锣鼓喧天
以民族的名义拥抱郢都
拾粽泪落是屈魂

两千多年的后生,问天
铭记
活着的理由比活着更重要!

刘春丽

黑龙江省依安县人,女,70后,任职于文化馆创作室。爱好文学创作,善于将人生的感悟融入作品当中,有作品在省市文化系统组织的征文活动中获得奖项。

行走的爱

牵着你的手　踏上陌生异乡路
擦干泪水昂起头迈开希望的脚步
不论结果真假与对错
苦累奔波都无悔今日的选择

并肩和你走　风雨相伴不孤独
生你养你任由你期盼独立的追求
吃得苦中苦方为人上人
一生只为你不需太多的理由

生你乐青春　养你母白头
女儿是小棉袄　男儿是顶梁柱
母慈儿孝顺　中华美德颂千古
心中有爱走天涯只为踏归途

因你而努力　为你而奋斗
女儿是贴心人　男儿是家族根
安康家兴旺　代代相传留美名
心中有爱走天涯只为踏归途

我的家乡在依安

我的家乡在依安
那儿的草木,那儿的黑土,还有母亲的目光
三十几年了
一直梦绕魂牵
我的家乡在依安
乌双河的流水,育出万顷稻香,织就遍野金黄
哗哗
唱着欢歌,报着丰年
我的家乡在依安
红砖绿瓦中的炊烟,映着朝霞,衬着白雪袅袅
绘成画卷,报着平安
我的家乡在依安
男人冲天,女人夺冠,八旬大娘的惊世壮举
道出
人心所向,地覆天翻
我的家乡在依安
那儿的草木,那儿的黑土,还有母亲的目光
多年后——
不离不迁

流泪的雪

当推开门的那一瞬间
迎来了
清晨的第一抹寒冷却略带温馨的阳光
抚摸着雪后圣洁的大地
你惬意地流了泪
这眼泪
是对寒冷日子的回味
这泪水

是感激清晨阳光的抚慰
而今
在这漫天飞舞的雪中
告别那凝结的岁月
但愿
有一天
雪的泪
化作流水
去润泽生命的轮回
为你的明天流向远方

刘春伟

吉林省吉林人,吉林工商学院工商管理学院,工程管理专业本科,酷爱诗词。

将来

刹那间的心酸,
瞬间的醒悟,
人为什么要为难自己!
不知道多久没有开怀,
漫漫的等待,
期期的心思。

为什么要害怕,
为什么要回避,
害怕可以避免吗?
回避真的可以逃脱吗?
可笑自己的执拗,
有时候太执着真不是一件好事!
记忆的橡皮擦未经我的同意,
已擦去了我所有!
犹如梦呓般的喃呢,
很多东西已支离破碎!

是的很随意,
不知道说了什么,
不知道自己拥有的是什么,
不知道该去追寻什么,

人生是这样吗?
不是佛家,却已心空!

悲情的东西总是让人感慨万千,
凄美的画面总是让人不能忘怀!
或许痛也是一种人生!

笑起来那么夸张,
哭起来那么无顾忌。
不思所有,
却已拥有整个世界,
这是梦,
这是那个远离的精灵,是那个不再有的Angel!

该拥有的还是去找寻吧,
就像窗外的阳光,
随手想抓住可一手空空,
站在它下面,
你将拥有一身!

刘福麟

笔名风过园林、栗色老马、刘刘。曾在林业部宣传司工作,1990毕业于上海复旦大学中文系作家班。80年代中期开始创作,中、短篇小说,诗歌、散文散见于《萌芽》《春风》《小说林》《大兴安岭日报》《呼伦贝尔日报》《林海日报》等报刊。出版诗集《栗色老马的诗歌》。现为《当代精英文学》总编。

羊的城(组诗)
(一)入城

城,石头的久远,成就了城的久远
河从城外绕着走,不在乎多么曲折
羊对石头反感,它们把自己赶上山坡
赶进野草与野花的风起云涌之间。

两只羊遵循旧俗歌唱,在城外徘徊了
有些日子。但终归要选择一个吉日
入城。草与花编织成心形挂满城门
它们迈进城门的瞬间,感觉到了心颤。

在热闹中必藏一处冷清——涌现出衰败
迹象的羊,从城门口蹒跚而去
那是山坡的方向,是青草与野花还有
零星散落的树。

入城的隆重在继续,绕城的河
在这必须隆重的日子里,有干涸迹象。

(二)城里

清晨的露珠没能如约而至,年轻的羊
觉出了意外。有花挂在楼的高层上
兰草,探出阳台的不锈钢栅栏,似乎
在窥视主人离家的隐私。

夜,积压了许多琐碎的事
显得疲惫,无神。星星挂满房间
缺乏闪烁的心情,眨眼的样子太含蓄了
不像在城外山坡上,水洗的亮。

羊不快乐。每天有咖啡的香味儿
玫瑰花也一束一束的芬芳
它们觉得城墙的石头太过诡异
每一块石头里都藏有对方的秘密

(三)出城

心颤原来是一种古老的痛
那一日的城门,它们在羊群中
多看了一眼,那只疲态的羊
难道是一种神示吗?

自由的山坡,野草久违的香气
往事的魅力强烈而持久的袭来
畅快的,把山坡扔在身后,山脊之上

海的色彩,清晰的靠近。

城门,河。石头叠起来的城
一只毅然跨越河的羊
一只仍然在城门口张望
羊的城,在石头的坚固里望着山坡……

2019年7月15日于京郊

风之语

花开的声音,小心翼翼
只把淡淡的笑,轻掩于丝袖之后

蝶并不急于扇动美妙的心情
太过贪心的本质,对每一朵都亲爱

流水在远处,盈盈的眼,眨动
靠近又疏远的撩拨,暴露它的性情

鱼却不安分了,不安分于水草抚弄
一跃而出的姿态,为水面留痕

中午,热闹的森林。松鼠跳跃
从一个枝丫,飞一样越过林间

麋鹿穿行于树与树的蜿蜒
而草滩的碧浪,把它的泳姿淹没

风经过的地方,留一缕嘱咐
养育之恩,阳光一样,闪耀。

刘国辉

文字里鲜活,生活中安静的女子。公众号采花微刊。

她的鱼

她在煎鱼,她不说话
那些鱼,也不说话
多少鱼,她数过九条

但是她,只有自己

午后的风,或许细腻一点
不然鱼的香,不会让她忘了其他

她轻轻地翻了鱼身,她或许怕鱼疼
就如她自己,怕谁翻一下内心
那么疼一下,哪怕轻轻

很快鱼香,蔓延
引得到她不只流口水,还有一只花猫

她轻轻的叹了口气,唉
这只死猫,你来
他咋不来

回头看看,那桌上一双碗筷
她知道,再有二十分钟
这鱼上桌了
那条鱼
她还需要等不等……

他的名字
此刻,我才知道
桃花在我的春天,还没有打上春蕾
便被秋色,收割
我的土地上,已经寸草不生
只留下黑夜,换成他的名字

你在听吗

这灼伤人心儿的暗夜,似一杯寂寞的酒
所有的空虚,寂寞
就这样一点点蓄满,泪光盈盈

月,是远方的归客
与我的孤影,莫曾陌路
我们相伴吧,也许到老
我,都能轻轻触摸单薄岁月里

那些失落的花儿,与记忆碎片

我折梦的羽翼,似这杯酒的色彩
清澈,而红的妖艳
那些杯上唇印,似你的温度
我,醉在想你的怀里
慢慢的,沉沦,放纵

尘风,掀起幽深春色
这明眸,耕不尽过往云烟
半窗疏影,悄悄摇落春梦
那些甜蜜的话儿,呢喃细语
你在听吗?我的声音……

做贼的父亲

每次端着碗吃饭,我都把最后落的几粒米
小心的捡起来,搁嘴里
这些米,是金贵的日子
让我有种说不出的心疼
每次我眼前都晃悠,1997年那个日子
那个盗窃的人,和养猪场的饲料
他把偷来的饲料和着玉面,做成窝窝头
三个孩子高兴的吃着,而他一声不吭
我知道,那年的日子,是背过身的
而他当众被抓时候,锅里头再也没有热气
灶火冷了,他的三个孩子啊
贴在墙根前,用小手捧着肚皮
看着做贼的父亲,泪眼汪汪
一声不响……

夜市

夜色,沉在一杯又一杯酒里
我,倒在寂寞的怀里
温存所有的,空虚,寂寞冷
在秋眸,泛滥
这耳边更鼓,是一个人敲的空
一夜又一夜,我不辞辛苦贩卖
都没有一个春天留宿我

我，只是这个夜市
隐去足迹的星星一颗

刘国瑞

网名巴山灯。重庆人，祖籍河北文安。1982年毕业于西安理工大学。从小既爱文科也爱理科，知识面广。15岁开始写诗，一直致力于写山写水写所见所闻。近年已在网络诗社及纸刊发表诗作若干并在一些诗赛上获奖。

鼓浪屿之歌

钢琴之岛
路边石头发出钢琴的声音
钢琴拨动浪花
颂扬着毓园的医生
她接生过无数的小孩
自己却一辈子单身

钢琴之岛
路边石头发出钢琴的声音
登上日光岩之巅
鸟瞰菽庄花园波光粼粼
花园里有一片破碎的山河
控诉着日寇的累累罪行

钢琴之岛
路边石头发出钢琴的声音
踏着铿锵的节奏
走进皓月园的大门
郑成功高大威武
激励着一代代炎黄子孙

大嶝岛的喇叭

我走进世界最大的喇叭
站在里面照了张像
喇叭的外面
是世界第一大炮弹和墙

世界最大的喇叭
发出过震天动地的声量
大海为之澎湃
风也为之发狂

我走进世界最大的喇叭
站在里面照了张像
面对着废弃的炮弹
还有迷彩斑驳的墙

不见了士兵、民兵
躺着的是喇叭的形象
两岸同胞从坑道里出来
外面是耀眼的光芒

博斯腾湖

好多好多年前，
广袤无垠的草原。
草原上的姑娘尕亚，
与英俊小伙博斯腾相恋。
谁料雨神也看上尕亚，
被拒后气红了眼。
年复一年不下雨，
草原成了戈壁滩。
博斯腾挺身而出，
与雨神大战81天。
雨神落荒而逃，
博斯腾站立不倒化为山。
尕亚的泪水汇成湖，
湖水拥抱湖中山，
相依相偎到永远。

碧水连天，
绿色回到了人间。
白云的倒影在芦苇边浮动，
那是羊群又徜徉在草原？

芦苇巷中穿行,
来了,我们的游船!
禽鸣鱼跃,
水乡宛如江南。
夕阳跳进湖中,
唤醒了亭外的睡莲。
咔嚓一片声响,
手中有了五彩的照片。
笑了笑了,博斯腾湖,
你荡漾在我们心间。
一圈一圈的涟漪,
伴我们直到天边。

九月轮台胡杨林

怀着金色的梦想,
奔赴胡杨林的故乡。
听说胡杨不惧沙漠的贫瘠,
能经受千年的风霜。
听说胡杨死后千年不倒,
倒下千年不朽,
那是何等的顽强!
每当收获季节,
秋风颁发金奖,
胡杨披着闪闪的金装,
骄傲地任游客欣赏。
四十万亩胡杨林呀,
铺天盖地的辉煌!

怀着金色的梦想,
来到轮台这个地方。
小火车带我们穿行,
九月的秋叶还没变黄。
眼前是翡翠的世界,
世界是生机勃勃的模样。
塔里木河迷恋生命的绿色,
到了这里不肯好好流淌。
林间一个个小湖,
宛如绿蚁新醅的琼浆。
黄金有价,翡翠无价,
琼浆灌醉了游客的心房。

返程遇见一片金黄,
司机满足了一车人的疯狂。
金色的树拥抱蓝天,
黄皮肤的人拥抱胡杨,
一棵棵、一个个豪情满腔!

刘国意

高中语文教师,湖南祁东人,漂泊深圳,在理想与现实中沉浮。热爱诗歌,也热爱语文教育,有诗歌散见于各级报刊。

我的秋天

秋天从南山下来的时候
我正在篱笆外与一朵菊对视
沉浸在陶元亮的情怀里
风从曲折的小径路过
略显消瘦
来自大漠之北
来自历史的奔腾与嘶鸣之外
带着死亡的气息

我在风中采集落叶
一些隐秘的情感
被收藏在秋的深处
一些背影以及一些黄昏
被岁月风干
在寒冷的冬日
焚烧取暖

当秋天来临的时候
南山正黄叶纷纷
如果我有一座庭院
想必正秋意满园
而这一切都源于虚构的南山

木棉花开

在南方,一滴雨水抵达之后
阳光像一位母亲
只轻轻一呼唤
孤寂的枝头就站满了朵朵木棉
开成乖巧懂事的样子

那些燃烧在城市上空的火焰
从二月蔓延到三月
从深南大道跳跃到城中村
从东部海滨穿越梧桐山遁入春天
就像童年在故乡见过的桃花
在山间或房前
点燃燕子的呢喃
和满怀心事的炊烟

九年来,我已在十个春天仰望木棉
仰望那一团团盘旋在头顶的火焰
以虔诚的姿态
维系那步步沦陷的生活
以及日渐消瘦的乡愁

在这个满城匆匆的春日
我用一个下午的时间
站成一株木棉
一株繁花满枝的木棉
用深入泥土的根系
约会了雨水与大地
生活以及死亡

杜鹃之外

春天一到
簕杜鹃就像满城风絮
飘进了大街小巷
从庭前窗下,到汽车飞驰的城市主干道
把自己努力开在春天的眉梢
在笑眼盈盈处

一簇簇鲜红涤荡了潮湿而喑哑的春愁
和都市里惯常的疲惫
在阳光下耳鬓厮磨
一些私语和一些暗处的萌动
正一点点填充春日的辽阔与虚无

我大声呼喊,隔着春天
隔着盛开的　杜鹃
隔着一些逝去的岁月
几只蝴蝶在庄周的梦里翩跹
竟充耳不闻

刘合军

祖籍江西省萍乡市,现居珠海市。自由写作者,诗坛周刊社长兼总编,中华汉诗联盟副会长,著《红尘四季》《叶落无声》《外来客》诗集三部,主编诗集《诗坛——2018》部分作品发表在国内外报刊与网络文学平台。

七夕,我只见到半个月亮

一阵风搁浅在海上
一个人在等一条船,船上载满秋水
约半个月亮

流光划向河面,渡不过一条河的宽阔
船在水央,岁月拍打江心
只见河水低徊,涛声碎语,念着
一个人的名字

2019年8月7日

我见过好多好多雨水

有的叫无声,有的叫啪啪,有的叫斜飞
叫开花的一落地就隐身了

他们有前生丢失的记忆和被天空咬碎的
身子

拆出翅膀,就是溢出眼眶的风筝
去河上,就成了流水
张开嘴柔软呼吸,与垂柳交换白天黑夜
不待来年柳絮,不等风吹落叶
自顾自的流

2019 年 8 月 12 日

云上有积雪

还有黑洞,有万千黑鸟
有钢化深空和会飞的白绫
仅靠两片疲弃的目光,如何探视他的久远
就好像,不可预断长城几时塌陷
只能仰望或者坐下
冥想
逆流至山门,读空山之空
读流水和受惊吓的风,不要,再生吞活人
读黄昏擦去的落日,你落寞
我也落寞

2019 年 8 月 12 日

落日可以入水,我为什么不能入水

挣脱云的骨节,穿过最后的草木
风平,浪静,向水求生
江山,有河灯照着
河面有残叶为伴
水里有深渊,可以埋藏前世痛苦
有白龙,助我逃避光阴和云上玄机
浪花驱散乌鸦
如果有一天
海枯石烂,我也许,仍在风中活着

2019 年 8 月 13 日

海水中有我失落的翅膀

沿着海的堤岸,可以看到水上流光
柔软而又不知疲倦
浪花一点点试探礁石的坚硬和八月
流淌的灼热
我伸出脚掌戏他,玩一种缝合又撕碎的游
戏
他挣脱,他狂喜,放开嗓门,喊来
一季又一季白雪
说
自己是头狮子

2019 年 8 月 4 日

刘洪涛

笔名潭影,60 年代末人,作品散见于国家各级报刊及数家网络微信公众平台,工程师,作协会员。

暮冬

暮冬,一场雨的来临
仓促打湿了初心
门槛倒也不高不低
执念却纠结
是不是改头换面
抑或从新做人

红尘太多诱惑
有谁会选择飘零
世间太多无奈
无所谓什么力不从心
也喜欢这个季节
有瑞雪开有梅花香
更有怪物来敲门
让成长一直都战战兢兢

拨开世俗的雨烟
我知道什么是幕后
如负重前行的雪中情
依然是十里红妆
靓丽而清新

爱上风的叶子

没理由
也没有原因

缘分从来就是没有彩排
我静是你没来
你来我就会心动

只是当白雪飘起
你还四处漂泊
肢体真的有些僵硬
冷漠中还要前行
记忆中的笑语恍然如梦

还是搭乘春天的列车
无需回心转意
风依然是暖
叶子仍旧是懵懂

小雪记忆

小雪轻轻地来,又悄悄地走了
一整天的阳光明媚
喜得狗尾巴草摇头晃脑
连一向矜持的红枫也手舞足蹈

不管怎样还是感觉到了冷
而且越陷越深
当然节气不会欺骗人
恰巧这天又是感恩节
很多的人很多的事林林总总
需要感恩的太多
怎么都激起我的灵光一闪

走在新六大街
蓝天下高楼林立
香樟树正好
梧桐的落叶纷纷纭纭
街道两旁的汽车很多
像摆成一字长蛇阵
洒水车让路面湿漉漉的洁净
此时的感觉就是有种暖
不禁让我想起和谐路

入大门口东边的三棵桂花树
至今还是沁香依旧
闭上眼都是一种享受

其实雪下不下都无所谓
所谓的是你珍不珍惜当下

刘惠霞

女,笔名怀旧,70后,居河南洛阳,系河南省作家协会会员,河南省诗词学会会员,洛阳文学院特约创作员。诗歌散见《牡丹》《大河》《山东诗歌》《伊甸园》《诗影响》《齐鲁文学》《洛阳诗人年选》等。

时光恬淡的笑着(组诗)
立冬

河流缓慢。砍伐冬的麦苗声,已越过河床
一场天空的呐喊,也萧瑟,也冷寂
充斥耳膜的生活踮起脚尖
在冰冷的湖心跳舞

飞旋的时光呵
我会用耳语降低草木的心
用缓和的心跳,降低世界的心跳

倾轧进车轮的拔节声
仿佛是生活在弄笛
从干涸里掏空想象
给苍天另一种颜色

霜降

嗓子驮着河流
魂魄压不住凄凉
帘幕里的故事越发斑驳了

把如麻的叹息摁进折子戏
把灌溉的云,寂寥的水分里,蹉跎的念劈

开,再聚合
把凉渗进去

转瞬,眉头秋水如飞瀑
降下来的浮世
白得疼痛
在这场浩大的虚无里
我是光阴最黯哑的局面

新年

借一场雪的仪仗
万物在草尖的鼎沸上起身
踩出寻觅的足迹
然后,用脊梁顶住喧嚣,和光阴彼此对望

这样的时刻,我们亦不谈悲喜,况味
并允许一截枯木,放出圈养的心事
使它嘶鸣,跳跃
直到亮出自己的剑刃
和纤弱的命运对决

早春曲

冬虫,吆喝命运
枯草,垂帘听政
这一切,只是一场仪式
它会顺着我的耳际爬下来

此刻,我揣着十万里的慈祥,敬意,侧耳听
逐渐苏醒的白昼,开始喘气
河流里欢鸣的石头
透过黎明,纷纷交出尖叫

一场雪的盛大
只是,让一小撮锦句敲打的麦子
拾起葱绿的想象

粗犷的人生
总要在黄鹂的声线上起步

让一行白鹭,书写苍天的辽阔

河流

当我遇到你
所有的潮水依然年轻
患着风湿的往事
缠着一架藤蔓狂欢
却没有一条路,朝向你

那时,时光恬淡的笑着
你像一袭银炼,倒挂在阳光里
每一次抒情,都填满露珠的渴望

你每一次抖动,我的肩膀也抖动
我忍不住也想抒情一下
于是
我把身体里的海洋掏出来
放进你的门铃
让它来抒写我们波光粼粼的爱情

刘继光

　　江苏靖江西来人,大学毕业,汉族,各地多所院校讲学,长期从事文学的创作与研究,在《深圳诗歌》《靖江日报》《自强文苑》等刊物上发表了100多篇(首)作品,在"庐山杯"《中国最美游记》全国征文大赛等比赛中获奖,被光明日报出版社评为中国实力诗人,系国际诗词协会会员,被授予"当代散文名家"称号,现任某诗刊的责任编辑与(中国)新诗研究会的研究员。

知识

小时候,
我进入学堂识字描字、读书写字,
那是在播种知识。

长大后,

我四处拜师、到处求学,
那是在耕耘知识。

成家后,
我各地授课、院校讲学,
那是在经营知识。

后来啊,
我伏案疾书、妙笔生花,
那是在收获知识。

现如今,
我大量发表我的文章,与朋友们一起欣赏
我的文章,
这是在共享知识。

知识就是我们实现自身价值的"钥匙。!
知识就是飞往全新世界的"双翅"!
知识就是精神的"粮食"!

知足就会富足,自律就会自强

知足就不会张狂,
知足就不会遭到诽谤,
因为知足是自足的奖赏,
因为知足是自足的吟唱!

自律就不会迷航,
自律就不会迷失方向,
因为自律是自己的阳光,
因为自律是通向成功的走廊!

知足就会富足,
自律就会自强。

耕种文章

孤独降临的时候
我任由思绪徜徉
寂寞降临的时候

我辛勤耕种文章

我的收获是
开启了世人的心房

我希望我的文字呵
能替旅人引航
我期盼我的文章呵
能替众生导向

没有规则,就没有自由

规则太松,
没法保证自由;
规则太严,
自由成了囚;
规则不松也不严,
自由成了我们的好朋友。

没有规则,
就没有自由。

我的文字开了花

我的文字发了芽,
我的文字开了花。
不经意间,
我的文字开满天下!

开满天下,
只因为啊,
我要把最美妙的文字奉献给大家,
哪怕汗挥泪洒!

越是勤奋努力,道路越是宽广

人不能没有梦想,
有梦想就不会有忧伤;
人不能没有希望,
有希望就不会有失望。

用努力浇灌梦想,
梦想就会疯狂生长;
用勤奋喂养希望,
希望就会极其坚强。

越是勤奋努力,
道路越是宽广。

刘继红

网名眼睛里的世界,1964年出生,中共党员,湖北汉川市人。爱好文学、戏曲、诵读等,曾经从事过共青团、妇联工作,现已退休。

莲的心事

时至七月
莲已出落的亭亭玉立
如少女待字闺中
期盼着有一天
梦中的白马王子前来娶她

于是我来了
虽然我不是王子
可我却有一颗爱莲的心
莲那楚楚动人的模样
让我痴狂
莲的忧伤
让我迷茫
可王子你在哪里

我希望莲快乐
希望莲芬芳
于是我背上行囊
远离荷塘
擦掉眼角的泪痕
压抑内心的狂想
愿莲的心事
能如愿以尝

青青的晚霞

带着对文学的那份执着与痴迷
我们相聚在这里
是缘分的轻轻飘洒
我们聚在了文学的殿堂
怀揣着梦想,大家欢聚一堂
憧憬未来,默默守望
那份激情,心中流淌
谁说我们青春已逝,
满头白发
那是岁月的年轮,
在我们头上锦上添花
谁说我们脸上的红润已退,皱纹纵横
那是青春的花朵,
在时空的隧道里结出的果实
谁说我们不再年轻,
腰杠不再挺拨
那是年轮沉寂了的斑斓,

岁月褶皱了的光影
谁说我们青春不再,
老眼昏花
眼前闪现的是,
夕阳中的片片彩霞
美好的末来
在人生的旅途播撒
绚丽的青春在余辉中绽放
我们手牵着手
望着日出的地方
将浓浓的爱意带进晚霞
我们热爱生活,向往自由
带着一颗感恩的心,
迈着矫健的步伐
走进青春的晚霞

刘加美

女,山东潍坊诸城市人。中国楹联学

会会员,山东老干部诗词学会会员,山东散文学会会员,潍坊诗词学会会员,诸城诗词楹联学会会员,诸城作家协会会员。作品多在《潍坊日报》《诗词月刊》《诗坛》《东鲁诗词》《东鲁杂志》及多家纸刊、网刊发表。

梦

花前月下,只为赶赴一场
不期而遇的温暖
解译一个未知的谜面
来换取一世的情怀

梦里,浮现出鲜花朵朵
娇艳的花瓣,如翩翩蝴蝶
飞进云雾缭绕间
让我挥之不去,召之即来

抬头一瞬间
突然,惊讶地发现
安静的角落,却有无名小花一朵
似有若无地装满心事
害羞地低着头
迟迟不肯盛开

今夜无眠

今夜我将无眠
夏,为何要淡出我的视线
你的影子为何要走远

今夜,我扯下几寸相思
裁成一朵莲
绣在梦的衣角
听蜻蜓飞过后的呢喃

我蹲在沙地上
画着一颗,流浪的心
流淌着千年不变的血

我用长长的丝线
束住那朵最洁白的云
镶嵌于湛蓝的天

远方的你,即使没有来
藏在云朵里的梦
依然绽放出辽阔的海
明天更绿的山

蝉

秋雨刚过,你拖着缓慢的步子
不卑不亢,在高高的树枝上
以骄傲的姿态
继续义无反顾地爬行

明明知道,属于自己的时日不多
却毫不退缩,依然唱到最后
用嘹亮的声音诠释着
自己的存在

你的声音堪称绝美
因为有你,夏天才变得有声有色
你站在枝头唱起属于自己的歌

风刮过来,你孤独的身影消失在
傍晚的树下,来了个捡蝉蜕的老人
抬头望了眼大树
跟着秋风,悄悄落了一地的故事
让村里人无法收藏,更无法捡拾

秋蝉的心思

是谁拨动了心底的那根弦
让你的歌声时续时断
是谁惊扰了你的梦境
让你彻夜难眠

你把相思挂满树间

— 2111 —

将最后一片稚绿
托付于雨后的蓝天
刚堆砌好的心城堡垒
已被置换

踟蹰独行的你,声声呼唤
几滴血泪,落在尘土间
正把滚烫的秋
另加渲染

刘九星

女,生于1959年12月,住河南省邓州市彭桥镇,爱好文艺、文学,曾在各大平台发表多篇文章,在塞上原文学平台举办的春光杯诗赛中,荣获三等奖,在本市报发表多篇文章,是邓州作协会员。职业牙医,爱朋友,愿天下人都成好朋友。

我若是

我若是月
你是否是那耀眼的星
陪我一起照亮夜空

我若是风
你是否是那随风飘飞的白云
与我一起浪迹天涯

我若是雪
你是否是那傲雪的红梅
含羞躺在我怀里笑

我若是花
你是否是那只漂亮的蜂蝶
每天恋着我
为我轻歌慢舞至夕阳西下

我若是琴
你是否是伯牙
每天为我弹奏引人入胜的高山流水

我若是诗
你是否是那读诗的人
能读懂我的心和诗的内涵

哥哥你在哪里

一场事故
使你离我而去
我却时时感到你的存在

在沙沙的落叶中
我听到了你的足音
我问落叶
落叶说你飘逝在风里
我问了风儿
风儿说
你去了云里
我又问问云儿
云儿说
你已化成雨渗入泥土里
云又悄悄对我说
过去的就让它过去吧

过去了吗
那为啥你时常在我眼前出现
在我梦里游走

春天你寄来的山水花草
雨天你送的花伞
雪天你的羽绒袄
都像电影一样在脑海里浮现

狠心的哥啊
你说过要陪我护我到永远的
难道你忘了吗

大地当纸写不完妹对你的思念

海水做墨叙不尽你的情怀

苍天为你垂泪
垂柳为你悲哀

九尽春回花儿开了
小草青了
我的好哥哥
你在哪里
回来吧哥哥,回来吧哥哥
总有一天我们会在梦里相聚
那时妹会紧紧拉着你
再也不让你悄悄离去,再也不让你悄悄离去

小巷

晨雾茫茫
小巷悠长

晨练的人们匆匆忙忙
商店饭店绣庄　媚娘
依稀又见小街往日繁华的模样

我端庄素雅的绣娘
今在何方
是否仍在绣出闺的嫁妆

纤指轻巧　黛眉荡漾樱唇微启浅笑含香
迷人的笑靥里盈满了蜜糖
又在回忆过往
又在回味梦乡

忘不了啊
忘不了
忘不了走了千万次的小巷
忘不了梦里寻她千百度的绣娘
仿佛看到美丽素雅的姑娘
缓缓的向我走来了

刘巨峰

网名江山(江山如画),生于诗经故里,长于运河西岸,毕业于中文系,工作于渤海之滨的河北沧州。从事过教育、编辑、行政工作。江山传媒创始人。业余诵读、创作。诗歌原创代表作有《十月放歌》《我骄傲,我是中国人》等。

十月放歌
——献给新中国 70 华诞

又是一个火红的十月,
又是一个遍地流金的季节;
我们站在十月的风里,
为我们亲爱的祖国纵情歌唱……

十月的第一天,
你在硝烟战火中诞生。
五星红旗用血染的殷红,
在十月的风里骄傲的飘扬;
五星红旗用血染的殷红,
铸就我们伟大民族独立自主、
文明进步的红色之路。
五星红旗用血染的殷红,
把巍巍群山、
苍茫大地、
滔滔江河晕染的锦绣绚丽;
五星红旗用血染的殷红,
映衬得赤色神州壮丽多娇。

我们在火红的十月,
为我们亲爱的祖国放歌。
你是华夏五千年文明的重生,
你是千年古莲子正在萌芽,
你是无数先烈为之抛头颅、
洒热血、
前赴后继、

铸就的绯红的黎明。
你是盘古开天，
你是精卫填海，
你是夸父逐日，
你是女娲补天，
你是远古神话的再现，
你是人民心中的向往，
你是祖祖辈辈的憧憬。

你在戊戌变法、
公车上书、
辛亥革命、
挥师北伐、
无数先贤不屈的奋斗中萌芽。
"五四"运动拉开你斗争的序幕，
南湖的红船是你诞生的摇篮。
秋收起义、南昌起义是你奋起的抗争。
八百里井冈是你蹒跚学步的起点、
两万里长征让你的童年饱尝艰辛。
你成长壮大于潺潺延河水畔，
你东渡黄河、
你挺进中原、
你江南坚守、
你白山黑水抗倭、
用不屈的血肉抵御外侮，
毅然扛起中华民族独立解放的大旗。
西柏坡夜夜不息的灯火，
是你黎明前的曙光。
你战辽沈，下平津，胜淮海，突破长江天险；
你西南剿匪，西北平寇，滚滚铁流，势不可挡
你突破黑暗，迎来胜利的曙光。
当东北边境狼烟突起
你雄赳赳气昂昂跨过鸭绿江，
用血肉之躯战胜虎狼之师，
打出了一个真理，
打出了一个和平。

我亲爱的祖国，
从此我们的人民扬起了高傲的头颅，
我们的人民挺起了不屈的脊梁，
我们在十月里放歌，
歌颂你七十载的伟大荣光；
我们在十月里放歌，
歌颂你七十载的负重奋进。
你历经风雨，坎坷艰辛；
你风雨无阻，披荆斩棘；
你一穷二白的土地上顽强的崛起。
你在积贫积弱的土地上 创造着奇迹……

在这火红的十月里，
我们迎来你七十华诞。
我们心潮澎湃、鼓舞欢欣，
华夏的史册上你将浓墨重彩，
历史的长河中你会永远熠熠生辉；
站在火红的十月放眼展望，
古老的丝绸之路重放异彩、
和而不同的理念惠泽天下众生。
东方雄狮已经苏醒，
中华文明绽放出美丽的光辉；
让我们站在火红的十月纵情高歌，
歌唱我们伟大的祖国繁荣强盛！

刘君喜

河南商城人，河南省小小说学会会员，信阳市作家协会会员，作品散见《散文诗》《河南诗人》《劳动时报》《信阳周刊》《信阳文学》等。

在云朵里想你

你说，此生注定漂泊
如一朵云
我愿意是那片江湖
无论你在哪里
影子都萦绕

在我的心里

你累了
就栖息在我的眼眸里
你彩霞般秀丽的脸庞
装点着我的山河
你若落泪
我的山河遍野哀伤
每一个山头都任你布满乌云
每一眼湖心荡的涟漪都是为你
直到雨过天晴
我挂起一道五彩的霓虹
迎娶你

如果爱需要表白
我愿是风
永远和你一起飞
如果云无心
我就把心放在一朵云里,想你

刘凯

江苏省丰县人,吉林建筑大学经济与管理学院,建筑与土木工程(工程管理)硕士,酷爱诗词。

担当

人生在世,总会有一些暂时解不开的难题,
有一些一直忘不掉的回忆,
一些坎坷路感觉怎么走也走不完,
和一些不想放也不能放下的责任,
他们是你肩上的担子,
心上的石头,脚下的羁绊,
你会觉得很累,觉得难过,觉得失落,可生活本就不易,
人,总该学会担当。

担当,是让人生鼓起勇气前进的动力,

当你为一道难题绞尽脑汁时是一种担当,
当你学会有鼓足勇气来正视痛苦回忆是一种担当,
当你坚持走着你渴望的路时,是一种担当,
当你学会承担你的责任时,是一种担当。
人生路上,勇于担当的人,总比其余人看得更高,走得更远。

或许,岁月的积淀会让你的担子愈发沉重,会让你躬了脊梁弯了腰;或许,漫长的时光会让你沧桑的脸庞白了头;
但你,从始至终都是眉头舒展的洋洋喜气,
从来都不会愁眉紧锁,恹恹不已。
因为担当,会让你明白什么是责任,什么是坚持,什么是生活。

刘丽娟

悠然若静,河北省邢台威县人。河北省诗词协会会员,河北省音乐文学协会会员,河北名人名企文学院院士,凤凰诗社第四支社编辑。作品见于《中国诗歌》《中国乡村》《中国草根》《中国当代微型诗选萃》《河北诗脸谱》《世界诗会》《韩国东北亚新闻报》《燕赵词作家》《凤凰诗刊》《新诗大观》等各大报刊及微刊平台,曾多次获奖。

草地

这诗意的红尘
或许干净很多
草地　仿佛心湖的清澈
你摇动着的涟漪
风声与虫鸣交替

光影里有露珠
滑过弯曲而坚韧的背脊
静谧　在根部的

悲喜的一丝温柔
轻抚或近或远的梦

你如一卷诗
遗落在我的生命里
绿茵所漫过的　辽阔的
容得下所有足迹
与蝴蝶

修剪夏夜的女子

夏夜
一袭薄凉的阴影
繁华隐于门外
你在一室清幽里
修剪诗意

季节里的花色
渡化一树的枝叶
触及树梢时　头
疼了一下
穿越经脉时　心
痛了一下
生活的锐利　一笔清透
在泄露光阴时

水墨红尘
月光清洗的这枚棋子
在一首诗的渡口
悄悄
换了角色

琥珀

干净的一面镜子
透视了世间的一切
光的沙漏里
捡拾了自己

岁月里的沧桑

已习惯了抚摸
泥沙中
是一只小虫
或一片落叶
穿过火山与汪洋
静止在某一处纹络

一串琥珀手珠
在我的掌心打坐

刘茏嶓

　　曾用名刘渊博。笔名风吟无忌,泪瞳。16岁因患尿毒症晚期透析辍学。2016年开始学习写作并成为中国诗歌网认证诗人,诗刊子曰诗社社员。目前作品共计200余首,部分作品收录于巨型诗集《黄浦江诗潮》《古风新韵》《中国先锋作家诗人》《中国当代诗歌大辞典》。

月下明月

月亮,躺在那大地
温柔,守住沧桑
叶子舞动在,黑色里
重生,狂吟芳香

风流,狂浪在流风中
菩提醒于,娑婆
脚步,醉倒在彼岸
舞者,扬起般若

寒水九曲十八,妖娆
山河千里图画,入骨
幽林百杯沉浮,离骚
孤亭几笔人间,普渡

夜半的落花,站在
天涯
无言的倒影,惊呆

年华
不远的黎明,恋上
袈裟

余情未了

阳光刺痛夜的孤,
风,流浪,在浮华的脚步
尘埃,迷了浮屠
水的骨,湿了慈悲的目!

篱下怜花,淌出温柔。
惹三百寒杯,起幽幽歌喉!
此曲九重,重重惊眸
已得红尘语,醉那秋。

多情遗迹,眠于多情纸笔
未可见,这黄昏秘密
夕阳下,海吹响了灵魂的笛!
夕阳下,你背对《无题》

自由

流风,浮华里最狂骑士
踏着那,四季轮回逍遥
刻,桑田沧海的目
吟,夜月菩提的骚

多情的荡漾,花落
绝唱着凡间,那最美般若!
山林生曲,处处梵音
空眸望空也醉,举杯饮那苍茫
容颜皆笑过!

青莲上舞动的尘埃,
最纯洁的彷徨。
却向往着,那最傲的张扬,
向往着,走在那永远,
走出那,巍巍高墙!

刘敏

策划师,卷书为朋,以字为友,讴歌人生。作品散见凤凰诗刊、远方诗声·内蒙总社、环球诗歌等网媒,现为中国诗歌研究会会员。

草原之恋(组诗)
风,往北吹

风,往北吹
这一季的蒙古高原
氤氲蓝色晨雾,朝阳
喷薄着吉祥紫气

白云坠落草原
织成白绿相间的毡毯
牧笛吹响时
云翻成朵,聚起

风,往北吹
掀起的浪,温润
额尔古纳河的涟漪
放眼远望啊
向生而死的草,向大地
躬身致意

我的赛汗塔拉

有多少不舍,多少眷恋
对你,一眼千年

是红柳林飘荡的身影
是梅花鹿漂亮的眼睛
是蒙古包神秘的图腾
是草尖上晶莹的星星
是酒歌悠远的蒙古大营
……

漫步在环型玉带上

草清香,风温润,迷了眼睛
赛汗塔拉,我的草原
上苍赐予的一块翡翠
包克图的"金镶玉"
你佩戴在多少人的臂弯里

站在敖包眺望
金戈铁马成吉思汗
骁勇善战蒙古民族
斑驳时光,低吟呼麦
诉说着牧马人的故事
五彩风马旗系着祈望
托着旋转的酒碗,牵起哈达
献给蔚蓝的天空

梦中草原

我没有到过真正的草原,尽管我是草原人
也没有住过蒙古包,那奶茶飘香的早晨
没有看到草原上布满星星的苍穹
更没有听到夜静时老鼠啃食青草的声音

在七月的时候
一叶草进入梦乡
来自锡林郭勒的一叶草的邀请
它是那样粗犷,那样厚重
它说我是草原的骄子,今年雨水充沛
草已没过你的胸口。飞驰的骏马
溅起朵朵绿色浪花,湮没了城市的红屋顶

你不来吗? 顺便看你的朋友
露水会打湿你的裤管
青草会撩酥你的肌肤
酸奶会补充你的钙质
还有手扒肉,香醉你的神经

饮下这浓烈的"草原白"吧
再奔向格桑花海

我领略了什么是花香酒浓草青
尽管在梦中
…………

刘全有

笔名流泉、音乐草书行者,号千石斋主。当代著名书画家,诗人,当代中国实力派艺术家。中华诗词学会会员。作品和艺术传略载入数十部艺术辞书。

诗人离世
——写在诗人简明逝去的日子

每当有诗人离开世界
每每有
炸雷轰顶
窒息了整个时空
一切恍然迷失

每当有诗人离开世界
一种无由的悲悯
一如暴雪雨突然残戾不仁
一种无由的狂虐侵袭
大地

每当有诗人离开世界
弥漫着无限的
摧残
纯良与花色
凋落

每当有诗人离开世界
我们总是泪水和秋雨同僚
悲凉这个世界
有时会幻想
所有催生

每当有诗人离开世界

我们总是久久凄迷世界

每当有诗人离开世界
我们遗世而独立
世界成了食人岛
眼前一片狼藉
一切
一切的一切
不见了
不见了
诗人的婴儿眼神
不见了
诗人的花季、雨季
不见了
诗人的华丽、滑稽
不见了
诗人的纯色、淳朴
不见了
诗人的倩丽、潇洒、豪放
不见了
诗人的悲悯、善良
不见了
诗人的爽朗、笑声
恍惚
遗世孑立
食人岛

每当有诗人离开世界
谁还会
一切恍然彻悟

走过半生才有了你

常仰望星月
只是坚信有
多年的信仰如约

迷蒙岁月如歌
曲曲抑扬悲伤

多年的信仰如月

心雨伴着星月
等你多年
梦寐多年
恍惚星月

总把你冥想读悦
纵然不能
读你千年
一生之恋
尚能读你千念
读你千遍
读你百年

一息尚存
千丝飞絮满天星月
千千念念

不是我不追寻梦想
只是我欠你千年
重落的暗夜
弥漫着心田
怅然等月

纵然等你千年
纵然枯萎了花期
还是纠结千年
依旧等月

那一刻我没想到

四月芳菲灿烂
不知是春风春雨撒遍
恍惚的刹那间
猛然抬头看见
的的确确是
无意识看见
确是无限的

— 2119 —

春意撩人

你的脸
那一刻无可回避被电
我真没敢想看
这竟然是你的脸
那一刹那间
我忽然想到的是世间最美的脸
恰是美好时光
春天圆舞曲中的闪电

你是我今生最大的奇迹

每一个奇迹
都起源于微小的变化
经久不息
造就了世间的美丽
为了你
我已经寻了一千年
这一千年啊
山一程,水一程
几度桃花争望眼
几度夕阳入梦帘
今世
我终于遇见了你
那一刻
山含情,水含笑
一缕清风钻入怀中
带走了心里所有的忧愁
你风中飘动的发丝
是天上虹
是我今生最美的风景
那一刻
风在唱,鸟在鸣
黑白键上弹出的音符
是那么的唯美动听
我只想拥你入怀
揽住今生有你的幸福
那一刻

我忘了我自己
忘了告诉你
你才是我今生最大的奇迹

刘少为

江苏省沛县人,中国矿业大学管理工程学院,工程管理专业,本科毕业,酷爱诗词。

向着天空对你说

天空
本来属于你我。
青春
让你我活力无限。
陌生
永远是熟悉的开始。
认识
让你我走在一片天空下。

因为天空无暇,
所以我喜欢她的纯洁。
向着天空
我想对你说
倾诉生活,畅想未来。

黑夜给了我一双黑色的眼睛,
我却用他找到了你。
我是一朵来自远方的云。
孤独　寂寞
让我对生活怀疑。

而你这片天空却让我找到了
失去已久的熟悉。
语言
只能让我们交流
文字
只是交流的桥梁。
心灵

让思想冲破止境。
生活
还是依然丰富多采。
快乐
属于你我。
向着天空
我想对你说
熟悉
可能让你我再次陌生。
但　天空还是你,云朵还是我。

刘树芳

　　幽兰,天津市人。曾任11年乡文化站站长。结业于1991年天津作协文学院普高班,1996年鲁迅文学院普及班。曾有多篇(首)优秀作品问世。现为中国散文学会会员,天津市宁河区作家协会理事。

捉不住的记忆

湿邪灌满伏天
"热儿"在叶间,大吼
刚喷出的槐花,还没晒白
闷热了胸口
疑似,得了健忘症
忘了,浮华
忘记,离合悲欢
曾经留下的伤

闪过的故事
转瞬化作了汗流
我警告自己,还是把你当好人,惦记着吧
温暖!

浅秋

当湖水潋滟了,表面平静
内心又是,怎样的潮

不再为鱼的浮动,而欣喜
夕阳,晒深了心情
光顾着,捡回蝉热的问候
秋天,已开始独白
有风的枝头,摇曳茂盛的叶
却不再见,它的美
而是,记挂着这样的时光,还能存在多久

秋的味道

蓝天抱着白云
庄稼,成熟的味道
青山　绿水　农田
无人机,转悠洒着农药
骄阳,管不住勤劳
玉米在笑,苗儿也摇,
棉花,纠结是否批了假条
夏去,秋风挽着枝稍
玫瑰花香,路人的口福
还有那,王母蟠桃

望着高处,那绿枣
季节还未到
秋风,又亲吻着脸颊
却想偎着,清香的棉花睡觉

刘文海

　　男,人民日报出版社优秀编委。有多篇诗文在国家级报刊发表。曾获中国作家协会与全国诗联大赛金奖。人民日报出版社一等奖,第二届"世界重大学术思想(成果)"特等奖,并遴选为最具世界影响力的20名学术华人。

高歌新中国的灿烂辉煌
——为新中国成立70周年而作

举国庆华诞

神州礼炮响
建国七十年
人民喜洋洋

日月如梭
寒来暑往
七十年的探索
七十年的成长
星转斗移
花开花落
七十年的历程
七十年的风霜
岁月流转
年轮不息
七十年的奋斗
七十年的荣光
前进路上
披荆斩棘
七十年的拼搏
七十年的梦想

祖国啊,母亲
我们有多少话要对你讲
我们有多少歌要对你唱
一九四九年十月一日
伟人的一声呐喊
天安门迎来东升的朝阳
历史的耳畔传来隆隆炮响
领袖的声音在宇宙中震荡
你在襁褓中诞生
开国领袖在天安门城楼上
向全世界人民宣布
"中国人民从此站起来了!"

你才有了中华人民共和国
这个响亮的名字
从此你才摆脱屈辱
走向繁荣富强

七十年来
你从小到大
从弱到强

七十年的时光
或许不算太长
建国之初
你既有抗美援朝的胸怀
又有保家卫国的心肠
敢向强敌宣战
勇做世界栋梁
展示了中国人民的顶天立地
表现了炎黄子孙的英勇顽强
那时
国家一穷二白
美帝虎视眈眈
敌特分子疯狂
资本家频送糖衣炮弹
你都不放在眼里:
"一切反动派都是纸老虎!"
谁也无法动摇你
自力更生建设新中国的主张
你以大无畏的革命精神
抗美援朝　保家卫国
镇反除特清腐安邦
反贪肃纪三五反
割爱忍痛杀刘张
毫不留情除腐患
风清赢得国安强

七十年来
你守候一方圣土
造就一批批脊梁
你恪守诚信为本
把传统美德弘扬
七十年间
你不忘工人们勤勤恳恳的身影
你不忘农民们埋头苦干的脸庞

你不忘解放军保卫祖国的气魄
你不忘科学家攻关灯光的明亮
你不忘清晨校园朗朗的读书声
你不忘老师们教书育人的高尚
你不忘在一穷二白的图纸上
创造出震惊世界的辉煌
企业发展书写着快速与恢宏
海尔电器世界领先
青岛啤酒世界飘香
乡镇企业异军突起
海洋经济充满希望
蓝色硅谷世界流芳
西北部上空那两朵
耀眼的蘑菇云啊
在宇宙中回响起东方红的歌唱……

一九七八年
邓小平南方挥巨掌
提出全面改革开放
扛起时代鲜亮旗帜
幢幢高楼插入云上
九州硕果累累
四海鱼虾满仓
将腐朽化为神奇
丰碑矗立在人民的心上
从此，春天的故事
唱响一个时代的刚强
群山起舞，众水欢唱
神州闪烁激动的目光
聚焦真理标准的讨论
思想解放的热血滚烫
迎来港澳回归
零八年奥运世人颂扬
嘹亮国歌在北京盛夏回响

拨动零九年的琴弦
奏一曲美妙的乐章
建国七十周年的曙光

踏进万户千家的门窗
普照着幸福的家园
传递着美好向往
全面深化教育改革
教育质量
一年更比一年强
走过岁月的风雨
各类教育不断成长
透过岁月的尘烟
我们会铭记你的重量
我们将永远与你休戚与共
我们感怀你的过去
更爱你的魅力现状
新校区，新校园，新设备
新教育，新教材，新思想
挥洒青春和热血
倾注智慧和希望
建设和谐的校园
培养新时代的祖国栋梁
乘着改革的东风
插上腾飞的翅膀
经济发展日新月异
万元户、百万元、千万、万万元户
如同百花绚丽开放
与春天的故事一起
写进了国家发展的灿烂新篇章……

你舞动着改革创新的旗帜
跨入全面建设小康
一个和谐、美丽的中国
欲火重生在世界东方
东风－21、东风－26D
反舰弹道导弹世界第一
量子卫星辉映起"神威太湖之光"
"中国天眼"　望着
中国无人机在全球翱翔
移动支付惊艳全球
就连外国游客来华

— 2123 —

也要在路边小摊上
体验移动支付与
现已覆盖你全身的互联网
高铁技术成为世界霸主
更有独占鳌头的建筑桥梁
各项工作争夺世界冠军
特色理论受到世界人民敬仰
无论冰雪侵袭
还是洪水猖狂
无论非典肆虐
还是鬼蜮魍魉
无论汶川地震
还是泥石流阻挡
你勇于面对
第一时间排解天灾与忧伤
帮助灾民重建家园
恢复他们的身心健康
你身上流淌着炎黄子孙的血液
你身上散发的南湖红船的豪壮

十月风光旖旎灿烂
鲜花盛开丹桂飘香
十九大精神如冲锋号响
继往开来、催人向上
激荡起长城内外
大江南北
蓬勃发展的力量
撸起袖子加油干
习近平主席
殷切地叮嘱
让我们——意气风斗志昂扬
阔步走在实现全面小康的大道上

十月丹桂飘香
零九年岁月闪光
华夏大地分外妖娆
航天技术举世无双
天宫悟空墨子大飞机

续写着新时代的祖国强壮
大国重器、中国创造
新发明已经在世界异彩流芳

你立足当下，
接过先辈们的接力棒
自力更生
奋发图强
坚持"为人民服务"的宗旨
传承美好与善良
追求自由平等与正义
敞开海纳百川的博大胸腔
你踏着时代跳动的脉搏
去酿造幸福地美好时光
让中华民族的传统在华夏弘扬

祖国啊，母亲
过去
你的血脉薪火相传
特色思想举世无双
团结奋进携手前行
昂首阔步共圆梦想
人民军队
天下无敌
听党指挥
能打胜仗
军民团结
作风优良
人民有信仰
国家有力量
践行科学价值观
民族复兴有希望
建设中国的特色
彰显时代的风光

祖国啊，母亲
如今
潜海登天

万千气象
嫦娥四号
探索月球中的迷茫
钻井平台
燃冰试采
奏响敢为人先迹的乐章
挖泥装备
造岛神功
留下人类不同的反响
新型战舰
劈波斩浪
北斗导航毫米处
鲲鹏展翅九霄上
邓公巧引康庄道
习总妙筹圆梦想
横流沧海
龙腾盛世
一带一路利友邦
潜艇入海
神舟翱天
天上海底写辉煌
驼铃震古
雁阵排空
春雷响彻人心奋
东风浩荡赴新航

祖国啊,母亲
今天
你令世界惊诧
经济跃居世界第二
航天领域跻身天下三强
从天上到地下　从海底到太空
国际舞台　世界论坛
处处可见中国声音中国力量
你在实现中国梦的征途上
砥砺前行
乘风破浪
明天

你将继续
在科学思想指导下
引领东方神舟科学远航
坚定不移建设中国特色
实现国家伟大复兴的梦想
使中国这艘古老的东方巨轮
所向披靡驶向新的灿烂辉煌
让新时代的旗帜在中国高高飘扬

2019年5月6日

刘西英

男,山东省昌乐县人,现居延安。陕西省作协会员,中国诗歌学会会员。作品散见于《诗选刊》《星星》《解放军文艺》《诗歌月刊》等。曾获《诗选刊》年度优秀诗人奖,《延河》最受读者欢迎奖。

刷鞋记

黑鞋被白色弄脏了
白鞋被黑色弄脏了

对于黑鞋,我刷去白色
是还它本黑

对于白鞋,我刷去黑色
是还他清白

其实,黑白难分的世界
受伤的往往不是黑白本身

而是像我一样
试图用刷子去还原黑白的人

过客

鸟用翅膀,在天空
飞完自己的一生

兽用四蹄,在大地

跑完自己的一生

我不如鸟,飞不到天上
体会不到鸟之乐

兽不如我,可以思考
用双脚就可以奔跑

但是,在天地之间
我们都是同样的过客

鸟终于飞,兽终于跑
我终于思考

清明雨

这是一年四季
最伤心的一场雨
也是古往今来
最公平的一场雨

它既淋帝王
也淋布衣
将高贵和低贱
同时打湿

刘祥宏

　　江苏兴化人,1963年8月出生,大专文化,现供职于兴化市戴南镇。曾服役东海舰队,作品散见于《诗选刊》《星星》《诗歌月刊》《扬子江》《雨花》《延河》《中国诗人》《上海诗人》《文学报》《扬子晚报》《江南时报》等报刊。并编入《中国当代汉诗年鉴》(2016—2017卷),《江苏新诗年选》等多个选本。著有个人诗集四部。现为中国诗歌学会会员,江苏省作协会员,泰州市诗词协会理事。

我把沸腾的心交给大海

在临别前的那一刻
我真想把大海揽入怀中
让自己享用一辈子
于是,我敞开宽大的水兵服
扬起双臂,尽情拥抱
结果,连一朵浪花也没接住
手里是一张退伍的通知
孤独地离你而去

寒来暑往,四十余载
我遥望着那一片青春的天空
终于,有一只北来的大雁
在我的头顶上盘旋
嘴里吟唱着海的故事

我的心胸再也无法宁静
多么想也有一双同样的翅膀
和云朵一起飞翔
向南,向南,再向南
那怕只有短暂的一程
顺着风,我就可以把沸腾的心跳交给大海

海水,再次向我奔涌而来

晕过船舱,吐过苦水
可我还是忘不了你的深沉
在你怀中,我渐渐长大
肩上的海岸线,随飘带向远方扩散

虽然,现在我已不在你的身边
但你的故事,我将一直讲下去
直到有一天,波浪淹没我的额头
直到有一天,最后一把骨灰淤积成礁石

在海上滚爬摔打过的人
血管里,总会多出几滴海水
这海水融进了血液里的咸
这海水长成了骨头里的硬

海啊！今天我又来到你的身边
听你呼唤着我的乳名：水兵
听你讲那青春闪光的故事
你的幽深，你的辽阔
足以使我的人生滔滔不绝

海水，再次向我奔涌而来

今夜，没有一盏灯火
今夜，舰舷没有一盏灯火
整个编队，都融入夜色
我们在星光下航行
向着指定的海域 布网

大洋湾，像个偌大的摇篮
远方的渔火，早已入眠
而水面上，还紧绷着战士们一双双警惕的眼睛
海防，从来都没有休息

夜深沉
所有的战位，一直没有打盹
只等那个"敌影"，一旦越过底线
海面上，立刻升腾起自卫的曳光

三沙
原以为到了南海天涯海角
就无路可走了
其实，祖国远不止这些
还有一面鲜艳的五星红旗
直指遥远的天际线
三沙，那才是真正的海之南

这里有世界上最蓝的海水
这里有世界上最白的云朵
清晨，随手捡起一枚海螺吹起
海面上，立刻响起雄鸡报晓的声音

皮肤黑了，一个战士就是一块礁石
血液浓了，一滴血就是一团火焰
母亲给了我们水兵的称号
我就用手中的钢枪
固守着祖辈留下的座座岛礁
一粒沙子，也不可外流

我的青春，我的海
从一枚新鲜的贝壳中
我又一次尝到了大海的滋味
我知道，这就是我生命的海
海水，每天都在我的血管里汹涌
水兵的魂，永不枯竭

我已数不清多少次
在梦里被一排排巨浪撞击
直到撞得我满头银发
浪花在我的头顶盘旋，永不退潮
这才是真正的海的儿子

抬起头，弯下腰
都是一片蔚蓝
那片海水，曾是我的床铺
那颗太阳，曾是我的枕头
我多想，一条战舰
再次驶入我深深的睡眠
把我的青春颠簸，把我的热血摇晃

刘心宽
男，出生于60年代，陕西丹凤县人。副处级，政工师。系宁夏作家协会会员，宁夏诗歌学会会员，中国诗歌学会会员。现供职于国家税务总局银川市西夏区税务局。居银川市。

陶器

童年的我，在外婆家
经过两条河　拐上三道弯
遇见　一孔窑和一个作坊
师傅们
熟练地打磨着盆罐
我像看电影一样
忘记了赶路的时间
大舅
事先绑好了几件器物
我小心翼翼地背起
仿佛背负着全家人的希望
过河　上坡　躲让
一阵儿咆哮的风
在耳旁　拖着长长的哨声
我背着几件陶器
如同悬空的降落伞
绕过
我的童年

油亮的鏊子

去土楼找扁担的时候，发现了
一件老古董——
铁制，平园
中间稍凸起
如同
过去农村的老式秤盘

从记事起，它就一直
沉睡在二楼。
当时村里
实行工分制，按工分粮
人们吃着大集体
贫穷，羞辱着
整个村庄。

父亲说，这鏊子①那时候
就是全家人的命啊

笼火、揉面、打饼、卖饼
圆圆的烧饼，就像
一枚枚铜钱。镇上
的老街坊，似乎都记得——
"刘记"的烧饼
金黄　油亮　香甜
和"老字号"一样

注释：①鏊(áo)子：指一种摊面食的器具。

拜井

春节回家
陪年老的父母过年
家里人来人往
热热闹闹
不知何故
突然就停了
自来水

于是，每天
清晨或者傍晚
我会去井里打水，就像
要弥补在外留下的空缺一样
那笸箩粗的水井
木制的辘轳
锁钩和麻绳
一圈一圈地摇转辘轳
提上两桶水
如同新年的礼物
晶莹甘甜

听老人讲
街北边的这口"圣水井"
独一无二
在干旱的70年代救过人命
从此，逢年过节
总有一些人前来祭拜

爱好书法的父亲，也会亲手

写上一条春幅,什么
"井泉龙旺",或者"春秋绵延"
这天早上
我又慢慢地
摇转着辘轳
就想起了两句诗:
"龙口吐春水
农家敛福音
鸟鸣千户晓
龙舞一池春"

粮票

一沓发黄的全国粮票
不经意地
从书中划落
"二两粮票五分钱,一个馒头"

曾经
这充当着粮食的等价物
是计划年代人们外出的通行证
凭票吃饭
定量供粮。
是呵
是那一年,
我要参加全县的学校运动会
把母亲事先准备好的 30 斤陈粮
换成
通行(全国)粮票……

摩挲着手中的一张张粮票
如同
扛着一粒粒饱满的粮食
母亲的笑容
在往事的沧桑里如泥土一样芬芳

刘彦平

有诗歌发表在《河南诗人》《珠海文学》《文源》等。

你总能发现更好的
柳絮拂过的地方
酸酸草和涓涓鸟鸣
循着来路,找回了最初的气息

坐在树荫下
不如坐在云水边
把别人写旧的月光
再写一次
写完了就去睡觉
鼾声里的群星
会忽略白羊座的倔强
送来梦境

现在,还有多少美好被浪费
还有多少今天被冷漠对待

清晨湿润,尘土有草木之香
蔷薇花红得让人难以忘记
它较之于喜欢
更接近爱的味道

摆渡人

让自己沉到月光里
是一朵花对夜晚的依赖
我迷恋信任带来的美好缺陷:
一到三月,我就会患上夜盲症,靠芬芳辨路

我对自己说:
要去一个热爱的地方
如果,十里春风是我今世的顽疾
会不会,一朵花就是我的治愈系

月光从树尖上
滑落到黄土地上
仿佛她那天从众人中走出

长春花只开了一季
她便又融入了众人

冬至

仿佛是流水迷失之前
一个无关痛痒的符号
抑或是大雪来过之后
内心说不出的干净、辽阔

晴雨草,老房子
菜虫探究过的每一片油菜叶,有缘经过
你的手心
被月光缕空的一纸烟火
说起小米粥的时候,措辞更温暖一些

母亲收完最后一棵白菜
天色正黄昏
空白处更明亮的部分
把能涂的地方重新涂满

雪

雨水偷偷在房顶上摘榆钱
雨水偷偷在房顶上捋槐花
雨水把能偷偷做的事
都替你偷偷做了

不能偷偷做的,才追上你大声喧哗
像失去了飞虫的蛛网

角落处落叶在对唱
角落外梅、影在对弈
时针指向午夜
它们的危机是悬殊的
结局却一定相似

刘英彪

景德镇人,热爱中国陶瓷文化与诗歌、音乐茶道,目前正在从事弘扬中国陶瓷文化的工作。

黑夜明月

黑夜明月,隐去忧伤。
匆匆过客,思绪不乱。
天狗吞月,奇境奇想。
瓷爱天下,万民共享。
中华文明,民族希望。
陶瓷文化,景德镇旺!

黑夜明月,照我心房。
心房为谁?天赐希望。
妖童媛女,荡舟心许。
桃花开了,杨柳绿了。
荷莲香塘,沁人心脾。
时光不返,哪里去了?

黑夜明月,渐渐升高。
孩子欢笑,听不见了。
冬日路寒,雪归南山。
渐渐远行,明月天吞。
时光溜走,黑夜不再。
明早清晨,风迎冬阳!

黑夜明月,惦记江南。
江南小龙,瓷爱方向。
轻轻推门,无声安宁。
家和留丹,丹心凤还。
凤凰传奇,景德兴旺。
陶艺兴邦,文化兴国。

黑夜明月,映照心境。
展我胸怀,瓷爱天下。
一带一路,思想统帅。
大雁归来,心胸澎湃。
欧亚大陆,九州豪迈。
中华崛起,民主时代!

刘宇辉

会计师、经济师,湖南长沙花明楼人,从事财务管理及咨询、社会审计工作。2011年底开始业余创作,关注社会民主、民生,曾兼任中华网文学论坛、香港诗词论坛版主,并荣获中华网"优秀版主"。网名"刘宇辉 lyufe",座右铭为:"弘扬真善美,鞭挞假恶丑,让世界充满爱!"目前兼任珠海市诗词楹联学会副秘书长,现代诗、古诗词、诗评诗论等曾荣获国内不同赛事奖项。

爱上清风的影子

一阵清风吹来
迷糊的双眼慢慢睁开
安静而肃穆的空中
倒映着清风多情的影子

清风告知他的住处
不过靠近需要安全的你
清风展示他的好恶
只为启发更加精彩的你

一阵清风吹来
疲劳的双眼慢慢睁开
燥热而悸动的空中
充斥着清风潇洒的影子

清风环绕不远的四围
不过清醒需要活跃的你
清风不避讲究的忌讳
只为鼓舞更需完美的你

不想亵渎清风的伟大
无意掩饰清风的平凡
憋住还是憋不住
哪怕万千烟火同时沉寂

不想亵渎清风的伟大
无意掩饰清风的平凡
憋住还是憋不住
竟然爱上清风的影子

2019年1月18日

坚冰的声音

没有糕丝甜蜜
也无朱丝柔情
意暖还寒的冬日
却已习惯你坚冰的声音

北方的湖面还未解封
底下的鱼儿微微悸动
为何在明朗的阳光下
看见你朦朦胧胧的身影

是什么在坚冰之下
欲破壳而出别样风情
你不苟言笑的模样
俨然南方的指道风景

细听遥远的坚冰下
琐锁碎碎若干声音
如看见你胸内红心跳动
还有清风所到处一片清明

2019年2月2日

心的方向

心是无影的脚
时而远离时而靠近
你来悄寂无声
你去风起云涌

心是无影的脚
不时澎湃不时轻盈
向前健步从容

向后如始慎终

心中多少向往
何为堪忧何为欣腾
何时警惯觉聋
何时冲破迷蒙

唯有不羁的清风
驾驭红心的方向
日下霞蔚云蒸
月下善水朦胧

2019 年 2 月 7 日

无声的别离

用阳光雨露滋润植物
赏遍繁英盛开的花枝
用糖果玩具考验孩子
拥有毫不藏真的甜蜜
山下池塘中幸福的投影
鉴证鱼儿和活水的关系

你不是我，我不是你
蓝天不是白云的唯一
黑夜也非白日的禁闭
当你的考验跌入谷底
当我的观察升入云端
那是雨水和山峰暂时别离

2019 年 3 月 25 日

十厘米的高度

伟人就是伟人
矮锅就是矮锅
否定伟人不能拔高自己
这是你语重心长的斥喝

当你关注地走过
"唯你"而悄悄的情话
打动我坚硬的心窝

十厘米的高度如此
不停地在空中放缩

如果我是痴情的小鸟
一个瞬间的呼唤
我可以飞上你的肩头
十厘米的高度
轻轻一跃就过

如果我是攀缘的凌霄
一个春天的光景
我可以攀上你的颈脖
十厘米的高度
时光加载就过

朋友哦，不可否认
十厘米的高度
铺不就十全十美的花车
但是相互欣赏的幺蛾

2019 年 3 月 27 日晨

你用厨房煮诗

你用厨房煮诗
锅碗瓢盆奏起交响乐的华章
诗的平仄交织着忙碌的背影
诗的韵脚在一锅鲜汤中流淌

你用厨房煮诗
坚毅的神采在眉角间飞扬
诗的意动随着指尖跳跃
诗的美酒在唇齿间流香

你用厨房煮诗
爱的大餐由五颜六色烹成
诗的浪漫随着相拥放纵
诗的甜蜜在温暖里酝酿

2019 年 5 月 2 日

与你同行

山不可能没有棱角
棱角有棱角的阳刚
既然爱慕高山和阳刚
又何必畏惧棱角的伤害

水不可能没有渗透
渗透有渗透的温柔
既然爱慕流水和温柔
又何必担心渗透的外泄

你用巍峨的青山装点我的梦
我用多情的流水环绕你周围
你送我一束金色的阳光
我给你一份满怀的温暖
不求你的智慧与山水长青
不求你的富贵与日月争光
只求一路开开心心与你同行

2019年5月3日

刘雨欣

吉林省松原人,吉林建筑科技学院,管理工程学院,工程造价专业本科毕业,酷爱诗词。

做一页橱窗

我是你左边的一扇窗
阳光明亮,洒在桌上

偶尔,你温柔的
抬起头
我一阵心慌

我知道,透过窗
你看的
是院中的春光

春光满满的,泛着波浪

我,只做一页窗框

刘玉山

笔名刘玉山,吉林人。酷爱诗歌,格律诗。作品散见于各个刊物。

立秋进入眼眸

七月流火,
八月未央,
不经间的目光停留在墙上那一方小小的
台历之上,
入眼的是今日立秋,
不知怎地就想起了唐诗,
想起唐诗里的一些句子,
原来将目光停留在唐诗之上,就可以做到
心静如水,
就可以退去夏日所有炎热。
唐诗如茶,
需慢饮细品才知其中滋味不温不火,
如同从立秋至入冬时的这一段时光,
亦像极了尘世间挚交故友之间那种淡淡
地相牵相念。
季节在时光中轮回,
如车轮,
周而复始。
立秋带来了丝丝凉意。

从这天起,
太阳不再那么狂热,
柔和的阳光在心中弥漫,
将心中对秋天的热爱点燃。

风儿也沉静了许多,
肆掠被秋悄悄地收藏,
浮躁被秋慢慢地拭去,
像一位田园诗人,
在田间吟诵一曲丰收,
在林间浅唱一阕清欢。

江河不再像脱缰的野马，
一路狂奔，
横冲直撞，
而是清瘦了许多，
清澈了许多，
安静了许多，
成群的牛羊在河边啃食秋天的丰腴，
牧童吟唱一首熟透了的歌谣，闲适和惬意
被一支短笛演绎。
立秋写满了诗意
玉米苍苍莽莽，如林似海，
涛声阵阵，
硕大的玉米棒子将春天的梦想，
夏天的激情孕育出秋天丰满，携一缕甜丝
丝的玉米味儿藏在心中，
构思一曲浓浓的乡愁。

洋芋葱茏，
一串串淡紫色的花朵，
尽情地绽放，
像无数的小喇叭，
歌唱秋天的丰收，
大豆结荚，
一层接一层，
全身都是，
预示着明年的日子步步高升。

果树布满山沟,成熟的苹果，
像果农一张张笑脸，
满是泥土味的笑声在山谷萦绕、弥漫、回
荡，
苹果的红色将沧桑的岁月镀成了秋天的
枫叶，
红红火火。
一串串紫色的葡萄挂满木架，晶莹剔透，
似珍珠，如玛瑙，
点缀了生活的边幅。

就连野草，
不再沉迷于春天的碧绿、
夏天的的嫣红,而是渐渐变黄,渐渐沉熟
稳重,似在思索生命的真谛。

立秋，
生命的一个风水岭，
不再浮躁；而是稳重，
不再张扬，
而是内敛；
不再狂热，
而是柔和；
不再梦想，
而是成熟。

立秋，
季节的一个站台，
成熟的，
干瘪的，
都要下车，
寻觅各自的归宿，
然后又驶向下一站。

刘子琛

吉林省白山人，吉林工商学院，工商管理学院，工程管理本科，酷爱诗词。

遐想

从来都没有认真想过一些事情

不愿意想　太累！
却又不知不觉的瞎想
说好听了就变成遐想
经常不经意的偷偷的
瞥一眼
那被浓雾围绕着的心
猜猜那里的阴晴圆缺

想想那里的喜怒哀乐

真的好希望
我能走进去
亲手钟一株
美丽的小花
在那里
静静的
开放

刘自文

从事教育工作,爱好文艺,文学书画制造者。

江边思绪(四首)
远方

我不知道江水有没有时间抬起头
来看看天空
看看悬在头顶上的桥
一座 两座 三座
这已是第四座了
我知道映照在江心上的风景
会被下一朵浪花带走

这包括两岸的灯火
芜杂的思想 和
匆匆的脚步

时光是一条无法回头的路径
刹那间我们已成了自己的远方

江柳

怎能忽视一颗苍老的柳树
在江曲 曾迎来送往多少船只
沉甸甸的目光给了他多大的勇气
现在仍在和时间对抗
每年的春天都会努力地长出一些新芽

已是盛夏了
长长的柳丝已无船可系了
来来往往的人　步履匆匆
谁会驻足 留一份牵念

折一枝青碧也不知道送给谁了
远方已渐渐模糊
诗意上的影子
也已陌生

江州即景

一条丰腴的江水突然瘦了下来
薄薄的水 掩饰不住
突起的骨骼
沙洲的坦诚 很容易接近
显然水鸟已捷足先登了
他们觅食 追逐 飞舞 歌唱
这是他们快乐的舞台
可我看到那些来不及逃走的 和
浅水中正在蹦跳的小鱼
顿生一些莫名的伤悲和担忧

梦想

并不是每条溪流都能找到大海
虽然学会了谦逊
学会了迂回 低着头匍匐前进

我知道这还远远不够
还必须找到另外一些溪流
组成一支强大的队伍

一些梦想会走失在路上
他也会沿着根须爬上草木的枝头注目

我是另一条溪流
行走在生活的低谷里
可心里也装着巍峨的峰颠 和
遥远的天空

春天的问候

春天
在远方
在门外
在我的指尖上跳动
撕开新年的第一缕风儿
包裹新年的第一缕阳光
送给你

　　　海阔
　再是思念无望的边际
　一个小小的托盘
　　　的
　　有日子中挑捡的
　　　回味，和
　　　的

期许

草木之心
也会被唤醒
开始暗流涌动
酝酿着，为你
戴一次红
披一次绿

刘祖荣

男，汉族，祖籍福建省南安市罗东镇。香港文学促进会、香港诗人联盟、香港文联、中国新归来诗人联盟会员。作品入选《香港新诗名篇》和《香港当代作家作品合集选·诗歌卷》《香港文学促进会选集》及《中国新归来诗人选集》《城市文艺》《深圳特区报》《台港文学》《航空画报》《工人文艺》《香港诗赏》等。

宋王台

宋皇台
送皇台
衙前围村
万民齐哀
元军破城门
欲攻荃湾来
溺水端宗驾崩
惶恐行朝无帅
暮雨凄风涛浪紧
婴啼妇嚎奔沧海
拓机场
圣山开
而今湾畔邮轮堆

注：据邓光荐所著《填海录》，宋末行朝在香港驻跸约6、7个月，九龙衙前围村是当时行宫的所在地。宋末行朝的船只泊于离此约一公里的土瓜湾，海岸有一小山，宋帝赵昰和赵昺曾在山上的巨岩歇息，后人故曰"宋王台"或"宋皇台"，该小山视为"圣山"。20世纪40年代拓建机场，日军炸平圣山。60年代政府择一巨岩，刻"宋王台"并设立公园以纪念。现在旧启德机场已变成了邮轮码头。

皇帝岩

帝也罢
臣也罢
沦落窘境
凄惨天涯
八千里山河
三百年繁华
经济文化盛世
难阻铁蹄践踏
蟋蟀宰相腐败权
生灵涂炭悲万家
龙鼓滩
龙变虾
瑟缩岩洞风雨斜

注：皇帝岩亦称"皇帝洞"，位于香港屯门龙鼓滩。据传亦是宋末行朝的登陆点，海岸不远处的青山龙径有诸多巨石，其一刻着"皇帝岩"三个红色的大字，岩下面设有纪念碑，描述宋末帝赵昺曾藏匿于此岩洞的事迹。并刻有文天祥的作品《过零丁洋》，似有意将诗中句子"惶恐滩头说惶恐"的地名，诠释为"惶恐滩"。若"惶恐滩"所指的是屯门龙鼓滩，那文天祥

随行来过香港便是事实。

文天祥《过零丁洋》

辛苦遭逢起一经，干戈寥落四周星。
山河破碎风飘絮，身世浮沉雨打萍。
惶恐滩头说惶恐，零丁洋里叹零丁。
人生自古谁无死？留取丹心照汗青。

题文天祥

文武才
逢国殇
力挽乱世
挥师勤王
赣北多蹇厄
妻儿亦遭殃
方饭兵败囚困
零丁不减志刚
生死由来皆命数
丹心自古尽沧桑
正气歌
浩然扬
笑看浮云碧空长

注：文天祥公园位于香港元朗新田村，由文氏后裔兴建。这座纪念文天祥的公园，占地约2公顷，是中国四大文天祥主题公园之一。新田文氏和锦田邓氏、上水廖氏、上水侯氏及粉岭彭氏被称为"香港新界原住民的五大家族"。

车公庙

颂车公
德政扬
造福利民
千古绵长
乱世持丹心
勘平战功彰
护宋行朝殿后
抗瘟疫求药方
沙田黎元念不忘
立庙供奉香火旺
风车转
转吉祥
社稷昌盛民安康

注：车公庙位于沙田大围，与荷里活文武庙、黄大仙庙、佛堂门天后庙并称"香港四大庙宇"。相传车公乃南宋末年一员猛将，籍贯江西南昌五福，因勘平江南之乱有功，被封为大元帅。无奈蒙军势强，护送宋幼帝及行朝，逃难来港。据说沙田一带瘟疫时，车公曾出资出药为民解厄，死后奉若神明。

香港梅窝

五环山
如梅瓣
李府食邑
界石为栏
宋端宗陵寝
传说此群峦
九载人寰悲催
终日惶惶逃难
最是可怜帝王家
一生从无童年欢
碧浪湾
金沙滩
恬适清幽世外般

注：1276年6月14日在福州称帝的赵昰，史称宋端宗。因终日逃亡，加上在伶仃洋溺水受惊成疾，1278年5月8日宾天，实龄不足9岁，传说葬于香港大屿山的永福陵。李昴英是番禺人，广东科举考试的第一位探花南宋名臣、词人。宋理宗时，擢升为大宗正卿、国史编修、龙图阁侍制、吏部侍郎，封"番禺开国男"，食邑三百户，包括香港大屿山的梅窝。

二泉映月

一飞泉
一丝弦
波光潋潋
声声缠绵
倾诉平生事
乱世蜉蝣间
纵使无为空门
烽火处处连天
苦根风霜常相伴
昼夜不分流浪颠

辛酸泪
落万千
二泉二弦共鸣咽

穿街过巷天籁旋
知音难
世道艰
个中妙趣谁能识
放飞心灵且翩然
五色五音五味
一僧一道一仙
红楼几回梦
曲直何所言
若水行善
润物泽田
歌好了
好了缘

春天

虽然香港四季　并不分明
冬天的寒冷　没有使草木枯落
但只要仔细
仍可看见　大地蠕动的痕迹
仍可闻到　风中春雾的清新
现在　我漫步在一条水泥小路上
通向黄金海岸的捷径
从三圣村绕过　小小的海岬
寂静是我喜欢的另一个原因
坐着的岩石旁边　有一丛青草
我不知道它　存在了多久
偶尔　我把目光投向海面
伸手撷取　一片叶子

流彩

　　黑龙江省依安县人，本名刘晓东，又名湿人、既然。依安县作家协会会员，中国音乐著作权协会会员。写作32年，环境约束，时常搁浅，创意蛮好，执著坚持。有作品发表于报纸电台《齐齐哈尔文艺》《鹤城晚报》《野菊花》《长白山词林》《香港音乐文学报》《新歌诗》。有词被曲，进入文集，获得小奖，选存才库……写词被记者报道，上过报刊、电视、网络。

忆昭君

西行那大漠寒风吹，
千年凝视仍妩媚；
风干了那久违的泪，
淡淡伤伤把心事碾碎！
出嫁塞外痛染梦寐，
千年一去已憔悴；
你现在是否觉到累，
过往那云烟带你入睡！
昭君，
我看你已是泪流成水…
你的付出真是可贵，
我保留着你的美！
昭君，
只能弹着琵琶画中沉醉…
写歌让你盛开花蕾，
明日把故乡来回！

鹤舞在扎龙

青青的草原清风中荡漾，
丹顶鹤高歌在扎龙这个地方；
悠扬的鸣叫在天空回响，
吸引着我们呀心驰神往。
静碧的湖泊这里闪金光，
仙鹤儿舞蹈在扎龙这个地方；
翩翩起舞的啊美丽景象，
使得我们来到仙鹤身旁。
啊，鹤鸣在扎龙,鹤舞在扎龙,
扎龙是我家乡；
我在这里畅想，
心随仙鹤飞翔。
啊，鹤舞在扎龙,鹤鸣在扎龙,

扎龙是我家乡，
我在这里歌唱，
情为鹤乡荣光。

琉璃姬

80后自由诗人，也使用网名瓶盖猫，本名刘家琪，云南省昆明人，毕业于云南师范大学中文系、法学系。2009年广东省首届布谷杯华人文学散文赛区获奖者，2016年浙江省杭州首届新锐诗人银奖获得者，2019年山东省首届小诗比赛入围者，前海南省作协主办椰树文学散文编辑，前贵州省80年代文化网驻站诗人，湖北省守望文学守望诗社主要成员，于2012年封笔，2016年回归诗歌，2019年春天，邀约23名中国诗人完成时代开篇长诗组《生命海潮声》。自由职业者，市井街头山川河流自由诗人，常常辞去工作背起背包一个人旅行，边走边写诗，自创自白体生活化涂鸦书写，脏童话分行体，嗜烟酒，摇滚乐，涂鸦诗歌，信仰佛教，作品多发布于网络，少数刊于《诗选刊》《新诗》《诗词》《诗导刊》《火种》《诗黎明》《守望诗历》《湖北诗歌》《湖北文学》《武汉文学》《零度诗刊》《长江诗歌》等。生来勇敢，生来热泪盈眶！诗观：自由、灵性、悲悯、前卫、深情、先锋、婉约、记录、浪漫。

黑色康乃馨
安娜.查维斯，母亲节的发起人
终其一生，没有做过母亲
黑白照片，人生触礁感粘连
残骸如同女巫，耗尽一生
卷入弃婴战争，字母M
"康乃馨不会垂下花瓣
而是从花心紧紧拥抱它们直到死去"

美国默剧！修辞过雄蕊后世界

用一根吸管，吸吮走回子宫
峡谷挤出来江河

2019年5月12日

斑马线
这个时代有一条疤，横在城市的街际
衍生出行为的警戒，为了阻止流动

带来更明显的疼痛感，人总是被禁止
或是允许，疤横在你我对命运
起源地的争论不休，于机械频率闪烁中
奔跑的诱惑与唇咬之际

有时候我想，是谁需要用雄狮
发现猎物的标识，来维护地面
上争先穿梭的秩序，这种想法
是一条条醒目在大地上的奔雷
或是扼杀，可乐在速度中
开花的可能性

在雪山失去肉体
献给母性，妇女，自由与爱情的诗篇
爬上轿子山顶，高原的乳房
袒露在高出男人晨勃
4200米海拔

克拉拉·莱辛，住在大气层的世界
她的眼泪，促使岩羊奔跑
在冰凉的自白中
穿越云雾，雪被子年复一年
盖上僵而不死的枯杉林

女人用情，挖一勺月亮的新药
就喂口渴恋人，苍茫中扔掉衣服
在氧气渐渐被宇宙吸引
离开生命时

我听见遍地蕨类植物的爱

与穿山甲体温哭喊
在雪山之巅,像一个
失去肉体的婴儿

注:克拉拉·莱辛法国自由主义街头女战士。

2019年3月8日妇女节于昆明轿子雪山

柳风

现居北京、深圳两地。作品《丰台芍药甲天下》(散文)荣获2018年首届"美丽世界"牡丹(芍药)诗词散文大赛二等奖。《旗袍的风韵》荣获2018年第二届中国微信艺术创作大赛诗歌一等奖。第四届中国诗歌春晚年度诗人。

风起大鹏

风是有形的,风是木棉,风是蒲稍
风是吐蕊的花苞
风是蝶翅,风是雨点
风是一种默契,一种精神
一声柳笛,一阵风铃,一片波涛

风是无形的,风在大地生根
又在万物上成熟
风是难以察觉的微笑
是眸子深处的荡漾
是篱笆上的缠绕
风在河里起伏,又被柳枝垂钓

风在针尖上削铁
在波浪上舞蹈! 风啊
风是丽妹优雅的影子
在大亚湾里,一路打情骂俏
登上大鹏所城,风是法外之人

雨是春天的芬芳

想起风的时候雨就来了
从大鹏半岛,到西涌海滩
已经找不到过去的玩伴

乡村低矮的屋檐,已经属于从前
从前越走越远,从前是一幅温馨的画面

深圳的雨,春意延绵
来的快,去的也快
一般不打雷,不打招呼
事先没有约定,也没有吹风会

风到大鹏,只是旅途中的一站
唰唰唰的雨水妙语连珠
诉说着无边的心事
弹奏着春的琴弦
一番激动之后,呻吟之后
天空如镜,人心如镜

夏至

晨光将露珠擦亮的时候
天空是她的一部分
露珠也是她的一部分
目光所到之处,就会触动她的婉鸣

她的身影走在我的风里
就像风铃穿过旷野
就像耶稣光穿过密林
就像鸟鸣,落地有声

周末的时光明亮而又干净
白天短了,黑夜肯定就长了
知了嗞嗞的叫声
已经开始在我们的体内生根

月上柳梢

风生水起　一把弯刀　抵达灵魂的深处
捕风捉影的河流　守着她的心跳

性感的流水　打磨着她的腰
梦里闪耀的呓语　追着浪尖上的白鸟
柳笛吹着波浪起伏的尖叫

迷途知返的柳絮　飘了又飘

一个人想着另一个人的欢笑
一盏灯点亮了另一盏灯的苦恼
水里过夜的柳条知道
月亮是被掏空了的鸟巢……

风摆柳

风表情,雨表声,流水返回肉身
闪电由心而生风在雨里,找到了满足的呻
吟

花事诛心,房事诛身
那个挥手的身影,她的小巧玲珑
已经把我掏空
白露是过客,黄菊是归人
而诗歌仍然是墙外小酌的红杏

柳絮飘雪

教师,中国诗词研究会员,携一颗初心在红尘里行走,执一支素笔抒写温暖的文字。

林妹妹的雨夜

连日飘雨仍未停,
似是姑苏烟雨天。
落叶随风自飘零,
远离故园何人怜?
烛泪滴尽听残漏,
嘀嗒不绝念又添。
金玉良缘可天定?
辗转反侧怎入眠?

宝钗的雨夜

烛火拨亮翻书页,
诗史细读通古今。
清风拂面送凉意,
雨点敲窗陪同吟。
夏虫高唱随音和,
赋我佳句出辞新。
皆知吾梦紧相伴,
共上青天抚良琴。

宝玉的雨夜

梦中似闻颦儿泣,
忙别周公欲劝伊。
阵阵风雨敲打窗,
声声噪聒何时止?
烛火滴泪怨遥夜,
满地落红谁会啼?
翠袖单寒暗蹙眉,
更深人静可叹息?

柳育龙

1988年生,陕西蓝田人,曾获陕西青年诗人奖、太白诗歌奖,《大别山诗刊》年度十佳新锐诗人、十佳优秀诗人等诸多奖项。有10余部作品出版,主要研究家谱,被媒体誉为"扛麻袋的学者""谱界英才"。

那老头

那老头挪东西的时候
不小心撞碎了一个酒瓶
他表情复杂的
看着我
又看了看
地上的碎片
这让我想起了彼此
支离破碎的生活

卖鸡蛋的老人

那是两年前的夏天
我在集市上卖水果

旁边是卖鸡蛋的老人
一个女人拿起一枚鸡蛋端详起来
当女人右手拿起另一枚鸡蛋的时候
鸡蛋碎在了左手里
老人张着的嘴巴抽搐了起来。
当问到价钱
笑容从她稀疏的牙齿挤了出来。
她忙将破碎的鸡蛋放进塑料袋内
称了几枚鸡蛋,笑看着女人远去的背影
我看着老人将沾着蛋清的手指
放进嘴巴里颤抖着
吮吸着
如同一个孩子

求佛

在邮政储蓄大厦门口
我看到一个屈膝弯背的人
他四肢健全,身体无碍
面前放着一个破碗
里面零散的有几枚硬币和小额钞票
我路过他的时候
随手扔进一枚硬币
一枚在我看来是累赘的硬币
他像小鸡啄米似的磕头
如同在求一尊佛

走 T 台

在斑马线上
一个妙龄女郎
扭着屁股
她的身姿轻巧快捷
她的手指轻轻一点
车辆就靠在了修长的大腿上
高跟鞋哒哒的响声
好似音乐响起
红灯闪烁
就像走在 T 台上一样

耍猴

耍猴人拿着鞭子抽打
猴子绕着人转圈
耍猴人骂骂咧咧
猴子搔首弄姿
围观的人笑
耍猴的人也在笑
当耍猴人收钱的时候
围观的人群一哄而散

来格尔木吧

来格尔木吧
我要让你站在昆仑山上
看湛蓝的青海湖里开满荷花
看遍地的青草隐没我们的牛羊

来格尔木吧
我要让你站在那棱格勒河大桥上
看那一望无际的戈壁变成万顷桃花
看那成群结队的大雁向你我飞来

来格尔木吧
我要让你站在我的肩上
告诉你,这里一切都是你的
包括我,也是你的

来格尔木吧
我要让你躺在我的怀里
把酒言欢,共赏明月
让儿孙绕膝,细数星辰

假如,假如,没有假如
假如,假如,没有假如
你做一碗面,我煲一锅汤
你唱歌,我作词
你挥毫,我泼墨
当然,我们还可以
在昆仑山脚下寻找宝藏

可以赤着脚丫在戈壁上嬉戏
可以在芦苇荡里你藏我躲
可以在草原上追逐牛羊
直到笑的肚子疼,累的躺在草地上

你是我的药

有些病,是无药可医的
比如癌症、白血病、肺结核
就是医也医不好

有些病,是药可以医的
比如失眠、头疼、心痛
实在不行,一针便可解决

只是,自从上次一别
一个拥抱,让我总觉得失去温暖
我常感到发冷、出汗、心不在焉

这病时重时轻,时缓时慢
连医生都知道这些病是可以治的
但就是开不出药方

唯有我知道,这些病都是因为你
而你,就是我的药

龙开柏

又名龙开白。电视栏目《红烛中国》总制片人、总编剧、总导演。湖南烛光文化传媒董事长,湖南省政法系统文艺创作中心执行主任。其作品涵盖各类体裁,构思独特,语言表达方式意味深长。其诗作讲求音乐美、建筑美、意境美、炼字美,自成一派。

时间越来越瘦

时间越来越瘦
偶尔能摸到骨

不知我俩与共
那时,会否瘦到无

种养时间的那胚土
我可是夜夜喂它肉
要不我把魂也割给你
不管还能否,往回走

一人的时间是疯狗
俩人的时间是小偷
我喂不大疯狗
只想做你小偷

在一往无边的时间里
我在岸的这头
望河水涨到肥
那时我把你渡

让我做你的最懂

红枫最懂秋之浓
落英最疼春之痛
谁懂你那眸中
一条雨虹在转动

那是爬弯树丫的
一根青藤
那是放飞夜空的
一捧萤虫

犹如我轻轻的指尖
弹奏你伞下的笑容
虽然灯与风
也有不相融
虽然箭与弓
也有弦上空

只要
你在月亮树下

等我
穿过夕阳匆匆
只要
你在岸边挥手
挽住
几缕浅浅霞红

多少树,困在山中
你是不是已经
走到了顶峰
我还在山谷
寻找一泓叮咚

望着你背影
越来越青松
我不知该放弃
还是坚守初衷

再跨一步
你将走向山外的彩虹
再停一步
我承担不起你的感动

一座高山
最难到达的地方
是两棵树,彼此相懂
顶上那棵,等到心疼
谷底那棵,在望朦胧

你的湾,浅着我的船
再深一点点
我将被涛沦陷
再浅一尖尖
我将被风席卷

我用爽爽的深度
昂起你波浪的高度
仿佛你为我托起

下一个航程的最远

今夜,注定不得安眠
是猛虎下山
还是鱼跃滩
今生今世,如何上岸

摇橹,在激流下辗转反侧
乳峰,放飞高高的南飞雁
飞过了月落乌啼,飞过了云消雨散
飞不过,你那回眸一笑,解甲归田

龙启平

男,1968年出生于万载县株潭镇。自上世纪90年代开始先后在省、市、县各级报刊发表诗歌、楹联、散文等文学作品200余篇(首),获各种奖项20余次,现为万载县作家协会副主席。

三亚即景(四首)
沙滩上一尾干枯的鱼
一念之间
随浪潮
跃上了海滩
便跃上了生命的尽头

宽阔的海洋
近在咫尺

梦想
一旦上岸
就再也无法
遨游

踏浪
伞
被勇气和激情撑开

随风飘曳
一块踏板
贴着浪头
贴着大海涌动的思绪
自由翻滚
出没

一湾银色的沙滩
拥抱着
一个个蓝色滑翔的
梦

沙滩上的歌者

向着大海
独自一人
歌吟

旋律融入涛声

梦想起航了
心灵之属
会远吗

南海观音

以一种慈祥的姿势
伫立
让灾厄远离

每一次跪拜
都是虔诚
心中有您
您佑苍生

千载轮回
四时安定
维系的　除了铁律
还有一副
心肠

龙秀梅

笔名龙雨,现任黑龙江省鸡西市作协主席。一级作家、一级编剧。1999年加入中国作家协会,同年被收入中国作家大词典。中国作协在京为其长篇小说《不再孤独》召开了作品研讨会,人民文学出版社为其长篇小说《酷在雨季》召开了作品研讨会。中国广播电视协会电视剧编剧委员会会员,中国诗歌学会会员,中国剧作家协会会员。现已出品电视连续剧五部,长篇小说五部,诗集两部:《万国诗存》《梅阁琴韵》。曾荣获第六届中宣部"五个一工程奖"、第十七届"飞天奖"。

轮回

春把冬天写满了绿意;
夏把大地画尽了希冀;
秋把果实装满了欢喜;
冬用母爱把世界裹进了她那洁白的被子里,
柔柔的,绒绒的,暖暖的,暖暖的。
哦,万物在冬妈妈的呵护下幸福地笑着,
就连南极的企鹅也欢快地笑着,
这是冬天妈妈的天地,
这是冬天妈妈的魅力。
好嫉妒的风来了,
她耍起了小脾气,
一改往日的温柔婉仪。
风,冷酷无情地呼啸着,风,肆无忌惮的凛冽着。风,狂刮乱扯着冬天那清白的被子,它把冬天当成了天敌。
它要把世界嚼碎了,
它要把冬天吞噬了。
它肆虐着,呐喊着。
冬,根本不在乎风,
她挺直了腰板儿,
巍然屹立,无懈可击。

显然,风的残酷攻击,
已经毫无意义。
冬,顽强地淡定地从容地微笑着,微笑着,
用她那博大的母爱呵护着她的天使们。
那笑　看上去让人心疼,
那笑　感动着风,
那笑　震撼着风,
那笑　使风无法回避。是啊,风　从没当过母亲,她怎么能理解母亲的伟大无私!
她那嫉妒冷酷的心
早已被冬妈妈给感染融化得拿不成个儿,
风,终于冷静镇静下来。
她下意识地扭过头,
抬起手抹掉了感慨的泪滴,她低下了高傲的头:
对不起,对不起。
她把忏悔的泪水化作涓涓的小溪。
她真心实意地捧出温暖,
毫不犹豫地把她的爱无私地奉献给了冬天。
她和冬一齐呼唤着:
春,你在哪里?
春,你在哪里?

春像顽皮的孩子,
拽着太阳妈妈的手撒着欢儿回来了。
从此,大地又有了生机,
草儿把头小心翼翼地,
探出了被窝,
苗儿和花儿们撩开了冬妈妈的衣襟,
用她们那乖巧灵气的小嘴拱破了地皮,
手拉着手嬉戏着跳出了地垄台儿:
哦,万物复苏了啊!
风光旖旎,绚丽无比。
大自然又开始了它周而复始的轮回,
轮回,
世世代代,生生不息。

煤城

掩埋了亲人
带着一身的疲倦
携着一脸的悲伤
离开了生我养我的家乡
别了,我的童年
别了,我的青春
别了,我的爹娘
没有诗情　没有画意
默默地,默默地　一个人,
孤零零的　无助无奈地,
踏上了征程
我不知道风要把我吹向何方　我不知道风要把我带向何方　只有泪水扑簌簌地流淌
只有那凄凉懂事的小雨
轻轻地亲吻着我那淌不尽泪水的脸庞
你这满面灰尘的小城
你这令我伤心的处女地
我还会回来么
我还会回来么
哦　会的　哦,
我会的
因为　我的根早已深深地扎在了你的脚下
我的情　我的爱
早已定格在了爹娘的灵魂上

卢建华

自由职业者。喜爱诗歌创作和朗诵,兴隆县作家协会会员,承德市诗词学会会员。

新时代

南湖的游船开启了新一轮航班
经历风雨穿越百年
世纪的聚会
新时代扬帆

赢弱屈辱战争祸乱
一度掩埋了民族文明的光环
希望的灯火
引领数代人一往无前

除去所有的牵绊
带上不屈的信念
昂首迎来伟大的新时代
金鸡傲立展新颜

有幸见证时代的变迁
大阅兵让世界目睹大国风范
一带一路重建经济格局
十九大续写时代新篇

龙腾虎跃鬼神惊

这是一个开放才能发展的世界
这是一个将和谐作为主流的世界
这是一个科技决定了话语权的世界
这是一个龙腾虎跃令鬼神震惊的世界

不屈的魂铸就了华夏豪杰
不朽的梦打造了辉煌岁月
就在这弹指一挥的三十年
厉兵秣马全方位完成超越

任正非率华为突破围追堵截
王东升为液晶屏呕心沥血
侯为贵老骥伏枥再振中兴
马云阿里巴巴威震电商行业

霸权的淫威已被大潮湮灭
东方的神话正在新时代续写
拿破仑的预言终于被验证
醒来的雄狮会震撼整个世界

卢文敏

原名卢泽汉，1939年出生于香港，祖籍广东新会，毕业于台湾师大国文学系。1961年大四出版诗集《燃烧的荆棘》，回港任教中学，不久即在台港两地，长期从事专业写作及出版生涯。著作长，短篇小说《隧道亡魂》《魔域翡翠》《同心石》等连同合集约30部，最新出版文学短篇小说集《陆沉》《闷雷》及《中国新诗百家选》与《新玄幻诗刊》(以上两本港陆合集)，及十人诗集系列之一《卢文敏诗选》，并有新作在网络及纸媒刊登。

不如《非飞》

抱缺守残不如揽星抱月
评东论西不如创春掌秋
岁月静好不如叱咤风云
白马非马不如黑马飞马
贪欢小三支流美景的一晌
终不如付大爱与长江黄河的永恒

无为妄为不如有为华为
华为有为不如大中华大有为
大帝"侵侵"不如任正"非非"
侵其侵不如非其非
非其非的过去
又不如飞其飞的未来

只因守业坐山坐吃山崩
终不如守恋抱月鲸吞日月
不谓言之不预的雷轰
不如火烧经济侵航的艳阳
轻敲玄妙之门的混沌
终不如开天辟地的鸿蒙
塑造一个属于唯美唯我的春天
更不如创造一个属于中华中和的春秋

而端对端链对链的换道超车
与大湾南湾台湾对撞的急转弯
不如期待有为治天下的方舟起航

呼喊5G悟空巨棒横扫天下
横跨世纪末的风云风雷与风采
不如创新世纪的电晶电光与电通
所有起舞闻鸡想入非非
终不如变成龙行天下凤凰飞飞

鸿蒙之歌

古经上的山海
冲开了鸿蒙元气
留下晋代手绘的印象与抽象
仿佛5G原始的图谱
更飞破了鸿鹏千万里
"非非之想"终击昏了"侵侵之欲"

一股复活五千年的鸿蒙与混沌
催醒了为客户创造价值的中国梦
华为震惊体爆射三色传感器
扭转无为无不为封印的乾坤
任正非终驾御鸿蒙之气
唱出诺亚方舟的天鹅之歌

"想入非非"大突破成"想出飞飞"
鸿蒙与蒙鸿备胎的变正
展开5G与6G双翼的鸿蒙
数学镜头千里外看中国月亮超大
满载全球物种互联互串
一同呼吸人工智能改变社会的鸿蒙

卢志宏

女,笔名踏雪,黑龙江省鹤岗市人,中国散文诗研究会会员,中国散文诗联盟会会员。诗歌、散文、散文诗作品散发在《诗刊》《散文诗世界》《福建乡土》《诗意人生》《黑龙江日报》等多家报刊发表。

与风景对话(散文诗七章)

面对生命,人要学会倾听。面对风景,我要学会对话。——题记

在冬天的山上

冬天的山,穿上白色的风衣,站在我心里;四季的我,披着洁白的雪,守望在山上。

山和我的距离是一堵土墙的咫尺,我和山的期许是天涯一棵草的足迹。

用那淡淡的素色包裹我暖暖的回忆,蓦然间,它化作山上飘飞的云,化作云上集结的丝,化作我腮边一颗清冷的泪。

冬天,那座远山静默;山上,那件白衣飘飞;头上,我多了一顶雪做的花冠。

在河边

河与堤岸的象征,有路的内涵。

是河水,就要自然流淌。有奔腾,就有叠峰碎谷的水痕。

是堤岸,就要执着坚守。有守望,就有百里延绵的歌声。

人在河边,心听水韵,欢畅;水在心中,岸伏眉间,断肠。

路无尽头,水有方向。堤岸有形,曲水霓裳。

河边,有流水的远方;河边,有静岸的梦想。

站在河边,映一帘幽香。

一条路

路,不一定有形。

陆路、水路、空路,都是为了通心,心是不老的家。

不一样的路,有不一样的风景。

泥泞的路上,才有脚印;风雨的途中,才会看见彩虹。

路的起点是远方,路不再遥远。

路的终点在心里,梦也会斑斓。

一条路上,脚印从来就不孤独。万千脚步,走的不一定是一条路。

平直写满祝福,崎岖萦绕鼓励。

心梦同在,正走在回家的路上。

光与影

光是亮的,影是黑的。谁说光明和黑暗势不两立?
光,是镜前的鲜亮。影,是隔屏的对白。
光,是台上的炫彩。影,是幕后的妆台。
光淡忘了所有的名利。
影精心着倾情的剪裁。
心光明亮,清风朗月如诗对酒。
身影正直,山环水绕入画凭阑。

白夜的诱惑

你的眼睛告诉你:夜是黑的,太阳不在,只有星星。
我的心灵告诉我:夜是白的,星星闪烁,太阳还在。
白夜读夜,禅心若水。
白夜对酒,青丝落雪。
总能梦见透明的心在曼舞,总能听到温暖的歌在回旋……
生命有悲喜,岁月分黑白。可梦幻、痴迷、期许、忧伤、无奈怎么总是结伴地平铺席卷而来呢?
珍爱、珍重、珍藏、珍惜吧,因为凡事不能真正的重来。

观雪

雪,天下之大奇也!
雪是天地间的使者,传递天地万物之情。
悠悠而下,洒落四方,直把松枝压得弯弯低低,把地面盖得严严实实……
观雪,看花开花落;听雪,感悲欢离合。
观雪如观人:轻如絮,随风飘,随形就势;
欢笑着,曼舞着,豁达乐观。
同是雪,盈盈如蝶,或许为了问候,或许为了重游,直至燃尽心中的哀愁。前者为人舞,后者为己舞。

其实,雪,不知因何而舞,为谁而舞;
人,却知为何舞,为谁舞。
雨洗尘,雪净神。
寒江钓雪的老翁,线上牵的是情趣、精神、境界。
雪者,学也。
雪者,师也。

悟景

是疲劳了双眼,还是麻木了心灵?
是丢失了黑夜的肤质,还是沉醉了白夜的诱惑?
悟景的眉眼半闭,对话的心境全开。
烟波如酒,岸线做杯,日月顷刻入怀。眼豁湖山,豪放真面目;气吞吴越,陶情最精神。
清心独韵养,妄念常剑消。
景,养心润气;境,自然天成。

鲁文佑

男,52岁,笔名胡子老头,号文左,湖南岳阳人氏,普通百姓,虽未入学读书,却热爱诗赋词曲,闲暇之余自娱自乐。作品在多家诗刊发表,也有被收入《中国文化人才库》的新旧诗作。许多歌词在k歌中传唱,并自撰了《对联启蒙》。

夏夜

满天的星星
想送你一颗
我摘不到

提只萤火送你
又太小、太小

如何是好
如何是好

想着、想着
天亮了

月亮

你怕我孤单
所以
给了我影子

既然这样
能不能
可怜寂寞
为我唱支歌

无所谓

也许
不该说
我爱你
如果不能接受
无须说出理由
就当是我
放了一个响而不臭的屁
一切都无所味
一切都无所谓

端午有感

一个无可奈何的
悲愤日子
天地嚎啕
冒雨的龙舟
任是再多
划得再快
终归是徒劳
只有、只有
只有忧国忧民的情怀
才会至远
才是至高

荷叶

昨夜
你收集的
是星星的眼泪
还是
嫦娥洒落的珍珠
为何
这样晶莹
这样冰冷
到底是寂寞
还是伤心
当全部倾向了池塘
是不是
恨风儿
有些过分

蝉

哭也哭了
喊也喊了
骂也骂了
天,还是这样热
风,一丝未动
云,无影无踪
雨,偏偏集在
银河中翻浪
隔断织女、牛郎
也不肯洒我几滴
梧桐叶上
我在绝望中等待
当你们
再也听不到我的呻吟
或许
我就到了
所谓的梦中天堂

陆凤霞

河北省兴隆县人。喜欢诗歌,爱好写

作,喜欢用简单的文字,去诠释最美的生活。

红色的雪

没有雪的冬天
是寒冷的
你就在天空画起了雪
白色的　黑色的　红色的
雪　是完美的
带着别人的色彩
飘洒着

我赤着足
穿了最干净的衣服
去山顶膜拜
那里有神灵,罩着佛光,拿着法器

其实
我不需要什么救赎
只想
离你最近的地方
寻一块
洁白之地
自己做一次主

心思

一场雨
心思
厚了又厚
压弯了百尺竿头

只一步
你就杏红了心头
一道道坎
一座座丘
已是曲中直,钢了柔

那就让我

摘一摘
你的柳中月
摇一摇
你的月下荷

夜雨

总以为
雨是高傲的
春天是,夏天更是

他们在星星之上,月亮之上,太阳之上

当那些
匍匐在地的枯黄
已不再卑躬屈膝
雨打芭蕉
正一路向北
一点一滴穿越黑暗

穿越万家灯火,把酒言欢

我愿
你是落座于身边的美人
入怀的
何止
苔痕上阶绿,草色入帘青

陆景龙

生于黑龙江省依安县双阳镇腰拉屯,字清凤、号下沃田人(昵称),鹤鸣斋主人,祖籍吉林省九台。50后,中专学历,职称经济师、政工师,依安县粮食系统退休干部,现为依安县作家协会会员。20世纪90年代在《黑龙江省粮食经济月刊》和《黑龙江省跨世纪理论视野》发表过作品。现为《九州诗刊》特约诗人。

雪吻双阳河

昨夜
你的翅膀遮挡皎洁的月色
西风脚踩东倾的芦苇
把朵朵琼英播种双阳河
水面梨花盛开
绽放玉波
河床像挂上一层浅灰色的幕帘
严寒的连续剧开始热播
花浪起叠
这是一条生生不息的长龙
晶莹的心脏在寒冬季跳跃
这是一位茹苦含辛的慈母
成了春天派出的神秘使者
脚踏铿锵的步履
跨入农家把稻谷抚摸
手弹相逢的旋律
爬上树梢把杨柳润泽
四季奔涌
长堤夸你胸怀比土地开阔
潺潺婉蜒
天鹅赞你有大江姿色
在饱受无情蹂躏的日子
你仍顽强向大地注入生机
拖累病躯喂养鱼米
为百姓营造安康和喜悦
你怀敞襟纳雪的贞情
你具承载万物的风格
古老的双阳河
慈祥的母亲河
今天你流淌在我笔端
明朝你荡漾在我心窝

秋雨

秋夜的雨，
来的太迅猛，
来的过于突然，
雨珠迅疾的落入地上，
让人有点猝不及防，
秋总是有些莫名地叫人感伤。
霓虹灯下飘洒的条条雨线，
在风的簇拥下，
摇曳着，
绘映着那斑斓的灯光。
仿佛就是一个浩大的珍珠帘。
遮罩着故乡这座不大，
但很美的小城。
让人神往，
让人眷恋。
尽管你游览过许多许多的名山大川，
可你应深深地爱着这座小城。
因为它是你生长的地方，
有你生命中讲不完的故事，
就象这秋夜飘洒着的条条雨线。
缠缠绵绵，
仿佛就是对这座故乡的小城有着扯不断的情弦，
割不断的爱恋。
故乡，
小城，
在心中你最美，
我喜欢在秋雨迷蒙的夜晚……

陆千巧

万象文化网络传媒创建者，中国诗歌学会会员。

风铃

风静止
树叶毫无表情
玻璃框内似有似无

屋顶　女人
把贝壳挂在檐下
嘴唇微微呶起

火柴盒里
摩擦着生热
女人轻轻一荡
死去的物事活了一回

铃音

无痕。敲打无边无际
蛇形纹络蔓延
有钢针直抵心脏
一声　一声　又一声……

游走。南北贯穿西东
楼兰古城缄默
黄沙携灵魂拷问
一声　一声　又一声……

陆晔峰

男，1985 生人，笔名"陆小 6"，2017 年 10 月开始文学创作，擅长散文和随笔的写作。硕士，现为上海交通大学医学院附属仁济医院专科护士。

冬夜

冬夜
静静的
少了夏日的蝉鸣声
却多了月光下的宁静

街旁的路灯
微微闪亮着
西风卷起
带走一丝暖意
远处的琴声
悠扬流转
像林间的溪流
又像是
山间的一口清泉

2018 年 12 月 20 日星期四

冬日里的一壶酒

冬日里的一壶酒
似暖阳
融化了河冰
和鱼儿亲吻
那一缕醇香
在和春日挥手

冬日里的一壶酒
似挚友
风雪中握紧你的双手
掌心里还有它的温暖

冬日里的一壶酒
似恋人
拥入怀中
暖暖的
久未见
来了思念
去了留恋

2019 年 1 月 15 日星期二

写在浦东新区模拟考作文题《冬韵》后

雪梅

冷风吹
吹醒了懒惰的河水
枯叶零落
在寒梅枝头
驻足
留下了伤痕泪

寒流追
追不回春日的青翠
轻嗅
飞来一缕芬芳
莫不是梅花香味

月影碎
帘影斜
舞动的萤虫
莫不是顷刻之恍惚
羞愧
原是红梅之卉

瑞雪飘飘
红蕊依稀
知否知否
应是银尘玉面

你

那一天,打开沾染尘埃的信封,随着记忆,
聆听你的倾诉;
那一月,摆弄模糊的相片,不为回忆,只为
再看一眼你的容颜;
那一年,守候昏暗的校门,不为见你,只为
感受你的存在;
那一世,迎风淋雨露街头,不为有你相伴,
只为护你周全!

陆永新

网名石头人。辽宁人。杨柳风诗友会成员。酷爱诗歌,已在数家平台有作品刊出。

父亲的手

举起
就是一座山峰
五指向天
沟壑纵横

放下
就是林间小河
纹络清晰
缓缓而行

握紧
就是一副铁锤
砸碎暗夜
迎来黎明!

窗帘

能挡得住黑暗
也能引领进阳光

拉开
看一个世界
合上
睡一张暖床!!

向日葵

新韵
青春年少向阳开,
成熟面对厚土来。
知恩不报枉君子,
行动总是胜口才。

街灯

与月亮同在
却从不与月光争明
与星星相伴
却从不与北斗争宠

做一个平凡的自己
把仅有的温暖
照亮前程

做一个伟大的自己
让眼前的肮脏
消失归零

夏夜

一把蒲扇

扇走了太阳
一弯荷塘
邀来了月亮

斯文的锦鲤
误饮了琼浆
桂花的美酒
让平静涌起了波浪

荷叶上的王子
歌声响亮
不经意间
惊扰了玉兔的安详

水边的长亭
端坐一位俊郎
一杯绿茶
一份渴望
不知在等谁？
最后出场

路遥

原名马骁，新民师范就读期间，参加"兰惠文学社"，曾担任校刊编辑。1996年毕业参加工作。后考取东北师范大学中文系深造。现为辽宁省诗词学会终身会员。

自由飞翔(5.12大地震有感)

在山林间，
鸟儿在鸣唱，
随着小溪潺潺流淌，
我要展开翅膀自由飞翔。

在小路上，
歌儿在荡漾，
伴着孩子们欢笑的脸庞，
童年的梦要自由飞翔。

大楼轰然倒塌，
一切突然中断，
所有人的梦想，
都定格在
5月12日14时28分的钟盘上。

鸟儿鸣唱也饱含悲伤，
自由飞翔已成奢望，
似乎只有天堂，
才有足够的光亮；
似乎这里的土地，
真的没有生的希望？
不！
别让更多的儿童在天堂里自由飞翔，
别让更多的父母将爱遗忘。

无数个战士宁愿丢下手中的枪，
无数位医生都奔向前方……
所有人的心中只有一个愿望：
有一线希望，
尽百倍力量。
千千万万双眼睛再不知道什么叫渺茫，
千千万万个生命再次见到了曙光。

但愿人间充满爱，
让爱插上翅膀，
尽情自由飞翔。

_{作于2008年5月19日}

栾伟

男，安徽淮北人，淮北市作家协会会员。自1995年开始发表作品以来，迄今已在《淮北日报》《淮北作家》《小记者导报》《农村孩子报》《家庭教育》《今日玉环》《台州日报》《苏泊尔报》《东冠报》《安徽科技信息》《马鞍山日报》《乌海日报》《潮州日报》《现代青年》以及吻雪网、红袖添香、榕树下、文心社等省、市级报刊、文学网站、微信公众号上发表诗歌、散文数千篇。

年轻的风采

远处的风铃还在为我的青春喝彩。总想有一天能够去飞翔。一只迷途的小鸟还在天空中寻觅这年轻的风采。

生活的磨练，使我不再感叹世界的变幻。在风雨中挺直腰，用血和泪去与命运抗争，虽然会受伤，但年轻的风采依旧。

我想拥有生命中最美丽的时刻，却总要用那双稚嫩的脚掌去抚平心灵的创伤。万水千山阻拦不了我梦牵魂绕的心愿，岁月也磨灭不了我热情的火焰，只要年轻的风采还在，我就要放喉高歌！

年轻的心在涨潮

掀开久违的帷幔，谁的心儿在涨潮？年轻的心像露中的花蕾深藏所有的芬芳。年轻的心像耐不住寂寞的孩子，年轻的心在涨潮。

丽歌初唱的日子，缤纷的世界送来了一派天真的呓语，我愿我所有的朝气能够感动春雨。我一个无人无声的时刻，悄然为年轻的心编制一串串美丽的珍珠链。

年轻的心在涨潮，伴着太阳在涨潮，洒满小草，大地。无论什么高山深涧我都能够跨越过去，追寻年轻的心。从此啊，年轻的心便涨得满满地！

年轻的心在涨潮，伴着单纯的年纪在涨潮。这么迷人的时光，这么动人的旋律，怎能让我们年轻的心不涨潮！

吕炳宁

字银龙，1975年6月14日出生。河南新野人，雅号画中仙，笔名卧龙。现任广州大发文化传播有限公司特聘艺术顾问，广东省传统文化促进会副会长，广东省河南商会名誉副会长，嘉民艺术馆高级顾问，乔艺书画会理事，广州天河区青年作家协会理事，东方艺术研究院客座教授。

山松

你挺拔在这悬崖峭壁上
根深深的扎在岩缝里
你高傲而伟岸
永远挺立在巅峰
笑迎著世人的目光
无数的行者
还有那挑战高峰的勇士
都会停下脚步
仰望你的雄风
黄山松
你是精神的象征
无数人被你所折服
从你身上体会到无穷的力量
你打破自然规律
顽强的生存著
把不可能变为可能
把恶劣环境当成磨练的沙场
群山都向你依附
向你顶礼膜拜
你不屈的精神
赢得世人的传颂
黄山松
你破土而出
从小到大
经历种种磨难
成长为参天大树
无数伟大诗人被你吸引
写下优美的篇章
传唱千古
你的精神激励着无数人
无数志士以你为榜样

鼓起奋斗的勇气
展翅高飞拓疆场……

父亲

提起父亲总感到他了不起
父亲是一座山
是一座靠山
有他在我们才感到幸福
他是家庭的脊梁
他承提着家庭的重担
他为家付出
任劳任怨
为我们挡风遮雨
让我们过上幸福的生活
父亲是海
他有宽广的胸怀
他总是看的很长远
从不计个人得失
不论多苦
不论有多累
他从不向家人诉说
生怕家人担心
为了支撑这个家
他默默忍受巨大压力
干着无法忍受的工作
人到中年
负担总觉得很重
上有年迈的父母
下有正在上学的儿女
时刻需要拼搏
维持一个家不易
身为父亲
我深刻的意识他的重要性
记得儿时
无忧无虑
感受父母的关爱
享受著家庭的温暖
总看到父亲的笑脸

总和父亲戏闹
没把他的话当会事
从没感受到他笑脸的背后
隐藏著多么大的痛苦和压力
现在成家立业
承担起家庭的重任
我才感到父亲真的不易
血的教训很深刻
人生的经历就是不断的感悟和磨练中成长
现在父亲年老体迈
从壮年过度到老年
动过几次大手术
从鬼门关里过了几遭
现在平安无事
才感觉健康很重要
我老劝他不要抽烟喝酒
保持良好的饮食习惯
要爱护生命
多保重身体
生命只有一次机会
当儿女的正应该体谅父母的心情
多尽一份孝心
陪著他们度过美好的晚年
这才是人生最好的结局
前几天
我有一位四川的诗友
给有发来一个消息
他的家乡的一个同学老伴得了重病
经医院诊断晚期肺癌
他正是中年
正在承担这家庭的重任
他有两个孩子
大女儿正在上大学小儿子上高中
正需要用钱的时候
他却得了重病
这个家一下就瘫痪了
他看病花掉了所有积蓄

没办法才向社会寻求支援
希望有善心人士奉献一片爱心
为拯救女孩的父母
呼吁社会爱心之人捐款
诗友嘱托我为他写首诗
我听到后很是感动
于是经过深入了解和准备
写下了这首诗
尽一份微薄之力
呼吸社会爱心人士
献出一份力量
拯救一个生命

母亲节随感

母慈心肠柔，和谐多至善。
惠贤育教子，言传圣书看。
默化会做人，将来敢承担。
从小带到大，任劳无怨言。
十月怀胎苦，一生命相连。
恩情深似海，博爱重如山。
天下母仪贵，此生报不完。
儿女应尽孝，老来得福缘。

吕世豪

中国作协会员。著有17部诗集，五卷本《吕世豪文集》，八卷本《吕世豪诗歌全集》等。有短诗连续多年入选中国诗歌年选，及《中国新诗》榜中榜栏目，并有组诗及歌词数次获国内大奖。其诗歌成就，曾被《诗刊》"当代诗人群像"栏目刊载，并应邀出席北京大学"中国新诗百年"庆典活动。担任策划的八集电视连续剧《豆花》，曾获全国第十二届"飞天奖"。

山西民歌新唱（三首）
亲圪蛋

比想亲亲　还想还亲的
那就是亲圪蛋了
年轻的女子　只要
洗衣石上一跪　那就是
亲圪蛋了　不管
桃花红了　还是杏花
白了　也不管煮上
一锅水饺　还是下上一锅
山药蛋了　那一声
要命的亲圪蛋　尖尖的
往河对岸一撩　河水
就涨了　山曲子就亮了
河边洗衣的女子　只要
恼了笑了　把一张粉嘟嘟的
好脸扭过来了　结亲的
轿子就来了　狠狠心
身板子一嫁　酒盅盅
挖米的日子　也就
不会嫌你穷了

割莜麦

是谁在唱　莜麦
摇铃红腿腿　见不上那
妹子白跑腿　又是
谁说　二十里的
莜面三十里的糕　十里的荞面饿断腰
其实
不是莜面荞面饿了　是
爱情折腾得那后生
饥肠辘辘　前心贴上
后心了　只待妹子柔柔的
软软的　丢上一个
脸色　那心
也就乱了　身上也就
暖暖的了　再不等
好脸脸的妹子　站上
那圪梁摆手手了　赶紧
别上一把镰刀　套上
一挂二合拉拉马车　颠到

圪梁梁上　那三圪楞楞
的莜麦串串　就等着
亲呀哥哥　嘶喽嘶喽
上手手割了

赶牲灵

交城山里　没啦甚的
好车马　灰毛驴驴
下山　然后上山
主子驱使鞭子　鞭子
再驱使驴　皮鞭的两头
捆绑了一对受穷命
放心不下的　仍是那惧
牲灵　那惧打不还蹄
骂不还口的牲灵　那惧
冷不吭声　热不吭声
驮轻驮重不吭声　饥了
饿了不吭声的牲灵
那牲灵　有一把草料
就知足了　打上个盹儿
就知足了　扑颠了一辈子
羊肠道　驮了一辈子穷
在它闭眼前　我问驴
你还有甚的缺憾　灰毛驴驴
只哼哼两声　就落泪了
我猜　它是说爱情

吕世宏

汾阳市人，西师大教育硕士学位，今为山西柳林联盛学校中学高级教师，吕梁市模范教师。山西省作家协会会员、山西民俗协会会员，山西郭氏文化研究会副秘书长，汾阳民俗协会理事，汾阳市特邀政协委员。多年来潜心研究山西历史地理，成果已经产生了明显的社会效果。曾经在《山西日报》《中华读书报》《山区经济》《学术论丛》《山西师大报》等报刊发表文章。2010年出版40万字的历史地理专著《汾上访古——揭秘山西历史地理之谜》《大唐麻衣仙姑史话》两本历史散文，长篇小说《吕蒙甫传》。

文峰塔上

美的形成相当缓慢
有时需要千年的嬗变
风风雨雨都是打扮
你才变得如此的美艳

古塔的苍凉似语含言
沧桑的色彩最具震撼
仿佛那阳光照亮了湖水
仿佛前世已塔立心间

夕阳里文峰美丽无边
铃响的锈色宛僧呢喃
请不要责怪我醉心访古
只因为梦里有塔影杳然

美的臻善离不开沉淀
没有内涵都因为短暂
虽然我们已一见钟情
那是缘起于约定在千年

红杏

春天，我走过一所花园
那一枝红杏爬出了墙沿
鲜艳的色彩给我震撼
因而舍不得折去你的枝繁

夏天，我走过同一花园
那一枝红杏结满了杏李
肥硕的色彩给我以希望
庆幸我春天未折你的花颜

秋天，我路过同一花园
那一枝红杏翠绿如珠帘

叶子随风像蝴蝶在飞
拾一枚杏叶慰我的心田

冬天,我路过同一处花园
那一枝红杏静待着春还
伫立风中久久地念想
祝你明春再美再艳再令我堪怜

五台山之美

我登上菩萨顶举目四望
看不够台怀镇美丽的模样
我心中涌起哀伤的情感
心痛我旅行者的来去匆忙

山是莲花啊花瓣成五台
佛在中间啊天地一台怀
灵鹫峰云浪是文殊的布道
五台山圣境是暑热界清凉

摩腾、竺法兰朝山于东汉
昙鸾、大达国师圆满在隋唐
帝王将相流连于显通禅院
辽兵蒙将止息于三宝殿前

宝殿巍峨大乘迎万众来朝
白塔法轮烁金衬群山碧彩
朋友,也许你怀着旅游的心来
最终,你带着依恋的情去

大美生愁啊五台山的体验
依依不舍啊留香客的善愿
我看着卧佛一般的四面远山
沉醉了这佛国世界的大道通天

吕素庆

　　有近百首作品在《作家报》及省、市级报刊上发表,近400多篇作品发表《人民艺术家网》《华文作家网》等。作品入选多部辞书。获《中国好诗》杂志2018青春诗王中国十佳女诗人。《中国诗人》微刊2018年度诗人奖提名奖,《红高粱文学》银奖,《作家报》建国七十周年"金丝峡杯"一等奖等诸多奖项。

又见北风吹

我对雪花的崇拜已荡然无存
你是梅花的伴侣为何又移情别恋
你看那小小的桃花
朔风烟雪中苦熬半年
还没有开过灿烂已被你打得七零八乱

有道是瑞雪兆丰年
可你的行动过于迟缓
蝴蝶和桃花分别太久你让它们情何以堪

那朵凋零的桃花
朔风中几经辗转
落在冻僵的蝴蝶上
上演着一场生死恋

你左一个倒春寒右一个倒春寒
莫非你也贪恋美色想要霸占整个春天

可以以云的形式浏览
以雾的形式缠绵
以雨的形式灌溉
以虹的形式绚烂

雪花　请换一种温柔
给小小桃花绽放几天

我的现代诗

黑夜将黑发染白　灯光将思绪照亮
我出版的《玫瑰》诗集
却遭到网友的诽议
《玫瑰》的女人是稻草人

唯美抒情是自恋狂
我将书与人一并焚烧
穿过黑色的花瓣雨灵魂驻进我的身体

我看到　雾霾笼罩了繁华都市
毒蘑抢占了圣果的摊床
官场的玄梯币垒慎言
医患的关系剑拔弩张

当失学的泪水浸透稿笺
当矿难的鲜血染红笔管
当瘁死的精英来不及一声叹息
当荒冢的荆棘刺痛神经

我终于看到　启航的稿笺逆风而行
犀利的笔锋黑暗亮剑
激活的神经纵横伸展
那未及的叹息在天国回放
是惊雷是闪电　划破黑暗憾来曙光

诗意

文字的精灵在夜海登岸
为逃离喧嚣齐集在草堂
都是我心灵的孩子从不去远方流浪
我是暮色沧桑的丑娘需要饱满精神的赡养

当拐杖点不到盲线
当暴风雨掀翻漏巢
当蜘蛛封锁了门轴
当梳子羁绊在雪山
当身体够不到杯水
当抖动的手拧不开救心丹的瓶盖

她乘明月清风而来
十里桃花百里果香
她吟唐诗宋词而来
闲云野鹤天宫幻境

她手捻佛珠而来
慈悲为怀动感天地
她身藏神器而来阴阳五行奇门遁甲
她执士君宝剑而来歃血封印天罗地网
她乘凌云壮志而来笔墨脱销洛阳纸贵

吕万海

　　黑龙江省依安县人，网名海啸，1952年出生。1970年参军，从部队回来后一直在工业企业和经委机关工作，喜爱读书和文学。现虽已退休，但对文学艺术的热爱和追求反而更加强烈，执着的以心中流动地文字表达自己的情感和思想。

我和春天有个约定

小草说：
我和春天有个约定，
嫩嫩的我呀！
小芽尖已钻出地面。
燕子说：
我和春天有个约定，
远远的我呀！
已飞回熟悉的故乡。
小河说；
我和春天有个约定，
冷冷的我呀！
也要一路欢歌向前方。
大地说：
我和春天有个约定，
黑黑的我呀！
快要换上绿色的新装。
我的心说；
我和春天有个约定，
傻傻的我呀！
只愿花开不愿花落。

情感

如果真情不是梦幻，
美好已不再遥远。
任遐思自由飞翔，
飞翔在广阔的蓝天。
都说相拥相聚体现真情，
是愉悦还是潸然？
都说情感在乏味中惜别，
是苦涩还是甘甜？
感叹吧，
情感不仅是温馨和浪漫。
猛醒吧，
真情如同炼狱般的体验。
生命短暂，
如同滴血的绝唱。
人生匆匆，
哪怕只有灿烂的瞬间。
纵横捭阖，
世界再大也有限。
月光如水，
真情在心间。
经常面对的花开花落，
内心深处的阳光灿烂，
体验至深的云淡天高，
难以忘怀的悠悠情缘。
挣脱纸做的镣铐，
摆脱世俗的偏见。
珍惜真情的分分秒秒，
把情感的空间充满。
亲爱的朋友，
真情已化作啼血的杜鹃。
任遐思自由飞翔吧，
飞翔在广阔的蓝天！

假如

假如你是一片蓝天，
我会像白云一样随风飘荡。
假如你是辽阔海洋，
我会舒展双翅乘风破浪。
假如你是一弯新月，
我会在天河边荡起双浆。
假如你是一声春雷，
我会捂上双耳等候你炸响。
假如你是广袤原野，
我会在你四季变化中换上新装。
假如你是一座灯塔，
我会坚定地顺从你指引的方向。
假如你是一枝腊梅，
我会在冬季等候你绽放。
假如你是一朵雪花，
我会在你飘舞中尽情的徜徉。
假如你是一束鲜花，
我会深情的吸吮着芳香。
假如你是一首诗歌，
我会读你从夜晚到天亮。
假如你是一片晚霞，
我会乘风追逐伴夕阳。
假如你是一壶老酒，
我会畅饮酣醉在梦乡。
假如你是我心中偶像，
我会记你到地久天长。

M

马德甫

  曾用名马德府。网名无欲则静，山东人，喜欢诗歌、曲艺作品创作，发表作品多篇。

永远不忘我是兵

多彩的青春灿烂的梦
脱下军装不忘是兵
钢枪在我心中闪亮
祖国处处都是军营
啊！好战友啊！好弟兄
部队练得筋骨硬
新的岗位立新功

啊！好战友啊！好弟兄
踏平坎坷迎丰收
看一看谁能更威风

壮丽的人生辉煌的梦
穿过军装永远是兵
奋斗路上无所畏惧
男儿就要充当先锋
啊！新时代啊！新征程
神州大地响号角
民族振兴中国梦
啊！敢担当啊！新使命
祖国召唤我奋起
永远不忘我是个兵

家乡味

家乡味是一方土和水
承载着乡亲一辈辈
黄土肥沃水清清
滋润出儿女成长壮和美

家乡味是一坡五谷香
养育着乡亲一辈辈
粗茶淡饭三顿饱
支撑着硬汉风雨走南北

家乡味是一番乡土话
鼓舞着乡亲一辈辈
相聚调侃喝杯酒
连接起邻里情谊最珍贵

家乡味是两行深情泪
魂牵梦绕乡愁心中飞
看不够家乡风景秀
乐不尽乡亲幸福常相随

父亲是个种地人

父亲是个种地人
脚踏黄土头顶白云
腰弯弯埋下千粒种
一颗颗苗儿连着心
亮晶晶汗滴洒春雨
滋润出五谷精气神

父亲是个种地人
追着太阳赶着星辰
黑脊梁伴着绿浪滚
一排排庄稼滚成金
铁铮铮筋骨情似火
温暖得家园四季春

老父亲，种地人
热恋黄土辈辈的魂
一年年谱写丰收歌
一岁岁唱得福满门

马飞

男。22 岁开始发表文学作品。先后在《固原日报》《银川晚报》《黄河文学》《六盘山》等报刊发表诗歌、散文、小说约 10 万字，发表新闻作品约 50 万字。

我如果爱你

我如果爱你
就在你心灵的田野里种上玫瑰
我做绿叶　你做红花

我如果爱你
就在你灵魂的屋檐下筑个鸟巢
留寒冷的一半给我　把温暖的一半给你

我如果爱你
就在你生命的大门上挂两把锁
一把锁住我对你的爱　一把锁住你对我的爱

我如果爱你
就把眼泪做成珍珠送你
你美丽时我可以守望　你危险时我可以
保护

我如果爱你
就给笼子做上钥匙送你
你想进去就进去　想出来就出来

我如果爱你
就把双手托向蓝天
白天送你飞翔　晚上接你安眠

你

你
转身离开

盛夏凝成冰霜
微笑的花儿哭了
彩云的泪帕　拭湿泉水的双眼
拉满的弓无力发箭
开拔的船无路启航
爱人的心留在沼泽

明天
谁来照亮

固原博物馆：从历史开始

一

我甘心情愿遁入时间之门
叩问谜底——
一些散落的往事斑驳着
浮现在碑文古迹间

远古的青春流火溢光
掩埋他们的名山秀水
凋谢成残砖断瓦
坑道墓穴阴湿晦暗，祸事连连——

呼吸从何处开始生锈
风水从何方逃逸

石狮子和石马
还有餐桌上肥壮的石羊
寄寓着一段怎样
辉煌又悲壮，盛大又渺小的史诗
树已倒下
种子洒满六盘腹地

二

接受风淋的那辆木车和那顶木轿
精雕细作的钢筋铁骨
考量着砖包城城墙的高度和厚度
风雨雷电交相辉映
经卷旁，留下深沉的辙印——
太阳笑着，月亮哭着

谁能借一生灯火
昭示我洞悉更深更远的玄奥
古原州——
衰败里成长繁华，险恶里学习安夷

固原——
你的品质——
细腻粗砺着古雁岭
妩媚置换着米缸山
温柔篡夺着季候的脾气
厚重突围着籍册的怠慢
心底
还容无数游子流浪的脚步轻轻归来

三

坛坛罐罐想三皇
钟鼎器皿恋五帝
塞外的霜雪——
纯洁了时间，纯洁了爱

是谁背负了谁的期许
在我的精神花园
种下一棵飞翔的蒲公英

甲金篆隶楷行草
几个黄皮肤的兄弟——
走南闯北,东征西讨
把娘亲和孩子托付给岁月
一任清水河的奶水
恣意喂养

苦苦菜的模样
水灵了多少高平子民的婆姨
萧关,花马池,回乐的中轴线上
几多巾帼让须眉成了
母亲的栋梁

马君立

　　笔名眉少白,籍贯河北泊头市,生于1970年,性别,男。系《凤凰诗社》入驻诗人,作品见于《凤凰诗刊》《山东诗歌》《新绪文学》《北极星文学》《中诗星空》《暮雪诗刊》《大国传世诗人》《华人头条》等众媒体及多家纸刊。

渴望

夜如寂是黑
星星月亮藏没
而风睡着了
任云层低垂
天际划过一道道闪电
耳畔传来滚滚惊雷
雨水如约而至
浇醉干渴的农庄
待日出东方
看禾苗茁壮
成长我的希望

院里的鸡鸭
抖动着翅膀
兴奋的歌唱
妻儿身着靓丽的服装
愉悦的欣赏
鲤鱼闹池塘

乡恋

心中依恋
家乡的黄昏
面对花草轻吟
小溪里淌着童年
古树追忆着青春
令人陶醉的羊肠道
不知是否留下
儿时嬉戏的脚印
枝尖的喜鹊
叽叽喳喳
赞叹如梦似画的美丽乡村
让我忘记了城市的喧嚣
还有焦虑拥挤的车轮
夕阳的余晖中
幽深的绿荫处
走来勤劳朴实的父老乡亲

红尘之外

生命有长短
次数却相同
富贵与贫穷
友谊和爱情
在人生旅途中结伴而行
珍惜所有
才能幸福永恒

昔日王候天娇
也只留下归程
人无来生时
花谢叶浮萍

看透红尘事
日落盼天明
平衡攀比心
左右向前行
曲折坎坷路
一笑月朦胧

马美娟

女,江苏昆山人,大专文化,昆山市国美电器经理,系苏州市诗词学会会员。

如果不曾相识

如果,可以选择
宁可不曾相识
就不会知道思念的滋味
就感受不到心痛的苦楚

如果不曾相识
怎知叶子离开树的辛酸
怎体会夕阳西下那落寞的哀伤

如果不曾相识
你还是那个你
陶醉在文字的海洋里

红尘的邂逅
迷醉的如梦境
固执的守护
虔诚的守望

最好不曾相识
不教离燕南北飞

马卫山

笔名流沙,东乡族,1992年1月生于甘肃临夏,现居兰州。2015年大学毕业并开始写诗,诗歌多发于中国诗歌网以及《天津诗人》《长江诗歌》等。

他爱喝酒,也爱写诗

记忆像冬天的早晨一样黑白分明
他是一个电话销售员
完整的一天为眼睛在电脑前种植度数

左右忠言当道,防不胜防
中午有人站在过道,独自咀嚼混浊的空气
相同的哈欠被运往午睡的集体

他渴望冷空气进屋,搬走哈欠
或者替换为数不多的醒
要恍惚困顿就让所有人恍惚困顿

其实,他的一天犹如眼睛的一天
清晰与模糊彼此宽慰。睁开或合拢
一日之内饱受轮番的干涩之苦

终于双目坍塌,他被前夜的好梦击垮了
轻于被不可应对的拒绝之语再次粉碎
使他易怒的便是这重中之重

什么能填满他独自清醒时的空白页
什么能消解他拨通电话时
天花板上新鲜的另一通寂寞

不可遏制,哲学之门越走越远
他偏爱喝酒,写诗
纵使被酒水侵蚀与被墨水侵蚀有天壤之别

哦!人生不过是从自我怀疑中发芽的星期一
一个电话销售员定有一次机会还原自己怎样
在已知的颠簸中耗尽一只雄狮的孤独

我走过和政路

我曾迷失在白银市的上海路上
又在兰州市的和政路上找到了自己

大从小中受益
小在大中变异，变得荒凉

这是经由内心苦涩的汪洋得到的
这是经由门外一滴水变黑，而得到的

真理般的启示。我与自我同在
明灯就在我的内心，在门内

有如雪。雪是远山白色的疑问
雪花也正是这条路已经领悟的冬天

我更喜欢被雪覆盖的渺小事物
唯有它们懂得享受自己根部的永恒

我与他有着共同的宿命

我与他有着共同的宿命
从清涧峡谷获取的绿叶和溪流
以及接近地气的虫声和鸟语
成为阻碍之源，阻止我们
羽翼丰满，走向物质世界的王

精确如荒地，精神需要被开垦
我与他有着共同的宿命
在稀薄如尘埃的流浪生涯中
继续突破，梦想着天空更深的蓝

真是难以想象，很多年过去了
没有与金钱或物质的世界和解
我与他仍然保持相似
也没有抵达近在咫尺的心灵之约
只有"礼失求诸野"，这仍然是我们
明辨是非的口头禅

我们不得不理解黑暗

厚积的云层抛却想象和推理
全新的启发凝聚在旺盛的形式主义中
其中，往事皆是光芒是火焰
是对未来的完整命名

当夕光远去。对缺陷的聚焦迎来缺陷
光明被一眼看穿
当内心的龟裂败露于外界之物

我们不得不理解黑暗
我们不得不游戈于自己偏狭的倒影
尘世有寓言如真理，如零点的钟声
哦！也有众水来自同一个源头

马献武

  笔名墨念，四川省小小说学会会员。早在2001年就入编《中国世纪专家》一书。从2015年起，重拾拙笔，先后在《光明日报》《西南商报》《北海日报》《连云港日报》《苍梧晚报》等数十家纸媒或网络平台发表作品近百万字，出版小说集《情归乡野》。

你就是我的诗和远方

上帝把我降临红尘
为什么又让你紧随其后
你知道吗？就是因为有你
我便有了写诗的冲动

看那天边的云霞多美啊
你说，夕阳落下的地方很远
要倾其一生去追寻
我说，中间只隔着一座山

迎春花爬满了枝头

你躲在桃花盛开的地方
偷偷地为我烘干满身杏花雨
光着屁股跑去夏天的池塘里

蜻蜓落在亭亭玉立的荷叶上
你躲在柳荫深处听蝉
悄悄地对我说来生愿做一朵莲
二八芳华那是多么娇艳丰满

棉花朵朵白,白了少年头
你躲在东篱下披着满身菊黄
悠悠地告诉我看见了南山不老松
拉着我的手一同走进风花雪月

漫天飞舞的雪花覆盖了来时路
你躲在一棵老梅树下披着银蝶
调皮的问我拐杖放在什么地方
急忙扒开雪人,找到一副假牙

就这样,牵手走过人生四季
所有繁华落幕后来到山这边
谁也不知道山那边是否住着神仙
只要你在,你就是我的诗和远方

梦中相见

九十九年的参禅打坐
终于在一个熟睡的夜晚
宁静的面颊泛起了红晕
致远的心境燃起爱的火焰

面对孤灯空守一份寂寞
若一朵佛前盛开的莲荷
其容貌美皆有词语描绘
静似幽兰的韵味该如何表达

能悄悄走进心房的那个人
一定是前世曾经风雨同舟
亦或是来生将要同床共枕眠

不然怎会有我心门的钥匙

既然你骑着梦马而来
那就在我的爱情客栈多住一晚
举杯对饮双醉双休
不记来路不知何日是归期

你的声音荡漾我心灵一池死水
你的温柔无数次让我心潮澎湃
是谁前生在我的爱里种下情蛊
今晚偏偏让你为我送来爱的解药

你说你说你说你快点说啊
打你骂你那算便宜了你
我要用爱的枷锁将你牢牢套住
免得我醒来时你又逃之夭夭

一枝瘦笔写不尽梦中的美好
任由思绪在一纸素笺上游弋
谁人没有年少的清欢
盼黑夜降临我们梦中再次相见

马彦

笔名枫叶(竹林),韩籍华人,定居韩国京畿道。任韩同胞文人协会理事、《中国草根》特约副总编、凤凰诗社副秘书长、国际城市文学学会理事等。诗文刊发国内外报刊,著有长篇小说《跨国婚姻》。曾获得"全国首届沂蒙精神兰田文学奖""全国首届运河散文金帆奖"和韩国"雪原文学奖"等。

现从事组稿韩文翻译,图书出版发行工作。

春雪

春天 你为何留恋寒冬的冷
像多年前青春期烦躁
灰暗阴郁的心情
季节变换综合症

灰蒙蒙

终于出现雪的身影
远山已模糊
高楼大厦躲藏不清
只有行人的脚步急匆匆
雨夹雪的预警
一个烟雾缭绕的清晨
天空梳理不清

新春感悟

这片雪花是你
那滴雨水是他
这阵清风是我
亿万颗星辰会说话

你来啦
没有约定
潇潇洒洒

他走啦
没有道别
滴答滴答

一世尘缘
不言不语
睁眼闭眼
海角天涯

多少人在途中
多少情侣在相拥
尘世圆融
卿卿我我
几度夕阳红

空像

像逃不掉的身影　在水一方
时而白云飘过　蝴蝶追逐太阳

大好时光　满园春光
也会仰望星空
寻找月亮旁边的你
不是因为你最亮
隐约的牵挂是你含蓄的目光
请告诉我你准确的方向
宇宙太渺茫　我无法丈量
只知道——
仰头是你　低头是大地

错位

错过了最美的年华
错失前世的你
不能同舟　错失天地
今朝　明夕
缘自何起
今夕　往昔
念你　贵人知己
千年修得
命中注定遇见你

马永新

笔名以诗为马、马凡，旅居海外。长期从事诗歌创作，香港诗人联盟永久会员。现任中国《星空诗社》主编、《当代文艺精品选粹》荣誉总社长。个人诗观：以诗为马，诗意人生。

青春印象

青春，你是春天里
一朵自负的花卉
总是自以为是的开放
形成一道靓丽的风光
然而，花开花落总有时
此刻你又在何方

青春，你是夏天里

一朵激越的浪花
总是肆无忌惮的奔放
彰显着生命的力量
然而,潮起潮落难避免
如今你又在哪里回荡

青春,你是秋天里
一派清高的秋光
总是那么的趾高气扬
一副玩世不恭的模样
然而,好景终不会常在
现在你又是什么景象

青春,你是冬天里
一片珍贵的阳光
总是令人羡慕和崇尚
只要有你就会有希望
然而,日出日落难抗拒
当下你是否还有光芒

青春,你走过了春夏和秋冬
在我额头留下了你的过往
在我心中镌刻着你的梦想
在我诗里却已变成了绝唱
你是一只一去不复返的小鸟
愿天空见证过你飞翔的翅膀

再见了,康桥

静静的,静静的
风不吹,树不摇
只有鸟儿在歌唱
歌唱得那么低沉、婉啭
因为你就要别了康桥
谁不为你感到忧伤

默默的,默默的
你不言,我不语
只是彼此凝神相望

此时无语胜有语
今天的康桥一别
你会不会把我遗忘

悄悄的,悄悄的
云来了,雨落了
这是最后一次守望
因为你曾像云一样
飘落在康桥的桥头
你曾在雨中独自彷徨

轻轻的,轻轻的
河水淌,涟漪起
不知今天为谁沧浪
雾波尽头柳掩花暗
绿水蹒跚让人心柔
离愁别绪早已流满江

远远的,远远的
云散处,钟声响
又到教堂祷告的时光
我们曾经为康桥祈祷
祈祷它的古老而又年轻
因为它是我们梦过的地方

慢慢的,慢慢的
挥挥手,回回头
离别总让人充满惆怅
再见了,曾经有梦的地方
留下了,梦再回不去的过往
愿你我从此以后别来无恙

麦客

本名商长江,男 1969 年生。山东省宁阳县人。常用笔名月之故香、柳梦含嫣、麦客、春梦如烟、那夜花开。网名明媚或者忧伤。

2005 年开始写作,2009 年起至今在

《山东文学》《诗神》《教师博览》《长江诗歌》《北极星诗刊》《分界线诗刊》《晏邑春秋》《华夏诗文》《文化艺术报》《辽东文学》《作家文库》《华兴报(美国)》《诗原》等140余种文学纸媒发表诗文1000余首(篇)，同时，在多家网刊、博客发表诗文数千首(篇)。作品入选多种诗歌选本。

以闪电的名义

楚楚动人的春天
轻轻打开那最明媚灿烂的一页
朵朵青葱闪电下面
那阵阵花开的动静
也轻轻留住了倾城倾国的三月那
最璀璨部分

阵阵透明微风中
恰如熠熠生辉的光明的碎片
不停地欢腾着变得清晰的白银般的河水之上
谁优雅的预言里和深情的注视里
默默开了又开的灿烂桃花
渐渐挺直了四射的光芒

幸福

青葱的三月
幸福仅仅是凡俗尘世里
一次偶然花开
仅仅是一次完美的释放
或者一次单独的闪电
甚至一张失而复得的旧船票

盛妆的春天
一场姗姗来迟的雪
默默抵达了自由旅程里最温暖的部分
而仅仅一次风吹
就轻轻拭去了缕缕残冬的魅影

仅仅一次单独的花开
就立刻找到了比满树熟透的果实
还要汁水充盈的幸福

梦境般的三月

那片片洁白幸福的幻影里
默默轻浮在青葱麦田上层层驿动着的洁白云朵
那不紧不慢的速度
渐渐超过一只赶海的土蜂

不停地追逐着那缠绵悱恻的妖娆清梦
金灿灿阳光
以及缕缕浮动如梦的暗香里
婀娜多姿的春天
那沉甸甸土塬上
轮番搅动着所有幸福的日子
喧嚣白昼和妖娆黑夜
轻轻以默默燃烧的速度漫卷青葱大地
一场黯淡风吹里
轻轻撕开俊俏黎明那形而上的明媚
追梦的妖娆蝴蝶之上那光明的颗粒
也开始在谁那坚硬白银词句里
融化
花开
楚楚动人的春天
静静地花开
偶尔一现的洁白闪电和风吹
再也禁不住寂寞偶尔发出了透明脆响
那座座神秘的果园内部
恰如慢慢撕碎布帛的动静
阵阵玄远的风里
所有幸福花开的声音
多么妖娆而性感

芳香如蓼的春天
渐渐进入默默燃烧状态的
金灿灿阳光的碎木屑上

谁将从一小瓢海水里
取走颗颗光明的精髓
就像从满树丰莹果实内部取出缕缕虚幻
火焰

慢慢滴着金灿灿太阳的血
越来越明媚的春天
静静地花开
幸福的海水一天天升高
朵朵洁白闪电下面
金灿灿向日葵的花盘之上
轻轻吹熟青葱麦田里
那所有呼朋唤友的麦子
又渐渐被阵阵欢叫着的布谷鸟牵引着
透明风里
所有幸福的日子
变得越来越生动起来

那只鸟

倾城倾国的春天
淡蓝梦境般的天堂下面
总是痴情守望着那座新编的草房子
那一片干净的雪地上
幸福地走来走去
恰如一位单独地呈现着壮丽思想的忧郁
思想者
那只神秘白鸟的自由
是一次春暖花开的艳遇

风情万种的春天
透明淡蓝的天空下面
那熠熠生辉的桃花的海子
和那神秘女巫般优雅的苹果树的侧影里
那漂泊不定的日子
渐渐宁静如一位身在异乡的打工者

无题

一片绯红的黎明

那幽静果园里
只需一道青色闪电
你就迅速抵达那个光明的彼岸
那默默燃烧的细节
渐渐被璀璨黎明那丰满的手掌
扩展成一片汹涌澎湃的洁白栀子花的
海子

阵阵婉转动听的鸟语里
被处处片片黝灵的湖水
拍打成一些华丽春天的烙印
渐渐升温的透明阳光里
那些幸福的人
也日夜守望着旖旎摇曳着的金灿灿向日
葵
风舞轻扬的紫丁香
和淡蓝天堂里的阵阵鸟语

盛妆春天的浪口风尖上
他轻轻手提着梦想的空壳
恰如一些渐渐脱落的
透明蝉蜕

金灿灿油菜花的国土上
飞翔的高度
像一只飞来飞去云游的蜜蜂般
渐渐使我的身体和灵魂变得像云那样轻
你那无比幸福的感觉
也迅速慢慢击中了谁那淡蓝梦境的
花蕾

莺歌燕舞的绯红黎明
保持必要的快乐
至妖娆舞蹈的草根和草叶
保持璀璨的心
至光明的方舟缓缓降临的那一刻
那个幸福的日子
就会像灿烂桃花的红云一样

迅速掠过你那红润的脸膛

漫天飞舞着的洁白鸟群下面
高调怒放如缕缕璀璨的佛光
金灿灿向日葵之上
无限逼近了那座金灿灿阳光的岛屿
渐渐沉淀成一种自由的姿势
不停地奔跑如朵朵青葱闪电
零乱而性感的春天
那轻轻敲击天堂的声音里
你那咄咄逼人的幸福
仅仅是一次花开的阵痛
或者一些瓷的碎片

不远处
那依风撒欢弯腰低头的青葱麦子上
你那别样的妖娆
会不会像长满青苔的石头那样风化
或者恰如偶尔失眠的妖娆夜晚
那淡蓝月光一样
迅速在你那宽阔的胸口破碎呢

麦德

男，回族，1994年生人，就读于甘肃民族师范学院历史系，所学专业为地理科学。爱好文学，户外运动，从为写而写升华到为表达而写便是诗人。

风雪猎人

寒冬腊月
风雪茫茫
一位擎苍老人走来
身披银装
苍鹰般的眼神
望向远方

起开眼罩
苍鹰露出坚毅的目光

飞向了远方
飞向了风雪茫茫

2018年12月28日

莽林

原名徐军，笔名莽林，1967年出生于蚌埠一个偏远的农村，曾从教10年，先后在各大网站，电台，报刊发表作品300余篇，信奉以文学之水载生命之舟。

今年夏天

阳光总是在夏天
撒出野性
这个季节的东风
总在阴雨天才
绘出温柔
我一直在期待雨的降临
只有在凉爽时
我才会思考
思考这个夏天
为什么雨过才会天晴
为什么积久的燥与湿
才会成雨
才会洗刷这个夏天
一直以来我的困惑

独坐凉亭

总有一些火热袭来
还有稍许潮湿近扰
远处，波纹激滟处
一尾跳鱼儿
也来凑合呼吸新鲜空气
在一苇塘边
一只水鸟呆立水边
宁神远方的水面
远处的公路上
车流淌着
近处，有凉亭陪伴

我在呼吸着这周六的清闲
剪一段时光
溶入自然

就这样活着

林依恋山的伟岸
鸟喜欢林的清新
就这样活着
不为尘埃所困
就这样活着
喜乐填满时间的表格
就这样活着
简单而充实
不因远方太远而兴叹
就这样活着
有着孩童的天真与烂漫
就这样活着
无需太多的自责
只为今生无憾

母亲，我生命的发源地

您用甘甜的水滋养我的根
您用宽阔的胸怀噩融入我幼稚的心
母亲，我生命的发源地
母亲，您担当着风雨
源源的爱注入我的身体
让我日倾健壮
象一株小树变得参天而立
母亲，我生命的发源地
您接收日光的炙烤
让我享受绿荫
您的血脉溶化成我生命的养份
我永远是您的牵挂
是您的希望
您永远是我向上的动力
操劳染白了您的发际
岁月刻下您满脸的皱纹
母亲，我要为您担当

因为，我就是您的身体

毛丽玲

安徽枞阳县人，爱好古诗词，现代诗和散文。喜欢用笔记录生活的点点滴滴，用心感悟点点滴滴的生活。系枞阳县诗词学会会员。

雨

昨夜的雨
赶在黎明之前
赶在思念未减

隔着一棵树的影子
黑色的精灵在轻吹着口哨
凌乱的心雨，不知所措

清凉夹杂着尘土的气息
越过光阴的脊梁
赶赴我的日月山河

紧闭的门窗
关不住这躁动的夏天
一滴雨打湿一双眸

清晨，我等
花儿草儿在窗前
拔节

窗

一扇窗　云淡明朗
有着天空一样的气质

一扇窗　安宁蔚蓝
藏着大海般的深邃

窗棂上挂着一串串

纸叠的千纸鹤

一只白鸽
像个英俊的国王
在窗台上巡视
守望窗前
那片盛开的华花郎

当你推开那扇窗
是否看见
我微笑的模样

我祈愿的虔诚
风一样飘向远方

春暖花开
循着光阴的脉络
高挑独树一帜的藩

玉兰杯中香槟四溢
风和阳光的味道
曼妙了一季的风采

蔚蓝羞涩
春风温柔地拂面
天空鸟儿飞过
铺十里红妆
一场红尘念
褪尽了相遇的繁华
默默成暖

想念那片空白
为你,我匆匆赶路
一如既往
即便隔空相望

你的影子,你的名字
是转动的四季风车

窗外下着雪
我在听雪落的声音

天空已被注册
那些飞舞的精灵
暖了谁的想念
路灯和我都醒着

印在额头上的往事
在雪地里流浪
漫过星光、远山、幻觉和孤独
…………

梅德平

亦用笔名梅树林,梅德平安,三仓河的哥儿,1960年古历7月生人,15岁辍学。江苏省东台市三仓人。20世纪80年代末习诗,后因生活窘困搁笔。2010年触网拾起旧好。著有诗集《身体里的钟声》,有诗入选《新世纪诗选》《2014年诗品短诗两百家》《中国首部微信诗选》《中国诗歌精选300首》等。

春风里,昂扬着一把把青翠
虚掩的门,被春风缓缓推开
这才发现,斜逸门前的枝条,开始泛绿
委婉。更觉一抹抹绿影,缭绕,聚拢
飘动。又悄然
蜿蜒于目光所尽之处

这时,远处的竹林,风中摇晃
那声音里,昂扬着一把把青翠
胸襟拓开,陡然辽阔、悠扬
昨夜残梦,纷纷亦随风而去
心境恰如打扫干净的庭院
清爽,却又略显得寂静

秋风疾

下午被风吹乱
天空的蓝渐渐淡去

树叶颤动,枝杆摇晃
树荫一段一段泛凉
太阳随之苍白了
下午的雄图大略

你神情发愣,看苍白的阳光
像条欲去冬眠的蛇
缓缓爬过面前

呜呜的秋风,吹进你的骨头
你的性情惟之蜷缩
把慵懒的身体,挪到
门前。且被一棵柿树上

最后的火焰,惊讶
天空的蓝啊,秋风你,尽管拿去
但心上的半壁河山
我要为春天守备

雪夜

雪落无声
远远的狗吠
和着雪,飘落旷野

此刻,你很闲暇
围着炉火,手端酒杯
打开的诗集旁,摆放着
一盘花生米

诗句,有着花生的香
酒,如火焰
畅游,闪耀于心灵的小巷

你湿润的心怀
容纳着雪夜。任凭
灯焰葱茏,摇曳,像春日的鲜草
拔节出得得的马蹄
赶赴春天

春夜帖

春夜,容易入梦
容易把脚,伸进
抽枝吐叶,孕育花蕾的
草木的境地

容易让人牵马,驰骋天涯
途中拐进草原——
草原浩荡
又诱惑了马,不得不停下
——尽管鲜嫩的草汁
湿了它的四蹄

这时,星辰散漫
垂落四野。有种温馨
犹如人家的灯盏

此刻春夜
春雷尚在孕育
蛰虫尚未醒来
犹如含苞的花蕾
悄然充盈着汁液

哦！春夜
是厚厚的茧衣
里面的春梦,正在蠕动,鹅黄
丰满着双翼……

四月

四月。阳光锋芒毕露
风越加稠密。玫瑰
独具匠心地安上锐刺
爱情

伫足片刻,又展转而去

你目光远眺,唯见炊烟
袅袅升腾。而远方
则淹溃于阳光里,飘若浮云

此刻,乡村鱼鳞般屋顶上,神
在悠然散步
他难得的闲暇
有农夫般
察看农事墒情的心情

梅花

我要开了
我开始开了
我开了,就不管
雪来不来
我都要开

看!山头上的风
吹猛了
山脚下的人家
闲散了

我开了,由风
去告诉远处的人
顺便让人家
打开木栅门
迎接远处,来玩耍的人

我开了
开得,和去年
一样的俊俏、热闹
我开了,还是一如既往地开
但就是不知,今年
看我的人
是不是还有一些去年的旧人

梅兰

女,原名梅南英,另个网名兰兰,南昌人,高中文化。热爱文学与摄影,用文字记录点滴,书写人生最美的故事而奋斗不息。

我爱你一生一世

2019.5.20 爱你一生一世
为你动容,为你写诗
思恋到永远

可曾记否
我们曾相遇在网络
在书山诗海的文学殿堂里
你的才情让我佩服
一起交流文学之美妙,博大精深的文学之精妙
论天下事,儿女情深
博古通今,
欣赏世界的美丽多彩
在心与心灵的相通
寻一份爱情甜蜜与温馨

茫茫人海中
在虚拟的网络世界里
在文学的海洋里
踏破千山万水
终于遇见了可爱的老师
让我倾心爱你的才华
从此一颗孤寂的心
有了爱的芬芳
让我有了爱情的港湾
在思恋中写人生百味故事度春秋
期待再相聚

2019.5.20
我爱你一生一世
为你写诗,为你动容
思念到永远

伴我度年华写春秋
记下这一切

我爱你
亲爱的恋人
我的老师
浪漫的 5.20 情人节快乐

为你写诗
祝福你生活美好快乐
我在遥远的南昌思恋着你
等待再相逢
与你携手共看人生繁华
白头携老永不分离

在天愿做比翼鸟
在地愿为连理枝

千古的爱情绝句在我心中吟唱
去迎接新的生活挑战
书写人生最美的故事而奋斗不息

有亲爱的老师真好
生活多美妙
给我爱的温暖
踏上人生漫漫路而勇往直前

2019.5.20，我爱你一生一世
为你写诗，为你动情……

2019 年 5 月 20 日于南昌花园

今生与你相约

浪漫的 520 情人节已悄然过去
在这温馨的五月初夏
阳光明媚柔和
大地呈现着绿的生机
百花盛开万紫千红
点缀着人间的美丽多彩

在这充满诗情画意的夏日里

我与亲爱的恋人
相识在网络里
一起徜徉在书山诗海里
展才华舒胸臆
看人生百态及世界之美妙
中华美学之精妙
品天下奇闻纵看世界风云变幻
在文学的天地里遨游畅想
书写人生的豪迈
今生有缘与你相识在文学的殿堂里
追逐文学与爱情梦
为理想奋斗进取
愿我们今生有缘
与你相约牵手一生：
执子之手
以子偕老
共看人世繁华

在花前月下共诉衷肠
天在愿做比翼鸟
在地愿为连理枝
缠绵的凄美绯侧爱情
令我感慨万千
虽比不了古人
衷心祝愿我与亲爱的恋人
能相亲相爱一生一世永不分离

今生与你相约
相会在浪漫的夏季
温情四射的夏天
让我们的爱情之花
永远盛开在玫瑰开花的季节
永远美丽绽放光华
愿我的梦想早日成真
我在遥远的南方
等待着亲爱的恋人……

书写我今日的豪情
走过人生风雨路!

_{梅兰(花香满楼)于2019年4月15日执笔南昌小区}

梅守福

男,生于1963年8月,大学毕业,文学学士,公务员,文化学者。湖北省作家协会会员,湖北省散文学会副会长。笔名一枝梅,《汉诗楚词》公众号发起人、主编。

放歌新时代

从旧上海的石库门走来,
我们走过整整九十六载;
从延安的窑洞门走来,
我们走过十二次继往开来;
从北京城的天安门走来,
我们走过六十八个华彩。
从十一届三中全会走来,
中国特色社会主义进入新时代!

这是一个强起来的新时代,
我们精神焕发,无比豪迈。
历经苦难的中国人,
一路殊死抗争,
从不停滞徘徊。
顽强地站起来,
不断地富起来,
坚韧地强起来,
终于走上了世界历史高耸的舞台。

这是一个开拓创新的新时代,
我们与时俱进,心潮澎湃。
历经曲折的中国人,
一路艰辛探索,
从来宗旨不移,初心不改。
不断革故鼎新,
持续攻坚拔寨,
终于踏上了
中国特色社会主义的崭新未来。

这是一个拼搏奋进的新时代,
我们只争朝夕,时不我待。
历经喜悦的中国人,
一路高歌猛进,
从来不胜不休,创造精彩。
走过基本温饱,
跨越发展障碍,
终于开启了决胜小康
建设现代化强国的时代特快。

新思想孕育新时代,
一代伟人开启了
新时代中国特色社会主义的新境界。
中国理念、中国理论、中国方略
思想弥足珍贵,
政党治理、国家治理、全球治理
亮点纷至沓来。

新使命赋予新时代,
在砥砺前行中擦亮中国梦的品牌。
国家富强、人民幸福、民族复兴,
彰显铁一般的历史担当。
不忘初心、牢记使命、继续前进,
熔铸博大的为民情怀。
伟大斗争、伟大工程、伟大事业、伟大梦想
辉煌事业崭新布局,
崇高目标华丽铺开。

新方略锻造新时代,
党的领导构成永恒的统帅。
党要管党从严治党,
打虎拍蝇严惩腐败。
政治建设思想建设,
健康肌体保持常态。
五位一体总体布局统筹联动,
四个全面战略布局科学安排。

新目标擘画新时代,
我们在追梦逐梦筑梦中激情满怀。
决胜全面建成小康,
共圆百年梦想时不我待,
三十年两步走提前安排。
物质政治精神社会生态共同提升,
富强民主文明和谐美丽全面奏凯。

新作为拥抱新时代,
我们信心满怀,豪情似海。
新的时代
具有无比深厚的历史底蕴,
新的时代
释放无比强大的前进定力,
新的时代
搭建无比广阔的时代舞台。
回应时代的召唤,
我们撸袖加油,出色出彩。
实现人民对美好生活的向往,
需要我们
牢记使命凝心聚力继往开来。
为了国家富强人民幸福民族复兴,
需要我们
永不僵化永不停滞永不懈怠!

梅艺涵

男,2002年12月出生于上海,现就读于瑞士莱蒙尼亚学院。零零诗社公众号主编。

缄默

相片为离别缄默
合影窃喜
独留纸飞机不安
疯狂为日落缄默
雨失去焦点
独留遗憾与黎明结伴

少年为自由缄默
迷茫扩散
独留老街播放着惆怅片段

演说家为孤独缄默
玫瑰腐烂
独留面具呢喃
公主为生活缄默
情愫深陷泥淖
独留王子纸醉金迷
阴暗为寒冷缄默
童话挑拨离间
独留光阴买醉

黑猫挣脱夜色
虚伪盘旋
现实覆盖青春
为岁月缄默
愿望陨灭
谎言来不及挥霍
用剩下的季节
兑换铭记一生的梦

怪男孩

孤独是细线
生活在太阳的背面
苛责男孩
勒住慢慢游走的时间

注入,成长必要的毒素
麻痹感知
注定会丢弃糖果
破碎童年的梦

怪男孩漫长的一生
与假笑形影不离
手持一束罂粟
打听流亡的传说

偏见还在世上
眼泪终会落入黑洞
思念的瞬间,又一个
头顶犄角的男孩倒地

第一千个倾听寂寞的人

宇宙般空洞的心
寂寞第九百九十九次的逃亡
脚步无法停止
寒风灌入狭窄的鞋

也曾欲说又止,与人交换过目光
深夜,疯言疯语
视线抵达一双信任的手中
第一千个倾听的寂寞的人

每一次倾听,都是最后一次
相同的迷茫,自卑接近
梦境停留在夏天
覆盖一整个寂寞的我

梅宇峰

实名孙卫峰,现在河北省任丘市供销大楼工作。文学爱好者,尤喜诗词,新旧体皆有涉猎。

七月

——昨,中秋兄邀同题《七月,唱一首快乐的歌》。我云八月已至胡为七月?兄曰农历犹在七月也。遂应而写题为《七月》诗,自言红尘岁月何悲何喜!

这个时间不要妄揣天机
否则 会在某个晴朗的午后
邂逅一场雨
热情

豁然就发育成全世界的浓郁
所以心事非常的拥挤
南方 一个不曾经意的闹剧
演着演着
就超越了利奇马的暴戾
立秋前
多数选择在空调里笑看悲喜
立秋后
雨成了时光的外衣
直到昨天 抬头的瞬间
就放飞了自己
七月过去了 没有
中秋兄说 还差一曲快乐做结局

2019 年 8 月 17 日

雨中荷

你知道我一生都在等你
在这红尘 在这一方碧水
无论昼和夜
无论潇潇还是淋漓
岁月静好
你来来去去或疏或急

今夜
没有明月　没有酒
只有一泓相思
今生
没有荣华　没有富贵
只有一池静谧
今天
你来了
我张开心扉和你的心灵撞击

夜　需要聆听
所以我压抑住热情无声伫立
在这红尘　在这一方碧水
我的心是通透的
尽管它身藏于泥

我的爱是无私的
尽管它承接了你的所有
却不想禁锢你的美丽

清晨
我用千万座莲台参悟这场别离
虹桥尽头
飘飘纱纱是你那一袭羽衣

2019年8月13日

秋日观雨

隔窗观看的浪漫
推开窗的刹那被凄凉侵占
八层楼的高度
听不清伞是在欢歌
还是在慨叹

隔窗观看的悠闲
摇下玻璃的瞬间溶入些纷乱
雨披的宽度
遮不住电动车的匆忙
随着时光四溅

积满水的屋檐
下水管象裕华路一样狭窄
水流轻易漫过隔断
不守规距地
垂成恼人的珠帘

二十四小时的天气预报
云和雨拼尽全力向明天蜿蜒
打着伞亦或隔着窗
惴着各自的心情
在彼此的世界流连

随笔(三首)
网

从未有一张网

能捕获如此多的鱼
而且每一条都心甘情愿
痴痴迷迷

祭桌上的鱼

一张一翕　一张一翕
封闭双眼的黄纸
也封印了躯体
只有嘴挣扎的不甘
配合着葬礼
谁是谁的祭品　结局
刻不刻上墓碑没有一点意义

野蔷薇

四月那次轰轰烈烈的同题
我在场外
沉迷于诗友们的生花妙笔
直到邂逅荒墙上
那一片偷窥人间的风情
发现文字只能表达千万分之一

2019年5月12日

致敬英雄

去时只有军令如山
脚步匆匆
归来却是十里长街
一片悲声
没有横扫千军的威武
也没有马踏关山的恢弘
只有一场意外的山火
一场意外的山风

义无反顾　前冲
稚嫩的背肩负的是家园是守护
宽广的胸膛怀揣的是党是国
是人民是忠诚

在我们眼中你们还是孩子啊

在我们心里你们已是英雄
共和国的丰碑上不知刻下了多少
如你们般平凡伟大的姓名
你们的脊梁
化成了山脉支撑着民族的伟岸
你们的精神
淌成了河流奔腾着血脉的永恒

2019 年 4 月 3 日

美芳子

原名孙云卿,祖籍江苏如东。1964年毕业于南京师范大学中文系。上海市作协会员,中国诗歌学会会员,上海音乐文学学会会员。出版 20 余部专著,诗、随笔发表《新民晚报》《文汇报》《解放日报》《上海诗人》以及菲律宾《联合日报》,新加坡《千红文学报》等。有诗中央人民广播电台广播。文史随笔发表《新民晚报》副刊夜光杯 30 余年,结集出版文史随笔集《闲寓品小录》,诗集《半瓣花朵》。诗入选《东方诗韵》,《诗坛,2018》等书。长衫诗社社长,《长衫诗人》诗刊(纸刊)主编。提倡现代诗的短,浅,美。

短诗八首
枕

如果,天空是
云朵的枕

如果,花瓣是
蝴蝶的枕

如果,湖面是
浮萍的枕

你,便是
我的枕

没有蝴蝶的菊花

飘动的
一丝花瓣
向春天的蝴蝶
招手

她知道
那相隔的冬天
谁都
无法逾越

我想对你说

风儿
你能把对岸的小船
吹过来吗,渡我

想看看老屋的
蔷薇
一定开满了墙头

浅秋

天上的月牙儿
孤零零的
等
雁儿南飞

我在等
第一片落叶
上面写满
春天的诗行

一只水鸟

夜半钟声,让
诗人
久久不能入睡

他一定还听到什么

比如
月光下，一只水鸟停在船梢

半瓣花朵

半瓣花朵
很轻
很轻

当她回忆往事的时候
风会停下来
倾听

午后的提拉米苏

又一个
潮湿的午后

梅雨捂住了
叶的呼吸

无法，想
象

那蓝色的阳光，飞鸟和城堡
快乐，填满了哈根达斯

咏叹调

神龛上的座钟
一声，两声
三声

好听的时候
窗外的月季花
开了

不好听的时候
送走了一个又一个
黄昏

孟宪华

山东人，生活在天津。曾在《人民日报》《诗刊》《星星》《诗选刊》《散文诗》《散文选刊》等多家报刊发表诗歌和散文。著有随笔集《孟华之滨》和诗集《掌上的心》《时间密码》《纸上城邦》。

春天的脚步（散文诗）
春风十里

春风，挑开年的红盖头，第一个走出来，走到山水间。

春不打山头，只打六九的头。而春的风想吹来鸟鸣，也吹来万物。

苍天之下，大地之上。是谁颁布了春风十里？清闲的鸭只是用红掌试探了一下水，就被诗人苏轼泄密。风只好提升暖度，去吹醒迎春花，杏花，桃花，梨花，海棠花……

有多少嫩芽，按原路返回，就有多少小草，挥动手臂欢迎。那些没有按原路返回的事物，是不是还在路上，我不能确定。

深埋地下的种子，慌慌张张托杜甫给春天留言，迫不及待地等待，等待一场润物细无声的春雨，从唐朝赶到今日。

春走到哪里，春风就跟到哪里。春风手中的尚方宝剑一指，河就开了，地就绿了，树就生，花就花开……

春风好像认得蝴蝶，蜜蜂，还有那些昆虫。我笃定他们都是春的铁杆粉丝。

重生是一次炼狱。只要是能活过来，管它是阳关道还是独木桥，过去的都是好汉，都心怀慈悲。

无须说破。万物遇到春风，就等于高山逢到了流水。

世间如此莺歌燕舞，姹紫嫣红。春风一直在表达，万物一直在表达，而你，为什么还不表达？

燕子归来是春天

乡愁的符号,一旦在季节里返青,所有的冷都即将融化。

当贵如油的春雨与大地密谈后,时间在燕子的翅膀上,越过南方以及南方以南。

不忘初心的燕子,翩跹着春的步伐,向北向北,一路向北飞出了唐诗宋词,从寻常百姓的人家滑落。回归,守住了多少人的乡愁。千里万里,任凭风暴雨骤,即便是魂归也是游子的精神与风骨。

燕子驮来了暖,也驮了春天的故事。

大地开始露出她慈祥的一面,燕子一一俯首问候,怀着一种对故土的恩。把艳丽给蝴蝶,把美给花朵,把绿给草木,把蜜给蜂,把犁耙给农人……只把害虫留给自己。风却把她的生平事迹吹得乱了阵脚。

燕子衔泥,筑乡愁的巢。

陌上流年,穿堂而过。有几多茅草土屋,是燕子的旧巢归宿;众多高楼林立,可否供燕子歇息起落?

燕子不管这些,继续扶春上马。

是不是面对濒临绝迹的庄稼,想重演一段义鸟飞燕衔食相救的传说?还是想再听一听麻雀兄弟的诉说?翻遍传说,我找不到答案。

剪风剪雨剪霾,剪病恹恹的土地与若有若无的炊烟……

无须感天动地,燕子本分做好自己,力所能及为家乡带来好运气。

燕子是春的天使,上苍派来的佛。

我只须仰望和膜拜。

——在春天里,在蹉跎的岁月里。

迎春花开春之首

孟宪丽

辽宁人。诗词爱好者,偶有作品发表。2018年开始写诗。

乡村的早晨

一声鸡鸣
打破了夜的寂寥
一抹曙光
唤醒了沉睡的村庄

炊烟袅袅
氤氲着整个村庄
晨阳柔柔
轻吻着大街小巷

女人们
吆喝着鸡鸭鹅狗
男人们
摇着辘轳播种着希望

孩子们
在睡梦中欢快地玩耍
老人们
调逗着孙儿们快快起床

杨柳
摇曳着对细雨的遐想
家雀
在枝头呼朋引伴的歌唱

乡村的早晨
蕴藏着勃勃生机
那人那街那巷
那花那草那树
都悄悄
走入我的诗行

乡愁

乡愁
有时候真的好小
小到一个川字

不知道什么时候
已悄悄爬上眉头

乡愁
有时候真的好大
大到似一枝园田里
生长多年的藤蔓
已伸展到世界的各个角落

乡愁
有时候真的好抽象
抽象到我们花尽了心思
也找寻不到
他到底是个啥模样

乡愁
有时候真的好具体
具体到远离故乡时
父母给我们的行囊里
装的满满的嘱托与关爱

乡愁是家乡的一草一木
乡愁是家乡的大街小巷
乡愁是家乡的潺潺小溪
乡愁是家乡的座座老屋
乡愁是心中那份
永远割舍不下的情怀和记忆

父亲的小菜园

那一畦畦的绿
铺满了农家小院
那一簇簇的精灵
是父亲精心侍弄的宠儿

静心凝望　那爬满架的黄瓜
狂撒着一身的翠绿
挂满枝丫的花朵
尽显着金色年华

豆角的藤蔓
与支架卿卿我我的缠绵
枝丫上的簇簇小花
期待着与蜜蜂哥哥呢喃

还有那　茄子角瓜辣椒
如一串串风铃
在微风中摇曳
共同奏响夏的协奏曲

小菜园
父亲晚年的荣耀
待秋韵斑斓时
金风奏响琴弦
丰腴溢满农家小院
父亲用勤劳
为喜悦签单

闵祥炬

男，1963年生，山东滕州人，大学文化，薛城区第二十九中学办公室主任，系山东省诗词学会会员、枣庄市诗词学会副会长。作品散见于《枣庄日报》《抱犊》杂志、《华夏诗文》等媒体，曾荣获第四届"相约北京"全国文学艺术大赛二等奖、第二届"岳阳楼"寻春诗会银奖。

错过你就错过了一个世纪

错过你就错过了一个世纪
当年
我在远处深情地望着你
看着你沿着那弯弯的铁道回去
羞怯
使我不敢表白
却难忘
年少同窗的心意

你文质彬彬　那么秀气
谈笑间
总爱把深情的眼帘
一瞬间就挽起　遮住
忽闪忽闪
我是心底随之泛起的清清涟漪

虽然有朦胧的诗意
青春的叛逆
却压抑着不能违反校风校纪
在生命的追寻中
与你有了美丽的相遇
但对未来的希望又让我迟疑

后来
我才知道　错过你
就错过了一个世纪
多少温馨的瞬间
就永远定格在那里
化作永久而美丽的记忆

明晓明

　　女，原名明细英，祖籍湖北省阳新县排市人。热爱文学。1985年加入省作协青诗会。后南漂廿年，2016年回乡。2018年加入县诗词学会，有诗歌散文多篇散见省内外纸媒和微文学平台。

春天把思念漂白了

在海里漂得好累的一条船
泊在堆垒的礁石中
雨丝斜飘
填满一页页苦涩的诗行
不甘衰竭而偷泣角落
那是生命勃发的悲怆

数年沧桑酒喝晕故乡的月亮
空酒瓶碎成天各一方

一颗星星遥远地闪烁
照着天空无眠而又心疼的凄凉

生活　淘金　南国
见不着亲爱的人是何等惆怅
南方的天空很大也很小
闭上眼睛是故乡

把思念零售给亲人
把青春批发给深圳
把自己幻化成流水线上轰鸣的韵律
再包装成没有商标的产品

用祝福折成红色千纸鸽
用离愁贴起潮涨的邮票
当天边飘来故乡的云
春天把每一个思念的日子
漂白得美丽温馨

梦中走过千秀谷

是陶渊明的桃花源
是周伯通的百花谷
是林徽因的一树花开
荡起一池柔软的微波

千秀谷　诗意盎然的幽境
晚风拂柳
是我鹿车共挽的四月天
天明朗
水欢畅
风悠扬
樱桃花洁白素雅
无花果清郁芳香
蓝孔雀屏开五彩的尾羽
情意绵长
梅花鹿伸长倔强的脖子
听风识音
修竹虚心劲节

林海苍莽清峻
月下疏朗的影子
娉婷袅娜摇曳生姿

千秀谷　农庄像玉宇琼楼
在我心门围栏之内
眉欢眼笑
在我脑洞启合之际
恍如隔世
长在眼里比百度娘亲近
种在诗行,胜于作秀的抖音网红

千秀谷　是一个爱情的地方
碧海青天
青春的少年把春心荡漾
红酥手
黄滕酒
执子之手
是我的前世今生
梦中流连的伊甸园

致友人——yan

昨夜思想发酵了
思念无边际的蔓延
电话自动回复空号空号
我找不到你的方向
你浅淡的笑容逐渐隐没
在短暂的梦乡

心在他乡流浪
漂泊的苦旅中独把一份珍贵坚守
那是寒冬你送我的炭火
那是人生暗夜最亮的一束光
在山边、在港头
在月影斑驳的校园小径

青春实在太短促
我已老去

但友情不老
它象闪烁在高天之上的恒星
在我心里　在异乡
默默启程

(原创)2012年8月于温州

明子

　　自由写作人,著有诗集《晚安,贝蒂》《梵女》。

气息

你闻嗅到清晨雨的气息
是如许化成可以摸到的一种消失
雨,也有过那样的记忆吗?
我的嗅觉:许多空酒瓶子气息
通过耳朵,鼻子和神经

白丝带

花园苏醒前
我拉开窗帘
一抹光正把树叶擦亮
六只白鸽飞过
我闻到一小块草和山楂树
天空中一条白丝带
慢慢形成金色光圈
浮木在角落
还有七片吹走的羽毛
忧伤
喜悦
心醉神迷……
每一分钟都和宇宙连在一起
从未静止

在黎明中看你

想这样静静地看你,看半梦半醒
沉默的你。

想这样,丝丝缕缕跌入你的银

河,直到昏暗的星星把我们卷进。

想少年时就开始,诱使我柔软的
一团火,在今天,细细地烧尽。

想,我也是你最凄凉寂寞时,最
想吃,想爱,想忘记尘世的人。

……就想这样,没有话语

只有心灵的交会

只有恬静的眼神和默契……

陌上人如玉

江苏扬州人,扬州大学,管理学院,管理科学与工程硕士,酷爱诗词。

一个人的沙漠

是累了吗?
为什么我是如此无力!
是倦了吗?
为什么此刻的我犹如风中的那一片落叶!
开始忘了吗?
为什么想起你却是在梦里!
开始回忆了吗?
为什么忆不起点点早霞与落日!
梦里有你,
知道吗?
醒来却不知你身在何处?
那是有你的青春,
那是喜悦与痛苦同在的挥洒!
梦里的那条红裙子让我欣喜!
是你送给我的礼物吗?
我真的喜欢!
是我失去了你还是你弄丢了我?
那些逝去的日子
我难受过,

你知道吗?
我是一只沙漠里迷茫的骆驼!
还能抗衡多久?
什么时候可以找到来时的路?
我是那枝头凋零的夏果!
等着你!
你在哪里?

莫峰琼

笔名天际微光、雅儒等,浙江湖州南浔芙蓉潭人。长衫诗社副社长,上海城市诗人社理事,蓝风诗社副社长,香港诗人联盟成员,中国诗歌学会会员,短诗原创联盟副会长,香港国际青少年联盟上海分会会长。

诗观:诗歌是人在困顿中,灵感突现的一道光,是星星之火的起源。拿起,写下;纵然诗歌界依然无我,我已然满足。

无题

摘一瓣月牙
酿一场宿醉
不等谁来

风来,雨来,都好
你不来也好

春的旋律

水月转身
一路鱼鳞飞羽
我痴望于寒夜
风雨抚弄着伤口
安魂曲在洞天涅

白雪皑皑的山岗
蛰伏多少生机

虹

携一场空灵
戴一缕孤寂
在漂浮的荷叶间
约会一颗露珠

风微微
光盈盈
都好似，佛祖的泪
折射那朵玲珑的心

岁月沉香

一起飞的自行车
划过逸夫楼的枝头

三好坞的桥
留下最青涩的笑

那杯毕业的酒
梗在眼眸
退却当初的上头

今夜有月，我看见路灯的眼泪落下

三伏的暴雨后
空气还是沸腾
树叶没有一丝想动的意思

月光也是热的
在路灯下
等待的人已经睡着

路灯
突然落下一滴泪

永恒

时间像橡皮擦，瞬间把
昨天吞噬

记忆的罐子，急忙把
碎屑收集
我把钻戒埋在抽屉
假古董装饰着品味

唯一祖传的
只有基因

飘心

暖暖的花瓣
片片地滑落
多少的飘零在晨雨里乞讨
冰凉的泪在红尘睡去
慢慢长成

回忆
在心底一隅
你
偶尔翻起

一杯红酒在唇边
徘徊着
葡萄园的微风

醉汉

把诗搓成药丸
揉进
心的空缺

心哭了
麻醉剂再多
还是要自我修复

莫懋珠

居住于湖北宜昌，凤凰诗社副社长，中诗网论坛主任编辑（首席），中国诗歌学会会员。

与月亮有关(组诗)
月在江边坐着

余秀华不来,满江的月色就不走了
这些荡漾的涟漪
带着大半个中国的微笑

这么多清辉,让山水矮了下来
已经入睡的灯火在梦中呓语
一些月亮缺了又圆

风一凉,月色就有了重量
我伸出手势
犹想捧起倒影里的天空

今夜,有些人是孤独的
不过在湖北,月在江边坐着
我也坐在江边,搂紧一江月色

这一刻,月色挂满了窗扉

突然就醒了,从古镇的阁楼
从江南的一爿客栈
从响着风铃的梦境里
一声轻唤犹在

蝙蝠、夜莺煽动着羽翅
一些滑翔悄然无声
聊斋弥漫而来
他乡人,犹在梦中微笑

这一刻,月色挂满了窗扉
村庄在北方以北朦胧
你在灯火里酣睡
姿势如弯月

一轮明月下,有多少返乡的目光

高楼上,脚手架凌空探出身体
灯火沿着城市延伸,拱卫着
无数倦归的身影

离岸的渡口,泊在鄂西北
老榆树下,那挥动的红围巾
无数次撞开夜晚的梦境

那里的灯火矮过栅栏
牵牛花、萤火虫,挤满窗口
一支竹笛常常走了音调

夜莺静静地聆听,河水缓缓地流淌
那支斑驳的橹犹自划动
渡船上,载着满满一船月光

墨尚江南

真实姓名朱玲,喜欢文学。有诗歌、散文、歌词以及诗评创作发表于《民主》《神州》《西北军事文学》《毕节日报》《中国国门时报》《北京诗人》等各类报刊。

槐花

时光如葩　落满枝丫
村口的老槐树
又挂上几弯月牙

如你摇橹而来　顺银河而下
我睁大眼睛　却看不懂
前世的童话

无题

好好的光阴
终究被一抹纠结的云雾粉碎
散落成几片留不住秋的枫叶

日子拼凑的感觉
都在曾经的嫣红里留痕

有人想弯腰拾起
那细碎的时辰
却突然感觉已无必要困在
一处真真假假的残核里

或许它只是
一种无可触及的　轻飘飘的色泽
在心底轻飘飘的已不够分量
最后只能了无生趣地放下

故　乡

故乡——
这么一个生根发芽的词汇
在低眉浅眸间时时拔节
日子一样地如影随形
或许每一个离开家乡的人
都有过这种感觉

故乡像是在一叶草籽间生长
或者在一缕灯光下跳跃
又或者在一片白云中飘逸
一弯柔波中荡漾

其实故乡
是在一碗白米饭上驻足
在初时的爱情中盛放
在一本书中萌动
在孩子的眼神中清澈
在老人的思念里浑浊
在一枚月色下斑斓

故乡是古旧的也是崭新的
是有声有色的也是流动跳跃的

可当你真正的回到故乡
它却远远脱离你的记忆和想象
就像你永远也找不到

当年的那堵墙

秋　意

一习风带着凉意
漫过田园
所有的谋略都藏在
微凉的叶端

天地间好奇的眸子
在夏落下的残章里窥探
窥视一场华丽的嬗变

我的眼神
探出季节的风口
在绿与黄
怡然流变的情动中
捡拾丰满

影　子

造物主的精明
就是为每一个生命体
通过光线效应设置一个影子
必要时甚至几个影子

尽管像模糊的哈哈镜
既不能准确它的形体又无法
显示其灵魂
有时候甚至无限地缩小或放大
真实的自己
但却鬼魅一般的形影不离

天空　地面　水域　眼睛　心室
总之所有物体的所有空间
都无法躲避这种现象

我的影子是在多处空间
活动着的
它们分成无数的生命活体

跟随我的生活悲喜烦忧

就像看到某处有些杂乱的野草
心里就生出满满的乡音

牟福明

河北承德人，西安冶金学院环工系毕业，在承德县水务局工作，承德市作协会员。酷爱诗词，有作品发表于《诗词之友》《河北农民报》《承德日报》等报纸刊物，曾获第二届河北文学艺术采风奖三等奖等奖项。

最的美心愿就是陪伴温柔的你

抬头注视微笑的星星，
轻风吹拂你甜甜的脸庞，
有许多的话儿要想倾诉，
不知能否遨游欢愉的远方？

拥抱那翠绿的白杨，
小花依偎你清清的脸庞，
怎样将许多的话儿来倾诉，
不知能否入进相思的梦乡？

漫步在林间的小道上，
细叶摇曳你红红的脸庞，
迫不及待的把话儿跟你倾诉，
不知能否一起于天空中飞翔？
其实，我心里最美的心愿，
就是想与温柔的你陪伴到白发苍苍，
就是傻傻地说话傻傻地吃饭，
就是痴痴地把你贪婪凝望。

这里，只有我与花小草星星

这里，只有我与花，
她指我，我指她，
谁也不说话，

这两个傻瓜，
望望天望望山，
低下头在想啥，
哪里是我的家？

这里，只有我与小草，
她瞧我，我将她瞧，
谁也不说话，
两个傻傻地笑，
读读诗写写信，
低下头把啥要，
相思滋味甚奇妙。

这里，只有我与星星，
她也旅行，我也旅行，
谁也不说话，
两个一样的命，
走走路想想事，
低下头欲求情，
一支乡歌悦耳听。

青年之歌

青年啊，我为你歌唱，
歌唱这个美满欢快的时光，
青年啊，我为你欢呼，
欢呼这个洋溢生机的希望。
多么美好亲切的称谓，
多么值得称羡的向往，
多么无限追忆的岁月，
多么寻求诗意的梦想。
可以浪漫的飞奔远方，
可以任情的快意豪放，
可以手摘那微笑的星星，
可以在宇宙纵横翱翔。
这个时代有你散发光芒，
这个民族有你豪情万丈，
这个社会有你朝气蓬勃，
这个国家有你壮大富强。

青年啊，我为你歌唱，
歌唱这个充满欢快的时光，
青年啊，我为你欢呼，
欢呼这个洋溢生机的希望。

木槿

女，原名徐海燕。黑龙江省甘南县人，现就职于甘南县司法局。1990年代开始文学创作，喜欢散文、诗歌，有作品在报刊发表。2017年重新开始写诗。

草稿

备忘录里有一个草稿
是只有一个题目的草稿
题目是十月十五日
题目下面是一片空白
如今看着这个题目
已无法获取当时的任何信息

是喜怒哀乐
还是某种情绪
或是一个想记住的日子
它的确真切地存在过了
也曾经想过用诗来纪念
可是这么快
就真的变成了一片空白

草稿箱里的题目提醒我
不要留下太多的空白
否则日后无法给这些空白
再涂上缤纷的色彩

我想起很多年前

我想起很多年前
冬日的一个傍晚
站在故乡的后山上
看山下一大片葵花

被割去头颅后
仍笔直地站立着

接受寒风地肆虐
干枯的深褐色的叶子
哗啦啦呐喊着
证明着一种存在

寒风中的我
不由得挺了挺脊梁
高高扬起的
不一定是头颅
也许是信仰

火柴

在黑暗的屋子里静默
不时的声响
唤醒了我的忐忑
偶尔打开的门
只有白月光散发着寒气

终于感到了你手指的温热
在几秒钟的生命里
让我痴恋与不舍

长久的期待
只为擦肩而过……

鹩哥

这是听说的一种鸟
据说是黑色的
叫声很响亮也很婉转

我对它的名字很感兴趣
这是会陪人聊天的鸟吗
这是用叫声赢得赞誉的鸟吗

这应该是一种什么样的鸟呢
查找资料时有个词引起我的注意
鹩哥擅于模仿百鸟的叫声
可我听说的这只鹩哥不是
当时它一路都在沉默
是粉色的铁丝笼子捆住了它的喉咙吗
还是在模仿中迷路了呢

也许谁都会有一段蛰伏的日子
但无论多么遥远的路途
不要忘记
要叫出自己独有的声音

木易

原名杨锁身,河南省三门峡灵宝市人。人生起伏,岁月风雨里当有万千诗意,每个日子在平仄中度过。

离别,播在老家的种子

离别时总在雨天
远行的人挪动一步
竟这样艰难

为了生活离开家园
搭一条船
装上叮咛载满期盼
心里疑问不断
要去的地方是否是
适合自己泊靠的港湾

轩窗前揪片树叶
遮住双眼
启航的船快点离岸
别让双桨丢失在泪海里边

左手拉着行囊右手示意再见
左肩扛着家人右肩扛起明天

身后鸡犬相闻
前方远处工厂的高烟囱
飘浮着炊烟

曾是雨霁天晴的春天
外出的你把一粒泡好的种子
埋在老家庭院
这粒种子谷雨后拱破土壤
夏天里拔节
秋天里疯长
冬天里落叶
孤零零站在老家
像根天线

几只家雀攀援在天线上
好让回归的燕子
能看得见老家的天

七月,从诗经里、昆明池经过

七月树梢
火球滚动
多少人在烤箱里挣扎
黄色皮肤下的水分
快被岁月拧干
摘片荷叶
享受清凉
只一根火柴
整个池塘
荷尖上的蜻蜓
连同自己
一同燃烧

从不曾想
路过西岳
到唐都去
梦里见过唐王的威仪
杨贵妃的华贵
时光是否磨平了

烽火中的城墙
不知是否会坠落在
古代战车辙印的沟槽里
爬不出来
此刻，不管不顾
一路向西
准备穿越
千年

从小家贫
买不起诗经
而今有幸
走进诗经里
翻一本老书
竹片串接，诗境
不知从哪而入
蒹葭苍苍的岸边
风，雅，颂
枝头摇曳
赋，比，兴
水色涟滟
紫檀树下
传来鹤鸣
衣袂飘飘的老人
用文字阵把我俘获

昆明池
将士们在
皇帝的眼睛里
演兵布阵
战旗猎猎
所向披靡
几千年的雪雨
风化了皇权的图腾
血祭的旗帜下
河清海宴
歌舞升平

夕阳下
雀儿回家
我们身上落满
兵马俑的烟尘

月圆的时候想起你

一轮明月穿过老家
挂在天际
清风吹过阡陌
丢了你的行迹
摆上素拼清酒
想起辛酸的你
西风落叶
卷走了你人生四季

一轮明月穿过桂梢
挂在天际
金风吹过荷塘
带来丝丝凉意
摆上杯盏果盘
想起久违的你
轻声一句安好
秋虫诉说孤寂

一轮皎月穿过街巷
挂在天际
清风吹乱青丝
苦觅你的气息
掰开月饼石榴
想起工地的你
你那疲惫眼神
把我心肝揉碎

一轮玉盘穿过心底
挂在天际
秋风带着思念
送来丝丝甜蜜
端起饭碗茶杯

想起温柔的你
清晖洒满回家路
梅绽是归期

天上的月亮穿过浮云
圆缺更替
地上的风雨掠过红尘
时缓时急
摆上杯碟筷碗
难免有人缺席
祈条红丝带
亲情永远系一起

N

南鸿子

男,70后,居川北,中外散文诗学会会员、四川省硬笔书法家协会会员。诗歌散见《辽宁青年》《星星》《散文诗》《散文诗世界》《诗词》《四川诗歌》《四川日报》等。

用胸臂合围一柱江山(组诗)
观棋语

旁观者自清。博弈
是局中人的生存法则
我喜欢充当旁观者,轻松若蝉,自鸣其乐
总是看不惯弱者被强势困顿
我不得不指指点点,把江山打乱
墙头草,马后炮和两面三刀
都是我一生的敌人
我不得不拿出最阴险的套路
一步一步逼攻对手的内心

嘲笑总是被自嘲淹没在半路
得意成为失意的前奏
舍与得在人生的棋局里,轮回
起起落落是一个人必须经历的阵痛

平步青云只不过是对手马失前蹄
让下了半壁江山
一马平川的底部,或许早已遍体鳞伤
而时光永远不会结茧
一生最好的结局是握手言和、化茧成蝶

在梓潼,我陷入一片翠色的光阴

金牛古道涵养千年古风
吹皱一片云
陷入。浩瀚的历史空间
依次看见秦汉、东晋、北宋、唐朝……
留下沧桑的影子,和遗产

在皇柏大道指认树王,指认秦时明月
指认蜀汉江河
找到一个朝代的故乡
用我的胸臂合围一柱江山
认识皇柏,认识宋柏,认识张飞柏
皴裂的皮肤掩藏不住时光和风霜
年轮在胸部增长
丰满了翠色的光阴

繁茂枝叶如盖,像诏书令
摇动一片土地,沸腾,染色
沧桑的虬枝沾满汗水
它们以粗壮的胸径支撑躬耕的脊梁
每一棵树都拥有两个主人
和无数欣赏者

树长出象形,是一种精神
夫妻柏,鸳鸯柏,天桥柏……
完成了树与树之间的拥抱和交谈
实现了你中有我、我中有你
我用伫立和聆听,换取这相亲相爱的时光
我抚摸古柏的身体,抱住一个词根不放
与古人,或树,交换身上的骨

落草为家

一只蚂蚁爬出草坪
水泥地板成为遥无归期的汪洋
我用一根草试图将它拦住
救赎亦成为迷途
往返路上,不是陷阱,就是狭道
从草尖到地板的距离
恍如隔世

蚂蚁好不容易翻过身来。在徘徊中
险些被一只上访的胶鞋踩死

倒挂

一种人为的叛逆
从头到脚依次否定
直立的思维

热血倒流
填满内心的沟壑,勾兑平生的浓度
让郁结退祛虚无
让疼痛结伽和隐居

归于自然
思想慢慢潜入江湖
风起云涌的不止是另一种风景
在倒置的世界里
坚硬的钙已渐次长出棱角

七曲山行

七曲山,用一截石碑把蜀道放平
以九曲的潼江,平面转换昨日的险情

殿宇在浴火中重生,铬下历史的印记
红檐翘角勾破翠云,疑是天上宫阙

百尺楼,用擎天柱撑起慈孝道义的高度
文昌帝君割股救母,已成为铁的事实

魁星楼、桂香殿、应梦台,留住香火和梦老
桂、古柏、清风,把捷报频传至人间

二月初三的香火,点燃内心的萌动
文昌神像一粒种子,在希望的田野拔节

七曲山,一块绿翡,吐出一万个负氧离子
拜庙宇,听风声,观古柏,收拾旧山河

年轻

山东省聊城人,吉林建筑大学,经济与管理学院,建筑与土木工程(工程管理)硕士,酷爱诗词。

修心为上

我还是变了
自责之外,无胜人之术;自强之外,无上人之术。
志之所趋,无远勿届,穷山距海,不能限也。
扣心问自己"是否还如当初拥有一颗赤子之心,无畏风雨,勇敢向前。"
立足定须成白璧,读书何止到青山。

真正做到这些,我还需要很多。
品格的体现,实在无人之处。
当自己身处无人之处,是否还能做到遵守规则;
机会便意之时,是否还能恪守原则;
犯错之后,是否想着规避惩罚。
我问下自己,我对自己说:

我不知道自己会做到什么样子,
但是会做到令自己满意的完美状态。

宁家亮

毕业于辽宁大学,汉语言文学系,从

事小学教育 15 年，盖州市作家协会会员，信息技术教师。录制的微课，获得过辽宁省教育部三等奖，和同事合作的微课在清华同方光盘出版社发表过，所录制、剪辑的微课获得过国家级一等奖。所写的诗歌、论文在省刊物发表过，爱好广泛。

我在杏树下等你

何必在意对与错
生命本是一辆奔驰的列车
旅途本来就寂寞
为何还要频添太多的苦涩
茫茫人海
相遇就是最大的收获
能有几日春花秋月
为何不借酒当歌，活得洒脱
春花烂漫
冰清玉洁
再美的芳华
又能采撷几朵
何苦要迷恋一枝的姿色
况且杏花朵朵
我在杏树下等你
等你，只为了那不变的承诺。

一抹春水

遇见　很幸福
错过　又很痛楚
是不是思念的本身
就是最大的失误

在料峭的清晨漫步
寻找那份清幽的归宿
思绪犹如袅袅炊烟
起起伏伏

采一枝新绿
让那份温馨融入心灵的沃土

携一缕阳光
让那份资助写入我的诗书

爱如一抹春水
荡漾处
笑也孤独
哭也孤独
失得之间是那份纯真的情愫
莫辜负

成全

成全是一种美德
它能让失落的文明
重新绽放鲜艳的花朵

走在茫茫的黑夜
即便星点的闪烁
也会点燃求生的篝火

走在熙熙攘攘的大街
即便一个善意的动作
也能唱响社会和谐的歌

徘徊在幽深的角落
即便一句普通的话语
也会温暖一个生命的心窝

心怀成全
天空海阔
再苦　再难的岁月
也如轻风吹过

心怀成全
高风亮节
即便是荒芜的原野
也会荡起翠绿的波

牛磊

女，1982年1月出生，陕西商洛人。陕西省作家协会会员，青年作家协会会员，现就职于商洛市自来水公司。诗歌散见于《绿风》《延河》等。

点绛唇

说不上是从某天醒来之后
风　像一杯奶茶给予的答案
即便在一口井的天空
也能吹动一片惊艳的宇宙

四围的山　远远看着稍微有点遗憾
站立得格外挺拔　面容难掩潦草

还是水好　和我们比邻的
江面　冬天也没有冻结
一尾锦鲤浮上水面
为一池春水点亮朱唇

药

七月的风　吹散蒲公英的云朵
天空中的云朵也低垂下来
沉甸甸的　一不小心落成八月的雨

是怎样到春天的　蒲公英
又开出黄色的花朵　这菊科的植物
随遇而安　拥有顽强的生命

而那时　我只想将它入药
听说它性寒　味甘苦
可清热解毒　消炎止痛

觅

雪地上　不慎摔倒过的人
凛冽的白　和同样凛冽的暗夜
曾同时　撞进身体里

而现在　低头寻觅脚印的蝴蝶

依然会探出　触角
一边满握雪　一边攥紧盐

月光

这么多年　月光
总会爬上同一扇窗

这么多年　月光掸落树叶上的灰尘
把粗糙的大地反复摩挲成细腻的瓷器

这么多年　内心有太多隐疾的人
月光为她一点一点拨亮希望

这么多年　用水养大的人丢失的湖面
在夜晚月光为她缝补出光洁的镜子

这么多年　月光总会爬上同一扇窗
在同一双眼眸里任大风吹落雨雪

预言

黄昏时　一起蹬脚踏车的人
合力发掘出身体里潜伏的矿藏

翻过一道春寒一样料峭的山坡
腿部肌肉放松成一朵云

钟表的指针从不容许人们偷懒
可现在　我们只用握紧方向

霞光也慵懒　这黄昏微笑之后的神秘
让白天和黑夜交替成为半明半昧的预言

牛涛

山东省菏泽市作家协会会员，专业技术拔尖人才,获定陶区人民政府突出贡献奖。纪实文学《一个农民闯市场的酸甜苦辣》获全国一等奖。著有小说《范蠡说媒》《又见秋风起》《辣妻》《神仙树》《市长打工》，见于《三月三》《参花》《山梅》《超然诗刊》《云南日报》《含笑花》《牡丹文学》《通肯河》等。其中《辣妻》《的姐》等作品获山东省二等奖。著有长篇抗战谍战小说《铁血厚土》。

献给中华人民共和国成立70周年
巨人中国（组诗）
70年前的中国

看中国，门不开
外国列强闯进来
山河破碎狼烟起
腥风血雨遍地哀
君不见，唯有朱门酒肉臭
路遇尸骨无人埋
万户萧疏
温疫成灾
长夜难明啊
四万万同胞任人宰
泱泱大国
魑魅魍魉全登台
但见华夏儿女背井离乡去
自古几人能回来
千奔走，万呐喊
水深火热的日子何时改

70年后的中国

看中国，世界呆
石破天惊高奏凯
星星之火啊
把生锈的国门全烧开
东方雄狮一声吼
三座大山化尘埃
五岳扬臂擂战鼓
长江奔腾报捷来
中国人民站起来
五洲四海齐喝彩
中华儿女个个都《思想者》
独领风骚新一代
大国工匠震五洲
"中国名片"誉四海
在农村，广袤原野翻金浪
在工厂，铁流滚滚抒情怀
"嫦娥"奔月去
"神州"逐日来
"复兴"号撒着欢儿游世界
"蛟龙"五洋展风采
"辽宁"航母卫海域
港珠澳大桥好气派
中华儿女啊
厉精图治七十载
指点江山颂党恩
誓把贫穷的帽子甩
富起来，强起来呵
盘古开天多豪迈
"一带一路"不是梦
中国从今走向世界大舞台
祖国七十日正午
永葆青春走进新时代
中华民族伟大复兴的号角震天响
披荆斩棘，前进的道路我们开

人民英雄纪念碑面前的遐思

一座丰碑，拔地参天，高高的耸起，
千百万英灵，化作永恒，在汉白玉上铭记。
蓝天白云日里夜里为他们歌唱，
苍茫大地时时刻刻将他们的名字唤起！

或许，他们当中的某些人能成为科学家，
或者是歌星，影星，
或许，他们当中的某些人能去探索宇宙的奥秘。
或许，他们当中更多的人可以娶妻生子，
去享受天伦之乐，

或许,他们可以携带家眷去逛逛公园,感
受着人世间的欢歌笑语……

然而,他们没有实现这些最基本的夙愿,
是炮火硝烟将他们的美梦冲击。
有的投笔从戎,决然走向了战场,
有的在看不见的战线中披风斩雨。

大刀长矛为他们高奏起赞歌,
枪林弹雨将他们的心灵荡涤。
几多英烈冒着敌人的炮火前进,
几多豪杰用自己的血肉之躯去呼唤正义。

一朵鲜花还未来得及绽放,
就被罪恶的魔爪掠去。
一个个梦幻还没有来得及实现,
就被无情的硝烟代替……

朋友,当你在幸福生活中潇潇洒洒,
你可曾记起他们?记起他们的艰辛经历?
朋友,当你在睡梦中露出甜美的微笑,
你可曾记起他们?记起他们带给你的一
片静谧?

也许,他们当中的某些人并没有留下自己
名字,
也许,他们带着更多的遗憾离去。
但是,他们的浩气长存,将与日月同辉,
共和国的不朽丰碑将是他们永远的记忆!

天安门广场上的遐思

每一次我来到这里,
本来平静的心便掀起阵阵涟漪!
你是一部浩瀚的大书,
我曾发誓一定要真正读懂你……
多少年了,我跋山涉水,一部还没有读懂
的书,
又增添了不知多少页新的传奇……

浩瀚的大书啊,
六百余年的传奇。
曾几何时,仿佛是在昨天,
大明帝国迁都在这里。
他们看中了这块风水宝地,
气势恢宏的建筑,在子午线上将天、地、人
完美地结合在一起!

曾几何时,仿佛是在昨天,
大清王朝几经把这里变成腥风血雨!
外国列强决不放过这"块"肥肉,
他们虎视眈眈,垂涎欲滴。
于是,一场大火将东方文化的精华掳去,
从此这里变成半封建半殖民地!

曾几何时,仿佛是在昨天,
这里又踏进日本侵略者的铁蹄!
东方雄狮终于在梦中被惊醒,
一声怒吼震撼九州大地。
"起来,不愿做奴隶的人们……"
中华儿女从此浴血奋战,前赴后继……

曾几何时,仿佛是在昨天,
我饱经战乱创伤的国土啊,你满目疮痍!
曾几何时,仿佛是在昨天,
我饱受摧残的父兄姐妹啊,你可岌岌!
千百年来,为真理而奋斗的仁人志士,
在这里的"人民英雄纪念碑"上铭记!

曾几何时,仿佛是在昨天,
一位世纪伟人亲自按动电钮,将那面鲜血
染成的红旗升起!
从此这个曾经任人欺凌的民族,
抬起高昂的头,在古老的东方屹立!
天,是多么的蔚蓝呵,
心,是多么的神怡!

曾几何时,仿佛是在昨天,
有一位开国功臣带着遗憾驾鹤长离。
一时间,白玉栏杆、松柏枝头花如雪啊,
大地哀鸣,江河悲泣。
人民殷切地高声呼唤:
"回来吧,我们敬爱的周总理!"

然而,渔网毕竟遮不住太阳,
谎言也终究掩盖不了真理。
拨乱反正的浪潮呵,
一次又一次峰涌迭起!
一场真理标准的大讨论,
让整个国民茅塞顿开,思路清晰!

经过风雨荡涤的阳光,格外明朗,
饱经忧患的民族又一次冲破陈旧的思想藩篱!
炎黄子孙们终于可以实现放飞梦想,
中华民族伟大复兴的一页终于从这里掀起!
改革开放,干事创业谋发展,
我们有着前所未有的强大的凝聚力!

曾几何时,仿佛是在昨天,
世界五大洲的体育健儿在这里云集。
我们的百年梦想已经变成现实,
五环的旗帜终于在这里升起。
在这个不同肤色的人们都能和睦相处的地球村里,
五星红旗也终于显示出她非凡的魅力!

今天,在我们这个承前启后,继往开来的伟大时代,
共和国科学发展的春天如此绚丽!
踏着二十一世纪的晨曦,
共和国的决策者们高举民族复兴大旗!
一个个宏伟蓝图在这里绘出,
一个个飞速发展的捷报向这里传递:

三峡大坝胜利竣工,
京九铁路又举行通车典礼!
深圳发展模式举世瞩目,
上海浦东又开辟出一片新的天地!
卫星发射成功上天,
神舟飞船赶赴太空去探索奥秘……

我心目中的国旗呵,你身上镌刻着无数先烈的风采,
你身上浓缩着五千年中华文明智慧的大聚集!
每天,你伴随着鲜红的太阳高高地升起,
每天,你伴随着天籁之音要到达新的目的地!
每一次见到你,我心潮澎湃,
每一次想起你,我鼓足勇气!

我们的永远也读不完的史书啊,你令我们的敌人折服,
你令我们的朋友心仪!
你的上空将会红霞映彤,
将不再会有满天阴霾。
你的脚下将会蝶飞蜂游,
将不再会有风狂雨急……

我们的黄钟大吕般的史书啊,
弹去岁月的尘土,你更加光彩熠熠!
六百多个风雨沧桑,你不老,
你变的更加成熟,更加充满活力。
六百多个年轮雕琢,你更美,
你变的更加深邃,神奇……

牛雪

吉林长春人,吉林工商学院,工商管理学院,工程管理专业本科,酷爱诗词。

心似浮萍

本以为事事都该尽人意,
可到真的做的时候却是处处碰壁。
拿着那张毫无重量和质量的纸,
跑遍了大半个城市,
脚累,嘴累,更累的是心!
有那么一刻真的感觉好木然和茫然,
整个人犹如虚脱一般!
看着这个陌生的城市我有一种想逃离的
冲动。

为心中的情感,
选择一种生活,
不知道自己喜欢与否,
只知道心里堵得慌,
是我贪心不足要求的太多还是一无所有
的我独有的敏感,
梦中总是在期待,
那里有我喜欢的点点滴滴,
可人生难道是醉生梦死!

嗓子眼里好象真的卡住东西了,
有一种刺痛直达大脑,
视线瞬间模糊,
我到底在追求什么,
我到底向往的是一种什么生活,
这是一种捆绑的痛苦还是自我心灵的束
缚?

曾经是美丽,
今天还是否纯真,
明天的你我又将是怎样的一抹色彩,
是白兰相间的清新,
还是黄粉交叠的灿烂还是灰黑混重的沧
伤,
疲惫而乏成熟的年轻心到底经得起几多
哭泣?

想起那年的心情,
那么简单那么无忧,

还有那年的天空,
总是湛蓝湛蓝的!
张开眼睛仿佛已经看到整个想要的世界!

睡起有茶饥有饭,
行看流水坐看云!
执子之手,与子偕老!
要你琥珀的心琥珀的情琥珀的泪琥珀的
痛,
你是我一生不原醒的梦!

O

欧阳刚

湖南省湘潭市人,男,职业司机。

湘雨迷春(散文诗)

三月,天空飘着朦朦细雨。
兰草芦蔓老树……
一切从寒冬醒来的绿精灵穿着新衣裳,迎接着天赐甘露。
湘水河畔,渔舟码头。
三五路人遥望对岸,三两花伞少女如驾几朵飘云般的仙女。
渐渐消失在细雨迷离的早春,
倦鸟合家欢,
东岸青草码头,碧波荡漾泛舟。
春暖花开,百花争艳。
独享一枝心醉。
西山黄昏霞光,倦鸟鸟双归巢。
幼雏几双,翘首盼望。
合家团圆欢喜

欧阳华

笔名迎笑,号绿苑寒士。江西彭泽人。已在《国土绿化》《名作欣赏》《中国散文家》《当代写作》《江西诗词》等报刊发表文学作品300余篇(首)。文学作品在全国文学大赛中获一、二、三等奖,优秀奖20余次,作品入选《中华散文精粹》《华夏散文选萃》《中国当代散文大观》《百年散文名家》《中国实力派散文家》《当代诗歌精选》《2009年度诗歌精选》《中华诗词全国大赛优秀作品集》《中国诗人》近30种文学选本。现为江西省诗词学会会员,江西省作家协会会员,中华诗词学会会员,中华当代文学会会员。著有诗文集《午夜听雨》,散文集《无花蔷薇》,诗集《绿苑吟草》。

岁月染醉了相思

三百六十五个风景
匆匆眼前闪过
远去的足音　留不住声响
回音壁失去功能
呼啸的朔风
奏响行进路上的迎宾曲
高吭而激昂
飞扬的花絮
踩点时光的韵律　翩翩起舞
感动了的寒梅
笑靥羞柔斗艳
岁月　染醉了相思
春姑娘　在元日的肩上
踮脚凝望

我是一棵小草

我是一棵小草
四季把大地拥抱
春天来了
我伸伸懒腰
向着阳光　露出微笑
我是一棵小草
四季把大地拥抱
夏天来了
我葱绿娇娆

迎着薰风　唱歌舞蹈
我是一棵小草
四季把大地拥抱
秋天来了
我从不烦恼　骄傲呼号
我是一棵小草
四季把大地拥抱
冬天来了
我雪被睡觉
期待来年　自豪报到

谷雨

点点细雨送走了
似锦的繁花
不拿薪资的公务员
在枝头发出布谷的召唤
沉浸在梦幻中的
稻种　欣然笑露洁牙
向大爷　致以春播的
奠基之礼

逐渐离休的乡村

乡村
只是穿着华丽外衣
隐藏阡陌里的阁楼
乡村
只是留守儿童的避风码头
乡村只是老年人的依恋和守候
乡村

欧阳欣悦

实名刘宝玉,汉族,大专学历。籍贯上海,1962年11月5日出生于江苏。中国现代作家协会会员,世界华语作家联谊会、上海市浦东新区作家协会、网易中国作家协会网、中国当代作家联合会、江苏省盐城市作家协会会员。做过小学代课老师22年。于1984年开始通讯、诗歌写作。部分作品发表在《凤凰诗刊》《百姓诗刊》《中国诗人》《诗歌选刊》《中国当代人》《左诗苑》《当代作家》《浦江文学》《羲之诗书画报》等报刊。另有诗入选诗选"九诗人"第六卷、诗词集《庚寅诗词集》合集。

拾起烟雨中的诗叶

夏风　轻抚着面颊
清荷　悄悄地待放
一往情深的弯月儿　躲过迂回在江南里的雨季　悬挂夜空

梦醒时分的午夜
月光　洒满了天空
有多少个失眠的夜晚
有多少个多情的歌者
痴情的向着月光姑娘膜拜

拾起　江南烟雨中的诗叶
心海里泛起了诗情画意的波澜
梦儿　飞向黎明前的曙光
爱念　织成会飞的翅膀

江南里的诗叶　梦里成行
烟雨中的诗叶　越秀越香
我和你　明月　月光对望
你就是我　一直想朝拜的　圣洁的　天堂

P

帕里克

新疆哈密人，吉林工商学院，工商管理学院，工程管理本科，酷爱诗词。

最单纯的感动

流水潺潺，叮咚作响，
悄悄的洗去砥石身上浮躁的灰尘，
轻轻地温柔着他冰凉的心。
有些人总是在你疲惫烦乱时给你一句贴心的安慰，
这份关怀就好像冬日初晨刚解冻的阳光，
穿破云层，温暖全身。
这些人是朋友，是一生的眷恋。

烈日下再坚强的岩石也终需沙土相伴，
皎月下再孤独的苍狼也终要静影相随。
有些人总能在你成功时给你一个淡淡的微笑，
分享喜悦；也总能在你成功进步时递给你一个坚强的臂膀，让你抓牢。
这些人是朋友，是一生一世一辈子的依靠。

翠竹林中琴音轻盈灵活，飘荡在枝头叶下，
晶莹剔透的碧竹节节攀升，流光的色彩似翡翠也似琉璃。
那是曾经无数滴露珠苦心浇灌才终使弱笋长成玉竹。
有些人总是愿意不知疲惫地用爱滴润你心灵的沃土，
愿意用无怨无悔的关心去滋养你生命的根系。
这些人就是你的亲人，是你一辈子的依靠。

细风轻拂，叶微动；鸟语脆鸣，影迷踪。
立于高山之巅，仰望云卷云舒，俯视林海莽动，
当富贵荣华终成南柯一梦，
当纸醉金迷终成泡沫岁影，
人生成为一潭死水，

那么就静静地在潮汐刚退去的岸边拾贝,去寻找自己人生最珍贵的回忆,体会生命里最单纯的感动。

潘逢燕

笔名潘玉,女,汉族,湖南怀化人,70年代生。湖南省诗歌学会会员,怀化市作协会员,怀化市诗词楹联家协会会员,《雪峰》诗刊编委。作品散见《特区旅游报》《湖南诗词》《怀化日报》《边城晚报》《雪峰》诗刊等,多次获全国诗歌竞赛大奖,首届集蜂堂杯小蜜蜂文学作品全国大奖赛一等奖。

雪花送来的新年

年终岁首这场瑞雪
雪花用诗意填满我们的足迹
往事的坐标穿上外衣
左脚前移,右脚服帖
前一秒打转,后一秒深陷
雪无言以对,无言是雪的深情
尺度铺天盖地
辽阔如三生三世走过的山水

你低眉浅笑的弧度
连接了昨夜的星辰
我双手合什的礼仪
献上了莲的馨香
她俯卧雪毯的娇媚
让寒冷怜香惜玉,与温存握手言和
簌新的草叶吻住了发梢

雪光,阳光扑进怀里
携节气玉簪装点原野
为弯曲的彩虹桥倒映每一位新娘
以回归初心守候今昔
待字闺中,绣一帘葱茏
站在红豆频频回首的时针上

跨过拐角的渡口
看灯芯在阡陌上燃烧

春日书

从一树花开出发
商量冷暖的万有引力
而未打开的苞蕾,正奋力勃动着无人认领的呼吸和心跳

燕归来,独钓寒江雪的渔人远去
被反复描绘的春天处在日历轮转的边缘
处在
被反复提起而又陌生的摩擦中

爱上春天,必须爱上莺飞的轨迹
还有
竹笋的拔节与睡眠不相称的活力

油菜抽苔,小麦拔节
正把某种低处的东西注入祖国的脉压
去年今日的门楣旁
桃花正伸了伸懒腰

春风叩开前世今生的心窗

拱开泥土尘封的往昔
草籽如初萌般心动
不用张口
蚯蚓已将潮湿的情书来回邮寄,传递
许久许久以前埋藏的倾慕、单恋
倾巢而出
甚至前世
甚至更为久远的从前的从前
欢欣自缝隙里潜滋蔓长,乘风扶摇直上
衍生风车、犁铧、桨叶、漩涡
鼓动每片时光之羽,给力悠悠岁月之棹
他们依次打开内心的春水微澜之阀
涌出最原始的款款深情

而,那道加了暗锁的心灵门窗
倏忽间获取了解封的密码
千年叠加,万年沉积的情呵
开启了顽石之红唇
那扇仿佛凝固经年的心窗
下一秒将收到启发
将穿越的所有目光、闪电
聚拢为剑,劈开轩榍
迈步举足跨向黎明与朝霞

潘学文

男,湖北汉川人,1971年5月生,自由职业者。湖北省诗词学会会员,湖北省楹联学会会员,汉川市诗词楹联学会理事,汉川市新闻工作者协会会员,汉川市法院人民陪审员。作品散见于《中国楹联报》《中华楹联报》《中国贸易报》《湖北日报》《现代教育报》《农村新报》《孝感日报》《孝感晚报》等报刊。

立夏

经过谷雨的洗炼
夏　站立起来
一双顾盼的大眼
目送春的远去
日影斜疏
郁郁葱葱的滕蔓们
执拗地爬上蒿架
那五颜六色的花瓣
宛如群星闪耀
有几只紫燕
欢快地掠过田垄
朝着农舍的方向
捎回待续的爱情

芒种

在浩瀚无边的历史长河里

有一份厚重的《周礼》
散着书香
裹着麦香
以日行千里的速度
呼喊着
急奔而来

丰盈饱满的麦粒
将尖尖的芒刺
直指苍穹
令破壳而生的螳螂
望而生畏
阴气上升
伯劳鸟感阴而鸣
用尖锐急促的啼叫
独白别春之离愁
喋喋不休的反舌鸟
一反常态
缄默于口
躲在一旁偷窥

飞来飞去的紫燕
终于收起剪刀
呈一幅鲜翠欲滴的画卷
让稚嫩的秧苗
兴奋不已

夏至

伫立在北回归线
让我们把目光
投向公元前七世纪
投向那个用土圭测日影的先人
去领略那金光闪闪的发明与发现

繁星闪烁
白昼无眠
这夏夜里的一阵阵清风呀
轻轻地抚起树叶

抚起藤蔓　发梢
心里的涟漪
风去的时候
一切都回归本原
什么也不会改变
就象未曾来过

夏至
生命到了最热烈的时节
用属于自己的的静谧
拾起内心的清凉
感恩生命里每一个遇见

立秋
在必经的路口
掂起脚跟
摘下十三片梧桐叶
为你接风洗尘

一夜之间
知了变成秋蝉
然而歌声没变
露珠儿冒了出来
在嫩叶上鲜翠欲滴

一个奔跑的秋
驮着骄阳
与南飞的雁阵
撞了个满怀
将一幅流动的画面
镶嵌在蓝天上

潘政祥

男，浙江省武义人，现居地浙江省舟山市。中国诗歌学会会员，已出版长篇小说、诗集共6部。

美与黑
美是挣扎的黑
黑是安静的美

缺少的东西
这个世界不缺春天和爱情
却缺少疾病与死亡

恶梦
还好
天一亮
妖魔鬼怪就散场了

诗人的王冠
诗人的王冠
眼泪早已锈迹斑斑

谁是盲者
黑夜,盲人把手杖
送给了我

遗言
我们不准备留下遗言
是不想给太阳与爱情
留下任何遗憾

太阳的尽头
在太阳的尽头
黑色的眼泪
渐渐醒来

天空与大海
天空被惹怒
大海却徥淑女

该感谢的
我从来不打算感谢自己

感谢的是刀子、毒药、黑暗与流言

模特

我靠近颓败的土墙
给太阳做模特

磐石

本名李孝军,男,医务工作者。酷爱文学,借此雅韵生活,分享快乐。曾在《嫩江文苑》《松漠》《克什克腾旗文学作品集》《中华文艺》多次发表诗歌、散文。曾获2018年第四届"菊展有奖征集诗文"诗词类二等奖;2019年"中国诗词书画最高奖荣誉榜获奖作家"。现为黑龙江省嫩江县作协会员。

重聚

曾经的青葱岁月
拽起这份记忆
相携度过的美好时光
共鸣了这一相聚

不说光阴荏苒
都滋养在同学的雨露里
即便天涯海角
我们的心都不曾远离

这是储蓄感情的一肩行囊
无论走多远都放不下的相惜
这是生命丛林祥和的阳光
安放着心灵的栖息地

霜染的两鬓
诠释了我们步入天命的年纪
可最纯真的情感
依然在彼此间传递

有了这一连心的主题
我们又重聚在一起
用满杯的感慨
化去久久的别离

任交融的感怀
豪饮这诉不尽的友谊
任同窗的情愫
意动在彼此的心底

这一浪高过一浪的欢悦
荡漾着甜蜜
这一句又一句的牵绊
悸动着心蒂

久别的心境
勾起了串串花絮
就荡起这思念之桨
伴我们慢慢老去

就让今天的你我
解读着昨日的故事
让激情的心扉

七月的心情

炽烈的热情
拥抱七月
任挥汗如雨的感受
觅寻一缕凉爽
生命的花絮
便在心灵深处姹紫嫣红

梅雨
感动了七月的眼睛
在剪不断理还乱的心事里
化作相思泪
斑驳的点滴生活
葱郁着灵魂的遐想

徐徐夜风
逐去白日的燥热
轻快了七月的心情
卸下这一天疲惫的煎熬
采摘宁静的温馨
装饰一个婉约的梦境

来规划明天的轨迹

庞勉之

浙江台州人,吉林建筑大学,经济与管理学院,建筑与土木工程(岩土工程)硕士,酷爱诗词。

染尘的心

一步步的路都是自己走出来的,
一个个的选择都是自己决定的,
有时候真的希望有时光倒流机,
回到懵懂之年,尽情张扬,
坚持做一个胆大妄为的野丫头,
做个没心没肺的青春期少女

真的回去,
我的人生或许依旧是那样一层不变,
可笑自己的幼稚!

不知道从什么时候开始,
心不由衷,
被现实妥协,
被未来威胁,
变得笑不敢大声,
哭不敢出声,
累了也不敢让倦色浮上面容。

这就是生活,
让人失去本色,
让人变得毫无棱角,
让人甚至对未来的蓝图看到是一层蒙蒙的灰色。
想去西藏,
或许永远都没机会,
那就远观一下,
可远观净化不了我这颗染尘的心!

庞壮国

中国作家协会会员,一级作家(职称)。1950年12月出生于齐齐哈尔,现在在大庆生活。退休前当过8年上知青(黑河地区),5年黑河有线广播电台记者,3年嫩江地区嫩江日报社副刊编辑,10年大庆市《岁月》文学杂志编辑、执行主编,27年专业作家。出版过9本诗集散文集小说集《望月的狐》《听猎人说》《庞壮国诗选》《庞壮国随笔集》《心大》《划良》《红手镯》《梦着梦关》《古道》。

永远不知愁的猎犬

奔跑在猎马前　总要抢先
迎迓啸吼或嘶咬　迎迓死
一直没死成
于是依然在前面撒欢

如果是人
会被誉为好汉
如果是豹是虎是狮
百兽千禽者将脱帽致敬并躲得远远
偏偏托生一只不会吹牛的犬
荣辱毁誉　汪汪随它狗娘的便
汪汪　小家伙你仍是一狗当先

只在那一刻
猎枪的一生或许只大意一次
子弹卡壳或者火药捻子受潮
你的主人面临凶险

你的腾空射去
小小身子　如箭
钉在凶兽的喉咙上它甩也甩不掉
獠牙　穿透你空瘪的腹腔
你竟忘了来一句
许多电影里都不肯忘的气壮山河
那临终呐喊

你仅仅咬死牙关以至颌骨折裂
红色雪　柔毛之躯很绵软
　伊勒呼里山深处
　有许多犬之墓　土丘不起眼

踏山的猎人或逃野的狼
在那墓前都会踟蹰
各将各的心事埋藏得很深很深

而嗅了嗅坟土的又一只小犬啊
汪汪数声　翘腿一泡尿
仍然似舞似唱
如醉如痴跑在猎马前

初写于1986年元月
再润色2019年六月

嗯哪

嗯哪今个不气你肝疼啦
嗯哪大饼子都贴巴锅里头啦
嗯哪我再不跟小狐狸精眉来眼去啦
嗯哪老妈你消停地睡吧

孩啊放学路上剜袋子灰菜吧
咱家花腰子(猪)没啥喂的啦
——嗯哪
小嘎给你爹送饭路上别贪玩哪
门口造反派嘿呼你别还嘴呀
——嗯哪
火车要开了妈不多说了
粮票别丢了扛麻袋别跟人家逞强啊

——嗯哪
领着媳妇孩子春节回来吧
啥也别买呀家里都有啊回来的行哩
——嗯哪

嗯哪一声
童年就充满阳光
嗯哪一声
青春里泪花莹莹
嗯哪一声
白发妈妈啊你的儿也白了头发
嗯哪一声
惟有天高地厚那是亲情乡情

嗯哪嗯哪嗯哪
问我至今还会嗯哪吗？
嗯哪嗯哪嗯哪
我这诗怎能不泪水湿透了嗯哪声声

眼泪吧嚓作于2000年3月某个清晨
再次泪花盈盈润色于2019年6月

风葬

日出时举行风葬
熊头栖在两棵大松之间
我们要送走的日子仍然蓬蓬生威
那两枚帝王之睛流出叹息
仍然水汪汪寒冷

出于一种习惯父兄们跪下了
而我的膝盖骨突然痒痒地微笑
她住在都市
明天我将启程

大风啊　大风　大风
梳理男男女女老老少少的头发
今生我只对准风来的方向
躬身逆行
直到我也化作另一股大风

1988年12月于大庆

月牙五更之二

纳鞋底子纳出个月牙五更
缝连棉衣缝进月牙五更
酸菜缸的冰碴影射着月牙五更
小狗酸唧着月牙她就五更了呀

远行的人才想起瞅一眼五更月牙
白花花的霜啊白花花头发的娘
我站立着　所以空前孤独

当我的瞳孔与熊的瞳孔对视
就有悠远的天歌袅袅升起
大熊的耳朵颤抖了
我的耳朵颤抖了
不摇不动就是去年割倒的小麦
是陷进沼泥以腐烂为食的草墩
是爬满苔绿的杆子垛
父兄们　你们毕竟吃掉了自己的族神
毕竟把神圣放逐于大风之中

你们伏跪于泥土人不认为是骨软
但这一种虔诚和深情
已不再能打动我

我生来注定是叛逆而非龙种

在你们喃喃祝语的时候
我已伸手拈住了一只红晴蜓
那是给人侄女阿岩的小小礼物
别离的人眼泪巴嗲哼唱
月牙五更里睡是没睡孤灯下的新娘

没娘的孩儿月牙五更就起来推磨
没钱的汉子月牙五更就起来上路
没脸的寡妇月牙五更她索性开了窗户
没命的逃兵月牙五更他把枪扔进了水井

歌子里的月牙五更爱呀爱得要命
歌子里的月牙五更吵啊吵的直蹦
歌里歌外牙漂着漂着

泥土热热浑浑的上面
永远是月光凉凉清清

培英

　　自由诗人。生于长白山脚下，供职于河北某单位。作品散见于《燕赵晚报》《现代护理报》《石家庄日报》《鹿泉视窗》等报刊；诗作入选《当诗歌遇上互联网》《红崖艺苑》等著名诗歌作品集，作品多次被我们的精彩人生、文心社、国际城市文学学会、诗词歌赋等数十家网络平台推荐发表。2017年5月，诗歌《母亲的粽子》与孟郊、冰心、贾平凹等名家一同入选北京"我为母亲读首诗"大型主题诗歌朗诵会。2019年3月获新诗百年实力诗人称号。个人诗观：用简单的心，写复杂的世界。最崇尚生活：与文学结缘，与诗歌同行，打造美丽人生。

遇见　最美的自己

将繁杂的思绪
放飞于天地之外
寻一池清幽
安放漂泊的灵魂

思辨一朵莲
是怎样的境界
能在开与不开之间
亭亭玉立　静默繁衍

做一朵莲
笑看风起云烟
不问世态炎凉

用倔强的身躯
冲破淤泥　闯出深水

在修行中忘却
在轮回中净化
只待此刻　不早不迟
遇见　最美的自己

我的远方

我的远方没有忧伤
他挺拔　宽广　博大
就像父亲的胸膛
我的远方没有泪花
她温柔　善良　慈爱
就像母亲的目光
细雨飘飞的日子
远方是一首凄美的诗
诗香烘干潮湿的心灵
燕语莺歌的初夏
远方闯进大自然的画卷
照亮游子多彩多舛的人生
寂寞无助的时刻
远方是我坚强的身影
陪伴一个个不眠的夜
远方，我的远方呀
你是我的父亲，
是我的母亲
是我一切的美好与力量
无论时光如何变迁
你依然在原地等我
无论我的脚踵立于何处
我的心依然留在儿时的远方

人间四月天

四月，我爱你
该是怎样的形式
你不言,我不语
默默的相守

四月，假如你也爱我
是否躲避世俗的目光
只顾相濡以沫
只需互相欣赏

四月，倘若彼此相爱
真实的情愫上演怎样的剧情
拘泥于红尘之中
抑或徘徊红尘之外

四月，那一刻
于茫茫人海中遇见
不早也不晚
每日在字里行间歌唱
忘却太阳月亮和地球
惟时刻仰望人间四月天

人生是一场修行

你来过,轻轻的
路过我的世界
用文字吟唱诗歌
诗歌里,我们相濡以沫

文字让我们相遇
诗歌让我们相识
那一天,已经遥远
我们一起迷失
在诗歌编织的梦里
不愿醒来

那里没有忧伤,没有孤单
彼此依恋
不需太大的空间
有你,有我
明媚的阳光就是天堂

人生是一场修行

永无休止
我们怀抱着诗歌沉睡
在修行中入梦
所有磨难瞬间虚无
彼此相视,微微一笑
幻化成漫天风景

裴国华

男,曾就职于呈贡钢厂,云南省作协会员,云南省诗词学会理事,呈贡区老干部诗词协会理事长兼协会党支部书记,《呈贡诗词》主编。1991年开始在报刊上发表作品,至今已在《中国文化报》《作家报》《中华文学》《中国文学》《中外文艺》《世界汉语文学》美国《国际日报》美国《新大陆》德国《欧华导报》《台湾新闻报》《越南华文文学》香港《新文学》《九州诗文》《诗词月刊》《中国诗词》《诗词世界》《诗词国际》《云南诗词》《中国纪检监察报》《劳动午报》《人民调解》《云南日报》《湖北日报》《春城晚报》《荆州日报》《荆州晚报》《牛城晚报》《邵阳晚报》《四川工人日报》《山东文学》《边疆文学》《老同志之友》《昆明日报》《大理文化》等国际国内200多家报刊发表诗歌、散文、散文诗、报告文学、歌舞、小品、歌词、楹联等作品3000多件。并获市、省、国家级奖40余次。

走进战火映红的历史

总有些事物不容你我忽视
正如《地道战》
就是中国人民抗日史上
最最辉煌的一章

地道战
就是将自己藏起
充分利用地道这一想象空间
对日寇作

持久战

幽深的隧道
宛如万里长城
在地道中作战
黑暗里的人们
不得不把希望埋于地下
不得不把功夫花于地下
不得不深入地道中
盘算一个又一个
灿烂新颖的作战计划

避开日寇优势
让日军的枪林弹雨
在躲闪不及的上面
放空
也好让下面的
骨子里生长着不屈的人民
得心应手
打一枪换一个地方

地道战
这是中国人民发明的一种战术
这种战术
是以否定的方式
让黑暗中的人们
挖掘和展现
自身的能量

地道战
轰动着四面八方
令日寇闻风丧胆
让对手昏头转向
它
解放着村庄
解放着百姓
解放着全中国

彭海波

当代诗人，笔名潭潭，出版诗集《向往春天》。中国作家网注册会员，湖南省网络作家协会会员。现在双峰县林业局工作。

古老的星光

光和时间让你存在真实和奇迹
金色的天空向着秋日　带给你渴慕
是什么让你走向如此迷人的旋律
我不知为何心动　坠入你的时空
请你把明亮带来并清理飘零的记忆
忘记痛苦和战栗　擦拭你的一切
意志燃烧的礼物呈现无限的斑斓
仿佛是你创造的朝霞　滚烫的人性
像你的名字心悦　像一片羽毛优美
祈祷瞬息升起的图案　庇护编织的爱
但愿你像秋日一样闪烁　像梦一样
甜蜜　探访你的心灵　召唤你的智慧
不会推迟　越过苍穹　落入的时光
穿过古老的星光　隐藏黎明的苦恼
车流飞速　繁忙的人群烙上彩带
紫薇花上　爱的翅膀搏动　越飞越高

秋语

夏夜追忆的节奏依旧火热　秋日
写下轻浮　理念　调查　严谨　永世长存
正义与天地同在　世界与太阳同在
群山合符生命的摇杆　灵魂的窠臼
别无他求　艺术写进了诗歌——宽阔

原野旋转　古老葬礼的声音神圣
永恒之外　颤动之渊活在心灵苍白处
无法确切的生活崇高？不伦不类
紫薇花长在尖尖的枝头上　痛苦聚拢
文明创造　黎明升起了面孔——瞬息

你是我的唯一

世界那么大，你是我的唯一
怎样去描画你？让你成为一幅画

你明靓的爱，妩媚多情。你的欢乐
怎么知道我跳动万般的爱的无奈

甜蜜华丽的相遇无比的折磨
你的言语怎样去激起夏夜的火热

期待黎明冉冉穿越岁月的轮回
我怎么要求你，玫瑰的细语热烈柔情

忽如一只爱情鸟飘过你的屋顶
咕咕的叫鸣唤醒远方深沉动人的苍穹

留下你的吻，栅栏的门口有一位诗人
痴情成为你青春特许的霹雳闪电

我以为岁月老了，隐藏你的窗前
留下多少忧伤，回望中看我们的脚踪

偶遇"Yankee"

那暑光晃动的微笑，仿佛就是
赤裸露出心灵的碎片。一个微笑
已经装满整条街，温暖的阳光
正守护着甜美，谦逊，纯真
友谊眺望的蓝眼睛使他们变得轻盈
明艳和光滑。站在那里聆听
他们熟练的语言同他们的旅行
一样骇人，只有爱，丝毫没有怪异
相反，溢满赞扬和善意。欢欣中
不言者都会舔吐方言，出示天使
般足够的爱力，以至于停留
面对面集聚，快要啜饮时间的神秘。
要是你在这儿也会被钟情包围

龙山药王殿

大块大片的石块堆积山的野性
无名有名的杂草引向远方的圣神
仿佛人类的奇葩总是让人好奇
刚栽下的小苗遍布整座山　孕育的
绿没有极限　下面是药王殿
如果没有恒心和毅力　你就会
露出你的秘密　灵性就失之东隅
细腻的大自然　豪门　古老　原始
就像你的心那样尘封　高昂
哦　步入雾气宽广　你却无法知道
龙王山的来历　药王殿的石头
与山下的石块不同　如同你的心
隔着一片绿　天使创造相融
岳坪峰属于群山进化的同类神峰

彭继峰

　　网名高山流水，又名智者言志，系中国国学作家创作协会常务副会长，中华彭祖文化研究促进会副会长，中国国际专家学者联谊会理事，中国世界华人作家艺术家协会会员，一级作家、诗人，贵州一道诗艺社总社社长及印山诗社社长，香港诗词学会、中国诗词协会、中国诗歌网、人民艺术诗社、世界汉诗研究会及世界华文爱情诗学会会员，世界文化艺术研究中心研究员及《世界名人录》特约编委，著有《古韵》《新草》《杂坛》《散花》《格言》《论文》等集子。

在不远的地方思念娘

岁岁重阳
今又重阳
秋雨又茫茫
娘登东山上
遥望儿去的方向

一阵秋雨一阵凉
想想儿

是否添加了衣裳
此时，我在外忙
不能回家陪伴娘

一阵秋风一片黄
娘游河边坐河床
看看河水流向远方
那是儿所在的方向
这时，我在外忙
在不远的地方思念娘

夜幕降临
遍插茱萸
满庭菊香
一桌好菜
却不见儿郎

夜深人静
娘独自在荷塘
没有月光
凝视远方
两鬓盼成霜

娘啊！
等我忙过这阵子
再陪您登东山
绕荷塘
坐河床
让您静静地抚摸儿郎
孩儿愿听您唠叨家常

弯弯的故乡

离乡二十余年
在我的记忆深处
是故乡那条弯弯的小河
砚溪，一个古老的名字

她弯弯曲曲环绕着小学流向远方

离文阁近在咫尺
历来文人骚客在这里吟诗作联
到溪边磨墨洗砚,尽兴而归

清澈的溪水在学校这段
因洗砚磨墨流淌出一幅水墨画
如此自然,那么壮美
因此而得名——砚溪

弯弯的小河两边
是一片广阔的弯弯的田野
春天,播种一片弯弯的绿色和希望
秋季,收获一片弯弯的金色和喜悦

收获时节
弯弯的农民弯弯的腰
弯弯的镰刀弯弯的稻谷
弯弯的眉开眼笑……

今夜
独自看着弯弯的明月
我不由思念那弯弯的小河
和那弯弯的故乡

水西古城
您从千年的历史中走来
带着古老和苍桑
裹满水西繁荣与爱恨情愁
您从千年的马蹄声中走来
讲述着孔明借道水西的故事
济火建立了水西彝人统治
您从千年的火把中走来
携着彝人的豪放与执着
奢香夫人的英明和大义
在中国历史写下浓墨重彩的一页
您从吴王剿水西的战火硝烟中走来
留下许多伤感和遗恨……
千年火把 水西古城

记录千年悠久的水西土司统治历史
传承千载厚重的水西文化
成为藏羌彝文化走廊上一道美丽的风景
为世人永远铭记

希望的田野

我站在高山之巅
心旷神怡 思绪万千
鸟览脚下这片神奇的土地
和希望的田野

我站在高山之巅
人在高处 心回儿时
曾经就在这片田野上
慢慢长出我的梦想和希望

我站在高山之巅
看着现在 畅想未来
还是这片希望的田野
又长出新的梦想和希望

徐州颂歌

有人说,您是东方雅典
早在六千多年前
古人类就在这里繁衍生息
古汉字就在这里创造衍变
蚩尤本据、黄帝初都……

有人说,您是后稷故里
农耕文化在这里兴起
治水文明在这里积累
大禹治水、吴王修渠
黄河、大运河在这里滋养生息

有人说,您是彭姓发祥地
四千多年前,尧帝封彭祖为大彭国君
在这里开疆扩土、开垦农业、开拓煤业……
创立了中华养生学和"天人合一"理论

创造了大彭国的辉煌与奇迹

有人说,您是汉高祖和楚霸王的故乡
楚汉文化在这里发出耀眼光芒
述说着一个个经典动人的故事
鸿门宴、霸王别姬、杯酒失兵权……
帝王之乡名副其实

有人说,您是兵家必争之地
徐州之战、徐州会战、淮海战役……
成为了一个个决定历史的里程碑之战
成就了一个个成功的经典战例
淮海战役至今无人能破秘

我说,从古至今
您一直是中华民族的脊梁
带领中华民族
从远古的原始社会走来
从古汉字文化中走来
从人类治水文明中走来
从古代农耕文化中走来
从彭祖养生文化、鼓乐文化、武术文化、烹饪文化、和谐文化中走来
从战火硝烟的改朝换代中走来
用敢叫日月换新天的方式
改变着人们的生活和未来

今天,您拥有太多的光环
千年帝都、彭祖故国、楚汉之源、淮海之都、中华养生发源地、中华美食之都
国家"一带一路"重要节点城市
淮海经济区中心城市
长江三角洲区域中心城市
徐州都市圈核心城市
中国工业基地
国际新能源基地
中国工程机械之都……

如今,您正继往开来
满怀热情和希望
朝着伟大的中国梦阔步前进
这就是您——徐州
东方的雅典 文明的故园

彭晓雨

　　笔名莳光,四川自贡人,现就读于南开大学。中国诗歌学会会员,凤凰诗社美洲总社副社长、执行主编,凤凰诗社美洲总社微诗社副社长。作品散见于《人民日报海外版》《凤凰诗刊》《凤凰诗社》《名师名家名人坛》《21世纪名人网》《山东诗歌》《天柱文学》等网络平台和纸刊,从小喜爱诗词,愿以笔记岁月,任匆匆。

念念不忘

蜡烛燃了三刻
拦住扑火的蛾
吐出的丝
网不回　你的影

心跳漏的那几拍
偷偷遇见你
又藏进书里
好像告诉你
月光落地有声

诗,恋了

我走了三百六十五集
流年风尘
独独　陌上
天阴郁了四步

诗推开的人
和拽出的情意
磕磕绊绊

2219

吞了心泪
抹杀了懵懂

四方河山
八面桃风
一笔嫣然
匆匆　马蹄
踏不出久久

恋了　这心绪
本就是风雨
爱的是明媚平静
想靠近　再近一点点
花落了一地

雾

魑魅风
涌成江湖浪
不见　不见
思你入骨

这隔着的岂是
看不清　道不明
是沧海一粟
寄居于天地的无奈

空空
谁等得了回忆
谁遗弃了羽翼
谁又在雾中呼着
别在意？

平儿

丁建平，笔名平儿，河北省石家庄市人，河北省诗词协会会员。喜欢在生活中发现诗意与美丽。

记忆

不记得的事情
她永远不会承认发生过
白色颜料覆盖过斑驳的画面

草地上传出呐喊，带着绿色
从封闭的空间渗出
她撕破了一块画布
种子还有叶子涌向脚边

有什么需要记起呢，她想起
那年夏天最大的一场雨
脚上沾满泥泞，她笑着

还有些什么，是记不住的
哦，如此也好
她不想，反复地去品尝一种酒
带着醉意说出那一句

那一句什么话呢，她拿起笔时
它们就消失不见了
她只好，画了一朵浅墨色的太阳花

忽然觉得

忽然觉得，一切都毫无意义
重墨抹下的那一笔，正迎风哭泣
留白的日子太过泛滥，将寂寞挤入水底
谁的长裙被风吹起，飘在仲夏悠长的日子里

打翻的调色板，正蓬勃着生机
那些被绿色覆盖的故事，带着凉意
就这样吧，采上一些松果菊
她们有粉色的翅膀，可以飞一段距离

可以闭口时，不选择吐露言语的秘密
可以闭目时，让心脏沉睡在爱人的臂弯里
我们彼此拥抱，不说什么天长地久

我们彼此亲吻,仿佛爱情真的存在意义

偶得

身体里充满光
当它溢出,萤火虫就飞了起来
那时,荷花选择放开自己

荷塘把束缚自己的白日摘下,摁入水中
夜,就浮出水面
所有的香顺着一个方向飘荡

香蒲正用一束鲜嫩捣着月光
银之碎片摔出去太远
有人,正小心地放下捕网

这不是梦,我
俯视着自己,沉睡的身躯舒展成一片浮萍

水生植物

骨骼中萃取柔软,铺出波澜
以闭目的状态出现

她们说,要飞翔
翅膀就从白云中跌落
轻如一阵风

可以去思索一些关于季节的问题
或者,一段枝节如何繁衍出一片水域
累了,就脱掉一层衣衫

她们的肌肤脆嫩,有故事
慢慢渗出

一位女人

她是一位褪色的女人,水墨很淡
看不出云雨留下的痕迹
衫上有云彩在散步,她
掠过初夏清爽的叶尖

把蝉的翅膀藏在衣底

哦,不要发出声音
惊醒她眼中沉睡的花朵
她们睡了太久的时间
皮肤上依然闪现着织女星的光泽

灵魂伸出的枝叶缠绕着长发
木梳起落,忘记了的事情飘在水中
多么柔软的故事,就这样
开出了一朵朵白莲

萍萍

原名季利平,曾用笔名凤凰、秋季;职业文案、编辑、客串编剧(电视剧《成语演义》编剧之一)。有诗作发表诗歌选本及各类刊物和网络刊物。

自我救赎

让孤独回到孤独
让寂静淹没寂静
让年华日夜洗濯你的容颜
——直至模糊
让漫长的寒冷和多雾的天气
成为种种焦躁、忧郁
以及绝望的借口
而无望中的自我救赎
则在每一个茫然无措的午后
于一杯苦丁茶的余温里
以怅然的回忆
和黯然的微笑来完成

起风了

风吹着落叶,也吹着萧寂
你说萧寂像一种疾病蔓延
满世界散布我俩苦涩的情愁

碧云天黄叶地
有人抚景伤情
有人将叹息散落一地

我轻拢慢捻相见欢
来来来，且将
旧瓶新酒入愁肠

剑胆琴心

夏荷沉睡泥淖
春梦酣然未醒
几番秋风萧杀
冬夜的冷彻已然逼迫近身
我掩卷轻叹
所有的绽放和凋零
均是无可奈何的必然

你弹弦外之音
我伴作音律全盲
江湖潜行，纵有诗情万丈
却不抵红尘半卷
你我乃各踞山头的王
剑胆琴心对立
圆月难逢花红
最难摧毁的，莫过于
你胸间壁垒

遗憾乃是定数
所向披靡的剑术
我至今尚未练就
那些江湖中的传闻
得失与荣辱
以及你我间的私情
不过是一种虚妄的幻相

鄱阳余晓

  原名余军喜，1978年生于鄱阳渡头村。江西省作家协会会员，中国诗歌学会会员。作品散见于《星火》《星星》《中国诗歌》《浙江诗人》等报刊和各种选本，并多次获奖。

风语者

在北风凛冽的圩堤上
一位年近八旬的老人，不断地
对着来往行人说话，对着
寒风说话。更多的时候
他是在和自己说话

曾经，他也是一个家庭
一言九鼎的主心骨。说出的
每一句话，每一个字
掷地
都能砸出个坑

如今，儿女们
散落他乡。他
像棵光秃秃的苦楝树
守候在故土

虽然，他的发音含混语义难辨
但仍然颤抖着说个不停
仿佛他要用这些声音
把身后大大的房子和空荡荡的村庄
努力填充得饱满一点，再
饱满一点

灵丹妙药

凌丹妙要就是好
凌丹妙要就是灵
凌丹妙要吃了得不得病
我不知道。因为没有吃过
在湖北合新，一个偏僻的乡村
在岳母的小房间
没有有线电视，没有网络
一根天线只能收一个台

一个不停插播凌丹妙要广告的台
厌恶之后,儿子开始搞怪模仿
逗得一家人笑岔了气
凌丹妙要。果然
是异乡人的灵丹妙药

玫瑰物语

不可能是桃花
过于轻描淡写
更不可能是鸡冠花
过于粗俗浮夸

必须是来自骨肉之躯里的流淌
才能彰显爱情的热烈奔放
必须是不畏险途敢于针锋相对的决绝
才能褒扬爱情的忠贞不二

不是所有的暧昧都是爱恋
不是所有的爱恋都能修成正果
如此,玫瑰的祝福
历经时空之手的雕琢和打磨
愈见芬芳

暴风雨

小女孩。四岁
一个人在室外玩着滑板车
露珠般的脸蛋。阳光
和春风留下的痕迹,温暖
而无邪。此刻
她的妈妈和爸爸,在电话中
争执着离婚的细节。她
被当成一个重要砝码
一会推向这边
一会移至那边
窗外,倏然而至的
暴风雨将她掀倒
她哭出了声音。但是
没有人听见

在鄱阳湖,鸟有着朴素的表达方式

一只鸟盘旋在湖面上。对于
鄱阳湖,对于秋天,它
从没说出爱,或者不舍
只是不断地调整身姿,努力
把最美的倒影嵌入画框中

北风

一个小女孩。不知道
什么是爱和无私
她只知道,风
也怕冷
然后,解开衣服
把它搂进怀里

蒲海鸿

笔名像片子,宁夏海原人氏。当过兵扛过枪,农业局里种田,国债中心放债,乡财征公粮。喜好文字之乐且有痴迷绝食之妄为,喜交文墨之友,以餍少年轻卷之饥肠。镜头之美略涉,现居萧关之北。作品曾多次刊于《作家美文》《内蒙诗刊》《凤凰诗刊》等网络媒体及纸刊,现为中国诗词研究会会员。

马蹄莲的舞蹈

仲夏夜都已驻脚
霓虹站在雨里招摇
思绪私奔了的马蹄莲
抹彩蔑视的眼
窜出淡淡火苗
拧不断欲望的脖子,一路碎跑
追寻感觉里的那眼回眸
掉进咖啡色里的无聊
被摁在舞池沙发里,把脚上翘

巷口闷骚的风
禁不住鼓点的诱导
撩起的裙摆,把血的燃点点着
支不住音乐的撩骚
接不上灵犀的暗号
手足伸进魔鬼弗拉明戈的镣铐
本也就不是矜持的火苗
乐曲的花火,蹭燃欲望引信的炸药
忘情的代价轰塌了矜持的城堡
瞬间涅槃,拉升滑落了的荷尔蒙曲线
就这一步之遥,花芯抖挣出风的咆哮
滋润的读秒
滴灌心灵干涸沙洲的寂寥

约吧,在下一曲
紧紧拥抱
《化装舞会》铿锵有力的强吻
已把我彻底地毁掉

坐化

把你的时间珍藏在记忆
便拥有了幸福
把我的时间耗费在谎言
弄懂什么是欺骗
在幸福和欺骗里跌绊①
跌绊到那个名唤百年的起点

为永远拉不长日暮的影子感叹
生命经不起压缩和解压在几秒的时间
讨厌巴比伦人的精明限定了每天
我那老祖宗搞什么地支天干

夜,时间被关进燃烧的牢
黑色的袍举着镰刀
割着每个人头上稻草
肆虐的脚踏进塔尔沙漠
无知地奔跑
六翼的天使,给奶酪抹上毒药

城隍里的马面磨光了牛的犄角
黑白无常哼着撒旦混语的曲调
猫已开挠
狗已发烧
吧台已潮
悍马发飙
左拥右抱
男宠成妖
病已入膏
窗外
秋雨对着大地
嚎啕

谁肯换我点时间,哪怕经验
你们
自私的良知惧步畏谏
病瘆的勇气咳吐泥丸
我深深知道
汉家可不是一脉单传
一定有一个续点没被发现

上天,我累了,可不可以写个假条
冬天的夜太短
夏天的昼太小
容不得抓住光年里,你发来的时间信号
看到的是不是已经死了
没看到的可否还都活着
时间是不是本是个幻觉
过去的跟没来的一样缥缈

我不后悔编一席苦海的蒲团
也没必要因肮脏七窍生烟
打坐
感受时间的真颜
千年一念,一念千年
把自己坐化成时间

——2018年10月12日于海原草书　待修
①跌绊:西北方言,努力,不懈的意思。

那个男人

那个男人
小时候一定有一次
把我架在他米八的肩膀
撑起的高度
逗碎了早晨透过树叶的阳光
被微风拽落,撒在老院门外的街上

那个男人
没有听他读过一首诗里的月亮
只听他跟酒友一直都说
喝酒啊,输了不要赖账
少了温存,多了豪放
让我跟他过去 现在一样倔强 好强

那个男人
退休后,仅有一次过八一的时候,
我才敢叫他班长
花白直立的头发　红彤彤的脸庞
拄着拐杖,笑着和孙子把身高比量
总不把笑留在我的眼光

那个男人
我偷看到,看我写给奶奶的感伤
也有泪淌……
那一刻我深深明了
这个传统北方男人
没有了外表的伪装
跟我丢了父亲一样。

蒲衣子

本名蒲桂萍,博乐市作协秘书长,《博尔塔拉摄影报》创刊编辑、玉雕家、词作家、诗人,创作歌曲《赛里木湖之恋》。作品入选《星星》《散文诗》《新诗想》《三峡文学》《新诗刊》《新文学》《散文诗二十一世纪十年经典》《流年百家诗文合集》《中国青年诗人精选集》《北方诗刊》《青海文学》《奎屯文学》《伊犁晚报》《新疆石油文学》《新疆法制报》。2013年被新疆大舞台评为草根达人。著有诗集《离别草原》。

每一朵花都是开在前世的灵魂
白金莲

清风摇动,就像被一群南飞的大雁追赶

观景的人,在风到达之前
早已把心放回原处

等花的人,神情淡然
用调转乐点的节拍,定格成梵高的色彩

在相互碰撞的火花中
等来一片湛蓝

花与海

我用尽全部的力气
呼喊

我来了
呼声震醒了山谷

高音被云接住
低音开成了花朵

乐调凝固,迂回,仿佛三千匹快马
抵达西海,仰嘶高歌
重音被眼眸接住
藏于内心深处,回味无穷

西海

科古琴山下,苍翠云立
天鹅鸣出一条,闭关之路
站着或留下的
早已不是,昨日的自己

卧石

云层叠涌,采花的人
在清风中闭目,口中吟诵诗文
而我面向大地,拓展臂膀,
想掀动一块卧石
探寻,那松动后的秘密

每一朵花都是开在前世的灵魂

去赛里木湖,就像天鹅在湖水中
划出的每一道波痕,在碧草
中经过的每一片土地
遇见一朵,开在前世的花

不动的群山

群山连绵,波影倒立
我会诵读哪一段经文?
坚固的冰面上,哪一块是属于我的领地?
这透彻的湖面
这岿然不动的群山——

黑走马

光肆意挥洒,低嚼的黑走马
被太阳,镀成了一座座自由女神
从山下经过的人,恰似
得到禅意
头顶光辉,仿佛成仙

落日

聆听回声,在山谷和心间
以孤寂的双剑刺破空旷的灵魂
不停的重复上升,又不断的重复下降
而后,终有笔墨落入山间
落日收敛起它最后
的锋芒
让光开在山顶,不凋不败

Q

齐晓娥

教师。诗歌发表于《杏花村》《杏花雨》《黄河》《黄浦江诗潮》等。

那年

喜欢
斜挎着大梁车横冲直闯
北头那条街
砖窑的灰渣填满
坑坑洼洼
车子吵着
还嫌不舒坦
西边的洼地上
小杨树仰慕着你的军装和
你吟读的诗章
来不及让我的飞车安静
你早已发现
这个穿红衣服的姑娘

一份寄不回去的包裹

雪停了
平躺的大树杆上
大黄狗盯着我
走来走去 作业本扔着
解不开的几何题

就盼着天暖 天暖了
西瓜地的凉棚下 梦
一个接一个 我和稻草人
都穿起红裙子

就盼着天凉 天凉了
一场又一场的雨
雨的后面 我拾起巴掌大的柿子叶
藏好了谜底

屋檐下的麻雀

昨天　你经历了什么
今天　你承受了太多
但是　孩子
别把那些坚硬的金刚石搬来
忘了那把沥血的手术刀
别让那些电闪雷鸣布满天空
听我说　孩子
推开淌着雨水的玻璃窗
风里依旧是熟悉的泥土香
屋檐下的麻雀在整理打湿的羽毛
悄悄的彩虹挂在天上

君

昨晚梦见你了
你买了件咖色中短皮草
那么大的毛领在背后招摇

回去时天上的河漂着
云　湍着漩涡
就淌下来

为什么要拉你躲在
饲养处　那条
总是梦里回去的街

你的电话响起时
河水挂着雪垂在眼前　我
一个人在街上醒来

多年以后

你们吃什么呢
巧克力,反正你又不能吃
还是喝水吧
坐在前排的你俩
就在眼前
我却恍惚是多年以后

我们就这么欢笑

老了咱们就得这样
在一起多好!
反正我是离不开你,早点跟你表白吧
你不听人家说别讲那么远的事
先把眼前过好?
我就要先把你霸住再说

你怎么笑也是

不是去玉粥汤喝粥?
不是,齐老师给你喝高级的粥
嗯,这个地方粥稠
咱们就这样大笑
这不很好吗

白袍的父亲

父亲走了,是在西房里走的
东房里我一直陪着母亲。

有一天父亲一身白袍
躺在东房床上,我说,大,
你怎么睡这里呢,父亲不吭声。

姐也进来了,父亲才爬起来
不情愿的走出去。
院子里的唢呐响器催个不停,天亮了。

我和姐在偏房墙脚看见
穿白袍的一个孩子
可我和姐都知道他就是父亲!

大呀,你怎么还没走
一会儿天大亮了你就走不了了!
连哄带唬,他总算起身。

我和姐跟着他,出街门扑通跪地
大大呀! 我的大大呀!
沙哑的嗓子哭喊着,父亲已经离去。

抹开眼泪
我睡在妈妈的东房里。

我的伤

我的伤　是鱼
穿过　水的心思
来不及铺排
就像我洁白的黑
裙　一个夏天
也没有　走出衣橱

祁艳忠

　　黑龙江省依安县人,男,笔名墨痕。70后,让灵魂在笔尖中行走。曾在《诗选刊》《山东诗人》《诗潮》《长江诗歌》《青年文学家》《千红文学报》《瑶族文学》《屈原文学》等报刊发表诗歌若干。作品散见于《诗歌周刊》《诗人文摘》等,有部分作品获奖。齐齐哈尔市作协会员,依安县作家协会会员。

草木吟

草木安静,一棵树褪去了所有的头发
瘦成了白骨
抽象的风,刮成了具体的气节
隐藏的原野脱去了外衣
把凹凸还给空阔
那么多草木挤在一起,抵御深秋
骨骼中的盐,在荒原中站立
多像我的兄弟,在拥抱中呈现
潦草的一生
草把头低下去,接近土地
压弯的弧线,是谁在底处打磨?
让粮食掏空父辈的肢体
在一粒米处,倾听草木的吟唱
从生到死,草荣与草枯
就从未停止过向上抵达

辽阔

高远的平原扯出天空的蓝
嶙峋的山谷托举翱翔的雁
在大地的腹部行走,我像一只蚂蚁
临树,临水,临月台
深邃的秋空,比一只雄鹰的飞翔更辽阔
囊括山川,囊括宇宙
天空有多宽广,心境就有多辽阔
平原上打谷归家的人,禾锄唱晚
飞鸟巢归,牛羊返圈,黄昏依山梁
多么惬意!我的爱人,我的光
于秋野中,在天地的辽阔里
不再迷失乡路

味道

炊烟的侵入,像插进骨髓的钉子
每一次尝试,体内栖息的树
就长高一次
味道的存在,一如风,张开手指
把故乡攥在手里
就像我从前
回到村庄,面对老榆树上系着神谕的红绸,瘦去的河水
才能辨别出活着
是否失去
面对老屋,巷道、清脆的鸟啼
母亲的背影
有谁,能够逃出
我在一堆石块里住着,被味道包围
然后,与渐行渐远的时光对视
骨骼里,便生出一把把刀子
把我的牙齿磨亮,一次又一次在夜晚
让我,在月光里
咀嚼乡土

乔桂堂

　　笔名木子桥,男,70后,2008年开始

— 2228 —

创作,曾在《星星》《诗林》《散文诗》《解放军报》等报刊上发表作品,诗歌多次获全国大奖。河南省作家协会会员,泌阳县作家协会副主席,《柳色》杂志编辑,著有《乡下听蝉》《泌水右岸》。

每一场雨都不是简单的重复(组诗)
黄昏的地平线

一天的样子消失了,
一天的样子还在。
黄昏有多大胃口吞,
破晓就有多大胃口吐。

兜售黑。一些给隐遁者,
一些给思想者。

暮烟,栖鸦,渐渐暗淡的金光
挑战断肠人的勇气。
我从地平线的烟云里
等到自己,然后,回家。

理发

发已白,鬓成霜
每去理发店,总纠结
是否涂染
染,一定会有外因植入
总担心宇宙和我不相干
不染,会一步走进老年
幼儿园接二孩出门
小朋友会给我说:爷爷再见
本来一头颅
怎生出一半俗事
半生空白

每一场雨都不是简单的重复

雨来,季节并不说
只对准大地的骨骼
肌肤相亲
收集鸟鸣和虫吟

一接着一滴
幸福地入侵
朝向原野做着下蹲的隐喻
仿佛一群走了很远的人
各怀心事

一滴雨抵近另一滴雨
原路已无捷径
余生,已成江河

坐在文字上乘凉

我宁可小,结果次要
内心不存纠缠,乐哉清凉
当轩把盏,灯下听虫
掬水月,捧花香
看到美景,或歌或吟
看到好书,掰开文字的心绪

清静,不烦扰。众药之中
一个个方块文字筑德布道
落笔成画,落谷成仓
无论大小。刚好放下人的一生
刚好绾起历史的发髻

文字替我们悲喜,流浪
行走纸上,文字沁凉心脾,唇齿噙香坐文字之上,夏木阴阴可人
浓郁葱绿,照见天地

其实五千年来,文字一直就在
不凌驾,不欺人,不燥热
我靠近,带来些自己的风
给自己指一条清凉路
给山那边、海那边捎话
从隔世提前把自己摘下来

远方的落日

海尽处,远山苍茫,口衔落日
点点西风,唤几声彩云
梧桐藏寒鸦,树影寂寥
好多话未说出,戛然而止
群星正在庄严待命

夕光日日追来
我推开人群和速度
看到另一个自己
擦肩而过,或并不相见
循环的开关,词语奔流
又略显唐突

我没有认领到一片风景
海边的人,身后的世界已过复杂
也罢,且等明亮再次佐证

桃花

一朵朵花,一定摇了头
你不懂,风懂它
坚信,自己开出最美的模样
是为了春盛时的相认

彼此照见

根在水中扎猛子时,枝有序地撑开天
飞鸟是个活宝。推开水天这两扇门
一扇听见乡愁,一扇眺望牛头山
两者正通过风影。照见
金东大地的万紫和千红

乔素梅

网名傲雪,居住宁夏石嘴山地区。宁夏朗诵协会会员,大武口区作家协会会员。并在多家平台发表了自己的诗和朗诵作品。热爱生活,喜欢写诗,喜欢朗诵。

心中的宝贝儿
——"六一"写给儿子的诗

还记得
你第一次上幼儿园
不愿离开我身边
还清晰的记得那次对你说的话
宝贝你要听话
里面有你梦的童话
我知道你很不情愿
还不时的回头看妈妈
妈妈的心里泛起了泪花

还记得
你背着新书包
入学的情景
我把你送到学校门口
你满心欢喜说:"妈妈我好好学习"
妈妈的心里乐开了花

还记得
你那次儿童节的感想
就是和爸爸妈妈一起
过个快乐的节日
你的作文得到了好评
发表在少年报上
我们都为你祝贺为你高兴
那天给你过节
你幸福的笑的像花一样

你是爸妈希望的寄托
你能快乐幸福的成长
是我们最大的愿望
你的每一次进步
都给我们带来惊喜

这一切好像是昨天
宝贝你已经长大
离开爸爸妈妈

追求自己梦中的天涯
我们心里虽然有不舍
但知道你的远方在你的脚下
你的成功是对我们最好的报答

2019年6月1日

美丽的风光

我站在贺兰山上
望着你秀美的风光
绿色葱笼罩着家乡
车辆穿梭高楼林立
还有我们工作的地方

生态园安静清香
好似一片花的海洋
人们沐浴着阳光
晨练在鸟语花香
武当河泛着波光
映着贺兰山秀丽风光
还有姑娘俊俏的脸庞

广场上嬉戏的孩童多欢畅
童真的梦想和风筝一起放飞在蓝天上
园林工人劳作忙
浇灌剪枝妆扮绿色景象

游人们欢声笑语来观光
停车场停满了车辆
谁不说咱家乡好
在宜居宜业的氛围里
把美丽的大武口
建设的更加和谐辉煌

2019年7月24日

秦德林

笔名山清水秀。男,现年67周岁,安徽宿州埇桥人。中共党员,安徽省诗词协会会员、红杏诗社会员。退休后,现任物流协会机关支部书记。自幼酷爱文学,善于读书,勤于学习,勇于接纳新生事物。由于工作原因,常年奔波于祖国各地,日积月累,积聚能量。人进花甲,退休了,才能坐下来静心思绪,提笔见拙。陶渊明的《归园田居》的"种豆南山下,草盛豆苗稀。晨兴理荒秽,带月荷锄归。道狭草木长,夕露沾我衣。衣沾不足惜,但使愿无违。"正是我如今的心理写照。部分作品散见于报刊网络。

神采的五线谱

盘山而立的梯田
多像神采流韵的五线谱
色彩斑斓的音符
铺满整个山顶与山谷
久远而恒古

跳动的旋律
恰似白云轻轻地划过
又像春风吹拂杨柳
弥漫心弦,震撼五洲

劳作的人们在山顶立足
屋檐脊瓦
高低错落在音符的顶部
闪光而富有

壮美的山谷妆焕成低沉的音律
委婉浑厚,深沉有力
演绎一部山与水的交响曲
得天独厚

2019年7月29日

我在这里听海

我在这里听海
痴迷到情不能歌
等待你的音讯

尽情到分分秒秒

涛声起伏
强弱有音
倾吐心中的情份
宛如琴声低吟

风带着云,云跟着风
风云相间亲密不离分
涛涌着水,水推着涛
涛水相恋永世不可分

日出夕下
潮涨潮落
难耐夜的寂寥
我只有对海轻轻说

与你相识的岁月
恬静的爱伴随着花开又花落
分分合合相拥相约
风风雨雨走过那甜甜的爱情河

与你相处的日子
飘过那爱情的激流旋涡
你为理想,越洋跨国
我把牵挂只有藏心窝

与你牵手相约
分别在这海滩石礁
沙滩的脚印
印证两颗心的亲密融合

冥想中的意境
总会让我钻进你的怀抱
感受你的温柔
享尽情爱的辽阔

看那汹涌的大海
恰似心中的云朵
带走我缠缠绵绵的思念
去扑捉我对爱的饥渴

我在这里听海
如琴诉歌
往后的日子
就在这浪漫的相思中度过

呐喊
——献给城市的建设者

城市很大
我很渺小
吸允这浑浊空气
怎能长高

寂静的街道
如此漫长
生活逼迫我
孤独的奔跑

迷蒙的天空
压抑着我
伸开弯曲的双臂
高喊一声我要活

我不停的奋斗
不停地奋斗
把岁月铺平这城市的街道
让子孙后代
从我身上轻盈走过

2019年8月9日

秦浩安

男,茂名市南天诗社会员。洛阳人,客居广州,作家、诗人,做过编辑、记者,现为职业经理人,业余擅长写作、摄影,在《人民日报海外版》《记者写天下》《黄河黄土黄种人》等报刊发表各类作品 50 万字以上。

十六圆

都说十五月亮十六圆
我们要亲眼看一看
约在我们中间的公园
下班后一起溜溜弯
夕阳下彩云飘浮
装饰了满满的蓝天
你说园里的花儿很美
我说身边的花儿好看
手牵手走着不累
肩并肩无话不谈
园里跳舞的曲终人散
湖畔溜弯的越走越欢
最圆的黄月亮挂在天边
青葱的有情人相拥呢喃

歌乐

小小的练歌房
静静地等我们欢唱
首首经典老歌
勾起你我的联想
应景应人的歌词
有定制的梦里故乡
有身临其境的渴望
亦有对美好未来向往
一字字一句句
如吟如颂诉衷肠
甜美的声音
青春芳华乐飞扬
好想相拥着
一起进入梦中的地方

红鸟

目光轻轻磕碰
偌大的世界
沉醉在蜜里了
岁月飞驰
但我们又回到从前
如同再度青葱
呢喃细语卿卿
脸上荡漾那特有的红
心潮澎湃
畅谈海之蔚蓝
天空星光的神奇妙容
春雨淅淅沥沥
吾心飞扬
在愉悦欣喜中舞动

秦仁碧

网名中国流,南京人,四行诗总社副社长。热爱文学,80 年代当学生时曾有诗歌、散文上刊。今年开始,重捡诗笔,先后在《都市头条》《南方诗刊》《当代名流网》《中国诗歌网》《诗光巷陌》《神州文艺》《华夏微型诗》《现代诗美学》等刊物和平台发表诗歌。其中《捡回童年》获第二届"新时代"全国诗书画印联赛金奖。

捡回童年

按下记忆的快倒键
今天我捡回童年

童年是大河里的渡船
外婆家就在河对面

童年是小河里的藕稍子
扎个猛子,抽出嫩嫩的甘甜

童年是禾场上旋转的陀螺
那高高扬起的桑树皮鞭

童年是小路上奔跑的铁圈
一路上伙伴们追逐的笑脸

童年是母亲回家吃饭的呼唤
一如屋顶那袅袅婷婷的炊烟

去天堂疗养的父亲

父亲面如重枣,身强体壮
说话不紧不慢,声音洪亮
从没听过他唱歌
可惜了一副好嗓儿
当一辈子农民最高官衔是生产队副队长
有一天我和小伙伴赌博抹牌
父亲手持竹条赶来
竹条抽断了路旁的树枝
树叶碰到了我的脑袋

白天父亲要出工
晚上我和父亲去打鱼
父亲撒网的雄姿如经典的画
十网九空,父亲教会我坚持
常儿坑,清南渠
黑夜掩盖了我们坚持的足迹
我的小鱼篓,渐渐地
挤满了惊喜

那年我到区医院动手术
挤住在哥学校宿舍里
父亲远在他乡上水利
着急探我,一夜跑了一百多里
把惦记留下
又连夜赶回工地

父亲还擅长用砖模扣砖
我和牛配合和泥
汗水和泥点在烈日下飞溅
住砖瓦房的野心铺满了晒地
那年父亲帮我捆扎远行的行李
母亲在另一个房间里哭泣
父亲叮嘱有一句,没一句
第一次见到父亲抹眼角的泪滴

父亲平时很少喝酒,但酒量很大
几次在外婆家,把几个姨父喝趴下
有一年父母来城里看我
父亲摸着桌上的茅台笑哈哈
母亲埋怨,餐餐喝酒
喝出了高血压

父亲累了
他去天堂疗养休息
偶尔也来我的梦里

邻居

咕咕
窗外一阵鸟语
一只灰色的鸽子冒着大雨
在窗台上跳来跳去

咕咕
我走近窗模拟鸟语
咕咕咕咕,鸟语更急
鸽子想进屋避雨?

疑惑拉开窗门
一个鸟巢搭在空调外机与墙间
几只乳鸽在鸟巢里颤抖
我明悟了,找块木板为鸟们遮雨

从此,鸽子们成了话唠
从此,我们成了邻居

秦一

  本名秦毅。中国诗歌学会会员,新疆作家协会会员,乌鲁木齐市作家协会理事。1983年入伍,2007年从武警新疆总队退役。著有个人诗集《在那并不遥远的地方》《向一座高原行注目礼》。

穿行九月（组诗）

树

在某一个早晨　象爬行能力特强的马匹
在母性的山风中
突然在天空劈立

杏子挂在树上　铺在地上
无法被叫停的心情
喜极而泣

在我的头顶
一堆鸟巢啾叫秋天
兑现诺言
只在八月　只有慷慨
被大面积高高举起

让一匹马在雪中走进视野

无意中陷入若明若暗的云朵
棕黑色的灵魂
来来往往于大雪的时刻
天空下对接并握紧一种动力
走远或者陨落　并不想惊扰

让一匹马在雪中走进视野
正设法与一座山对垒
振聋发聩的声音
吹送勇者的奔跑风范
使我一直觉得尘土飞扬

总是相遇于一个发亮的白昼
与一座高原签下投名状
马群动辄转化为一场浩大的漫游
多变的姿势
在飓风中从不受约束

穿行九月

在绿洲留下欲望　与金黄混为一体
硕大的灵魂
会以钥匙的方式
捅开下一次期许的锁眼

在雪山下温暖　天地宽大
有太多臆想
麦穗栖居圆润的咸味上
挥汗日夜不歇
不得不为
一片躺倒的秸秆喝彩

向我吐露转身时的风采
却不告诉我结尾
最终会以落叶的形式
弥合伤口

古牧地

漫过麦垄　往远处看
在榆树旁　等待一场大风
浅显的春天
正掀开一角

在鸽哨里　牛羊的符号
噼啪作响
最基本的单元
填充一块牧场的色块
云朵的部落
交替呼唤紫色的苜蓿

拾起一地篝火　星星的面貌
将夜色搂入怀中
想象牛羊活动的范围
大于四季圈出的轮廓

巨大的磨盘　座落于河流之上
视春天为轴心
回应一束花

从开始到茂盛的漫长历程

以一种正午的位置
求证天空的雨水
接近于牧地的人
一直都在寻找
河流的起色和乡村的纯朴

古牧地俨然是一朵开放的图案
在杏花的装束里
漫过空旷的手势
更加倾心于一片橘色的黎明

就这样抵达彼岸
太阳垂下浑圆　春天的嘴唇
在暴风中的岩石上
一再滚烫

举起一地雨水
罩在沙土的位置
羽毛的光亮
用情极深

总有一颗心与泥草的关系
触手可及晨昏之间的痛点
完全与我有关

从体内承继大火
攥紧手里的一柄桨舵
就这样直达彼岸

清欢
　　江苏省丰县人，吉林建筑大学，经济与管理学院，建筑与土木工程（工程管理）硕士，酷爱诗词。

梦中客

那一刻我们知遇于陌乡
轻拈一朵落花
慢慢研磨出思绪
挑破青灯
于灯火阑珊处寻你……

又是秋水天
谁在彼岸弄弦
倾尽天下颜
独见亭中间
白纱飘飘似流年
素颜青幽远
但不见那青山流水间

碧落饮花前
杳杳笛声似华年
箜篌宛转桃花源
纤尘盈梦不归远

清心如云
　　本名王相华，1974年3月19生于山东日照。中国诗歌学会会员，如云诗苑社长，《如云诗刊》主编。有诗发表《人民日报》《诗刊》《诗选刊》《星星》《中国诗歌》《中国诗人》《芒种》等全国百余家刊物，并有作品多次获奖。出版诗集《生命是一朵流云》。

东山上，为一朵云加持（组诗）
心头影事
如一场没有降下的雨水，在二月
碾过重叠的倒影
从干涸的池塘，取出泥土

取出遗落人间的莲子，和暗香
打磨，剥皮
时间的利刃会切开前世

以白纱绕过右臂,包起血色黄昏的沉默

却从未有所指向,与企图
尘缘过后
我只是一块受伤的石头

是一块不会流泪的云朵,从你脚下
捡拾起今生最后的
那枚落叶,覆盖住千年的荒芜

山上月

必须用金刚般的岩石堆砌,才可能
举起三百年前的月光

我们在山顶搭建的陋室书屋
聚拢着灵气
随一场大风吹过枫叶,早已不知去向
只用你喜欢的颜色描绘
半梦半醒的风景,一条红色哈达
牵动远方虚设的目光

那么温暖,轻盈地飘动着
仿佛月光里的咒语
被黑夜激活后,打开了一座山的光亮

青海湖水岸

在坚硬或松软的沙粒内,藏起星光
照亮有你的水岸
和时间黑夜,所困住的诗情

水面那么辽阔,清澈见底的内心
却看不到一尾鱼儿
说出那些白云下搁浅的真相
只能以幽深的眼神,打捞出失落的文字
和你散落民间的名号

每次吟诵,都让青海湖产生波动
和一曲琴弦折断的音节

长出悲心,陨落在,你朝思暮想的梵鼓中

轻轻走出最高峰

莲花开在须弥山巅,隐秘烟火深处
人间已满目疮痍
万里青苔之上布满荆棘丛生

我的脚步,在春天里驻足
雷电惊不醒执念,睡梦中,谁在持诵真言
让大地变暖,让一场雪
在死亡的石头上开花,结出硕果

我们相遇在错落的花季穿行
离开最高的山峰后
独坐摇曳草尖,与飘落故乡之外的云
谈论一场雨水做的爱情

邱梦思

江苏省丰县人,苏州大学,管理工程学院,工程造价专业,本科毕业,酷爱诗词。

不能赶走朝阳
黑夜允许升起一轮照阳
我在照阳下
播种完美的春日
种出花和鸟
诗与远方
种出仁慈　真诚　旷达
我的话不多　刚好够说一生
我的悲伤不多　刚好送走日落
物转星移　四季交替
偶有闲情　我在飘雪中　红泥小火炉
眼望一池夏河
荒漠可过　沧浪一下　抚琴曼曼　过眼云烟
我有一屋可居　一园可种　一舟可游
百花之谷

我要一处　刚好留住莞尔一笑
我不能关上黑夜
因为我　不能赶走朝阳

邱启永

男，山东滕州人，1965年生，大学文化。系中华诗词学会会员，山东省诗词学会理事，枣庄市诗词联赋家协会副主席，枣庄市诗词学会常务副会长，中华诗词文化传承人，《华夏诗文》常务副主编。作品散见于《中华诗词》《诗词中国》《历山诗刊》《枣庄日报》《抱犊》和《滕州日报》等媒体，曾在中国百诗百联大赛、"诗词中国"、"中华情"、"天籁杯"等诗词大赛中荣获特等奖、金奖等奖项，并荣获"天籁之音·德艺双馨中华诗词家"称号。

受伤的心脏

度娘说脊椎动物都有一颗心脏
都如拳头般大小，在胸腔的左下方
但我认为人和其它动物还是不一样
那些动物大都没有思想

有人说鳄鱼也有眼泪
鸟儿也有两个心室、心房
可人的心房心室之间虽然隔开
但血液却只能由心房流入心室的方向

是亿万年前造物主的故意
还是天使的疏忽或慌张
为什么将人的心撕成几瓣后
再用厚薄不一的瓣膜粘上

难道她们不知道有的人心中隐藏着罪恶
难道她们不知道有的人心中怀揣着梦想
难道她们不知道有的人心中期盼着幸福
难道她们不知道有的人心中暗含着悲伤

如果有一天我见到造物主
我要她赐给我神的力量
我要将人们的心去掉瓣膜和隔板
让全世界的假恶丑无处躲藏
让人们都变成真善美的传承者
再也没有人受伤

注：度娘：百度。

心中的眷恋

白云飘在蓝天里
梦到草原又想起了你
赛马会上的人海里
鸟儿也嫉妒你的歌声和美丽

突然天空下起了雨
伞儿遮住了跛脚的老人，露出了你
风雷携着闪电肆虐
雨幕中不见了老人和淋湿的你

你的背影是这样熟悉
就像姮娥藏在云朵里
虽然没敢说爱你
但你已住进了我的心里

笑容存在手机里，虽然它有时发脾气死机
但我删除的是烦恼，复制的是欢喜
更新的是美梦，储存的是泪滴
收藏的是青春，粘贴的是记忆

你的品格像圣洁的哈达
你的忙碌解决了群众的难题
心上的罗加
你躲着雷电在哪座毡房里
无论阴晴、跑遍草原我一定要找到你
可哲人告诉我：爱你不一定拥有你
我虽无金岳霖的精细
却不输吉日格楞的情谊

邱善文

男，1951年生，滕州市人，山东大学毕业，工程师。为中国民主建国会会员，山东省作家协会、书画家协会、枣庄市曲艺家协会、诗词协会等会员，滕州市诗词联赋协会理事。曾荣获第二届"岳阳楼"寻春诗会金奖，第十三届"天籁杯"中华诗词大赛金奖等奖项。本人被收入《中国当代艺术界名人录》《山东省文艺家名人录》等辞书中。

栈桥

阳光泻满你这琉璃伞顶，
游人编织着你这沉稳躯身；
哦！栈桥，大海的流苏哟，
岛城的胸针！
我油然想起那个漆黑年代，
列强曾践踏过你的圣尊；
匍匐着多少屈辱和痛苦哟，
缀满多少凄楚、酸辛！

悲怆的历史早已灰飞烟灭，
新中国的诞生使你焕发了青春；
今天，时代又赋予了皇皇内涵，
中外盛赞着你的无声功勋。

绿波回澜，降伏着海啸的肆虐，
阁嵌琳琅，展示着海宝奇珍；
纯情的少女，选一串珠链挂上顾颈，
以公主般的矜持，
炫耀着美丽浪漫和天真。
欢欣的人们，特地来到这里，
将疲劳卸下，看潮起潮落，
和海耳①一起，
倾听和研读着大海的雄浑。
入夜，你穿起梦幻穿起辉煌，
和远处的航标灯，
一起达成守护的默契，
用舰笛、用静寂、用五彩缤纷……

阳光泻满你这琉璃伞顶，
游人编织着你这沉稳躯身；
哦！栈桥，大海的流苏哟，
岛城的胸针！

注：①海耳—贝壳。

仇学慧

网名雪荷，两年来写诗作7600多首，先后在各大网站上转载，并有上榜诗作300多首，曾获得中国微诗联盟第三名，奖励书、画作及书法若干。现部分诗作被诗友制作成精美礼品传送。《每日一诗》《文创空间》《心灵悦读》《为你读诗》《大爱无疆诗词苑》《济南都》《昆仑诗苑》《天弘之声》《心悦文摘》《爱投稿》《美听》《淮海文学》上均有刊载。出版有个人专辑《风随云》，合集《二月》以及《中国当代诗词典藏》《中华诗文大典》等。任雪荷诗社社长及中华诗文大典主编，现主要为全国各地文人圆梦，出版发行专辑合集等。

山泉共处，沙水共生

聆听
黄沙的脚步
带着哨音轰鸣

俯瞰
新月如镰
弯出山的眉眼

红比鲜血娇艳
黄赛金子灿烂
绿晶翠欲滴
白雪样圣洁无瑕
黑黛墨暗夜没淹

山虔诚的拥抱
泉痴情的缠绵
沙默默走远
水云泪未干

敦煌莫高窟的盼
白云蓝天勾勒的画卷
更鼓依旧执着
爱在戈壁滩
千年万年繁衍

赢天下
输掉你
赢了天下又如何
像昼永远不懂
夜煎熬的寂寞

输掉未来
赢了回忆又怎样
像铿锵跋涉的脚步不明
影孤苦伶仃的蹉跎

跪拜式的臣服
不如千里匍匐虔诚
放下困苦仇恨
爱的世界祥和安宁

怎一个病字了得
年轻时不屑
以为魔鬼离得很远
灿烂的欢笑
就是真实的今天

中年时恐惧
知道神仙无法眷顾周全
沉默的哭泣
就是飘渺的明天

山崩塌
海枯竭
若大的天坑埋不下遗憾
从地缝里冒出喊冤的烟

不断跳水的小数点
那条粗粗的大棒横在眼前
摘借无门的撕心裂肺
与阎王的拔河赛
曲终人散

无可奈何的告别
来生还能不能相见
虔诚跪拜祈祷
回首却是撒手人寰

曲树丰

黑龙江省依安县人,中共党员,依安县作家协会会员,中学时开始发表作品,先后在《中国教育报》《农民日报》《中国老年报》《南方周末》《黑龙江日报》《现代营销》《农村百事通》《齐齐哈尔文艺》等国家省市报刊发表各类作品600余篇,作品曾获全国中学生歌词大赛优秀奖,《农民日报》征文优秀奖,中国教师诗歌大赛二等奖,《黑龙江日报》好新闻奖等,作品入选各类正式出版文集3本。

一首诗的时间
总有些人和回忆
时常在生命中浮现
不曾领悟的光阴
把梦中的你我牵绊

林立的高楼
似季节的音符
不敢穿单
又害怕穿棉

按了又按的门牌号码
磨白数字
却走错了心的单元

牵挂似北归的鸿雁
在半梦半醒中
去了　又还

你我的思念
距离不远
只有一首诗的时间

忆

江南的梅雨
滴滴　嗒嗒
流淌在我尚未落笔的思念

那一丝青藤
缠绕在两颗纽扣之间
挽住过往
盘紧流年

倔强的牵牛花
沿着雨的方向
滋长岁月
染了容颜

漫过墙角的期盼
肆意挣扎
见的未必美好
未见的总是怅然

荡漾的心事
涌出了小巷
却迷失在你
油纸伞的边缘

R

饶蕾

旅美诗人。毕业于吉林大学化学系，在美国获得化学硕士和 MBA。现供职美国化工企业。著有诗集《远航》《晚风的丝带》《轮回》。诗歌入选《新世纪诗选》等多种诗歌选集。作品散见中国《诗刊》《诗选刊》《中国诗人》，美国《新大陆》《汉新文学》，《香港文学》和印尼《国际日报》等。多次荣获各种诗歌、小说和散文竞赛奖，北美中文作家协会会员，纽约华文女作家协会会员。

大峡谷的抒情

大峡谷在抒情,高声地抒情
用科罗拉多几百万年的涛声
用山石浩瀚的坚忍,还有无言的疼
美从历史中走出
雕琢有声有魂,曲音无垠
多像人生的歌谣
歌唱着摧毁,也歌唱着诞生

阳光的画笔婉约,犀利,捕捉
千变万化的瞬间,涂抹一路音韵
就像尘世的慈爱,舞蹈在灵魂中
美妙藏在柔和的光影里
像舞台上的大布景,又似少女的小首饰
有古韵,也有俏丽。牵动
泪水或者笑容,汇入大峡谷永恒的抒情

我走在旧时光的幸福里,一行
曾经的年轻人,离我很近
相聚的前方就是分离,让我们握紧时钟
分享大峡谷的浩瀚,还有宽宏
争先恐后,照相机不停地闪动
唯恐漏掉一个微笑,一次重逢

当车队开出大峡谷的时候

我用视线抚摸大峡谷的抒情
就像抚摸人类的过去和现在
我悄悄地珍藏起一粒奇异的火花
它很美,那是人类未来的憧憬

大海

你满怀的巨浪,不停地翻滚,席卷
吞噬了我,我逃不出你的浩瀚
我是你的孩子,你的殉难者
飞檐走壁,也跳不出你炽烈的火焰

我把生的激越,死的壮丽
合入你的掌心,甘愿呼吸命运的宣战
站在惊涛骇浪的巅峰,跌宕,高歌
放飞鸥鸟,绽开骄阳坦荡的明艳

你是如此深邃,如此遥远,如此湛蓝
我无法喘息,无法转身,无法搁浅
你张开无边的诱惑,声声呼唤
我不惜最后一滴烛泪,向你,向你的深处
伸展

大海,你走过砂的历练,宽广是你的语言
我捧起你冲天狂澜,细水呢喃,你是我的
梦,我的幻
我是你的拓荒者,你的弄潮儿。你的海面
有多宽,我的眷恋就有多远,似生命,瓦蓝
瓦蓝,剪不断

晚风的丝带

晚风的丝带,轻盈地挽起
一枚飘逸的蝴蝶
落在你淡蓝色的信笺上
橹声响起,水花飞溅
一串颤音行走在水纹间

假如你吱呀呀的门扉依然开启
能为你的憧憬,你的爱恋幸福吗

你那一缕水波飘动的柔软
停泊在一个纯净通风的口岸
温馨的恬静,如诗如烟

能原谅她吗,在晚风的清凉里
她的功力太浅,无法解开一根丝带的金边
儿

任建华

笔名梦中人,生于1956年。文学爱好者,涉猎广泛,尤好诗歌。1986年曾在《父母必读》等杂志发表过多篇文章。

绿

鸟儿衔来了一抹绿
在初春的杨柳枝头

鸭子引来了一片绿
在潺潺流淌的小河

青蛙唱来了浓浓的绿
在田田的荷花池

诗人啊,那辛勤耕耘的诗人啊
吟来的是无边的绿
在姹紫嫣红的园圃

睡美人

你就是传说中的睡美人
看见你就想起莫奈和他的油画

你从睡梦中刚刚醒来
衣裙还拖曳在清明的水中

你睁开清亮的媚眼
在明镜般的水中舞姿翩翩

清风吹起了圈圈涟漪
蜻蜓想轻吻你的洁白的脸颊

我想那美丽的梦中人
是否是你的姐姐或妹妹

秋风

我不知疲倦地奔跑
不管白天还是黑夜

我让田野披上金装
让河流漾起波浪

我让山岗站满红叶
野菊星星般闪亮

我使芦苇绿色变黄
梧桐响着铃铛

我使炎热悄悄远循
蛰音如琴弦弹响

我到处奔跑
不管白天黑夜
南方北方

路边

路边,远远地飞着
许多白色蝴蝶
那不是白蝴蝶
那是美丽的三色堇
在微风中轻轻震颤
黑色的眼睛,睁得很大、很大

它在看啥呢
它在看一辆辆汽车奔驰而过
它在看收费品卖大饼的黄鱼车
它在看环卫工人挥着扫把

它最想看到的是英雄的造船工人
迈着雄健的步伐从面前走过

任雨玲

Angela Ren,雅号月光女孩。格律体新诗代表人物,格律体新诗首位双语诗人成就奖获得者,荣获中国新诗百年百名网络诗人。《华文诗社》社长、主编,《现代诗人诗选》执行主编。作品被译为英语和世界语。

与春天同行

我是一小片绿,水般简单
在我快要睡着的时候
一个拥抱落下,那
是迎春花的臂膀。我
倚在它的臂弯

总想,在黎明到来的前夕
将我的色彩脱下来
披给你,红色的蓓蕾
在春风里,请你的笑颜伸一下腰

沙尘是无情的,他只是推了我一下
叶瓣便滚落下泪珠。是那滴落的雨
伸出手扶住我的歌
弹奏在掌心

风中,我看见了你
雨中,你看见了我
我确信,所谓相逢
就是风雨中相拥,美丽婀娜
所谓相约,就是把心卷起来
融进春天

春之邀

静静地守侯

用一瓣心香,演奏
一曲天籁之韵
用思念,把天使般的纯洁与空灵
给你……

凝望你归来的路口,远方是你在招手
突然发现,你的五指慢慢地开满鲜花
从你晶亮的眸子,是否看见
我向你挥动的纤指也慢慢地绿影婆娑

幸福踏着节拍,悄悄地搂住你的腰
在芳草铺成的地毯上,与春风共舞

我用绿陪衬你红色的花朵
在春风的轻吻中舒展婀娜

春雨袭来,花瓣中的水滴悄然滚落
在绿叶伸出的臂膀上跳跃的音符
那晶莹的泪花,是唱给春天的歌

今夜,为你写诗夜

秋踏着厚重的脚步来临
今夜,月光女神没有眷顾我的小屋
秋雨在风中的和弦敲打着窗棂
也打湿了心……

梳理心事,整理心情
无法装订成册
扯一缕相思
覆盖这夜的清冷……

沉默,或许是无言的结局
当季节的情感流浪在天涯
午夜的广场上
只有维纳斯女神在浅吟低唱

摇曳的树枝驱散了沉寂
或许蓝色的忧郁随秋叶飘零

琴声在风雨中弥散
余音袅袅飞进了夜空
在三生石上临风起舞……

这夜的笛韵
或许
缱绻了美丽和哀愁
一任柔情宣泄……

别后

延伸一段记忆
在距离中徘徊
是否还我一个告别的姿势

相遇,江南的诗情
在这一月的寒风中
成碎片负载一缕幽香
飘落……

诺言,在黎明破碎
我用纤细的手指
撒下一滴净水
为你如约的影子饯行

或许,这是命运的礼赞
那些摇曳在风中的痛
轻拂我的笑脸
不再奢望城市的天空有飞鸟
祈祷,碧霞载来的和露
抚平你岁月的皱纹

深秋的遇见

这个深秋,遇见你时
我已是人淡如菊
静静地坐在一个角落
翻看着手中的诗集
没有人注意我的恬然

或许是
惊鸿一瞥
你走近了我,于是
你浓烈的气息
包裹在我的四周

结霜了,窗外的枫叶
结了一层冰晶,
你望着远方悠然地说:
看,冷美人的笑颜

我抬头望去
而后一起笑了……

冬夜,月光(十四行)

——题记:你若好梦,我便是你梦中的那一抹淡淡的月光……

今夜,你的窗前是否有月光
月光下是否有写诗的小姑娘
这冬夜的冷风吹着冷风
你是否梦到了诗和远方

今夜,你的梦里是否有月光
月光下是否有唱歌的小姑娘
这冬夜的清冷透着清冷
你是否听到了梦的歌唱

不要问今夜的北国冷不冷
不要让今夜的诗歌去流浪
这是一支夜与梦的歌谣
这是一首梦与诗的乐章

我只想今夜潜入你的梦里
我只想做你梦里那抹月光

阮振梅

网名思雨。原籍新疆,大武口《星海文苑》一员,热爱生活,喜欢写诗,喜欢唱歌,旅游,做中医理疗。

只要你愿意

芸芸众生
我们走向对方
用一份真诚
谱写爱的历程
你哭
给你坚实的臂膀
懂你背后的酸楚
你笑
陪你一起笑
懂你背后付出的辛劳
你无助
一句有我在
给你伸出有力的双手
你无语
默默陪伴你左右
懂你安静下来的理由
你愤怒
任你撒野
懂你付出之后的失落

一路奔波
一路相随
两人的相处
无非就是
懂你和陪伴
可以宠你上天
可以在他手心里逍遥
只要你愿意。

回归自然

布满树影的石碣
蜿蜒向群山密林处延伸
抛开喧嚣的尘世
沉醉自然的怀抱

鸟儿清脆的啼鸣
在山谷中回响
清澈见底的山间水
洗刷心中的尘埃
微风在林中穿过
谱写一曲自然的乐章
张开双臂
仰望蓝天
放空自己
吸吮大自然的气息
天地精华
阳光雨露
孕育着自然之子
奏响新生命的开始

戈壁

是谁伤害了这片土地
让它失去了原有的本色
没有人烟
没有绿色
没有牛羊
没有水源
没有飞禽
没有生物
…………
放眼望去
一片苍凉
只有被阳光烤的炙热的土地
还有坚守岗位的电线杆在陪伴
这就是所谓的死亡之海,戈壁滩
一个难解的谜

拥抱

鸟儿拥抱蓝天
蓝天孕育着梦想
花朵拥抱大地
大地滋养着希望
鱼儿拥抱大海
大海是爱的胸膛
孩子拥抱父母
父母是家的港湾
女人拥抱男人
男人是爱的依靠
男人拥抱女人
女人是爱的海洋
兄弟姐妹互相拥抱
是彼此信任的开始
因为爱,所以拥抱
因为拥抱,所以更依赖

一个人的落寞

躲在黑暗的角落
吹着微风
听着悠扬的歌
看着清澈的湖面
是落寞
是哀怨
还是惬意
有谁能读懂
在安静的角落
一个人
静静地
静静地
享受着一个人的夜

一杯酒

一杯美酒
爱情,婚姻,生活的憧憬,美好和向往
一杯烈酒
爱情,婚姻,生活的狂热,激情和豪放
一杯浊酒
爱情,婚姻,生活的宁静,平淡和从容
一杯醇酿
爱情,婚姻,生活的沉淀,悟道和放手
一杯小酒
爱情,婚姻,生活的释然,随性和安乐

一杯酒,喝出人生百态
一杯酒,喝出人生色彩
一杯酒,醉了人生,醉了一粒尘埃

若水

原名高宝强,扎根在电力生产现场的一名青年工作者,公司特约通讯员,在平凡的工作岗位上有诗,也有梦想。多篇作品在各微信平台、国家能源集团网站及《石嘴山日报》发表,创办若水诗社微信公众平台并担任平台编辑。

父亲的锄头

犹如将士手中的战刀
奋力的挥舞
在这贫瘠的黄土地上
耕耘着一份希望

镜面似的锄头
映出父亲黝黑的皮肤
伴着落日的余晖
倦怠的鸟儿也开始归巢

汗水打湿的衣衫
和着泥土结成了痂
结实的臂膀
扛起锄头扛起了家

厚重的铁锄头
换了不止一把
地还是那片黄土地
而父亲却苍老了许多

2018 年 12 月 9 日

致母亲

坚守着生活的全部
——柴米油盐酱醋茶
把至简的生活盘点

细数着时光沙漏里的痕迹

炎炎夏日的热烈
化作一滴又一滴的晶莹
洒落在滚烫的田野
那片她耕耘一生的黄土地

秋风中起伏的麦浪
化作母亲脸上憨憨的微笑
绽放在她的脸上
却疼在我的心肝里

守候落日的余晖
袅袅的炊烟与它缠绵
母亲是坚强的战士
她日复一日地把生活丈量

2018 年 12 月 8 日

一场等待

阑珊的夜里许下一场等待
昏暗的灯光做了见证
我假装闭上了双眼
看不清你的脸,你动人的唇

当把所有的期盼攒满
紧紧地握在手心
撒开手的瞬间,那便是一场等待
荒凉了一个又一个的季节

千年等待,千年期盼
你说我们会不会
在下一条街的尽头转角遇见?
道一声,好久不见

暖暖的斜阳会把你的影子
拉得很长很长
而我的脸恰巧在阴影中
你看不清,我也看不清是悲是喜

— 2247 —

黑夜的黑

霓虹灯闪烁着的夜晚
犹如五彩的玫瑰花
在这黑夜里绽放
为夜行的人点亮一盏灯

你和我就这样站在窗前
静静地看着窗外的夜
你不说话我也不说
喧闹的夜市被隔绝在窗外

房间里的灯也没有打开
你黑色的眼眸
在这黑色的夜里向远处延伸
直到这夜的尽头

看着你看着这静谧的夜
遥远处还是一片漆黑
越过这霓虹越过这黑夜的黑
黎明的曙光你看到了吗？

2019年1月16日

S

桑恒昌

曾任《山东文学》编辑，《黄河诗报》副主编、主编、社长、编审。现任中国诗歌学会副秘书长。1963年开始发表作品。1986年加入中国作家协会。著有诗集《光，是五颜六色的》《低垂的太阳》《桑恒昌抒情诗选》《爱之痛》《灵魂的酒与辉煌的泪》《年轮·月轮·日轮》《听听岁月》《桑恒昌怀亲诗集》、中德文对照本《来自黄河的诗》等。报告文学《爱的暖流》（合作）获1981－1982年全国优秀报告文学奖，诗集《桑恒昌抒情诗选》获首届山东省泰山文学奖二等奖。

修佛路上

青藏高原腹地
诵经念咒的路上
虔诚的佛教徒
磕等身长头
身敬　意敬　语敬
手套板把沙石擦出血迹
土遁过的身体
缩小与神的距离

我双手合十
躬身而立
含着泪欣赏
与灵魂共舞的英姿
可就是忘了
问问他们
从世外来
还是到世外去

老爷子

老爷子
三个字
把我推进
华夏名人的谱系
孔子
孟子
老子
庄子
后面就是我了
老爷子

这个称呼来之不易
需经过数学测试
早年举一反三
后来丢三落四
后来的后来
还会丢三落四五六七

最后尚不知
把自己
丢落在哪里

夜宿青藏高原

地势的高海拔
情感的高海拔
诗意和心灵的高海拔
大星星一样
满天满天地亮着

怦怦的心跳在说
一群老战友
正拍打着窗户
焦急地喊我

急急推窗而望
实实扑个满怀
啊——
你来自日月山
你来自通天河
你来自唐古拉
你来自五道梁
还有我的可可西里
我的珠穆朗玛

就让曾经弄乱我
黑发的手
抚摸这极顶上
不再消融的雪

明晨一别
不知可有再见的福分
遂,倾泪作酒
刀刀入口

沙尘暴

牡丹江市作家协会会员,中国漫画家协会会员。北京传媒签约作家等,有作品5000余首(幅,篇)发表在国内各大刊物。

你是我生命的白鸽

不知是云托浮了你的翅膀
还是风鼓动了你的双翼
我只知你是我心中的白鸽
你飞翔在我的世界里
你的白洁突破我黑色的眼睛
你温柔衔来的橄榄枝
撩惹了我的爱意
我的心室就是你
充满阳光的阳台
无论你是小憩还是长驻
我的心窗24小时全天候为你敞开
我甘愿做那拴在你腿上的鸽哨
你把一生交给了我
我把深情捻成一束声音
和你的生命系在一起
在缘份气流中穿梭
在多氧负离子空气中高歌

天高云淡
时时刻刻同飞
自由的亲热
满世界的快乐
悠远成飘逸的风景

白云漂流
我们的心随之流动
天地宽阔
我们飞出了自己的位置
张开翼
飞去就是一种奔放的风情
收拢了翅膀
就是一个完整美丽的故事

你就是我生命中的白鸽
岁月腾飞的梦想
没有我你照旧美丽
而没有了你
我就成不了男人

心声

我不会因为一场雪,而怠慢整个春天
我却会为了一个人
而放弃整个世界

地球可以46亿年围着太阳转
我也会为一段情为你厮守百年
没有山,就不会有平地
没有白云,天空也不会美丽
如果没有你,我的世界将会陷入一片死寂

岁月可以更换季节
我却不能离开你
你可以不爱我
但阻止不了我想你
世界存在了太多缺陷
我们最大的遗憾
就是总幻想在梦的海市蜃楼里

我不怕梦里寂廖漆黑
因为远方
有一只信鸽 灰色的眼睛
那是我的诗眼
它引导我生命的前行

不要惧怕末日
有开始就有结束
纵然爱情是人生的坟墓
如果那一天真的来临
就让我们手牵着手,一起
坠入这万劫不复的阿鼻地狱
你看

脚下
开满格桑花
你听
远方教堂的钟声和音乐奏起
不知是对我们灵魂的颤栗
洗礼、葬礼 还是婚礼?

穿越这深渊陌地
我们并没有太多的恐惧
我们把彼此的幸福相扶
渴望阳光的心情
有那只鸽子引导梦的出口
死即生
涅槃复活
晨曦是天空一种火红的启示
生活爱情雪梨的滋味
梦醒了
风铃被风撼动

七一颂伟人

今天是一个大写的惊叹号
是一个腐朽的朝代结束
是一个开创幸福纪元
的开始
今天的中国
从历史沧桑中站起苗壮
雄鸡高吭着黎明的曙光

镰刀斧头镌写了近百年的党史
国际歌狂飘了中华每一寸土地
一个党的建立
挽救了一个民族的沦陷
结束了近百年历史的耻辱
封建殖民主义制度流入历史的下水道
人民庆祝翻身的腰鼓在街巷敲响
革命就是一个传奇
在历史的长廊
让后人仰慕瞻望

充满了好奇和欣喜

没有春风润雨
就没有花的芳香艳丽
没有共产党的领导
又何来中国的社会主义

中国一个古老的民族
一个崭新崛起的国度
我为由毛泽东亲手谛造的党自豪
我顶礼膜拜
你把人民利益放在第一位的初心

走进七一
流火的阳光
穿透赤裸的灵魂
赤色的思想
溶入有南湖红船驶往的方向
在这个日子里
我向日葵般的头颅总是膜拜东方
总是想起一个伟人
一个共和国和党的奠基者
毛泽东
一个伟人的名字
在历史上永远镌刻着光芒

从星火燎原到华夏统一
从湖南农民讲习所
到安源矿地
从井岗山会师到遵义会议
从四渡赤水到长征二万五千里
从八年抗战到辽沈淮海平津三大战役
你引导革命的航船
驶过多少险滩
夺取了多少胜利

毛泽东
你本身就是一种奇迹

一部伟人的史记

不管几十年过去几百年过去
你的思想永远不会过时

砂子

  曾昭强，70后，曾用网名鸣砂火，广东阳江人。习诗20余年。与人合著《穿越天空的鸟群》，入选《寂静的修辞——阳江现代诗歌11家》《阳西作家自选集》等。

为童心存影
——献给两周岁的二孩

一孩来之，初为父母，喜悦满怀
试作诗，录辛劳
二孩来之，相隔十余年
一朝醒来，恍如昨天，乱了他俩的童影
试作诗，记乐趣

一粒砂，平凡孤独
两粒砂，平实为伴
三粒砂，梦见敦煌

诗人在你身上看到
儿童乃成人之父
哲人在你身上看到
圣人皆孩之
科学家在你身上看到
人类进化的倩影

在你身上，我又能看到什么？
一看到宇宙的起源
它肯定在你身上留下密码
你一直想破译
终究被人性所蔽
二看到文明的起源
从混沌到清晰

— 2251 —

从无到有
从天籁发音到一个字、两个字……

像草履虫占满了地球
像菠萝蜜爬满了树枝

飞天

屋子里已没有秘密可言
哪儿有蚂蚁爬
哪儿有甲由走
哪儿有可吃的
哪儿有可玩的
你都知

当这一切不再新鲜时
你就创造新的
比如在沙发上练蹦极
没有人教你
又比如将纸巾筒里的纸
拉出来,绕着身,满屋跑
——我的妈！一瞬间
你成了小飞天——

这还得了！父追上
把你的飘带一扯
收回。窗外
一声巨雷轰隆隆

2019 年 4 月 14 日

爸的神

你的秩序逻辑超强
如一缕金丝
我们领教过

"爸爸开门!"
你在门外。之前
出于好玩,我调皮开门逗你
之后,你钦定了我

"爸爸,芝麻！开门!"这次,我刚好在卫生间
吩咐一孩代劳,把门打开
你见了,发现
金丝瞬间成了蚕丝

你不容许这样
硬把哥哥推回去
再把门关上

门外,你等着
等着我
再把蚕丝变成金丝

2019 年 7 月 17 日

傻女人

　　原名柴桂霞,会计师,河南省鹤壁市第十届人大代表,鹤壁市作家协会会员,河南省诗歌创作研究会会员,中国诗歌学会会员,中国新文学学会乡土诗人分会会员,中国诗歌网推荐诗人,《望月文学》杂志特约作家,《渤海风》杂志签约作家,自建美篇公众号"傻女人原创诗歌",总访问量40多万人次。原创诗歌散文1000余首(篇),多次刊发在国内各大报刊及微平台。诗观：翘首遥望,扯一朵云彩擦亮太阳；俯首耕耘,书一段文字妩媚心田。

雪乡,我遗落的一个梦境

在一场洁白无瑕的想象里
我该写点什么?
写下天地间的永恒
还是写下人世间的沧桑
你在尘世的喧嚣中
守护着独特的安宁和纯洁
你在晶莹的凝重里
散发着圣洁的光芒

雪乡，这让人窒息的美轮美奂
那挂在房头的红灯笼
是我唱给你的火辣辣的情歌
请别出声，千万别出声
为我保守一个秘密吧
我是那么在意——
雪落无声胜有声

我在一片吱吱呀呀的吟诵里
留下一串串深情的回忆
那是我在最深的红尘里
遗落在雪乡的一个梦境
请你再来一遍——
轻轻呼唤我的乳名
抑或，在你的风景里
有我靓丽的身影

一片雪花就是一颗纯洁的心灵
你暖暖的目光里
有期盼，有憧憬
篱笆扎紧的小院里
会不会有一个孤独的身影
在等待一个遥不可及的未来
告诉我，我的梦境会不会
只是一个梦境

我在酣睡中，迟迟不肯醒来
如果可以，我情愿皑皑白雪
把所有的梦埋葬
俯首看一眼足下的路
深深浅浅的脚印
若隐若现的相思
歪歪斜斜的诗行

你在遥远的他乡呼唤着故乡
我在故乡的土地上
头顶一片蓝天
轻挽一朵白云

脚踏一方沃土
用纯洁的雪花书写故乡风情
书写一首纯洁的诗行
一颗爱你的心，自此
不再寂寞……

商长江

男，1969年生。山东省宁阳县人。月之故香、柳梦含嫣、麦客、春梦如烟。历史学者、文学、数学、音乐爱好者。自由撰稿人。某地方文学刊物特邀顾问、特约编审。2005年开始写作，2009年起至今在《山东文学》《诗神》《教师博览》《长江诗歌》《北极星诗刊》《分界线诗刊》《晏邑春秋》《华夏诗文》《辽东文学》《文化艺术报》《作家文库》《华兴报（美国）》《灵运诗韵》《七天报（加拿大）》《诚信山东》《三原诗刊》《秋分》《赣韵文学》《晚晴诗词》《诗原》等纸媒发表诗文1000余首（篇），在多家网刊、博客发表诗文数千首、篇。作品入选多种诗歌选本。

黄昏独语

像一个巨大寺庙
暗香浮动的黄昏
脸膛红润表情肃穆的喇嘛们那诵经的声音
渐渐响彻云霄

此刻
澄净如镜面反光
那淡蓝天空上
那片瑰丽夕光
轻轻坠入淡蓝月亮的笛孔

好像一束救世微光
那几粒滴翠鸟鸣
也轻轻坠入幽静水边那金灿灿向日葵里

透明的风中
轻轻摇身蝶变的你
也变得仿佛一座寂寞
空城

潜伏者
倾国倾城的春天的脚步
没有什么能够阻挡
就像没有什么能够阻止
那朵朵明媚的桃花
还一直在旖旎春风里
妖娆绽开

历史现实和未来之间
轻轻关闭了所有通向暗夜的门窗
那每一个华丽转身
却都传递着生命幸福和自由的汛期
不停地独自游走着
一个头戴着桃木饕餮面具的潜伏者
却从不肯将那半人半神的一面
轻易透露给每一场诗歌的盛筵

高度
那么遥远
就像你与如花的美人
相隔云端的样子

此刻
在生活的低处
我只有不住地仰望
或者用那超凡想象
虚构一个缠绵故事和诸多情节

无边黑夜
这样黑
有时几乎黑过那柔软的城墙
而物欲横流的喧嚣白昼
你那朵朵默默绽放着的卓越思想的莲花

与峻峭河岸上那架寂寞纸风车
神秘而绝妙地构成了某种真理的
高度

上官云儿

原名张海萍，山西省晋中市人。中国诗歌学会会员，广州市海珠区作协会员，中国煤炭新闻网特约记者。诗歌散文作品收录《中国微型诗》《九州诗文》《山西作家文苑》《乡土文学》《菲律宾联合早报》《华文头条》等多家刊物及微信平台。出版个人诗集《爱的倾诉》。

小草

用孤独挺起
那是，野火肆虐的摧残
不哭，不喊，这个荒芜
寒冷的冬天
只留下根

无谓于风的力量,雨的侵袭
也许，也许吧
这是一份心痛的爱
用生命的顽强,母体的孕育
在沟壑石缝里生长

一颗无人问津的小草
点燃，黎明，黑暗
自由的呼吸,成长

被听老的雨滴

沙啦沙啦的雨滴答着
穿越时空坠落下来
落在耳畔
一瞬间惊悸了灵魂

滴答着母亲的叮咛

滴答着娘的唠叨
听老的雨滴
听不厌娘的乡音

雨声越来越急
娘的唠叨渐行渐远

草色
追着春天的脚步 风已成风
用暖旭涂画 一场雨
点燃片片葱绿

栽一树相思
那年 一笑飞花
烫在心头的痣
又一次绛红
漫天白絮相间
是否还有你带来一片云裳

一盏秋
柿红熏染枝头
将盘根错节的自豪
刻上
冬的序言

深堂曲仔

李建强,四川营山人,系南充市嘉陵江新诗研究协会会员,四川诗社、朦胧诗社成员,《川北音乐文学》副主编,《红袖天香文学》主编,《天下诗词文学》副社长兼总编。歌曲作品《群歌》《天府恋歌》《爱上成都》《太蓬山》被广泛传唱,现供职于上企某公司。

借我一份江南的婉约
借我一杯江南的水
我可以为你展示万千温柔
借我一捧江南的土
我可以为你复制一方灵秀
借我一座江南的桥
我可以为你链接幸福的方向
借我一朵江南的云
我可以为你裁剪最美的衣裳
借我一片江南的烟雨
我可以为你绘制浪漫、温馨
借我一轮江南的明月
我可以为你打开思念的门栓
借我一份江南的婉约
我可以为你抒写美丽的诗篇

我把幸福都给你
没有什么高山
能高过幸福的头顶
没有什么水流
能淹没幸福的边沿
没有什么道路
能长过幸福的渴望
幸福从诞生那一刻起
便拥有至高无上的至尊
神圣而不可侵犯
谁绑架幸福
谁就会付出幸福的代价
谁尊重幸福
幸福便会拥抱他

我把幸福都给你
幸福的花盛开在脸庞
幸福的花香溢满心房
幸福的甜蜜轻波荡漾
幸福是永不删除的珍藏
幸福是不可掠夺的土壤
幸福是至死不渝的信仰

我把幸福都给你
和别人一样

向幸福投降
在幸福的国度
做一个幸福的儿郎

沈德绪

男,高级评估师、经济师、知青。《新时代诗典》《品诗》签约作家。中华诗词网会员,香港经济网主任记者,仓央嘉措诗社临沂社长。上海华高编委。曾荣获2018年新时代文学奖。爱好现代诗、古诗词、散文。同时喜摄影、旅游、广结善友。用微笑面对生活;用诗歌言志明情;一颗初心传播正能量。

一片粽叶的晶莹
——悼念屈原

遥望,汨罗的香花汀蓝
一个五尺汉子的身影立在其中
多少思绪,多少冤屈
龙舟、号子声,涌动的浪
指向追梦的方向
国风、离骚
矗立在船头

几千年
苇叶黄了又青
包住了家国和辞赋的魂灵
现代历史的长河
成您鞠躬尽瘁的精神
那血和泪
从未濯磨你腰间未拔出的剑

牧笛声
试问橘颂清辞、九歌
将愤懑,天愁寄再何处?
菖蒲、茱萸
奉为平安怀揣心中

独清、独醉
浪费了曙光前的黎明
时间、空间
换取了多少兴衰辱荣

五月五日
言有穷而情不可尽
天无泪而心有所牵
在历史、夜梦的深处
路漫漫其修远兮
追求一份怀念、敬重

——你匆匆地来
又匆匆地走了
留下——一片粽叶的晶莹

誓言

恍惚的雨
埋怨离去的夏天

见红的枫叶
藏在深山里哭泣

没有回忆的回忆
欲望的泪水流到了干枯

还需要把月亮拉来当渡你的船
你去卧佛寺里祈祷吧

那些梦一般的凝视
让誓言成彼岸的曙光

秋千

秋千,面对晃晃悠悠
已是星空灿烂
数着牛郎织女的星星
在月光里睡去

是否是泪水打湿了我的脸
其实我知道这不平凡
也不会醒来
任凭真情温柔的摧残

人生能看透什么
生死离别，知己红颜
过眼的云烟会扭曲落日
带走的陪伴你的最美是悠然

沈明

　　网名草可，男，70后，来自四川罗江乡村。喜看图题诗，鄢家云峰诗社会员。北川禹风诗社会员。笔随心走，心从本真。不为玉堂高高挂，但愿诗文遇知音。

乡愁

这条路　像绳索捆住山腰
一直向山顶攀延

一次次被六月的雨水
洗礼
一次次被泥石流
割断

在经历了那个疼痛的日子后
这根绳索又从洞里把山串起来

像你拿在手上的那串野味
那串腊肉
那串豆腐干

把山的味道放在舌尖
品尝羌寨

而一旁看你品尝的这个人
是把家乡变成故乡的人

回北川去接我八十岁妈妈有感
2019年5月23日

林间小路

眼前这条小路　从家里通往鸡场
这些年我用脚步　丈量贫与富的距离

青春　在田坎与鸡棚之间　穿行

田地里　那个驼背老人
是留守的劳动力
鸡场里　那个弯腰的女人　曾经如花
已被我的生活同化

我只好把美丽的女儿　我的希望　移栽
至城里　让她跳出我的生活

而我其实更像摇摆着的钟　日复一日
在生活的底层
在井底的凹凸处
书写着
属于我自己的日子

2018年12月14日

山里的味道

山泉水　石板烧　老腊肉……
把岁月尘封了的往事　层层剥离
一种酸楚难言的痛
点亮废弃多年的煤油灯
照亮北川山沟沟漆黑的夜
童年斑驳的记忆
像一直在敲打我窗的雨
滴滴答答……
每一滴
都疼在心上

小草

做不了大树

就做溪边一棵小草
与伙伴遍野山岗

生活雨润后　微风　山花
怒责我过于真实　过于直白

有幸　身边溪流如琴
鸟儿弹唱大自然
流云　时不时俯身亲近

和这些伴一起驱赶孤独
像驱赶山林的鸡　回笼

我的小茅屋　不在乎你来与不来
何况　秋天走了
春　自会回来……

当朝阳亲吻露珠时　最喜欢
用惺忪的眼　窥看崭新的一天
像　偷看崭新的你

揪心的晚霞　被一场凄美点缀
而我　在最灿烂的夜晚
独自放歌

2019年6月30日

沈岳

男，汉族，1950年3月出生上海市崇明区，大专学历。原人民画报上海记者站负责人，人民画报书画院副院长，中国大风堂艺术研究院顾问，上海分院副院长，中国榜书研究会理事，上海榜书研究会副会长，上海市摄影家协会会员，崇明区经济促会副秘书长等职。近几年在中国、上海有关单位举办大型画展中入选展出，他爱好摄影，在《人民日报》《人民画报》均有刊登作品。主编出版的书刊有《中国著名企业标识全鉴》《人民画报》上海交通增刊、上海郊区增刊、书画持刊、崇明长寿特刊、《中国榜书论文集》《崇明长寿之乡探索》《崇明颂》等。2010年8月接受上海电视台采访，并在黄金时间播放书画作品，入编《上海市现代书画家名录》一书。

露珠的胸怀

露珠，
你虽没有珍珠那样夺人眼目的光彩，
却有着万物生长不能割裂的无私奉献。
你虽没有惊天动地的可歌可泣事迹，
却有着滋润万物生长的义不容辞责任。
你虽没有大海宽广的容纳百川胸怀，
却有着哺育整个宇宙的浩然正气肚量。

露珠，
人们喜爱珍珠是美丽又显示富贵，
却不知你的美丽能调节自然生态之能量。
人们喜爱英雄是崇敬也想成英雄，
却不知你的奉献是不求索取又无影无踪。
人们喜爱大海是修心而洗刷灵魂，
却不知你的肚量让人无地自容回归人性。

露珠，
你来去无踪影，
是怀有自然之功。
你夜里成珠形，
是为报答植物恩。
你日间无身形，
是谢万物生长情。
你是生命之源，
是生态自然之神。

露珠，
你虽是一滴水，
却日出化为气。
你虽无踪无影，

却能成云成海。
你虽无声无息,
却能暴风骤雨。
你的优美品德,
使人望尘莫及。
你的宽广胸怀,
人间学习楷模。

注:献给为中华民族复兴而献身的英烈。

游诸暨千柱屋书院有感

高山深处,
踏级而上,
静静睡躺着——千柱屋书院。
千年以来,
她悄悄地向人们诉说,
"万般皆下品,唯有读书高",
孔孟理念。
侧耳细听,
风声、树声、昆虫声,
汇成朗朗读书声。
读书声,
由远而近,由近渐远,
始终响彻云霄,
在大地回荡,
炎黄子孙,龙的传人,
自强不息,复兴中华。
一个声音从天边传来:
"数风流人物,还看今朝!"

圣乐

江苏省苏州人,吉林建筑大学,经济与管理学院,建筑与土木工程(市政工程)硕士,酷爱诗词。

我等的春天

"总在快乐的时候,感到微微的惶恐。
在开怀大笑时,流下感动的泪水。
我无法相信单纯的幸福。
对人生的欺负悲喜,既坦然又不安"
难过是因为不快乐,可不快乐又是为什么?
"那年的冬天特别寒冷,
整个城市笼罩在阴湿的雨里。
灰蒙蒙的天空,迟迟不见着阳光,
让人感到莫名的沮丧,
常常走在街上就有一种落泪的冲动……
但是冬天总是会过去,春天总是会来。"树儿绿了,草儿青了,
我等的春天什么时候到来?

师梓清

男,茂名市南天诗社会员。山西临汾古县人。笔名阿毛。就读于山西长治学院中文系。爱好:文学、诗歌、摄影、音乐。
诗观:轻丽与风骨尚存。

昨夜的雨

山旁的小城,
接受了大雨的冲刷。
夜中不能寐的我,
听这汨汨的水声。
深夜,朦朦胧胧,
我回到了老家。
在门庭下,
喝茶,听雨,
闻故土的气息。
天亮,晴。
从睡梦中醒来,
是怀念儿时的老地方了。
昨夜的雨很有韵味,
可我知道回不去了,
只把它留作记忆,
埋藏在心底。

诗情恒生

原名黄坤,三栖歌手,中国书法家协会会员,资深书法家。一位擅长写作、作曲、书法及绘画的全能才子。书法《鹏程万里》荣获中国骄傲第六届全国优秀书法作品银奖,诗集《岁月如歌》在2019年7月15日举办新书发布会,全国书店统一上架,该书收录了181部优秀诗歌,首次发行量20万本!

岳家军

星光闪烁的夜晚,
指引着脚下的路
闪闪的光芒,
驱离了黑暗,
在古老的岳乡,
踽踽独行
那里,是岁月峥嵘的渡口,
聆听着英雄的呼唤

隐约间,在恍然潮湿的夜梦里,
一直有战马奔腾
时空的深远处,徐徐传来,
民族英灵的呐喊
惊心动魄的誓言
开启着一场场激烈的战斗

我目睹眼前的壮烈厮杀,
不屈的魂魄在咆哮
我心疼着,
高大的身姿,
在南征北战里,渐渐模糊
我铭记了,国家的命运,
在血雨腥风中,百般洗礼
泪眼,注定了,
注定了一位英雄的悲怆
黑暗,注定了,
注定了一代忠臣的痕疡
一块宽厚的脊背上,

见证了那针针见血的精忠报国
一扇被洞穿的国门上,
见证了那个年代的屈辱与动荡
叮咛和嘱托,
把壮士的热血,
转化成了民族的希望

火热的力量,在支撑着,
一个风雨飘摇的王朝
可以轻易地感知到
英雄浓重的喘息声
可以清晰地望见
英雄满是血迹的面庞
浩浩气节
撕碎了大地的沉默
雷霆万钧,
擂响了生命的神威
"还我河山",
在惊天巨响中,
叱咤着天边的风云
"八千里路云和月",
幻化作一阙英雄的壮美史诗

披荆斩棘,
凛凛胆魂照亮了乾坤
千重万阻,视死如归,
威傲了神州大地
"壮志饥餐胡虏肉",
是何等的豪迈与铿锵
"笑谈渴饮匈奴血",
是何等的乐观和高昂
岳家军,忠勇、孝义、
严明、廉洁、自强的口号
唱响了神州大地
这些满载正能量的词汇和符号,
在历史的天空,亘古飘荡

狼烟四起,气吞万里,

胸怀万千雄兵,踏破贺兰山阙
"撼山易,撼岳家军难",
苍白的史书,因你而浓墨重彩
那些收复的失地上,
留下过干枯的白骨和不屈
倾听到你奋笔疾书,
千古绝唱的《满江红》
仍旧可以在西湖水畔,
看你威风赫赫、
跃马挺枪的身影
你的故乡,在祭奠你的英魂
你的乡亲,在继承你的精神

迎面而来的月光,
拉长了英雄的身影
苍穹里的星辰,
传来了英魂的重托
梦幻迷人的月色,
是英雄传奇的颜色
英雄的背影,穿过暮霭、
流岚和高峰
依稀能看到的天边,
冲破了黑幕,迎来了光明
我头顶明月的方向,
在你离去的那个夜晚
在汤河水漫过的河畔,
循着你的足迹,你的英姿
在无数个将要结束的夜晚,
蕴藉了无穷的力量

历史的车轮滚滚,
印证了家国思想的传承
坚硬的骨骼,
与时代奔流的血液,
完美融合
激流勇进的今天,
呼应着英雄遗留的魂魄
融进时代的精神,

把民族梦想载进史册
一份执着的信仰,
守候成绵延古今的绝响
时光饱经沧桑,
却不改最初的航向
沿着永不尘封的理想,
奔向了四海八方……

诗仙子

  江苏人,网络诗咖,笔名胡渝敏,当代中国著名高产诗人,出手成诗是天赋,月可作诗100多首。职业:高级会计师,采购师。人生格局:用一百年的时间好好活着;用一百年的岁月去沉淀;再用一百年的时间复活那颗永恒的灵魂。人生座右铭:把工作当成事业来做,把生活当成诗一样过。把书籍当成知己热恋,把灵魂当成活佛慈修。

冷色的美丽

忽然间
我开始迷恋冷色的美
难道是那悬空飘飞的红叶
带出了婉约如诗的画景
还是这脚下柔软的枯片
给了秋色凄楚的美遇

现在我开始
迷恋冷色的魅惑
难道是那前方走来的冬天
已带来了冰的寒暄
还是这冬的雪莲已整装待命
空气里灌满了冷风
悄悄地点缀着这个季节的冷静

我开始陷入这冷艳的陷阱
开始着迷于这冷的力气
开始懂得了冷色的魅力

而我真的开始
迷恋这冷色的美丽

让遇见成为一场美丽
有些人
就是为了感动而来
为了制造美丽而生

有些人
只是为了提醒
世间有不公与不快

而你的到来
却是为了带来无数次的惊喜
让我不知所措
给人无尽的希望与感激
让遇见成为一场美丽
成为记忆里的秀美风景
成为传说中的故事
成为历史的见证人
美了时光里的光阴

而你,而你
是这场传奇里的传奇
让邂逅成就了更多美丽
而你,而你只是
为了完成故事里的美丽

秋天最适合想念
秋天最适合想念
也适合徘徊
用美丽的眼睛包揽秋天
美丽的秋天已无处不在
在这样的季节
要么爱得死去活来
要么不爱
剩下的就全都是在想念中等待
那些没有走过的路总带几分神秘色彩

那些没有爱过的人总留几分幻想怀念
秋天每一片落叶都怀抱忧伤入地缅怀

秋天最适合想念
也适合彷徨
爱与不爱
让每一片叶落里都藏满伤感
让每一朵云里都触及多变的气息
让每一缕夕阳都迎来黄昏时的考验
爱在秋天里总是让人捉摸不透
被囚禁的灵魂
自甘在寂寞中等待唯一的思念

秋天最适合想念
也适合表白
爱与不爱
是爱对爱的长情告白
那等待已久的期待一直都在
那缓缓而来的思绪
已在落叶纷飞时失落又凋谢
爱会在想念中滋养岁月的容颜
爱在适当的温度仍会绽开

秋天最适合想念
那些明知没有结果的爱情
注定适合坚定的思念
爱情的十字路口已人满为患
彷徨的脚印已在交错中分不清来回
总有些难忘的记忆在岁月蹉跎中忘却
又有新的记忆在一个个装进脑中浮现
等待下一场的忘却
那些能留下来的想念啊
早已过滤成幸运的存在
那朝思暮想的爱恋啊
已缓缓呈现为水落石出的思念

秋天最适合想念
也适应深爱

明知生命的短暂而不作努力的相爱
注定只剩孤独与之相伴永远
那初始的情怀算是已被永久保鲜
爱在指缝间已流泄成从前
情在水雾里已蒸发成甘露的液
谁又知这冗冗长长的相恋
会留在今世还是带到来世轮回
爱已在万念皆空中趋于平淡
这嗦嗦飕飕的秋风已席卷落叶
留一地的思念在风中萧瑟情怀
谁又将想念塞进落叶
阔别一场没有结果的爱用来缱绻

秋天里的眷恋

昨天立秋
我一点儿也没有介意
那是对夏的告别
秋已经接管了秋天
在这个时节秋天已启程

清晨醒来,空气里
已含着一丝丝凉意特爽
才深深感知夏天真的走了
秋天已开始履行自己的职责

在我心里
秋天是很重情意的季节
秋在目送着夏的背影离去
直到夏天在秋的眼睛里消失
秋才开始真正的秋天
这也许正是人们传说中
立秋了,还有十八天地火
真实的原因吧

秋很务实
在一年四季中
只有秋天最值得赞颂
从立秋当晚

你只要稍微留意
就能感受浅浅的凉
是来自于秋的问候

秋天
是最值得赞扬的季节
它那饱满的果实撑破了大地
并把泥土扯成一条条裂缝
露出饱满的硕果来填满秋的意义
外面枝头上的果实也挤得满满的
累累的果子把枝头压成了驼背老头

四季中我特偏爱秋天
不仅喜欢秋的成熟
还欣怡那爽爽的秋风迎面扑来
每每遇到深秋
那多变迷人的色彩会让我止步
用眼睛去收藏这个季节留下来的美丽
秋天里的眷恋太多
秋是我一生都抒写不完的情诗

我会笑着看世界

世界没有一天是安宁的
只有自己给自己找安宁
世界没有一天不浑浊
只有自己来沉淀那颗清澈的心灵
世界没有一天是安静的
只有自己将心放入安静的地方

世界每时每刻都在变化
只有自己去寻求
那份永恒不变的信念
世界,我不惧怕你时
你也只能躲开我
世界,我爱你时
你也只能捧着鲜花欢迎我

世界,你每天都是善恶不分

我只好自己擦亮眼睛来分变是非
世界,你拿我没办法时
我拿世界也没办法
只能去适应你
世界没有表情,
而我会笑着看世界

直到某一天
我被你催促着老死
而你还是那个世界没变
可我已将灵魂
拉在这个世界与你抗衡

秋是我前世的情人

秋天又来了
从今天起
这个秋天开始了新的脚步
在这个季节
又会收获不一样的果实
不一样的感怀
不一样的诗句
从立秋开始
我愿这个秋天更加美丽

从今天起
我又能领略到秋天的样子
秋天的云啊
你是我仰望天空最久的吸引
秋天的叶啊
你是我怜爱的弥蔓
秋天的果啊
你总是让我心喜不断
秋天的露珠啊
你总会带有几分清凉
秋天充满了多变的快乐
这也许,是我深爱秋天的最好理由

或许我与秋有太深的情缘

在我的记忆里
我从没有讨厌过一天秋色
哪怕在凋零的雨季
看着一片片纷飞的秋叶
都会令我心疼不止
秋天,应是我最原始的爱恋
秋或是我前世的情人
要不,我怎么会如此迷恋秋色

秋天来了,秋天来了
秋天的感觉也来了
秋天的空气里
会慢慢放满秋的味道
你闻,你听,你看
秋天的气息已无孔不入
令你时时感叹
秋天真的惑美迷离

无悔之恋

你来了
给了我这么多的思念
让我懂得思念的滋味
而你,是否也如我一样

你来了
带来了这么多的幸福
让我懂得了幸福的含义
而你,是否也如我一样

你来了
引来了这么多的相思
让我尝尽了相思的苦涩
而你,是否也如我一样

都说最美的遇见
是灵魂之恋
那相知相遇的眷恋啊
胜过世间任何一处风景风光

而你,是否也如我一样

你来了
于千万人之中,你来了
为这,我发光了所有的运气
换来这千年无悔之恋
而你,是否也如我一样

一朵不容错过的花

如若可以
在前世
一定留下一个印记
好在来世的路上
不要错过一场美丽
让我们少一些迷茫
多一些安逸的相遇

如若可以
在今世
就做你的一只眼睛
让我们一起欣赏风景
你看哪里
我就看哪里
你笑,我也会露出笑意

如若可以
我会在
我们来世的路上
为你开成
一朵不容错过的花
你走到哪里
我就开在哪里
哪儿都是我的花期
直到你记起我的样子
喊出我的名字

如若可以
就让尘世所有未尽的缘分

都一一缘起
让美丽更加美丽
让炫丽更加炫丽
让世间少一些遗憾
多一些美丽的相遇

施云

　　男,1970年10月出生,现为《曲靖日报》会泽县记者站记者,云南省作协会员,曲靖市作协常务理事,会泽县作协副主席。已出版诗集《九十九朵玫瑰》,在《诗刊》《星星》等近百家刊物发表诗歌等600余首(篇)。应邀出席第15届国际诗人笔会和国际诗酒文化大会等活动。

当那些雪花你追我赶而来

当那些雪花你追我赶而来
乌蒙大地,转眼就有了
最白净的肤色,而此时此刻
我正在七月天写诗
写下比红五月更热的热烈
我突然想到了那个冬天
围着低矮的火炉
我们把蓝图一张张烤熟

止于飞翔

止于飞翔的鸟,有几分像
从魂里雕刻出的魄
一条我欣赏的流溪,是它一生
从未放弃丈量的背叛
故乡于它,是永远的他乡
一年垒一次窝,好比我们
一生建一次房,生活的辛酸
只有鸟明白。然而此刻
止于飞翔的它,只能活在我的
意识里,以阴影的方式
保持飞翔状态。梦境森严

我开始为飞翔祷告
止于飞翔或许是幸福的

一滴水的海洋
一只蚂蚁的命运是难以描述的
在一滴水的海洋里
瞬间的挣扎,或许也会云开雾散
我们身边的许多蚁人就没这般幸运
一滴水的日子,或许可以
淹没青春,中年,甚至晚年
"宁可欺山,不可欺水"的故事
一直在演绎。夏天的乌蒙
峡谷总夹着许多出其不意,我常常
梦见一只蚂蚁在一滴水的海洋
苦苦挣扎。头顶的艳阳
难以晒干一滴水的辽阔。对于蚁群
我们也有不及之处。识别
蕴藏着无穷的智慧。而此刻
我必须对一滴水心怀敬畏,而我
终究做不了周游地球的蚁

净影
傍晚,绕着那个清池
一遍遍用满池涟漪
洗濯自己的影子
看着水池里的根系
模糊,清晰。清晰,模糊
他多想拾起枚棱角分明的石头
砸下去,砸碎所有的
过往时光,砸碎那一次
刻骨铭心的相遇
岁月的轨迹,为何不能
时光一样勇往直前
他掏出忐忑,用微晖
一遍遍往水里的影子上
镀金。尘封灰色
或许是剂后悔的良药
像不规则的池沿

他一遍遍地洗,总洗不尽
淤积在心底的棱角

心灵干预
词流如流。他打开闸门
洪流之词纷繁而下
我的原野并不广阔
低矮的思想犹如庄稼
混于杂草间。意识流
止于蓝天的清澈

脸谱
沿着穴位把每个孔都打开
一张奇异的脸谱是个美丽的
网络世界。旋转它
让光一丝一丝地透过来
交织而成的图如同结绳记事
面对这样一张脸谱
我的惊惧析出来,一些立体的
旧事,勾勒出悬崖峭壁的
天然屏障,爬满梦的根系

石春平

山东滨州人。曾在《北极光》《新诗歌》《四川人文》《北疆文艺》《中国诗》《关东美文》《赣韵文学》《陕西诗歌》《吾园》《中国风》《齐鲁诗歌》等发表300多首。入选多种诗歌选集,有诗获一二三等奖。

一袭黑衣
你着一袭黑衣
在一家棉纺厂子相逢
某一下午
我才又能对你,一袭黑衣
报以最为真挚的问侯
某一下午
我才又能对着屋子,惊叫一声

我那可爱的鸽子式同志
原来就是你着一袭黑衣
而在车间的树梢枝头
干活和吃苦
某一下午
我才又能类似无风无雨,美丽
某一下午
我才又能叫一声我那美丽如你
胆颤心惊
某一下午
我才又能把几十年的风风雨雨
叫一声我们伟大的祖国领土,亮丽
又一伟大的八一来临之时
我和你就同样高兴
融入伟大的祖国长城
一袭黑衣的奋斗
看样子,那个时候
我才又能与你一袭黑衣
飒爽英姿,奋斗

生命

父亲的生命,无风无雨
七月二十那一日
我和父亲石恒
去医院里头看病
父亲石恒快乐声称
父亲石恒乐哈哈地讲明
于是我才又甜蜜
奋然前行
同意父亲看病
几十天的日子
父亲石恒就类似把他弱小的肉体
献给手术
七月二十那一日
我和父亲石恒看见生命的沸腾

雕塑

某一日而写雕塑
才又看成是未来自己
某一日,雕塑厂子的刘某某
才又能把这几只像样的雕塑
刻成方方面面,展示
于是我那某一日而奋起
果真拥有一望无际
我在某一家棉纺厂子
胆颤心惊
为了这几只雕塑,费尽心思
看样子,目前这几只
就真得能够把我几名朋友
开除,听令之中
可想而知,这几只雕塑厂子的刘某某
才又奋然而起
和我们共同
完善这家厂子

石慧霞

笔名安然,江西九江人。在全国首届世界作家园林举办的《中国名家才子杯》征文佳作评比活动中荣获"德艺双馨文学艺术家精英一等奖"。部分代表作入选《世界作家文集》,不少作品散见于各大平台,现任《世界作家文集》责任编辑。

走不出你的雨季

飘渺的雨丝漫天漫地
滋润大地带着醉意
缱绻着情意漫向天际
在这多情的雨季
思绪揉碎在怀里

飘落的雨滴
绽开朵朵的相思
唇边的呢喃软语
温馨着昔日的情意
不会忘记又一次从心底泛起

甜甜的笑靥
晃动的油纸伞
连同这样的雨季
定格在记忆里
挥之不去的念想
牵挂在深夜里

听着窗外的雨滴
耳畔响起你醉人的话语
那声音犹如动人的音符
无法抹去的记忆
深深地烙印在心里

排遣不了的思念
总在不经意间侵袭
不让自己想你
总是控制不住自己
爱　怎会轻易忘记

指尖环绕的温柔
依然余温尚留
往事历历在目
望雨,淅淅沥沥
落雨成诗
今生注定走不出你的雨季

石晓伟

等你

等你,在秋日的午后。在暖洋洋的日光里,
静静地等你。你来与不来,我都等。
不怪你无情,只怪我多情。
如果你来,和我一起拥有这阳光,多好!
你不来,不怨你,静静的期盼,也好。
不见你身影,能收到你的信息,心安。
夕阳里的孤影,在慢慢的转着,转着……
在日和月交汇的地方,找不到我寻你的影子,
我的人,依然等你。

成熟

清清河边　寂寂灌草
伴着晨风　你飘香而来
驻足　回眸　微微一笑
耳畔的那缕秀发　贴敷着俊美的脸
暗色的纱裙　充分展现你的皎白
温婉　娴静　满身都是成熟的美

想你

我在九月想你　午夜的冷风
吹醒了我的记忆　让我不能入睡时想你
月儿高悬　像你微笑的脸
我知道　你的笑　只对我　才这样甜
痴迷于你的笑啊　想想都心痒难安
曾不止一次捧着你的脸
细细端详为何笑的那样甜
其中的缘故　一直藏在你心间
月光莹莹　是你眼中的电
我早已被你击中　早已为你流连
离不开这脉脉含情　离不开这沁入心扉
你的每一次转眸　只有我懂
我已熟记于心　你也从不多言
天地奇巧　却又总生憾事
明明两颗相吸的心　却要时时被分离相扰

爱

我把我的心　都给你　不要你任何回报
如果你愿意　告诉我　你心的方向　我会追
有月的时候　你和月光一起来　在树下
有你给我最好的礼物　树影
和你身影的相伴　我不在孤单
秋风送凉　牵挂的都是你
不要穿得太单薄　冷着你的身　我心疼

多想摘下那片浮云　披在你秀美的肩
随这秋风　看你翩跹
你在的地方　再远　不远　我的心跟着你
你若喜欢　就柔情似水
若不喜欢　让他破碎如泥
春风起的时候　漫山的鲜花　拥着你……

老去的时光

时间在嘀嗒　嘀嗒　慢慢地　慢慢地
低弯了身子　搭上了老去的帆
夏也渐渐地老去　秋羞涩地探着
少女般清秀的头　浓浓的烈日
或许明天就被　清凉的秋月取代
留恋不只是夏　还有我的稍纵即逝
冬春不堪分明的春　留恋徒留恋
淡淡的愁　悠悠的伤　挽不住　老去的时光

你的船离我有多远？

你不吻我,吻谁？我不等你,等谁？
吻,是一种奢求,不吻,我也等。
风吹动落叶的时候,吹不动,哀愁。
哀伤的,是眼中的泪,和泪中你的,影……
没有什么比记忆更动情,
当记忆的帆鼓的满满,
思念的人啊,请把你的船靠岸,
让我知道,你不再遥远。

石跃强

　　网名黄河艄公,中华诗词学会会员,中国诗歌学会会员,河南省楹联学会会员,弘农诗韵一道诗艺社社长。醉心唐风宋韵,纵情绿水青山,守心灵一方净土,歌岁月诗意人生。近年来创作格律诗词2000余首,作品发表于《中国诗歌网》《中华诗词》《凤凰诗刊》《大河诗刊》《诗海选粹》《秋霜诗社》《竹韵汉诗》《精英格律诗词》《江山文学社》等媒体平台。

九月的新娘

九月的金风
吹熟了枣乡
黄河岸边的村落
弥漫着枣儿的醇香
一望无际的林海
翻动着金红的波浪
一株株临风玉树
是那待嫁的新娘
压弯的树冠,
披上了碎红的盖头
铃铛般的枣儿
躲闪着羞红的面庞
摇曳的枝条
款摆着婀娜的腰肢
褐色的树干
拖拽着修长的裙裳

九月的金风
吹来了佳期的婚讯
娇美的枣儿新娘
正描着浓艳的红妆
站在那田间　村头
站上那河岸　坡岗
期待的眼神
把幸福热切地眺望
遥远的天边
听到了唢呐的奏响
乐呵呵的枣农
喜悦洋溢在脸上
一年的辛勤耕耘
抚育女儿的成长
滴滴入土的汗水
把娇贵的女儿滋养

九月的金秋
枣园里一派繁忙
轮竿的大爷
敲打着丰收的希望
提篮的村妇
把幸福捡进了萝筐
田埂飞奔的农车
把满满的收成载装
枣儿新娘让人陶醉了
摘下一颗入唇
顿觉甜透了心房
有一股暖意
在心中暗自流淌
情不自禁按下快门
把新娘的靓影
一帧帧细心收藏

寺河山的苹果花开了

春风送走了严寒
春雷惊醒了虫眠
春雨滋润了嫩草呦
春姑娘到了寺河山

满山的苹果花儿开了
凝露的姿容惹人怜
如娇艳的海棠春睡了
吻上少女粉嫩的唇边

蜜蜂在花间穿梭
蝴蝶落停在草尖
欢笑的疏花姑娘呦
与苹果花儿争艳

一朵朵白云萦绕山顶
蜿蜒的山路曲折回环
苍龙般灵动的灞底河呦
滋润了寺河的花果山

春天　寺河山花枝招展
秋天　红灯笼挂满果园
南腔北调的收果客商呦
一车车运向了塞北江南

这是亚洲第一高山果园
通红的苹果通红的笑脸
党的富民政策呦
兴了产业富了果农
美了农家的洋楼小院

寺河山的苹果花儿呀
醉了远方游客的眼
醉了父老乡亲的心
醉了灵宝我的家园

史博英

女，山西运城新绛县，1970年生，作品发表《贡山》《山风》《绛州文学》等。现任新绛县作协副主席兼小说编辑，华北凤凰诗社秘书长。

黑布条红布条

村里的小孩都怕我——
我有一把王八盒子，木头的
还系了黑布条儿
威风得不得了
只有小芹粘着我

后来，我的王八盒子因系着黑布条被没收
奖给了小印
小印拿了它
系了红布条儿
他把我的黑布条踩在脚下
举枪对着我：
"我代表人民枪毙了你！"
我打着哆嗦，怕得要死
小芹跟了小印，见了我

就像见了
不齿于人类的狗屎堆

坐在火炉旁取暖,
收到两首诗作,
她看了看,
把一首折叠了下放在口袋里;
另一首,
塞进炉膛里。
塞进炉膛里的,
这样写道:
炉子也有冷的时候,
地球不停地转动。
装在口袋里的,
这样写道:
今晚的月光很美,
像昨晚一样。

皇帝没有穿衣服

世界真污浊
皇帝没有穿衣服
我像孩子般吆喝一声
人群并没有躁动
我像孩子般向您哭泣
唯有在这里
我才得到慰藉

世界真污浊
皇帝没有穿衣服
我不再像孩子般吆喝
我只想您
想您的时候
一缕清泉心上流

石子、风、大海

石子沉入大海深处
而风,只是掠过海面。

史凤云

　　黑龙江省依安人,女,笔名北苏。1965生人,本科学历,中共党员。北大荒作家协会会员,黑龙江依安县作家协会会员,九三作家协会会员。《春天的家》《飘香油茶面》《麦子熟了》等多篇诗歌、散文先后分别选载于《鹤城晚报》《北大荒日报》《白天鹅诗刊》《依安文苑》等报刊。并在多家文艺公众号发表散文、诗歌作品。

烟花刹那的芳华

烟花,流年里一个繁华的瞬间
上元节
在这样一个夜里
聚集了喧嚣和思念
把寂静村庄推上
喧闹的捷径

等待那个放烟花的时刻
拥挤的,如同年少的夜话
这时刻
聚集了时光里所有的斑斓
夜空的繁华升起
心跟着升起散开的斑斓
雀跃着
斑斓的瞬间,圈住我的温情

母亲的麦田

那年夏天的风
像一个精灵
弯着腰等待麦子的成熟
终于在飘满雨的日子
露出了金黄的头
母亲把草帽挂在腰间
手里的镰刀不停地挥舞
麦田终于安静了
那成群的麻雀飞去了

母亲的守望依然
信念和那些麦田一同前往
世界的繁华与落寞
母亲的得意
是那片土地和灵魂
仅仅相接的……

雪落如此伤感

喜欢雪
喜欢听雪落下的响声
它踩响诗人的目光
接收了万物和烟雨的疼痛
雪落下了秋天的帷幕
将结束了
云朵穿越时空的爱恋
来到在你面前
你的窗外
感叹
妖娆风华
寂寥辉煌
雪落入故乡
随着童话渐渐走进游子梦里
让心和灵魂对望
让痛了又痛思念化成春雨
在每一个人家门前
扬落相思和承诺
听,雪落下的响声
回想
渐渐消失的梦境
好多童年的回忆进入系统
伤感的句子
如雪一般落入伤感的午后

史红霞

生于1988年,陕西西安人,毕业于北京大学中文系,文学硕士,陕西省作协会员,2008年始发作品曾在《人民日报》《解放军报》《诗刊》《新民晚报》《羊城晚报》《星星诗刊》《陕西日报》等发表作品100多篇,现为《西北工人报》主编。

天空

广阔的天空
平平坦坦,一望无际
成堆的白云
自由自在地放牧
温熙的春风
轻快地滑着雪板
没有自然的缰伴
没有人为的栅栏
每一条理想的航线
都能尽意地无限延长

广阔的天空
纯洁透明,一片蔚蓝
没有流言蜚语地污玷
没有嫉忌和狭隘的阴险
绚丽的朝霞和晚霞
能自由地追求最美丽的打扮
月亮带着小星星
能跟太阳捉迷藏

啊,广阔的天空
开辟了一个多么巨大的空间
翅膀能尽情地飞
航线能笔直地长
没有弯曲,没有扭伤
生命的彩霞自由的开放
这样,你容纳了巨大的能量
这样,你创造了无尽的宝藏——

那洒尽山河的慢慢春雨
是你对大地千丝万缕的情感
那照亮寰宇的金色阳光
是你燃烧着的鲜红思想和信念
那摧枯拉朽的狂风暴雨

是你对恶的愤慨,对美的爱恋
那劈开黑夜的雷鸣电闪
是你对未来的热烈向往

看,一行北归的大雁
把一个大写的"人"字献给你
真诚地表达了
我们对你深深的礼赞。

峰顶

我常想
千万座山岭的峰顶
多像是一群历尽磨砺的尖兵
亿万年前,拱破地平线的硬壳
到如今已勇冠天下之顶
曾穿透过多少山峦般密雾的禁锢
曾冲破多少海潮般浓云的围攻
在与暴风雨无数次的搏斗中
曾失落多少美丽的早晨和黄昏
饮着屈辱,舔着伤痕
甘于寂寞,枕着阴冷
不舍昼夜一分一寸地突破
咬着牙关一分一秒地攀登
山风林涛,是它昂扬奋发的歌唱
长江大河,是它挺立不屈的身影

我常想
千万座山岭的峰顶
像一片密密的相思林
燃烧着激荡,火热的感情
它们不倦恋脚下
这片五彩的世界,缤纷的生活
它们不陶醉自己身上
这片绿叶红花
百鸟啾鸣
它们望着天空,奋力向上
把如霞的理想举上万冲霄云
是要耕耘天空那片蔚蓝的土地

播下新的希望、美的憧憬
是要勘探那深藏奥妙的茫茫宇宙
为未来的明天开掘崭新的黎明
不倦地追求生命的高度
不懈地开拓事业的新历程……

我常想
千万座山岭的峰顶多像是一个个人字写成的生灵
浸透了人的希望和理想
浸透了人的意志和感情

侍文

江苏省南通人,吉林建筑大学,经济与管理学院,管理科学工程硕士,酷爱诗词。

青春岁月

只有经历过,才会真正的成长,
无论我身在何处,却"虽僻远其何伤!"
我置身在极高的山脊上,
遥遥的彼此不能相望。

却听见心底传来温柔的声音,
即使云雾缭绕,峡谷陡峭,
告诉自己,
在荷花盛开的季节山月相会的夜晚少年
是否依旧心如赤子,至死不改。

蓦然回首,
来时的路或许青涩,
或许迷茫,亦或是青春的张扬。
相信自己目前的所作所为都是为了明天准备,
为了在后来减少磕头流血的机会。
当自己走出的那一刻,
就会发现自己少了些许的青涩,

多了心智的成熟;

坚定不移的目标取代的是曾经的迷茫;
而那渐行渐远的青春,
在你今后的工作生活中终将会成为你心底里最珍贵的一抹。自己会在心里笑出难以描摹的温柔溢满整个胸膛……

淑君

山东济南人,吉林建筑大学,经济与管理学院,管理科学与工程硕士,酷爱诗词。

七夕夜

窗外的天空,
孤独的哭泣着;
窗内的人儿,
望穿了今夜的钨丝。
一扇窗儿,
一对似乎迥异的心:
伤感的天空哭泣着月儿的不辞而别,
灯下的我痛苦着的是她的冷漠。

钨丝断后是天明,
希望是明天的夜晚,
月亮回来啦!
月光下的窗内,
两只手儿晃动着,
他们正一指一点地在数着星星,
另外的两只则一起藏在了窗下。

舒畅

吉林省吉林人,吉林建筑科技学院,管理工程学院,造价教研室,博士,讲师,酷爱诗词。

问候

在一个角落
有一个乞丐
浑身都是伤
没有人关心他
当他快死的时候
一个美丽的小姑娘
给他了一个发簪
说:你有了它就有了希望
你一定要坚持
有我在
你会好起来的。
从那以后
他每天坚持
慢慢地身体康复了
他勤劳刻苦
不论是烈日当天
还是大雪鹅毛
他从没放弃
他终于成为了一个百万富豪
他散尽家财
帮助需要的人
若干年,
他遇到了那位姑娘
姑娘依然年轻漂亮

舒水修

江西余干人,1965年生。中学教师,中华诗词学会会员,江西省诗词学会会员。

路遇放牧

心动,鼻酸
突然想哭
为什么如此亲切
别笑话我的脆弱

小时侯与你相伴
你懂我

我不懂你
现在
我从烦躁中来
在烟水迷茫处与你相遇

老树是故事的
乘除加减
岁月已然浓缩成荫
我的错误让我变老
桀溺,还是千古不变的话题
道路是永古的
山是可以采薇的
斑斓秋色依旧

其实,我是你的儿子
只是,成长让我把你遗忘
我吞下全部的苦果
伤痛、猥琐、满身赤裸

追寻,醒悟
老牛是医伤的
弯了几道弯
一直在心田放牧

我的早晨

早晨,我会早早地起床
我欢喜,院门前的葡萄树
看它一点一点地
把善意的绿色
伸展到邻居的窗台

我欢喜,我种的各色的盆景
绿萝、向日葵、发财树、文竹
一碗水,当头浇下去
洗澡似的,可以承受热烈的爱

我欢喜,那玲珑的凤仙
昨夜又长出了一片新叶

我伤心,那细嫩细嫩的太阳花
娇弱到,连慈爱
连慈爱也要隐隐地下

我好奇,那墙根的
野生的井栏边和鹅不食
我慈祥地站在它们的面前
不带一点声响
尽管它们闯进了我的小院

我每天早晨
重复着这些事情
然后看看好友的微信
知道他们一切安好
我开始阅读木心
妻子在厨房里进进出出
这时候,太阳微微地升起来了
我开始接纳每天到来的一切

船

伊人静静地聆听
水声汤汤
尘封的岁月
动人心肠
一叶危樯
承载了闺阁多少的忧伤
有男儿覆亡
壮烈似国殇

我的康郎
定格,暗云流动的苍穹
马思边草的模样
彼岸,以重创的身躯
展现大千泱泱
轻放,以无言的方式
冲淡昔日的荣光
退役在荒滩旁
在水一方

伊人沾染敛藏的光芒

种子

一粒种子
我感觉它是一种
最初的光芒
人类所期盼的理想

我把血液和它融在一起
它就成了个孩子
我发现了它的纯洁
知道它有成长的渴望
它正仰首未来的天空

它还很幼稚
邪恶到处都是
我抢在魔鬼之前
为它寻找一束阳光
结构一幢小木屋
四边开设窗户
让阳光射进来
把风雨挡在外

我掏空我自己
背叛我的尘世
让它们自由呼吸
嬉戏和打闹
在我倒下之前
我要告诉它们
你们有自己的小王国
区别于我这一代的
崭新的小王国

我把它当做火种
它就真的成了火种
在我倒下去之时
它们已经具备了重构的能力
如火的燃烧

鸟

今日的重见
跟第一次的相识
场景多么相似
那一次的分别
在起航的路上
波浪似歌唱
比翼
演绎了多少的遐想

重逢
在疲惫的码头
波浪似叹息
孤单
在千年的诗词里
谁承望
我的成熟
换成了暗恋的忧伤。

水木

　　本名臧清华，字水木，号顽石，四月天，自由诗人，代表作《不记得娘的模样》《桂花》《乌镇之恋》等。诗观：诗歌是心灵的净土，写诗便是修行！

你是一声悦耳的鸟鸣

你是一声悦耳的鸟鸣
把我叫醒

在夏日的拂晓
鸣如一泓潺潺的山涧

清凉的山溪流过
流若野花蜿蜒的小径

蜿蜒恰是你的娓娓而谈

过去是依稀的月牙
淡淡地挂在遥远的西天

弯弯的月牙
收割了金黄的晨曦

金黄的晨曦
把未来的海空煮到沸点

这沸腾的江南啊
弥漫的云雾被裁剪成旗袍
那起伏的小桥啊
是你穿着旗袍的身段!!

荷香飘过,便是秋

荷香飘过,便是秋
美丽的物像和美妙的意念
从冬季里来到冬季里去
都源于无
也都终于无

我们所追求的和自以为得意的一切
从花到果,从根到叶
都在从无到无之间
都在

想通了
便不去装,不会膨胀
不会妄想,不会嚣张
只会安详,只会善良

正如所有的路
始点都是终点
只因方向不同速度不同行程不同而风景
便不同

生前如死
死后长生

人生便是这长久的未生和身后的长久之间
这短短的一小段儿
都不长
只是,有的更短!!

都要优雅
都要修行

水木清华

  泉城济南人,定居温哥华。材料科学博士,执教加拿大公立学校。加拿大中华诗词学会会员,文字见于《菲沙流殇》《诗梦枫华》《梦溪笔谈》《草根》《短诗原创联盟》《中国爱情诗刊》《五洲诗轩》《烟台头条》《北京头条》等网刊或纸刊,字见于海内外多家刊物。五洲诗轩秘书长兼副主编。此生愿陶然世外,与诗友们结伴,诗赋远方。

诗的魂

月光沉静
拂乱栀子花的香气
隐隐飘过 眸中柔光
思念 也一样

阳光灿烂
浅红淡绿的孩子欢跳
花草流芳
幸福 也一样

心的殇
深呼吸 沉沉入水
鱼徘徊 在幽蓝的海洋
记忆 也一样

亿万年流逝 一任洪荒

只一滴松泪　凝琥珀
诗的魂　也一样

寂静

其实这么多年
我手里都没有花
那一朵开在心上的
九年前 秋叶黄的时候
枯萎了

眼泪也浇不活

这一夜的凉
如坟头上的绿草
好高　好长　萋萋的
淹没所有的幻想

其实这么多年
心里的荒草　就这么　疯　长

又是风　又是雨的日子
四周寂静

火车的汽笛
去了　去了
低低地鸣咽　叫一声
远方的　娘

酒中的月光

举杯　轻晃
饮进　你的模样
燃烧着的火
滑入柔肠

我渴望

月光冰凉
匍匐在地的焰
挣扎着仓惶

不想离去　却注定要离去
沉静了万年的琥珀
在烧灼中穿越时光

泪　透明透亮
酒红的唇　蠕动涩殇
说不出的那一句
扭曲着逃亡

在大海的那一边
酒醒的人　望着月亮

水子

　　黑龙江省依安县人,女,本名刘艳丽,黑龙江省作协会员,依安县作协主席。诗歌作品散见《诗选刊》《诗刊》《星星》《作品》《散文诗》《诗林》《芒种》《诗歌月刊》等等国家,省、市文学刊物。获《诗选刊》杂志社举办的首届"女湖杯"全国爱情诗大奖赛一等奖;第二、第六届扎龙诗会一等奖;《诗刊》社举办的第四届山西·永济"鹳雀楼杯"全国诗歌大奖赛三等奖;"盛世荷韵"全国诗歌大奖赛二等奖;《诗刊》社举办的2017年"恋恋西塘"全国诗歌大奖赛三等奖及全国多个优秀奖。组诗《寂静》在2017年9期《诗刊》"双子星座"栏目推出。新出版发行诗集《水之痕》。

初心

我们初心不老
你是不是在梅里雪山脚下
僻静之处,似一个低海拔的人

高原将我们送往高处
天空在无法企及的地方,展示另一种空

那是深不见底的蓝,自一只鹰的上午
到星辰满天,到月光慢慢坠落

我们似有失而复得的原始丛林
沐浴这苍茫人世。古韵,丝竹声
犹如薄雾与童话里的鸟类
彼此起伏时间后面的弧度和慵懒

你看啊,采药人遗落的金盏菊
很快就被刚刚开放的金盏菊覆盖

我们撤除那些魅惑
对梅里雪山低处的生命,应持有一颗
敬畏之心

松萝

周围,真是又轻又安静
仿佛谁发出声响,林子就将会抛弃谁

日光投下暗暗涌动的影子
一串串松萝,是神赐予我们的事物
不染一丝尘埃的垂直于神

它们是在体内,放养了数不清的马的
召唤我们,像马鬃的颜色那样——

透明并充满广袤——
好像,我们一生路过的木质的光泽
与香格里拉的百里虫鸣,一直在相互叮嘱

辽阔之境

那些小动物的足迹里
我们需要的绿色,已经飞奔出山体
在高原的上空回旋

鸟群飞来,身后的木栈道
消失于它们的鸣叫,并重新放下过往
替我们在前方拐了一个弯儿

做一回辽阔之人,在这段弯路
在父性的梅里雪山以南,高原深沉的腹地

一边是稀薄的空气,一边是信仰微蓝
我们和麋鹿共同的凝视,慈悲的赞美者
扔出的石头,在一片惊呼中短暂停留

我反复转动经筒,藏地的经幡
节节蔚蓝,被我们这群来自彩云之外的人
涂染上一层浓郁的寂静

思归

　　原名曹志杰,河南洛阳人。河南省诗词学会会员,洛阳市作协会员,自筹资金创办诗人思归公众平台,思归客杂志主编。全国报刊发表若干,获奖若干。出有诗集《心之语》。

生命的诠释

一辈子
说长也不长
说短也不短

当你回望昨天时
它就像人们的眼皮
睁开是白昼　合上是夜晚

而当你期望明天时
它又像一辆踽踽前行的牛车
任你怎样的挥鞭
它依然是　不紧不慢

中年的标记

当中年的臃肿
跨国青春的路口
向我飞驰而来

一事无成的我
依然躺在柳荫下
做着春梦

那些过往里的过往
那些悔恨里的悔恨
在脑际兀自滑翔

唯独腰疼和啤酒肚
在自觉或不自觉里　渐渐
长成了中年的标记

世事如棋

阴云密布
天空在呜咽
现状拽着日子
坠入夜的深渊

这世间
谁不想刚强？
可现实偏偏把你的
脊梁压断

这世间　谁不想快乐？
可无奈总是
呈现你的面前

人们啊！在许许多多的时候
不得不为三斗米折腰
看吧！这世界不相信眼泪
只信奉金钱

时间老人

在时间面前
我们无法撤退
淙淙的光阴　就像
一个手持磨刀石的老人

它不紧不慢地
磨光了你生活里的棱角
悄无声息地
掠走了你年轻的憧憬

它漫不经心地
正一步一步把你推向
无法闪躲的老态龙钟

在焦虑里疼痛

就这样爱着恨着
彳亍着走进每一天
也走过每一天

一些疼痛与欣喜
是并存的

每一个年景
都惊人的相似
每一个春天
都姹紫嫣红

唯独脸上的皱折
刀割了似的
焦虑成我的焦虑
疼痛着我的疼痛

侣传江

　　汉族,生于1965年8月。中国诗歌学会会员,中国文学院作家协会会员,黑龙江省抚远市作家协会会员,哈尔滨市作家协会会员。原籍山东省郓城县,现居黑龙江省哈尔滨市。现为网络诗人,在多家网站发布1000余首诗歌作品,并在龙版网发表个人电子文集《泥土的芬芳》。作品《空屋子》入选2018年《诗人档案》一书。

柔软

走出冬的寒冷
雪,在身后悄然消融
此时开启了又一轮季节交替

放下高傲与卑微
以一种姿态
倾听暖阳被大地吸吮的声音

把滴血止住
当希望的宽度足够容纳下所有
这点痛还算得了什么

斟一杯红酒慢品
醉与非醉,已无关紧要
真相,就隐喻其中

门里门外

充满好奇的眼神
向外张望。是看我嘛
还是等待夜空里初升的月亮

小小年纪,请放下忧郁
一扇门,怎能禁锢思想的光芒
把快乐写在脸上

走出来吧,相信你的勇敢
你可知道外面的世界
要多么宽广,便有多么宽广

给自己配备
一双强劲的翅膀去飞翔
就像油画中美丽的天使那样

过往

该来的,终归要来
该去的,也一定会去
我们所能掌控的
只是情绪和心灵的善与恶

春风。杏花。美好
在岁月中无数次擦肩而过
有时。荆棘刺穿了鞋子
别哭。就把泪水当作涟漪旋转

伫立于悬崖边缘
一切都显得那么渺小
转身,还有路
可以通向,遥远的遥远

在等待中饱满起来

午后,小坐片刻
风从一枚枚叶子之间穿过
哗哗作响

无意中拾起
遗落岁月已久的梦想
应该把它唤醒,再度放手一搏

许多事,并没未用心去浇灌
这一切已构成了人生的重要部分
阅历着从微观到整个宇宙

刚沏好的茶
慢品。纵横古今
回首往昔,得与失随意就好

岁月

日记,已泛起微黄
那桩桩往事流淌着青春似火气息
即可笑,也是必然结果

一路走来,身后留下的是
灌满汗水的足迹
被盛夏的骄阳暴晒成盐

敬佩。在夹缝里生存的小草
其实人类又何尝不是如此
就看你怎么策划,心底的坐标

奋斗与快乐并非呈反方向
渐行渐远。我把它们放进同
一个行囊砥砺前行,背出多彩人生

宋典法

笔名欧达。大专,蕲春人,教师。湖北省民研会成员,《蕲春报》特约撰稿人。黄冈市诗词学会会员暨东坡赤壁诗社社员,中国散文网会员,入《中国文化人才库》名录。2018年获中国青年作家协会颁发的"优秀作家"暨"签约作家"荣誉证书。2019年3月获第六届"相约北京"全国文学作品大奖赛二等奖。

曾经

曾经
是那一片新绿
是那一抹嫣红
是迷人的霞
是醉人的乐曲

曾经
同酿一坛回味悠长的酒
共织一个往复百褶的梦
风送几阵清香
雨带几分娇柔

曾经
莺啼几遍哀愁
雁叫几声忧伤
雷声惊破春梦
霜雪卷来悲凉

于是

便有暗淡衰草
便有血色残阳
便有愁人的雾
便有催人泪下的故事

于是
大家走向平淡
那四周的所有
倒显得若有若无
轻纱般悠悠飘去

于是
谁也不曾提起
但谁也不曾忘记
那个已成遥远的
曾经

我的情人节之歌

在我心中,你很完美。
你的娴淑让我倾心,
你的温柔让我心醉,
你的歌声让我赞美,
你的话语让我亲切,
你的心灵善良聪慧,
你的容颜让我陶醉
啊!情人!
你像骄艳怒放的花儿,
你像清澈明净的流水,
你是那最亮的一颗星,
你是那朵最美的玫瑰,
你是我心中最红的太阳,
你就是天上的一轮明月。
可是啊,情人!
你是谁?你在哪?
我的太阳,我的星月!
你让我四处寻觅,
你让我茶饭不思夜难成寐。
直到有一天我发现,

有一女子就在身边，
看着她，她很多缺点，
背着她，她却很完美，
离开她，却让我留恋不舍。
哦，我明白了，
她，就是我的太阳，
她，就是我的星月！
她，就是我的爱人，
她，才是我的情人，我的一切！

有一种爱叫神圣

这是两个一见倾心的人，
这是两颗无法相遇的星。
冥冥中有三生的约定，
现实里只能是隔河的星星。
他们都在翘首相望，
心心相印，一往深情。
那是心灵的碰撞，
还有那意志上的坚贞。
他们相互倾慕
关心体贴，相爱至深。
却从不越雷池半步，
而去玷污心仪的爱人！
啊，这是一种纯洁的爱，
永远地坚守在心。
不仅仅是关注，
还有理解、包容与坦诚。
他们相爱日深，
但也更加庄重神圣。
这是一种高贵的爱，
将永远收藏在各自的内心

献给祖国的歌

是谁给了我们国家的尊严
是谁给了我们民族的权益
是谁给了我们安定自由的生活
是谁给了我们创新发展的先机
我们感谢伟大的党和毛主席
我要说祖国啊我爱你

祖国啊我爱你
你有世上最壮丽的河山
你有世上最富饶的土地
你有多少美丽的传说
你有多少动人的传奇

祖国啊我爱你
你有五千年的悠久历史
你有最灿烂的中华文明
勤劳勇敢的中华儿女
发愤图强生生不息

祖国啊我爱你
你有党的英明正确领导
你是我们走向繁荣强盛的根基
你给了我们祥和美丽的蓝天
你给了我们施展抱负的天地

祖国啊我爱你
因为有你
鸟儿可以自由飞翔
花儿更加芳香艳丽
人民可以休养生息
山川万物更显勃勃生机

祖国啊我爱你
为了你的繁荣富强
为了你的和谐美丽
我们将奋力拼搏开拓进取
谁要是有意破坏
我们就和他斗争到底

宋清芳

曾用笔名山丹芳子，山西省作协会员，山西省作家协会诗歌委员会朔州分会秘书长。作品多发表于《诗刊》《星星诗刊》《诗选刊》《鹿鸣》《诗林》《诗潮》《延河》《青年文学》《散文诗》《中国诗歌》《山东文学》等刊物,作品入选全国各大刊物年选,多次获得全国诗歌大赛奖项。第十六届全国散文诗笔会代表。现为《朔风月刊》编辑。

喊你回家的人

我们需要醒来,在夜色和戏剧里
找到回家的路
那些被我们制造的星球、国土、荣耀、悲哀、情绪、和爱……
要一一收回来

泡沫是大海微不足道的一部分
我们却在里面勾画城市、设计时间
把草木看作草木,把动物当成食物
用自己曾经成灰的身体和废弃的垃圾
培育五彩的花朵

我们苦心经营了一个又一个自己
相依为命,却互相伤害,承诺并背弃
我们一直以为光在前方
遗忘了背后,它耀眼的圆心
那里有无所不具的世界,一如大海宽广
你在那里是唯一的王

喊了自己千万次,丢了自己千万次
我们还是赖在幻觉里,不肯出来
洪荒一如我们从来没有研究过的思想
疲于奔跑,而漫无目的
你在这个怪圈里,一直晕头转向

你是想救你的人
你是你不相信的人
你是你的宗教、精灵、语言、和固步自封的罪犯
你是你逃了千万次,逃不出掌心的源头

你是否定了自己,又肯定了自己的人
你是一定要离开幻境,回家的人

在大河堡

飞起来,才能真正拥抱翠绿的山野
你的心要长有翅膀
要忘记大地上的沟壑
忘记那些云朵庞大的阴影

古老城墙里的戏剧已有了结局
而观众依然不甘心
我们三番五次地出入此地
是希望能把时间和自己,都一一翻版

光芒必然是一个坐标
重生的时候它们是圆形的
在身后不远的地方
在你把目光投向远方的时候

一个声音喊着它

听一些老歌,时间就逆流了
楼宇的头是向下的
人们都是倒着行走
抛物线弓着背,彩虹像月牙
它们为了方便低头,就用手拖住大地
选择用手爬行需要耐力
一个声音喊
"出来吧,你这懦夫"

它们听不见,压住的洪荒
里面的漩涡飞起来那么多白色的泡沫
"回来吧,你这懦夫"
它泪流满面,转过身只是看了看

宋星明

笔名冬虫草,作品发表于《诗刊》《诗选刊》《湖北人民广播电台》《新国风诗刊》

《文化生活报》《荆门日报》《葡萄园》诗刊等。诗作入选多种诗集，有诗作获得《星星》诗刊第三届"乐山杯"诗歌大赛优秀诗歌奖，第一届大众文学全国青年杂文大奖赛优秀奖，湖北省作协文学院"黄鹤杯"精短情爱诗歌大赛二等奖等奖项，有诗作翻译成英文。

遇见

一个偶然的机会
看见那个边走边读的小女孩
那个摇着小船走进教堂的小女孩
如今已是一家餐饮集团的总经理
我远远地望着她在心里说
十年前你想要逃逸的那扇门那把锁我没能帮你打开
我赠你的翅膀太沉重
我的孩子……我的情绪有些莫名的激动
我不能让你认出我
我要见你
我今天见到了你
你越来越美丽

2017年6月5日

我并没有想在这人间留下什么

我常常在荒野撕碎自己
又在黑夜里把自己缝合一瘸一拐地假装在人群中练习飞翔
我有与生俱来的贫瘠与孤独
而这贫瘠源于我的富有
孤独源于病痛
我想让它们随着冬天带入冬天
将荒芜带入荒芜
火焰熄灭为火焰
谷茬留给年迈的父母
翻耕后的田野留给兄弟姐妹
阳光，这宁谧的　空旷的阳光留给世人吧
我只要田垄上的一畦野草

医治我与生俱来的虚无
酿一壶老酒
熬一碗苦药
夕阳西斜
开始扇动翅膀
我并没有想在这人间留下什么
一如我并没有想在这人间有过歌唱

2018年农历8月61岁生日作

初冬的田野

（一）

我一次次走在这条崎岖的小道上
寻找那个神交已久的养蜂人
蓝天蓝得一会儿浓一会儿淡
白云白得一会儿近一会儿远
田野寂静得像黄河号子向我汹涌而来
我祈祷它们来年蛙声一片
否则，我不会在深秋的旷野拨弄琴弦　不会选择初冬的灌木丛寻觅食粮
灰背雀看见我尖叫一声扑愣愣就远了
我知道我要找的养蜂人外出了

2018年10月3日

（二）

站在温暖的冬阳里
稻茬的絮语从四周漫涌过来
我屏息凝视，听见　银镰收割阳光的声音
听见一粒谷穗呼唤我的乳名
那宏大的声音和圣洁的宁静
空茫
神圣
张开双臂
我向空中抓去
眼前走来父亲苍老的身影
那一年夏天我跟在父亲的身后
他到田间耕田劳作
我在田埂上牵着牛犊吃草
直到夜色完全落下来

月光像海水泼向我们
我哼唱着《走在乡间的小路上》
他扛着犁跟在我的身后

2018年10月1日

宋玉春

网名红叶,女,上海人。爱好文学、诗歌。

诗和远方

远方是忧心忡忡的焦灼
是努力后的颓废
还是拼劲全力的徒劳
远方只不过是 未知
未知逃不出迷茫与伤心彷徨
是望梅止渴
是画饼充饥
是前进中的一丝阳光

远方有很多的钱
是折磨是迷茫是痛苦
可是依然那么多心甘情愿
再寻找远方的路上
或许找到
或许越来越远
回首
发现
起点已是远方

心雨

流不尽的伤心泪
剪不断的无边愁
似漫天的飞絮
似迷蒙的梦境
好比甘泉酿成的苦酒
又如锦缎织成的烂衫
不在眼角
而在心头

岁月的水墨画

呆呆地坐在镜子前
轻轻地拨下一根白发
对着它
发傻
老了老了
岁月留在记忆中宛如那浓淡的水墨画
缓缓而来
原以为可以永久依赖的人早已走散
曾经最喜欢的小黄花裙子刚刚上身
转眼已是两个孩子的母亲了
最爱围绕在爷爷奶奶身边听故事的我
转眼,已和爷爷奶奶阴阳相隔永不相见了
第一次考一百分的喜悦似乎刚刚闪过
转眼已人到中年
是谁偷走了漫长的时间
是谁偷走单纯的喜欢
千呼万唤也唤不回曾经的青春年华
再漂亮的衣服也穿不出曾经的清纯素颜
这记忆中的岁月水墨画
在岁月的河流中终将静静地消散……

苏岱香

广东省珠海市作家协会会员,作品散发《骏马》《金山》《微型小说月报·原创版》《新民晚报》《海口日报》《石家庄日报》《关东文学》。作品入选《中国大学生文选》,诗歌入选《世纪诗典》《黄浦江诗潮》等。

乡情难舍

漂泊,停留,扎根
交错的字眼时刻提醒
我来自他乡,韩江之滨的小乡村

不管走向何处
祠堂门匾上的"司礼传家风"

字字风骨的祖训从不敢忘记

世代相传的大锣鼓
一锤鼓响震八方呼唤游子归
铜锣游走一巷又一巷

思念和着米浆揉糕团
印成方方正正的红桃果
烙在每一个节日里

走远了乡情悠悠,悠悠乡情
记忆中的堤岸杨柳
编织一叶舟子在江水中荡漾

半生抵不住流年

半生　年半
许是一串数字
列出活着的数据
我试图当出色分析师
用公式计算油盐酱醋
咀嚼日子之色香
走着走着迷失
风雕刻凹凸我顺着起伏
旅途拧巴颠簸
四季和礼抚不平
继续未必是坦途
行走江湖
自是无形过招

今夜,愿化蝶飞越沧海

月色狂倾撒泼海面
浪涛反击
一波波砸向礁石
海撕开缺口
黑洞肆虐吞噬
风、云、月

每一片触起的鳞片

凌厉割划胸膛
滴血沾湿羽翼
汪洋中嘶竭扑腾
飞不过迷惘的夜
守不来黎明之光

今夜,愿化蝶飞越沧海
游往,彼岸无际纵使荆轲
掌风海绵化力,蝶儿掠留

这个季节

思念在这个季节
撞破地壳竭力发芽
苗儿抽高一个劲生长
狠狠甩开春的绿

情愫翻斗跟风移动
谁都掠不住飘忽
呐喊卡在咽喉
吼不来一声低音炮

空气粘稠散不开相思
点滴反窜沁鼻孔
披动双眸呛出
雾花一朵朵

静待下一场大雨
淋湿走在路上的你我
一同融进泥土里
来季无畏盛开

苏改平

　　女,1991年2月生,山西省柳林县人,山西省柳林县作家协会会员,爱好现代诗,主要作品有《牛一样的耕者》《你的名字叫农民》《五月槐花香》《梦里我又遇到你》《月光倾泻成伤》。

父亲

因为梦到你
我抽泣到没有声音
梦里的青丝几时变成白发
是因为我的渐渐长大吗?
你用佝偻的脊背助我羽翼丰满
我却不想翱翔
只想用我的锦瑟年华
换你的青松不老

时间老人啊!
祈求你步子再缓慢一点
让我抚平他脸上的褶皱
让我再一次回到儿时的年幼
清楚地记住他年轻的脸庞

父亲
你的血液在我的身体里流淌
你的希望在我的信念中铿锵
你懂我爱你却无言的沉默
你的眼神给我无尽的力量
当我接过你手中的火炬
我就朝着你希冀的方向奋力奔跑

父亲
我见证了你青丝的飘逸
却在午夜梦回为你的白发而生痛
也见证了你大地一样的深沉
却又无奈大地将你脸上涂上和他一样的颜色

父亲
我不愿将你轻易提起
我怕决堤的洪水将我淹没
我依旧会奋力翱翔
借着你给的翅膀

不朽的丰碑——贺昌

一道铁门锁起一片沉寂
松柏和雕像逆着风昂首挺立
年轻的生命复活
在黄土高原上开出一朵不败的花

历史的烟云还在空气中弥漫
鲜血染红的旌旗还在风中飘扬
战士的号角嘹亮
而我只能瞻仰你矗立云霄的身影
与你辽阔的眼神对望

你的胸膛系着国家的兴亡
你的脊背扛起民族的未来
当神州大地焕发容光
那是你倒在血泊中
最后的希望

你的身躯消失在地平线
但你的身影一跃而起永久的站立成雕像
栉风沐雨威名扬九州
伴着滔滔黄河水
经久不息

绿柳白堤倒影
满塘荷花飘香
褪去革命的战袍
你的灵魂闪烁着耀眼的光芒

苏梦

  姓名苏昆,出生于1983年,从事儿童教育行业,爱好:读书、旅行、听音乐,喜欢读诗和写写小诗。

仓央嘉措

那一天
你走进布达拉宫与佛结缘
那一天
你流浪在拉萨街头偶遇红颜

你是雪域最大的王
你是世间最美的情郎
你是佛前一朵莲花
被世人所悟
却难自度
人间本无双全法
怎可不负如来不负卿

苏圣婷

女,70后,原籍湖北,现久居重庆。年轻时爱情至上,追求理想,热爱生活,却一路平庸,屡挫屡败,屡败屡战,负重前行。人生感悟:没有容易的人生,只有人生的不易。

致爱人

你是个追风的少年
无羁无邪
你清澈见底
也猜不中你的心思
你讳莫如深
却触摸到你的良善
我们亲密无间
似乎隔着海洋
我们离开须臾
好像已是久远
也听得到你的呼吸

未知

未来不可知
才有期盼抑或恐惧
期待未来更美好
恐惧未来不可测
抑或是深渊
走好脚下每一步
未知在它处

幸福将要远行

你失控的情绪不知何时来临
惊吓住脆弱的心灵
伤心难过已开始紧随
弥漫屋子的烟味
似乎窒息住呼吸
你曾如父亲和兄弟
是心中的太阳和月亮
是头顶的霞光
曾许诺永远都爱你
现在有些想逃离

幸福与痛苦

假如没有痛苦
就不知道什么是幸福
它俩是孪生姐妹
上帝赐予多少幸福
就会赠送几多痛苦
谁都在追求幸福
痛苦却相伴而生
曾经多少幸福降临
就会有多少痛苦的回眸
无论是以往
还是将来

归何处

忧伤来了
不知道藏哪可梳理羽毛
舔舔伤口
习惯了坚强伪装
内心是柔弱稀泥
也许再经若干窑制
千锤百炼无坚不摧

爱情

就是想倾诉叙述时有人愿意听
思念时有人回应

空闲了　　相互陪伴
如果没有
那是一厢情愿

寻找光明

很累很累
却无路可退
只能往前走
不知道前面的道路有多窄
抑或很宽
但不能选择躺下
生命是如此艰难
想找到阳光和大道
它们却躲藏在远方

爱与哀愁

遇见生命中的爱与亮光
就不知道什么是哀愁
纵然困难如山摆在眼前
依旧兴高采烈地过活
日子也要色彩斑斓
正如春天到来
草会绿花儿红一般
即使冬天临
来年的花儿总要开放
因为春天永远都在

爱情

爱到最后都是疤
生活原本就琐碎
人生处处是险滩
没有简单的日子
哪来容易的爱

坎

人生到底有几道坎
除了生死

没有跨跃不了的

也许人生太无常
该来的就会来
不属于自己的永远留不住

多年后回望
风淡云轻
它只是成长的必经之路

以诗人的名义

叩问灵魂
水漫金山
火危池城
还能如此香甜
酣睡

春暖花开听海子
面朝大海看顾城
大象随他席地而坐又胡迁
安然无恙

春天来了
可以负或不负春光
除却生死
其他都是彩排

苏玉花

静逸荷心,原籍青岛莱西,现定居西班牙。擅长诗歌,散文。作品多见微信平台,散见于纸刊《山东诗歌》《浙江诗人》《奉天诗刊》《星星诗刊副刊》《西海文艺》等。国际华文选辑作家群会员,欧洲华文诗歌会员,亚洲海外凤凰诗社会员,中诗网微信(海外)编辑。

流星划破夜空

与黑夜肩靠着肩席地而坐
银河哗啦啦流淌在头顶
日夜不息

那个古老的故事
已被翻旧
陈词滥调依旧活络在心上
夜夜高歌

一颗流星擦破天际
风拍拍我的肩头
"赶快许个愿望"。
我不屑地摇了摇头,心里
早已喊出你的名字

愿意

愿意把思想交给细雨
把心赠给流云
把肉体归还给泥土
把灵魂托付给一棵树
流放四季

愿意把愿望留给种子
把祝福赋予善良
把温暖注入冰冷
把热血交给远方
让生命以另一种方式继续

无论在有形的尘世
还是在虚无的空间
我是过客
亦是归人

梅

我的梅生在五月
月赠予它一身素白
幽静的心

五月把爱给了大地
我的梅只把爱送给我一人
夜里用大把的光阴
倾诉细碎的往昔

我们都不道破彼此的心事
月光倾斜而下时
破茧翻飞的蝶翼下
我们的目光
偷偷交换了彼此

父亲

那个转身离去的背影
越走越远
风一遍遍擦拭着他的痕迹
夜空只剩星光斑斑

一个转身从此不见
天地隔成无法丈量的天堑
你在那端
我在这端

日月推杯换盏
向着有你的方向呼喊
天不应,地不语
风一再提醒
不必追,不必追
此生一别
有缘,来世再见

栀子花开

月光的白
背负太多举重若轻的东西
看多了
会把沉睡的梦惊醒

漫天的雪过于宽阔寂寥
容易欲盖弥彰

亦缺乏一些温柔和暖意

风中私藏暗语
枝桠上渐生的情愫一旦绽放开来
染香的白便会长出翅膀
撷一抹月色的柔媚
采一分玉的温润
以花的名义
固封游荡于尘世的心

原野的风

原野的风是彩色的翅膀
所经之处
摇曳着它纤细的屐痕

原野的风中是潺潺的流水
潮头一浪胜过一浪
安放着光阴哒哒奏响的马蹄

原野的风中是飞翔的梦
种子在花朵上听禅打坐
修得一枚菩提心

原野的风轻轻吹过
持一怀慈悲
一遍又一遍
拂拭沧桑布满繁华的尘世

我打江南走过

匆匆的那年,打江南走过
恼人的细雨
淋湿了垂肩秀发和衣裳
风迎面而来
还我一锦悦心的春光

园林里的梅朵
安放着哒哒响起的马蹄
半掩的轩窗

留下脑海斜意而出的小慌张

幽深的小巷里
再也不见那个丁香一样的姑娘
雨敲打着青石板的孤独
我只好用低沉的跫音
叩醒摇摆在烟雨中的窄巷

清水弯弯在小桥下流淌
白墙黛瓦,把倩影
写进流动的诗行
我就是那株痴情的岸柳啊
年年不忘扬起飞雪万重
只为与那个擦肩的人
再叙一次衷肠

江南啊,梦中的远方
一场烟雨将你刻入我的骨髓
打江南走过,成了我
今生难醒的梦一场

山的那边

山的那边刚下完一场雪
闭上眼睛
也可以想象那片铺天盖地的白
一切都从雪上重生
等待妙笔出袖
添色加彩

云飘向山外
落在窗前就成了守望人祈盼的信件
偶尔也会跌落几滴雨
有谁会猜想
那是游子离弦的心上秋

山的那边
总翻新着做不完的梦
刚捻起月的银丝一针针绣织

又被破窗而入的晨光
一点点裁碎

苏子

本名徐玲,1973年6月1日出生,湖北当阳人氏。爱音乐,诗歌,喜旅行与摄影。有作品发表于《绿风》《诗选刊》及美国《常青藤》等诗刊。

和秋天告别

走到霜降门口
就该停下来,等一等
在人间努力播种脚印的影子
被风吹得七零八落的影子
清偿宿债的影子
收集月色清洗罪障的影子

暮色青黛。一棵柿子树背倚炊烟
一树喜悦火苗般跃动
草木沉静又热烈
拼尽余力说出五彩斑斓的情话
——秋天,我喜欢你
——菩萨,我要把所有美好都供养给你
——人间那么多苦难,希望你快乐

钟声荡开。一泓秋水在眉间静穆
一群蚂蚁沐经声而来,搬运谷米
寺里的银杏树着金色袈裟
我和影子聚拢、重合
落下第一片叶子

风声里的黄昏

黄昏从琴声里漫出来
飘浮,明灭。落日接受河水的安抚
风微微吹着。立在岸边,仰头
目及之处,所有事物都在迅速撤离
远山,树木乃至一块石头
仿佛呈堂证供被一一消灭
幸好我并不急于真相大白
这样也好
历经半生之后
庆幸我仍然有最细软的触角
可以感知风声里的黄昏
仍然愿意拥抱落日下芦花闪闪发亮的白
——秋来了。悲伤如波涛一般拍打着礁石
可我并不急于诉说

雪落人间

雪下得认真。夜里铺上一层
白日里仍不急不缓地下
——谁偷偷动用了如此旷古与辽阔的忧伤
让人间一夜白头
窗外,雀鸟无声
我在屋内
慢慢煮好一颗鸡蛋一碗阳春面
就着一窗寂静
慢慢吃下

这场雪落下来
不偏不倚地落在被命运锁喉梦魇将醒的日子里
我如深雪掩埋下的草芥
怀抱一滴沉静之水
等待被春叫醒

孙国才

笔名淡然以沫,退役军人,燕京文化艺术交流协会签约诗人(作家),定远文学签约诗人,世界汉语文学作家协会温州分会会员。发表新闻稿件、现代诗歌、古诗以及散文 20 多万字。

望淮河

河水涛涛流
浪花翻滚一去不回头
听淮河之水
千年涛声依旧
淮河上下儿女日夜伴你走
福兮祸兮因你而喜因你而忧
你曾哺育我们饥渴的体魄
你曾滋润着江淮大地的收获
你曾骇浪滚滚
你曾汪洋一片害人难忘
多少代人为你祈祷
多少代人一直安抚你的咆哮
你时而温顺
你时而倔犟
你平静时让人敬仰
你愤怒时毁了你的美好形象
无论怎样
淮河儿女一直把你传唱
看淮河两岸
千年过后已巨变
高楼林立繁华美感已显现
两岸绿树成荫鸟语花香
湿地千里鸟飞鱼跃
鸡鸭牛羊白茫一片绿化树木制氧驿站
旅游景点吸你来看
4A 景区引你观
日月潭就在你眼前
从此不用去台湾

望淮河水面
辽阔无际迎风拂面
千艘商船你追我赶
看那船闸静待船儿来闯关

潮起潮落已通关
好比人生跌宕起伏一样险
毛主席说："一定把淮河修好"
如今愿景已实现
"世界第一坝 淮河第一闸"四海名扬
数十里大坝犹如长城一样坚
49 孔闸威武雄壮护人安
江淮儿女之凤愿
不愁吃来不愁穿
就怕洪水再泛滥
而今临淮岗大坝船闸绝不会让悲剧重演
江淮儿女正全力向"中国梦"追赶
美好的明天一定能实现

孙立

笔名香橙，因为爱好文学，于 2014 年 11 月加入执手天涯文学论坛编辑，2016 年 6 月开始兼任瀚海云墨原创文学管理，2017 年 4 月加入执手会影视工作室。亦有作品发表于绥阳文学，上海格律诗词社第一期，《执手文学》《当代文学》《诗眼》等书刊。曾任诗歌版编辑，青春文学版编辑，任执手天涯论坛影视剧本，新闻播报，长篇推荐，读书会，选稿特定五个文学特区总版和古韵版编辑。2018 年 7 月开始兼任中国诗人阵线副站长。2018 年 8 月 8 日于朋友成立逸飞中文网，现任逸飞中文网影视版主编。

寻找天堂

风，轻轻揭下春天的封印
一路踏上回归唐朝
弹拨一池春水
映出一抹桃花的娇红

鞠一捧红艳艳的山花

洒满四月的山头和渡口
等待那一季的成熟
随果香
供奉我皈依的心经

洁白的梨花
飘入经卷
写满放下,随缘,自在
却不知
那清风飞扬
将要奔向何方

我的心
携一篮花香
虔诚地朝拜菩提
在心底种下前世今生
抹不去的烟霞

轻叩蒲团
扣听佛的低语
经卷中
散落出飞天的舞姿
曼妙的裙摆
绚丽了山岗

一阵花香袭来
击退佛陀脚下的巨石
随一叶渡江
四月放飞的芬芳
装满佛陀的行囊

丝丝飘摇垂柳
钓起水中的流觞
灌醉诗辞潜韵
染醉那一束束山丹丹花
佛陀也醉在这四月的天堂

我是那带罪的书生
在忘情川里苦等千年
千年等待
终是一眼云烟

我是那带罪的书生
前世的情思镣铐难开
等你的眼眸中掠过我的沧桑容颜

盛典放不走的心
桎梏的枷锁
永远亘在初见你的烟波

红尘万丈
碾压了一切成尘
唯独你
是一副永不褪色的画卷

我一路向南

我一路向南
去追寻天边的云彩
去轻挽一朵吹落的花蕊

振翅的声音划过
在眸间
溢满江山

那如画的夜色阑珊
正预谋一场严寒
草色入帘
以悄然变迁

血色浪漫

那羞红了的叶子
是你写的诗笺
是你多情的眼眸

染醉了江山

落霞与孤鹜齐飞
放下万丈红尘
余晖落满城池
那里禁闭着我心绪万千

为你留下最绚丽的云彩
是我无法诉说的思念
天边那朵羞涩的落日
明天依然永恒在你我的身边

一只蝴蝶

执墨成茧
点点滴滴的墨痕不经意间
化蝶而舞

总是把文字落墨成文
于是世间在书卷中春光无限
在墨痕中璀璨出多彩的翅膀

飞翔
破茧成蝶
落墨处
独自舞蹈着美丽的传说

我是一只蝴蝶
一个尽情的舞者
蹁跹飞舞
旋风而动
在盛开的墨香里
一生绚丽在笔下生花的花丛间

孙俪娉

女,笔名冰莹。系中国诗歌学会会员,宁夏作家协会会员,宁夏石嘴山市作家协会理事。作品散见《中国当代校园诗人名典》《中国当代作家代表作陈列馆》《中国太湖风鼋渚春涛诗歌大赛精品集》《当代诗词大观》《跨世纪新诗人组诗选珍》《朔方》《黄河文学》《诗中国杂志》《宁夏诗歌选》《宁夏老字号考究》等,出版个人诗集《时光的嫁衣》,2018年宁夏文学院第六期研修班学员。

诗意在彷徨里生长

向左向右
向下向上
无论怎样穿越时光
都有风起舞斜阳
沧澜止戈为武

画一副流动的春卷
写一笔生花的清荷
盖章落印唇上花开

一哭一笑走江湖
串南串北穿珠帘
帘卷西风做幽梦

诗意盎然却悲情
画地为牢奏鸣曲
彷徨里生长诗意
诗意里生长彷徨

一朵红,黯淡了千山

登高筑梦
潜于足下生辉
跋涉不只为生命的过往情深

有一首情歌
对唱于山脉的宏伟

倾诉于衷肠的寂寞
低吟于大山的沉默

放眼群山叠翠
一朵玫瑰花开于悬崖峭壁
那震慑人心的红
让所有的山脉
黯然失色

这极地之高的玫瑰
演绎峰峦之恋
如果深爱
就会遇花花开

假如有来生

这渴望加入渴望的回声
嘹亮万里晴空
穿越大地的回音
漫步世界屋脊

再回首
凌波微步
止于青梅有约
约一季花开
约一世今生

你来与不来
那些落在风中的等候
都在守望里迢迢

牵手赴日月
琳琅花草间
在投放的烟火里
拥抱属于我们的时光

孙明亮

笔名记忆无情,安徽六安人,在部队从事政治工作,现为中国诗歌学会会员,安徽省诗词协会会员,六安诗歌协会理事会员,西部文学作家协会会员,凤凰诗社美洲总社副社长,二社执行社长。21世纪名人网实力微诗人,大别山诗刊编委。诗观:用最简洁的语言,叙述丰富的内心世界。

为了遇见你

春风知道
杨柳树的影子
一个季节里
从未眨一下眼

每个渡口
悠悠的小船
舍不得离开半步
从黎明到晚霞

村口的羊肠小道
被眼光望了又望
熟悉的脚步
一直在眼前晃动

水稻

昨夜无眠
早早地仰起头
准备了一肚子话
交给期盼的脸

经历了火热的洗礼
积攒了足够的热情
那个石榴花开的夏季
张开嘴把笑脸相迎

一生都是小心翼翼
只为一个追求
当挺直了腰板
幸福随时都会招手

凉风至

如同一把火
让这个七月
拐了一个弯
怎么也进不了风

吞噬生命的水
马路这个杀手
一直没有闲着
制造没有风的窒息

偌大的空间
怎么也填不满
炎热下的疯狂
九月断了归期

孙茜茜

女，山西省汾阳人，1991年生，大学本科学历，供职于山西杏花村汾酒股份有限公司，现为中国诗歌学会会员，吕梁市作家协会会员，爱好文学创作，作品见于《神州》《奔流》《牡丹》《参花》《青年文学家》《长江诗歌报》《齐鲁文学》等及各大网络平台，在依安县诗歌协会举办的全国诗歌大赛中获得"优秀诗人"称号。

对于未来

灶台前的争吵充斥着贫穷的悲哀
烟头的火星点燃了生活的无奈
微风将菜叶发霉的味道
带到了房间的每个角落

死寂，终究是被
那清脆的啼哭声打破

对于未来
我们始终要有信心
婴儿早已唱响了生命的赞歌
夏日的阳光
终会驱散生活的阴霾

对于爱情
比翼鸟与连理枝这两个词
像天山雪莲那般纯圣、高洁
看似遥不可及
却又唾手可得
忽明忽暗、忽远忽近
是他神秘的面纱

对于美好的爱情
谁不向往
在这昏暗的月光下
微风奏响了诗的乐章
此刻，酒是我唯一的爱人

对于理想
好似空中闪烁着的星星
照亮的不只有暗夜
还有困在迷雾中的心
可当我卸下负重
向你伸出手时
却始终难以触摸
你那冰洁的肌肤

对于理想
我始终有所保留
毕竟相对于手中的酒
你是多么的遥不可及

夏夜

这是一个没有星星的夏夜
不知因何事暴怒的狂风
毫无节制地宣泄着他的情绪
此时,没有蛙声与蝉鸣
也没有在大树底下乘凉的人们

年少时的憧憬与向往
早已被现实无情地击碎
除了手中立挺的笔
与满腔的热血
我什么都没有

跳动的萤火虫忽明忽暗
好像我握不住的梦想
又好似我微弱的未来

夏雨
瓢泼大雨倾泻而下
折断了无数枝条
淹没了一切鸟叫虫鸣
也赶跑了街上的行人
只有悲伤还在雨中膨胀

此时,我只想要一根针线
抬手将那破裂的云彩缝上
把明朗留给屋漏的人
把繁华留给那些
为了生存而奔波的商贩
比起夏雨带来的凉爽
很多人,他们更需要晴天

孙瑞晓

网名润峰,山东莱州人。业余爱好文学,在《烟台日报》《山东文学》《胶东人物》等报刊及网络媒体发表文学作品多篇。现为烟台市作协会员,烟台市散文学会会员,烟台市诗词学会理事,莱州市诗词学会会长。

秋雨之恋

连绵的秋雨下个没够
把院中的桃子浇明、浇透
雨中褐色斑驳的枝干
高擎着自己心形的丰收
树底下一群得宠的青蛙
一齐参加水淋淋的合奏
那玫瑰色的一顶雨伞下
偷偷交换着热烈和娇羞
嘘!别说出那火热火热的三个字
看把遮羞的蛙声惊走……

让我们植树去

捎上铁锹和树苗,推起独轮车
和车轮般圆圆的朝阳
浴着凉丝丝的晨风,让我们植树去
去荒山种下绿色的信念
去野岭植下风沙的屏障
去村边,去路旁
去每一处兀山秃岭、穷乡僻壤
去春风能够吹到的地方
去播种绿荫,播种清爽
播种绿色的期望和幻想
我们是祖国忠诚孝顺的儿子
怎能忍看大地的残破蓝缕、千孔百疮
任其承受烈日的蒸烤和无情的风刀剑霜
让银锹、铁镐的挥动划起圆弧
让我们去植树
让成材的年轮,拌着我们的青春一起滋长
那横无边、纵无际的土坑就是密密的针脚
为大地愈合着裂了缝的衣裳
哦祖国,如果能够

请把我们作为树苗栽进您的沃土
用我们健壮的身躯萌发的枝叶
为您——祖国母亲,添一片阴凉

爷爷和他的槐树

我家后院里有一株槐树
郁郁的树冠遮一片夏天的阴凉
本已够了栋梁的资格
可总不忍伤害老人的慈祥

记得在我刚刚懂事的那年早春
爷爷用小锄头翻开了泥土的馨香
招呼我用幼嫩的小手,点播下他弄来的种子
和种子般老与少的梦想

经历了世事沧桑的我的爷爷啊
用晚年播种绿色、播种生命
播种对下一代殷实的期望
爷爷说,别看这小种籽没甚分量
可年深日久啊终会派上用场
爷爷哦,您满脸那深深的皱纹
原来都是朴实美妙的诗行

孙树宏

男,1969年生于塞北。作品散见于报刊,并多次获奖。

中国军人

十八岁,十八岁
我报名参军来到部队
实现了儿时的梦想
成为了一名光荣的
——中国军人

小时候

看你们着装整齐
步伐坚定铿锵有力
小时候
看你们手持钢枪
奋勇杀敌英勇无比
小时候
看你们用胸膛堵枪眼
用手臂把炸药包高高托起
我就时常问自己
军人怎么连生命都不在意
长大后我就成了你
原来军人的英勇和牺牲
是为心中的信仰和正义
我骄傲
我是中国军人
我自豪
我是中国军人

小时候
看你们手臂挽着手臂
跳进汹涌的江河筑人堤
小时候
看你们手拿着灭火器
冲进浓烟滚滚的火海里
小时候
看你们奔赴地震灾区
挽救人民的生命和财产
我就时常问自己
为什么哪里有危险
军人就出现在哪里
长大后我就成了你
原来军人的奉献和牺牲
就是为了国家的安宁
老百姓的幸福太平
我骄傲
我是中国军人

我自豪
我是中国军人

中国军人
你的前面加任何词语
都是那样的苍白无力
我只能用军人的誓言
来诠释你
我们是中国军人
听党指挥服从命令
我们是中国军人
人民的利益高于一切
我们是中国军人
共和国尊严我们捍卫
我们是中国军人
犯我中华虽远必诛
我们骄傲我们自豪
我们是中国军人

孙天禄

1969年生。河南灵宝人。曾用笔名斯文汉、斯文汉子。号天禄居士、来去散人。在中国诗歌网、河南诗人网、小小说网及《作家报》《大河诗刊》《河南文学》《今日作家》《黄河时报》《金城灵宝》等发表小说、诗歌。

活着的滋味

每天在喧嚣中穿行
眼花缭乱。
心情和日子水一样流
笑脸的太阳，
哭了的雨天
停不下来的生命
在雨滴中，宁静

思绪回到从前
土布衫子吸满了汗水，
夹杂着妈妈的味道
千层底布鞋在田野踩过，
鞋痕叠着鞋痕踏进泥土里
麦、豆在太阳火中，饱满

土屋里的火坑
暖和着睡梦的，香甜
窑洞的凉爽
赶走盛夏的燥热和蚊子
心情和日子溪水一样流
从未停止的生命，坦然

大量的信息风暴头脑，
压迫每一根神经
大房子豪车、
到国外旅游，比一比钞票
欲望无穷尽，烦恼无穷尽
每天在喧嚣中穿行。
平平淡淡的滋味

芬芳之夜

夜，路灯的暖
抚摸着街道上的匆忙
花枝安静，花朵绽放

一朵花两朵花三朵花……
悄悄芬芳一树，芬芳一座城
芬芳寒冷过后的春天

俏丽脸庞，一抹绯红
在暗夜，揉碎了
满地相思的温柔

春天的夜悄悄绽放

万千花色。只挑心仪桃花一朵
睡在春天的夜里

浪尖的真诚

感觉和浪尖那么亲近
浪尖上闪烁着耀眼的光芒

信任她的高度
相信她的善良
以为真诚总换的到真诚的心

畅开心扉,闭眼
躺向浪尖耀眼的光芒

瞬间
跌入了深渊……

孙温如

  笔名茹梦,河北沧州人。喜爱养生、朗诵,唱歌。喜欢把悲欢离合写进人生,让优美的文字插上希望的翅膀,温暖心房。

仓央嘉措,你是谁

仓央嘉措,你是谁?
你是布达拉宫之最,
你是花前月下之美,
你天资聪颖妙笔生辉,
你情思缕缕为爱无悔。

仓央嘉措,你是谁?
你是达瓦卓玛眼眸中的深情
你是千古之谜,
万民敬仰的六世轮回,
青灯古佛事与愿违!
经筒转动你闭目卿随,

西藏活佛雪域之王,
最美情郎你写意凄美。

曾虑多情损梵行,
入山又孔别倾城,
世上安德双全法,
不负如来不负卿。
是你无奈的心语,
梵音袅袅你难度己身!

仓央嘉措,仓央嘉措,
美丽的格桑花为你盛开,
千年的雪莲一滴佛泪。
青海湖不能淹没你多情的灵魂
清澈的湖水是你难舍的梦回,

仓央嘉措,仓央嘉措,
你是讲不完的故事,
你是写不完的诗篇,
你是读不完的人间四月天。

孙显平

  女,70后,满族。祖籍河北承德。现居河南开封。出版诗集《生长的火焰》。2017年主编《抒怀2017现代诗精品选集》。鲁迅文学院第31期少数民族高研班学员。

秘密

积攒的秘密
就好像虱子
裹紧衣服只会更多的繁殖
不如在光亮地方
脱下衣服,连同羞耻
翻找,捉住,挤破

然后微微一笑
一张皮还给风
一滴血还给自己

三年

我必须压住心底的波澜
在一盏灯里
暖着
投入湖中的诺言

暗香
是一枚钉子
钉进失眠的眼睛
刺痛另一颗神经

三年前
我们手持快乐
桃树下种梦
柿树下埋酒

彼此间有一笔糊涂账
算老了春梦
抱紧影子时才懂

原来,爱越重
骨头越轻

桃花帖

从桃花的眼睛里抠一个故事
用阳光包裹
种在桃树下
待明年泥土苏醒
还会有一个四月吗
送出彩色信笺
邀约我们前来
和桃花撞个满怀

还击

房子,树木,甚至花朵
突然张开嘴巴
一瞬间变得凶猛起来
如同狮子,老虎一样
硬生生
撕扯着血肉之躯
疼痛中
有人深陷绝地
而有的人却张开口
用舌头和它对咬

瞬间

一截腐木
靠着南墙晒太阳
咀嚼往事
当娱乐

此刻,年轻的母亲
在不远处奶着婴儿
她忽然嘟起嘴
身体便倾向泥土
倾向那温暖

正心

没有一个字
带着火焰
夏的快乐,悲伤
都躲在暗处
如果风雨要来
就猛烈些吧
撕碎满纸债务
破解一个迷局
没有人能够扶正歪斜的脚印
只能去正一颗心

孙玉波

中国微型小说学会会员，河北省诗词协会会员，承德市作家协会会员。现已在《中国教师报》等全国各级刊物发表文章300多篇，100多万字。有20件作品获省级以上征文奖，30多件作品被收入各种选集。出版散文合集一部。

五星红旗

我们聚集
我们仰望
古老阳光滚滚而来
白云飘飘荡荡
五颗星星闪着金色的光芒
信仰攥成拳头
方向写在天上

我们幸福
我们歌唱
我们想着遥远的事情
灵魂的队伍很长很长
我们把心展开
鲜红一片
五星红旗
火焰的语言　春风的形状

古钟

那座褪了色的古钟
是外婆送给母亲的思念

静坐如佛
天天
念
发黄的时间
钟摆摇摇
我想起了1960年的一束黄菜
悬挂在老屋的房檐

古钟呀
你是一片古文
很难懂
你是一座潮湿的坟墓
埋葬昨天

第三只眼
那只古铜色的酒杯
很古董
父亲用它斟一两黄昏
一饮而尽
说爷爷用过它
装过旧社会
装过"大跃进"
装过"低指标"
说着一颗滚烫的泪水滴落杯底
那只酒杯呀
容积无限
能装改革的涛声
能装一片蓝天
却装不下眼泪和祝愿
那是父亲的又一只
眼

根雕

用根　刻碑
刻秦始皇陵兵马俑
刻太阳脚下蜿蜒的万里长城
刻长江黄河
刻巍巍昆仑
刻中华民族永不凋谢的尊严

用根刻情感
刻沉默寡言的父爱
刻下白云不去流浪
刻下邮箱里寄到远方羞红的思念
刻下烛光里的生日
刻下欢乐
刻下嫦娥奔向金黄的月亮
中华民族腾飞的永恒瞬间

用根刻梦幻
刻下森林里传奇的神话
刻下透明的未来
刻下沸沸腾腾
刻下嘴唇和墙
刻下火焰一样燃烧的明天

T

谈金清

广东德庆县人,酷爱诗歌书法,现为中华诗词学会会员,广东省书法家协会会员,肇庆市作家协会会员,肇庆市诗词楹联学会会员。获西江诗社 2016 年度优秀诗词创作奖,2017 年 12 月,诗作在"中国梦·广州情"全国诗词大赛中获优秀奖。

父亲的太阳

沉重的赤褐色
在松林的
世界里孤立
脚下那黄土路
缓缓挪动从这山
攀向那山
扳动腰肢挣扎着
背负起生存与希望
七十年风雨过后
一轮太阳
从古铜色的背脊升起
我的父亲!

弯弯清水河

弯弯清水河
我家乡的小河
是我童年时候的河
是那群
光着身子在水里戏游

母亲喊哑了喉咙
还不知回家的
孩童的河

小河亲吻过我全身
小水牛听过我唱歌
那条乡野的小河堤
只有小水牛跟着我
那不听话的小水牛哟
总在我一不留意的时候
偷偷舔食两口
堤边田里的苗禾

我躺在堤边的油桐树下
枕着茸茸草地
看那远山的白云
听着悠扬的蝉曲
数落满地雪白的油桐花
大地留下我的梦
堤边的油桐花开又花落
一年又一年
父亲为我累弯了背腰
母亲因我喊干了泪
弯弯清水河
我家乡的小河
流入村子
流向远方……

会面

难得的一次会面
你却又匆匆远离去
好象即将要拥抱的太阳
却猝然的消失
我孤独伫立在黑夜里
不知如何是好
任由脚下那江水
吻碎往日的记忆

情怀

她坦然地站在我面前
眼神里有掩饰不住的羞涩与温柔
她从我身边轻轻地走过
惊慌地朝我打了一声招呼
我微笑着点了点头
她似乎具有一种
发自她内心深处的灵魂
使我自醉
令我不由自主
回头再看了一下她
而她此刻象是刚才
没看清楚我的脸就匆匆而过
正也朝我回头

我不敢接近她
她不敢接近我
我怕远离了她
她怕远离了我

谭飚

20世纪60年代出生,20世纪80年代写作,20世纪90年代后期中断,2010年回归诗坛。诗作在《诗刊》《星星》《诗歌月刊》等刊物发表,出版诗集《独居一室》《边弹边唱》。安徽省作协会员,亳州市作协荣誉主席。

穿越

在高铁上穿越　不由自主地叫做翱翔
一疙瘩一疙瘩的绿林　闪回　断片
层层叠叠

突然　就有一群白鹭从草丛中
冲天而起　银白的白
显得从容而华贵

在蔚蓝的纸布上　勾勒着极简的
线条　极简的
生和死

它们掠过牧歌式的田舍　掠过
锃光瓦亮的藕塘　好像穿越千年的风尘
只是照照镜子
洗洗衣裳

2019年7月14日

在路上

不知道哪一只魂断蓝桥的老鸟
在一截截暮色摇晃的枯枝上
声声慢　而我

不知道哪一只背负青天的蜗牛
总是伸出长长的触须
以拥抱的姿势　抚摸残缺而湿润的
大地

在雨中
以一己之力
慢慢地走
慢慢地回头

2019年7月14日

殡仪馆

说实话　我不想到这里来
在悼词与哀乐之中
变成一只找不到北的小小鸟

找不到栖息的树枝
找不到赖以生存的园地
但我来了　一次又一次
忍住泛起的波浪

我见了　一些好久不见的
老邻居老发小老的掉完了牙齿的　驼背

老头　见了
一些陌生的熟人
蜻蜓点水的握一下手

我想说　久违了
还是若干年前的一次邂逅
久违了　还是若干年前的
一次酒局　我们

在贫瘠的田野
从一粒茫然无措的种子
长成挺拔的高粱　我们
以为自己长大了　可以酿酒
可以端着夕阳的碗
醉成一片嫣红

我们不知道
瘟疫一样的乌鸦紧随其后
以为　死神是那很遥远
很飘渺的星辰

说实话　我不想到这里来
在悼词与哀乐之中
变成一只找不到北的小小鸟

无助地飞　无助地叫
在越来越窄的天空下在　许多
似是而非擦身而过的忐忑中
心越来越大　泪水
越来越少

2019年7月8日

许多鱼

把有毒的香饵安好　甩进
波光潋滟的河面　坐看点头哈腰的鱼浮
上上下下的闪

把握好时机　就能把一条条鱼
钓上岸　轻而易举上钩的
是有一颗玻璃心的鱼
它经过的风浪太少　以至于被某种
善良与表象击倒

许多鱼　如是
在垂钓者微笑的漩涡中
淹死　许多鱼在千疮百孔的鱼篓里
东奔西走　好像只有挣扎
才能减轻咽喉的刺痛

2019年6月16日晨

试刀山

一辈子的淬炼　不一定
锻造出一把好刀　而一把所谓的
好刀
就是要在一座山的锯齿上
心无旁骛的磨

然后　籍由闪电与霹雳
试一试初生牛犊不怕虎的胆
籍由暴风骤雨　试一试
俯仰天地哈哈大笑

试一试
在迎来送往的人间　试一试
指头缠绕的光芒

2019年7月2日

车窗上的雾雨

灰濛濛的雾雨
在穿越北方的车窗上凝聚
一滴滴　甲壳虫一样贴在玻璃上
抑或疾风中缩紧身子
抑或东张西望

好像其它都不在我的眼里
田野上的酒具
坟头的野草　一片片凹下的绿

废弃的船

我就
看着窗外的一滴水
玻璃上的
一滴水　她的

月光与小提琴　荷花与莲叶
怎样在与车轮的磨擦中
骤然滑落　怎样变成一道伤口
一条永不回头的河流

2019 年 6 月 30 日

阳台上的小树

哪一阵风　吹落一粒弱小的种子
从阳台的旮旯长出一棵树
它的生命如此之轻　它的根拼命地
抓住一小撮仅够生存的泥土

好像再有一阵噼里啪啦的强风
就能把它吹走　吹到了无踪迹
但它以飞翔的姿势低空悬立
默守着飘零的雀鸟与流浪的星宿

似乎每一扇窗口　都能看见它
瘦瘦的树干　貌似一根柔韧的脊柱
东倒西歪的托举着几片疏朗的叶子

饿瘦的薄如蝉翼的叶子　却是
一千双秋天的眼睛读不懂的词
一万个春天的手指翻不完的书

2019 年 5 月 30 日

不停地叫

你把白天叫成黑夜
把黑夜叫成白天　就是说
你在不停地叫

一个不停叫的人　不停地
发泄内心的恐惧　不停地把迫不得已的
苦难　推而广知

你不叫　肉体就要爆炸
你叫　你要将密封的村落与邪恶的围墙
叫出一条缝

所谓的热血　不过是冷而苍白的
雪花　你裹风携雨地叫
要在这广阔的天宇　叫到底

每个人都在躲避你的叫　你的
瘟神一样的叫声　比绝望的狼嚎
更瘆人　近乎于刀刀封喉

你从温顺的羔羊
到待宰的"牲畜"　你从不会叫
到叫　叫地不堪入目

2019 年 3 月 22 日

藏火的雪

库存的雪花开始零售　今晚
先将星星摘下　再将麦苗的绿与茅草的
黄
等等有色的风景贱卖

只留下藏火的雪
只留下白

将大地上的灯光熄灭
旧事掩埋　将人世间的坑坑洼洼装修得
一马平川　只留下白

盐粒一样的白
为这遍体鳞伤的江河止痛

2019 年 1 月 19 日

虚掩的门

我已经走到虚掩的门前
蛛网与蒿草在美不胜收的夕阳下
缠绵　我想静一会儿
想找一个人
在我找不到人的时候说话
我想把她的衣衫抛向空中　我想
那空荡荡的袖子
不是温暖给予我们的春天
我想　时光飞逝
不是天鹅把天鹅的羽毛拔光之后
天鹅仍然可以飞　我们

走过许多虚掩的门　不想
惊扰它的空房子　许多虚掩的门
轻轻一推　就会有一些杂乱无章的露珠
在野草上晃

2018 年 9 月 7 日

谭芮茜

90 后女诗人，笔名寒璃瑟音，陕西西安人，中华诗词学会会员，陕西省诗词学会会员，痴爱古风文学与音乐，好弹古琴与古筝。诗歌诗词入选《当代诗歌大辞典》《中国百年诗歌精选》《华语诗歌精华》《世界汉语文学经典诗词曲》《爱我中华》《陕西诗社风采》《诗中国杂志》《奉天诗刊》《大西北诗人》等。

鱼尾狮

我迎着异国风情的雨
走在不分季节的花园
半身鱼尾的雄狮身姿挺拔
英武逼人
喷吐出孕育生命的灵泉
将荣耀的光辉洒满云顶
统一了整个国度
我想我会在离开前
深深记住它

摩尔城市

我站在离太阳神最近的地方
伸手触摸蔚蓝的晴空
揉碎的目光被安拉庇佑的摩尔建筑瞬间
夺走
不属于故乡的海风萦绕在耳畔
轻语的蓝色精灵对我说
这是造物主的棋盘
彰显了威严与慈爱

骑士之礼

骑士的效忠礼
以生命捍卫荣誉
以热血践行誓言
金色的盾牌守护着国王
骄傲的骏马托起了骑士
从青铜战争直到现代博弈
永不妥协
永不懈怠
使我顿生敬意

波德申海岸

摇动的白帆
漂浮的船坞
仿佛是来自另一个世界
它跨越了无垠的时间
重新回到海的怀抱里
安然入睡
波澜不惊

青草坡上流浪

青草坡的绝唱
马蹄过处尘土飞扬
于茫茫旷野中流浪
留下无限怅惘

诗人的彷徨
是欲舍不能忘

汤云明

云南省作家协会会员,男,汉族,云南昆明晋宁区人,1973年出生。1993年开始发表文学作品。现为晋宁区内部刊物《园区报》副主编,区文联《月山》文学季刊编辑。出版个人诗歌集《岁月之上》、散文随笔集《随言散语》,获得全国性文学征文奖项上百次。

哀牢神韵(组诗)
哀牢山

架锅煮雪　哀牢神闻香归来
云里雾里　太阳始终没有露出正脸
只把一道道金边　镶嵌在梯田之上
石门峡洞开　磨盘山屹立　大瀑布惊艳

这里盛产香蕉　蔗糖　芒果
还有　以人的名字命名的橙子和庄园
以及打造神剑的钢铁和英雄
热血沸腾的红水河　牵手九九八十一个山峰
大磨岩子峰威仪　宁静　从容地守候着
花腰傣族小姑娘　正月初二赶花街的约定

在那离天最近的地方　回眸间
一朵白云落在大雪锅山上
分不清哪些是雪　哪里是云
只能打捞起一片片乡愁　别绪

戛洒小镇

这里灯火通明的夜晚
恰似千里哀牢王冠上的明珠
白天　神仙在云雾里巡游
在大磨岩子峰上做法　修炼
夜晚　少不了牛汤锅　油炸干鳝鱼
下着古法木甑酿造的哀牢五谷酒
结交各路神灵　英雄好汉

天倒下来　身后哀牢山撑起
水漫过来　有眼前戛洒江接纳
这个傣语里兴建在沙滩上的街子
爬上山　就可以寻仙　悟道
在半山腰　寻找久远的人文情怀
到山脚下　和花腰傣泼水欢娱

戛洒　一个小镇的名字
一片风情万种的人间盛景
也肯定是哀牢神　留在人世间的长子

土司府

末代岩旺土把总　衙门及府第
盘踞在白虎山崖下　离主峰不远
这里是哀牢山心腹上　风生水起之地
也是一个凝固了风雨烟云的堡垒

如今　大门头上的民国标志越来越褪色
外墙上斗争土匪的标语越来越清晰
哀牢山上这只老虎　早已经不在
只剩下虎皮　钉挂在高深的墙壁上

一些谜团无须解开　比如宝藏
一些人物已经走远　比如李润之
一些传奇或是罪恶　众说纷纭
只剩下陇西世族　几个冰冷的大字
在耀南村的半山腰上追溯历史

汤静

笔名晓昀,河北人,河北省诗词协会会员,邢台市作协会员,在《中国青年》《幸福》等刊物发表作品。

过去的那些小事物，现在依然美好

如果一个人变老了，
真的会怀想从前，
偶遇到的小物小景，
就会浮想联翩在脑海里，
过一过昨日的电影。

自行车

两个轮子里担着的光阴太慢
有日晒，有星光
还有爸爸宽厚的肩膀

象棋

大树下青石板就是战场
不分男女老幼亲疏
瞪大的眼睛里，有人生

窝头

金黄色和以前一样
摆放的位置乱了
身价是软黄金

毛桃

树上结着惆怅
地下躺着的哀伤
童年呀，我们脸上的绒毛和它们一样

石竹

你的笑意和母亲的含蓄
洒满山路旁
而夜深的时刻，默默吞咽担惊受怕

萱草

忧愁是能忘得掉的吗
拼命逃避的不是妈妈
而是孩子

荷兰菊

谎言不是说给蚊子的
燃烧的青烟
是村庄眉头上的一行

图书馆的椅子很忙

写作业的孩子在图书馆
看手机的大人在图书馆
大部分的图书很闲

唐德林

有诗作发表于《中国青年报》《当代诗歌》《中国乡镇企业报》《三峡文学》《时代文学》《新诗》《河北诗人》《秋水诗刊》《大森林文学》《江河文学》《当代作家》等国内百余家报刊。作品入选《中国先锋诗歌导报·百名诗人作品集》《中国当代小诗大观》《当代精美短诗百首赏析》《中华诗词精选读本》《中国当代生态诗选》《新诗路·诗人年签2016》《中国民间好诗2017》《当代新诗年选2017》《东三省诗歌年签2015—2017》《中国百年诗人新诗精选》等多种版本。在《文苑春秋》年度作品奖、首届闻捷全国诗歌奖等处多次获奖。

田草

田草，可不像我们的宝贝庄稼
那样娇惯
太阳毒了怕旱，雨水多了怕涝
田草天生一副好性子
它一生都在暗暗较劲
与庄稼比试高低
即使，你挥动着锄头向它砍去
它也不会向你眨一眨眼
母亲说，锄不尽的田草
捉不完的强盗
我们的庄稼地，锄了一遍

又一遍,只要你稍不留神
田草就会在你眼皮底下
再长出来

这时候的秋天
长在地里的庄稼,都领回家来了
山坡上的苹果,等着被我们收藏入窖
道路两旁的格桑花,开过又谢过了
这时候的秋天,显得有些弱不禁风
我刚向它走近一步
一片叶子,就落了下来

在胡家棚听鸟鸣
胡家棚,两面青山
居住在这里的人
与山为邻,与鸟为邻
每天,他们被一声声
甜蜜清新的鸟鸣
从清晨的梦境中叫醒
胡家棚的鸟儿
是最纯粹的山里鸟儿
在胡家棚听鸟鸣
有如听到
久违的乡音

春天,是危险的
飞落在枝头间的鸟
是危险的
行走在村野里的人
是危险的
放牧在山坡上的羊
是危险的
游动在小河里的鱼
是危险的
春天,是危险的
小南风一吹起所有杏花……桃花……梨花
全是引爆

在春天里的炸弹
我要告诉你
春天,是危险的
危险的
危险的

春天
燕子从南方归来
燕子没有找着,她自己的房子
燕子的房子筑在我家老房的檐下
修建新房的时候,我拆除了
我家过去的老房
女儿说,这只燕子
在我们家新房前寻觅了很久
才依依不舍地离开
燕子没有找着,她自己的房子
燕子的房子,随我家老房一起去了
我是她房子的拆迁者
面对一只无家可归的燕子
我心怀愧疚
像一个罪人

安睡在树上的雪
安睡在树上的雪
被早晨的太阳吵醒
雪,一团团从树的枝条上跌落下来
从梨树的枝条上跌落下来
从杏树的枝条上跌落下来
从桃树的枝条上跌落下来
跌落在地上的雪
一副还没有睡醒的样子
阳光有些晃眼
雪,好像还想要
继续再睡

冬青树
老刘家的门前
长有一棵冬青树

开花的季节,别的树
都是一番大红大紫
冬青树好像无动于衷
开花时它也只开出
一些米粒那样细小的花
我没见冬青树落过叶
除了青,一年四季
它不曾变化成另外的一番表情
北风过境的冬天
它也这样一成不变地青着
宛若一个城府很深的人

雨都下在达子沟了

天气预报说
葫芦岛地区连续两天降雨
人们,总算有了一些盼头和欣喜
地里的庄稼就要旱死了
两天过去,雨终于没有落下来
至少才屯没有见着一个雨点
达子沟来才屯的人
都说,达子沟下雨了
达子沟的雨,下得沟满壕平满地淌水
那情景让人好生羡慕
达子沟离才屯1.5公里路程
达子沟和才屯,同属于
葫芦岛地区的一个暖池塘乡镇
达子沟下雨了
才屯没有见着一个雨点
雨是下了
雨都下在达子沟了

唐殿冠

男,1983年生,祖籍海南,现居广东,师大毕业,高中教师,读书,教书,喜出游,发表诗文多篇,获奖若干。

四季的起点(组诗)

立春

最后一天和第一天重逢
在春天。我把青春献给你
草木生发,立于当下
有一个美好的开始
像春天一样可以分享给每一个人

句芒的大圆规分享给万物
安身立命,顺应天命
迎着这明媚的春光拥抱每一个人

春分天生是诗意的

黑夜把热情分一点给白天
太阳把爱赠予绿叶
昼夜相均,阳气氤氲
我们把烟云抬高,看草长莺飞
"每个孩子都是天生的诗人"
读懂天地的辽阔
保留一颗童心给归来的玄鸟
在花满枝头时竖直我们的图腾

我们未曾改变
从古书里请出诗句
用孩提时的音调赞美春风
我们有爱可以等分

三月始芳华

三月,万物始而候芳华
雨水接近乳汁,河流引导重逢
你撑着半边天,大地接纳了母性

这一生要经历多少次的孕育和呵护
才能放手远行?
在你的一生里准备多少次返回
才让眼眸拦截悲喜?

又开始了新的一程
为了生命的完整和世间的洁净

含羞草举起红色的花朵
倾听大地的心跳
推开生命最初的那扇窗子

相遇

有花骨朵,像灯笼
把心情照亮
再向上是一片锃亮的天空

有白云,形如汗水
从我舞动的锄头滴落
花朵便次第绽放

和花朵相遇
每一个眸子都是亮的
看得清汗水滴落
看得清收获

一生,要遇见几个人?
需要几个人相伴度一生?

长相厮守
亦或擦肩而过
光阴里行走
总有一处风景在心底等候
总有一人在默默守候

归来

过了最漫长的夜
鹊始巢、雁北乡,阳气复生
我蛰伏在草根上望空旷的天空

没有一片云,没有逃逸的蓝
看起来空旷的天空其实很饱满
前方的山头似乎抖了一抖
似乎有风声。我将去往何方?

我写的诗行落荒而逃

旧时的书签早已叛逃
大地会交给青草吗
因为春风又再一次复生吗

根须的等待就是唤回绿色面见天空
种子的使命就是延续上一辈的生命
流浪在外的人儿惦记故乡的沃土

前方的道路会在脚步踩踏中出现
我会熬过最寒冷的时节
寻找花开宣示自己的归来

唐美玲

笔名如蝶,网名叶子,女,湖南永州市语文高级教师,爱好诗歌散文,有作品发表于《山东诗刊》《慕雪诗刊》《凤凰诗刊》《三湘诗韵》《当代作家文艺》等纸刊及网络平台。诗观:诗为心声,推崇中国自然、朴质的精神之美。

梨花带雨惹人怜

季节穿着繁重的冬装
步履蹒跚
春姑娘看不下去
悄悄将厚厚的白雪收进闺房
从此足不出户
夜夜裁剪

一夜春风起
梨花满枝头
谁不惊叹
春姑娘的巧手和慈善

请看
洁白的花瓣上洒满她的热泪
点点桃红
是她献给大地的热吻

高考前夜雨

今夜
疾风骤雨
电闪雷鸣
是汨罗之水受屈子的派遣
化作天之神水
要落满所有的砚池
来见证学子的作为

是屈子再生
探问天之主意
祈祷了几千年
明日要成就多少才人

今夜
风雨之后
天地清明
学子酣然入梦境
明日的你们
定会托起心中的太阳
驱除西来的阴霾
在实现中国梦的路上

大步迈开
尚有蔷薇展芳妍
季节撞进了如织的藤蔓
诗人走出了春愁的诗行
温柔笔尖
饱蘸金色的阳光
让古老的蔷薇
复活在残垣之上

痛饮了今夏的酒
她不再在玫瑰前退让
路过的或许是诗人
但不再是王子
她还是用自己的灿烂
俘他为情郎

从此女孩们走出了童话
变得多么勇敢

立秋

好透明的雨
在窗玻璃外把秋叩响
一缕风来
修剪了夏热情的尾线
阳光淡淡
被唤作了秋阳
炒烫的心
渐渐有了一丝清凉
静待
瓜果飘香后
种子在冬眠中酝酿下一季春光

唐梦

本名张铁丽，中国诗歌网浙江频道注册诗人，浙江之声"星空朗读"文学顾问。之江诗社成员。由百花文艺出版社、中国文联出版社出版作品集《落英拾零》和《岁月断章》，其中《岁月断章》被清华大学图书馆和中国图书馆收藏。

想牵着你的手，慢走

就在这夕阳下
想牵着你的手，慢走
秋风有点凉
我的白发拂过你的肩
你的脸摩搓着我的头
落叶在脚下沙沙响
鸟儿在树上啁啾
长巾飘逸
暗香染了衣袖

就在这夕阳下

想牵着你的手,慢走
像两块风化的石头
磕磕碰碰以后
没了当初的棱角
便把那春花秋月
刻在深深的缝隙里藏着
一路走过
蝉鸣秋水,疏桐瘦柳

就在这夕阳下
想牵着你的手,慢走
看那江上的舟
载着向晚的金霞
缓缓悠悠
多少风浪都已卸载
从容驶向归航的港口
我们蹒跚着
笑看婆娑树影慢慢地移向身后
晚风调皮地戏弄柳梢头

就在这夕阳下
想牵着你的手,慢走
或许能想起一两句唐诗宋词
吟唱这江南的深秋
最爱这恬淡从容的时光
把两个人的故事享受
银杏叶洒了满地
织就了一条金色的锦绣
树上金桂幽幽吐香
桥下有清泉在流
路旁的野菊花扬起笑脸
摇曳在秋雨后
彼此依偎着
看不够的秋色
叹什么绿肥红瘦

就在这夕阳下
想牵着你的手,慢走

把沿途最美的风景
收进彼此的昏眸
走不动的时候
就把收藏晾晒出来
躺椅上
幸福地回味两个人的
冬夏春秋

唐敏

曾用网名往事(敏儿),本名唐丽敏,河北人,自由职业。

秋天的心情

世上多少人
在感叹这季节的悲凉
又有多少人为之感伤
多愁善感的人们啊
一袭秋风
怎么可能把这浓烈的爱消亡

那入了肺的桂花香
沁入了谁的心房
家里满院子的收获
又是谁
在把知足与大地分享

秋天
怀揣着爱的饱满
和无比的厚重
殷实了所有的山寨村庄
秋天
你用深邃的目光
希冀着多少农家人
对未来的憧憬与展望

秋天
你是绚丽多姿的云淡风轻
看那云儿在蓝蓝的牧场上

尽情地游荡
秋天
你是入心入肺的丰盈
看那瓜果的芳香
早已装进了醉人的酒缸

秋天
你还是目不暇接的层林尽染
那一行行　一片片
漫山的树木早已换上了多彩的盛装
秋色来袭　人们的心啊
也变得豁达与敞亮

我不喜欢那"谁念西风独自凉,萧萧黄叶
闭疏窗"的感伤
我只喜欢"一年好景君须记,正是橙黄橘
绿时"那珍惜的时光
"秋风瑟瑟不悲伤,携手挽秋同欢畅"
是我写给秋天最美的诗行

思念的青春

一步步数着夕阳
一寸寸相拥着时光
朋友,请容我再一次
回忆你不改的面容

在那灿烂的时节
在那写满青春的时日
阳光的笑声
随云朵飘向了远方
那清澈的小溪
流淌在你我的心房

朋友,今夜的你
是否和我一样
和我一样想起
两鬓微霜
把你捧进心里……

如沙

我多希望
希望把自己
沉淀成河床上
那沙中的一粒

不去攀比
不愿失去本真
不去辩解
不愿混淆自己

离开污泥
离开繁杂的尘世
就这样静静地
静静地落在那里

清澈的流水
一点一点
滋润着我的心田
冲刷着我的身躯
浸透着我的灵魂

彷如隔世
亦如重生
又仿佛
回到了母体……

祖国,为您谱一曲壮歌

我用驰骋在辽阔草原的声声马蹄
附和着我的心跳
我用飞翔在无穷海域的骄傲鸟鸣
升腾着我的热血
我用划破长空的那一声声轰鸣
唤醒着我的豪情
我用伟人振臂的高呼
为您谱写一曲壮歌"我爱您祖国"

— 2317 —

舒婷笔下的您
郭兰英传唱的您
多少豪情之士谱写的您
多少莘莘学子歌颂的您
写不完　看不够960万平方公里的伟大
谱不完　唱不尽您日新月异的蓬勃

祖国您是"山舞银蛇,原驰蜡象"的辽阔北国
您是"花开三日,草长莺飞"的春色南国
在黄河　长江的奔腾中
倾听您的心声
在燕山　祁连山脉的脊背上
俯瞰您的辽阔
在五千年的悠悠历史里
品味您的崛起　您的辉煌

那冉冉升起的国旗
飘扬在祖国的每一寸土地　山河
五十六个民族在您的呵护下相融以沫
您的儿女们在思维的轨迹上　在浩瀚的脑海里
把您深深铭刻:"我爱您,祖国!"

故乡,我的故乡

穿过树梢的思念
飞落到故乡的瓦片上
炊烟袅袅
缠绕着我恋的情长

一声犬吠
一声鸡鸣
叩开我记忆的尘封

转动的石磨
碾压着多少痴痴的梦
还乡河的倒影里
父亲、母亲

与我话着家常

多少童年的欢畅
在记忆的摇车里
摇啊摇
多少动听的歌声
在母亲的臂弯里
晃啊晃

我难眠的思绪
穿过时空的记忆
一次次
一次次去追寻
儿时的纯真
青春的懵懂……

当我老了

当我老了
手拄着残阳
忘尽沧桑
用佝偻的背影
挥手曾经的过往

当我老了
没了心中的向往
用平静的双手
一下一下
铺平心中的褶皱

当我老了
没了悸动的心跳
在后记上
缓缓落下
落下最后的记忆

清风徐来
缓慢的思绪里
没有残留

— 2318 —

任何遗憾的回忆

那就让我
微笑着
对这个世界说
我已然来过

我曾
赤条条地来
我亦
赤条条地走

注:"落下"即"落笔"的意思

唐萍

如意萍儿,江西省鹰潭市中医院工作。江西省鹰潭市微诗协会会长,市作家协会理事。出版微诗合集《信江微诗韵》。

走过这条街
那个卖糖板栗的阿婆撑了上来
冲我喊出
母亲的闺名

阳光蝴蝶
谁也看不见她透明的翅膀
她巡视过的病床
一寸寸春色　破茧

至柔
小孙女凑过来
奶声奶气
说要擦去我脸上的皱纹

蓝牙
两颗心相连
无须对视
也能接收彼此　暗送的秋波

醉
一壶冷月光
几缕桂花香
逮住路过的秋风　问故乡

唐世彰

笔名小桥,酷爱文学,偶尔写些散文,诗词,歌曲等。曾为桐梓电视台写过作品。

寻找你的路
如果,我是说如果,
如果我去迟了。
你还会等我吗?
陌生的小镇,
却住着我熟悉的人。
或许寻你是一个错,
但我愿意错下去。
因为我宁愿错下去也不愿意错过你。

我看见了远方的雪,
却不见雪中的你。
我看见鸟儿飞过你的天空,
却不见属于你的天空下的你。
我看见花儿都碎了,
鸟儿飞过我的天空也知道我寂寞。

追寻着你离去的脚步,
深深浅浅,浅浅深深。
孤独一次又一次的笼罩在我的心里,
难道你只出现在我的梦里,
难道我大半生都要在寻找你的流浪中渡过。

深深地爱着你
你知道吗?
那天你离开后,

有些话我还没有对你说完，
你在我的泪眼朦胧中离开了这个城市，
我再也没能见到你。
我踏上了追寻你的脚步。
从我这里的城到你那里的小镇，
我何时才能走完。
似乎有十万八千里。
我对你的思恋像那熄灭不了的火焰。
那些你在我耳边的情话。
时常在我脑海里想起，
你知道我在等，
等你归来的消息，
夜色渐浓，
我看见在梦里的你归来，
我深情地吻着你。
写不完的相思曲，
做不完的浮生梦，
你就是一个诗一样的女子在我的声音里
永恒。

涛

  本名吴涛，1984年生于江西省贵溪市，毕业于湖南农业大学，现在贵溪市农业农村粮食工作，鹰潭市作家协会会员，鹰潭市微诗协会常务理事，信江韵微诗社编委，贵溪市作家协会会员，贵溪市象山诗社秘书长。

蝉鸣
曾经黑暗孤寂　高亮枝头苦吟
一季　诉不尽今世悲喜
翻过千万叶　觅知音

屈原
以笔为剑　挥向浊醉世间
不想离却离了的骚　泪水横落
一行楚辞　流放千年

问春
谁的妙手精心妆扮
好不容易爱上
又一片一片撕下

小荷
出生清浊　无法改变
高洁　心经未开卷
蜻蜓紧敲水面　打探来历

狂风
打着旗号到处游行
最爱在破窗前吹嘘
撩过多少长发衣裙

共鸣
半醉半醒间
我与风
互诉一宿

陶光勇

  笔名晚成、弹冰。四川省德阳市中江县永安镇人，现为雅安市一中学语文教师。毕业于中江县龙台中学，大学先后就读于重庆师范专科学校中文专业和四川师范大学汉语言文学专业，参加工作一直从事语文教学近30年，其间阅读了大量中外名著，也写有不少文章，尤其散文方面颇有心得，《花生》《雪韵》《寻宝桃源》等在各市县级刊物发表。

爱的存取
我小的时候，你就在这里存入
你认为有价值的所有：
用老茧叠加的双肩挑进去；
一直未曾出口的一个"爱"字
悠悠地摇进我的梦里；

劳累和辛酸
再和着倦怠的时光统统塞进磨眼里
像是一架平躺的纺车
把你的心愿转进了我的童年
…………

我来不及问你——妈妈
你咋就认定了这么个银行
拿什么来保值,凭什么这么有信念?
你可曾问过:利率咋算
没有存折
你就不担心生活把你欺骗?

而后,我以为你糊涂了
竟然将健康与年华一并存入里面
毫无保留,也不后悔
一边存入,又一边自动支取
现在,真糊涂的你
真能把这份账清算?

现在啊,你只剩下迷茫的双眼
这里也不显示存额的数量
只知道可以无限提取
银行不能打烊
别说余额不足
这点承诺永不改变!

天山雪莲

本名郭士玲,吉林珲春人。爱好文字,喜欢与诗词为伴。曾经担任过团支部书记、妇女主任、企业管理,现任保险公司资深高级理财顾问。曾在多家网站发表过诗歌。

我想为你写首诗

我想为你写首诗
写你的虚怀若谷
写你的蓬勃向上
写你的孜孜不倦
写你的一丝不苟
写你的优雅洒脱
写你的大智若愚
写你的淡泊名利
写你的谦逊温和
写你的
…………
我想为你写首诗
写你
如春的勃勃生机
芳香四溢
如夏的枝繁叶茂
绿树成荫
如秋的硕果累累
春华秋实
如冬的冰清玉洁
雪中送炭
写你如
…………

我想为你写诗
写你
如松的顶天立地
坚韧不拔
如竹的高风亮节
虚怀若谷
如梅的冰肌玉骨
凌霜傲雪
如百合冰魂雪魄
含露低垂
写你如
…………
我想为你写诗
写你鲜花掌声背后的艰辛
写你成功背后的默默耕耘
写你善待员工视同己出
写你精益求精严于律己
写你兢兢业业坚持不懈

写你爱心传递无私奉献
写你如
…………
我想为你写诗
写你如海的胸襟
写你如湖的平静
写你如茶的氤氲
写你如酒的醇香
写你如
…………
我想为您写诗
写你的
一朝一夕一耕耘
一花一草一世界
一杯一茶一人生
一风一雨一云烟
写你面对荣誉宠辱不惊的崇高思想境界
…………

我想为你写诗
写不尽你坚定踏实的步伐
写不尽你千辛万苦的历程
写不尽无数个夜晚执笔伏案
写不尽海纳百川背后的包容
写不尽未来的千秋史册

看那冉冉升起的朝阳
你正踏着时代的脉搏扬帆起航走向未来的辉煌
为实现未来的百年大计中国梦铸就伟大的华章

天雪沉香

　　李静,喜欢文学,喜欢诵读。在当地报刊发表作品,个人作品被《当代文摘》《散文诗世界》《诗歌周刊》《湖北诗刊》《香港流派诗刊》《几江诗刊》《世界诗人作家文集》《中国民间精品短诗》《边塞诗刊》《塔尖之上》《诸城演讲与口才》《诗天子》《冬歌文苑》《静莲幽梦》《天涯诗语皇家文苑》《南极光文学社》《兰苑文萃》《夜听》《涡水文苑》《东方诗人》等多家平台刊登。喜欢自由写作,爱好工笔画,喜欢下围棋,心向往真善美。做个如莲般的女子,自己写意的人生格言是——青春是一段年华,岁月是一指流沙。

在一首诗中错过青梅
风吹落了一岭梅红
你走到窗外,听不见沦陷在雨中的青涩
春色已空,那个错过青梅的人
策马而过,
身后暮色里的残红洗出满目星光

树梢上挂着,一把弯弯的银梳
越来越越瘦的目光
一定找不到
竹林深处,童年的小木屋
青梅树下的石桌旁,
安静地给小女孩梳头的人

走进夜色的那天
一夜落雨
湿了那条青石板路
倒立的月光像一面延伸的镜子。
被哒哒的马蹄踏碎
遥远的马鸣在每个夜里,惊起一片银色月光
梦里一根红头绳子系住远方的目光

那只鸟
那个时候一只飞鸟落下来
大群鸟飞走了
落下来鸟准备在这棵大树上安家
飞上飞下的鸟,啄亍几根大树的细骨做巢
又有几片叶子落下来,树一定很疼
完美的树杈上

它正模仿爪握分叉的站立

这棵立在我窗外的大树
每天把鸟鸣插进了树的身体
蓝天不远,就在头顶上
大树脚下方圆几里的那些草木啊
他们都在努力生长
一片叶,一朵花。
拨动着季节的时针走得很稳

打开窗,从近到远的望过去
我就能看到这一切
每天发生的
和我想象的一模一样
一群鸟飞走,留下一只鸟
每天练习分叉的鸟,立在树叉上

没有一束目光

月光移上小窗,浅析
红色丰盈的韵事
红唇不语
潮涨的心,锁住暗香

夜里淡出羞红,
花开一朵等不来目光
热场的风
把花香送出很远
落寞的花影,没了最初等你的样子

月光偷窥,沾满花瓣的眼神
花蕊的清泪
定格日渐消瘦的美
闭合的花语,无视光阴

就算清风能回头
没有一束目光,可以让它重新打开

一捧麦子的重量

他脱了鞋抖出一捧麦子
月光下
闪着金子般的光泽
他小心地把它们放进石磨
转动碾压
碎了它们的骨头
夜听见生命碎裂的声音

泪落下来和了面
有贼的成分,压出七个面皮
像人间的月亮也像太阳
一锅水沸腾着
翻滚着起伏着七只耳朵的命运
她吞食了两只耳朵,落了气

断了线的眼泪把心扎得滴血
那五只听话的耳朵
听不见他母亲说出的那一句话,
耳朵静悄悄地
听见撕裂心肺的声音,喷血似的从胸腔冲出

2019年6月13日

没了

工地上落下来的安全帽
摔成了八瓣
去医院的路上他睁开眼说
牛没了
房子没了
地里的收成没了
囤的粮没了
都换成钱藏在,他睡的牛棚里

几口血泡泡喷出最后一句话
枕套里的钱
交给城里的儿子他要买房
留下一张红票票,他要给自己买双鞋
他的一双露着脚趾头的鞋

硌痛了他的脚
他要穿双新鞋子上路了

他的身上凝结几朵血色的花
迟到的哭声里
很光荣的样子被一捧捧黄土埋了
他不知道
立在土地上的这块墓碑
用他的名字
给城里的儿换了套新楼房

2019年5月28日

暮春

走过的花颜，
无法安置暮色回眸
春色还没打烊
小南风又打开了新的场地
重新拽它们赶场

排着队的翅膀赶着芬香
搬回多彩的时光
暧昧的目光，多了几分甜味

田野吻着由浅至深的脚印
允许我
在绿色里挑选喜欢
剜进篮子里的春，抱紧怀里的风

踩着黄昏的影子
我们回家时
悄悄拐回两只小蜜蜂

它的故乡在雨中

雨幕被飞速的列车撕开
瞬间触摸
沿途抛下的几枚湿漉漉的石子
没人知道
此时的它冰冷的心，瞬间也热过

它是追了一千里的风
赶来的
要告诉流泪的北方
一对恋人走失在这落雨的地方
这些哭泣的石头
让一场场雨读出它们身体绽放的语言
再远的故乡
他乡的泪也会长满青苔的南方

樱花

四月樱花开了
又谢了
落了花瓣的枝桠长出
心形的绿叶

一场染绿的落雨
送走一地
不忍安睡在树下静如处子的眼眸

它们就像没有谋面的
一世情人
在每一朵开花的地方
长出心绿

藏在风语里，暗香
沿袭一树的绿，吻着一生花开换来的喜欢

田冲

已在《人民日报海外版》《光明日报》《文艺报》《四川文学》《延河》《青年作家》等国内外报刊发表作品300余万字。出版长篇小说《迷局》，已被数十家报刊连载；出版散文集《春暖花开》诗集《守望家园》。系中国音乐著作权协会、中国楹联学会会员，陕西省作家协会会员、第三届签约作家，陕西省楹联学会、陕西省少儿文学研究会副会长，陕西省诗词学会理事,西安市新城区作协副主席。现为《西安商报》副总编。

致鲁迅先生

读你
如读一盏明灯
在风雪迷茫的暗夜
每次失意
每次忧伤
你总是在我心中燃起熊熊火光

五千年历史风云
在你笔下流淌
流成黄河长江
流成一曲古今的合唱

风雨如晦的日子
你挥动如椽大笔
勇敢地呐喊着前行
为那些热血沸腾指引方向

你总是在我心中燃起熊熊火光
每次忧伤
每次失意
在风雪迷茫的暗夜
如读一盏明灯
读你

红树莓

春天的气息
在晨露中凝聚
莺飞草长
蝶舞花丛
红红的树莓
透着诱人的气韵
吸引着无数目光的垂询

我采树莓万千酿汁
我采树莓千万研粉萃取
酿成佳人心仪的甘露
酿成才子渴盼的佳饮
红红的树莓粉
冲成一杯杯可人的饮品
多像情人诱人的红唇

红树莓
红树莓
我爱的涅
我的情的印痕
你是情人的泪
你是男人的心

我在天空散步

我在天空散步
太阳是一堆巨大的炉火
给我温暖给我光明
月亮是一盏路灯
映照着我前行的身影
星星啊 那些可爱的星星
她们是一群美丽的天使
在我的身旁翩翩起舞

我在天空散步
鸟儿为我伴唱
白云为我披上圣洁的纱装
朝霞给我灿烂
夕阳给我辉煌
雨露给我清凉
还有那彩虹
给了我五光十色
耀眼的光芒

田艳龙

笔名念真,汾阳市酒都学校教师,闲暇爱写点文字。一个全力爱世界、想用文字送给别人温暖的人。

来,把手伸过来

偶尔　会有一阵清风
绕着你
撩起你的一缕青丝
或者干脆带着细细的烟尘
迷了你的双眼
莫要生气
那大概是我
轻轻地叹息

哪天　你惬意地靠着一棵树
树上忽然掉下一片两片
或者树干脆闪你一下
莫要惊奇
那可能是我
想引起你的注意

无论我化作春日里的一片云
还是夏日里的一场雨
我都在一年又一年
辛苦地等待
等待你对我说一声
来——
把手伸过来

杨树和知了

这个季节
杨树终于敢大声说话
灰白墨绿翻腾
已有了岁月的模样
自信蛰伏很久
不是东风一日的诱因
也许还有猝不及防的滂沱

地下有场十七年的等待
某个夜晚
将会大白天下

或者一路高歌
或者永远沉默
流逝的绝不止光阴
应该还有黑夜给了的
黑色眼睛

抚摸你一半透明的忧伤

纤指如荷
轻拂一池静谧
不动声色的面容
渴盼有人从心畔路过
白昼与夜更替
从来没有交集
无需打探
只有一半透明的忧伤暴露
你深藏的和我深藏的
都隐秘池底

五月的断章

吞下心酸吐出悲壮
离歌在历史的上空
飘了千年

既然一棵树
是一片叶子的信仰
死也匍匐在它的脚下

我百度过你所有的画像
他们没有在你的脸上
画出那个五色线裹粽的女人
或者婵娟

如果是神话
你怀里的那块石头
应该幻化成
一座巍峨的山峰

站在河岸

五月的水全是汨罗江
你是唯一
唇齿留香间的想念

铁血寒冰

1978年出生于天府之国的四川,现居住于北京,有多年军旅激情岁月生活。北京市顺义作家协会会员、西散南国顺义分社长、中华诗歌网编辑、燕京文化交流协会签约诗人、诗画天地签约诗人、北京市西山诗社签约诗人,并在多家诗刊媒体发表有作品。本着以诗歌写生活、写情感、写人生来诠释青春路。

岁月静好下的界碑人

这绝非一块冰冷石碑
漫长边界上,我守望这最美弧线
北国的边疆,西部的边陲
千里冰封,看尽这神州醉
万里荒漠任凭海沙飞

年青的士兵们
用脚步丈量,用忠诚守卫
离天近迟,高原鸟绝飞
远离繁华是枕寝波涛,海岛明月陪

岁月虽静好,坚守初心负重前行
铭记这共同名字,默默守卫界碑的人
用青春戍守边界,是岁月无声

明月是我的思恋

一轮满月坠落入水中,如跌碎的银盘
将我刻骨的思念,跌碎在遥远
一双泪眼,读遍星光满天

如水的晚上,从遥远到亲近,故乡到天边
千山万水的隔离,是温馨的轻唤

只能靠冥想,绕过多年的思念
绕过生与死的轮回
我的亲人啊,今夜
我只能将所有的温暖与记忆
深埋心间

也许,一些话若说出口,便不再是语言
更是永远的永远

纪念雷锋的日子

你是平凡的一颗星
用有限的生命照亮人间无限温情
你锣丝钉的精神把青春点燃
用你的无私奉献
让三月春花开满河川神州
不曾忘记,这个溅不起一丝水花的日子
没有情人节的浪漫,没有圣诞节的芳华
却凝聚着最美青春书写的誓言

这一天,是抹不去年华的盛言
伟人的题词,依然像最美的浪花
奔腾在大海中壮阔波澜
雷锋,一种精神升华的灿烂
你的纯粹,你的洁白
是五千年文明的凝聚的展现

你用无私与与佛心同在
仁与爱你最博大的情怀
用一束七彩的光献给你
应律着你的节拍,续写青青初怀

W

汪德国

网名林海雪狐,安徽六安人。安徽省作协会员,安徽省诗歌学会会员,中国格律体新诗研究会研究员,中国散文学会会员。诗歌散见于《华语诗刊》《世界汉诗》

等，出版诗文集四部。诗歌作品入选多部诗文集，为2018中国诗人年度诗歌奖获奖诗人。

牵手绿色

三月像八九岁的孩子
单薄瘦弱没见勃勃的色彩
如饥似渴期待一场春雨的拥抱
只有梅子山下的丝绦
捧出那份欲笑还休的小心思
盼着去牵手绿色
去赶赴一场花的盛宴
搅动一池春水
催动一河的诗意

六月的爱

今年的六月古怪了
花痴病犯得真的不轻
赤裸裸　热辣辣的眼光
穷追猛打　不依不饶
直追得你无处逃
到冷房子里躲一躲
出来后　浑身颤抖
神志不清
哈哈　打摆子啦
——Hold 不住

立秋这一天

什么时候你身上有了个很大的疤痕
据说这还是几千年前的事儿
稍后人们让你承载太多的负担
从此你花容失色不再明艳
天空明朗中也多了许多灰暗魅惑
骨头缝里少了些钙粉和防风那味药
滋生出的吱呀吱呀喊着疼叫着屈
医师们便编排出了许多的说辞
不过　我最欣赏那句老话
说是过了这最能忍耐的一天
就到了欠账人坐卧不安的日子

立冬

衰草收留了落叶
霜色染白了荒坡
溧阳湖开始了娇喘

长青是一种表象
常绿或许只是一种内敛
旅途中来到了我的立冬

不痴想长青常绿
也不期盼轮回流转
只愿静静地过好我的冬天

汪剑平

湖北荆州电视台编导、长沙市作协副主席、湖北省作协会员、天道影视文化传播公司总经理。出版诗歌集《我用黑暗喊亮天空》，散文集《站在上帝肩膀上思考》《南墙之南》。电视专题获中国新闻奖、四次获湖北电视学会专题类一等奖。

信使

灵魂歇在高处，不必理睬
风的谎言，云的诡计
邀来乌鸦，决定好下一个预言何时发生
天有不测，无常总是捉摸不定
一个被夜色抹黑的人
需要等待日出，澄清自己的污点
需要用一颗晨露表明圣洁的心迹
四月的春天，一直多雨
迟疑表达的爱意
错过了和一朵桃花约定的佳期
在江上，鸟儿们的飞翔行踪不定
仿佛一个逃离故土的人
一直在寻找，又一直在放弃

归期遥不可及
没有时间再等了
夕阳西下,暮色老去
上帝与人间,我是一名皈依的信使
不偏袒,但忠于职守
一边聆听神意,一边布道人间

蚯蚓

值得如此活命吗?
舍得一身剐
手无寸铁,赤身面对锋利的牙齿

用黑暗探路
匍匐求生
一口泥,一口腐烂的根叶
满足简单的生活
你见过强大到
手足都敢舍弃的物种吗?
狮子、老虎、花豹、鳄鱼不敢做的事
蚯蚓做得不留声色
深藏不露

聆听蟋蟀神秘的灵语

天色渐暗
群山入寝
山岭上的银杏
惯于用寺庙的寂寞
幻听浩渺星空
一个笃定"结庐在人境,而无车马喧"的人
服从秋风的劝导
安放在清静里
聆听蟋蟀神秘的灵语
月光苍白,病成无力的影子
一只乌鸦
为死去的落日悲鸣
荒野,一团磷火追赶孤魂野鬼
他们的哭声
成为蟋蟀代言的主题

如果有人忘了,蟋蟀会反复提醒
一夜又一夜
一年又一年

汪萍

女,网名塞上飞雪,1971年4月生,山东淄博人,大学本科学历,西安科技大学毕业,现就职于山东淄博鲁泰纺织股份有限公司,工程设计师,业余爱好诗词。曾荣获第二届"岳阳楼"寻春诗会银奖、第四届"相约北京"全国文学艺术大赛三等奖。

夏之痛

我是那月下的荷花
你是那缕清风
多少绮梦的幻想
也挽留不住
曾经的爱恋

疼痛的忧伤
在光阴里渐行渐远
风去无痕
花开花落
这一季又一季的芬芳
吟唱着
遥远的雪山上
白云孤独的投影

思之痛

那雪山上
白云孤独的投影
是我的心湖
千年不落的那颗泪珠
在岁月的洗礼中
折射
生命的繁华

化茧成蝶
歌唱
生命中每一个美好的瞬间
在记忆的画板上
翩然起舞
生命中每一次的疼痛的过往
诗意地飞翔

汪幼琴

女，安徽省望江县人，毕业于西北师大中文系，现任兰州大学教授。曾从师九叶派诗人唐祈先生学习诗歌创作，1980年开始发表文学作品，已出版诗集四部，长篇小说一部，哲学论著教材两部，作品被收入多种选本，甘肃省作家协会会员，中国诗歌网驻站诗人。

同病相怜

她向窗外看了看
又看了看
像那只鸟
一直向窗内看着

她在寻觅探望她的人
它在寻觅住院的比翼鸟

她能倒背如流
九十九封情书呢
此刻只能靠着雪白的床单
倾听冷酷的输液声

风声鹤唳风声渐逝
风声中她猛地握住一缕气体
急急地嗅着
没有情书的气息

缥缈的天空
没有一丝声音

仍要独自行走夜路
此刻如是
不指望露水开花

还能找到更好的方子吗

窗外是知了的叫声
重复一个调子
窗内是焦急的影子
发出一种叹息

还能找到更好的方子吗

这时白衣天使来了
像一只蝴蝶
落在她的窗口
像一个筛子
筛着她生命的密码

雪粒在左，雪粒在右
雪粒用力躲避
光轮缓缓移动
白炽灯在坚持中——

执拗的生命之河
绕过杂草荆棘
激流险滩

天空转身
走进炎热的季节

天空真的又直了

苍白的窗帘拉开时
阳光正用力把头伸进窗子
斑驳的流苏
旖旎着彩虹

多么灿烂的日子

输液的滴答已经消逝
复活的麋鹿蹦跳
要去天上摘月
要去河畔捉鱼
要把白天牢牢握紧
要把大路走到天际

难忘那一刻
天使的手扶住天空
麋鹿的手扶住天空
蚂蚁的手,也扶住天空
并且踮起颤巍巍的脚跟

狂风暴雨
像坠落山脊的黑夜——

天空真的又直了
白云真的又飘了
麋鹿和蚂蚁互相励志
击掌,嬉戏
穿上时髦的旗袍
腰身纤细袅袅婷婷
准备再次,招摇过市

最幸运的人

她走出白色楼宇
像一阵风
奔向马路对面
那里有蓄谋已久的车
蜘蛛网般的高速公路

她拢了一下头发
亚麻色的光泽恢复闪烁
放之四海而皆准的美丽
飘动漫天的鸽群

车启动的一瞬间
她回望身后的白色楼宇

天使的洁白
狮子的表情
里面住着继续治疗的人

有人将奔向高速公路
有人将遗落红房子里
不知道谁咳嗽了一声
活着真好
狗吠也像交响乐
她觉得,自己是最幸运的人

王宝江

男,76岁,籍贯天津,吉林省白山市人。笔名雪子。就读东北师大中文系。曾任中学副校长、杂志社副主编、电视台主任编辑。代表作品:抒情长诗《中国的黄昏》《白山赋》(刊载《光明日报》),已存格律诗草稿万首。

杯子与人生

完整的人生必备三只杯子。
第一只专属生命的源头:天地圣亲师。
第二只专属同窗朋友,好姊妹,好兄弟。
第三只才属于渺小又不可忽略的自己。

当然,
第一只杯子,
要盛满无边的敬畏和永恒的感激。
第二只杯子,
可以斟进掌故和戏谑,
洋溢着直率和真挚。
第三只杯子,
却要融入星光和沉思,
计划和构想,
笑容和泪滴,
苦涩和甜蜜。

而当一个人独处一隅,

默默地拂拭自己的假日和思绪，
然后打开心情和窖藏，
请千万不要问
他要取哪只杯子？
因为那纯属个人的自由和隐私。

这大千世界，
并非所有的人都珍惜这三只杯子。
如果一个人只保留第一只杯子，
他必是赤子、骄子。
如果一个人只保留第二只杯子，
他必是情痴、梦痴。
如果一个人只保留第三只杯子，
他必是苍蝇和顽石，
只为自己追逐与飞翔，
只为自己开放与封闭。

如果一个人抛掉了第一只杯子，
他必是无情无意的宵小——祖宗怒视。
如果一个人抛掉了第二只杯子，
他绝非坦荡君子——爱人哭泣。
如果一个人抛掉了第三只杯子，
他必会茫然无寄——儿孙泄气。

王波

　　黑龙江省依安人，县作家协会会员。自幼喜欢文艺，喜欢用清新淡雅的文字抒发自己的情怀。少年时有个梦想，用手中的笔来讴歌生活。总是把笔触贴近生活，把文字构思根植于脚下的土地。忙里偷闲，喜欢阅读，每每在捧读的爱不释手中得到的心灵的感动。有诗词作品发表在期刊《龙沙诗词》，诗歌作品发表在《古韵新风》（下卷）等。

迟到的雪

阳春三月惊蛰时节
本不是下雪的季节呀
天地一片洁白
曼妙的飞舞犹如少女穿着薄如蝉翼的轻纱摇曳
在空中流动着清新的韵律
轻爽的风抚摸着脸颊
有着一种冷艳高贵的美
飘飘洒洒的美仑美奂
仿佛人间成了仙境
让缕缕萌动的情愫渐渐丛生
暖暖的阳光明媚
将它化作乌有
路旁树木悄悄细语
罩上浅绿色的叶子是它的外衣
春天来了

若能与你相守

若能和你相守
真想和你
在辽阔的草原上
安个家
我种草养花
你迎风放马
明月夜
草房里
你柔情似水
我吟诗作画
真想和你
浪迹天涯
你捕鱼捉虾
我养鸡养鸭
晚霞里
你饮酒高歌
我尽显优雅
真想和你
隐居山崖下
安个家
相厮守
你下山归来

我端上热茶

王昌赋

男，参加过对越自卫反击作战，长期从事部队新闻工作，曾任原武汉军区《战斗报社》记者、编辑。退休后重新拾笔，创作诗歌数百首，作品散见于各报刊及网刊。现为荆州市作协会员，出版个人诗集《寻找梦中的风景》。

颜色的对仗

黑

这世界
没有什么比它更霸道地占据了
时间空间的一半
周期性地屏蔽我们的眼睛
宇宙在混沌与光明中轮回
即便在阳光充盈的日子
也任意涂改万物的本色
历史和灵魂总是黑白相间
只有一些令人哭笑不得的冷幽默
不断地嘲讽这斑驳的人世

白

最原始的
一定是最脆弱的
比如白
任何一种颜色的勃起
都能坏了她的贞洁
所以云朵必须逃到天空
雪也只能在最寒冷的季节造访
至于人世，至于我们的内心
从来就没有过像哈达一样的
圣洁

红

于春天，它是花朵的象征
于秋天，它是果实的颜色
除此之外，它的指向就只能是
燃烧的火焰，以及
流淌于我们胸间的血液
请不要诧异
花朵、果实、火焰、鲜血的组合
鲜血从来都是为春天和秋天埋单
火焰不过是它的另一种形式

绿

一个季节使出浑身解数
铺开一片巨大的襁褓
每一片叶子都滴着青春的汁液
将生命渲染得惊天动地
但她只是一个使者
于鲜花与果实之间
于年少与垂老之间
用鸡汤般的暗示和被夸大的希望
陪这个世界，慢慢变老

魔术

魔幻的舞台
大师眼疾手快，用奇葩的结局
把公然的骗局演绎为经典
施术者斩获成功
观赏者掏钱埋单
你以为这种契合仅止于舞台吗
一些魔术让人死而复生
一些魔术让人生而复死
而舞台常在，幻景常新
络绎不绝的观众
一如既往地鼓掌，欢呼
偶有疑窦，看出端倪
也只作饭后谈资
表演者仍以超人的姿态，再次出手
让我们再一次，呆若木鸡

防盗网

无数的钢筋或铝材
以网格的姿势
覆盖了城市的每一扇
窗棂。即便是那些逼仄的
与财富无关的陋室
也长出铁锈斑驳的花纹
是梁上君子们已失却了最后的操守
还是居者于这个刀光剑影的人世
需要一层护身的甲壳
城市已变成一条长满钢筋鳞片的鱼
而我们也早已变身为一只只
葬身鱼腹的甲壳虫
灵魂被折断翅膀
蜷伏是唯一的守望
与窗外树丛中的鸟巢相比
与土地下蚂蚁的洞穴相比
最大的区别在于
他们的巢穴叫居所
我们的居所叫囚室

王琛

笔名慕琛，90后，湖南长沙人，长沙市作家协会会员，中国诗歌学会会员，有作品在各级刊物发表，喜欢读书、旅行。现就读于长沙某高校。

慕琛的诗（组诗）
在锦里

冬雪飞尽了，春花就纷纷
把游人统统赶进古街，赶进时空的残破处
赶进唐宋元明清
另一个盛世，在屋瓦间延伸
一份抄手——秘密
一串糖葫芦——回忆
而青石板永远等一些脚步归来
可以买碗担担面，少放葱
多放巴适、安逸和形容词

可以到亭台边，听一台戏
和老伯下棋，每一步要三思
要更慢一些，和将帅一起金戈铁马
为此我可以放下所有事物
放下随身的诗集和梧桐
让微小成为远处的鸟鸣和张力
在这个瞬间，真相水落石出
——蜜蜂如此渺小，却能安静整个世界

夜泊秦淮

烟笼寒水，月笼月
我骨头的黑被黑夜伪装、隐藏
两岸酒家光明，天上星稀
窗前，身影比想象中要薄
要冷。还有远处的寺庙缥缈
被遗忘的小巷和门牌正收录一个春：
先是杏花朵朵、再是描述、再是诗
最后是所有的已知：宁静的仪式
而我，只能在船前举杯
与另一个春天对饮
醉，便能得到一个朝代的马匹
醒了，就卧听几千年汉室云起云落
就卧看人间三月和孔明灯怎样将秦淮河
都淹没了

汶川记

"你指缝里的灰尘／来自
上个村落的山坡。"
——李雨《万水》

一次大地的造山运动，成全了
我和我灵魂的卑微，孤雁低徊，天空沉默
落花被流水，佛号被流言，一直中伤。
其实露水和泪水一样多，醒来的人
撤退。到另一片平原上
他们身上的爱恨也一样多
我惊讶于他们身后的光芒
这些敏感的、脆弱的、转瞬即逝的

半支口红、一只鞋、残缺的证件
我不敢想象自己被巨石隐藏
风吹开黄土的秘密,仿佛这里的钟声
——那么轻,却比教室外的折耳猫更真实
这里坍塌。矮墙聆听了比教堂更多的祷告
而落叶幸福,旷野甜蜜
一如我对这世界的热爱和赤诚——
你瞧,那草地上趴着的松鼠
它那么渺小、敏锐,甚至一戳即破
花开见证它出现的那一刻
花落见证我消失的那一刻

给陈小姐的诗

陈小姐,我永远不是你的远方
请原谅我,原谅我无法拥抱死亡
陈小姐,生已十年,茫茫
茫茫是山下的一场雪
如今大地沉默,天空晴朗、安详

一月将风吹得甜蜜,他们的
经幡,比那些回光更刺眼
陈小姐,大地震动后每个人都值得原谅
溪边牧笛悠扬,吹出更多春天
"月不仅是月的露珠,
更是夜欲望的湖"

巨大的悲哀将我淹没,你从时间外赶来
——我就在松林与松林后面
就在松林后小小的水池边
墓旁的视线有些模糊,有些湿润
像一个清晨,在二〇〇八年

进入震中

整片大地的苍茫,乱石已承载不起
随风飘荡的日子。
空中徘徊着我的年龄
生与死,潜伏在白云中

一条河流只能接纳一个人一生的
夜,一月的月在这里年年沦落
用水一瞧
比一座村庄的砖瓦还矮

窗台的香开出早春。那边的松树
更松,像骨头散架
照片在声音中轮回
甚至可以花,铺天盖地

我去这里的每一个瞬间喂马、劈柴
这里每一个瞬间都喂马、劈柴

当进入震中,请慢一些
请把左手的苦难还给右手
若提及"她"
我一生的闪电和雨水便会不断加深

王丹

辽宁省大连人,辽宁师范大学硕士,吉林建筑大学基础部,讲师,酷爱诗词。

相信勇敢

人生如歌,音调高低起伏,旋律抑扬顿挫;
人生似书,写满酸甜苦辣,记录喜怒哀乐;
人生似河,有时九曲回肠,有时一泻千里。
人生之旅,纷繁多姿,缥缈梦幻;
生命长河,奔流不息,百折不回。
仰望人生,问苍茫大地,谁主沉浮?
面对挫折,微笑而过,问苍天奈我何!

风雨人生路上才会遇到彩虹,
泥泞的山坡路上才能留下脚印。
逆境造就人材,挫折激发潜能,
在生命的搏击中方显生命姿态,
在挫折的撞击下方显生命之悲壮。
驾驭生命的涟漪,我就是主宰!

海阔凭鱼跃,天高任鸟飞。
随着高速前进的社会,
我们不可能事事都一帆风顺,
面对困难我们会怎样?
胆怯?惊慌?退缩?
不!我们不是懦夫,又怎能如此轻率地对待生命。

作为勇者的我们,
又岂能在悲伤失落中浸泡,
在痛苦失意中沉迷,站起来,重头再来。
把困难举在头顶,它是灭顶石;
把困难踩在脚下,它是垫脚石,
相信勇敢的你定会选择后者。

王道祥

安徽全椒人,1953年12月出生,中师学历。原为军人,现任小学校长,高职,已退休。安徽省诗词学会会员,太白楼诗词学会会员。在《中华诗词》《香港诗词》《中华散曲》等60多家诗词报刊发表诗词散曲300多首。部分入典,被全国多家图书馆收藏。

春天,我吹起了竖笛

一根紫色的竹管,
优美的音符,在五指间流淌。
你迸发出我对战友的思念,
倾诉着离别后的忧伤。

朝霞里,班长教我射击、投弹,
风雪中,连长陪我巡逻、站岗。
多少个日日夜夜呵,战斗的岁月,
战友的深情,似暖风,似春光。

春天来了,我吹起了竖笛,
一声声呼唤,眺望着遥远的北方。

高飞的鸿雁呵,鸿雁!
你能否把我的思念,
带到战友青纱帐的家乡。

旧军装

一套洗白的旧军装,
叠放在衣橱,我深情地端详。
你经历过渤海前哨的风雨,
沐浴过青纱帐的露水和月光。

当年,在猎猎的军旗下我扛起了钢枪。
那火红的五星和军领章呵,
威武的英姿,中国军人的形象。
当我泪别军旗的时候,
你抖落风尘,伴我回到故乡。
三十多年了,绿色随岁月逐渐褪去,
但运河的水依旧在梦中荡漾。

看到你,我想起了北国军营,
珍藏你,珍藏我的青春和热望。
我是多么思念那渤海湾的风呀,
听,嘹亮的军号又在耳边回响。
啊,故乡的太平桥

南北楼阁相望,
紫燕穿柳,彩虹跨岸。
烟雨中,情侣撑起油纸伞。
挽手牵袖,走进江南。

那年县令罢职,
黎民挽留,泪别河湾。
甘棠下,为官赈灾掷乌纱,
悠悠岁月,故事留传。

画廊玉砌雕栏,
琵琶声声,渔舟唱晚。
乡愁里,游子望月梦千回,
天涯海角,无限思念。

啊,故乡的太平桥,
你迎旭日送千帆。
旖旎的风景让多少人陶醉,
我为你拨响心中的琴弦。

王冬梅

笔名梧丹梦,江苏南通人。作品散见《中国诗歌报》《大渡河》《参花》《南京日报》《文学月报》《扬子晚报》《江南时报》等。有诗作入选《江苏诗歌地理·2018卷》等。

梧丹梦诗歌(五首)
乡海情

故乡的海,一直藏匿深不可测的梦中
汹涌了千载的波涛
是魂魄内屯扎的创巨
人们爱看它浪子般不羁的表情
如同一匹嘶鸣脱缰的野马
将全部的韬力
奔腾成礁岩上亘古的歌谣
让慌乱的心一生执念

总是,有一部分渔猎者
永久沉睡在沙砾下
无数鲜为人知的秘密
被火红通透的暮色笼罩、庇护
这,是一个神圣而又伟岸的摇篮
哺育着万千生命
持续绵延不绝的香火

这一片乡海,踩着厚重的步履
用低沉的召唤
宽慰我们心路旅程的艰辛
风骨仿若苍穹下呼啸的盾甲骑士
大敞无垠浩瀚的胸襟

在海天衔接处,在风起云袂时
将尘世间所有的落寞
悉数簇拥在怀

海水

它,从遥远的天际奔涌而来
用蔚蓝的锦布
托举迎风起舞的白帆
囤扎水手们心底
虔敬歌唱命运的进行曲

一位接壤天地的梦幻使者
闪烁粼粼泪光
匍匐这片辽阔的疆域上
用月白的浪花诉说着云朵的故事
为密集的雨水
创建幸福的家园

那些停留在风口浪尖里的细碎阳光
亲吻着沙滩每一寸肌肤
如同,前仆后继的千军万马
延续赶海人的不息希冀
日渐登抵悬崖峭壁的巅峰
澎湃出永世的惊叹

云朵

那片云朵,载着海螺的哨音
在晨曦中探路、布景
又急速奔走成一群鹤使
矫健的身形内
灌满了浩瀚海域的磅礴
与山峦起伏的壮阔

天空的摇篮里,百变仙子
驰骋着草原的千军万马
蜿蜒乡愁里的河流
绽放林间野花,矗立山谷树木
堆积白雪皑皑的城堡

飘逸一缕缕亲切的村寨烟火

那片巨大而又轻盈的洁白
囊括了大地万物
澎湃蓄积着阳光的执着与热忱
那些海面的清脆鸟鸣
伴随水手们熟悉的歌谣
开始在云朵上筑巢
一座座梦中小屋,湛蓝天空里
逐渐丰硕成形……

蝴蝶

一只蝴蝶,将日子过到极致
春天在触角中扇动
薄薄的羽翼
飞过了时光的河流
一些山峦目光中拉近距离
这森林深处飞出的幸福
饱含逾越之美

一朵花虔诚祈祷着
不禁,赞叹它白纱裙最美好部分
标志着这个世界的安宁
等待那一只蝴蝶潜进我的身体
镀亮灵魂深处的记忆
那是从尘世中剥离出来的
难以忘怀的瞬间

五月

带着密集的事物
簌簌落下
呵护懵懂的大地

河水,开始渐渐热情
波澜微泛,将急促纤细的身影隐没
西畔,樱花开满一树的白
让人心疼
时光深处的记忆

掌中的伞
与五月的雨儿初次相遇
略带青涩,又满心欢喜
爱听,它们不停发出碰撞的声音
让我
领略这个季节

在此刻,悄悄伸出温柔的手
握住眼前的一帘娇羞
哪怕,仅仅掠过一丝冰冷的痕迹
也足够
让我眷恋一生……

王福昌

1968年毕业于北京国际关系学院。曾从事翻译和外贸工作。爱好文学。

飞絮

才咏叹
秀色的青
就领略
迷眼的景

才欣赏
婀娜的影
就感受
撩人的情

春日里
那种
不羁的天性

回不去的童年

常常想起
弄堂里的发小
一起玩耍

一起上学
过后就忘的争吵

常常哼唱
那熟悉的童谣
荡起双桨
高高谷堆
好像自己又变小

常常愧疚
不懂爸妈辛劳
早出晚归
省吃俭用
给我新衣新书包

常常回味
老师谆谆教导
课上严厉
课下关心
我带上红旗一角

回不去的童年
是快乐,也是自豪

今天是个好日子

爱
不只有甜
因为生活中
少不了柴米油盐

花
不会永远艳
但若绽放在心中
一年四季都鲜

一张红纸
把心和命运相连
风风雨雨

我们始终肩并肩
……然
偶然
必然
一代代
延续使然

欣然
怅然
一天天
处之泰然

王富香

一缕阳光,女,蒙古族,退休教师。为中华诗词学会会员,中华辞赋家联合会会员,兰溪诗社首批会员,中华慈善诗会教师,中国辞赋学院首届评阅老师,香港诗词学会辞赋理论首席版主。多篇诗、词、联、赋作品发表在全国知名网站及纸质文学刊物上。

思念

跌进你
一片云影
涨溢
宁静而沉锢的
春水
多雨的季节
谁把梦种在
潮湿的情愫里
等待
聆听破土声
思念
会在每个寂寞之夜
萌芽

画
画研磨时光

架起陈旧的画板
铺上一张思念
轻捉灵感之笔
把情与火浓蘸
透视
秋波凝成往日
温柔在飘渺时裁断誓言
墨
滴落在伤口处
绘成一生的隐痛。

心朦月胧
真不知道,古往今来,
为什么那么多诗人
对你情有独衷
真不知道,
为琼瑶的一首"月朦胧……"而撕心裂肺
感叹
真不知道,
你那朦胧的意境,
因不可捉摸而浮想联翩
没有吉它,没有萨克斯,
独坐湖边
一只口琴把月吹皱了,
把月拉长
是在为谁而奏?
是在为谁而渲染?正如次时
你一泻千里的思念圆了,缺了,圆了,缺了
苏东坡的心绪呀,
感染到何时方休?
窗前,透着丝丝儿的香风;
秋千旁披着身身儿愁怅
听月光述说,听风儿轻唱,
湖畔的柳影斜了,
心底的秋千荡着
我不想再去集合古人在月下的轻吟,
也不想再去寻找桥头相送时朦胧的依恋
圆圆的月今夜栓住短篷,

静静的亲吻在梦的呓语中
心月朦胧。

王海荣

江苏省丰县人,中国矿业大学,管理工程学院,工程管理专业,本科毕业,酷爱诗词。

致友

质朴、平易;
硬骨头,心肠软;
怀真情、讲真话;
不阿谀奉承,不背后议论;
不人前一面、人后一面;
无哗众取宠之意,有实事求是之心;
不是丝毫不考虑个人利益,而是多为别人考虑;
关键是个真字,得是性情中人。

王荷芳

女,茂名市南天诗社会员。有多篇诗词作品在微刊发表。

石梯

你说我像极了山的韧性,
承载四季的脚步呻吟。
也想挽住生命中每一缕温暖,
可我与泥土有深深的契约。
只能如泗渡者抱紧每根树枝,
倾听胸膛里淙淙的流水声。

困

被困在屋内的枯叶蝶,
它的翅膀扇动了我所有想像。
和我一样渴望自由一腔孤勇,
一样不懂得拐弯。
但心里依旧渴望自由,

渴望清泉州不惧碾压的鲜活。
渴望瀑布亡命天涯的勇气。

晨累
又一次从鸟鸣中苏醒,
耳边莺燕呢喃,牛铃轻摇。
青蛙轻吟浅唱露珠溅落晨阳。
宿云飘散远山青绿隔断相思。
我陶醉悠悠耐心等渡我之人。

写给过桥柳
绕开万千种愁绪,
任岁月把脊梁弯成桥梁。
不说一路辛苦埋头向梦开赴,
因为热爱生活才配诗心长驻。
哪怕痴梦熬荒依然素履以往,
不惧萤短流长一苇以航。

端午随想
裁半截新绿于掌心入世随行,
重饮汨罗江畔那一掬虔诚。
看万千心绪在明沙中搁浅,
谁说书写是孤独画像的过程。
世间唯有清水可以洗净纤尘,
于逆流中荡浊扬清溯月明铮。

我想
想送你风一样劈开的松涛;
想给你霞一样灿烂的人生;
想送你梦一样诗意的远方;
想送你云一样袅袅的水袖;
想挽你柳一样柔美的身姿;
其实我最想静静幽居你心上。

疏影里
梦中你又站在秋天疏影里,
一如城市与山水一直是我心灵的返驻点。
你总说只要以喜欢方式生活,
就不怕任何人离开,
既使离开也有我自己精彩。

借我
可否借我岁月细致绵长?
可否借我那隔世离殇?
可否借我三寸时光?
一寸重回故乡,纵山野草堂。
一寸红袖添香,纵碧梧已僵。
一寸孤胆情长,纵打马十方……

王红霞

一个热爱生活,热爱工作,热爱写作的一线教师。现为龙风文学蓝系浅蓝总院第七期执行总院长。诗词楹联作品曾在诗词作品曾在《世界美诗美诵》《诗苑纵横天津精英社》《世纪诗典》《河南文苑》《中华楹联》等网络微信平台及报刊上发表。

纪念五四运动百周年感怀
桑田,百年。
忆风云涛浪。
五四精神使命宣,
意义里程篇。
救国危难,青春悲壮。
热血献,勇争先。
今时高唱,再赞国之兴旺。

静夜
不知从何时
这漫长的冬夜
变成了静谧安详的港湾

倚窗而立
凝望浩渺长空
在璀璨的繁星中

找寻属于我的
那一颗

划过天际的流星
留下瞬间的美丽
短暂
别有深意
却已化作我心中的永恒

低眉凝思
如过往烟云　匆匆过客般
在心底陈旧

任寒风侵入心底
洗礼　沉淀
回归平平淡淡……

独享一方阳光

冬晨暖暖的阳光
透过玻璃窗
停留在我的脸上
脸,红润起来
随之
整个世界变得柔和　纯洁

感恩于阳光赐予我明亮
在斑斓的色彩中
珍藏你的爱

于是
把你锁在一行缱绻的诗中
装进我的心里
在时光隧道中
虚构一场难得的邂逅
让人间烟火
慢慢成熟　变老

落满阳光的眼睛

屏蔽了取悦
刷新了高傲
掩盖了虚伪

心　静静地
独享
这方阳光

王洪青

男,1963年生,山东滕州人,大学文化,现在滕州市中心人民医院检验科工作。系中华诗词学会会员,枣庄市诗词学会会员,滕州市诗词学会会员。

菊之恋

鲜艳的菊花瓣
像金色的黄,和月的晶莹
风尘里,只有凄婉的旋律
在心里悦动,和着西风轻轻

菊花的香
凝结在花瓣里,在花蕊里摇动
只有秋风,菊花馨香不宁
只有阳光,菊花才会楚楚颖颖

把菊的不屈风采
日夜颂咏,在梦境里重逢
菊花是化幻的美的仙子
月华里,歌唱着八月九月的风

菊花的摇曳,是遁入空门的禅风
敲响了梵音,摇晃了钟磬
天地造就了,一年一度的枯荣
悲伤和凌乱,必将随从而生

秋雨,洗去菊的尘埃
溪流浪花的歌谣
为菊花的失殇送行

菊花翻动着疲倦的身子,歌唱动听
坠入爱河的仙子呢
来到人间,深深地把红尘爱恋
秋风呢,请不要扯碎菊的衣衫
菊花想要完美的笑脸,亲吻人间

菊花轻轻的歌唱
坠入爱河兮,大地为床
秋水相伴兮,白衣卿相
月儿为灯兮,青丝染霜
日日相恋兮,终究离殇
莫怪风霜兮,我与秋水白云同往

王建华

男,汉族 山西太原人氏。自小热爱诗词歌赋。作品散见于网络空间。

梦

在我诞生的时刻,
我不知道生时。
当我该去的时候,
又不知道归期。
就连走过的路,
也只是一节
短短的距离。
那足印,
深浅不一,
歪斜稳居。
却排列成
许许多多的个人专辑。
有
生的回忆,
夜的梦。
噢
那足迹
那投影
究竟是人生
还是梦?

干杯

干杯
昨天的花儿
早有所归。
今日的且待后人
评价是非。
只为
明晨阳光下诞生
的花魁。
来
干杯!

王建录

河南省灵宝市川口乡南朝村人,现年54岁。半辈子与土地结缘,终年与庄稼为伍。草尖上的露珠,花朵上柱蕊,远方的山梁,脚下的山路,更有身边的乡亲……都是我永远的牵挂。本人现为三门峡市作家协会会员,在各种文学平台上发布散文、诗歌、小说等200余篇(首),有少量作品见于纸媒。

石榴花

醒在枝从里的你
左躲右闪
圆嘟嘟,红扑扑
那是婴儿的脸

不几天
你就变成了小姑娘
骑坐枝头
攀枝摇叶
咧开小嘴儿哧哧偷笑

又过了些时日
你将婀娜的腰身

欲滴的红嫩
涨满的光彩
从绿叶中托出
或欲露还羞
或妩媚情浓
或高雅招摇
怎么看都像我初恋的少女

再后来
你日渐风韵,光彩照人
包不住的青春在涨满
当揭去了红盖头时
你便是我的新娘

后来的后来
你暗淡了,粗糙了
却大度了,也厚重了
最后裂了皮,破了肚
迸露出一个个晶莹剔透的精灵
却自豪地说
她们就是我的来生

遇见

遇见
是爬上山梁的太阳
闪动着长长的睫毛
撩拨着晨露的晶莹

遇见
是性急的雨步
奔跑在干裂的田土上
腾起的丝丝尘烟

遇见
是和煦的春风
拥抱花蕾时
吻出的醉人蜜甜

遇见
是远离故土的那声乡音
是大街上似曾相识
却又记不起对方名子的
相视一笑

最最重要的
是我们遇见了各自的父母
是他们给了我们生命
教会我们做人
还给了我们一个美满的家

遇见
是在十几亿的人海中
偏偏遇见了他(她)
一个锅里吃
一张床上睡
她操着你的心
你盼着她的好

我们遇见了
大地、空气、阳光
身心才如此丰满、坚强
我们遇见了
真诚、美丽、坦荡
人生才这般壮丽辉煌

王建明

茂名市南天诗社会员。男,教育工作者。爱好文学,摄影。有数十篇文章、诗作在省内外报刊和网络媒体发表。

春节

春节
你是春天的使者
从隆冬沉沉的寒冰中走来
最初挂在柳梢的晨曦
渲染得华灯绽放

梅雪相映

遥远古老的年兽
早被红彤彤的楹联
脆生生的爆竹
吓得遁逃

人背嘉禾就是年
全新的开端

过年好
美好的祝愿
在欢欣的人群中
洋溢着浓浓的年味

春节
你是幸福的代言
从时光深处走起

过年好
爱的传递
把心与心相靠
和善,坦诚,宽容
欢歌笑语
弥漫着天南地北
祥和的气息

回家过年
远行的游子
总是挤上腊月的末班车
急切切　回家

顽皮的孩子
放鞭炮
穿新衣
满大街地疯跑

年老的长者
笑眯眯迎进所有的祝贺
人寿年丰辉映满堂春色

海外的侨胞
也会看看春晚
聊聊微信
尝尝饺子
特有的中国年,中国情

舞狮子　斗龙灯
古老的节日　民族的图腾
维系着永远不变的情怀
沉淀着几千年的恢宏

春节
你是和平的纽带
像烟花
在地球村　炫丽散开
光耀寰宇
继往开来

王建雄

笔名两棵树,教师,生于甘肃陇南。作品见于《甘肃文学社刊》《华夏诗刊》《鸡西晚报》《辽宁青年》《洛神诗刊》《燕京诗刊》《中国诗歌月刊》《文洲》等刊物。

南飞雁

梦想的天空是蓝色的
思念、如同天空的云儿
一样洁白

一颗跳动的心
敲打着躁动不安的灵魂
遥望着南飞的雁

小小的心房装满了幸福
装满了对蓝天的向往

装满了爱
装满了花儿的芳香

夜空中最亮的星

我多么想在宁静的校园里
播下希望的种子
把最纯洁的爱铸进他们的灵魂里
让祖国的花朵苗壮成长

我多么渴望在希望的田野上
挥洒育人的情怀
让无悔的青春
点燃沉睡的梦

如果世俗的乌烟瘴气不再充斥着校园
如果湛蓝的天空没有乌云遮挡
如果腾飞的梦想插上翱翔的翅膀
如果自由的小船随风飘荡

那么在风吹雨打的日子里
脚下的路就是幸福的向往

站在高高的山顶上四处遥望
哪知道山腰大雾下
覆盖着的幼苗对阳光的向往
山头那摇晃的树啊
倒映在山脚的是摇摆不定的影子
放下世俗、把爱留下吧
带着灵魂、拨开云雾
让阳光洒向山底

那站在山头一望无际的花海啊
只是一个人的风景
那夜空下闪闪发亮的
是遥望星空的梦、还有浮躁不安的灵魂

夜色朦胧

太阳落了

心挂在悬梁上
那漂浮不定的啊
是在微风细雨中被敲打的灵魂

迎着黎明、携梦奔跑着
把青春铺在路上
把希望铺在路上
把赤子情怀、一并铺在路上

岁月走过了
踩着夜色回家
那透过树叶闪闪发光的希望啊
正是少年追求的梦

一双苍茫的眼睛窥视着漆黑的大地

呼喊着、苍茫大地
匍匐着
在漆黑的大地上遥望未来
遥望星星点点的希望

把执着捧在手掌心里
把焦急和不安踩在脚底下
捧着前行的梦
攥着毕生的劲和幸福

在为光明冲刺的时候啊
才发现撒在前方泡沫里的
全是被遗弃影子
还有被截断的路……

王金涛

男，54岁。网名春华忽现。1982年参加工作，笔下文字力争不雷同古人，不雷同今人。喜欢与人为善，和而不同。

美国二哥

世界刚和平了几十年，

战争的烽火又四处漫延。
伊拉克的命运被多次翻版，
美国亲手绘制的悲惨图片，
一张送给了卡扎菲，
一张送给了巴萨尔。
说卡扎菲屠杀了多少多少平民；
说巴萨尔弄死了多少多少妇女和儿童——
卡扎菲和巴萨尔，
都是总统又都没疯，
他们连自己的敌人还没打赢，
怎么会狠心毁掉自己的长城？

一些没影儿的事儿，
安在了别人的身上，
总是被黑得津津有味——
美国人奸过了份，
总以为世界上所有的人都是傻子。
从前有一张照片，
说的是越南的一个小村子，
遭到了美国大兵的杀戮。
虎狼之师真的很残忍，
他们杀了人还放了火。
可怜那些无辜的越南百姓，他们的生命
瞬间就被一个叫做美国的文明给毁了！

不知从何时起，
二战的瘟疫传给了美国。
那个曾经西装革履的绅士，
如今头脑发呆脾气变得越来越坏。
从前魔鬼们想要而得不到的东西，
他一点不少的都想得到。
据说美国最讲究人权，讲究得——
就连总统大选也总爱拿别人开涮。
人权究竟是什么？
人权就是从阿拉伯之春诡异到阿拉伯之冬；
　人权就是

从一个颜色革命到多个颜色革命的杀戮游戏！

在美国制造的一场又一场的血雨腥风里，
不知要有多少人的尊严
被绑定在一个打红了的炮管上痛苦地煎熬！
天下就是因为有这样一个美国，
全人类的神经都被炽烤得很焦灼。
战争的罪行从来也没有个标准——
就像卡扎菲死了，731却活了……

二战的恶魔没有得到清算，
恐怖的身影又开始时隐时现——
美国这个二杆子高烧不退，
它一手架着鹰，一手牵着犬，
在和平的世界里舞刀弄剑——
新的轴心国越来越有恃无恐：
挑战和平叫嚣战争——
希特勒的阴魂不散，
美国一头钻进了法西斯的空壳！

曾经，
被潘多拉的魔盒养肥了的美国，
又开始到处兜售起军火。
这个新时代的恶魔，
卖完了军火就卖棺材，
吃完了人肉还要喝些人血——
铁了心的美国，
就想让和平世界里的人们，
重新变得多灾多难血流成河！

不可思议的是
一个自我标榜民主的国家，
命运却要由几个利欲熏心的财团
或几个资本家来掌控；
一个大言不惭号称民主的国家，
说是废黑了奴隶制

却还在暗地里做着贩卖奴隶的买卖!
奴隶主的思想不断发酵,
一场大选,奴隶们真的有资格投票?
倒是美国政要总是在台上胡说八道:
一会儿说有人想要换掉美国的总统;
一会儿又说是别国干涉了总统的选票!
我的个天哪,这样的鬼话,上帝能信吗?

现在,全世界的人们都在呼唤着和平——
可严重缺氧的美国却总是逆潮流而动!
我的天我的地!美国这头好战的驴子!
它自己坐井观天,
还妄想把别人拉入万劫不复的深渊!
总想不劳而获的美国,
正在被全世界爱好和平的人们,
一层层揭去民主、自由和人权的幌子——
霸凌主义四处碰壁,
可自欺欺人的美国却还在睡梦中歇斯底里!

张牙舞爪不是好邻居——
殊不知华为公司一个和平的"5G",
就让邪恶的美国如临大敌!
战争是一把锋利的剑,
生和死的较量就是一场核聚变!
别再用血腥给别人上课,
这样霸道早晚要完蛋!

共和国的温度

又到了寒冷的冬季,
又见到了纷纷扬扬的大雪!
这风这雪,
像是一场极浪漫的歌舞,
在天地间又拉开了序幕。
想起2005年的十二月,
也是这样的天气,
也是这样一场大雪,
伴着那一波又一波的鞭炮声,

大街上人流奔涌,
搬家的队伍往来穿梭——
我可爱的小城沸腾了:
那是棚户区的百姓们,
扛着行李捧着锅碗瓢盆,
推着一车又一车的齐家宝贝,
正顶风冒雪搬入新居!

小城的大事,
莫过于乔迁之喜。
就连盛开的雪花,
也不肯错过这最美的时机。
当所有的寒冷,
都被这温暖的楼房捂热,
小城的心里也乐开了花。
小城的人也是一道风景!
他们穿着一身盛装,
也追着这风也撵着这雪,
他们在严寒中亮相,
他们把镜头对准看到的一切:
在北方这凛冽的天空下,
一展他们的风采!

成片的高楼,
是小城的亮点;
沿街的店铺,
显示出它的活力。
看,出租车来了,
大公交通了——
这横平竖直的街,
这四通八达的路,
为小城提了速!
还记得那个除夕的夜晚吗?
成串的大红灯笼,
挂满了长长的一条街道;
美极了的焰火,
映红了整个通宵!

勤勤恳恳地工作，
是小城人最大的快乐；
辛辛苦苦地生活，
成就了小城人的美德。
小城人爱自己的小家，
更爱共和国这个大家！
喜欢拼搏的小城人，
因为辛苦，
所以更加感恩幸福！
就这样怀揣淳朴的乡风，
小城人的日子越过越好。
还是那个煤都，
还是那座山水相依的城市，
雷锋精神还在，
好的传统没丢——
小城是小城人的骄傲！

雪后的小城，
一座座高楼亭亭玉立！
这冬天里的春天，
为小城增了色，
也让小城魅力四射！
当阳光又一次照耀，
高尔山也兴高采烈。
他掸了掸身上的雪，
挽着欢声，挽着笑语，
挽着红尘中的游客，
和锁阳城一起互动！
巍巍辽塔见证了这一切，
千百年来它还是头一次，
被小城的美丽倾倒！

俯看小城的全貌，
曾经的那些老屋，
已不再是小城的地标——
千万广厦为它们作了记号。
知足的小城人逢人带笑：
他们总爱诉说同一个经历；

他们总爱抒发不一样的情怀！
向贫穷宣战！
共和国开辟了又一个战场！
只是这里的战场，
从没有烽火硝烟；
为人民谋祉福，
古往今来，无论什么样的战争，
也从没有哪一个战场，
能比这里的战场更漂亮、更经典！
当中华民族的历史，
走进公元2005年的春天，
在那个灿烂如花的五月，
那些关于棚户区改造的故事，
让共和国的温度，
深深地植入了小城的记忆！

王俊峰

全国优秀指导教师。曾用笔名一文、高山仰止。男，1980年2月出生，吉林白城洮南二龙人。现任洮南市二龙学校校办主任、资助办主任兼关工委常务副主任。中国报刊协会写字专业委员会会员，吉林省教育学会会员，白城市硬笔书法家协会会员，洮南市书协理事，2018年荣获洮南市书法教学二等奖，2019年参加吉林省中小学书法教学大赛荣获二等奖并参加吉林省公益书法培训班，同年5月编印校本教材《翰墨飘香》，6月组织学校第二届学生书法大赛。

雪

你玲珑剔透，剔透玲珑
晶莹芳纯　陨落于九州大地
咯吱般奏响《第一交响乐》
如同凤凰涅槃　鬼斧神工
神圣的天使　伟岸的小蓝精灵
你从天而降的你
在我心中永树一座丰碑

碑刻您冰霄花般妩媚嫔婷
镌刻您如日中天化作一泓清泉
铭刻您细弱文竹　纤尘不染
脚踏于您心广体胖身躯之上
更显露出了——
您坚强　若屹立于东方的一条苍莽巨龙
您心底无私天地宽　冰清玉洁
您渊博　有节奏地哼唱小芳
那妙笔雕龙的国风　菁华

乡邮递员

经年累月　健爽的步伐
走在乡间的小路上
滞酿温纯　报晓佳音喜讯
迎勋爽　送夕阳
姝影硕姿　如凤凰涅
天堑变通途　嘉懿翱婉
送奉千家万户以春天　信息
友谊的鸿雁　跨越到下一个世纪
披星戴月　用希望作帆
笑脸呵护渴求的花环
及时迎春风润细雨
用理想的追求把智光点燃
发自肺腑的挚诚　心胸豁达
圆润　晶莹　如同玉盘
镶嵌在深碧湛青的夜空中
——月光如霜
用笑脸迎接擎圣的洪命
流淌着信念和永恒
雕画时代的天空　绚极的辉映
——搏风击浪
农村女孩
农村女孩的歌声
总是单色的
如一丝野菊藏在山洼
憧憬城市女孩的歌
——多彩　飘渺

农村女孩

有个小秘密
希望尝尝海风的咸味
几个结伙去海滨城一游
望着巨轮的袭烟
农村女孩的作文
写着稻花上的汗珠　父亲的扁担
写着母亲日渐弯曲的风景线
写着农村少女乌黑的长辫
写着蛙声和老柳树
农村女孩企盼下雪呀!
可展露打雪仗的雀跃
想去看看一切的一切
全在雪下　全是白色
没有山里山外的平分线
农村女孩会打扮
塑个小丫　穿件天蓝色连衣裙
斜插几件好看的野花
想要白雪上长出些鸟语花香
把踏青的古俗改在冬天
农村女孩多想象
在一个透明的早晨
走向山外　走出迷宫
农村女孩
朴实、厚重、天真浪漫

王凯

　　昵称乐凯,云南楚雄人。喜欢平淡真实的生活,诗中入梦,梦里有诗。作品散见于《全球辽宁诗歌网络平台》《远方传媒》《凤凰诗社》《情感文学》《雄安文学》《河北诗刊》等多家媒体和网络平台。

千古唯美(组诗)
等待

往往会有所期待,时常莫名的等待
其实,真心的也不知道
自己在等待什么,痴痴　等待

扬扬洒洒,飘来了场场的雪

美丽的雪花,始终掩盖不住内心的期待
朝霞满天,雾起云涌
天边冉冉升起的一轮红日
尽将清晨的美好时光点亮

夕阳西下,晚风卷起了最后一缕晚霞
终也留不住现世的美好,痴痴　等待
日出日落,唯美的等待
花落花开,时光清浅

人世间,有太多太多的美好
都化作了场场相思的雨
清清浅浅,留在了唯美的诗行里
千古　等待

不一样的美好

曾以为,世间的美好是那春天
去寻觅那春暖花开时的浪漫
待到秋红,去采撷那万山红遍后的愉悦

曾经以为,生活的美好
是在那,花前月下卿卿我我的柔媚
坐拥着,风平浪静中的独自一帆闲逸
某一天步伐渐行渐远
灵魂已不同步
后来,终于明白人间真正的美好并没有形
状

再后来,历经了沧桑才懂得了花期的珍贵
清晨醒来,欣悦能和朝霞如期邂逅
每每得与阳光尽情相拥
那就是世间一种真实的美好
从远古至今
美好不曾有统一固守的模样
时光依依,暖暖的陪伴
孝敬父母,那是人间致善的幸福与美好

真诚与善良也不曾有形状
美好也未必专属于那漂亮
幸福每每与同甘苦相聚在一块
美好往往是不离不去的共患难
相思落下的泪水里总孕育着美好的希望
美好没有形状却又总是让人充满着期待

冬日我一时迷惘

冬天的脚步,悄然加快了许多
这个季节,每每会有一场场的雪
总在担心,大雪会覆盖了来时回家的路
匆匆忙忙,我赶往在那来时回家的路上

天空中依然飘飘洒洒,还是那样洁白无瑕
也许是因为惧怕寒冷
跌跌撞撞
不小心我迷失在了那回家的路上

迷惘,一时找不到了回家的方向
冬天的脚步依然没有停下
降温了,渐渐地已经习惯了面对那寒冷
面对寒冷,已不再会感到有一点点的害怕
下雪了,还是那飘飘洒洒的雪花
终于明白
雪花是上苍恩赐给人间的最美礼物
那是一次次神圣与纯洁的洗礼

这个冬,总也期待着看到那一场场的白雪
冬的夜
愿为你写下一首小诗
只因,你是那天地间最为广袤与圣洁的化身

王克金

男,回族,廊坊人。河北诗歌研究中心成员,廊坊文学院《雨时诗刊》副主编。诗入选《88年全国诗歌报刊集萃》,中国作协《年度诗歌精选》等。出版选集《王克金的诗》,2014年被列入中国回族文学史。

陌生人

晓歌说,在小村的内部
月光没什么用,人们急匆匆地
擦肩而过
都成了陌生人

原因很清楚,黄昏时
风扬起了鞭子
扬起得很突然,人们像牲口一样
就往家赶

晴不是问题

昨夜,雨在楼外停止,凌晨就等待着填补
像一个新的空缺
窗户里外都亮,刷新了早晨

外面窗台上的那只鸟
一会儿看着我
一会儿,跃到空调的室外机上

它把窗外的亮
和室内的几抹儿光线
化成它的声音
叫出来,占据它能占据的地方

昨晚的窗户梦到今天
小区和小区外的边远之地
被框入一个家园

我和这只鸟没有分歧
用过早餐,忽觉得
在某个空间,端起早餐的人
向我回头

甬路事件

关于这枚落叶是什么结果,我走了过去
没去深究,但那个
环卫工却是个死心眼儿,他在我身后
还在盯着
那片　不动的落叶

落叶就趴在树下的甬路上
吹了几场大风,它也没有吹去
整整三个冬天
这个环卫工
都在和这枚落叶较劲

任它怎么用扫帚
或是一把铁铲
这枚落叶还是在那里,它的力量
和整个身形
都已沉入了甬路

也好像是有什么,需要从地下涌出
而这个环卫工,并不知道
他想清除的
是三年前落叶所浮现的
一个图案

王坤

网名老马夕阳。有400余首诗歌散见于报刊和微信平台。

与时间有个约定

时间:
谁知道你什么时候现身?
谁知道你什么时候遁形?
你是一位善良的母亲,
孕育了尘世间的万种孩童;
你是一位凶恶的屠夫,
更新了尘世间的万种生灵;

你是一位公正的老人,
给每个人学习进展的机会均等;
你是一位公平的记者,
为每个人清清楚楚地书写人生。
时间就是金钱,可见你是多么贵重;
时间就是生命,可见你是多么受宠!
时间,你是朵美丽的玫瑰,
我想把你紧紧地握在手中,
眨眼之间,你却流出了指缝;
时间,你是我漂亮的新娘,
我梦想把你牢牢地搂在怀中,
当我一觉醒来,你却无影无踪;
时间,你是瓶陈年的老酒,
杯起瓶落,大脑空空;
时间,你是顿丰盛的晚餐,
筷来勺去,大肚能容。
面对这诸多诱惑,也许你会欲罢不能。
人人都有七情六欲,
谁能把它们通通打入冷宫?

从前的岁月,一路匆匆……
时间,请你恩赐片刻之功,
使我重整旗鼓,再次出征。
让我与时间有个约定:
只用人生十分之一的功夫,
就能把热衷的事业打扮得郁郁葱葱!

影子

过往的岁月真冷,
在路上,不小心把我冻成了冰雕玉器。
还好,我的眸子还能转动,
我的眼睛还能看见东西!
仿佛你远远地向我跑来,
把我紧紧地偎依。
你的热情,我的冷漠,
让你的眼腺涌出两道擦不净的小溪!
但愿你的体温、两股温泉,
能把我这个冰人融化

——溶化成一潭清水,
让这水、泪合一,难分彼此
——映现出两个亲密、神采的影子
——我们永不分离。
——彼此留作未来的回忆!

王磊

笔名宛城卧龙,1978 年 12 月 15 日出生,河南南阳人,诗人,青年译者。中诗网"中诗翻译"总策划;《暮雪诗刊》特邀编委,主持"英汉互译";其作品散见《中国诗人报》《中国诗选 2014》(双语)等刊物;英译著作 1 部。被国际诗歌翻译研究中心(IPTRC)授予"2011 年度国际最佳翻译者"。

有时
——读三毛作品有感

有时
你像荒漠中行走的骆驼
哭泣　却没有泪水

有时
你如街头巷尾吆喝的破烂王
悲伤　却没有愁容

有时
你似不断追求幸福的小女人
寻找　却总在失去
走遍万水千山
终于在温柔夜里止步,轻轻一声:
"亲爱的三毛,我的宝贝"
从此,跨上荷西送你的一匹马
流星雨飞扬　滚滚红尘。

星空下

无奈已是发白了

青山中蹒跚的柴夫
一袋烟
凝想山那头　街灯
会宁静吗？

抚一点星光之温柔
阅一册古籍之深处
想有人在老树的枝头
肃然,叹宇宙之苍穹

王立世

中国作协会员,山西省作协、山西省诗歌学会副会长,一道诗艺社顾问。在《诗刊》等报刊发表诗歌1000多首,诗歌入选《新世纪诗典》等70多部选集。主编《当代著名汉语诗人诗书画档案》。获第二十五届鲁藜诗歌奖,第三届中国当代诗歌奖等多种奖项。

世界如此空濛
——致蓝雨

雨什么时候开始变蓝
一定是你在春天写诗的时候
你的天空辽远无边
被太阳镀金,被月亮洒银
你还是喜欢雨的从容
如爱一样缠绵不绝
让浮躁的心
有了潮湿和宁静
最好是不带伞
在雨中聊一些隐私
世界如此空濛
我喜欢你在古村落
悠闲地喝下午茶的样子
那时我也许很落魄
你一定很晴朗

夜思
——兼致海梅

今夜,我无枝可依
我无话可说,也不想飞翔
更不想在灯红酒绿中
装得人模狗样
我只在想海有多深
梅花什么时候绽放
在你的诗句里,能不能
看到帆影,闻到花香
我想学米沃什
不想占有任何东西
但没有做到
因为我是一个俗人
无枝可依时
就在诗里睡一会儿
无话可说时
就看看天上有没有星星
见不到想见的人
就读读《关雎》

练字
——致耿红丽

我能想象出
那个不与世俗妥协的美女子
正在世上的一隅
反复练习父亲遗传给你的那个耿字
一笔一划都不敢马虎
生怕其中的一笔写坏
造成整个中心不稳
生怕世俗的风吹斜
生怕摇摇晃晃
让别人背后议论没骨气
这个字在你心中的重量
别人不懂,只有你父亲明白
他在一旁用微笑鼓励你
你已练得横平竖直

有了铁骨,有了胸襟
小女子,你还嫌不够好
你怕辜负了父亲
你怕给这个姓氏丢人
你的抱负,是把这个字
练成天底下最美的字
能顶得起天
能立于不败之地
永远不会弯曲

王丽

　　天籁之音,中国诗歌学会、中华诗词学会、中国楹联学会、中外散文诗学会、中国网络作家协会、贵州省诗歌学会会员,贵州省作协会员。作品散见《诗刊》《中国魂》《中国风》《中国诗歌名家》《中国乡村诗选》《中国历代诗词典藏》《中国当代优秀诗人选集》等全国各地报刊及各大网站平台;多篇作品获各级各类大赛奖项。

龙里·冠山

寻一缕清香
尽品六百年雪雨风霜,道史悠长
明清络韵,足以将万丈惊雷埋葬
一盏不夜候
将冗长的岁月之诗唤醒
在水舞茗香中把时光倒流

冠山的石阶,每踏一步
都会感知明雨清风拨动衣袂的声响
满是沟壑纵横,闪电跌落
乍看痕迹,已皱褶如茧

沿着时光的脊背步步攀爬
洪武年就擦亮的眼睛
看三丰歇息打坐,观三王拔剑挥旗
读三千诗草,吐激昂文字
借着日月星光

登阁聘目,远观山影如障
俯看万家灯火

马郎坡的云和月
牵住那条金龙,护卫
用忠诚抚慰,用彪悍护守
抑或一片土地,庇护一方子民
梧桐的叶,落了又发
风雨沧桑每一个角落
血泪涂鸦过腐木的疼痛

石门和墙砖的斑驳
是一域王者的孤独和寂寞
谁能读懂?
七方摩崖石刻看史上金戈铁马
"还我河山"、"巨灵一擘"
说不完的烽烟战火
道不尽的烟雨流云
管铉飞过行走的岁月,苍鹰远去

古枫悟道,鸟鸣百年青翠
清香不绝,在岁月中日日膜拜
几度卑微,几许谦恭
儒贤的智慧和善举唤醒尘封的隐默
用汗渍和情怀抚平楼阁经年的忧伤
拨下旧符,新桃惊艳了时光

冠山的厚重,逾越千年

在茶盏里品味人生

斟一杯家乡的毛尖,在水雾里寻找诗的芳华
我把心境置于高天,让情愫在寰宇泛滥
品流经岁月,沏茶三道,如同人生三段
从淡雅,到浓郁,再沉淀余香
不断冲沏,只为明了人生征途中清晰的风景

酌一杯故里的清茶，在沸腾的杯中审视生命
拨开尘封，将心绪放飞，让茶水洗疗伤感
握着杯盏，守望一场未知的梦，却初衷不改
几许沧桑，思绪落入万千茶青
人生，只有历经坎坷，才能打磨出精品

啜一口故乡的茗茶，在相伴的老酒里临月憧憬
看时光绕指，歌吟韶华，描摹生命的温暖
踩着不倦的步伐，看风花雪月轮回，潋滟
笔墨横渡，在梦里梦外，凝结成咏叹
一抹诗情，拂过茶径的支点，站成永恒

静坐月下把盏品茗，在佛乐里细酌生活点滴
聆听神曲，将文字串连在水之湄，云之巅
让惬意掉入杯中，氤氲升腾，漫过天际
远离浮华和烦恼，将杂质沉淀，过滤
把波澜碾成静波，品出淡泊，宁静，和高远

黔中净地·黄丝江边
走进泥土的芬芳，便嗅到溪水的清香
河堤两岸，风雨亭闲人爆满
聆一耳喧哗，便转身爬上高台
与百姓为伴，与风攀谈，与云对酌

星星不远，可以枕着入眠
月亮很近，可以邀着回城
浩瀚的长空，比大海更辽阔
揽太阳入怀，汗水消弱了田间壮汉

用疼痛雕刻的岁月，时光斑驳而多姿
每一个流经的风雨霜雪，都留下
黑黝黝的肌肤，写满沧桑和大美
在阳光下绽放，在黑夜里静默

棚架下的一簇簇红肥绿瘦
写满农民劳作的壮丽诗篇
从容不迫，灵性四溢
弯腰屈膝，快乐，用宽厚的臂膀撑起

秋的硕果，挂满斑斓的枝头
采果人岂知农户日升月隐的艰辛
欢歌，笑语，从田间大棚朗朗传来
满是采摘收获的欢愉，余音袅袅

第999次吟咏
午后的气温，出奇高热，也许
风尘，中了命运的眷顾，斑驳在长街的落荫下
携一阙清秀的词章，抵达城南咽隧
文峰塔尖，看全城崛起，楼舍林立
马福连片的园区新貌，遮覆不住古城的流香
跨一座桥，淌一道河，穿过城门
福运和泉水，会浸透骨骼和肌肤的每一个细胞

一座山，一幢古楼，一道驿站，几座寺庙
起伏的八卦图，太极，在黑白间吟舞律动
感知故里的激情与心跳，习武成型，完善灵魂
月山寺的钟鼓声，穿越世纪的城墙
在炙热的心中升腾，星辰轮转，日光温煦
一宇清云，疏散在天边，我拥抱鹅黄的秋叶
用千百行诗句，也颂不完这座城市的俊美

从高贞观到万山府邸，再到平越驿站
我留下过九百九十九次背影，却没有完成过
属于我的诗集，只有零散的诗章
我不想浪费时间去采摘虚无的野果，只想
在晨曦和暮落里，在熟悉的台阶上

寻找历史的印迹,感受历史的丰碑和厚重

从古商周到新世纪,从宾化到福泉
一千四百年前,我的祖先就扎根在这里
一千四百年后,我在俗世的波澜中寻觅
那些素色的长袍和褪色的裨子。轻轻撩拨
藜峨山顶的云,开了,散去,露出清晰的袍带
我不吝啬欲念的渲染,却不得不面对
消瘦的石桥,模糊的碑刻,和泛黄的史书
命运的密码在不断修改,阵地和信仰一直坚守
让我吟咏第九百九十九次的热忱和感慨

我的文字

我的文字,没有华丽的辞藻
更不容对生命的暴虐和亵渎
是掏心掏肺的耿直,巴肝巴肠的忠恳
一腔真情的焰火,燃烧在光阴的胸膛
慰籍苦难,也照明良知
诗行中,行吟撕心的感慨,裂肺的体悟
在迷糊的长路上,刻下光明而健硕的脚丫
辽阔的疆域,我写尽日月星云的情缘
借助风雨霜雪的晨暮,诉说尘世百态

我的文字,总是在鼾声擂鼓时分
轻敲上帝的门楗,攥紧双手
镇静地走进内心,便融入得悄无声息

我的文字,没有高脚杯的奢靡
也没有放荡不羁的高跟鞋哚哚作响
更多的是粮食、烟火和千层的鞋底
城市心脏,那些让人窒息的灯红酒绿
早已被扼杀在颅脑的千里之外
我宁愿踏响山径的荒僻,吹奏峡谷深处的叶笛
拽上山风,让熊熊篝火温暖通透的月亮

牵着满身汗渍的婆姨,舞起裨子和裙角
将生命的挚爱斟满酒杯,品尽豪门奢望的风景

我的文字,融进地气,沾满泥土
在崇尚的清欢中,夜涌狂澜
无忌的沉迷,痛饮,直至烂醉如泥

王梅

笔名梅婉儿,中国自然资源作家协会会员,鹰潭市作家协会会员,鹰潭市微诗协会主播,贵溪市作家协会理事,贵溪市诗词楹联协会副会长兼秘书长。文学作品见于《中国资源自然报》《大地文学》《南叶》《鹰潭日报》《江南都市报》《江西地矿报》《贵溪报》等,合集有《信江微诗韵》《贵溪当代职工诗选》,上百篇作品散见于各种公众号及网站,并在各种征文赛中获得过奖项。

一壶月光

取下挂在上弦的往事
沉入江湖
潮中　不小心浮出秘密

打马路过唐朝

早暗了　刀光剑影
唯有丰腴的诗句
在盛世烟尘里　过隙

菊花地

忧伤倒伏一路月光
渐黄的往事　氤开杯底
如你的笑靥

基层工作者

打捞起

草尖上蝼蚁的轻咳送入云端
携一场甘霖　清洗尘埃

父亲呵,父亲

怕斜了山的影子
一声叹息
把泪水　轻压三行之下

王明亮

笔名王星岸、雪人,四川省民间文艺家协会、自贡市作家协会、自贡市文艺评论家协会会员。有作品在《光明日报》《散文选刊》《参花》《龙门阵》《中华文学》《蜀南文学》《自贡日报》《传奇故事》及自贡人民广播电台等发表。散文《红顶山上》,长篇小说《坳口风情》《天车盐船》,长篇组诗《毛泽东思想随想曲》,出版电视剧本《仁商》、长篇史话《盐场巨擘王德谦纪事》等。有《邮车叮当》《坳口播音》等诗歌散文长篇小说获奖。

生命的行走

一环环错节的年轮
一串串争相破口的骨朵
嫩芽执着的等待啊究竟是几千年
岁月爬满老枝,年年寒春桃花盛开

是岁月的悠长,是美的自由展翅
是岁月里生命的独自行走
不朽的灵魂
如英雄般的太阳,打开每一个早晨

从此是远行的激怀壮烈
归期的无影无尽
在太空悲情而坦荡地自我燃烧
红了世界亮了大地
渴望的最后

是绿野是雕像是挺拔,是梦的亘古

些微的光传来灿烂的召唤
生命在底层顶芽破土
石缝间攀延,风雨中前行
在阳光和阴霾之间发出生命的律音
冬与春的咏叹,心与心的会意
寄托的埋葬,古板的循环
屈辱的承受,人间的固守
鲜绿的枯黄,爱的星际等待

崎岖的心愿默默留在花蕊
翻动片叶的傲然层林轰鸣
美丽谢去生命诞生释放果实的芳香
可以没有此生,可以没有来世
但生命的光辉追促风尘的足履
生生不息,太阳升起

红色的灵子

总是在黎明时分,天亮之际
一轮照耀万物的红色光芒升起
在所有的梦想和呼唤上面
天亮了,大地经过一次庄重的力量复苏

要知道生命更多是考验意志的寒夜
冷风萧瑟中那遥远的火光也是召唤
人生总是要穿过黑暗迎来光明
精神的边沿是星光站立起精神的挺拔

轰轰的熔炉里几千度摄氏
燃烧石块锻造成锋利的劈山钻具
山开了路通了
看到是太阳英勇地划破光年走出苍茫

后来徘徊的路口飘散花瓣的舞曲
山坳是一方神往,雨露的红影悄然走动
薄薄的红裙里还有红色的火团跳动
绿的一声问候带我走进爱的深林草山

王牧天

男,山东滕州人,1938年生,大学文化,滕州市教育局教学研究室主任,全国特级教师,享受国务院特殊津贴专家。系中华诗词学会会员,枣庄市诗词学会顾问。曾荣获第四届"相约北京"全国文学艺术大赛一等奖、第十二届"天籁杯"中华诗词大赛金奖等奖项。

漫漫大运河古道

一步,一停
一步,一停
绕过九曲十八湾
从黑夜,终于流到黎明

岸边,冷露点滴
滩头,孤雁飘零
驮着私欲者的贪婪
也背负古老的文明

带着艰辛,带着苦难
带着遐想,带着痴情
带走了千年呜咽
带来了笑语融融

碎了,当年隋炀帝金粉好梦
碎了,往昔侵略者马蹄声声
别了,昨日座座拱曲小桥
别了,咿呀作响的破旧乌篷

轮机橐橐
大闸横空
好一幅斑斓的彩画
好一片动情的歌声

五湖三江佳话频传
丰收喜悦伴着帆影
台儿庄抖落了破碎的记忆
古运河再难寻落叶西风

王楠

陕西西安人,吉林建筑科技学院,管理工程学院,工程造价专业本科毕业,酷爱诗词。

年轻不在
袅袅的烟
轻轻的酒
忙碌　烦恼　琐碎
充斥着生活
回过头
静静品味
只有淡淡的感伤
激情不再
年轻不再

王萍

笔名冷月。河南信阳人,联盟诗苑创始人,联盟诗苑总创社理事长。爱好诗词、散文、小说、音乐等。

你轻轻地走了

你轻轻地走了
沿着来时的雨巷
头也不回的离去
望着你远去的背影
多想大声呼唤你的名字
疼痛的心失去了勇气
那些苍白的挽留
不会让你停止迈开的脚步

你轻轻地走了
走得那么从容
让我还来不及

倾诉离别的愁绪　也许
你会把我忘记
也许
我还是你的渡口
久久地望着你远去的距离
那些美丽在时光里深邃

你轻轻地走了
带走了我眼里的诗句
愁的絮语乱了你我的情谊
你曾说陪我夕阳下牧歌
你曾说陪我月光下听曲
承诺不再有初时的笑意
耳畔的歌声依旧觅着你的足迹

你轻轻地走了
长长的等待
疯长了思念的秋季
岁月如故
倾洒着如梦的记忆
你的背影还在吟诵着过去
带走了你给我的温存
撕碎了夜的沉吟

你轻轻地走了
我会很想念你
等着你解析我的心事
聆听你醉人的低语
是否还有下一个轮回
期待与你不离不弃
你笑了
我哭了
你走了
心碎了

王琦

　　内蒙古巴彦淖尔人,吉林建筑科技学院,管理工程学院,工程造价专业本科毕业,酷爱诗词。

青春箴言

今日的我
依旧沉浸在昨日的回忆中
昨日的我
又是那么的呆傻
而昨日的你
是那么的单纯、可爱

今日的你
又是那么的美丽、善良
如果我没有记错
十六岁的天空是蓝色的
搏击长空的梦想早已在胸中泛滥

相信!
你的青春之翼已经张开
翱翔已指日可待

王瑞林

　　男,内蒙古诗人,作家。内蒙古"五个一"工程奖获得者,全国青年读物二等奖。第三届中国好诗歌一等奖。呼伦贝尔市"庆祝建国七十周年诗歌"一等奖。第一届"草原情"散文诗金奖。

诗意的草原

诗意的草原在哪里
她在清晨野花的露珠上
那是天使百宝瓶的播撒
娇美欲滴　五彩芬芳

诗意的草原在哪里
她在牧民的毡房上
那是上苍撒落人间的宝石
洁白无暇　耀眼闪亮

诗意的草原在哪里
她在小伙子的套马杆上
那是蒙古人的骄傲
勇敢追风　驰骋疆场

诗意的草原在哪里
她在牧羊女的盛装上
那是仙女下凡
美丽婀娜　随风飘荡

诗意的草原在哪里
她在牧民的勒勒车上
那是草原之舟
满载丰收　承载希望

诗意的草原在哪里
她在马头琴的琴弦上
那是远古动人的传说
苍凉悲壮　天边奏响

失眠

你走进梦乡的时候
我的双眼正凝视一个远方
你知道我的爱已为你开启
夜幕太深了
真怕我的情被你流放

我用心地爱着你
你是懂的
还要瞪眼望多久
还有多少个时辰到天亮
这漫漫长夜
仿佛要将我吞噬掉
无语的想念
比山盟海誓还要疯狂

静静的夜晚
每一处都洒满
我痴情的目光
我将为你
编织一次玫瑰般的梦境
让你走进甜甜的梦乡

再为你表述一段
刻骨铭心的衷肠
无论你怎样对我
怎样彷徨
我的心总是夜空上那轮月亮
将你孤寂的黑夜
洒满我深情的月光
夜幕更深了
我在盼望
你的梦里
有我钟情和目光

王世北

甘肃靖远人,大学文化,中学高级教师。系甘肃省作家协会会员,白银市诗词楹联家协会理事,靖远县作家协会名誉主席。热心写作,新闻通讯、时事述评、散文诗歌、文史民俗、方志族谱均有涉猎,不时有诗文见诸于报刊。

登剪金山(组诗,自由体)

序:2018年8月下旬,适逢黄道良辰,余举家三代10余人齐上剪金山,登高望远,参禅悟道,圆了自己多年的宿愿,心悦情怡,书以记之。

儿时生奇想,
剪金拜佛堂。
今日逢良辰,
迈步登山岗。

举家三代人,
老幼相扶将。

莫畏山路险,
峰险好观光。

南有黄河水,
浩浩东流淌。
两岸皆沃野,
天然鱼米乡。

北望郝家川,
一派新气象。
群山环抱中,
剪金傲穹苍。

幼年听父讲,
此山非寻常。
今日如愿往,
一览识真相。

脚是最长路,
人为至高峰。
世上无难事,
志者事竟成。

人生在世上,
酷似登山冈。
明知路艰险,
奋进莫彷徨。

王淑兰

河北保定人。退休教育工作者。热爱教育事业,喜欢读书,喜欢写生活随感,喜欢写诗歌,曾经在多家平台发表过作品。代表作《心中的妈妈》《诗与远方》《家的方向》《童年的梦》等40余首。喜欢诵读以及用笔墨诠释生活中的点点滴滴,愿用文字传递正能量,把最美的诗传向远方。

童年的梦

时针,分针,秒针
逆向旋转
我在睡梦的空隙间
坐上返程的列车
我用蒲公英的记忆
送给我自己
梦中的我,儿时的记忆

童年的我
有我梦里最喜爱的小城堡
那里有我喜爱的小商店
有我喜欢的布娃娃
有我喜欢的小汽车
还有我喜欢漂亮的花裙子
更有我最喜欢各色包装的糖果
长大后那些精美的包装袋里
原来藏着的都是我儿时美好的记忆

小时候,那个迷人的五泉公园
是我儿时最爱去的地方
长大后那里依然青山满目
岁月的清风
她总使我心中生出千般的安静与美好

小时候,常常坐在文化宫的台阶上
梦想着如果有一位天外来客
把我带到苍穹之外
去探寻神密的天空
长大后,我才明白
那个天外来客永远不会来
可天空中的每一颗星星
它们会在夜空中望着我

小时候,时常会和小伙伴们
同在一起玩掷石子,跳房子,跳皮筋
那都是我童年最爱的游戏
长大后,还想和儿时的伙伴们再玩一次

那些儿时的游戏
在我们曾经玩过的地方

小时候,我最爱的是春天
约上几个要好的小伙伴
去美丽的大自然中
放飞我们的风筝
向鸟儿一样在蓝天上飘飞
长大后,我和家人们去放风筝
手中拉扯的那根线
让我感到童年虽已远去
可那颗童心依然还留在心中

小时候,在学校,在课堂
我会在书上偷偷地涂鸦
自我欣赏后
然后我会在偷偷地把它擦掉
长大后,我用自己的画笔
画心中最美的画
写心中最美的文字
正如童年在画册上图鸦
却又那么动人

小时候,我有妈妈给我做的鸡毛毽子
有爸爸给我做的滚铁环
在我们班里,踢毽子我是最棒的女生
长大后,真想在滚一次铁环
童年的乐趣应该在我的心中
最爱的地方绽放

长大了,童年的梦只是记忆中的美好
童年的每一份美好也成了心中的记忆
但希望这穿越时空的梦
能唤起心中最初的感动
心中童真依在
活出别样的天真
我依然在梦中
可我依旧快乐

只不过不再童真
给儿时的童心上了妆
童心让自己卸了妆
就让着永久的童心
快乐的陪伴我自己
在我的梦中永远快乐

王舒漫

女,笔名蕙兰于心、舒漫诗思,诗人、画家、作家、编剧、独立学者、文艺批评。《中国百年诗画典藏》主编,中国诗歌学会会员,中国散文学会会员,中国散文诗作家学会会员,中国诗词协会常务理事,上海钟书阁签约画家。1980年末开始文学诗歌创作,作品散见于国内外各大报刊。

沙漠,三个慢板词(组诗)
鄂尔多斯,太阳高高挂起

鄂尔多斯的夏,太阳高高挂起,大地清明。一个向世界投以热烈目光的西部,万木丰茂,云朵绣在瓦蓝的天空。

草原,我年少无知就预备神访的地方。

今日终于还了夙愿。这,野旷地低,一川草色青袅袅的鄂尔多斯,风,吹动我的飘发,一碧千里,马壮,牛羊肥,勾勒一幅壮丽辽阔的景致。

其实我离这宽阔的草原,这土地,这条山脉很近,在铜石,稞麦与雄麝之奇妙的梦里。

我永远是一个追逐太阳的人。

一匹马雄健地站在鄂尔多斯街头,身后挂着鲜红的太阳,白云也挂着,周围,一直站着蒙古族波澜壮阔的历史,站着成吉思汗伟大的精神。

这里属于马的世界!

我甚至能看见太阳后面那些深红的脸颊。

以及雄健马的雕塑,展示出来彪悍的坚韧。

一代天骄,你向世界投下一撇,横过阿波罗,这灵魂升降到温暖的鄂尔多斯,从这一天起,道路上的光将你跌落的马鞭挑起,共沐日光。还有,那些看不见的翅膀,一同随你,气壮山河。

鄂尔多斯,太阳与马,温暖了世界!

2019 年 7 月 25 日于内蒙古鄂尔多斯

沙葱,三个慢板词

最唯美的情话,是抱紧你,点亮一个吻痕,不让沙尘落尽。

真不知道吗?

你本是一只凡鸟,投进沙漠的怀抱,烧成一株草香。千年的风沙褪去你苍老的羽毛,数百年深埋,你不凋,不谢,不死。

这是一个怎样令人惊诧的悖立啊!

风,削过大漠,石头的心胸从不借梦胆屈而夜夜停止生发,鲜活。沙葱,秀草一般翠绿,多么丰饶,不是萌芽,比萌芽还萌芽,比花还深红,比海深蓝。浮过高天,天亮时,太阳焦灼你的美唇,峰多云外,你向天撒欢,光彩,诗意苍茫。

花朵,发髻中你扦插着,新叶,额头上你挂着,霜雪温润你净白的肌肤,这般年轻漂亮。有人说,你是沙漠最娇柔的新娘。推开石门,你把深情交给了砂壤,戈壁,我用湿地柔情地感激,你紫红色的灵魂推向神木,热烈,向阳……

你一次次告别我的感官,跳出地皮,不屈不挠的存活,你以自己独特的姿态,开辟这,沙漠里世界的世界,冷静的,线性的,无数,无穷,如果有,一定会延伸到未来。

2019 年 8 月 1 日于上海复旦大学漱月涌泉轩

注:沙葱,蒙古韭(Alliummongolicum)属百合科,多年生草本。具根茎,鳞茎柱形,簇生。基生叶细线形。花葶圆柱形。多数小花密集成半球形和球形的伞形花序,鲜淡紫色至紫红色。花期 6-8 月。种子寿命长,在沙土里埋几年还可能发芽。是沙漠草甸植物的伴生植物,常生于海拔较高的砂壤戈壁中,因其形似幼葱,故称沙葱。沙葱可做各种佳肴,还有一定的药用价值。由于沙葱在砂壤戈壁中生长分布零落,采割极不容易,加之受其生物学特性限制,其产量随年气候的不同而有增减,雨量充沛的年份,产量可大幅上涨。

神秘的红碱淖,第二个罗布泊

西行的马蹄在一颗星星之下,向西,向西。从沙漠到沙漠,几行南飞的雁,静默地穿过受惊的大气,云朵,趟过历史长垣……

塞外沙砾,北城风寒,落花泪涟涟,梦醒怎相随?

我无法记住一片叶子的轮廓,但我记下了你,记下了这神湖,红碱淖,是你用两个白天一个黑夜,泣泪而成的湖,这海,在挣扎中溅起浪花,红碱淖,九万里澄澈。

莫道落红飘,阴山行,天地交泰,神秘的沙漠海,复数的天空,谁在境中躲?

等你呼出!

看,海飞起,地平线挂着,鸥鸟高悬,水面泛起金子般的妖娆,这,迷人的光辉……

红碱淖,瓦蓝到澄红,全部的天空都是你——神木,神湖,怎一个"神"字了得?

2019年8月2日于上海复旦大学漱月涌泉轩

注:神湖,本名"红碱淖",又称"昭君泪"。红碱淖的"淖"是蒙古族语,是水泊、湖泊的意思。红碱淖被称作"昭君泪",来自当地一个美丽的传说……

沙漠海,我看见一枚月亮潜沉海底

一个梦从身后涌来……

夜半,拧开历史的脚本,找回故事的侧页,因为听见的,听不见,四大美人和二十三种奇女子,哪一种属于你?

走进汉代,走进塞北,走进天涯,走不出大漠落日的凄凉……

雕花的龙凤船,驼铃,不可逆转,你志坚为疆,琵琶声声慢,《出塞曲》幽怨泪成湖,长于,一双亲亲儿女,凄凉,落雁难飞,寸断肝肠。

你走过汉,走过皑皑白雪,却是音空信杳,你穿过一个又一个黑夜,这黑黑白白的天,却永远走不出你的薄命,那沙漠下的一潭,是你哭了33年的海……我看见一枚月亮潜沉海底。

2019年8月5日于上海复旦大学漱月涌泉轩

王素玲

女,1962出生。1985年加入市作家协会,在《女子文学》《散文》等发表小说,散文,报告文学。2017年在"燕山放歌·美丽兴隆"诗词大赛获优秀奖。

悼念凉山英雄

人间最美的季节
你却看不到山花灿烂
年轻的生命
为了人民的利益
献身于凉山火海

三十个家庭破碎
亿万人的心在痛
母亲呼唤着你的乳名
妻子抚摸着遗照
滔滔江水在哭泣
巍巍青山在诉说

共和国的消防队员
祖国的骄傲
人民生命财产的保护神
你们把自己的生命
写入史册　万古长青

亲情

山花掩映的小路
留下我串串脚印
简陋的土屋　矮矮的火炕
藏着我童年的梦

父亲像一棵大树
用绿荫遮挡生命的风雨
母亲是一缕阳光
温暖我的心田

哥姐的关爱
带来和煦的春风
弟妹的天真烂漫
跳动着希望火花

父母纯朴的心灵
造就了助人为乐的品质
任劳任怨的行为

托起世间美的传承

走过的岁月见征了
兄弟姐妹间理解与宽容
因为亲情
头顶呈现灿烂的天空

立夏

郁郁葱葱的绿
悄然送走春的妖娆

走在林荫路上
倾听鸟儿的鸣叫

抚摸片片绿叶
品尝夏日的味道

破土而出的禾苗
享受阳光暖照

蜂蝶迷恋百花芬芳
顽童在田野奔跑

几多生动的身影
在田野里耕耘欢笑

花前月下的人儿
嘴里哼着小调

欣欣向荣的季节
到处都是诗意的潮

王韬

笔名遥望五峰。男，20世纪70年代末出生于陕西平利，公务员。爱好诗词文学，不忘初心，向往诗和远方。作品关注自然、人性和社会，弘扬真善美。系中国西部散文学会、中国民间文艺家协会会员。

重阳

古老的《易经》
用单双作阴阳的交替
把时间轮回到至高
月和日孪生在此并阳
相重的两九　重阳
从东方初露到艳阳高照
凝视　夕阳中织起五彩晚霞
把一肩魁梧映成瘦弱的剪影
镌刻为温馨的眷恋
一杯菊花茶清香了秋风
袅袅热气缭绕出最美线条

老墙

紧裹着的斑驳和沧桑
风蚀不了骨子里的中规中矩
曾留下撞破头颅的鲜血
也记忆着过不去的压抑
还掩藏起看不穿的秘密
或是它身后对自由的渴望
如果心中有道老墙
拆或不拆　都不必在意
淡定超然　故天高地广

凤堰花屋

吴家老宅子　浮在花海之上
飞檐高昂　见证岁月曾经辉煌
斑驳青砖　镌刻住沧桑与沉浮
迁徙至此时起　创业　耕读
血液已经融进凤堰的历史里
拾级而上　迫切以另一个视角
一睹堰坪花海的震撼
晚霞带走浮云和千年的光
贪婪的目光在快门声中释放
依着山势　那些黄绿色
绘出最自然的线条

远山如黛　陪着田埂上老农和耕牛
默契的一起把身影倒影在水田
点缀在田园民居炊烟袅袅
如缓缓落下的夕阳
静谧　悠然　让人眷恋

让时光慢下来

像一片柔美的灯光
把寂静轻轻放在桌上
咂口茶水的声音很长
可以给自己听听
一本诗歌或一篇散文
字如音符跳动　那么熟悉的旋律
空灵　在耳边回响
一种味道　慢慢品尝
一种悠闲　茶和时光
不知不觉已坐到打烊

暮光之城

从没有品过　那么深的夜里一杯清酒
然后把自己　跌入长长的影子里
夜有多深　这杯酒就有多浓
霓虹灯抚摸着桌面上　泡沫纷飞的光影
一首《不再犹豫》里
满满的一口　饮下不断重复的曲子
DJ 震动了心室
把摇摆当成狂欢的节奏
直到把自己融化在暮光之城中

王天一

　　吉林省松原人,吉林建筑科技学院,管理工程学院,工程造价专业本科毕业,酷爱诗词。

假如

如果你有慈悲之心,
送我的是风和日丽,
我并不会感谢你的施舍和给予。
风雨选择了我,
而我不想逃避。

如果你用黑暗的巨手抹去了我的最后的
一点光亮,
并挖去我的眼睛,
割去我的舌头,
让我失去控诉的能力。
可我依旧会舞动手脚,
告诉人们,罪恶的是你!
我知道你会派来丑陋的使者勾去我身边
美丽的灵魂,
使他们变得行尸走肉。
我相信会有灵力的药,
使灵魂重复美丽,
并会为此不断追寻。

如果你曾恩赐于我爱情的美丽,
我无限感激,
并为此希望,
多年后我们相遇,
她和另一个人,
我和我自己。

如果我拥有两条生命,
我愿意拿出一条来奉承你,
另一条用来做我自己。
可我只有一条生命,
我拥有珍惜它的权利,
并只能用来做我自己,
即使那会被一些亡命之徒撞到头破血流。

如果死后你会给予我一块宝地来安葬自
己,
我只希望那地方并不陌生,
以至使灵魂迷失自己。
若你问哪里才是极乐之地,

我会告诉你,那是死无葬身之地!

王同

笔名金星,中共党员、高级讲师。中华诗词、中国对联学会会员;诗国社、中华辞赋社成员。北京诗联书画院院士,有专著多部交流赠人。

改革开放颂

改革开放是我国社会主义发展的需要和崛起,
是我国历史文明前进的必然和希冀。
改革开放是党和国家拨乱反正破迷信的觉醒,
是政治经济深化改革弃盲目的演习。
改革开放是解放思想唤醒了东方的时代呼唤,
是激发巨大变革新活力的有力冲击。
改革开放是大国转型体制要改革的重大举措,
是创新谋发展实现战略的伟大转移。
改革开放是格局重塑社会形态转化的大飞跃,
是痛定思痛理智反思的一副清醒剂。
改革开放是现代化建设振兴中华的先决条件,
是打开国门与世界接轨的共享机遇。
改革开放是富国强民立于世界民族之林途径,
是塑造空间内外联动新时代大课题。

时间颂歌

时间是什么?什么是时间?
它是物质运动的存在方式,
它是宇宙变化的重要表现。
时间啊,你到底去了哪儿?
它没有终点,只有起跑线,
让人寻觅扑捉啊,莫等闲。
如果我们不善于支配时间,
历史的尺度就会显得太短。
如果我们任意地消磨时间,
那就等于随时地挥霍金钱。
如果我们不能够主宰时间,
那生命之光,就变得黯然。

王拓

天津市宝坻人,吉林建筑科技学院,电气信息工程学院,建筑电气与智能化专业本科毕业,酷爱诗词。

平复

平复
为那颗惊悸的心

平复
在初霁的前夜

平复
平复至风也平浪也静

平复
待一阵风儿又惊

继续平复
…………

王文浩

1987年生,山西省汾阳市朗诵艺术协会会员,山西省摄影家协会杏花分会、汾阳摄影协会会员,现就职于山西杏花村汾酒厂股份有限公司,职员。摄影之余,喜好写作。从高中时起,开始文学创作,起始在市中华魂征文大赛荣获一等奖殊荣,现今有作品发表于市刊《汾州乡情》。

水与冰

水
冻结成冰
冰
融化成水
水
再结成冰
却不再纯洁了

泄怒

外面的树
整夜都没有睡
这会儿
拖着疲倦的身子
还在轻轻地晃动

瞧瞧昨晚那嚣张的德性
在深的黑的夜里
歇斯底里　几近癫狂

简直了
颠覆了一贯的柔情稳重
露出凶神恶煞的那一面

我知道
如果没有遇见风
它才不会发疯

2019年5月19日

写给母亲

无意间瞥到母亲的眼眸
忍不住牵起了她的手
青丝何时染上了白霜
您的额头又多了纹皱

时光可否绕着走
把母亲的年轻容颜驻留
一生要强的母亲啊
那腰竟也有了一点佝偻

岁月流转庭前院后
祈求善存一丝温柔
让我再到母亲膝前嬉戏
陪您散步林间午后

您忙碌的身影依旧
那棵老树还站在老院数春秋
遍经冷暖褪去芳华的母亲啊
不容我们再等候

毕生
唯以最忠最诚最敬最爱之心，
待生我之尊、养我之敬
报以顾复之恩

写于2019年5月11日　母亲节前日

王宪亚

笔名梦怀·亚，江苏扬州人。世界文学家艺术家总会下属世界作家协会荷乡分会主席；作品散见于《国际联合时报》《新时代中国诗歌精品典藏》《中国爱情诗刊》《世界诗苑》《文心社》《新大陆》等国内外部分刊物与平台；擅长以细腻的情感描绘人生的色彩，以慈善互助、公益、为己任，传播正能量而倍受读者欢迎！个人诗观：愿把生活过成诗的模样。

希望

——生活假如没有了激情的涌动
人生的路上就会感觉到疲惫与沉重
等待爱的滋润
其实在心头会给你幻想未来的希望
——因此
我把满怀的浪漫　于字里行间轻轻吟诵
但守　一份恬静与淡然
挥洒　一种诗意与奔放……

梦语

你是唯一葬我之人
在笑与哭之间撒落了单纯
没有世中之俗
没有醉迷之意
只是展现了一片点缀记忆的云
昂首苍穹深处
遥对心之尽头
于不经意里
游离了思念的魂……

砚墨人生

山水尽在砚墨中
挥毫皆书画
人生何时不芬芳
改变了尘间模样
却隐不去生命的葱茏
纵横天下
隔空抚劲松
…………

王相华

笔名清心如云，山东日照人。中国诗歌学会会员，如云诗苑社长，多家刊物主编，诗赛评委。有诗发表《人民日报》《诗刊》《诗选刊》《星星》《中国诗歌》《中国诗人》《芒种》《中华诗词》等海内外近200家刊物。出版个人诗集两部。

时光远去的另一种声音(组诗)

时光书

不小心就走到中年，昨天与今天
是一道分支线
被攥紧的时光开始放手

儿女长大了，父母也就老了
我是一根坚硬的肋骨
支撑着家族的宿命，和生活的重量

四十多年奔波，云在天上
也在人间的低处
我能守住的，仍然是黑夜的星星
以初心点燃诗性的火把

在纸上，刻下另一个名字
赶着落日，看两条影子，谈笑或沉默

蝉是今年沉默的声音

它也有喊累的时候，有人靠近
声音就会停下来

由此确定，蝉的见闻觉知
与人类相等。当夜晚的酒杯里燃起篝火
这种陷阱有巨大诱惑力
就像飞蛾扑火，把光亮看作太阳

父亲不忍心对微小生命
下此毒手，而我咽喉冒火，内心欲望
正张开血盆大口

风用力吹了一下头顶，人间就醒了
多么戏剧性的人生和自己
直到整个夏天的沉默，被一声蝉鸣所替代

运河另一种声音

经历之后，有些话音越来越小
时常被嘈杂声淹没

运河两岸的蝉鸣四起
索性在周六傍晚
看土地破开雨后的外壳慢慢爬行

这是一种习惯，包括生活
和写诗，有时候

需要另一种声音代替我的思想
在风中,过滤出金子

像简单日子沉淀的沙砾
经过黑夜,被月光加持会变成七宝

死亡或重生

在河畔,几棵柳树上的鸣声
随蒲扇越摇越响
只有孩子们专注于小洞穴

安静的土地,被翻了好几遍
秋天马上就要到了
蝉蛹,试着攻破自己头顶
它的痛,必须摁回体内的一颗泪珠里

沉默,时光再度沉默
不止它飞翔的翅膀,被世人折断
连同瘦小的肉身
也在火中焚烧,死亡或重生

王小林

男,1967年5月出生。江西省抚州市东乡区人。大学本科学历,江西省作家协会会员,2000年5月至今先后就职于《江西日报》集团《江南都市报》《大江周刊》《江西法制报》《赣商》杂志,任记者、新闻中心主任、主编、首席记者。出版有散文诗集《心约》、报告文学集《诚信人生》、散文集《靠情感过日子》、旅游大散文专著《诗意的流坑》、报告文学《向海之路——向莆铁路建设纪实》。有诗歌作品入选40多个选本,联合主编《江西文学作品双年选·诗歌卷》。

大地行走(组诗)

以花的方式盛开

我相信,来自深山的花最香
她以寂寞的方式汲取山水灵气
我相信,一杯桂花茶里花开的声音
是多么欢快
如同聆听到了母亲
十月怀胎后的喜极而泣
万物在云岚之下茁壮成长
花蕊在枝头招蜂惹蝶
流水不断翻新时光
我决定,走进更深的深山
以花的方式盛开
做一个最早探春的人

滴水岩

我要去听一滴水的声音
去看它自高处坠落的壮丽
一滴水的路
必定人迹罕至
先是选择一处深山
它的路比虬枝更蜿蜒
拒绝喧嚣改变它信仰的图谋
它的疼痛就是大海的咆哮
一滴水,它总是在平静中
独自远行

赣州街头的榕树
在南方所有的城市与乡村
我对榕树已经熟视无睹
我无视他的随遇而安
无视他的坚韧与夸张
可是,今天不了
走在我再熟悉不过的赣州大街上
满大街的榕树裸露着壮实的身体
以及倔强地展现的根
让我相信了根的力量
相信大地的吸引力
相信空气对它的诱惑
由此,我也相信了命运的选择是无法抗拒

在井冈山闻丁香花想起母亲
我曾经忽略过丁香的香味
这是我的原罪
今天,在井冈山麓
我远离母亲
丁香的香满山泛滥
多么像母亲那间窄小的房子
由此,我也欣然了
请原谅我,母亲
我把您的清香一直带着
无论走到哪里您都在我身边

细雨霏霏中的篁岭
篁岭是一方画布
是谁轻摇画笔
泼墨出这卷彩色的画轴
她的美丽与生动
使雨也产生温度

我无法知道,你也永远不会知道
自何时开始,是哪一场雨
如此的缠绵,却又如此的温暖
你只坚守自己的素颜
定格粉墙黛瓦
静候节气和心的君临
就够

家乡降雪
从更南的南方回家
路过梅州,梅县
马上就要越过梅关古道
朋友圈里得知,雪
披星戴月朝我家乡奔来
她自己擎着前行的灯
把她走过的黑暗和泥泞覆盖
把一切的美丽扼杀
她只给梅花点灯

她知道,在这个季节
只有梅花才能燃起我们的暖

王晓旭

黑龙江省铁力市人,铁力市诗词协会副主席。现为《铁力旅游》纸刊副主编。有诗发表在《山东诗歌》《小兴安岭》等书刊。

老房子

世上绝无仅有的黄金地段
世间最矮小的房
外观,看不出豪华

生命,最温暖的家
筋骨结构,血脉供养
皮肉与爱,围成保护的墙

许多年了
没有机会再次入住
只能一遍一遍地喊她
——妈妈

听雨

老天谱的一曲轻音乐
到了夜半
还没接近尾声

入境的人,关闭眼睛
耳朵分辨:哪节凉、哪节暖
哪节是相见欢,哪节是蜀道难
哪节是遥相呼应,哪节是各奔前程
哪节是省略号里扣押的
翅膀和春风

入境的人,听到身后的回声
听来一场潮湿

漫过烛影,屏蔽残梦

立秋

早醒。距离亮
还差一眨眼
从纱窗毛孔挤进来的风
星星点点,像珍珠

开机,最先想了解一下你
已经能控制不打扰
只用心抚摸名字与影子
立秋了,我正在学习成熟

蝉又鸣,震耳欲聋
该是接近绝唱,所以原谅
要感谢的,是门前这棵古树
母亲一样。从来到她身边
一直送我绿茶和空调

立于暖凉交接
我,不敢再往前走
害怕水深、落叶、孤独

情满七夕

一页传说,经年
再次被打开
字词温暖,章节清澈

星光按键,关了其它
一串儿葡萄悄悄地
分享鹊桥上的声情并茂
感染的风,漫山遍野

触景,想起远方
远方,一盏姓名的灯
亮了我的夜

王鑫

湖北省神农架人,吉林建筑科技学院,管理工程学院,工程造价专业本科毕业,酷爱诗词。

那雨

夏日的雨
似瓢泼,却又如此的滴滴分明
也许,正如风所说:
每一滴里都藏着一个故事
一个温馨却又曲折悠长的故事

据说
其中就有一颗只属于你我
可当我在亿万颗雨滴中找到你时
大海已将你拥入怀中。

王兴献

安徽涡阳人,现于浙江绍兴某风景园林工作。偶尔写点小诗,平常特忙。惯以与人以诚,与诗以实。自嘲:只道当时轻梦许,我原不肯做诗人。

听雪

或于脚下的深　或于发间的白
这些日子里　还有谁
在失声中　喊痛

枝上桃花　没了
几许风尘　于一念之中
还在留白处　渡劫

一朵花上的雨

这段距离　到这段距离
就是承诺
却听到了笑着的玫瑰的泪

月台

这站　依然
像往常一样陪着
多一秒　再多一秒

风的记忆

是北方吹来　不要痛在脸上
如果多一个微笑
太多的冷　也不会刺骨

初心

再也不说早安　今夜
梦和远方
就还在诗行里

冬晴，冬情

这支瘦笔　再也无法给予
枝头抖落的白　还在
勾着雪美人的笑

遇见自己

又是一个无眠　今夜
还有这杯苦咖啡
再也摁不进我的泪

我是

谁　动了这一窗心事
帘内那个醒着的人
笑了又笑

总说闭上眼睛就是天黑
这醒着的梦
负了今夜

再多一句就会喊破黎明
你说　我们都在等待时间的承诺
产生共鸣

岸边

这群笑着的人
不知该如何　收回
溺于海水的泪

晚秋的，晚

若然不是这场雨浇醒了
我的心就不会冰封
今夜　依然守在窗前

月下

别再说　花前的誓言
不如抱得紧些
让影子粘着影子　随彼此心跳

结霜的音符

还是浓过深秋的月光
赶一步　就能到家
这脚印太响　如何轻点

橘子红了

垂涎　是风中的念
梦一来　就是远方
不信你看枝头　那么熟

那道斜阳

每回　我的眼睛一红
会认得　这就是
爷爷弯弓的背

王秀春

河北承德人，承德市作家协会会员。热爱写作，有作品发表于纸刊和网媒。

蒲公英的告白

我是一株微不足道的花草
深知自己是多么的渺小

但我有着一颗向阳的心
努力把自己绽放成太阳的模样
我的心似乎有点空
但她很甜,很甜
我的肢体如刀挫一般伤痕累累
但我有着向上挺拔不屈的脊梁
我没有向日葵的高大魁梧
没有牡丹的雍容华贵
没有月季的四季芬芳
但我仍然快乐地歌唱
我的生命很短
短得还没来得及感受季节的更替就白了头
可我不悲伤,不徘徊
无怨无悔地带上我的孩子们乘着风儿远行
我们在空中飘啊飘
尔后,驻足于高山,沟壑,田野,村庄
幸福地睡在土壤里
静待来年春三月……
燕子呢喃,绿柳河岸,蜂舞蝶翩
我们便像璀璨的群星一般将大地装点

长城之上

长城蜿蜒
无边荒草守望野花
凭吊历史的芳香

每块砖,都隐含
英雄的血泪
气壮山河的魂魄

青苔斑驳
是岁月堆积的皱纹
山风路过,也要扯出
砖缝里,挤压不住地叹息
…………

王秀钦

女,大专学历,曾在《忻州日报》《五台山》《山西青年报》《山西广播电视报》《中国医药报》等报刊发表诗歌文章。

夏日欢歌

没有月色的夜
深不见底的黑
黑啤的黑　越发张狂
催生的苦　更加放肆?

火　烧不尽的黑
星星点点　飞扬出无数希望
人　喝不够的苦?
一杯又一杯

忘记了性别的我们
血,升腾的红
烟熏火燎成闻得到的汗味
在夜空中回荡着真诚

不在乎年龄的我们
同唱一首夏日欢歌
远方的那条路　无论是否泥沙俱下
我们一同走出向往

道场

老了的花
泥土依旧是她修行的道场
酸甜苦辣已被放下
晚霞中不再回荡惆怅

她忘记了自己是丁香
还是蔷薇　甚至是一朵狗尾巴
只有感谢在枝上飞扬
飞上流云把最后的芬芳撒下

犹如西行的夕阳
有着橙红的欢畅
既然拥有白天的痴情
就不再贪恋夜晚的醉人

十方众生皆有造化
夜的苍茫
消隐了贪嗔痴的张狂
惟有净土托起了无数的向往

欲望

人已离开
匍匐在莲花垫上的欲望
被你留下
长跪不起,日夜顶礼

超度

你的车,载不动
你的目中无人
被碾压在路上,让人目不忍睹
我默诵一句"阿弥陀佛"作了最后的超度

洞察

虔诚在火焰中腾空而起
厚道被势利碎了一地
毫不留情的风
把碎片一卷而空

无论有多少人间灰尘
都遮不住我善良的光芒
前世今生修行的狼
不会拥有佛的心肠

装模作样的情谊
在汽车的咆哮声中扬长而去
一弯新月看着人间的冷暖
发出幽长的叹息

我不是猴子
我有从一而终的桃子情结
古旧的文物
更具收藏的价值

王义合

笔名王义和,男,教师,河北省雄安新区雄县人,诗歌作品散见于数十家报刊。

那年花开

早已百毒不侵,却偶然伤感
今天
我粗糙的手触碰到一朵盛开的野菊
那个远得如同隔世的春天
再一次宛如昨日

而如今的你是否也会忆起
那一年的花开
青涩的我们相遇
你是否也已释然

十六岁注定是无果的花季
只是那年的花开得太美
我们刚学会偷偷地欢喜
不知道春天那么短暂

花季过后　你已经
遥不可及
二十年间
春光从未老去　只是
春花不再属于我们

四季的风
迷离了所有思念的眼睛
让他们偶尔把无奈变成泪滴

谁不会有过轻狂呢
如今的承认也意味了宽恕

宽恕廿年前
年少的自己

现在喜欢独自在旷野
看一朵花偷偷地绽放
偷偷地凋零

花雨

每一个有月亮的夜晚
我们在月下对饮　然后
把痴狂写进诗句
分不清是醉里还是梦里

其实春天早已过去
炙热的七月已经找不到
适合的种子

那么
我们就等风和日丽
把那些痴狂的句子
撒到白云里

在某个时间某个地点
会下一场玫瑰的花雨
让我们坐在彩虹下
找一片最炫丽的花瓣
送你

雪城

黑夜是不是比白天漫长
眺望那片白亮的夜空
那是你在的城市

秋天这样匆匆地过去
第一场雪就把我吞没

时光都成了黑夜
没人看见

我筑起一座城　冰冷的城

我独自打着寒颤
没有让我僵硬的
是你那片白亮的天空
和我珍藏的一缕秋阳

黄昏

花儿低头怀念含苞带露的清晨
麻雀临睡前还要扯几句白天的奇遇
我却怔怔地想你
即使我所经历的所有白天都没看到你
如果今生有一次的回眸
会注定在哪一世里相遇？
如果你是为今生的一次擦肩而来
那么我会在那一世里为寻你而去

高天

岁月在忐忑里流转
多少个夜晚　孤单的失眠
那个昂扬少年的绚丽梦幻
在颓废的日子里渐行渐远
每一次的失败在我梦里铺垫
每一个伤痕在生命里挂满
明天我要再一次呐喊：
给我再一次的梦吧
我要盘旋在壮阔的高天
给我再一次的朝气蓬勃如昨日少年
给我再一次雄心
不顾一切飞向高天

潜鸟的鸣叫

仰望山顶
目测那一片天
到脚下的距离
每一个午夜
悉数新羽

可是　我知道
乌云会把信念压低
那狂风和暴雨
是想让我习惯
带伤的躲避

乌鸦站满低垂的电线
无知的嘲笑　仅仅凭借
它能落到树梢的能力

渴望更高的蓝天
就会生出鹰的羽翼
三万里长空
让世俗的短浅随风而去
于是　在起飞前
放一声鸣叫
盘旋到云霄里

凋零

如果有一天
会厌倦生命　那就
让我在最灿烂的那一刻
死去

如果明天不会再相聚
就让我们在记忆里相惜　等待
轮回里再次的绽放相依

如果会有一次
你为我怦然心动　就请你
在心灵深处留下我的
美丽

王宇新

男，1972年生，笔名清风，现代诗诗人，吉林省白山市人。中国现代诗自由居大观QQ群群主，吉林省作协会员，省青音协会员。创造出"现代诗五要素说"。2007年出版了中华诗词论坛丛书、现代爱情诗集《不知她的名字》。

感受心灵

让圣洁的音乐
涤荡我的灵魂
别让世俗的尘垢　蒙住了
我曾经澄澈如水的眼睛

给心一次　被放逐天堂的
机会　再去追一次风
透明的影子　和白云一起入眠
头微微的下沉
显出它不再高傲的样子
梦想回归我的心灵

缱绻　徜徉
那条曲折的路
没有路标　也没有茅屋
和干粮　日光和雨水相伴着
等在前方

我在笑着
笑得路面有点儿心惊

烈日吹来烤炙的焦糊味
狂雨让身体坠入寒冰
我强壮的诗心在冰与火的考验里
依旧清醒　坚定

没有什么不好
日头总有温柔起来的时候
没有什么可怕
雨水总有飘渺起来的时候
没有什么疑问
诗心总有爽朗起来的时候
那路　我希望
永远走不到尽头

甜甜地睡去　悠悠地醒来
纯美的乐声陶醉了点点寒星
星星睡了　雨后的阳光
刚刚
苏醒

2011 年 5 月 19 日

不知她的名字

一个女孩　匆匆走过
那一瞬
风中的长发
飘乱了宁静
心便浮在发上
飘飘地　远去了

忽地　落日提醒我
不知她的名字

1993 年 11 月 27 日

王育才

　　男,河南洛阳人;笔名野火春风。

　　序:偃师市南依中岳,北傍黄河,西邻洛阳,东望黑石峡关,是历代兵家必争之地。武王伐纣,息偃戎师而得名,是我国建都最多的县级市,有最早中国、古都西亳和七朝古都之美誉。中华第一古都夏王朝"斟　"始建于此,商朝尸乡沟"西亳"古城遗址的发现,更让偃师名声大噪,此后又有五个王朝在此建都。境内北邙山蜿蜒东西,伊洛河源远流长。生在苏杭葬在北邙是历代帝王将相的美好愿望。

　　偃师市历史积淀丰厚,文化底蕴凝重,物华天宝,人杰地灵,故赋之。

西亳赋

中岳蒙蒙
北邙葱葱
伊水潺潺
洛河淙淙
南观嵩山之苍茫,古辗辕
北望黄河之壮观,波涛汹涌
东眺黑石之峡关,天然屏障
西听马寺之钟声,悠悠长鸣
武王千帐,息偃戎师
最早中国,岁月峥嵘

夏立斟鄩地
商筑西亳城
周王寡天下
诸侯共朝圣
东汉刘秀谋大业
曹魏战火熊
西晋司马统三国
北魏佛教兴

商汤、苌弘
不韦、蒙正
伯夷、叔齐
张仪、田横
洛水之滨葬苏秦
北邙之阳眠真卿
王铎东望黑石关
李弘静卧唐恭陵
房琯房融房玄龄
三朝宰相辅唐盛
杜甫杜预杜审言
千古神韵世传颂
钟繇书法泰斗
钟会乱世枭雄
西晋司马五帝
永世相依相拥
徐文远王师博学
徐有功清廉刚正
陈河陈祎婴涕

寺东玄奘永宁
王弼善玄学,注周易,释论语
马钧天资聪,巧发明,夺天工
班固、王充国学苦读
"汉书""论衡"久负盛名
李白、杜甫洛邑携手
诗仙、诗圣共话诗情
看七朝古都
钟灵毓秀、人杰地灵
睹河洛大地
遍英雄墓、将相冢、帝王陵

斟鄩地,开国华夏遗址恢宏
尸乡沟,断代商都举世震惊
春秋滑国,残垣断壁今犹在
刘国故地,万安山下有神踪
汉魏古城,遗东方之神韵
东汉太学,立中华之文风
玄奘故里,亭台楼阁依旧
唐僧寺院,善男信女蜂拥
水泉石窟古,铭记魏唐宋
会圣宫碑巨,缅怀先祖功
张衡制候风,灵台千古留倩影
蔡伦成纸圣,纸庄闻名世传颂
武皇缑山挥毫,宋帝凤凰祈祖
丝路铜驼寻源,客家虎头思宗

最早中国
华夏文明
俯伊洛大地,阡陌纵横
仰北邙山峦,逶迤青青
看洛河两岸,风景如画
睹沃野千里,花香粮盈
百鸟翩翩河底
千鱼嬉戏云中
数条彩虹飞南北
两条铁龙贯西东
忆往昔:英雄驭马疆场驰骋

看今朝:百姓驾车凭窗听风
如今偃师
山青水秀
家国双兴
安居乐业
处处康宁

嘉日月之光辉
墨古都之德丰
书盛世之繁华
赋西亳之昌盛

王跃东

男,汉族,1968年12月生,祖籍山西榆社县,现供职于山西晋中榆社融媒体中心,曾任《榆社报》编辑。曾出版诗词散文合集《幽轩聆涛》《晓月凤曙》《独钓江雪》。

童谣

一

春来了,花开了。
看花去,叫姥姥。
一路跑,学小鸟。
嗡嗡里,追蝶闹。

姥姥老,步儿小。
一路叫,怕摔倒。
匆匆赶,拐杖掉。
伸小手,当小宝。

穿小径,不踏草。
拾袋子,绿桶撂。
讲文明,从小晓。
与花俏,笑园好。

二

燕子叫,春来了。
小溪笑,鱼儿跑。

唤爷爷,下网罟。
一溜烟,钻草草。

小蝌蚪,大头帽。
摇摇尾,浅滩绕。
不嫌丑,像宝宝。
吃害虫,要看好。

水清清,青山抱。
香袅袅,闻啼鸟。
此环境,多美妙。
从小护,肩上挑。

骨笛

黑鹰迁徙
它没有把自己交给上帝
却交给了高原、寒流、冰湖、雪山

高原的魂
融进了,它每一个细胞里
它把根留在了这儿

寒流的狂野
肆虐着,每一处角落
它搏击着风自由地翱翔

冰湖的无情
刺痛着,每一个苍生
它顶着波澜恣意地潜凫

高耸云天的雪山
屏障了其他小鸟的航道
却挡不住,它对芬芳的向往

但孤鹰
注定要折戟沉沙
它和家族排成了人字

一次次地飞越着珠穆朗玛山峰
从不回头
纵然坠落冰川,却长存山野

一声声骨笛从骏马上响起
这,不是为它们送葬
而是,催人断肠——

漫步海滩　潮来汐去
——一个邻居刚退休就查出得了大病而怀
从今天起,我要做一个悠闲而幸福的人
不愁不怒,不抽烟,不打麻将,不求显贵,乐山乐水
从今天起,开垦出一亩荒地
种上粮食、蔬菜和芝麻
不施化肥,不打药剂,不浇浊水
还要送给提着篮子而觊觎的人
从今天起,租下一块小林丘、一个鱼塘
喂牛、养鹅、逗鹤、植梅荷、渔樵,学牧笛
从今天起,跑步,呼吸新鲜空气
打羽毛球,汗流浃背
从今天起,我要对着每一个人微笑
让他们看到我的幸福
我要天天在微信上留言
让每一个关心我的人,分享我的幸福
我要把遇到的每一株芳草、每一朵花
甚至是每一只蝴蝶、蜜蜂
都取一个别样乖巧而温雅的名字
给每一只归来的燕子,筑一个新窝
从今天起,我要忘却所有的仇敌
告诉每一个人,为你祈福
愿你实现自己的梦想
愿你的儿女金榜有名
愿你儿孙满堂、环绕膝下
愿你在潮流中都获得幸福
我只愿在月色下
漫步海滩,对着潮来汐去

填写唐诗、宋词和元曲

山圪梁

咬了一颗酸枣
感觉有汗水的味道
不咸,却酸甜
来人说,它撷自马形山边的山圪梁上
一层迷蒙,遂囚住了眼眶

我知道,这是北国的红豆
它挤占了田垄上的禾苗
伴着荆棘里的醋溜溜
向着秋风、向着萋丛
颤微微地笑

抬起头,凝视着流云
看见了一个苍老的背影
便想,是该带着父亲回一趟老家
让他看看那块时时念叨着的田野
而我,则去看看那神化了的脊梁
还寻找,童年的梦

王赞峰

　　河南灵宝市人。金三角鸿恩婚庆公司总经理,金牌婚礼主持人。用诚信诠释经商理念,用心灵感悟文学魅力,用声音传递爱之真谛;善长诗歌、散文写作,作品散见于各大网络媒体、微信平台。

七夕·守候中的思念

密密匝匝的思念
悄然落于伊人心
如今隔河相望的两个人
像两片被风干水分的花瓣

美妙的记忆仍停留在
恩爱相逢的刹那间

择一颗最亮的星星
一路引领　照亮
千年之约的再见路线

银河迢迢　繁星点点
颗颗都是幽怨眼神
饱含期盼

若是你累了
我必以热泪调制　温柔当馅
以浓浓的爱意　为你将疲惫驱赶
用最体贴细腻的双手　为你
抚平额头渐增的皱纹
平息心中累积的哀怨

痴迷绝恋并苦苦坚守
这空中之城
是因为在心的城堡里面
留守着自己最初的爱恋

与星月银河一起
守候、等待、修炼
只为再现
渴望中的一米阳光和
再度相拥爱抚时那份
甜谧　悠然

期待下个轮回里　一起
粗茶淡饭,修篱种田
愿来生的每个日子
都能相依相偎
安然入眠

娘亲,无价

褓褓中一声清啼
你把我轻轻揽在怀里
甘甜的乳汁
和着温柔的童谣

为我编织出一重馨香　一重甜蜜

学步时一个趔趄
你把我轻轻扶稳
脸上除了焦灼,还有满满的鼓励
让我从头开始,不言放弃

上学时一次失误
你摸摸我的小脑袋
爱怜的笑意里藏着浓浓信心
那无声的表情　悄然间
把我的进取之火燃起

娘亲,娘亲
在你身边的日子
我并不觉得有甚出奇
可是　等我长大成人后远走他乡
在远离你的日子
才深深懂得了你
懂得你背后承载的不易
懂得你含辛茹苦的付出
懂得你用生命呵护的那片天地
娘亲,娘亲
等我隔着电话轻唤你
在思念你的日子里
才深深读懂了你
读懂了你儿行千里的刚毅
读懂了你的绵绵相思
更读懂了你情怀中蕴藏的那片神奇

而你,依然是你
依然是那轻柔地叮咛
依然是那默默地关注
依然是那细心地期盼
依然是那无尽地激励
俨若儿时的情怀
始终无悔,无改
始终无憾,无敌

娘亲,娘亲
我不知道什么是母亲节
我也不知道和你有什么关联
但是　在我心里
你就是我的唯一,我的全部
一声娘亲,这
就是母子一世的承诺
一声娘亲,就
就是我对您一世的祝福
一如当初的馨香　甜蜜

在汗水中品尝芬芳

田野里,新苗正青
一穗长鞭,一声长歌
晶莹的汗水滴下
湿重的泥土被犁成一道道
通往丰收的小径
农人的笑容　仿佛带着
丝丝欣慰,丝丝求索

厂房里,机器轰鸣
一顶头盔,一泓炉火
晶莹的汗水滴下
粗重的铁钚被轧成一个个
承载发展的希望
工人的笑容　仿佛带着
丝丝自豪,丝丝寄托

校园里,书香朗朗
一根教鞭,一点笑靥
晶莹的汗水滴下
求知的心情被展成一簇簇
飞往未来的希冀
成长的笑容　仿佛带着
丝丝眷恋,丝丝不舍

春风袅袅,春风袅袅

一个关于劳动的话题
一段延绵了129年的国际史
一片大江南北共鸣的唱和
一个时代永恒的主题
一腔不老不了的岁月
幻化成你我他共同的热血
幻化成你我他共同的执着
幻化成你我他共同的述说

塞北江南　潮起花谢
各行各业　奋斗拼搏
劳动者，劳动着
当晶莹的汗水滴下
你所拥有的
除了共鸣，还有收获
除了成长，还有更多、更多

王振荣

　　笔名讨债去，山东烟台人。农民，业余爱好诗歌。

累了

太累了
累在一阵风中
一场风雨过后

什么都湿了
湿漉漉的心头
湿漉漉的思绪
连滚带爬的欢笑也透着疲惫

想静静地离去
把世界关在门外
只留下我和自己
连同思想一起
埋进疲惫筑起的坟墓

安祥地躺在那
仰卧着像一条默默的路
你轻轻地，或沉重地
走过我的身体

我走时
也许在那个秋季
那两行诗
是我结下的果实
随你摘去品尝
我不再去问是甜还是苦涩

再累的时候
我就陪着自己
勾兑一杯回忆
想你时
就为春天写一首诗
我在诗中等你

王中亮

　　上海财经大学贸易经济系本科，南开大学经济学系研究生进修，上海立信会计学院教授，2011年退休。

我在上财遇见你

经历过坎坷，沐浴了风雨
终于等来恢复高考的消息
踩着改革开放的鼓点
走进校园，成为幸运的78级

无论来自工矿企业，还是广阔天地
我们在这里不期而遇
从此，在人生的档案中
记载了财经大学贸易经济系

我在上财遇见你
尽管还是乍暖还寒的春季
心中却有一个炽热的信念
要用自己的努力，谱写人生传奇

肩负着光荣和使命
紧张的学习似虎添翼
在丰富知识的同时
也懂得了人生的意义

深知读书的机会来之不易
也坚信改变命运的是知识
为了追回失去的时光
经常废寝忘食,放弃休息

四度春秋,只争朝夕
难忘校园内留下的足迹
毕业之际,相互道别
同学之情是最珍贵的记忆

喜迎母校百岁生日
我们又在上财相聚
回首往事,并不如烟
说不尽对母校的感恩话语

岁月虽在我们身上留下痕迹
纵然青春不再,但情谊未移
当年所有的美好将永留心底
人生中新的航程已经开启

2017 年 10 月 18 日

王忠军

  乡奴(中国),安徽萧县农民,流浪打工者,中国音乐著作权协会会员,曾任中国诗歌报汉文学总汇与芳菲文艺多家网络诗歌平台编辑,有部分作品在全国文学大赛获奖。

乙未年三月三忆友偶得

阳春三月
乍暖还寒
雪花乱扑离人面

望中原大地
鸟语花香
风光无限

秦淮两岸
琴瑟相和
鸿雁频传

驰骋大江南北
一蓑烟雨
几处悲欢

饮酒作赋
起舞弄影
牧笛声里看遍

叹！谪仙早逝
柳永词穷
五柳、东坡负平生

多情应笑我
含泪傲秋风

秋意

登高　远眺
万里河山　故乡的轮廓
在易水河畔　瘦成
疼了秋的倒影

鸿鹄排开阵势　向更远的天空冲刺
海燕　低飞的翅膀
强有力地拍打波涛汹涌的水面
江河呜咽　峡谷悲鸣
秋　江郎才尽
无奈　把未来托付给淋漓的雨
高调向人类宣示它存在的作用与价值

大地含笑不语
博大精深的胸怀　吐垢纳新
张扬的青春　在如歌岁月的年轮上
重重刻下明天的骄傲与辉煌

王子涵

　　吉林省农安人,吉林建筑科技学院,管理工程学院,工程造价专业本科毕业,酷爱诗词。

茧

枣核般的影迹
静悄悄的
谁知道
她
终究的美丽
风雨的洗礼
化蝶而起
数次的谋面
竟丢了浮尘
忘了轻世

王子豪

　　吉林省农安人,吉林建筑科技学院,管理工程学院,工程造价专业本科毕业,酷爱诗词。

为何

念书？学费。
没钱？挣钱。
挣钱？挖煤。
挖黑窑的煤,要人!

塌方？谁怕!
塌方,儿怕!
儿怕？怕儿。
最后,看儿在新坟。

天亮要回,挖煤!
为谁？
为了不挖煤。

王子琦

　　男,1929年生,滕州市人,滕州市政府退休干部,系中华诗词学会会员,滕州市诗词协会名誉会长。曾荣获第二届"岳阳楼"寻春诗会金奖、第四届"相约北京"全国文学艺术大赛二等奖。

山泉

我爱山泉
更爱巍峨的龙山
你从胸怀沁溢出的汁液
是大地深处喷泄的水源

踏着深山峡谷奔流向前
流向龙湖龙河汇集微山湖间
滋润着滕北大地
丰收的五谷山果香甜

你像含情的少女
清波细流无限温暖
带着龙山香野的甜味
走遍五湖四海滕州特产

涓涓细流
多么使我怀念
我身躯中的热血
也曾将你来含

王子轩

　　又名王建新,湖北咸宁人。现定居广东省惠州市,《惠州日报》名记者。惠州市仲恺区作协副主席。20世纪80年代开始诗歌创作,先后在《诗刊》《诗歌报》等报刊上发表诗歌、评论、散文、报告文学等作品,著有诗集《初时的印象》《世纪之约》《这一片天空蔚蓝》(合集)《把一只蝴蝶捂怀里》。

秋长谷里(组诗)

在惠阳秋长镇
有一个文旅景点
叫秋长谷里
秋长谷里长在一大片田野之中
格外醒目
我第一眼看到这个名儿时
便在心里默念了一遍
江湖海若有所思地说
秋长在谷里
现在虽然是盛夏
我宁愿相信
秋是长在谷里的

水艺方的夜

诗陌路是一个陌路相逢的诗群
诗陌路诗会是一个诗先锋和诗同仁
把酒言欢,恣意放飞心情的诗会
把一首诗与一杯酒放在一起
把一个人和一盏茶放在一起
这么切贴的排列组合
只有在水立方的水样年华中
如此适配

水艺方是不能缺了水的
水艺方也是不能缺了酒的
缺了水的水艺方就不是水艺方了
缺了酒的水艺方当然更不是水艺方了
在这样一个夜晚
我看见火焰燃烧在水里
这是多么恰如其份的标配

人错行

他是前苏领导人
一位粗鄙中略带无赖的男人
赫鲁晓夫当初如果不从政
改行做个作家
相信一样会星光四熠
说不定也是一个诺奖得主

他形容本国的导弹生产速度
说它就像生产香肠一样
他描述把核弹运到古巴去
运到美国人的后院去
说是在美国人裤裆里
放一只刺猬,想想都疼。
这种流氓式的赫氏名句
不是哪一位伟大的作家或诗人
随随便便能想出来的

王祖新

一线教师。马鞍山市作协会员,安徽省网络作协会员。喜欢写精短的题材,曾有一百多篇诗歌、散文、闪小说发表于各类纸质刊物。有若干作品在省市县举办的诗歌大赛上获奖。

木芙蓉的演绎

倾听　寒风滑过老朽的皮肤
静默的枝丫在冷酷里交错

折服　更多的水分被虬曲的根盘活
春的冷美人被夏的葱绿点醒

静依　荼蘼也谢
水涘的繁华刚刚上演
那白,云朵的飘落吧
那红,晚霞所染吧
那粉,玉兰的栖息吧

父亲的墒沟线

父亲以种子为命
种子以墒为命
父亲一年农活的起点
锁定于挖墒沟保墒情

从选一把上等的铁锹开始
啐出的那一口唾沫
就印证父亲是个好把式

一锹一锹下去得心应手
每一个土疙瘩都四平八稳
不用拉绳与比划,仿佛心有灵犀
心眼手脚融合的墒沟线笔直笔直

在父亲眼里
墒沟线是田的容颜
也是种田人的脸面

儿时的我懵懂,经常看
可无法化解
直到有一天,我牵了父亲的墒沟线出门
才知道,它早已融入我的血液里
化成了我生存立命的秉性

秋韵

凉风簌簌,寂灭知了的歇斯底里
在南方的古巷,读一场细雨,别了油纸伞
心底的和鸣,巷子的氤氲
与伊人同眠

木芙蓉,停留的目光
水边的泠泠休想视线逃离
如惊鸿一瞥的恍惚
耳边似乎传来白云的飘落
夕阳传递的红色
风抚枝头,隐约三色花漫舞

埂上老牛唤雏,却唤来了牛背鹭
那静静伫立的样子
像是一支白色的标杆
一幅灵动的画,呢喃
天地间最和谐的音符

一枚斗笠律动黄地毯
取景,小曲醉了摄像头
几只鸽子恣意盘旋
却飞不出成熟的季节

韦晗杰

广西大化县人,1975 年 12 月 20 日出生,中学教师,文学爱好者。

扶贫的眼(组诗)
村庄的一粒鸟鸣

换一种方式抵达
村落的黎明被寂静点亮
如一粒鸟鸣
经过苍穹的鱼肚白

池塘叫醒了蛙声
山泉叫醒了清流
玉米须摇曳着
群山挤兑着坳口
贫瘠的土地,呻吟

初露的晨光
茅屋和菜园静默
似乎在等待一场交响的降落

扶贫手册上
帮扶计划如豆瓣般清晰
又如星火般热烈
燃烧着一切

走一段路

一段路,拦住了来路
又一段路,开辟了去路
曲曲折折
蜿蜒了苦难和幸福

要远行的,必定留不住
道一声珍重,说一声谢谢
把大山和希望全都装进行囊里,远走他乡
"辟出一条新路子"也许就好
或许加大产业规模——走养殖牛羊的路子也是对的

云和月

揉碎的春光
长成村野羞涩的模样
一点点隐匿

云和月相接的地盘
烟雨氤氲着晨昏
浮华已被命运拒载
截一段火种给路途

恍惚间
碧绿的山野,成群的牛羊
悠悠的白云,柔柔的清风
一丝一缕
激荡我内心的山海
还有那皎洁的月色

抑或
在一个牛羊已入睡的安静的夜晚
把山上的月光偷藏
在城市里某一寂寥的地方
品着香茗,慢慢开怀

那山那地
那云那月
那柔情
永留心底,不曾荡尽……

扶贫的眼

当被目光牵引的当晚
我落魄成村庄里一株梧桐花的痛楚
一地一地地凋零
焦灼的米酒已供不起我满目的忧伤
杯杯举起,鲸吞了时光
远望,已泪眼模糊

"把我扶起""把我扶起"
初心的召唤,令人动容
摔倒了,已不再是疼痛
因为我看见了你的眼

回眸

不经意,选择再一次离开
那是玉米长成的季节
雨夜撑着的油纸伞……
山上的爱情一寸一寸地衰减
却一天一天地滋润
柴米油盐
终于停住了恩宠的脚步
悄悄躲进了云层里
去滋养它应该滋养的生灵

又过山坳口
我忍不住地再看你一眼
静默的石磨,绵绵的雨丝
新盖的楼房已入住
门是新的,家具是新的,一切是新的,如新娘
我忍不住地偷偷看你几眼
心花也荡漾

贫困户搬进了新房

记得

那是二零一九年四月十六日的早上
贫困户搬进了新房
宰了鸡,杀了羊
欢呼了弄堂

我悄悄从人群里退出
找一个离山的、靠岸的、人群稀少的地方
——
一个能够眺望远方的大化奇石
静坐良久……
红水河畔
一排排木棉娇艳如风

韦钰

女,工学硕士,平时喜欢读诗写作,写有新诗六百余首。喜欢交友,已有数篇作品在报刊发表。希望在文学创作的道路上,认识更多的文艺爱好者,一起努力,共同圆梦。

小黑屋

绕过屋外的木栅栏,越过脚下的草坪,
看见旁边有个小木屋,周围静悄悄的,
几只麻雀在阳光下嬉戏,明亮的早餐,
昆虫的啾啾声随风飘向老远的地方,
树下的落叶铺得厚厚一层,踩上去发出咯吱声,
秋意渐浓,有一种不见风依旧存在的凉爽,
看不到小黑屋里面什么景致,摆设如何,
死一般地寂静,
没人知道小黑屋的秘密,就像它紧闭的门窗,锁住了,
有人有心事吗?你应该敞开心扉,让光线透进心底,
小黑屋,我朝你挥一挥手,径直走向下一个屋檐。

有个啰嗦的阿姨真好

儿时闺蜜乐呵呵告诉我她有个喋喋不休的奶奶,
给她准备了精致的糕点和水果,
吃在嘴里甜在心里,幸福的小样,
而我有个啰嗦的阿姨,
她总是在我犯错的时候,及时帮助我纠正,
我觉得她是上天派来拯救我于困境中的天使,
恰好不是甜言蜜语,却是苦口婆心的说教,
她像个慈母,亦如严师,又宽泛又苛责,
我已经对她的表情无比熟悉,惊叹于她的健谈,
她毫不客气地细数我历来的过失和缺点,
她既抓主要矛盾,又提次要矛盾,
我耐着性子从头到尾牢记她的话,
看似普通却又充满哲理和韵味,
我有个啰嗦的阿姨,她笑颜常开,经常歌唱,
有个啰嗦的阿姨真好,让我渐入佳境……

帛画鉴赏

长沙楚墓,悄然发现战国时代人物图,
苗条女子,衣袂飘举,形象洒脱俊逸,
额高丰满,面若桃花,鼻梁挺直,可惜只留侧影,
绘法精制,神情娴静,一派大气的场面,
塑造的画像真是贴切,洛神赋图般仙境,
女史箴图般淡定,惟妙惟肖,姿态生动,
形象美好如手执鲜花,送人玫瑰,手留余香,
珠翠摇曳,一步一动,簪花仕女图般自若,
朴素极致又是一种风格,圆润的绘画艺术,
歌乐图中舞者亭亭玉立,神定气闲,
雍容之风不仅体现在衣美饰雅,更多是审

美的淡泊,
人生的折射犹如画面的遒劲和洒脱,
人想得到什么,便透出怎样的表情和动态,
茁壮、健康的帛画艺术,妙如绵延不绝琴音。

卫彦琴

网名小米粒,高中教师,国家二级心理咨询师,吕梁市作协、民协会员,喜欢文史哲,业余喜欢用文字梳理灵魂,表达思想情感。

梦

闭起眼
意识开始解体
花絮一幕幕上演

消失了,
万水千山的阻隔
飘然就在眼前
忘却了生离死别
一袭笑颜如花

模糊了,
生与死的边界
鲜活如初生
装上了飞翔的翅膀
在三界里穿越

睁开眼,
乾坤跌到梦外
时空整合处
秩序重新开启

雨愿

一帘微雨
淋湿了斑斓的梦境
历经万水千山的找寻
终无法抵达有你的彼岸

抖落一地的疲惫里
溅起无数水花
朵朵都是前世的眷恋

如果说遇到便是来还债
我愿用今生的眼泪
偿还前世的亏欠

来生结一段善缘
在对的时间里遇见
睁开眼你就在身边
再也不必梦里苦苦牵念

别梦

一滴泪
在鲜活的记忆里打转
笛音穿越千年
在空旷的山谷里回荡

一抹蓝
在如絮的云朵中穿行
瘦了的远山
悄悄的酝酿着新的生机
于万丈红尘中
打包起旧日眷恋
让残冬的寒凉在春的怀抱里融化
把萦绕之魂编织成一帘幽梦

揭开层层虚妄的面纱
在春光里晾晒生命的本真
让那破土而出的希望
显露智慧的光芒

魏红

网名南国风铃、迷离、紫烟。女,青岛人。中国诗歌学会会员,中国西部散文学会会员,青岛市作家协会会员。作品散见于《山东诗歌》《中国西部散文》《法学名家》《辽河》《新世纪微诗经典》及各网络平台。

相逢

雨巷里
总是寄存着几许缘分
猜不透　她的长度
却会不期而遇

油纸伞
搭讪着屋檐下的雨
谋划着黄昏

转角处
一束期许的目光
磁吸了　我脚步的航向

清风徐来

风拐过岁月
传递着
另一个纬度问候

唐诗宋词里的惬意
由你引渡
婉约走过千年

荷的清香
被蛙声鸣过夜半
小桥旁边
又见你　飘来时的从容

春水流

小溪
汇进大河

如同读到一本
发黄的情诗

在属于
相思的季节
顺走了
那些落寞的花魂

朝圣

大昭寺门前的阳光
搅动　酥油茶的香气
慢慢煮热　午后时光

八角街的转经道上
跋涉着
许多神秘的轮回传说

朝圣的人们
匍匐着信仰前行
虔诚的目光　透过天际

秃鹫　掠过雪山顶
在经历一次天葬后
孤独享受　自由的高度

秋

凉意　慢慢把空气铺开
轻轻疏散树叶的浓密
挑高云的高度

露珠　被月光推醒
怀揣着花草的心事
只待阳光把自己渡劫升华

蟋蟀的鸣叫声
给伤感离别的故事
又添加了几分凄美音效

莲花　看淡兴衰
在风雨中诠释
那些富有禅意的寂静

魏淑琴

笔名浅墨清语，甘肃省西和县人。甘肃省作家协会会员，甘肃省诗词学会会员，陇南市作家协会会员，有70多万字作品散见于省内外省级刊物、报纸、网络，著有诗集《南花北草》《爱是最好的情诗》，散文集《墨香诉暖》，长篇小说《远方》上下集。

站在一首诗里回眸

蝉鸣拥挤，百鸟向天歌
一城月季蔓延恣意
村庄的清晨炊烟袅袅
金黄的麦浪涌动着海一样的波涛

一些逐渐饱满的诗文
已充盈了玉米、高粱的思维
将于季节的深处缀满枝头
和着那些闪光的生命

农作物寻找着灵魂的路径
正在一首诗里慢慢成熟
韵脚伴随平仄
旋律与故事合奏响起

那些昼夜里的天籁之音
温婉如涓涓细流
凄美似樱吹雪
柔情若杨柳婆娑

歌声漫野，余音缠绕
我站在馨夏的一首诗里凝目
有对六月的赞美，七月的讴歌
还有奔向诗和远方的向往

旧屋檐

宛若一首旧诗
虽历尽岁月沧桑
却举着明媚的灵魂
诉说着老故事

你在雨水与烟火之中
沉默的光阴里
无数次落入寂静的夜色
宛若低眉女子，浅笑嫣然

你是人间播种温暖的缅忆
照亮多少寒冷的黑夜
让孤独的诗人日益深思
从深海里看到光芒

旧屋檐记忆的过往
都被陈旧的经卷点燃
在泛黄的诗行里煜煜闪光
却遮不住乡愁的岸

今天只与你希翼一场
久别重逢的邂逅
专为旧屋檐填一阕夏词
哪怕在我迟暮的岁月坐化……

时光的渡口遇见你

去年，七月正在路上
一泓潋滟倒映着阴晴圆缺
夏风轻摇着青罗伞
一尘不染的女子妩媚着散发清香
于时光的渡口刚好遇见你

那刻，我是九曲回肠
缓步不前的背影
纵是季节的翠绿满了眉眼
我依然固执的不肯眨一下眼睛

是那样万般无奈的凝视

时光的彼岸
风笛在催
我用爱意和祈愿编成祝福
别在你的衣襟
既解缆,惟有挥泪惜别

从此思念生根
时光定格在那个七月
炎阳暑雨,晚风晓月温柔
思念像故园熟透的桑葚
热泪已在心中汇成海……

魏学士

笔名光明使者,男,河南省新乡市封丘县人,毕业于河南职工医学院。供职于封丘县中医院眼科,爱好诗歌等。封丘县作家协会理事,新乡市诗词学会会员,新乡市作协协会会员,九州诗词研究社签约诗人。被中央电视台授予"中国当代德艺双馨艺术家"称号。

初秋

夏天,
影子打开那,晨窗。青荷的娇艳
睁开,如水的眸光

蜻蜓
追吻着塘里,那荷花的张扬
风,又吹来,醉人的桂香

踏着,风流的韵脚
寻找,月亮
在归来的,夜色
月影,依旧荡漾

秋,失去激情

蝉,又停了吟唱
秋,没了如火的朝阳
没有了,花海的波浪

雁,迷了方向
天空盘旋
再也未见,那麦田光芒

天河,远去
浅黄,酝酿
这秋色里
唯美,和你,还有远方

孟秋如画

晨起的雾,湿了
那缕缕炊烟
蓝天里,飘起那绸缎

清波中
惊现,满河红莲
雾,抚摸着
那含露的花瓣

夕阳下
池塘边,女孩拢起秀发,木棒
捶打着衣衫

河对面,小伙
唱起,悠然的山歌
这天籁,
竟羞红了,那圆脸

风,吹乱了秀发
水珠乱溅
火一般的红莲
妩媚,
天空更加斑斓了

孟秋感怀

晚霞,躺在在摇曳的树梢
小径旁的石榴,晚风撩逗
潮红,升腾在脸庞

拥抱的枝丫,扛起硕果
红唇,余辉下
飘逸出,她的霞光

稻草人
拿出战士的光芒,
麻雀四散
守卫这希望的稻海

村口的老人,满头沧桑
牵手,笑着露出了牙齿
慢慢望向远方

青荷,把莲蓬举过头顶
谁又掀起了,波浪
孩童,笑声甜甜
…………

文川

　　北京人,高级心理咨询师,励志诗人,中国诗歌学会会员,北京市海淀区作家协会会员,中国残疾人心理卫生协会会员,中华教育艺术家协会理事,天津市静海区文苑协会副主席,《大运河文艺》总编。全民阅读联盟北京分会特邀诗人,获得第四届华语红色诗歌杰出奖,第三届鲁迅萧军杯桂冠诗人等。

全力以赴

托举友谊的帆,
看波涛汹涌送来的　应该。

耳畔聆听着战马奔腾的硝烟,
未来就是能畅游的海。

人们站在雪域高原,
遥望着茶马古道的爱。

从历史长河中飘来的香,
温暖了不同肤色的胸怀。

用腿走路站起来的魂,
是双手敲钟的舞台。

一带一路是一张纸,
让建设从纸上立起来。

嘘

诺言像雪花
不要轻易去碰它
一碰就会化

非想就像水
不要随便去喝它
一喝就会哑

假如岔路口是山
登了它
就会变成一幅变了形的画

忧似一根绳
如果去拿了它
就会倒在立的脚下

打工者之歌

拂晓是床,
不敢轻易触动阳光。
因为怕心中的那座桥,
在阳光下摇晃。
星星是一封信,

常常望着天空给自己梳妆。
因为怕一不小心，
泪水淹了心房。

文质彬彬（梁斌）

投资理财顾问，旅居加拿大30多年。非常偶然的机会"进入诗坛"，已创作新旧诗1000多首。大中华诗词论坛"翰墨轻吟"副首版、加拿大中大远方诗社社长。作品散见于海内外诗词网络及杂志。著有《仰一弯秋月》个人诗词专集。

你的世界

你的世界　很大很大
大到装下了蓝天
装下了绿草
装下了所有的美好。

你的世界很小　很小
小到容不下虚信伪
容不下污垢
容不下丁点的丑陋。

你的清澈
与纯净融为一体
你的真诚
与友爱堪称永恒。

今夜　我又梦回
你的世界
没有歧视　没有卑微
只有简单　善良　还有天真
我甚至痴心妄想
你永远　不要成长。

樱花雨

春风轻拂谁的脸
唤醒遥远的记忆
软软绵绵　点点滴滴
粉红的芳华
可有痛楚　可知分离
舞动的精灵啊　掩盖了茵绿
隐约是　两行越洋的足迹。

解冻封藏的思绪
飘在空中　痛在心里
那柔嫩花絮　纤细缠绵
时而天边　时而眼前
仿佛在呢喃轻语
生命有聚散　你我能否相依？

青葱的欢笑声
抖落了樱花雨
是幻影终要过去
佳景无限　为何感到空虚
那是时光流逝　找不回从前的你
樱花雨　飘来又飘去
说不出的韵意
只有在樱花树下　静静地想你……

翁志勇

80后网络实力作家诗人，1982年11月出生于四川宁南县，2006年6月毕业于四川汶川县阿坝师专中文系，系山东省青年作家协会会员，北方作家创作中心高级创作员，中国校园作家委员会会员，中国当代优秀田园诗人，《中国文学艺术报》编委，《长江文学》编委，《超然诗刊》特别记者，《岷鹰文学社》总编，主编，创作发表诗歌1000多首，曾获全国一、二、三等奖、作家奖、佳作奖，中国2004年度网络实力派作家，中国爱情诗歌巨星，中国80后主要作家阵营要员。

阳光

心为何飘渺
让风乱了方向
生活的感伤
生活里的阳光
击碎了梦想
挂念
会像风一样清爽

岷江

一条没有爪子的龙
游荡
我看不清你的方向
耕耘了李冰父子的视界
填补了姜维护主的空白
我走近你
我不奢求有一种激情
淋浴的丝巾
一样的清柔
女人般的思绪
你从不发怒
静——出奇
幽幽的水境
我抓不住你的手
放入我心
睡了多少个世纪
依旧
眼亮如水
是一首歌
在心底响起

无痕

　　山东枣庄人。又名一笑。喜欢在文字海洋里，打捞平凡生活中的富有。

那年的雪

雪仍在下
姥爷早早上床
想必睡的不舒服，总是翻身
火盆的火越来越暗
盆沿上的馒头金黄里包着温暖
依在屋门框的姥娘袖着双手
眼神慌乱如大风中满天的飞雪
屋门到大门之间深深脚印多次被大雪更改
天越来越暗，铺天盖地的雪白的有些惨
姥娘的眼神空洞，如地下的煤窑
看不到丁点东西

大舅推开大门那一刻
小脚姥娘的声音，颤如她走路时模样
那时，在乡镇煤矿下井的大舅早过回家时间

2019年7月23日

瀑布

一

流水立起来，是瀑布

你看吧：
溪流是蛇腰的女性
瀑布就是粗犷的汉子
溪流是咿呀呀的文戏
瀑布就是哇呀呀的武打
溪流是女儿红
瀑布就是刀枪剑戟

你看他：
虎目圆睁，须发皆张
赛李逵似张飞
为了个"义"和"忠"
即使危崖三千六百尺
一纵而下，心不跳，眼不眨
入龙潭，捋龙须，逆龙鳞
那个考虑过自个
——粉骨又碎身

2019年5月31日

二

潺潺的水声清凉了耳朵
流水清彻如幼儿的话语
让俗世的提防,
粗了脖子红了脸
这流淌着的满河温柔
恰似春风抚上柔柳

忽然突兀的,从崖顶
一泻万丈楔入龙潭
似困兽出笼,如万马奔腾
一树的含苞骤然绽放
发出万吨的雷霆
宣告他的霸气
显示他的威风
一旦入了龙潭,风平浪静
如点燃前的礼花
所有的力量被一层层的捆绑
仰视,蛟龙出水如礼花腾空
逆流,攀岩而上
气冲霄汉似质问九天:
银河如何泛滥?落入人间!

2019年6月5日

三

溪流规矩着
该曲的不能直,该直的不敢弯
活脱脱旧社会女子的脚
在裹脚布里开成三寸的金莲

谁曾想这软如柳的溪流
在这刀劈的悬崖上,竟
一跃而下,以头抢地
发出雷霆万吨的叩问
好比封建缠身弱女子的哭诉
一声连一声的震耳

终以石墙的倒塌,结局

远观仰视这扶崖而起的水
立于天地间的三千尺的感叹
能不追问它的,前世和今生?

2019年6月5日

路过那片坡

只一眼
荒凉满坡肆虐
子弹的时速
击穿我的胸膛
刀光一闪,斩断
记忆中绿色含着鸟鸣的婉转

瞬间,我更盼望一场覆盖一场的雪
荒凉穿孝
在送自己最后一程

2018年11月24日

山中暮色

群山如兽
潜伏于暮色
背脊影影绰绰
贪婪狡猾大于暮色的辽阔
已闻到呼出潮湿的腥臭
此时,孤独是这暮色中的白
白是陷落在暮色中的无助

不要向左,也不可取右
盘腿入定
静等黎明

2018年11月26日

无语丁香

　　原名郭士萍,女,湖北三峡人,有作品选入《中国诗歌选本》《中国网络300首现代诗歌精选》《中国当代诗人100家精选典藏》《人民日》海外版《民族文学》《北京文学》《长江文艺》等。在世界华人青少年中华情主题写作大赛,第三届和谐中国全国冰心文学大赛,《星星诗刊》"乐山杯"全国文学艺术作品大赛,首届"时代杯"全国文学艺术作品大赛等大赛中获奖。小说《梦里春秋为谁韵》《山鹰》发表于《西陵文艺》《新三峡》,宜昌诗刊总编。2006年至2009年出版文集《无语丁香》,《无语丁香》续一。系湖北省作家协会会员,湖北省中华诗词学会会员。

假如我是天空的一朵云

假如我是天空的一朵云
与你相遇是天意的缘份
水中的投影是偶尔的波心
激起的涟漪倏忽消失成无形

我行经的路途是天空的长廊
飘逸的身影是生命的注定
亘古我即是如诗如画的化身
日月星辰相伴着前行

乌云密布时是雨季的前奏
冰雪的世界我自调风云
走过万水千山
真善美丑的生灵皆所见所闻

相信笑容终会迎来黎明
有金色的彩云映照山林
沁入泥土芳香四溢
感恩的世界云彩是如此的美韵

假如我是那天空飞翔的雨

假如我是那天空飞翔的雨
那定是你的雷电狂风骤起
空中的雨花便是我的笑意
飞翔飞翔飞翔——
以碎裂之身探寻生的奇迹

因为你我飞翔在时空苦旅
我不去原野凄清沙漠之地
不唱朝来寒雨的《乌夜啼》
飞翔飞翔飞翔——
我最终只奔博大海阔地域

在林海风中翩若惊鸿
那枫扬的阳刚是我的方向
山林干枯的灵便是我的滋润地
飞翔飞翔飞翔——
啊那枫扬有红叶的飘香

那时我惊鸿雨花的身轻
溅洒枫扬的树叶林
幻化成泪的甘露溶入树的年轮
溶入溶入溶入——
溶入那枫扬挺拔的身心

两片树叶

似一阵风吹来
猛然抬头,两片树叶在枝头
排列着,紧挨着
好像旧识一见如故
我应怎样说出这种惊喜
它们在风中相遇
用无言的抖动
说出各自的感悟
又一阵风吹来
它们落在地上,各自朝对方滚动
它们要像在枝头那样
并排着,紧挨着……

吴伯贤

上海崇明人,1946年生,转业军人,翻译工作者。上海新诗苑群主。贤体新诗创始人。主张各种诗体裁相互兼容,互为补充。新诗与旧诗相互兼容的关健在于用时语填词，便于反映新时代新面貌。

心灵

走着走着
被恒虹带进了香港诗轮
是一位诗仙
夺走了我的心灵
初心有三
一想当兵扛抢
二愿执笔翻译
三要成气功师
世代的农民换了成分
子女不再务农
展望人生路
还得靠奋斗
老朽梦想成真
当过兵
译过文
自练气功
差点丧了性命
人生道上
总遇贵人相助
香港卢老诗仙
八十高龄
思维敏捷
诗意诗情横溢
对我说
要当诗人
不在年令
我的初心
开始转向
跟着诗仙
进了诗的天堂
卢老卢老
我请你喝上一杯
琼浆玉液
刚从吴刚手中夺得

天宫缺少监督机制
嫦娥与他闹翻天
浆啊液啊
洒向了人间
借花献佛
仙酒酬诗仙
诗仙呀
你听我说
老朽还有
一事相求
充
充
电
七十年
一瞬间
老当益壮
鹤髮童颜
哪怕事再忙
也得把诗练
不图名不图利
活得像小神仙
一年三百几十天
天天都在爬台阶
诗仙啊
慢点走
老朽请你充充电

巴人 PK 阳春白雪

网友作诗行酒令
贤伯春里创新词
巴人批克阳春雪
几老高兴几老辞
你撇这儿　我捺那里
公说公道　婆说婆理
生个儿子　名叫贤体
既喝陈酿　又饮露水
陈酿太烈　一见发愁
对点甘露　好酒好酒

小妹妹你　再喝一杯
大哥哥我　再吟一首
大哥哥你　再喝一杯
小妹妹我　再吟三首

吴德正

1977年2月出生,男,汉族,贵州省黔西县杜鹃诗社(诗词楹联学会)会员。有多篇诗词及律赋、楹联在诗词刊物发表。2017年中央电视台举办的第四届"新时代、新春联"比赛中,有两幅对联入围并在网站公布。曾在省市县比赛中数次获奖。

永征赋
致礼建国70周年

屹立炎黄,瞻观海宇。
细览风云国事,深寻鼎玺华辰。淘沙举浪,滤假存真。
史记:舜夏商周列国,燕韩楚魏齐秦。
汉立平和始固,清崩战乱方频。
恶寇蚕食沃土,熊鲨俎醢肥麟。
国弱何来聚富,身衰怎能增银。
山明水秀,贼野胆新。偷居东北,暴役南民。
图谋灭种,妄想称神。
红星照亮,怎可为臣;大海航行,亦必存仁。
持恒战斗,历尽艰辛。
统一战线,民志能申;和平五项,睦善六邻。
邦交有义,四海皆濒;礼待无穷,三界尤亲。
临危不惧,克己迎人;历久弥新,沐日临晨。
观今:顺境思忧患,迷途扫雾尘。
携友逢时坐,迎风拓步行。热意生千浪,和风拂万津。
有益三冬暖,无私四季春。
是友皆能享果,为敌不可同程。
未以亲疏待物,常留苦乐寻因。
有备才能稳泰,无敌固守和平。
友众心胸向善,敌稀眼界朝京。
传播大理,汇聚精英。居家有客,访外留宾。
争来富庶,扫却瘠贫。留光亦美,放眼皆晴。
如居太宇,似列雄兵。维和送爱,历险扎营。
能擒猛虎,善斗长鲸。明察四野,暗访三更。
风和日丽,岸惠河清。
纵有狂风骤雨,尤能淡苦荣珍。勿忘留心战备,需存斗志加城。
矗立功勋累累,铺成玉树茵茵。满载豪情应战,高飞胜意游巡。
力保家园有界,勤增景致无垠。历史长河璀璨,丰碑硕果晶莹。
任尔风霜雪雨,留他日月明晴。勇斗艰难定断,恒持理想能成。
赞曰:蓝图已绘,好梦将臻。雄奇伴到,丽彩纷呈。
一带一路,喝彩声声。旌旗烈烈,勇士长征。
齐遵力令,并握刚檠。路远标明,心宽义正。
鼓紧宏音畅,琴和雅韵铿。志阔雄心壮,人强铁骨铮。
醴美山河醉,音高凤虎鸣。筑梦身非幻,量途业是真。
朗朗凌空煦日,清清亮夜明轮。共运家园进步,容和势力均衡。
世界殊同各异,最羡康宁;炎黄内外齐心,必获长生。

注:俎醢[zǔ hǎi],在案上切为细末。三界,第三世界。(564字)

吴基军

笔名天下一秋,打工为生。写诗多年,有诸多作品发表、获奖、入集,是孝感市文艺评论家协会、武汉市作家协会、深圳市宝安区作家协会、东莞市作家协会、广东散文诗学会等协会会员。今为《好汉坡·文旅》副主编、《武汉文学》编辑部主任、深圳某社区报主编。

神旅八荒·铭记一片山林(组章)
神,正在攒足雨水

渴望雨水,不仅仅是土地,不仅仅是村庄,更不仅仅是一片山林。
从红遍天南地北的对联里吸取能量,从响遍大江南北的烟火里苏醒过来;
从二月二开始,攒足了雨水的神,便拉着担水的马车四处奔走。
一滴、二滴、三滴……
遇因春而暖的风,滴滴都化作迷蒙的烟雨!

花,正为哀思绽放

烟雨里。春风一来,大地披上绿装,山林缓过了神,村庄也有了暖色,
山上的映山红,开了;溪流边的桃花,透着可人的红;
家门口的梨花,开了;院墙外的栀子花,举着无瑕的白……
花儿知道,这个时节应该多一份表白。
面对虔诚的人们,堪折的花儿从不喊痛!

山林,涛声顿起

再迷蒙的烟雨,也模糊不了奔家而回的身影;
再荆棘的山路,也阻挡不了奔山林而去的脚步。
点一炷香,烟雨四月便多了一份虔诚;
烧一叠纸,荆棘山林便多了一份暖意。
跪下,香火摇曳;屈膝合什,冠上姓氏的山林涛声顿起。

雨水,擦亮一个个名字

怀抱大大小的雨水,深情的四月,
从不忘记准时抵达每一座冠上姓氏的山林。
从不藏私,从不混淆黑白,
怀抱雨水的四月,终给人间一个清清明明的世界。
雨水是神圣的,每多落下一滴,人间便多一份绿,村庄便多一份诗意。
雨水擦亮名字,四月温暖山林。

风和日暖(组章)
一株小草,迎风而舞

雪,刚有了退意,四合而座的山,便披了浅浅的翠衣。
高而耸,但山会留下进出的通道。
只要想,沿着山与山之间的间隙,便可抵达山外世界,或是扑进山里的桃源。
桃花未开之前,南来的风,便在亲吻袅袅炊烟。
路边。刚露头的小草,把全身心的绿,都交给来去无踪影的风……

屋檐下,燕呢喃

红红对联还是新娘模样,舍不得走出老屋一步。
门口,一缕不易察觉的绿,竟爬上新扎的篱笆,眺望袅袅于青瓦上的炊烟。
眺望之间,两双翅影划过礼花尤在的天空……
被炊烟熏黑的老屋,顿时明亮;刚撤掉炭火的堂屋,顿时温暖如春。

一朵红梅

石头上
一朵红梅
静静开放
眸子里
幽香——
故乡
万树春妆

小溪

小溪弹着
美丽的琴声
和颜悦色

飘拂胸心的
一阵风
落下几个音符

小草上的花
开了

夜

夜的湖水很清
如一个人的灵魂
告诉我千言万语
包括的声音

一双挥动的桨
力量千钧
辽远的行程
因为艰辛

而白云纷纷

几朵莲花
生命的河水
有几朵莲花
点缀着它

那是我们
失落的昨天
在遗忘的土地
隐没的踪迹
回忆　只是

一次酩酊大醉
一条羊肠小路
蜿蜿蜒蜒芳菲

河水·人生

河水
不停止流动
它就有了生命的活力

人生
不停止追求
它就有向上奋发的毅力

河水
是人生另一种景观
有万帆碧影的风流

人生
是河水的另一种再现
有朝气蓬勃的笙歌
风光无限

吴明燕

紫轩九落,本名吴明燕,黑龙江北大荒人,支边青年的后代。自小酷爱文学,喜欢在文字中遨游,愿用手中的笔,书写出不一样的人生。

领悟

也许到了瓶颈　被挤压　被勒紧
喘息　或深或浅
重力不断增加　目光已模糊

风徐徐而来　卷动一粒沙
倾斜在无限中放大
摇晃着　咬牙切齿　疯癫在边缘无限扩
散

月色　清冷地漫进眼底
疲惫得没有方向
挣扎隐在黑里——紧锣密鼓

还是展开那一页　空白
把这飞窜　纷乱　众多思绪
染黑　拌浓　一股脑按进身体
用力地咀嚼出鲜血　合着一笔纤细
在失心疯之前　写下
这重塑血肉和骨骼　连同精气神

烈酒

举着黑夜　月光也暗淡成脆弱
提着过往　用一枚回忆点亮荒芜
滴泪的笔尖　沾满了孤独
让满腔苦涩　画一纸无爱的繁华

所有离去的脚步　寸寸断裂一遍遍回忆
一片片链接
却周而复始地粉碎　密集的疼痛
扎进血液　澎湃了没相守的悲凉

既然忘也难忘　就用力地按
那些恋恋不舍　按进始终火热的胸膛
以岁月为引　酝酿余生
不必调香　不必勾兑

只需黑夜作陪　将浓郁至极的
沾墨　轻点　行云流水

诉一纸刻骨情怀　不死不灭
留白处　文字也为此沉醉不醒

写给——暗斗士

灰暗　被你扯成一面旗帜
用力摇晃
想冲出雾霾的天空

按在眸光里的烈火
以闪电的速度　击中昏昏欲睡
试图唤醒　甘愿沉沦的提线木偶

疼痛在夜里反复煎熬　你的脆弱
隐没了所有星光　编织成网
铺天盖地　让你的铠甲不满裂痕

提刀的手颤抖不已　暗伤数不胜数
支撑的心　还在迎风而立
刻入骨血的文字　依旧日夜不停地闪耀

吴丕丽

　　笔名偶然,现居四川泸州。作品散见《星星》《奔流》《青年作家草堂》《散文诗》等报刊及网络。

与佛有关

端坐三江汇流处的佛
宽袍大袖,威严镇定
千年如一日,一日如千年
他眉眼温柔
一些云在他胸腔游走
缥缈,虚无

香火鼎盛,虔诚
他习惯望着众生,来来往往
苦难或欢喜,偶尔
淌落一两滴大慈大悲的眼泪,他

宽宥着世间阴暗的物事
他不语,他只是
微笑

吴祈生

男,1948年11月生,上海人。现为中华诗词学会会员,上海诗词学会会员。近年来,在《新民晚报》《上海老年报》《每周广播电视报》《上海诗词》和《上海退休生活》等刊物上发表诗词,并在上海市区、市级和全国性诗歌大赛中多次获奖。现在上海老年大学诗词创作研修班学习。

相守

一个家,
一幅画——

两双竹筷面对面,
两把靠椅默无话;
是谁在家相守,
是他,还是她?

从茶座相守到洞房,
从青丝相守到白发;
情在相守中发芽,
爱在相守中开花……

相守满屋的温柔,
相守时钟的嘀嗒,
相守软床的芳香,
相守岁月的韶华……

将恋依守成一首长诗,
将苦酸守成一杯清茶,
将寒冬守成一枝春柳,
将白云守成一抹彩霞……

啊,相守!

相守是一个承诺,
相守是一缕牵挂,
相守是一种担当,
相守是一道堤坝……

啊,相守!
相守是两颗心的和洽,
相守是两股力的叠加,
相守是两只手的搀扶,
相守是两爿天的融化……

相守是幅画,
相守一个家……

雨中荷梦

古猗园里芙蓉芳,
烟濛丽景游人忙。
红白共碧塘,
半浓,半淡,
三千淑女妆。

风含笑语袅袅扬,
雨浥莲花冉冉香。
人蕖聚桥畔,
谁羞?谁娇?
荷梦醉心房。

赏樱

樱花飞,
幽香袅袅醉晨曦。
轻歌舞红雨,
小路淌花溪。
风痴迷,
水痴迷。

人影动,
曲径处处映年耆。
人似花中仙,

花染人裳衣。
蜂惊疑，
蝶惊疑。

吴鲜玫

　　风景一路，本名吴鲜玫。高级教师，供职于江西省鹰潭市教研室，江西省江西省骨干教师，江西省"首届名师"培养对象。江西省鹰潭市作协会员，信江韵微诗协会会员。诗观：用心感受生活，用情谱写诗歌。

最美的行囊

卸下白日的琐碎　揣上向往
打开小台灯　朝圣般
开启心灵旅行　摘会思考的星

鹊桥会

银河的藤蔓上　长满思念
老黄牛偷偷打开一个
飞出的爱恋　让心灵再次相连

军旗飘飘

昂起最美的脸　任风儿抚摸
不屈的斗志 历经九十二个春秋坚守　每一寸土地

多年以后

春风拂过　山村靓了
一代代燕子在新楼安居
反复传唱幸福歌

烈日之下

万道热剑　射向广袤大地
蚊蝇不敢亮身
明晃晃一片　真干净

好久不见

装饰再精细
岁月细琢的菊花瓣
丝丝可辨　缕缕含情

吴燕青

　　教育工作者，作品散发于《大公报》《香港诗人》《城市文艺》《香港作家》《草堂》《延河》《诗歌风赏》《台港文学》等。诗集《吴燕青短诗选》、著有诗合集《香港十诗侣》。

根须植物

爱清淡小菜
吃蔬菜的根须
不挑食
粗糙部分从不吐出
而是仔细地嚼得更碎
彷佛把泥土的芬芳
和大地的饱满
放进身体的每一粒细胞
我笃定地认为
我来自土壤
是根类植物中的某一棵

秋风抖下的不是树叶

那些一再隐藏的
都被风寻找
——投影在万家灯火上
如同血红石榴汁
滴在洁白花蕊中
只不过是深秋走来
就有那么多的往事
逃逸肉身
彷佛秋风抖下的不是树叶

而是刻在生活上的皱纹

所有的疼痛都有贴切的安慰
喉痛头痛全身肌肉酸痛
护士拿着五颜六色的药
对你说
红色的止鼻水
灰色的止咳
蓝色的止肌肉痛
粉红色的退烧
白色的是胃药
呃 医生担心你是病毒感染
加开了抗生素
多像五颜六色的糖果
摊开在一个中年人的掌心
每一种疼痛都有了
贴切的安慰

对于一朵开好的夏花
忍不住想说一些美好的词汇
又忍不住一一擦洗干净

这人间 过于庞大 密集
云无处可逃 虚浮于暗

体内豢养巨兽
俯身细嗅荷叶上的露

一只长尾鹊从合谷穴飞出
带走我来不及说的全部

小刺玫瑰
云朵,聚拢更多漂浮
时间,布满荆棘之手

你见的光,自幽远处来
徒步人,尚在蹒跚

米粒,雨滴,蜻蜓
动荡,焦虑,克制

一声万物的叹息
正往一朵小刺玫瑰
降落

快乐是多么稀少
暗哑在光和影中沉浮
倒悬岩洞的蝙蝠
是大地新长的雀斑
更苍茫的事物罩下来

我拆下的是我的心
我的头颅
它们不再为生活的皱褶叹息
为失眠的夜饱含愧疚之心

我们在布满虫眼的人间
说快乐是多么重要

事实上
快乐是多么稀少

伍小平
倚栏观景,喜欢用文字愉悦心灵,心远地自偏。有诗歌散文200多篇散落《中华诗叶》《中国诗歌报》《中国微型诗》《台湾新诗报》《诗中国》《八步诗》《鹰潭日报》《江南都市报》等各大纸刊及网络平台。作品入选多本文学合集。江西省作家协会会员,贵溪市广播电视台新闻部主任、新闻主编,贵溪市作协副主席。

初夏之孕
春风吹捧了一季

炙热情怀　在羞涩的荷床上
埋下伏笔

枝头的告白
沉默了整个冬季
终被一句暖语点化　高处
内心涌出欲望

独处
只剩下月亮了
老人拽着一棵稻草　把虫吟当成
留守的呼唤

大雪
喜　面对整版空白
梅用套红头条
报道春天　书写又一个丰年

农民工
人在城里　根还在乡下
繁华的季风　何时
吹绿梦境深处渐长的葱茏

李小蓉

　　笔名木子、田田。自由撰稿人。四川省雅安市作家协会会员，四川省散文学会会员，全球汉诗总会会员。曾有多篇抒情散文、杂文、随笔、诗歌发表在《中国西部》《全球汉诗集》《雅安年鉴》《雅安日报》等刊物。写作风格时而羞涩、温婉；时而辛辣、犀利。小称文坛上的一株带刺玫瑰。

唯我孤独
每一场爱的终极都躲不脱痛苦
只有孤独是爱的看护
所有的爱都诠释着孤独
就热烈响应着爱的时候

冥冥之中却昭示出迟早的
孤独
孤独的思维排列着痛苦
涵盖的爱是孤独的支柱
史诗中的孤独把人带入至高境界
隐忍孤独者　谱写人格的尊严
隐忍孤独者　领略成就的风范
隐忍孤独者　固守生命的底线
学会咀嚼孤独吧
当在人生的日记里写下悲愤和苍凉时
用以化解沿途的风刀霜剑
学会超越孤独吧
当在无助的海洋里濒临苦难和绝望时
让以全新的面貌迎接浮出
孤独　一道靓丽的风景
孤独　一首绝美的诗歌
孤独　一篇千古的唱酬
让孤独降临吧
面对穹窿
孤独无憾
爱的终极
唯我孤独
…………

武庆川

　　笔名远怀，山东人。爱好读书，唱歌，朗诵。作品有《奶奶的疙瘩汤》《我没有靠山，我自己就是靠山》《小胡同》等。

八月桂花香
八月金秋，桂花飘香，
每年的中秋节前后，
都是桂花开放最为旺盛的时节，
一片片玲珑小巧的花瓣，
围绕在花蕊周围，
散发着淡淡的幽香，
一个个含苞待放的花骨朵傲立枝头。

桂花,
虽然没有牡丹花那样的雍容华贵,
更没有荷花那样的出淤泥而不染,
但是它却有着香飘十里独有的穿透力,
每一束花朵,
每一个树枝无不沁人心脾,
使人沉醉其中。

桂花从授粉到凋零一生之中
都在向人们贡献着它的一切,
可入药,可做点缀,
可做食用配料,
亦可做茶品供人品茗,
直至落入泥土,
还在发挥着它最后的余热。

走在街上,
仿佛置身于桂花芳香的海洋,
芳香了空气,
芳香了热闹的都市街头,
芳香了公园里角角落落,
每当人们经过它的身旁,
无不驻足片刻,
举目观赏着竞相开放的花包,
深深的呼吸着淡淡的花香,
无不使人陶醉,
无不让人心旷神怡,

一阵微风过处,
撩动着它的身姿,
舞动着它的枝干,
散发着它的唯美,

这真是:
金秋八月好时节,
风摆玉桂枝梢斜。
朝花夕拾桂花酒,
香飘十里醉心头。

勿忘侬

本名周玲芬,字尔,浙江省温州市瓯海区人。从小酷爱文学,古体诗词创作。龙凤文学院学员,旅居巴黎,现系法国妇女会副会长,欧洲龙吟诗社副社长。

寻回自我

荡漾了一陈时
该寻回自己的我
不可超越的缱绻
不曾拥有流逝
不让岁月蹉跎
我还是我
这样下去不可自拔
被辱骂时刺骨的阴凉
被淘汰时涕泣的寂寥
我的自满呢?
何存
我的骄傲呢?
何在
不能把　蓄的品德
都踩在脚下
要做一个
真实的我……

x

细节

江苏省南京人,吉林建筑科技学院,管理工程学院,工程造价专业本科毕业,酷爱诗词。

人生财富

我们把人生折成纸船,在时间的急流中浮沉飘零,

左冲右撞,挣扎着追寻那些遥不可及的梦时,
不要忘了在岸边的浅滩上不时捞上一把,
在那清凉的水层下有着默默等待的贝壳,
装着满满的情谊,在阳光下闪着耀眼的光彩,
随着时间的沉淀变得愈发璀璨迷人。
有些东西错过了,就是一辈子,
忽略了,就是一生的遗憾。

当席散的钟音即将响起,
我对那些陪我走过这段甘苦糅杂岁月的人满怀着感激之情,
轻轻拭去无可奈何花落去的伤感。
拾起一份份对美好未来的希翼,
伴着彩翼满天,奏起绵绵之音。
朋友、亲人带给我们的美好回忆对于我们在外的游子来说值得我们去珍惜收藏,
每当回想起来相信都会微笑。
这就是我们人生最宝贵的财富。

夏明

浙江人,上海铁美广告有限公司董事长、策划创意总监。第四届上海诗歌节"诗歌创作奖"二等奖;"和平崛起·改革开放四十周年全国文学创作大赛""诗歌创作奖"银奖等。偶有诗、文见诸《时代邮刊》《上海散文》《中华文学》《中国魂》《中国诗》《香港诗刊》《浙江诗人》《星星》等国内外报刊、录入选本、年选等。

抱紧我的夜色里有隐隐的暗香

感受到穿过旷世的钢铁的柔软
"慢些"、"慢些"的叮嘱
许多年后才听明白
缓缓翻动一帧帧怀旧
还有什么比慢还慢的享受

通往白天的夜都通向同一个地方
我不会再急着赶路

熟悉的小站越来越近
无疾而终的故事早已浮上月台
撬下一块车厢的绿皮能否吹响春天
消瘦了的月光没有来
而抱紧我的夜色里有隐隐的暗香

我只在站台上站了一会

像夜深时做过的梦,醒来
已是多年以后
绿皮火车经停昔日到过的地方
稀疏的影子似几条漏网的鱼,游进了黑暗
月台上流水的月光,早已在等待中流尽

只在岁月的站台上,站了一会
用一分钟拍了一张照片存念
当红肿的眼睛注满了翡翠的柔情
我才能安静地离开
可内心的铃声,总也不响起来

绿皮火车缓慢地驶过午夜
——德国思想家尼采:孤独,你配吗?

转山转水,抑扬顿挫的经声
念给幡然悔悟的人听

肉身怎能抵抗金属敲响的木鱼声
远了又近,夜色里明明灭灭的花朵
像是召唤或者挥手,明亮又温暖
可和夜色一样深沉的旷野看不见

孤独藏得很深,在很远之外
尼采说孤独是饱满的。我知道我不配

已被封闭的绿皮车窗外,恍如隔世
多长的寂寞才能驶离惶惑和不安
从连接处的缝隙钻进来的风

一阵阵穿过走廊,来到我面前

从天界台走下来
——"天界台",在新疆空中草原。

乘着缆车上来的人,终还将下去
留恋者
徒步着内疚和悔恨
我是其中之一

无数的声音纷繁落下。在低处
谁用昏黄的老眼替代失聪的耳朵
看柔软的草叶颔手致意
花儿伸开手掌,以不同的姿式接住

天堂的入口有迹可寻否
天上、人间之界,怎样划定
——放下比拾起容易吗?前前后后
那么多的人背负沉重的行囊

遥远处的天界,是头顶上那片云彩
昨日的赠言从千里外飘来
不可承受之轻是什么感觉
弯不下老迈的腰了,唯有
把头仰得高些,再高些

2019年8月6日于天界台上

天镜浮空
——"天镜浮空"即天池湖面。

映雪峰、观倒影,天镜浮空
千百年不染一尘
勤拭擦,梳妆冰凉清澈
掌管罚恶、预警灾厉的神
将一面镜子浮在人间

穆王何事不重来
是没有在方圆里修筑别墅吗
八骏放牧去了天山深处

立在瑶池的王母娘娘你看不见
从博格达峰下传来的牧歌一遍遍抚平水面

2019年8月10日于天池

在山口的风马旗下

日照金山,是与光的对话
遥远处的白雪,你会在山脚的清凉里遇见
想把故乡搬去,多么不切实际
最后的净土应该在眺望里

山口的风马旗,翻动的是拳拳之心
终究难舍蓝蓝的白云天
不熄的火焰在大地上燃起桑烟
象征的江河更多是在心间奔腾

让风来读这些五色的经幡吧
告诉我把扭曲舒展,沉重就飘逸起来
趁还有时间,将难以言及的感怀埋葬
这里的白日比黑夜长

夏风

实名夏胜平,安徽人。80年代始至今在省、国家级报刊发表小说,诗歌等作品。诗作入选国级出版社出版的多种版本。现中诗网微编辑,麒麟诗刊、凤凰美州总社等平台编委。

雨夜更人梦

子夜　刚刚入睡
暴风击门喊我
急雨叩窗
厉雷欲撕碎窗帘

闭目　心静
忽然呼噜声驱散
恐惧　恐怖的黑中物流

梦语　我也是一棵
伟岸的树

白鹭

你一来　青天的风
把山川梳理
绿叶依依　碧波涟涟
白翅　拍打的浪花
红掌　踩响的水韵
让我　听懂　看懂
林中的鸟鸣
很多的翅膀　回旋于
我的世界理由

秋千

杠杆　绳
蓝天　云和树
荡过悬崖　风口

旋转

云的方向　树的牵引
重心放低了天空

经年　发现
我在云里　天在叶中

夏莉

　　笔名茉莉，自由诗人，籍贯上海，教师。有诸多诗文发表于各种报刊上，在各类比赛中多次获奖。喜欢文学、美食、音乐和旅游。

走失

我不会一直在这里
虽然，依旧在你回头的瞬间
笑着朝你挥挥手

那个被剪成片段的黄昏
浸泡在盐水中
一点一点　淡了
春天来了
翅膀上的雪
该化了吧

如果
能有梨花似雪的相逢
会笑着说:原来你还在这里

项羽

雄兵百万　叱咤楚地秦天
英雄美人城池　都攻占
无奈　四面楚歌
一剑乌江
把疾疾马蹄声绊

你　虞姬　和归路
摔进一江烟波　一山暮色
所有的豪情壮志　恩怨情仇
和东山再起的念头
全撒在一片伤心岸

连残血都不肯过江东
悄然流进乌江
伤心欲绝的乌骓
和野渡孤舟
将一江斜阳切为两半

聆听冬天

今夜
有万千雪花跳着优雅的舞蹈
是否带来远方　你的消息?
张开双臂，就让这雪
融化在我温暖的怀
只一瞬
我们就永远在一起

雪越来越大
我钻进雪花深处
细细聆听
你温柔的心声
捧一把雪在手心
像是握住了你

白桦林

我的爱人
你在哪里?
苍茫
在白桦林的树梢
请让我把守候
伫立成
经年的静默

寂寂的白桦林
有鸽子飞过
驱散最后一缕晨雾
白桦树湿润的瞳孔里
你的模样
清晰可见

我额前的纹
是苍老了的白桦
晴空里传来鸽哨声
你是否看见
埋在雪地里的童话
已经发了芽

出世

关上房门进深山
读世间罕见的经书
青灯也朦胧
南朝四百八十寺
红尘里　却人来人往
伤来伤去

繁星在雨夜,在白昼出家
化为块块顽石
顽石不开花
它们在轮回中碰撞
开出千堆雪
开出隆隆梵音

如来慷慨赠予每人一座庙宇
青丝在华发前久久徘徊
始终没走进忘川
坦荡的善　让千年狐狸束手无策
动人的心跳
是生生不息的晨钟暮鼓

夏天的风

原名姜玉琴,现居内蒙古呼伦贝尔牙克石市,扎兰屯市诗词协会会员,呼伦贝尔市民族诗词协会会员。远航诗社副主编,擅长写抒情散文诗,诗作曾在文龙诗苑、诗者联盟等多家平台有发表。诗作文风朴实,温婉刚直。

遇见

你曾经对我说,在人生慢长的旅途中,能遇见就是缘分。
可你是否知道,今生遇见你,是我红尘中最美的风景,是一场美丽的邂逅,就像那瓦蓝的天空,风雨之后的彩虹,短暂的记忆刻画成永恒。

能遇见就是缘分,可你却不知道,每次遇见你,我都会感到生活中所有的美好,那所有的往事,过往的风景,每次遇见你,都会令我心动,仿佛在陌生的城市,那条长街,爱的转角,如此这般的遇见,我的快乐不再隐形。

能遇见就是缘分,世间所有相遇都像是久别重逢,让我们珍惜每一次遇见,一眼的回眸,一生的眷恋,缘分是多么的美好,而懂得分手时,彼此道一声珍重,遇见美如斯,而多年以后,我们穿越时空隧道,回忆这些依稀往事,两颗相知的心,是否会深深感动?

遇见你是今生最美的缘分,每次遇见你,我的心灵都会无名地颤动,就像在辽阔的草原上,与你策马奔腾,又仿佛在白雪皑皑的山脚下,默守一个漫长的严冬,等待春暖花开,聆听百灵鸟优美的歌声。

能遇见就是缘分,因为这偶然的遇见,会让我珍惜这一份友情,与你牵手走过崎岖的山路,涉过漂爱的心河,静听岁月的歌声,静听林中奔走的麋鹿,颤鸣呦呦,蹄声咚咚。偶尔凝视深远的天空,那飘飞的彩云,如诗如画,如影随形。

能遇见就是缘分,期盼遇见你,我会在光阴的渡口等你。而这美丽的遇见,仿佛流星瞬间划过的夜空,照亮我们彼此孤独的心灵。这美丽的遇见,就像雪花飘落后的沉静,在洁白的大地上,我多想与你手牵着手,共赴人生的万里征程……

夏维纪

退休干部。曾从事工会工作、党报记者、党政管理和传统文化研究工作。退休后曾被聘为江西省鹰潭市政府顾问。著有文集《东篱菊开》《微言细语》《花甲之年》,诗集《跫音如歌》《独立之草》《以诗为家》等。

寂寞
心里长满了草

却没有一丝风
从身边走过

家
厚重的书,珍藏在
骨缝里。如今
封面上已长出了白发

清晨
一声鸟鸣,从
梦的缝隙里
钻进,把诗唤醒

黄蜡石
把岁月的跫音,裹入
怀里。化作手上
一道道精美的,掌纹

春江
今夜,没有花月
唯一的风景,是
那条痛失了桨的船

闲云

本名庄瑞强,广东人,作品散见中华诗歌网、中国诗歌网、山东诗歌,闲云文化传媒平台主编。诗观:笔尖细细,钩画诗意生活。

祠堂,老屋的印象
不夹一丝杂念,弯腰捧着孩子的脸
有一股暗香,是祖辈的遗传
老屋,座落在祠堂里面的左边

小径
一块块青色的石头并排而上
月光洒下青光点点,几朵昙花偷看月色

小草从石缝钻出,引来一片赞赏的蛙叫

拱门内

古城墙苍硬的拱门,一夫当关的豪气
在祠堂的门口,让大石板的小广场冷硬
石头垒起的井,清澈见到底部的黄皮肤
祖祖辈辈的颜色,让祠堂的牌位多了许多

天井

在天空开了个口,天井没有井水
孩童的笑声、哭声、吵架声
父亲用竹片编竹篮、竹筐、竹玩具的手
母亲炒菜、打扫、打骂的身影
还有奶奶弓腰在掏米,供在祠堂里

祠堂一直都在,最近又翻新了
老屋的遗址在左边,三面墙已故去
住在这里的人呀,当时着急搬出去
现在又着急搬进来,人生就是这样
一直在着急着,在一道门搬进搬出
搬出搬进……

初恋的时光

如果,目光瞬间的对视
不能震撼人心
那么,请你把窗台的轻纱遮住
不再灼伤她的心灵

如果,擦肩而过的发香
不能互相吸引
那么,请你把飞扬的秀发盘起
不再缠绵他的梦境。

如果,感到春风吹乱了思绪
请不要惊讶
那是温润了千年的时光
让你记住我的模样

如果,感到夜晚很黑很长
请不要害怕
那是我向佛祖求来的颜色
让你的思念不再苍白

当甜甜的笑容绕了操场一圈又一圈
当年轻的脚步追赶着早晨的太阳
请收下我从月光里摘来的花朵
和用太阳的光线写下的情书

当校园的林荫小道不再寂寞
当黑板报的粉笔字不再孤单
那是我们并肩散步而纯真的情
是我们一起学习、一起驿动的青春

初恋的真情温柔了岁月
吉他和弦声划过寂寂的星空
暖暖的身影奔跑在田野里
绿了山里的花草,清新弥漫在空气里

人生还没开始
便懵懂地去谈论以后的人生
梦想着,校园里有走不完的小路
青涩的回忆漫过了四年的光阴

不曾忘记
当初紧紧抓住的手
安静地眺望着
往后的人生——辽阔而深邃的苍穹

消失的风景

记忆会跟随时间慢慢累积
时间会让现实发生变化
就如那些消失的风景
只能在梦里回忆

(一)竹径

清晨

露珠躺在翠绿的竹叶床上
担心太阳公公的小鸟不停的叫着
风生气地把露珠摇醒
清新的空气赶快给它披上晶莹的衣裳
懒洋洋滑下滋养等待已久花草

一个少年踩着单车背着书包
不停的与朋友们打招呼
含羞草害羞的遮了脸
两边的竹林沙沙地为少年鼓舞

几年后
生机勃勃的竹林已经不见了
只留下满地苍凉和黄色的飞尘
少年追寻着那些伙伴
和回家的路
眼眶的泪珠是露珠的寄托

（二）大溪

村庄的大溪横穿在农田和竹林的中间
野草在溪边照着镜子拨弄秀发
无数鱼儿在溪中戏耍
三两少年和大人在黄色的细沙寻找沙蚬
一座古老的石桥横渡在大溪中
连接着村庄和农田
这是一条母亲河啊
滋养农田红薯和萝卜

经年后
古老的石桥苍老了许多
也许是野草的出走
也许是鱼和蚬的死亡
也许是满大溪的浊臭
让它感到悲哀
仿佛中石桥指向大溪源头的造纸厂

向新国

　　男,生于1959年3月,湖北省诗词学会会员、湖北省楹联学会会员、汉川市诗词楹联学会理事、汉川市诗词楹联学会庙头分会会长,曾任汉川市作家协会副主席。1980年开始业余创作,曾在《中国劳动保障报》《中国纺织报》《湖北日报》《农村新报》《劳动月刊》《诗中国》《孝感日报》《孝感晚报》等报刊发表文学作品300余篇(首)。作品曾多次在国家级和省级征文大奖赛上获奖。

冬日的鸟巢

鸟声漫过树林
我听见了你
好奇爬上树梢
我看见了你
那重叠有致的枝杆垒就了你的居所
那内外有序的格局勾勒了你的天地
你静静地伫立在树桠上
任由风吹雨打
任由寒气肆意
日光稀疏
有几只雏鸟探出头来
用唧唧喳喳的质朴
诉说这个冬天的温暖与幸福

芒种

垄上有细雨飘过
夏风用薄荷抚摸
麦子倒下去
秧苗站起来
汗水浇灌的脊梁
定格为行色匆匆的背影
星光下的镰刀
以月牙的姿势
飞扬起一个季节的丰盈
布谷用清脆的语音
破译这个季节的密码
芒种　忙种

农谚里飘来急切的呼喊
禾苗昂首
生长起秋天的雏型
麦芒埋头
沉潜于丰收的喜悦
生命在来来去去的轮回里
热情似火
灿烂如花

车前草

几千年的风雨沧桑
卑微的生命
被挤压在田埂　路旁
任路人践踏
车轮辗压
千百次地诋毁
千百次地再生
不屑于死眢兄土壤
顽强地向上伸展
伸展嫩叶与绿光
伸展春秋和冬夏
将不屈的秉性入食入药
为自己疗伤
让他人分享
始终匍匐在车前
让轮子一次次辗过

春日掠影

细雨一直在下
潮润了田里的庄稼
那鲜翠欲滴的新绿
是冬天寄过来的童话

燕子依恋老家
衔回梦中的牵挂
几只敖敖待哺的燕儿
在暖窝里打开了话匣

爱情从公园出发
暖情在长椅上发芽
那附在耳边的情话
泛起了一抹红霞

母亲径直田洼
扶起了倒伏的豆荚
那形如弯弓的腰身
已直不起当年的风华

山峰支起了画架
风景缱绻入画
那隐在　木丛的银杏
开满了灿烂的鲜花

项美静

湖州人。汉语言文学专科毕业。2001年起，迄今长期居留台北。作品常见中国、新加坡、印尼、越南、泰国、美国、菲律宾以及台湾、香港地区等诗刊。著有诗集《与文字谈一场恋爱》《蝉声》。

都说女人是花，我愿为草

雨后，野草疯长
匍匐在根与须的纠结中
与之较劲

深入吧，于土壤
那是生养的眠床
一旁的狗尾巴低着头，说

哭泣吧，于尘埃
那是复活的道场
我楞着，看晨露在阳光下裂解

伏跪于地
小小的锄，掘一个小小的穴
将自己埋下

一半红尘,一半黄土
我注定在火中涅 ,在风中复苏
等雨,救赎

2019 年 7 月 21 日

大雁塔

在盘旋的文字中走神
走进天竺的佛道
贝叶经上是否有坠雁的血渍

雁声半空,我也在半空,俯看
一滩血托起的七级浮屠
塔顶,播种信仰的云已随风去

大雁塔,佛的天国
我只能在梦中拾队,盘桓
於你的翅膀上

在诗里做第一流人第一等事
把汉字炼成的舍利
供状在莲花台上

2018 年 2 月 19 日

静美如秋

枫叶泛红
便又多了几枚诗笺
在纸上,在虫鸟归于寂静之后

那些繁茂的日子
随夏之华服,一季晾晒
就被收进箱笼

秋,静静行来
如东窗窥镜的月,清冷
又如镜前卸下盘髻的女子
一瀑垂柳钓月,寂寂

2018 年 10 月 4 日

春天的事

无非一场雪催生万物
无非破土的硬刺开含苞的蕾
元非风流唤醒花的本能,遗一席落红

用落红串一串念珠
嗡嘛呢呗美听吽
声声,都是不解的劫

我细想,那是你烙下的印,蚀骨

2018 年 3 月 26 日即兴 6 月 1 日修稿

怪石得仙

蝉在后山说道,树干上
展开的羽翼在太阳下折射出些微光

蜻蜓在庭园戏逐,空中
滑过的影子,让我想到来了去了的访客

墨浓些,色淡些
倚在窗前的竹探着身子指指点点

悬在半空的笔
不经意在 根错节处打起坐来

好一抹飞白
一块得仙的怪石,忍不住
拍案

2017 年 7 月 26 日

海的慢板

天际下
有什么节奏比潮汐更悠长

当赤裸的白以花的模样迎向眸子
海的体香便以浪的形态湧来

当海豚的魅音高高低低舔着耳垂

美人便以水的姿势鱼跃

枕着涛声,浪
漫上沙床,湿了衣裳又何妨

肖茂果

出生于1992年4月,彝族,四川省凉山州人,笔名芒果叔叔。南边文化艺术馆小说委员会委员,南边文化艺术馆2018届文学创作委员会会员,昆明理工大学研究生,新华访谈网签约作家,蜀江文学网第三届签约作家,文学小溪签约作家。作品散见于《参花杂志》《攀枝花文学》《情感文学》《作家世界》《蜀江文学报》《硕士博士俱乐部》《四川华西手机报》《南边文艺》《乡土故事》《博海书香》及诗歌网、中国诗歌网、简书。

一个旅行者的自白

鼓鼓的行囊
背带早已松弛
不知从何起
我竟忘了我是谁
更忘了从哪携包而来

明天
下一站的公交又是否会如期而至
今夜
我在遥远的丽江天空下
为自己祈祷
早年埋藏下的壮志
能否一并带走

在丽江的这片星空下
我也埋藏一颗不甘的心
在拉市海腐朽的芦苇荡下
我揉碎了这颗跳动的心

今夜,我在遥远丽江的天空下
虔诚的向它忏悔
我愿用我余生的光景
去赎下这条遗憾

那一抹绯红的血液
可曾滚烫了我的心房
让子弹贯穿我的身体
让这抹绯红常驻

不知从何起
鲜红的血液变成了一摊死水
不知这里是否静淌着我的心酸

那不可获知的雪山
或许才是我的归宿
却没有任何一辆公交的站点在那里
在这片寂静的夜里
我迷茫了
明天我又该归向何处
一切都早已无知

墙角上的那盒空调
黄色的镜屏下
不知从何起变成了38度

我的身体为何还是如此的冰凉
难道是一堵玻璃
就阻隔掉了所有的温暖

我始终相信
终究会有那么一天
寻得一把称心的榔头
敲碎冰冷的玻璃
紧捉住每一丝的温度
再也不让它从我的指尖流走

庙宇的哭泣

博精的梵文早已离开
入驻而来的是人们口中的香火
诵经人手中的经书
早已换成了可以收款的二维码
甚至它贴满了寺庙里的每个角落

信徒们朝拜的姿势换成了各种摆拍
只为朋友圈里多一条赞

火炉里的铁皮锈又掉了几层
哪怕将自己烧的通红
也未曾迎来红香的光顾
许久未见它的踪迹
庙宇竟有点忘了它的样子
只记得它有一根长长的尾巴

它擦了擦自己的泪水
不断告诉着自己要坚强
人们只是暂时将我忘了

请你为我,再将双手舞动
消失的掌声许久未曾响起
一截静躺的灵竹
埋藏所有的辉煌
祖先的指路经已然腐朽

美丽的孜孜普乌
可否流淌忘川

我愿淡然而来
静静又默默趟过
让流淌的河水将我淹没

终点,应该不远了吧
舞动的双手何时才会出现
淹没嘟囔的颂经人

一颗跳动的心脏

早已没有了血液的光顾
不知从何起
枯藤上的老鸦窃窃私语
我就这样背着舞动的双手
流浪
流浪

三魂七魄
早已离开了我
再古老的指路经
已然徒劳

甚至,我开始讨厌这该死的经书
冠冕堂皇的理由
引得无数朝拜的人
渡魂
可又是否能渡我的魄

无魂,悠悠苍间游荡
无魄,冥冥狱中行尸

请你为我,再将双手高举
舞动的双手就是我的血液
深深的牵挂就是我的三魂
走心的双眸就是我的七魄

请你为我,再将双手舞动
不再需要祖先的指路经
亦不再有令人厌恶的颂经人
我就这样背着我的泪
流浪
流浪

风起,夕落
徐徐的晚风捶打着脸庞
宛如一位娇羞的新娘
我分明感受到了她的气息
甚至还能闻见的她的呼吸声

不,又好像不是
娇羞的新娘才没有那么大的力气
这力量分明超过了常人
又或是说根本就不是人

我总是盼望着能飞到夕阳身边
一睹其风采,一吻其芳泽
但,就在今日,此刻
她卷走了天空中的最后一抹阳光
遥远的天际再也追寻不到夕阳的身影

我不停的捶打着胸膛
早该知道风起夕落的结局
但我始终相信风
她只是将我的夕阳藏在了漫天山谷中

在不久的将来
我们依然会在某个惬意的下午重逢
莫要让那风将你捎走
我怕再一去
就是一生了

想念花下的你
窗外的那株玫瑰开了
浇灌了无数个日日夜夜
只为守得花开
为你采撷那朵最艳的

老人们常说
有梦可期
才不旺尘世一遭
而与我
你就是我的梦

没有你的日子里
丢了魂失了魄
冥冥狱中行尸

把最美留给你
最浓留给我自己
这才知道花半开最美
情留白最浓

萧骏琪

许多过程　　只是源于一念之善
树丛生长着鸟雀的鸣啾
扑腾的翅
婉转成春天的风景

听到了蛙声　　依稀
十里清泉里的蝌蚪
已摇一尾　　于桃花的瓣
摆动于清泉中的微笑
许多过程　　没有遗忘一片云的存在

寄我一片柠檬
酸成往事　　涩成回味
用母亲烧开的水冲泡　　趁热
不必等蜻蜓的翅
飞进夏天

寄我一片柠檬吧　　母亲
酸是往事　　涩是回味
许多过程　　让我听到蛙声
一念之善
源于十里清泉的摆尾
源于柠檬的酸涩
源于清泉中蝌蚪的微笑　　源于
蜻蜓的翅
飞进夏天

清明

一条路　　可以阡陌
可以阻我于杂花之中　　可以望天

太阳近了　雨被收回眼眶
可是　源于年轮之外的暮春
在另一个清明来临之前
我在计算回家的日子
在电话里　我告诉你

阡陌的路正在走向阳光
李花开了　故事中的映山红
正在开进清明　开进刚离开的
你必须再度召唤的久雨里
回归眼眶　回归

属于清明的泪雨　以及
丛生的　白色的
素净的花

雨不语　清明不语
一条路　阡陌在通往坟冢的方向
桃花开时　李花坠了
唤不醒的雨
必须收回泪眶的雨
在风中
在源于年轮之外的暮春
回归那些素净的花　以及
花之外太阳之外的清明

二月

二月　风如刀
或如玫瑰
削下的碎碎花
是前世正在开放的莲

我坐进莲芯
合十　告诉二月的雨
别扰我的过去
不惊我的今生

登一叶舟

忽略夹岸的竹
与破浪的鱼同行
与奔跑而来的羞女紧拥
望母州远了
回头湾不再回头

泛了的资江月
淡了的志溪风
二月　我回来时
风如刀　风如玫瑰
风是破浪时的莲
风是夹岸的竹

春雨下的村庄

不想走进雨幕　这是春雨
这是一夜之间让春天怀孕的春雨
抽丝　去其筋骨
柔柔柔柔地下进爱情
就这样反复地飘忽着

没有篝火的夜晚
丛林永远注视着太阳的方向
在一些鲜为人知的传说里
不可逆转的黑发扬起来
而春风下的吹拂
而资江如一面镜的玻璃上
你的呼唤
如春天般美丽

春夜已睡　春雨仍在缠绵
雨中的故事让万物站立起来
犹豫良久
我终于走进雨幕　这时
黑头发扬起来
资水明朗如父亲的大笑

在没有篝火的夜晚
柔柔柔柔的桃树上

一朵朵藏进春色的花蕾
如你的目光一样深情

这样的夜

这样的夜
风把灯点燃
睡梦中

每一盏灯
都可能和夜站立　或者
不眠　灯在等待
一行酸软的脚印

发明一种爱情　便是
让殒石与大气能摩擦一万次以后
所发出的光点
是夜质的升华与涅　可是

每一个窗口　都必须亮着一盏灯
而夜的宣言
便是在灯芯的深处
获取一种语言

于是　睡梦中
风把灯点燃
这样的夜

选择

选择一个淡淡的月夜
选择一朵散发着忧郁味的玫瑰
我策马来到你的夏天　远方
天空不老
不朽的路上
静的水如他山之石
枕戈待旦
与过去的行走会合
与一朵美丽的紫围巾彻夜私奔

野渡无语
月夜一样的日子
从一湾浅浅的水湄出发
准备用眼睛适应你欣喜的流泪

呼唤一场及时点燃的篝火吧
选择一场雨
把月亮淋湿
选择一条溪水
越过闪光的鱼与柔柔的水草
选择一面响亮的镜子
今世　我为你画眉

归来

门开了　夕阳如约
远眺的溪水如一群在村口走失的孩子
千里之外　瓦蓝的天空
断流的旗帜猎猎作响

长铗归来兮　食无鱼
稻菽般的手纷纷伸出
全然不顾野外的那块巨石
生长着茫然失措的村庄

长铗归来兮　出无车
佛微笑着
他把舍利子郑重交给你
然后　刀光剑影
然后　我的呼吸
进入你的悲恸

一扇门老了　一扇门开了
千里之外
走失的孩子躲进了襁褓
资水清澈见底
谁用目光拂袖而去
长铗归来兮　食无鱼

小点

原名时惠,北京人,一个爱好诗歌的医师,凤凰诗社美洲总社一社执行副主编,安源诗刊编委,闲暇时喜欢写写文字来陶冶心情,喜欢山水寄情,文笔清新亮丽。多篇诗歌在《凤凰诗社》《安源诗刊》《雪峰诗刊》等微刊、纸刊上发表。

今夜,我为爱情写首诗

爱情的故事渐行渐远
春天的脚步越来越深
你的眼眸染红了落英
载不动沉甸甸的忧伤

就在这潮湿的季节
诗意随暗香悄然飘去
颤抖的手写下一首诗
把那无辜的佛珠捻断

穿越时空的隧道
在唐诗宋词的意境里
为你歌唱为你芬芳
留下陪伴的春夜

月下的心事

一条长长的影子
走了这么久
还在月光下
听那风声呼叫

这样在那水中央
站了一个夏天
只听到蛙声在鸣
蜻蜓只是远远的观望

心早已熟透了
红红的甘甜
只等着月光的抚摸
尝一口那清凉的心愿

风和雨

风从树叶上走过
雨从树叶上走过
大自然的景象
令人流泪

留下的影子
被眼睛看见
没留下影子
让思想记取

风有风的风骨
雨有雨的雨魂
走过的一生
都是相依的一生

小范

江苏省丰县人,吉林建筑科技学院,管理工程学院,工程造价专业本科毕业,酷爱诗词。

蒙蒙的雾
清清的风
淡淡的情殇
怀揣着美好的愿景
抬头向上面对的勇气
曲折的路途中,正走向光明
七点的闹钟,朦胧的眼睛撒想手机
哎呀啊 爬起来
刷刷引以为傲的牙齿
整整青春怒放的脸蛋
理理沧桑蓬松的头发
走出寝室
陪你一起过完这周末
这是一个只属于我俩的周末

看到你,横扫压抑的阴霾
走
私奔吧

小柒

  本名刘敏,湖北襄阳人,对一切花草茎蔓充满敬畏,充满怜惜。拥有一颗诗心,向往诗意的生活,信奉万物皆有灵,有灵皆是诗。

六月,我写乡愁也写盛开的南瓜花

想起故乡　乡愁便从炊烟上醒来
村前的小河绕过老范岗　日渐消瘦
一些水草　鹅卵石　记忆搁浅
如我单薄的跫音
走不出鄂西北岗地经纬

在小南风里低眉
委身于十八阕新词
借我六月　借我南瓜花黄
借我栀子白的梦
我要去紫藤悬垂的庭院
做那阕念奴娇里的黄口小丫

隔着南瓜花　隔着草色青青
与东山墙上白铧犁　黑月镰　木连枷泠
泠对视
斑驳瓦楞与苔上风相拥而泣
没有一首诗　医我眉间清寂
我只能舀起一瓢乡愁　作薄薄饮
醉在你掌心摊开的山水里

你的炊烟　抱紧故土
我的乡愁　被故土放生

谷雨　以一场雨鸣别春

春季走到这里停住了脚步

百川淌过万千河谷　缓缓向春天告别
雪断清明　霜止谷雨　春归荼蘼

子规总是在这天啼笑皆飞
乱乱繁花　用于知春　用于寄夏
用于喂喂　花事未央

落桑鸟拂羽而歌　落在经文里供五谷谒
拜
有青萍逐柳而生
有人痴痴的迷

葳蕤草木　忘记归青还是归了靛
云村桃花　记不得春水深几许
记不得人面何处去

小南风又微
以一场雨祭奠一季花事
以另一场雨催生百谷　繁华

慕山茶舍,且随一壶春去

一

春陵翠是长在向阳南坡的一株茶
只有翻过春陵岗
明月之下　草木之上方可采得
草木如诗　美人如斯　茶明艳不可方物

二

四月春长呵　小城春短
在慕山　有留春的舍
你若来寻
廊下灯邀来明月
风炉新煮　浅瓯吹雪　青瓷釜一点一点
泡开春天

三

当春　遇上慕山
翠遇上了春　蝴蝶遇见蓝

折取一枝慕山去
置茶　冲泡　出汤
慕山春色便和天空一样澄明　和大地一样厚实　和人一样丰沛

四

人在草木间　春在人间
一个人和草木对话　和气
一家人生草木之心　和睦
一个社会与草木为伍　和谐
一个世界荣于草木初心　和平

五

茶禅一味　春深几许
慕山茶舍　格物运化
一盏析出春陵翠色
一盏析出饱满经声

就像天空遇见蓝　桃花遇见石榴裙

一

是什么花跃上三月的枝头　凤凰于飞
是什么花铺阵十里春风　淡染天边如霞
是什么花拂云白　吹响骨笛　唤醒春天的律动
是什么花抱紧故土　红色思想　率先开启俏丽与神性

二

走过新市镇　走进李楼村
我究竟看见了什么　又分别了什么
我不想说
我只想借春风一步说话
经过你的身边　就路过了我的全世界
爱如禅
你便如佛

三

三月帛上　因你春意娉婷

我在树下等那名叫夭夭的女子
这里的每条小路　干净而纯粹
这里每一处花坞　婉转又明媚
这里的烟雨弹着绯色曲子
扬花听梅　覆花听雪
夭夭
你不来　我怎敢离去

四

跟着一溪春水
从一阕词赋步入另一阕词赋
跟着一树繁花
就走入我们蓬勃的人间
一花悟世界　一叶证得菩提
花在花上　雪在雪中　诗在诗里
平仄皈依　格物极致
靠近一瓣桃花
就贴近爱情与美好气息

五

在繁华处寻找孤迥
在落红之外学会衍生　变幻　持守

晓颖

　　内蒙古赤峰人,吉林建筑大学,经济与管理学院,建筑与土木工程(工程管理)硕士,酷爱诗词。

复生

蓝蓝的天,
清清的水,
白白的云,
就像我对你的心,
那样纯。
绽放的花,
飘舞的雪,
温暖的风,

就像你回眸的笑,
那样美。
羞涩地望一眼,
我的心就少了魂。
你变成了另一束阳光,
温暖了这片枯萎的大地,
在这片荒芜沉沦的大地上,
播下满是幸福也活力的种子,
一颗心就这样,慢慢的找回了他的魂
你是花,我是天,在蓝天下,你才是最美的
你是雪,我是水,在消亡时,心中就只剩你
你是风,我是云,沉沦之后,是你拨动我的心

啸鸣

本名肖伟民,50后。上海出生,祖籍广东汕头潮阳。曾任《上海青联报》特约记者、《宝钢文艺》《宝钢教育》刊物编辑、《宝钢日报》特约撰稿人。系中国散文诗学会会员。诗作散见《文学报》《萌芽》《诗歌报》《诗潮》《上海诗人》《中国诗人》《解放日报》《中国冶金报》《中国冶金文学》《中国诗界》《中国微型诗》《工人文艺》(香港)等报刊。出版文集《奔牛》(合著)、诗集《钢蓝色的光芒》、合集《中国微型诗30家》。2000年罹患肝癌,经历两次肝移植手术,幸存至今。2016年上海市宝山区电视台拍摄纪录片《生死诗篇》,反映萧鸣在与病魔苦斗的16年岁月里以诗为杖、为剑的诗意人生。

一朵樱花,在三月的肩头眺望

静静地,我来了
在摩肩接踵的人潮里

我的目光很静
轻轻拨开
迎面而来的拥挤和喧闹

我的脚步很轻
似乎怕踩痛
樱花树下的如茵芳草

那朵绽放在高枝上的灿笑
是去年的你吗
依然带着晨露的晶莹
依然染着晚霞的烂漫

于万千人丛中,我坚信
你是为我绽放的
像一首小诗
绽放在岁月的枝头

是为了引领我的视线
和我几度陷入低谷的人生
向上、再向上吗

这样,我的病旅人生
就有诗意相伴了
这样,我的日子就暗溢清香了

三月
我与顾村公园相约
与一场盛大的花事相约

而我,只为你而来
你的微笑,在三月的春风里
被我轻轻摘下

致重阳节的母亲

九十二岁高龄的母亲
重阳糕
已经咀嚼不动了

只能用一台榨汁机
将孝念和感恩

榨成一杯浓浓的亲情

我是伴着儿歌,一口一口喂她的
而当年,母亲是用慈爱和辛劳
喂养我们蹒跚的童年的

轮椅上,满头白花花的母亲
你的人生最后是否
也会变成一张洁白的纸

今天,登高是必须的
我将沿着
九十二级台阶,一步一叩
将一个节日的祝福
推向高处……

我是一尾游鱼

人海和书海里,我是
一尾游鱼

出没于贪婪和快乐
游弋在
选择和放弃之间

是我在选择书
也是书,在选择我

每购到一本心仪之书
我就会对它说:
幸会!幸会!

拎着一袋沉甸甸的智慧
挤进地铁车厢
回家途中,我很满足

我明白,在成为一本书之前
我必须读许多书
包括——把自己读透

磨刀人

将简单朴素的一生
扛在肩上
穿行于大街小巷

一声底气十足的吆喝
甩进窄窄的弄堂
便有剪子和菜刀们鱼贯而出
鱼贯而出的剪子和菜刀
是一部繁衍不息的家谱
像熟悉自己的子女
你熟悉每一把剪子和菜刀的秉性

还迟钝的生活于锋利和快捷
将生锈的日子
打磨得焕然一新
磨刀人徐疾有致地
操纵着城镇的生活节奏
一块磨刀石
就是一部历史春秋
嚯——嚯——嚯——
磨刀石越来越瘦
终于瘦成了
一把削薄石刃

磨刀人
操一把削薄石刃在手
面对熙熙攘攘的市井人生
游刃有余

钢铁诗人

A
这辈子
总是在钢铁与钢铁之间穿行
这森严的列阵
这纵横捭阖的气势
总使你想起一行行诗

B
努力使每一行诗
都从稿纸上站起来
成为钢梁
成为高炉
成为炉台前挺拔的男子汉

C
那支淬过火的笔
在雷与火的对话中
每天都在寻找铿锵的音符
生命的每个时段
因此被锻打得无比坚强

D
钢瀑飞泻之时
也是你激情一泻千里的时候
多么动人的一刻
经受冶炼的
不仅是每一炉钢
还有和钢铁一起成长的诗

E
这是一种与生俱来的选择
你说
这个时代需要钢
以及钢的品质
于是 你将自己的一生
燃烧成一首
激情如火的诗

遇见另一个自己

常常在一首诗里,遇见
另一个自己
他很年轻,有着浪漫情怀

常常在一场梦里,遇见
另一个自己
他率性而为,自由不羁

常常在茫茫人海里
遇见另一个自己
被时代所裹挟,身不由己

常常在子夜面壁时
遇见另一个自己
仿佛是一位哲人,抑或圣徒

常常在节庆的日子里
遇见另一个自己
他是如此孤独,踽踽而行

常常在一册日记本里
遇见另一个自己
抖落时光中的尘埃,向我走来

常常面对一场大病
遇见另一个自己
生死拔河后,洞悉了生命的秘密

常常在一面镜子里
遇见另一个自己
他凝视着未来,穿镜而过

这么多的另一个自己,与我
共生在这个世界
我都认识他们
是否,他们也认识我

谢富云

安徽人,中国诗歌网认证诗人。喜爱文学,擅长诗歌。常以诗的方式表达人生悲欢,作品散见于纸刊、网络和微刊。生活中素心如莲,淡雅清新。

无诗的夜

在海棠花凋谢的那个晚上
虽然没有诗
但充满诗情画意
那皎洁的月亮
和夕阳会出现在同一片天空

村口的小溪
被彩霞染的半边是火焰
那河边的垂柳
伴随着风儿在夜幕下摇曳

我站在那棵开满鲜花的桃树下
故作平静的表情
掩饰不了那份焦虑
期盼着你的到来

按耐不住内心的狂热
压抑的执着
等不及下一个月圆之夜
那狂跳的心在焦虑
等待你的到来
我要让这个日月见证
我对你的表白

2018年6月19日

余晖中有一种暖

风起　疏影摇
摇来一丝冷意
眼底的痛在枝头缠绕
颤颤巍巍

拾起一路花香
收留香魂满锦囊
拂袖伫立池畔　凝眸笑
燕儿双飞共织柳丝结

余辉散落一片旧时光

隐约飘逸过你身影
那缓存下的甜蜜一幕幕上演

折一绪最柔的夕阳做丝线
绣下最美的剪影
回放在我一个人的世界

别

忍住那滴泪
挤出一丝微笑
张了张嘴
却说不出话来
不情愿的摆摆手
转过身
双眼流露出多少无奈
头也不回的迈开沉重的双腿
我不知道
哪天是归期

谢黎晴

　　桃源土著。先后在《人民日报》《光明日报》《经济日报》《农民日报》《工人日报》《中国青年报》《中国妇女报》《人民政协报》《中国文化报》《中国旅游报》《中国电视报》《中国新闻出版报》《北京日报》《天津日报》《湖南日报》《新疆日报》《羊城晚报》《北京晚报》等380多家报刊发表1500多篇(首)作品。

　　亦有作品相继在台港澳及海外付梓并被《散文选刊》《党政干部文摘》《文摘报》《中国剪报》等转载。另有数十篇作品入选《首届世界华人游记征文大赛精选集》《中华散文精粹》《〈读者·乡土人文版〉十年精华文丛之旅食天下》《〈散文百家〉十年精选》《知味——北京晚报"知味"年度文章精选》等选本。曾48次获全国及省市级文联、作协和《人民文学》《中国作家》《中华散文》《青年文学》《鸭绿江》《散文百家》《长江文艺》等举办的全国性的文学奖。《中国档案报》《中国建材报》《湖南农村报》《三湘都市报》《河南文化时报》等对其创作进行过"人物专访"和"文学评论"。

有散文集《桃花缤纷》行世。

系中国散文学会会员，中国散文诗学会会员，中国乡土诗人协会会员，湖南省作家协会会员。

叩拜唐诗桥诗碑

方形竖式石碑上刻唐代草圣张旭《桃花溪》诗一首："隐隐飞桥隔野烟，石矶西畔问渔船。桃花尽日随流水，洞在清溪何处边。"

为何将满腹孕蓄的心事和挂牵
幽幽倾吐给弯弯的流泉
还诉说给那位一去不返的武陵渔郎
而你在哪一处溪畔，梦中的桃仙
隐隐的飞桥，茫茫的野烟
与世隔绝的仙境桃源
久违了多少代，多少年

清溪，清溪
曾在石矶的西畔
问遍所有的桅帆和渔船
那久久徘徊在你身旁的村姑
逃避蟒蛇凶恶的追赶
向白胡须老翁倾诉怎样遇仙的言谈

我俯身捡拾起
那一朵朵随风飘落的桃花瓣
一朵一朵的悠悠思念
一朵又一朵
压痛了桃花源

2018年1月6日

楹联三副动诗兴

南社湘集联坛大师吴恭亨摘清陈士本《探桃洞偶成》、唐崔护《题都城南庄》诗句而集成"山鸟似犹啼往事，桃花依旧笑春风"一联高悬菊圃；清末蕉花园《桃花源志》(光绪版)总纂曾昭寅为秦人洞撰写"洞口桃花自开落，秦时明月共古今"一联；亦有当代岭南人何竹平先生写于20世纪80年代的一副未刻对联——"十里桃花重出世，一溪明月又浮天"。品读再三，含英咀华，齿颊留香，得诗一首。

又见桃花
又见红尘中绚烂的奇葩
禁不住春风一阵紧似一阵的挑逗与撩拨
于憧憬里，死命地挣扎
在子夜前，羞涩地接纳

皎皎蟾宫，宛若为玉帝做酒的吴刚
脚踩一只圆圆的冰轮
辚辚辇入一百里水溪
（相遇不饮空归去，洞口桃花也笑人）
俯身鲸汲避秦的佳话

宿鸟的鸣啼之声似乎在诉说往事
寻契馆之门又在随风吱吱嘎嘎
玉盘化作千万只柔指轻叩天尊崖上的宫观
桃花源，请你珍藏
千千万万的桃仙纵情刺绣的锦霞

2018的1月8日

谢锡庆

中国老教授协会土木建筑专业委员会常务委员，1985年9至12月组织学生开展实践教育活动，荣获团中央"全国最佳团日活动奖"。按其设计"黄浦江上可架'螺纹蝶式'大桥"方案已建造成哈尔滨松花江大桥。《人民日报》《中国青年报》《建设报》用理想教育创新工作思路"金桥""架起建筑之桥"等为题作专题报道。

开垦建三江

五十年前建三江,荒无人烟泥水浆。
遍地沼泽野草长,蚊叮虫咬浑身痒。
京津沪哈知青上,十七八岁离故乡。
天冻地寒也站岗,屯垦戍边保边疆。
艰苦垦荒如战场,战天斗地练思想。
战友牺牲更坚强,奋斗开垦十年长。
沼泽巨变稻谷香,如今三江成粮仓。
主席视察建三江,笑容满面给夸奖!

黄浦江大桥

(荣获团中央全国最佳团日活动奖)
八十年代上海滩,黄浦江水成障碍。
浦西浦东两瓣状,过江只靠渡轮装。
宁要浦西一张床,不要浦东一幢房。
实践教育谈理想,闸北四中团委上。
组织学生实践忙,实地考察黄浦江。
蝶式引桥思路闯,桥梁专家给夸奖。
全国报刊头版上,荣获最佳团日奖。
松花江上先建造,蝶式大桥黄浦江!

赞苏州河畔老仓库

苏州河畔老仓库,沿岸展现千米多。
金融码头黄金屋,四行仓库代表筑。
风格迥然繁荣度,中西相容名建夺。
三十年代地标酷,好比清名上河图。
百年风雨衍变术,老旧建筑创伤多。
历史文化交融树,修旧如旧老仓库。

赞特种建筑纠倾移位加固

上海滩,闸库门,历史建筑保护严。
音乐厅,玉佛寺,大雄宝殿作平移。
房龄久,体量大,实地考察措施作。
同绑定,作加固,科学断桩工艺数。
水平抬,液压顶,步步难点作推进。
无先例,寻规律,精确到位创奇迹。
我的导师唐业清,世界著名专家级。
开创特建专业新,培育全国特企型。
北方大连久鼎北极星。
中部上海天演中巨星。
南方广州胜特南粤星。
特种建筑三大星,特建纠倾移位精!

解强

山东泰安人。诵读爱好者,喜欢用声音与文字结交天下!

家乡的月亮

我喜欢家乡的月亮
儿时的我在月光下
跟伙伴们嬉戏打闹
一直玩到母亲喊我回家吃饭
那时的月亮 感觉圆圆的
就像母亲做的我爱吃的月饼

我喜欢家乡的月亮
高中生活
你陪我度过了三年寒窗
每当晚自习后
我会坐在窗前
遥望空中那轮圆月
仿佛看到了
辛勤持家的母亲
起早贪黑的下地做工
供我读书
伴我成长
那时的月亮好圆　好圆

我喜欢家乡的月亮
我只身一人到陌生的城市
打拼工作

晚上累了的时候
就坐在工地冰冷的木板床上
透过墙上的施工洞
望向东南方那轮圆圆的月亮
那里是我的家乡
有我日夜思念的亲娘
那时的月亮照在身上暖暖的
就像母亲温暖的双手
抚平我心中那淡淡的忧伤

我喜欢家乡的月亮
虽然你不再那么圆润
虽然母亲已去往天堂
我依然爱你
月光下有我的童年
有我的成长
有我的快乐也有我的悲伤
人在那叫家乡
人不在了那叫故乡
家乡也好故乡也罢
我依然爱你
我仿佛又看到了白发苍苍的母亲
我会在您慈祥的目视下
永远的奋进　成长
你是我心中最美的月亮

解珍

女，汉族。热爱文学，喜欢诗歌散文。

故乡的小河

黑夜悄悄的来了
四周熟悉的一切
开始变得模糊
农家的灯火依稀亮起
晚归的鸟儿唱着歌
和着微风吹拂麦浪的波动

故乡的那条小河

此刻正在静静地流淌
今夜，我又一次站在
它的身旁
仿佛看到几个赤条条的身影正在尽情地
游玩
每逢夏季
我和许多玩伴就会
来到这里嬉闹
那些童趣就永远地
留在了这里……

故乡的那条小河
承载了多少酸甜苦辣
也淹没了多少红尘过往
挥不去的是那缕缕乡愁
留下来的是历史

许多年过去了
只要静下心来
我依然可以听到那条
小河的心事……

乡恋

缕缕炊烟升腾而起
笼罩着零乱的村庄
院内高囤的玉米
是家乡丰盛的特产

坐在暖暖的热炕头
喝一碗甘甜的小米粥
望着父母含笑的慈容
内心荡起漾漾的暖流

踏上离乡的土路
二老依依难舍紧跟其后
不敢回头
生怕看到双亲的泪痕

走出老远
父母还在招手
遥望故乡
一切是那样的亲切温柔……

冬天里的农人

坐在暖暖的热坑头
吃着自家种的五谷杂粮
那浓浓的香味
含在嘴里
甜在心田

把颗粒归仓的喜悦
挂在脸上　喜在眉间

经过夏的炎热
渡过秋的忙碌
冬日里的农人
空闲的骨头作响

拾把柴吧
让炉火生的更旺
下场雪吧
期待来年的希望

冬日里的农人
夜长长
梦香香……

心事

长长的心街
摆放着昔日往事
冷冷的风
吹淡了重叠的脚印

在起风的夜里凝视
在雨雪交加中眺望

惊魂未定，却已擦肩
成为我永远的苦痛牵念

从此
我再不敢相信缘
可我又怎能不再祈愿

愿今天　明天
后天的你
天天欢悦久长

邢启辉

写给母亲的诗

很早前
我就想为我母亲写一些东西
但每每动笔
都没有把它写成

然在昨天
我把我母亲从我第二个弟弟处接来时
我方感觉
我母亲真的是老了

因我发现我母亲
已举步维艰步履蹒跚
双手握着"代步车"且由人在旁扶持
因我母亲今已93高龄了
且弯曲驼背腰椎间盘突出
如今我母亲大部分的生活
自己完全不能独立去打理去完成

因自我父于十多年前驾鹤西去后
我母一直是寒蝉凄切踽踽独行
因自我大妹于2013年车祸离世后
往后我母亲的晚年生活

则全由我们兄弟姊妹四人轮流服侍

因为我感觉我母亲真的是老了
且老到了自己不想洗漱、不愿更衣
因为我感觉我母亲真的是老了
且老到了自己不想下床、不愿行步
因为我感觉我母亲真的是老了
且老到了时常是污渍斑斑污手垢面
甚或还有些老年性痴呆大小便失禁
因为我感觉我母亲真的是老了
且老到了有时竟连我是谁也都不知道

因那时我家穷
母亲常晨兴夜寐戴月披星
纺纱织布缝补成衣
因那时我家穷
母亲常起五更爬半夜
含辛茹苦挑灯夜战
因那时我家穷
我们常"衣衫褴褛食不果腹"
因那时我家穷
我父母就把我们全家从"合丰老宅内圩"
迁徙至今"圆陀角村"的"海防新围外圩"

因小时候我母亲家也穷
母亲常随我外公外婆
一起到"向阳"的那片荒芜之地上
去疏水滤咸垦荒种田
因小时候我母亲家也穷
母亲常随我外公外婆
一起在"向阳"的那块"走脚"之地上
去住"环龙舍"去烧"泥螺灶"

所以我今说
我母亲的一生
是多灾多难坎坷不平的一生
所以我今说
我母亲的一生
是历尽艰辛饱经风霜的一生

以至我说
母亲是崇高、神圣的
因为她不仅给予我生命
且还给予我阳光
以至我说
母亲是无私、伟大的
因为她不仅为我们默默付出
且还不求任何索取与回报

因母亲和父亲是同龄同庚
且自与我父亲结婚后还没满年
父亲就被"招去"当了八年左右的兵
所自父亲复员回乡解甲归田后
自31岁之后才有了我们
以至我说
我父母对我的爱比山高比海深
以至我说
我父母对我们的恩比天高比地厚

古人云
"谁言寸草心
报得三春晖"
古人又云
"十月胎恩重
三生报答轻"

所以
今我无能遇到什么情况
我也要为我母亲写些什么
所以
今我不管是什么诗什么文
甚或是诗不像诗文不像文
画虎成狗不伦不类
我也要静下心来为我母亲"涂鸦"几句

2019年5月6日

熊绍其

中共党员。南昌县作协、诗协、书协会员,《锦绣诗刊社》副主编。在中央、省市报刊、电台、杂志、文学网站发表小说、通讯、报告文学、散文、游记、诗歌 200 多篇。出版《江南诗叶》结集一本,《古榕树下》原创文学网站专集《路迹》《母亲与房子》获 2018 年南昌县"我与改革开放四十年"征文二等奖。

把文字迁入新居

我的文字,跟我一辈子
发黄发紫,乱放乱堆
麻袋书柜,到处皆是

她陪我住过茅屋
也陪我住过楼宇
也陪我耕田种地
也陪我守卫边陲

难耐夏天炎热酷暑
我在纸上写着诗句
汗流夹背湿透脊背
我用书稿当成扇子

风刀霜剑严寒相逼
我在纸上写作稿子
冷风飕飕寒气瑟瑟
我借蜡烛火苗当炉子

曾经艰难的岁月里
我把文字投向报纸杂志
换取三五块钱稿费
贴补家用维持家计

我的文字陪我疯过
也陪我伤心与泣泪
没发表的文字压在床底
哄着把我带进梦里乡里

同我吃了一辈子苦的文字
我要重新把她打扮华丽
用键盘与鼠标装饰整理
把她送进电脑网络域际

从此
我的文字再不孤寂
她可以找西汉徐稚
谈经博古天文地理
也可找李白白居易
煮酒长叹作词写诗
每天我开启电脑莹屏
想你我就找你

七夕随想——送给亲爱的妻子万爱华

清晨
我拉开一片窗
外面是迁移的白云
和煦灿烂的阳光

走进厅堂
端看爱人的容颜
静静地凝望
心中很慌

无情的岁月
把当年
如花似玉
的姑娘
增添了丝丝
银霜

起初的相恋
世俗的偏见
让我怦然心动
也心存一抹

祈望

如果没有你
当初的坚持
也许彼此
天各一方

我们始终保持
头脑的清醒
总不自暴自弃
总不随意轻狂

38年的相濡以沫
经历了岁月的苍凉
多情、惆怅、迷茫
挟持着几缕情感
的忧伤

柴米油盐
相夫教子
你把它当成
终身的向往

任凭岁月
慢慢沉甸
历经久远的
陈年酒酿
纯朴醇香

我愿终身守着
彼此的爱恋
直到
地老天荒!

2019年农历七夕节

飘渺

远处朦胧的山
漾荡仿佛的云
你那婀娜的身影
在迷然的微光里
忽现忽隐

在峰峦的竹林深处
似乎还有一缕琴音
在山水云际间缭绕
在幽幽涧溪中潺跳

多少年在梦里
你那袅娉身影
总是萦绕在我的臆境
总是让我孤寂的灵魂
穿越过尘世雾霾
沉浸在多情
飘渺的世界

沙漠——我心中的恋人

在我内心深处
总有一种莫名的情愫
神秘的沙漠,我心中的恋人
你总是静静地躺在那遥远的边际
你不与高山比高
却有与高山一样的壮观神奇
你不像高山有茂密的植被
但你有万缕金线缝制的外衣
你穿着鳞纹绸缎
你有一条美丽的脊背
你那阿娜多姿的优美曲线
带着少女般的轻狂
在摇曳的狂风里飘逸
你突突的乳峰
在蓝天白云的轻拂里
妖艳抚媚
你丰富的天然血液藏在心底
总等着人们需要开采你的时候
你把处女般的贞洁无私付出
你的遥远,总让我想你

却不能使我触摸你的金枝玉体
我让骆驼捎去问候
我把书信夹进驼铃
你在月光下读我书信
你嘱流星为我传情
沙漠,我心中的恋人
你别在梦里撩扰我
有空,我一定会去看你

2019 年 8 月 16 日

熊毅

男,大专文化,网名清谷天,江西九江市作家协会会员,中国民族音乐文学协会会员,出版散文小说集《临湖的窗》现就职江西武宁县公安局。

老屋

除了真的　一切都是假的
这不是废话　不是

时光是假的潮流是假的
幻象更是假的
老屋是真的　其实也不是

阳光下父亲就是影子
潮流中我不过泥沙一粒

我是被潮流从门缝里挤出来的
父亲却是时光把他从正门送出来
风风光光地上了天堂

灶膛的火应该越烧越旺
现在已浓缩成一个点
我把它移到香案上

墙上挂着的鱼网是父亲用血吐的丝
多半的鱼儿已先父亲而去

还有一些是幸运的奋力挣脱了
而父亲用尽一生也没有挣脱这张网

许多人怀旧
我也是

每次回乡
我都能从老屋墙角的虫鸣声中
听出
旧日的时光

回乡

春天还藏在草根里悄悄吐芽
草丛中蛰伏冬眠的虫蚁

几夜细雨
油菜花开出一片金黄
让我想起乡亲
已被岁月薰黄的脸

春风舔合我的伤口
桃花又一一绽开
村庄没有了袅袅炊烟
缝合不了我的乡愁

幸存的三两老屋
更加骨瘦如柴

燕子雨中衔来暖泥
望着家家关闭的门户
茫然

我站在溪边的草岸
任时光从额上的沟壑流逝

徒步

落日是开在遥远里的花朵
暮色渐渐暗淡只留下青灰的面孔

梅花开得如血
一朵花与另一朵窃窃私语
万籁俱寂没有虫鸣
惊蛰只不过是摆设的时令
那些冬眠的小动物
还沉醉在梦乡里
梦是温馨的没有寒潮侵袭
也没有人世的炎凉
只有我在寒风里踩痛了小草的芽尖
独自咀嚼昨日的幽怨今日的苦辛
惆怅明天的迷茫

星星坠入湖底
一汪春波折射出希望的清光

守护这方田园

登上青崖顶才知道土地的脉络是多么明
晰
无数纵横的阡陌与星罗棋布的田埂
那是我的乡亲生命的轨迹
他们如蜘蛛般蝇营狗苟地活着
沿着没有尽头的网线行走

崖上的那片桃林绽放霞光
极象英雄澎湃的血液
没有黄尘古道远去了鼓角争鸣
山村再也没有谁能叱咤风云
它只是男人酒后的酡颜
是恋爱中的女人姣好的面容

田埂上的草垛一点也不孤零
一片一片的菜花为伴有些春风得意
欢快的虫鸣鸟语是最好的诠释

燕子虽然在电线上站成五线谱
而春天也未必能弹出欢快的乐章
只有雁群以人字的姿势
从冬雪中起飞穿过春天飞出诗意与远方

清溪流出钓鱼人的安闲
流云随风散漫
唯有我驼背的六叔被牛和犁牵着鼻子
守护这一方田园
与吞下银钩的鱼儿一般
愚昧

布鞋

童年用牧笛喂养蝉鸣
将蒲公英的种子飘成诗歌
散落远方的土地
渴望开出美丽的花朵

数十年了桃花水一次次涨落
心中的鱼儿并没有上滩
汗水热血澎湃成一条
暗黑的河流

喧嚣与扬尘充溢我虚浮的日子
雾霾让思想失去方向

日渐荒芜的土地长出白茅的剑
将人情寸寸割伤

唯有白头老母　在窗下
收割夕阳的金线
一针针缝制
思念

梦里

湖水的壮阔不如蓝天
蓝天又不似我的胸怀高远

鹰的梦比真实还真实
翅膀更接近天空

蚂蚁托举着粒米大的梦想

奔走一生

蝉声与陀螺喂饱的童年今在何处
我真想写首儿歌
骑在水牛背上去银河边朗诵

直到夕照危楼我醒了
几十年花开花落
原来
我活在梦里

六月

故乡的麻雀总是啄食梦中的谷粒
谷壳的天空遥远得没有边际

麦花飘飞的日子我身在何处
六月又是石榴火红的时节

老屋门前的那口井足以喂养所有的思念
每次离乡总是看不透它的深度

用尽一生的想象
依然还是青草池塘那朵飞不出的云

风披着沉重的雨衣来
离去
带走西天的云彩
坠落
一地的乡愁

端午节

自从那块石头绑着一颗诗心沉入波底
这条江流苍白得没有一点血色

两岸的菖蒲似剑　真的是诗人腰悬的配剑吗
为何总是割不断几千年的枕头风

驱鬼的香艾年年空自碧绿

牛头马面依旧躲在历史的殿堂跳舞

不朽的离骚在尘封的蛛网中渐渐暗淡
只有日日泛滥的诗歌和年年泛滥的棕子
喂养这满江贪婪贫血的鱼虾

历史的细节总会从某个时段在江面翻版
但愿这个咽哽的日子不仅仅为了纪念
更不能简单地祝福一声
节日快乐

修中河

　　曾用名修伟，笔名修哥拾贝。邢台临西县人，现定居石家庄。1985 年开始发表诗歌，有作品发表于省市报刊及网络平台。
　　美国《新文学》编委，邢台现代诗研究会理事，梧桐雨诗社理事。参加第四、五届正定海棠诗会，参加第九届河北青年诗会。神州家园文学会名誉会长，河北名人名企文学院副秘书长兼办公室主任，河北古美文化传播有限公司创始人。

大青山遐想

大青山顶的云朵
擦得苍穹蓝莹莹
信步草原天路
忘记季节的属性
夏季的风
揉搓寒冬的冰雪
远山空旷　稀释
红尘裹挟的忧伤

不锈的阳光
抚摸坝上的绿衣裳
让意念湿润
让想象飞翔
温热的唇　悄悄

靠近一朵格桑花
等待夜晚醉意的模样

思乡

只身　孤单地
穿梭在香樟树的影子里
没有一丝背井离乡的惆怅
高楼大厦与灯红酒绿
淹没了对故土的记忆

院子里那棵枣树
发芽了吗

一盏馨香的红茶
冲淡思乡的情绪
在南国的睡梦里
感觉老家的乍暖
还　寒

那一天，我在古城很寂寞

列车一路向西
它要把我滞留在一个叫长安的地方
距离你的距离
越来越有距离
你说你的城靠近海
在古城的倒影里
听不到浪花的呻吟
固执地拖拽思念的长线
面对厚重的蓝色城墙
孑然一身
寂寞在夜风中升温

杨贵妃与李隆基的缠绵
传说了千年
如今，被石头雕琢永桓
朝拜的男人和女人
兴高采烈
却没有谁愿意

去触摸一段尘封的伤痕
那一天，我在古城很寂寞
手机的屏幕不再弹跳
你的消息
繁星满天的穹顶
笼罩不住都市的辉煌
近处河水似人体的血液
汩汩流淌
无法控制去想一个人
可是
怎么也记不起你昨天的模样

秀水一航

本名周志水，原籍河北省沧州市，现居内蒙古呼伦贝尔巴林。擅长摄影和书法创作，著名的网络诗人，被诗友们誉为"抒情诗王子"。18岁学习格律诗词，22岁转写抒情诗。作品在海内外诗歌大奖赛中曾多次获奖，著有诗集《呼伦贝尔风景线》《流浪歌手的爱情》《爱情十四行》等，现为自由撰稿人，诗作在多家纸质书刊和微信平台上发表。

夏天，请到呼伦贝尔来

夏天，请到呼伦贝尔来
能否，和我共赴一场
心灵的盛宴？
在此山此水
让瑰丽的彩云
带去我友情的相邀
让南方的风送来你
最诚挚的问候！

让七月的格桑绽放你
唯美的爱情
让北国红豆诠释你
相思的好梦！

夏天,请到呼伦贝尔来
让如歌的行板牵系
指航的北斗七星
让纯洁的白桦
镌刻你誓言的姓名

让北极光无瑕的天使到来
让太阳的红玉燃烧
让爱情的核心图腾
让蒙古高原的白云
点亮你幽深莫测的眼睛!
让骏马奔驰在梦想之上
让我在敖包和你相会!

你看那穿民族服
戴船形帽的
草原上美丽的女子
为你唱起草原歌曲
为你跳起安代舞
那威武雄壮的男子汉
角斗士的英雄们
将盛情地款待你!

在这美丽的天骄之地
在这圆圆的蒙古包里
喝飘香的奶茶奶酒
举起金杯
今天,我要和你同醉!

向古纳河之源逆流
向草原更广处漫游
向森林更深处寻幽
谁与我牵手?

在呼伦湖上撒网
在贝尔湖上垂钓
在兴安岭上守候
在激流河上漂流

举目四望
何处是人生的渡口?

雕成吉思汗的长弓
佩努尔哈赤的宝刀
骑蒙古人的汗血宝马
驰骋在无边的草原
游牧的人
何需要有家?

夏天,请到呼伦贝尔来
离开你城市的喧嚣
离开你盛世的繁华
脱去你世俗的虚伪
今天,我要和你同醉!

夏天,请到呼伦贝尔来
我和你
背负着白昼
背负着黑夜
背负着所有的梦想
——哪怕蹉跎岁月!

秀子

女,笔名秀子。2018年5月,获得滕王阁杯寻春诗会大赛金奖。2018年9月,获得武当山第十届华鼎奖全国诗词大赛特等奖。燕京文化艺术交流协会会员。2018年九月,被中国文化遗产研究院收录《中国文化人才库》。《作家前线》签约诗人(作家),南昌市作家协会会员,中国西部散文学会会员,签约作家。锦绣诗刊社社长。

美丽与哀愁

四季的芬芳播撒爱的希望
人间的温暖创造了无数的奇迹
心灵的歌声总会如约而来

美丽的心境如阳光直射心田

不论是春夏的阳光明媚
还是秋冬里凉风恣虐的横扫
把心交给自然的绿意与河流
美丽的景象让我敬畏无限

心情如大海的涛声变化无常
想把自已交给时间和诗歌
那里有雨露和甘霖
还有需要倾诉的田野

多想站在高峰眺望
深情地把歌声悠扬
看雪峰屹立屋脊
看夕阳笼罩大地

因为时间总会流淌过人生的小溪
在昆仑的山脉消尽所有的期盼
这份哀愁就挂在高岗之上吧
让日月见证由青春到华发的瞬间
让大地留下一块属于我的墓地

总有那么一天的到来
准备好自已的诗集与我同眠
最好能看到日月升起的地方
和雨水淋湿墓地后
是否会有嫩芽露头的喜悦

2019年7月31日

身影留在布达拉宫
——记江服学生嘎玛 益西
江措打工的日子

看着你们微笑的面容
让我感慨青春的美好
布达拉宫如雪莲花般绽放在高岗之巅
与蓝天白云为伴
与四季风儿雨雪为邻

雪域高原的雄鹰啊
如你们的英姿飒爽
传来阵阵的欢声笑语
如春天的鸟儿般雀跃鸣啼
一张张的身影带来洋溢的气息
一句句的话儿传来爱的言语
一声声的寄语总想把诗歌颂扬

把身影留在图书馆里
是学习成长的摇蓝
在离家求学的路上
不忘用母语来歌唱家乡的热爱
用藏文传授知识播撒爱的源泉
在闲暇时做生活的强者
在奋进中做领头的楷模

仓央嘉措的足迹你们是否寻到
美丽的诗句写不完赞美的歌
那就用青春的足迹
留在布达拉宫的高岗上
用高远的目光去寻求理想的彼岸
把青春的歌谣
唱响在求学的路上

2019年7月14日

遥望塬上的黄土坡

俯瞰你高原的版图
层层的梯田撩拨着思绪
要走多远的路
才能抵达光秃秃的山梁
要走多远的路
才能背回四季的收获
要走多远的路
才能把希望拾捡

走在塬上的黄土坡上
云彩随我漂渺

日月随我移动
羊儿随我奔跑

一座座的高岗
想唤醒春天艳丽的霓裳
让四季的芬芳爬满山坡
一曲曲黄土地的歌谣
唱不尽生养的这片土地
和远方深情的呼唤

虽然坡上野草零稀
这片黄土地哟
一但有雨水的浇灌
就会留住春的气息
长出稚嫩的蔬苗
这片黄土地哟
是属于阳光苍穹
还有鹰留下的足迹

躺在洁白的云朵下
我仿佛听到奔腾而来的咆哮
黄河水激荡在我的血液之中
多想有汩汩的清泉
和着江南流不尽的雨水
向着塬上的　土坡奔腾

一只山鹰在高傲地飞翔着
带着稚嫩的雄心
冲向阳光的方向
跃入永恒的夕阳里

2019年7月2日

与时间赛跑的人

白天与黑夜的交替
让作家珍惜错节的时光
思绪在烟雾里撒网
心儿却在人间耕耘

多想留住光阴的尾巴
让时间再慢些
用文字堆砌的情节
在夜暮里升腾着呼唤着

静谧的夜晚
如幽静的村庄
总会使眼泪和着欢笑
在故事里游走着

孤独在海洋中思索
喜怒哀乐在文字里扎根
在如火的胸膛间徜徉
你是孤独的歌者

我总想把你的面容
刻在文字的石碑上
让时间与你快乐的前行
让生命发出灿烂的光芒

2019年6月25日

徐嘉和

徐加和,浙江省作协会员,岱山县作协副主席,有数百首诗歌发表在《诗歌月刊》《诗选刊》《诗潮》《青年文学》《浙江作家》《江南诗》《浙江诗人》等报刊。有数十首诗歌入选《中国先锋诗人作品选》《青春诗历》《浙江诗歌十年精选》《浙江省五年文学作品选》《岱山县志》等数十本书籍。著有诗集《心底的涛声》《望潮花》。

一个骑电动车的女人

冬雨肆虐如恶婆婆撒泼
一个骑电动车的女人在等红灯
我看见你在风雨中哭泣
中年的沧桑一览无余
也许是为病中的父亲

也许是为情感的创伤

这些日子的雨水足以冲垮你坚强的外壳
内心的虚弱如风中飘荡的一次性雨衣
开着汽车的人肯定不会注意到你的泪水
暖暖的空调醉人的音乐足以麻醉他们的敏感
你破旧的电动车晃荡着前半生的坎坷

雨继续着雨风刮着风跑远
红灯亮得让人心颤
人生总有痛点一次次亮起红灯
绿灯亮起你擦干眼泪与雨水
穿越灯火阑珊处
你瘦弱的背影映现在我的镜片上

兰花

兰花从山的怀抱来到我家阳台
在一只普通的瓷盆里安营扎寨
纤细的叶子如少女的嫩指散开
柔软的阳光刷着她娇颜
一股淡淡的清香扑鼻而来

风吹过　兰叶轻舞羽衣
如微醉的女子凌波而行
黄昏喝一杯茶有兰花相伴
捧一本书亦有兰相视而笑
简单的生活掺入兰的气息
中年的宁静扑面而来

每瓣兰叶都是少女的峨眉
描摹着她们内心怀春的秘密
抒写着唐诗宋词的雅韵
与兰花对视就是和雅士对话
揽住一瓣心香拒浮躁在兰之外

每一株兰花都是我前世的情人
亏欠她们太多今生得细心呵护

期待来生重续前缘
她们收储着我一生一世的承诺

在嵩溪村

前溪后溪如双龙缠绕嵩溪村
石桥跨过溪的两岸房子建在桥上
主人日日夜夜倾听溪流潺潺
行至桥下掬一捧水洗脸醒脑
旅途的疲惫随溪水长流而去

在嵩溪遇见徐氏宗祠心暗喜
姓徐的本家热情邀请参观
踏入便有到老家的感觉
我们的血管里一定同样流淌着
二千多年前祖先徐偃王的血液

清朝的建筑随处可见
时光似乎在此停滞
老人在屋檐下玩牌任时光慢慢走
我们如一群野蜂飞入村庄
手工织布的老妇把旧时光
都缓缓织入土布

百子石这来自千锤万凿出深山
高温煅烧后的石灰石
堆砌的房屋繁衍后代子孙满堂
红色对联贴满家家户户的门
纯朴的祝福如溪水清澈绵长

漫步在中国诗人小镇

这是个充满诗情画意的小镇
杨柳依依马头墙民居撒落河岸
虞美人恣意开放如一行行诗句
河水汤汤穿过四百多年的永安石拱桥
青山绿水孕育出一个诗意小镇

白居易等古今中外的诗歌
如藤蔓爬满外墙

我的朗读引得村姑捂嘴窃笑
黄昏徐徐而来彩灯闪烁着村庄的宁静
在这个夜晚品茗聊天陪女人散步
便恨夜短时光匆匆

漫步在木质栈道听环村河水淙淙
吴言说以后要带个女人来此散步
只需一个吻便是人间四月天
在一座绳索桥上他高举起双手
发出青春般的号叫
似乎昨晚的酒精还奔跑在血液里

徐启航

2000年7月28日出生于湖南常德,现就读于陕西科技大学。

我老了

我想,我老了
不是苍颜
不是黄发
可我,还是老了
年轻的心
应是壮心踌躇
应是意气风发
我也的确是这样
可我,真的老了
我于是寻找
走过孩子们跑动的街道
走过那间物是人非的教室
走过雨散天晴的操场
玩篮球的小伙在那跳动
我走了很远
走向过去,走向未知
可也未曾寻觅出
我为何老去
当我兜兜转转之后
我回到原点
我坐在桌前

写下断断续续的文字
突然发觉
它们是多么的老旧
腐朽不堪
充斥着没落的气息
在这一瞬间,我想
我明白了什么
我不再寻找
不再迷惑
我的心,只剩下了莫名的难过

徐素艳

市作家协会会员,江山文学网主编。文章获得国家教育司三等奖。作品发表于《百柳》《天津诗人》《内蒙古晨报》《赤峰教育报》《红山晚报》《最美是书声》等各大报刊。

现代诗,碰撞,古老的苍茫与现代科技的精致。

一、契丹小城

远山更远,连绵起伏的逶迤
有花海和树木掩映四季的寂寥
有车鸣,呼啸而去;又呼啸而来

近水更近,遂有九曲或者十八弯
岸边的风景更新,岸上的人家稠密
不断有高楼林立,举起一轮又一轮太阳和月亮
有历史熙攘而来,又熙攘而去

摘了贫困的旧貌,换上富强的新颜
不断有人到乡下去,山区去
撒上科技的种子,驱走困窘的顽疾
美丽乡村,在一群群人手下翻天覆地
动用三十年光阴,走进契丹故里
借助知识的甘霖,为它增砖添瓦
日新月异,有我日夜奔波的汗水一滴

前程锦绣,需要大家一起砥砺

二、写给五月
是播种的季节。在乡村
机器把种子播进原野,附上黑色的被
立刻被取景,黑黄相间的斑驳陆离
不断有土地被征用,棚室如雨后春笋
"大城子番茄"仰首阔步地走进京津唐
遂有万亩香菇、青椒、黄瓜不断问世
合作社里春风荡漾,鼓起了腰包,昂起了
头颅

也是收获的季节。在校园入桃源
芳馨萦绕,百亩芬芳,教学路上师倍忙
青龙山上,千亩杏林浩荡
越野赛的车队穿行,又添一景
梨花开满双庙山,换了人间
花语笑声相映美,疑似成仙
不是桃源地,胜似桃源美
布日嘎苏台的陪嫁牡丹正养精蓄锐
一出情景大戏《牡丹公主》已降临人间
历史深处,不断传来蒙满和谐之声
现实生活,各民族团结如一家
舞起,白色的、蓝色的哈达
农牧民的日子如哈河水源远流长

三、都挺好
侄女出嫁,六辆"霸道"接亲
婚车车头的插花,美得像假的一样
贺喜的人来人往,在乡下
"一条龙"酒席服务可以媲美星级酒店
喜鹊,一直在旺枝上说着贺词
据说杨树上最低的是斑鸠窝
人们蒸蒸日上的日子比鸟窝高
那幸福,像屋后的羊群一样
越繁殖,越多,越绵长

回到城市,看见屋里装饰的玉兰花
一下子,觉得城乡距离那么近
文件里说"贫困县"的帽子已经摘掉了
城乡一体,处处春风,处处得意

徐锡

笔名擎墨、文字写意人,《长河诗刊》、蜀江文学网签约作家。渌水诗社、蓝溪诗社社员。有诗歌获第二届百家诗会奖、第二届中国徐霞客诗歌散文奖等全国奖赛。诗歌入选部分诗选文本,有诗作见中国诗歌网、陕西诗歌等纸媒刊物。

未名之人
我的目光生长在你布满愁情的眉头
在你愁情的眉间我的灵魂悄然苏醒
我的睡梦在你的国土之上生机勃勃
你的影子夜以继日收割某人无尽的呓语
我是你单色线体内唯一的种族
拥有孤单、黑暗和寂寞
是无用之人,是不朽英雄
你是我一个个开始呼吸的肉体、毛孔
等待被轻抚和救赎
以树之名的事物也无序行走
我是一个无血无肉的人
在天空以外的重力之下踩遍大地
黄昏降临于我的人世
就如缓缓到来的岁月
走向月亮中央
爱,请让我说

我愿为你挑起整个春天
我愿为你挑起整个春天
你是离太阳最近的
最是那,安静的一簇
也是,最优柔的一朵
我喜欢你打着桃纸伞
从百园中缓缓走过

我在你的眉间
被刚刚惊起
如梨花一样红着脸
匆匆,爬上了春天
我已听到你的心跳
在柳枝的一端,等候多时
你是哗然的桃林中
最沉默的
我心心相惜的人
黄昏将近
你傲立桃群中央
寂寂无声
我是你众众群桃中离散的人
喜欢在傍晚高歌
只身,走了
半个春天
停驻此地,落寞而坐
等你,唤我
等你,归来

秋光进行曲

太阳赶来那一刻,面容干净
像是被雾浸洗过一番
不愿手捧鲜花,即刻离去
一切就像昨日那样,刚刚结束
明天该去往哪里,不可预测
秋天显示出多余的安静
我试问向落叶索要一地喧哗
让所有分别的人,听讯泪水的轰鸣
就像是春天解冻的海水,跑入我的思绪四处走动
告知我们:如何挨着冬天取暖
我要用夕阳栽植一棵学不会落叶的树
在风沙迷失的眼里,翻一遍名叫安静的影子
跳动的落日思索人生苦难,无人来赴秋天之约

徐益民

60后,安徽庐江县人。诗歌爱好者,偶有作品散见报刊平台。诗观:写诗,痛并快乐着!

蔷薇

几只蝴蝶不请自来
它们的翅膀善于煽风点火
一些绿蒿藤蔓在一旁开始窃喜

月光绕着林间游走,轻柔的
唱着方言的童谣
应和着的荒野,万籁四起

习惯了散慢的日子
沉寂于体内的痒
开始爬满我的身体

不似玫瑰,被爱情燃烧
还能强颜欢笑
我易碎的心,不敢向她袒露

顺着雨水
春天
就从我的身体流过

桃花

怀揣三月的秘密
虔诚且珍惜这烂漫的春日

一年等一回,不急不急
春风刚刚从草尖上

踮起脚尖,喝过这杯酒
太阳正靠上檐角

你看,你看,日子

就这么慢慢挪过来

该红火的时候,急也没用
转眼,桃子就熟了

蒿

喜欢慢时光
村里村外,到处有它们安乐的身影
蒿子,更像我留守的兄弟
憨厚的,恋家恋旧

偶尔回乡
在壮硕的兄弟中间
狗尾巴草似的我
总有些抬不起头来

徐迎晨

  黑龙江省齐齐哈尔市作协会员。中国诗歌网注册诗人。曾在《耕子文苑》《鹤城晚报》《北极光》等电子平台与纸媒报刊上发表多篇散文、诗歌作品。
  诗观:愿将生活植入春花秋月,愿将人生吟出七彩诗行。

(一)冷风从心头吹过

我由北向南走着

风从我的右后侧刮来

掀起左侧风衣的衣角
掀的很高
冷冷的风吹过我的吹过大地
哦,十月末了
塞北的风一天比一天紧了

天空很蓝
没有云彩

太阳从南面远远的照过来
还有一点点温暖
我追赶着它
它不动声色的看着我
任我身心怎样折翻腾

风摇晃着路两旁的杨柳树
扯下片片黄叶扔在风中
然后纷纷掉落
落满了我的肩头
我裹紧了风衣
脚上加了些力气
向着太阳的方向快速走去

向前看去
人海茫茫川流不息
里面没有人让我惦记
在我的后面
风还在把我紧紧追赶
不回头我也清楚看到
你的脸部清晰

有一种牵挂叫我冷你就冷
是的,你一定冷了
今天你穿的是什么
别忘了穿上你的大黄鞋
脚部保暖最重要
戴上你的线帽子
和只有拇指的手套

(二)仲夏之夜

仲夏夜晚
木槿花花瓣落满院子
我看不见它的颜色
但是我知道

我趴在窗前
看着小镇上家家户户浪费出来的灯光

犹如天上落下来的星星
也有你家的

你我相安于人世
共度温柔的仲夏之夜
这是多么珍贵的时光

（三）六月，我的眼泪比湖水多

挨过三百六十五天
又重逢了那日
那日还叫夏至

这个夏至
天哭了
我也哭了
我的眼泪比湖水还多

没人知道我哭泣的原因。
陌生人不问为什么
熟悉的人问不出为什么

许多顶

　　男，安徽淮南市人，1951年10月生。在上海某高校工作，计算机科学与技术学科教授。业余时间爱写诗。在网络上发表诗词900余首（阕）；在期刊上，如《中华诗词》《词刊》《中国诗词》《诗词百家》《诗词家》《诗词月刊》《诗中国》《中华诗教》等上发表诗词20余篇。

吟讴一派繁花似锦

诗来诗去，不是特意卖弄风骚。
词来词往，不是飘然而起兴。

每个字都是精心挑来的良种，
播撒在壮丽山河、大地母亲，
播撒人间真情、善良和美德，
播撒七彩斑斓的人生。

每行都是精耕细作，
耕作祖国的繁荣昌盛，
耕作富有幻想的美梦，
耕作前程似锦。

每阕都是辛勤的收获，
收取山山水水、蓝天白云，
收取呕心沥血的芬芳，
收取汗水浇灌下的结晶。

每一虚拟和实体都是载体，
承载着激情燃烧的岁月，
承载着鼓舞与激励，
承载着回报与馈赠。

诗是上天送来的春风，
吹开心中冻结已久的坚冰。
词是迎春的萌芽，
勇敢地刺穿心结而拔茎。

诗是沥沥的春雨，
润滋了万紫千红。
词也芬芳了，
芬芳了闪光无限的青春。

我是寻觅的粉蝶，
寻觅在唐诗宋词的花丛里，
分享老祖宗留下的香甜沁心。

千千万万只粉蝶，
都在寻寻觅觅、觅觅寻寻，
吟讴一派繁花似锦。

许淮南

　　女，原名胡家榕，1998年生，四川眉山人，现就读于成都大学汉语言文学专业,系四川省青少年作家协会会员。获第九届中国校园"双十佳"诗歌奖,发表诗歌作品若干。

头发

幼年初生新芽
青年草木茂盛
中年应当时常清理枯枝落叶
晚年顶着一头白雪,去见最心爱的人儿

理想

不做成群结队的鸟儿
偷偷在夜间迁飞
要做就做孤独的猛禽
在白天明目张胆赶路

誓言

窗外黑黝黝,我在下暴雨
冲垮手中仅存的理性,可恨已成定局。
达达,我向你发誓:
一觉醒来,原谅一切。

年轮

年轮是从土里长出的小太阳
也是后羿射下的九个太阳的碎片
在知更鸟的陪同下,祈求众神
给予幼苗足够的光照和时间
同样无法忽视的还有树枝对线条的执着
只有努力向天空延伸、延伸
才能让哺育者多拥有几个轮回

我的,贫穷的你

不止女人是洪水猛兽
深入骨髓的疲倦也是,爱而不得也是
不小心踩死的蚂蚁也是,甚至连你也是
连过路的风也是。这风一起
就顺手偷走了我的
贫穷的记忆,我的
贫穷的你

乖,你要听话
离开我以后,不许再想起我
不许再谈及爱情

农事

打我记事起,一直数不清
门前那块地被你翻新了多少次
年初,萝卜、白菜、黄瓜籽
轮番下地。我出生的季节
你总是忙前忙后。直到现在
你还是常常打趣自己:
插完秧子,腰杆就直不起来了
说完你又弯下了腰

十月,在玉米地
又呱呱掉下一个孩子
你说:两个囡都得像这玉米杆
那年,汶川地震才过一个月
你却只顾得上地里的玉米秧

许靖

笔名小桥,吕梁作家协会会员。作品散见于《三晋都市报》《吕梁日报》《吕梁文学》《石楼时讯》《屈源》等报刊和其他网络公众号。

心情密码

是的,每句话里都有故事
每一个文字
都会开出最美的花朵
接受不同季节的变化
镶上金边的乌云
也会把彩虹
留给铺满梦想的天空

走的久了
感觉会慢慢沉淀
也许会在某个时辰
破土而出
用琴键上的黑白色，破译
原本无法安放的心情密码

2019年6月29日

我看到闪光的东西

面对屏幕
我看到很多闪光的东西
那是沙砾中
缓缓铺开的美丽风景
有的沉静，有的亮丽
也许，在某个时辰
时间会证明，努力和坚持
是最好的方式

就这样，就像码好的文字
以想象中的美好，划过天际
在九月，用另一种方式
品读灵魂深处的自然韵律

2019年6月27日

我的迷糊六月

一个呵欠
又一个呵欠
迷糊中的意念
其实是最清醒的
那些如梦的烟雨
恍惚的心情
就像有弹性的风
吹了一阵，又一阵

这个六月
花伞与棉花糖散发着
一种坚韧的意志
絮絮叨叨的蓝山

拉回我的想象
突然发现
我想要的，远不止这些
我必须告诉我的梦想
另一小半的旅程
不要重负

2019年6月15日

印象龙交（之一）
——刘家大院的老榆树

尽量把身姿压的很低
把心事与大地诉说
磨损的石阶
斑驳的墙壁
都把故事写在
盘曲嶙峋的枝干尽头

见证过沧桑世事
阅尽了人间百态
你把头扬起向着蓝天
大院里的每一片砖瓦
都被你轻轻摩挲过无数次
它们的心事，只有你最懂

曾经的喧嚣和辉煌
只是数百年弹指一挥间
没有谁，可以
跟得上时代的脚步
春天已经锁紧了眉头
老榆树把枝桠拢向大院深处

2019年4月23日

许历港

骨伤科医师，虽长期从事临床医疗，但对诗歌的爱好热衷有加。在创作中追求短、浅、美的诗风，以及对生活的发掘和感受。

— 2454 —

飞奔的轨交线

上海很大,很大
可以容纳全世界
上海很小,很小
小得就像
一纸轨交线路图

弯弯曲曲的轨交线——
城市发达的毛细血管
上海已无法寻找贫血的地皮

只要地铁流过的地方
一群,一群高楼就会站起
荒凉的土地
就会长出繁华

上海的地下没有黑暗
光芒四射的轨交线
照亮了
古人的梦

我在梦的现实
享受速度的快感
获取时间的富有
如果没有轨交线路图
老上海的人会失去全部的记忆

轨交已向全世界延伸
一串长长的夜明珠
在地球的瞳仁
发光、发亮

人民公园的相亲伞
公园一角
盛开相亲伞
一朵、一朵
结着母亲的忧愁

伞下遮掩着儿女羞涩的隐情
伞上,大胆的母亲
高举
有婚房、有学历、有身高的
纸牌
撑开的的相亲伞呵
犹如母亲焦急的呼喊……

一簇、一簇、又一簇
像摊开
一双,一双母亲的手掌
为长不大的儿女
向游人
乞讨爱情

地铁口的挥手

一挥手
便是一个月、一年……
最无情的是地铁

挥手的思念
碾压成寒冷的风
从我的背
穿透我的心
唯有地铁口的
自动扶梯
扶住她
下沉的背影

许文季

山东省淄博人,吉林建筑大学,经济与管理学院,建筑与土木工程(工程管理)硕士,酷爱诗词。

我想成为之人

我会告诉自己,
无论前路有没有光明,

— 2455 —

自己都要怀揣最初的希望,
哪怕几率渺茫,
却仍不动摇。

无论外界环境如何,
重要的是对自己有信心,
走出自己的康庄大道。
修己以清心为要,
涉世以慎言为先。
心怀友好,
浅尝辄止,
大家都是亦师亦友。

捡起一片废纸,
擦干净一扇窗户,
摆正一张凳子,
完成一次作业,
写好每个字……
心志要苦,意趣要乐,气度要宏,言动要谨。
不为什么,只求心中那一抹永不沾染尘埃的净土。以耐事了天下之多事;以无心息天下之争心。

不输于风,
亦不输于雨,
不输于雪,
亦不输于夏日酷暑,
有着结实的身体,
没有欲望亦决不生嗔,
无论何时只是默默而笑。
没有称赞,亦不为苦恼烦扰,

这,便是我想要成为之人!!!

许攸

吉林省长春人,吉林财经大学本科,高级工程师,酷爱诗词。

卖火柴的小女孩

叮儿呤咚
是外婆的风铃
映着白的雪个黄的灯
糊涂是几分温暖几分冷漠
希望是夜的空
…………
"卖火柴嘞!"
…………
火柴划起细发成赤炎
勾引不起温暖
窗内盘中火鸡呜咽埋怨
圣诞宴是和外婆一起的奢盼
…………
"卖火柴嘞!"
…………
是谁给你摇篮的拖鞋
分明是冷酷的裁刑
去他白的雪和黄的灯
糊涂得不如黑暗清醒
把死亡和泪映的透明
…………
若你有来生
没有火柴,富人和隆冬
看窗外圣诞树
停下海边的白头翁
挂满外婆的风铃
叮儿呤咚

玄鱼

上海新城市诗社社长。

埃及诗稿
真正水晶眼睛

仿佛是一汪红海一汪地中海
埃及美女之眸

盈盈闪耀澄澈波光
果真有水晶的透彻
远胜过矿产水晶
缘于生命和青春……
"水晶"同时具备了
美玉之神品
华灿内蕴
摄人魂魄

金字塔内
法老及祭司及书记员
一干偶像的水晶眼珠
嵌入永恒
仍然令人震撼

埃及礼赞

非洲若无埃及,光芒必暗淡
世界文明史少了埃及
会明显像脚脖子崴了
埃及让非洲的光芒,
永远闪烁在成熟期
世界荣幸有埃及史前耕耘
遂使文明长廊扉页
可灿烂而悠长
七千年
成为精神家园天文数字

女人的小毛驴

游览完了女王庙
上大巴前又瞅见你
与她怯生生站角落
你的睫毛眼神
都属于埃及女人同类
但也迥然有别于
独享一脉山系
能叱咤风云的那位

她会是你前世主人吗

埃及的西北风

会否搞错
难道是在
乞力马扎罗雪峰吗
这不属于中国俗语
"二八月乱穿衣"
却依然皮衣吻薄裙
短袖秋裤正共舞
哦,北非洲北风吹
烈日灼热游兴了吧
背阴里却打个激灵

浮潜

在海里肤浅?
还没仔细弄清
这两个字搭配的奥义
我就一头掉进了
清澄而咸透的海水
喝了两口咸汤
因为毕竟还很肤浅
我未熟悉没习惯
呼吸面罩。唉
究竟边浮边潜
还是先浮后潜
搞不懂
如何幽雅体面
保持肤浅

眺望金字塔

光
如射线
呈现向心力
太阳神直冲碧空
但它外形未彰显等级

塔
只能是

法老的专属
干尸密码遗传吗
高贵何以雪藏数千载

薛红芳

笔名勿忘心安,凤凰诗人,秀美龙川文学社编辑。一个喜欢游走在诗歌里的女子,偶有作品发表于网络平台。诗观:品味诗的生活!

父亲老了

天边的夕阳
无情的掩去了父亲背上的光芒
他瘦小的身影
在这个秋天显得格外的苍老

有多久没陪父亲说说心里话
有多久未读父亲的叮咛
又有多久未给父亲问寒添衣

我的父亲老了
不再是晨曦的太阳
那蹒跚的脚步
踩碎了人生多少的忧伤

我的父亲老了
田间的泥土漫过父亲的手掌
那已不再挺拔的背上留下的欢声笑语
在岁月的流失中渐渐地滑落

我的老父亲　我最疼爱的人
为子女操白了两鬓的发丝
养儿育女的辛苦有七分
您却尝尽了十分

我的父亲　老了

父亲的黄土地

黝黑的黄土地
父亲弯曲的脊梁
背着四季的星晨
守望一片幸福的麦田

一头小毛驴
一把犁
一双沾满
泥泞的旧布鞋
耕耘在那片天空下

额角的汗珠
滋养着山的经脉
长满老茧手掌
呵护着田埂上的梦想

岁月的风尘
浑黄了父亲的双眼
屋顶炊烟
刷白了父亲的鬓角

留下蹒跚脚印
融入黄土地的血液
丈量着父亲辛劳的一生

夕阳下的山村

夕阳下的小山村　你是
大自然笔下的一副油彩画

金黄色的光芒
洒满了嬉笑的小溪
水里的鱼儿
逗着那几道贪玩的身影
捉起了迷藏
那溅起的水花
像晶莹的珍珠钻进溪水里

路旁的玉米地
几只低头觅食的小鸡
忘了回家的路
远处，烟囱里升起袅袅炊烟
仿佛是妈妈洒满村落的呼唤

农家的山泉边
成了欢腾的海洋
耕耘了一天的大人们
哼着那美美的山歌
挑起一担担摇晃着的夕阳
挥着手话别了黄昏

薛晋萍

　　山西省灵石县两渡镇教师，两渡"何泽慧院士纪念馆"讲解员。她热情开朗，乐观豁达，自信积极，是一个寄情山水，爱好诗文，爱好旅游的女子。

何澄　走进我心里的名字

有一个人的名字
走进我的心里

春夏秋冬　风风雨雨
不能把你从我心里清洗

您像太岳山的雄峰
那样伟岸　直冲云际、

您像汾河水的浪花
那般晶莹　光华绚丽

何澄　您几次走进我心里

让我懂得了爱国爱家的真理
也让我领略了如何教儿育女的传奇

儿女八人　都成了科学精英
才华出众的人杰

我真想　把您的故事
讲给天下所有的人

让人们都知道您　何澄
一个让人永远记住的名字

<small>注：何澄为两渡何氏第十五世传人，是何氏家族，由科举向科学转化的一代重要人物。</small>

泽慧纪念馆　永远的丰碑

无数次走进的馆
是为纪念您而建
无数次地走进您的世界
不禁百感交集
凝视您的铜像
从不觉得您已离去
把封面是您照片的书本放在枕边
从不觉得您已远走多年
仿佛您就是
我的亲人
甚至就是我生命的一部分
憾未谋面
却胜似熟知
从您的童年青年中年
到您的晚年

无法想象
童年犹似公主的您
在青年时期
勇扛兵工救国的大任
无法想象
国外即将功成名就的您
毅然回国
去二手市场淘货
为国核力量谋发展
更加无法想象
中年深陷困境

— 2459 —

却依旧淡若清风

满头银丝随意地固定在头顶
孙女穿剩的球鞋穿在脚上
几经缝补的帆布包
装上馒头挂在身侧
这就是您的日常装扮
就连回祖籍灵石
您依然是这样真实再现

家里地板的花纹
不知何时已看不清
二手市场淘来的衣柜也已多年
多想帮您把墙壁刷一刷
因为已经泛黄发黑

原子学研究所的严谨
香河气球发放场的笑声
抬笔写字低头刻章作画的灵动
先生的日月从无虚度

轻轻抚摸您的塑像
我心中的丰碑
您的真帅美德
已经无需我用华美词句
何泽慧纪念馆
我无数次走进的馆

不想放开你的手

不想放开你的手
可我却必须走
看着你的美丽
看着你的温柔
我却无法回头

不想放开你的手
可我却必须走
看着你的笑意

看着你的泪流
我心难受

偶遇　让我感动
离别　惹我情愁

真不知
今生　我们还有没有缘分
让我与你再有一次美丽的邂逅

让我不再相思泪流
诗词比黄花还瘦

2019 年 8 月 23 日

薛可珂

想你时

想你时
方懂得
你的笑容
迷惑我的神志
于是
我的小舟搁浅在爱情海的海滩上

想你时
才知晓
你的眼神
有穿透心灵的震撼
此时
你的心海是我贪恋的水中楼阁

想你时
才清楚
你的言语
像一杯透着清香的茉莉花茶
瞬间

沁入心扉……

想你的时候

想你的时候
心中升起一弯明月
一条不规则的抛物线
掠过……
你的脸上
刚毅而醉人
融入我的心
走进我的梦寐
一首诗
一个记忆
一句叮咛
瞬间永恒

想你的时候
心中荡起波波涟漪
一折折宛若莫测的云朵
飘过
你的思绪
微妙而默化
装入我的行囊
浮现脑海
一行文字
一个笑颜
一部书
一世缘

美丽西藏

美丽西藏
一个神圣而另人向往的地方
雄伟的布达拉宫
一个庄严而纯洁的天堂
当我们走近
她会引领我们向前
大昭寺的经文
让我们见证信仰的力量
不由自主地同唱：
弘嘛弥呗呗哄
当我们走过雅鲁藏布江
那茫茫雪山让我们心灵震撼
来吧，朋友！
这里就是我们的家
湛蓝的天空，悠悠的白云
无尽的宝藏，淳朴的藏族人民
啊，美丽西藏
玛旁雍错、纳木错、羊卓雍措
让多少朝拜的人们有了共同的梦想
珠穆朗玛峰为你祈祷
唐古拉山上的雪莲为你绽放
我们手牵手舞蹈
来吧，朋友
看看拉萨
看看西藏
这里是我们共同的家！

薛鲁光

笔名啸岩，男，1954年出生，上海曹行中学退休教师。上海市作家协会会员，上海诗词学会会员、上海民间艺术家协会会员。长诗《黄浦江，见证沧桑的岁月》载《诗意天空——历届上海市民诗歌大赛汇编》。作品散见于《解放日报》《新民晚报》《上海诗人》《中国老年作家》《金沙江文艺》等报刊。获上海市民第二、三、五届诗歌大赛等奖。

镜泊湖

镜泊湖
脱胎于那面诡异的宝镜
多亏王母娘娘嫉妒
才有
隐身于崇山峻岭的羞涩
清平如绢　恬淡如带
海东盛国的传说
在白胡子牧民口中唠叨

成群的丹顶鹤
却在传说声中减少

平如镜面的仙湖
引来竞折腰的游客
魁伟仰慕
依偎撒娇
掌上明珠般宠爱
俨然没有御花园的牡丹花香
然而　舍利塔遗址
让虔诚的头香缭绕不止
于是
这独领风骚的堰塞湖
让忽汗海的盛誉
走向中华天骄

三清山

天空飘散着山味
退去古老的胭脂
一叶凌波的倩影
让我发现
山温水软的一角
庆幸　我迷上了玉山
绾住你栗色的长发
偶一抬头
亭子的飞檐上
正挂有偏安一燕
吟着稼轩的长短句
竞秀于三清宫
钟情于南清园
一步三峰一眸三石
风中, 长短句飘来飘去
大漠狼烟交出雄心
众鸟归巢止于柔情
天生的琼楼玉宇
在无依托中沉浮
憨厚的挑山夫
借过"仙山楼台"的美丽

让三清山腰间的翡翠
绿了　还绿

薛淑芬

又名薛晓璇,笔名六月荷花,女,汉族,黑龙江省牡丹江市林口县人,1994年毕业于牡丹江卫校林口分校,2008年开始写作并发表作品,作品散见于《中华诗词》《诗刊》《诗选刊》《诗选刊—诗词》《诗词月刊》《星星·诗词》《参花》《北方文学》《牡丹江晨报》《山东诗人》等报刊及网络,有诗词被选入《黄浦江诗潮》等,现为中华诗词协会会员,黑龙江省作家协会会员,黑龙江省诗词协会会员,黑龙江省楹联协会会员,《诗刊》子曰诗社成员,牡丹江诗词协会理事。曾获网络出彩诗人三等奖,《诗刊》2016年全国首届"泊爱蓝岛,七夕诗会"最美原创诗词大赛优秀奖等奖项。

一

我无法亵渎的生命

生命里
除了要坚硬如铁的坚强还要有不可磨灭的尊严

我会经常的做梦
一些不敢触摸的东西倒也是美美哒想一回
我想活着已经不易

对于生命里岸边的绿柳
我并不奢望他的阴凉
我知道我没必要趟着不知深浅的河

我坚信有一种坚持
在春风没来之前
你需要有恒心面对难以逾越的高山
和闲言碎语

那是彼岸的书城
教我无法去放弃
这条河淹死了又如何

我也会常常流泪
也许在最亲的人面前释放了自己
毫无顾忌的显露我坚硬如铁的背后

却从来不敢放弃尊严
在生命里
那是我呼吸的咽喉

二
我喜欢
我喜欢在熙攘的人群里沉默
因为我知道我很渺小

我的魂却在我的手指下张扬
他穿过我的骨头
穿过我的血液
穿透尘埃
在阳光下游荡

然后在黑夜罗成蚂蚁的小字
魂找到了住所

三
那春天的寄语
阳光下,曾经的沉默
已经被风打破
跳动的音符
在草地上埋下伏笔

谁会知道枯燥的冬天即将过去
你听
有花的声音有枝蔓的舒展
而我也甩掉了伤感

明媚的笑和枝头一样在空中撩起来
那些雨似乎都是我可以入诗的逗点
那些就留下一些痕迹吧
如你如我可以在这样把想像的枝头
开的更美开的更艳

四
孤独的欲望
寒冷蔓延了全身,黄昏里孤独的二胡曲
听着想去落泪
心已落魄,枯黄的脉搏被风吹上了天
有一个魂在空气的缝隙里努力的生存
好像世界给了一把理由
让苦涩填满额头

楼阁中经常播放一首老歌
最高潮的部分在每一个孤独的夜晚此起
彼伏
总是有着最原始的欲望
想挣脱枷锁
迈出去

你那阳光般的温暖
足矣让她可以忘怀的死去
这场美丽的邂逅
无法提级
一直一直成了秘密

五
想一次撕心裂肺的别离
我等待着春天的驿动
拨弄我合上的心扉
一首写完的诗稿
总觉得缺点什么
哦,是伤情或者是爱情
也许还不够孤独或者也还不够那么炽烈
在一次次风过

没留下足矣让人们指手画脚的话题

其实我想有一次投入所有的自己
当然那是最真的也是没有放出去的感情
楼房的上空有一轮明月
我想去邀约
即使那一刻成了地动山摇的传说
我也想成全自己
想一次撕心裂肺的别离

雪丰谷

南京人,原名王永福。曾用笔名江月。下过乡,当过兵。毕业于石家庄铁道兵工程学院。现从事烟气及污水处理工程。出版过诗集《诗无邪》等。

你若入住,屋就是家

竹篮打水后,索性
将自己冷藏起来
待光阴冻成冰块,再加工
于胸襟最开阔的地方
只争朝夕,盖一间小屋

基础得夯实。面积容易
两颗心的容积率
顶层设计与统治集团无关
日子不宜漏雨
否则,打个盹也歇菜
头皮发麻不如青苔

至于门窗,尽量朝南
南方的风信子都饶有韵味
飞鸟也带卷舌音
方言算是软肋
骨质偏白,也要深加工
间或再串几粒佛珠
送往迎来时,当帘子

别的,能空则空
留给另一颗心来打理
如果你坚持住进来
这屋,就成了咱俩的新家

桃花

除去鬓角滋生的白,雪已无痕
这么多年飘然而落的文字
一笔接一笔,宛若花瓣里的纹路
于瞳孔的深处娓娓而动
总算找到了流水
桃花啊,那些点点滴滴的生活
涓涓潺潺游离出我的体内
就像一尾尾小鱼
刚刚聚一起,随后一哄而散
哪里顾得上支离破碎

这么多年过去了,风儿日见疲惫
喘一阵,咳一阵的;浑身乏力
想起桃花下所犯的错误
岂止一二?满腔子难言之隐
难怪比伤口还大的嘴唇喊不出痛来
难怪会有一种疾病
美得一塌糊涂,既惋惜又着迷
每每想起那会歌唱的桃花
我的软组织里总会长出
红盖头,或几片会飞的纱巾

不同的节气注定了不同的命运
桃花啊,你想表达什么呢
仿佛一首小令,你省略了夏秋冬
成了肝胆间唯一互认的血型
在这四处寒暄却又令人心寒的世界
真诚与信赖,百年难觅
你万万想不到思恋有时也亮白刃
比刀子的起落还要快
我已被闪电纹身,被光阴
切碎;成为桃枝上一小截灰烬

桃花啊,经历了脱胎换骨的燃烧
凤凰涅槃,感化了清明之水
千里之外时间之外
做个真正懂你疼你念你的
红颜知己,该有多美!
我已把雪以及一切与雪有关的背影
搁进信封。只待来世
有人挂露而醒,凭窗远眺
所有的玻璃都像桃花水汪汪的
大眼睛……绽放在心里,永不衰退

夹角

因为站姿,我与昆仑山坡面
形成一个夹角
弧度打开一扇天空
众鸟振翅飞翔着
除了物象,顺带形而上

实在找不着北了,就下江南
在乌蓬船的注脚里
撩开雨帘的我
一个人尝试去爬格子
笔与纸之间,也有夹角

如果你读到这几行文字
发现流水跑题了
甭着急,因为我的路
与世道已岔开多年
地球很圆,我们下一站再见

石头城

我躺下的夜晚,石头城
成了一首歪诗的镇纸

今晚的暴雨形同泼墨
江水的走势,与我的笔迹
简直如出一辙

衣角被风掀开的那一刻
一团越揉越偏安的纸
摊开了满脸皱纹

梦更洒脱,喜欢扮鬼脸
原先嗜血的小虫子
扭扭身子,又飞到了纸上
密密麻麻的
仿佛城墙上长出的苔藓

睡眠如蚕茧,石头城遗址
在我吐丝的地方
中风似的,歪了歪嘴

雪铓

陕西省作家协会会员。诗歌、评论散见《诗刊》《中国诗歌》《绿风》《雨时诗刊》《重庆文学》《诗歌风赏》《延河》《新诗》等杂志。出版诗集《镜中人》。获和平崛起,改革开放四十周年全国文学大赛现代诗歌奖。

黄昏

落日唱挽歌,虚弱无力
被拖入无边的黑
白发和猛兽从不同路口逼近
体内的病症也在加深

四周都昏沉了,站在路边的人
要让体内的灯盏亮起来
像天边星子,迸发热力,划破远近暗黑

向前,捕捉沉静的光
那光抱紧你,锻造你,抚平陡峭之心
说起漫长绝望的故事,依然满含笑意

七月

暴雨来过几回
中断火的愿望
但火仍然布满通道

我不怕火
甚至喜欢它热情的样子
它抱紧一个绝望的人
填充丰满的枝叉,颤栗和汗水

给予离群索居者,一颗火热的心
让可怜人触摸到暖意,低头原谅时
有姣好的面容

我用鸟儿的嗓音说话
时光像鸟儿一样应答

欢喜地走在尘埃里

开始是一点光与一些黑暗
碰撞,又相互充斥
空阔的陆地,海面上
只有光在叫喊

尽管光有时微弱
覆盖黑暗的时间拉长
会让你失去耐心
但最后,事物都会呈现本来面容

就像此刻,云朵在头顶白着
树木在身边奔跑,以果实的形状出现
经过的人都是清洗过的
剔除了暗淡悲伤
欢喜地走在尘埃里

一首诗描述的

这么多年,一直学习离开
穿行寂静深林
捡拾桑树枝,落花,鸟鸣
花草虫鱼奉献一颗剔透的心
让我感恩和赞美

这么多年一直诵经
默念道德律
是值得的

煎熬时日,用青草之心
擦拭悬崖与落日
我的生活涌现出朗月清风
像一首诗描述的

雪树

江苏省镇江人,吉林建筑科技学院,管理工程学院,工程造价专业本科毕业,酷爱诗词。

西京梦

我们的祖祖辈辈都坚持着那份对人、对物有义的操守。
无论面临着什么样的困难,都不曾退缩一毫。
我们是新生的未来,怀揣美丽,挣脱束缚成就内心广阔的舞台。
每一条寻梦的路上都充满着荆棘,布满坎坷和路人的讥笑,
还有内心的软弱。
"既然有梦,就该把苦来吃。"
像一把利剑深深的烙印印在了我的心上,
有梦的人,把苦吃遍,那么你就成功了。

路上,我们榨干了父母身上每一滴血汗,
爸爸妈妈啊! 儿不想榨干你们啊! 爸爸妈妈啊!
儿想你们能多歇歇几分钟! 爸爸妈妈啊!
儿想多陪您们一会儿! 爸爸妈妈啊!

您们是儿心中最珍贵的人啊!

回头看看,娘的头发就要全白了,每一根都是被泪水浸湿。
娘的脸上爬上了皱纹,每一道都是被泪水冲刷。
娘的腰就快要直不起来了,每低一分都是思念儿子。
娘,您辛苦了!停下来,躺我怀中平静地睡会儿。
梦中的您是幸福的。

我们要去寻我们的"西京梦"走在了路上,爹娘要实现他们的"西京梦"放在我们身上。
梦还在,脚步就不会停下。

寻梦

笔名黄凤娇,上苍赐予我生命也给我痛苦。只希望借此平台遥寄哀思!

思念

一

春梦一觉30年
醒来已是霜满天
耳边窃窃语未断
转身你已到天边
梦难再现留连万干
思念无边
痛—无限

二

又下雨了
屋檐下的雨帘
是我长长的思念
明知穷思无益
你再也无法风干我眼中的泪滴
可我还是忍不住疯狂想你
如果你还在乎我的喜与悲
如果你还能和我有息息相通的默契

我仍愿把生命交给雨季
静坐三生石上
等待下一个轮回再相聚

三

枫叶随秋风曼舞
一片一片飘进我的心湖
化作扁扁孤舟随波逐流
寻不见船上的游客
淡远了悠扬的音符
只闻风急浪凶
在心底反复……
寻梦在宁静的午后
来到曾经相遇的渡口
呆坐在寂寥的晚秋
垂一把温柔
把思念当诱饵
试图钓回
梦中失落的那个无忧……

四

在青春懵懂的年纪
茫茫人海中相遇
缘来是你
一个承诺
我用尽此生深情赎回
可你转身那一刻
从此拉开了距离
天上——人间
我再也无法追随
缘灭是你
多少思念
我无法传递
熬枯了青灯
搜寻所有记忆
我把来路踏遍
又把后路走尽
山间浮云飘万里

灵魂再也难相聚
一次回眸在佛前深情伫立
一个顾盼你把此生忘记
从此你在天堂,我住海底
谁来陪我看冬季的落雪纷飞?

Y

雅儒

原名莫峰琼,长衫诗社副社长,上海城市诗人社理事,蓝风诗社副社长,香港诗人联盟成员,中国诗歌学会会员,短诗原创盟副会长,香港国际青少年聊盟上海分会会长。我的诗观:拿起,写下;学会会员纵然诗坛依然无我,我已然满足。

无题

摘一瓣月牙
酿一场宿醉
不等谁来

风来,雨来,都好
你不来也好

春的旋律

水月转身
一路鱼鳞飞羽
我痴望于寒夜
风雨抚弄着伤口
安魂曲在洞天涅

白雪皑皑的山岗
蛰伏多少生机

虹

携一场空灵
戴一缕孤寂

在漂浮的荷叶间
约会一颗露珠

风微微
光盈盈
都好似,佛祖的泪
折射那朵玲珑的心

岁月沉香

一起飞的自行车
划过逸夫楼的枝头

三好坞的桥
留下最青涩的笑

那杯毕业的酒
梗在眼眸
退却当初的上头

今夜有月,我看见
路灯的眼泪落下

三伏的暴雨后
空气还是沸腾
树叶没有一丝想动的意思

月光也是热的
在路灯下
等待的人已经睡着

路灯
突然落下一滴泪

永恒

时间像橡皮擦,瞬间把
昨天吞噬
记忆的罐子,急忙把
碎屑收集

我把钻戒埋在抽屉
假古董装饰着品味

唯一祖传的
只有基因

飘心

暖暖的花瓣
片片的滑落
多少的飘零在晨雨里乞讨
冰凉的泪在红尘睡去
慢慢长成

回忆
在心底一隅
你
偶而翻起

一杯红酒在唇边
徘徊着
葡萄园的微风

醉汉

把诗搓成药丸
揉进
心的空缺

心哭了
麻醉剂再多
还是要自我修复

雅香居士

原名曾明江。男,出生于1971年9月20日。四川成都新都人,籍贯四川达州开江县。自幼喜好文学,有诗作入选多种媒体。荣获中国新诗百年百位网络诗人称号。现为中国网络作家协会会员,中国少陵诗社会员。《中国诗》《中国诗人》杂志签约诗人。意不尽传媒网特邀新媒体人。现为少陵诗社四川省社副社长兼秘书长,《少陵诗刊》四川周刊副主编。CCTV《闻道》华夏印象展示中心采编。

疼痛的故乡(组诗)
邬家河

把裤腿挽起,深一脚,浅一脚
我就走进了,梦中的小河
——邬家河,故乡的河

杨柳和麦浪,编织着她的裙裾
白云和野鹤,装饰着她的霓裳

清脆的杵衣声,总是
伴随母亲的吆喝声,响起
"么儿呢——上来了——回家吃饭了"

夕阳下,清一色的光勾子
跃出水面
驮着,喷嚏的老牛,走进
袅袅的炊烟

外婆

如果属于草,我愿意变成青色
既使在寒风凛冽的冬天
也要,抓住那一缕枯黄
阐释,生命的颜色

现在,您躺在山梁
越走近您,越不敢
掂记草的颜色
虽然,渡过那么多年
渡过,那么多苦涩的日子

您慈祥的笑颜,多像母亲
您粗糙的双手,多像母亲

而我,深深的记忆
留在碗中,香喷喷的荷包蛋上
留在,您看我吃荷包蛋的眼神里

一个名字

在我,情窦初开的时候
我时常,暗恋一个名字
也时常,暗恋她的村庄

她俊俏的脸庞,是我
梦开始的地方

阿霞,你是否还记得门前的小河
还有,小河边的芦苇荡
你牵着我的手儿,走过
心啊！怦怦跳得慌

你浅浅的酒窝
染红了,天边的云霞
染红了,我一生的梦

浮云

明月山的芦苇,象
雪一样地生长
渠江的水蜿蜒,注定
巴山的子孙命运曲折

飘泊的浮云,即使停靠
也盼望故乡有风,吹来
散成老屋炊烟的模样

燥动不安的城市
南来北往的音腔
沉醉之后,是莫名的
陌生与荒凉

我不知道

久违的故乡,是否
再收容我,空空的行囊

疼痛的故乡

多年了,我不敢
再提故乡的名字

虽然,故乡的山永远是青的
虽然,故乡的河永远是清的
虽然,故乡的天永远是蓝的

我依然,不敢
闭上眼睛,呼唤你的名字

我是一朵漂泊的浮云
空空的行囊,注定今生
只能在远方遥望,遥望
我——疼痛的故乡

2018年6月17日

燕明

本名张敏,代表作有《"推"字误用》《清官断案》《他与她》《雨夜》《雨后晴天》。先后二次荣获全国优秀奖,市、区多个模范奖,在《山西潞米香文化研究院》《古今诗词天地》《华夏诗歌大典》共发表诗歌80余首。以诗歌讴歌精神灵魂,以文学当精神宝库。

踩小人

女儿身　男儿心
把小人踩在脚底
把自己托起

开新路

披荆斩棘
在荒草胡坡中
开出一条新路往前冲

适中

香蕉不熟可口吗
西瓜糖了无异味吗

猪魂

猪的职责是养膘
猪的爱业是睡觉
猪的牺牲精神可佳智商高

灵芝草

我是灵芝草
总想找个有品位的对我好
把自己托付到老

天台五影

女娲冶炼五彩石
把天补了个严严实实
谁说立杆见影
到无影台试试

沉默 继续

被人当空气时
保持沉默
被人当弱智时
保持沉默

道是无声胜有声
于无声处听惊雷
继续
保持沉默

女娲补天

共工祝融争权大夺战
火神胜权在握扬眉吐气嗨翻天
水神怒不可及触撞八周山
地动山摇戳了破天
成了黑咕隆咚的人世间

人人皆知当初是谁开的天
盘古不曾想会降临破天的灾难
女娲为补天把五彩石精心冶炼
从此天下不再黑暗
有一个神话故事就叫女娲补天

闫卫星

男，山西吕梁方山人，80后，2001年毕业于河南舞钢师范，大学本科学历。山西省作协会员，《山西晚报》特约撰稿人，《北武当文艺》执行主编，已发表文学评论、散文、新闻等各类作品50多万字，出版文集《岁月拾零》《梦里不知身是客》，主编《印象方山》《于成龙传说故事集》《大道之行 天下为公清官廉吏于成龙》干部教育读本等。

清明杏花开了

清明杏花开了
想起了那年的清明
那年清明杏花刚放
孙悟空打了个盹
御马监里的那群仙马便溜了
古汾州厚土上蹄声如雷
白龙一不小心踏开的那眼泉
涌现在卢家街
子夏山下申明亭荡起云烟
太白金星 杏花仙子奉王母命
酿酒人间
杏花的酒香
引来了八仙
一醉千年

一杯清明的汾酒
由魏晋辉煌到光耀盛唐
从乾隆御批到巴拿马夺奖

醉了李白
湿了杜牧
在北齐武成帝的家书里
挑灯看剑
岁月换了容颜
无数英豪举杯映月到今天
在牧童遥指的地方
大掌柜秋喜先生点燃了
6000年前的那缕圣火
照亮天边

行走
行走在清明里的那条老路
中国装的国际范
在丝绸飘过的驼铃古道
芬芳着中国酒魂的至尊清香

<small>2018年4月21日《吕梁日报》文艺副刊</small>

静思

细雨滴答
滴答过无尽的惆怅
滴答过年轮里的过往
北川天空的滴答
似爱情的诉说
欲言还休
沉浸于心底的漩涡
细雨滴答
滴答过青涩的流年
滴答过或喜或悲的岁月
北川群山的沉寂
溶合在人生的酒杯里
沉淀着秋思
朋友
亲人
熟悉的陌生人
陌生的知心人
下一刻
谁也无法预料的无尽下一刻

请宽容
宽容人生路上那各不相同的声声滴答
乡间小路
从石站头走向南洼，
晨风掠过了我的童年，
玉米林是希望的海，
山药花是大地上的云，
鸟儿在崎岖山路上倾诉，
花儿在崖畔聆听，
只是我匆匆的脚步，
即将叩上中年的台阶，
那朵柴胡花上的蝴蝶，
翩跹走了我的梦想与前缘。

沪上行路遇老兵

并州起身乘坐高铁愉快启程，
束姓老师关照相邀沪上之行，
八个小时路经中原一路搜寻，
第二故乡豫州舞钢曾有叮咛，
二郎山下龙泉湖畔朱兰山城，
青灯有味师范岁月犹记在心，
路遇老兵朱氏乐年意长情真，
一路交流正气昂扬撼动心频，
红色精神革命斗志救灾英雄，
报告总理我是老兵慰问生灵。
梅花品格百老组织全国知名，
朱师乐年讲述中间落泪共鸣，
泱泱大国民族大义完美化身，
只说奉献不思回报能有几人？
虹桥车站数次挥手惜别老兵，
朱老师的动人讲述铭记真情。

严文明

　　笔名如歌，男，生于江西省南康区唐江镇，江西诗人作家、注册策划师、注册会计师、注册执行经理人等，1994年创作，曾在《宁古塔作家》《中诗刊网站》《中国诗歌网》《华夏诗刊》《现代诗歌文化艺术》

《世界精品文艺》等刊物发表诗作上千首，获 2018 年"魅力朱备"第二届乡村沐野节诗歌大赛奖及国家级其它征文实力诗人奖，获 2019 年度中国黄金诗词文春季颁奖黄金专辑奖，获 2019 年度中国黄金诗词文夏季颁奖中国十大中文金诗奖，获得 2019 年"坦桑尼亚华人杯"全国征文优胜奖，为《宁古塔作家》签约诗人作家，为《三苏文学社》荣誉社长、荣誉主编、金牌作家，在国家级刊物发表 30 多篇管理论文、出版管理类书籍 4 套，现任上市公司总经理、多家大学客座教授，实战派管理专家，举办企业家公益授课课程 60 场次，捐助过边远山区贫苦孩子上学费用多期。

夕阳在欢唱

西边的太阳快落山
船上的渔夫忙收网
鱼儿跳　渔民欢
满载着汗水船儿荡

波光粼粼映心房
夕阳下的鸟儿在欢唱
水中的影子在曼舞
岸上的树叶在守望

风吹船头扬起的帆
捎来远方久违的牵挂
锅中的汗水散发出清香
渔夫们聚一起品杯茶
吃口鱼话家长
酸别也觉幸福感

坐船窗望夕阳
叹人生几何
觉人世沧桑
赏浪花心激扬
憧憬美好岁月长

喜收硕果金满堂
笑看夕阳
把酒对唱

夜

夜
伸出贪婪的手
牵出了星星
诱出了月亮

透明的玻璃窗
再也看不到远方
朦上的黑
反衬出屋内的灯盏

我静坐屋内想
夜其实也有美丽的模样
它与白天一样有过灿烂
只为表现另一种美感
因为，夜是白天的影
有夜，才衬托出白天的璀璨
其实，夜与白天对半风光

今夜星辰

今夜星辰眨眼
它在静思
它在静等

我，眺望远方的黑
星光点点
动情的风
伴着曼舞的树影尽兴

倚着小桥护栏
凝视湖面
没遮掩的星光
正兴致的
与涟漪对眼

船上传来的一曲古筝
飘然若仙
心花怒放的我
倾倒满眼氤氲中的你

今夜的星辰
聚美景与想象其间
令我望星生情
看水思念
似乎水中的那双眼
闪烁着最妩媚的光
感应我的灵

严正华

　　网名平和之夜。鹰潭市作家协会会员，中国南方诗人学会会员，《中国爱情诗刊》《中国爱情诗社》在线诗人，《诗词春秋文刊》签约作家。有近300篇散文诗歌发表在地方报刊和教育杂志以及各网络平台。《在桃花盛开的时候》入选《中华诗韵》一书，《妈妈，猜猜我在哪》入选上海大学出版的《世界童谣精选》一书。《诗人的忧伤》《思念》《嫦娥之梦》《郁金香》《孤独》《我的爱恋》《月》《夏夜的纠结》等七首诗入选《世界诗歌精选》一书。作者现任《世界诗歌作家文集》新诗主编和《世界作家文集》微刊金牌签约作家。诗观，用热情歌颂生命，用爱心赞美美好的人和事，用平和之心过有诗意的生活。

你的笑声

你的笑声　感染了
春天　花儿
在轻风中　绽放
鸟儿　在为柳枝　梳妆
小草儿　嫩稚的
脸蛋　泽光敞亮

你的笑声　宛若明媚的阳光
你的笑声　在时光中飞扬
宛若　向日葵的模样纯真　明朗
让人充满　希望
宛若　夏的生机蓬勃
宛若　春春的力量

你的笑声　热烈　豪放
你的笑声
传递出　生命如此高贵
前行的路上
有荆棘　有险滩暗礁
何畏惧
一路风生　谈笑　越
襟怀浩荡　照　夜明

你的笑声　燃烧着我的忧愁

谈笑间

无需故作轻松
当雷霆在闪电间　闷炸
你的枝桠　直指天穹
犹如闪亮的　剑
划过天的　胸膛
在夜的　撕裂声中
流着　黑的　血
宛若要掏空　心
肺的　尖利的　哮喘
裸露　天的脊骨
窥见　光的摄影
描述　白的斑点
在骨子里　呆了N亿年
那时　人亦非人
尘还是尘　知否
星光　还若点盏

今夜,撒了一地的花瓣

几缕涟漪
在荷的心底
若静的夜　月
编一个梦
鹊桥溪畔
杨柳依依
等你
缱绻　莲移
雨的感动
在秋波里　盈盈

莲

莲　传说中的君子之花
曾有多少
文人墨客赞美你的美
你的清雅
伫站在　你的湖畔
仿佛成了　一朵莲
不是　接天莲叶无穷碧
也不是　映日荷花别样红
而是　那亭亭的一朵
曼妙如春
冰心玉洁

静观世事
我　愿为莲
在夏日里　轻轻摇曳
尘世的　喧嚣
对我而言　只是
过眼云烟
我愿立于　水中央
淹没于　莲藕之间
心如明镜
与荷若己

一朵莲
静观天宇　不事纷扰
是星月　坠落爱怜的古典
入泥三分　出水三分
只把　临水的姿势
淡泊成　纯洁的写意
粉红　嫩白
一束寄香
淡淡的　一波三折
若小桥　若流水　若人家
飘逸出　唐诗宋词的
平平仄仄的意境
我沉醉　莲依旧绽开

秋

红了的秋
渲染
杏的风情
爱的叶子
寻找　纷纷落下
枫　沉醉的脸
长着弹性的蝶翼
飞过那一片远山

雨　翻腾着爱
轻唱　轻吻
抚着围墙的溃痕
衿恃的憧憬
田园　搁在山川里
绚烂的床单
温暖着

岩泉

　　本名袁大水,中共党员。江西崇仁县人,放过牛,种过地,当过兵,从过政。现任崇仁县建设局主任科员。中国诗歌学会会员,中国散文学会会员,中国环境文化促进会会员,作协江西分会会员,曲协江西分会会员，江西省杂文学会理事，江西省微型小说学会理事，抚州市作家协会副主席。诗歌、散文等作品在全国各大报刊杂志及融媒体平台刊登发表2000余篇（首），出版诗集《泣血的心韵》，杂文集《朝话夕食》《心声集》小小说集《世道沧桑》散文诗歌剧集《诗文杂苑》。杂文：《先救救人类自己吧》《立九木之上兮，发啄木之声响》《也说鲁迅文学奖为何没有杂文》，文艺随笔：《最佳与醉家》《如今相声不像形》《莫把文学弄成摇头丸》，散文：《村边的红蜡烛》《环境好不好，鸟儿最知道》《看山还是山》《童年的伊甸园》，诗歌：《天鹅雕塑》《哭与笑》《再度取经》《那年去找西川》《永远的格尔木》《唱响天国的诗歌》，小小说：《握手》《公私论》《最后的头版》《迟到的荣耀》，戏剧：《醉翁楼》《四大名牌》，小品文：《杂文秘笈》《拍马术研究中心招生广告》。

家乡的这些年

家乡的这些年
经济发展真快
比它更快的是
对自然资源的掘采

大片植被成了工业园区
所有的污染都往江河里排
用智能贪婪地索取
以建设的名义毁坏

市场竞争让许多人失去理性
盲目的政绩观使政府官员变态
一如躺在高贵靓丽的病榻上输液
又好比坐着轮椅观赏花花世界

一切都只不过为了感官刺激
如吸白粉的人进入梦幻世界
就这样沿着金光闪闪的不归路
大步流星迈向麻木的自裁

不知道是我的生命与水有关

不知道是我的生命与水有关
还是水总连着我的生命
我出生那天洪水泛滥
可是，我生下来竟然没有哭声

奶奶将我裹进褓褓之中
父亲认为我是死孩子要扔到河里
其实，我睡得正香而且还在做梦
所以撞响了床头的栋柱才从梦里惊起

后来我多次险些死于水
一生对水有说不尽的感叹
我常常梦见自己是一条鱼
所以一生都害怕污浊与干旱

我本来的名字就叫"大水"
后来我自己将它改为"岩泉"
可是，再怎么改都离不开一个水字
这就是命中注定的水缘

是啊！生命有水是多么的幸福
因此，我要用生命来保护水的纯良
尽管人人都离不开它，而保护它的人却很孤独
孤独得就像《人民公敌》里的医生——斯多克芒

回忆格尔木

十六岁参军
来到一个做梦也不曾到过的地方
据传那是老子讲道与唐僧师徒取经走过的路和山
我们经过的时候，火焰山上已经没有了火焰
只有被燃烧过的千年灰烬

化作皑皑白雪
覆盖着巍巍昆仑
一如炊事班用精米蒸出来的米饭堆
那尖尖的岭上常常冒着冷冷的热气
和灼人的冰香

象皮山、日月山深深的幽谷里
除了当年老子"道法自然"的幽幽话音
似乎还在千仞峭壁间回荡
根本就没有听见过一声妖魔的狰狞狂笑
不知道是不是惧于汽车爬坡时引擎发出的怒吼
和那一束束洞穿千古的光柱
当年的牛魔王或许嬗变为漫山的牦牛
在雪域高原上用热血暖着藏民

三十多年后,我们这些当年的小伙子
从胡须丛中抖落出那百讲不厌的故事
做梦都想着去那里再演绎一次单纯的人生
又怕缺氧的戈壁陌生了老年

那时候我还不会写诗
只是茫然地穿行在充满神话的河西走廊
以致如今只能靠健忘的回忆
勉强弯腰去俯身拾起一些早已褪色的情节
颤抖的手无法剪辑那些蒙太奇
于是就留下了这盒取舍失当、残缺不全的拷贝

吊故乡

祖先栽下一片树林
树林灌注了一眼古井
古井养育了一村乡亲
乡亲厮守着这片树林

如今,老了树林
枯了古井
走了乡亲
只剩下一棵千年古樟
在村口孤苦伶仃
几只寒鸦
像吟诵绝版的诗经

雁南春

本名应南春,芜湖市人、农民,1968年出生。喜爱诗歌。约150首作品发表于多家平台。

酒中意

壶中一杯多少忧
壶中一杯多少愁
足足喝到云雾绕头

壶中一杯多少喜
壶中一杯多少乐
足足喝到星辰月流

举一杯和太白一起狂舞
举一杯望东坡爬上滚驴坡
把酒问青天
看谁醉风流

夕阳落下西山
晚霞映红云头
一壶老酒
渐渐和我一起
去漫游

异乡情

打工的人　就像千里鸟
白天觅食　晚上归林
打工的人身在异乡
心念故乡

打工的人　白天搬砖递瓦
汗水湿透了胸怀
晚上梦里　数起家里门前
枝枝叶叶
梦里　老娘那根拐杖就像
村前老槐树　又在开花又在伤怀
梦里　老爹烟筒里火花
就像满天星星　向我笑来
梦里　老婆头上丝巾
就像玉米地里红高粱
摇呀飘呀　飘得天上都是云彩
梦里　丫头扎两个小辫子
就像一双小燕子　飞上飞下
有多么可爱
梦里　儿子一声一声　爸爸
幼嫩喉咙　喊的　山也抖水也响
我伸手抱在怀
打工人就是怪　梦里笑醒梦里乐坏
往往不知怎么　泪也流出来

三月

三月　彩虹姑娘爬上树梢
荡起秋千
和我说起悄悄话
三月　燕子穿针引线
清风和小溪唱起了情歌
三月　桃红柳绿
杏花娇媚　李花若似月
嫦娥姐姐人间徘徊
痴了蜂　迷了蝶
谁家少年竹笛笙歌
丝丝缕缕放开情怀

杨岸森

笔名松月,男,四川盐亭人。爱好读书、写作,涉猎中医、文、史、哲、诗歌及宗教文化等,诗歌、散文、随笔、评论、杂文等多次发表于《大西北诗人》《江南文刊》《南部文化》《香港视界》《西蜀茶庄》《文艺星空》《国际联合报》等纸媒及网络文化平台。

秋天

飘落的银杏叶一地金黄
走在十字路口的小姑娘
弯腰拾起一张比心后
打着油纸伞走进深秋的雨巷

火红的石榴硕大的苹果
散发出诱人的果香
羞红了脸的枣挂在光秃秃的丫枝上
离家的游子仰望天空中的白云
漂移去故乡的方向

庄稼人在一望无际的稻田奔忙
和喘着粗气的收割机一起收藏一年的希望
孤零的树枝撑起鸟巢
抵挡不住秋风的清凉
蝈蝈藏在泥土里听田鸡一夜歌唱

尘与土

净土也是土
小土即尘

一阵风吹散了所有的客尘
真心还原本来的
纯净空灵

十字架
一尘不染
闪着圣洁的光

奇点与时空

一只小小的蚂蚁
在一艘航母的甲板上爬行

夏夜里
我站在广袤的大地上仰望
浩瀚的星空

我和蚂蚁的脑子飞速运转
思考我们和我们的世界,是怎么样来的?

亿万年前
宇宙的一声大爆炸
诞生了叫时空的婴儿
斯蒂芬·威廉·霍金说
上帝没时间存在

我们从哪儿来?
将到哪儿去?
交给科学家哲学家去回答
交给诗人去胡思乱想

心锁

我的心里流着滚烫的血
却自动给上了锁
佯装的笑脸与豁达
是行走尘世而量身定做的面具
锁得坚固,层层包裹
既无密码也无钥匙
唯温柔可破
打开后
什么也没有

杨斌

39岁,男,汉族,西北师范大学汉语言文学专业毕业,现任甘肃省陇南市委党校讲师,闲时酷爱写作,笔耕不辍。

信笺

我何时能拆开这封信笺
字字珠玑
句句凿凿
火漆还如新
纸张已泛黄
颤抖的灵魂属于的年代
清新的文笔也诠释不清
廿卅过　卌已来
待古稀
一把笻杖
再等鱼雁至
方得初始心
何时才能拆开这封信笺

世界的孤儿

雾霭里的邦克
轰鸣和呼啸的伴奏
断壁残垣
装扮着焦土和血色
你步履维艰
假肢的足迹有深有浅
小小的肩膀
已负不起一声叹息
世界的孤儿
你生来蒙苦
活着已属不易
世上本有不公
却得你承受
望明天
许你塞俩目

快雪,时晴

你带着扑面而来的气息
又戛然而止
冷的不彻底
白不见深沉
快雪
时晴

杨秉森

中国紫京书画研究院副院长,中国少林书画研究院副院长,河南书法专业委员会常务理事。自幼酷爱书法艺术,幼承家学,又师从于张海、李刚田老师,作品得到了专家学者的高度肯定和赞誉。书法创作恪守传统、兼习诸家、领悟多体、自成书风。爱喜文弄墨,诗词对联。

陋室之主名秉森,
轩辕故里是吾根。
琴心剑胆扬国粹,
艺海泼墨润乾坤。

墨海泛舟行,
寻师是我情。
到达彼岸时,
柳暗见花明。

为庆国庆 70 周年而作

蛟龙玉兔歼二十,
5G 出世占先机。
创新科技日千里,
固本强身系和平。
与时谐行育新人,
富民安邦是初心。
树立明德引风尚,
齐聚民心谋天下。
泱泱大国五千年,
民族脊魂定中华!

杨婵娟

笔名杨阳,女,湖南省新邵县人。供职于长沙客运段怀化旅服。有诗歌发表于《湖南日报》等。

温暖

藏好惊弓

还鸟儿一片蓝天

雪地里的小猫,不妨脱下外套捂暖它瑟抖的身体

记得对礼让的司机,清洁工,门童,报以微笑
它是一张最好的通行证

用春风化雨的爱,溶化少年眼睛里的怨恨
他缺乏的也许只是一个拥抱

那个吃着低保,发疯的女人
正拔着你地里的蔬菜
那么也请原谅她的不劳而获

种子

向土地讨要生活的人
从不言累
轮番耕作的土壤
生长着
二十四种农作物和节气

父母虔诚
每次对着神龛
总会念叨
五谷丰登,风调雨顺的词句

老天爷偶尔开玩笑
也只会说一些
运气、兆头不好之类的话

所幸,感谢父母
四十年前种下我
一如给取的名字
永远向阳

黑与白

不要谈什么江湖
黑道与白道

只谈追逐嬉戏的
白天与黑夜

只说南极的企鹅
互相取暖

用黑白分明的眼睛
深情对视

只看青天白日的人间
祖父是白手兴家的煤矿工

白雪覆盖下的每粒星火
构成熊熊燃烧的祖国

父亲的手艺

别人要三年
父亲才花一年多
十六岁就自立门户
——做起了"乡工"

踩着露水出门
驮着星光回家
在别人堂屋门口
一坐就是一整天

也有送布料上门的
父亲只需瞄一眼身材
就能裁剪

我在旁边玩碎花布
他出谜语,跟我玩文字接龙

旗袍,中山装,西装,婴儿服,甚至孝衣
每件都十拿九稳

那些翻来覆去的碎布
终究没被我设计出理想的模样

父亲是十里八乡最好的裁缝
收徒无数
却没传给子女

我们没问,他至今也没说

三生三世

"我见青山多妩媚,料青山见我应如是"
在下柳如是
请忽略我的身世与艺妓的名声吧
毕竟这短暂的一生
也是我爱国的一生

时光的列车
上车的,下车的,相识的,未曾谋面的

姓杨的,这辈子好好珍惜那个
唤你"暖洋洋"的人吧
毕竟不是谁都把你当太阳

六道轮回中畜生道
曾经的家,父母做手艺
奶奶还是喂猪
用手比着
"快有一尺长了,抢食的长得快"
取来棍子赶走那头大点的
让老实的我也大快朵颐

大年二十八
一刀喂下去
水正在柴灶上沸腾
火光照着主人的脸

她正用枯瘦的手拭去眼角的泪水

赶

松鼠赶在下雪前
堆码好坚果

蚂蚁赶在暴雨前迁居
储藏粮食

父亲赶在谷雨前播种
喂饱马匹

我赶在火车鸣笛前
放好行李

而邻居大爷赶在鸦鸣之前

将上等老屋又漆了一遍

茧

父亲
像附在脚手架上的候鸟
随时光迁徙到各个城市的屋檐

他手上的茧每增一圈
家里就多添一点幸福

那茧好神奇
一剪子下去
都没有痛感

茧是可以飞出蝴蝶的
像有时候，我也会以为
自己有了一双美丽的翅膀

房子

55个平方的两居室
住着六口人

上学的，上班的
早上洗手间的门口都要排队

父亲肠胃和脾气都不好
没少骂娘

梦想能住上
带两卫的大房子
可勒紧裤腰带的手

总是摁不住房价这只大鸟

父亲离开那天肯定是怄气
不然不会搬进那么小的黑匣子
关了自己的禁闭

冬至这天

阳光斑驳的脚印
落在外婆家低矮的瓦檐

屋前的洗衣台单出一只脚
破砖上布满了安宁的青苔

堆草垛的树桩腐朽了
黑黑的草堆发出霉臭味

窗台上不见了
晾晒的萝卜条与泥咸蛋
檐下的燕子不知所踪

虽然一切都安安静静
只要外婆一出现
所有的景物
就会明亮起来

杨成军

吉林省通化人，吉林建筑科技学院，
管理工程学院，工程造价专业本科毕业，

酷爱诗词。

睡不着

白纸黄灯睡不着
苦水叮咚睡不着
咕咕青蛙睡不着
吱吱蛐叫睡不着
萤火虫鸣睡不着
满天愁星睡不着
寒露沉沉睡不着
玉皇大帝睡不着
阎王爷也睡不着
如来佛也睡不着
孔老夫子睡不着
不仅这些睡不着
其实我也睡不着
反正大家睡不着

杨丰伊

女，2002年9月出生于上海，现就读于瑞士莱蒙尼亚学院。零零诗社成员。

唱颂

我为一粒沙子叹为观止
也称赞大树参天
称赞一片落叶下的世界
称赞浮云之上的玫瑰
称赞飞鸟，称赞风
称赞风暴中不朽的聚合

我为树叶的凋零赞颂生命
也为碾碎的尘土赞颂流水
赞颂海底窜出的星火
赞颂历史积攒的微光
赞颂死亡与复活
赞颂麦芒俯瞰的荒芜

我为宇宙的迁移感叹时光
也为镜中凋零的容颜感叹芳华
感叹心绪的百转千回
感叹种子刺破苍穹
感叹神授的伊甸园
和伊甸园中的背叛

燃烧、爆炸
创造新的次元
血，颜色各不相同
号角掀起多维空间
将裂开的灵魂重新聚拢

乡愁

四根琴弦
连着地心和天空
同时贯穿
我和家乡的梧桐

黑洞吹出的风
熄灭太阳
冰封火热的杜鹃
星星坠落的夜晚
玫瑰的花瓣，流下
黑夜的露珠

铁锈覆盖
孤独的秋千，摇晃
穿过虫洞的乡愁

因为风的缘故

浮云拼凑出晚霞，突围
混沌的阴郁
开始和结束交换
相同的面孔

提线木偶
厌恶麻木的表情

逃脱最后的束缚

最初的翅膀
不一定来自天堂
獠牙也未必出自地狱
所有伪装的人
褪下面具
因为风的缘故

杨芳芳

原名杨文远,男,笔名九菊。在校大学生,现位于湖北荆州就读大二。贵州威宁人。00后,创世中文网签约作家,第六届三行情诗获得优秀奖。

时间知道

远在远方的风呀
是否能托举起西天的鸿
骑一匹马去看看
远在远方的花
是否会为痴情的人哭泣
骑一匹马去看看
远在远方的雪
是否能为我洗盏更酌
却话凛冽与温暖
骑一匹马前去看看
远在远方的月
能否许我一个永远
骑一马前去看看
是梦?是恋?是现在?还是未来
然而时间并没有说话

合同

自从那天开始我们形影不离相爱
爱了这么多天这么多年
红了樱桃又绿了芭蕉
度过千寒江雪迎来百花齐放
每走一步的化成幸福方圆十里

我连夜翻遍整本日历挑选了一个黄道吉日
对于你我来说是个重要的日子也是个好兆头

明天高高兴兴、喜喜欢欢
去民政局签一份名叫结婚证的"合同"
这份神圣不可侵犯的"合同"里
签了你的名字我的名字
按下你的手印我的手印
往后我们就是一家人

点燃回忆

走进萍水相逢的原始森林
拾起分开那晚支离破碎的干柴
回忆刹那点燃
彻夜难眠地燃烧
又照亮悲欢离合的雾水
又装入黄昏

杨功夫

原籍山东蒙阴,现居江苏新沂。作品散见于微刊和纸刊。诗观:不无病呻吟,用真情记录生活中的点点滴滴。

我把每一朵雪花写上你我的名字

大雪如席
铺天盖地
犹如千军万马
席卷天下
四野八荒
铺展一纸素笺
纯情地告白
留满天地

玉树琼枝挂满春秋的心事
红泥火炉
烘托一屋的欣喜
那墙角的红梅
轻点绛唇
吐露纯洁的爱意
旖旎一首纯情的小诗

每一朵雪花里
都藏着一个美丽的故事
一场雪
相约三生三世
三千情丝随风张扬
盛开葳蕤的诗行
我把每一朵雪花
写上你我的名字

看雨

一朵云的忧伤和快乐
在白昼　在夜晚
或缓或急
疏落在花瓣　草尖　树叶……

轻轻地推开窗户
静静地聆听心雨
漂浮的尘埃　浮躁地喧嚣　和拼命奔跑
的名利
在此刻
被洗涤搁浅

千万条雨丝
多像一把梳子
垂柳低首一头飘逸的长发
摇摆万缕情丝

和风　微雨　双飞燕
你呢我喃
滴落

檐下一串串念珠

银河里盛不下的浓浓情话
飘落在一颗老槐树上
刺痛枝繁叶茂的思念
无人促膝交谈的石凳
彻夜不眠

想着想着
铁树就开花了
念着念着
桃花又红了
莲叶上滴落一颗又一颗佛珠

春暖花开的日子

春暖花开的日子
一定约自己心爱的人走一走看一看
看一看村东头盛开的油菜花
走一走绿油油的麦田

走着走着
一不小心
一株白玉兰就会绽放

看着看着
一不小心
就看到桃花绯红的脸

你看那辛勤的蜜蜂筑梦
采集梦里的甜蜜
你看那从头顶掠过得双燕
檐下的幸福飘过白云挂在蓝天

看一看走一走
我牵着你的手你牵着我的手
会心一笑
用心聆听急促的呼吸
感受心跳的节奏

— 2485 —

把每一个晴朗的日子写进一首快乐的诗里
把每一个飘雨的日子填进一阕幸福的词里

春暖花开的日子
一定约自己心爱的人
走一走 看一看

情书

想你的时候
天空就升起一轮圆月

我站在天山之巅
跷脚采摘一株雪莲

毫不犹豫地咬破食指
一滴殷红滴落莲心

一颗心出逃 落在
你的眉眼间

静静地看你笑的样子
不用说话就十分美好

三月的花事，在四月的拐角处回眸

蹚过破碎的冰河
驶向春的渡口
载满一季的美丽诗词
奏响一曲春之韵
从指头划过温暖的胸口
春光依旧

时光轻柔
欢声笑语挂满柳眉杏眼
思念的花叶在枝头蔓延
盛开在心头的

最是那一树桃花的绚烂
回眸时的温柔

缓缓流淌的时光
倾泻一缕春愁
季首的扉页
开始书写绿肥红瘦
四月焦灼的目光
瞄在暮春的路口
三月的花事 在四月的拐角处回眸

杨贵平

阿贵，原名杨贵平，1985年开始发表作品，1989年创办荒原诗社。作品散见《诗选刊》《延河诗歌特刊》《中国诗人》等，系中国矿业作家协会会员，中国诗歌学会会员，贵州地矿作协理事，中国微信诗人脸谱副主编。有手工书《岩石上的野山羊》面市。中国《荒原》诗刊（纸刊）总编。主编《中国荒原诗人诗选》（2016年、2017年、2018年卷）《虚幻的美》。

天堂和地狱是一样的

就在这里
我所站立的土地上
你，牵着我的手
一起走向远方

你先我离开这个世界
或者，我先你离开这个世界
生离死别的临界
哪里是天堂？哪里是地狱？

这里也许是天堂
也许是地狱
远方也许是天堂
也许是地狱

没有一块地方是干净的

太空,垃圾在绽放花朵
玄幻而迷人,拖着长长的尾巴
流星坠落
那个物种是从外太空携带而来的
与鼠目寸光比较而言
超越光速
繁衍于大地

即使,童话里飘着纷纷扬扬的雪
卖火柴的小女孩已经冰冻
随便扫除一块内心世界
也有寄生的一丝欲望
像虫一样蠕动

不知不觉

不知不觉爱上你
不知不觉中离开

不知不觉被你谋杀
不知不觉中毫无怨言

不知不觉地爬行,站立,奔跑,飞翔
不知不觉水灵灵,皱巴巴,烂朽朽

昙花一现的美及快乐
不知不觉便无影无踪

提心吊胆

走过巷道
我环视
一双绿眼睛
在某个角落守候

牵着她的手
寒光从眼前晃过
刺中心脏
温柔的匕首

房门打开,关上
反锁。未经许可
房门重新打开
你对着我

杨海松

　　河南灵宝市人,中国诗歌学会会员,曾在《中原铁道报》《三门峡日报》《诗海选粹》《微刊联盟》《西南当代作家》《白鹿原文学社》河南省文学院等网络媒体发表百余首(篇)作品。

雨来了

雨来了,
没有雷声,没有闪电,
没有狂风大作,
就这样,
一场淅淅沥沥的大雨,
降落在豫西干枯的土地上。
裂口的庄稼地,
贪婪地吮吸着久盼的甘霖,
被干旱压抑的种子瞬间破土而出。
涧河涨了,
夹带着泥沙,
带着混黄,
由南向北,奔腾而下。
荷叶更绿,雾气蒙蒙,
岸柳轻轻的摇曳,
河鸭已隐在树下,
街道上,
车辆缓缓前行。
娘娘山、燕子山,
薄雾笼罩,
峰峦时隐时现,
苏村塬秀丽的倩影,
更加俊美。
苹果露出晶莹的水珠,

玉米苗蹭蹭生长。
千亩古枣林,浩浩荡荡,
跨越了时空,
经历岁月更迭,
世纪轮回,傲立风雨中。
黄河,北临中条山,
南接秦岭,
好一派波澜壮阔!
陇海铁路,巨龙奔驰,
汽笛长鸣,
一列列客、货车,
东来、西去。
郑西高铁,风驰电掣,
云雾中穿行。
连霍高速车水马龙,
像长蛇蜿蜒连绵。
雨来了,
庄稼笑了,果园乐了,
乡亲父老,
掩饰不住幸福的笑容。
雨来了,
天地间、
城乡里外,大河两岸,
田野沃土,欢乐祥和,
盛世家园,
芬芳岁月流长!

若尔盖大草原

你是那么平坦,
是那么宽广,
是那么一望无际。
几百里啊,
大草原,像海宽阔无
垠,
像甸子平展展铺在大地,
河流在草原中间平静而过,
黑颈鹤翩翩起舞,
牛群.羊群在草原上飘荡,
牧歌在云际下飞扬。
观光的人啊,
一群群,一车车,
秋天的草原,
草微黄,天多晴。
花湖横亘在草原中部,
像一条白带,
镶嵌在这金色的草原上,
若尔盖大草原,
你是四川进入西北的
门户,
你汇集了天府之国的灵气,
又吸收了青甘的粗犷豪放,
形成了你独特的气质,灵秀而俊俏。
身处高原,俊秀而挺拔,
给人以舒适.安逸的感受。
你干净整洁,
全域无垃圾,
无愧于国家级草原公园称号,
身在草原,
身心被大自然清洗,
倍感心清气爽,使人留恋忘返,
若尔盖大草原,
九曲黄河第一湾在这里经过,
给黄河注入了雄壮的力量,使她出雪山,
跨草原,越过峡谷,
经沙漠,过黄土地,
一路向东,奔向大海。
若尔盖大草原,
我爱你,轻轻的高原风,白白的云彩,蓝篮
的天空,
肥硕的牛羊,
驻足这里,
让我有进入天堂的感觉,如梦如幻!

苹果花

苹果花,
开在天地间,

开在茫茫岭塬,
绽放在万千果树上。
散发着娇艳的光芒,
散发着悠悠的芬芳。
苹果花,
展开矫健的的身姿,
展开烂漫的容颜。
装扮了高山,
装扮了河流。
醉了峡谷,醉了溪水,
醉了果农的心田,
醉了远方的游客。
苹果花,
孕育了希望,寄托了收获,
蕴含了成功,
蕴含了黄土地的梦想。
黄土地的人们,
面向它,背朝天,
苹果花里,
闪烁着他们智慧之光,
从剪枝、施肥、
喷农药、疏花,
无不洒下他们辛劳的汗水。
付出希冀回报,
奋斗期望成功。
苹果花,
是希望之花、
智慧之花、财富之花。
果农看着她,
眉飞色舞。
客人见到她,
喜笑颜开,留恋忘返。
苹果花,
百花丛中最鲜艳,
婀娜多姿、朴实无华,
带给千万人希望。
开放了自己,回馈了人间。
奉献了社稷,

滋润了亿万生灵,
人们感谢你!
啊,苹果花,
众香国里最壮观,
我为你而歌唱,
为你而自豪!
愿你光艳四射,
靓满寺河山,
靓满桃林,
靓满豫陕晋……
开遍神州大地!

杨红萍

女,浙江龙游人,衢州市作家协会会员。作品曾发表于《中国美文欣赏》《浙江作家》《浙江散文》《浙江园林》《作家天地》《衢州纵横》《衢州日报》等报刊。

民居苑,心念花开处

岁月辗转。又逢清露晨流,新桐初引。青石板深巷在民居苑里早已苔痕浓郁。信步,头顶是前朝的飞檐,低眉时隐隐剑气清冽,飞鸟于水畔低徊轻吟。廊桥上有伊人抚琴浅唱。回首的刹那,阳光洒了一地,落英芬芳。

"丞相""状元"如隔世的故人,在合适的距离对语,以沧桑,以铿锵。于是,"高冈起凤""翊秀亭""滋树堂"……带着各自的故事,天衣无缝地汇聚于此,粉墙斑驳,绣锁横陈,藤蔓婆娑。还有旧年的斜风细雨正从黛瓦上,一滴一滴地落下来,落入檐下的莒苔。

谁的脚步轻盈?是不是怕扰了千年的梦?彼时,你为龙游商帮,你无远弗届,你遍地龙游。若时光可以倒流,我是否可在此与你邂逅?听你娓娓述说你的曾经,你的荣耀，再与你一起花开时尽览秀色，花落后，期待下一次的盛放。

谁的嗓音洪亮？有没有听见烟火的吆喝声？"葱花馒头""出笼包子"……看见了吗？还有那柴火，已经烧旺，老旧的木锅盖在汤面上浮动，旋转。通宝古街上，次第亮起的灯火璀璨，每一秒物换星移，每一秒繁花似锦。笑语盈盈间，三五好友已经携手走入，浅唱低酌，推杯又换盏。

谁能婉拒这一场邀约，谁又在眷恋它最初的模样？旧年已斑驳，水墨正生香。而人间百味，盛无尽绵长。如此，在民居苑，在通宝古街，心念花开处，尘俗相守，传承延续，龙游两千多年的文明，源远流长。

山水龙游

此刻，一幅旖旎的山水画卷，在眼前缓缓铺开。我的目光掠过汨汨溪流、如凤沙洲，细柳扶风处，成群的天鹅，正翩翩起舞……
穿过云曦和朝阳，遥山叠翠。近水澄澈。邂逅一个清朗美好的早春之晨。油菜花次第盛开，雀鸟祥聚，茶花结籽，万物待发。春风吹相遇。
光阴至此，已清浅如水，照得见相遇和落在心底的欢喜。我喜欢月色落在屋瓦上，我更喜欢在水岸边行走，沿途有树木苍深碧翠，有花枝溢香……
花草。树木。山水。我细细聆听着风信子带来的故土密语。远方若有诗，莫如此刻这一份眷恋。是谁在说呢：此心安处，是吾乡。
思念是一场修行，频频守望里，与一切和解。初心耿耿。岁月不暮。纵使这世间的风景千般万般熙攘，也不会忘记，那条回家的路。

杨佳鑫

亳州学院184汉语言文学1班。

叶

如有来世
我愿化作树上的一片叶
依偎在那温暖的怀抱
不断吮吸着你的乳汁
它甘甜芬芳
滋润我不断茁壮成长
是你
用无微不至的呵护
使我尽情沐浴阳光、雨露

不断地
不断地
我不断地生长
因为我有一个信念
用一生来为你遮风避雨

秋风摧残着你干瘪的乳房
金黄似火的身躯提醒着我
我已该离去
我眷恋在你的四周
寒冷凛烈的北风呼啸着我
你已慢慢老去
可我仍不愿离去
我愿化作来年春泥重新回到你的怀抱
我愿做树上的一片叶
不为风雨　只为你

杨敏

回家

家，如一面鼓
敲着我的脚步
崖畔上的社戏唱罢
余音依旧飘绕

一群唧唧喳喳的麻雀
又扯起我童年的记忆
再不必去人海中寻觅乡音
祖祖辈辈夯实的土地上
俯首可拾
炊烟已在黄昏一隅
冉冉升起
那里面定有一缕
缠绕着祥和温馨的思绪——

雨思

丝雨　依旧汾扬
渐渐地　汇成我寂寞的湖泊
无风的时节
沉淀了一块思乡情
当一颗飘落他乡的心
再度越过故乡的绿土时
母亲的汗水
早已晶莹了我的人生路

感悟人生

我的岁月总在风雨之中摇拽
我的梦想总在现实之间停滞
我的信念总是坚强而又脆弱
我的希望总在失望之后重又执着

也许
太多的天才埋没了平庸的我
失败与成功之间的距离
总是蜿蜒曲折
太多的彷徨把十字路口虚没
脚步与方向总是不一致的选择
太多的热情把自己冷落
体味了一块冰与另一块冰的感觉
太多的虚伪把真诚省络
邂逅是擦肩而过的你我

然而

汗水超越泪水的价值
苦涩辉煌生命的意义
风雨人生使我们
不再是历史匆匆的过客

夏夜
几个人在院坝里一蹲，
就呱嗒成了四合院。
一把蒲扇轻摇夏夜，
两杯茶水把故事慢慢泡浓，
三颗流萤给传说挂上灯笼。
爬上树梢的月亮枝叶婆娑，
左右前后东西南北，
八面埋伏的语言四处开花，
家长里短长出翅膀在夜空中飞升。
直至月上东山睡意朦胧，
星星在一个呵欠之后
一些话题才被晚风拾走，
悄然如梦。

杨剑横

1963年出生于四川绵阳市盐亭县，现居杭州，中医主任医师，绵阳市作协会员，四川省作协会员，中国新写实主义诗社常务理事长，主要著作诗集，《迷茫在彼岸》《流浪在江南》公开出版发行，医学著作，《常见肿瘤证治要》《常见肿瘤临证康复》《新编温病学歌要》等。有诗歌、诗词、赋、散文，入选国内外多种期刊及大典，获全国奖多项。

蝴蝶

五彩的花衣
飞过一朵花

俘虏了
我的世界

肉体与灵魂

肉体是我们的出生地
也是我们的居所
子宫里包裹着血肉
不断生长
那是人类生长的家园
衰老了　毁掉　分解
化为泥土
什么都不留下
但自己的遗传基因
序列排位子孙
把生命延续
在家园居住
行走　呼吸　劳动　思考肉体是一座废墟
一个没有灵魂的肉体
一个有精神的荒原
无法改变世界

一朵花

将我的视线，
编织迷人的网眼，
布满了血丝。

母亲

父亲
走了以后。母亲时常
依偎那棵房背后的老槐树
她把一半的心事
给了夕阳
另一半与树儿窃窃私语

桃花

月光下
被风掠夺了
贞操

泪打湿
一页页
诗行

杨菁

　　陕西汉中勉县人，中国诗歌学会会员，陕西省作家协会会员。著有诗集一部，散文集一册。现为教师。

诗人的命运(组诗)
假如那时你我相遇

时间退回到05年的秋季
那时候
大学校园里的一棵玉兰树
以它的苍翠和枯黄
迎接了我

某月某天某时
我开始思考
随即心怀苦痛
同时以诗的形式分娩

你在人群里
突然发现某个孤独的秘密
在那些太过用力的诗行里
体验其分娩的阵痛与颤栗

我们在校园里相遇
随即以一种莫可名状的方式逃离
你有你的隐秘
我有我的沉潜
我们相视
以一种不安离开

诗人们开始蜗居
在浩瀚的书海里
我们几乎同时与余杰相识

随即有叔本华、尼采、王国维等

再相遇时
你我从彼此眼中
读出了另一个自己
但依旧不安
那时你长发耸立 坚不可摧
你以蓬头垢面、邋遢无比诠释诗

偶尔
我会把目光投向另一个你
但自始至终
我们无话
更别说相爱

诗人的命运

诗人终其一生
都在建筑自己的王国
爱时,他比爱情本身更痛苦
也更甜蜜与幸福
常常不是走在黑夜边缘
就是走在黑夜深处
往往醉心于远方的事物
以及事物的背面
喜欢把真正的爱情留给黑夜
走的越深越无助
当诗人咬牙切齿,挤出——"我要把世界
和你都杀死!"时
连宇宙都笑了:
"哈哈,谁都知道
你只是在写一首诗而已……"

存在与虚无

我时常不小心
会弄伤自己
有时身子滑倒在地板上
有时手臂磕碰在门窗上
又有时,手指被水果刀

滑下一串串血红的泪滴

生活就这样告诉我
哪个是存在的
哪个是虚无的

我必须蜷缩
保持静止的姿态
或者能够感受到某种永恒
方能减少
那些突如其来的疼

杨军

笔名鸽子,科普工作者,文学爱好者,茶茗痴迷者。70年代生,至今在《飞天》《散文》《中华散文》《散文百家》《中国散文》《人民文学》《诗刊》《星星》《诗选刊》《中国诗人》等发表作品,作品入选多种诗歌、散文诗、散文选本。

独行(组诗)

鸟们叫得用心
三角花和九色梅开得热烈
独行,但一点也不孤独
看蜘蛛网闪光,或看蚂蚁长征
会让我忘记不再年轻的年龄
和秋后随时准算账的时间
草丛深处的蛇形小路保持应有的秘密
无名的浆果早已熟透
再好事者也不会去采摘
下山的时候,随手捡拾一块石头
就像搬回了一座青山
独处的时候,我就不会孤独

午夜

因为闷热,午夜醒来
看见月光洁白,温柔

好像在我入睡后
她就这样久久地呵望着我
就像儿时在乡下
外婆的目光,是我黑夜里
全部的天空
数粒亮晶晶的星星
嵌在半开的窗子里
也嵌在我睁大的眼睛中
下半夜,它们就会
悄悄带我回到童年

岁月

沿着塑胶的环形道
我们一圈圈漫行,或小跑
葳蕤的草丛,结果的橄榄
积水中的晨云,素洁的月光
无始无终,没有某物
会被设置为 2019 年,或 2035 年
也没有某点,会被命名为纪念日,或回忆
碑

一圈又一圈,我们中的一些人
会在途中倒下,一些人
会踏上另外的路,一些人
一直亮着内心灯盏
被岁月永久地留下
环形道沉默如谜
从不开口,它们深谙
没有岁月可回头
没有时光可偷回

人事有代谢,往来无古今
其间闪光的一部分
像传说,会被年轻人追忆
会打动后代,会被隔世的人
引为知己,传扬。这不重要
能和喜欢的人在环形的道上行走
我已足够幸运,和幸福

并在这同行里
微笑着老去

在药谷

穿过我认识不认识的药材
穿过我从未走过的山路
穿过云上的房子和人间的仙居
我不为采撷红玫瑰黄玫瑰邂逅神仙姐姐
哥哥
我的暗疾不疗自愈
冰封已久的自由和本就热爱的好在
——附体,分身与分心
均有术。在药谷
万物频频向我招手招魂
我一迈步,就自然而然
成了其中的一员

怯怯的

闹市街边,绿化树上
一只不知名的鸟,在枝上
怯怯地独自叫着,怯怯地
看着车水马龙,和分不出方向的天空
而后,它怯怯地扭头
看见树下怯怯的我
我们的眸子里
都有干净的光和火焰
在巨大的城市
怯怯地用力烧燃

在山中

在山中,放下自己
比庄稼矮的时候
我的心,比天高
我收起自己
比眼睛高的时候
发现我的心
比蝼蚁还矮小

追赶

一滴雨追着另一滴雨,奔跑
追成了一条江河
一朵花追着另一朵花,开放
追成了一个春天
一个梦追着另一个梦,圆满
追成了一遍新天地
夜晚的我追着清晨的我,看见
石头歌唱,庄稼起舞
无量的金银洒满路途
快马加鞭处,俱是金光大道

屋子旁的向日葵

屋子旁有一株向日葵
她除了有苗条的身姿
还拥有灿烂的脸庞
每当我经过时
好像总听见她在轻声唤我
但喊的不是我的学名
而是土香盈盈的乳名

杨孟军

湖南宁乡人。70后,教师。湖南省诗歌学会会员,湖南省作协会员。作品散见于《星星》《中国诗人》《中华文学》《理论与创作》《散文诗》《散文诗世界》《佛山文艺》《厦门文学》《汉诗界》《青年文摘》等百余种期刊,入选《新世纪诗选》《中国诗歌精选300首》《中国诗歌年选》等30多种选本。出版诗集《蓝调忧郁》《镜中之豹》两部。

在山中

在山中,花朵驮着微苦的蜜
白云各怀心事,蜂蝶随意去来
它们和我一样,都是尘世柔软之物
借一向阳之地,安身立命
借一清净之所,滋养斑斓和腐朽

以一座山为镜,装下寺庙、人家、鸟兽、岩石
流泉、草木、云烟以及神迹
装下四时的迷离与恍惚
一座山的呼吸,就是整个人间透出的香气
一座山的静穆,就只是一个人的寂寞或慌张

我常于山间行走,路遇朽木、碑石与三足兽
我不曾让月光临摹出碑上湮没的文字
暮色涌动如纸上的潮水,我只把一枚松针
落下的锋利与寂静
含在一次次阖起的掌心和眼里

低处的神

没有什么能惊动它们
秋天的羊群,安静地穿过坡地、原野
和河滩。苇草停止倾斜或摇摆
蚱蜢忙着吮吸青草根部残余的汁液
云朵散开,暮色聚拢
晚归的脚步,惊起振翅的声响
灰鼠在夕光中扒拉着新鲜的泥土
松树在疤痕里滴下粘稠的呓语
田野上还有,父亲在收割时
有意或无意遗落的稻穗
我确信,在我居住的人间
有许多细小的物事,谦卑地俯身于
大地的茂盛或荒芜里,替代了神的存在
这些低处的神,正随落日一同
张开慈悲的身影
缓缓盖过,鸟雀长久居留的村庄

松果

父亲从野外拾来枯枝也拣回松果
年年冬天,父亲都要生一炉火

在乡下老屋,炉火升起,淡青色的烟
先于火焰的舌头吐出,往往呛出
一脸纵横的泪水
米粒和蔬菜在汤水中
噗噗地翻腾、跳跃。食物的香气
草木噼啪燃烧过后火红的灰烬
使腹中的饥饿,瞬间显得夸张而真切
冬天的树枝,冷硬干涩、不断低垂
寂冷的事物里藏有最深的温暖
父亲只是习惯用他粗糙的手掌
把这种暖取出来,稳稳地安放在
我和他所在的人间
漫长的年岁里,松果静静落下
鳞羽状的球果
像我们一直攥在一起不肯松开的拳头

杨敏

回家

家,如一面鼓
敲着我的脚步
崖畔上的社戏唱罢
余音依旧飘绕
一群唧唧喳喳的麻雀
又扯起我童年的记忆
再不必去人海中寻觅乡音
祖祖辈辈夯实的土地上
俯首可拾
炊烟已在黄昏一隅
冉冉升起
那里面定有一缕
缠绕着祥和温馨的思绪——

雨思

丝雨　依旧纷扬
渐渐地　汇成我寂寞的湖泊
无风的时节

沉淀了一块思乡情
当一颗飘落他乡的心
再度越过故乡的绿土时
母亲的汗水
早已晶莹了我的人生路

感悟人生

我的岁月总在风雨之中摇拽
我的梦想总在现实之间停滞
我的信念总是坚强而又脆弱
我的希望总在失望之后重又执着

也许
太多的天才埋没了平庸的我
失败与成功之间的距离
总是蜿蜒曲折
太多的彷徨把十字路口虚没
脚步与方向总是不一致的选择
太多的热情把自己冷落
体味了一块冰与另一块冰的感觉
太多的虚伪把真诚省略
邂逅是擦肩而过的你我

然而
汗水超越泪水的价值
苦涩辉煌生命的意义
风雨人生使我们
不再是历史匆匆的过客

夏夜

几个人在院坝里一蹲,
就呱嗒成了四合院。
一把蒲扇轻摇夏夜,
两杯茶水把故事慢慢泡浓,
三颗流萤给传说挂上灯笼。
爬上树梢的月亮枝叶婆婆,
左右前后东西南北,
八面埋伏的语言四处开花,

家长里短长出翅膀在夜空中飞升。
直至月上东山睡意朦胧,
星星在一个呵欠之后
一些话题才被晚风拾走,
悄然如梦。

杨明

湖南湘乡人,现居烟台,60后。有诗文在《湘潭日报》《如皋晚报》《山东诗歌》等报刊发表。有诗入选《新诗百年·中国当代诗人佳作选》《风声华韵——当代爱情诗选集》《中华当代百家传世经典》等选本。

三瓣心

一瓣盘桓江南
　紫烟　青藤　山泉
收藏古稀的蹒跚

一瓣缱绻"齐鲁"
湛蓝港湾
泊着誓言

一瓣种在"西夏"
傍着戈壁滩
云朵撒欢
风沙起舞
影子作伴

这一年
心在流浪
梦难圆

作别

一样的挥手
一样的咸和苦
我不知道

不知道明天的太阳
是否照常挂起

只知道
只知道漫漫旅途
形影不离的
是孤独
掰不开的黑

什么时候
不再风尘仆仆
什么时候
醉倒在港湾

父亲

一身粗布旧衫
一顶漏风草帽
佝偻的躯体　披星载月
原野上刨出薄薄的喜悦

你的字典里缺少"累"
一根自制卷烟
一杯母亲酿的米酒
一路风风火火

脊梁撑起小屋
微笑捂暖寒流

致友人——向阳

你心脏要搭桥
进手术室那天
阴云密布
我手心如泉

你又活蹦乱跳了
每一秒都是晴天
你说　你在鬼门关走了一遭
王爷拒之门外

你路过的地方
春意融融

煤

沉睡了几个世纪
只为那个伯乐
曝光之时
厚积薄发之日

缺少自炫的容颜
饱含炽热激情
方也罢圆也罢
燃烧自己温暖凡尘
即使化为灰烬尘埃

杨瑞福

男,原籍浙江宁波,1946年生于上海,上海市作协会员,从1979年开始写诗和散文诗,80年代起陆续有诗和散文诗发表在《星星诗刊》《黄河诗报》《扬子江》《上海诗人》《散文诗》和《中国诗人》等多种诗歌报刊。

敦煌故事(组诗)
烽燧中,一封没有发出的信

敦煌的身边,站立着
许多早已咽气的烽燧
它们相互隔开一定的距离
似乎还在怀念一支
来自中亚的神秘驼队
曾经为了一千多年之前
东晋所发生的一场"永嘉之乱"
让一封告急的信,在此长眠

这封信,因为一个意外而重见天日
二十世纪初,来自英国的斯坦因
带着他们政府的殷切嘱托
走进了河西走廊
敦煌的苦难就从此开始
不停掠夺的过程被他们叫作探险
最疯狂的盗窃都借用了上帝的名义

看守敦煌的王道士出外云游
并不妨碍这些探险者
在路过的烽燧中,发现了
这一封始终没有发出的信
丝绸之路的精彩故事,就沉埋在
信中需要破译的文字里
只不过,中国现代的研究者
如今必须远渡重洋一路向西
坐在欧洲的图书馆,一行行认真揣摩
那一天窗外的阳光格外明亮

2019年5月10日

洞窟里的泥塑匠

敦煌的洞窟里有太多的彩塑
那些佛与他的弟子
至今在不知疲倦地说法
可惜他们是泥胎
因为敦煌洞窟里的石头
是过于松散的泥和沙

金刚不坏之身,都可以
用加上草的泥塑成
我为那些无名的泥塑匠叫怨
他们在最终的成品上
无法签下大名
如果不蛰伏在敦煌
每个人都可能是一代宗师

泥塑绝不能开裂
这是每天啃完两顿干粮后
泥塑匠最烦心的事,也是今天
才踏进的洞窟仿制者最关心的事

知道塑制真相的人已升天
我关心,这些人有没有成佛?
2019年5月11日

敦煌舞者

她们是一群年轻的女舞者
今天,在明亮的练功房
练习着敦煌风格的舞
这一刻,她们必须暂时放下
平时酷爱的流行歌

因为,她们知道这一段舞的精魂
来自敦煌735个洞窟里的飞天
不需要追问,人间最美妙的舞姿
为什么需要借用神的名义展示
然后由现代女孩的肢体复制

她们跳着,跳着,眼前就浮现出
一位在唐朝安史之乱后
被迫流浪到敦煌街头卖艺的女子
她弯曲的手臂,以及微微上扬的腿
每一个美妙的招式都应进入壁画

历史是一个容易失忆的老人
我们是否都必须感谢
本来想掩盖所有真相的风沙
被抢掠者恶意打开的洞窟
终于也等到,壁画上仙子
款款而下的那个瞬间
2019年5月12日

敦煌墓地

从第一任所长常书鸿开始
在敦煌工作过的人
就立下心愿,不管退休何方
死了,遗体必须下葬敦煌

他们的眼里,敦煌

就是北京高贵的八宝山
即使没有送迎的松柏
有日夜歌唱的沙丘已足够
月牙湖更懂得,生命将怎样
在阳光和黑夜的对抗中轮回
他们不是高僧,但骨灰
更有资格结晶舍利

不需要把名字刻在墓碑
请指认,在藏经洞的第几号洞窟里
有他们灵魂开出的花朵
2019年6月1日

杨拓夫

字春进,系中国作家协会会员,国家一级作家,中国校园文化优秀导师,凤凰诗歌村创办人。杨拓夫家庭获国家"书香之家"荣誉称号。

获奖诗集:《杨拓夫抒情诗选》《拓夫十四行》《挑着月亮回家》《行走的村庄》。

长诗代表作:《溪边呓语》《湖南屋脊书》《东山峰农场书》《北溪河十四行》《老哥、你怎能离去》《守墓人》《诗暖冬季》《青藏之蓝》《北海之蓝》等。

雄鹰记

儿时的那只鹰
飞的高度一直未变
最大的本事是叼走一只鸡

为了鹰的主义
他常常搏击长空
在风雨中擦亮每一片羽毛

他直上云霄的时候
是一位王子
他俯冲下来的样子
是一只猛兽

我前进几米
或倒退几米
那些年、是由一只鹰决定的
当我生出自己的翅膀
又擦亮了它
才有不一样的飞翔

我抵达的高远
与自由王国之疆土
却是一只山鹰
无法比拟的

与峡峪河书
峡峪河、一半属于山鹰
一半属于凤凰
山鹰插进悬崖
有了鹰子洞
凤凰飞上山巅
有了凤凰尖
一条挤满柔软的河流
凿开了重重大山
也分开了山上万物
而有些事物是分不了的
水下连着大山的根
河中连着观音的白云
云里纤夫的号子
云雀抱着的鱼
山岚与炊烟
花香也是不可分的
鸟语也分不开
峡峪河笔记
每逢冬季、大水瘦身
成了涓涓细流
野草关闭了蝴蝶
石头越长越高

河水太小、太细

背不动那些大大的石头
背不起山的倒影
也背不起山的红黄

那么小的水真是无能为力
只能背山的碎片、凋零
而她细细的歌声
有白云的悠远

离天最远的天籁之音
在大地深处穿行
麻雀、欢快的跳动
一会儿河东、一会儿河西

峡谷的最高处
有腊梅大胆地开
金黄的花朵小得可怜
却那么激情四射

一条河懂得细水长流
大海才不会枯竭
冬天有了腊梅的寓言
凤凰才不会孤单

腊梅、开了
春天就憋不住了
腊梅抛花引玉
引出漫山玫瑰

杨晓波

男,四川青川人,大学(本科法律)文化,退休警察。青川县作家协会、散文学会会员。《望月文学》《作家天地》特约作家。《当代精英文学》法律顾问。曾有多篇作品在海内外报刊上发表。

夏,十六夜咏

夜幕,灯影,犬声……

颜色都被圆月染得格外分明。
望着那当顶的月儿，
我的心房涨满了夏季的衷情。

炎热引入联想的思路，
趁月色思绪在高温中纵横。
孤身徜徉在晚风里，
顿觉时间同昨天有同样的共鸣。

月亮那银箔似的光圈，
圈圈都是睁开的眼睛。
看大地被烈日烤得炙热，
也许她会寻觅消去暑热的法则。
尽管前些有大雨的泼洒，
那只能刷洗山、大地的灰尘。
季节它被"秋老虎"肆虐，
昆虫也热得不敢横行。

崇拜春天的细风，
这季节也不扇起它的衣裙。
躲在那黄昏的角落里，
偷视着酷暑中不惧的花影。

一片乌云飘飘过来，
突然遮住了十六月的脸屏。
它只有从狭缝里斜射，
在丛林里将写满楔形文字。

夏夜，绿色在乡野怒放芬芳，
梦，却像少女一样在妙曼。
人们不畏那炙热的日夜，
总会有梦想同月遥遥云端……

七月的蛙声

四面碰壁的山沟，
有过七月中凭添的蛙游。
不再是一潭陈年积水，
青蛙搅乱了夏天的忧愁。

七月是一个热的季节，
你却不同于癞蛤蟆。
嘴声里有清脆的歌唱，
你的音符解除了热的饥渴。

只消夜风轻轻一煽，
你就开始在水里歌舞奏乐。
声音百声千声，千声万声，
仿佛是情人相约黄昏之后。

不是夜风的摇撼，
也不是暑热的扭曲。
只有你们——水中青蛙，
才最懂得这个季节里仍然有温馨。

村庄已进入了安睡，
哇声仍然呼叫着夏天的夜深。
你们居然还有一双耳朵，
在收集着大自然的许多信息。

初秋

这是一个热的尾声，
树枝上还有一些不甘失败的蝉鸣。
滑下黄肤色的夏末，
也与"热"字结下了痴情。

唆使的人音和无羁的嬉笑，
都很痛恨"秋老虎"来临。
硬着头皮顶扛住"狂燥"，
深秋是渐渐地靠近。

我实在没为你准备什么，
只有一颗十分有忍耐的恒心。
当那真正的秋意来时，
掩盖下的是一双双探秋的脚印……

杨晓君

毕业于石家庄铁道大学,《国际经济与管理》专业,承德市作协会员,喜欢跳跃的文字、喜欢倾听大自然每一朵花开的声音、喜欢摄影、旅游、喜欢雅尼音乐,热爱生活,珍惜生命里的每一天,阳光,自信。

向英雄致敬,向年轻的生命致敬

在灾难面前
哪位母亲不是撕心裂肺地哭泣
哪位父亲不是肝胆俱裂、痛心疾首
哪个儿子在生命逝去的瞬间
不想再最后一眼看看爸爸、妈妈
喊一声亲人的名字

可他们为了凉山人民
为了国家财产赴汤蹈火
没有机会、没有时间,更没有留下一句遗言
就被无情的火舌吞没了
吞没了那些年轻而宝贵的生命

他们那么年轻
刚刚抱定春天
还没来的及谈一场轰轰烈烈的恋爱
还没来的及饱尝人间烟火的冷暖
人生四季
那还只是一个开端

他们那么年轻
三十位扑火英雄
二十六位还未曾到而立之年
他们还没来的及看够2019的春天
就把年轻的生命献给了凉山

他们那么年轻
小的只有花季之年
还只是个孩子
就永别了人间

永远的离开了爸爸、妈妈
不!他们不应该离开我们
妈妈永远都舍不得儿子离开
妈妈在深情地把儿子呼唤

可一场无情的大火
血的代价
让三十个家庭
从此在再也听不到儿子喊一声爸爸妈妈
而那位怀孕四五个月的妻子
还没来的及举行婚礼
从此失去了丈夫
未出生的宝宝
从落地那一天起
就注定
看不到自己的爸爸
——英雄爸爸!

金色年华,保家卫国
金色盾牌,热血铸就
中华脊梁,顶天立地
热血男儿,气壮如山

母亲的泪　父亲的泪
妻子的泪　儿女的泪
全国各族人民沉痛哀悼的泪水
汇成一条悲痛怀念英雄的河流
流淌在长江、流淌在黄河
流淌在我们每个人的心窝!

汇成千万句悼念哀思的语言
人民永远怀念你们!
每年的三月三十日我们都会面向凉山
默默地向你们的英灵致哀!
向年轻的生命致敬!
凉山人们永远记住你们!

祖国永远记住你!
我们永远怀念你们!
——赴汤蹈火的英雄!

风的曾经

天空蓝的透明
像一枚镜子
风在霞光里衔着风铃
穿过无数的梦境

我跪拜在菩提树下
让风把所有的祝福
编织成一只蓝色的精灵

经年过后
那些美好的
化成苍穹里的一盏明灯
在月光下

马背上的歌声

骏马嘶鸣
踏碎深秋的寂静
晨霞染就
目光里的风景

鸿雁衔着风铃
带走流年的惆怅
一颗勇敢的心
撕碎尘世的风雨
揣着儿时的梦想
飞向苍穹

马背上的我
倾听恋人的耳语
还有牧民的歌声
在辽阔的草原上驰骋

五彩斑斓的林海

传来动人心弦的笛声
不知是谁
悄悄地向白桦林倾吐衷情

杨洋

男,陕西安康人,陕西省散文学会会员,安康市作家协会会员。作品散见于《幼苗》《延河》诗刊《中国作家网》《中国诗歌网》《陕西诗歌》《山东诗人》《安康日报》《榕树下》《旅途》《诗人文摘》《安康文学》《长江诗歌》《安康文化旅游丛书》《汉江文艺》等作品收入多个诗集、选本。

春天如果浪漫

脱下墙壁的影子
迈出怎样的步履都是浪漫

不需要以爱情的名义
能所及的地方
每个足迹都是一桌盛宴

沾满巴山秦岭的体味
张扬了心事的风吹过发丝
就像
追逐江面一尾一尾的童话

三月
我们把自己安静成春天
用柔软的笑编把摇椅
坐在江边、林间、坡地
看心情
开成一树一树的花

秋雨

秋,熟了,就是一场雨
蓝,下在天空
让鸟和云高远

彩色,下在山林
下在二舅的水田,坡地
让果子 ,庄稼收拾好行装
走幸福的路
苍凉,就下在心窝
洗自己缩水的身影
洗,收不回衣橱的
短裙、球衣、牛仔裤、花衬衫
洗一座山峰的花粉青果
一层一层落叶新枝
洗河床不愈合的伤口
洗蒿草间细细浅浅的幽怨
洗猫步在小巷里凉凉的寂静

这雨
会凝固在一棵老树身体里
洗出他的剖面
你能数的清
秋啊,就是一场轮回的雨

正阳高山草甸

云朵　矮树　阳光　色彩
平静躺在草裙上

一株贝母坐在太阳坪
花钟无声　敲响风

陈年药香和盐　攀缘巴山
经过我　如蜀道经过时空边界

在这里　每一棵植物都在修行
比如重楼　七品经叶捧一柱香

此时　不会有雀儿啼破空寂
蝴蝶　昆虫翅翼背负恒古天籁

我被三种方言的风刮着
极像莫名颤栗亿万年的花钟

五月随想

五月,随意拣一个日子
都冷暖适中
适合开花,结果
适合生长淡淡忧伤
浅浅怀念
适合用流水做信封
把蝴蝶
寄给时钟,或者自己

水,一定要清澈
要照得见背负的山,林莽
能把低矮的村子,洗成
瓦蓝的天

水,一定要流动
能用每一细小落差
解读苦难的速率和动能
把所有深渊,做巢
孵化透明波纹

在五月,我像一尾鱼
游入重彩晨露,晚霞
而清晨与黄昏
是一只巨大无比的邮戳

杨艺

　　黑龙江省齐齐哈尔人,又名杨会丽,笔名心语,齐齐哈尔市作家协会会员,铁锋区作家协会理事,铁锋区朗诵协会副秘书长,齐齐哈尔神鹤剧本工厂作家,依安县作家协会副秘书长,龙江县作家协会会员,辽宁省散文学会会员,北极星诗社会员《辽北文学》编辑。在《青年文学家》《安徽文学》《北方文学》《北方诗刊》《星光文学》《长江诗歌》等发表作品百余篇,部分作品曾荣获一二三等奖。享受茶余饭后的那缕书香，喜欢用文字煮沸心语。

池边那朵粉红莲

清晨,拨开太阳惺忪的睡眼
把心事种在一朵云里
一只蜻蜓点过水面
昨天的故事
就荡出圈圈涟漪
每一个水珠都有一个你

闭上双眼
虔诚的膜拜
用一朵莲的优雅
等候
这个夏天,那个温柔的眼眸
当暴风雨来临的时候
那个声音
会轻轻把我的名字呼唤
一把雨伞
悄悄为我撑起

可
这个夏天很短
短的只有一个清晨
一个傍晚
还没来得及遇见
风,就吹散了粉红色的花瓣

杨永椿

茂名市南天诗社会员,新疆人,喜欢读诗,也喜欢写诗,喜欢大自然,喜欢孤独。有人说:生活不仅仅是苟且,还有诗和远方。我要努力实现它……

傲慢

傲慢作为一种态度
不可能是漫不经心的

感情抚摸到的地方
任由它重生
又熄灭

这大地上的诱惑
爱是一种权力
乘着风来
乘着风去
我想吻你
没敢
我知道你等着

这种距离是我的错
因为时间太近
岁月太远
我怕黄昏烫伤我的记忆

这一刻变的不确定
脱离了时代
背离了时间
没有人再肯相信
当下什么都是浮云

而我一直很认真
很认真的相信
——爱情

靓女

所有的黎明都朝向你
这靓丽的风景
含羞的露出微笑

多少浪漫的翅膀
用自由去想象无边的爱情

所有的黎明都朝向你
所有大胆的少年
都想挤进相思地

在梦里约会

笛声

我认识这个童年
这只猫
几年前我就认识他们

笛声在渐深的黄昏里
和灯光一起流淌
少年一次次
吹落了黄昏

他的猫懂
他的心
这份天真很长很长
会坐上千年万年

笛声悠扬
用心打开
用手可以摸到

杨运菊

陕西安康人。作品散见《星星》诗刊、《散文诗》《延河》《浙江诗人》《陕西诗人》新加坡《联合早报》等刊。入选《华语诗人年选》《中国散文诗年选》等多种选本。《齐鲁文学》签约诗人,《实力诗人》微刊总编。有诗歌作品获奖。

一杯失眠的咖啡

打开杯子身体的不是月光
是天黑前月亮撒下的谎

这只脆弱的杯具。容得下天空
容得下四季,唯独容不下
一杯失眠的咖啡。谁来拯救?

杯沿上的苦涩,杯底里的落痕
烛火摇晃在只言片语的破碎中
原谅我,你喝下咖啡

我替你失眠。原罪可卡因
滴进天宇,撕裂般美丽
原谅我,自投黑夜的罗网

经过

经过书店
和我有什么关系呢
我不写书。写书了又能怎样
书上不了书架。书架上堆着满是灰尘的
《废都》和《网》

经过棋牌室
和我有什么关系呢
我不玩牌。玩了也是输
这辈子我什么时候赢过
赢的人都回家了。我等着过年

经过学校
和我有什么关系呢
我不关心榜上的分数,那些年月
和现在挤满的人群一样。找星星
找月亮。星星在异乡偷偷爱着另一颗星星
月亮还是水井里的月亮。看得着,捞不上来

经过一条街
和我有什么关系呢
之前的我丢了。丢进了云里雾里
白雾和我有什么关系呢?它不是雾霾
乌云和我有什么关系呢

我依然是我。饿了七天还在大街上走
我只关心粮食和蔬菜

自省

一出生。上帝送我一面镜子
正面透着光,光影里日月星辰
我在小麦和雨水里
整理我美丽眼睛上的假睫毛

玫瑰花含着香气。它有毒啊
假释我的假睫毛。反扑过来的
光线,熏糟我的眼

我捕捉月光,捕捉风光
伸手摘取太阳的光
太阳它有脚啊

轻悄挪移到镜子的背面
我在半世光阴的暗流里
擦洗我渐渐变硬的骨头

杨志杨

网名四知堂,浙江天台山人。系凤凰四支社常务副社长,中国诗歌网认证诗人。诗作散见于《中国流派》《山东诗歌》《贵州作家》《长江诗歌》《中国民间短诗》《诗词天地》新加坡《千红文学报》美国《海华都市报》等诗刊。获奖作品入选多部优秀诗歌选集。

雨落西湖

天空被春汛拉上
一道银灰色的大幕
杨柳风从湖面来
缓缓的一阵接一阵
乍暖还寒

开始雨滴稀疏大如豆
打得湖水咚咚响
后来雨脚如麻
雨沙沙
湖水拍打堤岸
发声清脆如击磬

我没有去苏堤
也没有去白堤
无雪的断桥会催生离愁
我只站在三潭印月
隔水望了一眼六和塔
六和涛声动地来

近看天堂伞晃动迷人眼
远望山色空蒙如入禅
小草在返青,柳树已吐芽
一个湿漉漉的人间天堂
在春天与我久别重逢

奔着西湖雪景而来
却欣赏到一场淋漓的雨
落进西湖的雨
唤醒万物的雨
滋润心田的雨
带着吉祥灵性的雨
淅淅沥沥。知时节

始丰湖

始丰湖是一个动词
它昼夜流淌
其实它是一段河流
与台州人一样清澈激扬

设计师颇懂地理水法
将流水与沙洲
打造成玄妙的太极图
无极生太极,太极生两仪
一切归十方
就像始丰湖上游的水

都要到这里汇聚

七孔桥是一个隐喻
它可以暗示万事通达
或功德圆满
始丰湖已入佛道双修
水岸兼葭苍苍
芦花高过流水而低于人心

一群白鹭掠过水面
扑扑扑飞进香樟林
新城倒映水中
天地人在这里修炼得
竟然如此和合完美

姚金波

　　作者云舟,男,1967年生于江苏沭阳,中文专业,连云港市作协会员,诗歌协会理事,文艺评论家协会理事。工作之余致力于文学创作,作品发表在国内报刊和各网络平台,有部分作品获奖,诗集《一半是阳光,一半是海水》待出版。

太阳

火的化身
黑暗的背面
谁说水火不容——
以水的形式燃烧汹涌
以水的执着滴水穿石

万物之源苍生之本
将每一个细胞点燃成火
烧制出青铜器不衰的颜色
在纯朴的月色里流淌着文明

漆黑的旷野
心灵的天窗
静静的湖水

泛着深邃的星光

你从亿万光年里奔袭而来
扬鬃奋蹄的英姿风采——
是一个民族骨子里的血液
在昆仑长城的血管铿锵澎湃

青青的禾苗
天下的粮仓
沉沉的籽粒
闪耀着真理的光芒

森林从土地里崛起
草原秀满大地的角落
你以草和叶的恩泽
养育着牛羊和悦耳的鸟鸣

你,是英雄手中的一把火炬
将光填满沟壑
让丑陋和愚昧
让卑微和胆怯
循着跳动的火焰
回归古朴的家园

你,是万里雪天的一丝春风
涓涓细流谋划着归海的交响
电闪雷鸣长风浩荡——
搭起鹰击长空的舞台
托起浪花滔天的梦想

即便不幸沉睡了万年
黑暗掩埋了渴望的梦想
一点就燃的沉寂——终将照亮鸟语和花香

四季轮换——
蒙蔽了幼稚的感观
你的锋芒何曾萎缩冷却

冰冻的火苗炙烤着时空
阴谋化作雪片纷纷落下
种子和信仰——
在冻土里一起萌芽

夜色中闪着启明的星光
你穿透锈迹斑斑的铠甲
让晨曦布满新生的朝霞
将彼岸的梦想照亮
让历史的长廊——
行进着兵强马壮

姚丽蓉

女，笔名绿草，60后，江西省新干县人，小学毕业，双腿残疾。中国诗歌学会会员，江西省作家协会会员，仓央嘉措诗社会员，《蜀本》杂志签约作家，吉安市作家协会会员。1986年开始自学创作，1989年开始在报刊上发表作品。2011年出版个人诗集《绿草》，2015年出版个人诗集《拐杖的转角处》。2019年出版个人诗集《桃花顾》。

愿生命化成那朵莲花

月亮高空挂，碧水涟漪
轻风拂过清浅的池塘
迷离了昨夜的情殇
在梵音袅袅的柔波中
在三百年的红尘轮回里
又遗落了谁的相思
素心如水，泪眼娑婆
一曲云水禅音从远方传来
在迟暮的青春年华里
在莲花幽幽绰绰里
拈花浅浅一笑
任由回忆年华不再回头
一花一叶一如来
透过那忧伤的月光

愿我的生命化成那朵莲花
在你的佛音里，在你的眉宇间修行
净化人世间纷扰的思绪
阿弥陀佛莲花开
再婉约成一首动人的诗歌

从前

当一次次轻捻着时光
人生总会有一些刻骨铭心的故事
遗落在某一渡口或者某一站台
又或者模糊在某页的书籍中

从前

一直以为只要写下一首首韵律的诗行
就会彼岸花开
然而此时此刻，伫立海滩
多情的浪花携着淡然的梦
奔涌而来，靠岸的刹那间
那散落的灵魂，仿佛片言片语

总在猝不及防中淋得通透
一场久未安放的心情
便又肆无忌惮地忧郁着
一次次的逆风而行
酸涩着不同浪花的命运
安慰着看似共鸣的碎梦
于是堆积多年的心语
便从一朵浪花中醒来

那抹笑，在心湖荡起涟漪

冬日的阳光
总是柔和而温暖
仰望天空，白云如烟似雾
朦胧中富有诗意
一首久远的歌谣便在心中萦绕
旋律熟悉而又动人
仿佛弥漫着丁香花的芬芳
洋溢着浓浓的郁香飘过

只叹似水流年，一切难再复返
一种淡淡的伤感竟挥之不去
歌声悠悠，意蕴绵绵
似一阵清风掠过水面
于是，就这样
将缱绻指间的那抹微笑
晕染成一朵花儿的芬芳
静静地
在心湖荡起层层涟漪
在眉间漾起丝丝暖意
一如阳光般的灿烂
轻抚着脸上的笑颜

桃花顾

花开花飞　灯火阑珊
桃花灼灼　风声细细
朵朵花瓣　身影化蝶
摇曳着撩人的裙裾
零落一地暖暖的心语
许季节放慢脚步
让田野与桃花的邂逅
越发显的精魂
一纸素笺　一路香尘
打开尘世间的灯盏
月色隐喻着昨日的羞涩
泪眼迷离成幽怨的花朵
和风一起　轻曳流年的衣襟
在桃花落尽的早晨
轻迈　回眸

蝴蝶

一缕晨曦　轻吻着
春天里的花儿
仿佛一切美好的事物
都在不经意间
醉染着灵魂
瞬间　破茧而出
放下所有的纷扰

没有贪欲　没有浮躁
御风而动　凌空畅游
煽动着洁白无瑕的羽翼
翩翩起舞
寂寂地远望　翩跹花丛中
丰盈了春天花朵的呢喃
于是
生命的意义又重新书写了一次

记忆，从岁月深处醒来

城市里夏天
总是掩饰不住喧嚣和刺眼的光芒
站在城市的最中央
俯视着这个熟悉而又陌生的地方
浩瀚缥缈的苍穹在眼前转个不停
虫鸟鸣叫的欢闹也总在耳边萦绕

花却在夏日里绚烂
树也在夏日里葱茏
而记忆，从岁月的深处醒来
连同春天刚苏醒的桃花
一起在青春的黎明时分绽放
连同清澈的浅水湾
撑出的一方绿荫
一起在波光粼粼的荷塘婷婷
在芳菲澄澈的湖畔
写意着水墨江南的花语

让生活有着一朵花开的明媚
和一湖清潭的静韵
再执一份采菊东篱的娴淡
让似水流年定格在岁月的门楣之间
再静拾岁月里的清欢笑靥
让万千纷争成为云烟过往

姚宪民

　　陕西三原人，1948年11月生，曾任三原县教研室书记，咸阳市高级职称评委会专家组组长,咸阳市诗社副社长,三原诗词学会名誉会长。诗文散见于《人民日报》《中国青年报》《诗词月刊》《三秦楹联》《陕西诗词界》等报刊及各网络平台,并多次获全国文学大赛金奖。

致诗人

诗是什么?
诗是火:
烛照历史,
点燃希望!
诗是剑:
惩恶扬善,
捍卫纲常!
诗是春风:
播绿催红,
吹送花香!
诗是甘霖:
滋润心田,
抚慰焦荒!
诗是生活:
柴米油盐酱醋茶,
婆婆妈妈话家常。
诗是理想:
降龙伏虎驭金雕,
弄潮创荡四大洋。
诗是
人生五味瓶:
酸甜苦辣任烹调,
百人百味不一样。
诗是
风情调色板:
黄蓝青紫炫异彩,
大红大绿最奔放。
诗人啊,
请你:
挥动如椽之笔,
把理想的旗帜高扬;

点燃熊熊烈火?
让生活充满阳光;
让滚滚红尘春风荡漾,
让甘霖普洒穷乡僻壤!
诗人啊,
请你:
高举正义之剑,
降妖伏魔征腐恶,
让乾坤朗朗百瑞千祥,
让浓墨重彩装点关山,
让时和岁丰五谷飘香,
让芸芸众生不再苟且,
让人们尽情乐享诗与远方!
诗人啊,
请你:
评论时事关民瘼,
频频传播正能量。
臧否人物扬忠旌,
圆梦盛世创辉煌!

秋思

风中疏叶飘摇,
地上露润衰草,
蓝天一行雁字高,
诗情入碧霄!

秋来风光好,
情趣盎然不寂寥:
东篱赏菊忆陶令,
红叶煮酒话老曹,
和露烹蟹说阔佬。
莫悲秋,
且逍遥!

仰啸咏长调,
抒怀挥灵毫,
低吟浅唱真情抛,
乐秀夕阳无限好。

心不老,
花自娇!

姚小敏

　　笔名风在何方,1961年5月14日生人。原籍湖南邵阳,汉族,内蒙古送变电质量专工。爱好:运动,旅游,下棋,交友。愿结天下有识之士共勉!

落地的叶

我是一片叶
枝上的一个芽
从胚胎到展开
身上生出纵纵横横的筋脉
没有谁会多看我一眼
可我却幸福的活着
我吸吮着大树　母亲的汁液
享受着阳光亲吻的暖
无论风吹雨打
哪怕烈日炎炎
我都毫发无损
虽然我的生命仅有春和夏的短
但我依然感觉到了甜和安然
来去无常的世俗纷争
莫测难分的风云变幻
我都可一屑不顾
权贵豪门我不羡
庭下檐低我无欺
我没有那些可圈可点的佳绩
更无惊天地　泣鬼神的辉煌
我只是这片不争的叶子
哪怕我用仅有的美装点了秋的媚
也绝无想过得到一点点
即便离去也无声无息
飘飘落下的那一刻心也落定
因为是泥土一直滋养着我的生命
就是零落成泥给大地
无憾　无惜

小花不孤寂

小花不孤寂
漫山遍野是伙伴

大山不独立
连绵不断山连山

小河无悲泣
欢快流淌向远去

我更无愁绪
高山昂首草头低
小河欢歌淌欣喜
白云飘飘山顶集
长歌一曲随风去

生活有时像团麻
巧手让麻也能变成花
生活有时像杯酒
辣后便是无尽的甜
生活其实像鲜花
开了谢谢了还会开
生活其实像日月
升起了明亮落下了
生活就是一杆旗
放倒了谁也看不着
扛起来风中猎猎飘

天使的翅膀

你有一双天使的翅膀
可以任意飞到想去的地方
那峰峦的颠　梦里的爱河
任凭雨水在你的羽翼划过
狂风无法摧折你那　洁白的羽毛
天使的翅膀
柔韧里有着刚强
臂弯里注入的是你所有的信念　执着

你起飞的姿态　是天使的妩媚
你飞翔的倔强　是雄鹰的翱翔
大西洋可以撒下一万滴眼泪
而你却没有一滴
你可以凭借天使的翅膀
飞向你任意想要飞翔的地方
不卑不亢　不折不挠
摆出胜利的手势　一直向前　向前

人生就是大舞台

从呱呱坠地的哭声而来
到咿咿学语
你迈出的人生第一步
是母亲扶着你跌跌撞撞的前行
第一次学会的话是国语"妈妈"
你被妈妈的爱喂着
教育你学文化
鼓励你学本领

长大了你有了自己的家
你懂得了生活的艰辛和无奈
你突然想对妈妈讲
你理解了妈妈抚育你的不容易
无奈她已经离你而去
杳无音讯
拭去眼角的泪水
还得继续努力的前行
任凭风浪起　稳坐钓鱼台
人生就是一个大舞台

当拉开帷幕的那一刻
每个演员都表现得淋漓尽致
然而事与愿违的转变
如万丈高楼一脚蹬空
使你没有半点喘息的机会
苟延残喘无可奈何地活着
但你不想败给命运
摸着石头过河十五载

命运真的又了巨大的变化
人生的舞台出现了奇迹
黎明前的曙光出现了
一条冻僵的蛇终于复苏了
于是你含泪高唱《掌声响起来》

经过多少失败
经过多少等待
告诉自己孤独是寂寞的家
痛苦是快乐的根基
平淡的相守才是恒的爱情
让善良的人能够扬帆起航
到达彼岸的幸福乐园
晨钟暮鼓云水禅心
共建人生和谐大舞台
起起落落多少回画成一个圆
让生命之树常青
人生的大舞台唱出旋律优美的《爱的奉献》

姚一梅

　　笔名柳美朵儿，女，大学文化。四川省南部人，70后，四川省散文学会会员。获仓央嘉措国际诗歌大赛优秀诗人奖，作品入选《大家》《经典文学·百强诗人百强作家》《桃源文艺》等。

可笑的父亲

父亲重重地咳嗽
他试着掩盖痰液的出现
努力放轻喘息声
他拖着磨破皮的瘸腿，不敢吱声
努力地大步前行，害怕拖了后腿
可是命运之神扼住了他的咽喉
他的努力那么徒劳，那么可笑

他害怕被人嫌弃
笨拙地讨人欢喜

可是越是这样,越是更加被人嫌弃
他重复这样的行为
完全不知道自己多么可笑
我笑着,憎恶着他
也憎恨着自己
无能为力地,任眼泪落下

相会德令哈

我从盛夏赶来
赴一场单方面的约,海子并未答允
在离开30年的世界,与我相会
可是我的直觉那么强烈:你就在那里

我趁着夜色深沉,从荒凉的西边进入
短暂的相聚后,德令哈
我趁着朝霞绚烂,从生机的东边走出
你的太阳被云层裹挟
你,终究还是不愿意让我看到圆满的日出
似乎是不愿意让我圆满地离开

这是你给我的回答吧
德令哈
我终究只是一个过客
行色匆匆,满面风尘

或许是了一出戏弄
此刻,太阳喷薄而出
照射我的双眼,就像曾经的海子
忧伤却又光芒万丈

我仰望天空,环顾四野
贪婪地寻找海子
——我并没有想要见你
海子喃喃自语
德令哈在我身后远去

拉住春天

她用一个发夹
夹在了四月的尾巴上
把仓皇奔逃的春天,捉住了

她穿一条长裙
摇曳在季春,碎花的长袖
把急促赶来的夏天,拦住了

今天的春风很闹
让她的长裙翻飞飘摇
那么多树叶,也纷纷掉落了

今天的春天很明显
温度适宜,她踮起脚尖
把春天的枝条,拉住了

姚长军

笔名文轶,辽宁鞍山人,90年代初开始发表作品,作品收入《中国诗坛最具影响力八十家诗人》《当代诗坛100位人气最旺诗人作品精选》《中国百年诗歌精选》《中国当代诗歌大辞典》等诗集。全国文学艺术大赛获优秀奖。收入《中国文化人才库》。鞍山作家协会,鞍山诗人协会,鞍山散文协会会员。燕京文化艺术交流协会签约作家(诗人)。中马文学艺术究院签约作家(诗人),文学研究员。

悠香的音乐

一支悠香的音乐
萦绕着美丽的夜色
星与月
随乐而舞
星璀璨
月缠绵
心凝结欢笑
需要
阳光的温暖

悠香的音乐
柔情曾经的路
梦里依稀
婷婷玉立的倩影
想靠近
却无法得到

朝着天明
跋涉在茫茫的夜
思绪的碎片
散落某个角落
手拨电话的键盘
轻轻劲舞
伴着悠香的音乐
思念放飞

远去的季

潺潺溪流
漫过季的缝隙
似闻
风絮语耳际
雨弹拨大地的琴音

路上
默默回味
远去的芳华
捧在手中那片叶
静谧无声
倾诉着
凝结的缕缕遐思

虽不曾饮酒
微有些许醉意
那是
季的陈酿
炽烈燃烧着胸膛

驰骋的脚步

走过风
走过雨
随着轻轻远去的季
留下满满的厚重

与月的情思

仰望
遥远的夜空
皎洁的月
将一缕淡淡的光
轻轻洒向窗前
牵动着心扉
撒满情思
静寂的夜色里
明月哟
涌动不尽的诗意
飘逸画的灵动
夜的深处
璀璨的月华
耀眼着远方的梦

叶冰

中国诗歌学会会员，香港《橄榄叶》诗报微刊主编。作品散见于《甘肃日报》《兰州日报》《天水日报》《香港诗人》香港《橄榄叶》诗报《楚天声屏报》《遵义晚报》《山东诗人》《齐鲁文学》《北方诗刊》《中国流派诗刊》等多家报纸和刊物。在2017年第二届"诗与远方"海上邮轮诗歌大奖赛中荣获新体诗二等奖。在第五届"相约北京"全国文学艺术大赛中荣获新诗一等奖。

致母亲

一条宽窄巷子
一片黄土高坡
你的世界就这样被时光承载

禾苗是你写在大地上的诗篇
押韵着春风
平仄着牛蹄
旋律是你额头上沧桑的皱褶

你是一个平凡的女人
走的却是天下最崎岖的路
你普通似草叶
但永远如花一样绽放在我们心上

活着时,你是太阳
温暖,你把一生的能量给了我们
离去时,你是月亮
清辉,是我们永久思念的泪花

萧瑟难掩一抹红

呼兰河的涛声,听不懂
你的呐喊
叛逆的骨子里,装不下
你的柔情
一部铅字码成的堡垒,是你封闭炎凉人生
的壳

三十一年的抗争
终究敌不过宿命的苦情
生时,你是阳间的疑问
走时,你是阴世的感叹

悲绝,你始终没把生活走成直线
救赎,你只用瓷片般的人格撑起了灵魂
你是凌厉的秋风,也是旷野的雪粒
是谁,让你在艺术的天空里,
璀璨夺目
是谁,让你在爱情的长河中,
落为水草

萧红,呼兰河唯一的女儿
原本为文学而生

虽失落在了世俗的胡同里
却一直行走在读者的眼底

叶丽丽

　　笔名叶归林、叶墨雪。从小有个诗人梦。希望此生仅以诗为伴、枕诗入梦。

谢谢你,让我爱上你

曾经为爱受伤
为爱失望
直到遇见你
我不再彷徨
不再流浪
从此以后
都有爱的目光伴我成长
你说
不离不弃是我们彼此依靠的力量
幸福是我们努力的方向
坚强会让我们到达天堂
我说
谢谢你
让我不再流浪
让我不再悲伤
从此
有了爱的港湾
充满阳光、鸟语和花香

最美

你说
你是我心中的一片云
很轻很轻
天晴了
很快就散去

我说
我是你茫茫星尘中的一颗星
很小很小

— 2516 —

天亮了
很快就消失
云也好,星星也好
离开也好,留下也好
开心也好,悲伤也罢
相遇
本就是最美的年华

卷帘爱

当夕阳西下,晚霞绚烂
我一点点的放下帘子
对你的思念
伴着落日的余温奔涌而至
相思有多长
梦就有多长

白天了
我又一点点的卷起帘子
一点点的收起对你的想念

嘘,请别告诉别人
这是我和你之间的秘密
也是我想你的独特方式

叶萧萧

喜欢用文字记录生活。

放下

这流转的人世,有太多迷惑
如雾,弥漫过夏日蔷薇
也一寸寸漫过你清亮的眼睛

有太多隐喻。诸多身不由己
如芒刺,隐匿在花瓣之下
你带泪的笑,演绎着从容不迫

当繁花落尽,清冷的孤月高悬

漏下的时光才能捡拾
而这,是你永远所不知道的

眼中的灯火渐次黯淡。来不及
躲闪的渴望和沮丧
像极了立秋后的刀枪剑戟

放下,不过是将久积的毒素
条分缕析成清风明月
不过是让蓝色的命更加清澈

六月,你要一定知道的

那时候,池塘水满溢着
荷叶舞起圆圆的裙裾
初绽的荷花
正把浅白捧出来
蜻蜓,也正跃跃欲试

水边竹屋里,朝南的窗口
黄昏把柔光射进来
或摩挲着发黄的线装书
或,铺开宣纸
墨香里混合着桂花香

有月的夜晚,箫声隐约
风从竹叶间跳下来
星子在彼此鬓角闪烁
紧握的双手
传递着无需言说的爱意

我们也会坐在石桥上
累了困了,就喝一杯水酒
更多时候,不说话
听蛙鸣,听犬吠
听你在耳边唤我小名

雨水叠着雨水。风声挤压风声
所有我爱过的和爱过我的

都这样倏忽即逝
阅尽喧嚣。却没有曾经的温软
窗外,布谷鸟又唱起新歌

晔子

原名孔范晔,女,山东烟台人。青年作家,资深媒体人。中国诗歌学会会员,中国散文学会会员,山东省作家协会会员,烟台市作家协会会员,芝罘区作家协会会员,牟平区作家协会理事。著有诗集《为谁妖娆》《遇见你的人生》,散文集《指尖上的舞蹈》《幸福在手》。

七月尘光

草木清和,鸥鸟衔来的白云
缀满青木色的蓝天
稻子饱满地结穗,顺利分娩
而大地的深处,蝼蚁、鼠虫,暗发的毒蘑
都各自安生。丢失的良知和信仰
从麻木和冷漠中复苏生长

被洪水肆虐过的家园,百合花又开
被魔鬼禁锢的灵魂在梵音中进入神殿
地壳的悸动调成可控模式
随着晨曦一同醒来的,苦痛和虫鸣
都被博爱的天地接纳
我们谈着诗歌和星辰,坦然接受衰老和死亡

断裂的回响

久别后的重逢,会是怎样的场景
岁月过滤掉一些尖锐的部分
有一些放大的温暖留在心底
是在一条落英缤纷的小径吧
擦肩,你脸上带着不加掩饰的惊喜
一群孩子从两人中间穿过去
像风一样呼啸着奔向远方

一声断裂的回响来自体内
仿佛这半生孤独的时光
刚刚从春天里走出来,冒出的青芽
还有机会走进一场涅槃的重生

仿佛一切还可以从头来过
我们在刚刚好的时光里重逢
你青涩一笑:你好
我莞尔回头:你好啊
你的视线便缠绕过来,从灵魂到骨子里
一层一层落了锁

流年之暖

一场又一场的相遇里
总有一些暖,温柔地探出触角
仿佛洒落在清晨叶子上新鲜的光芒
跨越疾苦的,是遍处流淌的新绿

内心住着的小小孩童开始苏醒
如一粒青涩的果子
带着纯洁的芳香和成长的力量
来自天涯的风声越来越近了

坐在正当好的光阴中
鸟兽,灵魂,流浪甚至死亡
这些词汇看起来洁白而友善
一株桃花向我袒露了所有

大地敞开胸怀接纳着雨雪风霜
那些在生命中留下划痕的人
无数远去和擦肩而过的瞬间
都是此生度我的慈悲和恩典

一世芊千

原名刘义红。在新华书店上班。痴迷诗词韵律,爱好写古体现代诗,喜欢摄影。现任诗院纵横总社编辑。北斗星诗社会员,西吉楹联学会会员。诗书人家社长兼总社文学编辑。现任龙凤文学蓝系浅蓝总院第七期常务副院长。

战旗迎风

酒醉几何
江山明月
举兵出关踏遍枯骨
凄清遍世间
难藏心中的凄哭

一世英名又能几何
把酒言欢
醉也难掩孤独
邀一湖心事
赠与苍山远水

多少锋芒剑尖
流星镖上下飞舞
挥去尘烟
衣袂随风潇洒几许
早也朝朝,暮也朝朝

苦也辗转,累也辗转
一路豪气马上驰骋
累弯了脊骨,刀钝了锋
磨破了足履,身被血封

岁月苍茫,心也仓皇
战甲英姿飒爽
挥手断,莫痴言
欲怨愁绪满,但却正交锋
共聚密商豪气绽放
会议三更,帐满军营

独担社稷风雨
独醉独眠孤独梦
独自伴愁颜
千载英雄泪撒春秋

穿云裂石船飞渡,
沧海茫茫,浪击船帮
志坚心如故
翠旗飘飘,展豪姿
共筑英雄梦

千年之许－七夕

粉心黛黛簇心媚
小语展心扉
无奈早已离别苦
笑东风
无力也是醉

与月相伴谁人知
独自舞
愿化蹁跹蝶双飞
自古有缘皆相随
怎耐是无份

共邀明月
只为鹊桥喜相会
愿了仙缘,抛红尘

几多缠绵
几多心酸泪
化作——
丝丝缕缕雨
入心扉

如若痴能伴轮回
心如坚石定无悔
醉依栏杆斜望水
碧荷连天
笑缘分太累

眸中泪意浓

— 2519 —

今问
千年前的相聚可悔
如今鹊桥相望苦
期盼来年重聚醉

终知
这份情难舍,缘难分

小伞情缘

轻轻的撑一把小伞
蹁跹于尘烟之巅
落花随风飘逸于
一池碧水
遁入夏季的炙热炎炎

或许是缘分的路口
让情意共伴尘烟
用一世的牵挂
来——
穿越迷茫走至深远

一场雨季的来临
打乱了心湖的宁静
欣喜于弹奏妙音的筝曲
曲曲精妙,首首醉心

以海为誓,以地为盟
穿越着前生来世
携手于今生的阡陌相知——

逸入朦胧

我有一帘幽梦
可能否筝笛和鸣
雨中景色朦胧
相伴红尘,醉能几重

掉下雨坠叮咚
能否悟醒今生

寂寞划破长空
举杯独醉,空留幽梦

眉间笑意初醒,恰似一帘雨挂苍穹。
每当曲散人终,依然是凄哭了今生。
欲摘一朵格桑花,嵌于云鬓,难耐举步难行。
花开花落花随风,花香花馨香正浓。残花飘逸飞入泥,悲意怜迎。
幽幽怨恨寄星空,蹁跹独舞,雨落随风。

伊 萍

　　原名吴少平,女,广东湛江人,广东省作家协会会员。出版有诗集《萍水相逢》《火与雾》《一只鸟带来的飞翔》和《隐喻》(合著)。

出生不能选择

今生,我注定是中国人
就像我注定是农民的后代
即使我没有田地,不种庄稼
我的爷爷,依然一个本分的农民
几亩薄田,养活了一家十口人

这些都与诗歌无关。爷爷识字
但他不会与土地谈诗,也不会给成熟的稻谷
用诗的语言表达虔诚的谢意,他只感恩
风调雨顺人丁财旺,如果这是生活的长诗
爷爷足以称诗人,是一位不折不扣的诗人

而我,不是农民,别人称我为诗人
很多时候,我迎风站在田头,潸然泪下
五谷不分,春天的秧苗和韭菜,没有提示
谁会在秋天结出稻子,痛心的纠结
因此,我不再膜拜波德莱尔、尼采、歌德
从此我每写一首诗,都恭恭敬敬地在名字

后
标注我的出生地,让人一目了然
我,一个中国广东湛江人

有些痛不可言说

数颗星星走散在天空
一盏灯,一首诗
正合逢时令

过于憔悴的手,翻阅秋风的脸
备注的词语
看似毫无相关,竟然让人豁然开朗

如果夜不适宜照镜,我难以在自己的身上
看到你的影子,形同纠缠于忧郁的苦咖啡
我把方糖先含在口,实在怕泪流的苦
搅拌的匙,把我的心拨弄叮当响

不安的夜,看到小兽贴着墙走
影像里的四肢,匀称有力
直立前行,模仿你来时的迅疾

在我愕然的唇边,觅食雨点的碎屑
没有月光侵凌我的脸庞,而我的嘴
促使我换了一张脸,内心风平浪静

伊生晖

笔名树韵,女,系中华诗词、内蒙古诗词、巴彦淖尔市诗词会员,巴彦淖尔作家协会会员,磴口诗词学会副会长,作品散见于《诗选刊》《诗词月刊》《内蒙古诗词》《巴彦淖尔诗词》等,各地诗刊,并有数十首诗歌被多家出版社收入相关文学作品集。

我读时间

时间是什么
从哪里来,又到哪里去
是否无人能读懂它的规则
时间是什么
看不见,摸不着
它却无情地改变着你我

时间到底是什么
我去问季节
春天说,是希望的芽苞
夏天说,是生活的花朵
秋天说,是金色的收获
冬天说,是蕴蓄的冰河

时间到底是什么
我去问书本
哲学说是自然
科学说是生命
佛学则说
一切都在轮回着

时间到底是什么
我去问太阳
为何你亘古不变
而我,短暂得一瞬滑过

时间是什么
我依然很迷茫
后来,儿子告诉我是成长
妈妈告诉我是经过

哦,时间是什么
生根发芽,开花结果
是生命的轮回
日出日落,春去冬来
是自然的法则

假如,我是那棵树

做一棵街头的杨柳

以温婉与娴静的姿态
沉寂在纷扰的人间烟火
长丝中徘徊的惆怅
飞絮里缠绕的失落
这些都将随尘埃
被一阵风
一场雨涤荡的干干净净
枝头向着蓝天生长

做一棵戈壁滩的沙枣树
以谦逊与朴素为品格
为了生存,放下身段
盘虬着骨气与韧性
那淡黄色的花朵
足亦寄托情怀
把所有的悲喜
化做了芬芳

做一棵大漠胡杨
以诗意的苍茫
傲立为天涯一景
耐得寂寞,耐得凄凉
风沙肆虐早已见惯
生,只为守护这一方家园
死,依然是千年的守望

做一棵五岳之顶的苍松
以居高者的宁静,以尊贵者的淡泊
人们的敬仰
如那四季的风声
我只把挺立写进诗章

做为树
以不矜不伐为形象
一生只做两件事
向下抓紧泥土
不论贫瘠还是肥沃
向上探求光明

不论是阳光还是月光

伊晓雪

茂名市南天诗社会员,出生1969年,中共党员,大专文凭,从事管理工作。在《染香时光》《世界作家文集》等多家网络平台发表过诗歌,为《双槐文学艺术苑》签约诗人。

归隐

你远离浮华
归隐深山

是否忘却红尘

你的歌声
听出了忧伤

你的琴音
听到了嗔怨

山间的溪流
是不是你的泪

绵延的青山
是不是你的情

山中的浮云
是不是你的魂

是否还有人让你
心起波澜

尘世里的
牵念

如果可以重来

如果可以重来
不会
矜持的躲避

如果可以重来
不会把爱深埋
不去表白

如果可以重来
不会轻易放开你的手
让爱溜走

如果可以重来
不会让青春
留下遗憾
带来一生的痛

如果可以重来
会和你一起
走过春夏秋冬

如果可以重来……
此时此刻
已泪流如雨

人生如梦,岁月如歌

那些逝去的岁月
走远的人们
远离的故乡
人生无法回到初见
所有相遇
一切发生
都是上苍冥冥之中的安排
万事随缘
珍惜所有
不要期望来日方长
世事无常

珍惜身边人
来世不一定遇到
叹息过去
往往错过现在

岁月啊你慢些走
允我把人生品够
我一步一莲花
祈祷
这
如梦的人生
如歌的岁月

衣金红

笔名月牙泉。1974年生于黑龙江省依安县依龙镇,依安县作家协会会员。多年来一直从事幼教工作,喜欢写作,愿意用文字表达内心的世界。曾在《鹤城晚报》《依安文苑》《情感诗刊》《白天鹅诗刊》等发表多篇作品。

母亲

在肚子里的时候
您用一根带子把爱给我
出生之后
您用乳汁哺育我
学走路的时候
您用手扶着我
上学了
您用自行车驮着我

我长大了
离开家
您松开了手
却把心系在我离家的身上……

这就是母亲
这就是娘

不管天南地北
无论海角天涯
有颗心一直挂着

吃饭睡觉
田间地头
都是您想我掉眼泪的时候
每一次打电话
都告诉我好好吃饭,好好睡觉
吃东西别怕费钱……

那时候觉得您真唠叨
现在我做了妈妈
才知道那是
多么难以割舍的牵挂……

如今我懂了
娘却老了
不在利落的脚步
没了满头黑发
甚至不戴眼镜都看不清东西……

幸好我还有机会
可以陪您聊聊天
溜溜弯儿
打打扑克儿

有娘就有家
有家就有爱
这是多么朴素的话语
又是多么伟大的情怀

每次回家
我都不愿离开
每次我都舍不得走
可我知道
您更舍不得
因为我都走了很远

您依旧站在那儿……

遗落

慢慢下沉的橘红
被车轮甩在身后

路边的树
吓得一动不动
害怕惊碎了这夕阳

路在车轮下
绵伸到家门口
斜阳在月亮抵达之前
被遗落在后视镜里……

灯是夜开出的花

夜
把星星送进银河
路两边的花次第开了
城市在月光下璀璨

一个灵魂在街上游走
在漫市霓虹里
寻找那盏家灯

渐渐地
他看见了
星夜繁花里
最美最暖的那一朵

以马内利

  吉林省吉林人,吉林建筑科技学院,管理工程学院,造价教研室,硕士、讲师,酷爱诗词。

那三个孩子

我忘了该怎么来称呼你们

没有说过你们是孩子的
可　此刻　我是多么想啊
你们还是那些孩子

我得承认
这个老大我是不够格的
不曾给过多少欢乐
不曾给过多少关心

我得承认
曾经幼小的你们　不知不觉
给了我太多喜悦
太多感动

记得你们还未来到这个世上
为你们　我也曾四处流浪着
不知道　有哪个地方
驻足　凝望

记得你们来到这个世上
娇小的身体裹在褴褓里
多么红嫩的肌肤
清澈的瞳孔
我　开始　驻足　凝望

那个春天　好多春天
我们在天界奔跑
踩着油绿嫩嫩的小草
绽出花一样的笑

那个夏天　好多夏天
我们在雨中游荡
踏上七彩弯弯的小桥
哼着老师唱的那首歌谣

那个秋天　好多秋天
我们在林间弯腰
捡拾金黄翩翩的叶儿

放在昨天新买的枕边

那个冬天　好多冬天
我们朝远方行走
抚摸洁白纷纷的雪儿
寻找新春最早钻出的草儿

是啊　多少春秋交替
是啊　多少冬夏更换
不经意　你们早已长大
那三个孩子

不　你们不在是孩子
可　我忘了该怎么称呼你们
多想你们还是孩子
是啊　你们还是孩子

忆君

　　本名孙庆兰。女,安徽霍邱人。自学苦读十年,热爱文学诗歌创作。现为安徽霍邱诗词协会成员。退休后仍坚持自学文学。热爱生活,热爱学习,刻苦钻研自强不息,用最进步的心态和努力精进之心,让生活更美好,更愿为社会奉献和付出,让人生有活着的价值和意义。作品曾在文学时代微刊等多家网络平台发表过爱情婉约唯美诗篇。

思念

思念在每一个日夜
那温馨的幸福模样里
温润了我枯萎的心甜
您的疼爱让我满心欢喜
如今你在天堂
我在地上眺望着您
思念的心灵漫天飞舞
像春天的蝴蝶翩翩起舞
我要落在您美丽的发肩

和您呢喃温存
您的笑容和从前一样
光芒万丈慈悲为怀
把我的灵魂照耀熏陶
我站立在天地之间
从此不惧任何苦难了
您的倩影飘向了空中
我在您温馨的安抚下
甜蜜地进入了梦乡
思念在梦中
荡气回肠

致精致女人

大气从容进步
是精致女人
一生的追求
她们从不斤斤计较
懂得自律忍让谦卑
不轻易拿自己的涵养
挑战别人的浅溥无知
金钱在精致女人面前
苍白无力失去吸引力
她们追求的是翰墨飘香
注重精神之境界升华
精致女人举手投足
优雅知趣贤惠布施爱心
做事知道适可而止
有所为有所不为
她们可以在无色的天地里
活出一片朝阳明月星空璀璨
她们总是对生活
充满无限的信心和向往
聪明伶俐善良是她们
智慧的宝藏
精致女人喜欢安静
静能生慧滋养她们
高贵的灵魂深处
和对人间的大爱

精致女人是人间
一道靓丽的风景线
让人们叹为观止
从心中敬佩和爱戴

易新辉

　　冀北，本名易新辉，中国诗歌学会会员，浙江省作家协会会员。自幼酷爱诗歌、散文创作，青年时期开始发表作品。作品散见于《人民日报》《星星诗选刊》《知音》《扬子晚报》等。有作品入选多家刊物年选。著有诗集《荒度》。

与母亲对坐

母亲坐在旧色时光里
母亲坐在苍茫大地上
母亲用生育过的臀
结结实实地坐在草地上
母亲坐过的草原
青草连绵不绝，牛羊络绎不断

母亲双腿盘地坐姿平稳
母亲双臂交错掌心朝上
母亲胸前像抱着一个熟睡的婴儿
孩子已挣脱怀抱浪迹天涯
母亲依旧端坐
怀抱着一个古老而持久的使命

与母亲对坐
一场雕像和凡夫的对话
一纸春雨和枯草的注解
望着她那被岁月掏空的胸脯
我把坐姿一缩　再缩
缩蜷成娘胎里的模样

大寒之夜

中风。左偏瘫，失音

母亲躺在衰老的岁月之上
时间停滞在二月三号
苍白的墙面
从四面八方向我们挤来

一张病危通知书
重重压在父亲脆弱的心脏
速效救心丸,失效
医生。护士。吊针。
急救室

夜深了,父亲终是从暗处逃回
灯光下
母亲颤动着右脸
挤出一串欣慰的笑
父亲紧紧攥住她的手
泪滴在指缝间无声绽放

窗外,清风徐徐吹进
把日历
从大寒翻到了立春

村口老桥

在斜阳线
和地平线的夹角里
父亲,拄着木杖
把身体弓成了一座桥
时光之河蜿蜒而下

秒针追赶着分针
分针追赶着时针
时针,追赶着生命
此岸,彼岸,往往一瞬间

乡土在远方召唤
我怕身上的负重
压垮进村的老桥
我怕颤巍巍的老桥一声脆响

再也找不到回家的路

此刻,我只想立成一块礁岩
作为桥墩,死死抵住
下沉的
夕阳

树梢上的早晨
——致妻子

清晨,用喷壶
把阳光分撒到每一片叶子上
那伸过来的绿色小手掌
过滤了梦,与光的交界处
是一片生长露水的地方
而你用手背揉搓着惺忪睡眼
像隐藏在叶片背面的那只蝴蝶
等待一阵风吹翻过来,或是
几声鸟鸣滴进瞳孔
只是,手机局促的早铃声
让你在枝头颤动了几下

万物无悲无喜,皆因心情哺育
——致楚越狂子

总会有那么几片乌云
缘于身世,挂在额际,不肯远去
时而被风吹来,时而送走
万物无悲无喜,皆因心情哺育
正如你流浪向远方,脚窝
被野草填充的杂乱无章
回头时已分不清楚
是哪几株无名草和无名花
占领了过去

夜深无人,村庄是安放在月弯的思念
忽而坠入江水,似乎近在咫尺
可又够不到,摸不着
江水述说众生的来世和未知

它的起伏、浪花以及蜿蜒
做出某种指引,却从不回头
万物无悲无喜,皆因心情哺育
皆因四季交替,冬去春来
皆因你从大地
匆匆走过

殷祥臻

  吉林省白城人,吉林建筑大学,经济与管理学院,学生会主席,工程管理专业,本科毕业,酷爱诗词。

我们

我们自孔子二字中取仁、取礼
我们自孔明二字中取谋、取智
我们自吕蒙二字中取勇、取识
我们崇民主,具科学之精神
我们尚团结,备奉献之精神

我们求学习之进
我们求联系之紧
我们求爱好之近
我们虽在闾巷
却胸怀鸿鹄之志
我们虽只是历史长卷中的一点
但少了我们,就难称其为完美之卷

我们追求我们的个性
我们追求我们的未来
这就是我们
不一般的子明

咏梅

  原名李永梅,青海省作家协会会员,中华诗词学会会员,中国网络诗歌网现代诗主编,少陵诗词文学社副社长、青海总社社长,《中国诗》《诗画天地》签约诗人,中华诗歌网特约诗人,诗网优秀编辑,被中国网络诗会评为2015、2016年度诗星,在2016年《我们共有一个家》诗词比赛中,被北美评审团评为"最佳特等奖",2016年华语理念人"最美女诗人"比赛中荣获第二名,在"楼兰居"有奖征文中获三等奖,晋中榆次汗血马全国比赛获优秀奖,第二届"中华杯"全国创作文学大赛获二等奖,第六届青海西宁市"博爱杯""书香之家"获得者,千首优秀作品刊发全国百家各大网站,诗刊。

红尘道场

谁说红尘道场没有泪
五月的柳絮飞满古道天
这一碗的烟水
盛满千首爱恨情怨诗词
谱成天涯断肠琴弦
在人间渡你
渡你淌过沙漠,淌过那道世俗的三生缘
淌过红衣白马的女子河

谁说青海湖没有泪
倒淌河溢出草原,戈壁滩的一抹忧伤
在人间渡你
念你在前世埋你的情
爱的剧终
谁为谁含泪填下最后一铲土
用三千的风马,十里的红妆
再请三个袈裟飞扬的喇嘛
雪山飞鹰啄过的地方
念一场生死道场
为你,也为我

祈祷

高烧布下十面埋伏
偷袭滚烫的肌肤,如喝下几盅桃花酒
血脉相连,敢拿命守护

雪焚下的热,沦陷成三天三夜的痛
放在胳膊弯的冰袋,刺骨冰如铁

父爱如雪山,母爱似碧海
情丝织成千千结,眉间有温暖
无数个冰袋
垒起人间真爱
我在一柱禅香里
默念你的名字
祈祷落墨成行,谱一曲红尘千千阕

洁癖

梅园里春去,廊亭依旧
几只蝴蝶飞舞在芍药花丛
旧年的玉箫已无人吹起
放一朵牡丹,随碧水向东
连同昨日的一帘幽梦

我的诗患了洁癖
专写人间的情衷
爬满的兰草,让岁月深种
红尘很深
我小心谨慎,却依然踏空

游明信

笔名巴山渝人。曾在首都警卫一师服役21年,在中国国际贸易促进委员会工作20年。高级经济师。有较强的分析能力和写作能力。爱好古诗词,曾在中央国家机关工委《紫光阁》杂志发表现代诗和古诗词。退休后,成为诗词吾爱网的会员,严格按古诗词格律要求进行创作,在该网发表各类诗词近300首。

毛主席手中的笔

有人说,毛主席手中的笔,乃神奇之笔。
他所用过的笔,
曾饱蘸过韶山冲的甘露,
舐吸过岳麓山的雾滴;
亲吻过湘江水的芬芳,
品味过井冈山泉的甜蜜;
融化过长征路上的积雪,
渴饮过枣园井水带来的凉意;
沐浴过西柏坡春雨的温馨,
享受过中南海水不尽的情趣……
毛主席手中的笔,寒来暑往常相伴,
春去秋来握手里;几十年如一日在书写,
不到驾鹤西去未停息。留下了多少宏篇巨著,
留下了多少珍贵墨迹……
毛主席挥笔,其根扎大地,似行云流水;
辉耀日月,衔华佩实;神奇之笔,谁能可比?!

有人说,毛主席手中的笔,乃如椽大笔。
他用笔评说历史,千年迷雾何清晰;
他用笔观察事物,辩证分析抓本质;
他用笔拟定方略,高屋建瓴显功力;
他用笔唤醒民众,百万工农齐奋起;
他用笔指点军事,运筹帷幄决胜千里;
他用笔展望未来,宏伟蓝图收眼底
可见,毛主席手中的笔,
文若其人,风格独具;洞视八极,坐驰万里。
毛主席手中的笔,
象一把锋利的匕首,象一只燃烧的火炬;
象一把进军的号角,象一面战斗的旗帜。
人们会长久地分享这支笔留下的精神财富,
历史将永远铭记这支笔所建立的不朽功绩。

毛主席手中的笔,乃池塘梦笔。
他写下的光辉诗篇,
似巍巍昆仑,气势磅礴;

似滔滔长江,一泻千里;
"李、杜"为之惊叹,"周、辛"自感不及。
在毛主席的笔下,
环球显得是那样的小,九天显得是那样的低;
意境挖掘是那样的深,构思安排是那样的奇;
抒发了多麽博大的情怀,积累了多麽深厚的功底;
展示了多少壮丽的画卷,留下了多少美好的回忆……
真可谓:笔落惊风雨,诗成撼天地;
真乃是:一家风骨独树一帜,千古绝唱无与伦比!

难忘周总理的眼睛

每个人都有一双眼睛,
每双眼睛都映照着各自的心灵。
在我美好的记忆里,
最难忘的是周总理的眼睛……
我想说,
周总理有一双充满智慧的眼睛。
凭着那双充满智慧的眼睛,
他就能——
坐视八极,成竹在胸;穿云破雾,石破天惊;
智盖姜尚,胜算孔明;日理万机,举重若轻……
透过周总理那双充满智慧的眼睛——
我们深切的感受到:
人格的力量是多么强大,
又是何等的令人信服与尊崇!
从周总理的眼睛里,
我们仿佛又看到了他:
革命家的胆识,指挥家的才能;
外交家的风采,实干家的作风……

我敢说,
周总理有一双坚定自信的眼睛:
在他的眼睛面前——
敌人自叹弗如,朋友倍觉真诚;
百姓深感荣幸,同志如沐春风;
在他的眼睛面前——
困难重重寻常事,险关道道仍从容;
风雨阵阵何清醒,征程漫漫心更明。
透过他那双坚定自信的眼睛,
我们好象又看到了周总理高大的身影——
而他战胜过的敌人则显得多么渺小,
那些可耻小人好似恶心的爬虫;
田忠角荣为之肃然起敬,
尼克松见后也不免动情……

我还要说,
周总理有一双敏锐而不知疲倦的眼睛:
他用那双敏锐的眼睛——
时刻注视着世界的风云,
时刻牢记着祖国的使命;
时刻牵挂着人民的冷暖,
时刻审视着历史发展的进程。
谁能知晓周总理的眼睛——
审阅过多少文电,发出过多少号令;
作出过多少决断,赢来过多少黎明……
透过周总理那双不知疲倦的眼睛——
我们仿佛又看到了他:
南昌城头战斗的英姿,
长征路上爽朗的笑声,
中南海里不熄的灯影,
五洲四海留下的行踪……

每个人都有一双眼睛,
周总理的眼睛最美最亮最明。
他那双眼睛留给我们不尽的思念,
他那双眼睛永远留在亿万民众的心中!

游子雪松

原名陈松。安徽寿县人。安徽省网

络作家协会副秘书长,安徽润祺文化产业创意有限公司执行总裁、扬子江文化传媒艺术总监,多家知名文学网站、论坛编辑。发表文学作品500多首(篇),诗歌散见《诗歌月刊》《作家天地》等刊物。

其实,我早该揭穿这个弥天大谎(组诗)

大哥走了

大雪那天没有飘雪,大哥在大雪之后的
凌晨一点钟的时辰走的
据说,他走的很安详,唯有嘴巴没有完全合上
失修的鬓角落了一层
薄薄的雪花

我接到报丧电话是早上五点
乘动车,转汽车,搭摩的立在廖家湾塬上
悲恸的唢呐声
把村口池塘的苇丛吹得东倒西歪
仿佛它们的枯萎承载了
这个冬日巨大的悲伤

灵堂

老屋,设了简易灵堂
大哥安卧在那里,我不敢看抽去魂魄的尸骨
无声的点燃纸钱,默默地叩头

人死如灯灭,比我早来人世38年的大哥
倒下去了,生命戛然而至
他永远地睡了,没有牵挂,没有恩怨
俨然一幅植物标本

大哥,一路走好
天堂的路上一定很冷

烧铺草

大哥真的不在了,一把火提醒了我
他生前穿的衣服,盖的被褥
甚至床上垫的稻草,麦秸,连同他生前的
辛勤与汗水也被付之一炬

烧铺草时,天气阴沉沉的
一股一股的西北风刮的有些猛
经幡吹成白色流苏,穿孝袍的晚辈跪成一堆堆
虔诚的雪人

风助火威,纸扎的车马扑入火光的那一刻
哭声煽起悲伤的漩涡
打破了廖家湾塬上冬日的空寂,落寞

虚构的故乡

这些年,在瓦埠湖西岸,廖家湾——
一直驻扎在我的灵魂一隅
是心灵的栖息地
是我诗歌中意向里的故乡
我行囊里装着它的沟沟坎坎
以及,风一摇就细的炊烟

其实,我早该揭穿这个弥天大谎
生养我的,叫陈郢的地方,既无湾也无塬
是安丰塘东,瓦埠湖一片典型的
自然散落的村庄
鸡鸣犬吠里都是熟悉的乡情
左邻右舍都是沾亲带故的亲人
廖家湾,是我虚构的故乡

于术芹

笔名杏花微雨,曾用名于淑琴,辽宁省康平县人。诗情雨墨网络文化传媒副总编。世界作家园林网络文化传媒与环球文艺纵横网络文化传媒副主编。《相约

诗情雨墨》编委,《世界诗歌作家文集》编委,《影约诗情雨墨》副总编。铁岭市作家协会会员,康平县作家协会副秘书长,康平县音乐家协会理事,康平县影视家协会理事,作品发表于百度网,搜狐网,新浪网,香港凤凰新闻网,今日头条,天天快报等各大网络媒体平台及多家纸刊,在全国金玫瑰爱情诗大奖赛中荣获一等奖。100首爱情诗在百度网连载,长篇小说《晚秋枫叶红》创作中。

栀子花开满诗行

栀子花洁白如雪
翩然若蝶
带着露珠的香
花开四季

雨中漫步
紫燕低语
一只白蝴蝶翩翩飞过
稚子扑蝶美丽如诗

想起
月光如水的夜晚
点燃红烛
写下芳菲的心事

春暖花开
去捕捉鸟语
浪漫盛夏
追赶着蜻蜓嬉戏

金秋十月
菊花瓣上刻满诗句
雪映红梅
栀子花开在我缤纷的诗行里

月光,我的情人

月光
轻轻漫过我的花格窗
撩开薄纱的帐幔
亲吻着我的脸庞

惊醒了一帘幽梦
碎影辗转映上南墙
如蝶飞落身边
带来一朵莲香

携仆仆风尘挽我臂膀
深情款款梳理我长发
云海里的万千温柔
别在我的发髻上

双手紧握
一起把苍穹守望
一纸红笺画满相思鸿雁
牛郎织女的故事讲了又讲

岁月无声
流淌着每个字符的音长
一个用雪暖过的春天
正悄然抵达我的小巷

心愿

愿你的心做我的大海
你的掌做我的船
臂做我的枕
身是我梦中的港湾

我要住进你的心房
你跳动的脉搏是我的和弦
你的双眼柔波荡漾
你的微笑春光灿烂

你是我童话中
丰姿绰约的白马王子

我是你的丑小鸭
在你心湖中自在安闲

那只蓝蝴蝶还没飞远
温馨地吻着那株玉兰
唇影印在花蕊上
莫非要在花海里安眠

唯愿与你一起化蝶
翩翩飞越万水千山
艳阳下花间嬉戏
月圆月缺相依相伴

红莲开满心涯

一帘幽梦染亮清悠的莲池
蜻蜓吻红荷花静美的脸庞
静静绽放儒雅芳姿
亭亭玉立俊俏模样

宛如江南女子的风韵
羞红了一池滢滢碧水
青蛙知趣地躲在荷叶下
惊动了那对嬉戏的鸳鸯

一袭粉嫩
散发着淡淡的幽香
一滴凝露
温润你如玉的心房

艳阳映红一池的羞涩
碧水烘托着你的纯情
想饱蘸笔墨把你描画
临摹你的美丽和芬芳

把心思刻在你的叶子上
为你写浪漫婉约的诗行
为青蛙王子圆一个梦
为蝴蝶姑娘实现理想

晚风轻轻掀起绿色的裙摆
涟漪漾碎柔和甜美的月光
我的心涯已遍开红莲
只等你弥香洒满荷塘

蝶梦

与你邂逅
在洒满月光的晚上
你说生生世世
守候在我身旁

在相思树下
等了千年不见你的身影
我化成蝴蝶
舞动翩迁的翅膀

寻着你的踪迹
嗅着你的芳香
飞过千山万水
轻轻落在你的指尖上

到我的梦中来
一起化蝶吧
一起花间嬉戏
一起筑花房

一起吻花蕊
一起捉迷藏
一起迎风雨
一起沐春光

于洋

男,现居中国深圳。中国作家协会会员。中国寓言文学研究会会员。《中国诗歌网》认证诗人。《中国诗》杂志签约诗人。作品1000多(篇)首,散见于《中国诗》《诗刊》《中华诗词》《中国诗人》等,在中国文联出版社出版寓言集《美女与蛇》。
并有多篇作品获奖。

花痴……果痴……

我的魂魄未经允许
沿着茶马古道的山路
去了遥远的基诺山寨

路过气候转身的地方
忽然间心猿意马萎靡不振
我的身体如猴面包树果实
灰突突的漂浮在澜沧江畔

羞红的心被真空一键打包
坠入一条人人都想坠入的河
后被一只鸟衔起
沿着地球逆时针的方向邮递

我像着了火的东南亚火龙蕉
像炒熟了的加州巴旦木
遍访了如番石榴籽实一样
密布的名医学者泰斗专家
内科外科骨科皮肤科五官科口腔科精神
科化验科除了妇产科之外的
主治医师们为我做了
CT 彩超 X光 热成像 心电图 高
频电刀以及静磁场原子核磁共振

医者无一不摇头
脸上写满了喀什樱桃的冷艳非洲角瓜的
敏锐和海南芒果的迷茫

我膨胀的红细胞白细胞如宝石罗马葡萄
似的一起 陨落
缅甸黑番茄爬满了神经末梢
肌肉被越南榴莲无情的触摸

巴西菠萝蜜的幼芽才刚刚凸起呀

玻利维亚圣女果的喜还没有剪裁
墨西哥五彩荔枝的香还没有蔓延
地中海血色柠檬的甜还未及品尝
…………

加纳国宝级别的神秘果
还没有揭开神秘的面纱
一骑红尘妃子笑的岭南荔枝
你还是红颜祸国的代表吗？
专供酋长的南洋红香蕉
真的一生只开一次花吗
辽宁红菇娘何时掀起盖头来

科特迪瓦的阿基果啊
你还笑得这么开心？
墨西哥犹卡坦的人心果
真是一颗多变的心

秦岭龙脉的枳椇果
为何不为我提前健身
危地马拉的牛油果
你的油可以凉拌爱情吗
世界最贵夕张王甜瓜
你真的比蜜还要甜吗

安岳柠檬瓜州蜜瓜乐都沙果龙泉枇杷
还在犹抱琵琶半遮面吗

台湾莲雾琯溪蜜柚半透明的巴西嘉宝果
梦里能否安置你的醺香

丰乳的南美洲木瓜还未快递到我的爱人
西沙群岛天堂椰子还未把我的爱意传达
弥足珍贵的哥伦比亚黄龙果
真的会一诺千金吗……
165种味道的西双版纳的百香果
都说你是爱情的千滋百味果

难道我已不可救药？

澳洲指橙　你不是要一指定江山吗
坚硬的摩洛哥坚果也并非坚不可摧
夏威夷皇家菠萝的威严没有守卫我
西印度群岛的释迦牟尼果何不加持我
美洲人参果加州佛像梨的神奇也不过如此
…………

每天
我不是在遍访名医就是在遍访名医的路上

遇见一位哈佛女博士
我请她看看我的心
是不是已病入膏肓
她扫描了我的四肢五官心脏和魂魄
淡然说出两个字

果痴……

我听过花痴情痴钱痴却没听说过果痴
难道是我的心里种植了一个人
在气候转身时开出一朵靓丽的花？
前往基诺山寨是去采摘一只爱情的果？

女博士说
这就是你的病因所在
去吧　一路向前
穿过斑马河的眼睛孔雀谷的花季火烈鸟
深情款款的期待
你会看见一座盛开着花香的桥
你把你的诗行挂满枝头
当百花芬芳百鸟欢歌百果流香的时节
必是你收获爱情果的　醉美季节
…………

2019年5月5日于中国西双版纳

春梦

当细风牵着雨雾从遥远而来
我想牵着你走进醉美的天堂
爱如火焰与荷尔蒙一起舞蹈
像绿孔雀开出神采飞扬的屏
你的梦像风像雨像栀子花开

待映山红开满了山坡的时候
待吸蜜蜂鸟触碰娇嫩的花蕾
我已沿着那条曲径通幽的路
越过你饱满的傲然的坚挺的山峰
走进你甜美的神秘的诱惑的花园

像红胡子蜂虎扑向猎物
红颈唐纳雀羞红了脖子
祖母绿长嘴鸟不知所措
巴布亚企鹅已大汗淋漓

浪花像重叠的山峦
你像一艘妖娆的卸掉盔甲的船
一下被抛入空中
一下被滑入浪底
一下被荡进落寞的旷野
一下被抛入绽放的激流险滩

暴风和骤雨。
云卷和云舒。
你的歌谣
像高原雨点的呼哨
响彻天空

侧耳细听
帽子苍鹭和时光鸟一起惊讶
啄羊鹦鹉的智商已近乎归零
绿眉翠鸟的尾翼惊恐的脱落
蓝脚鲣鸟的天空暧昧的苍茫

原来
你又做了　一个

— 2535 —

让春天脸红心跳的 梦
……

于哲

吉林省四平人,长春建筑学院,管理工程学院,工程造价专业本科毕业,酷爱诗词。

在寂寞中彷徨
发现孤独待我如兄弟
他说
去他的过去和回忆
去他的焚烧与撕去

用粗野的遗憾点缀爱情
像头老虎去爱你这条狐狸
原来
被你骗走的
是你爱别人的勇气

割裂与割裂
浴头失去依偎在把手怀里的魄力
算了
腐烂就腐烂
排骨都丢掉了浸泡在沸水的伟岸

碎一个牙缸
碍眼的玻璃,扎手
新的,买不起
空一块心房
浑浊的空气,刺鼻
只等你,清理

余烁

原名余根亮。系中华诗词学会会员,欧洲诗歌会会员,匈牙利华文作家协会秘书长,欧洲中华诗词学会副会长,欧洲一道诗艺社社长。曾在国内外报刊杂志及诗集刊发作品百余首(篇)。其中大戏《白衣卿相》荣获浙江省文化厅戏剧文学创作大赛三等奖;小品《吻》荣获浙江省文艺调演比赛二等奖;诗歌《创造之歌》荣获浙江省大学生文艺竞赛优秀创作奖。当过教师,做过编辑,练过地摊,开过饭店。现在美丽的布达佩斯插队入户。

芳华(组诗)

1979,高考前夕
——芳华之一

金一中的高墙
墙外是更高的墙
那时没有贪官污吏
贫穷地只剩小偷流氓

墙内是齐刷刷更矮的墙
冬青筑起的迷宫长廊
把梦想囚禁在书山题海
把芳华越酿越香

打开高考前的第一次模拟
作文题是:南疆! 南疆!
硝烟顿时迷漫,血脉徒然贲张
面对恩将仇报的豺狼
青春的怒火已气贯胸膛

请挑选我们吧! 祖国啊
我们手中不仅有笔
肩上还能扛枪
请下命令吧! 祖国啊
生命是我唯一值钱的家当
愿用血肉之躯缝补你被洞穿的裙装

处女作

——芳华之二

不知先爱上诗歌
还是先爱上你
诗句总在梦中横冲直撞
灵感总在上课时到处打劫

十四行信誓旦旦
十四行浓情蜜意
曾想不经意地发表在你必经的拐角
也曾想悄悄发表进你紧闭的抽屉

最后只能发表在学校后面的山上
面对一万颗树慷慨激昂
就像面对一万个你
缠绵悱恻,百转千回

后来也发表在班里的墙报
八首九首十三十四廿六廿七
忘了究竟写了几首连载了几期
记得统统只有一个题目:给你

全世界都知道你是谁
不信就你不知道谁是你
却何人去楼空时
默默转身,偷偷抄袭

第一次约会
——芳华之三

你居然真的来了
其实我并没太多期待
只是为了挑战自己的勇气
才在三角信中留白

校门往左百步,右拐

你居然真的来了
彩色拼盘打翻在你的腮边
为了掩饰心中忐忑

忙折一枝,借花献佛
可你并没接过,只是打开书本
任我别在中间

沿着通幽曲径
你默默无言,我期期艾艾
先谈谈作业吧再谈谈考卷
谈谈这篇小说谈谈那部电影
谈谈闪闪地河黯黯地山
谈谈脚下的路梦中的海
甚至流莹
甚至星汉
就是忘了谈谈恋爱

情诗
——芳华之四

平生写得最长一首诗,是给妻的
一天一夜,三百六十行
又用小楷抄了一天一夜
一条粉红色的乔其纱上

到底纠结了多少深情
可以泛滥得铺天盖地
到底是一匹怎样的野马
在四面来风的荒原肆意飞行

那时没有定亲的钻戒,没有婚纱
"跟我学"的收音机是你唯一陪嫁
如果不是那一股股诗中涌动的牛奶
还真不知能用什么灌溉我们的爱情

谢谢你陪着我一起做梦,傻傻的妻
梦中的花儿竟然芬芳四溢
我是你的骄傲吗？旺夫的妻
纸上的大饼居然真能充饥

清贫的日子,我们曾经那么富有
富有的时候,我们岂可容忍清贫

虽然我再也写不出那么长长的诗句
却能用一生为这诗结尾：爱你！爱你！

余一

江西余江人，70后。字简瀛、号余一、拾乐园主人、寿研斋、呶溪逸客、索盒、兰一妮、八全君、铎堂主人等；现为一道诗艺社总策划、总社长、总主编，深圳青年书法家会员，上海诗词学会会员，岭南诗社会员，炎黄文化研究会会员，深圳雅一槊文化传媒文化策划顾问，一道光明书院院长，原江西鹰潭书协会员、鹰潭诗社会员，余江诗社理事，近年来为海内外华人文艺界艺术家做评论200余次，在圈内有一定影响力。

现定居深圳，书法、诗词散文作品散见各大报刊、网络微刊，出版诗集《鹤斋钝吟》《大型健康养生避灾经典》原创诗词1200首由中医古籍出版社出版，《知向何方》散文集、长篇小说《虹蚀》、古体诗赋多种入选合集《世纪颂》《华夏诗词》等诗作在2007年深圳首届公园文化节荔枝公园诗墙展示，入选《深圳教师诗书画作品集》等，诗词、书画、篆刻等多次获全国、省市区大赛金奖等。

作品被国内外博物馆及专业机构馆藏、个人收藏，一些作品被韩国、日本、美国、匈牙利、英国、荷兰、德国、瑞典、东南亚等国际友人、海外华侨收购、典藏。

河殇，河祭
——又到端午话离骚

无数个水滴，在彩虹的倒影里
斑斓的坠落，天使一般的面孔
从高处汇聚到平坦的腹部
旖旎的浪花，折叠成一条条流淌的波纹
孤独的郁积，忧愤的叹息
国仇身恨的世界，汹涌而凝咽
爱，于是融进了这一柔软的河床

我们用狂欢，来祭奠这场河殇的沉重
你在咆哮的浪里
呼唤一个朝代的觉醒
我在太平的糜糜里
品一壶泛着浊泪的雄黄酒
花样翻新的角黍，依然翠绿的箬叶
油炸的糍粑，红丝线缠络的香囊
每个小孩涂抹着欣喜的脸蛋
赶河的盛会，在天地间搭一座景仰的神庙
祭河的歌谣，从苍凉的喉咙吼出
那一棹棹翻腾的白浪，悠悠千载
从秭归而汨罗，从山溪而湖海
无边的摇落，从远古荡尽天涯
蒲苇如剑，重越千钧
时风滥散，靡靡妖艳
歌吟的莲花，如梦来幻化
沉郁的基因背后，接踵者而蹈海赴难
做一个举世皆睡，惟你独醒的风吧
让爱的节奏，从此有了健壮的臂膀
悲悯慷慨的图腾，在有水的一隅
彩写你我约定的崇高

今夜，我再一次摊开那卷残破的《离骚》
读读熟悉识的乐章，那挽湿润的风
掠过，对面黯淡的窗台
星星点点的万家灯火，照得亮明天的脚步吗
不要随这昏沉沉的随波，请记
切勿逐那时俗如故的流！不息的是醒
是觉如悟
在河之洲

九秒

每天8:40，从深圳清水河出发的供港生猪，大约有十车以上，它们油亮红润，检疫严格,在敞篷大货车的铁栏里,悲壮的走向港人餐桌,而我,与拥塞的车流、人流,一起挤在狭窄的红岗西村路口,偶尔交错的对视,我读着眼前的这幕,想着远方的那幕。试问世间,难道有谁是幸运的?难道谁又十分崇高呢?我们也走在一条稍微绵长的甬道中,也是回头没有路的绝境里,一路走过,只有汗水、泪水、血水。春秋复春秋,寻寻复寻寻,难道你我找到了人生的所依,人生的快乐?是为小记。

那是你我擦肩的一瞬
你在,赴刑场
而我,走向断崖
你我如约的对视
相互交错的九秒
你,哼哼唧唧
我,默默无语

一样的艳阳高照
一样的挤挤拥拥
你,毛色动人、肤色红润
我,一夜憔悴、右臂隐痛

上路前,主人特意为你
洗了最后一个澡
出门前,我们喷洒了各自
陶醉的香水
面具与行头
人人像模像样

一路无语,或
闭目补睡
或
塞耳倾听
或
翻着手机
偶尔的一两声对话,也是昨夜难得的回味

你们却在裸体的摩擦,鼻翼相吻着彼此的美好
偶尔甩动细细的尾巴,做着平日的亲昵
我在车窗里悄悄地看你,感悟你的悲壮
你在铁栅栏里看这片太阳,一样的灿烂饱和
偶尔的一两声大叫,惊醒了
我的注
晃晃悠悠,摇摇晃晃
我们沉睡在冷气的拥抱
遗忘了南国秋气的酷热
你在唱歌、或在相互道别
湿润的眼眶,读懂了人生的滋味
我不再哭泣、我思我之未来
都在逃离
逃离那个末日之城
都在遗忘
遗忘明日的死亡之惧

你的偶尔一瞥,也许
看出了我的惊慌
看出了我的惆怅
是的,日起日落
是的,生生灭灭
都在奔向一条不归的死途
都在冲向一座预设的断崖
隐蔽的厄运,悄悄地扯开了帷幕
潜藏的欢心,悲寂着大地的沉默
归宿,何方?扣心拷问的有几人几个
前途,壮丽?不过是假想的天真豪歌
等着你的,是一顿牙祭人类的饕餮大餐
等着我的,或许是袅娜幽幽的一股青烟
往返互沓的歌谣,风起了又吹
只有可怜人儿,还在拼命的捞取着什么
与末日较劲吗
未来没有输赢
你或许是那个赢家

我也许是这个赢家
他(她、它)
定是无数个赢家

朋友啊朋友
面对光阴
我们都是自己的输家

礁石

那是海的脊背
如潮的涌动,素描着爱的弧线
云气迷茫,模糊了帆的轨迹
逐浪的水手,泅泳在你幸福的臂弯
梦想大海的模样,天真着少年
海风盘旋,将我吮进这窒息的黑洞
浪的诱惑,拍岸的快感
徙远的候鸟,疲惫的栖息在心头
也许暗涌贲张,地心岩浆的怒火
燃烧这片湛蓝,冷却成晶莹的玉佩戴你颈脖
踏浪,流浪,爱在呼吸
看,黑夜的黑淹没了你我
云山在飞,云海翻腾
我抓住了你,相思云端的尾巴
潮汐,吞吐;激烈,宁静
溶解了海的呻吟
有霞的日子
血色浪漫,侵润了你我
如痴如醉
半梦半醒

俞筏税

彝族名季伍斯哈,四川凉山人,自由职业,作品散见各类网络平台。《诗词春秋文刊》签约作家。

流涌在六月的河流

——此诗献给我的父亲和父亲的父亲

生命,一条流涌在六月的河流
它是月光里爷爷细数星星占卜的岁月
它是爷爷推算晴雨天气翻阅的咒语
选一日汤博外出营商成了爷爷的习惯
择一日弄笃回家团圆成了爷爷的任性
每一次出行的行囊填满爷爷的期待
每一次回归的辎重装满爷爷的收获
于是,六月是爷爷一生占卜最灵的季节
让他商贾的装束不贫不贱地骄傲在六月
让他领受六月占卜的神秘给家人无忧
在他融化千股泪泉的遗产里
留下一本太阳历法与占卜法融合的遗产
生命,一条流涌在六月的河流
它是阳光下父亲脚步带着笑声的岁月
它是父亲的名字载入太阳履历的志愿
选一份信仰作为父亲永生不悔的皈依
择一职公仆散射父亲一生灿烂的金光
每一次都在忠诚践行掷地有声的誓言
每一天都在慷慨地把所有献给岗位
于是,六月是父亲旱涝交替忙碌的时节
让他穿上雨的靴衣疾走在家与河谷里
让他在盛怒的雨夜回望母亲含泪的眼睛
在他烈火重锤的意志藏匿的日记里
记录一个男人丝丝温存与仁慈的歉意
六月,一条流涌在六月的河流
它是日落日升在我的背包里成长的岁月
它是我松缓的此岸与等候紧张的彼岸
多少次想在无波的水面闪烁心中的月影
多少次想去山林的宁静中等待六月
每一天都在充满血丝的眼睛里送别月色
每一次数着一分一秒的时间来到六月
于是,六月是我踏出校门快乐的时光
让我穿上青春的恤衫狂放在炽热的六月
让我在六月的晨光完满地成长了甜蜜
在人生的旅路上自由辉映生命的时光
诠释这三代人心中流涌在六月的河流
…………

渔歌听海

本名赵俊理,1958年生人。农民。现居北京昌平,二级残疾人。喜欢有生命力的文字,倾听它的呼吸声。在新浪等多家博客平台和诗词吾爱平台写字抒情。已写现代诗和格律诗300余首。

过桥头

在过桥头时
把装满瓷瓶的往事
投进行走的航道
一片熟悉与不熟悉的礁石上
满是旧的或新的面孔
我悄悄带走了所有溢美之词
犹如带走你不想读或不想读懂的一本书
留下不再溢出的堤岸在你的世界里

2019年8月12日

在桥上

站在桥上呼喊你
你坚持坐着小船远去
鸿雁飞飞过影
你开启一隙心窗

放出一只小鹿
在我瞳孔中奔跑
河水溢出堤岸
那一年,花轿坠落桥下边

2019年7月23日

七夕感怀

给喜鹊放个假吧!
它们也有自己的日子要过
这桥架了几千年
辛苦了文人墨客
天上的桥让人仰膜

写在2019年6月16日父亲节

地上的高速路有太多时间相互倾诉
尽管不归人都是过客
也和你们一样的无助……

2019年七夕日

一双双爱的目光

一双双爱的目光
在吸吮手指中畅想
在怀抱里
在草地上和小溪旁

普通的生活
付出代价的愿望
如果早晨张开双臂
就让黄昏也沐浴爱的温床

2019年5月22日

会意

枕着一株木棉
懂你不需任何语言
你的形象红遍千株
树,飞登矗立

紧握在宽广的土地
相触在白云里
阵风吹过是无言的会意
仿佛永久的分离却又终生相依

2019年8月13日

懂你

抱着一株梧桐
摘下你爱的星星
我捧在手掌中
捂住放大的瞳孔

你说:还要! 还要月亮
我开启夜雾的窗户
带走你的夜梦

懂你的那本书还有噗通在湖中的小鹿
2019 年 8 月 13 日

第一场淋湿楼顶的春雨

第一场淋湿楼顶的春雨
也淋湿了我的麦地
赶路的少女
犹如一颗弱小的麦子

曾经和贫穷孤独的小村住在一起
如今住在一把雨伞里
心中假想鲜花雨还有在伞中
躲不开的泪水和灌满泥泞的回忆
2019 年 4 月 9 日

春天的风属于春天

春天的风属于春天
犹如月亮欢喜中秋的夜晚
在我有了感觉时
她已向另一个脸颊抛出媚眼

她喜欢听他的口哨声
她用簪子划分头上的天
感受早晨的寒和午后的暖
假想雨后的篱笆和待嫁的船
2019 年 3 月 25 日

宇宙

原名范夕波。山东潍坊人。山东省作协会员,中国诗歌学会会员,中国散文家协会会员,臧克家诗歌研究会研究员。出版诗集《结构》《范希波诗选》等 7 部,主编、协助出版百部,计 1200 余万字。另有小说、散文。

我不相信
——沉痛悼念简明恩师

我不相信,
那不是风,
不是雨,
不是树。
草地来了,
山川来了,
天空来了。
一切该来的都来了,
您却走了,
本想抽时间再和您说句话,
哪怕是一字。
我不相信,
泰山走了,世界走了,
世界屋脊走了。
我不相信!
抛下我们转身就走了,
不看太阳、大海一眼,
就走了。
我不相信!
但我不得不相信:
恩师真的走了,
即使我在心里呼喊了千百遍!
身后传来了
雷声,暴雨,瀑布,海啸……
我看见,
先生坐在我们中间,
微笑着,交谈着,
我们的眼泪飞奔着……
大地上,
满是高耸入云的宇宙,
和蒸蒸日上、
浩瀚飞跃的骏马!

玉子慧

中国诗歌学会会员,山东省青岛市作家协会会员,青岛西海岸新区作家协会会员。用生活的点滴,诠释花开的征途;用丰富的采撷,点缀唯美的记忆!

心扉

我有一帘幽梦　痴奔天涯
诗和远方
牵引着我的步伐

我有一个故事
蓝桥浸渍着芳香
长丝竹短秀发

我镂空一段记忆
深埋在心底
千万别再续

我妄写一回章体
年年不期而遇而年年又从未到达
我只有祝福你
我欲罢所不能的童话

我不想

我不想
让川流不止的相思
醉了我追逐的目光

我不想
让错过的花开
依朝倾目　落地成伤

我只想
浅浅相遇静静收藏
即使永不相见

我也会描摹出你深情的模样

无论　你在何方

曾经

曾经
我把瞬间揉成永远
将泪水
滴落在胸前

曾经
我把笑语谱进誓言
听协奏
暖了心田

曾经
我把枯枝搂在枕边
想像着
这是你无尽的缱绻

我知道
我喜欢上你
只因为在拥挤的人群里
多看了你一眼

如果

如果我是一朵花儿
我会静静绽放
因为我的肩头
是你甜美的梦乡

如果我是一只鸟儿
我会拼命飞翔
因为在你身边
是我永久的渴望

心上的人儿
你感觉到了吗
如果没有如果
你就是我
全世界的阳光

惜别

有一个美丽的传说
你走过的路
鲜花一朵又一朵
有一个风中的承诺
让浅浅的笑
在你忧郁的心头逆流成河

我收藏你素颜的诉说
携你的低吟偷把回忆消磨

可我不知道
我该怎么飘荡
云端　那一场花事的欢乐
那一场欢乐
欲语还羞
酒少醉意多

我知道
寂寞不是夜的错
只是　星月相逢未成歌

我多想

我多想
风儿没了翅膀
吹不散你
年轻时的模样

我多想
船儿没了帆
让你我
爱在水中央

当你笑了风月
当我赌了雪霜
我多想

我们的爱地久天长

心愿

醉　美在中途
心　愿在无限
只是梦
在醒的时候　还想圆
如风的脚步一刻也不曾停歇
唯有帆
才呼唤着彼岸

就让我　做你心里的船
别让你在远行的涛声中
误了航班

郁美芳

　　网名郁金香，湖北英山人，上海丽颖服装设计公司担任设计职务，喜爱文学诗，曾有数首诗篇在诗社和报刊发表。

风

风
是大自然的宠儿
是飘渺最急速的精灵，
风
无状无形，
无踪无影，
喜欢让花儿起舞，
让风筝远航，
让波涛汹涌，
让云海翻腾。
风
喜欢在一个无人知晓的角落出现，
摧毁腐坏的枝叶，
歌唱崭新的生命。
风

让沉睡者觉醒,
让颓废者行动。
它能吹散阴霾,
让跋涉者见到光明。
风
有春天的温暖,
有夏天的炽热,
有秋天的严酷,
有冬天的寒冷。
风
能随心随意,
能恣意纵横,
能细发如丝,
能力大无穷,
能把肮脏的地面扫干净,
能让自由的旗帜永飘不停。

初夏

薰风初昼长,
飘飞花与香,
随着姑娘的裙摆悠悠飘荡。
落在有情人的心上,
把她细细珍藏。
飘到了诗人们的思绪里,
妙笔飞扬,
急与千万首诗篇和唱。
把姹紫嫣红温存在善感的心房。
穿过山谷的溪流,
水潺的欢声嘹亮。
等鸟音婉和,
待幽客静赏。
葳蕤的林丛又撑起了盛郁,
等花蝶习舞,
待新蝉学唱,
绿荫铺野换新光。
樱桃熟,榴花红,

满目清华璀璨,
林树悬果熏香。
蝼蝈鸣叫,
蚯蚓掘土,
蔓藤秀须缠枝长。
青蛙鼓腮唤农耕,
萤火浮游伴星光。
万紫千红凋谢时,
又迎来五彩斑斓初夏,
一片生机勃勃,
一派繁荣景象。

母亲吟

一张沧桑的面容,
慈祥而憨厚。
一双疲倦的善目,
透出聪慧而温柔。
一双粗糙的手,
任劳任怨让家庭日渐富足。
一尊瘦弱的身体,
为家挡风遮雨把儿女孕育。
您的毅力坚强,
能扛住所有的艰难和逆境。
您的品德高尚,
勤俭持家言传身教承先启后。
母爱是风,
轻拂我孤独的身体,
母爱是雨,
洗去我心灵的污垢。
母爱是雷,
震醒我沉睡的思想,
母爱是电,
照明我人生的道路。
泪洒笔笺,
倾诉女儿思念母亲的心声。
愿母亲在天堂安好,

愿您的音容时常在我梦中邂逅。
一缕香魂，
永垂不朽。

等待那天

数萼含雪那天，
亦是春节之前。
离乡的游子，
即归心似箭。
夜不能寐，
坐立难安。
叹不尽，
无限酸楚怅与怜。
勘不破，
阴晴圆缺人世间。

数萼含雪那天，
即是亲人话团圆。
堂前生炉火，
阁厨起炊烟。
温楼暖舍，
酒沸汤甜。
待亲人，
回到妻儿幸福间。
乐融融，
欢歌笑语喜开篇。

袁传宝

男，1972年生，汉族，大学本科，中学语文高级教师，南京市作协会员，南京市浦口区作协副主席，浦口区诗词学会会员。爱好文学，执着写作，独抒性灵，笔耕不辍。数十篇诗歌、散文发表于《金陵晚报》《现代快报》《新江北》《汉之南》《西安日报》《甘肃诗词》《姑苏晚报》《中国诗赋》《江海诗词》《老山》《浦口文艺》等报刊。另用笔名"天晴地朗""春暖兰花开"等在多处网络平台发表文章。

端午的吟唱

酌一杯雄黄酒
吟一句《国殇》
插艾草，避五毒
却难以抚平《哀郢》的忧伤

《涉江》悲歌
沾湿《渔父》的襟裳
《天问》《招魂》何处
至今《离骚》断肠

唱《九歌》楚人悲鸣
乘龙舟汨罗江寻芳
粽叶和糯米的馨香
裹成千年文化的滋养

《湘君》哭竹
祭奠不朽的灵魂
依旧在中华晴空回响
《橘颂》美人与香草
我听到楚辞中
谱写着爱国的璀璨华章

五月的龙舟

五月的榴花在《归来兮》中绽放
秭归的故老声声呼唤
龙舟待发，洞庭湖期望
蓝天下传来古老神秘的傩唱

龙的传人奋力划桨
汨罗江中溯流而上
看中流击水，浪遏飞舟
力与美的歌声天地间交响

划过长江,划过东海
划过荆楚,划过汉唐
龙舟披上端午的盛装
将炎黄文明流淌四方

一条龙舟
承载祖先的梦想
划过楚辞汉赋,划过唐诗宋词
划过千年盛世华章

龙舟上的艾草与菖蒲
渗出历史与文化的芳香
那菰叶与五线裹成的青粽
依旧有民族无尽的怀想

袁满华

一名国家公务员,爱好古典诗词,生活中偶有所感,常以诗词记之。在贫困村驻村帮扶后,见识了人生百态,对人生多了一份理解,更能体会古典诗词的魅力,愿在传承古典诗词文化的道路上越走越远。

山村秋夜

举目向苍穹
想穿透深邃的云
找到一颗,仅需一颗
脱逃的星星
点亮这阒黑的乡村
隐约的山头
遮住了星星的眼睛
可是,可是
依稀可辨的那片浮尘
闪出了半轮倩影
那是月儿、月儿

嫣然羞涩的身
我举手滑过手机的屏
捕捉那转瞬飘逝的风
几点清凉的秋雨
滴醒了门前的流淙

袁秀苇

笔名芦苇,四川省乐山市人。喜爱文学,在错落的文字里活出自己的淡定和优雅。

清明祭英魂
——为凉山火场三十英魂而作

寒食的雨丝
拥着潮湿的心
含泪的双眸
朝着凉山的方向
看三十个英灵
冉冉升起
年轻的生命
化作苍翠的丛林
拱卫着凉山大地

你有年迈的双亲
你有可爱的稚子
零零后的你
定格在十八岁的华年
你的新婚妻子
还在盼望着重聚
三十个勇士
三十个家庭离殇的泪
还有举国的哀思

烈士的陵园
等待着你的英灵
英雄纪念碑上

新添了你的名字
魂兮归来
告慰你哀伤的亲人
燃一缕心香袅袅
伴杜鹃啼血声声
把英雄的英灵祭奠

梦中的风铃

岁月　流年　轮回
一如旋转中的陀螺
记忆中的风铃
还是那旧时的模样
悬挂窗前，风过
能听到那清脆的撞击
像极了缠绵的乐曲

思念的花蕾
刚还在枝头上招摇
雨打落花的悲剧
已拉开了帷幕
到处是飘飞的惆怅
落樱在风雨中飞旋

指尘轻点，小字素笺
思，每一段流过的岁月
皆有着那一份
不曾为人注目的留白
风铃碰撞，弹出墨香诗韵
种下些许希望
把那些清清浅浅的心情叠加
晕染那岁月流年

愿每一个匆忙而过的生命
都有歇脚的地方
风停了，风铃停止了吟唱
留一段无须张扬的沉静

几许念想，无须刻意
起起落落才算得上人生经历
红尘俗世中
难免人间烟火的熏染

风铃　流水　落花
若镜花水月般的迷离
因缘而聚，缘尽而散
因情而念，因时而逝
聚散离合皆由天定
一念之间，是天堂还是地狱

将过往深藏心中
却每每在梦中忽然惊起
不经意间跃然脑际
溢于言表，若暗香弥漫
在烟火醉迷中聆听
秋虫的私语如此温婉

急来的晚风
弹拨着风铃弦音
风铃声声，余音袅袅
叮咚　叮咚　叮咚
摒弃心中所有的杂念
空，一切皆回归于寂静

袁旭东

教师、作家、诗人，河北定州人，硕士学位，河北省作家协会会员。散文集《风行小语》由中国文联出版社出版。小说《白黑红》2014年获第二届教师作家优秀作品创作奖。诗集《点亮黄昏》获叶圣陶教师文学奖。

爱上海南(组诗)
天涯海角

一

你是我年少时的恋人
穿越多少世俗幽暗的烟火
才与你相遇
天涯海角

湛蓝纯净的天空
浓烈的白云游走作画
岸边椰树,弯腰殷勤为我导航
耳畔海风,低头热情和我密语
白云之下,这一片海滩
任我驰骋
海滩之滨,这一方海水
任我濯足
更有那"南天一柱"的巨石
那"天涯海角"的巨石标志
任我穿梭
还有那相信爱情的男男女女
伴我左右

天涯海角
你是我永远的恋人

二

穿越千年的历史
我寻访你
天涯海角
那一个个流放的传奇
那"有命来,无命归"的悲壮故事
令人唏嘘不已

一片无垠的海滩
几块矗立的巨石
万朵飘浮的白云
默默无语
只有声声海浪

诉说着千年的沧桑

如今
天涯海角,你只一个华丽的转身
便演变为
温馨的度假天堂,浪漫的爱情圣地

我抓一把云朵
拨开层层人流
在沙滩上晕染出
"见证爱情"四个大字

南山菩提
一路跋涉
到了南山
见到了传说中的菩提

你们早已修行千年
你们早已等候我千年
坐在树下
卸下疲惫
卸下心灵的尘埃

一阵风儿吹过
我也化作了菩提一棵

月下狼族

原名刘华辉,《寻邬文刊》主编。作品散见于《山东诗歌》《参花》《博尔塔拉报》《昭萍文化》《山东散文》等几十种纸质刊物,有文章获奖。目前作品总字数已达220多万字。

宽恕那阵风(散文诗)

那阵轻飔的风,从北巷吹向南山。其实,不管是北巷,还是南山,都能葱茏起一城的诗意。

我坐于竹影清风吊脚楼上,任凭远处的炊烟,打捞我的旧梦。

是的。这是一个闻到风,就可以做梦的地方。只可惜,风已去,成了一芥过客。

在季节的拐角处,我曾推开虚掩的门,对风再三挽留。尽管南山顶处一片沉寂,仍阻挡不了它前行的脚步。

不必在意,至少它遗落了一连串沉甸甸的文字。宽恕是对思想的救赎,孤独是对心灵的疗伤。

如今,夜已静。蛐蛐在巷口留下一行寄语:且行且珍惜。

乐谨言

笔名幸运树(诗词吾爱网用名),女,本科。本人热爱文字,特别喜欢诗词,在诗词吾爱网上有部分作品。

我有一个梦

我有一个梦
在秋色未央之前
与你结一段尘缘
你会像夏花一样灿烂
也会有秋阳般的温暖
在风起的时候
一起牵手
看那落叶纷飞的浪漫
我有一个梦
也许是在
雪花飞舞的冬天
你站在雪花下
将我呼唤
凝眸的瞬间
我爱上了这个冬日
而你 定格了我的容颜
我有一个梦
在美丽的草原
能与你一起
放羊牧马
或者
你陪我琴棋书画
或者
我伴你海角天涯
我有一个梦
在落日余晖的沙滩
我依偎着你
倾听 你美丽的誓言
你说 白首同天
大地共眠

白云

风儿轻轻的
放牧着羊群
羊群悠闲的
在湛蓝的
天空飞行
前面飘过一团
柔软的棉花糖
一只调皮的小羊追赶
一大群的羊儿随行
棉花糖急啊
快跑不能停
风姑娘也急啊
咦 我的小羊
怎么变了形

乐孝军

笔名越王谋差,湖北荆州沙市人。荆州市作家协会会员,武汉长江诗歌研究会会员,有作品入选《荆州文学》《大别山》《楚都文学》《诗人》书籍诗刊等。报纸类有《荆州日报》《江汉商报》《菲律宾联合日报》等。

远方

月色如水　一支摇橹滑进梦乡
村庄隐入暮色　狗在屋前假寐
案几上有些诗句在夜空一闪一闪

紫茉莉在枝头静静地开
影子立于窗下　两个孤单的人
谈起明天还有很远　露水凉

远方有太多的牵挂
风铃挂在房间　千纸鹤跃跃欲飞
丝线在筋脉上隐痛

想你　摘下一只纸鹤
任它起舞　模仿你当年的样子
此时还有一些诗句不肯入睡

纸

尘世万千　我一贫如洗
喜悦与悲伤停在旷野
生与死不过是一纸空文

起笔过于潦草　人生困顿
谁在黑夜里挣扎　一些白还滞留远方

小蚂蚁在一张纸上抒写来世
此生曲曲折折
顺一条小路隐入大地

没有炫耀的资本　轻如鸿毛
哪怕一个爱字也不敢轻意出口
纸上无痕　空着也好

念你

折一叶扁舟在山水穿行
弹一曲古琴在竹林成诗
念你　便在心底起了涟漪

秋叶零落　大雁南飞
一行一行
都是相思的注脚

岁月经不起等待
月光依旧在圆缺之间周而复始
蝴蝶作茧　我困在原地

只有春风才能剪开思念的帷幔
一寸一缕　都从心头慢慢划过

乐意

江苏省沛县人,吉林建筑大学经济与管理学院,工程管理专业,本科毕业,酷爱诗词。

认真对待每一天

人生中的风景是恒久不变的,
只要我的心永远朝着太阳,
那么,每一个清晨都会是美景,
等我去欣赏
世界总会带给我希望。

喜欢早晨上学时,
刚升起的太阳,那是日出!
也是希望!更是前进的动力!
人们说生死与命运不掌握在任何人手中。
命运掌握在自己的手中
一切的一切都是自己一手造成的,
生与死随便发生在每个人身上,
谁都不知道下一秒会发生什么。
我无法猜测未来,但我知道只要对得起自己,
认真对待每一天就可以了。

只有这样,你才不会羞愧!不会后悔!
时间永远都在,消逝的是我们,
但,公平的是,时候无法利用我们,
我们能利用时间,想想在下一秒世界末日
来临前,
我们能留下什么?会不会后悔活着!还
是……不枉来此一遭!

云垛垛

  原名王朝霞,福建省作协会员,文学编辑,作品散见《诗刊》《散文选刊》《台港文学》等。

丰盈

贪婪的人
总渴望得到——
海一样的丰盈

比如蜜蜂
围困于整个春天的蜜汁里
焦渴着——

它需要更多的甜与光线
来填充——
身前身后的黑暗

黑暗是扯不断的钟摆
它控制不住自己——
撞击万物以明亮的声响

小人儿

小小的人儿被抱在怀里
她翘头望着天空

"月亮被云朵遮住了"
抱着她的人放下她——

她蹒跚学步
这多像曾走失的童年
它在此时赶上我

而至今,我还在望着天上
等着月亮磨亮它的弯刀

钟声

山景湛明
因为脉脉斜阳

我们上山时
带来风与划痕,划破——
变得松弛的沉默

没有钟声——
"这么幽静的地方做什么好?"
"嗯,就建个寺吧。"

钟声可以装下
整座山的黑暗或缄默

溪流

叶尖颤动数次
风拍打——
无一静止的事物

风绕过山下的溪流
它的形状是
弧型伸展的手臂
我在它的臂弯与它相遇过

风也想推开水里的云朵
捉过花鱼姑后——
我将拉起星子一样闪烁的水光
湿哒哒上岸

云渊

本名刘世湘，70年代生于新疆奎屯市，喜欢听歌写写心情文字，爱好摄影。个人诗观：面朝大海，春暖花开；只心之海，都是文字给予了辽阔。

追梦丽江

许是寻梦而来
第一次见到你　竟然
有似曾相识的感觉

徜徉在小桥流水
在《一米阳光》里沉醉
聆听　酒吧里独有的旋律
想象与现实叠加

站在城市的最高处
点点灯光似星辰密布
内心潮涌　想起
那些孤独的思念

很想呐喊
你在他乡还好吗
是否　有人
像我这般想念

很想追寻
一个心里的梦
一个永远回不来的故人
…………

淋湿的视线

点点泪光
打湿了心绪
十年心迹
留存在文字中

回首　只剩

沧桑在心头
曾想　勾勒
一个快乐的自己

奈何
时光总是残酷
潮起潮落
浮浮沉沉

视线已模糊
唯余一缕清愁
在风中吟唱

风铃

时光苒苒醉人心
串串风铃　叩响
记忆的门

清脆的铃声　如同
你悦耳的声音
演奏着美好的旋律

曾经的一切
如诗如画　浮现
左手年华　右手倒影
时光札记　忆起往昔

多想
再一次聆听
再一次感受
你给的温暖

让风铃声
随记忆飘过
曾经的城墙
…………

Z

再封一年

吉林省长春人,吉林建筑科技学院,管理工程学院,工程造价专业本科毕业,酷爱诗词。

曾经那年

驻足回看昨天,
岁月无情流转,
你我不再是曾经那个少年。
我们不甘于平凡,
哪怕道路再难,
还是依旧向前。
已经有些陌生的校园,
好多的朋友渐行渐远,
青春来不及祭奠。
感谢缘,
让我们在轮回里擦肩。
匆匆那年,
我们的爱恋,
有多少人依旧放在心间;
匆匆那年,
难忘的笑脸,
有多少人还能往来相见。
荣耀和璀璨,
都是过眼云烟,
人生短暂,
有什么值得毕生惦念,
唯独那份真实和简单,
还有记忆里的匆匆那年。
待到某年某月某天,
亲爱的朋友,
我们不见不散!

臧汴京

笔名东楼月,河南省洛阳市人,企业文员兼企业报特约记者,曾荣获《中国企业报》优秀新闻二等奖;河南省好新闻三等奖;洛阳市好新闻三等奖等。2010年开始学习诗歌创作,曾在网络平台和太阳文学社发表诗歌多篇;笃信,有梦,就有希望!喜欢在文字里驾梦飞翔……

悠悠故乡情

情暖暖,复年年,
我把思绪,
交给天边飘逸的云岚,
可是为何,
却变成少女遮脸的纱幔?

凝云呵,挂在树尖,
迷雾呵,遮着山巅,
是不是怕我看见,
故乡,你那俊美的容颜,
黄山青青,秀姿款款。

剪不断,理还乱,
也许是太多的思念,
思念故乡那桥下的小河,
一湾碧波溪流,
流水潺潺,清澈绵绵。

言不尽,诉不完,
也许是太多的眷恋,
眷恋故乡那青瓦的屋檐,
白墙见证着历史遗风,
柳烟片片,青荷田田。

故乡美,如画卷,
细雨洗浴后的傍晚呀,
夕阳河水映成趣,

绿柳滴翠荷欲染,
牧笛声声,炊烟冉冉。

游子情,思挂牵,
哪怕相去千里远,
隔片片云,隔层层烟,
故乡,你总在我的心中呵,
梦也依依,情也拳拳……

柠檬果果

只一眼,心,便已甘醇欲滴!
只一吻,神,更觉清香沁脾!

——题记

真的应该,感谢季节,
将你挂上葱郁繁荣的枝头,
把大自然的灵气,提炼、凝集,
结成一只可爱的柠檬果果。

无邪,是你眸子里的桔色;
轻轻,铺开你的纯真,
便是一首浑然天成的诗。

你鹅黄如菊,
那丰腴般原始的美,
总教我的灵感,悬于洁白的诗笺
——无从落笔。

怀抱夏日,
走过道道写意的山水,
有浪漫的风情,
盈满流年飘香的果林。

不须沽酒,呵呵,
只需饮一杯你的玉液琼汁,
我的情愫,
刹那间便会醉倒……

画你

心血来潮,
画一幅你的丹青!

画出你的秀发,
似飞瀑般美丽;
画出你的笑靥,
如朝霞般灿烂。
想把你的双眸,
画出泉水那样晶莹。

几次搁笔不敢画呵,
深恐,画不好你的眼睛,
伤了你的姿容,
又怕,画好你的眼睛,
让你看透我的痴情……

追寻——爱的光芒

一轮朝阳驱走了黑暗,一片彩霞映红了希望;
一曲晨音放飞了信念,一脸笑容绽出了欢欣!

——题记

用笔尖呵,蘸满,
如水的月光;
在春天的夜里,
画一轮喷薄的朝阳。

温柔的风儿,
张开天使的翅膀;
快乐的小鸟,
纵情飞翔。

幽幽小草,
披着晶莹清露;
含情脉脉的花朵,
摇动着芬芳。

——题记

大家兴高采烈，
一股脑儿——
纷纷挤进我，
欢快的诗行。

让我们一起揭开，
暗夜的帷布，
去追寻熹微中
——那轮爱的光芒……

请来赴约，好吗

我踏遍，
所有春天的芳草地，
去寻觅你的足迹。

我望断，
青青春山、潺潺春水，
期待你的倩影映入眼底。

我访尽，
缕缕春风，丝丝春雨，
企盼收获点滴
——关于你的消息！

呵，亲爱的朋友！
你在哪里？

如果，你知道我在等你，
请来赴约好吗！？
别让我满腔的柔情，
随一江春水流逝……

丛林小溪之歌

谒郁的林雾，淹没多少个黄昏；清脆的鸟鸣，唱醒无数个朝阳。
怀揣一缕梦想，穿行在荆棘丛生的林莽，写下我无悔的诗行……

春风，将我吹绿，
一场夏雨，喷胀了我的血脉；
撒去满身季节的苍凉，
浪花，萌动起来。

没有人知道，
我来自何处，去向何方；
没有人知道，
我的忧伤，我的情怀。

也许，
我已被世人遗忘，
但，生命中流淌的激情，
依然汹涌澎湃。

也许，
未知的前途，
充满艰难和曲折，
但，我的心依然向着未来。

穿过幽静的丛林，
寂寞的山岗，
你看，那一抹灿烂朝霞，
便是憧憬，便是期待！

只要，生命的激情还在，
哪怕前路漫漫，我也义无反顾，
朝着心中的梦想勇往直前
——一路欢歌，奔向大海……

臧守梅

女，江苏省沭阳县人，老三届高中。爱好诗文，作品在各级诗文刊物上发表并多次获奖。著有《缕缕乡愁悠悠情》《凡人心语》等诗文集。现任新沂市诗词协会副秘书长，诗联女工委副主任。徐州市诗词协会、新沂市诗联协会、诗文学会、作家协会会员。

元宵佳节思故乡

元宵节的各色汤圆
被阵阵鞭炮震得翻滚
星罗棋布的孔明灯
还有那璀璨的灯火
映衬着跳跃的霓虹
明媚了元宵节的夜空

热闹的人声？喧嚣的脚步
叫醒了元宵节的夜晚
皎洁的月光在微风中
摇曳着元宵节里的思念

月光洒向桌上的汤圆
那里有亲人的温暖
有乡亲的惦念
有好友的挂牵
有兄妹的祈盼

那深深浓浓的相思
陪着我游走好远好远
我们不归月光不散
香甜的汤圆滚藏心间
回忆着我那美好的故乡
——沭阳的贤官

月影映着门前的对联
那里有上辈的期盼
有亲友的祝福
有儿女孙辈的依恋
它让我们牢记家的温暖

我们不归月影不散
圆宵紧贴心间——很黏

母亲祭日思母亲

今天是我母亲病逝七周年的祭日，
脑海里总充满着母亲在世的模样。
每当想起母亲，
幸福的涟漪就在心海荡漾。
您的话语也在耳边萦绕回响。
母亲的举手投足都带爱的含义，
母亲的眼神总含着爱的光芒。

每当看到别的母亲怀孕
吃力地慢慢行走，
心想我妈怀我时也是这个模样。
每当看到年轻妈妈
扶着幼童练习走路，
心想我小时候
您一定也是这样怕我摔伤。
无论生活是多么艰苦，
不管日月是多么凄凉，
哪怕是三年自然灾害，
也能喝到妈妈的菜菜汤汤。

别人还在酣睡的清晨，妈妈却抱着磨棍
在磨道里一圈圈吃力行走，
您无怨无悔，披星戴月，
您推走了星星、推落了太阳。
夜晚昏暗的油灯下，
您为一家人做鞋、缝补，
密密麻麻一针针一线线一行行。
针上带着血，线上连着情，
密密匝匝缝满了您对我们的希望。

白天田地里的妈妈，
用锄头镑着沧桑、种下希望，
您总像扁担一样，
一头挑着生活、一头挑着梦想。
您从不说生活清苦、更不说晚景寒凉。
总叫我们管好身体、别老把妈妈放在心上。

为了儿女，快九十了仍独居乡间老屋，
就连临终，仍手握抓钩，

— 2557 —

歪倒在家院的菜地上。

怎能忘磨道上您挺着十月怀胎的大肚;
怎能忘您怀裹着黄胆死去的小妹哽咽着低头感伤;
怎能忘饭菜里有点好吃总在我们碗里;
怎能忘您搂着我们睡在匾窄的木板床上;
怎能忘您每天送我上学的眼神;
怎能忘您用那双巧手为我们缝补洗浆……
妈妈呀,我在您的精心养育下生活,
在您慈母手中线里成长。
当我实现了您的希望您却走了,
叫我如何不想您、我的亲娘?

现在我已四世同堂,
家中其乐融融,
子女曾孙在节假日都回来绕膝欢唱。
妈妈呀,
望您安康放心,愉快活在天堂。

曾吉林

男,茂名市南天诗社会员,1939年生,重庆市人。退休后学习写诗,著有诗集《瞎眼的勺》《我是一条小溪》《草根之歌》三部,得到诸多名家好评。《草根之歌》被国家图书馆等多家档案馆收藏。

大海

别只想到
阳光、沙滩、海鸥和贝壳
也得警惕
海啸、飓风、鲨鱼和暗礁
大海啊! 我的恋人
拥抱你还是远离你
我的心忐忑不安
但我依然
情不自禁地向你走来
沙滩上的脚印
是我写给你的情书
听,海潮一遍遍地朗诵:
大海呀,大海
我爱你……

喝茶偶感

无论龙井还是下关
总有喝淡的时侯
茶淡了
人走茶凉
只有痴情的茶杯
仍待在那儿
期盼热忱的吻
茶杯里溢出的芬芳
早已被人偷走
只剩下
沸腾后的冷
浓烈后的淡
还在回忆沉浮舒蜷的往事
每当我看见这人世的凄清
就情不自禁地想
如果世上有喝不淡的茶
那一定是用金钱买不到的

蝴蝶

掌声中
蝴蝶惊奇地发现
为我喝彩的那些人
化蝶前也曾骂过我呀!
蝴蝶万万没想到
披一件美丽的外衣
竟能让人忘掉它丑恶的过去
只有那些被虫咬过的叶子
至今心里仍在喊痛

碑

立着

你是碑
人们瞻仰你
瞻仰你身上镌刻的阳光
倒下
你成了石板
从此便烙下践踏的脚印
碑啊！我得告诉你
即使在你最辉煌的时候
也千万不可站错位置
假如你姿意横在路的中央
历史的车轮照样将你碾碎

曾琼青

男，湖南籍广州人。曾就读于解放军信息工程学院，中央党校，国防大学。研究生学历。长期在军队从事政治工作，并在师、旅、团任政治主官和党委书记。大校军衔。同时也兼任过军地报刊特约通讯员和特约记者。先后发表各种文章200万字，出版诗歌、散文、政论文集4部。《军事百科》编辑，广东省作家协会会员。

怀念毛泽东
毛泽东同志逝世43周年祭

因为怀念
我们又唱《东方红》
因为思恋
我们常想毛泽东
而四十多年的世事变迁
我们在一条新路上拼命往前冲
大道致远海纳百川极尽所能
我们的初心被湮灭在红尘中

在文化搭台经济唱戏的年代
我们何时听到过《东方红》
在灯红酒绿歌舞升平的年代

我们几时想起过毛泽东
伟人惊世骇涛的建国大业
仿佛在瞬间消失得无影无踪
几十年沧海桑田风云变幻
我们把历史遗忘得这么从容

他用诗人的笔激扬文字
把中国历史改写得如此红彤
他用军事家的胆魄驰骋纵横
把十六国联军痛打了一顿
他用思想家的睿智洞察天下
把松散的世界格局重新划分
他用公仆的情怀春风化雨
把人民看得比自己生命还重

假若没有毛泽东的长缨
还真不知道何时能缚住苍龙
假若没有毛泽东的思想
中华大地怎能铸就民族之魂
假若没有毛泽东的胸怀
我们岂敢在他身后任意评分
假若没有毛泽东的伟岸
我们怎么能在世界傲立苍穹

我们怀念是因为渴望尊严
我们思恋是因为曾经心痛
上不起学买不起房看不起病
使我们感到这些比三座大山还重
权贵们把贫富差距越拉越大
使我们从贫困走向跨代贫困
社会道德沦丧诚信缺失
使我们生活得忧心忡忡

滔滔江水东流去
复兴鸿图入梦来
想当年人民万岁响彻云端
领袖风范令天地动容
看如今不忘初心警醒国人

朗朗乾坤需要明净的天空
历史变迁青山依旧在
时空变幻更念毛泽东

人生不是梦

走过千山万水
我没有忘记曾经走过的路
走过春夏秋冬
我很珍惜过去的辛勤付出
走过日月星辰
我知道自己将走向何处

一路走来
有过金色年华的欢乐
也有过蹉跎岁月的痛苦
有过砥砺奋进的激情
也有过行路漫漫的苦楚
有过山高水长的情真意切
也有过功过是非的恩怨情仇

我清楚
过去的都是云烟
何必在乎赢与输
过去的都是往事
何必计较对与错
过去的都是故事
何必在意清醒与糊涂

把荣耀锁进柜子里
从此卸下身上所有的包袱
把积淀留给后来人
同时送上美好真诚的祝福
此时的我笑看风轻云淡
谁说不是一种胸怀与气度

观一路风景阅人无数
吟一段诗歌唱尽风流
走过了青春的闪亮

走过了成熟的心路
远行容易说再见难
五味杂陈自己心里最清楚
这段忘不掉的历程啊
是我一生中最丰盈的财富

人生不是梦而是一场戏
这场开始，那场落幕
尽管剧终人散分飞燕
过去的身影也已成陌路
但生活还将继续
人生第二春需要重新起步

洗尽铅华、摘下桂冠
从容走进芸芸众生的队伍
到东篱下采菊
在田园里信步
潇洒走上人生的新旅途

忘记过去，静下心来
翻开尘封已久的书
描一幅梅兰菊竹
弹一曲高山流水
琴棋书画里没有孤独

系上围裙，走进厨房
锅碗瓢盆里温馨满屋
热一壶老酒
掬一泓清月
与儿孙们畅谈人生的幸福

我们这一代

我不知道今生的日子有多久
可我知道曾经走过的路
我们这一代经历的事情太多
是非曲直心里最清楚

我不知道今天的生活有多甜

可我知道曾经受过的苦
我们这一代付出的代价太多
荣辱得失心里最有数

我不知道今后的期望有多高
可我知道曾经没有服过输
我们这一代见证的历史太多
酸甜苦辣心里最舒服

我不知道今世的前生有多好
可我知道曾经享过的福
我们这一代创造的奇迹太多
福禄寿禧心里最热呼

曾舒倩

笔名嫣雨朦胧、空尘。2000年6月8日出生，广东梅州人。2017广东省中小学生作文大赛高中组一等奖，第三届全国青年自由写作大赛优秀奖，广州市青年作家协会成员。作品见于《意林》《星星》《诗词》《梅州日报》《诗道》《青年文艺》《青年作家》《小小说月刊》等报纸杂志。曾获广东省艺术比赛第二名，获得"荣誉小画家"称号，梅州市美术大赛一等奖，且荣获众多互联网举办的美术比赛大奖。

你是人间的月亮湾

我说你是这人间的月亮湾；
仪态唱响了整片海潮；
清幽在夜的钢琴曲中舞动交换。
你是人间傍晚里的良辰，
斜阳撒向地的暖，
湖面在寂静时白，绿茵装点在云前。
那轻，那坚韧，你是，
月圆星空的水晶链子，
你是高贵，永远，你是夜夜的海湾。
初春后那场夜雨，你像，
寒冬深藏树的白，你是，
欢心雀跃月光流淌着你梦等待中玉兔。
你是一幕一幕的燃雪，
是风在天上回旋，——你是情，是心，
是光明，你是人间的月亮湾！

注：此诗致敬《你是人间的四月天》的作者林徽因。

查德元

男，1934年生于武汉市，大学文凭，中共党员，主任编辑，原任湖北省老河口市文学艺术界联合会主席，出版有《杂文集》《汉江风流》《查德元书画集》，曾在《诗刊》《人民文学》《人民日报大地副刊》《武汉中华诗词等》刊物发表诗作近100多首，并获奖。

流淌的月光(组诗)
一、没有月光的夜晚

今夜的月光哪里去了
那么多的快乐的纯洁
转眼没了声音

四周失眠的灯光亮得有些孤单
我家的窗黑着脸
像没有月光的夜晚

我如月的目光
粘在锅底的天空
亮亮的灯光像我的忧伤

我是站在院里的一棵树
我想开花我想结果
我想把你的名字挂在树上

二、月光

有女人气味的铅字
我黑夜的月光
把一条寂寞的小路
照得雪亮

没月光的日子
惆怅像死亡的洞穴
一只饥渴的鸟
老飞到洞口张望

月亮　树上的一只苹果
一根解决不了饥饿的面条
一株坟头燃烧的绿草
在我烈火般的风中飘摇

月光　月光你真好
枪毙了黑暗
像荒野树梢嚎叫的乌鸦
打破寂静　喊醒苍茫

三、月光女人

你是一只鸟
张着酒的翅膀
你是一瓶酒
醉倒我的孤单

其实孤单也是酒
是酒中的粮食
是耕地的农人
寻找爱情
阳光普照大地颤栗
在这迷惘的雨季
我什么都懒得想
只想给你写诗

期盼你用春天
覆盖我的寂寞
让月光跟我们一起喝酒
你的脸是朝阳下的桃花
我坐在花丛中
变成瞎子
只能用心脏聆听你的呼吸

用酒歌颂月光
你披着如酒的月光
流动的银沙
闪烁的新娘
我用月光收割
风中羞涩的麦穗
闭上眼睛接受命运
月光下只有我们俩
其实只有你

张鹏

女，汉族，原名张志华，笔名张鹏，1959年11月生，滕州市人，高中毕业，滕州彤辉机电设备公司退休。中华诗词学会会员，滕州市诗词联赋协会会员。有诗集《花丛吟草》。

写给爱人的诗

光阴似箭
转眼间
我们风雨同舟，走过三十年
风云变幻
我们的心依然紧紧相连
岁月无情
使我们两鬓变白，步伐也没过去那么骄健
但却也给了我们一份从容、淡定和内敛

未来岁月
我不祈求生活大富大贵，只求平安快乐相伴
我愿在你爱的屋檐下
用馀生的彩笔，画出人生最美的画卷
不要再抱怨世态炎凉
也无须太在意人情冷暖
今后的路
尽管，我们无法预测
然而，依然携手同心

笑对人生
让张生和莺莺
羡慕我们的今天,明天
我们不求举案齐眉
只想健健康康
快快乐乐地过好每一天
直到永远
永远……

张安羽

江苏省沛县人,吉林建筑大学经济与管理学院,工程管理专业,本科毕业,酷爱诗词。

有时候

有时候,
莫名的心情不好,
不想和任何人说话,
只想一个人静静地发呆。
有时候,
突然觉得心情烦躁,
看什么都觉得不舒服,
心里闷得发慌,
拼命想寻找一个出口。
有时候,

发现身边的人都不了解自己,
面对着身边的人,
突然觉得说不出话。
有时候,
感觉自己与世界格格不入,
曾经一直坚持的东西一夜间面目全非。
有时候,
突然很想逃离现在的生活,
想不顾一切收拾自己简单的行李去流浪。

有时候,别人突然对你说,
我觉得你变了,然后自己开始百感交集。

有时候,希望时间为自己停下,
做完自己还没来得及做的事情。
有时候,想一个人躲起来脆弱,
不愿别人看到自己的伤口。
有时候,突然很想哭,
却难过得哭不出来。
有时候,夜深人静,突然觉得不是睡不着,
而是固执地不想睡。
有时候,走过熟悉的街角,看到熟悉的背影,
突然就想起一个人的脸。
有时候,明明自己心里有很多话要说,
却不知道怎样表达。
有时候,觉得自己拥有着整个世界,
一瞬间却又觉得自己其实一无所有。
真的只是有时候,明明自己身边很多朋友,
却依然觉得孤单。

有时候,很想放纵自己,
希望自己痛痛快快歇斯底里地发一次疯。
有时候,突然找不到自己,
把自己丢得无影无踪。
有时候,心里突然冒出一种厌倦的情绪,
觉得自己很累很累。
有时候,看不到自己未来的样子,
迷茫的不知所措。

有时候,发现自己一夜之间长大了。
有时候,听到一首歌,就会突然想起一个人。
有时候,别人误解了自己,有口无心的一句话,心里郁闷得发慌。
有时候,被别人伤害,嘴上讲没事,其实心里难过的要死。
有时候,常常在回忆里挣扎,有很多过去无法释怀。
有时候,很容易感动别人的关怀,有时候

却麻木地像个笨蛋。
有时候,看着时间一点点流逝,任凭叹息,
自己却无能为力。
有时候,丢了的自己,要记得捡回来……

张彩秀

母亲的那片海

门前的河一点罪没有,
却眼睁睁看着它被村长活埋,
这件事母亲一直想不通。

母亲年轻的时候,
常常对这一条河照镜子,
用这一河水洗脸,
用这一河水洗衣裳
用这一河水淘粮食,

淘粮食的时候,
一群鸭子和鹅都围着,
高兴地打转,
右嘟噜,右嘟噜
吃着漂出去的,
带壳的瘪子,
一头扎进水里,
尾巴朝天、
脚蹼蹬水、
可着劲的捞、
不知道是捞啥。

母亲用尽这一河水终于把自己的青丝洗白,
河水流进妈妈的梦里变成一片海。

手机

关于手机,
关于手机里的游戏,
都会让我想起吸食鸦片,

以同样的姿势,
同样的上瘾,
同样的失去意志,
同样的有损健康,
同样的精神沦陷,
同样的失去理想,

戒不掉的隐
戒不掉的痛
戒不掉的伤
这丧志的玩物、
这几近膏肓的病,
敢问还有救吗?

秋后一伏

常言说:
三伏里头夹一秋,
秋后一伏热死牛。

火辣辣的蝉鸣在烈焰上高歌,
谈情说爱的几对不肯吱声。

太阳架起火来烘烤,
欲将烧开,
江河水,
人们像五颜六色的饺子,
扑扑腾腾下满了翻滚的海水,
夕阳掉进了怀里,
月色轻浅,
一个个才将自己捞起,

荷塘幽香,
蛙声不紧不慢,
与岸上老者
坐而论道。
跳出三界之外,

揣摩世间俗语。

张昌华

网名老庐一朝,安徽巢湖人,中学教师,作品散见多家报刊网媒。

稻穗

水质的肉身,韧性的筋骨六十一岁的稻穗
在我的心田,沉甸甸的摇曳

比照父亲的年轮,我想
解析一田稻禾,进行
加减乘除的运算
计算他的阳光和雨露
计算他的梦魇和叹息
计算他风吹雨打的命运
和悲喜交加的六十一个春秋

如果,我能把他的
艰辛,卑微,抗争
及命中所有劫数,统统算清
我的父亲,也许能复活
会用他那瘦弱的大手
把我心田里的稻穗
以及他自己的身心
——收割,碾碎,煮熟
喂养我的每一天

但我不愿,不愿让他再
那么辛苦,那么劳心

失去那沉甸甸的稻穗
也将失去
我与父亲相关联的一切
包括父亲的恩德,我的亏欠
我的心,将一片荒芜
或虚无空洞

故乡的脚印

故乡的脚印,有序
或无序,围绕
一方水土
手拉手,肩并肩

那些脚印
如针线,如米粒
编织着
故乡的四季轮回
和树梢之上的炊烟
让乡亲们,滞留于
这块饱满而又贫瘠的热土

每行脚印,也许
隐匿了
一抹抹泪痕,一段段故事
彼此覆盖,迭加,磨损
让那些山野洼地,不再偷懒
也激活
一田田禾苗、蛙鸣
此起彼伏

故乡的脚印,如星光
在我的夜空,徘徊
闪烁

张昌映

笔名马尾草。湖北武汉人,自幼喜欢写作,退休后,对写作更是若痴若狂,曾发表过散文《父亲的茶品》《顿悟》和诗歌《岁月人生—写给自己》《六月的别名》《思念》《夏雨》《栀子花开》《恬淡》《美丽中国》《探寻》。

前世今生

你说,

你是我前世,
遗失的心跳。
但我更相信,
你是我前世,
抹不去的记忆。
我不知道,
来世,
我们还能不能相遇。
如能相见,
万水千山,
已不再是距离。

风起了,
我在雨中等你。
花开了,
我在四季寻你。
云散了,
我去天涯陪你。
水绿了,
我等你隔江千里。
…………

时光是一首深情的诗,
无论多么艰难的心路,
只要有一份温良的安暖陪伴,
便无惧烟云消弭后凉薄的流年,
时间终会给予彼此最温柔的对待。
无涯的时间里,
总有一些前程往事,
会让彼此,
心心念念。
折光阴为船,
去抵达岁月的彼岸,
载三千年出海,
去看那时的风烟,
给漂泊的思念。
从流年迈进沧桑,
承载的岁月,

再次穿越,
你我的时光。
…………

张长奎

男,1947年生,大学学历,山东滕州人。曾由天津教育出版社出版《中学作文教学》和自由诗《乱花集》,其作品多次发表并获奖。现为中华诗词学会会员,枣庄市诗词学会顾问、滕州市诗词联赋协会副会长。曾荣获第十四届"天籁杯"中华诗词大赛金奖、第二届"岳阳楼"寻春诗会金奖、第四届"相约北京"全国文学艺术大赛二等奖等奖项。

人生的加法与减法

用加法计算着岁数
过了一年就加大一年
在镜子里面变换着容颜

用减法计算着时间
浪费一天就减少一天
在人们口中听得到感叹

烛语

让我的心燃亮吧
哪怕身子烧成灰烬

为了迎接太阳升起
把夜色驱尽

我,流着泪珠欢欣

张超

笔名墨涛。自幼酷爱书法和写作,自1990年开始发表文学作品,先后在全国各类报刊和新闻媒体发表文学和新闻作品 1000 余篇,其中 20 多篇作品分别获省、市奖。1994 年获枣庄市榴园杯书法赛优秀奖,2002 年获省青年教师软笔书法赛二等奖,硬笔一等奖,2016 年荣获中国华侨传媒网举办的"不忘初心,共创辉煌"纪念毛泽东诞辰 123 周年书法艺术比赛书法一等奖,连续 4 年应邀参加"美德山东网络书画展"。系山东省法学学会会员,枣庄广播电视报特约记者,枣庄市书协会员,山亭区作协理事,中国华侨传媒研究院研究员。

走在风景的边缘

因一种向往
走在风景的边缘
憧憬着美丽的梦想
细细品嚼着风景里的味道

因一种心情
走在风景的边缘
静心聆听风景里的故事
让心融入故事里的风景

因一种执著
走在风景的边缘
向风景里靠近再靠近
梦想成为风景里的风景

因一种雾霾
走在风景的边缘
神秘的面纱遮挡了风景
思维却穿越了风景拓展了时空

守望一种风景

守望一种风景
守望风景里的
春夏秋冬
人情冷暖
守望一种风景
守望风景里的
阴晴圆缺
悲欢离合
守望一种风景
这风景里有
生我养我的父母
有难以割舍的亲情
守望一种风景
这风景里有
我成长中的朵朵浪花
还有一串串抹不去的童年记忆
守望一种风景
守望风景里的
孤寂无奈
和无助
守望一种风景
守望这风景里浓缩的人生五味
世事沧桑
让这风景在岁月里慢慢变老

世界那么大,我想去看看

世界那么大
从大山环抱的村庄
走出来
我想去看看山那边的世界
世界那么大
从黄河、长江的源头
走出来
我想去看看东边的大海
世界那么大
从三尺讲台和封闭的流水车间
走出来
我想去看看那多彩的空间
世界那么大
从一地油菜花中
走出来
我想去看看那传奇中的天上人间

世界那么大
从商海、政客中
走出来
我想去看看陶渊明的桃花源
世界那么大
从拥挤的都市中
走出来
我想去看看采菊东篱下的悠闲
世界那么大
从现实的我中走出来
一切随心随性随缘
让心灵中的我去外面看看
世界那么大
从大山环抱的村庄
走出来
我想去看看山那边的世界
世界那么大
从黄河、长江的源头
走出来
我想去看看东边的大海
世界那么大
从三尺讲台和封闭的流水车间
走出来
我想去看看那多彩的空间
世界那么大
从一地油菜花中
走出来
我想去看看那传奇中的天上人间
世界那么大
从商海、政客中
走出来
我想去看看陶渊明的桃花源
世界那么大
从拥挤的都市中
走出来
我想去看看采菊东篱下的悠闲
世界那么大
从现实的我中走出来

一切随心随性随缘
让心灵中的我去外面看看
故乡的风
故乡的风
是妈妈的吻
她抚平了伤痕的心
故乡的风
是恋人絮语的琴弦
她弹奏出一首动听的情歌
故乡的风
是一杯浓浓的山菊酒
她让你痴醉
故乡的风
是一抹淡淡的乡愁
她让你说不清理还乱

张诚

笔名弓长，16岁文艺兵应征入伍，在舞蹈相关领域学习，研究与实践，同时兼任管理，并有机关工作的经历。30岁从部队转业至地方，曾历任吉林省京剧院、吉林省民族乐团、吉林省交响乐团院团长等职。自幼喜爱文学，曾在《中国文艺报》《中国京剧》《吉林日报》《城市晚报》《长春日报》《长春晚报》《今天》《长春人民广播电台》等杂志，发表文章、散文、诗歌等若干篇。

喜欢

我喜欢雄鹰
因为它的生命中必经一次痛苦的蜕变
获得重生再度起飞
让世人仰目
去领略生命的长度与高度

我喜欢风筝
因为它飞得再高再远
却心系大地

从不独自游离任意飘摇

我喜欢杜鹃
因为它甘愿用生命呐喊　报春
声声鸣啼而血染花红

我喜欢荷花
因为它从污泥中走出
却脱落得青翠欲滴
超凡脱俗

我喜欢翠竹
因为它未曾破土便有节
纵使高路入云仍直节虚心　虚怀若谷

我喜欢蒲公英
因为它的生命在风中延续
漫天飞舞　心有定律
任性地寻找适合自己再生的一方土地

我喜欢雪莲
因为它生存在悬崖陡壁之上
冰渍岩缝之中傲霜斗雪
方显生命之顽强
高洁而不可欺凌的品格
独有的生存习性
使其天然稀有享百草之王而独尊

我喜欢腊梅
因为它从严寒走来
冒风雪归去
已是悬崖百丈冰封
一剪寒梅　花枝独俏
影瘦传神的傲骨
情怀款款的胸襟
永远流淌着报春的梦

因为喜欢

便有斑斓的梦
因为喜欢
便有无限的遐思
喜欢
是一种单纯而充满
希望的情愫
喜欢
是一种只可意会而
不可言传的心境
喜欢
是一种真实朴素的爱的不解情怀
喜欢是一种欣赏
有欣赏就有渴望
有渴望就有追求
有追求则物质不灭
物质不灭必精神永存

在别人面前

在别人面前
我不敢说什么都懂
因为　生活下去
更多的困惑
是时代的瞬息万变

在别人面前
我不敢说什么天才
因为　面对展现眼前
浩瀚的真理海洋
却全然没有发现

在别人面前
我不敢说我的过去
因为　过去属于死神
明天还不确定
确有把握的只有今天

在别人面前
我只能坦然地说

面对生存
一个永远的负数
一个上下求索的童年

张承斌

男,安徽芜湖人,教师,文学阵地坚守者。作品散见《安徽教育报》《安徽广播电视报》《唐山文学》《河南科技报》《山东诗歌》《参花》等多家报刊,有文章入编选集并获奖。诗观:诗心即人心。

刀梦

独闯天涯
一道光　就能溅起一片白
就能平定一座城池
流年似雪　在季节间轮回
覆盖内心的荒凉

起起伏伏的心思
挥舞寒光
收复了尘沙与季风
启程的日月
有了日常的温度

追梦之人　不在庙堂
伸屈或收放　一如
晚归的夕阳
斩不断的时光、空气
记忆与情思
皆由不得自己安置

此生注定浪迹
被流放的命
无法篡改

我且将一束玫瑰种进梦里

许多花　都在今天开放
都会　生动在
烂漫的空气里
盛大的场合　模糊了
一双双媚眼

浇灌了千年的故事
羽翼丰满
亭亭身姿
截住一道道目光
静听　花下蜜语

今朝　我且松绑眼神
放飞心灵
在众鸟高飞孤云独去的
时光里
不问机杼

拙劣的文字
漂白了一切
醉心　欣赏
这世间短暂的美好

然后　流连在
自己的世界里
将一束玫瑰　种进
梦里　让它生根
泪水浇灌

空调时代

一只遥控器　就能
制造出一方小世界
冰凉　将门窗紧闭
火热　被拒在门外
苦苦等待

身子与思想　没了约束
我们只需消受　只需
大块大块地吃肉　只需

大碗大碗地喝酒

我为土地而生的父母
此刻　正用汗水
与庄稼　作亲密交流
阳光的抵达　让他们
对生活与收获
又多了一层感受

而我们　端坐在空调时代
始终　忘了流汗
忘了流泪
忘了蒲扇的来路
是怎样的蹒跚
和跌跌撞撞

张春

网名红尘浪人。80年代初开始业余创作，作品散见多种报刊。有中短篇小说、诗歌、散文诗入选多种选本。

一曲秋词，意阑珊

我坐在一曲秋词里浅斟慢饮多久了
没人知道
流水说已有千年，因为那千年的落红
竟没有一朵入眼，心动
寂寞是点燃的炉火
斑驳着千年孤影

臆想中的那双纤手
何时来弹拨我的心
我早已把自己雕琢成琴
并借来了一袭月色以及满天星光
期待与你对饮的那壶酒
一直在这天高云淡的岁月里温着

一条曲径，通向怎样阑珊的境界
千年的幽谷灭绝了多少植物，动物

只有我的心事还明亮地挂在树梢
多少落叶都没让它腐朽

千年的孤独，只为一刻相拥

早知这份挚爱，难觅
我会不会也驾一叶扁舟逐流人间烟火
随季节更替

昙花虽只一现，也会美丽一世

虚构

我在地图上找我出生的那个村庄，不见
我开始怀疑，女娲是否补好了天
我一定是，天外飘落的一粒尘埃
与其它如尘埃的凡人一起
每日爬进爬出贴近土地的蜗居
忙忙碌碌为了那缕低矮的炊烟

了解了孤独和寂寞
找了个伴儿擦亮生活的烟火
有人把那叫爱情
尘埃只想跟这个女人撑起家
如果有一天天缺了个角
家里有个女娲不必再去求神仙

尘埃也懂季节更替，也会生老病死
没人关注尘埃的消失
他所有的七情六欲
只演绎了芸芸众生的平凡

有一天，山风发现
尘埃的坟头上开了几朵野花
有几只远来的蜂蝶跟野花聊天

伸手，想抓住那一次离去

我知道有些东西无法改变，比如：时间
看着岁月慢慢的漫过你的头顶

飘扬的白发终将成为我永远的想念

好久没去那个小区,那个二楼,那个房间
我每天都会去坐一会,就坐一小会
你的笑声就会在每一寸空间弥漫

你还是抵挡不住天堂的诱惑
我也知道再美好的人生最后也是一片虚无
伸出手,想抓住那一次离去
不要让这一次分离成为生命的殇

再看你,要去那片山青水秀里
父亲好多年前选择了你们最后的驻地
与高高的墓碑对话也会泪眼迷离
远去的父母,不要怪我没有抓住最后那次离去
江湖再见时,一定要把我想起

真的好想好想抓住你最后那一次离去
真想再去那个小区,那个二楼,那个房间
你只是累了,午饭后的一次小憩

张笃德

笔名竹马。中国作家协会会员,抚顺市作家协会副主席。1964年生于抚顺。1986年开始在报刊上发表诗歌作品,著有诗集《竹马诗选》《一个人的生命能走多远》《最后的工厂》。

家乡的桃花开了

傍晚,婚宴结束从河上走过
被桥下的光芒诱惑
此起彼伏带有韵律的光波
把现实中的黑,照得雪亮

每个人都手捧歌谱
虔诚像教徒在背诵圣歌

被春风迷醉的样子
超脱的人生格局和境界

歌声低缓似潺潺流水
些许的停滞,小的错误
被欢快和嘹亮遮蔽
高亢时天地通透
心中高举熊熊圣火

我在千里之外看过桃花
漫山遍野的阳光普照
却没有能像今晚的吟唱
感染我:人面着喜色
一朵挨着一朵,枝叶相连
心底里酿蜜,胸膛里点灯
心中的桃花开了
家乡的桃花映红了夜色

张枫聆

女,山西省离石人,2001年生,高中学历,爱好文学创作,获叶圣陶杯二等奖,十五届全国中学生征文及复选一等奖。

一部手机

窝在床榻的娘
陷进沙发的爹
东倒西歪的七姑八姨
和从未谋面的多数人
眼及千里之外
耳如迅疾之风
都是神仙

久久不闻其动
默默独享其乐
唯噎噎沉吟
伴碎碎欢笑
背弓如过正之弦
指行似蜘蛛游猎

都在网上

上晓天宫银河奔月
下通东海蛟龙深渊
善恶美丑人生百态
江河湖海义气凛然
世界像唾手可得的小学课本
被标本或解剖
都能看见

白日里过着自己才知道的日子
深夜里品味别人正经历的生活
庆幸自己的痛苦是贫瘠的
羡慕他们的荣华是繁殖的
时间作为资本
快乐作为动力
在一部手机中畅游
都是幸福

有种喜欢

喜欢
就如同四月的春雷
给天空划的那道口子
口子是别人眼里的
而天空只看到那刹光亮

喜欢
就如同开了几茬的花
所生存的那寸泥土
甘愿抱住她丑陋的双脚
剩下花腰任她摇曳

喜欢
就如同浩渺的繁星
背后那沉寂广阔的天空
摊开臂膀接住一切未知的可能
与光年一样存在

喜欢
就是我时而小雨
时而晴
时而像他
时而像自己
而你只需是你

岁月陌路人

后羿射下的太阳
掉到了我的眸里
升腾的火轮
波澜壮阔　穿肠燎心

我的初音不押韵
我的节奏不欢心
我的后来徒戚戚
路遥知马力
日久见人心

昨天的夜里
一朵花被踩折了回忆
今天的清晨
万物复苏　冰雪入泥
光芒在你
你追逐灰烬
灰烬入眼
你作出尘的嫁衣

张岗

江苏省徐州人,长春工业大学人文信息学院,管理工程学院,工程造价专业本科毕业,酷爱诗词。

纵然

纵然逢浩然,
纵然对至大,
此情可以抑,

此心不可曲。

纵然逢酷阳,
纵然沐严霜,
此头可以低,
此心不可曲。

纵然逢催迫,
纵然受非攻,
此骨可以折,
此心不可曲。

纵然逢浩劫,
纵然临生死,
此血可以染,
此心不可曲。

张贵才

江苏省丰县人,江苏师范大学文学院,汉语言文学专业,本科毕业,酷爱诗词。

有你

桃花伊红,梨花又白,
不觉间,
相知已数载。
回首一路走来,
心潮依旧澎湃。
又开始想念你的姿态,
为何总是贪恋你的依赖。
再多优美的文字,
现也无法倾诉我满腹的情怀。
一句话,亲爱的
有你在,春暖花开。

张国胜

笔名随缘。内蒙古人。内蒙古诗词

学会会员,锡林郭勒盟诗词家协会会员。作品散见于纸刊及网络文学平台。

额尔敦敖包的沉思

朝阳渐渐地升起在曙色的东方
草原从睡梦中醒来
清晨时分的霞光初照
洒满了飘雪过后的美丽小城
迎着凛冽的寒风走在贝子庙广场
带着心中的祈愿
沿着数百级台阶登上了敖包山顶
那十三座并列的敖包
在阳光的照射下闪耀着金色的佛光
而古老苍茫的草原
每一次被佛光普照之后
更使人感觉到它的原始和神秘
我曾经想离开草原去远方追寻梦想
可现在却知道我已经离不开这片草原

画板

傍晚,牧羊人挥着鞭子
赶着一群羊,从远处走来
与空旷的原野,融为一体
头羊在前面,健壮威武
带着群羊,向山坡下面走去

有几只羊走到河边,低头喝水
还有几只羊,懒散的吃着草
其余的羊,在草原上闲逛
牧羊人,点燃一支香烟
坐在草滩上,歇息

望望远端,晚霞染红了天边
看看草滩上,羊的影子也被拉长
站起身来,甩一声清脆的响鞭
赶着已经吃饱喝足的羊群,回家
夕阳下,蒙古包的炊烟已袅袅升起

日落时的祈祷

黄昏时,日渐衰弱
孤鸟震翅,烟霞尽染
天边的斜阳垂在了树梢
就像是一副唯美的水彩画
渲染着绚丽的天空
湖边白头的芦苇
也被妆点成瑰红色

炊烟,已爬向了天空
风轻轻地掠过我的眼睛
回味曾经的年华岁月
就像这美丽的日落黄昏
放飞的心情似断了线的风筝
跌落在余晖尽染的夕阳晚霞中

傍晚时,飞鸟追逐着夕阳
欣赏着,落日的黄昏
心中,默默地祈祷
希望这美好的日落黄昏
能陪着我,直到天荒地老

张海霞

笔名少彰。江苏苏州人。中国诗词研究会会员。文学爱好者,酷爱写小说、散文、诗歌。浅墨诗社总编。现任清风诗社评委。格言:随遇而安。

夏天捧出的花朵

魔术师口中的灯芯,或被叶
缠绕的星宿,躲躲闪闪中
亲吻过我额际的梦和一层云烟下
如此哑默的蝉鸣,风就像
地平线上,升起的蓝色念想

一直在端午的泪滴里,寻找我
绽开的真相,浓烈且醉人的酒香

我本是九霄外的一株玫瑰,有着
最虐心的准备,也有半点羞涩之感

只是未曾想到,最先把近在迟尺
远在天涯,意林当做人间可悲的尘霭
用他的一根软骨将我剔除,成了
无家可归后,我种不出秀发的长

止不住荒凉里的慌乱,为了不再
同夏天捧出的另一株花朵相互自残
我让雷霆万钧的千里,穿着
黑白无常的大褂,挑破突厥的炊烟

待馆陶王妃脚下的露,受伤时
我把我的失语,一蹶不振,摆渡在
轮回的渡口,望死于曲殇内
领着灵魂回家的灰烬,加入流水的苏
不要忘记我三头六臂的凝绝

木殇

谁给我扎的马尾,用木屑
做的肉身,怎可拥有执着的情怀
快,飘飞的落叶
远方不远,滚进草芥

好痛的领悟,足以幻化
我内部的结构,就像淤积的掷地
有声中听见一入戏太深的回
忆,汹啼哭之血

此刻,我就是异乡
打拼的木偶,人类的追兵
隐不去岁月的沧桑,路漫漫兮
我想用眸中的一叶菰箸

兜着你中年的不惑,在爱
与殇之间徘徊,来表述菱形的情
没有骨头,不宜高飞,一伸手

熄于胸口的灰烬,消失

今夜,就让我竖立中作一回
天空的倒影,遇见停滞不前的悲悯
陷进匍匐的命运,摇晃
人间的烟火,抑或蒸发

总有一朵花选择不开

儒雅守旧,不是一株海葵的错
而是柳荫和夏草不容相合,致使
爱发脾气的水波,一皱一皱间
迷失了我的眸白,显得小气

随后,我嚼碎几片叶脉
竟然惊扰了拐弯的风,连同
琴弦上的马匹都在嘲笑
与其这样,倒不如陪眩晕的目

悬在枝缕的指尖上,看
百鸟争鸣,可我始终以泛起的骨朵
选择不开,因我知晓无助的
旋转飞舞,也不会得来

世人的拥抱,这个时辰,就让
我昏沉在神思里,晃动自己的要害
若得意识描绘,或许来年的孤独的
进程里,我会用隐痛来测量一份宁静

张海燕

笔名天凉好个秋。女,河北人,漂在北京。凤凰美洲诗社入驻诗人。喜不拘体裁,诗歌、小说、散文多有发表。

清明夜

纸烟,朦胧了泪眼,任思念决堤。
故乡,在千里之外。
清明夜,无雨。

飞舞的精灵,仿佛一张张笑脸,闪回消逝已久的画面,让我在迷失中,温暖、悲怆。
袅袅升空的青烟,召唤着远方的亲人,在这特殊时刻,连线。

家乡方向的上空,有一片,眨着眼睛的星星。
莫非天堂,也按区域划分?
深情对望里,似在,对我仰望泪眼的回应。

雨打故乡云

遥远的故乡,总会化作午夜梦回时,那一缕怅惘。
打湿了异乡的寂静,把孤独,拉长。

坍塌的祖屋,不再有奶奶小脚的窸窣,再也听不到,孑然一身的叔叔,辗转反侧的煎熬。
爹和娘也赶去做伴了,他们并列在向阳的山坡,晒着太阳。

奶奶给我收藏酸枣的小篮,恍惚还挂在墙角;叔叔为我精心留下的核桃,早被老鼠运走,收进粮仓。
塌陷的台阶,犹豫了脚步,不知道那棵硕果累累的石榴树,是否春来依旧满院红彤;秋到,累弯了枝腰。

一朵云飘来,像极了故乡的炊烟。
却被骤来的雨,打散,化作缥缈的雨雾,迷离了,眼角。

乡恋

我的家乡坐落在东太行山腹地,村边有美丽的朝阳湖,背靠背是闻名遐迩的朝阳沟景区。

虽不曾生长于斯,可我的祖先和父母安息

在那里。

游子的足迹遍布四海，故乡，那温暖的召唤，总萦绕梦里。

曾经喧闹的村庄，薄暮时分，被炊烟笼罩。呼儿唤女声此起彼伏，犹如天籁般美妙。更有那，暮归牛儿的踢踏，如期而至，敲响在蜿蜒的青石山道。

"哞——"
一声悠长婉转的回响，打破黄昏的寂静。凝神聆听，这美妙，和着袅袅炊烟，如梦似幻，令人忍不住在诗情画意里，沉醉，逍遥。

半山坡上的老屋，承载了多少欢歌笑语。迎来送往，历经生离死别，阅尽悲欢，只付沧桑一笑。
小脚蹒跚的祖母，早已长眠在对面青山。风噬坍塌的院落，见证过悲伤欢笑。想凭吊断壁残垣，不敢拾级而上，望洋兴叹处，已是，风雨飘摇……
举村搬迁，早已人去屋空。只有沿街那斑驳的石板路，还在痴痴留恋着，往日的深情。
任凭邻里乡情的回味，在青苔里咀嚼；布满灰尘的记忆，只能在瓦砾中搜寻。
回乡祭祖，面对着寂寂空山，不由自主的落寞，哽咽难禁。
转身处，眼底已悄悄湿润，徒余一声长叹，绵延在这，寂静的山谷……

魂牵梦绕，缱绻在午夜时分；梦醒处，月华如水，依稀是家乡的院景。
屏息。似有祖母纺车的"嗡嗡"声，隔着时空，缓缓转动……

张贺

安徽省萧县人，吉林建筑大学经济与管理学院，建筑与土木工程(工程管理)硕士，酷爱诗词。

恋爱

初恋
世界上最甜美的事情 莫过于你慢慢地向我走来
静静地诉说着"我爱你"

暗恋
世界上最遥远的距离 不是生与死
而是我就站在你面前 你却不知道我爱你

热恋
世界上最令人察觉不到的事情 便是你我在一起时
那个不断流逝着的
据说叫做"幸福"的日子

痴恋
世界上最遥远的距离
不是我就站在你面前 你却不知道我爱你
而是明明知道彼此相爱 却不能在一起

苦恋
世界上最遥远的距离
不是明明知道彼此相爱 却不能在一起
而是明明无法抵挡这股想念
却还得故意装作丝毫没有把你放在心里

失恋
世界上最遥远的距离 不是明明无法抵挡这股想念
却还得故意装作丝毫没有把你放在心里

而是用自己冷默的心对爱你的人
掘了一条无法跨越的沟渠
初恋、暗恋、热恋、痴恋、苦恋、失恋……你属于哪个

张华

　　男,汉族。60后,阌乡人(今河南灵宝阌乡人)。自由撰稿人。河南省作家协会会员。原创了大量诗、词、散文及中短篇小说。一部28万字的长篇小说《承诺》由河南人民出版社出版。作品散见于各媒体平台及杂志,并多次获得金奖、银奖、优秀奖。

小拇指

怯怯地,伸出一根小拇指
向春天发出一个暗示
北沟的杏花白了
南坡的桃花红了
孕育了一冬的花事
只需一个眼神
就捅破了那层窗户纸

春天哟,你好放肆
人家只要一份春色
你却催开了满园花枝
含苞的蕊,不再矜持
怒放出女儿的娇姿
用素白和桃红
燃烧成一枚永恒的青花瓷

书签

你离我很远
远在天边
那是日和月的守望
那是阳光和大地的爱恋

你离我很近
近在眼前
那是一层窗户纸的距离
那是一根小拇指的心颤

阳光没有了大地
光线都显得无力和黯淡
大地没有了阳光的温暖
世界将变成混沌一片
宛如我没有你的从前

世界很大,你我很远
大到倾其一生的呼唤
都听不到你遥远的回电
让前世的那一次回眸
等待了三十五年

世界很小,你我很近
近到一个转身,
就看到了你眼眸里的桃花点点
闻到了你长发的香甜
感受到了阳光的温暖
窗户纸,洞开了一半

君若有情,天涯咫尺
君若无意,咫尺天涯
最贴心的情谊是星对月的思念
最遥远的距离是背对背的无言
泪水打湿了夹在心里的那枚书签

莲心莲语

不要叫妹妹
也不要说等你
清瑞的心,皈依
在五台山的佛门圣地

衡山的太阳
溶化不了恒山的崖壁

江南的春雨
滋润不了北方的柳绿

回吧！文殊殿里的蜘蛛
佛前那枚莲的心思
静若止水，万念合一
雨如注，只要手边的一顶油纸伞
心如冰，只要眼前的阳光一缕

五百年前的偶遇
三生石畔的心语
都是红尘渡口的一帘烟雨
圣洁的青荷，扎根在专属的区域

要不，你就等吧！
在那采撷的秋季
剥开一枚莲蕊
无言的苦，是劝君的良药一剂

静心修行吧
相望难相依
虔诚苦渡吧
此生，永无归期

张火炎

火火，原名张火炎，1963年12月出生，江西省万年县人，大学本科，高级农艺师，鹰潭市农业农村粮食局工作。中国诗歌学会会员，江西省作家协会会员。鹰潭市微诗协会、信江韵微诗社总策划兼主编，中国唯美微诗原创联盟理事长、总编。主编的《信江微诗韵》微诗集由江西人民出版社出版。微诗作品有在国内外书、报、刊、网络发表，多次获奖。诗观：生活接近生态，作品担当责任。

荷月

菡萏蘸饱清辉

在田面勾勒青莲
背后银丝　绣一段虚心的节

多年以后

信江畔拓荒　种下一粒微诗
长成的草蔓延
染绿的城　每片叶都光合了才情

好久不见

此时的文字和语言
都会被泪水打湿
只有酒　能潜入彼此的心

乱扔垃圾

鸟们在人行道树上
贪婪地吃着果实
满地的籽粒　让文明的脚步打滑

一场与风无关的痛

魔咒隐蔽在节骨眼
趁着黑　偷袭扎营的梦
洗劫的夜　撞翻了过往晨语

张继伟

河北衡水人，吉林建筑科技学院，管理工程学院，工程造价专业本科毕业，酷爱诗词。

想看大海

心田，五月杨花纷飞
意兴阑珊，想念依然

时间，从不来此一歇
微风过岸，经不起波澜
当梦醒，天空也是繁星点点
林儿幽暗，花儿相怜
风儿在此扩展

时间一般,云销烟散

想看大海,这条路不远
隔着几重山,很难

张建红

  牵牛花,原名张建红,70后,河南省诗歌学会会员,三门峡人。爱好文学和诗歌,喜欢与大自然的花花草草诉说衷肠,与诗词歌赋写出梦想,放飞自己的情感!诗歌就是精神寄托,诗歌就是远方和生活!

母亲

今天我要歌颂妈妈
七十个春秋冬夏
您的儿女都已经长大
有了自己幸福的小家
妈妈总是放心不下

打开记忆的闸
你教会我要写好人字笔画
叮嘱儿女以勤为本以善守家
与人来往不要虚假
走好人生每个步伐

翻开你的阅历
您的世界没有自己
儿女的三餐起居
和忙不完的早出晚归
勤劳让你弯腰驼背
但从不听您说委屈

每次与你别离
望着您佝偻瘦小的身躯
我都悄悄掉泪
听你说知足常乐就会欣慰
装满的叮嘱就是我的动力

妈妈我好想歌颂你
纵是千言万语
也写不出绿叶对根的情义
妈妈的影子都美丽

坚强的牵牛花

我是一株牵牛花
生长在广袤的天地
给我一滴甘露
我便感动春夏秋冬

我是一朵小小的牵牛花
遍布大美河山
不怕风霜雨寒
依然在夹缝里笑得灿烂

我是一朵平凡的牵牛花
庭院是我的的舞台
站在狂风骤雨中描绘家园
朴实无华满院色彩

我是勤勉的牵牛花
常常用平凡的号角
吹起了正能量
和雄鸡一同迎接朝阳

我喜欢与牵牛星遥望
在晨钟暮鼓下生生不息
站在儿歌里轻唱着唯美至爱
给纸笺流淌着诗情澎湃……

不是诗胜过诗

我不是诗人
不懂得平仄
只会对着日记着魔
在清水里挥豪洒墨
把心事交给拙作

我不是诗人
不懂韵律平仄
只做一朵自由的花朵
在岁月下种字撒播
等着历史收割

我不是诗人
更不会下笔有神
只想给空白的宣纸
涂抹蝇头小楷不再后悔
不为别人赞美
只为日子不累

我不是诗人
我只喜欢
用浪漫的文笔
为我的爱人写诗
因为,只有他
真正读懂我的过去
明白诗中的琐碎

我不是诗人
只是用干瘪的词囊
去盛装风中的流云
去告诉红尘
我是一个爱诗如命的人

张丽珍

中学教师,临汾市作协会员,华北凤凰诗社入驻诗人,中国诗歌网注册诗人。爱好文学,写作。先习散文,擅长叙事抒情,创作诗歌 300 余首,在当地杂志和公众平台上发表。

乡曲

如果说
我与这里还有瓜葛

那便是年迈的双亲
和站在西掌看流云的心情

多少年来,我以西掌的名义
以碾道的血脉
爱着故乡

那养育了我的井坡岭
那种玉茭子的羊道坡
后湾,十八堆地,关牧洼
八十亩咀……

这些名字
在我梦中的呓语里
都还是响响铛铛

五月,故乡更近了

五月,故乡更近
风拂过,没有颜色
黄了枇杷,红了桑葚
肥了杏子熟了黄梅

故乡,故乡

因为我恋你
所以今生,不做漂泊和流浪
我把诗意给了远方
把牵挂给故乡

一捧黄土,一汪清泉
一滴晨起的露
和一只归家的犬
都静默在故乡的月光下

父亲的锄头,母亲的镰刀
还有圈里的雏鸡
园子里的青菜
都跳跃在晨起的朝霞里

当时光白了槐花,香了枣花
绿了毛桃,红了青杏
橙了柿子,青了木瓜
熟了核桃,也收了太阳花

故乡!我的故乡
从田间到垄下
从沟畔到塬上
就硕果累累,丰收在望

乡愁,乡愁

故乡容不下肉身
他乡安不下灵魂
初听这句话
竟有几分断肠

故乡的炊烟,如丝如缕
总牵扯人的脚步
故乡的碾子,吱吱呀呀
总唱起悲情的歌

槐花一串串
榆钱晒干了一簸箕
木几个努力地张开翅膀
把希望抛洒出去

泉水很清草很绿
阳洼洼上的酸枣刺
油眼眼,毛爪爪
总能晾干石头上洗过的衣服

牛在走自己的路
羊羔羔儿上蹿下跳
我看到乡愁洒落在父亲背脊上
都是大地的颜色

张龙

河北省承德人,河北科技大学经济与管理学院,工程管理本科,酷爱诗词。

致青春

是相敬如宾的温馨画面?
是漠不相闻的冷淡悲惨?
能否延续晨辉之恋?
一切的一切
都无从得知答案。

渴望童话般的爱情
在你我之间上演,
雪花飘零中
我挽着你的手漫步在田间,
此刻没有聒噪,没有喧嚣,
唯有两颗心不停的跳跃,
诉说那份无与伦比的美好。

遥望雪封大地,
光芒射入眼睛,
如是水晶;
亦是你的心灵;
更是那份至善至纯的爱情!

张美荣

女,1982年生,笔名飞天凤凰,江苏南京人,大学文化,南京市鑫银村宾馆经理,系南京市诗词学会会员。

红豆

谁将相思
深种到红豆里
给这个普通的种子
融入了无限的甜蜜
从此
两颗相通的心
串连在一起

时光的岁月里
不光是鸟语花香
还有风　有雨
寒风吹走了春天
冷雨带来了冬季
不经意间
梦已远离
相思树下
只留下一抹残缺的记忆
一遍遍问自己
谁又将谁忘记在红尘里

邂逅

一只小船载着希望
躺在荒凉的礁岸上
油漆还没褪尽
在没有绿树重荫
满潮的海面
静静等待着

一次偶然
我坐上这停靠的小船
看海鸥翱翔
听波浪喘息
水鸟在欢快地扑打翅膀
仿佛在欢迎

无垠的大海
有一对鸳鸯
躺在河床上
尽情享受阳光

小船飘飘荡荡
游走在辽阔的大海
所有的烦恼都随风走远
剩下的只有说不完的缠绵

船上的鱼线静静悬着
鱼儿也没咬钩
许是怕惊扰了这份温馨吧
时光总在最美时刻溜走

分手在即
心里难免不舍
再见,抱抱你离去
为何眼角确有泪滴滑落
痴情的鸳鸯
告诉我会永远铭记此刻

张明明

湖北省郧阳人,国家电网工作。网名婉兮,文学爱好者。诗由心生,源于生活,我在美丽的郧城写意人生。

徒步

我喜欢听你说
你正在河堤上徒步
晨曦与黄昏
怎么徒步都不重要
我更想
你对我说点什么
说多了
我可能没记住
我能听见堤上的风
正追赶滩上的野鸭
我能看到你卡好角度
画面几乎不重样

我喜欢
那些浮游的烟雾
你说
倾斜三十度欣赏
像恋人
我对那画面没有过多留恋
只感觉
风从你那儿绕了过来

— 2583 —

试图打乱我的节奏
它模仿你的口吻
唤起我徒步的欲望

她

她朝长沙路走来
踩着猫步摩登的走来
黑色的高跟鞋
沾满金色的阳光

她有些忧郁
斜望闪过身后的高楼
一幢幢的默默无声
一辆辆车驶过空荡的街
以及栽种的园艺工人
却没人问起她的方向

春风来了
沿长沙路朝江边拂过
吹绿了黄土坡上的麦苗
吹红了山坳上的桃花朵朵
她
一袭长裙静默成最耀眼的虞美人

父亲

我的父亲
我喜欢
父亲喊我的乳名
也让我
忆起他结实的臂弯
曾将我高高举过头顶

年少的懵懂
犹如夏夜的萤火
那些曾焦灼天亮
会和长大一样遥遥无期的日子
父亲的一言一行
是我做人做事的范本

有过跌跌撞撞
但在他身后
从来
没有惧怕过

时过境迁
我已为人妻为人母
都说父母在才有家的温暖
每到周末
我都会带上孩子一起回家
喜欢土墙砌成的老屋
还有父亲满心欢喜地张落

父亲用双手
为我们姐弟仨撑起一片天
都说父爱是不动声色的温柔
在我们心里
他的沉稳内敛
时刻鞭策着我们前行

张平静

著名诗人，作家。内蒙古人，从小爱好诗词书画，精于情诗创作，被誉为"情诗王子"。是中华诗词学会会员，中国诗歌学会会员。

渴望相逢

望尽心底烟雨深处
滚滚思绪画面濛濛
倾一世深情
你可与我共舞一生

在一声珍重里
体会着诺言的沉重
用千瀑青丝作证
印记一颗不变的初心

生命的旅途与你相遇

定格了那颗永恒的心
彼此且行且珍惜
不要忘记妙曼的心情

万里相思辗转成
诗篇里千回百转的意境
渴望每一次缤纷多彩的梦
都变成每一次欢喜的相逢

无论岁月多么易老
记忆里永久呈现朴素颜容
与你相遇的惊喜
一定镶嵌着纯洁的笑声

期待经年回眸
天涯海角深情相拥
你依然是我生命里
永远精彩的风景

张强

男,汉族,喜爱独处,喝茶,听禅,网络自谓听雨,听雨斋主人。在尉氏县财政局工作。出版诗集《行走的时光》。

草木心

枝干擎起鲜妍的花朵
东风扫落脱去绿衣的叶脉
枝高数尺
花叶两两相望
眸子里涌动着相思
情感的劫难
撞击着草木心
不知道今生
我的孤独会敲疼谁的心扉
谁为我守候在窗前
细数红烛的泪滴
天就快亮了
其实,月光不该再向天空买醉

而应该圈下大片空白
种草木

汉宫秋月

岁月从指尖滴落到琵琶的丝弦
弹奏四季的风
回荡在汉朝的巍峨宫殿
琵琶声声
如梨花雨般飘落
携着香魂融进月色
宫商角徵羽
弹不尽心中幽怨
鸿雁背负汉宫秋月
穿过历史的天空
让后人传唱了几千年

大漠沙如雪,风如霜
骆驼的响鼻
胡马的嘶鸣
在暗夜
击落几多美人的眼泪
无限乡思
全部付诸玉指
枉杀了毛延寿
穿烂了汉宫衣
空惹得
后人无尽遐想
夜风吹来
一曲《汉宫秋月》
从宫墙的砖缝里奏响

下一个路口

秋奔跑着
跨过落叶的障碍
把接力棒递到冬天的手里
于是
冬风解开拴在云朵上的马匹
向下一个路口疾驰

因为,春天的使者
捧着五谷的种子
唤醒冬眠的生物
早就等候在春天的细雨里

当我路过月亮的时候

将夜色揉进酒杯
再添进悲欢离合　一起发酵
邀月,来一次痛快淋漓的对酌
用一杯酒
漂洗着岁月
月辉轻浅
从夜色里掠过
漫过窗棂
落在酒里
起身的相思
惊起枝头沉睡的乌鹊
云朵赶路
你却禅坐心头
当我经过月亮的时候
生命被一缕柔光牵绊

雪

总是追随冬的脚步
如约而至
天空撒下万朵白菊
插满冬的头发
雪给万物穿上薄薄的白纱
冬风碾过的痕迹
露出四野雪白的牙齿
雪花开时,梅花开
点燃一腔祈盼
风掏出心事
向春天透露无限芳华

守一座空城

等时间的脚步慢下来
就去筑一座城

把月亮挂在檐角
风铃摇动阳光
一朵花守一个梦
年轮钓起思绪
鸟鸣是动听的歌
行走在自己的心上
来一场独自修行

老子

东方紫气升腾
青牛驮你走进历史迷雾
西去西去胡不归
在函谷关
你辟谷两千五百年
洋洋五千言
主张无为,供后人咀嚼
你将潇洒活成了一种无奈
出世与入世
你挣脱不掉桎梏身心的枷锁
周朝在列国的夹缝里,苟延残喘
逃避不需要理由
思想者总是在痛苦中打坐
透过时空品读
薄薄的册页那头
你我也不过一滴墨的距离

汴西湖之约

是怎样的情怀
让我携一路风尘走来
汴西湖轻揉醉眼
端坐在季节的长卷里
举起斟满月光的酒杯
与天地对酌
唤来草木佐酒
而恬静的沙滩取道四面光束
把水的微澜种进旅人的梦里
荷叶田田,柳丝在风中荡起秋千
夜晚,霓虹叩醒蛙鸣

附和脉脉含情的清辉
月亮借用湖水的妆台
梳洗
眼眸便在一泓碧波里
愈发的流光溢彩
汴西湖
今夜我来,赴约
誓言已走过了多少轮回
我轻摇折扇,一袭蓝袍
向你的魂骨和肉身走去

张秋平

女,河北保定人,太阳谷诗社会员,2013年入驻执手论坛,担任现代诗歌版版主,后担任主编。作品《生命的散章》曾在执手杯全国网络征文大赛中荣获三等奖。近年有作品入选《执手期刊》《荷花淀》。现任"内心de风景"网络平台编辑部主编。在现代诗歌领域尚处在探索阶段。

坠入空山

有了你,有了我
没有人再去责怪冬季漫长

风透明,水透明
更透明的蓝,从天上滴落

有青山,并不险恶,有江湖,并不动荡
鱼群和鱼群知道交叉行使
偶尔冲撞,也只是微澜

风声穿破月色抚摸松针
鸟鸣落进山谷,吸成了无声

春风正来

燕子蹁跹南方时
北国还是昏黄掩盖

春的脚步暗藏在小张村,南侯村
以及被沙土滩隔离起来的黄坨

这是六十多年前的一个早春

薄冰攀附着井台
辘轳摇上一阵凉凉的烟

挑水回家的女人提前于花朵
卸下僵直了一冬的旧棉袄
她们扛起扁担,腰身麦苗般柔软
两只水桶摇摇晃晃,清灵灵的井水
漂洗着杏仁般的微苦

一缕春风,躲在水井边的河湾里
喝上一口,这百里平原仿佛怀胎五月
母亲们在这片故土发芽了
姑姑,叔叔们发芽了

梨花叹

花叶徐徐,拂动了哪颗心
有云朵飘落
就有一个花苞打开自己

我看见,梁山伯的眼泪
滴落在祝英台上
我看见,泪水洗去红妆
露出了梨花白

一米河滩之上
我是看花人
看梨花飘落
看蝴蝶翩翩,追逐薄脆的光阴

只盼望春光常驻,温暖无限

让更多幸运的梨花飞渡云台,修成正果

病中的母亲

那天秋风
吹折了你的一截树枝
孤单地躺在水泥地上
挪动一下
疼痛就会跳出骨肉
溅到我的心尖

那天你坚硬的外壳
再也包不严颤抖的语调
多像一棵几经风雨的大树
浓厚的绿色,被岁月吹薄
风一扯,吱吱呀呀

打开习惯紧抱自己的胳膊
平生第一次,拥抱了你
那姿势多像一棵小树
环抱一棵大树

漂亮坚强的妈
贴近你多像一线溪流
重新融入血脉
此刻你脸色失血,枯枝透风
等待多少温暖慢慢补充

张仁贵

湖北巴东人。自号空谷山人,常饮酒吟诗,弈棋颂歌。酷爱诗歌散文,执笔抒情感悟。系湖北省楹联学会会员,恩施州诗词楹联学会会员,巴东县诗词楹联学会理事。出版个人诗集《心之韵》。

爱的呼唤

独倚窗栏
用痛苦的心
拨弄着春华秋实
整个宇宙却早已
停止了歌唱

为什么漂浮不定的云彩
可以成为雨的期待
那岁月风化的望夫石
却永远苍白沉默

我总想……
我总想　把这份情感埋在心底
却总是　下不了那个勇气
那一天　天空中下着雨
你却总是　耍着小孩子的脾气
或许　你根本就不知道
还有一个人　悄悄地　爱着你

我总想　你给我一个机会
演绎着　一个个莫名的惊喜
在那炎热的夏季里
漂浮着我俩　爱的气息
我焦急地　焦心地等待
却总是　等不到你
哪怕　一丁点　一丁点的消息

好多次　我真想吐露心迹
把心中那个秘密　告诉你
但被一种力量　拽着我
默默地　默默地离开你
真不知道是怎样　才走过
那段没有动情的假期

我不知道　或许真不知道
在某年的某一天
或酒后　或梦里
不经意地　大胆地说出你
我不知道　真的不知道
该如何　如何　如何来收局

我不知道
我不知道　为什么
总想见你
每次见到你
却又暗暗地躲避

我不知道　为什么
想对你说的话语
一到口边的时候
却又把它深埋心底

我鼓了又鼓勇气
决定吐露心迹
千般的风情
却变成　万般的愁绪
看到你无所谓的举止
我不知道
我的心　将如何隔离

我来到你的身旁
怎奈相视无语
短暂的相聚
恐怕　成了永久的记忆
看到你轻快的舞步
我不知道
我的心　将随风飘去

其实　我多么希望
彼此的心灵　早能融为一体
千万句话语
只需一个眼神　代替

张瑞平

　　笔名水云亭，山西省散文学会会员，晋中市作家协会会员。作品散见于《海外文摘》《散文选刊·下半月》《九州诗文》《五台山》《乡土文学》《娘子关》《山西日报》《语文报》等刊物。参编灵石文史丛书之《永远的丰碑——灵石特种兵与神秘的八一六地下核工程》。

秋蝉

蝉声跌入草丛
经历了一个夏天的燥热
在一声压过一声的喧嚣里
蝉儿终于叫累了自己。

草尖挑着露珠
露珠挑着月亮
一声蝉鸣，惊落一片月光
声声蝉鸣，便是一片海的月光。

在如水的月光里
蝉鸣一声低过一声
直到没入，深秋的一片清凉。

路过一丛荆棘

轻轻抬脚，长长的裙裾
依然被一丛荆棘撕扯
我越挣扎，它抓得越深。

再走几步，荆棘的前头
一片桃花正在笑春风。

看在花朵的份上
看在荆棘羡慕我裙子漂亮的份上
看在它们永远无法抓住美丽花朵的份上
我原谅了，那些伸向我红裙的利爪。

情人节的雪

我知道你会来
来赶赴这场洁白的约定
尽管悄无声息
我能听到你的脚步由远而近。

一朵雪花落在脸颊

像一个轻轻的吻
心里怦然绽放的羞喜
呵,有千朵万朵。

多么幸运,你一来
世界就是我想要的样子
干净,纯洁,有时候
又太明亮,让羞涩无处逃遁。

雪儿轻轻,你是不是
也像我一样,伸出手
妄图接住一朵雪花
它却瞬间融化。

一阵风

这是我触摸到的最暖的风
它在春天刮来
带着温馨,潮湿,以及神奇的魔力

很容易就吹开我的胸怀。

掸去红尘的尘,我以莲的洁净
纵身它的漩涡
舒展,舒展每一寸骨骼
把自己汪洋成一片海。

睁开眼,那阵风已经没了踪影
在这个热未褪秋未凉的伏天里
我开始怀念
怀念春天那场碰撞的疼痛。

张瑞平

山西省晋中市作协会员,平遥县文协理事,平遥县农民文学社副社长兼秘书。中篇小说《汾水湾》获得第四届晋中文学奖。江山文学网签约作者。出版诗集《空谷鸭鸣》、长篇小说《巢》。

狗尾巴草(组诗)

爱情

我卷卷舌头
把那条细细的牧羊鞭
吞下去
一切过往沉默
不再泛滥一片绿洲的涟漪

时光

时光长着脚
却不会拐弯
我的眼睛没有脚
也不会拐弯
每天　看着时光
把后脑勺
得意地晃来晃去
一路上撒下
像辣椒面一样的头皮屑
偷袭了我的眼

沙子

我抓起一把沙子
试图作几幅沙画
让它永恒　却发现
指缝里滴落的全是血

代沟

躺在树荫下纳凉
孙子惊喜地
把天上漂浮的云朵
捏成龙　捏成羊
那群快活的小东西
被赶进了我的耳朵
它们在这条死胡同里
全部窒息
变成了耳屎

草根

白天用桌布蒙了
就是黑夜
农民把牌洗得哗哗响
舌头直直的
腰杆也直直的

我把稿纸铺开
孙子的小脚丫踩上去
那些豢养了多年的文字
纷纷闪开
都得为他让路
我听见他如莲的脚掌
在我眼角的褶皱里开了花

站在笔尖上跳芭蕾
飞不起来　落不下去
委屈的脚趾硌得生痛

格局

歌星跑了调叫自创
你想对着南墙吼几声叫不着调
梵高的向日葵能换几栋大楼

你的创作充其量就是涂鸦
历史的橱窗里
能容得下名人的一张手纸
却容不下凡人的一个名字

其实　不管玉帝
封你是齐天大圣还是弼马温
你应该明白
你不过是从石头缝里
蹦出来的美猴王

张润光

网名润云，重庆人，毕业于辽宁大学中文系，退休前任大连教育学院图书馆馆长、科研处处长，学报主编。喜爱诗歌、美术、太极拳、以及自然风光。寄情山水，物我两忘，不亦乐乎？

飞舞的蝴蝶

彩色的蝴蝶，
它们在空中飞翔的曲线，
也是色彩斑斓的，像会飞的花朵，
落在哪儿，哪儿就绽放
一朵、两朵美丽的花儿。
它们亲密地折叠羽翅，
不知是否留下了它们采来的花蜜，或者
留下了它们爱情的信物？

一个夏天，
我的眼前总有它们
起舞翩翩的倩影，
不发出一点点声音。
但我依然听到了
它们凄美的歌咏——
那断绝尘缘的旷古之音，
飘荡至今。

阳光

阳光照射在身上，
你不会感觉到它的重量。
它如此亲近于人，
令你钟情于它的温暖。

恰似善解人意的爱人，
依在你的肩头，
只给你适宜的热情，
而不给你一点点的压力。

一个人的旅行

远方连着远方，
山山水水连着山山水水。

从一个城市穿过一个城市,
从一个村落穿过一个村落。
是卑微的流浪汉,
也是高傲的旅行者。

左眼和右眼凝视
大自然的细微的变化,
左耳与右耳倾听
大自然发出的天籁之音,
也听到了自己内心的声音。

在喧闹、浮躁的环境待久了,
神经似乎麻木了。
在众多人之中,
反而没有了自己的存在。

走向了远方,
一个人的旅行,
自己跟自己对话,
心灵跟心灵交谈,
孤独但不寂寞。

走向大自然,
回归生命的原始地再出发,
黎明静悄悄,
人们还没有醒来。

夜的声音

夜的幽静使我入睡,
夜的神秘又使我睁开惊奇的眼睛。
我仿佛听到夜的声音,
如流水淙淙,
飘进我的耳根,
那样甜美,那样动听。
那一定是你的声音,
借着夜色传递你的情意。
你的脸上泛着红晕,
你的心儿怀着欣喜,

那样温柔、那样亲切地
在远方呼唤我的名字。

张升平

笔名月光晒谷,安徽人,教师,省作协会员,埇桥区散文家协会副主席。曾在多家报刊上发表散文等作品数百篇,多次获奖。

摇曳

你的影子
一直在我的心里起起伏伏
就像
在秋风里摇曳的一枚树叶
我怕
有一天
那风儿会一下子把你
吹出我的世界
我那
曾经是
贵族一样奢侈的心情
也会因为你的消失
瞬间
变得无影无踪

那一天

那一天
在秋意阑珊中
我突发奇想
我想听一听
在我们那些过往爱慕里
有多少记忆
是记载
关于我们的喜悦
是书写
关于我们的惆怅
是表演

关于我们的快乐
还有多少
是诉说
关于我们的忧伤

没经过你的同意

还是你年轻时候的那个早晨
你从我面前
袅娜地走过
那快乐的阳光
就把你所有的美好
生动地传递给了
我那急促的心跳
从那以后
请你原谅
没有经过你的同意
我就思念了你
在夏天焦躁的那些中午
我无数次的
走过你的窗前
只想让你
看见我慌乱的眼神
还有那种
似涩又苦的心情
我的脚步
惊醒了
你房前正在午睡的树叶
还有树叶间
那一对呢喃的小鸟
它们
在一旁窃笑
我想
它们肯定是窥见了
我心里的诗意
请原谅
没有你的同意
我就追逐了你
如今

季节已到了秋天
岁月已涂满了尘土
渐渐蹒跚的脚步
就只有寻找
不知道
在夏季里
丢失的那些情愫
到底
隐藏到了哪棵相思树下
多想
在那许多瘦弱的落叶里
突然
找到那一枚金黄
请原谅
没有经过你的同意
我依然在寻找你

张石生

笔名理想人文,山西省吕梁市石楼县人。吕梁市作协会员,一个喜欢在诗意中行走的男人。1966年出生,1984年开始当老师,如今在石楼县和合中学任校长。工作之余,笔耕不辍。近年来每天至少创作一篇诗文,生动展现生活中的所见所闻所识所感,弘扬真善美,传递正能量。部分作品被《黄河》《吕梁日报》《石楼时讯》《屈源》等报刊选用。

父亲

远离故土
扎根在
善良最深处

曾经
红色渲染的年代
一定有梦

负重前行

重复着
单薄的忙碌

不得不
与岁月讲和

山长水远
记载了坚韧

苦到极致
满目幸福

或许
读懂父亲
就读懂了人生

小曲·清唱

生活里,常有
情不自禁的吟唱

这一支曲子,一定
是自己喜欢的经典

什么时候,学会了
抑扬顿挫的感叹

或许,平淡的岁月
偶遇惊喜和丰满

刻进骨头里的记忆
是最精心的收藏

美丽的歌谣亲吻着
温柔的河,朴实的山

一程风雨
一抹欢颜

身不由己的人生
重复,熟悉到家的清唱

城市味道

城市,没有熟睡的时候
整个世界一直在奔走

总是在新修的马路边
杵起一座座似曾相识的高楼

菜市场的喧闹
开启凡间最实在的清晨

洒水车播放的音乐
像是大娘抚慰玩累的孩童

公交车一如既往
保持一副懒洋洋的面孔

红绿灯下达着无声的命令
正如交警的服装总是那么醒目

古时司空见惯的房舍和树木
如今像宝贝一样重点保护

最红火的商业区命名为广场
兴致勃勃的人流出出进进

柔韧的立交桥保持最大的弧度
上下班高峰的堵车自成一景

人们五颜六色风格不一的穿着
区别不出贫穷还是富有

小吃街从早到晚都有食客
品尝着人间烟火的温馨

铺天盖地的楼盘广告

在每一个角落都咄咄逼人

大家看着影响心情的雾霾
讨论似懂非懂的 PM2.5

开放得愈加彻底的时代
造就一波又一波平民英雄

如果愿意落脚在城市里
相当于永远告别了乡村的清宁

哲人讲,失去也是获得
这五彩迷离喜忧参半的人生

张士国

笔名师谷,山东省诗词学会会员,部分诗歌在《中国人口报》《人民武警报》《首都公安报》等国家、省市报刊发表。著有诗集《感受四季》,2017 年被评为山东省齐鲁文化之星。

永远的遗憾

我开始不喜欢春天
那些鲜活的生命
冲进凉山木里
甚至讨厌春天的
风,转向的风

火,把夜燃的红
命令,听得很清
为了祖国,为了人民
无悔的选择,冲

每次任务,生死的历程
我的存在,举足轻重
对不起父母妻子幼小的孩子
为了使命,已顾不上叮咛

我的父亲母亲

夜晚的星星眨着眼睛
我盼着月亮升起来
照亮我想念父母的旅程

只有夜晚,我的泪水
慢慢的湿润眼睛,呜咽
父母在天堂的日子

有时,只是感觉,父母
还在,慈祥的面容,盼望的眼睛
村口,家门口,盼儿的身影

我包好水饺去看您,上香,烧纸
高声呼喊,爹呀,娘啊
我的诉说,您是否再听

说不出的痛

拨开山上的那层层云雾
看阳光
那照射的 精彩 飘渺
是否与现实有点距离

我看艰难爬行的
不只是善男信女 还有那老者和挑夫
穿过树木的目光
哪怕是夜晚的一丁点光亮
是否你已感温暖
我记得我的哥哥和我的父母
已经拦不住他们急匆的脚步
跑到了一个叫天堂的地方

今冬没见到一片雪花
哪怕是一片 两片
看那飘渺的云雾
轻飘 风淡云轻
整个世界让雾霾罩了起来
云里云外

是否是一个宇宙
阻隔
两个世界
你在里
我在外

张世和

笔名清川，1967年于北京机电工业学校毕业，先后供职于国营第一八七厂和中国兵器工业集团公司中国北方发动机研究所。喜读诗书并学习创作。作品散见于多家网络平台。多次参加各类诗词大赛，取得多项成绩及荣誉称号。现为《诗刊》子曰诗社社员。落日萧洒，余晖绽花。运动笔墨，歌吟年华。

有生命的浪花

我是大海中一朵小小的浪花
好似天天放荡着无牵无挂
分分秒秒都在撞击着长长堤岸
好像只是有意展示洁白无瑕
可你们谁能真正走进我的内心世界
猜到我整天都在痴迷想啥
谁能真正理解我的揪心痛楚
为我抹去
流淌不止的满眼泪花
我厌倦
日出日落的千篇一律
我嗔恨
束缚自身的无力自拔
它让我失去
不能复制的大好　时光
它让我无法
追回宝贵的青春年华
我多么想快快挣脱
扭死的羁绊
悄悄蹦上曲伸的陡壁岩崖
亲近这一片

我熟悉不能再熟悉的心中热土
精心营造
梦中温馨的陆上之家
我愿迅变成一匹
风流倜傥的白龙大马
走进温情的心中童话
我期冀徜徉在村落陌野
巧迂我朝思夜想的心仪之花
我愿她扭捏羞涩的骑在我
温暖舒适的背上
伏下身子和我悄悄吐露
不愿他人听到的情话
我会深情地回眸
给她一个甜甜的微笑
用热唇轻轻吻一吻
她飞满红晕的肉嘟嘟的脸颊
我要欢快有节奏的踢踏舞步
相伴她走向天涯海角
让我倾听她曼妙的歌喉
咏叹不重复的歌曲
共同回到我和她
曾失去的豆蔻年华
别以为我只是一朵
无生命的微小浪花
其实我的心胸比天还大
谁说我不需要也不懂得爱情
在我跃起张扬的那一刻
你应该看出
我的一生情爱化做的泡沫
将向何处泼洒

张顺志

网名独钓月色，江苏淮安人，淮安市作协会员。

秋叶

来到秋天
你变得多姿斑斓

把现代诗深深地掩埋
又向人们
重展富贵的烂熳

曾记得春天
诗人们兴高采烈
把一首首诗作挂在树梢
到处吆喝
春色这边最美艳

热火的夏天
谁也不曾记得
整天都为生活忙碌
尽数重复的平凡
偶尔也会一展浪漫

转眼就到了秋天
树上的诗都被风吹落
路过的行人
一脚又一脚地踩在上面
好心人在找寻收藏

秋枫

一天强过一天的秋风
让我醉不能醒
不知是怎样的一场细雨
尽褪去夏日的潮涌
滋润了年轻的心
又还我姿容

沉默半生
该放纵一季
何惧经历的疼痛
飒飒风中
让一脸的幸福告慰世界
永葆青春的火红

从烙下时光鞭痕时开始
我就盼返老还童
哪怕在你泪光里离开这不舍的尘世
愿将所有的记忆置入土地冰封
跌落前也要气贯长虹
如果恰好在某本绿色诗集里再相逢
那是我爱你字句的奉送

秋风

你来了
像一场梦默然想起
任我飘舞摇曳
诗歌如潮相互拥挤
一汪见底的秋水神思中与你相依

你来的恰好
在你关切的诗怀中相嬉
我们天南地北地走着
累了便在你清澈浩瀚的情怀里
安静地读着浅淡的你

思绪天空的云彩熟悉
随着那一缕飘逸
我极其留念
我们曾共同有过的那段诗行
又在彼此间相遇不离

一阵紧接着一阵的缠绵
吹散了脸上的涟漪
什么时候你若远离
我闭着眼睛还会想你
想躺在你怀抱里的甜蜜

张天珍

来自河南郑州,有闲爱以文涂鸦,喜生活的缤纷亦能真心以待时有的鸡毛。为父写了系列多篇,现摘奉拙作两首。

花开有恙

似乎一夜之间
飘在眉心的朱砂痣
长出了须
一枚枚闪着银光
疯狂招摇
拼命寻找
血链迹迹

伸向大地的气根
多像榕树
状似虬般深思
心向穹苍
身体萎缩成螺旋
辗转依依

风,吹干了雨的泪
在还没来得及擦拭之前
集体默哀
冒着火焰的圈圈
焚烧着名字
将刻骨铭心的称谓
燃得更旺
星星
擎着生命的火把
明灭点点

嗟叹来自花
既然开了
为何还要零落
花开有恙
杯盏有难
仿佛蛇在伊甸园
雌黄纷纷

乱舞
多像一夜之间长出的须
藉着血链

白了一世家的头
誓言昭昭

曾经
我们是孩子
如今
不得不长大
伴着草
生长的意义
已分不清是喜
抑是
原上离离

不忍回味
加了咖啡的糖
被剥离的甜
是怎样的愁浓
在隐蔽的角落里
抚慰伤痛
用别离铸就的烙铁
终是惊动了
疲惫的人面兽身
陌上凄凄

今日
暖阳下结满灰色的冰
菱形的视线雪花纷扬
哀伤的阵地
旗帜猎猎
宣示着节日的主权
清明
于您
于您们

红色的眼泪

我梦到了金色的麦浪
和您的呼唤
我的心在黑色的瞳孔里无限放大

一点点沉入深渊
撑起我的天的
只有炽热的风
和焦灼的等待

这是第几次了
崭新的日历瞬间枯黄
一些数字变得毫无意义
面对东方冉冉升起的那轮太阳
背负的宿命更加清晰
困住了灵动的发丝
一圈圈锈迹斑斑的套
笼住了一颗原本快乐的心

悼念一个人
依然无比沉痛
在熟悉又陌生的世界里
无语凝噎
扇不动的浸湿的翅膀
挣成了血肉模糊的猩红
跌落的
是满天飞旋的羽毛
没有窝的鸟
何以安顿

是呵
种下的那棵树也忘记了枯木逢春
在灰色地带
我们抱紧了日落
仿佛一松手
它就会掉入海底
一如我们再也找不回的
最最亲爱的那个人、那些事儿
那一段段美好的时光

慢慢摇着步伐
抚到了那株沉默的罂粟花
它在边缘的角落里隐入余晖

紫色的诱惑已被猩红替代
以至于我想问问它的名字
毕竟,我的眼睛蒙上了厚厚的灰尘
据说,它已洗脱了错误年代里的原罪
为什么还在受着惩罚
并改变了原本的色彩

还有什么是有色彩的呢
在今天
这个叫作父亲节的日子里
除了红色的眼泪

张维舟

大学教授,江西鹰潭人,祖籍河南孟州,文学理论家。一道诗艺社理论顾问。著有《芦甸评传》《文学杂谈》文艺集《守望》。

中秋抒怀

明月朗照,月光洒进屋里,
花茶绽放在明净的杯中,幽香弥漫在空气里,
甜甜的奶糖含在口里,
世界华人的血脉连接在"天涯共此时"的隔海相望里,
浓浓的亲情凝聚在温馨可人的家里,
情人的爱意在无言的目光对视里,
对未来的期盼在目送孩子上学的背影里,
感恩的泪水滴落在为老人捶背的节奏里,
男子汉的豪放在刘欢"该出手时就出手"的歌喉里,
俏妹子甜美的歌声荡漾在葡萄架下、苹果园里,
挥之不去的乡愁在阿炳的《二泉映月》弓弦里,
千姿百态,风情万种在柔美的《茉莉花》的旋律里,
华夏儿女的精气神啊,在王羲之笔下的点

画撇捺里,
对祖国对人民的历史担当,在时光的分分秒秒里……

诗啊,就是这个……

是少女桃红的笑靥,荡漾的酒窝,
是小伙子搂住情侣那粗壮有力的胳膊,
是老奶奶为远方游子缝补衣物的针线、簸箩,
是老爷爷断腿的老花镜,用胶布粘着,
是练功房里翩翩起舞,
是公园里偎依在游客身边的群群白鸽,
是大婶屋梁下一串串红辣椒、金玉米,
是晒场上的谷粒,堆积的稻秸,
是荷叶上滚动水珠,
是月色下,丝瓜棚里的蝈蝈声,传来眠歌,
是春天绽放的花朵,
是金秋燃烧的枫叶,
是广场大妈舞,踏着时代的节拍,一路欢歌,
是心曲:和平,宁静,坚定,执着,
虽然,虽然,也有苦涩……

祖国

不是景德镇瓷器
那么脆弱
不是苏杭丝绸
容易断裂
不是十三陵古墓
仅让人凭吊古今,感叹唏嘘
不是兵马俑
只供人观赏,反复摩挲
祖国啊,你是晨曦的露珠
滋润大地片片新绿,
祖国啊,你是草原上的牧歌
唱彻蓝天万里,白云悠悠,红日不落
祖国啊,你是铺路的山石
通向计算机世界

又连接着女娲补天的传说
祖国啊,你是云雾山中采撷的新茶
醇香,甘冽,又有些苦涩
这就是你啊,我的祖国
祖国的心胸
祖国的视野
祖国的骄傲
祖国的品格

张伟英

女,笔名柔情书香,中国诗词协会会员,聊城市诗人协会会员。作品散见《当代诗人作品精选》《中国诗影响》《山石榴》《鲁西诗人》等。愿永怀一颗诗心,歌颂生活之美好。

真情人生

回头张望走过的岁月
无悔的青春已改变了颜色
沧桑
在靓丽的脸庞上肆意涂抹
岁月
磨炼了我如水的性格
心灵的那片净土
依然是最纯真的春色
伤心过、彷徨过
却是从来未曾想要改变过
善良和谦和
镶嵌着走过的岁月
那份似水的情怀
将每一份人生路上的友情
轻轻地抚摸
只要真诚的相逢过
你就再也走不出
我牵念的绿沼泽

写给妈妈

我不知道

该用什么样的语言
来赞美您
我亲爱的妈妈

您微驼的背
见证了您一生的劳碌
为了儿女有个锦绣前程
您甘心把所有的苦累
都担在双肩
风里雨里
您辛苦劳作
不知疲倦
哪怕把脊背压弯
也要把儿女们都送上山巅
您深深的皱纹里
讲述着经历过的沧桑
在那艰苦的岁月里
您白天劳作
晚间为我们缝制衣衫
十几口的大家庭
您地里劳作还要洗衣做饭
多少个不眠的夜晚
油灯下您穿针引线
只为儿女们不缺衣少穿

儿女各有所长是您最大的期盼
弟弟工作努力
频频提干
自豪写满了您的眉眼
近年又考取了两个难度很大的
建造师证
让您颇为满足和心安
妹妹们工作努力
经常得到领导的肯定和夸赞
你得知后笑意满眼
每个孩子的点滴成绩
都能让您笑容灿烂
曾经的苦累

早已化为云烟

在今天这个温馨的节日里
祝福我亲爱的老妈妈
永远
健康长寿
幸福平安

风雪中的牵挂

漫天飞舞的白雪　洋洋洒洒
心头萌生暖暖的牵挂
家中的老妈妈
风雪中切莫串门离家
你可知
远方的女儿对您放心不下

雪后的路面
如镜般光滑
上学的娇儿让我
萌生莫名的牵挂
调皮的孩儿
雪地上切莫放肆玩耍
风雪中妈妈在盼你早些回家

迟到的班车
在如镜的路面上慢慢前滑
心头又亮起常绿的牵挂
我的爱人
此刻莫在驾车离家
也免我风雪中焦急张望
办完公务
早早回到温暖的家
香气萦绕的热茶
我已为你悄悄备下

只道相伴是寻常

今天的主角
是一棵

翡翠般的大白菜
它普通而又不平凡
它是千家万户饭桌上的常客
炒溜炖煮
各具特色
贫富贵贱
兀自清香

金灿灿的白菜花
在我手机里珍藏
炒菜时扒下的白菜芯
舍不得丢弃
找一个透明的花瓶
加入清水
每天给它放几首古典音乐
或读几首诗词
它便在窗台
灿烂地绽放
金黄色的小花
袅袅亭亭
从冬天到春天
姿意牵引着我的双眸

深深的期盼
临窗倚栏
月色深远
幽幽的月色中
摇曳着
我深深的挂牵
我慈祥的老妈妈
如今
已步履蹒跚
风霜染白了双鬓
皱纹爬上了双眼
无情的岁月
已把娘亲带到了古稀之年

琴瑟凄婉

夜色阑珊
半掩的书卷中
承载着
我深深的期盼
期盼我的白发娘亲
永远健康平安
祝福我的白发娘亲
终日溢满幸福的笑颜

张卫强

笔名风,山东莱州人。中国诗歌学会会员。2017年创建中华汉诗联盟和神韵之风工作室。

启明星(一)

一不小心
捅破黑暗

从此
无法阻挡光
入侵的步伐

启明星(二)

即使击败黑暗
也难抵抗
被太阳收复

败寇

只要跌落下
神坛
你所有的
骄傲
就会被
踩在脚下

桃花

仅靠着

一点粉色
招惹出多少
春天的
风流韵事

春雨

没有一次
盛装出行

却在大地上
涂满了
忠诚的印章

孔雀

展开千万只眼

我看它们的时候
它们也在看我

我不看它们的时候
它们还在看我

注：曾子曰：十目所视，十手所指，其严乎。这是《中庸》关于慎独最好的注解。"君子坦荡荡，小人长戚戚"写诗如同做人，虚怀若谷，又岂能在乎别人眼中的你。

张文娟

笔名故缘杨柳、海棠花依旧，山东日照人，1980年生。喜欢诗歌行走纸笺的味道。有作品发表于纸刊及网络平台。
诗观：以文绘真。

可爱的人

阳光是一剂良药
举着出鞘的光芒
拨正那场风带来的灰暗

一场处心积虑的阴谋
过去了

征服它的并不是利刃

双臂飘摇中托起平安
自己泡在泥水里
几日的颠沛流离终会落幕

每当灾难来临
冲到前面的那些可爱的人啊
你给每段困难的结束语
都是阳光的温度

江南·水

船儿，荡开涟漪的晕影
柔软的日子很快被修复无痕
水是江南的魂
任何物种遇到都会被侵染坍塌
比如僵硬，尖锐或者嘶哑

弯下腰身
让手的关节去对话
我的身体也被缓缓征服
等下一个自然段开始
我会大声喊出，我已爱上

收集起漫天云朵
还有日子的各种颜色
多年后你韶华依旧，碧水长流
我的风华早已苍老成流沙
用力一攥便指缝间溜走
不再回首

江南·巷

小巷里的女人
将汲水的木桶装满月光
水动月漾
长短句就这样流淌而出
零落在耳旁

灯盏的脉搏在旧门板上
微荡不停
我不忍碰触那微弱的呼吸
生怕不小心
惊醒默念的窗

就这样吧,我向墙根靠拢
天亮再去叩访这扇门

张武

黑龙江省依安县人,作为农民的领头人,和乡亲们一起耕耘这块美丽的土地,同时忙里偷闲用文字耕耘着自己的愿望。

远方

昨天
你倘佯在大街
我蜷缩在角落
敲打路面的高跟鞋
便是我
一首
唱不完的歌

今天
你在天涯
我在海角
那迷迷糊糊的相册
就是我
一生
过不去的河
我曾是个兵
从黑土地步入绿色军营
那嘹亮的军号声
让我热血沸腾

我是一只雄鹰
爱撒万里长空
祖国的每一寸疆土
都承载着我光荣的使命

从一个兵
荣退为平头百姓
军营情
足够我享用一生

面对崇山峻岭
我要立足乡村振兴
明天祖国再召唤
毫不犹豫陷阵冲锋
给情人
我站在屋檐下
遥望着天边的云霞
我多想
多想把这朵
用心编织的花
捧给她

可是
她在海角
我
却在天涯

张喜春

黑龙江省依安县人,男,1965年4月出生,中共党员,依安县中医院副书记,医生,从医未忘骨子里的文学情怀,喜欢诗歌、朗诵,对摄影尤其偏爱,每一张照片都有自己独特的构思角度,发现不一样的美。

岁末情怀

望着天空皎洁的月光
走在寂静的大街上
看着在寒风中的行人来来往往
回想着一年来逝去的时光
欢乐中伴着忧伤

愉快里掺杂着彷徨
有喜迎新生命的喜悦
也有痛失亲人朋友的悲伤
有取得成绩时的欢欣鼓舞
也有遇到挫折时的困惑迷茫
从中无不感慨着生命的脆弱与顽强
从内心里感受着理解和包容的份量
但感悟最深的应该是——珍惜
珍惜现在珍惜平常
珍惜我们目前所能做的和所应该做的一切
整理好心情打点好行装调整好心态挺起胸膛

用努力去谱写新的乐章用欢笑去迎接今后的每一个曙光

最后的顽强

寒冬已过
春天悄然而至
冰雕开始经受着春暖的折磨
暖阳在唤醒大地的同时
也在热情地拥抱着冰心
阳光在温柔的撕扯着冰雕的肌肤
让它们越加显得骨感和凄美
但冰雕仍旧含着眼泪顽强的坚守着
坚守着对寒冬的眷恋
仿佛在顽强地告诉暖阳
不管寒冬对他人如何冷漠
但对于冰雕来说却是那么体贴入微值得依靠
值得它顽强的坚守

张霞云

江西省临川县人。鹰潭市作家协会会员，中国唯美诗歌原创联盟常务版主，鹰潭市微诗协会常务理事，信江韵微诗社编委。出版合集信江微诗韵。作品发表《参》《花香港地理蓝陵诗刊》《中国微型诗》《鹰潭广播电视报》《鹰潭日报副刊》及各网站等，荣获"世界环境日组诗"征文一等奖；"中国黄蜡石杯"文化征文三等奖；贵溪市纪念改革开放40周年农业农村发展成就暨推进扫黑除恶维稳微诗大赛优秀奖。

老屋

门前　鸟鸣越来越瘦
被掏空的小村　只剩一缕炊烟
呛痛深陷的眼窝

父母

两根拐杖支撑着斜阳
那长满茧的叮咛
濡湿　儿女的心

芦苇

依水而立
用一支瘦笔
素描风中的景色

春联

裁一抹中国红
镶嵌黑珍珠
在新年的门楣　亭亭玉立

失眠

月光斜斜地照进窗台
几粒文字　在诗人的脑海里
踱来踱去

张宪军

男，汉族，1953年6月出生，滕州市人，退伍军人，大专文化，滕州市农机局干部。为滕州市诗词联赋协会会员。

荆泉漱芳

今夜月掩荷塘，
柳莺轻轻歌唱。
谁把淡紫色的浪漫，
舞成梦幻般的霓裳。

熟悉的旋律常常推开记忆的窗，
如烟的往事缭绕着雨中的丁香。
是谁走在悠长悠长的江南雨巷，
每一次回眸都经历了千年的时光。

熟悉的身影在月下久久地徜徉，
如莲的心事穿越了岁月的沧桑。
婀娜的芙蓉摇曳着缤纷的梦想，
皎洁的月光抚慰你牵挂的远方。

今夜风清月朗，
一潭清泉漱芳。
把那些幸福的痕迹，
柔柔地洒在你的心上。

张相军

  吉林省长春人，吉林工商学院，工商管理学院教授，酷爱诗词。

偷松果的老鼠

我也有梦想，
梦个白日梦，
想像个书中男子般的美丽艳遇。
最后发现这梦想还是和"读书"有关，
呵呵，些许荒唐！
不过又有道理，
不想成富商，不想成名流，更不会成总统。
忙过一段课程，
累完一天工作，
挤回一路公交，
竟想的只是翻上一纸闲书……
若书是松林，
我愿做一只流浪于此的老鼠，
怀抱着本不属于我的松果。
哪来的？偷的！

张相奎

  男，满族，农民，1966年出生在河北省承德市，现定居内蒙古呼伦贝尔。热爱诗词，内蒙古诗词协会会员，阿荣旗诗词协会副主席，中国爱情诗刊内蒙古组稿站执行站长。带领一帮农民组建红沙果诗社。

中国爱情诗走进清华园

中爱是一簇背上伞花的情种
把爱播撒于浩瀚无垠的琼宇
无论你降落何处
中国爱情诗的精髓就会落地生根发芽

驾驭春风的走向
中爱的精英在清华园里迫降
用曼妙的手掀开解冻的沃土
把中爱纯净、唯美、古典、国风的文字耕耘播种
让有爱的花生枝长蔓
走过春的田野，趟过夏的激流
带着菊花的淡雅，玫瑰的芬芳
浪漫随处流淌

清华园澜园里唱响了春天的韵律
把中爱山一程，水一程的过往收藏
一份执着，一份感恩，一份懂得
蓄满爱的情诗被折叠，打包
适时存储，适时放飞

吟诵是甘美的酒，动人的歌
更是壮丽的诗篇，奔放的情

把柔肠百转的声律融入四季交替之间
散发香浓,酿成一杯最美的回忆

中爱义工不惧途远,疲累
中外组稿站借助声讯把爱之声传送
飘过七大洲,四大洋
回眸处,处处明媚,处处晴好,漫释墨香……

张晓红

女,笔名昕之声,1970年9月出生,湖北省大悟县楚才高中教师,热爱文字,热爱诗歌。诗观:以真见字,见心。

给心灵放个假

如果可以,我就关掉手机
断开网络,找个能容纳自己的房子
不管喜怒哀乐,风云变化
让心灵自由飘飞

如果可以,我就让自己,变成一只小鸟
不用水击三千,不用像大鹏,只要能
放飞梦想,像鸟,可以南徙

给心灵放个假,平静的,避免人生风雨
淡泊明性,不执着享乐,累了
歇歇,安静享受生活
用真善之心感悟生命真谛

如果可以,我一定会,任自己
像一颗沉向水底的石子,任凭沉落,不被扰乱
自由寻找,那一个真正快乐的自我!

尚有余温

冬的美丽
在于它寒彻心灵,疗愈破碎

大雪压得嘎吱响的
树枝丫,接受太阳传输的温度
去春天,尽展,放绿

那份执着,不在于,谁离太阳最近

一个温情的举止,一句温暖的话语
足以推动,我们在心灵路上,走得更高更远

静静时光里
隔岸相伴的余温,转身的距离
默默观望,悲喜沧桑

有多少人,耗尽一生,丧失传输的勇气

似尘埃,不能触摸,无法看见
只能想象的画面

黑暗里的那束光,隔着疼痛
寻找残留的氧气

鱼刺在喉

有的苦,在喉
吞不下去,吐不出来

有的事,在心
解不开,脱不了
如浊气,难言
忧郁在心,随日子淤积

岁月会让它自行腐烂
逐渐磨砺,结晶,成为舍利子

2019年7月29日

张新锐

山东临清市人。中国诗歌学会会员,临清市作家协会副主席。在《山东文学》

《散文诗》《山东诗歌》《长江诗歌》《新国风》等报刊及微刊发表作品千余首(篇)。多次获奖。出版诗集3部。

或者静静地一笑,我看见那一抹绿色

或者静静地一笑
我看见那一抹绿色
昨晚花儿落了一地
谁敢说你的芬芳
在松软泥土里蠕动

就如那一颗种子
在一个阳光明媚的中午
憋了一冬的那句话
借一声春雷发声

把自己的小脚丫
蹚在温暖的泥土里
需要阳光
也需要一场透雨来临

一生的追求,压在你早已弯曲的脊背上

你的背影
让我的心痛了很久
过度劳累
像背负着一座大山
却永远那么坚强

一生的追求
压在你早已弯曲的脊背上
总有一个背篓
盛着无限的希望
和儿女的幸福

儿女的心里,多少遗憾咬在唇边

你静静地站着
面沉似水
我默默地看着
泪水盈盈

风拥着月
和我交谈
蓄着那么多深情
只是刚刚大病一场
你总是坚定地说
别怕,还有明天

儿女的心里
多少遗憾咬在唇边
走在幸与不幸的边缘
暑天里总是望眼欲穿
心痛了
风,越过栅栏

张新宇

吉林省吉林人,吉林建筑科技学院,管理工程学院,工程造价专业本科毕业,酷爱诗词。

小驼马

我的孤独像一只猫头鹰
神秘而又恐惧
是我而不是它
似它而不似我
又怎样能够分开
我的孤独像一只离群的驼马
必死而又挣扎
是活而非死
似死而非活
又怎样才会安宁
马蹄上的血液已经凝固
羽毛被扇动的翅膀送上天空
我不再有任何感觉

张秀明

女,江苏盐城人。

父亲

我把自己的姓氏举过头顶
不与一地思乡的影子互生怜悯
月光没有梦
那条穿过村庄的河流
像父亲一样沉默

喂牛的老农把生活栓在黄牛的脊背上
一路高歌
田野转换成或深或浅的脚印
我紧盯着犁耙的目光一夜苍白
父亲的背影被命运劫持
在我离开家的方向
白发爬满整个村庄的鬓角

所有的炊烟都挣扎着
走向远方
那盏点燃了若干年的煤油灯
依然在窗前亮着我乖巧的童年
窗台上的月光像一壶老酒
醉了时间期盼的眼神

我把愧疚都交给夜晚
路上的月光依然在摆渡与瘦弱相似的灵魂
卸下这半生风霜去追赶一条归途
回家的路上只有一棵树
它哭泣的时候很像我

母亲

我总是习惯在每次
回忆她年轻的模样之后
开始憎恨岁月的无情
也开始承认时间
承认我左右不了的阴云和暴雨

那些被淋湿的繁华与尊贵
被命运烙在母亲坚定的目光里
看着她眼角抹不去的皱痕
我开始懂得疼
也开始同情败落的斜阳和炊烟

走过与贫瘠有关的记忆
我在一朵花的微笑里
看见母亲与世无争的背影
不能为她扛下生活的艰辛
转身之后我又在一个人的奋斗里
四季轮回

在一个延续了若干年的姓氏里
雕刻完我的成长
父亲把裤兜里的苍凉
抖落在那条寸草不长的路上
而母亲还在左深右浅的脚印旁
喂养我瘦骨嶙峋的诗歌

张艳朝

笔名张连畅,70后暖男,籍贯鄂蕲春,现居上海。中国诗歌网注册认证诗人,《望月文学》编委、特约作家,中国爱情诗人,《凤凰诗社》入驻诗人,《上海诗叶》常务副主编等。创作观:保持心中那份纯洁,弹奏丝竹之音。

在楼兰城等你

长途跋涉解鞍扎营
遥远边陲空旷沉寂
痴情女子守着清幽之地
千年战火平息
风雕刻苍茫戈壁
多么渴望微波柔水

月亮降落窗前
融入大海静谧
涛声轻叩心扉
发黄船票承诺仍旧明晰
迷离眼神背道而驰
驿路征尘飘零叹息

青丝绻髻栏杆古朴
墙角杂草愈显生机
忽略许多不经意
错失美好缘分
星辰高悬逝去记忆

2019年5月28日晨于上海

梦回故乡

飞过千山万水安之一隅
眼前场景似曾相识
雪山沼泽草鞋脚印
爷爷粗糙双手编织辛酸
堂屋里吐着烟圈
孙儿好奇点火
呛得眼泪直淌

天刚放亮起床
拨开露水镰刀收割稻子
摞倒谷堆犹如金黄波浪
口干舌燥咬牙忍耐
太阳出来时伸腰上岸
跟在大人们后面胜利高昂

八哥儿时玩伴
爸爸通宵赶制鸟笼
雏翅很快丰满
捕捉蝗虫撒落米饭
亲密蹲在肩上
对视孩童澄澈眸子
叽喳世间温情

香樟树刻录年轮
春暖夏凉枝繁叶茂
风吹来佳音
烟消百年沧桑

2019年5月21日晚于上海

美好心灵

阴暗潮湿滋生细菌
风雨交加溅起浊浑
夕阳横斜陶醉黄昏
小桥流水播放不竭新闻
憧憬逐梦日月星辰

爱恨情仇大海深沉
微笑哭泣舞动浮云
好运逆境天下平分
历史洪流岂惧烟薰

千金难买儿时纯真
何须嗟叹看破红尘
水火缠绵朗朗乾坤
细微缜密托举千钧

阳光普照抚去伤痕
惩恶扬善慢品兰芬
相对论仍在探询
涌泉相报滴水之恩

2019年7月21日中午于上海

父亲

眼里揉不进沙子
衣袜归位摆放
头发梳得油光水滑
整洁有序如约行事
随意乱翻必招致大发雷庭
老虎威风森严
时令节气掌控从未怠慢
淳朴农民干净思想

黄梅戏眉舒惬意
梁兄英台沁入骨髓真爱
录音机里一遍遍播放
雄浑高亢卷起千层雪浪
记住汉字曲调
敞开歌喉清唱
天仙配憨厚牛郎
每次都能听出新奇咸涩
七夕鹊桥相会
警醒虚幻迷恋
耳根爬茧彩蝶成双

即将步入古稀
首都北京呵护温馨家园
故宫外惊叹
天安门前留念
航空博物馆主席专机体验
纪念堂向伟人投去敬仰
穿着布鞋踏实古老城墙
满面红润聚集旭日霞光

视频通话儿时快乐溢洋
血脉相承没有长短
几句简单重复问候
让美好憧憬保鲜
日子平常宁谧
背靠爸爸坚定暖和胸膛

2019年6月16日下午于上海

张耀光

男，60后，湖北省地质局第七地质大队员工，湖北中华诗词协会会员，中华诗艺社社长，上海格律诗词社编委，上海诗社编辑大型诗集《黄浦江诗潮》副主编，作品发表各大微刊。

假如时光可以倒流

假如时光可以倒流，
我会到桂林去旅游，
去你工作的地方找你，
真诚的将你追求！
假如时光可以倒流，
我会娶你为妻，
每天牵着你的双手。
我们并肩看日出日落，
深情的将你拥有！
假如时光可以倒流，
我会跟你建一个乐园，
到处种满花草树木，
我们在花下逗留，
招待五湖四海的兄弟姐妹，
一起写诗饮酒！

假如

假如有一天，
我悄悄地离去，
请别难过请别哭泣，
因为我有不得已的苦衷，
更不希望伤害到你！
你在我心里永远是可爱的妹妹，
只不过我们政见不同而已！
我的离开是不想你得到伤害，是为了维护完美的你！
假如有一天，
我悄悄离去，
说明我最在乎你，
你有你的誓言必须遵守，
我也有我做人的准则，
希望你能够理解我的不得已！

《中华诗艺社》之歌

我来自三峡大坝宜昌
您来自遥远的地方
诗词文艺
让我们相聚在一起

成立诗社
抒发理想
我是个志大才疏的门外汉
业余痴迷在诗海观望
您德高望重
有着教书理想
桃李满天下
甘心无偿帮忙
网络让我们经常见面
拉近彼此的距离
一带一路中国梦
德才兼备诗社情
中华诗艺社
没有高官厚禄
只有伟大理想
弘扬爱国正能量
让喜欢文艺的诗友
提供聚会地方
湖北省地质局第七地质大队

2017年9月23日

秋天的叶子

每片叶子记录了
人生的轨迹
有的枯萎
有的重生
一片落叶渲染了秋色
一季落花沧桑了流年
寂寞的秋
除了回忆
谁也不能挽留
岁月朦胧
天涯西东
依然可以看到
当年遗落的影踪
花不会因你疏远
来年就不盛开
人却因你错过

成为陌路
纵然水尽山穷
那老去的年华
仍然风情万种
岁月在时光中留下痕迹
浅浅相遇
静静收藏
拥有宁静的心灵
才能发现意想不到的美
冷秋　冷晨
慢慢热　渐渐冷
等到发现就过了一季
纯净无尘的秋色
在心中逐渐升起
落叶荒芜了谁的只言片语
秋风又扫落了谁的思念情绪

2017年8月22日

当你老了

当你老了
白发苍苍
眼光浑浊
皱纹满脸
皮肤松弛
你就会发现
只有我陪伴着你
牵你手傍晚漫步
当你老了
疾病缠身
风采不在
你就会发现
健康最重要
金钱不能代替病痛
挑拨离间的人
多么卑鄙无耻
家和万事兴
为了金钱不顾道义的人
比魔鬼更可怕

当你老了
你就会明白
大千世界
良秀难分
受拜金误导
难免遇到一些垃圾人
他们打着正能量的幌子
传递负能量的思想
当你老了
你才会真正明白
真诚待人最可贵
遇到现实和网络中
真心帮助你的人
他们从未见面
无私帮你
要倍加珍惜

2017年4月18日宜昌工地

张奕

女，从事过记者、宣传干事，武汉作家协会会员，中国散文家协会会员，中华当代文学学会会员，中国诗词家协会会员，安徽省诗词协会会员，《中华风采人物》杂志特约编委、记者，采编中心主任，武汉栏目主编。笔名淡雅东东、张译。

坐在诗里的女人

想象在灵魂中体会一种气质，融合很多因素之后，推开了这个世界的精彩。

——题记

守住一段情动感觉
沉浸于优雅旋律
狐步划过的思绪绕过距离

让触觉探远每一分一秒
符号依然在心里长出花朵
绽放眉间

诗行已打破格律
飞扬漫舞地追逐
彩虹架起心桥
背景播放传神瞬间的飞远
眺望令心跳撒落一夜星星
无法收拾月光的影子

心是穿越感动的箭把
日子启动着一次又一次激越
文字用抒情筑成路口
站满沉甸甸的思念
情思如水随荷塘月色晕开
如画描绘爱到深处的细节

也许这段日子恰到好处
不远不近地赏识爱的深度
出神般目光交合字里行间
无法界定起点和终点
就让悠扬传送交响妙意
依然不乏心曲重复的味道

我沿着诗语的阶梯
攀援出神入画
牵手不是为了拥有
相伴才体会到相属
谁也不是谁的谁
永恒只写给最后诗句的人

我在灵魂深处等你

你和我是守候灵魂的文字
在缘的路口拼合一个构架
用穿行流光旋舞之风鼓舞
感触的缝隙总能吹开一朵心花
留下一段感人的故事

超然游走的激情
无论月光如水还是阳光荡漾
那份刚柔相济的感觉

在瀑布飞升的瞬间跌落谷底
平衡成就完美
如山的承诺信守岁月

什么都不重要
就如生活的起点和终点
历程总是书写细节
而沉淀就如大浪淘沙
超光速的多维空间
擦肩也可以闪出金光

放下存在的浮影
不需要费心拥有
占满灿烂星空
未曾开启贪婪的醉梦
留存一池荷塘盛开的夜色
美是睡在柔波月影的缱绻

脱俗追赶灵犀
灵魂深处有今生来世的链接
时时点击情网
足以波及贯通触感

升腾如云飘然梦幻
借梦诉说着不曾消失的感动

一首诗的距离

　　诗歌是灵犀闪现瞬间留下的神往,而一首诗的距离只和灵魂有关,是心和心的感觉跨越了世俗,是永世的绝唱。
　　　　　　　　　——题记

从秋风中吹来一片文字
把绽开的缘置于灵魂
相遇在先还是文字在前都不重要
那是前世的故事

感慨总让意境幻化色彩
心动的枫叶点燃山脉

没有人能把倾注的诗行抽空
融入诗歌的人美的窒息
令与生俱来的日子
描绘出一个起点
飘满日子的腰身
漫舞格律起伏

你埋头伏案的影子
排列出四季延伸
坐于烂漫山花的思绪
蕴藏禅意朦胧
种下思念的细雨数着日子玄妙
由此诉说缘去缘来

距离是心和心遥望
而你我是一首诗的距离
起伏跌宕着心意旋律
留下串串音符
读成一种姿态
记挂在歌的末尾余音未尽

张逸雷

　　1985年生,上海人。复旦大学毕业。现任职于上海建工五建集团有限公司。自幼热爱文学,吟诵唐诗宋词。繁忙工作之余偶有创作。业余碎片时间爱好欣赏诗歌美文。

夏蝉

又闻蝉鸣,
知否?
蝉蛹在地底下蛰伏17年,
方等到一个合适的时机。
才能钻出泥土,
才能攀上大树,
才能吟咏歌唱,
才能飞翔蓝天。

让一曲又一曲悠扬的蝉歌响彻夏季,
为大自然增添浓浓的诗情画意。

怎不令人唏嘘不已,
结束 17 年蜗居后出土,
从仲夏到秋天,
从蝉蜕里挣脱,
从泥土里出来,
从幼虫羽化为成蝉,
从完成交配到产卵后代登场,
只有一个多月的短短时光。
等到秋风起,
便是夏蝉生命的终场。

生命如此匆匆,
夏蝉何其坦荡。
因为生命的历程就是这样,
哪管是几年抑或是几天!
高唱生命之歌,
过好生命的每一天。
如果人也需要像蝉一样的等待,
用人寿 80 岁推演将是 16000 年的光阴!
莫道什么卑贱、寒微,
我深深敬佩这样一个小小的生命!

致深秋之柳

谁说树木没有思维?
您分明是天地间的智者。

当寒意渐浓、朔风嘶吼,
您选择了沉默和低头;
并不因尺蠖之屈而羞愧,
放眼的是来日的抖擞。

临到春风树起招军的旌旗
您拭去蒙在身上的尘埃,
再绘一幅杨柳岸晓风残月
再绽放青春的曼舞与歌喉。

天下人迷离于云卷云舒,
哀哀怨怨那花开花落。
您用刚脱下的尚带着您的体温的满地金甲,
诠释了大写的"舍得"。

摘苹果的季节

如果没有青春时光的梦的希冀
如果没有风吹雨打的砥砺
如果没有紧贴大地的心无旁骛的深汲
抑或没有自信自强的定力
纵然头上还是那一片天际
脚下还是那一块大地
秋日挂满树梢的
一定不是红红的苹果
而必定是徒劳的伤悲
和那无尽的叹息

张印珍

网名觅真,50 后,河北沧州人。做过农民,做过教师,做过机关干部。现为宁波作家协会会员,曾有 10 多万字的散文发在《文学港》《梁祝》等公开刊物。曾出过两本散文,《心灵花园》《花开的声音》,出版过小诗集《荒漠微光》,近两年爱上小诗,已经在多个平台发表过 500 多首诗歌,在《金秋文学》发表 100 多首小诗,几十篇散文被推荐到百度。喜欢摄影旅游。

故乡的思念

月光滑落肩头轻轻取下一片便是故乡的思念
心头　酸酸甜甜泪水在眼眶里打转
心中的故乡是绿色的青纱帐里　歌声飞传姑娘小伙笑开颜
故乡是老湾水清清亮亮

老井的水清清甜甜
冬天井口冒着白白的热气像袅袅的炊烟
飘到天上
故乡是红蜻蜓花蝴蝶飞过篱笆墙
小黑狗
呼呼地追不上冲着蜻蜓蝴蝶乱汪汪
这景象在岁月的遥远
悄悄的时光
让我离开了故乡
今夜月圆之时故乡
却在我的心头疯长
娘的模样
烙印在我的心间
在深深的胡同
瘦瘦的脸
皱纹满面
身子柔弱　穿着自己纺线织布缝制的白色大襟布衫
一个纽纽头
一双小脚标志她的人生走不远
风吹着她的灰白头发
像吹着她坟头的枯草
风吹着娘像吹着高粱杆
她站不稳啊
双手扶着胡同墙壁
望眼欲穿
朝着深深胡同的尽头
急切地将我盼盼我从地里收工回来吃饭
娘啊娘
我再也吃不到你做的饭
今夜月圆时之时
我心头
长出了淡淡的忧伤
深深的思念

枣树
一棵棵
圆圆绿的枣
激起我心底的波涛
异乡见到故乡的树
一股亲情
似母亲似大嫂
远离家已有四十载
我从小丫已变老
这异乡的枣
让我的心与故乡
拥抱

张永波

　　中国石油作家协会会员，黑龙江省作家协会会员，大庆油田作家协会诗歌创组委员会主任，大庆市作家协会副主席，现供职于大庆市《岁月》编辑部。

挣扎的秘籍(组诗)
行踪的影子
傍晚翘起的蛙鸣,仿佛被夜催生了一样
一些月色里显身的灵魂,露出了獠牙
它们醮着星光评估存亡的秘籍
所以,我愿意站在夜色里
悄然地看着一只夜莺
用香艾盛邀星斗
用卑恭清理门户,排除异己
并且以清雾、露珠企求更深的夜

我在曙色镀亮屋脊的瞬间
把自己分为两半儿
一个是自私的我,一个是博爱的我
自私的我自然而然地爱着自己
爱着亲人,为生的理由,不停的斤斤计较
博爱的我,真诚,大度而善良,一如同夏初的雨
说透墒情,以及布谷鸟,说出青蒿的仙气
这是我此时的承诺
如此的自然,平谈,像背影

中的自己,孕育于夜色里的
万物。包括我要说出的梦
像隐于黑暗里那一束幽蓝

眺望的触点
从你的挣扎中,感受到了
我抱紧的时光。从经典到梦幻
团缩身子在市井里
靠着爱和情欲
苦苦等待春花的烂漫

我的不该,不是与生俱来
也不分性别,它像一种宿命论里
的一条河对另一条河的眺望
忽略了一粒微尘
我不该擅自去挪动,跳跃,最后回到河床
对世俗的触摸和热爱
我们小心供奉着自己的光阴

我看到满目的芳华
避开敏感花季,呼吸顺畅
仿佛生活皆与我无关
就当是一件刚刚洗完衣服
干净将是主宰
此生的王

万物的尾巴
总有一些杂念,如语汇里挺立的时光
手持一只胸有成足的笔
饱醮着日月光,韬光养晦在稻椒的芳香里
模仿泉水的脚步回到童年
回到大水漫过的人间,等待万物生辉

"如果我们不能齐力断金,
就让时间再慢一点"
朗诵这句话的人
比倾听者更能操纵岁月的话筒
春之声的交汇处,在万物之下

演绎一场古典爱情

请在怀念中加上一个人的名字
我不在评说之例,请不要
轻言往事,如同
春光打开了的大门,迷途的小鹿
穿过静静的春天,守着一张恍惚的脸

我们相信时间
将无所不能,新设的驿站中
一批批将要出发的马匹,擦亮了蹄子
星光里,我听到了万物的磨牙声

氤氲帖
落日隐在浓雾里,一颗燃烧的心
就这样被淹没了
落差,长短,厚薄……
温度的计谋
就隔着一层雾

灯光这心灵的漆皮
悲或喜,像两栖动物
让我与爱人彼此对望
感情外溢,日子流水
像一汪未被抹拭干的光阴

平原这巨大的窗子
而我像一匹囚禁的老马
善待嘶鸣
太阳的善良,容忍我的奔腾
在你青春的气息里放纵
之后,让我在你的发髻间
找出沦陷的光阴

在氤氲里把我还给你
然后像石头一般的硬朗
万物忙着重生,生命隐藏于雾中
此间是十月,落叶无声

你我像相处多年的石头,幸福啊
谁也不说话
各自躺在各自的心里
你硌着我,我硌着你
像一小块伤疤

张永昌

1956年出生于黑龙江省依安县,依安县作家协会理事,齐齐哈尔市作家协会会员。已在国内外发表作品100余篇,有作品被《中国日报》英文版转载,散文《母爱》被国内最大的范文网站转载,作为中文写作范文,并有作品获奖。

今夜

今夜　月牙儿如钩
独钓千年的潮汐
今夜　有无数双眼睛
仰望
用泪水填满了
心中的圆月
如水的流光和
炊烟一起
牵着乡愁
奔跑在回家的路上
今夜　母亲轻柔的呼吸
如同春天的火焰
催促万物回声
在花海中
沉默的红叶飘洋在心中的河流
散发美丽且芳香的光芒
彩虹在深情之处起舞
被托起的笑容
在山水之间优雅地前行
清晨　你走进百花深处
那倒挂的长城
如溪水追赶着太阳

唱着一首安抚孟姜女的歌谣
伟大的防御
释放着不熄的文明

天上之水滚滚而来
把地球洗净
正值一个春暖花开的美好时光
新年的河流
站在家中的阳台上
看着一条河流在流淌
我喊她
她不停
只给我以笑声
友人说　别怪她
她就是这样一直
向前流着
她没有假日和新年
此时　我将自己幻成
这河流中的一滴
洗去半个世纪的尘埃
去滋润那干渴的农田和草原
在不停的流淌中
我的身体更加清爽
每天沐浴着明媚的阳光
我的动力源于母亲河
何止于洪荒

张玉梅

笔名梁雪,女,70年代出生,湖南省洞口县人,中学教师。国家二级心理咨询师,湖南省作家协会会员,中国散文学会会员,湖南省诗歌学会,湖南省诗词协会会员,1992年开始文学创作。已在国家、省、市级刊物发表纯文学作品80多万字。

母亲(组诗)

补丁

我是蓼河边放飞的一只纸鸢
斜着飞过异乡的季节
流浪的影子写着思念的诗句
总想远行,却一次次放下背好的行囊

枯藤老树,小桥流水
瘦弱的影子拖在夕阳西下的黄昏里
一匹饮着西风的老马
目光呆滞地望向未知的远方

我不敢回头
害怕看见伫立在河岸上的母亲
以及在风里老去的父亲
眼眶里滑落的泪水
把我淹没在异乡的尘埃里
找寻不到回家的方向

衣裳在风中飘曳
我抚摸着母亲连夜为我打的补丁
眼眶里晶莹的泪水以优美的弧线滴落
折射出油灯下苍老的身影
在密密地缝着一叠叠

一层层的牵挂与叮咛

土坯墙

黄昏　母亲
倚靠在土坯墙上的影
斑驳如深秋的花朵
曾红艳艳地盛开
又匆匆地凋落
苍茫十分

我的母亲和她的土坯墙
在收割的庄稼中间
沐浴黄金圣乐
向土地作深情的膜拜

生命的辉煌时刻
我的母亲
是一个经过苦难与忧伤之后
仍然迎风歌唱的
非凡的女汉子

那时　此时

那时候
山坡长满了野菜
我一棵一颗地挖
闭上眼
脑子里全是绿色的海

那时候
山野开满了桃花
我一朵一朵地读
闭上眼
唐诗宋词都向我走来

那时候
山庄挂满了炊烟
我一缕一缕地数
闭上眼
脑子里全是妈妈的爱

此时
窗前洒满了月光
我不敢闭上眼睛
怕
脑子里全是您的影
醒来
依然身在乡外

莲芯

水塘里
一株静待时光的清荷
以虔诚的仰望
迎接着如水的流光

叶与风相拥

根与水相吻

莲蕊贮存着温暖的阳光
庆幸与浮萍相逢

诉说一些细小的悲喜

谁知晓
母亲就是那苦涩的莲芯

沿着彷徨和不安的修行轨迹

将自己的心事

连同岁月一起泡在清荷里

慢慢地将金黄剥离

清明祭母

今天,我跪伏在您的墓地
双手深插泥里
只想与您十指紧扣
寻回儿的母亲
您和大地沉默
任凭鞭炮乱鸣、纸钱灰飞

今天,我跪伏在您的墓地
额头紧贴黄泥

只想摩挲着您如丝的鬓发

三尺黄土九重天
儿触摸不到您的躯体
风在呜咽,天也垂泪

今天,儿跪伏在您的墓地
任雨水浇头、泥浆裹身
儿只想听闻您的声息
除了蚊虫和我对应
坟地一片寂静

…………

张玉明

上海人。汉语言文学专业毕业,文学学士。大学毕业后30余年一直从事文字工作。退休前任建筑时报社副总编辑。作品曾发表于《新民晚报》《解放日报》《文汇报》《劳动报》《建筑时报》。

童年忆碎

烟雨溟濛,
古镇的小河中,
"咿呀"摇晃出一串桨影……

每隔几十步,
便有一条小河;
每一条小河,
总有几座小桥。
一条条载着渔鹰的小船,
荡着透澈见底的清波
叩着围捕鱼儿的响板,
唱着淳朴的歌谣。

窄窄小巷的街沿上,
青苔时常太过猖狂;
石拱桥下的小木楼,
四季流溢缕缕茶香;
"削刀、磨剪刀!"
熟人合抱的古银杏树下,
那男子汉拖曳、雄浑、高亢的声音,
像江轮的笛声,
穿越小街陋巷,

直传天庭鹤乡。

"雪糕、棒冰,光明牌老牌棒冰!"
"知了""知了""知了"。
每当酷暑的正午,
太阳照在那古城墙上,
发烫的小路上行人稀少,
旷野一片宁静,
远处的叫卖声、鸟语蝉鸣声,
显得分外清晰、悠扬。
那悠远的声音,
至今在我耳边回响。

烟雨溟濛,
古镇的小巷呵,
是否还有古朴的船和桨……

夏荷

淤泥里不失慎独
默默积蓄着生长的力量
宁静,为有追求
淡泊,因了信仰
等待那夏雨敲击窗棂
蛙儿声声咏唱

于是,孟夏的晨露里
你慢慢露出尖尖的嫩芽
凭波临风
任婀娜身姿轻轻摇曳
向世人展示
出污泥而不染的序章

当仲夏匆匆走来,
迅速舒展双臂任满目翠叶恣肆张扬
深情地对天空说一声"你好"
年轻的分秒和着光阴的旋律纵情奔放
亭亭托起青春的芳华
艳阳下红花点点分外美丽芬芳

当季夏将为过往
蟋蟀、蝉儿声声交响
月光下,那翠叶上的珠玑愈显晶莹闪亮
轻风将一池静雅幽香传向远方
那是遥远动听的歌谣
那是古老的生命的乐章

张跃堂

茂名市南天诗社会员,男,网名冀磁堂,笔名大堂,太阳家族耀辰主。原籍河北邯郸磁县,现居住北京市西城区。自幼喜欢文学,诗书画印艺术。擅长诗歌作词、随笔散文和篆刻书法。

军魂(微诗一组)
(一)

一枪声　岁征程
中华民族　已惊醒
震五洲　天变东方红

铸　铁壁铜墙　钢铁长城
四渡赤水　虎胆英雄
两万五千里　长征

抗内战　长征赢
四九　新中国诞生
统帅舵手　毛泽东

(二)

不忘初心　使命
一声春雷　敲警钟
钢铁长城　再立新功

合成建　陆海空
勇敢奋进　保和平
维和抗险　出奇兵

新时代　中国梦
变革　正规　提升
引领指挥　习近平

张则以

　　山东省临沂人,南开大学建筑学院,建筑规划专业硕士,酷爱诗词。

死去的青春

我躲在生活的棺材里,
周围是叫做记忆的尘土,
被风吹走,
被雨冲走,
过往的回忆迷失在天际,
像个孤魂野鬼飘摇在这片天与地。
我悲痛这样的自己,
没有了未来,
也抓不住过去……
我在青年死去,
记忆却像风蚀残年。

张芝慧

　　女,2002年6月出生于上海,现就读于瑞士莱蒙尼亚学院。零零诗社成员。

路灯

走在夜晚的街道
狂风嘲笑我的无知
默默裹紧大衣
肆虐的风
抽打我的灵魂
路灯幽幽地亮着
我跌跌撞撞地靠近它
它用温暖的光
轻轻为我披上一件斗篷

远处传来了悠扬的钟声

我站起身
向晨曦中黯淡的它道谢
它站在路旁,沉默不语
为我阻挡
来自风的恶

孔雀鱼之死

孔雀鱼摇曳阳光的彩绸
模糊记忆的界限
唤醒我死寂的目光

透明的牢笼里
死亡华尔兹
缠绕它最后的挣扎

妄想终将停摆
污秽侵蚀的躯干
逐渐僵硬

抓一团空气
泼洒在画板上
淡墨勾勒的眼神
逐渐涣散,消亡在
一个无人知晓的幽闭空间

日记

墨水打湿日记
阴影叼啄字迹离去
眼泪腐蚀妆容
时间之海,污染
纯真的回忆

锋利的高跟鞋
扎根,虚伪的世界
名为成长的病毒,扩散
疲惫的笼中鸟

日记

搁置在另一个时空
回忆发酵
酿成一壶七彩的酒

张助军

笔名军君,90年出生于江西修水,南昌大学在读硕士。现为鹰潭市作家协会副秘书长。作品曾在新华社《新华诗叶》菲律宾《联合日报》《参花》《中国当代微型诗选粹》《鹰潭日报》等各级媒体发表。在信江韵微诗社发表微诗3首。现供职于中国银保监会鹰潭监管分局。

老井

多年以后,再回去看那口井
杂草丛生,杂藻密布
被掩着密布透风
井底生物被压抑得窒息
我伸手把那些繁杂掰开
一股清凉
从心底流向指尖
继而攥成一股劲
将多余的东西连根拔起
浑浊之后,归于清静
随意捧起一抔,用舌尖验证
从我的掌心甜到心底
触发,贫瘠深处的记忆
汩汩流动
记忆回环闭合
正如从井底泛起的水泡
无数沉淀串联
井面清波凝聚,蒸腾起
一个个晨升的太阳
那正是,夕阳西下后
井中爷爷奶奶的脸

抗洪英雄

再一次从梦中惊醒
他望着熟睡的妻儿
没有丝毫犹豫
灾情就是命令
危机就要冲锋
呼啸肆虐淹没不了心中那团火
更阻挡不了涉水而来的铿锵脚步
以血肉之躯,筑起铜墙铁壁
誓将这头巨兽拒于城外
那一簇簇,一线线的蓝色
还有那高高挥舞的铁铲
劈分出纯净与浑浊
一次次延伸光明和与希望的界限
每一次奋力托举
每一趟逆流而行
是对使命的一次诠释
更是对生命的一次致意
纵使脚已被浸泡成褶皱
纵然酸痛把双手扭曲
无情雨水流过帽沿,把双眼催眠
只为那缕缕光明
映照张张期盼的笑脸
便不知疲惫
波涛为信,磅礴力量聚合
厮吼出
一个安祥的黎明

张卓尔

男,出生于2001年4月,零零诗社成员。现就读于上海复旦附中。首届"零零国际华语诗歌奖"获得者。

想起家乡和母亲

一

我与老屋两不相欠;如今我们
不见许多年了。那时旷野上
万籁无声。刮着白色的风
我只是被吹起,就再也回不去。

像石头滚在路上的人:
我与你们一样。思念一口井
我的身后尘土飞扬;而家乡
已被织成了几张蛛网

妈,你此时一定坐在屋前
讲我的儿时:扬诺夫卡的夜,从剧烈的风雪
跑过木匠犹太佬以及革命者——多少年前,
我才从自己突围;妈,别讲了
一旦开口,我就像从未离开过

二

妈,今天托洛茨基死了
他究竟是谁？你曾指着秦岭:
我的祖辈多少次进山伐木
我的祖辈种包谷——
那么,我想他大概是包谷。

别讲了。于嗟乎？不承权舆。
已经过了零点;窗外只剩下
日夜星辰。此时谁抬头:
就目击了时代。一切变迁
皆从时代开始。一个手势:人就变成了金子——
一种无用的勃起。

她开口告诉无产者革命,人们便摇拳
呼喊,我的窗子一扇扇打开。于是上帝倒下
夜不成夜——后来的人脱下外套
也变成了无产者;有人跪下了
而我仍站着
她拖着疲惫的尾巴,就像彗星变成扫把:
把被时代抛弃的人击倒在地
妈,你还在家乡吗？一辈子

三

我并不想念她们;我与老屋
两不相欠。那井既已枯了,
土地也杂草丛生,老屋只是
一条老狗。那些故事是她
老掉了的牙,如今她在角落里
没有哭也没有笑。只是等:

跨过几座山时的我,饥饿而苍白的时刻
——那时我记不起故乡
就像记不起子宫的样貌,如此神圣
却与欲望勾连——妈,你不喜欢她
我便够不着:"连人都养不活！"
而人们挨饿又忘记
如同包谷地里杂草丛生

妈,托洛茨基死了
我提起过吗？挨饿的时候
我吃了他;我与老屋终是
两不相欠,她使故事发生
我拿背向着她。面前仍是旷野
此刻我是许多个摩西:
一个我孤独;一个我形而上。而这一个
望着升腾的风低低地念
那时节万籁无声……

张子让

男,1952年生,上海市人,复旦大学新闻系毕业留校任教,从事新闻教育30多年,教授、博士生导师。著有《当代新闻编辑》和《新闻编辑教程》等,近年合编出版《千封信笺载师道——叶春华与学生书信选》。曾获中国新闻奖、上海市育才奖和复旦大学校长奖。

同窗抒情

黎明拉开了

无形的窗帘，
耳畔响起了
　　熟悉的振颤。
微屏显示出
　　红色的小圆，
脑海闪现出
　　亲问的早安。
圆点就是缘点，
　　点圆难道不是点缘？
点击就是惦记，
　　击点难道不是记惦？
问号变成叹号，
　　也许是你梦绕之所愿，
逗号不变句号，
　　必定是我魂牵之所盼。

在你面前，
　　我可以看到你喜欢我的笑脸；
在我面前，
　　你可以看到我仰慕你的双眼。
远离你的时候，
　　我可以感受到你绵绵的思念；
远离我的时候，
　　你可以感受到我依依的眷恋。

朝晨村色

　　本名郑敦城，笔名浩然一枝春等，广东揭阳人，1993年生，现位于深圳工作，室内设计师；从小热爱文学，平时写有古诗、现代诗、短语、词曲等。

夜未央

我的面前是窗
窗外是无尽灰色的楼房
千百折忽远忽近
三三两两云凹云凸
在月色的轻吻之下
消融了棱角
褪去了浓妆

看，多么幽沉的汪洋
船儿千百个回旋
是船桨失去了方向？
行，惆怅，迷茫
哐当，哐当
听，巷子里的绿色天使
开启了黎明前的大合唱

青春

青春是海里的浪
偶尔奔向前方
偶尔失去方向

青春是海底的沙
偶尔眨下金光
偶尔陷进泥巴

青春是海面的风
那腾起的纸片儿
上上不去啊
下不能下

谜

在梦前止步
在那零点中回荡
昨日的小尾巴
连空气都是多么
多么地冷静
冷静在那疲睡
疲睡中惊醒

明日的鲜血
在心头激浪
连耳边都充满
充满着你的回响
回响中沉睡

沉睡中抟谜

赵爱芳

网名冰雪俏佳人，山西交口人，曾在企业从事文秘工作多年。喜欢在宁静处独享文字的繁华，热爱生活，崇尚自然。近年来在当地纸质刊物及各大网络平台发表诗作及文章数篇。同时也希望自己能在以后的创作道路上羽翼更加丰满。

桃花泪

劲风刺痛
你细嫩的脸
落花如雨
旖旎着你多姿的容颜
繁华十里绯红嫣然
被泪水洗刷的相思
掩饰不住寂寞与悲凉
前世三生石上铭刻的心事
已被吹落
前尘往事已成过往
回首，再回首
留恋处繁华已散
只有等到下一个轮回
你的芳华重现

2019年3月29日

桃花

飓风掠走你娇媚的容颜
片片绯红含泪告别这美好的春天
是前世的姻缘
让你葳蕤点点
是今生的寒彻让你秀色可餐
是你点燃早春二月靓丽的霞光
是你的名字让春色撩人心弦
是你的满地落红让春泥吐露芬芳
是你的无私芳菲这春色浪漫

2019年4月17日

桃花源

一段深情的告白
未曾打动你的芳心
明明看到你绯红的脸颊和那娇羞的面容
可你却迟迟没有动情
醉卧于你温柔的怀抱
脉脉含情
可那一簇簇嫣红
能否点亮这如饥似渴的春？

2019年3月20日

不负春光

无端地将一份感情背负
虚虚实实
喘不过气的心脏啊
夜夜枕着沉重的包袱
三生三世
十里桃花
抵不过三生石上谱写出的一曲恋歌
缘聚缘散
花开花落
画不出一个圆满的结局
芳香滋润过的青涩年华
葱茏着岁月里的绿意盈盈
莺莺燕语
再一次唤回春天的旋律
片片绯红莹润大地万物
风中流转的素色旖旎着一段凄美的传说
一碗忘情水洗不净千年的十里秀色
落花飞絮飘不走春光里的那一抹绿
相思如雨倾不尽故事里的情深意切
望尽长空天涯路
凉凉月色朦胧着的双眼
垂青了我的银丝发髻
巫山烟雨梦断
携一壶清酒
依偎在十里桃花河

独饮春风三千年
醉一半,醒一半
待到日月轮回旋转

2029 年 4 月 18 日

赵爱平

自由撰稿人,音乐著作协会会员。创作歌词约 300 首,歌词歌曲散见于《词刊》《上海歌词》等刊物。

春花秋水润年华

春花捎来你的信,
暗香盈袖相思意。
春风十里不如你,
真情温馨三生三世!

秋水送去我问候,
千千阙歌谢知音。
弱水三千只爱你。
此情绵延生生世世!

春花秋水润年华,
当年明月还好吗?
可还记得说过的悄悄话?
当初的梦想可否实现了?
春花秋水润年华,
心中阳光还在吗?
走过的山水凝成一幅画,
最美的风景彼此常牵挂!

醉美的画卷

水是那么清,
天是那么蓝,
春来百花悄悄开,
蝴蝶舞翩翩。

悠悠天地间,
梦寐一段缘,
芳草湖畔鸳鸯戏,
徜徉伊甸园。

青山吻绿水,
长金山银山。
勤劳智慧的人们,
捧出幸福宴。

温馨的绿洲,
恬静的港湾。
和平鸽哨唱天籁,
醉美的画卷。

永远的守护者

胡杨守护着沙漠
我守护着你
神鹰守护着草原
我守护着你

远远的远远守望
守望成歌一曲
近近的近近呵护
呵护成画一幅

风雨兼程的岁月
凝成一首朦胧诗
醒不来的长梦里
我含着眼泪呼唤你

鸳是鸯的守护者
凤是凰的守护者
你是爱的守护者
我是你的守护者

赵昌方

男,白族,中共党员,1995 年 09 月生于贵州毕节,笔名芳草萋萋。南京理工大学硕博连读研究生,二月兰诗社副社长,南京市第二期"青春文学人才计划"签约作家，作品见于《中国青年作家报》《诗词报》《风沙诗刊》《咸宁诗刊》《渌水诗刊》等刊物。诗观：用心写诗，以情动人。

长在花盆里

假如可以
我愿生在花盆里
胖成多肉
假如可以
我愿长在花盆里
让人观赏
假如可以
我愿活在花盆里
颐养天年
假如可以
我愿死在花盆里
无欲无求
假如可以
花盆里也可以长出参天松

高枕

谁都喜欢高枕无忧
草民如是
将军如是
皇帝亦如是

可是谁能高枕无忧
草民不可能
将军不可能
皇帝亦不可能

只有像我这样的人
多扯几个枕头
硬是要高枕
假装无忧

我是我

不如李杜不如海冰
不过诸葛不过巴巴
不像邹忌不像哥哥

曾有人说，他的词藻并不华丽
也有人说，他的诗作靡靡之音
更有人说，他就是在自娱自乐

的确，内外同样的我
不过用心写诗，以情动人罢了
相信总有喜欢我的读者

赵成

端午的眼泪

端午　是个忧伤的女子
每一次相遇　都会泪眼潮湿
雄黄酒　喝不出过去的滋味
能对饮的人　站在江边放歌

艾蒿尝了黄连　倚在门边
哭成了泪人　望得穿的是秋水
望不穿的　是无法回头的背影

天问悲仓地长啸　泪水纵横
离骚的愁别是把刀　谁碰谁痛
谁敢再唱九歌　那些美丽的女子
在情欲里挣扎　世间的爱恨谁能说清

粽叶包裹着救赎的心事　所有的丰收
都不安成沉甸甸的哀愁　龙舟
载不动人神之恋　变身一把锋利的剑
在宽阔的河道里劈风斩浪

对爱的人　家艾最懂得亲近

站在门外张望？扭着腰肢大献殷勤
原来　端午只不过是一个人的乳名
喊出口　那些辣得心痛的经历
就会和秭归鸟一起　流泪高唱
我哥回呦,我哥回呦……

戏楼的影子

衰老的戏台　倔强地
站在阳光底下　行头战战兢兢
两扇卷帘半掩的门　眼神空洞
三两步走完的戏台　却演不完
喋喋不休的朝代更替
人生如戏　戏如人生

左一个　唱几阙清平调先祖是听
右一个　忠孝图演不尽后人作鉴
台上演戏的人和台下听戏的客
一起痴迷　哭不完的眼泪

小城的生老病死　淌不过
出将入相的门槛　绕过戏楼的河
老泪纵横　光阴最经不起挥霍
悲欢离合　屈指掐过剧本的厚薄
牵牵绊绊　不敢回头

戏楼的影子　颤颤巍巍
向着老街凝望　人性的美丑
扒光了衣服　赤裸裸地站在人前
太阳底下　戏楼的影子不死
所有的人和事　都会活着

哪有不累的心　除非
从红尘里一跃而出　只要锣鼓不停
虔诚的灵魂　都会皈依
力不从心　是每个灵魂的归宿
台下人哭着笑着　跟台上人一起入戏
出将入相　是一种活法
耕读传家　也是一种人生

一只会飞的气球

我的一生
从爱开始
第一眼的钟情
便实现了相遇

我向往　自由的天空
更喜欢　取悦爱我的人
如果没有牵挂
又怎能不离不弃

爱与被爱
不过一根线的距离
只要有爱
哪怕生命只有一天
都有意义

赵成武

江苏兴化人,中国诗歌学会会员,《词坛》杂志执行主编,甘肃韵文学会顾问,泰州市诗词协会会员,兴化市诗词协会理事。《中华文学》《国际联合报》签约作家,少陵文学社江苏分社副社长,仓央嘉措文学社泰州分社社长,中华文学新媒体主任。曾在《星星诗刊》《诗选刊》《中国诗人》《扬子晚报》《文学月报》《泰州晚报》美国《海华报》《昭阳诗词》等报刊杂志发表作品500余篇(首)。多部作品在全国征文大赛中获奖。

夏日情(组诗)

坐在窗前,南风知我心意
它吹散了层层云朵,仰望碧空
等待千古海潮。
这个流火的夏日,我听到南风
在古琴台上敲打琴弦

休眠的潮水涡流于云朵
朝我的窗口扑来
它的眼眸滴落着零星雨水
亲切呼唤我名字,询问童年歌谣
在浸透彩虹的梦里
听到南风细语的鹊桥相会
飞鸟之影恰似箭雨
刺痛了日夜盼望的心

许多年,我不明南风过境的按排
不明七夕苦楚,夏日炽热
滚烫的烈焰,蒸发了最后的童谣
我的果实,已被南风吹落
一地的相思。
古琴幽咽,窝居着我的忧伤
太阳的光芒里居住着我的爱人
遥远幻唱空濛的歌谣
令我回归源头,追猎的南风
在星宿的大雾中追赶我的苍老
追丢了群星璀璨的银河
追不到那天真无邪的童谣

摇啊摇,摇啊摇……
摇到外婆奔赴了苍茫的原野
只在梦中与我相会
青色粗布襟怀,高悬的发髻
摇摆的小脚,温暖的歌喉
南风令我想起了她。
星空下的凉席子上,仰望月光
外婆还在,银河还在
在这个夏日幻想仙女下凡的梦境
哼唱着相同的曲子
幻想仙踪相遇的那个男子

南风吹拂的夏日,削减了灼热
南风散了,一滴泪足够一生
鹊桥相会,是南风为故人按排的
灵魂相伴的佳期。

所有的飞鸟翔集穹苍
为这样阔别,真心哀悼
我也为南风的莅临添上一笔
还请南风捎去我的祝福
请南风吹送百鸟祥瑞的七夕
点亮一盏心灯,照亮整个银河

老兵

老兵,一种称呼
这个词总是在每年八月
被人们高频次地提起
当,和平成为一种常态
战争的硝烟渐渐隐去
刀枪入库,马放南山的日子
滋生出歌舞升平,灯红酒绿来

那些马革裹尸的悲壮
那些决战沙场的惨烈
那些历史风烟中血染的风采
与青春的身躯体
有谁记起?
如若,历史可以虚构
英雄被无端责难,无休止地质疑
一个老兵的生命尊严
又有谁惦记?

一个时代的精华
一个民族的脊梁
一种精神的华表
一个国家的功臣
他们,是最不该被忘记的人
也是不允许被忘记的人
他们的笑容,他们的事迹
也绝不仅限于八一

他们属于这个国家
属于这个民族
他们,理应享受国家和民族

至高无上的荣誉
他们的名字,他们的壮举
理应被人们敬仰
被山川铭记,被江河传唱

七夕

一段恋情的坚守,作了
一场岁月的虚拟
爱情,被一根银簪定界
思念的潮水
如同天河中的惊涛

织女脚下,踩着一方望夫石
故事成为夏天主题
恩爱从春天讲到冬天
岁月更替,少年煎熬到白头
光阴让女子改了朱颜

举头明月,问语苍天
一种痴情,千年传唱
瞬间的相见,万众观瞻
如若爱是一种相守,一世相伴
这得有多少无眠夜
常相厮守多少阴晴圆缺

赵冬梅

网名幽兰。

美与色

一水净连天际碧,
凌波仙子秀娉婷。
吾徒沉醉成涟漪,
荷影轻鼙怎得宁?

梅花

东君误了春花梦,
留得梅枝等雪凉。
缕缕暗香邀皓月,
共痴绿水远山长。

与梅说

花韵躲三季,红妆赋一枝。
天真伴童趣,
桀骜怎能欺?
香散刘伶酒,
风流霸气诗。
隐含多少泪,
只恨雪来迟。

长相思·梅枝覆雪情

虫无声
雀无声
梅蕊开时春欲迎
斜枝覆雪情
思一程
恋一程
清夜牵心梦不成
歌吟谁与听?

如梦令

待落雪迎满袖,
谁与山君白首?
梅艳赠良人
眸底再生豆蔻
霜后,霜后
难解那相思豆

赵飞

川南临港片区:我为您喝彩,为您歌唱。

2017年4月1日,一个难忘的日子
中国酒城,两江交汇的神奇土地上
被赋予了一个神圣的名字——

中国(四川)自贸试验区川南临港片区
从此,龙马潭区云台路上的一幢楼宇里
镌刻了一群忙碌的身影
北京、上海、香港、深圳
他们走南闯北、驰骋内外
考察学习,取经借鉴
把前沿思想、优秀人才、高端产业
带回泸州、助力高质发展

夜深了,而这幢楼宇依然灯火通明
谋思路、赶稿子、做方案
办公室里,显示屏前、思路万千
会议室里,络绎滔滔、茅塞顿开
思考着通道建设的每个细节
细化着制度创新的每个案例
推敲着营商环境的每个环节
谋划着产业发展的每个链条
零失误、零差错、零遗憾的"三零"目标
就是这一群人用青春抒写的骄傲

从改革开放到一批批自贸试验区的设立
70年来,改革开放的步伐从沿海走向内陆前沿
建设内陆自贸港,实现高质量发展
奋力打造内陆开放新高地
助力泸州争创四川经济副中心
这是川南临港片区属于自己的担当
一个个全国领先的制度创新
一桩桩新鲜出炉的改革案例
一条条沸腾各大媒体的头条报道
诠释着勇于担当、敢于试错
凝聚着"大胆试、大胆闯、自主改"的自贸精神

秉承"四向拓展、全域开放"使命初心
突出南向、提升东向
深化西向、扩大北向
泸州－广州－香港班列实现了两地的互联互通
泸州－钦州－新加坡铁海联运班列也开通运行
积极融入粤港澳大湾区、北部湾经济区经济圈
泸州－上海"五定"外贸直航班轮可直过"三峡"、提升时效
"蓉欧＋泸州港"号班列拉响了汽笛
实现长江黄金水运通道与蓉欧快铁实现无缝连接
石家庄、俄罗斯铁路班列开行
把泸酒北上、北粮南下变成了现实
昆明、赤水6个无水港
自贸红利不断释放,区域共享落地开花
辐射带动周边8个市州六千万人

决战高标准建设开放窗口
获批泸州港进境粮食指定口岸
建成四川最大的水运进口粮食贸易口岸
建成全省首个水港进口肉类指定查验场
全力申创综合保税区、国家开放口岸、汽车整车进口指定口岸
两年的改革创新探索
有力促进泸州港水运口岸开放能级

锁定航运物流、港口贸易、先进制造、现代服务重点产业
聚焦"进出口商品集散、进出口加工、大宗商品交易"
三大中心建设
成功设立驻香港办事处、深圳联络处
"产业大突破、创新再攻坚"
向着目标进发,步履弥坚

二十七个创新案例全国首创
"企业开办小时清单制"、"商事制度改革"
获得国务院办公厅通报表扬
片区创新经验被国务院办公厅专报多次

刊载
"政务服务最多跑一次"经验被国家发改委发文推广
"生产型出口企业出口退税服务前置"全国推广
一分钟取件、零费用通关、关税保证保险落地
行政效率大幅度提升,营商环境逐步优化
入住企业尽享川南临港片区"自贸红利"
家门口购国际高端货品　优惠价买入进口商品
投资理财、出境旅游、便利消费、幸福了酒城人民

川南临港片区,在她走过的七百多个日子里
一步一个脚印,步履稳健又充满朝气与激情
虽困难重重、荆棘满地
终究无法阻挡自贸人前进的步伐
制度创新掷地有声
产业聚集矩阵发展
营商环境更加优化
服务周边愈加明显
协同开放誉满华夏

明天,这里是创新的前沿
是开放的高地
是投资的热土
是幸福的乐园

长沱两江,风过酒香,大浪挥洒英雄情
烈火金刚,岁月峥嵘,吾辈续写中国梦
新中国华诞七十载,岁月峥嵘
探索建设内陆自由贸易港
有您、有我、有他
有我们每一个自贸人的辛勤付出
回首往事,可以自豪地说

我们不会因为虚度年华而悔恨
也不会因为碌碌无为而羞愧

构建陆海贸易新通道
建设川南高质量发展新高地
融入"一带一路"与长江经济带发展
展望未来
自贸人坚定地向着目标,砥砺奋进
不畏风雨,昂首阔步,铿锵有力
让国人喝彩,让世界瞩目
让我们纵情歌唱:数风流人物,还看今朝!

赵凤仙

　　笔名静莲。生于1967年,身份证姓名赵秀仙,曾任教师,喜欢静静地读诗词歌赋,痴爱亭亭净植的莲花,所写作品近400多篇之多,均源于生活细节,抒发真情实感。希望以文会友,温暖你我业余生活。用素心描绘生活中的点点滴滴,感悟人生真谛,让生命之树常青。

静夜孤独

静静的夜
淡淡的月色
岁月穿梭在茫茫的夜空
来有影　去无踪
银河见证
人间的生死离别
曾经的悲欢离合
今朝的无奈彷徨
在夜幕下弥漫
庭前落花夜无声
人生在世谁如意
峭壁上的花
落为孤寂
独自开放

风帆在文字中扯过

霉湿的诗文在心中躁动
静静的夜　月色走进了
我的案头
是谁让我望灭孤灯
残影对照独自承受

那一个夏季
走了　又来了
空旷的绿波中
晚霞的余辉里
有我孤独的身影

我曾幻想
我只是一枝小花
开在芬芳世界的一角
多么渴望没有预期的相约
哪怕只是简单的对白
也不愧走远的韶华

我把我的心事
藏在厚重的时光中
因了年轮在岁月旋转
如一片叶子保持沉默
恰似真的随了风
随了雨

我也想接受阳光的恩赐
大口吮吸甘甜的露珠
直到能触及蓝天下的云朵
成了一棵树　在这个夜晚

把陈旧的心思守望

传说中的 2.14 情人节如约而至
从来没有什么情人
我认为情人是发小　是同学
是不离不弃的老伴
玫瑰于我无缘
钻戒更是天方夜谭

但我有一位老情人
从我入学以前
老情人与我一路相随
同喜乐共悲伤
温柔同眠相拥入睡
是我的精神家园
也是我的生命驿站

是我的精神食粮
沙漠甘泉
开心时翩翩起舞
忧伤时共同度过

多少　回回头看看走过的路
曾经的荆棘丛生
沟沟壑壑
都是老情人的亲吻与拥抱
才会让我感觉到孤独的舞台
有老情人为我鼓掌喝彩
老情人是文明古国语言的交通工具
大约三千年的历史渊源

老情人管理着我的灵魂
照顾着我的生活起居
催我三更灯火五更鸡
奋笔疾书伏案写作
我爱老情人视如生命
老情人对我宠爱有加
他给不了我钻戒和鲜花
却把文学的宝库赠与我
让我驾驭文房四宝
书写中华经典的价值观
我吻着老情人的墨宝真迹博览大典
一次次醉倒在老情人
关爱而温柔的怀抱
老情人我爱你到天荒地老
直到永恒

赵洪

热爱诗词国企员工，现居黑龙江省哈尔滨市。

浓浓河——我眷恋的故乡

巍峨兴安岭
逶迤起伏
如条条巨蟒
险峻鸡冠山
怪石林立无限风光
杜鹃花开
染红了山梁
山脚下小河旁
山花烂漫鸟语花香
孩子们在嬉戏
一群群
悠闲啃草的牛羊

远处松花江
像一条白色飘带
日夜流淌
肥沃黑土地
享誉盛名的米粮仓
一望无际的水稻田
秧苗茁壮
耙犁新翻过的田垄
像苍老面颊上的褶子
写尽了沧桑

母亲河的滋润
养育了一方儿女
夕阳下袅袅炊烟升起
一幅美美的田园景象
山清水秀的浓浓河
生我养我的地方

走遍海角天涯
也不曾把你遗忘
这里有我的亲人、乡亲

魂牵梦系的故乡

赵洪亮

男。中学高级教师。中国诗歌学会会员。东坡文学奖终身评委。作品散见于《北方文学》等国内外百余种文学刊物，入选《中国青年作家年鉴》等多种年度选本，获第四届李白诗歌奖，出版诗集《驿路风景》。

两只斑鸠还在榆树上

土地空荡荡
只剩下几堆坟头，还有纸钱烧黑的哭声
被风吹远

乌鸦一闪而过
两只斑鸠还在榆树上，在影子里发呆

荒废的老屋
继续着自己的无能为力

泥土下面的陶器，碎片，腐烂的记忆
都成了村庄存在的证词

阳光侧身进来
瞬间照亮几只蟋蟀的齿音

回乡偶书

野塘已经填平
连同儿时的鱼钩一起深埋

三岔路
砖窑口蒿草疯长，试图掩盖真相
一堆寂寞，偶尔被过路人谈起

堂屋外，柿子树，还有
柳枝像几只柴鸡一样，垂钓着乡下的农闲

我和二舅谈起小时候
时常有温暖的煤,烧旺细节里的话题

在兴国寺

兴国寺,所有的树
闭嘴,不再谈美
成群成群的银杏叶相约离开母体

阳光下,透明的骨骼令人眩晕
梵音,木鱼,轻敲记忆的疤痕
疼了一下
随即被高大的银杏树影揽在怀里

点燃檀香三炷
而后在寺院寻佛,莲花台上的化身微笑不语

记忆重生,返回少年
在大殿的西墙下,我写下
不,童年在一朵莲花的掌心睁眼醒来

风写下故乡

柴门轻推,一地月光依旧新鲜
我坚信,真正的静,一定能听到回声

风写下故乡
月亮是通往水塘的路标
那片撕不烂的月光,像极了乡愁
在梦里夜夜反光

此时,适合在月光微红的柿子树下
与莲花对坐
把内心的顽石修成正果

路遇一座寺

天高,秋深

寺外,一地野草

凌乱紧张,显得无所适从

化身台寺,没有化身
倒是不少银杏叶像化身而来的蝶
在飞

我双手合十
掌心留出空隙,留出佛缘

注视着燃起的香火,许愿
几朵万寿菊开着,差点让我的心事分神

赵华梅

女,山东省淄博市人,70后,公司员工。网名画眉。曾在网络平台和自媒体发表过多篇小说、诗歌和散文。喜欢一切唯美的事物,偶尔执笔,写下心语,不为娱人,只求悦己。

梅月情

轻揽一缕月光,
将思念悄悄绽放;
指尖轻舞墨香,
随风飘向远方。

一朵梅花的心事,
在暗夜里氤氲流淌;
前世的相约今生的守候,
才会这般情深意长。

若果爱是一首诗,
那一定会温婉缠绵;
如若爱是一支交响曲,
那必然会荡气回肠。

守在红尘的边缘,
始终保持那抹嫣然;
让心中的那片月光,

夜夜照进我的心房。

秋日私语

转眼之间
那个火热的夏
已消失在了季节的尽头
不管你愿不愿意
那些缠绕在心头的念和欲语还休
都叠进了岁月长河里

秋风在这个落雨的黄昏
带来了丝丝寒意
不想看到落叶飘零
不想在午夜看到自己孤单的影子

循着橘黄的灯光
我在努力寻找有你的记忆
你清澈的眸像极了那一汪清泉
眼睛里汩汩流淌的是爱的清流
你淡淡的唇上飘出的全是爱的信息

亲爱的
让我如何不想你
与你的相遇就是花开绚丽
不管是暮夏还是深秋
我都会一直守候在这里
不离不弃……

中秋情思

时间的沙漏在不停地流
十五的月亮转眼又挂上枝头
不敢去摇
怕碎了一地的愁

目光在月色里静静地游
仿佛看到远方的亲人
踮起脚尖倚在村头
母亲满头的白发在风里飘

父亲佝偻着脊背低着头

漂泊在外的游子啊
做梦也想和故乡一起度中秋
掬一捧清凉的月光
斟一杯醇香的美酒
在今晚这个月圆之夜
祈愿所有人都不再有离愁

赵家骏

男，汉族，1953年生，山东滕州人，高中毕业，农民。现为中华诗词学会会员，枣庄市诗词学会常务理事，滕州市诗词联赋协会副会长。曾荣获第十二届、十三届"天籁杯"中华诗词大赛银奖等奖项。

西厢情思

那是个疯狂的红色年代，
红的炫目，
红的窒息，
周围是一片血样的海洋。

汗腥味在工棚呓语中游荡，
我凝视着你，
手中捧着炭火般的灼热，
怀揣着惴惴不安的惶恐与迷茫。

我触摸到了普济寺里的钟声，
痴情的莺莺，机灵的红娘，
花香竹影，朗月粉墙，
还有你圣女般的躯体，散发着沁人心脾的芬芳。

无数个麻木的神经细胞被激活，
心的荒漠上又流动着溪流的欢畅。
哦，我明白了——
古人在读你前都要沐浴焚香。

爱,是一首永恒的歌,
虽然夹杂着苦涩、惆怅,
但却催人泪下、断人心肠,
我终于理解了你——脸上挂着泪珠远去
的姑娘。

当额头镌满了岁月的云片霜丝,
我们又遇在春天的走廊,
身边的情侣依偎着背诵你的佳句,
憧憬着圆梦的前方……

我默默无语,遥祝双方:
再也不要孔雀南飞、沈园独觞,
让那一代情人的血泪,
冲决那些人为的篱笆藩墙。

赵建国

笔名岩火。爱好散文、诗歌。有作品在《山东诗歌》《大平原诗刊》《济宁日报》等报刊及网络平台发表。诗观:以诗为酒,品味夕阳。

我读到了春天

从一片云
我听到雷电聚集的声音
从路过的风
我嗅出雨水奔来的腥味
从潮湿的泥土下
我看到种子在伸懒腰
走进果园　一切都明了了
春天的布告就挂在枝条上

其实,冬天早已打好春天的腹稿
只是一些细节需要调整
避免过冷的词汇　冻结
飞翔的羽翅
也避免流水中缺乏生动的章节
河的拐弯处　几只鹊起落梅枝间

一树的芬芳　淡雅亮丽
分明是春天的一首诗。

2019年3月24日

晚年

我已把晚年
缩小成一处院落
一株梅　两畦菜　三杆竹
收拢所有的记忆
栽培剩余的清闲

一壶沸水
冲起一片云雾
在絮絮叨叨的咀嚼里　回味一座茶山的绿
聆听　滴着露珠的鸟鸣

两盅酒　各自举起半杯晚霞
让摇晃的晚年
晕红在夕阳里

几卷书　寻找
过往的江山　和采撷
唐诗宋词里的红豆

这时　年龄的外衣从肩头滑落
让我成为童话里的王子

2019年4月4日

汗水

穿越人世　我用时光的碎银支付旅费
如果不够　还需附加额外的汗水
一份付予土地　一份付予社会　一份付予家人

还好　我的汗水足够使用
即使寒风带着雪花来取

我也会在钢钎铁镐的高歌声中挥汗如雨
在黑暗狭窄的坑道里汗流浃背
在脚手架上　用汗水擦拭蓝天
在黎明的街道　清洗城市丢弃的疤痕……

我无以回报命运的恩赐
汗水是我唯一的资本

2019年5月14日

驮柴草的妇人

天空和土坡组成一幅画
比例是三比一
天空占了三份，土坡占了一份

从土坡上踉跄而下的
是一位驮柴草的妇人
比例是二比一
柴草的高度是妇人的两倍

风从上面扑下来
力度无法测定
妇人的苍发乱如柴草
和柴草一起滚下土坡

画面干净如初
风呼啸不止

父亲

夕阳坠落的姿态
与父亲弯腰的姿态
是泗河边上最凄美的画面
深秋的原野无论怎样删繁就简
河水依然收容这淳朴的动感

父亲的一生就是这样度过的
夜深人静的时候
他才把一天的疲惫
倾卸在一声声咳嗽里

2019年6月4日

早晨

清晨，我向穿透窗玻璃的曦光
向沾满露珠的鸟鸣
向原野上奔跑的风
向开启村庄第一扇院门的声响
——问候，你们带给我好心情

然后，我向父亲灌满水的水缸里一颗尚未离去的星辰致敬！
向母亲点燃的，一缕擦亮星空的炊烟，致敬！
你们让我心怀感激，走向每一天

2019年6月18日

夜的草原

离开草原的那一刻
我的心更加空旷了
仿佛天地倒过来
月亮变成了毡包
星星开在草地上
一片一片的云朵
流动着一群一群的羊群
只有牧人的长调拴不住
会像牧鞭一样甩起来

2019年6月17日

赵丽红

　　女，晋中市诗歌协会会员，灵石作协会员。有作品发表于《都市》《九州诗文》《梨花》《晋中日报》《汾河》等报刊。在第二届"阳光杯"短诗大赛中，荣获"十佳诗人"。诗观：当日积月累的爱和忧伤，溢出岁月的边沿，我恰好与诗歌相遇。这时，我仿佛置身在花的海洋，那么多的美和思念，以及乡愁都有了去处。

又见炊烟

天空灰暗,树枝不停地摇晃
屋檐上一缕炊烟,被风吹乱了
可故乡还是静悄悄的

从这里看去,是一片房屋
远处一个人走着走着,就看不见了
春天却有着自己的方向

如果一定要我说
那就是去年,站着的大门
如今也躺下了
麻雀飞来飞去,草开始攀登

2018 年 4 月 19 日

昙花开了

你是仙女,款款走来的笛声
雪或一片漂浮的羽毛
白的自在

不经意间,昙花悄悄打开
顺着你指的方向,思念在拔节
沉默,反复丈量天地的宽厚

月光还在,我却看不见
你的笑容
可是,可是,有谁知道
你已来过,你已来过呢

2018 年 8 月 3 日

流年似水

群山瘦了,沉默的像张水墨画
河面上的浪花,仿佛被生命打开
又被流水打碎了
向左,向右
尘世烟火弹的如痴如醉

被阳光遗忘的角落,残雪像堆往事搁浅在
岁月的沙滩
灯光反复被点亮
酒太香,太甜,仰头饮下时
心间的野草,疯狂地蔓延

童年的身影,经黎明,黄昏
踏着月色走来
笑容,释放着温暖的光泽
她近在咫尺,却相隔天涯
伫立窗前,时光滴滴答答从心底流过

2018 年 1 月 18 日

夜流无声

窗外,夜色如水
母亲却丢失目光,陷入沉默
剩下的脉搏漫步云端
如果爱是闪电
呼唤坠落
那么,请允许我写下今夜的深度

母亲,让我把你陪我走过的路
重新走一遍
仿佛从未走过似的
让时光的碎片拼接
喊醒所有沉睡的经过
包括那些没出口的话
然后,把香气逼人的回声全部掏出来
为凋谢的花,再次涂上春天的颜色

母亲,挂在天空的圆月
倒映在我心上
你仿佛是一枚金币让我握着
不时地
在你朴实、豁达的镜子前照一照
就算它们没有言语
不断释放的光泽,足够支持我
让寒冷迟迟不敢靠近

此刻
母亲微弱呼吸的背后,是黑夜
黑夜至高无上呵！我不得不低头

赵靓

别名赵萝芙,笔名萝芙菊子。上海市作家协会会员、中华诗词学会会员。出版诗集《传说中的女子》、古诗词集《莲鹤》、长篇儿童文学《蕊菲花开》等。多次获奖,作品散见国内外各刊物。

大寒鸟鸣

鸟鸣清脆悦耳
在枝头演出着莎士比亚剧
不停歇
终成连理　乐享太平
是她们歌颂的
没有谁比她们更欣悦
小日子没有脑垂体的抑郁症
我疑惑他们是彭祖的传人
或者从远古就一直在这里
没有变老的时候
更不知死亡为何物
她们把春的暖垫铺在人间
我触摸到了
棉衣的温度升高了
阳光如一只只的饺子
成为我的早餐

我愿意出生在山上

我愿意出生在山上
野风欢快、古老
让我把走过的田野
都当做家

高低不平的路
被视为缺陷的大沟
凸显水墨乡村的
原生态

不识字的瘦哑巴
与没有妻子的高大汉子
只要有人供饭
就贡献土地与劳力
豁达如耶稣

破旧的瓦房
土墙、土阶
质朴、苍老得像祖先
它的温暖可以抚摸
手掌沾到黄土
有人把字划在上面

爱着房顶的旧报纸
跟随着清贫的日子
白得发亮　黑得单纯

院中的小树、花草
村头的大树,闲地
挂着儿童的欢笑
眼睛自由跳跃

老婆婆守护庄稼
带着外孙
看麦苗青青
麻雀飞来飞去
叽叽喳喳

故乡

记忆的潮水
一次次把故乡抚摸
山峦、庄稼、坟地、风、河流
阳光下一遍遍晾晒

总有旧人可以出生
新鲜的风抚慰你

总有玉米可以掰开
禾苗喜气洋洋

坟地随炊烟升腾
祖先颤巍巍探访

他们思念着故乡
如你思念着她们

小脚 拐杖
憩息在田垄里

慈祥的笑映着莲花
一遍遍播放轮回

乡恋

想象身处一个陌生的小城
感觉掉入无底的下降通道
习惯了有他的地方
我害怕失重

只有故乡,我甘愿它的黄土把我包裹
我灵魂的潮湿
挂在它的树上身体发芽
长成年复一年的麦子

风是我的胭脂
太阳做我的房子
我拥有了整片大地
呼吸古今以及未来的空气

我的画像悬挂在天空
眼神含情脉脉
抛洒我所有的财富
故乡,只要你的一滴眼泪

我颤抖的身体就会比海洋宽广

我不做风筝
我只要和一匹骏马相爱

河与桥

我想像一条小河那么慢
像一座桥那么静
他们承受着时间
无言地面对岸上的风景
看城市拆迁得那么快
新房盖得那么多
无家可归的人
心里悲伤的人
幸福快乐的人
都可以在这里放慢脚步

赵龙

职业医生。中华医学会骨科分会足踝外科青年委员,中华医学会手外科青年委员。热爱写作,尤其是诗歌。近期作品录入《中国当代微型诗选粹》《中外诗歌散文精品集》《中国诗人生日大典2019卷》等,部分作品获奖。

莲花峰

一径雨伴
曲折临渊
触目只是风景流涟

斜依石苔
扶劲松
卧芳草
一步跨出是洞天

凭栏眺
楚天舒

四眸风情无限

娇翘
依恋
恣意
恬恬
嗔怨

越是峰高人稀远
越是唤得纯情
绵绵

莲花峰

雨影
雾魂
缥缈峦峰
翠青松

隐还现
现又隐
辨幻意不同

远亦引人不暇
近又临渊惹瞳

缘是灵鼠
小小心心
再分神

吟颂

斩白蟒
大汉风起
威加四方

铜雀歌台
三分魏蜀吴
一路短歌行

二万五千里长征
战略中国
写竞北国风光

五千年雄浑沧桑
中华崛起
今现华美乐章

中年才是自己

中年才是自己
当重新打量
从前中有太多原生和统一

中年才是自己
当重新打量
彼此安好
在于距离

中年才是自己
原本无高下
取舍而已

中年才是自己
看到些什么
其实随我随你

中年才是自己
忠实于成长去笑对死亡
海一般的年纪

赵妮妮

本名赵春丽,满族,河北承德宽城人。诗文见于《光明日报》《诗歌风赏》《诗选刊》《满族文学》等。

塞外蟠龙湖

滦河抽出一根肋骨

铺展成另一条河水,翡翠的锁骨下
它的整个身躯在翻腾
这个世界,变得多么有力

夜晚,船上睡着的孩子
被梦搅碎的星光,渔夫和涛声
都去了哪里?

水底的礁石上,记着村庄和炊烟
记着岩画、箭簇和古墓
也记着淤泥中暗藏的面孔

而一条河的智慧和慈悲
是由苍鹭、白鹤和秋沙鸭完成的
是由水下的一座长城
和它的阴影,完成的

艳阳当空时,我的小船
划开水面,收割了槐花、栗花
和群山的倒影
也收割了时空里的百里长峡
和十万亩碎银

清晨的礼物

十字路口,红灯,像一把
单刃的刀
人流被反复切断
像一束变幻不定的丝绸
白色的分割线里
女子抱着小婴儿
这个小婴儿,他静静地看着我
是混沌初开的两粒黑葡萄
草木新生的两颗露珠
他捕捉到的,这张模糊的脸
正慌忙收起灰尘、刺,持续的低温
对他微笑
此刻,晨光是新鲜的
鸟鸣回到树上

人间,多么洁净
风,独自在抚摸万物

杏花开

春风吹了吹,杏花就开了
远远的,一层薄纱
像爱情还没说出来的样子
花开了,转眼间就落了
随意铺了一地
像情人细碎的耳语
此刻,那片山岗的杏林又开成了
老样子,那些杏花
似乎一直飞在返回的路上
它们似乎也记得,赏花人当年
倚在树下,长发被风吹拂
一朵花蕾顶着一滴胭脂
一下就点亮了一幅面孔

赵群

江苏省徐州人,吉林建筑大学,建筑学院,建筑规划硕士,酷爱诗词。

成长

我们不再是对什么事都懵懂的小孩子
我们不再是爸爸妈妈手心里的乖宝宝
我们不再是冲动只知蛮力的嚣张小子
我们不再是只知愤世嫉俗的愤青一族

我们长大了,
我们肩负民族振兴的希望
我们心里装着爸爸妈妈的殷殷期待
我们背后站着托付了一生的女孩

我们需要勇敢面对自己的不足
我们需要制止自己不当的行为
我们需要停止那些不良的嗜好
我们需要更加的发愤图强

从一点一滴做起
从现在做起

认真随时的审视自己
大胆的说出自己的不足
最后
我们面朝大海春暖花开

赵生斌

男，茂名市南天诗社会员。山西籍诗人。100余首诗作在《诗刊》《人民文学》等30多家专业期刊发表。代表作《我的父亲》创下了在微信群被转发6万余次的记录。《脸和屁股》一文多家新闻媒体转载。作品多次获奖。

龙的脊梁（组诗）
我们赞美一条龙

一条来自太阳
与太阳同辉的东方巨龙
这条龙 精赤的脊梁
承载着五十六条
流淌了五千年的河流
——这暴起的血管
流淌着沸腾的热血
高举着五十六只
燃烧的肋骨
——这扫灭黑暗的火炬
不惧任何牛鬼蛇神
你坚挺着骄傲的头颅

昼夜不息地奔腾向前
朝着太阳升起地方
飞——奔

你如此桀骜不驯
把来自西天的"神旨"

拒之门外
面对霸权的打压
挺直腰板 不管不顾
兀自朝着梦中的终点
飞——奔

怎能忘　曾几何时
你把苦难的头颅
深埋黄土
把屈辱的日记
刻进森森白骨
面对五十六只
嗷嗷待哺的嘴巴
只有干瘪的乳房
和苦涩的泪水

直到今天
你终于有了伟岸的身躯
和铁打的脊梁
你的儿女怎能再让你
低下高贵的头颅
有黄河　有长江
有五十六条
生生不息的江河

您可以从容面对任何拳头
发出最强的回答

那就是"不"——
你的儿女挽起你不变的誓言
挺起胸膛

向一切神话挑战……

呼唤

呼唤走失的村庄
和守在村头的老树
呼唤儿时的梦呓

和越飘越远的日历

呼唤老鼠
和它领头的十二只动物
呼唤温热的炕头
和捂好的被窝

呼唤健忘
和记不住的课堂
呼唤絮絮叨叨
和严厉的目光

呼唤发霉的文字
和竹简乃至甲骨
呼唤剑光
和没入长河的灵魂

呼唤啄木鸟
和她古老的故乡
呼唤思想的流放
和被封冻的阳光

呼唤疼痛的反思
和泪奔的顿悟

我对着天空　对着大地
对着每一双　茫然的眼睛
呼唤呐喊

我要喊醒雪　喊醒火山
喊醒黄河　喊醒秦砖汉瓦
喊醒图腾和图腾上的中国龙
喊醒春天在梦里开花……

赵相国

　　男，农民，山东省莱州市作协会员，齐鲁致远诗社会员，热爱文学和诗歌，相信生命需要纯净的天空。

玉米、田野、阳光

轰鸣的机车推倒了
成片的玉米
推倒了九月
深空里倾泄而下阳光
回望原野
纵横的田埂
在织就一张弥天大网
兜起了丰腴的季节
和曾经对秋的渴望
只留下待耕的土地
心境中的一片苍茫

没有炊烟，没有花开
我却分明嗅到了淡淡的甜香
是玉米秸粉碎的味道
是泥土、是露珠
不，还有远处野酸枣的枝头
牵牛花正缠绕着姹紫嫣红的绽放
那是无拘无束的狂野
毫不掩饰爱恨交织
在视野中冲撞

阳光
是一剂愈伤的良药
在我怅然无助时点燃天空
那灿烂的光焰
把长夜封闭在大海的胸膛

我就在风中等你

我就在风中等你
站成一棵树的样子
把阳光攥在手心
好像扯起一个金色的风筝
远方的路荒草迷离
刻画年轮如同展示许多本挂历
而思绪在残破的蛛网上

像飞蛾一样挣脱沉寂
能有一双翅膀
是多么幸运
不论它是苍鹰还是薄如蝉翼
只要勇于飞翔
世界，就是一片生机

我就在风中等你
挺身如青翠的山峰
俯身如一方冰冷的残碑
曾经丰满的记忆
模糊而琐碎
等待你回头
不能为了追随而迷失自己
如同望夫石
等待心上人的归来
如同迎客松
等待山路上清脆的马蹄
这里是跋涉的起点
有一颗温暖的心
和灯火熔在一起

我就在风中等你
站成一棵树的样子
眼看着雪花铺满大地

赵雅雯

笔名迦兰，女，大专文化，满族，内蒙古自治区呼伦贝尔人，现任扎兰屯市干部，系中国青年作家协会会员、山东省枣庄市诗词学会会员、伦贝尔市作家协会会员、呼伦贝尔市诗词协会会员、扎兰屯市作家协会会员、扎兰屯市诗词协会会员。作品散见于中国诗歌网、中国散文网、《华夏诗文》《呼伦贝尔诗词》《布特哈》《扎兰屯诗词》等。曾荣获第四届"相约北京"全国文学艺术大赛二等奖、第三届世界华人爱情诗原创文学大赛第二名。

假如你我不曾相遇

假如你我不曾相遇
怎会有今生的邂逅与欢喜
又是谁在我的人生画卷上
涂上浓浓的一笔
花开花落，沧海桑田
彼此心灵的小径，已留下深深的足迹

假如你我不曾相遇
怎会有牵挂的心绪
又是谁把明月遥寄千里
化作长夜的一声叹息
让时光绕指成烟
月的清辉，收藏了我们的记忆

假如你我不曾相遇
时光定会若水，无声无息
又是谁，在一份无私的纯美里
给了我一个美好的故事
穿过世俗的目光
创造出新的，爱的传奇

假如你我不曾相遇
孤独的灵魂，常感受黑夜的无际
因为相遇，相互取暖的灵魂
彼此相偎相依
每一次深深的感动
羽化了夜的凄迷，晶莹了眼中的泪滴
在静好的岁月里
你心不离，我心不弃

让世界倾听内蒙古

在中国版图的北方
铺展了一幅旖旎的画卷
这里有辽阔的呼伦贝尔大草原
这里有月亮小镇的天池、世界罕见
这里有茫茫的林海、巍巍的兴安

坚强的胡杨装点了阿拉善
毡房的马头琴,传唱着一个个故事
都与内蒙古的历史与发展息息相关

啊!内蒙古的历史
是红山文化、大窑文化、萨拉乌苏文化的渊源
是游牧民族的文化摇篮
呼麦、长调和安代舞,都是世界文化遗产
啊!内蒙古的发展
风风雨雨的七十年
在绿色中崛起,一廊一脉打造出新的亮点
万里茶道再谱新篇

那就让世界倾听吧
这里有"两区一带"
贯通南北、东引西联
这里有京藏、京新高速
可以让更多的友人品尝奶茶的香甜

那就让世界倾听吧
七十年的初心从未改变
各族人民正手拉着手,肩并着肩
团结奋斗,勇往直前

赵月明

　　滕州市文艺创作室主任,出版诗集15部。曾当兵22年,中校军衔、副团级干部。曾参加中国的诗歌协会、中华诗词学会、国际诗词协会、作家协会的组织和许多活动(现已按照市委组织部的要求,许多都已退出)。曾在国家级和中央级报刊《中国纪检监察报》《农民日报》《中国文化报》《人民政协报》《团结报》《解放军报》《解放军文艺》《诗刊未名诗人、诗刊青年诗人》《健康报》等发表过近千首诗歌。(不含星星诗刊、台湾中华日报、香港大公报及北京日报、大众日报等等,各省级文学刊登过的众多作品)。2005年10月荣获创作发表诗歌作品大世界基尼斯之最。2016年5月荣获搜集报刊刊头大世界基尼斯之最。

　　献给祖国母亲的歌(诗歌)
　　(创作于2019年5月28日8时30分)

今年是新中国70年华诞

在每一天的清晨
我都会站在高高的山岗上
播放70年前那段庄严的宣告
把新中国华诞的喜庆分享

祖国母亲
是你把黑暗变成光明
让56个民族挺起脊梁
是你砸碎了沉重的枷锁
让劳苦大众当家作主 翻身解放

祖国母亲
在欢庆你70岁生日的时候
我怀念那些仁人志士
我怀念那些英雄儿郎
是他们用鲜血和生命
驱逐外倭　赶走老蒋
把一面绣有五颗金星的旗帜
插遍960万平方公里的土地

祖国母亲
在改革开放的大潮中
你为扬帆起航的中国号大船
精心掌舵　细致导航
绕过礁石　绕过险滩
一路凯歌　劈坡斩浪一
将竹筏驶成战舰
将红船驶成航母
从胜利走向胜利

从辉煌驶向辉煌

祖国母亲
你用一个个英明的决策
带领亿万人民大众
建设特色社会主义
构筑一个平安和谐的社会
创造奇迹　奔赴小康

祖国母亲
你用 70 年的辉煌历程
筑起千万座巍峨的丰碑
你用 70 的丰功伟业
灿烂中华民族的笑脸
儿女们集聚在你的旗帜下
定会不断拼搏　开拓进取
科学践行　再创佳绩
在新世纪新时代的征途上
摇响驼铃　舞动丝绸
在一带一路蓝天下
资源共享　双赢互利
为实现伟大的中国梦
贡献出自己的全部智慧和力量！

赵志凯

笔名长风破晓，山西师范大学文学院17级汉语言文学专业学生。写着，爱着，生活着。

春天的骨灰

山圪崂崂的白色的石头上
开出来白色的花
下面有我的羊倌
坐在石头上
榆柳沟子的一巴掌地方
有大片大片的棉花
罡风把骨灰
都撒给了春天

老的羊倌去年冬天没了
喝了太多的酒
在死树底下羊圈外边
僵硬
上一个羊倌是个孩子
五岁，但从小
三餐不继的炊烟
熏染了他的羸弱的骨头
忙忙碌碌，就连放羊也是

这孩子
看着就长不大

九岁那年
他果然死了

另外新近死了一只头羊
是因为它愚蠢地
把白色的脑袋
撞向白色的石头上的
白色的花

不知道明年的春天
骨灰会不会
又被山风扬起
吹到我的羊群里面

母亲的土地

母亲对她的土地有好的规划
因地制宜，舍不得偏废寸垄
农忙总是在最想偷懒的时候
匆匆来临
一袋口粮——
多是简单挨饥的硬饭残余
顶饿，但也常常容易噎食
一个水壶——
里面有滚烫的沸水

最最解渴,最解疲惫
一张头巾啊——
总是干不了的
在那上面总有无数的
汗滴零落

哪有什么天成的丰年
都是一连串的血泡,一层层的老茧
在耕耙,播种
拔草,施药,在灌引
最后也得在黑得发凉的半夜
向和着黑乎乎的鬼叫的虫鸣
看不见的月亮停战
暂时缓上几个时辰
第二天
又得是匆匆忙忙

哪有什么春秋的甘霖
都是血汗一滴滴
把粮食也把我喂养长大
哪有什么冬夏的消闲
都是春秋的力气用光啦
或者再准备大干一场

红胶泥地最适合大葱生长
长长的葱白能入整年的饭香
旱地是永远的我的生命所在
能有高粱,有酒
有我母亲规划好的地方

山里的日子

从铃叮的泉
到遥远的山头
它的距离
是一年四双鞋子和
十根扁担

孩子没有肩上的茧

是要被人嘲笑的
脚底没有血痂结满
干了又开的几划拉的口子
他就不是一个勤劳的少年

炊烟,迎接过无数生命
也送走过一茬茬的先人
难得的腊肉总是格外好客
就连平时珍藏的陈酿也是

山里的人怕生,
可是又有些过分的好客
眼睛里勾画着城市的轮廓
脚下却被无数根泥手抓住

日子在摇曳的炊烟里
有黑煤子的味道
也有松木的香气

郑成美

女,茂名市南天诗社会员。黑龙江嫩江县人,祖籍山东日照。曾任嫩江县诗词协会副会长,现任省诗词协会女工委常委,县诗词女工委主任。中华诗词学会会员,黑龙江省作家协会会员。出版诗集两部。

夏夜

睡莲,敛起笑容
收藏幽香,静静地
静静地枕着清波入梦

蝉儿们,蛙儿们都很清醒
不知疲倦地唱着夜风

舞台上,扮演各种角色的人
终于可以卸下一天的粉黛装饰
在清风徐来的夏夜

静静地享受真实的人生

那些守夜的人们
依然清醒
就像挂在天空的星星

窗

窗有神奇的穿透力
黑暗与光明都能进来
又像一枚万能魔镜
变幻着日月星辰
风雨雪霜,鸟语花香……
窗是一个名词
也是一个动词
敞开,能含西岭千秋雪
关上,可以容纳万古愁

赏花记

春天真是多才多艺
蘸着阳光把大地
绘成画,写成诗

这妖娆可人的
紫玉兰、白玉兰、美人梅……
呼之欲出的妩媚
既婉约娇柔,又铿锵有力

花儿带着羞涩和温柔
快快乐乐的开放
春风得意的梳理着垂柳的情思
欲动还静,欲言又止
美的让人有点儿意乱情迷

心灵的枝头,布满空灵和禅意
我久久凝视一树树醉人的花朵
红的像火,粉的如霞,白的似雪
娇艳的,素雅的……
有的像大家闺秀

有的像小家碧玉
时而惊鸿起舞,时而亭亭玉立
一如朱自清笔下的春天
被岁月遗忘在这里

这动听的花言草语
都是我放飞的诗歌
春天,我要留住你的美好
采一缕阳光,掬一捧花香
悄悄的藏在心底

北风吹

当季节翻过深秋的篱笆
北风就吹得越来越紧了
像一把巨大的扫帚
把花瓣和落叶扫进历史的长河

把一年的心事,在冬天里
慢慢回味,慢慢咀嚼
——酝酿成酒
——酝酿成诗
酝酿成一个个悲欢离合的故事……
对着来往的风慢慢述说
北风吹走了大地上的繁花
也把人生,越吹越远

郑德福

笔名樵牧儒邑,男,汉族,江西广丰人,56岁,中共党员,大专学历。曾在海军东海舰队当兵6年,现供职于福建邵武市城市管理局党组(委)办。中华诗词学会会员,邵武市诗词楹联学会会长。

赞邵武金坑擂茶颂红军歌谣

娶新娘,花轿遮,急匆匆上擂茶。擂茶香,比过虾,掀盖头食擂茶,嘀嘀哒哒闹新家。送哥哥,入军衔,雄赳赳端擂茶。擂茶甜,赛蜜瓜,夫妻别食擂茶,砰砰锵锵赴天涯。
念勇夫,战功嘉,泪汪汪碾擂茶。擂茶爽,
如稠椰,盼夫安食擂茶,咚咚锵锵喜报拿。
聪媳妇,乖巧娃,喊爸爸舔擂茶。擂茶嫩,
像豆花,念夫切食擂茶,噼噼啪啪年岁加。

闽北与闽西老伐工"四步曲"
砍伐

抡起斧头砍透树端,
推拉长锯割断年轮。
——嘎——嘎——嘎——
顺山倒咯啰
分明砍下树,
却令顺山倒,
他们有愚公移山的精神。

拉驴

断木捆绑在木橇上,
伐工奋力向前拖行。
——嘿——嘿——嘿——
纤绳拽驴走。
分明人似驴,
却道把驴拉,
他们有开拓进取的气概。

遛山

陡峭山坡辟为滑道,
翻滚撬动长材断木。
——咚——咚——咚——
木材遛山底。
分明遛下木,
却称把山遛,
他们有不畏艰险的勇气。

放河

长材断木汇聚山溪,
下方筑坝蓄水漂木。

——哗——哗——哗——
决坝木漂流。
分明漂放木,
却说把河放,
他们有激流勇进的智慧。

郑富匀

长期从事编辑、策划工作,系仓央嘉措传奇诗友会总会长,并任多家媒体主编,欣赏侠肝义胆的豪杰欣赏豪情万丈的诗人,从小酷爱研读佛学、中医学、中外文学,在多家平台发表诗文作品。

歪歪斜斜的世界

秋千上　悠悠的蓝
祥和的白
印着干净的眼神
坚定的念　恒于天地间
金刚　菩提萨埵
缓缓而来

墙角的缝隙里有眉间的暗黑
良心泯灭
背后的影脱走人形

颤巍巍的尘透过殇
倾过一个咬痕
歪歪斜斜的
不是楼宇　不是屋脊
是风
吹邪了角度

寒蝉凄切

悲秋　风声雨声里噙湿衣衫
凝结蝉嘶
滴答滴答的冷　走入偏门
解不开分秒停息

太阳自顾的暖　晒不透愁怨

这眼前　薄凉的　怎一个寒字了得
纵是幻化为虚　可望不尽的黄花瘦
洗不尽的潸然　殇梦空余　哪是回眸

初秋　金安素面　切入雨霖铃
烙刻　人文背影　向左向右
蝉栖息　撩开天籁
呱噪　堪比　乃　幽咽
琴声簌簌

情思悬镜　照见　忧喜悲凉　感时花溅泪
如如　应是　五蕴当空
不增不减
何处惹寒烟　秋高　碧蓝
明媚穿透天
只一念间　佛　捻花一笑　嫣然

寻

念　坠落红尘　寻梦人间

万籁俱寂　山氅濛　雨涟涟
幻象丛生的衣袂　拂开视线
凌波步逍遥　悠然蔓延
是微低的撼颜
笑看青山何处叹过　眼尘烟

却相恋
六爻绝　惊山峦叠嶂　鸟飞涧
淡出云巅

伊承诺　回头现　菩萨叮咛　光怪陆离
梦息然

渐行渐远　苦苦相执　婆娑泪眼

魂归来兮　三千年河流烂漫
一根弦　枕彩霓无限
心愿长依　何时见
弹指一挥间　莫道是千年

郑国辉

1960年出生，高中文化。自幼受父亲影响，舞文弄墨是自己的偏爱！年轻时，由于工作和生活等多方面制约，虽偶有小作品发表，但基本弃笔荒芜了！自2014年底，微信闯入了我的生活，才与笔亲吻，才与文热恋，才把我整个的身心投入到我爱的海洋之中。秀得点滴绿，醉我一寸心，呕出丹肝血，映我九天霞！

没惊醒你，是我的万幸

活着，我说我爱你
我用怎样热的情怀
把你冷却的心捂暖
只有这样我才能去爱你

爱你陌生而熟悉的楼宇
屋里总是叫不出盆里的花名
以及你楼下那潭死水的池塘
还有你进出经常疲惫的身影

我借来阳光柔力想抚你忧伤
哪知碰疼了你脚下的羞涩
后来，有人告诉我，你安好
没惊醒你，是我的万幸

从此，喊不停光芒的骚扰
我只能管住我
在四季的角落里
自赏心中的花开花谢

今夜无土的地我生出了芽

没有　望更没有　望的等待
那份期许的真挚
拢着风,聚着水,含着情
今夜无土的地上我生出了芽

我可以从岁月最初时
寻一棵绒绿的草开始
趟过生命中几道弯的衰枯

我可以从梦魇的耕耘里
把一切痛恨的杂种铲除
愿你能成为一世果实的主人

我之所以助你情缘不老
连着我的脉波一起涌动
其实,既便没有我的日子
没有你的影子和你勾肩搭背
躲在暗处的你还是光亮鲜人

晚间

在城北角的公园里
晚风拽着你的长裙飘舞
就像天上下来的仙女
可以说:比仙女还仙女的俏

我们的脚步瓜分着地皮的热
彼此都还遵循着清规戒律
如果不是太阳还没落净
如果不是星星慢慢悠悠

唉! 我们都是背对夕阳之人
这不明不暗的时刻
尴尬了几方心水的潮涨潮落
都怨天不把人间的事当成事

登山断想

既然想上

山有多高
我的决心就有多大
在那座威严的山里
我和你这棵孤独的树相遇
在暖暖的小风中
你似我昨天的尴尬
而此刻的我
正向全宇宙做着细腻的表白
我有比你接地气的泥土
其实我是个失忆主义者
只记得眼前的夏
什么春秋冬啊我没见过
也不可能知道前路
会有霜锋,会有冰道
倘若有了伤痛的疼感
我也不恨天地
让我屡次三番的摔倒
就像这座山的挺拔
足够我领略它的壮美
还愁没有过路的云
舒展一角托我飞翔吗

拾荒者

没见阳光贴脸时
街灯就拽出一个人影
躬曲着身体
还有后面跟随的小破车

许多释放出来的情怀
和眼睛里的垃圾桶有关
所有产生的梦
与某幢楼里温馨的灯光有关
亦或变换剧情的拍摄地
他与好友推杯换盏喝酒有关

夜已褪尽了黑,街面上
他和他的车还在走
不时的还能听到

天上的白云回响的咳嗽声

郑海峰

笔名叶子,内蒙古兴安盟扎赉特旗作家协会会员,扎赉特旗诗词学会副会长,内蒙古优秀文学指导教师,内蒙古优秀朗诵指导教师,内蒙古诗词学会会员,中华诗词学会会员。2013年创立海风情境作文教育法,荣获教育部"十二五"课题一等奖。

你——写给伟人毛泽东

你的魄力
是唯美浪漫的诗篇
景物明丽
气势磅礴

你的魄力
是纵横寰宇的气势
富含哲理
至高无上

你的魄力
是独生池塘如虎踞
绿荫树下养精神

你的魄力
沧海横流安足虑
世事纷纭何足理

你的魄力
好似昆仑崩绝壁
又恰象台风扫寰宇
是风华正茂,指点江山
是中流击水,浪遏飞舟

你的魄力
是敌人围困万千重

我自岿然不动
是东方欲晓
莫道君行早
是踏遍青山人未老
风景这边独好。

你的魄力
是快马加鞭
是雄关漫道
是苍山如海
残阳如血

你的魄力
是五岭逶迤乌蒙磅礴
是飞起玉龙三百万
搅得周天寒彻
是红旗漫卷西风
是手执长缨苍龙被缚

你的魄力
是北国风光万里雪飘
是魏武挥鞭遗篇千古
是悬崖百丈花枝俊俏
是一句湘音横贯九霄
是中华人民共和国
在今天成立了

你喜看万山红遍挥斥方遒
你笑迎太阳升起东方红遍
你环视地球自豪感叹
风景这边独好
你挥笔书写五个大字
为人民服务
成为共产党人永远的自豪

你是湘潭的十三伢子
你是二十八画生
你是润之是子任

你是马列主义中国化的开拓
你是十三亿中国人的救星
你是世界上最卓著的伟人
你是最伟大的爱国者
你是中国最赤城的民族英雄
你是我们心中永远的
毛泽东

生命的真谛

阳光的射线
透过枝叶的繁茂
斑斑驳驳
一双脚
趟过时间的流
蹒跚踏响生命的坚强
在岁月里磕磕绊绊
倔强的穿过
荒郊和空林
汗水偶有甘甜
泪水偶有苦涩
布谷鸟牵着一首诗
飞向远方

到达远方
你就知道
世界上最永恒的幸福
不是卓越
是平凡
到达远方
你就会明白
人生最长久的拥有
不是财富
是懂得珍惜
紧握彼此的手
迎着风雨
怀揣梦想
笑对朝阳
送别夕阳

郑继军

网名诗舞红尘。1972年出生于山西汾阳。初中文化,一直喜欢文学音乐收藏。早期诗歌曾在《女友》《辽宁青年》等刊物发表。近年开始尝试歌词创作,并有处女座《一生爱你就足够》作曲;作词《诗舞红尘》。在各大音乐网站上线。

雨巷随想

雨水打湿了的脚步
已在悠长的雨巷
寂寥了几十年
那把油纸伞
在等待中长出了黄斑
那支陈年的丁香
是否还残留着
往日的芬芳
只有那只有那
叹息般的目光
却深深的镂刻在
诗人忧郁的
忧郁的
心上

给父亲

用您一生的善良
竖起一块
属于自己
冰冷冷的墓碑

现在我只能用泪水
一厢情愿地
嘘寒问暖
思念踏着点燃的冥币
起程
冬天的风

是你冰冷的气息
爸,别急着吹灭
爱,还没有烧完

你
孤独的躺在
城市下面的黑暗中
拒绝和嘲笑尘世中
一切的虚伪
我知道此时的您
至少现在是幸福的

因为活着的人
并不见的快乐

留一片天空给自己

让我留下一个梦吧
梦里全是你
解不开的笑容
寒冷的路上
我会走的很温暖

让我留住那个梦吧
梦里永远有一个
默默的冬天
迷茫的前方
总有一盏灯
为我导航

面对阴晦的日子
留一片天空给自己
孤苦的心
将永不疲惫

尘缘如梦

逝去了的一些往事
在多年以后
没有爱情的日子里

发酵
涩涩的
那些和你在一起的
死去的日子
在灵魂的最深处
揪心的疼
多情的人儿
为什么都没有一个
好的归宿
问天、问地、问自己
流浪的爱情
找不到自己的家
失魂落魄地寻觅着

下一个站台
等待我的
又是怎样的
一种悲哀
如果再回到从前
那支枯萎的玫瑰
还会在我们爱情的坟头
绽放吗?
别哭,我最爱的人
我们将会在
人生的另一端
一如十年前的那个
如水的夜里
实现我们
今生的约定

郑丽州

笔名北鹿,浙江省温州市人,凤凰美洲总社入驻会员,作品散见于《凤凰诗刊》《名师名家名人坛》《国际文艺与评论》《烟台头条》《精品悦读》《清荷花语》《阳光心语赏读》等纸网刊,喜欢文字,诗歌爱好者,诗观"愿在诗歌中放歌远方和梦想"。

回眸

走过尘世的喧嚣
青春岁月已染上了经年风华
当又一个生日将要来临时
不禁感叹时光的飞逝

忙碌中,回眸过往的人生足迹
是永远不曾褪色的成长印痕
沉淀在记忆中融着温馨静美

沏一杯醇香的红茶
与往日干杯

余生做自己喜欢的事
徜徉在诗歌的世界里
以一朵桃花的姿态
雕刻时光年轮

叫住原野的光

久违的太阳露出了笑脸
伴着一缕金色的柔光
此刻,母亲倚靠在轮椅上
对着我浅笑安然

恍惚间,母亲已到鲐背之年
历经岁月的沧桑流逝
母亲呵护孩子们蹒跚学步
守候着儿女们成家立业
在无私的付出中不觉慢慢老去

苍老的母亲近来还忘记了我的小名
人生快要只剩归途的恐惧
我多想,叫住原野的光
让母亲永远站在温柔的光辉里
给子女们多些时日的陪伴
以反哺感恩之心侍奉母亲

落英下一份温馨的依恋

予我们温暖如斯,岁月静好

毕业歌唱远了

匆匆那年
课本翻到了最后一页
毕业聚会的告别约定
被失控的命运马达
慢慢覆盖上时间的尘埃

寒来暑往,春夏秋冬
无法预料的人生道路
生活轨迹偏离最初的顶点
两条平行线注定
再拐弯也没有交集点

郑玲芳

善美,原名郑玲芳,江西上饶人,就职于鹰潭市师范附属小学,小学高级教师。鹰潭市作家协会会员,鹰潭市微诗协会理事,信江韵微诗社编委,中国唯美火狐论坛诗人。出版合《集信江微诗韵》《中国微诗30家》,作品发表《香港地理》《中国微诗网》《鹰潭广播电视报》《鹰潭通讯》《鹰潭日报副刊》及各网站。诗观:阅读风雅颂,讴歌真善美。

噪声扰民

夜捂不紧耳朵
繁杂的音贝
寂静切割得面目全非

命运

热泪无数次敲响悲喜
岁月的摩斯密码
警示人生不易

七夕

前世的盟约

今晚兑现
看相思泻满银河

荷月

蝉一吊嗓子
绿色中菡萏探出脑袋
呱呱呱　青蛙直夸

镰刀

一弯丰收的岁月
挂在记忆里
回味沾着汗水的稻香

郑清健

　　福建厦门人,现为香港籍。在香港、深圳历任经理、总经理职务。出身名门世家,自幼受父亲的熏陶,爱好文学,尤其是古典诗词。已创作大量的诗词作品,散登于微刊、书刊等。现为香港诗词文艺协会执行副会长兼秘书长,以及几家诗社、诗会的顾问、常务理事、理事或成员,几家诗刊的顾问或总编。

第一次入台有感

心儿切莫激动,
泪儿千万含住,
感受一下热带湿润的气息,
仰望一下宝岛天空的云彩,
我低声地呢喃,
台湾,
我来了。

我终于来了,
几回回梦中萦绕,
几回回心中呼唤,
远离娘亲的孩儿,
你为何不能归家,
你为何让我们的探望,
既艰难又曲折?

回想童年时代,
那是炮火轰鸣、硝烟弥漫,
那是战机呼啸、警报拉起,
那是我们终日不得安宁、心怀恐惧,
那是时常悄悄无声蹲在防空洞的年代。

回想童年时代,
那时一水之隔高音喇叭对吼,
"匪"字不断、扰人清眠!
那时带着红领巾向安业民烈士致敬,
那时怀着敬意向小八路英雄学习。
那时的那时,
有多少爱恨情仇深如海峡,
恨不得身随解放军一起解放台湾!

台湾,
你成了我心中的结,
多少年来难于解开;
你披着神秘的面纱,
多少年来难于知悉。

台湾,
你吮吸着母亲的奶水长大,
你和华夏儿女血脉相连,
一样是龙的传人、中华后代。
虽然你曾被荷夷倭寇踩躏,
但母亲的执着、坚强,
还是把你从苦海深渊拯救出来。
而今,
你和母亲遥隔一水、对岸相望,
却带着叛性和执拗,
把母亲的恩义、爱怜,
丢在大海的另一边。

母亲在等待,

既有耐心,你毕竟是割不开的纽带;
又有期待,你终究有幡然悔悟的一天;
终有一天,
母亲宽大的胸怀是你返航回归恬静的港湾;
终有一天,
母亲壮丽的身躯是你克服艰险信赖的靠山;
终有一天,
母亲有和你相认、抱头相拥、热泪盈眶的时刻。

我和母亲一样,
从童年时代至青年,从壮年到老年,
怀着永恒的甜梦,
揣着不变的痴心,
盼着和你相拥的热烈,
一起去看阿里山的朝阳,
一起荡舟在日月潭的碧波里,
一起游遍台湾的山山水水。

台湾,
我来了,
放开双臂真情地拥抱你,
让热泪像开闸的河水一样奔流,
让思绪像鸟儿的双翼一样翱翔,
让你像我亲爱的人儿一样走来,
携手拜在母亲的膝下,
尽一份爱心,
尽一份孝心!

2017 年 12 月 24 日

注:作者原籍福建厦门,童年时代经历了 8.23 和 9.3 炮轰金门。

晚霞

那一抹的斑斓,
那一抹的耀眼,
即使太阳下山,
依然在西边依依不舍,
仿佛在诉说生命的刚坚;
依然在西边久久纠缠,
仿佛在证明自身价值的火焰。

随着夜幕的降临,
月儿的爬升,
星星的眨眼。
它走了,
走得那么安然,
走得那么傲然。
留给人们的意念:
大自然赋予我的一切,
我不会留下遗憾!

2019 年 7 月 21 日

怒而难题

有感而言:香港是香港人的香港,更是中国人的香港。谁够胆侵犯神圣的主权,破坏香港的一国两制、繁荣安定,我们一定令它粉身碎骨,死无葬身之地!

一个魔鬼的幽灵在肆虐,
一个魔鬼的声音在狂嘶,
带着殖民坟墓不散的阴气,
披着虚伪民主恐怖的外衣,
掀起阵阵的妖风,
向金光闪闪的紫荆花猛吹。

暴风骤雨,
让金色的紫荆花承受一次又一次的洗礼;
冰雪寒霜,
让金色的紫荆花练就一身又一身的铁衣;
花儿芳香,
花儿耀眼,
花儿茁壮,
向着太阳伸出坚强的手臂,
向着太阳伸射无比的欢意。

魔鬼的狂妄,
只能在强劲的抗击声中身碎骨离!
魔鬼的痴梦,
只能在香江的激流水中沉入江底!

金色的紫荆花,
从一九九七就凝聚了七百万的活力;
金色的紫荆花,
从一九九七就植根在十四亿的土地;

米字旗帜的侵略恶行已令人唾弃,
一八四零的鸦片硝烟已成了记忆。
耻辱是不能蒙受,
历史是不能重来。
母亲宽大的胸膛是你繁荣的花园,
同胞赤诚的情感是你坚定的势态。

谁见阴沟不翻船,
谁见太阳能西升?
滚开吧!
撼山易,
摧金紫荆花不易!
众志成城,早已筑成铜墙铁壁!

2019 年 7 月 24 日

郑清匀

笔名舟颜。浙江省作家协会会员,湖州市作家协会全委会委员,湖州市青年联合会委员,湖州市美术家协会会员。在《青年文学》《新世纪文学选刊》《海燕》等报刊。

浮华的背景落下帷幕(组诗)
红墙

你竟也哀声叹息
镜子面前是否是真实的你
你问　看得真切吗
镜子无语
只留斑驳的印记
表达羞于表达的事实
如果绿色是春意
那么红色呢
对面的墙你在哭泣吗
你说　我只是一堵红墙
绿色染不了　红色褪不去
只留岁月来回味

颠覆自己

是错觉将我包围
是虚幻将我笼罩
那么不真切的感觉
为何如此真切
将你的美耗尽在这
在这空无的时空里
迷雾　在树林里
同样也在我有色的瞳孔里
清泉在哪?
他说在你的灵魂里
彻底颠覆自己

低落的歌声

找寻一首能使我感动的歌
触动神经的敏感点
这首歌里一定有你的影子
如果我只想听那歌声的高潮
那低落的声音该问我
为何遗弃我这将让我如何释怀
浮华的背景落下帷幕
走向苍茫的人群中
就像这被我遗弃的低落的声音
它缓缓的说道
其实我才是你灵魂的高潮

烈酒

昨日烈酒将我瓦解

灼热地燃烧我的身体
近乎于绝望
在身体的深处
我呼唤自己
就这样沉睡吗
沉睡吗再喝下一杯
所以愁肠不过只是插曲
我的脑中开始胡乱的狂想
这又有什么不可呢
我不过只是一个人
竟然活着就还有做梦的权利
酒在身体里乱串
四处攻击这疲惫的躯体
竟窜至眼眶

错乱的思绪

错乱的思绪飞向云的怀抱
将妩媚的蓝色情结诉说
云知道
此刻你却不知
你妖娆的身影
正左右我的肢体
发丝垂进了满是不安的池中
那些溢出的水滴
在浅浅的岸边
融进泥土里发香
与花香融为一体
充斥着污浊的世界
转眼间这一切　落幕
只有云还在那天边

爱的结尾

今夜的黑用月色来弥补
隔夜的茶水依然沸腾
夜夜的思念化为动听的歌
却被阴雨蒙住了双眼
漫天欢天喜地找寻
风情不解

当回到最初的最初
是否还是那份感动
每场爱情都不以玫瑰来结尾
我的唇扎染了可笑的图文
以为总可以一笑了之……

郑天枝

笔名陈浅。中国作协会员，中国报告文学学会会员，鲁迅文学院第二期公安作家班学员，首届全国公安文化理论高研班学员。曾任第五、第六届湖州市作协副主席，湖州市公安文联副主席兼市公安作协主席。出版诗集9部。与女儿合著绘本《一只猫的生活态度》。在《人民文学》《诗刊》《青年文学》《啄木鸟》等发表文学作品200余万字，曾获《人民文学》报告文学征文比赛一等奖等。

人生不该是一枚空信封（组诗）
我想送你一枚蓝月亮

你的眸子
暗夜里的钻石
我想送你
一枚蓝月亮
就在今夜
几百年一见的月亮

就在今晚
我们不见不散
你在银河的左边
我在银河的右边
一枚叶子
架起鹊桥　使者
是梦的翅膀
现在　我已经开始沐浴
开始忘却来世今生……

时间不能记录爱

干净的色泽
我喜欢的强烈
时光在这一刻烂漫
叶子安静不语
背后的寂寥
一个很迟缓的影子

该下一场透雨
很干净的冬雨
为绚烂的谢幕狂欢
我明白　凝望
不只是一种假设
靠近　危险的举止
时间不能记录爱
流逝的交给倾听
一种无法言喻的怀念……

把你留在我的梦乡

借月光的琴弦
为你轻轻弹拨
在星空下
微闭眼睛
做该做　或
不该做的梦

今夜　风过无痕
一根无形的鞭子
将人抽得好疼
想把天空打开
想以诗下酒
想今夜
将脸喝得通红

我想睡了
请季节不要走动
花　只管尽情地开
也请你的影子

驮着幸福　回来……

萍水相逢

当萍完成了一次旅行
一切风平浪静
萍在自己的怀里
躺了几十年
几十年的光阴
那是一个什么样的概念
萍在想　这一生
不该是一张空信封

水的激动
因为萍的相逢
萍的翅膀
让水的爱情起死回生
盈盈相握的温暖
是火焰旁的羞涩
这是水最激动的时刻
萍的灿烂
水　匍匐在空中

没有尖叫
默默的注视
平静下的潜流
无法想象　一个人
在梦中发出的甜美笑声

我要走了
这是萍对水的告别
村头的炊烟为之落泪
水说　一路走好
我的眷恋
是月亮下面的黄昏……

白色的玫瑰

你的洁白　让
那些艳丽黯然失色

黑夜的白　耀眼的白
只应开在一个人的心海

我想　要不要靠近你
在春夜　和水一起
一个孤独的影子
在你的白色面前一闪而过

雪　现在不会落下来
雪的洁白　和你的洁白
或许都有不确定的一面
摇曳中　我不知该担心什么

今夜　月色和星星
都会为你的洁白而入迷吧
我的身旁　连一粒细小的尘埃
都变得温情脉脉……

春天长得很好

一只蝴蝶飞入花丛中
春天长得很好
油菜结籽　桃花谢了
我的脸庞比月亮晦暗
却被鲜花环绕
要下雨啦
被雨抚摸的皮肤更加鲜亮

一只蝴蝶
想设计自己的爱情
可是却不知爱情的含义
花很艳丽　花会枯萎
蝴蝶的旅行遥无归期
一阵风吹过了花期
我在水里
岸上的芦苇又长高了一点
春天长得很好
我也想得长很好
就像月河不老的月色……

郑炜

　　字一木，杭州人，1968年11月生于浙江台州，中国作家协会会员。600余件文学作品散见于《诗刊》《青年文学》《文艺报》《文学报》等报刊。出版诗集《郑炜诗选》《当梦成为一种负担》《一木四行》等。

两只小鸟

和风
细雨
小雨伞

小草
大树
溪流
天地间
两只雀跃的小鸟

等我老了

等我老了
我们去海边
看湛蓝湛蓝的海水
看挂着白帆的船

等我老了
我们告别各自故乡
也不管
路近路远

等我老了
天边将挂起彩虹
叫风儿缓缓地吹
我们一起坐船

等我老了
我们再不分开

让爱情继续
在阳光里依偎

赠

抽回这美丽的情丝吧!
你的针,在那布片上,
每穿过一次,就——
多了一个新的针孔……

盆

洗脸的时候,
你是脸盆;
洗脚的时候,
你是脚盆。

稻秆

他们把金黄的稻头
统统割走
让成片的稻秆
在田野上瑟瑟发抖

大树飘零

大树上飘落的叶子啊,
为什么非得让我看见?
就像我母亲永别人世,
再过两百年也不能回来!

郑烨

  1992年7月28日出生于河北保定,祖籍北京,爱好文学诗词、集邮。2017年作品《风声》参加中国诗选刊2017年度诗文奖,获得铜奖,并发表于《作家与文学》期刊。

祈祷

不知名的花朵
脸上写满了羞涩
夜雨降临
被雨丝拂过
浮现出几分
夜钟赞着般若
梵音摇绕
雨做衣钵
这时才知道
你是菩提下的花朵
十指相合,祈祷
我并不是佛教徒
但我愿为你祈祷
祈祷我的曼陀罗

风声

无月的夜
看不清窗外的景
辗转难眠
聆听风的心声
阵阵哀鸣
刺痛
用手去安抚
却与指间绝情
低沉的哀鸣
恰似孤独者的发声

月舟

夏夜里是谁
在月舟上划桨
船桨摆动
在银河里画出星的浮萍
一道开来
闪出点点的光
星光闪烁
照亮了姑娘的面庞
那可爱的姑娘正乘着风
划往回家的方向

古城的霞

古城的霞
早几分落下
风在拨弦
送别古城的墙瓦
远处旖旎的红发
被弦声吹散
夜雨将至
是为了纪念
随霞而去的
青春年华

温柔的色彩

轻轻飘来
悄悄将世界覆盖
微微挥手
铺开温柔的色彩

那可人的琼花
在空中发芽
春寒的问候
在心中停留

那曼妙的身姿
是舞动的婚纱
抓上一把
在指尖融化

母亲

轻轻地呼唤
伴随一生的温暖
你的名字不必多言的修嵌
简单的词汇
却是生命的开端
凯风寒泉
默默弹起
爱的乐弦

旅行

夏季的风很静
从梦中唤醒
朦胧的天空
清澈的眼睛
听
不远处的风铃
伴着风
延续着梦的旅行

遇见你真好

多少次的祈祷
只为知晓
梦的味道
曾错过,曾遇到
缘分的回眸
是相视的微笑
万千欣喜
只想说
遇见你真好

钟海燕

女,汉族,山东滕州人,1975年生,高中文化,系枣庄市诗词学会会员。

遇见你

我愿意
变成一缕清风
把内心的秘密
折叠成诗
带着思念飞进你的梦里

我愿意
化为丝丝小雨
飘向你窗前
盈润你心田
滋长诗情画意

如果你愿意
我愿走进你的心里
做你的知己
分享梦想和回忆

如果你愿意
我想在你的世界里
种满鲜花,芳华永绽
装扮心灵的栖息地

在茫茫人海中
在多情的网络里
遇见了你
遇见那个和我相似的
另一个你
和我一样痴迷的你

钟先清

  湖北当阳人,现居广东湛江,诗歌作品散见《昆仑》《诗中国》《九天文学》《作家与文学》《中国小诗》《暮雪》等刊物及网络平台,入选多个选集,偶有获奖。希望通过诗歌发现生活更多的美。

醒来

大地沉默,山川沉默
小草摇头不言
风匆匆走过,擦肩的凉意

不知名的花朵,打着手势
唇语带香的问候
莫名的孤独感,无法解读
梦的灿烂,暗香惊魂

丁香一样的姑娘走过
小巷依然幽深,跫音轻脆
如钟表滴答,滴答
激情被催眠,缓如等待

抓一把往事,驱风定神
证明自己醒来
通常,要先唤醒沉睡的过去

如同爱上一个人
迷上现在的她,她的现在
正好就是她全部的过去

火车过柳州,有雨

山头或圆或尖,一头绿发
烟雨中发呆
仿佛在等,阳光再次明媚
火车速度飞快
等不及情绪的渐变
画面切换,大雨滂沱
窗眼如哭,一片朦胧
绿如影,暗成心事重重
下一站,来宾
原来,我是山水间的过客
总带着矫情,假装抒怀
像一场无由的雨,或大或小
哗啦淅沥一番,悄然离去

梦见桃花

又过一载
花已修炼成精
幻化人形

一张粉色的脸
娇嫩如初
依旧笑着春风

梦不再安全
有人潜入
主导剧情发展

桃之夭夭

花之灼灼
三生三世,宿命难逃

梦浅情深
似醒未醒
似梦非梦

衷心

　　吉林省长春人,吉林建筑科技学院,管理工程学院,工程造价教研室,讲师,酷爱诗词。

平遥古韵长相思

江湖不断是尘缘
褪铅华
吟天涯
繁花又落谁一家
舞白发
逝流沙
浮生泪流如雨下
青盏花
乘云自当沐彩霞
咫尺隔天涯
叹一声:无尽江山美如画
确被历史风化!

仲馗

　　原名郑仲馗,男,1960年出生,台州市三门县人,浙江省作协会员,发表诗歌600多首,散文、小说10万余字,出版个人诗集《再掀的高潮》《花事未了》两册,散文集《看见鸟儿说事》一册。

汽笛

是启程出发,还是
远航回归。汽笛
鸣叫起来,都等于

一只雁,对秋空
排好了雁阵
一个海员,对岸和码头
给出了美好的宽慰

风云缠绕过来,汽笛
就是一只灵巧的手,娴熟地
给予拆解。海浪
前后紧随簇拥。那鸣叫
就是法师的咒语。让
哀怨对着哀怨释怀
欢腾随着欢腾而扩散

汽笛鸣叫,还像一只老马
识得前往的路途
会像梦破出梦境一样
那一声长啸里,飘展起
鬃毛迎风的意志
夜航

天空倒映下来,蓝得
海水样纯粹
几颗星星,忽闪
亲人样,久违
我难得相见

我由月光牵引
起伏在回家路上
小舟,明亮的部分
浮在浪尖上。沉暗的
就折叠起来看不个不见

那只飞鸟,应该没有企图
伴我一程。翅膀也应该
抖尽夜露。而我内心
打湿了,月亮明晰的脸庞

奔突的马达停息以后

海面又会平静很多

花坛

给城市筑个花坛,不难
四季开上鲜花,不难也难
何况花坛还得有人随时看顾
有人浇灌。这就变成了
不难之中的大难
不难之中的大难,还得
有人为此补株

周邦祖

  笔名飞天,甘肃景泰人,诗歌爱好者。与诗相恋,耕作不倦!

月亮之上

今夜
山月朗宁
我只想再次行过幽径
静静地探视那位曾经熟悉的
旅人

当灵魂的眸光相互触碰
我们的青春　曾经
那样年
轻
微风拂过
芳郁满径

飘雨的日子

午后有雨
又把我视线淋湿
人潮人海中
最想见到的
仍是你的影子

一把小伞

总也遮不住
满天飘洒的记忆
匆匆的脚步下
到处流淌着
你我梦里的欣喜

花开的声音

至今
仍在不时回身寻你
记得
原本有什么话要对你说

——是隐藏　也是释放
为那一路行来
频频捡拾入怀的记忆芬芳
多么羡慕啊　五月花开
它能把一切
解释得那样
明白

芳华

雪花飞扬
飞扬
染白了山河
染白了青春的发丝
雪花飞扬
飞扬
淹没了岁月
淹没了久违的叹息

比愿望还要洁白的雪花啊
为什么悄然埋葬那些
关于春天的
秘密

周德禹

  男,汉族,1943年4月生,吉林榆树

人,1965年7月加入中国共产党,1968年12月毕业于清华大学,中国乡镇企业总公司董事长,中国国际贸易促进委员会委员,2003年退休。

永恒的钟声

雪白色的枫桥下面,
乌蓬船缓缓划行。
弯曲的木橹摇碎了
天上的云,岸边的树……
在碧波中的艳影!

人如潮涌,
涌进涌出千年古刹。
杏黄色的围墙里,
余烟袅袅,
带着善男信女们的虔诚!

翘首望着那高大的
枫桥夜泊的诗碑,
耳边响起
从遥远的过去飘来的
夜半钟声!

这钟声宏亮悠扬,
这钟声深沉凝重。
从那个月落乌啼的夜晚
绝响至今,
一千二百多个春夏秋冬。

只因一曲千古绝唱,
让一座普通的江南拱桥,
声名鹊起;
让一座不很大的庙宇,
四海驰名!

枫桥和寒山寺,
岂是天下奇特的风景,
却引无数文人骚客,
纷踏而至,挥毫泼墨,
发思古之幽情!
岁月悠悠,
流水匆匆。
问寒山、拾得:
哪里是曾经的江中渔火?
如何寻到当年的钟?
天下有多少古刹?
撞了多少次钟?
唯独这一次,空前绝后,
撞出了奇迹,
撞出了永恒。

明月,
还是曾照古人的明月,
回响耳边的钟声,
依然是响彻千年的
夜半钟声!

周殿林

网名永远有多远。现为中国新农村联谊会《文学纵横》会员,《望月文学》特邀作家,《中国诗词社》会员,潍坊市寒亭区作协会员。个人诗集《岁月行吟》,作品在《火花》《文学纵横》《山东电力界》《诗意人生》《蓝陵诗刊》《望月文学》《燕京诗刊》《齐鲁文学》《丹东文学》《中国年度诗画集》《北极光文学》《中国诗词社》《中国诗人》《清塬》等纸刊发表作品130余首篇。《中国新长城网》《非凡诗社》《大众诗歌网》《醉美情诗》《浅墨诗社》《吉苑诗社》《一周文学》《中国爱情诗社》等发表作品。曾经作品《为了蓝天更蓝》在山东省电力界获奖。《中国爱情诗刊全球华语爱情诗歌》"中爱杯"比赛中获得十大金牌诗人荣誉称号,《丹江文学》一等奖,《百城百刊》优秀奖等。作品发表收录续近百部文集。

父亲

追忆
我一直追忆
追忆父亲
雷厉风行的举动
还有
小时候调皮时
屁股上留下了红色的掌印

实际
我没有去记恨过父亲
也许
那是父亲
一次一次鞭策着我
引领着我
做人处事的原则

父亲
在脑海里刻下他的模样
在心里
始终是威武不屈的神态
也让我
相处的每一件事
时刻以父为傲为荣

岁月匆匆
时光已去
不知不觉父亲走了五个年头
好多日子里
思绪里有父亲的身影
梦夜醒来浸湿了眼角
还有好多好多没有说完的话

斗转星移
我也成为一名父亲
总是
以父亲的榜样教育着女儿

做人要将心比心
处事要大度包容
为人要光明磊落

我也知道
父爱如山
每一个父亲
有时候不想言谈
他们心里
始终在默默祈祷
儿女健健康康快快乐乐幸福一生

周国平

安徽望江县人,安徽省作家协会会员、中国电力作家协会会员。上个世纪八十年代开始文学创作,先后发表诗歌、小说、散文、杂文约30余万字。主要作品:中篇小说《那年,那事,那灯光》《二十郎当》,短篇小说《天上的河流》等,获得过国家、省市级报刊多种奖项。2005年创作的文学朗诵作品《中国古代四大美女》《邂逅》《永远的嘎达梅林》《炉火》等在网络广为流传。

石头

十颗石头,比不上一千颗石头
一千颗石头,比不上满天的星斗

人到知命,羞于提起物质,羞于说道神伤
我收藏的石头,羞于与时光比短长

泪水全无

在湖边,没有高大的树木,扶风之柳,又被风扶住
看老人牵着老人的手,走过方砖凸凹的人行道

天色向晚，一寺紧闭寺门。滚滚红尘轻轻
晃过
生活，无需诠释，我竟在此刻，泪水全无

不能安睡
风不吹你，你便不能入睡
我是一个在路旁打盹的人

有时候，抬起头看看天空
雨要来了……

而那株身后的香樟树
提前进入了梦乡

夏天不那么热
雨水看不住人，风拽不住树叶
做生意的做生意，回家的回家

街坊邻居，个个面目亲切
湿漉漉的头发，被彼此的目光烘干

原来夏天，不像你说的那么热

你有一身菩提
你的手上
你的美丽的脖子
你的耳环
都有紫檀香的味道
而你的眉并无舒展
你的嘴唇紧闭
你一路轻叩那些倾斜的台阶
你的九华山又高又远
你的佛和你的人，要到半夜时分
才会到达大天台

看她
不写诗时就去看她

不看她时就写诗
顺带看看河水，吉水河的水又清又冷
看她洗衣，看她的幸福和惆怅
看掉进水里的汗珠和泪珠
看阳光下的木槌
看一枚戒指
戴在她的左手无名指上

她叩开寺门
她的脸，在逐渐亮起来的光里
清晰，一些还未清晰的发丝
仍然留在，尚不知结局的阴影部分
她想燃起最早一炷香

而钟未响起，两只鹭鸶隐于莲花中间
风轻得像羽毛，但寒气尤甚
昨夜，她已经将旧衣服洗干净
也将自己洗干净

进了寺是否可以轮回

她说：师傅，我要出家

周家鸿

笔名玄荷子，生于1968年2月，江苏盱眙人。供职于盱眙县水务局，工程师。尤喜文学，潜心创作诗词。系江苏省诗词协会会员、中国诗歌报创作联谊会会员。作品先后发表于《江苏省中青年诗词选》《诗词家》《秋霜诗词精选》《穆店诗草》等刊物。

今夜，你离我很近
吹着夜的风
轻轻地
尽享着夏的清明

我们一起
细数划过的流星
遥指那朵朵白云绵绵
起兴

悠步在乡野小径
点灯流萤
一片幻境

我背起了梦
你吻起了念情
老天奉来刷屏

恁动心
共赏着荷塘月色
还有,稻花香里说丰年
听取蛙声一片
彼此对吟

感恩这良宵盈盈
今夜,你离我很近
八月情怀
八月的雨声
我静静地聆听
音色里
喷发流年的激情

那是播撒的梦
正不一般的恢宏

曾一起走过的
不论是乡田还是山岭
不论风起多大
我们一样同行

是甜是苦
拼击,矜持与坚定
雨后终会

耀出一道彩虹

看,靓丽的琼宇
一片清新
一片浸透着情怀
畅想着
体味这八月的香凝

与莲
轻轻地
携着夏的温存
莲,浴出一池碧水
你至美的冰姿
不经意间
已驻进我的世界里
我成了你的骚客
就这样
痴情的笔,流连的脚步
为你倾倒
凝眸你溢香的神韵
写你无瑕的梦篇
相系朝夕
如旭日一样炽热万千

脚步
迈出如风
锤定前方
演绎一段神曲
也镶嵌回忆悠长

一个动作不同节奏
印记融情商
漫阅岁月篇章
言不尽椒辣果香

大鹏一样
只是与黑土相近
丈量着沉浮

终归故里山乡

浪花
欢快地,水流的漩涡打起浪花
御风而行,相逢在激昂
你是大湖涟漪的升华
更是舞动音符
勾兑着千般痴情
奏起热烈的春曲悠扬

风烟俱净,一叶轻舟
是翘首以盼的眉眼温柔
一曲悠悠情长
浅浅吟唱传奇的神话
凝望那奔放的波光
却也是无问西东
只奔向织锦诗意的远方

周家明

　　江苏省南通人,吉林建筑科技学院,管理工程学院,工程造价专业本科毕业,酷爱诗词。

依旧的冬日

依旧的雪
却早已物是人非
有过太多的迷惘
太多的混账
太多的记忆

知道自己是个恋旧的人
看起一切都不在乎
却又都埋藏在心里
一切就像电影胶片一般
从脑海一帧一帧的划过。

窗外的鹅毛大雪
紧锁眉头

所有的一切都如此的想起
仿佛经历过轮回

或许我年轻
不知道什么是友情
什么是爱情
亦或是两者本就类似
友情上升到某一高度成了爱情
爱情下滑到某一低谷成了友情
甚至从此之后行同陌人

想着想着雪停了
层层云雾散去
阳光一丝一丝的渗透出来
一点一点的抚摸着大地
被枷锁锁住的心脏
慢慢的恢复跳动
慢慢的开始炙热
一扫近日的抑郁

却早已不像从前
回不到的过去
我一直以为是他们变了
其实变得人是我
想着想着就多了
念着念着就伤感了
估摸着忆着忆着就该落泪了

周建好

　　江西宜春万载人,诗人,作品入选《中国诗歌精选300首》,《中国诗歌》第七卷,先后在国内外报刊等发表诗歌400多首,获诗歌奖若干。现为多家文学网站现代诗歌栏目版主。中国诗现代诗版编辑。亚洲凤凰诗社副秘书长。

江边揽胜

月色有多宽就摊多宽

让天边退无可退
群山撇在身后
有多远就撇多远
就坐于江堤
甩一缕思绪垂钓江心
一条江提起或放下

前程也好往事也罢
都如江中之水
分不清哪一滴是今生的宿命

风来抱抱我
又一溜烟跑了

父亲额间的秋景

一个沉静的湖
静得只剩几条波浪的皱纹
把岁月堆砌成沟壑

满沟的风声隐没
整壑的雨丝静止

唯有一船夕阳
把多年的霜覆盖

他的咳嗽
总如石头砸进湖里
惊醒一湖的秋色

雨打芭蕉

千里之外的马蹄声
在一叶芭蕉上急奔

赶在我的琴声停止前
你的手推开半掩的柴门

风停雨歇
你头上的斗笠

在茅檐前
卸下半个江南的雨

一卷诗书
刚把一壶茶煮好

荒漠里的彩虹

一年年枯了的梦
晒在这没人烟的地方
只是不让人吵醒
心中永远的向往

尽管已是一片荒漠
仍用野草
以及枯藤
扎成一支笔
饱蘸阳光
在天空中写下重重的一笔

看风景的人

用眼睛把群山拉近
或推得更远

漫过心头的水
生出春风温暖河流

把云拢进双袖
从后颈飘出

最后在身体里
掏出一把霜
层林尽染
烧红半边天

飞蛾

这世间还能有什么
比用光的名义更具说服力的
让我交出我的一生

烧掉爱情
烧掉前半生的尘世
不需要太多的理由
只要一丁点的光

没有涅 重生
没有青史留名
只有对光的敬畏

周建平

  江苏新沂人，教师，本科学历，副高职称，业余爱好：阅读诗词并学习创作。

梦中的荷塘

几回回梦见
那美丽的六月，蝉鸣林间
那家乡的荷塘，蛙跳水溅
还有那
田田荷叶，一望无际，碧海一般
朵朵荷花，如星闪烁，点缀其间
还有你
乌黑的头发，未及腰间
苹果似脸蛋，靥镶腮边

几回回梦见
荷塘边，小草青青，小路弯弯
晨光中，微风习习，荷香淡淡
还有那
鱼游莲动，蜻蜓嬉戏荷尖
波光粼粼，碧水倒影蓝天
还有你
追逐那彩蝶，忽隐忽现
摘一朵小花，插在发间

几回回梦见
你的身姿，如出水芙蓉，柔桡轻曼
你的笑脸，如初绽荷花，丹唇玉颜
你的眼睛，像荷叶上水滴，晶莹明澈
你的柔声，像荷香般淡雅，沁人心田
你说
荷花，是水中的仙女
荷叶，像碧绿的玉盘
莲子，心中苦
莲藕，丝丝连

这梦，一场又一场
是梦让我回到童年
是梦带我到荷塘边
是梦让我们在一起
是梦追回我的思念
我奢望，这梦做到永远！永远！

周璐璐

  吉林省白山人，吉林工商学院，工商管理学院，工程管理教研室，讲师，酷爱诗词。

工程管理的箴言

某一日，我把地面凹了一片，不为埋藏，只为升起更高的楼宇。
某一夜，我摇起照灯，不为书案俯首，只为等待石水相通。
某一刻，扬水倾车在砼路，不为洗去红尘，只为更好的结合。
某一月，运筹手中的络图，不为标统，只为勾勒你的脊骨。
某一年，红砖绿瓦一方方，不为载物招摇，只为遮住斑斑雪雨。
某一瞬，断壁残垣天各处，不为废弃，只因人去。
某一日，我把地面凹了一片，埋葬了一切。

周淑兰

  网名兰花幽香，曾任教师，香港诗词

论坛会员,南浦古韵版版主,中华诗人杂志社版主,曾获中华文艺优秀奖。作品散见于平台与纸刊,喜欢文字,并为之痴迷,有点兰花的性格,冷傲,执着,守一方静土煮字,秀出自己的独特风采,我就是我,幽谷中生,无人自芳,有些人羡慕成功后的喜悦,而我更看重创作中独享的快乐,努力过,就不后悔。

现代诗春雪有约

风卷着雪花
跌跌跌撞撞的
扑进春的怀抱
从此它有了个诗意的名字春雪
阡陌被东君叫醒
春雪为它洗去污垢
从此田埂山坡
冒出了黄灿灿的野花
小草也不示弱
将倔强的芳华奉献
拳拳赤子
脚步留在了大江南北——净尘
不远处的几亩桃花
妖艳的绽放
馨香恰如少女的体香
本应在冬天劲舞
却毛毛躁躁的来和春天幽会
我不敢揣摩你真正的含义
但我却愿为你争辩
你绝对不会是移情别恋

我想睡在三月的花瓣上

三月的风微凉,
似乎听到了
风和花瓣的低语
悄悄拨动春意,
倚靠着树干
遐想
我想睡在三月的花瓣上
看你宁静的目光,
迷人
然后唱着你最爱的歌
进入梦乡
可能还会遇到桃花仙子
三月的花很美
黄的迎春,红的嫣然
还有那飘逸的玉兰
像个仙子
三月的风都是香的
空气中迷漫着欢乐
美了美了
我醉了
诗魂下了赌注
我要睡在三月的花瓣上
也许灵感眷顾。

三月我在江南等你

枯枝已经脱落 从寒冷中抽身
长出了嫩绿的芽
我的梦已经复苏
恍惚记起了还有个江南之约
我在江南等你
在烟雨朦胧的水乡
在波光潋滟的西湖
演绎一场情遇
江南多情也孕育美女
那柔柔的眼眸 就像沐浴一场
杏花雨
轻移的莲步
飘逸的白玉兰那紧裹的旗袍
透着东方女性特有的美
撑伞而立 只为等你
你送的信物
我 插在发际

周腾昉

生于四川通江县,汉族,男。初中毕业,自学高中、大学文化。偶尔发表,出版有《周腾眆自选诗》。

横嚣的火车站

它们设着明堂假卖车票,
我们不知其恶就买下了。
有钱的再买票,
无钱的雨中跑。
令人切齿——
它们还高翘着尾巴满脸是笑。

猿人尚知扯几片树叶挡遮羞耻,
它们却在光天下做起《聊斋》之鬼,
狰狞的犬牙上,
滴着涂炭生灵的血水。

2000年8月

清晨一记

今天一早就起了床,
下楼去吃油条喝豆浆。
桌旁坐着位老大娘,
她满腹牢骚气昂昂。

体弱身老力气小,
她一年要交三千六百元。
不是那垃圾不能捡,
是那黑心的人儿太贪婪。

饭老板问大娘:
一月要捡多少钱?
大娘叹:不够稀饭钱!

2003年10月19日

驴子

那么小的个头,拉着那么大的车,
它那饱经风霜雨露的眼睛,
在彻耳的皮鞭声中,不流一滴泪。

车愈拉愈大,轮愈转愈小,
它斗劲地拉着。

我为它唱支歌,
有人笑我,说写猪也不写驴。

重金下的快餐店

那人持着铁勺一耍手腕,
铁勺轻轻抚过盆的湖面,
舀起一勺空气给大家看。
那人再耍手腕,
又舀起一勺空气给大家看。
舀菜的人相视而笑,
观众露出尴尬的神色。
谁在咕噜:
指甲比手还长,剪短一点。

巴掌大间租屋,
月租几千,臊气掀天;
苍蝇泛滥,硕鼠时现;
象征洗菜,汤虫常见;
饭中伏石,险把门牙闪断。

周逸树

男,1948年生,江西赣州人。赣南师大文学院副教授,中华诗词学会会员,江西省诗词学会理事,江西省作家协会会员,赣南诗词楹联学会副会长,《赣南诗联》主编。出版作品集、论著《烛影摇红》《诗联论稿》等13部。

散步

我同妻子
一起散步。
我走直路,
不倚不偏;
妻子却故意

把路走弯。
我说,
两点一线,
直线最短;
妻子却说,
多走一点,
路就长远。

思念

我的思念被你
拉长
是你总在我
最后的回眸中
离去
与我天各一方
我的思念被你
结网
是你总在我
睁开双眼时
走来
与我相依相傍

向日葵

朝拜
向东方
一生一世
绽放
在瞬间
千年万年

你用阳光的语言
向光明祈祷
拥抱
金色的秋天

谁说
只有梵高能读懂
你的色彩

是你
告诉崇拜者
画在心间

雨·伞

雨说
伞是我的等待
伞说
雨是我的依恋
雨中的伞
是一朵朵绽放的云彩
伞中的雨
是一丝丝拨动的心弦

有雨的日子
便有了伞
有伞的日子
便有了雨
雨时无伞
是一个美丽的寂寞
伞时无雨
是一个洒脱的遗憾

给你一伞雨
陪你春天播种
给我一雨伞
为你播种春天

瞬

遇见你
遇见我
注目
抉择就在瞬间

闪电
将天空划破
燃烧

爱的宣言

周雨辰

女,出生于2000年12月,现就读于英国剑桥大学物理系。零零诗社副社长。有作品发表于《绿风》诗刊。

吉他

轻轻地,你又拨响
那只会流泪的吉他
在一个浅紫的夜
月升起的地方　薄雾
正悄悄漫上河滩

此刻,星与树影在摇曳
河上？有白帆闲慢地摆

琴声会静静淌过草地
爱人的手指　像乱枝
在林中划过你的衣襟

无穷

周日和周六连在一起
脚趾和发梢连在一起
蛇的尖牙和尾巴连在一起
开始和结束连在一起
由城市至悬崖　从海底到屋顶
人们枕着枕头　漫无终点地行走

一个人是很多人的集合
很多人是一个人的副本
一秒长得像公路　一天短得像一秒
时钟是个骗子　伸出手指
在岁月里不停搅拌
而我们　是一样的飞虫——
出生就跌进漩涡　一遍遍与起点重逢

静寂时分

是它　如约而至
你灵魂中的静寂时分
呢喃中　言语失去含义
悄悄碎作了一夜繁星

时钟成为一个入口　这时
你需要小心地拨开草丛
走进某条漆黑的隧道
严丝合缝　不大或小
它由无数秒的你组成　因此
你走入了很深的自己

不要害怕　钟声会响
所有的你都齐声歌唱：

——"前路万岁"

暴雨

荒野上的旅人！快些躲回帐篷
暴雨正把山川撕碎　蘸就泥浆吞咽
苦痛的风将无数手指插进稻草
每一寸空隙抽空似得酸痒

放下窗帘　用铁钉铆住门栓
不要轻易开门——此时拜访的
无非是骷髅　披着斗篷乞要生命
答应我！不要拉开窗幕　不要看向天空
她正经历一场浩大的失忆
乌云从火山中滚滚而起　她开始衰老
迟缓地遗忘星光和月亮　咳嗽、蜷缩　她
在平原尽头伏倒下
黑夜作墓？烟尘为它盖上
一块令长眠沉闷无比的棺布

荒野上的旅人！快些合上眼睛,
苦难像雨滴一样落下　好奇的目光
迟早结成绞刑架上的绳索

平原上
一具巨大的尸体横卧着
今夜不会有神迹　不要相信
那颗未熄的星星：它是火
是死神刚煮沸的一壶岩浆

快沉沉睡去！让死亡从梦的屏障边溜走
别问何时醒来
睡罢
睁眼时万物必将寂静
一切刚刚出生　一切全然无辜

周玉兰

笔名牧海，中华诗词会员，西山诗词会员，燕京诗词会员，文学研究生。2019年中华文化十大杰出诗人，中国诗歌精选2019年度上榜诗人。中马文学艺术研究院文学研究生，获得终身荣誉证书，燕京协会功勋会员，获得终身荣誉证书，获得中马文学艺术研究院突出贡献文学家荣誉，燕京协会终身荣誉理事。中国诗歌精选·2019年度诗人。参赛作品入选第二届世界诗人金桂冠作品。

守护忠诚

一百年的盘古
一百年的开拓，
一百年的历程，
世纪战火纷飞的故土

一百年的亲人，
为了民族的希望，
浴血拼搏，奋勇杀敌，
几十年的血脉相承。
在阳光下打开，
把春天盛世，

我似一只飞天的小鸟，

轻轻的停在光束上，
吸吮露珠松茸，
听着你的他的所有亲人呼唤，
无形无语无限

无尽的岁月牵手我，
亲亲这片土地，
亲吻脚下每一寸黑土，
让根延续，把根扎下。

泥泞不堪的年华
血与泪交集的沃土，
国仇家恨今相知，
一个世纪的今天，
所有的画面，
都是阳光明媚，
春风拂面，
皑皑群山，巍然屹立。

我的亲人，
我的祖祖辈辈，
我的父老乡亲，
热血洒向这方疆场，
垒筑阵地，厮杀破狼，
英勇壮举，永垂不朽，
守护忠诚，守护使命。

一个世纪的成长，
一个世纪的今天，
追寻生命的云彩
踏上革命者之路。
这里有硝烟弹药，
兵器医疗，
军用物质，
山环铁路，
省满地下中心，
组织露营，
战争的血腥厮杀耳边。
俊马奔驰，

粮草丛林,
赵尚志的军团,
翻地沟,滑冰山,
神出鬼没,出奇制胜,
打的倭寇嗷嗷叫。
小小的满洲国,大大的赵尚志。
赵一曼的地下党,
从儿童妇女红枪白马,
斗争在抗联最前沿地沟,
岔路的前方山林,
民族英雄赵一曼被捕的宿营,
翠霞山秀,叠叠嶂盈
仿佛还在
守护云巅,肝胆忠烈,
伟如群山,血色丹心,
忠骨魂,映雪碧。

峰峦宁静甜美,
鲜有人家,
你的英灵
沿着古道溪水涓涓成湖
山野空旷飞腾,
唱起抗日杀敌的战歌,
等待黎明之光来临,
红星照你去战斗。

阳光风雨的征途,
一个世纪的成长,
一个世纪的今天,
追寻生命云彩,
天空不曾错过英灵的回归,
今天我听到了您的声音,
印着您的步伐前进,前进,
牢记你的初心,
传播红色种子。
映山红开满祖国大地。

敬礼！向无名英雄

敬礼！向无名烈士！
今天是您们的节日！
阳光把您们相迎！
红旗为您们飘扬！
八一建军节！
这是我向您们敬的第一个军礼！
立在！敬礼！
向英雄的土地！
向英雄的人民！
向所有英雄的抗联将士！
向白山黑水的灵杰！
致以最崇高的敬礼！
祖国永远记得您们！
人民永远怀念您们！

人民的好总理周恩来

日昭彰辉,黄河澎湃,
文韬武略,汉邦雄风,
志存高远,共产信仰,
马列真理,工农武装,
圣贤公德,清风亮节,
国之社稷,海棠红映,
呕心沥血,虚怀若谷,
顾全大局,服务人民,
广纳善策,廉洁奉公,
艰苦朴素,鞠躬尽瘁,
崇高典范,政治国际,
真诚中国,和平世界,
统战联盟,智勇双全,
巍峨丰碑,千秋万代。

种春天

冬天总是在春天里,
触摸大地,告诉它,
这是我怒放的青春,扎染的根,
因为春天,
我才能听到自己,
听到孩童牧人的欢笑声,

赤脚泥泞的脚板石,
大地的钢琴曲。
柔柔意思思雨,
汗水吹开的朵朵花,
山歌藤蔓田野拓海,
这是谁种的春天,
把春天背回家。

朱本云

安徽滁州定远人。《定远文学》签约诗人(作家),常务主编。团结出版社《凤声华韵——当代爱情诗选集》编委。汉风楚韵丛书《春之卷》《夏之卷》《秋之卷》编委。《凤凰东南诗社》总编,《芳草文苑》总编。多部作品被诗典,诗集,诗刊采用收藏。

白玉兰

春来了,白玉兰花迎着柔和的阳光悄悄开放。那缕缕的芬芳,轻轻的飘入山谷,村庄。美丽洁白的玉兰花,像隔闸轻解,亦或披一袭白纱的美人,花的馨香,渗透在我的心灵上,不由为她生出红豆般的恋情。

记得当年服役的部队驻训白沙村,房东有七个女儿,七女儿就叫白玉兰,19岁,高中毕业。乌发如漆,肌肤如玉,美目流盼,一颦一笑宛如一朵含苞待放的白玉兰花,美而不妖,艳而不俗。身形苗条,体态轻盈,言行举止透露着端庄娴雅。

我们营部就住在她家,她家的小院不算大,院墙角种了几株白玉兰,还有几株盆栽的。正在盛开,满院香气四溢,也给平淡的乡村生活注入一抹雅韵。

一天,部队放电影,我要去通知村长晚上安排群众观看(我当时是营部书记)。我对玉兰说:"玉兰,能不能带我去你们村长家?"她不假思索就点头答应。这是我和玉兰第一次近距离的接触。玉兰这个名字,唤着她的时候都感觉是这样的美,美的无瑕,美的神圣不可高攀。

一朵花让一颗灵魂生出了热烈的火花,沉静优雅了那段光阴,相遇在青春绽放的年华……

三个月的驻训期转瞬即逝。返回营房的那天,天上飘着绵绵的细雨,欢送的群众队伍锣鼓喧天。玉兰手里捧一盆白玉兰,泪眼迷离。

车窗外的小雨正在淅淅沥沥,不断地拍打着窗玻璃,像断了线的珍珠,又像晶莹的泪珠……

细致缠绵的小雨,如纤指,如花针,如细丝,密密地斜织着,如爱的朦胧情愫,飘逸着江南温柔缠绵的风韵。

我把那盆白玉兰放在我营房的窗台上,悉心照料,总是充满期待。静夜里,寂寞的窗前,任轻风抚摸脸庞,吹动着长发,静静的倾听风吹树叶的声响。灯光闪烁她的身影,似乎在等待一种惊喜,微笑在桃唇绽开。醉人而熟悉的浓香迎面扑来,一股伤感的情趣正在花枝蔓延……

四十年过去了,盆里的那棵白玉兰,已经变成我窗前一棵高大的玉兰树。每当盛开,仰望一树高雅圣洁的玉兰花,仿佛那安静的白色里,也蕴藉着生命里丰富的情感。那不是一种单调的色彩,而是一种盛开在心灵的圣洁之花。心绪也随之缓缓的无声地流淌……流淌在那段曾经与白玉兰相识相伴,一起度过的美好光阴,和深深地眷恋。

朱博

笔名逸飞,山东德州人,自中学时喜爱文学并尝试习作,善长散文诗,古体诗词,近些年在不同的网络平台发表多篇诗歌散文。

你是我心中的诗

今夜,
是谁偷走我的梦?
又是谁,
触动我的情?
让我眺望
让我想像你的笑容
还有,
还有你那可爱的样子

那时
我在心里偷偷的笑了
那是不是
因为与你的相识
给自己凭添
快乐的心情………

今夜
我失眠了
心中却是一种
愉悦的心情
耳边仿佛
又传来你
那百灵般的歌声
眼前又在浮现着
你快乐轻盈的身影

这个夜色
月上柳梢
你宛若一首美妙的诗

飘入这秋夜
笼据着我的思绪
又如那天空的小星星
调皮的望着我
闪动着大大的眼睛……

今夜无眠
静夜执笔
只想为你写首诗
想着你甜美的笑容

诗情话意
悄然涌动
赋诗成行
字字句句
都是你

朱冬石

湖北通山人,国家公务员。作品散见于《人民日报》《湖北日报》《长江文艺》《飞天》《湖北诗刊》《齐鲁文学》等纸刊和数十家文学公众号平台。著有诗集《水滴石》,故事集《血凝》。

烟具

昨晚
清理房子
一杆蒙尘多年的烟具
被翻了出来

仿佛点燃了遥远的岁月
那丝丝缕缕的记忆
就像父亲游动的魂魄
裹着夜色扑面而来

烟具是用老竹篼做的
虽然简单却很耐用

尽管那年头填不饱肚子
但老竹箓的烟嘴却没饿着

父亲的烟从来不用买
自己种自己制作自己抽
儿时的我也曾偷偷吸过几次
却品不出日子的酸甜苦辣

后来父亲走了
我再也闻不到他的味道
烟具从此再也不冒烟了
只有几缕相思在缭绕

刘半仙

上帝给了他两只眼
却成了摆设
但他却照样
把双眼睁得圆圆

眼眶照样时张时合
睫毛照样一扑一闪
眼珠照样上下滚动
生意照样左右逢源

无论碰到谁
他都干瞪着眼
尽管视而不见
心里头却明白

两只眼睛相依为命
从不认为自己有缺陷
谁若瞧不起他
就朝谁翻白眼

虽然是个残疾人
却从来不乞求施舍
他有两条腿和两只手
还有三寸不烂之舌

他能掐会算
还能把方的说成圆
方圆数十里的人都信服他
老老少少都喊他刘半仙

其实耳朵和鼻子就是他的眼
谁说他看不见
人世间的一些事情
他看得比谁都透彻

他算计了别人一辈子
却没掐准自己的晚年
他一生未娶
最后却被一个寡妇收养

朱慧

女,天津生人,在职公务员。工作之余喜欢梳理文字,记录工作与生活中的点滴感悟。擅长现代诗歌、散文、随笔等,曾先后于2009年在百度、网易、新浪空间开办博客,发表优秀作品百余篇,多次被百度空间置顶推荐读者阅读。在"土茅帅杯"神话中国诗意人生全国诗歌大赛中曾荣获二等奖,首届"世界诗人金桂冠大奖赛"中荣获"主席奖""传世佳作奖""世界最美爱情诗",全球诗歌大赛优秀奖等等。现任中华松竹《诗苑纵横》副总社长副总编和总社精英社长。曲度龙凤诗词学院河北分院院长和石家庄分院院长。世界诗歌联合总会顾问,世界诗人金桂冠大奖赛终身评委。

西域荡气

日照之秋
踏上新疆的土地领略神奇
傍晚的烈日
平静的悬疑

烤乳羊散发着说不出的美味
只能赞叹此生有幸一回
民族的美食
让世界一起品味

感悟千年胡杨
飘散出岁月芬芳
瞭望万里疆土
诱惑着八面客商
喧嚣的闹市
怎比你的高雅和悠扬

剑似的风霜饱满了葡萄
余下了令人难忘的甜香
勾画出令人陶醉的金黄
如寻常的水
滋润着山川
滋润着湖畔
滋润着村落和城乡……
大自然这位杰出的艺术家
以峭壁唏嘘着魔鬼城的诡异
让碧水渲染了喀纳斯的神秘

领略了没有火焰的山
游览了没有怪兽的湖
脚踏界碑的疆土
顿感山河沧桑几度
辽阔华夏延续着
曾经的过往
英雄无泪
大漠戈壁驼铃苍茫
祖先的丝绸西域啊
依旧令我魂牵梦萦　荡气回肠！

朱凌

　　男，1971年2月出生，湖南省浏阳市淳口镇人，长沙市作家协会会员。迄今为止，用雨中人、梅子雨等多种笔名在《中国青年报》《中国教师年报》《中华诗词》《诗选刊》《湖南文学》《湖南日报》《西藏日报》《长沙晚报》等各级报刊、发表各类稿件1000余件，获各种奖励50多次，入选各类文集40多种。

写给海

一切业已就绪
面朝大海的房子
阳光明媚的露台
一桌一椅
还有那把旷世的摇椅
穿透岁月　饱经风霜
依然痴痴的虚位以待

大海貌似平静
它摄魂夺魄的呼喊
在一万公里以外
它喷薄而出的激情
据说足足可以令
坚如磐石的海礁
倏忽隆起成眺望的岛
多情莫过于白云
你经年不息地在蓝天之上
满世界的逡巡游走
也是在苦苦寻觅吗

纵然天涯海角
海会海纳百川
纵是千山万水
云会云游万里
谁都不会驻足停歇
停下急匆匆寻觅的脚步
此去经年　只等你来
你来　我们一起看春暖花开
不来　我依然痴痴的满心期待

写给白衣天使

甘心情愿
收藏好心仪的红裙子
燕尾帽遮住了
你秀美柔顺的黑发
白大褂
裹住你青春的曲线

不穿高跟鞋
你的身材依然高挑
未曾改变你的优雅大方
不穿金戴银
依然典雅端庄
心似金子就能闪闪发光

轻盈的步伐
穿梭于每个病房
韵律有致的足音
是期盼的天使到访
银铃般的笑声
时刻环绕在耳畔
亲如家人的嘘寒问暖
将心中的雾霾驱散

胸怀如大海般宽广
情怀如诗歌般温暖
如春天温馨
似夏日奔放
迎来的是愁眉不展
送往的是满脸笑颜

布谷鸟

幸好有你
在你无休止符的啼声中
让我陡然想起
记忆中模糊的故乡
还有故乡的播种插秧
以及潺潺的溪流
泥土芬芳的田畴

房顶肆意缠绵的炊烟
定是浓得化不开的乡愁

幸好有你

记忆中定格在故乡
青山绿水间父亲的模样
由远及近　渐次清晰
那时的父亲
头顶布谷鸟的啼鸣
肩扛沉重的犁铧
于东方破晓的晨曦中
与一前一后的老黄牛
叠印成深深浅浅的剪影

布谷　布谷
你异乎寻常的坚韧
恰似父亲一生的写意
如此的言传身教
加上叮嘱万千
任谁　都没有理由退让
从一声又一声的
布谷布谷到获谷获谷
该是多么痛的领悟

给母亲

穷其一生　母亲
你与故乡彻夜奔流的小河
何其相似
唯一不同的是
河流奔向了远方
你却与故土不离不弃

在与时光的博弈中
你甘心输得一败涂地
从如丝如缕的鱼尾纹
到褶皱如河边的老柳
一场硕大无比的大雪
经年停泊在你的头上

曾今的脚下生风哪去了
如今你却步履蹒跚

故乡繁星点点的天幕上
月似潮汐　圆缺更替
母亲　你曾经笔挺的腰杆
拗不过生活的千苦万难
弯如新月啊
从此不再盈满

月华如霜

温柔的轻抚老屋的瓦片
似当年如豆的灯光
灯光下有穿梭的丝线
有日夜的唠叨
还有无休止的牵盼
从决口的堤岸奔涌而出
满满的　都是浓浓的乡愁
一次又次在我的心海泛滥

母亲

剔除十月怀胎的痛楚
单那一朝分娩
您就相当于被踢断
20根肋骨　遍体鳞伤
谁能如你
忍受得住这般的万苦千难

从嗷嗷待哺到蹒跚学步
从牙牙学语到字正腔圆
流下了您多少的汗水
凝聚了您多少的苦痛心酸

我若安好　便是晴天
在你的生命中
这就是至理名言
你那羸弱的肩膀
既是坚不可摧的房梁

又是得遮风挡雨的伞

如今哟母亲
你的步履是如此的蹒跚
拖着长长的夕阳
成天在村口久久地盼望
曾经游刃有余的千层线
在你混浊的目光中越长越长

有你的地方便是家
有你的地方最温暖
是你给了我整个春天
是你给了我整个海洋
却从未索取哪怕是一丁半点

朱仁凤

女，笔名淡水，江西省作家协会会员，南昌市作家协会理事，《八一诗选》执行主编，《栖贤山文艺》执行主编.著有长篇小说《双凤朝阳》(团结出版社出版)《近水胡家》。作品散见《诗刊》《星星》《诗选刊》《诗潮》《大理文化》《名作欣赏》等报刊00余家，获全国诗赛奖若干。

琴江

我们走在琴江边
好比故事
只在赣江源头开了个头
两岸的花灯就开了

石城亮了——
我们走进,五彩缤纷的光芒中
仿佛走进一段悠长的故事里

起风时
江水已隐入更深处
情节走向更深处
谁的手指拨动了琴弦——

江水起皱,又被琴声缓缓抚平

幸福

风轻轻一吹
树梢上一枚熟透的枣子落下来
叭地一声掉在地上裂开甜润的肉
我看见的是
幸福突然落在几只蚂蚁身边
它们围着甜枣忙活起来
两只麻雀在树枝间蹦来蹦去找虫子
它们大概是去年相识的那两只
此刻就站在两根树丫上彼此相望
风让树枝荡来荡去
幸福就在它们之间荡来荡去

活着很苦,心里要有光

无声的墓碑,
像她在人间——
这二十余年的沉默。

她相信父亲一定知晓,
当年的一把唢呐,
并没有将乌云吹走,
但活生生将他的闺女——
送进了一座坟墓。

泪水滑落的时刻
风,轻轻吹动了草叶
仿如慈爱的父亲在说——
不管日子多么黑暗,
人生再苦,
心里都要有光。

一些人

他们顺着弯道
走到尽头,留在了青山
在这里,时光很安详
一座座小墓碑

此时安静的,只看见风在动

天地风一样空旷
蓬勃的春天望不到尽头
长满荆刺的黑枝条上
开满了鲜花

这山清水秀的大好人间
都是这些人腾出来的
此刻,他们睡在山水间
一个个望向来时的路
一个个都像思想者

朱韬

　　浙江湖州人,丽水学院,土木与工程学院,土木工程本科,酷爱诗词。

未曾走远

当回忆袭上心头,
我明白了往事不堪回首。
没有了曾经的十指相扣,
没有了从前的长相厮守,
距离成了你我间偌大的鸿沟。

大学没有想象中的自由,
每天在校园里匆匆奔走,
好像我的时间还是不够,
太多事把我的生活满满的拼凑,
有时甚至会忘记给你一句迟来的问候,

亲爱的,不要泪流,
我的心未曾片刻远走;
亲爱的,不要哀愁,
我的这颗心只为你一人守候!

朱晓梅

　　笔名南飞雁。唯美诗人,夜听专栏撰

— 2689 —

稿人。曾任凤凰诗社诗人。金土地文学诗人。逍遥悦听签约诗人。荒土文学签约诗人。秋水澜清雅诵苑撰稿人。联盟诗苑撰稿人。金土地文学香港总社社长。金土地文学东北总社社长。金土地文学悦阅天地总社社长。仓央嘉措国际诗歌比赛中荣获全球100位优秀诗人奖。中国诗歌艺术优秀女诗人奖获得者。中国诗歌名人堂第一季票选优胜者。作品散见各媒体平台。

醉美江南

亭台楼阁
错落有致
微风轻曼
杨柳依依
树影婆娑
倒影湖面
远处
峰峦起伏
连绵不绝
依偎在江南的怀抱里

小桥，流水，人家
格外迷人的江南
如温婉多情的女子
凌波水韵
翰墨流芳
江南的美朦胧古朴
看绿水萦绕白墙
落英纷飞
灵动飘逸

谁家女子身着旗袍
手撑红色油纸伞
在幽静古老的石板路上
莲步轻移踽踽独行
留下串串哀怨的脚印

耳畔萦绕
婉转悠扬的江南古韵
一杯愁绪
一帘幽梦
一叶兰舟
独坐闺房
凝脂纤手轻拂琴弦
腮边轻挂两行热泪

醉美江南
江南最美
惹得多少文人墨客
流连忘返品读江南
温婉尔雅的江南女子
才华横溢的江南才子
铸就了江南深厚的文化古韵
写不完百种柔情
画不尽万般风韵
转厢阁，踏水榭
越静池，跨玉栏
趴梨花坞，凭拘泠轩
盈盈清水，悠悠木船
在历史长河中寻一瞬闲适

朱新云

女，汉族，1962年11月生，山东滕州人，现供职于滕州市建筑设计院。系山东省青年作家协会会员，江苏省淮安市《短小说》创作员，山东省散文协会会员，滕州市作家协会理事，中华诗词学会会员，滕州市诗词学会副会长。其作品在国内省市报刊已发表。曾荣获第四届"相约北京"全国文学艺术大赛三等奖、第十三届"天籁杯"中华诗词大赛优秀奖等奖项。

惜春

快乐的鸟儿
在院墙上安家筑巢

雄鸡向春姑报晓
春风吹绿了树苗
迎春在窗外眉开眼笑
与窗花合成一幅游动的春景
残喘的冰雪
在草尖上解冻
扑面而来的绿
在收获中寻找微笑

含笑的桃李,袒胸露乳
几分诱惑几分娇艳
吹走寒潮,吹老了年少
莫道不销魂,醉倒爱花人

千年不变的绝妙
贴着人生的箴言
俯瞰红尘,观尽山岚
洒向晚来的虔诚
清凌的溪水
轻抚一路风景

随春而来的松针子叶
宁静地穿出干烈的土地
别有洞天
装饰着年少的梦

写给一位老兵的诗

您在我的梦里无数次的出现
虽然看不清晰您的容颜
我猜一定是您,您是我妈的兄长
长兄为父,您做得艰难

今年开始重读四十年来
您写给妈妈的二百多封家书
一遍又一遍,每每身临其境
遍遍泪流满面
我已经走进您的世界
走进您那孤苦无助纷乱的流年

您在我的梦里无数次的出现
虽然看不清晰您的容颜
我猜已经是您,我妈的长兄
您对妈妈的一言一行,要求甚严

您说,虽然我们的父母不在
即使我们不在,我们的祖先
我们民族的美好品德
还留在我们的心田

虽然我们的房子曾经破烂
虽然我们兄妹已经被分散
但我们的家风纯正,家规高悬
爷爷的名字自今还在石碑上刻着
第一名"百奇"秀才的名号
在十里八村传扬百年
我们扛起枪,保家卫国是男儿的本色
济世助民是我们永远的信念

朱绪龙

男,1939年生,滕州市人,中国民主同盟盟员。山东省作家协会会员,山东省戏剧家协会会员,中国青少年写作研究会会员,滕州市诗词学会顾问,退休教师。已出版发行诗歌选集《我们曾经年轻》,戏剧文学选集《潇洒的裙子》,诗歌暨文艺评论集《回望》。

你最美丽

亲爱的,请不要叹息,
当你走在大街上
请挽着我
把头高高扬起

那满头花白的短发
不必羡慕染黑的飘逸
犹如夜空缀满星星

更显得浩瀚、神秘

那额头眼角的皱纹
无需依赖脂粉的填腻
恰似高原上的一泓碧水
在秋风吹拂下掀起动人的涟漪

还有你略为丰满的身躯
比苗条更具魅力
恍如一株资深的玉兰
树下正弥漫着温馨的回忆

扬起头来,亲爱的
不要为年龄而叹息
在茫茫人海中
我感觉——只有你最美丽

总以为

总以为,唐诗宋词里的
那朵花,到春天才开放
其实,她们早从温室里纷纷
走出,抢在冬天闪亮登场

还有那些克隆的纸绢塑料花
挂满街市,耀眼时尚
纵然你盼的那朵到春天开了
早有先入为主,跌入眼光

这是一个假可作真的年代
连四季也会错乱异常
谁能陪你一起守着那朵
古老的花,依然在春天开放

朱扬

　　扬州市作家协会会员。发表过200余篇诗歌散文。

浪漫的五月

温暖的春天渐渐离我们远去
汗水出现在我们额头
那汗水饱含炙热的情怀
醉满一地阳光
辉映清风皓月
连雨不知春去
一晴方觉夏深
我们从春天走来
一不小心就遇到夏天
就会遇见你我的相逢

浪漫的五月营造多姿色彩
姿意出淡雅清新的情愫
五月的风儿你慢慢的吹
五月的绿色你尽情的绿
五月的花儿你静静的开
五月的情怀你缓缓的来

是谁在云天之外呼唤我
用夏最热烈的声音
最真诚的声音
最殷切的期盼
等待你我的相见

花团锦簇好年华

如果你的生命
注定花团锦簇好年华
那就不懈努力攀爬
与花一般的灿烂
在四季中绽放

如果你的前程
许下鹏程万里
那就乘着歌声的翅膀飞翔
造就时来运转
相逢喜人喜事喜时光

如果你的信仰
穿梭不一样的驿站
那就憧憬岁月的洗礼
让梦想扬帆
倾注命运交响

如果你的幸福
依然那样清晰
那就好好珍惜品尝
莫遗忘莫惊讶
体验人生的功果报偿

音符

一串透明的秋雨滴
打在了片片窗户
敲出一组空灵的叮当
琵琶行中的诗句
大珠小珠落玉盘
在秋雨中降落

一柱七色彩虹
摇曳思的空中
变换着一支支圆舞曲
疯狂的向日葵应声猛长

虚幻的梦境
牵引人的境界
人生的高度应选择不停跋涉
一路攀登一路歌

此刻的大提琴
低沉委婉
我踩着音符
一步步走出梦境

朱振娟

1971年10月出生,萧山区作家协会会员,获"最具影响力浙江诗人"称号,在浙江诗人、之江诗社、中国诗歌报等网络平台上发表诗歌若干。任之江诗社创作部部长,著有一窗风景、美丽萧山楼塔故事等书(与人合著)。

楼塔印象(组诗)
结香花之凝香
——写给一个叫楼曼文的女子

与你对视的瞬间
我发现我老了
在你遗世独立的芬芳中
我打不开自己的嗅觉
只听见你一点一点盛开的声音
落在我的心上

总是记不住你的名字
就像记不住自己
年少时的容颜一样
那些春风摇曳的时光
最终都滴落泥土的胸怀
在黑色的夜空里凝结成香

四月往事

四月的夜空写满思念
苍穹下的泪滴和呐喊
像一个纯洁的梦境
岁月一直绽放在石碑前
波浪般袭过我们脚下的土地

我们轻快得像一只燕子
在你曾经倒下的地方行走
岁月洗刷了四月的大地和天空
只有野百合没有忘
这里躺着一个春天

楼塔细十番

在宗祠外的空地上

鸟儿也屏住了呼吸
倾听那千年古镇上空
回旋的古典音乐

笙、箫、琵琶、板胡……
隆重而典雅的天籁之音
传承的丝竹之声
让我们涉水而行穿越千年

楼塔细十番
一个教科书里的名字
因薪火代代相传
磨砺出非物质文化遗产的光芒

古镇之春

那些小树苗已经长高
高成了一片树林
我来时的路已经积满了雪
那些雪被下的嫩芽已蠢蠢欲动
只等待一声惊雷
抖落往年的风霜与繁华
安详的小镇
只差一米春光

楼塔故里

我轻轻地走入雨中
不撑伞不坐车地回一次故乡
故乡已没有了老屋
瓦楞间的劲草已悄然拔去
可我明明听到
那屋顶上的脚步声
如战鼓般紧密
一次次叩击我的灵魂

我已经在他乡迷失很久
在电脑前在手机上
找不到回家的路
他乡听不见屋顶上的脚步声

觅不见炊烟后夕阳的笑脸
千里的长棚
搭不出我回家的路

朱正刚

笔名小李子。甘肃人,教师,退役军人。

曾经的你

曾经的你,是一生的同学
没有太多的交流,只有同桌相邻
偶尔一句,你好
仿佛混沌了世界,羞羞答答
让岁月凝固,被误读为爱情

曾经的你,还好吗
历历在目的往事,梦回儿时
借你的橡皮擦,若上刀山下火海
你借了,我还了
一切平静,没有任何事情发生

曾经的你,不知想起
泥泞的小路上,不小心撞倒了你
为此,你告我老师
在雨中罚站,委屈的哭过
看到泥浆浆你,有过淡淡的愧疚

曾经的你,心中的丑小鸭
莫名的争吵,爱给老师报告
清澈的眼睛,秀美的风景
每一次的百分,令人嫉妒
留给人生,津津乐道的话题

如今的你,也许不曾想起
三十年的时光,匆忙一挥间
如烟往事,化作回忆的种子
在皱纹间发芽,又是新的生命
收获同学情,全是快乐的故事

曾经的你,懵懂的喜欢
藏在心底,永久封存
长大后发现,那是儿时的梦想
哭过笑过,最美的回忆
如今长大,你还好吗

我想你

夜深了,情愈浓
弯月含情脉脉,微微羞涩
遥望着远方,想与月儿对白
一咕噜地道出,没有任何的搪塞
把思念倾诉,让月儿流泪

这清净的感觉,月光如水如烟
洒在身上,暖暖的味道
仿佛特意来陪我,裹紧了我的手臂
吻着,醉人的芬芳
犹如您的味儿,忘情地吻着

在思念中,把心儿放飞
翻越千山万水,依在你的窗棂之下
听你的鼻息,闻着你的梦语
预想同你梦语,只怕惊心你
这梦般的感觉,带我旅游

静静的望着,月亮读懂我的心
缠绵悱恻的情,在云中漫步
寻寻觅觅的感觉,在月前释怀
似丹桂飘香的迷人,似葡萄园的醇美
似牵肠挂肚的思念,似难以割舍的情怀

在月下,煮一杯咖啡
浓浓的爱意,端在你面前
把前世的疲惫,在咖啡中融化
品着,望着
没有太多的语言,足以让心灵愉悦

感悟

没有太多的期待,却有那么多的惊喜
人生就是如此,在茫茫人海中游戈
栖息地就是岛,给你补给
在此赏景,给你机遇

不要奢望风平浪静,也不要怕暗礁险滩
预想安逸的生活,其实没有平静
生活的乐趣,在于自己逐浪前行
生活的苦涩,缘于内心过于在乎

在生活的洋里,任自漂泊
有过风光旖旎的白昼,有过风浪惊惧的黑夜
有微笑的幸福,有沮丧的痛苦
活着,不能没有坚强

有一天,回顾往事
没有为贪图安逸而丧志,人生就足矣
不以成败论英雄,自信就是强者
人有三六九等,何以评头论足

在风雨中前行,要懂得感恩
一生的感悟,命运掌握在自己手里
不会感恩的人,终极是敌人
善待自己,活在当下

相信古训,姜还是老的辣
不是真理,但还是道理
人生得失,没有人替你买单
只有自己操盘,输赢在方寸间

祝金斗

　　山东省诸城市人。当代作家,诗人。中国诗词研究会会员,山东省民间文艺家协会会员,中国原创文学网编辑,《乡土文学》签约作家。其作品曾荣获北师大散文一等奖,圣陶杯全国作文大赛优秀奖,全球诗酒文化大赛入围奖等多项大奖。长篇励志小说《明星班的小姐们》为网络最火小说,抗战题材69集电视连续剧本《铁血山河》为网络热贴并出版选集,长篇小说《山桃花》正在发表中。

为你钟情

我是那朵迎春的红梅
顶着凛冽的寒风
冒着漫天的飞雪
在你的酣梦中
悄悄地绽放在你的枝头

你问我
亲爱的
冷吗
我打一个寒颤
然后为你燃烧成一朵梅花似的火焰

火焰中
似乎有春风带着鸟鸣飘来
轻抚着你那帅气的面庞
我火焰中的眸光
映入你的明眸

遥远的爱人啊
这也许是我的梦
万水千山寄我情
愿鸿雁带上我花瓣的唇红
吻上你的梦

梨花如雪

三月的春风
翻过了大山
越过了原野
来到了这戈壁沙漠

轻轻地吹啊
慢慢的暖
感动了这片梨花的盛开
洁白如雪

雪啊
曾经飘落在这干涸的地方
滋润过你的心窝
给你解过干渴

那聚集在枝桠上的都说
我也是梨花一朵
北风一吹
竟像梨花飘落

今又梨花开
遍野如飞雪
雪之魂雪之爱
梨花一支歌

梨花姑娘啊
在梨花深处
寻寻觅觅
祈盼阿哥

雪莲

你绽放在雪山之巅
我常常在酣梦里凝望你的容颜
我是遥远东海的一朵浪花啊
与你相见太难

我曾经化作一片云霞
挣脱大海的羁绊
飞越万水千山
来到你的身边想要用飞泻的热泪把你的心儿温暖

寒风袭来
却化作了雪花片片

我不愿把你冻伤
竟然落到了你的身边
我想我还有余温
是不是还能帮你度过春寒

雪莲姑娘啊
我们终于能够相依相偎
两手相牵
度过了一个个晴朗的日子
和仰望星星的夜晚

当春风吹绿了草原
牧民的歌声悠扬缱绻
我却在渐渐地消融
滴滴跌入飞瀑
成为江河的一员

我飞腾
跳跃
哪怕仅是转瞬的时间
我也要回眸最后那个牧羊姑娘的笑脸
暗暗许下与你再次邂逅的心愿

啊
我眷恋的姑娘
雪莲

庄辉

广东化州人,茂名市南天诗社会员。黄河文学社社员。中国诗歌学会、中华诗词学会、广东楹联学会、广东省书协、茂名市作协会员。诗文见于《茂名日报》《中华诗词》《诗刊》《诗词百家》《诗词月刊》等。

风弹竹韵

曾瘦了冬的憔悴,曾绿了春的吻痕
是谁? 溢出一层层滴翠
与溪涧相拥,与庭院互吻
弹奏着一曲夏风吟韵

声音含情美妙,更赊来几分玄灵
趁着晨曦,摆渡抵达梦境渡口
所有旁白,在透解冬天固守的信念
所有期待,在摇曳季节赐予的绿色生机

精神品格也好,精髓风范也好
都铸成了一份虚心情怀
都耸起了一塔不屈本性
都支撑着千百年来君子的人生课程

来不及录下你的悠扬清韵
就让它封存在竹林深处
屏住呼吸,侧耳静听
我醉了……

初秋蓦然让我陌生

还没走出酷暑雷雨的袭扰
举目四望
十八岁那年深埋的理想
依然在记忆深处律动

挥不去的眼神,舞出的倩影
告别了渐渐枯黄的葱绿
淡淡的秋色新妆
蓦然让我陌生,还不习惯

季节轮回
初秋是从容温馨的半老徐娘
让物候逐一打包放入行囊
用一霜雁叫去守护冷暖时光

端午情殇

那一年,汨罗江吞噬了你的身躯
千百年,浩浩洞庭水
淘尽多少前尘往事
是否洗去你的冤魂?

屈子,你是楚国贤臣
推行举贤修法,联齐抗秦
你的政治抱负纯化为血液里的精华
却将你流放,屡遭忌恨
你选择五月初五这天投河
以死抗争。没有人听到
你俯身扑向汨罗的那一刻
心碎的声音

端午,多么沉重的一个词语
这一天,那么多目光汇聚江河
只为打捞你的灵魂
让你枯萎的心,在浪花上重生

汨水滔滔,汨罗何罪
挽不回你七尺的热血身躯
却留下了千古情殇
端阳竞渡已历千年
龙舟把喧哗的河水划过亿万遍
是否仍在苦苦寻找你飘渺的魂灵?

而今,盛世太平
桨声涛声里的欢呼一浪高过一浪
如果你看得见,紧锁的眉头
是否有一抹欣慰绽放?

庄子蝶一

　　实名王俊,文学爱好者,工程师。作品散见于各网络平台。

我的诗歌在夏天的某一天醒来

夏天的语言
从清晨的江风吹起
如同枯白的草爬上我的鬓
我对着落寞的大地
用一百八十座亭寺
构筑我诗意的江南

清晨的一匹瘦马奔腾在这钢筋丛林的旷野

因为寂寞或者孤独
去靠近满屋的图书和文字
有人说
满屋的书里会藏着诗意纵横
会藏着大江风云和大好山河

我在江南这边独老
因为这夏日的河语或者其他
蘸着口水数自己的手指头
数过了前几十年
又数过了后几十年

诗意已经逃脱不了狗吠叫过的夏天
晨曦初露
我身上霞光满天

青衣

我用三月的雪,
碰撞着
舞动帕米尔高原,

高雅,灵动,
灵魂,馨香

舞动,
在海拔7000米的瘦骨嶙峋
舞动,
雪豹跨越了雪山之巅

欧罗巴,亚细亚,
拉美,赤道与南北极,
星空漫步。
我的舞台,
漂浮在天河

我的青衣，
变换着各色的女子，
一切的美好
在风云变换，
天海沧桑。

尘世的精灵，
诗人，
唱念做打，
吟哦着。
绝美芳华

五月的鲜花，
盛开在三月的帕米尔
水袖舞动，鲜花盛开

谁知道，
冰原深处，
诗人的心死了，
成了世界的悲伤之源

雨谒长沙

晓追日月长沙远
半看山河半为心
满城烟雨云欲坠
一叶江南马蹄轻

漫天大雨浸染江南
湘江奔涌着
黄涛浩荡天际翻腾
我走近了长沙
如车过黄河

长沙路远
满城起风云
走近了，
我心里的神圣在开花

看山看水看岁月
看文夕看岳麓看长沙
风再三起来
如同历史回声
我雨中拜谒长沙

子昀

田小川，贵州咸宁人，1974年生，中国法学会会员，贵州省作家协会会员。著有诗集《慢慢地来，匆匆地去》《细雨霏霏》《田小川九十年代爱情诗选》《鹰之歌》《日神》等，有作品获光明日报社会管理创新全国理论文章二等奖，有多篇文章获全国法院学术讨论会优秀奖。有多篇调研文章在经济日报社内参《市县领导参阅》中发表，有文章被中共中央政策研究室《综合研究》（合作）专题刊用，有作品获首届中国调解高峰论坛三等奖。

杭州映像（组诗）
记忆里的西溪

凉爽是炎夏的殿堂
绿色是阳光的使者
如果没错，记忆里
西溪是水曲和薄雾的家园
茅檐低小，松针密织茅草依旧
古朴久远的乡俗已经不在
曾经的农家已迁入浮华
旧时的相府在烟雨中，门可罗雀
空落的乡村，已成都市无限的回忆

低调奢华的都市里
在天一方的水响与草动
惊不起风浪，摇不动树枝
一切生命都显得静谧
在喧闹之外

一只水鸟飞过
喙尖衔起一个世界
翅膀扇动一方天地
记忆里的西溪,曾有一顶斗笠
垂钓过这一方美景

龙舟伏在岸上
竹竿划过水波
翠鸟鸣,夏径幽
晨雾笼着西溪的额头
枫杨不语,荷尖初露
千百万游客在九曲柔绕的溪畔
侯爷走过,商贾走过
除了垫脚的石头
除了水面变幻莫测的天空
没有一个人的脚印留在水中

苇草,翠竹,荷风
总有一些风景倒映到水中
总有一些虚空的竹竿能够栖下鸟鸣
在这个飞速流动的世界里
4G 走向 5G,网速主导这个繁华都市
人头攒成人流,物品汇成物流
观念汇成思想流,汗水汇成财富流
物象繁华之余总有情感烦躁
唯有内心的宁静
才是生命里最美的风景

微风里的西湖

走着走着就累了
在微风里落脚苏堤
待在这个古老的旧时的皇朝都城
在这个山灵水秀的地方
沐浴着风,沐浴着夏日的凉
看着游轮在微风吹过的湖面晃荡
我是匆匆的过客
而一块石头,从宋朝过来
在游人脚下,一躺就是九百多年

一湖荷叶,一旦种下
就是就是枯枯荣荣生生世世

微风里的西湖
水波亲吻着石头垒成的岸堤
总有心事,立在岸上
总有浮华,坠入湖底
柳梢飘动成了风的模样
雷峰塔的彩霓老成了几分
保俶塔的娇媚柔软了几分
在树叶绿的发光的荫蔽里
蝉鸣夏季,荷舞西湖
温暖亲和的阳光之外
除了忙碌的往昔
还有多情的诗和脑海里的远方

微风里的西湖
荷塘傍侧来来往往的裙裾
尽情飘动着各自独有的风姿
微风吹过面颊,吹过鬓丝
微风吹过美好的光景
微风吹过现代都市的文明
一切烦恼,在瘦美的西湖
在风中在雨中,化作了云烟
这世间的才子佳人们,忠臣良将们
忙忙碌碌的精英们,游人们
都想开了,让风洗涤心地的尘埃
都放下了能够放下的一切

微风里的西湖
月影晃动
在梅雨季节欲来的黄昏
树叶顺着风的方向
绿柳顺着风的方向
波光顺着风的方向
送来生命深处的微笑与甜蜜
在火热的七月,构筑一个人的西湖
构筑一个人走过的苏堤

微风里,西湖柔软成了一种美
每前行一步,都是美好的风景
每回眸一次,都是留念的光阴

雨雾里的杭州

黎明里的杭州,天空雨新
袅袅薄雾笼着山头
山色茫茫雨色忧伤
似下非下,名柔非柔

雨雾里,一只大雁从天空飞过
它从北山飞来
湿湿的雾气没有压住它飞动的翅
嗷嗷而鸣,在寻找栖息的江畔

薄雾笼着西湖
不揭开薄如蝉翼的雾衣
你怎么知道她是肥是瘦?
梅雨里,你可读懂杭州的忧伤

雨雾里的杭州
有绿叶在夏天枯萎
人流和车流
在湿漉漉的城市中穿梭

雨雾里的杭州
枫树静立在曾经走过的校园
因为雨,心地湿润
因为雾,日子朦胧

邹章义

　　原籍江西,现住珠海,余酷爱"爬格",尤喜唐诗宋词及舞台文艺。自幼至今习撰了诗文900余首(篇);舞台曲艺、歌词、小品等作品若干。部分发表于省、市及国家级刊物。现为中国诗歌网会员,珠海市文联会员,曼殊诗社理事,市诗词楹联协会会员。部分格律诗、散文诗曾在《当代优秀作家精品选》《心灵诗者》《诗词月刊》《贵州作家网作品精选》《中国诗歌大观365人诗选》《当代诗人词家作品汇编》等上发表。现为《诗词中国》会员,散文诗"小桥"获2015年度新诗歌铜奖。"西湖畅想曲""墨趣恬居"入选《中国时代文艺名家代表作典籍》。

鄱阳湖之韵

长江,犹如一支甜蜜的横笛,
亲吻着玲珑的鄱阳湖。
碧蓝的诗篇,雄浑激越,
珍藏着历史的风云;
雪浪、绿带、白帆、红日,
是诗篇中五彩缤纷的标点。
一片风帆,一片深沉的记;
一串渔歌,一串透明的故事。
…………
斜阳下,
我在湖畔徜徉、眺望、遐想。
脚印,象簇簇水灵灵的山花,隽永、清新。
微风吹来了,渔火亮起来了。
带着浓烈敦厚的乡土音,
在鳞鳞波光里奏响。
呵呵,人生,也要如这鄱湖之韵
——不仅要充实,还要不断地熊熊燃烧、
燃烧……

故园的竹

一泓清澈的河流,
环绕着小洲,
洲边,
是一丛丛翠竹,
那是祖先们的智篝。
摇弋的竹,
象一叶叶小舟,
曾载着我童年的梦,
奇幻、甜蜜、痴融。

竹,
古称君子,
高雅、飘逸、潇洒,
风 晴 雨 露,
线条分明,
点缀勤劳的绿洲。
古人云：
"宁可食无肉,不可居无竹"。
故园的情怀,
就是这竹的吻,
如画如歌,
绘出绚丽的兰图。
存想间,
岁寒君子,
蓦然从我的诗中走出。
泛起一串串记忆,
心中翻腾着
——竹的劲姿,
竹的芳容……

梦中的船
这些年来,
我一直甜甜地,
记念着
现已是"水晶宫"中的
故乡的那艘,
曾经劈浪斩波
运载着
家乡人民生计之程的
梦中的船。
船的身姿,
船的潜情,
船的宽容,
船的风帆……

任凭风吹浪打,
酷署寒冬,

船,总是不知疲惫
永不停歇地,
送往迎来。
欸乃声声,
船篙点点,
划出殷实的音符,
泛现出一张张
幸福的笑颜。
再度起航吧,
——梦中的船。
我亲吻你,
家乡人民念着你,
在梦中,
百回、千回、万回
…………

我们手牵手

我们认识那时,青春焕发；
我们结婚那时,羞羞答答。
简朴的婚礼,
只有一束盛开的花。
从此我们手牵着手,心连着心。
走过春秋,走过冬夏,
你给我温存,
我给你爱意。
一同迎日出,一同送晚霞。
相敬如宾夫妻情；
劳燕双飞连理花。
如今虽已是老了青春白了发。
我们依旧手牵手心连心。
朝夕相伴,体贴有加。
你给我揉背,
我给你沏茶。
学一对鸳鸯比翼飞。
活出人生的清爽,
活出晚年幸福生活美如画！

邹中海

湖南人，教师，系中山市新诗研究所研究员，《山东散文》编辑，三湘诗韵创始人。在《诗殿堂》《海华都市报》《世界日报》等刊物及文学网络平台发表诗文。著有诗集4部。

中元节，与父亲的对话
父亲一生受穷
现在却很富有

今天过节，也想打点钱
就像当初为我

父亲说：不用
钱多得用不完
他还想打点钱给我

我不好意思说，现在全都富裕了
只能说，不行哦
没有地方兑换

一只青蛙在蹦跳
夕阳的血在市场流通
开花的笑脸，来自于终结的生命
上了砧板的青蛙、鱼和黄鳝
最终
难逃被宰割的命运

分离的头，来不及叫喊
开肠破肚，或被五马分尸

斩下头颅
跳下鼓胀的身子
四处乱冲

笼子内外
一群漠视的眼神
和强食的笑声

望月
花间酒，退回云烟深处
长安李白
流放一缕乡愁

漂泊如我，无意闯进
从此，望断天涯路
独上西楼的人，又几许
能摆脱束缚的命运
如吴刚，后羿和嫦娥

劈开花心，揉进草木
把相思和乡愁
一起抛给，缥缈的时空

祖建
法号智广，安徽合肥人氏，喜欢阅读、旅游、写游记、散文和诗，并常有作品在报刊，自媒体上发表。现为安徽省诗词学会副秘书长，安徽省炎黄文化研究会理事，安徽省大别山研究会研究员，安徽李鸿章研究会会员。并任《安徽吟坛》副总编。空闲时间，徜徉于文字与书海，在平凡的日子里，追求诗意般不平凡的生活。

彩虹
当雷电劈开乌云
雨后蓝天一片清新
七色的彩虹
照耀在东方的天庭

多么光彩鲜亮啊
时隐时现的弧形
架起了通向天际的桥
令人喜悦，令人开心

不经过风雨
怎见有彩虹
它给人们带来了希望
也点缀了雨后的天庭

生活中的一群老人
怎么也不会灰心
尽管头发已经花白
总想着快乐的事情

鸽子

有一群鸽子
飞翔在蓝天
上下翻飞
穿梭在楼与楼之间
自由的翱翔
画出优美的曲线
鸽子天上飞
千里认得家园
自然的美精灵
白羽衬映蓝天
在这美好的时刻
岁月静好生生欢颜
和平的舞者在探戈
欢快的舞曲表心愿
好一个晚秋的天气
希望蓝天美好长远
愿人人都来珍惜维护
做鸽子一样的友好使者
祈求天下和平永驻人间
原创首发

天悦湾

从喧嚣的都市，
来到静逸的山川。
三五好友作伴，
依起伏之山峦，
赏野趣之青韵，
伴碧水的河湾。
吸空气候宜人的新鲜，
氤氲升腾似桃花源的洞天。
不问俗事，
不着名利，
新茗一壶，
静品禅缘。
那微微颤动的百合，
有一片幽香，
在目、在耳、在衣，
能否恒古不变？
勘破、放下、自在，
一个人心能够放下，
才能在禅定中修炼；
一个人走向菩提，
此时，离会心不远。
如六祖慧能所说：
密在汝边！

左·右

原名孙斌，2018年始发表作品，在各网络平台及报刊发表作品300余篇，部分作品在省市诗歌散文创作比赛获奖，系陕西省汉中市汉台区作协会员，汉中市赤土岭文协副秘书长。

地震

是谁
触摸了大地的骨头
一次神经传导
便撕裂了
泥土的皮肤

寿命

是数字垒起的积木
极限
在基因的底座里

早已注定

荷塘

云是谁的新娘
把洁白的婚纱穿上

碧空的荷叶
牵着羞赧的荷花
看白云
在荷塘梳妆

清晨

幕的窗帘被清晨拉开
细雨便开始了有节奏的清弹
风是我的爱人
用一阵清凉把我唤醒
身体的每一个细胞开始
和我谈判
讨论
今天　明天和梦想

左海媚

女,生于 1997 年,现就读于忻州师院。曾有作品在《汾师校报》《新诗刊》《大陵风》《杏花村》《杏花雨》《汾州乡情》《诗歌周刊》等平台发表。热爱诗歌,希望从诗歌中找到自我!

随笔——纪念

从正 X 轴沿着太阳发出的光线
行走,这条陌生的路
或悲,或伤,或怒
我却离不开这条轨道
万有引力般紧紧拽着
我的心,曾多少次以为
自己会被甩出去,可心
心中的弦却锚在这条路上

躯壳多么坚硬也抵不过

天黑天亮间
已走到负 X 轴
再下一个天亮
继续走向
无数个同心圆

听说

春天到了
听说桃花开了
听说树枝发芽了
听说花儿陆续绽放
我也看见了
只是在荧屏前

你是否听说
听说我,这里
早春的枝头挂满秋天
那些被修剪的树枝
若冬天,一幅骨感的艺术画
我不敢抬头看,看那
耀眼的光像是夏天
春风肆意的吹
凑成一副灰色的四季风景

家乡的雪

我心心念念你的时候
在夜里,静候我醒来

那时候你是赶来的
赶在冬季
抓住一月的尾巴
让絮叨的嘴安静了

昨日
被感冒缠绕着
听说你又来了

可现在已立春
你定是被遣送回来的
遣送来驱散这场流行感冒的
你落在家家户户窗前
将魔法施在每个人身上
在融化之前带走病魔,
净化这尘世的一切
好让春天生长

今日
你漫舞于空中
赶赴情人节
来当见证人
见证他们走过的足迹
直到白头覆盖了情话
用你那无声浪漫,祝福
有情人终成眷属

这样有情有义的雪
只在家乡

左晋明

一名普普通通喜欢诗的农民。

红槐花

岁月浅浅
不经意就是数年
往事深深
深深的烙印,封存
峰回路转中
已不再是少年
岁月不老人易老
梦里的繁华
是昨日的笙箫
抬眼又见红槐花
绿树间美丽的相衬
一穗穗,一丛丛,一串串
在风中摇曳

红槐花,红槐花
往事如昨,你依旧
我如一凡僧
在时光里修行
在浅浅的岁月里
参悟深深的过往
红槐花,红槐花
你在故事里
我在故事外看你
红槐花,红槐花
把你放梦里
我早已醒来
还为你写诗
不过换了题材
没有忧伤,不再断肠。

秋

秋风理过绿树林
梳落黄叶一颗颗。
颗颗黄叶似碟舞
一段新疼引旧伤。
伤离别,伤过往,伤那青春成葬。
隐隐又断肠,
谁能医我伤
秋艳艳,多唱别离
思起不见故人。
有心去流浪,
风……
吹着冷默,惹我寂寞

五月槐花香

春天已落幕
夏日频敲窗
窗外
杨柳已不再漫天的飘絮
空气中浮来的
是一阵阵槐花的香
五月槐花香

我深深的吸允，迷醉，入魂
一花一世界，一叶一菩提
有一种香告诉你
夏天来了
五月槐花香
初夏的味道
它乘载了春天的经历
延续了春天的美好
修炼的深沉而厚重
浓郁而不招摇
隐忍而强烈的存在
于树叶间窥视人间
即使不再是少年
一颗心仍然年轻
有时和风开玩笑
我的甜蜜
蜂儿蝶儿都知道
五月槐花香
我们这个年龄的香
还有感受
已不再断肠！

过火

繁华容易尽，
隐隐霜试刀。
千林万木暗萧萧。
悟得多少禅意，
冷月无声照。

都说有早晚
四十未入道。
前程音空信遥，
负了华年，
负了恩情义
负了半瓶清高，
小康路成渺。

左玲玉

笔名深谷幽兰，贵州毕节人。诗歌散文爱好者，中国诗歌学会会员，中国诗词研究会会员。作品散见报刊：《中国诗词月刊》《山风》《当代汉诗》《鹿风诗刊》《长江诗歌》《中国民间短诗》《长安文苑》《华夏左氏现象》等，及各大网络平台。

巴黎圣母院

难道，火
是人类走向最后文明的
——寿终正寝

于是整个世界
伸出了手来，为你挽柩扶灵

一声宿命
那又是谁的魔咒
一个卡西摩多，丑得让人同情

一缕
紫色的云烟
游走在空间
一个八百多年，石头般的灵魂
入住记忆的罗浮宫与世长存

若一垛墙
拱一道门
…………
碰壁几多归心，凯旋

伪装

你静静地躺在那里
处子般
让我如此迷恋

安宁的笑容隐藏着
巨大的阴谋　隐藏着

世间万象

一只飞鸟的影子
你紧紧地
拽住不放

雪

一枚勋章
在胸前闪闪发亮
我是上帝派遣的天使

用一身的白
掩盖那些浮动的黑
努力伪装成你喜欢的模样

含泪聆听投毒者的忏悔
种下的种子
正在萌芽……

穿过夜色
爬上珠穆朗玛
采撷一滴水珠

还原我本来的面目
托着孩子的梦
飞向遥远

母亲

一声脆啼
来自遥远的深邃
顿时,天空急降暴雨
相同的瞬间,你用爱与生命
大把,大把,挥洒成河的
汗与泪滴
换来我
把一声"妈"叫得
撕 心 裂 肺

煤

不介意
再浇上一层浓墨
纯粹,胜过那些
道貌岸然

洞藏,千年的老酒
蓄积的内涵
练就与众不同的姿态

当冰雪飘零
迸发的光和热
点燃
整个世界

左骐铭

男,2000年2月出生于上海,现就读于荷兰阿姆斯特丹大学。零零诗社副社长,有作品发表于《诗刊》《绿风》诗刊《欧洲时报》等中外报刊。

十二次月圆

白雪踏出长长的足印
两串微弱的光
点亮整座山丘
月亮的瞳孔　照映出
栗色的长发

回首
烈日下的电影院
电影院里　融化的冰淇淋
再次回首
雪花已爬上枝头
只有一片
轻触手心
迟迟
不肯离去

或许可以再
守望十二次月圆

猫

一串脚印
为咖啡杯装满的森林
淋上了白霜
自此
土地拥有了味觉
随着倒影越走
越远

哈雷之吻

枝叶撕开云层
夜空,荡起阵阵微波
飘荡的黑幕布
反射落于金属森林间的
点点亮光

你说昨夜
你拖着流星的裙摆
跨入名为地球的舞台
借星光作挂饰
带走人们
暗礁背后的泪
沿着海岸线
撒下天使的羽毛

眨眼之间
为何舞台沾上尘埃
昨夜的观众都已沉沦大地
就连森林,也风化成沙漠

与你邂逅,像渐黄的树叶
试图抱紧凋零的时光
又流失于指间空隙
你的一瞬
擦伤我漫长等待的目光

让我做一个虔诚的祈祷者
摔碎那个倒置的
装满星星的沙漏
用稿纸叠出通往梦境
和追逐你的每层台阶
再与世界下注
立下与你重逢的誓约

赴约之时
请为我的十字架挂上花圈
燃尽灵魂
在星河坠落之地
为你命名

左晓波

黑龙江省大庆市人。大庆油田作协副主席。有诗歌、散文等作品千余篇散见于《人民日报》《散文选刊》等纸媒和网媒。报告文学获全国石油职工文化大赛二等奖,诗歌获"蝶恋花杯"国际华人文学大赛二等奖。

红豆生北国

大兴安岭九月的路边上
肩挨肩地摆着盛满红豆的小铁盆
一页书纸折成的三角筒
装上冒尖一茶缸,边走边吃

贴着地皮儿的小生命
在高山陡坡,林间空地上
星星点点的花,星星点点的果
当六月的金网
把你从冻土层里打捞出来
转眼你就肥头大耳
没一丁点草木的胎味儿
你玩命似地,汲取山的精气地的灵气
三、四个月的功夫

结出了溜溜亮的红果

你匍匐在落叶松和白桦的脚下
不张扬,不炫耀,不招惹凡尘
几篓红宝石般的果实,鼓起了林海女人的腰包
客桌上,打开鄂伦春人缝合的桦树皮罐子,果酱扑鼻着酸甜的香气儿
一杯红豆酒下肚,立马让爷们的情怀,翻江倒海

山民称你牙格达
不同于南国浪漫的相思豆
极寒的天气,你与冰雪抱成团儿
像待嫁闺女一样,静守了八个月
当春风撩开冰雪的盖头
你,露出了红嘟嘟的小脸儿

一马归秋

跨跃秋天的横线
四野,勒住了缰绳
收敛了疯狂的野性
蹄音轻扣
像打击乐中的沙锤、响棒
点奏,起承转合的节拍

进入中秋
马步愈加悠闲自在起来
马尾唰唰,甩来甩去
像道人手中的"浮尘"
几声响鼻,惊灵了玉兔的眼珠
桂花儿闻声赶来
捧一团,氤氲的香气
四野洒红,马头醉如钩月

临秋末晚
一腔奔腾的血,已回落如湖
静了天空,也收了鸟鸣

白云洗礼,场光地净
咀嚼夜草的声音
回味着蝈蝈和蟋蟀的大地诗歌

老榆树

猫妖驼背
浑身拧着沧桑的疙瘩
黑瞎子似的蹲着
云绕开
四野闪开
鸟儿拉上一泼屎就跑
六零年
老榆树被扒光了衣服
一串串的榆钱儿
赎回了一方百姓的命

左玉芬

笔名玉秀,北京市人。70后,喜好文学,爱好诵读。

相思雨

淅淅沥沥的雨
迷离了我的梦
恍惚间看到你的身影
听到你魂牵梦绕的歌声

你的离去
让我如此的心痛
不知我是否还在你的心中
醉人的相思雨
缠绵的恋人情
思念蠢蠢欲动
天在下雨
我在想你
多情的雨
相思的雨
滴滴　滴落在我心里

曾经
月上柳梢头
人约黄昏后
多少个痴情的夜
痴痴的我在屏前守候
不盼真实的拥有
只望情感的交融
想我的夜晚
你说我进了你的梦
醒来孑然已空
你说你不敢想我
怕控制不住感情
我懂得你的感受
只好寄希望于来生

雨在下着
人在想着
愿思念化做相思雨
捎去我想你的心声
相思雨
淋在身
伤在心
不知今夜你的梦中
是否还依然有我的身影

左哲夫

男,中华诗词学会会员,早年发表经济类文章,近年,诗词、论文、散文获全国、省、市不同等级奖项,现代诗亦散见相关报刊。

玫瑰与海

海
浪逐天高,浩瀚无垠
盛在浅浅的沙滩中
其实,只是一碗水
镶嵌到银河
一颗小小星辰

玫瑰
太阳与月亮的心血凝成
卷起爱的波涛
擂响"海枯石烂"的誓言
淹没了人间

曾经
站在窗口张望
来了
走过了
赶到门外远望

点子花的衬衣
清脆的音调
久久……
无限惆怅

终日惶惶
搜寻理由接近
千万条理由千万次未决
特别的心慌

终于来到身旁
肌肉都在颤抖
浑身燥热
一百万跳的心房

天各一方
我二十青春
她三十年芳
不要探望

矾山老街

俯下身来
抚摸石板
来自唐朝的伤痕
这是多少矿的负重

这是多少山的承载
车水马龙
喧闹街景
远去了
留下这伤疤
无言着曾经的辉煌

两旁破败的房子
多少凄凉
石缝中挣出的芳草
可怜兮兮摇曳着痛苦的遗忘

我来了
你来了
都来吧
寸土有唐宋元明清和民国
片瓦存共和国的勋章
听听
风在述说千年的过往
看看
斜阳里家国情怀
好沉好沉的沧桑

注：矾山，指全国最大的矾矿安徽庐江县矾山，"伤痕"——独轮车印。

特编:诗论、诗议、诗评

桂馥：古詩、古文、古音

特编：诗论、诗议、诗评

当代诗词的格律极端化

——当代诗词创作必须注意的一个问题

姚崇实

上世纪八十年代以来，中国大地出现了传统诗词热，这股热潮一浪高过一浪，至今更见蓬勃！然而，当代诗词的发展既有成就，也有缺点；既有喜悦，也有忧虑。诗词格律的极端化就是一个缺点和令人忧虑的问题。对此，必须加以正确地认识。

写格律诗必须遵守格律。这无疑是正确的。但是，很多人过度讲究格律，甚至自定和提倡古人并没讲究的新规矩，并用这种新规矩衡量古人、要求今人，这是十分错误的！

有些人认为：赋诗、填词、作曲必须使用前人格律的标准格式，平仄不能有所变通，"一三五不论"绝对不可；格律诗必须完全保持"双平双仄"，无论哪句（包括不带韵脚的句子），凡是两仄夹一平都是"孤平"，都是"大忌"，都绝不允许；三仄脚也绝不允许；拗句也不能用；对仗必须遵守词性对，不能以前人的事类对为准，对仗句中的每个字都必须与相对的字词性相同；对仗句中仅一个字或词与相对的字或词意思相同、相近就是合掌；律诗中间两联前二字的语法结构不能四句相同，"四平头"绝不可以；律诗的颈联和首联语法结构必须相同，尾联和颔联语法结构必须相同；有人认为，绝句的首句必须"押韵"；首句起韵的格律诗首句韵脚不能用邻韵；挤韵（腹韵）、撞韵、连韵（音同意不同的字）、复韵（意同音不同的字）、倒韵都绝对不可，甚至把叠韵词也斥之为"挤韵"；格律诗白脚（没有韵脚的句子）的最后一字声调不能相同，应该上、去、入声交替或上、去、入声俱全；一首格律诗中不能用同音字，一句中用了同音字更不可以；不但诗不能用重字，而且词也不能用重字。还有人从新韵的角度要求：一首诗的韵脚不能都是阴平或阳平，要二者交替。

显然，上面这些说法都是古人并没讲究和要求的，个别说法虽然有个别人提过，但没获得一般人的认可和遵从。上面这些说法都是今人制定的新规矩。这些新规矩把诗词格律推向了极端化！一定要注意，古人并没讲究这些规矩，古人并不是这样做的。虽然个别古人曾经提出过个别更琐细的讲究，但一般的古人并未采纳。多读些古人的诗词，可以找到大量的例子证明这一点。不同于上述各种新规矩的例子，都能在古人作品中找出很多，绝非个别现象！"一三五不论"、两仄夹一平、三仄脚、拗句、坳句不救，在古人诗中都大量存在。古人说的孤平，是指带韵脚的句子除了韵脚的平声字之外只有一个平声字，并非凡是两仄夹一平都叫孤平，不带韵脚的句子没有孤平之论。古人讲究事类对，并不要求对仗句中每个相对的字都词性相同。古人说的合掌是指对仗句的上下两句整句意思相同或相近，仅有一个词或字意思相同或相近并不是合掌。古人并没要求律诗中间两联前二字语法结构不能四句相同,四平头到清代才有个别人提过,但在过去没人重视,并非绝对不可,古代有些名作也是四平头。古人也没要求律诗的颈联和首联语法结构必须相同,尾联和颔联语法结构必须相同。在古人那里,绝句的首句可以不起韵,起韵的可以用邻韵,这样的作品普遍存在。古人没有挤韵、撞韵、连韵、复韵、倒韵这么多的讲究,虽有个别人提及个别说法,但没引起注意,"挤韵"普遍存在,更无人把叠韵词称为"挤韵",反而是经常使用叠韵词。古人更没要求格律诗白脚的最后一字声调不能相同,应该上、去、入声交替或上、去、入声俱全。更没要求一首格律诗中不能用同音字,一句中用了同音字更不可以。古人诗中常见重字,词不避重字更是普遍规律。至于有人从新韵的角度要求韵脚不能都是阴平或阳平,要二者交替,更是古所未有。清代的陈仅是特别讲究格律的人,但他也承认,"如重韵、重字、复调、复典之类",是"古人不之忌"的。如果用今人这些新规矩衡量古人作品,就会有大批作品都有"毛病",都不"合格"。这岂不可笑!

　　唐代,律诗就成熟、定型了;宋代,词就成熟、定型了;元代,曲就成熟、定型了。这是公论,这是常识。诗、词、曲发展到清代,又发展到民国,格律没有变化。古人并不愚蠢,也可以说比我们聪明。古人对格律的掌握与运用细致到何种程度,都是经过深思熟虑的,都是经过长期实践检验和调整的,都是有普遍共识的,都是恰到好处的。有些精细繁琐的讲究都是清代以来个别人提出的,并没形成共识和规则。今人没有必要对诗词格律进一步精细化和繁琐化。民国初年的刘公坡著《学诗百法》《学词百法》二书,总结制定了诗词写作的众多规矩,对今人给诗词写作制定过多的清规戒律颇有影响。他在《学诗百法》一书的"编辑大意"中说:"本书对于作法极为注意。如炼字、造句、属对、押韵等,以及诗之起承转合各法,均分条说明其理;又各举一例以为证。"可以说,刘公坡的总结已经比较细致、比较繁琐了。不料今人又远远超过了他。今人讲究的很多规矩如"挤韵""撞韵""四平头"等等,刘公坡也没提过,今人却奉为圭臬。这显然是过度了。

　　格律的作用是造成诗词的音乐美,即节奏鲜明,声调起伏,有抑扬顿挫之感;声音流畅,既富于变化,又和谐统一;使作品朗朗上口,铿锵悦耳,宜听宜记,宜诵宜唱。因此,格律能起到这些作用就足够了,在具体运用中不明显损害这些作用就可以了。毕竟诗词不等于音乐,文字不等于乐符,没有必要过度讲究格律,没有必要对格律过于精细化和繁琐化。不配乐歌唱的诗词更应如此。其实,很多新体自由诗除了押韵没有格律上的讲究,也具有音乐美,也能朗朗上口,铿锵悦耳,宜听宜记,宜诵宜唱,也能成为很好的歌词,也能配乐歌唱并极为动听。

　　形式是为内容服务的,文学追求的是内容与形式的高度统一。形式要为很好的表现特定的内容服务,要与一定的内容相适应。不能脱离特定的内容讲究形式。形式既不能损害内容的表达,也不能与内容的表达没有关系。脱离内容讲究形式,就犯了形式主义的错误。为形式而形式,在中外文学史上都是受到批判和否定的。格律是诗的形式,是为诗的内容服务的,不能脱离诗的内容片面追求格律,更不能让格律损害诗的内容表达。唐代的陈子昂、李白、元结都反对片面追求声律。古人特别重视不以辞害意,对格律的掌握与运用也是如此。所以,古人对格律的掌握与运用恰到好处,繁简适度,十分灵活,并不拘泥。而今人的一些新规矩不但与内容的表达无关,而且束缚了诗词写作,损害了诗词的内容表达,这是错误的。

从创作心理上看,诗是情感的表现。《诗大序》说:"情动于中而形于言,言之不足故嗟叹之,嗟叹之不足故咏歌之。"白居易《与元九书》:"诗者,根情,苗言,华声,实义。"诗应该有感而发。有感而发易成好诗,无感而发易成庸作。陆机《文赋》说:"诗缘情而绮靡。"即讲此理。在诗歌创作中,感情推动想象,想象强化感情,被强化的感情进一步推动想象,从而在脑中酝酿出艺术形象。而感情的高峰状态、强烈状态一般持续时间较短,与感情密切相关的想象也快速变化和弱化,感情和想象都需要快速的表达出来,记录下来。而诗的特点之一是篇幅短小,语言精练,这特别适合于抒情,适合在很短的时间之内把作者的感情表达出来。所以,写诗和写散文、小说不同,写诗往往是短时间内一气呵成,一挥而就。在这样的创作心理活动中,诗人构思时和最初把构思变成文字时,脑中主要是情感和想象的活动,没有时间考虑格律问题,更无暇顾及精细繁琐的格律问题。只有在把构思变成文字之后,在作品的修改阶段,诗人才能不慌不忙的考虑作品是否符合格律要求。当然,创作水平高的人,由于长期创作经验的积累,由于特别熟练,可以在把构思变成文字的同时就基本达到合律,但这基本上是自然的,不是一边构思、一边写作、一边考虑格律问题。试想,真正的诗人谁是一边构思、一边写作、一边考虑格律问题啊?无论是谁,一边构思、一边写作、一边考虑格律问题,都会影响情感与想象的活动,都会影响艺术思维的流畅,都会影响作品的表达和作品的质量。即使在把构思变成文字之后,过度考虑格律、为了合律过度修改作品,也会影响作品的表达和质量。因为此时的心理组合与心境已经不是构思和写作时的心理组合与心境了,为了合律过度修改作品,往往会脱离构思和写作时的心理组合与心境,脱离作品的整体构思,脱离作品的氛围和气脉,破坏作品的有机统一。所以,过度讲究格律是不可取的。

  格律极端化的危害很大。很多人脱离内容讲究格律,把格律上的一些讲究变成了与内容无关的东西,变成了损害内容表达的东西。精细繁琐的格律讲究不但无用,而且成为诗词写作的束缚,使作品失去自然,失去灵动,失去真实,甚至把诗词变成了徒有形式没有内容的东西,变成了文字游戏。很多人不知道或忘了格律的作用究竟是什么,一味讲究格律,严格遵守他们心目中的格律,诗词的内容却十分空虚、肤浅、平庸,诗词的意境更谈不上。

  南朝的沈约提出四声八病说,对格律诗的形成做出了贡献。但也导致在南朝时代就出现了片面追求声律、过度追求声律的不良风气。对此,钟嵘《诗品序》批评说:"古曰诗颂,皆被之金竹。故非调五音,无以谐会。……今既不被管弦,亦何取于声律耶?……王元长创其首,谢朓、沈约扬其波。……于是士流景慕,务为精密。襞积细微,专相陵架。故使文多拘忌,伤其真美。余谓文制,本须讽读,不可蹇碍,但令清浊通流,口吻调利,斯为足矣。至平、上、去、入,则余病未能;蜂腰、鹤膝,闾里已具。"这段话的意思是:古代的诗歌要配乐歌唱,所以要调和音律。如今的诗歌已不配音乐,为什么还要以声律为取舍呢?王元长首倡声律,谢朓、沈约推波助澜,于是一般人都务求声律的精密,好像衣服上的皱褶,细细密密,重重叠叠,致使文辞拘谨,忌讳太多,伤害了作品的自然真实之美。文辞是讽诵阅读的,不可不顺畅,但只要声音流畅顺口就足够了。平、上、去、入的讲究,我苦于做不到,蜂腰、鹤膝的情况,在民间歌谣中常见。可见,沈约八病之说,对诗的声律要求过细过苛,在当时就遭到反对。宋人魏庆之《诗人玉屑》在谈及沈约八病说时说:"八种惟上尾、鹤膝最忌,余病亦皆通。"清人陈仅也说:"沈约八病,大半为驱古变律之用,今古、律已划然,正无须于此。至正纽、旁纽、大韵、小韵,唐人已不之遵,村学究斤斤讲守,反成拙累,亦何益之有?"可见,对声律的过度、过细讲究,是古人就反对的。

很多人用那些诗词格律的新规矩衡量古人,说古人这里"出律"了,那里"出律"了,真是可笑! 有人觉得古人是大家,其诗是名篇,不能轻易贬低,就说古人这里是"活用",那里是"活用"。而其实,古人既不是"出律",也不是"活用"。因为,在古人眼中,那些都是正常的!

很多人用那些诗词格律的新规矩要求今人,这也很可笑! 而且很霸道! 你知道古人是怎样讲究和运用格律的吗? 你知道你们讲究的一些规矩是古人并不讲究的新规矩吗? 你知道这些新规矩是何时才有、从哪而来的吗? 你有资格制定这些新规矩并要求别人遵守吗?

很多人过度讲究格律、过分拘泥格律,大肆提倡那些新规矩,不敢违犯这些新规矩,是因为两种心理作怪。一是为了显示自己有学问,懂格律,格律精。二是怕别人说他不懂格律,格律不精。而其实,对制造新规矩的人来说,他们所谓的"懂",只不过是自作聪明,没事找事、作茧自缚而已。对服从新规矩的人来说,他们所谓的"懂",只不过是"知道"一些今人的那些新规矩、盲从而已。

今人这些新规矩,发在网上,写进书里,以讹传讹,贻害大矣! 特别是对初学者,贻害更大! 所以千万不可轻信某些网上和某些书里、文章里的东西。要读真正学者、真正大家的专著,如王力的《汉语诗律学》。即使是这些著作,也不是毫无瑕疵。所以更要多读古人的作品! 从古人的作品中可以看出古人的诗词写作实际,可以看出古人是怎样掌握和运用格律的,可以看出真正的规矩是什么。

写格律诗必须遵守格律,但要看是谁定的格律! 是古人定的格律,还是今人定的格律;是唐宋人制定并遵从的格律,还是明清、民国人提出的格律;在历史上是多数人遵从的格律,还是个别人讲究的格律;是有利于表现内容的合理的格律,还是无利于表现内容的不合理的格律。如今很多人把诗词格律极端化,讲的不是古人的格律、唐宋的格律、历史上多数人遵从的格律、有利于表现内容的合理的格律,而是明清至民国个别人讲究的格律,甚至是今人制定的新规矩,是无利于表现内容的不合理的格律,这是错误的。我们不能遵守今人制定的那些新规矩。要以古人作品中呈现出来的一般规律、普遍做法为准。当然,有些人愿意遵从今人制定的那些新规矩也可以,但是不能要求别人也遵从这些新规矩! 不能说别人不符合这些新规矩就是错的!

顺便说一下:诗词格律的极端化还影响到诗词章法、句法、命题等方面的讲究。如有人认为一首诗必须有起、承、转、合;诗的句子必须符合语法常规,句子成分必须完整并符合语法顺序;正文中的字不能与标题中的字全部或部分重复,否则就是"犯题"、"骂题",绝不可以。这些说法显得更为荒谬! 因为,起承转合是某些文章特别是八股文的规矩,是程式化的东西;语法是一般性的语言规范,是固定化的东西;而诗是不能程式化和固定化的,是不受章法、语法限制的。有的诗词作品可以有起承转合,但不能要求所有的诗词作品都按起承转合的套路写。有的古人虽然提倡过诗的起承转合,但没有得到普遍认同,没有形成诗词创作的普遍规则,古人的大量作品可以证明这一点。如杜甫《绝句》:"两个黄鹂鸣翠柳,一行白鹭上青天。窗含西岭千秋雪,门泊东吴万里船。"此诗哪有起承转合？不符合语法常规,省略句子成分,打破语法顺序,在古人作品中常见。如杜甫《秋兴八首》之八:"红豆啄残鹦鹉粒,碧梧栖老凤凰枝。"符合语法规范吗？符合语法顺序吗？至于"犯题"、"骂题",古人诗词中随处可见,并不影响作品内容的表达,有时还能起到强调和突出的作用。因为这些问题不是本文重点,这里就不具体论证了。

姚崇实:辽宁省营口人,河北民族师范学院教授,河北省国学学会副会长,河北省诗词协会副会长,承德市传统文化学会会长,承德市诗词楹联学会会长,《承德诗词》主编。已出版学术著作10余种、旧体诗集1部,发表学术论文100余篇、旧体诗词1000余首。

当代诗词之我见

向小文

面对漫天飞舞、铺天盖地的诗词,我常常在思索,诗词的数量是多了,却又有多少精品之所在,又有多少能够流传下去？随着商业文明的发展,传媒占据了文学传播的主要方式,娱乐化、世俗化、快餐化一度占据了我们的心灵。做为文学精粹的诗词在兴起的背后,面对文学大环境下的迷惘和失落,我们的诗词该怎样走下去？我从诗词的责任、诗词的个人化表现和诗词的创新三个方面,提出一些看法与大家分享。

勇于担当的诗词责任

诗歌,代代相传,是古代文学的主要表现形式,是中华文明的重要组成部分。它在继承和发扬优秀传统文化方面,有着独特而不可替代的地位和作用。新时代下,如何将我们的诗词文化保存和发扬光大,融入中国特色社会主义文化之中,是摆在当今诗坛的一个现实而紧迫的一个重大课题。

古人云:"诗言志""文以载道""诗可以兴,可以观,可以群,可以怨",这就要求我们的诗词创作勇于担当起自己的社会责任。屈原的"长太息以掩涕兮,哀民生之多艰",范仲淹的"先天下之忧而忧,后天下之乐而乐",陆游的"死去元知万事空,但悲不见九州同。王师北定中原日,家祭无忘告乃翁",谭嗣同的"我自横刀向天笑,去留肝胆两昆仑",夏明翰的"砍头不要紧,只要主义真"等等。都是把家国情怀、国家之命运、人民之苦乐,时时刻刻放在自己心中,倾注于自己笔下,与天下同疾苦,与人民同苦乐,激励着一代代人不辱使命,砥砺前行。当代诗词创作要继承我们先哲的优秀品格,坚持正确的历史观、民族观、国家观、文化观,弘扬时代主旋律,把我们的笔触真正面向社会,关注人民,创作出无愧于时代的精品力作。

勇于担当的诗词责任,要求我们创作出"更多有道德、有筋骨、有温度的文艺作品",而绝不是无病呻吟,人云亦云,随波逐流。纵观当今诗坛,诗词形势一片大好,无论是从创作的群体,不乏官员、文人、普通的诗词爱好者,还是创作的诗词数量,动辄以千计,以万首论,从上之下,可谓三教九流,蔚为大观。但真正能发人深省、振聋发聩的具有时代力量的作品,还是太少。翻开我们的诗词作品集,点击大把的诗歌网络群、微信媒体,充斥的往往是千篇一律、滥竽充数的老干体、口号体,或者是躺在古人的怀抱里吟唱、应酬的歌颂体。当代诗词创作存在这种有数量缺质量、有"高原"缺"高峰"的现象,不得不引起我们的思考。

现在诗坛上流行的是大把的老干体,它表面上繁荣了我们的诗词局面。但久而久之,这种局面根深蒂固,则成为诗词发展创新的严重桎梏。它严重损坏了诗歌的审美本质,容易误导人们对诗歌的审美欣赏,让诗歌远离艺术,而成为消遣、唱和的工具。当代诗词的创作成员以退休的老干部为主,年轻人由于生活的压力,精力有限,加之诗词格律是"带着镣铐跳舞",大大限制了年轻人对古体诗词的创作热情。尤其可悲的是,诗词界出现了理论和创作的严重脱节。一方面是大学里面的教授等学术精英研究古体诗词而不会创作,就是会创作也拿不出像样的诗词作品;会创作古体诗词的代表们则大部分是半道出身,文化素养偏低,缺少严重的文化底蕴,这是他们先天的不足。这样就出现了理论者鄙夷创作者,创作者轻视理论者,并且势态愈演愈烈。近几年,中央电视台日益火爆的中国诗词大会在诗词创作界引起的争论就说明了这一点。其实,我们应该抛弃陈见,互相学习,互相鼓励,互相交流,这样才能把诗词的创作推向真正的高峰。因为正确的诗词学术引导,正确的诗词欣赏和评论文章,是我们的诗词创作的导航。创作者也应该加强学识上的涵养,弥补理论上的缺陷。

社会责任是诗歌本质的需要,我们也只有始终把诗词的社会责任熔铸于心,尽表于诗,不断提高自己的人品,不断提高自己的诗品,我们才能创作出被社会认可、被历史流传的精品力作。

个人化的诗意表现

当代诗词创作要学会从自己的人生出发,表达当代历史条件下对社会、个人生命的思考。这是今日写作诗词的价值所在,也是旧体诗词备受新诗冲击和外部环境挤压而不会真正消亡的原因。

按照文体发展的规律,正如王国维指出:"文体通行既久,染指遂多,自成习套。豪杰之士,亦难于其中自出新意。""社会上习惯,杀许多之善人;文学上之习惯,杀许多之天才。"这是当代诗词不得不面临的生命力与生命质量的考验。面对文学的历史,展望诗词的未来,李白、杜甫、白居易诗歌的高潮已经远去,苏轼、柳永、李清照词的辉煌难以再继。诗词在经过历史长河的洗礼、淘选,早已名家辈出,名作如林。今天做为"晚生"的诗词爱好者,要想在诗词领域上取得自己的一席地位,比任何时代都要艰难,这也是我们必须正视和面对的困境。诚然,当代诗词超越唐宋或许只能成为一种理想,只能瞠乎其后,不过好在每个人的生命体验都是独一无二、不可再现的,每个人都有自己特定的情感、特定的阅历、特定的审美,在特定环境下会产生诗意的冲动。因此,只要我们把时代新的审美特质输入到创作的诗词文本去,把对生存现实独特的生活思考和体验融入到我们的诗词中去,为诗词注入新的一缕曙光就找到了希望。

人是独立的存在,有着自己独立的审美倾向,有着自己独立的阅历感受和情怀心境。有人写爆竹"拼掷微躯寓意深,苍生酣睡正沉沉。大声唤醒神州梦,莫再朦胧负苦心",把它当作启蒙者来写。有人写爆竹"胸前层层蕴毒深,逼人声势骤销沉。青云未上身先裂,应悔包藏有祸心",把它当作野心家来写。这一褒一贬,对比鲜明。现代有位作者这样写礼花"色似昙花一笑终,轻烟飘散逐流风。花期纵使须臾尽,也在惊天动地中",抛开礼花是有钱人把玩的道德含义,而着重突出它一瞬间惊天动地的魅力。从艺术的魅力效果来讲,几首诗各有特色,表现了各人不同的审美趣味,在艺术审美心灵上的感应力上都给人留下了深刻的印象。

个人化的诗意表现为当代诗词焕新提供了突破口。做为诗词的"晚生",我们更要加强自己的学术、文化、人格修养,时时刻刻关注底层社会和芸芸众生,眼睛向下看,发现存在的真实,善于与生活中的一草一木对话、交流,写出属于自己真实的情感。而后加以自己独特的人生体验和丰富,创造出新的诗词意象,这样我们才能创造出属于自己的诗词世界，我们的诗词才会迸发出新的生命力。所以，做为当代诗词作者，应先"佇中区以玄览，颐情志于典坟"，立足于现实的感受和体悟；而后"精骛八极，心游万仞"，上下贯通历史和未来；开启感性和知性的大门，融汇现实性与超现实性，去用"追光蹑景之笔"写尽"通天尽人之怀"。

创新才有出路

创新是诗歌永葆生命力的源泉。国家要创新，民族要创新，科技要创新，当代诗词的发展同样需要创新。当代诗词生命与质量要想得到提升，创新是永远回避不了的话题，也是我们永远的痛。

首先，创新是书写当下的需要，而不是盲目地崇拜和复古。现在很多人的诗词写得古典精致，雅味十足，完全可以和宋唐媲美，以至于难以分辨真假，其实这是一种误导。因为当代诗词的复兴需要承载"新事物、新感情"，不断发现"诗的新原质"，这才是当代诗词存在的价值和意义。如果只是对唐宋一味地膜拜和追崇，诗词只会沦为玩乐的工具，成为一种把弄玩赏的附庸风雅。我们创作出来的诗一定要有时代元素的存在，符合当下人的审美习惯和思维方式，这才是真正意义上的诗词创作，我们诗词复兴的梦想才有希望。

古人生活的时代和我们现在所处的时代是完全两个天地，我们完全可以利用现在的天时、地利、人和来创作诗词。古人没有坐过飞机，现代人就写出了"碌碌浮生志未神，今朝一翅上青云。早知天路钱难买，何必区区做下人"的诗句；古人没有坐过高铁，现代人就写出了"高铁似游龙，山川一阵风。日奔三万里，夜啸许星中。惊醒浮生梦，回眸流水功。心云随浪涌，虚静问从容"的诗句。现代的新农村诗"树树灯笼别样红，金黄玉米晒园中。村翁乐把新闻侃：好个中央除四风"，反映北漂生活的诗"芳邻挥手笑春风，我在花明柳暗中。此去身言难是客，乔迁不过换房东"，写打工的诗"远别新娘四海游，瓦刀做笔写春秋。穿梭短信情难尽，已把相思写满楼"，等等。这些诗词都是反映新时代的好作品，具有鲜明的时代气息，古人也无法想象得到。这也是现代人写诗真正的意义所在，具有重要的借鉴价值。

其次，创新需要质量，而不是数量的叠加。现在全国诗风蔚然，可谓大观，诗人创作的信心大增。很多诗人是高产作者，每天在家里闭门造车，一天下来就好几首，要不就是在外面采风途中，诗兴大发，灵感突来，昙花一现的马上来好几首。这样很多诗人的诗句，不是以百计，而是上千计算。可你静下心来认真想想，仔细审视所谓的格律诗，又真正有几首能打动人心的作品了？不过是披着格律神圣外衣的顺口溜罢了。

《沧浪诗话》云："学诗有三节，其初不好喜恶，连篇累牍，肆笔而成；既识羞愧，始生畏缩，成之极难；及其透彻，则七纵八横，信手拈来，头头是道矣"。强调只有通过长期艰苦的艺术实践，才能掌握艺术创作规律，实现真正的随心所欲。诚然，写诗需要多写，尤其对刚入门的生手。但好的诗词作品更需要锤炼，方能淬火成钢，浴火涅槃；毕竟诗词做为艺术，不是一朝一夕，一口就能吃个胖子，而需经过长期的艺术积累，方能写出真正的好诗来。

再次，我们强调诗词的创新，就是要拒绝复制，写出自己的风格。无论古今中外，大凡优秀的作品，总有着鲜明的个性，表现出独特的风格，它是一个作家是否成熟的重要标志。

"不学古人，法无一可。竟似古人，何处著我？""孟学孔子，孔学周公，三人文章，颇不相同"。在文学史上，不同的作家文风、趣味、境界往往是相去甚远，迥然不同。李白的风流豪放,杜甫的沉郁顿挫,李贺的险怪冷颜,温庭筠的艳情绮思,白居易的纯朴质实。我们要想诗词上有所建树,必须形成自己的风格,不管是无意还是刻意为之,都必须坚持自己的风格,方能为真本色。

"风格就是人",一语中的,风格必须以人为本。所以,一个作家要想形成自己的风格,首先必须从自己的根基出发,加强自己的道德修养,培养高尚的情感,有着良好的品格,有着虚怀若谷的胸襟。其次,一个作家要想形成自己的风格,必须要有扎实的文学素养,对中国文学发展史有一个比较全面的了解,对不同时期风格的作家、文学思潮、文学流派有着清晰的脉络,然后全面借鉴,虹吸百川,海涵地负,从而形成自己的风格。

向小文:现任《诗词百家》杂志主编,北京久恒林文化传媒总编辑。实力派诗人、诗词评论家。湖南邵阳人,本科学历,汉语言文学专业毕业。本当躬耕于教师生涯,误撞于文学图书出版、期刊行道。长期居京,从事文学编辑策划工作。好文学评论,喜风雅传统诗词。有《清新俊雅好诗风——评向小文的诗词风格》评论文章被《湖南日报》《中国楹联报》《湖南诗词》《邵阳诗词》《双鸭山矿工报》等媒体转载宣传,发表诗词评论研究文章多篇。

回文诗浅析

丁玉芳

"回文诗"又称"回文体",也写作"回纹诗、回环诗"。它是我国古典诗歌中长期存在并较为独特的一种体裁。"回文诗"充分利用了汉语特有的单音节语素和语序,以此作为重要语法手段和修辞方法,按一定法则将字词排列成文,仅仅十数个字或者数十个字便可以演绎出几首或者多首诗词,充分彰显出汉语的魅力和我国传统文人的聪明才智。

"回文诗"在创作手法上变化无穷、非常活泼,只要掌握规律按其顺序颠倒回环,或者反复、顺读、倒读、斜读、交叉读,都能读出意境深远、巧妙优美的诗篇。其独特机智的回环叠咏,乍看不明就里,仔细品读越发掘越有意思,其产生的强烈艺术效果,使人兴意盎然给人以美的享受,达到"言志述事"的目的。

以前人们曾把"回文诗"当成一种文字游戏,实际上,这是对"回文诗"的认识不足。唐代上官仪说,"诗有八对",其七曰"回文对","情新因意得,意得逐情新"这说明唐代以前,"回文诗"就已经纳入了诗词创作形式的行列。民国刘坡公《学诗百法》中也谈到:"回文诗反复成章,钩心斗角,不得以小道而轻之。"由此,更加确定了回文诗在诗词创作中占有的分量。

"回文诗"大体以抒情、游赏内容为多。回文诗创作自古有之。现在能见到的回文诗,公认以苏伯玉妻(苏若兰)《盘中诗》为最早。也有说以温峤和苏蕙诗为最早,但是,温峤是东晋元帝(317-320)的人;苏蕙是南北朝苻秦时的人(公元351年苻秦建国);苏伯玉妻是西晋初年人;相比之下还是以苏伯玉妻为最早。自西晋以来,经过历代诗人集体智慧的创作发扬,"回文诗"出现了千姿百态的创新形式。历代诗词大家均曾涉足并有名作传世,如:南北朝庾信、唐朝白居易、宋朝王安石、苏轼、黄庭坚、秦观、明朝高启、汤显祖,等等。

"回文诗"的形式大概分有环复、通体、藏头拆字、叠字、借字、双句、本篇、就句等。下面就这些形式逐步做一些简介。

一、通体回文诗:

"通体回文诗"是一种最常见的形式,指一首诗可以从头读到尾,也可以从尾读到头,两首诗互不相扰,各有千秋。

如:苏轼的回文诗《记梦二首》

其一:

酡颜玉碗捧纤纤,乱点余花吐碧衫。

歌咽水云凝静院,梦惊松雪落空岩。

其二:

空花落尽酒倾缸,日上山融雪涨江。

红焙浅瓯新火活,龙团小碾斗晴窗。

这两首诗又可倒读成极为别致的另外两首诗:

其一:
岩空落雪松惊梦,院静凝云水咽歌。
衫碧吐花余点乱,纤纤捧碗玉颜酡。
其二:
窗晴斗碾小团龙,活火新瓯浅焙红。
江涨雪融山上日,缸倾酒尽落花空。

二、双句回文诗:

"双句回文诗"是指下一句是上一句的回读。如清纳兰容若的《菩萨蛮》:
雾窗寒对遥天暮,暮天遥对寒窗雾。
花落正啼鸦,鸦啼正落花。
袖罗垂影瘦,瘦影垂罗袖。
风篛一丝红,红丝一篛风。

这首词每一句都用正读倒读的回文手法,虽然一句化为两句,但丝毫没有赘负之感。读起来各有新意,缠绵徘恻、清新流畅。加深了对诗人情感的表述。

三、叠字、就句回文诗:

"叠字、就句回文诗"最著名的就是苏轼(也有人说作者是秦观)的诗《赏花》:
"赏花归去马如飞酒力微醒时已暮"
(一二三四五六七八九十十一十二十三十四)
赏花归去马如飞,(一二三四五六七)
去马如飞酒力微。(四五六七八九十)
酒力微醒时已暮,(八九十十一十二十三十四)
醒时已暮赏花归。(十一十二十三十四一二三)

苏小妹的"叠字回环"诗也很出名。
"静思伊久阻归期忆别离时闻漏转"
(一二三四五六七八九十十一十二十三十四)

静
思　　　转
伊　　　漏
久　　　　闻
阻　　　时
归　　离
期　别
忆

静思伊久阻归期,(一二三四五六七)
久阻归期忆别离;(四五六七八九十)
忆别离时闻漏转,(八九十十一十二十三十四)
时闻漏转静思伊。(十一十二十三十四一二三)

这两首诗利用顺时就句手法,在依次类推层层递进中,突出了作者当时的心情。

四、就句回文诗：

"就句回文诗"是指在一首诗内，每句的前半句和后半句反复形成诗句，在互为环复的过程中完成一首诗，其巧思妙法令人拍案。

如明末浙江才女吴绛雪《四时山水诗》：

莺啼岸柳弄春晴晓月明，

香莲碧水动风凉夏日长。

秋江楚雁宿沙洲浅水流，

红炉透炭炙寒风御隆冬。

这四十个字按照回复就句的规律，可以分别读成《春》《夏》《秋》《冬》以下四首诗：

(莺啼岸柳弄春晴晓月明)

(一二三四五六七八九十)

春景诗(莺啼岸柳弄春晴晓月明)

莺啼岸柳弄春晴，(一二三四五六七)

柳弄春晴晓月明。(四五六七八九十)

明月晓晴春弄柳，(十九八七六五四)

晴春弄柳岸啼莺。(七六五四三二一)

夏景诗(香莲碧水动风凉夏日长)以下类推：

香莲碧水动风凉，

水动风凉夏日长。

长日夏凉风动水，

凉风动水碧莲香。

秋景诗(秋江楚雁宿沙洲浅水流)

秋江楚雁宿沙洲，

雁宿沙洲浅水流。

流水浅洲沙宿雁，

洲沙宿雁楚江秋。

冬景诗(红炉透炭炙寒风御隆冬)

红炉透炭炙寒风，

炭炙寒风御隆冬。

冬隆御风寒炙炭，

风寒炙炭透炉红。

其中第一句和第二句是从前往后就句，第三句和第四句是从后往前就句。作者利用就句的技巧，仅仅十个字就完成了一首诗的完整表述，丝毫没有牵强附会的感觉。

五、十字回文

"十字回文"是古人创造的一种七言绝句诗体，把10个字连环往复的读成一首28个字的七言。著名的如明末才女吴绛雪的"莺啼绿柳弄春晴晓月明"(《春景诗》参见题四)。当代古体格律诗人黄胤然也有一首十字回文诗《禅》

"空山映雨落花红乱舞风"(一二三四五六七八九十)

— 2726 —

```
风           空
舞           山
乱           映
红 花 落 雨
```
读成以下：

空山映雨落花红(一二三四五六七)

雨落花红乱舞风(四五六七八九十)

风舞乱红花落雨(十九八七六五四)

红花落雨映山空(七六五四三二一)

这种诗体综合运用了回文诗和连环诗的特点，句与句之间一个或多个字重叠，像鱼鳞一样叠压覆盖层层推进，先鳞迭环读至尾，再从尾环读至开头，形成重复倒旋的回文格，故又称为"鳞叠连环体"或"转尾(鳞迭)连环体"。

六、藏头回文诗：

"藏头回文诗"这种诗就是在下一句中，藏去前面一句末尾汉字的上部结构，如北宋孔平仲赠贾易诗：

高会当年喜得曹，日陪宴侃自忘劳。

力回天地君应急，心扶乾坤我尚豪。

豕亥论书非素学，子孙干禄有东皋。

十年旧友相知寡，分付长松荫短蒿。

这首诗第一句尾字是曹，第二句掩去曹的上半部用日字开头。（以下每句类推）。

七、反复回文诗：

"反复回文诗"最早首推苏若兰的《璇玑诗》，将其分解成十图，据说得诗三千七百九十二首，其令人景仰的绝世才情至今无人超越。虽然历代才士纷纷模仿，但是，仅有苏轼的反复诗有一些璇玑图的意思。苏诗排列菱形，外圈开头任取一字，左右旋读，能得五言三十首。内圈十字交叉可读绝句四首，二十九字可以读出七八十首诗来，与璇玑图相比还是相差太远。

由于时间和篇幅的原因，我这里只能抛砖引玉简单的介绍一下，希望在今后的接触中大家能够顺利的解读回文诗。谢谢！

丁玉芳：笔名爱玲，中华诗词学会会员，宁夏诗词学会常务理事副秘书长，作品曾收入40多本诗词专辑，并多次获奖。整理出版有《贺兰山岩画研究》《贺兰山岩画百题》《贺兰山贺兰口岩画》。

丁芒先生作品赏析

邓国琴

丁芒先生是我国文学艺术界的泰斗,有幸先拜读诗人的多篇诗词佳作,然后再学习老前辈的《以精品推动中华诗词现代化》诗论,顶礼膜拜!论文中有先生"十大不如"的观点,让人耳目一新,然后学生我将先生的作品结合他的诗论一起研究学习后,颇有心得:其中有几个观点着眼立意:小不如大;着手表现:大不如小;诗意传达:显不如隐;建构意象:状(描摹)不如喻;锻炼结尾:实不如虚;思路:同不如异,套(熟套)不如创(创新)。

老前辈论文中是这样说的,又是怎样创作的呢?

下面先举丁芒先生的三首咏物诗,谈谈立意、取材和意象。

宣纸赞

原驰彩兽海驰舟,浩瀚云天纵髫游。
案上腾烟三万丈,诗情画意一时收。

注:宣纸,安徽省宣城市泾县特产,国家地理标志产品。被誉为"国宝"。

用宣纸作画,画家笔下的原野,任彩兽奔驰;画个大海,任舟航行;画片天空,任云卷云舒,椽笔在宣纸上纵横游走天下;案几上瞬间墨烟腾起三千丈;结尾诗人借物抒发了诗书画家们的作品,在宣纸上尽显诗情画意之美的感叹!

该咏物诗首句写宣纸的妙用和特色:生动形象地表达出了书画家在宣纸上令各种飞禽走兽跃然纸上;

次句写宣纸上风云变幻,纵横捭阖,变幻莫测,为结尾作铺垫;

第三句由物过渡到人:运用夸张手法,案上腾起三千丈墨烟,如此表达出诗书画家在宣纸上挥洒笔墨之气势磅礴!

结尾很妙:借宣纸抒发作者创作美好情怀,立意不俗!"案上腾烟三千丈,诗情画意一时收。"一先一后用夸大法和聚焦法相结合来表达:先夸大为"三千丈",后聚焦为"一时"收,即"一点"收。这一张一收极具张力,令人眼睛一亮,真叫绝妙!

徽墨赞

一锭松烟出皖南,千磨百劫骨如磐。
粉身殉向云霞去,染遍中华万座山。

注:徽墨,安徽省黄山市、宣城市特产,国家地理标志产品。墨锭,是文房四宝之一,墨锭是将墨团分成小块放入铜模或木头模后,压成墨锭。传统制墨工艺有炼烟、和料、制作、晒干、描金等(古代松烟制墨图)。炼烟包括油烟和松烟的炼制。

首句言徽墨的出处:经过松烟的炼制,最好的墨锭出自安徽黄山;

次句说徽墨有着异常坚实的特色:经过千万次打造坚如磐石;

转折句由物过渡到人,诗中含有我,物我合一:赞美徽墨为了追求光明,哪怕粉身碎骨毫不畏惧;

结尾作者借物言志:其实用热血洒遍华夏万座大山。

作者运用象征手法,用意象含蓄表达,"云霞"这个意象,象征着革命者的理想抱负信念。也象征光明。咏墨诗以徽墨自喻,以物喻人。先写徽墨背景,再写徽墨品质,其实是写他自己。最后借物表达作者为了追求理想,报效祖国,愿抛头颅洒热血的大无畏的精神,感叹作品境界之高!

"粉身殉向云霞去,染遍中华万座山"。用的是发散扩张法,此法与聚焦法恰恰相反。与柳宗元"倘为化得身千亿,散上峰头望故乡"。用的发散扩张手法一样:此处由一团墨,无限扩张发散,染遍华夏万座大山。怎"染遍"两个妙字了得!

歙砚赞

绿沁精岩水着痕,皖南名砚玉为魂。
书家笔下飞烟雨,化作神州万壁春。

注:文房四宝之一歙砚,全称歙州砚,中国四大名砚之一,产于安徽黄山,也有墨绿色歙砚,其制作材料被称为歙石或歙砚石,一般需要5-10亿年的地质变化才能形成,其中最适合制砚的是轻度千枚岩化的板岩。

咏物诗首句写歙砚的色泽和背景:绿色歙砚经过亿万年地质变化形成岩化石;

次句写内在的精神和灵魂:数皖南歙砚最有名,其质玉质坚固,呵气生云,贮水不涸;

转折至结尾:由物过渡到人,然后借物抒发作者的情感和志向,书画家蘸着这歙蘸里的徽墨,下笔如有神,顿时化着朦胧烟雨,洒向神州万里都是春。此句也用发散扩张法,由书画家笔下几滴墨汁,化着神州万壁的无限春。妙在结尾其幻想新奇美好,气势恢宏,志向高远,让作品境界腾飞起来!

概括《宣纸赞》《歙砚赞》《徽墨赞》三篇咏物诗,发现有共同点,如诗人自己所言:构建意象,状不如喻。即直接描写不如托物比喻。如:

一、"案上腾烟三万丈,诗情画意一时收"。借宣纸抒发作者磅礴的激情和情怀。

二、"粉身殉向云霞去,染遍中华万座山"。用比兴手法,以徽墨喻人,借物表达作者追求革命理想的激情和坚定信念:欲将革命火种燃播撒遍全中国,让万山都红遍的情怀。

三、"书家笔下飞烟雨","烟雨"是用借喻,这个意象也是喻象,即比喻意象。"化作神州万壁春",用的暗喻,也是隐喻,是比喻意象。此句也是托"歙砚"抒发作者欲将诗来歌颂祖国处处是春天。

元人杨载曰:"咏物之诗,要托物以伸意"(《诗法家数》)。咏物诗,如果没有我涵盖其中,没有寄寓作情感思想志向,哪怕将所咏之物描述再形象也如同儿童猜谜语,那么作品立意和境界又从何谈起高远深刻呢?再说诗贵在立意,立意是诗的灵魂!

而以上三篇咏物诗都写出了所咏之物的出处,环境,背景,历史以及它的内在和外形的特征,色泽,精神灵魂,再由物过渡到人,然后取这具体的小小的题材作载体,借物抒发作者大情怀、大志向、大爱,并且都不直接述说,而是用具有象征意义的意象去婉转托物表达,这样小题大作,从具体的具象着手,避免作品出现形式化,概念化,政治化,口号化,公众化等假大空现象,作者站在时代的制高点,俯视世象,去写高境界的作品。丁芒先生这样说的:"着眼立意小不如大,选择题材大不如小。"也是如此创作的!

下面再欣赏丁芒先生另一篇咏物诗,继续谈谈丁芒先生诗词观点立意:"小不如大",语意的传达:"状不如喻":

咏长城
群山锁起供磨刀,砺我中华剑气豪。
枕畔千年风雨夜,城头十万马萧萧。

立意高远:

启承两句为制高点:写长城外形,表现得气势非凡,遐想无限:将长城连接群山形象比喻为锁住群山,一个锁字很独道也有创意。然后又将群山比喻成一个巨大的磨刀石,供华夏儿女磨刀,磨出我中华民族之剑豪气冲天,诗人想象奇特,鼓舞人心,堪称佳句!

转折句转入低沉悲壮,以物喻人,写长城卧在连绵起伏群山峻岭之中,几千年来,在多少不眠之夜里,他聆听着那金戈铁马嘶吼声!

结尾高潮再起:如今您看看:城头上千军万马在风雨潇潇中待令齐发!此作高远的立意符合丁芒先生观点:"立意小不如大"。

表达含蓄:

"长城",这个意象既是实写实境:万里长城,也虚写华夏人民血肉之躯筑起的新长城,具有一语双关之妙用。

"风雨",意象既有大自然风雨意思,也暗喻着千年来,长城经过无数次的万马奔腾,刀光剑影,血风腥雨洗礼的意思。

"城头十万马萧萧",意象既回忆往事,也是想象造境:看城头上十几亿中华民族儿女,正高举红旗,壮志满怀,呐喊声冲天,手握倚天剑和屠龙刀,如豺狼虎豹胆敢再侵犯我华夏,我们就挥舞大刀向鬼子头上砍去!结尾也是借咏长城抒发作者愿望:愿祖国同胞们团结一致,筑起血肉新长城,捍卫神圣的国土,随时准备着!作品立意高远,有鼓舞人心的气势。

此咏物诗的表达手法也符合丁芒先生关于创作精品几不如观点:构建意象,状不如喻。语意传达显不如隐。

对诗意的传达,丁芒先生说:显不如隐,直不如曲。虽然民歌民谣是诗人汲取不尽源泉,但诗歌艺术的高峰作品,却是文人诗。诗史,是以文人为标准的历史。因文人不满足明白畅晓,直抒胸意,需要更高的境界,更多的诗意,更具艺术魅力。

下面再举丁芒先生两篇佳作谈作品创作的思路:

石桥暮归
南石桥高挹落霞,苍茫寺角晚烟斜。
暮钟撞碎轻波月,邀得清风到我家。

注:"挹"牵引的意思。

作诗的思路包括作品构思立意,谋篇布局,表现手法等方面。其思路要求独特新颖!先谈起承转合思路独特:

此作写作者在傍晚回家途中,经过石桥的所闻所见所想。

开篇"南石桥高挹落霞",起句点醒题目《石桥暮归》中的石桥和暮色;

承句没有马上写石桥暮归的"归",可见作者打破常规,不落俗套,承接处没有如骊龙之珠,抱而不脱,并提前转折写石桥上所见:"苍茫寺角晚烟斜";

转句常常宕开一步,与前两句不即不离,为结尾高潮起推波助澜作用。但此作却另辟蹊径,转折句没有宕开一步,反而紧接承句,并递进纵向深入写傍晚在石桥上的见闻:"暮钟撞碎轻波月";

结尾才点题"归":邀得清风到我家。用移情手法,有趣独特之极!

再谈运用语言修辞手法的独特:

绝句中有个奇特的句子:"暮钟撞碎轻波月"运用拈连手法来表达的。

拈连,指甲乙两个事物连在一起叙述时,把本来只适用于甲事物的词语,拈来用到乙事物上。有全式拈连和略式拈连法。

全式拈连:甲乙两事物都出现,拈连词语不可少。它像锁链一样,使前后拈连在一起。如:暮钟(敲的声音)撞(震)碎了清波,也(敲碎了清波里的月)

略式拈连:甲事物省略,或甲事物中的拈连词语省略,乙事物必须出现,借助上下文,省略的内容还是清楚。如上面例句省略了括号里的部分。直接表达为"暮钟撞碎轻波月"。这动宾词组异常搭配句子,看似没有道理,却绝妙之极!

上面举例谈的是结构章法和表现手法的独特。下面又再举一例子,继续探讨这个话题。

望儿山遐思

一缕亲情凝万古,山头屹立望儿花。
同声一语遍天下,五十亿人都喊妈。

注:望儿山,位于营口市熊岳镇东两公里处,山峰陡立,平地拔起,高82米,海拔高106米,山顶有一藏式青砖塔,名曰望儿塔,建于明末清初,远看如一位母亲伫立山头日夜守望大海,盼望远方的儿子归来。

构思奇特:

如果作者仅仅只描写望儿山的外形,可能还是逃不出大众化写法和思维,还是没有特色。睿智的丁芒先生另辟蹊径,匠心独运,这样去构思:反常规写法,一句都不细致描摹望儿山的外形,只抓住题目作文章,通篇采用层层倒述法,虽然通篇只说一事,四句只有一意,却不是一语道破,险象环生,时而述事,时而议论;在扣题方面:都是首句先发感慨,次句再点正题的一部分;转折处再议论,结尾又点主题另一部分;在设悬念方面:先设悬念后做答;句句相连,环环相扣,层层重叠,扣人心弦,摘其中一句就不成诗,谋篇布局真可谓标新立异!

下面赏析一下正文:

首句平地起峰,发端突兀,大发感慨:"一缕亲情凝万古";引起读者疑问:什么亲情亘古不变？承句回答:"山头屹立望儿花",同时也点题《望儿山遐思》中的望儿山;转折句没有跳开起承两句的思路,继续发议论:"同声一语遍天下",如此再次留下悬念:读者会再问:遍天下一语都同声喊的什么呢？尾句给出答案:"五十亿人都喊妈"。妙在尾句点题《望儿山遐思》中的"遐思"。如此结尾,颇有婉转曲折的韵味,有令读者耳边余音缭绕,三日不绝的效果！

虽然只有四句诗,却是前一句产生一个疑问,下一句解答了这个疑问,接着又产生一个新的疑问,下句又回答。这在诗词艺术手法上是所谓"扫处还生"。

以上举两例的谋篇布局和表现手法的思路,符合丁芒先生自己总结的观点:思路同不如异,套(熟套)不如创新。

最后赏析丁芒另类风格的作品,谈谈抒情主体:众(大众)不如个(个性),外(浅)不如内(深),锻炼结尾:实不如虚的观点。

一剪梅·六十自遣

浅涉人间六十年,红褪腮边,白染鬓边。遍尝苦辣与酸甜。喜在眉尖,愁在心尖。
半是书生半是仙,血写真言,酒写诗篇。还将老骨去肥田。播个秋天,长个春天。

这篇作品作者写在六十岁生日之际,乐观去回眸过去艰苦的岁月,憧憬美好的未来,也抒发作者无私奉献的美好愿望,有着很高的境界。

表现个性和真性情:

上片首句点题:"浅涉人间六十年"。

承句:"红褪腮边,白染鬓边,遍尝苦辣与酸甜。"描摹自己形象;

结尾两句"喜在眉尖,愁在心尖"。作者一生也曾经过战火洗礼,坎坷跌宕,有过革命胜利的喜悦,也有过千难万险,但作者只轻描淡写"喜在眉尖,愁在心尖。"有调侃味道,表现出革命者乐观主义态度。

下片起句总结自己"半是书生,半是仙",总写自己职业爱好和个性,有趣味;

承句"血写真言,酒写诗篇",承上继续写本人个性率真,虽然爱酒,但是酒后仍写真言。

转句幽默风趣,且韵味无穷,耐人寻味:"还将老骨去肥田"。言下之意,百年归世后,欲将骨灰撒遍祖国山川大地去肥田。字里行间流露出来作者豁达开朗豪放的个性。

结尾"播个秋天,长个春天"。有了转折句的铺垫,结尾一点都不突然。虽是人生的暮秋,作者想用余生的心血去浇灌诗词的田地,广播诗词之种,在华夏大地的春天发芽、生长、开花,表现出作者生命不息,战斗不止的高尚情操！如此抒发情感有个性,有深度,符合丁芒先生的观点:抒情主体主体:众不如个,外(浅)不如内(深)。老前辈认为:观点可代表大众利益,但诗人写诗仍需突出个性化,不能以公众化共性感情,来置换诗人自身抒情主体地位。

结尾虚写韵味无穷:

作者将他的花甲之际,用"秋天"这个意象来表达,象征人生之秋;"春天"也是意象表达;象征着中华诗词百花盛开的春天。

以上举的多篇佳作里,作者皆对某些意象加以运用,使之具有一定的思想感情和文化象征意义。意象在诗词里可以给读者提供了广阔的想象空间和回味余地,使难抒之情、难言之理,由意象婉转代抒代言。所谓的"言不尽意,立象尽之"就是这个意思!

故结尾如果用总结实写豪言壮言,或者把话说白了说尽了,就没有韵味,所以尾句一虚则全诗皆活。

回顾丁芒先生所有的作品,全部都是用意象表现,去虚写收尾。如:

《宣纸赞》结尾:"诗情画意一时收"。

《歙砚赞》结尾:"化作神州万壁春"。

《徽墨赞》结尾:"染遍中华万座山"。

《咏长城》结尾:"城头十万马萧萧"。

《南石桥暮归》结尾:"邀得清风到我家"。

《一剪梅六十自遣》结尾:"播个秋天,长个春天"。一句意象的虚写胜过百句实写。结尾不把话说白,用意象呈画面形式留给读者去想象,不光起着余音缭绕之妙用,更升华了作品的主题!

结束语:纵观丁芒先生多篇作品,字字句句生香,又如启明星一样光芒四射,照耀着诗坛,指引着我们前进的方向,让我们一起学习,共同研究老前辈佳作,然后提高我们写诗水平,感谢老前辈!

邓国琴:笔名绿绮,丁芒弟子,其诗词和诗评散见于各诗刊和网络。曾获全国诗词奖。

黄汉江先生诗词作品赏析

邓国琴

一

六十来年吟诗谱（新韵）

黄汉江

少幼吟读三百首，青春投稿几千家。
欲添宋柏新生叶，续种唐园旧梦茬。
幸沐刘章悬皓月，遥思范进醉余霞。
诗林起舞鹍鹏鸟，心海掀腾韵浪花。

首联平淡起笔娓娓道来："少幼吟读三百首，青春投稿几千家。"写他从小爱吟唐诗三百首；青春年少的他喜欢写散文诗，并四处积极投稿。"几千家"运用夸张手法。

颔联"欲添宋柏新生叶，续种唐园旧梦茬"紧紧承接，如骊龙之珠，抱而不脱。又如草蛇灰线，不即不离，方称佳妙。从青年到中年，他立志想在宋词这棵古松柏上添枝加叶，也想圆儿时的梦想，继续在古唐诗鲜艳的百花园里种下自己的奇花异草。

颈联"幸沐刘章悬皓月，遥思范进醉余霞"，继续承紧颔联，年过半百了，有幸师从全国著名大诗人刘章导师，开始重点转型撰写格律诗词。其作品散见于《中华诗词》和《诗刊》等各大诗报刊，近两年又主编出版了特大型诗集《黄浦江诗潮》。经过多年的努力，当梦想变成现实时，顿感"莫道桑榆晚，为霞尚满天"，作者心潮澎湃，有如范进晚年中举般狂喜。

尾联"诗林起舞鹍鹏鸟，心海掀腾韵浪花"抒发感情，总结以前骄人的成绩已经成为过去，仍需继续努力，在诗林中树立高标，如鲲鹏展翅那样飞得更高更远，在韵海里搏击和奉献更多更美的浪花！

创作特色：

立意小不如大，题材大不如小：

这就是我为什么点评这首作品原因。别看写的是小题材，却具有其非凡的意义。此作表现了作者从儿时便与诗词结下不解之缘，并述说自己由爱诗到学写诗，最后取得好成绩的艰难历程，结尾对未来充满希望，欲为繁荣中华诗词这棵参天大树去努力奋斗，真可谓小题大作！往往小题材可避免出现大题材空洞化、概念化、公众化、政治化的问题，着手表现小题材能以小见大，落到实处写得越具体，越形象，越能引发读者联想力！

层次清晰，起承转合得当

这首七律是以他一生对诗词追求之路为主线，时而用白描手法勾画，时而用工笔手法细描。讲述了他每个年龄段，包括儿时吟诗，青年写散文诗四处投稿，中年学写格律诗，拜高师,夕阳西下时收获累累,最后树高标,继续努力向前进。其作品主线贯通首尾,脉络清晰,层次分明,起承转合得当,紧紧相扣,意脉贯通,如行云流水,一气呵成,首尾遥相呼应。

白描手法述事:

在铺陈中,时用白描手法。白描法原是中国绘画的传统技法之一,即用最朴素、最简炼的笔墨,不事雕饰,不加烘托,如实地勾勒出人物、事件与景物的情态面貌。如"少幼吟读三百首,青春投稿几千家"。即是用这种方法来述事,简洁明了!

建构意象达意:

用形象的语言表达。何为形象语言?即是作家使用创造形象,绘景状物的工具,让读者读后有身临其境感受。换个说法形象语言也是意象的曲折表达。能够给读者提供广阔想象的空间!

如:"欲添宋柏新生叶,续种唐园旧梦茬"。我国是一个有着悠久历史文化民族,诗词曲赋构成我国古代百花园的绚丽多彩。作者用"宋柏"这个意象来比喻宋词这棵古木;用"唐园"这个意象比喻唐诗的百花园;"旧梦",指儿时梦想,长大了要加入诗词的行列,为传承诗词国粹"添枝加叶",他在为继承和发扬唐诗宋词元曲等中华文化而矢志不渝地探索和奋笔!

又如:"幸沐刘章悬皓月,遥思范进醉余霞。"用"皓月"这个意象,比喻导师刘章的光辉指引着作者前进方向;"醉余霞",比作作者醉在似火的夕阳之中。

结尾实不如虚:

"诗林起舞鹍鹏鸟,心海掀腾韵浪花"。"鹍鹏鸟"是传说中的大鸟,这里是借物言志;"浪花",原来是海里浪花,这里比喻作者在诗坛里取得的更大成果,立意较高。结尾一句虚写胜多句口号,有着言尽意不绝的韵味!

现实生活中确也如此,黄汉江2019年虽已过花甲,却焕发青春活力,干了件一惊世人的壮举:组织国内外3500多位诗人诗友,编撰出了世界最巨纸质华文单册诗集《上海滩诗叶》,由上海文艺出版社公开出版,将申请世界吉尼斯记录。

纵观力作运用多种表现手法,正符合丁芒先生所概括的精品作品创作几不如:着眼立意:小不如大;着手表现:题材大不如小;构建意象:状不如喻;语意传达:显不如隐;结尾实不如虚。

二

拜读黄汉江(晓翰)先生多篇佳作,佩服他非凡的想象力,如赏珠玑,充满着灵气,处处跳动着欢快的音符,蕴含着纯真的童趣。

下面请继续欣赏:

高楼顶上遐想曲之一(新韵)
万丈高楼耸九霄,偷塞云絮百千包。
援灾援难援寒苦,棉袄棉衣棉被袍。

首句"万丈高楼耸九霄",运用夸张手法形容高楼之高,并设置悬念:读者会问作者上高处有何贵干呢?承句"偷塞云絮百千包",承接句回答首句部分问题,又留下部分疑问;

第三、四句作者才揭开迷底:"援灾援难援寒苦,棉袄棉衣棉被袍。"看到这里,才恍然大悟!三、四两句里故意多次重复"援"字和"棉"字,有一线穿珠的妙用,读起来节奏明快,音节韵律抑扬顿挫,流畅上口!

此作体现作者有悲天悯人的博大胸怀,读后让我心头一热,顿时有温暖的感觉,此作立意好,满怀深情。

高楼顶上遐想曲之二(新韵)

万丈高楼耸九霄,舀来云彩亿千瓢。
调成浓墨频挥洒,万里河山着锦袍。

首句"万丈高楼耸九霄",还是运用夸张手法来形容高楼之高;并给读者留下悬念,读者会问作者上这高楼干嘛呢?承句"舀来云彩亿千瓢"回答起句问题,又留下悬念:作者舀那么多云彩作啥呢?转句"调成浓墨频挥洒,"又回答部分问题,没有全部作答,读者还是没有完全解开疑惑;尾句:"万里河山着锦袍"迷底终于揭开了。

以上两篇绝句构思都巧妙,起承转合独特,句句紧连,环环相扣,句句留有悬念,扣人心弦,直到结尾才完全揭开迷底。语言自然朴实,大胆想象,手法敢于创新! 两种比喻生动、形象,舀字用得妙。

高楼吊车撒鱼钩(新韵)

万丈高楼耸九霄,云海苍莽鱼汛忙。
钓获新城一大桶,饵出喜悦满萝筐。

注:饵:引诱。

首句"万丈高楼吊车昂",依旧运用夸张手法,一个"昂"字,表现吊车的长臂举到半天云里去了,形容铁臂之长;承句"云海苍莽鱼汛忙",云海苍莽,宛如茫茫的大海,大海里"鱼汛忙",运用借代手法,代指吊车日日夜夜,上上下下,无数次钓起砖瓦灰石等建筑材料;结尾"钓获新城一大桶,饵出喜悦满萝筐"。实在是佳句也! 因为座座吊车,那条长长的铁臂如同巨大的钓鱼杆伸到云海里去"钓鱼",最后钓获新城一桶(多夸张哦),也饵出了满萝筐的喜悦,两句看似没有道理:因为钓鱼杆只能钓鱼,不能钓获一大桶的新城,也不能饵出满筐的喜悦,但是作者巧用动词和数量词和名字,故意错位搭配一起,就变成了奇妙惊艳的句子!

架车大桥路(新韵)

悬索鸿图挂大河,斜拉琴曲跨江歌。
绵延乐谱虚实线,流彩音符胖瘦车。

首句"悬索鸿图挂大河",远望悬索大桥像巨幅的图画挂在大河上;承句"斜拉琴曲跨江歌",斜拉桥像一架巨大的竖琴,跨跃两岸;转句"绵延乐谱虚实线",继续发挥想象力:大桥的路绵延伸向远方的条条虚实线,又如五线谱;结句"流彩音符胖瘦车",桥上来来去去的胖瘦大小的车,就像跳跃在五线谱上的彩色音符(小蝌蚪)一样。

城市诗歌音乐会(新韵)

平平绿地鸟吟逐,仄仄高楼风咏读。
万路八通摹谱表,千车百态画音符。

此篇是一首童话诗,充满了奇异的想象。诗人将城市里所有的绿地,小鸟,高楼,楼风,道路,车辆等都幻想成有生命力的动物,让它们都有思想情感,而且还会朗诵,唱歌,弹琴,绘画,作者把它们聚在一起,开了个诗歌朗诵会。第一个节目:平坦绿地上的小鸟吟曲追逐;第二个节目:座座高楼之间呼呼的西风也能朗诵诗;第三个节目:四通八达的马路虚实线开始描着五线谱;最后一个压台戏:千百辆车又如小蝌蚪一样在乐谱上跳跃。开篇两句对仗,转结两句也对仗,很不容易的。

回顾一下以上作品闪光点:"偷塞云絮百千包","舀来云彩亿千瓢","流彩音符胖瘦车,钓获新城一大桶","饵出喜悦满萝筐","千车百态画音符","平平绿地鸟吟逐,仄仄高楼风咏读"……还把悬索大桥远望看成一幅画图,又把斜拉桥想象成一架大琴;那路上的虚实线也想象成乐谱;奔驰的车子想象成乐谱上跳动的小蝌蚪,车子不用大小来形容,却用胖和瘦词语来形容。

以上每首作品里的景物,作者都从儿童的视觉,听觉,触觉,感觉,语言,思维,心态等角度去发挥超常的想象力,再构建各种意象,然后叠加组合在作品中,呈动态状,营造出形象生动美好的童话世界般的意境。让读者很有欣赏儿童动画片的感觉。此刻兴奋的我突然发现黄汉江先生的作品,很有扬万里诚斋体的风格。其风格特征是天真活泼,饶有情趣,诗人把自己的主观情绪情感,最大程度地投到客观事物上。想象力奇特,语言自然流畅。这种独特奇妙的风格很值得大家学习和借鉴!

三

黄汉江先生是上海崇明岛人,喝着母亲河八滧河水长大的。77年参加高考被辽宁财经学院录取,然后走出崇明岛,经过多年的努力奋斗,事业有成,荣回故里。为感恩家乡,建设家乡,他给崇明岛招商引资(每年缴税300多万元),并积善行德,多次筹资捐款修建了1个活动中心、2个休闲亭、6个候车亭和20条砼路。

下面欣赏他饱蘸笔墨,满怀深情写的各个年龄段对家乡挚爱的作品:

故乡八滧母亲河

八滧故里母亲河,源自长江老大哥。
忆起孩提游泳戏,满篮欢笑蟹鱼蛤。

作者生在八滧河畔,八滧河水养育了这里儿女,故当地人称她为母亲河,称长江为老大哥。

前面句介绍母亲河的来历:"八滧故里母亲河,源自长江老大哥。"

用的是渔阳绝句第33法。第三句用"忆"字，宛如记得，长记，尤记，最忆，却忆等语义。

第四句则是其所忆典型之事，用"满篮欢笑蟹鱼蛤"作结，结得妙趣横生。只听说过有满屋的笑声，满篮的蟹鱼，满篮的瓜果，满篮的蔬菜，还没听说有满篮的欢笑，居然还用竹篮来装满欢笑，虽是无理却很奇妙，又显得童趣十足！

儿时八浽河夏天之夜

八浽河畔夜乘凉，戏水孩童捕蟹郎。
万籁群歌蛙领奏，繁星裸泳月钩樯。

前两句："八浽河畔夜乘凉，戏水孩童捕蟹郎。"虽是平铺直叙，波澜不惊，却为三四句作了很好的铺垫。

关键在第三句转折："万籁群歌蛙领奏"，既出乎意料之外，又在情理之中。

第四句便如顺水推舟意境全出，"繁星裸泳月钩樯"，充满了童真的幻想。因为有了开头夏夜孩子们在八浽河边捉蟹的细节作交代，才有后面的孩子听见群蛙领奏阵阵的夏夜交响曲，然后再看到水里繁星游泳，并且还是裸游，同时又看到弯弯的月儿两头尖，悄悄地挂在船樯边的景象。如此运用了化静为动的手法，再用儿童听觉视觉意象造境，表现出如同漫画图般的效果，让小诗有着童话般的趣味！

下面继续欣赏作者写青年时怀旧作品

八浽河水流过我青年时的门口
——忆三秋（新韵）

河水哗哗喜庆流，全村老幼战三秋。
一肩挑起棉山乐，双手镰割稻海愁。

首句起兴，用拟人手法写河水哗哗啦啦奏着欢歌，似乎在庆贺这秋收季节，开头运用化静为动的手法显得别开生面。

次句写家乡父老喜战三秋。

第三句到第四句以对仗句递进细写收拢全篇。"一肩挑起棉山乐"，想象力大胆地夸张，丰富有趣；"双手镰割稻海愁"，无理而妙：稻谷可以割，但那似海一样的忧愁不能割的，作者却用这动宾词组去作异常搭配，构成奇特的句子，看似无理，却绝妙，耐人回味！

回顾以上举三篇绝句，发现有一个共同点：第一二启承两句，平平淡淡，但妙在第三句转出新意，为结作了很好的铺垫。正符合元人杨载所言："绝句之法，要婉曲回环，删芜就简，句绝而意不绝，以第三句为主，第四句发之，有实接，有虚接，承接之间，开与合相关，反与正相依，顺与逆相应，一呼一吸，宫商自谐。"他又说："起承固难，然不过平直叙述为佳，从容承之为是；至于宛转变化工夫，全在第三句。若于此转变得好，则第四句为顺流之舟。"黄汉江绝句如是也！

下面再欣赏人到中年的作者，荣归故里后，又怎样抒发他对故乡一腔深情的？

乡情（新声韵）

汉江路伴八溆港，港水悠长路更长。
水涌怎及情感涌，乡情满满胜河江。

首句"汉江路伴八溆港"，视觉还是一往情深地对准母亲河和他为故乡筹资捐建的汉江路(路标以他名字命名的)；

承句"港水悠长路更长"，用的是递进手法；言下之意，即使河水再长路再长，又怎么样呢？却没有作者的思乡情意长！启承两句运用层层递进手法。

转折句"水涌怎及情感涌"，用了渔阳绝句第26法：在第三句用"怎及"，转出深意和新意。河水即使再汹涌，可怎及我心里对家乡思念的情感那样汹涌澎湃呢？这句再次运用了化静为动的手法，也为结尾作铺垫；

结尾顺势而下："乡情满满胜河江"，运用了夸张手法，层层递进到最后，满满的乡情如巨流喷涌而出，到达高潮！将满满的乡情(虚)和长江八溆河(实)作比较，将虚拟的感情化无形变有形，表现得生动化，具体化，形象化，很能感染读者，以唤起大家的共鸣！

最后欣赏他赞美上海的夜景之美：

夜上海

座座高楼座座峰，峦峰瀑布彩霓横。
条条马路条条涧，溪涧轻舟灯火澎。

此作也很有特色，比如："座座高楼座座峰"，"条条马路条条涧"。

把高楼想象成山峰，是佳句；高楼上，挂满一条条小灯，想象成挂着的瀑布，夜光如瀑布也一样流光溢彩，更是妙句！

"条条马路条条涧"，把条条马路上的一盏盏灯光，想象成汇成河流和山川，是奇思；结句把行驶在马路上的车，又想象成溪涧上的轻舟，更是妙想！作者想象力极为丰富，令人赞叹！！

此句语言运用古汉语不完整句法。"座座高楼座座峰"，这是古汉语特有的句法。省略了一个字"如"字和"山"字，完整句子应该是：座座高楼如座座(山)峰；"条条马路条条涧"，这句也省略了几字，完整的句子应该：条条马路(如)条条(山)涧。

其间反复用叠字，如"座座"，"条条"，一线穿珠，读起来音律有重复回环，朗朗上口之美！另一巧妙之处在于：前两句与后两句是对仗句，四句话处处运用化静为动的手法表现，实在让人惊叹不已！

赏读了黄汉江先生几篇饱含浓浓的思乡佳作后，不禁想起程琳的歌《故乡情》：故乡的山，故乡的水，故乡有我幼年的足迹，几度山花开，几度潮水平，以往的环境在我的梦中……他乡山也绿，他乡水也清，难锁我一颗儿童的心。故乡的土，故乡的人，故乡有我少年心……回头再看黄汉江的个人简介，感到他真有一颗滚烫的热爱家乡的赤子之心，有一颗感恩之心，有不断进取的干劲，有无私奉献的精神。作者本人思想不仅仅有着很高的境界,他的作品也体现出高境界！正如王国维在人间词话里所表述的"境界":境界不光指景物,喜乐哀愁也是人们心中的一种境界。所以能写真景物,真感情就叫有境界,否则,不能写真景物,真感情就是没有境界。黄汉江佳作如是也！

  邓国琴:笔名绿绮,丁芒弟子,狼社成员。其诗词和诗评散见于各诗刊和网络。几次参加全国诗词大赛获奖。著有诗集《绿绮吟稿》,创有公众微刊《邓国琴试评诗词》。

评黄汉江先生《高楼建筑夜施工》

——《黄浦江诗潮》诗词选评

刘宇辉

高楼建筑夜施工

黄汉江

高楼万丈夜施工,汗洒银河浪几重。

撕块白云当手帕,湿衣晾挂月钩中。

《黄浦江诗潮》收集了2200多位诗友的作品,小至10岁,长至93岁。其中主编黄汉江先生的《高楼建筑夜施工》以朴实无华而不失生动形象的语言、简而不俗的浪漫意境让人过目难忘。

"高高的大厦,正拔地而起,就连夜晚也在赶着建筑施工的活儿。施工人员汗水淋漓,仿佛要把汗水挥洒到银河掀起几重浪来。(我)多么想撕块白云当手帕帮大伙儿擦擦汗,还把他们身上汗湿的衣服都晾挂在月钩上以便晾干。"

全诗流畅自然,起承转合完成得天衣无缝,有赖于此诗的最大特点:不知不觉中结合夸张、比喻的修辞手法,展示诗人想象丰富的表现手法,给读者留下尽情的想象空间。

"高楼万丈夜施工"为夸张句,高楼"万丈"的夸张,是诗人到银河、白云、月钩等的想象基础。"汗洒银河浪几重"为比喻句,也是全诗的诗眼,夜施工及汗水挥洒的场景及干劲是虚实结合并升华的触发点。"盖高楼"不仅是此诗所载施工的直观行为,也是随着想象情感层层递进的布局方法。

"高楼万丈夜施工,汗洒银河浪几重。"首句以夸张正在夜施工的高楼"万丈"作起,提示"万丈高楼平地起"的社会实践本质,烘托高楼上工人们日夜赶工而紧张向上的气氛,增强劳动平凡而伟大的渲染力,推进更高层次的联想效果。第二句承接首句写施工过程中工人们此起彼伏而汗水如洒的劳动情景,集体劳动的汗水何其之多,集体劳动的作用何其之大,诗人自然而然地联想到当时人们所见高空的银河翻浪而作抽象比喻,也让读者体会其中"滴水成河"的哲理。

"撕块白云当手帕,湿衣晾挂月钩中。"第三句转而写到旁观的诗人冲动的动作和感想,欲扯一块白云作手帕,利用白云轻飘飘而过的特性,不用惊动大家而能帮助大家擦汗。尾句进一步突破擦汗的一时局限,欲把湿衣晾挂到更高的月钩上,诗人的感情达到最高潮——寄望施工人员能获得更舒适的工作环境和美好生活。其中"月"或"月钩"有思乡或祈求更美满的寓意,也可从此引申出现场劳作之外的其他场景的想象。而"撕"、"当"、"挂"三个动词,虚中有实而一气呵成,动作豪爽而大幅度,感情细腻而余味无穷,让读者身临其境,让人共鸣不在话下。

美好的诗章不只是诗人自然触发的一时灵感,更是日积月累的工作或生活源泉的诗化情感。如果诗人没有对建筑行业的熟悉及热爱,就不能取得基建优化管理方面的成绩,也诗化不出建筑活动中劳苦而有乐的浪漫意境,而这些浪漫也是大多建筑工人,也包括现场基建直接管理者热爱劳动、任劳任怨的、茶余饭后的不同趣谈,深得大家认同的乐观向上之情。

每种感情之后都有特定的思想,或复杂或简单,虽然在《黄浦江诗潮》收集作品的过程中,黄汉江先生不主张诗词谈政治,且此诗以《高楼建筑夜施工》即以事命题,更为客观而冷静地呈现诗中所涉及事物的本质,但也便于读者从诗中发现诗人的思想:他认可集体劳动的场景和集体劳动的作用,和普通工人一样拥有美好的寄望。不管诗人避谈政治是为不得罪既得利益集团,还是其他不敢触及灵魂的事项,他的文人良心就在诗中——中国文人由国学传承的、积极向上的集体情怀已与大众见面。

读过《高楼建筑夜施工》,感受其中鲜活的艺术魅力,不管他人如何说后两句不过为个人情怀,但前两句无人否定体现当今公有制国体存在的思想政治基础——人民当家作主的集体智慧及集体力量的伟大。孔子曾主张"仁"政,其有利于国家和人民,而并不为统治阶级所采纳,只因当时私有制社会统治者大多是孔子严厉批判的"乡愿"类的假好人,嘴上说得天花乱坠,实际岂舍得让惠于民?一个人的真实,一篇诗词的真情,就体现在思想与行为的高度统一。"活着,为的是替整体做点事,滴水是有沾润作用,但滴水必加入河海,才能成为波涛。"从此诗不难理解不主张谈政治的诗人,在诗中对集体情怀的肯定,及生活中以修路、建亭等对社会回报等行为的矛盾性和某些统一性。

2018 年 10 月 16 日

刘宇辉:会计师、经济师,湖南长沙花明楼人,从事财务管理及咨询、社会审计工作。2011 年底开始业余创作,关注社会民主、民生,曾兼任中华网文学论坛、香港诗词论坛版主,并荣获中华网"优秀版主"。网名"刘宇辉 lyufe",座右铭为:"弘扬真善美,鞭挞假恶丑,让世界充满爱!"目前兼任珠海市诗词楹联学会副秘书长,现代诗、古诗词、诗评诗论等曾荣获国内不同赛事奖项。

评刘章先生《题泰山斩云剑》

——《黄浦江诗潮》诗词选评

刘宇辉

题泰山斩云剑
刘章
一剑横东岳，年年斩乱云。
生成棉与帛，天下少寒人。

　　刘章老师的《题泰山斩云剑》既有一般咏物诗的共同特点，又是最为凝练的篇章，不过二十个字，就高度集中地描写了事物，表达了强烈的思想感情，给读者以美的享受，让人赞赏不绝。题中的斩云剑不过泰山云步桥南侧不起眼的一长形山石而已，在诗人笔下却是正气凌云、多情多义之物。

　　"一剑横东岳，年年斩乱云。"首句直入主题，用比兴手法，把那块长形山石比作横卧泰山而斩云播雨的剑。第二句进一步交代斩云播雨的过程。名词"剑"与动词"横"的结合实现一种高度凝练，概括长、宽、高、厚等势如剑，既交代了生动的形态，又交代了所处的地点。而时间副词"年年"、动词"斩"和程度副词"乱"的结合，既是视觉在时空的变化，也是听觉在时空的变化，虽未进行摹声，但仿佛听到风雨声，即活用"通感手法"精练地反映该处因特殊地貌环境以及气象变化而引起云雾消失细雨淅沥的云雨变幻景象，年复一年地如在眼前。大家可以尽情想象"斩云剑"作为谷口的周围地形，是如何凹狭的地带及高缓相间，陡坡和幽谷如何上下相对，如何在阴天聚集幽谷的云雾，如何在谷口处和山上下来的冷空气相遇凝雨。"雨"虽未直接写在诗中，但在"斩"后意已喷出，尤其"斩"的主观能动性明显，成功地把石拟化为人——为大家斩云播雨的护卫者。诗人凝练诗句的精明之处不在挑选优美的字词，而在利用可挖掘想象的字词空间，通过空间视觉的移动及变化，融合视觉和听觉的通感，启动读者的生理和心理的最大留白。

　　"生成棉与帛，天下少寒人。"斩云剑及时斩云播雨，滋润了山中各种农作物，人们再生产出各种棉织品和丝织品等，从而让天下少一些贫苦的人。第三句是斩云剑斩云播雨结果的转折，"棉与帛"不过农作物的借代，但让读者联想更广，这些农作物不只生产穿的，还能生产更多吃的、用的。第四句不仅是对斩云剑斩云播雨结果能防饥防冻大有益处的议论，更是诗人希望天下减少贫苦人的寄望。

　　此诗虚实结合，前两句实写，摹景状物，重在"貌似"之中的物之形态、所处环境等；后两句虚写，生发议论重在"神似"，突出所加于物上的主观愿望和精神品格。"生成"之中可见实，多少事物成长过程，多少人类实践活动过程都在其中，从而完成从实到虚的转换；

"少"与"寒"组合也不是单纯的虚,而是切合到每个平民身边,可悟虚实相融的、让人心牵而动的妙境。

咏物诗往往托物言志或借物抒情,在事物的咏叹中体现一定的人文思想,所咏之物的"神"就在一般流露出作者的人生态度或美好寄望。人们都知道剑的寓意在驱凶化吉,诗人出身为草民,希望斩云剑化云为雨为帛,让人们远离贫苦、凶险和霉运,是心底深沉而真挚的感情。"有志者能使石头长出青草来。"同时诗人赞剑无求人夸,只愿天下少些贫苦人,实际上是借剑自喻,表达了自己心忧天下、积极向上的人生态度,以及不向困境屈服、宁愿有棱有角也不媚世俗的高尚情操。借用诗人原话:"石旁并无古今文人题咏,仁者见仁,智者见智。"凝练是诗歌语言的主要特征。不少诗人以炫技自大,对一个事物不断地堆砌炼字炼句的语言技巧,但只让大家看到了血肉结实的一堆,而看不到具体的思想及内涵,如此丧失灵魂之下的生命力,读者岂能买帐?"诗言志,歌永言,声依永,律和声。"请再品读《题泰山斩云剑》的感人之处,多琢磨灵与肉如何完美结合,虚心向刘章老师学习何为真正的凝练吧。

2018 年 10 月 21 日

刘宇辉:会计师、经济师,湖南长沙花明楼人,从事财务管理及咨询、社会审计工作。2011 年底开始业余创作,关注社会民主、民生,曾兼任中华网文学论坛、香港诗词论坛版主,并荣获中华网"优秀版主"。网名"刘宇辉 lyufe",座右铭为:"弘扬真善美,鞭挞假恶丑,让世界充满爱!"目前兼任珠海市诗词楹联学会副秘书长,现代诗、古诗词、诗评诗论等曾荣获国内不同赛事奖项。

诗艺杂谈

伦炳宣

诗是文学艺术百花园中的一朵奇葩。诗词创作较之其他文学形式的创作更具艺术性,除了文学艺术通用的创作手法外,还有其更加独特的方式方法。今天,我们就来共同探讨一下这个问题,与各位诗友商榷切磋。

意境的创造

什么是意境呢?《辞海》中是这样解释的:"文艺作品中所描绘的生活图景和表现的思想感情融合一致而形成的一种艺术境界。能使读者通过想象和联想,如身入其境,在思想感情上受到感染。中国古代文学批评家常以意境的高下来衡量作品的成败,但往往由于过分强调作者个人的感受,流于玄秘,造成脱离现实的倾向。优秀的文艺作品往往能使情与景、意与境交融在一起,塑造鲜明生动的艺术形象,产生强烈的感染力。"著名诗人丁芒教授在论及意境时做了三点概括:一"是诗人对客观世界所做深度思维所达到的最高境界","当他面临一个题材,不管是国家大事、个人祸福,还是风花雪月、山水虫鱼",无不想在"生活、时代、民族、个性"四个方面升华诗意,建构鲜明生动的艺术形象;二"是全诗思想感情的制高点,统率全诗的意象结构,内包外延,聚焦于此"。三"是悟性思维的产物,虽与全诗写作过程相伴终始,本身却是一片空中楼阁","只有经过读者的发现、补充和再创造,才终于完成"。

从上述概念中,我们了解了意境的含义、特点,以及意境贯穿全诗的重要性。怎样来创造意境呢?近代学者王国维在其《人间词话》中,提出了一个重要的词学理论,即"境界"说,虽是对词而言,但诗词通体,其基本要素对诗的意境创造是相同的。王国维认为,词的写作"有造境,有写境,此'理想'与'写实'二派之由分。然二者颇难分别,因大诗人所造之境,必合乎自然,所写之境亦必邻于理想故也。"这就是说,意境的创造有两种途径而且密不可分。一种是"理想",即对客观世界所做的深度思维;另一种则是"写实",即对现实的真实描写。理想必须合乎实际,写实必须围绕理想。

如白居易的《长相思》:
汴水流,泗水流,流到瓜洲古渡头,吴山点点愁。
思悠悠,恨悠悠,恨到归时方始休,月明人倚楼。

这首词写的是,一名女子在月光下倚楼远望,思念亲人,有景物的描写,也有心情的畅露,可谓情景交融,足以勾起读者的想象和联想,其意境深远又有感染力。我们现在把这首词拆开来分析一下,上半阕前三句写景,一连用了三个"流"字,以水的蜿蜒曲折由近向远,衬托出主人公心逐流波哀婉曲折。后一句"吴山点点愁"落笔到情。下半阕前三句写情,把那种思念之情、由爱生恨之情刻划得淋漓尽致。后一句"月明人倚楼"点出了主人公所处的环境,以景衬托心境。情是理想,景是写实,可见作者造境与写境两种手法运用得何等得体。

再如杜甫的《春望》:
国破山河在,城春草木深。
感时花溅泪,恨别鸟惊心。
烽火连三月,家书抵万金。
白头搔更短,浑欲不胜簪。

杜甫曾被安史叛军掳到长安,因官职卑小未被监禁,本诗即作于此时。前四句写春望之景,睹物伤怀。首联即给人以深远的意境:一是从景象上看,给人一种荒凉破败的印象,诚如司马光《续诗话》所言"山河在,明无余物矣;草木深,明无人矣"。二是表现出国不会亡和剪伐不尽的生机。颔联中的"花"、"鸟"、"泪"、"心"是实物,"感"、"恨"则是理想。更精彩的是"花溅泪"、"鸟惊心",用自然现象来表达感情,这真是意境创造中的一个创举。后四句抒春望之情,连年战乱,邮路不通,能得倒一封家信比金子都珍贵。"家书抵万金"写出了离乱中人们共有的一种心情,自然能引起读者的同情和共鸣,达到了创造意境的效果,从而成为千古名句。

王国维还认为,"有有我之境,有无我之境","有我之境,以我观物,故物皆著我之色彩。无我之境,以物观物,故不知何者为我,何者为物"。"有我之境"就是说,作者在创造意境之时,把自己置身其中,以自己的眼光观察事物,对事物的感知就会带有自己的思想和认识,亦即所谓的"诗言志"、"诗抒情"、"诗达意"。回过头来再看看杜甫的《春望》,作者是在写春望之景,又把自己完全置身在春望之景中,从"国破"到"山河在""草木深",从"花溅泪"到"鸟惊心",从"烽火""家书"到"白头""发簪",把自己的感知、认识、信念都融和在诗篇中,字里行间无不寄托着忧国忧民之情。

"无我之境"看似朦胧,其实是境界的更高层次,比"有我之境"显得更加婉转优美。"采菊东篱下,悠然见南山""寒波淡淡起,白鸟悠悠下"是对景物的描写,细腻而自然,前者给人一种如入世外桃源之感觉,后者则以寒波白鸟的悠闲反衬人事之仓猝,这种无我之境的笔法,更加婉转地表达了诗人所寄予的思想感情。

与"有我之境"、"无我之境"相反,是"诗中无我",即诗无意境。通篇就事论事,没有思想,没有情感,诸如某些艳情诗、宫体诗,乃至现代的"口号"体,尽管是铺陈列绣,雕缋满眼,看似文采斑斓,其实味同嚼蜡,更谈不上感染力。

总之,意境的概念虽说法多样,我认为用两句话就可以概括。一是有情有景,情景交融,二是诗中有我,我在诗中。用哲学的语言表述就是,诗人的思维与感情同客观景物相统一而产生的境界。一首意境深远的诗,可以给读者以想象的翅膀,产生如临其境、如闻其声、如见其人的感觉,进而领会诗人的弦外之音、言外之意、境外之味。如陆游《咏梅》中的"零落成泥碾作尘,只有香如故",毛泽东《咏梅》中的"待到山花烂漫时,她在丛中笑";王维《汉江临泛》中的"楚塞三湘接,荆门九派通。江流天地外,山色有无中",毛泽东《黄鹤楼》中的"茫茫九派流中国,沉沉一线穿南北",这些情景相融的诗句,确实耐人寻味。再如李白的"试借君王玉马鞭,指挥戎虏坐琼筵。南风一扫胡尘静,西入长安到日边"(《永王东巡歌之十一》);文天祥的"草合离宫转夕晖,孤云飘泊复何依。山河风景原无异,城郭人民半已非。满地芦花和我老,旧家燕子傍谁飞?从今别却江南路,化作啼鹃带血归"(《金陵驿其一》)。这些诗篇用象征比喻的手法,抒发了仁人志士在危难时刻敢为国家、为民族献身的雄心壮志和牺牲精神,读后让人鼓舞让人振奋,把人带到一个崇高的境界。

　　诗的意境创造是作者自然情感的表露,具有真实性、艺术性。我们不反对以意境的高下来衡量作品的成败,但要实事求是,不可"过分强调作者个人的主观感受,流于玄秘,造成脱离现实的倾向"(《辞海》第4670页)。我曾看了几篇关于评论李商隐《乐游原》的文章,众说纷纭,莫衷一是。有的说,他表达了诗人对唐王朝那种"日薄西山"的悲愤,表现了自己对祖国大好河山的无限深情。也有人说,这里可能暗含着对李唐王朝衰败的忧虑。最近更有人说,作者把夕阳比作老人,把黄昏比作晚年。人到了晚年,成熟了,豁达了,面对以往的成就,自慰自豪。其实,"向晚意不适,驱车登古原。夕阳无限好,只是近黄昏。"这首诗的意境并不复杂,作者在将近傍晚时,感到心里有点不舒服,可能是病情所致,也可能是忧虑过度,或者是遇到了某种不顺心的事。登古原的目的就是为了消遣散心,夕阳使他的心情有所好转,不然就不会感到"无限好"。夕阳好是好,就是太过短暂。"只是近黄昏",不管其中的"只是"取"但是"之意还是"正是"之意,都不影响其点睛之笔的作用。后人的种种见解,皆由此句向外延引申。有的理解为李唐王朝,有的理解为老人,从而得出种种结论。究竟谁的正确,恐怕只有李商隐知道。我认为,前一种理解有点拔高,后一种理解有点牵强,都不一定代表作者当时的心情。由此我想到了自己亲身经历的一件事。牛年刚过虎年即临,我突然想到牛和虎同是动物,境遇却大不相同。牛辛劳一生,最后却被宰杀;老虎对人类并无多少贡献,却享受一级保护,尤其是动物园里的老虎,悠然自得,勾起了我的创作冲动,于是即兴填了一首词《清平乐·忆牛咏虎》:

　　时轮往复,岁逝云烟处。奉乳勤耕倔劲笃,末了难逃一卤。而今既落平阳,不思领地称王。幸有级别保护,闲庭信步如常。

　　成稿后,即用手机短信发给几位诗友。有一位政治敏感性很强的诗友,把我对牛和虎的描述理解为发牢骚,当即和了一首《别怨》,让人哭笑不得。也难怪,在不经意间填的一首词,竟然创造了可以无限联想的意境,引起读者的种种猜测。即便作者有类似经历,也不一定是借此发泄,何必非把作者本人硬扯进来不可。这种过分强调作者个人的主观感受的联想,实际上就是把意境玄秘化了。

　　意象的选择
　　何为意象?就是客观形象与主观心灵融合而产生的某种意蕴与情调。可以引申为谓寓意深刻的形象和经过运思而构成的形象。我的理解是,意象是思维的产物,是把具体物象作为寄托某种意志的一种体现。透过物象的表面,可以看到内中所包含着的特定的思维指向和隐存的情感。写诗填词要创造意境,要有情有景,而且情要通过景(即事或物)来表现。由此可见,意境的完成要靠众多意象来实现,从这一点上说,意象是客观事物向主观意识升华(意境)的媒介。意象是靠思维产生的,意象的选择就是思维方式的选择。这里着重介绍一下诗词创作中的形象思维、逻辑思维和逆向思维。

（一）形象思维

形象思维又称"艺术思维"。形象思维是在对现实生活进行深入观察、体验、分析、研究之后，选取并凭借种种具体的感性材料，通过想象、联想和幻想，伴随着强烈的感情和鲜明的态度，运用集中概括的方法，塑造完整而又富有意义的艺术形象，以表达自己的思想观点的。1965年，毛泽东在致陈毅的信中说："诗要用形象思维，不能如散文那样直说。所以，比、兴两法是不能不用的。赋也可以用……"南宋理学家朱熹曾给赋、比、兴下了一个定义，赋就是"敷陈其事而直言之"，比就是"以彼物比此物"，兴就是"先言他物以引起所用之词"。在诗词创作中，赋、比、兴都要用甚至同时使用；但一般来说，叙事诗主要采用"赋"的方法，抒情诗和哲理诗多采用"比""兴"方法。形象思维就是用"比""兴"手法创造丰满的意象，以求高远的意境，给读者一个想象的空间，外延的联想，达到言有尽而意无尽。

形象思维最常用的就是"比"，亦即比喻。诗人依靠着它，创造优美的意境，产生许多引人入胜的魅力，许多鲜明生动的形象正是借助巧妙的比喻造成的。比喻有"明喻""隐喻""博喻""连喻""曲喻""互喻""虚喻"等等。这种方法看起来深奥，实际应用的最为广泛。各种文体，各种写作方法，甚至于平时言语交谈，也都离不开比喻。只是有贴切与否，准确与否，形象与否或者是否新颖的区分。下边举几个例子。

例一：孟郊《游子吟》
慈母手中线，游子身上衣。
临行密密缝，意恐迟迟归。
谁言寸草心，报得三春晖。

前四句直叙，用的是"赋"体。后二句用寸草不能报答春光的照拂，比喻做儿子的报不尽母恩，比喻用问句表述，尤其情深。

例二：王昌龄《芙蓉楼送辛渐(其一)》
寒雨连江夜入吴，平明送客楚山孤。
洛阳亲友如相问，一片冰心在玉壶。

送别友人时，诗人正被贬于岭南，受着舆论得很大压力。诗人用"一片冰心在玉壶"的隐喻来回答他的亲友：尽管对我谤议纷纷，交相攻讦，然而我在任何时候都是表里澄澈、光明磊落的。

例三：李白《望庐山瀑布》
日照香炉生紫烟，遥看瀑布挂前川。
飞流直下三千尺，疑是银河落九天。

这首诗意象丰满,形象逼真,气势磅礴,豪情激荡。你看,巍巍香炉峰藏在云烟雾霭之中,瀑布悬挂在山川之间,从三千尺的高空飞流而下,就好像银河从天而降。"疑是银河落九天"这一比喻尤为奇特,它夸张而又自然,新奇而又真切,从而振奋全篇,使整个形象变得丰富多彩,既给人留下深刻的印象,又给人以想象的余地。中唐诗人徐凝也写了一首。

《庐山瀑布》
虚空落泉千仞直,雷奔入江不暂息。
千古长如白练飞,一条界破青山色。

这首诗与李白的诗比起来,相差得太远了。原因就是这首诗"比"的手法较差,意象呆板、不丰满,有点"赋"的味道,就瀑布说瀑布,转来转去都是瀑布,缺乏艺术感染力。苏轼把李白和徐凝的诗对比后作了一首《戏徐凝瀑布诗》:

帝遣银河一派垂,古来唯有谪仙词。
飞流溅沫知多少,不与徐凝洗恶诗。

话虽有过激之处,但评判是正确的,表现了苏轼不仅是一位著名诗人,还是一位颇有见地的鉴赏家。

比喻除了在叙事诗、抒情诗、山水诗中经常见到外,在咏物诗中也很普遍。如对雪的比喻,有比作梨花的——"千树万树梨花开",有比作盐的——"但觉衾裯如泼水,不知庭院已堆盐",有比作鳞甲的——"战退玉龙三百万,败鳞残甲满天飞",如此等等。直至今人写雪,多沿用此种比喻。我也曾有几首关于雪的诗,开始总摆不脱这些已有的形象,写不出新意。如《雪树》:

不青不绿不抽芽,叶厚枝肥满是花。
无影清君从此过,抛银散玉撒盐巴。

只有景物描写且意象陈旧,品之无味。后又写一首《冬雪》,借用"麦盖三层被,头枕馒头睡"一句农谚,产生比较新的意象,读起来才有那么一点感觉。

满目絮棉谁在搓,飞来飞去乱穿梭。
织成锦被青畴暖,五谷欢欣我作歌。

那年大旱,一开春就飘起瑞雪,让人喜之不尽。细观纷纷扬扬的雪花,落地即化,大地象在喝蜜,我的心里也感到甜滋滋的。突然想到,蜜从何来?蜜蜂酿出来的呀!于是一个新的意象跃然而出,灵感奔涌,一首绝句《春雪》便一挥而就:

素裹青纱地换装,琼花满树散幽香,

　　　　　　　　银蜂玉蝶翩翩舞，汇蜜成泉好灌浆。

搁笔把玩，自我感觉良好。把雪花比作飞舞的蜜蜂蝴蝶，从我的记忆中还未搜索到。或许别人已经用过，但在我这里却是最新的意象。

（二）逻辑思维

　　逻辑思维是人们在认识过程中借助于概念、判断、推理反映现实的过程。它同形象思维不同，用科学的抽象的概念揭示事物的本质，表述认识现实的结果。但它与形象思维并不矛盾，不是互相排斥，而是相辅相成。逻辑思维是形象思维的基础，没有逻辑思维，形象思维就成了无木之本，艺术形象就无法树立，所有的想象、联想也就无从谈起。我们在诗词创作中讲逻辑思维，就是要强调在形象思维过程中遵循事物的客观规律性，对事物的描述要符合逻辑，合情合理。

　　逻辑思维在哲理诗和叙事诗中最为常用，但多用"赋"、"兴"的手法。去年我曾经写了二十首关于诗词创作观点的诗，就是运用逻辑思维的方法。选择两首如下：

诗悟（新声韵）

物有方圆事有根，金规玉律理当遵。
歌须快慢高低唱，诗要阴阳上去吟。
失对失粘难造句，离弦离谱怎弹琴。
师生懈怠误学子，求正为先再变新。

诗语（新声韵）

清音幽韵古香飘，白话文言各展娇。
浓缩提纯辞蕴广，遐思寄远意含高。
水甜井浅易于饮，皮涩核酸难以消。
歌美无须添鸟语，主弦何用响槌敲。

在山水、咏物诗中运用逻辑思维表现哲理，为数不少且更美妙。如苏轼的《题西林壁》：

横看成岭侧成峰，远近高低各不同。
不识庐山真面目，只缘身在此山中。

　　苏轼曾七次登上庐山，最后才悟出一个道理，要全面地客观地看事物，就象看山一样，从不同的角度会有不同的感觉。如果只站在一个固定的位置上，是看不到事物的本来面目的。

　　再如初唐名臣虞世南的一首咏物诗《蝉》：

垂緌饮清露，流响出疏桐，

居高声自远,非是藉秋风。

这首诗借咏蝉说哲理。蝉之所以能发出清脆高扬的声音,并不是凭藉秋风,以比兴立身品格高洁的人,并不需要外界的力量自能声名远播。

在诗词创作中讲逻辑思维,就是要讲诗词艺术的真实性。诗词是形象艺术,但不能违背客观实际。艺术只有建立在生活真实的基础上,才能给人以丰富的想象和联想,否则,就会漏洞百出,闹出笑话。

有一本地方性诗词刊物曾有一场关于艺术真实性的讨论,争论的焦点是从一首五言绝句《望海》引起的:"天高云淡淡,海阔鹭悠悠。点点白帆过,游人赞不休"。这首诗错就错在思维上违背了客观规律,犯了逻辑上的错误。大海中没有白鹭,二十一世纪的海洋上也见不到帆船。可见,作者并没有见过或者说没有认真地观察大海,这种虚构的图景,哪来的"赞不休"呢?

"心随金菊俏,眼赏玉兰幽"。这是一首游西湖作品中的句子。"春兰秋菊"这是任人皆知的常识,作者究竟是在春游还是秋游,怎么能在同一时间内欣赏到两种不同季节的花呢?

我还见到过这样一首诗:"涓涓泉水碧,残月挂当空。古刹云间卧,长桥河上横。雨湿杨柳翠,风送纸鸢轻。幅幅结心绪,夕阳意更浓。"在同一个景象中,既有月又有雨,既有雨又有风筝,而且是纸风筝,况且残月朦胧,焉何分辨出水是蓝还是绿,这种违背客观的景物描写,只能让人啼笑皆非。

(三) 逆向思维

前面讲了形象思维和逻辑思维,这是在诗词创作中必不可少的两种思维方式。前一段和诗友在一起交谈,谈到了看事物要从正反两方面考虑,多有心得。在诗词创作时进行形象思维和逻辑思维过程中,是否可以站在相反的角度去选择意象呢?这就涉及到逆向思维方式。所谓逆向思维,就是有别于一般的思维规律,站在事物的另一面,揭示事物的本质,表示认识现实的结果。在社会活动中,人们常用逆向思维的方式,以使认识更加全面,从而产生科学的判断,指导社会实践。形象思维有其特殊规律,往往会舍弃一些偶然的、次要的、表面的东西。而逆向思维则不同,恰恰是要抓住那些看似偶然、次要、表面甚至是有悖常理的现象,从不同的角度得出超常规的结论,进而创造出一个新奇的意境。南宋的严羽在《沧浪诗话》中说:"夫诗有别材,非关书也;诗有别趣,非关理也。"也含有这个道理。

有一首《咏竹》的诗:

竹是伪君子,外坚中实空。
成群能蔽日,独立不禁风。
根细善钻穴,腰柔惯鞠躬。
文人都爱此,臭味想相同。

还有一首《岳飞墓》:

清史如何论短长,一桩疑问耐思量。
高宗死去归宗庙,秦桧多年跪墓旁。

　　这两首诗就是典型的用逆向思维所创造的意境。第一首通过细腻的描写,勾勒出了竹子本身具有的客观性质,并一反常人惯用的赞美手法,联系某些不良文人的形象,把读者引入到一个新奇的境界。第二首诗,则从另一个侧面揭示了秦桧的卖国行为并不是孤立的,告诉人们在痛恨秦桧的同时,也应当谴责高宗皇帝。
　　从古至今,有多少文人墨客对文房四宝进行过精彩的描写,恐怕难以统计,且以赞美居多。唐朝李峤有一首赞美笔的诗:

握管门庭侧,含毫山水隈。
霜辉简上发,锦字梦中开。
鹦鹉摘文至,麒麟绝句来。
何当遇良史,左右振奇才。

而杨收却有一首贬斥笔的诗:

虽匪囊中物,何坚不可钻。
一朝操政柄,定使冠三端。

　　可见思维方式不同,诗的意境也不同。我也曾用逆向思维的方式写过一组《文房四宝》:

笔
嘴尖皮厚腹中空,既画蛟龙也画虫。
惹是生非由此起,吹嘘溜拍有奇功。

墨
玄衣玄帽泛幽辉,稀里糊涂入御围。
台阁新辞爬满纸,一身清白已全非。

纸
此物生来情最薄,闻风即舞爱飘零。
青红皂白它通吃,恋色贪污忘本形。

砚
源自青山碧岭边,精雕细琢得方圆。

任由污水来回走,遍体玑珠不见天。

我们在写揭露、批评、讽刺之类诗词时,往往运用的是逆向思维。我们都写过关于清明节的诗,从中寄托对故人的思念,其中也不乏好诗。唐代诗人杜牧的《清明》"清明时节雨纷纷,路上行人欲断魂。借问酒家何处有,牧童遥指杏花村",脍炙人口,千古不衰。历史发展到今天,人们在祭奠亡人的同时,成堆成堆地焚烧纸货,对环境造成极大的污染。有感于此,我曾填过一首词《卜算子·清明》:

又见纸灰飞,忙煞清洁队。慢扫轻推不聚堆,低语疑神鬼。
云淡气明清,风物初着翠。漫步街头兴正浓,却被飞钱毁。

意蕴的表达

所谓意蕴,就是诗词全篇中所蕴含的中心议题,所反映的中心思想。而意蕴的表达则要通过多种手法才能实现,其中最重要的一条就是立意。我们每创作一首诗词,都要经过选材、构思、确定主题,这个过程是立意的过程。立意的关键在选材,只有在掌握大量翔实的素材的基础上,才可以选择意象,创造意境。现在写诗词的人为数不少,但精品寥寥,就是因为我们没有去认真观察生活,忙活在应时、应景、应酬上。把眼睛死死地盯在节日、纪念日、活动日,逢此必写,唯恐错过时机;再就是记录自己的一般行动,似流水账,为了涉猎创作素材,把所到之处统统作诗以记之;还有的忙于来往唱和应答,诗写的不少,尽是一些赞美、奉迎、客套之词。这样的题材不是不可以写,问题是这样的作品往往难以出彩。其实,我们生活在这大千世界里,无时无刻不在接触人和事,如果我们仔细观察,就不难发现其中的亮点,是是非非,好好歹歹,大有诗意在里头。湖南有一个叫伍锡学的,就是因为经常写作反映身边生活小事,而得到诗词界认可并倍受推崇。现抄录一首和大家一同欣赏。

水调歌头·问路(伍锡学)

"六一"闲无事,拄仗数芙蓉。那边少妇问路,纤手搭凉棚。五岁姑娘小跑,到我跟前询问:"何处少年宫?"往北见高阁,门口塑雷锋。
两娘女,手牵手,过桥东。忽然孩子回首,归返步匆匆。"今日请您原谅,阿母刚才训我,忘了谢公公。"行个鞠躬礼,相对笑融融。

这首词所写的是一则小故事,说的是"六一"儿童节那天,一位老人正拄着拐杖在观赏池中的荷花,一位少妇带着五岁的小女孩前往少年宫,途中迷失方向,让女儿跑到老人跟前问路,小女孩问了路返回来,和妈妈手拉手按老人所指的方向过了桥东。由于问路时往返匆忙,没有向老人道谢,因此受到妈妈的责问,便又回头跑过来向老人赔礼。作品语言朴实,情节细腻,一波三折,揭示了人物的心灵美和人际关系的和谐,确实感人肺腑。

我在编辑《诗词百家》时,还见到和这篇相类似的词《水调歌头·援水》(周治平作),读起来让人感动:

联产包干后,耕种自由权。勤劳阿叔连夜,车水灌禾田。次日东方拂晓,慢去自丘观望,田块起青烟。隔壁一田水,定是有因缘。欲咒骂,强忍住,找根源。象她个手,浇润枯稿实维艰。夫丧家贫儿幼,日子紧巴难守,的确赖支援。言语道清楚,再苦也心甘。

　　这篇像小小说似的词作,向人们揭示了一个极平凡的道理,我们生活在大千世界里,时常会遇到磕磕碰碰的小事,如果斤斤计较,言语相撞,闹得"反贴门神不照脸",和谐社会的愿望便会成为一句空话。尤其值得一提的是,这种创作手法,在当今诗词界并不多见。用短短九十五个字记叙一件小事,而且情节起伏,合乎逻辑,有头有尾,顺畅流利,确实给人一种耳目一新的感觉。

　　还有一点,我们在进行诗词创作时,往往会遇到大题目,如改革开放、建党建国纪念等等,如何选好角度至关重要。这里我给大家介绍一个方法,叫做"小题大做"。小题大做是明清科举考试的惯用语。以"四书"文命题称"小题"。以"五经"文命题称"大题"。"小题大做"本来是指以做五经文的方法做四书文,后引申为拿小题目做大文章。在日常生活中,常用此语比喻把小事渲染得很大,或当做大事来处理,有不值得、不恰当的意思。但在诗词创作中,却是一种值得推崇的方法。诗词的构思,往往是取大海之一滴以显示大海,即从大处着眼,小处落笔,运用因小及大的艺术手法,从人们所熟悉的事物中,甚或是微不足道的小事中,展示出题材所蕴含的广阔的时代内容。用这种手法创作的诗词,举不胜举。如毛泽东的《为李进同志所摄庐山仙人洞照》:

　　　　暮色苍茫看劲松,乱云飞渡仍从容。
　　　　天生一个仙人洞,无限风光在险峰。

　　这首诗是一首题照诗,看似在写仙人洞,实际意义已扩展到当时的国内国际形势,以及作者面对这种复杂的形势所表现出来的无产阶级革命家的胸怀。

　　中国共产党建立九十周年之际,全国各行各业都举办了不同形式的庆祝活动,咱们的《诗词百家》也开辟了纪念专栏,并收到大量来稿。但多数是就大题写大题,溢美赞扬之词较多。一些作者往往从红船写起,一句一个时期,直到改革开放、科学发展。一首不够写两首,短调不够填长调,甚至连"莺啼序"都用上了。当然,人们以此寄托对中国共产党的敬仰,合乎常理。问题是,我们的诗词容量极小,短短几句焉何驾驭得了这样一个大题目!所以,在创作上采用"小题大做"的手法尤为重要。一位新乡的诗友鲍英洲写了一首绝句《翁婆同贺党生辰》,却非常别致:

　　　　翁婆同贺党生辰,各写情思藏手心。
　　　　展掌轻轻击掌猛,灵犀一点笑双恩。

　　作者写的是在党的生辰来临之际,一对老夫妻为表示庆贺,相约把各自的心情写在自己的手心上,然后展开对照,竟然都写了一个"恩"字。于是相对大笑,真是心有灵犀一点通啊。这首诗有意象有意境,语言朴素,刻画细腻,用一对老夫妻特有的,也是最直接、最简单、最动人的纪念方式,反映了广大人民群众对党的一片感恩之心,起到了用小事件表现大题材的作用。笔者也曾经采用"小题大做"的手法写了一首《听红叶诗社庆建党九十年诗诵会有感》：

> 吟翁雅妪敞心池，情满红林歌满枝。
> 若得年年相聚首，党增新岁我增诗。

这首诗并没有平铺直叙党的历史及其重大事件，也没有罗列那些华丽的词藻刻意渲染，但透过字里行间，却让人有所感，有所悟，从意境的深处看到了党和人民的骨肉深情。

我们的诗词创作如果能像这几篇作品一样，多一些实际生活，少一些乏味干咳，多一些典型事例，少一些空洞说教，多一些民运、民生、民意之作，少一些应时应景应酬之吟，把传统诗词的继承和创新、复兴和发展有机地结合起来，传统诗词的繁荣将会出现新的局面。

诗词立意要新，形象要鲜活生动，除了认真观察生活，选好题材，还要把意蕴充分地表达出来，下面介绍几个方法。

首先，要凝练主题，选好标题。

标题是主题的标识，对于诗词创作来讲至关重要，既可以突出主题让读者一目了然，又可以点缀全文给人以美的感受，还可以开拓思路让人浮想联翩。一个好的标题可以起到画龙点睛的作用，为全篇增辉添彩，古往今来已不乏其例：像李白的《静夜思》，杜甫的《春望》等等，举不胜举。我有一首七绝的题目叫《爱不设防》，光看题目就让人思绪大开，有一种非看不可的感觉。这是一首咏荷的诗：

> 清波荡漾泛池潢，荷下鸳鸯膀靠膀。
> 相爱正当开放日，谁还有意设提防？

短短四句似褒似贬，似赞似讽，很耐人寻味，而标题更是画龙点睛，把读者带到了一个更高的境界。我们在悦读诗词时，常遇到以"无题"为题目，表示无题可标或不愿标题，但这正是发人深思的标题。宋杨万里《红锦带花》诗："后园初夏无题目，小树微芳也得诗"；宋陆游说："唐人诗中有曰'无题'者……以其不可指言，故谓之'无题'，非真无题也"。李商隐诗作"无题"较多，让后人破解大费脑筋，引出了各种各样的注释版本。这些都说明诗题对于诗词作品是何等重要。

任何一个学术课题都不可能只存在一种观点，仁者见仁、智者见智，各有其理、各执其辞已是司空见惯。著名学者王国维对诗题则持另一种观点，他说："诗有题而诗亡，词有题而词亡"，主张作诗填词不设标题，还进一步举例说，"如观一幅佳山水，而即曰：此某山某河，可乎？"这种观点似乎有些偏颇过激，但其意思是提倡诗词创作不要局限于标题内容，也不要把意境限定在标题之内，所以他又说，"诗词中之意，不能以题尽之"，这显然是正确的。如果诗词的立意不能突破标题所框定的范围，那就太直白、太浅露，收不到言近旨远、言浅意深、以小称大的审美效果。笔者认为，诗不可无题，无题则立意不明或容易分散，使作品没有骨架，没有线条，没有中心；诗应当有题，但又不可受题之束缚，限制意境的发挥。要按照诗题的立意大胆地向外延伸、联想，不要以此为圆心画圆，要以此为原点作射线，这样才能使诗词有浑成的意境、蕴藉悠远。笔者曾作过这样一首七绝，标题是《春燕》：

千里思归恋旧朋，相逢檐下话题增。
南来可有开心事？多见新楼少见灯。

按一般的写法，要写燕子从南方归来后衔泥筑窝及其各种形象动作，并借此描写春景或抒情。但作者却突破诗题限制，张开想象的翅膀，在第三句一转，把读者引向更深远的意境。"千里思归恋旧朋，相逢檐下话题增"，这两个起承句是围绕诗题《春燕》的叙事，也是为转结句所作的铺垫。后两句"南来可有开心事？多见新楼少见灯"，这一问一答使"春燕"一下子从檐下走向社会，道出了人们想要说的话。楼价的飙升，限制了人们的购买力，也引起了高端部门的重视，调控措施初见成效，这当然是开心事。还有一首题名为《冰挂》的七绝，也是这种写法：

岩缝石尖生玉芽，无肥无土绽奇葩。
等闲再把山花采，一捧珍珠一捧霞。

该诗从第三句开始一下子跳出了题外，创造了一个新的冰化雪消的意境，"等闲再把山花采，一捧珍珠一捧霞"，精彩的转结既是诗题的延伸，又是题外的遐想，也正是诗题的妙用。

其次，要善于思考，疏通诗绪

诗绪即诗的思绪，是对诗词由起始到结尾所进行的思考，亦即艺术构思。先写什么后写什么是诗绪谋篇的基本思路，进而形成诗词的结构模式。通常情况下，诗绪有三种方式：

一是层进式诗绪。赋诗作文，古人讲究"有物有序"，"有物"就是要有内容，无论是有形的（实物景象）或者是无形的（思想内涵）；"有序"就是要有条理，要有分明的层次结构，就好像一朵花，从含苞到怒放，总是一瓣瓣展开来，最后显露出动人的新意。如僧皎然的《寻陆鸿渐不遇》：

移家虽带郭，野径入桑麻。
近种篱边菊，秋来未著花。
扣门无犬吠，欲去问西家。
报道山中去，归时每日斜。

首句是"寻"的开始，说出了陆鸿渐（陆羽）的新居；第二句是"寻"的路上，顺着野外的小路渐渐走近农村；颔联到达寻的地点，写出新居周围的景象；颈联的"叩"、"问"，道出了"不遇"的情景；最后两句"西家"的回答，揭示出不遇的事实。

二是跳脱式诗绪。就是只把重要的内容按照内在联系联缀起来，而略去一些过程和叙述的部分，让读者按照作品所显示的主要线索去欣赏领会。其明显的特点是，形象展开迅速，语意间呈辞断意属，给读者留有无限的想象空间。如李贺的《南园十三首（其六）》：

寻章摘句老雕虫，晓月当帘挂玉弓，
不见年年辽海上，文章何处哭秋风？

这首诗的跳跃性很大，不妨解开来读：年老技微辛勤作诗，还常常熬夜到天亮，一二句起承意思相连；第三句便大幅度跳开，思绪一下子就跳到了硝烟弥漫的辽东半岛，借此引申第四句，抒发了感伤时事、哀悼穷途的文士之悲。再如拙诗《春燕》："千里思归恋旧朋，相逢檐下话题增。南来可有开心事？多见新楼少见灯。"第一二句写燕子归来相互交谈，若按层进式诗绪，就应该写衔泥筑窝等燕子的有关活动，而跳脱式却让故事情节陡然一转，给人以新的意境，一下子和当前人们所关心的房价联系了起来。看似脱节，其实是思路开阔后的必然。

三是意识流诗绪。不按照客观时空顺序或事件发展过程构思谋篇，而根据意识活动的逻辑和流程次序，使作品形式与内容相交融，这就是意识流诗绪。意识的流动虽然是随意的，但诗人在书写这些流动的意识时，做了有意识的精心的准备，清晰地显示出了感情的脉络。如黄庭坚的《清平乐》：

春归何处？寂寞无行路。若有人知春去处，唤取归来同住。春无踪迹谁知？除非问取黄鹂。百啭无人能解，因风飞过蔷薇。

整首词显得迷离惝恍，朦胧难辨，但细细推敲诗人意识的流向，其主旨还是贯穿了全篇：惜春。在写作手法上，头两句一问一答，问不过是诗人的一个意念，不是真问；答是诗人想象的景象，不是真答。三四句写一片痴情，也只是主观幻想，自己也觉得渺茫。因而忽然想到了与春密切相关的黄鹂，意识从人流向了黄鹂，又从黄鹂流向了蔷薇花，凭借这些景物抒发了诗人的内心情感。笔者有一首七律《无题》就是按意识的流动来陈述自己的思想感情的：

岭险峰高路陡长，常怀忌惮步彷徨。
大鹏折翅心犹痛，老马回头草已黄。
今日茅庐能避雨，隔年木凳不留香。
山中庙宇禅声远，一马平川有佛光。

其三，要委婉含蓄，曲笔达意

曲笔是一种委婉的写作方法。为了生动地表现主题及事物特质，不去进行直接描写，而是绕过事物本身，用含蓄隐晦的笔触描绘暗示，从而达到揭示主题的目的。宋代文学批评家严羽在其《沧浪诗话》中讲到写诗之忌时说："语忌直，意忌浅，脉忌露。"在进行创作时，对有些内容，如果采取自然主义的直接暴露方式直写出来，就会损伤诗意的美感，读起来无味可寻，不耐品嚼，也不能达到诗歌深曲含蕴的艺术境界。

曲笔是形象思维的一种，必须要有丰富的想象。奇想、梦想、幻想，甚至于假想，这些都是曲笔的思维方式。由表及里、由里及表；由此及彼，由彼及此；以物喻人，以人比物；以此物论它物，以他人说彼人，顾左右而言他等等，这些都是曲笔的表现手法。最常见的有三种方式：借古说今，借物议事，借人比人。

借古说今，就是假借古人古事来暗示或影射现实中的今人今事，常用作表达不满和批判。如杜甫的《登楼》：

> 花近高楼伤客心，万方多难此登临。
> 锦江春色来天地，玉垒浮云变古今。
> 北极朝廷终不改，西山寇盗莫相侵。
> 可怜后主还祠庙，日暮聊为《梁甫吟》。

全诗即景抒怀，融自然景象、国家灾难、个人情思为一体，语壮境阔，寄意深远。尤其是最后一联，运用曲笔手法，借蜀汉后主（刘禅）以讽当朝昏君，抒发了自己愤慨之情。可叹那亡国的后主竟和诸葛武侯一样，专居祠庙，歆享后人香火。所不同的是，当今只有刘后主那样的昏君，却没有诸葛亮那样的贤相。《梁甫吟》是诸葛亮遇刘备前喜欢诵读的诗篇，用在这里，除了含有对诸葛亮的敬慕之外，也暗示了自己空怀济世之心，苦无献身之路的情绪。

借物议事，就是借对某种物体的描述，用来象征另一事物，以抒发自己的认知和感情。如唐代来皓的《云》：

> 千形万象竟还空，映山藏水片复重。
> 无限旱苗枯欲尽，悠悠闲处作奇峰。

这首诗以云为主题，写得生动形象。但作者并不是单纯地抒写久旱盼雨、憎厌旱云的感情。而是用曲笔的手法，反映当时的一种社会现象。特别是后两句，堪称点睛之笔。那千变万化，看似可以给人以希望的云，其实根本就没有打算去解救干枯的旱苗。当人们焦急地盼他降雨时，他却在天上悠闲地聚作奇峰。这不正是对那些应该"解民倒悬"，实际上不问苍生疾苦的权势者们真实形象的写照吗？

借人比人，就是借此人以影射彼人，或借他人之口来传递自己的心声。如杜牧的《泊秦淮》：

> 烟笼寒水月笼沙，夜泊秦淮近酒家。
> 商女不知亡国恨，隔江犹唱后庭花。

这首诗描写的是建康城中秦淮河两岸热闹繁华的景象，揭露了当时豪门贵族、官僚士大夫不顾国家安危和人民死活在此享乐游玩的奢靡生活。商女，是侍候他人的歌女。她们的歌声是为了博得听者的欢心而演唱。所以，真正不知"亡国恨"的是那些整日游弋在娱乐场所、贪图享乐不关心国家安危的的达官贵人。这一曲笔的运用，加上《后庭花》这一典故的衬托，就使该诗在委婉清丽的笔触下，成为讽刺力极强的檄文。

值得一提的是，那些集稀奇典故生涩字眼而成的诗，既难以理解，又疲于联想，绝非曲笔。

其四，要善于推敲，炼字造句

古人云："良由字法、句法，是诗文中之骨力。而强力是腠理、筋脉所组成。字字嵌得稳，则筋脉健；句句造的秒，则腠理强。筋脉健、腠理强，骨力自异于常人。"这段话形象地告诉我们，没有好的字、句，写出来的诗文必然是少气无力，更不能异于常人。所谓"吟安一个字，捻断数茎须"，凡是提炼一个好字，都需要经过深思熟虑。诗中如何用字，主要的是要把握好三条。

一是用字要准，准确地表达诗意。贾岛、韩愈"推敲"的故事大家都耳熟能详，究竟是"僧敲月下门"，还是"僧推月下门"，求的就是一个准字。

王安石有一首《泊船瓜洲》：

京口瓜洲一水间，钟山只隔数重山。
春风又绿江南岸，明月何时照我还。

传说，王安石在写这首诗时，几经修改才定稿。尤其是"春风又绿江南岸"中的"绿"字，在原稿上曾经换过许多次，先后用过"到"、"过"、"入"、"满"，都不合意，最后才选定了这个"绿"字。一个"绿"字把春风给江南披上了绿装这一变化，生动而又形象地写了出来，给人以动的感觉，为下句的抒情做了很好的铺垫。

二是用字要活。诗中字用得活，就能够带动全篇，使之生气勃勃。特别是七言诗的第五字，尤其要响、要有力、要形象。如前面我们所提到的《望庐山瀑布》，"日照香炉生紫烟"的"生"字，不仅把香炉峰写活了，也隐隐地把山间的烟云冉冉上升、袅袅浮游的景象表现出来了；"遥看瀑布挂前川"的"挂"字，化动为静，惟妙惟肖地表现出倾泻的瀑布在"遥看"中的形象；"疑是银河落九天"的"落"字也很精彩，它活画出高空突兀、巨流倾泻的磅礴气势，很难想像换掉这三个字这首诗将会变成什么样子。

张先写过一首《天仙子》词：
水调数声持酒听，午醉醒来愁未醒。送春春去几时回，临晚镜，伤流景。往事後期空记省，沙上并禽池上暝。云破月来花弄影，重重帘幕密遮灯。风不定，人初静，明日落红应满径。

其中"云破月来花弄影"当属精彩之笔，一句话写出了四个景象。"云、月、花、影"中间又用"破"、"来"、"弄"三字连缀，写出三种相关的动态：云破而有月来，月来而有花影，花影引出弄字，有弄字而有花枝随风摇动的幽雅姿态。仅仅七个字，从天上写到地下，构成了一幅幽美朦胧的画面，同时使宁静的画面也有了飞动之势，体现了作者炼字造句的深厚功底。

三是用字要常中取奇。看似平常的字，若使用得当，就会产生新奇的效果，犹如画龙点睛一样，使整个诗篇顿生光华。《中华诗词》2006年曾登了屈九一篇《平仄》诗：

平平仄仄仄平平，仄仄平平仄仄平。

— 2759 —

仄了难平平易仄，平平仄仄亦平平。

这是在一种七绝口诀上改动了四个字，就成了一首颇具寓意的七言诗。翻译成白话文就是：在人生的道路上，都要经历平安——挫折——平安，或者挫折——平安——挫折——再平安。受了挫折难平安，平安时也容易受挫折，所以说，人生中平安和挫折是很平常的事。可见用常得奇也能出好诗。

值得指出的是，我们在用词造句时，要把握时代脉搏，不可为了追求奇特，故意选用生典僻字，即所谓"典浅韵显"。也不要为了追求典雅而选用不合时代特征的词语。今人游长江，想必是乘坐轮船或游艇，可不少作者偏要用"浮槎"。"浮槎"是木筏的意思，李白、杜甫等先哲常乘浮槎游览，他们是没有那种先进设备，现代化的今天，仍用浮槎，不是显得太不合时宜了吗？还有"久坐酬诗债，灯花落砚池""昏昏烛影含珠泪""切磋诗意秉烛忙"等等，都属于新时代笑话。

伦炳宣：号山阳诗翁，河南焦作人，《诗词百家》原执行主编，焦作诗词学会副会长，焦作诗词家俱乐部理事长，著有《诗词格律简明手册》、诗文集《秋光春韵》和长篇三言诗《陈氏太极拳之歌》，主编《焦作当代诗词家优秀作品选》等，已公开出版发行。

诗，是一种"态"的表达

——浅谈诗词的欣赏与点评

余一

如今的诗词写作，随着自媒体的推波助澜，已经超越了我国任何一个朝代与历史时期（据权威调查有数百万之多），爱诗词的人多了，自然就会涉及到如何去欣赏与评价一个作品，那么，今晚本人就以自己的亲历与浅陋的知识储备，来与群里的各位老师及专家，一道探讨这个问题！

这儿有个小故事：传说有一天，苏小妹、苏东坡和黄山谷三人在一起谈论诗句。苏小妹说："轻风（ ）细柳，淡月（ ）梅花，两句中间各加上一个字，作为诗的'腰'，成为五言联句。"苏东坡略加思索，随即说出："轻风摇细柳，淡月映梅花。"苏小妹说："还算好。不过，这个'腰'不够美。"黄山谷接着吟道："轻风舞细柳，淡月隐梅花。"苏小妹说："是个佳句，但是仍然没用上理想的字。"这时苏东坡忍不住了，问："那么，妹妹你加的是什么字呢？"苏小妹说："兄长的'摇'、'映'二字，确实写出了柳的动态和月的皎洁，但山谷公的'舞'、'隐'，要略胜一筹。因为'舞'是模仿人的动作，把柳的姿态反映得更加形象；'隐'是夸张写法，使月的皎洁更加突出。而我要说的是：'轻风扶细柳，淡月失梅花'。"苏东坡、黄山谷听了，一起鼓掌称赞，说："妙极！"

这个故事，其实就是诗人怎样写好作品与如何辨析诗句好坏、精准用词、完美呈现诗意的技巧？这里小妹的两字，得到山谷、东坡两位大师的一致叫好，自然是："扶"字和"失"字用得好，拟人化地描摹更准确地写出了风的轻微、柳的纤弱，又写出了风与柳的亲昵和互相依偎的神态，山谷的"舞"比"摇"生动、得体，而小妹的"失"字，也比"隐"字更传神，准确地写出了月、梅融为一体的情景。当然，这只是从炼字的角度，来讲诗。

因为我创办了一道诗艺社，有海内外华人诗艺社分社80多个，微刊以及各地分社的微刊最多时达20多个，面对各地诗友投稿及特约的稿件，本人给予点评的海内外知名诗人、艺术家达90多位，三年来，从点评这些作品中，我也发现了诗坛的一些风向、诗人们的风格及存在的一些问题，今天，借此平台，不吐不快，也是对当前诗词界诸现象的一个思考。当然，限于自己的水平，有些东西只能抛砖引玉，以求众方家、学者，一道争鸣、探讨，好在无知者无畏，也就大言不惭啦！

"不学诗，无以言"，古人论学而知诗，论诗而知学，有"诗学"之称谓；所谓"学诗"，当包括对诗歌的学习、创作和研究。大学问家，必定是诗人，古代考秀才、中举人，第一就是考他们的诗才，"三篇文章七首诗"，还有对策、论文。可见，诗歌，在古代学子中的教育，是十分普及并且有所提倡的。

有诗学，还要有诗功，读诗者要学会怎样去读懂、欣赏一首诗作；古人笺注，有许多方法,引经据典,穷词究理;留下来的古今各类《诗话》,就是最好的例子,其间,增补各类奇闻异事,轶事典故,作为野史、笔记读,也自得其乐。研究一个诗人、尤其是为前人的诗作作注解,更需要有鉴赏、点评的能力。当然,注诗者最好能诗。

可古人又说"诗无达诂",真正的好诗,尽在不言中;于是,又说"诗,是要亲身去领悟与体验的";"曾经沧海"自然"体验深入"。这跟古人的诗教、诵读也是有关的,当一个孩童入私塾时,先要将诗词、文字,背熟,到了年岁大了,自然就明了其中诗意。由此可见,读诗,读懂一首诗,还有崇高的宗教仪式感!

通常意义下,我们该从以下几个方面去考察、分析诗人及其作品:

一、文本·解读

首先,从字词入手,读懂原作,理解其原意,再了解其构思、布局、章法、结构、意象、意境,知其好坏,辨其高下,明其美丑、知其主旨。

文学作品,不论是当代人、还是古典文学作品,由于个人的经历、所处的背景,或是时空变换、时代变迁,我们读起来总会有一些文字、名物、描写的情态等方面的差异及理解上的障碍,所以,需要从了解作品所反映的实际出发,"设身处地"法、"情境导入"法,是解读眼前作品的关键。文本的语言阅读与理解,泛读、通读,再仔细玩味,或借助一些工具书,掌握一些音韵、版本、校勘、训诂、考证等方面的基本知识,从历史、地理、现实的景物乃至与之想联系的一切人文社会科学的基本知识。尤其对于有的作品,僻典,地方典故,这些表面上看似简单,也必须作出正确的笺释,需要费些笔墨,才能疏通的。

具体的方法是:从关键词入手,抓住句中的主体,把握动词、名词、色彩词的含义和作用,去品味赏析。从关键诗句(主旨句、情感句)着手,分析概括,推断作者写作的切入点。炼字、遣词,应从诗歌语言的准确性、生动性、形象性三方面来考虑诗人用词的精妙之处;

其次,进一步还要发现、分析、体悟作品的艺术技巧。文学作品的艺术技巧当然千变万化、丰富多彩,需要我们从多方面、多角度地赏析。美好的感情还须完美的艺术形式来体现,鉴赏诗美需要懂得艺术,需要掌握诗歌表达的一切手段、修辞、技巧。

具体的方法是:从修辞手法(比喻、拟人、夸张)和表达方式(白描、议论)着手,分析其含义,探究其作用。从诗歌所写的具体内容入手,把握各类诗歌的思想、内容:如送别诗、怀古诗、叙述诗、哲理诗、咏物诗、写景诗等,应依据各自的类属,提取概括各自所表现的思想情感。分析诗人一惯的风格(豪放、婉约、沉郁顿挫)和语言特征(简洁、含蓄、凝练)去领悟诗句的含义和表达的情感。

体味诗人表达的意象(意境)。"意",就是作者的主观情思;"象""境",就是诗中的自然景物、生活画面,即意中有景,景中有意。仔细体味诗中的意象,借助想像和联想,来把握诗人的情怀、情感旨趣,体味诗作所表达的情物之美、含蓄之妙。

这些都是老生常谈,以前群里的专家都分专题进行探讨、讲座过,这里就不再展开,下面我想谈谈自己的一些看法与认识。

二、艺术星空,无穷深邃。各类艺术都是想通的,文字艺术与书画、音乐、舞蹈、建筑设计等,本质是一致的。

1、文字是锤炼出来的,也是诗人细致观察生活而得到的,更是妙手偶得之的。

例如:细雨鱼儿(　),微风燕子(　)。各填一字,A. 游、飞;B. 浮、来;C. 跃、回;D.

— 2762 —

出、斜。大家只要注意过杜甫的作品,都知道选最后一项。原因很简单:老杜'细雨鱼儿出,微风燕子斜',此十字,殆无一字虚设。细雨着水面为沤,鱼常上浮而淰。若大雨,则伏而不出矣。燕子体轻弱,风猛则不胜,惟微风乃受以为势,故又有'轻燕受风斜'之句。"细雨落在水面上形成水泡,鱼儿常常浮上来吞吐水泡。如果是大雨,鱼儿就潜入水底了。燕子身体轻巧,风力太猛就会禁受不住,只有微风,燕子才会借势轻捷地掠过天空。"出"写出了鱼的欢欣,极其自然;"斜"写出了燕子的轻盈,逼肖生动。其实:下雨前因为气压低,水中氧气含量变少,鱼儿跃出水面呼吸;燕子是以斜飞的方式控制翅膀和尾翼,灵活变向,更为敏捷地捕食昆虫,这里有常识与科学的意味,但老杜是自己的体验得之。

人与自然,是和谐相融的,诗人有对自然的长期细致的观察,因此能够体物精微,能够用最为准确的词语去描摹事物,这就是真实、道理,写文字、来不得虚假,来不得想当然。

现代人写作诗词,一方面可以从古诗词中学习古人的炼字法,一首好诗,必定是情韵浓郁的意境美、节奏抑扬顿挫的音乐美、诗如其人的人格美、虚实相生的韵味美和妙手偶得的自然美。另一方面,也不要忘记到自然中去,观察自然,从源头着手,锤炼自己遣词、造句的能力。时时记得,把最普通的字词放在最适合的地方,做最准确的表达,是一种非凡的语言运用能力,要努力培养这种能力。李后主的词,就是我们学习的典范,很少用典,语言清新自然,又能打动历代读者。

2、诗,应该是节奏的体现,没有旋律之美,不是完美的诗。

诗,被称作韵文(verse),和散文(prose)不同之处:在于有独特的结构、节奏和韵律。古人的印刷是竖排没有标点,节奏的掌握,就是看韵脚,否则看不懂。

节奏的变化是一切事物发展的本原,也是艺术之美的灵魂。诗,本身的节奏和诗人情绪的抑扬、顿挫相协调,从而产生拨动读者心弦的效果,这就是韵律之美、音乐之美,富有旋律的建筑,是时间的凝固;而一首诗,就是作者营造自己想象的建筑,不过,我们的材料是文字与标点,一首有震撼力的作品,一样是可以穿越时空的。

音步、韵式和诗行三个方面是新诗的节奏元素。而古体诗词中,韵脚、诗眼,固定的关键句式,以及诗句的意象叠加、意境塑造、格式的重复、强调,还有层次感的变化、情境的再现与打造,都是需要一个完整的节奏把握,正如朗诵家来读诗一样,在充分理解了诗作、蓄积满了自己的情绪之后,一气呵成、荡气回肠,读出铿锵有力、节奏明快、抑扬顿挫的好节奏来,自然就是诗诵完美的结合。

灵活地运用头韵、内韵、尾韵等多种西方韵律形式,结合汉语特点,常常在单篇诗歌中运用不止一种韵律形式,时常是有韵与无韵交杂相替,在新诗里,引入了"波浪式""缩进式""内陷式"等诗歌中的诗行变化模式,给予诗歌以视觉上的美感,更增加诗歌在节奏上的美感。把跨行法、抛词法等方式,当成节奏的构成手段,给予诗歌不一样的音韵魅力,这是完美新诗创作的节奏美学,也给古体诗词,带来新的启示与诱导。古体诗词常常透过特定的形象和技巧,让字词除了表面意义之外,蕴含另一层意义,唤起读者与诗人的情感共鸣。

写诗,我们常常会利用字词、句子和段落的组合来赋予涵义的层次感和关联性,透过对仗、排比、叠字、叠句等技巧来表现美感。押韵和节奏除了营造音乐般的效果,可以达到联想和共鸣的功用。在内容上,诗歌常常运用隐喻、譬喻与借喻等手法,来暗示一些文字以外的意义，透过对景物的描写来加强想像，甚至可以创造两个迥然相异的意象互相辉映，如运用歧义、象征、反讽等"诗的语言"的文体手法，使诗作留下丰富、多样、自由、繁杂的诗意空间，当然，这些都是诗词写作中技巧上的功夫。

3、诗歌，应当是一种"态"的表达。

先看这段话："观夫悬针垂露之异，奔雷坠石之奇；鸿飞兽骇之姿，鸾舞蛇惊之态，绝岸颓峰之势，临危据槁之形，或重若崩云，或轻如蝉翼；导之则泉注，顿之则山安；纤纤乎似初月之出天涯，落落乎犹众星之列河汉；同自然之妙有，非力运之能成；信可谓智巧兼优，心手双畅；翰不虚动，下必有由；一画之间，变起伏于峰杪，一点之内，殊衄挫于毫芒"。

熟悉这段话的朋友，只要爱好书法，都知道这是唐朝书法家孙过庭《书谱》中论述草书的名句。虽然这里写的是草书的各种情态，这何尝又不能将她作为诗歌创作的一种状态呢？一笔虽简，笔锋都含有起落的变化，笔笔不同；一点虽小，尖端都含着顺逆顿挫，点点各异。点、画是字最基本的元素，但就是这不同的一点一画构成姿态风格丰富多彩的书法艺术，所以不可因其小因其简而有忽视之心。不积跬步无以至千里，不积小流无以成江海。书法艺术的创作，就是一个"态"的创作过程，欲成其大者必做于细。细节决定成败、细节构建命运。无数个小细节，最后形成一个宏大的工程。写诗，也是一个工程！一首好诗，必定是情韵浓郁的意境美、节奏抑扬顿挫的音乐美、诗如其人的人格美、虚实相生的韵味美和妙手偶得的自然美。一首绝句、一首词，我们在仅有的篇幅、字数里，怎样结构，怎样组织谋篇、怎样塑造形象，其实，就是一个诗人独特而个性化的"写作的态"！

下面，我想从"态"出发，详细阐述我们的诗词创作之态。

诗人，有怎样的个人气质态、生活态、情感态、理想态，她的作品就有怎样的"表现态"，即她的作品的风格状态。

(1) 诗，是诗人"气质态"的呈现。

腹有诗书气自华，相反，清气若兰也是诗。真正的诗人，他的气质、人格魅力、一言一行都是诗！

李白，道家的飘逸气质，使其作品充满了"清水芙蓉、天然雕饰"，绚丽的想象与纵横天地间的浪漫。"黄河之水天上来""疑似银河落九天"。杜甫的忧国忧民、一生愁苦，造就了他的"三吏三别"，"无边落木萧萧下，不尽长江滚滚来"。李义山，一生忧郁，颠沛流离，爱情不幸，写出了"相见时难别亦难、东风无力百花残"的意象。当代诗人顾城，他的郁怿气质，加上有一股子童贞心怀，看待眼前的事物，都是那么唯美。苏轼说"心中错综复杂之情思，我笔皆可畅达之"。著名诗人郁达夫说："文学作品，都是作家的自叙传"，他的旧体诗歌，陪伴他走完整个人生，从9岁一直写到遇害的50岁，只有诗词，让他无遮无掩、无挂无碍，与世人剖心掏肺、赤诚相待，我们说，他的诗，便是他的人。

我想：诗是诗人心田与灵魂的写照与外化，他的浪漫、奇伟、沉郁、伤怀，都是他自身"气质态"的质感，所以诗人只有有了忧郁的情结，才能写出震撼读者心灵的诗句、才能让读者进入诗人所设的或唯美、或伤痛、或销魂、或愤怒、或瑰丽、或壮阔、或空灵、或沉静的灵魂世界，并让我们久久不能忘怀。再如弘一法师，他的出家前后的气质态，所写出的诗文、艺术（如书法、篆刻），前后决然不同。法师的境界，造就了他的律严规整、沉静自然、大度无物的状态。因此，诗人的思想深邃状态，决定其诗歌达到化境之美、物我两忘的状态！

（2）诗，是诗人生活的投影，她应该是诗人在特定的时段、地段、生存的状态的表达。

诗歌合于时而作，反应诗人自己所处的时代、写当下的新鲜事物、反应时代的进步与社会的不断发展。这是诗歌存在的价值与不断前行的根本。有人说，我只读新诗，不看今天人写的古体诗，因为你们写不过李白、杜甫，我只读唐诗宋词。那么，我问问，李白见过高铁、电脑、飞船吗？没有，但今天的人，见到了，诗歌中有反映吗？如果没有，为什么今日您老先生不写呢！我们不能只停留在唐宋诗意营造的氛围里，我们身处当下、或生活在国外、或看到新鲜的事物，都应当写出新的体验、新的感觉、新的意象。比如，毛泽东的战斗岁月的诗作，就是自己的亲身感受。

同一词调《忆秦娥》，"苍山如海、残阳如血"就超越了李太白先生的"西风残照、汉家陵阙"。作为现代人，诗，是我们性灵的投射，更是我们心灵的慰藉。我们说，诗，是生活的高度凝练的再现，是简洁而深沉、直白而蕴藉、丰富而浓缩，是自己生存体验与高品质生活的高度概括与提升。所以，海德格尔说"诗意的栖居"。

这里我举例自己 2017 年较满意的一首七绝：

《秋雨夜隐》

余一

一叶知黄夜语休，无明海里渡春愁。

空阶扫得清风偈，也写禅心半段秋。

这就是我一个秋日的夜雨体验，自己下班回家，冷风打来，一阵寒意，刚好我家住在一个大坡顶上，黄叶翻飞，愁心半盏，回想自己日夜奔忙、无明如禅、前路无绪，只好自我解嘲，规劝自己。

（3）情感为诗的灵魂，这是诗人最主观的、个人的、情绪化的表达。

我们说，一切艺术都是情感的堆积，堆积到一定量的集中爆发；于是，诗人的喜怒哀乐、七情六欲、抑郁奔放全在您的文字里，"朝辞白帝彩云间、千里江陵一日还"，"僵卧孤村不自哀、尚思为国戍轮台""相见时难别亦难，东风无力百花残；晓镜但愁云鬓改，夜吟应觉月光寒；沧海月明珠有泪，蓝田日暖玉生烟。""劝君更尽一杯酒、西出阳关无故人""落霞与孤鹜齐飞、秋水共长天一色"等，融情于景、情景相融可以说，每一句，都是诗人当时自己情感态的写照。当然，艺术的创作都是如此，那些《交响乐、奏鸣曲》，那《兰亭序》《祭侄稿》《寒食帖》，都是艺术家身心愉悦、精神痛苦、超然物我的最完美状态的体现。

（4）为什么远方很美，诗人追寻的远方就是理想、价值体系，这是诗人一生为之奋斗的主题。

诗，是作者思想与心灵的写照，梦想、追求、理念，永远是诗人超越自我、写出大我、追求无我的至境、化境。诗格即人格；仁善、大道、至美，是诗人价值观的塑造与本体，文字、技巧、声律、修辞、煅句、章法、意境的修炼，都是外在的，也是诗歌的用。

我们身处怎样的"社会态"，就有怎样的"诗歌态"。楚辞、汉赋、魏晋散文、唐诗、宋词、元曲、清词等。欣逢盛世、自当写出大雅诗篇。诗人，是天生的，无法培养；而写诗的人，是可以养成的。科举时代，为了应试，每个读书人都要学会写诗，尽管自知成不了真正的诗人。真正的诗人与会写诗的人,构成我们诗词大观园的主体,李白、王维、李商隐、杜牧、李煜、苏轼、黄山谷等,自然是天才诗人,但曾国藩、王阳明、张岱、李渔、金圣叹们,自然是诗词的鉴赏家。我们成不了一流的诗人,但也需存一流的诗心。做不了一流的诗人,也要做一流的懂诗的人。今天的中国文学爱好者,聪明才智绝不下于古人,现代的电脑、工具书,绝不亚于古人的记忆力,广大读者只要愿意,成为会写诗的人,成为一流的懂诗的人,也决非什么难事的。

(5) 诗无定法,她是一种"存在态"的反映,从有法到无法,以有限达无限,就像武术一样,变幻无形。

文武之道、艺理想通。打拳与书法,同理同求。一拳一脚、一姿一势、一动一静、一进一退、一伸一缩、一刚一柔,与书法的一点一划、一避一让、一进一出、一浓一淡、一厚一薄、一深一浅、一润一燥、一湿一枯,拳理无不包含于书道,无不关乎修为、思考,故练习武术时、进行艺术创作时,从始至终都要有敬畏之心,集中精力,全神贯注,兢兢业业,不凑时间,不做低水平的重复,打一下是一下,打一下就要有一下的收获,就要有下一步、下一招、下一笔、下一字的对策与进步,我想:"诗词写作态",与此也是一致的。

我们生活在今天的和平年代、生活在国力上升期的时代,与近代百年屈辱、与十五年抗战、与文革动荡的十年、与古人的生活态也决然不同,所以,诗人更应该有担当,观物更需放眼量。诗人,应该是预言家,有前瞻感,是最早看到时代前进的轨迹、能预见到未来的理想国。

屈原有《天问》,苏轼有《问月》,我们新时代的诗者更要《问心》。古代大文学家、大哲学家扬雄在《问神》一文中指出:"书,心画也。欲书先散怀抱,任情恣性,然后书之。"这是扬雄"书为心画"的创见。用线条的形式表现自我的心境、落笔挥洒、舒展心境,艺术的线条实际上是书法家心灵颤动的轨迹;那么,诗为心声,文字,就是我们情感态、人生态、理想态的完美呈现。

一道为友,一画开天,界破浓淡,留下墨痕,既流出人心之最美,也流出万象之大美,我想:这就是时代赋予我们诗者,最美好的状态。走进新时代,写出大雅诗。

余一:原名金繁荣,江西余江人,70后。字简瀛,号:拾乐园主人、寿研斋、眽溪逸客、索庵、兰一妮、八全君、铎堂主人等;现为一道诗艺社总策划、总社长、总主编,深圳青年书法家会员,上海诗词学会会员,岭南诗社会员,炎黄文化研究会会员,深圳雅一夔文化传媒文化策划顾问,一道光明书院院长,原江西鹰潭书协会员,鹰潭诗社会员,余江诗社理事,近年来为海内外华人文艺界艺术家做评论200余次,在圈内有一定影响力;现定居深圳,书法、诗词散文作品散见各大报刊、网络微刊,出版诗集《鹤斋钝吟》《大型健康养生避灾经典》原创诗词1200首由中医古籍出版社出版,《知向何方》散文集、长篇小说《虹蚀》、古体诗赋多种入选合集《世纪颂》《华夏诗词》等,诗作在2007深圳首届公园文化节荔枝公园诗墙展示、《深圳教师诗书画作品集》等;诗词、书画、篆刻等多次获全国、省市区大赛金奖等;作品被国内外博物馆及专业机构馆藏、个人收藏,一些作品被韩、日、美国、匈牙利、英国、荷兰、德国、瑞典、东南亚等国际友人、海外华侨收购、典藏!

浅谈诗的和韵

汪全栋

尊敬的各位老师们诗友们、朋友们大家晚上好！

首先自我介绍一下，我是来自南方精英一道诗艺社的汪全栋、网名潇湘老叟，(湖南岳阳人。我受上海格律诗社黄汉江老师委托，与各位共同探讨有关诗词问题，可想而知：今晚在手机屏幕前是群贤毕至，少长咸集空前盛况，要我在此抛砖引玉，却是班门弄斧，既惭愧又荣幸，由于本人水平有限，对诗词来说实乃是个启蒙生，不当之处敬请各位老师、朋友们雅正为谢！

我今天与大家共同学习的内容是：《浅谈诗的和韵》。

"投我以桃，报之以李"。(《诗经、大雅、抑》)"倡予和(he'音贺)女(汝)"。(《诗经、郑风、箨兮》)"唱和有应"。(《荀子、乐论》)诗人之间以诗赠送，酬答，彼此唱和，是文坛雅事，自古而然，据扬炫之《洛阳伽蓝记》卷三载：唱和诗当滥觞于北魏王肃夫妇。到了唐代，则唱和诗极为盛行。中唐的元(稹)白(居易)唱和颇多，动辄百韵。张藉有曰："醉后齐吟唱和诗"。(《哭元九少府》)，晚唐的皮(日休)陆(龟蒙)更是推波助澜，曾留下《松陵集》唱和诗集。以后历代，亦有唱和诗流传。

和他人诗，有若干名目和方式。和诗和之初是诗意上的唱和。并不一定用对方原诗的原韵或原韵脚。如：

《和贾至舍人大明宫之作》王维

降帻鸡人报晓筹，尚衣方进翠云裘。
九天阊阖开宫殿，万国衣冠拜冕旒。
月色才临仙掌动，香烟欲傍衮龙浮。
朝罢须裁五色诏，佩声归到凤池头。

《早朝大明宫》贾至

银烛朝天紫陌长，禁城春色晓苍苍。
千条弱柳垂青锁，百啭流莺满建章。
剑佩声随玉墀步，衣冠身惹御炉香。
共沐恩波凤池里，朝朝染翰侍君王。

贾至原诗用下平声七阳韵。而王维和答贾诗用下平声十一尤韵。只是意思上相和，不关押韵。再如郭沫若作《孙悟空三打白骨精》(人妖颠倒是非淆)以"淆""刁""遭""毛"

"曹"五字为韵脚。毛泽东《和郭沫若同志》（一从大地起风雷），以"雷""堆""灾""哀"来五字为韵脚，也不用同一韵部的字。

和诗至元、白、才开始用原韵或用原韵脚。陆游在《老学庵记》中说：时有唱有和，有杂拟追和之类而无韵者。唐始有用韵，谓同用此韵；后有依韵，原不依次；后有次韵。自元、白、至皮、陆、其体乃全。与今之说法互有异同。

和他人诗，并用其原韵，叫作和韵。和韵尚分为依韵、用韵、次韵三种。

（一）依韵。和他人诗的用韵，与原诗同在一个韵部即可。不必用原韵脚之字。束缚较小。如苏东坡《陌上花》三首，其一曰：

陌上花开蝴蝶飞，江山犹是昔人非。
遗民几度垂垂老矣，游女长歌缓缓归。
晁补之《陌上花乐府》八首，其三曰：
娘子歌传乐府悲，当年陌上看芳菲。
曼声更缓何妨缓，莫似东风火急归。
钱益也有《三奉和陌上花》三首，其三曰：

陌上花开花信稀，茸城草绿薙媒肥。残花和梦垂垂谢，弱柳如人缓缓归。
苏原诗韵脚为"飞""非""归"，晁和诗韵脚为"悲""菲""归"，钱和诗韵脚为"扉""肥""归"，和诗与原诗只有一个归字相同，也可以不同，其余则完全不同。依韵较宽，束缚不大。

（二）用韵。用他人的原韵写诗，但不依照原韵的先后顺序仅用其韵脚所用之字。如苏东坡《陌上花》三首，其二曰：

陌上山花无数开，路人争看翠耕来。
若为留得堂堂去，且更从教缓缓回。
晁补之以《陌上花》八首，其七曰：
云母蛮笺作信来，佳人陌上看花回。
妾人不似东风急，为报花须缓缓开。

苏原诗韵脚依次为"开""来""回"，晁和诗韵脚依次为"来""回""开"，用字全同而次序不同，束缚比依韵要大。

（三）次韵。也称"步韵"，是要求严格，难度较大的一种和韵法。不仅要用原诗的韵脚字，还必须全按原诗韵脚的先后顺序，不能错乱。《旧唐书·元稹传》引其自叙：居易雅能诗，就中爱驱驾文字，穷极声韵，或为千言，或五百言律诗，以相投寄。小生自慎不能过之，往往戏排旧韵，别创新辞，名为次韵相酬，盖欲以难相挑。阐释次韵甚详。如：

浣溪沙
《和柳亚子先生》毛泽东。1950年国庆观剧，柳亚子先生即席，赋浣溪沙，因步其韵奉和。

长夜难眠赤县天，百年魔怪舞翩跹。人民五亿不团圆。一唱雄鸡天下白，万方乐奏有于阗，诗人兴会更无前。

附：亚子原词：

浣溪沙

火树银花不夜天，弟兄姊妹舞翩跹，歌声唱彻月儿圆。不是一人能领导，那容百族共骈阗？良宵盛会喜空前。

_{毛和诗韵脚与柳原诗韵脚天、跹、圆、阗、前，五字全同（下平声一先）而先后次序也一样。}

次韵不局限于答酬对方，有时用前人的诗作韵，也有时用自己写的某首诗的韵，如苏轼仰慕陶渊明，集中多有次其原韵之作。用自己的诗韵作诗又称"叠韵"。如柳亚子《咏史十首呈愚公先生仍叠匡自韵盖十一到二十矣》，其韵脚全是"匡""肠""阳""王""霜"。自己叠用门自己诗的韵，也可称"用韵"。如柳亚子先生前有《中秋后十日喜剑华过访》

七律一首以"来""开""才""杯"四字依依押韵，其后相继以"用前韵""三用韵""四用韵"、"五用韵"直至廿一用韵，共写了二十一首，全用这四字押韵。且次序不变，（见柳亚子诗文集）《磨剑室诗词集》这种自和自的"叠韵"、或"用韵"、本质上与"次韵"、"步韵"没有什么两样，只是自己与自己和他人之别。

今之唱和，亦多为传递友情，但也不乏元积所谓"以诗相挑"之意，笔者曾为诗曰"岂亚桃园逢谢李，真如笔阵斗孙吴"（《筹编（菁莪居抒怀唱和集）还有一层，若众人以同体同韵咏同一题材，更有助于比较提高，促进诗艺，增加文坛活力！看谁能"别创新辞"当然和韵（尤其是"次韵"）更增加了律的束缚，给创作带来难度。因此曾有人表示反对。《诗人玉屑》卷之二，《评诗》引"沧浪诗评"曰：和韵最害人诗。今亦有名流谓和韵为"作茧自缚"而反对之，而观其作品时亦有和韵者，可见反对是一回事，实践又是一回事。也许"存就是合理"是有道理的，其实任何一种艺术讲究，都有一定的难度，没有难度便无艺术，律诗本身就是不小的束缚。能否作出好诗，主要在于作者的学识和才艺，大可不必对和韵持完全否定态度。古往今来，名家大家，代代有和韵佳作流传。格律诗"一万年也打不倒"（毛泽东语）；和韵，也不会被打倒的。

例如吾之掘作敬请雅正。

七律二首。步马凯副总理原韵《中华辞赋创刊三周年》，汪全栋湖南岳阳人。2017年3月15日作。

（一）

三载滋兰未觉迟，接天玉树绽琼枝。
春风化雨琪花艳，黄鹄凌空好梦驰。
口里噙香吟雅曲，毫端隽秀谱雄辞。
骚坛才俊抒宏志，乐咏中兴鼎盛时。

（二）

古稀琢璞岂嫌迟，松沐精华发嫩枝。
梁灏登科神笔点，太公钓渭壮怀驰。
诗坛喜听虎龙啸，艺苑争吟金王辞。
花灿江山添锦绣，风流人物步云时。

附：马凯副总理原诗

六载蓄芳莫谓迟，三秋竞放俏一枝。
花香自有群蜂聚，草碧任凭万马辞。
笔底沧桑收古赋，人间忧乐化新辞。
通灵钟吕呼和鼓，共创中华圆梦时。

由于本人才疏学浅，水平有限！"三人行必有我师"敬请斧正为谢！谢谢大家！

汪全栋：男，1948年出生，湖南岳阳人，大学文化。先后参加华容东山分社会员，其作品收录于《黄浦江诗潮》《东山晚晴集》《东山诗文》《华容谷雨杂志社》等，系南方精英一道诗艺社社长。上海格律诗社编委等国内40多家诗社会员。

文字净化心灵，心灵迸发诗意

彭彪

尊敬的各位领导，各位老师，全国各地的诗友们：

大家晚上好！

我很荣幸有机会向诸位学习中华民族的传统文化，甚是激动。先简单介绍一下我自己：我来自甘肃农村，因为各种缘故，读的书少。但我一直喜欢中国传统文化，一直坚持自学中国传统文化。因为不会说普通话，我在人多场合发言缺乏自信！不过有一点我还是很自信的，那就是：真！真的热爱文学，热爱生命。凭着这一腔真情，我一边打工，一边学习怎样让文字变得有生命，甚至于永恒。

"所谓伊人，在水一方"

"青青子衿，悠悠我心"

"安得广厦千万间，大庇天下寒士俱欢颜"

一个镜头接一个镜头的放射，直到永恒。所以要驾驭文字，心灵就必须俱备一个字：真！

真性情。

"问君能有几多愁？恰似一江春水向东流"的真愁；

"两情若是久长时，又岂在朝朝暮暮"的真爱；

"竹杖芒鞋轻胜马，谁怕？一蓑烟雨任平生"的真洒脱；

"问苍茫大地，谁主沉浮"的大无畏革命精神。

说到这里了大家试想一下当时一群风华正茂的少年同学"指点江山，激扬文字"是多么的气魄，"中流击水，浪遏飞舟"又是多么的壮观，直到今天我们还仿佛听到诗人内心嘹亮的狂歌。就是这份真意，这份执着，这份精神，才有了"六盘山上高峰，红旗漫卷西风"的激扬，才有了"踏遍青山人未老，风景这边独好"的从容，才有了"钟山风雨起苍黄，百万雄师过大江"的壮阔，更有了"数风流人物，还看今朝"的辉煌。

怎一个真字了得！从杏花春雨江南到田园牧歌塞外，从一花一世界到"海上明月共潮生"，诗人们悟透了万物真谛。

诗路大艰辛，太寂寥，从堆砌文字到风生水起再到"古今多少事，都付笑谈中"的淡然，"采菊东篱下，悠然见南山"的超脱，"先天下之忧而忧，后天下之乐而乐"的抱负。做一个诗人，诗中应表达的给人以美感的意境。也就是尚意。它的语言是优美的，它的层次是分明的，它的脉络是清晰的。他的意象是理性和有形的，是灵魂的洗礼，是生命的升华和悲天悯人的情怀。

而现代人匆忙的脚步阻滞了诗意，快速的媒体无聊了诗味，躁动浮华的心灵湮灭了诗情，满目的流光溢彩黯淡了诗心，追逐财富权势的目光是看不到诗境的。有人会问，那你们成天写诗有什么用？是呀？有什么用呢？在别人眼里我们就是唯一穿着长衫，站着喝酒的人，是没用！和朋友在饭桌上吃饭找不到话题的尴尬，是没用！把钱毫不犹豫的借给别人收不回来的无可奈何，是没用！但是当国家需要我们，面临民族重大选择时，首先站出来的将是军人，还有我们这些"没用"的诗人，因为我们的心灵深处烙下了"男儿何不带吴钩，收取关山五十州"的烙印，烙下了"我自横刀向天笑，去留肝胆两昆仑"的烙印，烙下了"人生自古谁无死，留取丹心照汗青"的烙印。那么，怎样才能让自己重拾诗意呢？

——见自己，见天地，见众生！

见自己：多读书，知道理，以古今中外的经典为镜子，深刻的认识自己，唤醒自己，抵达最真实的自己，触摸到内心不敢做假的人性，"不以物喜，不以己悲""念天地之悠悠，独怆然而涕下"。

见天地："诗者，天地之心"，天地如此壮阔，长天大地之间，生长着万物和人，一静一动，互相映衬，是无数的意象，明月、清风、一江春水等，把精神与自然融为一体，方能"笼天地与胸内，挫万物与笔端"。

见众生：见众生我也不太懂，或许就是生命的不朽吧！是一种精神，是一种信仰，是"为天地立心，为生民立命，为往圣继绝学，为万世开太平"的意志！

"待到秋来九月八，我花开后百花杀。冲天香阵透长安，满城尽带黄金甲"，这是唐末农民起义军首领黄巢的一首《不第后赋菊》，全诗托物言志，借咏菊以抒抱负，境界瑰丽，气魄恢宏，笔势刚劲，格调雄迈，成功地塑造了抒情主人公那身披甲胄，手擎长剑，气冲霄汉的英雄形象，"满城尽带黄金甲"语调斩钉截铁，气势凌厉，对后世许多有志之士的思想产生了积极影响。大家都知道九月九日是重阳节，但诗中却用了九月八，这不仅仅是为押韵，而是充分体现了为推翻压迫的那种迫不及待的心情。

"仰观宇宙之大，俯察品类之盛，所以游目骋怀"，当我们试着把自己融入到大自然中，就会发现整个身心与万物产生共鸣，这就是诗意，从心灵深处所迸发的光芒，贯等始终。

我初中的语文老师教给了我"不忘初心，方得始终"，教给了我发掘大自然中的真、善、美。

她就是刘小凡老师，在这里说一声：刘老师，谢谢您！

同时谢谢今晚所有的老师，您教给学生的不仅是写诗，更是做人。

最后将拙作一首帖，博大家一笑：

将进酒·李家峡春之韵
文/彭彪

君不见，李峡东风天外来，
草绒微绿木新栽。
君不见，杏林春至花先发，
桃如薄粉梨如雪！
两山相对一桥连，峡口旗开迎四月。
传闻六字金光耀，墨客诗家千里来。
地方烧烤游人乐，效仿青莲酒一杯。

踏石阶,步莫停。醮新墨,绘丹青。
舞霓裳一曲,心声寄与夕阳听。
夕阳映处含羞面,人生长醉不须醒。
夏有马兰冬有雪,春秋流水自留名。
杨老文章三百篇,佛心舍利几回摩。
但愿人间多李峡,四季怡情与君酌。
归来晚,月如钩,
花月一程伴我抖,清风洗尽满身愁!

彭彪:来自甘肃农村的残疾人,中共党员,诗词爱好者,希望能在复兴中华传统文化的道路做一枚奠基石。先后成为靖远县鹿鸣诗社会员,白银市诗词楹联家协会会员,定西市文学艺术界联合会会员,甘肃省诗词楹联家学会会员。现任扬波诗社副社长兼编辑,丹江文学社理事兼编辑,中华诗院副主编,汉语言文学交流办公室总监,安定文化特约撰稿人。2017年开始诗词创作,2018年与李文朝将军唱和《戊戌咏春》,作品发表于《白银日报》《白银晚报》《朝花夕拾》《陇中文苑》和中华诗词研究院《诗刊》,作品连续三届荣获丹江杯一等奖,被《松花江上的诗声》和《云杉集》收录,《爱我中华,爱我甘肃》被誉为"传世经典"。

欣赏古诗词的意境和意象

姜云姣（武汉）

诗词是文学之祖，艺术之根。是一种阐述心灵的文学体裁。"诗"由"言"（说）和"寺"（庙宇）组成，造字的本义是祭祀时赞颂神灵和先王，后延伸至表示叙说心志，抒发情感的押韵文字。《说文解字》以为是心志的流露。中国是诗的国度，一部诗歌史可以说是中华民族的心灵史。我国诗作源远流长。从《诗经》《楚辞》《乐府诗》《唐诗》《宋词》《元曲》，直到现在的新诗，一脉相承。所有的诗作，无不折射出中国人的审美观念、审美情趣和价值追求。诗是中国人引为自豪的文化名片，好诗无论婉约豪放、喜怒哀乐，都会打动人心，引人共鸣，给人真情感，美享受，深感悟。好诗是真实情感的自然流露，如出水芙蓉，决不娇柔造作。好诗更是诗人读万卷书、行万里路的厚积薄发，妙手偶得。

立意是一篇作品所确立的文意。诗词写作是一种有目的的文学活动。诗词写作的"目的"就是"意"，确定目的就是"立意"。"意"是一种情感，一种观点，一种主张，一种思想。如怀才不遇，报国无门，忧国忧民，怀古幽思，思人怀乡，离愁别绪……诗词中的"意"偏重情感。或大悲大欢大怒大喜，或小悲小欢小怒小喜。不同的时空形式和不同的抒情方式，就会产生不同的气场效果，感染并震撼着每一个读者。如陈子昂《登幽州台歌》。"前不见古人，后不见来者。念天地之悠悠，独怆然而涕下！"我登上了幽州台，既见不到前代贤明的君主，也看不到后来的明君。只有那苍茫的天地无穷无尽，悲伤的泪水不知不觉流了下来。全诗抒写了作者怀才不遇的感慨，意境深远。令天地为之惊，令鬼神为之泣，令读者共悲欢。

诗的"意境"是透过诗中的"意象"浸润出来的，多数诗是通过众多"意象"组合而形成意境的。多个意象构成一幅自然的生活图景。如马致远《天净沙·秋思》"枯藤老树昏鸦，小桥流水人家，古道西风瘦马。夕阳西下，断肠人在天涯。"此曲以多种景物并置，组合成一幅秋郊夕照图，让天涯游子骑一匹瘦马出现在一派凄凉的背景上，从中透出令人哀愁的情调。这首小令句法别致，前三句全由名词性词组构成，一共列出九种景物，言简而意丰。全曲仅五句二十八字，语言极为凝练却意蕴深远，结构精巧，顿挫有致，被后人誉为"秋思之祖"。

诗人的抒情往往不是情感的直接流露，也不是思想的直接灌输。而是借景抒情，托物言志。意象传递着诗人不同的情感体验。暖色一般展示着热烈活泼，积极向上，意气风发。冷色代表着冷漠低沉，消极颓唐，孤寂凄凉。常用的有象征性意象、比喻性意象、描述性意象、通感性意象。

一、象征性意象

艾青说："象征是事物的影射，是事物相互间的借喻，是真理的暗示和譬比。"如王维的《送元二使安西》，"渭城朝雨浥轻尘，客舍青青柳色新。劝君更尽一杯酒，西出阳关无故人。"这首著名的送别诗,表达了诗人与友人之间真挚而深厚的感情。"朝雨"烘托了诗人送别友人的忧伤之情,"杨柳"象征离别,折柳相赠表示留恋之情。又如虞世南的《咏蝉》"垂緌饮清露,流响出疏桐,居高声自远,非是藉秋风。"借蝉委婉表达自己的志向和理想,蝉清晨吸吮着露水,叫声从稀疏的桐树中传得很远,而不是借助秋风的力量。表达作者才华出众,品德高尚,抒发了依靠自己的力量做一番事业的理想。还有杜甫诗中的"感时花溅泪,恨别鸟惊心"的"花"和"鸟",就浸透了诗人杜甫对时局的感伤的色彩意象。正如《文心雕龙》中所说:"登山则情满于山,观海则意溢于海。"一切景语皆情语,我们欣赏诗歌,首先就要欣赏字里行间所充满的人性人情之美,也就是它的象征之美、意境之美。

二、比喻性意象

比喻性意象是借助鲜明生动的喻体形象,使情思具体化,从而增强诗的表达效果。如南唐后主李煜的《虞美人》"问君能有几多愁?恰似一江春水向东流。"诗人先用发人深思的设问,点明了抽象的本体"愁",接着用生动的喻体"奔流的江水"作答。用满江的春水来比喻满腹的愁恨,极为贴切形象。不仅显示了愁恨的悠长深远,而且显示了愁恨的汹涌翻腾。又如曹植有名的《七步诗》"煮豆燃豆萁,豆在釜中泣。本是同根生,相煎何太急?"用豆萁比喻曹丕,用豆子比喻曹植,含蓄地指出了曹丕对同胞兄弟的迫害。在生动的比喻中,抒发了诗人被亲兄弟压迫的沉痛心情。

比喻性意象,主要方法是用形象生动的事物来形容形象不够生动的事物,或是没有形象可言的思想感情。比喻有明喻、暗喻之别。明喻要在本体和喻体中加上:如、似、若、象之类的比喻词。如刘禹锡的《竹枝词》"花红易衰似郎意,水流无限似侬愁"就用了比喻词"似",用红花灿烂一时容易衰败凋谢比喻小伙子那使他喜和忧的爱情,用蜀江长流水的意象来形容自己连绵不绝的无限柔情,非常生动形象。

暗喻没有明显的比喻词,但所选用的意象却起着比喻作用。如贺铸《青玉案》中的名句:"试问闲愁都几许?一川烟草,满城风絮,梅子黄时雨。"句中烟草、风絮和梅雨就是比喻性意象。烟草密密层层、风絮漫天飞舞和梅雨连绵不断,它们分别存在于地上、人间、天上,可见愁思之多,之广,之深,无处不在。这一连串的暗喻,将作者的愁绪写到极致,形象真切丰实。同时,这三句既是比喻,又是写景,更是抒情,表里如一,不见痕迹。再如"忽如一夜春风来,千树万树梨花开",句中就是以千树万树"梨花",比喻当时积雪覆盖大地的景致。这白雪皑皑、银装素裹的景象,就像是一夜春风吹来,漫山遍野的梨花盛开了。

三、描述性意象

写诗不能处处象征,事事比喻,在象征性意向和比喻性意象之外,描述性意象是写作中用得最多的。描述性意象最基本的最普遍的作用,是用来描述景物和事物并借以抒发情感。诗人为了营造某种意境或渲染某种情感,就会极力铺陈一些意象,以达到意境的完美和情感的强烈。如李白的词《菩萨蛮》:"平林漠漠烟如织,寒山一带伤心碧。暝色入高楼,有人楼上愁。玉阶空伫立,宿鸟归飞急。何处是归程,长亭更短亭。"这首词通过"平林""烟如织""寒山""伤心碧""暝色""空伫立""宿鸟""长亭""短亭"这些描述性的意象,表现思妇盼望远方行人那遥遥无望的丰富而复杂的内心世界,也反映了词人在客观中找不到人生归宿的无比惆怅和愁绪。再看王维《鸟鸣涧》:"人闲桂花落,夜静春山空。月出惊山鸟,时鸣春涧中。"诗中就运用了"花落""月出""鸟鸣"这样的描述性意象,以动衬静,写出了春涧的静谧,使诗歌显得富有生机而不枯寂,给人以独特的美感享受。还有王维的《鹿寨》"空山不见人,但闻人语响。返景入深林,复照青苔上"。这首绝句通过描述性的意象,"空山","返景","深林","青苔"等渲染了一种清幽静谧的气氛,渗透了作者追求自然美的思想感情和审美情趣。

四、通感性意象

通感来自人的各种感知的相互连通。身体某一感官受到刺激,产生反应,同时也引起其他感官的反映。人的视、听、嗅、味、触五种感觉虽各司其职,但并不是完全割裂的,而是彼此相通,互相影响的。通感,既是一种思维方式,又是一种有效的修辞手段。它可以把抽象的内容具体体现出来,化虚为实,即以具体的形象来抒发感情阐述道理。如我们常说的"望梅止渴","谈虎色变"就是用了通感手法。宋祁《玉楼春》中的名句"红杏枝头春意闹"就是典型的例子。清代著名学者王国维《人间词话》中盛赞这一"闹"字境界全出,充分展现了春天的景象。

又如白居易的《琵琶行》中,写琵琶高亢激烈的声响,"银瓶乍破水浆迸,铁骑突出刀枪鸣"。这声音像是在声息乐止之后突然爆发的,这如同银瓶乍破般清脆的声音,如水浆般相互冲击的飞溅声,如铁骑厮杀刀枪齐啸的铿锵高亢声,白居易自然无法让读者听到。但他用文字描绘出视觉形象来勾引起人的听觉联想,化无形为有形。描绘出一系列鲜明的通感性意象,使读者如临其境,如闻其声,虽相隔千年,今日读来依然令人悚然惊心。

"通感"手法在诗中运用实例不胜枚举。为什么通感受到诸多诗人的青睐呢? 这主要是通感手法有其重要的美学价值。

(一)运用通感手法使诗句构成多感性的语言。

随着心理学的发展,人们越来越认识到,单独地感知事物是较低的动能,而通感则能刺激多种感觉体现艺术的更大力量。这里有静态意象叠加,又有动态意象叠加,动静搭配,物事交融。如"黄鹤楼中吹玉笛,江城五月落梅花。"这是李白流放夜郎经过武昌时游黄鹤楼所作。江城五月初夏,当然没有梅花,但由于《梅花落》的笛曲吹得动听,仿佛看到梅花满天飘落的景象,使人凛然生寒,这正是诗人冷落心情的写照。这听觉形象的笛声转换为视觉形象的梅花,通感交织,不但没有掩盖和歪曲原来的听觉感受,相反使他的审美特征得到更加鲜明而富有韵味的展现,从而加深了欣赏者对于原听觉形象的艺术美的领悟,有力地烘托了诗人去国怀乡的悲愁情绪。

(二)运用通感手法能酿出浓郁的诗味

通感手法的运用在诗中能增强诗意,深化意境。宋朝诗人石柔的《绝句》"来时万缕弄轻黄,去日飞球满路旁。我比杨花更飘荡,杨花只是一春忙。"诗人借物(景)抒情,托物言志,借花的随风飘荡,不能自主,比喻自己离别家园,往来仕途不得安宁。将旅愁离情融合在具体形象之中,贴切感人。用"来时"与"去日"的对比,更突出了驻留时间的短暂,奔波的辛劳,杨花"一春忙"与我"更飘荡"的对比,更加显得深沉感人。这里运用了通感手法,颜色无轻重,但能在人们心中有轻重感。浓重的颜色会使人感到沉重。而杨花的黄色淡到若有若无时,便使人感到"轻飘飘"的感觉。这里诗人运用通感的手法,用触觉来描写视觉感受,突出杨花随风飘荡不能自主的无奈。

(三)运用通感手法能使语言创新

如王维《山中》的"山路元无雨,空翠湿人衣"。苍翠的山色本身是空明的,不像有形的物体那样可以摸到。"空翠"自然不会湿衣,但它是那样的浓,浓得几乎可以溢出翠色的水分,浓得几乎使整个空气里都充满了翠色的分子。人行空翠之中,就像被笼罩在一片翠雾之中,整个身心都受到它的浸染、滋润,而微微感觉到一种细雨湿衣似的凉意。所以尽管"山路元无雨",却能感到"空翠湿人衣"了。语言创新,这是视觉、触觉、感觉的复杂作用所产生的一种似幻似真的感觉,一种心灵上的快感。这诗中的"湿衣"是幻觉,也是错觉,抒写了浓翠的山色给人的诗意感受。

最后重申一下意境和意象的区别。这是两个容易混淆的概念。意象是一个个表意的典型形象,是可以感知的,实在的,具体的。意境是一种境界和情调,是通过形象表达或诱发的,是体悟的,抽象的,是一种氛围。意境是作者艺术创造的终极目标,意象是营造意境的手段和材料。例如:白朴的《天净沙·秋》:"孤村落日残霞,轻烟老树寒鸦,一点飞鸿影下。青山绿水,白草红叶黄花。"这里一共并列了十二个意象,一笔写两面,读者眼前的秋景有先前的萧瑟、寂寥变为明朗、清丽。鲜明生动地呈现出绚丽的秋色图,但无不饱含作者乐观开朗的深挚的情感,缺乏"情与景""情与理趣"的自然融合,就无法构成"诱发"人想象的"审美空间",缺乏意境,当然就难以感人了。

总之,意象与意境既有密切联系,又有细微的差别。在创作时,总是先有意象,后有意境。二者的关系,是互相支持、相得益彰、相辅相承的。打比方说,如果意象是花朵,意境就是春天;如果意象是美人,意境就是良宵。意境是诗歌的灵魂,优秀的诗歌不但意象鲜明具体,意境深邃阔大,还能够给人美的享受、美的熏陶和美的启示。

意境的美千姿百态。有的雄伟壮阔,空灵高远;有的绚丽纤细,清新自然;有的悲凉凄婉,空蒙迷茫;有的含蓄典雅,华美壮丽。有境界自成高格。大凡作诗,先须立意,意在笔先。我们提倡高立意,深立意,新立意。就是要用积极向上高雅健康的情思,站在时代的高度,深挖主题。情在心,景在物,情景交融,寓情于景。在时代前行的脚步声中,寻找新的题材。用清新的笔调、真切的情感、优美的意境,写出创新的佳作!写出流传的佳作!

姜云姣:笔名汪莹,大学学历,中学语文高级教师,中学语文教学研究员。武汉市作协会员。武汉市鹰台诗社和湖北省诗词学会会员,中华诗词学会会员。曾发表文论、散文多篇并多次获奖。曾主编《初中文言文课外阅读》《初中现代文课外阅读》,参与编辑《中学语文文言文助读》等十余本教研专著。发表诗词200余首。曾获第十三届天籁杯中华诗词大赛金奖。现任武汉市迪光诗社秘书长,《迪光诗刊》副主编。

诗词用典之体会

余根全

各位诗友：

大家好！

我今天来讲讲诗词用典的体会。

我平常写诗填词喜欢在适当的地方用典。因它能起到烘托作用，使其能得到浪漫色彩之效果。

下面我以李白的"清平调三首"为例来解释：

一

云想衣裳花想容，春风拂槛露华浓。
若非群玉山头见，会向瑶台月下逢。

二

一枝红艳露凝香，云雨巫山枉断肠。
借问汉宫谁得似，可怜飞燕倚新妆。

三

名花倾国两相欢，长得君王带笑看。
（看发阴平声）
解释春风无限恨，沉香亭北倚栏杆。

我们来首先说一说这三首清平调的来源。是唐玄宗携杨贵妃于兴庆宫沉香亭赏牡丹，著名乐师李龟年在旁唱旧曲助性。玄宗曰：朕携妃子赏名花，焉用旧曲乐词耶！遂召李白作清平调三章。时李白任供奉翰林，宿醉未解而急命笔，立成。（太白真乃诗仙也）

梨园乐工伴奏，玄宗倚笛伴之。为一时之盛世。这就是清平调三首的来源。

在第一首里，李白用云来喻其贵妃的衣裳，花来喻其贵妃的姿容。

春风吹拂和露珠滋润着她。

李白认为这还不够，进一步用西王母住过的地方来烘托出贵妃的华贵尊荣。群玉山和瑶台都是西王母住过的地方。这就是用典起的供托作用。（见《中国典故大辞典》）

第二首第一句就说杨贵妃犹如一只红艳的牡丹。连露珠都凝染了她的幽香。她的恩爱无限也让巫山女神为之枉断肠。

请问这汉宫中谁还能与她相比呢？

就连西汉成帝的皇后赵飞燕,也只能倚仗着她换上一身新妆。

这两个典故用的相当好,又在第一首的情况下更把烘托又提高一层。

曾让楚王会见过的,赞美过的巫山女神也望城莫及,只能枉断肠。

你汉宫中哪个敢出来相比?就是那富乳蜂腰、国色天香、能歌善舞、身轻如燕的赵飞燕也只能倚仗着她换上一身新妆才敢相比。

连用两个典故,就简直把杨贵妃形容成绝代天娇,无人可比了!

在第一首烘托的情况下又进一步提高烘托效果。

第三首好象没有典故,其实埋藏了暗典。

当然主要写名花和杨贵妃两相辉映。

她的娇艳柔媚如春风,让玄宗常带笑欣赏。使其消解无限的怨恨,倚仗在沉香亭上北的栏杆上。

这里要问的是玄宗哪来的怨恨?

原来在开元25年,他的宠妃武惠妃突然重病而亡。所以他有无限的怨恨。

这就是埋藏的暗典。

总的来说,通过我对李白的清平调三首的学习,体会到诗人作诗填词,有些情思不便明说,但又不得不说的时候,只好用典来打开情思的阀门,实现其烘托的目的,近而达到实现浪漫色彩的效果。所以,后来的诗人词家们为了诗词的浪漫色彩效果,在实当的地方尽量用典。

下面我把我用典的诗,供大家鉴赏!

悼余光中先生
佩文诗韵、十二文

呜呼杳杳乡愁梦,悲切绵绵写祭文。
俯首沉吟楼满月,仰观天地衬淳云。
天街扩道随君走,驾雾乘风鲁迅欣。
一遍潮声台海念,陆湾两岸忆余君!

注释:天街即郭老的《天上的街市》。

悼武春燕

闻君乘鹤去,悼咏尽悲歌。
飞燕为君舞,易安樽酒恭。
望乡台上看,群友泪双流。
世界留佳作,诗魂永与俦。

注释:飞燕即赵飞燕;易安即李清照自号;世界即诗词世界。

谢谢大家!

余根全:笔名余水,中共党员,高级工程师。成都电子机械高专毕业,分125信箱工作。在广元市科技局退休。从小喜读古书,爱作诗。6年前开始写作格律诗,曾获诗词世界杯一等奖,第十三届天籁杯特等奖,任诗词世界杂志社理事会理事,中华诗词学会会员,中华当代文学学会常务理事,中国诗词家协会理事。参加国家诗人档案投稿12首作品。

《诗海》第十三卷　序

(中国人民出版社 2011 年 7 月版)

黄汉江

今年六月五日,中央电视台《神州风采》特约制片人、世界汉诗协会副会长、国际诗词艺术家联合会副会长、国际诗书画艺术研究院名誉院长、中华诗词文化研究所研究员、著名诗人、大型诗刊集《诗海》总编辑李文广先生专函请我为他主编的即将付梓的《诗海》第十三卷作序。我虽稍犹豫了两天,但还是欣然回电给文广先生表示尽力挤点时间写上几段话。

我和文广先生素未谋面,但他的知名度、他写作的诗词作品、他主编的《诗海》《词林》,我早有所知、早有所闻、早有所阅,也早已钦佩、早已赞叹、早已折服。他是在广东的一个十分不起眼的甚至是许多人都不知道在地图哪一具体方位的阳春市,而不是在首都北京市或国际大都上海市,把全国的千万条小溪似的中华诗词诗人、诗友们的诗词作品汇流到汹涌澎湃、诗浪滔天的《诗海》,这是何等之不易呀!何等之繁难呵!这要付出多少心血?付出多少汗水?这又是多么的艰辛!多么的困苦!这也确实非常光荣!确实非常伟大!而今他如愿了,他成功了,他默默地成功了。他是为中华的诗词花苑辛勤地耕耘着,他是为中华诗词搭建了一个百家交流的平台,他是为诗人诗友们营造了一个尽兴弄潮的诗海。

近年来,中华诗词的创作,呈井喷似的,诗人诗友队伍蓬勃发展。中华诗词学会会员有 15000 余人,各级地方诗词学会会员、诗友约 200 万人,诗词刊物近 600 种,诗词组织 2000 多家……中华诗词日趋繁荣、日渐兴旺,无愧为泱泱诗国。

诗国源远流长,历史辉煌,积淀着几千年无比渊博的诗文化。我国古诗,包括五言、七言和乐府,《诗经》和《楚辞》是我国最早的古诗诗集。五言诗起源于西汉的民谣,如《古诗九首》;七言诗最早的是汉武帝朝代,第一首完整的七言诗是曹丕的《燕歌行》;乐府起源于汉代配上乐谱的民间歌词,声情并茂,红极一时;到齐梁时代,诗歌开始讲究声律,诗体渐渐成型。到了唐代,诗歌体式趋于划一,规定句数、严格押韵、讲究平仄、要求对仗,正式诞生了规范的格律诗(大致分为律诗和律绝两类),后世称作近体诗。到了宋代,词谱盛行,发展为数百种,填词水平登峰造极。到了元代,由于宋词创作惯性和民间歌曲有机结合,使元曲(含南曲和北曲)水平发展到了峰巅。泱泱诗之大国,令人无比自豪:我们有万世师法的爱国诗人屈原;我们有双子星座诗仙李白和诗圣杜甫;我们有著名词家苏轼、辛弃疾、柳永、陆游、李清照;我们有曲牌名家马致远、王实甫、关汉卿、张可久、沈璟……中华诗词之长河,波澜壮阔、漫漫远远,从古到今,从未干涸,从不绝响。即使自上世纪初始,中华诗词在风狂雨酷、鱼龙惨淡、受尽煎熬的半个多世纪里,仍然顽固地坚守着诗词的文脉。毛泽东、柳亚子、鲁迅、郭沫若、闻一多、郁达夫等创作了一批大受推崇的旧体诗词。改革开放以来,"双百"方针真正得以贯彻,久受压抑的传统中华诗词获得了新生,井喷现象必然发生。其实新诗与传统诗词并不矛盾,也不该对敌,更不可你死我活、不共戴天。没有几千年中华诗词的根系,中国新诗不可能诞生和发展,中国新诗也不可能真正有诗味。没有诗味的诗,不管是新诗还是旧体诗词,都不是真正意义上的诗,只能是形式的"诗"。所以,我认为新诗与旧体诗词是同胞兄弟、是同胞姐妹,都出自于同一祖宗——中国诗歌;或者说新诗与旧体诗词都是中国诗歌之大树上的叶枝和鲜花,可以同时生枝、同时长叶、同时开花、同时结果。新诗的代表刊物《诗刊》专门辟出"诗词版",以发表交流诗人诗友们的旧体诗词;旧体诗词的代表刊物《中华诗词》也专门设置"新诗之页",以发表交流诗人诗友们的新诗。中国的诗人诗友们可以同时创作新诗和旧体诗词,继承传统、和谐发展、再创辉煌,才能迎来诗坛生机勃勃、风光无限的明天。

　　《诗海》主要发表交流旧体诗词,但也辟有"新诗园"栏目,这也符合当今时代新诗与旧体诗词同步发展的潮流。《诗海》也确能海纳百川:诗人诗友中有专业诗人、有专业作家、有教师、有医生、有编辑、有记者、有科技人员、有公务员、有公司职工、有工人、有军人、有学生、也有农民;有著名诗人、有著名专家、有著名教授、有著名学者、有高级干部、有行政官员、也有普通职员;有教授、有副高、有工程师、有助工、有技术员、也有无职称者;有博士后、有博士、有硕士、有学士、有大专文化、有中专毕业、也有无文凭者。诗词作品中有五绝、有五律、有七绝、有七律、有五言长律、有七言长律、也有各种词谱、各种曲牌;有古体诗、有格律诗、有格律词、有格律曲、也有新诗(含散文诗);有阳春白雪、也有下里巴人。诗词题材中有政治诗、有哲理诗、有抒情诗、有爱情诗、有咏物诗、有旅游诗、有四季诗、有送别诗、有怀旧诗、有凭吊诗、也有讽刺诗;有山水诗、有田园诗、也有城市诗;有颂诗、有和诗、有喜诗、有叹诗、有骂诗、有恨诗、也有悲诗、有哀诗……真如自然界中波澜壮阔的大海:有鲸鲨鱼类、有螃蟹族、有虾米群、有贝壳类、有海参、有海藻、有海草、有海树、有海花、有珍珠、也有珊瑚……光怪陆离、璀璨斑斓、五光十色、七彩艳丽……供人们尽情欣赏。

　　文广主编寄给我《诗海》(第十三卷)的十几位诗人诗词的清样,确实佳作纷呈,读来顿感构思巧妙、意象生动、意境优美、诗情萦绕、隽咏无穷。欧阳鹤的《浣西沙·东方狮王表演》写得栩栩如生,还能如闻狮吼雷声;而《采桑子·贺州姑婆山》一词把贺州姑婆山的"天生丽质千峰秀"的山水宜人的美景和"情浓恍若姑婆在"的茶酒清醇的世外桃源的情景交融于一体,词味浓浓,感人不浅。而韦荫炎的《仙境都峤山》一诗则是另一种意象,"瀑飞泉舞奏琴弦",形象生动、比喻恰当;"奇亭杰阁轻烟绕,峭壁悬崖薄雾缠",对仗工整、惟妙惟肖;"树茂花繁翔翠鸟,洞幽岩险隐高禅"又是佳句,意境幽美,令人遐思。周拥军的《念奴娇·游洞庭湖》又是另一番山水风光,"无限春光浮绿水,醉了满山烟树","斜阳之处,犹闻几声欧鹭",难禁生情,"踏歌行去,来年谁问知否?"教人浮想。何了然的《江城子·虎跳峡》一词,也是描摹美丽山水,"日照浪花腾彩练,飞向宇,化长虹",形象逼真,但"彩练"与"长虹"似有重复。曹瑞宗的《鹧鸪天·北部湾边是我家》一词表达了游子故乡深深情,"白鸥左右嬉帆幕,红树沉浮笑浪花",美景如画,景中寓情,而"鱼跳跳,蟹爬爬,儿时曾此捉鱼虾"写得情真意切,乡情浓浓。吴星芬的《老家吟》一诗也是抒发乡情的,"红楼彩阁添佳景,暖日和风少俗尘"则是新农村、新面貌,一派富庶景象,但全诗如能意象生动,则似可更佳。而赖林继的《山村》一诗的意象鲜明,"艳蕊枝梢莺噪闹,新檐宅院燕喁哗"形象具体,"绿盈田野栽瓜稻,碧泛池塘育鲤虾",好一幅农村真景,颔联、颈联对仗均工整,读来如临其境,但结尾"喜唱樵歌抒心快,今秋谷穗好年华",尤其最后一句,似稍显直白,故觉如口号一般,若能进一步锤炼,则意境更佳。丁伟超的《咏"嫦娥一号"卫星发射成功》一诗赞颂现代航天技术,想象丰富,形象生动,"欲帮玉兔制丹药,拟让银河养海鲜"。作者把天文知识和水产养殖技术大胆地有机地融合起来。如今我国的航天技术世界一流,可以在宇宙自由翱翔。既然银河是"河",我们为何不去"养海鲜",大力开发水产养殖资源,如此联想,真乃绝妙动人,诗意盎然。此首七律如能精益求精,将其浓缩为七绝,那就更不愧为诗中精品了。陈道明的《遮鸪天·高呼祖国万岁》一词中"神州七号飞天际,当代华人响鼓锣"和《西江月·杨利伟从天而降》一词中"飞船三次太空航,昨夜从天而降"均是歌颂了我国的航天技术,如能多捕捉和多运用诗的意象,就能使词显出诗意美和意境美,因为无论是诗还是词,都不是豪言壮语或高呼口号所能完成的。李树先的《上海世博会开幕式》一诗尽情歌颂了上海世博会,惟妙惟肖地摹描了开幕式宏伟壮丽的场面,"琴张卢浦激光炫,花绽博园焰火鲜",上海卢浦大桥悬索如琴,壮观美丽,"琴"喻自然贴切,生动形象,是该诗中的妙句。限于篇幅,故未将以上所涉诗词整体列出,读者作者朋友们可以对照本诗海目录姓名查阅其原作诗词。金无足赤,人无完人,诗词也很难十全十美。本卷《诗海》中也存在着一些不符格律和不用意象的诗词,尤其是个别政治诗,空洞无物,口号堆砌,豪言表述,壮语高呼,而不是运用意象去美化构思,去营造意境,此乃诗词之大忌! 没有意象,便没有诗词的绿叶,也没有诗词的红花,更没有诗词的芳香。意象是诗词之鸟的翅羽,光有躯体,鸟怎能扑进读者的心田? 鸟怎能飞进读者的脑海? 这里,我把"意象"似乎说的太重了点,但总觉得没有过分。"意象"一词,中西文论中均有,刘勰的《文心雕龙》这样表述:"窥意象而运斤",即凭着意象来进行创作;德国哲学家康德解释"意象":"由想象形成的形象显现就叫做意象";著名台湾诗人余光中说:"所谓意象即是诗人内在之意诉之于外在之象"。"意象"的英文是 image,也可译作"形象"。当然"形象化"并非是诗词的专利,一般文艺作品都需要,但在诗词中饱含内在之意的外在之象,则更重要、更迫需。温庭筠《商山早行》的"鸡声茅店月,人迹板桥霜"的名句,将六种物象(外在之象)聚合迭加而显示的"意象"中,那种人生孤旅之艰辛和凄凉之感浓不可言,这种意象妙不可喻,真乃名家高手!

　　无论是本卷《诗海》,还是前十二卷《诗海》,似乎都存在另一个薄弱点,即城市题材的诗词甚少,而田园诗词、山水诗词、旅游诗词、咏物诗词,则俯拾皆是。不知何因,诗人们不去多咏城市风光,不去多吟城市风情,不去多画城市风貌,不去多摹城市风景,不去多奏城市风谣。而城市里却挤满了人,筑满了楼,布满了路,架满了桥,堵满了车……城市有城市的文化,城市有城市的亮点,城市有城市的特色,城市有城市的诗情,城市有城市的画意,城市有与山水诗和田园诗相媲美的城市诗! 当然,如何去捕捉城市的意象,如何去选择城市的题材,如何去美化城市的意境,则取决于诗人的诗笔。今年3月,我写了一首《城市诗歌音乐会》,如何把城市里一块块绿地、一幢幢高楼、一条条马路、一辆辆汽车……联想、渲染、营造成动感的诗歌音乐会呢? 在此抛砖引玉,请大家斧正、批评:

平平绿地鸟吟逐,仄仄高楼风咏读。
万路八通摹谱表,千车百态画音符。

上海的高楼大厦满目皆是,高楼风是大都市高楼群所特有的风,平房处若有3级风,高楼旁则有6级风,呼呼的高楼风在窗外好像在咏读诗词,而高楼又象征着平仄诗律中的仄仄;上海为了绿化城市,这几年建了不少绿地,改善了城市的生态,鸟儿常常边鸣唱边追逐嬉戏,好像在吟诵诗词,绿地又恰如平仄诗律中的平平;城市的条条马路四通八达,尤其是马路的标线犹如音乐的五线谱表,而千姿百态的多彩的车辆恰似流动的音符……将这些城市特有的物象构成了城市诗歌音乐会的生动意象和美妙意境。如此富有诗情画意的城市环境,可以在东方曼哈顿——浦东陆家嘴真能享受到。城市的人们生活、工作在诗歌音乐会的优美环境里,能不幸福?能不快乐?能不安康?能不和谐?能不心满意足?!

　　今年4月我写了《高楼放歌》9首诗,从不同视角放歌了城市的高楼,这次辑在本卷《诗海》中,也请大家指正。今年3月我创作了《驾车八咏》8首诗,主要写城市高架、城市高速、城市大桥、城市隧道、城市道路等,现试将其中《驾车高架路》献丑如下:

　　　　高架一溪湍水流,砼楼两岸茂林啾,
　　　　霓虹溅彩飞千瀑,宝马奔驰竞万舟。

　　诗中把城市高架道路比作一条水流湍急的溪水,而溪水(高架)两岸则是茂密森林般的钢筋混凝土高楼,城市里的喧闹声则喻作鸟儿在树林里的啁啾声,变得十分悦耳。七彩霓虹犹如从高山飞泻而下的万千条瀑布,何等壮观、美丽,宝马轿车在高架之溪中恰似万舟竞发……这里把城市里的高架道路、危楼大厦、七彩霓虹、多姿轿车等物象喻化作溪水、茂林、鸟啾、瀑布、飞舟等等活生生的如同郊外优美生态的意象,构成了城市高架道路交通所特有的巧妙的诗的意境。

　　本人是在尝试创作城市诗词,谨请大家不吝指正。

　　大型诗词集《诗海》能定期连续出版,能吸引全国的诗词诗人诗友,这在当今的中华诗词界独树一帜,对中华诗词的传承、发展和创新起着不可忽视的作用。《诗海》只要能博采众优,扬长避短,一定能出版得更精、更好、更美。

　　愿诗海多彩!愿诗海汹涌!愿诗海澎湃!

　　谨献上一联:

　　　　　　　诗隽词优文广博
　　　　　　　海渊山峻书精邃

　　　　　　　　　　　　2011年7月8日于上海

附录：

附录1：大世界基尼斯纪录：

黄汉江主编最巨诗集《黄浦江诗潮》获大世界基尼斯纪录：

上海滩诗叶

黄汉江独著主编总主编185部图书获大世界基尼斯纪录：

上海大世界基尼斯总部

大世界基尼斯之最

个人编著出版书籍数量之最

数量：185本

黄汉江（上海）自1986年至2019年总主编、主编、独著出版著作、教材、词典、诗集等作品，共计185本，并由出版社出版发行。

NO：05332
2019.11

王以卓　　　　蔡丰

附录2：

《黄浦江诗潮》赞

五绝·浦江涨诗潮

黄汉江

浦水涨春潮，江风剪嫩苗。
诗林千鸟啭，词海万鱼邀。

（嵌头诗：浦江诗词）

五绝·古骚新艳

黄汉江

宋柏添新权，唐松吐嫩芽。
外滩神韵苑，怒放古骚花。

七律·赞《黄浦江诗潮》

薛海文

玉躞精装手捧云，金题又漫众君心。
群贤慎覃诗花趣，迁客擒文词雨霖。
新韵奇葩争竞放，古风懿范后来人。
诗潮琅咏掀潮起，借月追逐黄浦魂。

2018年3月15日

赞《黄浦江诗潮》主编黄汉江先生

杜昌海

黄河气势贯长虹，汉水千秋入海中。
江畔诗潮流玉宇，颂歌教授续唐风。

鹧鸪天·赞《黄浦江诗潮》

杜昌海

墨染春秋寰宇中，乾坤东海唱雄风。诗香一地风骚雨，唐宋千年盛世龙。多少代，满堂红，草根主导韵相融。书优词美寻幽醉，国粹今朝迎客松。

有感于《黄浦江诗潮》

吴杰

黄浦江潮聚墨朋，唐音宋韵蔚然风。
诗吟盛世风花月，词赋繁尘鸟兽虫。
承载千年文化史，传扬万代美德功。
炎黄儿女多奇志，一片丹心凌宇空。

《黄浦江诗潮》赞

张金良

应时结集汇心通，众友豪情火样红。
老凤引吭传雅韵，雏鹰奋翼舞清风。
经纶盈腹春秋撰，博古流香水墨融。
诗海惊涛掀热浪，潮头永立有深功。

巫山一段云·赞《黄浦江诗潮》
（中华新韵）

张金良

黄浦诗潮涌，红笺唱古今。喜逢春雨润新筠，琴瑟奏和音。一曲豪歌漫引，千首清词随韵。遍邀文曲聚诗林，共绘万年春。

贺《黄浦江诗潮》出版
并赠黄汉江老师(藏头)

施将维

黄云万里凝华笺,汉字溶金耀咏坛。
江雨抛珠成小令,师心种玉出大刊。
尊贤敬老良才聚,崇德爱幼绮梦圆。
国粹传承书大爱,学科授业举旗幡。

贺《黄浦江诗潮》出版

施将维

黄浦诗潮涌巨澜,古风今韵誉吟坛。
数年辛苦为圆梦,豪情不改著华刊。

咏《黄浦江诗潮》(新韵)

程锦

黄浦诗潮滚滚来,案前一夜百花开。
窥斑如饮春江水,挥洒淋漓好畅怀。

《黄浦江诗潮》赞

李金龙

冰心堪释雪,华翰馈玄卿。
墨绘云霄梦,笔传天籁声。
骚魂凝雅骨,韵海载玑瑛。
莫道吟坛小,篇篇振世惊。

赞《黄浦江诗潮》出版

姜云姣

赞誉飞花尧舜天,黄君壮志慰先贤。
浦风牵玉腾微浪,江月闻莺唱趣妍。
诗味蕴含清照影,潮头守望纳兰篇。
出毫惊现千家韵,版落沉吟万里传。
藏头诗:赞黄浦江诗潮出版。

七律·步姜云姣老师
"赞《黄浦江诗潮》出版"瑶韵

陈嘉鹏

赞美声声接九天,巨编一册见能贤。
煦风阵阵诗词颂,碧水连连曲赋妍。
大汉清音闻世界,中华韵律诵成篇。
杨骚播雅同酬唱,国粹相承四海传。

七律·《黄浦江诗潮》礼赞
(二首)中华新韵

樊徽

一

翩翩紫燕浦江飞,沐浴骚人弄韵菲。
吟曲何愁千树绿,寻春难得百花陪。
春词秋赋妆黄浦,宋韵唐风酿玉醅。
泼墨挥毫诗满目,江潮卷起一丰碑。

二

江风诗韵拥青微,黄浦诗潮笑展眉。
玉采飞魂紫雨露,弦歌惊心孕芳菲。
文坛骚客挥珍宝,艺苑大家佳句堆。
国粹传承华彩放,中华新曲梦圆归。

五绝·《黄浦江诗潮》吟

骆琳玲

黄浦弄诗潮,词情撼九霄。
二千骚客赋,雅句宏篇昭。

【越调】天净沙·礼赞《黄浦江诗潮》

骆琳玲

滔滔浪卷狂潮,神州骚客凝焦。典汇诗庄句巧。同携曲调,共兴追梦虹桥。

七绝·赞《黄浦江诗潮》出版

孙久林

名江黄浦起波澜,诗海潮生现大观。
千万佳吟成巨著,古风雅韵永流传。

七律·观黄浦江感遇

汉水真人

黄浦江涛腾兴浪,鸿程万里育英流。
龙翔薄海荣光耀,凤舞周天瑞气稠。
丹墨芬香吟日月,黄鹂雅曲醉春秋。
习风向道中华梦,旭出东方惠九洲。

鹧鸪天·赞《黄浦江诗潮》

侯建新

黄浦春潮开纪元,耕耘勤奋育新田。吴风慷慨邀书友,淞水隆情涌碧泉。聚骚客,谊千年。诗词歌赋颂怡篇。玉杯酌酒酬风月,国粹春兰器宇轩。

《黄浦江诗潮》赞

齐晓娥

黄浦春潮涌,波澜动远空。
群贤邀四海,挥毫书隽永。

礼赞《黄浦江诗潮》

梁桂森

潮冲世路通黄浦,赋入诗门竞状头。
演武妍词开远道,传承国粹写春秋。

赞《黄浦江诗潮》并致黄汉江主编

赵元席

春申江水弄诗潮,浪起风生入紫霄。
始信骚人多造化,敢承国粹斗妖娆。
发奸勇铸三千剑,追梦共歌万曲韶。
大道朝阳堪放胆,攀登终得上高标。

贺《黄浦江诗潮》出版

林明仝

一册巨篇风情录,细读详阅被深囚。
身边多少人和事,深藏黄君诗里头。

《黄浦江诗潮》赞

林明仝

诗词歌赋唱酬多,个中情韵汇成河。
字斟句酌风情颂,雅赏世才放豪歌。

2018年5月10日

七律·赞《黄浦江诗潮》致黄汉江主编

周立军

浦江晓翰聚贤才,吟客三千筑梦来。
几阙东篱陶令赋,一笺湘竹板桥栽。
明珠天上抛青眼,乌镇船头赠墨台。
最是苔花移世纪,春风共度玉兰开。

七绝·《黄浦江诗潮》赞

周永军

黄浦江涛滚滚流,千帆过尽阅春秋。
欲同鹅卵磨棱角,激浊扬清誉不求。

《黄浦江诗潮》赞

叶子

节奏律动泛江舟，平仄韵事尽览收。
沪上妙语闻四海，华夏格言誉九洲。

2018年5月6日于北京

七绝·贺《黄浦江诗潮》

江南居士

黄浦江诗潮浪涌，填词作赋聚群枭。
喜闻杂志添新秀，恭贺专栏又一娇。

2018年5月10日

赞巨型诗集《黄浦江诗潮》

曾跃进

一、七绝·戊戌春分日收到《黄浦江诗潮》诗集感怀

山色湖光二月匀，莺啼草长闹春分。
心随浦水诗潮至，鸣世鸿篇秀绝伦。

二、七律·为诗集《黄浦江诗潮》点赞

鸿制万千一卷收，新风古韵秀时流。
诗坛李杜将进酒，词苑苏辛不说愁。
高阁落霞秋水共，红楼结社海棠羞。
华章荟萃开生面，吟诵之音遍九州。

注：1、颔联中写历代诗词达人们看见《黄浦江诗潮》诗集都前来祝贺，连宋朝词人辛弃疾也不说"爱上层楼，爱上层楼，为赋新词强说愁"了。
2、颈联写王勃在众多文豪面前留下了千古名篇《滕王阁序》，而红楼梦中的海棠诗社都不好意思自己只有几首诗。
3、进，说：拗了。

《黄浦江诗潮》礼赞（外二首）

赵中岳

一

黄鹂鸣柳诗意长，浦东崛起靓沪上。
江海汇流大波起，诗人吟诵书希望。

潮起潮落日月诱，赞歌东西南北响。
声声祝福新时代，高山大河风浩荡。

二

彪炳沪上豪气生，黄浦江舞波浪涌。
亦颂亦歌砭时弊，中华日日御东风。

2018年5月10日下午

《黄浦江诗潮》赞

宋蕴玉

我本乃草根，下里之巴人。
浦江诗潮赞，百姓逢阳春。

《黄浦江诗潮》赞

林巧儿

七律·诗赞

和融一片撰诗行，风雅精工逐大方。
妙笔不输词句短，衷心赛过水流长。
敢携时代潮头立，竞逐豪情笔墨量。
千万风云皆入画，珠玑璀璨作文章。

七律·编辑赞

真诚实意选编忙，辛劳为人作嫁裳。
斟酌集闻无缺漏，品评比较费思量。
伯牙寻胜山川短，板斧和声韵脚长。
一众高才多辨析，淘来斑马大文章。

《黄浦江诗潮》赞（一）

浮云

涨了，黄浦江水涨了
随着春风
踏着层层涌浪

涌动着的

是我内心按捺不住
更是日夜翘首的期盼

涛声,一声接着一声
似个纯净的笑
更像睿者侃侃而谈

是谁翻动每一层浪
清脆地吟唱
又不止地喟然长叹

我是看见
浪头上跃起着一个个文字
涌向我的,是一篇篇精典诗行

我是感觉着
黄浦江水排着队,朝我走来
拂开站在岸边的我的衣衫

江水涨了,一直在涨着
那江水是来濯我的手,涤我脚
净我的脑门,翻动我的灵感

我肯定不是在做梦
面前每一张纸上跳动着精灵般的文字
从指尖渗入我的血管

2018年5月9日

《黄浦江诗潮》赞(二)

浮云

那是一本书吗
如此厚,如此有份量
静静在灯下等

仿佛有清香
流动着,正渗入我的血脉
触动着心率,时而平静,时而贲张

尽管有一阵风袭来
也扰乱不了我的灵魂
因为有千万个灵魂佑护着我的目光

反而,纸上一个个文字随风起舞
或轻盈,或凝聚,或玲珑剔透
诱我一步步朝着经典靠向

如果没有那一次的偶然
如何让我遇见这样的芬芳
如何从中汲取着无穷的养份

如果一定要说这本诗集够分量
不如说,是每一个智者心胸坦荡荡
阐述着每一个真诚的心声

让我
不再彷徨
不再失去方向

2018年5月9日

诗者
——《黄浦江诗潮》赞

陈敬良

犁着各自的田地
我们素不相识

在同一股浪潮中扬帆
我们相见恨晚

诗者,殊途同归
我们神交已久

2018年5月9日　于海南万宁

翻开《黄浦江诗潮》一书

陶永红

长诗短诗,赏心悦目
如饮一杯一杯香醇酒

净土中走出款款深情
春风拂面,水墨丹青
树荫下韵含美丽的诗句
是踩过的脚印,还喊疼痛

四代同堂的诗人
浅出一朵偎着一朵的浪花
是狂热跳动,是翻腾记忆
那激情,来自大海之浩瀚
那文字,来自生命深处之情怀

我爱这装满幸福的情绪
我更爱离我很近的
一股股清泉水

《黄浦江诗潮》赞

夏雨

首先,请允许我以一位
诗人的名义,向你致敬
向春天致敬

虽然,我与您隔着
十万八千里,隔着
一条长长的江

但也仍然无法阻挡,一双
追逐梦和远方的脚,以及
一个热爱诗歌的灵魂

诗潮,我多彩的世界
苏岱香
友友的朋友圈
晒满在春天绽放的花儿
一朵朵娇俏艳丽
周末的闲游
不是山就是水
多像自由行走的精灵

我总被困在一方
看红赏绿,感受世界的海阔天高
只是靠图片的传递
日复一日的囚禁
变成了什么模样
忘了我是谁,囚徒吗

想搭上云彩任逍遥
想静卧在池中睡成一朵莲
想凤凰于飞在九霄
所有的想融进诗潮里
诗潮是天使,我又是谁
一路拷问,一路纠缠

披着诗的衣衫前行
在乱世
诗潮承载和拯救灵魂
给予干净的方圆
也是我多彩的世界

灵魂的皈依

——《黄浦江诗潮》赞
玉树临风
滚滚的诗潮际天而来
濡湿了眼睛和心灵
终于,找到了灵魂的皈依

五湖四海的诗情汇聚
诗和远方就这样双璧合一
从此,寂寞归隐山林

王权富贵也淡泊
有诗的日子便是晴天
从此,每一天都岁月安暖

你,凝聚了一段温馨的时光
让远方和明天如此迫近和充实
我的梦从此安然如湖

附录3：

《建筑时报》2019年7月22日第四版大幅专题报道黄汉江教授：

纵然阅尽千帆，归来仍是少年
——记上海市基建优化研究会常务副会长兼秘书长黄汉江

张玉明　宋世琦

他有时爱徜徉海边，凭栏临风，看潮涨潮落，云卷云舒，任思绪纵情飞翔。那一刻，倘若从遥远处撷取那个画面，镜中的他身上没有什么光环，只是一个渺小的色块。然而，当人们阅读他一生奋斗的足迹，便会由衷地感叹：这是一个大写的人！

他是学者、诗人、慈善家、社会活动家、上海滩名流。

看一看黄汉江的主要社会职务吧：上海市基本建设优化研究会常务副会长兼秘书长，中国基建优化研究会常务理事、全国《基建优化》副总编、《基建管理优化》总编辑；世界杰出华人联合会副主席、世界教科文卫组织专家；中国诗词家协会名誉会长、中国诗歌群联合会主席、上海格律诗词社社长、《黄浦江诗潮》主编、中国诗歌学会会员……

他奉献社会40余年，阅尽人间沧桑。如今年过花甲，犹老骥伏枥，志在千里，仍然在为国家经济建设活动出谋划策，仍然在辛勤笔耕讴歌祖国母亲，仍然在反哺家乡，回馈社会，低调行善。

●20世纪80年代，他是中国最年轻的基建投资理论权威

黄汉江是一位出类拔萃的经济学家。

20世纪80年代初，他脱颖而出，是当时最年轻的经济学家。1956年1月生，1982年1月大学毕业，1987年破格晋升副教授，1993年晋升为研究员。历任上海市财政局副科长，上海基建优化研究所所长，上海理工大学经贸系主任、商学院副院长、投资建设学院院长，立信会计出版社社长、上海立信会计学院工商管理学院院长，政协委员，也是国内外多所大学的经济学和工商管理荣誉博士、博导、教授。

他是中国基建投资领域的理论权威，他以卓越出众的学术成就，赢得了国际社会的认可。他的新时期投资经济学理论著述，也成为我国投资经济领域的基础理论之一。

他的理论建树可上溯到20世纪80年代初。1982年初，他毕业于东北财经大学基建经济专业，回沪后被分配在上海市财政局工作。工作中涉及的许多问题，使他深感当时我国经济理论的严重滞后。为了改变这一状况，他开始了他的建设投资经济理论研究和专业学术著述。他运用高等学府的丰富理论知识，结合自己的财经工作实践，在报刊上连载"投资学"讲座，将全新的建设投资经济理念传播给社会。鉴于当时基建投资经济领域学

— 2793 —

术专著的空白,他又致力于基础理论的研究,经历四年艰苦努力,国内第一部系统论述投资学理论的专著——《投资学概论》出版。全书对投资规模、投资规律、投资体制、投资风险、投资结构、投资经济效益评价等进行了系统的阐述,在当时我国现代投资理论尚处于一片空白的情况下,为在计划经济体制下的市场化投资运作进行了有益的探索。著作先后获上海市社会科学优秀学术成果奖、全国基建优化优秀学术成果一等奖。

●出席"莫干山会议",为中国经济体制改革出谋划策

天道酬勤。当年他每月在报刊上发表专业论文,在全国固定资产投资理论界颇有知名度,因而有缘参加中国现代经济史上著名的"莫干山会议",并在会上发表自己的真知灼见。

十二届三中全会前夕(1984年9月3日-10日),全国首届中青年经济科学工作者学术讨论会在浙江省湖州市德清县莫干山召开,史称"莫干山会议"。

"莫干山会议"被史学界称作"经济改革思想史的开创性事件",是青年经济工作者"第一次集体发声"。这次会议不仅使一批经济学家脱颖而出,走上历史舞台,也为80年代的改革提供了重要的思路,引起中央高层领导的重视。

十二届三中全会开启了城市改革,而改革一进入城市,分歧和矛盾就出现了,高度的改革共识也就终结了。莫干山会议主要是讨论中国经济体制改革中的重大理论问题和现实问题,为十二届三中全会提供智力支持。

莫干山会议是中国经济史上一大里程碑。

2018年10月,黄汉江在《基建管理优化》杂志上发表回忆文章:"如果没有莫干山会议,我可能不会在1987年6月主编出版全国第一本投资专著《投资学概论》;如果没有莫干山会议,我可能不会在1987年底以5本专著、50多篇论文破格晋升副教授;如果没有莫干山会议,我可能不会在1989年创办《基建管理优化》杂志……"他一口气讲了12个"如果没有"。他深深感叹:"莫干山会议精神是中国历史上的一笔巨大财富,也是我个人用之不竭的精神财富。"

●40年出书185部,他为基建经济活动提供"操作指南"

1989年,他亲任主编,并以他的社会地位和学术影响,汇聚了当时全国基建投资领域和建筑经济领域的数百位著名专家、学者、教授,编撰出版了《投资大辞典》和《建筑经济大辞典》。这两部巨著以理论的深刻性和专业的全面性,成为当时我国投资经济和建筑经济理论界最权威的学术工具书。

事业有成,他并没沾沾自喜,而是更清醒地看到我国投资经济理论初创时的薄弱。此后十多年间,他废寝忘食笔耕不辍,一部部学术专著源源不断接连问世。其中《商品住宅初探》《基建工程与概预算》等,获全国基建优化优秀学术成果一等奖。短短十多年时间,他在全国50多家报刊上发表论文百余篇,主编出版诸多著作和教材。论文、著作总字数约3000万字,有18项论文、著作、教材分别获得全国社会科学优秀学术成果奖、全国建筑经济优秀论文奖等殊荣。

1994年6月,他先后担任上海理工大学经贸系主任、商学院副院长、投资与建设学院

院长等职务,创建了上海理工大学第一个经济硕士点——投资经济学科硕士培养点。他在亲自任教带好研究生班的同时,主持编撰《上海理工大学沪江商学丛书》,至今出版了56部著作和教材,成为上海理工大学商学院的重要科研、教学用书。

他的学术成就受到国际社会关注。1999年,香港国际荣誉评选委员会授予他"二十世纪成功人士"勋章。

2002年10月始,他出任立信会计出版社社长,后任工商管理学院院长。2003年7月1日,全国建设工程根据当时的建设部的规定开始实施工程量清单计价新规。8月份,由他任主编、针对新规范而编撰的《现代建设工程与造价》一书在第一时间面市,为执行新规范提供了"操作指南"。

2005年始,他总主编"新世纪经济管理博士丛书",组织了北京大学、清华大学、国务院发展研究中心等著名大学和研究单位的博士、博士后们撰写著作,至今出版了70多部重要著作,传播了经济管理的最深最新知识,取得了巨大的社会影响和社会效益。

近四十年的教学和科研中,他执笔和直接主编了38部著作、教材和工具书,总主编四套丛书共计185部著作、教材和工具书,总字数约6000万字。

● **热衷社会活动,上海基建优化研究会风生水起**

他是一位社会活动家。

特别是由他积极创建的上海市基建优化研究会,在这些年上海的大规模城市建设中,发挥了有益的探索参谋作用,做出了可喜的社会贡献。

成立于1985年的上海市基建优化研究会,囊括了申城一批投资、建设领域的学术专家和业内精英,积极探索适合我国国情的基建优化理论和实践,引导投资行为与世界模式的接轨,有效地充当了政府的参谋和企业的向导。特别是研究会对上海基本建设投资形势的分析和评估,为申城的一些房地产开发企业规避风险、提高效益起到了积极的作用。如今,研究会已发展成为有1200多名基建规划、设计、施工、投资经济领域和房地产领域著名专家学者教授们为会员的著名专业学术社会团体,是我国基本建设优化和经济领域的著名学术团体。三十五年来,该研究会先后组织了几十次专业研讨活动,参与了诸多基建决策项目,在业界赢得良好口碑,多次荣获全国基建优化优秀社团称号。

编纂出版学术著作、大学教材、专业工具书是该研究会的重要特色:1986年出版了全国第一部投资学专著《投资学概论》(黄汉江主编),填补了我国投资学理论的空白;1990年组织全国近300名投资理论和建筑经济理论界专家、学者、教授编纂出版了《投资大辞典》和《建筑经济大辞典》(黄汉江主编)……至今已编纂出版著作、教材、工具书共计185部。

研究会自1985年成立以来,生机勃勃,经久不衰。原因何在?中共上海市委党校朱林兴教授在不久前召开的一次研讨会上,概括其因有三:一是有一个懂专业、具有很强的开拓、组织能力和热心学会工作的领军人物。黄汉江是也。二是学会与企业关系密切,形成了良好的产学研一体的学术生态。学会与企业相辅相成,各自在良好的合作中获得需求和利益。三是有一个好的刊物。《基建管理优化》杂志为学会聚集学者、企业家提供了一个重要的学术交流平台,学会还不定期地出版丛书。刊物和丛书很好地满足了学者、尤其是企业家接受新知识,或者评职称的需要。

● "田园诗人",他的诗浸润着对建筑工人和家乡的爱

少幼吟读三百首,青春投稿几千家。
欲添宋柏新生叶,续种唐园旧梦苣。
幸沐刘章悬皓月,遥思范进醉余霞。
诗林起舞鹍鹏鸟,心海掀腾韵浪花。

《七律·六十来年吟诗谱》是黄汉江的一首近作。这首诗实际是诗人对自己60年读诗写诗生涯的小结。

黄汉江自幼酷爱诗歌,读诗、写诗、投稿……为继承和弘扬唐诗宋词元曲等中华文化而矢志不渝。早年曾陆续在书报刊上发表诗作,1991年公开出版《荷苞集——散文诗选辑与散文诗漫谈》,2005年公开出版《黄汉江散文诗》集。2009年始发表格律诗词。2011年年过半百才师从全国著名大诗人刘章先生,2012年始于《中华诗词》和《诗刊》等全国顶级诗刊发表格律诗词,2017年主编公开出版《黄浦江诗潮》(全国最巨诗集,2200多位诗友参加,292万字),2019年4月加入中国诗歌学会,终成正果,成为"明媒正娶"的业余诗人。

他是一个多产的诗人。他曾在《诗刊》《中华诗词》等全国顶级权威刊物发表数百首诗作,入录20多部大型诗集。

2017年,他主编的全国最巨的大型纸质诗集《黄浦江诗潮》(292万字,汇集2200多位诗友的诗作)公开出版。

他的诗词,写得最多的是讴歌建筑工人,和家乡的田园生活。

不久前,诗人刘宇辉对《黄浦江诗潮》中黄汉江的一首七绝作诗评(汗洒银河浪几重——评黄汉江《高楼建筑夜施工》):

"美好的诗章不只是诗人自然触发的一时灵感,更是日积月累的工作或生活源泉的诗化情感。如果诗人没有对建筑行业的熟悉及热爱,就不能取得基建优化管理方面的成绩,也诗化不出建筑活动中劳苦而有乐的浪漫意境,而这些浪漫也是大多建筑工人,也包括现场基建直接管理者热爱劳动、任劳任怨、茶余饭后的不同趣谈,深得大家认同的乐观向上之情。"

"每种感情之后都有特定的思想,或复杂或简单,虽然在《黄浦江诗潮》收集作品的过程中,黄汉江先生不主张诗词谈政治,且此诗以《高楼建筑夜施工》即以事命题,更为客观而冷静地呈现诗中所涉及事物的本质,但也便于读者从诗中发现诗人的思想:他认可集体劳动的场景和集体劳动的作用,和普通工人一样拥有美好的寄望……"

"一个人的真实,一篇诗词的真情,就体现在思想与行为的高度统一……从此诗不难理解不主张谈政治的诗人,在诗中对集体情怀的肯定,及生活中以修路、建亭等对社会回报等行为的矛盾性和某些统一性。"

《中兴镇七漖河之歌》是黄汉江近作。"难忘那:稻海波千顷,/蛙鼓赞中兴。/南江浪摇鸥帆影,/北滩鸟咏芦荡景。/七漖河,世代的母亲河,/流过了历史流满了乡情。//更有那:文化播千顷,/乡贤会中兴。/扁担小戏担万斤,/广福古寺福百姓。/七漖河,深邃的文脉河,/流着那智慧流满了文明。/而今呵:花菜绿千顷,/樱花艳中兴。/农楼鹊巢似睦邻,/蟹塘鱼池(或羊场)如画境。/七漖河,绚丽的生态河,/流向那未来流满了美梦……"整首诗充满乡土气息。

● 不忘初心，反哺家乡竭尽"儿子的本分"

黄汉江是一位慈善家，他出生于上海崇明区中兴镇。多年来，他在事业上功成名就后，不忘初心，反哺梓里，为家乡做了许多善事。

在记者采访中，陈家镇人大主任（原中兴镇副镇长）施玉飞向记者介绍：黄汉江不仅自己行善，还多方鼓励自己的学生一起筹集资金，先后为家乡捐建了1个村民活动中心、6个候车亭、两个休憩亭、20条混凝土道路。他还积极为家乡招商引资，先后引进十多家企业。仅21世纪以来，这些企业就为崇明县镇两级财政增加了5000多万元的营业税收入。

中兴镇党委副书记兼纪委书记徐惠能、向化镇人大主任兼中兴镇乡贤办常务副主任何妙祥介绍：黄汉江为家乡老人建立福利基金，每年春节对高龄老人给予经济补助，多年来持之以恒。还惠及邻队老人。这些耄耋老人说，黄汉江不是亲人胜似亲人。

中兴镇红星村党支部书记兼村长赵火美说：黄汉江这个名字在中兴镇就是一个重厚的正能量。家乡人多非常崇敬他，长辈时常教育晚辈：要以黄汉江为榜样，立大志、读好书、做乡贤、反哺梓里、惠及乡邻。

面对乡邻送的"造福百姓、功在千秋"等众多锦匾、锦旗，黄汉江淡淡地说："我是崇明的儿子，我所做的，只是在尽一个儿子的本分！"

● 莫道桑榆晚，为霞尚满天

当年他离开校园，乘摆渡船渡过长江、走出崇明时，还是一个青涩少年。如今归来时，已然阅尽千帆，饱经沧桑。近半个世纪过去，他依然不忘初心，保持着一颗纯朴的童心。

"莫道桑榆晚，为霞尚满天。"

最近，他又开始主编《黄浦江诗潮》姊妹集——《上海滩诗叶》。《上海滩诗叶》将由全国著名的上海文艺出版社出版，该书征稿启事已在全国顶级诗词杂志《中华诗词》2019年7月号刊出，向全世界华人诗友征稿。诗稿正在征集中。

至今，他仍在上海市基建优化研究会这个平台上，辛勤地工作，为上海、为国家经济建设活动出谋划策。

至今，他还在为家乡的发展出谋划策，竭尽绵力。

他的奋斗还在延续。

附录4

歌曲

《中兴镇七滧河之歌》	黄汉江 词	韩明华 曲
《生态岛之歌》	黄汉江 词	韩明华 曲
《黄浦江之歌》	黄汉江 词	韩明华 曲
《红星村之歌》	黄汉江 词	韩明华 曲
《放歌长江》	黄汉江 词	柏松 曲

中兴镇七浹河之歌

黄汉江 词
韩明华 曲

1=D 2/4
♩=70 深情赞颂地

难　忘那稻海波千顷，蛙　鼓赞中　兴。
更　有那文化播千顷，乡　贤会中　兴。
而　今呵花菜绿千顷，樱　花艳中　兴。

南江浪奏鸥帆影，北滩鸟　咏　芦荡景。
扁担小戏担万斤，广福古　寺　福百姓。
农楼鹊巢似睦邻，蟹塘鱼　池　如亮镜。

七　浹河，世代的母亲　河，流淌着历史流满了
七　浹河，深邃的文脉　河，流淌着智慧流满了
七　浹河，绚丽的生态　河，流向那未来流满了

乡　情。
文　明。
美　梦。

啊！　　画一样中兴的七浹

景，　啊，　诗一般七浹的中兴情！

生态岛之歌

黄汉江 词
韩明华 曲

1=C 2/4
深情赞美地 ♩=72

(1 2 3 | 3 — | 2 1 2 | 2 — | 5. 5 6 5 6 | 1 — | 1 —)|

1. 长江迢迢，浪连涛，东海森森茂，
2. 蓝天云高，绿水绕，氧吧林茂，
3. 蟹横清潋，蛙群敲，羊恋嫩草，

汐又潮。诞育了最大的冲积岛，诞育了最大的
繁花闹。素描那宜居的长寿岛，素描那宜居的
鹊闲聊。装点着优美的生态岛，装点着优美的

冲积岛。滩涂广袤，万顷果
长寿岛。鱼虾鲜跳，蔬蕴玄
生态岛。古寺孔庙，蕴玄

草，芦荡浩邈，千宅群墅
饶。米酒香飘，妆
奥。风车轨交，今朝。

鸟。出落成迷人的风景岛，出落成迷人的
俏。油画这富足的绿色岛，油画这富足的
朝。贯串起千年的文明岛，贯串起千年的

风景岛。啊！如诗如画的生态岛，
绿色岛。
文明岛。

啊！美丽可爱的崇明岛。

黄浦江之歌

红星村之歌

黄汉江 词
韩明华 曲

1=E 3/4
♩=90 恰悦地

(3 3 5 | 1 1 6 | 5 5. 5 | 6 - 3 | 2 - - | 3 2. 3 | 5 5 - |

5 - 5 6 | 2 - 6 | 1 - -) | 6 6. 1 | 3 - 2 | 1 2. 3 | 2 - 1 2 |
　　　　　　　　　　　　　1.黄 莺 的 歌 咏 诗 染 了 清
　　　　　　　　　　　　　2.湛 蓝 的 长 空 悠 悠 地 飘
　　　　　　　　　　　　　3.绿 色 的 蔬 菜 繁 多 又 鲜

1 6 6 - | 3 3. 5 | 6 - 6 | 1 1. 6 | 5 - 3 5 | 5 3 3 - |
晨，　　　紫 燕 的 闲 聊 舒 爽 了 身 　　心，　　吟，
云，　　　清 澈 的 小 河 轻 轻 地 行 　　　　　　　
撤，　　　有 机 的 瓜 果 可 口 又 香 　　　　　　醇，

3 3 5 | 1 1 6 | 5 5. 5 | 6 - 3 | 2 - - | 3 2. 3 |
知 了 的 解 答 玄 乎 了 迷 　 津，　　青 蛙 的
茂 盛 的 树 林 苍 翠 得 迷 　 人，　　芳 香 的
环 保 的 稻 米 香 糯 又 光 　 润，　　生 态 的

5 5 - | 5 - 5 6 | 2 - 6 | 1 - - | 5 5 6 | 1 - - |
敲 乐 　陶 醉 了 黄 　 昏，　　这 里 是 我
花 卉 　妍 艳 得 销 　 魂，　　这 里 是 我
鱼 蟹 　鲜 活 又 味 　 纯，　　这 里 是 我

2 - 1 | 6 - 5 | 6 5 3 | 5 - 6 | 5 - - | 1 - 2 |
童 苦 童 乐 童 话 的 红 　 星 村，　　在
父 慈 父 乐 父 母 生 活 的 红 星 村，　　在
父 老 乡 亲 勤 劳 的 红 　 星 村，　　在

3 - - | 6 5 3 | 5 5. 6 | 5 - 6 | 1 - - |
那 　　美 丽 的 崇 明 岛 中 　 兴 镇。
那 　　美 丽 的 崇 明 岛 中 　 兴 镇。
那 　　美 丽 的 崇 明 岛 中 　 兴 镇。

1 - 2 | 3 - 2 3 | 6 5 3 | 5 5. 6 | 5 - 6 | 1 - - | 1 - - ‖
啊！　　我 可 亲 　 可 爱 的 红 　 星 村。

放歌长江

作词：黄汉江
作曲：柏 松

2/4 1=F 中速稍快抒情地

你源头雪山冰万丈，怀抱沼泽汇河网。
你文化多元流不尽，巴蜀吴越楚文明。
你通天波连金沙浪，携手群峰秀峡江。
你名胜古迹数不清，三国三峡又金陵。
你扬子浩淼胸怀广，博揽江湖献海洋。
你诗意澎湃涌不停，诗仙诗神又诗圣。
长江呵 中华母亲河，
长江呵 中华母亲河。
你甘纯的乳汁育万乡。
你文明的乳汁 育万姓。
你黄金水道贯西东，千舟万船连碧空。
你绿色水利南北通，条条大桥道道虹。
你巨轮远航五洲融，领衔腾飞东方龙。
长江呵 中华母亲河，你智慧的乳汁
强万众。呵 长江 亲爱的母亲河，
呵 长江 腾飞的中国龙。

2020年1月2日制谱

附歌词：

中兴镇七滧河之歌

作词：黄汉江

难忘那：稻海波千顷，
蛙鼓赞中兴。
南江浪奏鸥帆影，
北滩鸟咏芦荡景。
七滧河，世代的母亲河，
流淌着历史流满了乡情。

更有那：文化播千顷，
乡贤会中兴。
扁担小戏担万斤，
广福古寺福百姓。
七滧河，深邃的文脉河，
流淌着智慧流满了文明。

而今呵：花菜绿千顷，
樱花艳中兴。
农楼鹊巢似睦邻，
蟹塘鱼池如亮镜。
七滧河，绚丽的生态河，
流向那未来流满了美梦……

呵，画一样中兴的七滧景，
诗一般七滧的中兴情！

注：歌词首段主写中兴镇历史，中兴镇位于上海崇明岛东部，东邻为陈家镇，西邻是向化镇，南岸即是长江航道，北滩是长江芦荡湿地，仅次于东滩，七滧河一贯南北，水系连通全镇镇域，历史上是集饮水、灌溉、排涝、水运、渔业多功能水利的母亲河。

第二段主写中兴镇文化，如乡贤文化、扁担戏（非物质文化遗产）文化、广福寺（长江第一寺）庙宇文化。

第三段主写中兴镇新农村特色和发展蓝图，全国花菜之乡、镇花樱花、人与自然生态建设等。

歌词运用了排比（段）、比喻、拟人、夸张、对仗等多种手法，以意象渲染意境，并富有歌词特点的韵律感。

（于2019年10月09日由著名音乐人韩明华先生谱曲，详见附录3）

初稿于2019年5月23日深夜
二稿于5月25日下午
三稿于5月28日下午
定稿于9月28日下午

生态岛之歌

作词：黄汉江

长江迢迢，浪连涛，
东海淼淼，汐又潮，
诞育了最大的冲积岛。
滩涂广袤，万顷草，
芦荡浩邈，千群鸟，
出落成迷人的风景岛。

蓝天云高，绿水绕，
氧吧林茂，繁花闹，
素描那宜居的长寿岛。
鱼虾鲜跳，蔬果饶，
米酒香飘，宅墅俏，
油画这富足的绿色岛。

蟹横清滧，蛙群敲，
羊恋嫩草，鹊闲聊，
装点着优美的生态岛。
古寺孔庙，蕴玄奥，
风车轨交，妆今朝，
贯串起千年的文明岛。

啊，如诗如画的生态岛，
美丽可爱的崇明岛……

注：1、长江泥沙和东海潮汐的完美联姻，才诞生出绿色美丽的世界最大的泥沙冲积岛——崇明岛（至今已有1400年历

史,古称瀛洲)。

2、崇明东滩湿地是万千候鸟的生态乐园,是中国乃至世界重点鸟类自然保护区,且在江沙和海潮中日长夜大。在漫无边际的青苇绿草丛中,有种类繁多的蟹类、鱼类、虾类、贝类……

3、螃蟹(长江口天然盛产蟹苗)和山羊等是名扬四方的崇明特产。

4、滧字词典解释是崇明方言,天然的港汊,如七滧河、五滧乡。

5、崇明孔庙是上海最大的孔庙,现称崇明学宫,是崇明博物馆,保存着古色古香的绿色建筑群;古寺在崇明最大的是寿安寺,典型的古代绿色庙宇建筑群。它们均是崇明著名的绿色砖木结构古建筑,又有很深的千年文明底蕴。

6、风车能利用自然风能绿色环保发电;轨道交通(地铁)是当今最绿色的交通出行方式。

7、崇明岛正在规划建设成世界级生态岛。

初稿于 2019 年 10 月 1～10 日
二稿于 2019 年 10 月 11～16 日
三稿于 2019 年 10 月 17～20 日

黄浦江之歌

作词:黄汉江

弯弯的黄浦水,
流淌过弯弯的千百岁,
滔滔的黄浦水,
演讲着滔滔的故事会:
曾经是,蓝眼睛,
盯住了少女时的外滩美,
四海商潮中,五洲来,
万国建筑前,千帆飞……

宽宽的黄浦水,
流向那浩淼的江海汇,
高高的黄浦桥,
跨越成崭新的大都会:
而今是,明珠塔,
领衔着盛世时的陆家嘴,
四海商潮中,五洲来,
万幢云楼下,千船飞……

黄浦江呵,你是流淌的五线谱,
演奏着昨天今天和未来……

注:国庆前完稿了《中兴镇七滧河之歌》词曲,10 月 28 日前完稿了《生态岛之歌》词曲,现在不得不写《黄浦江之歌》了。

初稿于 2019 年 10 月 29～11 月 2 日
二稿于 11 月 5 日

红星村之歌

作词:黄汉江

黄莺的歌咏诗染了清晨,
紫燕的闲聊舒爽了身心,
知了的解答玄乎了迷津,
青蛙的鼓乐陶醉了黄昏……
这里是我童苦童乐童话的红星村,
在那美丽的崇明岛中兴镇。

湛蓝的长空悠悠地飘云,
清澈的小河轻轻地行吟,
茂盛的树林苍翠得迷人,
芳香的花卉妍艳得销魂……
这里是我耄耋父母生活的红星村,
在那美丽的崇明岛中兴镇。

绿色的蔬菜繁多又鲜嫩,
有机的瓜果可口又香醇,
环保的稻米香糯又光润,
生态的鱼蟹鲜活又味纯……
这里是我父老乡亲勤劳的红星村,
在那美丽的崇明岛中兴镇。

阿,我可亲可爱的红星村!

注:写了《黄浦江之歌》《生态岛之歌》和《中兴镇七滧河之歌》,如果不写我出生的红星村,我就对不起父母官们和父老乡亲们。

初稿于 2019 年 11 月 3 日
二稿于 11 月 5 日
定稿于 2020 年 1 月 20 日

放歌长江

作词:黄汉江

你源头雪山冰万丈,
怀抱沼泽汇河网;
你通天波连金沙浪,
携手群峰秀峡江;
你扬子浩淼胸怀广,
博揽江湖献海洋……
长江呵,中华母亲河,
你甘纯的乳汁育万乡……

你文化多元流不尽:
巴蜀吴越楚文明……
你名胜古迹数不清:
三国三峡又金陵……
你诗意澎湃涌不停:
诗仙诗神又诗圣……
长江呵,中华母亲河,
你文明的乳汁育万姓……

你黄金水道贯西东,
千舟万船连碧空;
你绿色水利南北通,
条条大桥道道虹;
你巨轮远航五洲融,
领衔腾飞东方龙……
长江呵,中华母亲河,
你智慧的乳汁强万众……

呵!长江,亲爱的母亲河,
腾飞的中国龙!
腾飞的中国龙!!

注:1.长江源于青藏高原唐古拉山当曲、沱沱河,经通天河、金沙江入川江(含峡江,以上为长江上游),经中下游(扬子江)入东海,属太平洋水系。

2.已写《红星村之歌》《中兴镇七浦河之歌》《生态岛之歌》和《黄浦江之歌》,就必须写《长江之歌》了,以使其系列完整。

初稿于2019年11月15日~11月19日
二稿于11月20日~11月22日
三稿于11月23日~11月30日

— 2805 —

附录5：

《抗疫赞歌》唱和诗专栏：

七律·抗新冠病毒

黄汉江（上海）

龟蛇瞌睡疠横流，　　黄鹤叮咛客禁游。
滚滚瘟波污四海，　　茫茫愁雾罩千州。
孔明灯蕴锦囊妙，　　扁鹊壶悬秘术牛。
举世楚歌驱疫魅，　　艳阳碧水续春秋。

注：1.本诗发表在都市头条头版后成热点，阅读量超过21万人，点赞130多人，附言评论330多条。
2.抛一砖引来叁百玉，唱和诗人诗友330多人。

2020年3月8日初稿于崇明岛
2020年3月28日定稿于中兴镇红星村

元玉奉和黄汉江总编《抗新冠病毒》
习节木（安徽巢湖）

忽闻武汉袭寒流，路断城封只梦游。
荆楚疫情惊宇内，龟蛇惨状恸神州。
逆行天使尤其棒，助阵专家特别牛。
众志成城驱鬼魅，还吾华夏灿春秋！

2020年3月11日于广州花都

和黄汉江先生《抗新冠病毒》
姚崇实（河北）

新年疫气八方流，万里江山无客游。
日日居家忧四海，时时敲键览千州。
医生妙手除妖魅，战士豪情贯斗牛。
雾瘴如今将退尽，重吟花影丽春秋。

步韵黄汉江教授之抗新冠病毒
孙忠凯（广东珠海）

今夜临屏涕泪流，常随汉水作浮游。
新冠不复中原梦，疠毒惊闻纽约州。
摒弃前嫌同破敌，岂能延续再吹牛。
劝君同谱惜春令，共拒天凉好个秋。

敬次黄汉江总会长
《七律·抗新冠病毒》原韵
唐风（美国纽约）
有感全球新冠病毒（依黄汉江教授）

鼠来猪往又轮流，黄鹤闻风去远游。
肆虐瘟君侵宇内，疯狂冠状卷神州。
古方防控中西好，新法诊疗雷火牛。
待到艳阳高照后，同挥椽笔写春秋。

注：雷神山，火神山医院。

春天望远（依韵和黄汉江《抗新冠病毒》）

邓国琴（湖北武汉）

神龙今日喜抬头，窗外雷声震九州。
细雨催红红萼艳，和风拂翠翠枝柔。
烟浮汉水传瘟疫，莺唱南山展玉喉。
待到云开明月后，家园绮丽荡轻舟。

注：南山，国家防疫中心老专家。

七律·抗新冠病毒（依黄汉江主席韵）

周海燕（湖北）

江北孤山望客洲，江南渡口盼船邮。
阿娘提物酸珠滴，幼子迎风清涕流。
封路封村防疫毒，隔门隔户度春秋。
鸪声频彻荒田上，岸柳发枝牵老牛。

周海燕（湖北）

白云渺渺鹤盘楼，天问九歌奔涌流。
地揽龟蛇环宇矗，涛生庚子泪盈眸。
一声令下江城锁，五十天关鹦鹉搜。
异域同征生死簿，硝烟已漫美英欧。

《抗击新冠病毒》步韵唱和黄汉江主席诗，过百有感

周海燕（湖北）

儒梦一诗抛五洲，往来百者和不休。
楚江前有白衣战，郊野后闻青鸟啾。
武大樱桃蜂蝶秀，三山魍魉神医收。
且听华夏千年载，律唱史河骚喜流！

2020 年 3 月 15 日

抗疫·和诗——步韵黄汉江七律诗

郑清健（香港）

污侵江水逐波流，岂看古楼黄鹤游？
云闭汉阳难见树，草枯鹦鹉不飞州。
华佗束手空含泪，扁鹊扪胸乏斗牛。
今有白衣瘟疫战，晴川复现谱春秋。

步韵和黄汉江诗《抗新冠病毒》

王香谷（澳大利亚）

岁逢金鼠疫横流，控路封城绝浪游。
满目妖云浮碧落，一江祸水漫神州。
嗟无道术庄生蝶，幸有仁心孺子牛。
戮力除魔山海靖，劫波度尽共春秋。

七律·抗"疫"咏怀——步韵黄汉江教授

梦湖苑（蓝成东）（加拿大）

肺炎病毒楚乡流，闭户封城禁出游。
惟有甲兵扬大业，岂容妖孽乱神州。
南山国士高才显，巾帼英雄妙质牛。
医者仁心行逆向，扶伤救死谱春秋。

七律·步韵黄汉江社长写《庚子抗疫》

余一（江西）

大江日夜向东流，浊泪随风阖殿游。
新冠毒株惊九夏，白衣天使遍癀洲。
殚精竭虑驱魔怪，众志成城铸虎牛。
黄鹤一新千阙颂，珞珈不见隔三秋。

七律·抗新冠病毒（步韵和黄汉江教授）

陈麟（广州）

群防冠毒锁城楼，阻止瘟君到处游。
疠气频频惊世界，妖风阵阵绕神州。
欣逢院士回春力，幸遇中枢决策牛。
战疫前方传喜讯，除魔必胜傲千秋。

抗新冠病毒——步黄汉江主席韵

陈芝宗（广西）

龟蛇山下毒横流，鬼魅嚣张魍魉游。
大地阴霾笼瀚海，长空浊雾蔽江州。
医生施展华佗术，护士超过扁鹊牛。
全国齐心除疫怪，峥嵘岁月乐春秋。

七律·抗击新冠疫情（新韵）
——嵌头步韵黄汉江诗
韩明华（北京）

并发疫疬欲横流，肩负失职已漫游。
战表飞来多碧血，斗臣驰去遍神州。
风尘苦乐回春术，雨露家国孺子牛。
同贺立足新世纪，舟旋万变写春秋。

注：并肩战斗风雨同舟。

2020年3月

七律·抗新冠病毒（步黄汉江韵）
秀水一航（内蒙古）

向来疫病竞横流，救死扶伤占上游。
天外九头危命鸟，人间几处太平州？
从容不迫轻弹指，视死如归负重牛。
暂将新冠消四季，再填妙曲颂春秋。

2020年3月8日作于呼伦贝尔

七律·裁云剪水写春秋
（步韵黄汉江《抗新冠病毒》）
胡芯铭（山西中阳）

身心交病毒淫流，片地风霜魍魉游。
骇恨瘟君侵阆苑，悲怜妖孽暴方州。
华陀现世巡医棒，扁鹊潜形赐术牛。
万草千花呼旭日，裁云剪水写春秋。

七律·赞神医（依韵黄汉江《抗新冠病毒》）
刘炳峰（河北石家庄）

长江岸畔庶民忧，黄鹤楼头厉鬼愁。
浩渺烟波弥碧海，苍茫云雾罩神州。
悬壶济世良方妙，救死扶伤技艺牛。

戮力尽心除疫患，舍生取义写春秋。

步韵黄汉江老师七律·《抗新冠病毒》
通明（天津）

疫情如火锁神州，春节难安百姓愁。
入户拜年人渐少，走街串巷夜清幽。
宅家静室诗书看，丰笔临笺自性修。
祈盼危机今早灭，桑榆体健夕阳悠。

五州岂任鬼魔游
（依韵黄汉江《抗新冠病毒》）
丛守武（四川成都）

新桃换作万年羞，黎姓今番为楚囚。
地煞阴风吹哨去，天罡蔽日蝠冠留。
三军逆旅雷神筑，四海横生肺毒忧。
还我河山华夏壮，五州岂任鬼魔游。

步韵黄汉江老师《抗新冠病毒》
倪少芬（上海）

江城百姓泪横流，冠状阴风鬼魅游。
黑怪遮天吞百姓，白衣立地护神州。
众心化盾洪荒志，群力成矛气势牛。
华夏子孙焉小觑？壮歌一曲写春秋。

步韵黄汉江主编《七律·抗新冠病毒》
王良民（湖北崇阳）

江荆四境疫情流，楚地堪忧鬼魅游。
病菌等闲观故土，瘟波容易玷神州。
封城已见良方妙，闭户仍需鹊术牛。
院士南山今坐镇，白衣天使写春秋。

步韵奉和黄汉江先生抗新冠病毒
刘建华（青海西宁）

鹤立蛇峰江水流，当年求学此曾游。
瘟神亥末袭三镇，冠毒春初闹九州。
四面援兵威破竹，全民战疫气冲牛。
山川异域同风月，热血豪情壮锦秋。

步韵黄汉江老师《抗新冠病毒》
王益龙（安徽安庆）

龟蛇雾锁肺炎流，魔障江城上下游。
有意饥肠吞野味，无情病毒遍神州。
中西医术良方绝，院士量情计策牛。
大爱仁心为亿众，悬壶济世写春秋。

2020年3月9日

依韵和黄汉江老师《抗新冠病毒》
林明金（武汉市黄陂区）

凄风楚雨大江投，万户窝家避疫游。
武汉百湖清毒渍，今时众士射疴瘤。
白衣别子瘟魔斩，老药悬壶正气讴。
不久瘴消晴日照，狂欢饮酒诵春秋。

2020年3月9日

七律·抗新冠病毒
——步黄汉江韵
王春法（河南）

九衢祸起一江流，同载天光疗瘴游。
忽降邪魔惊楚水，时来浊雨暗神州。
朝堂急下清风士，举国雷行八百牛。
寒尽花开黄鹤笑，吟诗楼上又千秋。

步韵黄汉江先生《抗新冠病毒》
程道恒（安徽合肥市）

庚子开春瑞气流，谁知疠鬼汉江游。
荆云妙手来诸地，楚汇精英自九州。
魔疫疾除神鹊勇，火雷立建鲁班牛。
炎黄儿女同舟济，大爱无疆撰史秋。

赞在湖北的医务工作者
依韵黄汉江诗
王军（北京丰台区）

春风浩荡隐魔头，何故江城黄鹤楼。
且看中华多战士，岂知医护也风流。
驰援不顾身家眷，包裹但凭声眼眸。
赤胆除魔扶病起，丹心一片满神州。

步韵黄汉江《抗新冠病毒》
赵中岳（河南巩义）

一口不慎遗害流，万村设岗禁群游。
新冠无足步人海，如影随身逛楚州。
闻变围歼战略妙，八方驰援白衣牛。
岐黄术奇能擒怪，五千载史录春秋。

七律·步黄汉江《抗新冠病毒》诗
周逸树（江西赣州市）

龟蛇紧锁大江流，黄鹤楼前断客游。
病毒频频侵大众，妖魔步步扰神州。
防瘟抗疫先锋辈，救死扶伤孺子牛。
待到艳阳高照日，弦歌一曲颂春秋。

七律·抗冠肺炎赞（依韵黄汉江诗）
袁家顺-佳仁（上海）

杨柳青青春意到，新年初一使人愁。
江城压抑催潮冷，冠毒猖狂夺命忧。
四海挥师红日照，八方遣将白衣投。
封街闭室铜墙阻，鬼怪妖魔怕出头。

七律·战疫闭户（步韵黄汉江诗）
老树着花（彭运国）（湖北宜昌）

疫疴纵肆大荒流，绳鸟栖枝未远游。
悱恻寒居驱疠祸，徬徨野雁蓟云州。
推窗子午观春景，倚户三更看斗牛。
最是朝堂颁诰令，虓勃一怒横千秋。

2020年3月9日

七律·和韵黄汉江老师《抗新冠病毒》
张斌生（内蒙古）

龟蛇静默大江流，鹤去楼空冠毒游。
雾锁荆襄三楚泣，疫缠华夏九江愁。
南山挂帅施方剂，文亮吹哨献美猷。

— 2809 —

七律·寄语江汉（新韵）
（步韵黄汉江诗）
　　　牛继和（山西灵石）
江城庚子疫横流，汉水逢遭魍魉游。
锦绣龟蛇寻碧落，芳香鹦鹉系神州。
杏林圣药八方至，雷火仙丹百战牛。
黄鹤楼高翘楚域，清晖泽土贯春秋。

步韵黄汉江《抗新冠病毒》
　　　杨玲（湖南娄底）
江城祸水竟横流，闯入人家肆虐游。
宝剑出鞘屠恶鬼，南山济世誉神州。
声声战鼓风雷骤，处处雄兵虎气牛。
定斩楼兰方下马，欢歌载道写春秋。

七律·依韵敬和黄汉江先生
《抗新冠病毒》
　　　李金龙（山西河津）
逆行荆楚不知忧，日夜兼程梦满畴。
爱荡琴心花烂熳，仇磨剑胆道风流。
欲将济世回春义，化作驱瘟抗疠谋。
最是奇葩眠异地，余香却在史中悠。

七律·赞抗医天使
依韵黄汉江诗
　　　忆江南（浙江金华）
神州大地疫情流，荆楚方舱铺满忧。
四面八方援汉口，天南地北阻人囚。
孙刘打败曹操将，医护空时练拳悠。
众志成城平瘟病，千秋万代记文留。
　　　　　2020年3月9日

七律·抗疫三赞
（步黄汉江先生抗新冠病毒原韵）
　　　周慎（湖南长沙）

果断封城医护勇，逆行援战正春秋。

一、赞抗疫决策
疫染烟江起乱流，时逢佳节正嬉游。
凡民争路奔千里，智士封城震九州。
蝠毒何愁风荡月，桑麻自许气吞牛。
乍惊欧美心难定，良策刚强立凛秋。

二、赞国民凝聚
新春佳节正人流，令下之时禁串游。
闭户昼眠迷四海，挑灯夜读话方州。
会餐已少谁寻蟹，封路仍多可问牛。
言出咸遵求一致，民心凝聚写春秋。

三、赞抗疫一线
一朝江汉起横流，召集声中聚壮游。
满地雪霜惊北海，八方云雨汇荆州。
逆行医警知奇士，屹立村区靠众牛。
进出安危无日夜，齐心抗疫共兼秋。

次韵黄汉江先生七律·抗新冠病毒
　　　王军胜（上海）
围堵新冠肆意流，中华岂可任其游。
驱魔雷火昭千古，驰援医生自九州。
送走瘟神安宅燕，迎来青帝驾耕牛。
儿孙应记白衣勇，四面楚歌庚子秋。
　　　　　2020年3月9日

（依韵黄汉江诗）七律·抗新冠病毒
　　　管庆江（贵州毕节）
蜀地突传瘟病窜，江城奇术控防流。
东风楼尽梅兰缀，雪郁枯枝绿木休。
四海同心惊宇内，九州贤聚解瘟忧。
三山共展华春爱，天使人间艳丽留。

七律·和黄汉江先生诗
　　　董礼（张子让）
江城蒙难疫横流，黎庶遭疾断客游。
华夏一令援荆楚，炎黄万众护神州。

白衣救死情达海，迷彩扶危气冠牛。
巨害必除春岂败，国赢庚子载千秋。

2020年3月10日于复旦大学

和黄汉江诗一首：武汉占疫情
谷习宝（安徽合肥）
年关武汉疫情流，恶鬼狰狞肆意游。
冠毒潜伏摄魄魂，愁云密布锁神州。
封城干警疾驰阻，赴荆白衣医术牛。
雾散日出花烂漫，人民乐业度春秋。

七律·庚子年禁足宅家有感
（依韵黄汉江《抗新冠病毒》）
默斋主人（朱英武）（江西高安）
子鼠迎新怨气稠，舌尖招毒楚天羞。
通衢九省遭人祸，纾难八方解国忧。
望断乡思抛泪眼，逆行壮举泣神州。
许怜武汉封城久，黄鹤鸣春语带愁。

（依韵黄汉江先生）防疫感怀
武永焱（山东威海）
最忆曾经黄鹤楼，奈何愁似大江流。
江城有难八方递，山月同天四海谋。
路塞更彰真勇者，情深恰慰正哀眸。
阳春既得东君令，一道清风疫病收。

步韵黄汉江老师《抗新冠病毒》
张永财（黑龙江）
荆襄毒疫染江流，戾气横行四处游。
汉水滔滔风助浪，云烟渺渺雾遮州。
白衣妙手岐黄术，赤胆丹心孺子牛。
共战妖魔挥利剑，英魂无悔谱春秋。

步韵黄汉江老师《抗新冠病毒》
杨青（安徽）
庚子新春染疫流，封城阻路禁巡游。
长江岸上遮烟屿，黄鹤楼前罩绿洲。

赴险荆门神士猛，临危楚水白衣牛。
东君助力赢方阵，还我山河挽九秋。

七律·步黄汉江先生韵·抗新冠病毒
了凡（山东泰安）
东风杏雨满江流，鹤影帆樯伴客游。
疫了樱红妆武汉，春浓柳绿醉汀洲。
须眉十万精忠士，巾帼三千孺子牛。
大义驰援披楚甲，凯歌高奏再觥秋。

2020年3月10日於狮城

七律·致武汉
直珍（河南新乡）
黄鹤楼孤楚水流，通衢路断鄂民忧。
枯肠绞割亲离痛，疫肺传瘟策防稠。
对影千家窗隔望，连屏万户意遥收。
春归盼到三江早，柳绿东湖畅远舟

七律·战瘟神
罗春风（湖北潜江）
滚滚长河流不休，连连疫报使人愁。
青峰瘴气闻风起，红雨潮声蘖海收。
冉冉硝烟弥汉楚，森森号角响轩楼。
九州万里车前马，还我江山一片悠。

七律·避疫随感（步韵黄汉江诗）
董志成（山东青岛）
黄鹤铩翎江滞流，肺炎瘟疫伴风游。
千村闭户期无恙，万马蔫槽恃九州。
绿甲神兵安汉水，白衣天使挽春牛。
抗灾方显英雄气，一片丹心漱玉秋。

七律·从韵黄汉江抗新冠病毒之作
万水旺（江西南昌）
庚子瘟神乱九州，苍天难助泪空流。
三津水阔无船渡，一夜城封止客游。
力合军民赢百代，心齐党政佑千秋。

逆行负重真天使，人事何须占宿牛。
2020年3月10日

七律·抗病疫伤怀(步韵黄汉江社长)
戴学文(湖南长沙)

江城不幸毒炎流，汉水悲哀控禁游。
勇将强兵攻恶阵，神医妙手困灾州。
投身抗疫英魂巨，舍命匡危美德牛。
烈士光辉昭日月，名花灿烂颂千秋。

步韵和黄汉江先生《抗新冠病毒》
江文祥(安徽庐江)

新年伊始疫情流，守望宅家不出游。
电视荧屏牵楚地，手机百度锁神州。
全球惊叹华佗妙，举世高呼中国牛。
众志成城魔疾灭，人间大爱写春秋。

步黄汉江先生《抗新冠病毒》原韵奉和
张孝周(安徽庐江)

江城骤发疫横流，防治施行客禁游。
举国驰援襄楚鄂，群英荟萃震神州。
何输鹊逸医精妙，更胜佗珍术顶牛。
鏖战炎魔除毒怪，无疆大爱著春秋。

七律·抗新冠病毒
步《上海滩诗叶》主编黄汉江老师韵
侯建新(湖南怀化)

中华儿女竞风流，黄鹤迎寒胜九游。
志敌毒魔清疫海，情甘武汉卫神州。
白衣沥血青骢马，圣手悬壶孺子牛。
征鄂英雄成佛塔，楚天一色万乘秋。

七律·鄂乡春
——依韵和黄汉江先生
《七律·抗新冠病毒》
张金良(河南平顶山)

梦里重登黄鹤楼，归云伴我鄂乡游。
东风剪绿醒田野，布谷催耕响铁牛。
春暖晴川萋草嫩，鸟啼芳树瘴烟收。
满城灯火传佳讯，嗟赏樱花意未休。

七律·武汉战疫闻捷喜作
——依韵黄汉江诗
牛岱(甘肃)

芳草萋萋鹦鹉洲，雾霾笼罩令人愁。
扛旗揭揭南山出，斩敌翩翩武汉游。
月送东风惊蛰梦，雁传佳信入西楼。
而今四海为家日，携伴吟哦问浦鸥。

七律·抗新冠病毒(步黄汉江老师韵)
夏小燕(山东泰安)

春江夜水渡寒流，枯草未苏瘟疫游。
大漠阴霾无雨露，山城灾祸乱神州。
白衣诚挚出援手，将士心甘孺子牛。
鬼魅驱除天地暖，诗词曲赋锁千秋。

七律·抗击疫情
——依韵黄汉江诗
刘章际(贵州独山)

楚江春水疫东流，使到荆州阻漫忧。
黄鹤圣明除病事，西湖龙跃悍魔游。
天南助力添援汉，补罩居家妙可求。
知己远来臣有意，收编吾骨岳阳楼。

七律·抗病毒疫情(依黄汉江老师韵)
子皿(孟秀英)(山东济南)

剑指汹风莫乘游，药除病害建仓舟。
小灾休想成奇赖，大势焉能任疫流。
万里江河连碧海，千丛山脉续春秋。
一蛐劫难不为怪，数亿雄狮品行优。

江城抗疫(步韵黄汉江老师)
王恒深(辽宁大连)

荆楚哀鸿血泪流，湘江北望疠风游。

曾经故国千邦贺,今遇封城困九州。
不见青山飞雨燕,却闻天使苦黄牛。
无争岁月尊豪杰,奏凯归来别冷秋。

七律·依韵唱和黄汉江老师
《赞白衣天使》
漆爱礼(江西)

(一)

江城瘟疾疠毒流,黄鹤楼头数月忧。
领导亲民奔汉口,精兵受命救苍囚。
白衣天使怀真爱,志愿精心谋策筹。
赢得功高人敬仰,英雄史册永名留。

(二)

江城鬼魅疠毒流,鄂地救灾华夏揪。
举国运筹施应急,中枢垂范解悬忧。
寻亲觅友风云惨,救死扶伤永不休。
万众一心除险患,衷情浩气照千秋。

依韵和黄汉江先生《抗新冠病毒》
祖家声(安徽庐江)

龟蛇久烙英雄色,岂允瘟波恣意流。
黄鹤拧团驱疫瘴,炎黄集结捍神洲。
舍生天使拼争勇,忘死官兵阻击牛。
沥血还民安乐日,丰碑万仞耀千秋。

依韵答黄汉江老师七律·抗新冠病毒
覃滋高(柳州)

不尽长江滚滚流,岂容妖怪纵横游。
中枢大政霖恩海,四野微澜润绿洲。
后起时珍怜梓妙,前驱院士献诚牛。
同悲万类哭新鬼,更喜华轩向朗秋。

步韵和黄汉江先生《抗新冠病毒》
陶长庚(安徽庐江)

龟蛇蠁蟿涌横流,黄鹤惊停浪漫游。
聚力搏魔夸楚渚,披坚执锐看神州。

戕民病毒凶于虎,救死群英韧胜牛。
举国凝心驱瘴尽,狂澜挽住焕新秋!

步韵和黄汉江先生《抗新冠病毒》
高思强(合肥庐江)

龟蛇打盹疫波流,黄鹤迟归瘴气游。
顷刻沉渣污汉水,瞬间妖雾漫神州。
城乡筑垒防魔蘖,军地悬壶斗鬼牛。
大爱人心赢圣战,东风泼墨绘春秋。

步韵黄汉江老师七律·抗新冠病毒
冯增群(山东)

长江不尽滚滚流,娇艳春光怎么游?
何处瘟神笼大地,无形病毒染神州。
须眉霸气行仙道,巾帼英雄格外牛。
扁鹊华佗降华夏,军民阻击写千秋。

七律·抗新冠病毒(步韵和黄汉江先生)
唐建昆(云南临沧)

新冠武汉毒魔流,闭户家园网络游。
蘖障瘟波污四海,相逢妖雾乱神洲。
南山将帅挥良策,救护军团鹊术牛。
众志成城驱疫怪,高歌胜利续春秋。

七律·抗新冠病毒(步韵和黄汉江教授)
陈伟宇(佛山)

其一

鹤楼江上卷波流?邑汉无端染蘖游。
肆虐同胞情太急,白衣请战感神州。
红旗飞舞驱阴影,院士终将铲鬼牛。
北斗启明辉紫陌,无疆大爱写春秋。

其二

楚天何事惨哀流,风雨江城落鹤游。
白发斑颓横老泪,朱颜萧引染回州。
杏林霜重花难发,尘榻冬深饿瘦牛。
闻道华佗丹炼去,万千扁鹊必收秋。

七律·楚战疫颂(步韵黄汉江老师)
周永红(云南昆明)

仙缘黄鹤汉江流,千载诗情墨客游。
正对渚烟思古渡,却逢瘟疠虐神州。
才宜铁甲先锋虎,又赞红妆劲旅牛。
大爱仁心荆楚路,群英胜战谱春秋。

2020年3月11日

七律·且待花开(依韵黄汉江老师)
邓小美(湖南)

黄鹤噤声云冻流,龟蛇瑟瑟对空愁。
东风不与江城便,北雪苦寒鹦鹉洲。
幸有三军清瘴疠,更兼万众守门楼。
春光且待樱开日,天使归来花满头。

七律·抗新冠病毒(步黄汉江韵)
夏天的风(内蒙古)

新冠病毒欲横流,荆楚何时策马游?
绿水青山环胜地,金龙玉凤舞神州。
临风疫病愁天暮,沐雨秧苗念老牛。
但愿人间无疾苦,还当奋笔写春秋。

七律·《步韵黄汉江教授原玉》(外一首)
周阳生(江苏盐城)

(一)

遥知鹤唳泣江流,月下花前少客游。
紫燕双双飞弱柳,金龟对对卧寒洲。
红阡落叶桃新艳,绿陌生芽见老牛。
待到疫烟消去后,人人无恙度春秋。

(二)

江水归东自古流,笛音悠远鹤天游。
霾烟散日闻莺语,瘴气清时逛绿洲。
翠野花开飞紫燕,青田叶秀赶春牛。
方舱闭外方舟渡,火涅雷 炼百秋。

七律·抗疫感怀(步韵黄汉江教授)
鑫雨(刘胜洪)

龟蛇惊悚疫横流,万户深居禁足游。
幸喜中枢传号令,为除鬼魅斗江州。
白衣舒袖全无敌,壮士齐心百战牛。
歌赋大风今胜昔,誓将热血写春秋。

七律·步韵黄汉江先生《抗新冠病毒》
金嘉德(合肥庐江)

江城谁料疫瘟流,黄鹤楼前失客游。
疠魅无情空世界,白衣有爱醉神州。
封城闭路春光黯,联控群防举措牛。
更喜明天烟尽日,今时风范刻千秋。

2020年3月11日

七律·抗新冠病毒
读黄汉江先生七律诗次韵奉和
黄祖琦(湘月)(湖南宁乡)

沉疴肆虐鄂州流,大邑通都肺毒游。
狠恶瘟神凌盛域,凶残鬼蜮锁神州。
高层掌舵群民颂,钟老施方医护牛。
众志成城施大爱,天惊石破写春秋。

抗新冠病毒(步黄汉江先生韵)
邓红琼(广东)

溅水汤汤汉水流,岂容病毒作优游。
官兵赶赴武昌站,天使驾临鹦鹉州。
砥砺逆行真赤子,甘于奉献老黄牛。
凯歌高奏春天里,万里清平夏复秋。

七律·抗疫颂(步黄汉江先生韵)
巩固(黑龙江拜泉)

长江化泪痛波流,疫病伤人到处游。
万户关门防恶鬼,千村断路保神州。
仙翁冷对新冠毒,天使甘为孺子牛。
待到山花开放日,高歌硕果赞华秋。

曾经故国千邦贺,今遇封城困九州。
不见青山飞雨燕,却闻天使苦黄牛。
无争岁月尊豪杰,奏凯归来别冷秋。

七律·依韵唱和黄汉江老师《赞白衣天使》
漆爱礼(江西)

(一)

江城瘟疾疠毒流,黄鹤楼头数月忧。
领导亲民奔汉口,精兵受命救苍囚。
白衣天使怀真爱,志愿精心谋策筹。
赢得功高人敬仰,英雄史册永名留。

(二)

江城鬼魅疠毒流,鄂地救灾华夏揪。
举国运筹施应急,中枢垂范解悬忧。
寻亲觅友风云惨,救死扶伤永不休。
万众一心除险患,衷情浩气照千秋。

依韵和黄汉江先生《抗新冠病毒》
祖家声(安徽庐江)

龟蛇久烙英雄色,岂允瘟波恣意流。
黄鹤拧团驱疫瘴,炎黄集结捍神洲。
舍生天使拼争勇,忘死官兵阻击牛。
沥血还民安乐日,丰碑万仞耀千秋。

依韵答黄汉江老师七律·抗新冠病毒
覃滋高(柳州)

不尽长江滚滚流,岂容妖怪纵横游。
中枢大政霖恩海,四野微澜润绿洲。
后起时珍怜梓妙,前驱院士献诚牛。
同悲万类哭新鬼,更喜华轩向朗秋。

步韵和黄汉江先生《抗新冠病毒》
陶长庚(安徽庐江)

龟蛇犟蹙涌横流,黄鹤惊停浪漫游。
聚力搏魔夸楚渚,披坚执锐看神州。

戎民病毒凶于虎,救死群英韧胜牛。
举国凝心驱瘴尽,狂澜挽住焕新秋!

步韵和黄汉江先生《抗新冠病毒》
高思强(合肥庐江)

龟蛇打盹疫波流,黄鹤迟归瘴气游。
顷刻沉渣污汉水,瞬间妖雾漫神州。
城乡筑垒防魔孽,军地悬壶斗鬼牛。
大爱人心赢圣战,东风泼墨绘春秋。

步韵黄汉江老师七律·抗新冠病毒
冯增群(山东)

长江不尽滚滚流,娇艳春光怎么游?
何处瘟神笼大地,无形病毒染神州。
须眉霸气行仙道,巾帼英雄格外牛。
扁鹊华佗降华夏,军民阻击写千秋。

七律·抗新冠病毒(步韵和黄汉江先生)
唐建昆(云南临沧)

新冠武汉毒魔流,闭户家园网络游。
孽障瘟波污四海,相逢妖雾乱神洲。
南山将帅挥良策,救护军团鹊术牛。
众志成城驱疫怪,高歌胜利续春秋。

七律·抗新冠病毒(步韵和黄汉江教授)
陈伟宇(佛山)

其一

鹤楼江上卷波流?邑汉无端染孽游。
肆虐同胞情太急,白衣请战感神州。
红旗飞舞驱阴影,院士终将铲鬼牛。
北斗启明辉紫陌,无疆大爱写春秋。

其二

楚天何事惨哀流,风雨江城落鹤游。
白发斑颓横老泪,朱颜萧引染回州。
杏林霜重花难发,尘榻冬深饿瘦牛。
闻道华佗丹炼去,万千扁鹊必收秋。

七律·楚战疫颂(步韵黄汉江老师)
周永红(云南昆明)
仙缘黄鹤汉江流,千载诗情墨客游。
正对渚烟思古渡,却逢瘟疠虐神州。
才宣铁甲先锋虎,又赞红妆劲旅牛。
大爱仁心荆楚路,群英胜战谱春秋。

2020年3月11日

七律·且待花开(依韵黄汉江老师)
邓小美(湖南)
黄鹤喋声云冻流,龟蛇瑟瑟对空愁。
东风不与江城便,北雪苦寒鹦鹉洲。
幸有三军清瘴疠,更兼万众守门楼。
春光且待樱开日,天使归来花满头。

七律·抗新冠病毒(步黄汉江韵)
夏天的风(内蒙古)
新冠病毒欲横流,荆楚何时策马游?
绿水青山环胜地,金龙玉凤舞神州。
临风疫病愁天暮,沐雨秧苗念老牛。
但愿人间无疾苦,还当奋笔写春秋。

七律·《步韵黄汉江教授原玉》(外一首)
周阳生(江苏盐城)
(一)
遥知鹤唳泣江流,月下花前少客游。
紫燕双双飞弱柳,金龟对对卧寒洲。
红阡落叶桃新艳,绿陌生芽见老牛。
待到疫烟消去后,人人无恙度春秋。

(二)
江水归东自古流,笛音悠远鹤天游。
霾烟散日闻莺语,瘴气清时逛绿洲。
翠野花开飞紫燕,青田叶秀赶春牛。
方舱闭外方舟渡,火涅雷 炼百秋。

七律·抗疫感怀(步韵黄汉江教授)
鑫雨(刘胜洪)
龟蛇惊悚疫横流,万户深居禁足游。
幸喜中枢传号令,为除鬼魅斗江州。
白衣舒袖全无敌,壮士齐心百战牛。
歌赋大风今胜昔,誓将热血写春秋。

七律·步韵黄汉江先生《抗新冠病毒》
金嘉德(合肥庐江)
江城谁料疫瘟流,黄鹤楼前失客游。
疠魅无情空世界,白衣有爱醉神州。
封城闭路春光黯,联控群防举措牛。
更喜明天烟尽日,今时风范刻千秋。

2020年3月11日

七律·抗新冠病毒
读黄汉江先生七律诗次韵奉和
黄祖琦(湘月)(湖南宁乡)
沉疴肆虐鄂州流,大邑通都肺毒游。
狠恶瘟神凌盛域,凶残鬼蜮锁神州。
高层掌舵群民颂,钟老施方医护牛。
众志成城施大爱,天惊石破写春秋。

抗新冠病毒(步黄汉江先生韵)
邓红琼(广东)
潺水汤汤汉水流,岂容病毒作优游。
官兵赶赴武昌站,天使驾临鹦鹉州。
砥砺逆行真赤子,甘于奉献老黄牛。
凯歌高奏春天里,万里清平夏复秋。

七律·抗疫颂(步黄汉江先生韵)
巩固(黑龙江拜泉)
长江化泪痛波流,疫疠伤人到处游。
万户关门防恶鬼,千村断路保神州。
仙翁冷对新冠毒,天使甘为孺子牛。
待到山花开放日,高歌硕果赞华秋。

七律·战瘟神(依黄汉江先生韵)
袁爱华(江苏徐州)

冠疫汹汹武汉愁,白衣同慨斗魔囚。
一声令下三军到,八面声援四海酬。
救国临危真志士,悬壶济世俊英侯。
辞儿别母丹心献,请战征程火线投。

战疫凯歌传百秋
——步黄汉江先生《抗新冠病毒》原韵
蔡典明(安徽马鞍山)

猪尾鼠头掀恶流,新冠病毒寄人游。
江城封路惊黄鹤,万众宅家安九州。
医护逆行真妙手,南山奋进老黄牛。
方仓休罢樱花盛,战疫凯歌传百秋。

2020年3月10日

七律·抗疫咏怀
——步韵黄汉江教授
凌志成(加拿大)

新冠肆虐疫横流,举世皆惊避旅游。
病毒无情传海国,方舱有爱耀神州。
医家名士身心累,巾帼英雄事迹牛。
荡气回肠荆楚地,甘抛热血写春秋。

七律·抗"疫"寄咏
——依韵黄汉江教授诗并嵌头
蒙村老郭(加拿大)

黄鹤楼沿丽瓦琉,汉阳桥堡疫情游。
江堤魅毒波天下,编凑危言罩万州。
上派良方医手妙,海降华裔募捐牛。
诗文荆楚驱妖怪,叶绿青山写实秋。

注:嵌头:黄汉江编《上海诗叶》。

2020年3月11日

七律·抗新冠病毒
——步韵黄汉江诗
张斯伟(安徽合肥)

楚天汉水疫横流,黄鹤楼前鬼乱游。
扩散漫延出鄂境,侵城掠地践神州。
白衣天使死生忘,雷火方舱速度牛。
斩尽冠毒除祸害,云开雾散继春秋。

2020年3月9日

步韵黄汉江先生韵
《抗新冠病毒》(新韵)
左哲夫(合肥庐江)

汉阳自古涌风流,黄鹤楼头云外游。
未料瘟侵荆楚地,还将风暴五湖州。
白衣提命天穹铆,民众宅家赤县牛。
二月清溪枝上鹊,人间春涨捧金秋。

次韵黄汉江教授《抗新冠病毒》
周其全(江苏宿迁)

黄鹤阴霾天地愁,肆无忌惮禹城游。
疫魔防控安桑梓,天使驰援向鄂州。
善意善行恩德重,复工复产略韬牛。
人间大爱英雄谱,寰宇振惊载百秋。

七律·步韵黄汉江先生《抗新冠病毒》
刘志广(内蒙古)

瘟疫飞来锁碧流,魔歌鬼舞死神游。
封城断臂英雄市,献爱舍身鹦鹉洲。
上降天团四王炸,下驰劲旅万犁牛。
锤镰猎猎全民战,红色江山金色秋。

注:天团:四大天团,指南湘雅,北协和,东齐鲁,西华西四大医院。

七律·抗新冠病毒(步韵黄汉江老师)
郭成勇(湖北襄阳)

瘟妖弄影疫横流,荆楚城封禁足游。
黄鹤凄凄嘤柳岸,龟蛇默默泣江洲。
一声雷动仁医勇,八面旗挥壮士牛。
且看中华涅槃日,辉今冠古耀千秋。

2020年3月10日

步黄汉江先生《七律·抗新冠病毒》韵
孙德振（河南）
江汉滔滔万古流，夜来携手梦同游。
白云万里归平陆，碧嶂千层镇一州。
豺虎蒿原知远敛，月明耕陇夜驱牛。
岫窗故隐今何在，草树烟云满眼秋。

步韵黄汉江老师《抗新冠病毒》
王秉和（山东青岛）
未起春风毒疫流，封城已禁汉江游。
南山义举开千劫，天使亲征动九州。
故隐尘声先试鼠，军医法术不吹牛。
英雄命断心无悔，铁骨铮铮万古秋。

步韵黄汉江老师《七律·抗新冠病毒》
李孝任（湖北）
新冠病毒八陲流，楚地寒风汗漫游。
暖日及时明四海，援军众路出诸州。
悬壶注目施方妙，拄杖倾心救命牛。
不许瘟魔再作怪，功垂史册耀千秋。

七律·抗疫感怀
（依韵黄汉江《抗新冠病毒》）
饶江宏（江西）
庚子江城万户忧，宅居封步抗魔仇。
瘟神噬血欺民弱，天使抛身斗敌酋。
岂怕山高缠枳棘，却攀丛险砍枝头。
冬寒终究随风逝，再看繁花遍九州。

七律·依韵和黄汉江《抗新冠病毒》
姜常青（美国俄克拉荷马城）
庚子新春冠毒流，龟蛇山下国人忧。
龙驰九域援荆楚，天降三军助汉州。
舍命忠心匡社稷，悬壶济世显神牛。
春风拂绿桑园地，定是金黄实硕秋。

七律·步韵黄汉江教授《抗新冠病毒》
汪全栋（湖南岳阳）
晴川阁尽病株流，黄鹤楼空疠气游。
有恨阴霾笼海外，无端浊浪漫神州。
扶危天使用韬妙，济困伭仙谋术牛。
云绮风奇吟疫逝，雨收虹现耀千秋。

步韵黄汉江先生《抗新冠病人病毒》
黄龙良（福建南平）
天寒楚地病毒流，祸患横行沴鬼游。
江汉封城惊四海，居村联控佑千州。
驰援对口运筹妙，剪发抛家士气牛。
静待炎黄除虐怪，凯歌高奏赋春秋。

步韵黄汉江先生《抗新冠病毒》
唐良明（福建南平）
龟山惊骇冠毒流，黄鹤警鸣魔雾游。
汉水断交隔大海，江城关闭越神州。
东方枢纽运筹巧，天使火雷攻势牛。
同此球村凉热日，当思防疫共千秋。

步韵黄汉江诗《抗新冠病毒》
李洵（安徽黄山）
辞旧迎新人海流，楚天病毒趁机游。
肺炎骤起传南北，疠气阴藏染九州。
管控封城防疫重，捐资建院护兵牛。
中医西药春光照，联手消灾不负秋。

新冠大决战（新韵）
——依韵黄汉江诗
谢锡庆（上海）
汉江长江合东流，黄鹤楼亭毒魔游。
滚滚毒波虐人海，茫茫疫雾罩鄂州。
本草纲目掺治妙，白衣天使险峻扭。
众志成城疫情拐，晴空万里显春秋。

2020年3月10日于上海静安

七律·盼疫消春朗

上海滩诗叶

——步韵黄汉江教授抗疫诗
周阳生
又梦长江滚滚流，泛舟寻景鄂川游。
桃红杏白招蝶舞，日丽风和逛鹉洲。
农妇插秧逢好雨，牧童鸣笛赶耕牛。
莺儿伴我歌春曲，韵度青莲醉夏秋。

七律·抗新冠病毒
（步黄汉江先生韵原玉）
夏敏（河南息县）
江城岁首滞寒流，疫弄东风到处游。
闭户千村迷雾望，凭阑万里漫云州。
三军布阵天兵壮，一战连营策略牛。
但使樱花开楚汉，丹心碧血纪春秋。

2020年3月13日

步韵黄汉江老师《抗新冠病毒》
赵四环（湖北黄梅）
汉水扬波滚洪流，江城抗疫竞上游。
白衣请战担道义，壮士逆行自九州。
医护殚精菌无影，军民协力劲如牛。
华佗方剂驱厉鬼，习总宏谋耀春秋。

宅居有感（依韵黄汉江老师）
欧阳婷（湖南长沙）
瘟神肆虐袭荆州，闭户封城人自囚。
春节惶惶稀笑语，长街寂寂少车流。
粉桃姿艳无缘会，黄鹂音甜入梦啾。
当日若非贪口福，今朝哪得恨悠悠。

2020年3月13日

步黄汉江先生《抗新冠病毒》韵
晨曦（黄荣良）（上海）
新冠肆虐菌横流，妖孽催符跨界游。
黄鹤惊魂翔四海，肺炎飘逸窜瀛州。
隔离措施称维妙，围剿群魔战术牛。
自负逍遥防疫怪，无烟搏弈载春秋。

2020年3月10日申城

战新冠（依韵黄汉江七律诗）
唐湘（广东珠海）
金猪岁尾鼠庚头，毒魔肆虐酿深仇。
白衣镇瘟宁四海，华陀祛病稳九洲。
三山抗疫曙光照，五岳防控彩霞留。
春暖花绽时可待，举杯迎新醉方休。

2020年3月14日

步韵黄汉江老师
《抗新冠病毒》（新韵）
陶柏林（安徽）
（一）抗新冠病毒
冠毒肆虐卷狂流，城市乡村侵害游。
无奈错登华夏地，只能惨败大神州。
同舟共济阻魔泛，宅户齐防抗疫牛。
万众团结无不胜，白衣贡献载千秋。

（二）赞一省包湖北一市
大爱无疆化暖流，消毒防疫阻魔游。
齐援资物抢时速，共渡难关护鄂州。
滚滚车厢希望满，拳拳盛意友情牛。
八方天使同肩战，必胜瘟神载史秋。

七律·众志成城（步韵黄汉江教授）
雷海峰（山西平遥）
龟蛇脚下疫横流，黄鹤楼前客断游。
楚地封城成绝域，国人闭户护神州。
灾黎正似池鱼水，祸福何言风马牛。
万众同心怀大义，艳阳普照继春秋。

赞英雄（步韵黄汉江老师）
江咏萍（安徽池州）
临危接战逆人流，何惧瘟虫鬼魅游。
号令一声呼万户，驰援千里集荆州。
领衔老骥凌云志，请命骁兵孺子牛。

若问英雄何出处，丹心一片写春秋。

七律·步韵敬和黄汉江先生《抗新冠病毒》

莫等闲（卫金报）（山西河津）

江汉腊冬瘥疠流，龟蛇悃默黯云游。
茫茫妖雾笼三界，滚滚瘟波逐九州。
统帅运筹施策准，全民抗疫筑城牛。
逆行天使悬壶济，湮灭新冠望竹秋。

抗新冠病毒（依黄汉江老师韵）

杜昌海（安徽）

三镇两江黄鹤泪，五洲四海疫情愁。
龟蛇对岸晴川在，兄弟同心汉水流。
今敢担当融日月，明知肩负话春秋。
誓将冠毒除尘去，斗转星移竞自由。

依韵黄汉江老师七律·抗新冠病毒

杜祥（广东肇庆）

晴川历历大江流，庚子冬春疠鬼游。
病毒阴霾遮武汉，新冠恶疾蔓神州。
南山老将真言恳，北海精英国术牛。
靖难围城歼剩寇，悬壶再度挽全球。

七律·武汉人民实在牛
——步韵黄汉江老师诗

絮雪飞花（深圳）

通衢滚滚大江流，鹤去龟蛇不愿游。
北望秦淮交九省，南衔云梦汇千州。
魔妖此处难成恶，武汉人民实在牛。
抗疫封城堪抗寇，几番热血写春秋。

依黄汉江老师《抗新冠病毒》原玉奉和

烟雨凌怡（涂久兰）（江西宜春）

时逢交节疫狂流，抗战全民夙愿酬。
逆向青丝医武汉，前行劲旅护神州。
肩扛希望眸盈爱，梦系苍穹剑斩愁。

旭日东升花似海，缕缕春风上鹤楼。

七律·解禁白有吟
——依韵黄汉江七律诗

胡万喜（湖北恩施）

阴霾涤尽雨初收，翠滴峰峦瑞气浮。
百鸟和歌清袅袅，孤云出岫晚悠悠。
闲居斗室诗情远，浅酌霞杯兴味稠。
湿透香笺谁可寄，春风吹雁任遨游。

七律·抗毒感怀（新韵）
——步韵黄汉江老师诗

牛文泉（安徽巢湖）

龟蛇魔降滞江流，黄鹤无心紫昊游。
万众疫急伤鄂楚，九天雷赫动神州。
邦危自仗干城旅，民瘼全依赤子牛。
屈指寰球谁可比？煌煌徽烈著春秋。

七律·黄鹤楼前春水流
——次韵黄汉江先生《抗新冠病毒》

李宏（湖北黄梅）

黄鹤楼前春水流，江城儿女信天游。
嫉仇怒气冲千仞，决胜豪情撼九州。
何惧新冠掀怪疫？曾操强弩射黎牛。
更兼四海同心力，竭止残魔宕夏秋。

抗新冠病毒（步黄汉江先生原韵）

姜朋云（湖南宁乡）

冠毒全球到处流，时春四海不能游。
灾为小鬼伤三镇，祸及江陵害九州。
百姓堪忧情势急，军民共战世间牛。
封城举措惊天下，敢送瘟神写万秋。

注：三镇即武昌、汉口、汉阳。

2020年3月14日于宁乡

七律·送瘟神感怀

——步韵黄汉江老师
　　　　薛有毅(山西榆次)
江城瘟疫病毒流,华夏时艰鬼魅游。
防控同声惊四海,闭门自信稳千州。
逆行志士披战甲,岐伯丹心儒子牛。
本草中医国粹唱,辉煌傲世谱春秋。

　　七律·抗疫英雄赞
　　——依韵黄汉江七律诗
　　　　于歌(辽宁)
疫泛江城惊四周,弟兄姊妹共担忧。
人民军队争分秒,迷彩急行雄赳赳。
妙手回春天使阵,火雷神圣把魔揪。
抛家忘险担重任,旗展迎风壮志酬!
　　　　2020年3月14日于长春

　　七律·抗新冠病毒疫情有感
　　——步韵黄汉江老师
　　　　李志(河南)
大江涛涛向东流,三山一线最风流。
青松不老医华夏,疫毒无情葬海州。
飒爽红心杏林士,风骚白甲孺子牛。
明洁晴空凯旋日,约赏长寿岭上秋。

　　七律·抗新冠病毒
　　——步韵黄汉江教授
　　　　朱伟民(上海)
苍茫荆楚汉江流,庚子冠瘟肆虐游。
建院扶生封武市,闭门罩口遍神州。
八方疗物驰鞭马,万众仁医力解牛。
举国齐心同克难,壮歌一曲咏千秋。
　注:解牛,即庖丁解牛,释义为反复实践后做事得心应手。

　　七律·抗新冠病毒(韵和黄汉江先生)
　　　　任胜利(河北沧州)
未等新年鬼魅游,荆襄处处溢毒流。
阴霾浸染汉阳树,疫疠侵袭鹦鹉洲。

雷火除魔声似海,军民协力势如牛。
东风扫过呈祥瑞,把酒吟哦春与秋。

　　步韵黄汉江诗《抗新冠病毒》
　　　　云朵(熊熠)(四川乐山)
庚子新春病疫流,江城不敢往来游。
妖风席卷入千户,瘴气蔓延污九州。
幸有帅才深计妙,难能扁鹊远谋牛。
逆行路上迎风雨,共度难关春夏秋。

　　　　战新冠
　　(依韵黄汉江教授七律诗)
　　　　湘韵乡音(湖南)
金猪岁尾鼠庚头,毒魔肆虐酿深仇。
白衣镇瘟宁四海,华陀祛病稳九州。
三山抗疫曙光照,五岳防控彩霞留。
春暖花绽时可待,举杯迎新醉方休。

　　七律·依韵黄汉江《抗新冠病毒》
　　　　胡焕亮(安徽蚌埠)
瘟疫如魔肆意流,凶残施虐汉江头。
中央号令显奇效,学者专家展运筹。
阻断毒源医术绝,转圜康健策谋遒。
春风荡尽阴霾去,捷报频传欢九州。

　　七律·抗新冠病毒
　　——步韵黄汉江诗
　　　　珍珠棉(湖南)
亿民携手抗瘟流,不散阴魂世界游。
病毒心残惊四海,妖魔缺德冷千州。
齐天大圣挥神棒,白骨摇身变鬼牛。
联合全球同奋起,吉祥互助度春秋。

　　七律·抗击新冠病毒
　　——步韵黄汉江七律诗
　　　　杨玺(内蒙古)
新型病毒肆猖流,全国人民限制游。

— 2819 —

万众一心填大海，殚谋戮力诧神州。
白衣战士良方妙，赤胆杏林医术牛。
问世疫苗除疠怪，澄清玉宇写春秋。

七律·步韵黄汉江《抗新冠病毒》诗
周德禹（北京）
坚强砥柱立中流，战疫惊涛骇浪游。
风雨同舟援武汉，封城大义为神州。
初心不忘驱魔怪，豪气冲天射斗牛。
可泣可歌多少事，英雄血泪写春秋。

步韵黄汉江七律·《抗新冠病毒》
张水根（凌波扁舟）（江西南昌）
开年楚地疫横流，瘴罩江城魍魉游。
黔首禁居从国令，卢医逆战向荆州。
龟蛇静立犹听鹤，道巷安行且问牛。
众盼佳音驱毒去，乾坤净碧顺春秋。

步韵黄汉江老师《抗新冠病毒》
王建强（江苏沭阳）
灾洪泛滥楚江流，毒怪妖魔四处游。
疫雨横行侵武汉，瘟风独往虐神州。
三山仗剑功夫狠，万匠悬壶技术牛。
化险夷凶惩疠恶，民安国泰惠千秋。

步韵黄汉江老师《抗新冠病毒》
朱念清（山东青岛）
一
鼠年荆楚毒灾流，传染疯狂杏客游。
凶恶病魔惊九域，英明决策告神州。
白衣兵警阵容壮，赤子军团气势牛。
奋战同心除疾患，辉煌终铸载春秋。

二
党政英明砥柱流，封城闭户禁闲游。
军民举国除魔患，医警农商保九州。
指日灾情将灭绝，如虹喜讯最神牛。
动人事迹丰碑刻，雄伟华章咏万秋。

抗击冠疫赞
——依韵敬和黄汉江七律诗
鲍仙友（浙江温岭）
江城不幸毒横流，汉水悲波瘴气游。
千氏呻吟陷疠疫，一场浩劫卷神州。
军民共战白衣勇，雷火同心冠敌囚。
更喜杏林将士秀，中华脉理续春秋。
2020 年 3 月 18 日

步韵和黄汉江先生《抗新冠病毒》
姜云姣（武汉）
江城四处疫横流，阴雨惊魂恶梦游。
万里驰援捐碧血，三军搏击定神州。
白衣奉爱龙鸾舞，院士躬身谋策牛。
荆楚乌云终驱散，英雄合力册春秋。

试和黄汉江老师《七律·抗新冠病毒》
冼艳萍（广东肇庆）
新年依始肺炎流，妖雨邪风恶意游。
孽毒疯狂侵鄂境，瘟魔肆虐撼神州。
白衣上阵心灵美，大众窝家志气牛。
党政军民团结紧，中华必胜颂千秋。

敬和黄汉江老师《七律·抗新冠病毒》
陈淡群（广东肇庆）
新冠病毒滥横流，楚水龟山恶鬼游。
四面旌旗安禹甸，中央号令定神州。
江城战疫三军勇，世界惊呼中国牛。
众志除妖威动岳，长天雾尽写春秋。

七律·过方舱医院
——依韵黄汉江七律诗
孟令中（河南）
昔人已送新冠去，此处空余病号楼。
新冠一去不复返，祥云日日思悠悠。

天书大任白衣志,地浸无辜百姓愁。
虽有国难逢盛世,今朝人物更风流。
2020年3月10日于郑州

步黄汉江诗韵《抗新冠病毒》
王秉和(山东青岛)

一

千年楚地舞风流,远客迢迢乐此游。
山城古树浮云梦,汉水惊涛护九州。
何须旧岁空行雨,且看今朝众斗牛。
只待英雄驱疫灭,当歌热血赋春秋。

二

汉江黄鹤数风流,犹记当年此地游。
胜赏三朝呈霸气,狂吟一曲赐神州。
谁言楚水多腾浪,且看南山巧斗牛。
疫毒当前何所惧?甘将热血谱春秋。

三

未起春风毒疫流,封城已禁汉江游。
南山义举开千劫,天使亲征动九州。
敌隐尘声先试鼠,军医法术不吹牛。
英雄命断心无悔,铁骨铮铮万古秋。

步黄汉江老师《抗新冠病毒》原韵
赵元席(安徽宿州)

烟波江上毒霾流,黄鹤楼前断客游。
似火疫情焚武汉,如魔戾气卷神州。
八方圣手罗天网,十万银袍指斗牛。
鼎定三山庆功日,云霞作纸写春秋。

有感武汉抗击疫情
——依韵黄汉江老师七律诗
赵元席

惶惶惊鹤绕江楼,颤颤龟蛇满眼愁。
何处凶魔性残虐,忍教百姓泪难收。
雷神动怒张天网,院士显威擒毒酋。
淘尽泥沙清澈底,大江依旧向东流。

步韵黄汉江教授《抗新冠状病毒》
邹五星(湖北监利)

新冠病毒逞凶流,鬼魅猖狂到处游。
党政同心情似海,军民携手紧如州。
同甘共苦除瘟疫,众志成城作子牛。
旭日东升歌四化,水笑山欢永春秋。

步韵黄汉江先生《抗新冠病毒》
王发昌(江西鹰潭)

龟蛇怒啸锁江流,魔怪嚣张三镇游。
千巷萧疏恨黄鹤,八方援助奋神州。
方舱有爱惊心暖,雷火灭瘟方策牛。
风雨同天齐戮力,青山一道写春秋。

初春感怀
——依韵黄汉江七律诗
孙者奎(山东济宁)

一

孤身只影望山丘,瘟疫带来是几愁。
一世喧嚣归梦里,浮生落寞叹潮头。
亭闲自静千川伴,雨乱难寻万鹤游。
不见前人潇洒驻,唯闻患者住雷楼。

二

极目江城觅鹤楼,冬春替换却添愁。
风云际会生瘟疫,岁月蹉跎害白头。
问道苍松蝙蝠纳,冥思深涧果狸留。
大千世界真如幻,欲问黄连可醒眸。

依韵黄汉江老师七律·抗新冠病毒
萧竹韵(湖南常德)

长江滚滚主沉浮,汉水茫茫永载舟。
冠毒悄来无所畏,侠医勇赴有何愁?
南山巧妙施谋理,北阙精心细运筹。
喜有神州仇敌忾,英雄永驻写春秋。

注：南山即抗毒圣手钟南山，北阙指北京。

次韵和黄主编汉江诗家
陈宗辉（福建）

江潮怒卷垢污流，毒疠何能作漫游？
烽火无烟传疫讯，尖兵有术护神州。
全民合力堪填海，一令安人更叫牛。
敢问担当谁似我？春华遍地待金秋。

步韵黄汉江先生战新冠病毒
苏开元（上海）

八方驰援汇潮流，岂让疠瘟横肆流。
夺命灾之降黄鹤，切肤痛矣动神州。
虽逢刀火心如水，但赴煎熬气斗牛。
国难共来荆楚地，都将义勇谱春秋。

依韵黄汉江先生战新冠病毒
苏开元（上海）

轻雷隐隐雨缪缪，遥问江城春降不？
杏雨杨烟草青碧，流莺泥燕柳温柔。
樱吹飞雪珞珈麓，梅放古乡黄鹤楼。
若个风光谁最美？红花拥与白衣酬。

注：珞珈麓：座落于珞珈山的武汉大学樱花最盛。古乡：古传武汉是梅花的故乡。

七律·庆抗疫初胜
——依韵黄汉江七律诗
邓本宝（安徽巢湖）

鬼魅妖魔起鹤楼，阴霾雾罩楚荆愁。
铁军两月同酣战，伟绩千年共颂讴。
三镇樱花含笑放，万名白甲凯旋收。
暖风一夜山川碧，天外云闲玉宇柔。

注：三镇，指武汉三镇。

步韵和黄汉江老师《抗新冠病毒》
王琼（湖北）

冠瘟突发楚城愁，四海驰援暖泪流。
有道华佗施巧术，因其众志聚神洲。
西陵卡网盘查紧，病院方舱创建牛。
力挽狂澜驱孽障，春回汉水满花楼。

依黄汉江老师玉韵《抗新冠病毒》
贺运海（河南南阳）（古风）

亥子更序起疫流，英雄名城忽禁游。
冠毒淫淫笼江海，病霾汹汹漫宇洲。
重生华佗南山妙，再世扁鹊火神牛。
激雷震震灭魔怪，党辉暖暖照千秋。

2020年3月18日于赊店古镇闲心斋

高歌战疫
——和汉江先生七律诗
高保民（山西阳泉）

楚天卷云冻雨流，汉江三镇断客舟。
龟蛇喉锁呼吸急，黄鹤痛鸣肺难受。
院士领航巧运筹，方舱圣手扼魔头。
举国联动齐战疫，劫后新生共环球。

依韵黄汉江七律·抗新冠病毒
谢文习（清风徐来）（广东河源）

惊雷响起震全球，噩耗传来举国忧。
病毒如蛇廷武汉，疫情似蝎蔓神州。
白衣天使频频集，医药资材处处酬。
众志成诚齐抗战，军民团结胜方休。

2020年3月19日10:51作

依韵黄汉江主编七律·抗新冠病毒
俞伯根（贵州贵阳）

时逢庚子疫瘟流，阴雨霾风压九州。
万户闭门村镇寂，千家哀泪媪翁愁。
封舱建院抗魔鬼，治病救民斩毒酋。
欣见中华团结紧，初功告捷未言休。

2020年3月17日

习总领航除病毒
——依韵黄汉江七律诗

张如舟(安徽滁州)

江城碧水疫情流，新冠疯狂百姓忧。
孽障妖风侵汉地，恶魔鬼魅蔓神州。
白衣施展回天术，院士亲临黄鹤楼。
习总领航除病害，名垂青史著千秋！

赞抗疫天使(依韵黄汉江老师七律诗)

张如舟(安徽)

新春汉地肺炎流，病疫如风蔓九州。
百姓宅家亲不住，乡邻封路禁闲游。
中央号令驱魔怪，天使神威灭火酋。
国泰民安人气旺，岂容妖魅玷春秋！

依韵敬和黄汉江教授《抗新冠病毒》

朱秋在(广东汕尾)

新冠病毒浊横流，蔓草难除遍五洲。
云雁哀鸣怜祸乱，林猿啼啸悯罹忧。
白衣天使驱瘟妙，银发专家平疫牛！
救死扶伤惩疠怪，仁心仁术写春秋。

依韵黄汉江先生《抗新冠病毒》

彭福田(四川)

龟山蛇岭毒疯流，荆楚封关客不游。
瘴雨妖风殃四海，愁云惨雾苦千州。
钟君受命驱魔怪，仲景汤方妙药投。
疫疠清除彰国力，悬壶济世誉环球。

注：钟君——钟南山。仲景——张仲景。

七律·步韵黄教授《抗击新冠病毒》

陈嘉鹏(上海)

江城病毒恣横流，楚地连天疠疫游。
怎忍妖魔归四海，且同正气唱神州。
幽怀济世行深谷，妙手回春冲斗牛。
热血丹心齐奋战，迎来九域共清秋。

七律·众志成城
——步黄汉江《抗新冠病毒》韵

汪新(陕西安康)

千年黄鹤镇东流，舒目长天任傲游。
忽传病情扑鄂汉，驰援医护满神州。
核心部署执行强，院士实施效果牛。
众志成城伏疫怪，济接世界誉春秋。

七律·步韵黄教授《抗击新冠病毒》

五岳凌云(酒泉)

霾遮汉水向东流，黄鹤楼台断客游。
往日樱花开楚地，今时瘟疫漫荆州。
白衣佩剑战一线，志士请缨撼斗牛。
扁鹊华佗重陷阵，江城勇保固千秋。

2020年3月18日

七律·抗新冠病毒(依韵黄汉江律)

一江清流(温州)

商旅中华第一流，楚荆景好引君游。
孰知今夕瘟成霸，无奈初春步不牛。
紫禁英明颁绝策，黎民威福断悲忧。
白衣肉筑长城壁，冠毒终殃必定休。

2020年3月20日

步韵黄汉江先生七律·抗新冠病毒

石跃强(河南灵宝)

疫祸荆襄肆意流，樱花绽放少人游。
凄声呜咽长江水，雾色罩迷鹦鹉洲。
勇士逆行浇烈焰，军民奋战斗魔牛。
英雄壮举山河撼，史载英名万古秋。

次韵黄老汉江先生《抗新冠病毒》

阳万青(四川)

年来自避也风流，梦里依稀楚汉游。
雷火熊熊惊鸟雀，恶魔缕缕扰神州。
荧屏常听山河美，笔底难描天使牛。
党政军民齐奋战，甘将热血写春秋！

依韵和黄汉江老师《七律·抗新冠病毒》

韦成柏(广西柳城)
滚滚长江浊浪稠，名楼黄鹤客无游。
妖霾弥漫淹三镇，冠病横行袭九州。
封域封城围毒路，闭门闭户阻瘟流。
齐心万众除魑魅，丽日华天颂曲讴。

依韵黄汉江先生《抗新冠病毒》
翁仞袍(浙江)
江城岁末使人愁，汉口年头寒雨流。
病发武昌传俗子，梦惊湘水压朋侪。
记曾教训在家意，今日声名行路忧。
上下筑墙消疫染，齐心众志送妖舟。

步韵黄汉江先生《七律·抗新冠病毒》
平凡(广西柳州)
长江滚滚向东流，黄鹤弃楼去远游。
疠疫瘟神攻四海，良医绝技抚千州。
天神雷火玄机妙，院士仙功志气牛。
更喜将军身试药，骄阳高照楚天秋。
2020年3月21日

步韵敬和黄汉江老师《抗新冠病毒》
梅裔庆(巴西)

一
江汉亡魂悲泣流，双城仙鹤聚齐游。
瘟神邪气飘寰宇，魔鬼阴风锁九州。
护士精灵情淑静，医生博识术强牛。
凯旋终有升平乐，疫后山川碧绿秋。
2020年3月10日于巴西

二
妖风掀浪激湍流，毒气无情阻客游。
怪雾神云飘四海，瘟波疫水涌千州。
高明护士心灵美，广博医师奇迹牛。
万马齐驱灭魔鬼，红旗招展舞春秋。

依韵黄汉江老师七律《抗新冠病毒》
方文伯(新韵)(贵州毕节)

一
春节刚过令人忧，境外流氓害九州。
抗疫千辛拼命累，扶伤一战怎能休。
民间医术可尝试，华夏验方堪更优。
若我消失存永爱，归来回忆赞春秋。
2020年3月17日

二
万里专车接外流，暗传毒素骗江洲。
炎黄美境岂容乱，世界昌荣更隐忧。
天使齐奔湘鄂战，国民共抗病疾游。
良缘合作创医效，誓献青春伴锦秋。

依黄汉江先生《抗新冠病毒》原韵
陈汉(广东雷州)
居家抗疫莫随流，响应中央不旅游。
病毒漫延非本土，新冠扩散满神州。
楚荆有难与患共，世界平安如愿求。
扫去雾霾天日丽，人民欢笑再无忧。

庚子二月龙抬头
——依韵黄汉江老师七律诗
骆琳玲(江西乐平)
东风解冻渐春稠，唤醒青龙昂巨头。
摆尾助威驱疠疫，腾身协力扫霾流。
呼来紫燕翩姿美，望处黄莺歌韵柔。
荆楚污尘应涤净，晴空暖日映名楼。

江城抗疫
——步韵和黄汉江教授
陈家博(江苏)
街衢昼夜绝车流，春季江城禁出游。
若料疫情行楚地，何堪病毒虐荆州。
职官乐作公民仆，医护甘为孺子牛。
上下齐心除雾瘴，功名彪炳载千秋。

步韵黄汉江《七律·抗新冠病毒》
于蓝（上海）

梦惊黄鹤失风流，花恋江城少客游。
天使擎灯驰楚地，神医尽职遍荆州。
只因抗疫仇同忾，方得平妖世上牛。
谁说华中无仲景，绝胜之后谱春秋。

七律·春节战瘟神（依韵黄汉江先生）
吴伯贤（上海）

鼠年武汉遭瘟疫，停业封城禁客游。
万巷空空光彩艳，医门满满病人愁。
华佗献技敌新冠，民众捐钱解内忧。
境外治疗凭巨款，我国患者付零头。

2020年3月8日

《题江城庚子鼠年》
——依韵黄汉江诗
丰桦（山东临沂）

黄鹤一去不复游，龟蛇难禁汉江流。
云漫晴川生瘴烟，雨浇红樱泣春愁。
天缺一角谁补之？疫退三湘钟馗斗。
珞珈山前好战场，至今捉妖说方舟。

2020年3月23日

步韵汉江教授《抗新冠病毒》
徐荣峰（上海）

悬壶济世竞风流，各路精英阻疫游。
赶走妖魔荆楚去，清除病毒慰神州。
珞珈高唱陈薇美，黄鹤欢歌院士牛。
青史有名传万代，白衣天使耀千秋。

宅家唱和
——步韵黄汉江七律诗
陈永坚（巴西）

疫情爆发毒横流，主义高低考证游。
大嘴无能唐纳德，神离貌合铁欧洲。
人权空诩西方乱，答卷独看华夏牛。
虽道山川同日月，全球确是各春秋。

七律·抗新冠病毒（步黄汉江老师原韵）
陈锦娥（北京）

龟蛇袭伏鹤伤忧，疫略江城鬼寂游。
往昔繁华追梦忆，今朝疠瘴夺民愁。
孔明将阵高棋妙，扁鹊兵团国术牛。
众志诚成驱贼魅，河清海晏续春秋。

中国驰援世界抗疫
——依韵黄汉江七律诗
陈港贤（葡萄牙）

折戟神州虐五洲，新冠漫作毒云流。
十千尸袋埋悲怆，廿万疴躯失自由。
为化寰球飞雪冷，敢将硬核打包邮。
东方西域同风月，形态之争或可休。

庚子新春感怀
——依韵黄汉江先生《抗新冠病毒》
黄有水（山东）

新年庚子遇，灾病令人愁。
冠毒袭荆楚，疫情牵九州。
民惊春色暗，城闭煞神囚。
祈福平安日，花香山水悠。

武汉封城二十天有怀
——依韵黄汉江先生《抗新冠病毒》
黄有水（山东）

江城鏖战急，胶着令人忧。
欣看援兵聚，时闻阵地收。
东风驰汉水，雷火映名楼。
号角乾坤荡，云开鹦鹉洲。

步韵试和汉江君《抗新冠病毒》（新韵）
刘昌习（青岛即墨居士）

江城自古客频流，不幸怀疴禁止游。
雾锁烟波凝晦气，霾驱霓彩罩沙洲。

华佗断腕高神助，天使交心大众牛。
伏虎今朝同唱和，翩然黄鹤又春秋。

七律·凯旋
——步黄汉江先生诗韵
柏松（吉林长春）
逆行壮士气如流，疾疠何堪肆意游。
医众迎狙消鬼魅，战歌震撼遍神州。
群情正造回天术，衷腑当惊有快牛。
生死数旬齐奏凯，抗灾史上写春秋。

七律·东方扁鹊剂型牛（新韵）
——步黄汉江原韵
刘雅钧（黑龙江哈尔滨）
凝目荧屏泪欲流，惊心疫疠怎出游。
无形杀手袭华夏，有顷勾魂遍美州。
西向阿斯蛇杖怵，东方扁鹊剂型牛。
长城万里接天碧，收好行囊待九秋。

2020年3月

武汉疫情有感（依黄汉江老师韵）
江玉娥（河南）
楚水中枢催战鼓，瘟神肆虐万家愁。
江城柳翠梅空放，烛影符红乐变忧。
疫毒猖狂黄鹤泪，东风严劲汉阳遒。
村村封路层层堵，户户驱魔寸寸搜。
掌舵南山伸巨手，扬帆勇士捉凶虬。
丹心似火奇功建，正气如天伟略谋。
扫尽阴霾春绣锦，排空浊浪喜登楼。
云开雾散新光暖，鸟语花香泼墨讴。

七律·抗疫和诗（步黄汉江诗）
刘成宏（河南）
疫情突至孰风流，取义英贤阻魍游。
忘死救伤仁贯海，提灯捉怪技盈州。
苍翁献策天言妙，老妪开航地说牛。
慷慨逆行山岳壮，惊来黄鹤补春秋。

步韵黄汉江七律·抗新冠病毒
吕玉光（重庆）
庚年无奈遇寒流，鹦鹉惊呼莫外游。
病毒须臾侵楚地，阴霾旦夕暗神州。
生民有赖华佗手，天使甘为孺子牛。
万众齐心终胜利，一篇史实记千秋。

依韵黄汉江《七律·抗新冠病毒》
叶翀飞（荷兰）
新冠肺病虐欧洲，药剂神医何处求。
华夏恐慌相隔离，西洋无主放任留。
人民响应易共梦，百姓不听难同舟。
上帝可知来拯救，群居免疫大家忧。

依韵黄社长七律·抗新冠病毒
郑富匀（北京通州）
烟尘四起普冠啾，汉水神来勇士舟。
雁鹤腾飞春色景，菩提静放月光眸。
群英共愿千山举，众志同心万古流。
世纪丰碑勋矗立，中华锦绣暖全球。

七律·步韵黄汉江《抗新冠病毒》
孟庆斌（闲云野鹤）（北京）
庚子楚襄多事秋，龟蛇难扼疫情流。
晴川栗栗汉阳树，芳草凄凄鹦鹉洲。
钟老挥刀除蠹孽，兰娟劈掌断魔头。
三江大地春分日，仙客再登黄鹤楼。

步韵黄汉江先生《抗新冠病毒》
王洪青（山东）
汉江楚水泪奔流，黄鹤悲鸣入梦游。
瘴气浊烟殃大地，腥风秽雨乱神州。
今贤抗疫联防妙，古圣除瘟药剂牛。
绝世凯歌华夏唱，功勋无量载千秋。

步韵黄汉江君《抗新冠病毒》

张长奎（山东）

江城冬日疫横流，肆虐南天阻客游。
抗疠呼声闻昊宇，战瘟号角响神州。
"孔明"布阵智谋广，"扁鹊"行医技术牛。
举国同心驱祸患，迎来华夏好春秋。

步韵黄汉江先生《抗新冠病毒》
李芳（山东）

耸立龟蛇抗激流，高飞黄鹤待宾游。
瘟风险恶侵三镇，天使仁慈誉九州。
日暖杏林民远祸，泉香橘井众称牛。
中华协力除灾害，喜度阳春与好秋。

步韵黄汉江先生《抗新冠病毒》
马金玉（山东）

未言封闭泪先流，武汉灾情止出游。
黄鹤悲鸣惊四野，瘟君肆虐乱神州。
亲征院士铃谋妙，听令仁医技术牛。
众志成城排万险，功勋卓越载千秋。

步韵黄汉江先生《抗新冠病毒》
商忠敏（山东）

新春武汉疫横流，防控封城禁出游。
抗毒呼声惊玉帝，驱魔攻势震神州。
中枢关爱鸿猷棒，扁鹊消灾医术牛。
万众齐心除鬼怪，丰碑树立贯千秋。

次韵黄汉江先生《抗新冠病毒》
孙作林（山东）

一

岁交荆楚疠瘟流。黄鹤归来何处游？
无策烛阴悲九域，惊魂青帝虑千州。
京师传令灾城救，扁鹊挥刀秘术牛。
尤盼江天澄劫后，明霞璀璨续春秋。

二

江城蒙难泪双流，鹤唳星残人未游。
添一层云笼瘴霭，醉三分酒叹雄州。
悬壶驱疫开天道，济世捐躯憾斗牛，
把盏酹空英烈祭，丹心碧血写春秋。

次韵黄汉江先生《抗新冠病毒》
朱丽华（山东）

忽悉江城冠毒流，岂容疫鬼任栖游。
逆行天使援三镇，救险英豪动九州。
摸底排查施策妙，守居离隔运谋牛。
全民奋战惊寰宇，一曲壮歌扬百秋。

依韵上海黄汉江先生《抗新冠病毒》
李承玫（山东）

一

诗贫酒淡我庸流，忽现灵犀也苦愁。
笔拙情催书毅魄，虹辉鹤舞颂荆州。
能经多舛淬钢硬，不化无坚绕指柔。
天使高擎飞雪剑，瘟神斩尽醉江楼。

二

毒魔蝙蝠酿灾忧，荆楚瘟神延祸稠。
造化恨生罹难兽，中枢壮举斩妖钩。
堪期疫泯圆千梦，仍唱江清竞万舟。
众志成城驱瘴雾，更凝豪气傲神州。

次韵黄汉江君《抗新冠病毒》
秦存怀（山东）

长江怒吼向东流，黄鹤悲鸣止外游。
疫毒凶凶惊广宇，瘟情漫漫乱神州。
中央决策宏图妙，院士精研方剂牛。
举国同心排万险，炎黄青史耀千秋。

步韵秦和黄汉江《抗新冠病毒》
闫承玫（山东）

春至江城碧水流，岂料冠毒四方游。
无情疫鬼祸三镇，有志白衣匡九州。
妙手回春真盖世，丹心献技敢称牛。

军民协力瘟神灭，卓越功勋颂万秋。

依韵黄汉江君《抗新冠病毒》
孙长忠（山东）

冠毒江城染，凶顽肆虐游。
御疫防扩散，窝憋在层楼。
茶品宋唐韵，句求平仄周。
诗文生正气，歌赋国强讴。

次韵上海黄汉江君《抗新冠病毒》
杨位俭（山东）

龟山楚水疫横流，黄鹤楼边唯梦游。
疫庆何容伤鄂郡，阴霾岂敢虐神州。
除忧祚国施仁爱，赴难祛邪冲斗牛。
会待春筵庆功酒，当歌伟绩著春秋。

次韵黄汉江先生《抗新冠病毒》
刘传柱（山东）

封城武汉阻瘟流，春日樱花曾未游。
忽降无常不速客，猝临怪庆犯神州。
担当职责求真我，无愧黎民效老牛。
披甲谁曾悲白发，从容出剑续千秋。

悼念为抗疫献身的白衣战士
——依黄汉江先生《抗新冠病毒》韵
赵允廷（山东）

独坐悲君泪水流，驱瘟赞誉胜封侯。
谣言惑众无须有，天使为民岂肯休。
抗疫除灾排国难，争分夺秒解民忧。
儒医沥胆施仁爱，怜悯抛家未转头。

次韵黄汉江先生《抗新冠病毒》
马世杰（山东）

汉江冠毒染清流，雾锁龟蛇阻胜游。
遇祸生民悲海渎，除灾杰俊护神州。
白衣奋立擎天柱，志士甘为孺子牛。

华夏泱泱齐战疫，丰碑青史壮千秋。

战"疫"有感
——依韵黄汉江君《抗新冠病毒》
马世杰（山东）

突发疫情心似揪，幸蒙党政急通筹。
千城救难援前线，万镇布防除后忧。
昔日川灾全国抗，今朝鄂疫九州投。
寰球抢险何方好，最是中华第一流。

七律·抗新冠病毒（新韵）
——步韵黄汉江老师诗
董志达（北京）

江城雾锁疫横流，野渡云封何处游。
诡异毒魔传禹甸，神奇国术护方州。
白衣执甲雄心烈，勇士披荆霸气牛。
除去新冠伏鬼魅，人间春色壮千秋。

试步黄汉江《七律》诗韵
天使之歌
赵阳春（江苏南京）

天使汗水夹背流，斗志昂扬争上游。
来自五湖与四海，共同战疫佑神州。
中药配方甚奇妙，起死回生实在牛。
雷神火神除鬼魅，英雄儿女谱春秋。

欣和黄汉江兄《抗新冠病毒》用韵
孙志江（陶然叟）（黑龙江哈尔滨）

江城热土美千秋，闯鄂瘟神窜九州。
翘盼苍生天使至，凝思黄鹤舜尧游。
披星援救驰南北，戴月募捐惊斗牛。
大爱初心凭砥柱，凯旋战疫数风流。

2020年3月22日

步黄汉江先生《七律·抗新冠病毒》韵

程林（湖北武汉）

舶来毒水竟盲流，黄鹤无辜禁客游。
万众蜗居谁负罪，一时疠气漫神州。
除魔医士驱邪虎，荡寇英雄作汗牛。
荆楚欢呼春暖日，西瓯何以尚登秋。

依韵黄汉江先生《抗新冠病毒》
闫绍奇（山东）

龟蛇雾锁满山愁，冠毒冷侵黄鹤楼。
救难频闻医护苦，经营不见客商留。
瘟魔肆虐危三镇，疑患相离护九州。
独立窗前极目望，白云万里寄情悠。

七律·宅家有怀
——依韵黄汉江诗
厉鼎丰（江苏扬州）

江城武汉静幽幽，全托新冠病毒游。
锁路严防人数夜，封门死守劫悲秋。
一声号令群情振，百道恩光举国休。
鬼怪妖魔何所惧，中华实力自清遒。

依韵黄汉江吟长《抗新冠病毒》
霍庆来（河北）

新冠魔疫几时休，让我江城作胜游。
每念驰援纾国难，长歌慨赠解民忧。
心声激荡东湖水，号角回旋黄鹤楼。
众志堪将倾厦挽，无言大爱著春秋。

七律·抗瘟神
敬步黄汉江《抗新冠病毒》诗韵奉和
周丽芝（湖南长沙）

疯狂病疫感炎流，堵路封城禁漫游。
鬼怪冠灾殃世界，妖魔肺毒扰神州。
神医院士施奇妙，圣药南山计巧牛。
悍国军民同奉战，满腔热血写春秋。

步韵晓翰老师《抗新冠病毒》
党立武（甘肃白银）

雾锁江城水横流，心惊黄鹤困难游。
牵怀日夜汉阳树，祈福冬春鹦鹉洲。
疫毒何及贪口毒，魔牛远逊白衣牛？
挥戈一战妖云退，康复人歌夏与秋。

赞白衣天使（依韵黄汉江诗）
徐成祖（上海）

碧血丹心为国酬，白衣天使逆行走。
为穿护服添方便，美女削发变尼头。
舍身忘死冲天劲，满脸罩痕哪堪羞。
若非深得人民爱，那有百姓泪横流。

《抗新冠病毒》依韵黄汉江老师
吴能武（江西乐平）

楚荆病毒痛心头，无奈沉疴卷鹤楼。
雷击冠魔妖雾散，火烧疫鬼妙方求。
江郎才尽难搜句，仲景医高不解愁。
且信东风芳草绿，凯歌高奏写春秋。

韵步晓翰先生《抗新冠病毒》
李志明（福建泉州）

抗疫如还未止流，劝君无事莫闲游。
宅家探索中华典，提笔题描大国州。
苦练随春追绿梦，勤耕载物比黄牛。
待闻告捷清明焕，悠悠玉韵著千秋。

次韵黄汉江先生原玉
《七律·抗新冠病毒》
蓝树宽（广西）

长江入楚话风流，黄鹤腾云纵逸游。
铭世丰碑沉汉水，邀功壮节滞荆州。
惊闻瘴气声名恶，喜得神医妙法牛。
举国群贤争赴救，弦歌万里咏春秋。

和黄汉江老师抗疫诗(中华新韵)
刘宇辉(广东珠海)
何传新冠百结愁,善士无降各斗牛。
作伴春风寻秘策,同行筚路启芳流。
为民岂是临时种,发愤非图崭露头。
胜日心花催烂熳,瘟神可待鼓囊收。
2020年3月25日

步韵黄汉江老师《抗新冠病毒》
叶华(江西乐平)
居家隔离疫横流,黄鹤楼前无出游。
解困军民舍生死,救危天使护神州。
满腔热血仙医术,双鬓新霜孺子牛。
扫尽阴霾山水美,仁心大爱写春秋。

七律·庚子抗疫(新韵)
——依韵和黄汉江老师诗
徐菲(山西)
新冠肆虐鼠年忧,疠气汹汹动九州。
武汉封城荆楚泪,黎民闭户几多愁。
白衣赴险驱魔瘴,院士攻坚更运筹。
抗疫龙族施久战,警防妖雾又狂流。
2020年3月25日于北京

七律·抗新冠病毒(步韵黄汉江老师)
吴凤琴(椰风)(吉林洮南)
天际愁云似不流,江城魔影纵横游。
无情病毒吞人命,有爱仁医救鄂州。
喜看专家良策妙,欣闻国士计谋牛。
杏林春暖东风劲,又写传奇誉万秋。

依韵和黄汉江七律·抗新冠病毒
刘金鹏(黑龙江哈尔滨)
千载空余黄鹤楼,岂甘沉默使人愁。
新冠胡闹江城内,全国急援荆楚头。
寂寞汉阳芳草树,无言鹦鹉绿沙洲。
白衣战士从天降,猛打妖魔获胜休。

七律·同心战疫
——依韵黄汉江诗
宋洪富(辽宁大连)
冠状毒魔扰九州,中华大地雾霾稠。
炎黄后代齐奋起,禹域儿孙共忾仇。
举国一心同战疫,倾城合力并解忧。
云消雾散花开日,无恙山河溢彩流!
2020年3月26日

依韵奉和黄汉江先生抗新冠病毒
薛作才(湖北)
封城驰役势江流,共赴民生疫患忧。
莫使勒功亏一篑,应将利剑达千州。
西方抗毒急援手,上帝施恩枉射牛。
疫罢思追孰为祸,必从科学证源头。

七律·贺武汉开城(步黄汉江老师韵)
水上飞
抽刀断水息魔流,终见云开鹤凤游。
圣手金方平疫患,神医妙术惠荆州。
心齐有赖王师动,善举当书大爱牛。
天使逆行功绩伟,银袍壮曲载千秋。

七律·步韵和黄汉江老师《抗新冠病毒》
张井荣(黑龙江)
黄鹤楼旁疠水流,龟蛇无奈禁春游。
冠尘恶浪淹千岛,疫障霾云覆九州。
扁鹊壶中良药妙,专家囊里火舱牛。
天兵儒将驱魍魉,荆楚朝阳耀万秋。

依韵敬和黄汉江先生《抗新冠病毒》
刘志澄(湖北武汉)
白云黄鹤泪花流,冠毒猖狂祸九州。
一地封城疠源断,八方献爱救兵牛。
舍生忘死施精术,抗疫驱魔送爽秋。

今日班师离汉去，明春荆楚任君游！

七律·肺疫有感
——依韵黄汉江七律诗
王海华(海容儿)(山东青岛)

江上瘟波锁鹤楼，梅花含泪谢神州。
从来清水滔滔涌，何出空城浊浊流？
天怒人间多蠹客，地生国士少冤愁。
闭门但做开明事，日月三山肺疫休。

步韵黄汉江先生《七律·抗新冠状病毒》
张怀明(重庆)

时逢鄂楚泛瘟流，阻路封城绝串游。
八面军民援汉水，四方器药济荆州。
白衣誓做屠魔手，学士甘为患者牛。
决意除驱妖魅尽，敢将热血写春秋。

七律·依韵黄汉江老师《抗新冠病毒》
樊徽(新疆额敏)

江城染疫任横流，黄鹤何堪泪泣悠。
医塑三军除噩梦，逆行千里战方州。
扶伤天使征衣雅，摧灭新冠草药牛。
九域翩跹花满目，寒冬已过又春秋。

感激山东湖南帮助黄冈市抗疫
——依韵黄汉江先生《抗新冠病毒》
茗哥(湖北)

一场瘟疫爆无休，肆虐华中万户踩。
齐鲁圣医援楚国，潇湘天使助黄州。
精深道术冠枭灭，绝妙英才毒蛊囚。
两地豪雄存大义，凯旋之日颂歌讴。

七律·依韵黄汉江《抗新冠病毒》
孟凡领(广东珠海)

新冠飞袭黄鹤楼，三江水染欠清幽。
白衣天使逆行上，金冕专家赶浪头。
草药西医共施治，瘟神疫孽竟逐留。

泱泱华夏中流柱，殷切慈心惠五洲。

战疫情
——依韵黄汉江七律诗
向清瑜(重庆)

惊涛拍岸楚江头，疫疠横行汉水忧。
野市无名生厉鬼，南山有计设良谋。
成城众志驰千里，报国群情涌九州。
笑对瘟君狂虐我，中华儿女著风流。

还我江城
依韵黄汉江七律诗
朱钟昕(湖北武汉市)

紧闭家门心打鼓，闻增数字更添愁。
乡情犹念吾天使，翘首遥瞻那鬼悠。
毒疫蔓延千众苦，肺炎肆虐几时休。
阴霾散尽青山笑，还我江城碧水流。

七律·抗疫
——依韵和黄汉江先生《抗新冠病毒》
秋云(山东)

新冠暗渡染清流，武汉三江锁路愁。
鹦鹉洲头狂疫虐，汉阳树下毒魔悠。
钟南蹈火重为帅，杏使临危逆向修。
众志成城华夏子，时艰共克报神州。

2020年3月29日

步韵黄汉江《抗新冠病毒》
七律·巨龙腾跃续春秋
陈俊泽(河北廊坊)

五江城锁毒株流，大地复苏魑魅游。
紫陌纤尘飘万里，白衣天使降三州。
中西合璧施良术，医护苍颜救众牛。
楚汉凯歌声响亮，巨龙腾跃续春秋。

新韵七律·抗新冠病毒
——依韵黄汉江七律诗

王志竹(湖南)

九州大地新冠流,四面楚歌江汉稠。
钟鼓齐鸣瘟鬼惧,龟蛇劲舞故园牛。
警民合力奇迹现,疫魅飞身无处游。
举世迷茫无举措,纷来华夏续春秋。

步韵黄汉江老师《抗新冠病毒》

赵立君(河北清河)

时逢佳节客驰流,孰料瘟神肆意游。
审势灵枢定深策,仁心天使出连州。
长江桥上初还凤,鹦鹉洲前再问牛。
雾散云开且相待,樱花怒放是觚秋。

步韵黄汉江先生《抗新冠病毒》

王伯刚(河北廊坊)

新冠岁首妄传流,举国严防已禁游。
四海同心援武汉,八方携手保神州。
甘倾财力除魔疾,不使黎民堕马牛。
十四亿人齐聚志,摇山撼岳改春秋。

七律·抗新冠病毒
（步黄汉江先生原韵奉和）

王能广(湖北通山)

江城寂寂枕寒流,汉水沉沉梦里游。
劫难无情侵楚地,天心有爱显神州。
长缨缚疫龙人智,众手回春中国牛。
一代英雄歌卫士,丰碑矗世载千秋。

依韵和黄汉江先生《抗新冠病毒》

胡华松(湖北咸宁)

疫葬龟蛇魍魉休,荆襄抖擞展鸿猷。
封关韬略普天赞,忘我精神盖世牛。
号令一声山水转,军民戮力雾云收。
仁医勇士心相守,滚滚长江万古流。

七律·欢庆抗疫胜利
（步黄汉江《抗击新冠病毒》七律韵）

胡效祯(四川达州)

青云消匿异光流,笑绽新妍客外游。
举国欢呼歌一地,全家喜庆忆三州。
华佗战疫行医妙,百姓忧心送爱牛。
众志成城能量足,岂来魍魉乱春秋。

七律·抗新冠病毒
——步黄汉江先生原韵奉和

朱细典(湖北咸宁)

鼠猪交岁疫情流,春锁龟蛇何处游。
毒势封城侵汉水,阴云蔽日暗神州。
一声号角风雷动,百战华佗医术牛。
斩灭瘟魔传喜报,凯歌高奏颂千秋。

七律·《抗新冠病毒》
——步韵拙和黄汉江老师七律诗

张华政(风竹临风)(湖南株州)

龟蛇苏醒映江流,黄鹤重还旧地游。
耻笑瘟波遗大海,叹悲疫疠窜洋州。
孔明神算东风妙,铁律玄机盖世牛。
报应到头惩鬼魅,高歌曲曲冠千秋。

七律·步韵黄汉江先生《抗新冠病毒》

江先金(江西)

年逢庚子疫情流,黄鹤楼台客不游。
鹦鹉哀鸣惊四海,汉阳痛哭震千州。
征鸿逆浪驱魔鬼,战马寒沙施法牛。
大爱高歌红日暖,白衣妙手著春秋。

七律·抗疫新声(步黄汉江老师原韵)

杨维华(湖南长沙)

缘何黄鹤立中流,自有群仙引俊游。
隐隐瘟邪侵众地,时时正气护连州。
数番众策援荆楚,几度齐心贯斗牛。
疫染清零天地净,风和日丽谱春秋。

七律·步韵黄汉江先生原玉

卢波（广东深圳）

国际当今冠疫流，东西携手共邀游。
乐无终究惊多国，忧有何曾叹九州。
昨日忽闻沧海冷，此时方见白衣牛。
东风反转西风劲，一夜等于一个秋。

2020年3月29日

七律·抗新冠病毒（步黄汉江先生原玉）
陈仕兵（湖南永州）

凄风暮雨水横流，鼠岁冠虫肆虐游。
设备人员飞楚汉，双神舱院蠹江州。
全民防控方针好，举国帮扶措施牛。
众志成城驱魍魅，同甘共苦渡春秋。

欢庆抗疫胜利（步韵黄汉江老师）
赵丽芬（云南昆明）

今年病毒漫江流，肆意人间世界游。
众志成城援武汉，群情抗疫保神州。
医生细致配灵药，护士精心熬野牛。
险阻重重终胜利，英雄捷报写春秋。

注：这里的野牛借指新冠病毒

2020年3月29日

七律·抗疫吟（步韵黄汉江诗）
李伟（山东济宁）

大江东去界光流，病疫无端作客游。
恸哭城殇摧鼓角，群情气荡灌神州。
华佗从降回天手，百姓同心感斗牛。
惠爱东君施雨露，龟蛇白鹤足千秋。

2020年3月29日

七律·抗疫吟（步韵黄汉江诗）
殷家鸿（山东济宁）

蛊巫播疫染江流，衣锦还乡已断游。
孤岛满城濒死海，生灵无气远仙州。
岐黄有术阳关道，闾阎开恩汗马牛。
重挽九衢通内外，悲歌化作甲春秋。

2020年3月29日

七律·抗疫吟（步韵黄汉江诗）
郑华（展宏图）（山东济宁）

滚滚车轮已复流，珞珈花雨醉行游。
无边春色开千户，初霁霞光耀九州。
严控严防输入虎，飙升飙窜毒瘟牛。
睦邻援助涌泉报，大国担当载万秋。

七律·抗疫吟（步韵黄汉江诗）
孙庆涛（涛声依旧）（山东济宁）

黄鹤楼边观水流，景区依在少人游。
三城偶染冠霾苦，八面支援病毒收。
天使前方几昼夜，魔巫隐处难辞休。
觅搜佳句白衣赞，五域同声美誉留。

2020年3月29日

七律·《步韵黄汉江先生原创诗文》
曹国民（江西南昌）

新年伊始一铁流，医护群雄武汉游。
举国协心驱病毒，全民合力保神州。
南山挂帅良方妙，政府运筹谋策牛。
三月疫魔渐退去，海内平安写史秋。

2020年3月29日

七律·武汉战疫凯旋归（从韵黄汉江）
潘春葆（海军指挥学院）

鼠春荆楚疫横流，征战军民医术牛。
热血腾腾驱瘴雾，爱心满满护神州。
联防联控封街巷，复产复工争上游。
得胜凯旋鸣笛送，云开日出度千秋。

抗疫令（步韵黄汉江七律诗）
李传生（煤山乐天）（山东济宁）

黄鹤凌空看碧流，樱花笑脸醉心游。
春归人乐祈三楚，乱后天开耀九州。
扁鹊通神擒猛虎，长蛇有术灭瘟牛。
江城福满书新册，战疫名垂万载秋。

2020年3月30日

步韵黄汉江先生《抗新冠病毒》
李旭念（湖南岳阳）
晴川蒙难疫荒流，楚水悲鸣鹤倦游。
群岳尘嚣传海内，五星旗帜定神州。
南山报国回春手，医使为民俯首牛。
华夏壮歌高啸饮，功垂史册耀千秋。

2020年3月28日

敬和黄汉江先生七律·抗新冠病毒
郑淑鹏（山东）
长江滚滚向东流，汉水之滨禁客游。
作孽瘟神侵赤县，遗瘟冠疫祸神州。
镰锤指向军民奋，医护悬壶手段牛。
黄鹤高飞驱走瘴，凯歌一曲续春秋。

五律·庚子抗疫（依韵黄汉江先生诗）
周家禄（对山居士）（安徽宁国）
庚子疫横流，寂寥黄鹤楼。
瘟神伤楚地，病毒祸神州。
岁晏戎衣逆，时危国手谋。
歌吟灾疠去，德泽润千秋。

依韵奉和黄教授抗疫诗
南策英（湖北黄冈）
雾满江滩毒纵流，人临大疫梦中游。
封城闭巷寻常事，何日迎春百二州。
天使仁心援圣手，秦川汉水葬泥牛。
瘟神自此无消息，壮志悲歌震九秋。

依韵和黄汉江先生《抗新冠病毒》
秦建（广西柳城）
抗疫如洪滚滚流，楚歌昨夜四方稠。
开来复产繁荣返，驯育精耕富裕谋。
古代文明惊世界，今朝优势有金猴。
穷追猛打捉精魅，天下升平不用忧。

七律·步韵和黄汉江《抗新冠病毒》
王端恒（四川成都）
亥子相交疠肆流，严防宅室不闲游。
疫情迅猛传华夏，险象环生扰省州。
领导专家施策妙，医师护士逆行牛。
同心救助多威力，扑灭新冠迎丽秋。

七律·抗新冠病毒
（步黄汉江主席七律韵）
天高云淡（上海）
江城染疫毒株流，黄鹤情殇泣泪愁。
举国帮扶援武汉，全民防控保神州。
中西合璧施精妙，医护同心逐冠牛。
绿意葱茏花照影，白衣天使续春秋。

七律·湖北大捷（平起平水韵）
——依韵黄汉江七律诗
徐耀煌（善义天酬）（湖北武穴）
琴台除夕惊雷响，武汉新年病毒流。
八位仁贤冤屈受，一头官宦凯歌牛。
晴川万里囚君苦，黄鹤千层锁客愁。
四海英雄书壮志，九洲天使谱春秋。

七律·《步韵黄汉江先生原玉》
崔丽荣（天津）
楚江奔涌赴东流，黄鹤无心振翅游。
墨士笔书千载劫，仙翁志守万山州。
行游远客临乡土，卧看娇阳伴野牛。
华夏齐心平险咒，重观百舸竞春秋。

七律·抗新冠病毒
（依韵黄汉江先生原玉）
雁惊寒（上海）
乌云滚滚漫神州，壮气凌霄铁甲流。
诸野当关驱厉疫，千家闭户断根瘤。
扬清浩荡黎元志，匡济从容领袖谋。
华夏子孙齐戮力，丹心一片谱春秋。

步韵恭和黄汉江吟长《抗新冠病毒》
石教耕（江苏如东）
龟蛇镇定疠盲流，黄鹤言明禁出游。
截断疫瘟传四海，严防肺毒染三州。
献身救治银针妙，浴血扶伤秘诀牛。
国内将平援域外，同舟共济写春秋。

七律·步韵黄汉江老师《抗新冠病毒》
熊振厚（湖南）
寰球时疫似川流，中国担当领上游。
会战三军驱鬼魅，凯旋二月霁神州。
楼兰袖手韬尘险，尧舜齐心气势牛。
垓下大风兴废事，光明黑暗载春秋。

七律·抗新冠病毒（步韵黄汉江诗）
李继武（安徽）
冠状瘟神武汉游，江城肆虐骇神州。
家家户户宅虽统，镇镇村村车不流。
施策高层挥剑准，爱心天使救人牛。
而今四海春刚美，却叹五洲忽遇秋！

七律·抗新冠病毒（依韵黄汉江诗）
陈治安（广东梅州）
疫情噬日月恩酬，福海红尘几度修？
空巷无前情路远，截天托后梦乡愁。
三军振臂方舱建，百姓翻身对酒惆。
八面来风瘟遣鹿，长歌一曲怎回眸？

七律·步韵黄汉江先生原玉
子墨（河南焦作）
一江春水向东流，百舸争驱逆浪游。
忍断香丝奔武汉，销除恶疫保龙州。
天衣符袋玄机妙，雷火神威誉世牛。
黄鹤楼风承敬意，曙光希翼复青秋。

依黄汉江诗丈韵《抗新冠病毒》
姚庆才（香港）
波涛滚滚大江流，华夏同心抗疫酋。
厉毒隐形疑宿蝠，逆行烈血志函牛。
千年黄鹤麻三镇，一片红梅着九州。
亟待人间复安泰，龟蛇狂舞颂春秋。

步韵和黄老师《抗新冠病毒》
凌益群（安徽庐江）
庚子新年冠毒流，江城一夜断人游。
病情肆虐汉阳渡，瘟疫势吞鹦鹉洲。
应赞中枢行果断，更夸天使技精牛。
中华送走瘟神日，独领风骚万古秋。

七律·全球战疫（依黄汉江先生韵）
胡子哥（内蒙赤峰）
新冠肆虐遍全球，疠疫无情举世忧。
闭港封航征远路，关城禁路断尘舟。
三军请命驱魔瘴，异域同心攻毒瘤。
天下苍生为己任，太平盛世众民谋。

七律·战冠疫有感（步韵黄汉江诗）
陈浩（骑驴看客）（广东深圳）
黄鹤楼前汉水流，花开荆楚忆旧游。
何期妖氛横千里，更叹毒凶虐九州。
有德医师专祛病，无聊政客好吹牛。
应知冠疫无疆域，遑论春冬与夏秋。

步韵诗人黄汉江七律《抗新冠病毒》
杜向东（河北）
饕餮横行疫肆流，传檄城锁遏瘟游。
白衣每有扶危事，赤胆总能临险州。
试问环球谁可比，运筹帷幄这般牛。
江山万里迎新日，永照乾坤几度秋。

依韵黄汉江教授《抗新冠病毒》
郑杨松（浙江文成）
黄鹤楼高少客游，瘟神肆虐祸当头。

— 2835 —

宅家死守三千界，拦路棚开十二州。
异域无谋除疠疫，南山有术壮春秋。
楚歌四面围城紧，举世频传妙计牛。

抗新冠病毒（依韵黄汉江七律诗）
林瑛（浙江龙游）
瘟疫横行别有牵，一心驰援志坚谋。
青丝剪断明生死，白褂穿来话去留。
无顾安危挑重担，何须团聚拥新裘。
誓除病毒欢颜发，祝酒歌筵普万州。

抗新冠病毒（步韵黄汉江七律诗）
汪春莲（江西乐平）
何堪毒气楚江流，憎恶人间瘟疫游。
铁壁坚持驱新冠，丹房炼药妙神洲。
红颜侠骨施援手，白发雄心技术牛。
横扫阴霾彰霁色，丰功伟绩立千秋。

七律·抗击新冠（依韵黄汉江诗）
梦飞（山东潍坊）
一场疫情江汉流，八方驰援党筹谋。
千兵亿众齐征战，妖孽鬼域皆净收。
二神雷火思英烈，杰俊方仓显身手。
白衣黄鹤名千代，勇士楚荆志万秋。

七律·抗疫有寄（步韵黄汉江诗）
千层浪（黄结东）（广西柳州）
天灾突降恶飞流，若比幽灵逐魄游。
瘴气荡波侵远海，惊心骇胆罩邻州。
瞬时政令施灵妙，此刻民心稳石牛。
祈愿人间无鬼魅，山川秀水郁千秋。

原韵奉和黄汉江总编《抗新冠病毒》
程肖华（安徽安庆）
江城疫虐泪清流，荆楚全封禁足游。
街道空幽蜗冷宅，杏林火爆震神州。
白衣协力同擒虎，黎首齐心共斗牛。

舜日泽恩阴晦扫，曙晖璀灿照千秋。

依韵黄汉江《抗新冠病毒》
汪海君（河南开封）
江水鸣咽听雨骤，乌云翻滚怎堪愁。
滔天黄练奔沧海，冠魅凶残扫雾州。
院士出谋良计妙，南山手笔众称牛。
军民奋起除魔患，冬去春来写晚秋。

七律·步韵黄汉江总编《抗新冠病毒》
黄艳玲（安徽安庆）
霾雾阴沉滞水流，徘徊唳鹤怅浮游。
避瘟禁足封三镇，抗疫驰援启九州。
救治求方云破月，诊疗献策气吞牛。
齐心祭剑凶顽退，一曲笙歌传万秋！

步韵和黄汉江总编《抗新冠病毒》
汤昌社（安徽桐城）
庚子新春疫毒流，江城景好有谁游。
云中不见归黄鹤，市里难逢知鄂州。
橘井龙涎神水妙，南山灵草药方牛。
烝民合力乌云散，红日巡天照万秋。

依韵和黄汉江总编《抗新冠病毒》
张冬菊（安徽安庆）
妖魔庚子祸中州，无影无声肆意游。
一令封关哀汉水，五更翻恨作家囚。
三军受命江城战，各界驰援荆楚谋。
党策英明疫情控，中华伟绩载千秋。

依韵和黄汉江总编《抗冠状病毒》
邢桐生（安徽安庆）
二月东风绿柳抽，居家躲疫闭门愁。
多城路阻千村歇，古镇人稀百业休。
幸喜援军驱鬼魅，频来天使战医楼。
救生已有回春术，远送瘟神解楚囚。

七律·依韵和黄汉江《抗新冠病毒》
罗汉(江西南昌)
疠侵三镇楚云愁,九派涌泉除怪疣。
泪目逆行天使客,倾情同济汉江舟。
悬壶玉滴清奇疫,妙手微牵灭痼瘤。
寒去归元鸣鸟静,琴台新曲续春秋。
2020年4月1日

七律·抗疫(步黄汉江教授韵)
彭云(江西高安)
毒魔疫瘴肆横流,宅室居家少外游。
院士钟南临楚汉,白衣天使护神州。
江城一抹乌云厚,华夏乾坤众志牛。
秀色满园关不住,月圆花好泻春秋。

七律·赞天使逆行(步韵黄汉江教授)
徐少安(江西乐平)
江城毒疫祸传流,黎庶惊魂不敢游。
天使逆行掏赤胆,中央部署卫神州。
君临生死豪情壮,我用中西技术牛。
何惧腥风掀恶浪,迎来胜利载千秋。

七律·抗疫吟(步韵黄汉江诗)
赵佳军(山东济宁)
风尘茬苒世迁流,肆虐冠魔禁客游。
楚地封城惊海宇,杏林传檄动神州。
精诚济世岐黄术,仁爱回春孺子牛。
医护悲歌鸣汉水,丹心报国写春秋。

步韵黄汉江老师《抗新冠病毒》
李丽华(春草)(黑龙江鸡西)
江城翻墨泪飞流,鹦鹉无言竟惰游。
肆虐瘟情惊碧宇,滋生愁绪恐边州。
文王神卦藏机慧,仲景伤寒济世牛。
聚力中华除疫气,功标青史写清秋。

次韵黄汉江先生《抗新冠病毒》
吴长华(广东广州)
突来冠状毒横流,举国同心不外游。
抗疫攸关江汉地,严防主旨大中州。
中西结合神如虎,雷火交加耿胜牛。
今日更知家国爱,浓磨玉墨写春秋。
2020年4月1日作于广州

次韵黄汉江诗友《抗新冠病毒》
葛彩锭(江西上饶)
黄鹤深情望碧流,江城一季阻人游。
冥冥雨袭传疫梦,浩浩云蒸送暖州。
马踏关山逆行壮,日辉玉宇楚天牛。
无烟激战全民上,迎得晴川烂漫秋。

七律·战疫情(步韵黄汉江诗)
朱卫东(汉水真人)(湖北襄阳)
江河悲啸向东流,黄鹤楼空忆旧游。
且看成城森壁垒,岂容瘟鬼祸神州。
白衣豪气凌霄汉,铁甲衷情贯斗牛。
自古英贤垂史册,辉同日月照春秋。

依韵和黄汉江教授《抗新冠病毒》
黄华统(广西百色)(二首)
七律·遵命蜗居
冠炎江汉激横流,毒浪滔滔虐九州。
遵命人都门简出,难安心总自添愁。
烦怀不得除瘟害,愧汗无能为国谋。
惟向苍天祈佑庇,迅驱疠疫靖惊忧!

七律·信尽疫灭
滔滔毒浪突横流,肆虐江城祸九州。
幸有军民甘逆袭,不分昼夜解危忧。
雷神山下众生济,魔鬼窟中精魅囚。
信会新冠顽疫灭,凯歌声奏荡全球!

七律·抗新冠病毒(步韵黄汉江诗)
刘世勇(江西乐平)

梅园花谢逐波流，江汉无端魑魅游。
小小毒虫掀浊浪，堂堂三镇扮空州。
天兵十万车连马，地网千重纲举牛。
霾灭春来新草翠，却怜他国进寒秋。

依韵和黄汉江教授《抗新冠病毒》
王海红（江西上饶）
春来疫起叹波流，九域瘟横禁足游。
人锁蜗居思鄂楚，雾笼鸿壑看神州。
逆行天使愁云扫，赴难神军寒色收。
遍览环球谁举力，中华榜样立高丘。

七律·赞援鄂医疗队分批凯旋而归
——奉和黄汉江老师佳律
杨汉林（湖南常德）
主动请缨援武汉，荣归告捷誉全球。
舍身忘死狂魔斩，触手生春妙术牛。
医患魂牵盈热泪，仁慈善举震神州。
长江水上千帆过，黄鹤楼前百鸟啾。

七律·抗疫新曲（步韵黄汉江诗）
陆振刚（上海）
长江滚滚水东流，三镇融融客自游。
原是瘟君遭灭顶，正因妙手绣神州。
龟蛇笑问春耕事，黄鹤飞归鞭水牛。
防控高歌新一曲，环球共对写春秋。
2020年4月2日

步韵黄汉江老师《抗新形病毒》
彭得宝（湖南祁东）
天溢生机碧水流，大神降怪各方游。
舍身抗疫援沧海，尚德擒魔助五洲。
西药回春滋万物，树根造命赛千牛。
全球合力祛瘟病，携手同心续夏秋。

（依韵黄汉江七律诗）送瘟神
关瑞芹（吉林）
汉水疫涛锁江流，车马舟舶载烦忧。

紫金主席发号令，黄鹤总理布署牛。
战鹰联手赴杀场，护卫齐身不言愁。
万众合力大船撑，笑看瘟神遁九州。
2020年4月3日

七律·抗新冠病毒（步韵黄汉江老师）
不冻泉（重庆）
疫漫三江障毒流，山岚染绿客难游。
涛涛虐水吞千户，滚滚愁云压九州。
勇者逆行同斗疠，壮心回浪共鞭牛。
春风一夜晴川碧，哪块耕田不唱秋。

七律·庚春抗疫武汉完胜
（原玉奉和黄汉江抗疫诗）
卜训东（江苏淮安）
狂澜肆起砥中流，虐疫横行扼上游。
度化红尘归净土，超脱孽海定瀛洲。
龟蛇崒嵂伫黄鹤，荆楚巍峨伫铁牛。
胜利欢歌传万里，中华社稷旺千秋。
2020年4月3日于淮安

七律·抗新冠病毒（步黄汉江老师韵）
游远华（重庆）
疠疫横行四处流，江城防控禁人游。
闭门谢客连三月，封路思亲系九州。
民族脊梁医术妙，杏林翘楚秘方牛。
南山挥剑瘟魔溃，禹甸平安度夏秋。

七律·步韵黄汉江《抗新冠病毒》
但伯清（重庆）
冠瘟狂虐四方流，古迹幽泉禁浪游。
南国群英援楚地，北疆单骑救欧洲。
尧天回暖祥云罩，外海经寒苦雨愁。
更有清明长啸笛，山河壮曲动千秋。

七律·防新冠病毒（依韵黄汉江诗）
严楚湘（北京）

烟波江上使人愁,恶疫肆侵黄鹤楼。
灯火阑珊荆楚夜,笙歌黯淡白沙洲。
庙堂心系黎民苦,举国情牵疾患忧。
待到三山灭妖日,晴川历历水悠悠。
<small>注:三山指火神山医院、雷神山医院、钟南山院士。</small>

抗新冠病毒(依韵黄汉江七律诗)
舒序敏(湖南)

新冠病毒泛全球,中国消灾带好头。
鹤唳三山除厉鬼,龙吟四海护神州。
华佗济世灵丹妙,舜禹同怀气魄牛。
赈助群邦担道义,五星闪耀照千秋。

七律·抗新冠病毒(步韵黄汉江老师诗)
汤小忠(广东珠海)

历来荆楚出名流,岂料无端鬼魅游。
黄鹤哀鸣翻巨浪,龟蛇怒锁动烟洲。
军民团结仁和献,白衣齐心鹊术牛。
众志成城瘟疫灭,惊天壮举载春秋。

步黄汉江韵七律·抗新冠病毒
韩桂云(河南濮阳)

寒冬没过疫横流,瘴气江城四处游。
禁令守居紫耳畔,白衣扛战下荆州。
华陀又现医成鹤,扁鹊重来国最牛。
九域同心何所惧,楚歌再唱续春秋。

七律·步韵黄汉江老师
《抗新冠病毒》(新韵)
计英臣(黑龙江安达)

一道长江万古流,孤帆黄鹤太白游。
樱花遭瘴滴悲泪,扁鹊回春惊鄂州。
捷报频频金阙暖,饮汤剂剂世间牛。
西方放眼朝东望,凤鸟翱翔四海秋。

七律·依韵黄汉江老师《抗新冠病毒》
张世琼(四川)

煦阳妍染楚江流,暮霭烟盘笼晚裘。
阵阵鼓点催程起,声声轻哨梦来收。
白衣机甲除魔毒,霜发青丝抗疫休。
清明盛世馨德福,聚力齐心解尘愁。

步韵黄汉江先生之诗《抗新冠病毒》
程田金(江西乐平)

楚城风雨水通流,江面波澜小楫游。
病疫横行惊四海,新年巧夺在神州。
熬煎昼夜方舱日,顾盼星辰国手牛。
练就浑身真本领,传书泪点著千秋。

<small>2020年4月9日</small>

七律·步韵黄汉江《抗新冠病毒》
张艳朝(上海)

岁月长河水自流,风光险处惹人游。
闲庭雅趣斟琼液,翰墨贤儒论柱州。
萃取精华琢洁玉,收藏善意做憨牛。
谁能阻挡千军力,喜聚倾衷不负秋。

<small>2020年4月10日晨于上海</small>

步韵黄汉江先生《抗新冠病毒》
吴神贵(安徽合肥)

隔岸龟蛇热泪流,翱翔黄鹤信天游。
古城解冻乐三镇,新冠清零喜九州。
衣白心红品德美,智高识远计谋牛。
中华力量乾坤扭,碧血绘成春与秋。

步韵黄汉江七律《抗新冠病毒》
颜淑丽(颜书)(福建漳州)

庚子冠邪天地流,腾云黄鹤阻魔游。
白衣逆行临沧海,华夏同心卫百州。
院士封城决策妙,南山坐镇战威牛。
扫平瘟疫除妖魅,壮志悲歌响九秋。

步韵黄汉江先生《抗新冠病毒》
武道钰(安徽合肥)

抗击瘟魔岁月流，名楼黄鹤景空游。
危情起始来三镇，浊浪漫延波九州。
天使悬壶担道义，钟翁施策缚狂牛。
驱除霾雾阳光灿，普照神州春与秋。

七律·武汉抗疫（步韵黄总编诗）
  卢盛宽（中国科技大学）
九省通衢遭毒流，封城闭户不交游。
肆行妖雾一时罩，援救天兵八面州。
得令军民宜降虎，斗魔医护誓分牛。
初春庚子多奇迹，赤胆忠心耀万秋。

七律·抗击新冠初胜（从韵黄总编诗）
  陈则韶（中国科技大学）
三九寒天武汉洲，江城封路不通游。
方舱妙计真良策，汉药医方效最牛。
万众齐心驱疠疫，全民合力写春秋。
欢呼捷报清明到，万里长江复畅流。

步韵黄汉江先生《抗新冠病毒》（新韵）
  霍然（安徽合肥）
长江浩荡向东流，武汉悲伤断漫游。
新冠突袭危大众，全民防控震神州。
官兵争做驱魔将，医护甘当救友牛。
血汗换来初胜果，忠心赤胆耀千秋。

试步韵黄汉江总编《抗新冠病毒》
  胡荣珍（安徽合肥）
中华抗疫展风流，切断交通不许游。
上下齐心助三镇，东西封路隔千州。
火雷神院速如箭，医护救人忠似牛。
喜听江城钟又响，除瘟诗史炳千秋。

七律·喜迎武汉解封（步韵黄汉江诗）
  胡荣珍（安徽合肥）
黄鹤楼前热泪流，归元寺内客人游。
古城暖暖霞光日，芳草萋萋鹦鹉洲。

诸葛锦囊施妙计，白衣天使效黄牛。
同心同德战魔疫，勒石英名万古秋。

步韵黄汉江先生《抗新冠病毒》
  陈国良（安徽合肥）
历史名城遇浊流，新冠病毒暗闲游。
荆天淡定升明月，黄鹤深情佑故州。
兄弟驰援威胜虎，军民抗疫气吞牛。
瘟神灭迹长江浪，华夏雄图万古秋。

七律·依韵黄汉江《抗新冠病毒》（新韵）
  吴忠祥（陕西咸阳）
疫漫疯狂楚地流，新春电闪雾霾幽。
封城断路防枝蔓，闭户关门禁走游。
诸葛英才出妙计，时珍医术解民忧。
齐心合力除妖患，碧水蓝天照神州。
       2020年4月11日

七律·勇士凯旋（步韵黄汉江诗）
  徐再城（北京）
梅花傲放染江流，黄鹤悲飞复鄂游。
素钾悬壶恩四海，罗衣绮组济神州。
南征斩怪施方妙，北返披红属俊牛。
纵啸疾风驱疠魅，横腾骤雨写春秋。
       2020年4月11日

七律·战疫（步韵黄汉江老师诗）（新韵）
  傅延勋（中国科技大学）
滚滚长江澎湃流，中华儿女竞头游。
封城管控功华夏，献计驰援战五洲。
入境把关防外入，开工生产看吾牛。
人民亿万跟随党，砥砺前行万古秋。

闻武汉解封喜赋（敬依韵黄汉江主编）
  唐爱民（安徽芜湖）
江城又见涌车流，刷爆荧屏解禁游。

疫退神舒浑有劲,垢除身爽意无愁。
全凭决策中枢力,更赖回春天使牛。
公祭清明追逝者,丰功点滴记心头。

抗疫必胜(奉和黄汉江先生七律诗)

程少钧(澳大利亚悉尼)

荆楚新冠举国忧,众城闭户不交游。
弥天瘴气侵黄鹤,盖地温情漫九州。
济世仁心良术妙,安邦义胆祖方牛。

黎民协力瘟神灭,华夏清宁万古秋。

喜庆武汉解封(学和黄主编七律)

卢结成(中国科技大学)

雾散城开水畅流,莺歌鹤舞乐悠悠。
千机翘首冲穹宇,万舸扬帆入九州。
未获全赢防恶魅,需将管控烙心头。
捐躯将士英容在,莫让贤灵再苦忧。

黄汉江先生七律《抗新冠病毒》赏析

邓国琴

龟蛇瞌睡疠横流,黄鹤叮咛客禁游。
滚滚瘟波污四海,茫茫愁雾罩千州。
孔明灯蕴锦囊妙,扁鹊壶悬秘术牛。
举世楚歌驱疫魅,艳阳碧水续春秋。

注:龟蛇:武汉两名山;黄鹤楼:武汉名胜景点。

此作一声唱来百声和,好不热闹!竟有210多位诗人诗友唱和,诗作230多首。下面来欣赏一下黄汉江先生的领唱诗:

七律以铺陈为主,其中又穿插着用写景烘托又议论抒情等多种手法集一体来表现。情节安排得有起有伏,一唱三叹,亦庄亦谐,立意较高,言深旨远!

首先笔调低沉,总写武汉三镇疫情泛滥成灾。三名词分别点明发生疫情的重灾区在武汉。"龟蛇瞌睡疠横流,黄鹤叮咛客禁游。"上下句运用借代和拟人手法表达得形象、生动又有趣味,并充满丰富的想象:龟蛇打磕睡,意在言外;暗指"新冠状病毒"疫情扩散是天灾也是人祸!龟蛇放松警惕而致病毒流行,如今连黄鹤都被惊动了,飞回来参加防控工作,亲自叮嘱游客们都别出门啦!这里暗含断腕封城的意思!

然后笔调继续压低,承接首联用意象以表达灾情严重的程度:"滚滚瘟波污四海,茫茫愁雾罩千州。"

再后笔调微微扬起,给读者以希望和力量:既赞美决策者宏谋远略,英明指挥战疫;赞美武汉在高人指点下,很快建造雷神山,火神山,方舱医院,病人应收尽收;又赞美防疫专家钟南山挂帅,全国各地几万名医护人驰援灾区,药壶高悬,轰轰烈烈,救死扶伤,医术高明。"孔明灯蕴锦囊妙,扁鹊壶悬秘术牛。"此联两处用典表达,寓意深刻,内涵丰富。

最后笔调继续上扬到高峰,尾句转折升华主题,抒发感情作结。党政一心,全民围剿瘟疫,消除灾难,续写春秋。"举世楚歌驱疫魅,艳阳碧水续春秋"。末句语义双关:既指自然界的艳阳碧水和春天秋天,又寓驱散愁雾仍见艳阳、涤净瘟波还是绿水后的人文历史之春秋。情景交融,情深意长,放声歌唱伟大的中华民族光辉灿烂之春秋!

此作开头、中间、结尾布局合理,有凤头、猪肚、豹尾特色!此语出自元代陶宗仪《南村辍耕录》:"作乐府亦有法,曰凤头、猪肚、豹尾六字是也。"意思起要美丽,中要浩荡,结要响亮。

开头运用多种手法,以调侃语气表达,显得别开生面如凤头般引人入胜;中间虚实结合内涵丰富,有如猪肚一般充实;结尾又蕴含深刻意义,又有如豹尾一样有力量!

更加难得的是,该律四联里,每联都对仗。每联之间音步节奏点均不再在同一个点上,很好避免了四平头,撌眼,上尾,合掌的问题。几联中,语式结构达到了同中求异,对立统一,整齐里求参差,在变化中寻规范的几点要求。从此看出作者对仗功夫了得,很懂写律之法!为佳作点赞!

邓国琴(武汉绿绮):丁芒弟子,千家诗词·狼社成员。其诗词和诗评散见各大诗刊和各网络微刊平台。几次全国诗词大赛获奖。著有诗集《绿绮吟稿》,创有公众号微刊《邓国琴试评诗词》。

— 2842 —

附录6：

《上海滩诗叶》贺诗专栏：
(以投稿时间先后为序)

《上海滩诗叶》浅析
萧竹韵（湖南常德）

上者：高大仰慕之谓，壮志凌云之属。居高临下，惬意飘然；俯瞰千尘，了然万世。

海者：宽阔无边之寓，幽深虚怀之能。连通五洲天涯之路，孕育九天腾云之龙。纳百川、独有心胸超绝世；慧兆民、愿将精髓孕奇珍。

滩者：水韵依附之地，春华翠绿之所。穷天边之来客，享人间之光华。任凭风雨多情调，总有柔肠透异香。垒五千年之精典，伐三皇间之灵气。

汇聚历代之精华，启迪万世之通途！茫茫无际之灯塔，万里征途之倚靠，南来北往，驻足滩边多暇想；东去西行，放歌仙岛满情思。耀彩全球惊愕难思意，孕育一统冠世新纪元！

诗：依平仄当成韵，间出入则铿锵。语言精炼，词句柔昌。流水行云、恰似雷霆垒千山万仞于顷刻；抑扬顿挫、犹如浩宇化一丝半缕在瞬间。

叶者：崭露三春盎然之生机，呈现九夏饱和之葳蕤；描绘深秋锦绣之劲爽，展示严冬傲雪之英姿。纵横四季，谱写春秋。愿作红花陪劲舞，甘为蕊蕾写辉煌。千叶扁舟汇聚茫茫诗海，万重帆启飞越浩瀚远洋。

上海滩诗叶：五而合一，挟万里鹏程之志，张百川收纳之能。提笔同吟天地颂，翻书共研宇寰经。吟唱英雄多壮举，炫歌时代满精英。

描绘吉尼斯至甚至微巨幅纪录之长画卷，开创宇宙间无尽无穷精美诗魂之妙理篇。故此之谓也。

附诗三首：

七绝·《上海诗叶》（嵌头诗）
上好文章藏锦绣，海天霞彩展奇观。
诗飞北塞寒冰笑，叶抚南疆巨浪宽。

七律·上海滩诗叶航母群（嵌头诗）
上元花绽满神州，海阔天空任笑游。
滩引鸥群歌盛世，诗迎鸾凤舞琼楼。
叶娇枝壮三春暖，航启帆扬四海筹。
母语千山难阻隔，群芳万里济同舟。

赞上海格律诗词社（嵌头诗）
赞语风靡荡五洲，上行云潜竞风流。
海天同色烟波逝，格调高深寓理求。
律启宋唐师古韵，诗承楚汉展今酬。
词飞盛世歌新纪，社颂神州永不休。

萧竹韵：
湖南常德市，鼎城区周家店镇，生于1951年，从事民用建筑管理。近年来创

— 2843 —

作诗词一千多首。曾获中华诗词第九、十届华鼎奖金奖。同年10月获中华诗词学术研究会,诗词研究会,诗词家协会联合授予国家一级诗人称号。2019年作品"多丽·新农村"在农业农村部农业社会促进司,中国农村杂志社主办的"礼赞祖国·诗韵乡村"全国乡村诗歌征集活动中获"优秀作品"奖。

贺《上海滩诗叶》出版
姚崇实(河北民族师院)
空前巨著惊寰宇,焕彩腾辉照五洲。
叶叶皆喷金色艳,枝枝分绽玉花稠。
神州俊士千人聚,盛代佳篇万古留。
把卷春风无限好,长吟龙凤落高楼。

上海诗叶茂花艳映山红(古风)
谭锡华(广东佛山)
上山歌咏似林风,海上吟诵如浪涌。
诗丰词盛染海碧,叶茂花艳映山红。
注:嵌头联尾句诗。

七绝·赠《上海滩诗叶》黄主编(新韵)
谭锡华(广东佛山)
黄浦春潮涨巨澜,汉元唐宋鼓云帆。
江携万水呈诗海,德艺洪峰涌碧天。
注:嵌头联尾句诗。

《上海滩诗叶》撰联
周海燕(湖北)
看千年吴地,竞舸摩天胜揽唐风舞。
铺十里霓虹,凌波环秀韵添蓬岛迎。

七绝·弄潮人(嵌头嵌尾诗)
周海燕(湖北)
上闻起舞弄潮人,海逐文翮云梦喷。
诗下浦江三昧拾,叶横遍地采薇真。

七绝·赞上海诗叶(嵌头诗)
朱伟民(上海)
上乘佳作凝鸿著,海纳千篇第一流。
诗梦琴心生妙笔,叶言花韵写春秋。

七律·上海滩诗叶航母群(嵌头诗)
张华政(风竹临风)(湖南株洲)
上乘巨著满庭芳,海选篇章冠宋唐。
滩闹招来豪万侣,诗喷应景韵千行。
叶繁何啻瑶池翠,航宇犹闻翰墨香。
母党炎黄承一脉,群英荟萃铸辉煌。
2020年4月3日

七律·上海滩诗叶航母群(嵌头诗)
珍珠棉(湖南祁东)
上佳茶茗遍神州,海里珍稀宙宇游。
滩岛栖身铭厚意,诗词越境跃高楼。
叶繁枝茂千秋旺,航远胸怀万墨筹。
母育恩情何可忘?群鸥抛胆护云舟。

七绝·为《上海诗叶》题(嵌头诗)
苏永生(江南居士)(福建)
上仙云聚浦江楼,海市群雄壮志酬。
诗作汇编传永世,叶吟风颂雨同舟。
2020年4月3日

七律·上海诗叶传千古(嵌头诗)
朱念清(山东青岛)
上林苑圃玉葩新,海市蜃楼仙境真。
诗圣九歌含妙语,叶青黄雀咏阳春。
传承国萃吟佳句,千载辉煌越汉秦。
古色古香融内外,牛刀小试动乾坤。

上海诗叶(嵌首)
平凡(广西柳州)
上好文章万古流,海滩美景醉人眸。
诗讴圆梦雄心壮,叶抚小康夙愿酬。
2020年4月3日

七绝·赞《上海诗叶》
通明(天津)
上才荟萃玉章筹,海纳行川韵九州。
诗汇成书惊世界,叶扬国粹雅千秋。

2020 年 4 月 5 日作于津

《上海滩诗叶》贺诗三首(嵌首)
漆爱礼(江西)
一
上元江水向东流,海纳百川赋韵牛。
滩望诗家名海内,诗林联友誉神洲。
叶繁且喜贤才荟,航举尤惊德业优。
母系行吟今崛起,群欢众舞庆丰收。

二
上好宏章美誉留,海天丽景谱春秋。
滩头锦绣清音远,诗赋珠玑雅韵流。
叶片裁云描彩卷,航行蕴意放歌喉。
母兴艺苑鸿鹄志,群领风骚誉九州。

三
上元济济驰名久,海纳百川万缕情。
诗韵交流传国粹,叶承启后振金声。

七律·上海滩诗叶航母行(嵌首)
千层浪(黄结东)(广西柳州)
上地通衢滨水远,海天辽阔贯苍空。
滩簧沪韵浓情伴,诗卷香魂醉郁葱。
叶力经商盈盛誉,航帆鼓劲满兴隆。
母弦齐奏凌云曲,行壮八方共穗丰。

贺《上海滩诗叶》将出版(新韵)
任胜利(河北沧州)
上海滩上生花笔,一卷精华寄意浓。
靓丽乾坤彰盛世,喷薄气象赋心声。
馨香墨韵云霞美,锦绣风光日月明。
画意诗情全揽尽,珠玑历历有神通。

七绝·上海诗叶(嵌头诗)
万水旺(江西南昌)
上穷天宇视神州,海日生辉映斗牛。
诗蕴沧桑知万物,叶含岁月解千秋。

2020 年 4 月 3 日

和上海滩诗叶航母群(嵌头诗)
向清瑜(重庆)
上房雨漏未曾修,海阔连天又远游。
滩渡乾坤关月满,诗吟华夏数风流。
叶花衬托三春景,航向迂回五大洲。
母盼儿成功业事,群山万户独封侯。

七律·嵌头诗(中华韵典)
石教耕
上天揽月不言难,海底捉鳖宫殿间。
滩外宏钟飞万水,诗传捷报越千山。
叶摇人类共同体,航运地球满载船。
母国领先前首富,群英大会小康年。

七绝·上海诗叶(嵌头诗)
巩固(拜泉)
上辈修来这世缘,海宽地扩聚明贤。
诗词踊跃争先进,叶绿花红硕果鲜。

七绝·上海诗叶(嵌头诗)
李传生(煤山乐天)(山东济宁)
上苍广宇诵天歌,海大能容汇万河。
诗咏春风千古月,叶书夏韵一支荷。

2020 年 4 月 3 日

七绝·上海诗叶(嵌头诗)
薛有毅(山西榆次)
上善思恩华夏宗,海方兄弟若蛟龙。
诗吟雅聚高境界,叶舞乾坤相与恭。

贺《上海诗叶》航母起航

宁登俊（山东）
诗魂浩宇无穷尽，万里江山笔墨骄。
上苑奇葩开盛世，盘龙巨著渡虹桥。
词书世纪峥嵘事，律赋神州锦绣朝。
恭贺霞筒编纂际，鲲鹏展翅竞扶摇。
2020年4月2日

七绝·赞《上海诗叶》
杨汉林（湖南常德）
上好雄文谱巨篇，海天富地聚英贤。
诗情画意扬精粹，叶吐清香百卉妍。

贺《上海滩诗叶》将出版（新韵）
倪少芬（上海）
七彩祥云动碧天，浦江水映月儿圆。
文人墨客舒心舞，淑女英男逗目旋。
唐律宋词吟落日，华章曲赋写炊烟。
诗星一跃腾空起，扮靓千年上海滩。

七绝·上海诗叶赞
楚德亮（楚风）（湖北武汉）
上好诗文话今昔，海量词汇颂家园。
诗词优美歌华夏，叶片葱茏春闹喧！
2020年4月3日星期五

七绝·上海诗叶（嵌头诗）
程道恒（安徽合肥）
上帝瑶台舞圣仙，海翻江倒舰翩跹。
诗坛惊现珍珠赋，叶苑增添李杜篇。

七绝·上海诗叶（嵌头诗）
冯增群（山东）
上帝仁慈风雨顺，海空一色夕阳红。
诗词赞美深情表，叶脉传承树果丰。

七律·上海滩诗叶航母群（嵌头诗）
冯增群（山东）

上山望远景交融，海岸蜿蜒倚水东。
滩响回肠犹虎啸，诗词迎面醉秋风。
叶书有梦烟波渺，航道披云日月蒙。
母国胸怀容大地，群英荟萃智无穷。

上海诗叶
林瑛（浙江）
上上云霞待古洲，海平风淡好驰游。
诗家齐聚福天地，叶茂枝繁佳话稠。

七绝·上海诗叶（嵌头诗）
吴凤琴（椰风）（吉林）
上千佳友聚文坛，海量篇章已入刊。
诗意飞扬成巨著，叶鲜花艳美收官。

五绝·贺《上海滩诗叶》
刘志澄（湖北武汉）
韵友三千五，佳篇聚一堂。
宝书惊世界，文苑溢奇香。

七律·贺《上海滩诗叶》航母起航（嵌头诗）
王能广（湖北通山）
上林秀色美无边，海曙遍红万里天。
滩涌春潮千叠浪，诗开锦簇百花篇。
叶扶嫩蕾添新韵，航起征帆汇大川。
母爱斯文同骨肉，群贤共聚把情牵。
2020年4月4日

七律·贺《上海滩诗叶》将出版
程林（湖北武汉）
上下江流十二州，海云飞驾自悠游。
滩声似鼓淹鸥语，诗韵如山盈月楼。
叶叶春冬寒复暑，真真日夜醉持筹。
的情梦笔歌盛世，美好人生宜泛舟。

七绝·贺《上海滩诗叶》付梓
程林（湖北武汉）

— 2846 —

上界嫦娥今又来，海天云影亦裁回。
诗仙无语放鹰去，叶底何藏君勿猜。

七律·衷心祝贺上海诗叶鼎立华世
戴学文（湖南黄材）

上拜漂洋启母航，海龙出国远洲扬。
诗歌古夏腾云跃，叶韵神州展翅翔。
鼎足三江千秋璟，立身五岳九州光。
华天宇宙征程伟，世纪宏祯岁月煌。

咏赞《上海滩诗叶》
祖家声（安徽庐江）

浦江磅礴气云吞，敢领潮头勇建功。
诗叶恢宏惊世界，吟声浩荡动苍穹。
豪情唱咏回天曲，睿智播扬国粹风。
九域雄才匡妙韵，平台伟绩灿如虹。

七绝·独步古今（嵌头诗）
——祝贺《抗疫赞歌》300多人唱和
周阳生（江苏）

独怀茂苑开诗叶，步韵承弦数百人。
古往寂鸣寻麦客，今来群牧合耕春。

注：1.独怀，指出题人黄汉江教授以诗抗疫之情怀。
2.茂苑，指黄教授诗友如林，出一题，步韵者300余人。
3.麦客，原指割麦之人，俗称"赶麦场"，吾借用喻"赶诗场"之诗客。
4.群牧，指诗群诗友遥相呼应，共牧春日诗田。

《上海诗叶》赞三首（嵌头诗）
陈伟宇（广东佛山）

一
上计心生藏妙语，海由滴汇自蓝纯。
诗眸一盼惊花雨，叶子凝眉舞昊辰。

二
上等文章艺誉州，海风沉鸾笔风游。
滩藏刚健书丹气，诗蕴豪雄富殿楼。
叶概织编雕巨幅，航行领启世间筹。

母山片玉难寻觅，群咏蓬莱此一舟。

三
上卿大笔写春秋，海阔新波喜泛舟。
滩地吟风情可意，诗家集нова友同俦。
叶来遥感丹青醉，航启扬帆吉日猷。
母爱砚边终汇合，群菲满载向东流。

《上海滩诗叶》颂
陈芝宗（广西）

上海滩诗叶，扬威气势雄。
篇篇皆杰作，个个是吟翁。
主席牵头赋，名家和韵功。
三千余大作，登吉尔斯中。

注：主席指：黄汉江主席。

上海滩诗叶航母群（嵌头诗）
董志成（山东青岛）

上天恩泽世青筠，海内贤才竞笔文。
滩浅沙洲飞白鹭，诗浓书社拂香云。
叶声渲得浦江秀，航道疏来栀子芬。
母德丰仪飘里弄，群星奉塔傲神君。

七绝·上海诗叶
李志明（福建泉州）

上士之风巨著成，海滩日照月昭明。
诗讴义举金声振，叶拱光前启俊英。

七律·上海滩之诗叶航母
李志明（福建泉州）

上清下浊记于心，海纳川流坦荡襟。
滩引文人优雅颂，之交韵友圣贤钦。
诗成入典循先后，叶语承儒贯古今。
航向明灯环宇汇，母昆两岸炼真金。

七绝·赞《上海诗叶》
周丽芝（湖南长沙）

上美言词汇竞讴,海斓烂漫拥神州。
诗情画意超仙境,叶韵中华璟万秋。

七律·上海滩诗叶航母群(嵌头诗)
陈治安(广东梅州)
上山绿水绿河桥,海啸掀波逐世潮。
滩地无边追史迹,诗家有客品经谣。
叶尖翠竹崇高节,航路黄帆壮丽标。
母舰溅花鸣笛事,群雄掠影话喧嚣。

贺《上海滩诗叶》付梓
葛彩锭(江西上饶)
唐宋琴音向远萦,且随航母海中行。
三春勃勃生机盎,九夏欣欣韵味盛。
芝露润毫寻趣境,蕙风熏曲漫长城。
开轩但见鸿留迹,一卷新诗倚马迎。

七绝·上海诗叶(嵌头诗)
梦飞(山东)
上下五千绢素证,海天世界耀群星。
诗芳华夏先驱奠,叶萃沪林瀚海从。

七律·上海滩诗叶航母群
水上飞
上天揽月傲苍穹,海底遨游万米宫。
滩险泛舟寻跨越,诗奇踏浪逐空濛。
叶黄果盛丰收景,航直风扬远道舻。
母爱如山时惠顾,群歌雅唱暖心融。

贺《上海滩诗叶》出版
张孝周(安徽庐江)
上天文曲降魁楼,海样书山骚客游。
滩畔鸥鸣高雅韵,诗坛莺唱俊风流。
叶林艺苑和春雪,航塔光芒射斗牛。
母舰集成闻世界,群贤毕至荡轻舟。

嵌头诗二首:

七绝·贺上海诗叶
吕玉光(重庆)
上苍施德国平安,海阔波澄倍壮观。
诗库泓涵沧浪水,叶飘水面促心宽。

七律·贺上海滩诗叶航母群
吕玉光(重庆)
上天造福在东州,海岸椰林闲漫游。
滩石登临先得月,诗词吟唱上重楼。
叶繁仰仗枝条老,航远善谋金玉筹。
母范高风家百顺,群英必自聚龙舟。

七律·贺《上海滩诗叶》出版
邹五星(湖北监利)
贺喜巨著惊四方,上品鸿篇耀光芒。
海阔天空艺苑盛,滩平岸广墨园香。
诗书伴月佳人颂,叶脉含情才子彰。
出仕腾飞传华夏,版权显赫振朝纲。

贺《上海诗叶》(嵌头诗)
姜朋云(湖南宁乡)
上有滩头文苑尚,海藏经典世人钦。
诗家喜得花荣笑,叶语高歌韵雅琛。

贺《上海滩诗叶》出版
梅裔庆(巴西)
上水波峰隐现光,海天一色百鸥翔。
诗歌雅韵悠扬远,叶摆花摇赞颂香。

七绝·贺《上海滩诗叶》巨诗集即将问世(新韵)
李丽华(春草)(黑龙江)
诗林吐馥秀奇虹,今古雄风展五洲。
妙舞珠峰抒万物,吉尼斯里览春秋。

七绝·上海诗叶(嵌头诗)

刘炳峰（河北石家庄）
上品文章聚大观，海学写手著鸿篇。
诗词巨制流芳远，叶茂枝繁万载传！

七绝·《上海诗叶》(嵌头诗)
陈浩（广东深圳）
上林词苑酒一壶，海岳仙风气象殊。
诗意江南春色好，叶含新绿作天书。

贺《上海滩诗叶》将出版（嵌头诗）
彭福田（四川）
上乘巨著冶情操，海阔天高任尔翱。
滩觅清词堪美玉，诗迎赋韵胜离骚。
叶书百善三春暖，航启千帆九域豪。
母舰招贤惊宇甸，群英荟萃互熏陶。

七律·上海滩诗叶航母群（嵌头诗）
王端恒（四川成都）
上天净朗气清流，海阔波涛景色幽。
滩里文人歌赤县，诗中妙语颂神州。
叶盈堤岸崇明丽，航遍江河沪港优。
母地温馨风吹暖，群芳吐艳傲春秋。

七绝·上海诗叶（嵌头诗）
牛继和（山西灵石）
上感苍天赋阕词，海紫黄埔浪涛随。
诗吟千首山河唤，叶茂花香诱众追。

贺《上海滩诗叶》付梓
徐荣峰（上海）
上乘文字韵无穷，海内儒生伴始终；
诗意盎然骚客唱，叶繁枝茂喜春风。

虞美人·文坛有雷声（新韵）(嵌头诗)
韩明华（北京）
上章万首吟芳草，海晏风光好。诗思
澎湃奏豪歌，叶语辉煌今日比谁何？

群生惊枕推敲苦，星夜闻鸡舞。闪盘
如指也亭亭，耀眼文坛千载有雷声。
2020年4月

依韵奉和萧竹韵老师《上海滩诗叶航母群》(鹤顶格)
周其全（江苏宿迁）
上好珠玑炫彩流，海边丽景拔头筹。
滩传故事舞歌夜，诗叹英雄神勇牛。
叶绿花鲜枝燕语，航征浪碧绚帆遒。
母弦奏韵合声劲，群彦吟坛意蕴稠。

点绛唇·贺《上海滩诗叶》付梓
周逸树（江西）
丽日蓝天，春风似剪堪称绝。别裁惊悦，上海滩诗叶。

艺苑花繁，多少人心血，缤纷缀。放歌情结，迈步从头越。

贺《上海滩诗叶》出版
茗哥（湖北）
诗词航母驶全球，上海滩头万众讴。
极力颂歌真善美，倾情吟咏喜悲愁。
一刊囊括文儒满，数载栽培学士稠。
我辈有缘乘此舰，扬帆破浪向瀛洲。

贺《上海滩诗叶》出版（嵌头诗）
江文祥（安徽庐江）
贺辞字字闪金光，上下同舟吉录长。
海面波涛声激荡，滩头美景色迷茫。
诗奇韵雅风骚领，叶茂根深气势扬。
出彩书刊调众口，版心精绘逸清香。
注：吉录指吉尼斯世界纪录

上海诗叶（嵌头诗）
翁仞袍（浙江）
上集宏文传国粹，海空多彩展词章。

— 2849 —

诗飞五岳松林暖,叶落九州贤墨香。

上海滩诗叶航母群(嵌头诗)
翁彻袍(浙江)

上源旷野蓬莱境,海阔花开任尔狂。
滩草松姿入我梦,诗林鹤侣写新章。
叶飘江岸三冬暖,航尽星中九夏凉。
母语词笺从古韵,群英荟萃永传芳。

《上海滩诗叶》出版贺
姜云姣(湖北武汉)

上年集册已成刊,海内骚人点赞欢。
滩立潮头争作赋,诗吟浦口竞登坛。
叶珠吐玉谈何易,出制熏香夙有难。
版落韦编风笛起,贺于笔底涌波澜。

七律·上海滩诗叶航母群(嵌头诗)
计英臣(黑龙江)

上苍自古眷神州,海样胸襟作漫游。
滩吐潮汐黄浦月,诗关忧乐岳阳楼。
叶发新绿桃花媚,航远天涯舵把筹。
母笋莫嫌枝杈老,群荪却可做归舟。

七律·上海滩诗叶航母群(嵌头诗)
汪全栋(湘岳)

上翔鸿鹄占鳌头,海挂云帆凭尔游。
滩看骚坛开屭阁,诗吟词赋震龙楼。
叶和今古人间事,航运行藏天地优。
母范千军歌盛世,群雄万马誉神州。

七绝·嵌头诗《上海诗叶》
汪全栋(湘岳)

上襄犹驾五洲间,海纳吟怀锦绣观。
诗颖金声扬国粹,叶谋文意太虚宽。

祝贺黄汉江先生主编《上海滩诗叶》付梓
蔡典明(安徽马鞍山)

吟者三千九百名,鸿编合集创高精。
中华诗韵开新叶,荟萃工农商学兵。

七绝·贺《上海滩诗叶》付梓
潘春葆(海军指挥学院)

清明国祭苍天泣,翘楚相逢黄浦江。
啸咏凌霄云化泪,诗词航母世无双。

贺《上海诗社》诗
刘新华(广西)

才搭上饶车,又乘海口船;
远方诗意浓,将诗社樱传!
作于2020年4月5日

贺《上海滩诗叶》出版
陶长庚(安徽庐江)

春雷滚滚百花开,巨著煌煌巧手裁。
从此诗林惊独秀,五洲翘首叹奇材。

七绝·《上海诗叶》(嵌头诗)
金嘉德(安徽合肥)

上好辞章出浦江,海生越调媲秦腔。
诗情万里穷春色,叶润滩头翰墨香。
2020年4月7日

七律·上海滩诗叶航母群(嵌头诗)
王军胜(上海)

上品嘉名响九州,海波空远任情游。
滩头闻颂屈原句,诗赋留传太白楼。
叶落悲秋无奈对,航天壮举巧相筹。
母慈牵挂手中线,群起豪情万里舟。
2020年4月7日

祝贺《上海诗叶》付梓
南策英(湖北)

上见奇才绣锦囊,海风千里弄圭璋。
诗飞广宇兴华夏,叶载纷芳吐异香。

上海滩诗叶群礼赞
聂金杨（广东）
上天玉帝歌，海底龙王卧。
滩涌浪涛急，诗泛春水波。
叶绿树苗壮，群红人气多。
礼仪色缤纷，赞声震山河。

题《上海滩诗叶》（新韵）
黄馨（湖南）
海叶诗集是秀葩，弘扬国粹誉天涯。
社团火似彤彤旭，业绩辉如灿灿霞。

七绝·贺诗集《上海滩诗叶》
李洵（安徽黄山）
宏篇上海滩诗叶，大作三千盛世吟。
尽显中华文笔妙，高山流水觅知音。

赞贺《上海滩诗叶》出版
凌益群（安徽庐江）
一
上有妙文瀚墨香，海升日月照扶桑。
诗融南北东西体，叶茂枝繁国运昌。

二
诗如霞绮韵如神，每读华章照眼明。
诗叶篇篇珠玉润，先贤后辈任吟鸣。

五律·诗叶收无完
李宏（湖北黄梅）
风华上海滩，诗叶怎收完？
塞北鸿留羽，岭南枝唼餐。
五洲朋友广，四海庶黎欢。
冬夏寒炎避，春秋纪事翰。

贺《上海滩诗叶》刊发
陶柏林（安徽）
贺喜卷书奇迹创，上佳作品美华章。
海涯天角群英会，滩北地南情意长。
诗咏山河旋雅韵，叶连花果墨馨香。
刊登巨著全球首，发展传承国粹扬。

贺《上海滩诗叶》出版
左哲夫（安徽合肥）
千秋一疫堪何重，牵动三千诗赋人。
记下闭城封镇事，颂扬舍命补天辰。
长江不息江城鹤，高铁方裁赤县春。
一册沉沉子孙读，炎黄天佑竞芳缤。

七绝·上海诗叶（嵌头诗）
汤小忠（广东珠海）
上时好雨润新林，海纳涓流万丈深。
诗俊三千花满圃，叶繁枝茂舞缤纷。

贺史上最巨诗集《上海滩诗叶》付梓
赵元席（安徽）
上海滩头汇俊英，兴兵点将启长征。
吴淞台畔新篁壮，黄浦江边老鹤鸣。
梦醒龙骧腾古韵，诗承国脉发今声。
申都最是通灵地，吟帜高擎别样情。

五律·上海诗叶当今巨著
雷海峰（山西平遥）
上水汇崇明，海天新月生。
诗坛虽寂寞，叶气自峥嵘。
当为乾坤醉，今因世界惊。
巨轮凭舵手，著作震雷鸣。

贺《上海滩诗叶》巨著出版
高思强（合肥庐江）
上摩穹落采云笺，海砚扬波任尔研。
滩渚设坛邀雅客，诗楼会友集雄篇。
叶岚花艳满园秀，航竞帆张百舸先。
母舰领骚无霸手，群英荟萃露华颜。

— 2851 —

贺《上海滩诗叶》巨诗集出版
赵阳春（江苏南京）
上下五千年，海滩水云间。
诗书展长卷，叶面谱新篇。

七绝·赞《上海诗叶》
岳骊（甘肃）
上掀唐宋万年风，海纳百川千载功。
诗写三皇秦汉月，叶舟驰岸醉英雄。
2020年4月7日

遥贺上海滩诗叶群（嵌头诗）
王秉和
遥屏千里近，贺语寄真情。
上得苍天助，海观浮世争。
滩能休客梦，诗可悟人生。
叶托红花护，群贤醉此城。

上海滩诗叶航母群（嵌头诗）
李庆林（山东昌乐）
上天喜降栋梁来，海域奔流浪花开。
滩聚鸿儒无价宝，诗吟巨著有平台。
叶葱蕊艳和风拂，航稳心怡妙手裁。
母舰神威千古颂，群情振奋万骚骓。

七绝·上海诗叶
乐宇麟（天高云淡）（上海）
上有彤霞映碧川，海升明月共千年。
诗文翰墨循唐宋，叶嫩花香柳笼烟。

七律·上海滩诗叶航母群（嵌头）
乐宇麟（天高云淡）（上海）
上空日影动神州，海水清幽鹤自游。
滩润兼霞迎彩蝶，诗吟月色照高楼。
叶繁花艳春光媚，航动波平江浦筹。
母念儿行千里暖，群英共济万年舟。

七绝·上海诗叶（嵌头诗）
王春法（河南）
上榜文辞玉宇吟，海波一道水成金。
诗毫引注全球目，叶茂枝香遍地林。

礼赞《上海滩诗叶》付梓（新韵）
蓝树宽（广西）
剔抉广采细雕琢，靓丽收官敲响锣。
赋雅词端诗荟萃，海天皓月耀星多。

贺《上海滩诗叶》精彩出刊
王恒深（辽宁大连）
上闻贤者风，海内频来贺。
诗友聚华堂，叶馨凝硕果。
精魂赋月光，彩凤追星火。
出落傲江湖，刊旗擎百舸。
2020年4月9日

七绝·上海诗叶（嵌头诗）
胡荣珍（安徽合肥）
上等文章谁领头，海边拾贝聚风流。
诗歌尧舜情难抑，叶绿山川志趣酬。

七绝·上海诗叶（嵌头诗新韵）
盛书珍（安徽合肥）
上书词曲留真迹，海内传扬乐似仙。
诗载千篇还算少，叶繁满树笑开颜。

七绝·上海诗叶（嵌头诗）
姚大全（安徽合肥）
上佳文萃载春秋，海内精华传五洲。
诗赋曲词千百炼，叶繁花艳步高楼。

七绝·上海诗叶（嵌头诗）
宣以清（安徽合肥）
上乘逸趣春盈目，海阔浮云通古今。
诗逐清风彰惠政，叶飘香气耐人寻。

七绝·上海诗叶(嵌头诗)
　　金家法(安徽合肥)
上展华章环广宙,海腾碧浪奏春秋。
诗情画意犹仙境,叶衬红花艳九州。

七绝·上海诗叶(新韵嵌头诗)
　　马昆仑(安徽合肥)
上下延绵代代传,海宽天阔九州连。
诗词歌赋中国韵,叶茂枝繁锦绣添。

七绝·上海诗叶(新韵嵌头诗)
　　傅延勋(安徽合肥)
上乘作品众人欢,海量知识受益全。
诗意浓浓情切切,叶繁枝茂背读谈。

七律·贺《上海滩诗叶》付梓
　　程少钧(澳大利亚悉尼)
素雅装帧博学缘,喜观俊士美文妍。
唐风宋韵华章颂,短赋长歌国粹传。
字里铿锵吟壮志,词中婉约著新篇。
浦江波涌东流去,一代前贤启后贤。

上海滩诗叶启航
　　熊振厚(湖南)
上功文学绪轩唐,海纳涓流合万方。
滩响长河珠玉落,诗癫古道雅名扬。
叶舟沽酒谈骚句,启苇申城觅梦乡。
航母重洋传国粹,志行大任史流芳。
　　　　　　　庚子年季春十六

贺《上海滩诗叶》出版(嵌头诗)
　　颜淑丽(颜书)(福建漳州)
上士之师凌壮志,海容百汇孕奇珍。
诗情画意山河颂,叶染丹青四季春。

七律·贺上海滩诗叶航母群(嵌头诗)
　　杨青(安徽)
上选佳刊数一流,海掀银浪泛轻舟。
滩萦百尺竿头劲,诗赋千篇笔下柔。
叶绽凌空观日月,航扬彼岸揽春秋。
母亲恩泽如甘露,群策群英携手牛。
　　　　　　　　　2020年4月9日

七律·祝上海滩诗叶出版(嵌头诗)
　　周慎(湖南长沙)
祝融雄峙会仙台,上耸南天晚霭开。
海势重重翻浪远,滩声阵阵震云回。
诗凝剑胆藏风骨,叶染琴魂启俊材。
出尽凡黎心底语,版章四照弄潮来。

七律·上海滩诗叶航母群
　　汪海君(河南)
上驰九天云雀静,海升波浪月初呈。
滩中听雨放观水,诗意堪如陌泛虹。
叶茂之时逢夏至,航中千日始回程。
母吟游子思乡苦,群岭依稀唱和声。

七律·贺《上海滩诗叶》出版
　　孟庆斌(北京)
上乘之作莫须愁,海纳百川容乃优。
滩畔楼高穹宇宙,诗坛步长跨夷洲。
叶叶珠玉光夺眼,晓晓心思系锦秋。
翰苑央央堪得桂,赞扬声里占鳌头。

贺上海滩诗叶母舰启航
　　张世琼(四川)
薰风微雨过梨园,蒹柳依依小叶翻。
唐律唱和传锦语,宋词章节集箴言。
题诗达意吟龙阁,蕴墨修边启凤轩。
欢伯盏中推换盏,穿求韵里锁乾坤。

赞《上海诗叶》
　　韦成柏(广西柳城)

— 2853 —

上乘精品灿吟坛,海浪翻花涌巨澜。
诗颂中华尧舜日,叶荫百族万家安。

七律·贺《上海滩诗叶》出版
卜训东(江苏淮安)
上穷碧落烟云霄,海角天涯颂舜尧。
滩畔书香文翰远,诗行墨韵道德昭。
叶涵锦绣呈华彩,航渡江湖领浪潮。
母爱无疆燊赤子,群情激奋荟琼瑶。
2020年4月9日

七绝·贺《上海滩诗叶》出版(嵌头)
佘厚启(安徽合肥)
上好佳篇满首刊,海平舵稳远程宽。
诗坛再现唐朝景,叶茂根深引巨鸾。

七绝·贺《上海滩诗叶》(嵌头诗)
不冻泉(重庆)
上善人生若水清,海潮起落鹭鸥惊。
诗怀俊雅存高远,叶律逢时好赏英。

七绝·贺《上海滩诗叶》出版
王学文(内蒙古)
上举明珠耀浦江,海擎日月境无双。
诗涵格物评今古,叶叹词坛赋唱腔。

七绝·贺《上海滩诗叶》出版
杨国式(湖北恩施)
上德无争似水安,海藏万汇必还观。
诗无达诂情无尽,叶自葳蕤意自宽。
2020年4月9日

七律·贺《上海滩诗叶》出版(嵌头诗)
杨国式(湖北恩施)
上苍赐福佑神州,海晏河清任畅游。
滩水波腾掀巨浪,诗思泉涌接云楼。
叶从枝附强根本,航稳程鹏巧运筹。

母色调和新画本,群英聚力共操舟。
2020年4月10日

上海滩诗叶创奇迹(嵌头诗)
孟凡领(广东珠海)
上界造人尧舜皇,海阔天空育生忙。
滩涂水稻葱茏碧,诗卷词曲焕华章。
叶繁根深出异彩,创名基业傲东方。
奇才妙笔吉尼斯,迹硕功高齐赞扬!

贺上海滩诗叶(嵌头诗)
刘宇辉(广东珠海)
上映今春新冠事,海潮拜日待昌明。
诗家三昧林间品,叶序清晰有互生。
2020年4月10日

七绝·贺《上海诗叶》出版(新韵)
吴忠祥(陕西咸阳)
上千墨客展诗笺,海纳精华绣锦卷。
诗逢盛世航母造,叶伸宇宙绿青天。
2020年4月9日

喜闻《上海滩诗叶》将出版(嵌头诗)
黄荣良(晨曦)(上海)
上引人才聚贤英,海纳百川熠众星。
诗汇臻宝献智慧,叶璇四季铸精品。
词涛滚滚涌新作,创意无限风雅颂。
辉映艺刊扬四海,煌耀文坛惊诗宗。

七绝·春心(嵌头)
张金全(河南)
上春临日爱柔晴,海屋筹思寄月明。
诗韵凤情驰路远,叶微花绽向欣荣。

七律·贺《上海滩诗叶》出版(嵌头)
张金全(河南)
上清仙路入灵州,海蜃琼台任漫游。

滩鹤从声飞万里，诗情着意沸千楼。
叶书经卷禅循道，航舵川途展运筹。
母国雄风凌奥宇，群星沈梦渡方舟。

题《上海诗叶》(嵌头诗)
蒋梅岩(安徽铜陵)

上苍红日遁，海市映蜃楼。
诗韵追金浪，叶香飞五洲。

2020 年 4 月 11 日

西江月·祝贺《上海诗叶》出版(嵌头)
蒋梅岩(安徽铜陵)

祝愿精华付梓，贺词幽雅连篇。上乘韵语感婵娟，海角天涯庆典。
诗富韦编成册，叶繁呵护吟坛。出神入化意尤妍，版本香飘禹甸。

贺上海诗叶(嵌头诗)
哈锦祥(安徽定远)

上春明秀踏歌行，海宇风吟盛世清。
诗律韵章皆典雅，叶含香气聚元精。

贺《上海诗叶》付梓(嵌头诗)
沈光明(安徽铜陵)

上妙书田雅韵旋，海方橼笔著瑶篇。
诗传九域惊风雨，叶贯文坛咏大千。

题《上海诗叶》(嵌头诗)
章卫星(安徽铜陵)

上宫圆又缺，海浪若心潮。
诗意传千里，叶繁无寂寥。

七绝·贺《上海诗叶》出版(嵌头诗)
忆江南(浙江金华)

上天入地下龙门，海面平风驶进船。
诗意飞扬评贺语，叶漂江浪巨惊悬。

2020 年 4 月 11 日

七律·上海滩诗叶航母群(嵌头诗)
忆江南(浙江金华)

上游峡道尽葱茏，海浪猿猴叫不停。
滩窄崎岖鸟雀叫，诗宽意气入心情。
叶繁茂盛遮阳帽，航启风帆畅更明。
母语千言难阻断，群臣万众尽欢迎。

2020 年 4 月 11 日

祝贺《上海滩诗叶》出版
刘建华(青海西宁)

上海滩中一叶舟，洋洋大观记春秋。
纵横万里山川景，俯仰千年水墨楼。
华夏诗章争荟萃，文坛才子竞风流。
好词佳韵人称赞，盛世扬帆绕地球。

七绝·贺《上海诗叶》将出版
张水根(江西南昌)

上宫浦月焕明珠，海内吟坛聚雅儒。
诗笔作帆风破浪，叶舟航启正川途。

贺《上海诗叶》(嵌头诗)
唐爱民(安徽芜湖)

上苑扬帆趁好春，海风涌浪壮如神。
诗坛翘首旗高举，叶衬花容更引人。

七绝·上海诗叶(嵌头)
田仁爱(武陵耕夫)

上品雅书佳作多，海涯骚友未蹉跎。
诗怀澎湃情豪迈，叶片题吟涌韵河。

七绝·贺《上海诗叶》(嵌头诗)
杨玺(内蒙古)

上工毕至皆精粹，海阔天空共翰飞。
诗汇发行寰宇诧，叶扬瑰宝万年威。

贺上海滩诗叶航母群

— 2855 —

刘世勇（江西乐平）
明珠璀璨屹东方，独倚梧桐引凤凰。
黄浦纵横千艟秀，神州捭阖百花香。
倾心打造新航母，刻意聆听旧华章。
破浪云帆迎旭日，潮头搏击展辉煌。

七律·贺《上海滩诗叶》出版
宋洪富（辽宁大连）
贺词祝语真情浓，上好诗文收卷中。
海量精华皆入册，滩头诗苑耸华榕。
诗情画意正能量，叶茂昭彰文运隆。
出自众人精作品，版中悉纳气恢宏！

上海诗叶（嵌头诗）
舒序敏（湖南）
上妙文辞颂国纲，海邀骚客著华章。
诗吟万首诛魔魅，叶茂根深向太阳。

七绝·赞上海诗叶（嵌头诗）
饶江宏（江西）
上好平台任你行，海天凭跃笔耕倾。
诗章美韵浓情至，叶簇葱葱衬秀英。

赞《上海滩诗叶》
王琼（湖北武汉）
上边竹茂鸟幽鸣，海阔山遥万里行。
诗采唐风承古韵，叶青园绿聚精英。

贺《上海滩诗叶》
吴神贵（中国科技大学）
大江滚滚诗花翻，巨舰启航上海滩。
满载中华无价宝，顺风直抵未来湾。

贺《上海滩诗叶》付梓出版
吴能武（江西）
诗成巨集露锋芒，争创吉尼千古扬。
吟唱英雄多壮举，飞歌时代倍辉煌。

愿倾肝胆书中立，笑纳乾坤笔底藏。
长秉初心同赋梦，群贤吐哺振龙骧。

恭贺《上海滩诗叶》
柳春（安徽铜陵）
风从海上来，雅至众相陪。
颂为祀时曲，同滩诗叶裁。

贺《上海滩诗叶》出版（嵌头）
秦建（广西柳城）
晓听天下万鸡鸣，翰苑领军酬唱兴。
先贺辞书今付梓，生民得意殿堂登。

七绝·上海诗叶（嵌头诗）
陈俊泽（河北廊坊）
上天晴朗少浮云，海面无风三尺纹。
诗作拙呈情意表，叶含春色醉郎君。

贺《上海滩诗叶》出版
黄元基（广东惠州）

一

上古骚魂堪振笔，海风入韵可吟安。
诗花怒放中华地，叶子轻摇墨客欢。

二

上朔蓬壶多少秋，海灵报喜把槎留。
滩涂有景谁来赏，诗韵无期我自酬。
叶子摇风佳梦放，航帆映日翠涛收。
母君欲念天边客，群雅关情别样舟。

七绝·贺《上海滩诗叶》出版
郭成勇（湖北襄阳）
骚人洒墨咏潮头，异样风情别样喉。
赋得千般仙籁曲，诗声网罟一单收。

2020年4月12日

贺《上海滩诗叶》出版

程田金(江西乐平)
上头条誉满全球,海纳襟怀意不休。
诗入真人走鸿运,叶添春色岂能酬?
2020 年 4 月 12 日

贺《上海滩诗叶》付梓
骆琳玲(江西乐平)
千珠万翠汇汪洋,妙语清词著雅章。
黄浦江书新吉榜,南京路漫百花芳。
此番壮举掀潮汛,常岁留痕亮剑芒。
亘古扬帆心自远,传承国粹尔先航。

祝贺《上海滩诗叶》
孟令中(河南)
一叶扁舟上海滩,潮头世界引千帆。
诗情化作东方旭,看我奇霞挂满天。

鸣谢

衷心感谢如下诗群友群及负责人：

（排列不分先后）

中国诗群主联合会(460多诗群)	晓 翰	冰心文化传媒	马玉兰
中国诗群主联合会(2)(400多群)	晓 翰	大中华宝塔诗出版社	丘廷荣
39大诗群联合会主席团 晓 翰	黄汉江	诗歌鉴赏专业群	天际微光
上海格律诗词社	黄汉江	香港诗词文艺	陈振西 邓国琴
《上海滩诗叶》和诗贺诗航母群	黄汉江	山东诗词群	老 邹
《诗词百家》杂志社	向小文	展望诗苑诗友群	刁节木
中诗协交流群	黄 莽	不忘初心诗歌写读诵	刘宇辉
《中华网络诗刊》社	孙忠凯	不忘初心诗词歌赋	万銎松
中华诗艺社总社	张耀光	雍州诗刊	柳育龙
中国作家万里行十群	吴金梅	华人文艺联盟南社	鄄箕山人
中国诗书画3群	吴金梅	诗联天地芙蓉雅苑	杏仙公主
上海新诗苑	吴伯贤	江浙沪作家觉悟群 兰坡居士	郑 炜
新上海文友群	朱荣兴	中国诗潮	天马长嘶
上海诗窗 罗满昌	刘成宏	诗海选粹诗词	心淡薄冰
上海诗社	蓝成东	崇明艺苑诗心	沉 香
汉诗群	周拥军	人文诗书画	杨百炎
一道诗艺社总社	余 一	金鸽诗歌奖组委会	周拥军
北京一同书院	灵 子	青衿诗书画研究学会	周海燕
中华神龙文轩作家群	神 龙	上海市社团局交流平台群	陈景欣
全球华人神州诗苑	吴顺珍	上海社会科学界联合会经济片群	廖思展
中外作家文学群	吴顺珍	上海市基建优化研究会 王洪卫	黄汉江
中外当代实力作家群 黄山松	吴顺珍	上海理工大学管院校友会	汪 维
中外文艺名家群	吴顺珍	上海理工大学商学院同事会	陶 田
广州麒麟文友诗词交流群	陈 麟	上海理工大学国民经济学硕士点	孙英隽
国际城市文学会(广东) 池朝兴	少 卿	全国房地产资源库建设与大赛	陈林杰
重庆古典诗词沙龙	章 寿	东北财经大学上海同学群	陆黎明
少陵诗词金梅分社	吴金梅	东北财经大学775班同学会	刘忠烈
少陵诗词澳门总社	神 龙	上海崇明区经济促进会	殷惠生
唐风书院	李梦痴	上海崇明籍乡亲群	范本鹤
新南园国学堂	无休先生	乡村振兴中兴人发展联谊会	
云水禅心诗词群	原 野	倪向东	周忠涛
卦体诗社	马惊飙	上海崇明中兴镇乡贤	宋锦贤
富阳春雨书屋	山越夫	崇明大公中学同学群 周 胜	顾国祥
大西北诗词天地 彭 彪	邓国琴	大公中学733班同学会 吴汉章	姜永涛
南方精英一道诗艺社	汪全栋	崇明中兴镇红星村总群 杨 钦	姜 雄
中诗在线桃花源 冬日暖阳	神 龙	英国贝德福待大学留学生群	蔡秀敏
温哥诗歌文艺群	温小平		
九州诗园	梦 飞	《上海滩诗叶》编辑委员会	